U0026735

中華大字典索引

上册

下册

中華民國四年四月

中華大字典

吳芝瑛署檢

※瓜部※

〔瓜〕姑華切音騧麻韻

❶蓏也。象形。見〔說文〕〔注〕厶、瓜實也。外蔓也。〔按李時珍曰。王楨云。—類不同。其用有二。供果者爲果—、甜—、西—、是也。供菜者爲菜—、胡—、越—、是也。在木曰果。在地曰蓏。大曰—。小曰瓞。其子曰𤬪。其肉曰瓤。其堆曰環。謂脫花處也。其蔕曰疐。謂繫蔓處也。又曰。其類最繁。有團、有長、有尖、有扁。大或徑尺。小或一捻。其稜或有、或無。其色或青、或綠、或黃斑、糝斑、或白路、黃路。其瓤或白、或紅。或黃、其子或黃、或赤、或白、或黑。有以狀得名者。有以色得名者。其味不出乎甘香而已〕

❷州名。〔左襄十四年傳〕昔秦人迫逐乃祖吾離于—州。〔注〕—州地在今燉煌。〔今甘肅敦煌縣有—州故城〕〔又〕—州鎮名。在今江蘇江都縣南四十里江濱。一曰—步鎮。南岸京口也。

❸王—。革挈也。〔禮記月令〕王—生。〔按本艸綱目。王—、一名土—。一名鉤𤬏。一名老雅—。一名馬瓟—。一名赤雹子。一名野甜—。一名師姑草。一名公公鬚。李時珍云。王—三月生苗。其蔓多鬚。嫩時可茹。其葉圓如馬蹄而有尖。面青背淡。澀而不光。六七月間五出小黃花成簇。結子纍纍。熟時有紅黃二色。皮亦粗澀。根不似葛〕

❹木—。楙木也。可食之木。〔詩木瓜〕投我以木—。〔又〕柯枝別種曰木—。見〔正字通〕

❺天—。栝樓別名。見〔本艸綱目〕

❻匏—。星名。〔史記天官書〕匏—、有青黑星守之。魚鹽貴。〔注〕匏瓜、一名天雞。在河鼓東。匏—明則歲大熟也。

❼守—。蟲名。〔爾雅釋蟲〕蠸輿父守—。〔注〕今—中黃甲小蟲。喜食生—葉。故曰守—也。

守瓜圖

❽—⿱㼌䖵。蟲名。〔薛士隆序〕金龜、—⿱㼌䖵也。似龜而小。首足介尾咸具。

❾—里。津名。〔後漢郡國志〕南陽郡宛。本申伯國。有—里津。〔在今河南南陽縣〕

❿—田。複姓。漢書王莽傳有—田儀。

⓫—哇。島名。近世各譯本均作—哇。攷之英名Java。應譯稱爪哇。元史正作爪哇。詳爪字。

⓬昆侖—。茄子別名。見〔酉陽雜俎〕圖入茄字。

二畫

〔瓝〕弼角切音雹 匹角切音璞 覺韻

❶小瓜。〔爾雅釋草〕瓞、—。其紹瓞。〔注〕俗呼—瓜爲瓞。紹者瓜蔓緒。亦著子。但小如—。〔按玉篇云同瓞〕

瓝瓜圖

❷草名。〔爾雅釋草〕—、九葉。〔疏〕此草九葉。叢生一莖。

瓝草圖

四畫

〔⿰屯瓜〕徒昆切音屯元韻　瓜屬也。今或作⿰虫瓜。見〔字彙補〕

〔⿺瓜冘〕直禁切音鴆沁韻　青皮瓜名。見〔廣韻〕

〔⿺瓜尤〕直稔切音朕寑韻　瓜青膚曰—。見〔集韻〕

〔⿰分瓜〕逋還切音班刪韻　瑞瓜。見〔集韻〕

〔⿰虫瓜〕徒門切音屯元韻　甌—。瓜名也。見〔玉篇〕

〔⿺瓜圭〕補孔切音琫董韻　瓜多實貌。詩瓜瓞——。見〔集韻〕〔按詩作唪。說文引詩作菶〕

〔⿺尢瓜〕同⿺瓜冘。見〔字彙補〕

〔⿺瓜虎〕同⿰虫瓜。見〔類篇〕

五畫

【瓞】徒結切音經屑韻

瓝也。詩曰。緜緜瓜—。見〔說文〕。〔段注〕大雅緜緜瓜—傳云。瓜—、瓜紹也。云瓜—瓜紹也者。瓜之近本繼先歲之實必小如瓝瓜之近本繼先歲之實亦小。故亦謂之—也。瓜紹不云—以瓝紹之名名之。故曰瓜—。〔按說文瓝小瓜也。〕

【𤬩】居侯切音鉤胡溝切音侯尤韻居候切音構宥韻

—甊。王瓜也。見〔玉篇〕。〔按爾雅釋草云。鉤藈姑。注。—甊也。一名王瓜。實如瓝瓜。正赤味苦。據此。—甊卽鉤甊。與本草綱目之鉤藈同。王引之云。呂氏春秋孟夏紀王菩生。高注云。菩、或作瓜。瓠甊也。又注淮南時則訓云。王瓜。栝樓也。瓠甊與栝樓同。如高注。則爾雅果蠃之實、栝樓。卽王瓜也。然神農本艸陶注。謂栝樓葉有叉。唐注謂王瓜葉無叉。則栝樓、王瓜、究爲二物。豳風東山正義引孫炎爾雅注云。栝樓。齊人謂之天瓜。而不云名王瓜。御覽引吳普本艸云。栝樓一名澤姑。而不云名藈姑。則王瓜藈姑、明不與栝樓同。按藈姑卽鉤藈姑。鉤藈姑卽—甊。藈姑既與栝樓不同。卽—甊與栝樓不同。〕

王瓜圖

【瓟】弼角切音雹覺韻

一小瓜也。瓝或作瓟、—。見〔集韻〕。

二醬名。〔宋孝武帝詩〕—醬調秋菜。

【瓟】蒲交切音袍肴韻

—杓也。見〔玉篇〕。〔按廣韻云。—瓠可爲飲器。集韻本作匏。亦作包、苞。〕

【𤬰】攻乎切音孤虞韻

王瓜也。或作菇。見〔集韻〕。〔按爾雅釋草鉤藈菇釋文云。菇、音姑。今本作姑。是卽瓠甊之王瓜也。玉篇云。瓜也。亦菇字。則—非本字矣。〕

【𤬲】人渚切音汝語韻

乾菜。見〔廣韻〕。

【𤬻】郎丁切音靈青韻

小瓜名。出安南。見〔廣韻〕。〔按集韻云。出南海。〕

【㼌】勇主切音庾麌韻

一本不勝末微弱也。从二瓜。見〔說文〕。〔段注〕本者蔓也。末者瓜也。蔓一而瓜多。則本微弱矣。〔按戴侗曰。—、瓜實繁也。故引之有本不勝末之義。〕

二勞病也。見〔玉篇〕。

【𤬪】瓞或字。〔說文〕瓞、或从—。

【𤬫】瓞俗字。見〔龍龕手鑑〕。

【𤬬】俗菇字。見〔五音集韻〕。

六畫

【𤬯】魯猥切音磥賄韻

一—甊。瓜中。

二傷熟瓜。見〔字彙〕。〔按玉篇、廣韻、竝有甊無—甊。集韻類篇竝無傷熟瓜之訓。字彙此訓。當是以甊訓入—下。承上—甊而增也。〕

【瓝】弼角切音雹覺韻

小瓜也。見〔說文〕。〔段注〕謂有一種小瓜名—。一名瓞。

【𤬱】古孝切音斆效韻

瓜名。見〔字彙〕。

【𤬸】苦活切音闊曷韻

瓜—。見〔廣韻〕。

【𤬹】古活切音括曷韻

苦婁果蓏也。苦、或作—。見〔集韻〕。〔按苦婁、或作𤬹婁。或作苦蔞。或作栝樓。皆假借也。〕

𤬹婁圖

【瓠】洪孤切音胡虞韻胡故切音護遇韻

一匏也。見〔說文匏部〕。〔注〕瓜根柢柔弱。〔按李時珍曰。壺、盧、說文名—。瓜。論語名匏瓜。其圓者曰匏。亦曰瓢。因其可以浮水如泡如漂也。凡蓏屬皆得稱瓜。故曰—瓜。匏瓜。古人壺、—、匏、三名皆可通稱。初無分別。故孫愐唐韻云。—音壺。又音護。—𤬛。瓢也。陶隱居本草作—甊。云是—類也。許愼說文云。—、匏也。

又云。瓢、—也。匏、大腹—也。陸璣詩疏云。壺、—也。又云。匏、—也。諸書所言。其字皆當與壺同音。而後世以長如越瓜首尾如一者爲—。音護。—之一頭有腹長柄者爲懸—。無柄而圓大形扁者爲匏。匏之有短柄大腹者爲壺。壺之細腰者爲蒲盧。

㊁康—。謂之甈。見〔爾雅釋器〕。〔注〕—、壺也。〔疏〕說文云。破罌也。方言云。甈謂之盎。皆非郭義也。

㊂—子。隄名。〔漢書武帝紀〕夏四月。還祠泰山。至—子。臨淩河。〔注〕服虔曰。—子。隄名也。在東郡白馬。〔按白馬。卽今河南滑縣。隄當在滑縣之北〕

㊃—丘。晉地名。見〔集韻〕。

㊄姓也。巴鼓琴而鳥舞魚躍。見〔列子湯問〕。

【瓠】攻乎切音孤。虞韻
—讘。漢侯國名。在河東。見〔集韻〕。〔按—或作瓡。或作狐。今山西永和縣。卽故—讘地〕

【瓠】黃郭切音臒。藥韻
布濩也。〔莊子逍遙遊〕剖之以爲瓢。則—落無所容。〔釋文〕—、戶郭反。司馬音護。簡文云。—落、猶廓落也。司馬云。—、布濩也。落、零落也。言其形平而淺。受水則零落而不容也。

【⿰吉瓜】邱八切音劼。黠韻
勁也。見〔集韻〕。

七畫

【⿰妥瓜】奴罪切音餒。賄韻
㊀傷熟瓜。見〔玉篇〕。
㊁瓠—。瓜中。見〔集韻〕。

【⿰豖瓜】丁木切音督。屋韻
器以盛醋。見〔字彙〕。

【⿺瓜系】、弋昭切音遙。蕭韻
瓜名。見〔字彙〕。〔正字通云。同䍃瓜。俗省〕

【⿺瓜弟】同瓞。見〔集韻〕。〔按說文瓞、或从⿺瓜弗。段注。弗當作⿺瓜弟〕

【⿺瓜肖】俗⿺瓜系字。

八畫

【⿰執瓜】質入切音執。緝韻
㊀地名。〔漢書地理志〕北海郡—。〔注〕侯國。莽曰道德。師古曰。—、卽執字。〔按李兆洛曰。今闕。當在山東青州府境。王子侯表云。—節侯息。師古曰。—、卽瓠字也。又音孤。與志異〕
㊁—讘。縣名。〔史記建元以來侯者年表〕—讘侯杆者。〔集解〕徐廣曰。在河東。—音胡。〔索隱〕縣名。按表在河東。志亦同。卽狐字。〔漢書地理志云。河東郡狐讘。按地當今山西永和縣〕

【⿰咅瓜】蒲枚切音胚。灰韻
瓜—也。見集韻。

【⿱殸瓜】都毒切音篤。沃韻
瓠名。見〔集韻〕。

【⿰果瓜】胡果切音裸。哿韻
瓜也。見〔字彙〕。〔正字通云。或曰。昔人以瓜爲菹享祖考燕賓客。謂之瓜果。俗因瓜作—。—與果同〕

九畫

【⿰扁瓜】蒲眠切音蹁。先韻
㊀白—。瓜屬也。見〔廣雅釋草〕。〔疏證〕白—、子之白者。其黃者謂之黃—。玉篇云。白—、瓜也。廣韻云。黃—、瓜名。
㊁通扁。〔陸機賦〕黃扁白摶。

【⿰侯瓜】胡溝切音侯。尤韻
同瓠。王瓜也。見〔集韻〕。

【⿰柬瓜】郎甸切音楝。霰韻
天瓜也。見〔集韻〕。〔按廣韻、龍龕手鑑竝云。瓜—。集韻于瓣下注又云。瓜中實。通作—〕

【⿰昜瓜】坦朗切音倘。養韻
㊀大瓜名。見〔廣韻〕。
㊁—、長貌。見〔廣韻〕。

【⿰癸瓜】涓畦切音藈。齊韻
同藈。艸名。爾雅、鉤藈姑。或作—。見〔集韻〕。

【⿰彖瓜】音緣。先韻
瓜—。見〔川篇〕。

十畫

【⿰䍃瓜】餘招切音遙。蕭韻
本作⿺瓜系。瓜也。見〔集韻〕。

【⿺瓜兼】離鹽切音廉。鹽韻　盧忝切音稴。琰韻　歷店切稴去聲。豔韻
㊀瓜子。〔廣雅釋草〕水芝。瓜也。其子

謂之—。〔水芝卽冬瓜。本艸。—、作練。〕

❷瓜名。見〔廣韻〕。

【⿰婁瓜】郎豆切音屚宥韻 郎侯切音婁尤韻
瓠—。王瓜也。見〔廣雅釋草〕。〔餘詳瓠字〕

【⿰婁瓜】郎侯切音婁尤韻
苦—。土瓜也。或作蔞。見〔集韻〕。

【⿰昷瓜】烏昆切音溫元韻
—瓠。瓜屬。見〔廣雅釋草〕。

【⿱𤇾瓜】玄扃切音螢 維傾切音營 平經切音形 青韻 于平切音榮 庚韻
小瓜也。見〔說文〕。

【⿰區瓜】同⿱𤇾瓜。見〔字彙補〕。

十一畫

【⿰䍃瓜】餘招切音遙 尸昭切音燒 蕭韻
瓜也。从瓜。䌛省聲。見〔說文〕。〔桂注〕北人音轉呼爲梢瓜。其形長。卽柱杖瓜也。〔按字亦作𤬨。又作瓞。今俗作颻。李時珍曰。越瓜以地名也。俗名梢瓜。南人呼爲菜瓜。南北皆有〕

越瓜圖

【瓢】毗霄切音飄蕭韻
❶蠡也。从瓠省。票聲。見〔說文瓠部〕。〔注〕半破—以酌水爲蠡。〔李時珍曰〕—乃匏壺破開爲之者。王引之曰。匏之轉聲爲—。瓠之疊韻爲瓠⿰虛瓜。周官鬯人禁門用—齎。杜子春云。—、瓠蠡也。蜀本艸引切韻云。—、匏也。玉篇云。—、瓠瓜也。廣韻云。瓠⿰虛瓜、—也。然則匏也。—也。瓠也。瓠⿰虛瓜也。實一物也。瓠⿰虛瓜或作壺盧。或作瓠⿰婁瓜。古今注則謂壺盧爲瓠之無柄者。有柄者爲懸匏。陶宏景本艸注則謂瓠⿰婁瓜亦是瓠類。小者名—。集韻則謂匏而圓者爲瓠⿰鬳瓜。今江淮之間則謂細要者爲瓠⿰虛瓜。長柄短柄者皆爲—。京師人則通謂之瓠⿰虛瓜。而以瓠⿰虛瓜之巳剖者爲—。此皆後世方言之錯出不齊者。古人則通謂之匏瓠耳。段玉裁曰。以一瓠劙爲二曰—。亦曰蠡。亦曰巹。
」

❷雀—。羅摩也。〔陸璣詩疏〕芄蘭、一名蘿摩。幽州謂之雀—。柔弱恆蔓於地。有所依緣則起。

❸通剽。〔周禮鬯人〕禁門用—齎。〔注〕故書—作剽。鄭司農讀剽爲—。

十二畫

【⿰壴瓜】同瓠。見〔字彙〕。

十三畫

【⿰當瓜】都郎切音當陽韻
瓜中實。見〔玉篇〕。〔按廣韻、集韻、類篇、竝云。—、瓤、瓜中也。韻會舉要瓤下云。—、瓤、瓜中犀也。正字通云。瓜底曰—。本作當。〕

【⿰虛瓜】虛宜切音犧支韻
瓠瓤也。見〔集韻〕。

【⿰雁瓜】同⿰雁瓜。見〔字彙補〕。

十四畫

【瓣】皮莧切音辦諫韻 匹見切音片霰韻 薄閑切辦平聲删韻
❶瓜中實也。見〔說文〕〔段注〕衞風。齒如瓠棲。釋草及毛傳曰。瓠棲、瓠—也。瓜中之實曰—。

❷片也。見〔字彙〕。

❸花之內被也。在萼之內圍。常呈美麗之色。散芳香之氣。蓋用以誘導蟲類。藉爲生殖之助者也。

❹果—。〔仙傳拾遺〕羅公遠取柑嗅之。後明皇取食千餘枚。皆缺一—。

【瓣】郎甸切音練霰韻
瓜中實。通作瓣。見〔集韻〕。

十六畫

【⿰盧瓜】籠都切音盧虞韻
❶瓠—也。見〔玉篇〕。〔正字通〕云。瓠、一名壺盧。本作盧。俗作瓠、—。壺、酒器。盧、飯器。瓠各象其形。又可爲酒飯器。因以爲名。俗譌爲葫蘆。非。葫、蒜名。蘆、葦屬也。〕

❷水名。牛蹄突厥其水曰瓠—河。

【⿰鬳瓜】牛堰切音甗語偃切音巘阮韻 魚戰切音彥霰韻 語蹇切音巘銑韻
瓢也。見〔玉篇〕。〔按王念孫云。—、卽方言檅字也。眾經音義卷十八引廣雅作甗。音羲。—從虘聲。甗從虘聲。虘、虛、竝從虍聲。是虘與虛同聲。故從虘之字或從虛。

【[illegible]】同[illegible]見〔字彙〕。

十七畫

【瓤】如陽切音穰女良切音孃奴當切音囊陽韻

●一 瓜實也見〔玉篇〕。●二 瓤、—、瓜中犀也。見〔韻會〕〔按廣韻、集韻、竝云。瓤、—瓜中。惟韻會獨云。瓜中犀。正字通云。—、爲瓜中實。與犀相包連。白虛如絮。有汁。本草謂之瓜練。非瓜中犀也〕●三 凡物中實亦可謂之—。

【[illegible]】瓢本字見〔字彙補〕。

十八畫

【[illegible]】遶員切音檽先韻 瓜轉也。見〔類篇〕。

十九畫

【[illegible]】同瓢。見〔正字通〕。

【[illegible]】同蠡。見〔字彙補〕。

二十一畫

【瓥】郎計切音利霽韻 瓠杓也〔方言〕—。陳楚宋魏之閒、或謂之簞。或謂之檝。或謂之瓢。〔注〕瓠勺也〔箋疏〕蠡、正字。蠡、壞字。—、俗字也。—本蠃屬。蠡亦訓分。剖蠡之殼可爲酒杯。亦可爲勺。因謂勺爲—。猶瓠爲勺而謂爲勺也。〔按王氏筠云。顏注急就篇。蠡升瓢。蠡之受一升者。因以爲名。九歎、方言、作—。从瓜者。改借字爲嫥字也〕

【[illegible]】古瓢字。見〔集韻〕。

【[illegible]】同蠡。見〔篇海〕。

※皮部※

【皮】蒲糜切音疲支韻

●一 剝取獸革者謂之—。从又。爲省聲。見〔說文〕〔注〕又、手也。生曰—。理之曰革。柔之曰韋。〔按段注。剝、裂也。謂使革與肉分裂也。王注。言剝取者。以字從又也。言獸革者。人謂之膚。獸謂之皮。通之則亦曰革也。云者者。葢當時俗語呼—匠曰—也〕●二 剝也。見〔廣雅釋言〕。●三 離也。見〔廣雅釋詁〕。●四 强取也。見〔玉篇〕。●五 被也。被覆體也。見〔釋名釋形體〕。●六 裘也〔公羊宣十二年傳〕—不蠹。●七 射的之屬〔儀禮鄉射禮〕禮射不主—。〔注〕主—者無侯張獸皮而射之。主於獲也。●八 —傳。彈憸也。彈憸。弜也。秦晉言非其事謂之—傳。東齊陳宋江淮之間曰彈憸。見〔方言〕〔按李賢云。—傳謂不深得其精核。—膚淺近。强相傳會也。後人不達—膚之意。流俗多作頗傳〕●九 —弁冠也。〔周禮弁師〕王之—弁。會五采玉璂。〔注〕—弁之縫中。每貫結五采玉十二以爲飾。謂之綦。〔按下文注又云。—弁則侯伯、璂飾七。子男、璂飾五。玉三采。孤、則璂飾四。三命之卿、璂飾三。再命之大夫、璂飾二。玉二采。儀禮士冠禮—弁服素積緇帶素韠注云。此與君視朔之服也。—弁者以白鹿皮爲冠。象上古也。聶崇義云。以鹿—淺毛黃白者爲之。高尺二寸〕●十 —室。猶云腹心也。〔遼史百官志〕太宗選天下精甲三十萬爲—室軍。初太祖以行營爲宮。選諸部豪健千餘人。置爲腹心部。耶律老古以功爲右—室詳穩。則—室軍自太祖已有。卽腹心部〔按—室有左右南北黃五者〕●十一 —樹。獸名〔儀禮鄉射禮〕君國中射。則—樹中。以翿旌獲〔注〕—樹。獸名。●十二 —幣。鹿—元纁束帛也。見〔呂覽仲春更—幣注〕。●十三 凡物之表皆曰—。如地—、木—之類。●十四 狀物之薄如—者亦稱—。如銅—、鐵—、豆腐—之類。

⑭物之外護者亦曰—。如包—、封—之類。

⑮姓也。鄭大夫子—後。

二畫

【⿰皮丁】張梗切爭上聲梗韻

皮膚急貌。見〔集韻〕。

【⿰皮刂】匹美切音鄙紙韻

枝折也。見〔字彙補〕。

三畫

【⿰皮丸】胡官切音桓寒韻

①病也。見〔廣雅釋詁〕。〔按廣韻二十六桓—皮病。〕

②䩐—矢藏也。見〔廣雅釋器〕。〔疏證〕䩐—蓋矢箙之圜者也。䩐字或作櫝。又作韇。—通作丸。方言。所以藏弓謂之鞬。或謂之韇丸。後漢書南匈奴傳弓鞬韇丸。李賢注引方言。作藏弓爲鞬。藏箭爲韇丸。與廣雅合。案賈逵、馬融、服虔、並以掤爲櫝丸蓋。則櫝丸之爲矢箙甚明。然鄭注士冠禮云。今時藏弓矢者謂之韇丸。則弓弢亦同斯稱矣。

【皯】古旱切音笴旱韻居案切音幹翰韻

面黑气也。見〔說文〕〔段注〕列子曰。燋然肌色—䵟。〔按廣韻又作䵟。集韻又作皯。〕

【⿰爻皮】弼角切音雹覺韻

①皮起也。見〔玉篇〕。

②本作䑋。肉胅起。一曰皮破。見〔集韻〕

【⿰北皮】北角切邦入聲覺韻

本作皺。墳起也。見〔集韻〕。

【⿰皮才】七雀切音鵲藥韻

皮皴也。見〔字彙補〕。

【⿰干皮】同皯。見〔廣韻〕。

【⿰皮勺】同皰。見〔字彙補〕。

四畫

【⿱山皮】兵媚切音祕寘韻

①劈麻苧—頭也。見〔篇海〕。

②—皺不伸也。見〔字彙〕〔按當爲跛譌字〕

【⿰皮卬】疋卑切音披支韻

①開張也。見〔篇海〕。

②—覭。開口貌。〔王延壽賦〕脣䚷噣以—覭。

【⿰皮皮】攀糜切音披支韻

器破。見〔玉篇〕。

【⿰皮巴】邦加切音巴麻韻

—皻。鼻病。見〔廣韻〕。〔按類篇云。—皻。鼻皰。正字通云。同疤。〕

【⿰皮内】奴紺切南去聲勘韻

柔革。見〔集韻〕。

【⿺尢皮】補火切音跛哿韻逋禾切音波歌韻

塞也。見〔說文尢部〕〔注〕春秋公羊曰。晉使—。俗作跛。

【⿰皮之】補過切音簸箇韻

足橫病。見〔集韻〕。

【⿰足皮】同跛。見〔字彙〕。

【⿰女内】同⿰皮内。見〔字彙補〕。

五畫

【⿰皮央】於亮切音怏漾韻

①青面。見〔廣韻〕〔按集韻作面蒼。〕

②青血也。見〔集韻〕。

【⿰皮英】於驚切音英庚韻於亮切音怏漾韻

青貌。見〔玉篇〕。

【⿰皮且】聰徂切音麤虞韻此與切音跙上聲語韻

皵—也。今作麁。見〔玉篇〕。〔按廣韻云。皮皵惡也。義同。〕

【⿰皮乍】側五切音䶥麌韻

皸皵。皻也。皻或省作—。見〔集韻〕。

【⿰皮石】恥格切音坼陌韻

皺—也。見〔玉篇〕。

【⿰皮立】力摘切冷入聲錫韻

姓也。出東平郡。見〔類篇〕。

【⿰皮民】眉貧切音珉眞韻彌盡切音泯軫韻

皮理細——。見〔玉篇〕。

【皰】皮敎切庖去聲披敎切音礮效韻

面生气也。見〔說文〕〔注〕面瘡也。〔按玉篇云。面皮生气也。一切經音義云。面生熱气也。又云。江南呼皰子。山東名皻沮。正字通云。凡手足臂肘暴起如水泡者謂之—。〕

【⿰皮末】莫撥切音抹曷韻

皮也。見〔五音集韻〕。

【⿰召皮】之遙切音招　蕭韻　肉之醜莫。或从亶見〔集韻〕。

【⿱犮皮】爭義切音裝平義切音被　寘韻　—皺。皮不伸見〔玉篇〕。

【⿰占皮】同辜。見〔字彙補〕。

【⿰朱皮】䵷或字見〔集韻〕。

六畫

【⿱合皮】德合切音答　合韻　皮寬也見〔集篇〕。〔按集韻云。皮縱也。〕

【⿰皮夋】須倫切音荀　眞韻　足坼曰—。見〔集韻〕。〔按正字通云。俗皴字。〕

【⿰吉皮】激質切音吉　質韻　黑—也。見〔玉篇〕。〔按集韻作皮黑。〕

【⿰危皮】九僞切音貴　寘韻　疲極也。〔顏氏家訓〕有人訪吾曰。魏志蔣濟上書云。弊攰之民。何字也。余應之曰。意爲攰、卽是—倦之—耳。〔按疏證本廣雅釋言、作⿰危皮。集韻四寘。⿰危皮或作攰。訓疲極。篋邱僞切。廣雅。倦也。〕

【⿰爻皮】牛交切音聱　肴韻　皮堅也。見〔集韻〕。

【⿰必皮】必歷切音壁　錫韻　皮乾聲。見〔集韻〕。

七畫

【⿰旱皮】侯旰切音翰　翰韻　㊀射韝。或作捍見〔玉篇〕。〔按廣韻云。射—以皮—臂。集韻云。射韝謂之—。王念孫曰。拾捍韝爲一物。皆謂遂也。著於左臂所以扞弦也。以韋爲之。〕㊁通靬〔賈子春秋〕丈夫釋玦靬。㊂通釬〔管子戒〕管仲隰朋朝公望二子。弛弓脫釬。〔注〕釬所扞弦。㊃通扞〔韓非子說林〕羿執鞅持扞。操弓關機。

【⿰夌皮】以絕切音蜥　屑韻　㊀枯也。見〔廣韻〕。㊁撮取皮也。見〔集韻〕。

【⿰夋皮】七倫切音逡　眞韻　㊀皮細起也。見〔說文新附〕。㊁皴法。〔湯垢畫鑑〕董元山水有二種。一樣水墨礬頭。疎林遠樹。平遠幽深。山石作麻皮—。著色—文。〔按畫傳云。澹以統筆橫臥惹而取之、曰—。畫石有披麻—。亂麻—。芝麻—。大劈斧。小劈斧。雲頭—。雨點—。彈渦—。荷葉—。礬頭—。骷髏—。鬼皮—。解索—。亂柴—。馬牙—。〕㊂摺疊痕曰—。㊃胡—。牛項下垂皮言其味薄也。見〔字義總略〕。㊄—皮。荔枝也。〔蘇軾詩〕獨使—皮生。弄色映琱俎。〔圖入荔字〕。

【⿰兌皮】他活切音脫　徒活切音奪　曷韻　椿劣切音痥　屑韻

【⿰突皮】他骨切吞入聲　月韻　皮剝也。見〔玉篇〕。

【⿰叕皮】丑悅切穿入聲　屑韻　皮壞也。見〔集韻〕。

【⿰肖皮】仙妙切音笑　篠韻　皮破見〔廣韻〕。

【⿰壳皮】克角切音確　覺韻　刀室也。削或作—。見〔集韻〕。

【⿰臿皮】側洽切音眨　洽韻　㲗—。皮乾貌。見〔玉篇〕。

【⿰㲗皮】皺—。老人皮膚貌。見〔集韻〕。〔按廣韻云。皺—。皮老。〕

【⿰求皮】毬或字。見〔集韻〕。

八畫

【⿰昔皮】倉各切音錯　七約切音鵲　藥韻　思積切音昔　七迹切音磧　陌韻　倉歷切音戚　錫韻　皴也。皵也。見〔集韻〕。

【⿰昔皮】祥亦切音席　陌韻　木皮甲錯也。〔爾雅釋木〕槐小葉曰榎。大而—楸。小而—榎。〔注〕老乃皮粗—者爲楸。小而皮粗—者爲榎。〔疏〕樊光云。大者、老也。—、措皮也。謂樹老而皮粗—者爲楸。小、少也。樹小而皮粗—者爲榎。〔釋文〕孫七各、七路、二反。皵本今作—。或作皵、皵。〔玉篇云今作䄍〕。

【⿰堅皮】遣忍切音螼　軫韻　皮厚皃。見〔廣韻〕。

【⿰彔皮】盧谷切音祿　屋韻　—瘯。皮肉瘦惡也。見〔集韻〕。

【⿰叕皮】七絕切詮入聲　屑韻　皮斷也。見〔玉篇〕。

【⿰典皮】他典切音腆　銑韻

皮起也見〔篇海〕。

【皽】口咸切音飲咸韻 不平貌見〔篇海〕。

【皶】同歃見〔字彙補〕。

九畫

【皵】德盍切擸入聲合韻 ㊀皵—。皮瘦寬貌見〔玉篇〕。㊁腥䐬也見〔篇海〕。

【皸】拘云切音君文韻區倫切音囷眞韻俱運切君去聲問韻 ㊀足拆也見〔說文新附〕。㊁—瘃。凍瘡拆裂也。〔漢書趙充國傳〕將軍士寒手足—瘃。

【皹】補孔切音琫董韻補講切邦上聲講韻 梟履也。一曰小兒皮履紂或作—。見〔集韻〕。

【𤿯】悲江切音邦江韻 皮裹履見〔集韻〕。

【皳】下遘切音後宥韻胡溝切音侯尤韻 石蜜膜見〔玉篇〕。〔按類篇引埤倉云石蠶膜也一曰石蟇〕

【皻】莊持切音菑支韻 手足膚黑見〔集韻〕。

【皼】動五切音杜董五切音睹麌韻 桑白皮也今作杜見〔玉篇〕。

【皽】同皾見〔集韻〕。

【皾】同皺見〔集韻〕。

【皷】𪪼謅字見〔正字通〕。

【皷】俗鼓字見〔字彙〕。

十畫

【皾】七到切音糙號韻 ㊀米穀雜也見〔廣韻〕。㊁同糙。米未舂也見〔類篇〕。

【皾】楚類切推去聲寘韻楚委切音揣紙韻才何切音醝歌韻 粟體也見〔玉篇〕。

【皺】側救切音縐宥韻 ㊀面—也見〔玉篇〕。㊁眉—也見〔增韻〕。㊂紅—。乾棗也〔孟郊詩〕紅—䵷檐瓦。

【皺】甾尤切音鄒尤韻 ㊀同鞹。革文蹙也見〔集韻〕。㊁栗蓬也〔貫休詩〕新蟬避栗—。

【殼】克角切音確覺韻 卵孚也。一曰物之甲孚見〔集韻〕。

【皻】逋旁切音幫陽韻 治履邊也。幫、或作—見〔集韻〕。〔按正字通云幫、本作幫俗又改作—與糸部幫作綁、革部幫作鞤、同。〕

【皻】蜜沙切音麻麻韻 —嗜。閉口貌見〔字彙〕。

【皻】何干切音寒寒韻 膜也見〔集韻〕。

【皻】古熊字見〔說文〕。

十一畫

【皻】莊加切音渣麻韻 ㊀皰也。今作齇見〔玉篇〕。㊁刺也〔素問生氣通天論〕勞汗當風寒薄爲—。〔注〕—刺長於皮中。形如米或於針。

【皻】側五切音蔖姥韻 皻皻—也或作皻見〔集韻〕。

【皻】璧吉切音必質韻 ㊀畫韋曰—見〔玉篇〕。㊁韍也。所以蔽前以韋下廣二尺上廣一尺。其頸五寸。一命緼韠。再命赤韠。韠或從皮作—通作韠見〔集韻〕。

【皻】盧谷切音祿屋韻 獸皮有文貌。或从文作皻見〔集韻〕。

【皻】側持切音緇支韻 手足生堅皮也見〔廣韻〕。〔字彙譌作皻〕

【皻】武遠切音晚阮韻無販切晚去聲願韻 離也。謂皮脫離見〔集韻〕。〔按玉篇、廣韻、並云皮脫。廣雅釋詁云離也。〕

【皻】謨官切音漫寒韻 皮也見〔集韻〕。〔正字通云—、皻、俗鞔字因聲近而譌分—、皻爲二。非。〕

【皻】匹美切音嚭紙韻 列名也見〔篇海〕。

【皻】側救切音縐宥韻 皮縮見〔字彙補〕。

十二畫

【皻】散本字見〔集韻〕。

十三畫

【⿰賁皮】扶分切音焚文韻 鼓也。見〔玉篇〕。〔正字通〕云。俗鼖字。攷詩大雅靈臺、賁鼓維鏞。攷工記、韗人謂之賁鼓。釋文竝云本作鼖。是賁之从皮从革俗所加也。

【⿰學皮】轄覺切音學覺韻 —皺。乾皮貌。見〔玉篇〕。

【⿰皮達】他達切音闥曷韻 皮起。見〔集韻〕。

【皽】知輦切音展旨善切音𧁍銑韻 ①離也。見〔廣雅釋詁〕。②皮寬。見〔廣韻〕。

【皽】旨善切音𧁍銑韻之遙切音昭蕭韻 皮肉上之魄莫也。〔禮記內則〕濯手以摩之去其—。

【⿰皮亶】黨旱切音亶旱韻 面腐病也。見〔集韻〕。

【⿰女皷】俗⿰皮黑字。見〔正字通〕。

十四畫

【⿰皮耎】忍善切音蹨銑韻奴侯切音獳尤韻 本作㞸。柔皮也。見〔集韻〕。

【⿸厭皮】於琰切音媕琰韻 瘍痂也。見〔集韻〕。

【⿰皮需】同⿰皮耎。見〔集韻〕。

十五畫

【皾】徒谷切音獨屋韻 ①滑也。見〔廣韻〕。②弓矢藏也。〔方言〕所以藏箭弩謂之箙。弓謂之鞬。或謂之—丸。〔箋疏〕說文。韇弓矢韇。廣雅。—丸矢藏也。韇、—丸同。

【⿰暴皮】北角切音剝覺韻 —皺。皮起也。見〔玉篇〕。

【⿰雹皮】弼角切音雹覺韻 亦作䑹。肉膭起也。見〔玉篇〕。

【⿰巤皮】力盍切音臘合韻 —皺。皮瘦寬皃。見〔玉篇〕。

【⿰廣皮】古晃切音廣養韻 張大皃。見〔集韻〕。

【⿰女皾】同⿰皮蔑。見〔集韻〕。

【⿰女皾】同皾。見〔字彙補〕。

十六畫

【⿰盧皮】凌如切音廬魚韻 皮也。一曰腹前。與臚、膚竝通。見〔五音集韻〕。

【⿰盧皮】龍都切音盧虞韻 離也。見〔集韻引博雅〕。

十七畫

【⿰皮?】同皾。見〔字彙補〕。

十九畫

【⿰繭皮】古典切音繭銑韻 ①皮起也。見〔玉篇〕。②胝也。見〔類篇〕。〔按韻會云。通作繭。〕③足指約中斷傷。見〔集韻〕。

【⿰燮皮】先叶切音燮葉韻 和也。見〔字彙補〕。

【⿰?皮】皾譌字。見〔正字通〕。

※疋部※

【疋】山於切音蔬新於切音胥魚韻寫與切音諝爽阻切音所語韻所據切音疏御韻語下切音雅馬韻縱玉呢切音沃韻 足也。上象腓腸。下从止。弟子職曰。問—何止。古文以為詩大—字。亦以為足字。或曰胥字。一曰—記也。見〔說文〕。

【疋】語下切音雅馬韻 ①正也。見〔廣韻〕。②待也。見〔廣韻〕。③人名。〔晉書南陽王模傳〕苞奔安定。太守賈—以郡迎苞。〔音義〕—音雅。

【疋】譬吉切音匹質韻 ①四丈也。〔小爾雅廣度〕倍兩謂之—。〔按今本作匹。此据韻會所引。〕②通匹。〔孟子告子〕力不能勝一匹雛。〔校勘記〕音義。匹丁作—。云。注、—雛、小雛也。匹不訓小。而訓詁及諸書、—訓耦。訓小無文。今按方言、尐、小也。音節。蓋與—字相似。後人傳寫誤耳。

【疋】古正字。見〔字彙補〕。

一畫

【疋】古足字。見〔字彙補〕。

三畫

【疌】尼輒切音聶葉韻
本作疌〔說文止部〕疌、機下足所履者。从止从又。入聲。見〔說文止部〕〔注〕今人作躡也。〔按廣韻、書作疌。類篇書作疌。集韻一、疌、不分。六書故曰。疌、疌、實一字。織者足蹋於下。手應於上。務於敏疾。實一義也〕

五畫

【疌】疾葉切音截葉韻〔按玉篇、集韻、書作疌〕
疾也。从止从又。又、手也。屮聲。見〔說文止部〕〔注〕止。足也。又。手也。手足共為之故疾也。捷、疌、從此。〔凡便捷之字當用此。〕

【疌】七接切音妾葉韻
姓也。見〔集韻〕。

【疌】卽涉切音接葉韻
人名。史記衞一伯。周諸侯。見〔集韻〕。

六畫

【疏】山於切音梳魚韻
（一）通也。見〔說文去部〕〔段注〕古延、一、延三字通用。
（二）開也。〔文選謝靈運詩〕隨山一濬潭。
（三）分也。〔淮南原道〕褰子一隊而擊之。
（四）理也。〔文選郭璞賦〕瀖泋一風。
（五）布陳也。〔楚辭湘夫人〕一石蘭兮為芳。
（六）遠也。〔楚辭大司命〕不寖近兮愈一。
（七）曠也。見〔文選謝瞻詩對筵曠明牧注引蒼頡〕。
（八）外也。〔春秋文曜鉤〕亢為一廟。
（九）遲也。〔淮南說林〕若以燧取火。一之則勿得。
（十）賤也。〔文選揚雄賦〕賤瑇瑁而一珠璣。
（十一）麤也。〔詩召旻〕彼一斯粺。〔箋〕一、麤也。謂糲米也。
（十二）稀也。〔楚辭東皇太一〕一緩節兮安歌。
（十三）徹也。〔國語晉語〕公令一軍而去之。
（十四）除也。〔文選孫綽賦〕一煩想於心胸。
（十五）滌也。〔國語楚語〕教之樂以一其穢而鎮其浮。
（十六）搜索也。〔漢書趙充國傳〕一捕山間虜。
（十七）菜也。〔周禮大宰〕八曰臣妾聚斂一。〔釋文〕一、色居反。菜也。劉音蘇。
（十八）窗也。〔史記禮書〕一房牀笫几席。
（十九）大也。〔太玄玄首〕方州部家。三位一成。
（二十）非親也。見〔玉篇〕。
（廿一）闊也。見〔玉篇〕。
（廿二）畫也。〔管子問〕大夫一器。〔注〕一、畫飾之也。
（廿三）刻也。〔禮明堂位〕一屏。天子之廟飾也。〔疏〕一屏者。刻也。屏、樹也。謂刻於屏樹為雲气蟲獸也。
（廿四）一躍。布散也。〔淮南俶眞〕今夫萬物之一躍。
（廿五）扶一。枝葉盛貌。〔韓非揚權〕數披其木。毋使木枝扶一。
（廿六）徒跳也。〔淮南道應〕子佩一揖北面立於殿下。
（廿七）一一。衣服盛貌。〔韓詩外傳〕子路盛服見孔子。孔子曰。由。一一者何也。
（廿八）一數。不平也。〔太玄昆〕穀不穀。失一數。
（廿九）一屬。山名。〔山海經海內西山經〕貳負之臣曰危。危與貳負殺窫窳。帝乃梏之一屬之山。
（三十）一趾。雉也。〔禮記曲禮〕雉曰一趾。
（卅一）一臛。獸名。〔山海經北山經〕帶山有獸焉。狀如馬。一角有錯。其名曰一臛。
（卅二）渠一。杷也。〔方言〕杷。宋魏之間謂之渠挐。或謂渠一。
（卅三）一勒。縣名。屬新疆省。卽喀什噶爾也。清時為府。
（卅四）通疏。〔東魏李仲璇脩孔廟碑〕若水嘉辭疾疏于季葉。
（卅五）通梳。〔韻會〕揚雄頭蓬不暇一。
（卅六）通綀。〔孟子滕文公〕齎一之服。
（卅七）通蔬。〔論語述而〕飯一食飲水。曲肱而枕之。〔釋文〕一、本或作蔬、
（卅八）姓也。〔漢書疏廣傳〕一廣。字仲翁。東海蘭陵人也。

【疏】孫祖切音蘇虞韻
粗也。鄭司農曰。一食菜羹。見〔集韻〕。

【疏】所擄切音疋御韻

㊀識也。見〔廣雅釋詁〕〔疏證〕—者。漢書匈奴傳中行說教單于左右—記。以計識其人衆畜牧。顏師古注、—分條之也。說文作疋。

㊁條錄之也。〔漢書蘇武傳〕數—光過失。

㊂檢書也。見〔玉篇〕。

七畫

【⿰⺪囪】山於切音梳魚韻

門戶疏窗也。見〔說文〕。〔桂注〕一切經音義十四。疏、說文作—、窗也。—从疋、疋足也。从𡆧象其形也。門戶窗牖、皆所以引通諸物。故从疋。疋取通行義也。玉篇門戶青疏窻也。

【⿰⺪亟】新於切音疋魚韻

沛酒具。見〔集韻〕。

【⿺疋寒】同蹇。見〔篇韻〕。

【疎】疏俗字。見〔廣韻〕。〔按廣韻疏下云。俗作—。又出—字云。稀—。正字通云。疏俗省作—、—、疏音義同。分—疏為二非。〕

八畫

【⿰⺪延】所葅切音疏魚韻

清疏也。見〔字彙〕。

【⿰木疏】同梳。見〔五音集韻〕。

九畫

【疐】陟利切音致寘韻

㊀礙、不行也。从叀。引而止之也。叀者、如叀馬之鼻。从冂。此與牽同意。見〔說文叀部〕。〔段注〕有所牽掣之謂。冂各本無。今補。从冂者。象挽之使止。如牽字、冂象牛縻。可引之使行也。〔按王注。既云礙。又申之以不行者。—乃事之有礙。非物之有礙。祇是行不去耳。〕

㊁仆也。見〔爾雅釋言〕。〔釋文〕都麗反。一音致。

㊂跲也。〔詩狼跋〕狼跋其胡。載—其尾。〔疏〕正義曰。李巡曰。跋、前行曰躐。跲、卻頓曰—也。說文云。跋、蹎。丁千反。跲、躓、竹二反。躓、卽—也。然則跋與—、皆是顚倒之類。〔釋文〕—、本又作疌。丁四反。又陟値反。跲也。

㊃通嚏。〔詩終風〕願言則嚏。〔傳〕嚏、跲也。〔疏〕正義曰。王肅云。願以母道往加之。則嚏刧而不行。跲與刧音義同也。

㊄通躓。〔韓愈進學解〕跋前躓後。〔按說文足部引詩狼跋作躓。玉篇云。或作躓。〕

【疐】丁計切音帝霽韻

去本也。〔爾雅釋木〕棗李曰—之。〔疏〕謂治棗李皆去其—。—者、柢也。〔釋文〕—亦作𧀵。同丁計反。〔按禮記曲禮曰。削瓜者士—之。疏、—謂脫華處。士不半破。但去—而橫斷。集韻云。或作𧀵。正字通云。俗作蔕。〕

【疑】魚其切音宜支韻

㊀惑也。見〔說文子部〕。

㊁猶豫不果也。〔周書玉佩〕時至而—。

㊂恐也。〔禮記雜記〕皆為—死。

㊃怪也。〔淮南氾論〕有立武者見—。

㊄難也。〔列子湯問〕其妻獻—曰。〔釋文〕獻—、猶致難也。

㊅戾也。見〔爾雅釋言〕。

㊆似也。〔漢書司馬相如傳〕過虞舜於九—。〔注〕師固曰。—、似也。山有九峯。其形相似。故曰九—。

㊇度也。〔儀禮士相見禮〕凡燕見于君。必辨南面。若不得。則正方不—君。〔注〕—謂不可預度君之面位。邪立向之。

㊈官名。〔禮記文王世子〕虞夏商周。有師保。有—丞。

㊉本作嶷。九—、山也。舜所葬在零陵營道。〔水經湘水注〕羅巖九峯。異嶺同勢。遊者—焉。故曰九—山。〔段玉裁云。諸書多作九—。惟山海經作嶷。而郭注亦作—。〕

【疑】疑陵切音凝蒸韻

㊀定也。〔詩桑柔〕靡所止—。云徂何往。

㊁通凝。〔易坤〕陰始—也。〔釋文〕—、荀姚本作凝。

【疑】魚乙切銀入聲質韻

止也。有矜莊之色。〔儀禮鄉射禮〕賓升西階上—立。〔按士婚禮云。婦—立於席西。注云。—、正立自定之貌。〕

【疑】偶起切疑上聲紙韻

同擬。〔禮記燕義〕不以公卿為賓。而以大夫為賓。為—也。〔疏〕—、擬也。是下比擬於上。故云自下上至也。

之辭也。

【疑】鄂力切音嶷職韻 正立貌見〔集韻〕。

【疐】古夏字見〔集韻〕。

十畫

【𨇗】千羊切音槍陽韻 趍走也。見〔字彙〕。〔按集韻作蹡。从足。正字通云𨇗譌字。〕

【𤴱】之世切音滯霽韻 姓也。漢王莽時有—惲。見〔玉篇〕。

【𤴲】同蹇。見〔正字通〕。〔按字或譌作𤴫、𤴬、𤴭、諸形。今皆不錄。舊字典九畫作𤴮。十一畫作—。分爲二。非。今九畫依說文作蹇而著其非於此。〕

十七畫

【靈】同靈。見〔字彙補〕。

※癶部※

【癶】北末切音鉢曷韻 本作𣥠。〔說文〕𣥠足剌𣥠也。〔注〕兩足相背不順。故刺之也。六書本義曰。兩足張有所撥除也。〔通訓定聲〕曰。止𣥂相背曰—。止𣥂相連曰步。〕

二畫

【𤼲】古蹫字。見〔六書統〕。〔按集韻十二齊作𤼲。〕

四畫

【癸】頸誄切規上聲紙韻 ❶冬時水土平可揆度也。象水從四方流入地中之形。見〔說文※部〕。〔按※本古文。小篆因之。籀文从𣥠从矢。今隸作从天。徵之鐘鼎彝字形不一。各家之說。亦紛歧多辨。六書統曰。水王之衰也。亦象水縱橫于木根荄之形。六書正義曰。以足步量地也。从𣥠矢。會意。矢者以近度遠。六書正譌曰。交錯二木度地。以取平也。从二木相形。六書故曰。以—鼎之文觀之。殆似三岐矛。通訓定聲曰。即戣字。因爲借義所專。復加戈旁。〕❷十干之一也。〔爾雅釋天〕太歲在—曰昭陽。〔又〕月在—曰極。❸揆也。見〔廣雅釋言〕。❹庚—乞糧隱語也。〔左哀十三年傳〕吳申叔儀乞糧于公孫有山氏。對曰。若登首山以呼曰庚—乎。則諾。〔註〕庚西方主穀。—北方主水。軍中不得出糧。故爲私隱。❺天—精也。〔內經上古天眞論〕女子七歲、腎氣盛。齒更髮長。二七而天—至。任脈通。太衝脈盛。月事以時下。故有子。七七任脈虛。太衝脈衰。天—竭。地道不通。故形壞而無子也。丈夫八歲、腎氣實。髮長齒更。二八腎氣盛。天—至。精氣溢瀉。陰陽和。故能有子。〔方書云。男之精。女之血。先天得之以成形。後天得之以有生。故曰天—。按天—至期。由人種氣候之不同。生活於田野城市之異。其遲速有別。其在溫帶之人。固大概同也。其在熱帶人種。僅六七齡而已至。寒帶人種。逾年十六而未至者有之也。〕❻姓也。出齊—公後。見〔廣韻引姓苑〕。❼人名。夏桀名。或曰履—。商湯之父名主—。

【癹】普活切音潑曷韻 以足蹋夷草。从癶从殳。春秋傳曰。—夷薀崇之。見〔說文〕。〔按—今作芟。〕❶除草也。見〔廣韻〕。❷—𤿶蟠戾相摎也。〔史記司馬相如傳〕崔錯—骫。

【𤼽】俗癹字。見〔正字通〕。

五畫

【𤼷】古登字。見〔字彙補〕。

【𤽈】癸籀文。見〔說文※部〕。

六畫

【𤼿】古班字。見〔字彙〕。

七畫

【登】都騰切音燈蒸韻 ❶上車也。从癶豆。象登車形。見〔說文〕。❷陞也。見〔爾雅釋詁〕。

(三)進也。〔呂覽仲夏〕農乃—麥。
(四)上也。〔周禮司民〕掌—萬民之數。
(五)高也。〔國語晉語〕不哀年之不—。
(六)入也。〔淮南繆稱〕錦繡—廟。
(七)加也。〔左昭三年傳〕皆—一焉。
(八)尊之也。〔禮記月令〕—龜。〔注〕龜言—者、尊之也。
(九)熟也。〔孟子滕文公〕五穀不—。
(十)成也。〔史記樂書〕男女無別則亂—。
(十一)定也。〔周禮小司徒〕頒比法于六鄉之大夫。使各—其鄉之衆寡六畜車輦。
(十二)當也。—時、即當時也。唐律。諸夜無故入人家者。主人—時殺者勿論。
(十三)——用力相應聲。〔詩緜〕築之——。
(十四)星名。〔晉書天文志〕歲星之精流爲及—。
(十五)州名。唐置。明升爲府。清仍之。今爲蓬萊縣。北濱渤海。其端爲—州岬。與遼東半島之鐵山岬相對。距一百八十餘里。即直隸海峽。
(十六)—星。鳳皇朝鳴也。見〔軒轅黃帝紀〕。
(十七)通毦。〔釋名釋牀帳〕榻登施於大牀之前。小榻之上所以登牀也。〔一切經音義引作毦毦〕。
(十八)姓也。蜀有關中流人始平—定。見〔廣韻〕。

【登】丁鄧切等去聲徑韻

履也。或作蹬。見〔集韻〕。

【登】東職切等入聲職韻

—來。猶得來也。〔公羊隱五年傳〕公曷爲遠而觀魚。登—來之也。〔注〕—讀爲得。得來之者。齊人語也。齊人名求得爲得來。作—來者。其言大而急。由口授也。

【發】方伐切音髮月韻

(一)䠶—也。从弓。發聲。見〔說文弓部〕。
(二)起也。〔禮記中庸〕—強剛毅。
(三)揚也。〔禮記樂記〕其聲—以散。
(四)舉也。見〔廣雅釋詁〕。
(五)初也。〔史記樂書〕—揚蹈厲之已蚤。
(六)致也。〔呂覽報更〕因—酒於宣孟。
(七)生也。〔淮南主術〕是故草木之—蒸氣。
(八)舒也。見〔廣韻〕。
(九)動也。〔老子〕地無以寧將恐—。
(十)見也。〔禮記樂記〕故君子樂其—也。〔注〕樂其外見也。
(十一)洩也。〔楚辭大招〕春氣奮—。
(十二)出也。〔禮記月令〕雷乃—聲。
(十三)散也。〔內經素問四氣調神大論〕惡氣不—。
(十四)亂也。〔詩谷風〕毋—我笱。
(十五)伐也。〔詩噫嘻〕駿—爾私。〔疏〕以耜擊伐其私田。使之—起也。
(十六)開也。〔書武成〕—鉅橋之粟。
(十七)明也。〔論語爲政〕亦足以—。
(十八)行也。〔呂覽重言〕謀未—而聞於國。
(十九)往也。〔周髀算經〕日道—斂之所生也。
(二十)遣也。〔國策齊策〕王何不—將而擊之。
(二十一)進也。見〔玉篇〕。
(二十二)駭走也。〔文選張衡賦〕獸不得—。
(二十三)猶徵召也。〔漢書韓安傳〕若是則北—月氏。
(二十四)古東方之夷也。〔周書王會〕—人鹿鹿者。
(二十五)撥也。撥使開也。見〔釋名釋言語〕。
(二十六)十二矢也。〔漢書匈奴傳〕矢四—。〔注〕服虔曰。—、十二矢也。韋昭曰。射禮三而止。每射四矢。故以十二爲一—也。師古曰。—、猶今言箭一放兩放也。今則以一矢爲一放也。
(二十七)舍車也。〔方言〕—、稅。舍車也。東齊海岱之間爲之—。宋趙陳魏之閒謂之稅。〔注〕—、今言—寫也。稅猶脫也。
(二十八)長—。大禘之樂歌也。見〔詩長發疏〕。
(二十九)—齊。昏禮也。〔荀子禮論〕大昏之未—齊也。〔注〕謂未有威儀節文。象太古時也。
(三十)東方神鳥曰—明。見〔後漢五行志〕〔又〕鳳皇晨鳴曰—明。見〔廣雅釋鳥〕。
(三十一)姓也。〔史記封禪書〕有—根。

【發】北末切音撥曷韻

盛貌。〔詩碩人〕鱣鮪——。〔釋文〕馬云。魚著罔尾——然。韓詩作鱍。〔按說文魚部引詩作鮁〕。

【[illegible]】亡咸切姏平聲咸韻

歲也。見〔集韻〕。

【[illegible]】登訛字。見〔正字通〕。

【[illegible]】發訛字。見〔正字通〕。

八畫

【𤼸】古登字。見〔玉篇〕。

十一畫

【𤼽】同發。見〔字彙〕。

【𤼾】放吠切音廢隊韻

(一)稅也。見〔廣雅釋詁〕。

(二)賦斂也。見〔廣韻〕。

※穴　部※

【穴】胡決切音坹屑韻

(一)土室也。見〔說文〕。〔按墨子辭過篇云。古之民未知爲宮室時。就阜陵而居。—而處。禮運曰。冬則居營窟〕

(二)塚壙也。〔詩大車〕死則同—。

(三)陰之路也。〔易需〕需出自—。

(四)孔也。〔孟子滕文公〕鑽—隙相窺。

(五)僻也。〔文選班固賦〕扳廻—其若茲兮。

(六)側也。〔爾雅釋水〕氿泉—出。—出。側出也。

(七)—見。言不廣也。〔後漢陳忠傳〕不敢—見。

(八)官名。〔周禮穴氏〕—氏掌攻蟄獸。〔疏〕凡獸皆藏—中。故以—爲官名。

(九)丹—。地名。〔爾雅釋地〕距齊州以南。戴日爲丹—。

(十)錫—。地名。〔左文十一年傳〕潘崇復伐麇。至於錫—。〔注〕錫—。麇地。漢書地理志注。錫縣卽春秋所謂錫—。〔當今湖北鄖縣〕。

(十一)馬—。山名。〔水經沔水注〕中廬縣之西北。謂之馬—山。〔在今湖北南漳縣境〕。

(十二)鳥鼠同—。山名。見〔書禹貢疏〕。〔在今甘肅渭源縣境〕。

(十三)醫家名人身要害之處曰—道。亦曰—。

【穴】戶橘切音驈質韻　孔也。見〔集韻〕。

【穴】古穴切音玦屑韻　同鐍。〔漢書天文志〕暈適背—。〔注〕孟康曰。—多作鐍。其形如玉鐍也。如淳曰。有氣刺日爲鐍。鐍。抉傷也。

一畫

【穵】烏八切音歆黠韻

(一)探穴也。見〔集韻〕。

(二)—深也。見〔廣雅釋詁〕。

(三)今俗謂盜賊穴牆曰—。

【𥤢】乙黠切音軋黠韻　空大也。見〔說文〕。〔按小徐本作空也〕

二畫

【究】居又切音救宥韻

(一)窮也。从穴。九聲。見〔說文〕〔注〕亦—竟之意。當言九亦聲。

(二)極也。〔易說卦〕其—爲健。

(三)竟也。〔漢書鼂錯傳〕盛德不及—於天下。〔按—有竟義。今俗猶有—竟之說〕

(四)深也。見〔玉篇〕。

(五)推尋也。〔詩常棣〕是—是圖。

(六)謀也。〔詩皇矣〕爰—爰度。

(七)窮也。見〔廣雅釋言〕。

(八)山溪瀨中謂之—。〔水經溫水注〕溫水鬱水自九德浦逕越裳—、九德—、南陵—。

(九)畢也。〔呂覽任地〕此告民—也。

(十)士之孝曰—。見〔禮記祭統疏引搜神契〕。

(十一)——。懷惡不相親比之貌。〔詩羔裘〕自我人——。

(十二)—不事人。南蠻別號也。〔後漢南蠻傳〕日南徼外蠻夷—不事人。

(十三)學—。〔唐書選舉志〕明經之別。有五經。有三經。有二經。有學—。一經。有三禮。有三傳。有史科。〔按古者學—二字。未嘗非美稱。故宋太祖賜布衣王澤方同學—出身。亦嘉之也。後世有稱人曰老學—。村學—。

｜。則輕之矣。〕

【⿱穴丁】除耕切音橙庚韻
小突也見〔玉篇〕。

【⿱穴了】烏了切音天篠韻
深也見〔字彙補〕。

【⿱穴几】章刃切音震震韻
深也見〔海篇〕。

三畫

【穸】祥亦切音夕陌韻
(一)窀｜也見〔說文〕。
(二)墓穴也見〔增韻〕。
(三)夜也〔左襄十三年傳〕唯是春秋窀｜之事。〔按韻會云長夜謂之｜。〕
(四)借作究字。〔漢樊敏碑〕貫｜道度。無文不睹。
(五)通夕。〔孔宙碑〕窀夕不華。

【穹】邱弓切音芎東韻
(一)窮也。見〔說文〕。〔注〕｜隆然上高也。
(二)大也。見〔爾雅釋詁〕。
(三)天也。〔文選謝惠連詩〕瞬宜矓曾｜。
(四)｜崇高貌。〔文選司馬相如賦〕鬱竝起而｜崇。
(五)｜隆天之形也。〔太玄玄告〕天｜隆而周乎下。〔又〕長曲貌。〔文選張衡賦〕閣道｜隆。〔又〕水鷕起回縈也。〔文選司馬相如賦〕｜隆雲繞。
(六)｜蒼蒼天也。〔詩桑柔〕以念｜蒼。〔疏〕爾雅釋天云李巡曰古時人質。仰視天形。｜隆而高色蒼蒼然。故曰｜蒼。
(七)｜谷深谷也。〔文選班固賦〕幽林｜谷。
(八)山名。〔吳地志〕｜隆山名。〔在今江蘇吳縣西南二十里〕
(九)獸名。〔史記天官書〕如羣畜｜閭。
(十)｜廬氈帳也。〔漢書揚雄傳〕破｜廬。
(十一)州名。唐羈縻劍南道。當今四川茂縣境。
(十二)通芎。〔史記司馬相如傳〕｜窮菖蒲。〔索隱〕司馬彪云芎藭似藁本。郭璞云今歷陽呼為江離。〔按文選｜作芎〕

【穹】枯公切音空東韻
(一)鼓木腹｜隆也。〔考工記韗人〕韗人為皋陶。長六尺有六寸。左右端廣六寸。中尺。厚三寸。｜者三之一。〔注〕鄭司農云｜讀為志無空邪之空。謂鼓木腹｜隆者居鼓三之一也。玄謂｜讀｜蒼之｜。｜隆者居鼓面三分之一。
(二)浪｜縣名。〔方輿記要〕鄧川州西十五里。北至劍川州百里。漢楪榆縣。蠻名彌次。即浪｜詔所居。唐時置州。元至元十一年改為縣。韻會小補云。雲南縣名浪｜。土音讀為浪空。〔當今雲南鄧川縣〕。

【空】枯公切音崆東韻
(一)竅也。見〔說文〕。
(二)孔也。〔漢書張騫傳〕小國當｜道。
(三)穿也。〔漢書溝洫志〕宜卻徙完平處更開｜。〔注〕師古曰。｜猶穿。
(四)盡也。〔詩大東〕杼柚其｜。
(五)虛也。〔論語先進〕回也其庶乎屢｜。〔注〕｜猶虛｜也。〔皇疏〕窮匱也。
(六)不執著為空。〔後漢西域傳論〕詳其清心釋累之訓。有兼遣之宗。道書之流也。〔注〕不執著為｜。執著為有。兼遣謂不｜不有。虛實兩忘也。維摩詰云我及涅槃此二皆｜。
(七)大也。〔詩白駒〕在彼｜谷。〔韓詩作在彼穹谷〕。
(八)息也。〔文選江淹賦〕巡層楹而｜揜。
(九)｜｜無識也。〔論語子罕〕｜｜如也。〔釋文〕鄭本作悾悾。〔又〕慤也。〔呂覽下賢〕｜｜乎其不為巧故也。
(十)文不徵實曰｜。〔文心雕龍〕意翻｜而易奇。
(十一)｜奪即蛇皮脫也。〔山海經中山經〕峽山多｜奪。
(十二)廓也。〔文選左思詩〕寥寥｜宇內。
(十三)待也。見〔方言〕。
(十四)天也。如太｜。高｜。晴｜之類。
(十五)事無成效曰｜。
(十六)｜首拜名。〔周禮大祝〕辨九拜。三曰｜首。〔疏〕先以兩手拱至地。乃頭至手。是為｜首也。以其頭不至地。故名｜首。
(十七)司｜官名。〔書洪範〕四曰司｜。〔傳〕主｜土以居民。〔按漢書百官表。禹作司｜。平水土。師古注云。｜穴也。古人穴居。主穿土為穴。以居人也。詩緜乃召司｜。箋云司｜卿官也。掌營國邑。乃後世文化漸進之制。猶仍舊名也。〕〔又〕獄名。

禮記月令〕仲春之月。命有司省囹圄。〔疏〕漢曰若盧。魏曰司—。

(十八)—侯。樂器名。亦作箜篌。〔風俗通〕—侯。漢書孝武皇帝賽南越。禱祠太一后土。始用樂人侯調。依琴作坎坎之樂。言其坎坎應節奏也。侯以姓冠章耳。或說—侯取其—中琴瑟者。—何獨坎侯耶。斯論是也。詩云。坎坎鼓我。是其文也。〔按釋名云。師延所作。靡靡之樂也。樂府雜錄曰。以其亡國之音。故號—國之侯。故名坎侯。文獻通攷云。唐制。似瑟而小。其絃有七。用木撥彈之。以合二變。亦燕樂有大—侯。小—侯。續文獻通攷云。元—侯制。以木。闊腹。腹下施橫木而加軫二十四。柱頭及首並加鳳喙。〕

(十九)—桑。地名。〔括地志〕徵在生孔子—桑之地。亦名—竇。在曲阜縣南二十里女陵山。〔當今山東曲阜縣〕〔又〕瑟名。〔楚辭大招〕定—桑只。

(二十)—澤。宋邑名。〔左哀二十年傳〕公游於—澤。〔注〕宋邑。〔當今河南虞城縣東。〕

(廿一)—氣。瀰漫—間之氣體。化學家謂其中含有養氣。淡氣。及其他雜質。生物得此。賴以存活。有時彼此—氣往來激動。遂成爲風。

(廿二)複姓。漢姓有—桐、—相、司—三氏。

【𥤢】苦動切音孔董韻

(一)竅也。通作孔。見〔集韻〕。

(二)血流之道。大經隧也。〔素問六節藏象〕血行而不得反其—。

(三)土—。土窟也。〔韻會小補〕秦人呼土窟爲土—。

【𥤢】苦貢切音控送韻

(一)窮也。〔詩節南山〕不宜—我師。

(二)高曠也。〔黃庭堅詩〕起看冥鴻飛。乃見天宇—。

(三)缺也。見〔韻會〕。

(四)虛也。見〔韻會〕。

【⿱穴土】蘇則切音色職韻

以土窒穴也。見〔古文奇字〕。

【窏】邕俱切音紆虞韻

(一)膈也。見〔玉篇〕。

(二)古字字作—。見〔漢孔耽碑〕。

【⿱穴女】那胡切音奴虞韻、

窒也。見〔玉篇〕。

【窀】徒門切元韻

火見穴中。見〔佩觿〕。〔按集韻、類篇、作窀。云犬見穴中。攷孔宙碑窀夕不華。正作窀。是窀、窀、即一字也。佩觿分之。謂多事。康熙字典以爲窀之譌字。亦疏於攷訂也。〕

【⿱穴巴】母朗切音莽養韻

—竇。空也。見〔集韻〕。

【⿱穴子】古字字。見〔集韻〕。

【⿱穴肉】同肉。見〔字彙補〕。〔按舊注引史晨饗孔廟碑香酒美肉。攷隸釋所載作香酒美肉。〕

【⿱穴大】同突。見〔篇海〕。

【⿱穴乍】同虐。見〔字彙補〕。

四畫

【⿱穴木】所今切音森侵韻

(一)同窸。突也。見〔廣韻〕。

(二)姓也。—夷。見〔李鼎祚易經集解〕。

【穽】疾郢切音靜梗韻疾正切音淨敬韻

(一)陷也。阱。或从穴。見〔說文井部〕。〔按玉篇云。阱。亦作—。一切經音義云。—。古文阱、棨二形。華嚴經音義云。—。籀文作阱。〕

(二)穿地陷獸。〔書費誓〕敜乃—。〔鄭注〕山林之田。春始穿爲—。

【⿱穴夬】一決切音抉古穴切音玦呼決切音血屑韻

(一)穿也。見〔說文〕。

(二)空也。或爲肤、閱。見〔玉篇〕。

【穾】一叫切音要嘯韻

(一)隱暗處。窔。亦作穾。東南隅謂之窔。俗作—。見〔廣韻〕。

(二)複室也。〔楚辭招魂〕冬有—廈。

【穿】昌緣切音川先韻

(一)通也。从牙在穴中。見〔說文〕。

(二)開通荒梗之地也。〔漢書食貨志〕彭吳—穢貊朝鮮。置滄海郡。

(三)鑿也。見〔增韻〕。

(四)孔也。〔史記鄧通傳〕孝文夢欲上天。不能。有一黃頭從後推之上天。顧見其衣裻帶後—。

(五)鑽也。見〔增韻〕。

(六)貫也。見〔增韻〕。

(七)委曲入也。見〔增韻〕。

(八)敗也。〔公羊宣十二年〕古者杅不—。

(九)壙中也。〔漢書外戚傳〕衛士投丁姬—中。

(十)度也。〔元稹詩〕—花露滴衣。

(十一)眼—。〔韓愈詩〕眼—常訝雙魚斷。
(十二)—胸。國名。〔爾雅釋地八狄疏〕亦曰—胸。
(十三)育—。蜂房也。見〔本草〕。
(十四)天—。〔拾遺記〕江東謂正月二十日爲天—。日用紅縷繫餅置屋上。謂之補天—。
(十五)人名。〔史記孔子世家〕子京生—。字子高。

【穿】於權切音淵先韻
火起貌。見〔韻會小補〕。

【穿】楓絹切音釧霰韻
貫也。〔漢書司馬遷傳〕貫—經傳。

【宏】胡泓切音宏庚韻
(一)—窨。大屋也。見〔玉篇〕。
(二)屋聲響也。見〔玉篇〕。

【突】他骨切音葖他括切音捝月韻
(一)犬從穴中暫出也。从犬在穴中。一曰。滑也。見〔說文〕。〔注〕犬匿於穴中伺人。人不意之。—然而出也。
(二)猝也。〔方言〕江湘之間凡卒相見。謂之棄相見。或曰—。
(三)出貌。〔詩甫田〕—而弁兮。
(四)陵觸也。〔荀子王霸〕汙漫—盜以先之。
(五)—禿短髮凌人也。〔荀子非相〕孫叔敖—禿長左。〔注〕謂髮短可凌一人者。
(六)穿也。〔左襄廿五年傳〕宵—陳城。
(七)欺也。見〔廣雅釋詁〕。
(八)—抗高貌。〔文選木華賦〕—抗孤游。
(九)維持戶鑽者。〔爾雅釋言〕植謂之傳。傳謂之—。〔疏〕植謂戶之維鑽者也。植木爲之。又名傳。又名—也。
(十)惡馬也。〔漢書刑法志〕是猶以鞿而御駻—。
(十一)火宣揚貌。〔易離〕—如其來如。〔荀注〕火光宣揚故—如也。
(十二)唐—。觸也。〔晉書周顗傳〕顗曰。何乃刻畫無鹽。唐—西施。
(十三)竈—也。〔淮南人閒〕百尋之屋。以—隙之烟焚。〔按廣雅釋室作堗。云窹謂之竈。其脣謂之陘。其窻謂之堗〕。
(十四)守城之門。〔後漢竇融傳〕公孫述令守—門。
(十五)—厥。北方人種。〔北史突厥傳〕—厥者。其先居西海之右。獨爲部落。蓋匈奴別種也。〔按—厥即今土耳其國。又說略云。雀自塞北來者。或名曰—厥〕。
(十六)屁—。吐—。並古北方外國姓。

【突】徒結切音垤屑韻陁沒切音揬月韻
滑也。見〔集韻〕。

【突】都木切音督屋韻
趵—。泉名。一名瀑流。見〔明一統志〕。〔在今山東歷城縣西〕。

【窂】郎刀切音牢豪韻
(一)實也。見〔玉篇〕。
(二)同牢。養牛馬圈也。〔劉歆賦〕天烈烈以厲高兮。寥球窻以梟—。

【𥥚】乳兗切音輭銑韻
柔皮革。見〔六書音義〕。

【帘】敕中切音忡東韻
穿也。見〔玉篇〕。

【穽】烏敢切感韻於檢切音弇琰韻
閉也。見〔玉篇〕。

【窀】株倫切音屯眞韻
—穸。葬之厚夕。春秋傳曰。—穸從先君于地下。見〔說文〕。〔按左襄十三年傳。唯是春秋—穸之事。注云。—、厚也。穸、夜也。厚夜、猶長夜。長夜、謂葬埋。疏云。長夜、言夜不復明。死不復生。故長夜謂葬埋。以其事施於葬。故今字皆從穴。韻會云。長埋謂之—。長夜謂之穸〕。

【窀】徒渾切音軘元韻
壿也。見〔集韻〕。

【窀】除鰥切删韻徒渾切音軘元韻
穴中見火。見〔廣韻〕。〔按集韻云。犬見穴中也〕。

【𥦗】夾針切音淫侵韻
㝆或字。〔集韻〕㝆。深也。或作—。

【𥧃】五丸切音岏寒韻
窟也。見〔玉篇〕。

【窔】伊鳥切音杳篠韻
窅或字。〔集韻〕窅。戶樞聲也。室之東南隅。或作—。

【穾】一叫切音突嘯韻
窔或字。〔集韻〕窔。窅窔。深也。一曰室之東南隅謂之窔。或作—。

【𥨤】烏八切音歆女滑切音豽黠韻
穿也。見〔集韻〕。

【⿱穴皮】餅移切音皮支韻
器也。見〔篇海〕。

【窣】蘇谷切音速屋韻
穴中出也。見〔篇海〕。

【⿱穴豕】式類切音邃寘韻
同邃。深也。見〔集韻〕。

【⿱癶夭】同竅。見〔字學指南〕。

【⿱穴气】同竄。見〔篇海〕。

【⿱穴勿】同寂。見〔字彙補〕。

五畫

【⿱穴弘】于萌切音弘庚韻
㊀屋聲。見〔玉篇〕。〔按廣韻。有⿱宀弘無—。集韻云。⿱宀弘或作—。〕
㊁幽深貌。見〔類篇〕。

【⿱穴弘】烏橫切弘去聲敬韻
小水貌。見〔廣韻〕。

【窅】伊鳥切音杳篠韻一叫切音窔嘯韻於絞切音拗巧韻
㊀深目也。从穴中目。見〔說文目部〕。
㊁遠望也。〔文選謝玄暉詩〕緜源殊未極。歸徑—如迷。

【⿱穴百】於交切咬平聲肴韻
—。窊曲貌。〔漢書禮樂志〕都荔遂芳。—窊桂華。〔注〕蘇林曰。—音匪之。—窊音窊下之窊。孟康曰。—出窊入。都良薜荔之香。鼓動桂華也。師古曰。桂華之形。—窊然也。—音一交反。

【⿱穴貝】莫賢切音綿先韻
—然。悵然也。〔莊子逍遙遊〕—然喪其天下焉。〔釋文〕徐烏了反。郭武駢反。李、—然猶悵然。

【窇】弼角切音雹覺韻
㊀土室也。見〔玉篇〕。
㊁窖也。見〔玉篇〕。

【窈】伊鳥切音杳篠韻
㊀窔遠也。見〔說文〕。
㊁好也。〔方言〕美心爲—。
㊂——。去遠也。〔素問徵四失論〕——冥冥。孰知其道。〔又〕了無也。〔莊子在宥〕至道之精。——冥冥。
㊃—糾。舒之姿也。〔詩月出〕舒—糾兮。
㊄—窕。幽閒也。〔詩關雎〕—窕淑女。〔又〕貞專貌。〔文選顏延之詩〕—窕援高柯。〔又〕妖冶之貌。〔後漢烈女傳〕入則亂髮壞形。出則—窕作態。
㊅—藹。深遠之貌。〔文選江淹詩〕—藹瀟湘空。
㊆—冥。不可見者。〔素問從容論〕吾問子—冥。
㊇通幽。〔淮南道應〕可以明。可以—。〔注〕讀如幽。
㊈通杳。〔後漢班彪傳〕又杳篠而不見陽。〔注〕杳與—通。宮宇深邃。又不見明也。
㊉通窅。〔史記項羽紀〕—冥晝晦。〔集解〕徐廣曰。—亦作窅字。

【窈】於兆切音夭篠韻
—謂舒姿。見〔集韻〕。

【窈】一叫切音窅嘯韻
窔或字。〔集韻〕窔。宧窔。深也。一曰室之東南隅謂之窔。或作—。

【窉】補永切音丙梗韻陂病切音柄敬韻況病切邱詠切鋪病切敬韻
㊀穴也。見〔玉篇〕。
㊁驚病也。見〔篇海〕。
㊂月名。〔廣韻〕爾雅云。三月爲—。本亦作寎。

【窊】烏瓜切音窪麻韻
㊀汙衺下也。見〔說文〕〔段注〕凡下皆得謂之—。水部洿者。下也。〔按六書故云地窊下汙所集也。〕
㊁不滿貌。〔漢書禮樂志〕—窅桂華。
㊂—隆。高下貌。〔文選馬融賦〕波瀾鱗淪。—隆詭戾。
㊃官名。遼有杓—。

【窊】烏化切窪去聲禡韻
下地也。見〔集韻〕。

【窊】烏吳切音蹤禡韻
店下處也。見〔廣韻〕。

【窡】張滑切音竅黠韻
㊀物在穴中皃。見〔說文〕〔段注〕靈光殿賦曰。綠房紫菂。—咤垂珠。謂蓮房之實。—然見於房外如垂珠也。
㊁不—。人名。〔史記周本紀〕后稷卒。子不—立。〔正義〕括地志云。不—故城在慶州弘化縣南三里。即不—在戎狄所居之城也。
㊂同窟。〔吳越春秋〕公子光伏甲於—室中。

【窋】竹律切音絀質韻
㊀⿱穴丕也。見〔玉篇〕。
㊁將出穴貌。見〔集韻〕。

【窋】張刮切黠韻

穴中出皃。見〔類篇〕。

【窌】披敎切音砲效韻

㊀窖也。見〔說文〕。〔段注〕攷工記匠人注曰、穿地曰窌。呂覽穿竇窌、月令、淮南皆作窖。

㊁起釀也。見〔廣韻〕。

㊂南窌、縣名。〔史記衛青傳〕封賀爲南窌侯。〔索隱〕韋昭云、縣名。或作窖、字林云、大下卯、與穴下卯、竝音匹孝反。〔按漢書衛青傳、封賀爲南窌侯、注臣瓚曰、茂陵中書云、南窌侯。此本字也。師古曰、窌音普敎反。窌亦同字。功臣表南窌侯賀以將軍擊匈奴得王。从大下卯。與傳異。師古音普孝反〕

【窌】居效切音敎效韻

通窖。地藏也。〔考工記匠人〕囷窌倉城。〔釋文〕窌、當爲窖。

【窌】力救切音溜宥韻　郎到切音勞號韻

石窌。地名。〔左成二年傳〕予之石窌。〔注〕石窌、邑。濟北盧縣東有地名石窌。〔在今山東茌平縣。按玉篇、廣韻、集韻、類篇竝穴下从寅卯之卯。左傳及釋文亦然。韻會舉要以爲當從申丣之丣。作窌云窌俗混作窌。六書故曰。从丣則力救反。从丣則窖也。今本皆从丣、卽窖字也。〕

【窌】力皎切音寥肴韻

深空貌。〔文選馬融文〕廫窌巧老。

【罙】所禁切音滲沁韻　疏簪切音森侵韻

㊀深貌。見〔集韻〕。

㊁俗謂深黑爲窨罙。見〔集韻〕。

㊂瘞也。關中謂瘞柩爲罙。見〔集韻〕。

【罙】徒感切音禫感韻式針切音深夷針切音淫疏簪切音滲侵韻

深也。一曰竈突。見〔說文〕。〔段注〕此以今字釋古字也。罙、深古今字。篆作罙、淶、隸變作罙、深。深、水部淶下、但云水名、不言淺之反。是知古深淺字作罙。深行而罙廢矣。有穴而後有淺深。故字从穴也。呂氏春秋云。竈突決則火上焚棟。蓋竈上突起以出煙火。今人謂之煙囪。卽廣雅之竈窻。今人高之出屋上。畏其焚棟也。以其顚言謂之突。以其中深曲通火言謂之罙。漢書言曲突徙薪。則有曲之令火不直上者矣。

【窔】吉弔切音叫嘯韻

㊀窔窱。深遠也。見〔集韻〕。

㊁靜也。〔文選張衡賦〕望窔窱以徑廷。

【窔】伊鳥切音杳篠韻

同窈。深遠也。見〔集韻〕。

【窂】魯刀切音勞豪韻

㊀養也。見〔海篇〕。

㊁堅固也。見〔海篇〕。

【窄】側格切音責陌韻

陿也。或作迮。見〔玉篇〕。

【⿱穴未】輸芮切音稅霽韻

深也。趙魏間語。見〔篇海〕。

【窆】陂驗切音砭豔韻悲檢切音貶琰韻逋鄧切音崩徑韻

葬下棺也。周禮。及窆執斧。見〔說文〕。〔按周禮太僕。窆亦如之。司農注云。窆謂葬下棺也。春秋傳所謂日中而堋。禮記謂之封。皆葬下棺也。音相似。窆讀如慶封汜祭之汜。左昭十二年傳。毀之則朝而堋。杜注云。堋、下棺也。說文作堋、竝聲近而義同。段玉裁曰。堋、封、窆三字分蒸、侵、東、三韻而一聲之轉。〕

【⿱穴甲】乙甲切音押洽韻　子曷切音鬢曷韻

入脈刺穴謂之⿱穴甲。見〔說文〕。〔段注〕蓋古醫經之言。齊民要術說相牛亦有⿱穴甲字。

【⿱穴帀】子錯切音作藥韻

安貌。見〔篇海〕。

【⿱穴皿】眉永切音皿　母梗切音猛梗韻

北方謂地空因以爲土穴爲⿱穴皿戶。見〔說文〕。

【⿱穴令】力丁切音零靑韻

井也。見〔玉篇〕。

【⿱穴矢】弋質切音逸質韻

穴也。見〔集韻〕。

【⿱穴且】七居切音岨魚韻

亦岨字。見〔玉篇〕。〔按玉篇山部岨云。石山戴土也。〕

【⿱穴示】匹寐切音譬寘韻

本作庛。氣下泄也。見〔集韻〕。

【⿱穴石】徒朗切音蕩養韻

過也。見〔海篇〕。

【⿱穴疋】余搖切音搖蕭韻

陶師燒瓦也。見〔海篇〕。

【𥦂】岫籀文。見〔說文山部〕。

【𥦍】同寂。見〔字彙補〕。

【𥦎】同窈。見〔類篇〕。

六畫

【𥦃】陟嫁切　音吒　禡韻

㊀物在穴中貌。〔文選王延壽賦〕綠房紫菂。窋—垂珠。

㊁急疾曰窋—。見〔正字通〕。

【窅】伊鳥切　音杳　篠韻　一叫切　音宎　嘯韻

㊀冥也。見〔說文〕。〔段注〕冥者窈也。

㊁遠也。見〔廣韻〕。

㊂隱也。見〔廣韻〕。

㊃遠望合也。見〔玉篇〕。

㊄—窱。深邃貌。見〔廣韻〕。

【窐】於佳切　音娃　佳韻

㊀洼或字。〔集韻〕洼。深池也。一曰曲也。或作—。

㊁容汙下也。〔呂覽任地〕子能以—為突乎。

【𥦟】乙洽切　音䠑　洽韻

㊀土墊也。見〔集韻〕。

㊁凹或字。〔廣韻〕凹、下也。或作—。

【窒】得悉切　音擿　陟栗切　音挃　質韻　丁結切　音櫍　乃結切　音涅　屑韻

㊀塞也。見〔說文〕。〔按塞本誼為邊塞。後世用為塡𡫳字。段字依𡫳訓—。改塞為𡫳〕。

㊁止也。〔易訟〕惕中—。〔釋文〕—、猶止也。

㊂閉也。〔易損〕君子以懲忿—慾。〔疏〕—者閉其將來。

㊃月陽。〔爾雅釋天〕月在庚曰—。

㊄滿也。見〔廣雅釋詁〕。

㊅—素。日本名化學原質之淡氣。詳淡字。

【𥦤】徒結切　音垤　屑韻

㊀窴也、見〔集韻〕。

㊁—皇。寢門前闕。〔左宣十四年傳〕投袂而起。屨及于—皇。劍及於寢門之外。〔按集韻云寢門、冢前闕、皆謂之—皇。左莊十九年傳經皇注云。冢前闕。惠棟云。經與—通〕。

㊂通室。〔論語陽貨〕惡果敢而—者。〔鄭注〕魯讀—為室。今從古。

【窔】一叫切　音要　嘯韻　伊鳥切　音杳　篠韻

㊀窅—。深也。見〔說文〕。〔段注〕上林賦曰。巖—洞房。郭樸曰。於巖穴底為室。潛通臺上也。

㊁室東南隅謂之—。〔儀禮既夕禮〕掃室聚諸—。〔按說文窔、室之東南隅。廣韻三十四嘯云。—、隱暗處。亦作穾。東南隅謂之窔。俗作穾。集韻二十九篠云。窅或作窔、宎、窔、窈。不云同窅。韻會十八嘯穾下云。本作—。今俗作穾。或作宎。亦作窔、窔。窈。十七篠窔下云。本作窅。今作—。亦作穾。通作宎。儀禮校勘記。聚諸窔下云。毛本窔作窔。徐陳釋文、集釋、通解、俱作窔。陸氏曰。本又作—。而爾雅釋宮作窔。注及疏引既夕禮、皆作—。釋文云本或作窅。又作—。同。盧文弨曰。正文當作窅從宀。不從穴作窅、陸皆失之。郝懿行曰。爾雅釋文。從宀作窔、誤矣。郭引夕禮云。掃室聚諸—。釋文誤與爾雅同〕。

【窕】徒了切　掉上聲　篠韻

㊀窕肆極也。見〔說文〕。〔段注〕—與寬、為反對之辭。釋言曰。—、肆也。凡言在小不塞。在大不—者。謂置之小處而小處不見充塞無餘地。置之大處而大處不見空曠多餘地。

㊁寬也。見〔廣雅釋詁〕。

㊂美也。陳楚周南之間曰—。自關而西秦晉之間、或謂之—。見〔方言〕。

㊃淫也。沅湘之間謂之—。見〔方言〕。

㊄細也。〔左昭二十一年傳〕小者不—。〔注〕—、細不滿。

㊅窈—。幽閒也。〔詩關雎〕窈—淑女。〔疏〕窈—、謂淑女所居之宮也。形狀窈—。然言其幽深閒靜也。揚雄云。善心為窈。善容為—。非也。〔按江賦。幽岫窈—。此言山也。夏侯湛石榴賦。纖條參差以窈—兮。此言樹木也。謝靈運山居賦。濬潭澗而窈—。此言水也。辛延年羽林郎賦。兩鬟何窈—。焦仲卿詩云。有第三郎窈—世無雙。此則言男子亦用窈—矣〕。

㊆同條。〔淮南原道〕霄—之野。〔注〕與蕭條同。〔按正字通引如此。莊逵吉本—從雨作霩。注云。霄霩高峻貌。霩讀翟氏之翟。俶眞訓。蕭條霄霩。無有彷彿。注。霩、翟氏之翟也。據此當是張自烈誤記〕。

【窕】他彫切音祧蕭韻他弔切音糶嘯韻土了切眺上聲篠韻
❶同佻。〔左成十六年傳〕楚師輕—。
❷同挑。〔文選枚乘七發〕目—心與。〔注〕—、當爲挑。

【窕】餘招切音遙蕭韻
同姚。天美也。〔荀子禮論〕故其立文飾也不至於—治。〔注〕—、讀爲姚。

【窕】徒弔切音調嘯韻
同篠。深貌。〔荀子賦〕充盈大字而不—。〔注〕—、讀爲篠。

【⿱穴豆】徒候切音豆宥韻
❶空也。見〔韻海〕。
❷水至穴也。見〔韻海〕。
❸決也。見〔韻海〕。

【⿱穴同】徒東切音同東韻
通—也。見〔玉篇〕。

【⿱穴同】杜孔切音動董韻
地通穴也。見〔集韻〕。

【⿱穴危】古委切音詭紙韻
穴也。見〔玉篇〕。

【⿱穴共】胡貢切洪去聲送韻
——空貌。見〔集韻〕。

【⿱穴有】尤究切音宥宥韻
空也。見〔玉篇〕。

【⿱穴血】直律切音朮質韻
鑿穴居也。見〔集韻〕。

【⿱穴血】呼決切音血屑韻
空貌。見〔集韻〕。

【⿱穴亘】胡官切音桓寒韻
垣或字。〔集韻〕垣。堧也。或作—。

【⿱穴吏】疏吏切音駛寘韻
穴也。見〔集韻〕。

【⿱穴炎】式林切音深侵韻
竈突也。見〔玉篇〕〔按即罙字〕。

【⿱穴毛】香仲切音焪送韻
老弱也。見〔字彙補〕。

【⿱穴向】同向。見〔韻海〕。

【⿱穴去】同穿。見〔字彙補〕。

【⿱穴臣】俗宦字。見〔篇海〕。

【窑】俗窯字。見〔正字通〕。

【窓】俗窻字。見〔廣韻〕。

七畫

【⿱穴良】盧當切音郎陽韻
❶穴也。見〔玉篇〕。
❷㝩—。宮室空貌。見〔五音集韻〕。〔按廣韻、从宀作㝩、康。〔又〕凡物中空者皆曰㝩—。〔正字通〕今徽江有魚濱人呼爲漮—魚。以其乾而中空也。

【⿱穴夬】於決切音抉屑韻
❶深抉也。見〔說文〕〔段注〕抉之深。故从穴。
❷穴貌。空也。穿也。見〔玉篇〕。

【窖】居效切音教效韻
❶地藏也。見〔說文〕〔通俗文曰。穴地藏穀麥曰—。按今則凡物皆言—矣〕。
❷深也。〔莊子齊物論〕與接爲構。日以心鬭。縵者、—者、密者。〔簡文注〕—、深心也。
❸地名。〔水經漳水注〕漳水東至武安縣南黍—邑入於濁漳。〔當在今河南臨漳縣境〕。
❹通窌。〔考工記匠人〕囷窌倉城。〔釋文〕依字當爲—。作窌假借也。

【窖】則到切音竈號韻
炊竈也。竈亦作—。見〔集韻〕。

【窗】初江切創平聲江韻
❶在牆曰牖。在戶曰囪。—或从穴。回古文。見〔說文囪部〕。〔按玉篇囪部。與說文同。廣韻四江窻下云。說文作—。通孔也。牕同窻。俗而囪下引說文無—。以下各字集韻四江囪下凡—、牕、窻、囪、窻五形。是—與窻古分今合〕。
❷聰也。於內窺外爲聰明也。見〔釋名釋宮室〕。

【⿱穴囱】麤叢切音怱東韻
❶通孔也。鄭康成曰。窻助戶爲明。窻或作—。見〔集韻〕。
❷竈突也。見〔集韻〕。

【窘】巨隕切君上聲軫韻巨畏切音㾓未韻具運切音郡問韻
❶迫也。見〔說文〕。
❷困也。〔詩正月〕又—陰雨。〔傳〕—、困也。
❸痺也。見〔廣雅釋言〕。
❹急也。〔離騷〕夫唯捷徑以—步。
❺要也。〔素問靈蘭祕典論〕—乎哉消者瞿瞿。
❻仍也。〔詩正月〕又—陰雨。〔箋〕仍也。〔段玉裁云。仍者仍其舊而不能變。亦是—意〕。
❼囚拘之貌。〔文選賈誼賦〕—若囚拘。

【窙】許交切音虓肴韻
❶高氣。見〔廣韻〕。
❷開達貌。〔潘岳賦〕幽谷豁以—窙。

【𥦃】苦候切音寇宥韻
❶鈔也。見〔篇海〕。
❷暴也。見〔篇海〕。

【𥦗】唐丁切音廷青韻
穴也。見〔集韻〕。

【窦】大透切音豆宥韻
陷竇也。見〔玉篇〕。

【𥦱】直加切音茶麻韻
窊—。深貌。見〔玉篇〕。

【窌】力救切音溜宥韻
石—。地名。見〔韻會〕。〔詳窌字〕。

【𥦍】詰定切音罄徑韻苦磺切音謦迥韻牽盈切音輕庚韻苦丁切音罄青韻
空也。詩曰瓶之—矣。見〔說文〕。〔按今詩作罄〕。

【𥦎】時聲切音成庚韻
屋所受也。見〔玉篇〕。

【𥦿】渠尤切音求尤韻
深也。見〔集韻〕。

【𥦺】火犬切喧上聲銑韻
穴也。見〔篇海〕。

【𥧒】所今切音森侵韻杜覽切音啖感韻
突也。見〔廣韻〕。〔按集韻、杜覽切。訓爨突謂之—。蓋卽突字。玉篇作竅〕。

【𥦮】他貢切音痛他弄切送韻
穴也。見〔玉篇〕。

【𥧔】苦簟切音遺琰韻
鹿名。見〔篇海〕。

【𥦹】徹宙切丑去聲宥韻
姓也。今關東有—姓。見〔字彙補〕。

【窞】徒覽切音淡感韻
坎傍入也。見〔海篇〕。〔按卽窞譌字〕。

【𥦤】植鄰切音辰眞韻
屋宇也。天子所居也。見〔海篇〕。〔按卽宸譌字〕。

【𥦣】烏本切音穩阮韻
坐也。見〔篇海〕。

【𥧍】盧貢切音弄送韻
穴也。見〔集韻〕。

【𥨍】鄔感切音黯感韻

【𥦶】衣儉切音揜琰韻
窒也。見〔集韻〕。

【𥧡】農汀切音寗青韻
蓋也。見〔篇海〕。

【𥦯】苦候切音寇宥韻
天也。見〔字彙補〕。

【𥦛】弋支切音移支韻
鈔也。暴也。見〔篇海〕。〔按卽寇譌字〕。

【𥧞】
室東南隅也。見〔海篇〕。〔按此字或譌作窔、䆻〕。

【𥧃】音未詳
地名。〔呂覽應言〕魏令孟卬割絳—安邑之地以與秦王〔校正〕—疑卽汾之異文字書不載。

【𡩦】古爵字。見〔說文長箋〕。

【𥧄】古賓字。見〔字彙補〕。

【𥧆】同窮。見〔海篇〕。

【𥧁】同竅。見〔字學指南〕。

【𥦽】同究。見〔字彙補〕。

【𥧀】同覔。見〔韻經〕。

【𥦺】穿或字。見〔集韻〕。

【𥦼】同宰。見〔海篇〕。

【𥧂】窴譌字。見〔字彙補〕。

八畫

【窟】苦骨切音堀月韻
❶穴也。見〔玉篇〕。
❷掘地爲室也。〔禮記禮運〕昔者先王未有宮室。冬則居營—。
❸獸所居曰—。〔國策齊策〕狡兔有三—。僅得免其死耳。
❹同堀。〔漢書鄒陽傳〕則士有伏死堀穴巖藪之中耳。〔注〕堀、與—同。
❺通掘。〔國策秦策〕蘇秦特窮巷掘門。桑戶棬樞之士耳。〔注〕掘、卽—。

【𥧶】烏禾切音倭歌韻
❶穴居也。見〔集韻〕。
❷藏也。見〔篇海〕。
❸窩也。亦作窩。見〔篇海〕。

【窣】蘇骨切音捽沒切音猝月韻
❶从穴中卒出。見〔說文〕。〔段注〕卒、猝、古今字。
❷—風聲。〔李建勳詩〕陰風——吹紙錢。
❸勃—。匍匐行也。〔文選司馬相如賦〕嫈嫇勃—上金隄。〔又〕穴中出也。見〔玉篇〕。

㊃窸—。聲不安也。〔杜甫詩〕河梁幸未坼。枝撐聲窸—。

㊄—堵波塔也。〔翻譯名義〕西域記云。浮圖。又曰偸婆。又曰私偸婆。皆訛也。此翻方墳。亦翻圓塚。亦翻高顯義。翻靈廟。梵名塔婆。瘞佛骨所。名曰塔婆。

【⿱穴丁】奴丁切音寧青韻

㊀大也。見〔玉篇〕。

㊁明也。見〔玉篇〕。

㊂天也。見〔海篇〕。

【⿱穴瓦】古買切音枴蟹韻古瓦切音寡馬韻

博局方曰也。見〔集韻〕。

【⿱穴朋】逋鄧切朋去聲徑韻陂驗切音砭豔韻

東棺下也。亦作堋。見〔玉篇〕。

【⿱穴森】盧感切婪上聲感韻

聚也。見〔篇海〕。

【窞】徒感切音萏盧感切婪上聲感韻

坎中小坎也。易曰。入於坎—。一曰。旁入也。見〔說文〕。

【⿱穴炎】徒感切禫上聲感韻

深也。窞突也。見〔篇海〕。〔按卽穾譌字。〕

【⿱穴欱】口夾切音恰洽韻

不重也。見〔篇海〕。

【窠】苦禾切音科歌韻

空也。从穴果聲。穴中曰—。樹上曰巢。見〔說文〕。〔按此爲大徐本。小徐本作空也。从穴。果聲也。一曰鳥巢也。一曰在穴曰—。在樹曰巢。玉篇、集韻、類篇、與大徐本同。韻會與小徐本同。說文巢下云。鳥在木上曰巢。在穴曰—。小爾雅廣獸云。雞雉所乳謂之—。〕

【⿱穴典】丁見切典去聲霰韻

山下穴。見〔玉篇〕。

【⿱穴發】張滑切音窡月韻

穴中見也。見〔說文〕。

【窡】張刮切音鵽黠韻

穴中出貌。見〔廣韻〕。

【⿱穴或】忽麥切音劃忽域切音洫職韻

—然。逆風聲。〔莊子天下〕其風—然。惡可而言。

【窤】古寬切音官寒韻

地名。見〔字彙補〕。

【⿱穴宋】古孝切音校效韻

窈也。見〔海篇〕。

【⿱穴追】居追切音嬀支韻

—龍也。見〔海篇〕。

【⿱穴柰】密二切音寐寘韻

寢也。見〔篇海〕。

【⿱穴凶】許用切凶去聲送韻

老弱也。見〔篇海〕。

【⿱穴金】口合切音溘合韻

匝也。見〔字彙補〕。

【⿱穴具】古冥字。見〔字彙補〕。

【⿱穴衮】古弇字。見〔集韻〕。

【⿱穴淦】同窾。見〔玉篇〕。

【⿱穴敢】同最。見〔字彙補〕。

【⿱穴奄】同掩。見〔字彙補〕。

【⿱穴俞】同窬。見〔字彙補〕。

九畫

【窩】烏禾切音倭歌韻

㊀穴居也。本作𥨍。見〔韻會〕。〔正字通〕云。凡別墅獨者皆名—。宋邵雍有安樂—。又—與窠通。

㊁窟也。見〔增韻〕。〔俗稱凹地曰地—。雙頰微凹處曰酒—。〕

㊂藏也。見〔字彙〕。〔俗稱藏匿盜賊或贓物者曰—家。〕

【窪】烏瓜切音洼麻韻以井切音郢庚頃切音潁梗韻

㊀清水也。一曰。窊也。見〔說文水部〕。〔段注〕穴部曰。窊污衺下地也。

㊁牛蹄跡水也。見〔玉篇〕。

㊂深也。見〔玉篇〕。

㊃下也。見〔廣雅釋詁〕。

【窐】於佳切音娃佳韻

㊀深池也。一曰。曲也。洼或作—。見〔集韻〕。

㊁水名。〔漢書武帝紀〕馬生渥洼水中。〔韻會小補〕云。同洼。

【窫】乙點切音札黠韻

㊀本作穵。空大也。見〔集韻〕。

㊁—窳。國名。見〔廣韻〕。〔又〕獸名。似貙而虎爪。〔山海經西山經〕少咸之山。有獸焉。其狀如牛而赤身。人面馬足。名曰—窳。其音如嬰兒。是食人。〔注〕爾雅云。—窳似貙。虎爪。〔畢沅曰〕海內南經曰。—窳、龍首。居弱水中。海內西經曰。—窳者、蛇身人面。又與此及爾雅不同。—、爾雅作猰。陸德明音義云。字亦作猰。或作—。猰、—、二字。說文所無。疑當

爲窦也。〕

【窬】容朱切音俞虞韻 徒侯切音頭尤韻 大透切音豆宥韻

❶穿木戶也。一曰空中也。見〔說文〕。〔段注〕儒行。蓽門圭—。鄭云門旁—也。穿墻爲之如圭矣。是則於門旁穿壁。以木衺直居之令如圭形。謂之圭—也。

❷空也。〔淮南氾論〕古者爲—木方版以爲舟航。〔注〕—、空也。方、並也。舟相連爲航也。

❸同踰。〔論語陽貨〕其猶穿—之盜也與。〔釋文〕本作踰。

【窬】當侯切音兜尤韻

❶隱—。深下也。見〔集韻〕。

❷械—。褻品也。見〔字彙補〕。

【焢】呼公切音烘東韻 火貌。光色也。見〔集韻〕。

【⿱穴复】扶富切音覆宥韻 或伏字。〔集韻〕伏抱卵也。或作—。〔按正字通云復字之省。〕

【窨】於禁切音蔭沁韻 伊淫切音愔侵韻 地室也。見〔說文〕。〔段注〕今俗語以酒水等埋藏地下曰—。讀陰去聲。

【窨】於金切音陰侵韻 —窔。黑也。見〔集韻〕。

【⿱穴佶】古孝切音敎效韻 地藏也。見〔海篇〕。〔按疑卽窖譌字。〕

【⿱穴奐】王眷切音愿願韻 垣院也。見〔篇海〕。〔按疑卽寏譌字。〕

【⿱穴冊】古爵字。見〔字彙補〕。

【窊】同窳。見〔字彙補〕。

【⿱穴枽】同柘。見〔海篇〕。〔按疑卽柘譌字。〕

【⿱穴是】同寔。見〔海篇〕。〔按疑卽寔譌字。〕

【⿱穴悤】同窗。見〔海篇〕。〔按疑卽窻譌字。〕

【⿱穴忩】窻俗字。見〔正字通〕。〔按凡字之从囱者。或作匆。或作公。皆譌俗。〕

十畫

【窮】渠宮切音藭東韻

❶本作竆。〔說文〕竆。極也。

❷窘也。〔楚辭天問〕阻—西征。

❸止也。〔禮記儒行〕儒有博學而不—。〔注〕不—、不止也。

❹困也。〔荀子富國〕離居不相待則—。〔注〕—、謂爲物所困也。

❺困屈也。〔孟子公孫丑〕遁辭知其所—。

❻終也。〔詩考槃序〕使賢者退而—處。

❼盡也。〔禮記樂記〕欲一一以—之。

❽竟也。見〔小爾雅廣詁〕。

❾究也。見〔增韻〕。

❿塞也。見〔增韻〕。

⓫貧也。見〔廣雅釋詁〕。

⓬計無所出也。〔荀子禮論〕亂則—。

⓭無—。無形也。〔淮南道應〕太清問於無—。

⓮天民之無告者。〔周禮大司徒〕三曰振—。〔注〕振—、拯捄天民之—者也。—者有四。曰矜。曰寡。曰孤。曰獨。〔疏〕此四者天民之—而無告者也。

⓯—君。小國迫脅之君也。〔管子脩身〕不如事—君而順焉。

⓰—髮。北極之下無毛地也。〔莊子逍遙遊〕—髮之下。

⓱有—。國名。〔書五子之歌〕有—后羿。〔按說文作竆。水經注云鬲縣故有—后國也。今山東德縣北有鬲縣故城是其地。〕

⓲—石。山名。〔淮南墜形〕弱水出自—石。〔當在甘肅張掖縣境。〕

⓳—水。水名。〔水經注淮水〕淮水又東北—水入焉。水出六安國安風縣—谷。川流泄注于決水之右。北灌安風之左。世謂之安風水。亦曰—水。〔當今安徽霍邱縣境。〕

⓴—奇。天神也。〔淮南墜形〕—奇廣莫風之所生也。〔又〕四凶之一。〔左文十八年傳〕少皞氏有不才子。天下之民謂之—奇。〔又〕獸名。〔山海經西山經〕邽山其上有獸焉。其狀如牛。蝟毛。名曰—奇。〔注〕或云似虎。蝟毛有翼。號曰神狗。〔按漢書司馬相如傳注。張揖曰。其音如嗥狗。食人。史記五帝紀正義。神異經云。西北有獸。其狀似虎有翼能飛。便勦食人。名曰—奇。〕

㉑—桑。地名。〔帝王世紀〕黃帝自—桑登位。〔按—桑、一名—在今山東曲阜縣北。〕

廿三 芎—。艸名。〔山海經西山經〕號山。其草多藥藭芎—。〔注〕芎—、一名江離。

芎藭圖

廿四 假作躬。〔段玉裁云〕如鞠躬古作鞠—。

【竆】居雄切音弓東韻 本作竆。〔集韻〕竆、恭皃或从穴。

【窯】餘招切音姚蕭韻弋笑切音耀嘯韻

一 燒瓦—竈也。見〔說文〕〔段注〕—似竈。故曰—竈。韻會本作燒—也。緜詩鄭箋云。復穴皆如陶然。是謂經之陶、即—字之叚借也。緜詩正義引說文。陶、瓦器竈也。蓋其所據乃缶部匋下語。匋、—蓋古今字。〕

二 俗稱娼寮曰—子。北方妓曰—姐。

【窯】丘交切音敲肴韻 —家。空寂也。見〔集韻〕。

【窴】亭年切音田先韻

一 窴也。見〔說文〕〔段注〕窴、各本譌作塞。今正。玉篇曰。—今作塡。按—塡同義。塡行而—廢矣。

二 滿也。加也。見〔廣韻〕。

三 —顏。州名。唐羈縻關內道。當今奚喇忒境。

【窴】丁天切音顚先韻 同顚。〔穆天子傳〕—軨之隥。

【窴】池鄰切音陳眞韻 同塡。久也。〔詩常棣〕每有良朋。烝也無戎。〔傳〕烝、塡。〔箋〕古聲塡、—、塵同。〔釋文〕烝之承反。塡、依字音田。又依古音塵。塵、久也。故箋申之云。古聲塡、—、塵同。〔按東山烝在桑野釋文云。—音田。又音珍。一音陳。字書云。塞也。大千反。從穴下眞。—、塡、塵、依字皆是田音。又珍亦音塵。鄭云古聲同。案陳完奔齊。以國爲氏。而史記謂之田氏。是古田陳聲同。桑柔倉兄塡兮。正義曰。釋言云。烝、塵也。孫炎曰。烝、物久之塵。則塵爲久義。古者塵塡字同。故塡得爲久。〕

【窴】膺眼切晏上聲潸韻 —赧。迫窄也。見〔集韻〕。

【窴】丑展切音蒇銑韻 —赧。笛聲緩也。〔文選馬融賦〕窊圙—赧。

【窳】勇主切庾上聲麌韻

一 污窬也。朔方有—渾縣。見〔說文〕〔段注〕污窬、與污衺同。亦謂下也。〔讀史方輿紀要曰。故—渾城在故夏州西北。故夏州城在榆林衛西北二百里。當今鄂爾多斯右翼後旗黃河西北岸。〕

二 病也。〔史記五帝紀〕器不苦—。〔注〕—、病也。〔按器—者、低陷之謂。即污窬之意也。〕

三 惰也。〔史記貨殖傳〕楚越之地。地勢饒食。無饑饉之患。以故呰—。〔注〕呰—、苟且惰懶之謂。〔按一切經音義引字統云。懶人不能自起。如瓜瓠在地。不能自立。故字从呱。又懶人恆在室中。故从穴。〕

四 弱也。〔文選枚乘七發〕手足惰—。

五 獸名。〔文選張衡賦〕批—狻。〔注〕—、猰—也。類貙虎爪食人。

六 —圙。聲下貌。〔文選馬融賦〕—圙窴赧。

七 合—。獸名。〔山海經西山經〕咸山有合—。人面而食人。

【窳】容朱切音俞虞韻

一 鄉名。在絳。見〔字彙補〕。〔當在山西新絳縣境。〕

二 通作愉。〔爾雅釋詁〕愉、勞也。〔注〕勞苦之人多惰愉。今字或作—。

【窳】烏瓜切音蛙麻韻 同窊。污衺下也。見〔集韻〕。

【窵】烏皎切音杳篠韻

一 遠也。見〔篇海〕。

二 隱也。見〔篇海〕。

【窴】以忿切音抎吻韻

一 雲起轉也。見〔字彙補〕。

二 雷也。見〔字彙補〕。

三 同寶。〔揚雄劇秦美新〕大茀經寶。〔古本作—。〕

【竉】居候切音冓宥韻 穴也。見〔玉篇〕。

【窲】鋤交切音巢肴韻力弔切音料嘯韻 —寥。屋深皃。見〔集韻〕〔又〕幽深貌。〔文選王延壽賦〕䆗寥—以嵺。

【𥨊】母下切音馬馬韻 穴名。在燕野。見〔廣韻〕。〔正字通

云。鴦字之譌。〕

【⿱穴氣】匹寐切音譬寘韻　本作屁。〔集韻〕屁、氣下泄也。或作|。

【⿱穴流】力救切音溜宥韻　窖也。見〔海篇〕。

【⿱穴匊】居六切音掬屋韻　竆也。見〔類篇〕。〔按卽⿱穴鞫字之譌。〕

【⿱穴森】無沸切音未未韻　魚名。〔山海經東山經〕諸鉤山多|魚。〔按類篇引如此。今本作寐。〕

【⿱穴坐】烏本切音穩阮韻　坐也。見〔字彙補〕。〔按卽坐窒字。〕

【⿱穴軒】火千切音軒先韻　穴中也。見〔字彙補〕。

【⿱穴怨】於願切音怨願韻　寃屈也。見〔篇海〕。

【⿱穴叙】徂賄切音罪賄韻　塞也。見〔海篇〕。〔按卽竅字之譌。玉篇。竅、塞也。〕

【⿱穴焦】餘招切音姚蕭韻　陶師燒瓦窯也。〔按卽窯字之譌。〕

【⿱穴畱】力救切音溜宥韻　穴也。見〔海篇〕。

【⿱穴俉】五故切音悟遇韻　竈名也。見〔海篇〕。〔按卽窹字之譌。〕

【窰】同窯。見〔集韻〕。

【⿱穴覓】同⿱穴覔。見〔篇海類編〕。

【⿱光見】襲譌字。見〔正字通〕。〔按康熙字典引玉篇。而玉篇下从瓦。引篇海。而篇海下从允。與集韻同。〕

【⿱穴取】究譌字。〔按舊注引等韻居祐切音救。窮也。深也。謀也。盡也。音訓與究同。玉篇、集韻、類篇、皆作究下敗。同究。此作究下取。非。〕

【⿱穴眞】寘俗字。舊注與寘分。非。

十一畫

【⿱穴條】徒弔切音調他弔切音糶嘯韻　土了切眺上聲篠韻

㊀窅|也。見〔說文〕。

㊁|。深也。見〔廣雅釋詁〕。

㊂通窕。深貌。〔荀子賦論〕充盈大宇而不窕。〔注〕窕讀爲|。深貌也。

【⿱穴瓜】胡化切音華禡韻

㊀寬也。見〔廣雅釋詁〕〔疏證〕|、或作⿰扌瓜。|爲橫大之寬。〔玉篇云。或作瓠。〕

㊁橫木不入也。見〔玉篇〕。

【⿱穴悉】息七切音悉質韻

㊀從穴出也。見〔廣韻〕。

㊁|窣。聲也。〔李賀神弦曲〕海神山鬼來座中。紙錢|窣鳴颸風。

【窺】缺規切音魁支韻

㊀小視也。見〔說文〕。〔按玉篇云。亦作闚。〕

㊁凡相竊視、南楚謂之|。見〔方言〕。

【⿱穴頍】犬蘂切音跬紙韻　同跬。半步也。〔漢書息夫躬傳〕京師雖有武蠭精兵。未有能|左足而先應者也。〔注〕蘇林曰。|、音跬。師古曰。跬、半步也。言一舉足也。

【⿱穴浸】子鴆切音浸沁韻

㊀同浸。〔漢書地理志〕東南曰揚州。其山曰會稽。藪曰具區。川曰三江。|曰五湖。正南曰荊州。其山曰衡。藪曰雲夢。川曰江漢。|曰潁湛。河南曰豫州。其山曰華。藪曰圃田。川曰熒雒。|曰波溠。正東曰青州。其山曰沂。藪曰孟諸。川曰淮泗。|曰沂沭。河東曰兗州。其山曰岱。藪曰泰壄。其川曰河泲。|曰盧維。正西曰雍州。其山曰嶽。藪曰弦蒲。川曰涇汭。|曰渭洛。東北曰幽州。其山曰醫無閭。藪曰貕養。川曰河泲。|曰菑時。河內曰冀州。其山曰霍。藪曰揚紆。川曰漳。|曰汾潞。正北曰并州。其山曰恆山。藪曰昭餘祁。川曰虖池嘔夷。|曰淶易。〔注〕師古曰。|、古浸字也。浸、謂引以灌溉者。

㊁漸也。〔漢書五行志〕其後|盛。

【⿱穴浸】子朕切音醠寑韻　縣名。〔漢書地理志〕汝南郡|縣。〔注〕莽曰閏治。應劭曰。孫叔敖子所邑。|丘是也。世祖更名固始。師古曰。|音子祴反。〔當今河南沈邱縣東南。〕

【⿱穴康】邱岡切音康陽韻

㊀空也。見〔玉篇〕。

㊁屋|、寬也。謂屋閑。見〔集韻〕。

【⿱穴堅】牽典切音豤銑韻　不動也。見〔玉篇〕。

【⿱穴曼】謨官切音漫寒韻　穴黑皃。見〔集韻〕。

【⿱穴竅】張滑切音竅黠韻　口𠱥食。見〔說文口部〕。

【⿱穴豈】豈俱切音紆虞韻　山穴也。見〔玉篇〕。

【⿱穴离】陟革切音摘治革切音蹢陌韻　兔窟也。見〔玉篇〕。

【⿱穴參】狠狄切音厤錫韻　藏也。見〔廣雅釋詁〕。〔按集韻引如此。今本字从宀、作寥。不从穴。類篇又刀交切。窒—深遠貌。集韻、从宀作寥。丁了切。正字通云寥之譌字。音鳥篠韻〕

【⿱穴鳥】多嘯切音弔嘯韻　覜老切音倒皓韻　—窅。深也。見〔說文〕。

【⿱穴淡】仙甘切音貪覃韻　⿱穴監—。濫而大也。見〔玉篇〕。

【⿱穴涕】徒甘切音覃覃韻　⿱穴監—。⿰氵匽溥也。見〔集韻〕。

【⿱穴淡】吐濫切音賧勘韻　⿱穴監—。深穴也。見〔廣韻〕。

【窶】郡羽切巨上聲麌韻　無禮居也。見〔類篇〕。〔按說文玉篇、廣韻、集韻、韻會、竝从宀作寠。解詳寠字。〕

【窶】郎侯切音樓尤韻　良據切音慮御韻　寠或字。〔集韻〕寠甌寠。猶杯摟也。或从穴。

【⿱穴卿】連條切音聊蕭韻　力弔切音料嘯韻　穿也。見〔篇海〕。

【⿱穴庸】常容切音鱅冬韻　⿱穴宗—。器病也。見〔集韻〕。

【⿱穴痦】牛故切音悟遇韻　竈也。〔玉篇〕廣雅云。—謂之竈。蒼頡云。楚人呼竈曰—。〔按今本廣雅釋宮、从火、作⿰火寤〕

【⿱穴悤】麤叢切音悤東韻　通孔也。从穴。悤聲。見〔說文〕。〔段注〕十篇囪下曰。在牆曰牖。在屋曰囪。囪或从穴作窗。古祇有囪字。窗已爲或體。何取乎更取悤聲作—字哉。自東江分韻。淺人多爲僞撰。

【⿱穴彔】莫庇切音寐寘韻　寱也。見〔字彙補〕。

【⿱穴猱】魚際切音藝霽韻　睡語也。見〔字彙補〕。

【⿱穴逐】式類切音𨗨雖遂切音粹寘韻　窮也。說文曰。深遠也。見〔玉篇〕。〔按說文从穴遂聲。玉篇从穴逐。不能得聲。如以爲从宀遂。則不當入穴部。蓋傳寫之譌。故玉篇穴部有—無邃。从穴遂爲是。〕

【⿱穴循】西青切音星青韻　悟也。見〔字彙補〕。

【⿱穴猱】縛牟切音浮尤韻　吹聲也。見〔海篇〕。

【⿱穴痦】五故切音悟遇韻　—謂之竈。見〔廣雅釋宮〕。〔按玉篇、廣韻、引作⿱穴痦。集韻、類篇、引作—。王念孫以—爲譌字。〕

【⿱穴沓】徒感切淡上聲感韻　坎中小坎也。見〔字彙補〕。〔按說文本从臽。此从臽譌。〕

【窼】莊交切音巢肴韻　鳥穴中也。見〔集韻〕。

【⿱穴豦】強魚切音渠魚韻　穴也。見〔海篇〕。

【⿱穴衞】千結切音切屑韻　盜也。私取也。見〔海篇〕。

【⿱穴羔】窯本字。見〔說文〕。

【⿱穴條】同篠。見〔韻海〕。

【⿱穴躳】同窮。見〔字彙補〕。

十二畫

【⿱穴復】房六切音伏芳六切音蝮屋韻　㊀地室也。詩曰。陶—陶穴。見〔說文〕。〔今毛詩作復〕㊁通複。〔禮記月令注〕古者複穴。〔疏〕謂窟居也。

【⿱穴督】宅耕切音棖庚韻　㊀⿱穴厷—。大屋也。見〔玉篇〕。㊁—⿱穴厷。嚮也。見〔廣韻〕。

【窾】枯公切音空東韻　苦禾切音科歌韻　苦緩切音款旱韻　㊀空也。〔莊子養生主〕批大郤。導大—。〔釋文〕—、苦管反。又苦禾反。崔、郭、司馬云。空也。向音空。

㊁水名。〔莊子外物〕飾弟子而踆於—水。〔釋文〕—音款。又音科。司馬云。水名。㊂法也。〔淮南俶眞〕嫛九—。㊃穴也。〔淮南說山〕見—木浮而知爲舟。〔注〕—。穴。讀曰科也。㊄枯也。〔太玄爽〕—枯木丁。衙振其枝。㊅通款。〔史記太史公自序〕實不中其聲者謂之—。〔漢書司馬遷傳〕—作款。

【⿱穴矞】呼決切音矞屑韻　㊀空皃。見〔說文〕〔段注〕孔之皃也。㊁穿皃。見〔廣韻〕。㊂深皃。或作坹。見〔玉篇〕。

【⿱穴登】中莖切音朾庚韻　㊀—窓。闊大皃。見〔玉篇〕。㊁弦屋響也。見〔集韻〕。㊂畫繪也。〔晉書天文志〕東海氣和圓—。

【窿】良中切音隆東韻　㊀穹隆。天勢。俗加穴。見〔廣韻〕。㊁穹—。山名。〔吳郡圖經〕穹—山在吳縣西。赤松子嘗採赤石脂於此。〔在今江蘇長洲縣西南〕

【竀】抽庚切音撐。癡貞切音檉庚韻　㊀正視也。从穴中正見也。正亦聲。見〔說文〕。㊁同赬。淺赤色也。〔爾雅釋器〕一染謂之縓。再染謂之赬。三染謂之纁。〔考工記鍾氏注引爾雅赬作—〕

【⿱穴覎】丑正切檉去聲敬韻　廉視也。見〔集韻〕。

【竁】充芮切音毳霽韻。樞絹切音釧霰韻。姝悅切音吷屑韻。昌緣切音穿先韻　㊀穿地也。一曰。小鼠聲。周禮曰。大喪甫—。見〔說文〕。〔按周禮小宗伯。卜葬兆甫—。亦如之。注云。鄭大夫讀—皆爲穿。杜子春讀—爲毳。皆謂葬穿壙也。今南陽名穿地爲—。聲如腐脃之脃〕㊁窟也。〔文選顏延年詩〕月—來賓。㊂通窆。〔周禮遂人〕及—陳役。〔釋文〕—本作窆。

【竂】憐蕭切音聊蕭韻　㊀穿也。論語有公伯—。見〔說文〕。〔按六書正譌云。俗作寮〕㊁空也。見〔廣雅釋詁〕。㊂小窗也。〔文選張衡賦〕交綺豁以疏—。㊃舍也。見〔字彙〕。㊄通僚。〔詩大東〕百僚是試。〔釋文〕字又作—。同。

【⿱穴貢】古孔切公上聲董韻　㊀𡎺土也。見〔海篇〕。㊁穴也。見〔中原雅音〕。

【⿱穴過】苦禾切音科歌韻　㊀窟也。見〔篇海〕。㊁巢也。見〔篇海〕。

【⿱穴留】力救切音溜宥韻　穴也。見〔篇海〕。〔正字通云。俗窌字〕

【⿱穴焦】將由切音啾尤韻。子悉切音唧質韻　穴中鼠聲。見〔集韻〕。

【⿱穴覃】徒感切禫上聲感韻　曲內也。見〔集韻〕。

【⿱穴童】昌容切音衝冬韻　空也。見〔玉篇〕。

【⿱穴董】吐孔切通上聲董韻　—竉。闇也。見〔集韻〕。

【⿱穴番】普官切音潘寒韻　水洄也。通作潘。見〔六書索隱〕。

【窱】他弔切音眺嘯韻。丁了切音鳥篠韻　深貌。見〔海篇〕。

【⿱穴𣪊】取外切音襊泰韻　塞也。見〔玉篇〕。〔按說文从宀。玉篇宀穴兩部竝見疑从穴者譌〕

【⿱穴𣪊】取亂切音爨翰韻　匿也。竄、古作—。見〔集韻〕。

【⿱穴星】桑經切音星青韻　大醒悟也。見〔篇海〕。

【⿱穴婺】同⿱穴裘。見〔字彙補〕。

【⿱穴敢】同⿱穴豰。見〔篇海〕。

【⿱穴覞】同⿱穴頲。見〔篇海〕。

【⿱穴銭】同⿱穴夜。見〔篇海〕。

【⿱穴毳】同⿱穴毛。見〔篇海〕。

【⿱穴棗】同⿱穴囊。見〔篇海〕。

【⿱穴⿱臣廾】同竄。見〔海篇〕。

十三畫

【竄】取亂切音爨翰韻

(一)匿也。从鼠在穴中。見〔說文〕。
(二)逃也。〔漢書蒯通傳〕奉頭鼠—。
(三)遷也。〔書舜典〕—三苗于三危。〔疏〕—者投棄之名。
(四)隱也。〔國語晉語〕不通、可以—惡。
(五)容也。〔荀子大略〕貧窶者有所—其手。
(六)微也。〔國語晉語〕敏能—謀。
(七)以藥熏之也。〔史記倉公傳〕卽—以藥。旋下。病已。
(八)廁著也。〔漢書王莽傳〕章因自—姓名。
(九)改易也。〔韓愈詩〕瀆墨—古史。
(十)誅也。見〔廣韻〕。
(十一)藏也。〔莊子駢拇〕—心遊心。
(十二)屋之稱也。〔廣東新語〕增城謂屋曰—。

【竄】七丸切爨平聲寒韻
(一)入穴也。見〔集韻〕。
(二)誘人為惡曰—。見〔韻會小補〕。

【𥨱】取外切音襊泰韻
逃匿也。見〔集韻〕。

【竅】詰弔切音撽嘯韻
(一)空也。見〔說文〕。〔段注〕空、孔、古今字。〔老子〕常有欲以觀其—。
(二)身之官也。〔周禮疾醫〕兩之以九—之變。〔注〕陽—七。陰—二。〔按家語云。齟齬者、九—而胎生。齕吞者、八—而卵生。素問陰陽應象大論。清陽出上—。濁陰出下—。注云。上—、謂耳目鼻口。下—、謂前陰後陰〕。
(三)通也。〔淮南俶眞〕—領天地。

【𥨍】求於切音渠魚韻
空也。見〔集韻〕。

【𥨩】所救切音瘦宥韻
御也。見〔海篇〕。

【𥨸】七醉切音翠寘韻
塞也。見〔韻海〕。〔按卽𥦭譌字〕。

十四畫

【𥩝】盧甘切音藍覃韻
—𥨸、薄而大也。見〔玉篇〕。

【𥩟】盧瞰切音濫勘韻
—𥨸。不平。見〔廣韻〕。

【𥩠】魚際切音藝霽韻
睡語。見〔廣韻〕。〔按卽寱譌字〕。舊注引博雅。驚也。攷廣雅釋詁作寱。

【𥨮】渠弓切音窮東韻
夏后氏諸侯夷羿國也。从邑。竆省聲。見〔說文邑部〕。今經典通作窮。

【𥨫】餘昭切音姚蕭韻
陶師燒瓦也。見〔海篇〕。〔按卽窯譌字〕。

【竆】窮本字。見〔說文〕。

【䆴】竈本字。見〔說文〕。

【𥨑】竄譌字。見〔海篇〕。

【窸】𥨐俗字。見〔韻海〕。

十五畫

【竇】大透切音豆宥韻
(一)空也。見〔說文〕。〔段注〕—、孔、古通。
(二)入地隋曰—。〔禮記月令〕穿—窖。
(三)穿壁為小戶曰—。〔左襄十年傳〕篳門圭—之人。
(四)水道也。〔左襄二十六年傳〕齊烏餘襲我高魚。有大雨。自無—入。〔注〕雨故水—開。
(五)決也。〔國語周語〕不—澤。
(六)生—。魯地名。〔左莊九年傳〕乃殺子糾於生—。〔賈注〕生—、句瀆也。〔今山東曹縣北有句陽古城。卽句瀆古地〕。
(七)州名。唐置。屬嶺南道。當今廣東信宜縣南。
(八)姓也。〔風俗通〕夏后相遭有窮氏之難。后緡方娠。逃出自—、而生少康。其後氏焉。
(九)通窬。〔禮記儒行〕篳門圭窬。〔釋文〕音—。

【𥩲】徒谷切音瀆屋韻
通瀆。〔周禮大宗伯注〕不見四—者。〔釋文〕—、本作瀆。

【𥧶】忍與切音汝語韻
楚人謂寐曰—。見〔集韻〕。〔按卽𡪪之譌字〕。

【𥩒】而容切音茸冬韻
毳飾也。見〔篇海〕。

【𥩓】古覈切音革陌韻
除也。見〔篇海〕。

【𥩔】而容切音茸冬韻
同𥩒。毳飾也。見〔篇海〕。

【𥩕】居六切音掬屋韻
窮也。見〔篇韻〕。

【竅】同究。見〔篇海〕〔亦竅譌字〕。

【竊】同竊。見〔篇海類篇〕。

【竊】竊俗字。見〔正字通〕。

【竈】竈譌字。見〔正字通〕。

【竊】竊譌字。見〔字彙補〕。

十六畫

【竈】則到切音躁號韻

一 炊竈也。周禮曰竈祠祝融。見〔說文〕〔段注〕炊者爨也。竈者炊爨之處也。〔按字本作竈。從穴鼀省聲。或不省作竈。今人皆作—。正字通云譌省。〕

二 造也。創造食物也。見〔釋名釋宮室〕

三 五祀之一。〔禮記月令〕孟夏之月。其祀—。〔按淮南氾論炎帝於火而死。爲—。抱朴子微旨曰月晦之夜。—神亦上天白人罪狀。其說誕不足信〕

四 馬足跡也。〔字彙補〕子勝父曰跨—。或云—、馬足跡也。駒行每越老馬之跡。故云。〔玉言故事云。吳琮賀人生子曰。寄語王渾防跨—。或云—有釜。故子過於父爲跨—〕。

五 各鹽場井—丁是爲—戶。見〔清會典〕。

六 通奧。〔禮記禮器〕夫奧者老婦之祭也。〔月令疏引作—〕。

七 通造。〔周禮大祝〕掌六祈。二曰造。〔注〕杜子春讀—爲造次之造。書亦或爲造。

【竂】力喬切音聊蕭韻

一 空也。見〔篇海〕。

二 穿也。見〔篇海〕。

【竉】魯孔切籠上聲董韻

一 孔—。穴也。見〔廣韻〕。

二 州名。〔晉書王澄傳〕蜀流人作亂。澄襲之于—州。

【竅】古歷切音激錫韻　回阸也。見〔集韻〕。

【竇】闥各切音托藥韻　穿也。見〔集韻〕。

【竆】將遂切音醉寘韻　塞穴也。見〔篇海〕。

【竆】同竆。見〔字彙〕。

【竆】欽或字。見〔說文宀部〕。

十七畫

【竊】千結切音切屑韻

一 本作竊。〔說文米部〕盜自中出曰竊。从穴米禼廿皆聲也。廿古文疾。禼偰字也。〔段注〕小徐曰所謂亂在內爲宄也。按春秋曰。盜竊寶玉大弓。盜自中出也。〔俗作竊〕。

二 乘人所不知而暗取之曰—。〔唐律疏議〕—盜人財謂潛形隱面而取。

三 無益而受厚祿曰—。〔論語衛靈公〕臧文仲其—位者與。

四 私也。〔論語述而〕—比於我老彭。〔今人用—維、—思、—窺。皆本此義〕。

五 穴也。見〔玉篇〕。

六 淺也。〔爾雅釋獸〕虎—毛謂之虦貓。〔注〕—、淺也。〔疏〕虎之淺毛者別名虦貓。

七 —察也。〔莊子齊物論〕——然知之。〔司馬注〕——、猶察察也。〔又〕計校之貌。〔莊子庚桑楚〕—又何足以知之。

【竆】息咨切音斯支韻　穴也。見〔玉篇〕。

十八畫

【竆】戶頃切音迥迥韻　老弱也。見〔海篇〕。

十九畫

【竆】大紅切音同東韻　風聲也。見〔篇海〕。

【竆】息移切音斯支韻　穴也。見〔韻海〕〔按即竆譌字〕。

二十畫

【竆】徒甘切音談覃韻　寐不解衣也。見〔集韻〕〔按即寱譌字〕。

二十一畫

【竊】竊本字。見〔說文米部〕。

二十四畫

【竆】郎丁切音靈青韻　穴也。見〔海篇〕。

※疒部※

【疒】尼厄切音眲陌韻。仕莊切音牀陽韻
本作疒〔說文〕疒。倚也。人有疾痛也。象倚箸之形。〔段注〕倚與—音相近。橫者亓者相距。故曰象倚箸之形。或謂即牀狀牆戕之左旁。不知其音迥不同也。

一畫

【⿸疒乙】音鳩尤韻
病也。見〔川篇〕。

二畫

【疔】當經切音丁青韻
病創。見〔集韻〕。〔按巢氏痛源云。—瘡者。風邪毒氣於肌肉所生也。凡有十種。初起時突起如丁。故謂之—瘡。〕

【疓】汝亥切荋上聲。囊亥切音乃賄韻。女盌切音妳。奴解切音嬭蟹韻
㊀病也。見〔廣雅釋詁〕。
㊁欲也。見〔龍龕手鑑〕。

【疕】篇夷切音紕支韻。普弭切音庀。普鄙切音嚭紙韻
㊀頭瘍也。見〔說文〕。〔按瘍下云。頭創也。〕
㊁禿也。〔周禮醫師〕凡邦之有疾病者。—瘍者造焉。〔注〕、—。頭瘍。亦謂禿也。〔疏〕—。頭瘍。謂頭上有瘡含膿血者。禿而不含膿血者。—中可以兼之。故云亦謂禿也。
㊂頭痛也。見〔集韻〕。
㊃痂也。見〔廣雅釋言〕。〔按廣韻云。瘡上甲。〕
㊄人名。漢煇渠愼侯應—。

【⿸疒丩】古巧切音絞巧韻。居虬切音鳩尤韻
腹中急痛也。見〔說文〕。〔王注〕今之絞腸痧也。〔按方書云。濊氣感觸邪熱而發之病。〕

【⿸疒刀】尼猷切音惆尤韻
小痛。見〔集韻〕。

【⿸疒廾】居尤切音鳩尤韻
—瘤肉起。一曰腹中急。見〔集韻〕。

【⿸疒九】居尤切音鳩尤韻
病也。見〔字彙〕。

【⿸疒乂】魚刈切音藝霽韻
病也。見〔集韻〕。

【⿸疒丂】許久切音朽有韻
病也。見〔廣韻〕。〔按篇海云。同疛。〕

【⿸疒又】尤救切音宥宥韻
顫也。見〔說文〕。〔按玉篇與頄同。〕

【⿸疒夂】云九切音有有韻
顫、—。頭搖皃。見〔集韻〕。

【⿸疒亍】疒籀文。見〔玉篇〕。

【⿸疒川】俗疒字。見〔龍龕手鑑〕。

三畫

【疙】戟乙切音暨。逆乙切音耴質韻。居氣切音既未韻
㊀癡皃。見〔玉篇〕。〔按字本作⿸疒气。集韻作疙。廣雅釋詁。疙。癡也。疏證曰。—者。衆經音義卷十六引通俗文云。小癡曰—。說文。忥。癡皃。忥與—聲近義同。馬融注秦誓云。訖訖、無所省錄之貌。義與—亦相近也。〕
㊁頭上瘡突起也。俗呼—禿。〔淮南齊俗〕親母爲其子治—禿。血流至耳。〔俗本鴻烈解—作扢。〕

【疚】居又切音救宥韻
㊀病也。〔詩采薇〕憂心孔—。
㊁久也。久在體中也。見〔釋名釋疾病〕。
㊂凡人喪曰—。〔文選潘岳賦〕自仲秋而在—兮。
㊃通宄。〔詩召旻〕維今之—。不如茲。〔釋文〕—。本作宄。
㊄通𡧤。〔詩閔予小子〕嬛嬛在—。〔說文宀部引作煢煢在𡧤。〕

【疛】陟柳切音肘有韻。陟救切音晝。直祐切音胄宥韻。仲六切音逐屋韻
㊀小腹病也。見〔說文〕。〔按類篇引作小腸病。廣韻引作小腹痛。玉篇曰。心腹疾也。〕
㊁通擣。〔詩小弁〕惄焉如擣。〔釋文〕韓詩擣作—。

【⿸疒丸】胡玩切音換翰韻
㊀癰疽屬也。見〔廣韻〕。
㊁搔生創也。肒或作—。見〔集韻〕。

【疘】沽紅切音公東韻
下部病也。見〔玉篇〕。〔按廣韻云。脫—。下部病也。巢氏病原云。多因久痢後、大腸虛冷所爲。〕

【疞】匈于切音訏虞韻
病也。見〔廣雅釋詁〕。〔疏證〕—者、小雅何人斯篇云。何其盱。都人士篇云。何—矣。鄭箋並云。盱、病也。盱、與—通。

【⿸疒子】同疞。見〔集韻〕。

【⿸疒丈】雉兩切音丈養韻 病也。見〔玉篇〕。

【⿸疒乇】都故切音妒遇韻 乳癰也。見〔玉篇〕。

【⿸疒下】亥駕切音下禡韻 痢疾也。見〔集韻〕。

【疝】所晏切音訕諫韻師閒切音山刪韻 腹痛也。見〔說文〕。〔素問長刺節論〕曰。腹痛不得大小便。病名曰｜。大奇論曰。腎脈大急沈。肝脈大急沈。皆爲｜。心脈搏滑急爲心｜。肺脈沈搏爲肺｜。三陰急爲｜。釋名釋疾病曰。心痛曰｜。｜、詵也。氣詵詵然上而痛也。陰腫曰隤。氣下隤也。又曰｜。亦言詵也。詵引小腹急痛也。巢氏病原曰。陰氣積於內。復爲寒氣所加。使榮衛不調。血氣虛弱。故風冷入其腹內而成｜也。按後世分爲七｜。曰寒｜、水｜、筋｜、血｜、氣｜、㿗｜、狐｜。醫宗金鑑云。婦人｜病。攻衝刺痛。多因風冷寒溼客於胞門血室。故其病皆屬厥陰肝經。又云。小腹牽連腰脅疼痛高起者謂之｜。俗稱小腸氣。蓋僅指睪丸腫牽引小腹而痛之｜而言耳。

【⿸疒壬】俗莊字。見〔廣韻〕。

【⿸疒亢】同痴。見〔廣韻〕。

四畫

【疢】丑刃切音疹震韻丑刃切音趁軫韻

❶熱病也。見〔說文〕。〔段注〕其字从火。故知爲熱病。

❷猶病也。〔詩小弁〕｜如疾首。〔此以｜爲煩熱之稱。釋文作疹〕

【疤】邦加切音巴麻韻

❶筋節之病。見〔集韻〕。

❷俗呼瘡痕曰｜。本作瘢。見〔正字通〕。

【⿸疒反】孚萬切音娩願韻

❶吐｜也。見〔玉篇〕。

❷懸癡也。見〔集韻〕。

【⿸疒反】芳反切反上聲阮韻 惡也。〔方言〕鉗、｜、憋、惡也。南楚凡人殘罵謂之鉗。又謂之｜。〔注〕｜痓。惡腹也。

【⿸疒反】方願切音販願韻 心惡病。見〔集韻〕。

【⿸疒斤】香靳切音炘問韻

❶瘡中冷也。見〔廣韻〕。

❷同脪。〔集韻〕脪創肉反出。一曰瘧脪。熱氣箸膚中。或作｜。

【疥】居拜切音戒卦韻

❶搔也。見〔說文〕。〔段注〕｜急於搔。因謂之搔。俗作瘙。或作⿸疒喿。〔急就篇〕痂、疕、｜、癘、癡、聾、盲。顏注。｜、小蟲攻齧皮膚。漼錯如鱗介也。釋名釋疾病云。｜、齘也。癢之齒類齘也。巢氏病原云。｜者有數種。有大｜。有馬｜。有乾｜。有溼｜。多生於手足。乃至遍體。悉由膚皮受風邪熱氣所致也。醫宗金鑑云。｜有乾、溼、蟲、砂、膿、五種。總由各經蘊毒。日久生火。兼受風溼。化生斯疾。或傳染而生。按今世俗多以乾者爲｜。

❷污物如｜。然曰。〔酉陽雜俎〕大曆中。玄覽禪師住荊州陟屺寺。張璪嘗于寺壁閒畫古松。符載贊之。衛象詩之。時稱三絕。師見曰。何爲｜吾壁。命加垔。

❸人名。〔史記酈生陸賈傳〕酈食其子酈｜。數數將兵。

❹通蚧。〔後漢鮮卑傳〕手足之蚧搔。

❺通痎。〔左昭二十年傳〕齊侯｜遂痁。〔疏〕正義曰。後魏之世。嘗使李繪聘梁。梁人袁狎與繪言及春秋說此事。云｜當爲痎。痎是小瘧。痁是大瘧。疾患積久。以小致大。非｜也。狎之所言。梁王之說也。

【疦】呼決切音血屑韻

❶瘡裏空也。見〔廣韻〕。

❷瘡大者｜。見〔集韻〕。

【疦】古穴切音玦屑韻 瘍也。見〔說文〕。

【疧】翹移切音祇支韻章移切音支支韻典禮切音邸薺韻

❶病不翅也。見〔說文〕。〔段注〕翅同啻。倉頡篇曰。不啻多也。

❷通祇。病也。〔詩何人斯〕壹者之來。俾我祇也。〔傳〕祇、病也。

❸或作疷。〔爾雅釋詁〕疷、病也。〔疏〕疷者。孫炎云。滯之病也。小雅白華云。俾我疷兮。〔釋文〕｜、祈支反。或丁禮反。本作疲。字書云。疲、病也。聲類猶以爲｜字。又音支。〔校勘記〕疷注疏本同。誤也。釋文、唐石經單

疏本、雪牕本、皆作—。當據以訂正。釋文本作疧。按疧與—同字同音。或丁禮反。故誤作疷。五經文字。—、巨支反。病也。見爾雅。雪牕本音祈。單疏本引白華俾我—兮。說文、毛傳皆云。—、病也。今詩亦誤疷。〔按詩小雅白華釋文云。疷、徐都禮反。又祈支反。阮元校勘記云。唐石經疷作—。案—是也。戴侗六書故引白華作—。从氏。韻會舉要、平聲四上聲八皆云。—或作疷。攷集韻五支。從氏之—。爲疧或字。類篇以爲疲或字。從氐之疷。集韻五支以爲眡或字。而十一薺、又訓疷爲病也。据是。則疷可同—。本作疧。本作疲。則傳寫之殊。如歧岐之卽一字是也。〕

【⿸疒支】章移切音支支韻

㊀病也。見〔玉篇〕。

㊁疾也。見〔廣韻〕。

【疪】必至切音畀　毗至切音鼻寘韻

㊀溼病也。痺或作—。見〔集韻〕。

㊁人名。〔漢書霍去病傳〕雁—、爲煇渠侯。〔注〕文穎曰。雁、膺。—音庇蔭之庇。師古曰。音匹履反。其字從疒。非庇蔭之庇。

㊂同庇。〔後漢清河王傳〕魂靈有所依。—死復何恨。

【疫】營隻切音役陌韻　以醉切遺去聲寘韻

㊀民皆病曰—。見〔說文〕。〔集韻引字林云。病流行也。太平御覽引曹植說—氣曰。或以爲—者鬼神所作。此乃陰陽失位。寒暑錯時。是故生—。而愚民縣符厭之。亦可笑也。巢氏病原曰。其病與時氣溫熱等病相類。按古—癘並稱。今通稱瘟—。日人稱爲傳染病之一。〕

㊁役也。言有鬼行役也。見〔釋名釋天〕。

㊂通疢。〔詩節南山箋〕重以—疾。〔釋文〕—、本作疢。

【疣】于求切音由尤韻

㊀結病也。見〔廣韻〕。

㊁腫也。見〔廣雅釋詁〕。

㊂丘也。出皮上聚高如地之有丘也。見〔釋名釋疾病〕。〔按疏證本作肬。〕

【疣】尤救切音宥宥韻

㊀頄或字。〔說文頁部〕頄或从疒。〔按玉篇同頄之字从疒从又。段玉裁亦云此篆亦當作疚。从疒又聲。〕

㊁顫也。見〔集韻〕。

【⿸疒永】式類切音稅寘韻　病也。見〔玉篇〕。

【⿸疒巿】阻史切音止紙韻　病也。見〔字彙〕。〔按卽疛字之譌。〕

【⿸疒夭】徒刀切音陶豪韻　疾也。見〔玉篇〕。

【⿸疒夾】乞業切音怯葉韻　欠氣也。見〔集韻〕。

【⿸疒次】津私切音咨　才資切音慈支韻　具次。山名。在滎陽。次或作—。通作次、茨。見〔集韻〕。

【⿸疒及】呼合切音欱合韻　迄及切音吸　訖立切音急緝韻　病劣也。見〔說文〕〔注〕本草云。苟杞瘷虛—。病謂——無气力也。〔按段注。劣猶危也。〕

【⿸疒丈】呼盍切音欱合韻　胞—。見〔廣韻〕。

【⿸疒今】巨金切音琴侵韻　寒也。見〔玉篇〕。

【⿸疒气】居氣切音既未韻　癡也。或作疙。見〔集韻〕。

【⿸疒冉】蚩占切音襜　如占切音髯鹽韻　昌豔切襜去聲　式劍切音閃豔韻　皮剝也。讀若枏。又讀若襜。見〔說文〕〔桂注〕皮瘙搔之則蛻。俗謂皮蛀。蓋皮中有小蟲也。〔按段注。剝裂也。〕

【疨】虛加切音煆麻韻　瘕或字。〔集韻〕瘕、喉病。或从牙。

【疨】牛加切音牙麻韻　語下切音訝禡韻　疨—。病甚也。見〔玉篇〕。

【症】直里切音雉紙韻　下部病。見〔字彙〕。

【⿸疒心】七鴆切音沁沁韻　痛也。見〔集韻〕。

【⿸疒丑】丑鳩切音抽尤韻　病差愈也。見〔字彙〕。

【疙】疙本字。見［集韻。］

【痕】痹籒文。見［說文。］

【疣】同痽。見［玉篇。］

【瘁】同瘁。見［字彙。］

【疰】疰譌字。見［正字通。］

【疣】疣譌字。見［正字通。］

五畫

【𤵛】古慕切音顧遇韻

①久病也。見［說文。］［玉篇云。同痼。］正字通云通作固。

②小兒口瘡也。見［玉篇。］

【疲】蒲糜切音皮支韻

①勞也。見［說文。］—

②極也。見［廣雅釋詁。］

③乏也。見［玉篇。］

④倦也。［後漢光武紀］我自樂此。不爲—也。

⑤病困之狀。［莊子齊物論］苶然—役。

⑥瘦也。［管子小匡］以—馬犬羊爲幣。

⑦老也。［淮南俶眞］故—馬之死也。

⑧癩也。見［唐僧輔行傳宏決二之一引蒼頡。］

⑨止也。見［增韻。］

⑩通罷。［左成十六年傳］奸時以動。而—民以逞。［釋文］—、本亦作罷。

【疲】章移切音支支韻

病也。或从氐。見［類篇。］

【疳】沽三切音甘覃韻

①疾也。見［玉篇］［巢氏病原云。］人有嗜甘味多而動腸胃間諸蟲。致令侵食府藏。此猶是䘌也。凡食五味之物。皆入於胃。其气隨其府藏之味而歸之。脾與胃爲表裏。俱象土。其味甘。而甘味柔潤於脾胃。脾胃潤則气緩。气緩則蟲動。蟲動則侵食成—䘌也。但蟲因甘而動。故名之爲—也。其初患之狀。手足煩疼。腰脊無力。夜臥煩躁。昏昏喜妄。嘿嘿眼澀。夜夢顛倒。飲食無味。面失顏色。喜睡。起即頭眩。體胜脛痠痛。其上食五藏。則心內懊惱。出食咽喉及齒斷。皆生瘡。出黑血。齒色紫黑。下食腸胃。下利黑血。出食肛門。生瘡爛開。胃气逆則變嘔噦。急者數日便死。亦有緩。又云。五—。一是白—。二是赤—。三是蟯—。四是—䘌。五是黑—。醫宗金鑑云。十五歲以上病則爲勞。十五歲以下者皆名爲—。有脾—。瀉—。腫脹—。痢—。肝—。心—。渴—。肺—。腎—。熱—。腦—。眼—。鼻—。牙—。脊—。蛔—。無辜—。丁奚—。哺乳—。］

②瘡名。［醫宗金鑑］—瘡乃統名。又名妒精瘡。生於前陰。屬肝胃三經。其名異而形殊。生於馬口之下者。名下—。生莖之上名蛀—。莖外生瘡。外皮腫脹包裹者。名袖口—。久而偏潰者、名蠟燭—。痛引睪丸。陰囊腫墜者。名雞瞪—。痛而多癢。潰而不深。形如剝皮爛杏者。名瘙—。生馬口旁有孔如棕眼。眼內作癢。捻之有微膿出者。名旋根—。生楊梅時。或誤用薰擦等藥。以致腐爛如臼者。名楊梅—。生楊梅時。服輕粉水銀打成劫藥。以致便溺尿管內刺痛者。名楊梅內—。諸—原由有二。一由男子慾念萌動。淫火猖狂。未經發泄。以致敗精濁血。留滯中途。結而爲膿。初起必先淋漓。溲溺澀痛。次流黃濁敗精。陽物漸損。甚則腫痛腐爛。一由房術熱藥。塗抹玉莖。洗擦陰器。徼幸不衰。久頓不泄。以致火鬱結腫。初起陽物癢痛。堅硬漸生疙瘩。色紫腐爛。血水淋漓。

【瘑】古禾切音戈苦禾切音科歌韻

①瘡也。見［玉篇。］

②禿也。首瘍也。春發爲燕—。秋發爲鴈—。或从咼。見［集韻。］

【疵】才支切音玼支韻

①病也。見［說文。］

②黑病。見［玉篇。］

③毀也。［莊子逍遙游］使物不—癘。

④贅也。［淮南氾論］故目中有—。

⑤瑕也。［易繫辭］悔吝者、言乎其小—也。

⑥人名。［史記趙世家］趙—與秦戰敗。

⑦通枇。［爾雅釋木］枇無—。［釋文］—、本作枇。

⑧通訾。［漢書翟義傳］因知我國有訾災。［注］訾、讀與—同。

⑨通呰。［漢書敍傳］閻尹之呰。［注］呰、與—同。

【疵】將支切音貲支韻

㊀卑—佞人貌。[史記日者傳]卑—而前孅趨而言。㊁水鳥也。[漢書司馬相如傳]箴—鵁盧。[注]箴—似魚虎而蒼黑色。㊂疽名。[詳疽字]

【疵】蔣氏切音紫紙韻 通訾。毀也。[荀子不苟]非毀—也。[注]讀爲訾。

【疵】才詣切音嚌霽韻 㾐—恨也。見[集韻]。

【疵】仕懈切音瘵卦韻 眦或字。[集韻]眦睚恨視。眦或作—。

【⿸疒去】乞業切音怯葉韻 ㊀病劣。見[廣韻]。[正字通]云通怯。㊁羸也。見[集韻]。

【⿸疒去】口舉切音去語韻 病也。見[集韻]。

【疸】黨旱切音亶旱韻得案切音旦翰韻 ㊀黃病也。見[說文]、[注]、勞熱而黃也。[按]—、癉異字音同義別。古書多混。[素問平人氣象論]云溺黃赤安臥者黃—。[王砅注]—勞也。腎勞胞熱。故溺黃也。[新校正]云以—爲勞義。非。[漢書嚴助傳]近夏癉黃。[師古注]癉、黃病。[巢氏病原]云黃—之病。此由酒食過度。藏府不和。水穀相并。積於脾胃。復爲風溼所搏。瘀結不散。熱气鬱蒸。故食已如饑。令身體面目叉甲及小便盡黃而欲安臥。若身脈多赤多黑多青皆見者。必寒熱身痛。面色微黃。齒垢黃。叉甲上黃。此黃—也。見渴者其病難療。而不渴者其病可療。發於陰部。其人必歐。發於陽部。其人振寒而微熱。又有酒—、穀—、女勞—、黑—、胃—、心—、腎—、腸—、膏—、舌—、體—、肉—、肝—、胞—、風黃—、溼—」 ㊁惡創也。亦作癉。見[玉篇]。

【⿸疒朮】呼骨切音忽月韻 食聿切音術 敕律切音黜 休必切音矞質韻 ㊀狂走也。見[說文]。㊁狂走皃。見[玉篇]。㊂借作踬。踬蹋。獸名。[稹離騷]顧—踬以中理。

【疹】止忍切音軫 頸忍切音緊軫韻 乃結切音涅屑韻 ㊀籀文胗。[說文肉部]胗、脣瘍也。籀文胗从疒。㊁診也。有結气可得診見也。見[釋名釋疾病]。㊂疢也。[文選張衡賦]思百憂以自—。㊃久病也。[素問奇病論]無損不足、益有餘。以成其—。㊄苦也。見[詩小宛哀我填寡釋文引韓詩]。㊅癮—。皮外小起也。見[玉篇]。[按]此證爲性急傳染病。人類一生必罹一次。輕者名風—。[傷寒論]謂之癮—。[金匱]謂之陽毒。[準繩]曰。北人謂之糠瘡。南人謂之麩瘡。吳人謂之痧。越人謂之瘄。[醫宗金鑑]曰。—非一類。有瘙—、癮—、溫—、蓋痘—。皆非正—也。惟麻—則爲正—。亦胎元之毒。伏于六府。感天地邪陽火旺之气。自肺脾而出。故多咳嗽。噴嚏。鼻流清涕。眼淚汪汪。兩胞浮腫。身熱二三日或四五日始見點于皮膚之上。形如麻粒。色若桃花。間有類于痘大者。此麻—初發之狀也。形尖疏稀。漸次稠密。有顆粒而無根暈。微起泛不而生漿。此麻—見形之後大異于痘也。㊆通癉。重也。[詩雲漢]胡寧癉我以旱。[釋文]癉、韓詩作—。恥客反。云重也。

【疹】丑忍切音軫震韻 通疢。熱病也。[詩小弁]疢如疾首。[釋文]疢、又作—。同。

【疺】扶法切音乏洽韻 ㊀瘦也。見[玉篇]。㊁疲也。[明永樂北征錄]天氣清爽。人馬不渴若暄熱人皆—矣。

【疺】悲檢切音貶琰韻 病也。見[集韻]。

【疽】千余切音苴魚韻 ㊀久癰也。見[說文]。[靈樞經]曰。營衛稽留於經脈之中。則血泣而不行。不行則衛氣從之而不通。壅遏而不得行。故熱。大熱不止。熱勝則肉腐。肉腐則爲膿。然不能陷骨髓。不爲焦枯。五藏不爲傷。故命曰癰。熱氣淳盛。下陷肌膚。筋髓枯。內連五藏。血氣竭。當其癰下。筋骨良肉皆無餘。故命曰—。—者上之皮夭以堅。上如牛領之皮。癰者其皮上薄以澤。此其候也。[外臺祕要]曰。發

於咽。名曰猛|。發於股胻、名曰脫|。發於脇、名曰改訾。改訾者女子之疾也。發於尻者、名曰銳|。發於脛者、名曰兔齧|。發於足上下者、名曰四淫。發於肩及臑者名曰疵|。發於腋下堅赤者、名曰米|。發於股陰、名曰赤弛。發於膝者、名曰疵|。發於踝者、名曰走緩。發於足傍者、名曰厲|。發於胸者、名曰背|。發於足指者、名曰脫|。發於膺者、名曰舌|。發於頸者、名曰夭|。醫宗金鑑曰。人身體計有五層。皮、脈、肉、筋、骨、也。發於筋骨間者、名|屬陰。發於肉脈間者、名癰。屬陽。發於皮裏肉外者、名瘍毒。只發於皮膚之上者、名瘡癤。王洪緒曰。盤踰徑寸者紅腫、稱癰。癰發六府。若其形止數分。乃言小癤。白陷稱|發五藏。〕

(二)癰|。瘍醫也。〔孟子萬章〕或謂孔子於衛主癰|。〔注〕癰、癰|之醫也。〔疏〕或有人謂孔子於衛國主癰|之醫。

【疽】子與切苴上聲語韻

瘔|。痒病。見〔集韻〕。

【疾】昨悉切音嫉質韻

(一)病也。見〔說文〕。〔注〕病來急。故從矢。矢、急|也。〔按段注。析言之、則病爲|。加渾言之、則|亦病也。〕

(二)苦也。〔荀子大略〕湯旱禱曰。使民|與。

(三)害毒也。〔左定十五年傳〕山藪藏|。〔注〕山有林藪毒害者居之。

(四)痛也。〔孟子梁惠王〕舉|首蹙頞。

(五)患也。〔淮南說山〕食草之獸不|易藪。

(六)虐也。〔詩蕩〕|威上帝。

(七)怨也。〔管子君臣〕故名不|其威。

(八)憎嫌之也。〔管子小問〕夫牧民不知其|則民|。

(九)惡也。〔孟子梁惠王〕夫撫劍|視曰。〔注〕|視、惡視也。

(十)非也。〔禮記緇衣〕邇臣不|。

(十一)過也。〔史記天官書〕|其鄉凶。

(十二)高急也。〔論語鄉黨〕不|言。

(十三)捷速也。〔禮記月令〕征鳥厲|。

(十四)壯也。見〔爾雅釋言〕。

(十五)美也。〔管子七臣七主〕嗚呼美哉成事|。

(十六)激揚之聲。〔穀梁桓十四年傳〕聽遠音者。聞其|而不聞其舒。

(十七)爭也。〔呂覽禁塞〕而|取救守。

(十八)力也。〔呂覽尊師〕|諷誦。

(十九)截也有所截越也。見〔釋名釋言語〕。

(二十)百|。變詐也。〔呂覽明理〕長短頡許百|。

(二十一)劉|。鳥名。〔爾雅釋鳥〕鸕劉|。

(二十二)前|。謂驅馬車轅前胡下垂柱地者。〔周禮大行人〕立當前|。

(二十三)通嫉。〔書秦誓〕冒|以惡之。

(二十四)通蒺。〔漢書揚雄傳〕掌|黎。

(二十五)姓也。元魏|陸眷。

【⿸疒付】匪父切音甫麌韻　馮無切音扶風無切音膚虞韻

(一)俛病也。見〔說文〕。〔注〕爾雅注。戚施之疾。俛而不能仰也。

(二)短也。〔方言〕短。東陽之間謂之|。

(三)腫也。見〔玉篇〕。

【⿸疒付】奉甫切音父麌韻

病也。見〔集韻引博雅〕。

【痃】胡千切音賢先韻

(一)|癖也。見〔玉篇〕。〔按廣韻。|癖病。集韻、類篇、並癖病也。六書故。癖積弦急也。亦單作弦。字彙。小腹下病。巢氏病原作懸。云懸癖者、謂癖在脇肋之間。弦亙而起。咳唾則引脇下懸痛。醫宗金鑑云。婦人、臍之兩旁有筋突起疼痛。大者如臂。小者如指。狀類弓弦者曰|。因風冷、客於胞中而然。〕

(二)橫|。瘡名。多繼下疳而起。亦名便毒、魚口、楊梅疳、蠅頭行毒。〔醫宗金鑑〕生股內合縫摺紋間。左爲橫|疽。右爲陰疽。屬三陰。漫腫堅硬。時疼甚則痛牽睪丸。上及少腹。形長如蛤。

【病】皮命切音寎敬韻

(一)疾加也。見〔說文〕。〔按論語子罕。子疾|。鄭注。|謂疾益困也。儀禮既夕記。疾|。外內皆埽。注。疾甚曰|。凡經典言疾|。誼各有屬。後世疾|無別。且轉以|爲凡疾之稱。〕

(二)並也。與正氣並在體中也。見〔釋名釋疾病〕。

(三)|者。感衰氣而不神也。見〔鬼谷子權〕。

(四)憂也。〔禮記樂記〕|不得其衆也。

(五)罷也。〔孟子公孫丑〕今日|矣。

(六)苦也。見〔廣雅釋詁〕。

(七)難也。〔論語憲問〕堯舜其猶―諸。(八)患也。〔論語衛靈公〕君子―無能焉。(九)敗也。〔國語晉語〕以韋之―。(十)短也。〔國語晉語〕舅所―也。(十一)極也。〔孟子滕文公〕―于夏畦。(十二)餓也。〔國語魯語〕固民之殄―是待。(十三)辱也。〔儀禮士冠禮〕恐不能共事以―吾子。(十四)力少不自勝也。〔素問宣明五氣論〕氣―無多食辛。(十五)學道不能行謂之―。見〔家語七十二子〕。(十六)亾也。見〔墨子經〕。(十七)罪咎之也。〔禮記表記〕是故君子不以其所能―人。(十八)損也。〔後漢羊續傳〕乃班宣政令。候民―利。〔注〕損於人曰―。益於人曰利。(十九)恨也。〔左文十八年傳〕與刖其父而弗能―者何如。(二十)―坊。閒曹也。〔類要〕唐以祕書監、望雖清雅。實非要劇。以監爲宰相―坊。及著作郎爲尙書郎―坊。祕書郎及著作佐郎爲監察御史―坊。

【痆】女黠切音痆黠韻 (一)瘡痛也。〔韓愈征蜀聯句〕視傷悼瘢―。(二)婆羅―斯。國名。見〔字彙補〕。

【痆】尼質切音暱質韻 痒也。見〔集韻〕。

【痀】權俱切音劬恭于切音拘虞韻郡羽切音寠麌韻 (一)曲脊也。見〔說文〕。(二)―僂。背曲疾也。〔列子黃帝〕見―僂者承蜩。(三)通鉤。〔國策趙策〕武安君曰。繓病鉤。身大臂短不能及地。〔桂馥說〕、―通作鉤。(四)通句。〔說文玉部〕玖讀若人句脊之句。〔王筠說〕、句省形存聲也。

【⿸疒禹】委羽切音踽麌韻 傴或字。〔集韻〕傴僂也。或作―。

【疰】朱戍切音註遇韻 病也。見〔廣雅釋詁〕〔疏證〕釋名釋疾病。注病一人死一人復得氣相灌注也。注與―通。〔按巢氏病原云。凡注之言住也。謂邪氣居住人身內。故名爲注。此由經絡空虛。風寒暑溼。勞倦之所致也。其傷寒不時發汗。或發汗不得眞汗。三陽傳于諸陰。入于五藏。不時除瘥。留滯。或宿食冷熱不調。邪氣流注。或乍感生死之氣。卒犯鬼物之精。皆能成此病。其變狀多端。乃至三十六種九十九種。而方不皆顯其名也。又有九種。曰風注、寒注、氣注、生注、涼注、酒注、食注、水注、尸注。〕

【疱】披敎切音砲效韻 腫病也。見〔集韻〕。

【疱】皮敎切音泡效韻 皰或字。〔集韻〕皰面生氣也。或作―。

【⿸疒出】五忽切音兀月韻 病也。見〔說文〕。〔正字通云。一說。婦人帶下有出病。出、當卽―。〕

【疴】於何切音阿歌韻 病也。五行傳曰。時卽有口―。見〔說文〕。〔注〕―、猶倚也。因人之釁以生。〔按―亦作痾。〕

【疴】邱駕切音髂禡韻 小兒驚。見〔廣韻〕。

【⿸疒世】私列切音薛屑韻以制切音曳霽韻 痢也。見〔玉篇〕。〔集韻云。或作痸。〕

【疷】張尼切音秖支韻 同胝。皮厚也。見〔廣韻〕。

【⿸疒朿】壯士切音滓紙韻 瘕病也。見〔說文〕。〔按大徐本作瑕也。王筠以爲疵瑕字當作此―。〕

【⿸疒不】補回切音杯灰韻 瘕結痛也。見〔玉篇〕。

【痗】莫後切音母有韻 病也。見〔廣韻〕。〔正字通云。痗譌字。按廣韻、集韻、十八隊兩出痗字。四十五厚出―字。形近義同而音異。正字通之說非。〕

【⿸疒台】呼來切音咍灰韻 病也。見〔玉篇〕。

【⿸疒必】兵媚切音祕寘韻 病也。見〔集韻〕。〔正字通云。方書。前後不利曰瀋。亦借用閟。俗作―。〕

【⿸疒生】所景切音眚梗韻 瘦―也。見〔字彙〕。

【疕】唐何切音駝歌韻
病也。見〔集韻〕。

【疻】章移切音支商支切音施蒸夷切音脂支韻掌氏切音紙敞余切音侈紙韻
—痏。毆傷也。見〔說文〕。〔漢書薛宣傳〕傳曰。遇人不以義而見—者。與痏人之罪鈞。惡不直也。注。應劭曰以杖手毆擊人。剝其皮膚。腫起青黑而無創瘢者。律謂—痏。按顏注急就篇云。毆人皮膚腫起曰—。毆傷曰痏。據此則—輕痏重。

【疼】徒冬切音彤冬韻徒登切音騰蒸韻
痛也。見〔廣雅釋詁〕。〔疏證〕今俗語言—聲如騰。眾經音義卷十四云。—下里間音騰。則唐時已有此音。

【⿸疒目】莫六切音目屋韻
病也。見〔玉篇〕。

【痊】巨禁切音靳沁韻
牛舌病。見〔字彙〕。〔按廣韻作矝。正字通云。矝、俗作疹。譌作—。非。〕

【瘦】徒刀切音陶豪韻
疾也。見〔集韻〕。

【⿸疒令】郎丁切音靈青韻
同領。瘦也。見〔廣韻〕。

【⿸疒卯】憐蕭切音聊蕭韻
疾也。見〔集韻〕。

【疿】方未切音沸未韻
熱生小瘡。見〔玉篇〕。〔內經生氣通天論云。汗出見溼。乃生痤—。王冰注。陽氣發泄。寒水制之。熱怫內餘。鬱於皮裏。甚為痤癤。微作—瘡。、—風癮也。正字通云。今俗以觸熱膚疹如沸者曰—子。〕

【痂】居牙切音嘉麻韻
乾瘍也。見〔說文〕。〔按大徐本作疥也。集韻、類篇同。玉篇瘡疥也。廣韻、龍龕手鑑、竝瘡—。韻會舉要引說文、作乾瘍也。急就篇、—疕疥癘癡聾盲。王注引說文、作乾瘡也。顏注。瘡上甲也。六書故、正字通、竝瘡弃也。徐鍇云。今謂瘡生肉所蛻乾為—。段玉裁云、—本謂疥。後人乃謂瘡所蛻鱗為—。此古義今義之不同也。蓋瘡鱗可曰介。介與—雙聲之故耳。王筠云。謂已乾之瘍也。大徐作疥也。非是。急就篇竝舉之。知非一物也。南史劉穆之子邕。性嗜食—。以為有鰒魚味。〕

【痁】詩廉切音苫鹽韻都念切音店舒贍切音閃豔韻
有熱瘧。春秋傳曰。齊侯疥、遂—。見〔說文〕〔段注〕有熱無寒之瘧也。〔按正字通云。多日之瘧為—。左傳昭公二十年疏云。俗人仍呼二日一發久不差者為痎瘧。〕

【痄】側下切音鮓馬韻
—瘡不合。見〔廣韻〕。〔按醫宗金鑑云。—腮一名髭發。一名含腮。瘡生於兩腮肌肉不著骨之處。無論左右總發端於陽明胃經也。〕

【痄】鉏加切音茶麻韻
—瘵。病甚也。見〔玉篇〕。

【⿸疒由】徒谷切音牘屋韻
怨痛也。誹也。亦作讟。見〔玉篇〕。

【⿸疒民】眉貧切音珉真韻
病也。見〔集韻〕。〔六書故云。—、武巾切。又上聲。詩云。無將大車。祇自塵兮。無思百憂。祇自—兮。今本作疧。按—與塵叶非—也。民之譌為氏者多矣。又作痻。詩云。多我覯痻。毛氏曰。病也。詩無將大車、祇自疧兮。釋文云。疧、都禮反。病也。盧文弨釋文攷證云。疧、當本作—。與覯痻音同。或從氐。與從民音亦可相通。陸音都禮反。誤。阮元校勘記云。唐石經疧作疷。案釋文云。疷、都禮反。白華釋文云。疷、徐都禮反。又祈支反。是此依徐讀也。考疧字見於爾雅、說文、玉篇、廣韻、五經文字、皆從氏不從氐。則徐讀非也。段玉裁詩經小學云。疷从疒氏聲。宋劉彝妄謂當作—。音民。攷爾雅、說文、五經文字、玉篇、廣韻、皆無—字。集韻始有。非古。戴侗謂即痻字之省。不知痻从疒昏聲。昏从氐省。為會意字。非民聲。痻字昏聲不得省為疷也。顧炎武以唐石經祇自疷兮為諱民減畫之字。而附會劉彝臆說。〕

【⿸疒布】同癠。見〔集韻〕。

【⿸疒生】同痃。〔龍龕手鑑〕舊藏作痃。

【⿸疒平】同病。見〔字彙〕。〔按龍龕手鑑云。俗音病。正字通云。內經平人氣象論。心平心病。肺平肺病。病皆與平相反。平則非病。今俗謂病瘉曰平復字从平今—義與病同誤。」

〔瘂〕 瘂或字見〔集韻〕。

〔痵〕 瘷或字見〔集韻〕。

〔㾿〕 疢俗字見〔玉篇〕。〔按集韻二十二稕疢或作疹、—二形。〕

〔痈〕 瘖俗字見〔正字通〕。

〔𤵸〕 札俗字。〔釋名釋天〕札。截也。氣傷人如有斷截也。〔疏證〕今本札字加疒俗也。

〔症〕 俗證字。

六畫

〔痌〕 他東切音通東韻

●一痛也。亦作恫。見〔玉篇〕。●二呻吟。見〔集韻〕。

〔痐〕 徒東切音同東韻

創潰也。或从熏。見〔集韻〕。

〔痍〕 延知切音夷支韻

●一傷也。見〔說文〕〔王注〕經典多作夷。古文假借字。—則後起之專字。●二侈也。侈開皮膚為創也。見〔釋名 釋疾病〕●三通夷。〔左成十三年傳〕芟—我農功。〔釋文〕—本作夷。

〔痎〕 居諧切音皆佳韻 邱哀切音開 柯開切音該灰韻 戶代切音核隊韻

●一二日一發瘧。見〔說文〕。〔按素問生氣通天論云夏傷於暑秋為—瘧。又瘧論云其氣之舍深內薄於陰。陽氣獨發。陰邪內著。陰與陽爭不得出。是以間日而作。〕●二通疥。〔左昭二十年傳〕齊侯疥。遂痁。〔疏〕正義曰。後魏之世。嘗使李繪聘梁。梁人袁狎與繪言及春秋。說此事云。疥當為—。是小瘧。痁是大瘧。疥患積久。以小致大。非疥也。

〔痏〕 羽軌切音洧紙韻

●一疻—也。見〔說文〕。●二瘡也。〔漢書薛宣傳〕傳曰遇人不以義而見疻者與—人之罪鈞。惡不直也。〔注〕應劭曰。以杖手毆擊人。剝其皮膚腫起青黑而無創瘢者。律謂疻—。〔參閱疻字〕。●三毆傷也。〔文選張衡賦〕所惡成瘡—。〔注〕瘡—謂瘢痕也。蒼頡曰—、毆傷也。胡軌切。四痏聲曰—。見〔通俗文〕。〔按顏氏家訓風操篇引蒼頡作侑。段玉裁云。玄應佛書音義曰—、諸書作侑。蓋借侑為—。皆有聲也。顏氏家訓之侑。當是侑之誤。〕

〔痐〕 囊來切乃平聲灰韻

●一病也。見〔玉篇〕。●二儽劣。見〔集韻〕。

〔𤵾〕 汝來切音䆀灰韻

疾也。見〔集韻〕。

〔痌〕 式亮切音餉漾韻

●一同傷。憂也。見〔廣韻〕。●二痛也。見〔集韻〕。

〔痒〕 尸羊切音商陽韻

憂疾。或从商。見〔集韻〕。

〔痐〕 乙洽切音押洽韻

●一江淮之閒謂病劣曰—。見〔集韻〕。●二禿瘡下瘗貌。見〔正字通〕。

〔瘥〕 丁可切音嚲哿韻 他干切音灘寒韻 湯何切音佗歌韻 他案切音炭翰韻 丁賀切音跢 他佐切音拕箇韻

●一馬病也。詩曰。——駱馬。見〔說文〕。〔按今詩小雅四牡作嘽嘽駱馬。說文口部嘽下引詩亦作嘽。〕●二力極也。見〔玉篇〕。●三病也。見〔廣韻〕。四——疲也。見〔廣雅釋訓〕。

〔痑〕 賞是切音弛紙韻

眾貌。〔漢書司馬相如傳〕衍曼流爛—以陸離。〔注〕張揖曰。—、眾貌。一曰罷極也。師古曰。—、自放縱也。—音式爾反。張云罷極。義則非矣。〔按司馬相如傳—作𤹕。集解徐廣曰。壇音坦。〕

〔痒〕 徐羊切音詳 余章切音陽陽韻

●一本作痒。〔說文〕痒。瘍也。●二病也。〔詩正月〕癙憂以—。〔傳〕癙、—皆病也。〔按爾雅釋詁釋文引舍人云。心憂憊之病也。郝懿行曰。憂思煎灼。气血鬱蒸。故或蘊而為瘍。或結而為病。胥是道焉。〕●三傷也。見〔廣雅釋詁〕。●四通瘍。〔禮記曲禮〕身有瘍則浴。〔釋文〕瘍本或作—。

〔痒〕 以兩切音養養韻

同瘙。痛—也。見〔玉篇〕。〔按廣韻三十六養—下云。皮—。同瘙。集韻三十六養、韻會舉要二十二—下、竝云。膚欲搔也。或作瘙。一切經音義五云。說文。蛘、搔蛘。禮記。蛘、不敢搔是也。字从虫。今皆作瘙。近字也。又作—。非。郝懿行爾雅義疏云。玉篇。—與瘙同。非也。瘙字、說文作蛘。云搔蛘也。或作瘙。通作養。與—聲同義別。玉篇謂相通借。謬矣。王筠說文句讀云。玉篇合—于瘙者。葢由天官疾醫。夏時有—痒疥疾。疏。倒之爲疥—。即以爲瘙矣。不知—疥者。瘡疥也〕

【痒】弋亮切音漾漾韻

創也。或从歺。見〔集韻〕。

【痔】丈里切音峙紙韻

㊀後病也。見〔說文〕。〔素問生氣通天論云。因而飽食。筋脈橫解。腸澼爲—。巢氏論曰。凡—病有五。若肛邊生肉如鼠乳。出孔外。時時膿血出者。名牡—也。若肛邊腫痛生瘡者。酒—也。若肛邊有核痛及寒熱者。名腸—也。若大便輒清血出者。名血—也。若大便難肛良久肯入者。名氣—也。皆坐中寒溼。或房室失節。或醉飽過度所得。巢氏病原曰、—久不瘥。變瘻也。王洪緒曰。—漏。即腸澼。凡人九竅中有小肉突起。即如大澤中有小山突出也。不獨於肛門一處。言—未破者曰—。已破者曰漏。按現於肛門外者曰外—。生於肛門內者曰內—。是二者名曰旹—。葢由直腸黏膜有血液鬱積而靜脈怒張。或如瘤之癧於肛門內外也。其種類甚多。醫宗金鑑論—之形。別爲二十四種〕。㊁食也。蟲食之也。見〔釋名釋疾病〕。

【痓】充至切音廁寘韻

㊀惡也。見〔廣雅釋詁〕。㊁風病也。見〔集韻〕。〔內經氣厥論云。肺移熱於腎。傳爲柔—。注、柔、謂筋柔而無力。—、謂骨—而不隨氣。骨皆熱。髓不內充。故骨—強而不舉。筋柔緩而無力也〕。㊂去—。山名。〔山海經大荒南經〕大荒之中有山名曰去—。

【瘩】德合切音答合韻

㊀肥—。瘃。見〔廣韻、引字林〕。㊁肥皃。見〔集韻〕。

【[疒+合]】鄂合切音㗃呼合切音欱合韻

寒病也。見〔玉篇〕。

【痕】胡恩切音拫元韻

㊀胝瘢也。見〔說文〕。〔按一切經音義十八纂文作眼。同胡根反。通俗文。創瘢曰—〕。㊁根也。急相根引也。見〔釋名釋疾病〕。㊂凡物有迹者皆曰—。如啼—、若—、水—、墨—之類。

【痕】五斤切音垠文韻古恨切音艮願韻

腫也。見〔廣雅釋詁〕。

【痊】逡緣切音詮先韻

病瘳也。見〔玉篇〕。〔六書故云。古無此字。瘳、—蓋一聲〕

【[疒+朿]】七賜切音刺寘韻

風—。膚疾。見〔集韻〕。

【[疒+束]】蘇谷切音速屋韻色窄切音棘陌韻

瘳—。寒病。見〔玉篇〕。

【[疒+朿]】資昔切音積陌韻

膌古文。〔集韻〕膌、瘦也。膌、古作—。

【[疒+休]】虛尤切音休尤韻

—息。下痢病也。見〔玉篇〕。

【[疒+休]】許救切音齅宥韻

黍瘡也。見〔集韻〕。

【痋】徒冬切音彤冬韻

動病也。見〔說文〕。〔按一切經音義十八云。—又作[月+冬]、疼二形。同徒冬反。聲類作癑。說文。—、動痛也〕

【[疒+䖵]】持中切音蟲東韻

病也。見〔集韻〕。

【[疒+夅]】披江切音胮皮江切音龐江韻

胮或字。〔集韻〕胮。肛腫也。或作膖、—、胖。

【[疒+夅]】良中切音隆東韻

癃籀文。〔說文〕癃。罷病也。從疒隆聲。—籀文癃省。

【[疒+吉]】苦八切音恰黠韻

用力疲也。見〔字彙〕。

【[疒+皃]】虛江切音舡江韻

肛或字。〔集韻〕肛。腫也。或作—。

【瘚】虛艾切泰韻

—病。見〔廣韻〕〔集韻或作㾢。〕

【⿸疒佳】研奚切音倪齊韻宜佳切音厓佳韻

㾢貌。見〔玉篇〕。

【⿸疒圭】居隘切音懈卦韻

病也。見〔廣韻〕。

【⿸疒宅】抽加切音侘麻韻

⿸疒奢貌。見〔集韻〕。

【⿸疒列】力制切音例霽韻

疾疫也。〔公羊莊二十年傳〕大災者何。大瘠也。—也。〔按集韻云。或作㓯、癘、𤻲。通作厲。〕

【⿸疒交】吉巧切音絞巧韻

—痛也。見〔玉篇〕。〔按集韻云。疨、或作—。〕

【⿸疒老】魯皓切音老皓韻

⿸疒高—。疥疾也。見〔集韻〕。

【⿸疒如】人余切音如魚韻

病也。見〔集韻〕。

【⿸疒居】如倨切音洳御韻

—瘀。不達也。見〔集韻〕。

【痐】胡隈切音回灰韻

腹中長蟲。見〔集韻〕。〔正字通云。腹蟲聚而成疾也。蚘說文本作蛕。俗作蛔。—从疒。蓋指疾言。非—即蛔也。舊注誤。〕

【⿸疒矢】古疾字。見〔說文〕。

【⿸疒叟】同⿸疒并。見〔五音集韻〕。

【⿸疒𡿧】同癋。見〔集韻〕。

【⿸疒鬼】㾽或字。見〔集韻〕。

【⿸疒先】癬俗字。見〔龍龕手鑑〕。

【⿸疒酉】⿸疒扁俗字。見〔正字通〕。

七畫

【⿸疒肙】縈玄切音淵先韻

❶疲也。見〔說文〕〔段注〕按各本無篆。今依謝靈運發臨海嶠詩李善注引說文補。

❷痠痛也。〔素問陰陽別論〕三陽爲病發寒熱。下爲癰腫。及爲痿厥腨—。〔按痠、酸、音義並同。素問注訓—爲痠痛。則玉篇訓骨節疼、集韻訓骨酸、二義並括在內。〕

❸煩鬱也。〔列子楊朱〕心—體煩。

❹同悁。憂也。忿也。見〔字彙〕。

【痗】虎猥切音賄母罪切音浼賄韻莫佩切音妹呼內切音誨隊韻

❶病也。〔詩伯兮〕使我心—。

❷通悔。〔詩十月之交〕亦孔之—。〔釋文〕—、本作悔。

【⿸疒吕】兩舉切音呂語韻

❶瘡病也。見〔集韻〕。

❷久病也。見〔字彙〕。

【痛】他貢切音窩送韻

❶病也。見〔說文〕〔桂注〕病也者。張揖雜字。—、癢疼也。〔按內經有舉—論。即如頭—、腹—、咽—、齒—、瘡—、神經—、婦人之乳房—、月經—等類。皆關于各局部之病。又有—風病。爲血中尿酸之增加證。〕

❷通也。通在膚脈中也。見〔釋名釋疾病〕。

❸傷也。〔左成十三年傳〕斯是用—心疾首。

❹疾也。〔國語楚語〕使人無有怨—于楚國。

❺急也。〔國策秦策〕不待—而服矣。

❻甚也。〔漢書食貨志〕以稽市物—騰躍。

❼甚極之辭。〔管子七臣七主〕姦臣—言人情以驚主。

❽姓也。周穆王嬖寵盛姬早卒。王哀之。遂改其族爲—氏。

【痝】莫江切音尨江韻

❶病困也。一曰病酒。見〔集韻〕。

❷腫起貌。〔素問風論〕腎風之狀。多汗。惡風。面—然浮腫。

【⿸疒希】許謹切音蚓軫韻香靳切音焮問韻

❶創肉反出也。見〔集韻〕。

❷腫起也。見〔玉篇〕。

【⿸疒希】許既切音咥未韻

痛也。見〔集韻〕。

【⿸疒希】興腎切音脪軫韻

同晞。熱氣著膚也。見〔集韻〕。

【痞】部鄙切音否補美切音鄙紙韻

❶痛也。見〔說文〕〔段注〕廣韻云。腹內結痛。

❷否也。氣否結也。見〔釋名釋疾病〕。

❸—滿。胸悶不舒也。有氣血虛中滿者。有食積者。有痰隔者。有溼熱者。

有傷寒誤下裏氣虛而表邪乘虛入距者。仲景傷寒論所謂胸中—甚。則劇痛爲結胸也。

㊃—塊。慢性脾臟病也。脾質硬固。自腹面按之。覺有物如塊。故又名—塊。—字又作痞。難經所謂脾之積。名曰痞氣是也。按—塊、與—滿有別。—滿、大抵在胸之局部。—塊大抵在腹之局部。

㊄俗謂稔惡者曰—。如地—流—之類。

【痞】俯九切 音缶 有韻

病也。見〔集韻〕。

【痞】芳杯切 音肧 灰韻

弱也。見〔廣韻〕。

【痞】哺枚切 音梅 灰韻

弦病。見〔集韻〕。

【痟】思邀切 音宵 蕭韻

㊀酸—、頭痛也。周禮曰。春時有—首疾。見〔說文〕〔段注〕周禮疾醫。春時有—首疾。〔注〕—、酸削也。首疾、頭痛也。疏曰。春時陽氣將盛。惟金沴木。故有—首之疾。

㊁通消。渴病也。〔玉篇〕漢司馬相如—渴疾。〔按漢書本傳作消渴。今稱蜜尿病。一曰糖尿病。因患此病者。其尿味甜〕

【瘦】蘇官切 音酸 寒韻

㊀痛也。見〔廣雅釋詁〕。〔按—彙酸、痛二義。詳痠字〕。

㊁石名。〔山海經中山經〕風伯之山多—石。

【痼】夷周切 音由 尤韻 余救切 音狖 宥韻

㊀病也。見〔廣雅釋詁〕。

㊁屋朽木臭也。〔周禮內饔〕牛夜鳴則—。

【痣】職吏切 音志 寘韻

㊀黑子。見〔集韻〕。〔皮面所生微突起之斑點。由表皮最下層細胞內所含之色素。集於一部所成。黑色者爲多。故別名爲黑子。間爲紅色及青色者。〕

㊁通誌。〔漢書高帝紀〕左股有七十二黑子。〔注〕師古曰。今中國通呼爲黶子。吳楚俗謂之誌。誌者記也。

【痤】徂禾切 音矬 歌韻

㊀小腫也。一曰。族絫病。見〔說文〕。〔桂注〕小腫也者。易通卦驗。足少陽脈盛。人多病粟疾。注。粟、—腫也。族絫者。桓六年左傳謂其不疾瘯蠡也。注云。皮毛無疥癬。廣韻。瘯瘰、皮膚病也。又云瘰與瘯同。瘰癧、病筋結也。

㊁瘤也。〔素問生氣通天論〕汗出見溼。乃生—疿。〔王注〕陽氣發泄。寒水制之。熱怫內餘。鬱于皮裏。甚爲—癤。

㊂癰也。〔山海經中山經〕金星之山多天嬰。其狀如龍骨。可以已—。〔注〕癰—也。

㊃人名。〔史記秦紀〕與魏晉戰少梁。虜其將公孫—。

㊄果名。〔爾雅釋木〕—接。盧李。

【痥】徒活切 音奪 曷韻 椿劣切 音啜 屑韻

馬脛瘍也。一曰。將傷。見〔說文〕。〔段注〕瘍、廣韻作傷。將、疑當作捋。〔按桂注。馬脛傷也者。齊民要術有治馬瘙蹄方。徐鍇本作捋傷也。鍇曰。謂騎馬爲特馬所傷也。〕

【痘】大透切 音豆 宥韻

—瘡。見〔字彙〕。〔按—一名虜瘡。以東晉建武中於南陽擊虜所得。一名聖瘡。言其變化無定也。一名天瘡。言爲天行疫癘也。俗又名天花。或曰百歲瘡。言自少至老必患—一次也。或曰豌豆瘡。言其形似豌豆也。病原胎毒而起。至天行傳染時發甚。寒熱三日、發紅斑。俗名現點。初發於頭面。漸及肢體。三日、成水泡。俗名齊苗。水泡內容物溷濁。爲乳性。爲膿性。三日、中央現—臍。俗名灌漿。又三日、膿泡乾燥成痂。發癢。俗名上岸。痂脫乃愈。此症與疹相類而實殊。蓋—必發熱三日。現點。疹則無定期。—必六日齊苗。疹則先後不一。—必九日灌漿。其根如紅線緊束。疹則多爲不完全之膿泡。且根下紅暈散漫。治法迥異。豫防之法。昔依丹溪方。於初發時或未出時。以朱砂末半錢。蜜水調服。多者可少。少者可無。重者可輕也。西人則以刀刺小兒兩臂。當三焦部穴道。以牛之血清納入之。數日後。—即由刺處而生。其法最良。吾國偏傳其術。俗名引種牛—。亦曰挑苗。鄉僻沿舊法以痘痂研末吹入鼻竅者。俗名神—。亦曰吹苗。其法極險。〕

【痙】巨井切 音涇 梗韻

强急也。見〔說文〕〔段注〕廣韻曰。風强病也。按急就篇癰疽瘛瘲痿痹痃。疾即—。顏云。體强急難用屈伸也。〔按—攣神經系病。凡頸項强急身反張。如中風狀。或攣縱口張爲—。又胸部橫隔膜突然收縮。及手足轉筋等。亦謂之—。有强直性、間代性二種。强直性、即中醫古書所謂剛—也。間代性、即中醫古書所謂柔—也。〕

【㾕】疏臻切音莘眞韻所錦切寖韻鐵本切音損阮韻
寒病也。見〔說文〕〔段注〕古多借洒爲—。凡素問靈樞本草言洒洒洗洗者。其訓皆寒。皆—之叚借。古辛聲西聲先聲同在眞文一類。

【㾖】兩耳切音里紙韻里之切音釐支韻
病也。見〔爾雅釋詁〕〔疏〕舍人云。—、心憂憊之病也。

【㾗】力讓切音亮漾韻
目病也。與目部眼義同。見〔正字通〕〔按急就篇注。眼、目視不正也。〕

【㾀】佗恨切音搯願韻
病善食。見〔集韻〕。

【痚】虛交切音囂肴韻
—瘶喉病也。一說連喘不已。腰背相引坐寢有音者。俗名爲—病。見〔正字通〕〔按—病巢氏病源、外臺祕要、竝謂之呷嗽。謂咽喉之間。痰氣相擊。隨嗽動息。呀呷有聲也。又謂之喉中上氣水雞鳴。謂氣逆胸滿。喉中如水雞之鳴也。爲呼吸器病之一種。字或作哮。〕

【㾈】房尤切音浮尤韻
火瘍。見〔集韻〕。

【痜】他谷切音禿屋韻
首瘍。見〔集韻〕〔按即禿瘡。〕

【㾍】呼骨切音忽月韻
多睡也。見〔廣韻〕。〔按俗以臥一覺爲一寣。寣、—音同。故義亦相近。〕

【㾘】古杏切音梗梗韻
病也。見〔集韻〕。〔正字通云。詩大雅。譖生厲階。至今爲梗。傳云。梗、病也。俗因从疒作—。〕

【㾜】乃結切音涅屑韻
病也。見〔集韻〕。

【㾦】伊習切音邑緝韻
通悒。鬱病也。見〔字彙〕。

【𤻎】側亮切音壯漾韻
熱病。見〔集韻〕〔正字通云。熱病、與瘴注同。瘴、譌作—。存參。〕

【𤸍】思遮切音些麻韻
瘥也。見〔字彙〕。

【㾑】丑忍切軫韻
病也。見〔字彙〕。

【㾛】七稔切音寢寑韻
通侵。貌醜。又體陋也。〔史記魏其武安侯傳〕武安者貌侵短小。〔注〕謂醜惡也。〔按集韻或作頹。韻會亦通作寑。〕

【㾣】詰叶切音愜葉韻
病息也。見〔說文〕〔段注〕病息謂病之鼻息也。

【痡】滂模切音鋪奔模切音敷虞韻奉父切音父麌韻
病也。詩云。我僕—矣。見〔說文〕〔按爾雅釋詁孫注。—、人羸不能行之病。〕

【𤵖】普故切音怖遇韻
痡或字。〔集韻〕痡。痞病。或作—痡。

【痢】力至切音利寘韻
病名。有赤、白、二種。古無—之名詞。內經謂之腸澼。素問云。腸澼下白沫。即白—。腸澼下膿血。即赤—。難經則名爲大瘕泄。所謂大腸泄者。食已窘迫。大便色白。腸鳴切痛。亦即白—。小腸泄者。溲而便膿血。少腹痛。亦即赤—。今東西醫則概謂之赤—。其證外因於夏秋之交。暑溼食滯所侵。內因於一種黴生物。發生於大腸。由是大腸之蠕動機亢進。腸腺之分泌液增加。裏急後重。腹痛劇烈。而所出糞量極微。糞便呈血液及米粒狀。或蛙卵狀之黏液塊。有時含膿頗多。則爲白—。蓋傳染病中最酷者。倘療治不當。或變爲急性。則爲噤口—。或變爲慢性。則爲休息—。均足以致死。

【𤸽】充夜切禡韻
灌也。見〔字彙〕。〔按灌、瀉、同義。—字疑爲瀉音之譌。正字通云。灌瀉之瀉通作寫。舊本改从車。音義竝非。〕

【㾟】直加切音茶陟加切音咤麻韻陳如切音除魚韻

瘢—。瘡痕見〔廣韻〕。

【⿸疒步】蒲故切音步遇韻
復病。見〔集韻〕。

【⿸疒狂】渠王切音狂陽韻
熱病也。見〔字彙〕。〔按卽傷寒熱病發狂之屬。故字从疒从狂。〕

【痠】心官切音酸寒韻
⿸疒癸也。見〔字彙補〕。

【⿸疒往】烏光切音汪陽韻
瘦也。見〔搜眞玉鏡〕。

【⿸疒坯】補回切灰韻
結痛也。見〔五音篇海〕。

【痧】讀如沙
病名。約分三種。俗謂絞腸—。瘰螺—。吊腳—者。蓋卽霍亂病之狀態。西醫所謂虎列拉是也。其證夏秋時爲多。俗謂爛喉—者。咽喉白爛。肌膚發現紅點。西醫所謂實扶的里也。其證四時皆有。均極危險。外感風熱。身現細粒搔癢。如痲疹者。俗亦呼曰—子。則其證較輕微。且小兒患此者居多。

【瘊】疾籀文。見〔廣韻〕。

【⿸疒役】同疫。見〔集韻〕。

【⿸疒卸】同⿸疒卻。見〔集韻〕。

【⿸疒作】同痄。見〔字彙〕。

【⿸疒矣】同騃、獃。見〔集韻〕。

【⿸疒宜】癡俗字。見〔正字通〕。

【⿸疒尌】疛俗字。見〔正字通〕。

【⿸疒夌】痠譌字。見〔正字通〕。

【⿸疒夆】癃譌字。見〔正字通〕。

八畫

【⿸疒來】郎才切音來灰韻　洛代切音賚隊韻〔俗作癩〕。
㊀癘也。見〔廣雅釋言〕。
㊁久疾也。見〔類篇〕。

【⿸疒易】夷益切音繹　施隻切音釋陌韻
㊀脈—也。見〔說文〕。〔段注〕脈—者。善驚之病也。方言曰。脈—。欺漫也。漢書所謂易病者。當是—之叚借。
㊁癡也。見〔廣雅釋詁〕。〔按卽狂易之病。〕
㊂病相染也。〔集韻〕關中謂病相傳爲—。〔按巢氏病源云。男子病新瘥。婦人與之交接得病者。名陽易。婦人新瘥未平復。男子與之交接得病者。名陰易。所以呼爲易者。陰陽相感動。其毒度著于人。如換易也。此卽—字訓爲病相傳染之義。〕

【瘬】知亮切音帳漾韻
㊀—滿也。見〔玉篇〕。〔按—滿、爲滲漏液體於腹腔之疾病。患者容色憔悴。腹部漸漸膨大。呼吸困難。食思缺乏。消化不良。便祕尿少。而妨睡眠。〕
㊁通脹。〔正字通〕脾胃不和。冷氣客之爲脹滿。
㊂通張。〔左成十一年傳〕將食張。〔注〕張、腹滿也。

【痰】徒甘切音談談韻
㊀病液。見〔集韻〕。〔肺內所積之粘液。從喉頭氣管等內面之粘膜分泌而出者也。在字書中、廣韻謂爲胸上水病。正韻謂液所以養筋血。濇不行。則—聚于鬲上。而手足弱。正字通謂—有六。溼、熱、風、寒、食、氣也。方書中、巢氏病源謂諸—者。由血脈壅塞。飲水積聚而不消散。故成—也。或冷、或熱、或結實。或食不消。或胸腹否滿。或短氣好眠。諸候非一。故云諸—。外臺祕要謂—飲者。由氣脈閉塞。津液不通。水飲氣停在胸府。結而成—。又其人素盛今瘦。水走腸間。轆轆有聲。謂之—飲。脈偏弦爲—。浮而滑爲飲。日醫則謂—飲病爲慢性胃加答兒。〕
㊁病名。舊謂癲癇爲—病。
㊂通淡。〔正字通〕古有淡陰之疾。俗作痰飲。

【痱】符非切音肥微韻　蒲亥切音倍賄韻
㊀風病也。見〔說文〕。〔按靈樞云。—之爲病也。身無痛苦。四肢不收。巢氏病源云。身體無痛。四肢不收。神智不亂。一臂不隨者。風—也。時能言者可治。不能言者不可治。據此則風—病。當卽後世中醫所謂中風。日醫所謂腦出血證。〕
㊁風腫也。〔漢書賈誼傳〕又類辟且病—。〔注〕師古曰。辟、足病。—、風病也。
㊂病也。見〔爾雅釋詁〕。〔按詩小雅百卉具腓。李注文選引毛萇曰。—、病也。則毛詩本作—。與釋詁合。〕

【痱】 父沸切音茀未韻

㊀熱瘡也。見〔廣韻〕。〔按正字通謂夏月煩熱所發當卽俗所稱痱子。互詳疿字〕。

㊁避也。見〔韻會〕。

【痱】 妃尾切音斐尾韻

鬼痛病也。〔風俗通祀典〕今人卒得鬼。殺雄雞以傳其心上。〔按鬼—北人謂之鬼風。皮膚小起痒不及搔是也。〕

【痲】 謨加切音麻麻韻

㊀—。疹傳染病之皮膚證。初起寒熱欬嗽。重者聲啞咽腫。至四五日。面部先發紅疹。漸至蔓延全體。小兒患此居多。

㊁—瘋。癩病也。又名大痲瘋。病原爲癩病菌。潛伏數年至十數年始發現。初於顏面現赤色或褐色之斑紋。漸生結節。久則眉睫及手足爪甲俱脫落。漸至失音。關節拘攣而死。爲閩廣特有之病。易傳染。且有遺傳性。

㊂—痺。俗謂皮膚久受壓迫。神經失其感覺而如鍼之攢刺者。曰—痺。卽麻木不仁之義。

㊃痘瘡瘢痕留於顏面者。俗呼曰—。

【痳】 犂鍼切音林侵韻

㊀疝病也。見〔說文〕。

㊁小便難也。見〔玉篇〕。〔釋名釋疾病〕—。凜也。小便難。凜凜然也。字俗作淋。證有石淋、勞淋、血淋、氣淋、膏淋、諸種之異。日醫或謂之尿道炎。或謂之尿道加答兒。通常以尿道中排出血液之血淋、與排出砂礫之石淋兩種爲居多。其原因甚爲複雜。有因腎虛而膀胱熱者。有因男女交接傳染病毒而起者。由交接傳染之—證。可分爲急性慢性。急性—證傳染後數日卽發。排尿時痛甚劇。尿含膿汁甚多。慢性—證則發動或稍遲。痛亦不甚劇。然往往經五六週間而分泌之膿汁。尚不減少。此證俗謂之白濁。〕

【痵】 其季切音悸寘韻

㊀氣不定也。見〔說文〕。

㊁同悸。病名。〔世說紕漏〕殷仲堪父病虛悸。〔按玉篇云—亦作悸。心動也。中醫謂之虛煩。亦謂之怔忡。日醫謂之心臟瓣膜病。又謂之神經性心悸亢進。其原因、張氏傷寒論曰。心下有水氣。或因誤下則悸。巢氏病源曰。心藏神而主血脈。虛勞損傷血脈。致令心氣不足。因爲風邪所乘。則使驚而悸動不定。〕

【⿸疒空】 枯江切音腔江韻

㊀喉中病。見〔五音集韻〕。

㊁空谷貌。見〔廣韻〕。

【⿸疒奈】 乃曷切音捺曷韻女黠切音褦女瞎切音箸黠韻

㊀痛也。見〔廣雅釋詁〕。

㊁螫也。見〔廣雅釋詁〕。

【⿸疒亟】 紀力切音吉職韻

㊀疾也。見〔字彙〕。

㊁氣急也。見〔字彙〕。

【⿸疒制】 尺制切音掣霽韻

㊀癡病也。〔山海經北山經〕單張之山有鳥名曰白鵺。可以已—。

㊁癩病也。見〔字彙〕。

㊂同瘛。見〔玉篇〕〔詳瘛字〕。

【痹】 必至切音畀毗至切音鼻寘韻

㊀溼病也。見〔說文〕。〔按—爲神經系病。肢體失其感覺而頑麻腫痛也。故又稱麻—。日醫謂之僂麻質斯。舊說謂風、寒、溼、三氣雜至。合而爲—。風氣勝者爲行—。一曰風—。凡走注歷節之類。俗名流火是也。寒氣乘於肌肉筋骨。凝閉不通。爲痛—。卽痛風也。素問壽夭剛柔篇所稱寒—。爲病留而不去。時痛而皮不仁。中藏經所云冷氣潛伏。漸成—。厥皆卽是證。若溼氣從土化。專中於肌肉。重著不移者。爲濕—。三者之外。傷寒心下堅痞。亦謂之胸中—。素問五藏生成篇又謂血凝于膚者爲—。有心—、肺—、肝—、腎—、等類。〕

㊁矢名。〔周禮司弓〕恆矢—矢用諸散射。〔注〕—之言倫比也。

㊂鼓傷于溼也。〔荀子解蔽〕鼓—則必有敝鼓喪豚之費矣。

【痺】 府移切音卑支韻

㊀鳥名。〔爾雅釋鳥〕鷯鶉其雄鶛牝—。

㊁鳥聲。〔山海經南山經〕秬山有鳥。其音如—。其名曰鴸。

【痼】 古慕切音顧遇韻

㊀同痁。久病也。見〔玉篇〕。

通固。[禮記月令]國多固疾。通錮。[漢書賈誼傳]必爲錮疾。

【⿸疒奇】於宜切音漪支韻
身急也。見[廣韻]。弱也。見[廣韻]。痓也。見[集韻]。

【⿸疒奇】隱綺切音倚紙韻
㊀瘻也。痍也。見[廣韻]。㊁庪藏也。見[集韻]。

【⿸疒奇】於駭切音挨蟹韻
短貌。見[五音集韻]。

【痾】於何切音阿歌韻　阿个切音椏箇韻
同疴。病也。見[玉篇]。及人謂之—。病貌。言濡深也。見[漢書五行志]。

【痿】儒隹切音蕤　萎危切音逶支韻　於僞切委去聲寘韻　鄔賄切音猥賄韻
痹也。見[說文]。[按—爲神經系病。其證筋肉萎縮。失其動作功用。故名曰—。有在全體者。如骨質輭化證。亦謂之骨—。有在一部者。如腳氣等證之足脛—輭。—與痹似而不同。大抵痛者爲痹。不痛而輭弱不舉麻木不仁者爲—。故素問有痹論。又別有—論。—論中分筋—、肉—、骨—、三種。統全體之—而言也。末又云脈不行足—不用。就一部之—而言也。許釋—爲痹者。渾言不別耳。]
㊁陰—。男子生殖器不舉也。[史記膠西于王端世家]端爲人賊戾。又陰—。[正義]不能御婦人。[按陰—約分四種。因精神上之感動。妨一時陰莖之勃起。並非交媾機能缺如者。是謂感應性陰—。淫興猛烈。甫勃起而旋即泄精萎縮者。是謂刺戟性陰—。二者最輕。房事過度。年久。意興枯凋。精氣萎弱者。是謂麻痹的陰—。淋證毒瘡蜜尿病後。神經衰敝。或陰莖變成畸形。異常細小。及短不能御女者。是謂器械的陰—。二者最重。]

【⿸疒乖】公懷切音乖佳韻
㊀惡瘡也。見[廣韻]。㊁疥疾也。見[集韻]。

【瘁】秦醉切音萃寘韻
㊀病也。[詩雨無正]唯躬是—。㊁勞也。見[韻會]。㊂憂也。[文選陸機賦]戚貌—而悴歎。㊃猶毀也。[文選陸機賦]悼堂構之隤—。㊄通顇。[詩北山]或盡—事國。[漢書五行志作或盡顇。]㊅通萃。[詩四月]盡—以仕。[釋文]—本作萃。㊆通悴。[一切經音義]—、古文悴。㊇——亦病也。[莊子達生]使天下——焉。

【⿸疒朋】報朋切音崩庚韻
婦人癥血不止也。見[玉篇]。[按此即婦人血崩之證。古謂之崩中。亦謂之漏下。又謂之月水不斷。日醫謂之血友病。大抵因於府藏傷損。衝任兩脈氣血俱虛之故。]

【⿸疒朋】皮孕切音凭徑韻　蒲萌切音弸庚韻
腹滿也。一曰脹滿貌。見[集韻]。

【⿸疒金】口金切音欽侵韻　渴合切音溘合韻
疾瘖惡寒振。見[玉篇]。

【痯】古緩切音管旱韻
—。病也。見[爾雅釋訓]。[又]罷貌。[詩杕杜]四牡——。

【痯】古玩切音貫翰韻
同瘝。見[廣韻]。

【⿸疒戔】在演切音踐銑韻
小痒也。見[玉篇]。[按廣雅釋言作—蛘也。痒、蛘、字通。]

【痴】抽知切音螭支韻
病也。見[集韻]。[按正字通云。俗癡字。日本語謂之白—。]

【痴】超之切音遲支韻
—癃。不達也。見[玉篇]。

【⿸疒卷】巨員切音權先韻
手屈病也。見[廣韻]。[按—字與拳曲之拳義通。]

【⿸疒卷】通倦。[程曉詩]疲—向之久。甫閭君極那。

【⿸疒見】研計切音詣霽韻
—眦。恨也。見[集韻]。

【⿸疒兒】牛懈切音睚卦韻
目瘵也。見[集韻]。

【⿸疒東】都籠切音東東韻

吳俗謂惡氣所傷也。見〔集韻〕。

【⿸疒或】忽域切音洫職韻呼麥切音剨陌韻　頭痛也。見〔說文〕。

【疣】于求切音尤尤韻　瘡也。見〔字彙〕。〔按日人謂爲皮膚乳豬病。呈扁平形。或半球形。較豌豆大。大豆小。正字通云。同疣。俗加肉。贅〕

【⿸疒典】他典切音腆銑韻　—瘓。病貌。見〔集韻〕。〔按方書病名。有癱瘓。無—瘓。或因音轉癱別作—〕

【痷】烏含切音諳覃韻　—痿。泛意也。〔王沈論〕—痿者以博約爲通濟。

【痷】又業切音腌洽韻　同殗。—殜。半臥半起病也。見〔玉篇〕。〔按今日醫所謂比斯的里病者。謂其證展轉牀褥間。或起坐。或橫臥。頗與此相近。〕

【痷】於輒切音𣪍葉韻　瘦病也。見〔五音集韻〕。

【痷】乙洽切音⿰足奄洽韻　病也。或从盍作⿸疒盍。見〔集韻〕。

【痷】烏合切音姶合韻　⿰足奄或字。〔集韻〕⿰足奄跛疾。或作⿸疒盍、—。

【⿸疒緊】頸忍切音緊軫韻　脣瘍也。見〔集韻〕。〔按外科醫宗金鑑脣部有繭脣證。初如豆粒。漸若蠶繭。由脾胃積火而成。—、繭雙聲。或即此病。巢氏病源作緊脣。音尤近。〕

【⿸疒其】渠宜切音其支韻　人名。魏孺子—。魏駒之子也。見〔正字通〕。

【⿸疒享】都回切音塠灰韻　腫也。見〔集韻〕。

【⿸疒㸒】夷針切音淫侵韻　疾也。見〔集韻〕。〔正字通云。病浸甚也。外科醫宗金鑑有浸淫瘡。其證黃水浸淫。蔓延不止。疑即此病。〕

【⿸疒叔】敕六切音畜屋韻　腹痛也。見〔集韻〕。

【⿸疒叔】張六切音竹屋韻　瘛—。病貌。見〔字彙〕。〔按方書病名有瘛瘲。無瘛—。殆因瘲—音近而譌〕

【⿸疒咎】巨九切音舅有韻　病也。見〔集韻〕。

【⿸疒咅】滂佩切音配隊韻　痂也。見〔廣雅釋言〕。

【痞】芳杯切音胚灰韻　瘡也。見〔廣雅釋詁〕。〔按外科醫宗金鑑有—瘤。如麻豆形。俗名鬼飯疙瘩。由汗出中邪風所致。當即此瘡。〕

【⿸疒果】苦臥切音課箇韻　禿病也。見〔集韻〕。

【⿸疒果】魯果切音蠃哿韻　癧病也。見〔集韻〕。〔按方書有瘰癧病。疑—與瘰義通。〕

【痻】眉貧切音民眞韻呼昆切音昏元韻　病也。〔詩桑柔〕多我覯—。〔疏〕—字从病而以昏爲聲。是昏忽之病。

【⿸疒侖】盧昆切音倫元韻　指病也。見〔字彙〕。

【⿸疒隹】丁回切音堆灰韻　病名。見〔字彙〕。〔正字通云。—同⿸疒享。⿸疒享、腫也。〕

【⿸疒采】此宰切音采賄韻　病也。見〔集韻〕。

【⿸疒夌】里孕切音令徑韻　風病也。見〔集韻〕。

【⿸疒市】必列切音別屑韻　腫滿也。見〔集韻〕。〔正字通云。同⿸疒敝。〕

【⿸疒卓】杜到切音悼號韻　傷也。見〔字彙〕。〔正字通云。與悼義近。〕

【瘀】依據切音飫御韻衣虛切音於魚韻　積血病也。見〔說文〕。〔按—爲血輪壅滯之證。有壅滯于上部者。如腦充血病是。有壅滯于中部者。如肺癰腸癰等病是。有壅滯于下部者。如血淋等病是。其他壅滯於腸府。則爲赤痢。壅滯于筋絡。則爲癰瘍。或驟罹跌撲毆打。亦必有—血。而婦人經閉與產後—血尤多。又—血往往能致婦人不孕。故王淸任醫林改錯有少腹逐—湯。〕

【瘂】倚下切音啞馬韻　瘖—也。見〔玉篇〕。〔按廣韻云。瘂。〕

不言也。—、瘂、竝同。正字通云。—與瘖。音別義同。喉頭爲發聲器。有環狀輭骨與盃狀輭骨。跨于盃狀軟骨與環狀軟骨前部。又有彈性帶二條。左右並列。謂之聲帶。聲帶因氣息之通行而震動。傳于空氣而成聲。倘聲帶生來不完全。卽不能發聲。此永久性之—也。如因喉風喉痺楊梅毒雙喉喉癬喉痧等證。以致聲—。此暫時性之—也。〕

【瘃】涉玉切音劚沃韻

中寒腫瘃也。見〔說文〕〔段注〕腫瘃者。腫而肉中鞕如果中有瘃也。瘃、核、古今字。〔按手足皴—。—字始見漢書趙充國傳。正字通云。今俗呼足跟凍瘡曰竈—。疑卽腫—之聲轉。〕

【𤸱】的則切音德職韻

病也。見〔集韻〕。

【痠】烏外切泰韻

潔病也。見〔篇海類編〕。

【瘂】烏雅切馬韻

不言也。見〔龍龕手鑑〕。

【瘄】音未詳

疾也。見〔廣雅釋詁〕。〔按山海經西山經。羬羊其脂可以已腊。注。治體皴。音昔。然則—卽腊病。音亦當與腊近。〕

【𤸫】古瘏字。見〔字彙補〕。

【痾】同痾憂病也。見〔字彙補〕。

【㾍】同疜。見〔集韻〕。

【㾪】同瘃。見〔玉篇〕。

【𤷱】同痱。見〔玉篇〕。

【𤵛】盲俗字。見〔集韻〕。

【痏】㢮謁字。見〔字彙〕。

九畫

【瘈】吉詣切音計　居例切音制　霽韻

㊀狂也。〔左襄十七年傳〕國人逐—狗。〔按爲犬所齧。日本名恐水病。因見水或飲水、或聞水聲。卽起痙攣也。終至心臟痲痹而死。〕

㊁解也。見〔方言〕。

【瘈】結計切音契　胡計切音係　霽韻

痸疭也。見〔集韻〕〔詳瘛字〕。

【瘈】同痸。見〔集韻〕。

【瘉】勇主切音庾　麌韻　容朱切音俞　虞韻

㊀病瘳也。見〔說文〕。

㊁病也。〔詩正月〕父母生我。胡俾我—。

㊂甚也。〔國策周策〕周王病—矣。〔史記周紀作周王病甚矣〕

【瘉】羊茹切音預　御韻

㊀病也。見〔洪武正韻〕。

㊁通愈。賢也。〔漢書藝文志〕不猶—於野乎。

【瘋】方馮切音風　東韻

㊀頭—病也。見〔集韻〕。

㊁俗謂狂易之疾曰—。蓋卽精神病也。

㊂痲—。詳痳字。

【瘌】郎達切音剌　曷韻　落蓋切音賴　泰韻

㊀楚人謂藥毒曰痛—。見〔說文〕。〔按方言。凡飲藥敷藥而毒。南楚之外謂之剌。自關而西謂之毒—。〕

㊁辛也。見〔玉篇〕。

㊂癆—。不調也。見〔廣韻〕。

㊃傷也。見〔廣雅釋詁〕。

㊄疥也。見〔集韻〕。〔按俗稱頭瘡髮禿者曰—。〕

【瘍】余章切音陽　陽韻

㊀頭瘡也。見〔說文〕。〔按左傳云。苟偃生—於頭。是也。外科醫宗金鑑所云腦疽、頂疽、百會疽、玉枕疽。皆—類。〕

㊁身瘡也。〔周禮醫師〕凡邦之有疾病者。疕—者造焉。〔按禮記曲禮云。身有—則浴。知—不專生於頭。凡身患癰疽痒瘡皆—屬。故說文痒下云。痒—也。〕

㊂凡兵刃跌撲之損傷亦曰—。〔周禮瘍醫〕掌腫—、潰—、金—、折—之祝藥。〔注〕金—、刃創者。折—、踠跌者。

【瘍】大浪切音宕　漾韻

畜病泄也。見〔集韻〕。

【瘏】同盧切音徒　虞韻

㊀病也。見〔說文〕〔段注〕周南卷耳曰。我馬—矣。〔按爾雅疏引孫注云。—爲馬疲不能進之病。〕

㊁懼也。見〔爾雅釋詁〕。

【瘦】所救切音漱　宥韻

臞也。見〔說文〕。〔段注〕肉部曰。臞。少肉也。今字作瘦。詩鮹削曰—。〔蘇軾文〕郊寒島—。花萎謝亦曰—。〔李淸照詞〕應是綠肥紅—。

【瘦】疏鳩切音搜尤韻 瘠也。〔太玄玄文〕山殺—。

【瘝】姑還切音關刪韻 病也。〔書康誥〕恫—乃身。曠也。〔書冏命〕若時—厥官。〔注〕言不於其人之善而惟以貨賄爲善。則是曠厥官。通矜。〔書康誥〕恫—乃身。〔後漢和帝紀注〕引作恫矜也。

【瘐】勇主切音庾麌韻 容朱切音俞虞韻 —。病也。見〔爾雅釋訓〕〔注〕賢人失志懷憂病也。四以飢寒而死也。〔漢書宣帝紀〕—死獄中。

【瘏】苦故切音庫遇韻 困也。見〔字彙〕。—車病不善乘車也。見〔集韻〕。

【瘕】何加切音遐 居牙切音嘉麻韻 舉下切音賈馬韻 居訝切音駕禡韻 (一)女病也。見〔說文〕。〔桂注〕素問。任脈爲病。男子內結七疝。女子帶下—聚。靈樞。石—生於胞中。寒氣客於子門。子門閉塞。氣不能通。惡血當寫不寫。衃以留止。日以益大。狀如懷子。月事不以時下。皆生于女子。又別有蟯—、肉—、髮—之種種。中藏經。癥—論云。癥者系于氣也。—者系于血也。〔按桂說之外。又有所謂鼈—、蛇—。又小腸移熱于大腸、謂之伏—。大抵癥者徵也。盤牢不移動者。其形狀可徵驗也。—者假也。腹中雖硬。忽聚忽散。無有常準。形假而可推移也。〕(二)男子積血病亦稱—。〔史記扁鵲倉公傳〕齊中尉潘滿如病少腹痛。臣意診其脈曰。遺積—也。(三)同瑕。過犯也。〔唐書中宗紀〕負犯痕—。咸從洗滌。

【瘕】虛加切音煆麻韻 喉病也。見〔集韻〕。

【⿸疒胡】洪孤切音胡虞韻 (一)—⿸疒蒦。⿸疒彖也。物阻咽中也。見〔玉篇〕。(二)物盤也。見〔集韻〕。

【⿸疒复】敷救切音副宥韻 房六切音伏屋韻 (一)勞也。見〔玉篇〕。〔按巢氏病源云。傷寒病新瘥。津液未復。氣血尙虛。若勞動早。更復成病。故云復也。恐謂勞復有數因。因于言語思慮、則勞神。因于梳頭澡洗。則勞力。勞則生熱。熱則乘虛還入經絡。故復病。若因于交接太早。則勞精。謂之女勞復。尤屬危險。—字之義。大率不外乎此。〕(二)再發之疾也。見〔集韻〕。〔按勞復之外。又有傷寒病後食復之證。脾胃尙虛。穀氣未復。逕食膩物冷物。其病亦必再發。故別列之。〕

【瘖】於金切音陰侵韻 (一)不能言也。見〔說文〕。〔桂注〕不能言也者。一切經音義六。—不能言。釋名。—。唵也。唵然無聲也。〔按此指生而不能言者。所謂先天的—也。外有因他病而不能言者。如素問奇病論云。人有重身九月而—。史記扁鵲倉公傳云。若沓風。三歲。四支不能自用。使人—。——卽死。是皆因他故而不能言者。所謂後天的—也。又有因服藥而不能言者。如戚夫人飲—藥是。已所謂人爲的—也。參閱瘂字。〕(二)蟲名。〔方言〕蟪謂之寒蜩。寒蜩。—蜩也。(三)通闇。喻不能諫諍也。〔穀梁文六年傳〕下闇則上聾。〔按注云。臣闇不言。君無所聞。管子曰。上聾則下—。是—、闇古字通。〕(四)通陰。〔文選張衡賦〕經重—乎寂寞。〔注〕—、古陰字。

【瘖】於禁切音蔭沁韻 痛劇也。見〔集韻〕。

【瘧】逆約切音虐藥韻 本作瘧。〔說文〕瘧。寒熱休作病。〔段注〕謂寒與熱一休一作相代也。〔按素問—論。陽並于陰。則陰實而陽虛。陽明虛、則寒慄鼓頷。巨陽虛、則腰背頭項痛。三陽俱虛、則陰氣勝。故骨寒而痛。陽盛則外熱。陰虛則內熱。外內皆熱則喘而渴。故欲冷飲。此皆得之夏傷於暑。因得秋氣。舍于皮膚之內。與衛氣並居。衛氣晝行陽。夜行陰。此氣得陽而外出。

得陰而內薄。內外相薄。是以日作。其氣之舍深。內薄於熱。陽氣獨發。陰邪內著。陰與陽爭不得出。是以間日而作。又云。先寒後熱名寒—。先熱後寒名溫—。但陰不寒名癉—。—刺—篇復細別六經五藏之—。以及胃—。巢氏病源更益之以癉、勞—、久—、發作無時—。此中醫舊說也。新說則英名痲刺利亞。日本名間歇熱。謂由蚊屬等物傳病菌于人之肌體使然。大抵先寒、次熱、終汗。兼此三候。是名爲—。〕

㊁酷虐也。〔釋名釋疾病〕凡疾或寒或熱耳。而此疾先寒後熱兩疾。似酷虐也。

【⿸疒酋】于求切音由尤韻　息惡肉。見〔字彙〕。

【⿸疒𡿺】乃老切音瑙皓韻　病也。見〔集韻〕。

【瘇】豎勇切音尰腫韻　同尰。足腫也。〔漢書賈誼傳〕天下之勢方病大—。

【⿸疒相】息良切音襄陽韻　息兩切音想養韻　病也。見〔五音集韻〕。

【⿸疒省】所㴚切生上聲梗韻　瘦也。見〔集韻〕。〔按釋名釋天曰。眚。—也。如病者—瘦也。是—與眚同義〕

【瘊】胡溝切音侯尤韻　疣小者俗謂之—子。見〔正字通〕。

【⿸疒韋】羽鬼切音韙尾韻　弱病也。見〔集韻〕。〔按正字通云。—弱與痿義近。存參〕

【瘑】姑華切音瓜麻韻　古禾切音戈歌韻　病也。見〔集韻〕。〔按正字通云。—瘡初作。多著手足。常相對生。隨月生死。類篇曰。春發爲燕㾓。秋發爲雁㾓。㾓同—。說詳千金方。又巢氏病源有燥—瘡、溼—瘡、久—瘡、三稱。外臺祕要云。由風溼中於血氣。結聚所生。時瘥時劇。變化生蟲。故名—瘡〕

【瘷】側救切音縐宥韻　即就切音僦宥韻　縮也。見〔廣雅釋詁〕。〔按一切經音義引通俗文云。縮小曰—皺〕

【⿸疒家】杜回切音頹灰韻　陰病。見〔字彙〕。〔按當即陰㿗病。參閱㿗字〕

【癔】薄亥切怠上聲賄韻　病也。見〔集韻〕。

【⿸疒皇】胡光切音皇陽韻　病也。見〔集韻〕。〔按瘟疫、俗亦稱瘟—病〕

【⿸疒套】於禁切音蔭沁韻　瘖或字。〔集韻〕瘖。心中病。或作—。

【⿸疒軍】吾昆切音僤元韻　癡貌。見〔集韻〕。

【⿸疒曷】丘葛切音渴曷韻　於歇切音謁月韻　內熱病也。見〔集韻〕。〔按即中暍之病、—、暍形聲近〕

【⿸疒曷】虛艾切音餀泰韻　病也。見〔廣雅釋詁〕。

【⿸疒卻】乞約切音卻藥韻　瘧疾。見〔集韻〕。

【⿸疒扁】紕延切音篇先韻　半枯病也。見〔說文〕。〔段注〕尚書大傳。禹其跳。湯其扁。鄭注云。扁者枯也。注言湯體半小扁枯。按扁即—字之叚借。—之言偏也。〔按—即今半身不遂之證。醫林改錯謂元氣失去半身。偏重半身。因而傾仆者是也〕

【⿸疒匧】去涉切音㗩葉韻　病少氣也。見〔集韻〕。

【⿸疒夾】詰叶切音㔟葉韻　㾀或字。〔集韻〕㾀病息也。或作—。

【⿸疒突】徒骨切音突月韻　下部病。見〔字彙〕。〔按疑即方書所稱婦人陰突之病〕

【⿸疒胥】寫與切音胥語韻　痛病。見〔集韻〕。

【⿸疒甚】時任切音諶侵韻　時鴆切音甚沁韻、丈減切音湛豏韻　余廉切音鹽鹽韻　腹內之痼病也。〔方言〕秦晉之間謂病曰—。

【⿸疒彖】許穢切音喙隊韻　巨畏切音饋未韻　困極也。見〔玉篇〕。〔按方言注。江東呼極爲—。倦聲之轉也〕

【瘓】土緩切音疃旱韻　癱—。四體痲痺不仁也。見〔正字通。〕〔按中醫謂之四肢不隨。日醫名爲骨質軟化。外臺祕要載廣濟方有癱癱—風及手足不隨腰脚無力之劑。近世方書又或分爲左癱右—。集韻。瘓—病貌。疑卽癱—。詳瘓字。〕

【瘔】居諧切音皆佳韻
同痎。〔正字通〕老瘧發作無時。名—瘧。俗呼妖瘧。

【瘣】呼回切音灰。灰韻　呼乖切音虺佳韻
虺或字。〔集韻〕虺。虺隤。馬病也。或作—。

【瘣】胡隈切音回灰韻
病也。見〔爾雅釋詁釋文引字林〕。〔按集韻又以爲𤻦旁出之病。〕

【瘣】鄔賄切音猥賄韻
同痿。〔集韻〕—瘣風病也。〔按集氏病源、外臺祕要、俱有風腲退方。謂其病四肢不收。身痛骨懈。腰脚緩弱。由于風邪侵于分肉之間。流于血脈之內。使之然也。當卽是證。—瘣腲退、字形偶異耳。〕

【瘣】徒回切音頹灰韻
陰病也。見〔集韻〕。〔按疑卽陰癩病。〕

【𤸷】烏潰切音隗隊韻
隈或字。〔集韻〕隈隗陒。病痱也。或从疒。

【𤸉】元具切音遇遇韻　元俱切音虞虞韻
疣病也。見〔集韻〕。

【瘢】展豕切音搋紙韻
下病也。見〔集韻〕。

【㾨】烏台切音哀灰韻
憂疾也。見〔字彙〕。

【癌】匹錦切音品寑韻
瘖也。〔正字通〕—瘖上高下深。槃垂如瞽眼。〔按外科醫宗金鑑胸乳部乳嵒證下云。高突如嵒頂。爛深如嵒壑。翻花突如泛蓮。與正字通說—瘖形證頗似。或—、嵒、形近。後人誤如此作。遂譌从品得聲耳。〕

【瘊】奉武切音父麌韻
朽也。見〔字彙補〕。〔疑卽腐字之譌。〕

【瘨】丁田切音顚先韻
狂也。見〔廣雅釋詁〕。〔疑卽癲字之譌。〕

【㿃】烏合切音合韻
短氣也。見〔龍龕手鑑〕。

【瘟】盞本字。見〔說文〕。

【𤸇】同癃。〔史記平原君傳〕臣不幸有罷—之疾。〔按罷—漢書高帝紀作罷癃。〕

【瘯】同憨。癡甚也。見〔字彙補〕。

【瘵】同瘵。見〔字彙〕。

【瘏】同疥。見〔字彙〕。

【瘦】同瘦。見〔字彙〕。

【瘖】同瘖。見〔字彙〕。

【瘰】瘰譌字。見〔正字通〕。

【瘄】餘或字。見〔集韻〕。

十畫

【㾷】先齊切音西齊韻　相支切音斯支韻
㊀痠—。疼痛也。見〔集韻〕。㊁病也。見〔廣雅釋詁〕。

【㾵】初危切音衰支韻
㊀滅也。一曰耗也。見〔說文〕〔段注〕滅亦謂病。滅於常也。凡盛衰字、引伸於—。凡等衰字亦引伸於—。耗之本義禾名也。亦謂無爲耗。㊁病也。見〔廣韻〕。

【瘚】居月切音厥月韻
㊀逆氣也。見〔說文〕。〔桂注〕急就篇。瘧—瘀痛瘼溫病。顏注。—者。氣从下起。上行逆心脇也。或通作厥。釋名。厥。逆氣从下厥起。上行入心脇也。〔按素問字皆作厥。厥論云。陽氣衰于下。則爲寒厥。陰氣衰于下。則爲熱厥。又細別爲巨陽、陽明、少陽、太陰、少陰、厥陰之厥。生氣通天論云。煩勞使人煎厥。大怒使人薄厥。又云。秋傷于溼。上逆而欬。發爲痿厥。又云。二陽一陰發病。主驚駭。背痛。善噫。善欠。名曰風厥。難經云。手三陽脈。風寒伏留不去。名厥頭痛。五藏氣相干。名厥心痛。諸說言—不同。訓爲氣逆則一也。〕㊁通欮。〔列子湯問〕吳楚有大木。其名爲櫾。食其皮汁。已憤欮之疾。〔注〕氣疾也。㊂通蹶。〔史記扁鵲倉公傳〕菑川王病。召臣意診脈。曰蹶上。〔正義曰〕

厥、逆氣上也。

【瘛】尺制切音掣霽韻尺列切音掣屑韻胡計切音系霽韻

㊀小兒—瘲病也。見〔說文〕。〔段注〕按今小兒驚病也。—之言掣也。瘲之言縱也。〔按素問玉機眞藏論。筋脈相引而急名曰—瘲。當卽小兒之急慢驚風病。普通人患癲癇或因他疾而手足抽搐者。亦謂之—瘲。俗云抽者、瘲也。搐者、—也。〕

㊁解也。見〔方言〕。

㊂人名。〔史記高祖功臣侯年表〕惠侯許—。

【⿸疒馬】莫駕切音禡禡韻莫晏切音慢乃諫切音呆諫韻

目病也。一曰惡气著身也。一曰蝕創。見〔說文〕。

【瘞】壹計切音詣霽韻

㊀幽薶也。見〔說文土部〕。〔段注〕幽者隱也。隱而埋之也。

㊁微也。〔爾雅釋詁〕

㊂祭土也。〔呂覽任地〕有年—土。

㊃祭月也。〔儀禮覲禮〕祭地—。〔注〕祭地—者、祭月也。

㊄埋牲也。〔禮記禮運〕—繒。

㊅瘞也。旣祭瘞藏地中也。見〔爾雅釋天孫注〕。

【⿸疒盍】烏盍切音罨合韻

㊀本作痷。〔說文〕—。跛病也。讀若脅。又讀若掩。〔按桂注謂跛當作疲。段注則謂以短氣訓—為今義。是跛病爲古義可見。〕

㊁短氣也。見〔五音集韻〕。〔按一切經音義八云病短氣曰—。〕

【⿸疒盇】克盍切音榼合韻

疲病也。見〔集韻〕。〔疑卽說文跛病之譌。〕

【⿸疒蓋】丘蓋切音磕泰韻

喉病也。見〔集韻〕。

【⿸疒搕】乙洽切音痷洽韻

病也。見〔廣雅釋詁〕。〔按集韻—、同痷。玉篇痷、殜、半臥半起病也。五音集韻痷爲瘦病。〕

【瘠】秦昔切音籍陌韻

㊀本作膌。〔說文肉部〕膌、瘦也。

㊁瘦病也。〔漢書食貨志〕而國無捐—者。

㊂肉腐也。見〔漢書食貨志注引孟康〕。

㊃土地墝埆也。〔國語魯語〕擇—土而處之。

㊄送死不忠厚不敬文曰—。見〔荀子禮論〕。

㊅痢也。〔公羊莊二十年傳〕大—者何。痢也。〔注〕痢者、民疾疫也。

㊆省約也。〔禮記樂記〕使其曲直繁—廉肉節奏。足以感動人之善心而已矣。

㊇姓也。寺人—環。見〔孟子萬章〕。

㊈通脊。〔說苑至公〕寺人脊環。

㊉通胔。〔漢書婁敬傳〕見羸胔老弱。〔注〕胔、讀曰—。

【瘡】初良切音瑲陽韻

㊀瘍也。見〔韻會〕。〔按—爲皮膚病之總名。就狹義言之。俗謂膿窠疥—、凍—、臁—、及楊梅毒爲—。就廣義言之。則如外臺祕要所稱脣—、口—、鼻生—、舌上—、咽喉生—、以及癰疽之屬。凡發現肌肉間者。並可名—。又金刃—、湯火—、以及漆—之類。由外物激刺而起者。亦可名—。創字通。古多作創。方書作—。〕

㊁戕也。戕毀體使傷也。見〔釋名釋疾病〕。

㊂植物破損處亦曰—。〔列異傳〕秦文公伐南山大梓樹。—隨合。

㊃—痍。喻民生凋敝也。〔韓愈詩〕天子憫—痍。

【瘢】蒲官切音槃寒韻

㊀痍也。見〔說文〕。〔段注〕長楊賦。哓鋋—耆。孟康曰。—耆、馬脊耆。瘡—處。按古義傷處曰—。

㊁痕也。見〔一切經音義引蒼頡〕。

㊂漫也。生漫故皮也。見〔釋名釋疾病〕。

㊃病也。外科正宗有雀—、汗—、女人面生黧黑—、小兒遺毒爛—。諸種病名。

㊄喻過失也。〔唐書魏徵傳〕惡則洗垢索—。〔言所惡之人則苛求其過失。〕

㊅俗謂面痲曰痘—。字亦作斑。

【瘣】戶賄切音賄賄韻苦代切音塊隊韻姑回切音傀胡隈切音回灰韻

㊀病也。詩曰。譬彼—木。一曰。腫旁出也。見〔說文〕。〔按段玉裁云今小雅小弁作壞木。傳曰。壞、—也。按疑

今毛傳壞、、二字互譌。桂馥云。疑瘣、、同字。〕

㊁無枝木也。〔爾雅釋木〕—木、苻婁。〔按詩小弁箋云猶內病之木內有疾故無枝。〕

㊂山高峻貌。〔史記司馬相如傳〕嵗磈嵬—。

㊃人名。〔史記始皇紀〕王翦、羌—、盡定取趙地。

【瘣】路罪切音絫　魯猥切音磊　賄韻

魁—。木枝節盤結貌。見〔集韻〕。

【⿸疒絛】遲據切音箸　楮御切音絮　御韻

㊀攎也。見〔廣雅釋言〕。

㊁瘷—。不達也。見〔廣韻〕。

【⿸疒條】同瘯。瘷也。見〔集韻〕。

【瘥】才何切音醝　歌韻　咨邪切音嗟　麻韻

㊀瘉也。見〔說文〕〔段注〕通作差。凡等差字皆引伸于—。〔按差、—、瘳、並雙聲。病—亦云病瘳。〕

㊁病也。〔詩節南山〕天方薦—。

㊂小疫也。〔左昭十九年傳〕札—夭昏。

【瘥】楚懈切音瘵　卦韻　楚嫁切音汊　禡韻

疾愈也。見〔玉篇〕。〔按音義並同差。方言差愈也。南楚病愈者謂之差。〕

【瘨】多年切音顛　亭年切音田　先韻　丁練切音殿　霰韻　徒典切音殄　銑韻　之刃切音震　震韻

㊀病也。一曰腹張。見〔說文〕〔段注〕今之顛狂字也。廣雅—。狂也。急就篇作顛疾。左傳晉侯獳將食張如廁。卽今之脹字也。—與膹䐜字義略同。

㊁風病也。見〔一切經音義引聲類〕。〔字俗作癲。〕

㊂多喜也。〔素問腹中論〕石藥發—。

㊃病不治而頻發也。〔素問長刺節論〕病初發歲一發。不治月一發。不治月四五發名曰—病。

㊄通塡。〔詩小苑〕哀我—寡。〔朱傳〕塡寡之塡音顛與—同。

【瘨】稱人切音瞋　眞韻

腹脹病也。見〔集韻〕。

【瘨】同顚。倒也。見〔字彙補〕。

【⿸疒骨】吉忽切音骨　月韻

郲病也。見〔集韻〕。

【⿸疒掣】尺制切音掣　征例切音制　霽韻　尺列切音掣　屑韻

引縱也。見〔說文手部〕〔段注〕引縱者。謂宜遠而引之使近。宜近而縱之使遠。皆爲瘛掣也。

【⿸疒員】王問切音運　問韻　羽粉切音抎　吻韻　羽敏切音隕　軫韻

病也。見〔說文〕〔桂注〕頭眩痛也。〔按俗呼頭眩曰頭暈。暈、—聲近。字宜作—。〕

【瘙】先到切音噪　號韻　蘇遭切音騷　肴韻

創也。見〔廣雅釋詁〕。〔按巢氏病源有風—隱軫病。謂邪氣客于皮膚。復逢風寒相折。則起風—隱軫。又云風—痒病。由遊風在于皮膚。逢寒則身體疼痛。遇熱則—痒。—者搔也。言搔之而成瘡也。〕

【⿸疒高】古老切音杲　皓韻

—⿸疒老。疥病也。見〔集韻〕。

【⿸疒徒】同都切音徒　虞韻

病也。見〔字彙〕。〔正字通云。俗瘏字。因音近譌。存參。〕

【⿸疒骨】蘇骨切音窣　月韻

—瘍。瘯貌。見〔集韻〕。

【⿸疒柴】鉏佳切音柴　佳韻

瘦也。見〔集韻〕。〔按楚辭愍命注。枯枝爲柴。易說卦爲瘠注云。柴多筋幹。今俗語亦云骨瘦如柴。柴字蓋包有枯瘠之義。故加疒作—。〕

【⿸疒柴】仕懈切音眦　卦韻

病也。見〔集韻〕。

【⿸疒柴】仕知切音齹　支韻

掩—。疫病也。見〔集韻〕。

【⿸疒桑】蘇朗切音顙　養韻

馬病也。見〔韻會〕。

【瘜】悉卽切音息　職韻

寄肉也。見〔說文〕〔段注〕肉部腥下云。星見食豕。令肉中生小息肉也。息肉、卽—肉。廣韻曰。惡肉。〔按外臺祕要鼻中息肉方云。冷氣搏於血。停結鼻內。故變生息肉。此—之患於鼻者。又聖濟總錄云。咽生—肉。先刺破令血出。用鹽豉擣和塗之。效。此—之患於咽者。〕

【⿸疒雁】於陵切音英　蒸韻

同鷹。鷙鳥也。〔正字通〕—隨人所指縱。故从人。从疾。取其飛迅也。从隹。會意。

【瘟】烏昆切音溫元韻　疫也。〔抱朴子微旨〕經—役則不畏。〔按役、疫、通。—疫、巢氏病源謂之時氣病。外臺祕要謂之天行病。素問云。冬傷于寒。春必病溫。又云。精者身之本。藏精者春不病溫也。病溫汗出輒復熱。脈躁疾不為汗衰。狂言不能食。名曰陰陽交。交者死。是—病源於傷寒。至春夏感天行時氣。蓄久變爲熱病。外醫名爲腸窒扶斯。Typhsa bdominalsi。屬傳染病之熱性者。此外又有霍亂。醫林改錯謂之—毒痢。外醫謂之虎列拉。Cholera asitica。又別有鼠疫。證普通謂之核子—。皆因於衛生不潔而起。〕

【瘟】烏沒切音頞月韻　心悶貌。見〔集韻〕。

【瘟】於云切音熅文韻　—小痛貌。見〔集韻〕。

【⿸疒豈】魚開切音皚灰韻牛代切音礙隊韻　癡病也。見〔集韻〕。

【⿸疒索】色窄切音索陌韻　脈動也。見〔集韻〕。

【⿸疒溥】蒲故切音步博故切音布遇韻　痞病也。見〔廣雅釋言〕。

【⿸疒頑】吾還切音頑刪韻衢云切音羣文韻　手足麻痺也。見〔字彙〕。〔按素問五藏生成篇。血凝於膚者爲痺。注。謂—痺也。然則—與痺是一病。故廣韻亦訓—爲痺。〕

【⿸疒烝】支庱切音拯迥韻　骨—病也。見〔五音集韻〕。〔按骨—病、卽骨蒸病。巢氏病源載虛勞骨蒸病有五。一曰骨蒸。二曰脈蒸。三曰皮蒸。四曰肉蒸。五曰內蒸。亦名血蒸。又有胞蒸、玉房蒸、腦蒸、髓蒸等。共二十三種。大抵其證旦涼夕熱。寢不安。食無味。兩足逆冷。手心常熱。患肺勞病者常有之現象。〕

【⿸疒益】於賜切音縊寘韻　病也。見〔類篇〕。

【⿸疒退】吐猥切音骽賄韻　瘕—。風病也。見〔集韻〕。〔又〕兀然定坐貌。見〔字彙〕。

【⿸疒退】他內切音退隊韻　同桵。見〔五音集韻〕。

【⿸疒剡】以冉切音琰琰韻　傷也。見〔集韻〕。

【⿸疒追】馳僞切音縋支韻吐猥切音骽賄韻　同膇。〔集韻〕—。足腫也。〔按—卽腳氣病。外臺祕要約謂此病初得。先從腳起。次卽脛腫。或神昏語亂。或壯熱頭痛。或體冷疼煩。或腳脛腫。或不腫。或股腿頑痺。或緩縱不隨。或百節攣急。或少腹不仁。病皆由久坐立溼冷之地。或酒醉汗出。當風取涼所致。凡腳氣病不能永差。至春夏還復發動。外醫則謂之關節炎。〕

【⿸疒追】徒回切音頹灰韻　陰病也。見〔集韻〕。〔按此亦指陰㿗之病而言。〕

【⿸疒兼】馨兼切音薟堅嫌切音兼鹽韻　瘲—。喉阻病也。見〔正字通〕。

【⿸疒廉】離鹽切音廉鹽韻　臞疾也。見〔集韻〕。

【⿸疒挐】企夜切音歌禡韻　病也。見〔集韻〕。

【⿸疒烏】於五切音鄔麌韻　疾也。見〔集韻〕。〔按俞樾右台仙館筆記云。今世有烏痧之疾。或古作—瘶。據此則—當卽烏痧之證。〕

【⿸疒郎】力岡切音郎陽韻　病危時喉聲也。〔唐椿原病集〕病危喉中瘳—聲。

【⿸疒兔】奴侯切尤韻　兔子也。見〔龍龕手鑑〕。〔按爾雅釋獸。兔子、嬎。正義。廣雅云。逸、娩、鱻、兔子也。均不作—。〕

【⿸疒宮】音營庚韻　病也。見〔篇海類編〕。

【⿸疒焦】音沈侵韻　腹病也。見〔五音篇海〕。

【⿸疒悉】音未詳　巔也。〔周書文酌〕樹惠不—。

【⿸疒祭】瘵本字。見〔字彙〕。

【⿸疒亝】古癠字。見〔五音集韻〕。

【⿸疒靑】同⿸疒耑。見〔集韻〕。

【瘦】同⿸疒夌。見〔集韻〕。

【⿸疒處】同度。見〔漢孟郁碑〕。

【⿸疒畱】瘤俗字。見〔正字通〕。

【瘶】欬俗字。見〔正字通〕。

十一畫

【瘮】楚錦切音墋所錦切音痒寢韻

㊀駭恐貌。見〔集韻〕。

㊁寒病也。見〔玉篇〕。〔正字通云。音義同痒存參。〕

【⿸疒滯】竹例切音蛭丁計切音帝直例切音滯霽韻

㊀瘠也。見〔廣雅釋詁〕。

㊁赤痢病也。見〔一切經音義引字林〕。

㊂下重而赤白曰—。言厲—而難也。見〔釋名釋疾病〕。〔按古謂痢曰滯下。—當卽滯變。〕

【⿸疒帶】當蓋切音帶泰韻

赤—白—。婦人下部之病。見〔正字通〕。〔按—通作帶。帶下二字。始見于史記扁鵲傳。巢氏病源分青、黃、赤、白、黑、五色。謂由勞傷血氣。損動衝任二脈。致令血與穢液兼帶而下。外醫則謂之膣加答兒。又或謂之黏膜子宮炎。病體愈增進則分泌之液愈多。漸成衰弱。失其生殖之能力。〕

【⿸疒殹】於賣切音隘卦韻於其切音醫支韻

㊀劇聲也。見〔說文〕。〔段注〕劇者病甚也。—者、病甚呻吟之聲。

㊁羸也。見〔集韻〕。

【瘱】壹計切音意霽韻

㊀靜也。見〔說文心部〕。〔段注〕靜、當作竫。竫、亭安也。此篆或作嫕。見後漢書。傳寫誤爲嬺。

㊁審也。〔方言〕—、諦審也。齊楚曰—。

㊂深邃也。〔文選王褒賦〕其妙聲則清靜厭—。

【瘳】丑鳩切音抽尤韻憐蕭切音聊蕭韻

㊀疾瘉也。見〔說文〕。

㊁疾減也。〔禮記文王世子注〕間猶—也。

㊂損也。〔國語晉語〕君不度而賀大國之襲。於己何—。

㊃喩國勢振興也。〔莊子人間世〕庶幾其國有—乎。

【瘵】側界切音⿰祭阝卦韻

㊀病也。見〔說文〕。〔按一切經音義引三蒼云。今江東呼病皆曰—。則—爲普通之稱。〕

㊁勞病也。〔蔡邕碑〕疾病厎—。

㊂敝也。〔李遠詩〕凋—民思太古風。

【⿸疒際】側例切音際霽韻

接也。〔詩菀柳〕無自—焉。〔正義〕鄭讀爲交際之際。故云接也。

【⿸疒縩】征例切音制霽韻

引縱病也。見〔集韻〕。

【⿸疒逶】古禾切音戈歌韻

㊀禾苗蟲傷有病也。見〔五音集韻〕。

㊁瘡病也。見〔字彙〕。

【⿸疒習】席入切音習緝韻

㊀痺疾也。見〔集韻〕。

㊁小痛也。見〔字彙〕。

【瘹】多嘯切音釣嘯韻

㊀狂也。見〔廣雅釋詁〕。

㊁小兒病也。見〔集韻〕。

【瘼】末各切音莫藥韻

㊀病也。見〔說文〕。〔段注〕方言。—、病也。東齊海岱之間曰—。

㊁散也。〔文選任昉表〕亂離斯—。〔注〕毛詩曰。亂離—矣。薛君曰。—、散也。

【瘴】之亮切音障漾韻

中山川厲氣成疾也。〔陸游避暑漫鈔〕嶺南或見異物從空墜人中之卽病。謂之—母。〔按嶺南二三月爲青草—。四五月黃梅—。六七月新水—。八九月黃茅—。又雲貴川廣諸省皆爲邊—地。〕

【⿸疒畢】毗至切音避寘韻

足氣不至也。見〔說文〕。〔段注〕玉篇。足氣不至轉筋也。〔按桂注。易通卦驗。人足太陽脈虛。多病血—。注云。—者氣不達爲病。據此則—是血病。如今足痿病。腳弱不能行。與段說足氣不至轉筋。如今霍亂病筋轉之類者不同。要其爲氣不至則一。〕

【瘭】卑遙切音標蕭韻匹妙切音勡嘯韻　—疽。病名。〔千金方〕肉中忽生點。大如豆。小如粟。甚者如梅李。有根。其痛應心。久則四面腫泡。曰—疽。〔按—疽、莊子則陽篇作漂疽。巢氏病源作瘭疽。云諸是瘭疽皆死。其著手指者。似代指。不急治。毒上攻藏則殺人。南方人得此疾。皆截去指。又齒間臭熱。血出不止。瘭疽也。七日死。按今無—疽之名。疑即指疔牙疳之屬。〕

【癥】陟里切音只紙韻　腸病也。見〔字彙〕。

【瘯】千木切音觸作木切音鏃屋韻　—蠡。皮膚病也。〔左桓六年傳〕、謂其不疾—蠡也。〔注〕—族生疥類是也。

【⿸疒啇】丑厄切音⿰目啇陌韻　—⿸疒束。寒病也。見〔集韻〕。

【⿸疒商】尸羊切音商陽韻　憂病也。見〔集韻〕。

【瘰】魯果切音裸哿韻盧戈切音羸魯猥切音磊賄韻　—癧。瘍繞頸項纍纍也。見〔正字通〕。〔按甲乙鍼經寒熱—癧論曰。—癧在於頸腋者。皆寒熱之氣。稽留于脈而不去。外臺祕要曰。由風邪毒氣客于肌肉。隨虛處而停結為—癧。或如梅李等大小三兩相連。在皮間而時發寒熱是也。外科證治全生曰。凡—癧屬陰疽證。有延爛至肩胸脇下者。甚有爛至咽喉者。有成膿未潰者。亦有未成膿者。今謂之腺病。患者頸部或腋下之淋巴腺均腫大。漸致輭化穿孔而成瘻管。外醫謂之淋巴腺結核。英文Cymphadenitistuberculosa。〕

【⿸疒⿱覀糸】同蠡。瘯—。皮肥也。見〔左桓六年傳〕謂其不疾瘯蠡也釋文引〔說文〕。

【⿸疒從】將容切音從冬韻　病也。見〔說文〕。

【瘲】足用切音縱宋韻　瘛—。風病。見〔集韻〕。〔按漢書藝文志。有金創瘛—方三十卷〕。〔又〕小兒病也。詳瘛字。

【⿸疒責】情亦切音籍陌韻　瘦也。見〔字彙〕。〔正字通云。瘠譌字〕。

【⿸疒虘】莊加切音查麻韻　瘡痂甲也。見〔集韻〕。

【⿸疒耑】他果切音妥哿韻　腰病也。見〔字彙〕。

【⿸疒孛】荒故切音戽遇韻　江淮謂始病曰—。見〔集韻〕。〔正字通云。俗字。疑〕、、甫聲近。故訓為始病〕。

【瘷】先奏切音漱宥韻　寒病。見〔集韻〕。〔按—、今作嗽。肺感於寒。則成欬嗽。巢氏病源云。五藏六府。皆有欬嗽。而肺先受之。有欬嗽、短氣、欬嗽上氣、欬嗽嘔吐、欬嗽膿血諸證。此外又有有痰咳嗽與乾咳嗽之分。大約以感風寒咳嗽為最輕。以肺結核及肺癰病之欬嗽為最重。然瘵治不合法。亦有由輕證而轉歸重證者。〕

【瘷】色責切音索陌韻　瘆—。寒皃。見〔集韻〕。

【⿸疒泰】徒登切音騰蒸韻　痛也。見〔集韻〕。〔按字亦作⿸疒滕。廣韻⿸疒滕訓痛。集韻省作—。若疼、釋名作氣疼、疼疼然煩。解義本少別。自唐人皆作疼字。於是疼行而⿸疒滕—並廢矣。正字通云。⿸疒滕—並俗疼字。似未深歟。〕

【⿸疒禹】衢靴切歌韻　腳手病也。見〔集韻〕。〔俗謂足跛為—〕。

【瘺】力候切音漏宥韻　—瘡也。見〔集韻〕。

【瘻】郎豆切音漏力救切音溜宥韻龍遇切音屢遇韻　腫也。見〔說文〕。〔段注〕鍇本作頭腫。蓋淺人恐與頸瘤不別而改之。腫、癰也。頸腫、即釋名之癰喉。〔按巢氏病源諸—、候載狼—、鼠—、螻蛄—、蚍蜉—、蜂—、蠐螬—、蜉疽—、瘰癧—、轉脈—。九種。要之皆外發頸部內蘊蟲毒。久則生管而潰。蓋亦腺病之屬〕。

【瘻】龍珠切音樓虞韻　痀—。曲脊也。見〔集韻〕。〔按痀—、

或作佝僂。小兒多有此病。俗名龜胸龜背。日人謂之嬰兒骨輭證。又或呼爲英吉利病。〕

【⿸疒殹】噎寧切音瑩徑韻
歐聲也。見〔集韻〕。

【瘽】渠斤切音芹文韻　渠吝切音覲震韻　巨謹切音近吻韻
病也。見〔說文〕。〔段注〕釋詁曰。—。病也。字亦作懃。

【⿸疒啚】補美切音鄙紙韻
腸中疾病也。見〔集韻〕。

【⿸疒享】女耕切音儜庚韻
病也。見〔五音集韻〕。

【⿸疒連】連彥切音線霰韻
痊—。惡疾。見〔集韻〕。

【⿸疒雈】相印切音信震韻
鳥畜也。見〔字彙補〕。

【⿸疒得】的則切音得職韻
病也。見〔類篇〕。

【⿸疒衰】所追切音衰支韻
病也。見〔龍龕手鑑〕。

【⿸疒复】音未詳

瘥也。見〔廣雅釋言〕。〔疑卽瘦字。說文叟作叜形可證〕

【⿸疒徙】同癬。〔史記句踐世家〕齊與吳疥—也。〔索隱〕疥—音介趾。

【⿸疒區】同痀。見〔集韻〕。

【⿸疒張】瘬俗字。見〔正字通〕。

【⿸疒雍】癰譌字。見〔字彙補〕。〔舊字典引王充論衡。鼻不知香臭曰—。攷論衡別通篇是癰非—。〕

十二畫

【⿸疒复】房六切音伏屋韻
㊀病也。〔方言〕東齊海岱之間曰瘼。或曰—。㊁勞復也。見〔集韻〕。〔按五音集韻云。同瘦。瘦、正勞復之病。詳瘦字。〕

【療】力照切音料嘯韻
㊀⿸疒樂或字。見〔說文〕。〔段注〕方言曰。—、治也。周禮注曰。止病曰—。㊁愈也。〔文選張衡賦〕羞玉芝以—飢。

【⿸疒樂】式灼切音鑠藥韻
病也。見〔集韻〕。

【⿸疒朁】親然切音千先韻　子朕切音怎寢韻　七感切音慘感韻
㊀痛也。〔漢書谷永傳〕榜箠—於炮烙。㊁痛疾也。見〔集韻〕。

【癃】良中切音隆東韻
㊀罷病也。見〔說文〕。〔段注〕病、當作罷。—罷者廢置之意。凡廢置不能事事曰罷—。然則凡廢皆得謂之罷—也。〔按桂注周禮大司徒寬疾注。寬疾、若今—不可事。小司徒廢疾注。廢疾、謂—病也。〕㊁背疾也。〔史記平原君傳〕臣不幸有疲—之病。〔索隱〕言腰曲而背—高也。㊂小便不通也。〔素問五常政大論〕其病—閉。〔按素問宣明五氣論曰。膀胱不利爲—。靈樞經曰。酸走筋。多食之令人—。今外醫謂之泌尿器結石證。〕㊃通瘙。〔素問刺瘧論〕小便不利如—狀。

【⿸疒畱】力求切音留尤韻　力救切音溜宥韻
㊀腫也。見〔說文〕。〔段注〕釋名曰。—。流也。流聚而生腫也。〔按如段氏所云。則—之爲病。殆包外科證治全生所載石疽惡核流注諸證在內。蓋大者名惡核。小者名痰核。石疽初起。如惡核。漸大如拳。流注則色白腫痛。潰後每流走不定。普通並可以—目之。正字通云。與肉偕生者爲肬。病而漸生者爲—。〕㊁木之外皮隆起者亦爲—。〔庾信賦〕戴癭銜—。

【癆】郎到切音嫪號韻　憐蕭切音聊蕭韻　郎刀切音勞豪韻
㊀朝鮮謂藥毒曰—。見〔說文〕。〔按方言。凡飲藥傅藥而毒。北燕朝鮮之間謂之—。〕㊁—瘌。辛螫也。見〔方言〕。㊂痛也。見〔廣雅釋詁〕。㊃肺臟結核之慢性傳染病。亦曰肺—。其證之特徵爲欬嗽咯血。患者之痰液中常多含結核菌。痰乾則菌飛散。人吸之則傳染。多不治。又腸結核曰腸—。其證下腹疼痛而覺膨滿。食慾減損。呈日晡潮熱。屢次下痢。便中有與黏液共下之血線。漸至成虛脫狀而削瘦。

【⿸疒費】父沸切音才未韻

㊀—瘵。熱悶也見〔集韻〕。
㊁腫瘡貌。見〔集韻〕。〔正字通云。俗痱字。〕

【癉】得案切音旦翰韻丁賀切音跢箇韻
㊀勞病也。見〔說文〕。〔段注〕大雅。下民卒—。釋詁、毛傳、皆云。—、病也。小雅。哀我—人。釋詁、毛傳曰。—、勞也。許合云勞病者。如嘽、訓喘息皃。幝、訓車敝皃。皆單聲字也。
㊁惡瘡也。〔左襄十九年傳〕荀偃—疽。〔按卽今之玉枕疽。俗名對口瘡。〕
㊂黃病也。〔漢書嚴助傳〕南方暑溼。近夏—熱。〔按卽今黃疸病。〕
㊃苦也。見〔廣雅釋詁〕。〔按釋文作僤。沈本作癉。〕
㊄但熱不寒之瘧也。〔巢氏病源〕瘧候但熱不寒。命曰—瘧。

【癉】典可切音䵧哿韻
㊀勞也。見〔廣韻〕。
㊁怒也。見〔廣韻〕。
㊂厚也。〔國語周語〕陽—憤盈。
㊃謂溼熱也。〔素問脈要精微論〕—成爲消中。

【癉】多寒切音單寒韻
㊀火—。小兒病也。見〔廣韻〕。〔按髮疽俗謂之—貫頭。孩童多患之。見外科證治全生。〕
㊁黃病也。〔漢書藝文志〕五藏六府—十二病方四十卷。
㊂旱也。〔史記扁鵲倉公傳〕風—客脬。難于大小溲。溺赤。
㊃謂熱也。〔素問奇病論〕名曰脾—。

【癉】徒干切音壇他干切音灘寒韻
風在手足病也。見〔廣韻〕。〔按癱、—音近。疑卽今風癱證。〕

【癉】蕪旱切音亶旱韻
㊀難也。〔文選張衡賦〕飛礫雨散。剛—必斃。〔注〕言鬼之剛而難者。皆盡死也。
㊁癉或字。〔集韻〕癉。風病也。或从單。

【癊】於禁切音印沁韻
㊀心病也。見〔集韻引釋典佛母大孔雀明王經〕。
㊁血之傷痕也。見〔洗冤錄〕。

【㿈】去例切音棄霽韻
㊀頭瘍也。見〔集韻〕。
㊁傷肢也。見〔集韻〕。

【㿏】居例切音寄霽韻
禿也。見〔廣雅釋詁〕。

【㿗】徒回切音頹灰韻
陰病也。見〔倉頡〕。〔按—、同癩。男女皆有是病。男子—病與疝略等。女子—病則爲陰中有物突出。詳癩字。〕

【㿉】徒對切音隊隊韻
下潰也。見〔集韻〕。

【㿋】聲幺切音膮蕭韻
麗欲潰也。見〔集韻〕。

【㿌】堅堯切音梟肴韻
腫也。見〔廣雅釋詁〕。

【瘇】豎勇切音尰腫韻
脛气腫。詩曰。既微且—。見〔說文〕。〔段注〕小雅巧言。既微且尰。釋訓毛傳皆曰。腫足爲尰。按云脛氣、腫、卽足腫也。大徐本云脛氣足腫。非。〔按脛氣腫、殆卽今之腳氣病。〕

【𤻝】徒東切音同東韻
痌或字。〔集韻〕痌。創潰也。或从童。

【癀】胡光切音黃陽韻
疸病也。見〔集韻〕。〔按巢氏病源分黃病、黃疸、爲二。黃病有急黃、勞黃、內黃、行黃、諸候。黃疸有酒疸、穀疸、女勞疸、黑疸、諸候。大致黃病重在面黃。當亦有兼及身者。黃疸主於身黃。然斷無身黃而面獨不黃者。不若今說別爲急性慢性二種。急性黃疸、一名急性黃色肝臟萎縮。慢性黃疸、謂之膽道瘤腫。若細別之。則有加荅兒性黃疸、傳染性膽道炎、肝臟硬化證、膽石證、諸種。其現象爲皮膚粘膜俱變黃色。汗及尿色亦黃。發間歇熱或弛張熱。病由寒溼在表。瘀熱在裏。腠理不開。煩鬱不得消散所致。新說或謂肝臟內之膽汁移行于血液中。則爲肝性黃疸。血中之血素變爲膽色素。則爲血性黃疸。〕

【𤻲】朱芮切音贅霽韻
瘤贅。通作贅。見〔集韻〕。

【𤻺】與力切音弋職韻
瘁—。又淫—也。見〔字彙〕。

【𤻮】毗面切音便霰韻
肉—也。見〔字彙〕。〔正字通云。瘍瘍字譌。按瘍、說文訓半枯。則肉—殆卽肉痿之病。〕

【瘏】同都切音徒虞韻　病也。見〔洪武正韻〕。〔正字通〕云。俗瘏字〕

【⿸疒爲】羽委切音蔿紙韻　口咼也。見〔說文〕〔段注〕口部曰。咼口戾不正也。〔按口咼、多因於風邪。然亦有卒中病因半身元氣失調。遂致半邊口眼咼邪。今或謂之顏面神經痲痺。〕

【⿸疒斯】先齊切音西齊韻　散聲也。見〔說文〕〔段注〕方言。東齊聲散曰—。秦晉聲變曰—。器破而不殊。其音亦謂之—。

【⿸疒斯】相支切音斯支韻　噎也。楚曰—。見〔方言〕。

【⿸疒登】都騰切音登蒸韻　病甚。見〔集韻〕。

【癄】慈焦切音樵蕭韻子肖切音醮嘯韻阻敎切音抓效韻　縮也。病也。〔漢書禮樂志〕是以纖微—瘁之音作。而民思憂。〔注〕—瘁、謂減縮也。〔按—與憔、嶕。形異聲近義同。—瘁。即憔悴。亦即嶕殺。〕禮記樂記。是故志微嶕殺之音作而民思憂。疏。嶕殺、謂樂聲嶕殺。小。卽減縮之義。〕

【⿸疒焉】思嗟切音些麻韻　㿉也。見〔集韻〕。

【⿸疒番】鋪官切音潘寒韻　病死也。見〔集韻〕。

【⿸疒敝】必列切音別屑韻　腫滿皮裂也。見〔字彙〕。

【⿸疒鳥】五紇切音臬屑韻　痟—。㿃貌。見〔集韻〕。

【⿸疒貰】神夜切音射禡韻　多病也。見〔玉篇〕。

【癇】何閒切音閑刪韻　病也。見〔說文〕〔段注〕方書。小兒有五—。王符貴忠篇曰。哺乳多則生—病。玄應引聲類云。今謂小兒癲曰—也。〔按—病以風—、驚—、食—爲多。巢氏病源云。十歲上爲癲。以下爲—。然—病不獨小兒有之。普通人患此病者。分重輕兩種。重證、卒然身仆。全身搐搦。口吐涎沫。作羊豕聲。輕證、則但口中噴白沫。呼吸斷續。片刻卽甦。此證爲神經系病之一。基於大腦皮質之機能的反射。刺戟。俗曰羊—風。或曰豬—。又婦人妊娠。忽悶不識人。暫醒復發者。號爲子—病。〕

【癈】放吠切音廢隊韻　固病也。見〔說文〕〔段注〕按此當云—。固病也。下文痼爲久病。—固則經傳所云—疾也。其義不同。—猶廢。固猶錮。如瘖、聾、跛、躃、斷者、侏儒、皆是。—爲正字。廢爲叚借字。亦有叚—爲興廢字者。

【⿸疒閔】美隕切音敏軫韻　病也。見〔集韻〕。

【⿸疒虐】逆約切音虐藥韻　痎—也。見〔廣雅釋詁〕。〔曹憲音—音瘧。〔按卽瘧字〕

【⿸疒惡】何各切音鶴藥韻　心病也。見〔字彙補〕。

【⿸疒勞】音未詳　擺階—。瘯騷戲名。〔角山樓類腋引張籍詩〕惟有一年寒食節。女兒相喚擺階—。〔注〕—字玉篇廣韻諸字書不載。惟見此詩。唐人呼瘯騷戲爲擺階—。

【⿸疒亟】音極職韻　病也。見〔篇海類編〕。

【⿸疒褱】烏對切音隊　—㾣也。見〔龍龕手鑑〕。〔按—㾣疑卽瘟瘧病。〕

【癌】讀若喦　臟腑所生毒瘤也。凹凸不平。且硬固而疼痛。如胃、脾、腎、膵、肝、腸、膵、膀胱、乳、等證。是。胃—一名胃膈。腸—有直腸—腫、結腸—腫、及小腸—之分。肝脾腎膵膵各臟—腫。卽各臟生毒瘤。此外又有水—。卽走馬牙疳病。膀胱—亦生毒瘤之謂。乳—詳癌字下。

【⿸疒暴】古爆字。見〔集韻〕。

【⿸疒營】同營。見〔集韻〕。

【⿸疒獄】同瘂。見〔廣韻〕。

【⿸疒豈】同㿉。見〔集韻〕。

【⿸疒聚】同瘛。見〔集韻〕。

【⿸疒阑】同瘌。見〔韻會〕。

【⿸疒參】疹俗字。見〔正字通〕。

【⿸疒豢】瘯俗字。見〔正字通〕。

【癥】憝俗字。見〔正字通〕。

十三畫

【癉】黨旱切音亶旱韻丁賀切音跢箇韻
●一病也。〔禮記緇衣〕有國家者章善—惡以示民厚。
●二或作癉。〔詩板〕下民卒癉。〔禮記緇衣作下民卒—〕。

【癉】得案切音旦翰韻
癬病也。見〔集韻〕。

【癉】唐干切音壇寒韻
疫病也。見〔集韻〕。

【癑】乃湩切音䶊董韻奴凍切音齈送韻奴東切音農東韻
●一痛也。見〔說文〕〔桂注〕〔一切經音義十八〕。疼又作痋、脓二形。聲類作—。
●二瘡潰。見〔集韻〕。〔按癰瘡等證潰則出膿〕。

【癑】奴冬切音農冬韻
腫血也。見〔集韻〕。

【癑】奴宋切宋韻
病也。見〔集韻〕。〔按病有二義。其屬於外證者。如癰瘍等病之潰則出—是也。其關于內證者。如赤痢病之便—血。肺癰之名為肺生—瘡。又名肺—瘍。腸癰之名為腸內生—瘡。又名腸—瘍是也〕。

【癓】無非切音微微韻
●一足上瘡也。見〔集韻〕。
●二通微。〔詩巧言〕既微且尰。〔朱傳〕骭瘍為—。〔按今俗謂之臁瘡。蓋即浸淫瘡之類〕。

【癖】匹辟切音僻陌韻匹歷切音霹錫韻
●一宿食不消也。見〔一切經音義引聲類〕〔按巢氏病源云。—者。脾胃為水穀之海。食不消。偏僻一邊。故謂之—〕。
●二腹病也。見〔廣韻〕。〔按外臺祕要云。水漿停滯不散。遇寒氣積聚而成—。在於兩脇之間。有時而痛。或名寒—。或名痃—。或名癥—。其因一也。日語謂之慢性脾臟腫大〕。
●三嗜好偏也。〔晉書杜預傳〕預嘗稱王濟有馬—。和嶠有錢—。

【癘】力制切音例霽韻
●一惡疾也。見〔說文〕〔桂注〕昭二十年公羊解詁。惡疾、謂瘖聾盲—禿跛傴。〔按—即大麻瘋。一名—風。外臺祕要云。有初起偏體無異而眉鬚已落者。有偏體已壞而眉鬚儼然者。有手足指墮落者。有患寒患熱者。有身體枯槁者。有津汗不止者。有乾痒徹骨者。有瘡毒重疊者。有頑鈍不知痛癢者。多種不同。外醫謂之結節癩。或謂之神經性癩。大抵終歸難治〕。
●二殺也。〔管子五行〕不—雛鷇。
●三淬也。〔管子問〕戈戟之緊。其—何若。
●四同痢。疫氣也。〔左昭四年傳〕—疾不降。
●五通厲。〔史記豫讓傳〕泰身為厲。〔按書金縢遘厲虐疾。禮記檀弓斬祀殺厲。並與—同〕。
●六通勵。〔漢衡方碑〕砥仁—義。〔按漢帝堯碑—我以仁。亦即勵字〕。

【癘】落蓋切音賴泰韻
惡瘡疾也。今作癩。見〔集韻〕。〔按古厲、賴、聲近。春秋昭四年楚伐吳滅賴。公羊傳作厲。以故—癩文亦通。古文苑責髯奴辭。癩鬢瘦面。注云。癩、—疾也〕。

【癙】賞呂切音暑語韻商署切音恕御韻
●一憂畏病也。〔詩正月〕—憂以痒。〔按爾雅釋詁孫注云。畏之病也。舍人云。心憂憊之病也。集韻云。憂病。通作鼠〕。
●二扁創也。〔淮南說山〕貍頭療—。〔按郝懿行以為即今之鼠創病。山海經中山經。脫扈之山有艸。名曰植楮。可以已—。注。—、瘻也〕。

【⿸疒賁】符問切音分問韻父吻切音憤吻韻
●一—痡。瘡悶也。見〔廣韻〕。
●二—脪。熱腫也。見〔集韻〕。
●三體䏙沸曰—。見〔一切經義引通俗文〕。

【⿸疒賁】符分切音汾文韻
—沮。憂貌。一曰。熱瘍也。見〔集韻〕。

【癐】古外切音儈泰韻
病甚也。見〔集韻〕。

【癐】影䂓切音威微韻
●一喊聲也。〔輟耕錄〕淮人寇江南。齊聲大喊阿—。—。〔今俗呼使用人猶然〕。
㊂病甚。見〔字彙〕。

【⿸疒睪】夷益切音亦陌韻
㊀病相染。見〔字彙〕。
㊁瘍或字。〔集韻〕瘍。脈瘍也。一曰病也。或作—。

【癒】勇主切音禹麌韻
同瘉。病瘳也。見〔集韻〕。

【⿸疒雋】粗兗切音雋銑韻才尹切畛韻
大痒也。見〔廣韻〕。〔按廣雅云。—、瘙、蛘也。蛘、痒同。〕

【⿸疒勠】力竹切音六屋韻
病也。見〔集韻〕。

【癔】乙力切音億職韻
心意病也。見〔集韻〕。

【癕】於容切音雍冬韻
同癰。〔史記穰侯傳〕如以千鈞之弩決潰—也。

【⿸疒奧】於到切音奧號韻
痛也。見〔集韻〕。

【癗】魯猥切音壘賄韻
痱—。小腫也。見〔一切經音義引字略〕。

【⿸疒僉】火占切音姭虛嚴切音驗鹽韻
物毒喉中病。見〔集韻〕。

【⿸疒兼】馨兼切音馦鹽韻
蠚瘍也。見〔集韻〕。

【⿸疒歲】烏胃切音穢未韻
惡也。見〔字彙〕。

【⿸疒䍃】餘招切音堯蕭韻
痓—。疾名。瘹也。見〔五音集韻〕。〔舊字典云⿸疒䍃字之譌。存參。〕

【⿸疒暑】賞呂切音暑語韻
暍疾。見〔集韻〕。

【⿸疒遂】雖遂切音祟寘韻
風病。見〔集韻〕。

【⿸疒詹】都濫切音擔勘韻
癡也。見〔集韻〕。

【⿸疒廩】力錦切音廩寢韻渠金切音芹侵韻
粟體也。見〔廣韻〕。

【癝】筆錦切音稟寢韻
疾也。見〔集韻〕。〔字彙云。六書正譌。此淒清之—。俗作凜。非。然今時俱用凜矣〕

【⿸疒叜】烏對切音猥隊韻
—痿也。見〔字彙〕。

【⿸疒頑】五鰥切音頑刪韻
痺病。見〔集韻〕。

【癜】都見切音殿霰韻
風斑也。有紫白二種。紫—者面及身體皮肉變紫。白—者變白。或如掌。或如錢。均無痒痛。此病謂之赤白—。風由風邪搏于皮膚血氣不和所生。見〔巢氏病源〕。

【⿸疒睘】同⿸疒眔。見〔集韻〕。

【⿸疒壽】同⿸疒獄。見〔集韻〕。

【⿸疒槀】同⿸疒盧。見〔玉篇〕。

【⿸疒辟】同癠。見〔集韻〕。

【⿸疒鶍】同瘍。見〔集韻〕。

【⿸疒鴈】同鴈。〔漢衡方碑〕鴈門太守作—門。

【⿸疒楚】憷或字。見〔集韻〕。

【⿸疒解】疥俗字。見〔正字通〕。

十四畫

【⿸疒鼻】毗至切音鼻寘韻
㊀病也。見〔集韻〕。
㊁手冷也。見〔玉篇〕。

【⿸疒夾】訖洽切音夾乞洽切音恰洽韻
㊀病也。見〔廣雅釋詁〕。
㊁創也。見〔集韻〕。
㊂羊蹄間疾也。見〔玉篇〕。〔按外臺祕要有療馬蹄方。外科正宗有牛程蹇治法。皆此類。蹇、—音近。〕或即蹇病。

【癟】蒲結切音蹩匹滅切音瞥屑韻
㊀不能飛也。見〔玉篇〕。
㊁枯病也。見〔玉篇〕。〔按郎瑛七修類稾。一夜西風起乾—。亦即枯義。〕
㊂戾—。不正也。見〔集韻〕。

【癠】才詣切音嚌霽韻在禮切音濟薺韻前西切音齊齊韻
㊀病也。〔禮記玉藻〕親—色容不盛。
㊁短也。見〔廣雅釋詁〕。
㊂小也。〔方言〕江湘間凡物生而不長大曰—。〔注〕今俗呼小爲—。

【癡】超之切音鴟支韻 ❶不慧也。見〔說文〕。〔段注〕—者、遲鈍之意。故與慧正相反。此非疾病也。而亦疾病之類也。〔按左成十八年傳。周子有兄而無慧。注。不慧、蓋世所謂白—。義與許同。〕❷戀愛不捨也。〔梁簡文帝書〕緣—有愛。自嗟難拔。〔按佛典以貪、瞋、—為三惡業。〕❸痴—也。見〔玉篇〕。〔按如玉篇說。則—、痴義通。〕

【癰】於容切音雍冬韻 同癕。瘍癰也。見〔韻會〕。〔按舊字典引漢書鄭崇傳發頸—。攷崇傳作發疾頸癰不作—。〕

【瘰】力火切音騾哿韻 癰也。見〔字彙〕。〔正字通云。瘰字之譌。〕

【癮】倚謹切音隱吻韻 —疹。皮外小起也。見〔集韻〕。〔又〕搔痕也。見〔一切經音義引纂文〕。

【癨】黃郭切音穫藥韻 瘸—物在喉也。見〔集韻〕。

【⿸疒翟】弋灼切音藥藥韻 淫—病也。見〔集韻〕。

【⿸疒敗】蒲拜切音敗卦韻 疲極也。見〔字彙〕。〔正字通云。俗痡字。〕

【⿸疒禱】覩老切音倒皓韻 病也。見〔集韻〕。

【⿸疒壽】直祐切音胄宥韻 陟柳切音肘有韻 同疛。小腹病也。見〔集韻〕。

【⿸疒疇】陳留切音儔尤韻 心悸也。見〔集韻〕。

【⿸疒截】子結切音節屑韻 癰也。見〔廣雅釋詁〕。〔正字通云。與癤、瘯並同。〕

【⿸疒蓋】口蓋切音慨泰韻 喉病也。見〔玉篇〕。〔正字通云。與欬義近。〕

【⿸疒盍】烏合切音遏合韻 短氣也。見〔字彙〕。

【⿸疒寧】尼庚切音儜庚韻 病也。見〔集韻〕。

【⿸疒應】應本字。見〔字彙補〕。

【⿸疒爾】同⿸疒余。見〔字彙補〕。〔按鮑照啟。—同山嶽。初學記。桓公司馬之—。意並作病解。攷⿸疒余同疹。疾疹、亦病之通稱也。〕

十五畫

【癤】子結切音節屑韻 ❶瘍之小者。見〔正字通〕。〔按玉篇云。同⿸疒截。外臺祕要載瘰癰—方一十四首。養生方云。人汗入諸食中。食之作癰—。又云。五月勿食不成核果及桃棗。發癰—。皆以癰—並言。似癰與癤不甚分別。然攷巢氏病源另立痤—一候。不與癰混。且云廣一寸二寸者—也。外科證治全生亦云。形止數分。乃言小—。是—為瘍之小者無疑。〕❷結也。〔巢氏病源〕經絡之血。得冷氣則結聚不通而生—也。

【癢】以兩切音養養韻 ❶膚欲搔也。〔禮記內則〕疾痛苛—。而敬抑搔之。❷揚也。其氣在皮中。欲得發揚。使人搔發之而揚出也。見〔釋名釋疾病〕。〔或書作癢。玉篇云。同痒。〕❸伎—。懷其伎而欲試也。〔風俗通聲音〕高漸離變名易姓。為人庸保。匿作於宋子。久之作苦。聞其家堂上有客擊筑。伎—不能出言。❹汪—。猶汪洋也。見〔字彙補〕。❺通養。〔荀子榮辱〕骨體膚理辨寒暑疾—。〔注〕養、與—同。

【⿸疒慮】魯故切音路遇韻 瘠也。見〔廣雅釋言〕。

【⿸疒樂】力照切音燎嘯韻 歷各切音洛藥韻 治也。見〔說文〕。〔段注〕詩陳風泌之洋洋。可以樂饑。箋云。可飲以—饑。是鄭讀樂為—也。

【⿸疒樂】弋灼切音藥 式灼切音鑠藥韻 病也。見〔廣雅釋詁〕。〔按一切經音義引三蒼云。—、病消—也。〕

【⿸疒截】子結切音節屑韻 癰也。瘡也。見〔玉篇〕。〔正字通云。俗癤字。〕

【癥】知陵切音徵蒸韻 腹結病也。〔史記扁鵲倉公傳〕盡見五藏—結。〔按—者由寒溫失節。府藏虛弱。食飲不消。聚結在內。漸致生成堅塊。盤牢不可移動。—之爲義。言其形狀可徵驗也。有米—、鼈—、食—、髮—、蛇—、諸證。今謂之結核性腹膜炎。古今方論甚詳。」

【⿸疒編】婢典切音辮銑韻𠴝面切音便霰韻
骨風疾也。見[集韻]。

【⿸疒盤】並瞞切音盤寒韻
足疾也。見[字彙補]。

【⿸疒⿱差土】痊本字。見[說文]。

【⿸疒嚞】同瘵。見[集韻]。

【⿸疒滕】同疼。見[韻會]。

十六畫

【⿸疒閻】余廉切音鹽鹽韻
●一 病走也。見[廣韻]。
●二 創也。見[廣雅釋詁]。

【⿸疒盧】龍都切音盧虞韻
●一 癰類。見[集韻]。
●二 同廬。[漢碑]—江太守。

【⿸疒盧】魯故切音路遇韻
⿸疒虧或字。[集韻]⿸疒盧。⿸疒辱⿸疒盧。痞也。或从盧。

【㿗】徒回切音頹灰韻
陰病也。見[集韻]。[按㿗、—、通。其病。男女皆有之。外臺祕要引千金論曰。男—、有腸—、卵—、氣—、水—、四稱。腸—、卵—、難瘥。氣—、水—、鍼灸易瘥。此指男—言也。巢氏病源云。㿗候或因帶下。或舉重。或因產時用力。損于胞門子臟。腸下乘而成㿗。此指女子言也。特男子此病多作—。女子則多作㿗。爲小異耳。」

【⿸疒穌】孫租切音蘇虞韻
病也。見[集韻]。

【癧】狼狄切音歷錫韻
瘰—。外醫謂之淋巴腺結核。一因瘰—所生之處。在頸部淋巴腺、及腋下淋巴腺者居多。二因古所云瘰—者。包肉腫、梅毒、單純性淋巴腺腫、惡性淋巴腺腫、放線狀菌病等而言。是諸病皆能令淋巴腺腫大之故。瘰—中最重要者。卽肺癆病菌侵入于淋巴腺中。結爲硬核之瘰。—此證在瘰—中。最占多數。不易痊癒。互詳瘰字。

【癨】忽郭切音霍藥韻
病亂也。見[類篇]。[按—卽霍亂病。中國方書謂陰陽清濁二氣相干。揮霍撩亂。故名霍亂。乾霍亂、則煩悶脹滿。腹痛如絞。溼霍亂、則吐利交作。自胳轉筋。其大較也。外醫名爲虎列剌。Cholera。謂因飲料食物襯衣呼吸等項。傳染虎列拉菌而起。互詳痧字。]

【⿸疒瞢】彌登切音瞢蒸韻
病人行也。見[字彙]。

【⿸疒憲】許偃切音幰阮韻
寒病也。見[集韻]。

【⿸疒龍】粱用切音贚宋韻
⿸疒庸—。病也。見[集韻]。

【癩】落蓋切音賴泰韻
同癘。惡疾也。[論語雍也]伯牛有疾。[注]先儒以爲—也。[卽今俗所謂大痲瘋。難治愈。此外又有水螆—。外醫名匐行疹。多在全頰部。爲出血性。易治愈。互詳癘字。]

【癩】郞達切音辣曷韻
同瘌。見[廣韻]。

【⿸疒器】去冀切音器寘韻
病也。見[集韻]。

【⿸疒要】古瘰字。見[字彙補]。

【⿸疒縢】同疼。見[集韻]。

十七畫

【癬】息淺切音尟銑韻相然切音仙先韻
●一 乾瘍也。見[說文]。[按新說約分—爲三類。一、乾—。亦名鱗屑疹。鱗片重疊。呈銀白色。或聚於一部。或蔓延全體。二、疥—。一名肥前瘡。初生粒狀小泡中有蟲。謂之疥—蟲。雌蟲較雄蟲大且多。瘙癢刺戟。令人不堪。三、頑—。外醫名環狀疹。最初皮膚呈赤色。稍有隆起。而落屑。漸蔓延及于周圍。起鱗屑。或小水泡。此證多發生於下部。起頑固之搔痒。有終身不瘥者。此外又有頭部鱗—。一名禿髮瘡。故廣雅釋詁訓—爲創。]
●二 徙也。移徙自廣也。故青徐謂—爲徙。見[釋名釋疾病]。

【癭】於郢切音影梗韻伊盈切音

嬰庚韻

㈠頸瘤也。見〔說文〕。〔段注〕博物志曰。山居多—飲水之不流者也。〔按桂注。呂氏春秋盡數篇注云。—，咽疾。淮南地形訓注云。氣衝喉而結多—疾。巢氏病源云。有飲沙水成—者。亦有恚氣結成—者。又云。—有三種。血—可破之。息肉—可劀之。氣—可鍼之。大抵—證與瘤大同小異。〕㈡嬰也。在頸嬰喉也。見〔釋名釋疾病〕。㈢木所生之瘤贅亦曰—。〔杜甫詩〕長歗敲柳—。

【癮】倚謹切音隱吻韻

㈠同癮。見〔集韻〕。㈡有所癖嗜也。如俗言酒—煙—。

【⿸疒韱】叉鑑切音懺陷韻

病也。見〔集韻〕。

【⿸疒營】維傾切音營庚韻

病作也。見〔集韻〕。

【⿸疒翼】逸織切音弋職韻

病也。見〔集韻〕。

【⿸疒降】呼剛切音杭陽韻

聲也。見〔字彙補〕。

十八畫

【癰】於容切音雍冬韻委勇切音勇腫韻

㈠腫也。見〔說文〕。〔段注〕肉部曰。腫。—也。腫之本義爲—。〔按素問。營氣不從。逆于肉裏。乃生—腫。靈樞云。氣血不通。壅遏不行。故熱。熱勝則肉腐。肉腐則爲膿。然骨髓不焦。五藏不傷。故命曰—。巢氏病源曰。寒熱不散。聚積成—。其患在表浮淺。外臺祕要云。瘀—腫大。按乃痛者。病深。小按便痛者。病淺。按之處陷不復者。無膿。按之即復者。有膿。外科證治全生。則以紅腫稱—。發六腑。白陷稱疽。疽發五臟。故疽根深而—毒淺。合觀諸說。—義盡矣。又在內爲肺—腸—。在外爲各部位之—。名目殊繁。〕㈡壅也。氣壅否結裏而潰也。見〔釋名釋疾病〕。〔按釋名又云。喉氣著喉中不通。稸成—。亦壅之義。〕㈢鼻不知香臭曰—。見〔論衡別通〕。㈣通雍。—疽。人姓名。〔孟子萬章〕或謂孔子於衞主—疽。〔按史記孔子世家作雍渠。韓非子作雍鉏。說苑至公作雍睢。〕㈤亦作臃。〔國策韓策〕人之所以善扁鵲者。爲有臃腫也。〔按廣韻無臃。集韻腫韻無—。今本國策作癰。詳臃字。〕

【⿸疒爲】俞水切音唯尹捶切音葰羽委切音蔿紙韻

創裂也。一曰疾—也。見〔說文〕。〔桂注〕廣雅。—、裂也。俗作臑。玉篇。臑、瘡也。—、疾也。

【⿸疒巂】呼卦切音諣卦韻

恐也。見〔集韻〕。

【癯】權俱切音瞿虞韻

同臞。瘠也。〔漢書司馬相如傳〕形容甚—。

【⿸疒雚】古玩切音貫翰韻

病也。見〔集韻〕。

【⿸疒奰】匹備切音濞平祕切音備寘韻

本作⿸疒奰〔說文〕⿸疒奰滿也。〔段注〕毛詩傳曰。不醉而怒曰奰。然則奰謂氣滿—。舉形聲包會意也。

【⿸疒摩】莫婆切音麼麻韻

偏病也。見〔廣韻〕。〔舊字典云。⿸疒厥字之譌存參〕

十九畫

【⿸疒蹷】居月切月韻

倒病也。見〔川篇〕。

【癲】多年切音顚先韻

㈠精神病也。〔正字通〕喜笑不常。顚倒錯亂也。〔按—即俗所謂羊癲瘋、豬癲瘋、—、癇本無甚區別。自千金方巢氏病源皆以小兒謂之癇。成人謂之—。外臺祕要又專列五—一方一門。于是—之病名成立。然所謂五—者。一、陽—。發時如死人。遺尿。二、陰—。由小時臍瘡未愈洗浴得之。三、風—。眼目相引牽縱。羊鳴。四、溼—。眉痛身重。五、馬—。手足相引。反目口噤。要之仍與癇病無甚大異。惟因境遇屈伸。每誘起異正—疾。其現象喜怒不常。語言失次。或且不時舞蹈。今通謂之精神病。此外又有思慕情慾不遂而得者。名色思—。又名花—。〕㈡同顚。狂也。見〔韻會〕。㈢同瘨。見〔集韻〕。

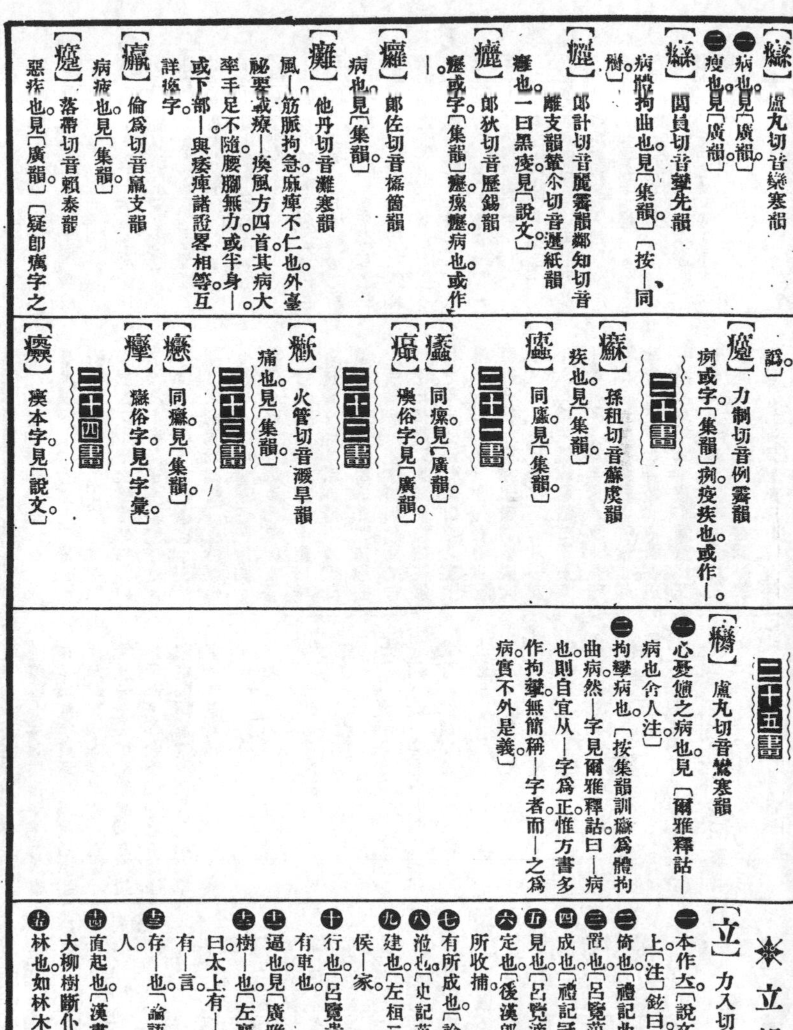

【癵】盧丸切音欒寒韻
❶病也。見〔廣韻〕。
❷瘦也。見〔廣韻〕。

【𤼐】圞員切音攣先韻
病𤸊拘曲也。見〔集韻〕。〔按—同𤸊。〕

【𤼞】郎計切音麗霽韻。鄰知切音離支韻。鄰尒切音邐紙韻
黧也。一曰黑瘦。見〔說文〕。

【癧】郎狄切音歷錫韻
癧或字。〔集韻〕癧。瘰癧病也。或作—。

【𤼸】郎佐切音欏箇韻
病也。見〔集韻〕。

【癱】他丹切音灘寒韻
風—。筋脈拘急。痲痺不仁也。外臺祕要或瘵—瘓風方四首。其病大率手足不隨。腰腳無力。或半身—。或下部—。與痿痺諸證畧相等。互詳瘓字。

【𤼷】倫爲切音羸支韻
病瘺也。見〔集韻〕。

【𤻮】落帶切音賴泰韻
惡疾也。見〔廣韻〕。〔疑即癘字之訛。〕

【𤼣】力制切音例霽韻
痢或字。〔集韻〕痢。疫疾也。或作—。

二十畫

【𤼒】孫租切音蘇虞韻
疾也。見〔集韻〕。

二十一畫

【𤼺】同廬。見〔集韻〕。

二十二畫

【𤼻】同瘰。見〔廣韻〕。

【𤼼】瘰俗字。見〔廣韻〕。

【𤾉】火管切音澣旱韻
痛也。見〔集韻〕。

二十三畫

【𤼽】同癵。見〔集韻〕。

【𤼾】癵俗字。見〔字彙〕。

二十四畫

【𤼿】瘰本字。見〔說文〕。

二十五畫

【𤽀】盧丸切音欒寒韻
❶心憂𢡻之病也。見〔爾雅釋詁〕—病也〔舍人注〕。
❷拘攣病也。〔按集韻訓癵爲體拘曲病。然—字見爾雅釋詁曰—病也。則自宜从—字爲正。惟方書多作拘攣。無箭稱—字者。而—之爲病。實不外是義。〕

✻立部✻

【立】力入切音粒緝韻
❶本作㕴。〔說文〕住也。从大在一之上。〔注〕鉉曰。大人也。一、地也。會意。
❷倚也。〔禮記曲禮〕婦人不—乘。
❸置也。〔呂覽蕩兵〕故—君。
❹成也。〔禮記冠義〕而後禮義—。
❺見也。〔呂覽適威〕故功名—。
❻定也。〔後漢郎顗傳〕主名未—。多所收捕。
❼有所成也。〔論語爲政〕三十而—。
❽涖也。〔史記范雎傳〕明主—政。
❾建也。〔左桓二年傳〕天子建國。諸侯—家。
❿行也。〔呂覽貴因〕如秦者—而至有車也。
⓫逼也。見〔廣雅釋詁〕。
⓬樹—也。〔左襄二十四年傳〕穆叔曰。太上有—德。其次有—功。其次有—言。
⓭存—也。〔論語雍也〕己欲—而—人。
⓮直起也。〔漢書五行志〕上林苑中大柳樹斷仆地。一朝起—。
⓯林也。如林木森森然各駐其所也。

見〔釋名釋姿容〕。

(十六)不廢絕也。〔左襄十四年傳〕既沒。其言—。

(十七)鼻下曰—人。取—于鼻下狹而長似人—也。見〔釋名釋形體〕

(十八)速意。〔史記平原君傳〕譬若錐之處囊中。其末—見。

(十九)—春。—夏。—秋。—冬。皆節氣名。見〔漢書律曆志〕

(二十)—方。算術中等邊六面之體積也。以形而言。雖爲六面十二邊之所合。以體而言。則爲自乘再乘之數。其縱與高俱相等。以體積之多寡。求面形之大小。則曰開—方。

(廿一)—合。日本語。即臨場檢察及作見證之意。〔又〕—合人。即查帳者。〔又〕—合裁判。即會審也。

(廿二)—入。日本語。深入也。干涉也。

(廿三)—寄。日本語。猶言過訪。即暫停也。

(廿四)—替。日本語。謂代他人墊付也。

(廿五)姓也。漢—如子。唐—述。

〔立〕　于貴切音位寘韻

通位。〔春秋桓二年〕公即位。〔石經春秋作公即—〕。

一畫

〔䇂〕　丘虔切音愆先韻

辠也。从干二。二、古文上字。讀若愆。張林說。見〔說文辛部〕〔按廣韻云。愆。古文—。籀文僁。俗倦。魏校曰。从干。从上。有犯于上。未麗于法。—、愆、音同。義小異。愆、踰禮也。—犯法也。出禮則入刑。其歸一也。然經傳今皆用愆。故韻會、正韻、收愆、闕—。字彙立部。—音愆。注凡童、妾、言、音、辛、皆从此。又於辛部。別辛。覆出辛。音義同立部。—引許書—說。又云童、妾、字从此。字與辛相似。但以畫之長短辨耳。正字通因之。而於辛下注曰。按說文訓辭未詳。據篆形推之。辛、七畫篆作辛。與辛八畫多寡不似。非以上下畫短長分也。舊註誤。今按此說亦未盡當。致說文干、从反入。从一。又羊下云。入一爲干。入二爲羊。通訓定聲曰。干上爲一。辠也。羊上爲辛。大辠也。—、从干二。則當作丫。不當作羊。字彙—、作辛。以上下畫之長短別辛。固誤。正字通乃以辛爲—。以—爲重出。又別作辛。爲辛與辛爲畫多寡之分。亦非是。蓋篆之反入。楷書爲丫。故類篇—作辛。六書故辛、作辛。正字通。遂謂—爲七畫作辛。辛爲八畫作辛。康熙字典承其譌。更增辛字。注曰。說文辛本字。尤謬。辛當依小徐从一。—大徐从辛。應爲筆誤。證以干部辛部之說而知之。玉篇、廣韻、集韻、類篇、皆無別辛之辛及辛字。今據正於此。〕

二畫

〔竌〕　昌御切音處御韻

正也。見〔玉篇〕。

〔竍〕　法量名。升十倍。具言迭加立脫爾。當我一斗七合六勺三抄四撮。字亦作㪷。英文 Decalitre。

三畫

〔竎〕　方又切宥韻

登也。見〔玉篇〕。

〔竞〕　魚遠切音阮阮韻

倚也。見〔玉篇〕。

〔竏〕　法量名。升千倍。具言啓羅立脫爾。當我十斛七斗六升三合四勺。英文 Kilolitre。

〔𥩲〕　竢或字。見〔說文〕。

四畫

〔竑〕　胡盲切音宏庚韻

(一)廣也。見〔玉篇〕。

(二)量度也。〔考工記輪人〕故—其輻廣以爲之弱。則雖有重任。轂不折。〔按正字通引正韻牋曰。—非度量之義。蓋強壯之謂。上文云鑿深輻小則是固有餘而強不足。是言量度強弱。使輻鑿相稱也。凡宏之類如宏、閎、谹、鋐、皆從強大之義。而此獨訓量度。王宋諸注从鄭說。誤也。牋說是。〕

〔𥩱〕　匹馬切馬韻

短貌。見〔玉篇〕。

〔竕〕　法量名。升十分之一。具言得夕立脫爾。當我一合七抄六撮三圭二粟弱。英文 Decilitre。

〔竔〕　法量名。具言立脫爾。法國所剏。以一立方粉之容積爲一立脫爾。量之本位也。各國多從之。當我一升七勺六抄三撮四圭。英文 Litre。

〔竓〕　法量名。升千分之一。具言密理立脫爾。當我一撮七圭六粟強。

英文 Millilitre。

【⿰立戈】同戭。見〔篇海〕。

【竐】同娖。見〔字彙〕。

五畫

【竘】丘禹切音齲委羽切音傴果羽切音矩麌韻

㊀健也。一曰匠也。讀若齲。逸周書有—匠。見〔說文〕。〔王注〕一曰匠也句。當在讀若句下。與逸周書相屬。

㊁高壯貌。〔淮南人閒〕受命而爲室。其始成—然善也。

【竘】去厚切音口許厚切音吼有韻

—貌治也。吳越飾貌爲—。或謂之巧。見〔方言〕。

【站】陟陷切音阽陷韻知咸切音詀咸韻

㊀俗言獨立。見〔廣韻〕。

㊁久立也。見〔集韻〕。

㊂置也。驛也。道路所經過。度其遠近而置之。如軍—、驛—、車—是也。

【站】知咸切音詀咸韻

坐立不動貌。見〔集韻〕。

【竚】丈呂切音宁語韻〔本作佇〕。

㊀企也。見〔玉篇〕。

㊁久也。見〔玉篇〕。

㊂久立也。見〔類篇〕。

㊃立也。〔楚辭大司命〕結桂枝兮延—。

【⿰立民】眉庚切音萌庚韻

㊀田民也。見〔篇海〕。〔按卽氓字〕。

㊁野人也。見〔篇海〕。

【竝】部迥切音併迥韻

㊀併也。从二立。見〔說文竝部〕。〔按集韻云隸作並〕。

㊁比也。〔荀子儒效〕俄而—乎堯舜。

㊂匹也。〔太玄密〕—天功也。

㊃俱也。〔楚辭懷沙〕古固有不—兮。

㊄皆也。〔書立政〕以—受此丕丕基。

㊅并也。〔儀禮有司徹〕陳于羊俎西—。

㊆兼也。〔後漢董卓傳〕—封列侯。

㊇—處。羣居也。〔荀子富國〕人倫—處。

㊈—坐也。見〔玉篇〕。

【竝】蒲浪切音傍漾韻

㊀且也。〔漢書張湯傳〕姦吏—侵漁。〔注〕劉奉世曰。—音步恨反。旁緣爲姦也。

㊁連也。〔史記大宛傳〕—南山。

㊂依也。〔漢書鮑宣傳〕貪吏—公。受取不已。

㊃傍或字。〔集韻〕傍。近也。或作—。

【竝】部滿切音伴旱韻

同—。縣名。漢屬牂柯郡。見〔漢書地理志〕。〔當今雲南河陽縣境〕。

【竛】郎丁切音靈靑韻

—竮。行皃。見〔集韻〕。〔又〕行不正。見〔玉篇〕。

【⿰立戉】王伐切音越月韻

竚立也。見〔廣韻〕。

【⿰立圣】胡卦切音畫卦韻

庪也。見〔集韻〕。〔類篇作竢〕。胡怪切。度也。字彙訓同。按—與竢。庪與度。竝字形相近。未知孰譌。

【⿰立且】七雀切音鵲藥韻

恐懼。見〔玉篇〕。

【⿰立主】直句切音住遇韻

竢也。止也。見〔篇海〕。

【⿰立可】口駭切音鍇蟹韻

雉或字。〔集韻〕雉。桂林謂人短爲矲雉。或作—。

【⿰立尼】年題切音埿齊韻

水土也。〔按卽埿、泥二字之譌〕。

【⿰立伐】房滑切音伐月韻

竚也。見〔五音篇海〕。〔按卽⿰立戈戭二字之譌〕。

【竜】古龍字。〔字彙補〕雲南有佴革—。地有九山。最險。

【⿱亚立】同站。見〔廣韻〕。

六畫

【竟】居慶切音敬敬韻

㊀樂曲盡爲—。从音儿。見〔說文音部〕。〔段注〕曲之所止也。

㊁窮也。〔漢書霍光傳〕此縣官重太后。故不—也。〔注〕—、窮—其事也。

㊂終也。〔禮記儒行〕起居—信其志。

㊃周徧也。〔漢書王莽傳〕恩施下—同學。

㊄極也。〔莊子齊物論〕振于無—。

㊅—陵。地名。〔史記白起傳〕遂東至—陵。〔注〕在鄂州長春縣南一百五十里。〔當今湖北鍾祥縣治〕。

㊆通鏡。〔說文通訓定聲〕騶氏鏡銘。騶氏作—、四夷服。

㊇通綆。〔方言〕⿰糸亟筵、—也。秦晉或曰

緪。或曰｜。楚曰筳。

(九)姓也。見〔何氏姓苑〕。

【竟】舉影切音景梗韻

同境。疆也。〔禮記曲禮〕入｜而問禁。

【⿰立亥】下改切音亥賄韻

(一)豎｜。神人也。通作亥。〔山海經海外東經〕禹命豎亥步自東極至于西極。

(二)起也。見〔海篇〕。

【章】諸良切音彰陽韻

(一)樂竟爲一｜。从音十。十、數之終也。見〔說文音部〕。

(二)采也。〔書皋陶謨〕五服五｜哉。

(三)明也。〔書堯典〕平｜百姓。

(四)表也。〔詩抑〕維民之｜。

(五)箸也。〔國語周語〕其飾彌｜。

(六)形也。〔呂覽大樂〕合而成｜。

(七)露也。〔素問方盛衰論〕反論自｜。

(八)盛也。〔呂覽審時〕其氣｜。

(九)大也。〔孝經內事圖〕帝座｜而光。

(十)別也。〔家語子貢問〕上下有｜。

(十一)條也。〔周髀算經〕十九年爲一｜。〔按左僖五年傳疏云。計十九年而有七閏。古曆十九年爲一｜。以其閏餘盡故也。步曆之始。以朔旦冬至爲首。曆之上元。其年是十一月朔旦冬至。十九年閏餘盡。復得十一月朔旦冬至。故以十九年爲一｜。｜積｜成部。積部成紀。治曆者以此｜部爲法。因此可以明其術數。推之而知氣朔也。〕

(十二)式也。〔素問氣交變大論〕政令者氣之｜。

(十三)程也。〔廣雅釋器〕篇、、。篇、程也。

(十四)彰顯也。〔易姤〕品物咸｜。

(十五)禮文也。〔詩裳裳者華〕維其有｜矣。

(十六)采文也。〔考工記畫繢之事〕赤與白謂之｜。

(十七)文理也。〔易說卦〕六畫而成｜。

(十八)大材也。〔漢書百官公卿表〕東園主｜。〔注〕如淳曰。｜、謂大材也。舊將作大匠主材吏名｜曹掾。

(十九)旌旗也。〔國語晉語〕變非聲｜。弗能移也。

(二十)溫克令儀曰｜。見〔周書謚法〕。

(廿一)山丘上平者。〔爾雅釋山〕上正、｜。〔又釋丘云。上正｜丘。〕

(廿二)｜程也。〔國語周語〕得以講事成｜。

(廿三)｜｜。采也。｜｜。行也。見〔廣雅釋訓〕。〔又〕素質明著也。〔荀子法行〕珉之雕雕。不若玉之｜｜。〔又〕明美貌。〔呂覽本生〕萬物｜｜。

(廿四)甫般冠名。〔禮記儒行〕｜甫之冠。

(廿五)｜奏。〔獨斷〕凡羣臣上書于天子有四名。一曰｜。二曰奏。三曰表。四曰駁議。

(廿六)｜皇。猶彷徨也。〔文選揚雄賦〕｜皇周流。

(廿七)篇｜。〔禮記曲禮〕讀樂｜。〔疏〕謂樂書之篇｜。謂詩也。〔按詩關雎句疏。｜者積句所爲。不限句數也。〕

(廿八)文｜也。〔禮記緇衣〕出言有｜。

(廿九)印｜也。〔漢官儀〕吏秩比二千石以上。銀印龜鈕。其文曰｜。刻曰某官之印。

(三十)總｜。舜明堂名。〔又〕建｜。漢宮名。

(卅一)上｜。歲陽名。〔爾雅釋天〕太歲在庚曰上｜。

(卅二)大｜。堯樂名。〔禮記樂記〕大｜、｜之也。

(卅三)婦稱舅曰｜。夫兄亦曰｜。〔釋名釋親屬〕夫之兄俗間曰兄｜。｜、灼也。灼敬奉之也。俗或謂舅曰｜。亦如之也。

(卅四)徽誌也。如帽｜、肩｜、等類。

(卅五)功勳之奬品也。如文虎｜、嘉禾｜、等類。

(卅六)山名。〔山海經中山經〕｜山。〔注〕或作童山。

(卅七)國名。〔左隱十一年傳疏〕謝、｜、薛、舒、呂、祝、終、泉、畢、過。此十國皆任姓也。

(卅八)豫｜。郡名。〔水經章、水注〕豫｜樟樹生庭中。故以名郡。左昭六年傳。師于豫｜。定二年傳。自豫｜與楚夾漢。注。漢東江北地名。後其名移之于江南。漢高六年。分淮南國。置豫｜郡。爲清江西南昌府。非古豫｜也。

(卅九)縣名。屬東平國。見〔漢書地理志〕。〔當今山東東平縣東〕。

(四十)｜丘。縣名。屬山東省。

(四一)官名。〔周禮春官〕保｜氏。

(四二)通獐。〔考工記畫繢之事〕山以｜。〔注〕｜讀爲獐。

(四三)通樟。〔爾雅釋木楡無疵注〕似豫｜。〔釋文〕｜、本或作樟。

(四四)通憧。周—。怔營貌。又懼貌。亦作憧。見〔六書音義〕。

(四五)姓也。〔古今姓氏書辨證〕—出自姜姓。齊太公支孫封國於鄣。左傳。齊人降鄣。子孫去邑爲—氏。

【章】之亮切音障漾韻

同鄣。〔禮記雜記〕疏布輤四面有—。〔釋文〕—本或作鄣。

【⿰立伐】房越切音伐月韻

竚也。見〔玉篇〕。

【竡】法量名。竔百倍。具言海克佗立脫爾。當我一斛七升六合三勺四抄。英文Hectolitre

【⿱立在】同在。見〔字彙補〕。

【竧】待或字。見〔集韻〕。

【⿰立并】竮省文。見〔集韻〕。

【⿱音曰】⿱音曰謌字。康熙字典引海篇音憶。快也。攷玉篇、廣韻、皆作⿱音曰。音訓同。此字實爲⿱音曰謌字。因訂正於此。

七畫

【竣】七倫切音逡眞韻逡緣切音詮先韻

(一)偓—也。國語曰。有司已事而—。見〔說文〕。〔桂注〕本書。佺。偓佺、仙人也。偓佺卽偓—。後人加仙人字。國語曰。齊語文。彼司下有於字。韋云。退伏也。

(二)止也。見〔玉篇〕。

(三)事畢也。見〔正字通〕。

【童】徒東切音同東韻

(一)男有辠曰奴。奴曰—。女曰妾。見〔說文辛部〕〔段注〕女部曰。奴、婢、皆古之辠人也。周禮。其奴、男子入于辠隸。女子入于舂槀。今人—僕字作僮。以此爲僮子字。葢經典皆漢以後所改。

(二)獨也。言—子未有室家也。見〔廣韻〕。

(三)昏也。〔國語鄭語〕而近頑—窮固。

(四)未成人之稱。〔禮記雜記〕稱陽—某甫。〔又〕年十五以上。〔禮記內則〕成—舞象。〔又〕八歲以上。〔穀梁昭十九年傳〕羈貫成—。〔又〕十九歲以下。〔詩芄蘭序箋〕惠公以幼—卽位。

(五)—子。未冠之稱。〔禮記玉藻〕—子之節也。〔又〕女亦稱—子。〔禮記喪服小記〕女子子在室。〔注〕亦—子也。〔又〕隸子弟若內豎寺人之屬。〔儀禮旣夕禮記〕—子執帚。

(六)戇之反也。〔賈子道術〕亟見窕察謂之戇。反戇爲—。

(七)夫人自稱於其君曰小—。見〔禮記曲禮〕。〔注〕若云未成人也。〔按白虎通云夫人自稱曰小—者謙也。言己智能寡少如—蒙也。〕〔又〕凡在喪王曰小—。見〔左僖九年傳〕。〔注〕不忍離父母之辭。

(八)奴婢也。〔漢書貨殖傳〕—手指千。

(九)髮禿也。〔韓愈文〕頭—齒豁。

(十)山無草木曰—。〔荀子王制〕故山林不—。而百姓有餘材也。〔按釋名云山無草木若—子未冠然。其說甚明。又莊子以無草木之地爲—土。亦取此義。〕

(十一)牛之無角者曰—。〔易大畜〕—牛之牿也。〔按詩抑彼—而角。則謂無角之羊也。故字別作犝䍶。〕

(十二)青—。肝神。見〔黃庭經〕。

(十三)襜褕謂之—容。見〔小爾雅廣服〕。〔通訓定聲云。方言作橦褣。詩谷風箋。帷裳—容也。按周禮巾車皆有容。極言之曰容。長言之曰—容。〕

(十四)—粱。草名。〔爾雅釋草〕稂、—粱。〔注〕稂、莠類也。〔疏〕稂一名—粱。

(十五)宛—。寄生也。〔爾雅釋木〕寓木宛—。〔注〕寄生也。一名蔦。〔疏〕寓木、一名宛—。

(十六)——。盛貌。〔蜀志先主傳〕籬有桑樹。生高五丈餘。遙望見——如小車蓋。

(十七)通僮。〔易蒙〕—蒙。〔釋文〕—字書作僮。

(十八)通同。〔列子黃帝〕狀不必—而智—。

(十九)通瞳。〔漢書項籍傳贊〕項羽亦重—子。〔注〕—子、目之眸子。

(二十)姓也。〔急就篇注〕顓頊子號老—。其後爲姓。

【童】諸容切音鐘冬韻

地名。〔公羊桓十一年傳〕公會宋公于夫—。〔釋文〕—音鐘。左穀皆作鍾。〔今山東寧陽縣盛鄉城北有夫鍾里〕。

【竦】簡勇切音悚腫韻

(一)敬也。从立从束。束、自申束也。見〔說文〕

㊁慴也。〔詩長發〕不懃不—。
㊂上也。見〔廣雅釋詁〕。
㊃動也。〔文選木華賦〕莫振莫—。
㊄從也。體支皆引從也。見〔釋名釋姿容〕。
㊅驚也。〔漢書李廣傳〕故怒形則千里—。
㊆跳也。見〔廣雅釋詁〕。〔疏證〕—之言—踊也。
㊇立也。〔文選張衡賦〕逼天詆以—峙。
㊈執也。〔楚辭少司命〕—長劍兮擁幼艾。
㊉企待也。〔漢書東方朔傳〕寡人將—意而覽焉。
(十一)企望也。〔漢書韓王信傳〕—而望歸。〔注〕—謂引領舉足也。
(十二)勸也。〔漢書揚雄傳〕整輿—戎。〔文選李善注〕方言曰。西漢之閒相勸曰聳。—與聳古字通。
(十三)—斯。鳥名。〔山海經北山經〕灌題之山有鳥焉。其狀如雌雉而人面。見人則躍。名曰—斯。其鳴自呼也。

【竢】牀史切音俟紙韻
待也。見〔說文〕。〔段注〕彳部曰。待。—也。是爲轉注。經傳多叚俟爲之。俟行而—廢矣。

【竨】奔模切音逋虞韻
物之耑也。見〔集韻〕。

【⿰立肖】七肖切音峭嘯韻
立皃。見〔集韻〕。

【竤】胡萌切音宏庚韻
度量也。見〔篇海〕。

【⿰立足】初六切音珿屋韻
⿰足齒或字。〔集韻〕⿰足齒。齊謹也。或作—。

【⿰立足】昌六切音矗屋韻
等也。見〔篇海〕。

【⿰立足】測入切音扃緝韻
人名。見〔集韻〕。

【⿰立夾】力協切音颲葉韻
行不正也。見〔集韻〕。

【⿰立身】從性切音淨敬韻支敬切音譖沁韻
人名。宋劉—。

【⿰立身】仄謹切音亲吻韻
身端也。見〔字彙補〕。

【⿰立匋】詢趨切音須虞韻
待也。見〔海篇〕。

【⿱亡立】望或字。見〔集韻〕。

【⿰立孛】諄省文。見〔集韻〕。

【⿰立非】端譌字。見〔五音篇海〕。

八畫

【⿰立享】覩猥切音朏賄韻
㊀本作⿰立𦎫。〔說文〕磊⿰立𦎫重聚也。
㊁木實垂皃。見〔廣韻〕。

【竫】疾郢切音靜梗韻
㊀亭安也。見〔說文〕。〔段注〕亭者民所安定也。故安定曰亭安。其字俗作停作渟。亭與—疊韻。凡安靜字宜作—。靜其叚借字也。
㊁猶撰也。〔公羊文十二年傳〕惟諓諓善—言。
㊂正也。〔呂覽貴因〕—立安坐而至者。
㊃善也。見〔廣雅釋詁〕。
㊄諡法。〔史記秦紀〕文公太子卒。賜諡爲—公。
㊅同靜。〔後漢崔駰傳〕—潛思于至賾兮。
㊆通靖。小人名。〔山海經大荒東經〕小人國名靖人。〔注〕靖、或作—。

【⿰立隶】力至切音利力遂切音類寘韻力入切音立緝韻
㊀臨也。見〔說文〕。〔段注〕臨者監也。經典莅字或作涖。注家皆曰臨也。道德經釋文云。古無莅字。說文作—。按莅行而—廢矣。
㊁從也。見〔玉篇〕。
㊂疏也。見〔玉篇〕。

【⿰立昔】七約切音碏倉各切音錯藥韻
㊀驚皃。見〔說文〕。
㊁竦也。見〔集韻〕。

【⿰立昔】七迹切音皵陌韻
敬也。見〔集韻〕。

【⿰立屈】苦猥切音傀賄韻
—然。獨立皃。見〔集韻〕。

【⿰立彔】房六切音伏盧谷切音祿屋韻莫筆切音密質韻
本作⿰立𧰨。〔說文〕⿰立𧰨。見鬼魅皃。从立从𧰨。𧰨。籒文魅。讀若虙羲之虙。

【⿰立卓】徒弔切音調嘯韻
—嶢。高危也。見〔集韻〕。

【⿰立豖】他點切音忝琰韻

恭也。見〔海篇〕。

【⿰立委】烏臥切音踒箇韻

—羸。弱立皃。見〔篇海〕。

【⿰立卑】部下切音跁馬韻篇夷切音紕支韻部買切音罷蟹韻步化切音杷禡韻

短人立—⿰立卑皃。見〔說文〕〔王注〕。集韻。—與⿰火罷同。案周禮典同注。鄭大夫讀陂爲人短罷之罷。罷者省形存聲字也。

【⿰立卑】普支切音批支韻

行不正也。見〔玉篇〕。

【⿰立取】遵須切音沮虞韻

佝—。羸也。見〔集韻〕。

【⿰立龍】古龍字。見〔海篇〕。

【⿰立龍】古龍字。見〔海篇〕。

【⿰立卑】同婢。見〔篇海〕。

【竪】豎俗字。

九畫

【竭】巨列切音傑屑韻

(一)負舉也。見〔說文〕。〔段注〕凡手不能舉者。負而舉之也。禮運。五行之動迭相—也。注。—、猶負戴也。

(二)盡也。〔禮記大傳〕人道—矣。

(三)涸也。〔國語周語〕昔伊洛—而夏亡。

(四)窮也。〔荀子修身〕齊明而不—。

(五)亡也。〔呂覽權勳〕脣—而齒寒。

(六)滅也。〔淮南主術〕耳目淫則—。

(七)漏也。〔淮南本經〕—澤而漁。〔注〕—澤、漏澤也。

(八)敗也。〔左宣十二年傳〕且律—也。

(九)盡力也。見〔玉篇〕。

(十)—蹶。顚覆也。〔荀子儒效〕遠者—蹶而趨之。

(十一)姓也。見〔字彙〕。

【端】多官切音耑寒韻

(一)直也。見〔說文〕。

(二)正也。〔禮記曲禮〕振書—書於君前。

(三)首也。〔孟子公孫丑〕惻隱之心仁之—也。

(四)始也。〔禮記禮運〕五行之—也。

(五)本也。〔禮記禮器〕二者居天下之大—矣。

(六)際也。〔後漢趙咨傳〕歸於無—。

(七)厓也。〔淮南主術〕運轉而無—。

(八)頭緒也。〔禮記中庸〕執其兩—。

(九)審也。〔國策趙策〕郄疵對智伯曰。韓魏之君視疵—而趨疾。

(十)等也。〔漢書食貨志〕吏道雜而多—。

(十一)事也。〔禮記曲禮〕君子問更—。〔注〕更、別事也。

(十二)緒也。〔方言〕緤、末、紀、緒也。南楚皆曰緤。或曰—。

(十三)業也。見〔廣雅釋詁〕。

(十四)立之疑以正也。見〔六書故〕。

(十五)不邪曲也。〔荀子臣道〕撟然剛直折—志。

(十六)不傾倚之貌。〔荀子非十二子〕—然。

(十七)古度名。〔左昭二十六年傳注〕二丈爲一—。二—爲一兩。所謂匹也。〔按集韻。布帛六丈曰—。六書故。凡布帛一丈六尺曰—。二—爲疋。二說互異。存參〕

(十八)衣有襦裳者爲—。〔周禮司服〕其齊服有玄—素—。〔按儀禮士冠禮記疏云。朝服與玄—同。玄—、則玄裳黃裳雜裳黑屨。若朝服、玄冠。玄—雖同。但裳以素而屨色白也。以其但正幅。故朝服亦得—名。然六冕皆正幅。故亦名—。是以樂記云。魏文侯—冕而聽古樂〕

(十九)—門。南正門。〔文選張衡傳〕啟南—之特闈。

(二十)—的。猶確定也。〔朱子語類〕此其所見必有—的。

(二十一)異—。非聖人之道也。〔論語爲政〕攻乎異—。

(二十二)鉤—。桃枝屬。〔山海經西山經〕嶓冢之山。其上多桃枝鉤—。

(二十三)無—。猶無故也。〔李商隱詩〕無—嫁得金龜壻。

(二十四)—蒙。歲陽名。〔史記曆書〕—蒙。〔索隱〕—蒙。乙也。〔爾雅作旃蒙〕。

(二十五)水名。〔山海經西山經〕號山。—水出焉。而東流注于河。

(二十六)—谿。縣名。屬蒼梧郡。見〔漢書地理志〕。〔當今廣東德慶縣治〕

(二十七)角—。獸名。〔後漢鮮卑傳〕角—牛。以角爲弓。俗謂之角—弓者。〔按宋書曰。角—。鹿形、馬尾、綠色、獨角。角在鼻上〕

(二十八)日本以數有零餘不能成整數者。名曰—數。

(二十九)姓也。見〔姓苑〕。〔又〕—木複姓。孔子弟子—木賜。

【端】尺兗切音喘銑韻 同喘。〔荀子勸學〕—而言。〔注〕—、讀爲喘。喘、微言也。

【端】美辨切音冕諫韻 通冕。〔禮記玉藻〕玄—以朝日于東門之外。〔注〕—當爲冕字之誤。

【竬】丘主切麌韻 立也。見〔玉篇〕。

【𥪰】知林切音砧侵韻 坐力不移皃。見〔集韻〕。

【𥪦】詢趨切音須虞韻 頾省字。〔集韻〕頾、待也。或省。

【竮】滂丁切音俜傍經切音娉青韻 竛—、行不正也。見〔廣韻〕。

【𥪧】房六切音伏屋韻 邪也。見〔玉篇〕。

【竪】常注切音豎遇韻 立也。見〔字彙補〕。

【竰】法量名。竔百分一。具言生的立脫爾。當我一勺七撮六圭二粟弱。英文Centilitre

十畫

【𥫅】詢趨切音須虞韻 頾或字。〔說文〕頾、待也。从立、須聲。—或从芻。

【𥪴】胡雞切音奚齊韻戶禮切音徯薺韻 待也。亦作徯。見〔玉篇〕。〔按廣韻集韻並無奚音。今依玉篇集韻云。傒或字。〕

【𥫉】亭年切音田先韻 塞也。見〔篇海〕。〔按字彙正字通並云同窴。〕

十一畫

【竱】旨兗切音膞陟兗切音轉銑韻株戀切音囀霰韻都玩切音鍛翰韻多官切音耑寒韻 ●一等也。春秋國語曰。—本肇末。見〔說文〕。〔段注〕等者、齊簡也。故凡齊皆曰等。齊語韋注。—、等也。肇、正也。謂先等其本。以正其末。按孟子曰。不揣其本而齊其末。揣、蓋—之叚借字。 ●二齊也。見〔廣雅釋詁〕。

【𥫌】居拜切音戒卦韻 ●一極也。見〔類篇〕。 ●二古屆字。見〔篇海〕。

【𥫗】同塀。見〔字彙〕。

十二畫

【竲】鋤耕切音崢庚韻慈陵切音繒蒸韻咨騰切音增蒸韻 北地高樓無屋者。見〔說文〕。〔王注〕北地、郡名也。然此似謂北方。青州樓多如城上爲埤堄。廣韻—、巢高。或作橧。禮運夏則居橧巢。

【竳】都騰切音登蒸韻 —。立皃。見〔集韻〕。

【𥫋】倪弔切音嬈嘯韻 竨—、高危也。見〔集韻〕。

【𥫋】祁姚切音喬肴韻 企也。俟也。見〔正字通〕。

【竴】七倫切音逡眞韻 喜皃。見〔廣韻〕。

【𥫐】詢趨切音須虞韻 待也。从立、須聲。見〔說文〕〔注〕立而待也。〔按王注韻會引作立而待也。乃以繫傳爲許語也。經典率借須爲—。〕

【𥫒】千木切音簇屋韻 立待也。見〔集韻〕。

【竸】同競。〔王延壽賦〕晉文盬腦國以—兮。

【童】童籀文。見〔集韻〕。〔按此字舊字典作立下董。收入十三畫。考集韻云。籀文童中與竊中同从廿。今移訂。〕

十三畫

【𥫟】盧臥切音攞奴臥切音懦箇韻 ●一瘰也。見〔說文〕。 ●二𥫟—、立皃。見〔集韻〕。

【竵】居綺切音几紙韻 立正也。見〔玉篇〕。

【䇘】力冬切音龍冬韻 行不正也。見〔字彙補〕。

【竵】火鼃切音𦓤空媧切音咼佳韻 不正也。从立。𧦝聲。見〔說文〕。〔段

注〕俗字作歪。

【竩】同儀。見〔廣韻〕。

十四畫

【競】渠映切音傹敬韻

❶彊語也。从誩二人。一曰逐也。見〔說文誩部〕。〔段注〕—彊曡韻。彊語、謂相爭。
❷彊也。〔詩抑〕無—維人。
❸遽也。〔左哀二十三年傳〕使肥與有職—焉。
❹爭也。〔左襄十年傳〕師—已甚。
❺竝也。〔離騷〕衆皆—進以貪婪兮。
❻進也。〔呂覽分職〕而天下皆—。
❼高也。見〔廣雅釋詁〕。
❽——。武也。見〔廣雅釋訓〕。
❾—時。謂趨時也。〔後漢崔駰傳〕汗血—時。
❿通傹。〔周禮鍾師注〕繁遏執傹也。〔釋文〕傹詩作—。
⓫通倞。〔開元五經文字〕秉心無倞。〔今詩作—〕。
⓬通境。〔秦詛楚文〕奮兵盛師以偪徛邊—。〔邊—、即邊境也〕。

【竷】苦感切音坎感韻

❶繇也。舞也。樂有章。从章。从夅。从夊。詩曰。——舞我。見〔說文夊部〕。〔按今本小雅作坎坎鼓我。段玉裁云。鼓各本作舞。今依韻會訂。士部引壿壿舞我。則此當同詩作鼓矣。〕
❷和悅之響也。今作坎。見〔玉篇〕。
❸鼓聲。見〔正字通〕。
❹樂器名。〔字彙補〕吳兢樂府題解云。漢武帝滅南粵。祠太一后土。令樂人侯暉依琴造—。以工人姓侯。故名坎侯。後語譌以坎為空。

【竷】苦濫切音闞勘韻

擊鼓。見〔集韻〕。

【臺】童籀文。見〔五音篇海〕。〔疑即鼜字之譌〕。

十五畫

【竨】都猥切音脂賄韻

磊—。重聚也。見〔說文〕。〔段注〕磊—、曡韻字。今俗語猶有之。〔—今作竨〕。

【竨】杜罪切音隊賄韻

重也。見〔集韻〕。

【竨】古惇字。見〔集韻〕。

【龔】古龍字。見〔字彙補〕。

十六畫

【𥫢】徒凍切音洞送韻

鐘聲也。見〔玉篇〕。

十七畫

【𥫸】商籀文。見〔篇海〕。

【競】同競。見〔篇海〕。

※玄部※

【玄】胡涓切音懸先韻

❶幽遠也。黑而有赤色者為—。象幽而入覆之也。見〔說文〕。
❷遠也。〔素問天元紀大論〕在天為—。
❸染色也。〔考工記鍾氏〕五入為緅。七入為緇。〔注〕凡—色者在緅緇之間。其六入者與。
❹天色也。〔易坤文言〕天—而地黃。
❺黑也。〔書禹貢〕厥篚—纖縞。
❻黑光也。〔楚辭怨思〕垂明月之—珠。
❼天也。見〔廣雅釋言〕。〔按釋名釋天云。天又謂之—。—、縣也。如縣物在上也〕。
❽道也。見〔廣雅釋詁〕。
❾神也。〔文選張衡賦〕—謀設而陰行。
❿靜也。〔文選左思賦〕—晏先生曰。
⓫墨也。〔楚辭懷沙〕—文處幽兮。
⓬通也。〔文選張衡賦〕睿哲—覽。
⓭深隱也。〔荀子正名〕交喻異物。名實—紖。
⓮理之微妙者。〔參同契聖賢伏煉

惟昔聖賢懷—抱眞。

（十五）物之極也。〔老子〕滌除—覽。

（十六）北向也。〔呂覽孟冬紀〕天子居—堂左个。〔注〕—堂。北向堂也。

（十七）天以不見爲—。地以不形爲—。人以心腹爲—。見〔太玄玄告〕。

（十八）北方曰—。見〔淮南天文〕。

（十九）心爲上—。見〔黃庭經〕。

（二十）太—。書名。〔漢書揚雄傳贊〕以爲經莫大於易故作太—。

（廿一）太歲在壬曰—默。九月爲—。並見〔爾雅釋天〕。

（廿二）—官。禮天之官也。〔管子幼官〕共—官

（廿三）—酒。新水也。〔儀禮士冠禮〕—酒在西。

（廿四）曾孫之子謂之—孫。見〔爾雅釋親〕〔按釋名釋親屬。—縣也。上縣於高祖。最在下也。〕

（廿五）—黃。病也。見〔爾雅釋詁〕〔注〕—黃。人病之通名。而說者便謂之馬病。失其義也。

（廿六）—鳥。鳦也。〔詩玄鳥〕天命—鳥。

（廿七）—武。龜也。〔禮記曲禮〕前朱鳥而後—武。〔按後漢張衡傳注云。—武。龜蛇也。〕

（廿八）水名。〔莊子知北游〕知北游於—水之上。

（廿九）州名。唐置。屬河北道。當今直隸京兆尹境。

（三十）姓也。黃帝臣—囂。見〔世本〕。

（卅一）同炫。〔漢書司馬相如傳〕采色—耀。〔注〕—讀曰炫。

（卅二）通懸。〔文選張衡賦〕右睨—圃。〔注〕懸圃在崑崙閬闔之中。—與懸古字通。

（卅三）通眩。〔荀子正論〕上周密則下疑—矣。〔注〕—、謂幽深難知。或讀爲眩惑也。

四畫

〔玅〕　彌詔切音妙嘯韻

今作妙。精也。見〔玉篇〕。

〔玅〕　千遙切音銚蕭韻

小意。見〔類篇〕。〔按集韻作紗。〕

五畫

〔玆〕　胡涓切音玄先韻津之切音孜支韻

（一）黑也。从二玄。春秋傳曰。何故使吾水—。見〔說文〕〔段注〕見左傳哀八年。釋文曰、—音玄。本亦作滋。子絲反。濁也。字林云。黑也。按宋本如是。今本—滋互易。非也。且本亦作滋。則仍胡涓反。不同水部滋水字子絲反也。陸氏誤合二字爲一。

（二）弆—。神名。〔山海經大荒西經〕西海陼中有神。人面鳥身。珥兩青蛇。踐兩赤蛇。名曰弆—。

六畫

〔率〕　朔律切音蟀質韻

（一）捕鳥畢也。象絲网。上下、其竿柄也。見〔說文率部〕。

（二）循也。〔書大禹謨〕惟時有苗弗—。

（三）遵也。〔左宣十二年傳〕今鄭不—。

（四）奉順也。〔周書大匡〕三州諸侯咸—。

（五）行也。〔左哀十六年傳〕—義之謂勇。

（六）用也。〔詩思文〕帝命—育。

（七）自也。見〔爾雅釋詁〕。

（八）領也。〔荀子王霸〕若夫論一相以兼—之。

（九）勸也。見〔爾雅釋詁〕

（十）使也。〔淮南時則〕立春之日。天子親—三公九卿大夫、

（十一）斂也。〔文選張衡賦〕悉—百禽。

（十二）述也。見〔廣雅釋言〕。

（十三）修也。〔易繫辭〕初—其辭。

（十四）從也。見〔集韻〕。

（十五）將也。〔左宣十二年傳〕—師以來。惟敵是求。

（十六）猶導也。〔春秋元命苞〕律之爲言—也。

（十七）驅也。〔孟子告子〕—天下之人而禍仁義者。

（十八）效也。〔孟子滕文公〕相—而爲僞者也。

（十九）大略也。見〔增韻〕。

（二十）皆也。見〔增韻〕。

（廿一）摹也。見〔增韻〕。

（廿二）表的也。〔漢書何武傳〕一州表—也。

（廿三）速也。〔孫子九地〕—然者。常山之蛇也。〔注〕張預曰、—猶速也。擊之則—然相應。

（廿四）坦易也。〔盧氏雜記〕宋五坦—。

（廿五）—然。猶竦然。〔漢書東方朔傳〕今先生—然高舉。〔文選注云。輕舉之貌。〕

⑯十邑爲—。見〔管子小匡〕。

⑰或作卒。猝也。〔莊子人閒世注〕—然揪之。〔釋文〕—、疏律反。本或作卒。七忽反。

⑱姓也。明有—慶。見〔正字通〕。

【率】劣戌切音律質韻

❶約數也。見〔集韻〕。

❷總計之言也。〔漢書宣帝紀〕—常在下祉。

❸猶科也。〔漢書李廣傳〕諸將中首虜—爲侯者。而廣軍無功。〔注〕—、謂軍中封賞之科。

❹法也。〔孟子盡心〕變其彀—。

❺校也。見〔廣雅釋言〕。

❻猶類也。〔史記老莊申韓傳〕大抵—寓言也。

❼繂也。〔禮記玉藻〕士練帶—下辟。〔疏〕士用熟帛練爲帶。其帶用單帛。兩邊繂而已。繂、謂緶緝也。

❽藻—。藉也。〔左桓二年傳〕藻—鞞鞛。〔注〕藻—、以韋爲之。所以藉玉也。

❾—更。官名。〔漢書百官公卿表〕詹事屬官有太子—更。〔注〕掌知更漏。

❿比例中相比之數曰—數。乘所求—爲實。以所有—爲法。實如法而一。算經少廣章宋祖冲之有密—乘徐法。

【率】力遂切音類寘韻

❶非一之辭。〔詩賓之初筵箋〕—如此也。

❷計也。〔漢書高帝紀〕各以其口—。〔按周禮大宰賦貢以馭其用。疏云。采地之民。口—出泉爲賦。釋文云。—、徐劉音類。戚音律。一音所律反。〕

❸記數之名。見〔集韻〕。

【率】所類切音帥寘韻

同帥。〔荀子富國〕將—不能則兵弱。

【率】所劣切音㕞屑韻

鍰也。〔史記周本紀〕其罰百—。〔集解〕徐廣曰。—、卽鍰也。孔安國曰。六兩曰鍰。鍰、黃鐵也。〔索隱〕鍰、黃鐵。鏘亦六兩。故馬融曰。鏘、量名。與呂刑鍰同。舊本—亦作選。〔按集韻鋝量名。或作—〕

【玈】龍都切音盧廣韻

黑色也。从玄旅省聲。義當用驢。見〔說文新附〕。〔說文黑部驢下云。齊謂黑爲驢。段玉裁云。經傳或借盧爲之。或借旅爲之。皆同音假借也。旅弓旅矢見尚書左傳。俗字改爲—。〕

七畫

【[illegible]】龍都切音盧廣韻

疑卽玈字。見〔字彙補〕。

九畫

【[illegible]】於記切音意寘韻

不成遂急戾也。从弦省曷聲。讀若瘞。見〔說文弦部〕。〔段注〕不成遂者。不成就也。因之急戾是曰—。廣韻作褐。非。〔按玉篇作竭入幺部。廣韻作褐。正字通云作竭非。依篆當以作褐爲正。今隸弦作弦。則从玄亦可。故幺部竭亦引說文焉。〕

※玉部※

【玉】虞欲切音獄沃韻

❶石之美有五德者。潤澤以溫。仁之方也。䚡理自外。可以知中。義之方也。其聲舒揚。專以遠聞。智之方也。不撓而折。勇之方也。銳廉而不忮。絜之方也。象三—之連。—、其貫也。見〔說文〕。〔按字鑑云。說文作王。帝王字則作王。中畫近上。金王字三畫皆均。無點。秦更隸書。以其疑與帝王字無辨。故加點以別之。而以畫均者爲帝王字。古文作𤣩。隸作—。點在下畫之旁。廣韻云。烈火燒之不熱者。眞—也。〕

❷圭璋之屬也。〔論語陽貨〕—帛云乎哉。〔按書舜典五—。鄭注云。執之曰瑞。陳列曰—。〕

❸佩也。〔禮記曲禮〕君子無故—不去身。

❹美也。〔書洪範〕惟辟—食。〔注〕言惟君得爲美食。〔釋文〕—食。張晏注漢書云。—食。珍食也。韋昭云。諸侯備珍異之食。〔按周禮—府。王齊則共食—。注云。—、是陽精之純者。食之以禦水氣。鄭司農云。王齊

當食—屑〕。

❺喻德美也。〔詩民勞〕王欲—女。〔箋〕—者。君子比德焉。王乎我欲令女如—。

❻猶琢磨也。〔張載西銘〕貧賤憂戚。庸—女于成也。

❼美言之也。〔禮記祭統〕請君之—女。

❽光好外見也。〔漢書陳平傳〕如冠—耳。其中未必有也。〔注〕飾冠以—。光好外見中非所有也。

❾山名。〔山海經西山經〕—山。〔注〕此山多—石。因以名。

❿河名。〔正字通〕後晉天福中。鴻臚卿張匡鄴使于闐。著行記。言—河在于闐城外。

⓫—女。草名。〔爾雅釋草〕蒙、—女。〔注〕女蘿別名。

⓬木名。〔山海經海內西經〕開明北有文—樹。〔注〕五彩—樹。

⓭水—。今水精也。〔山海經南山經〕堂庭之山多水—。

⓮—門。君門也。〔楚辭離世〕背—門以犇騖兮。

⓯四氣和謂之—燭。見〔爾雅釋天〕。

⓰—井。星名。〔後漢郎顗傳〕從西方天苑趨左足入—井。〔注〕參星下四小星爲—井。

⓱—暢。邑名。〔左哀十二年傳〕宋鄭之間有隙地焉。曰彌作頃丘。—暢。嵒。戈。鍚。〔釋文〕一本作玉暢。

⓲—鳥名。〔漢書司馬相如傳〕鴛鶵鸕—。

⓳—珧。卽小蚌。見〔爾雅釋魚注〕。

⓴寒—。竹別名。見〔正字通〕。

㉑公—。複姓。〔史記封禪書〕濟南人公—帶。

㉒叚作頊。〔周禮大卜〕一曰—兆。〔注〕帝顓頊之兆。

【玊】

息逐切音肅屋韻相玉切音粟沃韻許救切音齅宥韻

❶琢玉工。見〔廣韻〕。〔按正韻云。玉—二字不同。點在下畫之旁者。寶玉字也。點在中畫之旁者。須玉許救息六三切。玉工也。朽玉也。又國名。又人姓。俗書—玉不辨。〕

❷朽玉。見〔廣韻〕。

❸西番國名。見〔廣韻〕。

❹姓也。〔後漢光武紀〕陳留太守—況爲大司徒。

【王】

雨方切音徨陽韻

❶天下所歸往也。董仲舒曰。古之造文者。三畫而連其中謂之—。三者、天地人也。而參通之者。—也。孔子曰。一貫三爲—。見〔說文王部〕〔按通訓定聲云。唐李陽冰曰。中畫近上。—者則天之義。古文作𠙻。按此字爲學者一大疑。謂倉頡所製耶。軒轅承三皇之終。肇五帝之始。爲臣民者偁君爲皇、帝、君。無—偁字。安用之。稽唐虞之書。未有—字。始見于禹貢—屋。夏諺吾—不遊。則字當起于夏時。然三皇字堯典閏月字。已从—。似又不始于夏。疑未能憭也。又按—古文作𠙻。華岳碑作𠙻。楊氏阡作𤣩。則以一貫三之說。亦殊難定。〕

❷君也。〔爾雅釋詁〕天、帝、皇、—。君也。〔疏〕天、帝、皇、—。謂天子。〔按左僖二十五年傳云。今之—。古之帝也。公羊成八年傳注云。或言—。或言天—。或言天子。皆相通矣。六書故云。有天下曰—。帝與—一也。周衰列國皆僭號自—。秦有天下。遂自尊爲皇帝。漢有天下。因秦制稱帝。封同姓爲—。名始亂矣。〕

❸號也。〔春秋繁露深察名號〕深察—號之大意。其中有五科。

❹—事天子也。〔國語周語〕荒服者—。〔注〕—、—事天子也。

❺遠夷世見也。〔詩殷武〕莫敢不來—。〔疏〕氐羌遠夷。一世而一見於—。

❻大也。見〔廣韻〕。

❼尊之也。〔爾雅釋親〕父之考爲—父。父之妣爲—母。〔注〕如—君尊之。

❽神也。〔荀子禮論〕并百—于上天。而祭祀之也。

❾往也。〔詩板〕及爾出—。

❿能一下土之謂—。見〔六書故〕。

⓫皇子爲—。見〔玉篇引蔡邕獨斷〕。

⓬—夏。樂章名。見〔周禮鍾師〕。

⓭—宮。祭日之壇也。〔禮記祭法〕—宮。祭日也。〔注〕—宮。日壇。—、君也。日稱君。宮、壇營域也。

⓮仁義所往曰—。見〔周書謚法〕。

⓯法—。象—。皆佛號。〔華嚴偈〕象—行處落花紅。〔岑參詩〕抽簪禮法—。

⓰—屋。山名。〔書禹貢〕至于—屋。〔疏〕正義曰。—屋在河東垣曲縣東北。

⑰夫—。草名。〔爾雅釋草〕芏、夫—。〔疏〕芏草一名夫—。
⑱—鳴鳥名。〔爾雅釋鳥〕鳴鳩、—鳴。
⑲—鮪魚名。〔周禮鼈人〕春獻—鮪。〔注〕—鮪鮪之大者。
⑳—蛇蛇名。〔爾雅釋魚〕蟒、—蛇。〔注〕蟒蛇最大者故曰—蛇。
㉑—弓體名。〔考工記弓人〕往體寡來體多謂之—弓之屬利射革與質。
㉒—蟲名。〔爾雅釋蟲〕—蛈蝪。〔注〕即螲蟷似鼅鼄在穴中有蓋今河北人呼蛈蝪。
㉓—通皇。〔莊子天運〕夫三—五帝之治天下。
㉔姓也。子孫以—者之後號曰—氏。共二十一望見〔廣韻〕。
㉕或作壬。〔左文七年傳〕宋公—臣卒。〔釋文〕本或作壬臣。

【王】　于放切音旺漾韻
①君也。〔詩皇矣〕—此大邦。
②長也。〔莊子養生主〕神雖—不善也。
③勝也。〔莊子德充符〕彼兀也者。而—先生。
④王之也。〔漢書高帝紀〕項羽背約。而—君王於南鄭。
⑤霸王見〔廣韻〕。〔按正韻云凡有天下者人稱之曰王則平聲據其身臨天下而言曰—則去聲〕
⑥盛也見〔廣韻〕。
⑦興也見〔集韻〕。
⑧俗作旺〔正字通〕五行有生尅衰—今術家言孤虛—相俗作旺。

【王】　文紡切音罔養韻
往也。〔詩板〕及爾出—〔朱傳〕音往。

一畫

【玌】　渠尤切音虯尤韻
玉名。亦作玌。見〔字彙〕。

【玊】　古玉字。見〔玉篇〕。

二畫

【玐】　布拔切音八黠韻
①玉聲。見〔廣韻〕。
②玉名。見〔五音集韻〕。

【𤣻】　相咨切音私支韻
石之似玉者。讀與私同。見〔說文〕。

【𤣱】　疎逸切音瑟質韻祁幼切音赳宥韻
玉器也。見〔玉篇〕。

【玎】　中莖切音朾庚韻當經切音丁青韻
玉聲也。齊大公子伋謚曰—公。見〔說文〕〔王注〕廣韻引同。史記丁公之子爲乙公。孫爲癸公。仍用殷禮以十干爲號也。不當作—。然玉篇引云齊太子謚曰—。又引謚法義不克曰—。則是齊太子之未即位而死者概謚之—。猶楚之不成君者。謂之敖也。經傳無徵。未敢輒定。

【玏】　歷德切音勒職韻
𤩻或字。〔集韻〕𤩻。玲𤩻也。謂石之次玉者。或省。

【𤣰】　匹角切音璞覺韻
玉未成器也。見〔玉篇〕。〔按集韻璞、玉素也。或作—〕

三畫

【玒】　胡公切音洪沽紅切音公東韻古雙切音江江韻
①玉也。見〔說文〕。
②人名。〔朝鮮紀事〕朝鮮王子義昌君—。

【玖】　巳有切音九有韻居又切音救宥韻
①石之次玉黑色者。从王久聲。詩曰。貽我佩—。讀若芑。或曰若人句脊之句。見〔說文〕〔段注〕此又一音也。上句音鉤。下句當作痀。疒部曰。痀。曲脊也。古讀如苟。句聲。
②公牘帳簿記數借爲九字。

【玗】　雲俱切音于虞韻
①本作玗。〔說文〕—。石之似玉者。〔注〕鍇按爾雅。東方之美。有醫無閭之珣—琪焉。〔按段注。錯釋以珣—琪非也。珣—琪。合三字爲玉名。單言珣者。玉器也。單言瑾者。弁飾也。單言—者。美石也〕
②—琪樹名。〔山海經海內西經〕開明北有—琪樹。〔注〕—琪赤玉屬也。
③猗—洞名。〔洪武正韻〕元結自釋云逃入猗—洞。始稱猗—子。

【玘】　去里切音起紙韻
①玉也。見〔說文新附〕〔鈕氏新附攷〕按說文玖訓石之次玉黑色

者。引詩貽我佩玖。讀若芑。音義並近。—故疑爲玖之別體。〔按晉書音義下引字林—本砭字。又—本幾字。萬意反。然則又爲砭幾二字之或體矣。錄之存參。〕

㊁佩玉。見〔廣韻〕。

【⿰王凡】古勇切音拱腫韻

珙或字。〔集韻〕珙。璧也。或作—。〔按說文音同之巩蛩恐字本皆从丮。今作凡。音異之埶孰字亦从丮。今作丸。丸、卽丮之隸變。此字應从丮作凡。專訓璧也。舊字典又引玉篇息進切音信。玉名。其字應作⿰王卂。與此迥異。今刪歸⿰王卂字。〕

【⿰王卂】息進切音信震韻

玉名。見〔玉篇〕。〔按舊字典將此字音義誤入⿰王凡字下。復誤收遍也一義。今訂正。〕

【⿰王乞】玉乞切音乙質韻

高也。見〔字彙〕。〔正字通云高當作屹。从王非。〕

【⿰王乇】闥各切音託藥韻

玉名。見〔集韻〕。

【玓】丁歷切音的錫韻

—瓅。明珠光也。見〔說文〕。〔段注〕光、各本作色。今依李善所引史記司馬相如傳曰。明月珠子。—瓅江靡。〔按史記索隱引應劭云。明月珠子生於江中。其光耀乃照於江邊也。段氏語氣未完。今補正。〕

【⿰王卜】封古切音補麌韻

玉器也。見〔玉篇〕。

【⿰王子】借里切音姊紙韻

玉名。見〔玉篇〕。

【玔】樞絹切音釧霰韻

玉環也。見〔集韻〕。

【玕】居寒切音干寒韻

琅—也。从王干聲。見〔說文〕。〔詳琅字。〕

【⿰王弋】布拔切音八黠韻

玉也。見〔奚韻〕。

【⿰王亐】玗本字。見〔說文〕。

四畫

【玟】謨杯切音枚灰韻　眉貧切音珉眞韻

㊀—瑰。火齊珠。一曰石之美者。从玉。文聲。見〔說文〕。〔段注〕吳都賦注曰。火齊如雲母。重沓而可開。色黃赤。似金。出日南。石之美者名—。此字義之別說也。二義古音皆讀如文。今音則前義如枚。後義讀如罠。〔按說文大小徐本及玉篇、廣韻、類篇、均玉傍作文。讀如枚音。集韻則从夂之字入灰韻。从文之字訓同珉。入眞韻。會灰韻玫、惟訓火齊玫瑰。眞韻珉下注云亦作—。〕

㊁或作碈石似玉者。〔禮記聘義〕敢問君子貴玉而賤碈者何也。〔注〕碈、石似玉。或作—也。〔釋文〕—武巾反。又音枚。

㊂或作砇。〔禮記玉藻〕士佩瓀—。〔釋文〕—字亦作砇。

【玫】無分切音文文韻

玉文。見〔集韻〕。

【玫】謨杯切音枚灰韻

㊀—瑰。石珠也。〔史記司馬相如傳〕其石則赤玉—瑰。〔又〕花名。〔本草綱目拾遺〕—瑰花有紫白二種。莖有刺。葉如月季而多鋸齒。高者三四尺。〔近人取以蒸露浸酒製香水攙糖。〕

㊁石之美好曰—。見〔一切經音義引字林〕

㊂人名。唐史有朱—。見〔韻會〕。

【玠】居拜切音戒卦韻

㊀大圭也。周書曰。稱奉介圭。見〔說文〕。〔段注〕攷工記。天子鎮圭。諸侯命圭。戴先生曰。二者皆謂之介圭。爾雅。圭大尺二寸爲—。顧命曰。大保承介圭。又曰賓稱奉圭兼幣。蓋許君偶誤合二爲一。

㊁同介。〔詩崧高〕錫爾介圭。

【玢】悲巾切音彬眞韻　敷文切音芬　方文切音分文韻　逋還切音班　逋閑切音斒刪韻

㊀玉文理貌。〔漢書司馬相如傳〕—豳文磷。

㊁玉名。見〔玉篇〕。

㊂文采狀也。見〔廣韻〕。

【玣】皮變切音卞霰韻

㊀玉名。見〔廣韻〕。

㊁同弁。〔左僖二十八年傳〕楚子玉自爲瓊弁玉纓。〔釋文〕弁、本又作—。

【玤】補孔切音琫董韻部項切音棒講韻敷馮切音豐東韻

(一)石之次玉者。㠯爲系璧。讀若詩曰。瓜瓞菶菶。一曰若盒蚌。見〔說文〕。〔段注〕系璧、蓋爲小璧系帶閒縣左右佩物也。

(二)地名。〔左莊二十一年傳〕虢公爲王宮于—。〔注〕—、虢地。〔當在今河南澠池縣境。〕

【玦】古穴切音決屑韻

(一)玉佩也。見〔說文〕。〔段注〕九歌注曰。—、玉佩也。先王所以命臣之瑞。韋昭曰。—如環而缺。

(二)帶飾也。〔後漢馮魴傳〕玉—各一。

(三)決也。〔左閔二年傳〕與石祁子—。〔注〕—示以當決斷。

(四)金佩也。〔左閔二年傳〕佩之金—。

(五)以絕逐臣也。〔荀子大略〕絕人以—。反絕以環。〔注〕古者臣有罪。待放於境。三年不敢去。與之環則還。與之—則絕。

(六)紫玉—。茶也。〔蘇軾詩〕遠致紫玉—。

(七)烏玉—。墨也。〔孫莘老詩〕遠致烏玉—。

(八)射以開弦也。〔詩芄蘭〕童子佩韘。〔傳〕韘、—也。能射御則佩韘。〔按詩車攻作決。注作夬。周禮繕人作抉。或作玦。〕

【玧】余專切音沿先韻庾準切音尹軫韻

充耳玉。見〔集韻〕。〔按集韻軫韻云。瑱也。先韻云。—珸瑩夷充耳義相足。〕

【玧】謨奔切音門元韻

璊或字。見〔說文〕。〔按說文。璊。玉經色也。〕

【玩】五換切音翫翰韻

(一)弄也。見〔說文〕。〔按國語吳語。將還—吳國於股掌之上。卽此意。〕

(二)戲弄也。〔書旅獒〕—人喪德。—物喪志。

(三)習也。〔易繫辭〕所樂而—者爻之辭也。〔釋文〕—、研—也。

(四)貪也。〔左昭二十六年傳〕—求無度。

(五)黷也。〔國語周語〕—則無震。

(六)愛也。〔文選陸機詩〕—爾清藻。

(七)珍也。〔文選陸機論〕奇—應響而赴。

(八)精熟也。〔素問寶命全形論〕可—往來。

(九)—弄之物也。〔國語楚語〕若夫白珩。先王之—也。

(十)通翫。〔易繫辭〕所樂而—者。〔釋文〕鄭作翫。

【玞】風無切音膚虞韻

(一)石似玉者。〔玉篇〕山海經云。會稽之山下多—石。郭璞曰。武—、石似玉。今長沙臨湘縣出之。青地白文。色蔥蘢不分了也。〔按今本山海經南山經作砆石〕

(二)亦作夫。〔漢書董仲舒傳〕猶武夫之與美玉。〔均會云。—亦作夫。〕

【玬】弗乏切音法洽韻

玉名。見〔川篇〕。

【玜】沽紅切音公東韻古雙切音江江韻

玒或字。〔集韻〕玒。玉名。或从公。

【玝】阮古切音五麌韻

人名。後蜀有李—。見〔集韻〕。

【⿱夗玉】如蒸切音仍蒸韻

玉器。見〔集韻〕。

【玡】魚駕切音訝禡韻

骨似玉者。見〔集韻〕。

【⿰王殳】莫勃切音沒月韻

玉屬也。見〔說文〕。〔按玉篇引穆天子傳云。采石之山有—瑤。郭璞曰。玉名。〕

【玥】魚厥切音月月韻

神珠。見〔廣韻〕。

【玨】訖岳切音覺覺韻

二玉相合爲一—。見〔說文玨部〕。

【玪】居咸切音緘咸韻

—塾、石之次玉者。見〔說文〕。〔按玉篇云。采石山有—珣琪。集韻或作瑊。〕

【玪】黎針切音林侵韻

古琳字。〔集韻〕琳。美玉也。古作—。

【玪】魚音切音吟侵韻其淹切音箝鹽韻

玉名。見〔集韻〕。

【玭】駢迷切音鼙齊韻毗賓切音頻眞韻蒲眠切音蹁先韻

珠也。宋弘曰。淮水中出—珠。—珠、珠之有聲者。見〔說文〕。〔段注〕此宋弘說伏生尚書語也。—珠、珠之有聲者。七字當作—蚌之有聲者六字。—是蚌名。以爲珠名。韋昭曰。

丨、蚌也。是能鳴。故曰蚌之有聲者。〔通訓定聲〕云。夏書从虫賓。按明楊慎云有聲謂有名價。唐文有珠聲玉價之語。禹貢淮夷蠙珠曁魚。釋文字又作玭。蓋以蠶爲之。大戴保傳。丨珠以納其閒。注亦作蠙。按丨蠙各字。蠙者丨母。丨者蠙珠也。說歧存參。〕

【⿱内玉】仁劣切音熱屑韻　丨丨。動貌也。見〔奚韻〕。

【⿰王帀】籀夷切音師支韻　玉名。見〔川篇〕。

【玬】紫旱切音亶旱韻　玉名。見〔川篇〕。

【玦】補叟切音捌黠韻　神名。見〔五音篇海〕。

【⿰王欠】已有切音久有韻　黑玉貌。見〔川篇〕〔按玖字之譌。〕

【⿰王丑】古鈕字。見〔說文金部〕。

【玥】古玥字。見〔玉篇〕。

【⿰王瓜】珳或字。見〔集韻〕。

【玩】瓀譌字。字彙補云與瑎同。引周禮弁師注。丨、惡玉名。考周禮注故書瑎作瓀。釋文音無。阮元校勘記云。原本瓀省作玩。閩本誤爲丨。漢讀考云。瓀采玉也。茲從周禮故書訂正之。

五畫

【玲】郎丁切音靈青韻

一 玉聲也。見〔說文〕。〔按廣雅釋詁丨瓏。聲也。疏證云。丨與瓏一聲之轉。說文籠、笭也。笭之轉爲籠。猶丨之轉爲瓏。合言之則曰丨瓏。倒言之則曰瓏丨。班固東都賦。鉌鑾丨瓏。李善注引埤倉云。丨瓏、玉聲也。范望注大玄唐次三云。瓏丨、金玉之聲也。法言五百篇云。瓏丨其聲者其質玉乎。〕

二 丨瓏。明貌。〔文選左思賦〕珊瑚幽茂而丨瓏。〔又〕琱瓔貌。見〔韻會〕。

三 瓏丨。明見貌。〔漢書揚雄傳〕前殿崔巍兮和氏瓏丨。

【玲】力耕切音磷庚韻　丨玎。玉聲。見〔集韻〕。

【玪】巨淹切音鈐鹽韻　玉名。〔穆天子傳〕丨瑰環。

【玸】防無切音扶虞韻

一 玉文。見〔廣韻〕。

二 玉名。見〔集韻〕。

【玹】胡涓切音玄先韻

一 玉色。見〔玉篇〕。

二 石次玉。見〔廣韻〕。

三 人名。〔後漢趙岐傳〕中常侍唐衡兄丨。

【玹】黃練切音縣霰韻　玉名。見〔廣韻〕。

【玹】胡千切音賢先韻　姓也。見〔集韻〕。

【玼】此禮切音泚薺韻　淺氏切音此紙韻

一 玉色鮮也。詩曰新臺有丨。見〔說文〕。〔段注〕詩邶風文。今本作泚。韓詩作漼。云鮮皃。即今璀璨字也。

二 鮮盛貌。〔詩君子偕老〕丨兮丨兮。〔釋文〕王肅云。顏色衣服鮮明貌。

三 通疵。〔後漢黃憲傳〕廝不服深遠去丨吝。〔注〕當爲疵。作丨者、古字通也。

【玼】疾移切音疵支韻

一 玉病。見〔廣韻〕。

二 玉中石。見〔集韻〕。

【珂】丘何切音軻歌韻

一 玉也。見〔說文新附〕。

二 石次玉也。亦碼碯絜白如雪者。一云螺屬也。生海中。見〔玉篇〕。

三 勒飾曰丨。見〔通俗文〕。〔按爾雅翼云。貝大者丨。皮黃黑骨白。可飾馬具。一名馬丨螺。李時珍曰。丨、馬勒飾也。此貝似之。故名。劉逵注吳都賦云。老鵰入海化爲珬。已裁割若馬勒者謂之丨。〕

四 諫丨。鳥名。〔說苑辨物〕東方有鳥。名諫丨。其爲鳥也。文身而朱足。憎鳥而愛狐。

五 金名。見〔事物紺珠〕。

【玣】皮變切音卞霰韻

一 玉名。見〔廣韻〕。

二 玉飾弁也。見〔集韻〕。

【珆】土來切音胎灰韻

一 玉名。見〔玉篇〕。

二 龍文之圭曰瓏丨。見〔集韻〕。

【珆】以脂切音姨盈之切音飴支韻

石似玉也。見〔廣韻〕〔按集韻七之云。珆石之似玉者。一曰五色玉。

或从台。〕

【珇】總古切音祖麌韻

㊀琮玉之瑑。見〔說文〕。〔按廣韻。—、珪上起。增韻云。珪、琮之瑑凸起也。據此則琮之瑑凸起者爲珪。其瑑凸起曰—也。〕

㊁好也。美也。見〔方言〕。

【珇】在呂切音咀語韻

玉文。見〔集韻〕。

【珈】居牙切音嘉麻韻

㊀婦人首飾。詩曰。副笄六—。見〔說文新附〕。〔按詩君子偕老傳。—、笄飾之最盛者。箋云。—之言加也。副既笄而加飾。如今步搖上飾。〕

㊁別作笳。〔太玄瞢〕婦人易笳。〔注〕笄飾也。王涯曰。笳爲—。音加。

【珊】相干切音跚寒韻　桑葛切音躠曷韻

㊀—瑚。色赤。生於海。或於山。見〔說文〕。〔注〕錯按。今人所謂—瑚石也。色或青或紅。高一二尺。褻之以繒帛。燒之亦不熱。蓋生海島之根。亦可刻琢以爲器。爲樹者。乃交柯可愛。或只如今之太湖石。〔按—瑚產于熱帶深海中。爲圓筩形小蟲。上端有口。下端附著於他物。生殖甚蕃。久而結成樹形。故世人皆以植物目之。其質堅硬似玉。故又有以爲玉石類者。凡海水熱度在六十八度以上者。—瑚小蟲即可殖居。生生不息。遂結成礁。甚且搆成島地。如美洲之佛里達半島是已。然在淡水濁水及急流中。此蟲皆不能生。故正對河口之—瑚礁必中斷。其色分紅白二種。紅者世推珍品。裝飾多用之。〕

珊瑚圖

㊁——。聲也。〔文選宋玉賦〕拂墀聲之——。

㊂媻—。匍匐上下也。〔史記司馬相如傳〕媻—勃窣上金隄。

㊃闌—。彫散貌。〔李後主詞〕簾外雨潺潺。春意闌—。

【珉】眉貧切音岷眞韻

㊀石之美者。从玉。民聲。見〔說文〕。〔段注〕按凡民聲字在十二部。凡昏聲字在十三部。昏不以民爲聲也。聘義注曰。昏或作玟。凡文聲昏聲同部。瑉䃉字皆玟之或體。不與—字同。其譌亂久矣。〔按山海經中山經。岐山其陰多白—。廣韻云。—、美石。次玉。韻會云。—似玉而非也。〕

㊁人名。〔國策趙策〕秦王內韓—於齊。

【珌】璧吉切音必質韻

㊀佩刀下飾。天子以玉。見〔說文〕。〔注〕下飾謂末也。—之言毖也。深之也。〔按王注。詩瞻彼洛矣。鞞琫有—。傳。琫、上飾。—、下飾也。天子玉琫而珧—。諸侯璗琫而璆—。大夫鐐琫而璆—。士珕琫而珕—。又玉篇廣韻皆訓佩刀上飾。蓋云佩刀上之飾。非刀之上飾也。字彙刀鞘下飾是。〕

㊁人名。〔後漢獻帝紀〕督軍校尉周—。

【珍】知鄰切音紾眞韻

㊀寶也。見〔說文〕。

㊁貴也。〔左文八年傳〕書曰。公子遂、—之也。

㊂美也。見〔爾雅釋詁〕。

㊃重也。見〔廣雅釋詁〕。

㊄善也。〔禮記儒行〕儒有席上之—以待聘。

㊅純也。〔太玄玄數〕參—睟精。

㊆獻也。見〔爾雅釋詁〕。

㊇—寶。美道也。〔太玄閑〕固—寶。

㊈—異。四時食物也。〔周禮賈人〕掌成市之貨賄人民牛馬兵器—異。〔又〕非常美食。〔左文十六年傳〕時加羞—異。

㊉—怪。奇異也。〔公羊三十一年傳〕有—怪之食。

⑪八—。異味也。〔周禮膳夫〕—用八物。〔注〕—謂淳熬、淳母、炮豚、炮牂、擣—、漬、熬、肝膋也。

⑫金玉爲—。〔楚辭招魂〕多—怪些。

⑬坤—。地瑞也。〔後漢班固傳〕闡坤—。

⑭州名。唐置。本漢牂牁郡。當今貴州桐梓縣東。

⑮通鎭。〔周禮典瑞〕—圭以徵守。〔注〕—當爲鎭。

【珠】思聿切音卹質韻

玉名。一云珂—。與珬同。見〔玉篇〕。

【玵】五甘切音䨄覃韻 美玉。見〔集韻〕。

【玶】蒲兵切音平庚韻 玉名。見〔集韻〕。

【𤤃】皮筞切音平庚韻 玉名。見〔奚韻〕。

【玷】都念切音店豔韻 缺也。〔詩抑〕白圭之一。

【玷】多忝切音點琰韻 玉瑕。見〔廣韻〕。

【玷】丁兼切音詹鹽韻 敁或字。〔集韻〕敁掇。以手稱物。或作一。

【玻】滂禾切音頗歌韻 一瓈。玉也。見〔玉篇〕。〔按一瓈為數種金類與矽養化合之砂。混和而成者。尋常製法。以石英細末加鈣銹及鈉礬灼熔之。即得鈣砂與鈉砂之混和透明塊。此等一瓈。常製為日用器皿。以鉀壘代鈉礬製得之一瓈。則為鈣砂與鉀砂之混合質。較尋常愈倍堅硬。且能耐火。以低鉛銹原料亦能製一瓈。乃鈣砂與低鉛砂所合成者。其質不甚堅硬。而折光力最大。相傳明三保太監出西洋。始攜燒一瓈人來中國。字今通作一璃。〕

【珣】舉后切音耇有韻 石之似玉者。見〔說文〕。

【珣】居候切音冓宥韻 玉名。見〔集韻〕。

【玾】古狎切音甲洽韻 玉名。見〔廣韻〕。

【玿】市昭切音韶蕭韻 美玉。見〔廣韻〕。

【珀】匹陌切音拍陌韻 琥一。出罽賓國。見〔集韻〕。〔按廣雅作虎魄。疏證引博物志云。神仙傳。松脂淪地中。千年化為茯苓。茯苓千年化為虎魄。虎魄一名江珠。太平御覽引廣志云。虎魄生地中。其上及旁不生草。淺者四五尺。深者八九尺。大如斛。削去外皮。中成虎魄如斗。初時如桃膠。凝堅乃成。出博南縣。又元中記曰。楓脂淪入地中。千秋為琥一。潛確類書曰。琥一。世說以為桃藩所化。淵鑑類函引西域諸國志曰。摩盧水邊沙中有細腰蜂窠。燒治以為琥一。又正字通云。如血色。拭熱能吸芥。色黃明瑩。名蠟一。色似松香。紅而且黃。名明一。無紅色。如淺黃。多皺文。名水一。如石重。色黃者。名石一。文一路赤一路黃者。名花一。淡者名金一。黑者名璺一。近世南海及印度洋各島。常於煤礦中得之。可以入藥及製珍玩之物。別有一種中包小昆蟲者。甚美觀。可充裝飾品。〕

【珃】而琰切音冉琰韻 玉也。見〔字彙〕。

【珄】所庚切音生庚韻 金色。見〔廣韻〕。

【珅】升人切音申眞韻 玉名。見〔集韻〕。

【玒】其凶切音邛冬韻 玔也。見〔字彙〕。

【玐】百轄切音八黠韻 玉名。見〔字彙〕。

【珋】力九切音柳有韻 石也。見〔集韻〕。〔正字通云。俗瑠字。〕

【玴】以制切音曳霽韻 石之似玉者。見〔集韻〕。

【珦】想氏切音徙紙韻 玉印。見〔川篇〕。

【珙】苦動切音孔董韻 玉也。見〔川篇〕。〔按說文丮部。巩。从丮工。聲居竦切。恐蛩等字皆從之。此字既從孔音。似應从丮作巩。〕

【𤤝】玦本字。見〔說文〕。

【玤】拜本字。見〔說文〕。

【玥】古瑁字。見〔說文〕。〔按玉篇作玥。段本說文同。注云。各本篆作一。云古文从冃。惟玉篇不誤。此蓋壁中顧命字。〕

【珁】同瓷。見〔字彙〕。〔正字通云。瓷改从玉非。〕

【珷】琦俗字。見〔玉篇〕。

【珎】珍俗字。見〔玉篇〕。

【玺】璽俗字。見〔字彙〕。

六畫

【珖】姑黃切音光陽韻
㈠玉名。見〔集韻〕。
㈡人名。見〔後漢馮魴傳〕。

【珖】古方切音恇陽韻
瑄也。見〔玉篇〕。

【珙】古勇切音拱腫韻居容切音恭冬韻胡公切音洪東韻
㈠玉也。見〔說文新附〕。〔鈕氏新附攷〕—通作共。亦作拱、玒。玉篇。—。大璧也。按詩商頌。受小共大共。箋云。小共大共。猶所執搢大球小球也。則古通作共。左襄二十八年傳。與我其拱璧。老子。雖有拱璧。以先駟馬。是又作拱。集韻。玒、或作—。
㈡人名。唐有王—。見〔韻會〕。

【珆】盈之切音飴支韻
㈠石之似玉者。見〔說文〕。〔段注〕似、玉篇作次。又引倉頡云。五色石也。
㈡玉名。見〔廣韻〕。

【珝】火羽切音詡麌韻
㈠玉名。見〔說文新附〕。〔鈕氏新附攷〕—、疑瑀之別體。按說文瑀訓石之次玉者。音義與—近。春秋左昭三十年經。徐子章禹奔楚。穀梁本禹作羽。故疑—爲瑀之別體。
㈡人名。卜—。見〔晉書藝術傳〕。

【[illegible]】息逐切音肅屋韻
㈠朽玉。又姓也。見〔廣韻〕。〔康熙字典作[illegible]收入儿部誤今刪訂移列於此。字彙作珮。別無—字。正字通云。諸家以玉字點在中畫者朽玉也。姓也。音粟。本注音義與前玉注同。改作珮非。考姓譜有夙姓無珮姓。沿篇海故誤。篇海類編作—亦非。按廣韻作—。姓苑亦作—。集韻王或作—。皆無玉傍从夙之字。字彙誤而正字通訂正之是也。若云作—亦非。蓋未詳考耳〕
㈡琢玉工。見〔集韻〕。

【珠】鍾輸切音朱虞韻
㈠蚌之陰精。春秋國語曰。—以禦火災。是也。見〔說文〕。〔注〕鍇按史記曰。泉生—而崖不枯。左思吳都賦說—玉曰。林麓爲之潤黷。—之在蚌腹。與月虧全。今人以美—以繒帛包之。灼之以火。而帛不焦。故王孫圉云。以禦火災。〔按通雅云。—或出於龍魚異物腹中。非獨出於蚌也。潛確類書云。龍—在頷。蛟—在皮。蛇—在口。鼈—在足。魚—在眼。蚌—在腹。然惟蚌—爲多。餘則偶有之耳。又蜘蛛亦有孕—者。沈懷遠南越志云。—有九品。大五分以上至一寸八九分爲大品。常璩華陽國志云。有黃—、白—、青—、碧—。翻譯名義云。摩尼或云踰摩。應法師云。正云末尼。即—之總名也。今博物學家以爲砂粒等物竄入蚌殼。蚌膜緣摩擦其液泌附於物體。久而漸大。始成眞—〕。
㈡喩詩之美也。〔韓愈詩〕遺我明—九十六。〔注〕盧汀詩九十六字。借—喩詩也。
㈢—崖。漢郡名。〔漢書地理志〕徐聞南入海。得大洲。方千里。元封元年。略以爲—崖儋耳郡。〔注〕應劭曰。郡在大海中崖岸之間。出眞—。故曰—崖。〔當今廣東瓊山縣東南〕。
㈣江—。琥珀別名。見〔博物志〕。
㈤連—。文體之一。〔傅玄敘〕所謂連—者。興於漢章之世。班固賈逵傅毅三子。受詔作之。其文體辭麗而言約。不指說事情。必假喩以達其旨。而覽者微悟。合於古詩諷興之義。欲使歷歷如貫—。易看而可悅。故謂之連—。
㈥凡物之圓者皆曰—。如算—、念—。又液體如露—、淚—之類。
㈦同朱。〔後漢袁安傳〕賜以—畫特詔祕器。〔注〕—、與朱同。

【珥】仍吏切音餌寘韻忍止切音耳紙韻
㈠瑱也。从玉耳。耳亦聲。見〔說文〕。〔注〕鍇曰。瑱之狀。首直而末銳。以塞耳。故曰亦聲。〔按玉篇云。珠在耳。六書故云。婦耳飾也。韻會云。一名耳璫。通訓定聲云。玉之似珠圓者〕。
㈡插也。〔文選左思詩〕七葉—漢貂。
㈢載也。〔文選曹植表〕執鞭—筆。
㈣貫耳也。〔山海經大荒東經〕東海之渚中。有神人。—兩黃蛇。
㈤日旁氣也。〔漢書天文志〕抱—蜺。〔注〕孟康曰。皆日旁氣也。—、形點黑也。如淳曰。凡氣在日上爲冠。爲戴。在旁直對爲—。
㈥劍鐔也。〔楚辭東皇太一〕撫長劍兮玉—。〔按通藝錄云。劍首者何。戴於莖者也。首也者。劍鼻也。劍鼻謂之鐔。鐔謂之—。或謂之環。或謂

之劒口。有孔曰口。視其旁如耳然曰—。面之曰鼻。對末言之曰首。〕

㊆取禽左耳也。〔周禮山虞〕致禽而—焉。〔按說文通訓定聲云。叚借爲聑。封制之引申。〕

㊇吐也。〔春秋考異郵〕蠶—絲。

㊈通衈。〔周禮士師〕凡刉—則奉犬牲。〔注〕—讀爲衈。刉衈、釁禮之事用牲毛者曰刉。羽者曰衈。

【珥】如蒸切音仍蒸韻

劓牲以釁也。周禮。—于社稷。見〔集韻。〕

【珧】餘招切音遙蕭韻

㊀蜃甲也。所以飾物也。禮記曰。佩刀、天子玉琫而—珌。〔段注〕介物之殼曰甲。釋器曰。以蜃者謂之—。按爾雅蜃。小者—。東山經。嶧臯之水多蜃—。傳曰。蜃、蚌屬。—玉—。亦蚌屬。然則蜃—二物也。許云一物者。據爾雅言之。凡物統言不分。析言有別。蜃飾謂之—。猶金飾謂之銑。玉飾謂之珪。金不必皆銑。玉不必皆珪也。

㊁江—。〔正字通〕江—形似蚌。殼中肉柱長寸許。似搔頭尖。謂之江—柱。甲可飾物。本艸一名玉—。

江珧圖

㊂玉名。〔抱朴子窮達卷〕—華黎綠。連城之寶也。

㊃弓名。〔楚辭天問〕馮—利決。

【珩】何庚切音行庚韻

㊀佩上玉也。从玉行。所以節行止也。見〔說文〕〔錢注〕止、玉篇引作步。韋昭國語注。—、佩上飾也。—形似磬而小。今俗閒佩飾往往用之。而人不知其稱矣。〔按通訓定聲云。—者佩首橫玉。所以繫組。組有三。中組之末。其玉曰衝牙。左右組之末。其玉曰璜。而瓖珠琚瑀則貫于—之下。雙璜與衝牙之上。〕

㊁維持冠者。〔文選張衡賦〕—紞紘綖。〔按左傳作衡。〕

㊂人名。〔魏志袁紹傳〕別駕韓—。

㊃通衡。〔禮記玉藻〕一命緼韍幽衡。〔注〕衡、佩玉之衡也。

【班】逋還切音頒删韻

㊀分瑞玉。从玨刀。見〔說文玨部〕。

㊁分也。〔國語周語〕而—先王之大物。

㊂次也。〔儀禮既夕〕明日以其—祔。

㊃序也。見〔廣雅釋言〕。

㊄列也。〔孟子萬章〕周室—爵祿也。

㊅布也。〔左襄二十六年傳〕—荆相與食。

㊆位也。〔左文六年傳〕—在九人。

㊇賦也。見〔爾雅釋言〕。

㊈別也。〔左襄十八年傳〕有—馬之聲。

㊉旋也。〔易屯〕乘馬—如。〔虞注〕躓也。〔釋文〕子夏傳。—如、相牽不進貌。〔按文選演連珠注引易王肅注。—如、槃桓不進也〕

（十一）還也。〔書舜典〕—瑞于羣后。

告也。〔呂覽仲夏〕—馬正。

（十三）位次也。〔文選張衡賦〕尊卑以—。

（十四）齊等之貌也。〔孟子公孫丑〕若是—乎。

（十五）布行也。〔漢書翟義傳〕—度量。

（十六）布徧還之辭。〔公羊僖三十一年傳〕—其所取侵地于諸侯也。

（十七）雜色也。〔禮記王制〕—白者不提挈。

（十八）楚人謂虎—。見〔漢書敘傳〕。

（十九）——。明貌。〔後漢趙壹傳〕不敢——顯言。〔又〕車聲。〔後漢五行志〕車——。入河閒。

（二十）序—。官名。明鴻臚寺官屬有序—五十四人。見〔續文獻通考〕〔按前清外省官僚各以官階爲—。如稱道—以至佐—是也〕

（廿一）娼優隸卒皆稱—。如堂—、戲—。及地方官署之壯皁快三—。

（廿二）—氏。縣名。〔漢書地理志〕代郡—氏。〔在今山西大同縣東南〕

（廿三）姓也。〔廣韻〕出扶風。風俗通云。楚令尹鬭—之後。

（廿四）通頒。〔文選潘岳誄〕狄隸可頒。〔注〕頒與—、古字通。

（廿五）通般。〔左成十三年傳〕鄭公子—自訾求入于大宮。〔釋文〕—亦作般。

（廿六）或作版。〔周禮司士〕掌羣臣之版。〔注〕—、書或作版。

（廿七）或作辨。〔漢書王莽傳〕辨社諸侯。

【⿱曲玉】區玉切音曲沃韻

㊀歒曲也。見〔篇海類編〕〔按說文凵部作⿶凵玉。廣韻作匡〕

㊁玉也。見〔篇海類編〕。

【⿰王吳】五胡切音吾虞韻

㊀石次玉。與珸同。見〔玉篇〕。

㊁琨—。劍名。見〔玉篇〕。

【琉】力求切音留尤韻

㊀瑠或字、〔集韻〕瑠璃。珠也。或作—。

㊁—球國名。一作流求。詳流字。

【琾】子新切音津眞韻

玉名。見〔玉篇〕。

【珓】居效切音教效韻

杯—。巫以占吉凶器者。〔廣韻〕杯—。古者以玉爲之、〔按程大昌演繁露云。問卜于神、有器名盃—。以兩蚌殼投空擲地。觀其俯仰以斷休咎。後人以竹木略斲削使如蛤形、而中分爲二。改字作校。或作斅。更課作筊。正字通云。—本于易。易四象—闢。||爲太陽。今謂之陽—。俱仰、||爲太陰。今謂之陰—。俱俯。||爲少陽。||爲少陰。今俱謂之勝—。一仰一俯。此義畫所傳兩儀四象。占三之則成卦。而六十四具于其中。邵雍曰。易有眞數三而已。參天者三三而九。兩地者倍三而六。—之二十七。三三而九也。約之十八。倍三而六也。—易之交。以交故名—也。陽與陽交爲大陽。爲乾兌之卦十六。爲—九。陰與陰交爲大陰。爲艮坤之卦十六。爲—九。陽與陰交陰與陽交爲少陰少陽。爲離震巽坎之卦三十二。爲—九。二十七通乎六十四。六十四而三之卽二十七。朱熹曰。四象之數。乃天地閒自然之理。其在河圖洛書。各有定位。—法者四象之數。自四而八。而十六。而三十二。而六十四。俱括乎其中。據邵朱說。—義始明。按—義从—爲正。—之从玉。象玉德。示珍重也。非必以玉爲之。〕

【⿰𤣩存】才甸切音荐霰韻

玉名。見〔集韻〕。

【珕】郞計切音麗霽韻力智切音詈寘韻

蜃屬。禮記曰禮佩刀士—琫而珧珌。見〔說文〕。〔段注〕謂蜃之類。其甲亦可飾物也。〔按此云禮記。而今三禮亦無此文〕。

【⿱巩玉】渠容切音蛩冬韻

—佩。見〔廣韻〕。

【珗】蘇前切音先先韻

石次玉。見〔集韻〕。

【珘】之由切音周尤韻

玉也。見〔玉篇〕。

【⿰𤣩自】都回切音磓灰韻

治玉也。見〔集韻〕。

【珚】因蓮切音煙先韻

玉名。〔集韻引山海經〕傳山多—玉。〔按類篇引作博山。山海經中山經云。傅山。厭水出焉。其中多—玉。畢沅新校正引廣雅云。璑珚玉。曹憲音渠懸。玉篇云。珚。齊玉。奇殞切。太平御覽引此。正作珚。是與廣雅合也。然說文無珚字。水經注引此又作珉。一統志引經作瑚玉。傳、博、傅字之譌〕。

【⿰𤣩朵】徒臥切音惰箇韻

玉名。見〔字彙〕。

【珛】許救切音齅宥韻吁玉切音旭沃韻

朽玉也。讀若畜牧之畜。見〔說文〕。

【珞】歷各切音洛藥韻

瓔—。頸飾也。見〔玉篇〕。〔按正字通云。梵言吉由羅。或云枳由邏。此云瓔—〕。

【珞】狼狄切音歷錫韻

碟或字。〔集韻〕碟小石也。或作—。

【⿰𤣩臾】羊朱切音逾虞韻

美石次玉。見〔廣韻〕。

【珢】魚巾切音銀眞韻古痕切音根元韻古恨切音艮願韻

石之似玉者。見〔說文〕。

【珢】苦恨切音硍願韻

玉有起跡曰—。見〔正韻〕。

【珣】須倫切音荀眞韻須閏切音峻震韻

醫無閭之—玗璂。周書所謂夷玉也。一曰。玉器。讀若宣。見〔說文〕。〔段注〕醫無閭、山名。在今盛京錦州府廣寧縣西十里。屈原賦謂之於微閭。—玗琪、合三字爲玉名。玗璂二字。又各有本義。蓋醫無閭—玗璂者東夷語。夷玉。顧命文。周禮玉瑞玉器注曰。禮神曰器。爾雅。璧大六寸謂之宣。郊祀志。有司奉瑄玉。訓楚文。敢用吉玉瑄璧。皆卽—字。謂訓器則讀若宣也。

【⿰𤣩并】旁經切音餅靑韻必郢切音餅梗韻

玉名。見〔集韻〕。

【瑰】以制切音曳霽韻　石之似玉者。見〔說文〕。

【珦】許亮切音向式亮切音餉漾韻　玉也。見〔說文〕。

【珨】轄夾切音洽洽韻　玉—。一云壓器。見〔玉篇〕。

【珨】烏甲切音鴨洽韻　開閉門也。見〔五音集韻〕。

【珫】昌嵩切音充東韻　珫玉名。通作充。見〔集韻〕。

【珬】雪律切音卹質韻　珂謂之—。見〔集韻〕。〔按玉篇云。珂。—也。劉逵曰。老雕入海所化。出日南。〕

【珡】琴本字。見〔說文珡部〕。

【班】班本字。見〔說文玨部〕。

【珤】古寶字。見〔玉篇〕。

【珪】古圭字。見〔玉篇〕。

【[王凬]】同凰。見〔字彙〕。

【[王回]】同瓌。見〔字彙〕。

【[王柬]】同瓛。見〔集韻〕。

【[王巛田]】同瑙。見〔集韻〕。

【珮】佩或字。見〔玉篇〕。

【珜】俗字。舊字典沿篇海音羊。—蠻。縣名。其地莫考。

【[王非]】琲譌字。見〔正字通〕。

七畫

【珵】馳貞切音呈庚韻　❶佩玉也。珩謂之—。一曰玉大六寸。見〔集韻〕。❷美玉也。埋六寸。光自輝。見〔玉篇〕。

【珵】他頂切音珽迥韻　珽或字。〔集韻〕珽大圭長二尺。或作—。

【珹】時征切音成庚韻　❶玉名。見〔玉篇〕。❷美珠也。見〔集韻〕〔廣韻云。珠類。〕

【珽】他鼎切音挺迥韻　❶大圭。長三尺。抒上終葵首。見〔說文〕〔段注〕見玉人注。曰。王所搢大圭也。或謂之—。終葵、椎也。爲椎於其抒上。明無所屈也。抒、殺也。按玉藻謂之—。注云。此亦笏也。—之言挺然無所屈也。長三尺。博三寸。蓋自其中已上殺之。其殺六分而去一。至其首則仍博三寸而方之。鄭云。方如椎頭是也。王逸引相玉書作珵。抒、今周禮作杼。玉藻注同。抒是也。❷人名。唐有姚—。見〔舊唐書〕。

【珽】湯丁切音聽靑韻　大圭。長尺二寸。見〔集韻〕。

【現】形甸切音見霰韻　❶玉光。見〔集韻〕。❷顯也。露也。見〔字彙〕。❸明也。見〔翻譯名義〕。❹親也。見〔翻譯名義〕。❺—在也。本作見。〔漢書王莽傳〕倉無見穀。〔注〕見謂見在也。❻—在。卽今也。〔金剛經〕—在心不可得。〔商賣立付代價曰—。亦此意。〕

【現】胡典切音峴銑韻　❶山名。一曰小山而險。一曰嶺上平。見〔集韻〕。❷石之次玉者。見〔集韻〕。

【珿】初六切音蔟屋韻　測角切音娖覺韻　❶等也。見〔玉篇〕。❷齊也。見〔玉篇〕。

【琁】葵營切音瓊庚韻　旬宣切音旋先韻　❶瓊或字。〔說文〕瓊或从旋省。〔注〕鍇按荀卿賦曰。旋玉瑤珠。不知佩也。然則旋玉赤玉也。今音似緣反。〔按鉉曰。今與璿同。桂氏說文義證。淮南子。崑崙之山有瓊宮。—室。據此則瓊—不同。文。書舜典璿璣玉衡。京房易略例作—機。尚書大傳云。旋機者何也。旋、還也。機、幾也。馥案書古文作旋。卽—字。今書作璿。段氏移—字在璿下。改瓊爲璿云或从旋省。注各本廁瓊瑀瓃三字之下。考文選陶徵士誄。璿玉致美。李善注曰。山海經云。升山、黃酸之水出焉。其中多—玉。說文云。—亦璿字。李氏以—注璿。引說文爲證。然則李所據說文不同今本。今據以訂正。楊倞注孫卿引說文。—、赤玉。音瓊。則同今本矣。參繹諸說。二徐从瓊訓。不廢同璿音義。段氏移在璿下。兩說俱存。桂氏則云與瓊不同。集韻先韻、璿或作—。庚韻、

璵或从旋、省。蓋亦彙收並列耳。〕

㊁珠類。〔文選顏延之詩〕玉水記方流。—源載圓折。〔注〕尸子曰。凡水、其方折者有玉。圓折者有珠也。〔按桂馥云。據此則—爲珠屬。〕

㊂同璇。〔玉篇〕璇。美石、次玉。亦作—。

【球】渠尤切音求。渠幽切音虯。尤韻

㊀玉也。見〔說文〕。〔段注〕鉉本。玉磬也。非。爾雅釋器曰。璆美玉也。禹貢禮器鄭注同。商頌。小—大—。傳曰、—玉也。按磬以—爲之。故名—。非—之本訓爲玉磬。〔按桂氏說文義證云。案雍州貢—琳琅玕。此—是樸玉。戛擊鳴—。此—是已成之磬。蓋—中爲磬。故磬亦稱—。但本書不應舍其樸之本名而反舉成器以爲訓也。〕

㊁——角貌。見〔穀梁成七年傳注〕。

㊂琉—。國名。〔文獻通考〕琉—國居海島之中。當建安郡東。〔淸一統志〕琉—在福建泉州府東海島中。接漳泉興福四州界。淸光緒十二年。日本取之。夷爲沖繩縣。〔按沖繩二次世界大戰後。由美軍管理。又該志載光緒十二年。係五年之誤。〕

㊃地—。地之立體也。爲太陽系第三位之行星。直徑二萬三千六百四十八里。面積十七億七千三百萬方里。水居七分。陸居三分。形圓。南北極稍扁平。正如橘形。其運動有二。曰自轉。曰公轉。自轉、二十四時間一周。爲一晝夜。公轉、三百六十五日又四分日之一。繞太陽一周。爲陽曆一年。

㊄—竿。體操具之一種。

㊅人名。漢陽—。

【琄】古泫切音畎。胡犬切音泫。銑韻

㊀玉皃。見〔玉篇〕。〔正字通作圭淵切。音稍。〕

㊁珮玉皃。見〔集韻〕。

【琄】戶茗切音迥。迥韻

珮玉皃。爾雅。——。刺素食也。郭璞讀。見〔集韻〕。〔按集韻作琄。〕

【琅】盧當切音郎。陽韻

㊀—玕。似珠者。見〔說文〕。〔段注〕尙書。璆琳—玕。鄭注曰。—玕珠也。王充論衡曰。璆琳—玕。土地所生。眞玉珠也。而某氏注尙書、郭注爾雅山海經、皆曰。—玕石似珠。玉裁按出於蚌者爲珠。則出地中者爲似珠。似珠亦非人爲之。故鄭王謂之眞珠也。〔按說文句讀云。御覽引作石之似玉者。說文通訓定聲云。—玕玉之生而圜者。一曰珊瑚之青者。說亦歧矣。然攷諸圖經云。古人謂石之美者。多謂之珠。廣雅謂璢璃珊瑚皆爲珠是也。據此則謂—玕、石之似珠者。無異云石之似玉者矣。又玉冊云。—玕生南海崖石內。自然感陰陽之氣而成。似珠而赤。列子云。蓬萊之山。珠玕之樹叢生。據此則—玕生于西北山中。及海山厓閒。在山爲—玕。在水爲珊瑚。固一物也。〕

㊁長鏁也。〔漢書王莽傳〕以鐵鎖—當其頸。〔按此假爲鋃。〕

㊂—邪。邑名。〔孟子梁惠王〕放於—邪。〔注〕齊東境上邑名。〔按—邪。山名。在今山東諸城縣東南一百五十里。秦置瑯邪郡。以此取名。山下作—邪臺。立石刻頌秦德。〕

㊃琳—。聲也。〔楚辭東皇太一〕璆鏘鳴兮琳—。

㊄倉—根。宮門銅鍰也。見〔漢書趙皇后傳〕。〔按周禮大司馬司馬振鐸注引司馬法曰。鼓聲不過閶。鼙聲不過闒。鐸聲不過—。—門鐶也。鐶、—通。〕

㊅姓也。齊—過。見〔姓苑〕。

【琅】力宕切音浪。漾韻

—湯。猶浪蕩也。〔管子宙合〕以—湯淩轢人。

【理】兩耳切音里。紙韻

㊀治玉也。見〔說文〕。〔段注〕戰國策。鄭人謂玉之未—者爲璞。是—爲剖析也。

㊁亂也。紕也。伸也。撩也。〔廣雅釋詁疏證〕—與治同意。故—謂之亂。亦謂之敕。治謂之敕。亦謂之亂。—謂之紕。猶治謂之庀也。—謂之伸。猶治謂之神也。—謂之撩。猶治謂之療也。

㊂正也。〔左成二年傳〕先王疆—天下。

㊃事也。見〔玉篇〕。

㊄猶事也。〔禮記樂記〕禮也者。—之不可易者也。

㊅道也。〔呂覽愼行〕則可與言—矣。

㊆從也。見〔玉篇〕。

㊇治也。見〔廣雅釋詁〕。

(九)文也。〔漢書周勃傳〕從—入口。
(十)涌也。〔淮南時則〕—關市。
(十一)達也。〔淮南時則〕生氣乃—。
(十二)順也。見〔廣雅釋詁〕
(十三)析也。〔賈子道德說〕德生—。通之以六德之華離狀。六德者。德之有六。—離狀也。
(十四)法也。〔漢書武帝紀〕將軍已下廷尉使—正之。〔注〕—法也。言以法律處正其罪。
(十五)義也。〔禮記喪服四制〕知者可以觀其—矣。
(十六)賴也。〔孟子盡心〕稽大不—於口。
(十七)吏也。〔國語周語〕行—以節逆之。
(十八)分也。〔禮記樂記〕樂者通倫—者也。
(十九)媒也。〔離騷〕吾令蹇脩以爲—。
(二十)猶性也。〔禮記樂記〕天—滅矣。
(二十一)合宜也。〔荀子禮論〕親用之謂—。
(二十二)條貫也。〔荀子正名〕道也者治之經—也。
(二十三)言行也。〔禮記祭儀〕—發乎外。
(二十四)忠恕也。〔周書謚法〕剛強—直曰武。
(二十五)裝飾也。〔文選傅毅賦〕夸容乃—。
(二十六)容貌之進止也。〔禮記樂記〕—發諸外。
(二十七)不失其道也。〔荀子仲尼〕福事至則和而—。
(二十八)分地里也。〔詩節南山〕我疆我—。
(二十九)義—。禮之文也。見〔禮記禮器〕
(三十)文—也。〔荀子正名〕形體色—以目異。
(三十一)文—。謂節文條—也。〔荀子正名〕而禮義文—亡焉。
(三十二)淸—也。〔漢書循吏傳〕政平訟—也。
(三十三)地—也。〔大戴記易本命〕靜必以—。〔注〕—地—也。靜必以—安地利也。〔按易繫辭疏。地有山川原隰。各有條—。故稱—也〕
(三十四)肌膚之文。〔荀子解蔽〕則足以見鬚眉而察—矣。
(三十五)腠—。謂文—逢會之中。〔素問舉痛論〕寒則腠—閉。
(三十六)脈—也。〔呂覽重己〕燀熱則—塞。〔注〕—塞、脈—閉結也。
(三十七)星名。〔漢書天文志〕房南衆星曰騎官左角—。右角將。〔史記作李。索隱曰李即—。法官也〕
(三十八)治獄官也。〔禮記月令〕命—瞻傷。〔注〕有虞氏曰士。夏曰大—。周曰大司寇。〔按今司法最高機關亦稱大—院〕
(三十九)料—。猶處置也。〔晉書王徽之傳〕沖嘗謂徽之曰。卿在府日久。比當相料—。〔日本謂割烹曰料—〕
(四十)大—。古滇夷國名。自唐始通中國。歷蒙、趙、楊、段、四姓。俱僭稱帝。至元始臣服中國。稱總管。及明而亡。改爲大—府。屬雲南。今爲縣。〔又〕姓也。出皐陶之後。歷虞商周世爲大—。以官爲氏。
(四十一)側—。紙名。〔博物志〕南海以海苔爲紙。其—倒側。故名側—。
(四十二)通俚。〔莊子盜跖〕勝子不自—。〔釋文〕一本—作俚。
(四十三)通賚。〔史記殷本紀〕予其大—女。〔集解〕尙書—字作賚。
(四十四)俗謂不見答爲不—。

【琇】息救切音秀宥韻 以九切音酉有韻
(一)—瑩。美石也。〔詩淇奧〕充耳—瑩。〔按說文引詩作璓〕
(二)美也。見〔廣雅釋詁〕
(三)玉名。見〔廣韻〕

【琈】房尤切音浮尤韻
(一)—筍。玉采色。禮記云。浮尹旁達。鄭玄云。讀如浮筠也。見〔玉篇〕
(二)玉名。〔山海經西山經〕小華之山。其陽多—之玉。

【琈】芳無切音敷虞韻
𤩝或字。〔集韻〕𤩝璑。美玉也。或作—。

【琊】余遮切音耶麻韻
(一)琅—。即琅邪。地名。見〔字彙〕
(二)琅—。臺在渤海間。見〔山海經內東經〕〔注〕今琅—在海邊。有山嶕嶢特起。狀如高臺。此即琅—臺也。

【珳】無分切音文文韻
玉文。見〔集韻〕

【珴】牛河切音莪歌韻
奉珪瓚皃。見〔集韻〕〔按正字通云。詩本借莪。大雅、奉璋莪莪。毛傳。莪莪。壯盛貌。疏云。容儀莪莪然。中禮也。舊注改作—。非。爾雅。莪莪、祭也。郭注謂執圭璋助祭。按莪莪特形擬助祭儀容之一端。非莪莪即祭也。莪莪、祭也。猶居居、究究、惡也。晏晏、粗也。丁丁、嚶嚶、相切直也。怟怟、惕惕、愛也。悠悠、洋洋、思也。皆與本義𦈢梏。此爾雅釋訓之誤也〕。

【珶】田黎切音題齊韻大計切音弟霽韻 瑅或字〔集韻〕瑅。瑅瑭。玉名。或从弟。

【珷】匚甫切音武麌韻 碔或字〔集韻〕砆。碔砆石似玉。或作—。

【瑠】力求切音留尤韻 石之有光璧—也。出西胡中。見〔說文〕。〔通訓定聲〕字亦作琉。作瑠。漢書西域傳。罽賓國出璧流離。注。青色如玉。魏略云。大秦國出赤、白、黑、黃、青、綠、縹、紺、紅、紫十種流離。按此自然而成。非如今銷融石汁而爲之者。古曰璧—。天竺氏書言吠瑠璃。今省曰琉璃。〔按璧、小徐本作壁。注云。光壁、言光處平側如牆壁也。若今之丹砂然。正字通从之。云。或曰方書有菩薩石。就明能出五色光。今名山多有之。俗稱放光石是也。最貴者曰金剛寶石。其光可以射壺。梵書數珠經金剛得福無量。此蓋以璧字屬上文爲句。復揅訓義未協。因改璧作壁。而以別義訓之。段氏王氏因依李善江賦注。於光字下補者字。句限明而訓同矣。正字通又云。—俗从卯作瑠。舊本瑠訓同說文。乃以瑠爲正。以—爲同瑠。則是弃本字而从俗書也。攷說文各家本均从丣。無重文。所云以瑠爲正者。不知所據何本〕。

【𤦃】蒲故切音步遇韻 —瑤。美玉。見〔篇海類編〕。

【珸】訛胡切音吾虞韻 琨—。石之次玉。見〔廣雅釋地〕。〔按史記司馬相如傳。琳瑉琨—。集注引漢書音義曰。琨—山名也。出善金。索隱引河圖云。流州多積石。名琨—石。鍊之成鐵。以作劍。光明如水精。按字或作昆吾也〕。

【珺】居運切音郡問韻 美玉也。見〔字彙〕。

【珻】謨杯切音枚灰韻 玉名。見〔集韻〕。

【珼】博蓋切音貝泰韻 貝飾。見〔集韻〕。

【琝】亡凡切咸韻 玉名。見〔集韻〕。

【𤥽】通都切音稌同都切音徒虞韻 美玉。見〔集韻〕。

【琀】胡紺切音憾勘韻胡南切音含覃韻 送死口中玉也。从玉含。含亦聲。見〔說文〕。〔通訓定聲〕按說文此字。即含之俗。周禮、禮記、春秋、呂覽、淮南子、白虎通諸書。有作唅、無作—者。唅、—皆俗字。今附於此。〔按康熙字典引說文。賵賻—襚。皆贈喪之物。珠玉曰—。攷說文—。含襚。新附賵賻等字下。皆無此文。不知所據何本〕。

【琂】魚軒切音言元韻 石之似玉者。見〔說文〕。

【琋】虛宜反音希微韻 人名。晉天福十年。遼太宗以劉—爲西京留守。見〔字彙補〕。〔按通鑑考異實錄作僖。或云名—〕。

【琭】音未詳 玉名。見〔穆天子傳〕。

【𤤿】珢本字。見〔說文〕。

【𤦒】瑣本字。見〔說文〕。

【𤥚】古玕字。見〔說文〕。

【𤦘】古瑟字。見〔集韻〕。

【𤦆】同瑓。見〔集韻〕。

【𤨼】同瑗。見〔字彙〕。

【𤦓】同陵。〔字彙補〕疑即陵字。

【琟】瑜俗字。見〔字彙〕。

【𤥛】璊俗字。見〔正字通〕。

八畫

【𤦻】巨隕切音窘牛尹切音輑軫韻牛吻切音奆吻韻 ●一 —砡。齊也。見〔廣雅釋詁〕。〔疏證〕文選長笛賦。重巘增石。簡積頵砡。李善注引字林云。砡、齊也。李周翰注云。頵砡、石齊頭貌。頵砡、與—砡同。●二 玉名。見〔廣雅釋地〕。〔疏證〕中山經。㲉水多—玉。今本—譌作珚。水經㲉水注及太平御覽竝引作—。

【琖】阻限切音醆潸韻 ●一 玉爵也。夏曰—。殷曰斝。周曰爵。从玉戔聲。或从皿。見〔說文新附〕。〔鈕氏新附攷〕按周禮量人注引明堂位夏后氏以—。釋文云。—。劉本作湔。音同。是古有作湔者。〔按廣韻云。玉—。小杯。〕

㊂同醆。〔詩行葦洗爵奠斝傳〕斝爵也。夏曰醆。〔釋文〕醆、或作—。同。

【琘】武巾切音民眞韻

㊀石似玉者。〔禮記聘義〕敢問君子貴玉而賤—者何也。〔注〕—石似玉。或作玟也。〔釋文〕字亦作琘。似玉之石。〔按說文解字注云。凡文聲、昏聲、同部。—碈字皆玟之或體。不與珉同。舊字典引正字通云。珉、玟、並同。誤。〕

㊁潛—水玉也。〔文選郭璞賦〕水碧潛—。

【琛】式針切音深　癡林切音賝侵韻

㊀寶也。从玉。深省聲。見〔說文新附〕。〔通訓定聲〕此字許書未錄。今據太平御覽引說文有—。

㊁質也。〔文選張衡賦〕獻環琨與—縭兮。

㊂亦作賝。賮也。〔廣雅釋言〕賝、貫也。〔疏證〕各本皆作賝、貫也。案賝與貫義不相近。此因賝下脫去二字。而下文貫、賒也。又脫去賒字。遂誤合爲一條。今訂正。廣韻。賝、賮也。義或本於廣雅。

【琢】竹角切音斲覺韻

㊀治玉也。見〔說文〕。〔段注〕釋器。玉謂之—。石謂之摩。毛傳同。按—琱字、謂鐫鑿之事。理字、謂分析之事。攷工記刮磨五工。玉人、記玉之用。楖人、雕人、闕。楖人、蓋理之如楖之疏髮。雕人、蓋—之如鳥之啄物。左思賦水鳥曰。彫—蔓藻。是其意。

㊁敦—。喩選擇也。〔詩有客〕敦—其旅。〔疏〕敦—其從行之徒旅。言選擇從者。如敦—玉然。敦、—、治玉之名。人而言敦—。故爲選擇。

㊂通瑑。〔禮記禮器〕大圭不—。〔注〕—當爲篆字之誤。〔釋文〕—字又作瑑。

㊃借作啄。卵生曰—。見〔文選班昭賦注引尸子〕。

【琤】初耕切音鏳　鋤耕切音崝庚韻

㊀玉聲也。見〔說文〕。

㊁凡物戛聲有聲皆曰—。見〔正字通〕。

【琥】火五切音虎麌韻

㊀發兵瑞玉。爲虎文。从玉虎聲。春秋傳曰。賜子家子雙—。是見〔說文〕。〔段注〕周禮。牙璋以起軍旅。以治兵守。不以—也。漢與郡國守相、爲銅虎符。銅虎符、從第一至第五。國家當發兵遣使者。至郡國合符。符合乃聽受之。蓋以代牙璋也。許所云未聞。〔按趙宧光曰。古玉虎符扁體。不全形。不做體。亦無字。故曰虎文。與瓏同義。春秋傳云云者。昭三十二年左傳文。〕

㊁禮神六器之一。〔周禮大宗伯〕以白—禮西方。〔注〕禮神者必象其類。—猛象秋嚴。〔疏〕以玉爲—形。猛、屬西方。是象秋嚴也。〔按三禮圖。白—、以玉長九寸。廣五寸。刻伏虎形、高三寸。〕

㊂子男相享之幣也。〔周禮小行人〕—以繡。〔注〕幣所以享也。子男於諸侯則享用—璜。下其端也。〔疏〕子男朝時。用璧自相享降一等。故云—璜。

㊃同虎。〔禮記禮器〕—璜爵。〔釋文〕—又作虎。

【琦】渠宜切音奇支韻

㊀玉名。〔後漢仲長統傳〕—賂寶貨巨室不能容。

㊁—瑋。大也。〔文選宋玉對問〕夫聖人瑰意—行。

㊂奇異也。〔荀子非十二子〕好治怪說玩—辨。〔注〕—讀爲奇異之異。

【琨】公渾切音昆元韻

㊀石之美者。夏書曰。揚州貢瑤—。見〔說文〕。

㊁璧也。〔文選張衡賦〕獻環—與琛縭兮。

㊂美玉也。〔書禹貢〕瑤—篠簜。〔傳〕瑤、—、皆美玉。

㊃—珸。山名。出善金。見〔漢書音義〕。

㊄同昆。〔史記司馬相如傳〕琳珉—珸。〔注〕索隱曰。—珸字或作昆吾。

【琪】渠之切音其支韻

㊀玉屬。〔爾雅釋地〕東方之美者。有醫無閭之珣玗—焉。

㊁玗—。樹名。〔山海經海內西經〕開明北有玗—樹。

㊂同璂。見〔集韻〕。

【琫】補孔切音蚌董韻

(一)佩刀上飾也。天子以玉。諸侯以金。見[說文]。[段注]小雅。鞞—有珌。傳。—、上飾。珌、下飾。許云上飾。用毛說。謂一刀之上。非一削之上也。毛傳曰。天子玉—而珧珌。諸侯璗—而璆珌。大夫鐐—而璆珌。天子以玉。故其字从玉。

(二)捧也。[釋名釋兵]刀室曰削。室口之飾曰—。—、捧也。捧、束口也。[按削、俗作鞘。此謂刀鞘之上飾曰—。與毛許就一刀言者不同。]

(三)同鞛。[左桓二年傳]藻率鞞鞛。[按集韻。—、或作鞛。]

(四)同韓。[詩瞻彼洛矣]鞞—有珌。[釋文]字又作韓。

【琬】委遠切音宛阮韻　烏貫切音倇翰韻

(一)圭有—者。見[說文]。[段注]此當作圭首宛宛者。先鄭云。—圭、無鋒芒。後鄭云。—猶圜也。玉裁謂圜、剡之。故曰圭首宛宛者。與丘上有丘爲宛丘同義。[按宛丘注。謂中央隆高。]

(二)—炎美玉也。[淮南說山]—炎之玉。

(三)—琰。美玉名。[漢書司馬相如傳]鼂采—琰。[又]人名。[史記司馬相如傳]垂綏—琰。[集解]郭璞曰。汲冢周書桀伐岷山。得女二人。曰—曰琰。

【琭】盧谷切音祿屋韻

(一)玉名。見[廣韻]。

(二)——。玉貌。[老子]不欲——如玉。珞珞如石。[注]玉石——。珞珞體盡於形。故不欲也。[按錄錄亦作——。詳錄字。]

【琮】徂宗切音賨冬韻　子宋切音綜去聲宋韻

(一)瑞玉。大八寸。似車釭。見[說文]。[段注]玉人曰。大—尺二寸。射四寸。玉裁按除去射四寸。則大—八寸。方之徑八寸。許云瑞玉大八寸者。謂大—也。其他—不言射。惟瑑—大八寸。如車釭者。蓋車轂空中不正圜。爲八觚形。—似之。

(二)八方象地。[周禮大宗伯]以黃—禮地。

(三)—之爲言宗也。象萬物之宗聚也。見[白虎通瑞贄]。

(四)五等諸侯享天子用璧。享后用—。見[周禮小行人注]。

(五)聘於夫人用璋。享用—。見[儀禮聘儀]。

(六)—以發兵。見[公羊定八年傳注]。

(七)半璧也。[儀禮聘禮]束帛加—。

(八)戎稅也。見[五音集韻]。

(九)人名。[繆襲平南荊曲]劉—據襄陽。劉備屯樊城。[按—、劉表子。]

(十)姓也。宋進士—師古。

【琯】古緩切音管旱韻

(一)同管。[說文竹部]管。古者管吕玉。舜之時。西王母來獻其白—。前零陵文學姓奚、於伶道舜祠下。得笙玉—。夫以玉作音。故神人吕和。鳳皇來儀也。[通訓定聲]云。奚文學名景。段注云。古者管以玉。或从玉。據此。—爲管或字。

(二)曆家用以候氣者。以玉爲之。[杜甫詩]吹葭六—動飛灰。

【琯】古困切音睔願韻

治金玉使瑩曰—。見[集韻]。

【琯】古丸切音官寒韻

石似玉。見[集韻]。

【琯】古患切音慣諫韻

貫玉飾也。見[五音集韻]。

【琰】以冉切音剡琰韻

(一)璧上起美色也。見[說文]。[段注]璧、當爲圭也。或當作圭剡上起美色者。

(二)—珪也。有鋒鋭。[周書王會]四方元繅璧—十二。

(三)爲誅討之象。諸侯有不善使者征之。執以爲瑞節也。[周禮典瑞]—圭以易行。以除慝。

(四)琬—。詳琬字。

【琱】丁聊切音貂蕭韻

(一)治玉也。一曰。石似玉。見[說文]。[段注]釋器。玉謂之雕。按—、琢、同。經傳以雕彫爲—。[按荀子大略篇。天子雕弓。謂以—飾弓也。此足證第二義。]

(二)畫也。[漢書貢禹傳]牆塗而不—。

(三)同彫。[玉篇]彫。琢也。

(四)通敦。[詩有客]敦琢其旅。[注]敦與—同。

(五)通錭。[荀子禮論]錭刻黼黻文章以塞其目。

【琲】部浼切音蓓賄韻　蒲昧切音佩隊韻

㊀珠五百枚也。見〔說文新附〕〔按集韻。珠百枚曰—。與此異〕。㊁貫也。〔文選左思賦〕珠—闌干。㊂同蜚。見〔集韻〕。

【琳】犂針切音林侵韻

㊀美玉也。見〔說文〕。〔桂注〕上林賦。玫瑰碧—。西都賦。珉青熒。馥謂—色青碧者也。㊁球—皆玉名。〔書禹貢〕厥貢惟球—琅玕。㊂美石也。見〔書禹貢鄭注〕。㊃琅—聲也。〔楚辭東皇太一〕璆鏘鳴兮—琅。㊄人名。〔史記高祖功臣年表〕蓼侯孔臧子—。位至諸史。㊅國名。〔洞冥記〕—國去長安九千里。生玉葉李色如碧玉。㊆同玲。〔詩韓奕箋〕其貢璆—琅玕。〔釋文〕—、字又作玲。

【琴】渠金切音黔侵韻

㊀本作珡。〔說文珡部〕珡。禁也。神農所作。洞越。練朱五弦。周加二弦。象形也。〔段注〕禁者、吉凶之忌也。引申爲禁止。白虎通曰。—、禁也。以禦止淫邪正人心也。洞、當作迵。通達也。越、謂—瑟底之孔。迵孔者、—腹中空。而爲二孔通達也。練朱五弦者。虞書傳曰。古者帝王升歌清廟之樂。大—練弦。鄭注樂記。清廟之室。朱弦。練朱絃也。五者、初制—之弦數。文王武王各加一弦。象其身首尾。上圓下方。故象其圓。㊁—者樂之統也。見〔風俗通聲音〕。㊂楚人謂冢爲—。見〔水經泚水注〕。㊃播—播殖也。〔山海經海內經〕有都廣之野。冬夏播—。〔注〕播—、猶播殖。方俗言耳。㊄—蟲蛇類。〔山海經大荒北經〕肅愼氏之國有蟲。獸首蛇身。名曰—蟲。〔注〕郭曰。—蟲、亦蛇類。㊅—川地名。〔述異記〕梧桐園在吳宮。一名—川。〔今江蘇常熟別名〕。㊆—尾鳥名。產澳洲。尾長而捲。狀如—。故名。㊇—如地名。〔公羊定八年傳〕甲起於—如。〔注〕—如、地名。㊈姓也。孔子弟子—張。

【琵】頻脂切音毗支韻

—琶。樂器。見〔說文新附〕。〔按—琶、本作批把。集韻。馬上所鼓。推手前曰批。引手後曰把。傳玄序云。漢送烏孫公主。念其道遠。思慕故國。故使知音者於馬上作之。〔又〕魚名。〔文選左思賦〕鮫鰡—琶。〔注〕會稽—琶魚無鱗。形似—琶。〔又〕日本國湖名。在東京中央。長一百五里。最廣處六十里。中腰驟狹僅四里。

琵琶圖

【琔】堂練切音電霰韻

玉色。見〔集韻〕。

【琕】蒲眠切音蹁先韻

玭或字。〔集韻〕玭。珠名。或作—。

【琫】補鼎切音鞞迥韻

同鞞。〔詩瞻彼洛矣〕鞞琫有珌。〔注〕鞞、容刀—也。〔釋文〕鞞字又作—。

【琗】居悸切音季寘韻

玉名。見〔集韻〕。

【琙】甾尤切音鄒尤韻

玉文。見〔集韻〕。

【琺】衣虛切音於魚韻

玉名。見〔集韻〕。

【琜】求於切音渠魚韻

耳環。見〔篇海類編〕。

【琝】夷益切音睪陌韻

玉采。見〔集韻〕。

【琗】取內切音倅祖對切音晬隊韻

玉光。見〔集韻〕。

【琗】思晉切音信震韻

珠玉光。見〔集韻〕。

【琗】字憒切隊韻

文采相雜也。〔文選郭璞賦〕瑤珠怪石—其表。

【琗】邑櫛切音瑟質韻

同瓆。見〔玉篇〕。

【琙】雨逼切音域職韻

人名。〔東觀漢記〕玄菟太守公孫—。

【琡】都火切音朵哿韻

玉名。見〔篇海類編〕。

【琚】渠勿切音倔物韻

玉名。見〔集韻〕。

【琚】斤於切音居求於切音渠魚韻
瓊—。詩曰報之以瓊—。見〔說文〕。〔王注〕衞風木瓜文傳—、佩玉名。〔六書故引毛氏曰。佩有—瑀。所以內閒。按—雖佩之一物。然木瓜詩瓊—瓊瑤瓊玖並言。不得獨以—爲佩玉〕

【琜】郎才切音來灰韻
—瓌。玉也。見〔說文〕。〔王注〕廣雅釋地作琜瓌。本部無瓌。嚴氏引御覽。采瓌玉。宋書五采瓊玉。又謂廣韻引說文、但作瓌玉也。蓋謂—是衍文。當作瓌玉也。竊意當作五采瓊玉也。〔廣雅疏證云。—與球同。亦通作來。晉書輿服志云。九嬪銀印青綬。佩來瓌玉。〕

【琝】武巾切音旻眞韻
石似玉。見〔字彙〕。

【[illegible]】侍戴切音代隊韻
玉名。見〔集韻〕。

【琟】央隹切音惟支韻
石之似玉者。見〔說文〕。

【琟】廣欲切音玉沃韻
瑪或字。〔集韻〕瑪鵙瑪。鳥名。或从隹。

【琠】多殄切音典他典切音腆銑韻
玉也。見〔說文〕。

【琠】他甸切音瑱霰韻
同瑱。〔集韻〕瑱、以玉充耳也。亦作—。

【琡】昌六切音俶之六切音粥神六切音孰屋韻
玉也、見〔說文新附〕〔鈕氏新附攷〕—通作璹。玉篇—齒育切。引爾雅云。璋大八寸謂之—也。按繫傳璹下有臣鍇按。爾雅璋大八寸謂之—。說文有璹無—。宜同也。云云。蓋以璹訓玉器而讀若淑。則音義並同耳。韻會璹或作—。即本此。

【琣】普罪切音俖賄韻
人名。唐有滕王循—。見〔集韻〕。

【琫】琫或字。見〔集韻〕。

【[illegible]】烏貫切音惋侯旰切音翰翰韻
石之次玉者。見〔集韻〕。

【[illegible]】烏各切音惡樂韻
白玉也。見〔字彙〕。

【琩】昌良切音昌陽韻
—玩。蠻夷充耳。見〔玉篇〕。

【琸】竹角切音卓覺韻
人名。〔宋史崔與之傳〕有都統劉—。

【[illegible]】直意切音治寘韻
玉也。見〔篇海類編〕。

【琶】蒲巴切音爬麻韻
琵—。詳琵字。

【[illegible]】音未詳
—采。〔穆天子傳〕天子賜之狗—采。

【[illegible]】古國字。見〔佩觿集〕。

【[illegible]】同琲。見〔集韻〕。

【琹】琴俗字。

九畫

【[illegible]】郎達切音剌曷韻
㊀玉也。見〔說文〕〔桂注〕寶石名—者。退馬—、桃花—是也。
㊁同琜。見〔類篇〕。
㊂同瑓。見〔類篇〕。

【瑟】色櫛切音璱質韻疏吏切音駛寘韻
㊀庖犧所作弦樂也。見〔說文〕。〔段注〕弦樂、猶磬曰石樂。清廟之—。亦練朱絃。凡弦樂以絲爲之。象弓弦。故曰弦。—之言肅也。楚辭言秋氣蕭—。
㊁—者、嗇也。閑也。所以懲忿窒欲。正人之德也。見〔白虎通禮樂〕。
㊂施弦張之。—然也。見〔釋名釋樂器〕。
㊃衆皃。〔詩旱麓〕—彼柞棫。
㊄矜莊貌。〔詩淇澳〕—兮僩兮。〔按朱注〕—、嚴密之貌。又詩淇澳傳疏。—僩者、自矜持之事。又爾雅釋訓。—兮僩兮。恂慄也。
㊅鮮潔皃。〔詩旱麓〕—彼玉瓚。
㊆蕭—。陰令促急風疾暴也。〔楚辭九辯〕蕭—兮草木搖落而變衰。
㊇—縮。寒也。〔蘇軾詩〕淒風—縮經絃柱。
㊈——。珠類。〔正字通〕元仁宗皇慶元年。啟金州獻——。或以爲寶石。緯略以爲珠。程泰之則曰。世所傳

—。皆燒石爲之。〔又〕風聲。〔古樂府陌上桑〕風——木㯳㯳。

❿ 人名。〔國策楚策〕公叔之攻楚也。以幾—之存焉。〔注〕幾—韓愛子。〔釋文〕史記作蟣虱。

⓫ 同瑟。〔詩旱麓〕—彼玉瓚。〔釋文〕字亦作璱。

⓬ 通卹。〔詩旱麓〕—彼玉瓚。〔周禮典瑞注〕卹彼玉瓚。

⓭ 通索。〔梁武帝詩〕—居超七淨。

【瑇】待戴切音代隊韻

❶ —瑁也。〔異物志〕—瑁如龜。生南海中。大者如蘧篨。背上有鱗。將欲用。煑之其皮則柔。隨意所作也。

❷ 同玳。〔漢鐃歌〕雙珠玳瑁簪。用玉紹繚之。

❸ 同蝳。〔爾雅釋魚注〕—瑁、〔釋文〕字又作蝳帽。

❹ 通毒。〔漢書揚雄傳〕抾靈蠵。〔注〕應劭曰。大龜也。雄曰毒冒。雌曰觜蠵。

❺ 同蝳。〔正字通〕文選從虫作蝳蝐。

【瑁】莫報切音帽號韻莫代切音穊隊韻

諸侯執圭朝天子。天子執玉以冒之。似犂冠。周禮曰。天子執—四寸。見〔說文〕〔段注〕玉人曰。天子執冒四寸。以朝諸侯。注名玉曰冒者。言德能覆蓋天下也。四寸者、方以尊接卑。以小爲貴。尚書大傳曰。古者圭必有冒。不敢專達也。天子執冒以朝諸侯。見則覆之。故冒圭者。天子所與諸侯爲瑞也。諸侯執所受圭以朝於天子。犂冠。爾雅注作犂錧。謂耜也。

【瑁】莫佩切音妹隊韻謨沃切音媢沃韻

❶ 瑇—。龜屬。詳瑇字。

❷ 同帽、蝐、冒。詳瑇字。

【瑃】敕倫切音椿眞韻

❶ 玉名。見〔廣韻〕。

❷ 璹或字。見〔集韻〕。

【瑄】荀緣切音宣先韻

❶ 璧六寸也。見〔說文新附〕。〔按漢書郊祀志有司奉—玉。孟康注。璧大六寸謂之—〕。

❷ 通宣。〔爾雅釋器〕璧大六寸謂之宣。〔注〕漢書所云—玉是也。

【瑅】田黎切音題齊韻

❶ —瑭。玉名。見〔集韻〕。

❷ 同珶。見〔集韻〕。

【瑋】羽鬼切音韙尾韻

❶ 玉名。見〔廣韻〕。

❷ 美也。〔文選左思賦〕—其區域。

❸ 重也。見〔廣雅釋詁〕。

❹ 瑰—。琦玩也。見〔廣雅釋訓〕。〔又〕珍奇也。見〔埤蒼〕。

❺ 人名。〔漢書王子侯表〕孰鄉節侯—。

【瑌】乳兗切音耎銑韻而宣切音噢先韻

❶ 石次玉者。見〔集韻〕。

❷ 珉也。玉佩也。見〔廣韻〕。〔按青青子佩傳。士佩瓀珉而青組綬。釋文。瓀、本又作—〕。

【瑌】奴亂切音偄翰韻

水濱地。一曰。城下田。見〔五音集韻〕。

【瑍】呼玩切音喚阮韻

❶ 玉有文采。見〔字彙〕。

❷ 通煥。見〔字彙〕。

【瑑】柱戀切音傳霰韻柱兗切音篆銑韻陳尼切音墀支韻

❶ 圭璧上起兆—也。周禮曰。—圭璧。見〔說文〕〔段注〕周禮先鄭注云。—有圻鄂。—起也。許云起兆—。與先鄭說合。兆者垗也。營域之象。先鄭所謂垠塄也。〔按桂注。兆—當爲垗塚。聲相近。垗、畔也。塚、耕發土也。又王本作雕刻圭璧上起兆—也。注云。雕當作彫。玉篇。圭有圻鄂。似鳥絲闌〕。

❷ 文飾也。〔考工記玉人〕—圭璋八寸。〔按漢書董仲舒傳。良玉不—。注。—謂彫刻爲文也〕。

【瑒】丑亮切音悵漾韻丈梗切音挺梗韻

圭尺有二寸。有瓚。以祠宗廟者也。見〔說文〕〔段注〕玉人曰。祼圭尺有二寸。有瓚。以祀廟。祼圭謂之—圭。魯語謂之鬯圭。用以灌鬯者也。〔按王注。明堂位注。瓚形如槃。容五升。以大圭爲柄。是謂圭瓚〕。

【瑒】待朗切音蕩養韻余章切音陽陽韻

❶ 玊名也。〔漢書王莽傳〕—琫—珌。

❷ 人名。〔文選曹丕論文〕汝南應—德璉。

【瑔】絕緣切音全先韻

(一)玉名。見〔玉篇〕。
(二)貝名。見〔字彙〕。

【瑕】何加切音遐麻韻

(一)玉小赤也。見〔說文〕。〔段注〕子虛賦。赤｜駁犖。張揖曰。赤｜、赤玉也。揚雄蜀都賦、左思吳都賦、皆云｜英。劉逵曰。｜、玉屬也。木華海賦。｜石詭暉。廣雅玉屬有赤｜。若聘儀｜不掩瑜注。｜、玉之病也。高注淮南書曰。｜、猶釁也。此別一義也。釁同璺。〔按桂注。玉尙潔白。故謂小赤爲病。〕
(二)玉翳也。〔爾雅序〕剟其｜礫。
(三)蕆也。見〔廣雅釋詁〕。
(四)裂也。見〔廣雅釋詁〕。
(五)過也。〔詩狼跋〕德音不｜。〔按老子。善言無｜謫。釋文。｜、疵過也。〕
(六)謂日旁赤氣也。〔漢書揚雄傳〕噏清雲之流｜兮。
(七)謂虛脆也。〔管子制分〕乘｜則神。
(八)令人而不至謂之｜。見〔管子法法〕。
(九)｜之言胡也。〔禮表記〕｜不謂矣。
(十)遠也。〔詩泉水〕不｜有害。
(十一)已也。〔詩思齊〕烈假不｜。
(十二)罪也。〔左僖七年傳〕予取予求。不汝疵｜也。〔注〕不以汝爲罪釁也。
(十三)廉｜。嚴利也。〔考工記弓人〕深｜而澤。紾而摶廉。
(十四)｜蛤。獸名。〔史記司馬相如傳〕格｜蛤。
(十五)郇｜。國名。〔左成六年傳〕必居郇｜氏之地。〔當在山西解縣境。〕
(十六)地名。〔左桓六年傳〕軍於｜以待之。〔注〕｜、隨地。〔按滋陽古丘｜縣。宋大觀四年。因犯宣聖諱。以西北有嵫山。改爲嵫陽。屬襲慶府。明復改嵫爲滋。卽今山東滋陽縣治。〕
(十七)同霞。〔漢書揚雄傳〕噏清雲之流｜兮。〔文選作霞〕。
(十八)通蝦。〔文選張衡賦〕瞰｜委蛇。〔注〕｜、與古蝦字通。
(十九)或作固。〔史記諸侯十二年表〕宋共公名｜。〔春秋作固〕。
(二十)或作假。〔左莊十四年傳〕傅｜。〔史記索隱作甫假〕。
(二十一)或作瑕。〔禮檀弓注〕簡子｜也。〔釋文〕｜、本又作瑕。
(二十二)姓也。〔正字通〕周大夫｜禽。漢｜更。｜蒼。〔按五音集韻。漢複姓有｜呂氏。〕

【瑖】都玩切音鍛翰韻

石之似玉者。見〔集韻〕。

【瑗】于眷切音援霰韻　于願切音遠　紆願切音怨願韻

(一)大孔璧。人君上除陛以相引。爾雅曰。好倍肉謂之｜。肉倍好謂之璧。見〔說文〕〔段注〕孫卿曰。聘人以珪。召人以｜。好謂孔。肉謂邊也。〔按桂注。大孔璧者。孔大能容手。人君上除陛以相引者。本書爰、引也。故從爰。謂引者奉璧於君而前引其璧。則君易升續。〕
(二)玉名。見〔玉篇〕。
(三)玉佩名。見〔一切經音義引蒼頡〕。
(四)人名。衛蘧｜。

【瑗】胡關切音還刪韻

環或字。〔集韻〕環璧也。肉好若一謂之環。或从爰。

【瑙】乃老切音腦皓韻

(一)瑪｜。玉屬。文理交錯。似馬腦。因以名之。曹昭格物論。出北地南番西番。非石非玉。堅而且脆。其中有人物、鳥獸形者貴。見〔正字通〕。〔按瑪｜、矽石之一種。今產于印度。以紅色多者爲上。可製作裝飾品。〕
(二)多｜。或譯多惱。歐洲東南部之大河。源出阿拉伯山。長五千一百里。發源於黑林。分上中下三流。灌地三十萬英方里。入于黑海。此大河之航路。各國皆得自由。英文 Danube。
(三)同瑙。見〔類篇〕。
(四)同碯。見〔洪武正韻〕。

【瑚】戶吳切音胡虞韻

(一)珊｜也。見〔說文〕。〔參閱珊字〕。
(二)｜璉。宗廟盛黍稷之器。〔禮明堂位〕夏后氏之四璉。殷之六｜。

【瑛】於驚切音英庚韻

(一)玉光也。見〔說文〕。〔段注〕山海經言玉榮。淮南鴻烈曰。龍淵有玉英。高注。英、精光也。〔按桂注。詩詁云。凡玉之生。有榮。有英。有華。榮謂玉之始生。如草木之榮也。英、謂一玉之美中最者。如草木之英也。華、謂玉之方成。如草木之華也。王注云。孝經援神契。玉英。玉有英華之色。西山經謂之榮英。榮英古今所謂花也。齊風著篇。瓊華。瓊瑩。瓊英。許君意蓋如此。經典多作英、蓋英之分別文。〕

❸美石似水精、謂之玉—。見〔玉篇〕。

【瑜】羊朱切音俞虞韻

❶瑾—也。見〔說文〕。〔按山海經云。瑾—之玉爲良〕。

❷其中間美者。〔禮記聘儀〕瑕不揜—。

❸美貌也。〔漢書禮樂志〕象載—。

④竿—言美色也。見〔一切經音義十三引纂文〕。

⑤—伽。梵語謂相應也。今僧所誦餘口經亦曰—伽。

⑥人名。〔文選曹植詩〕伯—年七十。綵衣以親娛。

【瑞】樹僞切音倕寘韻

❶以玉爲信也。見〔說文〕。〔段注〕典—。掌玉—玉器之藏。注云。人執以見曰—。禮神曰器。又云。—節信也。說文卪下云。—信也。是—卪二字爲轉注。禮神之器亦—也。引伸爲祥—者。亦爲䟽召若符節也。〔猶今言印信〕。

❷符也。〔左襄九年傳〕信者言之—也。

❸信也。〔周禮小行人〕成六—。

④應也。〔文選張衡賦〕總集—命。

❺異物見則謂之—。見〔論衡指瑞〕。

❻—符節以發兵。〔左哀十四年傳〕司馬請—焉。

❼—節玉節之剡圭也。〔周禮調人〕弗辟則與之—節。

❽—祝。逆時雨寧風旱也。〔周禮大祝〕五曰—祝。

❾祥—也。〔正字通〕天以人君有德。將錫之以五福。先出此以與之爲信也。

❿—州名。宋置。漢屬豫章郡。當今江西高安縣治。

⓫—香。花名。柔條厚葉。四時長青。葉深綠色。開花成簇。葉邊有黃色者。名金邊—香。此花名麝囊。能損花。宜另種。

⓬—典。歐洲王國名。佔斯堪狄納維半島之東部。北界北冰洋。東界波羅的海。南臨撒哈拉。西接挪威。關於外交及宣戰媾和。則與挪威國聯名爲一王國。富有森林礦產。英文Sweden。

⓭—士。歐洲小共和國名。北界德意志。東界德意志與墺地利。南界意大利。西接法蘭西。其三分之二。蔽以高山。有湖十條。故世界稱其山水之佳。林產工業極盛。英文 Switzerland。

【琾】居拜切音戒卦韻

玠或字。〔集韻〕玠大圭也。或从界。

【琽】董五切音賭姥韻

玉名。見〔集韻〕。

【琿】胡昆切音魂元韻

美玉。見〔集韻〕。

【瑀】王矩切音羽麌韻

石之次玉者。見〔說文〕。〔段注〕鄭風傳曰。雜佩者。珩璜琚瑀衝牙之類。又曰。佩有琚—。所以納間。納間者。納上珩下璜。衝牙之中也。琚—皆美石。盧辨曰。玭珠之赤者曰琚。白者曰—。誤矣。

【瑂】旻悲切音眉支韻

石之似玉者。見〔說文〕。

【瑆】桑經切音星青韻

玉光。見〔集韻〕。

【瑈】而由切音柔尤韻

玉名。見〔廣韻〕。

【琘】眉貧切音珉府巾切音彬眞韻

同珉。石之美者。〔周禮夏官〕諸侯之繅斿九就。—玉三采。〔按五音集韻音彬。石次玉者。史記琳—珸。劉伯莊讀〕。

【瑊】諸深切音斟侵韻居咸切音緘古讒切音咸咸韻

本作玪。〔說文〕玪。玪塾石之次玉者。〔段注〕子虛賦—玏玄厲。張揖曰。—玏石之次玉者。按玪、—同字。塾、玏同字。玪塾合二字爲石名。亦有單言玪者。

【㻞】悲巾切音份眞韻逋閑切音斒刪韻

璘—。文采貌。見〔埤蒼〕。〔按漢書揚雄傳。璧馬犀之瞵—。注。瞵—。文貌。言以馬瑙犀角飾殿之壁也〕。

【瑎】雄皆切音諧居諧切音皆佳韻

黑石似玉者。讀若瑎。見〔說文〕。

【瑏】昌緣切音穿先韻

玉也。見〔集韻〕。

【瑐】子淺切音剪銑韻

玉名。見〔集韻〕。

【瑓】郎甸切音練霰韻

玉名。見〔集韻〕。

【⿱臤玉】烏貫切音惋翰韻

石之似玉者。从玉臤聲。見〔說文〕。〔按集韻引說文从臤从玉。康熙字典从取从玉。歸十畫。均誤。〕

【⿰王矣】陁沒切音挨月韻

玉璸也。見〔集韻〕。

【瑝】胡光切音黃陽韻　胡盲切音橫庚韻

玉聲也。見〔說文〕。〔段注〕謂玉之大聲也。〔桂注〕猶鍠爲鐘聲。

【瑶】五遠切音阮阮韻

光也。見〔五音篇海〕。

【⿰王枼】

人名。〔史記王子侯者年表〕牟平侯—。〔注〕—音辥。〔按漢書作渫。〕

【⿰王隶】古珒字。見〔玉篇〕。

【⿰王軍】古琿字。見〔字彙補〕。

【⿰王追】古琅字。見〔字彙補〕。

【⿰王𡨄】同瓊。見〔字彙〕。

【⿰王鄉】同瑯。見〔廣韻〕。

【⿰王㒸】⿱遂玉俗字。見〔正字通〕。

十畫

【瑣】損果切音貨哿韻

(一) 玉聲。見〔說文〕。〔段注〕謂玉之小聲也。〔桂注〕本書貨貝聲也。覆謂編貝相擊有聲。—亦連玉之聲。徐鍇引左思詩嬌女若連—是也。

(二) 玉屑。見〔洪武正韻〕。

(三) ——。小也。見〔爾雅釋訓〕。〔按易旅、——。鄭注猶小小。〕

(四) 細也。〔太玄成〕成魁—。

(五) 碎也。見〔後漢劉梁傳注〕。

(六) 連也。見〔廣雅釋詁〕。

(七) —者爲奸細之行者也。〔荀子非十二子〕矞宇嵬—。

(八) 煩碎猥屑皃。見〔韻會〕。

(九) 細小卑賤之貌。見〔易旅疏〕。

(十) 計謀褊淺之貌。見〔爾雅釋訓舍人注〕。

(十一) 最蔽之貌也。見〔易旅虞注〕。

(十二) 鏁也。〔漢書丙吉傳〕召東曹案邊長吏—科條其人。

(十三) 門鏤也。〔屈原離騷〕欲稍留此靈—兮。

(十四) —尾。少好之貌。〔詩旄丘〕—兮尾兮。

(十五) 青—。天子門制也。〔漢書元后傳〕曆上赤墀青—。〔注〕師古曰。青—者、刻爲連鎖文而以青塗之也。〔按韻會。凡物刻鏤爲結交加爲連—文者皆曰—。〕

(十六) —澤。地名。〔春秋成十二年〕公會晉侯衛侯於—澤。〔按公羊作沙澤。左氏定七年傳。乃盟于—。注。—即沙也。〕

(十七) 姓也。〔正字通〕宋政和進士—政。

(十八) 人名。〔禮記檀弓〕縣子—曰。〔注〕—、縣子名。

(十九) 同璅。〔易旅〕旅——。〔釋文〕—、本作璅。

【瑤】餘招切音遙蕭韻

(一) 玉之美者。詩曰。報之以瓊—。見〔說文〕。〔段注〕衞風報之以瓊—。傳曰。—、美石。正義不誤。大雅曰。維玉及—。云及、則—賤於玉。周禮享先王。大宰贊王玉爵。內宰贊后—爵。禮記尸飲五。君洗玉爵獻卿。尸飲七。以—爵獻大夫。是玉與—等差明證。〔按桂注。御覽引玉作石。詩木瓜釋文。—、美玉也。覆謂玉當爲石。此又一說。〕

(二) 玉也。〔左昭七年傳〕賂以—罋玉櫝斝耳。〔注〕—、玉也。〔疏〕正義曰。孔安國尚書傳云。—、美石。此云—罋玉櫝。與玉別文。亦似非玉。杜以—爲玉者。詩毛傳。瓊、美玉。則—之爲物。在玉石之間。故或以爲石。或以爲玉。瓊是玉之美名。詩以瓊—爲玉。故毛言美玉耳。

(三) 石次玉名曰—。〔屈原離騷〕望—臺之偃蹇兮。

(四) 言有美德也。〔詩公劉〕維玉及—。鞞琫容刀。〔注〕—、言有美德也。民愛公劉。故進玉—容刀之佩。

(五) —姬。神女名。〔文選宋玉賦注〕襄陽耆舊傳曰。赤帝女曰—姬。未行而卒。葬於巫山之陽。古曰巫山之女。

(六) —華。玉華也。〔楚辭大司命〕折疏麻兮—華。

(七) —谿。—岸也。見〔後漢張衡傳注〕。

(八) —光者。賚糧萬物者也。見〔淮南本經〕〔注〕—光、謂北斗杓第七星也。一說。—光、和氣之見者也。

(九) —爵。所以亞王酬賓也。〔周禮內宰〕凡賓客之祼獻—爵皆贊。〔按內宰—爵亦如之注。—爵、謂尸卒食。王既酳尸。后亞獻之。其爵以—爲飾。〕

（十）瑕—玉名。〔穆天子傳〕瑕—也。
（十一）山名。〔山海經中山經〕有—碧之山。
（十二）人名。〔左哀二十三年傳〕晉荀—伐齊。〔注〕荀—荀躒之孫。
（十三）池名。〔列子周穆王〕觴於—池之上。
（十四）同珧。江珧柱、一作江—柱。
（十五）同蓀。〔文選江淹賦〕惜蓀草之徒芳。〔注〕蓀、與—同。
（十六）同搖。〔淮南本經〕紂為璇室—臺。〔注〕—、或作搖。
（十七）通繇。〔國語晉語〕荀—。〔淮南脩務注〕作荀繇。

【瑨】即刃切音晉震韻
（一）美石次玉。見〔廣韻〕。
（二）或作璡。見〔集韻〕。

【瑩】于平切音榮庚韻縈定切音瀅徑韻
（一）玉色也。一曰。石之次玉者。逸論語曰。如玉之—。見〔說文〕。〔段注〕謂玉光明之皃。引伸為磨—。亦作鎣。〔按桂注曰。石之次玉者。詩淇奧充耳琇—。傳云。琇—、美石也。逸論語云云者。法言吾子篇如玉之—。爰變丹青。王注。玉篇引詩充耳琇—。傳曰。石之次玉。與許合。而與今本毛傳異〕
（二）明也。〔太玄玄攡〕性命—矣。
（三）事也。見〔太玄玄瑩〕。
（四）六—。古樂名。〔列子周穆王〕奏承雲六—大韶晨露以樂之。〔注〕帝嚳樂。〔按淮南原道。耳聽九韶六—。注。顓頊樂也〕
（五）澗也。〔楚辭九思〕菫荼茂兮扶疏。蘅芷彫兮—嫇。
（六）光彩也。〔韓詩外傳〕良珠度寸。雖去百里之外。不能掩其—。
（七）磨—也。〔隋書高熲傳〕獨孤公猶鏡也。每被磨—。皎然益明。
（八）心精明亦曰—。〔文選江淹詩〕開奏—所疑。
（九）人名。〔漢書功臣表〕祝茲侯只—。

【瑬】力求切音留尤韻
（一）旒本字。〔說文〕—垂玉也。冕飾。〔王注〕經典皆借旒為之。或用俗旒字。袞冕十二旒。鷩冕九旒。毳冕七旒。希冕五旒。玄冕三旒。公羊襄十四年傳。君若綴流然。釋文。一本作贅旒。是借流為—也。〔互詳旒字〕
（二）旗之下垂者。〔宋書禮志〕鸞輅駕四馬旒九—。
（三）同璆。美金。見〔玉篇〕。

【瑰】姑回切音傀胡隈切音回灰韻
（一）玫—也。一曰圜好。見〔說文〕。〔段注〕謂圜好曰—。此字義之別說也。眾經音義亦引圜好曰—。〔按桂注。玫—者。一切經音義三引字林、石珠也。左成十七年傳。或與己瓊—食之。杜注。—、珠也。又說文玫下云。玫—。火齊珠〕
（二）瓊—。石而次玉。〔詩渭陽〕瓊—玉佩。
（三）玉名。〔文選郭璞賦〕瑊玏璿—。〔注〕山海經曰。西王之山。爰有璿—。亦玉名也。
（四）—瑋。琦玩也。見〔廣雅釋訓〕。
（五）奇也。〔文選張衡賦〕—異日新。
（六）美也。〔文選傅毅賦〕—姿譎起。
（七）大也。〔文選謝靈運詩注〕莊子曰。達生之情者傀。司馬彪曰。傀、讀—。—、大也。
（八）木名。〔抱朴子對俗〕昆侖有珠玉沙棠琅玕碧—之樹。
（九）玫—。花名。詳玫字。
（十）同瓌。見〔集韻〕。
（十一）同璝。見〔集韻〕。
（十二）同瑰。見〔篇海〕。

【瑱】他甸切音眡霰韻陟刃切音鎮震韻之人切音眞眞韻他典切音腆銑韻
（一）以玉充耳也。詩曰。玉之—兮。見〔說文〕。〔段注〕詩毛傳曰。—、塞耳也。又曰。充耳謂之—。天子玉瑱。諸侯以石。按—不皆以玉。許專云以玉者。為其字之从玉也。〔按禮檀弓。練角—。注。小祥後以角為之〕
（二）鎮也。縣當耳傍。不欲使人妄聽自鎮重也。見〔釋名釋首飾〕。
（三）—琗。謂文采相雜。〔文選郭璞賦〕金精玉英—其裏。
（四）盈—。盈尺之玉也。〔文選江淹詩〕巡非過盈—。
（五）人名。〔正韻〕唐將來—。
（六）同琠。見〔集韻〕。
（七）同⿰王殿。見〔集韻〕。
（八）通鎮。〔周禮小行人〕王用圭—。〔釋文〕—宜作鎮音。
（九）通顚。〔考工記鞄人注〕摶譠如縛一如—之縛。〔釋文〕—本作顚。

⑩通磌。〔後漢班彪傳〕雕玉—以居楹。〔注〕廣雅曰。—磌也。音田。—與磌通。楹、柱也。雕玉爲礩以承柱也。

【瑲】千羊切音鏘陽韻楚耕切音鎗庚韻

❶玉聲也。詩曰。攸革有—。見〔說文〕。〔段注〕小雅。有—蔥珩。毛傳。—珩、聲也。秦風。佩玉將將。玉藻。然後玉鏘鳴。皆當作此字。〔按通訓定聲云。詩曰鞗革有—。毛本作鶬。傳言有法度也。謂借爲𠌶。非。箋。金飾皃。是也。說與許段異。〕

❷通鎗。〔詩采芑〕八鸞——。〔傳〕——、聲也。〔釋文〕—亦作鎗。〔按禮記玉藻。然後玉鎗鳴。釋文。本亦作鏘。段玉裁云。鸞鈴鑾飾之聲、而字作—。玉聲、而字作鏘。皆得謂之假借。〕

❸通創。〔詩采芑〕有—蔥珩。〔釋文〕—、本又作創。

【瑲】千剛切音蒼陽韻

玉色也。見〔類篇〕。

【瑳】倉何切音蹉歌韻此我切音瑳哿韻

❶玉色鮮白。見〔說文〕。〔王注〕君子偕老二章。玼兮玼兮。三章。—兮—兮。內司服鄭注引同。然周禮釋文。玼、本亦作—。蓋鄭君注禮時。但據韓詩。是知韓詩兩章並作—也。毛詩—字、傳箋並無說。知兩章並作玼也。後人改毛詩禮注。使之齊同。段氏又刪說文—篆。並誤。〕

❷凡物鮮盛亦曰—。見〔正字通〕。〔按詩君子偕老。—兮—兮。朱注。—、鮮盛貌。〕

❸巧笑貌。〔詩竹竿〕巧笑之—。

❹通磋。〔詩卷阿〕顒顒卬卬。〔箋〕王有賢臣與之以禮義相切—。〔釋文〕磋、或作—。

❺通差。〔漢書古今人表〕景差。〔師古曰。卽景—。〕

【瑴】訖岳切音覺覺韻古祿切音穀屋韻

❶雙玉曰—。〔左僖三十年傳〕公爲之請納玉於王與晉侯。皆十—。

❷玉名。見〔廣韻〕。

❸同玨。見〔廣韻〕。

【瑵】側絞切音爪巧韻

❶車蓋玉—。見〔說文〕。〔段注〕張衡東京賦。羽蓋威蕤。葩—曲莖。薛綜注曰。羽蓋、以翠羽覆車蓋也。威蕤、羽皃。葩—、悉以金作華形。莖皆低曲。他家云。華—、金—者。謂金華飾之。許云玉—者。謂玉飾之。故字从玉也。

❷玉名。見〔廣韻〕。

❸同爪。〔漢書王莽傳〕金—羽葆。〔集注〕—讀曰爪。

❹同鈲。見〔集韻〕。

【瑡】霜夷切音尸支韻

玉名。見〔集韻〕。

【瑢】餘封切音容冬韻

瑽—。佩玉行也。見〔廣韻〕。〔按集韻、⿰王風音。洪武正韻、佩玉行聲。〕

【⿰王追】都回切音堆灰韻

治玉也。見〔韻會〕。

【瑥】烏昆切音溫元韻

人名。〔晉書西秦乞伏載記〕乞伏乾使冠軍翟—伐吐秃渾。

【瑦】於古切音隖麌韻汪胡切音烏虞韻

石之似玉者。見〔說文〕。

【瑭】徒郎切音唐陽韻

玉也。見〔玉篇〕。

【瑮】力質切音栗質韻

本作瑮。〔說文〕瑮。玉英華羅列秩秩。逸論語曰。玉粲之璱兮。其瑮猛也。〔王注〕聘儀縝密以栗。卽借栗爲—。

【瑧】資辛切音津眞韻

玉名。見〔字彙〕。

【⿰王梁】徒臥切音惰箇韻

玉名。見〔字彙〕。

【⿰王㚇】亡凡切咸韻

玉也。見〔玉篇〕。

【⿰王爾】音闞

地名。〔穆天子傳〕至於䅵—河之水。

【⿰王𠷎】璹本字。見〔說文〕。

【⿱玨比】琵本字。見〔說文長箋〕。

【⿱玨巴】琶本字。見〔說文長箋〕。

【⿰王枼】同⿰王梁。見〔字彙〕。

【璢】瑠俗字。見〔字彙〕。

【瑯】琅俗字。見〔廣韻〕。

【瑱】瑱俗字。見〔字彙〕。

十一畫

【瑹】商居切音書魚韻　通都切音瑹虞韻

虞也。見〔廣雅釋器〕。

美玉。見〔玉篇〕。

通荼。〔禮記玉藻〕諸侯荼。前詘後直。〔注〕荼讀爲舒。詘謂圜殺其首。不爲椎頭。諸侯惟天子詘焉。是以謂笏爲荼。〔按正字通云。本作—。禮記玉藻借荼。義同。集韻又以—爲瑹或字。

【瑽】七恭切音樅冬韻

—瑢。佩玉行皃。見〔玉篇〕。

佩玉聲。見〔集韻〕。

【瑾】几隱切音謹吻韻　渠吝切音僅問韻

—瑜。美玉也。見〔說文〕。〔段注〕左氏傳曰。—瑜匿瑕。山海經。黃帝乃取密山之玉榮。而投之鍾山之陽。—瑜之玉爲良。王逸注九章云。—瑜。美玉也。

赤玉也。見〔類篇〕。〔按桂氏云。—瑜。五色佩玉也。楚辭。捐赤—於中庭。史記司馬相如傳。其石則赤玉玫瑰。郭璞曰。赤—也。又瑾瑜贊。鍾山之寶。爰有玉華。光采流映。氣如虹霞。君子是佩。象德閑邪。玉藻。世子佩瑜玉。晉令。皇太子妃佩瑜玉。此與五色發作君子服之義合〕

【瑿】煙奚切音兮齊韻

㊀美石黑色。見〔集韻〕。

㊁黑玉。本草、琥珀十年者爲—。狀似玄玉。黑如純漆。大如車輪。永昌有黑玉鏡。卽—也。見〔正字通〕。

【璀】取猥切音漼賄韻

㊀—璨。玉光也。見〔說文新附〕。

㊁珠垂貌。〔文選孫綽賦〕琪樹—璨而垂珠。

㊂眾材飾貌。〔文選王延壽賦〕汩磑磑以—璨。

㊃衣聲。〔文選曹植賦〕披羅衣之—粲兮。

㊄—錯。眾盛貌。〔文選王延壽賦〕下岪蔚以—錯。

㊅玉名。見〔廣韻〕。

【璃】鄰知切音離支韻

㊀琉—。珠也。詳琉字。

㊁玻—也。詳玻字。

㊂簟色。〔蘇軾詩〕愧此八尺黃瑠—。

㊃同離。琉—、一作流離。〔漢書西域傳注〕大秦出赤、白、黑、黃、青、綠、縹、紺、十種流離。

【𤩲】歷德切音勒職韻

㊀本作墊。〔說文〕墊。玲墊也。〔桂注〕墊俗作玏。或省作勒。山海經。中山經。葛山其下多瑊石。郭注。瑊石、勒石似玉也。

㊁美石次玉。見〔廣韻〕。

㊂玉名。見〔玉篇〕。

㊃同玏。見〔玉篇〕。〔按司馬相如子虛賦。瑊玏元厲。〕

【璄】於境切音影梗韻

㊀玉光彩。見〔玉篇〕。

㊁同璟。見〔廣韻〕。

【璆】渠尤切音求　渠幽切音虯　居尤切音鳩　居虯切音樛　夷周切音尤　張流切音周尤韻　力救切音溜宥韻

㊀球或字。見〔說文〕。〔王注〕禹貢。厥貢惟球琳琅玕。鄭本作—。云美玉。

㊁玉磬也。〔國語晉語〕籧篨蒙—。〔注〕蒙、戚也。—、玉磬也。〔按漢書刑法志。—磬金鼓。顏注。—美玉名。以爲磬也。〕

㊂玉也。見〔爾雅釋器〕。

㊃玉聲。〔史記孔子世家〕環佩玉聲—然。

㊄—琳琅。皆玉名也。〔楚辭東皇太一〕—鏘鳴兮琳琅。〔按爾雅釋地。西北之美者。有崑崙虛之—琳琅焉。〕

㊅—祭用玉。〔山海經中山經〕熊山祈—。

【璇】旬宣切音旋先韻

㊀美玉也。見〔後漢李固傳注〕。

㊁—瑰。亦玉名。〔山海經大荒西經〕有沃之國。爰有—瑰。

㊂匴—竹器。〔揚子方言〕篇、奚楚之間或謂之匴—。

㊃星名。〔史記天官書注〕春秋運斗樞云。斗第二—。

㊄人名。後漢楊—。

㊅同琁。詳琁字。

【璉】力展切音輦銑韻　陵延切音連先韻

㊀本作槤。〔說文木部〕槤。瑚槤也。〔注〕書傳夏之四—。殷之六瑚。周之八簋。〔按包注論語曰。瑚—者、

黍稷、器也。夏曰瑚。商曰|。周曰簠簋。|當依許本从木。參閱槤字。

㊁通連。［文選何晏賦］又宏|以豐敞。［注］|與連、古字通。

【璊】謨奔切音門 模元切音樠元韻

㊀玉赬色也。禾之赤苗謂之樠。言|玉色如之。見［說文］。［段注］毛傳曰。|、赬玉也。今本脫玉字。樠、即艸部虋字之或體。虋聲在十三部。與十四部㒼聲最近。而又雙聲。此|穈字皆於虋得義也。

㊁同璊。見［類篇］。［正字通云。璊、俗|字。］

【璋】諸良切音章陽韻

㊀剡上爲圭。半圭爲|。禮、六幣。圭以馬。|以皮。璧以帛。琮以錦。琥以繡。璜以黼。見［說文］［注］剡、削之也。［按段注。聘禮記曰。圭剡上寸半。雜記。剡上左右各寸半。六幣所以享也。用圭|者。二王之後也。二王後尊。故享用圭|。而特之。又爾雅釋器。大八寸謂之琡。］

㊁圭璧之屬也。［禮記王制］有圭璧金|。不粥於市。

㊂|珪。玉名也。［楚辭哀時命］|珪雜於甑窐兮。［按後漢劉儒傳。有珪|之質。注云。珪、|玉也。］

㊃圭|。特達瑞也。［儀禮聘禮］受夫人之聘|。

㊄瓚也。［詩棫樸］左右奉|。

㊅|瓚。裸器也。［禮記祭統］大宗執|瓚亞裸。

㊆象夏物半死。［周禮大宗伯］以赤|禮南方。

㊇南方之時。萬物莫不章。故謂之|。見［白虎通瑞贊］。

㊈|之爲言明也。見［白虎通瑞贊］。

㊉通章。［管子牧民］不|、兩原。則刑乃繁。［注］|、當爲章。

【璏】于劌切音衞霽韻

㊀劍鼻玉。見［五音集韻］。

㊁璏或字。見［集韻］。

【瑺】辰羊切音常陽韻

玉名。見［集韻］。

【瑼】朱遄切音專寒韻

玉名。見［集韻］。

【瑻】公渾切音昆元韻

琨或字。見［說文］。［按說文。琨。石之美者。馬融尙書、漢書地理志皆作|。瑻、美玉。即廣雅琨珸。石之次玉者。］

【㻬】抽居切音攄魚韻 通都切音稌虞韻

|琈。玉名。［山海經西山經］小華之山。其陽多|琈之玉。

【璁】麤叢切音悤東韻 粗動切音總董韻

石之似玉者。見［說文］。

【璂】渠之切音其支韻

璂或字。見［說文］。［按說文。璂、弁飾也。桂注。周禮作|。謝承後漢書黃向辰步路中得珠|一囊。或借基字。周書王會解。王元綦碧基十二。注云。基、基玉名。］

【琇】息救切音秀 以九切音酉有韻

石之次玉者。从玉、莠聲。詩曰。充耳|瑩。見［說文］。［段注］衞風充耳琇瑩。傳。琇瑩、美石也。按琇瑩是二石名。故都人士傳曰。琇、美石也。［按王注。衞風淇奧作琇。是也。漢諱秀。而書爲莠。說解之莠聲。是許君本文。篆亦從莠者。蓋後人据說文以改篆。惟引經未改。大徐始併改之也。但詩釋文云。說文作|。玉篇同。則梁及唐初皆然。］

【璪】子皓切音早皓韻

石之似玉者。見［說文］。［王注］玉篇。似作次。非。

【璅】損果切音貨哿韻

瑣或字。［集韻］瑣。說文、玉聲也。或作|。

【璈】牛刀切音敖豪韻

樂器。［漢武帝內傳］王母命侍女彈八琅之|。

【瓁】後五切音戶麌韻

玉也。見［集韻］。

【瑯】郎佐切音邏箇韻

玉華。見［字彙］。［正字通云。|即瑯之譌。］

【𤤺】逋還切音班刪韻

駁也。文也。見［集韻］。［正字通云。俗字。本作辬。亦作斑。］

【瑹】通都切音稌虞韻

玉名。見［集韻］。

【琒】音未詳

汲冢周書。商王紂取天智玉琰—身厚以自焚。注、—環以自厚也。見〔字彙補〕。

【瑱】夷眞切音寅。眞韻。埸也。見〔集韻〕。

【〓】力求切音劉。尤韻。立秋祭名。見〔五音集韻〕。

【〓】側絞切。巧韻。瑤譌字。見〔康熙字典〕。〔按瑤、側絞切。係从蚤得聲。—从䍃非。〕

【瑳】子何切音侳。歌韻。人名。〔漢書古今人表〕景—。〔顏注〕即景差也。

【〓】力正切音令。敬韻。以玉事人。見〔五音篇海〕。

【〓】瑚本字。見〔說文〕。

【〓】瑟本字。見〔玉篇〕。

【〓】古珌字。見〔說文〕〔段注〕。各本無。玉篇曰。珌、古文作—。汗簡、古文四聲韻皆曰—見說文。今據補。

【璡】古璡字。見〔五音集韻〕。

【〓】同璲。見〔集韻〕。

【〓】環俗字。見〔字彙〕。

【〓】璨俗字。見〔正字通〕。

【〓】璊俗字。見〔正字通〕。

十二畫

【璏】直例切音滯。于歲切音衛。霽韻。王伐切音越。月韻。

(一)劍鼻玉也。見〔說文〕。(二)同衛。〔漢書匈奴傳〕賜單于玉具劍。〔注〕標首鐔衛用玉。師古曰。劍口旁橫出曰鐔。鼻曰衛。與—同。(三)通瑑。〔漢書王莽傳〕美玉可滅瘢。欲獻其瑑耳。〔注〕瑑作—。雕刻也。古字通用。師古曰。瑑本作—。後轉寫者訛也。〔按正字通云。瑑與璏別。師古說是。〕(四)通瑇。見〔類篇〕。

【璑】微夫切音無。虞韻。

(一)三采玉也。見〔說文〕〔段注〕。周禮故書—。玉三采注曰。—。惡玉名。江沅曰。惡玉者。亞次之玉也。古惡亞字通。廣雅玉類有—玉。玉裁按。天子純玉。公四玉一石。侯三玉二石。故書作—。新書作珉。皆謂石之次玉者。諸公之冕。—玉三采。謂以—雜玉備三采。下於天子純玉備五采也。許云三采玉謂之—。誤矣。(二)同璪。〔周禮弁師〕璪玉三采。〔注〕璪作—。

【璗】待朗切音蕩。養韻。

(一)金之美者。與玉同色。禮記曰。佩刀、諸侯—琫而璆珌。見〔說文〕。〔段注〕釋器黃金謂之—。其美者謂之鏐。許說小異。(二)金之別名。見〔爾雅釋器注〕。(三)同瑒。〔詩瞻彼洛矣傳〕—琫而璆珌。〔釋文〕—本作瑒。〔按段玉裁云、謂光色如玉之符采。故其字從玉。王莽傳瑒琫瑒珌。瑒即—字。孟康云玉名。非。〕

【璘】離珍切音鄰。眞韻。里忍切音粦。軫韻。

(一)璘文也。見〔廣雅釋詁〕。〔正字通云。玉文。〕(二)玉色光彩。見〔玉篇〕。(三)—彬。玉光色雜也。〔文選張衡賦〕瑞珉—彬。(四)—班。文貌。〔文選何晏賦〕文彩—班。〔按玉篇—斒文貌。〕(五)斑—。雜色貌。見〔正字通〕。(六)通瞵。見〔韻會〕。〔按文選揚雄賦。璧馬犀之瞵瑞。注。埤蒼曰。瞵瑞文貌也。正字通云。瞵、—音通義別。詩賦凡瞵斒斑瞵皆—字譌。文韻會、—通作瞵。誤。存參。〕

【璙】憐蕭切音聊。蕭韻。力弔切音料。嘯韻。力小切音繚。篠韻。

(一)玉也。見〔說文〕〔段注〕謂玉名也。如毛傳鳧山也、繹山也之例。不言山名也。古傳注多不言名。(二)同鐐。〔詩瞻彼洛矣〕鞞琫有珌。〔傳〕大夫鐐琫而鐐珌。〔釋文〕鐐、本又作—。

【璚】葵營切音瓊。庚韻。古穴切音玦。屑韻。

(一)瓊或字。見〔說文〕。〔按說文、瓊。赤玉也。〕(二)老年鹿角中玉名曰鹿—。見〔字彙補〕。(三)玦或字。〔集韻〕玦。玉佩。或从喬。

【〓】訖力切音殛。職韻。

(一)垂—。地名。字本作棘。以其出美玉。故从玉。或謂玉曰垂—。見〔集韻〕。(二)同琜。見〔集韻〕。(三)通蕀。見〔類篇〕。

【璛】息六切音肅。屋韻。

㈠琢玉工。見[集韻]。
㈡姓也。見[姓苑]。
㈢同凰。見[類篇]。

【璜】胡光切音黃陽韻　胡盲切音橫庚韻
㈠半璧也。見[說文]。[王注]大宗伯注。半璧曰—。象冬閉藏地上無物。惟天半見。
㈡雜佩也。[詩女曰雞鳴傳]雜佩、珩—琚瑀衝牙之類。[釋文]半璧曰—。佩上有衡。下有二—。作牙形於其中。以前衝之使關而相擊也。—爲佩下之飾有穿孔胃繫之處。
㈢佩玉也。見[後漢張衡傳注]。
㈣石次玉者也。[楚辭天問]—臺十成。
㈤玉名也。[楚辭招魂]結琦—些。
㈥美玉名。[左定四年傳]夏后氏之—。
㈦—以發衆。見[公羊定八年傳注]。
㈧—者橫也。爵命之命也。陽氣橫於黃泉。故曰—。見[白虎通瑞贊]。
㈨—之爲言光也。陽光所及莫不動也。見[白虎通瑞贊]。
㈩黃石曰—。海虞有—涇。涇底有石而黃。以石名水。以水名地。見[正字通]。
⑪——猶喤喤也。[揚子法言]武義——。
⑫通黃。[呂覽舉難]翟—。[古今人表作翟黃]。

【璞】匹角切音樸覺韻
㈠玉未治者。見[玉篇]。[按國策秦策]鄭人謂玉未理者曰—。
㈡玉素也。見[韻會]。
㈢昔鄭人以乾鼠爲—。見[後漢應劭傳]。[按莊子天下釋文]周人謂鼠腊者亦曰—。
㈣通樸。[爾雅釋器注]五者皆謂—之名。[釋文]—字又作樸。
㈤姓也。明—俊。

【璠】符袁切音煩　孚袁切音翻元韻
㈠璵—。魯之寶玉。孔子曰。還而望之。奐若也。近而視之。瑟若也。一則理勝。二則孚勝。見[說文]。[注]奐、文也。瑟、言瑟瑟然文細也。理、謂文理也。孚、謂玉之光采也。
㈡美玉。[左定五年傳]陽貨將以璵—斂。
㈢君佩玉也。[呂覽安死]魯季孫有喪。主人以璵—收。

【璡】資辛切音津眞韻　即刃切音晉震韻
㈠石之似玉者。見[說文]。
㈡人名。[文選劉峻論]近世有沛國劉璡。璡弟—。竝一時秀士也。

【璣】居衣切音機　渠希切音祈微韻　其旣切音穖　巨至切音臮寘韻
㈠珠不圜也。見[說文]。[段注]凡經傳沂鄂謂之幾。門槷謂之機。故珠不圜之字从幾。
㈡似珠而小。[周書王會]請令以珠—瑇瑁象齒文犀翠羽菌鶴短狗爲獻。
㈢闓澤爲珠。廉隅爲—。[楚辭謬諫]貫魚眼與珠—。
㈣圓者爲珠。顚者爲—。[淮南人間]翡翠珠—。
㈤衡玉者。[書舜典]在璿—玉衡。
㈥—鏡。鏡名。[符瑞圖]神靈滋濟。百珍寶用。則官—鏡。[注]大珠而玶有光曜可爲鏡也。
㈦丹—。珠屬也。[文選左思賦]赬丹明—。
㈧同機。[文選顏延年哀策文]仰涉天—。[注]—、與機同。
㈨同幾。[易略例]璇—。[釋文]又作幾。

【瓑】狠狄切音歷錫韻
㈠玉名。見[集韻]。
㈡瓓俗字。見[正字通]。

【璐】魯故切音路遇韻
玉也。見[說文]。[段注]九章、被明月兮佩寶—。王逸注寶—、美玉也。

【璒】都騰切音登蒸韻
石之似玉者。見[說文]。

【[illegible]】許緣切音喧先韻
隙也。見[字彙]。

【璌】雛戀切音籑霰韻
珍—。見[廣韻]。

【璿】旬宣切音旋先韻
古璿字。見[說文]。[按說文、璿。美玉也]。

【[illegible]】戶散切音旱旱韻
玉色也。見[字彙補]。

【璔】咨騰切音曾蒸韻

玉皃見〔集韻〕。

【璕】徐心切音尋侵韻 美石次玉見〔字彙〕。

【⿰王孱】仕諫切音棧諫韻 玉名見〔集韻〕。

【⿰王畢】逼密切音筆質韻 青白玉管見〔玉篇〕。

【⿰王勞】郎刀切音勞豪韻 玉名見〔集韻〕。

【⿰王朁】緇岑切音簪侵韻 又杏林切音稯才涔切音鬵鋤簪切音岑侵韻 石之似玉者見〔說文〕。

【璢】力求切音留尤韻 一璃。珠也。詳璃字。

【瑠】力救切音溜宥韻 瓦飯器也見〔廣韻〕。

【⿰王奄】遏合切音姶合韻 婦人首飾。見〔集韻〕。

【⿰王號】音號號韻 玉也。見〔川篇〕。

【⿰王堯】音未詳 人名〔宋史新編〕雍熙時。授西南蠻龍漢一、遵遠大將軍。封歸化王。

【⿰王焉】瑇本字。見〔說文〕〔按字亦作瑇。與一形體小異。康熙字典以瑇爲瑇本字〕

【⿰王蜀】瑇本字見〔集韻〕。

【璚】古璿字見〔集韻〕。

【瑨】同瑪。詳瑪字。

【璃】同瓈見〔類篇〕。

【璖】同璖見〔字彙〕。

【⿰王奐】同瑍見〔字彙補〕。

【璝】同瑰見〔字彙〕。

【⿰王散】珊俗字見〔正字通〕。

【⿰王豦】璩俗字見〔正字通〕。

十三畫

【璦】於代切音愛隊韻 ●一美玉。見〔集韻〕。●二一琿。即璦琿。詳琿字。

【⿰王愛】璦譌字。見〔正字通〕。

【璧】必益切音辟陌韻 ●一瑞玉圜也。見〔說文〕。〔段注〕瑞以玉爲信也。周禮曰。璧圜、象天也。●二肉倍好謂之一。見〔爾雅釋器〕。●三玉環也。〔國策衛策〕白一一。●四圭其底爲一。見〔周禮典瑞〕圭一注。●五大一。琬琰之珪。見〔書顧命傳〕。●六一者所以祈神也。見〔後漢隗囂傳注〕。●七君享用一。夫人用琮。天地配合之象也。〔儀禮聘禮〕束帛加一。束帛加琮。●八一之爲言積也。見〔白虎通瑞贄〕。●九一雍。環之以水。圓而如一也。見〔後漢崔駰傳注〕〔按白虎通辟雍。辟雍所以行禮樂宣德化也。辟者一也。象一圓以法天也。〕●十東一。星名。〔詩定之方中疏〕一居南則在室東。故因名東一。●十一州名。唐置。屬山南道。當今四川通江縣。●十二通辟。〔淮南覽冥〕一襲無理。〔注〕一讀辟。

【璨】蒼案切音粲翰韻 ●一玉光也。見〔說文新附〕。●二美玉。見〔廣韻〕。●三璀一。珠垂皃。〔文選孫綽賦〕琪樹璀一而垂珠。

【璩】求於切音渠九魚切音居魚韻 ●一環屬。見〔說文新附〕。〔按正字通云。山海經、戎俗以貫耳。通作鐻。〕●二玉名。見〔字書〕。●三同璖。見〔類篇〕。●四同璖。見〔類篇〕。●五同蘧。姓也。見〔洪武正韻〕。

【璪】子皓切音早皓韻 ●一玉飾如水藻之文。虞書曰。一火粉米。見〔說文〕〔段注〕按虞書一字。衣之文也。當从衣而从玉者。假借也。衣文玉文。皆如水藻。故相假借。禮經文采之訓。古文多用繅字。今文多用一。藻字其實三字皆假借。〔按王注。、當依鄭傳作藻。粉、大徐作黺。非。〕●二雜采絲貫玉爲冕飾。〔禮記郊特牲〕戴冕一十有二旒。●三通繅。〔儀禮聘禮〕啟櫝取圭垂繅。〔注〕今文繅作一。

【瓗】似睡切音遂寘韻 玉名。見〔玉篇〕。

【璿】旬宣切音旋先韻

㊀璿或字。〔集韻〕璿說文、美玉也。或作—。

㊁瓊譌字。見〔正字通〕。

【璫】都郎切音當陽韻

㊀華飾也。見〔說文新附〕。

㊁椽頭飾也。〔文選班固賦〕裁金璧以飾—。〔按顏氏司馬相如傳注曰。璧—以玉爲椽頭。當即所謂璇題玉題者也。一曰。以玉飾瓦之當也。〕

㊂草名。〔詩采采卷耳疏〕卷耳如婦人耳中—。今或謂之耳—。

㊃穿耳施珠曰—。此本出於蠻夷所爲也。蠻夷婦女、輕浮好走。故以此—錘之也。見〔釋名釋首飾〕。

㊄貂—。宦者飾。以金爲之。當冠前。附以金蟬也。互詳貂字。

㊅丁—。玉佩聲。〔正字通〕詩緋、玉佩鳴丁—。一作丁當或作丁東。東、即當也。

㊆琅—。長鎖也。〔漢書王莽傳〕以鐵鎖琅—其頸。〔又〕驛名。〔一統志〕梓潼縣上亭驛。一名琅—驛。

㊇金琅—。鈴鐸也。〔杜甫詩〕風動金琅—。

【璺】于容切音邕冬韻

㊀玉器。見〔玉篇〕。

㊁石次玉。見〔集韻〕。

【璯】黃外切音會苦夬切音快泰韻

㊀玉飾冠縫。見〔集韻〕。

㊁人名。晉有錢—。見〔集韻〕。

【環】胡關切音還删韻

㊀璧也。肉好若一謂之—。見〔說文〕。〔段注〕古者還人以—。亦瑞玉也。鄭注經解曰。—取其無窮止。引伸爲圍繞無端之義。古祇用還。〔按左傳正義引李巡曰。其孔及邊肉大小適等曰—。〕

㊁還也。〔國語晉語〕驪姬使奄楚以—釋言。〔按荀子。絕人以玦。反玦以—。注。大夫待放於竟。君賜之—則還。凡人臣既廢復秩還朝謂之賜—。〕

㊂珠也。〔後漢張衡傳〕獻—琨與琛縭兮。〔按文選注。—、珠也。琨、璧也。〕

㊃繞也。〔國語吳語〕吳之與越。三江—之。

㊄旋也。〔大戴記保傅〕亟顧—面。

㊅周也。〔左昭十六年傳〕—、而塹之及泉。

㊆刀本也。〔釋名釋兵〕刀其本曰—。形似—也。

㊇言轉旋也。〔山海經大荒北經〕相繇九首蛇身自—。

㊈—幅廣袤等也。〔儀禮士喪禮〕布巾—幅不鑿。

㊉謂循—也。〔素問診要經終論〕間者—也。

⑪—堵面一堵也。〔禮記儒行〕—堵之室。

⑫—絰是周迴纏繞之名。〔禮記雜記〕小斂—絰。

⑬—狗。古外國名。〔山海經海內北經〕—狗、其爲人獸首人身。一曰。蝟狀如狗。

⑭—人。官名。見〔周禮秋官序官〕。

⑮—佩。佩玉也。〔禮記經解〕行步則有—佩之聲。

⑯上—。頭忖也。〔禮記玉藻〕瓜祭上—。

⑰重—。子母—也。〔詩盧令〕盧重—。

⑱玉—。人名。唐楊貴妃名玉—。〔又〕縣名。屬浙江。

⑲人名。〔左襄十四年傳〕今余命女—。〔注〕齊靈公名。

⑳官名。〔左文元年傳〕且掌—列之尹。〔注〕宮衛之官。〔按周禮—人。掌致師察軍慝。—四方之故。注。循察內外。若—之相循不窮。四方有兵戎之故。則—繞而巡之。〕

㉑州名。隋置。古朔方鳴沙地。當今甘肅—縣。

㉒量名。〔考工記冶氏〕重三鋝。〔注〕鋝、鍰也。今東萊稱或以大半兩爲鈞。十鈞爲—。—重六兩大半兩。

㉓器名。〔方言〕㡛。宋魏陳楚江淮之間謂之繯。或謂之—。〔注〕㡛、絲蠶簿橫也。

㉔同瑗。〔左襄十四年傳〕齊靈公名—。〔公羊作瑗〕。

㉕同鐶。〔詩盧令〕盧重—。〔白帖九十八作鐶〕。

㉖同圜。〔孟子公孫丑〕—而攻之而不勝。〔晉書段灼傳作圜圍而攻之。有不尅者〕。

㉗同轘。〔周禮野廬氏注〕車有—轅坻閣。〔釋文〕—、本作轘。

㉘姓也。〔史記田敬仲世家〕—淵之徒。七十六人。

【環】胡慣切音患諫韻

郤也。見〔集韻〕。〔按周禮夏官—人注。猶郤也。通訓定聲云。疾急也。〕

㊁繞也。〔漢書項羽傳〕故因—封之三縣。〔注〕繞南皮三縣以封之。—音宦。

【璱】色櫛切音瑟質韻

㊀玉英華相帶、如瑟弦也。詩曰。—彼玉瓚。見〔說文〕〔段注〕左思吳都賦。符采彪炳。劉逵注曰。符采、玉之橫文也。詩大雅作瑟。箋云。瑟、絜鮮貌。孔子曰。璠與、近而視之。瑟若也。

㊁——碧珠也。通作瑟瑟。見〔韻會〕。

㊂同琗。見〔類篇〕。

【璲】徐醉切音遂寘韻

㊀瑞玉名也。〔爾雅釋器〕—、瑞也。

㊁玉—。以玉為佩也。見〔玉篇〕。

㊂同遂。〔詩芄蘭容兮遂兮傳〕佩玉遂遂然。〔箋〕瑞也。言惠公佩容刀與遂。〔韻會〕—、通作遂。

【璥】舉影切音警梗韻居慶切音敬敬韻

玉也。見〔說文〕。〔正字通云。玉名。〕

【⿰王號】後到切音號號韻下老切音皓皓韻

石之似玉者。讀若鎬。見〔說文〕。

【璬】吉了切音皎篠韻

玉佩。見〔說文〕〔段注〕古者雜佩謂之佩。玉亦謂之玉佩。—之言皦也。玉石之白曰皦。

【璭】古困切音睔願韻

琯或字。〔集韻〕治金玉使瑩曰琯。或从運。

【⿰王毄】郎狄切音歷錫韻

玉也。讀若鬲。見〔說文〕。

【璮】儻旱切音坦旱韻

玉名。見〔集韻〕。

【⿰王殿】他甸切音塡霰韻

瑱或字。〔集韻〕瑱以玉充耳。或从殿。

【⿰王殿】他典切音腆銑韻

琠或字。〔集韻〕琠、玉也。或从殿。

【⿱殿玉】堂練切音電霰韻

玉色也。見〔集韻〕。〔正字通云。俗瑱字。按義从瑱為正。舊注玉色。非。存參。〕

【⿰王葛】居曷切音葛曷韻

石似玉者。見〔集韻〕。

【⿰王蜀】殊玉切音蜀沃韻

玉名。見〔集韻〕。

【⿰王普】亭年切音田先韻

玉光。見〔篇海類編〕。

【⿰王賁】音未詳

郭璞山海經註引世本云。顓頊娶於騰—氏。謂之女祿。產老童。路史國名記作騰濆。見〔字彙補〕。

【⿰王菐】璞本字。見〔說文〕。

【⿰王鬼】同瓌。見〔字彙〕。

【⿱殸玉】同瓔。見〔正字通〕。

【⿰王鄉】珦或字。見〔集韻〕。

【瑓】瑀或字。見〔集韻〕。

十四畫

【⿰王敷】芳無切音敷虞韻

㊀璑—。美玉也。見〔集韻〕。〔按正字通云。玉類無璑—。或曰瓀瓀二字之譌。〕

㊁同琈。見〔集韻〕。

【⿰王數】凌如切音臚魚韻

玉名。見〔集韻〕。

【⿰王綦】渠之切音其支韻

㊀弁飾。往往冒玉也。見〔說文〕〔注〕謂綴玉於武冠。若棊子之列布也。左傳曰。瓊冠玉纓是也。〔按段注。弁師曰。王之皮弁會五采玉琪。鄭司農云。琪讀如綦車轂之綦。按許謂以玉飾弁曰琪。與司農說同。後鄭則易琪為綦。綦、結也。皮弁之縫中。每貫結五采玉以為飾。謂之綦。蓋後鄭謂經琪字乃玉名。故易為綦字。曹風、其弁伊騏。箋亦云。騏當作綦。自用其周禮說也。許同先鄭說。往往、歷歷也。鄭云。⿰目枼⿰目枼而處是也。〕

㊁同璂。見〔廣韻〕。

㊂同琪。〔周禮弁師釋文〕璂、本作琪。

㊃同騏。〔詩鳲鳩釋文〕騏、說文作—。

【⿱監玉】居衡切音監先韻

㊀玉名。見〔集韻〕。

㊁豎謌字。見〔正字通〕。

【⿰王賔】蒲眠切音蹁先韻

珠名。見〔集韻〕。

【璸】悲巾切音份眞韻

㊀玉文理皃。見〔集韻〕。

㊁文采狀也。〔史記司馬相如傳〕—斒文鱗。

(三)同玢。見〔類篇〕。
(四)同玭。見〔類篇〕。

【璹】神六切音孰屋韻
本作璹。〔說文〕璹。玉器也。〔注〕爾雅璋大八寸謂之琡。說文有璹無琡。宜同也。〔按集韻。—說文、玉器也。隸作—。〕

【璹】、是酉切音受有韻大到切音導號韻
玉名。見〔集韻〕。

【璺】文運切音問問韻許慎切音舋震韻
(一)玉破也。見〔集韻〕。
(二)器破而未離謂之—。見〔揚子方言〕
(三)微裂也。〔素問六言正紀大論〕爲—啟。
(四)龜兆文也。〔書洪範疏〕灼龜爲兆。其—折形狀有五種。
(五)同璺。玉之坼也。〔周禮大卜注〕其象似玉瓦原之璺罅。〔釋文〕璺本作—。

【璼】盧甘切音藍覃韻
(一)玉名。見〔集韻〕。
(二)俗藍字。〔正字通〕藍田產玉。本作藍。俗作—。

【璽】想氏切音徙紙韻
(一)璽籀文。見〔說文土部〕。〔按說文、璽王者之印也。段注。蓋周人已刻玉爲之。王者所執則曰—。按周禮貨賄用—節。注云—節、主以通貨賄。—節者。今之印章也。蓋古者尊卑通偁。至秦漢而後爲至尊之偁。許此語、舉漢制也。按自秦漢至明清。惟皇帝印稱—。民國亦行國—。三年十二月政府公布有國—鈐蓋條例。參閱印字。〕
(二)徙也。封物使可轉徙而不可發也。見〔釋名釋書契〕。
(三)信也。古者尊卑共之。見〔韻會〕。
(四)—書。封書也。〔國語魯語〕追而予之—書。
(五)封—。印封也。〔淮南時則〕固封—。
(六)古者大夫之印亦稱—。〔國語魯語〕追而予之—書。〔按左襄二十九年傳。—書追而與之。疏此侯大夫印稱—也〕
(七)皇帝六—。皆玉螭虎紐。見〔獨斷〕。〔按漢輿服志。—皆玉螭虎紐。文曰皇帝行—。皇帝之—。皇帝信—。天子行—。天子之—。天子信—。凡六。外有大藍田玉—。文曰受天之命。皇帝壽昌。〕
(八)唐改—曰寶。〔正字通〕舊制、乘輿六—。唐改爲寶。唐末喪亂多亡失。周廣順中詔作二寶。曰皇帝承天受命之寶。皇帝神寶。初太宗刻受命元—。以白玉爲螭首。文曰。皇帝景命。有德者昌。武后改諸—皆爲寶。中宗即位。復爲—。開元六年復爲寶。初改—書爲寶書。再改傳國寶爲承天大寶。
(九)人名。〔山海經大荒西經〕稷之弟曰台—。生叔均。
(十)國名。〔字彙補〕抱朴子有—產國。
(十一)姓也。明—書。見〔姓譜〕。

【璾】在禮切音薺薺韻
玉病謂之—。見〔集韻〕。

【璾】津私切音咨支韻
(一)黍稷在器以祀者。見〔集韻〕。
(二)同齏。見〔集韻〕。

【璿】旬宣切音旋先韻䁝桂切音禊俞芮切音叡霽韻
(一)美玉也。春秋傳曰。—弁玉纓。見〔說文〕。〔段注〕山海經。西王母之山。有—瑰瑤碧。郭傳。—瑰、玉名。竹書穆天子傳。重䜌氏之所守。曰枝斯—瑰。郭注。—瑰、玉名。引左傳贈我以—瑰。按左傳成公十七年。今本作瓊瑰。傳公廿八年—弁、今本作瓊弁。張守節史記。—璣、今本作瓊璣。—與瓊、古書多相亂。〕
(二)—璣。謂北辰句陳樞星也。見〔說苑辨物〕。
(三)同琁。見〔正韻〕。〔按文選顏延年陶徵士誄。—玉致美。李注山海經。升山、黃酸之水出焉。其中多琁玉。說文曰。琁亦—字。〕
(四)同琁。〔爾雅釋詁注〕在—璣玉衡。〔釋文〕—、又作琁。
(五)同璚。見〔集韻〕。
(六)同叡。見〔集韻〕。
(七)同璃。見〔類篇〕。
(八)通旋。〔書舜典〕在—璣玉衡。〔史記律書作旋璣玉衡。〕

【瓛】爽周切音猷尤韻以九切音酉有韻戈笑切音耀嘯韻
(一)遺玉也。見〔說文〕。〔段注〕謂贈遺之玉也。何休曰。知死者贈襚。襚、猶遺也。大宰典瑞皆言大喪贈玉。注云。蓋璧也。

玉名。山海經、平丘有遺玉。見〔類篇〕。

同璺。見〔玉篇〕。〔正字通云。璺譌字〕

【瓀】而宣切音堧先韻乳兗切音耎銑韻

珉也。見〔集韻〕。

—玟石次玉者。〔禮記玉藻〕士佩—玟而縕組綬。

同瑌。〔詩青衿青青子佩傳〕、士佩—珉而青組綬。〔釋文〕—本又作瑌。

(四)同礝。〔禮記玉藻釋文〕、徐作礝。

(五)同碝。見〔正字通〕。

【瓁】五郭切音臒藥韻

玉璞。見〔集韻〕。

水名。〔管子輕重〕決—洛之水。通之杭莊之間。

【璵】羊諸切音余魚韻

—璠也。見〔說文新修字義〕。〔桂注〕左傳正義云說文云。—璠、魯之寶玉。—璠是一玉名。

【璶】徐忍切音賮震韻

石之似玉者。見〔說文〕。

【𤩽】祖誄切音澤紙韻

玉名。見〔集韻〕。

【𤪎】下瞎切音轄黠韻何葛切音曷曷韻

石之似玉者。讀若曷。見〔說文〕。

【瓂】居太切音蓋泰韻

人名。晉有建平夷王向—。見〔集韻〕。

【𤫕】璘本字。見〔正字通〕。〔按廣雅釋詁〕—。文也。

【璅】瑣本字。見〔正字通〕。〔按璅、篆文作璅。當是璅本字之誤〕

【𤪌】璵或字。〔集韻〕璵、璠璵魯之寶玉。或作—。

十五畫

【瓊】葵營切音煢庚韻

(一)赤玉也。見〔說文〕。〔桂注〕韻會、錢氏曰。詩言玉以—者多矣。—華、—英、—瑩、—瑤、—琚、—玖。皆謂玉色之美者爲—。許叔重云、—赤玉也。然木瓜所謂—玖。玖乃黑玉。亦非赤也。楊愼曰。說文、—赤玉也。此訓恐非。〔按段本改作亦玉也。注云。說文時有言亦者。如李賢所引、診。亦視也。鳥部、鷩。亦神靈之精也之類。此上下文皆云玉也。則—亦當爲玉名。王注。赤、當依詩傳作美〕

(二)玉之別名。〔左僖二十八年傳〕楚子玉自爲—弁玉纓。

(三)玉之華也。〔漢書揚雄傳〕精—靡與秋菊兮。

(四)—瑩石似玉。卿大夫之服也。〔詩著〕尚之以—瑩乎而。

(五)—瑤。謂玉音也。〔文選江淹詩〕末響寄—瑤。

(六)曲—。玉鉤也。〔楚辭招魂〕挂曲—些。

(七)積石爲樹。名曰—枝。見〔玉篇〕。〔按漢書司馬相如傳。咀噍芝英兮嘰—華。張揖注。—樹、生崑崙西流沙濱〕

(八)用十二綦、六綦白。六綦黑。所擲頭謂之—。見〔鮑宏博經〕。〔按范成大詩。燈市早投—。猶今言擲骰〕

(九)人名。〔古今注〕魏文帝宮人絕愛者有莫—樹。

(十)地名。漢朱厓郡。唐析置—州。今廣東—山縣。

【瓄】徒各切音獨屋韻

(一)崑山出—玉也。見〔玉篇〕。〔按說文、璗。—玉也。段注。廣雅玉類有璗。—說解有—而無篆文—者。蓋古祗用賣。後人加偏旁。許君書或本說解內作賣。或說解內不妨从俗。而篆文則不錄也〕

(二)圭名。見〔廣韻〕。

(三)玉器。見〔集韻〕。

【瓃】盧回切音雷灰韻倫追切音纍支韻力僞切音累寘韻

玉器也。見〔說文〕。〔段注〕儁不疑傳。帶櫑具劍。晉灼曰。古者長劍首以玉作井鹿盧形。上刻木作山形。如蓮花初生未敷時。

【瓈】憐題切音黎齊韻

通黎。〔正字通〕玻—。或作頗黎。〔詳玻字〕。

【瑑】柱兗切音篆銑韻

瑑或字。〔集韻〕瑑。圭璧上起兆。或从篆。

【璓】敕倫切音杶真韻
玉名。見〔集韻〕。

【瓅】狠狄切音歷錫韻
玓—也。見〔說文〕。〔桂注〕字或作礫。思玄賦。矴礫以遺光。又借爍字。羽獵賦。隨珠和氏。焯爍其波。〔按玓—、明珠光也。史記上林賦。玓—江靡。注。言明月之珠。其光耀乃照於江邊也。字又作皪。文選舞賦。珠翠的皪而炤耀。李善云。說文、的皪。珠光也。〕

【瓆】職日切音質質韻
人名。後漢劉—。見〔集韻〕。

【瓇】耳由切音柔尤韻
玉名也。見〔聲類〕。

【⿰王戠】其既切音鱀未韻
珠不圓者。見〔集韻〕。〔按卽璣字之異文。〕

【瓋】他歷切音擿錫韻
瑕也。呂氏春秋、必有瑕—。見〔字彙補〕。

【璺】文運切音問問韻
裂也。見〔廣雅釋詁〕。〔釋文〕音問。

【⿰王廛】呈練切廛去聲霰韻
瓏—。粉糖。果名。武林舊事、諸色瓏—蜜煎。見〔字彙補〕。

【璲】璲本字。見〔說文〕。

【瓀】同瑌。見〔五音集韻〕。

【瓉】瓚俗字。見〔正字通〕。

十六畫

【瓏】力鍾切音龍冬韻
禱旱玉也。爲龍文。見〔說文〕。〔王注〕依左傳正義引補字林。禱旱玉。爲—。山海經。應龍在地下。故數旱。旱而爲應龍狀。乃得大雨。是以禱旱之玉爲龍文也。

【瓏】盧冬切音籠東韻
㊀聲也。見〔廣雅釋詁〕。
㊁—玲。金玉之聲。〔太玄唐〕亡彼—玲。〔又〕明見貌。〔漢書揚雄傳〕和氏—玲。
㊂玲—。玉聲。一曰風聲。見〔集韻〕。

【⿰王剌】郎達切音剌曷韻
同瑯。〔類篇〕瑯。說文、玉也。亦从賴。

【瓐】龍都切音盧虞韻
碧玉也。見〔韻會〕。〔按集韻云。博雅。碧—、玉也。〕

【瓗】旬爲切音隨支韻
珠也。蛇銜之以報隨侯。楚辭因从玉。見〔集韻〕。

【瓑】狠狄切音歷錫韻
同瓅。玉名。見〔字彙〕。〔正字通云。俗瓅字。〕

【瓌】姑回切音傀灰韻
傀或字。見〔說文人部〕。〔按說文。傀。偉也。段注。方言。傀。盛也。注。言瓌瑋也。周禮作裁。許作災。〕

【⿱叡玉】璿籒文。見〔說文〕。〔段注〕叡部曰。叡。籒文叡。疑此籒當作叡。叡。小篆叡字。省大篆爲之也。

【瓖】同瑰。見〔廣韻〕。

【⿰王巂】瓗俗字。見〔正字通〕。

十七畫

【瓔】伊盈切音嬰於莖切音罌庚韻
㊀石似玉。見〔集韻〕。〔按玉篇引埤蒼。—琅。石似玉也。〕
㊁—珞。頸飾。見〔廣韻〕。

【瓖】思將切音襄陽韻
㊀玉名。見〔類篇〕。
㊁馬上飾。見〔玉篇〕。
㊂馬帶玦。〔文選張衡賦〕鉤膺玉—。
㊃婦女釵釧如飾。俗謂之—嵌。或金或玉不同。其爲—一也。見〔正字通〕。〔今俗作鑲〕

【⿱彌玉】民卑切音彌支韻息淺切音獮銑韻
玉名。見〔集韻〕。

【⿱彌玉】想氏切音徙紙韻
弛弓。見〔集韻〕。

【⿰王燮】悉協切音燮葉韻
石之次玉者。見〔說文〕。〔按鉉本如此。鍇本作石之玉言次玉者。玉篇、廣韻、皆云。—石似玉。〕

【瓓】郎旰切音爛翰韻
玉采。見〔集韻〕。

【⿱霝玉】郎丁切因齡青韻
靈本字。〔說文〕巫也。以玉事神。〔段注〕屈賦九歌。靈偃蹇兮皎服。又靈連蜷兮旣留。又思靈保兮賢姱。王注皆云。靈、巫也。楚人名巫爲靈。引伸之義。如謚法曰。極知鬼事曰靈。好祭鬼神曰靈。曾子曰。陽之精氣曰神。陰之精氣曰靈。毛公曰。神之精明者稱靈。皆是也。〔按桂注。以玉事神者。周禮司巫。凡祭祀守瘞。注云。瘞、謂若祭地祇有埋牲玉者也。〕

【⿰王賈】音未詳
玉名。穆天子傳、玲瓏虒—。王世貞太和山賦、虒—玗琪。見〔字彙補。〕

【⿰王輿】同璵。見〔字彙補。〕

十八畫

【瓗】葵營切音瓊庚韻玄圭切音攜齊韻戈睡切音纗寘韻睽桂切音㩗霽韻津垂切音厜紙韻
●一 瓊或字。見〔說文。〕
●二 玉名。見〔廣韻。〕

【瓘】古玩切音貫翰韻
玉也。春秋傳曰。—斝。見〔說文。〕〔段注〕左氏傳齊有陳—。字子玉。〔左氏傳昭公十七年。裨竈曰。我用—斝玉瓚。鄭必不火。〔按左昭十七年傳注—珪也。疏—是玉名。〕

【⿰王夒】而由切音柔尤韻奴刀切音猱豪韻如招切音饒蕭韻
玉也。讀若柔。見〔說文。〕〔王注〕尙書擾而毅。徐廣曰。擾、一作柔。

【璹】徒到切音導號韻
玉也。見〔玉篇。〕

【⿰王夒】奴刀切音猱豪韻
玉名。見〔五音篇海。〕〔按疑卽瓔字之譌。〕

【⿰王雝】璽本字。見〔正字通。〕

【⿱珡金】古琴字。見〔集韻。〕

十九畫

【瓚】才贊切音讚則旰切音贊翰韻在坦切音趲旱韻
●一 三玉二石也。禮、天子用全。純玉也。上公用駹。四玉一石。侯用—。伯用埒。玉石半相埒也。見〔說文。〕〔注〕—亦圭也。圭之狀。剡上邪銳之。於其首爲杓形。謂之—。於其柄中爲注水道。所以灌鬯酒。三玉二石。謂五分玉之中。二分是石。—之言贊也。贊、進也。以進於神也。自禮天子以下。皆周禮玉人之事也。〔按考工記。河間獻王以之補周官。故許君尊之曰禮。玉人、駹作龍。埒作將。注。鄭司農云。龍當爲尨。尨謂雜色。玄謂全純玉也。—讀爲饡餟之饡。龍—將皆雜石也。段玉裁云。許君龍作駹。從先鄭易字也。埒、許鄭同。皆不作將。倘是將字。鄭不得釋爲雜。鄭以後傳寫失之。王筠云。鄭君曰。公侯四玉一石。伯子男三玉二石。與白虎通合。然記分別異名。則許說爲長。〕
●二 杓也。〔左昭十七年傳〕若我用瓘斝玉—。鄭必不火。〔按文侯之命序。平王錫晉文侯秬鬯圭—。傳云。以圭爲杓柄。謂之圭—。正義云。祭之初。酌鬱鬯之酒以灌尸。圭—者。酌鬱鬯之杓。杓下有槃。—卽槃之名也。〕
●三 璋—也。〔詩棫樸〕左右奉璋。〔箋〕祭祀之禮。王祼以圭—。諸臣助之。亞祼以璋—。
●四 玄—。以玄玉飾之。〔漢書揚雄傳〕玄—觩膠。

【⿱珡金】古琴字。見〔說文琴部。〕〔按說文。琴、禁也。段注。今人所用琴字。乃上从小篆下作今聲。〕

二十畫

【瓛】胡官切音桓寒韻許建切音獻願韻
●一 桓圭。公所執。見〔說文。〕〔段注〕大宗伯曰。公執桓圭。注。公、二王之後及王之上公。雙植謂之桓。桓、宮室之象。所以安其上。桓圭。蓋亦以桓爲瑑飾。
●二 人名。〔文選劉峻論〕近世有沛國劉—。

【瓛】魚列切音钀屑韻
馬鑣也。見〔正韻。〕

二十一畫

【⿰王甗】語蹇切音巘銑韻
玉甗。見〔集韻。〕

【⿰王纍】倫追切音纍支韻
瓃或字。〔集韻〕瓃。玉器。或作—。

【⿰王靁】盧回切音靁灰韻
瓃或字。〔集韻〕瓃。說文、玉器也。或作—。

二十二畫

【⿰王鬵】徐心切音尋侵韻
石似玉。見〔集韻。〕

※石部※

【石】常隻切音碩陌韻

❶山石也。在厂之下。口象形。見〔說文〕。〔注〕口音圍。〔按釋名釋山〕山體曰—。—、格也。堅捍格也。楊泉物理論。土精為—。—、氣之核也。氣之生—。猶人筋絡之生爪牙也。
❷磬也。〔書益稷〕予擊—拊—。
❸八音之一。〔周禮大師〕皆播之以八音。金、—、土、革、絲、木、匏、竹。
❹碑碣也。〔呂覽求人〕故功績勒乎金—。〔注〕—、豐碑也。
❺堅也。〔素問示從容論〕沈而—者。
❻大也。〔漢書匈奴傳〕—畫之臣甚衆。〔注〕鄧展曰。—、大也。師古曰。—、言堅固如石也。
❼鐘無聲也。〔周禮典同〕厚聲—。〔注〕鐘太厚則如—。叩之無聲。
❽砥也。〔國語晉語〕加密—焉。
❾擿也。見〔廣雅釋詁〕。〔疏證〕新書連語篇云。提—之者猶未肯止。是—為擿也。
❿託也。〔春秋說題辭〕—之為言託也。託立法也。
⓫脈也。〔素問平人氣象論〕胃而有—曰冬病。〔注〕—、冬脈水氣也。
⓬量名。〔說苑辨物〕十斗為—。〔按民國四年一月公布權度法萬國權度通制容量一百公升為一公—。〕
⓭衡名。〔書五子之歌〕關—和鈞。〔疏〕三十斤為鈞。四鈞為—。〔按民國四年一月公布權度法。萬國權度通制重量一百公斤為一公—。〕〔又〕弓力也。〔唐書張弘靖傳〕汝輩挽兩—弓不如識一丁字。
⓮祿秩之數。〔漢書百官公卿表注〕師古曰。漢制。三公號稱萬—。其俸月各三百五十斛穀。
⓯—田。不可耕之田也。〔左哀十一年傳〕得志于齊。猶獲—田也。
⓰—人。喻長存也。〔史記灌夫傳〕且帝寧能為—人邪。〔集解〕謂帝不如—人得常存也。〔正義〕顏師古云。言徒有人形耳。不知好惡。
⓱肺—。赤—也。〔周禮大司寇〕以肺—達窮民。〔疏〕肺屬南方火。火色赤。肺亦赤。故知名肺—。是赤—也。必使之坐赤—者。使之赤心不妄告也。
⓲藥—。藥之—類也。〔左襄二十三年傳〕孟孫之惡我。藥—也。〔疏〕治病藥分用—。本草所云鍾乳礬磁—之類多矣。
⓳砭—也。〔素問病能論〕夫氣盛血聚者。宜—而寫之。
⓴磁—。鐵之母也。〔呂覽精通〕慈—召鐵。或引之也。
廿一 發—以投人也。〔後漢堅鐔傳〕輙先當矢—。
廿二 星也。〔左僖十六年傳〕隕—于宋。五隕星也。
廿三 離—。地名。〔廣韻〕秦伐趙取離—。〔按漢離—縣屬西河郡。當今山西離—縣。〕
廿四 —女。五不女之一。不通人道者。即實女也。〔因明論〕如謂我母是其—女。
廿五 —首。魚名。〔廣雅〕—首。鰺也。〔疏證〕字林云。鰺魚出南海。頭中有—。一名—首。
廿六 —決明。貝屬。〔本草綱目〕—決明。形長如小蚌而扁。外皮甚粗。細孔雜雜。內則光耀。背側一行有孔如穿成者。生於石崖之上。海人泅水。乘其不意。即易得之。否則緊黏難脫也。
廿七 —蜋。即螳螂也。〔方言〕螳螂謂之髦。〔注〕有斧蟲也。江東呼為—蜋。
廿八 —耳。菜名也。〔呂覽本味〕漢上—耳。
廿九 —竹。花名。〔廣羣芳譜〕—竹。草品。纖細而青翠。花有五色。單葉千葉。又有翦絨嬌豔等目。一云千瓣者。名洛陽花。草花中佳品也。
三十 —敢當。見〔急就篇〕。〔注〕敢當、言所當無敵也。
卅一 通碩。〔韻會〕凡稱碩者、言其量也。麤布皮革羊裘之數亦稱—。
卅二 姓也。左傳衞大夫—碏。〔又〕複姓。孔子弟子—作蜀。何氏姓苑有—牛氏。

一畫

【𥐕】乙黠切音軋黠韻
石皃。見〔集韻〕。

二畫

【矴】丁定切音訂徑韻
錘舟石。見〔集韻〕。

【矶】普八切音汃黠韻
石破聲。見〔集韻〕。

【𥐘】匹角切音朴覺韻

—硝。藥名見〔五音集韻〕。

【𥐒】口骨切音窟月韻　用心也見〔字彙補〕。

【后】古石字見〔集韻〕。

【𥐝】砭或字見〔集韻〕。

【𥐕】砌俗字見〔正字通〕。

三畫

【矸】侯旰切音翰魚旰切音岸翰韻居寒切音干寒韻
(一)石也。見〔集韻〕。
(二)白淨貌。〔史記鄒陽傳集解〕甯戚疾擊其牛角商歌曰。南山—。白石爛。〔索隱〕—者白淨貌也。〔按漢書注師古曰。—字與岸同。〕
(三)礁也。見〔玉篇〕。
(四)丹—。丹砂也。〔荀子正論〕加之以丹—。

【矸】古旱切音笴旱韻居案切音旰翰韻
(一)擊也。見〔集韻〕。
(二)礎石。見〔集韻〕。
(三)碾磑也。見〔廣韻〕。

【矹】五忽切音兀月韻
(一)硉—。不穩貌。見〔廣韻〕。〔又〕山崖。見〔集韻〕。〔又〕沙石隨水貌。〔文選郭璞賦〕巨石硉—以前卻。
(二)石竦立貌。見〔正字通〕。
(三)通兀。〔杜甫詩〕骨骼硉兀如堵牆。

【𥐥】謨郎切音茫陽韻
(一)—碭。山名。史記本作芒。見〔廣韻〕。
(二)山石貌。見〔字彙〕。

【𥐰】初佳切音釵佳韻
(一)石名。見〔玉篇〕。
(二)小石。見〔集韻〕。

【矻】苦骨切音窟月韻
(一)石也。見〔集韻〕。
(二)——。健作貌。〔漢書王褒傳〕勞筋苦骨。終日——。〔注〕如淳曰。——。健作貌。應劭曰。——。勞極貌。

【矻】口黠切音鴶丘八切音劼黠韻

【矺】當各切音沰藥韻他歷切音摘陟格切音磔陌韻
同硈。堅也。見〔玉篇〕。
礁也。見〔集韻〕。

【矺】闥各切音託藥韻
—鼠。木名。一曰王棘。見〔集韻〕。

【矺】都盍切音答合韻竹亞切音吒禡韻
擲地鳴也。見〔集韻〕。

【矼】枯江切音腔江韻苦貢切音控送韻
慤實貌。〔莊子人間世〕且德厚信—。

【矼】古雙切音江江韻
石橋也。見〔玉篇〕。

【矷】將几切音子紙韻
石名。見〔玉篇〕。

【矽】讀若夕
化學原質之一。或譯硅。非金屬。無自然獨成者。多與養氣化合。其化合之物。實爲諸種鑛物之主成分。如水晶、蛋白石等是。又爲製造玻璃之原料。如水玻璃、鈉玻璃、鉀玻璃、鉛玻璃等是。—質如灰。形有三種。一爲淡櫻色粉。二似筆鉛形。三爲晶粒形。與金類相同。可與銅或鐵和鎔。英文 Silieon。

【𥐫】同碻。見〔廣韻〕。

四畫

【砇】眉貧切音民文韻
(一)石之美者。見〔集韻〕。
(二)通玟。〔禮記玉藻〕士佩瓀玟。〔釋文〕玟字又作—。

【𥑆】胡茅切音肴肴韻
(一)石名。見〔廣韻〕。
(二)石不平也。見〔篇海〕。

【䂜】步項切音棒講韻
(一)石皃。見〔集韻〕。
(二)同玤。石次玉。見〔正字通〕。

【砋】渚市切音止紙韻
(一)擣繒石。〔太玄止〕輆於—石。
(二)礪石。見〔玉篇〕。

【砌】七計切音妻去聲霽韻
(一)階甃也。見〔說文新附〕。
(二)危也。見〔玉篇〕。
(三)絫貌。如磚石積甃曰堆—。文字重疊而又複雜曰塡—。
(四)通切。〔文選張衡賦〕設切厓隒。〔注〕切與—、古字通。

【砏】府巾切音彬眞韻
(一)石也。見〔集韻〕。
(二)水名。見〔廣韻〕。
(三)—磤。大雷。見〔廣韻〕。

【砏】披班切音攀刪韻披巾切品平聲眞韻　｜磤。石聲也。〔楚辭危俊〕鉅寶遷兮｜磤。

【砏】敷文切音分文韻　大聲也。見〔集韻〕。

【砂】師加切音沙麻韻　丹｜。藥名。見〔本草〕。〔按玉篇廣韻皆云。俗沙字。集韻韻會沙字下注。亦竝作｜。字彙同沙。惟正字通云。｜類不一。引本草綱目云。｜載石部。與水部沙。音同義異。說是。今從之。〕

【砃】都干切音丹寒韻　白石也。見〔字彙〕。

【砄】古穴切音玦屑韻　石也。見〔集韻〕。

【矵】兪倫切音匀眞韻　石也。見〔集韻〕。

【砅】力智切音詈寘韻力制切音例霽韻鄰知切音離支韻　履石渡水也。从水石。詩曰。深則｜。見〔說文水部〕〔王注〕邶風匏有苦葉文。今作厲。〔按字彙云。披經切。聘平聲。水激山崖也。郭景純江賦。｜崖鼓作。李白詩。｜衝萬壑會。正字通云。郭李詩賦本作砯。與｜音例別。是也。今從之。〕

【砿】乎萌切音宏庚韻　石聲。見〔玉篇〕。

【砆】風無切音膚虞韻　碔｜。石次玉。〔山海經南山經〕會稽之山。其下多｜石。〔注〕｜、武夫。石似玉。今長沙臨湘出之。赤地白文。色蘢蔥不分明。〔按玉篇引此作砆。〕

【砈】五果切音婐哿韻　碨｜。石皃。見〔集韻〕。

【砉】呼昊切音洫錫韻霍虢切音謋胡麥切音畫陌韻　皮骨相離聲。〔莊子養生主〕｜然嚮然。奏刀騞然。〔釋文〕騞、崔云。音近獲。聲大於｜也。

【砎】羊諸切音予魚韻　石名。見〔篇海〕。

【砊】客庚切音阬庚韻口浪切音抗漾韻　｜磌。石聲。見〔廣韻〕。

【砊】丘剛切音康陽韻　｜磕。雷聲。〔後漢張衡傳〕凌驚雷之｜磕。

【砍】苦感切音坎感韻　｜斫。見〔篇海〕。

【砎】君拜切音介卦韻　硬也。見〔集韻〕。

【砎】訖黠切音拮黠韻　磯｜。小石。一曰磨也。見〔集韻〕。

【砎】下瞎切音舝黠韻　石皃。見〔玉篇〕。

【砐】五合切音礏合韻　｜硪。山高皃。見〔字彙〕。〔又〕動搖貌。〔文選郭璞賦〕陽侯｜硪以岸起。

【砑】魚駕切音訝禡韻　碾也。見〔集韻〕。〔按玉篇云。光石也。今之布疋及紙。用石碾｜光滑者。俗名｜光布。｜光紙。〕

【矻】古忽切音骨月韻　磨也。見〔集韻〕。

【砓】之烈切音哲屑韻　砠皃。見〔字彙補〕。

【碙】尼交切音鐃肴韻　磠或字。〔六書故〕磠石味鹹而性熱。別作｜。〔按今作硇。詳硇字。〕

【矻】苦八切黠韻　石狀也。見〔龍龕手鑑〕。

【砒】同磯。見〔字彙〕。

【砉】磺或字。見〔集韻〕。

五畫

【砟】助駕切音乍禡韻　碑石也。見〔集韻〕。

【砟】疾各切音昨藥韻　❶石也。見〔集韻〕。❷石上。見〔廣韻〕。❸人名。見〔廣韻〕。

【砢】朗可切音裸哿韻　❶磊｜也。見〔說文〕。〔按文選司馬相如賦。水玉磊｜。注。魁壘貌也。玉篇。磊｜。衆小石貌。又水經巨馬河注。淶水左會磊｜溪水。是磊｜又爲溪名矣〕。

(三)闇—相扶持也。〔文選司馬相如賦〕坑衡闇—。〔又〕盤結也見〔字彙〕。

【砢】丘何切音珂歌韻

珂或字。〔集韻〕珂。石次玉。或从石。

【砣】徒和韻音沱歌韻

(一)石也。見〔玉篇〕。

(二)同碢。飛磚戲也見〔玉篇〕。

(三)同碢。碾輪石。見〔玉篇〕。

【砥】軫視切音旨掌氏切音紙紙韻都黎切音氐齊韻典禮切音邸薺韻

(一)厎或字。見〔說文厂部〕。〔按說文厎。柔石也。毛詩大東。周道如—。孟子作厎〕。

(二)磨石也。〔書禹貢〕礪—砮丹。〔注〕—細於礪。皆磨石也。

(三)磨也。〔禮記儒行〕—厲廉隅。

(四)厲也。〔淮南道應〕文王—德脩政。

(五)平也。〔國語魯語〕籍田以力而—其遠近。

(六)均也。〔詩大東〕周道如—。〔傳〕如—、貢賦平均也。

(七)卓石也。〔淮南地形〕黑水宜—。

(八)—石。地名。〔荀子成相〕居於—石。遷於商。

(九)—柱。河之溢也。〔淮南覽冥〕飲—柱之湍瀨。

(十)—砨。玉名。〔史記范睢傳〕周有—砨。

(十一)—績。山名。〔後漢王景傳〕破—績。

(十二)通厎。〔孟子萬章〕周道如厎。〔按詩大東作—〕。

【砦】士邁切音寨卦韻

(一)籬落也。見〔集韻〕。

(二)山居以木柵。見〔廣韻〕。

(三)壘也。〔宋史楊存中傳〕拔—遁去。

砦　圖

【砧】知林切音斟侵韻

(一)石柎也。見〔說文新附〕。

(二)擣帛之質也。〔謝靈運詩〕櫚高—響發。

(三)藁—。趺也。〔吳兢樂府古題〕古詞、藁—今何在。藁—。趺也。問夫何處也。〔又〕農家擣草石。見〔正字通〕。

(四)通椹。〔爾雅釋宮〕椹謂之㮰。〔注〕斫木櫍也。〔釋文〕椹、椹本或作—。

【砭】悲廉切貶平聲鹽韻陂驗切音窆豔韻

(一)以石刺病也。見〔說文〕。〔王注〕此動字也。素問曰—石。則靜字也。〔通訓定聲〕云。按今石法失傳。

(二)以石爲鍼也。〔素問異法方宜論〕東方其治宜—石。〔說文解字注〕云。按此篇以東方—石。南方九鍼。竝論。知古金石竝用也。後世乃無此石矣。〕

(三)箴規之辭曰鍼—。〔范成大詩〕時時苦語見鍼—。

【砮】暖五切音弩麌韻農都切音奴虞韻奴故切音笯遇韻

(一)—石。可巳爲矢鏃。夏書曰。梁州貢—丹。春秋國語曰。肅愼氏貢楛矢石—。見〔說文〕。〔段注〕鏃當作族。族、矢鏠也。禹貢荊州梁州皆貢—。賈逵注國語曰。—、矢鏃之石也。按—本石名。韋昭注石—云。—、鏃也。以石爲之。乃少誤。

(二)礪也。見〔廣韻〕。

【砰】披耕切音怦庚韻披冰切音淜蒸韻

(一)大聲。〔列子湯問〕—然聞之若雷霆之聲。〔注〕以有聲涉於空寂之域。雷霆之音。未足以喩其大也。

(二)—磅。水流鼓怒之聲。〔史記司馬相如傳〕—磅訇礚。

(三)—隱。盛意也。〔漢書禮樂志〕休嘉—隱溢四方。

(四)—宕。升聲水貌。〔文選左思賦〕汨乘流以—宕。

(五)—礚。如雷之聲。見〔廣韻〕。

【砰】叵迸切音軿敬韻

石落聲。見〔集韻〕。

【砱】郎丁切音靈青韻

(一)石也。見〔集韻〕。

(二)石孔開明也。見〔正字通〕。

(三)石聲也。見〔正字通〕。

【破】普過切頗去聲箇韻

(一)石碎也。見〔說文〕。

(二)解離也。見〔玉篇〕。

(三)壞也。見〔玉篇〕。

(四)剖也。析也。〔禮記中庸〕語小天下莫能—焉。

(五)裂也。〔後漢孟敏傳〕甑已—矣。

(六)劈也。見〔增韻〕。

(七)敗也。〔左隱三年傳〕淫—義。

(八)斗建十二値之一。〔淮南天文〕申

爲—。
(九)椎—物也。〔詩車攻〕舍矢如—。
(十)凡行師敗其軍、奪其地、皆曰—。見〔正字通〕。
(十一)改顏而笑曰—渷。〔劉琨書〕—渷爲笑。
(十二)怒色爭論。俗謂之—臉。
(十三)歲—。古移徙法衡忌太歲之稱。〔論衡難歲〕負太歲名曰歲—。
(十四)—瓜。謂年紀也。〔宋謝邁詞〕—瓜年紀小腰身。〔按通俗編云。俗以女子—身爲—瓜。非也。瓜字—之爲二八字。言其二八十六歲耳。若呂巖贈張泊詩。功成當在—瓜年。則八八六十四歲〕。
(十五)凡公司無力淸償債務時。請求裁判所宣告。或裁判所自行宣告。以特別手續分遝其餘貲於債主曰—產。所依據之法律曰—產法。若普通商店雖亦曰—產。然非適用—產法。
(十六)曲遍繁聲皆曰入—。〔唐書五行志〕天寶後。樂曲多以邊地爲名。有伊州甘州涼州等。至其曲遍繁聲皆謂之入—。
(十七)耗散錢物亦謂之—。如云—鈔、—財。
(十八)查獲秘密贓犯曰—案。
(十九)—丑。複姓。唐時黨項居嶲山者曰—丑氏。〔又〕三字姓。北齊書有—六韓常。後魏書有北境賊—六汗拔陵。又西方—多雜氏。後改爲潘氏。

【破】　披義切音祊寘韻
壞也。見〔集韻〕。

【硶】　止忍切音紾紾韻
以石致川之廉也。見〔集韻〕。

【砛】　之人切音眞眞韻
(一)石不平皃。見〔集韻〕。
(二)—。難致之貌。〔太玄難〕拔石—。—力沒以引。

【砶】　力擿切音礰陌韻
(一)石聲。見〔集韻〕。
(二)二石相擊成聲也。見〔六書略〕。

【砝】　訖業切音劫葉韻
硬也。見〔集韻〕。

【砝】　居盍切音䓬合韻
石聲。見〔廣韻〕。

【砝】　讀若法
天平中用權輕重之物名—碼。

【砬】　力入切音立緝韻
—礘。石聲。一曰。石藥。能制藥毒。見〔集韻〕。

【砞】　莫曷切音抹曷韻
碎石。見〔玉篇〕。

【砠】　千余切音疽魚韻
土戴石爲—。〔韻會〕說文、本作岨。爾雅、作—。山戴石曰—。詩陟彼—矣。集韻或作崰。詩詁曰。土山戴石。行者以爲苦。故云馬瘏僕痡。毛云、石山戴土。誤。

【砉】　居麻切音加麻韻
石名。見〔玉篇〕。

【砡】　逆菊切峴入聲屋韻廣欲切
音玉沃韻
齊也。〔文選馬融賦〕簡積頵—。〔注〕字林曰。—、齊頭也。

【砆】　徒結切音姪屑韻
砲—。見〔廣韻〕。

【砆】　矧視切音矢紙韻
石墮聲。見〔集韻〕。

【硎】　湯丁切音廳靑韻
碑材。見〔集韻〕。

【硶】　覩動切音董董韻覩鵤切音湩腫韻
石墜聲。見〔集韻〕。

【砒】　此茲切音雌支韻
—黃石也。見〔篇海〕。

【砏】　符遇切音附遇韻
白石。見〔集韻〕。

【砨】　烏懈切音隘卦韻乙革切音厄陌韻
砨—。玉名。〔史記范睢傳〕周有砨—。

【砩】　放吠切音廢隊韻
以石遏水曰—。見〔廣韻〕。

【砩】　扶勿切音佛物韻
石名。見〔玉篇〕。

【砪】　莫後切音母有韻
雲—。藥石。見〔集韻〕。

【硁】　古壞切音怪卦韻
石似玉。見〔廣韻〕。

【砕】　蒲官切音盤寒韻

大石也。見〔篇海〕。

【硐】欽熒切音坰青韻 石聲。見〔集韻〕。

【硤】師止切音史紙韻 石名。見〔篇海〕。

【砰】古狎切音甲洽韻 山側也。見〔玉篇〕。

【砲】匹沃切音蓐沃韻 聲也。見〔集韻〕。

【砲】弼角切音雹覺韻 —硃。石文。見〔集韻〕。

【砲】磤或字。見〔集韻〕。

【砌】於教切音拗效韻 石不平皃。見〔集韻〕。

【砯】女下切音絮馬韻 䃎—。石垂皃。見〔集韻〕。

【硼】匹忍切音覩軫韻 石也。見〔玉篇〕。

【砛】之忍切音軫軫韻 石重密累積也。〔漢書司馬相如傳〕磐石裖崖。〔注〕孟康曰。裖、—致也。崖、廉也。以石致川之廉也。師古曰。裖、—並音之忍反。致音直二反。謂重密而累積。〔按音義並與砛同。是砛字重文。〕

【硃】徒木切音獨屋韻 種田具。見〔字彙補〕。

【砨】五火切音婀哿韻 碨—。石皃。見〔玉篇〕。

【硇】女交切音饒肴韻 —沙。藥。見〔玉篇〕。〔按今作硇。詳硇字。〕

【砉】音切屑韻 石也。見〔篇海類編〕。〔按此字音切形音不協。疑有譌誤。〕

【砝】古壞切音怪卦韻 石似玉也。見〔龍龕手鑑〕。〔按疑卽硜字之譌。〕

【砷】讀若申 化學原質之一。非金屬。自然獨成者甚少。多產於鐵鈷鎳銅錫諸礦中。與別質化合。略同於硫。可作醫藥。或顏料。或青色烟火之燃料。且與鉛混合。而爲製造槍彈之用。色深灰。質如鋼而甚脆。可研爲粉。加熱則化散而不能溶化。散之時。遇空氣必與養氣化合成—養。卽砒礵也。英文 Arsenic。

【硼】讀若布 化學原質之一。非金屬。無自然獨成者。常與鈉養化合成一質。俗名硼砂。產處甚少。其形有三。一爲棱綠色。暗定質。二爲半明定質。色似筆鉛。常爲薄片。三爲晶粒形。其光色與堅及光差之力。與金剛石無異。英文 Boron。

【破】碾本字。見〔集韻〕。

【砌】同砮。見〔集韻〕。

【砤】同砲。見〔字彙〕。

【砨】同硊。見〔字彙〕。

【砇】同珉。見〔正字通〕。

【礉】同磬。見〔字彙〕。

【硇】硇或字。見〔集韻〕。〔按今作硇。詳硇字。〕

【硅】砫或字。見〔集韻〕。

【砡】砥俗字。見〔正字通〕。

六畫

【硃】鍾輸切音朱虞韻 ㊀丹砂也。見〔集韻〕。㊁本作朱。〔本草綱目〕胡演丹藥祕訣云。升鍊銀朱。用石亭脂二斤。新鍋內鎔化。次下水銀一斤。炒作青砂頭。炒不見星。研末罐盛。石版蓋住。鐵線縛定。鹽泥固濟。大火煅之。待冷取出。貼罐者爲銀朱。貼口者爲丹砂。

【硅】虎伯切音謋陌韻 ㊀破也。見〔廣韻〕。㊁日本謂矽爲—。素。詳矽字。

【硈】丘八切音劼黠切音戛黠韻 ㊀石堅也。一曰。突也。見〔說文〕。㊁鞏也。見〔爾雅釋言〕。〔注〕—然堅固。〔按朱駿聲云。今俗結實字。以結爲之。〕㊂石狀。見〔廣韻〕。

【硉】勒沒切音𩋍月韻 ㊀—矹。危石。見〔玉篇〕。〔又〕山崖也。見〔集韻〕。㊁—兀。不平也。見〔六書故〕。

(三)峷—高而不平也。見〔六書故〕。
(四)通律。硉也。〔枚乘七發〕上擊下律。〔注〕律、當爲—。

【硊】五委切音頠紙韻
(一)硊—石也。見〔集韻〕。
(二)磈—足曲也。見〔玉篇〕〔又〕磈—。石貌。見〔廣韻〕。

【硊】居僞切音跪寘韻
石—。江名。在宛陵西。見〔集韻〕。

【硊】巨委切音跪紙韻
峗或字。〔集韻〕峗山皃。或从石。

【硋】牛代切音礙五愛切音磑隊韻
(一)妨也。〔後漢方術傳序〕雖云大道。其—或同。
(二)礙或字。〔集韻〕礙。說文、止也。或从亥。

【硋】五蓋切音艾泰韻
(一)止石。見〔玉篇〕。
(二)閡也。〔列子黃帝〕雲霧不—其視。

【硌】歷各切音洛藥韻
(一)山上大石也。〔山海經西山經〕上申之山。上無草木而多—石。
(二)石次玉。見〔玉篇〕。
(三)壯大貌。〔文選嵇康賦〕踸踔磥—。美聲將興。〔注〕磥—壯大貌。
(四)—石堅不相入貌。見〔韻會〕。
(五)硈—石皃。見〔集韻〕。
(六)通峉。〔楚辭憫上〕山阜兮峉峉。〔注〕峉峉、長而多有貌也。峉、一作—。

【硌】郎狄切音歷錫韻
小石。見〔集韻〕。

【硍】胡簡切音限潸韻
石聲。見〔廣韻〕。

【硍】苦恨切懇去聲願韻
吳俗謂石有痕曰—。見〔集韻〕。

【硍】居閑切音艱删韻丘耕切音鏗庚韻
(一)鏗高聲。見〔集韻〕。
(二)硍或字。〔周禮典同〕高聲硍。〔注〕故書。硍、或作—。杜子春讀—爲鏗鎗之鏗。

【硎】乎經切音刑青韻
(一)砥石也。〔莊子養生主〕而刀刃若新發於—。
(二)谷名。〔書序疏〕又密令冬月種瓜於驪山—谷之中溫處。

【硎】丘庚切音阬庚韻
(一)石也。見〔集韻〕。
(二)臨—。闕閭名也。〔文選左思賦〕左稱彈崎。右號臨—。〔注〕彈崎、宮東門。臨—、宮西門。
(三)同阬。見〔廣韻〕。

【䂮】力灼切音略藥韻
(一)磨刃。見〔集韻〕。
(二)同絜。利也。見〔廣韻〕。〔按康熙字典依韻會引爾雅毛詩兩證。考原文字皆作絜。應入絜注。〕

【研】倪堅切音妍先韻
(一)䃺也。見〔說文〕。
(二)以椎摩物也。見〔六書故〕。
(三)窮究也。見〔字彙〕。
(四)精也。〔易繫辭〕能—諸侯之慮。
(五)審也。〔文選張衡賦〕—覈是非。
(六)人名。〔漢書敍傳〕—桑心計於無垠。〔注〕孟康曰、—古之善計者。師古曰。計—也。一號計倪。亦曰計然。
(七)水名。〔水經河水注〕又東北流歷—川。謂之—川水。
(八)通趼。〔爾雅釋畜〕騉蹄趼。〔釋文〕李云騉蹄其迹枝平似—。
(九)姓也。見〔字彙〕。

【研】倪甸切音硯霰韻
同硯。〔文選郭璞賦〕綠苔鬖髿乎—上。〔注〕—、滑石也。

【研】乎經切音形青韻
石—。關名。〔漢書地理志上黨郡注〕有石—關。師古曰。—音形。

【䂫】而融切音戎東韻
石也。見〔玉篇〕。

【䂨】隱豈切音扆尾韻
石聲。見〔集韻〕。

【硄】枯光切音骮陽韻
石聲。見〔集韻〕。

【硄】古黃切音光陽韻
石色之光澤者。見〔正字通〕。

【硱】吾甸切音硯霰韻
硯或字。〔集韻〕硯。說文、石滑也。或作—。

【硱】綺競切音印敬韻
光澤也。〔元結文〕怪石臨淵。——

石顚。

【⿰石臾】容朱切音俞虞韻　石次玉。見〔廣韻〕。

【⿰石舟】之由切音周尤韻　石也。見〔類篇〕。

【⿰石兆】苦皎切音磽篠韻口交切音敲肴韻　山田也。見〔廣韻〕。

【⿰石兆】徒了切音窕篠韻　⿰石窕或字。〔集韻〕⿰石窕磽⿰石窕。石名。或从兆。

【⿰石夅】胡公切音洪東韻　—磅。石隕聲。見〔集韻〕。

【⿰石夸】枯瓜切音誇麻韻　礊石。見〔集韻〕。

【⿰石弟】鄂格切音額陌韻　⿰石遞省字。〔集韻〕⿰石遞。⿰石睪⿰石遞。西方獸名。或省。

【硆】五合切岸入聲鄂合切音㬎合韻　石—。見〔玉篇〕。〔按集韻本作礘。或作—。礘礘。石皃。〕

【⿰石先】蘇前切音先先韻鎮本切音損阮韻　石次玉。見〔集韻〕。

【⿱代石】徒念切音簟豔韻　俗呼爲牮。—房屋也。見〔篇海〕。〔按正字通云。舊本牛部牮音薦。屋斜用牮。本注以牮—屋。義同牮。改作—音簟。並非。〕

【砨】奴果切挼上聲哿韻　碨—。石貌。見〔五音集韻〕。〔按此字音義與玉篇砈字相同。是砈字別體。〕

【⿱巩石】古勇切音拱腫韻　水邊石也。春秋傳曰。闕—之甲。見〔說文〕〔段注〕左傳昭十五年、定四年、皆作鞏。杜注。闕鞏國所出鎧。

【⿱巩石】渠容切音蛩冬韻　⿱巩土或字。〔集韻〕水石之㟁曰—。或从石。

【硇】尼交切音鐃肴韻〔按玉篇作碙。廣韻作硇。集韻。硇或作㴲、碙。皆五畫。六書故作砌。僅四畫。本草綱目作磠。七畫。康熙字典依字彙正字通皆作—。收入六畫。今仍之。備列其形。以資參訂。〕—砂。藥石。〔本草綱目〕硇砂性毒。服之使人硇亂。故曰硇砂。狄人以當鹽食。乃鹵液所結。附鹽而成質。虜人采取淋鍊。狀如鹽塊。以白淨者爲良。性至透。用黝罐盛。懸火上則常乾。若近冷及得溼。即化爲水或滲失也。〔按近世博物學家以爲礦物之一。產於火山旁及燒過之石灰坑中。塊形如樹皮。或成麤屑。色雜紅黃。熱則飛散而不融。蓋即北庭砂之類也。〕

【砎】牙葛切音嶭曷韻　磍—。石貌。見〔字彙〕。

【硧】於宮切音悋東韻　石名。見〔集韻〕。

【⿰石交】丘交切音敲肴韻　—磝。城名。今濟州是也。見〔廣韻〕。〔按晉書作碻—。當今山東長清縣西北。〕

【硐】徒東切音同東韻杜孔切音動董韻　磨也。〔文選馬融賦〕磓—隤墜。

【⿰石于】於故切汙去聲遇韻　礎—。見〔玉篇〕。

【⿰石州】口庚切音硎庚韻　石聲。見〔字彙補〕。

【⿰石列】普擊切音霹錫韻　霆也。見〔字彙補〕。

【砯】披冰切音淜蒸韻蒲應切音凴敬韻　水擊石聲。見〔玉篇〕。〔按此字玉篇、類篇、集韻、正韻、均从石傍冰。是也。廣韻韻會蒸韻均从石傍水。非也。已詳前砅字。字彙、正字通、康熙字典、均从石傍氷。亦非。今從玉篇。移列於此。〕

【硫】力求切音畱尤韻〔按此字康熙字典循字彙正字通收入七畫。攷說文㐬从到古文子。字祗六畫。今從之。移列於此。〕石—。黃藥名。見〔玉篇〕。〔按本草綱目云。—黃秉純陽火石之精氣而結成。性質通流。色賦中黃。故名—黃。今說。—爲化學原質之一。非金屬。產於火山地方。然出於金屬之—化物。或—酸鹽中者較多。色黃質脆。不溶於水。故無味。不易傳熱。手握則但傳於外層。亦不能傳電。將擦之則自發陰電氣。最易燃燒。其焰爲淡藍色。而有奇臭。可爲製火藥及火柴之用。然不如用於一硫酸之製造者多也。英文 sulphur。

【硦】力谷切音祿屋韻 難致貌。揚子太玄經。拔石——力沒以盡。見〔字彙補〕〔按今本作硶〕。

【硟】魚覊切音訝禡韻 石光也。見〔川篇〕。

【硝】都同切音逌灰韻 以石投下。見〔集韻〕。

【硒】讀若西 化學原質之一。非金屬。無自然獨成者。常化合於鐵銅錫內。形有三稱。一爲紅粉。在流質內結成。沈下燒之。可成花如硫花。二爲黑玻璃形。三爲顆粒形。色黑質脆。稍透明。外面之光。如新劖之鉛。水與醇皆不能消化。在炭硫內。比硫難消化。加熱不至紅而已能鎔。變爲深黃色之漿。若在空氣內。加熱則燒成藍色火。發奇臭如腐爛之辣草根。

【硑】同砰。見〔集韻〕。

【硑】同礴。見〔篇海類編〕。

【硂】銓或字。見〔集韻〕。

【硃】礵或字。見〔集韻〕。

七畫

【硜】丘耕切音鏗庚韻 ❶——。小人貌。〔論語子路〕——然小人哉。〔又〕鄙賤貌。〔論語憲問〕鄙哉——乎。〔又〕小石堅介。扣其聲——然。見〔六書故〕。❷聲果勁也。〔史記樂書〕石聲—。❸通䃘。〔晉書范弘之傳〕雖有䃘䃘之稱。而無大雅之致。〔音義〕字當作—。

【硎】戶經切音形青韻 —北。地名。〔晉書胡奮傳〕頓軍—北。〔音義〕—、當作陘。即井陘之北。

【硜】古聲字。見〔說文〕。

【硞】克角切音殼覺韻 ❶石聲。見〔說文〕。❷固也。見〔廣韻〕。

【硞】克革切音慖陌韻 礐—。水激石不平貌。〔文選郭璞賦〕礐—礐礭。

【硞】枯沃切音酷沃韻 硃—。石狀。見〔廣韻〕。

【硠】盧當切音郎陽韻 ❶石聲。見〔說文〕。❷崩弛之聲也。〔文選左思賦〕菈擸雷—。❸雷聲也。〔釋名釋天〕雷—也。如轉物有所—雷之聲也。❹磅—。聲也。〔後漢張衡傳〕伐河鼓之磅—。

【硠】里黨切音朖養韻 ——。堅也。見〔廣雅釋訓〕。

【硠】郎宕切音浪漾韻 硫—。詳硫字。

【硡】乎萌切音宏呼宏切音甸庚韻 ❶石也。見〔玉篇〕。❷石落聲。〔文選潘岳賦〕鼓鞞—隱以砰磕。

【硤】侯夾切音洽洽韻 —石。縣名。唐置。初屬函州。後屬陝州。故城在今河南陝縣東南七十里。今爲—石關。亦名峪陵關。〔又〕山名。〔水經淮水注〕淮水北經山—中。謂之—石。〔在今安徽鳳臺縣西北二十五里〕。

【硽】取果切音脞哿韻 碎石。見〔集韻〕。

【硾】叉瓦切音㶌馬韻 ❶好雌黃也。見〔玉篇〕。❷小石兒。見〔集韻〕。

【硧】尹竦切音涌腫韻吐孔切音侗董韻徒東切音同東韻 ❶磨石。見〔玉篇〕。❷同硐。見〔集韻〕。

【硩】敕列切音中直列切音徹屑韻涉革切音摘思積切音昔陌韻先的切音錫佗歷切音逖錫韻 ❶上擿山巖空青珊瑚墮之。周禮有—蔟氏。見〔說文〕〔玉注〕依宋版吳都賦注引改。賦曰。—陊山谷。劉注。言其如—擿而墮落山谷者。周禮敘官—蔟氏。鄭司農云。—讀爲擿。蔟讀爲爵蔟之蔟。謂巢也。鄭君曰。玄謂—古字。〔按周禮秋官—蔟氏疏云。以石投擲毀之。故古字從石。段本—改作硩。从石。析聲。注云。从石析聲者。謂古人以石上擲毀物。故从石析、會意。而析亦聲也。許意。𥓮青珊瑚皆石也。取石。故其字从石。而覆巢用此字。乃引伸之義也。〕

㊁擿也。見〔集韻〕。

㊂石中火也。見〔玉篇〕。〔按集韻、六書故、皆作石中矢。是也。〕

【硬】魚孟切額去聲敬韻

㊀堅—。見〔玉篇〕。

㊁強也。見〔字彙〕。

㊂—黃。唐紙名。〔蘇軾詩〕—黃小字臨黃庭。

㊃同鞕。堅牢。見〔廣韻〕。

【硬】古杏切音梗梗韻

峺或字。〔集韻〕峺。礙也。或从石。

【确】轄覺切音學覺韻

㊀礊也。見〔說文〕。〔段注〕依韻會訂。—即今之埆字。與土部之墧音義同。丘中有麻傳曰。丘中、墝埆之處也。墝埆、謂多石瘠薄。㹜部曰。獄、—也。召南傳曰。獄、埆也。謂堅剛相訟。其引伸之義也。

㊁薄也。〔文選左思賦〕同年而議豐—乎。

㊂堅正也。〔後漢崔寔傳〕指切時要。言辯而—。

㊃實也。〔後漢寇榮傳〕不復質—其過。

㊄競勝敗也。〔漢書李廣傳〕數與虜—。

【确】克角切音殼覺韻

礐或字。〔集韻〕礐。爾雅、山多石也。或作—。

【硯】倪甸切音𪘲霰韻

㊀石滑也。見〔說文〕。〔段注〕謂石性滑利也。江賦曰。綠苔鬖髿乎研上。李注。研與—同。

㊁文具之一。〔事物紀原〕後漢李尤墨—銘曰。書契既造。墨—乃陳。則是茲二物者。與文字同興於黃帝之代也。

㊂山名。在福建建陽縣東北三十五里。山有石。端平若案。有微墨點。隱隱若—。舊名夫子案山。〔事林廣記〕以爲第二十八福地。

㊃姓也。元國子司業—彌堅。

【硯】吉典切音繭銑韻

濡石。見〔集韻〕。

【硝】思邀切音宵蕭韻

䃂—。藥石。見〔集韻〕。〔按、—本草作消。本草綱目云。生消石、諸鹵地皆產之。而河北慶陽諸縣及蜀中尤多。秋冬間遍地生白。掃取煎煉而成。有水火二種。形質雖同。性氣迥別也。神農本經所列朴消。即水消也。有二種。煎煉結出細芒者爲芒消。結出馬牙者爲牙消。其凝底成塊者通爲朴消。其氣味皆鹹而寒。所列消石。即火消也。亦有二種。煎煉結出細芒者。亦名芒消。結出馬牙者亦名牙消。又名生消。其凝底成塊者通名消石。其氣味皆辛苦而大溫。丹爐家用制五金八石。銀工家用化金銀。兵家用作烽燧火藥。得火即焰起。近世博物學家以爲礦物之一。色白透明。略似明礬。常爲針狀或柱狀之結晶形。可充火藥烟火花爆肥料鉛丹漂白粉及玻璃—酸等之原料。〕

【硝】七肖切音悄嘯韻

石堅皃。見〔集韻〕。

【⿰石牢】郎刀切音勞豪韻

石器。見〔集韻〕。

【⿰石孚】披尤切音杯尤韻

破聲。見〔玉篇〕。

【⿰石利】盧盍切音拉合韻

石也。見〔玉篇〕。

【硟】尺戰切音繟霰韻　相然切音仙先韻

㠯石衦繒也。見〔說文〕。〔段注〕衣部衦下曰。衦。摩展衣也。廣韻二仙曰。—。衦繒石也。急就篇有—字。注曰。—。以石輾繒色尤光澤也。今俗謂之研。

【⿰石兌】俞芮切音銳霽韻

磨使消也。見〔集韻〕。

【⿰石束】桑感切音糝感韻

碎石。見〔篇海〕。

【硢】羊諸切音余魚韻

石名。見〔集韻〕。

【⿰石足】初六切音矗屋韻

小石。見〔集韻〕。

【硣】虛交切音虓肴韻

—磟。山勢。見〔集韻〕。

【⿰石尾】無非切音微微韻武斐切音尾尾韻

磥—。磨也。齊人語。見〔集韻〕。

【⿰石甫】匪父切音甫麌韻

—碹。磑也。見〔集韻〕。

【⿰石并】盧穫切藥韻

⿰石阝—。石聲。見〔廣韻〕。

【硦】盧貢切音弄送韻

穴也。見〔集韻〕。

【⿰石⿰歹彡】丘耕切音硜庚韻

臨—。山在吳郡。見〔玉篇〕。〔按集韻云。吳宮以爲門名。一曰磨石。一曰谷名。與硎字音義竝同。蓋一字也。〕

【⿰石矣】牀史切音俟紙韻

石墮聲。見〔集韻〕。

【砊】口浪切音亢漾韻

硫—。高下不平皃。見〔集韻〕。

【硨】昌遮切音車麻韻

—磲。本作車渠。詳渠字。

【硪】牛河切音莪歌韻

石巖也。見〔說文〕。

【硪】五可切音我哿韻

砐—。山高皃。見〔玉篇〕。

【硭】武方切音亡陽韻

—硝。藥名。見〔集韻〕。—硝。藥石。山石中采之。布於芒上。沃以水。以盆覆之。經宿飛著盆。故曰—硝。其布於木皮曰朴硝。通作芒。〔互詳硝字〕。

【硥】謨郎切音芒陽韻

⿰石亡或字。〔集韻〕⿰石亡。⿰石亡碭。山名。或从芒。

【硰】師加切音沙麻韻此我切音瑳取果切音脞哿韻寸臥切音剉蘇臥切音膹箇韻

—石。地名。〔史記灌嬰傳〕擊破胡騎於—石。〔當在山西保德縣西〕。

【硱】苦本切音閫阮韻

碖—。石落皃。見〔廣韻〕。

【碅】口本切阮韻口冰切蒸韻

—磳。石皃。見〔玉篇〕。〔按集韻蒸韻、碅。訓石皃。楚辭招隱士。碅磳魂硊。集注。竝石皃。字皆不作—。然集注又云。碅、綺矜反。字从困。又苦本反。从困。據此。—與亦可通互。而洪興祖補注云。苦本切、非也。碅从囷旁。—从困。是又以二字不可通互矣。存參。〕

【⿰石邑】伊昔切音益陌韻

地名。〔正字通〕元結虎蛇頌序。猗玗子逃亂在—。

【⿰石言】五堅切音研先韻

—考也。見〔字彙補〕。

【⿰石果】何瓦切音踝馬韻

聲也。見〔字彙補〕。

【硇】尼交切音鐃肴韻

—砂。藥名。見〔唐本草〕。〔按今作硇。詳硇字〕。

【⿱忍石】良忍切音廩寑韻

石貌。見〔篇海類編〕。

【⿱毒石】都毒切音篤沃韻

砓也。見〔龍龕手鑑〕。

【硜】同煉。見〔亳州老君碑〕。

【硥】同硑。見〔正字通〕。

【⿱劫石】砝或字。見〔集韻〕。

八畫

【⿰石乖】公懷切音乖佳韻

㊀石貌。見〔篇海〕。

㊁碎也。見〔彙字〕。

【⿰石耑】逆約切音虐藥韻

㊀—礴。大脣皃。見〔集韻〕。

㊁碓也。見〔集韻〕。

【碱】古獲切音馘陌韻

㊀—破。見〔廣韻〕。

㊁擊石。見〔集韻〕。

【硻】丘耕切音鏗庚韻苦杏切音杭梗韻

㊀餘堅也。見〔說文〕〔段注〕也、各本作者。今依廣韻、集韻、類篇、正。按當云餘堅聲。轉寫之譌。〔按說文句讀云。樂記。石聲磬。磬以立辨。史記樂書。石聲硜。硜以立別。論語鄙哉硜硜乎。釋名。磬。磬也。聲堅磬磬然。按磬、硜、磬、皆—之借字。論語鏗爾。亦卽此—字。又作礥。見太玄〕。

㊁剛也。見〔集韻〕。

【硼】披耕切音怦庚韻

㊀石名。見〔集韻〕。

(二)—砂。藥石〔本草綱目〕—砂生西南番。有黃白二種。西者白如明礬。南者黃如桃膠。皆是煉結而成。如硇砂之類。西者柔物。去垢殺五金。與硝石同功。與砒石相得也。〔按近世博物學家以爲礦物之一。其質爲硫養二分劑。鈉養一分劑。水十分劑。然其水易於化散。故遇空氣。即外起白粉。而不透明。其味爲鹻性。加熱即鎔成白色鬆質。大於原體數倍。再熱而鎔成明流質。冷則成玻璃形。能消化數種含養氣之金類質。因—砂爲酸性之鹽類。故能與多種本質化合。故各種鎔銲金類俱用之。又瓷器之釉亦用之。〕

【碀】除更切音鍟敬韻

(一)塞也。見〔廣韻〕。

(二)鍟或字。〔集韻〕鍟。磨也。或作—。

【䃘】鋤耕切音嶒庚韻

(一)破聲。見〔集韻〕。

(二)通琤。石聲。見〔正字通〕。

【䃊】達合切音沓合韻　徒感切　禫感韻

(一)舂已復擣之曰—。見〔說文〕。〔段注〕—之言沓也。取重沓之意。〔廣雅〕—。舂也。

(三)足踏碓以舂也。〔正字通〕今俗設臼以腳踏碓舂米曰—。〔蓋取蹈踏之意〕

【碆】通禾切音波　薄波切音婆歌韻　補過切音播箇韻

(一)以石傅弋繳也。〔史記楚世家〕—新繳。

(二)纜繳石。亦音磻。見〔廣韻〕。

(三)石名。可爲矢鏃。見〔集韻〕。

【碊】將先切音箋先韻　仕限切音棧潸韻

(一)跂也。見〔廣雅釋詁〕。

(二)同濺。見〔字彙〕。

【碊】財仙切音錢先韻

(一)移也。見〔玉篇〕。

(二)坂也。見〔集韻〕。

【碊】仕限切音棧潸韻

棧或字。〔集韻〕棧。蜀道。或从石。

【碌】廬谷切音祿屋韻

(一)石皃。見〔說文新附〕。

(二)多石皃。見〔廣韻〕。

(三)—碏。石也。見〔集韻〕。

(四)—碡。農器也。耒耜經作磟碡。

(五)通錄。〔鈕氏新附攷〕按莊子漁父篇祿祿而受變於俗。釋文引司馬云。錄、領錄也。据司馬本則本作錄。史記平原君傳公等錄錄。注。索隱引王劭云。錄、借字耳。又引說文云。錄錄。隨從之貌。据此知古通作錄。

【碌】力角切音犖覺韻

(一)—䃚。石地不平也。見〔集韻〕。

(二)通坴。〔玉篇〕—䃚。多沙石。〔按鈕氏新附攷云。据玉篇訓。又近坴。說文。坴土塊坴坴也。是坴通—矣。〕

【碌】龍玉切音錄沃韻

(一)石青色也。見〔集韻〕。

(二)——。猶庸庸也。〔史記酷吏傳贊〕九卿——奉其官。

(三)俗謂人事繁雜曰忙—。辛勤曰勞—。

(四)通陸。〔後漢馬援傳〕今更共陸陸。〔注〕陸陸、猶——也。〔按鈕氏新附攷云。陸通—。參閱錄字。〕

【䃁】於加切音鴉麻韻

(一)碨—。地形不平。見〔廣韻〕。〔又〕物不平之貌。〔文選郭璞賦〕玄蠣磈磥而碨—。

(二)石名。見〔玉篇〕。

【碏】七約切音鵲　倉各切音錯藥韻

(一)左氏傳衛大夫石—。唐韻云。敬也。从石未詳。見〔說文新附〕。〔鈕氏新附攷〕—、通作踖。玉篇—七昔、七畧二切。敬也。引左氏傳衛大夫石—。按隸釋載公羊殘碑作石踖。又詩楚茨執爨踖踖。論語鄉黨篇君在踧踖如也。是踖有敬義。

(二)石雜色。見〔集韻〕。

【碏】思積切音昔陌韻

礙也。見〔集韻〕。

【碎】蘇對切音粹隊韻

(一)䊳也。見〔說文〕。〔段注〕䊳、各本作䃺。其義迥殊矣。䃺所以—物。而非—也。今正。米部曰。䊳—也。二篆爲轉注。䊳各書假靡爲之。孟子假糜爲之。—者破也。䊳者破之甚也。義少別而可互訓。瓦部曰。瓿者破也。音義同。

(二)破也。〔史記藺相如傳〕臣頭、今與璧俱—於柱矣。

(三)散也。見〔玉篇〕。

(四)決也。〔列子黃帝〕爲其—之之怒

也。
㊄壞也。見〔廣雅釋詁〕。
㊅細雜也。〔漢書黃霸傳〕米鹽靡密。初若煩—。
㊆煩絮也。〔晉書李密傳〕與凡人言宜—。
㊇纖細也。〔文中子事君〕謝莊、王融、古之纖人也。其文—。
㊈零—。言不整也。〔舊唐書懿宗紀〕州府除陌錢有折色零—。〔俗稱事物之瑣屑者爲零—。義本此〕

【碑】班縻切音陂支韻
㊀豎石也。見〔說文〕。〔按後漢竇憲傳注云。方者謂之—。員者謂之碣。〕
㊁宮寢庠序中庭識日景之石也。〔儀禮聘禮〕東面北上上當—。〔注〕宮必有—。所以識日景引陰陽也。其材宮廟以石。〔疏〕案諸經云三揖者。鄭注皆云入門將曲揖。既北面揖。當—揖。若然士昏及此聘禮。是大夫士廟內皆有—矣。鄉飲酒鄉射言三揖。則庠序之內亦有—矣。祭義云。君牽牲麗于—。則諸侯廟內有—明矣。天子廟及庠序有—可知。但生人寢內不見有—。雖無文。兩君相朝燕在寢。豈不三揖乎。明亦當有—矣。〔按儀禮釋宮云。三分庭一在北設—〕。
㊂廟中繫牲之石也。〔禮記祭義〕既入廟門。麗于—。〔注〕麗猶繫也。〔疏〕君牽牲入廟門。繫著中庭—也。王肅云。以紖貫—中。
㊃墓所下棺之大木。形如—也。〔禮記檀弓〕公室視豐—。三家視桓楹。〔注〕豐—、斲大木爲之。形如石—。於槨前後四角樹之。穿中於閒爲鹿盧。下棺以綍繞。天子六綍四—。前後各重鹿盧也。桓楹、斲之形如大楹耳。四植謂之桓。諸侯四綍二—。如桓矣。大夫二綍二—。士二綍無—。〔疏〕以言視桓楹。不云—。知不似—形。故云如大楹耳。通而言之。亦謂之—也。
㊄紀功德之石也。〔釋名釋典藝〕—。被也。此本葬時所設也。施鹿盧以繩被其上。引以下棺也。臣子追述君父之功美。以書其上。後人因焉。無故建於道陌之頭。顯見之處。名其文謂之—也。
㊅臥石。見〔玉篇〕。〔按淸世祖欽定曉示生員文、曰臥—。頒發各學。刊立明倫堂之左。〕
㊆文體之一。〔文心雕龍誄碑〕其敘事也該而要。其綴采也雅而澤。清詞轉而不窮。巧義出而卓立。夫屬—之體。資乎史才。其序則傳。其文則銘。
㊇—板。—帖也。〔宣和書譜〕以爲風骨巨麗。—板崢嶸。

【硍】古本切音袞戶袞切音混阮韻公渾切音昆元韻巨耕切音鏗庚韻
㊀鐘病聲也。〔周禮典同〕高聲—。〔注〕高、謂鐘形高也。玄謂高則聲上藏。袞然旋如裹也。
㊁石聲。見〔廣韻〕。
㊂石从上輥下也。見〔六書故〕。

【碒】魚音切音吟侵韻
㊀⿰石欽—。山深險連延之狀。〔文選左思賦〕⿰石欽—乎數州之間。
㊁崟或字。〔集韻〕崟。山之岑崟也。或从石。

【碔】罔甫切音武麌韻
㊀浮石。見〔玉篇〕。
㊁—砆。石似玉。見〔集韻〕。

【碕】渠羈切音奇支韻渠希切音祈微韻
㊀曲岸也。〔漢書揚雄傳〕探巖排—。
㊁長邊也。〔文選郭璞賦〕—嶺爲之嵒崿。
㊂䂬—。闕閣名。〔文選左思賦〕左稱䂬—。〔注〕吳後主起昭明宮於太初之東。開䂬—、臨硎二門。䂬—宮東門。臨硎、宮西門。
㊃同圻。〔文選謝靈運詩〕臨圻阻參錯。

【碕】丘奇切音攲支韻
石橋也。見〔廣韻〕。〔按集韻云。聚石爲彴。通作徛。〕

【碕】去倚切音綺紙韻
—礒。石貌。〔楚辭招隱士〕嶔岑—礒兮。〔注〕山阜崎嶇也。

【碖】魯本切音淪阮韻
—硱。詳硱字。

【碖】盧困切音論願韻
㊀大小勻皃。見〔廣韻〕。
㊁石皃。見〔集韻〕。

【碖】龍春切音倫眞韻
石也。見〔玉篇〕。

【硶】 初朕切寑韻〔按龍龕手鑑。㊀、毒也。見〔字彙補〕。㊁沙土惡食也。見〔字彙補〕。

【碰】 思融切音嵩東韻 地名在遼。見〔集韻〕。

【碌】 竹角切音啄覺韻 擊也。見〔篇海〕。

【硋】 色窄切音索陌韻 碎石磒聲。見〔說文〕〔段注〕磒、各本作隕。今正。其聲——然。

【硗】 丘仰切養韻 石名也。見〔集韻〕。〔按唐本草、蘗石。李時珍釋名云。即—礬石是也〕

【碟】 鄔果切音婐哿韻 —砈。石皃。見〔集韻〕。

【碒】 衣檢切音掩琰韻 山巖。見〔集韻〕。〔正字通云。山巖兩相合也。〕

【碗】 衣廉切音淹鹽韻 石名。見〔集韻〕。

【硾】 直類切音墜馳爲切音縋寘韻 擣也。見〔說文新附〕。〔鈕氏新附攷〕—、即錘之俗字。亦作縋。玉篇。—丈僞切。鎭也。笮也。亦作縋。廣韻去聲五寘。—、鎭也。引呂氏春秋云。不—之以石。按鄧析子無厚篇云。不治其本而務其末。譬如拯溺而錘之以石。語與呂覽同。則後人因錘石之言。改金爲石也。說文、縋訓以繩有所縣。義亦近。錘。若新附訓擣者。當爲搥之俗字。

【碰】 都果切音朵哿韻 石皃。見〔集韻〕。

【硿】 枯公切音空東韻 —青。藥名。本作空。〔本草綱目〕張果玉洞要訣云。空青似楊梅。受赤金之精。甲乙陰靈之氣。近泉而生。久而含潤。新從坎中出。鑽破、中有水。久則乾如珠。金星燦燦。庚辛玉冊云。空青、陰石也。產上饒。似鍾乳者佳。大片含紫色有光彩。次出蜀嚴道、及北代山。生金坎中。生生不已。故靑爲之丹。有如拳大及卵形者。中空有水如油。治盲立効。〔又〕色也。見〔龍龕手鑑〕。

【硿】 呼公切音烘東韻 石落聲。見〔集韻〕。〔按玉篇作石聲。〕

【碒】 乃結切音涅屑韻 石名。見〔集韻〕。

【碂】 子宋切音綜宋韻 碎也。見〔集韻〕。

【碂】 才紅切音叢東韻 石聲。見〔正字通〕。

【碡】 都毒切音篤沃韻 落石也。見〔玉篇〕。

【碉】 徒了切音窕篠韻 磽—。石名。見〔集韻〕。

【碄】 里亥切音睞賄韻 磨也。見〔集韻〕。

【碃】 千定切音艶徑韻 石也。見〔集韻〕。

【碄】 犂針切音林侵韻 —。深貌。〔文選張衡賦〕潒通川之——。

【磈】 取內切音倅隊韻 磓也。〔方言〕磓謂之—。

【磈】 楚懷切佳韻 瓰也。見〔類篇〕。

【碅】 區倫切音囷眞韻 —磳。石危貌。〔楚辭招隱士〕—磳磈硊。〔按玉篇龍龕手鑑竝作碅。辨詳碅字。〕

【碌】 待戴切音代隊韻 埭或字。〔集韻〕埭。壅水也。或从石。

【碇】 丁定切音釘徑韻 矴或字。〔集韻〕矴。錘舟石也。或从定。〔按龍龕手鑑。碇、—磸、竝爲矴俗字。矴。石矴也。〕

【碟】 疾葉切音捷葉韻 磼—。山連屬皃。見〔集韻〕。

【碉】 都聊切音凋蕭韻 石室。見〔玉篇〕。〔亂世鄉鎭築之以瞭寇盜者。俗呼—堡。〕

【碋】 下可切音苛哿韻 磊—。山皃。見〔集韻〕。

【碦】 苦紺切音勘勘韻 㟨崖之下。見〔集韻〕。

【碆】 乎錎切音陷陷韻 石名。見〔集韻〕。

【碐】圜承切音陵盧登切音楞蒸韻
石皃。見〔集韻〕。

【碓】都內切音對隊韻
所㠯舂也。見〔說文〕。〔王注〕杵臼在手。—則任足。又有水—。不勞人力。杜征南作連機—。石虎作行—。於車上。車動則木人踏—。〔按〕—以石爲之。故从石。

【碓】都回切音堆灰韻
古堆字。〔史記河渠書〕蜀守冰鑿離—。〔漢書作雈岸也〕

【碅】古老切音杲晧韻
女—。石似玉。見〔廣韻〕。〔集韻云。〕石名。燕珉也。〕

【碘】讀若典
化學原質之一。通名紫氣。非金屬。徧藏萬物中。而不多。海水、海草、海絨、介屬、數種鱗屬。及泉水中。皆有之。惟多少不等。常化合於物類之中。而與鎂與鈉化合者爲尤多。如法取之。結爲定質。狀如魚鱗。色頗光亮。加熱至二百二十五度。鎔爲流質。再熱至三百五十度。化爲紫色氣質。試將少許投於極熱之銅板。則又自成小珠形。人若多食則甚毒。少食則爲妙藥。染人皮膚爲紫黃色。水七千分。祇能消化此物一分。水變黃色。可充藥材及照像並染物之用。英文Iodinm。

【碌】硉本字。見〔集韻〕。

【碚】古磬字。見〔正字通〕。

【碐】同碐。見〔集韻〕。

【硯】同研。見〔字彙〕。

【碏】同磳。見〔字彙〕。

【碁】棊或字。見〔集韻〕。

【碍】礙俗字。見〔正字通〕。

【碑】碑俗字。見〔字彙〕。

【碗】盌俗字。

九畫

【碝】乳兗切音耎銑韻
㊀石次玉者。見〔說文〕。
㊁通礝。〔山海經中山經〕扶豬之山。其上多礝石。〔注〕音耎。今鴈門中出礝石。白者如水。半有赤色者。〔畢沅云。礝、當爲—。說文云。—、石次玉者。玉篇引此又作瑌。非。傳、牛有赤色。舊本作水中有赤色。今据玉篇改正。〕

【碟】食列切音舌屑韻
㊀同鞢。〔集韻〕鞢治皮也。亦作—。
㊁—里國名。在東南海中。見〔象胥錄〕。

【碟】讀若牒
盤之小者俗呼爲—。

【碣】其謁切音竭月韻巨列切音傑屑韻其例切音偈霽韻
㊀特立之石也。東海有—石山。見〔說文〕。〔段注〕—之言傑也。—石山見禹貢地理志右北平郡驪成縣。大—石山在縣西南。〔當今直隸樂亭縣境。〕
㊁山特立貌。〔漢書揚雄傳〕—以崇山。〔按文選作揭注猶表也。〕
㊂碑—。〔後漢竇憲傳注〕方者謂之碑。圓者謂之—。〔廣韻云〕—石海中山名。今爲碑—字。李斯造。〕
㊃同嵑。〔後漢竇憲傳〕封神丘兮建隆嵑。〔注〕嵑、—也。
㊄同揭。〔文選何晏賦〕於是—以高昌崇觀。

【碣】丘葛切音渴曷韻
石皃。見〔集韻〕。

【碣】乙轄切音鶷黠韻
—碚。勁怒皃。見〔集韻〕。

【硡】呼宏切音訇庚韻
㊀石聲。見〔玉篇〕。
㊁磬或字。〔集韻〕磬石落聲。或从訇。

【碤】於驚切音英庚韻
㊀水中石也。見〔玉篇〕。
㊁文石也。〔正字通〕石有文采者。从英、言文石也。

【碥】補典切音匾銑韻
㊀將登車履石也。見〔玉篇〕。
㊁水疾厓傾曰—。〔正字通〕蜀江、自嘉州至荆門。水路有燕子—。閻王—。皆險地也。

【碦】乞格切音客陌韻
㊀石墜。見〔玉篇〕。
㊁石堅也。見〔集韻〕。

【碧】筆戟切音狛陌韻
㊀石之青美者。見〔說文玉部〕。
㊁玉類也。〔山海經西山經〕高山其下多青—。

㊂色青白也。〔論語陽貨疏〕白是西方正。—是西方閒西爲金。金色白。金剋木故—色青白也。
㊃玉樹名。〔淮南墜形〕—樹瑤樹在其北。
㊄草名。〔洞冥記〕瑤琨去玉門九萬里。有—草如麥。割以釀酒。則味如醇酎。
㊅—陽水名。〔山海經東山經〕孟于之山。廣員百里。其上有水出焉。名曰—陽。其中多鱣鮪。
㊆—胐。栄也。〔方岳詩〕肇將—胐捲明月。〔自注〕以細栄捲餅。
㊇—落。仙界也。〔度人經〕東方第一天。有—霞遍滿。是云—落。
㊈姓也。明洪武中訓導—潭。

【碨】烏乖切音崴佳韻　烏回切音隈灰韻　鄔毀切音委紙韻　羽鬼切音韙尾韻　鄔賄切音猥賄韻
(十一)—砸。石不平皃見。〔集韻〕。
(十二)—磓。石皃見〔集韻〕。
(十三)—柍。笛聲鬱積競出之貌。〔文選馬融賦〕噴菌—柍。

【碩】常隻切音石陌韻
㊀頭大也。見〔說文頁部〕。〔段注〕引伸爲凡大之偁。
㊁大也。〔詩碩人〕—人其頎。
㊂壯佼貌。〔詩椒聊〕—大無朋。〔箋〕—、謂壯貌佼好也。
㊃遠也。見〔小爾雅廣言〕。
㊄—人。大德也。〔詩簡兮〕—人俁俁。
㊅通石。〔文選阮瑀書〕明棄—交。〔注〕—與石古字通。
㊆借作蹠。〔易蹇〕往蹇來—。〔通訓定聲云〕謂跳躍也。

【碪】知林切音砧侵韻
㊀擣石。見〔玉篇〕。
㊁跗也。見〔龍龕手鑑〕。
㊂霹靂—。〔本草拾遺〕此物伺候雷震。掘地三尺得之。其形非一。有似斧刀者。剉刀者。有穴二孔者。一云出雷州幷河東山澤間。因雷震後得者。多似斧。色青黑斑文。至硬如玉。

【碪】五感切音頷感韻
—𥕢。山形也。〔文選左思賦〕恆碣—𥕢於青霄。

【碭】大浪切音宕漾韻　待朗切音蕩養韻　徒郎切音唐陽韻
㊀文石也。見〔說文〕。〔段注〕地理志。梁國—縣山出文石。應劭云、—山在東。師古云。山出文石。故以名縣也。按以—名山。又以—名縣。皆爲文石之名。〔按—縣當今江蘇—山縣。山在縣東南接河南永城縣界〕
㊁過也。〔漢書揚雄傳〕回猋肆其—駭兮。
㊂大也。〔淮南本經〕玄玄至—而運照。
㊃突也。〔文選馬融賦〕眈—駭以奮肆。
㊄—溢也。〔莊子庚桑楚〕吞舟之魚。—而失水。〔释文〕謂—溢而失水也。崔本作去水陸居也。
㊅沆—。白氣貌。〔漢書禮樂志〕西顥沆—。秋氣肅殺。

【碮】田黎切音題齊韻
㊀砧也。見〔集韻〕。
㊁同隄。見〔正字通〕。

【𥓓】謨袍切音毛豪韻
嵍或字。〔集韻〕嵍。丘前高後下。或从石。通作旄。〔正字通云〕按爾雅。丘前高、旄丘。注引詩旄丘之葛。集韻或作嵍—。又云本作嵍。或作旄。不詳考爾雅本文。故誤嵍旄通。改作嵍—。並非。丘非山石類也。說泥。從集韻爲正。

【𥔲】居諧切音皆佳韻
石名。見〔玉篇〕。〔按正字通云〕同瑎。黑石似玉。字彙云山名。譌誤〕

【碞】魚咸切音嵒咸韻　魚音切吟侵韻
碞—也。周書曰。畏于民—。讀與巖同。見〔說文〕〔段注〕碞—、各本作碞嵒。非是。今依集韻、類篇、正。碞—、積石高峻皃也。〔按周書召誥文注〕—、僭也。疏—、卽巖也。

【碞】魚杴切音嚴鹽韻　牛錦切音[illegible]寢韻
巖—。山皃。見〔集韻〕。

【𥕞】祖叢切音㚇東韻
石名。見〔集韻〕。

【碠】丁定切音釘徑韻
石亭。見〔篇海〕。〔正字通云〕按草木石雖別。通謂之亭。今因石亭旁加石。木亭當从木作楟。草亭當从草作葶。迂泥甚。从亭爲正。讀若釘。

亦非。又龍龕手鑑以爲矴俗字。互詳碇字〕

【碡】徒谷切音毒屋韻 磟—。農器也。〔耒耜經〕爬而後有磟—。觚棱以木爲之。堅而重者良。〔又作碌碡。互詳碌字〕

【䃊】測入切音插緝韻 石皃。見〔集韻〕。

【碵】了與切音苣語韻 資昔切音積陌韻 礵—。場外名也。見〔廣韻〕。〔又〕磧—也。見〔集韻〕。〔按廣韻語韻作礵—。陌韻作—礵。疑陌韻有譌誤。〕

【𥔵】普逼切音堛職韻 石落也。見〔篇海〕。

【硘】居鄧切音亙嶝韻 石連皃。見〔廣韻〕。

【碮】乃結切音涅屑韻 礬石也。見〔玉篇〕。

【碫】都玩切音鍛 徒玩切音段翰韻 厲石也。从石段。段亦聲。春秋傳曰。鄭公孫—字子石。見〔說文〕。〔王注〕玉篇同。廣雅、磐—礪也。亦與許說同。詩取厲取鍛。釋文。本又作—。毛傳。鍛石也。箋云。鍛石所以爲鍛質也。蓋鄭君以厲鍛對文。義當有別。故解爲椹質。許君以爲一物而小別。故以厲釋—也。依許君解之則—是形聲字。依鄭君解之則是段之絫增字。左傳字子石者。褚師段、印段、公孫段。皆古文也。殳部段椎物也。大徐引唐韻乎加切。固誤。然廣韻九麻收碬字。其說全同說文。九經字樣亦曰。碬音霞。見春秋。知唐人多誤以叚爲段也。字林—、大喚反。曹憲都玩反。陸德明丁亂反。皆是也。增韻九麻無碬字。二十九換有—字。

【碬】下加切音遐麻韻 磍—。高下也。見〔玉篇〕。〔按說文無—字。大徐誤以碫作—。宋重脩廣韻因之。不以說文繫碫下而繫於此。小徐雖云從石段聲。引春秋亦作公孫鍛。然篆形未改。且注云痕加反。以致轉展沿誤。正字通斥爲碫字之譌。亦非探本之論。惟玉篇不誤。今從之。餘詳碫字。〕

【磌】之人切音眞眞韻 石也。見〔集韻〕。

【碅】伊眞切音因眞韻 山名。見〔山海經東山經〕。

【䃍】徒對切音隊隊韻 直類切音墜寘韻 隊也。見〔說文〕。〔按玉篇、—墮也。廣韻、礈—物墜也。集韻寘韻墜下引爾雅落也。或作—。漢書天文志星—至地則石也。注云—亦墜也。義均同。〕

【䃕】直律切音术質韻 隕也。見〔字彙補〕。

【硶】竹下切音緣馬韻 —砱。石垂皃。見〔集韻〕。

【䃏】桑經切音星青韻 石名。見〔集韻〕。

【碯】乃老切音惱皓韻 碼—。寶石。見〔廣韻〕。〔按廣雅云。碼—、石之次玉者。疏證云。碼—通作馬腦。本草拾遺云。爛紅色。似馬之腦。故名亦云馬腦。珠生西國玉石間。亦美石之類。重寶也。來中國者皆以爲器。本草衍義云。馬腦非玉非石。自是一類。有紅白黑三種。亦有文如纏絲者。可入藥治目疾。互詳瑙字〕

【砊】口䫉切音夯庚韻 —。——石聲。見〔集韻〕。

【䃄】田黎切音題齊韻 厗或字。〔集韻〕厗唐厗石也。或从石。

【硣】先了切音篠篠韻 小石。見〔集韻〕。

【礊】照以切音旨紙韻 礪石。見〔字彙補〕。

【䂪】測角切音嶽覺韻 〔按此字从柔。康熙字典沿字彙正字通之誤。列入八畫。今移此。〕 石也。見〔玉篇〕。

【䃘】子末切音撥曷韻 遏也。見〔篇海類編〕。

【䃑】康札切音稿黠韻 問也。見〔龍龕手鑑〕。

【硃】初錦切音寢寢韻 反土也。見〔五音篇海〕。

【碲】讀若帝

化學原質之一。非金屬自然獨成者少。常與金類化合如鉛—銀—金—。色同筆鉛。如法分出。色紅而有光。形顆粒甚肥。加熱未紅即鎔。再熱則變黃色霧。空氣內加熱即燒成藍火。其邊有綠色。又發—養霧。氣甚臭。英文 Tellurium。

【⿰石咢】逆各切音鄂藥韻
礁—。石危皃。見〔集韻〕。

【⿰石因】古席字。見〔正字通〕。

【碢】同砣。見〔字彙〕。

【碃】同砣。見〔字彙〕。

【碈】珉或字。見〔集韻〕。

【碱】硍或字。見〔集韻〕。

【⿰石俞】砄或字。見〔集韻〕。

【⿰石界】砎或字。見〔集韻〕。

【⿰石杲】⿰石喿省字。見〔集韻〕。

【⿰石柴】砦俗字。見〔正字通〕。

【碰】掽俗字。

【碱】鹼俗字。

十畫

【確】克角切音殼覺韻
㊀堅也。〔易乾文言〕—乎其不可拔。
㊁剛也。〔易繫辭〕夫乾—然示人易矣。
㊂貞—。堅固也。〔陳書宣帝紀〕我心貞—。
㊃詳—。精審不誣也。〔唐書盧從愿傳〕數充校考使。升退詳—。
㊄俗以情眞事實曰—。如的—、—實之類。

【碼】母下切音馬馬韻
㊀英度名。三呎爲一—。具言亞特。當我部尺二尺八寸五分七釐强。闗尺二尺五寸五分三釐强。英文 Yard
㊁—磁。詳磁字。
㊂—頭。俗稱水埠也。舟所泊處。
㊃號—。數字之符也。我國舊作〡、〢、〣、〤、〥、〦、〧、〨、〩。阿拉伯字作1、2、3、4、5、6、7、8、9。羅馬文作I、II、III、IV、V、VI、VII、VIII、IX、X。
㊄砝—。詳砝字。

【碽】沽紅切音工東韻　古宗切音攻冬韻
㊀磬聲。見〔玉篇〕。
㊁姓也。見〔字彙補〕。

【碾】女箭切音輾霰韻　尼展切音㞡銑韻
㊀磨也。見〔集韻〕。
㊁輾或字。〔廣韻〕輾。車轢物。或作—。
㊂碾或字。〔集韻〕碾。所以轢物器也。或作—。如樂肆之—。槽田家之碌碡是。
㊃通趁。〔廣韻〕趁。蹍也。亦作—。尼展切。

【⿰石般】逋還切音班刪韻
㊀石文。見〔集韻〕。
㊁石鋪皃。見〔字彙〕。

【⿰石冓】居候切音姤宥韻
㊀罰也。見〔玉篇〕。
㊁碥也。見〔玉篇〕。
㊂甃井也。見〔廣韻〕。
㊃⿰石禹也。見〔集韻〕。

【⿰石冓】居侯切音溝尤韻
—碻。堅也。見〔集韻〕。

【⿰石胥】蘇骨切音窣月韻
㊀磨也。見〔集韻〕。
㊁碎石也。當讀如屑。見〔正字通〕。

【磁】牆之切音慈支韻
㊀石似鐵。見〔玉篇〕。〔按集韻作礠〕。石名。可以引鍼。或省作—。本草作慈。造化指南云。鐵受太陽之氣。始生之初。石產焉。一百五十年而成慈石。又二百年孕而成鐵。名醫別錄云。慈石生太山川谷及慈山山陰。有鐵處則生。本草拾遺云。慈石取鐵。如慈母之招子。故名。雷公炮炙論云。眞慈石一片。四面吸鐵一斤者。此名延年沙。四面只吸鐵八兩者。名續采石。四面吸五兩者。名慈石。本草衍義云。慈磨鐵鋒。則能指南。近世博物學家謂—石有兩種。一爲天然—石。即—鐵礦之一種礦物。或爲人面體。或爲粒狀塊狀。有金屬光澤。并帶有—氣。一爲人造—石。以鐵近—。使之感受—氣。或以鐵摩擦—石。此等—石之吸引力。各部不同。大都—石之兩端。其力最強。命此兩端之部分。稱爲—石之極。具有相異之性質。以此兩極任意使之接觸。則生吸引或排斥之現象。以甲之北極近乙之北極。或以甲之南極近乙之南極。則互相排斥。若以甲之北極近

乙之南極。或以甲之南極。近乙之北極。則互相吸引。

㊁州名。隋置本漢魏郡武安縣地。當今直隸—縣治。

㊂瓷俗字。

【磄】徒郎切音唐陽韻

㊀—厗。石也。見〔廣韻〕。

㊁—硯。怪石。見〔集韻〕。

【磅】普郎切音滂陽韻披庚切音烹庚韻

㊀石聲也。見〔玉篇〕。

㊁擊石。見〔集韻〕。

㊂隕石聲。見〔集韻〕。

㊃砰—。水流鼓怒之聲也。〔漢書司馬相如傳〕砰—訇礚。

㊄—硠。聲也。〔後漢張衡傳〕伐河鼓之—硠。

㊅—礚。雷霆之音。〔文選張衡賦〕—礚象乎天威。

㊆—唐。廣大盤礴也。〔文選馬融賦〕駢田—唐。

㊇—礴。山名。〔拾遺記〕扶桑東五萬里有—礴山。

【磅】讀若榜

英衡名。常衡十六兩爲一—。合我庫枰十二兩一錢六分強。金藥衡十二兩爲一—。合我庫枰十兩。英文Pound。

【[石烏]】於五切音隝麌韻哀都切音烏虞韻

㊀隝或字。〔集韻〕隝。說文、小障也。或从石。

㊁山阿也。見〔洪武正韻〕。

【磈】烏乖切音崴佳韻

㊀碨或字。〔集韻〕碨碨磑石不平貌。或作—。

㊁山名。〔水經渭水注〕關中圖曰。麗山之西川中有阜名曰風涼原。在—山之陰。雍州之福地。

【磈】鄔毀切音委紙韻羽鬼切音韙矩偉切音鬼尾韻苦會切音塊隊韻

●高峻貌。〔史記司馬相如傳〕崴—嵬瘣。〔正義〕皆高峻貌。〔按漢書注。郭璞曰皆其形勢也。〕

㊁碨或字。〔集韻〕碨碨硊石皃。或作—硊。

【磈】五賄切音頠賄韻

㊀磈省字。〔集韻〕磈。眾石皃。或省。

㊁—。石在山中之貌。〔文選左思賦〕——磈磈。

㊂—氏。神名。〔山海經西山經〕長留之山。實惟員神—氏之宮。

【磈】五委切音頠紙韻

硊或字。〔集韻〕磈碨硊石也。或从鬼。

【磈】苦猥切音顆賄韻

㊀礧—。山皃。見〔集韻〕。

㊁不平之貌。〔文選郭璞賦〕元蠣—磥而碨砨。

㊂通魁。〔爾雅釋木〕枹遒木魁瘣。〔疏〕魁瘣、讀若—磊。謂根節盤結處也。〔釋文〕魁、字亦作魁。苦罪反。

【[石剝]】北角切音剝覺韻

㊀石也。見〔玉篇〕。

㊁石—。岸也。見〔篇海〕。

【[石剝]】測角切音促覺韻

—磲。盤石。見〔集韻〕。

【磊】魯猥切音壘賄韻

●衆石皃。从三石。見〔說文〕。〔段注〕石三爲—。猶人三爲眾。—之言絫也。〔按重言之意亦同〕。

㊁大貌。〔文選木華賦〕—匒匌而相豗。

㊂—砢。眾多貌。〔文選左思賦〕金鎰—砢。〔又〕壯大貌。〔文選王延壽賦〕—砢相扶。〔又〕魁礨貌。〔文選司馬相如賦〕水玉—砢。〔又〕人之卓特者。〔世說言語〕其人—砢而英多。

㊃—落。實貌。〔文選潘岳賦〕—落蔓衍乎其側。

㊄碨—。不平貌。〔文選木華賦〕碨—山壟。

㊅通磥。〔文選嵇康賦〕硌䃈磥硌。〔注〕磥硌、壯大貌。磥與—同。

㊆通瘣。〔爾雅釋木〕枹遒木、魁瘣。〔疏〕魁瘣讀若磈—。謂根節盤詰處也。

㊇通礧。〔晉書石勒載記〕大丈夫行事當礧礧落落。如日月皎然。

㊈通礌。〔漢書司馬相如傳〕礌石相擊。

【磋】倉何切音蹉歌韻千箇切音措箇韻

㊀治象也。〔詩淇奧〕如切如—。〔傳〕玉曰切。象曰—。

㊁磨也。見〔廣雅釋詁〕。

(三)或作瑳。〔詩卷阿箋〕以禮義相切瑳。

【磌】亭年切音田先韻之人切音眞眞韻旁君切文韻

(一)礩也。見〔玉篇〕。

(二)石落聲也。〔公羊僖十六年傳〕霣石聞其一然。

(三)柱下石也。見〔廣韻〕。

(四)音響也。見〔玉篇〕。

(五)一之爲言鎭壓也。見〔廣雅釋宮疏證〕。

(六)通瑱。〔文選班固賦〕彫玉瑱以居楹。〔注〕瑱與一、古字通。

【磍】下瞎切音䔾五瞎切音鶷居轄切音䵭黠韻

(一)磍一。搖目吐舌也。見〔玉篇〕。

(二)盛怒也。〔漢書揚雄傳〕建磍一之虡。〔注〕磍一刻猛獸爲之故其形磍一而盛怒也。

【磎】牽奚切音溪齊韻

(一)石也。見〔玉篇〕。

(二)谿或字。〔集韻〕谿山瀆無所通也。或从石。

(三)通溪。〔水經濟水〕又東至磔溪南。〔按原本及近刻竝作又東至北磔一。〕

【磏】離鹽切音廉勒兼切音鬑鹽韻

(一)厲石也。赤色。讀若鎌。見〔說文〕。〔按一亦作磏。廣韻磏。赤礪石也。厲、廣雅作礪。〕

(二)刻意求之也。〔韓詩外傳〕仁道有四。磏爲下。傳曰仁一則其德不厚。

【磏】古廉字。見〔字彙補〕。

【磐】蒲官切音盤寒韻

(一)大一石也。見〔文選木華賦注引聲類〕。〔又〕山石也。〔易漸〕鴻漸於一。〔注〕一山石之安者。〔後世凡言事物之安者皆以一石喻之。蓋取此義。〕

(二)一礴。廣大之貌。〔文選郭璞賦〕荆門闕竦而一礴。〔按或作㚘薄〕。

(三)一牙。相連結也。〔後漢滕撫傳〕盜賊羣起。一牙連歲。

(四)盤桓不去。〔後漢宋意傳〕久一京邑。

(五)通盤。〔漢書文帝紀〕所謂盤石之宗也。

【磑】五對切音醋牛代切音礙隊韻魚衣切音沂居希切音機微韻可海切音愷賄韻

磑也。古者公輸班作一。見〔說文〕。〔按正字通云、一碎物之器。晉王戎有水一。今俗謂之磨。六書故云。合兩石琢其中爲齒相切以磨物曰一〕。

【碨】吾回切音鮠魚回切音嵬灰韻

(一)磨也。見〔集韻〕。

(二)一一。崇積也。〔漢書禮樂志〕一一卽卽。

【磑】公哀切音該魚開切音皚灰韻

(一)一一。高貌。〔文選宋玉賦〕碨隗一一。〔又〕刃利也。〔文選枚乘七發〕白刃一一。

(三)通皚。〔後漢張衡傳〕行積冰之一一兮。〔注〕一一霜雪之貌也。

【䃺】蒙破切音磨箇韻

兩物合而磨之也。〔太玄疑〕陰陽相一。物咸離離。〔注〕一音磨。

【磑】居代切音溉隊韻

譏或字。〔集韻〕譏。切近也。或作一。

【磒】羽敏切音隕羽粉切音殞軫韻

(一)落也。春秋傳曰一石於宋五。見〔說文〕。〔段注〕一與隕音義同。隕者從高下也。春秋經僖公十有六年傳隕石於宋五。左穀作霣。許所據左傳作一。本義石落也故从石。

(二)墜也。〔列子周穆王〕王若一虛焉。

【磓】都回切音堆灰韻傳追切音椎支韻

(一)落也。見〔廣韻〕。

(二)聚石也。見〔增韻〕。

(三)激也。〔文選木華賦〕五嶽鼓舞而相一。

(四)碓或字。〔集韻〕碓以石投下。或从追。

【磔】陟格切音摘陌韻

(一)辜也。見〔說文桀部〕。〔段注〕辛部曰。辜。辠也。掌戮殺王之親者辜之。注。辜之言枯也。謂一之。鄭與許合也。

(二)開也。見〔廣雅釋詁〕。

(三)剔也。見〔增韻〕。

(四)車裂也。〔荀子宥坐〕伍子胥不一姑蘇東門外乎。〔按史記李斯傳。十六主砥死於杜。砥卽一〕。

(五)鳥聲也。〔蘇軾詩〕春山一一鳴春

禽。

❻裂牲曰—。〔禮記月令〕—攘以畢春氣。

❼張伸曰—。見〔一切經音義引通俗文〕

❽祭風曰—。見〔爾雅釋天〕〔疏〕—、謂披—牲體。象風之散物。因名。

❾書法右下爲—。〔東觀餘論〕凡草書分波—者名章草。非此者但謂之草。

【磕】丘蓋切音嘅泰韻克盍切音榼合韻

❶石聲也。見〔說文〕〔段注〕子虛賦。礚石相擊。硠硠——。

❷擊鼓聲也。〔漢書揚雄傳〕登長平兮雷鼓—。

❸磞—樂音也。〔張華詩〕八音磞—奏。

【磕】丘葛切音渴曷韻

❶石名。見〔集韻〕。

❷江南凡言打物破爲—破。見〔說文義證〕

❸叩首俗謂之—頭。

【磒】損果切音鎖哿韻

小石。見〔玉篇〕。

【䃍】巨焉切音乾先韻

磌也。見〔玉篇〕。

【𥗉】胡對切音潰隊韻

石皃。見〔集韻〕。

【𥖁】下革切音覈各核切音隔陌韻

石地惡也。見〔說文〕〔王注〕與𠩹同訓。孫氏鮑氏本皆作石也惡也。〔玉篇〕—石也。埆也。竊疑當依此作地。依玉篇作埆。石地絕句。言石地謂之—也。埆也者、通其名也。言—又名埆也。特說文有确墧而無埆耳。

【𥕥】胡宋切音哄宋韻丘弓切音穹東韻平攻切音颸冬韻

—礲。石落聲。見〔集韻〕。

【碥】式戰切音扇霰韻

攻玉石。見〔集韻〕。

【磱】郎刀切音勞豪韻

石器。見〔集韻〕。

【礐】呂角切音犖覺韻

—礭。石相扣聲。見〔廣韻〕。

【磃】相支切音斯支韻田黎切音題齊韻想氏切音徙紙韻

—氏。館名。〔漢書郊祀志〕是時上求神君。舍之上林中—氏館。

【䃶】田黎切音題齊韻

磃—。詳磃字。

【磂】力救切音溜宥韻

鎦或字。〔集韻〕梁州謂釜曰鎦。或从石。

【磂】力求切音畱尤韻

硫或字。〔集韻〕硫。硫黃、藥石。或作—。

【磆】戶八切音滑黠韻

—石。藥名。見〔廣韻〕〔本草作滑〕。

【磆】丘葛切音渴曷韻

石可爲器。見〔集韻〕。〔按圖經本草云。滑石今道永萊濠州皆有之。凡二種。道永州出者。白滑如凝脂。南城志云。脅縣出脅石。卽滑石也。土人以爲燒器烹魚食是也。萊濠州出者。理粗質精有黑點。亦謂之斑石。二種皆可作器。甚精好。初出軟柔。〕

【磇】匹迷切音批齊韻

—霜。石藥。見〔廣韻〕。〔按集韻。—、本作砒。本草綱目云。生者名砒黃。鍊者名砒霜。砒性猛如貔。故名。辛酸大熱。有大毒。惟出信州。故人呼爲信石。而又隱信字爲人言。此乃錫之苗。故新錫器盛酒日久。能殺人者。爲有砒毒也。又衍義云。取法、將生砒就置火上。以器覆之。令烟上飛。著器凝結。纍然下垂如乳尖者。入藥爲勝。平短者次之。大塊乃是下等。片如細屑者極下也。按近世化學家謂之鉮。爲礦物之一。取含鉮之各礦燒之。收其化散之氣。是爲鉮養。卽—霜也。互詳鉮字。〕

【磉】寫朗切音顙養韻先囊切音桑陽韻

柱下石。見〔玉篇〕。〔六書故云。礎也。按今俗語云—礅。〕

【磤】倚謹切音隱吻韻

雷聲。見〔玉篇〕。〔按集韻引詩殷其雷。或从石。〕

【磤】於斤切音殷文韻

砏—。聲也。見〔集韻〕。

【䃚】七余切音疽魚韻

石山戴土。見〔篇海類編〕。〔按與砠同。〕

【磏】初錦切參上聲寑韻　同磏。〔黃香賦〕扶𨯔礹而扑雷公。〔注〕礹、亦作—。

【礌】都瓦切音打馬韻　雌雄也。見〔篇海類編〕。

【磸】楚扇切音懺陷韻　碾繪石也。見〔字彙補〕。

【磖】落合切音拉合韻　—礏。破物聲。見〔集韻〕。

【磁】碳本字。見〔集韻〕。

【㱿】同确。見〔玉篇〕。

【磱】磝或字。見〔集韻〕。

【磌】磌俗字。見〔正字通〕。

十一畫

【䃙】盧谷切音祿屋韻　(一)石也。見〔玉篇〕。(二)磟或字。〔集韻〕磟。磟碡。田器。或作—。

【磝】牛刀切音敖豪韻　(一)磽—。詳磽字。(二)磝—。詳磝字。

【磝】丘交切音敲肴韻　磽或字。〔集韻〕磽。磐石也。或作—。

【磝】牛交切音聱肴韻　磝或字。〔集韻〕磝。山多小石也。或作—。

【磞】披庚切音烹庚韻　(一)磐石也。見〔玉篇〕。(二)嘣聲也。〔文選成公綏賦〕—碌震隱。

【磢】千木切音族屋韻仕角切音浞覺韻　(一)石也。見〔集韻〕。(二)磢—。石地不平皃。見〔集韻〕。〔又〕多沙石。見〔正字通〕。(三)同鏃。〔李賀詩〕四尺角弓青石—。〔注〕漢書挹婁國弓長四尺。弩以青石爲鏃。因箭鏃用石。故俗作—。

【磢】楚兩切音搶養韻　(一)石也。見〔玉篇〕。(二)瓦石洗物也。見〔廣韻〕。(三)同漺。〔文選木華賦〕飛澇相—。〔注〕郭璞方言注曰。漺、錯也。漺與—同。衝摩也。(四)揬或字。〔集韻〕擦。擦磨滌也。或作—。〔今吳俗磨擦其物以去垢膩。亦謂之—。〕

【磣】楚錦切音墋寑韻錯合切音趁合韻　(一)食有沙。見〔玉篇〕。(二)物雜沙也。見〔集韻〕。(三)砂也。見〔集韻〕。

【磧】七迹切音皵陌韻　(一)水陼有石者。見〔說文〕。(二)水中沙堆也。見〔三蒼〕。(三)湍也。〔漢書武帝紀〕甲爲下瀨將軍。〔注〕瀨、湍也。吳越謂之瀨。中國謂之—。(四)—歷。阪名也。〔史記司馬相如傳〕下—歷之坻。〔集解〕郭璞曰。—歷。阪名也。〔正義〕—歷。淺水中沙石也。〔按漢書注師古曰。—歷。沙石之貌也。文選注張揖曰。—歷。不平也。〕(五)—礫。淺水見沙石之貌。〔文選左思賦〕翫其—礫而不窺玉淵者。(六)沙—。沙漠也。〔韻會〕虜中沙漠曰—。〔正字通漠下云。幕者漠也。言沙—廣莫。望之漠漠然也。漢以後、史家變稱爲—。者沙石。其義一也。〕(七)上—。山名。〔水經江水注〕江水又東逕上—。北山名也。仲雍謂之大小竹—也。

【磨】眉波切音摩歌韻　(一)治石也。〔詩淇奧〕如琢如—。(二)礪也。見〔廣雅釋器〕。〔按廣雅釋詁礪—也。二字互訓。〕(三)相觀於善之曰—。見〔說苑建本〕。〔按禮記學記作相觀而善之謂摩。〕(四)滅也。〔後漢南匈奴傳論〕百世不—矣。(五)凡事困難者曰—。〔白居易詩〕少裏兼遭病折—。(六)照—。官名。〔元史百官志〕照—。正八品。掌—勘左右司錢穀出納營繕料例凡數計文牘簿籍之事。〔按前淸猶沿設此官。〕

【磨】莫臥切音磨箇韻　〔與磨不同。〕(一)本作䃺。〔說文〕䃺。石磑也。〔段注〕䃺今字省作—。引伸之義爲研—。俗乃分別其音。石磑則去聲。模臥

切。研—則平聲。莫婆切。其始則皆平聲耳。〔正字通云、俗謂磑曰—。以磑合兩石中琢縱橫齒能旋轉碎物成屑也。〕

㊁城名。〔水經沮水注〕沮水又東南逕驪城西—城東。〔在今湖南當陽縣境。〕

【磪】 昨回切音摧灰韻

㊀崔籀文。〔集韻〕崔山高也。籀文作—。

㊁高峻之貌。〔文選嵇康賦〕—嵬岑嵓。

【磪】 取猥切音漼賄韻

絲大皃。見〔集韻〕。

【磫】 將容切音從冬韻

㊀—礭。礪石。見〔廣韻〕。

㊁石跡。見〔集韻〕。

【磬】 詰定切音罄徑韻

㊀石樂也。从石。𠁁象縣虡之形。殳、所目擊之也。古者毋句氏作—。見〔說文〕。

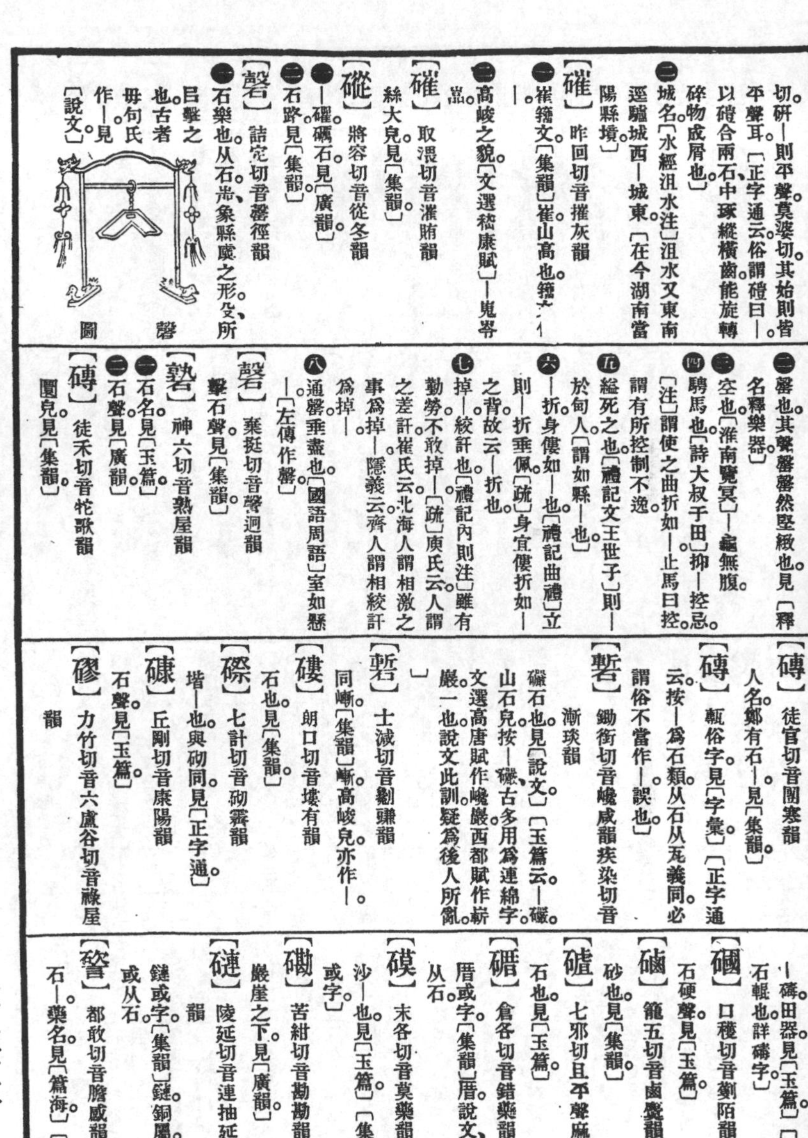

磬圖

㊁罄也。其聲罄罄然堅緻也。見〔釋名釋樂器〕。

㊂空也。〔淮南覽冥〕—龜無腹。

㊃騁馬也。〔詩大叔于田〕抑—控忌。〔注〕謂使之曲折如—。止馬曰控。謂有所控制不逸。

㊄縊死之也。〔禮記文王世子〕則—於甸人。〔謂如縣—也〕。

㊅—折。身僂如—也。〔禮記曲禮〕立則—折垂佩。〔疏〕身宜僂折如—之背。故云—折也。

㊆掉—紾訐也。〔禮記內則注〕雖有勤勞。不敢掉—。〔疏〕庾氏云。人謂之差訐。崔氏云。北海人謂相激之事為掉—。隱義云。齊人謂相紾訐為掉—。

㊇通罄。垂盡也。〔國語周語〕室如縣—。〔左傳作罄〕。

【磬】 棄挺切音謦迥韻

擊石聲。見〔集韻〕。

【⿱孰石】 神六切音熟屋韻

㊀石名。見〔玉篇〕。

㊁石聲。見〔廣韻〕。

【磚】 徒禾切音佗歌韻

圜皃。見〔集韻〕。

【磚】 徒官切音團寒韻

人名。鄭有石—。見〔集韻〕。

【磚】 甎俗字。見〔字彙〕。〔正字通云。按—為石類。从石从瓦義同。必謂俗不當作—。誤也。〕

【磛】 鋤銜切音巉咸韻　疾染切音漸琰韻

礹石也。見〔說文〕。〔玉篇云。—礹。山石皃。按—礹。古多用為連綿字。文選高唐賦作巉巖。西都賦作嶄巖。一也。說文此訓。疑為後人所亂。〕

【磛】 士減切音劖豏韻

同嶄。〔集韻〕嶄高峻皃。亦作—。

【⿰石婁】 朗口切音塿有韻

石也。見〔集韻〕。

【磜】 七計切音砌霽韻

堦—也。與砌同。見〔正字通〕。

【⿰石康】 丘剛切音康陽韻

石聲。見〔玉篇〕。

【磟】 力竹切音六　盧谷切音祿屋韻

—碡田器。見〔玉篇〕。〔正字通云。石輥也。詳碡字〕。

【⿰石國】 口穫切音蒳陌韻

石硬聲。見〔玉篇〕。

【磠】 籠五切音鹵麌韻

砂也。見〔集韻〕。

【⿰石虘】 七邪切且平聲麻韻

石也。見〔玉篇〕。

【碏】 倉各切音錯藥韻

厝或字。〔集韻〕厝。說文、厲石也。或从石。

【⿰石莫】 末各切音莫藥韻

沙—也。見〔玉篇〕。〔集韻以為漠或字〕。

【⿰石敢】 苦紺切音勘勘韻

巖崖之下。見〔廣韻〕。

【⿰石連】 陵延切音連　抽延切音脠先韻

鏈或字。〔集韻〕鏈。銅屬。一曰卄也。或从石。

【⿱詹石】 都敢切音膽感韻

石—。藥名。見〔篇海〕。〔按本草無

此字〕。

【〓】呼嫁切音罅禡韻 石裂也。見〔篇海〕。

【〓】烟奚切音鷖齊韻 美石黑色。見〔廣韻〕。

【磥】倫追切音纍支韻 —硾。磨也。〔集韻〕東齊謂磨、曰—硾。

【磥】盧回切音雷灰韻 突也。見〔字彙〕。

【磥】同磊。〔文選嵇康賦〕蹝踔—硌。〔注〕—硌壯大貌。、—與磊同。

【〓】光鑊切音郭藥韻 同椁。〔集韻〕椁葬有木䡮也。亦从石。石。蓋古或用石。

【〓】呼宏切音轟庚韻 石落聲。見〔廣韻〕。

【磦】卑遙切音猋蕭韻 山峯出皃。見〔集韻〕。

【礉】口敎切音敲效韻 石不平。見〔集韻〕。

【磩】倉歷切音戚錫韻 碌—。石次玉者。〔文選班固賦〕碌—綵緻。

【〓】側六切音㴛屋韻 磋謂之—。見〔集韻〕。

【〓】鋤交切音巢肴韻 附國之民纍石爲巢而居、曰—。見〔集韻〕。

【〓】損果切音貨哿韻 磌或字。〔集韻〕磌小石或作—。

【〓】擬引切音齗軫韻 大脣皃。見〔集韻〕。〔按廣韻昌約切訓大脣〕—皃。

【〓】呼麥切音黑陌韻 石裂聲。見〔五音篇海〕。

【〓】矴本字。見〔集韻〕。

【〓】同硜。見〔字彙〕。

【〓】同硻。見〔正字通〕。

【〓】硻或字。見〔集韻〕。

【〓】〓譌字。見〔字彙補〕。

十二畫

【磯】居希切音機微韻 ●一大水激石。見〔說文新附〕。●二水中磧也。〔廣雅釋水〕—、磧也。〔疏證〕水流石上謂之湍瀨。石在水中謂之—磧。●三激也。〔孟子告子〕是不可—也。●四摩也。見〔玉篇〕。●五通圻。〔鈕氏說文新附攷〕通典、吳以牛渚圻爲重鎭。卽牛渚—也。古書圻與畿通。故知圻卽—。

【磯】渠希音祈微韻居代切音漑隊韻 感激也。見〔集韻〕。

【〓】祛音切音欽侵韻 ●一石名。見〔玉篇〕。●二嶔或字。〔集韻〕嶔、山高險也。或作—。

【磴】丁鄧切登去聲徑韻 ●一隥或字。〔集韻〕隥、仰也。或从石。●二石橋也。〔文選孫綽賦〕跨穹隆之懸—。●三巖—。見〔玉篇〕。

【磴】都騰切音登他登切音䔲蒸韻 益石也。見〔集韻〕。

【磴】台隥切音䔲徑韻卜登切音崩蒸韻 ●一小水相益也。見〔集韻〕。●二猶益也。〔文選郭璞賦〕—之以瀿瀵。

【磷】離珍切音鄰眞韻 粼或字。〔集韻〕粼水在厓石閒粼粼也。或从石。

【磷】力耕切音輘庚韻 砰—。峻貌。〔史記司馬相如傳〕徑入靁室之砰—鬱律兮。

【磷】里忍切音嶙軫韻 石皃。見〔玉篇〕。

【磷】良忍切音吝震韻 ●一薄石。見〔集韻〕。●二薄也。〔論語陽貨〕磨而不—。●三雲母別名。見〔玉篇〕。●四石礫也。見〔增韻〕。●五—綵色也。〔漢書司馬相如傳〕—爛爛。〔注〕郭璞曰。皆玉石符采映曜也。

【磹】徒念切音簟豔韻徒紺切音

譚勘韻
(一)石楔也。見〔六書故〕。
(二)礷、—電光也。〔元包經〕嗑礷列缺。搏礷—灼。

【磺】古猛切音穬梗韻
(一)銅鐵樸石也。見〔說文〕〔段注〕樸、木素也。因以爲凡素之偁。銅鐵樸者。在石與銅鐵之間。可爲銅鐵而未成者也。不言金玉者。舉㸷以該精也。周禮、卝人掌金玉錫石之地。而爲之厲禁以守之。注云。卝之言礦也。金玉未成器曰礦。未成器、謂未成金玉。〔按玉篇礦同—。〕
(二)強也。見〔玉篇〕。

【磺】胡光切音黃陽韻
(一)石名。見〔集韻〕。
(二)硫—藥名。詳硫字。

【磻】溥禾切音波歌韻
(一)以石箸隿繳也。見〔說文〕〔段注〕隿者、繳射飛鳥也。繳者、生絲縷系矰矢而以隿䠶也。以石箸於繳謂之—。
(二)沙石膠絲也。〔文選張衡賦〕—不特絓。

【磻】蒲官切音盤寒韻
溪名。見〔集韻〕。〔按—溪、即太公釣處。在今陝西寶雞縣東南。〕

【磻】補過切音播箇韻
石名。可爲矢鏃。見〔集韻〕。

【磽】丘交切音敲肴韻倪了切輕皦切音㬠篠韻
(一)礊石也。見〔說文〕。
(二)堅鞕也。見〔玉篇〕。
(三)石田。見〔廣韻〕。〔按集韻云。山田曰—。〕
(四)薄也。〔孟子告子〕則地有肥—。〔按即薄田也。字亦作墝。〕

【磽】牛交切音聱肴韻逆角切音嶽覺韻
磝或字。〔集韻〕磝山多小石也。或作礉、—。

【磽】五巧切音齩巧韻口敎切音敲魚敎切音樂效韻
(一)石不平。見〔集韻〕。
(二)猶惡也。〔後漢竇武傳注〕今年尚可後年—。〔按五行志作鐃。風俗通作譊。〕

【磾】都黎切音底齊韻
(一)染繒黑石。出琅琊山。見〔廣韻引說文〕。
(二)人名。漢金日—。本匈奴休屠王子。

【磿】郎狄切音歷錫韻〔與磨不同。〕
(一)石聲也。見〔說文〕。〔按玉篇——石小聲。〕
(二)執綍者之名版也。〔周禮遂師〕及窆抱—。〔疏〕執綍之人背碑負引而退行。遂師抱持版之名字。巡行而校錄之。以知在否。故云抱—也。
(三)—室燕宮名。〔史記樂毅傳〕故鼎反乎—室。〔按戰國策作曆。蓋曆—同音假今作磿誤。〕

【[石+晉]】咨林切音祲侵韻
石也。見〔玉篇〕。〔按正字通云。玉門西南有一國。山中產石。—數千枚。名霹靂—。陳藏器本草拾遺作礁。〕

【[石+朁]】才淫切音鬵侵韻
石門。見〔集韻〕。

【[石+虛]】休居切音虛魚韻
石皃。見〔集韻〕。

【[石+善]】上演切音善銑韻
白石。見〔集韻〕。

【[石+厥]】居月切音厥月韻
發石也。見〔廣韻〕。

【[石+敢]】古覽切音敢感韻
—密模末賦。大食國酋長名。見〔集韻〕。

【磃】相支切音斯支韻
磨也。見〔玉篇〕。

【[石+爲]】虎委切音毀紙韻
敗也。〔列子天瑞〕事之破—而後有舞仁義者。

【磳】咨騰切音增蒸韻鋤耕切音崢庚韻
磳—。石皃。見〔玉篇〕。

【[石+肅]】息六切音肅屋韻先巧切音筱篠韻
黑砥石也。〔山海經北山經〕京山有玄—。

【礀】古晏切音諫諫韻
水礀也。見〔玉篇〕。〔正字通云。與澗通。〕

【磶】思積切音昔陌韻
柱礩也。見〔玉篇〕。〔按廣韻、—柱

下石。廣雅釋宮、—。礩也。疏證。—在柱下。如木之有本。故曰礩。衆經音義卷十八引許愼注云。楚人謂柱—曰礎。—之言藉也。〕

【䃕】先外切音㒶泰韻
小石。見〔玉篇〕。

【礹】七絕切音膬屑韻
石破。見〔廣韻〕。

【礃】傳江切音幢江韻
石皃。見〔集韻〕。

【礅】都昆切音敦元韻
石可踞者。見〔集韻〕。

【磣】七合切音𨅝合韻
石——也。見〔篇海〕。〔正字通云。俗磣字。〕

【磼】昨合切音雜合韻
—礏。山高貌。〔史記司馬相如傳〕嵯峨—礏。〔按漢書司馬相如傳、文選上林賦、竝作嶫嶫。師古曰。嶫音捷。〕

【礏】士叔切葉韻
磂—。破物聲。見〔集韻〕。

【礲】良中切音隆東韻盧冬切音籠冬韻魯宋切音弄宋韻
碚—。石聲。〔韓愈詩〕投奅鬧碚—。

【礁】微夫切音無虞韻
礁—。石也。見〔集韻〕。

【礁】罔甫切音武麌韻
碔或字。〔集韻〕碔。碔砆。似玉。或作—。

【礚】普孟切音膨敬韻
磃—。石聲。見〔集韻〕。

【礆】牛廉切音噞鹽韻
山名。見〔集韻〕。

【礀】相鳥切音小篠韻
破也。見〔字彙補〕。

【𥗽】鋪官切音潘寒韻
—碩。大瓶也。見〔字彙補〕。

【礁】讀若焦
俗謂海洋中石之隱現水面者曰—。舟觸之。往往破沈。蓋卽𧀍字。如岬之作㟁。碣之作碣也。

十三畫

【礋】直格切音宅陌韻
●一 礋—。農器也。〔耒耜經〕爬而後有礋—焉。有齒。以木爲之。堅而重者良。●二 —磦。獸名。〔集韻〕神異經、西方有獸。長短如人。羊頭猴尾。名—磦。行健。

【礐】轄覺切音斆克角切音推覺韻胡沃切音鵠沃韻胡谷切音斛屋韻離宅切陌韻
●一 石聲也。見〔說文〕〔段注〕此與山部嶨義別。爾雅、假—爲嶨耳。江賦曰。幽澗積岨。—硞礐確。注云。皆水激石、險峻不平之皃。按當云水激石聲也。●二 山多大石曰—。、學也。大石之形、學學然也。

【礐】力摘切音礰陌韻
砳或字。〔集韻〕砳。石聲。或作—。

【礐】烏鵠切音沃沃韻
礐或字。〔集韻〕礐。礐治樸之名。或从石。

【礐】胡沃切音鵠沃韻
玉名。見〔集韻〕。〔類篇云。石名。〕

【礐】逆角切音嶽覺韻
礐或字。〔集韻〕礐。礐治角也。或从石。

【礒】語綺切音螘紙韻
石皃。見〔集韻〕。

【礇】乙六切音郁沃韻
石似玉。見〔玉篇〕。

【礑】唐干切音壇寒韻
石—也。見〔集韻〕。〔正字通云。通作壇。〕

【礉】口敎切音敲效韻
石不平。見〔集韻〕。

【礉】下革切音核陌韻
礉或字。〔集韻〕礉。實也。或从石。

【礉】丘交切音敲肴韻
磽或字。〔集韻〕磽。礉石。或作—。

【礊】克革切音礊陌韻
本作礊。〔說文〕礊。堅也。

【礊】呼麥切音剨陌韻
鞕聲。見〔集韻〕。

【礛】陟甚切音黮寑韻
用石力。見〔玉篇〕。

【礛】側立切音戢緝韻

石皃。見〔集韻〕。

【礣】苦骨切音窟月韻　同崛。〔集韻〕崛崛屼山皃。一曰壘山亦从石。

【礧】盧對切音礧隊韻　礧或字。〔集韻〕礧推石自高而下也。或作—。

【礨】魯猥切音磊賄韻　同磊。〔集韻〕磊眾石也。亦作—。

【礫】居飲切音錦寑韻　石名。見〔玉篇〕。

【𥗊】覩敢切音膽感韻　石—出蜀中。見〔玉篇〕。〔按集韻。石—藥石。正字通引本草。石膽石中有汁如膽汁也。字作膽。〕

【礍】丘葛切音渴曷韻　石皃。見〔集韻〕。

【礐】口狠切音懇阮韻　石皃。見〔集韻〕。

【礎】創所切音楚語韻　礩也。見〔說文新附〕。〔淮南說林。山雲蒸柱—潤。注云。—、柱下石礩。〕

也。〕

【礏】逆及切音岌緝韻　礏—。詳磼字。

【礑】丁浪切音擋漾韻　底也。見〔字彙〕。

【礓】居良切音薑陽韻　礫石。見〔集韻〕。

【礔】匹歷切音僻錫韻　—靂。雷之急激者。見〔類篇〕。〔按集韻以爲霹或字。〕

【礕】匹歷切音霹錫韻　—礰。石聲。見〔集韻〕。

【𥗒】五賄切音頠賄韻　眾石皃。見〔集韻〕。

【磈】苦猥切音傀賄韻　—礧。山皃。見〔集韻〕。

【𥗌】古禫切音感感韻姑南切音弇覃韻　以石蓋也。一曰石篋。見〔集韻〕。

【𥗍】徒曷切音達曷韻　石—也。見〔字彙補〕。

【礆】同險。見〔字彙〕。〔俗誤以爲鹼字。非。〕

【𥗾】同磏。見〔正字通〕。

【𥗑】同斫。見〔正字通〕。

【𥗶】同響。見〔字彙補〕。

【礞】同砱。見〔集韻〕。

【𥗼】礡或字。見〔集韻〕。

【礈】墜或字。見〔集韻〕。

【礦】硇或字。見〔集韻〕。

【礊】礊譌字。見〔正字通〕。〔康熙字典引集韻。—䃺石聲。—當作礊。集韻四十三映。礊𧿐礊石聲。—或即礊之譌。〕

十四畫

【礙】牛代切音硋隊韻

一 止也。見〔說文〕。

二 限也。〔法言問道〕—諸以禮樂。

三 閡也。見〔廣雅釋言〕。〔一切經音義云。閡、郭璞以爲古文—字。〕

四 挂也。〔淮南繆稱〕洞同覆載而無所—。

五 距也。見〔廣雅釋言〕。

六 至也。見〔廣雅釋詁〕。

【礙】魚其切音疑支韻　—礓。青石。見〔集韻〕。

【礗】紕民切音繽眞韻　砕石聲。見〔集韻〕。

【𥗃】力摘切音虢陌韻　—礋。田器。見〔集韻〕。

【礘】乞及切音泣緝韻　砬—。石聲。見〔集韻〕。

【𥗕】鄂合切音噈合韻　——。石皃。見〔集韻〕。

【𥗤】倉歷切音戚錫韻　守夜鼓也。見〔字彙〕。

【礚】丘蓋切音嘅泰韻　聲也。見〔廣雅釋詁〕。〔按字與磕同。說文。磕、石聲也。文選司馬相如賦。礧石相擊。硠硠——。〕

【礛】居銜切音監咸韻　—礵。礪也。見〔集韻〕。〔廣韻。—礵。青礪也。〕

【礷】盧甘切音藍覃韻　厱或字。〔集韻〕厱。厱諸。治玉石。或作礷。亦省。

【礜】羊茹切音預御韻羊諸切音余魚韻
毒石也。出漢中。見〔說文〕。〔段注〕疑本作—石也三字爲句。後人改之。本艸經曰。—石味辛有毒。按今世無此物。

【⿰石凴】皮孕切音凭徑韻
—鬢。石聲。見〔集韻〕。

【磜】七煞切音察黠韻
姜—。石名。見〔字彙補〕。

【礞】諆蓬切音蒙東韻
青—石。藥名。見〔本草綱目〕。

【⿰石谿】同硜。見〔字彙補〕。

【礉】同礉。見〔篇海類編〕。

【礝】碝或字。見〔集韻〕。

十五畫

【礥】下珍切音誗眞韻胡田切音賢先韻
㊀物生之難也。見〔太玄礥首〕。〔注〕—、難也。
㊁戚也。〔太玄玄衝〕—大戚。
㊂鞕也。見〔廣韻〕。

【礥】胡田切音賢先韻
艱險。又剛強也。見〔廣韻〕。

【礦】古猛切音獷梗韻
㊀同卝。〔周禮卝人〕掌金玉錫石之地而爲之厲禁以守之。〔注〕卝之言—也。金玉未成器曰—。〔按—物不獨金玉。凡物之在地中須開掘而得之者皆是。字本作磺。說文、磺。銅鐵樸石也。讀若穬。卝、古文磺。今—行而以礦爲硫磺字矣〕
㊁同鑛。〔文選王褒論〕精鐵藏於鑛朴。〔[illegible]〕—、與鑛
㊂同砯。〔一切經音義〕—、古文砯字。書作—。同孤猛反。
㊃強也。見〔廣雅釋詁〕。
㊄谷名。〔水經洛水注〕倚亳川水出北山—谷。

【⿰石著】陟略切音櫡藥韻
㊀斫也。見〔說文〕。〔段注〕斫者其器。所以斫地。因謂之斫也。釋器曰。斫謂之鐯。鐯字又作櫡。依許則當作—。郭云钁也。金部。钁者、大鉏也。然則必以金爲之。安得从石。蓋上古始爲之用石。如砮碇之類。或以其可斫地橛石。故从石歟。
㊁碎石。見〔類篇〕。

【礧】魯猥切音磊賄韻
大石皃。見〔集韻〕。

【礧】魯水切音壘紙韻
碨—。山皃。見〔集韻〕。

【礧】盧回切音雷灰韻
擊也。石轉突也。見〔集韻〕。

【礧】盧對切音纇隊韻
㊀推石自高而下也。見〔集韻引埤蒼〕。
㊁同儡。見〔字彙補〕。

【礩】職日切音質質韻脂利切音至寘韻
㊀柱下石也。見〔說文新附〕。
㊁礩也。見〔集韻〕。
㊂同窒。見〔字彙補〕。

【礪】力制切音例霽韻
㊀砥磨石也。精爲砥。粗爲—也。〔山海經西山經〕[illegible]水其中多—石。
㊁所以致刃也。見〔說苑建本〕。
㊂同厲。〔荀子性惡〕鈍金必將待礱厲然後利。〔注〕厲、與—同。

【礫】狼狄切音靂錫韻
㊀小石也。見〔說文〕。〔段注〕釋名。小石曰—。—、料也。小石相枝柱其間。料料然出內氣也。楚辭王逸注。云小石爲—。西京賦薛注。石細爲—。
㊁丹—。丹沙也。〔文選郭璞賦〕其下則金鑛丹—。

【礫】力角切音犖覺韻
躒或字。〔集韻〕躒、逴躒。超絕也。或从石。

【礫】歷各切音洛藥韻
白石皃。見〔集韻〕。

【礬】符袁切音煩元韻
㊀藥石也。有白青黃黑絳五種。見〔集韻〕。〔按—石爲透明結晶體。可爲藥品。可供染料。又製造革紙燭等均需之〕。
㊁山—。花名。木高數尺。葉密枝白而香。採其葉燒灰染物。不借—而成。因名曰山—。

【礣】莫八切音傛黠韻
—砎。小石。見〔集韻〕。

【礣】莫結切音蔑屑韻
堅石。見〔集韻〕。〔玉篇云。—砎。堅也〕

【礤】七曷切音擦曷韻
擦或字。〔集韻〕擦。摩也。或从石。

【䃎】子末切音蠽曷韻
蠽石。見〔集韻〕。

【⿰石數】蘇后切音叟朗口切音壤有韻
石也。見〔集韻〕。

【⿰石慮】良據切音慮御韻
石名。見〔集韻〕。

【⿰石韱】先念切音殲豔韻
電光也。見〔字彙〕。〔正字通云。俗殲字。〕

【⿰石賣】徒谷切音賣屋韻
石名。見〔玉篇〕。

【⿰石盍】力盍切音臘合韻
石陷兒。見〔集韻〕。

【⿰石巤】力涉切音獵葉韻
—磏山連屬兒。見〔集韻〕。

【磣】朗鳥切音蔘篠韻
—碣。石垂兒。見〔集韻〕。

【礨】魯猥切音磊賄韻
—空。小穴。一曰小封。見〔集韻〕。

【⿰石適】同⿰石啇。見〔集韻〕。

【⿰石盤】同磐。見〔正字通〕。

【⿰舌磊】同磊。見〔搜眞玉鏡〕。

【⿱嚞石】同礨。見〔字彙補引穆天子傳〕。

【礳】同摩。見〔字彙補〕。

【⿰石鳥】碼俗字。見〔正字通〕。

十六畫

【礰】狼狄切音歷錫韻
㊀的—。光明也。〔文選張衡賦〕顏的—以遺光。
㊁磽—。石名。見〔本草〕。
㊂—礋。農器。詳礋字。

【⿰石嬴】怡成切音盈庚韻
㊀瓴甓。見〔玉篇〕。
㊁石名。見〔集韻〕。

【礮】披教切音炮效韻
機石。見〔集韻〕。〔按—始於范蠡。歷漢至宋所謂—者。咸駕車以機發石。元世始用回人阿喇卜丹以火藥造—。今製愈精。與古物絕異。〕

【礭】苦角切音確覺韻
鞕也。見〔字彙〕。

【⿰石親】初覲切音櫬震韻
水石也。見〔玉篇〕。

【⿰石賴】他達切音闥曷韻
石名。見〔字彙〕。

【⿰石縈】娟營切音嫈庚韻
石名。見〔集韻〕。

【⿰石諸】專於切音諸魚韻
磁—。礪也。見〔集韻引博雅〕。

【⿰石褭】乃丁切音嫋篠韻
山曲謂之—。一曰⿰石兆石。見〔集韻〕。

【礱】盧東切音籠東韻
礲也。天子桷椓而—之。見〔說文〕。〔段注〕今俗謂磨穀取米曰—。椓、當依類篇所引作斲。尚書大傳曰。桷、天子斲其材而—之。加密石焉。鄭云。—、礪之也。

【⿱龍石】盧貢切音弄送韻
小磨。見〔集韻〕。

【⿰石褱】乎乖切音懷佳韻　胡隈切音回灰韻
石不平也。見〔集韻〕。〔類篇云。石。不平兒。〕

【⿰石褢】姑回切音瑰灰韻
小石。見〔集韻〕。

【⿰石襄】士壞切音怪卦韻
砼古字。〔集韻〕砼。石似玉。古作—。

十七畫

【⿰石闌】郎旰切音爛翰韻
㊀—。玉石兒。見〔集韻〕。
㊁州名。唐置。屬隴右道。當今四川境內。

【礴】白各切音泊藥韻　匹各切音粕覺韻
㊀旁—。混同也。見〔集韻〕。〔按本作旁薄。〕
㊁旁薄。大戴記公冠。薄薄之土。注。薄、旁薄也。大玄中。昆侖旁薄幽。注。旁薄。猶彭魄也。地之形也。
㊂通魄。〔文選左思賦〕旁魄而論都。〔注〕—、與魄同。

【𥗨】先念切音僭黯韻七紺切音謲勘韻
—礸。電光。見〔集韻〕。

【礸】杳林切音侵綫韻
楔也。見〔集韻〕。

【䃶】汝兩切音壤養韻
雌黃之惡者。見〔集韻〕。

【礓】音薑陽韻
石也。見〔篇海類編〕。

【礴】匹各切音粕覺韻
石聲。見〔字彙〕。

【礐】同礐。見〔集韻〕。

十八畫

【𥗾】權俱切音衢恭于切音拘虞韻
磫—。礪也。見〔集韻引博雅〕。

【䃰】七盍切音雜合韻
石多皃。見〔集韻〕。

【礶】音闕月韻
石也。見〔玉篇〕。

【礨】磊俗字。見〔正字通〕。

十九畫

【礐】音巷絳韻
山有大小石。見〔字彙補〕。

【礸】子末切音拶曷韻
磔或字。〔集韻〕磔巑石。或从贊。

【䃺】磨本字。見〔說文〕。

【𥗺】砢或字。見〔集韻〕。

二十畫

【礹】魚銜切音巖咸韻
石山也。从石。嚴聲。見〔說文〕。〔段注〕巖、主謂山。故从山。—、主謂石。故从石。詩曰維石巖巖。諸書多假巖爲—。

【𥗿】魚檢切音儼琰韻
礹—。山石皃。見〔集韻〕。

二十一畫

【礷】郎旰切音爛翰韻
—。玉石皃。見〔集韻〕。

二十二畫

【𥗻】壩或字。見〔集韻〕。

【礲】朗可切音砢哿韻
—阿。山皃。見〔集韻〕。

二十四畫

【𥗧】巙或字。見〔集韻〕。

【䃭】力丁切音靈青韻
石砱也。見〔五音集韻〕。

二十九畫

【礹】紆勿切音鬱物韻
—礹。小石。見〔集韻〕。

※白部※

【白】薄陌切音帛陌韻步化切音杷禡韻

❶西方色也。陰用事物色—。从入合二。二、陰數也。見〔說文〕。〔按〕—五色之一。物理學家謂太陽光具七色。物體盡收七色則視爲黑。盡返七色則視爲—。

❷啓也。如冰啓時色也。見〔釋名釋形體〕。

❸無文飾也。〔易賁〕—賁无咎。

❹明也。〔呂覽士節〕吾將以死—之。

❺素也。潔也。見〔增韻〕。

❻罰爵之名。〔漢書敘傳〕皆引滿舉—。談笑大噱。〔語云浮一大—即此義〕。

❼稻也。〔周禮籩人〕其實麷蕡—黑。以授主婦。〔注〕稻曰—。

❽道也。〔淮南俶眞〕是故虛室生—。

❾曙色也。〔蘇軾賦〕不知東方之既—。

❿告語也。見〔玉篇〕。〔正字通云〕下告上曰稟—。同輩述事陳義亦曰—。

⓫梵語一年爲一—。〔傳燈錄〕我止林間已經九—。

(十二) 日光所照也。〔莊子人閒世〕虛室生—。

(十三) 彰明也。〔荀子榮辱〕身死而名彌—。

(十四) 外內貞復曰—。見〔周書諡法〕。

(十五) 稅外橫取謂之—著。見〔唐書劉晏傳〕。

(十六) —衣。給官府趨走者。〔漢書兩龔傳〕聞之—衣。戒君勿言也。

(十七) —丁。謂無官職之人。〔北史李敏傳〕周宣帝謂樂平公主曰。敏何官。對曰。一—丁耳。〔又〕又謂不識丁也。〔劉禹錫銘〕往來無—丁。

(十八) —屋。白蓋之屋也。〔漢書蕭望之傳〕恐非周公相成王躬吐握之禮。致—屋之意。〔注〕師古曰。—屋、謂—蓋之屋。以茅覆之。賤人所居。蓋音合。〔又〕匹夫也。〔後漢高彪傳〕垂接—屋。

(十九) —魚。蟲名。〔爾雅釋蟲〕蟫、—魚。〔注〕衣書中蟲也。

(廿) —黑。謂淸濁也。〔漢書王莽傳〕—黑紛然。〔又〕猶賢愚也。〔後漢馮衍傳〕詳衆士之—黑。

(廿一) —筆。古珥筆。見〔古今注〕。

(廿二) —駒。日也。〔莊子知北遊〕若—駒之過郤。〔按漢書魏豹傳注云。—駒日景也。〕

(廿三) —民。平民也。〔魏書食貨志〕—民輸五百石。聽依第出身。

(廿四) —水。縣名。北魏置。屬華州。卽今陝西—水縣治。

(廿五) 茲—。一名駮者也。〔周書王會〕義渠以茲—。茲—者。若—馬。鋸牙食虎豹。

(廿六) 長—。山名。〔名勝記〕長—山其顚有潭。周八十里。深不可測。南流爲鴨綠江。北流爲混同江。〔按明一統志曰。長—山在故會寧府南六十里。橫亙千里。高二百里。滿洲語謂爲果勒敏珊延阿林。卽古書所謂不咸山。太—者是也。因山頂常爲—色。故有厥名。其山脈盤結之處。南自遼東半島。北至烏蘇里江之西方。橫亙數百里。吉林省之東南。卽長—山本幹也。〕

(廿七) 五—。箛簍也。〔楚辭招魂〕成梟而牟。呼五—些。

(廿八) 大—。旗名。〔禮記明堂位〕殷之大—。

(廿九) 飛—。書體之一。〔字學淵源〕飛—書、蔡邕見施堊帚而作。

(卅) 私—。〔唐書宦者傳〕宣宗時。諸道歲進閹兒。號私—。

(卅一) 自—。自以所爲之事實或犯罪之狀態。向裁判官廳陳明之謂。又在於刑事。是認檢察官事實之陳述。在於民事。自認對手人之陳述。法律上均稱爲自—。

(卅二) 草名。〔漢書西域傳〕鄯善國多—草。

(卅三) —及。藥名。詳芨字。

(卅四) 水名。〔水經漾水注〕—水西北出於臨洮西南西傾山。水色—濁。東南流與黑水合。〔按淸一統志以此—水爲卽甘肅之羌水。今水源出洮州廳西南番界。東流經岷州。又東入階州界。合岷河。攷洮州廳今改臨潭縣。階州今改入武都縣。〕

(卅五) 州名。唐置。屬嶺南道。五代宋初均因之。南渡後併入博—縣。卽今廣西博—縣治。

(卅六) 姓也。秦大夫—乙丙。〔又〕複姓。—冥氏。秦族。吉—氏。羋姓。〔又〕—楊提。代北三字姓。

【白】 博陌切音百陌韻

同伯。〔集韻〕伯。長也。一曰爵名。亦姓。古省。

【白】 疾二切音自寘韻〔與白異〕

此亦自字也。省自者。詈言之气从鼻出與口相助見〔說文白部〕〔按說文—、白、各部。篆文亦異。章楷提爲一。玉篇。告語之訓。卽此字也。世讀爲薄陌音。由來久矣。姑仍之。而表出於此。凡語詞字如皆、魯、者、智、之類。俱從此。或書作𦣻形〕。

一畫

【百】 博陌切音伯陌韻

(一) 十十也。从一白。數、十十爲一—。—、白也。十—爲一貫。貫、章也。見〔說文白部〕。

(二) 衆多之稱。〔左襄十九年傳〕如—穀之仰膏雨焉。〔疏宋本正義〕穀之種類多。言—、舉成數也。

(三) —里。劒名。見〔古今注〕。

(四) —舌。鳥名。〔淮南說山〕猶—舌之聲。

(五) —足。蟲名。〔博物志〕—足、一名馬蚿。

(六) —合。草名。詳合字。

(七) 俗以神氣不足名曰九—。見〔可談〕〔又〕俗以愍痴爲九—。見〔愛日齋叢鈔〕〔又〕今以較論細瑣人爲九｜。見〔通俗編〕。

❽｜濟國名。〔北史百濟傳〕｜濟國、馬韓之屬。在遼東之東。〔當今高麗東部。〕

❾姓也。｜豐列子弟子。〔又〕｜里。複姓。｜里奚之後。

【百】莫白切音陌陌韻

❶勉力也。〔左僖二十八年傳〕距躍三｜。曲踊三｜。〔注〕謂每跳皆勉力爲之。

❷謂行杖人曰五｜。〔後漢曹節傳〕越騎營五｜妻有美色。〔注〕韋辨釋名曰。五｜字本爲伍伯。伍、當也。伯、道也。使之導行當道陌中以驅除也。案今俗呼行杖人爲五｜也。〔孜禰衡傳。合五｜將出。注。五｜、猶今問事也。畢沅云。周禮春官司服鄭注云。今時伍伯緹衣。疏。伍伯者。伍、行。伯、長也。謂宿衛者之行長。見服纁赤之衣。卽此五｜也。〕

【⿰白乚】具遮切音伽歌韻

❶地名。〔宋史麗籍傳〕築土城及開｜名平戎道。

❷外國有｜馬尺。卽羊匍皮也。見〔談薈。〕

❸姓也。〔宋史眞宗紀〕蕃官｜彪慶也。

【⿱白丅】古白字。見〔字彙補〕。

【⿺乚白】同⿰白乚。見〔字彙補〕。

二畫

【皁】在早切音造晧韻

❶本作草。〔說文艸部〕草。草斗。櫟實也。一曰。象斗子。从艸。早聲。〔注〕鉉曰。今俗以此爲艸木之艸。別作｜字爲黑色之｜。按櫟實可以染帛爲黑色。故曰草。通用爲草棧字。今俗書或从白从十。或从白从七。皆無意義。

❷黑也。見〔廣雅釋詁〕。

❸黑繒。見〔廣韻〕。

❹槽也。〔莊子馬蹄〕編之以｜棧。

❺造也。造成事也。〔左昭七年傳〕士臣｜。｜臣輿。

❻早也。日未出時。早起視物皆黑。此色如之也。見〔釋名釋采帛〕。

❼養馬器也。〔方言〕櫪。梁宋齊楚北燕之間或謂之樎。或謂之｜。

❽養馬之官下士也。〔史記鄒陽傳〕與牛驥同｜。〔索隱〕韋昭云。｜、養馬之官下士也。養馬之官其衣｜也。

❾馬十二匹爲｜。〔周禮校人〕三乘爲｜。｜一趣馬。

❿實未堅曰｜。〔詩大田〕既田既｜。

⓫｜帔。鳥名。〔廣雅釋鳥〕背竈、｜帔。藋雀也。〔疏證〕翟與鸛同。毛詩義疏云。鸛、鸛雀也。似鴻而大。長頸赤喙。白身黑尾翅。一名負釜。一名黑尻。一名背竈。一名｜裙。案竈與竃同。背竈、猶言負釜也。｜裙、猶言黑尻也。黑尾在下。似裙。因以爲名。裙與帬同。釋器云。帔、帬也。故又謂之｜帔矣。

⓬｜莢。其汁可供浣濯之用。或搗爛成丸。俗呼肥｜。或直稱｜。

【皀】皮及切音粥北及切音鵖訖立切音急緝韻逼力切音逼職韻虛良切音香陽韻

穀之馨香也。象穀在裹中之形。匕所以扱之。或說。｜、一粒也。又讀若香。見〔說文皀部〕。

【皃】眉敎切音描效韻

頌儀也。从儿。白象面皃。見〔說文皃部〕〔段注〕頌者、今之容字。必言儀者。謂頌之儀度可｜象也。凡容言其內。｜言其外。析言則容｜各有當。槩言則曰容｜。〔按籀文作貌。今籀文行而｜字晦矣。〕

【⿱白厶】古香字。見〔正字通〕。

【皂】同皁。見〔玉篇〕。

三畫

【的】丁歷切音嫡錫韻

❶本作的。〔說文日部〕的。明也。易曰爲的顙。〔段注〕｜者、白之明也。故俗字作｜。的顙、白顚也。

❷白也。見〔廣雅釋器〕。

❸婦人面飾。〔釋名釋首飾〕以丹注面曰｜。｜、灼也。此本天子諸侯羣妾當以次進御。其有月事者止而不御。重以口說。故注此丹於面灼然爲識。女史見之則不書名於其第錄也。〔按集韻作玓。史記五宗世家程姬索隱、北堂書鈔、太平御覽、竝引作｜。俗本作勺。今依畢氏疏證本作｜。〕

❹遠也。見〔玉篇〕。

❺明見也。見〔玉篇〕。

❻射質也。〔荀子勸學〕是故質｜張而弓矢至焉。〔注〕質、射侯也。｜、正鵠也。〔按漢書鼂錯傳注云。｜謂

所射之準臬也。集韻云。弜、通作｜。」

（七）實也。〔家語觀鄉射〕發彼有｜。

（八）｜｜獲也。〔淮南說林〕｜｜者獲。

（九）｜皪。光明也。〔文選左思賦〕丹藕凌波而｜皪。〔又〕照也。〔史記司馬相如傳〕｜皪江靡。

（十）通約。〔文選枚乘七發〕九寡之珥以爲約。〔注〕字書曰。約、亦｜字也。都狄切。、｜琴徽也。

（十一）通菂。〔爾雅釋草〕荷其實蓮。其中｜。〔注〕蓮中子也。〔釋文〕｜、或作菂。同。

（十二）通馰。〔易說卦〕其於馬也爲｜顙。〔說文馬部引作馰〕。

（十三）語助辭。〔唐韻正〕按｜字在入聲。則當入藥音都略反。灼酌妁芍之類也。轉去聲、則當入嘯音都料反。釣帕杓豹之類也。後人誤音爲滴。轉上聲爲底。按宋人書中凡語助之辭。皆作底。並無｜字。是近代之誤。今人小｜字、亦當作底。宋史有內殿直小底。遼史有近侍小底。〔按今俗語言有作之字用者。〕

【的】　胡了切音皛篠韻
蓮子。見〔集韻〕。

【皔】　侯旰切音翰翰韻
皞或字。〔集韻〕皞白也。或省。

【帛】　彌蔽切音袂霽韻
布帛幅邊。見〔集韻〕。〔正字通云。[illegible]字之譌。〕

四畫

【皆】　居諧切音階佳韻

（一）俱詞也。从比从白。見〔說文白部〕。〔王注〕字在白部。而先言从比。比比有｜義。白則詞也。

（二）並也。〔儀禮聘禮〕｜行至於階讓。

（三）同也。見〔小爾雅廣言〕。

（四）徧也。〔詩豐年〕降福孔｜。

（五）嘉也。見〔廣雅釋言〕。

（六）通偕。〔書湯誓〕予及汝｜亡。〔孟子梁惠王作偕亡〕

【皇】　胡光切音黃陽韻

（一）本作皇。〔說文王部〕皇大也。从自。王、自、始也。始王者三｜。大君也。自、讀若鼻。今俗以作始生子爲鼻子是。〔段注〕尙書大傳燧人爲燧｜。伏羲爲羲｜。神農爲農｜。始王天下。是大君也。故號之曰｜。自、讀若鼻。其音同也。揚氏雄方言曰。鼻、始也。獸之初生謂之鼻。人之初生謂之首。許謂始生子爲鼻子。字本作鼻。今俗乃以自字爲之。徑作自子。〔按徐氏繫傳云。｜之爲言煌。煌煌然放道而趨。率性而行。自然有合於道也。民無得而名。據是。｜爲王天下者之稱。而孜史記秦始皇本紀。追尊莊襄王爲太上｜。漢書高帝紀。尊王后曰｜后。太子曰｜太子。又宋制。太子稱｜。諸侯以下不稱｜。清｜族不分疏密尊卑皆加｜字。明亦有太上｜、｜太后、｜后諸稱。則皆引申之尊號耳。〕

（二）死者之敬稱。〔禮記曲禮〕祭王父曰｜祖考。

（三）天也。〔詩文王〕思｜多士。

（四）后也。〔離騷〕恐｜輿之敗績。

（五）王也。〔詩漸漸之石〕不｜朝矣。

（六）美也。〔詩烈文〕繼序其｜之。

（七）正也。〔穆天子傳〕｜我萬民。

（八）匡也。〔詩破斧〕四國是｜。

（九）自莊盛也。〔儀禮聘禮記〕賓入門｜。

（十）華也。〔爾雅釋言疏〕草木之華名｜。

（十一）冢前闕、處。〔左莊十九年傳〕葬於經｜。

（十二）寢門之闕。〔左宣十四年傳〕屨及於窒｜。

（十三）室無四壁也。〔漢書胡建傳〕列坐堂｜之上。

（十四）澗名也。〔詩公劉〕夾其｜澗。

（十五）草名。〔爾雅釋草〕｜、守田。〔注〕似燕麥。子如彫胡米。可食。生廢田中。

皇草圖

（十六）鳥名。〔爾雅釋鳥〕｜、黃鳥。〔注〕俗呼爲黃離留。亦名搏黍。

皇鳥圖

（十七）舞名。〔周禮舞師〕敎｜舞。帥而旱暵之事。〔注〕鄭司農云。｜舞、蒙羽舞。書或爲翌或爲義。玄謂｜析五采羽爲之。亦如帗。

(十八)地名。〔春秋昭二十二年〕劉子單子以王猛居於—。〔在今河南鞏縣西南〕

(十九)罷—、〔禮記王制〕有虞氏—而祭。〔注〕—罷屬也畫羽飾焉。

(二十)靖民則法曰—。見〔周書諡法〕。

(廿一)——美盛皃。〔詩假樂〕穆穆——。〔又〕美也見〔爾雅釋訓〕〔又〕猶栖栖也。〔禮記檀弓〕——如有望而勿至。〔又〕著明。〔國語越語〕天道——。〔又〕有光儀也。〔荀子大略〕言語之美穆穆——。〔又〕猶煌煌也。〔國語魯語〕——者華。〔又〕猶熒熒也。〔太玄交〕喬喬——。〔又〕遑遽貌。〔楚辭離世〕征夫——其孰依兮。〔又〕急速之貌。〔漢書董仲舒傳〕夫——求財利常恐乏匱者庶人之意也。

(廿二)覺—佛別號。〔鴻苞博蒐〕佛、一稱覺—。

(廿三)玉—天帝也。〔宋史眞宗紀〕祭玉—於朝元殿。

(廿四)於—歎美辭。〔詩臣工〕於—來牟。

(廿五)聿—疾貌。〔文選揚雄賦〕武騎聿—。

(廿六)遹—往來貌。〔文選張衡賦〕察二紀五緯之綢繆遹—。

(廿七)餘—舟名。〔左昭十七年傳〕楚敗吳師獲其乘舟餘—。

(廿八)通葟。〔爾雅釋草〕葟華。〔釋文〕葟、本亦作—。

(廿九)通煌。〔詩假樂〕穆穆——。〔後漢班固傳注作穆穆煌煌〕

(三十)通況。〔書無逸〕則—自敬德。〔正義〕王肅本作況。

(卅一)通遑。〔孟子滕文公〕則——如也。〔文選注作則遑遑〕

(卅二)通艎。〔左昭十七年傳〕獲其乘舟餘—。〔文選江淹賦注作艅艎〕

(卅三)通徨。〔莊子達生〕野有方—。〔釋文〕—、本亦作徨。

(卅四)通騜。〔詩駉〕有驈有—。〔說文馬部引作有驈有騜〕

(卅五)通黃。〔左宣十七年傳〕苗賁—。〔說苑善說作釁黃〕

(卅六)亦作凰。〔詩卷阿〕鳳凰于飛。〔唐石經作鳳—於飛〕

(卅七)姓也。宋戴公後。〔又〕—甫複姓。

【皇】羽兩切音往養韻

——。祭祀之儀。〔禮記少儀〕齊齊——。〔注〕—、讀如歸往之往。〔疏〕謂心所繫往。

【皈】居逵切音騩支韻

(一)同歸。—依。言反其本性也。〔金剛經〕—依十方佛。

(二)人名。宋宗室公—。

【⿰白巿】普物切音潑曷韻

—眛。淺白色也。見〔廣韻〕。

【⿰白公】普巴切音葩麻韻

亂皃。見〔字彙〕。

【皅】披巴切音吧麻韻

草華之白也。見〔說文〕。〔廣韻九麻皅下云亦作—〕

【皅】步化切音杷禡韻

色不眞也。見〔集韻〕。〔按廣韻四十禡有皅無—。玉篇色白兩部。均無皅字〕

【皉】補米切音比薺韻

明白也。見〔集韻〕。

【⿰白气】古氣字。見〔字彙補〕。〔按舊說卽吃字之譌〕

【⿱白豆】古豆字。見〔集韻〕。

【⿱白云】古陰字。見〔玉篇〕。

【⿰白毛】耄俗字。見〔正字通〕。

【皂】臭譌字。見〔正字通〕。

五畫

【皋】居勞切音高豪韻〔俗作皐〕。

(一)气—白之進也。从白本。禮。祝曰—。登謌曰奏。故—奏皆从本。周禮曰。詔來鼓—舞。見〔說文本部〕。〔段注〕當作—、氣白之進也。—者複舉字之未删者也。—謂气白之進。故其字从白本。气白之進者。謂進之見於白气滃然者也。引伸爲凡進—之稱。則如禮祝曰—是也。〔按通訓定聲。此字當作澤邊地也。从白。白者日未出時初發微光也。壙野得日光最早。故从白。从本聲。〕

(二)澤也。〔詩鶴鳴〕鶴鳴于九—。〔箋〕—、澤中水溢出所爲坎。

(三)長聲也。〔禮記禮運〕升屋而號告曰。—某復。〔注〕—者、引聲之言也。

(四)緩也。〔左哀二十一年傳〕齊人謌曰。魯人之—。〔疏〕緩聲而長引之。是—爲緩也。

(五)曲也。〔離騷〕步余馬于蘭—兮。〔注〕澤曲曰—。〔按廣雅釋言〕—局

也。朱駿聲云。局、卽曲也。〕

(六)高也。〔禮記明堂位〕天子—門。〔注〕—之言高也。〔按詩緜傳云。王之郭門曰—門。諸侯之宮外門曰—門。〕

(七)形況之詞。〔荀子大略〕孔子望其壙。—如也。

(八)月名。〔爾雅釋天〕五月爲—。

(九)——頑不知道也。〔詩召旻〕——訿訿。〔又〕不治之貌。〔爾雅釋訓〕——琄琄。刺素食也。

(十)漢—。臺名。〔白居易詩〕心搖漢—珮。〔按今俗謂漢口曰漢—。〕

(十一)—比。虎皮也。〔左莊十年傳〕蒙—比而先犯之。〔朱駿聲云。疑蒙彪猳也。〕

(十二)—蘭。山名。〔漢書武帝紀〕西至—蘭。

(十三)—舟。吳地也。〔左襄十四年傳〕吳人自—舟之隘要而擊之。

(十四)—牢。猶牢籠也。〔後漢馬融傳〕—牢陵山。

(十五)—陶。舜臣。〔書舜典〕帝曰—陶。〔又〕鼓木也。〔考工記韗人〕爲—陶。

(十六)乾—。鸚鵡別名。〔埤雅〕乾—斷食則坐歌。

(十七)寒—。鶡鴿別名。〔本草綱目〕天寒欲雪。羣飛如告。故名寒—。

(十八)同鼛。〔詩鼓鐘傳〕鼛。大鼓也。〔疏〕鼛、卽—。古今字異耳。

(十九)通羔。〔禮記檀弓〕季子—葬妻。〔疏〕史記弟子傳及論語作子羔。與此文子—字不同者。古時通用也。

(二十)通獋。〔左宣二年傳〕晉趙盾殺其君夷—。〔公羊作獋。〕

(廿一)姓也。—陶之後。〔又〕—落。複姓。赤狄別種。

【皋】乎刀切音嗥豪韻　後到切音號嘯韻

呼也。〔周禮大祝〕來瞽令—舞。〔注〕—讀爲卒呼之嗥。來嗥者、皆謂呼之入。〔釋文〕—音嗥。戶高反。劉戶報反。

【皋】攻乎切音姑虞韻

—橐。縣名。漢置。屬九江郡。故城在今安徽巢縣西北。卽春秋吳邑。

【皉】此禮切音泚薺韻

白也。見〔集韻〕。

【皉】淺氏切音此紙韻

玭或字。〔集韻〕玭。玉色鮮潔。或从白。

【皕】薄陌切音帛　匹陌切音拍陌韻　吉了切音皎篠韻

白也。見〔集韻〕。〔正字通云。同白。〕

【皌】莫撥切音末曷韻

姊—。淺白。見〔集韻〕。

【𤽣】古終字。〔亢倉子明道〕其—存乎千載之後。

【臯】古皐字。見〔字彙補〕。

【㿠】古皇字。見〔字彙補〕。

【皀】古卽字。見〔字彙補〕。

【皊】曨或字。見〔集韻〕。

六畫

【皎】古了切音璬篠韻

(一)月之白也。詩曰。月出—兮。見〔說文〕。〔按詩傳云。月光也。疏云。—是日光之名耳。〕

(二)白貌。〔穆天子傳〕有—者駱。

(三)通皓。〔楚辭漁父〕安能以——之白。蒙世俗之塵埃乎。〔史記屈原傳作皓皓。〕

(四)通皦。〔詩大車〕有如皦日。〔釋文〕皦、本作—。

(五)姓也。〔五代史南漢世家〕交州牙將—公羨。

【皏】普幸切音絣梗韻

(一)白也。見〔廣雅釋器〕。

(二)淺白色也。見〔玉篇〕。

【𤽶】歷各切音洛藥韻

白色。見〔集韻〕。

【𤽬】俯九切音缶有韻

白也。見〔集韻〕。

【𤽴】古星字。見〔字彙補〕。

【皐】同皋。見〔玉篇〕。

七畫

【皓】下老切音昊皓韻

(一)光也。見〔爾雅釋詁〕。

(二)素也。見〔小爾雅廣詁〕。

(三)——。潔白也。〔詩揚之水〕白石——。〔又〕虛曠貌。〔大戴禮衞將軍文子〕常以——。是以眉壽。〔又〕明也。見〔廣雅釋訓〕。

(四)—膠。水凍貌。〔楚辭大招〕霧雨淫淫。白—膠只。

⑤—旰光也。〔楚辭怨逝〕曳彗星之—旰兮。

⑥天—星名。〔史記天官書〕歲陰在丑星居寅以十二月與尾箕晨出曰天—。

⑦通昊。〔荀子賦〕—天不復憂無疆也〔注〕—、與昊同。

⑧同皞。〔楚辭遠游〕厤太—以左轉。〔注〕太—卽太皞也。

⑨顥或字。〔集韻〕顥皤白皃。或作—。

【皓】古老切音杲皓韻

①——。潔白精瑩貌。見〔洪武正韻〕。

②姓也。何踐大夫—進。

【皓】呼回切音灰灰韻

髮落也。見〔集韻〕。

【皔】下罕切音旱旱韻侯旰切音翰翰韻

①白也。見〔廣雅釋器〕。

②——。白皃。見〔廣韻〕。

【皖】戶版切音睅潸韻

①明星。見〔廣韻〕。〔按詩大東睆彼牽牛傳睆明星貌。校勘記云小字本作睆。按廣韻—明星。卽此經字。〕

②明皃。見〔集韻〕。

【皖】胡官切音桓寒韻

峘或字。〔集韻〕峘小山及大山。或作—。

【皖】戶袞切音混梗韻

地名。春秋時—國。漢為—縣。屬廬江郡。郡西有—山—水。地當今安徽懷寧縣治。故又簡稱安徽為—省。

【皕】筆力切音逼職韻兵媚切音祕寘韻

二百也。讀若逼。見〔說文皕部〕。〔段注〕卽形為義。不言从二百也。

【皒】牛河切音俄歌韻

——。白色。見〔集韻〕。

【皇】古皇字。見〔字彙補〕。

八畫

【皗】直流切音稠尤韻

①明也。見〔玉篇〕。

②繒白也。見〔篇海類編〕。

【皘】倉甸切音蒨霰韻

①白皃。見〔集韻〕。

②人名。士—。見〔宋史宗室表〕。

【皙】先的切音錫錫韻

①人色白也。見〔說文〕。

②白也。〔左定九年傳〕—幘而衣貍製。

③棗名。〔爾雅釋木〕—無實棗。

④通析。〔左僖十五年傳〕蛾—。〔釋文〕本或作析。

【晳】思積切音昔陌韻

白也。見〔集韻〕。

【皠】歷各切音洛藥韻

皠或字。〔集韻〕皠鳥之白也。或从隹。

【皊】乃點切音念豔韻

船木也。見〔陳侃使琉球錄〕。

【皩】盧谷切音祿屋韻

白獸。見〔廣韻〕。

【皡】旁卦切音稗卦韻

白皮。見〔集韻〕。

【虢】音未詳

必—。人名。見〔宋史宗室表〕。

【皤】同皤。見〔字彙〕。

【習】同耀。見〔字彙〕。

【普】同晉。見〔正字通〕。

九畫

【暍】許葛切音喝又音曷何葛切音曷曷韻

——。白也。見〔廣雅釋器〕。

【暉】許歸切音煇微韻

白也。見〔五音集韻〕。

【睶】昌尹切音蠢軫韻

白也。見〔玉篇〕。

【翯】翯本字。見〔說文白部〕。

【暘】同皢。見〔集韻〕。

十畫

【皚】魚開切音皚灰韻魚衣切音沂微韻

①霜雪之白也。見〔說文〕。〔按重言之、義同。〕

②白也。見〔廣雅釋器〕。

【皛】胡了切音藃篠韻戶茗切音迥古迥切音熲迥韻

①顯也。通白曰—。从三白。讀若皎。見

〔說文〕〔段注〕顯、當作㬎。㬎、頭明飾也。㬎、衆明也。

㊁明也。〔文選潘岳詩〕虛一涵德。

㊂一一明也。〔文選陶潛詩〕一一川上平。

㊃一㴋。㴋白之貌。〔文選郭璞賦〕沆瀁一㴋。

【皛】匹陌切音拍陌韻

㊀明也。見〔集韻〕。

㊁通拍。〔文選左思賦〕一貙氓於葽艸。〔注〕一、胡了切。當爲拍。拍、普格切。說文曰、拍、拊也。〔按段玉裁云、一者顯顯其形也。李善云當爲拍。拍、誤。〕

【皠】胡沃切音鵠沃韻　轄覺切音學覺韻　曷各切音鶴藥韻　歷各切音洛藥韻

㊀鳥之白也。見〔說文〕〔段注〕景福殿賦曰、一一白鳥。李善曰、一與翯音義同。〔按孟子梁惠王又作鶴鶴。〕

㊁白也。見〔集韻〕。

【皙】他計切音剃霽韻

替本字。〔說文竝部〕廢也。一偏下也。〔段注〕廢者、卻屋也。卻屋、空屋。人所不居。相竝而一邊庳下。則其勢必至同下。所謂陵夷也。

【皜】下老切音皓　古老切音杲　皓韻

㊀一一。甚白也。〔孟子滕文公〕一一乎不可尙已。〔又〕言堅貞如白玉也。〔後漢孔融傳〕論懍懍焉。一一焉。

㊁顥或字。〔集韻〕顥、白皃、或作一。

【皞】下老切音昊皓韻

㊀明也。見〔廣韻〕。

㊁一一。廣大自得之貌。〔孟子盡心〕王者之民。一一如也。〔又〕白也。見〔廣雅釋訓〕。

㊂太一。少一。古帝號。〔禮記月令〕孟春之月。其帝太一。季秋之月。其帝少一。

㊃通昊。〔漢書鄭崇傳〕一天罔極。〔詩蓼莪作昊〕

㊄顥或字。〔集韻〕顥、白皃。或作一。〔按說文廣韻竝从日。玉篇書作皥。六書故云一之从白日之譌也。〕

㊅姓也。見〔蜀錄〕。

【皝】戶廣切音幌養韻

人名。〔晉書慕容皝載記〕慕容一、字元眞。廆第三子也。〔按韻會、洪武正韻字彙竝作皝。正字通云作皝譌。〕

十一畫

【皟】側革切音責　測革切音策　陌韻

㊀淨也。見〔集韻〕。

㊁㾊也。〔管子輕重〕一山、諸侯之國也。

㊂深白也。見〔字彙〕。

【皠】取猥切音漼賄韻

㊀高峻皃。見〔玉篇〕。

㊁白也。〔韓愈鬥雞聯句〕䙰翻落羽一。

㊂霜雪白狀也。見〔廣韻〕。

【皫】彌笑切音妙嘯韻

白色。見〔玉篇〕。

【[illegible]】傍伯切音白陌韻

麻白也。見〔同文舉要〕。

【[illegible]】乃定切音甯徑韻

告也。見〔集韻〕。

【[illegible]】同智。〔漢杜尙碑〕一含淵藪。

【[illegible]】嚻譌字。見〔正字通〕。

十二畫

【皢】馨鳥切音曉篠韻

㊀日之白也。見〔說文〕。

㊁白也。見〔廣雅釋器〕。

㊂明也。見〔玉篇〕。

【皤】蒲波切音婆　逋禾切音波　歌韻

㊀老人白也。見〔說文〕。〔按謂老人之色白也。皙下云人色白。乃汎言之。〕

㊁素白之色。〔易賁〕賁如一如。

㊂大腹也。〔左宣三年傳〕一其腹。

㊃一一。豐多貌。〔文選左思賦〕行庖一一。

㊄一蒿。草名。〔爾雅釋草〕蘩、一蒿。〔疏〕凡艾白色爲一蒿。

㊅通番。〔班固詩〕一一國老。〔按尙書史記竝作番番。〕

【皤】蒲官切音盤寒韻

馬足橫行曰一。見〔易賁釋文引董注〕。

【[illegible]】得肯切音等迴韻

白也。見〔集韻〕。

【[illegible]】普木切音僕屋韻

物氣蒸白見〔集韻〕。

【⿰白曾】蘇叢切音鬆東韻 素白也見〔集韻〕。

【⿰白遂】古歸字見〔古音駢字〕。

【皣】同曄見〔正字通〕。

【⿰白嶋】同⿰日嶋見〔正字通〕。

【皞】同暤見〔玉篇〕。

【⿰白畢】的或字見〔集韻〕。

十三畫

【皦】吉了切音皎篠韻 一玉石之白也見〔說文〕。二白也〔詩大車〕有如—日。〔按此假爲皢〕三明也〔後漢樂恢傳〕恢獨—然不污於法。四淨也見〔一切經音義引埤蒼〕。五—如清別之貌〔論語八佾〕—如也〔按謂樂之音義分明也〕。六通皎〔詩月出〕月出皎兮〔釋文〕皎、本作—。七姓也明萬曆時—生光。

【⿰白業】魚怯切音業葉韻 草木白花見〔篇海〕。

【皧】於代切音愛隊韻 淨也白也見〔集韻〕。

【皨】古星字見〔字彙補〕。

【⿰白雩】⿰日雩或字見〔集韻〕。

十四畫

【⿰白壽】陳畱切音儔時流切音讎尤韻 本作𠷎〔說文白部〕𠷎詞也从白⿰口壽聲𠷎與疇同虞書曰帝曰𠷎咨〔段注〕詞也二字非例當作誰詞也三字古文字作𠷎古字也爾雅疇、孰、誰也字作疇今字也尚書作疇不作𠷎者蓋孔安國以今文字讀之〔參閱口部𠷎字〕。

【⿰白翟】弋照切音曜嘯韻 白色見〔集韻〕。

【⿰白蒙】謨蓬切音蒙東韻母總切音懞董韻 物上白醭見〔集韻〕。

【⿰白隆】盧窮切音隆東韻 —歷門名〔大內規制記〕左右小門、曰—歷左門曰—歷右門。

【⿰白遠】音未詳 船底木也見〔陳侃使琉球錄〕。

【⿰白兒】䠲謌字見〔正字通〕。

十五畫

【⿰白蕚】域輒切音饁葉韻域及切音煜緝韻 一本作⿰白蕚〔說文蕐部〕⿰白蕚艸木白蕐也。二明也見〔篇海〕。三光華盛也見〔同文舉要〕。

【皪】狼狄切音厤錫韻 一的—白皃見〔集韻〕〔又〕照也。〔史記司馬相如傳〕的—江靡〔又〕光明也〔文選左思賦〕丹藕凌波而的—。二玓—明珠也見〔玉篇〕〔按說文作瓅〕

【皪】歷各切音洛藥韻 白色見〔集韻〕。

【皪】北角切音剝覺韻 —犖雜色見〔集韻〕。

【皫】匹沼切音漂篠韻滂表切音藨篠韻旁保切音摽皓韻 一白色見〔玉篇〕。二失色不澤美也〔周禮內饔〕鳥—色而沙鳴貍。

十六畫

【皬】曷各切音鶴藥韻 白也〔史記司馬相如傳〕—然白首。

【⿰白歷】皪或字見〔集韻〕。

十七畫

【⿰白蕐】皣本字見〔說文〕。

【⿰白霝】⿰日霝或字見〔集韻〕。

十八畫

【皭】疾雀切音嚼卽約切音爵藥韻子肖切音醮嘯韻 一白色也見〔埤蒼〕。二淨貌〔史記屈原傳〕—然泥而不滓者也。三——白也見〔廣雅釋訓〕。

【⿰白纅】同皪見〔周宣王石鼓文〕。

十九畫

【⿰白爵】子末切音巀曷韻
白也。見〔集韻〕。

二十畫

【⿰白黨】乢朗切音儻養韻
❶明也。見〔玉篇〕。
❷曭或字。〔集韻〕曭白色。或从黨。

二十四畫

【⿰白靈】郎丁切音靈青韻
白色。見〔集韻〕。

瓦部

【瓦】五寡切音邷馬韻
❶土器已燒之總名。象形也。見〔說文〕。〔段注〕土部坏下曰。一曰。一未燒。一、謂已燒者也。凡土器未燒之素皆謂之坏。已燒皆謂之一。廣韻引周書神農作一器。〔按象形、謂象卷曲之狀。〕
❷紡磚也。〔詩斯干〕載弄之一。〔按此乃一中之一。〕
❸踝也。踝碻堅貌也。亦言腂也。在外腂見也。見〔釋名釋宮室〕。
❹楯脊也。〔左昭二十六年傳〕射之中楯一。
❺一以覆屋蔽風雨。四周皆方。中稍隆起似龜殼。見〔正字通〕。〔按後世一制非一。漢武起神屋。以銅爲一。大秦國王宮殿。水精爲一。唐虢國夫人以堅木爲一。然普通熱土器爲之。惟質有厚薄。〕
❻一甒。五斗。〔禮記禮器〕君尊一甒。
❼一兆。帝堯之兆。〔周禮大卜〕二曰一兆。
❽一解。喻潰散也。〔史記匈奴傳〕其困敗則一解雲散矣。
❾一甸。河名。〔清一統志〕龍川江在騰越州東八十里。通志江有三源。一出屆頭甸馬鹿塘。爲一甸河。〔在今雲南騰越縣北。〕
❿一大。有虞氏之尊也。〔儀禮燕禮〕公尊一大兩。
⓫地名。〔左定八年傳〕公會晉師於一。〔注〕一、衞地。
⓬人名。〔左昭二十三年傳〕楚囊一爲令尹。〔注〕子囊之孫子常也。
⓭日本以法國衡法一克蘭姆爲一一。一一約合中國庫平二分六釐八毫。中國今譯作克。互詳克字。
⓮一斯。日本譯語。煤氣也。英文 Gas。

【瓦】五委切音頠紙韻
屋甃也。〔莊子駢拇〕纍一結繩。

【瓦】吾化切禡韻
施一於屋也。見〔集韻〕。

二畫

【⿺瓦丁】唐丁切音庭青韻
瓶也。見〔廣雅釋室〕。〔按正字通云。瓶之別名。〕

【⿺瓦匕】吾化切禡韻

三畫

【瓧】同兙。法國衡名。一克之十倍也。日本作一。

【瓨】古雙切音江胡江切音夅江韻平攻切音碚冬韻胡公切音洪東韻
❶似罌長頸受十升。讀若洪。見〔說文〕。〔桂注〕本書缸、缸。一也。顏注急就篇。一短頸長身之罌也。史記貨殖傳。醯醬千一。徐廣曰。一長頸罌。字又作甇、齊民要術有蒲桃甇。〔按段注。升、當作斗。漢書注古本有作斗者。〕
❷缸或字。〔集韻〕缸。缸瓶也。或作一。〔按說文缸一也。集韻誤。〕

【⿰亢瓦】寒剛切音抗陽韻
瓶也。見〔集韻引博雅〕。〔按廣雅釋器作甂瓶也。〕

【武】逸職切音弋職韻
❶甈瓮。見〔廣韻〕。
❷瓦坏也。見〔集韻〕。

【⿺瓦土】動五切音杜麌韻

㊀甗也。見〔廣雅釋器〕。
㊁瓶也。見〔廣韻〕。

【瓧】徒故切音度遇韻
土瓶。見〔集韻〕。

【瓨】枯含切音龕覃韻
瓦器。見〔集韻〕。

【⿰山瓦】五寡切音瓦馬韻
山貌。見〔字彙〕。

【㼘】扶泛切音梵陷韻
瓦也。見〔集韻〕。

【⿰巾瓦】古瓬字。見〔玉篇〕。

【瓩】同瓩。法國衡名。一克之千倍也。日本作—。

四畫

【瓪】補綰切音版潸韻補滿切音粄旱韻甫遠切音反阮韻
㊀敗瓦也。見〔說文〕〔通訓定聲〕謂破瓦。今蘇俗瓦爿字常作此。俗呼爿如辦平聲。
㊁牝瓦。見〔集韻〕。〔按玉篇。—、牝瓦也。瓪、牡瓦也。〕

【旊】甫兩切音倣養韻
㊀周家摶埴之工也。讀若抵破之抵。見〔說文〕〔段注〕考工記曰。摶埴之工陶—。鄭曰。摶之言拍也。埴、黏土也。〔按通訓定聲云。抵、即—之俗字。抵破、猶曰妨破也。〕
㊁瓶也。見〔廣雅釋器〕。
㊂人名。宋王—。

【⿰亢瓦】居郎切音岡陽韻舉朗切音吭養韻
㊀甖也。〔方言〕甖靈桂之郊謂之—。〔注〕今江東呼大瓮爲—。
㊁瓶也。見〔廣雅釋器〕。

【⿰冘瓦】都感切音歁感韻
㊀瓶也。見〔廣雅釋器〕。
㊁瓦屬。見〔玉篇〕。
㊂小甖也。〔方言〕甖靈桂之郊謂之甒。其小者謂之—。

【𤭁】都含切音耽覃韻
大甖。可受一石。見〔集韻〕。

【⿰今瓦】胡南切音含覃韻
㊀冶橐榦也。見〔說文〕〔段注〕冶橐、謂排橐。其字或作韛。冶者以韋囊鼓火。其所執之柄曰—。榦、猶柄也。排囊之柄。古用瓦爲之。故字从瓦。後乃以木爲之。故集韻作檜从木。〔按冶橐即鍛鐵匠所用之風箱。〕
㊁似瓶有耳。見〔集韻〕。

【[illegible]】巨欠切音豔韻
陶器。見〔集韻〕。

【瓮】烏貢切音甕送韻
㊀罌也。見〔說文〕〔段注〕罌者缶也。缶者小口罌也。然則—者罌之大口者也。方言曰。甂、—、甌、甊、甖也。自關而西晉之舊都河汾之間。其大者謂之甀。其中者謂之瓿甊。自關而東趙魏之郊謂之—。或謂之甖。甖即罌字。
㊁瓶也。見〔廣雅釋器〕。

【瓫】步奔切音盆元韻
㊀盆或字。〔集韻〕盆、盎也。或作—。
㊁同溢。水溢也。〔晉書食貨志〕水澇—溢。〔按正字通云。漢溝洫志。河水溢溢。晉志譌爲—溢。非。—、溢、古通也。〕
㊂姓也。見〔集韻〕。

【瓮】烏工切音翁東韻
急就章、係臂琅玕琥珀龍。璧碧珠璣玫瑰—。見〔字彙〕。

【⿰火瓦】側救切音皺宥韻
甃井也。見〔字彙〕。〔正字通六書無—。爲甃之譌省。〕

【砙】哺枚切音胚灰韻
瓦未燒者。見〔集韻〕。〔按說文作坯。〕

乎經切音形青韻何耕切音莖庚韻
鈃或字。〔集韻〕鈃似鍾而頸長。一曰酒器。或从瓦。

【甁】同瓶。見〔字彙〕。

【瓰】同瓰。法國衡名。克十分之一。日本作—。

【瓱】同瓱。法國衡名。克千分之一。日本作—。

【⿰弓瓦】瓨或字。見〔集韻〕。

五畫

【瓴】郎丁切音陵青韻
㊀瓮似瓶也。見〔說文〕〔桂注〕漢書音義引作甕似瓶者。史記高祖本紀。譬猶居高屋之上建—水也。集

解。如淳曰、一、盛水瓶也。〔按段本改作罌也。佀缾者。注。按缶部云。罌。汲缾也。一同物而非罌瓮〕

㊁一甈。一曰似甖有耳。見〔廣韻〕。

㊂甓也。〔爾雅釋宮〕一甈謂之甓。

㊃一牝瓦仰蓋者仰瓦受覆瓦之流。所謂瓦溝也。見〔六書故〕。

【瓡】洪孤切音胡虞韻

㊀甒也。見〔廣雅釋器〕。

㊁甒一。詳甒字。

【瓾】女刮切音妠黠韻

㊀甗也。見〔集韻〕〔按甗、牡瓦。〕

㊁同甄。見〔玉篇〕。

【瓶】普孟切烹去聲蒲孟切音掽敬韻

㊀罌甂。見〔集韻〕。

㊁瓶甂。見〔集韻〕。

㊂甖甂。見〔字彙〕。

【瓿】唐何切音陀歌韻

㊀瓦盌。見〔玉篇〕〔正字通云。瓿俗字。〕

㊁缶也。見〔集韻〕。

【㼝】鄔管切音盌旱韻

小盂也。見〔說文〕〔段注〕盂者飲器也。方言曰。盂宋楚魏之間或謂之盌。〔按正字通云。一與皿部盌通。或用瓦或用木。隨方俗所宜。飯器一也。〕

【瓵】盈之切音移支韻

甈甂謂之一。見〔說文〕〔段注〕史記貨殖傳。蘗麴鹽豉千合。徐廣曰。或作台。器名有一。孫叔然云。一、瓦器。受斗六升。台當爲一。音貽。〔按爾雅釋器郭注。甂甈、小甖。長沙謂之一。玉篇。一、小甖也。六書故云。一與甈同。〕

【瓸】象齒切音似紙韻

瓾一。甒也。見〔集韻〕〔正字通云。瓵字之譌。訓甒。誤。存參。〕

【瓹】丁計切音帝霽韻

一甕。大瓮。見〔廣韻〕。

【㼧】余頌切音用宋韻

大罌。見〔集韻〕。

【㼜】於浪切音盎漾韻坱倚兩切音鞅養韻

盎或字。〔集韻〕盎。盆也。或从瓦。〔按莊子人間世。甕一大瘿。注。甕一、大瘿貌。〕

【瓸】薄陌切音白陌韻

瓦屋不泥也。見〔字彙〕。〔按正字通。舊注、篇海、並音百。訓井甃。是譌認爲甋。一說韻會十一陌瓸注。訓瓦屋不泥。音白。一瓸字而兼二義。即瓸字譌省。故正韻百部存瓸。白部無一。〕

【㼣】古湯切音岡陽韻

大甕。見〔字彙補〕。

六畫

【瓷】才資切音茨支韻

㊀瓦器。見〔說文新附〕。

㊁陶器之緻堅者。見〔集韻〕。

㊂酒器。〔文選潘岳賦〕傾縹一以酌醽。〔注〕字林。一、白瓶長頸。大果切。

【瓶】悑朱切音殊虞韻

㊀甇也。〔方言〕甇、陳魏宋楚之間曰甒。或曰一。

㊁瓶也。見〔廣雅釋器〕。

㊂小罌。見〔玉篇〕〔廣韻云。小罌。〕

【甄】丑口切有韻苦皓切音考皓韻

㊀瓶也。見〔玉篇〕。

㊁器也。見〔集韻〕。

【㼢】盈之切音怡支韻

㊀瓶也。見〔玉篇〕〔正字通云。瓵俗字。〕

㊁甒一。甒也。見〔廣韻〕。

【瓸】博陌切音百陌韻

甋一。井甃。見〔玉篇〕〔按廣雅云。甓也。〕

【瓷】古勇切音拱腫韻〔舊作瓷。非。〕

甁也。見〔玉篇〕。

【甈】杜果切音惰哿韻

甌也。見〔玉篇〕〔按廣韻云。長沙呼甌也。〕

【瓶】徒禾切音佗歌韻

㼯或字。〔集韻〕㼯。飛甎戲也。或作一。

【㼤】詰結切音猰屑韻詰計切音契霽韻

瓶受一斗。見〔玉篇〕。〔按集韻云。北燕謂瓶爲一。〕

【瓶】乃牒切音臬葉韻

一甈。不安貌。見〔字彙補〕。

【㼝】玄圭切音擕涓畦切音圭齊韻
同䙌。甋下空也。亦作窐。見〔玉篇〕。〔按集韻窐甋空也。或作—、甗、䍌。〕

【𤭁】古獲切音蟈陌韻烏耕切音泓庚韻
瓦器也。見〔龍龕手鑑〕。

【甇】甕籀文。見〔說文甍部〕。

【𤭙】瓶本字。見〔廣韻〕。

【瓻】同甑。見〔廣韻〕。

【瓳】同瓨。法國衡名。克百倍。日本作—。

【甋】甎省文。見〔集韻〕。

【瓶】瓶俗字。見〔正字通〕。

七畫

【𤭛】抽遲切音絺支韻丑亦切音彳陌韻
●一 酒器。見〔說文新附〕。〔韻會云。大者一石。小者五斗。〕
●二 畜—。瓶也。一曰盛酒器。古以借書。見〔集韻〕。〔按字彙語云。借書一—。還書一—。今人誤以—爲癡。〕

【㼧】扃縣切音睊霰韻
●一 瓮底孔下取酒也。見〔玉篇〕。
●二 盆下竅。見〔集韻〕。

【𤭞】圭玄切音涓先韻
陶器。見〔集韻〕。

【𤭢】扶汎切音梵陷韻
●一 瓦也。見〔玉篇〕。
●二 瓶貌。見〔字彙〕。

【甈】田黎切音題齊韻
●一 瓷也。見〔玉篇〕。
●二 題或字。見〔集韻〕。題—甌。甌甋也。或作—。

【甝】胡南切音含姑南切音甘覃韻
●一 似瓶有耳。見〔集韻〕。
●二 器斂口者。見〔集韻〕。

【㼭】丑亦切音彳陌韻
●一 瓶也。見〔廣韻〕。
●二 甋或字。見〔集韻〕。甋盛酒器。或作—。

【甗】時征切音成庚韻時正切音盛敬韻承政切音勝徑韻
●一 甄也。見〔集韻〕。
●二 器也。見〔類篇〕。
●三 甋也。見〔字彙〕。
●四 䍃器。見〔字彙〕。
●五 盛俗字。見〔正字通〕。

【瓺】仲良切音長陽韻直亮切音仗丑亮切音悵漾韻

【瓶】即協切音浹即涉切音接葉韻
●一 瓶也。見〔廣雅釋器〕。
●二 罃也。〔方言〕罃燕之東北朝鮮洌水之間謂之—。
●三 半瓦。見〔玉篇〕。
●四 瓦相掩也。見〔集韻〕。

【瓿】訛胡切音吾虞韻
甌也。見〔集韻〕。〔正字通云。甂譌字。〕

【甎】蒲明切音瓶庚韻
罌屬。見〔字彙〕。〔正字通云。甎譌字。〕

【䍉】讓耕切音甍庚韻
—謂之甗。見〔方言〕。〔注〕郎屋穩也。〔按廣雅作甍謂之甗。段玉裁云。每、夢、一聲之轉。〕

【甋】徒東切音同東韻
牡瓦。見〔玉篇〕。〔集韻云。—㼿。小牡瓦也。〕

【𤮙】盧當切音郎陽韻
器也。見〔集韻〕。

【瓬】呼光切音荒陽韻
器也。見〔集韻〕。

【甓】同瓶。見〔玉篇〕。〔康熙字典作堅。誤。〕

【甌】甈或字。見〔集韻〕。

【甄】瓶或字。見〔集韻〕。

八畫

【甞】他浪切音儻漾韻底朗切音黨養韻
●一 大盆也。見〔說文〕。〔段注〕盆者、盎也、其大者也。漢書揚雄酒箴曰。爲—所轠。
●二 大甕。見〔廣韻〕。
●三 井以甎爲甃者。見〔集韻〕。
●四 —埏。甓也。見〔集韻〕。
●五 姓也。後秦—耐虎。金—懷英。

【甋】駢迷切音鼙齊韻頻彌切音陴支韻部鄙切音否紙韻
●一 罌謂之—。見〔說文〕。〔段注〕方言、

廣雅、罌皆作甇。〔按徐鍇韻譜—、甇也。〕
(二)瓦器見〔廣韻〕。
(三)瓶也見〔廣雅釋器〕。
(四)通䍌〔史記李斯傳〕彈箏搏䍌。〔方言箋疏云䍌與—通。〕

【瓿】薄口切音剖有韻　㵟無切音　扶廣韻蒲侯切音掊尤韻
(一)甂也見〔說文〕〔桂注〕方言—甀。罌也自關而西、晉之舊都河汾之間、其大者謂之甀其中者謂之—甊。漢書揚雄傳吾恐後人用覆醬—也顏注。—小罌也。〔按方言箋疏小甖謂之—甊猶小阜謂之部婁也單言之則曰—〕。
(二)瓵也〔爾雅釋器〕甌—謂之瓵。〔注〕—甊小甖長沙謂之瓵。
(三)瓶也見〔廣雅釋器〕。
(四)缶也見〔廣雅釋器〕。〔按急就篇。甀缶盆盎甕甇壺顏注。缶字或作—〕。
(五)甒也見〔正韻〕〔按晉書五行志。—甊瓦器小於甒。〕
(六)銅—以盛醯醢醬。博古圖、周方鈄—肩作雷形環腹象雷文。又魚—。肩腹間飾以魚形。又蟠虬—二。

甆甆—四皆周制。見〔正字通〕。

【㼝】戶管切音緩旱韻戶瓦切音踝馬韻
(一)瓦器大口見〔集韻〕。
(二)嘛省文〔集韻〕嘛甖大口曰嘛。或省。

【𤭢】徒念切音磹豔韻
(一)支也見〔廣韻〕。〔字彙云。支物不平。〕
(二)楮也見〔集韻〕。

【𤭴】初佳切音釵讓皆切音埋佳韻初加切音叉麻韻
(一)磨也見〔廣雅釋詁〕。
(二)屑瓦滌器見〔廣韻〕。

【𤮁】七計切音砌霽韻
甃也見〔五音集韻〕。

【甀】馳僞切音縋寘韻重垂切音錘是爲切音垂傳追切音椎支韻
(一)罌也自關而西、晉之舊都河汾之間其大者謂之—見〔方言〕。〔按周官凌人鄭注。鑑如—大口以盛冰。疏云。漢時名為—卽今之甕是也〕
(二)甇也〔方言〕甇周洛韓鄭之間謂之—。
(三)瓶也見〔廣雅釋器〕。
(四)地名〔史記高祖紀〕高祖已擊布軍會—。〔注〕徐廣曰在蘄縣西。〔當今安徽宿縣南境〕。
(五)甇或字〔集韻〕甇小口罌也。或作—。

【瓶】旁經切音萍青韻
(一)汲器。見〔玉篇〕。
(二)小缶也〔方言〕缶謂之瓿甊其小者謂之—。
(三)炊器也〔禮記禮器〕盛於盆尊於—。
(四)離爲—〔易井〕羸其—。
(五)酒器也〔文選沈約詩〕金—汎羽卮。
(六)地名〔後漢郡國志〕河南郡有—丘聚。
(七)缾或字〔集韻〕缾罋也。或从瓦。
(八)姓也漢太子太傅—守。

【𤭛】都昆切音敦元韻
器似甌。見〔玉篇〕。〔按集韻通作敦。正字通云俗㼔字〕

【𤭽】下耿切音幸梗韻下頂切音婞迥韻
—甈。瓶有耳見〔玉篇〕。

【瓈】憐題切音黎齊韻
小瓶。見〔集韻〕。

【𤮋】母耿切音猛梗韻
甑帶也見〔字彙〕。〔按正字通。敝、箄甑—。—音黽高誘讀。〕

【𤭯】扶缶切音婦有韻
瓦器。見〔集韻〕。

【𤮗】多貢切音凍送韻
—甎。見〔玉篇〕。

【𤬦】蘇對切音碎隊韻
破也。見〔說文〕〔段注〕破上當有瓦字。破下曰石—也。此曰瓦破也。是二篆爲轉注而形各有所从。—與碎音同義異。碎者、糠也。—則破而已。不必糠也。今則碎行而—廢矣。

【𤮣】古獲切音國陌韻
瓦器。見〔篇海類編〕。

【𤭵】心卜切音宿屋韻

不能行也。見〔字彙〕。

【甄】同甄。見〔字彙〕。

【甀】甀或字。見〔集韻〕。

【甌】瓬或字。見〔集韻〕。

【𤮀】𤮀省文。見〔集韻〕。

九畫

【甊】力協切音颭葉韻

(一)蹈瓦聲。——也。見〔說文〕。〔段注〕大徐無——也三字。小徐作蹈瓦——也。玄應作蹈瓦聲躐躐也。今按躐躐當作——。通俗文瓦破聲曰——。玉篇——。蹋瓦聲。

(二)瓦薄。見〔集韻〕。

(三)凡損破聲通謂之歷—。見〔正字通〕。

【㼤】所景切音省梗韻

(一)鞕—也。見〔玉篇〕。

(二)瓶也。見〔廣雅釋器〕。

【甌】語口切音偶有韻

(一)盎也。見〔玉篇〕。

(二)缶謂之甀—。見〔方言〕〔注〕即盆也。〔按廣雅。甀—缶也。顏注急就篇。缶、即盎也。大腹而斂口。〕

【甂】卑眠切音邊紕延切音篇先韻

(一)似小瓿。大口而卑。用食。見〔說文〕。〔段注〕方言、—陳魏宋楚之間謂之題。自關而西謂之—。淮南書曰。狗彘不擇—甌而食。玉篇曰。小盆大口而卑下。〔按桂注。用食者。說苑反質篇。魯有儉者。瓦鬲煮食以進孔子。孔子歎然而悅。弟子曰。瓦—、陋器也。煮食、薄膳也。而先生何喜如此乎〕。

(二)—甌。瓦器名。〔楚辭諫謬〕—甌登於明堂兮。

(三)瓦—。型也。見〔家語致思注〕。

【甋】待禮切音弟霽韻田黎切音題齊韻

(一)小盆。見〔玉篇〕。

(二)小甖。見〔廣韻〕。

(三)甋也。見〔廣雅釋器〕。〔按方言。甋。陳魏楚宋之間謂之—。〕

【㼌】容朱切音臾虞韻于尤切音求尤韻

(一)瓶也。見〔玉篇〕。

(二)罌也。〔方言〕罌陳魏宋楚之間曰—。

(三)通臾。甌臾也。見〔方言注〕。

【甎】淳緣切音遄朱遄切音專先韻

(一)盆也。〔集韻〕江東呼盆曰—。

(二)甎或字。〔集韻〕甎。燒墼也。或从耑。

【甄】稽延切音甄諸延切音饘先韻之人切音眞眞韻之忍切音震震韻

(一)匋也。見〔說文〕。〔段注〕匋者、作瓦器也。董仲舒曰。如泥之在鈞。惟—者之所爲。陳留風俗傳曰。舜陶—河濱。其引申之義、爲察也。勉也。考工記叚借爲震掉字。

(二)土也。見〔廣雅釋地〕。

(三)甎也。見〔廣雅釋室〕。

(四)窯也。見〔廣雅釋宮〕。

(五)—也者。陶人旋轉之輪也。見〔後漢郅惲傳注〕。

(六)㙲下謂之—。見〔廣雅釋室〕。

(七)成也。〔文選左思賦〕玄化所—。

(八)表也。〔文選潘岳賦〕—大義以明責。

(九)別也。見〔後漢魯丕傳注〕。

(十)明也。〔後漢光武紀〕靈貺自—。

(十一)—陶。謂造成也。〔後漢班固傳〕——般陶周。〔又〕埏埴爲器也。〔文選何晏賦〕—陶國風。

(十二)積也。〔周書諡法〕—心動懼曰傾。

(十三)——。小鳥飛貌。〔楚辭悼亂〕鶬鶊——兮。

(十四)陳名。〔左文十年傳〕子朱及文之無畏爲左司馬。〔注〕將獵張兩—。故置二左司馬。

(十五)姓也。漢—宇。唐—濟。

【甄】規掾切音絹苦掾切音劵霰韻

(一)地名。〔史記田敬仲完世家〕昔日趙攻—。〔注〕音絹。即濮州—城縣北。

(二)覞也。見〔廣韻〕。

(三)鄄或字。〔集韻〕鄄。衞地。今齊陰鄄城。或作—。

【瓷】乳兗切音耎銑韻祖峻切音俊震韻

(一)柔韋也。从北。从皮省。夐省聲。讀若耎。一曰若儁。見〔說文瓷部〕。〔段注〕柔者、治之使鞣也。韋、可用之皮也。考工記注曰。蒼頡篇有鞄—。鉉曰。从北者。反覆柔治之也。从皮省。非耳非瓦。今隸下皆作瓦矣。

(二)鞄—也。見〔玉篇〕。

●三夔或字[集韻]夔韋袴也。或作—。

【⿰皆瓦】居諧切音皆佳韻　牡瓦見[玉篇]。

【⿰隋瓦】徒禾切音牠歌韻　堶或字[集韻]堶。飛甎戲也。或作—。

【⿰殸瓦】苦徑切音罄徑韻　石器見[字彙]。

【甃】側救切音縐宥韻　井甓也見[說文]。[段注]謂用塼爲井垣也。周易井九四曰。井—无咎。[按韻會引徐鍇本作井甓也。風俗通。—井。聚塼修井也。易。井—无咎。修井也。竝以修釋—。知—是動字。]

【瓨】戶江切音降江韻　罌也。見[字彙]。[正字通云。說文缸、从缶。合缸瓦爲—。非。]

【甅】同⿺辶厘。法國衡名。克百分之一。日本作—。

十畫

【⿰是瓦】甁或字。見[集韻]。

【甇】於莖切音罌庚韻　●一長頸瓶見[玉篇]。[按說文、甇。備火長頸缾也。疑爲一字] ●二同罌。[集韻]罌。說文、缶也。亦作—。

【㼦】枯江切音腔江韻　●一瓠也。見[玉篇]。[按廣韻。、㼦瓠也]

●二⿰康瓦或字。[集韻]⿰康瓦。⿰康瓦也。或作—。

【⿰荒瓦】枯光切音骶丘岡切音穅呼光切音荒陽韻　●一—瓠。破罌見[集韻]。●二⿰康瓦或字[集韻]⿰荒瓦。⿰荒瓦⿰康瓦甄。陶器。或作—。●三⿰巟瓦或字。[集韻]⿰巟瓦。器也。或从荒。

【甈】魚列切音孽丘傑切音揭牛例切音詣九芮切音蹶去例切音憩霽韻　●一康瓠。破罌也。見[說文]。[段注]康瓠之言空也。瓠之言壺也。空壺、謂破罌也。罌已破矣。無所用之。空之而已。釋器曰。康瓠謂之甈。—之言滯而無用也。法言曰。甄陶天下者。其在和乎。剛則—。此引申之義也。[按釋器釋文。康。字書埤蒼作⿰康瓦。李本作光。字林作甈。史記賈誼傳。寶康瓠。漢書音義。康瓠、瓦盆底也。] ●二㼜也。[方言]甈、—謂之㼜。自關而西或謂之盆。或謂之㼜。其小者謂之升甌。●三裂也。見[廣雅釋詁]。●四⿰車瓦—。⿰麥瓦也。見[廣雅釋器]。●五燥也。見[法言先知注]。●六通毀[周禮牧人]凡外祭毀事。用尨可也。[注]外祭、謂表貉及王行所過山川用事者。故書毀爲—。杜子春云、—當爲毀。

【甉】乎監切音銜咸韻下斬切音豏豏韻莊陷切音蘸乂鑑切音讖陷韻　●一瓦屋。見[玉篇]。●二布瓦於屋。見[集韻]。●三乾瓦屋。見[集韻]。

【⿰唐瓦】徒郎切音唐陽韻　●一瓷也。見[玉篇]。●二小缾有耳者曰瑭—。見[集韻]。

【⿰盎瓦】烏浪切音盎漾韻　盎也。見[字彙]。[正字通云。同盎。]

【⿰容瓦】常容切音鱅餘封切音容冬韻　器也。見[說文]。[段注]廣韻、罌也。[按玉篇、甖也。集韻、廣雅、瓶也。]

【⿰哥瓦】居何切音歌歌韻　居結棟謂之合—。見[集韻]。

【⿰豙瓦】五合切音偈合韻　瓦器。見[五音集韻]。

【⿰星瓦】辛律切音恤質韻　不能行也。見[字彙]。

【⿰匼瓦】甌俗字。見[正字通]。

【⿱艹瓷】瓷俗字。見[正字通]。

【⿰茲瓦】瓷俗字。見[正字通]。

十一畫

【⿱毄瓦】苦結切音怯屑韻　●一瓶也。見[字彙]。●二同墼。瓦坯未燒。見[正字通]。

【⿰雙瓦】鉏江切音淙江韻徂宗切音賨冬韻　●一甖也。[方言]甖、江湘之間謂之—。●二瓶也。見[廣雅釋器]。

【甊】朗口切音塿有韻　●一瓶也。見[廣雅釋器]。

● 小甖謂之｜。見〔方言箋疏〕。

● 瓿｜。罌之中者。〔方言〕罌自關而西晉之舊都河汾之間、其大者謂之甄。其中者謂之瓿｜。〔按爾雅釋器。甌瓿謂之瓵。注。瓿｜、小甖。〕

【甋】丁歷切音的錫韻

一 瓴｜。見〔玉篇〕。〔按爾雅釋宮。瓴｜謂之甓。詩陳風中唐有甓傳。甓、令適也。段玉裁謂瓴｜爲俗字。〕

二 瓴也。見〔廣雅釋室〕。

【⿰爽瓦】楚兩切音摤所兩切音爽養韻

一 瑳垢瓦石也。見〔說文〕〔段注〕瑳、俗作磋。其字當用厝。厝、厲石也。用瓦石去垢曰｜。方言注曰。漺、錯也。漺與磢同。海賦曰。飛澇相磢。江賦曰。奔溜之所磢錯。磢即｜。〔按廣韻。甐、｜屑瓦洗器。廣雅。｜、磨也。〕

二 牛瓦也。見〔玉篇〕。

【甌】烏侯切音謳尤韻

一 小盆也。見〔說文〕〔段注〕方言。甇、甈謂之盎。自關而西或謂之盆。或謂之盎。其小者謂之升｜。又曰。甂、陳魏宋楚之間謂之題。自關而西謂之甂。其大者謂之｜。按許亦同方言。謂｜爲盎。

二 ｜瓿謂之瓵。見〔爾雅釋器〕。

三 江東名盂爲凱。亦曰｜也。見〔方言注〕。

四 今俗謂盌深者爲｜。見〔洪武正韻〕。

五 ｜臾。皆瓦器也。〔荀子大略〕流丸止於｜臾。〔按注又云。｜臾、謂地之坳坎如｜臾者。或曰。｜臾、窊下之地。〕

六 瓦盂大口而庳。俗謂茶杯爲｜。見〔正字通〕。

七 ｜窶。謂高地狹小之區。〔史記滑稽傳〕｜窶滿篝。〔按索隱云。｜窶、猶杯樓也。〕

八 ｜脫。界上屯守處。〔史記匈奴列傳〕各居其邊爲｜脫。〔按正義云。境上斥候之室爲｜脫。又漢書注引服虔云。｜脫、作土室以伺也。〕

九 金｜。喻鞏固也。〔南史朱异傳〕我國家猶若金｜。無一傷缺。

十 樂器。〔詩坎其擊缶疏〕缶是瓦器。可以節樂。若今之擊｜。〔按樂府雜錄。武宗朝、郭道源善擊｜。率以邢｜、越｜十二隻。旋加減水於其中。以筯擊之。〕

十一 地名。〔山海經海內南經〕｜居海中。〔注〕今臨海永寧縣即東｜。在岐海中也。〔按｜在東海者曰東｜。在南海者曰西｜。曰｜越。東｜即今浙江永嘉縣境。西｜即今廣西桂林縣境。｜越即今廣東瓊山縣境。〕

十二 同歐。姓也。〔吳越春秋〕越王允常請歐冶子作五劍。〔按姓纂。歐亦作｜。〕

【甌】於口切音歐有韻

西｜。駱越別種。見〔集韻〕。

【⿰康瓦】丘岡切音槺陽韻枯江切音腔江韻

一 ｜瓠。陶器。見〔集韻〕。〔或作｜甈、康瓠、甗甈。〕

二 瓦也。見〔廣韻〕。

三 同甈。見〔玉篇〕。

四 通康。〔爾雅釋器〕康瓠謂之甈。〔釋文〕康、字書埤蒼作｜。

【甎】朱遄切音專先韻〔通作塼。〕俗作磚。

一 燒墼也。見〔集韻〕。

二 甓也。見〔韻會〕〔按玉篇。甗、甓也。｜甗、｜。〕

十三 ｜瓦。古史考曰。烏曹作｜。見〔廣韻〕。

十四 紡｜。瓦也。〔詩斯干〕載弄之瓦。〔傳〕瓦、紡｜也。

【⿰鹿瓦】盧谷切音祿屋韻

一 甓也。見〔玉篇〕。

二 瓴也。〔廣雅釋室〕瓴、甗、｜、甋也。〔按一切經音義引通俗文云。狹長者謂之｜甎。〕

【甍】謨耕切音萌庚韻　母亙切音懵敬韻

一 屋棟也。从瓦。夢省聲。見〔說文〕〔段注〕棟者極也。屋之高處也。棟、自屋中言之。故从木。｜、自屋表言之。故从瓦。〔按文選景福殿賦。若乃高｜崔嵬。五臣注。｜、屋檑也。〕

二 蒙也。在上覆蒙屋也。見〔釋名釋宮室〕。

【⿰虛瓦】許羈切音希支韻

缶也。器也。見〔五音集韻〕。〔正字通云。俗瓻字。〕

【⿰累瓦】力僞切音累寘韻

瓴也。見〔廣雅釋器〕。

【⿰國瓦】古獲切音國陌韻

瓦器。見〔字彙補〕。

【甗】同甑。見〔玉篇〕。

【⿱埶瓦】甈或字。〔說文〕甈。或从埶。〔段注〕埶聲古與臬聲同。是以臬多叚藝爲之。

【⿰票瓦】甈俗字。見〔正字通〕。

十二畫

【甑】了孕切音稌徑韻慈陵切音繒蒸韻

(一)甗也。見〔說文〕。〔段注〕考工記、陶人爲—實二鬴厚半寸。脣寸七穿。按—所以炊烝米爲飯者。其底七穿故必以箅蔽—底而加米於上。而餴之而餾之。〔按古史考。黃帝始作釜—。字林。—炊器也。方言。—自關而東謂之甗。聲類。字又作䰝。顏注急就篇。—亦謂之鬵又呼爲鍪〕。

(二)攀倒—。草名。生郊野。葉如薄荷。治風熱。見〔本草〕。

【⿰鄭瓦】直正切音鄭敬韻

(一)罌也。〔方言〕罌秦之舊都謂之—。

(二)瓶也。見〔廣雅釋器〕。

【甐】良刃切音吝震韻離珍切音鄰眞韻

(一)器也。見〔玉篇〕。

(二)動也。敝也。見〔洪武正韻〕。〔按考工記。輪雖敝不—於鑿。注。不動於鑿中也。鄭康成曰。—亦敝也。以輪厚石。雖齧之。不能敝其鑿旁、使動之也。正字通云。與磷字通〕。

【⿸厤瓦】郎狄切音歷錫韻

(一)漢令鬲。从瓦厤聲。見〔說文鬲部〕。〔段注〕謂載於令甲之鬲字也。〔按正字通云—同甌。通雅曰。漢令作—。或作甌與鬲同〕。

(二)瓦器。見〔玉篇〕。

【甒】罔甫切音武麌韻

(一)罌也。〔方言〕罌。周魏之間謂之—。〔注〕今江東亦呼罌爲小—子。〔箋疏〕—有大小二種。

(二)盛五升小罌也。見〔玉篇〕。

(三)瓦—。大五斗。〔禮記禮器〕君尊瓦—。〔按三禮圖。瓦大。受五斗。口徑尺。頸高二寸。大中身銳平下。瓦—、與瓦大同〕。

(四)瓦器。〔禮記雜記〕甕—。〔按正韻。瓿甊、—也。晉書五行志。瓿甊、瓦器。小於—〕。

(五)瓶也。見〔廣雅釋器〕。

(六)盛酒之器。〔禮記喪大記〕士容—。

(七)通武。見〔方言箋疏〕。

(八)同廡。〔儀禮士冠禮〕—醴。〔注〕古文—作廡。

【⿰尊瓦】租昆切音尊元韻

(一)酒器。見〔集韻〕。

(二)俗尊字。見〔字彙〕。

【⿱斯瓦】相支切音斯支韻先齊切音西齊韻

(一)罃謂之—。見〔方言〕。〔按罃、說文作罋。云汲瓶也。通作甕〕。

(二)瓶也。見〔廣雅釋器〕。

(三)甕破也。又瓦破聲。見〔集韻〕。〔按說文、斯。析也。釋言、斯。離也。廣雅、斯。分也。方言、廝。散也。聲散曰廝。流氷曰凘。漢書王莽傳。莽爲人聲大而嘶。顏注。嘶。聲破也。今俗亦謂以手裂物曰撕。是凡言斯者皆有破散之義〕。

【⿰翕瓦】悉合切音趿合韻

器破。見〔集韻〕。〔正字通云。一說。从翕、有完合義〕。

【⿰絫瓦】倫追切音纍支韻

—甌。瓨也。見〔廣雅釋室〕。

【⿰童瓦】徒東切音同東韻

—瓴。甓也。見〔廣雅釋室〕。

【⿰重瓦】朱用切音種宋韻

甕屬。見〔集韻〕。

【甏】蒲孟切音搒敬韻

瓶甕。見〔字彙〕。〔俗謂大缸曰—〕。

【⿰黃瓦】胡盲切音橫庚韻寒剛切音杭陽韻

小瓦謂之—。見〔集韻〕。

【⿰番瓦】鋪官切音潘寒韻符袁切音煩元韻

—瓿。大甗瓶也。見〔玉篇〕。〔按一切經音義引通俗文。瓶方大謂之—瓿〕。

【⿱敝瓦】音未詳

甌屬。〔邵雍詩〕大—子中消白日。

十三畫

【⿰登瓦】都騰切音登蒸韻

(一)瓦豆也。見〔玉篇〕。

(二)瓦器。見〔廣韻〕。〔唐書韋縚傳。盛以—〕。

●禮器也。見〔類篇〕。〔按集韻、𢍁。說文、禮器也。从廾持肉在豆上。或作登、。—通作鐙。〕

【甔】都含切音耽覃韻覩敢切音膽感韻都濫切音擔叉濫切音𦉢勘韻

(一)瓶也。見〔廣雅釋器〕。〔按列子湯問、狀若—甀。張湛注、—謂瓦瓶也。〕

(二)小甖。見〔玉篇〕。

(三)罌也。容一石。見〔集韻〕。

(四)同儋。〔史記貨殖傳〕漿千—。〔索隱〕漢書作儋。〔按史記貨殖傳集解。徐廣曰。—、大罌缶。索隱。孟康曰。儋石、甖受一石。故云儋石。漢書蒯通傳。守儋石之祿。應劭注。齊人名小甖爲儋。是—與儋通。儋有大小二種。〕

(五)通擔。〔後漢明帝紀〕生者無擔石之儲。〔李注〕埤蒼曰。—、大罌也。

【𤮐】都郎切音當陽韻

(一)甎瓦。見〔玉篇〕。〔類篇〕。一曰題瓦謂之—溝。

(二)甌屬。見〔類篇〕。

【[illegible]】胡谷切音斛屋韻

(一)坻也。見〔玉篇〕。

(二)瓦器。見〔集韻〕。

【甕】於用切音雍宋韻委勇切音擁腫韻烏貢切音瓮送韻於容切音邕冬韻

(一)汲水缾。〔易井〕—敝漏。

(二)甖也。見〔集韻〕。

(三)瓮類。見〔集韻〕。

(四)—瓮。大癭貌。〔莊子人間世〕—瓮大癭。

(五)—牖。謂牖圓如—口也。又云。以敗—口爲牖。〔禮記儒行〕蓬戶—牖。

(六)銀—。寶器也。〔瑞應圖〕王者宴不及醉則銀—呈祥。

(七)鐵—。古潤州城名。舊屬江蘇鎮江府。當今丹徒縣治。〔又〕—安。縣名。明置。即今貴州—安縣治。

(八)同瓮。見〔玉篇〕。

(九)罋或字。〔集韻〕罋。陶器。或作—。

(十)姓也。嘉靖進士—幼金。

【甓】蒲歷切音萆錫韻博厄切音薜陌韻

瓴—也。詩曰。中唐有—。見〔說文〕。〔段注〕陳風中唐有—傳曰。—、令適也。爾雅作瓴甋。俗字也。土部墼字解亦云令適。考工記注作令—。實一物也。〔按爾雅釋宮瓴甋謂之—。郭云。甎也。今江東呼瓴—。考工記匠人疏云。令—、則今之塼也。而陳風釋文作令適。蓋令適爲古名。令—爲漢名。令—即瓴—也。許於土部墼下承古名。於此用漢名。〕

【[illegible]】虛宜切音希支韻

缶也。見〔字彙〕。

【[illegible]】盧回切音雷灰韻

屋檼瓦也。見〔類篇〕。

【[illegible]】時戰切音繕尺戰切音硟霰韻

瓦器緣也。見〔集韻〕。

【甗】魚戰切音彥霰韻

小山別大山曰—。—、甑也。甑一孔者。—形孤出處似之也。見〔釋名釋山〕。〔按詩陟則在巘傳云。巘、小山別於大山也。釋文。巘本又作甗。字或作—。〕

【[illegible]】同墼。見〔字彙〕。

十四畫

【甖】於莖切音罌庚韻於正切音櫻敬韻

(一)坻也。見〔玉篇〕。

(二)缶也。見〔類篇〕。〔按方言。瓬、㼜、甂、㽉、甄、甊、瓮、甈、𤭛、𤮕、—也。—其通語也。正字通云。—屬有大中小之別。淮汝江湘河汾之間。隨俗異稱。故方言曰。—其通語也。〕

(三)瓦器。見〔廣韻〕。

(四)罌或字。〔集韻〕罌。博雅、瓶也。或从瓦。

(五)通罃。〔爾雅釋器注〕甈甀小—。〔釋文〕字亦作罃。

【[illegible]】魚記切音[illegible]寘韻

(一)甖也。東齊海岱之間謂之—。見〔方言〕。〔玉篇〕、—大—也。

(二)瓶也。見〔廣雅釋器〕。

【[illegible]】胡懺切音豏陷韻胡暫切音[illegible]勘韻居銜切音監咸韻

(一)大盆也。見〔玉篇〕。〔廣韻云。大瓮似盆。集韻云。大盎。〕

(二)大甕。見〔集韻〕。

(三)嘗坻—也。見〔集韻引廣雅〕。

(四)同鑑。〔集韻〕鑑。陶器如甀大口。以盛冰。亦作—。

十五畫

【⿰敦瓦】都內切音對隊韻 敦或字。〔集韻〕敦器名。或作—。

【⿰廡瓦】同甒。見〔字彙〕。

十六畫

【甗】語蹇切音巘語偃切音險阮韻魚軒切音言元韻魚戰切音彥霰韻 ㊀甑也。一穿見〔說文〕。〔段注〕陶人爲—。實二鬴。厚半寸。脣寸。鄭司農云。—無底甑。無底、卽所謂一穿。蓋甌七穿而小。—一穿而大。一穿而大則無底矣。〔按方言。甑自關而東謂之—。正字通引博古圖。—之爲器。上若甑。可以炊物。下若鬲。可以飪物。蓋兼二器而有之。據此。—又與甑稍異矣。〕 ㊁隆屈窊折貌〔漢書司馬相如傳〕巖陁—錡。〔按爾雅釋山。重—隒。郭云。謂山形如累兩—。參閱甗字。〕 ㊂地名。〔左傳十八年經〕宋師及齊師戰於—。〔注〕—、齊地。

【⿰覃瓦】徒南切音覃覃韻 ㊀甒屬。見〔類篇〕。 ㊁酒器。見〔字彙〕。 ㊂墰或字。見〔集韻〕。

【⿱龍瓦】盧東切音籠東韻 ㊀築土以磨穀。一曰瓦礱物。見〔集韻〕。 ㊁築土礱。今作礱。見〔玉篇〕。

【⿰盧瓦】龍都切音盧虞韻 酒器。見〔玉篇〕。

十七畫

【⿰燮瓦】悉協切音燮葉韻 ㊀瓦破聲。見〔集韻〕。 ㊁瓦質堅厚。見〔正字通〕。

【⿰毚瓦】叉鑑切音懺仕懺切音鑱陷韻 ㊀器也。見〔玉篇〕。 ㊁罌也。見〔集韻〕。 ㊂大盎以盛潘者。見〔集韻〕。

【⿱⿰火廾瓦】乳勇切音宂腫韻乳兗切音耎銑韻乳尹切音蝡軫韻子峻切音俊震韻 羽獵韋絝。見〔說文瓷部〕。〔段注〕羽獵、見高唐賦揚雄傳。服虔曰。士卒負羽也。〔按今俗謂之褷褲。雲南人以麂皮爲之。〕

【⿰巂瓦】玄圭切音攜齊韻 宇下空也。見〔五音篇海〕。

【⿱靁瓦】瓴或字。見〔集韻〕。

十八畫

【⿰巂瓦】淵畦切音烓涓畦切音圭玄圭切音攜齊韻 甑下空也。見〔玉篇〕。〔按集韻以爲甕或字。〕

【⿰聶瓦】質涉切音讘葉韻 盎屬。見〔集韻〕。

【⿰雚瓦】昭穿切音專先韻 行不正。見〔字彙補〕。

【⿱雔瓦】甕本字。見〔正字通〕。

十九畫

【⿱䜌瓦】力華切音儸歌韻 ㊀瓦名。又瓦器。見〔字彙〕。 ㊁繇猶圝也。取圜完相連之義。今竈突煙囪員瓦如竹筒不析開者是也。故俗名之曰—。見〔正字通〕。

二十畫

【⿰靁瓦】力救切音溜宥韻 ㊀屋櫺。見〔玉篇〕。 ㊁甍謂之—。見〔集韻引廣雅〕。

二十二畫

【⿰靁瓦】盧回切音靁灰韻 屋棟也。又屋櫺也。見〔五音集韻〕。

二十四畫

【⿱靁瓦】瓴或字。見〔集韻〕。

※矛部※

【矛】迷浮切音謀尤韻
㊀酋—也建於兵車長二丈象形見〔說文〕〔注〕鉤兵也酋—長—也建者邪迤立之也周禮酋—常有四尺十六尺爲常也
㊁戈也〔詩節南山〕相爾—矣〔釋文〕—戈—也
㊂戟也〔周書王會〕操弓執—
㊃冒也亦下冒矜也見〔釋名釋兵〕
㊄言不相副曰—盾〔韓子難勢〕人有鬻—與盾者譽其盾曰吾盾之堅物莫能陷也又譽其—曰吾矛之利物無不陷也或曰以子之矛陷子之盾何如其人弗能應之此—盾之說也
㊅同鉾〔禮記曲禮〕進戟—者〔釋文〕—本又作鉾

三畫

【矵】詰歷切音喫呼昊切音殈錫韻
㊀矛也見〔玉篇〕
㊁同穳矛屬見〔類篇〕

【⿰矛刃】女六切音恧屋韻
利也見〔字彙補〕

四畫

【矜】渠巾切音薑眞韻渠斤切音勤文韻渠京切音擎庚韻
㊀矛柄也从矛今聲見〔說文〕〔桂注〕方言矛其柄謂之—考工記廬人注云凡—八觚鄭注書顧命凡此七兵或施—或箸柄馥案—八觚柄橢圓及方漢書徐樂傳耰棘—顏注棘戟也—者戟之把也或作穫〔按段本作矜从矛令聲云依漢石經論語溧水校官碑魏受禪表皆作矜正之而徐承慶云漢石經校官碑受禪表皆隸書不得以隸正篆存參〕
㊁—謂之杖見〔方言〕〔注〕矛戟穫即杖也
㊂通⿱矜木〔詩淸人箋〕矛—近上及室題〔釋文〕—字又作⿱矜木

【矜】居陵切音兢蒸韻
㊀憐也〔詩鴻雁〕爰及—人
㊁苦也見〔爾雅釋言〕
㊂惜也見〔小爾雅廣言〕
㊃哀也見〔書呂刑伸我釋文引馬注〕
㊄閔也〔公羊宣十五年傳〕吾聞君子見人之危則—之
㊅危也〔詩菀柳〕居以凶—
㊆遽也秦晉或曰—見〔方言〕
㊇急也見〔廣雅釋詁〕
㊈莊也見〔論語陽貨古之—也廉皇疏〕
㊉敬也〔孟子公孫丑〕使諸大夫國人皆有所—式
⑪尙也〔漢書賈誼傳〕故人—節行
⑫彼—者蒲也見〔管子法法〕
⑬—之者何猶曰莫若我也見〔公羊僖九年傳〕〔按書傳云自賢曰—詩箋云—夸大也〕
⑭人同於己則可不同於己雖善不善謂之—見〔莊子漁夫〕
⑮誇多自取也見〔後漢朱浮傳注〕
⑯竦也見〔後漢張衡傳注〕
⑰持也見〔漢書刑法志集注〕
⑱—憐撫掩之也見〔爾雅釋訓〕
⑲——兢兢以言堅彊也見〔詩無羊傳〕

【矜】居覲切音撳震韻
怜也見〔集韻〕

【矜】姑頑切音鰥刪韻
㊀同鰥〔詩鴻雁序〕至于—寡〔釋文〕本又作鰥〔按詩桃夭序老而無妻曰鰥疏云鰥或作—同蓋古今字異字彙引琅邪代醉編云鰥寡之鰥禮記作—哀—之—漢于定國傳作鰥二字可通聲而互用也〕
㊁通瘝〔書康誥〕恫瘝乃身〔後漢書和帝紀注引作恫—乃身〕
㊂當從軍未老不早還見家室亦謂之—見〔詩桃夭疏〕

【⿰矛丑】女九切音紐有韻女六切音朒屋韻
刺也見〔說文〕〔桂注〕廣韻同考工記廬人凡爲酋矛參分其晉圍去一以爲刺圍鄭司農云刺謂矛刃胷也

【⿰矛殳】形狄切音檄錫韻
矛屬長—謂之物廬見〔集韻〕

【⿰矛殳】呼臭切音殈錫韻
矵或字〔集韻〕矵矛屬或作—

【⿰矛殳】馨激切音鬩錫韻
⿰矛务或字〔集韻〕⿰矛务博雅矛也或作—、⿰矛兮

【⿰矛殳】營隻切音役陌韻
鈠或字〔集韻〕鈠小矛或从矛

【⿰矛兮】詰歷切音喫錫韻

矜或字〔集韻〕矛也或从兮。

【矜】形狄切音檄錫韻
矜或字。見〔集韻〕。

【矜】馨激切音闃錫韻
務或字。見〔集韻〕。

五畫

【矝】商支切音施支韻
㈠短矛也。見〔玉篇〕。
㈡鍦或字〔集韻〕方言。矛。吳楚之間謂之鍦。或作—。

【矜】許进切敬韻下老切音皓皓韻
矛屬。見〔玉篇〕。

【矠】初革切音冊陌韻
以矛取物。見〔字彙〕。〔正字通云。俗稓字。舊注誤分爲二。存參。〕

【䂁】古矛字。見〔字彙補〕。〔按說文。古文矛从戈。疑此即我之誤。〕

【䂂】同矛。見〔篇韻〕。

六畫

【務】馨激切音闃錫韻
矛也。見〔集韻〕。

【䂃】古委切音詭紙韻
短矛。見〔集韻〕。

【䂄】徒冬切音彤冬韻
刺矛也。見〔玉篇〕。〔按集韻引博雅云。刺也。〕

七畫

【矞】允律切音聿其律切音繘食律切音術質韻
㈠以錐有所穿也。从矛冏聲。一曰。滿有所出。見〔說文冏部〕〔注〕滿有所出。若汲井之綆爲繘。義近於此。〔段注。冏者入意。桂注本書、滴涌出也。〕
㈡—雲。瑞雲也。〔西京雜記〕雲五色爲瑞。三色爲—。〔文選左思賦〕—雲翔龍。劉注。—雲者外赤內青也。
㈢——物長春風之聲貌也。〔太玄交〕——皇皇。
㈣—皇。神名。〔漢書司馬相如傳〕前長離而後—皇。〔注〕服虔曰。皆神名也。〔按史記長作陸。—皇作湋湟〕。
㈤—似。人名。〔左文十年傳〕楚范巫—似。〔注〕—似。范邑之巫。

【矞】休必切音眈質韻
㈠飛皃。見〔玉篇〕。
㈡驚懼貌。禮。鳥不—。見〔集韻〕。〔按禮記禮器。故鳥不—。禮運作故鳥不獝。注。獝狘。飛走之貌也。文選吳都賦。驫駥飍—李善曰。衆馬走貌。据此。則—。獝義同。凡鳥獸飛走之皃。皆可曰—。飛走或因有所驚懼而然。集韻特引申其義耳。〕
㈢通獝。〔周禮大司樂注〕故鳥不—。〔釋文〕、亦作獝。

【矞】古穴切音玦屑韻
譎省字。〔集韻〕譎。權詐也。或省。〔荀子非十二子、—宇嵬瑣。注。—與譎同。〕

【矟】色角切音朔覺韻
矛也。見〔說文新附〕〔鈕氏新附攷〕廣韻。—矛屬。引通俗文曰。矛丈八者謂之—。重文作槊。〔按廣雅釋器、—矛也。一切經音義引埤蒼。—長一丈八尺。釋名釋兵。矛長丈八尺曰—。馬上所持。言其——便殺也。集韻。—、長矛。或作槊。〕

【䂅】符容切音逢𢘻容切音丰冬韻
䂅或字。〔集韻〕䂅矛有二横曰䂅。䂅或从夆。〔按玉篇云䂅—矛有二柄〕

【𥎞】咨林切音祲千尋切音侵侵韻子鳩切音浸沁韻
錐也。見〔玉篇〕。

【𥎞】將廉切音殲鹽韻
鋟或字。〔集韻〕鋟。錐也。或作—。

【𥎍】丈蟹切音廌蟹韻
矛也。見〔玉篇〕。

【𥎊】盧當切音郎陽韻
矛屬。見〔說文〕〔段注〕廣韻曰。短矛。

【𥎋】七桓切寒韻
矛也。見〔字彙〕。〔正字通云。俗字。舊注沿篇海誤。〕

【𥎌】征例切音制霽韻
矛謂之—。見〔集韻〕。

【𥎎】精百切音嘖陌韻
矛屬。見〔字彙補〕。

【𥎏】同矜。見〔廣韻〕。

八畫

【矠】測窄切音簎實窄切音齰測革切音策陌韻　本作䂴。〔說文〕䂴。矛屬也。从矛昔聲。讀作笮。〔注〕史記曰。—魚鼈。〔段注〕魯語。—魚鼈以爲夏槁。韋云。—、擭也。擭刺魚鼈以爲槁儲也。按此—字引申之義也。周禮作簎魚鼈。注。謂權刺泥中搏取之。莊子擉鼈於江。東京賦。毒冒不蔟。皆音近義同者也。

【矠】仕覺切音浞覺韻　刺也。見〔類篇〕。〔六書正譌〕云。通作簎。別作擉。

【⿰矛內】諾荅切音魶合韻　柔也。見〔集韻〕。

【⿰矛丑】女九切音紐有韻　鞠—。輭也。見〔集韻〕。

【⿰矛金】巨巾切眞韻　矛柄。見〔五音篇海〕。

九畫

【⿰矛施】時遮切音佘麻韻商支切音施支韻　㊀短矛。亦作鍦。見〔玉篇〕。㊁鉈或字。〔集韻〕鉈。說文、短矛也。或作—。

【⿰矛重】昌容切音衝多韻　㊀短矛也。見〔玉篇〕。㊁⿰矛童或字。〔集韻〕⿰矛童。廣雅、短矛也。或从重。

【⿰矛悤】楚雙切音牕江韻　矛也。見〔玉篇〕。

【⿰矛悤】七恭切音樅冬韻　同鏦。〔集韻〕鏦。說文、矛也。一曰矠小者。亦作—。

【⿰矛侯】胡溝切音侯尤韻　矛屬。見〔玉篇〕。

【⿰矛建】紀偃切音建阮韻九件切音蹇銑韻　—矠。矛也。見〔集韻〕。〔按類篇作—矟。〕

【⿰矛匽】隱幰切音偃阮韻　戟三刃者謂之—。見〔集韻〕。

【⿰矛嵏】祖叢切音嵕東韻　錐也。見〔集韻〕。

【⿰矛英】於莖切音英庚韻　英或字。〔集韻〕英。以羽飾矛。或从矛。

【⿰矛皆】同⿰矛茸。見〔字彙〕。

【⿰矛盾】同盾。見〔字彙補〕。

【⿰矛矦】同猴。見〔字彙〕。〔按集韻作—。類篇作猴。〕

十畫

【⿰矛茸】如容切音茸冬韻　矛屬。見〔集韻〕。

【⿰矛虖】許意切音戲寘韻　戰也。又弩具。見〔字彙〕。

【⿰矛盍】丘蓋切音嘅泰韻渴合切音匌合韻　矛屬。見〔說文〕。〔桂注〕廣雅。⿰矛良、—也。〔按廣韻⿰矛良。短矛。〕

【⿰矛乘】居陵切音兢蒸韻　寡也。通作矜。見〔集韻〕。

【⿰矛貟】莫角切音邈覺韻　目不明也。見〔龍龕手鑑〕。

【⿰矛冒】莫候切宥韻　瞀—也。見〔龍龕手鑑〕。

【⿰矛胡】莫胡切虞韻　榆子瞀也。見〔龍龕手鑑〕。

【⿰矛倉】同槍。見〔正字通〕。

十一畫

【⿰矛堇】渠巾切音蓳眞韻渠斤切音勤文韻　㊀矛柄也。見〔玉篇〕。㊁杖也。〔方言〕矜謂之杖。〔注〕矛戟—。即杖也。㊂同矜。〔漢書陳勝項籍傳贊〕鉏耰棘矜。〔注〕矜與—同。〔按方言。矛。吳揚江淮南楚五湖之間謂之鍦。其柄謂之矜。注。矜。今字作—。〕

【⿰矛責】側革切音責陌韻　矛屬。見〔集韻〕。

【⿰矛悤】初江切音窗江韻　同鏦。〔集韻〕方言。矛。吳楚之間謂之鏦。亦作—。

【⿰矛逢】同⿰矛夆。見〔玉篇〕。

十二畫

【⿰矛象】羊茹切音豫御韻

猈—矛屬。見[集韻]。

【獬】下買切音嬭嬭韻 矛也。見[集韻]。

【穜】昌容切音衝冬韻 短矛也。見[集韻]。

【𥎞】允律切音聿質韻 出也。見[集韻]。

【穗】音窓江韻 矛也。見[川篇]。

【猎】猎本字。見[說文]。

十三畫

【禮】里弟切音禮薺韻 戟屬。鈒謂之—。見[集韻]。

【䄎】良以切音禮薺韻 小矛也。見[篇海類編]。

十四畫

【彌】民卑切音彌支韻 矛屬。見[集韻]。

【旟】象呂切音敍語韻 矛也。見[集韻]。

【穤】而兗切音輭銑韻 歀弱也。見[字彙補]。

【𥎡】充莊切音瘡陽韻 短貌。見[字彙補]。

【穟】同穜。見[說文長箋]。

十五畫

【𥏖】弼角切音雹覺韻 —槊。唐衛仗名。見[集韻]。[正字通]云。開寶禮、本作𥎹。宋制。八矟置朝堂。行禮以前導。其夾大將軍者、亦名衛司—。

【穳】祖管切音纂旱韻 鏦也。見[玉篇]。

十八畫

【矡】音矜眞韻 矛屬。見[字彙補]。[康熙字典引集韻云同攫盧造]

十九畫

【穳】祖算切音鑽翰韻 鏦也。亦曰小矟。見[集韻]。

【穳】七丸切音爨寒韻 遙捉矛也。見[集韻]。

【穳】取亂切音竄翰韻 同鑹。[集韻]鑹小矟也。亦作—。

二十畫

【矡】厥縛切音矍藥韻 ●一 矛屬。見[集韻]。●二 錐也。見[字彙補]。

二十九畫

【𥐖】鑹或字。[集韻]鑹。小矟也。或从矛爨。

三十一畫

【𥐖】同穳。見[玉篇]。

※矢部※

【矢】矧視切音屎紙韻 ●一 弓弩—也。从入。象鏑栝羽之形。古者夷牟初作—。見[說文部首]。[段注]鏑。謂—也。金部曰。鏑。—鋒也。木部曰。栝。—栝檃弦処。岐其耑以居弦也。羽。謂一也。羽部曰。翦。—羽是也。、羽從而橫之何也。以識其物耳。山海經曰。少皞生般。般是始爲弓—。郭曰。世本云。牟夷作—。揮作弓。弓—一器。作之兩人。於義有疑。此言般之作。是按弦木爲弧。掞木爲—。轂傳系諸黃帝堯舜之下。蓋不妨有同時合成之者。郭作牟夷。孫卿作浮游。●二 弛也。見[爾雅釋詁]。[疏]以弓釋弦曰弛。●三 指也。言其有所指向迅疾也。見[釋名釋兵]。●四 箭也。見[廣雅釋器]。[按方言]箭。自關而東謂之—。●五 —形似木。木以下爲本。以根爲足也。見[釋名釋兵]。●六 弩也。[淮南修務]蒙—石。●七 兵而飛者—也。見[太玄唐注]。

(八)示以禦難。見〔左閔二年傳注〕。

(九)所以投者也。見〔禮記投壺注〕。〔按少儀侍射則約疏、謂投壺箭也〕。

(十)嗃—之鳴者也。〔莊子在宥〕焉知曾史之不爲桀跖嗃—也。〔注〕嗃—、之猛者。〔釋文〕向云。嗃—、—之鳴者。字林云。嗃、大呼也。

(十一)錐—小—也。〔國策齊策〕疾如錐—。

(十二)陳也。見〔爾雅釋詁〕。〔左隱五年傳〕公—魚于棠。〔注〕—、亦陳也。

(十三)誓也。〔詩柏舟〕之死—靡它。

(十四)正也。見〔廣雅釋詁〕。

(十五)直也。〔孟子萬章〕其直如—。

(十六)當也。〔詩皇矣〕無—我陵。〔按傳云。陳也〕。

(十七)施也。〔詩江漢〕—其文德。

(十八)去也。〔莊子田子方〕發之適—復沓。

(十九)幾何學謂弧弦之中徑曰—。

(二十)枉—。〔釋名釋天〕齊魯謂光景爲枉—。言其光若射—之所至也。〔又〕星名。〔史記天官書〕枉—類大流星。蛇行而蒼黑。望之如有毛羽然。

(二十一)諸羌州名。執—、隸夏州都督府。藹—、隸單于都護府。鉗—、隸雅州都督府。蓬—、隸黎州都督府。見〔唐書地理志〕。

(二十二)同戾。〔爾雅釋詁〕戾陳也。〔釋文〕本作—、同。

(二十三)同屎。〔莊子人間世〕以筐盛—。〔釋文〕—、本作屎。

(二十四)通羑。〔書序〕臯陶—厥謨。〔釋文〕—、本又作羑。

(二十五)姓也。見〔姓苑〕。〔又〕馬—。複姓。〔漢書馬宮傳〕本姓馬—。宮仕學稱馬氏云。

二畫

【矣】羽已切音英紙韻

語已詞也。从矢㠯聲。見〔說文〕。〔注〕矢气直疾。今試言—。則口出气直而疾也。會意。〔按段注。已—疊韻。已、止也。其意止。其言曰—。是爲意內言外。論語或單言—。或言已—〕。

【厌】古矦字。見〔說文〕。

【吴】古矢字。見〔說文匕部〕。

三畫

【知】珍離切音茹支韻

(一)詈也。从口矢。見〔說文〕。〔段注〕識敏、故出於口者疾如矢也。

(二)識也。〔禮記大學〕故好而—其惡。

(三)喻也。見〔增韻〕。

(四)覺也。〔公羊宣六年傳〕趙盾—之。〔注〕由人曰—之。自己曰覺焉。

(五)主也。見〔字彙〕。〔清之—府、—縣。義取主宰〕。

(六)匹也。〔詩隰有萇楚〕樂子之無—。

(七)接也。〔莊子庚桑楚〕—者接也。

(八)愈也。南楚病愈者或謂之—。見〔方言〕。

(九)猶聞也。〔國語楚語〕不—其以匱之也。

(十)猶解也。〔史記淮南衡山傳〕吳何—反。

(十一)猶得也。〔呂覽審應〕其在於民而君弗—。

(十二)猶見也。〔呂覽自知〕—於顏色。

(十三)猶發也。〔呂覽報更〕齊王—顏色。

(十四)猶別也。〔淮南說林〕故見其一本而萬物—。

(十五)猶欲也。〔禮記樂記〕—誘於外。

(十六)猶爲也。〔呂覽長見〕三年而—鄭國之政。

(十七)猶記憶也。〔論語里仁〕父母之年。不可不—也。

(十八)相親曰—。〔左昭四年傳〕公孫明—叔孫於齊。〔注〕公孫明與叔孫、相親—。

(十九)心徹爲—。見〔莊子外物〕。

(二十)所—通問相—也。〔儀禮既夕〕所—則賵而不奠。

(二十一)預—藥名。〔正字通〕預—子、一名僊沼子。苗似牽牛。有逆刺。節有房。殼。殼內二子。陰陽和合。能除蠱毒。

(二十二)且—地名。〔左昭二十七年傳〕公徒敗于且—。〔注〕且—、近鄆地。〔按左成四年傳鄆城注。鄆魯西邑。今山東鄆城縣東十六里有古鄆城。且—當與鄆城縣相近〕。

【知】知義切音智寘韻

(一)𥏼或字。〔集韻〕𥏼說文、識詞也。或作智。

(二)賢—也。見〔韓詩外傳〕。

(三)—者決之斷也。見〔史記淮陰侯傳〕。

(四)官人應實曰—。見〔周書謚法〕。〔注〕能官人也。

㊄姓也。春秋晉—氏。

【矤】矧本字。見〔說文〕。

四畫

【矧】矢忍切音哂軫韻

㊀本作矤。〔說文〕矤。況詞也。从矢。引省聲。从矢、取詞之所之如矢也。〔段注〕況、當作兄。古今音殊。乃或假況。兄詞者、增益之詞。其意益。其言曰—。是爲意內言外。今俗所云已如是、況又如是也。尚書多用矤字。俗作—。

㊁況也。見〔爾雅釋言〕〔注〕譬況。

㊂長也。見〔廣雅釋詁〕。

㊃齒本曰—。大笑則見。〔禮記曲禮〕笑不至—。

㊄矤或字。〔集韻〕矤、說文、況也。或作—。

【[illegible]】昨木切音鏃屋韻

古族字。〔集韻〕族、說文、矢鋒也。古作—、[illegible]。

【矨】五到切迴韻

短小皃。見〔廣韻〕。

【矦】侯本字。見〔說文〕。

【[illegible]】同鏃。見〔字彙補〕。

【[illegible]】矤或字。見〔集韻〕。

五畫

【矩】果羽切音踽麌韻

㊀本作巨。〔說文工部〕巨、規巨也。从工。象手持之形。〔段注〕周髀算經曰。圜出於方。方出於—。用—之道。平—以正繩。偃—以望高。覆—以測深。臥—以知遠。環—以爲圓。合—以爲方。按規—二字。猶言法度。古不分別規圜—方者。圜出於方。圜方皆出於—也。

㊁曲尺也。〔史記禮書〕規—誠錯。

㊂方地也。〔呂覽序意〕大—在下。

㊃廣長也。〔周髀算經〕句出於—。

㊄儀也。廉隅也。見〔增韻〕。

㊅謂刻識之也。〔考工記輪人〕必—其陰陽。

㊆常也。見〔爾雅釋詁〕〔疏〕度方有常也。

㊇法也。見〔爾雅釋詁〕。〔按漢書敘傳。彌土踰—。注、—、法制也。〕

㊈度也。〔淮南本經〕天地之大。可以—表識也。

㊉—謂之表。〔周髀算經〕句出於—。

(十一)規—。戎名。〔周書王會〕規—以鱗者獸也。〔注〕規—、亦戎也。

(十二)—券。常券。〔管子山至數〕皆有—券於上。

(十三)—步者。回旋皆中規—。見〔後漢馬援傳注〕。

(十四)秋爲—。—者所以方萬物也。見〔淮南時則〕。

(十五)通萬。〔考工記輪人〕萬之以眡其匡也。〔注〕故書萬作禹。鄭司農云。讀爲萬。書或作—。〔按詩十月之交。楀維師氏字又作楀。〕

(十六)通柜。〔漢修堯廟碑〕圖象規柜。

(十七)同距。〔考工記輪人注〕故書—爲距。鄭司農云。當作—。謂規—也。

(十八)同瞿。〔莊子達生〕工倕旋而蓋—。〔釋文〕—、司馬本作瞿。

【[illegible]】丁聊切音刁蕭韻

短也。見〔集韻引博雅〕。〔玉篇云。犬短尾。〕

【[illegible]】蒲八切音拔黠韻

—[illegible]。短皃。見〔集韻〕。

【[illegible]】牋西切音齎齊韻將支切音貲支韻

矲—。短也。見〔集韻引博雅〕。

【[illegible]】乎法切洽韻

矢皃。見〔廣韻〕。

【[illegible]】朱劣切音拙屑韻

古拙字。〔集韻〕拙。不巧也。古作—。

【[illegible]】姝悅切音歠屑韻

[illegible]或字。〔集韻〕[illegible]。短皃。或从矢。

【[illegible]】古疑字。見〔說文長箋〕。

六畫

【[illegible]】陟栗切音窒質韻

短也。見〔集韻〕。

【[illegible]】徒了切音窕篠韻

矢也。見〔集韻〕。

【矪】張流切音輈尤韻

射鳥矢。見〔集韻〕。

【[illegible]】丘八切音劼黠韻

短也。見〔集韻〕。

【[illegible]】若委切音蛫紙韻

㊀倦也。見〔類篇〕。

㊁同跪。〔集韻〕跪。博雅、傍也。一曰跂也。亦作—。

【[illegible]】鏃本字。〔六書正譌〕矢鋒也。从矢。从从。从㫃。古衆字。會意。借音爲

宗族字。〔按此說甚泥。不可通於今矣。〕

【矨】古知字。見〔類篇〕。

【㫙】古族字。見〔集韻〕。

【㶥】古疾字。見〔六書本義〕。

【矦】古族字。見〔字彙補〕。

【矤】族籀文。見〔字彙引石鼓文〕。

【䂐】矦或字。見〔集韻〕。

七畫

【矬】徂禾切音痤歌韻

(一)短也。見〔集韻引博雅〕。〔按一切經音義引通俗文侏儒曰—〕。

(二)—峒。鹽場名。〔元史百官志〕廣東鹽場十三所。一曰、—峒場。

【短】覩緩切音斷旱韻

(一)有所長—。吕矢爲正。見〔說文〕。〔段注〕按此上當補不長也三字乃合。有所長—。以矢爲正。說从矢之意也。椞字下曰。矢者其中正也。正直爲正。必正直如矢而刻識之。而後可裁其長—。故詩曰其直如矢。

(二)少也。〔吕覽先識〕此治世之所以—。

(三)缺也。〔淮南脩務〕知者之所—。

(四)促也。見〔廣韻〕。

(五)近也。〔吕覽長見〕以其長見與—見也。

(六)罷—人也。〔周禮典同注〕陂讀如人罷—之罷。〔釋文〕桂林之間謂人—爲𥏻矮。〔互詳矮字〕。

(七)未冠曰—。〔洪範五行傳〕厥極凶—折。〔按禮記曲禮〕—折曰不祿。疏。—折、少也。表記義有長—大小。疏。—、謂世位淺促。

(八)慈仁—折曰懷。見〔周書諡法〕。〔注〕—、未六十。

(九)謂毀其—惡也。〔漢書蕭望之傳〕—車騎將軍。

(十)兄喪弟曰—。見〔漢書五行志〕。

(十一)—兵。刀劒也。〔楚辭國殤〕車錯轂兮—兵接。

(十二)—狐。蜮也。〔楚辭大招〕䰡鱅—狐。

(十三)—褐。袍也。〔後漢劉平傳注〕楚人謂袍爲—褐。〔按—、應作裋。史記孟嘗君列傳。士不得裋褐。索隱。—音豎。豎褐、謂褐衣而豎裁之。以其省而便事也。秦始皇本紀。寒者利裋褐。集解徐廣曰。裋、一作—。小襦也。列子力命。衣則—褐。釋文。裋褐、有作—褐者。誤。荀子作豎褐。〕

(十四)通拉。〔逢盛碑〕命有悠拉。〔集韻〕以—爲拉或字。

【㮹】研領切音㴸梗韻

𦫳—。小皃。見〔集韻〕。

【䠶】射本字。見〔說文〕。

【䂓】規或字。按說文夫部。規。从夫見。〔段注〕會意。丈夫所見也。正字通云。規與矩竝从矢。當作—。疑非是。

【䂒】䂒譌字。見〔正字通〕。

八畫

【䂔】必結切音鷩屑韻

(一)弓類。見〔類篇〕。

(二)彇或字。〔集韻〕彇。弓戾謂之彇。或作—。

【䂕】渠勿切音倔物韻

—。短貌。見〔字彙〕。

【𥏹】下頂切音悻迥韻

小皃。見〔集韻〕。

【𥏻】苦會切音塊去穢切音𤸬隊韻

—𥐖。短也。見〔集韻〕。

【矮】倚蟹切音𤸣烏蟹切蟹韻

短人也。見〔說文新附〕。〔按廣韻〕—、短皃。周禮典同釋文。桂林之間謂人短爲𥏻—。集韻云。桂林謂人短爲𥏻𪀦。又據宋本周禮附釋文及葉鈔影宋本釋文。—竝作𪀦。𪀦、从隹矢聲。說文隹、訓鳥之短尾。故鈕氏說文新附攷云。—即𪀦之俗字。於短義正合。〕

【䂖】衣䌽切音亞禡韻

𥏻—。短貌。見〔字彙〕。〔疑—即矮、𪀦、𪀦之譌〕

【䂗】邊米切音䡟薺韻賓彌切音卑支韻旁卦切音粺卦韻

—𥏹。短也。見〔集韻〕。

【䂘】濤或字。見〔集韻〕。

【𥐀】䂙或字。見〔集韻〕。

【䂚】𥐃省字。見〔正字通〕。

【䂛】𢧐譌字。見〔正字通〕。

九畫

【⿰矢昜】厂羊切音商　千羊切音瑲陽韻　傷也。从矢。昜聲。見〔說文〕〔桂注〕本書傷、觴、从⿰矢昜省聲。此—當作⿰矢昜。从矢。从入。昜聲。

【⿰矢彖】許濊切音喙　牛吠切音聵隊韻　⿰矢卷—。短也。見〔集韻引博雅〕。

【⿰矢欠】古唐字。見〔集韻〕。

【⿰矢昔】短或字。見〔集韻〕。

十畫

【⿰矢矣】秝史切音俟紙韻　㊀不—。不來也。見〔爾雅釋訓〕〔疏〕—、待也。既云不待。是不來也。㊁竢或字。〔集韻〕竢、說文待也。或作—。

【⿰矢留】古𤻲字。見〔字彙補〕。

【⿰矢咼】疾籀文。見〔正字通引說文正譌〕。

【⿰矢倉】同⿰矢昜。見〔類篇〕。

十二畫

【矯】舉夭切音撟篠韻　㊀揉箭箝也。見〔說文〕〔段注〕揉、當作柔。箭者、矢竹所爲矢也。不言矢、言箭者。—施於笴。不施於鏑羽也。箝、櫽也。柔箭之箝曰—。引伸之爲凡—枉之偁。〔按易說卦坎爲—鞣。疏。使曲者直爲—。使直者曲爲鞣。〕㊁直也。見〔廣雅釋詁〕。㊂正也。見〔蒼頡〕。㊃僞也。〔管子君臣〕是以上及下之事謂之—。㊄託也。見〔漢書高帝紀集注〕。㊅詐也。〔公羊僖三十年傳〕—以鄭伯之命而犒師焉。〔注〕詐稱曰—。〔按凡云—詔者本不云然而云然也。〕㊆妄也。見〔類篇〕。㊇厲也。〔莊子天下〕以繩墨自—。㊈擅也。〔呂覽悔過〕乃—鄭伯之命以勞之。〔注〕擅稱君命曰—。㊉——勇也。見〔爾雅釋訓〕。〔舍人注〕得勝之勇也。〔又〕武貌。〔詩泮水〕——虎臣。(十一)強貌。〔禮記中庸〕強哉—。(十二)舉也。〔楚辭惜誦〕—茲媚以私處兮。(十三)飛也。見〔廣雅釋詁〕。(十四)通撟。〔漢書武五子傳〕欲撟邪防非。〔顏注〕撟、與—同。(十五)姓也。左傳晉大夫—文。高士傳—愼。

【矯】嬌廟切音嘯韻　詐也。又強亢貌。又高舉貌。見〔韻會〕。

【矯】居妖切音驕蕭韻　㊀矢躍出也。神異經、東王公與玉女更投壺千二百—。見〔集韻〕。㊁——舉也。〔漢書敘傳〕賈生——。弱冠登朝。〔注〕師古曰。——、高舉之貌也。合韻音驕。〔按東方畫贊——先生。注。——、輕舉之貌也。〕

【矯】其嬌切音橋蕭韻　姓也。〔史記仲尼弟子列傳〕江東人—子庸疵。〔集解〕—音橋。〔正義〕漢書作橋庇。顏師古云。橋庇。字子庸。

【矰】咨騰切音增蒸韻　㊀隿射矢也。見〔說文〕〔段注〕周禮司弓矢云—矢茀矢用諸弋射。注云。結繳於矢謂之—。—高也。茀矢象焉。茀之言刜也。二者皆可以弋飛鳥、刜羅之也。前於重又微輕行不低也。詩云弋鳧與鴈。㊁箭也。見〔廣雅釋器〕。㊂短矢。〔淮南說山〕好射者先具—與繳。〔國語吳語〕白羽之—。注。—、矢名。㊃同贈。〔周禮男巫〕冬堂—。〔杜注〕—當爲贈。

【⿰矢菐】步木切音僕屋韻　侏儒。見〔集韻〕。

【⿰矢斯】相支切音斯支韻　先齊切音西齊韻　矲—。短小皃。見〔集韻〕。

【𥏼】智本字。見〔說文白部〕。

【⿰矢⿱𠂉昜】同⿰矢昜。見〔正字通〕。〔按徐本說文⿰矢昜。段本正作—。从矢。傷省聲。桂馥又云从矢从入昜聲。〕

十四畫

【矱】鬱縛切音臒藥韻

蒦或字。〔集韻〕蒦度也。或从矢。

十五畫

【矲】步化切音杷禡韻 —䂿。短皃。見〔集韻〕。

【矲】部買切音擺蟹韻 ⿰矢卑或字。〔集韻〕⿰矢卑。⿰矢卑矲。短皃。或作—。

十七畫

【⿰矢嬰】伊盈切音嬰庚韻 短也。見〔集韻〕。

十八畫

【⿰矢雚】呼官切音歡寒韻 短也。見〔玉篇〕。

※生部※

【生】師庚切音甥庚韻 所慶切音胜 息正切音性敬韻 所景切音眚梗韻

❶本作生〔說文〕生。進也。象艸木—出土上。〔段注〕下象土上象出。〔桂注〕易繫辭。天地之大德曰—。大戴禮本命篇象形而發謂之—。書盤庚汝萬民乃不——。王肅注。——進進。又往哉——。傳云自今以往。進於善。太玄進陽引而進物出溱溱。廣雅—出也。

❷起也。〔莊子外物〕跈則衆害—。

❸產也。見〔玉篇〕〔按廣雅釋親人十月而—。〕

❹活也。〔呂覽懷寵〕能—死一人。〔按韻會—死之對也。〕

❺性也。〔呂覽知分〕立官者以全—也。〔按大戴記子張問入官。既知其以—有習。注—謂性也。書君陳。惟民—厚。因物有遷。傳言人自然之性敦厚。因所見所習之物。有遷變之道。〕

❻滋長也。〔荀子王制〕草有—而無知。〔按素問陰陽應象。酸—肝。注。—謂—長也。又天元紀。天以陽—陰長。注。—長者、天之道。〕

❼猶養也。〔周禮大宰〕—以馭其福。〔注〕賢臣之老者。王有以養之。

❽謂長養之也。〔史記孟嘗君傳〕其母竊舉—之。

❾人之始也。見〔荀子禮論〕〔按孟子離婁。舜—於諸馮。注。—、始。易繫辭。故知死—之說。注。死—者、始終之數也。〕

❿成形謂之—。〔易彖上傳〕萬物資—。

⓫新者為—。見〔莊子胠篋注〕

⓬好去聲物也。見〔左昭二十五年傳〕

⓭猶造也。尊事之辭。〔公羊桓八年傳〕遂者何。—事也。

⓮謂無瑕釁也。〔考工記矢人〕欲—而摶。

⓯父死子繼曰—。〔公羊莊三十一年傳〕一—一及。

⓰地政曰—。見〔大戴記少閒〕〔按易彖下傳。天施地—。虞注。震為出—。〕

⓱氣之施化故曰—。〔素問天元紀〕故物—謂之化。

⓲膾也。〔莊子天道〕—熟不盡於前。〔按引申之為凡—熟之—。如云—果、—番。言未稔熟也。—疎、—澀。言未精熟也。〕

⓳謂財業也。〔詩谷風〕既—既育。〔按漢書高帝紀。不事家人—產作業。嚴助傳。民—未復。注。—謂—業。今世猶以謀—、營—、計—、理—、活、為通語。〕

⓴—者、假借也。假之而——者、塵垢也。死—為晝夜。見〔莊子至樂〕

㉑凡事由因以致果者皆謂之—。〔正字通〕宋高宗朝。孫楙入覲。嘗論公—明。上問何以—公。曰廉—。公問何以—廉。曰儉—廉。上稱善。

㉒謂知學之士也。〔管子君臣〕而官諸—之職者也。〔按漢書高帝紀。以魏地萬戶封—。注。師古曰。—、猶言先—。文穎曰。諸—也。又諸—弟子之稱。韓愈進學解。晨入太學。招諸—。弟子事先生。於茲有年矣。〕

㉓—者先—之省稱。〔史記儒林傳〕言禮自魯高唐—。〔按引申之凡士人皆得蒙此稱。如前代在學者曰廩—、增—、附—。應試而未入學者曰童—。入學而貢入國子監者曰貢—。納粟或恩廕及以優行入

監者曰監｜。今制入校肄業者曰肄業｜。已畢業者曰畢業｜。〕

(廿四)贄名。〔書舜典〕二｜一死贄。〔注〕二｜、卿執羔。大夫執雁。

(廿五)戲劇腳色之一。俗以｜、旦、淨、丑、鼓稱。義詳丑字。

(廿六)語助辭。〔杜甫詩〕借問別來太瘦｜。〔按六一居士詩話〕太瘦｜。唐人語也。至今猶以｜爲語助。如作麽｜之類。

(廿七)水名。〔山海經西山經〕北二百二十里曰盂山。｜水出焉。而東流注于河。〔注〕卽奢延水也。水西出奢延縣西南赤沙阜。東北流。〔按奢延水源出今陝西懷遠縣西。卽古之無定河。下流經米脂綏德。入黃河。〕

(廿八)｜｜。不絕之辭。〔易繫辭〕｜｜之謂易。〔按莊子大宗師〕｜｜者不｜。釋文引崔注。常營其｜爲｜｜。〕

(廿九)｜民。活民。謂衣食也。〔荀子王霸〕｜民則致寬。〔按致士篇云。｜民欲寬。注。｜民、謂以德教養民也。與此義異。〕

(三十)｜類。謂天下萬物之類也。〔文選張衡賦〕常畏｜類之殄也。

(卅一)｜材。養竹木者。〔周禮大司徒〕九曰｜材。

(卅二)｜器。用器也。弓矢盤盂之屬。〔荀子禮論〕具｜器以適墓。

(卅三)所｜。父祖也。〔詩小宛〕毋忝爾所｜。〔疏〕無辱所｜之父祖。

(卅四)本｜。別於所後之稱。如爲人後者稱其父曰本｜父。母曰本｜母。皆別於所後父母而言。

(卅五)我｜。謂母也。〔後漢崔駰傳〕悼我｜之殲夷。

(卅六)先｜。猶言先醒也。見〔韓詩外傳〕。〔按趙注孟子云。學士年長者謂之先｜。鄭注禮記云。先｜、老人教學者。今世猶稱師曰先｜。又轉爲一切對人之尊稱。〕

(卅七)鄉先｜。鄉中老人爲卿大夫致仕者。〔儀禮士冠禮〕遂以摯見鄉大夫鄉先｜。

(卅八)後｜。後嗣所｜子也。〔詩殷武〕以保我後｜。〔按今俗通稱年少者爲後｜。〕

(卅九)友｜。朋友也。〔詩伐木〕矧伊人矣。不求友｜。

(四十)門｜。猶門人也。〔後漢楊厚傳〕門｜上名錄者三千餘人。〔按門｜與弟子有別。古以親受業者爲弟子。轉相傳授者爲門｜。六朝時、仕宦者許各募部曲。謂之義從。其在門下親侍者。謂之門｜。與傔僕同。唐以後、對於座主自稱門｜。今俗對於業師。亦蒙此稱。然與古義異矣。〕

(四一)蒼｜。民也。〔晉書謝安傳〕安石不出。其如蒼｜何。〔按文選出師頌。蒼｜更始。注。蒼｜、猶黔首也。〕

(四二)懷｜者。謂有懷義之心。〔左僖二十七年傳〕民懷｜矣。

(四三)平｜。平昔也。〔阮籍詩〕平｜少年時。

(四四)嘉｜。謂眾瑞也。〔漢書郊祀志〕故神降之嘉｜。

(四五)花｜。一名落花｜。豆屬。富於油質。可供食料。或以製油。

(四六)｜的。法國度量衡本位下之百分數。日本以釐字當之。英文Cent。

(四七)｜丁。法國幣名。百｜丁當一法蘭克。英文 Centime。

(四八)通姓。〔左定四年〕蔡公孫｜。帥師滅沈。〔釋文〕｜、本又作姓。

(四九)通牲。〔論語鄉黨〕君賜｜。〔釋文〕魯讀｜爲牲。

(五十)通狌。〔周書王會〕都郭｜｜欺羽。〔注〕｜｜。獸名。

(五一)通胜。〔呂覽當染〕范吉射染於張柳朔王｜。〔墨子作王胜〕

(五二)通湦。〔史記管蔡世家〕曹桓公終｜。〔集韻〕一作終湦。

(五三)通性。〔周禮大司徒〕辨五地之物｜。〔注〕杜子春讀｜爲性。

(五四)姓也。〔正字通〕漢｜臨明。｜甫申。又微｜浩。俱複姓。

【𤯓】生本字。見〔說文〕。

一畫

【𤯔】與人同。唐武后製。見〔字彙補〕。

三畫

【⿰夊生】心追切。音雖。支韻。不正也。見〔五音篇海〕。

【⿰生攴】與姓同。秦惠文王詛楚文。伐滅我百姓。見〔字彙〕。

四畫

【⿰日生】同姓。見〔字彙〕。

五畫

【甡】疏臻切音莘眞韻

衆生竝立之皃。从二生。詩曰。——其鹿。見〔說文〕〔注〕竝生而齊盛也。若鹿角然。〔按段注。大雅傳毛曰。—、衆多也。其字或作詵詵。或作駪駪。或作侁侁。或作莘莘。皆假借也。周南傳曰。詵詵、衆多也。小雅傳曰。駪駪、衆多之皃。桂注。聲類。—、聚皃〕

【毒】余獨切音育屋韻

亭之—之。从生从母。見〔字彙補引字義總略〕〔按亭毒義本老子。釋文。毒本作育。字在說文从屮从毒。此云从生从母。非是〕

六畫

【產】所簡切音剗潸韻

一 生也。見〔說文〕〔按左僖二年傳。屈—之乘。服注。—、生也。周禮大宗伯。以禮樂合天地之化。百物之—。注。能生非類曰化。生其種曰—。又大宗伯。以天—作陰德。以中禮防之。以地—作陽德。以和樂防之。注。天—者動物。謂六牲之屬。地—者植物。謂九穀之屬。禮記鄉飲酒義。—萬物者、聖也。注。聖之言生也。正字通。婦生子曰—。物生亦曰—。本其所生長之地曰—。孟子。陳良、楚—也。事所從始亦曰—。管子任法。私說日益。公說日損。國家之不治。從此—矣〕

二 貨也。見〔廣雅釋詁〕〔按孟子、恆—。史記高祖紀、不事家人生—。是其義〕

三 大簫謂之—。見〔爾雅釋樂〕〔注〕如笛。三孔而短小。廣雅云七孔。〔按字亦作籦。見釋文〕

四 同—。同母兄弟也。見〔後漢明帝紀注〕

五 姓也。明—麟。—瓘見〔正字通〕

【⿰生束】所慶切音生敬韻

刺也。見〔集韻〕

【⿱从生】古星字。見〔集韻〕星、古作—。唐武后作。

【眚】古姓字。見〔通志六書略〕

【⿰目生】姻甡文。見〔集韻〕

七畫

【甥】師庚切音生庚韻

一 謂我舅者吾謂之—。見〔說文男部〕〔段注〕此泛釋—義也。釋親妻黨章曰。姑之子爲—。舅之子爲—。妻之晜弟爲—。姊妹之夫爲—。注。謂平等相—。非也、姑之子。吾父母得—之。舅之子。吾母姪之。吾父得—之。妻之昆弟。吾父母得—之。姊妹之夫。吾父母婿之而—之。是四者。皆舅吾父者也、舅者、耆舊之偁。—。者、後生之偁。故異姓尊卑異等者。以此相偁。爾雅類列于此。亦以見舅之子。妻之昆弟。偁吾父皆曰舅。不似後世俗呼也。其立文如此者。從其便也。〔按王筠朱駿聲於此均有疑義。說文句讀云。釋親。姑之子爲—。舅之子爲—。妻之晜弟爲—。姊妹之夫爲—。則—又爲敵體相呼之稱。謂吾—者。不必謂之舅矣。許君不及此異義者。蓋釋親又曰。母與妻之黨爲兄弟。且申之曰。婦之黨爲婚兄弟。壻之黨爲姻兄弟。舅之子。是母之黨也。既爲兄弟。則姑之子亦當報之曰兄弟矣。妻之晜弟。是婦之黨也。既爲婚兄弟。卽姊妹之夫亦當報之曰姻兄弟矣。既爲兄弟。而又互相—。此名之不正也。郭注。姑之子爲—一節云。今人相呼蓋依此。是晉時猶有互相—者。是必一地之方言。爾雅本出衆手。故互相牴牾也。通訓定聲云。爾雅注。四人敵體。故更相爲—。、—猶生也。郭意謂借—爲生。但釋親所以正名。不得有假借。而姑之子爲外兄弟。舅之子爲內兄弟。妻之晜弟爲婚兄弟。姊妹之夫爲姻兄弟。既有定稱。豈得又相—乎。或曰。姑之子爲父母之—。舅之子爲父之—。妻之晜弟、姊妹之夫、皆爲父母之—。義雖可通。然何不曰姊妹之子爲—。妻晜弟之子爲—。子婦之晜弟爲—。女子子之夫爲—。而乃繫其稱於子。且均列於妻黨也。經義有萬難解者。宜從蓋闕〕

二 舅謂姊妹之子曰—。、—亦生也。出配他男而生。故其制字男傍作生也。見〔釋名釋親屬〕〔按此卽爾雅所謂我舅者吾謂之—也。詩猗嗟。展我—兮。韓奕。汾王之—。箋。姊妹之子爲—。左莊六年傳。鄧祁侯曰。吾—也。國語晉語。靑陽方雷氏之—也。夷鼓。彤夷氏之—也。注。爲妹之子曰—。晉書王忱傳。嘗造其舅范寧。寧曰。卿風流儁望。眞後來之秀。忱曰。不有此舅。焉有此—。郝懿行云。男子謂姊妹之子爲出。又謂—者。—之言生。與出同義。〕

(三)妻之晜弟曰外—。其姊妹女也。來歸己內爲妻。故其男爲外姓之—。—者、生也。他姓子本生於外。不得如其女來在己內也。見〔釋名釋親屬〕〔按爾雅釋親。妻之晜弟爲—。郭注。更相爲—。邵晉涵云。是猶互呼爲—。今未聞。郝懿行云。據郭注及釋名。知古來有此稱。今所不行。〕

(四)女夫曰—。〔孟子萬章〕帝館—於貳室。〔注〕禮謂妻父曰外舅。堯以女妻舜。故謂舜—。

(五)彌—。外孫也。〔左哀二十三年傳〕以肥之得備彌—。〔注〕彌、遠也。康子父之舅氏。故稱彌—。

(六)姊妹之孫。爲從孫。—與孫同列。〔左二十五年傳〕太叔疾之從孫—也。〔按正義。男子謂兄弟之孫爲從孫。故謂姊妹之孫爲從孫—。郝懿行云。今人省略從孫—。直曰孫—矣。〕

(七)姓也。晉大夫呂—之後。見〔字彙〕。

【⿰生刂】同刧。見〔字彙〕。〔正字通云。俗字。〕

【⿰男生】同甥。見〔字彙補〕。

【⿱敄生】嫩俗字。見〔字彙〕。

【甦】穌俗字。〔集韻〕死而更生曰穌。俗作—。

八畫

【⿱凶凶生】古姓字。見〔集韻〕。

【⿱𠚍生】同姓。見〔字學指南〕。

九畫

【⿰生月】所音切音森侵韻　衆也。見〔字彙補〕。

【⿰阝⿱夂生】隆本字。見〔說文〕。

【⿱更甦】同甦。見〔字彙〕。

十二畫

【⿰舛生】胡光切音黃陽韻　本作䑞。〔說文舜部〕䑞、華榮也。讀若皇。爾雅曰。—。華也。〔段注〕釋言曰。皇、華也。釋草曰。蕍、芛、葟、華、榮。許華部曰。榮也。𠌶部曰。艸木華也。此云華榮者。累言之。〔按舜、隸作舜。〕

十六畫

【䑞】⿰舛生本字。見〔說文舜部〕。

※示部※

【示】神至切音諡寘韻

(一)天垂象。見吉凶。所㠯示人也。从二。三垂日月星也。觀乎天文㠯察時變。示、神事也。見〔說文〕〔注〕二、上字也。左畫爲日。右畫爲月。中爲星也。畫縱者、但取其光下垂示人也。—亦神事也。故凡宗社神祇皆用从—。稷、取其稺植當勤之在人。故直从禾而不从—。孟子所謂無罪歲。左傳勤而不匱之義也。〔按顏師古匡謬正俗云。周官古文所論神祇。皆以爲—字。蓋古从省借耳。〕

(二)—也。過所。至關津以—之也。見〔釋名釋書契〕〔按過所下九字。畢氏疏證本刪去。蓋—之爲用廣矣。不得以過所一事盡之。〕

(三)現也。見〔華嚴經音義引蒼頡〕。

(四)語也。〔國策秦策〕武王—之病。〔按漢書趙充國傳。敕視諸羌。注。—語之也。〕

(五)敎也。〔文選張衡賦〕—戮斬牲。

(六)以事告人曰—。見〔玉篇〕。

(七)同眎。〔漢書趙充國傳集注〕眎、古

丨字。

(八)同視。〔莊子應帝王〕嘗試與來。以予丨之。〔釋文〕丨、本作視。

【示】　翹移切音岐支韻

古祇字。〔集韻〕祇。地祇。古作丨。〔按周禮大宰。祀大神、亦如之。注。大神、丨謂天地。釋文。丨本又作祇。〕

【示】　支義切音眞寘韻

寘也。見〔集韻〕。〔按禮記中庸。其如丨諸斯乎。注。丨、讀如寘諸河干之寘。詩鹿鳴。丨我周行。箋。丨、當作寘。〕

【示】　市之切音時支韻

姓也。晉有丨眯明。見〔集韻〕。〔按即左傳之提彌明也。史記晉世家作丨眯明。〕

【𥘅】　古示字。見〔說文〕。〔桂注〕示从二。此从一。者古文上字。〔按朱駿聲云。古文上省。與帝旁同。上省爲一。一者、天也。亦指事也。〕

一畫

【礼】　古禮字。見〔說文〕〔注〕乙、始也。又乙者、所以記載也。禮之始也。禮曰。若在其上。若在其下。祭如神在。明則禮樂。幽則鬼神。乙以記識之。乙又表識也。

【礼】　古禮字。見〔玉篇〕。

二畫

【礽】　如蒸切音仍蒸韻

(一)福也。見〔玉篇〕。

(二)就也。見〔玉篇〕。

(三)同仍。〔一切經音義〕仍。古文丨、䚮、礽、三形。同。〔按玉篇云。丨、亦作仍。〕

【祂】　祉省字。見〔集韻〕。

三畫

【社】　常者切馬韻

(一)地主也。从示土。春秋傳曰。共工之子句龍、爲丨神。周禮。二十五家爲丨。各樹其土之所宜木。見〔說文〕。〔段注〕五經異義今孝經說曰。丨者、土地之主。土地廣博。不可偏敬。封五土以爲丨。古左氏說。共工爲后土。后土爲丨。許君謹案曰。春秋稱公丨。今人謂丨神爲丨公。故知丨是上公。非地祇。鄭駁之云。丨祭土而主陰氣。又云。丨者、神地之道。謂丨神。但言上公。失之矣。人亦謂雷曰雷公。天曰天公。豈上公也。玉裁按。許訓丨爲地主。此用今孝經說。而以地主也。从示土之云。先於左氏傳。則與異義从左氏說者不符。蓋許君異義先成。說文晚定。往往有說文之說。早同於鄭君之駁者。如丨稷、昊天、聖人感天而生、三悉等。皆是也。左氏傳昭公二十九年。史墨曰。共工氏有子曰句龍。爲后土。后土爲丨。許既从今孝經說矣。又引古左氏說者。兼存異說也。風俗通義曰。周禮說。二十五家爲丨。但爲田祖報求。許云周禮者。周禮說也。鄭駁異義引州長職曰。以歲時祭祀州丨。是二千五百家爲丨也。祭法。大夫以下。成羣立丨。曰置丨。注云。大夫以下。謂下至庶人也。大夫不得特立丨。與民族居百家以上。則共立一丨。今時里丨是也。引郊特牲。唯爲丨事單出里。是鄭不用周禮說。與許異。大司徒設其丨稷之壝而樹之田主。各以其野之所宜木。遂以名其丨與其野。注。所宜木。謂若松柏栗也。若以松爲丨者、則名松丨。五經異義。許君謹案論語所云。謂丨主也。按莊周書之櫟丨。高祖所禱之枌榆丨。皆以木名丨之遺。爲地主而尊天親地。二十五家得立之。故字不與柴禷爲伍。

(二)丨者封也。見〔公羊哀四年傳〕。〔按廣雅釋言。丨、封也。白虎通。丨稷封土爲丨。故變名謂之丨。別於衆土也。〕

(三)王者二丨。爲天下立丨曰大丨。自爲立丨曰王丨。諸侯爲百姓立丨曰國丨。自爲立丨曰侯丨。大丨爲天下報功。王丨爲京師報功。見〔白虎通引禮三百記〕。

(四)丨者、衆陰之長。見〔論衡順鼓〕。

(五)軍丨也。〔周禮肆師〕凡師甸用牲於丨、宗。〔按大司寇涖戮于丨。注。丨、謂丨主在軍者也。小宗伯。若大師。則帥有司而立軍丨。注。丨主曰軍丨。左定四年傳。祓丨釁鼓。注。師出、先有事祓禱於丨。謂之宜丨。〕

(六)方六里命之曰丨。見〔管子乘馬〕。

(七)利人長物。禁民爲非。丨之義也。見〔莊子人間世注〕。

(八)同志會集之所曰丨。〔蓮社高賢

傳〕遠法師與諸賢結蓮—。以書招淵明。淵明曰。若許飲。則往。許之。

⑨人民自衞之團體亦曰—。〔宋史蘇軾傳〕契丹久和。邊兵不可用。惟沿邊弓箭—。與寇爲鄰。以戰自衞。猶號精銳。

⑩江淮謂母爲—。〔淮南說山〕—何愛速死。吾必悲哭—。

⑪時令名。〔正字通〕立春後五戊爲春—。立秋後五戊爲秋—。

⑫書—。謂書其—之人名也。〔史記孔子世家〕昭王將以書—地七百里封孔子。〔索隱〕古者二十五家爲里。里則各立—。則書—者、書其—之人名於籍。蓋以七百里書—之人封孔子也。

⑬公—。猶官—也。〔史記封禪書〕令縣爲公—。〔按漢書郊祀志。聖漢興。禮儀稍定。已有官—。未立官稷。注。高帝除秦—稷。立漢—稷。禮所謂太—也。時又立官—。所謂王—也。正字通云。漢昭五年。兗州刺史洪賞禁民私所立—。薛瓚曰。舊制二十五家爲一—。而民或五十家共爲田—。是私—也。〕

⑭天—。星名。〔周禮大司樂注〕天—在東井輿鬼之外。

⑮—公。蟲名。〔方言〕鼅鼄。鼄蝥也。〔注〕齊人又呼—公。〔按卽蜘蛛〕

⑯—會。日本語。猶言羣也。〔又〕日本譯均富說曰—會主義。

⑰會—。日本語。吾國謂之公司。

⑱—南。—北。均複姓。〔姓苑〕扶風安陵有—南氏。—北氏。〔按風俗通。齊昌徙居—南。因以爲氏。又有居—北者。亦以爲氏。〕

【礿】弋灼切音藥藥韻

①夏祭也。見〔說文〕〔段注〕周禮。以禴夏享先王。公羊傳曰。夏曰—。注。始熟可汋。故曰—。釋天曰。春祭曰祠。夏祭曰—。秋祭曰嘗。冬祭曰蒸。孫炎曰。祠之言食。—、新菜可汋。嘗、嘗新穀。蒸、進物品也。汋與—疊韻。汋卽說文灂字。王制。春曰—。夏曰禘。與周禮異。〔按夏祭者。周改夏殷春祭爲夏祭也。王制鄭注。此蓋夏殷之祭名。周則改之。春曰祠、夏曰—、是也。爾雅釋詁。論、祭也。釋文云。字又作—。〕

②祭之薄者。見〔易旣濟釋文〕〔按爾雅釋天孫注。論、薄也。夏時百穀未登。可薦者薄也。〕

【祀】象齒切音似紙韻

①祭無已也。見〔說文〕〔注〕老子曰。子孫祭—不輟。是也。〔按段注。析言則祭無已曰—。从巳而釋爲無巳。此如治曰亂。徂曰存。終則有始之義也。釋詁曰。—、祭也。桂注。孝經。春秋祭—。以時思之。鄭注。寒暑變移。益用增感。以時祭—。展其孝思也。—巳聲相近。何休云。—者、無已長久之詞。一切經音義。—、祭無已也。謂年常祭—。潔敬無已也。案年常、取載—之義。釋名。唐虞曰載。殷曰—。—、巳也。新氣升。故氣已也。〕

②似也。〔孝經〕守其祭—。〔疏〕—者、似也。謂—者似將見先人也。〕

③年也。〔書大傳〕維王后元—。〔爾雅釋天〕商曰—。注。—、取四時一終。孫注。—、取四時祭—一訖也。〕

④侵也。見〔廣雅釋言〕〔按疏證以—爲犯之譌字存參。〕

⑤國之大事也。見〔左文二年傳〕

⑥祭地曰—。見〔文選郊祀題注〕

⑦—者、敬祭神明也。見〔文選郊祀題注〕

⑧—天。夏正郊天也。〔周禮典瑞〕以—天旅上帝。

⑨五—。戶、竈、中霤、門、行也。〔禮記曲禮〕祭五—。〔按月令。臘先祖五—。注。五—。門、戶、中霤、竈、行也。王制。大夫祭五—。疏。五—。謂司命也。中霤也。門也。行也。厲也。白虎通。五—。五—者、何謂也。謂門、戶、井、竈、中霤也。呂覽孟冬。饗先祖五—。注。五—。木正句芒。其—戶。火正祝融。其—竈。土正后土。其—中霤。金正蓐收。其—門。水正元冥。其—井。〔又〕—五色之帝於王者宮中曰五—。〔周禮大宗伯〕以血祭祭社稷五—五嶽。〔又〕上公之神。〔家語五帝〕別稱五—。

⑩百—。畿內百縣之—也。〔禮記檀弓〕虞人致百—之木。

⑪方—。者各祭其方之官而已。〔禮記曲禮〕諸侯方—。

⑫—姑。幡名。麾旗之屬也。〔文選左思賦〕建—姑。

⑬羣小—。林澤墳衍四方百物之屬。〔周禮司服〕祭羣小—。則玄冕。

⑭同禖。〔周禮小祝〕則保郊—於社。〔注〕故書—或作禖。鄭司農云。杜子春讀禖爲—。書或爲—。

⑮通祠。〔國語鄭語〕其後皆不失—。

〔漢書地理志作其後皆不失祠。〕

【祁】 翹移切音祇支韻

（一）大原縣。从邑示聲。見〔說文邑部〕〔段注〕晉大夫賈辛。邑賈辛爲—大夫。見左傳昭廿八年。前此已有—奚。—午。—盈。—勝。以邑爲氏。〔按今山西—縣東南七里有故—城。〕

（二）大也。〔詩吉日〕其—孔有。

（三）—之言是也。齊西偏之語也。〔禮記緇衣〕資冬—寒。

（四）經典不易曰—。見〔左莊六年傳〕鄧—侯注—諡也。疏。〔按史記諡法解。治典不殺曰—。注云秉常不衰。〕

（五）——。徐也。見〔爾雅釋訓〕〔又〕衆多也。〔詩七月〕采蘩——。〔又〕舒遲也。〔詩采蘩〕被之——。〔又〕徐覩也。〔詩韓奕〕——如雲。

（六）句奴呼天爲—連。〔漢書霍去病傳〕去病至—連山。〔卽天山〕

（七）人名。宋樂—字子梁。見〔左昭八年傳〕

（八）通祇。〔公羊宣六年傳〕—彌明。〔左傳釋文作祇。〕

（九）通祈。〔左成八年傳〕—奚。〔呂覽開春作祈奚〕

（十）姓也。出太原。黃帝二十五子之一。〔又〕伊—複姓。〔史記五帝紀注〕堯姓伊—。〔按禮記郊特牲作伊耆。〕

【祁】 軫視切音旨紙韻

地名。見〔集韻〕

四畫

【祆】 他年切音天馨煙切音訮先韻

（一）胡神也。从示从天。見〔說文新附〕〔鈕氏新附攷〕—卽天之俗字。錢云—本番俗所事天神。後人因加示旁。〔按集韻胡謂神爲—。關中謂天爲—。又波斯國火祆神名火—。故亦稱其教曰—教。〕

（二）唐官有—正。見〔集韻〕

【祇】 翹移切音祁支韻

（一）地—。提出萬物者也。見〔說文〕〔王注〕大宗伯社稷五祀五嶽山林川澤四方百物皆地—也。地—提三聲相近。〔按玉篇—、地之神也。物理論地者、底也。底之言著也。陰體下著也。其神曰—。—、成也。育生萬物備成也。又曰。地者、其卦曰坤。其德曰母。其神曰—。地大而名之曰黃地。—小而名之曰神州。初學記云。黃地—、舉八極之內地神也。神州、王畿方千里之內地神也。〕

（二）安也。〔詩何人斯〕俾我—也。

（三）大也。〔易復〕无—悔。〔釋文〕王肅作禔。

（四）同示。〔周禮大宗伯〕掌建邦之天神人鬼地示之禮。〔釋文〕本或作—。

【祗】 章移切音支支韻 〔與祇、祇、祇、皆別。〕

適也。見〔集韻〕〔按類篇同訓。段玉裁云。周易无—悔。釋文云。—、辭也。馬同。此讀—爲語辭適也。五經文字。廣韻作祇者是也。五經文字衣部曰。祗。止移切。適也。廣韻五支曰。祇。章移切。適也。唐石經。祇既平。左傳。祇見疏也。詩。祇攪我心。論語。亦祇以異。字皆从衣。正用張參字樣。而張參以前。顏師古注竇嬰傳曰。祇。適也。音支。其字从衣。豈師古太宗朝刊定經籍。皆用此說歟。宋類篇則祇—皆云適也。不盡一韻。會則从示之—訓適也。近日經典訓適者。皆不从衣。與唐不合。〕

【祇】 常支切音匙支韻

病也。見〔集韻〕〔按易復釋文。音支。鄭云。病也。段玉裁云。此讀—爲疷。〕

【祈】 渠希切音頎微韻

（一）求福也。見〔說文〕〔王注〕當作求福之祭也。祭邕月令問答。—者、求福之祭也。又春官大祝掌六—以同鬼神示。注。—、嘄也。謂災變號呼。告於神以求福。按經云六—。則—是祭名。而亦泛爲—請之詞也。

（二）告也。見〔爾雅釋詁〕

（三）叫也。見〔爾雅釋言〕

（四）報也。〔詩行葦〕以—黃耇。

（五）治典不殺曰—。見〔獨斷〕〔按史記諡法解作祁。詳祁字。〕

（六）—瘞。禱請已埋之也。〔山海經中山經〕自景山至琴鼓之山。其祠用一雄雞—瘞。

（七）—父。司馬也。〔詩祈父〕—父。予王之爪牙。

⑧人名。齊公子—。字子高。見〔呂覽愼行注〕。
⑨通圻。〔詩祈父序箋〕古者—圻畿同。字得通用。
⑩通幾。〔周禮肆師〕及其—珥。〔注〕故書—爲幾。〔按史記黥布傳。人相我當刑而王。幾是乎。索隱。劉氏音—、者語詞也。〕

【祈】古委切音詭紙韻
⿰示皮或字。〔集韻〕⿰示皮。祭山名。或作—。

【⿰示支】章移切音支支韻
●一福也。見〔玉篇〕。
●二禔或字。見〔集韻〕。

【⿰示皮】古委切音詭紙韻
祭山名。見〔集韻〕。

【祊】哺橫切音閍庚韻
●一⿱彭示或字。〔說文〕—。⿱彭示或从方。
●二門內也。〔詩楚茨〕祝祭于—。
●三—祭。明日之繹祭也。謂之—者。于廟門之旁。因名焉。〔禮記禮器〕設祭於堂。爲—乎外。
●四魯邑名。〔左隱八年傳〕鄭伯使宛來歸—。〔注〕—、鄭祀泰山之邑。在琅琊費縣東南。〔按當今山東費縣西南。〕

【祋】都外切音毆泰韻　都括切音掇曷韻
●一殳也。从殳。示聲。或說。城郭市里。高縣平聲羊皮。有不當入而欲入者。暫下以驚牛馬曰—。故从示殳。詩曰。何戈與—。見〔說文殳部〕〔按桂注。或說云云者。周禮司市。凡市入。則胥執鞭度守門。注云。必執鞭度以威正人衆也。度、謂殳也。段注。—與咄義同。朱駿聲云。謂縣羊皮之竿爲—也。非謂驚牛馬之聲如咄。王筠云。或說謂會意也。引司馬法有司皆執殳戈、示諸鞭扑之辱爲證。〕
●二—祤。縣名。漢置。屬左馮翊郡。故城在今陝西耀縣東。〔又〕禱祀之名。〔清一統志〕趙師民守耀州。以爲—祤字从示。悉祭神求福之意。疑秦地尚武。以禱兵得名。
●三姓也。漢光祿勳—諷。見〔正字通〕。

【⿰示夫】甫無切音跗虞韻
●一祭名。見〔廣韻〕。
●二祭疏也。見〔玉篇〕。

【祅】於喬切音妖蕭韻
本作祅。〔說文〕祅。地反物爲祅也。〔段注〕左氏傳。伯宗曰。天反時爲災。地反物爲妖。民反德爲亂。亂則妖災生。釋例曰。此傳地反物惟言妖耳。洪範五行傳。則妖孽禍痾眚祥六者。以積漸爲義。按虫部云。衣服歌謡草木之怪謂之祅。禽獸蟲蝗之怪謂之蠥。此蓋統言皆謂之祅。析言則祅蠥異也。祅省作—。經傳通作妖。〔按漢書天文志。迅雷風—。孔臧鴞賦。在德爲祥。棄常爲—。〕

【祉】渚市切音止　丑里切音恥紙韻
福也。見〔說文〕〔注〕—之言止也。福所止不移也。〔按爾雅釋詁。祉義與許合。易泰卦。以—元吉。詩六月。既多受—。巧言。君子如—。傳竝云。福也。〕

【𥘸】補履切音匕紙韻　必至切音畀　毗至切音鼻寘韻
以豚祠司命也。漢律曰。祠—司命。見〔說文〕〔王注〕風俗通、周禮、以槱燎祠司中司命。司命、文昌也。今民間祠司命。刻木長尺二寸爲人像。行者擔篋中。居則作小屋。齊地大尊重之。汝南餘郡亦多有皆祠以豬。率以春秋之月。

【祌】直衆切音仲送韻
神也。見〔玉篇〕〔按類篇云。神名。〕

【祌】川中切音沖東韻
通沖。〔荀子非十二子〕—禪其辭。〔注〕當爲沖澹。

【⿰示亓】古祺字。見〔集韻〕。

【⿱示又】古頭字。見〔字彙補〕。

【⿱日示】同祟。見〔龍龕手鑑〕。

【祄】衸譌字。說文衣部衸、袥也。集韻卦韻。居拜切。引說文不誤。而下介切、譌作—。字彙、正字通、康熙字典、遂因衸譌—。袥又譌作祏。

五畫

【祐】尤救切音宥宥韻
●一助也。見〔說文〕〔段注〕古祗作右。
●二福也。〔楚辭天問〕驚女采薇鹿何—。
●三配也。〔易繫辭〕可與—神。
●四亂也。見〔方言〕。
●五州名。唐置。有二。一、屬劍南道。當今

四川境內。一屬關內道靜邊府。當
今甘肅寧夏縣境內。
(六)通佑。〔易損〕自上一也。〔釋文〕一、
本作佑。

【祓】 敷勿切音拂分物切音弗物
韻蒲蓋切音旆泰韻

(一)除惡祭也。見〔說文〕。〔按周禮女
巫掌歲時一除釁浴。注。如今三月
上巳如水上之類。〕
(二)除之也。〔荀子議兵〕若一不祥。
(三)猶拂也。〔國語周語〕故一除其心。
(四)潔也。見〔小爾雅廣詁〕

【祓】 補妹切音背放吠切音廢隊
韻

福也。見〔爾雅釋詁〕。

【祔】 符遇切音附遇韻

(一)後死者合食於先祖。見〔說文〕。〔
按儀禮既夕禮。卒哭。明日以其班
一注。一、卒哭之明日祭名。一、猶屬
也。釋名釋喪制云。又祭曰一。祭於
祖廟。以後死孫一於祖也。〕
(二)謂合葬也。〔禮記檀弓〕周公蓋一。
(三)祖也。見〔爾雅釋詁〕。〔按本文。一
祪祖也。郝懿行云。祪祖連讀。玉篇
廣韻並云。祪、毀廟之祖也。存參。〕
(四)備也。〔禮記曾子問〕殤不一祭。
(五)視也。見〔玉篇〕。

【祕】 兵媚切音秘寘韻

(一)神也。見〔說文〕。〔段注〕魯頌閟宮
有侐。箋曰。閟、神也。此謂假借閟爲
一也。
(二)密也。見〔文選王延壽賦注引字
書。〕
(三)希見爲奇也。〔文選張衡賦〕一舞
更奏。
(四)勞也。見〔廣雅釋詁〕。〔疏證〕書大
誥。無毖於恤。傳云。無勞於憂。、一與
毖通。
(五)閉也。〔太玄衆〕豹騰其一。
(六)州名。見〔類篇〕。
(七)一書。官名。〔東觀漢記〕桓帝延熹
二年。初置一書監。掌典圖書古今
文字。攷合異同。〔按今制。高級官
署。亦有設一書者。專管一切文書
及機要事宜。字或作秘。〕
(八)姓也。秦僕射一宣。漢功臣一彭祖。
見〔正字通〕。

【祖】 摠古切音組麌韻

(一)始廟也。見〔說文〕。〔段注〕始廟兼
兩義。新廟爲始。遠廟亦爲始。故祔
祪皆曰一也。釋詁曰。一、始也。詩毛
傳曰。一、爲也。皆引伸之義。
(二)王父也。見〔爾雅釋親〕。〔玉篇〕。父
之父也。〕
(三)人之始也。〔穀梁文二年傳〕則是
無一也。
(四)一者、且也。見〔禮記檀弓〕。〔注〕且、
未定之辭。
(五)一者、先也。見〔史記三王世家〕。
(六)始封必爲一。見〔穀梁僖十五年
傳〕。
(七)一者、宗之習之之謂也。〔史記韓
世家〕秦王必一張儀之故智。
(八)習也。〔國語魯語〕一識地德。
(九)徂也。見〔風俗通祀典〕。
(十)本也。見〔廣雅釋詁〕。
(十一)遠也。見〔廣雅釋詁〕。
(十二)猶法也。〔禮記鄉飲酒義〕一陽氣
之發於東方也。〔按廣雅釋詁。一、
瀍也。〕
(十三)祚也。祚物先也。見〔釋名釋親屬〕。
(十四)梁益之間謂鼻爲初。或謂之一。一、
居也。見〔方言〕。
(十五)搖、一上也。、一搖也。、一轉也。見〔方
言〕。〔注〕互相釋也。動搖卽轉矣。
〔按廣雅釋詁。搖、一、亦均訓上。〕
(十六)有功者謂之一。〔家語廟制〕古者
一有功而宗有德。
(十七)一爲行始。〔周禮喪祝〕及一飾棺。
(十八)將行而飲酒曰一。〔儀禮既夕〕有
司請一期。
(十九)祭道神也。〔左昭七年傳〕夢襄公
一。〔按漢書劉屈氂傳。李廣利擊
匈奴。丞相爲一道。送至渭橋。師古
曰。一者、送行之祭。小爾雅廣言。一、
送也。〕
(二十)釋氏稱佛爲一。凡由修行成道以
成佛者。皆謂之一。故有三十六一
之稱。
(二十一)州名。遼置。屬上京道。當今內蒙古
巴林北。
(二十二)文一。天也。〔書舜典〕受終于文一。
〔又〕文一者、五府之大名。猶之周
明堂。見〔書舜典鄭注〕。〔又〕文一
者、堯文德之一廟。見〔書舜典傳〕。
(二十三)田一。先嗇也。〔詩甫田〕以迓田一。
(二十四)馬一。天駟也。〔周禮校人〕春祭馬
一。
(二十五)姓也。一巳之後。

【祖】 咨邪切音嗟麻韻

一厲。縣名。見〔集韻〕。〔按漢屬安

定郡。當今甘肅靖遠縣西南。〕

【祗】蒸夷切音脂支韻〔與祇、衹、祇皆別〕

(一)敬也。見〔說文〕。〔按爾雅釋詁義同。書皐陶謨日嚴—敬六德。詩長發上帝是—。周禮大司樂中和—庸孝友。廣雅釋訓——敬也。〕

(二)蘇—。縣名。隋置。屬梁州越嶲郡。當今四川西昌縣北八十里。

【祙】明祕切音媚寘韻

(一)卽鬼魅也。見〔玉篇〕。

(二)同鬽。〔集韻〕鬽老精物也。亦作—。

【祚】存故切音胙遇韻

(一)福也。从示。乍聲。見〔說文新附〕。

(二)祿也。見〔一切經音義引國語賈注〕。

(三)位也。〔文選班固賦〕漢—中缺。

(四)報也。〔文選張衡賦〕—靈主以元吉。

(五)賚—。猶賚命也。〔文選沈休文論〕寶—夙傾。

(六)通胙。〔詩旣醉〕永錫胙胤。〔釋文〕胙、本作—。

【祛】丘於切音胠魚韻

(一)禳卻也。見〔集韻〕。

(二)開散也。〔漢書兒寬傳〕合—於天地神祇。

(三)——彊健也。〔詩駉〕以車——。

【祜】後五切音戶麌韻

(一)福也。見〔爾雅釋詁〕。〔按漢安帝名—。說文—下但云上諱。不箸義解。徐鉉取釋詁以爲訓。〕

(二)厚也。見〔爾雅釋詁〕〔義疏〕福與厚義近。故一切經音義二、引爾雅舊注云。—謂福厚也。

【祝】之六切音粥屋韻

(一)祭主贊詞者。从示。从儿口。一曰从兌省。易曰。兌爲口爲巫。見〔說文〕。〔注〕按易兌、兌悅也。巫所以悅神也。〔按玉注祭主者易震彖可以守宗廟社稷以爲祭主也。春官大—。掌六—之辭。〕

(二)祈福祥之辭。〔淮南說山〕尸—齋戒。

(三)上壽酒。〔左襄二十五年傳〕武伯爲—。

(四)男巫曰—。〔楚辭招魂〕工—招君。背行先些。

(五)將命也。見〔禮記郊特牲〕。

(六)屬也。以善惡之詞相屬著也。見〔釋名釋言語〕。

(七)織也。〔詩干旄〕素絲—之。

(八)習禮者也。〔儀禮士喪禮〕—取銘置于重。

(九)願也。〔呂覽樂成〕王爲羣臣—。

(十)斷也。〔公羊哀十四年傳〕子路死。子曰。噫、天—予。〔按列子湯問—髮而裸。釋文。—、斷絕其髮也。〕

(十一)始也。見〔釋名釋親屬〕〔釋樂器同。〕

(十二)官名。〔左成十七年傳〕使其—宗祈死。〔注〕—宗、主祭祀祈禱者。

(十三)州名。唐置。屬羈縻隴右道。當今四川境。

(十四)—融、火神也。〔山海經海外南經〕南方—融。

(十五)—鳩、鷦鳩也。〔左昭十七年傳〕—鳩氏。

(十六)—蜓、蟲名。〔方言〕守宮北燕謂之—蜓。

(十七)—犂、歲陽也。〔史記曆書〕—犂。〔索隱〕—犂、己也。〔按爾雅作屠維。〕

(十八)姓也。鄭大夫—聃之後。漢有—恬。

【祝】昌六切音俶屋韻

國名。見〔集韻〕。〔按禮記樂記。封帝堯之後於—。注云。—、或爲鑄。〕

【祝】職救切音呪宥韻

詛也。見〔集韻〕。〔按字亦作呪。禮記郊特牲。詔—於室。疏。—、呪也。〕

【祝】陟慮切音箸御韻

注也。〔周禮瘍醫〕掌腫瘍潰瘍金瘍折瘍之—藥。〔注〕—讀如注病之注。〔疏〕—、注也。注藥於瘡。

【神】乘人切音晨真韻

(一)天—、引出萬物者也。見〔說文〕。〔注〕天主降氣以感萬物。故言引出萬物。〔按周禮大宗伯。昊天上帝。日月星辰。司中司命。飌師雨師。皆天—也。禮記禮運注。—者引出萬物。與許義合。〕

(二)鬼之靈者曰—。〔史記五帝紀〕依鬼—以制義。〔按呂覽順民。使上帝鬼—傷民之命。注。天—曰—。人—曰鬼。〕

(三)山林川谷丘陵。能出雲爲風雨。見怪物。皆曰—。見〔禮記祭法〕。

(四)利用出入。民咸用之。謂之—。見〔易繫辭〕

（五）—也者、妙萬物而爲言者也。見〔易說卦〕。
（六）精—也。〔淮南原道〕則—無由入矣。
（七）—明也。〔荀子脩身〕莫—一好。
（八）陳也。見〔廣雅釋詁〕。
（九）愼也。見〔爾雅釋詁〕。
（十）重也。見〔爾雅釋詁〕。
（十一）聖而不可知之之謂—。見〔孟子盡心〕。
（十二）治也。見〔爾雅釋詁〕。
（十三）—者申也。見〔風俗通怪神〕。〔按論衡論死。—者伸也。〕
（十四）德之理也。見〔賈子六術〕。
（十五）智之淵也。見〔淮南俶眞〕。
（十六）生之本也。見〔史記太史公自序〕。
（十七）陽之精氣曰—。見〔大戴記曾子天圓〕。
（十八）寂然不動感而遂通者也。〔易繫辭〕精義入—。
（十九）—者道德—氣發於性也。見〔賈子道德說〕。
（二十）陰陽不測之謂—。見〔易繫辭〕。
（廿一）謂—智通悟也。〔素問八政神明論〕何謂—。〔按後漢王渙傳注。—算。智算若—也。〕
（廿二）御也。〔呂覽誣徒〕爵—於世。
（廿三）聰明正直而壹者也。見〔左莊三十二年傳〕。
（廿四）民無能名曰—。見〔周書諡法〕。
（廿五）安仁立政曰—。見〔獨斷〕。
（廿六）康若樂流謂之—。見〔賈子道德說〕。
（廿七）盡善挾洽之謂—。見〔荀子儒效〕。
（廿八）莫不受命。不可爲名。故謂之—。見〔鶡冠子道瑞〕。
（廿九）隱藏謂之—。〔易繫辭傳〕通—明之德。
（三十）無形無方也。〔老子〕天下—器。
（卅一）三—。天地人也。〔文選揚雄賦〕逆釐三—者。
（卅二）百—。列宿也。〔禮記禮運〕百—受職焉。
（卅三）—器。帝位也。〔文選張衡賦〕竊弄—器。
（卅四）—廬。謂廟祠也。〔管子五行〕貨曋—廬。
（卅五）墓前開道建石柱以爲標謂之—道。見〔後漢中山王焉傳注〕。
（卅六）—域。幽冥也。〔太玄玄文〕乃窮乎—域。
（卅七）—漢。水名。〔文選張衡賦〕溺女魃于—漢。
（卅八）—物。蓍也。〔易繫辭傳〕是興—物以前民用。
（卅九）—雀。鳳也。見〔後漢馮衍傳注〕。
（四十）姓也。漢—曜。
（四一）—戶。日本通商海港名。

【祠】詳茲切音詞支韻

（一）春祭曰—。品物少、多文辭也。仲春之月。—不用犧牲。用圭璧及皮幣。見〔說文〕〔段注〕周禮以—春享先王。公羊傳曰。春曰—。注。—、猶食也。猶繼嗣也。春物始生。孝子思親。繼嗣而食之。故曰—。
（二）得福報賽曰—。〔周禮喪祝〕以祭祀禱—焉。
（三）—者交接之辭。〔周禮大祝〕一曰—。
（四）神—也。〔漢書陳勝傳〕又間令廣之次所旁叢—中。
（五）求得曰—。〔禮記曲禮〕禱—祭祀。
（六）師出曰—。—者、五兵矛戟劍弓矢。見〔周禮肆師疏引異義公羊說〕。
（七）報福也。〔周禮女祝〕凡內禱—之事。
（八）—位。壇場屏攝之位也。〔淮南時則〕脩除—位。
（九）謂筮牲與日也。〔周禮簭人〕七曰—巫—。
（十）飲食也。〔漢書景帝紀〕弔襚—賵。

【祠】象齒切音祀紙韻

祀或字。〔集韻〕祀。祭無已也。或从司。

【祏】常隻切音石之石切音隻陌韻

宗廟主也。周禮有郊宗石室。一曰。大夫以石爲主。見〔說文〕〔段注〕藝文類聚引作宗廟之木主曰—。〔按石室、藏宗廟主之石匱也。〕

【祑】直質切音秩質韻

祭有次也。見〔集韻〕。

【[illegible]】翌制切音異霽韻

祭也。見〔字彙〕。〔按玉篇作[illegible]。〕

【祒】田聊切音迢蚩招切。迢蕭韻市沼切音紹篠韻

人名。〔莊子天運〕巫咸—曰。來吾語女。

【[illegible]】虎何切音呵歌韻何佐切音賀箇韻

祭也。見〔集韻〕。

【祩】腫庾切音主麌韻

宔或字。〔集韻〕宔。宗廟宔祏。或从示。

【祠】斤於切音居虞韻

禰—。山名。見〔字彙〕。

【祘】蘇貫切音算翰韻

明視㠯算之。从二示。逸周書曰。士分民之—。均分㠯—之也。讀若算。見〔說文〕〔段注〕示與視。算與—。皆疊韻也。明視。故从二示。〔按通訓定聲云。四橫六直。象觚之形。實即算字之古文也。存參。〕

【祟】雖遂切音邃寘韻雪律切音卹質韻

神禍也。見〔說文〕〔注〕禍者、人所自召。神因而附之。—者、神自出之。以警人者。〔段注〕釋玄應眾經音義曰。謂鬼神作災禍也。

【柴】鉏佳切音柴佳韻鋤加切音查麻韻

燒柴燎祭天也。虞書曰。至於岱宗。—。見〔說文〕〔段注〕柴與—同此聲。故燒柴祭曰—。釋天曰。祭天曰燔—。祭法曰。燔柴於泰壇。祭天也。許自序。偁書孔氏。知古文尚書作—。不从木作柴也。王制郊特牲大傳同。

【祂】蚩瑞切寘韻

祟也。見〔篇海類編〕。

【袂】古殃字。見〔玉篇〕。〔按殃亦書作殃。集韻以—為殃或字。〕

【袖】古祒字。見〔集韻〕。

【祱】古祝字。見〔集韻〕。

【袓】古祖字。見〔集韻〕。

【祇】同祗。見〔篇海類編〕。

【祫】同祀。見〔龍龕手鑑〕。

【祖】同祀。見〔集韻〕。

【祢】同禰。見〔玉篇〕。

【祓】祓或字。見〔集韻〕。

六畫

【祥】徐羊切音翔陽韻

(一) 福也。見〔說文〕〔注〕鍇按禮說。羊、—也。从羊亦有取焉。〔段注〕凡統言則災亦謂之—。析言則善者謂之—。

(二) 吉凶之先見者。〔左僖十六年傳〕是何—也。

(三) 期而小—。亦祭名也。孝子除首服。服練冠也。—善也。加小善之飾也。又期而大—。亦祭名也。孝子除縗服。服朝服縞冠。加大善之飾也。見〔釋名釋喪制〕。

(四) 神也。〔文選張衡賦〕備致嘉—。

(五) 順也。〔淮南氾論〕—于鬼神。

(六) 長也。〔老子〕益生曰—。

(七) 善也。〔老子〕夫佳兵者、不—之器。

(八) 妖怪也。〔書咸乂序〕亳有—。

(九) 變異之氣。〔左昭十八年傳〕將有大—。

(十) 禔也。見〔廣雅釋詁〕。

(十一) 吉也。見〔儀禮士虞禮注〕。

(十二) 猶禎也。見〔漢書五行志〕。

(十三) 猶象也。見〔國語周語〕辰馬農—也注〕

(十四) —亦凶事。〔禮記檀弓〕孔子既—。

(十五) 不—者。不宜也。見〔論衡四諱〕。

(十六) 農—。房星也。〔國語周語〕農—晨正。

(十七) 州名。遼置。屬東京道。當今奉天遼陽地。

(十八) 通詳。〔左成十六年傳〕德、刑、詳、義、禮、信。〔疏〕詳者、—也。古字同耳。

(十九) 通羊。〔元嘉刀銘〕宜侯王。大吉羊。〔羊即—省。〕

(二十) 通翔。〔漢修堯廟碑〕翔風膏雨。〔翔即—之假借。〕

【祧】他彫切音挑蕭韻

(一) 遷廟也。見〔說文新附〕。〔按周禮守—。掌守先王先公之廟—。注。遷主所藏曰—。〕

(二) 祭也。見〔廣雅釋天〕。

(三) —之言超也。超上去意也。〔禮記祭法〕遠廟為—。

(四) 諸侯以始祖之廟為—。〔左襄九年傳〕以先君之—處之。〔按襄二十三年傳失守宗—。注。遠祖廟為—。〕

(五) 今謂為人後者曰承—。〔又〕一子兩—曰兼—。〔俞樓雜纂〕一子兩—。為乾隆閒特制之條。所謂禮以義起也。道光閒。議定服制。大宗子兼—小宗。則為所生父母斬衰三年。而為兼—父母齊衰不杖期。小宗子兼—大宗。則為所生父母齊衰不杖期。而為兼—父母斬衰三年。禮重大宗。固宜爾也。然於人情。

則似有未醫者。

【票】卑遙切音摽紕招切音飄蕭韻毗召切音驃嘯韻

(一)本作㶾。〔說文火部〕㶾火飛也。从火𡒄。與𤐫同意。〔段注〕此與熛、音義皆同。玉篇、廣韻、亦然。引申爲凡輕銳之偁。〔按集韻或作㶾〕

(二)疾也。見〔漢書王商傳集注〕。

(三)猶飄飄也。見〔後漢張衡傳注〕。

(四)猶言搖動也。〔漢書揚雄傳〕—昆侖。

(五)—然。輕舉意也。〔漢書禮樂志〕—然逝。

(六)輕㶾。輕脆者。〔周禮草人〕輕㶾用火。〔疏〕㶾、脆、聲相近。

(七)—姚。勁疾貌。〔漢書霍去病傳〕爲—姚校尉。〔按荀悅漢紀作—鷂。服虔音飄搖。小顏二字皆讀去聲。非古也。平聲者古音、去聲者今音耳〕

(八)—禽。輕疾之禽也。〔漢書揚雄傳〕校武—禽。

(九)今世通稱信券曰—。亦取輕—之義。如銀行有鈔—。質鋪有當—。法廷有拘—。選舉有選舉—。

【祪】古委切音詭虎委切音毀紙韻歸謂切音貴未韻

(一)祔—。祖也。見〔說文〕。〔段注〕祔、謂新廟。—、謂毀廟。皆祖也。

(二)遷廟也。通作毀。見〔集韻〕。

【祭】子例切音霽霽韻

(一)—祀也。从示、𠬪手持肉。見〔說文〕。〔段注〕統言則—祀不別也。

(二)際也。見〔廣雅釋言〕。

(三)謂報塞也。〔周禮都宗人〕既—。反命於國。

(四)—者、薦其時也。薦其敬也。薦其美也。非享味也。見〔穀梁成十七年傳〕。

(五)—者、所以追養繼孝也。見〔禮記祭統〕。

(六)—者、盛主人之饌也。〔禮記玉藻〕客—。主人辭曰。不足—也。

(七)—者、察也。以善逮鬼神之謂也。善乃逮。不可聞見者。故謂之察。見〔春秋繁露祭義〕。

(八)—肺也。〔儀禮鄉射禮〕皆有—。〔按周禮膳夫膳夫授—。注云。—、謂刌肺脊也。禮。飲食必—。示有所先〕

(九)大—。天地。中—。宗廟。小—。五祀。見〔周禮酒正司農注〕。

【祭】側界切音瘵卦韻

(一)鄒省字。〔集韻〕鄒、周邑也。或省。

(二)姓也。周公子—伯。其後遂以爲氏。

【祣】兩舉切音呂語韻

祭名。論語作旅。見〔玉篇〕。

【祇】祣譌字。見〔正字通〕。〔按玉篇作祣。康熙字典引作—。字彙—、音陌。神也。並誤〕

【祤】王矩切音羽火羽切音詡麌韻

祋—。縣名。漢置。屬左馮翊郡。當今陝西耀縣東北。

【⿱龹示】古倦切音眷霰韻

餋或字。〔集韻〕常山謂祭爲餋。或从示。

【⿰示吳】訛胡切音吳虞韻

福也。見〔集韻〕。

【祩】鍾輸切音朱追輸切音株虞韻朱戍切音注遇韻

詛也。見〔集韻引廣雅〕。〔按玉篇。呪詛也〕

【⿰示舌】戶括切音活古活切音括曷韻

本作䄆。〔說文〕䄆、祀也。〔段注〕周禮注。禬、刮去也。疑䄆乃禬字之或體也。

【⿰示舌】平刮切音𠝹黠韻

法也。見〔集韻引廣雅〕。

【⿰示舌】胡玩切音換翰韻

報神祭也。見〔集韻〕。

【祫】轄夾切音洽洽韻曷閤切音合合韻

大合祭先祖親疏遠近也。周禮曰。三歲一—。見〔說文〕。〔段注〕春秋文二年八月丁卯。大事於大廟。公羊傳曰。大事者何。大—也。大—者何。合祭也。毀廟之主、陳於太祖。未毀廟之主。皆升合食於太祖。五年而再殷祭。鄭康成曰。魯禮。三年喪畢、而合於太祖。明年春、禘於羣廟。自此之後。五年而再殷祭。一—一禘。春秋經書—。謂之大事。書禘謂之有事。許言合祭親疏遠近。正用公羊大事傳。禘之合食、蓋同。

【⿰示咼】胡果切音𤕘哿韻

—惠也。見〔川篇〕。

【⿰示巠】古祇字。見〔集韻〕。

【⿰示米】古殃字。見〔集韻〕。

【祮】同祰。見〔龍龕手鑑〕。

【祂】同禕。見〔五音篇海〕。

【祵】同禋。見〔集韻〕。

七畫

【⿰礻我】牛何切音俄歌韻
㊀盛皃。或作娥。見〔玉篇〕。
㊁祭名。見〔集韻〕。

【祲】咨林切音駸侵韻子鴆切音浸沁韻七稔切音寑寑韻
㊀精气感祥。春秋傳曰。見赤黑之|。見〔說文〕〔段注〕周禮眡|。注。|、陰陽氣相侵漸成祥者。〔按杜注左傳云。|、妖氛也。〕
㊁謂日旁雲氣。〔周禮保章氏〕以五雲之色辨吉凶水旱豐荒之|象。
㊂盛也。〔文選班固賦〕天官景從。|威盛容。

【祲】千尋切音侵侵韻
|祥。地名。〔春秋昭十一年〕盟于|祥。〔當今山東滋陽縣境〕、

【⿰礻肖】所交切音稍肴韻
祜也。見〔玉篇〕。

【⿰礻呈】直貞切音呈庚韻
姓也。見〔字彙〕。〔正字通云。譌字。存參。〕

【祰】苦浩切音考皓韻居號切音誥號韻
㊀告祭也。見〔說文〕〔段注〕曾子問。諸侯適天子。必告於祖。奠於禰。諸侯相見。必告於禰。反必親告於祖禰。皆是也。周禮六祈。二曰造。杜子春云。造祭於祖也。當許時。禮家造字。容有作|者。
㊁禱也。見〔玉篇〕。
㊂報祭謂之|。見〔集韻〕。

【⿰礻吉】古老切音杲皓韻古沃切音鵠屋韻
謝也。見〔集韻引博雅〕。

【⿰礻豆】大透切音豆宥韻
|祭禍也。見〔集韻〕。

【祱】輸芮切音稅霽韻
祭也。一曰過制追服謂之|。見〔集韻〕。

【⿰礻兒】魯外切音酹泰韻
門祭謂之|。見〔集韻〕。

【祱】式瑞切音餟寘韻
餟或字。〔集韻〕餟。小祭也。或从示。

【祳】是忍切音腎軫韻
社肉盛之以蜃。故謂之|。天子所以親遺同姓。春秋傳曰。石尙來歸|。見〔說文〕〔段注〕五經異義曰。古左氏說。脤。祭社之肉。盛之以蜃。鄭注、掌蜃。杜注左傳、皆同。蜃、|、[illegible]韻。經典|多从肉作脤。詩緜箋、掌蜃注、徑用蜃爲|字。〔按玉篇|、祭社生肉也。俎實也。〕

【祴】柯開切音該灰韻訖黠切音頡黠韻
宗廟奏|樂。見〔說文〕〔段注〕宗廟中。賓醉而出。奏|夏。故字从示。〔按玉篇。|夏樂章名。〕

【祴】居膎切音佳佳韻
埤道也。見〔韻會〕。

【禃】是酉切音受有韻承咒切音授宥韻
久年也。見〔玉篇〕〔按集韻訓久祭。存參。〕

【⿰礻𠯑】祮本字。見〔說文〕〔詳六畫〕。

【⿰礻坴】古社字。見〔玉篇〕。

【⿰礻甫】古俌字。見〔集韻〕。

【⿰礻圭】古社字。見〔說文〕〔段注〕各本從示。非古文也。今依夏氏竦古文四聲韻所引。從木者。各樹其土所宜木也。

【⿰示斤】同折。見〔五音篇海〕。

【祮】同禍。見〔玉篇〕〔按集韻作禍。〕

【⿰礻啇】同禘。見〔龍龕手鑑〕。

【⿰礻酉】槱或字。見〔說文木部〕。〔按說文、槱。柴祭天神也。段注。各本作柴祭天神。或从示。今正。謂其字有从示者。以燔柴乃祀天神之禮。故从示也。互詳槱字。〕

【⿰礻豕】獮或字。〔說文犬部〕獮。或从示。宗廟之田也。故从豕示。〔按玉篇與獮同。互詳犬部。〕

【⿰礻𠃬】禱省字。見〔說文〕。

【⿰礻困】捆譌字。見〔正字通〕。

八畫

【祹】徒刀切音濤豪韻
㊀福也。見〔玉篇〕。
㊁神也。見〔集韻〕。

【⿰礻昔】助駕切音乍禡韻

一報祭也。古之臘曰—。見〔玉篇〕。

二索也。合聚萬物、索饗百神也。見〔集韻〕。

【祺】渠之切音其　居之切音姬　支韻

一吉也。見〔說文〕〔段注〕周頌曰。維周之—。釋言曰。—、祥也。—、吉也。

二福也。見〔漢書禮樂志集注〕。

三徵祥也。見〔玉篇〕。

【祾】閭承切音陵　盧登切音楞　蒸韻

一祭也。見〔集韻引博雅〕。

二福也。見〔集韻〕。

【祿】盧谷切音鹿　屋韻

一福也。見〔說文〕〔段注〕詩言福—。多不別。商頌五篇兩言福。三言—。大指不殊。釋詁、毛詩傳皆曰。—、福也。此古義也。鄭旣醉箋始爲分別之詞。〔按儀禮少牢饋食禮。使女受—于天。鄭注。古文—爲福〕

二善也。見〔廣雅釋詁〕。

三奉也。〔國語楚語〕成王每出子文之—。〔按周禮大宰。四曰—位。注。—、若今月奉也。論語爲政。子張學干—。集解。—、—位也。〕

四田邑也。〔國語魯語〕則請納—與車服而違署。

五—者、錄也。見〔白虎通京師〕。〔按詩樛木疏、引孝經援神契云。—者、錄也。取上所以敬錄接下。下所以謹錄事上。〕

六賞賜爲—。〔詩瞻彼洛矣〕福—如茨。〔按國語晉語。敢歸—。注。—、所得賞也。〕

七食稟爲—。〔孝經〕然後能保其—位。

八—者、爵也。見〔漢書百官公卿表集注〕。

九—者、穀也。〔禮記王制〕王者之制爵—。

十—之言消也。見〔白虎通崩薨〕。

十一上死曰不—。〔國語晉語〕又重之以寡君之不—。〔又〕士曰不—。見〔禮記曲禮〕〔疏〕士—以代耕。不—。不終其—也。〔又〕短折曰不—。見〔禮記曲禮〕。〔按爾雅釋詁。無—。死也。〕

十二司—。星名。〔周禮天府〕若祭天之司命司—。〔注〕司—。文昌第六星。

十三回—。火神。〔左昭十八年傳〕鄭禳火於回—。

十四天—。獸也。見〔後漢靈帝紀注〕。〔按漢書西域傳注作天鹿。云似鹿長尾一角。—蓋鹿之假借字。章懷云。漢有天—閣。亦因獸以立名。〕

十五州名。唐置。屬羈縻。劒南道。當今廣西太平縣境。

十六姓也。紂子—父後。

【禄】龍玉切音錄　沃韻

—形皃爲禮也。見〔集韻引陸德明說〕。

【禁】居蔭切音僸　沁韻

一吉凶之忌也。見〔說文〕〔段注〕—忌雙聲。曲禮曰。入境而問—。

二止也。見〔廣雅釋詁〕。

三戒也。〔淮南氾論〕是故因鬼神禨祥而爲之立—。

四法也。〔呂覽離謂〕此爲國之—也。

五藏也。〔文選張衡賦〕散—財。

六錄也。見〔小爾雅廣言〕。

七猶謹也。〔禮記緇衣〕君子道人以言。而—人以行。

八—者其蕃衛也。〔周禮閽人〕掌閽游之獸—。

九承酒尊之器也。名之爲—者。因爲酒戒也。〔儀禮士冠禮〕有—。

十夷樂名。〔周禮鞮鞻氏〕北方曰—。

十一天子所居曰—中。見〔獨斷〕。〔按張衡賦。上林—苑。注。—、—入妄入也。〕

十二姓也。見〔集韻〕。

【禁】居吟切音今　侵韻

一力所勝也。見〔廣韻〕。〔按集韻。勝也。〕

二制也。見〔集韻〕。

三當也。刦持也。見〔增韻〕。

四通紟。〔荀子非十二子〕其纓—緌。〔注〕—、或讀爲紟。

【䄋】衣檢切音掩　琰韻

禳也。見〔集韻〕。

【䄋】於瞻切音猒　豔韻

汚觸也。見〔集韻〕。

【䄌】株衛切音綴　霽韻

繹祭謂之—。見〔集韻〕。

【䄌】株劣切音輟　屑韻

醊或字。〔集韻〕酹謂之醊。或从示。

【祻】古暮切音顧　遇韻

祭也。見〔字彙〕。

【⿰礻奇】虛喜切紙韻
好皃。見〔玉篇〕。

【⿰礻甾】旨而切音淄支韻
安也。見〔字彙〕。

【祼】古玩切音灌翰韻
灌祭也。見〔說文〕。〔段注〕詩毛傳曰。—灌鬯也。周禮注曰。—之言灌。灌以鬱鬯。謂始獻尸求神時。周人先求諸陰也。〔王注〕許以灌釋—者。謂—爲正字。經典之作灌者。聲借也。郊特牲。灌用鬯臭。此灌地降神之—也。許意主此。至於洛誥。王入太室—。則獻尸之—也。秋官大行人。再—、壹—。則禮賓之—也。

【⿰礻卒】祖對切音晬　取內切音倅　隊韻
祭也。見〔廣雅釋天〕。

【禂】都老切音倒皓韻　追輸切音株虞韻　刀號切音到號韻
禱牲馬祭也。見〔說文〕。〔段注〕甸祝。—牲—馬。杜子春云。—禱也。爲馬禱無疾。爲田禱多獲禽牲。詩曰。既伯既禱。爾雅曰。既伯既禱。伯、馬祭也。此許說所本。鄭君易杜說云。—讀如伏誅之誅。今侏大字也。爲牲祭求肥充。爲馬祭求肥健。鄭以上文既有表貉、釋爲禱氣埶之十百而多獲。不當—牲、又云禱多獲牲。故必易爲侏大而後安。今本爾雅周禮注。皆脫伯字。鍇引詩曰。既禡既—。詩無此語。鉉又誤入正文。〔按韻會用小徐本亦不引詩。〕

【⿱卷示】區願切音券願韻　苦倦切音絭霰韻
祠也。福也。見〔集韻〕。

【⿰礻坴】力竹切音六屋韻
見也。見〔廣韻〕。

【禃】承職切音値職韻
專一也。見〔集韻〕。

【⿰礻芺】祆本字。見〔說文〕。

【⿰礻果】古祼字。見〔集韻〕。

【⿰礻咼】古禍字。見〔字彙補〕。

【禀】稟俗字。見〔字彙〕。

【⿰礻幵】禪譌字。見〔正字通〕。

九畫

【禍】戶果切音禍哿韻
●一 害也。神不福也。見〔說文〕。〔段注〕—害雙聲。
●二 毀也。見〔釋名釋言語〕。
●三 咎也。〔呂覽貴己〕天之所—也。
●四 患也。〔荀子富國〕行私而無—。
●五 逆其類者謂之—。見〔荀子天論〕。
●六 —爲凶荒之處。〔太玄玄〕在—則反。
●七 亦罪也。〔荀子成相〕罪—有律。
●八 同旤。〔漢書五行志〕時則有雞旤。〔注〕旤、與—同。

【禎】知盈切音貞庚韻
●一 祥也。見〔說文〕。〔王注〕周頌維清傳。—、祥也。正義。—、福之祥。〔按禮記中庸。必有—祥。疏云。本有今異、曰—。如本有雀。今有赤雀來。是—也。本無今有、曰祥。如本無鳳。今有鳳來。是祥也。〕
●二 善也。見〔倉頡〕。

【福】方六切音輻屋韻
●一 備也。見〔說文〕。〔段注〕祭統曰。賢者之祭也。必受其—。非世所謂—也。—者、備也。備者、百順之名也。無所不順者之謂備。按—備疊韻。鉉本作祜也。非。祜、正世所謂—也。
●二 富也。見〔釋名釋言語〕。
●三 盈也。見〔廣雅釋詁〕。
●四 全壽富貴之謂—。見〔韓非子解老〕。
●五 安利之謂—。見〔賈子道德說〕。
●六 順其類者謂之—。見〔荀子天論〕。
●七 爵命爲—。〔詩瞻彼洛矣〕—祿如茨。
●八 —者禍之門也。見〔說苑說叢〕。
●九 胙肉也。〔國語晉語〕必速祠而歸—。
●十 爲人祭曰致—。見〔禮記少儀〕。〔按周禮膳夫。凡祭祀之致—者。注。致—、謂諸臣祭祀。進其餘肉。歸胙於王。〕
●十一 作—。專爵賞也。〔書洪範〕惟辟作—。
●十二 州名。唐置。屬江南道。今爲—建閩侯縣治。清咸豐十一年。依一千八百四十二年條約。開爲商埠。
●十三 姓也。元—壽。

【福】敷救切音副宥韻
藏也。史記。邦—重寶。徐廣讀。見〔集韻〕。

【禔】章移切音支　常支切音時　支韻

韻田黎切音題齊韻

●一安福也。易曰—既平。見〔說文〕。〔王注〕玉篇、—福也。安也。以爲兩義。許君則云—也者安也。安也者福也。以爲一義。

●二同祇。〔史記汲長孺傳〕—取辱耳。〔集解〕徐廣曰、—一作祇。

【禕】於宜切音衣微韻

●一美也。見〔集韻引爾雅〕。

●二珍也。見〔廣韻〕。

【禖】謨杯切音煤灰韻

●一祭也。見〔說文〕。〔段注〕謂祭名也。

●二求子之神也。〔漢書戾太子傳〕爲立—。

●三高—。先王子孫之祠也。見〔事物紀原引雷氏五經要義〕。

●四通媒。〔禮記月令〕以大牢祠於高—。〔注〕變媒言—。神之也。〔疏〕媒字从女。今从示。旁爲之示、是神明告示之意。

【[illegible]】雪律切音卹質韻

不能行也。見〔集韻〕。〔按康熙字典作[illegible]。入八畫。誤。今正。〕

【禈】呼回切音暉微韻

祭也。見〔字彙〕。

【⿰礻皇】戶盲切音橫庚韻

⿰礻旁—。祭名。見〔廣韻〕。

【⿰礻矦】胡溝切音侯尤韻

祭求福也。見〔集韻〕。

【禊】胡計切音係霽韻。訖黠切音頡黠韻

漢武—霸上。徐廣曰。三月上巳。臨水祓除。謂之—也。見〔玉篇〕。〔按正字通云。—有二。論語浴乎沂。王羲之蘭亭修—事。此春—也。劉禎素秋二七。天漢指隅。人胥祓禳。國子水嬉。用七月十四日。此秋—也。西京雜記。高帝與戚夫人正月上辰。灌濯以祓妖邪。三月上巳。張樂於流水。則漢宮中春亦兩—也。〕

【禋】伊眞切音因眞韻

絜祀也。一曰精意以享爲—。見〔說文〕。〔段注〕釋詁。—、福也。孫炎曰。潔敬之祭也。各本作潔、依玉篇作絜。

【禋】因蓮切音煙先韻

祀天也。詩頤肇—。徐邈讀。見〔集韻〕。

【⿰礻禹】果羽切音矩麌韻

⿰扌禹或字。〔集韻〕⿰扌禹姓也。詩⿰扌禹維師氏。或从示。通作萬。

【禌】子絲切音茲支韻

息也。見〔字彙〕。

【禐】王眷切音瑗霰韻

佩也。見〔字彙〕。

【禑】五乎切音吳虞韻

福也。見〔字彙〕。〔按正字通云。俗字。〕

【禒】息淺切音獮銑韻

祭餘肉。見〔字彙〕。〔按正字通云。祿字之譌。存參。〕

【禓】余章切音陽陽韻

道上祭。見〔說文〕。〔段注〕史游急就篇曰。謁—塞。王伯厚曰。周禮注。衍祭。羨之道中。如今祭殤。〔按春官大祝。二曰衍祭。衍者、墓中羨道也。〕

【禓】尸羊切音商陽韻

強鬼也。一曰祭名。見〔集韻〕。〔按禮記郊特牲。鄉人—。注。—、強鬼也。謂時儺索室毆疫逐強鬼也。—、或爲獻。或爲儺。〕

【⿰礻胥】寫與切音諝語韻

祭具也。見〔說文〕。〔段注〕山海經。離騷經皆作糈。王逸曰。糈。精米。所以享神。郭璞曰。糈、祭神之米名。

【禗】新茲切音思支韻。想里切音徙紙韻、

神不安皃。見〔集韻〕。〔按玉篇云。不安也。欲去意也。〕

【禘】大計切音第霽韻

諦祭也。周禮曰。五歲一—。見〔說文〕。〔段注〕言部曰。諦者、審也。諦祭者、祭之審諦者也。—有三。有時—。有殷—。有大—。時—者。王制。春曰礿。夏曰—。秋曰嘗。冬曰烝。是也。殷—者。周春祠。夏禴。秋嘗。冬烝。以—爲殷祭。殷者、盛也。—與祫皆合羣廟之主。祭於太祖廟也。大—者。大傳小記皆曰。王者—其祖之所自出。以其祖配之。謂王者之先祖。皆感太微五帝之精以生。皆用正歲之正月郊祭之。孝經郊祀后稷以配天。配靈威仰也。毛詩言—者二。曰雝。—太祖也。太祖、謂文王。此言殷祭也。曰長發。大—也。此言商郊祭感生帝汁光紀以玄王配也。云大—者。蓋謂其事大於宗廟之—。春秋經言諸侯之禮。僖公八年。—于太廟。太廟、謂周公廟。魯之太祖也。天子宗廟之—。亦以尊太祖。此正禮也。其他專祭一公。僭用—名。非成王賜魯重祭周公得用—禮之意也。昭穆固有定。曷爲審諦而定之也。—必羣廟之主皆合食。恐有逆祀亂昭穆者。則順祀之也。故曰。宗廟之禮。所以序昭穆也。宗廟之禮。謂—祭也。

【[illegible]】想恚切音碎隊韻 楚人問吉凶也。見〔篇海類編引方言。〕〔說文又部作—。〕

【祩】音朱虞韻 呪人詛名。見〔篇海類編。〕

【[illegible]】齋本字。見〔說文。〕〔詳齋字。〕

【[illegible]】古祉字。見〔字彙補。〕

【[illegible]】古祡字。見〔說文。〕〔段注〕此蓋壁中尙書作—也。

【[illegible]】勑或字。見〔集韻。〕

【[illegible]】禰或字。見〔集韻。〕

【[illegible]】同[illegible]。見〔五音篇海。〕

【[illegible]】同[illegible]。按集韻[illegible]廣韻作—。

【禇】褚譌字。見〔正字通。〕

【[illegible]】酒譌字。見〔正字通。〕

十畫

【禡】莫駕切音罵禡韻 ●一師行所止。恐有慢其神。下而祀之曰—。周禮—於所征之地。見〔說文。〕〔按爾雅疏、周禮作貉。貉、又爲貊〕●二馬上祭也。見〔玉篇。〕

【禚】職略切音灼藥韻 齊地名。〔春秋莊二年〕夫人姜氏會齊侯于—。

【禛】之人切音眞眞韻 以眞受福也。見〔說文。〕

【禜】爲命切音詠敬韻 于平切音榮 維傾切音營庚韻 設緜蕝爲營。以禳風雨雪霜水旱厲疫於日月星辰山川也。一曰。—衞使災不生。見〔說文。〕〔段注〕史記漢書叔孫通傳皆云爲緜蕞野外習之。韋昭云。引繩爲緜。立表爲蕞。蕞、卽蕝也。凡環帀爲營。—營壘韻。左氏傳子產曰。山川之神。則水旱癘疫之災。於是乎—之。日月星辰之神。則雪霜風雨不時。於是乎—之。許與鄭司農周禮注引皆先日月星辰。與今本不同也。鉉本引禮記雩—祭水旱。誤用錯語爲正文也。

【[illegible]】力救切音溜 直祐切音冑宥韻 陳留切音酬尤韻 本作𥜶。〔說文〕𥜶祝𥜶也。〔段注〕惠士奇曰。素問黃帝曰。古之治病。可祝由而已。祝由卽祝—也。已止也。按玉篇曰。古文作袖。

【禝】節力切音卽職韻 堯臣能播五穀有功於民。祀之通作稷。見〔集韻。〕

【[illegible]】薄庚切音彭庚韻 —禳。見〔廣韻。〕〔互詳禳字。〕

【[illegible]】忙經切音冥青韻 福也。見〔集韻。〕

【禟】徒郎切音唐陽韻 祐也。見〔集韻。〕

【禠】相支切音斯 翾移切音岐 常支切音匙 余支切音移支韻 演爾切音已紙韻 福也。見〔說文。〕〔段注〕見釋詁。張衡東京賦曰。祈—禳災。

【禓】通答切音榻合韻 姓也。見〔字彙補。〕

【[illegible]】稷本字。見〔說文。〕

【[illegible]】神本字。見〔說文。〕

【[illegible]】古禱字。見〔玉篇。〕〔按說文作[illegible]。詳[illegible]字。〕

【[illegible]】古禱字。見〔集韻。〕

【[illegible]】祰或字。見〔集韻。〕

十一畫

【[illegible]】郎侯切音婁尤韻 龍珠切音婁虞韻 ●一飲食祭也。冀州八月。楚俗二月。見〔玉篇。〕●二膢或字。見〔集韻。〕

【[illegible]】抽江切音窗 株江切音椿江韻 ●一祭壇不毀也。見〔玉篇。〕

㊁禍不恭也見〔集韻〕。

【⿰示虘】莊助切音詛御韻

㊀祝也見〔玉篇〕。

㊁詛或字見〔集韻〕。

【禦】偶舉切音語語韻牛據切音御御韻

㊀祀也見〔說文〕、〔段注〕後人用此為禁一字

㊁抗也見〔小爾雅廣言〕。

㊂對也〔論語公冶長〕一人以口給。〔皇疏〕一猶對也。

㊃備也〔國語周語〕所以一災也。

㊄距也〔莊子徐无鬼〕是一福也。

㊅止也見〔爾雅釋器〕。

㊆禁也見〔爾雅釋言〕。

㊇當也〔國語齊語〕莫之能一也。

㊈彊一也〔書牧誓〕弗一克奔。

㊉編竹蔽車曰一〔爾雅釋器〕竹前謂之一〔李注〕竹前謂編竹當車前以擁蔽名之曰一〔孫注〕以簟為車飾也。

⑪同御〔左文七年傳〕華一事為司寇〔釋文〕一本作御。

⑫同敔〔一切經音義〕一古文敔同。

⑬通圉〔詩蒸民〕不畏彊一〔漢書王莽傳作圉〕。

【⿰示畢】壁吉切音畢質韻

竈上祭見〔集韻〕。

【⿰示曹】財勞切音曹豪韻

祭也。祐也一曰祭竈先見〔集韻〕。

【⿰示啇】他歷切音逖亭歷切音狄錫韻〔按玉篇豕祭也〕。

福也見〔玉篇〕。

【禤】呼淵切音喧先韻

姓也見〔字彙〕。

【⿰示离】力之切音離支韻

福祥也見〔玉篇〕。

【⿰示逢】符容切音逢冬韻

大黃負山神能動天地氣昔孔甲遇之見〔廣韻〕〔按集韻云蓍山神名通作逢〕

【⿰示鹿】盧谷切音祿屋韻

祭名見〔集韻〕。

【⿰示覓】匹角切覺韻

久視見〔玉篇〕。

【⿰示坴】禰本字見〔說文〕。

【⿰示皀】古神字見〔集韻〕。

【禥】祺籀文見〔說文〕〔段注〕古其、基、通用。

【禓】禓或字見〔集韻〕。

十二畫

【⿱毳示】此芮切音脃充芮切音毳霽韻千短切音慘旱韻

數祭也讀若春麥為毳之毳見〔說文〕〔段注〕釋天曰一祭也數讀數罟之數。

【禧】虛其切音僖支韻

㊀禮吉也見〔說文〕、〔段注〕行禮獲吉也釋詁曰一福也

㊁告也見〔爾雅釋詁〕。

【禪】時戰切音繕霰韻

㊀祭天也見〔說文〕〔段注〕凡封土為壇除地為墠古封一字蓋祗作墠項威曰除地為墠後改曰一神之矣服虔曰封者增天之高歸功於天一者廣土地應劭亦云封為增高一為祀地惟張晏云天高不可及於泰山上立封又一而祭之冀近神靈也元鼎二年紀云望見泰一修天文禮、卽古一字是可證一亦祭天之名。

㊁闡也見〔漢書武帝紀集注引服虔〕

㊂言一者明以成功相傳也見〔白虎通封禪〕

㊃讓也見〔書堯典釋文〕。

㊄傳位也見〔後漢張衡傳注〕。

㊅封一刻石紀號也見〔文選左思賦注引孝經鉤命訣〕

㊆一傍棺也〔莊子人間世〕求一傍者斬之。

【禪】時連切音蟬先韻

靜也浮圖說也見〔集韻〕〔按傳燈錄一有五外道一凡夫一小乘一大乘一最上乘一〕

【禫】徒感切音譚感韻

㊀本作禫〔說文〕禫除服祭也〔段注〕士虞禮記曰中月而一注中、猶間也、一祭名也與大祥間一月自喪至此凡二十七月一之言澹澹然平安意也。

㊁一為外服〔禮記喪服小記〕則為其母不一

㊂通導〔儀禮士虞禮注〕古文一、或

爲導。❹通道。〔禮記喪大記〕—而內無哭者。〔注〕—、或皆作道。

【⿰示矞】古穴切音玦屑韻 不祥也。見〔玉篇〕。

【⿰示尞】力照切音尞嘯韻 同尞。〔集韻〕尞。燔柴祭天也。亦作—。

【禨】居希切音機微韻居氣切音既其既切音𩰫未韻 福祥也。通作禨。見〔集韻〕。

【禨】巨至切音暨寘韻 祇祥也。見〔集韻〕。

【禨】渠希切音祈微韻 禨或字。〔集韻〕禨以血有所刉涂祭也。或作—。

【⿰示虛】休居切音虛魚韻 魖或字。〔集韻〕魖。耗鬼也。或从示。

【⿱髟示】祊本字。見〔說文〕。

【⿰示焦】醮本字。見〔正字通〕。

【禩】古祀字。見〔集韻〕。

【⿱䖵示】祀籀文。見〔說文〕。〔按康熙字典作䰐入十一畫。誤今正。〕

【⿰示番】同膰。見〔正字通〕。

【⿰示曹】同禮。見〔字彙補〕。

【⿰示彭】同⿱髟示。見〔字彙補〕。

【禩】祀或字。見〔說文〕〔段注〕周禮大宗伯小祝注。皆云故書祀作—。

十三畫

【禬】古外切音膾黃外切音會泰韻

❶會福祭也。周禮曰。—之祝號。見〔說文〕。〔段注〕周禮注曰。除災害曰—。—、㓷去也。與許異。

❷—禜。告之以時有災變也。〔周禮大祝〕三曰—。四曰禜。〔疏〕—、是除去之義。〔按玉篇除災害也。〕

【禮】里弟切音履薺韻

❶履也。所以事神致福也。見〔說文〕。〔段注〕周易序卦傳。履、足所依也。引伸之。凡所依皆曰履。此假借之法。履、履也。—、履也。履同而義不同。

❷體也。得事體也。見〔釋名釋言語〕。〔釋典藝同。〕

❸—也者。理之不可易者也。見〔禮記樂記〕。

❹—也者。義之實也。見〔禮記禮運〕。

❺聖立而將之以敬曰—。見〔禮記鄉飲酒義〕。

❻謂威儀也。〔禮記內則〕—帥初。

❼—者。因人之情而爲之節文。以爲民坊者也。見〔禮記坊記〕。

❽夫—。天之經也。地之義也。民之行也。見〔左昭二十五年傳〕。

❾—也者。合於天時。設於地財。順於鬼神。合於人心。理萬物者也。見〔禮記禮器〕。

❿三—。天地人之—。〔書舜典〕有能典朕三—。〔又〕世稱—記、儀—、周官。爲三—。

⓫五—。吉、凶、軍、賓、嘉也。〔周禮保氏〕一曰五—。〔又〕天子也。諸侯也。卿大夫也。士也。庶民也。〔書皋陶謨〕天秩有—。

⓬冠、婚、朝、聘、喪、祭、賓主、鄉飲酒、軍旅。此之謂九—也。見〔大戴記本命〕。

⓭謂三千三百也。〔大戴記盛德〕—度德法。

⓮州名。元置。屬雲南建昌路。當今四川西昌縣東。〔又〕縣名。明置。當今甘肅卜縣治。

⓯姓也。春秋時衞大夫—孔。

【⿰示睪】夷益切音斁陌韻 祭之明日又祭。殷曰肜。周曰—。亦作繹。見〔玉篇〕。

【⿰示亶】時戰切音繕霰韻 禪或字。〔集韻〕禪。祭天也。一曰讓也。或作—。

【⿰示遂】詞類切音寘韻 祭名。見〔玉篇〕。

【⿰示農】尼龍切冬韻 厚祭也。見〔玉篇〕。

【⿱䜌示】古丸切音官寒韻 縣名。見〔字彙補〕。

【⿰示畱】力又切音溜宥韻 祀也。見〔龍龕手鑑〕。

【⿰示㬎】同蹏。見〔五音篇海〕。

【⿰示豦】同禒。見〔字彙補〕。

【⿰示詹】襜譌字。見〔正字通〕。

十四畫

【⿰示爾】乃禮切音瀰薺韻

(一)親廟也。一本云古文禰也。見[說文新附]、[按周禮甸祝—亦如之。司農注—父廟也。段玉裁曰—字自今文堯典早有此字。何休云父死稱考。入廟稱—。舊說云雖入廟而猶最近於己。故从示旁爾。行之久遠。安可不用也。]
(二)宮也。見[穀梁成三年傳]。
(三)公—。行主也。[禮記文王世子]其在軍。則守於公—。
(四)地名。[詩泉水]飲餞于—。
(五)姓也。漢—衡。

【禰】息淺切音獮銑韻
秋畋也。見[小徐本說文]。

【禱】覩老切音倒皓韻刀號切音到號韻
(一)告事求福也。見[說文]。[按王筠本玄應引增改作告事求福曰—。]
(二)祈也。見[禮記檀弓釋文]。謂請於鬼神也。
(三)祭也。見[廣雅釋詁]。
(四)獲也。[詩吉日]既伯既—。[按爾雅釋天云馬祭也。]
(五)賀慶言福祚之辭。[周禮大祝]五曰—。
(六)通禂。[詩吉日]既伯既—。[說文示部引作既禡既禂。]

【⿰示監】魯甘切音藍覃韻
北胡別名。見[字彙]。[按正字通云。譌字。]

【⿰示厭】於琰切音媕琰韻於豔切音厭豔韻
禳也。見[類篇]。

【⿰示翟】古祧字。見[玉篇]。

【⿰示齊】同齋。見[字彙補]。

十五畫

【⿰示憂】於九切音有有韻
禍也。見[玉篇]。

【⿰示厲】力制切音例霽韻
無後鬼也。鬼有所歸乃不爲—。見[玉篇]。

【類】禷本字。見[正字通]。

十六畫

【⿰示賴】力大切泰韻
隳壞也。見[玉篇]。

【⿰示[illegible]】魯旱切音嬾旱韻
惰於祭也。見[集韻]。

【⿰示賴】落蓋切音賴泰韻
祩—。祝詛見[集韻]。

【⿰示盧】同[illegible]。見[集韻]。

十七畫

【禴】弋灼切音藥藥韻弋笑切音燿嘯韻
(一)祭也。見[爾雅釋詁]。[按詩天保]—祠蒸嘗。注夏曰—。
(二)同礿。[爾雅釋天]夏祭曰礿。[釋文]本或作—。

【禳】如陽切音穰陽韻汝兩切音壤養韻
磔—。祀除厲殃也。古者燧人榮子所造。見[說文]。[段注]厲殃謂厲鬼凶害。各本作癘。誤。月令三月。命國難九門磔—以畢春氣。注此月之中。日行歷昴。昴有大陵積尸氣。佚則厲鬼隨而出行。命方相歐疫。又磔牲以—於四方之神。所以畢止其災。又十二月。命有司大難旁磔。注此月之中。日歷虛危。虛危有墳墓四司之氣。爲厲鬼。將隨強陰出害人也。旁磔於四方之門。磔、—也。按許與月令注合。周禮注曰。卻變異曰—、攘也。與許異。

【⿰示靈】郎丁切音靈青韻
⿰示霝或字。[集韻]—神名。或从[illegible]。

十八畫

【⿰示題】田黎切音題齊韻
禍也。見[字彙補]。

【⿰示覃】禫本字。見[說文]。

十九畫

【⿰示贊】則旰切音贊翰韻
(一)祭名。見[廣韻]。
(二)祝神也。見[集韻]。

【⿰示類】力遂切音類寘韻
以事類祭天神。見[說文]。[段注]周禮。郊天不言—。而肆師、類造上帝。王制。天子將出。類于上帝。皆主軍旅言。凡經傳言—者。皆謂因事爲兆。依郊禮而爲之。

【⿰示繭】古典切銑韻
祇敬也。見[玉篇]。

【⿰示麗】山宜切音釃支韻
祭名。見[玉篇]。

【⿱出夒】崇籀文。見【說文】。

二十畫

【⿰示鬳】去言切元韻
祭也。見【玉篇】。

二十一畫

【⿰齊夒】齋籀文。見【說文】。

【⿰示蘥】同禴。見【集韻】。

【⿱䰜示】禱籀文。見【說文】。

二十四畫

【⿰示靈】郎丁切音靈青韻
神名。見【集韻】。

※禾部※

【禾】胡戈切音和歌韻
一 嘉穀也。以二月始生。八月而孰。得時之中和。故謂之—。—木也。木王而生。金王而死。从木。象其穗。見【說文】。【段注】民食莫重於—。故謂之嘉穀。嘉穀之連稾者曰—。實曰㮚。㮚之人曰米。米曰粱。今俗云小米是也。
二 秀曰—。見【公羊莊七年傳無苗注】。
三 稾實并刈者也。【儀禮聘禮】門外米—皆二十車。
四 —者、含滋液也。見【古微書引春秋說題辭】。
五 以其調和人之性命也。【管子小問】故命之曰—。
六 —木。粟類也。【穆天子傳】西膜之所謂—。
七 生於—中。與—中異穗。謂之嘉—。見【論衡講瑞】。【又】嘉—。郡名。宋置。屬兩浙路。旋改爲嘉興府。民國元年。裁嘉興府附郭嘉興秀水二縣。併爲嘉—縣。今又改爲嘉興。屬浙江省。【又】嘉—。縣名。明置。屬桂陽州。後因之。卽今湖南嘉—縣治。【又】嘉—。勳章之一種。凡九等。
八 通和。【晉書音義】—、一作和。
九 姓也。見【正字通】。

【禾】堅奚切音雞齊韻【與禾異】。
木之曲頭止不能上也。見【說文禾部】。【段注】此字古少用者。玉篇曰。亦作𣏌。非是。【按說文—與禾、別爲部。稽、䅋、从—。稽亦从—。又自爲部。詳各本字。】

一畫

【禾一】同玉。見【字彙補】。【按康熙字典云。卽丕字之譌。】

二畫

【禿】他谷切音瘯屋韻
一 無髮也。从儿。上象禾粟之形。取其聲。王育說。倉頡出。見—人伏禾中。因以制字。未知其審。見【說文禿部】。【注】言—人髮不纖長若禾稼也。【按段注。喪服四制曰。—者不髽。明堂位注曰。齊人謂無髮爲—楬。周禮醫師注曰。庀頭瘍。亦謂—也。引伸之。凡不銳者曰—。粟當作秀。以避諱改之也。象禾秀之形者。謂禾秀之穎。屈曲下𠂹。莖屈處圓轉光潤。如折釵股。—者全無髮。首光潤似之。今人—頂亦曰秀頂。是古遺語。凡物老而錐鈍皆曰秀。如鐵生衣曰銹。】
二 沐—。皆無髮貌之稱也。見【釋名釋姿容】。
三 —翁。卽乃翁也。見【後漢南匈奴傳注】。
四 姓也。祝融後八姓。—居其一。【又】複姓。南涼主—髮烏孤。

【秀】息救切音繡宥韻
一 禾實也。有實之象下𠂹也。見【說文繫傳】。【按漢光武諱—。故許闕而不書。段玉裁云。當補之曰。不榮而實曰—。从禾人。釋草云。木謂之華。草謂之榮。榮華散文則一耳。榮而實謂之實。桃李是也。不榮而實謂之—。禾黍是也。榮而不實謂之英。牡丹勺藥是也。凡禾黍之實皆有華。華瓣收卽爲稃而成實。不比華落而成實者。故謂之榮、可。如黍稷方華是也。謂之不榮、亦可。實發實—是也。論語曰。苗而不—。—而不實。—則已實矣。又云實者。此實卽生民之堅好也。从禾人者。人者、

米也。出於稃謂之米。結於稃內謂之人。凡果實中有人本草本皆作人。明刻皆改作仁。殊謬。〕

❷榮而不實曰—。〔國語周語〕贊陽—也。

❸茂也。見〔廣雅釋言〕。

❹—者、物皆成也。見〔釋名釋天〕。

❺出也。見〔廣雅釋詁〕。

❻華也。美也。〔素問四氣調順大論〕此謂蕃—。

❼異也。〔楚辭大招〕容則—雅。

❽—士。鄉大夫所考有德行道藝者。〔禮記王制〕命鄉論—士。升之司徒曰選士。〔又〕儁士也。〔呂覽懷寵〕舉其—士。〔又〕治士也。〔呂覽蕩兵〕世有賢主—士。

❾—才。士之美稱。見〔正字通〕。〔按漢書賈誼傳河南守吳公聞誼—才。召置門下。—才之名。始見於此。趙翼陔餘叢考云晉時始有—才之舉。北齊令中書策—才。濫劣者、有罰墨汁之例。至隋此科益重。唐時。凡舉子皆稱—才。見李肇國史補。容齋隨筆、謂—才名自魏晉以後為貢舉科目之最。而今俗以為相輕之稱。則宋時凡應舉者。固無不稱—才矣。元明以來。—才為讀書者之通稱。今猶以府縣學生員為—才。蓋沿舊稱也。〕

❿三—。芝草也。〔楚辭山鬼〕采三—於山間。

⑪州名。五代置。屬會稽郡。宋改嘉興府。當今浙江嘉興縣治。

⑫姓也。見〔正字通〕。

【私】相咨切音玆支韻

❶禾也。从禾。厶聲。北道名禾主人曰—主人。見〔說文〕〔段注〕蓋禾有名—者也。今則叚—為公厶。倉頡作字。自營為厶。背厶為公。然則古祇作厶不作—。北道。蓋許時語。立乎南以言北之辭。周頌駿發爾—。毛曰、—民田也。

❷反公為—。見〔賈子道術〕。

❸邪也。〔呂覽有度〕奚道知其不為—。

❹利也。〔呂覽長利〕而以—其子孫。

❺小也。自關而西秦晉之郊。梁益之間。凡物小者謂之—小。見〔方言〕。

❻獨也。〔呂覽孝行〕身者非其—有也。〔注〕—、猶獨。

❼恤也。所恤念也。見〔釋名釋言語〕。

❽恩—也。〔儀禮燕禮〕寡君。君之—也。〔注〕—、謂獨受恩厚也。

❾小便也。〔左襄十五年傳〕師慧過宋朝。將—焉。

❿褻服也。〔詩葛覃〕薄污我—。

⑪燕居獨處也。〔論語公冶長〕退而省其—。

⑫嬖愛之臣妾曰—。〔國語晉語〕君多—。〔注〕—、嬖臣妾。

⑬家臣稱—。〔儀禮士相見禮〕士見於大夫曰某也。夫子之賤—。

⑭姊妹之夫曰—。〔詩碩人〕譚公維—。〔按釋名釋親屬姊妹互相謂夫曰—。言於其夫兄弟之中。此人與己姊妹有恩—也。〕

⑮不以公事行曰—行。〔公羊莊二十七年傳〕通乎季子之—行也。

⑯—暱。所親愛也。〔左襄二十五年傳〕非其—暱。

⑰—喪。謂其父母。〔儀禮聘禮〕若有—喪。〔又〕妻子之喪也。〔禮記雜記〕大夫有—喪之葛。

⑱自卿士大夫之家曰—館。見〔禮記曾子問〕。〔按雜記—館者自卿大夫以下之家也。〕

⑲姓也。漢有—匡。見〔正字通〕。

⑳日本語、自稱曰—。

【秂】而鄰切音人眞韻

禾欲結者。見〔集韻〕。

【⿰禾了】力天切音了篠韻

秀也。見〔字彙補〕。

【⿰禾乃】如蒸切音仍蒸韻

禾名。見〔集韻〕。

【⿰禾又】

鍾鼎文秉字。見〔正字通〕。

三畫

【⿰禾孑】吉列切音孑屑韻

❶禾把。見〔集韻〕。

❷禾名。見〔字彙〕。

【秅】直加切音茶 陟加切音奓麻韻

❶二秭為—。〔周禮〕曰二百四十斤為秉。四秉曰筥。十筥曰稯。十稯曰—。四百秉為一—。見〔說文〕〔段注〕禾四百秉也。周禮掌客曰。上公車禾眂死牢。牢十車。車三—。注云禾稾實并刈者也。聘禮四秉曰筥。十筥曰稯。十稯曰—。每車三—。則三十稯也。聘禮注云。一車之禾三—。

為千二百秉、三百筥、三十稯也。小徐本作秭也。一即秭。為今數。二秭為一。為古數也。小徐本非脊字。周禮當是本作禮記。四秉為筥以下。聘禮記文。

㊁麻屬。見〔集韻〕。

【秅】女加切音拏麻韻

烏一。國名。〔漢書西域傳〕烏一國去長安九千九百五十里。

【秏】都故切音妒遇韻

禾束。見〔集韻〕。

【秓】武方切音芒陽韻

㊀稻稃也。見〔集韻〕。

㊁芒或字。見〔玉篇〕。

【秆】古旱切音笴旱韻

㊀稈或字。見〔說文〕。

㊁稾也。〔左昭二十七年傳〕或取一秉一焉。

【秉】補永切音丙梗韻陂病切音柄敬韻

㊀禾束也。从又持禾。見〔說文又部〕。〔段注〕小雅。彼有遺一。毛傳云。一、把也。聘禮記。四、曰筥。注。此一謂刈禾盈手之一也。左傳或取一一秆焉。按經傳假一為柄字。

㊁粟十六斛為一。見〔集韻〕。〔按小爾雅。鍾二謂之一。一、十六斛。廣雅釋器。庾十曰一。儀禮聘禮記。十籔曰一。〕

㊂執也。見〔爾雅釋詁〕。

㊃持也。見〔廣雅釋詁〕。

㊄操也。〔詩定之方中〕一心塞淵。

㊅順也。見〔周書謚法〕。

㊆柄也。〔管子小匡〕治國不失一。〔按周禮鼓人注無舌有一。釋文。一、本作柄。〕

【⿰禾已】口已切音起紙韻

㊀禾名。〔管子地員〕其種穋一。

㊁同芑。見〔正字通〕。

【秄】祖似切音子紙韻

雝禾本。見〔說文〕。〔段注〕雝、俗作壅。小雅。或耘或秄。毛曰。耘、除草也。秄、雝本也。食貨志。詩曰。或耘或芓。芸、除草也。芓、附根也。按班所據詩作芓。古文段借字。說文作一。小篆字。詩言耘一。左傳言穮蔉。蔉者、畎也。隤壟草壅於畎中也。秄、蔉皆俗字。

【秄】將吏切音仔寘韻

穲禾根也。俗謂禾猥生曰一。見〔集韻〕。

【⿰禾于】雲俱切音于虞韻

禾不秀。見〔集韻〕。

【秈】相然切音仙先韻

江南呼秔為一。見〔集韻引方言〕。〔按廣雅釋草義同玉篇秔稻也。〕

【⿰禾弋】逸職切音弋職韻

麧或字。〔集韻〕麧、麥麬也。或从禾。

【⿰禾勺】丁了切音鳥篠韻

禾危采也。見〔說文〕。〔段注〕危采、謂穎欲斷落也。齊民要術云。刈晚則穗折。遇風則收減。玉篇云。一、亦懸物也。則一同方言之𠄏。方言曰。𠄏、縣也。趙魏之間曰𠄏。燕趙之郊縣物於臺之上謂之𠄏。郭璞曰。了𠄏縣物皃。今本方言作佻。𠄏者、象形字。一者諧聲字。

【⿰禾乞】下扢切音齕月韻

本作⿰禾乞。〔說文〕⿰禾乞、䅸也。〔王注〕玄應曰。⿰禾乞、堅米舂擣不破者也。字亦從米。史記陳平食糠覈。孟康云。麥糠中不破者也。

【⿰禾乞】奚結切音絜屑韻

䊀或字。〔集韻〕屑米細者曰䊀。或从禾。

【⿰禾乙】居乙切音訖月韻

舂粟不潰。見〔類篇〕。

【⿰禾乞】胡骨切音搰月韻

麧屑也。見〔類篇〕。〔集韻作⿰禾乞〕。

【秊】寧顛切音年先韻

穀熟也。春秋傳曰。大有年。見〔說文〕。〔段注〕爾雅曰。夏曰歲。商曰祀。周曰年。唐虞曰載。年者。取禾一孰也。穀梁傳曰。五穀皆孰為有年。五穀皆大孰為大有年。〔按集韻。一、或作年。正字通。一、年本字。俗作年。〕

【秀】音酉有韻

穀不成也。見〔篇海〕。

【秇】古藝字。見〔集韻〕。

【⿰禾也】同移。見〔集韻〕。

四畫

【秋】雌由切音鰍尤韻

㊀本作秌。〔說文〕秌、禾穀孰也。〔段

注〕其時萬物皆老。而莫貴於禾穀。故从禾。言禾復言穀者。晐百穀也。禮記曰。西方者。—之爲言揫也。

(二)愁也。見〔廣雅釋詁〕。

(三)—之爲言猶湫湫也。見〔春秋繁露陽尊陰卑〕。

(四)緧也。緧廹品物、使時成也。見〔釋名釋天〕。

(五)—爲收成。見〔爾雅釋天〕〔按獨斷。—爲少陰。其氣收成〕。

(六)金爲—。見〔春秋繁露五行對〕。

(七)—怒氣也。故殺。見〔春秋繁露陰陽義〕。

(八)—嚴志也。見〔春秋繁露天辨在人〕。

(九)猶時也。〔文選曹植七啟〕此甯子商歌之—。

(十)罰爲—。見〔春秋繁露四時之副〕。

(十一)——猶蹌蹌。謂舞也。〔荀子解蔽〕鳳凰——。

(十二)—毫。喻細也。見〔後漢岑彭傳注〕。

(十三)—引。商聲也。〔文選謝莊賦〕聽朔管之—引。

(十四)—方。西方也。〔文選張衡賦〕屯神虎於—方。

(十五)春—。魯史名。〔孟子離婁〕魯之春—。〔正義〕魯以編年舉四時記爲事之名。故以因名爲春—。〔按孟子滕文公。孔子懼作春—。注。孔子懼正道遂滅。故作春—。因魯史記設素王之法。謂天子之事也〕。

(十六)立—。分益節氣名。見〔漢書律曆志〕。

(十七)長—。皇后宮。見〔後漢順帝紀注〕。〔又〕官名。見〔後漢桓帝紀注〕。

(十八)—駕。騰驤也。所謂—駕以善馭不乏逸也。見〔集韻〕。

(十九)姓也。見〔集韻〕。

〔秎〕符分切音汾文韻

(一)穧也。關中語。見〔集韻〕。

(二)—穧。禾有限也。見〔集韻〕。

〔秎〕父吻切音憤吻韻

穧—。穖也。見〔集韻〕。

〔䄵〕吉典切音蹇銑韻

(一)小束也。見〔集韻〕。

(二)十把曰—。見〔玉篇〕。

〔科〕苦禾切音窠歌韻

(一)程也。从禾斗。斗者量也。見〔說文〕。

(二)本也。見〔廣雅釋詁〕。

(三)條也。見〔廣雅釋言〕。

(四)品也。見〔廣雅釋言〕。

(五)—斷也。見〔廣韻〕。

(六)取人條格。見〔正字通〕〔按—舉之制。始於漢代。後世乃以試士之年名—。入選者曰登—。或稱—第。謂某—及第也〕。

(七)課也。課其不如法者罪責之也。見〔釋名釋典藝〕。

(八)坎也。〔孟子離婁〕盈—而後進。

(九)空也。〔易說卦傳〕爲—上槁。

(十)法也。〔太玄從〕從水之—滿。〔按近世謂學之有法則可循者曰—學。與此義近〕。

(十一)近世以官事之分曹者曰—。有長。其屬爲員。今內外官署猶承此制。

(十二)—頭。謂不著兜鍪入敵也。〔史記張儀列傳〕跿跔—頭。

(十三)—斗。蟲名。〔爾雅釋魚〕—斗活東。〔注〕蝦蟆子。〔疏〕此蟲一名—斗。一名活東。頭圓大而尾細。〔又〕字之一體。〔書序〕得先人所藏古文虞夏商周之書及傳論語孝經。皆—斗文字。〔按字形象—斗。因以爲名〕。〔又〕斗類。一曰魁也。斗魁所用挹者也。魁、—、同聲。見〔正字通〕。

(十四)—白。始於元人曲本。—謂舉止。白謂言談。今優人猶襲此稱。

〔科〕苦臥切音課箇韻

滋生也。見〔廣韻〕。

〔秓〕章移切音支支韻

(一)稃也。見〔玉篇〕。

(二)禾名。見〔篇海〕。

〔⿰禾牙〕牛加切音牙麻韻

(一)穖也。見〔集韻〕。

(二)與芽、牙、通。苗初茁也。見〔正字通〕。

〔⿰禾夫〕風無切音膚虞韻

再生稻。見〔玉篇〕。

〔种〕持中切音蟲東韻

人姓。亦稚也。見〔玉篇〕〔按集韻作亦。雅也〕。

〔秏〕虛到切音好號韻　呼內切音誨隊韻

稻屬。伊尹曰。飯之美者。玄山之禾。南海之—。見〔說文〕〔段注〕漢書。訖於孝武後元之年。靡有子遺—矣。孟康曰。—音毛。無有—米在者也。—米、米名。即所謂稻屬也。今本作毛米。誤。初讀莫報切。既又讀呼到切。改禾旁爲未旁。罕知其本音本義。本形矣。大雅—斁下土。—者、乏無之謂。故韓詩云。惡也。[按玉篇。減也。敗也。與詩義近。今湘贛閒俗語謂無爲—。讀若毛。與漢書音義皆合。]

[秏] 莫報切音冒號韻
—亂不明。見[集韻]。

[⿰禾丑] 女九切音紐有韻
禾耎弱者。見[集韻]。

[⿰禾及] 訖業切音刼洽韻
艸名。見[集韻]。

[秐] 玉分切音雲文韻
同䅻。[集韻]䅻除苗間穢也。亦作—。

[⿰禾巴] 步化切音䆉禡韻
䆉或字。[集韻]䆉秠。稻名。或从巴。

[秒] 弭沼切音眇篠韻
禾芒也。見[說文]。[段注]淮南書—作蔈。亦作穮。艸部云。蔈、末也。禾芒曰—。猶木末曰杪。[按凡物之細微者皆曰—。漢書敍傳。産氣黃鐘。造計—忽。注云。—、禾芒。忽、蛛網細者。蓋以—忽喻其細微也。引伸之。如計時以六十—爲一分。圓周小數、亦以六十—爲一分。]

[秔] 居行切音庚庚韻
稻屬。見[說文]。[段注]凡言屬者。以屬見別也。言別者。以別見屬也。重其同。則言屬。—爲稻屬是也。重其異。則言別。稗爲禾別是也。稻有至黏者。稬是也。有次黏者。稉是也。有不黏者。稴是也。稉比於稬則爲不黏。比於稴則尙爲黏。稉與稴爲飯。稬以釀酒爲餌餈。散文、稉亦偁稻。對文則別。[按玉篇作稻也。今通作稉。俗作粳。]

[⿰禾方] 分房切音方陽韻
禾名。見[集韻]。

[秕] 頻脂切音琵支韻補美切音鄙補履切音匕紙韻
不成粟也。見[說文]。[段注]不成粟之字从禾。惡米之字从米。而皆比聲。此其別也。左傳。若其不具。用—稗也。杜云。—、穀不成者。呂覽云。凡禾之患。不俱生而俱死。是以先生者美米。後生者多—。是故其耨也。長其兄而去其弟。按今俗呼穀之不充者曰癟。即—之俗音。俗字也。引伸之、凡敗者曰—。漢書曰。—我王度。

[⿰禾於] 衣虛切音於魚韻
草也。見[字彙]。

[秖] 竹尸切音支支韻
穀始熟也。見[玉篇]。

[⿱爫禾] 徐醉切音穗寘韻
禾成秀、人所收者也。見[說文]。[段注]—與秀古互訓。如月令注。黍秀舒散。即謂黍—也。人所收。故从爪。

[⿰禾內] 而睡切音抐女恚切音諈寘韻
內也。一曰。人心薄言而語。謂之⿰禾內—。見[集韻]。

[⿰禾旡] 几利切音冀寘韻
穊省字。[集韻]穊。稠也。或省。

[⿰禾乞] 胡骨切音搰月韻
麧屑也。見[集韻]。[類篇]作⿰禾乞。

[⿰禾乞] 下⿰禾乞切音齕月韻
⿰禾乞本字。見[說文]。

[科] 憐題切音黎齊韻
⿰禾黎省字。[集韻]⿰禾黎。耕也。或作犂。亦省。

[⿰禾吏] 側吏切音胾寘韻
穊貌。見[集韻]。

[⿰禾玄] 終基切音玆支韻
穗生也。見[字彙補]。

[⿰禾幺] 珍離切音知支韻
再生禾也。見[字彙補]。

[秌] 秋本字。見[說文]。

[⿰禾勿] 古利字。見[集韻]。

[⿰禾夭] 古飫字。見[集韻]。

[⿰禾不] 同秠。見[正字通]。

[⿱禾廾] 同奔。見[玉篇]。

五畫

[秘] 兵媚切音祕寘韻
一 密也。見[集韻]。[廣韻]云。祕、俗作—。
二 閉也。[太玄眾]豹勝其—。
三 言希見爲奇也。[文選張衡賦]—舞更奏。

(四)勞也。見〔廣雅釋詁〕。
(五)—書官名。詳祕字。
(六)—魯國名。在南美洲。亦簡稱—。英文 Peru。

【租】宗蘇切音怛虞韻
(一)田賦也。見〔說文〕。〔按廣雅釋詁。—、稅也。顏注急就篇。斂穀曰稅。田稅曰—。管子國蓄。—籍者、所以彊求也。注。在農曰—。稅在商曰—籍。〕
(二)積也。見〔詩鴟鴞釋文引韓詩〕。
(三)蓄也。見〔集韻〕。
(四)賃借他人之所有物。而收益或使用之。亦曰—。其因此而生之直曰—金。
(五)夫—。縣名。漢置。屬樂浪郡。今在朝鮮境。

【租】子余切音苴魚韻　將侯切音諏尤韻
包裹也。見〔集韻〕。〔按周禮司巫。及蒩館。杜注。—、包茅裹肉也。〕

【稐】郎丁切音靈青韻
(一)禾始熟曰—。見〔集韻〕。
(二)年也。見〔玉篇〕。

【秣】莫曷切音末曷韻
(一)穀馬也。〔左成十六年傳〕—馬利兵。
(二)養也。〔詩漢廣〕言—其馬。
(三)粟也。〔詩鴛鴦〕摧之—之。
(四)芻—。養牛馬禾穀也。〔周禮大宰〕芻—之式。
(五)—陵。縣名。漢置。屬丹陽郡。當今江蘇江寧縣東南。
(六)餗或字。〔集韻〕餗。說文食馬穀也。或从禾。
(七)姓也。見〔正字通〕。

【秣】莫佩切音妹隊韻
飼也。見〔集韻〕。

【秧】於良切音央陽韻
(一)禾若—穰也。見〔說文〕。〔段注〕若者、擇菜也。擇菜者、必去其邊皮。因之凡可去之皮曰若。竹皮亦曰若。—穰疊韻字。集韻曰。禾下葉多也。今謂稻之初生者曰—。凡草木之幼可移栽者皆曰—。此與古義別。
(二)蒔謂之—。見〔集韻〕。
(三)北人謂局騙曰念—。〔聊齋志異〕隨機設阱。情狀不一。俗以其言辭浸潤。名曰念—。今北途多有之。

【秧】倚兩切音鞅養韻
—穰。禾密皃。見〔集韻〕。

【秨】疾各切音昨藥韻　存故切音祚遇韻
(一)禾繇皃。讀若昨。見〔說文〕。〔段注〕繇、今搖字。今俗語說動搖之皃曰—。即此字也。
(二)禾稼也。見〔集韻〕。

【秩】直質切音姪質韻
(一)積皃。詩曰。積之—。見〔說文〕。〔段注〕皃、各本作也。今正。積之必有次敍成文理。是曰—。〔按詩今作積之栗栗。〕
(二)程也。品也。見〔玉篇〕。
(三)祿也。〔左莊十九年傳〕而收膳夫之—。
(四)常也。〔詩賓之初筵〕不知其—。
(五)序也。〔書堯典〕平—東作。
(六)次也。見〔廣雅釋詁〕。
(七)十年爲一—。〔容齋隨筆〕白公詩云。已開第七—。是時年六十二。元日詩也。
(八)——有常也。〔詩假樂〕德音——。〔又〕流行也。〔詩斯干〕——斯干。〔又〕肅敬也。〔詩賓之初筵〕左右——。〔又〕進知也。〔詩巧言〕——大猷。〔又〕智也。見〔爾雅釋訓〕。〔又〕清也。見〔爾雅釋訓〕。
(九)—宗。虞官也。掌郊廟之事。周謂之宗伯。秦漢不置。王莽改太常爲—宗。見〔後漢光武紀注〕。
(十)—樹。木名。〔山海經海內西經〕開明南有—樹。
(十一)郁—。縣名。漢置。屬膠東國。當今山東平度縣治。
(十二)同戴。〔詩巧言〕——大猷。〔說文大部作戴戴大猷。〕
(十三)同豑。〔書堯典〕平—東作。〔說文豊部作平豑東作。〕

【秩】弋質切音逸質韻
鳥名。〔爾雅釋鳥〕—海雉。〔注〕如雉而黑。在海中山上。〔疏〕海雉一名—。〔釋文〕—本又作失。失施音逸。

【秬】臼許切音巨語韻　求於切音渠魚韻
(一)䆷或字。〔說文鬯部〕䆷、黑黍也。—、䆷或从禾。〔段注〕經典字皆如此作。
(二)—鬯。香酒也。〔漢書王莽傳〕—鬯二卣。

【秭】蔣兕切音姊紙韻子禮切音濟薺韻

㊀五稷爲—。一曰。數意至萬曰—。見〔說文〕。〔段注〕意、各本作億。今依心部正。周頌兩言萬億及—。毛曰。數萬至萬曰億。數億至億曰—。許別有所受。作數億至萬。與—之言積也。韓詩云。陳穀曰—。亦取積義。釋詁云。歷、—、算數也。郭云。今以十億爲—。〔按五經算術曰。黃帝爲法。數有十等。億、兆、京、垓、—、壤、溝、澗、正、載、是也。及其用也。乃有上中下三等。下數、十十變之。中數、萬萬變之。上數、數窮則變。桂氏曰。本文及意下說。皆下數。十億曰兆。兆、百億也。十兆曰京。京、千億也。十京曰—。—、萬億也。故曰數億至萬曰—也。〕

㊁—歸。縣名。漢置。屬南郡。即今湖北—歸縣治。

【秅】都故切音妒遇韻 漢侯國名。在成武。通作秺。見〔集韻〕。

【䄵】居牙切音加麻韻 禾也。見〔集韻〕。

【秙】苦故切音庫遇韻 —穢。禾不實。見〔玉篇〕。

【秛】攀糜切音鈹支韻 稅也。見〔廣雅釋詁〕。

【秛】普靡切音[illegible]攀悲切音丕支韻披義切音帔寘韻 禾租曰—。見〔集韻〕。

【秚】部滿切音伴旱韻 物之相和。見〔集韻〕。

【秜】良脂切音棃女夷切音尼支韻 稻今年落、來年自生、謂之—。見〔說文〕〔段注〕謂不種而自生者也。

【秜】尼質切音暱質韻 稻先熟者。見〔集韻〕。

【秝】郎擊切音歷錫韻 稀疏適—也。讀若歷。見〔說文秝部〕〔段注〕玉篇曰。稀疏秝秝然。蓋凡言歷歷可數、歷錄束文、皆當作—。歷行而—廢矣。

【䄶】薄密切音弼質韻 —穊。禾重生。見〔集韻〕。

【䄶】薄沒切音孛月韻 禾秀不成聚向上皃。見〔玉篇〕。〔按集韻。—稡。禾秀。〕

【种】丑人切音嗔眞韻 禾名。見〔字彙〕。

【秞】夷周切音由尤韻 禾盛曰—。一曰。物初生皃。見〔集韻〕。

【秠】攀悲切音丕支韻匹九切音剖俯九切音缶有韻披尤切音胚尤韻普鄙切音嚭紙韻 一稃二米。从禾。丕聲。詩曰。誕降嘉穀。惟秬惟—。天賜后稷之嘉穀也。見〔說文〕〔段注〕此解當云稃也。从禾丕聲。詩曰。誕降嘉穀。惟秬惟—。黑黍一稃二米。天賜后稷之嘉穀也。爲淺人改竄之耳。詩生民。惟秬惟—。釋艸曰。秬、黑黍。—、一稃二米。毛傳正同。蓋黑黍一稃二米曰秬。言秬而一稃二米已見。經文以惟—足句。見黑黍之稃有異。故釋訓者以黑黍系秬。以一稃二米系—。分屬之。鄭志張逸問云。鬯人職注。秬如黑黍。一—二米。按爾雅。—、一稃二米。未知二者同異。答曰。—即其皮。稃亦皮也。爾雅重言以曉人也。據此知—即稃。凡稃皆曰—。非必二米一稃也。

【秡】蒲活切曷韻 禾傷。見〔玉篇〕。

【秤】蚩承切音偁蒸韻昌孕切音稱徑韻 稱俗字。〔集韻〕稱。權衡也。俗作—。〔按正字通云。衡者、稱也。權者、錘也。太平御覽載諸葛亮曰。我心如—。不能爲人低昂。唐文粹縣令箴。如—之平。姚崇有執—箴。古借用稱。義通。〕

【秥】女占切音粘鹽韻 禾也。見〔玉篇〕。

【秦】慈鄰切音螓眞韻

㊀伯益之後所封國。地宜禾。从禾。舂省。一曰。—禾名。見〔說文〕〔段注〕—者。隴西谷名。於禹貢近雍州鳥鼠之山。堯時有伯翳者。佐禹治水。水土既平。舜命作虞官。賜姓曰嬴。周孝王封非子爲附庸。邑之於—谷。至曾孫—仲。宣王又命作大夫。

國人美之。—之變風始作。按伯翳伯益實一人。皐陶之子也。今甘肅—州清水縣有故—城。漢地理志之隴西—亭—谷也。

㊁朝代名。始皇并六國。有天下。定都咸陽。國號—。時當民國紀元前二千一百三十二年。歷三主。凡十五年而亡。〔又〕東晉時。苻健據長安。亦定國號曰—。傳至苻堅。國滅。姚萇代興。仍其國號。史稱後—。爲晉所滅。〔又〕乞伏乾歸在東晉時。亦自稱—王。是爲西—。後爲夏所滅。

【䄷】常隻切音石陌韻

百二十斤也。稻一—。爲粟二十斗。禾黍一—。爲粟十六斗。大半斗。見〔說文〕。〔段注〕石者、大也。權之大者也。四鈞爲石。古多假石爲—。月令鈞衡石是也。有假—爲山石者。楚辭悲任—之何益是也。

【秪】張尼切音胝支韻

禾始熟曰—。一曰再種。見〔集韻〕。

【秫】食聿切音術質韻

稷之黏者。見〔說文〕。〔段注〕九穀攷曰。稷、北方謂之高粱。或謂之紅粱。其黏者黃白二種。所謂—也。—爲黏稷。而不黏者亦通評爲—。而他穀之黏者。亦叚借通偁之曰—。陶淵明公田二頃五十畝種—。稻之黏者也。崔豹古今注所謂—爲黏稻是也。

【䄶】匹各切音粕藥韻

禾不實。見〔玉篇〕。

【[illegible]】尺僞切音毳寘韻

糶也。見〔集韻〕。

【[illegible]】胡戈切音和歌韻。胡臥切音和箇韻

棺頭也。見〔玉篇〕。〔按集韻引博雅、棺常謂之[illegible]。〕

【[illegible]】女蟹切音嬭蟹韻

禾也。見〔玉篇〕。

【[illegible]】同黍。見〔字彙補引漢碑〕。

【[illegible]】俗移字。見〔正字通〕。

【[illegible]】俗稃字。見〔正字通〕。〔按字彙云。穀皮也。〕

六畫

【秳】戶括切音活曷韻。平刮切音頢黠韻

㊀本作稖。〔說文〕稖。春粟不潰也。〔段注〕水部曰。潰、漏也。春粟不潰者。謂無散於臼外者也。蓋春之用力重、或潰、用力輕、則不。是曰稖。

㊁生也。謂禾生。見〔集韻〕。

【秴】曷閤切音合。葛合切音閤。合韻

㊀—秸也。見〔玉篇〕。

㊁種也。見〔集韻〕。

㊂秴或字。〔集韻〕秴。博雅。秛秴也。或从禾。

【秺】都故切音妒遇韻

㊀禾束。見〔玉篇〕。

㊁漢侯國名。在成武。見〔集韻〕。〔按地在今山東城武縣西北〕。

【移】余支切音匜支韻

㊀禾倚—也。一曰禾名。見〔說文〕。〔段注〕倚—疊韻。讀若阿那。說文於禾曰倚—。於㫃曰旖施。於木曰檹施。皆謂阿那也。今人但讀爲遷—。據說文自此之彼字當作迻。

㊁徙也。〔國語齊語〕則民不—。

㊂遺也。見〔廣雅釋言〕。

㊃轉也。見〔廣雅釋詁〕。

㊄去也。〔楚辭大招〕思怨—只。

㊅變也。〔文選曹植賦〕於是精—神變。

㊆歸也。〔呂覽義賞〕賞重則民—之。

㊇易也。〔呂覽蕩兵〕而工者不能—。

㊈就也。〔荀子大略〕—而從所仕。

㊉施也。〔史記田叔傳〕如有—德於我。〔集解〕徐廣曰。—、猶施也。〔按漢書揚雄傳集注。以物與人曰—。今云—借、挪—。〕

⑪易其行也。〔孟子滕文公〕貧賤不能—。

⑫動也。〔國語晉語〕弗能—也。

⑬猶推之也。〔列子周穆王〕化人—之。

⑭離也。〔莊子庚桑楚〕合者—晝。

⑮避也。見〔廣雅釋詁〕。

⑯靡迆也。〔禮記玉藻〕手足毋—。〔注〕—之言靡迆也。〔疏〕—、謂靡迆搖動也。

⑰—病。謂—書言病也。〔漢書公孫弘傳〕—病免歸。〔按後漢書光武紀。致檄屬作文—。注。東觀漢記曰。文書—與屬縣也。〕

⑱州名。唐置。屬羈縻劍南道。當今四川宜賓縣境。

⑲姓也。〔風俗通〕漢弘農太守—良。

(十)同施。〔禮記大傳〕絕族無一服。〔釋文〕一本作施。

【移】以豉切音傷寘韻

(一)一之言羨也。〔禮記郊特牲〕以一民也。

(二)廣大也。〔禮記表記〕衣服以一之。〔注〕一讀如水氾一之一。猶廣大也。

(三)遺也。見〔集韻〕。

【移】敞尒切音侈紙韻

(一)通侈。〔考工記輿人〕飾車欲侈。〔杜注〕侈當爲一。

(二)移或字。〔集韻〕移衣張也。或作一。

【秡】如叔切音肉屋韻乳勇切音冗腫韻

(一)厚也。見〔玉篇〕。

(二)秬黍。見〔集韻〕。

【秱】徒東切音同東韻

黍偺兒。見〔玉篇〕。

【秮】徂悶切音顧韻

禾穳。見〔集韻〕。

【秗】除交切音肴韻

禾穆曰一。見〔集韻〕。

【秚】他彫切音挑蕭韻他刀切音慆豪韻

稻也。見〔玉篇〕。

【秲】丈里切音峙紙韻

稻名。見〔集韻〕。

【秲】時吏切音侍寘韻

蒔或字。〔集韻〕蒔更別種。或作一。

【秳】他點切音忝琰韻

鄉名。見〔玉篇〕。〔按集韻云。在濟北蛇丘〕。

【秵】伊眞切音因眞韻

禾蕐。見〔集韻〕。〔按玉篇訓花〕。

【秔】呼光切音荒陽韻

凶年也。空也。果不熟也。今作荒。見〔玉篇〕。〔按集韻以一爲稅或字〕。

【秼】女魚切音袽魚韻

臭草也。見〔玉篇〕。

【秶】津私切音咨支韻

𪎭或字。見〔說文〕。〔段注〕今日經典一𪎭皆从米則粉餈之或字而誤叚之。

【稏】徒臥切音簡韻

【稀】禾積。見〔玉篇〕。

【稃】古巷切音絳絳韻

禾垂。見〔集韻〕。

【秵】以制切音曳霽韻

稻名。見〔集韻〕。

【秷】陟栗切音窒質韻

穫禾聲也。見〔集韻〕。

【秵】力制切音例霽韻力蘖切音列屑韻

本作𥝩。〔說文〕𥝩黍穰也。

【案】於肝切音案翰韻

𪏰禾也。見〔說文〕。〔段注〕𪏰讀如勞。賈思勰曰古曰𪏰今曰勞。

【秴】曷各切音鶴藥韻

似黍而小。見〔玉篇〕。

【秸】激質切音吉質韻

一𪆷。鳲鳩也。見〔集韻〕。

【秸】訖黠切音戛黠韻

稭或字。見〔集韻〕。〔詳稭字〕。

【梁】渠容切音蛩冬韻

稍也。見〔集韻〕。〔按玉篇作𥞊〕。

【梁】巨勇切音洪丘勇切音恐腫韻

稷也。見〔類篇〕。

【秹】忍甚切音荏寢韻

禾弱也。見〔集韻〕。

【秝】良計切音麗霽韻

長禾。見〔玉篇〕。

【秸】古擕切音齊韻

田器。見〔玉篇〕。

【秸】烏蝸切音蛙佳韻

耕也。見〔集韻〕。

【秾】側吏切音胾寘韻

穧也。見〔康熙字典引集韻〕。〔按集韻側吏切無一字〕。

【稍】古奚切音雞齊韻

滯也。見〔字彙補〕。

【粟】古粟字。見〔字彙補〕。

【稅】稷籀文。見〔說文〕。

【稬】同稺。見〔玉篇〕。

【稇】同秈。見〔字彙〕。〔按正字通云。稇字之譌。存參〕。

七畫

【稀】香依切音希微韻

㊀本作稀〔說文〕稀疏也〔注〕从禾爻巾爻者一疏之義巾象禾之根莖〔段注〕去部曰疏通也引伸爲凡疏之偁。

㊁依一彷彿也〔李賀詩〕依一和氣排冬嚴。

㊂姓也見〔姓苑〕。

【稅】輸芮切音帨霽韻輸爇切音說屑韻

㊀租也見〔說文〕〔王注〕食貨志一、謂公田什一及工商虞衡之入也〔按大戴記王言〕一十取一。穀梁宣十五年傳初一畝釋文一賦也〕

㊁舍也見〔爾雅釋詁〕。

㊂釋也〔呂覽愼大〕一牛於桃林。

㊃一駕也〔史記李斯傳〕吾未知所一駕〔索隱〕一駕猶解駕言休息也。

㊄以物遺人曰一〔禮記檀弓〕未仕者不敢一人如一人則以父兄之命〔注〕一、謂遺於人〔釋文〕一謂以物遺人也。

㊆通說〔禮記檀弓〕一驂于舊館〔釋文〕一、本作說。

㊅通襚〔詩碩人〕一于農郊〔箋〕一、當作襚。

㊇姓也宋進士一挺。

【稅】吐外相音蛻泰韻

㊀日月已過、乃聞喪而服、曰一〔禮記檀弓〕小功不一。

㊁通繐〔左襄二十七年傳〕如一服終身〔注〕一、卽繐也〔疏〕當是聲相近而字改易耳〔釋文〕一、讀曰繐。

【稅】他栝切音脫曷韻

㊀同脫〔禮記文王世子〕不一冠帶〔釋文〕一本作脫。

㊁挩或字〔集韻〕挩解挩也或作一。

【稅】吐玩切音彖翰韻

稌或字〔集韻〕稌黑衣王后之服或作一。

【稊】田黎切音啼齊韻

㊀本作蕛〔說文艸部〕蕛蕛英也〔按爾雅釋草蕛英注云蕛似稗布地生穢草釋文蕛本作一〕

㊁一者楊之秀也〔易大過〕枯楊生一。

㊂一米小米也見〔莊子秋水釋文引司馬注〕

㊃通荑〔易大過釋文〕一、鄭作荑。

【程】馳貞切音呈庚韻

㊀一品也十髮爲一一一爲分十分爲寸見〔說文〕〔王注〕連言一品者品非本義也品訓衆庶在此則科則之義。

㊁一者物之準也見〔荀子致仕〕〔注〕度量之摠名〔按史記太史公自序張蒼爲章一集解如淳曰一者權衡丈尺斛斗之平法也〕

㊂謂器所容也〔禮記月令〕按度一。

㊃謂量計之也〔漢書東方朔傳〕一其器能。

㊄法式也〔漢書高帝紀〕今獻未有所一。

㊅猶限也〔文選左思賦〕明宵有一。

㊆正也見〔漢書敘傳集注〕

㊇功一也〔荀子脩身〕一役而不錄。

㊈課也〔文選張衡賦〕一角觝之妙戲〔薛注〕一、謂課其技能也

㊉示也見〔廣雅釋詁〕

⑪猶効也〔家語儒行〕一功積事。

⑫獸名〔列子天瑞〕靑寧生一〔釋文〕中國謂之豹越人謂之貘。

⑬地名〔周書大匡〕維周王宅一三年〔注〕在岐州左右後以爲國。

⑭烏一縣名漢置屬會稽郡當今浙江吳興縣治。

⑮姓也周一伯休父之後。

【稍】所敎切音哨效韻山巧切音捎巧韻

㊀出物有漸也見〔說文〕〔段注〕漸、依許當作趣凡古言一一者皆漸進之謂。

㊁蠢也見〔廣雅釋詁〕。

㊂距王城三百里曰一見〔周禮地官序官一人注〕

㊃一一小也見〔廣雅釋訓〕。

㊄一食祿稟也〔周禮宮正〕均其一食〔段玉裁云云一者謂祿之小者也〕

㊅一事小事也〔周禮膳夫〕凡王之一事〔注〕一事有小事而飲酒

㊆一禮賓客禮也〔周禮槀人〕共賓客之一禮〔注〕一禮非飧饔之禮留間王所給賓客者

㊇通削〔周禮太宰〕家削之賦〔釋文〕本亦作一。

【稍】師交切音筲肴韻　稅也。見〔集韻〕。

【秿】奉甫切音釜㷆韻　穧也。見〔廣雅釋詁〕。

【秿】芳無切音敷虞韻　禾穫也。見〔集韻〕。

【秿】奔模切音逋虞韻　刈禾。見〔集韻〕。

【秿】滂模切音鋪虞韻　秿或字。〔集韻〕秿大豆也。或从甫。

【⿰禾別】必列切音鼈屑韻　禾行列不齊也。見〔正字通〕。

【稂】盧當切音郎　呂張切音良陽韻　蓈或字。見〔說文艸部〕。〔按說文、蓈禾粟之秀生而不成者。謂之童蓈。段注。今詩爾雅皆作此字。非禾而从禾。非孔子惡莠意。按詩大田。不｜不莠。毛傳。｜、童粱也。爾雅釋草。｜、童粱。郭注。｜、莠類也。〕

【⿰禾免】武遠切音晚阮韻　禾名。見〔集韻〕。

【⿰禾孛】薄沒切音孛月韻　⿰禾弗或字。〔集韻〕⿰禾弗。字林、⿰禾弗稡。禾秀。或作｜。

【⿰禾告】枯沃切音酷沃韻　熟也。見〔廣雅釋詁〕。

【稩】圭玄切音涓先韻　麥莖也。見〔說文〕〔段注〕麥莖光澤娟好。故曰｜。

【⿰禾廷】待鼎切音挺迥韻　稻麥皃。見〔集韻〕。

【⿰禾秀】云九切音酉有韻　分別也。見〔字彙〕。

【稃】芳無切音敷虞韻　房尤切音浮尤韻　穭也。見〔說文〕〔段注〕古借孚爲｜。

【稄】禮色切音側職韻　稫｜。禾密皃。見〔集韻〕。

【⿰禾尾】明祕切音媚寘韻　無沸切音未未韻　⿰米尾或字。〔集韻〕⿰米尾。博雅、饋也。或从禾。

【⿰禾尾】武斐切音尾尾韻　⿱尾米或字。〔集韻〕⿱尾米、饋也。或作｜。

【稇】苦本切音困阮韻　絭束也。又縛衣也。見〔韻會〕〔按廣韻集韻均作稛。存參。〕

【稈】古旱切音笴旱韻　禾莖也。春秋傳曰。或投一秉｜。見〔說文〕〔段注〕謂自根之上至貫於穗者是也。

【⿰禾見】吉典切音繭銑韻　⿱龷禾或字。〔集韻〕⿱龷禾。小束也。或作｜。

【⿰禾妥】儒隹切音蕤　宣隹切音綏支韻

【⿰禾夾】吉協切音頰　檄頰切音協葉韻　長沙謂禾四把曰｜。見〔集韻〕。

【稌】同都切音徒虞韻　統五切音土　動五切音杜麌韻　稻也。周禮曰。牛宜｜。見〔說文〕〔段注〕釋艸曰。｜、稻。毛傳同。許曰。沛國評稬。而郭璞曰。今沛國評｜。然則｜稬本一語而稍分輕重耳。

【稌】常如切音蠩魚韻　藥艸署預也。見〔集韻〕。

【⿰禾足】側角切音捉覺韻　今年稻死來年自生也。見〔字彙補〕〔按說文稻今年落來年自生謂之秜、或卽秜字之譌〕

【⿰禾㒳】蒲結切音蹩屑韻　馝或字。〔集韻〕馝香也。或作｜。

【⿰禾叉】果羽切音矩麌韻　稜｜也。从禾又。又者、从丑省。一曰木名。見〔說文禾部〕〔注〕丑者、束縛也。故从丑省。稜｜、詘曲不伸之意也。稜｜之果。其狀詰屈。亦取此爲名。

【⿰禾脩】思留切音脩尤韻　禾名。見〔集韻〕。

【秳】栝本字。見〔說文〕。

【⿰禾兒】稷古文。見〔說文〕〔段注〕按兒蓋卽古畟字。

【⿱⿰氵刅禾】同粱。見〔玉篇〕。

【秏】同秅。見〔集韻〕。

【⿰禾否】同秠。見〔集韻〕。

【稾】同槀。見〔正字通〕。

【稆】穭或字。見〔集韻〕。

【稉】俗秔字。見〔說文〕〔段注〕更聲也。陸德明曰。—與稉皆秔俗字。

八畫

【⿰禾甾】莊持切音菑支韻

㊀禾死也。見〔玉篇〕。

㊁耕也。見〔集韻〕。

【稔】忍甚切音荏寑韻

㊀穀孰也。春秋傳曰。不五—。是見〔說文〕〔段注〕—之言飪也。〔按僖二年左傳不可以五—。注。熟也。〕

㊁年也。〔左襄二十七年傳〕所謂不及五—者。〔釋文〕穀一熟。故爲一年。

【稚】直利切音緻寘韻

㊀晚熟曰—。〔書考靈曜〕百穀—熟。

㊁少也。見〔廣雅釋詁〕。

㊂—質少女也。〔淮南脩務〕衜之—質。

㊃—子。獸名。〔杜甫詩〕筍根—子無人見。

㊄同稺。〔列子天瑞〕其名稺蜂。〔釋文〕稺、古—字。

㊅同稺。〔漢書鄭宏傳集注〕稺、古—字。

【稜】盧登切音楞蒸韻

㊀威—也。見〔後漢王允傳注〕。

㊁——霜氣嚴冬之貌。〔文選鮑照賦〕——霜氣。

㊂丹—。縣名。隋置。屬梁州眉山郡。當今四川丹—縣東。

㊃烏—。稻名。見〔集韻〕。

㊄俗稜字。見〔廣韻〕。

【稜】魯鄧切徑韻 京師農人指田遠近、多云幾—。見〔韻會引杜詩塹抵公畦—注〕。

【⿰禾朋】蒲庚切音朋庚韻

㊀禾密也。見〔集韻〕。

㊁禾相比成列也。見〔正字通〕。

【稟】筆錦切音禀寑韻逋鴆切沁韻

㊀賜穀也。从㐭禾。見〔說文㐭部〕〔段注〕中庸既—稱事。鄭注周禮宮正、內宰、廩人、掌固皆云稍食祿—也。又司祿注云。賙—其艱阨。今本多譌爲廩。卽有未譌。亦多讀爲力甚切矣。禾謂穀也。穀在於㐭。周禮所謂以待賙賜稍食也。凡賜穀曰—。受賜亦曰—。引伸之、凡上所賦、下所受皆曰—。左傳言—命則不威是也。

㊁祿也。見〔廣釋詁雅〕。

㊂給也。見〔後漢章帝紀注〕。

㊃予也。見〔廣雅釋詁〕。

㊄受也。〔國語晉語〕將—命焉。

㊅敬也。秦晉之間曰—。吳楚之間自敬曰—。見〔方言〕。〔按今世凡對尊長白事皆謂之—。公文書亦有稱—者。皆本敬義。〕

㊆猶動用也。〔淮南俶眞〕雖欲勿—。

【稟】力錦切音懍寑韻 㐭或字。〔集韻〕㐭說文穀引振入。或作—。

【稠】陳留切音綢尤韻

㊀—多也。見〔說文〕〔段注〕本謂禾也。引伸爲凡多之偁。小雅。綢直如髮。叚綢爲—也。

㊁密也。〔禮記文王世子注〕歌者—。

㊂概也。見〔廣韻〕。〔按說文概、—也。〕

㊃姓也。常樂侯—雕。見〔漢書功臣表〕。

【稠】徒弔切音糶嘯韻 動搖皃。漢書。天地—敹。見〔集韻〕。

【稠】田聊切音迢蕭韻 調或字。〔集韻〕調和也。或从禾。〔按莊子天下。可謂—適而上遂矣。釋文、—本作亦調。〕

【稗】旁卦切音粺卦韻 禾別也。琅邪有—縣。見〔說文〕〔段注〕謂禾類而別於禾也。左傳云。用秕—也。杜云。—、草之似穀者。—有米。似禾可食。故亦種之。如淳曰。細米爲—。故小說謂之—官。小販謂之—販。地理志琅邪郡有裨縣。裨、當是本作—。今山東沂州府莒州南有—縣故城。

【稏】衣嫁切音亞禡韻 穲—。稻也。見〔集韻〕。

【⿰禾非】妃尾切音斐尾韻 禾穗皃。見〔集韻〕。

【⿰禾務】書蒸切音升蒸韻 麻屬。見〔集韻〕。

【⿰禾奇】於宜切音漪支韻 稦或字。〔集韻〕稦、禾茂也。或作—。

【稐】魯本切音埨阮韻 束也。見〔集韻〕。

【⿰禾居】斤於切音居魚韻 蜀人謂黍曰⿰禾唐—。見〔集韻〕。

【稑】力竹切音六屋韻　疾孰也。詩曰。黍稷種－。見〔說文〕。〔段注〕邠風傳曰。先孰曰－。周禮內宰注。鄭司農云。後種先孰謂之－。

【稒】古慕切音顧遇韻　－陽縣名。在五原郡。見〔集韻〕。

【䅖】衣廉切音淹鹽韻　。－－禾苗美也。見〔集韻〕。

【䅖】衣檢切音掩琰韻於贍切音懨艷韻　禾不實。見〔集韻〕。

【䅖】又業切音肥葉韻　禾敗不生。見〔集韻〕。

【䅖】烏含切音諳覃韻　馣或字。〔集韻〕馣。博雅、馣馣。香也。或从禾。

【䅖】鄔感切音晻感韻　晻或字。〔集韻〕晻。種田也。或从禾。

【稓】疾各切音昨藥韻　鄉名。在臨邛。亦姓。見〔集韻〕。

【稕】朱閏切音震震韻　束稈也。見〔說文新附〕。

【䅘】郎才切音來灰韻陵之切音離支韻六直切音力職韻　齊謂麥－也。見〔說文〕。〔段注〕來之本義訓麥。然則加禾旁作－。俗字而已。據廣韻、則埤蒼來麰字作－。

【䅇】戶袞切音混阮韻　束艸。見〔集韻〕。

【䅚】苦遠切音綣阮韻　禾相近謂之－。見〔集韻〕。

【稖】步項切音棒講韻　秬屬。見〔字彙〕。〔按集韻。稖、秬屬。－或即稖字之譌。正字通云。同稖。非。〕

【䅳】株衛切音綴霽韻　禾皃。見〔集韻〕。

【䅌】苦緩切音款旱韻　禾病。見〔集韻〕。

【𥟖】蚩良切音昌陽韻　穅也。見〔集韻〕。

【稘】居之切音基支韻　復其時也。唐書曰。－三百有六旬。見〔說文〕。〔段注〕言帀也。十二月帀爲期年。中庸、一月帀爲期月。左傳、旦至旦亦爲期。今堯典作期。蓋壁中古文作－。孔安國以今字讀之、易爲期也。

【稘】渠之切音其支韻　豆莖。見〔集韻〕。

【稙】丞職切音寔竹力切音陟職韻　早穜也。詩曰。－稚尗麥。見〔說文〕。〔段注〕此謂凡穀皆有早種者。魯頌傳曰。先種曰－。釋名曰。青徐人謂長婦曰－。長禾苗先生者曰－。取名於此也。

【稇】苦本切音梱阮韻丘粉切音趣吻韻　絭束也。見〔說文〕。〔王注〕齊語。－載而歸。韋注。－絭也。廣韻。－束也。桂氏曰。增韻混部－字苦本切。絭束。从困。與軫韻－字不同。軫部苦隕切。滿也。國語－載而歸。从倉囷之囷。與混韻－字不同。彼从窮困之困。馥據此疑本書从困。

【稛】苦隕切音麇軫韻　滿也。〔國語齊語〕－載而歸。

【䅜】是爲切音垂支韻　禾垂皃。見〔集韻〕。

【䅜】是棰切音菙聚紫切音惢直婢切音檤紙韻都戈切音朶歌韻吐火切音妥杜果切音惰哿韻樹僞切音瑞寘韻　禾積也。見〔集韻〕。〔按字亦作䅜。廣雅釋詁、䅜、積也。玉篇、䅜、小積也。〕

【䅝】枯公切音空東韻　秆－。稭稾也。見〔類篇引博雅〕。

【稞】胡瓦切音踝馬韻魯果切音裸哿韻　穀之善者。一曰無皮穀。見〔說文〕。〔段注〕謂凡穀顆粒俱佳者。廣韻云。淨穀。

【稞】苦禾切音科歌韻　青－。麥名。見〔廣韻〕。〔按集韻。青州謂麥曰－。〕

【稷】札色切音側職韻　禾束也。見〔集韻〕。

【䅟】虛嚴切音藡鹽韻　禾傷肥。見〔集韻〕。

【䅈】音朶哿韻

穗下曰—。見〔字彙補〕。

【稡】臧沒切音卒月韻 稊—。禾秀不成。聚向上皃。見〔集韻〕。

【稡】蘇骨切音窣月韻 稡—。秀也。見〔集韻〕。

【稡】祖外切音最泰韻 禾秀不實。見〔集韻〕。

【稶】乙六切音郁屋韻 黍稷盛皃。見〔集韻〕。

【黎】憐題切音離齊韻 黑木也。見〔字彙引六書正譌〕。

【稗】必至切音畀寘韻 縣名。在琅邪。見〔集韻〕。

【稝】何戈切音和歌韻 戶臥切音賀箇韻 棺頭也。見〔字彙補〕。

【穋】音移支韻 遷—。易轉也。見〔篇海類編〕。

【䅛】夷益切音易陌韻 禾終畝。見〔集韻〕。

【䅞】匿德切音䘅職韻 ……

穀穰也。見〔集韻〕。

【稚】丑犥切音暢漾韻 稺—也。見〔字彙補〕。

【𥡔】秝本字。見〔說文〕。

【稃】古菲字。見〔集韻〕。

【䅥】古穋字。見〔字彙補〕。

【䅧】古秝字。見〔集韻〕。

【䅠】稑或字。見〔集韻〕。

【䅗】同棱。見〔集韻〕。

【稗】同稗。見〔正字通〕。

【䆅】同穋。見〔篇海類編〕。

【稷】同稷。見〔篇海〕。

九畫

【稧】詰結切音挈屑韻 ㊀禾稈也。見〔集韻〕。㊁通褉。〔王羲之蘭亭帖〕修—事也。〔義詳褉字〕。

【稧】胡計切音系霽韻 吳人謂秩稻曰—。見〔集韻〕。

【䅣】胡光切音皇陽韻 胡盲切音橫庚韻 ㊀䅭—也。見〔說文〕。

㊁穛別名。見〔集韻〕。

【鞂】訖黠切音戛黠韻 〔按字彙、正字通、康熙字典均禾革兩部重見。今刪革部—而從玉篇、類篇、歸入禾部〕。㊀穗去實曰—。〔禮記禮器〕藁—之設。㊁草—。見〔廣韻〕。〔按龍龕手鑑作革—也。誤〕。㊂祭神席也。見〔玉篇〕。㊃通秸。〔書禹貢〕三百里納秸服。〔按鄭注禮器引作三百里納—服。〕㊄稭或字。〔集韻〕稭。說文、禾藳去其皮以爲席。或作—。〔按禮記郊特牲。莞簟之安。而蒲越藳—之尚。注。蒲越藳—。藉神席也。史記封禪書集解應劭曰。稭、禾藳也。去其皮以爲席。而禹貢秸服釋文云。秸、本或作稭。故段玉裁曰。稭、秸、—、三形同。〕

【種】傳容切音重冬韻 先穜後孰也。从禾。重聲。見〔說文〕。〔段注〕此謂凡穀有如此者。邠風傳曰。後孰曰重。周禮內宰注。鄭司農云。先—後孰謂之穜。按毛詩作重。叚借字也。周禮作穜。轉寫以今字易之也。〔按王注詩七月、閟宮。皆云黍稷重穋。七月釋文曰。說文云。禾邊作重。是重穋之字。禾邊作重。是—埶之字。今人亂之已久。閟宮釋文曰。重、本又作—。然則隋時經本尚有同說文者。〕

【種】主勇切音腫腫韻 ㊀五穀之子也。〔漢書溝洫志〕—不得下。㊁首族也。〔呂覽情欲〕身禮府—。㊂—短也。〔左昭三年傳〕余髮如此—。〔又〕淳厚也。見〔莊子胠篋釋文〕。〔又〕謹慤貌。見〔釋文引李注〕。㊃五—。五穀也。〔山海經中山經〕糈用五—之精。〔按周禮職方河南曰豫州。其穀宜五—。注。五—。謂黍稷菽麥稻也。又、正北曰并州。其穀宜五—。注。五—。黍稷菽麥麻。〕〔又〕今世界人類亦以膚色別爲五—。即黃白紅黑稷是。㊄—噲。顏色無常也。〔莊子讓王〕顏色—噲。〔釋文〕—噲。龕虛不常之貌。

(六)州名。唐置。屬羈縻關內道芳池府。當在甘肅舊慶陽府境。
(七)穜或字。〔集韻〕穜類也。或从重。

【種】朱用切音踵宋韻
(一)布也。〔書大禹謨〕臯陶邁—德。
(二)芒—。節氣名。詳氣字。
(三)種或字。〔集韻〕穜。說文、埶也。或从重。〔按—植之—。說文作穜。經傳通作—。〕

【稯】祖叢切音嵕東韻
(一)布之八十縷爲—。見〔說文〕。〔王注〕字从禾。必不以布縷爲正義。段氏曰。當云禾四十秉爲—。一曰布之八十縷爲—。是也。史記孝景本紀。令徒隸衣七緵布。注。緵、八十縷也。聘禮。今文作—。古文作緵。許从今文。故糸部無緵。
(二)十筥曰—。見〔儀禮聘禮記〕。

【稯】祖動切音總董韻
(一)—。聚貌。〔莊子則陽〕是——何爲者。
(二)同摠。〔莊子則陽釋文〕—、本作摠。
(三)通總。〔莊子則陽釋文〕—、亦作總。
(四)稯或字。〔集韻〕稯束也。或作—。〔按周禮掌客。車秉有五籔。注云。—、猶束也。〕

【稱】蚩承切音偁蒸韻昌孕切音爯徑韻
銓也。春分而禾生。日夏至。晷景可度。卽禾有秒。秋分而秒定。律數、十二秒而當一分。十分而寸。其㠯爲重。十二粟爲一分。十二分爲一銖。故諸程品皆从禾。見〔說文〕。〔段注〕銓者、衡也。聲類曰。銓、所以—物也。—、俗作秤。按爯、幷舉也。偁、揚也。今皆用——。而爯偁廢矣。〔按徐鍇云。此文去聲。卽權衡之—。故曰銓也。夏至日極北。故曰晷景可度。禾有秀實則芒生。芒、秒也。秋、萬物成定之時。物皆揫縮。故曰秒定。律皆以分寸數。十二秒爲一分長短也。〕

【稱】蚩承切音偁蒸韻
(一)度也。見〔廣雅釋詁〕。〔按楚辭惜誦。苦—量之不審兮。注。—所以知輕重。〕
(二)舉也。〔書牧誓〕—爾戈。〔按周書祭公。公—不顯之德。注。—、謂舉行也。〕
(三)述也。〔國語晉語〕其知不足—也。
(四)呼也。〔國語吳語〕王—左畸。
(五)猶言也。〔禮記射義〕旄期—道不亂者。〔按呂覽當染。必—此二士也。注云。—、說也。〕
(六)猶等也。〔考工記輿人〕謂之參—。
(七)名號謂之—。〔老子注〕貴者隆王—也。〔釋文〕—、一作號。一作名。
(八)姓也。漢新山侯—忠。

【稱】昌孕切音爯徑韻
(一)好也。見〔爾雅釋言〕。〔注〕物—人意。亦爲好。〔今蘇俗猶云—心。與爾雅訓合。〕
(二)副也。〔國語晉語〕—晉之德。〔按漢書高帝紀。—吾意。孔光傳。無以報—。義竝同。〕
(三)猶等也。〔考工記輿人〕謂之參—。
(四)謂各當其宜也。〔荀子禮論〕貧富輕重皆有—者也。
(五)衣單複具曰—。〔左閔二年傳〕祭服五—。
(六)八—。縣名。唐置。屬羈縻劍南道品州。當今四川宜賓縣境。

【稍】卽就切音僦直祐切音胄宥韻
(一)稅也。見〔集韻〕。
(二)稔實也。見〔廣韻〕。

【稘】几利切音冀寘韻
禾長穗。見〔類篇〕。〔集韻作稘。音義同。〕

【稩】居氣切音既味韻
禾長。見〔集韻〕。

【⿰禾屋】烏谷切音屋屋韻
禾芒。見〔集韻〕。

【⿰禾頁】相庾切音⿰糹頁麌韻
草名。見〔廣韻〕。

【⿰禾委】烏禾切音倭歌韻烏果切音婐哿韻鄔毀切音委紙韻
多也。見〔廣雅釋詁〕。〔按廣韻八戈。—、燕人云多。〕

【稪】方六切音福房六切音伏屋韻
穀名。見〔集韻〕。

【⿰禾星】桑經切音星青韻
禾稀。見〔集韻〕。

【⿰禾幽】子幽切音揫尤韻
⿰禾茲或字。〔集韻〕⿰禾茲。禾生也。或从幽。

【稫】拍逼切音堛職韻

一稄。禾密皃見〔集韻〕。

【稫】筆力切音逼職韻 踾禾下葉見〔集韻〕。

【⿰禾臿】測入切音屆緝韻 種也。見〔集韻〕。

【稬】奴亂切音偄翰韻乃管切音暖旱韻奴臥切音懦箇韻 沛國謂稻曰一。見〔說文〕。〔段注〕襄五年穀梁傳吳謂善伊謂稻緩。按謂稻爲緩者。卽沛國謂稻曰一之理也。緩、稬古亦讀如暖。〔按王筠云。字林。一、黏稻也。郭注釋草稌稻曰。今沛國呼稌。與許不同。是漢晉口語遞變也。〕

【稭】訖黠切音戞黠韻居諧切音皆佳韻 禾稾去其皮祭天目爲席也。見〔說文〕。〔段注〕謂禾莖既刈之上去其穗。外去其皮。存其淨莖。是曰一。〔按王注。祭天以爲席者。玄應引席作藉。郊特牲莞簟之安而蒲越稾穌之尙。注。蒲越、稾穌、藉神席也。封禪書注應劭曰。一、禾稾也。去其皮以爲席。與許說正同。禹貢之秸。釋文。本或作一。禮器鄭志引作穌。麻部䵝。麻藍也。是一秸藍穌。一字異文。〕

【⿰禾奐】呼玩切音喚翰韻 禾名。見〔集韻〕。

【⿰禾曷】居謁切音訐月韻丘葛切音渴曷韻 禾舉出苗也。見〔說文〕。〔段注〕何休曰。生曰苗。秀曰禾。禾采初挺出於苗。是曰一。既成則屈而下𠃬矣。

【⿰禾曷】吉屑切音結屑韻 禾秀也。見〔集韻〕。

【⿰禾曷】巨列切音傑屑韻居曷切音葛曷韻

【⿰禾苗】謨交切音茅肴韻眉敎切音皃效韻 ⿰禾隶謂之一。見〔廣雅釋器〕

【⿰禾音】於鹽切音懨豏韻 一一苗齊等也。見〔集韻〕。

⿰禾慮一。水不實。見〔集韻〕。

【⿰禾音】於禁切音蔭沁韻 禾苗茂美也。見〔集韻〕。

【稰】新於切音胥魚韻 禾子落皃。見〔集韻〕。

【稰】寫與切音偦語韻 熟穫曰一。見〔集韻〕。

【⿰禾則】察色切音測職韻 禾稠皃。見〔集韻〕。

【稥】烘姜切音香陽韻 芳氣也。見〔字彙補〕。

【⿰禾柔】忍九切音蹂有韻 ⿰禾樂禾也。見〔集韻〕。

【⿰禾咠】卽入切音㗊緝韻 一一。禾衆皃。見〔集韻〕。

【𥝩】掌氏切音紙頸尒切音枳紙韻居企切音馶寘韻 一𥡴。多小意而止也。一曰木也。見〔說文禾部〕。〔段注〕小意者。意有未暢也。謂有所妨礙。含意未伸。廣韻。一、𥡴皆訓曲枝果。〔按一、𥡴或作枳椇。或作枳枸。或作枳句。或作枝拘。皆詰詘不得伸之意。〕

【𥝩】翅移切音郝支韻 同枳。〔爾雅釋地〕中有枳首蛇焉。〔注〕歧頭蛇也。今江東呼兩頭蛇。〔釋文〕枳本或作一。〔按段玉裁云。此借一枳字爲歧字。故郭釋以歧頭蛇。〕

【⿰禾垩】於劫切音謁洽韻 禾敗不生。見〔字彙補〕。

【⿰禾耑】都果切音朶哿韻多官切音端寒韻 禾垂皃也。讀若端。見〔說文〕。〔王注〕耑者穎之耑也。下垂者必其耑也。唐韻丁果切。則與朶同音。彼木垂。此禾垂。

【⿰禾僉】力兼切音廉鹽韻 芳氣也。見〔字彙〕。

【稨】卑眠切音邊先韻 同穆。〔集韻〕穆縟上豆亦作一。

【⿰禾韋】稦本字。見〔集韻〕。

【⿰禾是】同稊見〔集韻〕。

【⿰禾咼】同稞見〔集韻〕。

【⿸麻禾】同麋。見〔字彙補〕。

【⿰禾鬼】稷或字。見〔集韻〕。〔按一切經音義。一、古文稷同。〕

【⿰禾卽】穊或字。見〔集韻〕。

【⿰禾㒸】穟省字。見〔正字通〕。

【⿰禾苦】秸譌字。見〔正字通〕。

【穆】穆俗字。見〔正字通〕。

十畫

【稴】勒兼切音鬑。賢兼切音嫌。堅嫌切音兼。鹽韻。胡讒切音咸。咸韻。歷店切音䨲。豔韻。盧忝切音溓。琰韻

(一)稻不黏者。讀若風廉之廉。見〔說文〕。〔段注〕凡穀皆有黏者有不黏者。秫則稷之黏者也。稴則黍之不黏者也。稻有不黏者。則—是也。今俗通謂不黏者爲秈米。集韻類篇皆云。方言江南呼稉爲秈。亦作秈、作粞。按說文、玉篇皆有—無秈。蓋秈即—字。音變而字異耳。風廉、疑當同食部作風溓。

(二)青稻白米。見〔集韻〕。〔按風土記云。—、稻之青穗。〕

【稴】歷店切音䨲。豔韻

—䆎。禾不實皃。見〔類篇〕。

【稴】離鹽切音廉。鹽韻

—䆎。艸不實。見〔集韻〕。

【稵】津之切音茲。支韻。將由切音揫。子幽切音檛。尤韻

(一)禾生皃。一曰蒔也。見〔集韻〕。

(二)同澁。益也。見〔玉篇〕。

【稷】節力切音即。職韻

(一)齋也。五穀之長也。見〔說文〕。〔注〕—即稷。一名粢。字亦作齋。楚人謂之—。關中謂之糜。〔按王注。桂氏曰。五穀之長。說者各異。有主五行者。周禮甸師注。穀者—爲長。疏云。月令。中央土。食—與牛。五行土爲尊也。有主先種者。月令孟春行冬令。則首種不入。鄭注。首種謂—。有主氣侯者。白虎通。尊—五穀之長。故封—而祭之也。—者。得陰陽中和之氣。而用尤多。故爲長也。馥謂孝經說。—者五穀之長。穀衆多。不可偏敬。故立—而祭之。許君未嘗言其所以爲長。不須鑿求。〕

(二)粟也。見〔爾雅釋草粢—孫注〕。〔按郭注。今江東人呼粟爲粢。舍人注。今江東呼粟爲—。也急就篇顏注。—粟一種。但二名耳。桂馥云。衆經釋粢皆爲粟。—即粟也。〕

(三)疾也。〔詩楚茨〕既齊既—。〔傳〕—、疾也。

(四)—之言即也。見〔詩楚茨箋〕。

(五)側也。〔太玄應〕君子應以大—。〔按字亦通側。書中候舜至於下—。注。—讀曰側。下之側。宋注。—、側也。〕

(六)合也。〔太玄常〕終不—。

(七)不見之也。〔呂覽權勳〕齊桓公見小臣—。

(八)昃也。〔穀梁春秋定十五年〕日下—。〔注〕—、昃也。下—、謂餔時。

(九)官名。〔左昭二十九年傳〕—、田正也。

(十)人名。〔書舜典〕讓于—、契暨皋陶。〔鄭注〕—、棄也。

(十一)神名。〔周禮大宗伯〕以血祭祭社—、五祀五嶽。〔注〕社—、土穀之神。〔按五經異義古左氏說。列山之子曰柱。死祀以爲—。是田正。周棄亦爲—。自商以來祀之。鄭駮之曰。宗伯以血祭祭社—、五祀、五嶽。社—之神。若是句龍柱棄。不得先五嶽而食。詩信南山云。畇畇原隰。下云。黍—彧彧。原隰生百穀。—爲之長。然則—者原隰之神。社者、五土總神。皆能生萬物者。以古之有大功者配之。句龍以有平水土之功。配社祀之。—有播種之功。配—祀之。〕

(十二)齊地名。〔左昭十年傳〕庚辰戰于—。〔按六國時、齊有—下館。當今山東臨淄縣古臨淄城西。〕〔又〕晉地名。〔左宣十五年傳〕晉侯治兵于—。〔按今山西—山縣南有—神山。山下有—亭。即晉侯治兵處。〕

(十三)——。歎辭。〔素問寶命全形論〕見其——。〔注〕——。嗟其已應。

(十四)—桑。地名。〔國語周語〕至於—桑。〔注〕—桑、皋落翟地。〔按當今山東高苑縣西北。〕

(十五)—愼。國名。〔周書王會〕西面者正北方—愼大麈。〔注〕—愼、肅愼也。

(十六)—澤。水名。〔山海經西山經〕西流注於—澤。〔注〕—澤、后—神所馮。

(十七)姓也。漢有—嗣。

【稺】直利切音緻。寘韻

(一)幼禾也。見〔說文〕。〔段注〕魯頌毛傳曰。後種曰—。許不言後種者。後種者後長。種固小於先種。即先種者。當其未長。亦—也。先種而中有遲長者。亦—也。引伸爲凡幼之偁。今字作稚。〔按韓詩。—、幼稺也。齊民要術四

月五日穡者爲—禾。字林作稡。互詳稚、稺。」

(二)小也。見〔方言〕。〔按本書下文又釋之曰、—年小也。」

【穛】 職略切音灼藥韻　姑沃切音牿奴沃切音僕沃韻

(一)禾皮也。見〔說文〕〔段注〕禾稿之皮也。

(二)齊地名。見〔玉篇〕。〔按段玉裁云。春秋經有穛字。今釋文五經文字皆作穛。〕

【稻】 杜皓切音道皓韻

(一)稌也。見〔說文〕〔段注〕今俗槩謂黏者、不黏者。未去穅曰—。稉—、秈—、秔—。皆未去穅之偁也。既去穅。則曰稉米、曰秈米、曰秔米。古謂黏者爲—。謂黏米爲—。玉裁謂—、其渾言之偁。秔與—對、爲析言之偁。〔按顏注急就篇。—者有芒之穀總名也。爾雅言稌。周頌周禮言稌。他經多言—。而稉秈秔均不見於經。是知古統名稌—。本無黏不黏之分也。〕

(二)縣名。漢置。屬琅琊郡。當今山東高密縣西南。

(三)姓也。見〔姓苑〕。

【稻】 土皓切音討皓韻

秔也。關西語。見〔集韻〕。

【稽】 堅奚切音雞齊韻

(一)留止也。从禾。从尤。旨聲。賈侍中說。木名。見〔說文稽部〕〔段注〕玄應引留止曰—。高注戰國策曰。留其日—。留其日也。凡—留則有審愼求詳之意。故爲—木名—。別一義。

(二)合計也。〔周禮小宰〕二曰聽師田以簡—。〔司農注〕—。猶計也。合也。合計其士之卒伍。閱其兵器。爲之要薄也。

(三)貯滯也。見〔史記平準書集解〕。

(四)礙也。見〔漢書公孫弘傳集注〕。

(五)同也。見〔書堯典若—古帝堯鄭注〕。

(六)考也。〔易繫辭〕於—其類。

(七)至也。〔莊子逍遙遊〕大浸—天而不溺。

(八)當也。見〔廣雅釋詁〕。

(九)問也。見〔廣雅釋詁〕。

(十)叩也。〔太玄玄攡〕—其門。

(十一)棨戟也。〔國語吳語〕擁鐸拱—。

(十二)滑—。辯捷也。〔史記樗里子傳〕滑—多智。〔索隱〕謂辯捷之人。言非若是。言是若非。能亂同異也。一云。滑、—酒器。可轉注吐酒不已。以言俳優之人。詞不窮竭。如滑—之吐酒不已。〔正義〕滑、—轉利之偁也。滑、亂也。—、疑也。其變無留也。

(十三)司—。察留連不時去者。〔周禮地官序官〕胥師司—。

(十四)會—。山名。〔水經漸江水注〕會—之山。古防山也。亦謂之爲茅山。又曰棟山。〔按會—山古屬揚州。當今浙江紹興縣東南十三里。〕

(十五)姓也。秦—黃。

【稽】 遣禮切音啟薺韻

䭫或字。〔集韻〕䭫。說文、下首也。或作—。〔按說文首部。䭫、䭫首也。而許沖上書。前作—首。後作䭫首。周禮頓首䭫首。爲九拜之二大耑。䭫、本又作—。—首、吉拜。頭至地也。頓首、凶拜。卽—顙也。頭叩地也。段玉裁云。古者吉賓嘉皆—首。無言頓首者。喪則—顙。無言—首者。以是知—顙卽頓首也。其說甚辯。存之以俟議禮者。〕

【稾】 古老切音杲皓韻

(一)稈也。見〔說文〕〔段注〕廣雅左傳注皆云。秆、—也。叚借爲矢榦之—。屈平屬艸—之—。〔按韻會引鍇本作禾稈也。蒼頡同。一切經音義云。—、稈也。卽乾草也。草—字。史記屈原傳作槀。〕

(二)勞也。見〔書蘂飫序傳〕。

(三)—人。官名。〔周禮夏官序官〕—人。〔司農注〕箭幹謂之—。

(四)—談。縣名。漢置。屬牂柯郡。當今雲南陸良縣地。

(五)同稾。〔禮記郊特牲〕—秸。〔釋文〕本又作稾。

【稾】 居效切音教效韻

枯禾也。見〔集韻〕。〔按三十二皓引說文作藳。此又段—爲槁。周禮小行人則令槁禬之。司農注。藳當爲槁。〕

【稾】 居號切音誥號韻

猶散也。〔儀禮既夕記〕—車載蓑笠。〔按詩無羊傳。蓑所以備雨。疏云。—車、潦車也。爲雨而設。〕

【穀】 古祿切音谷屋韻　居候切音冓宥韻

(一)續也。百—之總名也。見〔說文〕〔

段注〕周禮太宰言九—。鄭云。黍、稷、稻、粱、麻、大小豆、小麥、苽也。膳夫食用六—。先鄭云。稌、黍、稷、粱、麥、苽也。疾醫言五—。鄭曰。麻、黍、稷、麥、豆也。詩書言百—。約舉兼晐之詞。惟禾黍為嘉—。〔按—。穀聲相近。粟—義相通。鹵部㮚嘉—實也。孔子曰。粟之為言續也。〕

（二）善也。見〔爾雅釋詁〕。

（三）祿也。〔詩天保〕俾爾戩—。

（四）生也。〔詩大車〕—則異室。〔按國語晉語。是焚—也。注云。—、所仰以生也。〕

（五）養也。〔詩甫田〕以—我士女。〔按周禮大宗伯。子執—璧。注。—、所以養人。〕

（六）培也。見〔廣雅釋言〕。

（七）食也。〔文選宋玉賦〕公樂聚—。

（八）—者民之司命也。見〔管子山權數〕。

（九）—蓋牟麥也。〔書古太誓〕五至以—俱來。

（十）孺子也。〔荀子禮論〕臧—猶且羞之。〔注〕孺子曰—。

（十一）水名。〔山海經中山經〕瞻諸之山。少水東流注於—水。

（十二）菜名。〔齊民要術引字林〕—菜生水中。

（十三）不—。諸侯謙辭。〔左僖四年傳〕豈不—是為。〔按淮南人間。不—親傷。注。不—、不祿也。人君謙以自稱也。〕

（十四）—圭。謂圭之飾若粟文也。見〔周禮典瑞—圭注〕。〔按山海經西山經。堅粟精密。注云。玉有粟文。所謂—璧也。〕

（十五）布—。鴶鵴也。見〔爾雅釋鳥疏引埤蒼〕。

（十六）姓也。〔又〕—梁複姓。

（十七）同轂。〔穀梁文二年傳〕晉士—。〔釋文〕—、本又作轂。

（十八）通告。〔禮記檀弓〕齊—王姬之喪。〔注〕—、當為告。聲之誤也。

（十九）通穀。〔左莊三十年傳〕楚人謂乳—。謂虎於菟。〔按釋文引漢書敘傳—作穀。〕

【稼】居迓切音駕禡韻

禾之秀實為—。莖節為禾。一曰。—、家事也。一曰在野曰—。見〔說文〕。〔桂注〕詩甫田。曾孫之—。箋云。—、禾也。謂有藁者也。桑柔。好是—穡。釋文。本作家。馥案家當作嫁。蓋言—、嫁也。周禮敘官司—。注云。種穀曰—。如嫁女以有所生。在野曰—者。司—。巡野觀—。

【䅬】烏懈切音隘卦韻

稻束曰—。一曰稗—稻種。見〔集韻〕。

【䅲】相支切音斯支韻

治禾也。見〔集韻〕。

【䅭】蒲光切音旁陽韻蒲庚切音彭庚韻

—程。穀名。見〔說文〕。〔按廣雅釋草。—程、穄也。〕

【稤】力質切音栗質韻

—。積禾皃。見〔集韻〕。

【䅮】七浪切音蹌漾韻

禾穎也。見〔集韻〕。

【䅨】古忽切音骨月韻

禾莖。見〔五音集韻〕。

【䅯】徒郎切音唐陽韻

蜀人謂黍曰—䅳。見〔集韻〕。

【䅰】安很切恩上聲阮韻

草名。見〔集韻〕。

【𥡗】府尾切音匪尾韻

稻名。見〔集韻〕。

【𥠻】渠伊切音耆市之切音時支韻

麥下種也。見〔集韻〕。

【䅖】力求切音留尤韻

禾名。一曰禾盛皃。見〔集韻〕。

【𥢆】崇芻切音雛莊俱切音菆虞韻甾尤切音鄒尤韻

稷穋謂之—。見〔廣雅釋草〕。

【䅳】呼光切音荒陽韻

虛無食也。見〔說文〕〔段注〕爾雅。果不孰為荒。周禮疏曰。疏穀皆不孰為大荒。按荒年字當作—。荒行而—廢矣。

【稸】許六切音畜勑六切音蓄屋韻

積也。見〔集韻〕。

【𥢃】巨列切音傑屑韻

禾出皃。見〔集韻〕。

【䅴】昔各切音索藥韻

禾皃見〔集韻〕。

【穡】色窄切音棟陌韻

禾穗見〔集韻〕。

【稹】止忍切音軫軫韻之刃切音震震韻

種穊也。周禮曰。—理而堅。見〔說文〕〔段注〕此與鬒爲稠髮同也。引伸爲凡密緻之偁。攷工記輪人。鄭云。—致也。致、今之緻字。〔按玉篇〕—叢緻也。爾雅釋言。苞、—也。郭注。今人呼物叢緻者爲—。孫注。物叢生曰苞。齊人名曰—。又讀如奠。司農注考工記輪人云。—、讀祭奠之奠〕。

【稹】亭年切音田先韻之人切音眞眞韻

木根相迫也。見〔集韻〕。

【穡】卑眠切音邊先韻

同穇。〔集韻〕穇䅉上豆亦作—。

【穊】居氣切音既未韻

禾長穗見〔集韻〕。〔類篇作稩。音義同。互詳稩字〕。

【榲】於云切音熅文韻

蒀。—香也。見〔集韻〕。〔按廣韻。蒀蒀。盛皃。—同〕。

【穁】如容切音茸冬韻

穠—。芳也。一曰禾稍。見〔集韻〕。

【穁】乳勇切音冗腫切

禾—。見〔集韻〕。

【緻】直利切音緻寘韻

禾稠。見〔集韻〕。

【耩】古項切音講講韻

耩或字。〔集韻〕耩。耕也。或从禾。

【槈】奴沃切音傉沃韻

耨或字。〔集韻〕耨。耨田治草也。或从禾。

【䅓】澄流切音稠尤韻

穊也。見〔字彙補〕。

【𥠳】必列切音鼈屑韻

急性也。見〔篇海〕。

【稸】思酉切音脩尤韻

同稸。〔集韻〕稸。禾名。或不省。

【穖】穖本字。見〔集韻〕。

【𥢕】秦籀文。見〔說文〕。

【稿】同槀。見〔正字通〕。

【穀】同黎。見〔字彙補〕。

【䅾】鐙或字。見〔集韻〕。

【穡】稿或字。見〔集韻〕。

【穏】䆃或字。見〔集韻〕。

十一畫

【穅】丘岡切音康陽韻

(一)穀之皮也。从禾米。庚聲。見〔說文〕。〔注〕爾雅。云康、空也。从禾米。米皮去。其內卽空之意也。〔段注〕云穀者。晐黍稷稻粱麥而言。

(二)凶年無穀曰—。見〔周書諡法〕。

(三)好樂怠政曰—。見〔漢書諸侯王表集注〕。

(四)通康。〔詩生民傳〕或簸—者。〔釋文〕—字亦作康、。

(五)通糠。〔莊子逍遙遊〕是其塵垢粃—。〔釋文〕—、字亦作糠。

【穆】莫六切音目屋韻

(一)禾也。見〔說文〕〔段注〕蓋禾有名—者也。凡經傳所用—字。皆叚—爲㣎。

(二)美也。〔詩清廟〕於—清廟。

(三)敬也。〔書金縢〕我其爲王—卜。

(四)——。威儀多貌。見〔禮記曲禮疏〕。

(五)雍—。和也。見〔漢書揚雄傳集注〕。

(六)信也。西甌毒屋黃石野之間曰—。見〔方言〕。

(七)和也。〔詩蒸民〕—如清風。

(八)猶悅也。〔管子君臣〕—君之色。

(九)猶默靜思貌也。〔文選東方朔傳〕於是吳王—然。

(十)無形貌。〔淮南原道〕—忞隱閔。〔注〕—忞、皆無形之類也。

(十一)中情見貌曰—。布德執義曰—。見〔周書諡法〕。

(十二)—者。誤亂之名。見〔論衡福虛〕。

(十三)子曰—。見〔周禮小宗伯注〕。

(十四)姓也。漢有—生。

(十五)通繆。〔禮記中庸〕所以序昭—也。〔釋文〕—、本作繆。

【穌】孫租切音蘇虞韻

(一)杷取禾若也。見〔說文〕〔段注〕杷、各本作把。今正。禾若散亂。杷而取之。不當言把也。〔按樵蘇字當作—。史傳皆假蘇爲之〕。

(二)息也。死而更生曰—。見〔玉篇〕〔按集韻。通作蘇。俗作甦。非是〕。

(三)耶—。Gesus 基督敎主名。生於猶太。西人以其降生紀年。其穌亦稱耶—穌。

【積】恣息切音迹陌韻 則歷切音績錫韻

(一)聚也。見〔說文〕。〔段注〕禾與粟皆得偁—。引伸爲凡聚之偁。淇澳詩叚簀爲—。

(二)儲也。〔國語楚語〕無一日之—。〔按—儲之義本此。〕

(三)多也。見〔漢書食貨志集注〕。

(四)久也。見〔漢書嚴助傳集注〕。

(五)叢也。見〔小爾雅廣詁〕。

(六)謂重也。〔素問箸至教論〕—并則謂驚病起。

(七)留也。〔荀子解蔽〕私其所—。

(八)滯也。〔莊子天道〕天道運而無所—。〔釋文〕—、謂—滯不通。

(九)辟也。〔儀禮士冠禮〕皮弁服素—。〔注〕—、猶辟也。以素爲裳。辟蹙其要中。〔按釋名釋衣服〕素—、素裳也。辟—其要中使蹴。因以名之也。〕

(十)—弩。連弩也。〔淮南兵略〕—弩陪後。

(十一)—石。山名。〔書禹貢〕浮于—石。〔注〕—石山在金城西南。河所經也。〔疏〕山在金城河關縣西南光中。河行塞外。東北入塞內。—石非河之源。故云河所經也。〔又〕銅未鑄鑠曰—石。見〔論衡量知〕。

(十二)人名。齊宣公名—。又名就匝。見〔史記齊世家〕。

(十三)數學謂用乘法求得之數曰—。如面—、體—。〔又〕—分術之簡稱。如微—。

(十四)同穦。〔詩良耜〕—之栗栗。〔按說文引作穦之秩秩。〕

(十五)同績。〔荀子禮論〕—厚者流澤廣。〔注〕—、與績同。

(十六)通迹。〔後漢鄧晨傳注〕—與迹古字通用。

【積】子智切音積寘韻

(一)芻米禾薪也。〔左僖三十三年傳〕居則具一日之—。

(二)委也。〔淮南主術〕而有六年之—。

(三)眾多也。〔公羊莊十七年傳〕瀸、—也。〔按說文—本作漬。〕

(四)賓所停止則—。〔周禮司儀〕主國五—。

(五)所以給賓客之用也。〔周禮牛人〕共其牢禮—善之牛。〔按大司徒。令野脩道委—。注云。少曰委。多曰—。皆所以給賓客。宰夫掌其牢禮委—。注云。委—、謂牢米薪芻給賓客道用也。遺人掌邦之委—。疏云。三十里言委。五十里言—。〕

(六)—倉。言國有—倉也。〔詩公劉〕迺—迺倉。

(七)通眦。〔周禮羊人〕凡沈辜侯禳釁—。〔注〕—、故書爲眦。

【穎】庾頃切音潁梗韻

(一)禾末也。詩曰。禾—穟穟。見〔說文〕。〔段注〕—之言莖也。凡近於采及貫於采者皆是也。

(二)錐鋩也。〔史記平原君傳〕如錐之處囊中。乃—脫而出。

(三)鐶也。〔禮記少儀〕刀卻刃授—。

(四)警枕也。〔禮記少儀〕枕几—杖。〔按疏云。—、是發之義。故爲警枕。〕

(五)士才拔類者曰—。見〔正字通〕。

(六)毛—。筆頭也。唐韓愈作毛—傳。

(七)姓也。春秋時—考叔爲—谷封人。後遂以爲氏。

【穊】几利切音冀寘韻

(一)稠也。見〔說文〕。

(二)地名。〔金陵志〕—州在金陵城東北。〔按當今江蘇江寧縣治。〕

【⿰禾荼】同都切音徒虞韻

禾穗曰—。見〔集韻〕。〔按集韻。陳如切作稌。蒣或字。康熙字典引作—非。〕

【⿰禾絮】時預切音署御韻

草也。見〔玉篇〕。

【⿰禾莘】疏臻切音莘眞韻

穀名。廣雅。穈、—也。見〔集韻〕。

【⿰禾莘】作木切音鏃屋韻

莘或字。〔集韻〕莘。草木叢生。或从禾。

【⿰禾舂】丑江切音惷江韻

禾不秀。見〔集韻〕。

【⿰禾萃】劣戌切音律質韻

糲米。見〔集韻〕。

【⿰禾菫】居覲切音蓳震韻

穰艸。見〔集韻〕。

【⿰禾爽】所兩切音爽養韻

禾皃。見〔類篇〕。〔按集韻作⿰禾爽。〕

【⿰禾累】盧戈切音騾歌韻

贏或字〔集韻〕贏。贏穀積也。或作—。

【穤】思累切音濉寘韻
稜或字。〔集韻〕稜。禾四把也。或作—。

【𥣬】子肖切音醮嘯韻
物縮而小謂之—。見〔集韻〕。

【穄】子例切音祭霽韻
䵚也。見〔說文〕〔段注〕此謂黍之不黏者也。〔按呂覽本味。飯之美者。陽山之—。注。關西謂之䵚。冀州謂之𪏮〕

【𥣘】祖動切音總董韻
禾聚束也。見〔韻會〕。〔按集韻作䅬〕

【穪】他歷切音逖錫韻
離而種之曰—。賈思勰說。見〔集韻〕。

【穞】莊加切音樝麻韻
紅稻也。見〔集韻〕。

【穈】謨奔切音門元韻
虋或字。〔集韻〕虋。赤苗嘉穀也。或作—。

【穡】逸織切音弋職韻
蕃蕪皃見〔集韻〕。

【穥】郎口切音塿有韻
耕畦謂之—。見〔集韻〕。

【穲】直利切音治寘韻
同穲。見〔韻會〕。

【穲】杜奚切音提齊韻
同䅠。見〔五音集韻〕。

【穋】居尤切音鳩尤韻
𦬸或字。〔集韻〕𦬸。藥艸。或作—。

【穋】渠幽切音虯尤韻
禾類。管子。其種—杞。見〔集韻〕。

【穋】力竹切音六屋韻
稑或字。見〔說文〕〔段注〕今周禮作稑。毛詩作—。

【穫】市元切音宜元韻
籩豆也。見〔字彙補〕。

【檕】讀與罄同
—飦之邪。見〔字彙補引金匱要略〕。

【𥢚】卑遙切音標蕭韻
稻田秀出者。見〔集韻〕〔田、類篇作苗〕。

【穮】弭沼切音眇篠韻
秒或字。〔集韻〕秒。禾芒也。或作—。

【穲】鄰知切音離支韻
長沙人謂禾二杷為—。見〔集韻〕。〔杷、類篇作把〕。

【穫】謨還切音蠻刪韻
稻名。見〔集韻〕。

【穫】莫半切音縵翰韻
穫或字。〔集韻〕穫。穫種也。或从禾。

【穇】師銜切音衫咸韻
穇—。禾穗不實。見〔集韻〕。

【穠】七恭切音樅冬韻
—移。治禾也。見〔集韻〕。

【穟】乃回切音餒灰韻
草木子垂貌。見〔字彙補〕。

【𥣞】古遮切音加麻韻
耕也。見〔字彙補〕。

【穛】古典切音銑韻
小束也。見〔篇海類編〕。

【穮】古兼字。見〔集韻〕。

【穌】古種字。見〔字彙補〕。

【穌】同積。見〔篇海類編〕。

【𥣚】同穟。見〔篇海類編〕。

【穧】同穡。見〔正字通〕。

【穧】同藝。見〔正字通〕。

【穪】蘇或字。見〔集韻〕。

【𥣠】稽俗字。見〔正字通〕。

【穟】挃俗字。見〔正字通〕。

【䆅】䆅譌字。〔詳䆅字〕

十二畫

【穲】母罪切音浼　母亥切音擀賄韻　莫佩切音妹　莫代切音脢隊韻

❶敗也。一曰禾傷雨。見〔集韻〕。❷黑也。見〔集韻〕。

【穗】徐醉切音遂寘韻

❶采俗字。見〔說文〕。〔按王筠以為采之或體〕❷秀也。〔詩黍離〕彼稷之—。❸果贏也。〔呂覽審時〕疏機而—大。

㊃共一。嘉禾也。見〔文選顏延年詩序注〕

㊄同穟。〔書禹貢傳〕謂禾一。〔釋文〕、一本作穟。

【⿰禾卓】竹角切音卓　勑角切音逴　覺韻　陟教切音罩　效韻

㊀特止也。賈侍中說。木名。見〔說文稽部〕〔段注〕觰曰特止。卓立也。按如有所立卓爾。當用此字。

㊁冒也。見〔集韻〕。

【穜】徒東切音同　東韻

㊀先穜後孰謂之一。〔周禮內宰〕而生一稑之穜。

㊁晚也。〔續漢禮儀志〕力田一各𥝢訖。

㊂厚也。見〔廣雅釋詁〕。

㊃同童。〔周禮內宰釋文〕一本作童。

㊄通種。〔周禮內宰注〕黍稷一稑。〔按說文作黍稷種稑〕

㊅通重。〔詩七月〕黍稷重稑。〔釋文〕禾邊作重。是重穋之字。禾邊作童。是穜蓺之字。〔按王筠云。穜蓺之字。今人亂之已久。閟宮釋文曰。重、本又作穜。然則隋時經本尙有同說文者。〕

【穜】朱用切音踵　宋韻　埶也。見〔說文〕〔段注〕小篆埶爲一。之用切。種爲先一後孰。直容切。而隸書互易之。詳張氏五經文字。

【穜】傳容切音重　冬韻　種或字。見〔集韻〕。

【穓】與職切音亦　職韻　耕也。見〔五音集韻〕。

【⿰禾賁】部本切音獖　阮韻　隱一。穀未簇皃。見〔集韻〕。

【穔】胡光切音黃　陽韻　野穀。見〔集韻〕。

【⿰禾畱】力求切音留　尤韻　禾名。一曰禾盛皃。見〔集韻〕。

【穕】七椄切音妾　葉韻　土一。農具。見〔集韻〕。

【⿰禾雇】侯古切音戶　姥韻　禾名。見〔篇海〕。

【⿰禾朁】鋤簪切音岑　渠金切音琴　侵韻　岑譖切　沁韻　禾苗將秀曰一。見〔集韻〕。

【⿰禾朁】其淹切音鉗　鹽韻　禾名。見〔集韻〕。

【⿰禾華】胡瓜切音華　麻韻　禾盛也。見〔集韻〕。

【⿰禾尊】粗本切音鐏　阮韻　禾租也。見〔類篇〕〔按集韻。禾穳也。或作蕞。〕

【穖】居豨切音蟣　舉豈切音幾　尾韻　禾一也。見〔說文〕〔段注〕九穀攷曰。禾采成實。離離若聚珠相聯貫者。謂之一。與璣珠之璣同意。呂氏春秋。得時之禾。疏一而穗大。玉裁謂一貴疏者。禾采緊密。每顆皆綻而後能疏也。一疏而采乃大。

【穖】几利切音冀　寘韻　同穊。〔集韻〕穊。稠也。亦从幾。

【⿰禾皋】居勞切音高　豪韻　禾名。見〔集韻〕。

【⿰禾覃】徒點切音簟　琰韻　一穇。穀名。見〔集韻〕。

【⿰禾𡍮】垂毀切音捶　紙韻　丁禾切音多　歌韻　一積也。見〔廣雅釋詁〕〔按集韻引作⿰禾垂。康熙字典作⿰禾垂。非。互詳⿰禾垂字。〕

【⿰禾敝】蒲結切音別　屑韻　禾香也。見〔字彙補〕。

【⿱𥝌咎】古老切音杲　皓韻　後到切音號　號韻　一稽而止也。讀若皓。賈侍中說。稽、⿰禾卓、一三字皆木名。見〔說文稽部〕

【⿱𥝌咎】下老切音昊　皓韻　網飾謂之一。一曰禾名。見〔集韻〕。

【⿰禾勞】郎刀切音勞　豪韻　登或字。〔集韻〕登野豆謂之登豆。或作一。

【⿰禾堯】虛交切音虓　肴韻　⿱艹敲或字。〔集韻〕⿱艹敲。艸皃。或作一。

【⿰禾堯】人要切音饒　嘯韻　禾皃。見〔集韻〕。

【穙】步木切音僕　屋韻　禾生穊。見〔集韻〕。

【⿰禾菐】普木切音朴　屋韻　艸生穊。見〔集韻〕。

【穚】居妖切音驕　渠嬌切音喬　蕭

韻。
禾秀也。一曰。莠草長茂皃。通作驕。見〔集韻〕。

【𥠢】 承呪切音授宥韻
同授。〔集韻〕授。付也。又姓。亦作—。唐武后改作𥠢。

【穛】 側角切音捉覺韻
穛或字。〔集韻〕穛。早取穀也。或作—。

【𥣥】 符袁切音煩元韻
稻名。見〔集韻〕。

【𥢔】 松足切音粟沃韻
禾穗也。見〔字彙補〕。

【𪏮】 音未詳
太上眞皇法字—。見〔三尊譜錄〕。

【𥡴】 秦本字。見〔字彙補引羅泌國名記〕。

【𥢑】 古穌字。見〔康熙字典引集韻〕。

【蓩】 穇或字。見〔集韻〕。〔按康熙字典沿字彙誤作蓩。入十一畫。今訂正。〕

十三畫

【穡】 殺測切音色職韻
一 穀可收曰—。見〔說文〕〔注〕嗇、收也。故田夫爲嗇夫。吝嗇之意也。按襄九年左傳力於農—。注云。種曰農。收曰—。
二 耕稼也。〔書盤庚〕若農服田力—。
三 斂曰—。〔書洪範〕土爰稼—。
四 愛也。〔左昭元年傳〕大國省—而用之。
五 鉤也。〔管子度地〕上相—著者所以爲因也。
六 儉也。〔左僖二十一年傳〕務—勸分。
七 通嗇。〔書湯誓〕舍我—事。〔史記殷本紀作舍我嗇事。〕

【穢】 烏廢切音鐬隊韻
一 蕪也。〔文選班固賦〕竝蹈潛—。
二 謂榛蕪之林虎兕之所居也。見〔後漢班彪傳注〕。
三 不潔淸也。〔文選班固賦〕滌瑕盪—。
四 東夷之別種。〔周書王會〕—人前兒。

【䆅】 烏外切音薈泰韻
惡也。見〔類篇〕。

【穟】 徐醉切音遂寘韻
禾采之皃。詩曰。禾穎——。見〔說文〕〔按毛傳曰。——苗好美也。〕

【䕘】 郎丁切音靈靑韻
穞或字。〔集韻〕穞。艸莖陳也。或从零。

【𥢷】 盧戈切音騾歌韻
穀積也。見〔集韻〕。

【𥣦】 古勞切音高豪韻
今之餹餅曰—。見〔廣韻〕。

【穭】 苦會切音穢苦夬切音噲卦韻古臥切音過箇韻

【穛】 都郎切音當陽韻
穮也。見〔說文〕。
稂—。禾皃。見〔集韻〕。

【𥣬】 居曷切音葛曷韻
禾長也。見〔廣韻〕。〔按集韻作藒。禾長皃。〕

【𥣩】 奚結切音頁屑韻
麥全曰—。通作覈。見〔集韻〕。

【穠】 尼容切音醲如容切音茸冬韻
花木盛也。見〔玉篇〕。〔按詩何彼穠矣。傳云。穠、猶戎戎也。俗本穠或誤作—。〕

【䆃】 大到切音導號韻杜皓切音道皓韻
—米也。司馬相如曰。—一莖六穗也。見〔說文〕〔段注〕各本改米爲禾。今正。—、擇也。擇米曰—米。漢人語如此。漢書百官表。後漢書殤帝和帝紀皆有—官。注皆云。—官主擇米。凡作導者。譌字也。

【𥢖】 旨善切音囅銑韻
束也。見〔集韻〕。

【𥣫】 津私切音咨才資切音茨支韻子智切音眥寘韻
積禾也。詩曰。—之秩秩。見〔說文〕。〔段注〕—積雙聲。廣雅曰。—、積也。周頌文。今作積之栗栗。毛云。栗栗、衆多也。

【𥡬】 子之切音茲支韻
禾生皃。見〔篇海類編〕。

【𥣞】 居竭切音結屑韻
長禾也。見〔篇海〕。

【穇】千安切音餐寒韻
白—。稻名。見〔集韻〕。

【穦】積本字。見〔正字通〕。

【穧】同穄。見〔正字通〕。

【穛】穛或字。見〔集韻〕。

十四畫

【穨】徒回切音頹灰韻
㊀秃皃。从秃。貴聲。見〔說文秃部〕。〔段注〕周南曰。我馬虺穨。釋詁及毛傳曰。虺穨。病也。此與𨸏部之隤迥別。今毛詩作隤。誤也。字从貴聲。今俗字作頹。失其聲矣。
㊁—陵。謂—廢陵遲。〔後漢趙咨傳〕漸至—陵。

【穫】黃郭切音濩藥韻胡陌切音獲陌韻
㊀刈穀也。見〔說文〕。〔段注〕—之言獲也。刈穀者以銍以鎌。
㊁禾可—也。〔詩七月〕八月其—。〔按易无妄不耕—虞注。禾在手中。故稱—〕。
㊂艾也。〔詩大東〕無浸—薪。
㊃收也。〔國語吳語〕以歲之不—也。
㊄、得也。〔呂覽審時〕稼就而不—。
㊅同獲。〔爾雅釋詁注〕—禾為穧。〔釋文〕—、本作獲。
㊆同鑊。〔詩臣工傳〕銍、—也。〔釋文〕—、本作鑊。

【穫】胡故切音䕶遇韻
㊀地名。〔爾雅釋地〕周有焦—。〔注〕今扶風池陽縣瓠中也。〔疏〕周、岐周也。詩六月。玁狁匪茹。整居焦—是也。時人謂之瓠中也。〔按地當今陝西涇陽縣西北。〕
㊁同䕶。〔爾雅釋地釋文〕—、又作䕶。同。

【穥】羊茹切音豫御韻
禾稼謂之—。一曰。—。—黍稷美皃。見〔集韻〕。〔按正字通云。古借與。詩楚茨我黍與與朱傳音餘。〕

【穦】紕民切音繽眞韻
香氣也。見〔字彙〕。

【穤】尼耕切音獰庚韻
禾芒曰—。見〔集韻〕。

【穪】於琰切音厭琰韻於豔切音黶葉韻盇涉切音𡁠葉韻
禾稻不實也。見〔集韻〕。

【穧】才詣切音劑子計切音霽霽韻在禮切音薺薺韻疾智切音漬疾二切音自寘韻
穫刈也。一曰撮也。見〔說文〕。〔段注〕穫刈。謂穫而刈之也。小雅曰。此有不斂—。謂已刈而遺於田、未收斂者也。

【穦】、子智切音積寘韻
穦或字。〔集韻〕穦。積禾也。或从齊。

【穩】鄔本切音煴阮韻
蹂穀聚也。一曰安也。古通用安隱。見〔說文新附〕。〔按說文𤔔部䍃、有所依也。段注云。凡諸書言安隱者。當作此。今俗作安—〕。

【穮】士九切音鯫有韻
聚也。見〔集韻〕。

【穯】粗送切音敹送韻
麻束。一曰積禾。見〔集韻〕。

【穉】徒歷切音狄錫韻
穀粟之名。見〔篇海〕。

【穱】從術切音象漾韻
柔也。見〔字彙補引廣雅〕。

【穲】補典切音扁銑韻
門—。見〔字彙補引呂毖小史〕。

【穲】偶起切音擬紙韻
薿或字。〔集韻〕薿、說文、茂也。或从禾。

【穳】音未詳
—子。果名。見〔正字通〕。

【籑】同穖。見〔類篇〕。〔按集韻。穖、亦作籑〕。

【龝】同秋。見〔字彙補引漢楊著碑〕。

【穙】穙或字。見〔集韻〕。

【穤】稬俗字。見〔集韻〕。

【穲】稱俗字。見〔正字通〕。

十五畫

【穬】古猛切音礦梗韻
㊀芒粟也。見〔說文〕。〔段注〕周禮稻人。種之芒種。鄭司農云。芒種。稻麥也。按凡穀之芒。稻麥為大。芒粟次於此。麥下曰芒穀。然則許意同先鄭也。
㊁稻未舂。見〔集韻〕。

【穢】子例切音祭霽韻

—穫也。見〔玉篇〕。

【穖】莫結切音蔑屑韻 禾也。見〔說文〕。〔段注〕蓋禾有名—者也。廣韻曰。莊子謂之禾也。

【穭】兩舉切音呂語韻 禾自生。見〔集韻〕。

【⿰禾畾】盧對切音纇隊韻 秲—。稻名。見〔集韻〕。

【⿰禾節】側瑟切音櫛質韻 稊—。禾重生皃。見〔集韻〕。

【穲】步化切音杷禡韻 —稏。稻也。見〔集韻〕。

【⿰禾憂】於求切音憂尤韻 十筥也。把謂之秉。秉四曰筥。筥十曰—。見〔韻會引小爾雅〕。〔按廣物文。漢魏叢書本从木。亦作—。王煦疏本作稯。〕

【⿰禾臱】卑眠切音邊先韻 雝上豆。見〔集韻〕。

【穮】卑嬌切音鑣蕭韻 槈鉏田也。春秋傳曰。是—是蓘。見〔說文〕。〔段注〕—者。耘也。許云槈鉏田者。槈、薅器也。鉏、立薅所也。薅者。披田艸也。或槈其田。或鉏其田。皆曰—。〔按鉏本作耕。禾閒注云。若今人穮已長大復鉏其閒艸也。〕

【穮】班交切音包肴韻 披敎切音炮效韻 —穛。禾虛皃。見〔集韻〕。

【穑】穡本字。見〔正字通〕。

【⿱禾秝】古秦字。見〔字彙補〕。

【⿰禾麻】同擔。見〔五音篇海〕。

【⿰禾遲】同穉。見〔正字通〕。

【⿰禾厲】⿰禾列本字。見〔集韻〕。

【穳】穳俗字。見〔正字通〕。

十六畫

【⿰禾冀】秦醉切音萃寘韻 稻黏者。見〔集韻〕。

【⿰禾眞】明祕切音媚寘韻 散穜也。見〔集韻〕。

【⿰禾褭】乃了切音嫋篠韻 衡不舉也。見〔集韻〕。

【⿰禾臺】古稕字。見〔集韻〕。

【穤】同誘。見〔韻會〕。

【⿰禾歷】⿰禾㐬俗字。見〔正字通〕。

十七畫

【⿰禾龍】盧東切音籠東韻 ❶穧也。見〔廣雅釋詁〕。❷禾病。見〔集韻〕。

【穰】如陽切音攘陽韻 汝兩切音壤養韻 ❶黍梨已治者。見〔說文〕。〔段注〕已治謂已治去其若皮也。莖在皮中。如瓜瓤在瓜皮中也。❷豐也。見〔廣雅釋詁〕。❸眾也。〔詩執競〕降福——。❹福也。見〔爾雅釋訓〕。❺草也。〔禮記內則注〕塗有—草也。❻—蒿。草衣。〔家語六本〕衣—而提贄。❼縣名。漢置。屬南陽郡。當今河南鄧縣東南。❽通瓤。〔正字通〕—與瓤通。凡果實中之子曰犀—。❾通瀼。〔鹽鐵論論菑〕降福瀼瀼。〔按與詩執競——字、音義皆合〕❿姓也。齊將—苴之後。

【穣】人成切庚韻 蹂禾黍之餘。見〔類篇〕。

【⿰禾韱】思廉切音纖鹽韻 先念切音䃸豔韻 ⿰禾雁—。艸不實。見〔類篇〕。〔集韻同。〕豔韻作禾不實。

【⿰禾薦】作甸切音薦霰韻 薦或字。〔集韻〕薦。獸之所食艸。或从禾。

【穇】同穋。見〔五音集韻〕。

【⿰禾畿】穳或字。見〔集韻〕。

十八畫

【穱】側角切音捉覺韻 ❶稻處種麥。見〔廣韻〕。❷小也。見〔玉篇〕。❸早熟也。見〔玉篇〕。

【穱】卽約切音爵藥韻 穛也。見〔集韻〕。

【⿰禾雚】渠元切元韻 禾黃也。見〔玉篇〕。

【⿱聶禾】質涉切音摺葉韻

風動禾貌見〔字彙〕。

【䆏】父沸切音費未韻父尾切音膹尾韻方問切音糞問韻 稻紫莖不黏者也見〔說文〕。〔玉注〕齊民要術引風土記。—稻之紫莖。

【𥣞】音眇篠韻 禾芒也見〔篇海〕。〔按說文。秒、禾芒。集韻或作𥢄、篆作𥢬、—當是𥢬之譌。〕

【穖】同穆見〔集韻〕。

【𥣫】稽或字見〔集韻〕。

十九畫

【穲】鄰知切音離支韻 (一)禾苗也見〔玉篇〕。(二)—稽行列也見〔廣韻〕。〔按集韻。五穀之列爲—稽。〕

【穳】徂丸切音欑寒韻祖管切音纂旱韻 禾聚也見〔集韻〕。

【穳】租本切阮韻才贊切音攢翰韻 禾茂不實見〔集韻〕。

二十畫

【䆆】底朗切音黨養韻 頤—。黃穀名見〔集韻〕。

【𥤚】厥縛切音矍藥韻 艸名。可染皁見〔集韻〕。

二十二畫

【𥤮】郎丁切音靈青韻 艸名。蘲生見〔集韻〕。

【龝】古秋字見〔集韻〕。〔按說文。秋。从禾。𪚲省聲。龝。籀文秋。不省。〕

二十四畫

【䆙】郎丁切音靈青韻 艸莖疎也見〔集韻〕。

【𥤰】余廉切音鹽鹽韻 禾也見〔集韻〕。

二十五畫

【𥤱】古國字見〔字彙補〕。

※田部※

【田】亭年切音佃先韻池鄰切音陳眞韻地因切眞韻

(一)敶也。樹穀曰—。象形口十。阡陌之制也見〔說文〕。〔按段本改陳爲敶。敶象四爲象形。其說較長。支部敶下云。敶、列也。爾雅釋地。郊外謂之牧。釋文。李本牧作—。字釋云。—、敶也。謂敶列種穀之處。齊民要術引云。—、陳也。樹穀曰—。象形。從口從十。阡陌之制也。篇海引同。無阡陌字。風俗通。南北曰阡。東西曰陌。又云。河東以東西爲阡。南北爲陌。漢書地理志作仟佰。〕

(二)土也見〔廣雅釋地〕。

(三)地也見〔玉篇〕。〔按易曰。見龍在—。玉篇引王弼易通云。龍處於地。故曰—也。〕

(四)已耕者曰—。見〔釋名釋地〕。〔按書禹貢。厥—惟中中。鄭注。能吐生萬物者曰土。據人功作力競得而—之則謂之—。周語。—疇荒蕪。韋注。穀地爲—。月令章句。穀—曰—。〕

(五)—者擇種而種之。見〔說苑雜言〕。〔按蒼頡篇。—、種禾稼也。顏注急就篇。—、樹殖也。〕

(六)野也〔楚辭大招〕—邑千畛。〔按禮記郊特牲。野夫黃冠。疏云。—夫、則野夫也。〕

(七)業也〔孟子離婁〕然後收其—里。

(八)一夫之所佃也〔考工記匠人〕—首倍之。

(九)—多邑少稱—。見〔公羊桓元年傳〕。

(十)耕作也〔漢書高帝紀〕令民得—之。

(十一)塡也。五穀塡滿其中也見〔釋名釋地〕。

(十二)獵也〔易師〕—有禽。〔按易繫辭。以—以漁。虞注。以罟取獸曰—。詩叔于—傳。—、取禽也。同義。〕

(十三)—者習兵之禮〔周禮甸祝〕掌四時之—。

(十四)四時之—。皆爲宗廟之事也。春曰—。夏曰苗。秋曰蒐。冬曰狩見〔穀梁桓四年傳〕。〔按白虎通田獵。春謂之—何。春歲之本。舉名而言之也。四時之—。總名爲—。何爲—。除害也。〕

(十五)大鼓也〔詩有瞽〕應—縣鼓。

十六　—畯。主農之官也。〔禮記月令〕命—舍東郊。〔按詩—畯至喜。傳。—畯。—大夫也。大荒北經。叔均乃爲—祖。注。—祖。主田之官。孔子嘗爲乘—。亦—官也〕

十七　星名。龍星左角曰天—。則龍祥也。見〔後漢東夷傳注〕〔按蒼龍之宿也。石氏星傳曰。龍左角曰天—。右角曰天庭。朱駿聲云。天—二星。在角宿之上。大角之下〕

十八　人身部位之稱。〔黃庭經〕尺宅寸—可治生。〔注〕寸—。兩眉間爲上丹—。心爲絳宮—。臍下三寸爲下丹—。

十九　州名。唐置。屬嶺南道。當廣西省舊思恩府屬—州土州東南。

二十　——。〔禮記奔喪〕般般——。如壞牆然。〔疏〕言將欲倒也。〔又〕蓬葉貌。〔江南曲〕蓬葉何——。

廿一　騈—。羅列也。〔文選何晏賦〕騈—胥附。〔注〕羅列相著也。

廿二　井—。—制也。〔周禮小司徒〕乃經土地而井牧其—野。〔注〕采地制。井—異於鄉遂。其制似井之字。因取名焉。〔按孟子滕文公。方里而井。井九百畝。其中爲公—。八家皆私百畝。同養公—。注。方一里者。九百畝之地也。地爲一井。八家各私得百畝。公—八十畝。其餘二十畝。以爲廬井宅圃園。家一畝半也。古又有圭—。孟子。圭—。注。古者卿以下至於士。皆受圭—。所以供祭祀也。圭。潔也。上—。故謂之圭—。春秋時有爰—。左僖十五年傳。晉於是乎作爰—。注。分公—之稅應入公者。爰之於所賞之衆。晉語作轅—。卽爰—。自秦孝公用商鞅。制轅—。開阡陌而井—廢。至漢有名—。董仲舒曰。古井—法雖難卒行。宜少近古。限民名—。以贍不足。通典注曰。名—。占—也。各爲立限。不使富者過制。則貧弱之家可足也。又有代—。通典。漢武帝末年。以趙過爲搜粟都尉。過能爲代—。一畮三甽。歲代處。故曰代—。注。代。易也。隋以下有職—。卽職分—。開皇中。以蘇孝慈言。始給職—。又給公廨—。唐貞觀以職—給逃還貧戶。每畝給粟二斗。謂之地子。十八年。復給職—。宋眞宗與復職—。慶歷均公—。復限職—。紹興復職—。金元志。官皆有職—。又宋有方—。卽均田也。熙寧五年。重修方—法。四出量括。遂得其數。歷代又有屯—之制。漢晉率兵屯。領以帥。唐率民屯。領以官。宋則營—以民。屯—以兵。營屯異制。所在置務。明初創設衞所。以軍隸衞。以屯養軍。嗣別募民鎭守。而營屯始分。屯軍惟職漕運。無漕運者則役營造。淸設屯堡。凡衞弁各所給軍分佃。後以直省各設經制官兵。屯衞之軍。次第裁汰。惟漕運之地。仍隸衞所。其駐防軍亦給屯—。今漕運廢。駐防撤。遂歸併各縣矣〕

廿三　區—。伊尹所作。〔齊民要術〕氾勝之書。區種法曰。湯有旱災。伊尹作爲區—。敎民糞種。負水澆稼。區—以糞氣爲美。非必須良—也。又不耕旁地。庶盡地力。〔按北魏劉仁之在洛陽。以七十步之地。試爲區—。收粟三十六石。然則一畝之收。有過百石者矣。視尋常耕種所入。增數十倍。法詳齊民要術。不具舉〕

廿四　籍—。天子親耕之—。所以勸農也。〔禮記月令〕天子親載耒耜。帥三公九卿諸侯大夫。躬耕帝籍。〔注〕帝籍。爲天神借民力所治之—也。

廿五　弄—。天子所戲弄之—也。〔漢書昭帝紀〕上耕於鉤盾弄—。〔注〕應劭曰。時帝年九歲。未能親耕帝籍。故往試耕爲戲弄也。師古曰。弄—。謂宴遊之—。天子所戲弄耳。非爲昭帝年幼創有此名。

廿六　—主。神名。〔周禮大司徒〕設其社稷之壝而樹之—主。〔注〕—主。—神。后土。—祖之所依也。詩人謂之—祖。〔按詩。以御—祖。傳。—祖。先嗇也〕

廿七　—路。木路也。〔周禮田僕〕掌馭—路。〔按考工記。—車之輪。注。—車。木路也。義合〕

廿八　—矢。謂矰矢。〔考工記矢人〕兵矢。—矢五分。

廿九　守—。草名。〔爾雅釋草〕皇、守—。〔注〕似燕麥。子如彫胡米。可食。生廢—中。一名守氣。〔疏〕皇、一名守—。彫胡、卽菰也。

三十　—犬。—獵所用也。見〔禮記少儀田犬疏〕

卅一　—鼠。鼸鼠也。〔呂覽季春〕—鼠化爲鴽。〔按淮南時則注。—鼠。鼢鼸鼠也。大戴記夏小正。—鼠出。傳。—

鼠者。嗛鼠也。自餘動物之以—名者。如—家、—雞、—蟹、—螺之類皆是。〕

(卅二)圃—。澤名。〔爾雅釋地〕鄭有圃—。〔按漢書地理志。河南曰豫州藪曰圃—。師古曰。在中牟。卽今河南省中牟縣西圃—澤是也。〕

(卅三)同佃。〔孝經注〕—獵。〔釋文〕—、本作佃。〔按史記趙世家。不禮墨子作佃。〕

(卅四)同畋。〔文選張衡賦〕逞欲畋魰。〔—注〕孔安國尙書傳曰。—、獵也。—與畋同。

(卅五)通地。〔左哀十二年傳注〕隙地閒—。〔釋文〕—、本作地。〔按詩閟宮土—。附庸。周禮大司徒注引作土地附庸。〕

(卅六)通陳。〔國策齊策〕—單。〔按賈子胎敎作陳單。詩東山。烝在桑野。釋文。古—陳聲同。〕

(卅七)通辰。〔水經洧水注〕—辰聲相近。

(卅八)通申。〔禮記緇衣〕周—觀文王之德。〔注〕古文周—觀文王之德爲割申勸寧王之德。今博士讀爲厥亂勸寧王之德。〔疏〕—、當爲申。

(卅九)通輴。〔詩有瞽〕應—縣鼓。〔箋〕—、當作輴。〔按說文。鞞、鼙小鼓引樂聲也。从申柬聲。周禮太師注。禮記明堂位注。爾雅釋樂注。竝引作應輴縣鼓。〕

(卌)姓也。〔史記田敬仲完世家〕敬仲之如齊。以陳字爲—氏。

【田】蕩練切音電霰韻

耕治之也。見〔正字通〕。〔按詩齊風無—。釋文。—音佃。〕

【由】夷周切音尤歔韻〔說文無—字。然粤下稱古文言—枿。或謂—卽古粤字。偶有脫文耳。朱駿聲以爲—从果省。木萌芽於果實中人也。上出者、芽蘖初抽之象。存參。〕

(一)自也。見〔爾雅釋詁〕。

(二)從也。〔論語泰伯〕民可使—之。

(三)經也。〔論語爲政〕觀其所—。〔按皇疏。—者、經歷也。〕

(四)用也。見〔廣雅釋詁〕。〔按小爾雅廣詁。詩小弁無易—言。箋。禮記禮器民共—之注。均同。〕

(五)輔也。燕之北鄙曰—。見〔方言〕。

(六)式也。見〔廣雅釋詁〕。〔疏證〕王風君子陽陽傳云。—、用也。爾雅。式、用也。方言。—、式也。義竝相通。

(七)行也。見〔廣雅釋詁〕。

(八)於也。〔詩抑〕無易—言。

(九)因緣也。〔儀禮士相見禮〕願見無—達。〔注〕言久無因緣以自達也。

(十)南北耕曰—。見〔韓詩橫由其畝傳〕。〔按毛詩—作從。〕

(十一)國名。〔國策西周策注〕厹—。狄國。或作仇首也。

(十二)——。悅也。〔管子小問〕——乎茲免。何其君子也。〔又〕猶豫也。〔楚辭惜賢〕尙——而進之。〔又〕自得之貌。〔孟子公孫丑〕故——然與之偕。〔又〕浩浩之貌。見〔公孫丑趙注〕。

(十三)—迪。正也。東齊青徐之間相正謂之—迪。見〔方言〕。〔按本書。胥、—、輔也。注。胥、相也。—、正皆謂輔持。輔持卽相正之意。漢書揚雄傳云。蠢迪檢押。注。師古曰。迪、道也。—也。迪—同義。合言之則曰—迪。〕

(十四)—衍。行貌。〔文選馬融賦〕—衍識道。

(十五)自—。凡法律所不禁。皆有得爲之權利也。英文Liberty。

(十六)—庚。—儀。竝笙詩。見〔束晳補亡詩〕。

(十七)—旬。梵度名。譯言四十里也。

(十八)所—。州郡官也。〔唐書崔咸傳〕舉觴罰裴度曰。丞相乃許所—呫囁耳語。願上罰爵。

(十九)—拳。地名。〔後漢郡國志〕吳郡—拳。〔按漢書地通志。會稽郡有—拳。注。應劭曰。古之檇李也。當今浙江嘉禾縣治。〕

(二十)—夷。鳥名。〔爾雅釋鳥〕鼯鼠夷—。〔疏〕鼯鼠、一名夷—。郭云。狀如小狐。似蝙蝠。肉翅。飛且乳。亦謂之飛生。

(廿一)雔—。蟲名。〔爾雅釋蟲〕雔—。樗繭、棘繭、欒繭。〔疏〕此皆蠶類作繭者。食樗葉棘葉欒葉者名雔—。〔義疏〕雔—者。樗繭棘繭欒繭之總名也。

(廿二)—胡。草名。〔爾雅釋草〕蘩、—胡。〔按注云。未詳。郝懿行義疏云。夏小正二月。采蘩。蘩。—胡。—胡者。蘩母也。陸璣詩疏。皤蒿一名游胡。游胡卽—胡。繁卽蘩省。〕

(廿三)人名。〔莊子逍遙遊〕堯讓天下於許—。〔注〕許—、隱人也。

(廿四)同油。〔大戴記文王官人〕喜色—然以生。〔注〕—、當爲油。〔按孟子公孫丑。—然與之偕。列女傳作油油然與之處。

㉕同繇。[詩抑]無易—言。[疏]—與繇、音義同。

㉖同猶。[荀子富國]—將不足以免也。[注]—與猶同。

㉗通鷂。[爾雅釋鳥]鼯鼠夷—。[釋文]—或作鷂。

㉘通游。[左成十六年傳]養—基。[後漢班彪傳作游基。]

㉙通愉。[孟子萬章]—然不忍去也。[韓詩外傳作愉愉。]

㉚通融。[左昭五年傳]吳蹶—。[韓非說林作蹶融。]

㉛通農。[字彙][呂氏春秋、管子、及三五歷紀皆云堯使后稷爲大—。大—大農也。載考錢譜神農幣文農作—。乃知—與農通。]

㉜姓也。史有卜余。[又]—吾。複姓。見[字彙]。

【由】音妖蕭韻

冶—。女子笑貌。見[正字通]。

【甲】古狎切音鉀洽韻

❶東方之孟。陽气萌動。从木戴孚—之象。大一經曰。人頭空爲—。見[說文甲部]。[段注]史記歷書曰。—者。言萬物剖符—而出也。月令曰。孟春之月。天氣下降。地氣上騰。天地和同。草木萌動。孚者、卵孚也。孚甲、猶今言㲉也。凡艸木初生。或戴穜於顛。或先見其葉。故其字像之。下像木之有莖。上像孚—下覆也。[按陽氣萌動者。十幹以—丙戊庚壬爲陽。徐鍇曰。—在東北。子、陽氣所起也。朱駿聲云。十幹皆託名標識字。非本義。存參。]

❷十干之一。[爾雅釋天]太歲在—曰閼逢。[又]月在—曰畢。

❸皮曰—。見[易解鄭注]。

❹鎧也。[書說命]惟—胄起戎。[按朱駿聲云。—象戴—於首之形。周禮夏官司—。次於弁師之下。知古先有護首之—。後製護身之—。因復名—爲胄。易說卦傳。離爲—胄。禮記曲禮。獻—者執胄。乃兼言護身者。考工函人爲—。晉語。殪以爲大—。乃專言護身者。因又命—胄之民爲—。左成元年作邱—。公羊閔二年傳。桓公使高子將南陽之—。齊語。齊國寡—兵。秦策。秦下—而攻趙。注。兵也。漢書五行志。—、兵象也。]

甲圖

❺仁也。[太玄斷]庚斷—。

❻狎也。見[爾雅釋詁]。[注]謂習狎。[按詩芄蘭。能不我—。傳。—、狎也。段玉裁云。—爲狎之叚借字。]

❼押也。見[廣雅釋言]。[按本書。押、輔也。萬物初出有孚—以自輔。故云押。]

❽闔也。與胛脅背相會闔也。見[釋名釋形體]。

❾言第一也。[文選張衡賦]北闕—第。[按漢書貨殖傳。秦楊以田農而—一州。注。以田地過限。從此而富爲州中第一也。義同。]

❿始也。[書多方]因—于內亂。[注]言夏桀虐民以增亂其國。始于內變也。

⓫創制之令也。[易蠱]先甲三日。[按史記惠景閒侯者年表著令—。稱其忠焉。漢書韓彭英盧吳傳贊作—令。注。—者、令篇之次也。賈子等齊。天子之言曰令。令—令乙是也。漢世稱令—令乙。猶今之法令分第一章第二章。]

⓬鱗—也。[山海經中山經]依軲之山。有獸焉。虎爪而有—。[按吳都賦。葺鱗䋲—。注。—、謂鼊—也。]

⓭爪—也。[管子四時]陰生金與—。[注]陰氣凝結堅實。故生金爲爪—。[按今人猶稱指爪曰指—。]

⓮官名。[周禮夏官序官]司—。[疏]司—兵戈盾官之長者。

⓯國名。[左昭十六年傳]賂以—父之鼎。[注]—父。古國名。高平昌邑縣東南有—父亭。

⓰—乙。謂相次也。見[後漢馬融傳注。][按今言分別等第曰評定—乙本此。]

⓱—科。漢時太學生之列高第者。[漢書儒林傳]平帝時歲課—科四十人爲郎中。

⓲—庫。唐時藏奏鈔之地也。[舊唐書職官志]門下省有—庫令史七人。

⓳—帳。殿也。[漢書西域傳贊]興造—乙之帳。

⓴保—。宋代所行新法之一。[宋史

王安石傳」保—之法。籍鄉村之民。二丁取一。十家爲保。保丁皆授以弓弩。敎之戰陣。〔按文獻通考兵考云。安石欲變募兵而行保—。又安石對神宗曰。世人習見募兵。而不見民兵之事。故一聞此議。則不能無駭。然募兵之法不變。乃實可憂也。據此知安石之行保—。蓋懲募兵之弊。而欲以民兵代之。〕

(廿一)顔—。謂顔厚也。〔開元遺事〕進士王光遠。干索豪權。遭笞辱。不知恥。時人謂慙顔厚於千重鐵—。

(廿二)汗褔。自關而東謂之—褔。見〔方言〕。〔按今吳俗呼馬—。浙東人亦曰背禪。說文。褔、短衣也。釋名。汗衣或曰鄙袒。言羞鄙於袒而衣此耳。廣雅。防汗謂之韐。馬韐也。一名兖汗。—韐同音。背禪、鄙袒。一聲之轉。〕

(廿三)指—。花名。〔北戶錄〕指—花。細白。絕芳香。番人重之。

指甲花圖

(廿四)定—。鳥名。〔方言〕鶉鴠。周魏齊宋楚之閒謂之定—。

(廿五)穿山—。卽鯪鯉也。〔正字通〕鯪鯉四足。如獺。居穴中。尾大。能穿穴過墉。一說。鯪鯉皮曰穿山—。以身有鱗—。故名。

穿山甲圖

(廿六)赤—。山名。〔杜甫詩〕小居赤—遷居新。〔注〕赤—山高。不生草木。土皆赤色。望之如人袒胛。在夔州。

(廿七)通—。〔書多方〕因—于內亂。〔正義〕鄭王皆以爲狎。〔按詩芄蘭。能不我—。韓詩作能不我狎。郝懿行云。毛用叚借字。韓用本字也。〕

(廿八)姓也。〔莊子庚桑楚〕昭景也。著戴也。—氏也。著封也。〔釋文〕一說云。昭、景、—三者。皆楚同宗也。〔按春秋有—石甫。鄭大夫。明有—聰。宣德中序班。〕

【申】失人切音身眞韻

(一)本作申。〔說文申部〕申。神也。七月陰氣成。體自—束。从臼。自持也。吏㠯餔時聽事—旦政也。〔段注〕陰氣成。謂三陰成爲否卦也。古屈伸字作詘—。亦叚信。韓子外儲說曰。—之束之。—者引長。束者約結。廣韻曰。—、伸也。重也。臼、叉手也。與晨同意。餔者、日加—時食也。—旦政者。子產所謂朝以聽政。夕以修令。公父文伯之母所謂卿大夫朝攷其職。夕序其業。士朝而受業。夕而習復也。

(二)十二支之一。〔爾雅釋天〕大歲在—曰涒灘。

(三)—者。言陰用事。賊萬物。見〔史記律書〕。

(四)—者、身也。見〔白虎通五行〕。〔按釋名釋天。—、身也。物皆成其身體。各—束也。使備成也。〕

(五)復也。陰氣盡於北。陽氣復起東北。故曰—土。〔淮南墬形〕正東陽州曰—土。

(六)致也。〔禮記郊特牲〕大夫執圭而使。所以—信也。不敢私覿。所以致敬也。〔按—猶致。—信、猶言致信也。〕

(七)尋也。〔國語晉語〕—盟而還。

(八)展也。〔文選曹植賦〕—禮防以自持。

(九)嚬呻也。〔莊子刻意〕熊經鳥—。〔釋文〕鳥—如字。司馬云。若鳥之嚬呻也。

(十)—者。呻之也。見〔淮南天文〕。

(十一)明白也。〔後漢鄧騭傳〕罪無—證。

(十二)再令曰—。〔荀子富國〕爵服慶賞以—重之。

(十三)—取其爛熟。〔太玄玄數〕辰—酉。

(十四)以書告上也。从—、象書。从臼、捧持也。見〔六書略〕。

(十五)—爲破。見〔淮南天文〕。

(十六)猴也。見〔論衡物勢〕。

(十七)草名。〔淮南人閒〕—菽杜茝。〔注〕皆香草也。

(十八)池名。〔左文十八年傳〕公遊於—池。〔注〕齊南城西門名—門。左右有池。

(十九)國名。〔詩崧高〕生甫及—。〔按詩揚之水。不與我戍—。傳云。—、姜姓之國。地在今河南省南陽縣北。〕

(二十)州名。後周置。今爲河南信陽縣治。〔又〕江蘇上海縣爲楚春—君封邑。俗亦簡稱曰—。

㉑——。容也。見〔廣雅釋訓〕。〔又〕重也。〔離騷〕——其詈余。〔又〕和舒之貌。〔論語述而〕——如也。〔按皇疏。——者、心和也。朱注。——、其容舒也。〕〔又〕整敕之貌。見〔漢書石奮傳集注〕

㉒—重。猶再三也。〔荀子仲尼〕疾力以—重之。

㉓—孫。矢名。〔國語晉語〕—孫之矢。集於桓鉤。

㉔同司。〔莊子太宗師〕—徒狄。〔釋文〕崔本作司徒狄。〔按史記留侯世家。以良為韓—徒。集解。徐廣曰。—徒、卽司徒耳。但語音訛轉。故字亦隨改。〕

㉕通信。〔考工記輪人〕信其程圍。〔疏〕信、古之—字。

㉖姓也。春秋時、楚有—叔時。—包胥。

【申】試刃切音眒震韻

引也。見〔集韻〕。〔按引伸字本作—。〕

【申】思晉切音信震韻

伸也。莊子。熊經鳥—。見〔集韻〕。〔按莊子釋文。鳥—。郭音信。〕

【由】敷勿切音拂物韻方未切音沸未韻

鬼頭也。象形。見〔說文由部〕。

二畫

【男】那含切音南覃韻

㊀丈夫也。从田力。言—用力於田也。見〔說文男部〕。〔按夫部云。夫、丈夫也。周制以八寸為尺。十尺為丈。人長八尺。故曰丈夫。丈夫主耕。古者自王公以下。無一夫不力於田者。書盤庚。若農服田力穡。方言。宋魯謂力曰旅。旅、田力也。禹貢疏。—聲近任。玉篇。易曰。有萬物然後有—女。孔子曰。—任也。任王者事。徐鍇通論曰。壯而任力。故於文力田為—。—之為言任也。地之可治曰田。傳曰。天子居九垓之田。生而曰—者。命其耑也。九經字樣。勛、上說文。下隸變。桂馥王筠並云。因甥舅二字。不便並書。乃逐田於力上。校者遂併部首改之。〕

㊁艮為—。見〔易睽象〕—女睽而其志通也。〔虞注〕

㊂—者。兒也。〔見漢書天文志集注〕

㊃—子者。謂戶內之長也。見〔後漢明帝紀注〕

㊄君也。見〔廣雅釋詁〕。〔按左昭十三年傳。鄭伯—也。賈注。—當為南。謂南面之君也。〕

㊅五等爵之一。〔禮記王制〕公侯伯子—。凡五等。

㊆—畿。九畿之一。〔周禮大司馬〕方千里曰國畿。其外方五百里曰侯畿。又其外方五百里曰甸畿。又其外方五百里曰—畿。〔按職方氏作—服。亦次於甸。九服之一也。〕

㊇宜—。草名。〔本草注〕花宜懷妊。婦人佩之。必生—。故名宜—。〔按宜—、卽萱草。葉細長如劍。花六瓣。色紅黃。花莖及蕾。曝乾可食。俗名金鍼菜。〕

㊉通任。〔書禹貢〕二百里—邦。〔史記夏本紀作二百里任國。〕

㊈姓也。〔史記夏本紀〕有—氏。〔索隱〕系本—作南。

【甸】堂練切音電霰韻

㊀天子五百里內田。見〔說文〕。〔段注〕禹貢五百里—服。周語曰。先王之制。邦內—服。注云。邦內、謂天子畿內千里之地。王制曰。千里之內曰—。京邑在其中央。故夏書曰。五百里—服。則古今同矣。自商以前。邦畿內為—服。武王克殷。周公更制天下為九服。千里之內謂之王畿。王畿之外曰侯服。侯服之外曰—服。祭謀父稱先王之制。猶以王畿為—服者。—、古名。世俗所習也。周禮亦以蠻服為要服。足以相況也。周制王畿千里不在九服。而亦未嘗不從古曰—服也。

㊁六十四井為—。〔詩信南山〕維禹—之。

㊂四丘為—。見〔周禮小司徒〕。〔注〕—方八里。旁加二里、則方十里為一成。〔疏〕匠人云。成方十里。此言四丘為—。—與成其實一也。故鄭覆解成與—相表裏之意。〔按宋王與之云。康成旁加之說。算法則是。而謂旁加之人專治溝洫則非也。小司徒皆以四數之。言田之實數。司馬法皆以十數之。兼山川城郭而言。〕

㊃郊外曰—。〔周禮大宰〕三曰邦—之賦。〔按司會注云。—去國二百里。〕

㊄治也。〔詩韓奕傳〕維禹—之。〔按荀子王制注云。以其治田。則謂之

—〕。

(六)王田也。〔國語周語〕邦內—服。

(七)—之言田也。見〔周禮春官序官—祝注〕。

(八)謂田野之物。〔禮記少儀〕納—於有司。

(九)—之言挺也。〔太玄玄圖〕天—其道。

(十)官名。〔穀梁桓十四年傳〕—粟而納之三宮。〔注〕—、—師。掌田之官也。〔按周禮天官序官—師注。主共野物官之長。春官序官—祝注。田狩之祝。儀禮士喪禮注。—人。有司主田野者。公食大夫禮注。—人。冢宰之屬。兼亨人者。燕禮注。—人。掌共薪蒸者。〕

(十一)東三省各縣多以—稱。奉天有寬—縣。吉林有樺—縣。黑龍江有林—縣。雲南各地古亦稱—。如昭通、古竇地—。澂江、古羅伽—。順寧、古慶—。元江、古裏龍—之類。

(十二)緬—。本我國藩屬。光緒十二年。英據其地。併入印度。

【甸】 亭年切音田先韻

(一)田獵也。〔周禮司服〕凡—冠弁服。〔按肆師凡師—疏—、謂四時田獵。〕

(二)同畋。〔集韻〕畋平田也。亦作—。

(三)通田。〔周禮小宗伯〕若大—。〔注〕—讀曰田。

【甸】 石證切音乘徑韻

四丘爲—。、乘也。出兵車一乘。見〔釋名釋州國〕〔按周禮小司徒。四丘爲—。注云。—之言乘也。讀如衷—之—。釋文。—、繩證反。疏。哀十七年。良夫乘衷—兩牡。鄭引之者。證—得爲乘之義。稍人丘乘注。四丘爲—。讀與惟禹敶之之敶同。其訓曰乘。釋文。丘乘。繩證反。乘敶皆同音。疏。毛詩云。惟禹—之。此據韓詩而言敶。敶是軍敶。故訓爲敶。漢書刑法志曰。古者因井田而制軍賦。四丘爲—。—六十四井也。有戎馬四匹。兵車一乘。牛十二頭。甲士三人。卒七十二人。干戈具備。是謂乘馬之法。〕

【甸】 以證切音媵徑韻

—氐道。縣名。漢置。屬廣漢郡。在今甘肅文縣西。

【甹】 夷周切音由尤韻

木生條也。从马。由聲。商書曰。若顛木之有—枿。古文言由枿。見〔說文马部〕〔注〕鍇曰。謂是已倒之木、更生孫枝也。—者、猶可也。止之言也。枿者、餘也。〔按鉉本引鍇曰。說文無由字。今尙書只作由枿。蓋古文省马。而後人因省之。通用爲因由等字。从马。上象枝條華函之形。鉉等按孔安國注尙書。直訓由作用也。用枿之語不通。段玉裁曰。條者、小枝也。盤庚篇今書作由櫱。許木部作—欁。枿、卽欁櫱之異體也。—者、生也。左傳昭八年史趙曰。猶將復由。此以生滅對言。由卽—之假借。詩序曰。由儀萬物之生各得其宜也。此以生釋由。以宜釋儀。由亦—之假借。古文。謂孔氏壁中書也。伏作—。爲正字。孔作由。爲假借字。偁伏又偁孔者。明假借也。玉篇。柚、物更生也。集韻。—、或作柚。〕

【甹】 傍丁切音娉青韻

(一)亟詞也。从丂。从由。或曰。—、俠也。三輔謂輕財者爲—。見〔說文丂部〕〔注〕鍇曰。俠、任俠也。俠者、便捷任气自由之爲也。鉉曰。由、用也。任俠、用气也。〔按段注。其意爲亟。其言爲—。是曰意內言外。—、亦語詞也。說文[illegible][illegible]。爾雅作—夅。夅段借字也。—與傳音義同。人部曰。傳、俠也。俠、傳也。漢季布傳。爲人任俠。音義。或曰。任、氣力也。俠、—也。今人謂輕生曰—。命卽此—字。〕

(二)曳也。見〔爾雅釋訓〕〔注〕謂牽拕。〔疏〕謂相掣曳入於惡也。

【町】 他頂切音珽迥韻　湯丁切音聽青韻

(一)田踐處曰—。見〔說文〕〔注〕言平訂訂也。王充論衡曰。——若荆軻之閭。〔按急就篇。頃—界畝畦埒封。顏注。平地爲—。釋名釋州國。鄭—也。其地多平——然也。詩東門之墠。毛傳。墠、除地——者。皆以平坦訓—。廣韻青韻注曰田處。迥韻注曰田壠。急就篇注。一曰—、治田處也。蒼頡篇。—、田區也。段玉裁云。壠者俗區字。田處者。謂人所田之處。左傳襄二十五年。—原防。杜曰。隄防閒地不得方正如井田。別爲小頃—。賈曰。原防之地。九夫爲—。三—而當一井。孔引作田殘處曰—。桂馥云。不方正卽殘也。王筠云。

田畔必有畦埒。爲人所踐。特以其不方正。故別名之曰—。」

㊁—畦。畔埒也。無—畦。無威儀也。〔莊子人間世〕彼且爲無—畦。

㊂一畝之中。地長十八丈方爲十五—。—間分十四道。通人行。見〔正字通引區種法。〕

㊃日本計里。六尺爲間。六十間爲—。每—約合中國三十五丈三尺五寸。〔又〕計面積之法。六方尺爲坪。三十坪爲畝。百畝爲—。每—約合中國十七畝二十一方丈。〔又〕—村。最下級之自治團體也。工商業地多稱—。農業地多稱村。〔又〕謂街曰—。

【町】他典切音腆銑韻他頂切音珽迥韻

—曈。鹿迹也。〔詩東山〕—曈鹿場。〔按六書故。伯氏曰。借二字之聲以狀鹿場也。〕

【町】都挺切音頂迥韻

田畝謂之—。見〔集韻〕。〔按文選西京賦。編—成篹。薛注。—謂畎畝。〕

【町】待鼎切音梃迥韻

鉤—。縣名。見〔集韻〕。〔按漢書地理志。牂柯郡有句—縣。注。文象水東至增食入鬱。又有盧唯水來細水伐水。莽曰從化。應劭曰。故句—國。師古曰。音劬挺。昭帝紀。鉤—侯母波。注。應劭曰。—音若挺。西南夷也。母波。其名也。今牂柯鉤—縣是也。康熙字典誤作武帝紀。類篇晌下云。晌—。王。西戎君長號。〕

【町】丈梗切音瑒梗韻

除地爲墠也。見〔集韻〕。〔按詩東門之墠傳。墠。除地—者。〕

【町】他典切音腆銑韻

餉田人衆皃。見〔集韻〕。〔按類篇無人字。〕

【甽】同畎。〔攷工記匠人〕廣尺深尺謂之—。〔注〕—、畎也。〔釋文〕畎與—同。古今字也。〔按阮元校勘記云。說文巜部。引周禮廣尺深尺謂之巜。倍巜謂之遂。又云。甽、古文巜。从田。从巛。今周禮作甽。爲古文。許所引作巜。爲今書也。鄭从古文作甽。今本作—。譌。倍巜謂之遂。亦以義言之。非本經。〕

【画】同畫。繪也。見〔字彙〕。〔按正字通云。俗画字。正譌云。界也。象田四界形。借爲繪—字。隸作畫。非。篆文作画。下畫不連。舊作—。非。〕

【⿰田力】畱俗字。見〔篇韻〕。

【畄】畱俗字。見〔篇海類編〕。

三畫

【畀】必至切音比寘韻

㊀本作畁。〔說文丌部〕畁。相付與之約在閣上也。从丌。由聲。〔注〕閣所以承物。禮曰。天子之閣左達五。右達五。春秋傳曰。執曹伯畁宋人。〔按祭統。—之爲言與也。書洪範。不—洪範九疇。傳。—、與。康王之誥。付—四方。傳。付與四方之—。左隱三年傳。周人將—虢公政。左昭十三年傳。是區區者而不余—。釋文並云。—、與也。禮記內則。大夫七十而有閣。注云。閣以版爲之。庋食物也。與段本作与云。勺部曰。与。與予同。與、予也。桂馥云。與當爲予。異部曰。異。从廾。—。—、予也。徐鍇曰。將欲予物。先分異之也。爾雅釋詁。—、予也。詩干旄。何以—之。毛曰。—、予也。戴侗六書故。畁、或作畀。譌—畀爲一。正譌云。—从由从丌。與畁从廾別。〕

㊁賜也。見〔爾雅釋詁〕。

㊂上與下之辭。〔穀梁僖二十八年傳〕—、與也。

㊃—我。人名。〔春秋襄二十三年〕鄭—我來奔。〔注〕—我。賜其之黨。

㊄通鼻。〔穀梁二十七年傳〕鄭—我。〔釋文〕—、本作鼻。〔按公羊、繁露。均作鼻我。漢書鄒陽傳。封之於有卑。注。服虔曰。音—予之—。師古曰。地名。音鼻。今鼻亭是也。〕

【畆】力救切音溜宥韻

㊀百畝也。見〔字彙〕。〔按正字通云。畆字之譌。舊注百畆也。與畝義近。存參。〕

㊁古文⿰土充。見〔玉篇〕。〔按⿰土充下云。聯也。—也。集韻。⿰土充、耕地土也。或作—。〕

【畆】居又切音救宥韻

⿰土充或字。〔集韻〕⿰土充。耕隴中。或作—。

【甿】謨耕切音萌庚韻武登切音瞢蒸韻

田民也。見〔說文〕。〔注〕按詩曰。—之蚩蚩。〔按民部氓下云。民也。彼从民。故曰民。此从田。故曰田民。玉

篇。、|與氓同。周禮遂人以下劑致|。以田里安|。鄭注。變民言|異外內也。|、猶懵懵無知貌也。六書故。|、耕夫也。周官六遂之民謂之|。謂其皆農也。別作氓。亦通作萌。段玉裁云。唐人諱民。故氓之蚩蚩。周禮以下劑致氓。石經皆改爲|。古祗作萌。許引周禮以興耡利萌。蓋古本如是。」

【甿】母亘切音懵徑韻
㊀癡也。見[廣雅釋詁]。
㊁田民也。見[集韻]。

【甿】謨郎切音茫陽韻
曠野。或書作亩。見[集韻]。

【盱】許凱切音狰養韻
鹵地名。見[集韻]。[字彙鹵、譌鹵。]

【畢】恥力切職韻
田器也。見[玉篇]。

【畁】奇寄切音覬寘韻居之切音姬支韻
舉也。从廾。由聲。春秋傳曰。晉人或以廣隊。楚人|之。黃顥說。廣車陷。楚人爲舉之杔林以爲麒麟字。見[說文廾部][注]鍇曰。由音薔。今春秋左傳楚人惎之作惎。[按鉉本从由聲。由訓鬼頭。據鍇說音薔。則从甶非。今本左傳宣十二年晉人或以廣隊不能進。楚人惎之脫扃。少進。馬還。又惎之拔旆投衡。乃出。杜注。廣、兵車。惎、敎也。扃、車上兵闌。拔旆投衡上使不帆。風差輕。蓋謂楚人舉晉之陷車。既舉脫扃。仍不能進。又舉之。拔其旗。投其衡。然後出陷也。衡、即扃也。麒麟字者。段玉裁云。謂杜伯山謂|爲麒字也。廣韻七志曰。|、說文音其是也。麟、當作麐。」

【甾】將來切音哉灰韻
|害。絕晏。見[字彙引秦紀]。[按|害。應从巛作甾。說文艸部。菑、不耕田。又假借爲烖害字。詩大雅無菑無害。是也。省文爲甾。火部。烖、天火曰烖。引申爲凡害之稱。經傳亦多叚菑爲之。禮記中庸。烖及其身。大學。菑害竝至。是也。或从宀火作灾。籒文从巛作災。巛部云。害也。从一雝川。段玉裁云。玉篇天反時爲巛。今凡作灾災菑皆叚借字。而字彙引秦紀|害絕晏。正字通曰。秦紀本作菑。非从巛作|也。巛、菑、烖、災古通。菑本作菑。」

【甾】莊持切音緇支韻
本作由。[類篇]東楚名缶曰|。象形。古作甶。[按說文。甾、或省艸。从巛。从田。與|別。|之本字爲由。由下云。東楚名缶曰由。段玉裁曰。今隸作|。集韻。|、同菑。菑、同甶。竝誤。」

【甽】古泫切音畎銑韻
巜古文。見[說文巜部]。|、古文巜。从田巛。巛|之川也。[按說文、巜、水小流也。鉉本無|之川也四字。段本作从田川。田之川也。漢書食貨志。水之廣尺深尺曰|。又一畮三|。注。|、壟也。|、或作畎。鄭注考工記曰。|、畎也。|、畎古今字。集韻巜、古从川作甽。」

【甽】松倫切音旬眞韻
山下受霤處。見[類篇]。[按釋名。|、山下根之受霤處曰|。|、吮也。吮得山之肥潤也。六書故。今作圳。田間溝畎也。」

【甽】朱閏切音稕震韻
溝也。見[集韻]。

【甽】古泫切音畎銑韻
畎古文。見[玉篇]。[按荀子成相。舉舜|畝。任之天下。注。|、與畎同。」

【畃】思文切音中文韻
令也。見[字彙補]。

【畂】古朖切音骯養韻
竟也。見[廣雅釋詁]。[按|當是畂之形譌。王念孫云。畂、各本皆作|。畂字俗書作畂。因譌而爲|。惟影宋本不譌。畂、古朖反。朖與朗同。玉篇畂音古莽切。廣韻音各朗切。竝與古朖同音。各本朖譌作浪。故集韻類篇又音居浪切。考玉篇廣韻皆無此音。釋宮篇。畂、道也。釋地篇。畂、池也。曹憲竝音古朖反。今據以訂正。」

【畏】古畏字。見[集韻]。

【畄】同甿。見[集韻]。

【画】同畫。見[字彙補]。

【畐】同畁。見[字彙補]。

【畁】畁俗字。見[字彙]。[按畁本作畁。俗譌|。古者尊右而畁左。說

文ナ部。卑賤也。从ナ甲。ナ、古左字。正字通云。右重左輕。左在甲之下漸卑也。存參。〕

四畫

【畂】舉朗切音骯養韻　居浪切音鋼漾韻　居郎切音岡陽韻

㈠境也。一曰陌也。趙魏謂陌爲—。見〔說文〕。〔按段本境作竟。陌作百。廣雅、—竟也。〕

㈡池也。見〔廣雅釋地〕。

㈢道也。見〔廣雅釋室〕。

㈣同航。〔廣韻〕䀪鹽澤也、䀪、—。竝上同。

【畇】須倫切音荀　松倫切音旬　俞倫切音匀　規倫切音均眞韻

㈠——。田也。見〔爾雅釋訓〕〔注〕言墾辟也。〔疏〕謂耕墾開辟土田——然也。〔按詩信南山。——原隰。傳云。——墾辟貌。〕

㈡同𤲡。〔集韻〕𤲡。墾田也。或作—。

【畇】羊倫切音匀眞韻　胡犬切音泫銑韻

原田一往平均也。亦作畇。見〔六書故〕。〔按類篇集韻竝胡犬切。云、田平均也。〕

【畃】亭年切音田先韻　堂練切音電霰韻

地名。在絳。見〔集韻〕。

【畈】方願切音販願韻

㈠田也。見〔集韻〕。

㈡田—、平疇也。見〔韻會〕。〔按廣韻云。田—。〕

【畋】亭年切音田先韻　堂練切音電霰韻

㈠本作畋。〔說文攴部〕畋。平田也。周書曰。—尒田。〔按書多方正義云。治田謂之—。經傳多借田字爲之。詩齊風。無田甫田。傳云。田、謂耕治之也。上田卽—字。又借佃字。范注穀梁云。一夫一婦佃田百畝。〕

㈡獵也。〔呂覽直諫〕以—於雲夢。〔按韓詩內傳。春曰—。〕

【界】居拜切音戒卦韻

㈠境也。見〔說文〕。〔按各本或作畍。境、當作竟。曲禮。入竟而問禁。顏注急就篇。田邊謂之—。六書故。兩田之間謂之—。玉篇引爾雅云。疆、—。垂也。畕部。畺下云。—也。从畕三。其—畫也。廣雅。畺、—。竟也。段玉裁曰。樂曲盡爲竟。引申爲凡邊竟之偁。—之言介也。介者畫也。畫者介也。象田四—。聿所以畫之。介、—、古今字。〕

㈡比也。〔國策秦策〕三國之與秦壤—而患急。

㈢猶限也。〔後漢馬融傳〕奢儉之中。以禮爲—。

㈣離間也。〔文選揚雄解嘲〕范雎—涇陽。〔注〕—者、間其兄弟使疏也。

㈤分畫也。見〔韻會引增韻〕。〔按今本文選作介。韻會引作—。〕

㈥地名。〔後漢獻帝紀〕袁紹及公孫瓚戰於—橋。〔注〕今貝州宗城縣東有古—城。近枯漳水。則—橋在此也。

㈦幾何學以一物之始終爲—。〔幾何原本〕點爲線之—。線爲面之—。面爲體之—。體不爲—。

㈧解析科學之性質曰—說。亦謂之定義。

【畎】古泫切音狷銑韻

㈠𡿨篆文。〔說文𡿨部〕𡿨。水小流也。周禮。匠人爲溝洫。耜廣五寸。二耜爲耦。一耦之伐。廣尺深尺謂之𡿨。倍𡿨謂之遂。倍遂曰溝。倍溝曰洫。倍洫曰巜。—篆文𡿨。六—爲一畮。〔按𡿨、巜、巛、皆象形字。今本攷工記。𡿨作畎。巜作澮。耜作梠。蓋後人所改。倍𡿨謂之遂。許亦以義言之。非本文。漢書食貨志。趙過能爲代田。一畮三甽。古法也。后稷始甽田。以二耜爲耦。廣尺深尺曰甽。長終畮。一畮三—。一夫三百甽。而播種於甽中。段玉裁曰。長終畮者。長百步也。六尺爲步。步百爲畮。播種於甽中者。甽中猶甽閒。播種於兩甽之閒也。深者爲甽。高者爲田。皆廣尺。三百甽。積廣六百尺。長百步。亦長六百尺。故一夫百畮。其體正方。許云六—爲一畮者。謂其地容六—耳。與一畮三—之制非有二也。—與田來歲互易。卽代田之制也。〕

㈡壟中曰—。〔莊子讓王〕居於—畝之中。

㈢—澮。田間溝也。見〔書益稷鄭注〕。

㈣谷也。見〔廣雅釋山〕。〔按漢書地理志。俗—絲泉注。、—小谷也。〕

㈤坑也。見〔廣雅釋水〕。

㈥山谷通水處曰—。〔書禹貢〕羽—夏翟。〔注〕羽山之谷。〔按詩節南山箋。其旁倚之畎谷。疏云。畎、是壟

中小水之名。因此而山谷通水之處亦名爲㗊。〕
(七)同㗊。〔漢書食貨志注〕㗊、或作―。
(八)同唰。〔荀子成相〕舉舜唰畝。任之天下。〔注〕唰、與―同。

【畎】吠迥切音類迥韻
田畝也。書俗―絲枲。劉昌宗讀。見〔集韻〕。

【畎】苦泫切音犬銑韻
―夷。戎之別種。〔史記匈奴傳〕周西伯昌伐―夷氏。〔按書皇矣箋。串夷即混夷。疏云。―、混、聲相近。後世作字異耳。或作犬夷。犬則―之省也。漢書匈奴傳集注。昆、緄、―、聲相近。〕

【畏】紆胃切音尉未韻　於非切音威微韻
(一)本作㽕。〔說文甶部〕㽕。惡也。从甶。虎省。鬼頭而虎爪。可―也。〔按書序。般始咎周。鄭注。咎、惡也。始―而惡之。廣雅釋詁。―、惡也。九經字樣。㽕、―。鬼頭虎爪。人可―也。上說文。下隸省。段玉裁曰。虎上體省而儿不省。儿者、似人足而有爪也。〕
(二)恐也。見〔廣雅釋詁〕。〔按山海經南山經。佩之不―。注。不―、不知恐―。〕
(三)懼也。見〔廣雅釋詁〕。〔按素問宣明五氣篇。精氣并於脾則―。注。―、謂―懼也。〕
(四)心服曰―。〔禮記曲禮〕―而愛之。
(五)敬也。見〔廣雅釋詁〕。〔按釋訓。――祗祗。敬也。王念孫云。重之則曰――祗祗。〕
(六)威也。〔列子黃帝〕不―不怒。〔按廣雅釋言。―、威也。疏證。襄三十一年左傳云。有威而可―謂之威。皋陶謨。天明―自我民明威。威、―古通用。〕
(七)難也。見〔廣雅釋詁〕。〔按易屯釋文引賈逵周語注云。難、憚也。〕
(八)辠也。見〔廣雅釋詁〕。
(九)犯法獄死謂之―。見〔王肅禮記傳注〕。
(十)―者兵死也。見〔白虎通喪服〕。
(十一)人名。楚申無―。見〔左文十年傳〕。
(十二)―隹。山阜貌。〔莊子齊物論〕山林之―隹。
(十三)同威。〔書呂刑〕德威惟―。〔按墨子尙賢作德威惟威。〕
(十四)通隈。〔考工記弓人〕恆當弓之―。〔注〕―、讀如秦師入隈之隈。〔按正字通云。古借作隈。弓淵也。弓之曲處謂之―。〕

【畏】鄔賄切音猥賄韻
(一)同猥。〔莊子庚桑楚〕以北居―壘之山。〔釋文〕―、本作猥。
(二)同嵔。〔集韻〕嵔壘山名。或省。亦書作㟪。

【⿹戈田】莊持切音菑支韻
(一)緇或字。〔集韻〕緇耕也。或作㘨、―、緇、穖。
(二)同菑。〔韻會〕菑。反草曰菑。亦作―。

【⿰田分】父吻切音憤吻韻
―泉。地名。在魯。通作濆。見〔集韻〕。〔按公羊傳作濆〕

【畉】防無切音扶虞韻
耕田也。見〔字彙〕。

【⿰田少】楚敎切音鈔效韻
俗謂耕曰―田。見〔正字通〕。

【⿰田央】古惠音檜霽韻
―暌。見〔字彙〕。

【奋】古鼎切音鬠迥韻
高駢發塚。取瓶甓城。鬼趙―現形獻書。書載古文品外錄。見〔字彙補〕。

【畐】拍逼切音堛職韻　房六切音伏屋韻
本作畗。〔說文畗部〕畗。滿也。从高省。象高厚之形。〔段注〕方言。腷、偪。滿也。凡以器盛而滿謂之腷。注言涌出也。腹滿曰偪。注言勑偪也。按廣雅。腷、愊。滿也。本此而玉篇腹滿謂之涌。腸滿謂之―。與今本方言異。玄應書―塞。注曰。普逼切。引方言―滿也。是希馮玄應所據方言皆作―也。許書無偪逼字。大徐附逼於辵部。今乃知逼仄逼迫字當作―。偪逼行而―廢矣。

【畐】方六切音福屋韻
幅省字。〔集韻〕幅布帛廣也。亦省。

【⿳日田十】昌石切音尺陌韻
田器。又地名。見〔篇海類篇〕。

【⿰田冊】汝鹽切音髯鹽韻
巨龜。見〔字彙補〕。

【画】胡號切陌韻
田界也。見〔六書故〕。〔按字俗書

作䨓。又作𤲲〕

【甾】古邦字。見〔說文邑部〕。〔段注〕从之田。之、適也。所謂往卽乃封。古文封字亦從之土。

【畊】古耕字。見〔玉篇〕。

【町】古畬字。見〔玉篇〕。

【畁】古畁字。見〔說文由部〕。〔按集韻作畠。同。〕

【㽘】古威字。見〔集韻〕。

【畢】古申字。見〔集韻〕。

【𤱖】古允字。見〔字彙補〕。

【畍】同界。見〔玉篇〕。

【畝】同畮。見〔玉篇〕。

【畏】同畏。見〔字彙補〕。

【㽕】同畏。見〔字彙〕。〔按說文甶訓鬼頭。或書作由。亦作甶〕

【𤱭】菑省文。見〔說文艸部〕。〔按玉篇。—與菑同。爾雅曰。一歲曰—。郭璞云。今江東呼初耕地反草爲—。而集韻引說文云。東楚名缶曰—。古作由。由卽古由字。廣韻亦以由爲卽艸部—。段玉裁曰。此風馬牛不相及也。—上从一。雝川。由象缶之頸。少殺。安得云同。—又假借爲栽、烖、灾。甾同由。互詳甾字〕

【畆】畝俗字。見〔字彙〕。

【畟】畟譌字。見〔正字通〕。〔按詩畟畟良耜。字彙誤引作—〕

五畫

【畔】薄半切音叛翰韻

❶田界也。見〔說文〕。〔注〕列子曰。聽遊於疆—者。〔按畕部。疆、界也。後漢杜篤傳。爰初開—。注云。—、疆界也。國語周語。修其疆—。注云。—、界也。田界者。段玉裁云。田之竟處也。左傳子產曰。行無越思。如農之有—。其過鮮矣。一夫百畝。則—爲百畝之界也。引申爲凡界之偁。〕

❷分半田之際也。見〔顏注急就篇〕。

❸涯也。見〔詩氓箋〕。

❹言而不稱師謂之—。見〔荀子大略〕。〔注〕—者。倍之半也。

❺違背也。〔論語雍也〕亦可以弗—矣夫。

❻亂貌也。〔漢書敘傳〕—回穴其若茲兮。

❼舍也。〔國語楚語〕—者半矣。

❽離也。見〔廣雅釋詁〕。

❾改衣服制度爲—。見〔白虎通巡狩引書大傳〕。

❿背叛也。〔論語陽貨〕公山不擾以費—。

⓫—道也。〔詩皇矣〕無然—援。〔傳〕無是—道。

⓬—援猶跋扈也。見〔詩皇矣箋〕。〔又〕武强也。見〔釋文引韓詩〕。

⓭—岸。自縱之貌也。〔漢書司馬相如傳〕放散—岸。

⓮—換。張恣之貌。〔漢書敍傳〕項氏—換。

⓯通泮。〔史晨奏銘〕飲酒—宮。〔按詩氓。隰則有泮。傳曰。泮、坡也。坡卽陂。箋云。泮讀爲—。—、涯也。〕

⓰通叛。〔左莊十八年傳〕使鬭緡尹之。以—。〔釋文〕本或作叛。

【畚】補衮切音本阮韻

❶本作畚。〔說文由部〕畚。蒲器也。餠屬。所以盛種。从甾弁聲。〔按畚、今通作—。種或作糧。玉篇。—、盛糧器也。段玉裁云。周禮挈壺氏。挈—以令糧。大鄭云。縣—於稟。假之處。後鄭云。—所以盛糧之器。故以—表稟。左傳宣二年正義。引說文蒲器可以盛糧。左傳釋文、詩正義。引艸器可以盛種。種字蓋非。果爲種字。則當云穀種。不得但言種也。何休注公羊云。—草器。杜注左傳。以草索爲之。蒲與艸不相妨。糧者也。〕

❷筥屬。〔左宣二年傳〕寘諸—。

❸簣籠。〔左襄九年傳〕陳—揭。〔按列子湯問〕箕—運於渤海之尾。〔釋文〕—、籠也。漢書五行志。陳—臿。注。應劭曰。草籠也。

❹盛土器。〔左宣十一年傳〕稱—築。

❺草器。若今市所量穀者是也。齊人謂之鍾。〔公羊宣六年傳〕有人荷—。

❻臿也。〔方言〕臿。沅湘之間謂之—。〔按廣雅釋器〕畚、臿也。玉篇。鍫、臿也。衆經音義十一引方言云。趙魏之間謂臿爲鍫。孟子滕文公趙注。—、籠臿之屬。所以取土者也。

❼或作畚。見〔類篇〕。

【畛】止忍切音軫軫韻之人切音

眞眞韻

(一)井田間陌也。見〔說文〕〔段注〕井田間者。猶十夫閒也。兩十夫之閒。猶井閒也。徑、—、涂、道、路。皆可謂之陌阡。故曰井田閒陌。

(二)界也。見〔小爾雅廣詁〕。〔按廣韻云。—、田界。〕

(三)田上道也。〔楚辭大招〕田邑千—。〔按爾雅釋言。障、—也。釋文。—田閒道。〕

(四)溝上塗也。見〔集韻〕。〔按周禮遂人。十夫有溝。溝上有—。注。溝廣各四尺。—容大車。〕

(五)塗所經也。〔左定四年傳〕封—土路。

(六)謂舊田有徑路者。見〔詩載芟箋〕。

(七)埸也。見〔詩載芟傳〕。〔按段玉裁云。埸者。疆埸也。信南山。疆埸有瓜是也。古祇作易。〕

(八)—畷。謂地廣道多也。舊井田有畷有—。〔文選左思賦〕其四野則—畷無數。

(九)楚人謂澤爲—挈。〔淮南要略〕棄其—挈。

(十)告也。見〔爾雅釋詁〕。

(十一)致也。見〔爾雅釋言〕。〔按曲禮。—於鬼神注。—、致也。〕

(十二)殄也。見〔爾雅釋言〕。

(十三)通祇。〔禮記曲禮注〕—、或作祗。

【畜】勑六切音蓄屋韻

(一)田—也。淮南王曰。玄田爲—。見〔說文〕。〔注〕—養起於微也。〔段注〕田—。謂力田之蓄積也。貨殖列傳曰。富人爭奢侈。而任氏獨折節爲儉力田—。田—人爭取賤賈。任氏獨取貴善。非田—所出弗衣食。艸部曰。蓄、積也。—與蓄義略同。—从田其源也。蓄从艸其委也。俗用—爲六嘼字。古叚爲好字。如晏子對景公曰。—君何尤。—君者。好君也。謂—即好之同音叚借也。〔按桂注。臧侗曰。周官牧人。掌牧六牲而阜蕃其物。小司徒。經土地而井牧其田埜。鄭司農曰。井牧者。春秋傳所謂井衍沃。牧隰皐也。按古人言井牧。猶漢人言田畜也。上古—而不田。中古田—象之。故言井牧。知田而不知—。故騎者乏馬。耕者乏牛。學者亦不知其說。夫衍濕之地宜稼。故井之。隰皐水草所生。則牧焉。司徒司空之典既隊。井牧之制亡矣。〕

(二)積也聚也。見〔易小畜釋文〕。

(三)止也。見〔孟子梁惠王—君何尤朱注〕。

(四)通蓄。〔易序卦〕比必有所—。〔釋文〕—、本亦作蓄。

(五)通滀。〔莊子知北遊〕萬物—而不知。〔釋文〕—、本亦作滀。

【畜】許六切音慉屋韻

(一)養也。見〔廣雅釋詁〕。〔按廣韻、釋名釋言語、並同。通鑑。隋文帝罵太子曰。—生何足付大事。注云。—生、待—養而生者也。〕

(二)猶容也。〔左哀二十六年傳〕天下誰—。

(三)孝也。〔禮記坊記〕以—寡人。

(四)順也。〔禮記祭統〕順於道不逆於倫。是之謂—。〔注〕—、謂順於德敎。

(五)起也。見〔詩蓼莪箋〕。

(六)—者有也。〔老子〕德—之。

(七)—行仁貌。〔莊子徐无鬼〕夫堯—然仁。〔釋文引李注〕—行仁貌。〔又〕郵愛勸勞之貌。見〔徐无鬼釋文引王注〕。

(八)謂愛養也。〔漢書陳湯傳〕云弃捐不—。

(九)謂牧放也。〔漢書景帝紀〕無所農桑毄—。

(十)姓也。漢—客—意。天水有—氏。見〔正字通〕。

【畜】許救切音齅丑救切惆去聲宥韻

(一)始養曰—。見〔周禮庖人注〕。

(二)家養謂之—。見〔左昭二十五年傳〕。

(三)同嘼。〔集韻〕嘼說文。犍也。象耳頭足厹地之形。古文嘼下从厹。或作—。〔按玉篇。嘼、六嘼。牛馬羊犬雞豕也。養之曰嘼。用之曰牲。今作—。爾雅釋畜釋文。—、許又反。本又作嘼。說文云。嘼、牲也。經典並作—字。禮記左傳皆云。名子者不以—牲。左氏又云。古者六—不相爲用。是也。說文嘼下云。讀嘼牲之嘼。段玉裁曰。今俗語多云—牲。嘼今多用—者。俗書叚借而然。武成歸嘼今作歸獸。二字不分久矣。〕

【畞】莫後切音牡有韻

(一)本作畮。〔說文〕畮。六尺爲步。步百爲畮。秦田二百四十步爲畮。畝。畮或从田十久。〔按今通作—。詩十—之閒釋文。古作畮。俗作畒。皆同。〕

周禮大司徒。不易之地家百—。釋文。本亦作古畮字。載師注。五畮之宅。孟子梁惠王作五—之宅。馬注論語引司馬法云。六尺爲步。步百爲—。百爲夫。夫三爲屋。屋三爲井。井十爲通。通十爲城。城出革車一乘。禮記儒行。儒有一—之宮。疏云。徑一步長百步爲—。一位算法云。周之制度。司馬法。六尺爲步。步百爲—。秦孝公時。商鞅獻三術。內一開道阡陌。以五尺爲步。二百四十步爲—。漢書食貨志故—五頃。注云。古百步爲—。漢時二百四十步爲—。鹽鐵論未通云。制田二百四十步而一—。蓋漢因秦制也。宋程頤曰。古者百—止當今之四十—。今之百—當古之二百五十—。今量田法。亦以縱橫各五尺爲方步。二百四十方步爲—。一—面積。約得六千方尺。

❷壠也。〔國語周語〕或在畝—。〔注〕百步爲—。下曰畝。高曰—。—、壠也。〔按書歸禾序。異—同穎。傳云。—、壟也。莊子讓王。居於畎—之中。釋文引司馬。壟上曰—。〕

❸—丘。丘名。〔詩巷伯〕猗于—丘。〔又〕方百步也。見〔爾雅釋丘〕如——丘。孫注。〕〔又〕丘體滿一—之地也。見〔釋名釋丘〕。

❹千—。地名。〔左桓二年傳〕其弟以千—之戰生。〔注〕西河界休縣南有地名千—。〔按當今山西介休縣南。〕

❺通母。〔書序〕異畝同穎。〔史記魯周公世家作異母同穎。〕

【畐】房六切音伏。芳六切音福。屋韻。拍逼切音堛。職韻

❶畐本字。見〔說文畐部〕。〔按大徐、芳逼切。小徐、彼式切。六書正譌。—滿也。从高省。从田。有厚之義。田所以厚生也。會意。方六切。又芳逼切。集韻屋韻。芳六房六二切。職韻引作畐。拍逼切。互詳畐字。〕

❷古福字。見〔字彙〕。

【畗】德合切音荅。合韻

古答字。〔集韻〕答當也。古作—。

【⿰田皮】攀靡切音披。攀悲切音伾。支韻

❶畊也。見〔集韻〕。

❷同⿰耒皮。〔集韻〕⿰耒皮、耕也。或从田。

【⿰田皮】普火切音頗。哿韻

睬—。小高皃。見〔集韻〕。

【⿰田且】總五切音祖。麌韻

田也。見〔玉篇〕。

【⿰田句】居侯切音鉤。尤韻

畦也。見〔玉篇〕。

【⿰田句】權俱切音劬。虞韻

—町。西南夷也。〔漢書昭帝紀〕—町侯母波。〔按即牂柯郡—町縣。地理志作句町。集韻。—町王。西戎君長號。又迥韻町下云。—町。縣名。互詳町字。〕

【畕】居良切音薑。陽韻

比田也。从二田。見〔說文畕部〕。〔段注〕比、密也。二人爲从。反从爲比。比田者。兩田密近也。

【⿰田幼】於糾切音黝。有韻

黑壤。見〔集韻〕。

【⿰田瓜】烏瓜切音窊。麻韻

—留。地名。在絳。見〔集韻〕。

【畘】那含切音南。覃韻

田十畝曰—。又田多也。見〔字彙〕。

【⿰田南】那含切音南。覃韻

【畟】察色切音測。節力切音即。職韻

治稼—。進也。从田儿。从夂。詩曰。—良耜。見〔說文夊部〕。〔注〕爾雅。—。耜也。稷从此。〔按釋訓郭注。言嚴利。舍人云。—。耜入地之皃。詩良耜傳。——猶測測也。箋云。農人以利善之耜熾菑是南畝也。〕

【⿱申田】式神切音伸。眞韻

申也。重也。見〔談薈〕。

【⿰田宁】𡬜本字。見〔說文宁部〕。

【奋】古陸字。見〔字彙補〕。

【⿱夗田】同[illegible]。見〔集韻〕。

【⿰田欠】晦或字。見〔說文〕〔段注〕十者、阡陌之制。久、聲也。今惟周禮作晦。五經文字曰。經典相承作畝。干祿字書曰。畝通—正。〔按桂注。論語微生—。漢書古今人表作晦。詩生民履帝武敏。釋文引韓爲舍人敏作—。晦、敏、聲相近。〕

【留】畱俗字。見〔字彙〕。

【⿰田尔】畛俗字。〔正字通〕—同畛。俗

省。

【⿰田疋】 ⿰田疋譌字。見〔正字通〕。

六畫

【畢】 壁吉切音必質韻

(一) 本作畢。〔說文𠦒部〕畢田网也。从𠦒象畢形微也。或曰由聲。〔注〕有柄网。所以掩兔。張衡西京賦曰。華蓋承辰。天畢前驅。此也。亦象形字。〔按段注。鴛鴦傳云。—掩而羅之。然則不獨掩兔亦可掩鳥。皆以上覆下也。—星主弋獵。故曰—。亦曰罕車。許於率下曰捕鳥—也。此非別有一—。亦是掩物之网。特牲饋食禮。助載鼎實之器象之。亦曰—。此則用以上載為異。桂注。象—。當云象—。星由聲者。文本从田。或以為从由得聲〕

(二) 濁謂之—。見爾雅釋天。〔注〕掩兔之—。或呼為濁。因星形以名。〔按史記律書。濁者。觸也。言萬物皆觸死也〕

(三) 噣也。見〔詩漸漸之石傳〕。〔按盧令序。齊侯好田獵—弋。箋云。—、噣也。釋天李注。噣。陰氣獨起。陽氣必止。故曰—〕。

(四) 星名。〔淮南時則〕旦—中。〔注〕—、西方白虎之宿。〔按卽今小雪節子正二刻二分之中星。正字通云。—八星。二星直上如柄。六星曲為兩行。張其口。獨斷云。雨師神—星也。其象在天。能雨〕

畢宿圖

(五) 月名。〔爾雅釋天〕月在甲曰—。〔按史記厤書月名—聚。索隱。—、月雄也〕

(六) —為天網。見〔後漢蘇竟傳〕。

(七) 竟也。見〔廣雅釋詁〕。〔按左傳莊二十九年。龍見而—務。疏引釋例云。—者。竟也〕

(八) 盡也。見〔爾雅釋詁〕。〔按儀禮士冠禮。兄弟—袗玄。注。—、猶盡也。呂覽長見。西河—入秦。注。—、由盡也。周禮封人注。國人—作。疏。—、亦盡也〕

(九) 止也。見〔爾雅釋天李注〕。

(十) 皆也。〔儀禮士昏禮〕從者—玄端。〔注〕—、猶皆也。

(十一) 疾也。〔淮南覽冥〕體便輕—。

(十二) 終也。〔書大誥〕攸受休—。

(十三) 簡也。〔爾雅釋器〕簡謂之—。〔注〕今簡札也。〔按禮記學記。呻其佔—。疏。—、簡也。正字通引朱子京別紙云。伏奉手—。謂手簡也〕

(十四) 貫牲體木。見〔集韻〕。〔按禮記雜記。—用桑長三尺。注。—、所以助主人載者。儀禮大射儀。以弓為—。注。—、所以教助執事者。疏。—、是助載鼎實之物。故司馬執弓為—以指授。特牲饋食禮。宗人執—先入。注。—、狀如叉。蓋為其似—星。取名焉〕

(十五) 地名。〔爾雅釋丘〕—、堂牆。〔注〕今終南山道名。—其邊若堂室之牆。〔按李注名崖似堂牆曰—。詩終南。有紀有堂。箋云。—、終南山之道名。邊如堂之牆然。周書作雒。葬武王于—。注。—、地名。史記集解引書太誓馬注云。—、文王墓地名〕

(十六) 國名。〔左僖二十四年傳〕—原酆郇。文之昭也。

(十七) —門。路門也。見〔字彙補〕。

(十八) —方。神名。〔廣雅釋天〕木神謂之—方。〔按張衡賦薛注。—方。老父神。如鳥兩足一翼〕。

(十九) 通稷。〔荀子哀公〕東野—。〔莊子達生作東野稷〕。

(二十) 同韠。〔荀子正論〕共艾—。〔注〕—、與韠同。

(廿一) 同蓽。〔爾雅釋器釋文〕—、李本作蓽。

(廿二) 同嗶。〔爾雅釋丘釋文〕—、本又作嗶。

(廿三) 同罼。〔詩鴛鴦〕—之羅之。〔呂覽季春作罼之羅之〕。

(廿四) 姓也。—公高後晉有—卓。見〔字彙〕。〔按古今姓氏書辨證云。—出自姬姓。春秋時—萬封於魏〕

【⿰田兆】 徒了切音窕篠韻

(一) ⿰田翏田中穴也。見〔玉篇〕。

(二) 田界。見〔集韻〕。

【⿰田兆】 直昭切音趙篠韻

垗或字。〔集韻〕垗。說文、畔也。或从田。

【畤】 渚市切音止 丈里切音市 紙

韻

㊀天地五帝所基止祭地也。右扶風雖有五—好、鄜—皆黃帝時祭。或云秦文公立。見〔說文〕。〔段注〕所基止祭地。謂祭天地五帝者立基止於此而祭之之地也。—不見於經。秦因周制。垗五帝於四郊。依附爲之。垗字音謠。遂製—字。耳考封禪書。秦襄公居西垂。作西—祠白帝。其後文公都汧。作鄜—。郊祭白帝。其後德公居雍。宣公作密—於渭南。祭青帝。靈公作吳陽上—。祭黃帝。作下—。祭炎帝。獻公作畦—櫟陽。祀白帝。漢高祖立黑帝祠。命曰北—。密上下三—及—北鄜—。謂之雍五—。祭青黃赤白黑五帝之地也。雍祗有四—。密—吳陽上—下—北—也。史記雍五—。漢志右扶風有五—。蓋彙鄜縣之鄜—祀白帝而言。鄜雖屬左馮翊。而馮翊扶風故皆內史地。故得統偁之。史記於高祖未立北—。前曰雍四—。蓋亦謂密上下鄜四—。是以四—上親郊見。而西—畦—。上不親往。別白言之也。封禪書曰。自未作鄜—也。而雍旁故有吳陽武—。雍東有好—。自古以雍州積高神明之隩。故立—。郊上帝。蓋黃帝時嘗用事。雖晚周亦郊焉。其語不經見。縉紳者不道。按史公作吳陽武—。而許作鄜—。與史漢不合。秦文公立鄜—。史漢皆云爾。而舉爲疑辭。且若好—亦文公立者。皆傳聞之異也。〔按祭、韻會引作樂。漢書高帝紀。戰好—。注。孟康曰、—。神靈之所止也。郊祀志作畦—。注。師古曰。如種韭畦之形。於畦中各爲一土封也。〕

㊁塒也。見〔史記封禪書索隱引三蒼〕。

㊂地名。〔後漢光武紀〕戰於繁—。〔注〕繁—。縣名。屬鴈門郡。今代州縣。〔按當今山西省繁—縣治〕。

㊃同峙。〔詩崧高〕以—其糧〔釋文〕、—本作峙。

㊄同沚。〔左隱三年傳〕澗谿沼—之毛〔釋文〕、—本作沚。〔按今本左傳作沚〕

【時】時吏切音稚寘韻

蒔或字。〔集韻〕蒔。說文、更別種。或作—。

【時】池爾切音豸紙韻

儲也。見〔五音集韻〕。

【略】力灼切音掠藥韻〔或書作畧。〕

㊀經—土地也。見〔說文〕〔注〕春秋左傳曰。封畛土—。又曰侵敗王—。〔段注〕昭七年左傳。芋尹無宇曰。天子經—。杜注。經營天下。—有四海。故曰經—。凡經界曰—。左傳曰。吾將—地。引申之規取其地亦曰—。—者。對詳而言。

㊁界也。見〔小爾雅廣詁〕。〔按吳都賦。故其經—。上當星紀。五臣云、—分界也。一曰。遠界爲經—也。宋武帝詔。二宮諸王不得封—山湖。注云、—。封界也。〕

㊂智—也。〔漢書司馬相如傳〕覯士大夫之勤—。〔按七發。雖有心—辭給。注云。—、智也。〕

㊃用功少曰—。見〔書禹貢傳〕。〔按疏云、—。是簡易之名。漢書地理志。嵎夷既—。注云。—、言用功少也。〕

㊄要也。見〔廣雅釋言〕。〔按淮南本經。其言—而循理。注、—。約要也。〕

㊅減少也。〔荀子天論〕養—而勤希。

㊆殺也。〔公羊哀五年傳〕喪曷爲以閏數。喪數—也。〔注〕、—。猶殺也。以月數恩殺。故并閏數。

㊇簡也。見〔漢書王莽傳集注〕。

㊈粗—也。〔文選班彪論〕又可—聞矣。〔按孟子萬章。嘗聞其—也。注、—。麤也。

㊉謂舉其大綱。〔荀子非相〕—則舉大。

⑪道也。〔左定四年傳〕吾子欲復文武之—。〔按淮南氾論。然而功名不滅者。其—得也。注、—。猶道也。〕

⑫取也。見〔廣雅釋詁〕。〔按小爾雅廣詁、左傳以—狄土—其武夫注。均同。〕

⑬不以道取爲—。〔左襄四年傳〕季孫曰—。〔按方言。強取也。引申之。凡取之不以其正。均曰—。刑律—誘、—人、—賣人義本此。〕

⑭奪也。〔國語齊語〕犧牲不—。〔按今云劫—、搶—、鈔—、殺—。義本此。〕

⑮行取曰—。見〔漢書司馬相如傳集注〕。〔按史書凡言—地。皆謂行而取之也。〕

⑯獲得也。〔淮南兵略〕貪金玉之—

(十七)求也。見〔廣雅釋詁〕。〔按小爾雅廣言同。方言、求也。就室曰接。於道曰一〕。

(十八)灋也。見〔廣雅釋詁〕。

(十九)行也。見〔小爾雅廣言〕。〔按左隱五年傳吾將一地焉。注、總攝巡行之名。淮南主術是故有大一者。注、一行道也。文選上林賦觀士大夫之勤一。注、巡行也〕。

(二十)治也。見〔廣雅釋詁〕。

(廿一)路也。〔書武成〕以遏亂一。

(廿二)犯也。〔國語晉語〕一則行志。

(廿三)利也。〔詩載芟〕有一其耜。

(廿四)猶過也。見〔後漢吳漢傳注〕。

(廿五)猶數也。〔淮南脩務〕達一天地。

(廿六)大也。〔淮南氾論〕總其一行。

(廿七)謂征伐也。〔詩魯頌譜〕謀東一。〔疏〕是謂征伐爲一也。

(廿八)書篇名。〔漢書藝文志〕歆於是總羣書而奏其七一。故有輯一。有六藝一。有諸子一。有詩賦一。有兵書一。有術數一。有方技一。

(廿九)蟲名。〔爾雅釋蟲〕蜉蝣、渠一。〔注〕似蛣蜣。叢生糞土中。〔疏〕南陽以東曰蜉蝣。梁宋之間曰渠一。

(三十)同蟸。〔爾雅釋蟲釋文〕、一本作蟸。

(卅一)同畧。〔詩載芟釋文〕、一字書本作畧。

(卅二)同蛒。〔詩蜉蝣傳〕蜉蝣、渠一也。〔釋文〕一、本作蛒。

(卅三)姓也。〔千姓編〕吳有一統。〔按古今姓氏書辯證統譜姓觽存參〕。

【[illegible]】 吐火切音妥哿韻

一[illegible]。小高貌。見〔集韻〕。

【[illegible]】 居容切音恭冬韻

一[illegible]。畦也。見〔集韻引埤蒼〕。

【[illegible]】 力制切音例霽韻 良薛切音列屑韻

陷也。見〔字彙〕。

【[illegible]】 古位切音檜泰韻

一墺。見〔字彙補〕。

【畡】 柯開切音該灰韻

垓或字。〔集韻〕垓。說文、兼垓八極地也。或从田。

【[illegible]】 古畛字。見〔玉篇〕。

【畣】 古答字。見〔集韻〕。〔按正字通云。與富別。爾雅。俞一肰也。周伯琦、朱謀瑋、合富一爲一〕。

【[illegible]】 古威字。見〔集韻〕。

【[illegible]】 古當字。見〔字彙補〕。

【畫】 古畫字。見〔說文〕〔段注〕古从聿田。

【[illegible]】 同[illegible]。見〔集韻〕。

【[illegible]】 同[illegible]。見〔玉篇〕。

七畫

【番】 符袁切音煩元韻 補過切音播過韻

(一)獸足謂之一。从釆田象其掌。見〔說文釆部〕。〔注〕本造此字爲獸足掌也。象形。〔段注〕下象掌。上象指爪。是爲象形。許意先有釆字。乃後从釆而象其形。則非獨體之象形。而爲合體之象形也。〔桂注〕字或作蹯。廣雅。蹯、足也。易賁如皤如。董遇云。馬舉足橫行曰皤。鄭康成陸績本作蹯。文元年左傳。王請食熊蹯而死。服虔注。蹯、熊掌。

(二)同蕃。〔左襄四年傳注〕會國一縣東南。〔釋文〕一、本作蕃。〔按一蕃同音。周禮大行人九州之外謂之蕃國。後世稱外國人曰一。意亦同此〕。

(三)通藩。〔荀子禮論〕抗折其榎以象貘茨一閼也。〔注〕一讀爲藩。

(四)通繁。〔詩十月之交箋〕非此篇之所謂一也。〔釋文〕、韓書作繁。〔按箋云。、一氏也。則一亦姓〕。

【番】 孚袁切音翻元韻

(一)數也。見〔集韻〕。〔按今語猶以一次爲一一〕。

(二)更遞也。見〔廣韻〕。〔按列子湯問。迭爲三一。釋文、一、更代也〕。

(三)吐魯一。廳名。清置。隸新疆省。在哈密廳之北。當天山南麓。爲古時湖沼之地。即所謂克魯沁之低地也。今改廳爲縣。清光緒六年。依一千八百八十一年中俄伊犂條約。開爲商埠。

(四)姓也。〔詩十月之交〕一維司徒。〔箋〕一氏。〔疏〕其一氏維爲司徒之卿。〔按毛序釋文云。一、方袁反。徐甫言反〕。

(五)日本謂順序之數曰一。如第幾號曰第幾一。

(六)日本謂商店雇傭之主管人曰一頭。

【番】 逋禾切音波歌韻

⑪—。勇也。見〔爾雅釋訓〕〔注〕—、—壯勇之貌。〔按詩崧高申伯—、—。傳云。—、—勇武貌。〕

⑫通皤。〔史記秦紀〕—、—黃髮。〔正義〕—、—當作皤皤。

【番】孚萬切音娩願韻

①更次也。見〔集韻〕。

【番】鋪官切音潘寒韻

①—禺。縣名。秦置。即今廣東—禺縣。

②同潘。姓也。〔古今姓氏書辨證〕潘出自姬姓。一作—。漢食貨志。河東守—係欲。師古注曰。—音普安切。〔按詩十月之交序釋文云—、或作潘。然則—潘通用久矣。正字通謂—姓讀婆。字彙不應合潘—二姓爲一。所見殆猶未審〕

③通賁。〔水經泿水注〕—禺。山海經謂之賁禺者也。

【番】蒲波切音婆歌韻

①姓也。〔古今姓氏書辨證〕漢吳芮初封—君。其支孫氏焉。—音婆。

②鄱省字。〔集韻〕鄱。說文、鄱陽。豫章縣。或省。

【番】蒲官切音槃寒韻

—和。縣名。漢置。屬張掖郡。當今甘肅永昌縣西。

【番】蒲糜切音皮支韻

蕃或字。〔集韻〕蕃。縣名。在魯。或作—。

【番】普半切音判翰韻

潘省字。〔集韻〕潘。縣名。在上谷。或省。

【畫】胡麥切音畫陌韻

①本作畫。〔說文畫部〕畫。界也。象田四界。聿所以畫之。〔注〕若筆畫之也。曰、其界也。指事。〔按桂注本書。介—也。畫、界也。從畕三。其界—也。古今注。封疆—界者。封土爲臺。以表識疆境也。界者。於二封之間。又爲堰埒以—分界域也。釋邱。途出其右而還之—邱。郭注言爲道所規—。聿、當爲聿。段本作介也。下增从聿二字。謂田之外橫者二。直者二。今篆體省一橫。非也。聿、王本從韻會作聿。云篆體同然。古文則從聿。二說存參。〕

②分也。〔左襄四年傳〕—謂九州。

③計也。見〔漢書鄒陽傳集注〕。〔按史記屈原賈生傳。章—職墨。索隱。—、計—也。〕

④計策也。〔列子天瑞〕—其終。

⑤謂分別其所授事。〔管子君臣〕是故主—之。

⑥止也。〔論語雍也〕今女—。

⑦明也。〔史記曹相國世家〕顜若—一。〔索隱〕—、訓明。〔按漢書曹參傳注。—一、言整齊也。〕

⑧道出其右曰—丘。人尙右。凡有指—皆用右也。見〔釋名釋丘〕。

⑨—者所以均不均服不服也。見〔列女傳母儀〕。

⑩—象者。其衣服象五刑也。見〔後漢酷吏傳注〕。

⑪端直也。〔文選左思賦〕—方軌之廣塗。〔劉注〕—、言端直也。

⑫地名。〔史記田單傳〕燕之初入齊。聞—邑人王蠋賢。〔集解〕劉熙曰。齊西南近邑。—音獲。

【畫】胡卦切音澅卦韻

①繪也。以五色繪物象也。見〔釋名釋書契〕。〔疏證〕今本作—掛也。以五色掛物上也。據太平御覽引改掛爲繪。據廣韻引改上作象。攷工記曰。繪之事雜五色。

②彩色爲—。見〔書顧命—純傳〕。

③形也。見〔爾雅釋言〕〔注〕—者爲形像。

④所以飾容貌也。〔莊子庚桑楚〕介者移—。外非譽也。〔釋文〕移、本亦作移。司馬云。—、飾容之具。

⑤移—。不拘法度也。見〔莊子庚桑楚釋文引崔注〕。

⑥—姓名於奏上曰—刺。作再拜起居字。皆達其體。使書盡邊。徐引筆書之如—者也。見〔釋名釋書契〕。〔疏證〕—、今本作書。據太平御覽引改。又名、今本作字。據廣韻引改。

⑦地名。〔史記田單傳〕聞—邑人王蠋賢。〔正義〕括地志云。戟里城在臨淄西北三十里。春秋時棘邑。又云。澅邑。蠋所居。即此邑。因澅水爲名也。

【畯】祖峻切音俊震韻

①農夫也。〔說文〕〔段注〕釋言曰。—、農夫也。孫云。農夫、田官也。詩七月。田—至喜。傳曰。—、田大夫也。周禮籥章。以樂田—。注。鄭司農云。田—、古之先教田者。按田—、教田之官。亦謂之田。月令命田舍東郊。鄭曰。田、謂田—。主農之官也。亦謂之

農。郊特牲。大蜡饗農。鄭曰。農、田—也。田—敎田之時。則親而尊之。詩三言田—至喜是也。死而爲神。則祭之。周禮之樂田—大蜡饗農是也。

（二）鄙野人曰寒—。唐鄭光祿熏舉引寒—。士類多之。俗讀寒酸。誤。見〔正字通〕。

（三）同俊。〔詩甫田釋文〕—、本作俊。〔按文選陸韓卿詩。自古多俊民。注云。—、與俊同。詩七月田大夫。傳。疏云。選俊人主田。謂之田—。〕

【異】羊吏切音詒寘韻

（一）分也。从廾。从畀。畀、予也。見〔說文異部〕〔注〕畀音俾。將欲予物。先分—之也。禮曰。賜君子小人不同日也。會意。〔按段注。分之則有彼此之—矣。竦手而予人。則離—矣。桂注。本書序。知分理之可相別—也。曲禮。羣居五人。則長者必—席。史記商君傳。民有二男以上不分—者。倍其賦。又攷本書廾部。廾、竦手也。丌部。畀、相付與也。字蓋象形兼會意。〕

（二）不同也。〔禮記王制〕事爲—別。〔注〕—別五方用器不同也。

（三）猶他也。〔呂覽上農〕賈不敢爲—事。

（四）謂別貴賤也。〔禮記樂記〕禮者爲—。

（五）—者、於常也。見〔釋名釋天〕

（六）有不常之變者謂之—。—者、天之威也。見〔春秋繁露必仁且知〕

（七）—之之言怪也。先發感動之也。見〔白虎通災變引春秋潛潭巴〕〔按災怪曰—。公羊隱三年傳。記—也。注。—者、非常可怪。先事而至者。疑怪亦曰—。孟子梁惠王。王無—於百姓之以王爲愛也。注。—、怪也。〕

（八）物無類而妄生曰—。見〔論衡自紀〕〔按後漢徐防傳。秋一物華。亦爲—。應劭傳。秋一木華亦爲—。〕

（九）—時。猶前時也。見〔史記平準書索隱〕〔按漢書食貨志。—時算軺車。注。—時、言往時也。高帝紀。—日秦民。注。—日、猶言往日也。〕

（十）姓也。唐—牟尋。歸唐。冊封南詔王。今白水蠻有此姓。見〔正字通〕

（十一）草名。〔爾雅釋草〕連、—翹。〔疏〕連、一名—翹。

（十二）無名—。藥名。〔本草〕無名—出大食國。生於石上。〔按正字通云。分木石二種。主治金創折傷。〕

【畱】力求切音劉尤韻

（一）止也。从田。丣聲。見〔說文〕〔段注〕稽下曰。稽、—止也。〔桂注〕徐鍇本作土也。鍇曰。田、猶土也。韻會引作止。鍇意謂坐從土爲止。—從田亦爲止。故云田猶土也。非謂—訓土也。離騷。又何可以淹—。史記越世家。可疾去矣。愼勿—。丣聲者。當爲丣聲。裴松之注虞翻傳云。翻言古大篆卯字。讀當言柳。古柳卯同字。竊謂翻言爲然。故劉留聊柳同用此字。以從聲故也。與日辰卯字字同音異。馥案裴說。則此—當從丣。不從丣也。日辰之卯。亦讀爲柳。詩。薄采其茆。徐邈音柳。維參與昴。傳云。昴、—也。〔按—今通作留。類篇。—、或作—。字彙从丣。卽酉字。今作切。則从卯矣。說與桂歧。存參。〕

（二）久也。見〔爾雅釋詁〕

（三）徐也。〔國語吳語〕一日惕。一日—。

（四）遲也。〔周書武順〕均佐肅敬而無—。〔注〕—、遲。〔按漢書霍去病傳集注。—、謂遲—。〕

（五）待也。〔楚辭湘君〕蹇誰—兮中洲。

（六）滯也。〔呂覽圜道〕一不欲—。〔注〕—、滯。〔按莊子山木。無—居。注云。—居、滯守之謂。〕

（七）盡也。〔周書大匡〕哭不—日。

（八）不至也。〔儀禮大射儀〕下曰—。

（九）謂守常不變。〔管子正世〕不慕古。不—今。

（十）費—。凶命也。〔文選左思賦〕朝無刓印。國無費—。〔注〕凶命曰費—。魏武孫子注曰。賞不以時。但—費也。

（十一）—幕。冀州所名大褶下至膝者也。—、牢也。幕、絡也。言牢絡在衣表也。見〔釋名釋衣服〕

（十二）以矢行告于公。下曰—。上曰揚。左右曰方。見〔儀禮大射禮〕

（十三）—犂。飯匕也。見〔後漢隗囂傳注〕〔按匈奴傳。單于以徑路刀金—犂撓酒。注。應劭曰。—犂、飯匕也。〕

（十四）—吁。國名。〔左宣十六年經〕晉人滅赤狄甲氏及—吁。〔注〕甲氏、—吁。赤狄別種。

（十五）陳—。地名。〔水經渠水注〕孟康曰。—、鄭邑也。後爲陳所幷。故曰陳—。

(十六)草名。〔文選司馬相如賦〕雜以—夷。〔注〕張揖曰。—夷、新夷也。善曰。王逸楚辭注曰。—夷、香草。

(十七)果名。〔文選張衡賦〕樗棗若—。〔注〕石榴若—也。

(十八)通鷚。〔爾雅釋鳥注〕猶—離。〔釋文〕或作鷚離。

(十九)通流。〔莊子天地〕—動而生物。〔釋文〕—、或作流。

(二十)通貓。〔莊子天地〕執—之狗成鬼。〔釋文〕—、本又作貓。

(廿一)姓也。〔詩丘中有麻〕彼—子嗟。〔傳〕—、大夫氏。〔按正字通云本衞大夫—封人之後。吳志—贇。宋—夢炎。〕

(廿二)通貍。〔莊子天地釋文〕—、一本作貍。

【畱】力久切音柳有韻

昴星別名。見〔集韻〕。〔按史記律書北至於—。索隱。—、卽卯也。〕

【畱】力救切音溜宥韻

本作𤱪。𤱪𤱪行相待也。今作宿—。史武紀。宿—海上。注。師古曰。謂有所須待也。見〔韻會〕。〔按集韻。𤱪𤱪行相待也。或作—。〕

【畖】胡桂切音慧霽韻

(一)猋也。見〔廣雅釋器〕。

(二)畖—。大菑。見〔集韻〕。

【畖】涓惠切音桂霽韻

畖也。見〔集韻〕。

【畬】羊諸切音余魚韻羊茹切音豫御韻

三歲治田也。易曰。不菑—。見〔說文〕。〔桂注〕易釋文、六書故、竝引作二歲。坊記、易曰。不耕穫。不菑—。凶。注云。田一歲曰菑。二歲曰—。三歲曰新田。詩詁。一歲爲菑。始反艸也。二歲爲—。漸和柔也。三歲爲新。謂已成田而尙新也。馥案釋地。三歲曰—。詩臣工、采芑傳。竝云二歲曰新。三歲曰—。〔按三歲段本作二歲。云。周易音義。—、馬曰。田三歲。說文云。二歲治田。此說文作二之證。菑。艸部云。反耕田也。反耕者。初耕反艸。一歲爲然。二歲則用力漸舒矣。—之言舒也。三歲則爲新田。不菑—。周易无妄六二爻辭。集韻類篇竝引作不菑—田。段本同。汲古以爲衍。而於—下空一字。據坊記所引。當是凶字。〕

【畬】詩車切音奢麻韻

火種也。見〔集韻〕。〔按廣東舊潮州府屬有—蠻。號百家—。其人刀耕火種。因以—名。明永樂間爲寇。官軍討平之。字或作畲。據天下郡國利病書、及廣東新語。字均作—。〕

【畉】轄夾切音洽洽韻

溝相接。見〔集韻〕。

【畉】馮無切音扶虞韻

—畉。舂也。見〔集韻引博雅〕。〔按廣雅釋器作畉。〕

【畉】下甲切音轄洽韻

相著也。見〔字彙補〕。

【畤】龍輟切音劣屑韻

耕田起土也。見〔集韻〕。

【畛】之人切音眞眞韻之忍切音軫軫韻

田界。見〔字彙〕。〔正字通云。畛、畛、—、竝同。〕

【畮】古畝字。〔周禮大司徒〕不易之地家百畝。〔釋文〕本亦作古—字。〔按說文。—。六尺爲步。步百爲—。〕

【畭】同畬。〔類篇〕畬亦書作—。

八畫

【當】都郞切音璫陽韻

(一)田相値也。見〔說文〕。〔段注〕値者、持也。田與田相持也。引申之。凡相持相抵皆曰—。報下曰—。鼻人也。是其一端也。〔桂注〕値、—爲直。廣雅。—、直也。韓詩。實維我直。相—直也。國語。史黯謂趙簡子曰。臣敢煩—日。韋昭注。—日、直日也。〔按周禮閽人注。門庭。門相—之地。亦相値之意。〕

(二)任也。見〔玉篇〕。〔按國語晉語。非德不—雝。注。—、猶任也。〕

(三)敵也。見〔玉篇〕。〔按國策秦策。所—未嘗不破也。注。—、敵。公羊莊十三年傳。然則君請—其君。臣請—其臣。注。—、猶敵也。〕

(四)主也。見〔廣韻〕。

(五)應也。〔呂覽無義〕魏使公子卬將而—之。

(六)合也。〔呂覽大樂〕莫不咸—。

(七)蔽也。卽也。見〔增韻〕。

(八)謂對偶也。〔漢書司馬相如傳〕恐不得—也。

(九)謂處斷也。〔漢書刑法志〕以其罪名—報之。〔按楊惲傳。廷尉—惲大逆無道。注、—謂處斷其罪。陳湯傳。廷尉增壽—是。注、—謂處正其罪也。史記張釋之馮唐列傳。廷尉—是。索隱。崔浩曰、—謂處其罪也。〕

(十)過—。言過於所—也。〔漢書霍去病傳〕斬捕首虜過—。〔注〕言計其所將人數。則捕首虜爲多。

(十一)固—。反言之以見其不—也。〔漢書萬石君傳〕萬石君讓曰。內史貴人。入閭里。里中長老皆走匿。而內史坐車中自如。固—。〔注〕此深責之也。言內史貴人。正固—耳。〔按內史即萬石君次子慶。固—云者。顧炎武曰。反言之也。言貴而驕人。—如此乎。〕

(十二)句—。猶言處理也。〔歐陽修歸田錄〕曹武惠王彬既平江南。詣閤門求見。其榜子云。奉敕江南句—公事回。其謙恭如此。〔又〕官名。〔職官分紀〕熙寧三年。否諸路轉使奏舉京朝官知縣資序二人。充本司句—。建炎初。避高宗諱。改句—爲幹辦。

(十三)配—。〔周禮鄉師〕修其卒伍。〔疏〕百人爲卒。五人爲伍。皆須修治。預爲配—。〔按此唐人遺語。今已罕見。惟日本語習用配—。略近分配之意。〕

(十四)排—。宋宮中宴飲名。見〔正字通〕。

(十五)韋—。衣名。〔儀禮鄉射禮記〕韋—。〔注〕直心背之衣曰—。以丹韋爲之。

(十六)琅—。長瑣也。〔漢書王莽傳〕以鐵鎖琅—其頸。傳詣鍾官。以十萬數。

(十七)郎—。雨淋鈴聲。〔傳信記〕明皇幸蜀。聞雨淋鈴聲。似言三郎郎—。〔又〕舞袖長貌。〔楊億詩〕笑他舞袖太郎—。

(十八)州名。本羌地。周置同昌郡。隋改爲嘉城鎭。貞觀中、改爲—州。蓋取燒—羌以名之。見〔廣韻〕。〔按後漢書段熲傳。熲遷護羌校尉。會燒—燒何—煎勒姐等八種羌寇隴西金城塞。熲將兵出湟谷。擊破之。地在今四川松潘廳南二百餘里。〕

(十九)—陽。縣名。屬南郡。見〔後漢郡國志〕。〔注〕荊州記曰。縣東南有麥城。城東有廬城。沮水西有磨城。伍子胥造此二城。以攻麥城。〔按地在今湖北—陽縣治。〕〔又〕兩—。縣。隋置。屬梁州河池郡。今甘肅兩—縣東三十五里。有兩—故城。

(二十)武—。山名。〔水經沔水注〕引仙室荊州圖副記。武—山山形特秀。異於衆嶽。峯首狀博山香爐。亭亭遠出。藥食延年者萃焉。〔按武—山。一曰太和山。亦曰嵾上山。晉咸和中。歷陽謝允舍羅邑宰。隱遁斯山。故亦曰謝羅山。在湖北均縣南一百里。京漢鐵路以此山爲中部。介於湖北河南之間。劃然爲南北之界。又漢於山北置縣。即取山名。屬南陽郡。明省入均州。今改爲均縣。〕〔又〕馬—。亦山名。〔唐陸龜蒙馬當山銘〕天下之險者。在山曰太行。在水曰呂梁。合二險而爲一。吾又聞乎馬—。〔按九江記云。山形似馬。橫枕大江。迴風擊浪。舟船艱阻。山腹有洞甚深。不可涯涘。今於山之西設置礮台。以控制長江南北。藉掩護江西門戶。實長江一要塞也。在江西彭澤縣東北四十里。〕

(廿一)—戶。匈奴官名。〔漢書宣帝紀〕單于名王右伊秩訾、且渠、—戶以下。〔注〕伊秩訾、且渠、—戶。皆匈奴官號也。

(廿二)—魱。魚名。〔爾雅釋魚〕鮥、—魱。〔注〕海魚也。似鯿而大鱗。肥美多鯁。今江東呼其最大長三尺者爲—魱。〔疏〕鯿似魴而大。今鮥魚似之。

(廿三)顛—。蟲名。〔酉陽雜俎〕顛—形似蜘蛛。爾雅謂之王蛈蝪。鬼谷子謂之蛈母。

(廿四)日本謂辦公費、或因公旅行之費、曰手—金。其以日計算者曰日—。

(廿五)姓也。見〔廣韻〕。

【當】他浪切音擋漾韻

(一)猶主也。〔禮記學記〕鼓無—於五聲。

(二)正也。〔呂覽義賞〕豈非用賞罰—邪。

(三)猶稱也。〔禮記哀公問〕求得—欲。不以其所。

(四)底也。〔文選左思賦序〕且夫玉卮無—。雖寶非用。

(五)猶中也。〔漢書兒寬傳〕唯聖主所

由制定其｜。
㊅事理合宜也。〔禮記樂記〕古者天地順而四時｜。
㊆質｜也。見〔字彙〕。〔按正字通云。凡出物質錢俗謂之｜。別作儅。〕

【畸】居宜切音羈渠羈切音奇支韻
㊀殘田也。見〔說文〕。〔注〕謂田奇零也。〔桂注〕杜預長歷。月日行十三度十九分度之有｜。荀子彊國篇。墨子有見於齊。無見於｜。注云。｜、謂不齊也。通作奇。易繫辭。陽卦奇。亦零數也。〔按段本作殉田也。注云。殉、各本作殘。今正。殘者賊也。殉者、禽獸所食餘也。因之凡餘謂之殉。今則殘行而殉廢矣。殘田者、餘田不整齊者也。凡奇零字皆應於｜引申用之。今則奇行而｜廢矣。〕
㊁奇異也。〔莊子大宗師〕敢問｜人。〔釋文引李注〕｜、奇異也。
㊂｜者不偶之名。謂偏也。〔荀子天論〕｜則不可爲。
㊃衺也。見〔廣雅釋詁〕。

【畹】委遠切音宛阮韻紆願切音怨願韻
㊀田三十畝也。見〔說文〕。〔桂注〕魏都賦。下｜高堂。李善引班固曰。｜、三十畝也。離騷。余既滋蘭之九｜兮。王注。十二畝爲｜。或曰田之長爲｜也。玉篇。秦孝公二百三十步爲畝。三十步爲｜。韻謂三十步卽田之長也。
㊁戚｜。國戚也。漢書。寄肺腑于戚｜。見〔正字通〕。

【⿰田來】郎才切音來當來切音騷灰韻
㊀耕外畬場。見〔廣韻〕。〔按集韻。畬場也。休不耕者。通作萊。〕
㊁荒田。見〔集韻〕。

【⿰田卑】班糜切音陂支韻
㊀田也。見〔集韻〕。
㊁俗塈水溉田曰｜。見〔正字通〕。

【⿰田彔】他典切音腆銑韻
㊀餉田皃。亦鹿跡。見〔玉篇〕。〔按類篇作睩。云、睩疃鹿跡。〕
㊁同町。〔正字通引楊愼奇字〕｜堘。與町同。

【⿰田宁】展呂切音貯語韻
本作⿰宁甾。〔說文宁部〕幡。⿰宁甾也。所以載盛米。从宁从甾。甾、缶也。宁亦聲。〔桂注〕廣雅。幡、｜也。龍龕手鑑、紵下引本書。盛米具也。〔按玉篇引、無載字。然巾部幡、載米｜也。固云載矣。字亦借貯。周諺曰。囊漏貯中。段本作⿰宁甾幡也。所㠯盛米也。从宁由。注云。今本盛上有載。依廣韻删。巾部曰。幡、載米⿰宁甾也。二篆爲轉注也。今俗以艸爲之。俗語如遁。即幡字也。以竹爲之。俗語如巨。卽⿰宁甾字也。皆所以盛米。十二篇曰。東楚名缶曰由。此必著爲缶者。嫌其與艸部甾田之甾相似也。幡之宁物。猶由之宁物也。故从宁由會意。不入由部者。重宁也。〕

【⿰田并】旁經切音瓶青韻
本作⿰由并。〔說文由部〕⿰由并。㪉也。从由。幷聲。杜林以爲竹筥。揚雄以爲蒲器。〔段注〕㪉者。蒲席⿰宁甾也。幡下曰。載米⿰宁甾也。⿰宁甾下曰。幡也。所以盛米。然則四篆一物也。筥、箱也。箱、飯器。杜有倉頡訓纂一篇。倉頡故一篇。揚有倉頡訓纂一篇。其說之不同如此。〔按由、隸作甾。集韻引作缾。或作缾。廣雅釋器。缾、畚也。玉篇。⿰田并、竹器也。廣韻。⿰田并、織蒲爲器。字彙。｜、織蒲爲器。正字通引本書云。本作⿰田并。舊本譌作｜。〕

【畷】株劣切音叕屑韻稱芮切音毳株衞切音綴霽韻
兩陌閒道也。廣六尺。見〔說文〕。〔通訓定聲〕言兩百夫之間有洫。洫上有涂。謂之｜。廣六尺。故涂容一軌。郊特牲疏。｜謂井畔相連｜於此。田畔相｜之所。按以綴爲訓。周禮大宗伯疏。｜、止也。按以輟爲訓。〔按吳都賦李善注。畛｜。謂地廣道多也。〕

【畺】居良切音疆陽韻
界也。从畕。三。其界畫。見〔說文畕部〕。〔桂注〕廣雅。｜、竟也。小爾雅廣詁。彊、界也。詩楚茨。萬壽無疆。傳云。彊、界也。箋云。疆畫竟界也。信南山。我疆我理。傳云。疆畫經界也。周語。｜有寓望。韋注。｜、境也。〔按地官載師。以大都之田任｜地。注。五百里王畿界也。春官肆師。與祝侯禳于｜及郊。注。｜、五百里。遠郊、百里。近郊、五十里。集韻或作疆、壃、壃、彊〕。

【畺】居亮切漾韻 死不朽也見〔集韻〕。

【⿰田奄】郎感切音唵感韻 種田也見〔集韻〕。

【⿰田奄】又業切音腌洽韻 ⿰禾奄或字〔集韻〕⿰禾奄、積、種也。或从田。

【⿱臣田】二典切銑韻 儒也見〔玉篇〕。

【⿰田匊】居六切音匊屋韻 韭畦見〔集韻〕。

【⿰田東】都籠切音東東韻 地名。見〔集韻〕。

【⿰田侖】縷尹切音輪軫韻 埨或字。〔集韻〕埨。壟土。或从田。

【⿱夲田】畚本字見〔集韻〕。

【⿰田丼】畊本字見〔說文由部〕。

【⿰田或】古域字見〔玉篇〕。

【⿱齊田】古齋字見〔集韻〕。

【⿰田長】同暘。見〔集韻〕。

【⿱夲田】同畚。見〔字彙補〕。

【⿱田畢】同畢。見〔字彙補〕。〔按康熙字典云。卽畢字之譌。〕

【⿰田敢】同畝。見〔川篇〕。

【畵】畫俗字。見〔正字通〕。

【⿰田持】畤譌字。詳畤字。

九畫

【畼】丑亮切音悵直亮切音仗漾韻 不生也。从田。昜聲。見〔說文〕〔注〕今借此爲蕩茂字〔段注〕今之暢。蓋卽此字之隸變。詩文茵暢轂。傳曰。暢、轂、長轂也。月令命之曰暢月。注曰。暢、充也。蓋皆義之相反而相生者也。〔按桂注。不生、當爲才生。〕本書蕩从此。云、艸茂也。廣雅。ー、長也。王注。秦始皇本紀有ー字。魏邑名。徐廣音場。索隱音暢。宋關滄本夏小正始用ー〕。

【畼】仲良切音長陽韻 場或字。〔集韻〕場。祭神道也。或作ー。

【⿰田柔】而由切音柔尤韻 穌田也。从田柔。柔亦聲。鄭有ー。地名也。見〔說文〕〔段注〕考工記。車人爲耒。堅地欲直庛。柔地欲句庛。地官草人。墳壤用豕。鄭曰。墳壤、潤解也。曰柔地。曰潤解。皆穌田之謂。對剛土而言。鄭語。史伯對桓公曰。若克二邑。鄢、蔽、補、丹、依、ー、歷、華。君之土也。韋注。言克虢鄶。則此八邑皆可得也。

【⿰田耎】而宣切音堧先韻乳兗切音耎銑韻儒轉切音堧霰韻奴臥切音稬箇韻 城下田也。一曰。ー、郤也。从田。耎聲。見〔說文〕〔桂注〕玉篇。ー、城外隍內地也。博物志。海陵縣多麋。千萬爲羣。掘食草根。其處成泥。名曰麋ー。民隨而種。不耕而穫。其收百倍。字或作堧。漢書翟方進傳。城郭堧及園田過更。張晏曰。堧、城郭旁地。字又作壖。史記鼂錯傳。此非廟垣。乃壖中垣。正義。壖者、廟內垣外地也。〔王注云。段氏改也爲地。而曰。曲禮郤地。卽隙地也。是也。言此者不但城下之郤地謂之ー。凡爲郤地者。槪謂之ー也。漢書申屠嘉傳。南出者。大上皇廟堧垣。服虔曰。宮外垣餘地也。案此附乎廟之郤地也。食貨志。趙過試以力宮卒田其宮堧地。顏注。堧、餘地。案此附乎宮之郤地也。河渠書。溝洫志。皆云。故盡河堧棄地。韋昭曰。河堧、謂緣河邊地。案此附乎河之郤地也。字亦作壖。耎需二字多互譌。按集韻。ー或作堧、壖、堧。段玉裁云。此字从需者譌。玉篇云。ー正壖俗。堧正壖俗。是也。〕

【畽】吐袞切音疃阮韻 ー⿱鬼心。行無廉隅。見〔廣韻〕。〔按集韻作⿱鬼心ー。未知孰是。〕

【⿰田童】他東切音通東韻 ー曈。鹿迹。見〔集韻〕。

【畽】土緩切音暖旱韻 曈或字。〔集韻〕曈。禽獸所踐處。或作ー。

【⿰田冊】覩敢切音膽感韻 ーー。蔭也。見〔集韻〕。

【⿰田持】丈里切音峙紙韻 同庤。儲諸屋也。見〔集韻〕。〔按康

熙字典引作畮。係沿字彙之誤。今正〕

【畻】神陵切音繩蒸韻　塍或字〔集韻〕塍。稻中畦也。或作—。

【畴】疇本字。詳疇字。

【畫】古畫字。見〔集韻〕。

【畯】同疃。見〔集韻〕。

十畫

【⿱𠂎田】須倫切音荀　松倫切音旬眞韻　翻胡犬切音泫銑韻　●均也。見〔玉篇〕。●畇或字〔集韻〕畇。墾田皃。或作—。

【⿱𠂎田】規倫切音鈞　船倫切音脣眞韻　韻堂練切音電霰韻　墾田皃。鄭康成曰。—原隰。見〔集韻〕。

【⿰田茲】津之切音茲支韻　地名。或書作𦵏。見〔集韻〕。

【⿰田茲】弦雞切音兮齊韻　蹊或字。〔集韻〕蹊。徑也。或作—。

【⿰田差】才何切音醝歌韻　咨邪切音嗟麻韻　殘薉田也。詩曰。天方薦—。見〔說文〕。〔按小雅節南山文。毛詩作瘥。傳云。薦、重。瘥、病。〕

【畾】盧回切音雷灰韻　魯水切音壘紙韻　田間地謂之—。見〔集韻〕。

【⿱田畢】初瓦切禡韻　幕字甲聲也。又雪中行。見〔字彙補〕。

【畿】渠希切音幾微韻　天子千里地。以逮近言之則言—。見〔說文〕〔段注〕即天子五百里內田也。五百里自其一面言。千里自其四面言。爲方百里者百也。商頌。邦—千里。傳曰。—、疆也。大司馬九—。注曰。—、猶限也。逮字依小徐本。逮者、及也。九—。注曰。故書—爲近。鄭司農云。近、當言—。按故書作近。猶他書叚圻作—耳。許言以逮近言則曰—者。謂—最近天子。故稱—。—與近合音最切。古惟王—偁—。甸服外無偁—者。至周而侯甸男采衞蠻夷鎭藩皆曰—。以其遞相傳近。轉移叚借名之。非古也。故許以近釋—。—之言垠也。故亦作圻。北風。薄送我—。傳曰。—、門內也。謂門限也。小雅。如—如式。傳曰。—、期也。禮記。丹漆彫—。注曰。—、圻堮也。古畿—通用。

【⿰田桼】居容切音恭冬韻　同哄。見〔集韻〕。

【⿱茲田】勅六切音稸屋韻　魯郊禮。畜从田从茲。茲、益也。見〔說文〕。〔段注〕此許據魯郊禮文。證古文从茲。乃合於田畜之解也。古文本从茲。小篆省其半。而淮南王乃認爲玄字矣。故正之如此。〔互詳畜字。〕

【⿰田尤】古校字。見〔字彙補〕。

【畜】古稸字。見〔字彙〕。

【⿰田弱】畷俗字。見〔正字通〕。

十一畫

【⿰田翏】力求切音留尤韻　許六切音畜屋韻　呼酷切音熇沃韻　●燒種也。見〔說文〕〔段注〕篇韻皆云。田不耕火種也。謂焚其艸木而下種。蓋治山田之法爲然。史記曰。楚越之地或火耕。●姓也。宋有—子耕。見〔正字通〕。

【⿰田參】七紺切音⿱參木勘韻　田隴相聯。見〔集韻〕。

【⿰田疌】測洽切音臿洽韻　千結切音切屑韻　斛也。古田器也。見〔說文甾部〕。〔段注〕斛者、斛旁有庣也。甾之類。故其字从甾。爾雅。斛謂之—。古田器也。此別一義。叚斛—爲銚臿也。許書金部作銚臿。乃其正字。今之鍫也。

【⿰田昜】尸羊切音商陽韻　塲或字。見〔集韻〕。

【⿰田𦰩】虛旰切音漢翰韻　許旱切音罕旱韻　耕麥地。見〔玉篇引埤蒼〕。〔按集韻云。耕也。〕

【⿰田庶】章恕切音翥御韻　舂也。見〔廣韻〕。〔按集韻作⿰黍庶。引博雅。麩、⿰黍庶、舂也。〕

【⿱余田】古畬字。見〔集韻〕。

【⿰田幷】同畊。見〔韻會〕。

【⿰山屛】同⿰田幷。見〔字彙〕。

十二畫

【畽】土緩切音疃旱韻　禽獸所踐處也。詩曰。町—鹿場。見〔說文〕。〔段注〕獸足蹂地曰厹。其所蹂之處曰—。本不專謂鹿。詩則言鹿而已。東山毛傳曰。町—鹿迹也。謂鹿迹所在也。亦作畯。郡國志。廣陵郡東陽。劉昭云。縣多麋。十百爲羣。掘食草根。其處成泥。名曰麋畯。今後漢書譌爲畯。埤雅引此又譌暖。

【[illegible]】力霽切音例霽韻　別也。見〔字彙〕。

【[illegible]】余六切音育屋韻　生田。見〔廣韻〕。

【疄】良刃切音吝震韻　本作疄。〔說文〕疄。轢田也。〔段注〕轢。車踐也。子虛賦。掩兔轔鹿。字从車。

【疄】離珍切音鄰眞韻　瞵或字。〔集韻〕疏畦曰瞵。或作—。

【疄】里忍切音嶙軫韻　高壠謂之—。見〔集韻〕。

【[illegible]】通潘切音般寒韻

鞏也。一曰部也。見〔集韻〕。〔按增韻云黨也。〕

【[illegible]】乎萬切音娩願韻　番或字。〔集韻〕番。更次也。或作—。

【[illegible]】而宣切音㬮先韻　城下田也。見〔字彙補〕。

【[illegible]】子等切迥韻　水田。見〔集韻〕。

【[illegible]】他登切音鼟蒸韻　仲之長也。見〔五音集韻〕。

【[illegible]】同[illegible]。見〔字彙〕。

【[illegible]】同䃍。見〔玉篇〕。

【[illegible]】瞭俗字。見〔正字通〕。

十三畫

【[illegible]】於容切音雍冬韻　(一)雝頭。卽芡實。見〔字彙〕。〔按正字通云。芡實名雝頭。雍非从—。〕(二)壅或字。〔集韻〕壅。塞也。亦作—。

【疅】居良切音姜陽韻　畺或字。〔集韻〕畺。界也。或作—。

【疈】敷救切音覆宥韻　副或字。〔集韻〕副。貳也。或从二畐。

【[illegible]】牽奚切音谿齊韻　—、鴃、胥、䳸也。見〔集韻引博雅〕。

十四畫

【疆】居良切音薑陽韻　(一)畺或字。〔說文畕部〕畺。界也。从畕。三其介畫也。—畺或从土。彊聲。〔段注〕七月萬壽無—。傳曰。—竟也。田部曰。界。竟也。然則畺界義同。竟境正俗字。介各本作界。今正。介畫也。畫介也。二字義同。今—行而畺廢矣。惟周禮有畺。〔按集韻。畺或作—、疅、壃、彊。〕(二)窮也。見〔廣雅釋詁〕。〔按穆天子傳。得獲無—。注。無—、無限也。〕(三)垂也。見〔爾雅釋詁〕。(四)在田曰—。在邑曰里。見〔公羊宣十五年傳注〕。(五)—五百里。見〔周禮肆師注〕。(六)——。乘匹之貌。見〔詩鶉之奔奔釋文〕。

【疆】巨兩切音彊養韻　(一)土—。強禦之地。〔禮記月令〕可以美土—。〔按集韻。—堅土也。周禮。—栗用黃。〕(二)北方謂土焦曰—。見〔字彙補引轉注古音〕。

【疇】陳留切音儔時流切音讎尤韻　(一)本作𤰙。〔說文〕𤰙。耕治之田也。从田。象耕屈之形。〔桂注〕本書。州、—也。各—其土而生之。蒼頡篇。—、耕地也。徐鍇本作象耕溝田詰屈也。(二)一井也。〔孟子盡心〕易其田—。(三)畝也。〔呂覽愼大〕農不去—。(四)誰也。〔書堯典〕—咨若時登庸。(五)發聲也。〔禮記檀弓〕予—昔之夜。(六)類也。〔書洪範〕不畀洪範九—。(七)匹也。〔國語齊語〕人與人相—。家與家相—。(八)等也。〔漢書宣帝紀〕—其爵邑。(九)猶酬也。〔文選班固賦〕—匹婦其已泰。(十)麻地爲—。〔國語周語〕田—荒蕪。(十一)益畔爲—。〔左襄三十年傳〕取我田—而伍之。(十二)家業世世相傳爲—。〔漢書律曆志〕—人子弟分散。〔按今專謂[illegible]學家曰—人。〕(十三)—昔猶前日也。〔左宣二年傳〕—

昔之羊。⑭國名〔國語周語〕昔摯—之國也由大任〔注〕摯、—二國任姓。奚仲仲虺之後大任之家也。⑮人名南榮—見〔漢書古今人表〕。〔按莊子庚桑楚釋文作儔〕

【[illegible]】章恕切音翥御韻　㫝也見〔集韻引博雅〕。〔按廣韻作蹠〕

【[illegible]】益洪切葉韻　地名。見〔集韻〕。

【疄】疄本字見〔說文〕。

【[illegible]】同㽑見〔集韻〕。

【[illegible]】同駢見〔字彙〕。

【[illegible]】同畦。見〔字彙〕。

【[illegible]】同𤳉。見〔字彙〕。

【[illegible]】同𤳨見〔正字通〕。

十五畫

【[illegible]】博厄切音薜陌韻　礫牲也。見〔集韻〕。

【[illegible]】拍逼切音堛職韻芳六切音蝮屋韻　副或字見〔集韻〕。

【[illegible]】畦本字見〔說文〕。

【[illegible]】古雷字見〔集韻〕。

【[illegible]】同星見〔龍龕手鑑〕。

十六畫

【[illegible]】䖍篆文見〔說文由部〕。

【[illegible]】同虺見〔正字通〕。

【[illegible]】同累見〔龍龕手鑑〕。

十七畫

【曡】達協切音牒葉韻　①本作曡。〔說文晶部〕曡揚雄目為古理官決罪三日得其宜乃行之。从晶宜。亡新目从三日大盛。改為三田。〔段注〕詩莫不震曡。韓詩薛君傳曰。震動也。曡、應也。毛詩傳曰。曡、懼也。今毛義行而韓義廢矣。亡新不知三日為𥁕日。譏其陋也。②重也。累也。見〔玉篇〕。③積也。見〔一切經音義引蒼頡〕。④厚也。見〔廣雅釋詁〕。⑤詘也。見〔廣雅釋詁〕〔按說文詘下云。一曰屈襞。揚雄傳注云。襞、曡衣也。義相通。〕⑥懷也。見〔廣雅釋言〕。⑦墮也。見〔廣雅釋詁〕。⑧毛織也。見〔史記貨殖傳索隱引廣志〕。⑨樂再奏謂之—。如霓裳三—、陽關三—是。⑩小鼙鼓謂之—。〔文選謝朓曲〕—鼓送華輈。⑪作詩複用前韻亦曰—。⑫打—收拾也。〔見聞近錄〕明日道士忽至。顧曰。打—未。⑬有九德布名曰白—。見〔史記貨殖傳索隱引吳錄〕。⑭摺—。扇名。〔文苑彙雋〕高麗有撒扇。一名聚頭扇。亦名摺—扇。

【[illegible]】古猛切音礦梗韻　死禾也。見〔字彙〕。

【[illegible]】同疃。見〔字彙引石鼓文〕。

【[illegible]】同曡。見〔字彙〕。

十八畫

【[illegible]】同畦。見〔集韻〕。

十九畫

【[illegible]】同𤳻。見〔集韻〕。

二十一畫

【[illegible]】同累。見〔五音篇海〕。

【[illegible]】同臲。見〔康熙字典引管子侈靡注〕。

二十二畫

【[illegible]】同疃。見〔字彙補引石鼓文〕。

【[illegible]】同雷。見〔搜眞玉鏡〕。

【[illegible]】同疃。見〔正字通引石鼓文〕。

二十七畫

【[illegible]】古雷字。見〔玉篇〕。

二十八畫

【[illegible]】古雷字。見〔字彙補〕。

※用部※

【用】余頌切容去聲宋韻

(一)本作用。〔說文〕用。可施行也。从卜中。衞宏說。〔段注〕卜中則可施行。故取以會意。〔按蒼頡篇〕|、以也。易。是興神物以前民|。論語。如|之。則吾從先進。中庸。|其中於民。徐鍇曰。尙書。龜筮共違於人。|靜吉。|作凶。又曰。先人不還卜。卜者、所以卟之於先君。考之於神民。」

(二)爲也。〔荀子富國〕仁人之|國。

(三)行也。見〔方言〕

(四)備也。〔國語鄭語〕時至而求|。

(五)資也。〔國策魏策〕吾|多。

(六)貨賄也。〔周禮宰夫〕乘其財|出入。

(七)財|也。〔國語周語〕以備百姓兆民之|。

(八)謂國|也。〔禮記大學〕有財此有|。

(九)食足之外可|貿易也。〔荀子王制〕百姓有餘|也。

(十)|也者通也。見〔莊子齊物論〕

(十一)謂使民事之。〔周禮小司徒〕乃會萬民之卒伍而|之。

(十二)謂所宜|也。〔周禮巾車〕與其|說。

(十三)|者不宜|也。見〔公羊僖八年傳〕

(十四)役|之也。〔漢書賈誼傳〕彭越|梁則又反。〔廣韻〕|、使也。

(十五)能行道而弗能言者謂之|。見〔賈子大政〕

(十六)|謂語言。〔荀子大畧〕文貌情|。相爲內外表裏。

(十七)器實曰|。〔書微子〕乃攘竊神祇之犧牷牲|。

(十八)大|。朝覲之頒賜也。〔周禮內府〕以待邦之大|。

(十九)姓也。漢有|蚪爲高唐令。見〔字彙〕

(二十)古鏞字。鏞也。借爲施|字。見〔六書正譌〕

(廿一)通庸。〔書皋陶謨〕五刑五|哉。〔後漢梁統傳作庸。〕

(廿二)通于。〔儀禮特牲饋食禮〕耕|雀。〔注〕古文|爲于。

(廿三)通以。〔儀禮士喪禮〕|二鬲于西墻下。〔周禮小祝司農注引作燧以二鬲。〕

(廿四)通龔。〔書仲虺之誥〕|爽厥師。〔墨子非命作龔喪厥師。〕

(廿五)通利。〔易升〕|見大人。〔釋文〕|、本作利。

【用】盧谷切音六屋韻

獸名。又姓。漢四皓有|里先生。見〔字彙〕〔按通雅云角、古音祿。唐韻、集韻。並盧谷切。音祿。自後世又作訖岳切。或改盧谷切之角里爲|。是角失古音。而|又失其字形矣。古今姓氏書辯證。太宗問偓佺曰。四皓中一人姓。或以爲用上一撇。或以爲用上一點。果何音。對曰。臣聞刀下用音權。兩點下用音鹿。一點一撇。皆不成字。按詩麟之角。振振公族。東方朔傳。臣以爲龍。又無角。謂之爲虵。又有足。董仲舒傳。予之齒者去其角。傳其翼者兩其足。朱雲傳。五鹿嶽嶽。朱雲折其角。並盧谷切。本止一字。後世又作訖岳切耳。偓佺之說非也。後漢有|若叔。〕

二畫

【甫】匪父切音府麌韻

(一)本作甫。〔說文〕甫。男子之美偁也。从用父。父亦聲。〔段注〕春秋。公及邾儀父盟于蔑。穀梁傳曰。儀字也。父猶傳也。男子之美偁也。士冠禮字辭曰。伯某|。仲叔季。惟其所當。注。伯仲叔季。長幼之偁。|、是丈夫之美偁。按|者。男子美偁。某|者、若言尼|、嘉|、孔|。謂之且字。且者、薦也。五十以伯仲乃謂之字。以下一字爲伯仲叔季之薦。故曰且字也。|則非字。凡、男子皆得偁之。以男子始冠之偁。引伸爲始也。又引伸爲大也。〔按桂注〕|、丈夫也。詩|田箋云。|之言丈夫也。詩序。尹吉|。釋文。|、本又作父。檀弓。嗚呼哀哉尼父。正義。|、是自丈夫之稱。稱字而謚之曰尼父也。顏氏家訓。|者、男子之美稱。古書多假借爲父字。北人遂無一人呼爲|者。亦所未喻。〕

(二)我也。見〔爾雅釋詁〕〔義疏〕|之爲言夫也。夫之言丈夫。丈夫、男子之通稱。猶齋|。育自稱杜陵男子。張裔自稱男子張君嗣。皆其比也。

(三)|。衆也。見〔廣雅釋訓〕〔又〕大也。〔詩韓奕〕魴鱮||。〔傳〕||。

然大也。

(四)博也。見〔後漢班固傳注〕。

(五)輔也。見〔白虎通封禪〕。

(六)諸姜也。〔詩揚之水〕不與我—。〔按—姜姓之國〕。

(七)山名。〔詩閟宮〕新—之柏。〔傳〕新—、—山也。

(八)國名。〔詩嵩高〕維申及—。〔箋〕—、—侯也。

(九)地名。〔詩車攻〕東有—草。〔箋〕—草者、—田之草也。鄭有—田。〔正義〕郭璞曰。今滎陽中牟縣西圃田澤是也。職方曰。河南曰豫州。其澤藪曰圃田。宣王之時。未有鄭國。圃田在東都畿內。〔按今河南中牟縣西有古圃田澤〕。

(十)章—冠名。〔論語先進〕端章—。

(十一)梁—者。泰山旁山名。見〔白虎通封禪〕。

章甫圖

(十二)姓也。風俗通。—侯之後。周—瑕。明—轍、—軽。又皇—複姓。宋戴公之子曰皇父。因命族曰皇父。至秦改爲皇—。見〔正字通〕。

【甫】彼五切音補虞韻

圃或字。〔集韻〕圃。說文。種菜曰圃。或省。〔按詩車攻。東有—草。釋文。—、鄭音補。韓詩。東有圃草。定四年左傳。及—田之北。釋文。—本作圃。〕

【甬】尹竦切音勇腫韻

(一)艸木華——然也。从𢎘用聲。見〔說文𢎘部〕。〔段注〕小徐曰。—之言涌也。若水涌出也。周禮。鐘柄爲—。按从—聲之字。皆興起之意。〔按淮南本經注。—讀踊躍之踊。亦與興起義近〕。

(二)桶也。〔禮記月令〕角斗—。〔注〕今斛也。

(三)常也。見〔廣雅釋詁〕。〔疏證〕—之言庸也。爾雅。庸常也。

(四)使也。見〔廣雅釋詁〕。

(五)保庸謂之—。見〔方言〕。

(六)飛閣複道也。〔淮南本經〕—道相連。〔按史記秦始皇紀。築—道。應劭曰。謂於馳道外築牆。天子于中行。外人不見。項羽紀。築—道而輸之粟。應劭曰。恐敵鈔輜重。故築牆垣如街巷也。又韓愈詩。雲韶凝禁—。注。宮禁巷道也。据此知—道之名。雖同。或馳道外。或軍伍中。或宮巷道。其用不一〕。

(七)—東地名。〔左哀二十二年傳〕請使吳王居—東。〔杜注〕—東越地。會稽句章縣東海中洲也。〔按今浙江定海縣東翁山。一名翁洲。即舟山也。四面皆海。清一統志。翁山在定海縣東三十里。亦曰翁洲。李吉甫元和郡縣志。翁洲入洲二百里。即春秋所謂—東地。又今俗稱鄞縣曰—。鄞江一名—江。即以此得名〕。

【甬】杜孔切音動董韻

同筩。〔集韻〕筩。候管。或作—。

【甬】他總切音統宋韻

與桶同。月令。仲春角斗—。史記。商君平斗—。見〔正字通〕。

三畫

【𤰈】胡江切音降江韻

(一)具也。見〔字彙〕。

(二)葡謟字。見〔正字通〕。

【𤰃】古用字。見〔說文〕。

五畫

【𤰇】皮祕切音避寘韻

(一)具也。今作備。見〔玉篇〕。

(二)俗葡字。見〔字彙〕。

六畫

【葡】平祕切音避寘韻

具也。从用。苟省。見〔說文〕。〔段注〕具、供置也。人部曰。備、愼也。然則防備字當作備。全具字當作—。義同而略有區別。今則專用備而—廢矣。苟、自急敕也。敕、誡也。此會意。〔按桂注。具也者。華嚴經音義。同本書。十、數之具也。四方中央備矣。備、當作—。經典通作備。易繫辭。易之爲書也。廣大悉備〕。

【甯】乃定切音佞徑韻　囊丁切音寧青韻

(一)所願也。从用。寧省聲。見〔說文〕。〔注〕、—猶寧也。〔段注〕此與丂部寧、音義皆同。許意寧爲願詞。—爲所願。略區別耳。二字古皆平聲。故公孫寧儀行父。公羊作公孫—也。漢郊祀歌。穰穰復正直往—。師古曰。言獲福既多。歸於正道。克當往日所願也。一音寧。不云寍省聲云寧省聲者。以形聲包會意也。乃定切。隸變作甯。非。

(二)縣名。漢置。屬上谷郡。當今直隸宣化縣四北。

(三)姓也。〔論語公冶長〕一武子。〔注〕衞大夫一俞。

十一畫

【[illegible]】同庸。見〔石鼓文〕。

十四畫

【[illegible]】以中切音容冬韻　城垣也。〔六書正譌〕从𩫏庸聲。隸作墉。見〔字彙〕。

十八畫

【[illegible]】皮大切音蒲虞韻　一嬴蛉也。見〔字彙補〕。

十九畫

【[illegible]】餘封切音容冬韻　古墉字。〔集韻〕墉。說文城垣也。古作一。

※甘部※

【甘】沽三切音帢　胡甘切音酣覃韻

(一)本作甘。〔說文〕甘美也。从口含一。一、道也。〔注〕物之一美者也。〔段注〕云。羊部曰。美、一也。為五味之一。而五味之可口皆曰一。食物不一。而道則一。小徐所謂味道之腴也。按釋名。一、含也。人所含也。與許義相應。〕

(二)一者不苦之名也。見〔易節〕一節〔疏〕。〔按詩谷風。誰謂荼苦。其一如薺。一、與苦文義相對。楚辭招魂。辛一行些。注。一謂飴蜜也。〕

(三)厭也。〔詩伯兮〕一心首疾。

(四)土味也。〔周禮瘍醫〕以一養肉。〔按食醫。調以滑一。疏。中央土味一。屬季夏。素問五運行大論。土生一。注。物之味一者。皆自上之生化也。又陰陽應象大論。一勝鹹。朱駿聲云。土克水也。〕

(五)中央也。〔淮南原道〕味者一立而五味亭矣。〔按春秋繁露循天之道。一者中央之味也。〕

(六)口徹為一。見〔莊子外物〕。

(七)言之悅耳亦曰一。〔左昭十一年傳〕幣重而言一。誘我也。

(八)快意也。見〔玉篇〕。〔按左莊九年傳。請受而一心焉。〕

(九)緩也。見〔廣雅釋詁〕。〔按淮南道應。大徐則一而不固。注。一、緩意也。〕

(十)樂也。見〔玉篇〕。〔按淮南繆稱。人之一之。注。猶樂樂而為之。〕

(十一)嗜無厭足也。〔書五子之歌〕一酒嗜音。

(十二)一者佞邪說媚不正之名。〔易臨〕一臨。

(十三)木名。〔山海經大荒南經〕一木是食。〔注〕一木即不死樹。食之不老。

(十四)果名。〔風土記〕一橘之屬。滋味一美。〔按古今注。實形如石榴者。謂之壺一。〕

(十五)山名。〔山海經中山經〕薄山之水。曰一棗之山。

(十六)地名。〔書甘誓〕啓與有扈戰於一之野。作一誓。〔注〕有扈國名。京兆鄠縣。即有扈國。一、有扈郊地名。馬云。一、水名。今在鄠縣西。〔疏〕地理志。扶風鄠縣。古扈國。夏啟所伐者也。鄠扈音同。〔按鄠縣舊屬陝西西安府。今屬關中道。水經。渭水注。東合一水。水出南山一谷。北逕一亭西。在水東。鄠縣昔夏啟伐有扈。作誓於是亭。地以水得名。此水性一也。〕

(十七)一至。言熟也。〔文選左思賦〕一至白零。

(十八)一露者。美露也。降則物無不盛者也。見〔白虎通封禪〕。

(十九)一水。即醴泉也。〔山海經海內西經〕開明山北又有一水。〔按水經河水注。天竺國西有新陶河。一水也。名曰新陶水。水一。故曰一水。天竺一名身毒。即今印度。新陶水即今印度河。新陶、印度、一聲之轉。〕

(二十)一泉。祭天所也。在邪地之郊。見〔後漢杜篤傳注〕。〔按漢書郊祀志。武帝作一泉宮。三輔黃圖。一泉苑。武帝置。周回五百四十里。有宮殿臺閣百餘所。〕

(廿一)雨霽而陰雨者謂之一雨。見〔論衡是應〕。〔按小雅以祈一雨。正義云。長物則為一。害物則為苦。〕

(廿二)一棠。杜也。見〔詩甘棠傳〕〔疏〕郭璞曰。今之杜梨。〔按釋文引草木疏云。一棠今棠梨。蓋即郭所謂杜黎也。

㉓—柤—華。竝木名。〔山海經海外北經〕平邱爰有—柤—華。〔注〕—柤。其樹枝幹皆赤。黃花白葉黑實。—華亦赤枝幹黃華。

㉔—遂。草名。〔廣雅釋草〕陵澤。—草也。〔按本草陶注云。赤皮者勝。白皮者名草—遂。殊惡〕

㉕—草。亦草名。〔廣雅釋草〕美丹。—草也。〔按爾雅釋草蘦、大苦。注。今—草也。蔓延生。葉似荷。青黃。莖赤。有節。節有枝相當。本草云。—草味—。主長肌肉。一名蜜—。一名美草。美草與美丹同意〕

㉖—肅。省名。元置—肅行省。明屬陝西布政司。清康熙五年改—肅布政司。其領地東接邪岐。南控巴蜀。西抵羌戎。北屆流沙。今領縣七十六。首縣皋蘭。省治所在。

㉗通柑。〔洪武正韻〕—。俗作柑。

㉘通酣。〔集韻〕酣。說文酒樂也。或省。

㉙姓也。—盤之後。見〔廣韻〕

【甘】古暗切音紺勘韻

土之味。見〔集韻〕

【甘】甘本字。見〔說文〕

三畫

【甙】待戴切音代隊韻

①甘也。見〔廣雅釋器〕

②甛也。見〔集韻〕

【甘干】沽三切音甘覃韻

南方山有—憾林。見〔集韻引東方朔〕

【千甘】古旨字。見〔說文旨部〕〔段注〕从千甘者。謂甘多也。

四畫

【甚】時鴆切音任沁韻　食荏切音忍寢韻

①尤安樂也。从甘匹。匹、耦也。見〔說文〕〔段注〕尤甘也。引伸凡殊尤皆曰—。从匹之意。人情所尤安樂者。必在所溺愛也。〔按左襄二十六年傳。公見棄也而視之尤。昭元年傳。況不信之尤者乎。杜竝云。尤、—也〕禮記內則。子—宜其妻。與甘匹義合。

②劇也。見〔廣雅釋言〕

③大也。〔孟子梁惠王〕王之好樂—。

④重也。〔淮南脩務〕聖人之憂勞百姓—矣。

⑤厚也。〔呂覽觀表〕曩者右宰穀臣之觴吾子也—歡。

⑥猶深也。〔呂覽知士〕王之不說嬰也—。

⑦謂誠也。〔國策秦策〕左右皆曰—然。

⑧益審之言也。〔左昭十八年傳〕戊寅風—。壬子火—。

⑨通湛。〔莊子天下〕沐—風。〔釋文〕—、本作湛。

【氏甘】古昏字。見〔集韻〕

【甘犬】古猒字。見〔字彙補〕〔按玉篇猒字古文作𤯁字。字彙補疑譌〕

五畫

【甘瓦】枯甘切音坩覃韻

坩或字。〔集韻〕坩土器也。或从瓦。〔按字彙訓甌。義同〕

六畫

【甛】徒兼切音恬鹽韻

①美也。从甘从舌。舌知甘者。見〔說文〕〔段注〕周禮注。恬酒。恬、即—字。〔按廣雅釋器。—、甘也。字亦作甜。廣韻集韻竝同〕

②黑甜。謂甜睡也。〔蘇軾詩〕一枕黑甜餘。

③水名。〔洞冥記〕甜水去虞淵八十里。

八畫

【甜】同甛。詳甛字。

【甘炎】以冉切音琰琰韻

味甘也。見〔集韻〕

【甝】胡甘切音邯覃韻

獸名。〔爾雅釋獸〕—、白虎。〔疏〕白虎一名—。

【歁】都含切音耽　徒南切音覃覃韻

①盛也。又火盛皃。見〔類篇〕

②—盛也。見〔廣雅釋訓〕〔又〕室宇深邃皃。見〔集韻〕

【甞】陳羊切音常陽韻

①探味也。从甘。尙聲。物甘故—之。見〔字彙〕

②嘗或字。見〔集韻〕

九畫

【⿰甘者】同蔗。見〔字彙〕。

十畫

【⿰甘兼】胡兼切音⿰甘兼鹽韻 ⿰甘兼或字。〔集韻〕⿰甘兼。博雅。⿰甘兼⿰甘兼。香也。或省。

【⿰甘耽】古耽字。見〔字彙補〕。

十一畫

【⿸麻甘】沽三切音甘 徒南切音覃 胡甘切音酣 枯含切音龕 覃韻 烏合切音閤 合韻

和也。从甘从麻。麻、調也。甘亦聲。讀若函。見〔說文〕。〔桂注〕和當爲盉。本書。盉、調也。〔王注〕當依繫傳作䤣。廣韻覃談二韻凡三見。皆作䤣。名一點。玉篇集韻皆从麻。知傳譌已久。麻、竝當作厤。音歷。〔按段玉裁本作䤣字。从甘厤。注云。厂部曰。厤、治也。秝部曰。秝、稀疏適秝也。稀疏適秝者。調和之意。周禮。凡和。春多酸。夏多苦。秋多辛。冬多鹹。調以滑甘。此从甘厤之義也。存參。〕

十二畫

【⿰甘庶】同蔗。見〔集韻〕。

十二畫

【⿰甘覃】徒南切音覃覃韻 徒紺切音窞勘韻

(一)甘也。見〔廣雅釋器〕。

(二)長味也。見〔字彙〕。〔按正字通云。說文本作覃。俗作䜟。別作醰。舊注長味。與說文訓同。改作—。非。〕

【⿸厤甘】同⿸麻甘。詳⿸麻甘字。

十三畫

【⿸厤甘】同⿸麻甘。見〔字彙〕。〔按卽⿸麻甘字之譌。說文⿸厤甘。廣韻作—。〕

十六畫

【⿰甘閻】余廉切音鹽鹽韻 味甘。見〔集韻〕。

※目部※

【目】莫六切音牧屋韻

(一)人眼也。象形。重童子也。見〔說文〕。〔段注〕象形總言之。嫌人不解二。故釋之曰重其童子也。〔按目所以司見形色。心之符。肝之使。气之精明者也。醫經云。五藏六府之精气。上注於—爲精。精之果爲眼。骨之精爲童子。筋之精爲黑眼。气之精爲白眼。血之精爲絡果。肌肉之精爲約束。果契筋骨血肉之精與𧖴并爲系。系上屬於腦。後出於頂中。今生理學云。眼如球。中空。其外爲白色不透明之鞏膜。中爲𧖴絡膜。內爲網膜。鞏膜有五分一圓形透明角膜。𧖴絡膜有圓孔。網膜有水晶體。兩面隆起。三者疊而景物由網膜達視神經。以別色相。〕

(二)默也。默而內識也。見〔釋名釋形體〕。

(三)見也。〔公羊桓二年傳〕內大惡諱。此其—言之何。〔注〕—、見也。斥見其大惡也。

(四)言也。〔穀梁閔元年傳〕其不—而曰仲孫。疏之也。〔注〕不—、謂不言公子慶父。

(五)注視也。〔史記陳丞相世家〕陳平去楚。渡河。船人疑其有金。—之。

(六)含怒側視也。〔國語周語〕國人莫敢言。道路以—。

(七)動—以諭也。〔漢書高帝紀〕范增數—羽擊沛公。

(八)極視精不轉也。〔左桓元年傳〕—逆而送之。

(九)偏辨其事也。見〔春秋繁露深察名號〕。

(十)罪名也。〔後漢王吉傳〕上隨其罪—。宣示屬縣。

(十一)空竅也。〔吳志張昭傳〕乃作射虎車爲方—。〔按漢書江充傳注。纚、織絲爲之。卽今方—紗。蓋亦空竅之義。〕

(十二)日計也。〔周禮宰夫〕三曰司。掌官灋以治—。〔注〕若今日計。

(十三)外也。〔老子〕聖人爲腹不爲—。〔注〕腹、內也。—、外也。聖人務內不務外。

(十四)稱也。〔魏志王衛二劉傅傳評〕惟粲等六人最先名—。

(十五)條—也。〔論語顏淵〕請問其—。

(十六)要也。見〔小爾雅廣詁〕。〔按周禮

辥人。四曰巫｜。注。謂事衆筮其要所當也。〕

（十七）書之序錄也。〔南史張纘傳〕執四部書｜。曰君讀此畢。可言優仕矣。

（十八）評騭也。〔後漢許劭傳〕曹操微時。常求劭為己｜。

（十九）離為｜。見〔易說卦〕

（二十）坤為｜。見〔易頤自求口實虞注〕

（廿一）節｜。木理之精剛者也。〔禮記樂記〕善問者如攻堅木。先其易者、後其節｜。〔注〕節、則木理之剛。｜則木理之精。

（廿二）題｜。品藻也。〔晉書山濤傳〕濤甄拔人物。各有題｜。〔又〕扁額也。〔北史念賢傳〕時行殿初成。未有題｜。〔又〕俗稱文藝之命題曰題｜。

（廿三）四｜。廣四方之見也。〔書舜典〕明四｜。〔又〕明足以燭陰慝也。〔周禮方相氏〕黃金四｜。

（廿四）除｜。選官之簿籍也。〔五代史劉延朗傳〕帝乃令辭文遇手書除｜。

（廿五）科｜。唐宋以來取士之制也。韓愈有應科｜時與人書。

（廿六）綱｜。編年史之一種。〔朱熹序〕大書以提要。分注以備言。名曰資治通鑑綱｜。

（廿七）頭｜。軍中長官之稱。〔元典章義〕中統元年。詔軍人陣亡者家屬。仰各頭｜用心照管。〔按荀子議兵。下之於上也。若手臂之扞頭｜也。元制或即取義於此。清世猶有弁｜正｜副｜等名稱。〕

（廿八）色｜。種族名。〔元史百官志〕色｜人六名。正七品出身。〔按元史選舉志。蒙古色｜人為一榜。漢人南人為一榜。大抵以欽察等藩部為色｜人。金滅後中原遺裔為漢人。宋亡後江南士族為南人。〕

（廿九）黃｜。周時彝名。〔禮記明堂位〕鬱尊用黃｜。

（三十）｜論。知人不自知之言也。〔史記越世家〕是｜論也。

（卅一）｜連。高僧名。〔王定保摭言〕此不是｜連訪母耶。

（卅二）孔｜、吏｜。竝官名。前代有翰林院孔｜。各直隸州及州吏｜。

（卅三）州名。唐置。羈縻。屬隴右道。當今四川境內。

（卅四）一｜、深｜。竝國名。〔山海經海外北經〕一｜國在其東。一｜中其面而居。〔又〕深｜國在其東。無腸之國在深｜東。

（卅五）天｜。山名。〔杭州圖經〕天｜山上有兩湖。如左右｜。故名。〔又〕星名。〔晉書天文志〕輿鬼五星。天｜也。主視。明察奸。

（卅六）比｜。魚名。〔爾雅釋地〕東方有比｜魚焉。不比不行。其名謂之鰈。〔按今動物學家謂比｜魚。於黑暗之一面有雙｜。而白色之一面無｜。因常居海底。恆以白色之面向上。暗色之面向下。而向下一面之｜。亦屬無用。故｜之位置漸漸移於上面。然當其幼時。仍兩面各有一｜。與常魚無異。〕

（卅七）魚｜。馬名。〔漢書西域傳贊〕蒲梢龍門魚｜汗血之馬。〔又〕僞珠也。〔參同契〕魚｜豈為珠。

（卅八）暉｜。鴆鳥名。〔淮南繆稱〕暉｜知晏。

（卅九）旋｜。鳥名。〔文選司馬相如賦〕交精旋｜。

（四十）橫｜、鬼｜。竝艸名。〔爾雅釋艸〕傅橫｜。〔又〕苻、鬼｜。

（四一）｜宿。宿草名。〔漢書西域傳〕馬耆｜宿。〔史記大宛傳作苜蓿。〕

（四二）龍｜。果名。〔文選左思賦〕旁挺龍｜。

（四三）湖｜。蓮子也。〔皮日休詩〕湖｜芳來百度遊。

一畫

【⿰目乚】居小切音絞篠韻

目重皮也。見〔字彙〕

二畫

【⿰目丩】丑鳩切音抽尤韻舉天切音蟜篠韻

（一）眥或字。〔說文〕眥。眹也。｜。眥或从丩。

（二）目重瞼也。見〔玉篇〕〔按玉篇。｜亦繼脩之下。然與許書異義。廣韻解同玉篇。〕

【⿰目丩】於絞切音拗巧韻

同窅。深目也。見〔集韻〕

【盯】除庚切音棖抽庚切音撐庚韻張梗切朾上聲梗韻豬孟切朾去聲敬韻

（一）直視也。見〔廣韻〕

（二）⿰目黽｜。視貌。見〔玉篇〕〔按孟郊城南聯句。眼瞟強｜⿰目黽。⿰目黽即此義。正字

通謂瞠亦作｜、[illegible]。訓爲張目上視。存參。〕

【[illegible]】 補木切音卜尾韻

目骨也。見〔玉篇〕。

【旬】 熒絹切音縣霰韻胡畎切縣上聲銑韻

目搖也。見〔說文〕。〔按王筠於瞚下曰。慧苑引瞚謂目開閉數搖也。發端言謂。恐是庾注。似本作｜目搖也。謂目開閉數搖也。後旣分列兩處。卽以許說庾注分之兩字下耳。然諸書引此旬。皆系之瞚。不系之眴。未敢合之。〕

【旬】 須倫切音荀眞韻

目眩也。見〔集韻〕。

【取】 照昔切音隻陌韻

目病也。見〔字彙〕。

【早】 古敲切音嬌蕭韻

地名。見〔字彙補〕。

【[illegible]】 於堯切音幺蕭韻

望遠也。見〔廣韻〕。〔按說文皀下云。望遠合也。以此知｜爲皀譌字。〕

【[illegible]】 艮本字。見〔說文匕部〕。〔按集韻又以｜爲古眼字。存參。〕

【[illegible]】 古目字。見〔字彙〕。

【[illegible]】 眄俗字。見〔玉篇〕。

三畫

【[illegible]】 師咸切音攙咸韻所鑑切攙上聲陷韻

(一) 瞻視也。見〔廣韻〕。

(二) 暫見也。見〔類篇〕。

【盰】 古旱切干上聲旱韻居案切音幹翰韻

(一) 目白皃。見〔說文〕。〔按各本作目多白也。一曰張目也。段依玉篇改訂作目白皃。王筠云玉篇目白皃似是。以販下不云｜也知之。〕

(二) 張目也。〔白虎通聖人〕｜目陳兵。

(三) 人名。後漢隴西太守劉｜。

【[illegible]】 倉先切音千先韻

(一) 遙視闇未明也。〔文選張衡賦〕青冥｜瞑。

(二) 通芊。〔楚辭通路〕遠望兮芊眠。〔注〕芊眠與｜瞑音義同。〔按芊眠又作仟眠。〕

【盱】 況于切音吁虞韻

(一) 本作盱。〔說文〕盱。張目也。一曰朝鮮謂盧童子曰｜。〔段注〕方言。驢瞳之子。燕代朝鮮洌水之間曰｜。或謂之揚。

(二) 大也。〔漢書谷永傳〕又廣｜營表。

(三) 憂也。見〔爾雅釋詁〕。

(四) 病也。〔詩都人士〕云何｜矣。

(五) 江名。〔清一統志〕｜江一名建昌江。源出廣昌縣南血木嶺。東北流繞廣昌南豐二縣南。又東北過南城縣東。轉西北入撫州界。〔按｜水至撫州境爲汝水。又西北經南昌界入鄱陽湖。〕

(六) 草名。〔爾雅釋草〕｜、虺牀。〔按卽今蛇牀。〕

(七) 睢｜。詳睢字。

(八) ｜眙。縣名。秦置。漢屬臨淮郡。卽今安徽｜眙縣治。

(九) 姓也。漢｜烈。豫章人。

(十) 通訏。〔詩溱洧〕洵訏且樂。〔注〕樂貌。〔韓詩作恂｜〕。

【盱】 荒胡切音呼虞韻

同跨。〔公羊昭三十一年傳〕有子焉謂之｜。〔釋文〕｜、本作跨。

【盲】 眉庚切音甍庚韻

(一) 目無牟子。見〔說文〕。〔段注〕牟、俗作眸。毛傳曰。無眸子曰瞍。鄭司農云。有目無眸子謂之瞍。許云目無眸子謂之｜。說與毛鄭異。

(二) 目不見色也。〔急就篇注〕目不見色謂之｜。〔按論衡別通云。目不見青黃曰｜。韓非子解老云。目不能決黑白之色則謂之｜。〕

(三) 知今不知古也。見〔論衡謝短〕。

(四) 茫也。茫茫無所見也。見〔釋名釋疾病〕。

(五) 瞑也。〔呂覽音初〕天大風晦｜。

(六) 疾風也。〔禮記月令〕仲秋之月。｜風至。〔按秦人謂蓼風爲｜風。見初學記引蔡邕月令章句。〕

【盲】 巫放切音望漾韻

同望。〔周禮內饔〕豕｜眡而交睫腥。〔注〕｜、當爲望。〔禮記內則作望視。〕

【盳】 讀郎切音芒蒲光切音旁陽韻無放切音妄漾韻

(一) ｜洋。仰視貌。見〔集韻〕。

(二) 盲俗字。見〔正字通〕。

【直】 逐力切音値職韻

(一) 正見也。見〔說文乚部〕。

（二）義也。見〔廣雅釋詁〕。
（三）參也。見〔墨子經上〕。
（四）順也。〔詩羔裘〕洵—且侯。
（五）無私也。〔書洪範〕王道正—。
（六）宜也。〔詩碩鼠〕爰得我—。
（七）不傾顧也。〔禮記玉藻〕頭容—。
（八）未聞通也。〔左昭十四年傳注〕以—傷義。
（九）語發聲也。〔史記龜策傳〕神鬼知吉凶而骨—空枯。
（十）柄也。〔禮記明堂位〕雕刻飾其—。
（十一）繩墨得中也。〔禮記月令〕先定準—。
（十二）謂緣也。見〔禮記玉藻君羔幦虎犆注〕。
（十三）縱也。〔山海經大荒北經〕有神人—目正乘。是謂燭龍。
（十四）正曲為—。見〔左襄五年傳〕。〔按詩小明。正—是與。傳、亦謂能正人之曲曰—〕。
（十五）理枉曰—。〔韓愈文〕友人得罪。公獨為—其冤。
（十六）猶故也。〔史記留侯世家〕—墮其履圯下。
（十七）猶但也。〔孟子梁惠王〕—不百步耳。
（十八）猶專也。〔晏子雜篇〕嬰最不肖。故—使楚矣。
（十九）伸也。〔孟子滕文公〕枉尺而—尋。
（二十）當也。〔儀禮士冠禮〕主人立于阼階下。—東序西面。〔疏〕謂當堂上東序牆也。
（二十一）準也。〔禮記投壺〕馬各—其算。
（二十二）殖也。〔太玄玄文〕—東方也。春也。質而未有文也。〔注〕—之言殖也。萬物甲始生未有枝葉也。
（二十三）侍也。〔晉書羊祜傳〕悉統宿衛。入—殿中。
（二十四）折也。〔禮記樂記〕使其曲—繁瘠廉肉節奏。足以感動人之善心而已矣。〔注〕曲—、歌之曲折也。
（二十五）—波也。〔詩伐檀〕河水清且—猗。
（二十六）涌也。〔廣雅釋水〕—泉。涌泉也。
（二十七）是謂是非曰非曰—。見〔荀子脩身〕。
（二十八）肇敏行成曰—。見〔周書諡法〕。
（二十九）乾為—。見〔易說卦釋文引荀爽集解〕。
（三十）巽為繩—。見〔易說卦〕。
（三十一）—衿。衣名。〔方言〕袓飾謂之直衿。〔注〕婦人初嫁所著上衣—衿也。
（三十二）—指。官名。〔通典〕漢時繡衣—指。卽秦時御史大夫。
（三十三）骨—。強毅也。〔考工記弓人〕骨—以立。
（三十四）—來。無事而來也。〔公羊莊二十七年傳〕—來曰來。
（三十五）簡—。率略也。〔避暑錄話〕喜為詩。效白樂天而尤簡—。
（三十六）器—。曲尺也。梓人用之。見〔韻會小補〕。
（三十七）官文書謂各省為—省。
（三十八）通犆。〔禮記郊特牲〕首也者—也。〔注〕—、或為犆。
（三十九）通値。〔史記匈奴傳〕—上谷。〔索隱〕古文例以—、為値。〔按漢書灌夫傳。不—錢。、亦卽値字。〕
（四十）姓也。漢有—不疑。

【直】直吏切音治寘韻
（一）當也。〔史記項羽紀〕—夜潰圍。
（二）物價也。〔北史齊景思王傳〕食雞羹。何必還他價—。
（三）傭作所得之—也。〔柳宗元文〕受若—。怠若事。

【盶】胡玩切音換翰韻
睕—。轉目也。一曰大目貌。見〔集韻〕。

【⿰目凡】虛政切兄去聲敬韻
目轉也。見〔集韻〕。

【⿰目凡】扶泛切音梵陷韻
大目也。見〔字彙〕。〔按正字通以盶—為俗字而以⿰目凡為目轉。然集韻⿰目凡下云。睕盶。轉目也。一曰大目貌。則似盶⿰目凡—三字義互通。抑或因形近而中有譌誤與。〕

【⿰目川】樞絹切音釧霰韻
視專皃。見〔集韻〕。

【見】於敎切音勒效韻
深目也。見〔字彙〕。

【盵】丘既切音氣未韻
姓也。見〔集韻〕。

【⿰目工】烏姜切音央陽韻
羊目—。瞳者毒害人也。見〔青箱雜記〕。

【⿰目亐】盱本字。見〔說文〕。

【省】古首字。見〔字彙補〕。

【⿰目厷】同融。見〔字彙補〕。

【⿰目几】肌俗字。見〔正字通〕。

【⿱目寸】㝵譌字。見〔正字通〕。

【眅】眅譌字。見〔正字通〕。

【𥄎】𥄎譌字。見〔康熙字典〕。

四畫

【相】思將切音襄陽韻

❶省視也。易曰。地可觀者莫可觀於木。詩曰。—鼠有皮。見〔說文〕。〔按爾雅、詩毛傳、皆曰。—視。此曰省視。謂察視也。坤下巽上觀。坤爲地。巽爲木。故云地上之木。許叅引易觀卦說也。王應麟又曰。疑易傳及易緯之文。—鼠有皮。鄘風文。目接物曰—。故凡彼此交接皆曰—。其交接而扶助者。則爲—贊之—。古無平去之別也。〕

❷交也。〔易咸〕二氣感應以—與。

❸胥也。〔公羊桓三年傳〕胥命者何。—命也。

❹質也。〔詩棫樸〕金玉其—。

❺隨也。〔左昭三年傳〕其—胡公。

❻—翔猶昌翔。覲伺也。〔周禮野廬氏〕有—翔者誅之。

❼—羊。遊也。〔離騷〕聊逍遙以—羊。〔又〕彷羊也。〔文選張衡賦〕—羊乎五柞之館。〔又〕無所據依之皃。〔楚辭悲回風〕憐浮雲之—羊。〔又〕翺翔也。〔漢書外戚傳〕惟幼眇之—羊。〔按後漢馮衍傳張衡傳又作—佯。〕

❽奚—。蟲名。〔爾雅釋蟲〕諸慮、奚—。

❾相思木名。〔文選左思賦〕—思之樹。〔劉注〕大樹也。東冶有之。

❿形—。詳察也〔溫庭筠詞〕偸眼暗形—。〔按周邦彥詞籠燈就月。仔細端—。亦此義。〕

⓫占—。唐人酒令也。〔盧氏雜說〕坐中若打占—令。

⓬—手方。日本語。猶云對手也。

【相】息亮切音向漾韻

❶視察也。〔左隱十一年傳〕—時而動。

❷就人之容貌而判斷其心術運命也。〔左文元年傳〕內史叔服能—人。

❸狀貌也。〔史記高祖紀〕無如季—。

❹贊也。〔儀禮聘禮記〕擯者立于國外以—拜。

❺使也。〔呂覽誠廉〕—奉桑林。

❻助也。〔易泰〕輔—天地之宜。

❼佐也。〔禮記檀弓〕莫—予位焉。

❽導也。〔國語楚語〕問誰—禮。

❾扶也。〔論語衛靈〕固—師之道也。

❿勵也。見〔爾雅釋詁〕。

⓫治也。〔左昭九年傳〕陳、水屬也。火、水妃也。而楚所—也。〔注〕楚之先祝融主治火事。

⓬占也。〔周禮大司徒〕以—民宅而知其利害。

⓭—風。竿所以占風者。晉傅玄有—風賦。

⓮擇也。〔周禮簭人〕上春—簭。〔注〕謂更選擇其著也。

⓯傳命也。〔禮記雜記〕—者入告。

⓰攝政也。〔書大誥序〕周公—成王。

⓱詔侑也。〔禮記郊特牲〕祭祀之—。

⓲饗之也。見〔禮記郊特牲〕。

⓳三公也。〔禮記月令〕命—布德和令。

⓴邦伯也。〔書顧命〕伯—命士須材。

㉑正王服位之臣。謂太僕也。〔書顧命〕—被冕服。

㉒主人贊饌者也。〔禮記曲禮〕徹飯齊以授相者。

㉓內實也。〔周禮保章氏志星辰之變動疏〕五星更王—休廢。王則光芒。—則內實。

㉔猶形色也。〔金剛經〕無人—。我—。眾生—。壽者—。

㉕送杵聲也。〔禮記曲禮〕鄰有喪春不—。

㉖月名。〔爾雅釋天〕七月爲—。

㉗星名。〔甘石星經〕—星在北極斗南。

㉘樂器名。〔禮記樂記〕治亂以—。〔注〕所以節樂者。以韋爲之。內實以糠。糠一名—。因以名焉。〔按即拊也。御覽引風俗通。謂奏樂之時先擊—。所以輔—於樂也。〕

㉙方—。猶言放想。見〔周禮夏官序官方—氏注〕。

㉚計—。專主計籍之官。〔史記張蒼傳〕遷爲計—。

㉛家—。助知家事者也。〔禮記曲禮〕士不名家—長妾。

㉜宅—。外甥之美稱。〔晉書魏舒傳〕舒少孤。爲外家甯氏所養。甯氏起宅。—宅者云。當出貴甥。舒曰。當爲外氏成此宅—。

㉝馮—。官名。〔周禮春官序官〕馮—氏。

㉞—柳。氏。共工之臣名。〔山海經海外北經〕—柳者。九首人面蛇身。

而青。

(廿五)縣名。秦置。漢隸沛郡。今安徽宿松縣西北有—城。即其地。〔又〕後魏—州。當今河南安陽縣西。

(廿六)姓也。見〔後漢南蠻傳〕。

(廿七)俗謂嬉游曰孛—。見〔吳江志〕。〔太倉志作白—。嘉定志作薄—〕。

【相】如陽切陽韻

通禳。〔禮記祭法〕—近於坎壇。祭寒暑也。〔注〕—近、當爲禳祈。

【䀕】丈忍切音紖軫韻

(一)怒目謂之—。見〔集韻〕。

(二)目之精也。〔後漢書盧植傳注〕無目—曰瞽。

【眘】莫六切音目屋韻

(一)敬也。通作穆。見〔集韻〕。

(二)通睦。和也。見〔字彙〕。

【盹】朱倫切音諄眞韻之閏切音震震韻

(一)鈍目也。見〔類篇〕。

(二)目藏也。見〔篇海〕。

(三)俗謂眠不久曰打—。

【䀗】古穴切音玦屑韻

(一)涓目也。見〔說文〕。〔按鉉本及韻譜集韻皆同。鍇本及玉篇類篇並作睊也。此字之異也。繫傳以爲目美。段玉裁以爲當作削目。謂窒目也。王筠以爲似謂目病常流淚也。此訓之異也。〕

(二)目患也。見〔廣韻〕。

(三)顧盼不定貌。〔王延壽賦〕睩矙睫以—睉。

【䀗】呼決切音血屑韻

瞲或字。〔集韻〕瞲。驚視也。或作—。

【盺】許斤切音欣文韻

(一)喜也。見〔玉篇〕。

(二)視不明皃。見〔類篇〕。

【盻】胡計切音係研計切音詣霽韻吾禮切音堄薺韻

(一)恨視也。見〔說文〕。〔按國策韓策。韓傀以—楚魏。志許褚傳。馬超問虎侯安在。魏太祖指褚。褚瞋目—之。超不敢動。皆此義。〕

(二)——。勤苦不休息貌。〔孟子滕文公〕使民——然。

【盼】普莧切音瓣諫韻

(一)白黑分也。詩曰。美目—兮。見〔說文〕。〔按各本但作詩曰美目—兮。段本據玄應書所引補入白黑分也四字。詩毛傳。—、白黑分也。許多从毛義。段說是。〕

(二)視也。見〔一切經音義引廣雅〕。

(三)黑色也。見〔詩碩人釋文引韓詩〕。

(四)美人動目貌。〔文選宋玉賦〕目若微—。

(五)顧也。〔宋書謝晦傳〕同被齒—。

(六)木名。〔山海經西山經〕浮山多—木。

(七)水名。〔山海經西山經〕黃山—水出焉。西流注於赤水。〔畢注〕或說—水即耿谷水。在盩厔縣。

(八)黃帝時姓也。〔山海經大荒北經〕深目氏之國—姓。

(九)——。人名。唐闕——。

【盼】披班切音攀删韻

美目也。見〔集韻〕。

【盼】符分切音汾文韻

瞵—。天旦欲明也。〔楚詞昭世〕瞵—兮上丘墟。

【䀚】七計切音砌霽韻

(一)視也。見〔玉篇〕。

(二)察也。見〔類篇〕。

(三)褻視也。見〔類篇〕。

【盾】豎尹切音楯軫韻

(一)瞂也。所以扞身蔽目。从目。象形。見〔說文盾部〕。〔段注〕經典因用扞身。故謂之干。干、扞也。用蔽目。故字从目。各本少从目二字。今依玄應補。

(二)遯也。跪其後避刃以隱遯也。見〔釋名釋兵〕〔今云後—本此〕。

(三)星名。〔史記天官書〕杓端有兩星。一內爲矛、招搖。一外爲—、天鋒。

(四)鉤—。宦者之署。〔漢書昭帝紀〕上耕於鉤—弄田。

(五)矛—。言論相戾也。〔韓非子外儲說右〕楚人譽其—之堅曰。物莫能陷也。又譽其矛之利曰。物無不陷也。或曰。以子之矛。陷子之—。如何。其人弗能應。

(六)同楯。〔禮記明堂位注〕朱干赤大—也。〔釋文〕字又作楯。

(七)荷蘭錢幣名。亦稱佛樂林。我國僑居爪哇等地之人。名之曰—。英文Florin。互詳佛字。

【盾】庾準切音允軫韻

中—。官名。太子詹事之屬。〔漢書敘傳〕數遣中—請問近臣。〔注〕師古曰。—讀曰允。今作中允。

【盾】杜本切音笣阮韻
人名。趙—。春秋晉卿。

【旻】翾劣切音颰屑韻　忽域切音洫職韻　勿發切音韤月韻　七役切音僈陌韻
(一)舉目使人也。見〔說文旻部〕〔按段玉裁謂—同眴。引項羽本紀梁眴籍曰可行矣。王筠謂與眣同義。引公羊傳眣晉大夫使與公盟注以目通指曰眣。〕
(二)目小動也。見〔類篇〕

【省】息井切音惺梗韻
(一)視也。見〔說文眉部〕
(二)察也。〔禮記禮器〕禮不可不—也。
(三)循也。〔太玄格〕不—也。
(四)廢也。〔莊子天道〕因任已明而原—次之。
(五)去也。〔國語周語〕夫天道導可而—否。
(六)占也。〔後漢方術傳序〕及望雲—氣。〔注〕—氣者。觀城郭人畜氣以占之也。
(七)明也。〔列子楊朱〕實僞之辨。如此其—也。
(八)善也。〔詩皇矣〕帝—其山。
(九)悟也。〔杜甫詩〕令人發深—。
(十)審也。〔禮記樂記〕—其文采。
(十一)考校也。〔禮記中庸〕日—月試。〔注〕日—月試者。考校其成功也。
(十二)過也。〔史記秦始皇紀〕飾—宣義。〔注〕飾—。文過也。
(十三)秦晉之間謂不安爲—。見〔方言〕
(十四)王使臣於諸侯之禮也。〔周禮大行人〕五歲徧—。
(十五)祭名。〔禮記明堂位〕是故夏礿秋嘗冬烝春社秋—。
(十六)子事父母問安否也。〔禮記曲禮〕昏定而晨—。
(十七)通眚。〔公羊莊二十二年傳〕大—者何。災—也。〔左傳穀梁均作眚〕

【省】所景切音眚梗韻
(一)宮禁也。〔漢書昭帝紀〕帝姊長公主共養—中。〔按說各不同。蔡邕云。本爲禁中。避元后父王禁名。改曰—中。此一說也。師古曰。—、察也。言入此中者。當察視不可妄也。此別一說也。文選魏都賦注引魏武集云。漢制。王所居曰禁中。諸公所居曰—中。此又一說也。〕
(二)官署也。〔唐書百官志〕官司之別。曰—、曰臺。如尚書黃門中書秘書殿中內侍六—是也。
(三)少也。〔荀子仲尼〕—求多功。
(四)狹隘也。〔五代史李嚴傳〕嚴曰。契丹之疆。孰與僞梁。光嗣曰。比梁差—耳。
(五)全去之也。〔漢書元帝紀〕水衡—肉食獸。
(六)小減也。〔禮記鄉飲酒義〕拜至獻酬辭讓之節繁。及介—矣。
(七)辭寡也。〔荀子性惡〕少言則徑而—。
(八)瘦也。臞瘦約少之言也。見〔釋名釋言語〕〔按康熙字典引作瘠也。臞瘠約少之言也。〕
(九)行—。猶云行署。自元代各路設中書行—。寖變爲行政區域之稱。明置十八行—。以統轄府縣。清因之。後以幅員增廣。劃分爲二十二行—。
(十)姓也。春秋時宋大夫—臧。

【省】息淺切音蘚銑韻
同獮。秋田也。〔禮記玉藻〕惟君有黼裘以誓—。〔注〕—、當爲獮。

【眂】時利切音嗜寘韻
(一)視皃也。見〔說文〕〔按鉉本作—皃。段从鍇本作視。—與眡別。宋元以來鮮有知氏氐之不可通者。〕
(二)視古字。見〔廣韻〕〔按說文玉篇均以眡爲視古文。與廣韻異。〕

【眂】常支切音匙章移切音支支韻
視也。見〔廣雅釋詁〕

【眂】是支切音題支韻
—役目也。見〔廣韻〕

【眄】彌殄切音麪銑韻眠見切音麪霰韻
(一)目偏合也。一曰衺視也。秦語。見〔說文〕〔按偏合謂一目病。漢書杜欽目偏盲是也。段本偏作徧。謂人有目皆而短視者。衺視。秦語者。方言自關而西秦晉之間曰—。西京賦。睨略藐流—。一顧傾城。正指斜視言。〕
(二)無智巧貌。〔淮南覽冥〕臥倨倨。興——。

【眅】普版切音眅潸韻　披班切音攀刪韻　普患切音襻諫韻

(一)多白眼也。春秋傳曰。鄭游—。字子明。見〔說文〕〔按多白眼見易說卦。一切經音義引作眼多白也。廣韻—、目多白皃。游—見左襄二十二年傳。今本—作販。〕
(二)反目貌。見〔六書故〕。
(三)朕侵睛謂之—睛。見〔正字通〕。
(四)瞥或字。見〔集韻〕。〔按國策田瞖。姚宏曰。瞖、恐是瞥。瞥、同—。〕

【昉】撫兩切音紡養韻
(一)—眏。見似不諦也。見〔玉篇〕。〔按與仿佛、彷彿、髣髴、竝同。〕
(二)微見也。見〔集韻〕。
(三)同倣。〔袁楚客書〕非—桀與。

【眇】弭沼切音藐篠韻
(一)小目也。見〔說文〕〔段注〕各本作一目小也。誤。今依易釋文正。履六三。—能視。虞翻曰。兌爲小。故—能視。
(二)細視也。〔漢書叙傳〕離婁—目於豪分。
(三)目匡陷急曰—。見〔釋名釋病疾〕。
(四)莫也。見〔廣雅釋言〕。〔按易—釋文亦曰盲也。〕
(五)眺也。〔楚辭招魂〕娭光—視。
(六)遠也。〔楚辭哀郢〕—不知其所蹠。
(七)陋也。〔莊子德充符〕—乎小矣。
(八)盡也。〔荀子王制〕王者仁—天下。義—天下。威—天下。
(九)微末也。〔漢書昭帝紀〕朕以—身獲保宗廟。
(十)——。好貌。〔楚辭湘夫人〕目——兮愁余。〔又〕遠貌。〔文選張衡賦〕風——分振余旟。〔又〕高遠貌。〔文選陸機賦〕志——而臨雲。〔又〕猶微微也。〔後漢昭帝紀〕——小子。

【眇】彌笑切音妙嘯韻
(一)成也。〔易說卦〕—萬物而爲言。〔按此據王肅本今本作妙。〕
(二)幼—。精微也。〔漢書元帝紀〕窮極幼—。
(三)要—。好貌。〔楚辭湘君〕美要—兮宜修。

【眈】都含切音酖徒南切音覃覃韻
〔—與耽音同而義異。耳𠂢之耽从耳。眈樂之—从目。〕
(一)視近而志遠。易曰。虎視——。見〔說文〕〔段注〕謂其意深沈也。馬云。虎下視皃。〔按漢書叙傳。六世——。注。師古曰。——、威視之貌也。字林曰。—、視近而忘遠也。應劭曰。—、近也。皆與許義相似而微有異。易頤釋文又云。——、威而不猛也。〕
(二)樂也。〔書無逸〕惟—樂之從。〔傳〕過樂之謂—。〔按詩作湛。爾雅作妉。〕

【眈】都感切音黕感韻
虎視也。見〔集韻〕。

【眈】徒感切音禫感韻
同覘。徐視也。見〔集韻〕。〔按張壽碑、覘覘虎視。字作—。〕

【眈】丑甚切音踸寑韻
通闖。出頭視也。見〔集韻〕。

【眉】是悲切音湄支韻
(一)本作眉。〔說文眉部〕眉目上毛也。从目。象—之形。上象頟理—也。
(二)媚也。有嫵媚也。見〔釋名釋形體〕。
(三)老也。東齊曰—。見〔方言〕〔注〕言秀—也。〔按詩七月毛傳。—壽、豪—也。正義云。人年老者必有豪毛秀出。〕
(四)渠—。玉飾之溝瑑也。〔周禮典瑞〕駔圭璋璧琮琥璜之渠—。
(五)井邊地也。〔漢書陳遵傳〕居井之—。
(六)石上題額之處。〔穆天子傳〕乃紀丌迹於弇山之石而樹之槐—曰西王母之山。
(七)犁—。馬名。〔李白詩〕朝乘犁—駒。
(八)俗呼紅茶爲老君—。或云本諸老君—間發紅光之義。
(九)峨—。山名。〔益州記〕峨—山在南安縣界。兩山相對狀如蛾—。〔在今四川峨—縣界。〕
(十)—子。硯名。明才女葉小鸞有—子硯。見〔兩般秋雨庵隨筆〕。
(十一)畫—。鳥名。喙長成圓錐形。口角有剛毛。跗骨板皆聯合爲一。目上有白色之毛如—。故稱畫—。爲禽類中之善鳴者。
(十二)州名。唐置。屬劍南道。當今四川—縣。
(十三)姓也。宋—壽。明—旭。
(十四)通嵋。峨—山亦作峨嵋。〔李白詩〕峨嵋山月半輪秋。
(十五)通麋。〔荀子非相〕伊尹之狀。面無須麋。〔按須麋卽鬚—。〕

【眛】莫佩切音妹莫拜切音肳隊

韻
❶目冥遠視也。一曰。久視也。一曰。旦明也。見〔說文〕〔按段玉裁曰。冥、當作瞑。目雖合而能遠視也。各本作久也。依廣韻補視。玉篇引說文無。一云旦明也。此五字妄人所增。桂馥曰。目冥、當作日冥。言日暮視遠冥昧也。〕
❷—視也。見〔廣雅釋訓〕

【⿰目勿】莫撥切音末曷韻
❶遠視也。見〔廣韻〕
❷不正視皃。見〔廣韻〕

【⿰目勿】文拂切音勿物韻
❶瞑也。見〔類篇〕
❷冥莫也。〔劉歆賦〕飄寂寥以荒—。

【⿰目勿】莫八切音傄黠韻
❶視也。見〔集韻〕
❷⿰目必或字。〔集韻〕⿰目必。博雅。視也。一曰惡視。或从勿。

【眊】莫報切音冒號韻
❶目少精也。見〔說文〕〔按孟子。胸中不正。則眸子—焉。趙注。—者、蒙蒙目不明之貌。〕
❷亂也。〔續漢五行志〕厥咎—。
❸反察為—。見〔賈誼新書道術〕
❹毛飾曰—。稍上垂毛亦曰—。見〔一切經音義引通俗文〕
❺—睩失意也。〔唐李肇國史補〕進士不捷而飲謂之打—睩。〔一作眊氉〕
❻同耄。〔漢書彭宣傳〕年齒老—。〔注〕—與耄同。

【眊】墨角切覺韻
—。思也。見〔廣雅釋訓〕

【眊】莫佩切音昧隊韻
好也。見〔廣雅釋詁〕

【眊】末各切音莫藥韻
目不明也。見〔集韻〕

【看】丘寒切音堪寒韻墟旰切音衎翰韻
❶睎也。从手下目。見〔說文〕〔注〕宋玉所謂揚袂障日而望所思也。〔桂注〕九經字樣。凡物見不審。則手遮目—之。故—从手下目。
❷視也。見〔廣雅釋詁〕
❸就見也。〔韓非子外儲說左〕梁車新為鄴令。其姊往—之。〔按今俗猶謂尋訪友人為—〕
❹待遇也。〔高適詩〕猶作布衣—。
❺市樓名。〔遼史地理志〕大東丹國新建南京。分南北市。中為—樓。
❻徵驗之辭。〔傳燈錄〕汝等且說箇超佛越祖底道理—。
❼判事之謂。〔北周書柳虯傳〕柳郎中判事。我不復再—。〔按今猶謂判辭為—語〕
❽監守之意。如云—管、—守。
❾醫院謂侍病之婦人曰—護婦。
❿姓也。見〔姓苑〕

【⿰目元】五遠切音阮阮韻
視也。見〔集韻〕〔按王延壽王孫賦。—瞵矚而踧跋。—亦訓視。〕

【盷】亭年切音田先韻
轉視貌。〔大戴記本命〕三月而徹—。然後能有見。〔注〕徹、或為徵。

【盷】胡千切音賢。胡涓切音懸先韻
—瞑。大自也。見〔集韻〕

【盷】眉貧切音珉眞韻
旼或字。〔集韻〕旼。視皃。或作—。

【⿰目夭】他年切音天先韻他甸切音瑱霰韻
視也。見〔集韻〕〔按篇海云。仰視也。〕

【県】堅堯切音澆蕭韻
到首也。賈侍中說。此斷首到縣—字。見〔說文県部〕〔段注〕到者今之倒字。廣韻引漢書曰。三族令先黥劓。斬左右趾。—首。葅其骨。謂之具五刑。按今漢書刑法志作梟。葢非孫愐所見之舊巳。—首字當用此。用梟于義無當。〔按六書正譌云。俗用梟。非。梟、不孝鳥也。〕

【⿰目内】女六切音肭屋韻
視也。見〔集韻〕

【⿰目介】古獲切音幗陌韻
目皃。見〔集韻〕

【⿰目文】眉貧切音珉眞韻
視皃。見〔集韻〕

【⿰目夫】防無切音扶虞韻
望也。見〔廣韻〕〔按正字通云。眹字之譌。存參。〕

【⿰目化】許肥切音糀麻韻
目動也。見〔集韻〕

【明】眉兵切音鳴庚韻　視瞭也。見〔洪武正韻〕。〔按正字通引藝衡曰古皆从日月作明。漢乃从目作—廣韻禮部韻略俱不收—字。〕

【𥄂】方鳩切尤韻　見也。見〔集韻〕。〔按康熙字典謂从不目。與見義遠。疑是眘字之譌。〕

【眃】王分切音云文韻　視不明貌。見〔集韻〕。

【眃】戶袞切音混阮韻　眩—。疾視貌。〔後漢張衡傳〕儵眩—兮反常閭。〔注〕眩—音懸混。

【昂】魚剛切音卬陽韻　舉目視也。見〔集韻〕。

【䀛】普蓋切音沛博蓋切音貝泰韻　—眛。目不明也。見〔集韻〕。

【眜】普活切音潑曷韻　同瞥。見〔集韻〕。

【苜】莫撥切音末曷韻徒結切音垤莫結切音蔑屑韻　〔从丫與从艸者別。〕目不正也。見〔說文首部〕〔注〕丫角戾也。〔段注〕丫者外向之象。故爲不正。

【盵】許乙切音迄質韻　視也。見〔玉篇〕。

【𥄋】呼骨切音忽月韻　急視貌。見〔篇海〕。

【眢】莫佩切音妹暮拜切隊韻莫撥切音末曷韻文拂切音勿物韻莫八切音傛黠韻　同昒。見〔正字通〕。

【眓】烏括切音斡曷韻烏管切音浣旱韻　揞目也。見〔說文〕〔段注〕揞掐也。

【䀢】女夬切卦韻　眭—。目惡。見〔集韻〕。

【盱】許乙切音迄質韻　驚也。見〔字彙補〕。

【盰】丘乙切音乞質韻　視也。見〔字彙補〕。

【䀹】非朗切音仿養韻　見也。見〔字彙補〕。

【眄】莫見切音麪霰韻　邪視。見〔字彙補〕。

【𥃫】失冉切音陝儉韻　姓也。見〔佩觿〕。

【𥄖】湯勞切音叨豪韻　目重瞼也。見〔字彙補〕。〔按疑是叫之譌字。〕

【昇】具本字。見〔說文廾部〕。〔按康熙字典作昇列三畫誤。〕

【眂】古視字。見〔說文見部〕。

【眎】古視字。見〔字彙補〕。〔按眂—近似。蓋爲傳寫之譌。〕

【𥃯】同睦。見〔字彙〕。〔按集韻云。通穆。〕

【昏】同眡。見〔集韻〕。

【𥄎】同眥。見〔字彙〕。

【𥄉】同眅。見〔正字通〕。

【𥄇】同眸。見〔集韻〕。

【旻】同眹。見〔字彙〕。

【𥃩】同看。見〔龍龕手鑑〕。

【䀦】同䀹。見〔篇海類編〕。

【䀨】眕俗字。見〔正字通〕。

【𥄱】睟俗字。見〔正字通〕。

【䀢】眡俗字。見〔正字通〕。

【𥃯】覓譌字。見〔正字通〕。〔按舊字典云。眘譌字。〕

【𥄔】眽譌字。見〔正字通〕。

【𥃧】盻譌字。見〔正字通〕。

五畫

【𥄯】父沸切音狒芳未切音費未韻普活切音鏺曷韻　目不明也。見〔說文〕。〔按段玉裁云。疑即昒之或字。是—昒字通。桂馥云。廣韻—目—眛不明兒。集韻作眛眛。是眛—字通。王筠云。義與眛同音又相近。是眛—字亦通。〕

【𥄂】敷勿切音拂物韻　㊀視皃。見〔集韻〕。㊁同𥄑。與髴佛弗並通。見〔類篇〕。

【眎】神至切音示寘韻　㊀語也。見〔玉篇〕。

㊁呈也。見〔廣韻〕。㊂示也。〔漢書趙充國傳〕以—羌虜。〔注〕—亦示字。

【眎】時利切音嗜寘韻

㊀同視。〔一切經音義引字詁〕視、古文—眡二形。〔按文子徵明篇—于冥冥。魏志武帝紀。袁紹虎—四州。、—业同視〕

㊁人名。〔南史蕭思話傳〕蕭惠明子—素。

【眐】諸盈切音征庚韻之盛切音正敬韻

㊀獨視。見〔玉篇〕。㊁㟨視。見〔集韻〕。

【眗】俱遇切音句遇韻舉于切音拘虞韻

㊀左右視也。見〔說文眗部〕。〔按段本作ナ又視也。注云。凡詩齊風、唐風、禮記檀弓、曾子問、雜記、玉藻。或言瞿。或言瞿瞿。葢皆—之叚借。瞿行而—廢矣。若毛傳于齊曰瞿瞿無守之皃。于唐曰——然顧禮義也。佀依文立義。而爲驚遽之狀。則一。〕

㊁彥—。人名。見〔宋史宗室表〕。

【眑】伊鳥切音杳篠韻於糾切音幽尤韻

㊀視貌。見〔類篇〕。㊁—深遠也。〔漢書禮樂志〕清思——。

【眑】於絞切音拗巧韻

窅或字。〔集韻〕窅。深目也。或作—。

【眑】於交切音[illegible]肴韻

面目不平。見〔集韻〕。

【眒】試刃切音順震韻升人切音身眞韻

㊀引目也。見〔集韻〕。㊁疾也。〔史記司馬相如傳〕儵—淒浰。〔注〕皆疾貌。㊂鳥獸驚也。〔文選左思賦〕鷹犬倏—。

【眓】呼括切音豁曷韻呼哲切音䀺屑韻

㊀視高皃。見〔說文〕〔段注〕豁目字當作此。㊁——視也。見〔廣雅釋訓〕。

【眕】止忍切音軫軫韻

㊀目有所恨而止也。見〔說文〕。〔按左隱三年傳憾而能—者鮮矣言其心雖自抑止也。字林。焦而止二字義未備。〕㊁重也。見〔爾雅釋言〕。㊂人名。晉右衞將軍陳—。

【眖】許放切音況漾韻

㊀視也。見〔玉篇〕。㊁人名。孟—。見〔宋史宗室表〕。

【眘】時刃切震韻

㊀古愼字。見〔玉篇〕。〔按說文作昚。眘字从此〕。㊁姓也。見〔直音〕。

【眙】丑吏切寘韻

㊀直視也。見〔說文〕。〔按段玉裁以爲—瞪古今字。而援玄應引通俗文直視曰瞪爲證。桂馥則据文選長笛賦畱眎瞪—注引字林。瞪、直視貌。—、驚貌。因謂本書作直視者。乃瞪字訓。漏脫瞪字篆文。闌入—下。而亡—之本訓。〕

㊁逼也。見〔廣雅釋詁〕。㊂逗也。西秦謂之—。見〔方言〕。〔注〕謂住視也。〔按文選吳都賦。士女佇—。劉注。佇—。立視也。今市聚人謂之立—。卽此義。今猶謂人久徘徊立於衢中曰—〕

【眙】丈證切徑韻

直視皃。見〔廣韻〕。〔按此卽段說瞪字音義。〕

【眙】盈之切音怡支韻

㊀舉目皃。見〔集韻〕。㊁盱—。縣名。詳盱字。

【眚】所景切息井切梗韻

㊀目病生翳也。見〔說文〕。〔按一切經音義作翳。集韻作瞖〕。㊁過也。〔左僖三十三年傳〕且吾不以一—掩大德。㊂敗也。見〔易說卦爲多—虞注〕。㊃省也。見〔釋名釋天〕。〔按左傳肆大—。公羊作大省。知—與省同。〕㊄瘦也。〔周禮大司馬〕馮弱犯寡則—之。〔注〕—、謂四面削其地、猶人—瘦也。〔按字又作瘠〕。㊅災也。〔素問六元正紀大論〕非是者—也。㊆病也。〔文選張衡賦〕勤恤民隱而除其—。㊇妖病也。〔漢書外戚傳〕是歲孝王薨。有一男嗣爲王。未滿歲。有—病。

〔注〕蘇林曰。名爲肝厭。
(九)殺減也。〔周禮大司徒〕七曰｜禮。
(十)坎爲｜見〔易訟无｜虞注〕。
(十一)內曰｜見〔漢書五行志集注引李奇〕。
(十二)月侵日爲｜。〔左莊二十五年傳〕非日月之｜不鼓。
(十三)異物生謂之｜見〔左宣十五年傳地反物爲妖疏〕。

【眛】莫撥切音末曷韻
(一)目不明也。見〔說文〕。〔按段玉裁云。从末之｜从未之眛。其訓皆曰目不明。何不類居而畫分二處。則知淺人改爲从未。又增从末之｜於前也。桂馥云。本書眛下訓同。二字當有一誤。王筠云。當依廣韻十三末作目不正〕。
(二)冒也。〔文選左思賦〕相與｜潛險。
(三)人名。項羽將鐘離｜。搜怪奇。

【眜】莫結切音蔑屑韻
同蔑。地名。〔左隱元年傳〕公及朱儀父盟于蔑。〔公穀均作｜〕。

【貼】敕黶切音𧈧黶韻　𥈊廉切音覘鹽韻
同覘。窺也。〔方言〕凡相窺視。南楚或謂之｜。

【貼】之廉切音詹　丁兼切音𧈧鹽韻　都念切音店豔韻
(一)竊視也。見〔類篇〕。
(二)目垂貌。見〔廣韻〕。
(三)｜謙。淫亂也。見〔青箱雜記〕。

【貼】吐濫切音歎勘韻
候視也。見〔集韻〕。

【眞】之人切音珍眞韻
(一)仙人變形而登天也。見〔說文匕部〕。〔段注〕此｜之本義也。經典無言｜實者。諸子百家乃有｜字。然其字古矣。古文作𡗝。非倉頡以前已有｜人乎。
(二)僞之反也。〔漢書宣帝紀〕使｜僞毋相亂。
(三)淳也。見〔洪武正韻〕。
(四)身也。〔莊子山木〕見利而忘其｜。
(五)此也。見〔廣雅釋言〕。
(六)猶正也。〔文選古詩〕識曲聽其｜。
(七)不變也。〔淮南本經〕質｜而素樸。
(八)天也。〔元稹詩〕朝｜趨廣庭。〔按如莊子之｜宰。列子之｜宅。皆謂天〕。
(九)無假也。〔莊子田子方〕其爲人也｜。
(十)愼之固也。見〔韓非子解老〕。
(十一)精誠之至也。見〔莊子漁父〕。
(十二)自然之道也。〔漢書楊王孫傳〕以反吾｜。
(十三)本質也。〔後漢王充傳〕以爲俗儒守文。多失其｜。
(十四)官之實授者。〔漢書平帝紀〕一切滿秩如｜。
(十五)官吏之別稱。〔南齊魏虜傳〕北魏呼官吏爲｜如直｜烏矮｜之類。
(十六)經名。〔唐書明皇紀〕莊子列子文子庚桑子所著書改爲｜經。
(十七)書法名。〔南史王彬傳〕三｜六草。爲天下寶。
(十八)畫像曰寫｜。〔麗情集〕蒲女崔徽寫｜寄裴敬中。
(十九)星名。〔晉書天文志〕妖星一曰｜。若歲星所生也。
(二十)氣名。〔素問離合｜邪論〕｜氣者。經氣也。〔按素問又有上古天｜論。謂天乙始生｜元之氣〕。
(廿一)茶名。〔博物志〕飲｜茶令人稍眠。
(廿二)太｜。金名。〔本草釋名〕陶弘景曰。仙方名金爲太｜。〔又〕唐楊貴妃號太｜。見〔唐書楊貴妃傳〕。
(廿三)州名。宋置。漢屬廣陵郡。當今江蘇儀徵縣治。
(廿四)玄｜。玉名。〔抱朴子仙藥〕玄｜者。玉之別名也。
(廿五)降｜。香名。〔本草綱目〕降｜香出黔南。
(廿六)應｜。謂羅漢也。〔文選孫綽賦〕應｜飛錫以躡虛。〔按俗又謂道士爲全｜〕。
(廿七)｜｜。神女名。〔聞奇錄〕工曰。余神畫也。此亦有名曰｜｜。
(廿八)｜臘。南洋名。當今柬埔寨地。
(廿九)｜牙。牙之最後生者。〔素問上古天眞論〕故｜牙生而長極。
(三十)回教徒所居曰清｜寺。亦或自名其教曰清｜。
(卅一)姓也。宋｜德秀。〔又〕｜鄂。複姓。唐｜鄂待封。

【眠】民堅切音瞑先韻
(一)寐也。〔後漢第五倫傳〕竟夕不｜。
(二)泯也。無知泯泯也。見〔釋名釋姿容〕。
(三)亂也。見〔廣雅釋詁〕。
(四)猶偃息也。〔李白詩〕松高白鶴｜。

(五)猶屈伏也。〔三輔故事〕漢苑人柳。一日三—三起。

(六)器物橫陳也。〔司空圖詩品〕—琴綠陰。

(七)蠶不食不動亦謂之—。有初—再—大—之別。見〔蠶書〕。

(八)伴死也。〔山海經東山經〕餘莪之山。有獸焉。見人則—。

(九)芊—。茂密貌。〔文選陸機賦〕淸麗芊—。

(十)龍—。山名。〔宋史文苑傳〕李公麟。字伯時。善丹青。歸老於龍—山。號龍—居士。〔按龍—山在今安徽桐城縣境。〕

(十一)姓也。見〔姓苑〕。

(十二)舟人卸帆更臥其桅。俗呼爲—桅。

(十三)同瞑。〔文選嵇康論〕則達旦不瞑。〔注〕瞑、古—字。

【眠】眠見切音面霰韻

(一)偃鳥也。見〔類篇〕。

(二)—眩。亂也。〔方言〕凡飲藥傅藥而毒。東齊海岱之間謂之—。或謂之眩。

【眠】彌殄切音免銑韻

—娗。欺謾也。〔方言〕楚郢謂欺謾爲—娗。一曰便劣。〔又〕不開通貌。〔列子力命〕—娗諈諉。〔注〕—娗、不開通貌。一曰以言相嗤弄也。

【眠】彌盡切音泯軫韻

(一)視也。見〔集韻〕。

(二)通泯。目不安也。〔史記司馬相如傳〕視眩—而無見。〔漢書作眩泯。〕

【眢】烏丸切音剜寒韻於袁切音鴛元韻邕危切音逶支韻

(一)目無明也。見〔說文〕。〔按廣韻訓目空也。〕

(二)井枯無水也。〔左宣十二年傳〕目於—井而拯之。〔按六書故訓爲眸子枯陷。然則井枯無水者、—之引伸義。〕

【眣】輪閏切音舜震韻

目動示意也。〔公羊文七年傳〕—晉大夫使與公盟。

【眣】式荏切音審寑韻

(一)瞋也。見〔廣韻〕。

(二)視也。見〔類篇〕。

【眣】書之切音詩支韻

矢的也。見〔廣韻〕。

【眣】敕栗切音抶質韻徒結切音絰屑韻

(一)目不正也。見〔說文〕。〔注〕其視散若有所失也。〔按說文目部眣下云。目厄也。蓋謂目影斜而不正。故訓—爲目不正。段玉裁改爲目不從正。謂此字从矢會意。从失者、其譌體。〕

(二)目出貌。見〔類篇〕。

【眣】陟鎋切音哳黠韻

目露貌。見〔五音集韻引聲類〕。

【眥】才詣切音嚌霽韻疾智切音漬寘韻

(一)目匡也。見〔說文〕。〔按—目之匡。當亦謂之眶。匡與眶古今字。俗云眼窩。靈樞經云。目—決於面者爲銳—。在內近鼻者爲內—。注。—者、睛外之眼角也。今生理學所謂淚骨者。乃—中近頰處如指甲小骨也。字林作目厓。或因匡厓形近而誤。〕

(二)衣之交領處也。〔爾雅釋器〕衣—謂之襟。〔注〕謂領交處。如人眼脣—頭也。

【眥】仕懈切音瘵卦韻鉏佳切音柴佳韻資四切音恣寘韻

恨視也。又舉目相忤貌。見〔類篇〕。

【眨】測洽切音吒洽韻

(一)目動也。見〔說文新附〕。〔按一切經音義引字苑云。—、目數開閉也。〕

(二)一目曰—。見〔一切經音義引通俗文〕。

(三)—眼。謹厚貌。〔張耒詩〕—眼小兒夸謹厚。

【眩】熒絹切音衒霰韻胡涓切音玄先韻

(一)目無常主也。見〔說文〕。〔按通鑑注。目無常主不辨黑白謂之—。〕

(二)縣也。目視動亂如縣物。搖搖然不定也。見〔釋名釋疾病〕。

(三)惑也。〔禮記中庸〕敬大臣則不—。

(四)—疾。風疾也。〔後漢姜肱傳〕言感—疾。不欲出風。

(五)瞑—。懣也。〔方言〕朝鮮冽水之間。顛眴謂之瞑—。

(六)—雷。地名。在烏孫北。見〔漢書西域傳〕。〔按烏孫在今伊犁境。〕

(七)—泯。目不安也。〔漢書司馬相如傳〕視—泯而亡見兮。

⑧—耀光貌。〔楚辭惜賢〕揚精華以—耀兮。
⑨—眩疾貌。〔後漢張衡傳〕儵—眩兮反常閭。
⑩—潛混合也。〔史記司馬相如傳〕紅杳渺以—潛。
⑪瞑—憒亂也。〔書說命〕若藥弗瞑—厥疾弗瘳。〔詳瞑字〕
⑫——視貌。〔楚辭逢尤〕——兮寤終。
⑬通玄。幽深也。〔荀子正論〕上周密則下疑玄矣〔注〕玄、與—同。
⑭通眴、洵。〔一切經音義〕—古文眴洵二形。
⑮通絢。見〔一切經音義〕。

【眩】胡辨切音幻諫韻 同幻。相詐惑也。〔漢書張騫傳〕以大鳥卵及犛靬—人獻於漢〔注〕—讀與幻同。

【眩】扃縣切音罥先韻 衒或字。〔集韻〕衒行且賣也。或作—。

【䀣】兵媚切音祕寘韻莫筆切音密質韻 ①直視也。見〔說文〕。②瞥也。見〔廣雅釋詁〕。〔按方言。山之東西自愧曰恧。趙魏之間謂之—。〕

【䀣】莫八切黠韻 瞥視也。見〔廣韻〕。〔按孟郊聯句云。擴眼困逾—。即此義。〕

【眪】補永切音丙梗韻 ①視也。見〔集韻〕。②目明也。見〔類篇〕。③人名。柳—。見〔唐書宰相表〕。

【眆】撫兩切音紡養韻 昉或字。〔集韻〕昉微見也。或作—。

【眂】善旨切音視紙韻 ①比也。〔周禮食醫〕凡食齊—春時。②語也。見〔廣雅釋詁〕。③視或字。〔集韻〕視瞻也。或作—。

【眡】都黎切音低齊韻 ①視貌。見〔類篇〕。〔按玉篇以為古視字。正字通又以為俗眂字。〕

【冐】彌邪切音乜麻韻 目小也。見〔字彙〕。

【眔】達合切音沓合韻 目相及也。見〔說文〕〔段注〕隶、及也。石經公羊。祖之所逯聞。今本作逮。中庸所以逮賤。釋文作逯。此—與隶音義俱同之證。〔按眔下从三人。—下从隶省。截然各別。〕

【眗】恭于切音拘虞韻 同朐。左右視也。見〔玉篇〕。

【眗】句于切音吁虞韻 —矔笑也。見〔集韻〕。

【眗】墟侯切音摳尤韻 目深貌。見〔集韻〕。

【䀯】呼泱切音血屑韻 驚視也。〔文選王延壽賦〕佐欺猥以鵰—。

【䀯】古穴切音玦屑韻 目深貌。見〔集韻〕。

【䀸】休必切音矞質韻 瞲或字。〔集韻〕瞲目深皃。或作—。

【眈】于聿切音減質韻 目動也。見〔五音集韻〕。

【眛】莫佩切音妹隊韻莫貝切音沬泰韻 目不明也。見〔說文〕〔桂注〕僖二十四年左傳。目不別五色之章為—。

【眝】展呂切音貯語韻 長眙也。一曰張目也。見〔說文〕。〔段注〕外戚傳飾新宮以延眝。此眝正—之誤。延—謂長望也。凡辭章言延佇者亦皆當作—。

【䀠】果羽切音矩麌韻 同瞩。驚視貌。見〔類篇〕。

【䀛】莫飽切音卯巧韻 眑—。邪視。見〔集韻〕。

【䀑】皮敎切音皰效韻弼角切音薄覺韻 目怒貌。見〔集韻〕。

【眧】齒紹切音麨篠韻 目弄人也。見〔玉篇〕。〔按類篇亦云。以目玩人謂之—。〕

【眥】女利切音膩寘韻 視也。見〔集韻〕。

【眘】莫豆切音茂宥韻 —喻者嫉妬人也。見〔青箱雜記〕。

【䀍】靖故切音祚遇韻 目也。見〔篇海〕。

【瞀】農晉切音𦐄夔韻　—目也。〔帝京景物略〕四壁金剛。振臂拳旅。—睒據指。

【眊】余支切音移支韻　覝也。見〔集韻〕。

【眎】之忍切袗韻　明也。見〔龍龕手鑑〕。

【昺】音丙梗韻　明也。見〔篇海類編〕。

【䀵】音未詳　人名。梁時仰公—墮洞庭穴中。見〔字彙補〕。

【眚】省本字。見〔集韻〕。

【眤】古眱字。見〔玉篇〕。

【眕】古眣字。見〔玉篇〕。

【眹】同瞖。見〔正字通〕。

【眮】覝或字。〔集韻〕覝。博雅。覝也。

【眦】一曰竊見。或从目。

【眂】同眥。見〔類篇〕。

【眽】同睸。見〔集韻〕。〔按正字通云。脈字之譌。〕

【眫】同眯。見〔五音集韻〕。

【䀹】同眵。見〔篇海類編〕。

【𥇍】同眉。見〔五音篇海〕。

【𥄉】同鼎。見〔字彙補引漢碑〕。

【真】眞俗字。見〔正字通〕。

【眤】眲譌字。見〔正字通〕。〔俗讀作曬。非。〕

六畫

【眭】𠶿規切音𥂩宜爲切音隨支韻　㊀深目也。亦人姓。見〔說文新附〕。〔按—姓出趙郡。前漢—弘。北魏—夸。〕㊁—肝。健貌。見〔廣韻〕。

【眭】弦雞切音携齊韻　目深惡貌。見〔洪武正韻〕。

【眭】呼維切音倠支韻　仰目也。見〔集韻〕。

【眭】涓惠切音桂霽韻　㊀—然。視貌。〔淮南原道〕今人之所以—然能視。〔注〕—讀曰桂。㊁姓也。見〔集韻〕。

【眭】於避切音恚寘韻　目小怒貌。見〔集韻〕。

【眡】荒刮切歘入聲黠韻　㊀怒視貌。見〔埤蒼〕。㊁人名。希—。見〔宋史宗室表〕。

【䀡】古活切音括曷韻　目暗也。見〔類篇〕。

【眮】徒東切音同東韻杜孔切音動董韻徒弄切音洞送韻　㊀吳楚謂瞋目顧視曰—。見〔說文〕。〔按此解本出方言。〕㊁目眶也。見〔集韻〕。

【眯】母禮切音米薺韻　㊀艸入目中也。見〔說文〕。〔按淮南繆稱。故若—而撫。注。—芥入目也。是其證。〕㊁凡物入目皆曰—。〔莊子天運〕夫播康—目。〔按淮南說林。蒙塵而—。亦物入目之義。〕㊂安也。見〔廣雅釋詁〕。

【眯】密二切音寐寘韻　㊀厭夢也。〔莊子天運〕彼不得夢。必且數—焉。㊁通眯。〔春秋繁露郊語〕鴟羽去眯。〔桂馥說眯當从米作—。按新序決目出眯。亦謂決出目中—耳。〕

【眯】民卑切音眉支韻　㊀眇目也。見〔集韻〕。㊁通彌。〔史記晉世家〕示—明也。〔索隱〕以—爲彌。亦音相近耳。〔按左傳作提彌明。〕

【眰】徒結切音垤屑韻敕栗切扶質韻　㊀目出貌。見〔玉篇〕。㊁眣或字。〔集韻〕眣目不正。一曰以目使人也。或从至。㊂人名。〔五代史唐紀〕盧臺軍將龍—。

【眰】職日切音質質韻　覝或字。〔集韻〕覝。視也。或从目。

【眱】延知切音夷支韻田黎切音提齊韻　㊀目小視也。見〔玉篇〕。㊁䁝—。直視也。見〔廣雅釋言〕。㊂熟視不言也。見〔廣韻〕。

【眱】大計切音弟霽韻

同睇。見〔集韻〕。

【䀫】訖洽切音夾洽韻

●一眼細暗也。見〔集韻〕。●二眇也。見〔集韻〕。●三目睫動也。見〔集韻〕。

【眕】丁本切敦上聲阮韻

朦朧欲睡貌。見〔字彙〕。

【眲】尼戹切音匿陌韻竹力切音陟職韻仍吏切音餌寘韻

●一輕視也。〔列子黃帝〕莫不一之。●二耳目不相信也。〔方言〕揚越之郊。凡人相侮以爲無知謂之一。

【䀬】莊緣切音銓從緣切音全先韻

●一目瞬也。見〔玉篇〕。●二眇視也。見〔廣韻〕。

【䀬】逡緣切音筌先韻

目不明也。見〔集韻〕。

【䀭】柯開切音該灰韻

●一目大貌。見〔集韻〕。●二一矚。衆相視貌。見〔集韻〕。●三人名。陳一。宋理宗時人。

【眳】彌并切音名庚韻母井切音敏梗韻

●一不悅貌。見〔玉篇〕。●二眉睫之間也。見〔文選張衡賦〕一藐流眄辭注。●三自暗也。見〔類篇〕。●四讀也。見〔廣雅釋言〕。

【眴】熒絹切音縣翾縣切音絢霰韻

●一旬或字。〔說文〕旬。目搖也。一旬或从目旬。〔按楚辭九章一兮杳杳。西京雜記。篭不一目。皆訓搖〕。●二動目私視也。〔史記項羽紀〕項梁一籍曰可行矣。●三眩也。〔史記屈原賈生傳〕一兮窈窕。〔按文選劇秦美新臣嘗有顛眩病。注一與眩古字通〕。●四一一目視不明貌。〔素問瘧論〕腎瘧者目一一然。〔又〕柔順也。〔管子小問〕苗始其少也一一乎何其孺子也。〔注〕穀始苗則柔順故似孺子也。●五一煥粲爛鮮明貌。〔文選宋玉賦〕一煥燦爛。●六冥一昏亂貌。〔文選揚雄賦〕目冥一而亡見。

【眴】須倫切音荀眞韻

●一目眩也。見〔集韻〕。●二鱗一。無涯也。〔文選張衡賦〕嶙鱗一。●三通恂。〔列子黃帝〕今汝怵然有恂目之志。

【眴】輸閏切音舜震韻

瞚或字。〔集韻〕瞚。說文。開闔目數搖也。或作一。

【眴】松倫切音旬眞韻

一卷。縣名。漢置。屬安定郡。當今甘肅中衛縣東。

【眶】曲王切音匡陽韻

●一厓目也。〔列子仲尼〕矢來注眸子而一不睫。●二高一。深矐子也。〔文選張衡賦〕隅目高一。●三通匡。〔史記淮南王傳〕涕滿匡而橫流。

【眷】古倦切音絹霰韻

●一顧也。詩曰。乃一西顧。見〔說文〕。〔段注〕凡顧一竝言者。顧者、還視也。一者、顧之深也。●二視也。〔書大禹謨〕皇天一命。●三嚮也。見〔廣雅釋詁〕。●四思也。〔文選束晳詩〕一戀庭闈。●五猶戀也。〔文選謝靈運詩〕覽物一彌重。●六親屬也。〔五代史裴皥傳〕裴氏自魏晉以來世爲名族。居燕省者號東一。居涼者號西一。居河東者號中一。〔俗言家一本此〕。●七外婦亦謂之一。〔朱德潤詩〕問是誰家好宅一。〔按原詩題爲外宅婦〕。●八僧徒亦可云一。〔李夢陽詩〕法一撞鐘鼓。●九俗呼姻戚曰親一。●十簾一。謂太后所優遇也。〔孫公譚圃〕子瞻以溫公論薦。簾一甚厚。●十一姓也。見〔姓苑〕。〔又〕莪一。代北複姓。〔又〕壹斗一。代北三字姓。●十二或作婘。〔史記樊噲傳〕誅諸呂婘屬。●十三通睠。〔詩小明〕睠睠懷顧。〔按文選注引韓詩作一一。勤厚之意也。〕

【眸】迷浮切音牟尤韻

●一目瞳子也。見〔說文新附〕。〔按廣

雅釋覿。珠子謂之—。珠子卽瞳子。」

（二）審視也。〔荀子大略〕—而見之也。（三）冒也。相褢冒也。見〔釋名釋形體〕。（四）過也。見〔廣雅釋詁〕。（五）通牟。〔荀子非相〕堯舜參牟子。〔注〕牟、與—同。謂二瞳相參也。

【眹】丈忍切音紖軫韻

（一）本作䀎。〔說文新附〕眹、目精也。〔按目精卽目瞳子。周禮瞽矇注。無目—謂之瞽。有目—而無見謂之矇。又按說文。䀎、目精也。眹或卽䀎之省。〕（二）迹也。〔鬼谷子捭闔〕見變化之—焉。（三）同眹。兆也。〔莊子齊物論〕而特不得其—。〔按列子黃帝。太冲莫眹。淮南覽冥。不見—垠。眹皆訓兆。〕

【眣】卽涉切音接葉韻

目瞳子也。見〔洪武正韻〕。

【眺】他弔切音糶嘯韻 吐了切音朓篠韻

（一）目不正也。見〔說文〕。〔按桂馥以爲𥉒入眺字訓。本書𥉒下云。目不正也。然潘岳射雉賦邪—旁剔。注云。視瞻不正。固明用許義。〕（二）察也。見〔一切經音義〕。（三）見也。〔家語辨樂〕睪然有所高望而遠—。（四）視也。〔文選張衡賦〕流目—夫衡阿兮。（五）疾也。見〔廣雅釋詁〕。（六）避也。見〔廣雅釋詁〕。

【眻】余章切音羊陽韻 弋亮切音樣漾韻

（一）眉間曰—。見〔玉篇〕。（二）美目也。見〔韻會〕。〔按美目與眉間二訓皆本毛詩。鄘風揚且之皙也。傳云。揚眉上廣。齊風美目揚兮。傳云。好目揚眉。以此知—與揚通。正字通謂暘字之譌。不審何據。〕

【眼】語限切顏上聲潸韻

（一）目也。見〔說文〕。〔按靈樞大惑論云。五藏六府之精氣。皆上注於目爲之精。精之窠爲—。骨之精爲瞳子。筋之精爲黑—。氣之精爲白—。據此。—者目中白黑瞳子之總稱。並及其眥則爲目。故言目則統—。混言則目—不別。〕（二）限也。瞳子限限而出也。見〔釋名釋形體〕。（三）孔也。〔歲華紀麗〕穿鍼—。掛犢鼻。〔俗謂孔穴皆曰—。如竈—泉—之類。〕（四）猶言要點也。〔滄浪詩話〕詩用功有三。曰起結。曰句法。曰字—。〔按俗謂樂之節奏曰板—。〕（五）喻佛理之通明曰—。〔梁簡文帝頌〕示五—照重昏。〔按楞嚴經云。天—、肉—、法—、慧—、佛—。是謂五—。〕（六）茶湯之正沸者曰—。〔蘇軾詩〕蟹—已過魚—生。（七）柳芽之初舒者曰—。〔歲華紀麗〕柳—挑金。（八）硯石之暈處曰—。〔歐陽修硯譜〕端石出端溪。有鸜鵒—者爲貴。（九）孔雀毛端之圓紋曰—。〔大清會典〕貝子朝冠頂飾東珠六。戴三—孔雀翎。鎭國公朝冠頂飾東珠五。戴雙—孔雀翎。（十）白—。香名。〔洪芻香譜〕白—香、黃熟之別名。（十一）龍—。果名。〔後漢和帝紀〕南海獻龍—荔枝。（十二）鷲—。錢名。〔唐書食貨志〕兩京錢有鷲—。（十三）晃—。雞名。〔陸游詩〕短籬圍晃—。（十四）舊稱殿試一甲第二名曰榜—。〔周必大題跋〕是年廷試。榜—則丞相劉公。（十五）俗謂關于緝捕偵探引導之人曰—線。（十六）姓也。見〔姓苑〕。（十七）人名。北史有楊大—傳。

【眼】魚懇切限上聲阮韻

突出貌。〔考工記輪人〕望其轂。欲其—也。〔注〕—、出大貌。鄭康成讀。

【眽】莫獲切音麥陌韻

（一）目財視也。見〔說文〕。〔按解許義者有三說。小徐曰。目略視之也。段氏曰。財、當依廣韻作邪。桂氏曰。疑財爲相之誤。並存參。〕（二）——。姦人視也。見〔玉篇〕。〔又〕視貌。〔漢書東方朔傳〕跂跂——。善緣壁。〔又〕相視也。〔古詩〕——不得語。

【眽】莫狄切音覓錫韻

（一）衺視也。見〔類篇〕。（二）—蜴。中國相輕易蚩弄之言也。見〔方言〕。

③通覺。覵也。[漢書揚雄傳]—隆周之大寧。[注]即覺字。

【眾】之仲切終去聲送韻之戎切音終冬韻

①多也。見[說文㐺部]。
②凡也。[淮南脩務]不若—人之有餘。
③大也。[家語正論]今恃楚—。
④謂萬事也。[禮記仲尼燕居]凡—之動得其宜。
⑤謂羣臣也。[禮記曲禮]典司五—。
⑥謂軍旅工役也。[呂覽音律]無聚大—。
⑦謂君師也。[禮記曲禮]大夫死—。
⑧爲人下者也。[後漢仲長統傳]寡者、爲人上者也。—者爲人下者也。
⑨安土重居也。[後漢楊終傳]安土重居謂之—庶。[按說苑修文云。安故重遷謂之—庶]。
⑩三人爲衆。[國語周語]三人爲—。數成於三也。
⑪七口以上曰—。見[周禮族師注族長無飲酒之禮疏]。
⑫坤爲—。見[易說卦]。
⑬坎爲—。見[左宣十二年傳—散爲弱注]。
⑭草名。[爾雅釋艸疏]—一名秫穋。之黏者。[又]賁—亦艸名。隱花羊齒類。生陰濕地。葉形微類蕨。惟葉緣有鋸齒甚多。其子囊之位置亦異。地下莖常爲藥用。
⑮—甫。物之始也。[老子]以閱—甫。
⑯—子。長子之弟、及妾子。與在室之女子子也。[儀禮喪服]爲—子。
⑰—主人。庶昆弟也。[儀禮士喪禮]—主人在其後。
⑱合—。國體之一種。如美利堅合四十九邦爲一大共和國。亦蒙此稱。
⑲姓也。春秋—仲之後。
⑳釋氏目僧徒曰—。如幾僧謂之幾—。
㉑通終。[儀禮士相見禮]—皆若是。[注]今文—爲終。
㉒通深。[文選左思賦]效獲—。[注]—、一作深。

【眣】虎孔切音嗊董韻
睺—。目不明也。見[集韻]。

【瞎】荒胡切音呼虞韻
同盱。張目也。見[集韻]。

【䀬】歷各切音落力灼切音畧藥韻

【眵】侈支切音鴟章移切音支支韻
眄也。見[說文]。[按方言。—、眄也。吳揚江淮之間或曰瞷。或曰—。又吳揚謂覗曰—。東齊亦曰—]。
目傷眥也。一曰蔑兜也。見[說文]。[段注]蔑、各本譌作瞢。今依玄應正。蔑兜者、今人謂之眼—是也。韓愈曰。兩目—昏。此與上義別。二病常相因而有不相兼者。[按—謂目汁凝、蔑兜謂目蔽垢]。

【䀴】牽奚切音溪齊韻
蔽人視也。一曰直視也。見[說文]。[注]映人而視也。

【䀵】堅奚切音雞齊韻
睽視也。見[集韻]。

【䀶】戶圭切音攜佳韻詰計切音契霽韻
能視也。又直視貌。見[廣韻]。

【眡】設職切音式職韻
目所記也。見[集韻]。

【䀿】寒剛切音航陽韻
鳥飛高下也。[文選揚雄賦]魚頡而鳥—。[注]頡—、猶頡頏—。謂魚躍鳥翔也。

【䁌】吉巧切音狡巧韻
—聊。邪視也。見[集韻]。

【䀾】許候切音詬宥韻
怒目視貌。[太玄迎]遠—近棓。失父類也。

【眛】盧對切音檑隊韻
目不正也。見[集韻]。

【䀏】呼決切音血屑韻
睳—。視惡貌。見[集韻]。

【䀘】居鄧切音亙徑韻
目起貌。見[集韻]。

【䀮】呼光切音荒謨郎切音忙陽韻虎廣切音仿養韻
——。目不明也。[靈樞經脈]目——如無所見。

【䀭】古懸切音涓先韻
清明也。見[字彙補]。

【䀫】他刀切音滔豪韻
目通白也。見[篇海類編]。[按唐小說。術士相裴夫人。目—而稜。即此義。字亦作眢。互詳眢字]。

【䀫】尸周切音收居蚪切音樛尤韻
瞜—。歛容視貌見〔集韻〕。

【眷】丑絳切音惷絳韻
同睿。直視也見〔篇海類編〕。

【䀰】吉羊切陽韻
鉢羅—。梵語此云智也見〔奚韻〕。

【𥄉】古眉字見〔字彙補引字義總略〕。

【䀡】古視字見〔集韻〕。

【眤】古睇字見〔玉篇〕。

【𥃩】古眔字見〔字彙補〕。

【眓】秘書瞋字見〔說文〕。

【晟】同曒見〔玉篇〕。〔按集韻以—爲曒或字。又云亦書作眓。是—眓同字存參。〕

【䀲】同盱見〔集韻〕。

【䁁】同瞮見〔玉篇〕。〔按正字通云俗字。〕

【䀟】同眽見〔玉篇〕。

【䀾】同貿見〔轉注古音〕。〔按正字通云。䀾字之譌。〕

【䀎】同盱見〔篇海類編〕。

【䀥】同聖見〔字學指南〕。

【䀽】同睎見〔龍龕手鑑〕。

【𥃧】盱或字見〔說文〕。

【䀯】眀俗字見〔字彙〕。

【着】著俗字見〔直音〕。

【䁀】䀹譌字見〔正字通〕。

【䀺】瞍譌字見〔正字通〕。

【䀹】眓譌字見〔正字通〕。

【睃】瞍睃二字之譌見〔正字通〕。

七畫

【䀩】古祿切音谷屋韻
㊀目開也見〔玉篇〕。
㊁大目也見〔廣韻〕。
㊂同睌。目動也見〔類篇〕。

【睄】所敎切音稍效韻
㊀小視也見〔集韻〕。
㊁人名。汝—見〔宋史宗室表〕。

【睆】戶版切音莞潸韻
㊀睅或字〔說文〕睅大目也。—。睅或从完。〔按此字大徐本有之。小徐不錄。〕
㊁月出貌見〔一切經音義引蒼頡〕。
㊂實貌〔詩杕杜〕有—其實。
㊃明星貌〔詩大東〕—彼牽牛。
㊄刮節目也〔禮記檀弓〕華而—。大夫之簀與。
㊅明貌見〔禮記檀弓釋文〕。
㊆漆也見〔禮記弓釋文引孫炎〕。
㊇—。—窮視貌〔莊子天地〕—然在纆繳之中。〔又〕眠目貌見〔莊子天地釋文〕。
㊈燭—。目內白翳病也見〔一切經音義引淮南許注〕。
㊉睍—。好貌〔詩凱風〕睍—黃鳥。
⑪通皖。〔路史國名記〕舒之懷寧有—故城。

【睕】鄔管切音盌旱韻
小嫵媚也見〔集韻〕。

【睇】大計切音第霽韻
㊀目小衺視也。南楚謂眄曰—。見〔說文〕〔按大徐本作目小視。段玉裁曰。眄爲衺視。—爲小衺視者。析言之。渾言之也。〕
㊁傾視也〔禮記內則〕不敢—視。
㊂旁視曰—。見〔易明夷釋文引鄭陸注。〕

【睇】田黎切音隄齊韻
同睼。迎視也見〔集韻〕。

【睇】天黎切音梯齊韻
視也見〔集韻〕。

【䀿】當侯切音兜尤韻
㊀目蔽垢也見〔類篇〕。
㊁—眵。目汁凝也見〔廣韻〕。

【睈】丑郢切音逞梗韻
㊀意不盡也見〔廣韻〕。
㊁—照視也見〔玉篇〕。

【睉】昨禾切音矬歌韻粗果切坐上聲哿韻
㊀本作睉〔說文〕睉小目也。〔按廣韻同。字林作小目。段玉裁曰。玄應書于—字下但云出字林。不云出說文。許書—疑後增。〕
㊁通脞。〔書益稷〕元首叢脞哉。〔徐鉉引作叢—。謂从肉非是。〕

【䀤】仕夬切卦韻
—。取目惡也見〔集韻〕。

【䀶】力仗切音亮丘亮切音喨郎宕切音浪漾韻盧當切音郎

陽韻
(一)目病也。見〔說文〕。
(二)目不正也。見〔急就篇注〕。
(三)通晾。〔玉篇〕—、與晾同。

【眼】里黨切音朖養韻
同睎。目明也。見〔集韻〕。

【晢】丑例切音懘征例切音制霽韻之列切音浙屑韻
(一)瞥也。見〔玉篇〕。
(二)目光也。見〔廣韻〕。〔按廣韻屑韻。字作斷訓目明。〕
(三)目美也。見〔類篇〕。
(四)同瞓。見〔正字通〕。

【眗】於絢切音怨霰韻
視皃。見〔說文〕。

【睊】扃縣切音慣霰韻圭懸切音涓先韻
(一)側目相視也。〔孟子梁惠王〕——胥讒。
(二)同詚。〔孟子梁惠王音義〕—、字亦作詚。

【[illegible]】呼役切音洫營隻切音役陌韻
(一)視也。見〔玉篇〕。
(二)眼也。見〔廣韻〕。

【[illegible]】桑何切音莎歌韻
(一)偷視也。見〔廣韻〕。
(二)略視也。見〔類篇〕。

【䀹】即涉切音接葉韻
(一)目旁毛也。見〔說文〕〔段注〕玄應曰。睫、說文作—。〔按史記扁鵲傳。忽忽承—。索隱。—、即睫也。〕
(二)插也。接也。插於眼眶而相接也。見〔釋名釋形體〕。

【䀹】矢涉切音攝葉韻
[illegible]或字。〔集韻〕[illegible]目動皃。或作—。

【䀹】側洽切音眨洽韻
眨或字。〔集韻〕眨目動也。或从夾。

【䀹】五洽切音[illegible]洽韻
婳—。戲謔貌。見〔集韻〕。

【䀹】訖洽切音夾洽韻
同眨。目睫動也。一曰眇也。〔韓非子說林〕今有人見君。則—其一目。

【[illegible]】丑鳩切音抽尤韻
眏也。見〔說文〕〔段注〕唐人小說。術士相婁夫人目—而綏。主淫。俗誤脩長之脩。

【[illegible]】丑交切音[illegible]肴韻
目不正也。見〔集韻〕。

【[illegible]】他刀切音叨豪韻
(一)目不明也。一曰目通白也。見〔類篇〕〔別義互詳脩字〕。
(二)目重瞼也。見〔字彙補〕。

【[illegible]】匹正切音聘敬韻
(一)視也。見〔玉篇〕。
(二)人名。希—。見〔宋史宗室表〕。

【[illegible]】而振切音認震韻
(一)視皃。見〔類篇〕。
(二)—眩也。〔方言〕朝鮮洌水之間。顛眴謂之—眩。
(三)同盼。見〔集韻〕。

【[illegible]】之忍切音軫軫韻
眩懣也。見〔玉篇〕。

【[illegible]】稱人切音嗔眞韻
瞋俗字。見〔正字通〕。〔康熙字典云。說文與瞋同。按說文瞋重文有眓無—。〕

【[illegible]】延面切音羨霰韻夷然切音延先韻
(一)本作[illegible]。〔說文〕[illegible]。相顧視而行也。从目从延。
(二)視也。見〔廣雅釋詁〕。

【[illegible]】七絹切音綫霰韻
更視皃。見〔廣韻〕。

【[illegible]】武簡切音矕潸韻
(一)無畏視也。見〔廣韻〕。
(二)—賢。目視皃。見〔說文〕〔桂注〕目視當爲直視。

【睍】胡典切音晛銑韻
(一)目出皃也。見〔說文〕〔段注〕依玄應訂。〔按各本皆作出目也。一切經音義引作目出皃。玉篇、—目出貌。亦不獨玄應書爲然。〕
(二)小視也。〔唐書韓愈傳〕低首下心。伈伈——。
(三)—睆。好也。〔詩凱風〕—睆黃鳥。
(四)人名。蕭梁有李—。〔又〕李—。夏國主。

【睍】形甸切音現霰韻
目小也。見〔集韻〕。

【睎】香依切音希微韻
(一)望也。海岱之間謂眄曰—。見〔說

文。〔按班固傳。于是—秦嶺。注。—、望也。方言。—、眄也。東齊靑徐之間曰—。〕

❷慕也。〔法言學行〕—顏之人。亦顏之徒也。

❸通希。〔孝經序〕希升堂者。必自開戶牖。〔注〕希、望也。

【瞀】董五切音睹𩓥韻

❶多也。見〔篇海〕。

❷仉—。梁公子名。見〔類篇〕。

【眏】失冉切音閃㶩韻

—目數動皃。見〔集韻〕。

【睸】卜古切音補𧰼韻

視皃。見〔玉篇〕。

【豚】許勿切音欻物韻

目動也。見〔集韻〕。

【睊】訖岳切音角覺韻胡谷切音斛古祿切音穀屋韻

目動也。見〔集韻〕。

【睃】祖峻切音俊震韻

視也。見〔集韻〕。

【睃】遵全切音鐫先韻

人名。〔漢書諸侯王表〕胥文王—。

【睄】敷容切音峯冬韻

目瞭也。見〔集韻〕。

【睅】戶版切音莞濟韻下罕切音旱旱韻

大目也。見〔說文〕。〔按左宣二年傳。—其目。杜注云。—、出目。目大則出見。故云出目。〕

【睩】莫六切音牧屋韻

目病也。見〔集韻〕。

【脡】待鼎切音挺迥韻

目出也。見〔玉篇〕。

【䁋】研頂切音㷑梗韻

直視也。見〔玉篇〕。

【睡】仡夾切洽韻

視貌。見〔埤蒼〕。

【䁋】丘耕切音硜庚韻

瞾或字。〔集韻〕瞾。瞾矘。視不明。或从巠。

【睽】升基切音詩支韻

晌也。見〔集韻〕。

【睽】輸閏切音舜震韻

同眣。見〔康熙字典〕。〔按類篇云。同眣。誤。〕

【睦】虛交切音哮肴韻

䁱也。見〔篇海〕。

【睵】訖業切音劫葉韻

急視也。見〔玉篇〕。〔按廣韻云。視貌。〕

【䀹】火遠切音晅阮韻巨員切音拳先韻

大視也。見〔說文𥄎部〕。〔按—與䁵同字。說文見部䁵下云。大視也。音亦同。〕

【㬮】古玩切音貫翰韻

大目也。見〔集韻〕。

【䁉】郭獲切音虢陌韻

閉目貌。見〔類篇〕。〔按康熙字典引神異經。八荒有毛人。見人則—目開口。今本神異經無此文。〕

【睫】莫江切音尨江韻

目暗也。見〔玉篇〕。

【睚】烏光切音汪陽韻

—目欲泣皃。見〔集韻〕。

【睉】于放切音旺㨾韻

視也。見〔集韻〕。

【䀠】古倦切音眷霰韻

目圍也。古文以爲䚈字。見〔說文䀠部〕。〔按段玉裁云。圍、當作回。回、轉也。桂馥云。即俗言眼圈也。䚈、大徐本作醜。誤。醜與—部分遠隔。聲讀亦殊異。〕

【睨】欲雪切音悅屑韻

目玩也。見〔集韻〕。

【睲】時正切音盛敬韻

明也。見〔字彙〕。〔康熙字典謂與日部晠字音義相混。非。〕

【睰】稱人切音瞋眞韻

同瞋。見〔六書溯原〕。〔按康熙字典云。說文。瞋、从目眞聲。秘書或从戌。徐本誤从戌。存參。〕

【睋】牛何切音義歌韻

望視也。〔文選班固賦〕—北阜。

【𥇣】舒仁切音申眞韻

引目也。見〔玉篇〕。

【睫】許頰切音𧿹葉韻

昏暗貌。見〔字彙補〕。

【⿰目丘】力求切音畱尤韻 臥視也。見〔字彙補〕。

【⿰目斤】昌志切音熾寘韻 瞽也。見〔字彙補〕。

【⿰目沙】先何切音梭歌韻 偸見貌。見〔篇海類編〕。

【⿰目舌】女利切音膩寘韻 烏活切音斡曷韻 目深貌。見〔篇海類編〕。

【瞅】如延切先韻 犬肉也。見〔徐文〕。

【⿰目芒】音荒又音忙陽韻 目不明也。又狠—也。見〔龍龕手鑑〕。

【⿰目含】音含覃韻 視也。見〔字彙〕。〔按正字通云。訓視作—。非。〕

【睂】眉本字。見〔說文〕。

【⿰目皀】眼本字。見〔說文〕。

【䀠】古目字。見〔字彙補〕。

【⿰目瓜】同矚。見〔集韻〕。

【⿰目乩】同乩。見〔篇海類編〕。

【⿰目吾】同⿰目烏。見〔類篇〕。

【⿰目氺】同⿰目芒。見〔龍龕手鑑〕。

【睆】同⿰目芒。見〔龍龕手鑑〕。

【⿰目睪】同腕。見〔龍龕手鑑〕。

【⿱罒弟】⿱彖目省字。見〔玉篇〕。

【⿰目朿】⿰目剌省字。見〔類篇〕。

【⿰目申】⿰目申俗字。見〔正字通〕。

【睨】睆譌字。見〔正字通〕。

【⿱𡨄目】賽譌字。見〔正字通〕。

八畫

【睒】失冉切音閃琰韻 ㊀暫視皃。讀若白蓋謂之苫相似。見〔說文〕。〔段注〕謂讀與爾雅釋器之苫字音略同。〔桂注〕本書。覢、暫見也。㊁窺也。〔太玄瞢〕瞢復—天。不覩其畛。㊂見也。〔太玄劇〕酒作失德。鬼—其室。㊃南徼之地多名—。唐書南蠻傳。越—之西產善馬。世稱越—睒。元史地理志。廣南西路北勝府順州。俗名牛—。清一統志。雲南之永北府。南詔時初名北方—。又號成偈—。宋高氏又改羅共—。樓頭—。雲南之鄧川州。蒙氏置鄧川—。皆是也。字或作賧。又譌作睒。㊄——。光輝晶熒貌。〔韓愈詩〕太白——。㊅—睗。電光也。〔韓愈詩〕雷電生—睗。

【睒】舒贍切音扇豔韻 速視皃。見〔集韻〕。

【睒】吐濫切音歎勘韻 ㊀候視也。見〔集韻〕。㊁伽龍—。部落名。〔唐書西域傳〕突羅朱闍婆部落名伽龍—。

【⿰目典】他典切音腆銑韻 ㊀慙也。見〔集韻〕。㊁人名。汝—。見〔宋史宗室表〕。

【睔】古本切音袞戶袞切音混魯本切音掄阮韻古困切音睴願韻古患切音慣諫韻胡關切音還刪韻 目大也。春秋時有鄭伯—。見〔說文〕。〔按廣韻。—大目露睛。集韻。—、大目皃。鄭伯—。見左襄二年傳。漢書古今人表作鄭成公綸。〕

【⿰目宛】委遠切音宛阮韻 烏括切音斡曷韻 ㊀目開皃。見〔類篇〕。㊁小嫵媚也。見〔玉篇〕。〔按與婉字義近。正字通據六書故謂—爲俗婉字。非。〕

【⿰目宛】烏貫切音婉翰韻 —眈。大目也。見〔廣韻〕。〔又〕轉目也。見〔集韻〕。

【⿰目宛】烏丸切音剜寒韻 ——。目深貌。〔晉書石季龍載記〕卿目——。正耐溺中。

【睆】鄔管切音盌旱韻 睆或字。見〔集韻〕。

【⿰目幸】下頂切音悻迥韻 ㊀眼目皃。見〔集韻〕。㊁人名。與—。見〔宋史宗室表〕。

【⿰目兩】里黨切音閬養韻 〔按康熙字典又引集韻撫兩切。云、微見也。蓋涉於眪字而譌。今刪去。并正於此。〕

(一)目明也。見〔集韻〕。
(二)古朗字。見〔玉篇〕。

【睗】施隻切音釋陌韻
(一)目疾視也。見〔說文〕。〔按小徐本疾作孰。存參。〕
(二)睒—。電光也。〔韓愈詩〕雷電生睒—。〔按左思吳都賦。忘其所睒—。庾信枯樹賦。木魅睒—。本亦作疾視解。昌黎詩以之喻最疾耳。〕

【䁅】母梗切音猛梗韻〔廣韻作武幸切。〕
—瞢。有餘視。一曰恚皃。見〔集韻〕。〔按康熙字典引集韻、喜也。今本集韻無此文。疑卽恚皃之譌。〕

【䁅】莫更切音孟敬韻
—盯。目怒皃。見〔集韻〕。

【睚】宜佳切音崖佳韻　牛解切音解卦韻　魚羈切音訝禡韻
(一)目際也。見〔說文新附〕。〔按水際為厓。故訓—為目際。〕
(二)舉目也。〔漢書杜欽傳〕報—眦怨。〔注〕言舉目相忤者卽報之也。一說。—眦、瞋目貌。
(三)通厓。〔漢書孔光傳〕厓眥莫不誅傷。〔按厓眥、—眦同。〕

【睛】咨盈切音精庚韻
(一)目珠子也。〔靈樞邪氣臟府病形〕陽氣上走於目而為—。
(二)雙—。鳥名。〔拾遺記〕堯時秖支國獻重明鳥。一名雙—。能逐猛獸。今人元旦刻木鑄金或畫鷄牖上。卽其遺像。
(三)貓—。石名。〔明一統志〕貓—石。細蘭國出。瑩潔明透如貓眼。〔按細蘭當卽錫蘭。琅嬛記亦謂貓—石出南蕃。堅滑如珠。中間一道白橫搭。轉側分明。驗十二時無誤。〕

【睛】此靜切音請梗韻
路—。不悅目皃。見〔字林〕。

【䁤】丑亮切音悵漾韻
(一)失志皃。見〔玉篇〕。
(二)望恨也。見〔類篇〕。

【䁤】中良切音張陽韻
目大皃。見〔集韻〕。

【睞】洛代切音賚隊韻
(一)目童子不正也。見〔說文〕。〔段注〕目精注人。故从來。屈賦所謂目成也。洛神賦。明眸善—。李曰。—、旁視。〔按目成、見楚辭少司命。〕
(二)內視曰—。見〔一切經音義引蒼頡〕。
(三)遊眺也。見〔六書故〕。
(四)眄—。眷顧貌。〔文選任昉牋〕眄—成飾。〔按劉長卿詩。何幸承眄—。溫庭筠詩。眄—生羽翼。皆謂眷顧為眄—。正字通作盼—。非。〕

【睞】郎才切音來灰韻
目偏也。見〔集韻〕。

【[宓目]】、密逼切音近密密北切音墨職韻
(一)暫視也。見〔玉篇〕。
(二)細視也。見〔廣韻〕。

【[启目]】詰計切音契霽韻　區里切音起紙韻〔與从肉之䏿別。〕
(一)省視也。見〔說文〕〔段注〕如晝殅之明也。〔按說文夕部。殅、雨而夜除星見也。段氏蓋因—字从目从殅。用詩東有啓明之意。〕
(二)窺也。見〔玉篇〕。

【睟】雖遂切音粹寘韻
(一)視正貌。見〔類篇〕。
(二)目清明也。見〔正字通〕。
(三)潤澤貌。〔孟子盡心〕—然見於面。
(四)色純也。〔法言君子〕牛元騂白—而角。〔按此—字通粹。〕
(五)聚也。〔太玄玄數〕參珍—精以摝數。〔按此—字通萃。〕
(六)天名。〔太玄玄數〕九天。五為—天。

【睟】祖對切音晬隊韻
目際也。見〔集韻〕。

【睡】樹僞切音瑞寘韻
(一)坐寐也。見〔說文〕。〔段注〕知為坐寐者。以其从垂也。目瞼垂而下。坐則爾。
(二)草名。出桂林。見〔述異記〕。
(三)—香。花名。〔清異錄〕一比邱夢中聞花香。既覺求之。因名—香。四方奇之。謂為花中祥瑞。遂以瑞易—。
(四)狀山之慘淡曰—。〔郭熙山水畫記〕冬山慘澹而如—。
(五)狀花之掩斂曰—。〔蘇軾詩〕祇恐夜深花—去。〔按太眞外傳云。直海棠—未足耳。軾詩殆本此。〕

【睢】呼惟切音倠　翾規切音觿支韻　香萃切音婎寘韻　翾畦切音醯齊韻
(一)仰目也。見〔說文〕。〔按一切經音

義引作仰目貌。」

（二）大視也。〔文選馬融賦〕僬眇—維。

（三）态—态意怒視也。〔史記伯夷傳〕暴戾态—。〔又〕猶毀訾也。〔史記禮書〕暴慢态—。〔又〕自用之貌。〔後漢崔駰傳〕羿浞狂以态—。

（四）—剌。喻禍亂也。〔文選張衡賦〕方今天地之—剌。

（五）—盱。質朴之形。〔文選王延壽賦〕厥狀—盱。〔又〕小人喜悅迎媚之貌。見〔易豫盱豫悔向注〕。

（六）——。視聽貌。〔淮南俶眞〕于此萬民——盱盱然。〔又〕元氣也。見〔廣雅釋訓〕。〔又〕跋扈之貌。〔莊子寓言〕而——而盱盱。

【睢】　宣隹切音綏支韻

（一）水名。〔左成十五年傳〕出舍於—上。〔按山海經中山經。景山—水出焉。東南流注於江。注。今—水出新城魏昌縣東南發阿山。東南至南郡枝江縣入江。魏昌今直隸無極縣東北。去江甚遠。疑誤。今之—水。爲汴水之支流。初入泗水。近分爲二。一由開封歸德入惠濟河。一由徐州鳳陽入楊疃湖。字亦作濉。」

（二）州名。金置。本漢陳留郡地。當今河南—縣治。

（三）姓也。趙大夫食采於—邑。因以爲氏。明有—稼。

【睢】　吁唯切紙韻

天—。星名。〔史記天官書〕歲星與虆轸晨出曰天—。

【督】　都毒切音篤沃韻

（一）察視也。一曰。目痛也。見〔說文〕。〔段注〕。視字依師古漢書注補。鍇本痛作病。誤。〔按漢書王褒傳。如此則使離婁—綖。師古注。—、察視也。」

（二）催也。〔唐書劉晏傳〕趣—倚辦。故能成功。

（三）率也。〔唐書裴度傳〕帷度請身—戰。

（四）勅也。〔漢書田千秋傳〕宜有以敎—。

（五）董也。〔書大禹謨董之用威傳〕威以—之。

（六）責也。〔史記項羽紀〕大王有意—過也。

（七）考也。〔韓非子揚權〕—參鞠之。〔注〕考驗盡之也。

（八）正也。〔左僖十二年傳〕謂—不忘。〔疏〕謂管仲功德正而不忘也。

（九）拾也。見〔小爾雅廣詁〕。〔按—、古通築。周書金滕馬注。築、拾也。又與叔通。說文。叔、拾也。〕

（十）大將也。〔後漢郭躬傳〕軍征校尉一統于—。

（十一）中也。〔莊子養生主〕緣—以爲經。〔注〕順中以爲常也。〔按朱駿聲云。假借爲裻。衣之背縫也。〕

（十二）官名。如古之—郵、都—。後世之總—、提—。

（十三）脈名。〔素問骨空論〕—脈爲病。脊強反折。〔按陽蹻、陰蹻、陽維、陰維、衝、任、帶、—。是謂奇經八脈。而—脈獨居中。由頸循脊下腰。—者、都也。—脈爲陽脈之都綱也。〕

（十四）家—。長子也。〔史記越世家〕家有長子曰家—。

（十五）基—。敎。即耶穌敎。天主敎爲舊敎。基—敎爲新敎。

（十六）同眚。〔穀梁桓二年經〕宋—弒其君與夷。〔釋文〕—、本又作眚。

（十七）通竺。〔後漢杜篤傳〕摧天—。〔注〕即天竺。〔按漢書張騫傳。身毒在大夏東南。李奇曰。一名天篤。師古曰。今之天竺。是身毒、天篤、天篤皆一聲之轉。今通稱爲印度。〕

（十八）姓也。漢五原太守—瓊。蜀漢—隆。晉—戎。

【睥】　匹計切音媲霽韻　普米切音庀薺韻

（一）—睨。邪視也。見〔集韻〕。〔又〕城垣也。〔釋名釋宮室〕城上垣曰—睨。言於其孔中—睨非常也。一作埤垷。〔又〕儀衛之一種。〔宋史儀衛志〕—睨如華蓋而小。

（二）通俾。〔史記信陵君傳〕俾睨故久立。〔正義〕俾睨、不正視也。

（三）通辟。〔漢書灌夫傳〕辟倪兩宮間。〔注〕辟、音普計反。本作睥。〔史記魏其武安侯傳作—睨。〕

【睦】　莫六切音牧屋韻

（一）目順也。一曰。敬和也。見〔說文〕。〔按凡人喜愠必形於目。故和爲—。乖爲睽。左昭七年傳。衛事晉爲—。注亦云。—、和也。〕

（二）親也。〔書堯典〕九族既—。

（三）信也。見〔廣雅釋詁〕。

㈣厚也。〔禮記坊記〕—於父母之黨。

㈤通也。見〔易夬莧陸夬夬釋文引蜀才本〕。

㈥密也。〔漢書韋賢傳〕漢之—親。

㈦州名。唐置。屬江南道。當今浙江建德縣治。

㈧—親。官名。〔金史百官志〕大宗正府。泰和六年避睿宗諱改爲大—親府。

㈨初—、始—。竝漢侯爵名。〔漢書王莽傳〕莽封姚恂爲初—侯。奉黃帝後。媯昌爲始—侯。奉虞帝後。

(十)姓也。北齊散騎常侍—豫。

(十一)通穆。〔史記司馬相如傳〕旼旼——。〔漢書作穆穆〕。

【睧】呼昆切音昏元韻

㈠目暗也。見〔集韻〕。

㈡漠—。猶鈍—不知足也。〔淮南原道〕漠—於勢利。

【⿻大䀠】恭于切音拘虞韻　果羽切音矩麌韻

㈠目衺也。从䀠从大。大、大人也。見〔說文䀠部〕。〔按桂馥云。大人也者。本書。大象人形。段玉裁云。大人也者。疑非是。—與爽奭同意。爽之明大。奭之盛大。—之目邪淫視者大。故皆从大會意。〕

㈡矢長六指也。見〔集韻〕。

【⿱䀠大】俱遇切音句遇韻

䀠或字。〔集韻〕䀠、說文右左視也。或从大。

【⿰目奭】迄力切音棘職韻

奭省字。〔集韻〕奭、邪視貌。或省。

【睩】盧谷切音鹿屋韻　龍玉切音錄沃韻

㈠目睞謹也。見〔說文〕。〔段注〕娽娽。謹貌。故—爲目睞之謹。言注視而又謹畏也。

㈡視貌。〔楚辭招魂〕蛾眉曼—。

㈢——。賢人不用小人持勢也。〔楚辭憫上〕哀世兮——。

㈣通覼。眼曲覼也。見〔廣韻〕。

【睨】研計切音詣霽韻　吾禮切音倪薺韻

㈠衺視也。見〔說文〕。

㈡禽鳥斜視亦曰—。〔禽經〕雞以嗔—。鴨以怒—。

㈢日斜也。〔莊子天下〕日方中方—。

㈣明也。見〔方言〕。

㈤睥—。城上垣也。〔釋名釋宮室〕城上垣曰睥—。〔徐詳睥字〕。

㈥通倪。〔爾雅釋魚〕左倪不類。右倪不若。〔釋文〕倪本作—。

【睪】夷益切音亦陌韻

㈠本作睪。〔說文㚔部〕睪、司視也。从橫目从㚔。會意。今吏將目捕罪人也。〔按段玉裁云。司者、今之伺字。廣韻作伺。今各本譌令。今正。此以漢制明之。故曰今。朱駿聲云。目、猶今之言眼目購線者。〕

㈡引給也。見〔字彙〕。〔按說文廾部𢍉下云。引給也。𢍉與—不得合爲一字。篇韻於𢍉字皆誤作—。故字彙亦承其謬。〕

㈢——。生也。樂也。好也。竝見〔玉篇〕。

㈣—黍。山名。〔國策齊策〕及至—黍梁父之陰。

【⿱罒㚔】昵輒切音聶緝韻

伺視也。見〔集韻〕。

【⿱罒幸】直格切音宅陌韻

㈠同澤。澤芷。香草也。〔荀子正論〕則執—芷以養鼻。〔按正論又云。代—而食。注。—或當作澤。澤蘭也。俗書澤字作水旁。—傳寫誤遺其水耳。〕

㈡通擇。見〔洪武正韻〕。

【睫】卽涉切音接　七接切音妾葉韻

㈠目旁毛也。〔漢書賈誼傳〕陛下不交—。解衣。

㈡目瞬也。〔列子仲尼〕矢來注眸子而眶不—。

㈢眉—。喻近也。〔莊子庚桑楚〕向吾見若眉—之間。

㈣釐—。狗名。〔西京雜記〕茂陵李亨好馳駿狗。有修毫、釐—、白望、清曹之名。

㈤通䀹。〔爾雅釋鳥注〕取以爲—攡。〔釋文〕—、本作䀹。

【睫】書涉切音攝葉韻

目動貌。見〔集韻〕。

【睅】下簡切音限潸韻

大目也。見〔說文〕。〔按說文睌下云。睌—。目視貌。廣韻作䀏—。云無畏視也。無畏有大意。〕

【⿰目表】必昭切音標蕭韻

著眼視也。見〔字彙〕。

【⿰目臽】胡紺切音憾勘韻

目深貌見〔集韻〕〔按正字通云。俗瞞字〕

【䀫】乞洽切音恰洽韻
目陷也見〔集韻〕

【睁】竹角切音卓覺韻
目明也見〔集韻〕

【䁅】民卑切音彌支韻
眇目也見〔集韻〕

【睍】許役切音洫陌韻
驚貌見〔字彙〕

【睖】丑升切音蛵閭承切音陵蒸韻
一瞪。直視貌見〔集韻〕

【睼】徒徑切音定多佞切音訂徑韻
見也見〔玉篇〕

【睙】力結切達入聲屑韻
轉視也見〔集韻〕

【䁆】、乙業切音腌葉韻
目閉也見〔集韻〕

【䁆】烏感切感韻
目也見〔玉篇〕

【䁊】良知切音棃支韻
目閉也見〔類篇〕

【睤】征例切音制霽韻
目明也見〔集韻〕

【䀿】芳微切音非微韻悲巾切音彬眞韻
大目也見〔說文〕

【䁉】訖黠切音戛黠韻
眼一。視貌見〔集韻〕

【䁊】呼或切音忽忽域切音洫職韻
睡目貌見〔廣韻〕

【䁀】去奇切音畸支韻
目一隻也見〔廣韻〕

【䡴】朱閏切音諄震韻朱倫切音諄殊倫切音純眞韻
本作瞤〔說文〕瞤。謹鈍目也。〔段注〕謹鈍目也者。俗作眈。類篇。眈、鈍目也。

【䡴】他昆切音暾元韻
視不明也見〔集韻〕

【䡴】光鑊切音郭藥韻
矌或字〔集韻〕矌。目張貌。或作一。

【睭】知丑切音帚有韻
一。深也〔淮南兵略〕深哉一一。

【睫】丁念切音店豔韻
目垂貌見〔字彙〕

【睗】故巧切巧韻
拗也〔青箱雜記〕應徵拗一者。崛強人也。

【䁎】鳥插切音鴨洽韻
媚也見〔字彙補〕

【睬】此宰切音彩賄韻
睬一。俗語。猶招接之意。詞曲多用之。

【睫】即葉切音接葉韻
目一也見〔龍龕手鑑〕

【䁑】邦見切音徧霰韻
視也見〔字彙補〕

【睌】母版切蠻上聲潸韻
一督。目視貌見〔篇海類編〕

【睩】呼東切音旭沃韻
視一見〔篇海類編〕

【睷】音彌支韻。

【睽】音俱虞韻
眇目曰一。見〔川篇〕

【睾】
左右視貌見〔龍龕手鑑〕

【睪】
睪本字見〔說文〕

【睧】
古睪字見〔類篇〕

【睮】
同睠見〔玉篇〕

【睯】
同眕見〔康熙字典〕

【睰】
睰或字見〔集韻〕

【睤】
睔或字見〔集韻〕

【睸】
睞或字見〔集韻〕

【睯】
同睧見〔字彙〕

【睠】
同眷見〔玉篇〕

【睶】
同眴見〔五音篇海〕

【睥】
同睤見〔字彙〕

【睘】
睘省字見〔正字通〕〔按說文作睘。義詳睘字〕

【睹】
盲俗字見〔正字通〕

九畫

【瞍】蘇后切音叟有韻先侯切音搜尤韻

●一無目也。見〔說文〕〔段注〕無目與無牟子別。無牟子者。黑白不分。無目者。其中空洞無物。故字林曰。—、目有眹無珠子也。瞽者、才有眹而中有珠子。—者、才有眹而中無珠子。此又瞽與—之別。凡若此等。皆對文則別。散文則通。〔按桂注亦引字林。而以無目爲瞽字之訓。似較段說爲疏。〕●二縮壞也。見〔釋名釋疾病〕。●三聽也。見〔集韻引字林〕。●四人名。舜父瞽—。●五通叟。〔詩靈臺〕矇瞍奏公。〔釋文〕瞍依字作叟。亦作—。

【䀏】烏括切音斡女刮切音妠黠韻女利切音膩寘韻 ●一短深目皃也。見〔說文〕〔段注〕上文曰。窅曰。䀏者謂深目。此云短深者。目匡短而目深窐圓。—然如陷目也。〔按廣韻又云。—目深黑貌。〕●二塞也。見〔廣雅釋詁〕。

【⿰目胃】王勿切音曰物韻 ●一暫見也。見〔玉篇〕。●二—見也。見〔廣韻〕。

【⿰目冒】武道切冐上聲皓韻莫報切音帽號韻許六切音蓄屋韻 氐目視也。周書曰。武王惟—。見〔說文〕〔段注〕君奭篇文。今書作冒。〔按集韻俯目細視謂之—。〕

【⿰目冐】莫候切音茂宥韻 瞀或字。〔集韻〕瞀說文、低目謹視也。一曰目不明也。或从目。

【睲】息井切音惺梗韻 ●一視也。見〔玉篇〕。●二—照視也。見〔廣韻〕。

【睲】桑經切音星庚韻蘇佞切音信徑韻 目精照也。見〔集韻〕。

【睳】翾畦切音醯齊韻 ●一瘠人視皃。見〔埤倉〕。●二目背也。見〔玉篇〕。●三健而無德也。見〔埤蒼〕。〔按正字通云。眭字之譌。〕

【⿰目炅】眏迥切音頴迥韻 ●一大目也。見〔集韻〕。●二月光也。見〔六書統〕。●三目熱皃。見〔集韻〕。

【⿰目亭】除庚切音棖庚韻 ●一審視皃。見〔集韻〕。●二人名。希—。見〔宋史宗室表〕。

【⿰目亭】抽庚切音撐庚韻 直視。見〔集韻〕。

【⿰目亭】唐丁切音亭青韻 目眵。見〔集韻〕。

【睴】五困切音諢古鈍切溷去聲願韻戶袞切音混阮韻 ●一目出也。見〔說文〕〔段注〕日本大而又出其目也。〔按玉篇—、大出目也。一切經音義引說文亦作大出目。—字又或借眼爲之。考工記輪人。望其轂欲其眼也。注。眼、出大貌。〕●二—。視貌。見〔類篇〕。●三人名。〔歐陽修文〕欲求—鳳、就擒之所。〔—謂南唐大將軍皇甫—。〕

【⿰目戠】倉才切音猜將來切音哉灰韻 ●一視也。見〔廣雅釋詁〕。●二睽也。見〔集韻〕。

【睶】尺尹切音蠢軫韻 ●一大目也。見〔集韻〕。●二人名。〔元史世祖紀〕高麗王王—來朝。

【睹】當古切音賭麌韻 ●一見也。見〔說文〕。●二視也。〔呂覽召類〕使史默往—之。●三示也。〔莊子秋水〕今我—子之難窮也。

【睺】胡溝切音侯呼侯切音齁尤韻胡遘切音候宥韻 ●一半盲爲—。見〔方言〕。●二深目也。見〔集韻〕。●三羅—。梵語惡曜名。此云暗障。常隱不現。遇日月行次卽蝕。見〔枳橘易土集〕。〔又〕人名。隋書列傳有周羅—。

【⿰目㚇】祖動切音總董韻作弄切音糉送韻 ●一伺視也。〔方言〕凡相竊視。南楚或謂之—。●二矇—。視貌。見〔類篇〕。

【⿰目㚇】祖叢切音宗東韻 視也。見〔類篇〕。

【⿰目㚇】居拜切音戒卦韻 怒也。見〔集韻〕。

【睼】他計切音第霽韻田黎切音提齊韻

(一)迎視也。見〔說文〕〔按段以爲題者、一之叚借小雅題彼脊令。毛云、題視也。桂以爲通作睼。廣雅。睼、視也。〕

(二)遠視。見〔集韻〕。

(三)坐見也。見〔韻會〕。

【睼】他甸切音電霰韻

眣或字。〔集韻〕眣。視也。或作一。

【睽】傾畦切音奎涓畦切音圭齊韻

(一)目不相聽也。見〔說文〕〔桂注〕李鼎本易一卦釋文、增韻、洪武正韻。竝作目不相視。本書。僕、左右兩視。睽、耳不相聽。馥謂从耳之睽當云聽。从目之一當云視。

(二)目少精也。見〔一切經音義引廣蒼〕。

(三)乖也。見〔易序卦〕。

(四)外也。見〔易雜卦〕。

(五)異也。見〔廣韻〕。

(六)離也。〔後漢馬融傳〕一孤封剌。〔今言一違、一隔義同此。〕

(七)張目也。〔韓愈文〕萬目一一。

(八)卦名。兌下離上。〔易睽大象〕上火下澤。一。

(九)楚邑名。〔左傳二十七年傳〕楚子使子文治兵于一。

【睽】其季切音悸寘韻

一睢。張目貌。〔文選王延壽賦〕顒顡而一睢。

【睧】眉貧切音珉眞韻

(一)視貌。見〔玉篇〕。

(二)俯視也。見〔集韻〕。

【睾】古勞切音高豪韻

(一)同臯。澤貌。〔列子天瑞〕望其壙。一如也。

(二)高貌。〔家語困誓〕則一如也。

(三)料理斡運之意也。〔荀子王霸〕一牢天下而制之若制子孫。〔按後漢馬融傳睪牢陵山注引荀子一作臯〕。

(四)腎丸也。〔靈樞邪氣藏府病形〕腰脊控一而痛。〔注〕一、陰丸。

(五)一蘇。木名。一名白㭓。見〔字彙補〕。〔按一蘇一作臯蘇見廣雅〕。

【睪】何稘切音稘晧韻

一一。廣大貌。〔荀子解蔽〕一一廣廣。孰知其德。〔按据此則一一與皡皡同義〕。

【睿】兪芮切音銳霽韻

(一)古叡字。見〔說文𣦼部〕。〔按說文、叡。深明也。一。古文叡。大徐本下有通也二字。段氏不从。謂許於一曰深明也。於聖曰通也。一从目。故曰明。聖从耳。故曰通。此許意也。〕

(二)通也。見〔書洪範王注〕。

(三)聖也。見〔廣雅釋言〕。

(四)智也。見〔廣雅釋詁〕。

(五)寬也。見〔漢書五行志引洪範五行傳〕。

【瞀】莫候切音茂宥韻迷浮切音謀尤韻

(一)氐目謹視也。見〔說文〕〔段注〕氐、各本作低。今从宋本。〔按一之或體最多。史記宋世家作霿。漢書五行志作霿。楚辭九辨又作愁〕。

(二)目不明也。〔亢倉子全道〕夫一視者以黈爲赤。〔注〕黈、同黃。

(三)闇也。〔荀子非十二子〕世俗之溝猶一儒。

(四)亂也。〔楚辭抽思〕煩冤一容。

(五)被髮也。〔淮南道應〕於是乃去其一而載之木。

(六)眩惑之意。〔書益稷傳〕昏、一。墊、溺。

(七)一一。不敢正視之貌。〔荀子非十二子〕子弟之容一一然。

(八)一芮。蟲名。〔埤雅〕蟠似蝨而小。一名一芮。〔按列子天瑞一芮生乎腐蠸。埤雅本此〕。

(九)通務。〔楚辭怨上〕復顧兮彭務。〔注〕彭咸、務光。務、一作一。

(十)通貿。〔禮記檀弓〕貿貿然來。〔注〕貿貿。不明貌。與一同。

【瞀】墨角切音莫覺韻亡遇切音務遇韻

(一)目不明也。見〔集韻〕。

(二)謂悶也。〔素問氣交變大論〕民病肩臂一重。〔按素問五藏政大論。其動鏗禁一厥。靈樞經脈篇。痛甚則交兩手而一。此爲臂厥。一皆訓悶。蓋惟悶亂故厥也〕。

【瞀】莫到切音冒號韻

視眩也。〔莊子徐无鬼〕予適有一病。〔釋文引李注〕一、風眩貌。〔按司馬注。一、讀若瞀〕。

【瞀】莫卜切音木屋韻

一雀。目夕昏也。〔埤雅〕人有至夕昏不見物者。謂之雀一。〔按謂如雀目至夕而昏也〕。

【瞀】微夫切音無虞韻 雊—。縣名。漢置。屬上谷郡。當今直隸蔚縣東。

【瞂】扶發切音伐月韻 ㊀盾也。見〔說文盾部〕〔按小爾雅廣器。—、盾也。方言自關而東謂之干。或謂之—。關西謂之盾。周書王會。鮫—利劒爲獻。注。—、盾也。文選西京賦。植鏦縣—。吳都賦去—自閭。注竝云。—、楯也。〕㊁通伐。〔詩小戎〕蒙伐有苑。〔注〕伐、中干也。盾之別名。〔釋文〕伐、本或作—。

【瞸】虛涉切音弽 達協切音牒葉韻 閉一目。見〔玉篇〕。〔按類篇云。目眇視也。〕

【瞌】民卑切音眉支韻 汚面謂之—。見〔集韻〕。

【䁥】訖力切音棘職韻 張目也。見〔集韻〕。

【睮】容朱切音俞虞韻 —。—媚貌。〔漢書韋賢傳〕——諂夫。

【睯】呼昆切音昏元韻 悶也。見〔字彙〕。

【睰】莫八切音袜黠韻 視—。見〔廣韻〕。

【䁈】丑降切音絳韻 直視也。見〔洪武正韻〕。

【睱】亥猳切音暇禡韻 綏視。見〔集韻〕。

【睱】何加切音霞麻韻 目白皃。見〔集韻〕。

【𥈤】他典切音腆銑韻 同䩄。面慚貌。見〔篇海〕。

【䁡】而緣切先韻 目垂見〔玉篇〕。

【䀰】呴于切音吁虞韻 —瞜。笑皃。見〔集韻〕。

【䁍】乞洽切音恰洽韻口陷切音歉陷韻口減切音槏豏韻 目陷也。見〔說文〕〔段注〕廣雅。—、陷也。引伸爲凡陷之稱。〔桂注〕六書故。—、眸子枯陷也。

【瞰】枯含切音堪覃韻 視也。見〔廣雅釋詁〕。

【䁟】色洽切音霎洽韻 目睫動皃。見〔集韻〕。

【𥈶】果羽切音矩麌韻 驚視皃。見〔類篇〕。

【䁏】伊鳥切音杳篠韻 —眇。遠視也。見〔集韻〕。〔又〕煙䁏。飛騰之貌。〔文選木華賦〕—眇蟬蜎。

【䁐】於驚切音英庚韻 深目。見〔集韻〕。

【䁐】於慶切音映敬韻 視也。見〔集韻〕。

【睷】居言切音鞬元韻 目數也。〔王守仁賦〕—異景於穹坳。〔正字通云睷譌字〕。

【睸】密二切音寐明祕切音媚寘韻 目合也。見〔集韻〕。〔正字通云。瞑譌字〕。

【䁑】余章切音陽陽韻 眻或字。〔集韻〕眻。眉閒曰眻。一曰美目也。或作—。〔按毛詩清揚之揚。淺人去手加目作—耳。〕

【䁎】姑還切音關刪韻 —。視皃。見〔集韻〕。

【䁒】即入切音喋緝韻 眨—。目動也。見〔集韻〕。

【䁒】側立切音戢緝韻 淚出皃。見〔集韻〕。

【𥈡】姑華切音瓜麻韻 目也。見〔類篇〕。

【䁔】許元切音暄元韻火遠切音咺阮韻 大目也。見〔說文〕。

【睃】戶管切音緩旱韻 大目眥也。見〔玉篇〕。

【暖】下罕切音旱旱韻 睅或字。〔集韻〕睅。大目。或作—。

【䁙】薄意切音避寘韻 眥也。見〔玉篇〕。

【𥇟】郎達切音剌曷韻 目子不正也。見〔玉篇〕。

【瞁】呼役切音狊陌韻呼狊切音殈錫韻 驚視貌。見〔一切經音義引通俗文〕。〔按周邦彥汴都賦。—瞁而不敢進。盛恩北固山賦。—然失色。皆驚視義。〕

【瞸】式冉切音閃琰韻式涉切音攝葉韻 ——。目皃。見〔玉篇〕。

【瞃】烏沒切音嗢月韻 惡視也。見〔字彙補〕。

【䀁】盧谷切音六屋韻奉無切音扶虞韻 深目也。見〔篇海〕。

【奭】迄力切音赩職韻 邪視。見〔集韻〕。

【䀘】苦骨切音窟月韻 目衮—。見〔奚韻〕。

【䁈】居微切音歸微韻 臿也。見〔廣雅釋器〕。

【睉】何其切音移支韻 人姓。見〔字彙補〕。

【𥉂】同瞘。仰視也。見〔玉篇〕。〔按廣韻云。視皃。〕

【䁓】同瞎。見〔玉篇〕。

【𥊗】同睺。見〔集韻〕。

【䁯】同眦。見〔玉篇〕。

【睻】同暖。見〔韻會〕。

【䁰】同晾。見〔正字通〕。

【睠】同眷。見〔篇海類編〕。

【𥈑】同畀。見〔川篇〕。

【𥉻】眹或字。見〔集韻〕。

【瞜】瞈謠字。見〔正字通〕。

【瞍】叟謠字。見〔正字通〕。

【𥈞】䁫謠字。見〔正字通〕。

十畫

【䁋】蒲官切音盤寒韻 ㊀轉目視也。見〔說文〕〔段注〕般、辟也。象舟之旋。故般目爲轉目。㊁——。視也。見〔廣雅釋訓〕。

【䁅】披班切音攀删韻 販或字。見〔集韻〕。〔按春秋傳鄭游販。或作—。〕

【䁘】餘招切音遙蕭韻以紹切音鷕篠韻 ㊀美目。見〔集韻〕。㊁眇—。視貌。〔文選木華賦〕眇—冶夷。㊂同腰。遠視也。見〔類篇〕。

【瞉】丘堠切音叩居候切音構宥韻 ㊀—霿。鄙吝、心不明也。見〔集韻〕。㊁通傋。〔荀子儒效〕愚陋傋瞀。〔注〕傋瞀、無知也。㊂通怐。〔楚辭九辯〕且怐愗而自苦。〔注〕愚貌。怐愗與—瞀義同。

【瞉】古例切音計霽韻 久視也。見〔篇海〕。

【瞋】稱人切音嗔眞韻稱脂切音痴支韻 ㊀張目也。見〔說文〕。〔按—、張、以雙聲爲訓。〕㊁怒也。見〔廣韻〕。

【瞋】癡鄰切音春眞韻 盛貌。見〔集韻〕。

【瞋】亭年切音田先韻 眠—。低目皃。見〔集韻〕。

【瞋】之刃切音震震韻 恚也。見〔集韻〕。

【瞋】試刃切申去聲震韻 眒或字。〔集韻〕眒。張目也。或作—。

【瞋】他甸切音瑱霰韻 眹或字。〔集韻〕眹。視也。或作—。

【瞍】蘇后切音叟有韻先侯切音搜尤韻先彫切音簫蕭韻 ㊀無目也。見〔說文〕。〔按解—字者義各別。段氏謂無目、與無眸子別。無眸子者、黑白不分。無目者、其中空洞無物。故字林云。—目有眹無珠子也。瞽者、才有眹而中有珠子。—者、才有眹而中無珠子。此又瞽與—之別。桂氏謂無目也者。瞽字之訓也。此—當云目但有眹也。本書—與瞽二訓互誤。文選演連珠注引韓詩章句。又曰珠子具而無見曰—。〕㊁縮壞也。見〔釋名釋疾病〕。㊂聰也。見〔集韻引字林〕。㊃通叟。〔書大禹謨〕祇載見瞽—。〔蔡傳〕—、長老之稱。〔按呂覽作叟。〕

【䀹】俱遇切音句遇韻䀹迥切音

瞷迥韻

●一 舉目驚−然也。見〔說文夰部〕。〔按廣韻引埤蒼作目驚−−然〕

●二 放目而視也。見〔六書統〕。

【䀿】 苦礦切音窒梗韻

●一 恐也。見〔玉篇〕。

●二 好皃。見〔集韻〕。

【䁗】 郎計切音麗霽韻力智切音詈寘韻

●一 視也。〔文選郭璞賦〕−雰祲於淸旭。〔注〕方言曰、−視也。〔按方言。凡相竊視南楚或謂之−〕

●二 求也。見〔類篇〕。

【瞎】 許鎋切音勘黠韻

●一 目合也。〔十六國春秋〕苻生無一目。其祖洪戲之曰吾聞−兒一淚。信乎。

●二 目盲也。見〔篇海〕。

●三 吐蕃名。〔宋史仁宗紀〕西蕃−氈來貢。

【𥉌】 㭉六切音育屋韻曷各切音涸藥韻

●一 望也。見〔廣雅釋詁〕。

●二 目明皃。見〔廣韻〕。

【矐】 黑各切音郝藥韻訖岳切音角覺韻

矐或字。〔集韻〕矐失明也。一曰去目睛也。或作−。

【睘】 葵營切音瓊庚韻

●一 目驚視也。詩曰。獨行−−。見〔說文〕〔段注〕唐風毛傳曰。−−無所依也。許不从毛者。許說字非說經也。製字之本義則尒。于从目知之。〔按素問診要經絡論。目−絕系。注。−、謂直視如驚貌。此−訓驚視之證。又陳啟源詩說云。無依之人。多傍偟驚顧。然則毛與許語雖小異。義實相通也。〕

●二 通煢、惸。〔詩杕杜釋文〕−本亦作煢。又作惸。

【瞏】 旬宣切音旋先韻

復反也。見〔集韻〕。

【䁪】 田黎切音啼齊韻大計切音第霽韻

●一 視也。見〔玉篇〕。

●二 困視皃。見〔廣韻〕。

●三 顯也。見〔類篇〕。

【䀠】 墨角切音邈覺韻

●一 美目也。見〔玉篇〕。〔按正字通云。合三目以爲美迂曲無義。或晶字之譌。或䀠字之省。〕

●二 目深也。見〔類篇〕。

【瞑】 忙經切音溟青韻母迥切音茗迥韻莫定切音暝徑韻

●一 翕目也。見〔說文〕。〔按爾雅釋詁、詩毛傳、皆云翕合也。廣韻亦云−、合目−−。〕

●二 目不明也。〔晉書山濤傳〕臣耳目聾−。不能自勵。

●三 無目也。〔周書太子晉〕請使−臣往與之言。〔注〕師曠無目。故稱−臣。〔按晏子春秋內篇太師曰。冥臣不習。是−又通冥。〕

●四 民也。〔春秋繁露深察名號〕民者、−也。−也者。名其別離分散也。

●五 −−。視不審也。〔荀子非十二子〕酒食聲色之中。則−−然。〔注〕−−、視不審之貌。

【瞑】 民堅切音眠先韻

●一 通眠。寐也。〔莊子德充符〕據槁梧而−。

●二 弓名。〔唐書南蠻傳〕永昌野桑生石上。其材上屈兩向而下植。取以爲弓。不筋漆而利。名曰−弓。

●三 菜名。〔本草〕−菜、一名睡菜。南海人食之思睡。故名。

●四 盰−。幽昧也。〔文選張衡賦〕青冥盰−。〔注〕楚辭遠望兮芊眠、王逸曰。芊眠。遙視闇未明也。芊眠與盰−音義同。

【瞑】 眠見切音面霰韻

−眩。憒亂也。〔書說命〕若藥不−眩。〔疏〕−眩者、令人憒悶之意也。〔按−眩二字。形聲義三者頗歧出。方言。凡飲藥傅藥而毒。東齊海岱之間謂之−。或謂之眩。是−有毒義。孟子滕文公音義、−或作偵。偵−眩、又作眠眴。是−字有偵形。又有眠音。漢書揚雄傳目冥眴而亾見。注。冥眴。視不諦也。是−字形聲可通冥。又有視不諦一義。〕

【瞑】 謨耕切音萌庚韻

矇或字。〔集韻〕矇矇。視不明皃。或作−。

【𥌃】 懸扃切迥平聲青韻維傾切音營庚韻

−惑也。見〔說文〕。〔段注〕−惑雙聲字。各本誤刪−。今依廣韻補。

南鴻烈、漢書、皆假營爲—。高誘注。營、惑也。不誤。小顏多拘牽營字本義。訓爲廻繞。非。營行而—廢矣。〔按桂注。—通作熒。晏子春秋。熒惑、天罰也。〕

【䁝】於塋切音縈庚韻

目淨皃見〔集韻〕。

【䁝】烏猛切音澗梗韻

❶惑也。見〔集韻〕。❷清潔也。見〔廣韻〕。

【瞘】當侯切音兜尤韻

❶—瞘。目深也。見〔集韻〕。❷目蔽垢也。見〔類篇〕。

【瞇】母婢切音弭紙韻

眇目見〔集韻〕。

【瞇】彌計切音謎霽韻

睥也。見〔集韻〕。

【䁗】苦改切音凱賄韻

明也。見〔玉篇〕。

【瞈】烏孔切音塕董韻

—矇。目不明也。見〔字彙〕。

【䁙】於珍切音螺銑韻伊甸切音宴霰韻於諫切音晏諫韻乙黠切音軋黠韻

目相戲也。詩曰。—婉之求。見〔說文〕。〔段注〕方言。—、略、視也。東齊曰—。吳揚曰略。凡以目相戲曰—。今詩邶風文作燕婉。毛曰。燕、安也。婉、順也。許所據作—。豈毛謂—爲晏之假借。後人轉改寫爲燕與。抑三家詩有作—者與。

【䁩】鎖本切音損阮韻

目病。見〔集韻〕。

【䁪】悉則切音塞職韻

𥉌—。視無見也。見〔集韻〕。

【䁢】一決切音抉古穴切音玦屑韻

目深皃見〔說文〕。〔按窅下云。深目也。〕

【䁟】徒黨切音蕩養韻

不明也。見〔字彙〕。

【䁚】呼貢切烘去聲送韻

瞢—。不明也。見〔集韻〕。

【瞌】克盍切音磕合韻

眼—。欲睡貌。〔正字通〕人勞倦合眼坐睡曰—睡。〔按—、或借作渴。六一詩話。渴睡漢狀元及第矣。又—一作貉。貉好睡。故名貉睡。〕

【瞏】古患切音慣諫韻

同鱞。視皃見〔類篇〕。

【䏻】乃代切音耐隊韻

視不明也。見〔集韻〕。

【䁗】戶八切音滑黠韻

眑—。直視皃見〔集韻〕。

【䁭】古核切音隔陌韻

目不正也。見〔玉篇〕。

【䁬】居候切音搆宥韻

視也。見〔集韻〕。

【䁱】他歷切音剔錫韻丑鳩切音抽尤韻

失意視也。見〔說文〕。〔按段本作䁱。文選左思魏都賦。䁱焉失所。注。說文。䁱、失意視。〕

【䁯】莫駕切音罵禡韻

視皃。見〔類篇〕。〔正字通云。瞗譌字。〕

【䁲】徒登切音滕蒸韻

美目皃。見〔廣韻〕。

【䁌】基位切音媿寘韻

大視也。見〔集韻〕。

【䁍】得合切音答合韻

大垂目貌。見〔字彙〕。

【䁤】丑林切音琛侵韻

私出頭視也。見〔廣韻〕。〔按說文見部。覾、讀若郴。訓私出頭視。廣韻、譌从目。字彙改音琛。〕

【䁦】牽奚切音溪齊韻戶禮切音徯薺韻

目動也。見〔集韻〕。

【𥈅】古了切音皎篠韻魚列切音臬屑韻

明也。見〔篇海類編〕。

【䁸】莫結切音蔑屑韻民卑切音彌支韻

汚面也。見〔玉篇〕。

【睆】戶廣切音晃養韻

目大皃。見〔集韻〕。

【䁜】虎晃切音謊養韻

睰—。目疾。見〔集韻〕。

【䁞】古幸切音耿梗韻

—瞌。有餘視也。見〔集韻〕。

【⿰目冢】蒙弄切音夢送韻 —瞜。視皃。見〔集韻〕。

【⿰目家】莫紅切音蒙東韻 同矇。眸子微膜翳也。見〔正字通〕。

【⿰目恚】於避切音恚未韻 目小怒皃。見〔集韻〕。

【瞨】時斤切音秦文韻 貼瞨瞵—者。淫亂也。見〔青箱雜記〕。

【⿰目兼】勒兼切音鬑鹽韻 —貼。目垂也。見〔集韻〕。

【⿰目冒】莫登切蒸韻 目不明也。見〔字彙補〕。

【⿰目般】蒲桓切音槃寒韻 迴—也。見〔篇海類編〕。

【⿰目舀】苦洽切洽韻 陷也。見〔餘文〕。

【⿰目臽】胡紺切勘韻 目深貌。見〔餘文〕。

【⿰目厥】睡本字。見〔正字通〕。〔按說文作睡。〕

【⿰目倉】古省字。見〔集韻〕。

【瞎】古視字。見〔集韻〕。

【⿰目蚩】同眵。見〔洪武正韻〕。

【⿰目尾】同眊。見〔集韻〕。

【⿰目宴】同矆、矐。見〔集韻〕。

【⿰目疏】同䀶。見〔集韻〕。〔狠䀶从丹不从目。〕

【⿰目沓】同眇。見〔藏經字義〕。

【⿱眇心】同眇。見〔字彙補〕。

【⿱⿰目攵目】同眠。見〔龍龕手鑑〕。

【⿰目翰】看或字。見〔說文〕。

【⿰目絛】瞻譌字。見〔正字通〕。

十二畫

【⿰目旋】旬宣切音旋先韻 ㊀目好貌。〔靈樞通天〕陰陽和平之人。其狀—一然。㊁人名。希—。見〔宋史宗室表〕。㊂嫙或字。見〔集韻〕。

【⿰目祭】七計切音砌丑例切音懘霽韻初戛切音插黠韻 ㊀察也。見〔說文〕。〔按文選魏都賦有—呂梁琴賦明嫿—惠注皆訓察。〕㊁視也。見〔廣雅釋詁〕。〔按類篇又訓衺視。〕

【瞖】壹計切音翳霽韻 ㊀目障也。〔宋史謝皇后傳〕后生而—一目。㊁—子艸。藥名。〔本草釋名〕羅勒、一名—子艸。以其子治—也。㊂通翳。〔一切經音義引集韻〕翳作—。—同。

【瞝】丑尼切音摛陌韻 ㊀澤眼也。見〔玉篇〕。㊁—瞜。目明皃。見〔玉篇〕。

【⿰目商】陟革切音摘陌韻 目豎也。見〔集韻〕。

【⿰目啇】火癸切倠上聲紙韻火季切倠去聲寘韻 恚視也。見〔廣韻〕。

【瞚】輸閏切音舜震韻 ㊀開闔目數搖也。見〔說文〕。〔按開闔目、玄應本作目開閉。華嚴經音義、一切經音義、同。段玉裁云。凡謂與公羊眹同者非也。旬爲目搖。—爲目數搖。皆不必以目使人。惟眹主以目通指。〕㊁動也。〔莊子庚桑楚〕終日視而目不—。㊂謂人臥始覺也。〔呂覽安死〕其視萬歲猶一—也。㊃潁川人謂相視曰—。見〔呂覽安死注〕。㊄同眴。見〔一切經音義引通俗文〕。㊅同瞬。〔史記扁鵲傳〕目眩然而不—。〔字或作瞬〕。

【瞛】七恭切音瑽將容切音蹤冬韻 ㊀目光也。〔文選張協七命〕怒目雷—。㊁人名。孟—。見〔宋史宗室表〕。

【瞜】郎侯切音樓尤韻 ㊀視也。見〔玉篇〕。㊁—睺。偏盲也。一曰。細視也。見〔類篇〕。㊂矑—。人名。古明目者。見〔正字通〕。〔孟子作離婁〕。

【瞜】龍珠切音氀虞韻 ㊀眗—。笑也。見〔集韻〕。㊁瞴—。微視也。見〔集韻〕。〔說文作

瞞寰。〕

【瞞】謨官切滿平聲寒韻

㊀平目也。見〔說文〕〔注〕目瞼低也。〔段注〕平目、對出目深目言之。

㊁目不明也。見〔廣韻〕。

㊂閉目貌。〔荀子非十二子〕酒食聲色之中則——然。

㊃匿情相款也。〔周書寶典〕淺薄間—。其謀乃獲。

㊄鄭—。長翟國名。〔左文十一年傳〕鄭—侵齊。

㊅數—。城名。〔唐書地理志〕西域於解蘇國所治數—城。

㊆人名。〔魏志太祖紀〕太祖武皇帝姓曹諱操字孟德。〔注〕一名吉利。小字阿—。〔又〕唐明皇亦自稱阿—。見〔羯鼓錄〕。

㊇姓也。荊蠻之後本姓蠻。後為—氏。左哀十六年傳有—成。

【瞞】謨奔切音門元韻　母版切音矕潸韻

慚貌。〔莊子天地〕子貢—然慚。〔注〕又音蠻。

【瞞】母本切音懣阮韻

睧也。見〔集韻〕。

【瞟】匹沼切音縹篠韻

㊀本作䁃。〔說文〕䁃。瞭也。〔段注〕今江蘇俗謂以目伺察曰—。〔按覭下云。目有察省見也〕。

㊁一目病也。見〔廣韻〕。

㊂目小貌。見〔類篇〕。

【瞟】匹妙切音票嘯韻

䁃也。見〔集韻〕。

【瞟】紕招切音飄蕭韻

㊀明察也。見〔一切經音義引埤蒼〕。

㊁—眇。視不明也。〔文選王延壽賦〕忽—眇以響像。

【瞠】抽庚切音撐庚韻　恥孟切撐去聲敬韻　徒杏切音瑒梗韻　他郎切音湯　抽良切音倀陽韻

㊀直視貌。〔莊子田子方〕夫子奔軼絕塵。而回—乎若後矣。〔按—字不見說文。桂馥以為遺文〕。

㊁瞠視貌。〔管子小問〕—然視。

㊂同瞸。〔後漢馬融傳〕留眎—眙。〔文選作瞸〕。

㊃通惝。〔漢書孝成趙皇后傳〕曰惝也。〔注〕字本作—。其音同耳。

【瞠】徐更切敬韻

瞠或字。〔集韻〕瞠。定視也。或从堂。

【瞡】規恚切寘韻

㊀視也。見〔廣雅釋詁〕。

㊁眇視貌。見〔埤蒼〕。

㊂瞋貌。見〔類篇〕。

【瞡】均窺切音規支韻

—。自得貌。一曰。眇視也。見〔集韻〕。〔又〕小見貌。見〔增韻〕。〔又〕同規。〔荀子非十二子〕學者之嵬—然。〔注〕—、與規同。

【瞡】其季切音悸寘韻

同睽。〔集韻〕睽。視也。亦作—。〔按廣韻云。視貌〕。

【瞢】謨中切音夢東韻　彌登切音儚蒸韻　忙肯切音懵迥韻　母亘切音懜徑韻　莫結切音蔑屑韻

㊀本作瞢。〔說文苜部〕瞢。目不明也。从苜从旬。旬目數搖也。〔段注〕苜、旬皆不明之意。

㊁晦也。〔太玄瞢〕—復睒天。

㊂日月暗也。〔周禮眡祲〕掌十煇之法。六曰—。〔注〕日月——無光也。

㊃悶也。〔左襄十四年傳〕不與於會。亦無—焉。

㊄愧也。〔文選左思賦〕有靦—容。

㊅——猶夔夔也。〔太玄瞢〕——之離。

㊆—騰。醉貌。詳馬部騰字。

【瞢】眉庚切音甍庚韻

同盲。〔山海經中山經〕甘棗之山、有草焉。名曰蘀。可以已—。〔注〕音盲。

【瞢】莫鳳切音夢送韻　謨蓬切音蒙東韻

同夢。澤名。〔漢書敍傳〕棄于—中而虎乳之。〔注〕—、與夢同。〔按即雲夢。周禮職方亦作雲—〕。

【瞝】力其切音棃支韻

㊀目亂也。見〔字彙補〕。

㊁同瞜。見〔篇海類編〕。

【瞔】側革切音責陌韻

張目。見〔集韻〕。

【瞕】之亮切音障漾韻

目生—翳也。見〔字彙〕。

【䁇】莫筆切音密質韻

——。不可測也。見〔集韻〕。

【𥌇】謨加切音麻　麻韻
緩視皃。見〔集韻〕。

【䁣】全川切音船　先韻
目動。見〔集韻〕。

【𥌂】盧谷切音鹿　屋韻
𥌮—。眼淨也。又目明也。見〔集韻〕。〔正字通云俗睩字〕。

【䁍】倉歷切音戚　錫韻
見也。見〔集韻〕。

【𥉻】客庚切音坑　庚韻
—矓。視不分明也。〔文選王延壽賦〕眽—矓以勿罔。〔注〕言殿東西廂與高祕邃。視之不明也。望之不審也。

【𥉉】丁結切音窒　屑韻
—矓。視惡皃。見〔集韻〕。

【𥊀】堅堯切音澆　蕭韻
視也。見〔集韻〕。

【𥊭】丘岡切音康　陽韻
映—。目皃。見〔玉篇〕。〔按廣韻作眏—。集韻作暎—。並目貌〕。

【𥉨】尼質切音暱　質韻
小目。見〔集韻〕。

【䳂】丁聊切音彫　蕭韻
目孰視也。見〔說文〕。〔按廣雅。視也。孰、熟古今字〕。

【𪄍】當侯切音兜　尤韻
䴗—。鳥名。人面鳥喙。有翼不能飛。見〔集韻〕。

【𥊡】口交切音敲　肴韻
脊—。面不平。見〔玉篇〕。

【𥈹】莫狄切音覓　錫韻
邪視也。〔王延壽賦〕眙睕瞜以—暘。

【瞘】烏侯切音謳　尤韻　墟侯切音摳　尤韻
深目皃。見〔集韻〕。

【𥋆】丘舉切祛上聲　語韻
目往也。見〔字彙〕。

【瞙】末各切音莫　藥韻
目不明也。俗謂目翳曰—。見〔字統〕。

【瞄】無昭切音描　蕭韻
張目。見〔玉篇〕。

【𥌁】師咸切音摻　咸韻
暫見也。見〔集韻〕。

【𥉺】桑感切音糝　感韻
視也。見〔集韻〕。

【䍦】抽知切音癡　支韻
歷視也。〔史記屈原賈生傳〕—九州而相君兮。〔漢書作歷〕。

【瞨】忽郭切音霍　藥韻
驚視。見〔玉篇〕。〔按揚雄蜀都賦。龍睢—兮䍦布列、睢—亦訓驚視。〕

【䁈】古晏切音監　諫韻
視也。見〔字彙補〕。

【瞸】渴合切音嗒　合韻
困悶眼也。見〔集韻〕。〔按類篇云。欲睡貌〕。

【瞀】苦搆切　宥韻
—瞀。無暇也。見〔集韻〕。

【䁧】力智切　寘韻　力計切　霽韻
緣視也。見〔說文〕。

【𥊯】脒本字。見〔類篇〕。

【𥌻】瞢本字。見〔說文〕。

【矔】同睢。見〔集韻〕。

【𥊘】同瞜。見〔玉篇〕。

【瞼】同曝。見〔字彙〕。

【學】同照。見〔龍龕手鑑〕。

【矑】覰或字。見〔集韻〕。

【䁱】驄或字。見〔集韻〕。

【䁖】眏或字。見〔集韻〕。

十二畫

【瞤】儒純切音犉　眞韻
一 目動也。見〔說文〕。〔按即俗所謂眼跳。西京雜記云。目—得酒食〕。
二 肉動掣亦曰—。〔素問氣交變大論〕肌肉—酸。
三 火之性動也。見〔素問五常政大論其病—瘛注〕。

【瞤】輸閏切音舜　震韻
瞚或字。〔集韻〕瞚。說文、開闔目數搖也。或作—。

【䁕】側立切音戢　緝韻
一 目出淚也。見〔玉篇〕。

●一 目動貌。〔王延壽賦〕眎丨睫以映睫。

【瞥】 匹蔑切音擎必列切音鼈屑韻普吠切隊韻

●一 過目也又目翳也一曰。財見也。見〔說文〕〔按過目者倏忽之意張衡舞賦丨若電滅是也目翳者障蔽之意說文瞷下云兒初生丨者是也財見者財纔、裁、竝通梁書王筠傳余少好書偶見丨觀皆卽疏記是也〕。

●二 丨丨不定貌〔素問大奇論注〕新然之火燄丨丨不定其形而便絕也。

【暼】 必袂切音蔽霽韻

瞥也見〔集韻〕。

【瞟】 卑遙切音標蕭韻

●一 惡視皃見〔集韻〕。

●二 望也見〔篇海〕。

【瞦】 虛其切音熙支韻

●一 目童子精也見〔說文〕〔按徐鍇本精下有丨字〕。

●二 丨合子生三年也〔大戴記本命〕三年丨合然後能言。

【䁬】 以證切音孕徑韻

●一 美目見〔玉篇〕。

●二 大視見〔玉篇〕。

【䁬】 大登切音騰蒸韻

雙也南楚江淮之間或曰丨見〔方言〕〔按箋疏本字作滕康熙字典引方言訓雙也竝存參〕。

【瞫】 式荏切音審寑韻

●一 深視也一曰下視也又竊見也見〔說文〕〔段注〕見其底裏曰深視。

●二 平視也見〔禮部韻略〕。

●三 姓也〔後漢南蠻傳〕武落鍾離山有黑穴出四姓丨氏其一也。

【瞫】 昌枕切音瀋寑韻

人名〔左文二年傳〕晉有狼丨。〔按漢書古今人表音審〕

【瞫】 徒南切音覃覃韻徒紺切音禫勘韻

視也見〔集韻〕。

【瞫】 式禁切音痳沁韻

低目視也見〔集韻〕。

【瞬】 輸閏切音舜震韻

●一 目自動也〔列子湯問〕先學不丨而後可言射。

●二 暫也〔埤雅〕木槿朝生夕隕一名舜丨之義蓋取諸此。

●三 同眴驚也〔莊子德充符〕少焉眴若〔釋文〕眴本作丨。

●四 丨、一喻迅疾也〔文選陸機賦〕撫四海於一丨〔亦云轉丨息〕。

【瞭】 朗鳥切音了篠韻憐蕭切音聊蕭韻

●一 目精明也〔孟子離婁〕胷中正則眸子丨焉。

●二 鷯也〔禽經〕丨曰鷯〔注〕能遠視也。

●三 通杳〔楚辭九辨〕丨冥冥而薄天。〔注〕丨音了一音杳亦通作杳。

【瞯】 何間切音閑刪韻

●一 戴目也江淮之間謂眄曰丨見〔說文〕〔段注〕戴目者上視如戴。素問所謂戴眼也諸書所謂望羊也眄各本作眂依宋本及集韻正方言丨眄也吳楚江淮之間或曰丨或曰略。

●二 人目多白見〔廣韻〕。

●三 馬一目白也〔爾雅釋畜〕馬一目白丨〔按說文馬部作䮾〕。

●四 姓也〔史記酷吏傳〕濟南丨氏〔按荀悅音閑裴駰引漢書音義曰音小兒癇病也〕。

【瞷】 居莧切音諫諫韻

●一 視也覘也〔孟子離婁〕王使人丨夫子。

●二 梟丨謂深目多鬚也〔文選王褒論〕編結沮顏燋齒梟丨翦髮踈首文身祼袒之國〔注〕大宛深目多鬚菍梟丨也。

●三 同瞯〔孟子離婁〕吾將丨良人之所之也〔按儀禮士昏禮注作將瞯良人之所之〕。

【瞰】 苦濫切音闞勘韻

●一 視也〔揚雄賦〕東丨目盡。

●二 俯視也〔後漢光武紀〕雲車千餘丨臨城中。

●三 魚目不瞑也〔埤雅〕魚丨雞睨。

【瞳】 徒紅切音童昌中切音充東韻苑絳切音舂絳韻

●一 目珠子見〔玉篇〕。

●二 重也膚幕相褱重也見〔釋名釋形體〕。

●三 未有知貌〔莊子知北游〕女丨焉如新生之犢。

㊃通童。〔史記項羽紀贊〕吾聞舜目蓋重—子。項羽亦重—子。〔按漢書作童。〕

【𥌛】莫佳切佳韻 ❶小視也。見〔說文〕。❷竊視也。〔太玄眾〕師孕唁之哭且—。

【瞴】罔甫切音武麌韻 ❶好也。見〔廣雅釋詁〕。❷微視貌。見〔廣韻〕。

【瞴】迷浮切音牟尤韻 微夫切音無虞韻 —婁。微視也。見〔說文〕。〔按廣韻作—瞜。又或作牟婁字書。牟婁。微視也。〕

【瞴】忙皮切音糜支韻 美目皃。見〔集韻〕。

【瞵】離珍切音鄰眞韻 ❶目精也。見〔說文〕。❷視貌。〔文選潘岳賦〕—悍目以旁睞。❸視不了也。見〔玉篇引蒼頡〕。㊃——。下視貌。見〔篇海〕。㊄—㻞。文貌。〔文選揚雄賦〕璧馬犀之—㻞。㊅—盼。天且欲明也。〔楚辭昭世〕進—盼兮上丘墟。

【瞵】里忍切音蹸軫韻 良刃切音吝震韻 視不明皃。見〔廣韻〕。

【瞵】靈年切音憐先韻 怒目皃。一曰以目隨也。見〔集韻〕。

【瞶】歸謂切音貴未韻 以醉切音遺寘韻 ❶極視也。見〔蒼頡篇〕。❷目無精也。見〔類篇〕。

【䁅】母朗切音莽養韻 ❶無一目曰—。見〔玉篇〕。❷矘—。目無精也。一曰目不明也。見〔廣韻〕〔按楚辭遠游作曭莽。〕

【𥌎】五委切音委紙韻 ——。目好皃。見〔集韻〕。

【𥌒】古患切音慣諫韻 直視貌。見〔字彙〕。

【䁁】胡骨切音搰月韻 濁垢。見〔集韻〕。

【𥋝】蒙弄切蒙去聲送韻 目不明也。見〔字彙〕。

【𥌛】祖寸切音焌願韻 赤目。見〔集韻〕。

【䁬】徂稜切音層蒸韻 瞢—。目不明貌。見〔類篇〕。〔又〕目小作態也。見〔集韻〕。

【𥍅】忽麥切音忽麥韻 目病。見〔玉篇〕。

【𥊨】奚結切音頁屑韻 瞰—。目赤皃。見〔集韻〕。

【瞧】慈消切音樵蕭韻 偸視貌。〔嵇康論〕視文籍則目—。

【瞧】子肖切音醮嘯韻 通瀶。〔山海經北山經〕小侯之山、有鳥焉其狀如烏而白文名曰鴣鸐。食之不瀶。〔注〕不—目也。〔按郭璞圖贊作食之不—。〕

【瞨】匹角切音樸覺韻 目暗。見〔集韻〕。

【𥊏】中庚切音爭庚韻 直視。直視見〔集韻〕。〔正字通云。俗瞠字〕。

【䁮】慈鹽切音潛鹽韻 慈豔切潛去聲豔韻 閉目內思見〔集韻〕。

【䁮】子念切音僭豔韻 憂也。〔方言〕宋衛謂憂或曰—。〔注〕—者、憂而不動也。

【䁯】許及切音吸緝韻 視皃。見〔集韻〕。

【䁯】虛涉切音弽葉韻 目眇視。見〔集韻〕。

【瞪】除庚切音棖庚韻 持陵切音澄蒸韻 丑證切音覴徑韻 直視也。〔晉書郭文傳〕—眸不轉。

【䁷】先外切音䃕泰韻 流盼。見〔集韻〕。

【𥉶】虎項切音儶講韻 邪視。見〔集韻〕。

【𥊥】他蓋切音太泰韻 曖—。不明也。見〔字彙〕。〔按字本从日。謂日不明也。俗誤从目。〕

【𥌍】而兗切音軟銑韻 形狀乖戾也。〔王延壽賦〕眈—矘而蹶𠘧。〔注〕皆言形狀乖戾。

【瞮】敕列切音徹屑韻
明也。見〔字彙〕。

【聽】惕德切音忒職韻
—瞖。目欲臥皃。見〔集韻〕。

【瞱】域輒切音饁葉韻
目動皃。一曰。怒視也。見〔集韻〕。

【瞲】況必切音矞質韻
目深貌。見〔類篇〕。

【瞲】呼決切音血屑韻
驚視貌。〔荀子榮辱〕—然視之。

【瞸】除更切音鋥敬韻
定視也。見〔集韻〕。

【瞏】公渾切音餛元韻
周人謂兄曰—。見〔說文弟部〕。〔注〕眾目相及也。兄弟親比之義。〔段注〕晜弟字當作此。晜行而—廢矣。釋親。晜兄也。郭注。今江東通言曰晜。按晜者—之譌。男子先生為兄。後生為弟。此本定稱。謂兄—者。周人語也。詩惟王風有晜字。此周人謂兄之證也。

【矊】明連切音綿先韻
遠視也。見〔字彙補〕。

【矋】踈一切音悉質韻
罪止也。見〔玉篇〕。

【矉】顚本字。見〔集韻〕。

【矏】古䀏字。鳥獸驚貌。一曰疾也。
引目也。見〔類篇〕。

【矎】同𥈻。國名。在流沙。見〔五音篇海〕。

【矑】同瞟。見〔篇海〕。

【矔】同矑。見〔玉篇〕。

【矕】矘或字。見〔集韻〕。

【矓】矆或字。見〔集韻〕。

【矙】矙或字。見〔集韻〕。

【矚】矚俗字。見〔正字通〕。

【矘】矙俗字。見〔正字通〕。

【矚】矚俗字。見〔字彙補〕。

【瞽】瞽譌字。見〔正字通〕。

【矆】瞰譌字。見〔正字通〕。〔按字彙訓怒目。義同瞋。瞋重文作賊。改从盤。非。〕

十三畫

【瞸】弋涉切音葉
虛涉切音𦓅葉韻

㊀瞼也。見〔集韻〕。

㊁目眇視也。見〔類篇〕。

【瞹】於蓋切音愛泰韻

㊀隱也。見〔廣韻〕。

㊁—曃。不明也。見〔字彙〕。〔按字本从日。俗改从目。正字通云。曖字之譌。〕

【瞥】莫結切音蔑屑韻

㊀—兜。目眵也。見〔說文〕。〔段注〕各本無—兜二字。今依玄應書補。〔按—䁾、蔑三字一義。宋玉風賦得目為蔑。呂覽蠚數。氣鬱處目則為䁾。作蔑者。叚借字。作蔑者、或體字。—兜。說文見部又作覭。云。目蔽垢。〕

㊁目赤也。見〔廣韻〕。

【矒】母梗切音猛梗韻
眉庚切音萌庚韻
莫更切音孟敬韻

●覤也。見〔集韻〕。

㊀—盯。直視。見〔集韻〕。

【瞿】施隻切音釋
昌石切音尺陌韻

覤皃。見〔集韻〕。〔正字通云。俗睪字。〕

【睪】夷益切音亦陌韻

㊀明也。見〔方言〕。〔按箋疏本撫廣雅訂作睪。〕

㊁無—。人名。〔吳越春秋〕越王無余外傳。越王無壬生無—。無—專心守國。不失上天之命。

【瞻】之廉切音詹鹽韻
章豔切音占豔韻

㊀臨視也。見〔說文〕。〔按爾雅釋詁、詩傳箋、並曰。—視也。許別之曰臨視。此羣經與許義之不同。許以—為臨視。今人以—為仰視。此又許義與今義之不同。〕

㊁—焉。言不能俯視細物也。〔荀子非相〕且徐偃王之狀。目可—焉。〔一作—馬。〕

㊂水名。〔山海經中山經〕宴際之山。—水出於其陽。而東流注于洛。

㊃—諸。山名。〔山海經中山經〕—諸之山。其陽多金。其陰多文石。

(五)—對。川邊番族所居地名。今改為懷柔縣。

(六)—人郎。北魏官名。見〔魏書官氏表〕。

(七)姓也。元有—思。通經學。

(八)通詹。〔莊子讓王〕—子。〔釋文〕淮南作詹。

【瞼】居奄切音檢琰韻

(一)目上下—也。見〔說文新附〕。〔按王叔和脈經。脾之候在—。—動則知脾能消化。注。—、眼弦也。〕

(二)南蠻西謂州為—。〔唐書南蠻傳〕南蠻有十—。

(三)翻目也。見〔佩觿集〕。

【瞽】果五切音古麌韻

(一)目但有眹也。見〔說文〕〔段注〕眹、俗作眣。誤。眹从舟。舟之縫理也。引申之。凡縫皆曰眹。但有眹者。才有縫而已。〔按周禮大師職有瞽矇司農注曰。無目眹謂之—。詩有—。釋文曰無眹曰—。後漢書盧植傳注。無目眹曰—。竝與許書異義。桂馥云。合眹字寀之。蓋說文二訓互誤。〕

(二)鼓也。瞑瞑然目平合如鼓皮也。見〔釋名釋疾病〕。

(三)不能辨善惡也。〔書堯典蔡子傳〕舜父有目不能分別善惡。故時人謂之—。

(四)不覩氣色而言謂之—。見〔荀子勸學〕。

(五)樂老取少謂之—。見〔韓詩外傳〕。

(六)太師也。〔國語楚語〕臨事有—史之道。

(七)樂人也。〔禮記玉藻〕御—幾聲之上下。

(八)—宗。官也。見〔廣雅釋室〕。〔又〕殷學也。見〔禮記明堂位〕。

(九)通鼓。〔周禮樂師〕詔來—皋舞。〔司農注〕—、當為鼓。

【瞿】俱遇切音句遇韻

(一)鷹隼之視也。見〔說文瞿部〕。〔按—本作䀠。叚借作—。自—行而䀠遂廢矣。知為鷹隼之視者。以从隹䀠知之也。〕

(二)雀顧也。〔埤雅〕雀俯而啄。仰而四顧。所謂—也。

(三)—然。驚貌。〔禮記檀弓〕曾子聞之—然曰。吁。〔又〕喜貌。見〔莊子徐无鬼釋文引司馬注〕。〔又〕大視貌。見〔莊子徐无鬼釋文引字林〕。〔又〕忙貌。〔素問玉機眞藏論〕帝—然而起。

(四)——。不審貌。見〔禮記玉藻注〕。〔又〕驚遽貌。見〔禮記玉藻疏〕。〔又〕無守貌。〔詩東方未明〕狂夫——。〔又〕儉也。見〔爾雅釋訓〕。〔又〕顧禮義也。〔詩蟋蟀〕良士——。〔又〕眼目速瞻之貌。〔禮記檀弓〕——如有求而弗得。

(五)通懼。〔禮記曲禮〕聞名心—。〔釋文〕—、本作懼。

【瞿】權俱切音衢虞韻

(一)——。踦視貌。〔荀子非十二子〕學者之嵬——然。〔又〕勤之也。〔素問靈蘭祕典論〕窘乎哉消者——。

(二)株—。荊棘也。〔易林蹇之旅〕蒙生株—。

(三)騤—。走貌。〔文選張衡賦〕百禽㥄遽。騤—奔觸。

(四)句—。頸上有肉𦙶如斗也。〔山海經北山經〕陽山有獸。其狀如牛而赤尾。其頸𦙶。狀如句—。名曰領胡。

(五)—如。鳥名。〔山海經南山經〕禱過之山。有鳥焉。其狀如鵁而白首、三足、人面。其名曰—如。

(六)—父。山名。〔山海經南山經〕—父之山。無艸木。多金玉。

(七)—塘。灘名。〔太平寰宇記〕—塘在夔州東一里。〔當今四川奉節縣東〕

(八)—曇。佛姓。〔遼史禮志〕西域淨梵王子姓—曇氏。

(九)強—。百合名。〔名醫別錄〕百合、一名強—。

(十)川—。山丹花之別名。〔名醫別錄〕山丹、一名川—。

(十一)人名。〔竹書紀年〕殷武乙名—。

(十二)通臞。〔莊子在宥〕崔—問於老聃曰。〔釋文〕—、崔本作臞。

(十三)通戵。戟屬。〔書顧命〕一人冕執—。

(十四)通衢。〔韓詩外傳〕直曰車前。—曰芣苢。蓋生於兩旁謂之—。〔按—猶衢也。〕

(十五)通蘧。〔爾雅釋艸〕大菊蘧麥。〔注〕蘧麥、卽—麥。藥草也。

(十六)姓也。漢有汝南太守—茂。〔又〕商—。複姓。魯商—子木受易於孔子。〔按此據漢書儒林傳師古注。史

記仲尼弟子傳又云。商—、字子木。〕

【瞿】訖力切音亟職韻
—。居喪視不審貌。〔禮記檀弓〕——如有求而弗得。〔徐邈讀如亟。〕

【瞿】通矩。〔莊子達生〕工倕旋而蓋規矩。〔釋文〕司馬本矩作—。—、句也。

【瞸】玉盍切音嶫合韻
睡貌。見〔類篇〕。

【瞺】烏外切音薈泰韻
眉目閒兒。見〔玉篇〕。

【䁴】旨善切音嫸銑韻
視而不止也。見〔說文〕。〔段注〕不字依廣韻補。

【䁴】矢善切音㷰銑韻
視面色變也。見〔集韻〕。

【䁸】甾尤切音鄒尤韻
䁸也。見〔集韻〕。〔正字通云。䁸譌字。〕

【𥉌】邦免切音辯辭窆切音𧑃銑韻

兒初生瞥者。見〔說文〕。〔按此字諸家說各異。段玉裁依篇韻作兒初生蔽目者。謂外有物雍蔽之。非牟子之翳也。桂馥謂本書瞥目翳也。玉篇廣韻誤析瞥爲二字。又敝上加草。王筠謂翳非病翳。乃喻蔽其睛也。故老云兒生後三日乃張目。王義近是。〕

【瞏】胡關切音還刪韻
大目貌。或作睔。〔王延壽賦〕—睍歷而隱離。

【曒】吉歷切音激錫韻
目不瞬。見〔集韻〕。

【𥌝】訖岳切音覺覺韻
目明。見〔集韻〕。

【𥌛】烏酷切音沃沃韻
瞋目。見〔廣韻〕。〔按正字通云。—無瞋義。〕

【𥌳】濃江切音醲江韻
目不明兒。見〔玉篇〕。

【䁸】奴多切音農冬韻
怒目。見〔玉篇〕。

【𥌊】徒郎切音唐陽韻
視也。見〔玉篇〕。

【䁱】許尤切音休尤韻
目多汁。見〔玉篇〕。

【䁫】居迓切音駕禡韻
視也。見〔集韻〕。

【䁼】旻悲切音眉支韻無非切音微微韻
伺視。見〔集韻〕。

【𥍀】古役切音橘陌韻
見也。見〔字彙補〕。

【𥌾】殊羊切音嘗陽韻
目也。見〔字彙補〕。

【䁹】同曦。見〔字彙〕。

【𥍉】同瞟。見〔類篇〕。

【䁻】同睫、瞧。見〔篇海〕。

【𥋝】同照。見〔龍龕手鑑〕。

【䁹】睥或字。見〔集韻〕。

【䁺】䁺或字。見〔集韻〕。

【瞩】矚譌字。見〔正字通〕。

【瞾】瞾譌字。見〔正字通〕。〔按字彙云。同照。致唐武后名瞾。是其自制十九字之一。蓋取日月行空之意。从明、非从二目也。〕

十四畫

【䁶】居銜切音緘咸韻居懺切音鑑陷韻
●一視也。見〔說文〕。
●二通監。〔爾雅釋詁〕監、瞻、臨、涖、頫、相、視也。〔釋文〕監字又作—。

【矆】悅縛切況入聲藥韻
●一大視兒。見〔說文〕。〔按廣雅。視也。〕
●二—睒電光也。〔文選木華賦〕呵歘掩鬱。—睒無度。〔注〕言鬱妖吞吐光色眩惑無定也。
●三通矍。〔文選左思賦〕矍焉相顧。〔注〕矍、大視也。

【䂄】屋號切音擭陌韻
視遽兒。見〔集韻〕。

【矇】謨蓬切音蒙東韻

❶童蒙也。一曰。不明也。見〔說文〕〔段注〕毛公、劉熙、韋昭、皆云。有眸子而無見曰｜。鄭司農云。有目眹而無見謂之｜。其意略同。毛說爲長。許述毛說也。
❷盲也。見〔廣雅釋詁〕〔按詩靈臺。｜瞍奏公。正義云。卽今之青盲〕
❸人未學問曰｜。見〔論衡量知〕
❹見人不自見者謂之｜。見〔徐幹中論〕
❺｜者竹木之類也。見〔論衡量知〕
❻通蒙。〔文選揚雄賦〕洒今日發｜。〔注〕｜與蒙、古字通。〔按釋名釋疾病。｜蒙蒙無所別也〕

【矇】母總切音蠓董韻
瞈｜。目不明也。見〔集韻〕

【矏】民堅切音眠先韻　彌殄切音免銑韻
❶目旁薄緻宀宀也。見〔說文〕〔段注〕曰好者、必目旁肉好。乃益見目好。｜蓋卽方言之顯。〔按桂注。宀宀、集韻類篇韻會通志竝引作｜｜。惟五音集韻作宀宀。本書。𡨦、宀宀不見也。顯、𡨦𡨦不見也。方言。顯、雙也。南楚江淮之間曰顯。今江淮間猶謂目旁肉好爲雙縮眼。殆卽許書｜字之還意〕
❷密也。見〔廣雅釋言〕

【矉】毗賓切音頻　卑民切音賓　眞韻
❶恨張目也。詩曰。國步斯｜。見〔說文〕〔段注〕大雅文。毛詩作頻。此作｜者。蓋三家詩。許偁毛而不廢三家也。
❷通顰。心恨頞蹙也。〔莊子天運〕西施病心而｜其里。〔按通俗文。蹙頞曰｜。卽顰之假借〕

【矊】彌延切音綿先韻　彌殄切音眄銑韻
❶瞳子黑也。〔方言〕南楚江淮之間。黸瞳之子謂之｜。〔注〕黸、黑也。｜言｜邈也。
❷｜脈也。〔楚辭招魂〕靡顏膩理。遺視｜些。〔注〕言諸女心中｜脈。時時竊視。安詳審諦。志不可動也。
❸｜眇。視貌。〔文選郭璞賦〕江妃含嚬而｜眇。

【⿰目戀】良秀切音溜宥韻
❶書生重玩溫故也。見〔篇海類編〕
❷定意也。見〔篇海類編〕

【⿰目赫】郝格切音赫陌韻
目赤。見〔玉篇〕

【⿰目察】初戛切音察黠韻
視貌。見〔字彙〕

【⿰目縣】乞及切音泣緝韻
目睛中枯。見〔集韻〕

【⿱目男】民堅切音眠先韻
視也。見〔玉篇〕〔廣韻正字通竝云同矏〕

【⿱目劣】忙經切音銘青韻
密也。見〔類篇〕

【⿱䀠骨】苦骨切音窟月韻
目出貌。見〔類篇〕〔按廣韻云。目突｜。正字通云。譌字之譌〕

【⿸厭目】益涉切壓入聲葉韻
目動貌。見〔集韻〕

【⿰目壽】張流切音周尤韻
｜⿰目長。目動貌。見〔類篇〕

【⿰目寧】乃頂切迥韻
盯｜。視也。〔吳萊賦〕守盯｜。謂眞瞶。

【矄】許云切音熏文韻
目暗也。見〔集韻〕

【⿲辛目辛】蒲莧切音辦　普莧切音盼　諫韻
小兒白眼視也。見〔說文〕〔段注〕依廣韻補視字。

【⿰目蔑】翾哇切音睳齊韻
瞌｜。面有垢也。見〔集韻〕

【⿰目冥】彌并切音名庚韻
眉闊謂之｜。見〔集韻〕

【⿰目粦】瞵本字。見〔說文〕

【⿰目爾】同瞵。見〔集韻〕

【⿰目龠】同睔。見〔正字通〕

【⿰目需】同瞤。見〔類篇〕

【⿱目昜】同陽。見〔龍龕手鑑〕

【矅】覞或字。見〔集韻〕

【⿰目夢】瞢俗字。見〔正字通〕

【⿰目舞】瞴譌字。見〔正字通〕

十五畫

【矌】苦謗切音曠漾韻
目無眹也。見〔玉篇〕

【矌】古曠切音桄漾韻 目無色見〔集韻〕。

【矌】光鑊切音郭藥韻 ㊀張目貌見〔集韻〕。㊁矌—。視貌。〔文選江淹詩〕矑—盡都甸。

【⿰目巤】力涉切音獵葉韻 ㊀目暗見〔玉篇〕。㊁病視也見〔類篇〕。

【矍】厥縛切音攫怳縛切音矆藥韻 ㊀隹欲逸走也。从又持之、矍矍也。讀若詩云穬彼淮夷之穬。一曰視遽皃。見〔說文瞿部〕〔段注〕隹、當作隼。當作皃隼欲逸走而未能。瞿瞿、各本作——。今正。泮水憬彼淮夷。此作穬。叚借字。前義自鷹隼言。後義自人言。㊁——。視也見〔廣雅釋訓〕〔又〕目不正也見〔易震視——釋文引鄭注〕〔又〕視不專之容見〔易震疏〕〔又〕中未得之貌見〔易震釋文引馬注〕。㊂—踢。驚動貌。〔漢書揚雄傳〕河靈—踢。㊃—鑠。勇貌。〔後漢馬援傳〕—鑠哉是翁也。㊄—已。謂有所驚懼而問未止也。〔管子戒〕君請—已乎。㊅—相。地名。〔禮記射義〕孔子射於—相之圃。㊆通懼。〔後漢班固傳〕—然失容。〔李田傳作懼然〕㊇姓也。唐有—瑋、—参。

【⿰目蔑】莫結切音蔑屑韻 ㊀目眥赤貌〔呂覽盡數〕氣鬱處目則爲—爲盲。㊁末也。創在目兩末也見〔釋名釋疾病〕。㊂同眜。目不明也見〔正字通〕。㊃通蔑。〔宋玉賦〕中屛爲胗得目爲—。〔文選作蔑〕。

【⿰目樂】式灼切音爍藥韻 美目。見〔集韻〕。

【⿰目樂】狼狄切音歷錫韻 目暫視。見〔集韻〕。

【⿰目歷】密北切音墨職韻 —睿。視無見也。見〔集韻〕。〔正字通云。俗瞖字〕。

【⿰目賣】莫懈切音賣卦韻 邪視。見〔集韻〕。〔正字通云。瞶字之譌〕。

【⿰目賣】牛懈切音睚卦韻 睚或字。〔集韻〕睚。目際也。一曰怒視。或作—。

【⿰目賣】殊遇切音樹遇韻 視皃。見〔集韻〕。

【⿰目黎】憐題切音黎齊韻郎計切音利霽韻 視也。見〔集韻〕。

【矎】火縣切音絹先韻虛政切音夐敬韻 直視也。〔張志和詩〕睢盱—眹察乎曈。

【矎】翾縣切音絢霰韻 —。目不正也。〔文選王延壽賦〕目——而喪精。

【⿰目樊】扶艱切音樊刪韻 美目貌。見〔字彙補〕。

【⿰目疑】五其切音疑支韻 視也。見〔字彙補〕。

【⿰目聽】他則切音忒職韻 —瞖。欲臥貌。見〔篇海類編〕。

【⿰目賴】火結切屑韻 目不明。見〔龍龕手鑑〕。

【⿰目冥】瞑本字。見〔六書故〕。〔說文作瞑〕。

【⿰目燕】同睫。見〔篇海〕。

【⿰目縣】同矊。見〔篇海類編〕。

【⿰目顛】同顛。〔禮記玉藻〕色容顛顛。〔釋文〕—、字又作—。

十六畫

【矐】黑各切音郝忽郭切音霍藥韻 ㊀重目也。見〔韻會〕。㊁光明也。見〔韻會〕。㊂以馬矢熏令失明也。〔史記荊軻傳〕秦始皇惜高漸離善擊筑。重赦之。乃—其目。㊃目開也。見〔集韻〕。㊄駭視也。見〔類篇〕。

【矑】龍都切音盧虞韻 ●視也。見〔玉篇〕。

●(二)通盧。目童子也。〔文選揚雄賦〕玉女亡所眺其淸—兮。〔漢書作盧〕。

●(三)交—鳥名。卽鵁鶄也。〔本艸釋名〕鵁鶄本名交—。〔按鵁鶄以目交而孕。故又名交—〕。

【𥌃】戶犬切音鉉銑韻胡涓切鉉平聲懸緣切音翾先韻

盧童子也。見〔說文〕〔段注〕方言。驢童之子謂之𥌃。𥌃字當是—字之誤。盧童子者。方言所謂驢瞳之子也。盧、黑也。童、重也。膚幕相裹重也。子、小稱也。主謂其精明者也。居最中如縣然。故謂之—。〔按盧者、驢之省文。玉篇—、與𥌃同。〕

【矋】狠狄切音歷錫韻

—矑。視明皃見〔集韻〕。

【矇】謨耕切音萌庚韻

瞑—視不分明也。見〔集韻〕。

【𥌓】夷隹切音遺支韻以醉切音𥌓寘韻

目病也。見〔集韻〕。

【𥌔】密北切音墨職韻

聴—目欲臥也。一曰驚也。見〔集韻〕。

【𥌕】虛宜切音犧支韻

目動也。見〔集韻〕。

【𥌖】謨中切音蒙東韻

寐言也。見〔集韻〕。

【𥌗】啍本字。見〔說文〕。

【𥌘】瞢或字。見〔集韻〕。

十七畫

【𥌙】助咸切音讒咸韻

●(一)怒視貌。見〔篇海〕。

●(二)目深貌。見〔篇海〕。

【𥌚】弋笑切音耀嘯韻

●(一)眩—也。見〔玉篇〕。

●(二)視誤也。見〔類篇〕。

【𥌛】弋灼切音藥藥韻

𥌜—視皃。見〔集韻〕。

【𥌝】離閑切音斕刪韻

視皃。見〔集韻〕。

【𥌞】郞丁切音靈靑韻

目光也。見〔集韻〕。

【𥌟】於莖切音鶯庚韻

—𥌠。目無光也。見〔集韻〕。

【𥌡】於陵切音膺蒸韻

—睖。定視見〔集韻〕。

【𥌢】子冉切音𥌢琰韻

笑皃。見〔集韻〕。

【𥌣】居韋切音歸微韻

目也。見〔玉篇〕。

【𥌤】讀若龍

俗以目不明爲曚—。

【𥌥】音未詳

目不正也。〔本草序例〕目辟眼—。有五花而自正。〔注〕取五加皮五葉者。酒浸飮之。其目—者正。

【𥌦】同矔。見〔廣韻〕。

【𥌧】同覵、瞥見〔集韻〕。

十八畫

【矔】古玩切音貫翰韻

●(一)目多精也。益州瞋目曰—。見〔說文〕〔段注〕—之言灌注也。方言曰。梁益之閒。瞋目曰—。轉目顧視亦曰—。

●(二)張目。見〔廣韻〕。

●(三)閉一目。見〔集韻〕。

●(四)人名。〔左文七年傳〕鱗—爲司徒。

【𥌨】古患切音慣諫韻

轉目。見〔集韻〕。

【𥌩】逵員切音權先韻

目眶也。見〔集韻〕。

【𥌪】子肖切音醮嘯韻

●(一)目冥。見〔玉篇〕。

●(二)瞋目。見〔類篇〕。

●(三)貝名。〔朱仲相貝經〕—貝使胎消。勿以示孕婦。赤帶通脊是也。

【𥌫】卽約切音爵藥韻咨盈切音精庚韻

目瞑。見〔集韻〕。

【𥌬】失涉切音攝尼輒切音聶葉韻

目動皃。見〔集韻〕。

【𥌭】權俱切音劬虞韻

人名。漢有—丘。見〔集韻〕。

【𥌮】其遇切遇韻

姓也。見〔篇海〕。

【𥌯】精垂切音厜支韻

—眭。視也。見〔集韻〕。

【𥌰】玄圭切音攜齊韻

〔⿰目巂〕 虎癸切隹上聲紙韻 睢或字〔集韻〕睢。目惡視。或从巂。恚視也。見〔集韻〕。

〔⿰目㶾〕 瞟本字見〔說文〕。

〔⿱雚目〕 古觀字見〔玉篇〕。

〔⿱䀠鳥〕 鸜鵒字。見〔正字通〕。

十九畫

〔矕〕 母版切音阪潸韻 ㊀目—也。見〔說文〕。㊁目美貌。見〔類篇〕。㊂視貌。〔後漢馬融傳〕右—三塗。㊃被也。〔文選班固答賓戲〕—龍虎之文舊矣。

〔矕〕 謨官切音瞞寒韻 視也。〔文選馬融賦〕長—遠引。〔李善讀〕。

〔⿱䜌目〕 謨還切音蠻刪韻盧丸切音欒寒韻 目昏瞶也。見〔集韻〕。〔按桂馥云〕。如目被翳也。

〔矗〕 敕六切忡入聲初六切音琡屋韻丑琢切忡去聲送韻 ㊀草木盛也。〔文選左思賦〕櫹—森萃。㊁齊平也。〔文選鮑昭賦〕—似長雲。㊂直也。〔元包經〕語其義則—然而不誣。〔注〕直而不妄也。㊃長直貌。〔謝靈運賦〕直陌—其東西。㊄—聳上而高起也。〔文選司馬相如賦〕崇山——。

〔⿰目燮〕 悉協切音燮葉韻 閉目也。見〔集韻〕。

〔矖〕 所綺切音屣紙韻 索視貌。見〔文選謝惠連詩注引蒼頡〕。

〔矖〕 所蟹切音灑蟹韻 視也。〔後漢馬融傳〕目—鼎俎。〔注〕—音灑。

〔矖〕 鄰支切音離支韻 —瞜。瞜古之明目人。辯瞜字。

二十畫

〔矘〕 坦朗切音儻養韻 ㊀目無精直視也。見〔說文〕、〔按後漢梁冀傳。洞精—眄。注。—目精直皃〕。㊁目不明也。〔楚辭遠游〕時曖曃其—莽。㊂失志貌。見〔一切經音義引字林〕。

〔矘〕 他郎切儻平聲陽韻 懸貌。〔青箱雜記〕矘—晃者懸人也。

〔⿰目夔〕 悅縛切音矆藥韻 ㊀視也。見〔廣雅釋詁〕。㊁大視也。見〔玉篇〕。㊂懼也。〔文選左思賦〕—焉相顧。㊃自肥貌。〔太玄唫〕唫於血—自肥也。〔注〕—省而自肥也。

〔⿰目嚴〕 苦濫切音闞勘韻 瞰或字。〔集韻〕瞰。視也。或从敢。

〔⿰目嚴〕 五犯切音儼豏韻 通矙。見〔五音集韻〕。

〔矙〕 苦濫切音闞勘韻 同瞰。瞰視也。窺也。〔孟子滕文公〕陽貨—孔子之亡也。而饋孔子蒸豚。〔音義〕—或作瞰。同。

二十一畫

〔矚〕 朱欲切音燭沃韻 ㊀視也。見〔華嚴經音義引字略〕。〔按魏書張淵傳。矚神逵—。晉書桓溫傳。眺—中原。皆觀義〕。㊁視之甚也。見〔類篇〕。

〔⿰目累〕 倫追切音纍支韻 視皃。見〔集韻〕。

〔⿰目譽〕 同觀。見〔字彙補〕。

二十三畫

〔⿰目變〕 卑見切音變霰韻 閉目也。見〔字彙〕。

二十五畫

〔⿰目蠻〕 呼關切音蠻刪韻 —矘晃者懸人也。見〔青箱雜記〕。

✻皿部✻

〔皿〕 眉永切盟上聲母梗切音猛 梗韻

●飯食之用器也。象形。與豆同意。見〔說文〕〔段注〕飯、各本作飲。誤。象形。上象其能容。中象其體。下象其底也。

㊁所以覆器者也。〔孟子滕文公〕牲殺器—。〔按此假—爲㿻〕

㊂清代順天鄉試監生考卷。以監字省—爲識號。曰—卷。有南—北—之分。

二畫

〔⿱乚皿〕 孔几切音起紙韻

㊀器也。見〔玉篇〕。

㊁人名。崇—。見〔宋史宗室表〕。

〔盁〕 同盈。見〔字彙補引漢靈臺碑〕。

〔⿱号皿〕 粤籀字。見〔正字通〕。

三畫

〔⿱干皿〕 居寒切音干寒韻

㊀盤也。見〔玉篇〕。

㊁大盌名。見〔廣韻〕

〔盂〕 雲俱切音于虞韻

㊀本作盂。〔說文〕盂。飯器也。〔按大徐、篇韻、急就篇注。均作飯器。王桂諸家及阮氏經籍纂詁多從之。小徐後漢書注御覽作飲器。段氏從之。然段注所引。字多作杅。而漢書東方朔傳注。—食器也。其義較後漢書注御覽等書爲蚤出。故仍以飯器爲許義。而別存飲器之說於後〕

㊁亦飲器也。〔史記滑稽傳〕酒一—。〔按飯器爲—之本義。故古鐘鼎有父癸—諸稱。後乃用以貯酒貯水。其名延而愈廣。若茗—唾—之見于詩詞者皆是〕

㊂田獵陳名。〔左文十年傳〕宋公爲右—。鄭伯爲左—。

㊃草名。〔爾雅釋草〕—、狼尾。〔疏〕—草似茅者。一名狼尾。

㊄書名。〔史記魏其武安侯傳〕田蚡學盤—諸書。〔注〕黃帝使孔甲所作銘也。

㊅山名。〔山海經西山經〕—山。其陰多鐵。其陽多銅。〔按地當今陝西靖邊縣〕

㊆地名。〔左僖二十一年傳〕諸侯會宋公于—。〔注〕—、宋地。〔按今河南睢縣界有—亭〕

㊇縣名。漢置。屬太原郡。當今山西陽曲縣東北。〔又〕隋—縣。屬太原郡。當今山西—縣治。

㊈—蘭盆。佛經名。〔盂蘭盆經〕目連見其亡母在餓鬼中。白佛。于七月十五日。具百味五果。奉蘭—盆。供養十方諸佛。然後得食。

㊉玉盤—。芍藥名。〔蘇軾詩〕一枝爭看玉盤—。

⑪通杅。〔文選東方朔答客難〕安於覆—。〔注〕—、與杅同。

⑫姓也。春秋時。衞—黶。

〔⿱王皿〕 古火切音果哿韻

盤也。見〔集韻〕〔按正字通云。盂字譌省〕

〔⿱孑皿〕 居謁切音孑月韻

齊人謂盤曰—。見〔類篇〕。

〔⿱亡皿〕 莫浪切音漭漾韻 〔與從血之衁別〕

—浪。不精要貌。見〔類篇〕。

〔⿱夂皿〕 ……切音……韻

器也。見〔海篇心鏡〕。

〔⿱亏皿〕 盂本字。見〔說文〕。

四畫

〔盅〕 持中切音蟲敕中切音忡東韻

㊀器虛也。老子曰。道—而用之。見〔說文〕〔按老子沖器以爲和。范應元注。古本作—。又老子大盈若沖。均作中虛解。可知古沖虛字皆作—。自沖行而—廢矣〕

㊁穀—。器名。見〔字彙補引王氏農書〕

〔盆〕 步奔切坌平聲元韻

㊀盎也。見〔說文〕。〔按廣雅釋器。盎謂之—。方言。甇甀自關而西或謂之—。或謂之盎。蓋—本瓦器。今謂之—。亦謂之缽。因形式略異而名稱遂以不同也〕

㊁盛水器。〔儀禮士喪禮〕新—槃瓶廢敦重鬲皆濯。〔注〕—以盛水。

㊂盛血器。〔周禮牛人〕共其牛牲之互與其—簝。〔司農注〕—所以盛血。

（四）煑鹽器。〔漢書食貨志〕募民煑鹽官與牢—。〔注〕牢、價值。—、煑鹽器。
（五）炊器也。〔禮記禮器〕盛於—。
（六）盛酒器。鼓之以節歌者也。〔史記藺相如傳〕請奉—缻以相娛樂。
（七）沐浴之器也。〔周書王會〕堂後東北爲赤帟焉。浴—在其中。
（八）量名。〔荀子富國〕土生五穀。人善治之則畝數—。〔注〕當時以—爲量也。〔按以—爲量不始于周末。考工記陶人。—實二鬴則周公時已然。〕
（九）山名。〔豫章古今記〕—山在豐城。山形如覆—。
（十）淹也。〔禮記祭義〕夫人繅三—手。〔注〕繅繭—中以手三次淹之。振出其緒也。
（十一）掩也。見〔禮記祭義釋文〕。
（十二）缺—。人乳房上骨名。〔史記倉公傳〕疽發乳上入缺—。〔又〕藥名。〔本草釋名〕礬—、一名缺—。蓬砂、一名—砂。
（十三）地名。〔李紳詩〕—城依落日。〔按南史齊世祖紀。上據—口城爲戰守備。卽此。一作湓。在今江西舊九江府城外。〕
（十四）—戌。複姓。孟子時有—成括。

【盆】步悶切音坌願韻

—溢。水滿也。〔後漢陳忠傳〕海水—溢。

【盈】怡成切音嬴庚韻

（一）滿器也。見〔說文〕。〔段注〕滿器者、謂人滿宁之。
（二）怒也。見〔廣雅釋詁〕。
（三）充也。見〔廣雅釋詁〕。
（四）溢也。〔易坎〕坎不—。
（五）長也。〔文選張衡賦〕不縮不—。
（六）莫不有也。見〔墨子經上〕。
（七）猶逞也。見〔經義述聞〕。〔按左傳沈子逞。穀梁作沈子—。左傳欒—。史記晉世家作欒逞。知—與逞音訓互通。〕
（八）非也。見〔廣雅釋詁〕。
（九）猶多也。見〔詩節南山降此鞠訩箋〕。
（十）謂月圓也。〔禮記禮運〕是以三五而—。
（十一）相接足之辭也。〔公羊僖二十三年傳〕—乎諱也。
（十二）乾爲—。見〔易益虞注〕。
（十三）—貫。謂溢鏑也。〔莊子田子方〕引之—貫。
（十四）—不足。古算法名。九章之一也。亦名—朒。以御隱雜互見。見〔九章算術〕。
（十五）燕之外郊。朝鮮冽水之間。凡言呵叱者謂之魏—。見〔方言〕。
（十六）不—。—也。〔詩車攻〕大庖不—。
（十七）州名。唐置。屬劍南道。當今四川宜賓縣境。
（十八）蓋—。丘名。〔路史國名紀〕若水之間。禺中之地有蓋—之丘。蓋—氏之墟也。
（十九）—民。國名。〔山海經大荒南經〕有—民之國。於姓黍食。
（二十）周—。菊之別名。〔抱朴子僊藥〕僊方所謂日精更生周—。皆一菊而根莖花實異名。
（二十一）——。水貌。〔古詩〕——一水間。〔又〕女好貌。〔崔顥詩〕——入畫堂。
（二十二）姓也。晉欒—之後。
（二十三）同嬴。容也。〔古詩〕——樓上女。〔注〕——、同嬴。容也。
（二十四）通贏。〔史記范睢蔡澤傳〕進退—縮。〔天官書作贏縮〕。

【⿱火皿】火牙切音蝦麻韻

盂也。見〔篇海類編〕。

【⿱兮皿】胡雞切音奚齊韻

小盆也。見〔五音集韻〕。〔按正字通云。盆字之譌。〕

【盄】之搖切音招蕭韻

器也。見〔說文〕。〔按類篇云。或作盄。字彙補云。亦作盄。說文長箋云。博古圖有盄盉鐘銘。〕

【⿱斗皿】丘規切音窺支韻

鉢也。見〔字彙補〕。

【盋】兵末切音鉢曷韻

器也。見〔海篇心鏡〕。

【盇】

盍本字。見〔說文血部〕。〔隷變作盍。〕

【⿱臼皿】

同盥。見〔五音篇海〕。

【⿱丕皿】

盌俗字。見〔正字通〕。

【盃】

杯俗字。見〔正字通〕。

五畫

【益】伊昔切音一陌韻

（一）饒也。从水皿。水皿、—之意也。〔段注〕食部曰。饒、飽也。凡有餘曰饒。

下水字今補。〔按水皿即器滿之義。康熙字典別引六書正譌、器滿也義複。〕

（二）猶加也。〔國語周語〕而—之以三怨。

（三）猶過也。〔國策齊策〕—一言臣請烹。〔按國策宋策。而賁不—爲王。—亦訓過。〕

（四）漸也。〔禮記坊記〕故亂—亡。

（五）助也。〔國策秦策〕于是出利金以—公賞。

（六）多也。〔國策齊策〕可以—割于楚。

（七）富也。〔呂覽貴當〕其家必日—。

（八）息也。〔呂覽審時〕如此者不—。

（九）長也。〔呂覽察今〕澭水暴—。

（十）大也。〔國策中山策〕中山雖—廢王。

（十一）增進也。〔論語憲問〕—者與。

（十二）謂受說不了。欲師更明說之也。〔禮記曲禮〕請—則起。

（十三）以道相成也。〔鬼谷子捭闔〕—損去就倍反。

（十四）德之裕也。見〔易繫辭〕。

（十五）盈溢也。〔莊子列禦寇〕有貌愿而—。

（十六）隘也。〔古微書引春秋元命苞〕—之爲言隘也。

（十七）二十四兩爲—。見〔六書正譌〕。〔按字別作溢、鎰。〕

（十八）愈也。〔左昭七年傳〕三命茲—共。

（十九）阸也。所在之地險阸也。見〔釋名釋州國〕。

（二十）—都。次第也。〔金史國語解〕—都。次第之通稱。

（廿一）卦名。巽上震下。〔易益大象〕風雷—。

（廿二）地名。古蜀國。漢—州。當今四川成都縣治。〔又〕漢—州郡。當今雲南晉寧縣治。

（廿三）—母。草名。〔廣雅釋草〕—母。羌蔚也。〔按卽詩王風之蓷。〕

（廿四）思—。亦草名。〔爾雅釋草盱虺牀疏〕蛇牀、一名思—。

（廿五）—智。果名。〔廣雅釋木〕—智。龍眼也。

（廿六）伯—。人名。〔漢書古今人表作秝。〕

（廿七）姓也。漢有—強、—壽。宋有—暢。

【盍】韓臘切音闔合韻

（一）本作盇。〔說文血部〕盇。覆也。見〔說文〕。〔段注〕皿中有血而上覆之。覆必大于下。故从大。

（二）合也。〔易豫〕朋—簪。〔按虞注。坤爲—。〕

（三）疑詞。〔史記伯夷傳〕—往歸焉。

（四）何不也。〔論語公冶〕—各言爾志。

（五）何也。見〔廣雅釋詁〕。〔按王引之經傳釋詞云。楚詞九歌。—將把兮瓊芳。王注曰。—、何也。言靈巫何恃乎。乃復把玉枝以爲香也。今本王注作—何不也。不字乃後人所加。後人但知—爲何不。而不知其又訓爲何。故妄改耳。〕

（六）—稚。氐人自號也。〔魏略西域傳〕氐人分竄山谷間。其種非一。自相號曰—稚。

（七）通闔。〔管子小稱〕闔不起爲寡人壽乎。〔按經傳釋詞曰。闔不、何不也。〕

（八）通蓋。〔國策秦策〕蓋可以忽乎哉。〔按經傳釋詞曰。言何可忽也。〕

（九）姓也。宋—著。

【盍】丘葛切音渴曷韻　丘蓋切音槪泰韻

—旦。鳥名。〔禮記坊記〕詩云。相彼—旦。尚猶患之。〔按月令作鶡旦。〕

【盎】嗚浪切盎去聲漾韻　倚朗切盎上聲養韻

（一）盆也。見〔說文〕。〔按爾雅釋器注、廣雅急就篇同。惟—大腹而斂口。盆則斂底而寬上。斯爲小異耳。〕

（二）盛貌。〔孟子盡心〕—於背。〔按孟子音義引陸注。—於背如負之於背。是—又訓負。〕

（三）—齊。酒名。〔周禮酒正〕辨五齊之名。三曰—齊。〔註〕—、猶翁也。盛而翁翁然蔥白色。

（四）——。和也。〔杜牧序〕春之——。不足爲其和也。

（五）姓也。見〔姓苑〕。

（六）人名。漢袁—。

（七）—斯。英國衡名。常衡、十六—斯爲一磅。藥衡、金衡十二—斯爲一磅。亦作溫斯。英文 ounce。

【𥁕】烏昆切音溫元韻

（一）仁也。从皿。以食囚也。官溥說。見〔說文〕。〔段注〕凡云溫和、溫柔、溫暖。皆當作此字。溫行而—廢矣。官溥者。博訪通人之一也。

（二）人名。宋有光祿卿張—之。

【盌】鄔管切剜上聲旱韻

（一）小盂也。見〔說文〕。〔按—通㼝。說文瓦部。㼝、小盂也。又通椀。廣雅釋器。椀、盂也。惟急就篇顏注。—似盂而深長。與小盂之義稍別。」

㊁醬杯也。〔御覽引通俗文〕醬杯曰盞。或謂之—。

【盉】胡戈切音禾歌韻胡臥切禾去聲箇韻

調味也。見〔說文〕〔段注〕調聲曰龢。調味曰—。今則和行而龢—皆廢矣。〔按博古圖、商有阜父丁—。執戈父癸—。故廣韻又訓—爲調味五器。〕

【⿱用皿】余頌切音用宋韻

大罌也。見〔集韻〕。

【⿱亥皿】許亥切音海賄韻

盛酒器。見〔集韻〕。〔按俗稱大杯爲酒海。字當作—。〕

【⿱必皿】覓畢切音蜜質韻

拭器也。見〔說文〕〔段注〕可以㕞拭之器。若今刷子之類。廣韻、集韻、類篇皆作拭。今各本作械器。非古本。

【⿱宁皿】丈呂切音宁語韻

器也。見〔說文〕。〔按段桂皆無說。竊謂字从宁者。宁與貯爲古今字。蓋亦宁物之器也。〕

【⿱幼皿】於敎切音靿效韻

器中不平也。見〔集韻〕。

【⿱牙皿】語下切音雅馬韻

酒器也。〔方言〕杯也。秦晉之郊謂之—。〔按字亦通雅。方言—所謂伯—者也。伯—亦作伯雅。〕

【盋】北末切音撥曷韻

—器。盂屬。見〔說文新附〕。〔按字或作鉢。詳鉢字。〕

【⿱氾皿】符炎切音凡匹凡切音芝鹽韻孚梵切音泛陷韻

栝也。趙魏之間或曰—。見〔方言〕。

【⿱柔皿】音昭陌韻

器也。見〔龍龕手鑑〕。

【⿱曲皿】

壺籀文。見〔字彙補引字義總略〕。

【⿱留皿】同盬。見〔玉篇〕。

【⿱罒皿】同⿱罒皿。見〔字彙〕。

【⿱有皿】盇或字。見〔說文〕。

【⿱易皿】⿱罒皿或字。見〔集韻〕。

【⿰皿乏】⿱泛皿俗字。見〔正字通〕。

六畫

【⿱有皿】尤救切音宥宥韻云九切音有有韻胡隈切音槐灰韻

㊀小甌也。見〔說文〕。

㊁抒水器也。見〔玉篇〕。

【盒】曷閤切音合合韻

㊀盤屬。見〔類篇〕。

㊁俗謂藏物之器底與蓋相合者曰—。

㊂貯墨汁之器曰墨—。

㊃—子會。明季秦淮妓家宴聚之名。見〔余懷板橋雜記〕。

【盦】烏含切音諳覃韻

器口歛也。見〔集韻〕。

【⿱廷皿】倪堅切音妍先韻

㊀椀也。見〔玉篇〕。

㊁醆也。見〔廣韻〕。

【盔】枯回切音魁灰韻

㊀鉢也。見〔玉篇〕。

㊁盂器。見〔韻會〕。

㊂俗謂首鎧曰—。見〔正字通〕。

【⿱列皿】力㓡切音利霽韻

器也。見〔集韻〕。

【⿱汙皿】邕俱切音迂汪胡切音烏虞韻〔按正字通云。與汙洿別。集韻合三字爲一。誤。〕

盤—。旋流貌。〔文選木華賦〕盤—激而成窟。

【⿱𠔉皿】居願切音絭願韻古倦切音眷霰韻

盂也。〔方言〕海岱東齊北燕之閒。盂或謂之—。

【⿱𠔉皿】逵員切音權寒韻

盌也。見〔集韻〕。

【⿱𠔉皿】驅圓切音弮先韻

屈木盂也。見〔韻會〕。

【⿱宛皿】於寒切音安寒韻

盂也。見〔廣雅釋器〕。〔按方言。盂謂之櫂。河濟之間謂之—[illegible]。今俗猶尚有此稱。〕

【⿱氾皿】同⿱氾皿。見〔玉篇〕。

【⿱泛皿】同泛。見〔龍龕手鑑〕。

【⿱沍皿】同⿱汙皿。見〔類篇〕。

【⿱丞皿】同孟。見〔字彙補〕。

【⿱聿皿】盡俗字。見〔正字通〕。

【盖】盖俗字。見〔正字通〕。

七畫

【盛】時征切音成庚韻

㈠黍稷在器中以祀者也。見〔說文〕。〔按御覽引作黍稷在器中也。小徐本同。—字在古世不分虛實二訓。因其爲實於器中之名。故亦呼器爲—。亦不分平去二音。因其可引申爲凡豐滿之稱。故凡豐滿者皆曰—。惟此種區別由來已舊。今仍分條立訓。而特明古義于此。〕
㈡器名。杯杅也。〔禮記喪大記〕食粥於—。不盥。
㈢稻也。〔孟子滕文公〕以供粢—。
㈣黍稷也。〔周禮閭師〕不耕者祭無—。
㈤新穀也。〔公羊文十三年傳〕周公—。
㈥受物也。〔漢書東方朔傳〕壺者所以—也。
㈦猶成也。〔周禮掌蜃〕共白—之蜃。〔按考工記匠人注。—之言成也。以蜃灰堊牆。所以飾成宮室。〕
㈧嚴飾也。〔左宣二年傳〕—服將朝。〔注〕—、音成。
㈨山形也。〔爾雅釋山〕山如防者—、〔疏〕形似而高峻若黍稷之在器也。
㈩一—。一具也。〔左哀十三年傳〕旨酒一—分。
⑪容—。猶言覆藏也。〔急就篇〕無不容—。
⑫—唐。地名。〔漢書武帝紀〕南巡狩。至于—唐。
⑬通成。〔漢書郊祀志〕月主祠—山。〔按即成山。〕
⑭通郕。〔公羊隱五年傳〕秋。衞師入—。〔左傳作郕。〕

【盛】時正切成去聲敬韻

㈠滿也。〔素問脈要精微論〕上—則氣高。下—則氣脹。
㈡廣大也。〔國語越語〕—而不驕。〔注〕—、元氣廣大時也。
㈢猶長也。〔書大傳〕周公—養成王。
㈣多也。見〔廣雅釋詁〕。
㈤彊也。〔呂覽悔過〕此其備必已—矣。
㈥茂也。〔漢書食貨志〕故儗之而—也。
㈦極也。〔莊子德充符〕平者水停之—也。
㈧褒也。見〔易說卦莫—乎艮釋文引鄭注〕。
㈨猶正也。〔禮記中庸〕齊明—服。〔疏〕—服、謂正其衣冠。
㈩猶嘉也。〔文選張衡賦〕—夏后之致美。
⑪月望也。〔詩日居月諸出自東方疏〕日之始照。月之—望。皆出東方。
⑫女子二十之年也。〔詩桃之夭夭箋〕婦人皆得以年—時行也。年—二十之時。
⑬—哉。歎美之言。〔太玄玄測都序〕—哉日乎。
⑭清舊京名。當今奉天瀋陽縣治。
⑮姓也。漢北海太守—苞。周穆王時—柏之後。

【盜】大到切音導號韻

㈠私利物也。从次皿。次欲也。欲皿爲—。見〔說文次部〕。
㈡與人姦私亦曰—。〔漢書直不疑傳〕然特毋柰其善—嫂何也。
㈢逃也。〔漢書惠帝紀〕當—械者皆頌繫。
㈣竊也。〔後漢馬援傳〕—名字者不可勝數。
㈤小人也。〔詩巧言〕君子信—。
㈥賤人之稱也。〔春秋定八年〕—、謂陽貨也。
㈦春秋有三—。微殺大夫謂之—。非所取而取之謂之—。辟中國之正道以襲利謂之—。見〔穀梁哀四年傳〕。
㈧取人之言而棄其身。—也。見〔新序雜事〕。
㈨亦賊也。〔荀子哀公〕文公用其—。
㈩坎爲—。見〔易繫辭—思奪之矣虞注〕。
⑪星名。〔宋史天文志〕客星東南曰—星。主大—。
⑫—驪。馬名。〔穆天子傳〕右服—驪。
⑬—庚。草名。〔爾雅釋草〕蕧、—庚。〔注〕旋蕧似菊花。
⑭—汗。病名。〔巢氏病源虛勞〕—汗者。因睡眠而身體流汗也。此由陽虛所致。

【盌】烏馬切音啞馬韻

㈠盛也。見〔字彙補〕。
㈡酒器也。見〔海篇心鏡〕。〔按康熙字典云。盌字之譌。〕

【盚】渠尤切音求尤韻
㊀姓也。見〔直音〕。
㊁俗以—爲盦名。見〔正字通〕。

【盔】徒回切音頹灰韻
器名。見〔集韻〕。

【盄】徒弔切音糶嘯韻 田聊切音迢蕭韻
艸田器也。見〔集韻〕。

【𥁓】又足切音觸沃韻
盂也。見〔集韻〕。

【𥁑】測角切音齪覺韻
杯也。見〔集韻〕。

【盜】音未詳
器名。〔曹植樂府〕主人起舞—盤。

【𥂝】盟本字。見〔說文囧部〕。〔按段本如此。小徐作从囧血聲。云聲字衍。大徐因作从血朙聲。字其實盟與孟皆皿聲。古孟津盟津通用。是其證也。—爲籀文。篆作盟。古文作盟。〕

【盙】篚本字。見〔正字通〕。〔康熙字典引說文黍稷圜器本作篚。按說文竹部篚下正文重文均無作—者。〕

【盨】篹本字。見〔正字通〕。〔康熙字典引說文黍稷方器本作篹。按說文竹部篹下正文重文均無作—者。〕

【䀋】同䀋。見〔康熙字典〕。〔按類篇—字載血部。字彙云从皿。誤。正字通又云—、醢也。毛詩周禮皆作醓。禮記作䀋。說文䀋从血肬聲。陸氏曰。又作—。从醓䀋爲正。〕

八畫

【䀌】謨蓬切音蒙東韻
㊀器盛滿皃。見〔集韻〕。
㊁儚或字。見〔集韻〕。

【盝】盧谷切音祿屋韻
㊀竭也。見〔爾雅釋詁〕。
㊁涸也。見〔方言〕。
㊂漉也。〔考工記㡛氏〕湅帛淸其灰而—之。
㊃州名。〔元史安南國傳〕鎮南王遂由單己縣趨—州。間道以出。〔按—州當卽祿平州。地近諒山。〕
㊄人名。〔宋史交阯傳〕交阯世子阮—。〔按交阯、卽今安南。〕
㊅通簏。櫝匣之小者。見〔集韻〕。〔按宋史輿服志皇帝承天受命之寶。納於小—。是—簏字通。〕
㊆通漉。見〔集韻〕。〔按禮記月令。毋漉陂池。注。漉、竭也。是—與漉通。〕
㊇同盪。見〔集韻〕。〔按詩伐木。釃酒有藇。釋文謂以筐盪酒。是—盪亦盪。〕

【盞】阻限切音醆潸韻
㊀琖或字。見〔說文新附〕。〔按說文、琖。玉爵也。夏曰琖。殷曰斝。周曰爵。〕
㊁最小杯也。見〔方言〕。〔按方言又云。—、㮎也。自關而東趙魏之間或曰—。〕
㊂醬杯曰—。或謂之盌。見〔御覽引通俗文〕。
㊃燈—也。〔許渾詩〕小殿燈千—。
㊄金—。花名。卽長春菊。〔又〕秋葵一名側金—。亦花名。並見〔羣芳譜花譜〕。
㊅—達。地名。在雲南騰越縣境。與英領緬甸交界處。

【盟】眉兵切音明 謨耕切音萌庚韻 眉永切明上聲梗韻 眉病切明去聲敬韻
㊀本作盟。〔說文囧部〕盟。周禮曰。國有疑則盟。諸侯再相與會。十二歲一盟。北面詔天之司愼司命。盟殺牲歃血。朱盤玉敦。以立牛耳。〔段注〕各本下从血。今正。再相與會四字。當作再朝而會再會六字。轉寫之誤也。昭十三年左傳杜注。三年一朝。六年一會。十二年而一—。司—職曰。北面詔明神。左襄十一年傳。或間茲—。司愼司命。明神殛之。按今左傳—與命互譌。許蓋合周禮左傳爲言。朱、小徐、及周禮作珠。今依大徐本。立、當爲莅。莅、臨也。曲禮曰。莅牲曰—是也。
㊁明也。告其事于神明也。見〔釋名釋言語〕。
㊂信之要也。見〔國語魯語〕。
㊃國之重也。見〔穀梁莊十九年傳〕。
㊄誓約也。二國以上或二人以上相誓約以行事。輒號爲同—。如云攻守同—。同—罷工。
㊅區域也。如蒙古合數部落爲一—。內外蒙古八十一—。青海蒙古二

十九—。

【盟】莫更切音孟敬韻

㊀地名。〔史記周紀〕武王觀兵於—津。〔按書禹貢作孟津當今河南孟縣治。〕

㊁澤名。〔漢書地理志〕被—豬。〔按書禹貢作孟豬。〕

㊂—門。地名。〔國語晉語〕及—門而原降。

【䀩】常者切音社馬韻

器也。見〔廣韻〕。

【䀪】神夜切音射禡韻

器也。見〔玉篇〕。

【䀫】直宜切音馳蒸夷切音脂陳尼切音墀支韻

滋或字。見〔說文艸部〕。〔按說文、滋。滋菹也。〕

【䀬】同鐀。見〔字彙補〕。

【䀭】同蓋。見〔正字通〕。

【䀮】同盌。見〔玉篇〕。

【䀯】同鑑。見〔五音篇海〕。

【䀰】同鑑。見〔字彙〕。〔按康熙字典云。說文从血作盬。當卽盬之譌字。〕

【䀱】棬或字。見〔集韻〕。

九畫

【蠡】憐題切音離齊韻里弟切音蠡薺韻良以切音里紙韻

㊀以瓢爲飲器也。一曰簞也。見〔廣韻〕。

㊁蠡或字。見〔集韻〕。

【盡】在忍切秦上聲軫韻

㊀本作盡。〔說文〕盡。器中空也。〔桂注〕釋詁、空—也。世說可以累心處都—。注。—猶空也。

㊁終也。見〔玉篇〕。

㊂止也。〔荀子正名〕欲雖不可—。可以近—也。〔注〕適可而止也。

㊃竭也。〔禮記曲禮〕君子不—人之歡。〔按禮記哀公問固民是—。疏。—、謂竭—。〕

㊄悉也。〔易繫辭〕書不—言。言不—意。

㊅極也。〔呂覽明理〕五帝三王之於樂。—之矣。

㊆備也。〔北史序傳〕竊謂詳—。

㊇猶略也。〔呂覽務本〕臨財物資—則爲已。

㊈死也。〔後漢皇甫規妻傳〕妻謂持杖者曰。何不重乎。速—爲惠。〔按今語猶謂自裁爲自—。〕

㊉莫不然也。見〔墨子經上〕。

⑪誠信之謂—。見〔禮記祭統〕。

⑫謂黜削也。見〔荀子宥坐廢不能以單之注。〕

⑬謂精於事也。〔荀子榮辱〕農以力—田。賈以察—財。百工以巧—械器。

⑭日夜食也。〔漢書京房傳注〕晝食爲既。夜食爲—。

⑮月晦也。〔韓鄂歲華紀麗〕大餔小—。〔注〕月三十日爲大—。二十九日爲小—。

⑯通燼。〔神異經南方經〕南方外有大山。其中生不—之木。〔按謂經火不灰燼也。〕

⑰姓也。見〔萬姓統譜〕。

【盡】子忍切津上聲軫韻

㊀—之也。〔左閔二年傳〕—敵而反。

㊁皆也。〔左昭二年傳〕周禮—在魯矣。

㊂任也。縱令也。〔禮記曲禮〕虛坐—後。食坐—前。〔俗作儘。〕

㊃—。極視—物之貌也。〔荀子非十二子〕學者之鬼。—然盱盱然。

【盡】徐刃切秦去聲震韻

竭也。〔國語周語〕齊國佐其語—。〔注〕—其心意。善惡褒貶。無所諱也。

【監】居銜切緘平聲咸韻

㊀臨下也。見〔說文臥部〕。〔注〕安居以臨下。—之也。〔段注〕小雅毛傳。監、視也。許書。臨、視也。—、臨下也。古字少而義晐。今字多而義別。—與鑒、互相叚。

㊁觀也。〔漢書禮樂志〕周—於二代。

㊂察也。〔國語周語〕使—謗者。

㊃領也。見〔詩節南山〕何用不—。釋文引韓詩。

㊄攝也。〔左閔二年傳〕守曰—國。

㊅雲氣臨日也。〔周禮眡祲〕掌十煇之法。四曰—。

㊆—寐。言雖寢而不寐也。〔後漢桓帝紀〕—寐寤歎。

㊇—工。工官之長也。〔呂覽季春〕—工日號。

⑨—州。宋代官名。〔蘇軾詩〕但愛無蟹有—州。〔按宋世諸州置通判。謂之—州見歸田錄〕

⑩—德。星名。〔史記天官書〕歲陰在寅。歲星居丑。正月晨出東方。名曰—德。

⑪—門。主門也。〔荀子榮辱〕或—門御旅。抱關擊柝。

⑫俗謂牢獄曰—。以其為—禁罪人之所也。

【監】居懺切音鑑陷韻

①視也。〔書太甲〕天—厥德。

②謂公侯伯子男各—一國也。〔周禮大宰〕立其—。

③廷尉之官屬也。〔漢書宣帝紀〕而丙吉為廷尉—。

④謂御史—郡者也。〔漢書樊噲傳〕擊泗水—豐下破之。

⑤三—。管蔡商也。〔書大誥序〕三—及淮夷畔。〔按鄭注又以三—為管蔡霍〕

⑥四—。主山林川澤之官也。〔禮記月令〕乃命四—。

⑦官署曰—。如隋之少府—唐之將作—、都水—、飛龍—。明清之欽天—皆純為官署名稱。與黃帝之左右大—。唐之中書—、祕書—。宋之殿中—。為官名者小異。

⑧奄人也。〔史記秦紀〕衞鞅因景—求見孝公。〔按如漢書司馬相如傳之狗—。白居易歌之阿—。皆是惟漢文帝居代時有尙食—。衞將軍青有家—。均見史記。義與奄人有別〕

⑨—明察也。〔靈樞陰陽二十五人〕陽明之上—然。〔又〕不相入也。〔靈樞逆順肥瘦〕刺壯士眞骨。堅肉緩節—然。

⑩—生。肄業國學者之稱。明制。南北二京各設國子—。如古之太學。士子入—讀書者謂之—生。後大臣任子入—者謂之廕—。清世納粟入—者又謂之捐—。或謂之例—。

⑪通鑑。〔周禮凌人〕春始治鑑。〔釋文〕本又作—。

⑫通鑒。〔詩柏舟〕我心匪—。〔釋文〕本又作鑒。

⑬姓也。衞康叔為連屬之—。其後因以為氏。

【監】苦濫切音闞勘韻

①—陸。鄉名。〔史記封禪書〕蚩尤在東平陸—鄉。齊之西境也。〔按地在今山東東平縣境〕

②通闞。〔史記田齊世家〕—止為齊簡公相。〔注〕—一作闞。

【監】呼臭切音殪錫韻

山名。〔漢書地理志〕益州律高縣東南—町山出銀鉛。〔按律高縣當今雲南陸涼縣東〕

【盡】盡本字。見〔說文〕

【盨】樻譌字。見〔正字通〕

十畫

【盤】蒲官切音槃寒韻

①槃籀文。見〔說文木部〕〔說文〕槃承槃也。今通行—。本為承水器。古之盟手者以匜沃水。以—承之。湯之—銘。正謂刻戒於盥手之承—者。古晨必盥手。故云日日新也。浸假食器亦以—。如急就篇之—案。注。無足曰—。有足曰案。所以陳舉食。又他雜用亦或以—。如禮記喪大記。君設大—。大夫設夷—。史記平原君傳。毛遂左手持—血。是也。

②樂也。〔書五子之歌〕乃—遊無度。

③辟也。〔淮南人間〕子發—罪威王。

④大石也。〔文選成公綏賦〕坐—石。

⑤山名。〔明一統志〕—山在薊州城西北二十五里。

⑥谷名。〔明一統志〕—谷在懷慶府濟源縣北二十里。唐李愿隱于此。

⑦江名。〔水經葉榆水注〕葉榆水又逕賁古縣北。東與—江合。〔按賁古縣在今雲南建水縣東南〕

⑧城門名。〔吳地記〕—門。古作蟠門。水陸相半。沿洄屈曲。故曰—門。〔按—門為江蘇蘇州城六門之一。〕

⑨凡物託根之處曰—。〔韓愈詩〕平池散芡—。〔按如植物學之花—生理學之胎—骨—。貯算珠者曰算—。布棊子者曰棊—。皆此義〕

⑩凡物象之紆曲者曰—。如山之—紆。水之—渦。以及馬之迴旋曰—馬。香之屈曲曰—香。挽髻曰—鴉。曲膝曰—膝。皆此義。

⑪廣大貌。〔文選枚乘七發〕軋—涌裔。〔注〕—謂—礴。廣大貌。

⑫—國名。〔梁書武帝紀〕—國遣使獻方物。〔按唐書南蠻傳云—國在南海〕〔又〕曲折也。〔李白詩〕青泥何——。

(十三)—郢。劒名。〔吳越春秋闔閭內傳〕吳王得越所獻寶劒三枚。一曰魚腸。二曰—郢。三曰湛盧。

(十四)—鈴。樂名。〔唐書黠戛斯傳〕樂有笛鼓笙觱槃—鈴。

(十五)—古。首出御世者之名。〔路史初三皇紀〕天地之初。有渾敦氏者出爲之治。〔注〕卽所謂—古氏。

(十六)—瓠。犬名。〔水經沅水注〕—瓠者。高辛氏之畜狗也。

(十七)負—。蟲名。〔爾雅釋蟲注〕蠜卽負—臭蟲。

(十八)涅—。不生不滅也。〔心經注〕涅—。乃不生不死之地。一切修行之所。世人誤以爲死。非也。

(十九)—互。結而交互也。〔漢書谷永傳〕百官—互。

(二十)—散。猶云蹣跚也。〔史記平原君傳〕—散行汲。

(廿一)—桓。便旋也。〔文選張衡賦〕奎踽—桓。〔又〕不進也。〔後漢張楷傳〕前此徵命。—桓未至。

(廿二)—鉤。九河之一也。〔爾雅釋水疏〕言河水曲如鉤。屈折如—也。

(廿三)—蝽。月也。〔曹松詩〕共吞蝽—上海涯。

(廿四)通淌。〔管子小問〕意者君乘駮馬而淌桓。迎日而馳乎。〔注〕淌、古—字。

(廿五)通磐。〔爾雅釋訓注〕義見伯兮考槃。〔釋文〕槃、本作—。

(廿六)通鑿。〔左定六年傳〕定之—鑑。〔釋文〕—、又作鑿。

(廿七)通般。—庚。殷王名。漢書古今人表作般庚。

(廿八)商業中有所謂放—、拋—、收—。言操縱價値也。召—、交—、頂—。言代替事業也。

(廿九)事實上有所謂—查、—帳。言究明底細也。

(三十)姓也。明隆慶中有—銘。

【[illegible]】盧谷切音祿屋韻

吳王孫休子名。見〔廣韻〕。〔按康熙字典云。三國吳錄孫休詔。本作[illegible]。音如莽。廣韻譌作—。改音祿。非。〕

【[illegible]】

餔籀文。〔說文食部〕餔。申時食也。—。籀文餔。

【[illegible]】

同盍。見〔篇海類編〕。

十一畫

【盥】古玩切音貫翰韻古緩切貫上聲旱韻

(一)澡手也。从臼水臨皿。春秋傳曰。奉匜沃—。見〔說文〕。〔段注〕水部曰。澡。洒手也。凡洒手曰澡、曰—。洒面曰頮。濯髮曰沐。洒身曰浴。洒足曰洗。皿者。禮經之所謂洗。內則之所謂槃也。匜者、柄中有道。可以注水。沃者、自上澆之。—者、手受之而下流于槃。故曰臼水臨皿。〔按一切經音義。凡澡洒物皆曰—。則引伸之義。〕

(二)通灌。祼祭也。〔易觀馬注〕—者、進爵灌地。以降神也。

(三)通浣。〔儀禮士冠禮〕贊者—升。〔注〕古文—作浣。

【[illegible]】其既切音禨許既切音餼居氣切音既未韻去吏切音亟寘韻

(一)器名。見〔集韻〕。

(二)居—。獸名。似蝟而毛赤。見〔類篇〕。〔山海經作居暨〕

【盦】乙盍切諳入聲合韻鄔感切諳上聲感韻烏含切音諳覃韻

(一)覆蓋也。見〔說文〕。〔按此謂器之蓋也。考古圖、有伯戔饋—。博古圖、周有交虯—。字又通盒。廣韻。盒。盤覆也。〕

(二)俗借作庵字。庵下从奄。殆亦覆蓋之義。元人私印多用之。

【盧】龍都切音鑪虞韻

(一)飯器也。見〔說文〕。〔段注〕凵部曰。凵—。飯器。以柳爲之。〔按儀禮士昏禮注之箕盧。方言之去簇。皆卽凵—〕。

(二)盛火器也。見〔字彙〕。

(三)矛戟之柲也。〔國語晉語〕侏儒扶—。

(四)賣酒之區也。〔漢書食貨志〕率開一—以賣。

(五)黑色也。〔書文侯之命〕—弓一。〔按左傳作旅弓。旅—音近。實玈之假借字。釋名釋地云。土黑曰—。然解散也。後漢書光武紀。拔—奴。注。水黑曰—。〕司馬相如上林賦。—橘夏熟。注。—、黑也。義並同。

(六)目童子也。〔漢書揚雄傳〕玉女無所眺其淸—兮。〔按文選甘泉賦。字又作矑〕。

(七)白雉也。〔漢書司馬相如傳〕箴疵鵁—。〔按此張揖說也。郭璞訓—

鵜。字又作鶘。〕

（八）國名。〔書牧誓〕及庸蜀羌髳微―彭濮人。

（九）地名。〔左隱三年傳〕尋―之盟也。〔注〕齊地今濟北―縣故城。〔按―縣。後漢置。屬兗州濟北郡。當今山東長清縣西。此外尚有以―名縣者。一屬城陽國。漢置。在今山東沂水縣西。一屬河南道鄆州。唐置。當今山東茌平縣西南。〕

（十）山名。〔漢書揚雄傳〕後陳―山。〔注〕單于南庭山也。

（十一）水名。卽久台水也。見〔水經濰水注。〕〔按周禮職方氏其浸―維。〕

（十二）宋城門名。〔左桓十四年傳〕以大宮之椽爲―門之椽。

（十三）醫名。〔史記扁鵲傳注〕扁鵲家于―國。因命之曰―醫也。

（十四）犬名。〔詩盧令〕―令令。〔傳〕―、田犬。〔按張華博物志韓國有黑犬名―。字或作獹。〕

（十五）都―國名。〔漢書地理志〕南入海有都―國。〔注〕其國人勁捷善緣高。故張衡西京賦云。都―尋橦。〔又〕柱上斗也。〔釋名釋宮室〕―在柱端。如都―負屋之重也。

（十六）卜―。亦國名。〔周書王會〕卜―以紈牛。

（十七）佉―。古之造書者。〔法苑珠林〕造書凡三人。長曰梵。其書右行。次曰佉―。其書左行。少曰蒼頡。其書下行。

（十八）若―。官名。主弩射。〔漢書百官公卿表〕少府屬官有若―令丞。〔又〕獄名。主鞫將相大臣。〔禮記月令疏〕囹圄。漢曰若―。

（十九）臯―。茗之別名。〔皮日休詩〕十分煎臯―。

（二十）壺―。匏之別名。〔世說簡傲〕惟問東吳有長柄壺―。〔又〕鳥名。〔蘇軾詩〕花下壺―烏勸提。

（廿一）碧―。磩砆之別名。〔淮南汜論〕玉工眩玉之似碧―者。

（廿二）藜―。藥名。〔神農本草經〕藥種有五毒。三曰藜―。〔又〕漏―。亦藥名。見〔本草綱目〕。

（廿三）觚―。草名。〔漢書司馬相如傳〕蓮藕觚―。〔注〕扈魯也。〔史記作菰蘆〕

（廿四）簬―。射具也。〔國策楚策〕不知夫射者方將脩其簬―。

（廿五）勃―。長矛也。〔文選左思賦〕干鹵殳鋋暘夷勃―之旅。

（廿六）的―。馬名。〔埤雅〕額有白毛謂之的―。

（廿七）當―。馬首飾也。〔詩韓奕鉤膺鏤錫箋〕眉上曰錫。刻金飾之。今當―也。〔疏〕當馬之額―。〔又〕累土爲―。以居酒瓮也。〔漢書司馬相如傳〕而使文君當―。

（廿八）呼―。樗蒲戲最勝采也。五子皆黑曰―。〔晉書劉毅傳〕裕厲聲喝之。卽成―焉。〔又〕梵語。〔佛經陀羅尼咒〕呼―呼―。

（廿九）湛―。越劍名。歐冶子所鑄。言湛然如水之黑也。〔文選左思賦〕純鉤湛―。

（三十）蒲―。葦也。〔禮記中庸〕夫政也者。蒲―也。〔又〕瓠也。〔解頤新語〕瓠細長者曰蒲―。〔又〕細蓍蜂也。〔爾雅釋蟲〕蜾蠃、蒲―。〔又〕人名。善弋者也。〔文選張華詩〕蒲―縈繳。神感飛禽。

（卅一）鹿―。棗名。〔爾雅釋木邊要棗注〕今謂之鹿―棗。〔又〕劍名。〔宋書禮志〕劍不得鹿―形。〔注〕古劍首以玉作鹿―。謂之鹿―劍。〔又〕蹻名。〔抱朴子雜應〕凡乘蹻道有三法。一曰龍蹻。二曰虎蹻。三曰鹿―蹻。〔又〕圜轉木也。〔禮記喪大記注〕以紼繞碑間之鹿―。輓棺而下之。

（卅二）―牟。猶規矩也。〔淮南要略〕―牟六合。

（卅三）―胡。笑貌。〔後漢應劭傳〕覩之者掩口―胡而笑。〔按亦作胡―。孔叢子抗志篇衞君胡―大笑。〕

（卅四）―休。老鵂也。見〔廣雅釋鳥〕。

（卅五）通櫨。〔禮記明堂位注〕刻欂―。〔釋文〕―、本作櫨。

（卅六）通顱。頭骨也。〔漢書武五子傳〕頭―相屬於道。〔史記作頭顱。〕

（卅七）通瓟。胡―。河名。見〔宋史河渠志。〕〔五代史突厥傳作瓠瓟河。〕

（卅八）―布。俄銀貨名。百戈比當一―布。英文 Ruble。

（卅九）―梭。人名。以所著民約論顯名於世。西歷一千七百十二年生於瑞士。一千七百七十一年卒。葬巴黎。英文 Rousseau。

（四十）姓也。出姜氏。〔又〕複姓。古有咎―氏。春秋有―蒲嫳。漢有索―恢。姓苑有―妃氏。湛―氏。北魏有叱―氏。沓―氏。猗―氏。〔又〕三字姓。魏書有吐伏—。奚斗—。北史有莫胡—。

【盧】盧回切音雷灰韻 同雷。〔周禮職方氏〕其浸—維。〔鄭讀若雷按水經注漢封劉豨爲—縣侯、漢書王子侯表作雷侯豨。是—雷古字通。〕

【盧】淩如切音閭魚韻
(一)同臚。〔唐書和逢堯傳〕擲鴻—卿。〔漢書百官公卿表作鴻臚。〕
(二)同閭。〔漢書霍去病傳〕濟弓—。〔注〕水名。〔史記作弓閭。〕
(三)同廬。〔左昭二十年傳〕蔡侯—卒。〔釋文〕—、本作廬。

【盬】果五切音古麌韻 器也。見〔說文〕。〔按廣韻作盬。玉篇作盬。〕

【⿱麻皿】眉波切音摩歌韻謨加切音麻麻韻 柗也。濟右平原以東或謂之—。見〔方言〕。

【⿱奞皿】方問切音奮問韻 —迅也。見〔篇海〕。

【盭】盭省字。見〔集韻〕。

【⿺辶盋】盋或字。見〔集韻〕。

【𥂝】盟篆文。見〔說文〕。〔按段本如此。他本从血。入血部。〕

【⿰酉盜】同盜、盜。見〔正字通〕。

【⿱埶皿】盩譌字。見〔正字通〕。

十二畫

【盩】張流切音輈尤韻
(一)本作盩。〔說文夲部〕盩引擊也。从夲支見血也。〔按今隸作—。字彙載入皿部。康熙字典因之。今姑仍其舊。〕
(二)—厔。縣名。詳厔字。

【盩】直祐切音胄宥韻陳留切音稠尤韻 諸—。周太王父名。〔詩天作序〕祀先王先公也。〔箋〕先公、諸—至不窋。

【盩】丑鳩切音瘳尤韻 古抽字。〔呂覽節喪〕涉血—肝以求之。〔注〕—、古抽字。

【盪】待朗切唐上聲養韻
(一)滌器也。見〔說文〕。〔段注〕此字从皿。故訓滌器。凡貯水於器中搖蕩之去滓。或以碳垢瓦石和水吮潩之。皆曰—。—者滌之甚者也。
(二)洗滌人腸腑之穢亦曰—。〔漢書元后傳〕以—腸正世。
(三)通蕩。〔左莊二十二年傳注〕—滌衆故。〔釋文〕—、本作蕩。

【盪】大浪切唐去聲漾韻
(一)推移也。〔易繫辭〕八卦相—。
(二)動也。〔左昭二十六年傳〕震—播越。
(三)滌也。〔漢書藝文志〕聊以—意平心。
(四)搖也。〔江淹詩〕帳裏春風—。
(五)摩也。〔李東陽樂府〕日光—。
(六)擘也。〔水經河水注〕河神巨靈手—。卻蹋開而爲兩。
(七)捷也。〔唐書楊恭仁傳〕恭仁募趫—倍道進。
(八)不知所守也。〔文選班固賦〕周賈—而貢憤兮。
(九)放也。〔漢書丙吉傳〕候伺胡組郭徵卿。不得令晨夜去皇孫敖—。
(十)——。大貌。〔揚雄賦〕廓——其亡雙〔又〕僻也。見〔爾雅釋訓〕。
(十一)直—。官名。見〔隋書百官志〕〔又〕旗名。見〔宋史儀衛志〕。
(十二)跳—。軍名。〔唐書百官志〕矢石未交。陷堅突衆。敵因而敗者曰跳—。
(十三)騎—。漢宮名。見〔三輔黃圖〕。
(十四)通湯。〔漢書天文志〕四星若合。是謂大湯。〔注〕猶—滌也。
(十五)姓也。見〔姓苑〕。

【盪】徒郎切音唐陽韻 通唐。唐突、亦作—突。見〔洪武正韻〕。

【盪】他郎切音湯陽韻
(一)突也。〔隋書五行志〕大業末。童謠云。忽聞官軍至。提刀向前—。
(二)廣俗、增未見妻之父母。先飲一大杯、曰—風。見〔鄭熊番禺記〕。

【盪】他浪切湯去聲漾韻
(一)滌器也。見〔洪武正韻〕。
(二)陸地行舟也。〔論語憲問〕奡—舟。

【⿱喬皿】渠嬌切音橋蕭韻
(一)盂也。見〔廣雅釋器〕。
(二)椀謂之—。見〔方言〕。

【⿱𦥑皿】洪孤切音胡虞韻

器也。見〔集韻〕〔正字通云。俗盞字〕

【⿱殘皿】財干切音殘寒韻 盞—。盂也。詳盞字。

【盨】相庾切音醑麌韻爽阻切音所語韻 櫝—。負戴器也。見〔說文〕〔按匚部。櫝、小梧也。廣韻。櫝、格木也。義皆與此異。惟漢書東方朔傳曰。是寠數也。師古注。戴器也。以盆盛物戴于頭者。則以寠數薦之。故朔云盆下為寠數。楊惲傳注亦云。寠數、戴器。櫝與寠雙聲。—與數雙聲疊韻。然則寠數櫝—一語之轉。負戴器者。謂藉以負戴物之器〕

【⿱敦皿】都昆切音敦元韻 盂也。見〔廣雅釋器〕

【⿱敦皿】都回切音堆灰韻 歃血器也。見〔集韻〕〔按禮記周禮。字俱作敦〕

【⿱翏皿】古巧切音絞巧韻 器也。見〔篇海類編〕

【⿱津皿】將鄰切音津眞韻 氣之液也。見〔五音集韻〕

【⿱散皿】音未詳 鹽塊。〔星槎勝覽〕忽魯謨斯山連五色。皆鹽。—為盤盂。用盛食物。不復加鹽。

【⿱殺皿】盤本字。見〔說文〕

【⿱燕皿】同⿱燕皿。見〔玉篇〕〔又〕人名。趙汝—。見〔宋史宗室表〕

【⿱酤皿】同醢。見〔篇海類編〕

【⿱⿰金攵皿】同⿱敝皿。見〔龍龕手鑑〕

【⿱虘皿】⿱虘皿譌字。見〔字彙補〕

十三畫

【⿱僉皿】五葛切音遏曷韻 (一)覆蓋物過性也。〔正字通〕黃鄮山集有禁民—穀為紅麯榜文。(二)同盦。見〔正字通〕

【盬】果五切音古麌韻攻乎切音姑虞韻古慕切音故遇韻 (一)河東鹽池也。袤五十一里。廣七里。周百十六里。見〔說文鹽部〕〔按在今山西猗氏縣地。左傳所謂郇瑕氏之地沃饒而近—。漢書貨殖傳所謂猗頓用盬—起。穆天子傳所謂戊子至于—。皆即指此。蓋盬池、古謂之鹽田。亦謂之—。惟里數各書多異。水經注引說文作長五十一里。廣六里。周百十四里。又曰。今池水東西七十里。南北七十里。文選魏都賦注。猗氏南鹽池東西六十四里。南北七十里。郡國志注。河東鹽池長七十里。廣七里。幾於言人人殊。大抵隨代有變更耳〕(二)不堅牢也。〔漢書息夫躬傳〕器用—惡。〔按史記五帝紀。河濱器皆不苦窳。正義云。苦讀如—。麤也〕(三)不攻緻也。〔詩鴇羽〕王事靡—。(四)猝也。見〔廣雅釋詁〕(五)且也。見〔方言〕(六)啑也。〔左僖二十八年傳〕晉侯夢楚子伏己而—其腦。(七)通蠱。〔詩鴇羽疏〕—與蠱、字異義同。〔按左襄二十九年傳疏。—亦蠱也〕

【⿰木盬】余章切音揚陽韻側羊切音莊陽韻 梧也。吳越之間曰—。〔見方言〕

【⿰貝盬】乙革切音搤陌韻 鼠屬。見〔集韻〕

【⿱頊皿】始汝切音所語韻 戴器也。見〔篇海類編〕〔疑即盨字之譌〕

【⿱⿰酉直皿】同醢。肉醬也。見〔廣韻〕

【⿱⿰阝彖皿】蠡或字。〔集韻〕蠡。瓢也。一曰。蟲嚙木中。一曰。谷蠡。匈奴王號。或作—。

十四畫

【⿱澩皿】吉巧切音狡下巧切音槼巧韻後敎切音效效韻力竹切音六屋韻 (一)器也。見〔說文〕〔桂注〕廣韻。—、溫器。集韻。—、器名。鎢錥也。玉篇。鎢錥、小釜也。(二)攪使濁也。見〔類篇〕

【⿴囗盉】敕洽切音牐洽韻 (一)和五味以烹也。見〔六書略〕(二)同盉。見〔正字通〕

【⿱獵皿】⿱⿰氵巤皿或字。見〔集韻〕

【[illegible]】盭譌字。見〔正字通〕

十五畫

【盭】郎計切音麗霽韻力結切音列屑韻

㊀㢋戾也。見〔說文弦部〕。〔按小徐本下多—引戾之也五字。段玉裁謂引當作了。了戾雙聲字。引素問王砯注、淮南原道注、西陽雜俎。皆作了戾爲證。史記漢書多用—以爲乖戾之正字。今則戾行而—廢矣。〕

㊁曲也。見〔廣雅釋詁〕。〔按—从盩。水曲口盩。—本有曲義。〕

㊂俏也。見〔廣雅釋詁〕。〔按漢書張耳陳餘傳何鄉者慕用之誠。後相背之—也。是其證。〕

㊃胝也。〔呂覽遇合〕陳有惡人。長肘而—。

㊄草名。似艾。可染爲綠色。〔漢書百官公卿表〕金璽—綬。

㊅疾名。足蹠反戾不可行也。〔漢書賈誼傳〕病非徒瘇也。又苦蹠—。

㊆鳥—山名。〔史記霍去病傳〕濟戎士踰鳥—。

㊇通緅。〔晉書音義〕—、或作緅。

【鹽】公苦切音古𪏭韻

㊀師也。不固也。見〔字彙補〕。

㊁鹽也。見〔海篇心鏡〕。

【𥃩】盧回切音雷灰韻

櫑或字。〔說文木部〕櫑。龜目酒尊。刻木作雲靁象。象施不窮也。—櫑或从皿。

【𥃪】丑図切音踔覺韻

五味調肉菜。見〔康熙字典引廣韻〕。〔按今本廣韻無—字。疑誤。〕

【盧】盧籀文。見〔說文〕。

【𥃫】同盭。見〔說文長箋〕。

十七畫

【𥃬】其俱切音衢虞韻

樹穜也。見〔聲類〕。

【𥃭】雲俱切音于虞韻

種樓田器。見〔集韻〕。

【𥃮】榼或字。見〔集韻〕。

【𥃯】𥃯鹵字。

十八畫

【𥃰】丈呂切音宁語韻

器也。見〔說文虘部〕。〔按集韻誤作𥃰。康熙字典因之入十七畫。今正。〕

【𥃱】同𥃱。見〔字彙補引石經〕。〔按字彙補又云。呼規切。音徽。義同。𦉬無徵音。俟攷。〕

二十一畫

【𥃲】同𥃲。見〔說文長箋〕。

二十四畫

【𥃳】空紺切音勘勘韻

㊀箱類。見〔韻會〕。

㊁器蓋。見〔增韻〕。

㊂器也。見〔字彙〕。

㊃同䃭、𣝣。小杯也。見〔正字通〕。〔按說文匚部。䃭、小桮也。或从木作𣝣。無作—者。蓋後人加皿爲之。〕

中華大字典 未集

※肉部※

【肉】如六切音衄屋韻

❶胾—。象形。見〔說文〕〔段注〕下文曰。胾。大臠也。謂鳥獸之—。人曰肌。鳥獸曰—。

❷麋鹿之屬也。〔爾雅釋器〕—曰脫之。〔注〕今江東呼麋鹿之屬通爲—。

❸禽也。〔吳越春秋句踐陰謀外傳〕古孝子彈歌曰。斷竹。續竹。飛土逐—。〔古作宍。又作宍〕

❹俎也。〔禮記曾子問〕不歸—。

❺柔也。見〔釋名釋形體〕〔按〕—爲動物肌膚之總稱。爲蛋白質纖維束之所搆成。包於骨而柔者。

❻歌聲也。〔晉書孟嘉傳〕絲不如竹。竹不如—。

❼刑也。〔荀子正論〕治古無—刑。〔注〕墨。劓。剕。宮也。

❽芝草名。〔抱朴子僊藥〕五芝者。有石芝。有木芝。有草芝。有—芝。有菌芝。

❾骨—。形體也。〔禮記檀弓〕骨—歸于土。命也。〔又〕至親也。〔史記漢興以來諸侯年表〕骨—同姓少。

❿魚—。喻言噉食也。〔史記張儀傳〕毋爲秦所魚—也。

⓫視—。見〔山海經海外南經〕〔注〕聚—。形如牛肝。有兩目也。食之無盡。尋復更生如故。

⓬土—。水中蟲魚之屬。〔文選郭璞賦〕土—石華。〔注〕臨海水土物志曰。土—。正黑。如小兒臂大。長五寸。中有腹。無口目。有三十足。炙食。

⓭笋去衣曰—。〔齊民要術〕食經曰。淡竹笋法。取竹—五六寸者。按鹽中。〔按俗稱凡果實菜蔬皮內皆曰—。如棗—、雞頭—之類〕

⓮—物。胾燔之屬。〔周禮內饔〕辨體名—物。

⓯—人。怪病。〔夏子益奇疾方〕人頂生瘡五色。如櫻桃狀。破則自頂分裂。連皮剝脫至足。名曰—人。常食牛乳自消。

⓰—桂。藥名。見〔本草綱目〕

⓱—角。麒麟別名。見〔後漢班彪傳注〕

⓲—障。一曰—屏風。卽列人而爲屏風也。〔開元遺事〕楊國忠冬日選婢妾之肥大者。行列於前使遮風。謂之—障。

⓳日本稱印泥爲印—。

【肉】如又切音輮宥韻而由切音柔尤韻

❶邊也。〔爾雅釋器〕—倍好謂之璧。〔釋文〕—如字。又如授反。

❷錢形也。〔漢書食貨志〕—好皆有周郭。

❸環體也。〔漢書律曆志〕圜而環之。令之—倍好者。〔注〕體爲—。孔爲好。

❹謂厚重也。〔禮記樂記〕寬裕—好順成和動之音作。而民慈愛。〔按史記樂書集解引王肅云。—好、言音之洪美〕

❺肥滿也。〔禮記樂記〕使其曲直繁瘠廉—節奏。足以感動人之善心而已矣。〔注〕繁瘠廉—。聲之鴻殺也。

【肉】儒遇切音擩遇韻

肌—。見〔集韻〕

【肉】而樹切音[illegible]遇韻

猶腴也。〔周禮大司徒〕其民豐—而庳。

【月】肉字偏旁之文。本作肉。石經改作—。中二畫連左右。與日月之月異。今俗作月以別之。見〔正字通〕〔按〕—與似舟之月、及冃覆之冃均不同。

一畫

【肊】於力切音憶職韻

❶匈骨也。見〔說文〕〔按〕—亦名龜子骨。俗稱胷椎。喉下正中至心窩止。有骨一段。如劍形。亦如龜版。長約五寸。寬一寸。餘左右各有五凹。湊合肋骨一條。上下有兩斷痕。生前氣血貫注。兩痕聯屬不斷。

❷匈也。見〔廣雅釋親〕

❸氣滿。見〔廣韻〕

二畫

【肋】歷德切音勒職韻

❶脅骨也。見〔說文〕〔按〕—骨、左右各十二條。八長四短。仰面湊合肊骨凹內。從喉下至心窩止。皆脆骨。闊而不厚。合面湊脅骨凹內。皆堅骨。闊而且厚。上七對聯肊骨者名眞—骨。次名假—骨。其下二對仰

面不聯於肬〕。

㊁勤也。所以檢勒五臟也。見〔釋名釋形體〕。

㊂幹謂之—。見〔廣雅釋親〕。〔疏證〕特牲饋食禮佐食舉幹。鄭注云。幹、長脅也。幹亦兩旁之名也。

【肋】舉欣切音斤文韻

筋省文。見〔集韻〕。

【肌】居祈切音飢支韻

㊀肉也。見〔說文〕。〔按正字通云。人身四支附骨者皆曰—。〕

㊁㦐也。膚幕堅㦐也。見〔釋名釋形體〕。

㊂密—。蟲名。〔爾雅釋蟲〕密—、繼英。〔按爾雅釋鳥有密—、繫英。略異。注云。疑誤重。〕

㊃或作顏。〔列子黃帝〕燋然—色皯黣。〔注〕本又作顏色。

㊄或作骪。〔列子黃帝〕骪骨無⿰石爲。〔注〕音—。

㊅或作肥。〔呂覽審時〕使人—澤且有力。〔注〕—、或作肥。

【肌】居氣切音旡未韻

體也。見〔集韻〕。

【肍】渠尤切音求尤韻

孰肉醬也。見〔說文〕。〔段注〕用孰肉爲醬也。〔按孰、卽熟字。廣韻作乾肉醬〕。

【⿰月八】普密切音匹質韻

吹肉也。見〔玉篇〕。〔按正字通引同文舉要與肹同。然字彙補肹字。音與此同。字辨。肹、項肉也。疑—同肹。項譌吹。〕

【肹】滂必切音匹質韻

項肉也。見〔字辨〕。

【⿰月匕】丑一切音叱質韻

肥滑貌。見〔玉篇〕。

【⿱八月】許訖切音迄物韻

振—也。見〔說文〕。〔王注〕說文無佾字。—卽是也。諸說皆曰佾、列也。而許君曰振—者。左莊二十八年傳。爲館于其宮側而振萬焉。杜注。振、動也。萬、舞也。然則舞名而以振冠之。此古法也。是以小徐本作振也。志林引同。〔按正字通云。—、从肉从八。當是祭品之數。舞佾、如其多寡之數爲之隆殺。故从—。〕

【肙】烏衒切音餶霰韻

小蟲。一曰。空也。見〔玉篇〕。〔按集韻。肙。縈懸切。小蟲也。一曰。空也。隸作—。是—與肙同。又說文從肉口作肙。烏懸切。義亦無異。是—與肙同。字彙、正字通、斥—爲俗字。非是。〕

【肙】音冤元韻

動也。見〔篇海類編〕。

【肊】烏棘切音乙質韻

氣滿也。見〔篇海類編〕。

【肎】肯本字。見〔說文〕。

【⿵冂肉】說文肯本字。見〔康熙字典〕。〔按說文作肎。古文作肎。竝無—字。殆因字彙从肉从冂語誤如此。作遂稱說文肯本字。誤之誤矣。〕

【肴】同肴。見〔字彙補〕。

【⿰月丁】同飣。見〔集韻〕。

三畫

【⿰月凡】符風切音馮東韻

㊀⿰女凡—。見〔玉篇〕。

㊁乳也。見〔集韻〕。

【肑】北角切音剝覺韻　遒約切音筋藥韻　必曆切音壁　都曆切音的錫韻

㊀手足指節之鳴。亦作筋。見〔玉篇〕。

㊁肥也。見〔廣雅釋親〕。

㊂腹下肉也。見〔玉篇〕。

㊃脅也。見〔集韻〕。

【肔】丑豸切音褫　演爾切音酏　賞是切弛上聲紙韻

㊀引腸也。見〔玉篇〕。

㊁同胣。裂也。〔莊子胠篋〕萇宏胣。〔釋文〕本又作—。

【肕】而振切音刃震韻

㊀堅肉也。見〔玉篇〕。

㊁堅柔也。或从韋从革。亦作忍。通作刃。見〔集韻〕。〔按正字通云。正譌曰。周禮山虞注。柔忍。詩注。柔刃。古字忍、刃、與—通。俗作靭、韌。〕

【肖】仙妙切音笑嘯韻

㊀骨肉相似也。不佀其先。故曰不—也。見〔說文〕。〔王注〕今言不—者。不似也。此許說也。謂骨肉不似其先。故曰不—也。二句蓋庾注也。何人刪節之。以致渾同無別。今竝依玄應引補。

㊁似也。〔書說命〕說築傅巖之野。惟—。

㊂灋也。見〔廣雅釋詁〕。

㊃類也。見〔廣雅釋詁〕。

㊄象也。見〔廣雅釋詁〕。

㊅善也。〔老子〕若—入矣。

㊆小也。見〔方言〕。

㊇不—不合法也。〔素問解精微論〕有賢不—。未必能十全。〔注〕不—謂擁造不法。〔又〕庸妄之人謂之不—。見〔漢書刑法志注〕〔又〕凡言不—者謂其鄙陋無所象似也。見〔漢書吳王濞傳注〕。

㊈人名。周—見〔國策魏策〕。

【肖】思邀切音宵蕭韻

㊀釋散也。〔莊子列禦寇〕達於知者—。

㊁—翹。恤物也。〔莊子胠篋〕—翹之物。〔釋文〕李云翾飛之屬。

㊂猶衰微也。〔史記太史公自序〕申呂—矣。

【肗】忍與切音汝語韻

㊀魚敗。見〔玉篇〕。

㊁肉敗曰—。見〔集韻〕。

【肘】陟柳切音帚有韻

㊀臂節也。从肉寸。寸、手寸口。見〔說文〕〔段注〕厷與臂之節曰—。今江蘇俗語曰手臂掙。從寸口至此為一節也。此一節之中曰肘。〔按寸口即手腕動處〕。

㊁注也。可隱注也。見〔釋名釋形體〕。

㊂度也。〔韻會〕一曰。一—二尺。一曰一尺五寸為一—。四—為一弓。三百弓為一里。

㊃為人捉其—而留之曰—。〔杜甫詩〕欲起時被—。

㊄書名。〔漢書藝文志〕彊弩將軍王圍—法五卷。

㊅或作腕。〔禮記深衣〕反詘之及—。

㊆別作胕。〔莊子至樂〕俄而柳生其左—。〔釋文〕司馬本、—作胕。

【肚】董五切音睹動五切音杜麌韻獨故切音渡遇韻

㊀腹—。見〔廣韻〕。

㊁胃也。〔廣雅釋親〕胃謂之—。〔疏證〕—之言都也。食所都聚也。

【肛】古雙切音江虛江切音痝江韻

㊀腫也。見〔廣雅釋詁〕。

㊁胮—。脹大。見〔廣韻〕〔又〕腸脹也。見〔埤倉〕。〔又〕虛張也。見〔六書故〕。〔又〕肥大貌。〔韓愈詩〕形軀頄胮—。

【肛】胡公切音洪東韻

—門。腸耑。〔史記倉公傳正義〕—門重十二兩。大八寸。徑二寸太半。長二尺八寸。受穀九升三合八分合之一。—、釭也。言其處似車釭。故曰—門。即廣腸之門。又名䐜也。〔按六書故。—、胡公切。大腸端—門也。與集韻同。其入江韻者。與玉篇、廣韻、集韻、韻會、俱訓腫脹。又說文車釭之釭。本音工。漢書趙皇后傳。壁帶往往為黃金釭。注於壁帶之中。往往以金為釭。若車釭之形也。釭音工。流俗讀之音江。非也。是腸端之—無江音。康熙字典入古雙切下。誤。正字通作居康切。尤非。今訂正。〕

【肝】居寒切音干寒韻

㊀木藏也。見〔說文〕。〔按素問六節藏象論。—者罷極之本。魂之居也。其華在爪。其充在筋。六書故云。—主血。重四斤四兩。左三葉右四葉。主藏魂。正字通云。以膽為府。附脊第九椎。今生理學家云。—色暗褐。能釀膽汁。以輸膽藏。能儲糖質。而布于全體〕。

肝圖

㊁幹也。見〔廣雅釋親〕。〔按釋名釋形體。—、幹也。於五行屬木。故其體狀有枝幹也。凡物以木為幹也。〕

㊂干也。〔白虎通性情〕—之為言干也。

㊃—炙也。〔儀禮士昏禮〕贊以—從。

㊄鼠—。赤土也。〔釋名釋地〕土赤曰鼠—。似鼠—色也。

㊅—榆。海外國名。〔山海經海外東經〕—榆之尸在大人北。

㊆石—。蝙蝠矢也。見〔駢雅釋鳥〕〔訓纂〕天鼠矢。一名鼠法。一名石—。

㊇—要。日本語。事之緊要也。亦謂之—腎。

【育】余六切音昱屋韻

㊀養子使作善也。虞書曰。教—子。毓。—、或从每。見〔說文去部〕〔段注〕不从子而从倒子者。正謂不善者可使作善也。書堯典文。今尚書作冑子。攷鄭注王制作冑。注。周官大

司樂作—。王肅注尚書作胄。蓋今文作—古文作胄也〔按字从去俗从云非說文去他骨切與云字異舊附四畫非今正〕

㈡生也〔易漸〕婦孕不—。〔今具言生—〕

㈢養也〔易蒙〕君子以果行—德。〔今具言養—〕

㈣長也〔詩生民〕載生載—。

㈤遂也〔國語晉語〕至於今不—。

㈥成也〔呂覽察賢〕則萬物—矣。

㈦賣也〔莊子人閒世〕是以人惡—其美也。

㈧幼稚也長也老也〔詩谷風〕昔—恐—鞠。及爾顛覆既生既—比予于毒〔疏〕言我昔日幼稚之時恐至長而困窮故我與汝顛覆盡力於家事難易無所避今日既生有財業矣又既長老矣汝何爲視我如蟲之毒螫乎。

㈨覆—也〔詩蓼莪〕長我—我。

㈩車枕前曰—〔釋名釋車〕齊人謂車枕以前曰縮兗冀曰—御者坐中執御—然也。

⑪—陽地名。漢置屬南陽郡。一作淯陽漢劉伯升破嚴尤陳茂即在此地。故城在今河南南陽縣南六十里。

⑫通鬻〔詩鴟鴞〕鬻子之閔斯。

⑬姓也見〔集韻〕

【育】直祐切音胄宥韻

胤也見〔集韻〕

【肒】胡玩切音換翰韻

搔生創也見〔說文〕〔王注〕廣韻。、—胞—。案今名傷手瘡〔按說文此字从丸並無兩音別無从凡之字廣韻同玉篇集韻、从丸之字去聲从凡之字平聲亦無一字兩音。是兩字本不相溷康熙字典於从凡之字彙收說文蓋沿正字通之誤今肒下刪說文而訂正於此〕

【肐】許訖切音迄物韻

身振也見〔玉篇〕〔按此字字彙、正字通音義並同康熙字典因集韻職韻—下引說文肐骨也又引廣韻作肐考說文肐佝骨也或从臆廣韻肐訓氣滿雖次臆字並未訓同臆亦均無—訓肐骨之字今从玉篇訂正〕

【肓】呼光切音荒陽韻

心下鬲上也春秋傳曰病在—之上。見〔說文〕〔段注〕左傳。疾不可爲也。在—之上。膏之下。賈逵、杜預、皆曰。—、鬲也、心下爲膏。按鄭駁異義云。肺也。心也。肝也。俱在鬲上。賈侍中說。—、鬲也。統言之。許云鬲上爲—者。析言之。鬲上—。—上膏。膏上心。今本作心上鬲下。則不可通矣。

【⿰月乇】東徒切音都虞韻陟加切音奓麻韻都故切音妒遇韻

胍—。大腹皃。一曰。椎之大者。故俗謂伩頭大爲胍—。關中語訛爲胍樋。見〔集韻〕。

【⿰月川】吁運切音訓問韻

羊臆也。見〔集韻〕。

【肙】縈玄切音淵先韻縈絹切音餶霰韻

小蟲也。从肉口。一曰。空也。見〔說文〕〔段注〕蟲部蜎下曰。—也。考工記注云。謂若井中蟲蜎蜎。按井中孑孓。蟲之至小者也。不獨井中有之。字從肉者。狀其耎也。從口者。象其首尾相接之狀也。

【肝】許于切音訏虞韻

鄉名。見〔玉篇〕

【⿰月瓦】五寡切音瓦馬韻

斷足也。按此字似譌。宜从瓦。見〔字彙〕

【肎】古肯字。見〔說文〕。

【肜】同彤。依正字通辨正。移入月部。

【⿰月攵】同⿰月女。〔奚韻〕。

【肒】同肒。〔奚韻〕。

【肱】同肱。見〔正字通〕。

四畫

【股】果五切音古麌韻

㈠髀也。見〔說文〕〔段注〕骨部曰。髀。—外也。言—則統髀。故曰髀也。〔按六書故云。髀下厀上爲—。今生理學家云。—在髖之下。髕骨之上。其骨上端如鎚。俗呼大髀。凡人直立不倒。全賴此骨以輔下體〕

㈡脛本曰—。見〔詩采菽箋〕

㈢腳也〔淮南墬形〕奇—民。

㈣固也。爲强固也。見〔釋名釋形體〕。

㈤猶末也〔周髀算經〕以髀爲—。

㈥支別也〔漢書溝洫志〕皆往往—引取之。

⑦車輻沂轂轟處也。〔考工記輪人〕參分其—圍。
⑧磬之上大者。〔考工記磬氏〕—爲二。
⑨—肱臣也。〔書益稷〕—肱喜哉。〔又〕謂手臂也。〔後漢何敞傳〕敞備數—肱。〔又〕猶手足也。〔後漢臧洪傳〕—肱奏乞歸之記耳。
⑩—栗。胂腳戰搖也。〔史記郅都傳〕餘者—栗。
⑪—辨。戰栗驚懼也。〔漢書酷吏傳〕吏皆—辨。
⑫—分。—分公司資本之一部分也。在投資者名之爲—分。在公司名之爲—本。
⑬句—。九章算法之一。以三角形有直角者。直角者爲—。橫者爲句。斜者爲弦。
⑭八—。文體之一。明清以之取士。
⑮玄—。長—。並國名。見〔山海經海外東經海外西經〕。
⑯凡事物或由總而分。或由分而合者。皆謂之—。如立法行政機關。稱其執事部分曰某—。此由總而分之類。如土匪聚集曰大—土匪。此由分而合之類。
⑰水陸凸凹處亦曰—。如陸地伸入水內者。曰土—。海水瀠入地內者。曰海—。

【肢】章移切音支支韻
①胑或字。見〔說文〕。
②四體謂之四—。〔孟子盡心〕四—之於安佚也。
③腰亦稱—。〔庾肩吾詩〕本自細腰—。

【肢】矢利切屍去聲寘韻
佽也。見〔五音集韻〕。〔按廣韻。佽。體不伸也。〕

【肣】姑南切音弇胡男切音含覃韻
①舌也。見〔玉篇〕。
②排囊柄也。見〔廣韻〕。
③肥牛脯。見〔集韻〕。

【肣】渠金切音琴侵韻
斂也。灼龜首仰足—。〔史記龜筴傳〕—開〔注〕、—謂兆足斂也。

【肣】戶感切音頷感韻
牛腹也。見〔集韻〕。

【肥】符非切音腓微韻
①多肉也。从肉卪。見〔說文〕〔注〕肉不可過多。故从卪。
②體胖也。〔禮記禮運〕膚革充盈。人之—也。
③膏腴也。〔孟子告子〕則地有—磽。
④厚味也。〔孟子梁惠王〕爲—甘不足於口與。
⑤猶厚也。〔國策秦策〕而—仁義之誠。
⑥盛也。見〔廣雅釋詁〕。
⑦水同出異歸也。〔詩泉水〕我思—泉。〔疏〕是衞水也。〔按爾雅。歸異出同流—。釋名。所出同所歸異曰—泉。本同出時所浸潤少。所歸各枝散而多。似—者也。通訓定聲云。水經淇水注。本爾雅舍人注。謂異出同流。卽詩泉源之水。博物志謂之澳水。與毛傳郭注異。〕
⑧凡糞地可使成沃壤之物皆曰—料。
⑨水名。〔水經肥水注〕—水出九江成德縣廣陽鄉西。〔在今安徽鳳臺縣東北〕
⑩國名。〔左昭十二年傳〕秋八月壬午滅—。〔注〕白狄也。曲陽縣西南有槀肥城。〔在今直隸槀城縣西南〕
⑪縣名。〔史記高祖功臣年表〕—如。〔注〕縣名。屬遼西郡。〔當今直隸盧龍縣北〕〔又〕九江郡合—。見〔漢書地理志〕〔注〕應劭曰。夏水出父城東南至此與淮合。故曰合—。〔卽今安徽合—縣治〕
⑫人名。〔左哀三年傳〕則—也可。〔注〕、—康子也。
⑬—遺。鳥名。〔山海經西山經〕英山有鳥焉。其狀如鶉、黃身而赤喙。其名曰—遺。
⑭牲畜皆曰—。〔左桓六年傳〕吾牲牷—腯。〔服注〕牛羊曰—。〔按馬亦稱—。漢書食貨志乘堅策—、家亦稱—。蔡邕獨斷。凡祭宗廟禮牲之別名。豕曰腯—。〕
⑮—䗐。蛇名。〔山海經西山經〕太華之山有蛇焉。名曰—䗐。六足四翼。
⑯姓也。〔史記趙世家〕先問先王貴臣—義。

【肥】補美切音秕紙韻
薄也。〔列子黃帝〕口所偏—。晉國黜之。

【肦】符分切音汾文韻逋還切音班刪韻
①大首貌。見〔廣韻〕。

(二)眾貌。見〔集韻〕。

(三)顴頰謂之—。見〔集韻〕。

【肦】逋還切音班刪韻

(一)歸胙也。〔儀禮聘禮〕—肉及庾車。〔注〕—、猶賦也。古文—作紛。

(二)賜也。〔禮記王制〕名山大澤不以—。

【䏔】陟柳切音肘有韻

(一)戚—。敗也。〔太玄禮〕冠戚—。

(二)同肘。見〔玉篇〕。

【䏔】女久切音狃有韻

食肉。見〔廣韻〕。

【䏔】如又切音糅宥韻

腬或字。〔集韻〕腬。肉善者。或从丑。

【䏔】而六切音肉屋韻

衄或字。〔集韻〕衄。鼻出血也。或从肉。

【䏕】忍甚切音飪寑韻

(一)飪古文。見〔說文食部〕。

(二)肉汁。見〔廣韻〕。

【肧】鋪枚切音坏灰韻

(一)婦孕一月也。見〔說文〕。〔注〕鍇按文子注——也。形如水中泡。臣以爲——即如虾虾凝血。〔按段玉裁曰文子曰。一月而膏。二月而脈。三月而—。四月而胎。五月而筋。六月而骨。七月而成形。八月而動。九月而躁。十月而生。淮南曰。一月而膏。二月而肤。三月而胎。說各乖異。其大致一也。李善注江賦引淮南三月而—胎。與今本異。〔錢坫曰。淮南子二月而肤。疑即—字。徐注。鍇按文子注——也。形如水中泡。臣以爲——即虾虾凝血。淮南自五月以下。與文子同。惟成形無形字。躁作趮耳。廣雅釋親作二月而脂。四月而胞。餘與淮南同。躁字與文子同。〕

(二)器物未成者亦曰—。見〔正字通〕。

【肧】披尤切音颩尤韻

—胎。未成物之始。或从血。見〔集韻〕。

【肨】匹降切音蚌絳韻

(一)—脹也。見〔玉篇〕。

(二)脹臭貌。見〔廣韻〕。

【肨】披江切音胮江韻

胮或字。〔集韻〕胮肛腫也。或作—。見〔集韻〕。

【肨】敷容切音丰冬韻

肉耑。見〔集韻〕。

【肩】經天切音堅先韻

(一)本作肩。〔說文〕肩。髆也。从肉象形。〔按廣韻云項下。六書故云臂本曰肩。〕

(二)任也。〔書盤庚〕朕不—好貨。

(三)勝也。見〔爾雅釋詁〕。〔注〕—、即剋耳。〔疏〕—、强之勝也。

(四)克也。〔詩敬之〕佛時仔—。

(五)作也。見〔爾雅釋詁〕。〔疏〕—者、勝任之作也。

(六)猶負擔也。〔左襄二年傳〕子駟請息—於晉。

(七)堅也。見〔釋名釋形體〕。

(八)大獸也。〔詩還〕並驅從兩—兮。〔傳〕三歲曰—。

(九)祭饗禮牲之前骹也。〔儀禮少牢饋食禮〕—臂臑。〔注〕—、臂、臑。肱骨。

(十)比—。民半體人也。〔爾雅釋地〕北方有比—民焉。

(十一)題—。鳥名。〔禮記月令注〕征鳥題—也。齊人謂之擊征。或名曰鷹。仲春化爲鳩。

(十二)黃—。弩也。見〔漢書李廣傳注〕。

(十三)—書。日本語。謂於姓名之右。題記其職業者也。

(十四)姓也。金—龍。明—固。見〔正字通〕。

【肩】丘閑切音掔刪韻

膞也。見〔集韻〕。

【肩】胡恩切音痕元韻　胡千切音賢先韻

——。羸小貌。〔莊子德充符〕其脰——。〔釋文〕——。李云。羸小貌。崔云。猶玄玄也。簡文云。直貌。

【肕】餘忍切音紖軫韻

(一)脊肉也。見〔玉篇〕。

(二)杖痕腫處。見〔廣韻〕。

【𦙏】羊進切音胤震韻

瘢也。一曰遽也。見〔說文〕。

【肫】朱倫切音諄眞韻　祖猥切音摧賄韻　朱劣切音拙屑韻

(一)面頯也。見〔說文〕。〔王注〕頯骨也。〔按玉篇及集韻賄韻義並同。屑韻頓、面骨。或作—。〕

(二)鳥臧也。見〔玉篇〕。〔按六書故云。鳥胃爲—。〕

(三)——。懇誠貌。〔禮記中庸〕——其仁。

【肫】殊倫切音純眞韻　朱閏切音稕震韻

(一)腊之全者。〔儀士禮昏禮〕腊一—。

〔注〕—、或作純。純全也。

㊁祭饗禮牲之後骹也。〔儀禮特牲饋食禮〕右肩臂臑—胳。〔按通訓定聲云—叚借爲臑。正字通云。臑、俗曰腳肚。〕

【肫】徒渾切音屯元韻

脭—。餌也。見〔集韻〕。

【肫】主尹切音準軫韻

頤也。見〔集韻〕。

【肬】于求切音尤尤韻

㊀贅—也。見〔說文〕。〔段注〕各本奪—字。今補。贅同綴。綴、屬也。屬於皮上如地之有丘也。〔按王注。慧苑曰。贅謂臏聚肉也。通俗文。小曰—。大曰贅。〕

㊁腫也。見〔廣雅釋詁〕。

㊂贅—。過也。〔楚辭惜誦〕注離羣而贅—。

【肯】苦等切音懇迴韻

㊀本作肎。〔說文〕肎。骨間肉。—箸也。从肉。从冎省。一曰骨無肉也。〔段注〕——附箸難解之皃。冎者、剮肉置其骨也。——相箸有待於剮。故从冎。隸作—。

㊁可也。〔詩終風〕惠然—來。〔今俗云可不可。猶曰—不—。〕

㊂不—。可以—也。見〔穀梁宣三年傳〕。

㊃—定。論理學之語。對于否定而言也。

㊄—綮。綮要之處也。〔莊子養生主〕技經—綮之未嘗。〔今云議論得要領曰中—本此〕。

【肯】可亥切音愷賄韻

著骨肉也。〔集韻引字林〕。

【肱】古弘切音䡏蒸韻

㊀厷臂上也。从又。从古文厶。厶、古文厷。象形。—、厷、或从肉。見〔說文又部〕。

㊁臂也。〔論語述而〕曲—而枕之。〔皇疏〕肘後曰—。通亦言臂。

㊂奇—。古國名。〔山海經海外西經〕奇—之國。其人一臂三目。

㊃人名。〔左襄二十二年傳〕鄭公孫黑—。

【肴】何交切音爻肴韻

㊀啖也。从肉。爻聲。見〔說文〕。〔通訓定聲〕凡熟饋可啖之肉。折俎豆實皆是。初學記二十六引說文。雜肉也。

㊁骨體也。見〔廣韻〕。〔按六書故云。體解骨折之謂—。〕

㊂俎實也。〔國語晉語〕飲而無—。〔賈注〕葅也。

㊃凡非穀而食曰—。見〔廣韻〕。

㊄肉也。〔文選班固典引〕—覈仁義之林藪。

㊅膳也。見〔文選張衡賦膳夫馳騎注〕。

㊆魚肉爲—。〔楚辭招魂〕—羞未通。

㊇叚作爻。〔孔霙碑〕易建八卦。攈—繫辭。

【肵】渠希切音祈微韻

㊀敬也。〔禮記郊特牲〕—之爲言敬也。

㊁盛心舌之俎。〔儀禮特牲饋食禮〕佐食升—俎。

㊂尸之所食歸餘之俎。〔禮記曾子問〕祭殤不舉無—俎。〔疏〕以其無尸。故無—俎。

【肵】居焮切音靳問韻

敬也。禮有—俎。見〔集韻〕。〔儀禮、禮記、經典釋文、玉篇、廣韻、類篇、皆音祈。並無靳音。未知集韻所本。〕

【肸】黑乙切質韻許訖切音迄物韻顯結切音奇屑韻

㊀—蠁、布也。見〔說文十部〕。〔段注〕—蠁、李善注上林賦。甘泉賦。皆引—蠁、布也。今據正。春秋音羊舌—字叔向。向、釋文許兩切。卽蠁字。知—、蠁、之語甚古。〔按王注。—也者蠁也。蠁也者布也。上林賦曰。—蠁布寫。彼以—蠁形容其布寫。此以布寫訓釋其—蠁。故不引長卿全句也。通訓定聲。此字本訓。許時已闕。—蠁者、雙聲連語。上林賦—蠁布寫。司馬彪注。過也。漢書注。盛作也。蜀都賦作翕響。亦同。〕

㊁佛—。人名。見〔論語陽貨〕。〔又〕大貌。見〔洪武正韻〕。

㊂大月氏小長五翎侯之一。〔漢書西域傳〕四曰—頓翎侯。

㊃別作盻。振起也。〔漢書揚雄傳〕薌呹—以棍根兮。〔注〕師古曰。言風之動樹。聲響振起。眾根合同。〔蕭該音義曰。—、別本作盻。靈乞反。案今漢書本盻。或作—者。傳寫之誤。〕

【肸】巨至切音塈寘韻許乙切欣入聲質韻

振也。〔漢書禮樂志〕罔不—飾。〔

注〕蘇林曰。—音塈塗之塈。塈、飾也。師古曰、—振也。謂皆振整而飾之也。

【肺】芳廢切音怖隊韻

㊀金藏也。見〔說文〕〔段注〕按各本不完。當云火藏也。博士以爲金藏。玄應書兩引說文。—火藏也。其所據當是完本。但未引一曰金藏耳。〔按素問六節藏象論。—者。氣之本。魄之處也。其華在毛。其充在皮。爲陽中之太陰。通於秋氣。又痿論。—者。藏之長也。爲心之蓋也。史記倉公傳正義。—重三斤三兩。六葉兩耳。凡八葉。主藏魄。魄正字通。—附脊第三椎。配胷中。與大腸相表裏。今生理學者稱—左二葉。右三葉。左大而短。右小而長。心居其間。其色閒紅白。爲囊狀。海緜質。且富彈力。故能爲呼吸之官。〕

肺圖

㊁勃也。言其氣勃鬱也。見〔釋名釋形體〕

㊂費也。見〔廣雅釋親〕〔疏證〕白虎通義云。—之爲言費也。

㊃—石。赤石也。〔周禮大司寇〕以—石達窮民。

㊄通柹。〔史記惠景閒侯者年表〕諸侯子弟若—腑。〔索隱〕—音柹。腑音附。柹、木札也。附、木皮也。以喻人主疎末之親。如木札出於木。樹皮附於樹也。

㊅本作胇。〔詩桑柔〕自有—腸。〔釋文〕本又作胇。

【肺】普蓋切音霈泰韻

——。茂貌。〔詩東門之楊〕其葉——。

【肶】譬吉切音匹質韻

㊀牝—。見〔廣韻〕

㊁肚肶也。見〔玉篇〕

【朊】古緩切音管旱韻

胃府也。一曰。卽胃脯。漢貨殖傳。濁氏以胃脯連騎。見〔集韻〕

【朊】虞遠切音阮阮韻

人陰異呼。見〔五音集韻〕

【肮】居郎切音岡陽韻下浪切音吭漾韻

亢或字。〔集韻〕亢。說文、人頸也。一曰咽也。或从肉。

【肮】寒剛切音航陽韻

大豚也。見〔廣韻〕

【⿰月叉】昌遮切音叉麻韻

腵—脯也。見〔篇海類編〕

【⿰月夬】古穴切音玦屑韻朕桂切音禊霽韻

孔也。見〔說文〕〔段注〕俗謂之髓腔。

【⿱夕肉】之夜切音蔗禡韻

同炙。〔韓愈詩〕萬牛臠—。

【⿰月片】普麵切音片霰韻

半體也。見〔廣韻〕

【⿰月及】呼合切音欱合韻

肥也。見〔集韻〕〔按正字通舊字典均譌作服〕

【肞】薄半切音畔翰韻

肉也。見〔集韻〕

【⿱不肉】鋪枚切音胚灰韻

肉醬未成醬。見〔集韻〕

【肪】分房切音方符方切音房陽韻

肥也。見〔說文〕〔段注〕肥當作脂。王逸正部論說玉符曰。白如豬—。通俗文曰。脂在腰曰—。此假在人者以名物也。〔按玉篇、廣韻皆訓脂—六書故云。—脂膏之厚者也。〕

【肭】奴骨切音訥月韻女滑切音貀黠韻〔按舊字典引說文。—朔而見東方謂之縮—。攷說文月部朒从月肉聲。與—迥別。今刪正〕

膃—。肥也。見〔廣韻〕〔又〕獸名。〔本草拾遺〕骨—獸生西番突厥國。胡人呼爲阿慈勃他你。其狀似狐而大。長尾。臍似麝香。黃赤色。如爛骨。〔按本草綱目作膃—獸。文云骨貀。說文作貀。與—同。海狗也。圖入膃字〕

【胝】昌脂切音癡支韻

膍—。鳥藏也。見〔字彙〕

【肰】如延切音然而旃切音堧先韻

犬肉也。从肉犬。讀若然。見〔說文〕〔按俗作然字非〕

【⿰月气】古對切音憒隊韻

腰忽痛也。見〔字彙〕

【肼】他甘切音甜覃韻
腤肉壞見〔集韻〕。

【肳】武粉切音脗吻韻
吻或字。〔集韻〕吻說文、口邊也。或作—。

【肳】暮拜切音韎卦韻
冥日遠視也。一曰、久也。見〔集韻〕。

【䏙】他感切音醓感韻
肉汁滓也。見〔說文〕〔王注〕此醓之古字也。血部盬累增字也。經典作醓。則以作䀋用酒。遂以酉易肉也。䀋人注云。醓、肉汁也。釋名曰。䀋多汁者曰醓。醓、瀋也。宋魯人皆謂汁爲瀋。詩行葦正義、用肉爲䀋。特有多汁。故以醓爲名。案許兼言滓者。以其用脯及粱麴也。

【䏙】丁紺切音耽勘韻
—䏩。短醜貌。見〔集韻〕。〔按舊字典於此條下又引韻會云。虎視。考韻會感勘二部。並無从肉冘聲訓虎視之字。〕

【肶】頻脂切音毗支韻
駢迷切音鼙齊韻
膍或字。見〔說文〕〔段注〕釋詁曰。—厚也。毛詩曰。膍厚也。實一字也。皆引伸叚借之義也。采菽福祿膍之。音義曰。韓詩作—。按韓詩、爾雅、皆同說文或字。毛詩節南山又作毗。毗、即毗字。釋詁、—亦作脾。

【肶】必至切音畀寘韻
祕或字。〔集韻〕祕祠也。或作—。〔案說文。祕以豚祠司命也。〕

【肶】部禮切音陛薺韻
髀或字。〔集韻〕髀股也。或作—。

【肷】許律切音颮質韻
牛肉也。見〔玉篇〕。

【肹】兵媚切音秘寘韻
邑名。〔史記魯周公世家〕作—誓。〔索隱〕尙書作粊誓。今尙書大傳作鮮誓。鮮誓即—誓。古今字異。義亦變也。鮮、獮也。言於—地誓衆。因行獮田之禮。以取鮮獸而祭。故字或作鮮。或作獮。粊、地名。即魯卿季氏之費邑。〔在今山東費縣西北二十里。〕

【䏚】亡表切音杪篠韻
季脅下之空軟處也。〔素問刺腰痛〕腰痛引少腹控—。不可以仰。

【脺】則外切音醉泰韻
拜失容也。見〔篇海〕。

【胝】祖管切音纂旱韻
脂也。見〔篇海〕。

【胣】丁姑切音都虞韻
大腸也。見〔字彙補〕。

【䤋】初校切音麨篠韻
少也。見〔川篇〕。

【胇】研計切音詣霽韻
恨視也。見〔川篇〕。

【肎】古脊字。〔字彙〕楊升菴曰。文選七發。弭節五子之山。通厲骨母之場。骨當作脊。史記吳王殺子胥。投之于江。吳人立祠江上。因名胥母山。古字脊作—。其字似骨。其誤宜也。

【肤】同膚。見〔廣韻〕。

【𦙝】同膂。見〔集韻〕。

【肟】同肞。見〔字彙〕。

【肻】同肯。見〔字彙〕。

【𦙶】同胣。見〔字彙補〕。

五畫

【胂】癡鄰切音伸眞韻
●一 申也。見〔廣韻〕。●二 伸身也。見〔集韻〕。

【胂】失人切音申眞韻
延知切音夷支韻
夾脊肉也。見〔說文〕〔段注〕易艮九三。艮其限。裂其夤。馬云。夤、夾脊肉也。虞亦云。夤、脊肉。王弼云。當中脊之肉也。按夕部夤、敬惕也。周易假爲—。故三家注云爾。若鄭本作䐿、䐿、恐夤之誤。廣雅云。—謂之脢。周易音義云。—、以人反。則—音同夤。又按艮九三字當是上肉下寅。故鄭本作䐿。非叚夤敬字也。〔按素問刺腰痛篇云。刺腰尻交者兩髁—上。注云。兩髁—、謂兩髁骨下堅起肉也。髁骨、即腰脊兩傍起骨也。俠脊兩旁。腰髁之下。各有—肉隴起。而斜趣於骨髁之後。內承其髁。故曰兩髁—也。〕

【胃】于貴切音謂未韻
●一 本作𦞁。〔說文〕𦞁。穀府也。从肉囟。象形。〔段注〕白虎通曰。—者。脾之府也。脾主稟氣。—者、穀之委也。故脾稟氣於—也。素問。脾—者、倉庫之官。五味出焉。〔按韻會云。𦞁隸

作|。素問玉機眞論。五藏者、皆稟氣於|。|者。五藏之本也。五藏別論。水穀入口。則|實而腸虛。食下則腸實而|虛。|者水穀之海。六府之大源也。太陰陽明論。脾與|以膜相連耳。陽明脈解。陽明者、|脈也。|者、土也。史記倉公傳正義。|大一尺五寸。徑五寸。長二尺六寸。橫尺。受水穀三斗五升。其中常留穀二斗。水一斗五升。凡人食入於口而聚於|中。穀孰傳入小腸也。〕

㊁囷也。圜受食物也。見〔釋名釋形體〕

㊂二十八宿之一。今立冬節子初三刻三分之中星。

胃宿圖

【胄】直祐切音宙宥韻

㊀胤也。見〔說文〕。〔注〕介胄字從冃。音冒。

㊁裔也。〔國語晉語〕而等|之親疏也。

㊂緒也。〔漢書敘傳〕系高項之元|兮。

㊃後也。〔左襄十四年傳〕是四岳之裔|也。

㊄長也。〔書舜典〕敎|子。

㊅嗣也。見〔字彙〕。

㊆國名。見〔增韻〕。

㊇姓也。見〔廣韻〕。

【胅】徒結切音姪屑韻

㊀骨差也。見〔說文〕。〔段注〕謂骨節差忒不相値。故|出也。

㊁腫也。見〔廣雅釋詁〕。

㊂連脽肉。見〔集韻〕。

㊃胅也。〔淮南精神〕二月而|。〔按說文解字斠詮胅下引淮云南|、疑卽胅字。〕

【胉】伯各切音博藥韻

㊀髆或字。〔集韻〕髆肩甲也。或作|。

㊁胷髆也。見〔五音集韻〕。

【胉】匹陌切音拍博陌切音百陌韻

脅也。〔儀禮士喪禮〕去蹄兩|脊肺。

【胉】匹各切音粕陌韻

髆或字。〔集韻〕髆骪也。亦作|。〔按玉篇骪。髆骨。〕

【胊】權俱切音劬虞韻〔或作朐。〕與從日月之月音吁不同。

㊀脯挺也。見〔說文〕。〔段注〕許書無脡字。挺卽脡也。何注公羊曰。屈曰|。申曰脡。|脡。就一脡析言之。非謂脡有曲直二種也。曲禮曰。左|。右末。鄭云屈中曰|。屈中猶言屈處。末卽中者也。每一脯謂之一挺。每挺必有屈處。故亦可謂之一|。

㊁遠也。〔管子侈靡〕古之祭者有時而|。

㊂草名。〔爾雅釋草〕搴柜|。

㊃縣名。漢置。屬東海郡。魏改|山縣。卽今江蘇東海縣治。

㊄須|。邾邑名。〔漢書五行志〕取須|城郚。〔注〕須|。邾邑。〔當在今山東滕縣境。〕

㊅臨|。邑名。漢置。屬齊郡。卽今山東臨|縣。其故城在掖縣北。

㊆北|。古國名。〔山海經海內南經〕北|國在鬱水南。

㊇人名。〔漢書宣元六王傳〕姬|臑故親幸。後疏遠。

㊈姓也。漢|邴。

【胊】匈于切音訏虞韻吁玉切音旭沃韻詡拱切音洶腫韻

|衍。戎名。在北地。見〔集韻〕。

【胊】尺尹切音蠢軫韻

|忍。蟲名。蚯蚓也。見〔本草綱目蟲部蚯蚓注〕。〔又〕漢巴郡有|忍縣。〔十三州志〕其地下溼多|忍蟲。因名。〔當今四川雲陽縣西。〕

【胊】北角切音剝覺韻

同箹。見〔五音集韻〕。

【胋】徒兼切音甜鹽韻

㊀肥也。見〔集韻〕。

㊁大羹也。見〔玉篇〕。

【背】補妹切音輩隊韻

㊀脊也。見〔說文〕。〔段注〕𠦬部曰。脊、背呂也。然則脊者|之一端。|不止于脊。如髀者股外。股不止于髀也。〔按韻會曰身北曰|是也。〕

㊁陽也。〔素問金匱眞言論〕|爲陽。

㊂陰也。〔史記梁孝王世家〕有獻牛足出|上。〔索隱引張晏〕|者陰也。

㊃前之反也。人體之|在後。故亦謂在後爲|。〔晉書慕容超載記〕腹|擊之。〔按釋名釋形體云|、倍也。在後稱也。〕

(五)物之上也。動物之—向上。故亦謂上爲—。〔爾雅釋丘〕丘—有丘爲負丘。〔注〕如負一丘於—上。

(六)物之反面曰—。〔易艮〕艮其—。〔注〕—者无見之物也。

(七)堂北曰—。〔詩伯兮〕言樹之—。〔傳〕—北堂也。

(八)日旁氣也。凡氣向日爲抱。向外爲—。〔漢書天文志〕暈適—穴。

(九)台—壽也。〔詩閟宮〕黃髮台—。〔箋〕皆壽徵也。〔按爾雅釋詁鮐—壽也〕

(十)人名。〔穀梁成十年傳〕衞侯之弟黑—。帥師侵鄭。

【背】蒲昧切音旆 奴對切音內 隊韻

(一)違也。〔書太甲〕既往—師保之訓。

(二)倍也。〔楚辭招魂〕工祝招君。—行先些。

(三)棄去也。〔荀子解蔽〕—而走。

(四)負也。見〔廣雅釋詁〕

(五)郤也。〔文選宋玉賦〕—穴偃蹠。

(六)戾也。〔呂覽尊師〕命之曰—。

(七)內臣外鄉曰—。見〔漢書五行志引京房易傳〕

(八)聽從不盡力也。〔呂覽尊師〕聽從不盡力。命之曰—。

(九)去雕飾也。見〔後漢班彪傳注〕

(十)俗稱默誦所習文曰—。古亦作倍。〔韓愈文〕讀書倍文。

(十一)—竈鳥名。〔廣雅釋鳥〕—竈。萑雀也。

【胎】湯來切音台 灰韻

(一)婦孕三月也。見〔說文〕〔段注〕玄應兩引皆作二月。〔按淮南精神。三月而—。廣雅釋親同。〕

(二)始也。見〔爾雅釋詁〕〔注〕胚—未成。亦物之始也。

(三)獸亦謂之—。〔禮記王制〕不殺—。〔按史記樂書—生者不殰。注云。—生獸也。〕

(四)龍亦謂之—。〔吳均食移〕昆山龍—之脯。〔又〕仙藥名。〔酉陽雜俎〕仙藥有龍—。

(五)鳳亦謂之—。〔韋巨源食譜〕鳳凰—雜治魚白。

(六)竹亦謂之—。〔竹譜〕筍名竹—。

(七)珠亦謂之—。〔漢書揚雄傳〕剖明月之珠—。〔注〕珠在蛤中若懷姙然。故謂之—也。

(八)逃也。見〔方言〕

(九)養也。〔方言〕—養也。汝潁梁宋之間曰—。

(十)燕—芝名。〔酉陽雜俎〕句曲山五芝第三芝名燕—。

(十一)—仙。禽俱鶴之異名。見〔酉陽雜俎〕

(十二)—生獸也。〔史記樂書〕—生者不殰。〔按今動物學家謂之哺乳動物。〕

(十三)—敎。謂妊婦以言行感化—兒也。〔賈子新書〕周妃后妊成王於身。立而不跛。坐而不差。笑而不諠。獨處不倨。雖奴不罵。—敎之謂也。

【胏】壯仕切音滓 側氏切音批 紙韻〔舊書作胏〕

(一)𦙶或字。〔說文〕𦙶所遺食也。从肉。仕聲。易曰。噬乾𦙶。揚雄說𦙶从朿。〔按今易噬嗑亦作噬乾—。馬融陸績皆曰肉有骨謂之—。蓋食肉者必遺其骨。故曰食所遺。〕

(二)簀也。〔易噬嗑釋文引鄭注〕—。簀也。〔蓋謂—爲笫之假借。故訓簀。〕

【朏】苦骨切音窟 月韻

(一)臀也。見〔廣韻〕〔按正字通云。俗謂髀之近竅者爲髀窟。〕

(二)曲腳也。見〔廣雅釋親〕

(三)—。獸名。〔山海經〕霍山有獸焉。其狀如貍而白尾有鬣。名曰—。養之可以已憂。

【朏】張滑切音窡 黠韻

刴疾也。見〔集韻〕

【胑】章移切音支 支韻

(一)肢本字。〔說文〕體四—也。〔桂注〕玉篇。體四—。手足也。韓非解老篇。人之身三百六十節。四肢九竅。其大具也。

(二)枝也。似木之枝格也。見〔釋名釋形體〕

【胒】乃計切音膩 霽韻

(一)肥也。見〔正字通〕

(二)䐈也。〔釋名釋飲食〕䐈—也。骨肉相傅—無汁也。〔按爾雅釋器。肉謂之醢。有骨者謂之臡。〕

【胔】疾智切音漬 疾二切音自 寘韻

(一)本作骴。〔說文骨部〕骴。鳥獸殘骨曰骴。骴可惡也。明堂月令曰。掩骼薶骴。骴或从肉。〔按骴或从肉四字。鉉本有。鍇本無。許引明堂月令之文。今禮記月令作掩骼埋—。注云。骨枯曰骼。肉腐曰—。釋文蔡云。

露骨曰骼。有肉曰―。亦作骴。至玉篇作胔乃骴之變體耳。〕

(二)同髊。〔呂覽孟春〕揜骼霾髊。〔注〕髊讀水漬物之漬。白骨曰骼。有肉曰髊。〔按段玉裁謂髊亦骴之或字。〕

(三)通脊。〔周禮蜡氏〕掌除骴。〔注〕故書骴作脊。鄭司農云。脊讀爲殰。謂死人骨也。

(四)通瘠。〔漢書食貨志〕國亡捐瘠。〔按顧炎武云。瘠古―字。謂死而不葬者也。〕

【胔】才支切音疵支韻

(一)人子腸名。見〔廣韻〕。

(二)―蟰。水族名。〔文選左思賦〕摸蟰蜎。捫―蟰。

【胔】膳之切音慈支韻

水腸也。〔淮南說山〕海水雖大。不受―芥。〔釋文〕―音慈。

【胔】秦昔切音籍陌韻

瘦也。病也。見〔五音集韻〕。

【胕】符遇切音附遇韻

(一)腑省字。〔集韻〕腑。人之六腑也。或省。〔按太玄。親肺―之行。廣韻。肺―心膂。亦皆作―。〕

(二)通附。〔漢書劉向傳〕臣幸得託肺附。〔注〕肺附。肝肺相附著也。〔按肺附猶云肺腑。〕

【胕】風無切音膚虞韻

足也。〔國策楚策〕服鹽車而上太行。蹄申膝折。尾湛―潰。〔釋文〕―音膚。

【胕】防無切音扶虞韻

腫也。〔山海經西山經〕竹山有草焉。其名曰黃雚。浴之已疥。又可以已―。〔注〕治―腫也。音符。

【胖】普半切音判翰韻

(一)半體肉也。一曰廣肉。見〔說文半部〕〔段注〕周官經腊人注曰。鄭大夫云。―讀爲判。杜子春讀―爲版。又云膴―皆謂夾脊肉。又云禮家以―爲半體。玄謂―宜如脯而腥。―之言片也。析肉意也。許用禮家說。一曰廣肉者。此別一義。―之言般也。般大也。

(二)脅側薄肉也。〔禮記內則〕鵠鴞―。〔注〕謂脅側薄肉。

【胖】蒲官切音槃寒韻

大也。安舒也。〔禮記大學〕心廣體―。〔注〕―猶大也。〔朱注〕―安舒也。

【胖】補綰切音版潸韻

夾脊肉也。見〔集韻〕。

【胗】止忍切音軫頸忍切音緊軫韻

(一)脣瘍也。見〔說文〕〔段注〕宋玉風賦曰。中脣爲―。〔按說文―之籒文作胗。今變作疹。〕

(二)診也。〔釋名釋疾病〕―診也。有結聚可得診見也。

(三)展也。〔釋名釋疾病〕―展也。癢搔之捷展起也。

(四)重也。〔詩雲漢〕胡寧瘨我以旱。〔釋文〕瘨韓詩作疹重也。

(五)腫也。見〔一切經音義引三蒼〕。

(六)苦也。〔詩小宛〕哀我塡寡。〔釋文〕塡韓詩作疹疹、苦也。

(七)疾也。〔文選張衡賦〕思百憂以自―。

(八)久病也。〔素問奇病論〕無損不足益有餘以成其―。

【胘】胡田切音賢胡涓切音懸先韻

(一)牛百葉也。見〔說文〕〔段注〕廣雅。胃謂之―。李時珍云。―卽胃之厚處。齊民要術有牛―炙。卽牛百葉也。公羊傳注。自左髀達於右―。謂達於胃也。〔按桂注云。廣韻。肚―。牛百葉也。通俗文。有角曰―。無角曰肚。〕

(二)―靁地名。〔史記匈奴傳〕至―靁。〔漢書音義〕―靁地名。在烏孫北。

【胙】存故切音祚遇韻疾各切音昨則落切音作藥韻

(一)祭福肉也。見〔說文〕〔桂注〕史記周本紀。致文武―於秦孝公。集解。―膰肉也。僖九年左傳。王使宰孔賜齊侯―。後漢書鄧彪傳。四時致宗廟之―。注云、祭廟肉也。

(二)報也。〔左襄十四年傳〕世―太師。

(三)福也。〔國語周語〕天地所―。

(四)賜也。又位也。〔國語齊語〕反―於絳。〔注〕―、賜也。〔又賈注〕―、位也。

(五)酢也。〔周禮膳夫〕親徹―俎。〔疏〕―者酢也。

(六)建置社稷曰―。見〔韻會〕。

(七)地名。〔史記秦始皇紀注〕括地志云。古燕國滑州―城縣是也。

㊇國名。〔左僖二十四年傳〕凡蔣邢茅—祭。〔今河南延津縣北三十里有隋置—城縣故城。即其地。〕

㊈亭名。〔左僖二十四年傳注〕東郡燕縣西南有—亭。

【胚】鋪枚切音坏灰韻

㊀婦孕一月也。或从女。見〔集韻引說文〕。〔按說文、玉篇、廣韻、類篇、古今韻會舉要、皆作肧。韻會云。集韻或作肧。而集韻十八尤亦作肧。云肧胎、未成物之初。或从血。六書正譌、字彙、正字通、並以—爲肧俗字。是也。〕

㊁杳冥之貌。〔文選郭璞賦〕類—渾之未凝。〔注〕言雲氣杳冥似—胎渾沌尚未凝結也。

㊂植物種子內所出嫩芽也。

【胜】桑經切音星青韻

犬膏臭也。一曰。不孰也。見〔說文〕。〔段注〕庖人。內則。膳膏腥。杜子春云。膏腥。豕膏也。後鄭云。膏腥。雞膏也。許云犬膏。蓋本賈侍中。一曰不孰者。論語。君賜腥。必熟而薦之。字當作—。今經典膏—、—肉字。通用腥爲之。而—廢矣。而腥之本義廢矣。

【胜】新佞切音性敬韻

腥省字。〔集韻〕腥。星見食豕。令肉中生小息肉也。或省作—。

【胜】七正切音婧敬韻

—遇。鳥名。〔山海經西山經〕玉山有鳥焉。名曰—遇。

【胜】所庚切音生庚韻

鮏肉也。見〔五音集韻〕。

【胝】張尼切音疷支韻

㊀腄也。見〔說文〕。〔桂注〕集韻。—、繭也。荀子子道篇。手足胼—。注云。—、皮厚也。〔按皮之高厚如蠶繭。故名曰繭。許訓腄者。鍇本腄訓跟—。鍇注曰。謂蹴跟行多生—皮也。是即所謂皮厚也。是即所謂繭也。今俗語猶有蹴繭之稱。〕

㊁跰也。見〔韻會〕。

【胝】稱脂切音鴟支韻

鳥胃。一曰。胵、五藏總名。見〔集韻〕。〔按廣雅釋器百葉謂之膍胵。〕

【胝】丁計切音帝霽韻旨而切音支支韻

牲體之本也。見〔集韻〕。

【胞】披交切音拋班交切音包肴韻方鳩切音不尤韻

㊀兒生裹也。見〔說文包部〕。〔段注〕—、謂胎衣。小雅。不離于裏。箋云。獨不處母之—胎乎。〔按廣雅釋親。人四月而—。引伸之、凡物外裹之膜亦曰—。故組成生物之極細質點謂之細—。〕

㊁同—。同父母之兄弟通稱。〔漢書東方朔傳〕同—之徒。〔注〕—者。—胎之—。言親兄弟。

㊂生理學家有所謂氣—。蓋謂肺臟內氣管枝端之囊。

【胞】蒲交切音炮肴韻

㊀肉吏也。〔禮記祭統〕—者。肉吏之賤者也。〔釋文〕—、步交反。

㊁同庖。〔漢書百官公卿表〕—人、都水、均官、三長丞。〔注〕—與庖同。—人。主掌宰割者也。

【胞】匹貌切音奅效韻

面生氣也。見〔五音集韻〕。

【胠】去魚切音區魚韻丘據切音去御韻口舉切音去語韻乞業切音狧迄業切音脅葉韻苦洽切音恰洽韻

㊀亦下也。見〔說文〕。〔按說文胳、亦、均訓亦下。段注胳字云。亦、腋古今字。亦部曰。人之臂亦也。兩厷迫於身者謂之亦。又注—字云。胳、謂迫於厷者。—、謂迫於臂者。〕

㊁發也。旁開爲—。〔莊子胠篋〕將爲—篋探囊發匱之盜。

㊂去也。〔荀子榮辱〕鯈鉢者。浮陽之魚也。胠於沙而思水則無逮矣。

㊃軍左翼曰啟。右翼曰胠。〔左襄二十三年傳〕狼蘧疏爲右—。

㊄衞—。人名。〔漢書功臣表〕武原靖侯衞—。〔注〕—音脅。又音怯。

【胡】洪孤切音瑚虞韻

㊀牛頷垂也。見〔說文〕。〔段注〕此言頷以包頸也。頷、頤也。牛自頤至頸下垂肥者也。引伸之凡物皆曰胡。

㊁互也。在咽下垂能斂互物也。見〔釋名釋形體〕。

㊂何也。〔書太甲〕弗慮—獲。弗爲—成。

㊃壽也。〔詩載芟〕—考之寧。

㊄大也。見〔廣雅釋詁〕。

(六)遐也。遠也。〔儀禮士冠禮〕眉壽萬年。永受—福。

(七)戈戟鋒也。鋒之曲而旁出者曰—。〔考工記冶氏〕戈—三之。戟—四之。

(八)北狄通稱曰—。今蒙古地方之民族也。〔考工記總目〕—無弓車。〔司農注〕—、今匈奴。〔按南匈奴當今內蒙古。北匈奴當今外蒙古以外及俄羅斯境。〕

(九)丘方形曰—丘。〔爾雅釋丘〕方丘、—丘。〔疏〕丘形四方者名—丘。

(十)水下流曰—蘇。〔爾雅釋水〕—蘇。〔疏〕李巡曰。其水下流故曰—蘇。—、下也。蘇、流也。郭云。東光縣。今有—蘇亭。

(十一)—耇。元老之稱。〔左僖二十二年傳〕雖及—耇。

(十二)曑—。蠡纓無文理者也。見〔韻會〕。

(十三)臚—。笑聲在喉間也。〔孔叢子抗志〕衛君臚—大笑。

(十四)〔周書謚法〕見彌年壽考曰—。保民耆艾曰—。

(十五)—璉。禮器名。夏曰—。亦作瑚。〔左哀十一年傳〕—簋之事。

(十六)由—。繇也。〔爾雅釋草〕繁、由—。〔校勘記〕繁當作蘩。此蘩由—、與上蘩皤蒿、一也。字皆从艸。傳崧卿本夏小正。蘩由—。由—者。繁母也。上蘩下繁。最有區別。〔按詩采蘩傳。蘩、皤蒿也。陸璣疏云。凡艾白色爲皤蒿。一名游—。蓋由、游、古通用。〕

(十七)—豆。跭䠞也。見〔廣雅釋草〕。〔按名醫別錄序例云。丸藥如—豆者。即今青斑豆也。孫思邈千金備急方云。青小豆一名—豆。陳藏器本草拾遺云。—豆苗似豆。生野田間。米中往往有之。是—豆乃小豆之屬也。〕

(十八)彫—。菰米也。〔漢書司馬相如傳〕東蘠彫—。

(十九)—枲。苓耳也。〔爾雅釋草〕卷耳、苓耳。〔注〕廣雅云。枲耳也。亦云—枲。江東呼爲常枲。或曰苓耳。形如鼠耳。叢生如盤。

(二十)鵜—。鳥名。〔禮表記詩云維鵜在梁注〕鵜、鵜—也。

(廿一)—蝶。蟲名。〔莊子至樂〕其葉爲—蝶。〔釋文引司馬注〕—蝶、蛺蝶也。

(廿二)戟也。見〔廣雅釋器〕。〔按方言云。凡戟而無刃。東齊秦晉之間。謂其大者曰鏝—。其曲者謂之鉤釨鏝—。〕

(廿三)—粉。粉名。〔釋名釋首飾〕—粉。—、餬也。脂和以塗面也。

(廿四)—餅。餅名。〔釋名釋飲食〕—餅。作之大漫沍也。亦言以—麻著上也。

(廿五)—陵。縣名。〔書禹貢導菏澤傳〕菏澤、在—陵。〔疏〕地理志山陽郡有—陵縣。

(廿六)俗稱率意妄爲曰—行。又—鬧、—說。義均同。

(廿七)姓也。—公。閼父之後。見〔左襄三十五年傳注〕。又複姓。—母子都。漢人。見〔史記儒林傳〕。

【胡】胡故切音護遇韻

頸也。〔漢書金日磾傳〕日磾捽—。〔晉灼讀護音〕。

【胤】羊進切音孕震韻

(一)子孫相承續也。从肉从八。象其長也。从幺象重累也。見〔說文〕。〔段注〕釋詁。—、繼也。大雅毛傳。—、嗣也。

(二)曲也。〔文選馬融賦〕詳觀夫曲—之繁會叢雜。〔注〕—、亦曲也。

(三)習也。〔詩既醉〕永錫祚—。

(四)國名。〔書胤征〕—侯命掌六師。

【胥】新於切音湑魚韻寫與切音諝語韻蘇故切音素遇韻

(一)蟹醢也。見〔說文〕。〔段注〕庖人共祭祀之好羞。注。若今荊州之鱃魚。青州之蟹—。字林云。—、蟹醬也。按鄭云。作醢及臡。必先膊乾其肉。乃後莝之。雜以粱麴及鹽。漬以美酒。塗置甀中。百日則成。許云蟹醢。作之當同也。釋名曰。蟹—。取蟹藏之。使骨肉解—。然也。如其說。則似今之醉蟹。

(二)相也。〔詩角弓〕無—遠矣。

(三)皆也。〔詩角弓〕民—然矣。

(四)待也。〔管子大匡〕將—有所定也。

(五)輔也。吳越曰—。見〔方言〕。〔按廣雅釋詁云。—、助也。義亦同。〕

(六)視也。〔管子君臣〕—令而動者也。

(七)須也。〔孟子萬章〕帝將—天下而遷之焉。

(八)疏也。〔莊子應帝王〕是於聖人也—易。〔釋文引司馬注〕—、疏也。

(九)官名。〔周禮地官序官〕—師二十。〔疏〕—者有才智之稱。師、長也。

(十)樂官也。〔禮記喪大記〕大—是斂。眾—佐之。

⑪庶人在官者曰—。〔周禮天官序官〕—十有二人。〔疏〕禮記王制云。下士視上農夫食九人。祿足以代耕。則府食八人。史食七人。—食六人。徒食五人。祿其官並亞士。故號庶人在官者也。〔按後世稱官府中書辦之類曰—吏。義本此。〕

⑫語辭。〔詩韓奕〕侯氏燕—。

⑬少也。〔列子天瑞〕蝴蝶—也。〔釋文〕—少也。謂少時也。

⑭蒲—。地名。〔左宣十四年傳〕車及于蒲—之市。

⑮—閭。門名。〔穀梁成元年傳〕客不說而去。相與立—閭而語。〔注〕—閭。門名。

⑯—邪。樹名。〔漢書司馬相如傳〕留落—邪。〔注〕—邪似并閭。皮可作索。

⑰—靡。刑徒人也。〔莊子庚桑楚〕—靡登高而不懼。

⑱—餘。箕子名。見〔左僖十五年傳疏引莊子司馬彪注〕。

⑲畜以待用曰儲—。〔漢書揚雄傳〕木雍槍纍以爲儲—。〔又〕儲藏僕隸亦通謂之儲—。〔書大傳〕憎其人者憎其儲—。

⑳—敖。古國名。〔莊子齊物論〕欲伐宗膾—敖。

㉑靈—。濤神。〔文選左思賦〕習御長風。狎翫靈—。

㉒姓也。晉—童。

㉓同蘇。〔文選左思賦〕造姑蘇之高臺。〔按越絕書吳王夫差起姑—之臺。李善曰。姑—。卽姑蘇也。〕

【⿰月末】莫葛切音末曷韻
肚也。見〔集韻〕。

【⿰月正】諸盈切音征庚韻
煮魚煎肉曰—。見〔集韻〕。

【胆】蕩旱切音但旱韻〔按俗以—代膽。非。〕
肉—也。見〔集韻〕。

【胆】當割切音怛曷韻
臑—。肥貌。見〔集韻〕。

【胆】唐干切音壇寒韻
口脂澤也。見〔廣韻〕。

【⿰月疋】僻吉切音疋質韻
牡—也。見〔字彙〕。

【⿰月立】乞及切音泣緝韻
肉羹也。〔廣雅釋器〕臑謂之—。

【⿰月立】落合切音拉合韻
—臘。肉雜也。見〔集韻〕。

【胆】千余切音疽魚韻七慮切音覷御韻
蠅乳肉中也。見〔說文〕〔桂注〕本書。蜡、蠅—也。通俗文肉中蟲曰—。三蒼。蠅乳肉中曰—。本草蛆、蠅之子也。凡物敗臭則生之。〔按集韻、—或作蛆。亦作⿰虫虛。〕

【胛】古狎切音甲洽韻
背上兩髆間。〔後漢張宗傳〕中矛貫—。〔按集韻云。—、闔也。與胷脅相會闔也。正字通云。俗謂肩甲。〕

【⿱代月】待戴切音代隊韻
—⿱寒月。體顫動貌。見〔集韻〕。

【⿰月穴】居聿切音橘質韻
姓也。見〔廣韻〕。

【胍】攻乎切音孤虞韻姑華切音瓜麻韻
—肫。大腹也。見〔集韻〕。

【胍】胡故切音護遇韻
肟—。大貌。見〔集韻〕。

【⿰月示】時吏切音視寘韻
肉生也。見〔字彙〕。

【⿰月冊】相干切音珊寒韻
脂肪也。見〔廣韻〕。〔按考工記鮑人則是以博爲帴也。釋文。俗謂羊豬脂爲—。義亦同。〕

【⿱加月】居牙切音嘉麻韻
疥也。見〔類篇〕。

【胓】蒲兵切音平庚韻
—⿰月斯。牛羊脂也。見〔玉篇〕。

【胓】披耕切音怦庚韻
腹脹也。見〔集韻〕。

【⿰月皮】甫委切音彼紙韻
肉也。見〔五音集韻〕。

【⿱龹月】烏貫切音惋翰韻
本作掔。〔說文手部〕掔手掔也。揚雄曰。掔、握也。〔按集韻。掔、或作腕、捥、挐—。〕

【⿰月主】重主切音柱麌韻
身直貌。見〔集韻〕。

【胴】息利切音四寘韻
腦蓋也。見〔五音集韻〕。〔按集韻。囟。頭會也。或作—脖。〕

【脲】丘刀切音梶豪韻　同尻。〔集韻〕尻髀也。或从尾省。亦作—。

【胣】丑豸切音褫　演爾切音酏　賞是切音弛紙韻　刳腸也。〔莊子胠篋〕昔者龍逢斬。比干剖。萇弘—。

【胇】薄宓切音弼質韻　—肸。大貌。見〔廣韻〕。〔按集韻。—、或作䏟。〕

【胇】扶沸切音翡未韻　乾也。見〔五音集韻〕。

【胇】芳廢切音怖隊韻　同肺。金藏也。〔詩桑柔〕自有肺腸。〔釋文〕肺、本又作—。

【𦙶】空胡切音枯虞韻　曝也。見〔集韻引廣雅〕。

【𦙶】同股。見〔廣韻〕。

【服】邦貫切音半翰韻　肉也。見〔字彙補〕。〔與服不同。〕

【服】同膃。見〔集韻〕。

【胦】於江切音雝江韻　—肛。不伏人。見〔集韻〕。

【胦】於良切音央陽韻　倚朗切音坱養韻　脖—。臍也。見〔集韻〕。

【脄】毛載切音昧隊韻　背側肉也。見〔篇海〕。

【胔】此移切音雌支韻　子腸也。見〔字彙補〕。

【𦙎】古服切音加麻韻　—膠。不密也。見〔玉篇〕。

【𦚉】蘇干切音酣覃韻　萌肋也。見〔篇海〕。

【肩】肩本字。見〔說文〕。

【胗】古疹字。見〔玉篇〕。

【胟】同拇。〔說文手部〕拇。將指也。〔按廣韻。—、同拇。五音集韻。大拇指也。〕

【胜】同胏。見〔集韻〕。

【䏲】同肼。見〔字彙〕。

【胢】同飼。見〔正字通〕。

【𦙍】胗俗字。見〔字彙〕。

【胐】同朏。見〔說文長箋〕。

六畫

【胭】因連切音烟先韻　㊀嗌也。見〔說文口部〕。㊁—脂。與燕脂同。見〔廣韻〕。

【胰】延知切音夷支韻　㊀胂或字。〔集韻〕胂。夾脊肉。或作—。㊁通脠。見〔類篇〕。㊂俗謂肥皂曰—子。

【胲】柯開切音該灰韻　㊀足大指毛也。見〔說文〕。〔桂注〕玉篇。—、足指毛肉。廣韻。—、足大指毛肉也。〔按段氏謂足母指上多生毛。謂之毛肉。今本說文無肉字。應據篇韻補。〕㊁備也。〔莊子庚桑楚〕臘者之有膍—。〔釋文引崔注〕—、備也。㊂書名。〔漢書藝文志〕五行奇—用兵二十三卷。〔注〕軍中約也。

【胲】己亥切音改賄韻　頰肉也。〔漢書東方朔傳〕樹頰—。

【胳】剛鶴切音各藥韻　轄格切音垎陌韻　亦下也。見〔說文〕。〔段注〕亦腋古今字。亦部曰。人臂之亦也。兩厷迫於身者謂之亦。亦下謂之—。又謂之胠。身之迫於兩厷者也。

【胳】各額切音格陌韻　㊀牲後脛骨也。〔儀禮鄉飲酒禮〕介俎脊脅—肺。〔注〕後脛骨二膊—也。〔釋文〕—音格。㊁俗謂臂曰—膊。

【胶】何交切音爻肴韻　㊀聲也。見〔廣韻〕。㊁脛骨也。見〔集韻〕。

【胷】許容切音匈冬韻　㊀本作匈。〔說文勹部〕匈。膺也。〔按—者身體前部腹上喉下之稱。說文本作匈。其重文或从肉作胷。由匈胷而變作—。今則—行而匈胷廢矣。〕㊁猶啌也。啌氣所衝也。見〔釋名釋形體〕。㊂猶內也。〔呂覽先己〕謀失於—。〔世謂性情懷抱曰心—。意本此。〕㊃猶前也。〔文選左思賦〕開—殷衞。㊄—為身體中央要害。故中央要害亦曰—。〔國策秦策〕魏天下之—腹。

⑥貫—古國名。〔山海經海內南經〕貫—國。其爲人—有竅。

【胻】何庚切音行庚韻

①脛耑也。見〔說文〕。〔按段注。耑、猶頭也。脛近厀者曰—。言脛則統—言。—不統脛。揣骨新編云。骬骨即—骨。在厀下裏側。外爲腓腸。宋慈洗冤集錄云。厀蓋下生者脛骨。脛骨旁生者—骨。許槤說小骨埘脛而生者謂之—。字書往往以脛訓—。以—訓脛。因此混同無別。今俗誤以腓名之。〕

②牛勢—也。見〔廣韻〕。

③肚也。見〔五音集韻〕。

【胻】寒剛切音炕陽韻下梗切音杏梗韻下孟切音行敬韻

腳脛也。〔史記龜筴傳〕壯士斬其—。

【䏰】胡恩切音痕元韻

①跟或字。〔集韻〕跟。足後也。或从肉。

②肉眼也。見〔字彙〕。

【能】奴登切音儜蒸韻

①熊屬。足似鹿。—獸堅中。故稱賢—。而彊壯。稱—傑也。見〔說文能部〕〔段注〕賢、古文作臤。臤、堅也。此四句發明叚借之恉。賢—。—傑之義行。而本義幾廢矣。

②任也。見〔廣雅釋詁〕。

③勝也。〔史記田敬仲完世家〕寡人弗—拔。〔索隱〕—。猶勝也。

④恣也。〔書舜典〕柔遠能邇。〔鄭注〕—、恣也。

⑤該也。〔釋名釋言語〕—、該也。無物不兼該也。

⑥力也。〔呂覽長見〕君知我而使我畢—。

⑦才也。〔國語晉語〕夫敎者因體—質而利之者也。

⑧善也。〔荀子勸學〕非—水也。

⑨猶安也。〔易屯〕宜建侯而不寧。〔釋文〕—、猶安也。

⑩猶及也。〔淮南脩務〕不—被德承澤。

⑪有伎謂之—。見〔詩烝民序任賢使—〕疏。

⑫有道藝者謂之—。〔周禮鄉大夫〕而興賢者能者。〔注〕—者有道藝者。

⑬—有所合謂之—。見〔荀子正名〕。

⑭內作病形謂之—。〔素問風論〕願問其診及其病—。

【能】奴來切音㾌灰韻

①三足鼈也。〔爾雅釋魚〕鼈三足、—。

②通台。〔史記天官書〕魁下六星兩兩相比。名曰三—。〔按禮記樂記疏。古時以今—字爲三台之字。是古者以耐字爲今之—字。—字爲三台之字。後世以來。廢古耐字。以三台之—替耐字之變。而爲—也。又更作三台之字。是今古變也。〕

能圖

【能】乃帶切音柰泰韻

①姓也。唐—延壽。元—皓。宋—迪。

②通耐。〔漢書鼂錯傳〕胡貉之人性—寒。揚粵之人性—暑。〔注〕—、讀曰耐。

【脀】辰陵切音承蒸韻

①騬也。見〔說文〕〔段注〕馬部曰。騬。馬行仡仡也。人部曰。仡。勇壯也。按騬取壯義。

②癡也。見〔廣雅釋詁〕。

【脀】諸承切音蒸蒸韻

①俎也。〔儀禮特牲饋食禮〕宗人告祭—。

②升也。以牲實鼎也。〔周禮內饔〕則陳其鼎俎。以牲體實之。〔注〕實鼎曰—。實俎曰載。

【脀】諸應切音證徑韻

胮—。腫也。見〔集韻〕。

【䏾】于求切音尤尤韻

①縣名。在東萊。見〔集韻〕。

②同疣。結病也。見〔五音集韻〕。

【脂】蒸夷切音祇支韻

①戴角者—。無角者膏。見〔說文〕。〔按大戴記易本命。戴角者無上齒。無角者膏。考工記鄭注曰。—者牛羊屬。膏者豕屬。又禮記內則注曰。肥凝者爲—。釋者爲膏。〕

②砥也。著面柔滑如砥石也。見〔釋名釋首飾〕。

③美也。喻榮祿之美也。〔太玄童〕出泥入—。

④用以利物曰—。〔詩泉水〕載—載舝。

⑤燕—。以紅藍花汁凝—爲之。燕國所出。後人用爲口—。見〔正字通〕。〔按釋名釋首飾云。唇—。以丹作之。象唇赤也。此即所謂燕—也。〕

⑥玉—。草名。〔抱朴子僊藥卷〕玉—

芝生於有玉之山常居懸危之處。
(七)鷂—。鳥名。〔爾雅釋鳥〕桑鳸、鷂—。〔按此鳥嘴曲食肉好盜—膏。故名鷂—。俗謂之青雀〕
(八)赤石—、青石—、黃石—、黑石—、白石—、皆藥名。見〔本草綱目〕
(九)姓也。漢京兆人—習。

【脂】 軫視切音旨紙韻
同指。手指也。見〔集韻〕

【脃】 此芮切音毳霽韻促絕切音臘屑韻蒼沒切音猝月韻
(一)小耎易斷也。見〔說文〕
(二)弱也。見〔廣雅釋詁〕
(三)輕也。〔後漢許荊傳〕風俗—薄。

【脅】 迄業切音熁洽韻
(一)兩膀也。見〔說文〕〔按腋下謂之—。其骨謂之肋〕
(二)挾也。在兩旁臂所挾也。見〔釋名釋形體〕
(三)翕也。〔漢書吳王濞傳〕—肩絫足。〔注〕—翕也。謂歛之也。
(四)責求也。〔公羊莊二十五年傳〕以朱絲營社。或曰—之。
(五)—驅。駕具也。〔詩小戎〕游環—驅。〔傳〕—驅。愼駕具所以止入也。〔箋〕—驅者著服馬之外—。以止驂之入。
(六)—盾。盾名。〔管子幼官〕兵尙—盾。〔注〕象時物之閉。盾或署之於—。
(七)迫—。以威力恐人也。〔書胤征〕—從罔治。〔疏〕其被迫—而從距王師者。

【脋】 許欠切音嬐豔韻
妨也。見〔集韻〕

【脅】 迄及切音吸緝韻
—肩。竦體也。〔孟子滕文公〕—肩諂笑。病於夏畦。

【脈】 莫獲切音麥陌韻
(一)血理分衺行體中者。見〔說文𠂢部〕〔按、—血管也。分布周身。使血之流行循環而不窮者。發血者曰動—。迴血者曰靜—。舊說人身有六—。在兩腕。王叔和—經云。從魚際至高骨。卻行一寸。其中名寸口。其骨自高從寸至尺。名曰尺澤。故曰尺寸。後尺前名曰關。左右手合之。共爲六—。說文—本作䘑。其重文或作—。籀文作衇。今則—行而䘑衇廢矣〕
(二)物之貫通連絡亦謂之—。如地—、水—、山—、葉—。
(三)—理也。〔國語周語〕土乃—發。
(四)慧也。見〔方言〕
(五)—蜴。欺謾之語也。見〔方言〕〔注〕—蜴。中國相輕易蚩弄之言也。
(六)——。視貌。〔漢書東方朔傳〕跂跂——。
(七)—望。蠹魚所化者。〔酉陽雜俎〕蠹魚三食神仙字。則化爲—望。

【脊】 資昔切音積陌韻
(一)本作𦟝。〔說文𠦬部〕𦟝。背呂也。〔段注〕—兼骨肉言之。呂則其骨。𠦬象背—。居中左右脅肋之形也。〔按俗呼二十四呂骨爲—梁。或曰—柱。舊分項骨一節。背骨十節。—骨七節。腰骨六節。今生理學者分項椎七節。匈椎十二節。腰椎五節〕
(二)積也。積續骨節終上下也。見〔釋名釋形體〕
(三)凡居高而當中者皆謂之—。如屋頂曰—。山岡曰—。
(四)地勢亦謂之—。〔史記張儀傳〕席卷常山之險。必折天下之—。〔索隱〕常山於天下在北。有若人之背—也。〔按朱子語類云冀都是天地中間。山脈從雲中發來。雲中正高—處。自—以西之水。則西流入於龍門西河。自—以東之水。則東流入於海。是亦地勢稱—也〕
(五)石形亦謂之—。〔汎舟錄〕洞山崖石色正白。中爲裂縫。謂之石—。
(六)理也。〔詩正月〕有倫有—。
(七)—令。鳥名。〔詩常棣〕—令在原。〔傳〕—令。雝渠也。〔字亦作鶺鴒〕
(八)劍—。花名。〔金漳蘭譜〕葉大施花。劍—。最長。眞花中之上品。
(九)牛—。山名。〔明一統志〕牛—山在河州衛候二十七里。以形似名。〔又〕馬—。亦山名。〔何英詩〕羊腸有路地多險。馬—無人天一隅。〔按馬—山在彭澤縣〕
(十)茅—。謂靈茅也。〔漢書郊祀志〕江淮間一茅三—。〔注〕茅草有三—。謂靈茅也。〔按梁簡文帝七勵云。狐尾旣九。茅—復三〕
(十一)通殰。死人之骨也。〔周禮蜡氏掌除骴注〕故書、骴作—。鄭司農云—讀爲殰〕

【脊】 在亦切音藉陌韻
—。相踐藉也。〔莊子在宥〕天下——大亂。

【朓】他弔切音糶嘯韻〔按—字从肉从兆。與朓朒字从日月之月者別〕。㊀祭也。見〔說文〕。〔段注〕祭名也。㊁祭肉也。見〔集韻〕。

【朓】餘招切音遙蕭韻 好也。〔方言〕—、說好也。〔注〕謂姚悅也。

【䏰】如順切音閏震韻 —䏰。蟲名。漢中有—䏰縣。地下多此蟲。因以爲名。見〔說文新附〕。〔按—䏰當作朐忍。段玉裁謂漢古書皆作朐忍無異。不知何時朐譌胊。忍譌䏰。闞駰上音春。下音閏。通典上音蠢。下音如尹切。廣韻則上音蠢。下音閏。而大徐乃於肉部增胊䏰二篆。上音如順。下音尺尹。不知爲朐忍之字誤。且謂其地在漢中。又不知漢朐忍在今夔州府雲陽縣名萬戶垻者是。去漢中遠甚也。〕

【䏲】披冰切音淜蒸韻 腹脹皃。見〔集韻〕。

【胋】徒兼切音甜鹽韻 肥也。見〔集韻〕。

【䏦】古滑切音劀黠韻 脂也。見〔五音集韻〕。

【䏔】女加切音拏麻韻 膠—。不密。見〔集韻〕。

【䏧】敞尒切音侈紙韻。女下切音奲馬韻。乃嫁切音豽禡韻。丁可切音嚲哿韻 肉物肥美也。〔詩楚茨〕爲豆孔庶。〔箋〕庶。—也。必取肉物肥—美者也。

【胮】皮江切音龐。披江切音肨江韻 —肛。脹大也。見〔廣韻〕。〔按廣雅釋詁云。—脹也。義亦同。〕

【䏸】區旺切匡去聲漾韻 腹中寬也。見〔集韻〕。

【䏸】去羊切音羌陽韻 腔也。見〔五音集韻〕。

【胯】苦故切音庫遇韻。枯瓜切音誇麻韻。枯化切音跨禡韻 股也。見〔說文〕。〔按—骨爲髖。統言之稱—。則股包在內。析言之則—與股有別。不可混也。洪武正韻云。骻—兩股閒也。段玉裁云。合兩股言曰—。廣韻曰。—、兩股之間也。史記曰。不能死。出我—下。〕

【胯】枯買切音鍇蟹韻 膝肥皃。見〔集韻〕。

【胱】姑黃切音光陽韻 膀—。謂之脬。見〔廣雅釋親〕。〔按膀—者。腎之府。津液藏焉。氣化則能出。上系小腸。下聯前陰。體短而橫廣。今生理學稱膀—上有兩管。通于腎。盛尿而泄尿者也。〕

【胴】徒弄切音洞送韻 大腸也。〔抱朴子僊藥卷〕雄黃服餌之法。以玄—腸裹蒸之於赤土下。〔按玉篇云。—。大腸也。〕

【胴】杜孔切音動董韻 侗—。直皃。見〔集韻〕。

【胵】稱脂切音鴟支韻 鳥胃也。一曰。—。五藏總名也。見〔說文〕。

【胵】陟利切音致寘韻 肥也。見〔集韻〕。

【胵】陟栗切音窒質韻 同郅。郁—。地名。見〔五音集韻〕。

【胰】與之切音飴支韻 豕息肉也。見〔廣韻〕。〔按類篇謂豕脾息肉。〕

【脮】呼罪切音賄賄韻。都回切音塠灰韻 腲—。大腫皃。見〔廣韻〕。

【胹】人之切音而支韻 爛也。見〔說文〕。〔段注〕爛。火部作爛。火孰也。左傳宰夫—熊蹯不孰。謂火孰之而未孰也。方言。—。熟也。自關而西秦晉之郊曰—。按內則作濡。

【䏩】迄及切音吸緝韻。遏合切音姶合韻 脅或字。〔集韻〕脅。脅肩體也。或作—。亦書作脇。

【胺】阿葛切音遏曷韻 肉敗臭。見〔集韻〕。

【䘓】先結切音屑屑韻 脂也。一曰。臆中脂。見〔集韻〕。

【䏬】迷浮切音謀尤韻

脊也。見〔集韻〕。

【脮】於靴切音[illegible]歌韻　手足曲病。見〔集韻〕。

【胼】蒲眠切音蹁先韻　皮厚。見〔玉篇〕。

【脥】勇主切音庾麌韻　腹下肥也。見〔集韻〕。

【腴】羊朱切音逾虞韻　同脥。肥也。見〔五音集韻〕。

【胾】側吏切音剚寘韻　本作胾。〔說文〕胾。大臠也。〔段注〕切肉之大者也。

【胿】涓畦切音圭　弦雞切音兮齊韻　大腹。見〔集韻〕。

【胿】睽桂切音䄆霽韻　孔也。見〔五音集韻〕。

【脀】諸丞切音蒸蒸韻　燬也。見〔廣雅釋器〕。〔按燬、古熱字也。夏竦古文四聲韻引古孝經熱字如此。〕

【脄】讃杯切音枚灰韻　莫佩切音妹　莫代切音穤隊韻　脊側之肉也〔禮記內則〕擣珍取牛羊麋鹿麕之肉必—。〔注〕—脊側肉也。〔按說文脢、背肉也。—卽脢字。〕

【䏰】仍吏切音餌寘韻　筋健也。見〔廣韻〕。

【𦚐】時制切音逝霽韻　制肉也。見〔集韻〕。

【腂】烏寡切蛙上聲馬韻　—腇。肥貌。見〔篇海類編〕。

【脙】虛尤切音休尤韻　腹脊之間也。〔篇海〕齊人謂脊腹曰—。

【脌】倚亥切音唉賄韻　肥也。見〔集韻〕。

【肤】火叶切音歙葉韻　大腹也。見〔字彙補〕。

【𦙢】子余切音沮魚韻　—蟲也。見〔篇海類編〕。

【脃】側救切音奏宥韻　脯也。見〔龍龕手鑑〕。

【脪】時忍切音腎軫韻　臥—也。見〔龍龕手鑑〕。

【䏺】同胏。臠也。見〔說文長箋〕。

【脇】同脅。見〔集韻〕。

【胸】同胷。見〔正字通〕。

【䏶】同胯。見〔字彙補〕。

【䘑】脈或字。見〔集韻〕。

【脆】脃俗字。見〔廣韻〕。

【脉】脈俗字。見〔正字通〕。

七畫

【脛】形定切音鋞徑韻　下頂切音悻迥韻　戶孟橫去聲切敬韻　㊀胻也。見〔說文〕。〔按釋名釋形體云。—。莖也。直而長似物莖也。蓋—者。㮇下踝上正面突出之骨也。皮外名臁。肕內卽—骨。〕㊁鳥膝骨亦曰—。〔莊子駢拇〕鳧—雖短。續之則憂。鶴—雖長。斷之則悲。㊂獸膝骨亦曰—。〔儀禮鄉飲酒禮〕賓俎脊脅肩肺。〔注〕凡牲前—骨三。肩、臂、臑也。㊃——。直貌。〔漢書楊惲傳〕——者未必全也。

【脟】龍輟切音劣屑韻　盧活切音捋曷韻　脅肉也。一曰。—腸間肥也。一曰。膫也。見〔說文〕。〔段注〕脅者統言之。—其肉也。肋、其骨也。肥、當作脂。此別一義。謂禽獸也。膫、牛腸脂也。腸脂謂之—。一名膫。

【脟】力轉切音臠銑韻　㊀臠或字。〔集韻〕臠。臞也。或作—。㊁割也。〔漢書司馬相如傳〕—割輪焠。

【脬】披交切音胞肴韻　腹中水府也。見〔洪武正韻〕。

【脡】他頂切音珽　待鼎切音挺迥韻　㊀脯之申者也。〔公羊昭二十五年傳〕與四—脯。〔注〕屈曰朐。申曰—。〔按儀禮脯四脡。〕㊁直也。〔禮記曲禮〕鮮魚曰—祭。㊂牲脊骨之中曰—。〔儀禮少牢饋食禮〕—脊一。〔疏〕脊以前爲正。其次名—。卻後名橫。

【腒】居六切音菊屋韻
(一)身也。見〔玉篇〕。
(二)肥也。見〔五音集韻〕。

【脪】所敎切音稍效韻
(一)凡物之殺銳曰—。或作臞燿哨。見〔集韻〕。

【脢】謨杯切音枚呼恢切音灰灰韻莫佩切音妹莫代切音穤隊韻無非切音微微韻
(一)目不明貌。〔太玄晦〕—提明德。
(二)背肉也。見〔說文〕〔段注〕咸九五。咸其—。子夏易傳云在脊曰—。馬云。—、背也。鄭云。—、背脊肉也。虞云。夾脊肉也。諸家之言不若許分析憭然。胂爲迫呂之肉。—爲全背之肉也。
(三)膂也。見〔正字通〕。

【脣】船倫切音漘眞韻
(一)口耑也。見〔說文〕〔段注〕口之厓也。
(二)緣也。口之緣也。見〔釋名釋形體〕。
(三)牛—。草名。〔爾雅釋草〕藚牛—。〔按玉篇集韻均作蓐〕。
(四)圜其外者謂之—。如脯口曰—。船舷口—。

【脣】彌盡切音泯軫韻
脗合無波際貌。見〔類篇〕。

【脤】是忍切音腎軫韻
(一)社肉盛以蜃器曰—。〔左閔二年傳〕受—于社。〔按生肉曰—。穀梁定十四年傳。—者何也。俎實也。祭肉也。生曰—。熟曰膰。蓋—固有異於膰也。說文—作祳。經典多从肉作—。詩緜箋及周禮掌蜃注。徑用蜃爲祳字〕。
(二)貍—。地名。見〔春秋成十七年〕。
(三)無—。人名。見〔莊子德充符〕。

【脩】思留切音羞尤韻
(一)脯也。見〔說文〕。〔按—之訓脯。乃統言之。段氏謂析言之則薄析曰脯。捶而施薑桂曰段—。經傳多假—爲修治字〕。
(二)縮也。乾燥而縮也。見〔釋名釋飲食〕。
(三)治也。〔書說命〕爾交—予。〔疏〕令其交更—治己也。
(四)習也。〔禮記學記〕藏焉—焉。
(五)備也。〔國語周語〕—其簠簋。
(六)長也。〔詩韓奕〕孔—且張。
(七)久也。〔考工記弓人〕則及其大—也。
(八)大也。〔淮南脩務〕吳爲封豨—蛇。
(九)乾也。〔詩中谷有蓷〕暵其—矣。
(十)敬也。〔國語魯語〕吾冀而朝夕—我。
(十一)埽糞也。〔禮記中庸〕—其宗廟。
(十二)徒鼓鐘謂之—。見〔爾雅釋樂〕、
(十三)舞—。舞徑也。〔考工記梟氏〕以其鼓閒爲之舞—。〔注〕舞—。舞徑也。舞上下促以橫爲—。
(十四)束—。贄也。〔論語述而〕自行束—以上。〔朱注〕—、脯也。十脡爲束。古者相見。必執贄以爲禮。束—、其至薄者。〔按古以束—爲贄。近世分爲二。如初謁師之禮曰贄。歲月之俸曰束—。均以銀錢代之〕。
(十五)蹇—。人名。〔離騷〕吾令蹇—以爲理。〔注〕蹇—。伏羲氏之臣也。〔後世稱媒妁借曰蹇—本此〕。
(十六)—辟。魚名。〔山海經中山經〕槖山其中多—辟之魚。狀如黽而白喙。
(十七)龍—。草名。〔山海經中山經〕賈超之山。其中多龍—。〔注〕龍—。龍須也。似莞而細。生山石穴中。
(十八)瀌通。〔周禮司尊彝〕凡酒—酌。〔注〕—讀如瀌濯之瀌。
(十九)姓也。漢屯騎校尉—炳。

【脩】云九切音酉有韻
漆鐏也。〔周禮鬯人〕廟用—。〔按—、通作卣〕。

【脩】他彫切音祧蕭韻
縣名。周亞夫所封。見〔集韻〕。〔在今直隸景縣南〕。

【脩】思邀切音宵蕭韻
—羽敝也。見〔類篇〕。

【脪】香斬切音愁問韻興忍切音悻軫韻許謹切音𧒒吻韻
(一)創肉反出也。見〔說文〕〔段注〕今洗冤錄所謂皮肉捲凸也。
(二)腫起也。見〔玉篇〕。
(三)癀—。熱氣著膚中也。或作脉、瘀、疥、痹。見〔集韻〕。

【脪】抽遲切音絺支韻
脂—。畜水腸。見〔集韻〕。〔按廣韻云。脂—。牛馬子腸也。義亦同〕。

【脫】徒活切音奪他括切音挩曷韻
(一)消肉臞也。見〔說文〕〔段注〕消肉

之臞。臞之甚者也。今俗語謂瘦太甚者曰—。形言其形象如解蛻也。

(二)剝皮也。〔爾雅釋器〕肉曰—之。〔注〕剝其皮也。

(三)離也。見〔廣雅釋詁〕。

(四)解也。〔國語齊語〕—衣就功。

(五)出也。〔管子霸形〕言—于口。而令行乎天下。

(六)免也。〔漢書高五王傳〕自以爲不得—長安。

(七)易也。〔左僖三十二年傳〕無禮則—。

(八)除也。〔國語晉語〕求說其侮。〔注〕說、古—字。猶除也。

(九)誤也。〔荀子正名〕說故喜怒哀樂愛惡欲以心異。〔注〕說讀爲—。誤也。—故猶律文之故誤也。

(十)赦也。〔詩瞻卬〕女覆說之。〔傳〕說。赦也。〔按後漢王符傳注引詩作汝覆—之〕。

(十一)舒也。〔淮南精神〕則—然而喜矣。

(十二)奪也。見〔史記陳涉世家尉挺劒注〕。

(十三)過去也。〔莊子天道〕吾自以爲—焉。

(十四)遺失也。〔後漢隗囂傳〕經或—簡。〔注〕—簡。遺失之。

(十五)遺漏也。〔漢書尹翁歸傳〕無有遺—。

(十六)疏略也。〔史記禮書〕凡禮始乎—。〔按通—不拘泥也。輕—不莊重也。又俗以不守信義曰—〕。

(十七)免禍也。〔漢書枚乘傳〕百舉必—。〔注〕—者免於禍也。

(十八)髓絕而死曰—。

(十九)或然之詞。〔世說新語賞譽〕時—過止寒溫而已。

(二十)—然。疾除貌也。〔公羊昭十九年傳〕則—然愈。

(廿一)渾—。氈帽也。〔唐書五行志〕長孫無忌以烏羊毛爲渾—氈帽。〔又〕舞名。〔唐書山惲傳〕將作大匠宗晉卿爲渾—舞。

(廿二)甌—。界上屯守處。〔史記匈奴傳〕各居其邊爲甌—。〔按索隱云。作土室以伺漢人。又曰。土穴也。正義曰。境上斥候之室。後世以爲棄地。非是〕。

(廿三)跳—。腕釧也。一作條—。〔李商隱詩〕蠻絲繫跳—。

(廿四)—扈。山名。〔山海經中山經〕東七十里曰—扈之山。

(廿五)龍—。地名。〔史記樊酈傳〕戰龍—。〔當在今直隸境〕。

(廿六)籠—。鳥名。〔廣雅釋鳥〕籠—、鶴也。

(廿七)活—。草名。〔爾雅釋草〕倚商、活—。〔注〕即離南也。

(廿八)——。複姓。〔元史〕——尼。〔又〕人名。見〔元史〕。〔按元人以——名者甚多〕。

(廿九)姓也。元—因納。

【脫】欲雪切音悅屑韻

蟲新出皮悅好貌。〔莊子至樂〕其狀若—。

【脫】吐外切音蛻泰韻

——。舒遲也。〔詩野有死麕〕舒而——兮。

【脬】班交切音包披交切音拋肴韻

(一)膀光也。見〔說文〕。〔按膀光。肺之府也。受納之司。盛尿處也。上系小腸。下聯前陰。其體短而橫廣。廣韻云。—腹中水府也〕。

(二)赴也。夏月赴疾作之久則臭也。見〔釋名釋飲食〕。

【脭】馳貞切音呈庚韻

(一)肉之精者。見〔集韻〕。

(二)肥肉也。〔文選枚乘七發〕飲食則溫淳甘膬—醲肥厚。

【脯】匪父切音甫麌韻

(一)乾肉也。見〔說文〕。〔按肉之切而乾者曰—。禮記內則。鹿—、田豕—、麋—、麕—。鄭注皆曰。析乾肉也。周禮腊人。—腊注云。薄析曰—。又膳夫注。脩—也。疏云。不加薑桂以鹽乾之者謂之—。韻會云。薄析曰—。捶之而施薑桂曰鍛脩〕。

(二)肉熟也。〔呂覽行論〕殺鬼侯而—之。〔注〕熟肉爲—。

(三)乾果曰—。周禮有乾䕩。禮記有桃諸梅諸。如今之所稱果—。

【脯】蓬逋切音蒲虞韻

酺或字。〔集韻〕酺。王德布大飲酒也。或作—。

【脯】蒲故切音步遇韻

酺或字。〔集韻〕酺爲人物災害之神。一曰。會聚飲食也。或作—。

【脰】大透切音豆宥韻

(一)項也。見〔說文〕。〔按項、即頸也。段氏云。頁部曰。項、頭後也。頭後、即頸後也。左襄十八年傳。兩矢夾—。注云、—頸也。然則許訓—爲項。亦猶訓—爲頸矣。」
㊁脛也。〔公羊莊十二年傳〕絕其—。〔釋文〕—、脛也。
㊂咽也。〔釋名釋形體〕咽。青徐謂之—。物投其中受而下之也。〔疏證〕物投其中之上。當有—投也三字。
㊃錯也。見〔廣雅釋言〕。
㊄饌也。見〔廣雅釋言〕。

【脞】取果切音磋損果切音貨哿韻
㊀小也。曰。切肉爲—。見〔集韻〕。
㊁叢—。細碎無大略。〔書益稷〕元首叢—哉。

【脞】村戈切音莝祖禾切音矬歌韻
肥也。見〔集韻〕。

【䏵】丗湩切音鶇董韻
豐大也。見〔廣韻〕。

【䏵】母揔切音蠓腫韻
腫也。見〔集韻引廣雅〕。

【䏵】母項切音㑌講韻
豐肉。見〔集韻〕。

【䏵】莫江切音尨江韻
身大。見〔集韻〕。

【脕】文運切音問問韻
草新生。見〔集韻〕。

【脕】無販切音萬願韻武遠切音晚阮韻
澤也。容色豐美也。〔楚詞遠遊〕玉色頩以—顏。

【脘】古緩切音管旱韻
胃府也。見〔說文〕。〔按胃之受水穀者曰—。臍上五寸爲上—。臍上四寸。卽胃之幕。爲中—。臍上二寸。當胃下口。爲下—。〕

【脘】戶版切音睅潸韻
肉也。見〔集韻〕。

【脘】胡官切音桓寒韻胡玩切音換翰韻
骨脂。見〔集韻〕。

【脙】渠尤切音裘尤韻
齊人謂臞—也。見〔說文〕。〔段注〕臞、齊人曰—。雙聲之轉也。釋言曰。臞、—瘠也。玉篇云。齊人謂瘠腹爲—。

【脙】虛尤切音休尤韻
同脙。腹脊間謂之—。見〔集韻〕。

【脠】尸連切音羶先韻
生肉醬也。見〔說文〕。〔段注〕廣韻引說文云。肉醬。釋名。齊民要術有生—。

【脠】抽延切音梴先韻
魚醢也。見〔廣韻〕。

【䏲】天黎切音梯齊韻
膈—。鼻不正。見〔集韻〕。

【䏲】徒結切音耋屑韻
胅古文。〔集韻〕胅。骨差也。一曰腫也。一曰連脽肉。或从骨。古从弟、从卒。

【脥】謙琰切音慊琰韻詰叶切音愜葉韻
腹下。見〔集韻〕。

【脥】迄業切音脅葉韻
腋下。見〔集韻〕。

【脥】俗頰字。見〔玉篇〕。

【朘】祖回切音嗺灰韻津垂切音厜支韻祖誄切音濢紙韻臧戈切音侳歌韻
赤子陰也。見〔說文新附〕。

【朘】荀緣切音宣遵全切音鐫先韻
縮也。見〔集韻〕。〔按漢書董仲舒傳。日削月—。注云。謂轉褰蹴也。韻會云。俗語謂縮朒爲—縮。正韻云。減也。其義並同。參閱月部朘字。〕

【脨】秦昔切音籍陌韻
瘦也。見〔集韻〕。

【脨】趨玉切音促沃韻
竦或字。〔集韻〕竦。竦弗竦。灸筋。或从肉。

【䏩】戶感切音頷感韻
顄也。見〔集韻〕。

【䏩】胡南切音含覃韻
肣或字。〔集韻〕肣。肥牛脯。或从含。

【脮】吐猥切音腿賄韻
腲—。肥貌。見〔六書故〕。〔按集韻云。腲、—肥也。〕

【脮】弩罪切音餧賄韻
魚敗也。見〔集韻〕。

【䏳】旨熱切音哲屑韻
脟皮也。見〔廣韻〕。

【⿰月斯】之列切音浙屑韻　同⿰月斷。〔廣雅釋器〕⿰月斷、脂也。

【⿰月旋】隨戀切音漩霰韻句宣切音旋余專切音沿先韻　短小皃見〔集韻〕。

【脖】蒲沒切音勃月韻　—胦。臍也見〔集韻〕。〔按靈樞云。肓之原出於—胦。〕

【脗】武粉切音吻吻韻美隕切音敏軫韻　合也。無波際之貌。〔莊子齊物論〕為其—合置其滑涽。

【脇】迄業切音脅葉韻　胠或字。〔集韻〕胠、腋下也。或作—。

【脜】而由切音柔尤韻　面和也。見〔說文百部〕。〔段注〕今為柔字。今字柔行而—廢矣。

【胍】尺涉切音謵葉韻　—[illegible]。肉動也。見〔集韻〕。

【脝】虛庚切音亨庚韻　膨—。腹滿也。〔韓愈詩〕苦開腹膨—。

【⿰月志】職吏切音志寘韻　痣或字。〔集韻〕痣、黑子也。或从肉。

【⿰月呂】兩舉切音呂語韻　—脊也。見〔五音類聚〕。

【⿰月赤】下革切音覈陌韻　肉也。見〔五音集韻〕。

【⿰月忍】爾軫切音忍軫韻儒順切音閏震韻　胸—也。見〔說文新附〕。〔參閱胸字〕

【⿰月成】時正切音盛敬韻　肥也。見〔集韻〕。〔按方言云。梁益之間凡人言盛及其所愛諱其肥—謂之䑋。義亦同。〕

【⿰月酉】奴紺切音妠勘韻　—䐇。肥皃。見〔集韻〕。

【⿰月坒】部比切音陛紙韻　—胵。胃脘也。見〔洪武正韻〕。

【⿰月式】惕得切音忒職韻　肋—。不正容止也。見〔集韻〕。

【⿰月旱】侯旰切音翰翰韻　、臏—。藥名出西蕃治金創。通作汗。見〔集韻〕。

【⿱含奇】宅加切音茶麻韻　含舌貌。見〔廣韻〕。

【⿰月邑】又業切音腌葉韻　㊀漬肉。見〔集韻〕。㊁鹽漬魚也。見〔五音集韻〕。

【⿰月更】古杏切音梗梗韻　食骨留咽中也。見〔玉篇〕。

【⿰月呈】乃結切音涅屑韻　腫也。見〔集韻〕。

【腘】古麥切音國陌韻　腳曲也。見〔篇海類編〕。

【⿰月走】余連切音沿先韻　短貌。見〔字彙補〕。

【⿰月貞】居款切音管旱韻　肥—也。見〔字彙補〕。

【⿰月夆】烏貫切音惋翰韻　寸口前掌後曰—。見〔字彙補〕。

【⿰月辛】思晉切音信震韻　腦會也。見〔五音類聚〕。

【⿰月旧】音菊屋韻　肥也。見〔篇海類編〕。

【⿰月告】音浩皓韻　肉也。見〔川篇〕。

【⿰月肴】音肴肴韻　膳也。見〔龍龕手鑑〕。

【⿰月艮】他內切音退隊韻　肥貌。見〔篇海類編〕。

【⿰月炊】古肰字。見〔集韻〕。

【⿰月易】古肰字。見〔字彙補〕。

【⿰月炙】同炙。見〔集韻〕。

【脚】腳俗字。見〔正字通〕。

八畫

【⿰月屈】苦骨切音窟月韻　㊀髖也。見〔集韻〕。㊁胅出也。見〔集韻〕。㊂臀也。見〔玉篇〕。

【脹】知亮切音帳漾韻　㊀腹大也。見〔廣韻〕。㊁通張。〔左成十年傳〕將食。張。如廁。〔注〕張、腹滿也。〔釋文〕張、中亮反。

【脹】仲良切音長陽韻

大小腸也。見〔集韻〕。

【脺】促絕切音蕝屑韻此芮切音毳霽韻蒼沒切音猝月韻

膬或字。〔集韻〕膬。耎易破也。或作脃、—通作毳。

【脺】雖遂切音邃寘韻

(一)顏面潤也。見〔集韻〕。

(二)腦也。見〔集韻〕。

【脼】里養切音兩養韻

(一)膎肉也。見〔說文〕。〔段注〕廣雅曰。膎—肉也。集韻曰。吳人謂腌魚膎脯。

(二)夾脊肉也。見〔正字通〕。

【脽】視隹切音誰川隹切音推支韻職流切音周尤韻

(一)尻也。見〔說文〕。

(二)臀也。〔漢書東方朔傳〕連—尻。〔注〕—、臀也。

(三)—上。地名。〔漢書武帝紀〕立后土祠于汾陰—上。〔注〕—者。以其形高起如人尻。故以名云。

(四)丘類也。見〔水經汾水注引應劭〕。

【脾】頻彌切音陴支韻

(一)土藏也。見〔說文〕。〔按〕—者五藏之一。扁廣三寸。長五寸。與胃相表裏。胃主受。—主消。故白虎通云。—之為言裨也。釋名云。—、裨也。在胃下裨助胃氣。主化穀也。子華子云。—之精為土。其色黃。其狀如覆缶。其竅上通於口。其滲漉也。下注而不止。今生理學謂—於消化穀食無關。乃胃藏外側之卵圓扁平腺為海綿狀。司白血球之生與化。

(二)止也。〔方言〕鋪、—。止也。

(三)卑也。見〔廣雅釋親〕。

(四)木也。見〔禮記月令疏引異義古文尚書說〕。

(五)信也。見〔白虎通性情〕。

(六)附著也。〔古微書引春秋元命苞〕—之為言附著也。

(七)宛—。聶切也。〔禮記內則〕兔為宛—。〔注〕宛—、聶而切之也。

(八)—析。牛百葉也。〔周禮醢人〕—析。蠯醢。〔釋文〕—、婢支反。

(九)—洩。楚邑也。〔左定五年傳〕子西為王輿服以保路。國于—洩。

(十)—氣。意有所偏僻也。〔按內經注〕意托—。意寧則智無散越。故今人謂好惡之偏者為—氣。忿懥不正者為發—氣。

(十一)—寒。虛癉。見〔本草綱目〕。〔按〕—寒為諸癉之一種。皆痰中中脘。—胃不和所致。故世謂癉為—寒。

【脾】蒲街切音牌佳韻

—析。牛百葉也。〔周禮醢人〕—析。〔釋文〕—、徐讀蒲佳反。

【脾】匹計切音媲霽韻

盛肥也。見〔集韻〕。

【脾】補弭切音俾紙韻

同髀。股也。見〔五音集韻〕。

【䏿】遣禮切音起古禮切音[illegible]薺韻詰計切音契霽韻

(一)肥腸也。見〔說文新附〕。〔按〕肥、當作腓。廣雅釋親。—、腨也。說文。腨、腓腸也。是其證。

(二)無—。國名。〔山海經海外北經〕無—之國在長股東。為人無—。〔注〕—、肥腸也。

【胼】蒲眠切音緶先韻

(一)手足勞胼併也。〔荀子子道〕手足—胝以養其親。

(二)固也。〔太玄堅〕陰形—冒。

(十二)—胝。皮上堅也。見〔廣韻〕。

【腄】株垂切音錘是為切音垂支韻

(一)本作腄。〔說文〕腄。跟胝也。〔段注〕跟。足踵也。跟胝者。足跟生胝之謂。

(二)臀也。見〔集韻〕。

【腄】馳偽切音縋寘韻視佳切音誰支韻于求切音尤尤韻

縣名。〔史記秦始皇紀〕過黃—。〔按〕漢—縣屬東萊郡。當今山東文登縣西。

【腄】崇懷切音揌佳韻

膗或字。〔集韻〕膗。腂膗。形惡。或作—。

【腅】徒濫切音憺徒紺切音醰勘韻

(一)肉也。見〔廣雅釋器〕。

(二)肴也。見〔玉篇〕。

(三)相飯也。見〔五音集韻〕。

【腞】龍玉切音錄沃韻

(一)脂也。見〔集韻〕。

(二)肥也。見〔玉篇〕。

【腆】他典切音殄銑韻

㊀設腆—多也。見〔說文〕。
㊁厚也。〔左傳三十三年傳〕不—敝邑。爲從者之淹。
㊂善也。〔儀禮士昏禮〕辭無不—。
㊃至也。見〔廣雅釋詁〕。
㊄小國也。〔書大誥殷小—鄭注〕—主也。
㊅忘也。見〔方言〕。
㊆久也。見〔廣雅釋詁〕。
㊇主也。見〔書大誥殷小—王注〕。
㊈同殄。〔詩新臺〕籧篨不殄。〔箋〕殄當作—、。善也。〔疏〕—與殄、殄古今字之異。

【腇】奴罪切音餧賄韻

委—。耎弱貌。〔後漢馬援傳〕委—咋舌。〔按洪武正韻同餒亦作脮〕。

【䐃】巨隕切音窘軫韻

㊀腹中—脂也。見〔玉篇〕。〔按廣韻云腸中脂也義亦相近〕。
㊁肉之標也。〔素問皮部論〕—破毛直而敗。
㊂肘膝後肉如塊者。一曰腹中胎。〔素問玉機眞藏論〕身熱脫肉破—。
㊃獸脂聚貌。見〔集韻〕。

【䐃】支春切音肫眞韻

腹中積聚成形塊膜也。見〔正字通〕。

【腤】乎韽切音陷感韻呼紺切音憾勘韻

㊀食肉不厭也。見〔說文〕。
㊁腿—。足腫也。見〔五音集韻〕。

【䐄】下瞰切音憨勘韻

炙令熟也。或作𧳁。見〔廣韻〕。

【腊】思積切音昔陌韻

㊀本作昔。〔說文日部〕昔乾肉也。从殘肉。日以晞之。〔按籀文从肉作𦠆。隸變作—。今脯—字專用—。不用昔𦠆矣〕。
㊁久也。〔漢書五行志〕味厚者—毒。
㊂極也。〔國語鄭語〕毒之酋—者。其殺也滋速。
㊃亟也。〔國語周語〕其厚味實—毒。
㊄屝或曰不借。齊人云搏—。搏—猶把作麤貌也。荊州人曰麤。麤、措也。言所以安措足也。見〔釋名釋衣服〕。
㊅體皴也。〔山海經西山經〕錢來之山有獸焉。名曰羬羊。其脂可以已—。〔注〕已—。治體皴—。
㊆—人。官名。〔周禮獸人〕凡獸入於—人。

【腋】夷益切音睪之石切音斁陌韻

㊀左右脅之閒曰—。見〔增韻〕。〔按埤蒼曰—在肘後。廣雅釋親云。胳謂之—。說文—作亦〕。
㊁繹也。言可張翕尋繹也。見〔釋名釋形體〕。
㊂通掖。〔史記高后紀〕見物如蒼犬據高后掖。〔按掖卽—字〕。

【腌】又業切音浥葉韻於嚴切音醃鹽韻

㊀漬肉也。見〔說文〕。〔段注〕今淹漬字當作此。淹行而腌廢矣。
㊁鹽漬魚也。見〔廣韻〕。
㊂—臢。俗謂汚穢不潔也。

【䐈】質力切音職職韻

㊀脯長尺有二寸曰—。見〔廣韻〕。
㊁黏也。〔考工記弓人相膠注〕脂膏—敗。—亦黏也。〔疏〕若今人頭髮有脂膏者則謂之—。—亦黏也。

【䐈】除力切音直竹力切音陟職韻

㊀肥腸也。見〔廣韻〕。
㊁肥也。見〔五音集韻〕。
㊂通膱、殖。見〔正字通〕。

【腍】忍甚切音飪寑韻式任切音沈侵韻

㊀味好也。見〔廣韻〕。
㊁飫也。見〔集韻〕。
㊂熟也。〔禮記郊特牲〕腥肆爓—祭。

【腍】徒念切音磹豔韻

美也。見〔集韻引廣雅〕。

【𦞣】香靳切音焮問韻

同瘆。瘆中冷。見〔廣韻〕。〔按集韻云。脪、或作—。瘀、瘆、疥、膞。〕

【腎】是忍切音蜃軫韻

㊀水藏也。見〔說文〕。〔按正字通云。—形如豇豆。附脊十四呂。當胃下兩旁。與臍平。直筋外有脂裹。裹表白裹黑。左右各一。今生理學云。—專司泌體中廢質成尿爲職〕。
㊁堅也。見〔廣雅釋親〕。
㊂引也。屬水。主引水氣灌注諸脈也。見〔釋名釋形體〕。
㊃外—。睪丸也。爲兩腺體所成。分泌

精液以輸出直管者也。

【脧】陟劣切音輟屑韻丁活切音掇曷韻旋芮切音彗霽韻

(一)挑取骨間肉也見〔說文〕。

(二)骨間髓也見〔廣韻〕。

【腏】株衛切音綴霽韻

祭酹也見〔集韻〕。

【腐】奉甫切音輔麌韻

(一)爛也見〔說文〕。〔王注〕謂殨爛也。呂覽流水不—。

(二)朽也見〔廣韻〕。

(三)欺也見〔廣雅釋詁〕。

(四)臭也見〔廣雅釋器〕。

(五)壞滅也〔唐書文藝傳序〕亦不一于立言而垂不—。

(六)痛心也〔史記刺客傳〕切齒—心。

(七)宮刑也〔漢書景帝紀〕死罪欲—者許之〔注〕宮刑其創—臭故曰—也。

(八)—髊骨也。〔淮南泰族〕雖有—髊流漸。

(九)—儒無所堪任者也。〔漢書黥布傳〕—儒〔注〕—者、敗爛。言無所堪任。

(十)豆—食品名。創自漢淮南王劉安。

見〔本草集解〕。

【腐】彼五切音補麌韻

—蠸。蟲名。〔莊子至樂〕瞀芮生乎—蠸。〔注〕—音補。蠸音權。蟲名。

【腑】匪父切音甫麌韻符遇切音附遇韻

(一)六—。謂膽胃膀胱三焦大小腸也。見〔素問金匱真言論〕。〔按—本作府。人身之藏府。藏者為陰。府者為陽。肝心脾肺腎五藏皆為陰。膽胃大腸小腸膀胱三焦六—皆為陽。〕

(二)肺—。喻天子之親屬也。〔史記衛青傳〕青幸得以肺—待罪行間。

【腒】斤於切音居魚韻求於切音渠魚韻居御切音據御韻

(一)北方謂鳥腊曰—。見〔說文〕。〔許君泛言鳥腊不專指何等鳥也。〕

(二)乾雉也。〔周禮庖人〕夏行—鱐膳膏臊。

(三)乾朐也。〔後漢崔駰傳論〕奉贄以結好。〔注〕—、乾朐也。

(四)久也。見〔廣雅釋詁〕。

(五)央也。見〔廣雅釋言〕。

【腓】符非切音肥微韻父沸切音屝未韻

(一)脛腨也。見〔說文〕。〔段注〕咸六二。咸其—。鄭曰。—、膞腸也。諸書或言膞腸。或言—腸。謂脛骨後之肉也。—之言肥。似中有腸者然。故曰腓腸。〔按揣骨新編云。䯚骨在膝蓋下裏側。外為—腸。〕

(二)病也。變也。〔詩四月〕百卉具—。〔傳〕—、病也。〔釋文引韓詩〕—、變也。

(三)避也。〔詩采薇〕君子所依。小人所—。

(四)斷足刑也。〔周禮司刑疏〕剕。斷足也。咎繇改臏作—。至周改—作剕。

(五)通芘。〔詩采薇箋〕—當作芘。

【腔】枯江切音羌江韻

(一)內空也。見〔說文新附〕。〔按集韻。〕骨體曰—。

(二)馬膁也。〔齊民要術相馬法〕。腸欲充。—欲小。

(三)歌曲調也。見〔正字通〕。〔如崑—、淮—。俗或作𧨗。〕

(四)語音亦曰—。如云京—。土—。

(五)雞—。竹名。其筍肥美。見〔齊民要術〕。

【腔】苦貢切空去聲送韻

(一)羊腊也。見〔集韻〕。

(二)羊肋也。見〔五音集韻〕。

【腕】烏貫切音惋翰韻

(一)本作掔。〔說文手部〕掔、手—也。〔參閱掔字〕。

(二)宛也。言可宛屈也。見〔釋名釋形體〕。

(三)同捥。〔史記刺客傳〕偏袒搤捥而進。〔索隱〕捥、古—字。

(四)同肘。〔禮記深衣〕袂之長短。反詘之及肘。〔注〕肘、或為—。

【腂】古臥切音過箇韻

腫赤也。見〔集韻〕。

【腂】戶瓦切音踝馬韻

藥艸名。生山谷中。服之能益氣延年。見〔集韻〕。

【腂】力軌切音壘紙韻

皮起也。〔唐書酷吏傳〕膝—皆碎。

【䏼】財千切音戔先韻咋干切音殘寒韻才贊切音讚翰韻

本作殘。〔說文歺部〕殘、禽獸所食餘也。〔按—乃俗殘字。凡殘餘字當作殘。〕

【𦛁】仕限切音棧潸韻 腹大皃。見〔集韻〕。

【腃】丘媿切音䠩寘韻 筋節急也。見〔集韻〕。

【䐓】逵員切音權先韻 吻也。〔考工記梓人〕銳喙決吻。〔注〕吻、口—也。

【腃】驅圓切音卷先韻 身曲皃。見〔集韻〕。

【𦛸】馨夷切音咦支韻 腓也。見〔廣韻〕。〔按集韻云。腎之別名。〕

【𦛹】香義切音戲寘韻 呻也。見〔五音集韻〕。

【𦛫】船倫切音脣眞韻 脣或字。〔集韻〕脣口耑也。或作—。

【𦛼】弭盡切音泯軫韻武粉切音吻吻韻 —合無波際皃。見〔集韻〕。

【𦜈】側吏切音胾寘韻 肥皃。見〔集韻〕。

【腦】側持切音甾支韻

【𦛻】胡崑切音魂元韻 腊—也。見〔玉篇〕。

【腪】古魂切音昆元韻 同餛。餅名。〔集韻引廣雅〕—飩。餅也。

【䐊】胡本切音混阮韻 蟲總名也。見〔玉篇〕。

【𦛮】胡南切音含覃韻戶感切音頷感韻 圓長貌。見〔篇海類編〕。

【𦛷】即涉切音接葉韻 頤也。見〔韻會擧要〕。〔按—說文作頷。訓頤。當从頁。不當从肉。—乃頷之俗字也。〕

【䐌】薄口切音部有韻蒲候切音捬宥韻 髀也。見〔集韻〕。

【𦛵】普邦切音滂江韻 豕肉醬也。〔說文〕〔段注〕魚部曰。鮨、魚—醬也。是魚肉醬亦偁—。

【腀】龍春切音倫眞韻 腹脹滿也。見〔五音類聚〕。

皮也。見〔集韻〕。

【𦛱】市金切音深侵韻 病也。見〔玉篇〕。

【𦜁】居義切音寄寘韻 分牲謂之—。一曰臓也。見〔集韻〕。

【𦜉】之曳切音制霽韻 魚醬。見〔玉篇〕。

【𦛿】頸忍切音緊軫韻 脣瘍。見〔集韻〕。

【𦛾】滂謗切音胖漾韻 脹也。見〔集韻〕。

【𦛲】之仍切音蒸蒸韻 熟也。見〔字彙〕。

【𦛶】郎計切音麗霽韻 跛足。見〔集韻〕。

【䐑】古緩切音管旱韻 脘或字。〔集韻〕脘胃腑也。或作—。

【𦛰】甾莖切音爭庚韻側杏切音爭上聲梗韻 足跟筋也。見〔集韻〕。

【䐐】補范切音𦣳豏韻 浮腫也。河東謂浮腫爲—。見〔集韻〕。

【腈】咨盈切音精庚韻 肉之粹者。見〔集韻〕。〔按玉篇云。—肉。〕

【𦛬】倉何切音蹉歌韻此宰切音采賄韻倉代切音菜隊韻 大腹也。〔山海經北山經〕丹熏之山有獸焉名曰鼠耳食之不—。

【䐆】居佳切音䩬佳韻 乳也。〔集韻〕楚人謂乳爲—。

【𦛴】衣駕切音亞禡韻 —臚。肥也。見〔集韻〕。

【腖】都弄切音凍送韻 肉—也。見〔玉篇〕。

【𦛳】子公切音嵏東韻 病也。見〔字彙補〕。

【𦛽】古于切音俱虞韻 女陰也。見〔字彙補〕。

【𦛺】時忍切音腎軫韻 頭上有肉—如斗也。〔山海經北山經〕陽山有獸。如牛而赤尾。其頸—。其狀如句瞿。

【𦛯】時兗切音善銑韻

脛腸。見〔龍龕手鑑〕。

【胭】蘇干切音珊寒韻 脂肪。見〔龍龕手鑑〕。

【胒】于尼切音低齊韻 皮厚也。見〔五音篇海〕。

【背】背本字。見〔說文〕。

【𦚔】古腆字。見〔說文〕。

【䏦】古飪字。見〔集韻〕。

【䐈】同跽長跪也。一曰小跪。〔史記滑稽傳〕髡帣韝鞠—。

【𦞂】同胾。見〔篇海類編〕。

【脿】同臕。見〔篇海〕。〔按祿—地名。清雲南有祿—巡檢司。〕

【䏎】同乳。見〔篇海類編〕。

【𦞕】同肴。見〔篇海〕。

【䏻】同能。見〔集韻〕。

【䐪】釋藏作滕字。見〔字彙〕。

【䐿】俗膝字。見〔正字通〕。

【𦛛】俗脾字。見〔正字通〕。

九畫

【𦝫】胡計切音奚霽韻 ㊀睽或字。〔集韻〕睽喉膜或作—。㊁腹也。見〔集韻〕。

【腜】謨杯切音梅灰韻 ㊀婦始孕—兆也。見〔說文〕〔王注〕謂婦始孕曰—者。朕兆之意也。〔廣雅〕—胎也。渾言之。㊁—肥也。見〔廣雅釋訓〕〔又〕美也。〔文選左思賦〕—坰野。

【腠】千候切音湊宥韻 ㊀皮膚文理也。〔儀禮鄉射記〕進—。〔注〕—膚理也。〔按素問刺妄論〕病有在毫毛—理者。注云皮之文理曰—理。㊁津液滲泄之所也。〔素問舉痛論〕寒則—理閉。㊂通奏。〔儀禮公食大夫禮〕載體進奏。〔注〕奏謂皮膚之理也。㊃通揍。〔淮南兵略〕解必中揍。〔注〕揍、理也。〔按儀禮鄉飲酒禮記進—注—亦訓理。是揍即—也〕

【腤】烏含切音諳覃韻 ㊀煮魚肉也。見〔廣韻〕。㊁烹也。〔齊民要術〕有—雞法。

【腍】郎感切音腌感韻 —腩。調飪也。見〔集韻〕。

【腥】桑經切音星青韻新佞切音性徑韻 ㊀星見食豕令肉中生小息肉也。見〔說文〕〔王注〕內則豕望視而交睫—注。當爲星字之誤也。星肉中如米者。案世以—爲胜。故鄭君破—爲星。而未言致此之由。許君以爲星見之時飤豕則致此也。息者瘜之借字。瘜寄肉也。㊁凡膏亦曰—。〔周禮庖人〕秋行犢麛膳膏—。〔注〕膏—雞膏也。㊂生肉也。〔論語鄉黨〕君賜—。㊃臭也。物以金化而氣—也。〔禮記月令〕仲秋之月其臭—。㊄穢也。〔書酒誥〕庶羣自酒—聞在上。

【䐑】直涉切音牒葉韻質涉切音囁葉韻 ㊀薄切肉也。見〔說文〕〔段注〕云薄者。取從枼之意。如許說—者大片肉也。〔按禮經鄭注意亦與許同〕㊁通聶。〔禮記少儀〕牛羊與魚之腥。聶而切之爲膾。〔注〕聶之言—也。先蒩葉切之復報切之則爲膾。〔按醢人注引少儀聶皆作—〕

【腦】乃老切音惱皓韻 ㊀本作𡿺。〔說文匕部〕𡿺頭髓也。〔按髓即髓字。諸髓皆屬於—。眞氣之所聚也。分大—、小—、中—、大—實頂顱中分左右兩半球。主知覺運動。小—居大—下。專主運動。中—者。挈合大小—者也。互詳𡿺字〕㊁—之爲言在也。見〔春秋元命苞〕。㊂馬—。同瑪瑙。鑛石名。〔宋史渤海國傳〕獻琥珀馬—。㊃髓—。易—皆書名。〔隋書藝文志〕周易髓—二卷。易—經二卷。鄭氏撰。㊄樟—。藥品。〔本草綱目〕樟—、一名韶—。〔注〕樟—出韶州漳州。狀似龍—。

【䐉】乃到切音跳號韻 ㊀優皮也。見〔廣韻〕。㊁瀀澤也。見〔集韻〕。㊂或作剷。〔考工記弓人〕角之本蹙於剷。〔釋文〕剷、本作—。

【腨】豎兗切音𥫱尺兗切音舛銑

韻

㊀腓腸也。見〔說文〕〔段注〕—者。脛之一耑。舉—不該脛也。然析言之如是。統言之則以—該全脛。〔按王注。玄應曰。江南言腓腸。中國言—腸。或言腳—。按今俗謂腳肚。或謂骸肚。〕

㊁穴名。〔靈樞本輸〕上踝五寸別入貫—腸穴。

【膠】陟加切音奓麻韻

㊀㑩—不密也。見〔玉篇〕。

㊁本作瘃。〔集韻〕瘃痕。瘃瘢也。或作膝—。

㊂黏也。見〔廣韻〕。

【胗】陟駕切音吒禡韻

—胗。詳胗字。

【腩】乃感切南上聲感韻徒南切音覃覃韻

㊀煮肉也。見〔廣韻〕。

㊁脯也。〔齊民要術〕有—炙法。

【䐐】居諧切音皆佳韻口駭切音楷蟹韻

㊀臞也。見〔說文〕。〔按臞者少肉也。桂氏云。—聲轉爲柴。俗作瘵。集韻。瘵、瘦也。〕

㊂肥也。〔正字通〕从肉从皆。義當爲肥。〔按正字通之說。與說文反。姑存備參。〕

【腫】主勇切音穜腫韻

㊀癰也。見〔說文〕。〔按論衡狀留篇。肉暴長者曰—。〕

㊁疾也。見〔廣韻〕。

㊂鍾也。寒熱氣所鍾聚也。見〔釋名釋疾病〕。

㊃瘣也。〔考工記輪人〕。旁不—。

㊄尰也。〔爾雅釋訓〕—足爲尰。〔疏〕膝脛之下有瘡—。是涉水所爲。

㊅首疾也。〔呂覽盡數〕鬱處頭則爲—爲風。〔注〕—與風皆首疾。

【腬】而由切音柔尤韻如又切音糅宥韻

㊀嘉善肉也。見〔說文〕。〔按玉篇。—肥美也。集韻。肉善者—。〕

㊁盛也。見〔廣雅釋詁〕。

【䐓】忍九切音厹有韻

㊀面色和柔皃。見〔集韻〕。〔按集韻。—或作頣。〕

【䐡】即入切音㗊緝韻

㊀肥膏。見〔集韻〕。

㊁創潰出皃。見〔集韻〕。

【䐢】側立切音戢緝韻

㊀肥膏出也。見〔集韻〕。

㊁和也。見〔玉篇〕。

【䐘】因蓮切音煙先韻

㊀嗌也。謂咽喉也。見〔集韻〕。〔按集韻。—本作咽。或作胭、咽。〕

㊁項也。見〔字彙〕。

【腯】他骨切音突月韻徒困切音鈍願韻

㊀牛羊曰肥。豕曰—。見〔說文〕。〔段注〕人曰肥。獸曰—。此人物之大辨也。又析言之則牛羊得偁肥。豕獨偁—。〔按左桓六年傳。吾牲牷肥—。服虔注與許說同。〕

㊁盛也。見〔廣雅釋詁〕。

㊂人名。〔禮記檀弓〕微子舍其孫—而立衍也。

【䐎】杜本切音囤阮韻

行曳踵也。見〔集韻〕。

【腰】伊消切音要蕭韻

㊀本作㬰。〔說文臼部〕㬰身中也。〔按—在胯之上。脅之下。所以司人身全體之屈伸者。說文作㬰。象人要自臼之形。古文作㝘。今人因變爲要。又以要爲身中。因加肉作—。〕

㊁約也。〔釋名釋形體〕要約也。在體之中約結而小也。

㊂腎之府也。〔素問脈要精微論〕在肺當—痛也。〔按俗謂內腎爲—子。義本此。〕

㊃象—之形者亦曰—。如窄地兩端通連大地者曰土—。海水合兩地之間。其端通連大海者曰海—。

㊄裳之上畔也。〔禮記玉藻〕縫齊倍要。

㊅形勢扼要處也。〔國策魏策〕梁者山東之—也。

㊆—褭良馬名。〔爾雅釋畜〕玄駒褭驂。〔注〕玄駒小馬。別名褭驂。或曰此即—褭。古之良馬名。

㊇—舟浮水器也。〔鶡冠子學問〕中河失船。一壺千金。〔注〕壺、瓠也。佩之可以濟涉。南人謂之—舟。

【腱】渠建切音健願韻房言切音軒元韻渠焉切音乾渠言切音犍先韻巨偃切音蹇銑韻

㊀筋或字。〔說文筋部〕筋、筋之本也。〔按集韻云。筋之大者。今生理學

云、橫紋筋兩端。色白而堅韌無彈性。爲筋肉附骨之介系者也。〕
(二)筋鳴也。見〔字林〕。

【腱】渠欣切音斤文韻
同筋。見〔集韻〕。

【腲】郞賄切音猥賄韻
(一)—腇。肥貌。見〔玉篇〕。
(二)—腇。㑋遲貌。〔文選王褒賦〕阿那—腇。

【膟】劣戌切音律質韻 力遂切音類寘韻
(一)血祭肉也。見〔說文〕。〔段注〕肉是衍字。血祭不容有肉。祭義疏引說文字林。膟、血祭。無肉字。〔按說文膟之重文。或从率作膟。〕
(二)膟膋。腸脂也。〔禮記郊特牲〕取膟膋燔燎升首。〔注〕膟膋。腸間脂也。

【䏿】所類切音帥寘韻
師祭也。見〔五音集韻〕。

【腳】訖約切音蹻藥韻
(一)脛也。見〔說文〕。〔按—者。郄下踝上。兼脛胻腓之總名。俗謂之小骹。〕
(二)卻也。以其坐時卻在後也。見〔釋名釋形體〕。
(三)物之低下處曰—。如山下曰山—。橋下曰橋—。
(四)掎也。〔史記司馬相如傳〕射麋—麟。
(五)豹—。蚊蟲名。〔蘇軾詩〕風定軒窗飛豹—。
(六)長—。蠨蛸名。〔詩東山〕蠨蛸在戶。〔疏〕蠨蛸一名長—。
(七)—色。謂演劇之人也。如生—。旦—。丑—。或單謂之—。又猶履歷也。如清時殿試卷首載三代—色是。
(八)—力。俗言勢力也。又謂擔荷之給資亦曰—力。
(九)傭力供運送者曰—子。或曰—夫。
(十)光氣射下者曰—。如日—。雨—之類。
(十一)測量鏡架。其式三叉曰三—。
(十二)俗謂最後曰末—。落後曰塞—。
(十三)俗謂嫻習事務者曰熟—。或曰老—。

【腴】容朱切音逾虞韻 勇主切音雨麌韻
(一)腹下肥也。見〔說文〕〔段注〕論衡傳語曰。桀紂之君垂—尺餘。若少儀。冬右—。七發。㸌牛之—。假人之俛俛之也。
(二)膏—。借喻肥地。〔漢書地理志〕九州膏—。〔注〕腹之下肥曰—。
(三)圂—。豬犬腸也。〔禮記少儀〕君子不食圂—。
(四)瓊—。酒名也。〔酒名記〕鄆王家酒名瓊—。

【臄】極虐切音噱藥韻
(一)牛舌。見〔集韻〕。
(二)——。大笑也。見〔廣韻〕。

【脗】武粉切音抆吻韻
(一)同吻。口邊也。見〔玉篇〕。
(二)聚筋也。見〔集韻〕。

【腷】弼力切音愎職韻
(一)—臆。意不泄也。見〔廣韻〕。〔按集韻。—、或作服。〕
(二)——。雞鳴而鼓翼也。〔古兩頭纖纖詩〕——膞膞雞初鳴。

【腸】仲良切音長陽韻
(一)大小—也。見〔說文〕。〔按—者。通胃氣者也。大—乃傳道之官。變化出焉。當臍右回疊積十六曲。小—乃受盛之官。化物出焉。左回疊積十六曲。今生理學分大—爲盲—。結—。直—。分小—爲十二指—。空—。回—。〕
(二)暢也。通暢胃氣去滓穢也。見〔釋名釋形體〕。
(三)詳也。見〔廣雅釋親〕。
(四)黃—。槨名。〔後漢梁商傳〕賜黃—玉匣。〔注〕以柏木黃心爲槨。
(五)無—。國名。〔山海經海外北經〕無—之國在深目東。〔又〕蟹別名無—公子。
(六)羊—。大行山阪名。〔史記趙世家〕羊—之西。
(七)馬—。獸名。又草名。〔山海經中山經〕讙舉之山。其中多馬—之物。〔注〕馬—。人面虎身。音如嬰兒。亦草名。葉似桑。
(八)魚—。劍名。〔吳越春秋闔閭內傳〕吳王得越所獻寶劍三枚。一曰魚—。二曰磐郢。三曰湛盧。
(九)鹿—。玄蔘也。見〔廣雅釋草〕。〔疏證〕吳普本草云。玄參、一名鹿—。

【腹】方六切音福屋韻
(一)厚也。見〔說文〕。〔桂注〕顏注急就篇。—者。肚之總名。謂之—者。取厚爲義也。
(二)複也。富也。腸胃之屬。以自裹盛。復於外複之。其中多品似富者也。見〔釋名釋形體〕。

(三)屬也。見〔廣雅釋親〕。

(四)生也。見〔廣雅釋詁〕。

(五)猶內也。如云內地曰—地。

(六)懷抱也。〔詩蓼莪〕出入—我。

(七)凡借以喻物曰—。如詩兎罝公侯—心。禮記月令水澤—堅。河圖引蜀謠汝阜之山。江出其—之類。

(八)既孕夫死生子曰遺—子。〔漢書昭帝紀〕泗水戴王有遺—子煖。

(九)少—小腸也。〔素問脈要精微論〕少—當有形也。

(十)帕—抱—。皆衣名。〔釋名釋衣服〕帕—橫帕其—也。抱—上下有帶。抱裹其—上無襠者也。

(十一)人名。〔史記燕世家〕燕王命相栗—約歡趙。

(十二)姓也。戰國趙臣—擊。

【膟】徒結切音絰屑韻 胅或字。〔集韻〕胅。骨差也。一曰腫也。一曰連脽肉。或从骨。古从弟。从卒。

【腝】年題切音泥齊韻 汝來切音荼灰韻 有骨醢也。見〔說文〕。〔段注〕釋器曰。肉謂之醢。有骨者謂之臡。公食大夫禮曰。醢有骨謂之臡。〔按說文〕—、或从難作臡。

【腝】乳兗切音輭銑韻 足疾也。見〔集韻〕。

【腝】那到切音臑號韻 臂節也。見〔廣韻〕。

【腝】奴困切音嫩願韻 肉—也。見〔廣韻〕。〔按正字通云。醢爲本義。讀若泥者本音也。讀若嫩者轉音也。後借爲嫩弱之—〕。

【腝】人之切音而支韻 胹或字。〔集韻〕胹。爛也。或作—、臑、[illegible]、[illegible]。〔按方言〕胹。熟也。秦晉之郊曰胹。〕

【腞】杜本切音[illegible]阮韻 徒困切音鈍願韻 行曳踵也。見〔集韻〕。

【腞】柱兗切音瑑 敕轉切音蜳銑韻 同瑑。篆也。〔莊子達生〕得死於—楯之上〔釋文〕—、猶篆也。

【腞】陁沒切音揬月韻 腯或字。〔集韻〕腯。肥也。或作—。

【腧】舂遇切音戍遇韻 五藏—穴。見〔集韻〕。〔按正字通云。方書灸法—穴在脊中對臍。各開寸半。〕

【腧】羊朱切音逾虞韻 ——。媚貌。見〔五音集韻〕。

【⿰月扁】逋忍切音臏軫韻 腱子肉也。見〔玉篇〕。

【⿰月扁】婢典切音辮銑韻 脈隱起如辮繩也。見〔集韻〕。

【腪】王問切音運問韻 脥也。見〔集韻〕。

【腄】委隕切音惲吻韻 —䐗。肥也。見〔集韻〕。

【腵】居牙切音嘉麻韻 腸病也。見〔集韻〕。〔按正字通云。—、瘕病也。〕

【腶】都玩切音鍛翰韻 —脩。捶脯加薑桂也。〔禮記郊特牲〕大饗尚—脩而已。

【⿰月盈】怡成切音丞庚韻 肥也。見〔集韻〕。

【⿰月韋】于貴切音胃未韻 皮也。見〔玉篇〕。

【腛】乙角切音渥覺韻 烏谷切音屋屋韻 屋脂之韋革柔耎也。〔考工記鮑人〕欲其柔滑而—脂之則需。

【⿰月奐】胡玩切音換翰韻 肥也。見〔集韻〕。

【⿰月壴】芻數切音菆遇韻 ⿰月朋或字。〔集韻〕⿰月朋。腊也。或作—。

【⿰月亭】特丁切音亭青韻 脯也。見〔五音集韻〕。

【⿰月奎】丑一切音抶質韻 肉生也。見〔玉篇〕。

【⿰月匽】澄延切音纏先韻 沐—。罔象別名。見〔集韻〕。

【⿰月是】都黎切音低齊韻 胝—。強脂也。見〔集韻〕。

【腡】盧戈切音驘歌韻公蛙切音緺麻韻　手指文也。見〔廣韻〕。〔按玉篇云。—手理也。理謂文理。義同。〕

【腢】魚侯切音齵尤韻元俱切音虞虞韻吾回切音鮠灰韻語口切音偶有韻　肩頭也。〔儀禮既夕〕當—用吉器。

【腣】丁計切音帝霽韻都黎切音氐田黎切音題齊韻　—胵。大腹皃。見〔玉篇〕。

【⿰月春】尺尹切音蠢軫韻　肥也。見〔廣韻〕。

【𣎆】魯果切音蠃哿韻盧戈切音驘歌韻　或曰嘼名。象形。見〔說文〕。〔段注〕—爲嬴之古字。嬴與驢皆可畜於家。則謂之畜宜也。〔按爾雅釋畜疏曰。字林。畜、作嘼。所以與釋獸異篇者。以其畜是畜養之名。獸是毛蟲總號。故異也。然則—訓嘼名。卽是畜名。固與獸名不同。舊說以—爲虎豹貍象之屬。誤矣。若禮記月令、其蟲倮。考工記梓人、嬴屬。又皆與—異也。〕

【脙】雌由切音秋尤韻　股脛間。見〔集韻〕。

【⿰月癸】渠痽切音葵支韻　臛—。醜皃。見〔集韻〕。〔按淮南脩務。啳—哆噅。啳—卽臛—也。〕

【⿰月⿺辶並】薄鑑切音⿺辶並陷韻　腐肉疏貌。見〔集韻〕。

【⿰月臿】測洽切音臿洽韻　⿰月替肉。見〔集韻〕。

【⿰月頁】而由切音柔尤韻忍九切音蹂有韻　脜或字。〔集韻〕脜面和。或作—。

【⿰月隋】吐火切音妥哿韻　牲肉謂之—。見〔集韻〕。〔按正字通云。卽隋之譌。說文从肉从隓省。隋本从肉。加肉旁作—。非。〕

【⿰月屎】馨夷切音咦支韻　㊀吚或字。見〔集韻〕。㊁大笑也。見〔五音集韻〕。

【⿰月革】各核切音革陌韻古伯切音格藥韻　膈或字。〔集韻〕膈肓也。或从革。〔按五音集韻。—膂膈也。〕

【⿰月悤】七公切音聰東韻　病也。見〔玉篇〕。

【⿰月酋】七由切音酋尤韻　曲—。見〔玉篇〕。

【⿰月曷】於例切音饐霽韻　臆也。見〔集韻〕。

【⿰月昊】呼役切音⿺風或陌韻　視也。見〔玉篇〕。

【⿰月侌】於禁切音蔭沁韻　心中病也。見〔篇海〕。

【⿰月含】胡南切音丸覃韻　鞼囊柄也。見〔篇海〕。

【⿰月屏】比諍切音倂敬韻　腹脹貌。見〔字彙補〕。

【⿰月卽】節力切音卽職韻資昔切音積陌韻　—臧。膏澤。見〔集韻〕。

【⿰月致】陟利切音致寘韻　肥也。見〔五音篇海〕。

【⿰月黃】姑橫切音觥庚韻　膨—。大腹也。見〔篇海類編〕。

【⿰月葼】音葼東韻　狂病也。見〔川篇〕。

【⿱罒月】胃本字。見〔說文〕。

【⿰月易】古肰字。見〔集韻〕。

【⿰月弁】同膌。見〔集韻〕。

【⿰月客】同骼。見〔字彙〕。

【⿰月甚】同腩。見〔字彙〕。

【⿰月侯】同喉。見〔集韻〕。

【⿰月胃】同胃。〔禮記內則〕鴇奧鹿胃。〔釋文〕胃又作—。

【腭】同齶。見〔字彙〕。

【⿰月矣】同腯。見〔集韻〕。

【⿰月者】同豬。見〔玉篇〕。〔按正字通。—同肚。俗讀肚若睹。故从者作—。舊注同豬誤。〕

【⿱要月】同腰。見〔廣韻〕。

【⿰月𡿺】同腦。見〔字彙補〕。

【腺】讀如線。動物體中皮膜細胞之變性分泌液汁處。日本生理學家謂之—。如云胸—、血管—、淋巴—。或謂之—胞。英文Cland。

【腮】顋俗字。見〔字彙〕。

十畫

【膀】蒲光切音旁陽韻
㊀脅也。見〔說文〕。〔春秋元命苞曰。陰極於八故人—入幹。幹長八寸。按幹爲脅骨。〕
㊁—脁。詳脁字。
㊂俗謂肩胛爲肩—。臂爲—子。讀補朗切。

【膀】鋪郎切音滂陽韻
脹也。見〔集韻〕。

【膹】稱人切音瞋眞韻
㊀起也。見〔說文〕。〔段注〕當云肉起也。素問曰。濁氣在上。則生—脹。王注。—脹起也。〔按廣韻。—肉脹起也。〕
㊁大也。〔太玄爭〕肢腳—如。維身之疾。〔注〕—、大也。枝大於幹爲疾也。

【⿰月弱】日灼切音弱藥韻
㊀肉表革裏也。見〔說文〕。〔王注〕云。革者。謂獸也。〔按顏注急就篇肉表皮裏曰—〕。
㊁脃膜也。見〔廣韻〕。
㊂膜也。見〔廣雅釋器〕。
㊃肉也。見〔廣雅釋器〕。

【膂】兩舉切音呂語韻
㊀呂篆文。見〔說文呂部〕。
㊁背也。〔書君牙〕作股肱心—。
㊂肉也。見〔廣雅釋器〕。
㊃力也。見〔廣雅釋詁〕。〔按方言。—、力也。宋魯曰—。—、男也。〕
㊄儈也。燕之外郊。越之垂甌。吳之外鄙。謂之—。見〔方言〕。〔注〕擔者用—力。因名云。

【膃】烏沒切音頞月韻
㊀—肭。獸名。海棲動物。屬鰭腳類。頭圓。脣薄。上脣有硬鬚數基。四肢短小。如鰭狀。體毛極厚。稍長灰白色。長成則變紫褐色。牡者長六尺餘。牝者半之。產北海。常隨濁潮上下。亦時登陸。惟動作不及在水中之活潑。聽官嗅官均極銳敏。肉味美。皮亦頗貴重。其外腎可入藥。英文Sea Leal。

膃肭圖

㊁—肭。肥奕也。見〔廣韻〕。
㊂—脖。病也。見〔集韻〕。

【膄】所救切音瘦宥韻
㊀瘦或字。〔集韻〕瘦。臞也。隸作瘦。或作—。
㊁損也。見〔五音集韻〕。

【膔】呼郎切音炕陽韻
㊀肉間也。見〔玉篇〕。
㊁狼—。南蠻國名。〔文選左思賦〕烏滸狼—。〔注〕異物志云。狼—人夜齅金知其良否。

【⿰月芻】側救切音縐宥韻 將侯切音諏尤韻
脯也。記〔玉篇〕。

【⿰月芻】芻注切音菆遇韻
膗也。見〔廣韻〕。

【⿰月芻】仄遇切音嫋遇韻
㊀妍也。見〔集韻〕。
㊁皺也。見〔集韻〕。

【膆】蘇故切音素遇韻
㊀肥也。見〔玉篇〕。
㊁喉受食處也。〔文選潘岳賦〕裂—破觜。

【⿰月息】悉卽切音息職韻
㊀寄肉也。見〔集韻〕。
㊁⿰月鼻—也。〔方言注〕謂息肉也。〔按字彙云。鼻中—肉也。〕

【䐣】鎖本切音損阮韻
㊀切孰肉內于血中和也。見〔說文〕。
㊁臛也。見〔廣雅釋器〕。
㊂肺—。肉蒸菜也。〔通雅飲食〕盧諶祭法注曰。四時祭皆用肺—。釋名。肺—。饡也。以米糝之如膏饡也。卽今蒸菜。

【膈】各核切音隔陌韻
㊀心脾間也。〔釋名釋形體〕—。塞也。隔塞上下。使氣與穀不相亂也。〔按今生理學名橫隔膜。云分胸腹之膜也。平常向胸隆起。縮而扁平。則胸向下以擴—之張縮。呼吸之因也。〕
㊁懸鐘之格也。〔史記禮書〕懸一鐘尙拊—。
㊂通鬲。〔洪武正韻〕平原有鬲縣。故晉人以惡酒名平原督郵。以其只在鬲上也。

【膉】伊昔切音益陌韻
㊀肥也。見〔廣韻〕。
㊁脰肉也。〔儀禮士虞禮〕取諸左—。

㊂豕伏槽。見〔集韻〕。

【䐥】郎孔切音蓊董韻

㊀臭皃。見〔廣韻〕。

㊁肥皃。或作朧。見〔集韻〕。

【䐧】口到切音犒號韻

㊀同犒。見〔集韻〕。

㊁臛俗字。香氣也。〔釋名釋飲食〕臛。蒿也。香氣蒿蒿也。〔疏證〕今本臛作—。俗字也。

【膊】匹各切音粕伯各切音博藥韻

㊀薄脯—之屋上。見〔說文〕。〔段注〕—之屋上。當作薄之屋上。薄、迫也。〔釋名〕—。迫也。薄椓肉迫著物使燥也。說與許同。

㊁肩—也。或曰—胳。〔許槤洗寃錄注〕近肩者爲肩—。近脇爲胳—。〔按今渾言臂—〕。

㊂磔也。〔左成二年傳〕殺而—諸城上。〔謂去衣磔其人如迫脯於屋上也〕。

㊃厚切肉也。〔淮南繆稱〕故同味而嗜厚—者。必其甘之者也。

㊄脯也。見〔廣雅釋器〕。

㊅兄也。荊揚之鄙謂之—。見〔方言〕。

㊆暴也。東齊及秦之西鄙。言相暴僇爲—。燕之外郊朝鮮洌水之間。凡暴肉發人之私披牛羊之五藏謂之—。見〔方言〕。

㊇腷—。詳腷字。

【膞】龍輟切音劣屑韻鋪枚切音阫灰韻芳無切音敷虞韻

界也。太玄。福則有—。見〔集韻〕。

【膞】殊倫切音純眞韻

股骨也。〔儀禮少牢饋食禮〕—骼。〔釋文〕—、劉音純。

【𦢊】壯仕切音滓紙韻

㊀食也。見〔集韻〕。

㊁肉—。〔齊民要術〕有作—肉法。

【胷】古凶字。見〔五音集韻〕。

【瞉】古祿切音穀徒谷切音獨屋韻

足跗也。見〔玉篇〕。

【㱿】胡谷切音縠屋韻

牲後足也。見〔集韻〕。

【㱿】苦角切音㱿覺韻

㊀皮甲也。見〔五音集韻〕。

㊁从上擊下也。一曰素也。見〔五音集韻〕。

【膋】憐蕭切音聊蕭韻

㊀膫或字。〔說文〕膫或从勞省聲。

㊁脂膏也。〔詩信南山〕取其血—。

【膌】資昔切音積陌韻

本作膌。〔說文〕膌瘦也。〔段注〕—亦作瘠瘦。亦作膄。凡人少肉則脊呂歷歷然。故其字从脊。

【腊】秦昔切音籍陌韻

㊀—腹也。見〔廣韻〕。

㊁死骨也。見〔五音集韻〕。

【䐩】柯開切音該灰韻

㊀肥也。見〔廣韻〕。

㊁六畜胎也。見〔集韻〕。

【䐩】可亥切音愷賄韻魚開切音皚灰韻

肉羹也。見〔廣韻〕。

【膍】頻脂切音毗支韻

㊀牛百葉也。一曰鳥—胵。見〔說文〕。〔按周禮謂之脾析。鄭司農云脾析。牛百葉也。廣韻云。—胵。鳥藏。蓋無論鳥獸。皆指胃言。段氏云。謂之百葉者。胃薄如葉。碎切之。故云百葉。未切爲—胵。既切則謂之脾析。謂之百葉也。此胃也。而經注何以謂之脾。蓋如今人脾胃連言。故以脾之名加於胃也。許以牛百葉系諸獸。故以鳥—胵爲別一義。實則皆謂胃也。廣雅云。百葉謂之—胵。渾言之也〕。

㊁厚也。〔詩采菽〕福祿—之。

【腗】駢迷切音鼙齊韻

—臍。人臍也。〔急就篇〕脾腎五藏—臍乳。

【膎】戶佳切音鮭佳韻

㊀脯也。見〔說文〕。〔注〕古謂脯之屬爲—。因通謂儲蓄食味爲—。

㊁肉食肴也。見〔廣韻〕。

㊂熟食曰—。〔太玄逃〕多田不婁。費我—功。

㊃肌腐也。〔廣雅釋器〕肌腐者—也。〔按此依廣雅舊文。王氏疏證據衆經音義引廣雅本改者作肴。而—遂訓肉矣〕。

㊄吳人謂腌魚曰—䐹。見〔集韻〕。

㊅通鮭。〔焦仲卿妻詩〕交廣市鮭珍。〔按鮭與—通。世說新語庾杲食—作食鮭〕。

【膏】居勞切音高豪韻

❶肥也。見〔說文〕〔桂注〕晉語曰。夫膏粱之性難正也。賈逵曰。—肉之肥者。

❷脂也。〔禮記內則〕脂—以—之。〔疏〕凝者爲脂。釋者爲—。〔按古微書春秋玄命苞〕—者。神之液也。此亦指脂—言。

❸無角曰—。〔大戴記易本命〕〔按此指獸中豕屬。言考工記梓人所謂—者是也〕

❹婦孕一月曰—。〔淮南精神〕一月而—。

❺澤也。見〔廣雅釋言〕。

❻脣脂也。以—和丹作之者。〔詩伯兮〕豈無—沐。〔如今臙脂〕

❼外科藥也。〔後漢華佗傳〕傳以神—。〔今俗謂藥有—丹、丸、散之別。—卽本此立名。又鴉片原爲外國藥品。故亦襲名烟—〕。

❽甘也。〔禮記禮運〕天降—露。

❾尿上白沫也。〔莊子則陽〕內熱溲—。〔釋文引司馬注〕—謂虛勞人尿上生肥白沫也。

❿樹理之白者曰—。〔周禮大司徒〕其植物宜—物。〔司農注〕—物謂楊柳之屬。理致且白如—。

⓫五穀之滑者曰—。〔山海經海內經〕廣都之野。爰有—菽—稻—黍—稷。〔注〕言味好皆滑如—。〔按孟子—粱。趙注亦謂粱細如—者〕

⓬心下爲—。〔左成十年傳〕居肓之上—之下。〔按今生理學謂名橫隔膜。與膈不分〕

⓭土潤也。〔國語周語〕土—其動。〔又〕土肥沃也。〔文選左思賦〕內函要害於—腴。

⓮恩惠也。〔易屯〕屯其—。〔疏〕謂—澤。恩惠之類。

⓯玉—。涌出之貌。〔山海經西山經〕峚山其中多白玉。日日有玉—。〔又〕金—。亦猶玉—。皆其精汋也。〔穆天子傳〕黃金之—。

⓰石—。水名。〔山海經東山經〕女烝之山。石—水出焉。〔又〕藥名。〔本草綱目〕石—。細理石。別錄。寒水石。性微寒無毒。

⓱—夏。大木也。〔淮南俶眞〕—夏紫芝。

⓲山—。獸名。〔山海經中山經〕苦山有獸焉。名曰山—。其狀如逐。赤若丹火。善詈。〔注〕逐卽豚字。

【膏】居號切音誥號韻

❶潤也。〔詩下泉〕陰雨—之。

❷以—潤物也。〔禮記內則〕脂—以—之。

【膁】苦簟切音嗛琰韻　腰左右虛肉處也。見〔廣韻〕。

【膁】丘咸切音鵮咸韻　牛馬肋後胯前也。見〔集韻〕。

【膁】乎韽切音陷陷韻　鎌或字。〔集韻〕、鎌。餅中肉。或作—。

【膁】牛廉切音鹻鹽韻　美也。見〔集韻〕。

【膁】胡忝切音鼸琰韻　大味也。見〔五音集韻〕。

【膭】損果切音貨哿韻　蘇臥切音䴸箇韻　臠也。見〔說文〕。〔按桂氏段氏皆曰。臠者。臠之誤也。玉篇—。膏臠。廣韻—。臠膏也。此足以證〕

【䐶】沽罪切音頟虎猥切音脜賄韻　胡隈切音回灰韻　膇—。大腫貌。見〔玉篇〕。〔按廣韻。膒—亦作脂。集韻。胉—大腫也〕

【𦡭】虎項切音僋講韻　肥貌。見〔集韻〕。

【𦢈】居侯切音鉤尤韻　足曲也。見〔集韻〕。

【膅】徒郎切音唐陽韻　肥也。見〔集韻〕。

【𦢊】先結切音屑屑韻　臆中脂也。見〔玉篇〕。〔按集韻。—、或作膉〕

【𦢅】楚兩切音搶此兩切音搶養韻　本作刱。皮傷也。見〔集韻〕。

【膇】馳僞切音墜寘韻　足腫也。〔左成六年傳〕民愁則墊隘。於是乎有沈溺重—之疾。

【䐤】初佳切音釵佳韻初加切音叉麻韻　—腶。脯腊也。見〔廣韻〕。

【䐤】叉宜切音差支韻　膪也。見〔集韻〕。

【⿰月差】才何切音醝歌韻　腹鳴。見〔集韻〕。
【⿰月氣】許意切音戲寘韻　塊病也。見〔篇海〕。
【⿰月既】許既切音欷未韻　同餼。見〔正字通〕。
【⿰月函】戶感切音頷感韻　口下曰—。見〔集韻〕。
【⿰月盍】口答切音溘合韻　欲睡貌。見〔五音集韻〕。
【⿰月監】名移切音彌支韻　汗面貌。見〔五音類聚〕。
【䐃】胡困切音圂願韻　肥皃。見〔集韻〕。
【⿰月蚤】蘇遭切音騷豪韻　臊或字。〔集韻〕臊豕膏臭或从蚤。
【⿰月歷】直立切音蟄緝韻　脯也。爪曰—。見〔集韻〕。
【臛】黑各切音鶴忽郭切音霍藥韻呼木切音殼屋韻呼酷切音熇沃韻　肉羹也。見〔說文〕。〔段注〕肉羹也者。無菜之謂。楚辭招魂王逸注曰。有菜曰羹無菜曰—。
【⿰月宮】居雄切音弓東韻　腐刑也。通作宮。見〔五音集韻〕。
【⿰牛賽】先代切音賽隊韻　侢—。體頦動皃。見〔集韻〕。
【⿰月茶】烏瓜切音窊麻韻　—臁。臚腹下肉。見〔集韻〕。
【⿰月魋】都罪切堆上聲賄韻　大腫貌。見〔字彙補〕。
【⿰月蚩】昌支切音鴟支韻　目汁凝也。見〔字彙補〕。
【⿰月栗】力質切音栗質韻　山名。見〔篇海〕。
【⿱臣肉】盈之切音怡支韻　豕肉也。見〔篇海〕。
【腿】吐猥切退上聲賄韻　同骽。股也。詳骽字。
【⿰月昏】音吻吻韻　筋頭也。見〔龍龕手鑑〕。
【⿰月遂】音未詳

〔師曠禽經〕覆卵則鸛入水。鵝—月。
【⿰月卑】髀也。見〔集韻〕。
【⿱幺月】古胤字。見〔說文〕。
【⿱齊月】同膂。見〔五音類聚〕。
【⿱齊肉】同臍。見〔正字通〕。
【⿰月留】同瘤。見〔字彙〕。
【⿰月懸】同脊。見〔玉篇〕。
【⿰月耆】同嗜。見〔集韻〕。
【⿰月遣】同膸。見〔集韻〕。
【⿰月叟】同腱。見〔字彙〕。

十一畫

【⿰月寅】夷眞切音寅眞韻　㈠夾脊肉。見〔集韻〕。㈡通作夤。〔易艮〕列其夤。〔注〕夤當中脊之肉也。
【⿰月帶】丁計切音帝霽韻　㈠膪或字。〔集韻〕膪胿胅腹。或从帶。㈡同⿸疒帶。赤白痢也。見〔廣韻〕。
【⿰月產】楚限切音剗潸韻　㈠皮起也。見〔玉篇〕。㈡平木之器。見〔正韻〕。㈢損削也。見〔正韻〕。㈣鞱也。見〔正韻〕。
【膚】風無切音跗虞韻淩如切音臚魚韻　㈠籀文臚。見〔說文〕〔參閱臚字〕。㈡布也。布在表也。見〔釋名釋形體〕。㈢肉也。見〔廣雅釋器〕。㈣切肉爲—。〔禮記內則〕麋—魚醢。〔注〕—䏑也。或爲胖。㈤豕肉亦曰—。〔儀禮聘禮〕—鮮魚鮮腊。〔注〕—豕肉也唯燖者有—。㈥淺也。〔文選班固賦〕末學—受。〔今評文之浮淺者曰—泛、廓義本此〕。㈦大也。〔詩六月〕以奏—公。㈧美也。〔詩文王〕殷士—敏。㈨膂也。見〔漢書董賢傳注〕。㈩薦席也。〔易剝〕剝牀以—。〔崔注〕牀之—謂薦席。⑪古量法。〔公羊僖三十一年傳〕—寸而合。〔注〕側手爲—。〔按正韻云。四指爲—〕。⑫離也。見〔廣雅釋詁〕。⑬剝也。見〔廣雅釋言〕。⑭傳也。見〔廣雅釋詁〕。

（十四）腯—肥滿也。〔文選左思賦〕鳥獸腯—。

（十五）青—苔蘚也。〔韓愈詩〕青—聳瑤楨。

（十七）—施縣名。〔漢書郊祀志〕祠於—施。〔卽今陝西—施縣。〕

（十八）陽—人名。〔論語子張〕孟氏使陽—爲士師。

（十九）地—藥名。見〔本草綱目〕。

【膛】他郎切音湯陽韻

（一）肥皃。見〔玉篇〕。

（二）俗謂胸腔曰膛。—讀如堂。

（三）凡物之中腔曰—。如今之火槍式。有前—後—之分。

【膪】直涉切音牒葉韻直立切音蟄緝韻

（一）同䐑。薄切肉也。見〔韻會〕。

（二）腥也。見〔玉篇〕。

（三）熻也。一曰生熟半也。見〔集韻〕。

【膜】末各切音莫藥韻

（一）肉間胲—也。見〔說文〕。〔按—爲肌肉中之薄衣也今生理學家謂全體諸器官皆有—以護內部之組織如腹—腸—是。〕

（二）撫也。見〔方言〕〔注〕謂撫順也。

（三）幕也。幕絡一體也。見〔釋名釋形體〕

【膜】蒙晡切音模虞韻

—拜。胡人長跪拜也。〔穆天子傳〕—拜而受。

【膝】息七切音悉質韻

（一）本作厀。〔說文卩部〕厀脛頭卩也。〔段注〕厀者在脛之首股與腳間之卩也故从卩俗作—。

（二）伸也。可屈伸也。見〔釋名釋形體〕。

（三）—蓋髕也。〔按增韻以髕爲—蓋骨。髕與臏同。〕

（四）鶴—楯名。〔方言〕矛骹細如鴈脛者謂之鶴—。

（五）騕—良馬名。〔漢書王褒傳〕駕騕—。〔注〕良馬低頭口至—也。

（六）牛—藥名。〔本草綱目〕牛—在河內川谷及臨朐。一名百倍言滋補之功。如牛之多力也。

【膞】主兗切音轉豎兗切音腨銑韻

（一）切肉也。見〔說文〕。〔桂注〕廣雅。—、臠也。

（二）膝頭也。〔釋名釋形體〕膝頭曰—。—、團也因形團而名之也。

（三）一挺肉也。〔淮南說林〕一—炭熯。掇之則爛指。〔注〕——一挺也。

（四）人名。〔史記外戚世家〕有男一人爲昌邑王。〔注〕名—。

【膞】淳沿切音遄先韻

陶人作器之具。〔考工記瓬人〕器中—。〔注〕—讀如車輇之輇。

【膞】殊倫切音純眞韻

股骨也。〔儀禮少牢饋食禮〕升羊豕肩臂臑—胳。〔注〕髀下爲—。

【膞】朱遄切音專食川切音船先韻

鳥胃也。見〔集韻〕。

【膟】劣戌切音律朔律切音率質韻

（一）膟或字。見〔說文〕。

（二）—膋腸間脂也。〔禮記郊特牲〕取—膋燔燎升首報陽也。

【膠】居肴切音交肴韻

（一）昵也。作之以皮。見〔說文〕。〔段注〕弓人說—曰。凡昵之類不能方。注。故書昵、或作樴。杜子春云。樴、讀爲不義不昵之昵。許從杜說。考工記鹿—青白。馬—赤白。牛—火赤。注云。皆謂煮用其皮。或用角。按皮近肉。故字从肉。〔按汁之黏者皆曰—。如橡樹之汁稱樹—。〕

（二）黏合之亦曰—。〔史記趙奢傳〕—柱鼓瑟。

（三）固也。〔詩隰桑〕德音孔—。

（四）黏泥不通也。〔莊子逍遙游〕置杯焉則—。

（五）欺也。見〔廣雅釋詁〕。

（六）詐也。〔方言〕涼州西南之間曰—。自關而西或曰譎或曰—。

（七）糾也。見〔集韻〕。

（八）和也。見〔韻會〕。

（九）—戾邪曲也。〔史記司馬相如傳〕蜿蟺—戾。

（十）—葛長遠貌。〔文選左思賦〕東西—葛。〔又〕上清之氣也。〔漢書揚雄傳〕槭—葛騰九閎。

（十一）—輵猶交加也。〔漢書司馬相如傳〕雜遝—輵以方馳。

（十二）東—周大學名。〔禮記王制〕周人養國老於東—。

（十三）—言言語辨聽而不度於義也。〔文選左思賦〕牽—言而踰侈。

（十四）——雞鳴聲。〔詩風雨〕雞鳴——。〔又〕動亂之貌見〔莊子天道釋文〕。

⑮州名。元置。屬益都路。明清因之。本漢—東國。今爲山東—縣治。地濱黃海。沿岸有灣曰—州灣。灣口有島曰靑島。清光緒二十四年。以九十九年期限條約。借與德國。餘詳靑字。⑯水名。萊州有—水。見〔韻會〕。⑰姓也。殷賢臣—鬲。

【膠】平刀切音豪豪韻 —加。戾也。〔楚辭九辯〕亦多端而—加。

【膠】古巧切音絞巧韻 。—動擾貌。〔莊子天道〕——擾擾乎。

【膠】女巧切音橈巧韻 。桀—。雜亂皃。見〔集韻〕。

【膠】口交切音敲肴韻 面不平也。見〔五音集韻〕。

【膡】以證切音孕徑韻 ㊀美目。見〔集韻〕。㊁大視。見〔廣韻〕。㊂增益也。見〔五音集韻〕。㊃送也。見〔五音集韻〕。㊄物相贈也。見〔五音集韻〕。⑯雙也。見〔廣韻〕。

【膡】徒登切音騰。持陵切音澂蒸韻。詩證切音勝徑韻 美目。一曰大視。見〔集韻〕。

【膢】龍珠切音慺魚韻。郎侯切音婁尤韻 ㊀楚俗以二月祭飲食也。一曰祈穀食新曰離—。見〔說文〕。〔桂注〕太平御覽小歲下引云楚十二月祭飲食也。馥謂御覽以—爲小歲。則—當在十二月。定非二月矣。御覽引風俗通。謹案韓子書曰。山居谷汲者。—臘寡水。楚俗常以十二月祭飲食也。漢官儀注云。許愼曰。楚俗以十二月祭飲食。冀州北部或以八月朔作飲食爲—。其俗語曰。—臘社伏。馥案此引許書之文。可據以補闕。一切經音義引三蒼。—。八月祭名也。〔按段注。風俗通曰。又曰嘗新始殺食曰貙—。後漢禮儀志。立秋之日。武官肄兵習戰陣之儀。斬牲之禮。名曰貙劉。劉玄傳。立秋貙—。時。注引前書音義曰。以立秋日祭獸。王者亦以此日出獵。用祭宗廟。是則貙劉、貙—。同義。依風俗通。似祈穀二字當作始殺。或曰祈穀食新。卽八月祭之說也。〕㊁三月祭而飲食也。〔漢書武帝紀〕太初二年。三月。令天下大酺五日。—五日。〔按三月—祭。乃暫行之。非常例也。〕

【膣】陟栗切音窒質韻 ㊀肉生也。見〔篇海〕。㊁女子陰道也。上通子宮。一名生殖口。

【⿰月戚】子六切音蹙屋韻 腳—。膏澤。見〔廣韻〕。

【膪】竹下切音縿馬韻。之石切音隻陌韻 腏肉。見〔集韻〕。

【膪】陟革切音摘陌韻 —腏。挑取骨間肉。見〔集韻〕。

【膪】陟卦切音債卦韻 脞—。肥皃。見〔集韻〕。

【⿰月累】盧懷切音騾佳韻 —臛。形皃惡。見〔廣韻〕。

【⿰月累】魯水切音壘紙韻 皮起。見〔集韻〕。

【⿰月累】倫追切音纍支韻, 肺也。見〔集韻〕。

【膘】匹沼切音縹篠韻 牛脅後髀前合革肉也。見〔說文〕。〔桂注〕增韻。—、牛脅後髀之前連脅肉也。三蒼。—、小腹兩邊肉也。徐鍇曰。今謂馬肥爲—肥也。言最薄處。故曰合革肉。言皮肉相合也。

【膘】子小切音剿篠韻 脅骨。見〔集韻〕。

【膘】紕招切音漂蕭韻 臕或字。〔集韻〕臕。臕膘腫欲潰。或从票。

【膕】古獲切音馘陌韻。骨或切音國職韻 膝後曲腳中也。〔荀子富國〕詘要橈—。

【膕】忽麥切音⿰忄畫陌韻 竝足也。見〔集韻〕。

【膒】烏侯切音謳尤韻。於候切音歐宥韻 久脂也。見〔玉篇〕。〔按集韻云。一曰以脂漬皮。〕

【⿰月虘】莊加切音查麻韻 鼻上皰也。本作皻。見〔玉篇〕。〔舊作臚〕

【膔】盧谷切音祿屋韻 腹鳴。見〔集韻〕。

【䐪】七恭切音樅冬韻 ❶肥病。見〔類篇〕。❷肥也。見〔集韻〕。

【䐬】財勞切音曹豪韻 肥也。一曰腹鳴。見〔集韻〕。

【腞】他袞切音暺旱韻 —肉也。見〔字彙〕。

【膖】披江切音鏗江韻丑隴切音寵腫韻 胮或字。〔集韻〕胮。胮肛。腫也。或作—、瘇、胖。

【䗠】旬宣切音旋先韻隨戀切音漩霰韻詳兗切音蔓銑韻 短也。一曰。便—。小兒。見〔集韻〕。

【䐹】思留切音修尤韻 同羞。〔集韻〕羞。進獻也。一曰致滋味爲羞。或从肉从食。亦作—。

【膗】崇懷切音膗佳韻 膗—。形惡。見〔集韻〕。

【膙】舉兩切音繈養韻 ❶筋頭。見〔廣韻〕。❷筋強。見〔集韻〕。

【䐗】癡凶切音蹤餘封切音容冬韻 傭或字。〔集韻〕傭。均直也。或从肉。

【䐶】側革切音責陌韻 —子。魚子脯也。見〔新字林〕。

【臯】磬幺切音膮蕭韻 脥—。腫欲潰也。見〔廣韻〕。

【䕲】眉波切音摩歌韻 漏病也。見〔廣韻〕。

【䲆】牛居切音魚魚韻 𥉌或字。〔集韻〕𥉌。馬二目白曰𥉌。或作—。〔詩駉爾雅釋畜竝作魚〕。

【臀】古對切音憒居代切音溉隊韻 腰忽痛也。〔巢氏病源〕卒然傷腰致痛。謂—腰。

【膜】莫各切音邈藥韻 肉膜也。見〔字彙補〕。

【膄】方減切豏韻 河東謂淫爲—。見〔篇海〕。

【䊵】心米切音徙薺韻 弗—。炙具也。見〔韻寶〕。

【𦟝】脊本字。見〔說文〕。〔六書正譌〕云。俗作脊。非。然今通用脊矣。

【𦠿】同䐹。見〔玉篇〕。〔按集韻〕—、饈、䐹、竝同羞。

【𦢊】同臀。見〔廣韻〕。

【𦟧】同脣。見〔五音集韻〕。

【䐾】同遯。見〔字彙補〕。

【膓】腸俗字。見〔正字通〕。

十二畫

【膨】蒲孟切音蟚敬韻蒲庚切音彭庚韻 ❶脹也。見〔集韻〕。❷—脝。脹貌。〔韓愈詩〕豕腹脹—脝。〔又〕大腹也。見〔集韻〕。〔古借作彭〕。

【膩】女利切音膩寘韻 ❶上肥也。見〔說文〕。〔段注〕謂在上者。釋器曰。冰。脂也。郭云。莊子肌膚若冰雪。冰雪。脂膏也。此所謂上肥也。❷垢也。〔潘岳誄〕手澤未改。領—如初。❸滑也。〔楚辭招魂〕靡顏—理。❹潤澤也。〔宋史河渠志〕肸取淤土親營。極爲潤—。❺肥—。一作—臈。見〔道書〕。

【膫】憐蕭切音聊蕭韻 ❶牛腸脂也。見〔說文〕。〔桂注〕廣雅。膋、脂也。詩信南山正義。膋者。腸間脂也。〔按〕—之重文或作膋。今毛詩禮記皆作膋。❷漢侯國名。在南陽。〔漢書功臣表〕—侯次公。〔在今河南舞陽縣西〕。

【膫】力照切音尞嘯韻 同𤎥。〔集韻〕𤎥。說文、炙也。或从肉。

【膫】郎刀切音勞豪韻 腸脂。見〔集韻〕。

【䐵】姑橫切音觥庚韻 ❶肥皃。見〔玉篇〕。❷䐳或字。〔集韻〕䐳。膨䐳。大腹也。或从黃。

【膭】胡光切音黃陽韻 病瘇。見〔集韻〕。

【膮】磬幺切音僥蕭韻磬鳥切音

曉篠韻香幽切音休尤韻

㊀豕肉羹也。見〔說文〕。〔段注〕公食大夫禮注曰。鄉臐｜。今時臛也。牛曰膷。羊曰臐。豕曰｜。皆香美之名。古文膷作香。臐作熏。許無膷臐二字。從古文不從今文也。〔按桂注〕字林作豕羹也。無肉字。聘禮釋文。｜、豕臛也。內則釋文。｜、豕羹也。

㊁香也。見〔廣雅釋器〕。

【⿰月巽】銑本切音損阮韻徂悶切音鐏願韻雛戀切音籑霰韻雛產切音撰潸韻

㊀切熟肉再煮也。見〔廣韻〕。〔按說文腝下云。切孰肉內於血中和也。段氏謂｜同腝。〕

㊁饡也。〔釋名釋飲食〕肺｜。｜、饡也。以米糝之。如膏饡也。

【⿰月朁】祖含切音簪覃韻咨林切音侵侵韻

【腤】

㊀腤｜。烹也。見〔集韻〕。

㊁俗呼物不潔淨曰腌｜。一曰焙曬。者俚語也。見〔正字通〕。

【⿰月朁】慈鹽切音潛鹽韻

塩肉。見〔集韻〕。

【⿰月替】子朕切音譖寢韻子鴆切音浸沁韻

㊀脣病也。見〔集韻〕。

㊁脣闕謂之｜。見〔集韻〕。

【膰】符元切音煩元韻

㊀本作⿰炙番。〔說文炙部〕⿰炙番。宗廟火孰肉。春秋傳曰。天子有事⿰炙番焉。以饋同姓諸侯。〔段注〕今世經傳多作｜。作燔。惟許書作⿰炙番。火部燔下云。爇也。是詩作燔爲叚借字。他經作｜。乃俗字耳。許稱左傳作⿰炙番。左傳釋文云。｜、周禮又作⿰炙番。皆古文之存焉者也。〔按⿰炙番从炙。炙从肉从火。⿰炙番字去肉存火則成燔。去火存肉則成｜矣。〕

㊁肝也。見〔玉篇〕。

【膰】蒲官切音槃寒韻蒲波切音婆歌韻

大腹也。見〔集韻〕。

【腭】逆各切音咢藥韻

㊀齗斷也。見〔集韻〕。

㊁或作咢。〔五音集韻〕口中斷咢。

【⿰月猋】异遙切音猋蕭韻

㊀膘也。見〔廣雅釋詁〕。

㊁｜膟。膘潰也。見〔集韻〕。

【膱】質力切音職職韻

㊀胊脡也。〔儀禮鄉射禮〕｜長尺二寸。

㊁肉敗也。見〔韻會〕。

㊂臭也。見〔廣雅釋器〕。

【⿰月辜】古胡切音孤虞韻

㊀大脯也。見〔玉篇〕。

㊁｜臚。大膊也。見〔類篇〕。

【膳】上演切音善銑韻時戰切音繕霰韻

㊀具食也。見〔說文〕。〔注〕言具備此食也。庖人和味必加善。故从善。

㊁食也。〔禮記文王世子〕食下問所｜。〔注〕問所食者。

㊂牲肉也。〔周禮膳夫〕掌王之食飲｜羞。〔按廣雅釋器。｜肉也。〕

㊃美食也。〔禮記玉藻〕｜於君。〔注〕｜、美食也。〔按周禮天官序官｜夫注云。｜之言善也。今時美物曰珍｜。〕

㊄胙之也。〔呂覽上德〕太子祠而｜於公。

㊅煎和也。〔周禮庖人注〕謂煎和之以獻王。〔疏〕煎和謂之｜。

㊆離也。見〔廣雅釋詁〕。

㊇進也。〔儀禮公食大夫禮〕宰夫｜稻於粱西。

㊈｜夫。食官之長也。見〔周禮天官序官｜夫注〕。

㊉通作善。〔莊子至樂〕具太牢以爲善。

【膴】荒胡切音呼虞韻微夫切音無虞韻火羽切音詡麌韻蒙晡切音模虞韻

㊀無骨腊也。揚雄說鳥腊也。周禮有｜判。見〔說文〕。〔桂注〕｜去骨之乾肉。故曰無骨腊。無骨腊鳥腊也者。鄭注天官腊人所云涼州烏翅是也。｜判見天官腊人。被作胖。鄭司農云。｜、膺肉。鄭大夫云。胖讀爲判。杜子春云。｜、胖皆謂夾脊肉。

㊁大臠也。〔禮記少儀〕祭｜。〔注〕｜、大臠。

㊂法也。〔詩小旻〕民雖靡｜。

【膴】罔甫切音武麌韻

㊀厚也。〔詩節南山〕瑣瑣姻亞。則無｜仕。

㊁｜｜。美也。〔詩緜〕周原｜｜。

【膴】謨杯切音枚灰韻

背肉也。一曰心上口下。見〔集韻〕。

【腪】多寒切音單寒韻 ❶—胡大腹也。見〔廣韻〕。❷胍肶謂之—。見〔集韻〕。

【膲】玆消切音焦蕭韻 ❶三—。無形之府。見〔集韻〕。❷通作焦。見〔集韻〕。〔詳焦字〕。

【膲】子肖切音醮嘯韻 肉不滿也。〔淮南天文〕是以月虛而魚腦減月死而蠃蠬—。

【䐺】他紺切音僋勘韻 食味美也。見〔廣韻〕。

【䐺】徒紺切音萏勘韻 腤—。肥皃。見〔集韻〕。

【䐺】徒南切音覃覃韻 醰或字。〔集韻〕醰厚味也或从肉。

【膧】徒東切音同東韻 肥皃。見〔集韻〕。

【膧】傳江切音幢江韻 —胵。尻骨也。亦作䑐見〔集韻〕。

【𦢊】蒲灞切音吒禡韻 胵—。肥也。見〔集韻〕。

【膪】竹賣切音債卦韻 腏肉也。亦作䐽見〔廣韻〕。

【膭】姑回切音傀灰韻 胡對切音潰隊韻 肥大皃。見〔集韻〕。

【膭】徒對切音隊隊韻 下大皃。見〔集韻〕。

【𦡝】陟加切音爹麻韻 瘡痕也。見〔五音集韻〕。

【䐗】陟嫁切音吒禡韻 智—。不密也。見〔類篇〕。

【膦】內展切音輦銑韻 —腰。無力見〔集韻〕。

【𪗉】前西切音齊齊韻 同臍。見〔類篇〕。〔按說文作齎〕。

【䐚】居希切音機渠希切音祈微韻 巳亥切音改賄韻 頰肉也。見〔說文〕。

【膬】祖悅切音蕝屑韻 此芮切音毳霽韻 耎易破也。見〔說文〕。〔按玉篇云。—與脃同〕。

【𦢈】徂棱切音層蒸韻 肥也。見〔集韻〕。

【𦢎】呼決切音血屑韻 瘡皃。見〔集韻〕。

【𦢐】壹計切音医霽韻 胾也。見〔集韻〕。

【𦢕】他登切音鼟蒸韻 吳人謂飽曰—。見〔類篇〕。

【臑】如之切音而支韻 煮熟也。見〔廣韻〕。

【𦢍】呼麥切音劃陌韻 曲腳中也。見〔集韻〕。

【𦡻】相干切音跚寒韻 脂肪也。見〔集韻〕。

【𦢅】居月切音厥月韻 尻也。見〔五音集韻〕。

【𦡪】狼狄切音歷錫韻 —腿。強脂也。見〔集韻〕。

【𦢓】下結切音纈屑韻 —膈。膜也。見〔玉篇〕。

【𦢔】胡計切音系霽韻 喉脈也。見〔集韻〕。

【臆】巨到切音砲號韻 體腫也。見〔字彙補〕。

【𦢊】徐心切音尋侵韻 姓也。見〔廣韻〕。

【𦢑】徐廉切音燖鹽韻 湯瀹肉也。見〔字彙補〕。

【緄】古本切音袞阮韻 鵝鴨炙也。見〔五音集韻〕。

【𦢖】之列切音浙屑韻 同肵。見〔集韻〕。

【𦢗】音乃賄韻 肥也。見〔篇海類編〕。

【𦢘】以醉切寘韻 肉疾貌。見〔龍龕手鑑〕。

【𦢙】古治字。見〔字彙〕。〔按正字通云。古治字作𦠆。字彙誤〕。

【𦢚】同臄。見〔字彙〕。

【𦢛】同腦。見〔字彙〕。

【𦢜】同脊。見〔字彙補〕。

【𦢝】讀若膟 胰也。亦謂之甜肉。日本謂之—。居胃下。色黃赤。狀如牛舌。長六七寸。分泌消化食物之液汁。英文Pancreas。

十三畫

【⿰月肅】 疎鳩切音搜尤韻

乾魚尾——也。周禮有腒——。見〔說文〕〔按——錯本作挼挼。錯曰。挼挼。猶歷歷也。段氏改作肅肅。注云。肅肅。乾貌。今俗尚有乾肅肅之語。風俗通說夏馬掉尾肅肅。古言也。庖人內則注曰。鱐、乾魚。魚箋人注曰。鱐者。析乾之出東海。〕

【⿰月肅】 先弔切音嘯嘯韻

(一)切肉合糅也。見〔五音集韻〕。

(二)膗也。見〔集韻〕。

【⿰月睪】 達各切音鐸藥韻

(一)肫——。無撿限也。見〔玉篇〕。

(二)肥貌。見〔字彙〕。

【膷】 虛良切音香陽韻

(一)牛臛也。〔禮記內則〕——膮醢。

(二)香也。見〔廣雅釋器〕。

(三)肉中生息肉也。見〔玉篇〕。

【膹】 父吻切音憤吻韻

(一)膗也。見〔說文〕〔段注〕廣雅曰。——、臛也。臛、俗膗字。〔按三蒼云。——、膗多滓也。〕

(二)切熟肉也。見〔廣韻〕。

(三)麤切生肉也。見〔急就篇注〕。

【膹】 父尾切音陫尾韻符非切音肥微韻

膗多汁也。見〔集韻〕。

【膺】 於陵切音應蒸韻

(一)胷也。見〔說文〕〔王注〕韋昭注漢書。胷四面高中央下曰——。

(二)乳上骨也。見〔一切經音義引蒼頡〕。

(三)壅也。氣所壅塞也。見〔釋名釋形體〕。

(四)親也。〔禮記少儀〕執箕——擖。

(五)抱也。〔國語周語〕——保明德。

(六)當也。〔書武成〕誕——天命。

(七)受也。〔後漢班彪傳〕下——萬國之貢珍。

(八)擊也。〔孟子滕文公〕戎狄是——。

(九)馬帶也。〔詩小戎〕虎韔鏤——。

(十)心衣也。〔釋名釋衣服〕——心衣。抱腹而施鉤肩。鉤肩之間施一襠以奄心也。

(十一)鉤——。樊纓也。〔詩崧高〕鉤——濯濯。

(十二)通應。〔詩閟宮〕戎狄是——。〔按史記建元以來侯者年表作戎狄是應。〕

【膺】 於證切音應徑韻

氣壅塞也。〔黃庭經〕舌下玄——生死岸。〔陶弘景作壅。〕

【膻】 蕩旱切音袒旱韻

(一)肉——也。詩曰。——裼暴虎。見〔說文〕〔段注〕釋訓、毛傳、皆云。襢裼肉襢。李巡云。脫衣見體曰肉襢。孫炎云。襢、去裼衣。按多作襢、作袒、非正字。——其正字。

(二)——中。在胸中兩乳間。為氣之海。〔素問靈蘭祕典論〕——中者。臣使之官。喜樂出焉。

【膻】 尸連切音羶先韻

羊臭也。〔列子周穆王〕王之嬪御。——惡而不可親。

【膽】 覩敢切音黯感韻

(一)連肝之府也。見〔說文〕〔按白虎通曰。——者肝之府也。——為肝之府。而連於肝也。蓋——在肝之短葉間。盛精汁。狀如餅。色蒼青。味苦。能助胃消化。〕

膽圖

(二)——主勇決之官。故稱人勇決者曰有——、大——。

(三)拭治也。〔禮記內則〕桃曰——之。〔疏〕去毛拭治令色青滑如——也。

(四)澄也。〔淮南覽冥〕川谷不——。

(五)不動貌。〔淮南原道〕——兮其若深淵。

(六)地——。蟲名。〔廣雅釋蟲〕地——。青蠵也。〔疏證〕本草地——。一名蚖青。陶注云。狀如大馬蟻。有翼。僞者即斑貓所化。狀如大豆。又注。別錄葛上亭長云。九月十月欲還地蟄。即呼為地——。御覽引吳普本草云。地——、一名青蛙。蛙、蠵、聲近而字通。

(七)龍——。草名。〔廣雅釋草〕陵遊、龍——也。〔疏證〕本草龍——。味苦澀。一名陵遊。生齊朐山谷。

(八)石——。藥名。〔本草〕出秦州羌道山谷大石中。主明目。

(九)海——。海中動物。與海燕同類。殼有斑文。上管芒刺。恰如栗球。故又名海栗。口在下。中有互對之尖齒五。

目聚於頂之中央。列成一圈。足分五條。每條四行。由體頂之目孼達體頂之口。在此五條之間。有多數長而能動之管。足以爲活潑運動之用。

海膽圖

(十)姓也。中牟有士曰—脊。

【膼】張瓜切音撾麻韻

(一)膼也。見〔廣韻〕。

(二)腿也。見〔集韻〕。

【𦢊】乙六切音郁屋韻　於到切音奧號韻

(一)烏胃也。見〔玉篇〕。

(二)奧也。藏物于奧內。稍出用之也。見〔釋名釋飲食〕。

【䐿】烏浩切音媼皓韻

(一)髇或字。〔集韻〕髇。腰骨也。或作—。

(二)同奧。〔禮記內則〕鴇奧鹿胃。〔注〕鴇奧脾脁也。

【膾】古外切音儈泰韻

(一)細切肉也。見〔說文〕。

(二)會也。細切肉令散。分其赤白異切之。已乃會合和之也。見〔釋名釋飲食〕。

(三)㓷也。見〔廣雅釋詁〕。

(四)生肉爲—。見〔漢書東方朔傳〕。

(五)魚—。〔詩六月〕炰鱉—鯉。

(六)宗—。國名。〔莊子齊物論〕欲伐宗—胥敖。

【膿】奴冬切音農冬韻

(一)盥俗字。見〔說文血部〕〔段注〕腫癰也。停滯之血則爲—。〔周禮注〕曰。潰瘍癰而含—血者。

(二)醲也。汁醲厚也。見〔釋名釋形體〕。

(三)爛也。〔齊民要術〕草悉—死。

(四)厚味也。〔文選枚乘七發〕甘脆肥—。〔注〕—厚之味也。

【臀】徒渾切音屯元韻〔說文屍、或从骨作臋。臋又變作—〕。

(一)殿也。高厚有殿遝也。見〔釋名釋形體〕。

(二)微也。見〔廣雅釋詁〕。

(三)尻也。〔國語周語〕其母夢神規其—以墨。

(四)底也。〔考工記㮚氏〕㮚氏爲量。其—一寸。〔注〕其底深一寸也。

(五)人名。〔左宣二年傳〕公子黑—。

【臁】離鹽切音廉鹽韻

(一)穴卜也。見〔玉篇〕。

(二)脛—也。見〔集韻〕〔按厀下踝上正面突出之骨也。皮外名—肕〕。

【臞】囊何切音那歌韻

雜骨醬也。見〔集韻〕〔按五音集韻通作臡〕。

【臞】乃邪切音爺麻韻

鳴物叫聒聲也。見〔五音集韻〕。

【臂】卑義切音贔寘韻

(一)手上也。見〔說文〕〔按自肘至腕曰—。渾言則肱—互稱。—有正輔二骨。其長大連肘尖者爲正骨。短細者爲輔骨。兩骨疊竝相倚。下接腕骨〕。

(二)裨也。在旁曰裨也。見〔釋名釋形體〕。

(三)牲之肩腳也。〔禮記少儀〕太牢則以牛左肩—臑折九箇。

(四)弩柄也。〔釋名釋兵〕弩其柄曰—。

(五)前腳也。〔山海經北山經〕滑水其中多水馬。其狀如馬文—。

(六)長—。國名。〔山海經海外南經〕長—國捕魚水中。兩手各操一魚。

(七)人名。孔子弟子楚厮—字子弓。

(八)通辟。〔周禮內饔〕馬黑脊而般—。〔釋文〕—、本作辟。

(九)通擘。〔禮記內則〕馬黑脊而般—。〔釋文〕—、本作擘。

(十)通腸。〔莊子大宗師〕以汝爲蟲—乎。〔釋文〕—、本作腸。

【臃】於容切音邕冬韻　於隴切擁腫韻

(一)本作癰。〔說文疒部〕癰腫也。〔按史記倉公傳色將發—。亦腫義〕。

(二)壅也。〔釋名釋疾病〕癰壅也。氣壅否結裹而潰也。

【臄】極虐切音噱藥韻

(一)谷或字。見〔說文谷部〕。

(二)切肉也。取脾腎寘腸炙之曰—。見〔集韻〕〔按如今之香腸〕。

(三)函也。見〔詩嘉肴脾—傳〕〔按通俗文云。口上曰—。口下曰函。蓋晰言之〕。

【臄】强魚切音渠魚韻

鳥腊也。見〔集韻〕〔按即鳥乾肉〕。

【臆】乙力切音億職韻

(一)肊或字。見〔說文〕。
(二)胷也。見〔廣雅釋親〕。〔按文選射雉賦注云、—膺也。膺卽胷。與廣雅合。〕
(三)滿也。見〔方言〕。〔注〕愊—。氣滿也。〔按廣雅釋詁。—。滿也。王氏懷祖曰。凡怒而氣滿曰愊—。又哀而氣滿。憂而心懣。亦皆謂之愊—。〕
(四)猶抑也。抑氣所塞也。見〔釋名釋形體〕。
(五)通意。〔史記賈誼傳〕請以—對。〔漢書作意。按以意度而言之曰—。說義本此。〕

【臆】隱巳切音譩紙韻
醫或字。〔集韻〕醫和醴酏爲飲也。或作—。

【臊】蘇遭切音騷豪韻
(一)豕膏臭也。見〔說文〕。〔段注〕庖人內則曰。夏行腒鱐膳膏—。杜子春云。膏—。犬膏。大鄭云。膏—。豕膏。後鄭從杜說。許同大鄭。
(二)凡肉之腥者皆曰—。〔史記晉世家〕犯肉腥—何足食。〔按史記楚世家。夫虎肉—。古文苑蜀都賦。五肉七菜。朦猒腥—。注云。五肉。牛、羊、雞、犬、豕。以七菜葱韭之屬。臑之。所以朦猒其腥—。〕

【𦢊】蒲歷切音甓錫韻
(一)臍也。見〔集韻〕。
(二)膌也。見〔五音集韻〕。

【𦢊】匹歷切音霹錫韻
同癖。積病也。見〔五音集韻〕。

【𦢊】博厄切音檗陌韻
豆中小梗者。見〔廣韻〕。

【膸】選委切音瀡紙韻
髓或字。〔集韻〕髓骨中脂也。或作—。

【膸】羊水切紙韻
—孔也。見〔玉篇〕。

【臇】子兗切音雋銑韻　遵爲切音檇支韻
臛也。見〔說文〕。〔按玉篇。—臛少汁也。文選李善注引蒼頡解詁。—。少汁臛也。〕

【𦢓】都郎切音當陽韻
矘或字。〔集韻〕矘耳下垂也。或作—。

【𦢌】覩動切音董董韻
肥也。見〔集韻〕。

【臍】心妻切音臍齊韻
膍—也。見〔五音集韻〕。〔按說文。臍作齎。—卽齎字之譌。〕

【臅】樞玉切音觸　朱欲切音燭　須玉切音粟沃韻
臆中膏也。〔禮記內則〕小切狼—膏。〔注〕狼—膏。臆中膏也。

【臈】居曷切音葛曷韻
—胆。肥皃。見〔集韻〕。

【𦢃】力盍切音蠟合韻
臘或字。見〔集韻〕。〔按古今注。蜜—。布皆作此。〕

【臉】居奄切音檢琰韻
目下頰上也。見〔韻會〕。〔今俗謂面曰—。誤。〕

【臉】千廉切音籤鹽韻　兩減切音溓豏韻
臛也。〔齊民要術〕羹臛法有—羹。

【𦢈】諸盈切音征庚韻
醋煮魚也。見〔玉篇〕。

【𦤂】烏酷切音渥沃韻
膏臏也。見〔玉篇〕。

【𦥫】烏谷切音屋屋韻
—膏。肥皃。見〔集韻〕。

【𦡘】口骨切音窟月韻
臀也。見〔字彙補〕。

【𦢩】徒各切音鐸藥韻
肫—。無檢限也。見〔五音類聚〕。

【𦢐】悉盍切音趿合韻
脇—。肉雜也。見〔集韻〕。

【𦢀】蘇旦切音散翰韻
雜肉也。見〔龍龕手鑑〕。

【𦢤】牛肌切音儀支韻
度牲體骨曰—。見〔五音集韻〕。

【𦣄】古孕字。〔管子五行〕—婦不銷棄。

【臋】同臀。見〔字彙補〕。

【臃】同癰。〔史記倉公傳〕後五日當—腫。

【𦡇】同膝。見〔集韻〕。

【𦟌】膝俗字。見〔正字通〕。

十四畫

【臍】前西切音齊齊韻

㊀本作齋。〔說文〕齋朏齋也。〔按朏齋人—也。子初生時繫於胞衣者曰—帶。—帶脫處卽謂之—。其位當腹面中央。動物乳哺類皆有之。〕

㊁劑也。腸端之所限劑也。見〔釋名釋形體〕。

㊂膃肭—藥名。〔本草綱目〕膃肭—。一名海狗腎。

㊃葧—。果名。生水田中。苗似龍鬚而細。色正青。根如指頭大。黑色。皮厚有毛。又有一種紫色皮薄無毛者。正二月人采食之。俗誤作荸薺。

㊄蟹—。蟹臀之—也。雄者尖—。雌者團—。

㊅通齊。〔左莊六年傳〕若不早圖。後君噬齊。

【臎】七醉切音翠寘韻

㊀鳥尾上肉也。見〔廣韻〕。

㊁肥也。見〔廣雅釋言〕。

㊂臀也。見〔廣雅釋親〕。

【膟】祖誄切音滓紙韻

㊀髁骨也。見〔集韻引廣雅〕。

㊁肥實也。見〔集韻〕。

【臏】婢忍切音牝逼忍切音臏軫韻毗賓切音頻眞韻

㊀本作髕。〔說文骨部〕髕。厀耑也。〔段注〕厀脛頭節也。〔按桂注。蒼頡篇髕。厀蓋也。說苑人生期年生髕而後能行。〕

㊁斷足刑也。〔周禮司刑刖罪五百注〕刖、斷足也。周改—作刖。

㊂人名。孫—。孫武之後。

【臐】許云切音熏文韻許運切音訓問韻

㊀羊臐也。〔禮記內則〕膷—膮醢。

㊁香美之名。見〔廣韻〕。

【𦢊】女利切音旎寘韻

同膩。出道書。見〔廣韻〕。〔按舊字典引玉篇魚矜切。今本玉篇有膥無—。引集韻魚陵切。今本集韻十六蒸作膥。當爲所見之本不同。在左、在下。作月、作肉。亦可爲一字。〕

【朦】謨蓬切音蒙東韻母摠切音蠓董韻

㊀豐也。見〔廣雅釋詁〕。

㊁自關而西秦晉之間。凡大貌謂之—。見〔方言〕。

【朦】母項切音佬講韻

豐肉。見〔集韻〕。

【𦡲】匹備切音濞寘韻

㊀肥壯。見〔集韻〕。

㊁盛也。自關以西秦晉之間語也。見〔方言〕。

【臲】魚器切音劓寘韻

膍也。見〔方言〕〔注〕謂息肉也。

【臑】汝朱切音儒虞韻

㊀臂羊豕曰—。从肉需聲。讀若儒。見〔說文〕〔段注〕各本皆作臂羊矢也。不可通。許書嚴人物之辨。人曰臂。羊豕曰—。人臂無稱—者。如儀禮禮記肩臂—。皆謂牲體也。不曰羊豕臂曰—。而先言臂者。尊人也。謂人之臂在羊豕則曰—也。讀若儒。各本作襦。今從鄉射禮音義。人于反。鉉用那到切。乃音轉非古本音也。作臑者誤。

㊁嫩耎皃。見〔廣韻〕。

㊂肱骨也。一曰衣名。襦者。本取—義。見〔集韻〕。

【臑】那到切音朓號韻奴刀切音猱豪韻

㊀臂—。謂肩腳也。〔禮記少儀〕太牢則以牛左肩臂—折九箇。

㊁自肩至肘曰—。自肘至腕曰臂。見〔正字通〕。

【臑】人之切音而支韻

同胹。熟爛也。〔文選枚乘七發〕熊蹯之—。

【臑】五管切音鯇旱韻

體燠也。見〔集韻〕。

【臑】昏困切音顐願韻

肉醢也。見〔集韻〕。

【臒】烏郭切音臒藥韻

㊀善肉也。見〔玉篇〕。

㊁人名。〔史記王子侯表〕五據侯劉—。

【臞】弋笑切音燿嘯韻

瘠也。見〔集韻〕。

【臞】所敎切音稍效韻

䏥或字。〔集韻〕凡物之殺銳者曰䏥。或作—。

【𦣞】乃梃切音頸迥韻

耳中垢也。見〔五音類聚〕。

【⿰月與】倚亥切音佁賄韻演女切音與語韻 肥也。見〔集韻〕。

【⿰月壽】陳留切音儔尤韻 —腊。脯也。見〔集韻〕。

【⿰月壽】陟柳切音肘有韻 疛或字。〔集韻〕疛。小腹病也。或作痏、㾜、—。

【⿰月壽】文九切音紂有韻 髀後曰—。見〔集韻〕。

【⿰月慁】胡困切音慁願韻 肥也。見〔篇海〕。

【⿰月監】平餡切音陷陷韻 䭑或字。〔集韻〕䭑餅中肉。或从肉。从兼。

【⿰月對】杜對切音隊隊韻 茂貌。見〔篇海〕。

【⿰月縣】乞及切音泣緝韻 胸脯。一曰乾也。見〔集韻〕。

【⿰月薦】蒲孕切音凭徑韻 腫滿皃。見〔篇海〕。

【⿰月疑】魚陵切音凝蒸韻 肥也。見〔集韻〕。

【⿰月蔑】何光切音黃陽韻 腫病也。見〔字彙補〕。

【⿰月薄】薄胡切音蒲虞韻 雉有—肉也。見〔篇海〕。

【⿰月專】同⿰月薄。見〔玉篇〕。

【⿰月繭】吉典切音減豏韻 胝—也。見〔篇海類編〕。

【⿱殿月】同癭。頸腫也。見〔集韻〕。

【⿰月鼠】臘俗字。見〔正字通〕。

十五畫

【⿰月暴】蒲角切音雹覺韻 ㊀肉肤起也。見〔廣韻〕。㊁皮破起也。〔山海經西山經〕松果之山有鳥焉。其名曰䳋渠。可以已—。

【臔】胡典切音峴銑韻 ㊀——。肥也。見〔廣雅釋訓〕。㊁肉急也。見〔集韻〕。

【⿱興月】許應切音嬹徑韻 ㊀腫痛也。見〔玉篇〕。㊁腫起也。見〔廣韻〕。

【臗】枯昆切音坤元韻 ㊀髖也。見〔廣韻〕。㊁尻也。見〔集韻〕。㊂髀上也。見〔集韻〕。

【臗】枯官切音寬寒韻 髖或字。〔集韻〕髖。髀上。或从肉。

【⿰月質】職日切音質質韻 ㊀藥也。可治金瘍。見〔集韻〕。㊁—脾。刀箭瘡藥也。見〔廣韻〕。㊂通質。見〔集韻〕。

【⿰月樂】北角切音剝覺韻 ㊀祭肉也。見〔字彙〕。㊁—犖。亂雜貌。見〔廣韻〕。

【臘】力合切音蠟合韻力涉切音巤葉韻 ㊀冬至後三戌—祭百神。見〔說文〕。〔段注〕—本祭名。因呼—月—日耳。月令。—先祖五祀。左傳。虞不—矣。皆在夏正十月。—卽蜡也。風俗通云。禮傳夏曰嘉平。殷曰清祀。周曰大蜡。皋侃曰。夏殷蜡在歲終。秦本紀。惠王十二年。初—。記秦始行周正亥月大蜡之禮也。始王三十一年十二月。更名—曰嘉平。十二月者。丑月也。漢仍秦制。亦在丑月。而用戌日。則漢所獨也。〔按〕—爲歲終祭名。于建丑月行之。俗稱陰歷十二月爲—月以此。㊁接也。新故交接。故大祭以報功也。見〔後漢陳寵傳注〕。㊂索也。見〔廣雅釋天〕。㊃兩刃也。〔考工記桃氏〕桃氏爲劍。—廣二寸有半寸。〔注〕—謂兩刃。〔疏〕兩面各有刃也。㊄獵也。言田獵取獸以祭祀其先祖也。見〔風俗通祀典〕。㊅腊也。〔法言問道〕不膢—也歟。㊆道家有五—。正月一日爲天—。五月五日爲地—。七月七日爲道德—。又以十月十二日爲民歲—。十二月正—日爲王侯—。見〔道書〕。㊇俗稱醃漬魚肉曰—。以製于冬月。故名。㊈眞—。南蠻國名。見〔正字通〕。

【⿰月賣】徒谷切音牘屋韻 胎敗潰也。〔管子五行〕毛胎者不—。〔按集韻云殰古字〕。

【臕】悲嬌切音鑣蕭韻

脂肥貌。見〔廣韻〕。

【膱】渠希切音祈微韻　頰肉也。見〔廣韻〕。

【⿰月廣】古曠切音桄漾韻　腫皃。見〔集韻〕。

【⿰月養】以兩切音養養韻　—。欲吐皃。見〔集韻〕。

【⿰月畾】魯猥切音磥賄韻　—䐶。腫皃。見〔廣韻〕。

【膜】子損切音撙阮韻　膞也。見〔字彙補〕。

【⿰月臧】同臟。見〔集韻〕。

【⿰月賣】音未詳　⿰月冓—。⿰月眞臞也。見〔酉陽雜俎〕。

十六畫

【⿰月燕】因仙切音煙先韻　㊀—喉也。見〔五音類聚〕。〔按—喉本作咽。類聚非。〕㊁—脂也。亦作燕支。

【⿰月閵】徐廉切音鬵鹽韻　㊀沈肉於湯中也。見〔玉篇〕。㊁燅或字。〔集韻〕燅。於湯中瀹肉。或作腱、䐂、爓、—、燖、燂、粘。

【臚】淩如切音閭魚韻　㊀皮也。見〔說文〕。〔桂注〕急就篇顏注、—皮也。易通卦驗。人足陽明脈盛。多病—腫。續漢書律曆志注。小暑病—腫也。㊁腹前曰—。見〔一切經音義引釋名〕。㊂敍也。見〔爾雅釋言〕。㊃陳也。〔漢書禮樂志〕殷勤此路—所求。〔注〕、—陳也。言所以殷勤此路。乃欲陳所求也。㊄傳也。〔國語晉語〕風聽—言於市。㊅上傳語告下也。〔史記叔孫通傳〕—句傳。〔注〕上傳語告下為—。㊆附也。見〔史記孝景紀索隱引章昭〕。㊇猶行也。見〔文選東京賦注引漢書蘇林注〕。㊈大鴻—。漢典客之官。一作盧。又傳—。科舉時代以二甲一名為傳—。

【⿰月盧】同旅。亦陳也。祭名。〔漢書敍傳〕大夫—岱。〔注〕—岱。季氏旅於泰山是也。

【⿰月蕭】先弔切音嘯嘯韻　㊀膗也。見〔集韻〕。㊁切肉合糅也。見〔五音集韻〕。

【⿰月肅】疏鳩切音搜尤韻　乾魚尾也。見〔洪武正韻〕。

【臛】火酷切音熇沃韻　㊀同膗。肉羹也。〔文選曹植七啟〕—江東之潛鼉。㊁無菜曰—。〔楚辭招魂〕露雞—蠵。〔注〕有菜曰羹。無菜曰—。㊂爊也。〔史記刺客傳〕乃—其目。〔注〕以馬矢爊令失明。

【⿰月嬴】以成切音盈庚韻　屎也。見〔篇海〕。

【⿰月巂】遵為切音嗺支韻　劑—。膗也。見〔集韻〕。

【⿰月瞢】彌登切音瞢蒸韻　沈昏也。見〔字彙〕。

【⿰月遺】弋隹切音維支韻　肥也。見〔玉篇〕。

【⿰月遣】以醉切音⿰虫遺寘韻　肉痛。見〔集韻〕。

【朧】魯孔切音籠董韻　肥貌。見〔集韻〕。

【⿰月隨】羊棰切音菙紙韻　孔也。見〔五音集韻〕。

【⿰月遀】同髓。見〔集韻〕。

【⿰月穌】同酥。見〔字彙〕。

十七畫

【臝】魯果切音卵哿韻　㊀赤體也。〔左昭三十一年傳〕趙簡子夢童子—而轉以歌。㊁祖也。見〔廣雅釋詁〕。㊂獸之淺毛者曰—。〔周禮大司徒〕其動物宜—物。〔注〕—物。虎豹貔貙之屬淺毛者。㊃果—。栝樓也。〔詩東山〕果—之實。㊄蜾—。細腰蜂也。見〔洪武正韻〕。〔—亦作蠃。詩小宛蜾蠃負之。釋文。蜾蠃、即細腰蜂。俗呼蠮螉是也。〕㊅—蘭。天子喪服之車名。〔周禮巾車〕木車蒲蔽。〔注〕蒲蔽。謂—蘭車。以蒲為蔽。㊆同倮。〔左哀七年傳〕—以為飾。〔釋文〕、—本作倮。㊇通嬴。〔莊子田子方〕解衣般礴—。

〔注〕丨本又作臝。

【䑋】汝兩切音壤養韻汝陽切音穰陽韻

❶益州鄙言人盛諱其肥謂之丨。見〔說文〕。〔按方言。梁益之間。凡言盛及其所愛諱其肥晠謂之丨。李善注文選引方言云。瑋其肥盛。段氏云。李所據方言作瑋。許書諱亦當作瑋。瑋同偉。奇也。驚羨之意也。〕

❷盛也。白關以西秦晉之間語也。見〔方言〕。

【⿰月羹】何庚切音行庚韻

❶肉湆也。〔廣雅釋器〕丨謂之⿰月立。〔疏證〕丨經傳皆作羹。爾雅。肉謂之羹。太平御覽引舊注云。肉有汁曰羹。⿰月立之言汁也。字亦作湆。

❷熟肉也。見〔廣韻〕。

【⿰月羹】居行切音庚庚韻

鬻或字。〔集韻〕鬻。五味盉羹也。或作丨。

【⿰月闌】郎干切音闌寒韻郎患切音爛諫韻

熟也。見〔集韻〕。

【⿰月嬰】於郢切音癭梗韻

咽也。〔釋名釋形體〕咽或謂之丨。在頤下纓理之中也。青徐謂之脰。言物投其中受而下之也。又謂之嗌。氣所流通扼要之義也。

【⿰月韱】千廉切音籤鹽韻

脽也。見〔集韻〕。

【⿰月韱】楚減切音䶨豏韻

臉丨。羹也。〔集韻〕臉丨以豬腸屑椒芥醯鹽爲之。

【⿰月難】乃何切音那歌韻

獸名。狀如猷鼠而文題。其名曰丨。食之已癭。見〔山海經中山經〕。

【⿰月羆】七小切音悄篠韻

脊丨也。見〔玉篇〕。

【⿰月薄】同膊。割肉也。〔齊民要術〕有丨炙豘法。

【⿰月鷹】古膺字。見〔字彙補〕。

十八畫

【臞】權俱切音衢虞韻衢遇切音懼遇韻

❶少肉也。見〔說文〕。〔按爾雅釋言。丨、瘠也。瘠即少肉也。〕

❷細小也。〔周禮廛人疏〕丨是細小之義。

❸耗也。〔太玄爭〕赫河丨。

❹同癯。〔爾雅釋言釋文〕丨、本作癯。

❺同燿。〔周禮大司徒注〕瘠丨也。〔釋文〕丨又作燿。

【臟】才浪切音藏漾韻

❶五丨也。見〔正字通〕。〔按丨通作臧。亦作倉。又作藏。通雅。五倉。即五藏也。漢書藝文志。五臧六府。義並同。舊說以心肝脾肺腎爲五丨。而大腸小腸胃膽膀胱三膲爲六腑。今則統稱爲內丨。別其機能。爲五官器。如消化器。呼吸器。泌尿器。生殖器。及血管線是也。〕

❷腑也。見〔集韻〕。

【⿰月雟】尹棰切音菙紙韻

⿸疒雟或字。〔集韻〕⿸疒雟。創裂也。或作丨。

【⿰月巂】津垂切音厜支韻

膗或字。〔集韻〕膗。臞也。或从雈。

【⿰月聶】日涉切音讘葉韻

內動也。見〔集韻〕。

【⿰月聶】質涉切音讋葉韻

⿰月枼或字。切肉也。見〔集韻〕。

【⿰月聶】昵洽切音囡洽韻

臑也。見〔集韻〕。

【⿰月雚】巨員切音權先韻

醜也。見〔廣雅釋詁〕。

【⿰月灌】呼官切音歡寒韻

丨疏。獸名。〔山海經北山經〕帶山有獸焉。其狀如馬。一角有錯。其名曰丨疏。〔注〕丨疏一角馬也。

【⿰月㬥】膘本字。〔說文〕牛脅後髀前合革肉也。讀若繇。

十九畫

【臠】力轉切音孌銑韻

❶臞也。一曰切肉丨也。見〔說文〕。

❷魚腹亦曰丨。〔儀禮有司徹〕皆加膴祭于上。〔注〕膴刳魚時割其腹以爲大丨也。

【臠】落官切音鑾寒韻

❶丨丨。瘦瘠貌。〔詩素冠〕棘人丨丨兮。〔按今毛詩作欒。乃假借字。〕

❷丨卷。不申舒之狀也。〔莊子在宥〕乃始丨卷傖囊。

【臡】 年題切音泥齊韻　人移切音腝支韻　諾何切音那歌韻　汝來切音荋灰韻

❶腝或字。見〔說文〕。

❷有骨醢也。〔周禮醢人〕昌本麋—。〔注〕—亦醢也。或曰醬也。有骨爲—。無骨爲醢。

❸胒也。〔釋名釋飲食〕—、胒也。骨肉相傳胒無汁也。

【⿰月靡】 眉波切音摩歌韻　—痳。—瘺病。見〔集韻〕。

【⿰月羅】 利遮切音儸麻韻　腹下肉。見〔集韻〕。

【⿰月䜌】 閭員切音攣先韻　驢馬腹胅也。見〔集韻〕。

【臠】 呂員切音攣先韻　瘦也。見〔集韻〕。〔按〕—卽⿰月䜌之變體。

【⿰糸絲】 同⿰月䜌。見〔石鼓文〕。

【⿱䜌月】 同臠。見〔字彙補〕。

【⿰月遵】 同臢。見〔字彙〕。

【⿳亡口⿲月月凡】 同羸。見〔字彙〕。

二十畫

【⿰月蘇】 孫租切音蘇虞韻　酪屬。見〔集韻〕。

【臞】 其居切音劬魚韻　人名。〔史記王子侯表〕五據侯臞。〔注〕舊作—。

【⿰米臞】 同臞。見〔字彙補〕。

二十一畫

【⿳亡口⿲月日凡】 力戈切音羅歌韻　日光也。見〔字彙補〕。

二十三畫

【⿰月戀】 驢韡切音韡歌韻　驢腸胃也。見〔集韻〕。

二十四畫

【⿰月矍】 於縛切音約藥韻　少肉也。見〔字彙補〕。〔疑卽臛字之譌〕。

※血部※

【血】 呼決切音泬屑韻

❶祭所薦牲—也。从皿一象—形。見〔說文〕。〔段注〕不言人—者。爲其字从皿。人—不可入於皿。故言祭所薦牲—。

❷氣也。見〔禮記郊特牲郊血疏〕。〔又〕氣之所舍也。〔郊特牲〕—祭。盛氣也。〔疏〕—是氣之所舍。故云盛氣。

❸陰也。〔易坤〕其—玄黃。〔九家注〕—以喻陰也。〔按正字通云。血、陰精所生。人與物皆有之。今生理學云。—味微鹹。由心藏發出。循環於動靜二脈。以營養全體。運廢物於排泄官。—以含赤—球而色赤。然三百五十至五百赤—球。則有一白—球。動物學以熱—、冷—、涼—。分動物之高下。〕

❹濊也。出於肉流而濊濊也。見〔釋名釋形體〕。

❺傷也。〔易渙〕渙其—去。

❻憂色也。〔大戴記少閒〕—者猶—。

❼淚也。〔文選李陵書〕戰士爲陵飲—。

❽染也。〔山海經南山經〕侖者之山。有木名白䓘。可以—玉。〔注〕—、謂可用染玉作光彩。

❾泣—。無聲也。〔詩十月之交〕鼠思泣—。〔傳〕無聲曰泣—。

❿嚏—。戰也。〔史記孝文帝紀〕新嚏—京師。

⓫地—。草名。〔詩東門之墠〕茹藘在坂。〔陸璣疏〕茹藘一名地—。

⓬汗—。馬名。〔漢書武帝紀〕斬大宛王首。獲汗—馬。來作西極天馬之歌。

⓭—食。祭祀也。〔左莊六年傳〕抑社稷實不—食。

⓮—統。種族世系也。

⓯通恤。〔易小畜〕有孚—去惕出。〔釋文引馬注〕—、當作恤。

⓰通衈。〔公羊僖十九年傳〕叩其鼻以—社也。〔周禮肆師注作叩其鼻以衈社也〕。

二畫

【⿱血丁】 特丁切音亭　呼刑切音馨青韻　本作甹。〔說文〕甹。定息也。从血甹省聲。〔段注〕心部曰。息、喘也。喘定

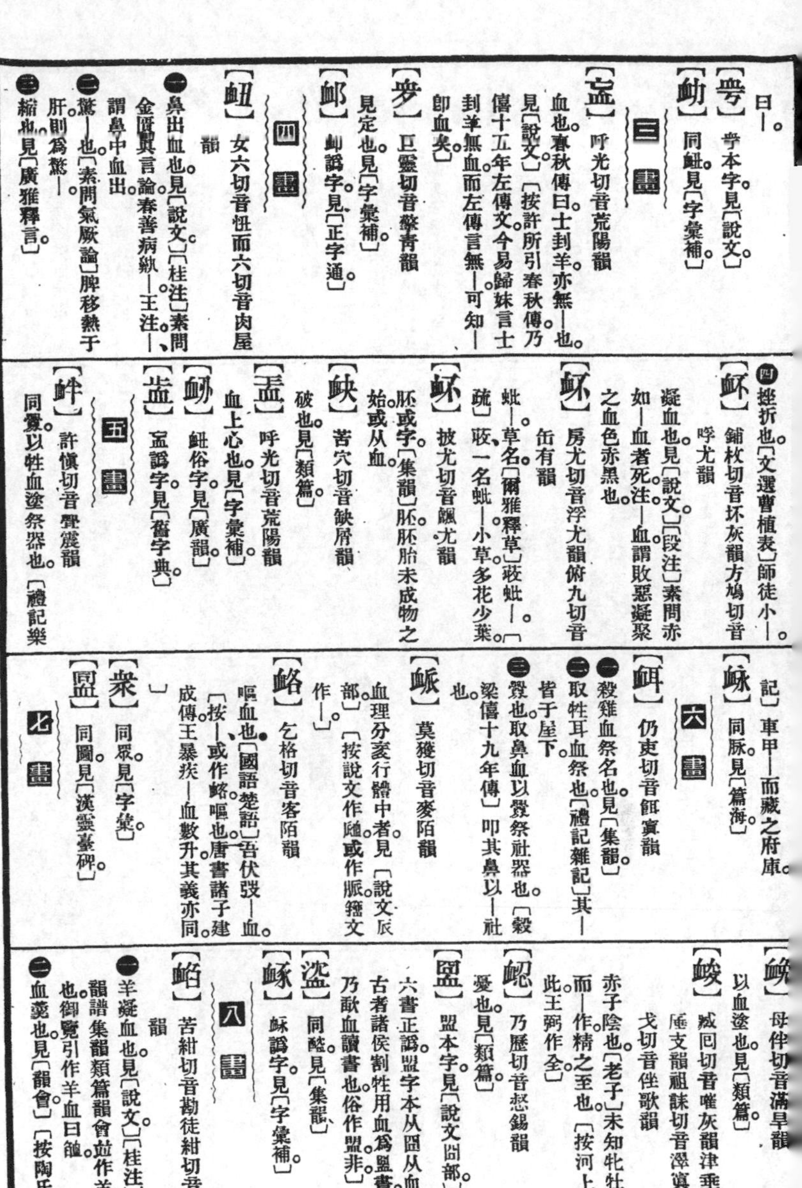

日—。

【𧖧】亏本字。見〔說文〕。

【𧖪】同衄。見〔字彙補〕。

三畫

【衁】呼光切音荒陽韻　血也。春秋傳曰。士刲羊亦無—也。見〔說文〕〔按許所引春秋傳。乃僖十五年左傳文今易歸妹言士刲羊無血而左傳言無—可知—卽血矣。〕

【𧖰】巨靈切音瓊青韻　見定也。見〔字彙補〕。

【𧖭】卹譌字。見〔正字通〕。

四畫

【衄】女六切音忸而六切音肉屋韻

㊀鼻出血也。見〔說文〕。〔桂注〕素問金匱眞言論春善病鼽—王注。—、謂鼻中血出。

㊁驚—也。〔素問氣厥論〕脾移熱于肝。則爲驚—。

㊂縮也。見〔廣雅釋言〕。

㊃挫折也。〔文選曹植表〕師徒小—。

【衃】鋪枚切音坏灰韻方鳩切音呼尤韻　凝血也。見〔說文〕〔段注〕素問赤如—血者死。注—血謂敗惡凝聚之血色赤黑也。

【衃】房尤切音浮尤韻俯九切音缶有韻　蚍—。草名。〔爾雅釋草〕莪蚍—。〔疏〕莪、一名蚍—。小草多花少葉。

【衃】披尤切音颩尤韻　胚或字。〔集韻〕胚胚胎未成物之始。或从血。

【𧖸】苦穴切音缺屑韻　破也。見〔類篇〕。

【𧖲】呼光切音荒陽韻　血上心也。見〔字彙補〕。

【衂】衄俗字。見〔廣韻〕。

【𧖯】衁譌字。見〔舊字典〕。

五畫

【衅】許愼切音釁震韻　同釁。以牲血塗祭器也。〔禮記樂記〕車甲—而藏之府庫。

【衇】同脈。見〔篇海〕。

六畫

【衈】仍吏切音餌寘韻

㊀殺雞血祭名也。見〔集韻〕。

㊁取牲耳血祭也。〔禮記雜記〕其—皆于屋下。

㊂釁也。取鼻血以釁祭社器也。〔穀梁僖十九年傳〕叩其鼻以—社也。

【䘑】莫獲切音麥陌韻　血理分衺行體中者。見〔說文𠂢部〕。〔按說文作衇。或作脈。籀文作—。〕

【𧖷】乞格切音客陌韻　嘔血也。〔國語楚語〕吾伏弢—血。〔按—、或作䘓。嘔也。唐書諸子建成傳。王暴疾—血數升。其義亦同。〕

【衆】同眾。見〔字彙〕。

七畫

【𧗃】同圖。見〔漢靈臺碑〕。

【𧗀】母伴切音滿旱韻　以血塗也。見〔類篇〕。

【䘕】臧回切音嗺灰韻津垂切音厜支韻祖誄切音濢寘韻臧戈切音侳歌韻　赤子陰也。〔老子〕未知牝牡之合。而—作。精之至也。〔按河上本作此。王弼作全。〕

【䘔】乃歷切音惄錫韻　憂也。見〔類篇〕。

【盟】盟本字。見〔說文囧部〕。〔按六書正譌。盟字本从囧从血會意。古者諸侯割牲用血爲盟書。書成乃歃血讀書也。俗作盟非。〕

【𧗅】同衉。見〔集韻〕。

【𧗄】衇譌字。見〔字彙補〕。

八畫

【䘒】苦紺切音勘徒紺切音醰勘韻

㊀羊凝血也。見〔說文〕〔桂注〕徐鍇韻譜集韻類篇韻會並作羊血凝也。御覽引作羊血曰䘒。

㊁血羹也。見〔韻會〕〔按陶氏本草

注云。宋時大官作—。削藕皮落其中。血不凝。知藕之散血。然則—血羮也。〕

【䘓】古獲切音馘陌韻 犬血也。見〔類篇〕。

【䘔】於口切音歐有韻 吐也。見〔類篇〕。〔按集韻。—同歐、嘔。〕

【䘙】他感切音肬感韻 血醢也。禮記有—醢。以牛乾脯粱䴹鹽酒也。見〔說文〕。〔桂注〕—或作醓。詩行葦。醓醢以薦。傳曰。以肉曰醓醢。釋文云。醓、肉汁也。正義云。用肉爲醢。特有多汁。故以醓爲名。禮記云云者。記字衍文。周禮醢人。其實韭菹醓醢。注云。醓、肉汁也。又云。作醢及臡者。必先膊乾其肉。乃後莝之。雜以粱䴹及鹽。漬以美酒。塗置瓶中。百日則成矣。〔按集韻云。或作䤈、醓、醰。〕

【䘚】同䘙。見〔六書統〕。

【盟】盟本字。見〔毛詩古音攷〕。

九畫

【䘕】乞格切音客陌韻 ❶同䘔。嘔也。見〔類篇〕。❷吐氣也。見〔篇海〕。❸吒聲也。見〔篇海〕。

【𧖾】資辛切音津眞韻 氣液也。見〔說文〕。〔段注〕此字各書皆假津爲之。津行而—廢矣。

【監】監本字。〔六書正譌〕古文盥、監字。皆从血會意。

【䘗】古䘏字。見〔廣韻〕。

【𧗆】同䘓。見〔廣韻〕。

【𧗁】同𧖾。見〔類篇〕。

十畫

【𧗊】諸仍切音蒸蒸韻 ❶蒸也。見〔篇海〕。❷醢也。〔廣雅釋器〕—謂之醢。〔又〕、—菹也。〔疏證〕菹醢竝通。說文。醢、醢也。或作醢字。竝與菹同。

【𧗍】居希切音機微韻 舉豈切音蟣尾韻 亘至切音洎寘韻 ❶本作𧖪。〔說文〕𧖪以血有所刏涂祭也。〔王注〕刏。劃傷也。涂。如塗丹雘之塗。刏涂者。謂刏而涂之也。祭也者。謂𧖪爲祭禮中之一名也。❷斷也。見〔類篇〕。❸刲也。見〔類篇〕。

【衄】乃伏切音朒屋韻 汗也。見〔篇海〕。

【𧗜】餔籀文。見〔玉篇〕。

【𧗂】同𧗁。見〔集韻〕。

十一畫

【䘛】荒故切音戽遇韻 血污也。見〔類篇〕。

【䘜】蘇紺切音俕勘韻 抵—也。見〔篇海〕。

十二畫

【䘢】音悔賄韻 血面也。見〔篇海〕。〔按正字通云。䘢譌字。〕

【盩】張流切音輈尤韻 引擊也。从幸支見血也。扶風有—厔縣。見〔說文幸部〕。〔段注〕—今隸作盩。說者曰。山曲曰—。水曲曰厔。卽周旋折旋字之叚借也。縣在今陝西盩厔縣東三十里。地名終南鎭。元和郡縣志。終南縣城。卽漢盩厔故城也。厔、俗作屋。非。

【𧗱】組於切音菹魚韻 醢也。見〔說文〕。〔參看盬字菹字。〕

【𧗳】𧖪本字。見〔說文〕。

【𧗴】同䘓。見〔集韻〕。

十三畫

【盥】奴冬切音農冬韻 腫血也。膿俗—。見〔說文〕。〔段注〕腫。癰也。停滯之血則爲—。

十四畫

【𧗶】同䘕。見〔篇海〕。

【𧗵】於葉切音魘葉韻 血也。見〔篇海〕。

【衂】女六切音朒屋韻 衄或字。〔集韻〕衄。說文。鼻出血也。或从鼻。

十五畫

【衊】莫結切音蔑屑韻 莫葛切音

末曷韻睧見切音麪衊韻謨官切音瞞寒韻

❶汙血也見〔說文〕。

❷血也見〔廣雅釋器〕。

❸塗染也。〔漢書梁平王襄傳〕汙—宗室。〔注〕、—謂塗染也。

❹誣也。〔唐書桓彥範傳〕恐為仇家誣—。

❺鼻出血也。見〔篇海〕。

【衋】 䘒或字。見〔說文〕。

十六畫

【蠹】 同蠽。見〔字彙補〕。

【衋】 衋俗字。見〔六書正譌〕。

十八畫

【衋】 迄力切音赩忽域切音洫職韻

傷痛也。从血聿皕。聲周書曰。民罔不—傷心。見〔說文〕。

【鼜】 同䘒。見〔集韻〕。

二十四畫

【䘒】 䘒或字。見〔說文〕。

而部

【而】 人之切音栭支韻

❶須也。象形。周禮曰。作其鱗之—。見〔說文〕。〔段注〕各本作頰毛。象毛之形。今正。頰毛者。須部謂𩓣須之類耳。禮運正義引說文曰。—、須也。須謂頤下之毛。象形字也。知唐初本—篆下云。須也。其象形則首畫象鼻端。次象人中。次象口上之𩑶。次象承𩑶及頤下者。蓋—為口上口下之總名。分之則口上為𩑶。口下為須。須本頤下之專偁。𩑶與承𩑶與頰𩓣。皆得偁須。是以—之訓曰須也。戴先生云。鱗屬頰側上出者曰之。下垂者曰—。此以人體之偁施於物也。

❷汝也。〔書洪範〕—康—色。〔傳〕言汝當安汝顏色。

❸詞也。見〔廣雅釋詁〕。〔案〕—為語詞。有在句中者。如易屯曰。宜建侯—不寧、是也。有在句末者。如詩著曰。俟我於著乎—、是也。

❹如也。〔詩都人士〕垂帶—厲。〔箋〕—厲。如聲厲也。〔王引之曰〕—與如同義。故二字可互用。大戴記衛將軍文子篇曰。滿—不滿。實如虛。孟子離婁篇曰。文王視民如傷。望道—未之見。此類皆以如、—互用。」

❺若也。〔大戴記衛將軍文子〕孔子曰。—商也。其可謂不險也。〔王引之云〕、—猶若也。若與如古同聲。故—訓為如。又訓為若、—商也。與論語若由也同義。」

❻乃也。〔禮記檀弓〕—曰然。〔注〕—、猶乃也。〔王引之云〕乃與—對言之則異。散言之則通。」

❼然也。〔書皋陶謨〕啟呱呱—泣。〔王引之云〕—猶然也。言呱呱然泣也。」

❽則也。〔易繫辭〕君子見幾—作。〔王引之云〕、—猶則也。言見幾則作也。—與則同義。故二字可以互用。」

❾以也。〔書顧命〕其能—亂四方。〔王引之云〕、—猶以也。言其能以治四方也。—與以同義。故二字可以互用。」

❿與也及也。〔論語雍也〕不有祝鮀之佞。—有宋朝之美。〔皇疏〕言人若不有祝鮀佞及有宋朝美。〔王引之曰〕、—猶與也及也。言有祝鮀

之佞。與有宋朝之美也。亻與一聲之轉〕

⑪能也。〔呂覽去私〕其誰可｜爲之。

⑫難也。〔公羊宣八年傳〕｜者何。難也。

⑬緩也。〔穀梁宣八年傳〕｜。緩辭也。

⑭因辭。因是之謂也。〔論語學而〕學｜時習之。

⑮抑辭。抑又之詞也。〔論語學而〕不好犯上｜好作亂者。

⑯｜夫。謂凡夫也。〔莊子列禦寇〕如｜夫者。

⑰肥｜。縣名。〔漢書地理志〕肥｜。屬遼西郡。莽曰肥｜。〔當今直隸盧龍縣西北〕

⑱粘｜。猶云粘膩也。〔急就篇注〕餅之爲言并也。言其粘｜也。｜訓作膩。

【而】　奴登切音能蒸韻

能也。〔易屯〕宜建侯｜不寧。〔釋文〕鄭讀｜曰能。能、猶安也。

【而】　古岳切音玨覺韻

邑也。見〔篇韻〕。

二畫

【⿰而刂】　耏或字。見〔集韻〕。

【㚈】　㚈諰字。〔按集韻㚈諰作｜〕。

三畫

【耍】　沙下切音灑禡韻

①尖｜。俊利也。見〔篇海〕。

②戲也。見〔篇海〕。〔俗稱游戲曰玩｜。小兒玩具曰｜貨。卽此義〕

【耎】　乳兗切音輭銑韻

①稍前大也。見〔說文大部〕。〔段注〕稍者。出物有漸也。稍前大者。前較大於後也。〔按朱駿聲云。當作梢前大也。所謂本不勝末也。所謂末大必折也〕

②弱也。〔國策楚策〕鄭魏者楚之｜國。

③柔也。〔漢書司馬遷傳〕以｜脃之體。

④退之不進也。〔史記天官書〕其已出三日而復有微入。二三日乃復盛出。是謂｜。

⑤惴｜。謂蟲也。〔莊子胠篋〕惴｜之蟲。〔釋文〕崔云。蠉蝡、動蟲也。一云。揣｜。謂無足蟲。

【耏】　人之切音而支韻

①頰鬚也。〔後漢章帝紀〕冒｜之類。〔注〕言鬚鬢多蒙冒其面。

②多髮曰｜。見〔史記高祖功臣侯者年表索隱引字林〕。

③水名。〔左襄三年傳〕乃盟于｜外。〔注〕｜、水名。

④姓也。〔左文十一年傳〕宋公於是以門賞｜班。使食其征。謂之｜門。

⑤同髵。獸多毛也。見〔玉篇〕。

【耏】　乃代切音柰隊韻

罪不至髡也。从彡而。而亦聲。見〔說文〕。〔段注〕罪當作辠。高帝紀。令郎中有罪。耐以上請之。應劭曰。輕罪不至于髡。完其｜鬢。故曰｜。古｜字从彡。髮膚之意也。杜林以爲法度之字皆从寸。後改如是。耐之罪輕于髡。髡者鬄髮也。不鬄其髮。僅去須鬢。是曰耐。亦曰完。彡、拭畫之意。此字从彡而。彡謂拂拭其而去之。會意字也。而亦聲。當如之切。大徐奴代切。非是。〔按集韻亦作耐〕

【耐】　乃代切音柰隊韻

①耏或字。〔說文〕或从寸。諸法度字从寸。〔段注〕此爲罪名法度之類。故或从寸也。應仲遠高帝紀注意謂耏卽而鬢字。用爲耏罪字。至杜林以後乃改从寸作｜。許說不如是。耐、漢人假爲能字。本如之切。後變音奴代切。古音能讀如而。今音｜能皆奴代切。

②忍也。〔荀子仲尼〕能｜任之。則愼行此道也。

③任也。見〔漢書高帝紀集注引如淳〕。

【耐】　奴登切音能蒸韻

①能也。〔禮記禮運〕故聖人｜以天下爲一家。〔注〕｜、古能字。

②熊屬。見〔類篇〕。

【耑】　多官切音端寒韻

①物生初之題也。上象生形。下象其根也。見〔說文耑部〕。〔段注〕題者。頟也。人體頟爲最上。物之初見卽其頟也。古發端字作此。今則端行而｜廢。乃多用｜爲專矣。周禮磬氏。已下則摩其｜。｜之本義也。

②末也。見〔廣雅釋詁〕。〔疏證〕｜者。方言。末、緒也。南楚或曰端。或曰末。端與｜通。

【耑】　昌緣切音穿先韻

[illegible]穿也。見〔集韻〕。

【⿰女而】人之切音而支韻 ㊀女字。見〔集韻〕。㊁媚也。見〔玉篇〕。

【⿰丸而】人之切音而支韻胡官切音丸寒韻 丸之執也。見〔說文丸部〕。〔段注〕俗所謂圜熟言旋轉之易也。

四畫

【⿱而夾】泥短切音煗旱韻 縮也。〔太玄耎首〕一其心中無勇也。〔正字通云耎譌字〕。

【⿰火而】人之切音而支韻 煮熟也。見〔玉篇〕。〔按一亦作胹〕。

五畫

【⿰死而】人之切音而支韻 死也。見〔集韻〕。

六畫

【⿱而需】人之切音而支韻 連緊也。見〔六書統〕。〔集韻云。俗需字。存參。〕

七畫

【⿰而忍】乃谷切音恧屋韻 愛貌。〔文選王褒賦〕憒伊鬱而酷一。

八畫

【⿰而戢】同⿰耑戢。〔字彙補〕史記古本⿰耑甫⿰耑戢作⿰耑甫一。

九畫

【⿰耑彡】同耏。見〔篇海〕。

【⿰耑臨】⿰耑臨譌字。見〔正字通〕。

【⿰耑麻】⿰耑麻譌字。見〔正字通〕。

十畫

【⿰耑卮】主㝷切音膞銑韻 小卮也。見〔說文卮部〕。〔按一本从卮。俗卮作卮故亦作一〕。

【⿰耑甫】古⿰耑甫字。見〔字彙補〕詳⿰耑戢字。

十一畫

【⿰耑系】同⿰耑系。見〔商隱字略〕。

十六畫

【⿰[illegible]】奴臥切音懦箇韻 義闕。見〔搜眞玉鏡〕。

※耳部※

【耳】忍止切音洱紙韻 ㊀主聽者也象形。見〔說文〕。〔按耳爲聽之官腎之候心思之助今生理學稱面旁可見之一輪及孔爲外一竅爲中一中一外一開之膜曰鼓膜通咽之管其空處如螺形者曰內一顫動鼓膜達聽神經則覺音〕。㊁耏也。一有一體屬著兩邊耏耏然也。見〔釋名釋形體〕。㊂心之候也。見「古微書引春秋元命苞」。㊃物之在旁可舉者曰一。〔考工記㮚氏〕其一三寸。〔疏〕此鬴之一在旁可舉謂人以手指舉之處。〔按物之象一形者皆曰一如鼎爵之類〕。㊄穀之經雨生芽曰一。〔朝野僉載〕秋甲子雨禾頭生一。㊅常聽聞而記之亦曰一。〔漢書外戚傳〕又一聶者所夢日符。㊆決辭猶而已也。〔論語陽貨〕前言戲之一。〔按戲之耳猶云戲之而已也蓋而已二字急言之曰一猶如此二字急言之曰爾也〕。

(八)助辭。猶矣也。〔禮記樂記〕則樂之道歸焉—。〔王念孫曰〕歸、終也。言樂之道終焉矣。

(九)—矣猶已矣也。〔經傳釋詞〕—與矣亦皆詞之終。而連言之則曰—矣。禮記檀弓曰。勿之有悔焉—矣。祭統曰。夫銘者壹稱而上下皆得焉—矣、是也。—與已聲相近。或言已矣。或言—矣。其義一也。

(十)——盛也。〔詩閟宮〕六轡——。〔傳〕——然至盛也。〔又〕不足之辭。〔魏志崔琰傳〕諺言生女——。非佳語。〔按此古語之僅存者。〕蘇軾詩。平生無一女。誰復歎——。卽用此意。

(十一)—食。俗以塗巷語爲信者。〔史記六國年表序〕此與以—食何異。

(十二)卷—。草名。〔詩卷耳〕采采卷—。〔傳〕卷—、苓—也。〔疏〕卷—、苓—。釋草文。郭璞曰。廣雅云。枲—、亦云胡枲。江東呼常枲。或曰苓—。形似鼠—。叢生如盤。陸機疏云。葉青白色。似胡荽。白華細莖。蔓生。可煑爲茹。滑而少味。四月中生子。如婦人—中璫。今或謂之—璫。幽州人謂之爵—是也。

(十三)木—。菌屬。生古木大樹之上。質薄而柔脆。其華形參差不齊。變爲膠質。生活時兩面皆褐色。枯乾則面黑而背灰褐。

(十四)儋—。地名。〔漢書武帝紀〕儋—：眞番郡。〔當今廣東儋縣治。〕

(十五)熊—。山名。〔書禹貢〕熊—、方外桐柏。〔疏〕熊—山在弘農盧氏縣東。伊水所出。〔按在今河南盧氏縣南。在宜陽縣者、非禹迹熊；—。〕

(十六)黃—。犬名。〔崔豹古今注〕狗。一名黃—。

(十七)入—。蟲名。〔爾雅釋蟲〕螾衘入—。〔注〕蚰蜒。〔疏〕方言云。蚰蜒自關而東謂之螾䗂。或謂之入—。

(十八)李—。虎名。〔廣雅釋獸〕李—。虎也。

(十九)騄—。馬名。〔竹書紀年〕穆王八年。北唐來賓。獻一驪馬。是生騄—。〔按穆天子傳作綠—。廣雅釋獸作騄駬。〕

(二十)聶—。國名。見〔山海經海外北經〕。

(廿一)附—。星名。〔史記天官書〕畢曰罕車。其大星傍小星曰附—。

(廿二)充—。瑱也。〔詩洪澳〕充—琇瑩。〔傳〕充—謂之瑱。天子玉瑱。諸侯以石。〔疏〕其充—以琇瑩之石爲之。

(廿三)斝—。玉爵名。〔左昭七年傳〕賂以瑤罋玉櫝斝—。〔疏〕斝—、爵名。以玉爲之。旁有—。若今之杯。故名—。

(廿四)人名。老子姓李。名—。

(廿五)姓也。明洪熙中—元明。

【耳】如蒸切音仍蒸韻

—孫之子爲—孫。通作仍。〔漢書惠帝紀〕內外公孫—孫。〔注〕晉灼曰。—孫。玄孫之曾孫也。師古曰。爾雅仍孫從己而數。是謂八葉。與晉說相同。仍、—聲相近。蓋一號也。

【耳】仍拯切迥韻

耳也。關中河東讀—作此音。見〔集韻〕

一畫

【耴】陟涉切音輒昵輒切晋聶葉韻

(一)耳垂也。从耳下垂。象形。春秋傳曰。秦公子—者。其耳下垂。故目爲名。見〔說文〕〔王注〕玉篇引亦作—。大徐作輒。嚴氏曰。左傳無此文。秦亦無公子輒。惟鄭子耳。始見襄八年傳。卽襄十年經之鄭公孫輒也。疑當言春秋傳有鄭公孫—者。其耳下垂。故以爲名。

(二)—耳。國名。見〔廣韻〕。

(三)姓也。見〔集韻〕。

【耴】逆乙切音疙質韻〔與耴不同。〕

聲—。衆聲也。〔文選左思賦〕魚鳥聲—。〔又〕魚鳥狀也。見〔廣韻〕。

二畫

【耵】都挺切音頂梗韻湯丁切音聽青韻

—聹。耳垢也。見〔廣韻〕。

【耷】所嫁切音嗄禡韻

姓也。見〔集韻〕。

【[illegible]】同胥。待也。〔國策魏策〕臣爲王之楚。臣之夜而行。〔正字通云。與須、需、胥、並通。〕

【[illegible]】聞譌字。見〔龍龕手鑑〕。

【[illegible]】尶譌字。見〔字彙〕。

三畫

【耶】余遮切音邪麻韻

(一)語助辭。又疑辭也。見〔洪武正韻〕。

㊁俗呼父曰—、〔杜甫詩〕見—背面啼。〔今作爺。〕

㊂莫—古名劍。〔正字通〕吳大夫莫—作寶劍。因謂劍爲莫—。或曰干將莫—。當時鑄劍者夫婦之名。故雄劍名干將。雌劍名莫—。

㊃汙—下地也。〔史記滑稽列傳〕汙—滿車。〔或作汙邪。〕

㊄—穌神之子。—路撒冷人之希望。及人類之救主。蒙神夢。遂生猶太。英文 Jesus

㊅—路撒冷位於自約但河至死海之間。西方二七哩。巴力斯坦之首府。稱爲猶太之神聖地。人口四萬餘。英文 Jerusalem。

【耶】同邪。〔荀子成相〕—枉僻回失道途。

【⿰耳幺】伊堯切音幺蕭韻 膠—耳鳴。見〔集韻〕。

【⿰耳工】古紅切音公東韻 耳聞鬼也。見〔五音集韻〕。

【耷】德盍切音搭合韻 大耳曰—。見〔集韻〕。

【⿰耳夬】女夬切音㱿卦韻 胜—目惡也。見〔五音集韻〕。

四畫

【耹】渠金切音琴侵韻 其淹切音箝鹽韻

㊀國語曰。回祿信於—遂。闕。見〔說文〕〔段注〕國語今見周語。闕者。謂其義其音其形皆闕也。韋注。—遂。地名。竹書帝癸三十年作聆隧。災是其字从令从今。不可定。而許書此篆或後人所偶記註於此者。

㊁音也。見〔廣韻〕。

【耺】王分切音雲文韻

㊀耳中聲。見〔集韻〕。

㊁鐼鼓聲也。〔法言先知〕琴瑟不鏗。鐼鼓不—。吾則無以見聖人矣。

【耺】筠冰切蒸韻 —耺。聲也。見〔集韻〕。

【耼】他甘切音甜謨甘切音姏都含切音眈那含切音南覃韻 〔按今俗作聃〕

㊀耳曼也。見〔說文〕〔桂注〕廣韻。—、耳漫無輪。史記。老子名耳。字伯陽。謚曰—。索隱曰。許愼云。—、耳漫也。故名耳字—。今作字伯陽。非正也。老子碑銘。—然老旄之貌也。曾子問。吾聞諸老—。注云。老—古壽考者之號也。

㊁國名。〔左僖二十三年傳〕管蔡郕霍魯衛毛—。

㊂人名。鄭夫大祝—。見〔左隱九年傳〕。

【耽】都含切音眈覃韻

㊀耳大垂也。見〔說文〕〔段注〕淮南地形訓。夸父—耳在其北。高注。—耳。耳垂在肩上。

㊁耳溺聽也。見〔六書故〕。〔按正字通云。—與眈別。耳垂之—从耳。眈樂之眈从目。俗混爲一。六書故目部闕眈。耳部—、耳溺聽也。—好者皆曰—。引易作——。正韻眈注視近志遠。引易虎視眈眈。—訓耳大而垂。又樂也。引書今日—樂。舊本耳部—注。耳大而垂。又過樂謂之—。引詩無與士—。皆以—混眈。竝非。耳無留聲。聲過則已。安所用其溺。溺聽訓—。義難通。〕

【耾】乎盲切音宏 呼宏切音訇 庚韻

㊀聾也。見〔廣雅釋詁〕。

㊁耳語也。見〔玉篇〕。

㊂耳中聲。見〔韻會〕。

㊃——大聲。〔法言問道〕非雷非霆。隱隱——。〔一本作谹谹。〕

【耿】古幸切音莕梗韻

㊀耳箸頰也。从耳烓省聲。杜林說。—、光也。从火聖省。凡字皆左形右聲。杜說非也。見〔說文〕〔段注〕頰者。面旁也。耳箸於頰曰—。—之言黏也。黏於頰也。〔按賈公彥曰。書有六體。形聲實多。江河之類。是左形右聲。鳩鴿之類。是右形左聲。草藻之類。是上形下聲。婆娑之類。是下形上聲。圃國之類。是外形內聲。闕闠衡銜之類。是內形外聲。此形聲之等有六也。据此。字之形聲不得專以左右言之。〕

㊁明也。〔離騷〕—吾既得此中正。

㊂炤也。〔國語晉語〕其光—於民矣。

㊃清也。〔文選張衡賦〕聘有道之—潔。

㊄悲也。〔蕭統書〕甚以酸—。

㊅—介。專一也。〔文選潘岳賦〕厲—介之專心兮。

㊆——。小節貌。〔楚辭惜賢〕進雄鳩之——兮。〔文〕不安也。見〔廣雅

釋訓〕〔又〕猶儆儆也。〔詩柏舟〕——不寐。〔又〕光也。〔文選謝元暉詩〕秋河曙——。❽國民。同邢。〔書序〕祖乙圮于—。〔史記殷本紀〕祖乙遷于邢。索隱曰。邢音—。近代本亦作—。今河東皮民縣有—鄉。括地志云。絳州龍門縣東南十二里—城。故—國也。按左閔元年傳以滅—。卽此地也。今山西河津縣東南十二里有—城。〕❾山名。〔山海經東山經〕—山。無草木。多水碧。❿—黽。蟲名。〔爾雅釋魚〕鼁䵶、蟾諸。在水者黽。〔注〕—黽也。似靑蛙。大腹。一名土鴨。〔疏〕鼁䵶。一名蟾諸。其居水者名黽。一名—黽。一名土鴨。⓫同炯。〔文選顏延年詩〕炯介在明淑。〔注引王逸楚辭注〕—、與炯同。⓬通簡。〔蜀志簡雍傳注〕或曰。雍本姓—。幽州人語謂—爲簡。遂隨音變之。⓭姓也。漢—弇。—況。

【耿】俱永切音憬䴛韻

炅或字。〔集韻〕炅。光也。或作—。

【耿】涓熒切音扃青韻

明白也。見〔集韻〕。

【⿰耳月】魚厥切音月月韻五刮切音刖黠韻

䏿耳也。見〔說文〕。〔桂注〕方言。墮耳者—也。〔按王筠曰。蓋謂因病而墮也。〕

【⿰耳支】悉協切音燮日涉切音聶陟涉切音輒葉韻乳勇切音宂董韻

使也。見〔集韻〕。

【⿰耳井】古莖切音庚庚韻

神名。見〔玉篇〕。

【⿰耳夭】馮無切音扶虞韻

希望也。見〔集韻〕。

【⿰耳切】七計切音砌霽韻

聺或字。〔集韻〕聺。聽也。或从切。

【⿰耳中】詞卯切巧韻

亭名也。見〔川篇〕。

【⿰耳夫】同瑱。見〔字彙〕。

【⿰耳冗】同耽。見〔五音篇海〕。

【耸】聳本字。見〔洪武正韻〕。

【⿰耳王】古聽字。〔亢倉子全道〕耳眎目—。

【⿰耳丑】古聞字。見〔集韻〕。

【耻】恥俗字。見〔正字通〕。

五畫

【聄】止忍切音軫軫韻

❶告也。見〔玉篇〕。❷聽也。見〔五音集韻〕。

【聆】離呈切音靈青韻

❶聽也。見〔說文〕。〔桂注〕廣韻。—、以耳取聲。一切經音義引蒼頡篇。—、聽也。耳所聽曰—。❷從也。見〔廣雅釋詁〕。❸——意曉解也。〔淮南齊俗〕所居——。❹通齡。〔禮記文王世子〕夢帝與我九—。〔釋文〕—本或作齡。

【聊】憐蕭切音膋蕭韻

❶本作聊。〔說文〕聊。耳鳴也。〔段注〕楚辭曰。耳—啾而慌慌。王注云。—啾。耳鳴也。此—之本義。故字从耳。❷語助也。〔詩椒聊〕椒—且。〔疏〕—且皆語助也。❸願也。且略之辭也。〔詩泉水〕—與之謀。〔傳〕—、願也。〔箋〕—、且略之辭也。❹賴也。〔漢書張耳陳餘傳〕使天下父子不相—。❺樂也。〔楚辭逢尤〕心煩憒兮意無—。❻—慄。恐懼貌。〔文選枚乘七發〕—兮慄兮。❼—浪。放曠貌。〔文選左思賦〕相與—浪乎昧莫之坰。❽無—。情緒無著也。〔李陵書〕與子別後。益復無—。❾地名。〔左昭二十年傳〕—攝以東。〔按—攝。齊之二邑名。秦置—城縣。在今山東—城縣西北。〕❿姓也。漢侍中—倉。

【聊】力求切音鶹尤韻

❶木名。〔爾雅釋木〕枓者—。〔按爾雅音義音寮。無鶹音。此據集韻。〕❷同驪。〔漢書地理志〕華—綠耳之乘。❸阿—。西域國名。〔後漢西域傳〕奄蔡國、改名阿—國。

【聊】力弔切音嫽嘯韻

木名。見〔集韻〕。

【聁】兵媚切音祕寘韻莫筆切音密質韻

愧恧也。〔方言〕山之東西自愧曰恧。趙魏之間謂之—。

【聅】敕列切音屮屑韻唐干切音壇寒韻羊列切音抴屑韻

軍法以矢貫耳也。从耳从矢。〔司馬法〕曰。小罪—。中罪刖。大罪剄。見〔說文〕。〔王注〕刖、似當作刵。刀部。刵、斷耳也。

【聇】諸盈切音征庚韻

——。行也。〔楚辭哀時命〕魂——以寄獨兮。〔注〕——。獨行貌也。

【⿰耳占】丁兼切音⿱髟占鹽韻丁愜切音耴葉韻

小垂耳也。見〔說文〕。〔桂注〕—、耳小垂。耽、耳大垂。

【聈】于糾切音黝有韻

幽靜也。〔漢書禮樂志〕清思——。經緯冥冥。

【聉】五滑切瓦入聲黠韻魚乙切音屹質韻

無知意也。見〔說文〕。〔段注〕此意內言外之意。無知者其意。—者其罰也。方言曰。聾之甚。秦晉之間謂之䏙。注曰。言—無所聞知也。

【⿰耳㞢】吐猥切音腿賄韻

—頪。癡癲貌。見〔集韻〕。

【⿰耳出】丁滑切音娺黠韻

無所聞也。見〔廣韻〕。

【⿱北耳】思計切胥去聲霽韻

同壻。〔方言〕東齊間—謂之倩。

【⿱癶耳】蒙遘切音貿宥韻

易也。見〔篇海〕。

【⿰耳户】古卯字。見〔字彙補〕。

【⿰耳尔】同聄。見〔篇海類編〕。

【⿰耳冊】同聰。見〔龍龕手鑑〕。

【⿰耳甘】聑或字。見〔說文〕。

【⿰耳舟】俗聑字。見〔正字通〕。

【聜】聄譌字。見〔正字通〕。

六畫

【聎】他彫切音祧蕭韻他刀切音饕徒刀切音匋豪韻

●一 耳疾也。見〔廣韻〕。

●二 耳鳴也。見〔集韻〕。

【聐】牛轄切音齾黠韻

●一 —頪。無所聞也。見〔廣韻〕。

●二 不聽受也。見〔集韻〕。

【⿰耳吉】五滑切音[illegible]黠韻

頪—。癡不能聽也。見〔集韻〕。

【聑】的協切音呫葉韻

●一 安也。見〔說文〕。〔段注〕从二耳。會意。二耳之在人首。帖妥之至者也。凡帖妥當作此字。帖其叚借字也。

●二 ——。謂無知也。〔方言〕揚越之郊。凡人相侮以爲無知謂之——。耳目不相信也。

●三 耳垂貌。見〔廣韻〕。

【⿰耳冉】陟革切音摘陌韻

耳豎貌。見〔集韻〕。

【聒】古活切音括曷韻

●一 本作䎽。〔說文〕䎽讙語也。〔按說文〕—本作䎽。段氏云。讙者譁也。桂氏云。王逸注九思。多聲亂耳爲—。

●二 ——。無知貌。〔書盤庚〕今汝——。〔傳〕——。無知之貌。〔疏〕鄭玄云。——。讀如—耳之—。難告之貌。王肅云。——。善自用之意也。此傳以爲無知之貌。是多言亂人之意也。

【⿰耳朱】朱戍切音注芳遇切音赴舂遇切音戍遇韻

●一 顴也。見〔玉篇〕。

●二 源也。見〔玉篇〕。

●三 聲也。見〔玉篇〕。

●四 呼也。見〔集韻〕。

【⿰耳共】呼公切音烘東韻

耳有聲也。見〔集韻〕。

【聏】女六切音朒屋韻

慙也。見〔集韻〕。〔按集韻本作恧。或作忸、聏、衄、—〕

【聏】仍吏切音餌寘韻人之切音而支韻

和也。〔莊子天下〕以—合驩。〔釋文〕和萬物也。

七畫

【⿰耳井】古聖字。見〔集韻〕。

【⿰耳壬】古聽字。見〔集韻〕。

【聖】式正切聲去聲敬韻

●一 通也。見〔說文〕。〔段注〕小雅或—或不。傳云。人有通—者有不能者。

周禮六德敎萬民智仁—義中和。注云。—通而先識凡一事精通皆得謂之—。〔按王觀國曰古人精通一事曰—。漢張芝精草書謂之草—。隋劉臻精兩漢書謂之漢—。唐衞大經邃於易謂之易—。嚴子卿馬綏明皆善圍棋謂之棊—。張衡馬忠皆善刻削謂之木—。此類之稱—。皆精通一事者也。〕

㊁出類拔萃之人也。〔白虎通聖人者通也。道也。聲也。道無所不通。明無所不照。聞聲知情。與天地合德。日月合明。四時合序。鬼神合吉凶。〔按此之謂—人。如堯舜禹湯文武周公孔子是也。〕

㊂生也。〔禮記鄉飲酒義〕產萬物者—也。〔注〕—之言生也。

㊃叡也。〔詩凱風〕母氏—善。

㊄設也。〔春秋繁露五行五事〕—者設也。王者心寬大無不容則—能設施事各得其宜也。

㊅名也。〔莊子徐无鬼〕七—皆迷。無所問塗。〔注〕—者名也。

㊆以德分人謂之—。見〔莊子徐无鬼。〕

㊇作者之謂—。見〔禮記樂記。〕

㊈智才之華也。〔老子〕絕—棄智。

㊉天下之利器也。見〔莊子胠篋。〕

⑪稱善賦簡曰—。敬賓厚禮曰—。見〔周書謚法。〕

⑫治世之名也。〔列子黃帝〕仙—爲之臣。

⑬尊天子之稱。如云—躬。—駕。天子之祖宗曰列—之類。

⑭水名。〔水經聖水注〕—水出上谷。

⑮木名。〔山海經海內西經〕開明北又有—木。

⑯—彼得堡俄國都城。俄舊都在莫斯科。自彼得大帝遷此因名曰—彼得堡。英文 Saint Petersbury 今改稱彼德格勒。

【⿰耳夾】力協切音頰葉韻

㊀幘。蹟也。或曰——。、折其後也。見〔釋名釋首飾。〕〔疏證〕通俗文云。帛幘曰恰。意此本作恰與

㊁⿰夾耳或字。〔集韻〕⿰夾耳。耳垂也。或作—。

【聘】匹正切音娉敬韻

㊀訪也。見〔說文。〕〔注〕—、訪問之以耳也。〔段注〕汎謀曰訪。

㊁問也。〔儀禮聘禮〕小—曰問。〔按聘禮鄭目錄云。大問曰—。諸侯相於久無事。使卿相問之禮。小—使大夫。周禮曰。凡諸侯之邦交。歲相問。殷相—也。世相朝也。攷禮記聘義云。比年小—。三年大—。即所謂歲相問殷相—也。而王制云。諸侯之於天子。比年一小—。三年一大—。又天子使人問於諸侯亦曰—。如春秋隱七年。天王使凡伯來—。國語周語。定王使單襄公—於宋。〕

㊂求也。〔太玄玄攡〕—取天下之合。

㊃娶妻納徵曰—。〔文選沈休文奏彈〕瑋之下錢五萬以爲—禮。〔注〕娶妻及納徵皆曰—。〔按禮記內則。〕—則爲妻。大戴記盛德。昏禮享—者。所以別男女明夫婦之義也。此類皆言昏禮之—。依說文當爲娉之假借字。〕

㊄以幣帛召隱逸賢者升進之曰徵—。應召登仕者曰—君。見〔正字通。〕

【⿰耳吾】五故切音誤遇韻

聽也。見〔集韻。〕

【聕】胡老切音浩皓韻

耳也。一曰耳聞也。見〔玉篇。〕

【⿰耳斤】征例切音制霽韻

⿰耳制或字。〔集韻〕⿰耳制。聞也。或作—。

【⿰耳彔】胡孔切音澒董韻

——。耳中鳴也。見〔集韻。〕

【⿰耳里】兩耳切音里紙韻

地名。見〔集韻。〕

【⿰耳申】書刃切音愼震韻

倏—。疾貌。〔文選王延壽賦〕夐倏奄赴。

【⿰耳帀】聊本字。見〔說文。〕

【⿰耳昏】聒本字。見〔說文。〕

【⿱釆耳】古聞字。〔正字通〕从釆。釆、古文辨字。聲入耳能辨之也。〔按說文。釆、辨別也。象獸指爪分別也。〕

【⿰耳卒】同聊。見〔集韻。〕

【⿰耳宏】同耾。見〔集韻。〕

【⿰耳囱】同聰。見〔正字通。〕

【⿰耳孚】同殍。見〔集韻。〕

【聑】同耴。見〔集韻。〕

八畫

【⿰耳制】征例切音制霽韻

(一)入意也。見〔玉篇〕。

(二)開也。見〔集韻〕。

【聚】在庾切音聚麌韻　從遇切音聚遇韻

(一)會也。一曰邑落曰—。見〔說文乑部〕〔段注〕公羊傳。會、猶冣也。注云。冣、聚也。平帝紀。—曰序。張晏曰。—、邑落名也。韋昭曰。小鄉曰—。按邑落謂邑中村落。

(二)歸湊也。〔管子君臣〕而發於衆心之所—。〔注〕—、謂同所歸湊。

(三)斂也。〔禮記樂記〕君子聽竽笙簫管之聲。則思畜—之臣。

(四)具也。〔考工記弓人〕六材既—。

(五)衆也。〔左成十三年傳〕我是以有輔氏之—。

(六)共也。〔禮記曲禮〕故父子—麀。

(七)積—也。〔左哀十七年傳〕陳人恃其—。〔按—爲積物之義。他書如國語之天—。越絕書之殖—。魏志之貯—。義皆本此〕。

(八)叢也。見〔小爾雅廣詁〕。

(九)集也。〔方言〕萃雜集也。東齊曰—。

(十)堅也。見〔素問病能論〕。

(十一)衆所宜也。〔管子正〕會民所—。〔注〕—、謂衆所宜也。

(十二)蹇也。見〔廣雅釋詁〕。〔疏證〕—、當作輒。或當作踂。考諸書無訓—爲蹇者。昭二十年穀梁傳云。兩足不能相過。齊謂之綦。楚謂之踂。衞謂之輒。〔釋文〕踂、—合不解也。輒本亦作縶。如見縶絆也。廣雅綦訓爲蹇。義本穀梁、其—字與踂、輒二字形並相近。未審何字之訛。

(十三)—足。謂登階時前足先躡後足併之也。〔禮記曲禮〕拾級—足。〔注〕拾當爲涉。級、等也。涉等—足。謂前足躡一等。後足從之併。〔疏〕—足。謂每階先舉一足。而後足併之。不得後過前也。

(十四)地名。〔左莊二十五年傳〕城—。〔注〕晉邑。

(十五)歷—。水名。〔山海經北山經〕柘山。歷—之水出焉。

(十六)—僂。器名。棺椁也。〔莊子達生〕—僂之中則爲之。〔釋文〕司馬云。—僂。器名也。一云棺椁也。一云—當作菆。僂當作蔞。謂殯於菆塗蔞翣之中。

(十七)通取。〔易萃〕—以正。〔釋文〕—、荀本作取。

(十八)通驟。〔周禮獸醫注〕節趨—之節也。〔釋文〕—、本作驟。

(十九)通趨、鄒。〔左哀二十七年傳〕齊顏涿—。〔說苑正諫作燭趨。晏子春秋外篇作燭鄒〕。

(二十)通最。〔史記周本紀〕有周—以收齊。〔集解引徐廣〕—、一作最。最亦古之—字。

(二十一)通聚。〔漢書古今人表〕聚子。〔注〕聚、—字也。

【聚】遵須切音娵虞韻

月雎也。〔史記曆書〕月名畢—。〔索隱〕月雄在畢。雌在訾。訾即娵訾之宿。又曰畢、月雄也。—、月雌也。〔考證〕爾雅邢昺疏曰。正月得甲則曰畢陬。若史記曆書云。月名畢—也。陬古字作—。讀爲陬音。

【⿰耳垂】丁果切音朶哿韻

(一)耳垂也。見〔五音類聚〕。

(二)耳聽也。見〔五音類聚〕。

【⿰耳周】之酉切音帚有韻　職救切音呪宥韻

(一)耳也。見〔玉篇〕。

(二)明也。見〔玉篇〕。

【聞】無分切音文文韻

(一)知聲也。見〔說文〕〔段注〕往曰聽。來曰—。大學曰。聽而不—。〔按王注。大學聽而不—。是知聽者耳之官也。—者心之官也〕。

(二)智也。見〔廣雅釋詁〕。

(三)知也。〔國策齊策〕我未—者。

(四)猶受也。〔國策秦策〕謹—令。

(五)猶達也。〔淮南主術〕而臣情得上—。

(六)嗅也。〔魏文帝書〕五里—香。

(七)—人。謂有名爲人所—知者也。〔荀子宥坐〕魯之—人也。

(八)—喜。縣名。〔漢書地理志注〕武帝於此—南越破。改曰—喜。〔當今山西—喜縣東〕。

(九)—獜。獸名。〔山海經中山經〕杳山有獸焉。其狀如彘。黃身白頭白尾。名曰—獜。見則天下大風。

(十)—香。敎名。與白蓮八卦等同爲邪敎。

(十一)姓也。宋—見明—淵。〔又〕—人複姓。〔後漢靈帝紀〕大僕魯國—人襲爲太尉。

【聞】文運切音問問韻

(一)聲所至也。見〔華嚴經音義引珠

叢〕。

㊁令—。善譽也。〔書微子之命〕舊有令—。〔傳〕久有善譽。昭—遠近。

㊂通問。〔漢書匡衡傳〕淑問揚乎疆外。

【聙】杳盈切音精庚韻

善聽也。見〔集韻〕。

【䎙】於檢切音掩琰韻

耳也。見〔玉篇〕。

【䎚】文紡切音罔養韻

耳疾。見〔集韻〕。

【聛】補弭切音俾紙韻

側耳也。見〔篇海〕。

【䎜】丘奇切音崎支韻

側耳也。見〔集韻〕。

【聜】都禮切音底薺韻

耳患聵也。見〔五音類聚〕。

【䎼】力木切音祿屋韻

—聽。蟲名。似蜥蜴。居樹上。下齧人。輒上樹垂頭聽哭聲。乃去。見〔字林〕。

【聝】古獲切音幗陌韻

馘本字。〔說文〕—。軍戰斷耳也。春秋傳曰。以為俘—。〔王注〕字有生死兩說。詩皐矣攸馘安安。傳曰。馘、獲也。不服者。殺而獻其左耳曰—。王制。以訊馘告。注云。訊馘所生獲斷耳者。

【䎱】戶瓦切音踝馬韻

地名。見〔集韻〕。

【聠】匹名切音俜庚韻

耳閉。見〔玉篇〕。

【䎶】司夜切音卸禡韻

聞也。見〔五音篇海〕。

【䎗】丘廉切音㺌鹽韻

耳也。見〔五音集韻〕。

【䎴】書盈切音聲庚韻

無形而響也。見〔集韻〕。

【䎽】古聞字。見〔說文〕。

【聡】同聰。見〔五音集韻〕。

【𦖂】同聚。見〔字彙補〕。

【聟】埒俗字。〔王羲之帖〕取卿為女—。

【𦖩】怏譌字。見〔正字通〕。

【𦖋】睔譌字。五音集韻引說文春秋有鄭伯—。原並作睔。

九畫

【聥】果羽切音矩。王矩切音羽麌韻。王遇切音芋遇韻。匈于切音訏虞韻

㊀張耳有所聞也。見〔說文〕。㊁驚也。見〔玉篇引蒼頡〕。

【聧】傾圭切音睽齊韻

㊀聾甚也。〔方言〕聾之甚者。秦晉之間謂之—。㊁私吁也。見〔集韻〕。

【𦗩】五怪切音聵卦韻

㊀聵或字。見〔說文〕。㊁聾也。見〔集韻〕。

【䎸】仍吏切音餌寘韻

聽者不敢言也。見〔廣韻〕。

【𦖔】自秋切音遒。即由切音秋尤韻

耳鳴。見〔集韻〕。

【𦖺】桑經切音星青韻

聽也。見〔玉篇〕。

【聤】唐丁切音庭青韻

耳出惡水也。見〔廣韻〕。〔按本草綱目云。小兒—耳。燕脂浸汁滴耳中。或夜明沙麝香為細末。拭淨耳孔。用末傳之。效。〕

【䎻】他最切音娧泰韻。五刮切音刖黠韻

癡也。見〔玉篇〕。

【𦖨】烏雁切音晏諫韻

耳戲也。見〔玉篇〕。

【𦖣】七賜切音刺寘韻

聽不相當也。見〔類篇〕。

【䎕】力協切音颲葉韻

耳垂。見〔廣韻〕。

【𦖿】蘇后切音叟有韻

聰也。見〔字林〕。

【𦗣】民卑切音彌支韻

汙面謂之—。見〔集韻〕。

【𦖻】古聞字。見〔廣韻〕。

【𦗅】同𦖔。見〔玉篇〕。

【𦗫】同𦖣。見〔集韻〕。

【聰】聦俗字。見〔正字通〕。

十畫

【𦗏】莫賢切音眠先韻弭盡切音泯軫韻 ❶聽也。見〔廣雅釋詁〕。❷注意而聽也。見〔玉篇引埤蒼〕。

【𦗐】忙經切音冥青韻 行而上聽。見〔集韻〕。

【𦗑】戶骨切音搰月韻 耳聲。見〔集韻〕。

【𦗿】維傾切音營庚韻 聲也。見〔集韻〕。

【䏿】了亥切音宰賄韻 益梁之州謂聾爲䏿。秦晉聽而不聰。聞而不達謂之䏿。見〔說文〕。〔段注〕不全聾也。〔按方言、玉篇、廣韻並訓半聾〕。

【聬】烏孔切音蓊董韻 ──。耳聲。見〔五音集韻〕。

【𦗚】勒兼切音鬑鹽韻 ─𦕸。耳垂也。見〔五音集韻〕。

【𦗛】德合切音答合韻 大垂耳皃。見〔集韻〕。

【𦗝】亭年切音田先韻 聲盈耳也。見〔集韻〕。

【𦗟】奴陸切音衄屋韻 慙也。見〔廣韻〕。〔案說文作恧〕。

【聭】俱位切音愧寘韻 慙也。見〔玉篇〕。

【𦗠】五介切卦韻 不聽也。見〔川篇〕。

【𦗡】同聧。見〔集韻〕。

【𦗤】同瑱。見〔廣韻〕。

【𦗖】同聸。見〔集韻〕。

十一畫

【聯】陵延切音連先韻 ❶連也。从耳。耳連於頰也。从絲。絲連不絕也。見〔說文〕。〔段注〕周人用─字。漢人用連字。古今字也。周禮官─以會官治。鄭注。─讀爲連。古書連作─。此以今字釋古字之例。❷猶合也。〔周禮大司徒〕以本俗六安萬民。三曰─兄弟。❸官事通職曰─。〔周禮小宰〕以官府之六─合邦治。一曰祭祀之─事。二曰賓客之─事。三曰喪荒之─事。四曰軍旅之─事。五曰田役之─事。六曰斂弛之─事。凡小事皆有─。〔疏〕六事皆─事通職。然後國治得會合。故云合邦治也。❹民事統屬曰─。〔周禮族師〕五家爲比。十家爲─。五人爲伍。十人爲─。四閭爲族。八閭爲─。❺結婚曰─。〔唐書柳澤傳〕姻─數十族。❻詩家以一篇中之每二句爲一─。如稱項─頸─。〔又〕今之楹帖亦曰楹─。皆謂兩兩相─系也。❼──。眾多貌。〔韓愈詩〕明珠何──。❽─娟。微曲貌。〔文選宋玉賦〕眉─娟以蛾揚兮。❾─翩。將墜貌。〔文選陸機賦〕浮藻─翩。

【聰】麤叢切音聽東韻 ❶察也。見〔說文〕。〔段注〕察者。覈也。─察以雙聲爲訓。❷聽也。見〔廣雅釋詁〕。❸聞也。〔詩兔爰〕尚寐無─。❹明也。通也。見〔廣韻〕。❺君聽曰聖─。〔漢書谷永傳〕臣前幸得條對災異之效。禍亂所及。言關於聖─。〔按聖─亦謂之宸─。帝─。徐元弼詩。寂寥高曲盡。猶是滿宸─。韓維詩。乃喜佳名近帝─。是也〕。❻通聽。〔莊子人間世注〕見耳而責師曠之─。〔釋文〕─本作聽。

【聱】牛交切音謷肴韻 ❶不聽也。見〔說文新附〕。〔按玉篇引埤蒼同〕。❷不入人語也。見〔玉篇引廣雅〕。❸─牙。不相聽也。〔唐書元結傳〕能學─牙。保宗而全家。自號─叟。〔又〕辭不平易也。〔韓愈文〕周誥殷盤。詰曲─牙。❹─耴。眾聲也。〔文選左思賦〕魚鳥─耴。

【聱】魚到切音傲號韻 ─耴。魚鳥狀。見〔集韻〕。

【聺】七計切音砌霽韻征例切音制霽韻初戛切音察黠韻千結切音切屑韻 ❶耳聽也。見〔廣韻〕。

●聽也。見〔集韻〕。

【⿰耳巢】莊交切音抓肴韻

（一）耳鳴。見〔玉篇〕。〔廣韻云。耳中聲也。義卽耳鳴。〕

（二）—聲擾耳也。見〔集韻〕。

【⿰耳曹】慈焦切音樵蕭韻財勞切音曹豪韻

（一）耳中聲也。見〔廣韻〕。

（二）—耳鳴。見〔集韻〕。

【聲】書盈切聖平聲庚韻

（一）音也。見〔說文〕。〔段注〕音下曰。—也。二篆互訓。此渾言之也。析言之。則曰生於心有節於外。謂之音。宮商角徵羽。—也。絲竹金石匏土革木。音也。樂記曰。知—而不知音者。禽獸是也。

（二）鳴也。〔白虎通禮樂〕—者鳴也。

（三）言也。〔大戴記子張問入官〕發乎—。

（四）樂也。〔禮記月令〕仲夏之月。止—色。〔按禮記樂記。—者樂之象也。又。射義。循—而發。注。樂節也。疏。謂射者依循樂—而發矢。〕

（五）噫也。〔禮記曾子問〕祝—三。〔注〕—、噫歆警神也。〔疏〕直云祝—。不知作何—。論語云顏淵死。子曰噫。天喪予。檀弓云公肩假曰噫。是古人發—多曰噫。故知此—亦爲噫也。凡祭祀神之所享謂之歆。今作—。欲令神歆享。故云歆警神也。

（六）陽也。〔禮記郊特牲〕凡—陽也。〔按穀梁莊二十五年傳云。言充其陽也。注。凡有—皆陽事以壓陰氣。又翻譯名義引鉤隱圖云。—屬陽。律屬陰。義並同。〕

（七）律也。〔家語五帝德〕—爲律。

（八）金鼓也。〔國語晉語〕變非—章。弗能移也。

（九）勢也。〔國策齊策〕—威天下。

（十）名也。〔呂覽過理〕臣聞其—。

（十一）宣也。〔孟子萬章〕金—而玉振之也。

（十二）單出爲—。〔周禮大司樂注〕凡五—。〔疏〕單出曰—。雜比曰音。

（十三）凡響曰—。〔張載正蒙〕—者形氣相軋而成。兩氣者谷響雷—之類。兩形者桴鼓叩擊之類。形軋氣。羽扇敲矢之類。氣軋形。人—笙簧之類。

（十四）四—。平上去入也。〔梁書沈約傳〕約撰四—譜。高祖雅不好焉。

（十五）不生其國曰—。見〔周書諡法〕。

（十六）通磬。〔儀禮大射儀〕至乏—止。〔注〕古文—爲磬。〔按〕—从耳殸。殸卽籀文磬。

（十七）通音。〔莊子駢拇〕多于聽者亂五—。〔釋文〕本亦作五音。

（十八）通聖。〔左文十七年經〕葬我小君—姜。〔公羊〕作聖姜。

（十九）通啟。〔家語六本〕孔子遊於泰山。見榮—期。〔注〕—宜爲啟。

【聳】筍勇切音竦腫韻雙講切音㩳講韻

（一）本作聳。〔說文〕聳生而聾曰聳。〔按聳从耳從省聲。今从從不省。則作—。行而聳廢矣。方言。生而聾。陳楚江淮之間謂之—。荊揚之間及山之東西雙聾者謂之—。〕

（二）高也。見〔華嚴經音義引切韻〕。〔按凡物高立皆謂之—。如韓愈詩。詩思猶孤—。亦謂高也。〕

（三）獎也。〔國語楚語〕—善而抑惡焉。

（四）敬也。〔國語楚語〕昔殷武丁能—其德。

（五）悚也。見〔方言〕。〔按左成十四年傳。大夫聞之。無不—懼。—懼。猶悚懼也。〕

（六）欲也。荊吳之間曰—。見〔方言〕。

（七）相勸也。〔方言〕自關而西秦晉之間相勸曰—。中心不欲而由旁人之勸語亦曰—。

（八）通慫。〔左昭六年傳〕—之以行。〔漢書刑法志作慫之以行〕。

（九）通聾。〔繁陽令楊君碑〕有司—昧。

【聽】毗召切音驃匹妙切音剽嘯韻

（一）聽纔聞也。見〔玉篇〕。

（二）行聽也。見〔玉篇〕。

【⿰耳齊】典禮切音邸薺韻

不聽也。一曰耳病。見〔集韻〕。

【⿰耳窒】陟栗切音窒質韻

聽不聽也。見〔集韻〕。

【⿰耳窐】都括切音掇曷韻

不聽也。見〔集韻〕。

【⿰耳彖】牛介切音㱮卦韻

不聽也。見〔集韻〕。

【⿰耳商】陟革切音摘陌韻

耳豎貌。見〔集韻〕。

【⿰耳郭】古霍切音郭藥韻

大耳也。見〔玉篇〕。

【⿰耳鹿】盧谷切音祿屋韻
耳鳴。見〔集韻〕。

【⿸麻耳】毋彼切音靡紙韻忙皮切音縻武悲切音眉支韻
乘輿金耳也。見〔說文〕〔段注〕金耳。俗本作金飾馬耳。舊本作金馬耳。今依廣韻五支四紙作乘輿金耳。訂正。乘輿者。天子之車也。金耳者。金飾車耳也。

【⿰耳翏】憐肖切音聊蕭韻郎刀切音勞豪韻
耳鳴。見〔埤蒼〕。

【⿰耳習】質涉切音讋葉韻
耳也。見〔集韻〕。

【⿱執耳】讋謵字。見〔川篇〕。

十二畫

【聶】尼輒切音躡日涉切音讘葉韻
(一)附耳私小語也。見〔說文〕。〔注〕一耳就二耳也。〔段注〕口部咠下曰。咠。｜語也。以口就耳則爲咠。咠者。己二耳在旁。彼一耳居間。則爲｜。史記魏其武安傳曰。乃效女兒呫｜耳語。韋曰。呫｜。附耳小語聲。
(二)攝也。〔管子侈靡〕十二歲而｜廣。
(三)｜皺也。〔素問調經論〕｜辟氣不足。〔注〕｜、謂｜縐。
(四)｜許。許與也。〔莊子大宗師〕瞻明聞之｜許。
(五)古國名。〔山海經海外北經〕｜耳之國。在無腸國東。爲人兩手｜其耳。〔注〕言耳長。行則以手攝持之也。
(六)人名。〔史記刺客傳〕荊軻嘗游過榆次。與蓋｜論劍。〔注〕蓋姓。｜名。
(七)姓也。〔史記刺客傳〕｜政。〔按姓譜云。楚大夫食采於｜。因以爲氏。〕
(八)｜北。地名。〔春秋僖元年〕齊師宋師曹師次于｜北。〔注〕｜北。邢地。

【聶】尺涉切音謵葉韻
木葉動兒。見〔集韻〕。

【聶】質涉切音讋葉韻
合也。〔爾雅釋木〕守宮槐葉晝｜宵炕。〔注〕槐葉晝日｜合而夜炕布者。名守宮槐。〔疏〕｜、合也。炕、張也。

【聶】實欇切音涉葉韻
欇或字。〔集韻〕欇。蘡木也。

【聶】弋涉切音葉葉韻
擛或字。〔集韻〕擛擛。動兒。或从三耳。

【聶】同䐑。〔正字通〕薄切肉也。〔按禮記少儀。｜而切之爲膾。注云。｜之言䐑也。又內則注。｜而切之。釋文云。本作䐑。〕

【⿰耳黑】戶骨切音搰月韻
(一)耳熱也。見〔廣韻〕。
(二)耳聲也。見〔玉篇〕。
(三)濁垢也。見〔玉篇〕。
(四)春秋地也。見〔埤蒼〕。

【職】質力切音織職韻
(一)記微也。見〔說文〕。〔段注〕記、猶識也。纖微必識。是曰｜。〔按桂注。經典通用从言之識。以此｜爲官｜。又以幟代識。行之既久。遂爲借義所奪。今人不知識爲幟之正文。職爲識之本字矣。王注。經典｜守旗幟知識三義。說文並作識。經典記識一義。說文作｜。〕
(二)官｜也。〔書周官〕六卿分｜。各率其屬。以倡九牧。
(三)主也。〔詩蟋蟀〕｜思其居。
(四)常也。見〔爾雅釋詁〕。
(五)業也。事也。見〔廣雅釋詁〕。〔又〕執｜。猶執事也。〔穆天子傳〕執｜之人倍之。
(六)守與任也。〔周禮掌固〕民皆有｜焉。〔注〕｜、謂守與任。
(七)貢也。〔淮南原道〕四夷納｜。
(八)賦稅也。〔周禮大司馬〕施貢分｜。
(九)專也。〔詩桑柔〕民之罔極。｜涼善背。
(十)民｜。九｜也。〔周禮大司徒〕以作民｜。〔注〕民｜。民九｜也。〔按太宰以九｜任萬民。即此民｜。〕
(十一)地｜。農圃之屬。〔周禮均人〕均地｜。〔疏〕此即太宰九｜。云一曰三農。二曰園圃之屬。以九｜任之。因使出稅也。
(十二)婦｜。謂織紝組紃縫線之事。〔周禮內宰〕以婦｜之法教九御。
(十三)述｜。述所｜也。見〔孟子梁惠王〕。〔按述｜。諸侯朝于天子之名。〕
(十四)衮｜。謂三公也。〔文選蔡融碑文〕每在衮｜。
(十五)｜｜。繁殖貌。〔莊子至樂〕萬物｜

—。〔釋文引李注〕繁殖貌。〔又〕猶祝祝也。見〔釋文引司馬注〕。⑯憐—愛也。〔方言〕言相愛憐者吳越之間謂之憐—。⑰姓也。〔姓譜〕周禮有—方氏。後因官爲氏。〔按風俗通云。漢山陽令—洪之後。〕⑱通織。〔左文十八年傳〕閻—。〔說苑作織。〕⑲通賦。〔莊子漁父〕貢—不美。〔釋文〕—本作賦。

【職】敵德切音特逸織切音弋職韻

杙也。〔周禮牛人〕以授—人而芻之。〔注〕—讀爲樴。〔疏〕—樴聲相近。誤爲—。故讀从樴。

【職】同幟。〔史記叔孫通傳〕百官執—傳警。〔注〕—音幟。

【聵】五怪切音蒯卦韻

聾也。見〔說文〕。〔段注〕國語曰。聾—不可使聽。韋云。耳不別五聲之和曰聾。生而聾曰—。

【⿰耳覃】徒含切音覃覃韻

聒也。見〔廣韻〕。

【⿰耳喜】旨善切音嬉銑韻

耳門也。見〔玉篇〕。

【⿱敝耳】匹蔑切音撇屑韻

暫聞也。見〔集韻〕。

【⿰耳荅】得合切音荅合韻

耳—也。見〔字彙補〕。

【⿰耳龍】而龍切音絨東韻

毛飾也。見〔字彙補〕。

【聯】閭員切音攣先韻

係也。見〔集韻〕。

【⿰耳票】匹照切嘌韻

聽也。見〔廣雅釋詁〕。〔舊說卽瞟字之譌。〕

【⿱殸耳】古文尙書聒字。見〔字彙補〕。

【⿰耳焦】同聽。見〔玉篇〕。

【⿰耳膚】同聽。見〔篇海類編〕。

【⿰咠耳】同聾。見〔字彙引釋藏〕。

【聽】聽譌字。見〔正字通〕。

十三畫

【⿰耳農】濃江切音噥江韻

耳中鳴也。見〔埤蒼〕。〔按淮南說山。聽雷者—。注云。耳中——然。其義正合。〕

【⿰耳當】都郎切音當陽韻

耳—。耳下垂也。見〔集韻〕。

【⿰耳喿】子小切音剿篠韻

耳鳴。見〔集韻〕。

【聸】都甘切音儋覃韻

垂耳也。南方有—耳國。見〔說文〕。〔段注〕古祇作耽。一變爲—耳。再變則爲儋耳矣。〔按王注大荒北經。有儋耳之國。任姓。後漢書南蠻傳。珠崖儋耳二郡。杜篤傳謂之綏耳。水經注溫水云。儋耳、卽離耳也。〕

【⿱則耳】子測切音則職韻

同聲。以新穀汁漬舊穀也。見〔字彙補〕。

【⿱敖耳】聱本字。見〔說文新附〕。

十四畫

【聹】囊丁切音寧青韻乃挺切音頩迥韻

㊀耵—。耳垢。見〔廣韻〕。㊁耳聒。見〔集韻〕。

【聻】乃里切音伱紙韻

㊀指物貌。見〔玉篇〕。㊁助詞。語餘聲也。〔正字通〕梵書—爲語助。音伱。如禪錄何故—。云未見桃花時—。皆語餘聲。

【聻】子役切音積陌韻

㊀鬼死也。〔五音集韻〕人死作鬼。人見懼之。鬼死作—。鬼見怕之。若篆書此字帖於門上。一切鬼祟遠離千里。〔誕不足信。〕㊁鬼名。〔通典〕司刀鬼名—。一名滄耳。

【⿰耳㬎】失入切音濕昌汁切斟入聲緝韻

㊀耳動搖貌。見〔廣韻〕。㊁—牛馬動耳貌。見〔五音集韻〕。

【⿰耳察】千結切音切屑韻

聰也。見〔五音集韻〕。

【⿱朁耳】古聒字。見〔廣韻〕。

【⿱𢀜耳】同聵。見〔集韻〕。

十五畫

【⿰耳廣】古博切音郭藥韻

耳—也。見〔五音集韻〕。

【聳】同聳。見〔篇海類編〕。

十六畫

【聽】他定切音侹徑韻

(一)聆也。从耳悳壬聲。見〔說文〕。〔段注〕耳悳者耳有所得也。
(二)靜也。靜然後所聞審也。〔釋名釋姿容〕
(三)待也。〔禮記雜記〕不—事焉。
(四)受也。〔左成十二年傳〕鄭伯如晉—成。
(五)從也。〔國策周策〕民是以—。
(六)斷獄也。〔禮記王制〕司寇正刑明辟。以—獄訟。〔按漢書刑法志〕一曰辭—。二曰色—三曰氣—四曰耳—。五曰目—〕。
(七)平治也。〔周禮小宰〕以—官府之六計。
(八)察也。〔國策秦策〕王何不—乎。
(九)謀也。見〔廣雅釋詁〕。
(十)候也。〔史記淮陰侯傳〕—者事之候也。
(十一)任也。〔漢書景帝紀〕其議民欲徙寬大地者—之。
(十二)順敎令也。〔禮記祭義〕故—且速也。
(十三)常存於耳也。〔左宣三年傳〕戎昭果毅以—之之謂禮。〔注〕—謂常存於耳。
(十四)—熒。疑惑也。〔莊子齊物論〕是黃帝之所—熒也。〔釋文引司馬注〕疑惑也。〔又〕小明不大了也。見〔莊子釋文引崔注〕。〔又〕不光明貌。見〔莊子釋文引李注〕。
(十五)通德。〔家語本命〕効匹夫之聽。〔注〕—宜爲德。
(十六)通聖。〔禮記樂記〕小人以—過。〔釋文〕—本作聖。

【聽】湯丁切音廳青韻

(一)耳受聲也。〔杜甫詩〕哀怨不堪—。
(二)許也。〔呂覽知士〕三日而—。
(三)猶耳目也。或曰謂間諜者。〔荀子議兵〕十里之國則將有百里之—。
(四)同廳。〔集韻〕中庭曰—。事言受事察訟於是。漢晉皆作—。六朝以後始加广作廳。〔按廣韻、集韻、正韻、增韻。竝从广作廳。俗从厂非是。〕

【聾】盧東切音籠東韻

(一)無聞也。見〔說文〕。〔王注〕龍無耳。以角聽。
(二)籠也。如在蒙籠之內。聽不察也。見〔釋名釋疾病〕
(三)無知也。〔淮南說林〕雖—蟲而不自陷。
(四)闇也。〔左宣十四年傳〕鄭昭宋—。
(五)葱—。獸名。〔山海經內山經〕符禺之山。其獸多葱—。〔注〕葱—如羊黑首赤鬣。

【⿰耳歷】郎敵切音歷錫韻

耳審聞也。見〔集韻〕。

【⿰耳龍】同聾。見〔韻會〕。

十七畫

【⿰耳闕】五滑切音聉黠韻　五怪切音聵卦韻

(一)無所聞知也。〔方言〕聾之甚者。秦晉之間謂之—。〔注〕言無所聞知也。
(二)無有耳者。〔方言〕吳楚之外郊。凡無耳者亦謂之—。

※自部※

【自】疾二切音字寘韻

(一)本作𦣹。〔說文〕𦣹。鼻也。象鼻形。〔段注〕此以鼻訓—。而又曰象鼻形。王部曰。—讀若鼻。今俗以作始生子爲鼻子。是然則許謂—與鼻義同音同。而用—爲鼻者絕少也。今義從也、己也、然也。皆引申之義。
(二)由也。〔詩文王有聲〕—西—東。—南—北。〔按〕—有訓從者義亦同。
(三)率也。〔禮記雜記〕客使—下由路西。
(四)用也。〔書皋陶謨〕—我五禮有庸哉。
(五)盈也。見〔方言〕。
(六)苟也。〔左成十六年傳〕—非聖人。外寧必有內憂。〔王引之云〕—猶苟也。
(七)躬親也。見〔洪武正韻〕。〔按易乾〕天行健。君子以—強不息。—亦此意。
(八)—然。不資於外也。〔列子黃帝〕—然而已。〔又〕通神明也。〔文選張衡賦〕淳化通於—然。〔又〕無稱之言。窮極之詞也。〔老子〕道法—

然。無勉強也。〔世說新語〕絲不如竹。竹不如肉。漸近一然。

⑨一由。猶如意也。〔柳宗元詩〕欲採蘋花不一由。〔按今假爲不受侵害之稱。立憲國家之人民。法律上應享言論、出版、居住、信教等一由之權利。〕

⑩一主。己權力之本體也。今世界國家。有一主國、半主國、保護國之分。

⑪一鳴。古琴名。見〔廣雅釋樂〕。〔按今稱鳴時鐘曰一鳴鐘。〕

⑫一障。盾名。〔駢雅釋器〕鳴廉、修營、藍蝥、號鐘。一障盾也。

【𦣹】自本字。見〔說文〕。〔按玉篇以爲古一字。〕

一畫

【𦣺】居小切音皎篠韻

自重之也。見〔篇海〕。

【百】始九切音手有韻

頭也。見〔說文百部〕。〔今作首。〕

【百】古百字。見〔集韻〕。

【𦣹】古自字。見〔說文〕。

【𦣸】古白字。見〔集韻〕。

二畫

【直】古惠字。見〔字彙補〕。

三畫

【𦣿】烏版切音綰潸韻

姓也。見〔字彙補〕。

【𦤀】同京。漢伯著碑京兆作一晃。

四畫

【臬】魚列切音孽屑韻 九芮切音劂霽韻

①射埻的也。見〔說文木部〕。〔段注〕埻的各本作準的。今正。土部曰。埻、射一也。二字互訓。日部曰。的、明也。埻、準、的、的。皆古今字。李善東京賦注引作埻。可證古本不作俗字矣。

②門橛也。〔爾雅釋宮〕樴謂之杙。在地者謂之一。〔注〕卽門橛也。

③表也。〔考工記匠人〕置槷以縣。〔注〕槷古文一、假借字。於所平之地中央樹八尺之一、以縣正之。〔疏〕一卽表也。

④法也。〔書康誥〕外事汝陳時一。〔按前代稱執法官曰一司。義本此。〕

⑤極也。見〔小爾雅釋言〕。

【臭】尺救切抽去聲宥韻

①禽走一而知其迹者犬也。从犬自。見〔說文犬部〕。〔段注〕走臭猶言逐氣。犬能行路蹤迹前犬之所至。於其氣知之也。故其字从犬自。自者鼻也。

②氣也。〔禮記月令〕其一羶。〔疏〕通于鼻者謂之一。則氣也。〔按書盤庚一厥載疏云。一是氣之別名。古者香氣穢氣皆名爲一。易云其一如蘭。謂香氣爲一也。晉語曰惠公改葬申生。徹有外。謂穢氣爲一也。又左僖四年傳。一薰一蕕。十年尚猶有一。疏云既謂善氣爲香。則專以惡氣爲一矣。按今人專用作惡氣義。〕

③敗也。〔書盤庚〕一厥載。〔傳〕臭敗其所載物。〔疏〕肉敗則一。故以一爲敗。

④容一。香物也。〔禮記內則〕衿纓佩容一。

⑤赤一。惡人也。〔太玄閑〕赤一播闢。

⑥一味。喻同類也。〔左襄八年傳〕寡君在君。君之一味也。〔注〕言同類。

【臭】許救切音齅宥韻

通齅、嗅。歆其氣也。〔荀子禮論〕三一之不食也。〔注〕一、謂歆其氣。

【𦤎】市朱切音殊虞韻

八觚杖。見〔廣韻〕。

【𦤏】皇本字。見〔說文王部〕。

五畫

【𦤐】同雲。見〔五音篇海〕。

【𦤑】古皇字。見〔五音集韻〕。

【𦤒】臬譌字。見〔正字通〕。

六畫

【臮】其冀切音記寘韻

眾與詞也。虞書曰。一咎繇。見〔說文㐺部〕。〔段注〕與詞各本誤倒。今依廣韻正。眾與者。多與也。所與非一人也。詞者意內言外之謂。或假洎爲之。亦假暨爲之。〔按許引虞書一咎繇。今書堯典作暨皋陶。〕

【臯】俗皋字。見〔玉篇〕。

【𦤎】古皇字見〔集韻〕。

【𦤳】同終見〔龍龕手鑑〕。

【𦤀】臭俗字見〔玉篇〕。

七畫

【𦤹】同鼻見〔篇海類編〕。

八畫

【𦤝】一決切音抉屑韻　殠皃。見〔類篇〕。

九畫

【𦤸】武延切音眠先韻　不見也。見〔玉篇〕。〔按即臱字〕。

【𦤻】蒲撥切音跋曷韻　病氣。見〔類篇〕。

【𦥀】餘封切音容冬韻　用也。从亯从自。自、知臭香所食也。見〔說文亯部〕。〔段注〕此與用部庸音義皆同。玉篇云、—今作庸。廣韻曰、—者庸之古文。香當作亯。轉寫之誤也。亯聞所食之香而食之。是曰—。今俗謂喫爲用是也。

【臱】武延切音眠先韻　宀宀。不見也。見〔說文〕。〔段注〕宀宀。密緻皃。—宀疊韻。宀、交覆深屋也。〔按正字通云篆作—从自从穴。內加重冂。俗作䆷。冂誤作口。改用方竝非〕。

【𦤿】同臲見〔集韻〕。

十畫

【臲】魚列切音齧屑韻　●一—卼。不安皃。〔易困〕困於葛藟。於—卼〔疏〕—卼。動搖不安之皃。〔按書秦誓作杌隉。韓愈詩作兀—。一本作卼𩸞。亦作兀臬〕。●二—危也。見〔廣雅釋訓〕。

【𦥋】思晉切音信震韻　腋氣病。見〔集韻〕。

【𩸞】同臲見〔洪武正韻〕。

十一畫

【𤅢】披義切音帔寘韻　●一好臭。見〔集韻〕。●二魚名。見〔集韻〕。

【𦦃】又業切音腌葉韻丘消切音敲蕭韻　臭也見〔集韻〕。

【𦥍】薄沒切音勃月韻　臭氣。見〔類篇〕。

十三畫

【𦥑】許葛切音𠲐曷韻　●一犬臭氣。見〔廣韻〕。●二臥息。見〔集韻〕。

【𦥒】許介切音欬卦韻虛艾切音餀泰韻　臭也。見〔集韻〕。

【𦥓】於歇切音謁月韻　物敗气也。見〔集韻〕。

【𦥔】尼戒切卦韻　𪖑—臭也。見〔集韻〕。

十四畫

【𦥚】毗至切音鼻寘韻　●一犬初生子。一曰首子。見〔集韻〕。●二首也。見〔五音集韻〕。

【𦥜】烏沒切音頞月韻　病氣。見〔類篇〕。

【𪖑】許邁切音譪卦韻　—𦥔臭也。見〔集韻〕。

二十畫

【𦥠】同佛見〔五音篇海〕。

※舌部※

【舌】食列切然入聲屑韻

(一)在口所以言別味者也。从干口。見〔說文〕。〔段注〕干犯也。言犯口而出之。食犯口而入之。〔按—能知味。亦能出音。吐滋液。在口中能舒卷伸縮。其表有黏膜。神經血管滿布於中。感覺力較全體爲敏。〕

(二)言也。〔太玄飾〕吐黃含—。〔注〕—、言也。〔按—可訓言。故多言謂之饒—。〕

(三)泄也。舒泄所當言也。見〔釋名釋形體〕。

(四)卷也。可以卷制食物使不落也。見〔釋名釋形體〕。

(五)機也。見〔說苑說叢〕。

(六)兵也。見〔說苑說叢〕。

(七)箕星亦有—。〔詩大東〕維南有箕。載翕其—。〔箋〕翕猶引也。引—者。謂上星相近。〔疏〕此獨爲箕者。由此星合聚相接。其—也。鄭以爲箕星踵狹而—廣。言箕之上星相去近。故爲踵。因引之使相遠而爲—也。

(八)射侯上下个曰—。〔儀禮鄉射禮記〕倍中以爲躬。倍躬以爲左右—。〔注〕居兩旁謂之个。左右出謂之—。

(九)鈴中發聲之具曰—。〔書胤征〕遒人以木鐸徇於路。〔傳〕木鐸金鈴木—。〔疏〕禮有金鐸木鐸。鐸是鈴也。其體以金爲之。明—有金木之異。知木鐸是木—也。

(十)—人。官名。〔國語周語〕而使—人體委與之。〔注〕—人能達異方之志。象胥之官也。

(十一)歧—。國名。〔山海經海外南經〕歧—國在其東。一曰在不死民東。〔注〕其人—皆歧。或云支—也。

(十二)反—。國名。〔淮南地形〕反—民。〔注〕反—民語不可知而自相曉。一說。—本在前。不向喉。故曰反—也。南方之國名也。〔又〕鳥名。〔禮記月令〕反—無聲。〔注〕反—百—鳥。

(十三)蘪—。草名。〔爾雅釋草〕菭蘪—。〔注〕今蘪—草。春生葉有似於—。〔疏〕菭草春生葉似蘪—。故菭一名蘪—。〔闕見菭字〕

(十四)牛—。草名。〔正字通〕牛—。芣苢別名。江東呼蝦蟆衣。山東名牛—。

(十五)長—。山名。亦獸名。〔山海經南山經〕長—之山。無草木。多水。有獸焉。其狀如禺而四耳。其名長—。〔注〕以山出此獸。因以名之。

(十六)無—。蟲名。〔本草綱目注〕一名益符。主閉。

(十七)卷—。星名。〔漢書天文志〕居卷—東。〔按劉書云天有卷—之星。人有緘口之銘。〕

(十八)姓也。越大夫—庸。〔又〕羊—。複姓。〔左宣十五年傳〕羊—職。

二畫

【舍】式夜切音赦禡韻

(一)市居曰—。从亼中。象屋也。口、象築也。見〔說文亼部〕。〔段注〕食部曰。館、客—也。客—者。謂市居也。此市字非買賣所之謂。賓客所之也。

(二)宮也。〔周禮地官序官〕—人。〔注〕—、猶宮也。主平宮中用穀者也。〔按漢書高帝紀欲止宮休—。注云。—、謂屋也。穆天子傳出造—。注云。—、倚廬也。然則宮室房屋均可通稱爲—矣。因此世俗乃有田—茅—之稱。〕

(三)息也。〔釋名釋宮室〕—、於中—息也。

(四)宅也。〔鬼谷子本經陰符〕神歸其—。

(五)處也。〔詩羔裘〕—命不渝。〔箋〕—、猶處也。處命不變。謂守死善道。見危授命之等。

(六)受也。見〔詩羔裘釋文引王注〕。

(七)猶居也。〔國策魏策〕王不如—需於側。以稽二人者之所爲。

(八)除也。〔詩雨無正〕—彼有罪。

(九)置也。〔漢書谷永傳〕—昭昭之白過。

(十)赦也。〔漢書朱博傳〕姦以事君。常刑不—。

(十一)罷也。〔左昭五年傳〕—中軍。

(十二)止也。〔管子四稱〕良臣不使讒賊是—。

(十三)施也。〔左昭十三年傳〕施—不倦。〔注〕施—、猶言布恩德。

(十四)釋也。〔詩行葦〕—矢既均。〔箋〕—之言釋也。

(十五)中也。〔禮記射義〕射之爲言者繹也。或曰—也。〔疏〕—、中也。

(十六)舒氣也。〔史記律書〕—者舒氣也。

(十七)日行次宿曰—。〔淮南覽冥〕日爲之反三—。〔注〕反卻行三—。—、次宿也。
(十八)二十八宿曰—。〔文選郭璞詩注引淮南許注〕二十八宿一宿爲一—。
(十九)師行一宿曰—。〔左莊三年傳〕凡師一宿爲—。
(二十)軍行三十里曰—。〔左僖二十八年傳〕退三—辟之。〔注〕一—三十里。
(廿一)四里曰一俱盧—。〔釋典〕一俱盧—。〔注〕四里爲一俱盧—。一里三百六十步。一俱盧—計一千四百四十步。
(廿二)猶居也。〔素問瘻論〕此榮氣之所—也。
(廿三)住也。〔禮記檀弓〕—於子夏氏。
(廿四)—人官名。見〔周禮地官序官〕〔按漢書高帝紀注。—人親近左右之通稱也。又曹參傳注。—人猶家人也。今世稱己親屬之卑者曰—。義蓋本此。如—弟—姪之類。〕
(廿五)—匿隱藏容止也。〔漢書淮南王傳〕—匿者論皆有法。〔注〕謂容止藏隱也。
(廿六)上—甲第也。〔國策齊策〕於是—之上—。〔按中第猶今俗稱頭等房室也。甲第之稱—。如接待嘉賓者曰館—。供應過客者曰傳—。孔廟外列屋以處之者曰學—。子姓所居處者曰子—。讀書之地曰精—之類。後世假稱門生爲上—。〕

【舍】始野切音捨馬韻
㊀止息也。〔論語子罕〕不—晝夜。
㊁廢也。〔書湯誓〕—我穡事而割正夏。〔釋文〕—音捨。廢也。
㊂置也。〔左昭四年傳〕使杜洩—路。〔釋文〕—音捨。

【舍】始隻切音釋陌韻
釋也。〔周禮大胥〕春入學—菜。〔釋文〕—音釋。

【⿰舌丩】古朽切音久有韻
舌取物也。見〔字彙補〕。

三畫

【䑛】舓或字。見〔說文〕。

四畫

【⿰舌今】巨禁切音噤沁韻
⿰牜今或字。〔集韻〕⿰牜今牛舌病也。或从舌。

【⿰舌今】居蔭切音禁沁韻
同噤。〔韓愈詩〕巧舌千皆—。

【⿰舌支】去智切音企寘韻
行喘息皃。見〔集韻〕。

【⿰舌攴】乎刮切音頢黠韻
蠢也。見〔集韻〕。

【舑】他甘切音聃覃韻吐濫切音賧勘韻他念切音栝掭韻女鹽切音䋬鹽韻
—舕。吐舌貌。〔文選王延壽賦〕玄熊—舕以齗齗。

【⿰舌犬】火占切音妗鹽韻
牛舌也。見〔五音篇海〕。

【⿰舌井】他酣切覃韻
吐舌也。見〔龍龕手鑑〕。

【⿰舌允】同吮。見〔集韻〕。

【舐】俗舓字。〔莊子列禦寇〕秦王有病召醫。破癰潰痤者得車一乘。—之者得車五乘。

【⿰舌舌】同舑。見〔龍龕手鑑〕。

五畫

【⿰舌冊】舑譌字。見〔正字通〕。

【⿰舌也】同舓。見〔龍龕手鑑〕。

六畫

【舒】商居切音書魚韻
㊀伸也。一曰—緩也。見〔說文予部〕〔按段注云。經傳或假荼或假豫。又注—緩也云。此與糸部紓音義皆同。〕
㊁展也。見〔廣雅釋詁〕〔按方言—勃展也。東齊之閒凡展物謂之—勃。〕
㊂散也。〔淮南原道〕—之幎於六合。
㊃啟也。〔素問五常政大論〕其令條—。
㊄徐也。〔詩野有死麕〕—而脫脫兮。
㊅慢也。〔史記五帝紀〕貴而不—。〔索隱〕—猶慢也。
㊆詳也。〔淮南原道〕—安以定。
㊇蘇也。楚通語也。見〔方言〕。
㊈敍也。見〔爾雅釋詁〕。
㊉緒也。見〔爾雅釋詁〕。
(十一)惰也。〔書洪範〕曰豫。〔疏〕鄭王本豫作—。王肅云。—惰也。
(十二)國名。〔詩閟宮〕荊—是懲。〔今安

徽廬江縣西有—縣故城。〕
⑬鼎名。〔左定六年傳〕文之—鼎。
⑭壽—地名。〔左襄二十三年傳〕明日將復戰。期於壽—。〔注〕壽—莒地。
⑮—遲。閒雅也。〔禮記玉藻〕君子之容—遲。
⑯望—月御也。〔離騷〕前望—使先驅兮。
⑰—鴈。鵝也。〔儀禮聘禮記〕出如—鴈。
⑱—鳧。驚也。見〔爾雅釋鳥〕。
⑲姓也。唐—元輿。
⑳通荼。〔考工記弓人〕斲目必荼。〔司農注〕荼讀爲—。

【舒】同豫。〔前書地理志〕豫者—也。言稟中和之氣。性理安—也。〔按集韻—或作豫。合—豫爲一。〕

【䑙】同甜。見〔集韻〕。

【䑜】𦧧俗字。見〔集韻〕。

【舑】䛏譌字。見〔正字通〕。

七畫

【䑛】他年切音天先韻　—䑛。言不正也。見〔集韻〕。

【辞】辭俗字。〔經典釋文〕亂辭从舌。

八畫

【䑝】吐濫切音賧勘韻杜覽切音啖感韻他念切音㮇豔韻以冉切音琰他點切音忝琰韻

❶火光也。見〔說文炎部〕〔段注〕—篆當作䑝。火光。當作炎光。

❷𦧲、—舌出貌。見〔集韻〕。

【䑞】他合切音沓合韻　本作䑟。〔說文〕䑟、歠也。〔段注〕曲禮曰。無嚃羹。廣韻。嚃、歠也。然則嚃即—也。羹之無菜者不用挾。直歠之而已。禮禁—羹者何也。—者流歠。許渾言之耳。

【䑚】神旨切音士紙韻　以舌取食也。或从也作䑛。見〔說文〕。〔按韻會本作—。从舌易聲。今作䑛。或作舐。䑛亦作咶。荀子強國。伏而咶天。後漢鄧后傳。夢及天而咶之。又作狧。漢書吳王濞傳。狧糠及米。〕

【䑤】乎刮切音滑黠韻　細䌷也。見〔集韻〕。

【舔】他點切音忝琰韻　以舌—物也。見〔篇海〕。

【䑠】他叶切音帖葉韻　小舌也。見〔篇海〕。〔按即諜字。〕

【䑥】同辭。見〔龍龕手鑑〕。

【䑢】同䑝。見〔篇海類編〕。

九畫

【䑜】託盍切音榻合韻　大食聲。見〔玉篇〕。〔按集韻。—、歠也。或从習作䐑。然則大食聲。猶歠聲也。〕

【䑡】他協切音帖葉韻　小舐。見〔集韻〕。

【䑦】同䑚。詳䑚字注。

【䑧】同舐。見〔篇海類編〕。

【舖】舖俗字。

十畫

【䑨】居轄切音刮黠韻　舌出皃。見〔集韻〕。

【䑩】䑞俗字。見〔玉篇〕。

【䑪】同憩。見〔篇海類編〕。

【舘】館俗字。見〔字彙〕。

十一畫

【䑫】同䑜。見〔集韻〕。

十二畫

【譮】胡化切音話禡韻

❶謀謫也。〔六書精蘊〕—、謀譮人也。不奐其往來營營象其反復。故重三舌明意。二三其言也。

❷同話。見〔字彙〕。〔按玉篇作䛡。〕

【䑬】他干切音灘寒韻亭年切音田先韻　—䑛。言不正也。見〔玉篇〕。

【䑭】古話字。見〔玉篇〕。

【䑮】同舍。見〔字彙補〕。

十三畫

【䑯】同甜。〔韓愈詩〕交驚舌牙—。

十四畫

【䑰】雛免切音饌銑韻　專也。見〔字彙補〕。

十五畫

【譁】呼瓜切音花麻韻

舌短貌。見〔篇海〕。

十七畫

【讕】郎干切音闌寒韻

譚—。語不正也。見〔集韻〕。

【讒】讒或字。見〔集韻〕。

※色部※

【色】殺測切音嗇職韻

(一)顏气也。从人从卪。見〔說文〕。〔段注〕顏者兩眉之閒也。心達於气。气達於眉閒。是之謂—。顏—與心若合符卪。故其字從人卪。

(二)采—也。〔書益稷〕以五采彰施於五—。〔蔡傳〕采者青黃赤白黑也。色者言施之於繒帛也。〔按古人有正—有間—。正—五。曰青赤白黑黃。間—亦五。曰綠紅碧紫駵黃。今物理學家又分析太陽光線爲紅、朱、黃、綠、藍、青、紫七原—。〕

(三)女—也。〔書五子之歌〕內作—荒。〔按詩關雎序不淫其—。疏云。通謂女人爲色。〕

(四)溫潤也。〔詩泮水〕載—載笑。

(五)物景也。〔莊子盜跖〕車馬有行—。

(六)兆氣也。〔周禮占人〕大夫占—。

(七)縫也。見〔廣雅釋詁〕。

(八)神之旗也。〔素問三部九候論〕其—必夭。

(九)作—也。〔左昭十九年傳〕諺所謂室於怒市於—者。楚之謂矣。〔注〕猶人忿於室家而作—於市人。

(十)計物之種類亦曰—。〔梅堯臣詩〕其贈幾何多。六—十五餅。

(十一)—然。驚貌。〔公羊哀六年傳〕皆—然而駭。〔注〕—然。驚駭貌。

(十二)戰—。敬貌。〔論語鄉黨〕勃如戰—。〔鄭注〕戰—。敬也。

(十三)容—。和也。〔論語鄉黨〕享禮有容—。〔朱注〕有容—。和也。

(十四)載—。猶言有生氣起—也。〔潘岳詩〕重園克解危城載—。

(十五)物—。以形貌求之也。〔後漢嚴光傳〕乃令以物—訪之。

(十六)腳—。俗語喻人之幹練也。〔又〕陳明系出所自曰三代腳—。〔又〕優伶俗呼爲腳—。〔茶香室叢鈔〕國朝李斗揚州畫舫錄云。梨園以副末開場爲領班。副末以下。老生、正生、老外、大面、二面、三面七人謂之男腳—。老旦、正旦、小旦、貼旦四人謂之女腳—。打諢一人謂之雜。此江湖十二腳—。元院本舊制也。

(十七)—目。猶言種類也。蒙古族類有此稱。〔元史選舉志〕鄉試八月二十日。蒙古—目人試經問五條。漢人南人明經經疑二問。經義一道。二十三日。蒙古—目人試策一道。漢人南人古賦詔誥章表內科一道。

(十八)名—。稱名妓也。〔異聞錄〕韓翃少負才名。有鄰爲李姓者。每將娼妓柳氏至家。必邀韓飲。謂曰。公當今名士。柳當今名—。名—配名士。不亦可乎。

(十九)—子。賭具之一種。本名骰。因擲骰者以所見之—爲勝負。故俗名—子。

四畫

【䒑】呼雞切音醯齊韻

黃病色也。見〔廣韻〕。

五畫

【艴】倚兩切音鞅養韻

气流皃。見〔集韻〕。

【艴】蒲沒切音勃月韻

色—如也。見〔說文〕。〔注〕盛氣色也。〔按說文引論語鄉黨色—如也。今本作勃。如孟子萬章。王勃然變乎色。其義正同。〕

【艴】敷勿切音弗物韻

色怒也。〔孟子公孫丑〕曾西—然不悅。

【艴】滂佩切音配隊韻 咄或字〔集韻〕咄將詈謂之咄。或作—。

【⿱癶色】普活切音鏺曷韻 —艴不深色也。見〔集韻〕。

【⿰末色】莫葛切音末曷韻。⿱癶色—詳⿱癶色字。

【⿰白色】白駕切音杷禡韻 色不眞也。見〔廣韻〕。〔按集韻从白从巴〕

【⿸疒色】同⿰疱色。見〔龍龕手鑑〕。

七畫

【⿰夾色】同艴。見〔金石韻府〕。

【⿰夋色】同皴。見〔五音篇海〕。

【⿰孛色】艴俗字。見〔玉篇〕。

八畫

【⿰并色】普丁切音砰青韻普迴切音頩迴韻

㊀縹色也。見〔說文〕〔段注〕縹者帛青白色也。

㊁怒色也〔文選宋玉賦〕頩薄怒以自持兮。〔李善注引方言〕頩、怒色青貌。〔按頩與—同今方言無此語李所據蓋古本〕

【⿰兔色】同⿰免色。見〔篇海類編〕。

【⿰尚色】同豔。見〔龍龕手鑑〕。

【⿰彥色】顏或字。見〔集韻〕。

九畫

【⿰癸色】同⿰奚色。見〔龍龕手鑑〕。

【⿰色頁】同顏。見〔五音篇海〕。

十畫

【⿰冥色】莫定切音冥徑韻 —⿰冥色青黑色也。見〔集韻〕。

【⿰冥色】眉病切音命敬韻 閉目也。見〔洪武正韻〕〔按—與瞑通〕

【⿰窊色】鄔化切音窊禡韻烏瓦切音㧉馬韻 色敗。見〔集韻〕。

【⿰翁色】烏項切音㑳講韻 色深惡皃—。見〔集韻〕。

【⿰旁色】普朗切音髈養韻 —⿰旁色。無色也。見〔集韻〕。

【⿰兔色】同⿰兔色。見〔玉篇〕。

十二畫

【⿰曾色】思登切音僧蒸韻七鄧切音蹭徑韻 ⿰瞢色—。神不爽也。見〔廣韻〕。〔又〕色惡也。見〔集韻〕。

【⿰莽色】母朗切音莽養韻 ⿰旁色—。無色也。見〔集韻〕。

十三畫

【艶】豔俗字。見〔玉篇〕。

十四畫

【⿰熏色】吁運切音訓問韻 物被熏色也。見〔集韻〕。

【⿰夢色】謨中切音瞢東韻 —。醜也。見〔集韻〕。

十六畫

【⿰瞢色】彌登切音萌庚韻 —。神亂也。見〔集韻〕。

【⿰瞢色】母亙切音孟徑韻 —⿰瞢色。色惡也。見〔類篇〕。

十八畫

【艷】同豔。見〔類篇〕。

※老部※

【老】魯皓切音栳皓韻

(一)考也。七十曰—。从人毛匕。言須髮變白也。見〔說文〕〔段注〕韻會無人字。此篆蓋本从毛匕長毛之末筆。非中有人字也。〔按論語季氏。及其—也。皇疏。謂五十以上也。管子海王篇注。六十以上爲—男。五十以上爲—女。是—非七十之專稱。〕

(二)上公曰—。〔禮記王制〕屬於天子之—二人。〔注〕—、謂上公。

(三)上卿曰—。〔禮記曲禮〕國君不名卿—世婦。〔注〕卿—上卿也。

(四)大夫曰—。〔左昭十三年傳〕天子之—。〔疏〕—者是大夫之總名。〔按大夫士亦通稱—。儀禮士相見禮云。大夫士則曰寡君之—。是也。〕

(五)大夫之家臣曰—。〔儀禮聘禮〕授—幣。〔疏〕大夫家臣稱—。

(六)士之尊吏曰—。〔儀禮士昏禮〕授—鴈。〔注〕—、羣吏之尊者。〔疏〕士雖無君臣之名。云—。亦是羣吏中尊者也。

(七)致仕之臣曰—。〔左昭四年傳〕至於—疾。〔注〕—、致仕在家者。

(八)父母也。〔周禮司門〕以其財養死政之—。〔注〕死政之—。死國事者之父母也。〔又〕先人爲—。見〔顏氏家訓雜纂〕。

(九)師久也。〔左僖三十三年傳〕—師費財。〔注〕師久爲—。

(十)師曲也。〔左僖二十八年傳〕師直爲壯。曲爲—。

(十一)尊敬之也。〔荀子修身〕—而壯者歸焉。〔注〕——。謂以—爲—而尊敬之也。〔按禮記大學。上——。孟子梁惠王—吾—。以及人之—。亦皆此義。〕

(十二)休息也。〔荀子成相〕治之道美不—。

(十三)舊也。壽也。見〔獨斷〕。

(十四)朽也。見〔釋名釋長幼〕。

(十五)耄也。見〔列子天瑞〕。

(十六)—有經驗長久之義。如稱人練達曰—。此本於莊子—斲輪之手云云也。

(十七)—有頑鈍無恥之義。如斥人庸劣曰—面皮。此本於五代史擬頑—子云云也。

(十八)—有根本深遠之義。如原籍曰—家。舊部曰—營。此本於史記吾適豐沛問其遺—云云也。

(十九)—有窟穴牢固之義。如虎則曰—虎。鼠則曰—鼠。此本於晉書五行志。物—爲妖人—成精云云也。

(二十)三—。謂上壽中壽下壽也。〔左昭三年傳〕三—凍餒。〔又〕能知三德五事者。〔禮記樂記〕食三—五更於大學。〔注〕三—五更。互言之耳。皆—人能知三德五事者也。〔又〕尊年也。見〔後漢章帝紀〕。〔又〕鄉官也。見〔後漢光武帝紀注〕。〔又〕衆人之師也。見〔後漢明帝紀注〕。〔又〕國—也。見〔通典引蔡邕月令章句〕。

(廿一)五—。謂遊河五星之精也。〔竹書紀年〕堯率舜升首山。遵河渚。有五—遊焉。蓋五星之精也。〔又〕五—會。〔聞見錄〕至和中。杜祁公衍八十。王禮侍渙九十。畢農卿世長九十四。兵部朱貫八十八。始平馮公八十七。優游鄉梓。爲睢陽五—會。

(廿二)九—。謂高年不仕之人也。〔唐書白居易傳〕嘗與胡杲、吉旼、鄭據、劉眞、盧眞、張渾、狄兼謨、盧貞燕集。皆高年不仕者。人慕之。繪爲九—圖。〔又〕九—會。〔藝文類聚〕李文正昉能相居京師。七十一。張好問八十五。李運八十。宋琪、武允成、皆七十九。僧贊寧七十八。魏行七十六。楊徽之七十五。朱昂與成同庚。作九—會。〔又〕九—京山名也。〔雲笈七籤〕九—京者山名也。在榑桑之際。

(廿三)父—。耆—有高德者。〔公羊宣十五年傳〕什一行而頌聲作矣。〔注〕選其耆—有高德者。名曰父—。

(廿四)長—。釋家有齒德者。〔禪門規式〕道高臘長。呼爲須菩提。亦曰長—。〔又〕年—之通稱也。〔漢書文帝紀〕—者非帛不煖。非肉不飽。使人存問長—。

(廿五)房—。姬妾之尚長者。〔拾遺記〕石崇退翔風爲房—。使主羣少。

(廿六)堂—。稱宰相。〔國史補〕宰相相呼爲堂—。

(廿七)閣—。稱中書官。〔唐書楊綰傳〕中書舍人久次者爲閣—。

(廿八)—撾。南洋古國名。今屬於英領地。

(廿九)—耼。古壽考之人也。〔禮記曾子

問〕吾聞諸｜聃。〔注〕｜聃。古壽考者之號也。與孔子同時。〔疏〕史記云。｜聃爲周柱下史。或爲守藏史。鄭注論語云。｜聃。周之太史。未知所出。〔段氏說文聃字注曰〕史記｜子列傳曰。姓李氏。名耳。字聃。今本史記作名耳。字伯陽。謚曰聃。淺人妄改者也。按後世往往以｜子與黃帝並稱。號曰黃｜。史記申不害傳。學本黃｜。指此。又以｜子與佛並稱。號曰佛｜。韓愈原道。佛｜之學。指此。〕

㉚扶｜。杖也。〔陶潛辭〕策扶｜以流憩。〔又〕鳥名也。〔古今注〕扶｜。秃秋也。狀如鶴而大。

㉛鶀｜。鳥名。〔爾雅釋鳥〕鶨鶀｜。〔疏〕鶨、一名鶀｜。郭云。鳩鶨。俗呼爲癡鳥。字林云。勾喙鳥也。

㉜白｜。猫名。〔稽神錄〕有貓名白｜。既至。自堂西階地中獲鼠七八。〔按王良臣詩。三生白｜與烏圓。蓋亦謂貓也。〕

㉝助語辭。〔容齋三筆〕東坡詩用人名。每以｜字爲助語。〔按近朋友相狎。每稱曰｜某。或稱某｜。蓋本此〕

㉞｜娘。穩婆也。〔通俗編〕倦游錄。苗振就館職。晏相曰。宜稍溫習。振曰。豈有三十年爲｜娘而倒繃孩兒者乎。則謂穩婆爲｜娘。其來舊矣。

㉟人名。春秋時晉張｜。楚襄｜。

㊱姓也。宋｜佐。見〔廣韻〕

二畫

【考】苦浩切音栲晧韻

①老也。見〔說文〕〔段注〕凡言壽考者。此字之本義也。

②父爲｜。見〔爾雅釋親〕〔注〕禮記曰。生曰父。死曰｜。〔按書康誥。大傷厥｜心。据此生亦有稱｜者〕

③成也。〔詩考槃〕｜槃在澗。〔傳〕｜、成。

成也。〔按春秋隱五年。仲子之宮。穀梁傳曰。｜者。成之也。春秋辨疑引趙匡集傳云。｜、成室之名〕

④終也。〔楚辭離世〕身憔悴而｜且。

⑤稽也。〔詩文王有聲〕｜卜維王。

⑥合也。〔國語周語〕｜中聲而量之以制。

⑦校也。〔國語晉語〕｜省不倦。

⑧觀也。〔淮南精神〕｜世俗之行。

⑨察也。〔易復〕中以自｜也。〔釋文引向秀注〕｜、察也。

⑩按也。〔後漢周嘉傳〕詔遣覆｜。

⑪究也。〔漢書東方朔傳〕｜其文理。

⑫劾也。〔後漢郎顗傳〕各各｜事。

⑬問也。〔太玄疑〕疑｜舊。

⑭登也。〔儀禮士喪禮〕｜降無有近悔。

⑮擊也。〔詩山有樞〕弗鼓弗｜。

⑯引也。見〔方言〕

⑰瑕釁也。〔淮南氾論〕夏后氏之璜。不能無｜。

⑱核實也。〔書舜典〕三載｜績。〔按後世選士之法亦以｜試〕

⑲謚法。〔周書謚法〕大慮行節曰｜。

⑳史體之一。〔五代史總論〕五代禮樂文章。吾無取焉。其後世有必欲知之者。不可以遺也。作司天職方｜。

㉑｜工。主作器械。見〔後漢樊準傳注〕〔按今周禮有｜工記〕

㉒｜竟。獄死之名。〔釋名釋喪制〕獄死曰｜竟。｜得其情。竟其命於獄也。

㉓｜據。稽古疏證之學也。清乾嘉時最盛。

㉔通定。〔禮記檀弓〕鄰婁｜公之喪。〔注〕｜、或爲定。

㉕通措。蔡宣侯名｜父。見〔春秋隱八年〕〔史記作措〕

㉖姓也。見〔廣韻引姓苑〕

【𦒱】同耇。見〔篇韻〕

【孝】考俗字。見〔字彙補〕

四畫

【耄】莫報切音帽號韻

①本作薹。〔說文〕年九十曰薹。从老。蒿省聲。〔段注〕今作耄。从老省。毛聲。耗、今音讀蒿去聲。蓋蒿聲毛聲古可通用也。〔按字亦作眊。亦作旄。鹽鐵論孝養。七十曰｜。詩板。匪我言｜。傳。八十曰｜。禮記曲禮。八十九十曰｜。是七十以上通稱｜也〕

②亂也。〔左昭元年傳〕諺所謂老將至而｜及之者。

③惽忘也。見〔禮記曲禮注〕

④守義不進也。〔漢書五行志〕守義不進茲謂｜。

【者】止也切音赭馬韻

①別事詞也。見〔說文白部〕〔段注〕言主于別事。則言｜以別之。喪服經。斬衰裳。苴絰杖。絞帶。冠繩纓。菅

歷—。注曰——。明爲下出也。此別事之例。〔按王引之云。或指其事。或指其物。或指其人。或言—。或言—也。皆常語也。〕

㈡起下詞也。〔易乾文言〕元—。善之長也。〔按繫辭負也—。小人之事也。亦起下之詞。王引之曰。或上言—而下言也。或上言也—而下言也。皆常語也。〕

㈢猶也也。〔禮記射儀〕射之爲言—。釋也。〔王引之云。猶曰射之爲言釋也。釋也。〕

㈣此也。〔增韻〕凡稱此箇爲—箇。〔按毛晃曰。凡稱此箇爲—箇。俗多改用這字。這乃魚戰切。迎也。〕

㈤昔—。先時也。〔孟子公孫丑〕昔—竊聞之。〔又〕昨日也。〔孟子離婁〕曰昔—。

㈥厲—。近時也。〔漢書李尋傳〕厲—頗有變改。

㈦日—。星卜家也。史記有日—傳。

㈧長—。年老之人也。〔禮記曲禮〕謀於長—。必操几杖以從之。〔又〕德高—之稱。〔史記項羽紀〕居縣中素信謹。稱爲長—。

㈨謁—。掌賓贊之官名。〔漢書百官公卿表〕謁—掌賓讚受事員七十人。秩比六百石。

㈩—樂甸屬雲南大理府。—章硬寨。—達寨屬雲南鎭沅府。皆滇中種人所居地。

⑪通諸。〔禮記郊特牲〕不知神之所在。於彼乎。於此乎。或諸遠人乎。〔按王引之云。或諸卽或—〕

【耆】渠伊切音祁支韻

㈠老也。見〔說文〕〔段注〕曲禮。六十曰—。許不言者。許以—爲七十已上之通稱也。

㈡長也。見〔爾雅釋詁〕。

㈢指也。〔釋名釋長幼〕六十曰—。—、指也。不從力役。指事使人也。

㈣至也。〔禮記曲禮〕六十曰—。指使。〔釋文引賀瑒注〕—、至也。至老境也。

㈤彊也。〔左昭二十三年傳〕不懦不—。

㈥惡也。〔詩皇矣〕上帝—之。

㈦—艾尊稱也。〔國語周語〕—艾修之。〔注〕—艾。師傅也。東周人謂尊爲—艾。

㈧屠—。賢也。〔史記匈奴傳〕匈奴謂賢曰屠—。

㈨瘢—。馬脊創瘢處也。〔漢書揚雄傳〕兗鋋瘢—。金鏃淫夷者數十萬人。

㈩—童。神名。〔山海經西山經〕騩山神—童居之。〔注〕—童。老童。顓頊之子。

⑪國名。〔史記周本紀〕明年敗—國。〔注〕卽黎國也。〔按黎國當今山西黎城縣東北。〕

⑫焉—。國名。〔漢書西域傳〕焉—國王治員渠城。〔當今新疆焉—縣〕

⑬伊—。氏官名。〔周禮秋官序官〕伊—氏。〔注〕伊—。古王者號。始爲蜡以息老物。後王識伊—氏之舊德。而以名官歟。今姓有伊—氏。

⑭黃—。藥名。見〔本草綱目〕。

⑮拘—。鳥名。〔法苑珠林〕昔有鳥名拘—。

【耆】軫視切音旨紙韻

致也。〔詩武〕—定爾功。〔傳〕—、致也。〔按左宣十二年傳。—昧也。注云。—、致也。致討於昧。其義亦同。〕

【耆】時利切音視寘韻

同嗜。〔禮記月令〕節—欲。

【𦒱】殊遇切音樹遇韻

老人行才相逮也。从老省。昜象形。見〔說文〕〔段注〕才。僅也。今字作纔。纔相逮者。兩足僅能相及。言其行遲步小也。各本作易省。行象。譌。今正。此非易省。乃象步小相迫之狀也。

【耄】同耄。見〔玉篇〕。

【𦒱】同𦒱。見〔舊字典〕。

五畫

【𦓁】多忝切音點琰韻 多念切音店豔韻

㈠老人面如點處。見〔說文〕〔段注〕謂老人面有黑瘢之處也。點者小黑也。

㈡老也。見〔廣雅釋詁〕。

【𦓅】大到切音導號韻

七年曰—。見〔玉篇〕。〔按禮記曲禮。人生七年曰悼。〕

【耇】舉厚切音苟有韻

老年面凍黎若垢。見〔說文〕。〔段注〕凍黎。謂凍而黑色。〔按儀禮士冠禮。黃—無疆。注云。—、凍面凍黎。爾雅釋詁。—、壽也。孫炎曰。—也黎

棃色如浮垢。老人壽徵也。舍人曰。—、觀也。血氣精華觀竭。言色赤黑如狗矣。〕

【耆】同耆。見〔字彙補〕。

【耇】耇或字。見〔類篇〕。

六畫

【𦒺】呼昆切音昏元韻

耄也。見〔篇海〕。

【耋】徒結切音經他結切音鐵屑韻

㊀年八十曰—。見〔說文〕。〔按公羊宣十二年、何注。六十稱—。爾雅釋言舍人注。—、年六十稱也。易離馬注。禮記射義釋文。左僖九年傳杜服注。並謂七十曰—。易離鄭注。大—、謂年踰七十也。是六十以上通稱—也。〕

㊁鐵也。皮膚變黑色如鐵也。見〔釋名釋長幼〕。

㊂通戜。常也。見〔詩柏舟胡迭而微釋文引韓詩〕。〔按漢書孔光傳。犬馬齒戜。注云戜讀與—同。又集韻。—亦作戜。是戜即—也。〕

【𦓁】同耊。見〔篇韻〕。

【耆】同耆。見〔字彙補〕。

【耋】耋或字。見〔集韻〕。

九畫

【𦓃】古壽字。見〔篇韻〕。〔按舊說。古文無此字。乃譌字也。〕

十畫

【𦓄】古壽字。見〔玉篇〕。

【𦓆】同耄。見〔字彙補〕。

十五畫

【𦓈】同耄。見〔類篇〕。

※虍部※

【虍】荒胡切音呼虞韻

虎文也。象形。見〔說文〕。〔注〕象其文章屈曲也。

二畫

【虎】火五切音滸麌韻

㊀山獸之君。从虍从儿。—足象人足也。見〔說文虎部〕。〔段注〕此古本之眞也。鉉本妄改。張次立復以鉉本改鍇本。惟韻會如是。儿部曰。孔子曰。在人下。故詰屈。謂人之股腳也。—之股腳似人。故其字上虍下儿。虎謂其文。儿謂其足也。〔按—為百獸之長。性鷙力猛。黃質黑章。鋸牙鉤爪。殘害人畜。有威骨如乙字。長一寸。在脅兩旁。尾端亦有之。體長五六尺。今山野地多有之。形與貓極肖。〕

虎圖

㊁棋法。防人來攻。先又一著曰—。

㊂州名。唐—州。後避太祖諱、改武州。

㊃灘名。〔水經夷水注〕夷水又東逕—灘。

㊄—賁。勇士稱也。〔書牧誓序〕—賁三百人。

㊅—臣。喩威武也。〔詩泮水〕矯矯—臣。〔疏〕矯矯然有威武如—之臣。

㊆—門。路寢門也。〔周禮師氏〕居—門之左。〔注〕王日視朝于路寢門外。畫—焉以明勇猛。

㊇—節。使者之節也。〔周禮小行人〕山國用—節。

㊈—落。外蕃也。〔漢書鼂錯傳〕要害之處。通川之道。調立城邑。毋下千家。為中周—落。〔注〕—落者。外蕃也。若今時竹—落。蓋以竹篾相連遮落之也。

㊉—牢。地名。〔左莊二十一年傳〕自—牢以東。〔注〕—牢。河南成皋縣。〔按—牢。鄭邑。當今河南汜水縣城西。〕

(十一)—丘。山名。〔吳越春秋〕吳王葬闔閭門外。金玉精上浮為白—。名—丘。〔在今江蘇蘇州閶門外。〕

(十二)白—。星名。〔書堯典〕日短星昴。〔

傳〕昴白—之中星。〔又〕殿名。觀名。〔三輔黃圖〕未央宮有白—殿。〔後漢章帝紀〕郎官及諸生會白—觀講五經同異。〔又〕石灰別名。〔本草綱目〕石灰一名白—。

(十三) 金—。臺名。〔魏志武帝紀〕建安十八年九月作金—臺。

(十四) 蝎—。守宮也。〔本草綱目〕守宮食蠆。故呼蝎—。

(十五) 魚—。害魚之鳥也。〔本草綱目〕魚狗一名魚—。此鳥害魚。故得此類命名。

(十六) 蠅—。捕蠅之蟲也。〔古今注〕蠅—。蠅狐也。形似蜘蛛而色灰白。善捕蠅。一名蠅蝗。一名蠅豹。

(十七) —蘭。澤蘭也。見〔廣雅釋草〕。

(十八) —掌。瓜屬也。見〔廣雅釋草〕。

(十九) —耳。草名。〔本草綱目〕—耳一名石荷葉。生隱濕處。如荷蓋狀。

(二十) —王。蟲名。〔廣雅釋蟲〕—王。蛸也。

(廿一) —魄。珠也。〔後漢王符傳〕犀象珠玉—魄。

(廿二) —子。清器也。〔周禮玉府〕掌王之燕衣服衽席牀笫凡褻器。〔注〕褻器。清器。—子之屬。〔按西京雜記。漢朝以玉爲—子以爲便器〕

(廿三) 艾—。以艾爲形者也。〔荊楚歲時記〕五月五日以艾爲—形。或翦綵爲小—。貼以艾葉。

(廿四) 筆—。握筆善書者也。〔法書苑〕李陽冰善小篆。自謂蒼頡後身。時謂之筆—。

(廿五) 笑面—。嬉笑之人也。〔談藪〕王公袞性甚和平。居常若嬉笑。人謂之笑面—。〔今世俗稱心惡貌慈者曰笑面老—本此〕

(廿六) 獨行—。紫花之草也。〔本草綱目〕紫花地丁。一名獨行—。

(廿七) 姓也。漢有合浦太守—旗。其先八元伯—之後。見〔廣韻〕。

【⿸虍七】同虐。見〔篇海〕。

三畫

【虐】逆約切音瘧藥韻

(一) 本作虐。〔說文〕虐、殘也。从虍爪人。虎足反爪人也。〔段注〕爪人二字補。覆手曰爪。虎反爪嚮外攫人是曰—。

(二) 苛也。見〔增韻〕。

(三) 暴也。〔書金縢〕遘厲—疾。

(四) 災也。〔書盤庚〕殷降大—。

(五) 害也。〔淮南氾論〕刑推則—。

(六) 侮也。〔書洪範〕無—煢獨。〔釋文〕馬本作亡侮煢獨。

(七) 惡也。見〔廣雅釋詁〕。

(八) 賊善曰—。〔楚辭沈江〕紂暴—以失位兮。

(九) 不教而殺謂之—。〔荀子王制〕元惡不待教而誅。

(十) 反友爲—。〔賈子道術〕兄敬愛弟謂之友。反友爲—。

(十一) —士。謂死者。〔左哀十五年傳〕無祿—士。

(十二) 五—。五等酷刑。〔書呂刑〕惟作五—之刑。

【⿸虍亏】匈于切音吁虞韻

虎吼也。見〔類篇〕。

【⿸虍又】同虐。〔漢書君碑〕外攝强—。

【⿸虍子】同⿸虍亏。見〔字彙補〕。

四畫

【虒】相知切音斯支韻

(一) 委—。虎之有角者也。見〔說文虎部〕。〔段注〕虎無角。故言者以別之。〔廣韻〕曰—似虎有角。能行水中。〔桂注云集韻〕委—。獸名。似虎而角。出廣陽。邵君晉涵曰。釋獸威夷。即委—。聲相近。

(二) —祁。宮名。〔左昭八年傳〕晉平公築—祁之宮。〔按後因以爲地在今山西曲沃縣西〕

(三) 上—。亭名。〔漢書地理志〕上黨郡銅鞮縣。有上—亭。

(四) 下—。臺名。〔劉歆賦〕過下—而歎息兮。悲平公之作臺。

(五) 緜—。縣名。漢置。屬蜀郡。後漢改爲道。今四川茂縣境有汶川故城。即緜—縣地。

【虒】田黎切音題齊韻

—奚。縣名。見〔類篇〕。〔今在直隸密雲縣東北〕

【虒】丈爾切音豸紙韻

茈—。不齊也。〔文選司馬相如賦〕傑池茈—。

【虓】虛交切音哮肴韻〔一作唬或作猇〕

(一) 虎鳴也。一曰師子。見〔說文虎部〕。〔段注〕口部曰。唬、虎聲也。與唬雙聲同義。一曰師子。別義。謂師子名—也。師獅正俗字。

(二) 虎怒也。〔詩常武〕闞如—虎。〔傳〕虎之自怒—然。

(三) 暴辱也。〔呂覽必己〕船人怒而以楫—其頭。

【虔】渠焉切音乾先韻
(一)虎行皃。見〔說文〕〔按此乃—之本義如是今人尟有知之者矣〕
(二)固也。〔詩韓奕〕—共爾位。
(三)敬也。〔左成十二年傳〕—卜于先君也。
(四)椹也。〔詩殷武〕方斲是—。〔箋〕椹謂之—。
(五)殺也。〔左成十三年傳〕—劉我邊陲。
(六)少也。見〔廣雅釋詁〕。
(七)慧也。見〔方言〕。
(八)謾也。見〔方言〕。
(九)強取也。見〔玉篇〕。
(十)端正皃。見〔玉篇〕。
(十一)矯—撟擾也。〔書呂刑〕奪攘矯—。〔鄭注〕矯—謂撟擾。
(十二)州名。漢屬豫章郡隋置—州唐因之亦曰南康今江西贛縣治。
(十三)—人羌號。〔後漢安帝紀〕—人羌率衆降。
(十四)姓也。〔風俗通〕陳留—氏。黃帝之後。
(十五)通乾。〔穀梁昭十一年傳〕楚子—。〔釋文〕—或作乾。
(十六)通榩。〔爾雅釋宮〕椹謂之榩。〔釋文〕榩、本亦作—。

【虙】房七切音密質韻
愁皃。見〔玉篇〕。

【虓】魚刈切音乂隊韻 牛例切音剸霽韻
虎皃。見〔說文虎部〕。

【䖊】魚戟切音逆陌韻
虎皃。又聲也。見〔字彙補〕。

【䖋】同虐。見〔直音〕。

五畫

【𧆛】洛乎切音盧虞韻
(一)𠙹也。見〔說文由部〕〔段注〕𠙹者。小口罌也。〔按說文—之籀文作鑪。篆文作𧇬。〕
(二)飯器也。見〔篇海〕。
(三)虎文也。見〔字彙補〕。

【𧆞】胡甲切音洽洽韻
(一)虎習搏也。見〔廣韻〕。〔按玉篇云。—、今作狎〕
(二)同柙。見〔字彙補〕。

【處】敞呂切音杵語韻
(一)処或字。見〔說文几部〕。〔按処、止也。从夂几。夂得几而止也。今或體處行。轉謂処俗字〕
(二)居也。〔易繫辭〕上古穴居而野—。
(三)安也。〔禮記檀弓〕何以—我。〔注〕—、猶安也。
(四)定也。〔國語晉語〕丞—之。
(五)留也。〔禮記射義〕—者半。〔注〕—、猶留也。
(六)歸也。〔左襄四年傳〕各有攸—。
(七)名也。〔國語魯語〕而知者—物。
(八)巢也。〔淮南氾論〕燕雀—帷幄而兵不休息。〔注〕—、猶巢也。
(九)病也。〔呂覽愛士〕陽城胥渠—。〔注〕—、猶病也。
(十)制也。〔晉書食貨志〕雖—以嚴刑。而不能禁也。
(十一)斷決也。〔漢書谷永傳〕臣愚不能—也。
(十二)分別也。〔晉書杜預傳〕—分既定。〔按凡分別—理使各得其宜者曰—。如區—、置—以及用刑曰—斬、—絞。與夫法律—之者曰—分、之類〕
(十三)位置也。〔史記李斯傳〕人之賢不肖。譬如鼠矣。在所自—耳。
(十四)—人隱居也。〔淮南主術〕—人以譽尊。〔按凡未出者謂之—。如未出仕者稱—士。未出嫁者稱—女、—子之類。淮南之—人亦猶—士也〕
(十五)—舍。營壘也。〔荀子議兵〕—舍收藏。欲周以固。
(十六)—器。謂貯庫而爲備者。〔管子問〕—器之具。
(十七)——居室也。〔詩公劉〕于時——。〔按鄭箋謂於是—其所當—者。朱傳則曰——居室也〕
(十八)州名。晉屬永嘉郡。隋置—州。清爲—州府。當今浙江—州治。
(十九)通居。〔儀禮既夕記〕士—適寢。〔注〕今文—爲居。
(二十)通家。〔孟子滕文公〕—於於陵。〔水經注作家於於陵〕
(廿一)姓也。〔漢書藝文志注〕趙有—子。

【處】昌據切御韻
(一)所也。〔史記五帝紀〕遷徙往來無常—。〔按如前清軍機—、侍衛—、奏事—、參謀—、籌備—之類〕
(二)常也。〔呂覽誣徒〕喜怒無—。
(三)——。偏也。〔後漢桓帝紀〕郡縣阡陌。——有之。

【䖏】居御切音倨御韻 人名。齊有梁丘—。見〔集韻〕。

【虖】荒烏切音呼虞韻 ㈠本作虖。〔說文〕虖。哮—也。〔段注〕口部曰。哮。豕驚聲也。唬。虎聲。通俗文曰。虎聲謂之哮唬。疑此哮—當作哮唬。辭。〔漢書武帝紀〕嗚—。何 ㈡嗚—。歎辭。〔漢書武帝紀〕嗚—。何施而臻此歟。〔注〕—。讀曰呼。 ㈢—沱。水名。〔山海經北山經〕泰戲之山。—沱之水出焉。〔按—沱河在今山西繁峙縣。泰戲。山東南泰戲。又名孤阜。聲相近。字之異也。〕

【虖】侯五切音戶麌韻 人名。〔莊子山木〕孔子問子桑—。

【虖】況于切音吁虞韻 虎吼也。見〔廣韻〕。

【虖】洪孤切音湖虞韻 語之餘也。〔漢書汲黯傳〕寧令從諛承意陷主于不義—。〔按集韻。乎、古作—。〕

【虖】醯經切音馨青韻 水名。〔周禮職方氏〕其川—池、嘔夷。〔注〕—池出鹵城。〔釋文〕—。喚胡反。又香刑反。

【虙】房六切音服屋韻 ㈠虎皃。見〔說文〕。 ㈡通伏。〔詩陳譜〕太皞—戲氏之墟。〔疏〕—戲。卽伏羲。字異音義同也。〔按顏氏家訓書證云。張揖孟康皆云。—伏古今字。而皇甫謐帝王世紀云。伏羲或謂之宓羲。諸經史緯候。遂無宓羲之號。—宓二字。下俱爲必。是以誤耳。孔子弟子—子賤。卽—羲之後。俗字亦爲宓。今兗州永昌郡城。舊單父地也。東門有子賤碑。漢世所立。乃云濟南伏生。卽子賤之後。是—之與伏。古來通字。誤以爲宓。較可知矣。〕

【虓】胡甲切音洽洽韻 虎也。見〔玉篇〕。

【䖔】魚既切音毅未韻 虎息也。見〔篇海〕。〔按正字通云。—。虓字之譌。〕

【虓】魚迄切音疙物韻魚既切音毅未韻 本作虓。〔說文虎部〕虓。虎皃。〔按玉篇廣韻作虓。〕

【虘】才何切音醝歌韻 虎不柔不信也。見〔說文〕〔段注〕剛暴矯詐。〔按玉篇—同䖒。〕

【虐】虐本字。見〔說文〕。

【虖】虖本字。見〔說文〕。

【虒】同虓。人名。〔十六國春秋〕梓潼太守周—。〔按晉書作虓。〕

【䖒】同䖒。見〔集韻〕。

【虛】同虛。見〔正字通〕。

【䖓】同盧。見〔廣韻〕。

【虓】同虓。見〔集韻〕。

六畫

【虛】去魚切音祛魚韻 ㈠大丘也。崑崙丘謂之崑崙—。古者九夫爲井。四井爲邑。四邑爲丘。丘謂之—。見〔說文北部〕〔段注〕崑崙丘。丘之至大者也。—者。今之墟字。猶崑崙今之崐崘字也。—本爲大丘。大則空曠。故引伸之爲空—。如魯少皞之—。衞顓頊之—。陳太皞之—。鄭祝融之—。皆本帝都。故謂之—。又引申之爲凡不實之稱。邶風。其—其邪。毛曰。—、—也。謂此—字乃謂空—。非丘—也。一字有數義數音。則訓詁有此例。自學者罕能會通。乃分用墟—字。而—之本義廢矣。 ㈡次也。〔國語晉語〕實沈之—。晉人是居。 ㈢地名。〔春秋桓十二年〕會宋公於—。〔注〕宋地。疑在睢州境。〔睢州今改爲縣。屬河南。〕 ㈣水名。〔漢書地理志〕琅邪郡—水。〔當在山東益都縣境。〕

【虛】休居切音噓魚韻 ㈠空也。〔禮記曲禮〕—坐盡後。 ㈡閒也。見〔爾雅釋詁〕。〔疏〕閒謂閒隙也。—無者空無所有。故有閒隙。 ㈢孔竅也。〔淮南氾論〕若循—而出入。 ㈣無也。〔文選張衡賦〕有憑—公子者。〔按凡物之無者皆謂之—。谷無水者曰—。淮南說林。川竭而谷—是也。根無實者曰—。呂覽辨士。—稼先死是也。引伸之居室之無人者曰—。莊子人間世。國爲—厲是也。國之無人亦曰—。周書文政。無—不敗是也。〕 ㈤不實也。〔國策秦策〕囷倉—。 ㈥中空也。〔禮記曲禮〕執—如執盈。

(七)希也。〔呂覽辯士〕不知其稼。居地之—也。
(八)眞氣不足也。〔素問玉機眞藏論〕此謂五—。
(九)心也。〔淮南俶眞〕是故—室生白。
(十)弱也。〔呂覽行論〕齊國以—也。
(十一)無欲也。〔淮南氾論〕恒—而易足。
(十二)無藏也。見〔管子心術〕。
(十三)對孤爲—。見〔後漢方術傳注〕。〔按六甲孤—。如甲子旬戌亥爲孤。辰巳爲—。今人以甲子旬無戌亥爲空亡。是以空亡爲孤也。辰巳與戌亥相對。故以辰巳爲—。餘甲倣此。史記龜策傳。日辰不全。故有孤—是也〕。
(十四)星名。二十八宿之一。今立秋節子正二刻二分之中星。—星之名凡四。玄枵也。—也。顓頊之—也。北陸也。

虛宿圖

(十五)六—。六位也。〔易繫辭〕周流六—。〔又〕九—。九位也。〔太玄玄圖〕九—設闢。
(十六)太—。天也。〔文選孫綽賦〕太—遼廓而無閡。
(十七)—無。道之所居也。見〔淮南精神〕。
(十八)—器。有其器而無其位也。〔左文二年傳〕作—器。
(十九)—口。謂酳也。〔禮記曲禮〕客不—口。〔疏〕—口。謂食竟飲酒蕩口。用漿曰漱。用酒曰酳。
(廿)—徐。威儀謙退也。〔詩北風〕其—其邪。〔箋〕邪讀如徐。〔疏〕釋訓云。其—其徐。威儀容止也。孫炎曰。—徐。威儀謙退也。〔又〕狐疑也。〔漢書班固傳〕承靈訓其—徐兮。
(廿一)姓也。見〔姓苑〕。
(廿二)通空。〔漢書古今人表〕秦不—。〔尸子作不空〕。

【虜】籠五切音魯麌韻

(一)獲也。从毌从力虍聲。見〔說文毌部〕。〔按禮記曲禮。獻民—者操右袂。注云。民—。軍所獲也。漢書樊噲傳注。生獲曰—。六書正譌云。生得者則以索貫而拘之。故字从毌从力。俗从男非〕。
(二)服也。〔詩常武〕仍執醜—。
(三)強也。見〔方言〕。
(四)奴隸也。〔史記李斯傳〕而嚴家無格—者。
(五)被劫曰—。〔張孟陽詩〕珍寶見剽—。
(六)—城。地名。〔水經淄水注〕淄水又東逕臨淄縣故城南。其外郭即齊獻公所徙臨淄城也。世謂之—城。

【虓】語斤切音垠文韻

虎聲也。見〔說文虎部〕。〔段注〕猶沂爲犬吠聲。

【䖘】莫狄切音覓錫韻

白虎也。見〔說文虎部〕。〔桂注〕玉篇。䖘音冥。俗—字。徐鍇曰。今人多音酣。惟隋曹憲作爾雅音云。音覓。爾雅釋獸。甝、白虎。釋文云。甝、下甘反。又亡狄反。李善注文選蕪城賦云。甝戶甘切。馥謂日旁誤爲甘。音隨文變也。

【[illegible]】古虐字。見〔類篇〕。

【[illegible]】古虎字。見〔集韻〕。

七畫

【虞】遇俱切音愚虞韻

(一)騶—也。白虎黑文。尾長於身。仁獸也。食自死之肉。詩曰。于嗟乎騶—。見〔說文〕。〔段注〕此字假借多而本義隱矣。凡云樂也安也者。娛之假借也。凡云規度也者。度之假借也。
(二)度也。〔書大禹謨〕儆戒無—。
(三)憂也。〔太玄玄瑩〕古者不遷不—。
(四)備也。〔國語晉語〕衞文公有邢翟之—。
(五)望也。見〔廣雅釋詁〕。〔疏證〕—亦候望也。桓十一年左傳。且日—四邑之至也。杜注。—、度也。案—、望也。言日望四邑之至也。
(六)欺也。見〔廣雅釋詁〕。〔疏證〕—者。淮南子繆稱訓引屯六三。即鹿無—。高誘注曰。—、欺也。
(七)驚也。見〔廣雅釋言〕。
(八)有也。見〔廣雅釋詁〕。〔疏證〕大雅雲漢六章云。則不我—。—、猶撫有也。則不我—。猶言亦莫我有也。
(九)專也。〔易中孚〕—吉。〔注〕—、猶專也。
(十)擇也。見〔廣雅釋詁〕。
(十一)助也。見〔廣雅釋詁〕。
(十二)誤也。〔詩閟宮〕無貳無—。
(十三)樂也。〔孟子盡心〕霸者之民。驩—

如也。

⑭安也。〔國語周語〕—於湛樂。

⑮猶同也。〔呂覽忠廉〕利不足以—其意。

⑯祭名。〔儀禮士虞禮記〕三—卒哭。〔注〕—爲喪祭卒哭爲吉祭。〔按釋名釋喪制既葬還祭於殯宮曰—謂—樂安神使還此也。〕

⑰官名。〔書舜典〕汝作朕—。〔傳〕—掌山澤之官。〔按周禮大宰曰—衡。禮記檀弓曰—人。又月令曰野—。淮南時則曰水—。文選王元長曲水詩序曰郊—皆山澤之官。〕

⑱朝代名。〔史記五帝本紀〕帝舜有—氏。〔距民國紀元前四千一百六十六年。〕

⑲國名。〔詩緜〕—芮質厥成。〔在今山西解州平陸縣。〕〔又〕鮮—狄種。〔左昭十二年傳〕假道於鮮—。〔注〕白狄別種。〔在今直隸正定府晉州。〕

⑳上—。縣名。〔水經浙江水注〕上—縣地名—賓晉太康地記曰。舜避丹朱于此。故以名縣。百官從之。故縣北有百官橋。亦云禹與諸侯會事訖。因相—樂。故曰上—。〔當今浙江紹興府上—縣。〕

㉑—淵。地名。〔淮南天文〕日至于—淵。

㉒姓也。〔通志氏族略〕禹封商均之子於—城。爲諸侯。後以國爲氏。

㉓通娛。〔莊子讓王〕許由—于潁濱。〔釋文〕—本作娛。

㉔通吳。〔詩絲衣〕不吳不敖。〔史記孝武紀作不—不鶩。〕

㉕通吾。〔王應麟詩攷〕騶—或作騶吾。見劉芳詩義疏。

【號】乎刀切音豪豪韻

①嘑也。見〔說文号部〕。〔段注〕嘑、各本作呼。今正。呼、外息也。與嘑義別。口部曰。嘑—也。此二字互訓之證也。釋言曰—、謼也。魏風傳曰—、呼也。以說文律之。謼呼皆假借字。—嘑者。如今云高叫也。

②鳴也。見〔廣雅釋詁〕。

③哭也。〔左宣十二年傳〕—而出之。〔按有淚無聲曰泣。有聲無淚曰—。〕漢書劉向傳注。—、謂哭而且言也。

④雞鳴也。〔晉書律曆志〕雞始三—。

⑤虎嘯也。見〔正字通〕。

⑥烏—。弓名。〔家語好生〕楚共王出遊。亡烏—之弓。〔按烏—一本作烏皥。〕

【號】胡到切音号號韻

①名也。〔周禮大祝〕辨六—。〔注〕—、謂尊其名更爲美稱。

②謚也。〔周禮職喪〕詔其—。

③令也。〔呂覽懷寵〕先發聲出—。

④召也。〔詩北山〕或不知叫—。

⑤告也。見〔廣雅釋詁〕。〔疏證〕白虎通義云。—者功之表也。所以表功明德。—令臣下者也。是告之義也。

⑥呼也。以其善惡呼名之也。見〔釋名釋言語〕。

⑦稱舉之曰—。如史記云。項羽兵—稱百萬。晉書云—爲竹林七賢之類。

⑧標識也。如國—商—記—符—之類。

⑨符語也。〔宋史韓世忠傳〕先得賊軍—。隨聲應之。〔今所謂口—。〕

⑩名位也。〔國語楚語〕而能知山川之—乎。

⑪始也。〔白虎通號〕—者始也。爲本故不可變也。

⑫—筒。樂器也。銅製。長管。其下漸哆。近世軍中亦用之。

⑬徽—。旌旗之名也。〔禮記大傳〕殊徽—。

⑭人之別字曰—。

【虘】虛宜切音羲支韻

古陶器也。見〔說文虘部〕。〔按六書正譌云於戲之戲从—。〕

【虢】郎丁切音靈青韻

獸名。似虎而小。出南海。見〔集韻〕。

【虤】女滑切音臬黠韻

虎行皃。見〔玉篇〕。

【虠】口敢切音厰感韻

彪屬。見〔說文虎部〕。

【虣】戶感切音頷感韻

虎聲。見〔集韻〕。

【虦】呼濫切音㺌勘韻

虎怒。見〔集韻〕。

【虩】古胡切音孤虞韻

息也。見〔玉篇〕。

【虪】之戎切音終東韻

虎文赤黑也。見〔集韻〕。

【虥】胡夾切音狎洽韻

虎習皃。見〔篇海〕。

【虘】昨何切音嵯歌韻

本作虘。〔說文〕虘、虎不柔不信也。

【⿸虍⿰且几】昨古切音主麌韻

生虎也。見〔玉篇〕。

【⿸虍用】庸譌字。〔廣雅釋詁〕—、和也。〔疏證〕庸字之譌。廣韻。庸、和也。衆經音義卷二十三二十五竝引廣雅作庸和也。今據以訂正。

【虡】篆文虡字。見〔說文〕。〔按六書正譌云。𢍰文虡字。玉篇作虡。〕

【⿸虍包】同虒見〔篇海類編〕

八畫

【⿸虍非】荒胡切音呼虞韻

(一)未見兒見〔篇海〕。

(二)古虍字見〔集韻〕。

【虡】其呂切音巨語韻

(一)本作虡。〔說文〕虡、鐘鼓之柎也。飾爲猛獸。〔按說文虡之重文或从金虡作鐻。篆文省作虡。五經文字曰。虡、說文也。—、隸省也。爾雅釋器。木謂之—。詩靈臺。—業維樅。傳云。植者曰—。橫者曰栒。箋云。—也。栒也。所以縣鐘鼓也。〕

(二)几也。見〔廣雅釋器〕。〔疏證〕方言。榻前几。其高者謂之—。—與虡同。—之言舉也。所以舉物也。義與筍—相近。郭注以爲卽筍—。殆非也。

(三)飛—。神獸也。〔廣韻〕—同虡。飛虡。天上神獸。鹿頭龍身。

(四)通作簴。〔禮記檀弓〕有鐘磬而無筍—。〔儀禮既夕注〕作有鐘磬而無筍簴。

(五)通巨。〔詩靈臺〕—業維樅。〔說文丵部引作巨業維樅〕

【⿺走虘】徂古切音麆麌韻

大也。見〔字彙補〕。

【⿺走⿸虍且】才布切音祚遇韻

且往也。見〔字彙補〕。〔按說文有趄無—。集韻上去兩聲亦無—。當卽趄字。〕

【⿰交虎】古巧切音姣巧韻

虎聲。見〔玉篇〕。

【⿸虍畄】卽⿸虍由字。畄篆文作由。詳⿸虍由字。

【⿰虎力】古虎字。見〔玉篇〕。

【⿸虍殳】古虡字。見〔玉篇〕。

【⿰足虎】⿸虍包或字。見〔集韻〕。

【⿸虍且】同虘。見〔直音〕。

【⿸虍彔】彪省文。見〔類篇〕。

九畫

【虢】郭獲切音虢陌韻

(一)虎所攫畫明文也。見〔說文虎部〕。〔段注〕攫者叉所抓也。畫者叉所劃。故有明文也。—字本義久廢。罕有用者。

(二)國名。見〔春秋傳〕〔按春秋時之—國。有爲仲所封者。有爲叔所封者。左僖五年傳云。—仲—叔王季之穆也。杜注。仲叔皆—君字。王季之子。孜—仲初封地。在今陝西寶雞縣。曰西—。後徙上陽。在今河南之陝州。曰南—。其在今山西之平陸縣者。亦—仲之後。曰北—。後爲晉滅。又—叔所封地。在今河南滎澤縣。曰東—。後爲鄭滅。顧祖禹方輿紀要云。今河南陝州城東南有上陽城。卽古—仲國都也。杜預謂之西—。其鄭州汜水縣古—叔所都。謂之東—。杜佑曰。陝州之—爲北—。汜水之—爲東—。又陝西鳳翔府南三十五里有—城。謂之西—。亦曰小—。東—爲鄭所滅。小—爲秦所滅。北—爲晉所滅。是爲三—。顧說亦足以備參考。〕

(三)姓也。春秋時晉有—射。

【虣】薄報切音暴號韻

(一)虐也。急也。見〔說文新附〕。

(二)同暴。〔周禮地官序官〕胥師司—。〔注〕司—。禁暴亂。〔按文選蕪城賦注引字書云。虣、古文暴字。又吳都賦注云。虣與暴同。〕

【⿸虍咸】魚咸切音喦咸韻

雄虎絕有力者。見〔類篇〕。

【⿰虎兌】弋雪切音悅屑韻

虎睡也。見〔直音〕。

【⿸虍齒】同虡。見〔廣韻〕。

【⿰木虢】同虢。見〔類篇〕。

【⿰足虢】同虣。見〔說文新附〕。

【⿰虎几】同凱。見〔字彙補〕。

【⿸虍龜】龜省字。見〔集韻〕。

十畫

【⿸虍𣓃】布攀切音班刪韻

一虎文也。見〔字彙補〕。

二䖘或字。見〔類篇〕。

【虥】士限切音棧潸韻　昨閑切音孱刪韻　士諫切音輚諫韻

一貓也。見〔玉篇〕。

二—貓。淺毛虎也。〔爾雅釋獸〕虎竊毛謂之虥貓。〔注〕竊、淺也。〔疏〕虎之淺毛者別名虥貓。〔按虥與—同。〕

【虤】牛閑切音訮刪韻　胡犬切音泫銑韻

虎怒也。見〔說文虤部〕。〔段注〕此與㹜兩犬相齧也同意。

【䖷】詰計切音契霽韻

獸很不動貌。見〔類篇〕。

【䖘】同都切音徒虞韻

烏—。虎也。〔方言〕虎或謂烏—。〔按左傳作於菟。〕

【𧇖】所䈞切音叔屋韻

虎行入林也。見〔玉篇〕。

【𧇗】去良切音羌陽韻

虎頯。見〔玉篇〕。

【𧇘】織牛切音周尤韻

虎習皃。見〔玉篇〕。

【𧇣】古胡切音孤虞韻

—息也。見〔五音集韻〕。〔按禮記作姑息。〕

【䖬】牛召切音鷔嘯韻

—𧆫。不安也。〔韓愈詩〕我亦平行踏—𧆫。

【𧇯】昨誤切音祚遇韻

往也。見〔字彙補〕。

【䖵】直利切音緻寘韻

出用也。見〔字彙補〕。〔按—即虢字之譌。〕

【𧇭】苦感切音坎感韻

彪屬。見〔字彙補〕。〔疑即虓字之譌。〕

【虢】同䖘。見〔篇海類編〕。

【𧇞】同處。見〔字彙補〕。

十一畫

【虧】驅爲切音墟支韻

一氣損也。見〔說文亏部〕。〔注〕氣闕則其出舒遲。故字从亏。

二損也。〔淮南精神〕無天下不—其性。〔按今言—空、—欠、—蝕。皆損失—耗之義。〕

三缺也。〔史記蔡澤傳〕月滿則—。

四毀也。〔呂覽察今〕其時已與先王之法—矣。

五歇也。〔離騷〕唯昭質其猶未—。

六少也。見〔廣雅釋詁〕。〔疏證〕小雅天保篇不騫不崩。傳云。騫—也。魯頌閟宮篇云不—不崩。是騫—皆少也。

七去也。見〔廣雅釋詁〕。

【虨】方閑切音斒刪韻　普巾切音砏　府巾切音豳眞韻

一虎文也。見〔廣韻〕。

二人名。〔晉書江統傳〕統子—官尙書僕射。

【𧇽】同烑。火也。見〔字彙補〕。

【䖗】㶓或字。見〔集韻〕。〔按篇海亦作㶓。〕

十二畫

【𧈅】後到切音号號韻

土鍪也。見〔說文虘部〕。〔段注〕鍪金爲之。—則土爲之。鄭注周禮所謂黃堥。堥即鍪字。

【𧈇】昔各切音索藥韻

虎皃。見〔玉篇〕。

【𧇩】坐伍切音麆麌韻

粗或字。見〔集韻〕。粗。疏也。或作—。

【𧇪】才布切音祚遇韻

且往也。見〔說文且部〕。〔段注〕且往。言姑且往也。息遽之意。

【虩】迄逆切音䰐陌韻

易履虎尾——。恐懼也。一曰蠅虎也。見〔說文虎部〕。〔桂注〕陸希聲易傳。—、蠅虎始在穴中。跳躍而出。象人心之恐動也。古今注。蠅虎。蠅狐也。形似蜘蛛而色灰白。善捕蠅。一名蠅蝗。一名蠅豹。

【虢】山責切音摵陌韻

虎驚貌。見〔廣韻〕。

【𧇤】戶監切音銜咸韻

虎聲。見〔直音〕。

【𧈊】杜兮切音嗁　天黎切音梯齊韻

臥也。見〔廣韻〕。

【𧈋】汪胡切音烏虞韻

楚人呼虎爲烏菟。俗从虎。見〔玉篇〕。

【𧇗】逸職切音弋職韻 人名。魏有荀—。見〔類篇〕。

【𧇖】虡本字。从虍。異象其下足。見〔說文〕。

【𧆿】虧或字。見〔說文亏部〕。

【𧇷】同靈。見〔字彙補引漢碑〕。

【䖘】虩俗字。見〔玉篇〕。

十三畫

【𧇸】所責切音棟陌韻 虎驚貌。見〔字彙補〕。

【𧈂】顯結切音肸屑韻 虎聲也。見〔字彙補〕。

【𧇽】虩或字。見〔集韻〕。

【𧇼】彪或字。見〔集韻〕。

【𧈁】同霸。見〔字彙補引漢魯峻碑〕。

十四畫

【𧈃】虩譌字。見〔正字通〕。

【𧈄】魚巾切音銀眞韻 雉栗切音直質韻 兩虎爭聲也。見〔說文虤部〕。

【虩】乞逆切音隙陌韻 恐也。見〔篇韻〕。

【𧈆】菟或字。見〔集韻〕。

【𧈇】同彪。見〔直音〕。

十五畫

【虢】古核切音隔陌韻 ㊀本作虢。〔說文虎部〕虢。虎聲也。〔段注〕篇韻作—。㊁虎搏物怒貌。見〔六書統〕。

【𧈐】古伯切音骨陌韻 虎聲。見〔篇海類編〕。〔疑卽虢字〕。

【虩】古核切音隔陌韻 虎聲也。見〔字彙補〕。

【𧈑】同𧈐。見〔直音〕。

十六畫

【𧈒】兩舉切音呂語韻 細切肉也。見〔類篇〕。

十七畫

【𧈓】丈呂切音宁語韻 器也。見〔說文虘部〕。

二十畫

【𧈝】式竹切音叔 余六切音育 屋韻 黑虎也。〔爾雅釋獸〕—、黑虎。〔疏〕黑虎一名—。〔按類篇或省作𧆺〕。

二十二畫

【𧈢】徒登切音騰蒸韻 徒冬切音彤冬韻 黑虎也。見〔說文虎部〕。〔按類篇一作𧇳〕。

✻羊部✻

【羊】余章切音陽陽韻 ㊀本作𦍌。〔說文〕𦍌。祥也。从𦍌。象頭角足尾之形。孔子曰。牛—之字。以形舉也。〔按古微書引春秋說題辭〕—者祥也。合三而生。以養生也。故—高三尺。〔春秋繁露執贄〕—之爲言猶祥歟。古有用以爲祭品者。〔大戴記曾子天圓〕—曰少牢。〔禮記曲禮〕—曰柔毛是也。又有用以爲食品者。〔淮南時則〕食麥與—。〔注〕—土畜也。又其畜—。〔注〕、—土木之母也。〔禮記月令〕食麥與—。〔注〕—火畜也。此類皆是。近動物學家屬之于家畜。爲偶蹄類中之反芻類。有綿—、山—二種。綿—牝無角。牡有小角。作螺旋狀。毛長而曲。可翦以織呢絨。山—角曲向後。毛短。頷下有鬚。肉與乳皆爲滋養食品。

羊圖

㊁陽也。見〔釋名釋姿容〕。
㊂兌爲羊。見〔易說卦〕。

(四)—頭。鍎也。見〔廣雅釋器〕。〔按方言云。凡箭三鐮者謂之—頭。〕

(五)—奚。草名。〔莊子至樂〕—奚比乎不箰。〔釋文〕司馬云。—奚。草名。根似蕪菁。

(六)—角。草名。〔廣雅釋草〕羨明。—角也。〔疏證〕御覽引吳普本草云。決明子 名草決明。一名—明。—明當作—角。因上兩明字而誤也。

(七)—蹏。草名。〔廣雅釋草〕堇。—蹏也。〔疏證〕堇一爲—蹏。小雅我行其野篇言采其蓫。傳云。蓫、惡菜也。齊民要術引義疏云。今—蹏似蘆菔。莖赤。煮爲茹。滑而不美。幽州謂之—蹄。揚州謂之蓫。蹄與蹏同。詩釋文。蓫本又作蓄。神農本草。—蹄一名東方宿。一名連蟲陸。一名鬼目。名醫別錄云。一名蓄。更有一種味酸者。齊民要術引字林云。堇似冬藍。蒸食之酢。陶隱居注本草—蹄云。又一種極相似而味醋。呼爲酸摸。本草拾遺云。酸摸葉酸美。人亦折食其英。葉似—蹄。爾雅須、薞蕪。郭注云。似—蹄。葉細。味酢可食。是羊蹄一種名蓫。名蓄。一種名薞蕪。名酸摸。而總謂之堇也。

(八)—蹢躅。草名。〔廣雅釋草〕—蹢躅。英光也。〔疏證〕此與爾雅薢茩英光同名異實。蹢躅亦作躑躅。名醫別錄一名玉支。陶注云。花苗似鹿葱。—誤食其葉。躑躅而死。故以爲名。古今注云。—躑躅花黃。—食之則死。羊見之則躑躅分散。故名—躑躅。二說小異。

(九)—骹。瓜名。〔張載賦〕—骹虎掌。〔按廣雅釋草云。羊骹。瓜屬也。〕

(十)—棗。棗名。〔孟子盡心〕曾晳嗜—棗。〔疏〕樲與棗一物有二名。樲小而棗大。樲酸而棗甘耳。—棗則樲棗之屬也。

(十一)懷—。草名。〔爾雅釋草〕藨。懷—。

(十二)梟—。獸名。〔爾雅釋獸〕狒狒。〔注〕梟—也。

(十三)商—。鳥名。〔家語辨政〕天將大雨。商—起舞。

(十四)墳—。土怪也。〔國語魯語〕土之怪曰墳—。

(十五)白—。匈奴部名。〔漢書匈奴傳〕擊樓煩白—王于河南。

(十六)相—。遊也。〔離騷〕聊逍遙以相—。〔正字通云。相—。猶徜徉也。按徜徉亦作常—。漢書禮樂志。雙飛常—。亦作倘羊。淮南俶眞。倘—物之終始。〕

(十七)望—。目遠視也。〔史記孔子世家〕目如望—。

(十八)姓也。〔又〕複姓。春秋時有公—、樂—、—舌等氏。

【芈】母婢切音弭紙韻

(一)羊鳴也。从羊。象气上出。與牟同意。見〔說文〕。〔段注〕凡言某與某同意者。謂其製字之意同也。

(二)楚姓也。〔史記楚世家〕陸終生子六人。六曰季連。—姓。楚其後也。〔注〕—姓。諸楚所出。

【𦍌】羊本字。見〔說文〕。

二畫

【羌】墟羊切音蜣陽韻

(一)西戎。羊種也。見〔說文〕。〔段注〕各本作从羊人也。廣韻韻會史記索隱作牧羊人也。學者多言牧羊人爲是。其實非也。下文言僰焦僥字乃从人。東夷字乃从大。南方蠻閩字从虫。以其蛇種也。北方狄字从犬。以其犬種也。東北方貉字从豸。以其豸種也。故字皆不从人。假令羌字从人。牧羊則既人之矣。何待僰僥字始从人哉。且何不入儿部而入羊部哉。

(二)強也。見〔廣雅釋詁〕。

(三)卿也。見〔廣雅釋言〕。

(四)反也。見〔玉篇〕。

(五)章也。見〔玉篇〕。

(六)乃也。見〔廣雅釋言〕。

(七)發聲也。見〔小爾雅廣言〕。

(八)然辭也。〔楚辭惜誦〕—衆人之所仇。

(九)楚人語辭也。〔離騷〕—內恕己以量人兮。

(十)婼—。西域國名。〔漢書西域傳〕出陽關自近者始。曰婼—國。〔按今新疆焉耆婼—縣。即其地。〕

(十一)卑禾—海。水名。〔水經河水注〕湟水又東南逕卑禾—海北。有鹽池。世謂之青海。〔按卑禾—海。即青海也。齊召南水道提綱。青海在西甯府邊西五百餘里。古名西海。亦曰卑禾—海。即鮮水也。〕

(十二)—活。藥名。即獨活也。〔本草綱目注〕一莖直上。不爲風搖。故曰獨活。以—中來者爲良。故名—活。

(十三)姓也。〔史記秦始皇紀〕—瘣代趙。

[羌] 許亮切音向漾韻

—量鳥雞飢困貌。見〔集韻〕。

[羙] 房奔切音焚元韻

白羊也。見〔金鏡〕。

[美] 同羌。見〔字彙補〕。

[羍] 羍省文。見〔說文〕〔段注〕按此不當从入。當是从人。大人也。故或从人。羊有仁義禮之德。故从人。

三畫

[羍] 他達切音闥曷韻

（一）小羊也。見〔說文〕〔段注〕羊當作羔。羔字之誤也。羜羍皆「羔—」又小于羔。是初生羔也。

（二）美也。見〔廣雅釋畜〕。

（三）生也。見〔玉篇〕〔按詩生民先生如達。傳。達、生也。段玉裁云。當是經文作—。傳云。—、達也。達、他達切。卽滑達字。生子如達出之易。故曰先生如—。毛以達訓—。謂—爲達之假借也。凡故訓傳之通例如此。〕

[美] 無鄙切音眯紙韻

（一）甘也。从羊从大。羊在六畜。主給膳也。—與善同意。見〔說文〕〔段注〕甘者五味之一。而五味之—皆曰甘。

（二）嬍也。〔周禮師氏〕掌以嬍詔王。〔疏〕嬍—也。〔按—嬍同字。玉篇云。〔—或作嬍。廣韻云。—與嬍同。〕

（三）好也。〔公羊莊十二年傳〕魯侯之—也。〔又〕好色曰—。〔淮南精神〕獻公豔驪姬之—。

（四）茂也。〔太玄養〕—厥靈根。

（五）成也。〔呂覽至忠〕而欲其—也。

（六）褒寵曰—。〔荀子富國〕故使或—或惡。〔注〕—、謂褒寵。〔按詩甘棠序。召伯也。疏曰。善者言—。惡者言刺。〕

（七）福慶曰—。〔周禮行夫〕嬍惡而無禮者。〔注〕—、福慶也。

（八）充實曰—。〔孟子盡心〕充實之謂—。

（九）嘉瑞曰—。〔管子五行〕然後天地之—生。〔注〕—、謂甘露醴泉之類也。

（十）服飾盛曰—。〔國語魯語〕楚公子甚—。〔注〕—、謂服飾盛也。

（十一）—人、虹名也。〔釋名釋天〕虹又曰—人。陰陽不和。婚姻錯亂。淫風流行。男—於女。女—於男。互相奔隨之時。則此氣盛。故以其盛時名之也。

（十二）—意。樂意也。〔荀子致仕〕—意延年。

（十三）—惡。猶喜怒也。〔老子〕天下皆知—之爲—。斯惡已。〔又〕說之是非也。〔禮記學記〕君子知至學之難易。而知其—惡。

（十四）—大。多得利之辭也。〔公羊隱五年傳〕—大之之辭也。

（十五）國名。具言—利堅合衆國。俗稱花旗國。居—洲北部。坎拿大之南。首府曰華盛頓。英文 United States of America。

（十六）洲名。具言阿—利加。五大洲之一也。分南北二大部。居地球之西半。所謂新大陸也。英文 America。

（十七）山名。〔山海經中山經〕—山其獸多兕牛。

（十八）—丹。草名。〔廣雅釋草〕—丹。甘草也。〔疏證〕爾雅所謂蘦大苦也。鄁風簡兮篇隰有苓。苓與蘦同。傳云。苓、大苦。正義引孫炎爾雅注云。本草云。蘦、今甘草是也。蔓延生。葉似荷。青黃。其莖赤有節。節有枝相當。或云蘦似地黃。郭璞注同。案大苦者。大苄也。爾雅云。苄、地黃。苄苦古字通。神農本草云。甘草味甘。主長肌肉。一名蜜甘。一名—草。—草與—丹同義。殆取其味之甘。—與孫炎據本草以蘦爲甘草。今本草無復蘦名。蓋傳者失之。

[羑] 以久切音牖有韻

（一）進善也。文王拘—里。在湯陰。見〔說文〕〔按桂氏云。湯當爲蕩。段氏云。漢二志皆云河內郡蕩陰有—里城。西伯所拘。音湯。按今河南湯陰縣北九里—里故城。〕

（二）導也。見〔玉篇〕。

（三）道也。〔書康王之誥〕誕受—若。〔傳〕言文武大受天道而順之。〔疏〕—、道也。—聲近猷。故訓之爲道。王肅云。—、道也。

（四）姓也。見〔廣韻〕。

[𢒉] 余章切音陽陽韻

美善也。見〔集韻〕。

[幸] 同羍。見〔玉篇〕。

[羘] 同鵝。見〔同文鐸〕〔按諸苗考。—獞苗類。〕

[扡] 同羝。見〔字彙補〕。

四畫

【羒】符分切音汾文韻

一 牂羊也見〔說文〕〔桂注〕牂羊也者初學記太平御覽竝引作牡羊也釋畜羊牡—郭注謂吳羊白羝廣韻、白羝羊也爾雅翼—者吳羊白—也羝是牡羊之總名而—乃吳羊之羝者。

二 牝羊也見〔玉篇〕。

【䍨】普活切音潑曷韻

一 牯羊見〔集韻〕。

二 羯也見〔廣雅釋獸〕。

【𦍋】芳未切音沸未韻

姓也見〔玉篇〕。

【羔】居勞切音高豪韻

一 羊子也見〔說文〕。〔按周禮羊人凡祭祀飾—注云—小羊也詩—羊之皮傳小曰—大曰羊〕

二 烏羊也〔論語鄉黨〕緇衣—裘。皇疏—者烏羊也

三 六執之一〔周禮大宗伯〕卿執—。〔注〕取其羣而不失其類。

【羖】果五切音古麌韻

一 夏羊牡曰—見〔說文〕〔段注〕此牡字大小徐皆不誤今刻大徐本誤牝。假令—是牝。則下文安得云犗乎。

二 黑羊牝者曰—。〔爾雅釋畜〕牝—。〔疏〕黑羊牝者名—。

【羓】邦加切音巴麻韻

腊屬見〔集韻〕。〔按韻會小補通作豝〕

【羜】祥余切音徐魚韻、

羚或字〔集韻〕羚郊羊也皮可冒鼓。擊之愈急。或作—。

【羦】吾官切音岏寒韻

羱或字〔集韻〕羱野羊名或作—。

【羕】弋亮切音漾漾韻

水長也詩曰江之羕矣見〔說文永部〕〔段注〕引申之為凡長之偁釋詁曰—長也〔按許所引詩乃漢廣文段氏云毛詩作永韓詩作—〕

【牂】子唐切音臧陽韻

羝羊見〔字彙補〕。

【䍫】羞本字見〔字彙補〕

【羘】同牂〔史記李斯傳〕泰山之高百仞而跛—牧其上。

【羙】同羔〔佩觿集〕—羊之—為美其順非有如此者。

【𦍷】同䍨見〔字彙補〕

【𦍽】同羝見〔字彙補〕

【𦎁】同羝見〔字彙補〕

【𦍫】古養字見〔字彙補〕。

【羗】羌俗字。

五畫

【𦍮】披耕切音怦庚韻

一 駁羊名見〔集韻〕。

二 使羊也見〔集韻〕。

三 使也見〔玉篇〕。

【羝】都黎切音低齊韻

一 牡羊也見〔說文〕〔桂注〕牡羊也者爾雅釋文引字林—牂羊也三歲曰牂玉篇牂—羊也廣雅吳羊牡三歲曰—顏注急就篇—牂羊之牡也。

二 縞—山名〔山海經中山經〕縞—山無草木多金玉。

三 愊—謂腹氣也見〔輟耕錄〕。

【羞】思留切音修尤韻

一 進獻也从羊所進也見〔說文丑部〕〔段注〕宗廟犬名羹獻犬肥者獻之犬羊一也故从羊引申之凡進皆曰—

二 熟也見〔廣雅釋詁〕〔疏證〕方言、—熟也郭璞注云熟食為—聘禮燕與—俶獻無常數鄭注云—謂禽—鴈鶩之屬或熟煎和也

三 致滋味也〔周禮庖人〕與其薦—之實〔注〕備品物曰薦致滋味乃為—。

四 所飲食也〔禮記月令〕羣鳥養—。〔注〕、—謂所食也〔按周禮大宰四曰—服之式注云—飲食之物也〕

五 四時之珍異也〔儀禮既夕記〕燕養饋—湯沐之饌

六 辱也〔禮記緇衣〕惟口起—。

七 姦禮為—。見〔國語周語〕

八 —繹紛毋言廣大也〔方言〕恆慨、蔘綏—繹紛毋言既廣又大也荊揚之間凡言廣大者謂之恆慨東甌之間謂之蔘綏或謂之—繹紛毋。

九 含—草名生於平原。莖上有刺。葉為多數之小片合成常行受光運

動。及輸水運動。開花之時。遙觀但見雄蕊。萼及花冠俱微小不明、

含羞草圖

【羚】郎丁切音靈青韻

本作麢。〔說文鹿部〕麢。大羊而細角。〔按集韻麢、或作麢。亦作羷羺卜。埤雅云。一羊似羊而大。角有圓繞蹙文。夜則懸角木上以防患。其角可入藥。陶注本草云。今出建平宜都諸蠻中。及西域。多兩角。有一角者為勝。〕

【羜】丈呂切音宁賞呂切音鼠語韻

五月生羔也。見〔說文〕〔段注〕謂羔生五月者也。釋畜毛傳皆云。一未成羊也。郭云俗呼五月羔為一。

【羠】勿發切音韈月韻

一羯。胡羊名。見〔集韻〕。

【羦】唐何切音駝歌韻

羦一。獸名。似羊四耳而九尾。見〔集韻〕。

【䍧】當沒切音咄月韻

羖一。羊名。見〔集韻〕。

【𦍩】七支切音雌支韻

羊名。蹏皮可以割黍。見〔說文〕。

【羛】語綺切音蟻紙韻虛宜切音犧支韻宜寄切音議寘韻

黑翟書義从弗。魏郡有一陽鄉。讀若錡。今屬鄴本內黃北二十里鄉也。見〔說文我部〕〔段注〕藝文志墨子七十一篇。今存者五十三篇。義無作一者。蓋歲久無存焉爾。從弗者蓋取矯弗合宜之義。〔按河南內黃縣南有故一陽城。〕

【𦍤】符云切音焚文韻

白羝羊也。見〔五音篇韻〕。

【𦍲】如侯切音柔尤韻

小兔也。見〔篇韻〕。

【𦍗】同羯。見〔玉篇〕。

【𦍭】同羖。見〔干祿字書〕。

【𦍒】同辜。見〔集韻〕。

【䍙】同群。見〔字彙補〕。

【羢】同羢。見〔正字通〕。

六畫

【羠】延知切音夷支韻序姊切音兕紙韻

一騬羊也。見〔說文〕〔段注〕夏羊牾曰羯。吳羊牾曰一也。爾雅說文皆無吳羊之名。單言羊則謂白羊也。馬部曰騬。犗馬也。貨殖傳。其民羯羠不均。謂很如羊也。

二大角牝羊。〔急就篇注〕西方有野羊大角。牡者曰羱。牝者曰一。丝以時墮角。其羱角尤大。一角差小。

【䍫】直紹切音肇篠韻杜皓切音道皓韻

羊未卒歲也。或曰夷羊百斤左右為一。見〔說文〕〔桂注〕廣雅。吳羊牡一歲曰牡一。其牝一歲曰牸一。急就篇顏注。一、羊未卒歲也。或曰夷當為羠。史記貨殖傳。其民羯羠不均。集解皆健羊名。

【𦍳】徐羊切音詳陽韻

多也。見〔集韻〕。

【𦍣】古委切音詭紙韻

觤或字。〔集韻〕觤。羊角不齊。或从羊。

【𦍯】疾二切音字寘韻

牝羊也。見〔篇海〕。

【䍲】伊真切音因眞韻

羥或字。〔集韻〕羥。黑羊也。或作一。

【䍶】徒東切音同東韻

䍶或字。〔集韻〕䍶。無角羊也。或作一。

【𦍵】五官切音岏寒韻

野羊名。見〔集韻〕。

【𦍶】居謁切音訐月韻

雄羊也。見〔篇海〕。

【羡】以脂切音夷支韻〔與羨異〕

沙一。縣名。漢置。屬江夏郡。今湖北武昌縣西南有故城。

【羢】而容切音絨冬韻

羊一也。見〔字彙補〕。

【𦍸】同鮮。見〔字彙補〕。

【𦍹】同羝。見〔字彙補〕。

【𦍺】同羺。見〔字彙補〕。

【羕】同羕。見〔字彙〕。

【執】同執。見〔字彙補〕。

七畫

【羣】衢云切音帬文韻

㊀輩也。見〔說文〕。〔段注〕小雅。誰謂爾無羊。三百維—。犬部曰。羊為—。犬為獨。引伸為凡類聚之偁。

㊁會合也。〔荀子非十二子〕壹統類而—天下之英傑。

㊂朋友也。〔禮記檀弓〕吾離—而索居。〔注〕—、謂同門朋友也。

㊃親之黨也。〔禮記三年問〕因以飾—。〔注〕—、謂親之黨也。〔疏〕—、謂五服之親也。

㊄衆也。〔禮記祭法〕王為—姓立社。

㊅類也。〔周書周祝〕用其則必有—。

㊆隊也。見〔廣韻〕。

㊇獸三為—。見〔國語周語〕。〔注〕自三以上為—。〔正字通云詩小雅或—或友。言禽獸衆多。數不止于三也。周語泥。按三者數之小終。古人言數之多者。往往以三言之。如人三為衆。女三為粲。是其例。周語竝非泥。〕

㊈孔—。和調也。〔詩小戎〕俴駟孔—。〔箋〕孔—、言和調也。

㊉緹—。山名。〔後漢五行志〕出吳門望緹—。

(十一)—學。凡研究人情理法之學問。謂之—學。亦謂之社會學。

(十二)通諸。〔左哀六年傳〕寘—公子于萊。〔釋文〕—、本作諸。

【羦】胡官切音桓寒韻

㊀萈或字。〔集韻〕萈。山羊細角者。或作羱、—。

㊁獸似羊惡也。見〔玉篇〕。

㊂通完。野羊也。〔後漢馬融傳〕羱完羝。〔注〕完羝。野羊也。字書作—。與完通。

【羧】宗回切音嗺灰韻

㊀羊病也。見〔篇海〕。

㊁毛織物也。〔後漢西南夷傳〕冉駹夷其人能作旄氈班罽青頓毞毲羊—之屬。

【羨】似面切音遷延面切音衍霰韻以淺切音演銑韻〔與羡不同。〕

㊀貪欲也。見〔說文次部〕。〔段注〕大雅無然歆—。毛傳云無是貪—。此—之本義也。

㊁願也。〔淮南說林〕臨河而—魚。

㊂慕也。〔文選張衡賦〕—上都之赫戲兮。

㊃饒也。〔周禮小司徒〕以其餘為—。

㊄餘也。〔詩十月之交〕四方有—。

㊅溢也。〔史記司馬相如傳〕功—於五帝。

㊆長也。〔周禮典瑞〕璧—以起度。〔注〕鄭司農曰。—、長也。玄謂—不圜之貌。蓋廣徑八寸。袤一尺。

㊇邪也。〔太玄䫏〕—于微。

㊈私曲也。見〔太玄玄衡〕。

㊉車道也。〔禮記檀弓〕男子西鄉。婦人東鄉。〔注〕夾—道為位。〔釋文〕—、徐音賤。音義隱云。—、車道。

(十一)曼—。盛大貌。〔漢書司馬相如傳〕沕潏曼—。

(十二)人名。〔晉書溫羨傳〕—字長卿。兄弟六人竝知名于世。號曰六龍。〔又〕殷—字洪喬。為豫章太守。見〔豫章古今記〕。

(十三)姓也。〔史記秦始皇紀〕入海求—門高誓。〔注〕—門。古仙人。

(十四)通衍。〔詩板〕及爾游—。〔釋文〕—、本作衍。

【羡】夷然切音延先韻

墓道也。〔史記衞世家〕共伯入釐侯—自殺。〔注〕—音延。墓道。

【義】宜寄切音議寘韻

㊀己之威儀也。从我从羊。見〔說文我部〕。〔段注〕威儀出于己。故从我。董子曰。仁者人也。—者我也。謂仁必及人。—必由中斷制也。从羊者。與善美同意。

㊁宜也。〔禮記中庸〕—者。宜也。〔按禮記祭義。—者。宜此者也。又表記。道者。—也。注云。—也、謂斷以事宜也。釋名釋言語云。—、宜也。裁制事物使合宜也。〕

㊂我也。〔春秋繁露仁義法〕—之為言我也。

㊃利之本也。見〔大戴記四代〕。

㊄理也。見〔賈子道德說〕。

㊅善也。〔詩文王〕宣昭—問。〔按後世謂至行過人曰—。如云—士、—俠。又禽畜之賢者亦曰—。如云—犬、—烏。〕

㊆正也。見〔釋名釋典藝〕。〔按後世謂仗正道曰—。如云—師、—戰。因之民國舉兵反正曰起—。〕

(八)法也。〔呂覽貴公〕遵王之—。

(九)萬事之紀也。見〔呂覽論威〕。〔按後世稱與眾共之曰—。如—倉、—田之類。〕

(十)外也。〔孟子告子〕—、外也。非內也。〔注〕—在外也。不從己身出也。〔按後世稱—父、—子、—兄弟。又假手足曰—手、—足。皆本此意。〕

(十一)比于人心而合于眾適者也。見〔淮南繆稱〕。

(十二)廣德也。見〔國語晉語〕。

(十三)相容也。〔鶡冠子泰鴻〕相容者—也。

(十四)推讓也。〔後漢安帝紀注〕—謂推讓。

(十五)惡〔去聲〕惡也。〔周語晉語〕德—之樂則未也。〔注〕惡惡為—。

(十六)人路也。見〔孟子告子〕。

(十七)正事也。〔禮記少儀〕問卜筮曰—與。〔注〕—、正事也。

(十八)心之養也。見〔春秋繁露身之養重於義〕。

(十九)德之本也。〔孟子公孫丑〕配—與道。〔注〕—、謂仁—。可以立德之本也。

(二十)文之制也。見〔國語周語〕。

(廿一)行之節也。見〔列女傳貞順〕。

(廿二)思之主也。見〔大戴記本命〕。

(廿三)成物之功也。〔莊子大宗師〕回忘仁—矣。〔注〕—者成物之功。

(廿四)收獄曰—。〔周書本典〕能收民獄者—也。

(廿五)死節曰—。〔法言淵騫〕焉可謂之—也。〔注〕—者臣子死節乎君親之難也。〔又〕君死社稷謂之—。見〔禮記禮運〕。

(廿六)君能制命曰—。見〔左宣十五年傳〕。

(廿七)除去天地之害曰—。見〔禮記經解〕。

(廿八)明是非立可否曰—。見〔漢書公孫宏傳〕。

(廿九)藝之分仁之節曰—。〔禮記禮運〕—者、藝之分、仁之節也。

(三十)理財正辭禁民為非曰—。見〔易繫辭〕。

(卅一)君臣父子人閒之事曰—。見〔管子心術〕。

(卅二)所以濟志曰—。〔禮記祭統〕夫—者。所以濟志也。諸德之發也。

(卅三)所以救失曰—。〔淮南本經〕—者。所以救失也。

(卅四)所以等貴賤明尊卑曰—。見〔大戴記盛德〕。

(卅五)文—。字之文理也。〔書序〕以所聞伏生之書考論文—。定其可知者。為隸古文。

(卅六)經—。經之意旨也。〔漢書溝洫志〕按經—治水。有決河深川而無隄防壅塞之文。〔按經—為後世釋經之通稱。自禮記以冠—、昏—、射—、鄉飲酒—名篇。皆所以釋冠昏鄉射諸禮之經旨。後儒因之。有通—。後漢儒林傳建初中大會諸儒于白虎觀。考詳同異。肅宗親臨稱制。如石渠故事。顧命儒臣著為通—。是也。有正—。唐書孔穎達傳穎達與顏師古司馬才章王恭王談受詔譔五經—訓。凡百餘篇。號—贊。後改曰正—。是也。有異—。唐書藝文志許慎五經異—十卷。是也。又試士亦重經—。唐書選舉志明經先帖文。然後口試經問大—十條。天寶後明經停口—。後試墨—。明史選舉志取士之法。專取宋朱子所定四書及易書詩春秋禮記命題試士。其文略仿宋經—。少用散文。多用排偶。謂之八股。通謂之制—。清代因之。其後間行散文之經—。不久旋廢。〕

(卅七)—務。在公法上為權利之對待。然亦有不必權利為報酬而當然動作或不動作者。如納稅—務、當兵—義、及守秘密—務是也。

(卅八)主—。實行標明一種方針之謂。

(卅九)—渠。西戎國名。〔史記秦本紀〕伐—渠。虜其主。〔注〕寧廣二州。春秋及戰國時為—渠戎國之地也。

(四十)國名。具言—大利。或譯意大利。南歐三大半島之一。為立憲君主國。居民悉拉丁族。英文 Italian。

(四一)通誼。〔書太甲〕茲乃不—。〔釋文〕—、本作誼。

(四二)通議。〔莊子齊物論〕有倫有—。〔釋文〕—、崔本作議。

(四三)姓也。漢—縱。

【義】　魚羈切音儀支韻

(一)通儀。〔漢書高帝紀〕署行—年。〔注〕—、儀容也。讀若儀。

(二)通宜。〔周禮調人〕凡殺人而—者。〔按吳棫韻補云當讀宜。〕

【羥】　丘閑切音慳刪韻丘耕切音

鏗庚韻
羊名也。見〔說文〕。

【豩】 䆮戀切音豩霰韻
羊長尾。見〔集韻〕。

【羦】 祥魚切音徐魚韻
郊羊也。皮可冒鼓。擊之益急。見〔集韻〕。

【羭】 羊諸切音余魚韻
野羊。見〔集韻〕。

【羦】 力官切音斑邦官切音般寒韻
獸似羊也。見〔字彙補〕。

【羬】 莫感切音嫶感韻
亦作㭙。見〔孔雀經〕。

【譱】 古善字。見〔玉篇〕。

【羺】 同豩。見〔字彙補〕。

【羝】 同挑。見〔篇海類編〕。

【羵】 獬或字。見〔韻會〕。

【羪】 牂或字。見〔集韻〕。

【群】 羣俗字。見〔五經文字〕。

八畫

【羫】 枯江切音腔江韻
㊀羊肋也。見〔玉篇〕。
㊁腔或字。〔集韻〕腔。骨體也。或从羊。

【羫】 苦貢切音控送韻
羊腊也。見〔集韻〕。

【羻】 株劣切音輟屑韻
㊀羊躍而死也。見〔集韻〕。
㊁跳貌。見〔玉篇〕。

【羻】 居月切音厥月韻紀列切音蹶屑韻
羊病。見〔集韻〕。

【羻】 傾雪切音闋屑韻
病也。見〔廣雅釋詁〕。

【羺】 甾莖切音爭庚韻
㊀羚羊名。見〔集韻〕。
㊁羊子也。見〔玉篇〕。

【羬】 都籠切音東東韻多貢切音凍送韻池鄰切音陳眞韻
似羊之獸。〔山海經北山經〕泰戲之山有獸焉。其狀如羊。一角。一目。目在耳後。其名曰——。

【羪】 居佳切音捑佳韻研奚切音倪精韻
羺—。胡羊也。見〔玉篇〕。

【羧】 於僞切音餧寘韻烏毀切音委紙韻
羊相羵也。見〔說文〕〔桂注〕玉篇。—、羊相—羵也。集韻。—羵羊疫。覆案羊病相染羣死殆盡。北方謂之倒圈。

【羧】 仕限切音棧潸韻
羬或字。〔集韻〕羬、羬羊屋也。或作—。

【羬】 越逼切音域職韻
羬或字。〔集韻〕羬、羔裘之縫也。或作緎、䋿、—。

【羺】 昌志切音熾寘韻
牽也。見〔字彙補〕。

【羣】 古羣字。見〔集韻〕。

【羡】 石經誘字。見〔古音駢字〕。

九畫

【羥】 煙奚切音鷖齊韻伊眞切音因眞韻於閑切音黰刪韻
㊀本作𦍩。〔說文〕𦍩。羣羊相羵也。一曰黑羊。〔桂注〕羣羊相羵也者。如牛疫豬瘟。轉相染著。〔段注〕字林有羥字。黑色也。按一切經音義引字書—。黑羊也。
㊁黑也。見〔廣雅釋器〕。

【羬】 其淹切音鉗鹽韻
㊀六尺之羊也。〔爾雅釋畜〕羊六尺爲—。〔注〕尸子曰。大羊爲—。六尺。〔按集韻—或作麙〕。
㊁獸名。〔山海經西山經〕錢來之山有獸焉。其狀如羊而馬尾。名曰—羊。

【羬】 魚咸切音喦咸韻
大郊羊也。見〔類篇〕。

【羬】 胡讒切音咸咸韻
山羊而大者細角。見〔類篇〕。

【羶】 羽鬼切音韙尾韻
㊀—。羊相逐貌。見〔集韻〕。
㊁羝也。見〔集韻〕。

【羭】 容朱切音逾虞韻俞戍切音喩遇韻
㊀夏羊牝曰—。見〔說文〕。〔段注〕牝、各本作牡。誤。今正。急就篇牂羖羯羠羝羭。師古曰。—、夏羊之牝也。羖、夏羊之牡也。此所據說文尙不誤。

●美也。〔左傳三年傳〕且其繇曰。專之渝。攘公之｜。

●山神也。〔山海經西山經〕｜、山神也。祠之用燭。

【羯】居竭切音許月韻

●羊羖犗也。見〔說文〕。〔桂注〕顏注急就篇。羖之犗者爲｜。謂劇之也。黃注。｜羊去勢。

●匈奴之別族。〔韻會〕上黨武鄉｜室。晉匈奴別部入居之。後因號爲｜。

●西域稱戰士曰柘｜。〔唐書西域傳〕募勇健者爲柘｜。柘｜猶中國言戰士也。

【⿰羊亟】詰力切音殛職韻　羊名。見〔集韻〕。

【⿰羊柔】而由切音柔尤韻　鞣或字。〔集韻〕鞣。耎也。謂柔革。或作｜。

【⿰羊皆】丘閑切音慳删韻　羥或字。〔集韻〕羥。羊名。或作｜。

【⿱敄羊】亡遇切音務遇韻　莫後切音母有韻　六月生羔也。見〔說文〕。

【⿱亯羊】殊倫切音純眞韻　熟也。一曰鬻也。見〔說文亯部〕。〔段注〕今俗云純熟。當作此字。純醇行而｜廢矣。凡从｜者。今隸皆作享。與亯之隸無別。

【⿰羊咅】同犃。見〔五音篇海〕。

【羮】羹俗字。

十畫

【⿰羊尃】伯各切音博藥韻　吳羊牸曰｜。見〔爾雅釋畜〕。

【⿰羊尃】方遇切音付遇韻　｜𤞞。獸名。似羊。九尾。四耳。目在背上。見〔玉篇〕。

【⿰⿳士冖羊殳】居候切音構宥韻　取羊乳汁也。見〔玉篇〕。

【⿰羊厡】五官切音岏寒韻　愚袁切音元元韻　同羱。似吳羊而大角者。〔爾雅釋畜〕｜如羊。〔按埤雅云。｜羊善鬬。一云狀若驢而羣行。暑天塵霧在其角上。生草戴行。愛之獨寢。互詳羱字〕

【⿰羊骨】古忽切音骨月韻　羊名。見〔集韻〕。

【⿰羊害】居轄切音㹇黠韻　騬羊也。見〔集韻〕。〔按廣雅釋畜。吳羊曰｜〕

【⿰羊臭】牛閑切音訮删韻　羴或字。〔集韻〕羴。羊臭。或作｜。〔按正字通云。舊注音顏。羊臭。羊臭當用臭。俗加羊作｜。从臭無顏音〕

【⿰羊昜】音未詳。鼓名。〔十六國春秋〕呂光至龜茲。得其樂器。有｜雞婁鼓。

【⿰羊羔】同羔。見〔奚韻〕。

十一畫

【羲】虛宜切音犧支韻

㊀气也。見〔說文兮部〕。〔段注〕謂气之吹噓也。气下當有奪字。

㊁伏｜。三皇之最先者。〔白虎通號〕伏｜三皇者何謂也。謂伏｜神農燧人也。或曰伏｜神農祝融也。〔按伏｜莊子作伏戲。集韻作虙戲。史記作宓犧。易繫辭作包犧。釋文云。包、本又作庖。孟京作伏。犧、字又作｜。孟京作戲〕。

㊂｜和。重黎之後。掌天地四時之官也。〔書堯典〕乃命｜和。

㊃姓也。〔風俗通〕堯卿｜仲之後。

【⿰羊責】疾智切音漬寘韻　本作⿰羊賣。〔說文〕⿰羊賣。羊相⿰羊委也。〔按集韻云。羧｜羊叜。詳羧字〕

【⿰羊婁】郎侯切音樓尤韻　｜土。獸名。如羊而食人者。〔山海經西山經〕崑崙之山有獸焉。其狀如羊而四角。其銳難當。觸物則斃。食人。其名曰土｜。

【⿰羊患】胡關切音環删韻　胡慣切音患諫韻　羊屬。〔山海經南山經〕洵山有獸焉。其狀如羊而無口。其名曰｜。

【⿱執羊】卽刃切音晉震韻　羊名。汝南平輿有｜亭。讀若晉。見〔說文〕。〔段注〕春秋蔡滅沈。杜預司馬昭皆云平輿有沈亭。疑沈亭卽｜亭也。｜从執聲。執與沈皆七部字也。

【⿱敄羊】同⿱敄羊。見〔字彙補〕。

【⿰羊荒】獏或字。見〔篇海〕。

【𦏲】穀或字。見〔海篇〕。

【羥】羥譌字。見〔篇海〕。

十二畫

【𦏺】須絹切音潠霰韻須兗切音潠銑韻

一 未晬羊也。見〔字林〕。

二 美也。見〔廣韻〕。

【羳】符袁切音煩元韻

黃腹羊也。見〔說文〕。〔按爾雅釋畜。—羊黃腹。注云腹下黃。〕

【𦏰】居月切音厥月韻

羊也。見〔玉篇〕。

【羴】尸連切音羶先韻牛閑切音訮刪韻

羊臭也。从三羊。見〔說文羴部〕。〔段注〕臭者氣之通于鼻者也。羊多則氣—。故从三羊。

【䍶】徒東切音同東韻

無角羊也。見〔集韻〕。

【𦏷】與久切音酉有韻

水名。見〔廣韻〕。

【羵】符分切音汾文韻父吻切音憤吻韻

土中怪羊。〔國語魯語〕土之怪曰—羊。〔注〕—羊雌雄未成者。

【羦】胡官切音桓寒韻

山羊細角而形大也。見〔集韻〕。

【𦐃】咨林切音簪侵韻

羊鮨。見〔集韻〕。〔按玉篇。—、羊鮑也。〕

【𦏼】祖含切音簪覃韻

堛藏肉。一曰獸名似羊。見〔集韻〕。

【𦏸】徂含切音蠶覃韻慈鹽切音潛鹽韻子答切音帀合韻

羊臭謂之—。見〔集韻〕。

【𦐄】移益切音繹陌韻

引給也。見〔字彙補〕。

【𦏻】音未詳

人名。〔冊府元龜〕周懿王名𦏻。〔注〕一作—〔按𦏻爲籒文羶知—亦當音羶。〕

【𦐆】羶本字。見〔說文〕。

【𦐅】同羺。見〔篇海〕。

【𦏽】膻或字。見〔篇海〕。

【𦐇】擁省字。見〔集韻〕。

【𦐈】羥譌字。見〔篇海〕。

十三畫

【羶】尸連切音羶先韻

一 羴或字。〔說文羴部〕羴、羊臭也。或从亶作—。〔段注〕今經傳多从或字。

二 脂氣也。見〔匡謬正俗〕。〔按玉篇。—、羊脂也。羊氣也。禮記月令其臭—。疏云。凡草木所生其氣—也。又呂氏春秋。草食者—。注云。草食者食草木。謂麞鹿之屬。故其臭—。是言—者固不止于羊也。〕

【羹】居行切音庚何庚切音行庚韻

一 同鬻。〔說文鬻部〕鬻。五味盉鬻也。詩曰。亦有和鬻。鬻或省。鬻或从美。鬻省。—小篆从羔从美。〔按今經典通作羹。〕

二 臛也。〔爾雅釋器〕肉謂之—。〔注〕肉臛也。〔按—與臛渾言不分。析言則別。楚辭招魂。露雞臛蠵。注云。有菜曰—。無菜曰臛。是—與臛有別也。爾雅注以臛爲—。乃渾言之。當，兼有菜無菜言。說文所云五味和—。蓋專指有菜者言也。故段注云。凡魚肉必用菜。菜謂之芼。芼及醯醢鹽梅。是之謂五味之和也。〕

三 汪也。〔釋名釋飲食〕—、汪也。汁汪郎也。

四 大—。不和五味之—也。〔禮記樂記〕大—不和。〔注〕大—。肉湆不調以鹽菜。

五 —獻。犬號也。〔禮記曲禮〕犬曰—獻。〔注〕—獻。食人之餘也。〔疏〕犬曰—獻者。人將所食—餘以與犬。犬得食之肥。肥可以獻祭於鬼神。故曰—獻也。

六 —頡。侯名。〔漢書楚元王傳〕七年十月。封其子信爲—頡侯。〔按廣韻十四黠頡下云。漢書有頡—侯。參閱頡字。〕

七 閉門—。謂妓不見客也。〔雲仙雜記〕史鳳。宣城妓也。待客有差等。最下者不相見。以閉門—待之。

【羹】盧當切音郎陽韻

地名。〔左昭十一年傳〕楚子城陳。蔡不—。〔注〕襄城縣東南有不—城。定陵西北有不—亭。〔疏〕古者

—臛之字音亦爲郎。但近世以來。獨以此地音爲郎耳。

【羸】倫爲切音纍支韻

㊀瘦也。見〔說文〕。〔注〕羊主給膳。以瘦爲病。故从羊也。
㊁弱也。〔左桓六年傳〕請—師以張之。
㊂疲也。〔禮記問喪〕身病體—。〔釋文〕—疲也。
㊃病也。〔國語魯語〕民—幾卒。
㊄惡也。見〔廣雅釋詁〕。
㊅極也。見〔廣雅釋詁〕。
㊆累也。恆—於人也。見〔釋名釋言語〕。
㊇大索也。〔易大壯〕—其角。〔釋文引馬注〕—、大索也。〔按疏云。—、拘纍纏繞也。蓋謂以大索拘纍纏繞耳。〕
㊈鉤羅也。〔易井〕—其瓶。〔虞注〕—、鉤羅也。
㊉劣人也。〔淮南詮言〕兩人相鬬。一—在側。
⑪無文也。〔淮南脩務〕今劒或絕側—文。
⑫葉盡也。〔呂覽首時〕衆林皆—。
⑬—豕。牝豕也。〔易姤〕—豕孚蹢躅。
⑭—露。露骨也。〔左昭元年傳注〕而體—露。〔疏〕—露是露骨之名。其義與倮相近。

【羸】靈年切音蓮先韻

—陵。縣名。在交趾。或作鸁。見〔集韻〕。

【䍡】徒谷切音獨屋韻

羊六尺曰—。見〔集韻〕。

【羷】力冉切音檢琰　虛檢切音險琰韻　力驗切音殮豔韻

羊角卷三匝也。〔爾雅釋畜〕角三觠—。〔注〕觠角三匝。〔疏〕觠、捲也。羊角捲三匝者名—。

【羵】羵本字。見〔說文〕。

【𦐂】同羺。見〔廣韻〕。

【𦏹】同獬。見〔字彙補〕。

十四畫

【羺】奴侯切音獳尤韻

—羖。胡羊也。見〔集韻〕。

【𦑑】羊茹切音豫御韻

羊也。見〔玉篇〕。

【𦒉】同羸。〔隸釋〕北軍中候碑遭—項之際。

【𦏱】同羔。見〔字彙補〕。

十五畫

【𦒃】莫懈切音賣卦韻

—𦒑。垢膩貌。見〔類篇〕。

【𦒊】魚向切音仰養韻

後陳公子名。見〔玉篇〕。

【羼】初莧切音鏟諫韻

羊相廁也。从羴在尸下。尸屋也。一曰相出前也。見〔說文羴部〕。〔段注〕廁、襍也。尸者屋之省。相廁者。襍廁而居。相出前者。突出居前也。顏氏家訓曰典籍錯亂皆由後人所—。此相去前引伸之義。

【𦒌】熟本字。見〔字彙補〕。

【𦒍】同羬。見〔篇海〕。

十六畫

【𦒑】胡怪切音壞卦韻

𦒃—。垢膩貌。見〔類篇〕。

【𦒓】狼狄切音歷錫韻

黑色羊也。〔爾雅釋畜注〕黑羖—。〔按集韻羖—山羊。或省作䍥。〕

【𦒕】攦俗字。見〔正字通〕。

十七畫

【𦒖】胡沃切音鷽沃韻

小羊。見〔集韻〕。

【𦒗】𦒘或字。見〔集韻〕。

【𦒙】羶或字。見〔集韻〕。

十九畫

【𦒚】𦒛譌字。見〔字彙補〕。

二十四畫

【𦒜】郎丁切音靈青韻

同麢。大羊也。〔爾雅釋獸〕麢大羊。〔注〕麢羊似羊而大。角圓銳。好在山崖間。〔按集韻麢、或作𦍧。亦作—羚。〕

※虫部※

【虫】詡鬼切音卉尾韻
㊀一名蝮。博三寸。首大如擘指。象其臥形。物之微細。或行、或毛、或蠃、或介、或鱗。以—爲象。見〔說文〕〔王注〕爾雅郭注以蝮虺二字爲名。以別於大蛇之虺。故曰此自一種蛇。是由不知虺爲—之借字。所据爾雅。乃俗本也。邢疏引舍人曰。蝮一名虺。江淮以南曰蝮。江淮以北曰虺。孫叔然曰。江淮以南謂虺爲蝮。皆二字各名。陸氏釋文作蝮—云、此蛇色如綬。鼻上有針。大者百餘斤。又一名反鼻。鼻一孔。—卽虺字也。
㊁鱗介總名。見〔廣韻〕。〔按正字通云。俗讀持中切。非。佩觿云。蛇—之—爲蟲豸。其順非有如此者。〕
㊂虺古字。見〔玉篇〕。

一畫

【虬】乙黠切音軋黠韻
蟲聲。見〔類篇〕。

【⿺𠃊虫】音匿職韻
齒病也。見〔川篇〕。〔按卽⿷匚虫之譌。〕

二畫

【虬】同虯。見〔直音〕。

【虭】丁聊切音貂蕭韻
㊀—蟉。龍屬。性好立險。見〔字彙補引菽園雜記〕
㊁蛁省字。〔集韻〕蛁。蟲也。一曰。蛁蟧。小蟬。或省作—。

【虯】渠幽切音觩　居幽切音樛尤韻
㊀龍子有角者。見〔說文〕。〔通訓定聲〕龍雄有角。雌無角。龍子一角者蛟。兩角者—。無角者螭也。
㊁—蟠。盤屈貌。〔文選左思賦〕輪囷—蟠。〔注〕—蟠。謂樹如龍虵之盤屈相糾也。

【虯】巨小切音猺篠韻
小龍也。〔文選王延壽賦〕騰蛇蟉—而遶榱。

【虰】除耕切音橙庚韻
同朾。朾螘。螱也。〔爾雅釋蟲〕螱、朾螘。〔疏〕蚍蜉大而赤色斑駮者名朾螘。—一名—螘。

【虰】當經切音丁青韻
㊀蟷螂也。〔方言〕蟷螂或謂之—。
㊁—蛵。蜻蛉也。〔爾雅釋蟲〕—蛵、負勞。〔注〕或曰卽蜻蛉也。〔疏〕卽蜻蛉。六足四翼蟲也。一名—蛵。一名負勞。

虰蛵圖

【虰】癡貞切音稱庚韻
螲—也。見〔玉篇〕。

【⿷匚虫】女力切音匿職韻
㊀蟲食病也。見〔廣韻〕。
㊁蟲名。見〔類篇〕。

【虮】居狋切音肌支韻
密—。蟲名。見〔廣韻〕。〔按爾雅釋蟲作密肌。與—通。集韻引作蜜—。又云通作飢。然釋鳥有密肌。則別爲一物。〕

【虱】同蝨。見〔直音〕。

【蚕】同蚤。見〔漢逢童碑〕。

【虽】同虫。見〔直音〕。〔按卽虫字之譌。〕

三畫

【虴】側格切音窄陌韻
㊀—蜢。草上蟲也。見〔說文新附〕。〔按六書正譌云。別作蚱。非。〕
㊁—蜢。蟲名。蜙蝑也。見〔集韻〕。

【虴】陟格切音磔陌韻
蝶或字。〔集韻〕蝶。土蝶。蟲名。似蝗而小。或作—、蛇。

【虷】憶俱切音紆虞韻
㊀蚨—。蚰蜒別名。〔方言〕蚰蜒。趙魏之間謂之蚨—。
㊁同虶。見〔集韻〕。

【虹】胡公切音洪東韻
㊀螮蝀也。狀似虫。明堂月令曰。—始見。見〔說文〕。〔按段玉裁虫字注云。虫者蛇也。虹似蛇。故字从虫。爾雅釋天。螮蝀。—也。疏云。—雙出色鮮盛者爲雄。雄曰—。闇者爲雌。雌曰蜺。—是陰陽交會之氣。純陰純陽則—不見。若雲薄漏日。日照雨滴。則—生。近地文學家以—爲雨露天空所現之暈象。日光照墜下雨點、被折返照而成。因白光透雨點。卽分爲各色。故其方向常與日

相對。當其與天際線平行時。則爲弧形。實爲圓形也。〕

(二)攻也。純陽攻陰氣也。見〔釋名釋天〕

(三)月暈也。〔天文象宗〕風—。月暈也。主風。

(四)采旗也。〔楚辭遠遊〕建—采以招指。

(五)草名。〔拾遺記〕背明國有—草。花似朝—之色。

(六)宛—。龍也。見〔字彙補〕。

(七)船—。藥名。〔本草綱目〕船—。味酸。無毒。主下氣。止煩渴。可作湯藥。色黃。

(八)銅—。燭錠也。〔考古圖〕王氏銅—。〔注〕—、燭錠也。義與釭同。

【虹】胡江切音降江韻

潰也。〔詩抑〕彼童而角。實—小子。〔按此假爲訌〕

【虹】胡貢切音閧送韻

—洞。相連也。〔文選枚乘七發〕—洞兮蒼天。

【虹】古巷切音絳絳韻古送切音貢送韻

縣名。〔後漢郡國志〕沛國—縣。今屬泗州。〔按今地闕。今猶呼蝤蝀爲絳音〕

【⿱工虫】胡公切音洪東韻

(一)同虹。〔漢書天文志〕暈適背穴。抱珥—蜺。〔注〕—、或作虹。

(二)——。海外神名。有兩首。見〔字彙補〕。

【虺】許偉切音卉尾韻

(一)以注鳴者。詩曰。胡爲—蜥。見〔說文〕〔段注〕者字今補。注者、咮字之叚借。許用考工記文也。梓人職云。以注鳴者。鄭云。精列屬。與許不同也。上文雖下云。似蜥易。下文蜥下云。蜥易。則—爲蜥易屬可知矣。今詩蜥作蜴。蜴卽蜥字也。

虺圖

(二)蝮也。〔詩斯干〕維—維蛇。〔疏〕釋魚云。蝮—。舍人曰。蝮一名—。孫炎曰。江淮以南謂—爲蝮。廣三寸。頭如拇指。有牙最毒。

(三)蝰也。見〔廣雅釋魚〕。

(四)小蛇也。〔國語吳語〕爲—弗摧。爲蛇將若何。

(五)——。聲也。見〔廣雅釋訓〕。〔按詩終風〕——其雷。傳曰。暴若震雷之聲——然。〕

(六)水—。蟲名。〔述異記〕水—五百年爲蛟。

(七)仲—。人名。〔書序〕湯歸自夏。至于大坰。仲—作誥。〔傳〕爲湯左相。奚仲之後。

(八)通螝。〔顏氏家訓〕韓非子曰。蟲有螝者。一身兩口。爭食相齕。遂相殺也。茫然不識此字何音。後見古今字譜。是—字。

(九)姓也。〔唐書武皇后本紀〕削越王貞及琅琊郡王冲屬籍。改其姓爲—氏。

【虺】呼回切音灰灰韻

—隤。病也。〔詩卷耳〕我馬—隤。〔疏〕釋詁云。—隤。病也。孫炎曰。—隤。馬罷不能升高之病。郭注云。—隤。人病之通名。而說者便謂之馬病。失其義也。此說與孫炎異。〕

【⿱亡虫】眉耕切音肓庚韻

(一)鳥名。一翼一目。相得乃飛。見〔博物志〕

(二)俗蝱字。見〔玉篇〕。〔按集韻蝱、或省作虻〕

【⿱小虫】抽知切支韻

(一)蟲名。見〔篇海〕。

(二)輕侮也。見〔直音〕。

【⿱𠆢虫】蚩謌字。見〔正字通〕。

【虷】河干切音寒寒韻

井中赤蟲。〔莊子秋水〕還—蟹與科斗。莫吾能若也。

【虷】居寒切音干寒韻

(一)蟲侵物。見〔洪武正韻〕。

(二)犯也。〔漢書鮑宣傳〕白虹—日。

【虳】九勿切音結物韻丁歷切音的錫韻

鼠也。見〔玉篇〕。〔按與鼠部鼩字音異義同〕

【虸】祖似切音子紙韻

—蚄。害稼之蟲。見〔齊民要術〕。

【⿰虫寸】陟柳切音肘有韻

海蟲名。似人形。見〔類篇〕。

【⿱山虫】丑善切音蒇銑韻

蟲申行也。从虫屮。讀若騁。見〔說文〕〔段注〕各本作曳行。以讀若騁定之則伸行爲是。今正。許本無伸字。祇作申。故譌爲曳也。〔按玉篇〕蟲伸行。廣韻同。

【⿰虫兀】五忽切音兀月韻 蛤蟹也。見〔廣韻〕。

【虻】眉耕切音肓庚韻 𧒂省字。〔集韻〕𧒂。齧人飛蟲。或省作—。

【⿺辶虫】許偉切音燬尾韻 同虫。鱗介總名。見〔字彙補〕。

【⿰工虫】同虹。地名。〔漢書地理志〕沛郡—。〔注〕莽曰貢。師古曰。—亦音貢。

【𧈤】蟘或字。〔集韻〕蟘。說文、蟲食苗葉者。吏乞貸則生蟘。引詩去其螟蟘。或作蟘、—、螣。〔按今詩作螣〕

【⿰虫凡】同蚖。見〔五音篇海〕。

【⿰虫亐】虶或字。見〔集韻〕。

【虵】蛇俗字。見〔廣韻〕。

【⿰虫丸】蚖譌字。見〔正字通〕。

四畫

【蚄】分房切音方陽韻 ㊀蚄—。蟲名。見〔集韻〕〔詳蚄字〕。㊁通方。〔禮記樂記〕方以類聚。〔注〕方謂行蟲有識性。故稱方。

【蚊】無分切音文文韻 ㊀蟁俗字。見〔說文䖵部〕〔按說文、蟁。齧人飛蟲。漢書中山靖王勝傳。聚蟁成雷。注。蟁。古—字。韻會作蟁。集韻作蟁、䖟、蚉、蟲。—乃惡水中孑孑所化。全體灰褐色。喙如針鋩。性含毒。人被其嚙。多紅腫燥痒。且有因之傳染疫病者〕 ㊁—母。鳥名。〔爾雅釋鳥〕鷏、蟁母。〔注〕似烏鸔而大。黃白雜文。鳴如鴿聲。今江東呼爲—母。俗說此鳥常吐—。故以名云。〔按唐國史補。江東有—母鳥。亦謂吐—鳥。夏則夜鳴。吐—於叢葦間。湖州尤甚。圖入母字〕 ㊂—子樹。木名。〔唐國史補〕—子樹。實類枇杷。熟則自裂。—盡而空殼矣。

【蚌】步項切音棒講韻 蒲浪切傍去聲漾韻 蜃屬。見〔說文〕。〔按—或作蜯、鮭、蚄。與蛤同類異形。員者曰蛤。長者曰—。殼堪爲粉。腹內往往孕珠。爾雅釋魚—含漿是也〕

蚌圖

【蚌】白猛切音⿰魚丙梗韻 䗪或字。〔集韻〕䗪。蛙也。或作—。

【蚌】敷容切音丰冬韻 蠭或字。〔集韻〕蠭。說文、飛蟲螫人者。或作蠭、—。

【蚍】頻脂切音毗支韻 —蜉。大螘也。見〔玉篇〕。

蚍蜉圖

【蚍】普弭切音疕紙韻 必至切音畀寘韻 —蚽。荍也。〔爾雅釋草〕荍、—蚽。〔注〕今荊葵也。似葵紫色。謝氏云。小草多華少葉。葉又翹起。〔疏〕舍人云。荍一名—蚽。

【蚑】翹移切音祇支韻 去冀切音器寘韻 渠羈切音奇支韻 ㊀行也。見〔說文〕〔按文選洞簫賦注引云。—、徐行也。又琴賦注引云。—、行也。凡生之類行皆曰—。又七發七命注所引並同。是許書本有凡生之類行皆曰—八字也。王筠云。生、似蟲之譌。其說誠是。一切經音義。—、謂蟲行貌也。可證〕 ㊁跂躍不正道也。〔淮南俶眞〕夫挾依於跂躍之術。〔注〕跂躍猶䟃䠜。〔按集韻。—、或作跂〕 ㊂長—。長足蟲也。〔古今注〕長—。蠨蛸也。身小足長。故謂長—。 ㊃—蛷。多足蟲也。見〔一切經音義引聲類〕〔按一切經音義又引通俗文云。務求謂之—蛷〕

【蚓】以忍切音引軫韻 ㊀螾或字。見〔說文〕〔按說文。螾、側行者。集韻。—、亦作蚓。爾雅謂之螼螾。巴人謂之朐忍。江東人又謂之歌女。俗名曲蟺。又名土龍。體細圓而長。色紫黑。穿穴地中。流通空氣。

植物內之滋長。入藥用白頸。是其老者。〕

(二)通蝡。蝡衝。蚰蜒也。〔爾雅釋蟲〕蝡衝入耳。〔注〕蚰蜒。〔疏〕此蟲象吳公。黃色而細長。呼爲吐舌。方言云。蚰蜒自關而東、謂之螾𧓉。或謂之入耳。或謂之蜧蠼。

(三)山—。蛇名。〔正字通〕山—。蛇別名。蛇大如蚯。—有鱗。其尾如首。亦名兩頭蛇。

【蚔】翅移切音祇支韻

(一)𧊒也。見〔說文〕〔段注〕此篆與蠪子之蚔迥別。孟子書當是—鼃。鼃即𧊒。大夫以—𧊒爲名也。

(二)土蝱也。見〔玉篇〕。

【蚳】陳尼切音墀支韻丈尒切音豸紙韻

蟲名。跂也。見〔集韻〕。

【蚖】愚袁切音元元韻

(一)榮—。蛇醫。以注鳴者。見〔說文〕。〔段注〕蛇醫。榮—之異名也。釋魚曰。蠑螈。蜥易也。小雅正月箋傳曰。蜴螈也。蜴當作易。螈當作—。方言曰。其在澤中者。謂之易蜴。南楚謂之蛇醫。或謂之蠑螈。東齊海岱謂之蝘蜓。〔按通訓定聲云。今蘇俗謂之四腳蛇者是也。形似壁虎而大。〕

(二)木名。〔管子地員〕其木宜—、菕與杜松。〔注〕—、木名也。

毒蛇。見〔廣韻〕。〔按本草。—、與蝮同類。即虺也。〕

【蚖】五官切音刓寒韻

【蚘】余準切音允軫韻

(一)蟲名。見〔玉篇〕。

(二)蝨四月續者名—。見〔字彙補引續博物志〕。

【蚗】於悅切音抉屑韻

(一)蚻—。蛁蟟也。見〔說文〕〔段注〕蚻—、方言作蛥—。

(二)通蛟。〔史記龜策傳〕—蠪伏之。〔索隱〕—、當爲蛟。

【蚗】古穴切音玦屑韻

(一)蛥—。蛬也。〔廣雅釋蟲〕蛥—。蛬也。蟪蛄。蛉蛄。蝭蟧。蛁蟟也。〔疏證〕方言云。蛥—。楚謂之蟪蛄。或謂之蛉蛄。秦謂之蛥—。自關而東、謂之虭蟧。或謂之蝭蟧。是蛥—爲蛁蟟。蛁蟟即虭蟧。不與蛬同也。廣雅之訓。多本方言。則蛥—當入下條蛁蟟也內。無由得訓爲蛬。疑蛬上本有二字。而今脫去。蛥—二字。則又從下文竄入此條耳。

(二)蟬屬。見〔韻略〕。

(三)龍屬。見〔韻會〕。

【蚘】于求切音尤尤韻

蚩—。古諸侯號。通作尤。見〔集韻〕。

【蚘】戶恢切音蛔灰韻

人腹中長蟲也。見〔廣韻〕。〔按說文作蛕。〕

【蚙】渠今切音琴侵韻

蟲連行紆行者。見〔類篇〕。〔按淮南說林。呂羊去蚤蝨而來—窮。注。—窮。蚰蜒。入耳之蟲也。〕

【蚙】其淹切音鈐鹽韻

蝦蟹距也。見〔類篇〕。

【蚚】渠希切音祈微韻胡隈切音回灰韻胡對切音潰隊韻

強也。見〔說文〕。〔按爾雅釋蟲。強—。注曰。即強醜捋。疏云。強。蟲名也。一名—。好自摩捋者。蓋蠅類。正字通云。今廣東呼米牛。紹興呼米象。又說文蜋字下。堂蜋、一名—父。段玉裁王筠並云。—父當作蚚父。疑別爲一物。〕

【蚜】火牙切音耶麻韻

(一)蟲名。見〔玉篇〕。〔按草木萌芽之上。或生極細小蟲。形色不一。隨其棲止之處而異。新芽嫩葉。被其齧吸。輒黃萎枯敗。今俗呼竹蝨者是。〕

(二)傒也。〔黃山谷文〕紅螺—光。按藍杵草。

【蚝】七吏切音蛓寘韻

(一)毛蟲也。〔正字通〕俗蛓字。說文蛓訓毛蟲。俗因加虫作—。从蛓爲正。

(二)斑蝥一名龍—。見〔本草綱目〕。

(三)人名。秦王苻堅養子—。見〔綱目〕。

【蚟】雨方切音王陽韻

(一)蟋蟀也。見〔正字通〕。

(二)—孫。蜻蛚也。見〔廣雅釋蟲〕。〔按方言。蜻蛚。南楚之間謂之—孫。〕

【蚠】符分切音焚文韻

(一)人名。〔左昭二十二年傳〕劉獻公之庶子伯—。

(二)同蚡。見〔正字通〕。

【蚡】符分切音汾文韻房吻切音

惰吻韻

●一 蚡或字〔集韻〕蚡鼠名。行地中者。或作｜、鼢。〔按玉篇云伯勞所化〕。●二 ｜冒。人名〔左文十六年傳〕先君｜冒。〔注〕｜冒楚武王父。〔又〕田｜。亦人名。見〔漢書武帝紀〕。●三 ｜泉。地名〔春秋昭五年〕敗莒師于｜泉。〔注〕｜泉魯地。

【蚣】沽紅切音公東韻

●一 蜈｜。蟲名。見〔玉篇〕。〔按蜈｜。生陰溼地。春出冬蟄。體細長。背光黑綠色。頭足赤。腹黃。節節有足。雙鬚歧尾。能螫人。〕●二 地蜈｜。草名。〔本草綱目〕生滕野中。左右蔓延。葉密對生。形穗甚長。俗呼過路蜈｜。其延上樹者。又呼飛天蜈｜。根葉入藥。治一切癰腫。

蜈蚣圖

地蜈蚣圖

【蚣】思融切音嵩東韻思恭切音淞冬韻

蜙省字。見〔說文〕。〔按說文、蜙。蜙蝑。〕

【蚤】子皓切音早皓韻

●一 蝨或字。見〔說文蚰部〕。〔按說文、蝨。蝨齧人跳蟲也。〕●二 同早。〔孟子離婁〕｜起。施從良人之所之。●三 同爪。〔禮記曲禮〕不｜鬋。〔注〕｜讀爲爪。〔疏〕謂除手足爪也。

【蚥】匪父切音甫麌韻

●一 蟲名。〔爾雅釋蟲〕不蜩、王｜。〔義疏〕蜓蟆。郭既云蟆蛣類。則不蜩亦必蜩類。翟氏補郭。詩書及古今石文。不多通丕。丕、大也。王｜亦大之稱。此必蜩中之大者。●二 蝦蟆也。見〔廣雅釋魚〕。●三 蜛｜。螳螂別名。見〔直音〕。〔按正字通云。螳螂、名拒斧。蜛、即拒之譌。｜、乃斧之譌。〕●四 去｜。蟾諸。見〔類篇〕。〔按正字通云。蟾蠩、一名去蚊。｜乃蚊之譌。〕

【蚦】如占切音髥鹽韻汝甘切音詌覃韻

●一 大蛇。可食。見〔說文〕。〔按｜蛇大者長十餘丈。圍可七八尺。尾圓無鱗。身有斑文。如故暗錦纈。似鼉行地。常俯其首。膽隨日轉。上旬近頭。中旬在心。下旬在尾。肉可食。膽可療疾。今出廣東。〕●二 ｜氏。南蠻名。槃瓠之後。或號｜氏。見〔魏志裴松之傳注〕。●三 通蛅。〔爾雅釋蟲〕螺蛅蟴〔釋文〕蛅、字或作｜。

【蚒】他念切音栝豔韻

｜蜥。獸吐舌皃。見〔集韻〕。

【蚧】居拜切音介卦韻

●一 蟲名。〔大戴記易本命〕燕雀入於海。化而爲｜。〔按本草云。｜即蚌也。〕●二 蛤｜。蛇類。〔本草綱目〕禹錫曰。蛤｜首如蝦蟆。背有細鱗、如蠶子。土黃色。身短尾長。多巢於榕木及城樓間。雌雄相隨。旦暮則鳴。〔按蛤｜、一雌一雄。常自呼其名。雄鳴曰蛤。雌鳴曰｜。互相應和。其尾能療肺疾。〕●三 蝗｜。潭地名。見〔襄城縣志〕。●四 通疥。〔後漢鮮卑傳〕邊陲之患。手足之疥瘙。〔字或作｜。〕

蛤蚧圖

【蚩】赤之切音痴支韻

●一 蟲也。見〔說文〕。●二 癡也。見〔釋名釋姿容〕。〔又〕騃也。〔文選陸機賦〕妍｜好惡可得而言。〔按廣韻。騃、癡也。是騃與癡同義也。六書正譌云。凡無知者皆以｜名之。別作媸。非。〕●三 悖也。見〔方言〕。〔注〕謂悖惑也。●四 亂也。見〔廣雅釋詁〕。●五 輕也。見〔廣雅釋詁〕。●六 侮也。〔文選張衡賦〕｜眩邊鄙。〔注引蒼頡〕｜、侮也。●七 戲也。見〔小爾雅廣言〕。●八 笑也。見〔一切經音義引蒼頡〕。〔按文選文賦注云。欰、笑也。欰與｜同。六書正譌云。別作嗤。非。〕●九 ｜｜。敦厚貌。〔詩氓〕氓之｜｜。〔傳〕｜｜者。敦厚之貌。

⑩—尤。九黎君名。〔書呂刑〕—尤惟始作亂。〔又〕—尤旗星名。〔晉書天文志〕—尤旗類彗而後曲象旗。主所見之方下有兵。⑪姓也。—氏。—尤之後。見〔通志氏族略〕

【蚩】敕豸切音弛紙韻 蟲伸行也。見〔集韻〕。

【蚅】於革切音厄陌韻 烏蠋也。〔爾雅釋蟲〕蚅、烏蠋。〔疏〕—一名烏蠋。形似蠶而大如指。詩大雅韓奕云。鞗革金厄。毛亦云厄、烏蠋也。

【蚆】披巴切音葩麻韻 貝也。〔爾雅釋魚〕—博而頯。〔注〕頯者、中央廣兩頭銳。

【蚇】昌石切音尺陌韻 —蠖。蟲名。〔易繫辭〕尺蠖之屈。以求伸也。〔按正字通云。—、本作尺。—乃俗字。〕

【蚐】規倫切音鈞真韻 蟲名。馬⿰虫戔也。見〔類篇〕。

【⿱虫夂】逵員切音權先韻 蟲入火皃。見〔集韻〕。

【⿰虫止】丑里切音恥紙韻 蟲伸行也。見〔類篇〕。

【蚕】他典切音腆銑韻 寒蚓也。〔爾雅釋蟲〕螼、蚓、蜸—。〔注〕即蛩蟺也。江東呼寒蚓。〔按篇海云。俗用爲蠶字。非。〕

【⿰虫丏】武延切音棉先韻 —蚗。蟬屬。見〔說文〕〔段注〕爾雅。蝒者馬蜩。方言。蟬大者謂之蝒馬。玉篇、廣韻、皆曰。—即蝒字。然則許之—蚗。即爾雅之馬蜩也。

【⿰虫此】資悉切音唧質韻 蜻、蛚別名。見〔廣韻〕。

【蚛】直眾切音仲送韻持中切音沖東韻 蟲食物也。見〔篇海〕。

【蚞】莫卜切音木屋韻 蜓—。蟬屬。〔爾雅釋蟲〕蜓—、螇螰。〔注〕即蝭蟧也。一名蟪蛄。齊人呼螇螰。〔疏〕此辨蟬之大小及方言不同之名。關東謂蟪蛄爲蜓—。齊謂之螇螰也。

【蚎】女六切音忸屋韻 —蚭。蚰蜒也。〔方言〕蚰蜒。北燕謂之—蚭。〔按玉篇云。—蚭。班蝥。與方言異。〕

【⿰虫少】彌遙切音篻蕭韻 蠶初生也。見〔玉篇〕。

【蚢】寒剛切音航陽韻苦浪切音抗漾韻 食蕭葉之蠶也。〔爾雅釋蟲〕—、蕭繭。〔疏〕食蕭葉作繭者名—。

【蚢】下黨切音沆養韻居郎切音岡陽韻 大貝也。〔文選郭璞賦注引爾雅〕大貝曰—。〔按今本爾雅作魧。〕

【蚽】房尤切音浮尤韻 水蟲名。見〔類篇〕。〔按文選郭璞賦。三蝬—江。注云。—江、似蟹而小。十二腳。此即所謂水蟲也。〕

【蚨】馮無切音扶虞韻 青—。水蟲。可還錢。見〔說文〕。〔王注〕廣雅。蟱蝺。魚伯。青—也。淮南萬畢術。青—還錢。青—、一名魚伯。以其子母各等。置瓮中。埋東行陰垣下。三日復開之。即相從。以母血塗八十一錢。亦以子血塗八十一錢。以其錢更互市。置子用母。置母用子。錢皆自還也。搜神記。南方有蟲名蟱蝺。如蟬而大。辛美可食。其子如蠶種。取其子。則母飛來。雖潛取。必知處。殺其母塗錢。以子塗貫。用錢去則自還。〔按今俗謂錢曰青—以此。〕

青蚨圖

【蚪】當口切音斗有韻 蝌—。蟲名。見〔集韻〕。〔按—通作斗。詳蝌字。〕

蝌蚪圖

【⿱父虫】匪父切音甫麌韻 蟲名。守瓜也。〔爾雅釋蟲〕蠸與父、守瓜。〔注〕今瓜中黃甲小蟲。喜食瓜葉。故曰守瓜。〔疏〕蠸與父、一名守瓜。〔釋文〕父音甫。字或作—。〔

按六書略。—蚊音同義異。〕

【𧈩】彌延切音綿先韻
蚇蚗。蟬屬。見〔集韻引說文〕。〔按說文虶下云。虶蚗。蟬屬。集韻誤作蚇蚗。正文—蓋亦虶之形譌。〕

【𧉅】許既切音餼未韻
蟲名。見〔集韻〕。

【蚥】營隻切音役陌韻
—刺。蟲名。見〔集韻〕。〔按玉篇云。——蟲也。〕

【蛆】干伐切音越月韻
蟚—。水蟲。似蟹而小。見〔集韻〕。〔互詳蟚、蠍二字。〕

【蚿】平萌切音宏庚韻
蟲名。見〔類篇〕。

【𧈵】他蓋切音泰泰韻
蟲名。見〔字彙補〕。

【蚻】子列切音蠽屑韻
蠙—。蟲名。見〔集韻〕。〔按字从尐。與從乚之虬異。〕

【肙】縈員切音懸先韻
小蟲也。一曰空也。見〔韻學集成〕。

【虺】
虺本字。見〔韻會〕。

【𧈷】古毒字。見〔玉篇〕。
【蚉】同蚊。見〔直音〕。
【蚩】同蚩。見〔康熙字典〕。
【蚇】同蛜。見〔集韻〕。
【蚒】同彤。見〔集韻〕。
【蚦】蚺俗字。見〔正字通〕。
【蚗】同蚕。見〔篇海〕。
【蚏】同蛆。見〔直音〕。
【蚤】同蚤。見〔韻會〕。
【蜂】同蠭。見〔韻學集成〕。
【蚋】蜹省文。見〔集韻〕。
【蚈】蚈俗字。見〔正字通〕。
【蚁】蟻俗字。見〔直音〕。
【蛧】蝄俗字。見〔正字通〕。
【蚚】蚸譌字。見〔正字通〕。

五畫

【蚮】惕得切音忒敵德切音特職韻他代切音態隊韻
㊀蝗類。〔廣雅釋蟲〕蟅蟒、—也。〔疏證〕方言。蟒宋魏之間謂之—。南楚之外謂之蟅蟒。或謂之蟒。或謂之螣。郭注云。即蝗也。亦呼虴蛨。虴蛨、猶言蟅蟒也。—猶言螣也。—一作蟘。
㊁蛇螫毒也。〔集韻〕關中謂蛇螫毒曰—。

【𧊈】於袁切音鴛元韻
㊀同蜿。〔集韻〕蜿蜿。龍皃。亦作—。
㊁—蟺。蚯蚓也。見〔廣雅釋蟲〕。

【蚱】側格切音窄陌韻側駕切音詐禡韻
㊀蟬屬。見〔集韻〕。〔按大而色黑者曰—蟬。玉篇云。—蟬七月生。〕
㊁—蜢。蝗屬。見〔集韻〕。〔按—蜢似蝗而小。雄長寸許。雌倍之。後足大。善跳。〕〔又〕舟名。取譬其小也。別作舴艋。非。見〔六書正譌〕。

【蚱】助駕切音乍禡韻
鮓或字。〔集韻〕鮓。海魚名。或作—。

【蚳】陳尼切音遲支韻
㊀蟻子也。周禮有—醢。見〔說文〕。〔段注〕釋蟲曰。蚳子。—。郭云。蟻卵也。周禮饋食之豆有—醢。鄭曰。—、蛾子。國語。蟲舍—蝝。韋注同。〔按—、蛾、即蟻。蟻、即螘也。〕
㊁蠍也。見〔一切經音義引廣雅〕。

【蚔】稱脂切音鴟支韻
蠪—。獸名。〔山海經中山經〕昆吾之山有獸焉。其狀如彘而有角。其音如號。名曰蠪—。〔注〕蠪—、似九尾狐。

【蚹】符遇切音附遇韻步木切音僕屋韻
㊀蛇腹下橫鱗可行者。〔莊子齊物論〕吾待蛇—蜩翼耶。〔釋文引司馬注〕—謂蛇腹下齟齬、可以行者也。
㊁—蠃。蝸牛也。見〔爾雅釋魚注〕。〔疏〕—蠃、一名螔蝓。

【蚾】補火切音播哿韻
㊀蟾蜍也。見〔集韻〕。
㊁䗪蟲也。〔本草綱目〕䗪蟲、一名蚵—蟲。

【蚾】蒲碑切音皮支韻
蟲也。見〔玉篇〕。

【蚎】奴曷切音捺曷韻
㊀蟄螫也。見〔廣韻〕。

㊁痛也。見〔廣雅釋詁〕。

【蛆】陟列切音哲屑韻

螫也。或作哲。見〔集韻〕。〔按左傳二十二年傳疏引通俗文云。蠆長尾謂之蠍。蠍毒傷人曰—。〕

【蚿】胡田切音賢先韻　胡涓切音懸先韻

㊀馬—。蟲也。〔莊子秋水〕夔憐—。—憐蛇。〔釋文引司馬注〕馬—。蟲也。—多足。〔按本草綱目云。馬—形如蚯蚓。紫黑色。觸之則側臥如環。故又名刀環。博物志。百足、一名馬—。中斷成兩段。各行而去。蓋即蘇俗所謂香延蟲也。〕

㊁紫—。石蜐也。〔本草綱目〕石蜐、一名紫—。

【蛀】朱戍切音注遇韻

㊀木蠹蟲。亦名—蟲。見〔本草綱目〕。

㊁凡物被蠹皆曰—。

【蛄】古胡切音孤虞韻

㊀螻—也。見〔說文〕。〔按方言。—諸、謂之杜蛒。螻螲、謂之螻—。或謂之蟓蛉。南楚謂之杜狗。或謂之蛞螻。錢氏箋疏云。釋蟲。螜、蛯、螻。郭注。蛯螻、螻—。類杜蛒。杜狗一聲之轉。杜狗、亦猶土狗。今俗猶有土狗之稱。色黃翅短。四足。頭似狗。形似鼠。穴土而居。雄者善飛善鳴。聲如蚯蚓。喜就燈光。雌者腹大羽小。不能飛翔。食風與土也。〕

㊁蟪—也。見〔玉篇〕。〔按方言。蛥蚗。齊謂之螇螰。楚謂之蟪—。或謂之蛉—。秦謂之蛥蚗。自關而東謂之虭蟧。或謂之蝭蟧。或謂之蜓蚞。莊子逍遙遊。蟪—不知春秋。司馬彪注云。蟪—。寒蟬也。春生夏死。夏生秋死。崔譔注云。秋鳴者不及春。春鳴者不及秋。〕

㊂—螿也。〔爾雅釋蟲〕—螿、強蛘。〔注〕今米穀中蠹小黑蟲也。建平人呼為蛘子。音羋姓。〔按方言。姑螿、謂之強蛘。注云。米中小黑甲蟲也。江東謂之蛪。音加。建平人呼蛘子。音羋。羋即姓也。錢氏箋疏云。說文。姑螿、強羊也。今吳中謂麥中小黑蟲為羊子。聲如陽。疑郭音誤。〕

【蛆】子魚切音苴魚韻　千余切音疽魚韻

㊀本作胆。〔說文肉部〕胆。蠅乳肉中也。〔段注〕三倉曰。蠅乳肉中曰胆。通俗文云。肉中蟲曰胆。〔按廣韻、—本作胆。集韻。—與胆同。本草。—、蠅之子也。凡物敗臭則生之。〕

㊁螫也。見〔一切經音義引字書〕。

㊂蝍—。蟲名。〔爾雅釋蟲〕蒺蔾、蝍—。〔注〕似蝗而大腹長角。能食蛇腦。〔疏〕蒺蔾、一名蝍—。廣雅云。蝍—、蜈蚣也。郭云。似蝗而大腹長角。則非蜈蚣也。莊子云。蝍—甘帶。是也。

㊃—蟝。蟲名。〔廣雅釋蟲〕—蟝、馬蜒、馬蚿也。〔按廣雅又云。馬蝬、蠽—也。蝬與蟝、聲之轉。蠽—與—蟝、聲之遞轉也。方言。馬蚿。北燕謂之—蟝。其大者謂之馬蚰。蚰與蚿同。御覽引吳普本草、馬蚿一名馬軸。又謂之馬陸。〕

㊄水—。長寸餘。黑色。生南方溪澗。夏深變為蚕。螫人。見〔正字通〕。

㊅雪—。陰山北及峨眉山北積雪不消。生—。大如瓠。俗呼雪—。味甘美可食。見〔草木子〕。

【蛇】時遮切音闍麻韻　徒河切音駝歌韻

㊀它或字。見〔說文它部〕。〔按說文、它虫也。上古艸居患它。故相問無它乎。經傳通作—。修尾無足以脊椎伸縮。行動自如。能以眼聽。皮有鱗紋。每年一蛻。舌分裂兩歧。齒曲如鉤。有毒。噬人或至死。〕

蛇圖

㊁星名。〔左襄二十八年傳〕—乘龍。〔注〕—、玄武之宿。虛危之星。

㊂守宮或謂之蜥易。其在澤中者謂之易蜴。南楚謂之—醫。見〔方言〕。

㊃委—。泥鰌也。〔莊子達生〕養鳥者宜棲之深林。食之以委—。

㊄姓也。姚萇—后南安人。又有建武將軍—元。望出雁門。見〔通志氏族略〕。

【蛇】弋支切音移支韻

㊀委—。行可蹤迹也。〔詩羔羊〕委—委—。〔疏〕謂出言立行。有始有終。可蹤迹傚效也。〔又〕委曲自得之貌。見〔詩羔羊箋〕。

㊁——。淺意也。〔詩巧言〕——碩言。

【蛇】陳知切音馳支韻

殹—。地名。〔公羊春秋桓十二年〕公會紀侯莒子盟於殹—。〔按殹

—。魯地也。左氏、穀梁。竝作曲池。〕

【蛇】余遮切音邪麻韻

關中謂毒蟲曰—。見〔集韻〕。

【蛉】郎丁切音靈青韻

㊀蜻—也。一曰桑根。見〔說文〕。〔段注〕戰國策曰。六足四翼。飛翔乎天地之間。方言曰。蜻—謂之蝍—。郭云。江東謂之狐黎。淮南人呼蠊蛜。按淮南水蠆爲蟌。卽蜻—也。一曰猶一名也。今本作一名。

㊁螟—。桑蟲也。〔詩小宛〕螟—有子。蜾蠃負之。〔按螟—、說文作螟蠕。爾雅釋蟲。螟—、桑蟲。注云。俗謂之桑蟃。亦曰戎女。陸璣疏云。螟—者、桑上小青蟲也。似步屈。其色青而細小。或在草萊上。蜾蠃、似蜂而小腰。取桑蟲負之于木空中。七日而化爲其子。俗稱義子曰螟—。本此。〕

㊂青—。漢縣名。屬越巂郡。今雲南大姚縣治。

㊃—蛄。螻蛄別名。詳蛄字。

【䖪】將支切音貲支韻

㊀蟲名。似蟬。見〔集韻〕。

㊁—鼠。鳥名。〔山海經東山經〕栒狀之山。有鳥焉。其狀如雞而鼠尾。其名曰—鼠。

【䖪】仄蟹切音抧蟹韻

蟲名。見〔集韻〕。

【䖪】徂移切支韻子爾切紙韻

蟲也。蹠也。見〔玉篇〕。

【蛋】徒歎切音但旱韻

㊀南方夷也。詳蜑字。

㊁俗呼鳥卵爲—。見〔字彙補〕。

【蚭】女夷切音尼支韻

蚎—也。見〔方言〕。〔詳蚎字。〕

【蚯】袪尤切音丘尤韻

—蚓。曲蟺也。〔禮記月令〕—蚓出。

【蚰】夷周切音由尤韻

—蜒。蟲名。見〔爾雅釋蟲〕。〔疏〕象蜈蚣。黃色而細長。〔釋文〕字林云。北燕人謂—蜒爲蚰蚭。〔按本草云。—蜒長寸餘。死亦踡曲如環。〕

【蚰】佇六切音逐屋韻

蟲名。方言。北鄙謂馬蚿大者曰馬—。或作蠋。見〔集韻〕。〔按爾雅釋蟲蜋馬蝬疏曰。蜋蟲。一名馬蝬。一名馬蠲蚼。俗呼馬蝬。方言云。馬蚿。其大者謂之馬—。是也。〕

【蚲】蒲兵切音平庚韻

蟦也。可以飾劍。〔晉書輿服志〕漢志。百官朝帶劍。晉始代之以木。貴者猶用玉首。賤者亦用—。〔按廣雅釋蟲。—、蟦二字皆訓蚌也。〕

【蚴】於糾切音黝有韻

—蟉。龍行貌。〔文選司馬相如賦〕青龍—蟉於東廂。

【蚴】於虬切音幽尤韻

—蜺。蜂也。〔方言〕蜂之小者。燕趙之間、或謂之—蜺。〔按廣雅釋蟲。—蜺、蠮螉也。〕

【蚵】寒歌切音何歌韻

—蠪。蜥蜴也。見〔玉篇〕。

【蚵】口箇切音坷箇韻

螭—。蟲名。見〔集韻〕。

【蚶】呼甘切音憨覃韻

魁陸也。〔爾雅釋魚注〕本草云。魁狀如海蛤。圓而厚。外有理縱橫。卽今之—也。〔按俗呼瓦楞子。〕

【蚶】沽三切音甘胡甘切音凾覃韻

螺之小者。見〔集韻〕。

【蚮】湯來切音胎堂來切音臺灰韻

黑貝也。見〔集韻〕。

【蚷】臼許切音巨語韻求於切音渠魚韻

商—。蟲名。〔莊子秋水〕猶候蚊負山。商—馳河也。〔注〕—、北燕謂之馬蚿。

【蚸】力的切音歷細積切音昔錫韻昌石切音斥陌韻

蟿—。蟿螽也。〔爾雅釋蟲〕蟿螽蟿—。〔疏〕蟿螽、一名蟿—。形似蚣蜙而細長。飛翅作聲。

【蚻】側八切音札黠韻

蟲名。〔爾雅釋蟲〕—、蜻蜻。〔注〕如蟬而小。〔按方言云。蟬、其大者謂之蟧。或謂之蝒馬。其小者謂之麥—。有文者謂之蜻蜻。〕

【蚼】舉后切音苟有韻

北方有—犬。食人。見〔說文〕。〔桂注〕海內北經。蚼犬如犬。青色。食人從首始。注云。蚼音陶。或作｜。音鉤。

【蚼】恭于切音拘虞韻呼后切音吼有韻　｜蟓。蚍蜉也。亦曰玄｜。〔方言〕蚍蜉。齊魯之間謂之｜蟓。西南梁益之間謂之玄｜。

【蚼】權俱切音劬虞韻　原蠶。其蛹蛭｜。見〔集韻〕。

【⿰虫母】迷浮切音牟尤韻　魚名。本作⿰魚母。見〔類篇〕。

【⿰虫术】音未詳　蜓｜。蟪蛄也。見〔駢雅〕。

【⿰虫宁】展呂切音貯語韻　蟲名。見〔類篇〕。

【⿰虫穴】戶決切音穴屑韻　蟲名。見〔玉篇〕。

【蚽】符羈切音皮支韻　蟲名。見〔集韻〕。

【蚗】心紫切音史紙韻　龍屬。見〔字彙補〕。〔按廣博物志云。明月之珠。藏於蚌中。｜龍伏之。〕

【⿰虫玉】虞欲切音玉沃韻　蠟｜。蟲名。見〔類篇〕。

【⿰虫万】符万切音飯願韻　蟲名。見〔廣韻〕。

【⿰虫民】無分切音文文韻　同蟁。蟲名。見〔正字通〕。

【⿰虫出】職悅切音拙屑韻　蟲也。見〔廣韻〕。

【⿰虫屈】曲勿切音屈物韻五忽切音兀月韻〔同蟩〕。　蛣｜也。見〔說文〕。〔按說文蛣下云。蛣｜。蝎也。爾雅釋蟲蝎蛣蟩注云。木中蠹蟲。又蟦蠐螬注云。在糞土中。又蝤蠐蝎注云。在木中。又蝎桑蠹注云。即蛣蟩。疏曰。蟦蠐也。蝤螬也。蝤蠐也。蛣蟩也。桑蠹也。蝎也。一蟲而六名也。〕

【⿰虫冗】乳勇切音宂腫韻　小蟲行也。見〔類篇〕。

【⿱北虫】博墨切音北職韻　蟲似蟹而四足。見〔廣韻〕。

【⿰虫戉】王伐切音越月韻　蠊｜蚌。出魏書。見〔廣韻〕。

【蛁】丁僚切音凋蕭韻　蟲也。見〔說文〕。〔段注〕謂蟲名也。玉篇以｜蟧釋之。非也。｜自蟲名。｜蟧別一蟲名。凡單字爲名者。不得與雙字爲名者相牽混。〔按集韻。｜、蟲也。一曰。｜蟧。小蟬。或省作虭。此蓋以說文玉篇合而言之也。〕

【⿰虫去】口舉切音胠語韻　｜蛟也。〔爾雅釋魚〕鼁鱦、蟾諸。〔注〕似蝦蟆。居陸地。淮南謂之去蛟。〔按集韻。鼁、蟲名。一曰去父。或作｜。〕

【⿰虫去】同蚴。見〔韻會〕。

【⿰虫布】博故切音布遇韻　蟥｜。蟲也。見〔集韻〕。〔按類篇云。似蜆。〕

【⿱加虫】居牙切音加麻韻　米中蟲也。見〔集韻〕。

【⿰虫囟】竹洽切音劄洽韻　斑身小蟲。見〔廣韻〕。

【蚸】常隻切音石陌韻　蟲名。螳蜋也。一名｜蜋。見〔集韻〕。

【蚸】之石切音隻陌韻　同蟅。見〔類篇〕。

【蛂】蒲結切音鼈屑韻敷勿切音拂物韻方未切音沸未韻駢迷切音鼙齊韻　蟥蛢也。〔爾雅釋蟲〕｜、蟥蛢。〔注〕甲蟲也。大如虎豆。綠色。〔疏〕｜、一名蟥蛢。

【蛃】兵永切音丙梗韻白猛切音蚌梗韻　衣書中蟲也。〔爾雅釋蟲〕蟫、白魚。〔注〕衣書中蟲。一名｜魚。〔疏〕一名蟫。一名白魚。一名｜魚。本草謂之衣魚。是也。

【⿰虫必】毗必切音苾質韻　黑蜂也。見〔玉篇〕。

【⿰虫必】毘至切音鼻寘韻　蟲名。見〔集韻〕。

【蛅】如占切音髯鹽韻之廉切音占鹽韻　｜斯。墨也。見〔說文〕。〔段注〕釋蟲云。蟔、｜蟖。郭云。蛓屬。許書蛓下云。毛蟲也。此乃食木葉之蟲。非木中之蠽。〔按爾雅釋蟲蟔蛅蟴、注云。今青州人呼蛓為—蟴。本草別錄。雀甕一名—蟴房。一名蟆舍。一名紅姑娘。陶注。—、蟴蛓蟲也。在石榴樹上。其背毛螫人。互詳蛓字。〕

【⿱奴虫】奴古切音弩麌韻
水弩蟲。俗从虫。見〔廣韻〕。

【⿰虫尔】徒典切音殄銑韻
守宮異名也。見〔字彙〕。〔按直音。—同蜓。正字通云。守宮在壁者。俗謂蝘蜓。蜓徒典切。非作—。舊本音義與蜓同。譌作—。非。篇海類編。蛌與蜓同亦非。〕

【⿰虫尔】昨結切音截屑韻
同蠽。〔集韻〕蠽。水蟲名。海蛆有蠽蠽。或省作蚧。〔按—即蚧之變體。〕

【蛈】他結切音鐵。徒結切音迭屑韻。他計切音替霽韻
—蜴也。〔爾雅釋蟲〕王—蜴。〔注〕即螲蟷。似鼅鼄。〔疏〕此鼅鼄之一種也。一名螲蟷。穴居布网穴口有蓋。河北人呼—蜴者是也。〔按正字通云。—蜴。土鼅鼄也。俗呼顛當。—蜴本音迭湯。轉聲為顛當。河北人呼—蠐、謠讀姪唐。鬼谷子謂之—母。即土中布網鼅鼄。〕

【⿱黍虫】舒呂切音黍語韻
蝽—。蟲名。〔廣雅釋蟲〕螌蝑。蝽—也。〔按爾雅釋蟲蜤螽蜙蝑注云。蜙蝑也。俗呼蝽蟀。方言。舂黍謂之蜙蝑。王引之云。—當作蠢。〕

【蚚】同蟒。見〔廣韻〕。〔按類篇、篇海、俱作蚸。〕

【⿱山虫】同蚩。見〔集韻〕。

【蝆】同蛘。見〔說文長箋〕。〔按直音。—作蛘。〕

【蛊】同蠱。見〔篇海〕。

【⿱宀虫】同蜜。見〔直音〕。

【⿰虫卮】同蚅。見〔直音〕。

【⿱圭虫】同蛙。見〔直音〕。

【蚲】同蚌。見〔直音〕。〔按字彙補云。音義未詳。金都統郎君行記有此字。舊注謂—、蚌筆畫相近。疑即一字。〕

【⿱圣虫】同蟊。見〔篇海〕。

【⿰虫司】同蛓。見〔廣韻〕。

【蚮】蟘或字。見〔集韻〕。

【⿱丞虫】蛩俗字。見〔正字通〕。

【虵】蛇俗字。見〔正字通〕。

【蚺】蚦俗字。見〔正字通〕。

六畫

【蛑】迷浮切音侔尤韻
㊀蟊古文。〔說文蟲部〕—、古文蟊从虫从牟。
㊁蝤—。似蟹而大。見〔廣韻〕。
㊂蟷蜋也。〔爾雅釋蟲〕莫貈、蟷蜋、—。〔疏〕莫貈一名蟷蜋。一名—。

【蛒】各額切音格轄格切音路陌韻
㊀蠐螬也。〔方言〕蠐螬謂之蟦。自關而東謂之蝤蠐。或謂之蛬蠋。或謂之蝖蠀。梁益之間謂之—。或謂之蝎。或謂之蛭—。秦晉之間謂之蠹。或謂之天蠹。〔注〕亦呼當齊。或呼地蠶。或呼蟦蝖。〔按廣雅釋蟲蛭—、蛬蠋、地蠶、蠀蟦、蠐螬也。亦與方言合。〕
㊁蛣諸謂之杜—。見〔方言〕。〔詳蛣字〕。

【蛘】以兩切音養養韻。余章切音羊陽韻
㊀騷—也。見〔說文〕。〔段注〕騷。各本作搔。今正。騷、擾也。毛云。動也。騷—者。謂擾動於肌膚間也。玄應引禮記、—不敢搔。俗多用痒、癢、養字。蓋非也。—从虫者。往往有蟲潛於膜。故疥字亦或作蚧、作蚧。
㊁蚍蜉。燕謂之蛾—。見〔方言〕。〔按爾雅釋蟲注云。齊人呼蟻為—。〕
㊂蟲名。見〔集韻〕。

【蛙】烏蝸切音哇佳韻
㊀鼃或字。〔集韻〕鼃。蟲名。說文、蝦蟆也。或作—。〔按漢書東方朔傳。水多鼃魚。顏注。鼃、即—字也。似蝦蟆而小。長腳。水陸兩棲之脊椎動物也。背色青綠者謂之青—。又曰雨—。背有黃色縱線者謂之金線—。〕
㊁淫也。見〔韻會〕。〔按漢書王莽傳。紫色—聲。注云。淫—之聲。〕
㊂始也。見〔方言〕。〔按廣雅釋詁亦云。鼃、始也。〕

【⿱圭虫】烏蝸切音哇佳韻苦圭切音奎齊韻

㊀蟊也。見〔說文〕。㊁通蚕。〔史記律書〕北至於蚕。蚕者、主毒螫殺萬物也。〔注〕徐廣曰。蚕、一作—。㊂同蠅。見〔韻會〕。

【蛜】於夷切音伊支韻

㊀蛜或字。〔集韻〕蛜。蟲名。說文、蛜威委黍。委黍鼠婦也。或从伊。㊁蠑—。蜻蛉別名。〔方言〕蜻蛉。淮南人呼爲蠑—。

【蛞】苦活切音闊曷韻

㊀科斗也。見〔集韻〕。〔按爾雅釋魚。科斗活東。疏曰。郭云、蝦蟆子。此蟲一名科斗。一名活東。頭圓大而尾細。玉篇。—、胡括切。—蟊。蓋玉篇之—蟊。卽爾雅之活東也。〕㊁—蝓。無殼蝸。見〔集韻〕。〔按本草。—蝓、—蝓。一名陵蠡。一名土蝸。一名附蝸。正字通云。—蝓是附蝸。〕

【蛞】古活切音括曷韻

—螻。螻蛄也。詳蛄字。

【蛞】食列切音舌屑韻

蛥或字。〔集韻〕蛥。蛥蚗。蟲名。或作—。

【蛟】居肴切音交肴韻

㊀龍之屬也。池魚滿三千六百。—來爲之長。能率魚而飛。置笱水中。卽—去。見〔說文〕。〔按龍之屬也四字。韻會引作龍屬無角曰—。楚辭九歌。—何爲兮水裔。王注。—、龍屬也。九思。乘六—兮蜿蟬。注云。龍無角曰—。今攷—狀似蛇。四足、細頸、頸有白嬰。大者十數圍。卵如一二石甕。能吞人。春夏之間。山水驟發。俗稱發—。〕㊁—羊。似羊而無角。見〔述異記〕。㊂—螭。水神也。〔文選左思賦〕或藏—螭。〔劉注〕有鱗曰—。—螭、水神也。一曰雌龍也。一曰。龍子也。

【蛡】逸職切音弋職韻況羽切音詡虞韻

㊀蜂也。見〔類篇〕。㊁蜂房也。〔太玄經〕蜂其——。〔注〕王曰。蜂、蠭子也。—、其房也。㊂—蟲行皃。見〔集韻〕。

【蛣】喫吉切音詰質韻詰結切音猰屑韻吉詣切音計霽韻

㊀—蚰。蝎也。見〔說文〕。〔按爾雅釋蟲。蝎、—蝠。注云。木中蠹蟲。又蝎、桑蠹。注云。卽—蝠。〕㊁蟬也。見〔廣雅釋蟲〕。㊂—蟩。井中小蟲也。見〔類篇〕。㊃璅—。蟲名。淮海之人呼璅—爲蟹奴。見〔述異記〕。〔按郭璞江賦。璅—腹蟹。注云。南越志。璅—長寸餘。大者長二三寸。腹中有蟹子。如榆莢。合體共生。俱爲—取食。〕㊄—蜣。蜣蜋也。詳蜣字。

【蛤】古沓切音鴿合韻

㊀本作⿱合虫。〔說文〕⿱合虫。蜃屬。有三。皆生於海。⿱合虫厲、千歲雀所化。秦人謂之牡厲。海⿱合虫、百歲燕所化。魁⿱合虫、一名復累老。服翼所化也。〔按此字說解。今本有譌奪。段氏、王氏、依爾雅釋文藝文類聚引改正。今從之。〕㊁蒲盧也。見〔廣雅釋魚〕。〔按爾雅釋蟲。果蠃蒲盧。注云。卽細腰蠭也。夏小正。十月、元雉入於淮爲蜃。傳云。蜃者、蒲盧也。是蒲盧有異物同名者。廣雅所偁蒲盧。未知指何物言。俟攷。〕㊂—解。—蚧也。〔方言〕桂林之中守宮大者而能鳴、謂之—解。〔注〕—解、似蛇醫。江東人呼爲—蚧。〔按廣雅釋魚。—解、蟗蝎也。蟗蝎、卽守宮。〕㊃—魚。蛙名。〔本草綱目〕蛙小其聲曰—。俗名石鴨。所謂—子也。㊄—蜊。海蚌也。詳蜊字。㊅蝦—。獸名。〔文選司馬相如賦〕格蝦—。鋋猛氏。〔又〕獸名。〔本草綱目〕在山石中藏蟄。似蝦蟆而大。黃色。能吞氣、飲風露。

【蛥】食列切音舌之列切音浙屑韻

㊀—蚗也。〔方言〕—蚗。楚謂之蟪蛄。〔詳蛄字。〕㊁虭—。龍屬。性好立險。見〔字彙補引菽園雜記〕。

【蛦】延知切音夷支韻田黎切音題齊韻

㊀鷈—。鳥名。〔文選左思賦〕鷈—山棲。〔注〕鷈—、鳥名也。如今之山鷄。㊁螗—。蟬也。詳蜩字。

【⿰虫兆】餘招切音銚蕭韻

㊀蟲名。見〔類篇〕。㊁同珧。見〔正字通〕。〔按珧似蚌。殼中肉柱長寸許。謂之江珧柱。〕

【蛩】渠容切音邛冬韻

㊀—。獸也。一曰。秦謂蟬蛻曰—。見

〔說文〕〔段注〕子虛上林賦皆有—。張揖曰。—。青獸。狀如馬。按史記作卭邛。〔又〕憂思貌。〔楚辭〕心—而懷顧兮。魂眷眷而獨逝。

(二)蝗也。〔淮南本經〕飛—滿野。

(三)吟—蟋蟀也。〔埤雅〕蟋蟀一名吟—。

(四)—惧也。見〔方言〕。〔按方言又曰。—惧、戰慄也。荆吳曰—惧。廣雅釋詁。—懼也其義竝同。〕

【蛩】古勇切音拱䐁韻〔俗作蛩。非。〕

蟲名。蛐蜒也。〔方言注〕蛐蜒。江東又呼爲—。

【蛪】詰結切音挈吉屑切音結

(一)—蚼。似蟬而小。見〔玉篇〕。

(二)蠅蟲。見〔廣韻〕。

【蛪】結切音噎屑韻

同蜺。見〔類篇〕。〔按史記天官書。其—者類鬬旗。索隱。—亦作蜺。〕

【蛫】古委切音詭紙韻

(一)蟹也。見〔說文〕。〔按集韻云。蟹六足者。一曰鼠負本草圖經、蜥之類甚多。六足者名—。有大毒。不可食。〕

(二)猿類。見〔類篇〕。

(三)獸名。〔山海經中山經〕卽公之山有獸焉。其狀如龜而白身赤首。名曰—。可以禦火。

【蛭】職日切音質陟栗切音窒質韻徒結切音耋屑韻竹例切音瘵霽韻

(一)蟣也。見〔說文〕。〔按爾雅釋魚—蟣注云。今江東呼水中—蟲入人肉者爲蟣。本草謂之水—。一名蚑。一名馬蜞。一名馬蟞。一名馬蟥。亦曰—蝚。一名至掌。又有石—、草—、泥—等名。性喜食血。故醫家以之治血癥等疾。〕

(二)蟣也。〔淮南人間世〕人莫蹪於山而蹪於—。

(三)蛐蜒也。見〔廣雅釋蟲〕。

(四)獸名也。〔史記司馬相如傳索隱引字林〕—、蜩。二獸名。

(五)蜚—。有翼蟲也。〔山海經大荒北經〕大荒之中有山。名曰不咸。有蜚—。四翼。

(六)—蛒。蠐螬也。〔方言〕蠐螬。梁益之間。或謂之—蛒。

(七)姓也。見〔姓苑〕。

【蛢】輕煙切音牽先韻

(一)蟲名。螢火也。見〔集韻〕。

(二)馬蠸也。〔淮南兵略〕故良將之卒。若—之足。

【蛐】區玉切音曲沃韻

—蟮也。見〔玉篇〕。

【蛓】七賜切音刺寘韻

毛蟲也。見〔說文〕。

【蛕】胡隈切音回灰韻

腹中長蟲也。見〔說文〕。〔按一切經音義引蒼頡訓詁。—、腹中蟲也。靈樞經有蛟—。字或作蛔。亦作蚘。關尹子。我之一身內變蟯蛔。外蒸蝨蚤。玉篇蚘、與—同。〕

【蛸】虎猥切音賄賄韻

土蟲名。見〔集韻〕。

【蛬】居倦切音眷霰韻

—蠋。蜘蛛別名。見〔廣韻〕。〔又〕蠀螬蟲也。〔方言〕蠀螬自關而東或謂之—蠋。

【蛬】居袁切眷平聲元韻

—蝛。蛸蟳也。見〔玉篇〕。〔按方言。—蝛、今本亦作—蝛。〕

【蛖】莫江切音尨江韻謨蓬切音蒙東韻

—螻。螻蛄類。〔爾雅釋蟲〕蝚、—螻。

【蚫】部項切音棒講韻

蚌或字。見〔集韻〕。

【𧊒】房九切音阜有韻

—螽。蝗也。〔爾雅釋蟲〕—螽。蝗。〔注〕詩曰。趯趯阜螽。〔按廣韻作𧊒。集韻作𧊒。〕

【蛓】七四切音次寘韻

蟲也。似蜘蛛。見〔廣韻〕。

【蛚】良辥切音列屑韻

蜻—也。見〔說文〕。〔段注〕按揚雄、李巡、陸璣、郭璞、玉篇、廣韻、皆云。蟋蟀、一名蜻蛚。但許書不與蟋蟀爲伍。蓋不以爲一物。與鄭注攷工記曰。以注鳴者精列屬。

【蛛】追輸切音誅虞韻

鼄或字。見〔說文黽部〕。〔按許書鼄下云。鼄、鼄也。鼄下云。鼄鼄也。鼅下云。鼅鼄作䵹—鼄也。爾雅釋蟲。鼅鼄、鼅鼄。方言。鼅鼄、鼅鼄也。自關而東趙魏之郊、謂之鼅鼄。或謂之蠾蝓。蠾蝓者侏儒語之轉也。北燕朝鮮洌水之間、謂之蝳蜍。注云、齊人又呼社公。亦言罔工。廣志、草蜘—在草上。色靑。土蜘—在地上。春行草間。秋系在草。有在器下者。有以絲布於雛壁間緣壁捕蠅者。蓋蜘—乃節足動物。能出絲布網。其絲右旋。蚀蟲入輒不得脫。因捕食之。謂之蜘—者。物觸其網。知而誅之也。」

蜘蛛圖

【蜄】普夬切音派卦韻　蠓—。小飛蟲也。見〔篇海〕。

【蛝】何閒切音閑刪韻　魚巾切音銀眞韻　馬蚿也。〔爾雅釋蟲〕—、馬蚿。〔疏〕—蟲一名馬蚿。一名馬蠲。蚼俗呼馬蜒。方言云。馬蚿。北燕謂之蛆蟝。其大者謂之馬蚰。是也。

【蚟】曲王切音匡陽韻

大蝦也。見〔類篇〕。

【蛓】設職切音識職韻　—蠌。蟲名。仙鼠也。見〔類篇〕。

【蛪】仍吏切音餌寘韻　釣魚食也。見〔類篇〕。

【蛶】郎計切音麗霽韻　蜃屬也。見〔類篇〕。

【蛔】徒紅切音同東韻　蟲也。見〔玉篇〕。

【蚐】松倫切音旬眞韻　蟲名。見〔玉篇〕。

【蟌】祖叢切音騣東韻　蛪—。似蟬。見〔類篇〕。

【蚼】許后切音吼有韻　蚼或字。〔集韻〕蚼。郭璞曰。靑州呼蠙爲蚼。或从后。

【𧊒】逆各切音咢。匹各切音粕藥韻　似蜥易。長一丈。水潛。吞人卽浮。出日南。見〔說文〕〔段注〕俗作蝁、鰐、鱷。

【虴】除駕切音秅。陟駕切音吒禡韻

水母也。一名蟦。見〔廣韻〕。

【𧊚】黑各切音郝藥韻　螫也。見〔說文〕〔段注〕蠚、螫、蓋本一字。〔按集韻〕—、或作蠚。亦作蓋螫。」

【蝄】文紡切音網養韻　—蜽。山川之精物也。淮南王說。—蜽狀如三歲小兒。赤黑色。赤目。長耳。美髮。國語曰。木石之怪。夔、—蜽。見〔說文〕。〔按—蜽字周禮方相氏作方良。左宣三年傳作罔兩。史記孔子世家作罔閬。今作魍魎。〕

【䖵】公渾切音昆元韻　〔通作昆。或作蜫、蚰。〕蟲之總名也。見〔說文䖵部〕。〔段注〕凡經傳言昆蟲。卽—蟲也。日部曰。昆、同也。夏小正。昆、小蟲。傳曰。昆者、衆也。猶魂魂也。魂魂者動也。小蟲動也。月令昆蟲未蟄。鄭曰。昆、明也。許意與小正傳同。

【蛨】莫白切音陌陌韻　蚔—。蟲也。見〔集韻〕。

【蝓】容朱切音俞虞韻　蠾—。蜘蛛也。見〔集韻〕。

【螋】雙雛切音毹虞韻　蠷—。多足蟲。見〔集韻〕。

【蛞】俯九切音否有韻　蠶臥也。見〔類篇〕。

【蛩】古勇切音鞏腫韻　居用切音供宋韻　渠容切音邛冬韻　蟋蟀也。〔爾雅釋蟲〕蟋蟀、—。〔注〕今促織也。亦名靑蛚。

【蛬】黑各切音壑藥韻　舒亦切音色陌韻　知列切音折屑韻　毒螫也。見〔六書正譌〕。

【蜾】都果切音朶哿韻　蛤—。鹽池名。〔唐書李師古傳〕棣州有蛤—鹽池。歲產鹽數十萬斛。〔按棣州當今山東惠民縣南〕。

【蛃】以丙切音永梗韻　蟲名。甲類。見〔五音篇海〕。

【蛭】音未詳　螭—也。其形似龍。性好風雨。故用於殿脊上。見〔顧氏說畧〕。

【蛾】思融切音嵩東韻　蟲名。見〔玉篇〕。

【⿰虫夸】苦故切音庫遇韻 蟲名。見〔玉篇〕。

【⿰虫旨】職以切紙韻 蟲名。見〔玉篇〕。

【⿰虫亥】柯開切音該灰韻 蟲名。見〔玉篇〕。

【⿰虫聿】省戌切音律質韻 蟲名。見〔集韻〕。〔按類篇云。从蟀省。〕

【⿰虫刑】乎經切音刑青韻 海蟲名。見〔玉篇〕。

【⿱如虫】仁余切音如魚韻 蟲名。見〔玉篇〕。

【⿰虫曳】以制切音曳霽韻 蟲名。見〔篇海〕。

【⿰虫戌】雪律切音卹質韻 水蟲名。海蟀也。見〔集韻〕。

【⿰虫因】於眞切音因眞韻 蟲名。見〔直音〕。

【⿱合虫】蛤本字。見〔說文〕。

【⿰虫幵】蚈本字。見〔說文〕。

【⿱宜虫】同蛆。見〔海篇〕。

【⿲彳虫亍】同⿱征虫。見〔集韻〕。

【⿱丞虫】同蛩。見〔正字通〕。

【⿰虫非】同蜂。見〔類篇〕。

【⿱至虫】同蛭。見〔直音〕。

【蛔】同蚘。見〔玉篇〕。〔按本作蛕。〕

【⿰虫皃】同螝。蠶蛹也。見〔直音〕。

【⿱蓺虫】同⿱埶虫。見〔字彙補〕。

【蚺】蜩或字。見〔說文〕。

【⿰虫向】蠁或字。見〔說文〕。

【蛮】蠻省文。見〔直音〕。

【⿰虫亦】蜴俗字。見〔正字通〕。

【⿰虫并】蛢俗字。見〔正字通〕。

【⿱执虫】蟄譌字。見〔正字通〕。

七畫

【⿰虫豖】呼回切音灰灰韻 ㊀豕發土也。見〔集韻〕。㊁蝟屬。〔炙轂子〕刺端分兩歧者蝟。如棘鍼者—。

【蛷】巨鳩切音仇尤韻 恭於切音拘魚韻 ㊀本作⿱求䖵。〔說文蚰部〕⿱求䖵。多足蟲也。〔按字亦作蛩、—。〕㊁瘡也。〔淮南說林〕曹氏之裂布。—者貴之。〔注〕曹布燒以傳蛷—瘡則愈。故—者貴之。

【蛸】思遨切音消蕭韻 ㊀蟰—。堂蜋子。見〔說文〕。〔按月令仲夏之月螳蜋生注云。螳蜋、螵—母也。螵—附於木。堅韌不可動。至小暑而子羣生。以桑上者爲佳。入藥。本草謂之桑螵—。〕㊁姓也。齊武帝以巴東王子響叛逆。改爲—氏。

【蛸】所交切音梢肴韻 蠨—。蜘蛛屬。〔詩東山〕蠨—在戶。〔傳〕蠨—。長踦也。〔按爾雅郭注。長踦。小蜘蛛長腳者。俗呼爲喜子。蓋此蟲長四五分。腳長而細如絲。其結網但有經線。固與蜘蛛之網有別也。〕

【⿰虫吾】訛胡切音吾虞韻 ㊀似鼠。亦作鼯。見〔玉篇〕。㊁蜈或字。〔集韻〕蜈蚣。蟲名。或作—。

【蛹】余隴切音勇腫韻 ㊀繭蟲也。見〔說文〕。〔按埤雅。—者、蠶之所化。蛾者、—之所化。蓋在成繭之後、化蛾之前、則謂之—。〕㊁土—。蠁蟲也。見〔廣雅釋蟲〕。

【蛾】牛何切音莪歌韻 ㊀羅也。見〔說文〕〔段注〕—羅見釋蟲。許次於此。當是螘一名—。—是正字。蟻是或體。許意此—是螘。蚰部之⿱我䖵。是蠶⿱我䖵。二字有別。郭注爾雅—羅爲蠶⿱我䖵。非許意也。爾雅螘字本或作—。蓋古因二字雙聲通用。要之本是一物。非叚借也。㊁蠶—也。見〔玉篇〕〔按古今注。繭生—。—生卵。似黃蝶而小。其眉句曲如畫。大戴記易本命。食桑者有絲而—。蓋食桑者蠶也。蠶吐絲爲繭則成蛹。蛹復化而爲—。說文蠶—字作⿱我䖵。或體作⿱我虫。與—別。今則—行而⿱我䖵⿱我虫廢矣。〕

蛾圖

㈢飛—。拂燈蟲也。〔古今注〕飛—善拂燈。一名火花。一名慕光。

㈣姓也。晉大夫—析之後。魏東平將軍—靑。

㈤通俄。〔漢書外戚傳〕始爲小使—而大幸。〔注〕—、俄古字通用。

【蛾】語綺切音艤紙韻

—賊。喻衆賊也。〔後漢皇甫規傳〕張角等皆著黃巾爲標幟。時人謂之黃巾。亦名爲—賊。〔注〕—、卽蟻字。喻賊衆多故以爲名。

【蜀】殊玉切音屬沃韻

㈠葵中蠶也。从虫。上目象—頭形。中象其身蜎蜎。詩曰蜎蜎者—。見〔說文〕〔段注〕葵、爾雅釋文引作桑。詩曰、蜎蜎者蠋。烝在桑野。似作桑爲長。毛傳曰。蜎蜎、蠋皃。蠋、桑蟲也。傳言蟲、許言蠶者。—似蠶也。淮南子曰。蠶之與—。狀相類而愛憎異也。

㈡孤獨之山曰—。〔爾雅釋山〕獨者—。〔注〕—亦孤獨。

㈢雞之大者亦曰—。〔爾雅釋畜〕雞大者—。〔按韻會雞大者謂之—雞〕

㈣一也。南楚謂之—。見〔方言〕。

㈤漢代謂—爲叟。見〔後漢董卓傳呂布軍有叟兵內反注〕。

㈥祠器也。〔管子形勢〕抱—不言。而廟堂既修。

㈦—石。石之次玉者。〔漢書司馬相如傳〕—石黃碝。

㈧鹿—。獸名。〔山海經南山經〕杻陽之山有獸焉。其狀如馬。其文如虎。名曰鹿—。

㈨國名。〔書牧誓〕及庸—、羌、髳、微、盧、彭、濮人。〔傳〕—、髳、微在巴—。〔按華陽國志〕—之爲國。肇於人皇。至黃帝爲其子昌意娶—山氏之女。生子帝嚳。封其支庶於—。世爲侯伯。歷夏、商、周。武王代紂。—與焉。又云。因失綱紀。—侯蠶叢始稱王。後有王曰杜宇。移治郫邑。或治瞿上。七國稱王。杜宇稱帝。禪位於其相開明。九世有開明尙徙治成都。後與苴巴相攻。爲秦所滅。今四川成都縣城、郫縣城、卽—國故城。〕〔又〕漢末三國之一。〔後漢獻帝紀〕二十五年劉備稱帝於—。〔按先主自以爲紹漢祚。國號仍稱漢。世稱之爲—。亦稱曰—漢。起民國紀元前一千六百四十七年。傳二世。滅於魏。凡四十六年。〕

㈩郡名。秦置。漢因之。屬益州。今爲四川成都縣治。

【蜂】敷容切音丰冬韻

㈠夆或字。〔集韻〕夆。說文、啎也。爾雅、甹夆、掣曳也。或作—。

㈡通蠭。〔集韻〕蠭。說文、飛蟲螫人者。通作—。〔按—之種類甚多。在地中作房者曰土—。在樹上作房者曰木—。似土—而小。大而黃色者曰黃—。其黑色者曰胡—。采花釀蜜者曰蜜—。人重視之。多蓄於家。其羣分爲三等。有后—、工—、雄—之別。后—、卽俗稱—王者。工—、專司營巢釀蜜。雖雌類多。不產子。雄—不工作。有刺。能螫人。惟雄—無刺。〕

蜜蜂圖

㈢—準。高鼻也。見〔史記秦始皇紀正義〕。

【蜂】薄紅切音蓬東韻

鑫—。蟲名。見〔蒼頡篇〕。

【蜃】是忍切音腎軫韻

㈠雉入海化爲—。見〔說文〕〔月令〕九月、雀入大水爲蛤。十月、雉入大水爲—。〔國語注〕曰。小曰蛤。大曰—。按其甲可以飾物。古時用爲盛器。又以其灰爲堊牆涵帛之用。

㈡蛟屬也。〔本草綱目〕—、蛟之屬。狀似蛇而大。有角如龍。紅鬣。腰以下鱗盡逆。能吁氣成樓臺城郭之狀。名—樓。亦曰海市。

㈢鮯類也。〔周禮鼈人〕以時籍魚鼈龜—。〔釋文引干注〕—、鮯類。

㈣漆尊也。〔周禮鬯人〕凡山川四方用—。〔注〕—、漆尊也。畫爲—形。

㈤—車。柩路也。〔周禮遂師〕共邱籠及—車之役。〔注〕—車、柩路也。柩路載柳。四輪迫地而行。有似於—。因取名焉。

【蜆】胡典切音峴銑韻胡千切音賢先韻

縊女也。見〔說文〕〔段注〕與釋蟲同。郭云、小黑蟲。赤頭。憙自經死。故曰縊女。〔按桂注。御覽引異苑。縊

女蟲也。一名—。長寸許。頭赤身黑。恒吐絲自懸〕

【蜆】呼典切音顯銑韻

一 小蛤也。見〔類篇〕。〔按隋書劉臻傳。臻好啖—。以父諱顯。因呼—爲扁螺。〕

二 湖名。〔史記夏本紀注〕三江。一江東南上七十里。自—湖名曰上江。

【蜇】陟列切音哲屑韻

一 蟲螫也。見〔玉篇〕。

二 痛也。〔列子楊朱〕—於口。〔釋文〕—、痛也。

三 海—。水母也。生江海中。網取治作餚饌。舊名爲蛇。互詳蛇字。

【[illegible]】胡弓切音雄東韻

一 —黃。雄黃也。〔太玄疑〕—黃疑金中。〔注〕—音雄。雄黃。石也。—黃之色。光瑩粲然。疑有兼金在其中也。

二 赤蟲也。同蝕。見〔正字通〕。

【蜉】房尤切音浮尤韻

一 蠹或字。〔說文蚰部〕蠹、或从虫从孚。〔按爾雅釋蟲。蚍—、大螘。郭云。大者。俗呼爲馬蚍。—段玉裁云。馬之言大也。〕

二 —蝣。渠略也。〔詩蜉蝣疏〕釋云蟲。—蝣、渠略。舍人曰、南陽以東曰—蝣。梁宋之間曰渠略。

【蜊】良脂切音棃支韻

一 蛤—。蟲名。海蚌也。見〔類篇〕。〔按蛤—。生東南海中。白殼紫唇。大二三寸者。閩浙以其肉充海錯。〕

二 亦作棃。〔蜀志郤正傳注引淮南子〕盧敖俯而視之。方卷𪛖殼而食合棃。

三 又作蠫。〔論衡道虛〕若士者。食合蠫之肉。與庸民同食。

【蜋】盧當切音郎陽韻

一 堂—也。見〔說文〕。〔按堂—。亦作蟷蠰、蟷—、螳—〕。

二 蜩—。蟬也。詳蜩字。

【蜋】呂張切音良陽韻

蜣—也。詳蜣字。

【蜌】部禮切音陛薺韻

一 螷蜌也。〔本艸綱目〕—、一名螷蜌。又名馬刀。生江漢。長六七寸。其肉似蚌。

二 海—。即淡菜。一名殼菜。生東南海中。故又稱東海夫人。見〔本艸綱目〕。

【蛶】力求切音流尤韻

一 蜉—。蟬也。見〔廣韻〕。

二 諸毒蛇吐毒草木上。人誤犯者。名爲—毒。見〔字彙補〕。

【蛶】夷周切音由尤韻

通蝣。浮蝣。方言作蜉—。

【蜎】縈緣切音娟。縈玄切音淵。圭玄切音涓。㶇緣切音翾。巨卷切音圈。先韻。於泫切音餇。謇兗切音蠉。下兗切音繯。銑韻。逵眷切音勌。霰韻。

一 肙也。見〔說文〕。〔段注〕肙、各本作—。仍複篆文。不可通。攷肉部肙下云。小蟲也。今據正。韻會引說文。井中蟲也。恐是據爾雅注改。肙、—蓋古今字。釋魚。—蠉。郭云。井中小蛣蟩。赤蟲。一名孑孓。廣雅曰。孑孓、—也。今水缸中多生此物。俗謂之水蛆。其變爲蟁。

二 —蜵。巧蟲也。見〔集韻〕。

三 蟲行皃。見〔集韻〕。

四 掉也。〔考工記廬人〕刺兵欲無—。

五 ——。蠋貌。〔詩東山〕——者蠋。

六 通娟。〔楚辭遠遊〕雌蜺便—以增撓兮。

七 絹或字。〔考工記廬人注〕故書—或作絹。

八 蠉或字。〔一切經音義〕—、或作蠉。

九 姓也。〔漢書藝文志〕—子十三篇。〔注〕姓—。名淵。楚人。老子弟子。

【蜎】休緣切音宣先韻

人名。〔史記甘茂傳〕楚王問於范—。

【蜎】下兗切音繯銑韻

蜎—。言屋中之深廣也。〔漢書揚雄傳〕蜎—蠖濩之中。

【[illegible]】直夷切音池支韻

一 蟻也。見〔篇海〕。

二 同蚳。見〔直音〕。

【蜐】訖業切音劫葉韻

一 石—。蟲名。見〔集韻〕。〔按江淹石蜐賦序。海人有食石—。一名紫蠚。蚌蛤類也。本草。石—。狀如蟹螯。其色紫。〕

二 同蚨。〔文選郭璞賦〕石蚨應節而揚葩。〔注〕石—形如龜腳。得春雨則生華。華似草華。〔按集韻。—或省作蚨。〕

【蜒】夷然切音延先韻

㊀蜿—。蛇行也。〔楚辭大招〕蝮蛇—只。〔注〕蜿—而長也。〔互詳蜿字。〕

㊁守宮謂之祝—。見〔方言〕。

㊂—蚰。輭體動物。生陰溼地。似蝸牛而無殼。首有兩角。緣壁高下行則有黏痕。觸之輒蜷縮。

㊃蝘—。獸名。詳蝘字。

㊄蚰—。詳蚰字。

【蜒】以淺切音衍銑韻 夷然切音延先韻

蜿—。龍貌。見〔洪武正韻〕。〔按集韻。蜿—亦作蜑蟺。〕

【蛵】醯經切音馨平經切音刑青韻

丁—。負勞也。見〔說文〕。〔桂注〕丁—二字。疑後人所加。釋蟲、莫貈蟷蜋蛑。虰—、負勞。郭注以蛑爲蟷蜋云。孫叔然以方言說此義亦不了。案方言。螳蜋謂之髦。或謂之虰。是孫氏以虰屬蟷蜋。從方言也。郭氏始以虰屬下。許氏漢人。無此讀也。原祇負勞二字。後人據郭注爾雅加虰—。又因本書無虰字。改爲丁。玉篇。—、負勞。無丁—二字。徐鍇、廣韻、同。

【蛶】龍輟切音劣屑韻 郎括切音捋曷韻

商何也。見〔說文〕。〔王注〕釋蟲作螪。釋文。螪、失羊反。字林、之亦反。集韻、螪音隻。引字林、蟲名。螪、式羊切。引爾雅。蛶、螪何。一曰蜥蜴類。段氏曰。字林近古。之亦反、則字本作螪。而許書當作啻何矣。

【蜍】常如切音儲魚韻

蟾—。蟲名。見〔集韻〕。〔按本草。蟾—多棲於牆陰壁下。其形大。背上多痱磊。行極遲。不能跳。又不能鳴。蝦蟇多在陂澤間。其形小。皮上多黑斑點。能跳接百蟲。舉動極急。二物同類而小別。〕

【蜍】羊諸切音余魚韻

蝳—。蜘蛛也。〔方言〕鼅鼄。北燕朝鮮洌水之間謂之蝳—。

【蜑】蕩旱切音但旱韻

南方夷也。見〔說文新附〕。〔按—乃蠻族。居閩粵沿海。以船爲家。以漁爲業。入海采珠。自唐以來。計丁輸課於官。明洪武初。編戶立里長。屬河泊所轄之。歲收漁課。名曰—戶。清雍正初。始准儕於齊民。〕

【蛺】吉協切音頰葉韻 轄夾切音洽訖洽切音夾洽韻

—蜨也。見〔說文〕。〔按廣雅。—蜨、蟞蚨也。莊子、列子、皆曰。烏足之根爲蠐螬。其葉爲胡蝶。胡蝶胡蝶者、胥也。胡蝶、即—蜨。亦作蛺蝶。〕

【蛻】輸芮切音稅霽韻 吐外切音娧泰韻 吐臥切音唾箇韻

蛇蟬所解皮也。見〔說文〕。〔按淮南精神訓。蟬—蛇解。顏氏家訓。夫神滅形消。遺聲餘價。亦猶蟬殼虵皮耳。虵即蛇。曰殼曰皮。皆謂—也。推之凡蟲類所脫皮皆曰—。〕

【蛻】輸爇切音說屑韻

復蛸也。見〔集韻〕。〔按論衡論死篇。蟬之未—也爲復育。已—也。去復育之體。更爲蟬之形。此與集韻之說微異。〕

【蛻】欲雪切音悅屑韻

蠽也。〔方言〕蠽或謂之蚴—。

【⿰虫豸】丈爾切音豸紙韻

豸或字。〔集韻〕豸。說文、獸長脊行豸豸然。欲有所司殺形。一曰。有足謂之蟲。無足謂之豸。或从虫作—。

【⿱沙虫】師加切音砂麻韻

沙或字。〔集韻〕莎、莎雞。蟲名。或从虫。

【⿱沙虫】心多切音娑歌韻

呼—。病名。見〔巢氏病源〕。

【蛼】昌遮切音車麻韻

—螯。蟲名。如蜆而大。見〔篇海〕。

【⿰虫希】相依切音希微韻

蟲名。見〔類篇〕。〔按博物志注。亦曰蝺—。雄曰—。雌曰蝺。〕

【蝆】母婢切音弭紙韻

蟲名。見〔集韻〕。〔按集韻於紙韻作—。於陽養韻作蛘。廣韻於養韻作—。陽韻作蛘。六書故、正字通、俱辨蛘—爲一字。康熙字典依廣韻稱—無平聲。乃以—與蛘爲別一字。攷—讀蝆姓之羋。本郭璞注釋蟲強—之說。強—本作強羊。段玉裁於說文蠽下已詳正之。說文、字林、俱載蛘。羋依篆本作芊。非別有从羋之蝆也。玆依集韻於蛘下注陽韻養韻音切。而於此獨注紙韻音切。藉以著其辨。〕

【蜁】似宣切音旋先韻 —蝸螺也。〔文選郭璞賦〕鸚螺—蝸。

【蜄】之刃切音震震韻 動也。見〔玉篇〕。〔按史記律書〕辰者、言萬物之—也。

【蜄】時軫切音腎軫韻 同蜃。見〔洪武正韻〕。

【蜅】匪父切音甫麌韻 小蟹也。見〔集韻〕。

【蜅】薄胡切音蒲虞韻 蛤—也。見〔廣韻〕。

【螩】田聊切音條蕭韻 水蟲名。〔山海經東山經〕其中多—蠵。其狀如黃蛇。魚翼。出入有光。見則其邑大旱。〔字亦作鯈。〕

【蜥】似絕切音蛪屑韻 鰤或字。〔集韻〕鰤鯔鰤。魚名。或从虫作—。

【蜥】丁計切音帝霽韻 同螮。見〔玉篇〕。

【蜈】訛乎切音吾虞韻 —蚣也。見〔玉篇〕。〔詳蚣字〕。

【[illegible]】逆及切音岌緝韻 蟲行貌。見〔類篇〕。

【[illegible]】先擊切音析陌韻 蟿或字。見〔集韻〕。

【[illegible]】古杏切音梗梗韻 蟲名。見〔玉篇〕。

【赨】徒冬切音彤冬韻 赤色也。見〔說文赤部〕。

【赨】胡弓切音雄。余中切音融東韻 赤蟲也。見〔集韻〕。

【[illegible]】口到切音犒號韻 蟲名。蝸也。見〔類篇〕。

【[illegible]】戶孔切音汞董韻 —蟲。甲類也。見〔集韻〕。

【[illegible]】日涉切音讘葉韻 蟲行貌。見〔類篇〕。

【蜏】以九切音酉有韻。余救切音柚。息救切音秀宥韻 朝生暮死蟲也。生水上、狀如蠶蛾。一名孳母。見〔玉篇〕。

【[illegible]】力之切支韻 蟲名。見〔玉篇〕。

【蜓】徒典切音殄銑韻 蝘—。蟲名。見〔玉篇〕。〔詳蝘字〕。

【蜓】唐丁切音廷青韻 蜻—也。見〔玉篇〕。〔詳蜻蛉字〕。

【蜓】徒典切音殄銑韻。待鼎切音挺迥韻 —蚞。蟲名。〔爾雅釋蟲〕—蚞、螇螰。〔注〕即蝭蟧也。一名蟪蛄。齊人呼螇螰。

【[illegible]】田黎切音題齊韻 螗—。蟬也。見〔廣韻〕。

【蜔】亭練切音甸霰韻 螺—也。〔帝京景物略〕方信川之堆漆螺—。

【蜖】女洽切音𡟗洽韻 蟲動貌。見〔字彙補〕。

【蜠】苦悶切音困願韻 蟲名。見〔類篇〕。

【蛤】胡紺切音憾勘韻 毒蟲名。見〔類篇〕。

【[illegible]】蟌本字。見〔六書故〕。

【[illegible]】同蝍。見〔字彙補〕。

【[illegible]】同蝨。見〔篇海〕。

【[illegible]】同蝶。見〔直音〕。

【[illegible]】同蝶。見〔直音〕。

【[illegible]】同蝶。見〔玉篇〕。

【[illegible]】同蠶。番人謂之禛—。出孔雀經。見〔字彙補〕。

【[illegible]】同蠃。〔易說卦〕離爲蠃。〔姚信本作爲—〕。

【[illegible]】同蜊。見〔篇海類編〕。

【[illegible]】同蠿。見〔字彙〕。

【[illegible]】螸省字。見〔集韻〕。

【[illegible]】蠭或字。見〔說文蚰部〕。〔篇海〕云同蛾。按蛾與蠭不同物。

【[illegible]】蟁或字。見〔說文蚰部〕。

【[illegible]】蜈或字。見〔集韻〕。

【蛽】貝俗字。見〔正字通〕。

八畫

【蜚】府尾切音匪尾韻。父沸切音屝未韻

蠽或字見〔說文䖵部〕〔說按文蠽臭蟲負蠜也〕

【蜚】　府尾切音匪尾韻

獸名〔山海經東山經〕太山有獸焉。其狀如牛。白首、一目、蛇尾。其名曰—。見則天下大疫。

【蜚】　滂佩切音配隊韻

—林。地名。在齊。見〔集韻〕。

【蜚】　匪微切音非微韻

❶蟲名。見〔集韻〕。
❷通飛〔史記楚世家〕三年不—。—將沖天。

【蜜】　覓畢切音謐質韻

❶蠠或字。見〔說文䖵部〕〔按說文、蠠蠭甘飴也。一曰螟子。蠭今亦通作蜂。—蜂采花中液所釀成。味甘如飴。人自蜂房括取之。以充食品。或入藥。字、今通用此體〕
❷崖—。櫻桃別名。〔文選陸機賦〕朱—藍崖—。
❸波蘿—。果名。見〔本草綱目〕。
④毒—。草名。自生於山野。初夏開小紅花。花序爲聚繖。莖之上部及花梗、皆能分泌黏液。如—。蟲類觸之。則被黏而死。
⑤—第瓜屬也。見〔廣雅釋草〕。

【蜝】　渠之切音其支韻

❶蟚—。似蟹而小。見〔集韻〕。〔按蟚—生陂池田港中。有毒。食之令人下吐。蔡謨渡江。不識。啖之。幾死。歎曰。爲勸學所誤〕
❷雷—。蟲名。〔酉陽雜俎〕雷—大如蚓。以物觸之。乃蹙縮圓轉若鞠。良久。引首。鞠形漸小。復如蚓焉。
❸馬—。水蛭之大者。見〔本草綱目〕。

【蜡】　七慮切音覰御韻

❶蠅胆也。周禮—氏掌除骴。見〔說文〕、〔段注〕肉部曰。胆、蠅乳肉中也。—胆音義皆通。乳者、生子也。蠅生子爲蛆。蛆者俗字。胆者正字。—者古字。巳成爲蛆。乳生之曰胆、曰—。
❷—氏。周官名。見〔周禮秋官序官〕。〔注〕、—骨肉腐臭蠅蟲所—也。月令曰、掩骼埋骴。此官之職也。—讀如狙伺之狙。

【蜡】　助駕切音乍禡韻

祭名。〔禮記禮運〕仲尼與於—賓。〔注〕夏曰清祀。殷曰嘉平。周曰—。秦曰臘。〔按禮記郊特牲。—也者、索也。歲十二月。合聚萬物而索饗之也〕

【蜡】　子六切音蹵屋韻

蟲名。見〔玉篇〕。

【蜢】　母梗切音猛梗韻　莫更切音孟敬韻

❶虴—也。見〔說文新附〕。〔按虴卽蚱字。蚱—。詳蚱字〕。
❷胡—。蝦蟆也。見〔廣雅釋魚〕。

【蜊】　良脂切音棃支韻　憐題切音黎齊韻

❶蛺—。蟲名。似蝗。大腹長角。食蛇腦。見〔集韻〕。
❷蛤蜊。亦作合—。見〔論衡壽氣〕。

【䗁】　渠綺切音技紙韻

蟬也。見〔廣韻〕。

【䗁】　丘奇切音敧支韻　奇寄切音芰寘韻

蜘蛛長足者。見〔集韻〕。

【蜪】　土刀切音叨　徒刀切音陶豪韻

❶蝝也。〔爾雅釋蟲〕蝝、蝮—。〔疏〕蝝、一名蝮—。蝗子未有翅者。
❷犬屬。〔山海經海內北經〕—犬如犬。青色。食人從首始。

【蜬】　胡南切音含覃韻

❶小蠃也。〔爾雅釋魚〕蠃、小者—。〔疏〕蠃與螺、音義同。其小者名—。
❷水貝也。〔爾雅釋魚〕貝居陸、賧在水者、—。

【蜮】　越逼切音域　獲北切音或職韻〔亦作蟚〕。

❶短狐也。似鼈三足。以氣射殺人。見〔說文〕、〔王注〕—、一名射—。一名射影。一名祝影蟲。背有甲。頭有角。有翼能飛。無目而利耳。口中有橫物如角弩。聞人聲。以氣爲矢。因水而射人。或曰含沙射人。中人卽發瘡。中影者亦病。
❷猶惑也。見〔公羊傳莊十八年疏引洪範五行傳〕。
❸螣也。〔呂覽任地〕又無螟—。〔注〕食心者螟。食葉者螣。兗州謂—爲螣。音相近也。
④梟也。〔大戴禮夏小正〕四月鳴—。〔傳〕—也者。或曰屈造之屬也。〔按通訓定聲。屈造、疑卽鼓造。謂梟

也。
㈤蝦蟆也。〔周禮秋官序官〕蟈氏。〔司農注〕蟈讀爲蜮、—蝦蟆也。
㈥蝼—蟥蛄也見〔廣雅釋蟲〕
㈦山名。〔山海經大荒南經〕有—山者。有—民之國。
㈧通魅。〔文選張衡賦〕況魃—與畢方。〔注〕漢舊儀曰。魃、鬼也。魃、—古字通。

【蜯】步項切音棒講韻
㈠蛤也。見〔玉篇〕〔按玉篇。蚌同蜯。集韻。蚌或作—、鮭、蠬、硥。〕
㈡美珠也。見〔集韻〕〔按班固答賓戲。隋侯之珠。藏於—蛤。蓋珠藏於—。故可謂—爲珠也。〕

【蜰】符非切音肥微韻府尾切音斐尾韻
㈠盧—也。見〔說文〕〔按爾雅釋蟲。蜚、蠦—。注云。—即負盤臭蟲。疏曰。此蟲名蜚。一名蠦—。一名負盤。〕
㈡俗呼𧍷人壁蟲曰臭蟲。亦曰—。

【蜰】父沸切音屝未韻
—蠦。神蛇也。見〔集韻〕

【蜵】縈玄切音淵先韻一均切音勻眞韻
㈠蜎—。巧蟲也。見〔集韻〕
㈡—蜎。深廣貌。詳蜎字。

【蜷】逵員切音權先韻
㈠蟲行詰屈也。見〔類篇〕
㈡—局。詰屈不行貌。〔離騷〕—局顧而不行。
㈢連—。長曲貌。〔文選揚雄賦〕蛟龍連—於東厓兮。

【蜺】研奚切音倪齊韻倪結切音齧屑韻
㈠寒蜩也。見〔說文〕。〔段注〕方言。小而黑者謂之—。又曰。蟧謂之寒蜩。寒蜩。瘖蜩也。不言—與寒蜩爲一。許本爾雅爲說。釋蟲曰。—、寒蜩。月令。七月寒蟬鳴。鄭曰。寒蟬、寒蜩。謂—也。郭璞云。寒螿也。
㈡同霓。〔爾雅釋天〕—爲挈貳。〔注〕—、雌虹也。挈貳、其別名。〔疏〕虹雙出。色鮮盛者爲雄。雄曰虹。闇者爲雌。雌曰—。
㈢子—。延首貌。〔文選王延壽賦〕白鹿子—於欂櫨。
㈣嬰—。蟲名。〔神異經〕蜚蟲以季夏藏於鹿耳。名嬰—。

【蜻】咨盈切音精庚韻
—蛚也。見〔說文〕〔互詳蛚字〕

【蜻】疾正切音淨敬韻慈盈切音情庚韻此靜切音請梗韻
蟬有文者謂之—。見〔方言〕〔注〕即蚻也。

【蜻】倉經切音青青韻
㈠—蛉也。詳蛉字。
㈡—蛉。水名。又縣名。〔水經若水注〕若水又南逕雲南郡之遂久縣。—蛉水入焉。水出—蛉縣。

【蜿】烏丸切音剜寒韻
蟠—。龍蛇動也。見〔洪武正韻〕

【蜿】於袁切音鴛元韻
㈠——。龍狀。〔文選張衡賦〕海鱗變而成龍狀——以蝹蝹。
㈡虎行貌。〔楚辭大招〕虎豹—只。
㈢—蜒。蛇行也。〔易林〕蛇行—蜒。不能上阪。
㈣通冤。〔漢書揚雄傳〕颺翠旂之冤延。

【蜿】於阮切音苑阮韻
—蟺。蚯蚓也。〔廣雅釋蟲〕蚯蚓、—蟺、引無也。〔按古今注云。蚯蚓、一名—蟺。一名曲蟺。善長吟於地中。江東謂之歌女。或謂之鳴砌。一作蛐蟮。〕

【蜙】思恭切音淞冬韻蘇叢切音檧東韻
—蝑。以股鳴者。見〔說文〕〔桂注〕馥案。—、方言作蜙。詩七月、斯螽動股。陸璣疏云。螽、—蝑也。揚雄云。春黍也。幽州人謂之舂箕。蝗類也。五月中以兩股相切作聲。聞數十步。〔通訓定聲云。蘇俗所謂紡績娘。疑即此也。〕

【蜣】虛羊切音羌陽韻
—蜋。啖糞蟲也。見〔玉篇〕。〔按爾雅釋蟲疏云。蛣—、一名—蜋。黑甲。翅在甲下。噉糞土。〔按—蜋。喜以土包糞。推轉成丸。圓正無斜角。去殼化爲蟬。〕

【蜥】先的切音錫錫韻
—易也。見〔說文〕〔按—蜴。蟲名。在壁爲蝘蜓。守宮也。蘇俗謂之壁虎。在草爲—蜴。蠑螈也。蘇俗謂之四腳蛇。〕

【蜦】龍春切音倫眞韻郎計切音

麗霽韻 蛇屬也。黑色。潛於神淵之中。能興雲致雨。見〔說文〕〔段注〕依甘泉江賦二注訂。

【蜦】倫浚切音淪震韻 大蝦蟆也。狀如屨。食蛇。見〔廣韻〕。〔按本草綱目注云。大蝦蟆、即田父也。〕

【蜦】縷尹切音稐軫韻 蝹—。蛇行皃。見〔集韻〕。

【蜩】田聊切音迢蕭韻 蟬也。詩曰。五月鳴—。見〔說文〕。〔按蟬至夏月始鳴。大而色黑者曰馬—。頭上有花冠者曰螗—。具五色者曰蜋—。小而色青者曰茅—。小而色青赤者曰寒—。〕

【蜩】徒弔切音掉嘯韻 —蟉。龍首動貌。〔漢書司馬相如傳〕—蟉偃蹇怵臭以梁倚。

【蜱】頻彌切音陴賓彌切音卑支韻毗宵切音瓢紕招切音漂蕭韻 本作蠯。〔說文蚰部〕蠯。蛸也。〔按爾雅釋蟲。不過、蟷蠰。其子—蛸。疏。不過、一名蟷蠰。一名螳蜋。螵蛸母也。其子一名—蛸。一名蟳蟭。一名螵蛸。蟷蠰卵也。通志六書略云。—、同螵。〕

【蜱】彌遙切音篻蕭韻 蟲名。見〔廣韻〕。

【蜳】都昆切音敦元韻敕轉切音豚銑韻羽敏切音允軫韻 螴—。氣不安定也。〔莊子外物〕螴—不得成。〔釋文引司馬注〕螴—讀曰沖融。言怖畏之氣。沖融兩溢不安定也。

【⿰虫匊】渠竹切音踘居六切音匊屋韻 —蠪。詹諸。以脰鳴者。見〔說文〕〔段注〕黽部曰。蠪、蠪詹諸也。其鳴詹諸。其皮蠪蠪。其行蠪蠪。此則又名—蠪。釋魚作鼀鼋。蟾諸。鼀鼋、即—蠪一語之轉。脰、項也。

【⿰虫匊】丘六切音麴屋韻 蟲名。蛩蟺也。一曰—、蝛蛜也。見〔集韻〕。

【蛢】旁經切音屏青韻 蟠蟥。以翼鳴者。見〔說文〕〔段注〕蟥、各本作蝗。今正。釋蟲。蛂、蟥—。郭云。甲蟲也。大如虎豆。綠色。今江東呼黃瓶。按蛂蟥、即蟠蟥也。以翼鳴者。見考工記梓人鄭注。翼鳴、發皇屬。發皇、即蛂蟥也。〔按朱駿聲云。蘇俗謂之金烏蟲。長寸許。金碧熒然。婦人以爲首飾。〕

【蜼】以醉切音䢊寘韻酹水切音藟愈水切音唯紙韻 如母猴。卬鼻長尾。見〔說文〕〔段注〕猶言禺屬也。禺者、母猴屬。許書多言母猴。〔按—產越南美洲等處。鼻向上。尾長四五尺。尾端有歧。蒼黃色。雨則自懸樹。以尾塞鼻孔。或以兩指塞之。一名長尾猴。〕

【蜼】力軌切音壘紙韻呼對切音誨隊韻余救切音狖宥韻 彝名。〔周禮司尊彝〕祼用虎彝—彝。

【蜾】古火切音果哿韻古禾切音戈歌韻 蠣或字。見〔說文〕。〔按說文蠣蠃。蒲盧。細要土蠭也。今通作—。陶弘景云。—蠃、一名蠮螉。黑色。腰甚細。衘泥於人屋、及器物作房。如併竹管。生子如粟米大。置其中。乃捕取草上青蜘蛛十餘枚滿中。仍塞口。以待其子大爲糧。一種入蘆管內者。亦取草上青蟲實其中。〕

【蜾】魯果切音裸哿韻 蟲名。蜾蠃也。與蠃通。見〔類篇〕。

【蝁】遏鄂切音惡藥韻烏路切音堊遇韻 虺屬。見〔說文〕〔桂注〕集韻、類篇、引作蚨也。張次立本、小字本、竝同。釋魚、蚨—。郭注、蝮屬。大眼。最有毒。今淮南人呼—子。

【蜘】珍離切音知支韻 同鼅。見〔廣韻〕。〔按—蛛、本作鼅鼄。詳蛛字。〕

【⿰虫妾】作答切音匝合韻 蟲多貌。見〔類篇〕。

【⿰虫空】枯公切音空東韻 蟲蛻曰—。〔玉篇〕蟬蛻—皮也。

【蜛】斤於切音居魚韻 —蝫。蟲名。〔文選郭璞賦〕—蝫森寖以垂翹〔注〕—蟠。一頭尾有數條。長二三尺。左右有腳。狀如蠶。可食。

【蝜】扶缶切音婦有韻　鼠—也。見〔玉篇〕。〔按爾雅釋蟲蟠威委黍注云。舊說鼠婦別名。〕

【蜻】余六切音育屋韻　復—。蟬未蛻者。見〔廣韻〕。〔按—本作育。論衡作—。〕

【蜯】力竹切音陸屋韻　魁—也。見〔玉篇〕。〔按卽爾雅釋魚之魁陸。〕

【蜠】巨殞切音窘軫韻去倫切音囷眞韻　貝屬。〔爾雅釋魚〕—大而險。〔疏〕大而污薄者名—。

【蝲】四夜切音卸禡韻　蝑或字。〔集韻〕蝑蟹醢或作—。

【[illegible]】羽求切音尤尤韻　蜘蛛也。見〔玉篇〕。

【蜤】相支切音斯支韻　蟲名。〔爾雅釋蟲〕—螽、蜙蝑。

【[illegible]】丑升切音睖蒸韻　蛤屬。見〔類篇〕。

【蜧】郎計切音麗霽韻　蜦或字。見〔說文〕。

【蜨】悉協切音燮達協切音牒葉韻　蛺—也。見〔說文〕。〔按—、俗作蝶。蛺—、卽胡蝶。亦作蝴蝶。〕

【[illegible]】呼古切音虎麌韻　蠅虎。蟲名。俗加虫。見〔廣韻〕。

【[illegible]】盧谷切音祿屋韻　—聽。似蜥蜴。居樹上。輒下齧人。上樹垂頭聽。聞哭聲乃去。出字林。見〔廣韻〕。

【[illegible]】他典切音腆銑韻　蟲也。見〔玉篇〕。

【[illegible]】徒合切音沓合韻　蝤—。蜉也。見〔廣雅釋蟲〕。

【[illegible]】士限切音棧潸韻士諫切音轏諫韻　馬—也。〔爾雅釋蟲〕蛝、馬—。〔疏〕蛝蟲一名馬—。一名馬蠲蚼。俗呼馬蠸。

【[illegible]】財仙切音錢先韻〔或作蝬、蟬〕。蟲名。見〔集韻〕。

【[illegible]】七迹切音磧陌韻　—蟥。蟹也。見〔廣雅釋蟲〕。〔按王氏疏證云。卽飛蠊也。本草亦作蜚蠊。〕

【蜭】戶感切音頷感韻胡紺切音憾勘韻　毛蠹也。見〔說文〕。

【[illegible]】曲勿切音屈物韻　蛣—。蟲也。見〔集韻〕。

【蛗】扶久切音阜有韻　螽也。見〔玉篇〕。

【[illegible]】章移切音支支韻　蟲名。似蜥蜴。食人而善藏。見〔集韻〕。

【蜲】鄔毀切音委尾韻　蟲名。—蠖也。見〔類篇〕。

【蜲】於爲切音萎支韻　—蛇。同委蛇。〔文選傅毅賦〕—蛇婀嫋。

【蜲】同蝸。見〔類篇〕。

【[illegible]】直良切音長陽韻　蛐蜒也。〔方言〕蛐蜒、或謂之—蠼。

【蜴】夷益切音奕陌韻　易或字。〔集韻〕易蟲名。或作—。〔按段玉裁云。今俗書蜥易多作—。非也。〕

【蜴】先的切音錫錫韻　楚謂欺慢爲脈—。見〔集韻〕。

【[illegible]】古緩切音管旱韻古丸切音官刪韻　雨下蟲名。見〔廣韻〕。

【蜸】牽典切音螼銑韻　—蠶也。〔爾雅釋蟲〕螼蚓、—蠶。〔疏〕螼蚓、一名—蠶。卽蛩蟺也。

【蜹】儒銳切音芮霽韻如劣切音爇屑韻　蚊也。〔說文〕秦晉謂之—。楚謂之蚊。〔段注〕此爲方俗殊語以舉例也。〔按華嚴經音義引字林。—、小蚊也。通俗文。小蚊曰—。〕

【蜹】以芮切音叡霽韻　含毒蛇也。見〔玉篇〕。

【⿰虫昊】呼鈴切音馨青韻　乘飛皃。見〔玉篇〕。

【蜽】里養切音兩養韻　蝄—也。見〔說文〕。〔詳蝄字。〕

【⿰虫昌】蚩良切音昌陽韻　小蠃也。見〔類篇〕。

【⿰虫炎】吐濫切音倓勘韻　蛢—。獸吐舌貌。見〔類篇〕。〔按本从舌。文選魯靈光殿賦。玄熊舑舕以齗齗。〕

【蝀】德紅切音東東韻　覩動切音董董韻　多貢切音凍送韻　螮—也。見〔說文〕。〔互詳虹螮字。〕

【蝂】補綰切音板潸韻　蝜—。蟲名。見〔洪武正韻〕。〔按玉篇作版。爾雅釋蟲傳負版注云、未詳。柳宗元有蝜—傳。〔詳蝜字。〕

【蝃】朱劣切音拙屑韻　都括切音掇曷韻　—蝥。蜘蛛也。〔爾雅釋蟲鼅鼄注〕今江東呼—蝥。

【蝃】同螮。見〔廣韻〕。〔按詩作—。爾雅、說文、竝作螮。〕

【赨】徒多切音彤多韻　赤色也。見〔說文長箋〕。

【⿰虫祁】渠脂切音祁支韻　蟞也。〔本艸綱目〕蟞一名蚔—。

【⿰虫受】是酉切音受有韻　蟲也。見〔篇海〕。

【⿰虫朋】步登切音朋蒸韻　蟲名。見〔玉篇〕。

【⿱雨虫】彌民切音眞韻　蟲也。見〔玉篇〕。

【⿰虫府】方禹切音府麌韻　蟲名。見〔玉篇〕。

【⿰虫京】力約切音略藥韻　同⿰虫略。〔篇海〕渠⿰虫略、當作渠—。〔詳⿰虫略字。〕

【⿰糹金】雖遂切音祟寘韻　蟲名。見〔直音〕。

【⿰虫取】側九切音掫有韻　蟲名。見〔廣韻〕。

【蜶】索沒切音窣月韻　蟲名。見〔篇海〕。

【蜰】扶涕切音痱薺韻　—蠪。神蛇也。見〔廣雅釋蟲〕。

【⿱𠂢虫】同蜰。見〔集韻〕。

【⿰虫奄】烏合切音罨合韻　蟲名。見〔篇海〕。

【⿱丞虫】而止切音耳紙韻　小蟲也。見〔直音〕。

【⿰虫刺】先擊切音錫錫韻　蜥蜴也。見〔字彙補〕。

【⿰虫虎】呼古切音虎麌韻　似大蛇。見〔字彙補〕。

【⿰虫申】虹籀文。从申。申、電也。見〔說文。〕

【⿰虫析】同蜥。見〔字彙補〕。

【⿱或虫】同域。見〔篇海〕。

【⿱亡䖵】同蝱。見〔字彙補〕。〔按卽蝱字之譌。蓋蝱本作⿱亡虫。因誤爲—也。〕

【蝅】同蠶。見〔韻學集成〕。

【⿰虫夾】同蠔。見〔篇海〕。

【⿱阜虫】同蝗。見〔集韻〕。

【⿰犭蚤】同蠽。見〔直音〕。

【⿱臤虫】同蚪。見〔篇海類編〕。

【⿱共虫】蟲或字。見〔說文蚰部〕。

【蜞】同蜝。見〔集韻〕。

【蝄】同蛧。見〔玉篇〕。

【蜭】同蚶。見〔字彙補〕。

【⿱冃虫】同蝼。見〔玉篇〕。〔按集韻本作蝼。或作蝼。〕

【⿰虫風】同虱。見〔字彙補〕。〔按論衡。蟣—閩蝱皆食之。〕

【⿰虫卿】蝍或字。見〔集韻〕。

【蜫】䖵或字。見〔集韻〕。

【⿰虫咎】蚑或字。見〔集韻〕。

【⿱𤼾虫】蠶省字。見〔字彙補〕。

【⿰虫𣄃】蝣俗字。見〔正字通〕。

【⿰虫肓】蝱俗字。見〔正字通〕。〔按圓覺經。譬如大海不讓小流。乃至蚊—及阿修羅。飲其水者皆得充滿。〕

九畫

【蝌】苦禾切音科歌韻

㈠—蚪。蟲名。見〔廣韻〕。〔按此蟲一名活東。一名懸針。一名水仙子。狀如河豚。頭圓。身青黑色。始出、有尾無足。稍大、則足生尾脫。可治瘡疥。染鬚髮。〕

㈡通科。〔書序〕科斗文字。〔按廣韻云。字林从虫。爾雅疏云。此蟲頭圓大而尾細。古文似之。故孔安國皆云科斗文字是也。〕

【蝔】尺兗切音舛銑韻

㈠蠉—。動蟲。一曰。無足蟲。見〔集韻〕。

㈡通喘。〔莊子胠篋〕喘耎之蟲。肖翹之物。莫不失其性。〔注〕喘、或作—。

【蝔】楚委切音揣紙韻

蟲動皃。見〔集韻〕。

【蝍】節力切音即職韻

㈠—蛆。見〔爾雅釋蟲〕。〔詳蛆字。〕

㈡蝳蛉謂之—蛉。見〔方言〕。

㈢—蝛。尺蠖也。見〔廣雅釋蟲〕。

【蝍】資悉切音唧質韻

飛蟲名。見〔廣韻〕。

【蝎】何葛切音褐曷韻

㈠蝤蠀也。見〔說文〕〔段注〕釋蟲曰。蝎、—桑蠹。桑中蟲也。〔按玉篇—桑中蠹蟲也。〕

㈡餅名。〔釋名釋飲食〕餅、幷也。—餅。〔按畢氏疏證引齊民要術云。截餅一名—子。蓋卽—餅也。〕

【蝏】唐丁切音亭青韻

㈠蝭—。蛤類。詳蝭字。

㈡蝳蛉一名蝏—。見〔本草綱目〕。

【蝓】容朱切音俞虞韻夷周切音猶尤韻

㈠虒—也。見〔說文〕。〔按虒—亦作蜾—。卽蝸牛也。有角如牛。俗呼蜒蚰者是—。〕

㈡蛞—。無殼蝸也。見〔集韻〕。〔按本草。蛞—。一名陵蠡。一名土蝸。一名附蝸。衍義云。蛞—、蝸牛、二物也。蛞—其身肉止一段。蝸牛、背上別有肉以負殼行。顯然異矣。〕

㈢蝸—。蜘蛛也。〔方言〕自關而東。趙魏之郊。謂之鼅鼄。或謂之蠾—。

【蝕】實職切音食職韻

㈠本作蝕。〔說文〕蝕。敗創也。〔段注〕敗者、毀也。創者、傷也。毀壞之傷。有蟲食。之故字从虫。春秋傳。曰鼮鼠食郊牛角。字或作蝕。

㈡日月食也。〔釋名釋天〕日月虧曰—。稍稍侵虧。如蟲食草木葉也。〔按月行地球與日之間。障蔽日光。是爲日—。地球行於日與月之間。障蔽月光。是爲月—。〕

㈢凡物侵蝕皆曰—。見〔韻會〕。〔如侵吞曰侵—。駁壞曰駁—。〕

㈣—醯。若酒上蠛蠓也。〔莊子至樂〕斯彌爲—醯。

【蝕】六直切音力職韻

谷名。〔漢書高帝紀〕從杜南入—中。〔注〕—入漢中道川谷名。

【蝕】盧東切音籠東韻

蠪或字。見〔集韻〕。

【蝘】於殄切音偃銑韻隱憾切音匽阮韻

㈠在壁曰蝘蜓。在草曰蜥易。見〔說文〕。〔按—蜓、守宮也。在壁曰—蜓。又稱壁虎。體圓柱形。長六七寸。頭扁長。尾長而細。四足有爪。遍體細鱗作蔚藍色、與靑色。或古銅色。背上有黑色水波紋。人家牆壁處處有之。〕

㈡蟬屬。〔詩蕩〕如蜩如螗。〔傳〕螗—也。〔釋文〕—蟬屬也。

【蚴】於虯切音幽尤韻於糾切音黝有韻

㈠—蟉也。見〔說文〕。〔桂注〕玉篇。—、與蚴同。—蚪、龍皃。〔漢書司馬相如傳〕青龍蚴蟉於東廂。〔顏注〕蚴蟉、行動皃。又大人賦。驂赤螭青虬之—蟉蜿蜒。

【蝚】而由切音柔尤韻

㈠蛭—。至掌也。見〔說文〕。〔按爾雅釋蟲。蛭—、至掌。郭云未詳。釋魚釋文云。蛭、本草謂之水蛭。一名蚑。一名至掌。是蛭—卽水蛭也。〕

㈡螻蛄類。〔爾雅釋蟲〕—、蛖螻。〔注〕蛖螻、螻蛄類。

㈢—蟜。國名。見〔晉書馮跋載記〕。

【蝚】奴刀切音猱豪韻

貪獸也。〔漢書司馬相如傳〕蛭蜩獑—。〔注〕今所爲戎皮爲案褥者也。〔按集韻。夒、貪獸也。一曰母猴。亦作—。〕

【蝜】扶缶切音婦有韻

㈠蟋—。蟲名。見〔集韻〕。

㊁—蝂蟲。大如蜆。有毒。見〔玉篇〕。

㊂—蝂。蟲名。〔柳宗元文〕—蝂者。善負小蟲也。行遇物。輒取。印其首負之。雖困劇不止。好上高。或至墜地死。

【蝟】于貴切音胃未韻

㊀彙或字。見〔說文希部〕。〔按說文、彙。蟲也。似豪豬而小。爾雅釋獸。彙、毛刺。注云。今—。狀似鼠。疏曰。彙卽—也。其毛如鍼灸。穀子曰。刺端分兩歧者—。如棘鍼者蝚—。似鼠。姓獰鈍。物少犯近，則毛刺攢起如矢。〕

㊁白—。山名。〔華陽國志〕滇池有白—山。山無石。惟有—也。

【蝠】方六切音福屋韻

㊀蝙—。服翼也。見〔說文〕。

㊁通蝮。〔後漢崔琦傳〕—蛇其心。縱毒不辜。〔注〕卽蝎—也。

【蝡】乳兗切音輭銑韻、乳尹切音㖮軫韻

㊀動也。見〔說文〕〔段注〕動者、作也。蟲之動曰—。〔按集韻。—、蠢蟲動兒。荀子勸學篇。蝡而動。注云。蝡、微動也。〕

㊁蛇名。〔山海經海內經〕南海之內。黑水青水之間。有赤蛇在木上。名曰—蛇。木食。〔注〕言不食禽獸也。

㊂—動貌。見〔史記匈奴傳索隱引三蒼〕。

【蝥】謨交切音茅肴韻

螌—也。見〔說文〕〔桂注〕陳藏器曰。螌—蟲有小毒。或作螌蝥。廣雅。螌蝥、晏青也。又作斑貓。本草。斑貓有毒。一名龍尾。吳氏本草。斑貓、一名斑蚝。一名龍蚝。又作斑茅。古今注。毒藥種有五物。五曰斑茅。戎鹽解之。

【蝥】莫浮切音謀尤韻

㊀蟊或字。見〔說文蟲部〕。〔按—、食苗根蟲也。〕

㊁—弧。旗名。〔左隱十一年傳〕取鄭伯之旗—弧以先登。

【蝥】亡遇切音務遇韻

蝥名。亦作蟱。見〔廣韻〕。

【蝥】武夫切音無虞韻

鼅鼄一名蛛—。見〔爾雅釋蟲疏〕。

【蝦】何加切音遐麻韻

㊀—蟆也。見〔說文〕〔段注〕—蟆見於本艸經。背有黑點。身小。能跳接百蟲。解作呷呷聲。舉動極急。蟾蜍身大。背黑無點。多痱磊。不能跳。不解作聲。行動遲緩。絕然二物。陳藏器、蘇頌、皆能詳言之。

㊁—蟆。鳥名。〔酉陽雜俎〕南山下有鳥、名—蟆。多在田中。頭有冠。色蒼。足赤。形似鷺。

㊂—蛤。獸名。詳蛤字。

【蝦】虛加切音鰕麻韻

㊀通鰕。鱗介名。〔本草綱目〕江湖出者、大而色白。溪池出者、小而色青。皆磔鬚鉞鼻。背有斷節。尾有硬鱗。多足而好躍。其腸屬腦。其子在腹外。人以作鮓食。入湯則紅。或曝去殼爲—米。

㊁滿洲語、呼侍衛曰—。

㊂—夷。倭種名。卽今日本北海道土人也。以所居島得名。亦曰毛人。身偉鼻聳。美髯多毛。爲大和種所驅逐。退居僻處。今所存者萬餘人而已。

【蝨】色櫛切音瑟屑韻

㊀齧人蟲。見〔說文〕〔段注〕古或叚幾瑟作蟣—蟣者、—子也。〔按—始由氣化。而後乃遺卵出蟣。其行迅疾。其類甚繁。形色不同。如身—白。著頭變黑。頭—黑。著身變白。—本齧人蟲。而俗以牛狗雞鶴花竹所附之蟲、概名之曰—。實非。〕

㊁狗—。胡麻別名。見〔本草綱目〕。

㊂沙—。蝡蝂也。見〔廣雅釋蟲〕。〔按御覽引廣志云。沙—色赤。大不過蟣。在水中。入人皮中殺人。又引淮南萬畢術云。沙—、一名蓬活。一名地脾。〕〔又〕石蠶一名沙—。見〔本草綱目〕。

【蝭】田黎切音題都黎切音低齊韻丁計切音帝霽韻

—蟧。蟪蛄也。〔爾雅釋蟲〕蝭蚞螇螰。〔注〕卽—蟧也。一名蟪蛄。齊人呼螇螰。

【蝭】常支切音匙支韻

㊀—母。藥草。知母也。見〔爾雅釋草注〕。

㊁—蛙。鳥名。〔廣韻〕鶗鴂、卽杜鵑也。〔按枚乘梁王菟園賦作—蛙。〕

㊂茋或字。見〔集韻〕。

【蝮】方六切音覆房六切音伏屋韻

㊀虫也。見〔說文〕。〔按爾雅釋魚。—虺博三寸。首大如擘。身廣三寸。頭大如人擘。注。此自一種蛇。名爲—虺。然則許書之虫卽虺字也。〕
㊁大蛇也。〔爾雅釋魚釋文〕—、大蛇也。非虺之類。〔按此蛇細頸大頭。色如綬文。文間有鬐鬣。鼻上有鍼。大者長七八尺。一名反鼻。有牙最毒。秋月。毒甚無所蜇。螫齧草木以泄其氣。草木卽死。〕
㊂—蛸。蟬未蛻者。見〔廣韻〕。〔按論衡論死篇。蟬之未蛻也爲復育。已蛻也去復育之體。更爲蟬之形。復育卽—蛸。〕
㊃—蜪。蝗子也。〔爾雅釋蟲〕蝝、—蜪。〔注〕蝗子未有翅者。
㊄姓也。唐乾封元年改武惟良爲—氏。

【蝰】傾畦切音奎齊韻
㊀蟲名。蠶蛹也。見〔集韻〕。
㊁虺—也。見〔廣雅釋魚〕。

【蝱】眉耕切音盲庚韻
㊀齧人飛蟲。見〔說文䖵部〕。〔段注〕人當作牛。楚語、譬如牛馬處暑之既至。—蠻之既多。而不能掉其尾。韋云。大曰—。小曰蟗。說苑曰。蠹蟓仆柱梁。蚊—走牛羊。史記、搏牛之—不可以破蟣蝨。淮南書曰。蟲—不食駒犢。今人尙謂齧牛者爲牛—。
㊁鳥名。〔博物志〕崇丘山有鳥。一足一翼。相得而飛。名曰—。
㊂山名。〔山海經大荒西經〕大荒之中。有—山。
㊃木—。從木葉中出。綠色如小蟬。見〔本草綱目〕。
㊄貝母也。〔詩載馳〕言采其—。
㊅蒲—。青蚨別名。見〔本草綱目〕。
㊆飛—。箭名。〔方言〕箭之三鐮長尺六者謂之飛—。

【蝸】古華切音瓜麻韻
㊀—蠃也。見〔說文〕。〔按古訓—與蠃通。後人別在水可食者曰蠃。在陸不可食者曰—。有長短角各二。觸之則縮。俗呼—牛。〕
㊁—睆。目疾也。〔淮南俶眞〕蠃瘺—睆。

【蝸】公蛙切音騧佳韻
通媧。〔禮記明堂位〕女媧之笙簧。〔毛本媧作—。〕

【⿰虫某】迷浮切音謀尤韻
蛑或字。〔集韻〕蝤蛑。蠏屬。或作—。

【⿰虫要】伊消切音腰蕭韻
青—。毒蛇名。見〔玉篇〕。

【蝐】莫佩切音妹隊韻
瑁或字。〔類篇〕瑇瑁。龜屬。或从虫。

【蝑】新於切音胥魚韻　寫與切音湑　象呂切音敘語韻
蜙—也。見〔說文〕。

【蝑】四夜切音卸禡韻
鹽藏蟹。見〔廣韻〕。

【蝒】彌延切音綿先韻
馬蜩也。見〔說文〕。〔段注〕與釋蟲同。凡言馬者謂大。馬蜩者、蜩之大者也。方言曰蟬。其大者謂之蟧。或謂之—馬。—馬二字誤倒。

【⿰虫卻】極虐切音噱藥韻
渠—。一曰天社。見〔說文〕。〔段注〕社一作杜。廣韻譌作神。渠—。卽蛣蜣。雙聲之轉。玉篇謂蜣—同字。是也。釋蟲曰。蛣蜣。蜣蜋。莊子曰。蛣蜣之智。在於轉丸。陶隱居云。蠹入人糞中取屎丸而卻推之。俗名爲推丸。一曰、猶一名也。廣雅曰。天柱、蜣蜋也。

【⿰虫卻】乙約切音卻藥韻
蟲名。天甲也。見〔類篇〕。〔集韻甲作社〕

【蝔】居諧切音皆佳韻　雄皆切音諧佳韻
蟲名。猥狗也。知雨則翳葉。見〔集韻〕。〔按猥狗大如筆管。長三寸。天將雨。先於草木下藏其身。故又稱雨母。〕

【⿰虫星】桑經切音星青韻
—蜓。蟲名。見〔集韻〕。

【蝖】許元切音萱元韻
蟦螬也。見〔玉篇〕。〔按方言。蟦螬或謂之—蝛。注云。亦呼當齊。或呼地蠶。或呼蟦—。按卽蟦螬也。詳蟦字。〕

【蝗】胡光切音黃陽韻　戶盲切音橫庚韻　戶孟切音脛敬韻
螽也。見〔說文〕。〔按—似蚱蜢而角短。體狹。前翅直而厚。後翅薄而如網。藉前翅護之。後腿長。故善跳。頭大而口堅。故能嚙。飛集成羣。食稻立盡。雌蟲秋晚藏卵於地。翌春

孵化。是名曰蝻。〕

【蝙】卑眠切音邊先韻 —蝠也。見〔說文〕。〔按—蝠亦曰服翼。或曰飛鼠。或曰老鼠。或曰仙鼠。或曰蟙蠌。形絕類鼠。肉翅與足相連。晝伏匿。夜捉蚊蚋食之。〕

【蝙】蒲眠切音緶先韻 魚名。見〔類篇〕。

【𧍝】防錽切音范豏韻 蜂也。見〔廣雅釋蟲〕。〔按禮記檀弓。范則冠而蟬有緌。是—本作范也。〕

【蝛】於非切音威微韻 蛜—也。詳蛜字。

【蝝】余專切音沿先韻 俞絹切緣去聲霰韻 復陶也。劉歆說。—、蚍蜉子。董仲舒說。蝗子也。見〔說文〕〔段注〕釋蟲曰。—、復蜪。俗字从虫也。國語曰。蟲舍蚳—。韋注。—、蝮蜪也。可以食。劉說與董說。皆說春秋也。宣十五年冬、—生。五行志曰。劉歆以為—、蚍蜉之有翼者。食穀為災。又曰。董仲舒劉向以為蝗始生也。

【蝝】馨兗切音蠉銑韻 蜎或字〔集韻〕蜎井中小蟲。或作—。

【蝞】明祕切音媚寘韻 —似蝦。寄生蝠殼中。食之益人顏色。見〔廣韻〕。

【螋】疏鳩切音搜尤韻 蛷—。蟲名。亦名蠷—。見〔玉篇〕。〔按廣雅釋蟲。蛷—、蠼蛷也。〕

【螔】商支切音施支韻 施智切音翅寘韻 羊至切音肆寘韻 姑—。強羊也。見〔說文〕〔段注〕羊。釋文所引、及宋本如此。當音陽。蓋今江東人謂麥中小黑蟲為羊子者是也。鉉本作蛘。李仁甫本作羋。皆非是。釋蟲曰。蛄—、強蛘。郭云。今米穀中蠹小黑蟲是也。建平人呼為蛘子。蛘、亡婢反。郭音恐未諦。方言。姑—謂之強羊。字亦正作羊。郭注廣之以江東名蛪。音加。建平人呼蛘子。音羋姓。不得改方言正文作蛘也。爾雅正文。恐亦本作羊。

【蝢】奚結切音纈屑韻 肸—。國名。月支也。見〔類篇〕。

【蝣】以周切音由 力求切音流尤韻 蜉—也。見〔爾雅釋蟲〕。〔詳蜉字。〕

【蝤】字秋切音遒尤韻 ㊀—蠐也。見〔說文〕。〔段注〕詩衞風、領如—蠐。傳曰。—蠐、蝎蟲也。爾雅同。㊁通蝣。〔漢書王襃傳〕蜉—出以陰。〔注〕蜉—、渠略也。〔按爾雅釋蟲作蜉蝣渠略。〕

【蝤】即由切音啾尤韻 —蛑似蟹而大。生海邊。見〔廣韻〕。

【蝶】咋結切音截屑韻 小蟲名。海菹有—蛂。見〔類篇〕。

【蛢】蒲幸切音竝梗韻 —蝏。馬刀也。一名蜌。生江漢。長六七寸。食其肉似蚌。見〔本草綱目〕。

【蝧】於驚切音英庚韻 蜂屬。見〔類篇〕。

【𧗊】以淺切音演銑韻 蚰蜒。自關而東謂之螾—。或謂之入耳。見〔方言〕。〔按爾雅作衍。考工記鄭注。卻行螾—之屬。釋文。此能兩頭行。故以為卻行也。〕

【蜒】夷然切音延先韻 同蜑。〔集韻〕—、亦書蜑。

【蝩】傳容切重平聲冬韻 蠶晚生者。見〔玉篇〕。

【蝩】諸容切音鐘冬韻 蝗也。見〔集韻〕。

【蝪】徒郎切音唐 吐郎切音湯陽韻 蛈—。蜘蛛之一種也。〔爾雅釋蟲〕王、蛈—。〔注〕即蝰蟷。似鼅鼄。在穴中有蓋。今河北人呼蛈—。

【蝬】祖叢切音葼東韻 三—。蛤屬。見〔玉篇〕。

【蝛】虛咸切音醶咸韻 蛤屬。〔本草綱目〕—蜌、一名生蜌。又名—蛤。〔陳藏器曰〕生東海。似蛤而扁有毛。

【蝯】于元切音袁元韻 善援。禺屬。見〔說文〕。〔桂注〕釋獸、猱—善援。郭注、便攀援。釋文、援猶引也。管子形勢、緣高出險。猱—之所長。而人之所短也。故曰墜岸三仞。人之所大難也。而猱—飲焉。

【蝺】元俱切音愚虞韻魚容切音顒冬韻 蟱—。青蚨也。〔酉陽雜俎〕蟱—形如蟬。其子如蝦。著草葉。得其子則母飛來就之。煎食辛而美。

【蝳】徒沃切音毒沃韻 鼅鼄。北燕朝鮮洌水之間、謂之—蜍。見〔方言〕。

【蝳】待戴切音代隊韻 同瑇。〔正字通〕瑇俗作玳。文選从虫作—蝐。

【蝟】予貴切音胃未韻 蛒—。蟲名。見〔集韻〕。〔按卽絡緯。或改從虫〕

【䗡】疾緣切音泉先韻 貝白質黃文曰餘—。通作泉。見〔集韻〕。

【蝙】吠迴切音炅迥韻 —蝙。似蛙而小。鱉之腹脹。一名胮肛。見〔玉篇〕。

【蝒】房中切音風東韻 蟲窟也。見〔玉篇〕。

【蟌】麤叢切音悤東韻 蜻蜓也。見〔集韻〕。

【蝵】七由切音秋尤韻 蛪—。蜘蛛也。見〔篇海〕。

【蝶】達協切音牒葉韻 胡—也。見〔玉篇〕。〔按說文蜨、卽—胡。—胡、本作蛺蝶。亦作蛺—。菜中青蟲所化。作繭成蛹。如蠶化蛾。翅具美麗彩色。常集花中。食花心〕

【蝶】他協切音帖葉韻 —蝎。蟲名。見〔廣韻〕。

【蚸】郎擊切音歷錫韻 螇—也。見〔爾雅釋蟲〕。

【蝷】先的切音錫錫韻 蜥或字。〔集韻〕蜥、說文、蜥易也。或从厤。或書作蜤。

【蝒】毗連切音嫓先韻〔一作蜓〕 沙蝨—蜁也。見〔廣雅釋蟲〕。

【蝬】胡溝切音侯尤韻 守宮。東齊海岱謂之蝘—。見〔方言〕。

【蝬】下遘切音候宥韻 水蟲。似龍。出南海。見〔類篇〕。

【蝀】郎甸切音練霰韻 赤—。蛇名。見〔篇海〕。〔按本草、赤楝蛇。從木不從虫〕。

【蝴】洪孤切音胡虞韻 蜂蝴。見〔集韻〕。

【𧊒】敕略切音踔黑各切音郝藥韻呼酷切音熇沃韻 同蠚。〔集韻〕蠚、毒蟲。亦作—。

【蝺】果羽切音齲麌韻 好貌。見〔字彙補〕。

【蝺】王矩切音禹麌韻 —僂。傴僂也。〔文選宋玉賦〕旁行—僂。

【蟱】莫侯切音謀尤韻 蜘蛛也。見〔篇海類編〕。

【蟱】莫候切音茂宥韻 蛷螋也。見〔集韻〕。

【蟱】蟊或字。見〔集韻〕。

【蝖】因蓮切音烟先韻 蟲名。見〔類篇〕。

【蝰】渠追切音葵支韻 蟲名。見〔廣韻〕。

【蝛】邕危切音逶支韻 水—也。見〔玉篇〕。

【蚕】他典切音腆銑韻 堅蚕。蚓別名。爾雅本作蚕。非。見〔正字通〕。

【蛣】吉屑切音結屑韻 蠸—。蟲名。一曰蝗屬。見〔集韻〕。

【蝲】盧達切音辣曷韻 —蟽。蟲名。見〔廣韻〕。

【蛤】烏合切合韻 蟲名。見〔玉篇〕。

【蜂】良中切音隆東韻 蟲名。見〔集韻〕。

【蛸】所景切音省梗韻 蟲也。見〔說文〕。

【蝊】劣戌切音律質韻 蟲名。見〔集韻〕。

【蟀】七醉切音翠寘韻 蟲名。見〔字彙補〕。

【蝻】讀如南 蝗子也。詳蝻字。

【蛺】蛺本字見〔正字通〕。
【𧍢】蟀本字見〔說文〕。
【𧍯】虹籀文見〔說文〕。
【𧎥】同蠚。見〔篇海〕。
【蛹】同蛹。見〔玉篇〕。
【蝫】同蠩。見〔直音〕。〔按集韻作鰭〕。
【蝒】同蝒。見〔類篇〕。
【蟴】同蟖。見〔類篇〕。
【𧏲】同蛔。見〔篇海〕。
【䗖】同蝭。見〔篇海〕。
【䗢】同蝆。見〔廣韻〕。
【螅】同蛓。見〔篇海〕。
【萤】同螢。見〔篇海〕。
【蝍】同蟞。見〔類篇〕。
【蝭】同蜡。見〔類篇〕。
【蝘】同蝘。見〔玉篇〕。
【螔】同蚌。見〔同文鐸〕。
【蝲】同蜊。見〔類篇〕。
【𡏮】同蛾。見〔玉篇〕。
【螙】同蠹。見〔篇海〕。
【蟉】同蜒。蝘—也。見〔篇海〕。
【螖】同蚡。見〔直音〕。
【𧏡】同蜿。見〔篇海〕。
【𧍶】同蝦。見〔字義總略〕。
【𧋰】蚤或字。見〔集韻〕。
【𧊼】蝌或字。見〔集韻〕。
【蝝】蠡或字。見〔集韻〕。
【𧍰】蝥或字。見〔集韻〕。
【蝹】蝹俗字。凡从昷之字。俗皆作昷。正字通反以蝹爲誤。非是。
【蝴】胡俗字。〔正字通〕今—蝶。本作胡。俗加虫作—。〔按莊子、玉篇、胡蝶皆作胡。康熙字典引均改寫爲—〕。
【𧌰】蚤譌字。見〔正字通〕。
【𧎺】螳譌字。見〔正字通〕。

十畫

【螃】步光切音旁陽韻
❶—蟹。本只名蟹。俗加—字。見〔廣韻〕。
❷—蜞。蟹屬。見〔集韻〕。
【螃】北朗切音髈養韻悲萌切音繃庚韻補曠切音謗蒲浪切音傍漾韻
陸居蝦蟆也見〔廣韻〕。
【螇】紘雞切音奚齊韻
❶—鹿。蛁蟧也。見〔說文〕。〔段注〕蟧、舊作蟟。許書無此字。淺人增虫耳。今作蟧。音聊。釋蟲曰。蜓蚞—螰。方言曰。蛥蚗。齊謂之螇螰。楚謂之蟪蛄。或謂之蛉蛄。秦謂之蛥蚗。自關而東謂之虭蟧。或謂之蝭蟧。或謂之蜓蚞。
❷—蚸。詳蚸字。
【螇】牽奚切音谿齊韻
蟲名。土蠭也。見〔集韻〕。
【螈】愚袁切音元元韻
❶本作蚖。見〔說文〕〔詳蚖字〕。
❷—蠶。再蠶也。〔淮南泰族〕—蠶一歲再收。非不利也。然而王法禁之者。爲其殘桑也。
【螉】烏公切音翁東韻烏孔切音蓊董韻
❶蟲在牛馬皮者。見〔說文〕。
❷蠮—。細腰蜂也。見〔玉篇〕。〔又〕塞名。〔晉書慕容皝載記〕皝率騎二萬出蠮—塞。
【蛢】堅奚切音雞齊韻甘田切音堅先韻
❶熒火也。見〔集韻〕。
❷蛾也。見〔廣雅釋蟲〕。
【融】余中切音瀜東韻
❶炊气上出也。見〔說文鬲部〕。〔注〕鎔也。氣上—散也。〔按思玄賦展泄泄以彤彤。廣成頌、豐彤薱蔚並以彤爲之〕。
❷長也。宋衛荊吳之間曰—。見〔方言〕。
❸明也。見〔御覽引崔靈恩禮記義宗〕。
❹朗也。〔左昭五年傳〕明而未—。〔注〕—、朗也。〔疏〕—是大明。故爲朗也。
❺通也。〔文選何晏賦〕品物咸—。
❻銷也。〔文選孫綽賦〕—而爲川瀆。
❼續也。見〔白虎通號〕。
❽—風。艮之風也。見〔後漢蔡邕傳注〕〔按左傳注云。東北曰—風〕。

⑨丘名。〔爾雅釋丘〕再成銳上爲|丘。〔注〕纖頂者。
⑩州名。隋置。屬桂林郡。今廣西|縣。
⑪||。和樂也。〔左隱元年傳〕其樂也||。
⑫祝|。火神名。〔禮記月令〕其神祝|。〔注〕顓頊氏之子孫爲火官。
⑬|裔。齡長貌。〔文選潘岳賦〕泓宏||裔。
⑭|泄。勸貌也。〔文選何晏賦〕隨雲|泄。
⑮金|。日本語。指金錢流通之情狀。略如吾俗所謂銀根。
⑯姓也。祝|氏之後。

【⿰虫尃】補各切音博匹各切音粕藥韻
①蟹也。見〔玉篇〕。
②|蟭。螳蜋卵也。見〔廣韻〕。

【螓】慈鄰切音秦眞韻
①蟬屬。〔詩碩人〕|首蛾眉。〔箋〕|、謂蜻蜻。〔疏〕釋蟲云。蚻、蜻蜻。舍人曰。小蟬也。青青者。某氏曰。鳴蚻蚻者。孫炎曰。方言云、有文者謂之|。郭氏云、如蟬而小有文。是也。
②胡|。大蠅也。見〔爾雅翼〕。

【螕】邊迷切音蓖齊韻
①齧牛蟲也。見〔說文〕〔按玉篇。|、牛蝨也。本草。牛蝨、一名牛|。〕
②狗蝨也。〔通俗文〕狗蝨曰|。〔今蘇俗謂之狗蟞。〕
③通蚍。〔漢書五行志〕劉歆以爲蝝、|蠹之有翼者。〔注〕|蠹、音蚍蜉。

【螜】胡谷切音縠屋韻
①螻蛄也。〔爾雅釋蟲〕|、天螻。〔注〕螻蛄也。夏小正曰。|則鳴。〔疏〕|、一名天螻。一名碩鼠。卽今之螻蛄也。
②蟦螬。或謂之蝖|。見〔方言〕。

【螞】莫下切音馬馬韻
①蟲名。見〔玉篇〕。
②馬蟥。俗作|。見〔正字通〕。
③俗指蟻之一種、曰|蟻。

【螟】忙經切音冥青韻
①蟲食穀心者。吏冥冥犯法卽生|。見〔說文〕〔段注〕心、各本誤葉。今依開元占經正。〔按爾雅釋蟲食苗心|。食葉蟘。食節賊。食根蟊。疏引李巡曰。食禾心爲|。言其姦冥冥難知也。孫炎曰、皆政貪所致。犍爲文學曰。此四蟲種皆蝗也。〕
②蚉也。〔管子七臣七主〕山多蟲|。〔注〕|、卽蚉。
③焦|。蟲名。〔列子殷湯〕江浦之間生麼蟲。其名曰焦|。羣飛而集於蚊睫。
④|蛉。桑上小青蟲。詳蛉字。

【螣】徒登切音騰蒸韻呈稔切音朕寑韻
①神蛇也。見〔說文〕。
②通騰。〔莊子山木〕王獨不見夫|猿乎。〔釋文〕|、音騰。本亦作騰。

【蝹】紆倫切音贇眞韻縈緣切音娟先韻、於云切音氳文韻
①||。龍貌。〔文選張衡賦〕海鱗變而成龍。狀蜿蜿以||。
②|蜦。蛇行貌。詳蜦字。

【蝹】烏皓切音襖皓韻
蟲名。似猿。常地下食人腦。見〔廣韻〕。

【螊】式戰切音扇霰韻
蠅醜|。搖翼也。見〔說文〕。

【⿰虫扇】離鹽切音廉鹽韻胡讒切音函咸韻虛咸切音鹼咸韻
海蟲也。長寸而白。可食。見〔說文〕〔段注〕|、介蟲也。其外有殼。長寸而白。謂其殼。可食、謂其中肉也。本草所謂蝛蠘似蛤而長扁。蝛與|音同。玉篇曰。|、小蚌。可食。〔按廣韻作蠊。〕

【螌】逋還切音班刪韻
|蝥。毒蟲也。見〔說文〕〔按|蝥、一名斑貓。互詳蝥字。〕

【螌】蒲官切音槃寒韻
負|。臭蟲也。通作盤。見〔集韻〕。

【螐】汪湖切音烏虞韻
|蠋。蟲名。通作烏。見〔集韻〕。

【螑】輕幼切音⿰足臭火救切音嗅宥韻
赳|。龍申頸行貌。一曰卑跳也。〔史記司馬相如傳〕沛艾赳|。

【⿰虫桀】丘傑切音揭屑韻陟格切音磔陌韻
土|。蟲名。〔爾雅釋蟲土螽注〕似蝗而小。今謂之土|。

【⿰虫貞】蘇果切音鎖哿韻
|蛄。蟲名。詳蛄字。

【螒】侯旰切音翰翰韻 蟲名。〔爾雅釋蟲〕—、天雞。〔注〕小蟲。黑身、赤頭。一名莎雞。又曰樗雞。

【螔】弋支切音移支韻 —蝓也。詳蝓字。

【蟴】相支切音斯支韻 守宮也。〔方言〕守宮、東齊海岱謂之—𧏡。

【螖】戶八切音滑點韻 吉忽切音骨月韻 —蠌。螺屬。〔爾雅釋魚〕—蠌、小者蟧。〔注〕螺屬。或曰、即彭—也。似蟹而小。

【螗】徒郎切音唐陽韻 蜩也。〔爾雅釋蟲〕—蜩。〔注〕俗呼為胡蟬。江南謂之—蛦。〔按方言〕蟬、宋衞之間謂之—蜩。注云似蟬而小。鳴聲清亮。夏小正作唐。

【螝】胡對切音潰隊韻 基位切音媿寘韻 蛹也。見〔說文〕。

【螝】通䖶。見〔顏氏家訓〕。

【螠】於賜切音縊寘韻 縊俗字。〔廣韻〕縊女蟲名。俗从虫。〔互詳蜆字。〕

【螢】戶扃切音熒青韻 于平切音榮庚韻 蟲名。〔爾雅釋蟲〕—火、即炤。〔疏〕—火一名即炤。〔按古今注〕—、一名耀夜。一名景天。一名熠燿。一名丹良。一名燐。一名丹鳥。一名夜光。一名宵燭。蓋—由溼熱之氣、蒸鬱於腐草及爛竹根而生。體有光。能飛。夏夜水邊最多。

【螄】霜夷切音師支韻 螺—也。見〔洪武正韻〕。

【𧍜】居雄切音宮東韻 守—。蟲名。本作宮。見〔集韻〕。

【𧍯】如容切音茸冬韻 蟲行貌。見〔類篇〕。

【𧑅】蘇昆切音孫元韻 虹—、螮蝀也。〔方言〕螮蝀、南楚之間謂之虹—。〔按—亦作孫。〕

【蛬】渠容切音蛩居容切音恭冬韻 蟋蟀也。見〔篇海〕。

【𧒂】所六切音縮屋韻 蝍—、尺蠖也。見〔集韻〕。

【𧒏】陳尼切音墀支韻 蟲名。蛭也。見〔類篇〕。

【螏】昨悉切音疾質韻 —螯。蟲名。見〔集韻〕。

【𧎘】谷盍切音嗑合韻 —蜡。蟲名。蛘也。見〔類篇〕。

【𧑋】作木切音鏃屋韻 —|。蟲集貌。見〔類篇〕。

【𧏡】許旣切音餼未韻 蟲似蛸。見〔字彙〕。

【𧋍】乃代切音耐隊韻 蝱也。見〔集韻〕。

【𧋍】奴來切音𤸷灰韻 俗能字。䏶屬。見〔玉篇〕。

【𧋍】陟德切音䅁職韻 蠿或字。見〔集韻〕。

【𧎬】居表切高上聲篠韻 蟲也。見〔篇海〕。

【螛】何葛切音褐曷韻 輵—。搖自吐舌也。〔漢書司馬相如傳〕跮踱輵—、容以骫麗兮。

【螛】下瞎切音轄黠韻 蟲名。仙姑也。見〔集韻〕。

【蟉】力求切音流尤韻 螻蛄。會稽謂之—蛄。見〔廣志〕。

【蜇】征例切音制霽韻 蝗子也。見〔類篇〕。

【蚪】徒口切音斗有韻 蝌斗蟲。見〔篇海〕。

【蠡】郎計切音麗霽韻 盧戈切音螺歌韻

【𧍪】胡紺切音憾勘韻 製破也。見〔篇海〕。

【蠤】此由切音秋尤韻 瓜蟲也。見〔韻學集成〕。

【蠾】丑主切音杵語韻 次—。鼅鼄也。見〔韻學集成〕。 蟲名。見〔玉篇〕。

【蚵】 居何切音哥歌韻
蟲名。見〔玉篇〕。

【螇】 奚結切音纈屑韻
蟲名。見〔集韻〕。

【蟥】 同螇。見〔類篇〕。

【䠶】 以謝切音禡韻
蟲名。見〔玉篇〕。

【蟰】 息六切音肅屋韻思留切音修尤韻
蟲名。見〔玉篇〕。

【蟨】 知演切音展銑韻
本作蟨。〔說文蚰部〕蟨蟲也。

【蚆】 邦加切音巴麻韻
蟲名。見〔玉篇〕。

【螦】 先各切音索藥韻
蟲名。見〔玉篇〕。

【蟉】 力求切音流尤韻
蟲也。見〔字彙補〕。

【蠽】 祖外切音最泰韻
蟲也。見〔說文〕。

【螯】 五高切音敖豪韻
蟹屬。見〔篇海〕。

【𧒂】 蚤本字。見〔說文蚰部〕。

【螘】 蟻本字。見〔說文〕。

【蟟】 蟟本字。見〔廣韻〕。

【螷】 古蚳字。見〔字彙補〕。

【蜃】 古蚳字。見〔集韻〕。〔按說文、古文蚳。从辰十作䖤。〕

【螂】 同蜋。見〔篇海〕。

【螅】 同蟋。〔周書時訓〕─蟀居壁。

【蟌】 同蛓。見〔直音〕。

【螋】 同蝬。見〔篇海〕。

【蟣】 同蟣。見〔集韻〕。

【蟁】 同蚊。見〔正字通〕。

【蟤】 同𧊲。見〔正字通〕。

【蝂】 同蠜。見〔五音篇海〕。

【𧐐】 同蝥。見〔字彙補〕。

【蝋】 同蝋。見〔字彙補〕。

【蠹】 同蠡。見〔篇海〕。

【蛆】 同蛆。見〔直音〕。

【蠶】 同蠶。見〔直音〕。

【蟻】 同蟻。見〔玉篇〕。

【蝶】 同蝶。見〔廣韻〕。

【蟌】 同蠘。見〔集韻〕。

【蟦】 同蟦。見〔類篇〕。

【螌】 同蟠。見〔玉篇〕。

【蟈】 同蛹。見〔篇海〕。

【蟴】 同螄。見〔海篇〕。

【蟁】 同蚊。見〔直音〕。

【蠘】 同蠘。見〔廣韻〕。

【螭】 同蟎。見〔正字通〕。

【蠰】 同蠰。見〔集韻〕。

【蠡】 同蚳。見〔集韻〕。

【蟋】 同螣。見〔字彙補〕。

【蠺】 同蝫。見〔川篇〕。

【蟲】 蠹或字。見〔說文蚰部〕。

【螣】 蟘或字。見〔集韻〕。

【蟘】 蟘或字。見〔集韻〕。

【蝥】 蝥俗字。見〔正字通〕。

【蠶】 蠶俗字。見〔玉篇〕。

【蜥】 蜥俗字。見〔正字通〕。

【蟘】 蟘俗字。見〔正字通〕。

【螸】 螸譌字。見〔篇海〕。

【蟖】 蚗譌字。見〔正字通〕。

十二畫

【蟓】 旬宣切音旋先韻
㊀─蝸。小螺也。見〔集韻〕。
㊁蝡─。沙蝨也。互詳蝡字。

【蟡】 於虔切音焉先韻
㊀─蟜。蟲名。見〔集韻〕。
㊁─淵。地名。〔山海經西山經〕崇吾之山東望─淵。

【螭】 抽知切音摛支韻
㊀若龍而黃。北方謂之地螻。或云無角曰─。見〔說文〕。〔段注〕南都賦曰。憚夔龍。怖蛟─。李注引說文蛟─若龍而黃。按李注蛟字誤衍。〔王注〕荀子賦篇、─龍為蝘蜓。注云。地螻。廣雅、無角曰䖭龍。玉篇、䖭今作─。
㊁龍子也。一曰雌龍也。〔漢書司馬相如傳〕蛟龍赤─。〔注〕文穎曰。─為龍子。張揖曰。赤─、雌龍也。
㊂猛獸也。見〔文選西都賦注引歐

陽尙書說〕。
㊃馬名。〔西京雜記〕文帝自代還。有良馬九匹。一名綠—驄。
㊄通魑。〔左昭九年傳〕以禦—魅。
㊅通彲。〔洪武正韻〕—亦作彲。
㊆通離。〔韻會〕—亦作離。

【螯】五勞切音遨豪韻
㊀車—。蛤屬。見〔本草綱目〕。
㊁蟹—。大足在首上如鉞者。見〔韻會〕。

【螳】徒郎切音唐陽韻
㊀—蜋也。見〔說文新附〕。
㊁水名。〔水經沂水注〕沂水又東南。—蜋水入焉。
㊂縣名。〔華陽國志〕—鄉縣。出銀、鉛、白銅、雜藥。

【螺】盧戈切音騾歌韻
㊀蠃或字。〔集韻〕蠃。蚌屬。大者如斗。或作—。
㊁蝸牛、一名陵—。〔古今注〕蝸牛、陵—也。形如蠡蝓。殼如小—。
㊂—鈿。以—殼嵌於器具以爲裝飾者。〔欒城遺言〕公聞以—鈿作茶器者。

【蝬】七恭切音蹤冬韻　祖叢切音葼東韻
㊀螉—也。見〔說文〕。〔互詳螉字〕。
㊁蠮螉也。見〔集韻〕。

【螻】郎侯切音樓尤韻　龍珠切音廔虞韻
㊀—蛄也。一曰螜天—。見〔說文〕。〔段注〕—蛄、今之土狗也。螜天—、蛄也。依郭、則此釋蟲文。郭注云。—蛄也。一曰猶一名耳。但恐郭注未安。方言。螾蠀、或謂之蝖螜。或謂之天—。則非—蛄也。〔按螾下有云。北方謂之地—〕。
㊁—蟈。蛙也。〔禮記月令〕—蟈鳴。
㊂土—。獸名。〔山海經西山經〕崑崙之丘。有獸焉。其狀如羊而四角。名曰土—。
㊃圁名。〔國語晉語〕趙簡子田於—。〔注〕、—晉君之圁。

【螻】靈候切音漏宥韻
馬內病也。〔周禮內饔〕馬黑脊而般臂、—。〔禮記作漏〕。

【螾】羊進切音䚩震韻
㊀側行者。見〔說文〕。〔段注〕考工記、卻行、仄行。鄭曰。卻行、—衍屬。仄行、蟹屬。與許異。今觀丘蚓實卻行非。側行。鄭說長也。〔互詳蚓字〕。
㊁神蚓也。大五六圍。長十餘丈。見〔字彙補〕。
㊂蚰蜒。自關而東謂之—蚭。見〔方言〕。〔按說文蜒下云。蝘蜒也。一名—蜓。通訓定聲云。—蚭象蜈蚣。黃色而細長。多足。好脂油香。蘇俗謂之香蜒蟲。雞食之死〕。
㊃——。動生貌。〔淮南天文〕則萬物——也。

【螾】夷眞切音寅眞韻
㊀寒蚓也。見〔類篇〕。
㊁螳也。〔漢書賈誼傳〕夫豈從蝦與蛭—。

【蟃】無販切音萬願韻
㊀螟蛉蟲也。見〔玉篇〕。〔按爾雅釋蟲螟蛉桑蟲注。俗謂之桑—。亦曰戎女〕。
㊁—蜒。大獸。似貍。長百尋。見〔文選司馬相如賦注〕。

【蟄】直立切音䐈質入切音執緝韻
㊀藏也。見〔說文〕。
㊁——。和集也。〔詩螽斯〕宜爾子孫——兮。
㊂驚—。節氣也。見〔後漢律曆志〕。

【蟅】之夜切音柘禡韻
㊀螽也。見〔說文〕。〔段注〕螽、各本譌作蟲。今正。方言曰。蟒、宋魏之間謂之蟘。南楚之外謂之—蟒。或謂之螣。郭注、卽蝗也。—音近詐。蟒音莫梗反。亦呼虴蜢。按卽今北人所謂蛨蚱。江南人謂之蝗蟲。—蟒、一語之轉。
㊁負蠜也。〔廣雅釋蟲〕負蠜、—也。〔疏證〕蠜、一作蟠。爾雅、蟠鼠負。郭注云。甕器底蟲。
㊂地鼈也。〔本草綱目〕—蟲、一名地鼈。

【蟈】古獲切音馘陌韻
㊀同蜮。〔說文〕蜮。短弧也。佀鼈三足。㠯气䠶害人。蜮又从國。
㊁蛙也。〔周禮秋官序官〕—氏。〔注〕、—今御所食蛙也。字从虫。國聲也。

【螪】尸羊切音商陽韻
蟲名。見〔集韻〕。

【蟙】之石切音隻陌韻
蟲名。見〔字林〕。

【蝝】中戒切音睩卦韻 蟲名。呞食草木葉者也。見〔集韻〕。

【⿰虫區】吁句切音煦虞韻王遇切音芋區遇切驅去聲遇韻 —子。幺蠶也。見〔玉篇〕。

【⿰虫畢】壁吉切音必質韻 蟲名。見〔類篇〕。

【⿱殹虫】壹計切音翳霽韻 蟲名。見〔集韻〕。

【⿰虫遂】直六切音逐屋韻 馬—。馬蚿也。見〔廣雅釋蟲〕。

【螸】俞戍切音裕遇韻 蝨飛皃。見〔集韻〕。

【螸】俞玉切音欲沃韻 同螸。見〔正字通〕。

【螫】施隻切音釋陌韻 蟲行毒也。見〔說文〕〔段注〕周頌曰。自求辛—。古亦叚奭爲之。〔按蠚下云。—也。段玉裁謂蠚—蓋本一字。若聲赦聲同部也。〕

【螫】火各切音郝藥韻 怒也。〔史記魏其武安侯傳〕有如兩宮之—將軍。

【螬】昨勞切音曹豪韻 本作蠤。〔說文蚰部〕蠤。蠀也。〔按說文長箋云。曹猶官曹。言多也。故从曹。互詳蠤字。〕

【螮】丁計切音帝霽韻 —蝀。虹也。見〔說文〕。

【螮】當蓋切音帶泰韻 蟲名。一曰蛇也。見〔類篇〕。

【螰】盧谷切音鹿屋韻 螇—。蟬屬。〔爾雅釋蟲〕蜓蚞、螇—。〔注〕卽蝭蟧也。一名蟪蛄。齊人呼螇—。

【⿱甚虫】下瞰切憨去聲勘韻胡紺切音憾勘韻乎監切音銜鹽韻 瓜蟲也。〔齊民要術〕十二月臘時。祀炙箑樹瓜田四角去—。

【⿱甚虫】胡甘切音酣覃韻 桑葉上蟲也。見〔集韻〕。

【⿰虫庸】餘封切音容冬韻 螩—。毒蟲也。〔文選郭璞賦〕螩—挑翼而掣耀。

【螱】紆胃切音尉未韻 飛蟻也。見〔集韻〕。

【螲】陟栗切音窒質韻 螻—。謂之螻蛄。或謂之蟓蛉。南楚謂之杜狗。或謂之蛞螻。見〔方言〕。

【螲】丁結切音絰屑韻 —蟷也。〔爾雅釋蟲〕王蛈蜴。〔注〕卽—蟷。似鼅鼄。在穴中。有蓋。今河北人呼蛈蜴。〔按—蟷。土蜘蛛也。一名顚當。穴土爲巢。巢有蓋。與地平。蠅蠖過。輒翻蓋捕之。纔入便閉。與地一色。無隙可尋。然蜂復食之。〕

【螴】池鄰切音陳眞韻丑慈切音趁震韻 —蜳。詳蜳字。

【螵】紕招切音飄毗霄切音瓢蕭韻 —蛸。詳蛸字。

【蟝】求於切音渠魚韻 —蟓也。見〔說文蚰部〕。〔說文蟓下云。蟝蟓。一曰蜉蝣。朝生莫死者。〔段注〕一曰、猶一名也。按—蟓卽渠略。渠略亦作蟝蟴、—蟝。〕

【蟝】其呂切音巨語韻 獸名。見〔集韻〕。

【⿱族虫】作木切音鏃屋韻 蝦蟲頭上距也。見〔類篇〕。

【蠯】賓彌切音陴支韻白猛切音蛃梗韻 蜌也。脩爲—。圓爲蠇。見〔說文〕。〔段注〕釋魚曰。蜌—。郭云。今江東呼蚌長而狹者爲—。周禮鼈人、醢人、皆有—。鄭司農云。—、蛤也。杜子春云。—、蜯也。蜯卽蚌字。蚌蛤有異。許用杜說也。毛詩傳曰。脩、長也。長者謂之—。圓者謂之蠇。

【⿱欲虫】弋朱切音俞虞韻俞玉切音欲沃韻 蠲醜—。垂腴也。見〔說文〕〔桂注〕蠲醜—者。釋蟲文。垂腴也者。郭注釋蟲云。垂其腴。孝經援神契、蜂蠆垂芒腴。注云。毒在後。故言垂芒腴。

【螹】疾染切音漸琰韻才廉切漸平聲鹽韻 —離也。見〔說文〕〔段注〕三字句。—、〔史記〕〔文選〕同。〔漢書〕作漸。〔上林賦〕說水族曰。鮫龍赤螭。䱭鰽—離。司馬彪曰。—離、魚名也。張揖曰。其形狀未聞。按許以此次於蠕蠏二篆間。必介蟲之類。

【螼】遣忍切音繾軫韻羌印切音慶敬韻

螾也。見〔說文〕〔桂注〕廣韻。—、蚯蚓也。本草。蚯蚓、一名曲蟺。一名土龍。爾雅謂之—螾。巴人謂之朐䏰。釋蟲、—蚓豎蠶。郭注、即䖩蟺也。江東呼寒蚓。漢書賈誼傳注。螾、今之—螾也。顏注、螾與蚓同。

【螽】之戎切音終東韻

蝗也。見〔說文䖵部〕。〔段注〕爾雅有蛗—、草—、蜤—、蟿—、土—。皆所謂—醜也。蜤—、詩作斯—。亦云—斯。毛許皆訓以蜙蝑。皆—類而非—也。惟春秋所書者爲—。

【蠊】丘岡切音康陽韻

—蚒。蜻蛉也。〔方言〕蜻蛉、謂之蝍蛉。〔注〕六足四翼蟲也。淮南人呼—蚒。

【蝽】書容切音舂冬韻

—蝚。蜙蝑也。〔爾雅釋蟲〕蜤螽蜙蝑。〔注〕蜙、蝑也。俗呼—蝚。〔按〕—蝚、方言作舂黍。廣雅作螢蝚。陸璣疏作舂箕。〕

【蟱】牛居切音魚魚韻

蠹魚也。見〔類篇〕。

【蝛】蒼歷切音戚錫韻七六切音蹙屋韻

蟾蠩別名。見〔篇海〕。

【蟔】莫狄切音覓錫韻

蛪—。蛪也。見〔廣雅釋蟲〕。

【螿】資良切音將陽韻

寒—。蟬屬。〔爾雅釋蟲〕蜺、寒蜩。〔注〕寒—也。似蟬而小。青赤。〔疏〕蜺、一名寒蜩。又名寒—。

【蟀】所律切音率質韻

本作𧈧。〔說文〕𧈧、悉𧈧也。〔注〕鉉曰。今俗作—。〔詩唐風〕蟋—在堂。傳曰。蟋—、蛬也。段氏曰。蟋—皆俗字。按蟋—、一名促織。亦稱青蛩。似蝗而小。色黑。光滑如漆。翼薄如紗。尾歧爲二。秋月振翼作聲。雌者翼短不能鳴。而尾間有針。爲產卵之用。性喜鬬。故人多捕蓄之爲博戲。

【蟦】側革切音責資昔切音積陌韻

貝小而狹長者名—。〔爾雅釋魚〕—小而橢。

【蟁】無分切音文文韻

齧人飛蟲。見〔說文䖵部〕。〔按〕—或从昬作𧍗。俗又从虫从文作蚊。漢書景十三王傳、聚—成雷。顏注、—古蚊字。通俗文、蜎化爲蚊。淮南說林、孑孑爲—。互詳蚊字。

【蟂】堅堯切音驍蕭韻

水蟲。似蛇。四足。能害人也。見〔廣韻〕。〔按賈誼弔屈原文、偭—獺以隱處兮。應劭曰。—獺、小蟲。害魚者也。其說小異。〕

【蟟】力灼切音略藥韻

蟲—也。一曰蜉蝣。朝生莫死者。見〔說文〕。〔詳蟲字〕。

【蟽】蘇谷切音速屋韻

蠂—。蟲名。見〔玉篇〕。

【蟆】謨加切音麻麻韻眉波切音摩歌韻

蝦—也。見〔說文〕。〔詳蝦字〕。

【蟆】末各切音莫藥韻

蟲名。如蚊而小。攢聚映日。齧人作痕。見〔韻會〕。

【蟉】力幽切音鏐渠尤切音虯尤韻

蚴—也。見〔說文〕。

【蟉】力九切音柳有韻

蚴行動貌。〔漢書司馬相如傳〕青龍蚴—于東廂。

【蟉】力弔切音料嘯韻

蜩—。龍首動皃。〔漢書司馬相如傳〕蜩—偃蹇。

【蝔】席入切音習緝韻

——。蟲兒。見〔類篇〕。

【蝔】弋入切音熠緝韻

—蜦。蟲名。螢火也。見〔集韻〕。

【蟊】謨交切音茅肴韻

蠿—也。見〔說文䖵部〕。〔按說文蟊下、鉉曰。今俗作—。非是。—即蠿—。蜘蛛之別名也。〕

【蟊】謨蓬切音蒙東韻

龜兆氣不澤也。洪範曰、圛曰—。見〔集韻〕。〔按今洪範經傳皆作蒙。疏作雺。攷周禮太卜注引作曰—曰圛。賈疏引孔注云。—謂陰闇與集韻之義正合。〕

【蟊】迷浮切音謀尤韻

同蝨。見〔集韻〕〔互詳蝨字〕。

【蟋】息七切音悉所櫛切音瑟質韻
—䘒也。見〔說文新附〕。〔按說文䘒下云悉䘒也段玉裁云。—、蟀皆俗字。〕

【⿰虫連】陵延切音漣先韻
蜷。—蟲盤曲皃。見〔集韻〕。

【⿰虫建】力健切音健願韻
赤—蛇。見〔類篇〕。

【蟱】亡遇切音務遇韻
蟲名。見〔類篇〕。〔按廣雅釋蟲。蛷蝚、蛷—蝚也。衆經音義引通俗文云。務求謂之蛷蝚。是—通作務。〕

【⿱野虫】以者切音野馬韻
蟲也。見〔玉篇〕。

【蟌】倉紅切音聰東韻
蜻蜓也。〔淮南說林〕水蠆爲—。

【⿰虫思】七賜切音刺寘韻
毛蟲也。見〔篇海〕。

【⿰虫莘】作木切音嗾屋韻
蟲集皃。見〔五音篇海〕。

【⿰虫葸】名侯切音矛尤韻
—葸。蜻蛉也。〔淮南齊俗〕水蠆爲—葸。

【⿰虫衆】之戎切音終東韻
螽或字。見〔說文䖵部〕。

【⿰虫眾】之仲切音衆送韻
—蛉也。〔集韻〕方言、蝬蛞謂之—蛉。〔按今本方言作蝬蛉。〕

【蟤】徒官切音團寒韻
鱄或字。見〔集韻〕。

【⿰虫爽】音爽養韻
蟲名。見〔搜眞玉鏡〕。

【⿰飠虫】蝕本字。見〔說文〕。

【⿶凵蟲】古蠱字。見〔集韻〕。

【⿱氐䖵】蚳籀文。見〔說文〕。

【⿱唯虫】同雖。見〔正字通〕。

【⿸虍䖵】同蟅。見〔玉篇〕。

【⿰虫逢】同蠭。見〔正字通〕。

【⿰虫長】同蛝。見〔玉篇〕。

【⿱圭䖵】同⿰虫卜。見〔直音〕。

【蟋】同蟀。見〔玉篇〕。

【⿱匽虫】同匽。見〔廣韻〕。

【蝪】同蠰。見〔字彙〕。

【⿰虫虛】同膃。見〔集韻〕。

【⿰虫造】同⿱谷䖵。見〔集韻〕。

【⿱臤虫】同⿹气虫。見〔集韻〕。

【⿰虫尉】同⿱尉虫。見〔玉篇〕。

【蜁】同⿱旋虫。見〔玉篇〕。

【⿰虫疾】同蟭。見〔說文長箋〕。

【⿰虫夏】同蝮。見〔篇海〕。

【⿱發虫】同⿱殸虫。見〔直音〕。

【⿰虫尌】同蚪。見〔直音〕。

【⿰虫麻】同蟆。見〔篇海〕。

【蠭】同蜂。見〔篇海類編〕。

【⿰虫敄】同蝥。見〔龍龕手鑑〕。

【⿰虫廬】同蠦。見〔篇海類編〕。

【⿱暨虫】同⿰虫⿱罒各。見〔五音篇海〕。

【⿱斬虫】同螹。見〔說文長箋〕。

【⿰虫略】略或字。渠略也。〔詩蜉蝣傳疏〕略本、或作—。〔詳螶字〕。

【⿱𥎦虫】鼅或字。見〔說文黽部〕。

【⿰虫島】⿱梟虫或字。見〔集韻〕。

【蟇】蟆或字。見〔集韻〕。

【⿰虫欶】蜨俗字。見〔正字通〕。

十二畫

【⿰虫越】王伐切音越月韻
㊀蟛—。海蟲也。〔晉書夏統傳〕或至海邊拘蟛—。以資養。〔音義引字林〕蟛—。海蟲長寸可食。
㊁蟚—。似蟹而小。見〔類篇〕。

【⿰虫戠】質力切音職職韻
㊀—蠌也。〔爾雅釋鳥〕蝙蝠服翼。〔注〕齊人謂之—蠌。或謂之仙鼠。
㊁蟹殼闊而多黃者曰—。見〔本草綱目〕。

【蟜】居夭切音矯篠韻
㊀蟲也。見〔說文〕〔王注〕當云毒蟲也。集韻、玉篇皆云然。鄭公孫蟜字子—。
㊁人名。帝嚳、—極之子。帝舜、—牛之孫。見〔大戴記五帝德〕。
㊂野人名。〔山海經海內北經〕—、其爲人虎文。脛有膂。在窮奇東。
㊃夭—。龍貌。〔文選王延壽賦〕旁夭—

—以橫出。〔又〕頻伸也。〔漢書司馬相如傳〕夭—支格。
(五)姓也。〔禮記檀弓〕—固不說齊衰而入見。

【蟜】　巨嬌切音橋蕭韻
(一)蟞—。螘也。見〔廣韻〕。
(二)有—。古諸侯。〔國語晉語〕少典取於有—氏。

【蟞】　蒲結切音蹩必蔑切音撇屑韻
—蜉。蟲名。蟻也。見〔集韻〕。

【蟞】　必結切音彆屑韻
(一)—蛈也。〔廣雅釋蟲〕蛈蜨。—蛈也。
(二)珠—也。〔文選郭璞賦〕頩—胇躍而吐璣。〔注〕山海經曰。珠—之魚。其狀如胏而有目。六足。有珠。南越志。珠—吐珠。
(三)羌名。〔後漢張奐傳〕羌岸尾摩—等。脅同種復鈔三輔。

【蟟】　憐蕭切音遼蕭韻
(一)虭—也。〔廣雅釋蟲〕蟪蛄、蛉蛄、蟧蟧、虭—也。
(二)蜩—。地名。〔水經潁水注〕潁水又東逕蜩—郭東。

【蟠】　符袁切音煩元韻
鼠婦也。見〔說文〕。〔段注〕釋蟲曰。—、鼠負。鼠負又作婦。本艸經曰。鼠婦、一名負—。郭璞曰。甕器底蟲。

【蟠】　蒲官切音盤寒韻
(一)委也。〔禮記樂記〕及夫禮樂之極乎天而—乎地。
(二)屈也。〔書大傳〕—龍賁信於其藏。
(三)猶周也。〔春秋文耀鉤〕圜軫七—。
(四)聚也。〔莊子應帝王〕鯢桓之審為淵。〔注〕審當為—。—、聚也。
(五)伏也。見〔韻會〕。
(六)—木。屈曲之木也。〔漢書鄒陽傳〕—木根柢。
(七)—龍。未陞之龍也。〔方言〕未陞天龍謂之—龍。
(八)—螭。狀物之形。〔文選張衡賦〕龍雀—蜿。天馬半漢。〔注〕—蜿、半漢。皆形容也。

【蟠】　蒲波切音婆歌韻
委也。見〔集韻〕。

【[illegible]】　卽刃切音晉震韻
(一)蟲名。見〔集韻〕。
(二)蠘—。詳蠘字。

【蟥】　胡光切音黃陽韻
(一)蟜—也。見〔說文〕。〔按說文蛢下云。蟜蝗以翼鳴者。桂馥曰。蝗當為—。集韻引作—。釋蟲。蛂、—蛢。郭注、甲蟲也。今江東呼黃蛢。注云。翼鳴、發皇屬。馥案發皇、蟜—、蛂—、一物也。〕
(二)馬—。水蛭也。詳蛭字。

【蟦】　符非切音肥微韻
(一)蟲名。出北海水上。狀如凝脂。一曰水母也。見〔集韻〕。
(二)蠐螬也。〔爾雅釋蟲〕—、蠐螬。〔注〕在糞土中。

【蟦】　逋昆切音奔元韻
蟦也。南方人燔以為羞。見〔類篇〕。

【蟧】　郎刀切音勞豪韻
(一)蝭—也。〔方言〕蚗蛥。自關而東謂之虭—。或謂之蝭—。〔注〕江東人呼蟟—。〔按廣雅作蟟—〕
(二)蟚螖也。〔爾雅釋魚〕螖蠌小者—。〔疏〕螖、卽彭螖也。似蟹而小。一名蠌。其小者別名—。
(三)螺屬。見〔集韻〕。

【蟧】　憐蕭切音遼蕭韻
蟟或字。見〔集韻〕。

【蟬】　時連切音禪先韻
(一)以旁鳴者。見〔說文〕。〔段注〕考工記梓人文。鄭云。旁鳴、蜩蜺屬。正義曰。—鳴在脅。〔按〕爾雅謂之蜩。體寬而重。首鈍。睛大而努。觸角有類鬆毛。前翅形橢圓。長過於體。堅而透明。後翅小而益簿。其鳴由腹間縐膜顫動而成音。
(二)猶伸也。見〔史記屈原賈生傳索隱〕。
(三)續也。見〔方言〕。
(四)出也。楚曰—。或曰未及也。見〔方言〕〔箋疏〕—、出、語之轉。楚曰—者。謂楚謂出為—也。或曰未及也者。反復以申其義也。
(五)毒也。見〔方言〕。
(六)懼也。見〔廣雅釋詁〕。
(七)—嫣。連也。〔漢書揚雄傳〕有周氏之—嫣兮。
(八)—攫。車名。〔鹽鐵論〕推車之—攫。負子之教也。〔注〕許慎曰。—攫、車類也。
(九)—聯。不絕皃。〔文選左思賦〕—聯陵邱。
(十)—窮。人名。〔大戴記帝繫〕顓頊產

窮—。窮—産敬康。

⑪通嬋。〔文選左思賦〕檀欒—娟。

【蟬】上演切音善銑韻

蜿—。舞盤曲貌。見〔洪武正韻〕。〔又〕犖蜿之形也。〔楚辭哀歲〕乘六蛟兮蜿—。

【蟬】財仙切音錢先韻

蜒或字。見〔集韻〕。

【蟬】田黎切音提齊韻

黏—。地名。〔漢書地理志〕樂浪郡黏—。

【蜲】賞呂切音暑語韻

①蜲—也。見〔玉篇〕。〔按蜲—。爾雅、詩傳、均作委黍。蓋即今之地鼈蟲。〕

②蜲—也。〔爾雅釋蟲〕蜓蚰蜲。〔注〕蚰蜒也。俗呼蜲—。〔按蜲—。廣雅作蚿蜲。方言作蚙蜲。陸璣詩疏作蚙蜲〕

【蟮】上演切音善銑韻

①蟮或字。〔集韻〕螾。蟲名。說文、蜸螾也。或作—。〔按玉篇廣韻皆以蜸螾爲蚯蚓。〕

⑫七蟲也。見〔集韻〕。

【蟲】持中切音种東韻

①有足謂之—。無足謂之豸。見〔說文蟲部〕。〔按二語、爾雅釋—文。爾雅釋文云。三虫爲—。有足者也。〕

②—之爲言屈申也。見〔古微書春秋考異郵〕。

③鳥獸倮—。〔禮記儒行〕鷙—攫搏。〔疏〕—是鳥獸通名。〔按大戴記、有羽、毛、甲、鱗、倮、等名。則倮—者又不僅鳥獸矣〕。

④書體名。〔說文敍〕秦書有八體。四曰—書。新莽時有六書。六曰鳥—書。〔段注〕上文四曰—書。此曰鳥—書。謂其或像鳥。或像—。鳥亦偁羽—也。

⑤珠名。〔太平廣記〕龍女七珠。二是—珠。—珠七色而多赤。

⑥地名。〔左昭十九年傳〕宋公伐邾。圍—。〔當今山東濟寧縣東〕。

⑦華—。雉也。〔書益稷〕山龍華—。

⑧桃—。鷦也。〔詩小毖〕肇允彼桃—。

⑨—使。閩俗賤僱也。〔清異錄〕莊宗時俗官朱國賓天資乖很。衆皆畏恨。以其閩人。號爲—使。

⑩—滿。沈香別名。〔本草集解〕時珍曰。沈香入水則沈。其品凡四。曰熟結。曰生結。曰脫落。曰—滿。

⑪姓也。〔漢書功臣表〕曲成侯—達。

【蟲】徒冬切音彤冬韻持中切音种東韻

——。熱氣蒸人之貌。〔詩雲漢〕蘊隆——。

【蟲】直衆切音仲送韻

—。蟲食物也。亦作蚛。見〔集韻〕。

【蟒】謨朗切音莽養韻

大蛇也。〔爾雅釋魚〕蟒、王蛇。〔注〕—、蛇最大者。故曰王蛇。

【蟒】母梗切音猛梗韻

蟒—。蝗類。詳蜢字。

【蟓】徐兩切音象養韻式亮切音餉漾韻

蠶也。〔爾雅釋蟲〕—、桑繭。〔注〕食桑葉作繭者。即今蠶。

【蟢】許已切音喜紙韻

—子。蟲名。〔劉勰新論〕野人晝見—子者。以爲有喜樂之瑞。

【蟔】密北切音墨職韻

蛓屬。〔爾雅釋蟲〕—、蛄蟴。〔注〕蛓屬也。今青州人呼蛓爲蛄蟴。〔疏〕—一名蛄蟴。

【蟕】津垂切音觜遵爲切音攜支韻

—蠵。龜屬。〔爾雅釋魚注〕涪陵郡出大龜。甲可以卜。緣中文似瑇瑁。俗呼爲靈龜。即今—蠵龜。一名靈蠵。能鳴。〔按本草、—蠵生海邊。甲有文。堪爲物飾。〕

【蟴】息移切音斯支韻

蛄—也。〔爾雅釋蟲〕螺、蛄—。〔按正字通作蟖。非。康熙字典沿之。引釋蟲證。而云集韻作—。不知釋蟲亦正作—也。〕

【蟗】七由切音秋尤韻

次—也。〔爾雅釋蟲〕次—、鼅鼄。鼅鼄、鼄蝥。〔注〕今江東呼蝃蝥。〔疏〕次—、即鼅鼄別名也。又一名鼄蝥。今江東呼蝃蝥。說文謂之蠿蟊。作网鼄蟊也。

【蟘】徒得切音特職韻

蟲食苗葉者。吏乞貸則生—。〔詩〕曰、去其螟—。見〔說文〕。〔按今詩大田作螣。釋文云。螣、說文作蟘。段氏云。作螣者叚借字也。陸疏。螣、蝗也。爾雅釋蟲。食苗心螟。食葉—。左傳正義引爾雅作蟘。廣韻、蟘蟘同。六書正譌。俗作蟘非。〕

【蟚】蒲庚切音彭庚韻

—蜞也。〔古今注〕—蜞。小蟹。生海邊泥中。食土。一名長卿。其一有螯偏大者。名擁劍。一名執火。〔爾雅釋魚〕蟚、螖蠌小者蟧。注云。或曰、即—蜞也。似蟹而小。〕

【蟝】強魚切音渠魚韻

同螶。〔廣韻〕螶。說文云。螶、蟝也。一曰蜉蝣。朝生暮死者。爾雅作渠略。—同螶。

【蝩】諸容切音鍾冬韻

皺—也。〔漢書文帝紀注〕師古曰。蝗、今俗呼爲簸—。〔按篇海云。—、蝗也。〕

【蟍】良脂切音梨支韻

蟍或字。〔集韻〕蟍蝥。蟲名。似蝗。大腹長角。食蛇腦。或从黎。

【蟡】古委切音詭支韻於爲切音逶支韻

涸水之精曰—。〔管子水地〕涸川之精者生于—。—者、一頭而兩身。其形若蛇。其長八尺。

【蟣】舉豈切音幾尾韻居希切音飢渠希切音祈微韻

蝨子也。一曰齊謂蛭曰—。見〔說文〕〔段注〕蝨、齧人蟲也。子、其卵也。戰國策作幾瑟。叚借字。釋魚。蛭—。注曰。今江東呼水中蛭蟲入人肉者爲—。〔又注〕淮南說林訓、湯沐具而蝨相弔。蛭—讀如祈。見爾雅翼。

【蟤】莊緣切音跧先韻

〔楚辭九思〕龍屈兮蜿—。蜿—、自迫促皃。

【蟤】從緣切音全先韻

蜿—。蛇名。見〔集韻〕

【蟤】茁撰切銑韻

蜿—。蟲不申皃。見〔集韻〕

【蟨】居月切音厥月韻

鼠也。一曰西方有獸。前足短。與蛩蛩巨虛比。其名謂之—。見〔說文〕

【蟨】居胃切音貴未韻

鼠也。見〔字彙補〕

【蟩】居月切音厥月韻

井中蟲也。見〔玉篇〕

【蟦】古玩切音貫翰韻

螺也。見〔類篇〕

【𧕋】與職切音弋職韻羊吏切音異寘韻

蟲也。見〔廣韻〕

【蟌】戶花切音華麻韻

蟲名。似蛇。字林云。—、大蛇也。出魏興。喙小蛇、吸蝮。但張口。小蛇自入也。見〔廣韻〕

【蟸】祖外切音最泰韻朱芮切音毳霽韻

蟲也。見〔說文〕〔按—、隸變作蟸。故廣韻作蟸。不作—〕

【蟪】胡桂切音惠霽韻

—蛄。蟬也。見〔說文新附〕

【蟠】允律切音聿質韻

—蟥也。見〔說文〕

【蜯】蒲蠓切音菶補孔切音琫董韻

蟲亂飛貌。見〔集韻〕

【蟧】他昆切音暾元韻他典切音腆銑韻

—蝺。青蚨也。詳蝺字。

【蟫】夷針切音淫侵韻徒南切音覃覃韻

白魚也。見〔說文〕〔段注〕今衣書中白蟲有粉如銀者是也。一名蛃魚。本草經謂之衣魚。〔按爾雅翼、—始則黃色。既老則身有粉。視之如銀。故名曰白魚。今俗呼蠹魚。〕

【蟫】徐心切音尋侵韻

——。動貌也。〔後漢馬融傳〕蝡蝡——。

【蝹】汪胡切音烏虞韻

甲蟲也。見〔篇海〕

【蠀】七賜切音刺寘韻

蟲名。〔廣雅釋蟲〕—螢蠮也。

【蟔】步木切音僕博木切音卜屋韻蒲侯切音剖宥韻

—蠛。小蟲也。見〔集韻〕

【蟔】蒲沃切音鏷沃韻

—蠃也。見〔廣韻〕

【⿰虫菐】匹角切音朴覺韻
蛇屬。見〔類篇〕

【⿰虫粦】良刃切音吝震韻
螢火也。見〔集韻〕

【蟭】茲消切音焦蕭韻　將由切音啾尤韻
蟭─也。詳蟭字。

【⿰虫甯】乃定切音佞徑韻
蟲名。似蟬。見〔集韻〕

【⿰虫甯】乃梃切音濘迥韻
蟷或字。〔集韻〕蟷蟲名。似蛙。或从甯。〔按玉篇、蝸─。似蛙而小。觸之腹脹。一名脖肛。〕

【蟯】如招切音饒　倪幺切音堯蕭韻
腹中短蟲也。見〔說文〕

【⿱湯虫】待朗切音蕩養韻
盪或字。〔集韻〕盪博雅、─盪。動也。或从虫。

【⿰虫就】子六切音蹙屋韻
蝍─。尺蠖也。詳蠖字。

【蟰】蘇凋切音蕭蕭韻　息逐切音肅屋韻
─蛸。長股者。見〔說文〕〔按字亦作蠨。〕

【蟱】迷浮切音謀尤韻
蚍─。蟲名。見〔集韻〕〔按本草、蜘蛛一名蚍─。〕

【蟳】徐盈切音尋侵韻
青─也。螯似蟹。殼青。海濱謂之蝤蛑。見〔六書故〕

【⿱掾虫】寵戀切音猭霰韻
兔罥也。見〔類篇〕

【琵】頻脂切音琵支韻
蟲名。見〔集韻〕

【⿰虫隆】良中切音隆東韻
同蜂。蟲名。見〔集韻〕

【⿰虫著】都故切音妒遇韻
木中蟲也。見〔類篇〕

【蠉】況袁切音暄元韻
蟲行貌。一曰蟲飛。見〔直音〕〔疑蠉字之譌。〕

【⿰虫桼】蘇到切音燥號韻
疥也。見〔直音〕

【⿰虫爬】步加切音爬麻韻
蟲名。見〔玉篇〕

【⿱朱䖵】鍾輸切音株虞韻
𧒂─。山名。〔山海經東山經〕東山經之首曰𧒂─之山。

【⿰虫集】胡結切音纈屑韻
蟲名。見〔篇海〕

【蜇】征列切音浙屑韻
蟲名。見〔篇海〕

【⿰虫景】舉影切音㯳梗韻
蟲也。見〔篇海〕

【蟦】丘貴切未韻
蟲名。見〔玉篇〕

【⿰虫逮】蕩亥切音待賄韻
蟲名。見〔篇海〕

【⿰虫寒】河干切音寒寒韻
─蟺。蚯蚓也。見〔篇海〕

【⿰虫費】芳未切音費未韻
蟲名。見〔玉篇〕

【⿱自䖵】房九切音婦有韻
─螽也。見〔正字通〕

【⿱㓞虫】音例霽韻
蟲名。見〔字彙補〕

【螝】音未詳
─似黃狗。囿有常處。若行遠不及其家。則以草塞其尻。見〔酉陽雜俎〕

【⿱龜虫】同龜。見〔字彙補〕

【⿰虫登】同螣。見〔類篇〕

【蠕】同蠕。國名。見〔字彙補〕〔按北涼錄、送女歸於蝚─。即蠕字之譌。〕

【⿱堯䖵】同蟯。見〔說文長箋〕

【⿱番䖵】同蟠。見〔直音〕

【⿱東䖵】同蝀。見〔直音〕

【⿱折䖵】同蜇。見〔直音〕

【蠘】同蠈。見〔五音篇海〕

【⿰虫哲】同蜇。見〔五音篇海〕

【⿰虫留】同蜭。見〔字彙補〕

【⿸厤虫】同蟻。見〔玉篇〕

【⿰虫滕】同螣。見〔篇海〕

【⿱執䖵】同蟄。見〔篇海〕

【蛢】同蛢。見[字彙補]。

【蟱】同螴。見[字彙補]。

【蟛】同蟚。見[正字通]。

【𧑒】蠶省文。見[韻學集成]。

【蠾】蠾俗字。見[正字通]。

【蟲】蟲譌字。見[正字通]。

十三畫

【蟷】都郎切音當陽韻

㊀本作螳。[說文]蟷蠰、不過也。[按爾雅釋蟲、不過—蠰。注、—蠰。螗螂別名。疏、不過、一名—蠰。一名螳蜋。]蟰蛸母也。]

㊁蛭—。似蜘蛛。見[爾雅釋蟲注]。[瓦詳蛭字]

【蟻】魚綺切音艤紙韻

㊀本作螘。[說文]螘。蚍蜉也。[按—有赤白二種。赤—又分公—后—、工—三類。與蜜蜂正同。后—本有翅。惟與公—配合後則自斷之。白—爲一種蠹蟲。甚則蝕金類。長成有翅能飛。又名飛—。]

㊁玄色曰—。[書顧命]麻冕—裳。[鄭注]—謂色玄也。

㊂蜉—酒滓也。[文選張衡賦]蜉—若萍。

㊃—動謂眾聚也。[後漢馮衍傳]天下—動。[注]—動、喻眾也。

㊄—寇謂小寇也。[宋書張興世傳]孟蚪—寇。—寇必無能爲。

【蠀】千咨切音趑津私切音咨才資切音茨支韻

㊀蟲名。[方言]—蠐謂之蠀。自關而東謂之蝤—。

㊁蜇或字。[集韻]蜇。蟲名。蝎化也。或作—。

【蟦】節力切音郎職韻

鯽或字。[集韻]鯽。蟲名。爾雅、蒺蔾蝍蛆。似蝗。食蛇腦。或作—。

【蠁】許兩切音響養韻許亮切音向漾韻

㊀知聲蟲也。見[說文]。

㊁—曶。疾也。[文選揚雄賦]昭光振耀。—曶如神。

㊂肸—。布寫也。[文選司馬如賦]肸—布寫。[注]肸、過也。芬芳之過。若—之布寫也。

【蠃】魯果切音裸哿韻

蟜—也。一曰虒蝓。見[說文]。[按說文蟜下云。蟜—、蒲盧、細要土蠭也。段氏云。單言—、則謂虒蝓也。虒蝓見蝓篆下。按蝸篆下、—也。此當云一曰蝸也。而云一曰虒蝓者。一物三名。舉其易知者也。]

【蠡】盧戈切音騾歌韻

㊀蚌屬。見[玉篇]。[按爾雅釋魚。—、小者蜬。注、—大者如斗。出日南漲海中。可以爲酒盃。亦可爲樂器。]

㊁魚名。[山海經西山經]濛水多—魚。魚身而鳥翼。音如鴛鴦。見則其邑大水。

㊂—䕉。草名。[本草綱目]—䕉草、蔓生石上。葉狀如—䕉。微帶赤色而光。

【蠃】古火切音果哿韻

—蘭。車名。喪服所乘。見[集韻]。

【蠅】余陵切音僜蒸韻

㊀營營青—。蟲之大腹者。見[說文黽部]。[按、—飛蟲也。蛆所化。夏出冬蟄。喜煖惡寒。蒼者聲雄壯。負金者聲清聒。青者糞能敗物。巨者首如火。麻者茅根所化。鳴聲在鼻而足喜交。別有一種。黃色。能飛。堅皮利喙。嘬狗血。名曰狗—。]

㊁——。遊行貌。[文選王褒賦]——翃翃。

㊂魚子曰—。亦曰鯤。見[古今注]。

㊃—虎。—狐也。形似蜘蛛。而色灰白。善捕—。一名—蝗。一名—豹。見[古今注]。

㊄人名。[列子殷湯]甘—。古之善射者。

【蠆】丑邁切音蠆卦韻他達切音撻曷韻

㊀本作蠆。[說文]蠆。毒蟲也。

㊁同蔕。[文選張衡賦]睚眥—芥。[注]—與蔕同。—芥、刺鯁也。

㊂人名。春秋時。鄭公孫—。字子蟜。齊公孫—。字子尾。

㊃水中小魚形如蠍者俗呼水—。見[淮南說林]。

【蠉】隳緣切音儇先韻翾衰切音𤨏阮韻

㊀蟲行也。見[說文]。[桂注]淮南原道訓。—飛蝡動。高注、蟲行動貌。

㊁井中小蟲也。[爾雅釋魚]蜎—。[疏]井中小赤蟲也。一名蜎。一名—。一名蛣蟩。又一名孑孑。

【蠋】廚玉切音躅尺玉切音擉沃韻 ❶本作蜀。〔說文〕蜀。葵中蠶也。詩曰、蜎蜎者蜀。〔段注〕豳風文。今左旁又加虫。非也。〔按詩東山作蜎蜎者｜。〕❷豆藿中大青蟲也。〔莊子庚桑楚〕奔蜂不能化藿｜。❸鄉｜。蟲名。見〔集韻〕。❹人名。說苑、王歜。史記作王｜。齊策、顏斶。漢書作顏｜。

【蟶】癡貞切音赬庚韻 蚌屬。見〔集韻〕。〔按｜生海泥中。長二三寸。大如指。兩頭開。肉可食。閩粵人以田種之。謂之｜田。俗呼美人｜。〕

【⿰虫畺】居良切音姜陽韻 蠶白死。見〔集韻〕。

【蟹】下買切音獬蟹韻 有二敖八足。旁行。非蛇鱓之穴無所庇。見〔說文〕。〔按｜爲介屬。八足二螯。種類不一。今人謂之螃｜。以其側行故也。服下有厴曰臍。雌者團臍。雄者尖臍。爾雅翼、｜八跪而二螯。八足折而容俯。故謂之跪。兩螯倨而容仰。故謂之敖。字从解者。以隨潮解甲也。今博物學家謂｜有肢十三對。而以螯爲第一對肢。〕

【䖸】牛河切音莪歌韻 蠶化飛｜。見〔說文䖵部〕。〔段注〕蠶吐絲則成蛹於繭中。蛹復化而爲｜。此｜與虫部之蛾羅主謂蟻者。截然不同。而郭氏釋爾雅蛾羅爲蠶蛾。非許意也。

【蟺】上演切音善銑韻 夗｜也。見〔說文〕。〔桂注〕集韻引作蛩｜。廣韻作蜿｜。揚雄傳作蜿延。一切經音義十三、曲｜即蚯蚓。亦名蜜｜。今江東呼爲寒蚓。古今注、蚯蚓一名蜿｜。一名曲｜。善長吟於地中。江東謂之歌女。或謂之鳴砌。廣雅、蛩｜蚯蚓也。

【蟺】徒案切音憚翰韻 土蜂也。見〔集韻〕。〔按本草、土蜂。巴楚間呼爲｜蜂。〕

【蟺】時連切音禪先韻 蟬或字。〔集韻〕蟬。說文、以旁鳴者。方言、蜩。秦晉謂之蟬。或作｜。

【蟺】唐何切音駝歌韻 鼉或字。〔集韻〕鼉。說文、水蟲。似蜥易。長大。或作｜。

【蟼】舉影切音警梗韻居卿切音荊庚韻古牙切音加麻韻 蝦蟆也。〔爾雅釋蟲〕｜蟆。〔疏〕此自一種蝦蟆也。〔按急就篇注、蝦蟆一名｜。大腹而短脚。〕

【蟾】之廉切音詹鹽韻 ｜蠩也。〔爾雅翼〕｜蠩。今之蚵蚾。背上磊磊。好伏牆陰壁下。

【蟾】視占切音探鹽韻 ｜光。月彩也。見〔廣韻〕。

【蟿】詰計切音契霽韻 ｜螽也。〔爾雅釋蟲〕｜螽、螇蚸。〔注〕今俗呼似蜙蜢而細長。飛翅作聲者、爲螇蚸。

【蟿】吉詣切音計霽韻 蛙屬。見〔集韻〕。

【⿰虫意】於力切音億職韻 小蜂也。見〔玉篇〕。

【蠂】失涉切音攝葉韻 蝗也。見〔類篇〕。

【蠄】渠金切音琴侵韻 蟲名。見〔類篇〕。

【蝨】色櫛切音瑟質韻 ｜蟀。促織也。見〔集韻〕。

【蠅】古臥切音過箇韻 不｜。蟲名。一曰蠮螉。通作過。見〔集韻〕。

【蠇】力制切音例霽韻 蚌屬。似蝶微大。出海中。今民食之。見〔說文〕〔王注〕｜有兩種。本草之牡蠣。吾鄉謂之蠣𧉫。其爲物。族處而定居也。此云蚌屬者。吾鄉所謂走蠣。大如田蠃。負殼而行。其可食則一也。

【蠈】疾則切音賊職韻 食禾節蟲。亦作賊。見〔廣韻〕。

【蠁】於容切音邕多韻 蚌也。見〔類篇〕。

【蠈】委勇切音擁腫韻 蠑或字。〔集韻〕蠑。蟲名。廣雅、蠶也。或作｜。

【蠊】離鹽切音廉鹽韻 飛｜也。見〔集韻〕。

【蠌】直格切音宅陌韻達各切音鐸藥韻 螖—也。〔爾雅釋魚〕螖—、小者蟧。〔注〕螺屬見埤蒼。或曰即彭螖也。似蟹而小。

【[illegible]】以淺切音演銑韻 蜑—。蟲形。見〔類篇〕。

【蠍】許竭切音歇月韻 毒蟲。見〔集韻〕。〔按本草、一名主簿蟲。一名杜白。通俗文、長尾爲蠆。短尾爲—。今攷—蟲灰褐色。八足二螯。尾細長。末有鉤刺。螫人有毒。俗作蝎。〕

【[illegible]】迷連切音棉先韻 同蝒。馬蜩也。見〔廣韻〕。

【蟽】陀葛切音達他達切音闥曷韻 蝲蟽。蟲名。見〔篇海〕。

【[illegible]】所力切音嗇職韻 蟲也。見〔廣韻〕。

【䨓】盧回切音雷灰韻 蟲名。見〔玉篇〕。

【[illegible]】職戎切東韻 蝗也。从䖵。夂聲。夂、古文終字。見〔說文䖵部〕。〔按—隸變作螽。螽行而—廢矣。〕

【[illegible]】蜾本字。見〔說文〕。

【[illegible]】蚤本字。見〔說文䖵部〕。

【[illegible]】蝟本字。見〔說文長箋〕。

【蠏】蟹本字。見〔說文長箋〕。

【[illegible]】古蠭字。見〔玉篇〕。

【[illegible]】同蠡。見〔正字通〕。

【[illegible]】同蟉。見〔直音〕。

【蠎】同蟒。見〔直音〕。

【[illegible]】同[illegible]。見〔篇海〕。

【[illegible]】同蝨。見〔篇海〕。

【[illegible]】同[illegible]。見〔篇海〕。

【蠆】同蝎。見〔直音〕。

【[illegible]】同螯。見〔直音〕。

【[illegible]】同蟄。見〔直音〕。

【[illegible]】同蜜。見〔字彙補〕。

【[illegible]】同蝚。見〔集韻〕。

【[illegible]】同蜃。見〔正字通〕。

【[illegible]】同蟞。見〔字彙補〕。

【蠘】同[illegible]。見〔海篇〕。

【[illegible]】[illegible]或字。見〔集韻〕。

【[illegible]】[illegible]或字。見〔集韻〕。

【[illegible]】螫或字。見〔集韻〕。

【[illegible]】蟜俗字。見〔篇海〕。

【蠇】蠣俗字。見〔廣韻〕。

【[illegible]】蟁譌字。說文作[illegible]。集韻或省作—。康熙字典作[illegible]。引說文[illegible]。又云。集韻作[illegible]。誤。

【[illegible]】蠭譌字。見〔正字通〕。

【[illegible]】[illegible]譌字。見〔康熙字典〕。

【[illegible]】蟷譌字。見〔康熙字典〕。

【[illegible]】蟨譌字。見〔康熙字典〕。

十四畫

【蠐】前西切音齊齊韻 ㊀本作䗩。〔說文〕—螬也。〔段注〕釋蟲、蝤—蝎。郭云、在木中者。蟦—螬。郭云、在糞土中者也。是二者似同而異。㊁蝤—也。〔爾雅釋蟲〕蝤—蝎。〔注〕在木中。

【䗽】以醉切音遺寘韻 ㊀蟲名。蛘也。見〔集韻〕。㊁齧牛馬蟲也。〔國語楚語〕譬之如牛馬處暑之既至。䖟—之既多。而不能掉其尾。〔注〕大曰䖟。小曰—。

【[illegible]】呼典切音顯銑韻 ㊀小蛤也。見〔集韻〕。㊁蟲名。縊女也。見〔字彙〕。

【蠓】母總切蒙上聲董韻莫紅切音蒙東韻 ㊀蔑—也。見〔說文〕。〔段注〕各本蔑作蠛。無此字。今正。爾雅作蠛。非古也。釋蟲曰—蠛—。孫炎曰。此蟲小於蚊。郭圖讚曰。小蟲似蚋。風舂雨磑。謂其飛上下如舂則天風。回旋如磑則天雨。陸佃引郭語互易之。非也。㊁—螉蜂也。見〔廣雅釋蟲〕。

【蠕】乳兗切音軟銑韻 ㊀蝡或字。〔集韻〕蝡。說文、動也。或作—。㊁——。古國名。〔南史夷貊傳〕——爲族。蓋匈奴之別種也。〔當今外

蒙古地。〕

【蠕】而宣切音瑞先韻
微動也。〔荀子勸學〕端爲言。一爲動。

【蠕】汝朱切音儒虞韻
蟲行貌。見〔集韻〕。

【蠖】屋郭切音臒藥韻
●一尺一。屈申蟲也。見〔說文〕〔桂注〕釋蟲。一尺一。郭注今蝍蝛。廣雅尺一、蝍蝛也。爾雅翼尺一狀如蠶而絕小。行則促其腰使首尾相就。乃能進步。屈中有伸。故曰屈伸。如人以手度物。移後指就前指之狀。古所謂布指知尺者。故謂之尺一。漢書律曆志尺者。蒦也。則蒦亦自有尺之義矣。
●二一濩。迅藏貌。〔文選揚雄賦〕蠖蜎一濩之中。
●三溫一。猶昏憒。〔史記屈原傳〕安能以皓皓之白而蒙世之溫一乎。

【蠼】工縛切音矍藥韻
●一一略。行步進止之貌。〔漢書司馬相如傳〕駕應龍象輿之一略委麗兮。

●二桑上蟲也。〔韓愈詩〕桑一見虛指。

【蠗】直角切音擢覺韻
●一禺屬。見〔說文〕〔桂注〕史記司馬相如傳、蛭蜩一蠗。字或作玃。玉篇、玃似獮猴而黃。
●二小蜃也。見〔集韻〕。

【蜰】父沸切音屝未韻
●一獸名。見〔類篇〕。
●二蛩也。見〔篇海〕。

【蠕】許云切音熏文韻
●一蟲也。見〔玉篇〕。
●二蟲蝬生也。見〔正字通〕。

【蠑】于平切音榮庚韻
一螈也。〔爾雅釋魚〕一螈、蜥蜴。蜥蜴、蝘蜓。蝘蜓、守宮也。

【蠙】蒲眠切音駢先韻符眞切音頻必鄰切音賓眞韻婢忍切音牝軫韻
珠名。〔書禹貢〕淮夷一珠暨魚。〔疏〕一是蚌之別名。此蚌出珠。遂以一爲名。

【蠅】乃挺切音濘迥韻
蟲名。似蛙。見〔集韻〕。

【蠔】乎刀切音豪豪韻
蠣也。見〔篇海〕。

【蠟】良涉切音獵葉韻
蟲行貌。見〔直音〕。

【蠿】吉詣切音計霽韻
一蟆也。見〔玉篇〕。〔按爾雅作繼英。〕

【蜻】咨盈切音精庚韻
同蜻。見〔直音〕。

【蝀】德紅切音東東韻
蛞一。科斗蟲也。爾雅曰科斗活東。郭璞云蝦蟆子也。字俗从䖵。見〔集韻〕

【蠓】徂聰切音叢東韻
蟲名。見〔玉篇〕。

【蠰】延知切音匜支韻
一蝓。蟲名。蝸也。見〔集韻〕。〔按篇海云同蝂。〕

【蟳】徒官切音團寒韻
一魚。鼈也。見〔篇海〕。

【蠙】部田切音駢先韻
蠙珠也。見〔字彙補〕。

【蠘】疾屑切音截屑韻
蟹類。〔閩中海錯疏〕一似蟹而大殼。螯有稜鋸。

【蠯】蜱本字。見〔說文䖵部〕。

【蠐】蠐本字。見〔說文〕。

【蠙】蠙本字。見〔韻會〕。

【蜚】同蜚。見〔類篇〕。

【蠹】同蠹。見〔直音〕。

【蟦】同蟦。見〔直音〕。

【蠮】同蠮。見〔字彙補〕。

【蠭】同蠭。見〔字彙補〕。

【螢】同螢。見〔玉篇〕。

【蠱】同蠱。見〔正字通〕。

【蠜】同蟠。見〔海篇〕。

【蠆】同蝥。見〔字彙補〕。

【蠹】蚳或字。見〔集韻〕。〔按一鼀、人名。見石經孟子。〕

【蠽】蠽俗字。見〔正字通〕。

【蠠】蠠俗字。見〔廣韻〕。

十五畫

【蠜】符袁切音煩元韻
㊀𠂤—也。見〔說文〕〔段注〕召南趯趯阜螽傳曰。阜螽。—也。〔按爾雅釋蟲。阜螽、—。疏。阜螽、一名—。李巡曰。蝗子也。〕
㊁草蟲負—。見〔爾雅釋蟲〕〔疏〕草蟲、一名負—。一名常羊。陸璣云、大小長短如蝗也。奇音青色。好在茅草中。
㊂同蟠。〔廣雅釋蟲〕負—、蛂也。〔疏證〕—、一作蟠。爾雅。蟠鼠負。郭注云。甕器底蟲。

【蠟】力盍切音臘合韻
㊀蜜滓也。見〔玉篇〕。
㊁—燭也。〔韓偓詩〕巳嫌刻—春宵短。〔按今北人猶稱—燭曰—〕。
㊂—子。寶石類。俗亦名蜜—。生南番、西番。性堅。色或紅、或紫。亦有酒色者。俱明瑩。有大如指面。亦有較小者。愈大愈貴。世以嵌釧鐲戒指之類。
㊃—梅。花名。本非梅類。因其與梅同時。香又相近。又色似—脾。故名—梅。

【蠠】密北切音墨職韻
㊀蟲名。齊人呼蝠爲蠟—。見〔集韻〕。
㊁通螺。見〔集韻〕。

【蠩】章恕切音翥御韻掌氏切音紙紙韻
㊀毒蟲。見〔集韻〕。
㊁通蠽。〔爾雅釋蟲〕蠽醜螸。〔廣韻〕引作—。

【蠡】里弟切音禮薺韻
㊀蟲齧木中也。見〔說文蚰部〕。〔段注〕此非蟲名。乃謂蟲之食木曰—也。朱子注孟子曰。—者。齧木蟲。則誤矣。〔按王注玉篇、—薄之而欲破此。此卽爲孟子作注。謂鐘鈕被齧。欲絕。猶蟲齧木。漸至於薄而欲破也。孟子趙注。——、欲絕之貌也。臺卿重言之曰——。則—爲動字可知。而集韻曰。—蟲名。蓋誤也。〕
㊁彭—。澤名。〔書禹貢〕東匯澤爲彭—。〔注〕彭—在揚州之西界。〔按彭蠡、漢書名彭澤。今名彭湖。亦名鄱陽。在江西之北。南接新建縣。東爲鄱陽縣。又都昌縣西南。兩方歷星子縣東。又西北入湖口縣。注於大江。在星子縣者、名落星湖。因落星石而名也。在星子東及新建界者、名宮亭湖。卽水經注所謂廬山下有廟曰宮亭。故彭湖亦有宮亭之稱焉。在都昌之西南者、曰揚瀾湖。又北曰左蠡湖。其大又有東鄱西鄱之分。水經注。贛水總納十川。俱注彭—。東西四十里。淸潭遠漲。綠波凝淨。而會注於江川。卽由今江西湖口縣入江也。〕

【蠡】鄰知切音離支韻
㊀谷—。匈奴官號。〔史記匈奴傳〕置左右賢王。左右谷—。
㊁人名。越范—。字少伯。見〔呂覽當染注〕。

【蠡】憐題切音黎齊韻落戈切音騾歌韻
㊀瓠瓢也。〔漢書東方朔傳〕以—測海。
㊁螔蝓也。見〔廣雅釋魚〕。
㊂——。行列貌。〔楚辭惜賢〕登長陵而四望兮、覽芷圃之——。〔注〕——、猶歷歷。行列貌也。
㊃熐—。山名。〔文選揚雄賦〕燒熐—。
㊄通螺。〔類篇〕聖人法—蚌而閉戶。

【蠡】魯果切音裸哿韻
瘰—。皮肥。一曰疥病。〔左桓六年傳〕謂其不疾瘰—也。

【蠡】力至切音利寘韻
蟲名。見〔集韻〕。

【蠡】郎計切音麗霽韻
分也。〔方言〕參、—、分也。〔注〕謂分割也。齊曰參。楚曰—。

【蠢】尺尹切音蠢軫韻
㊀蟲動皃。見〔說文蚰部〕〔段注〕此與蝡義同。
㊁動也。〔書大禹謨〕—茲有苗。
㊂作也。見〔爾雅釋詁〕。
㊃出也。見〔考工記梓人則春以功注〕。
㊄少貌。〔後漢南蠻西南夷傳〕百蠻—居。
㊅不遜也。見〔爾雅釋訓〕〔注〕—動爲惡。不謙遜也。
㊆——。動擾貌。〔左昭二十三年傳〕今王室實——焉。〔又〕無禮儀貌。〔楚辭惜賢〕夷——之溷濁。

【蠣】力制切音例霽韻落蓋切音賴泰韻
㊀牡—也。見〔廣韻〕。
㊁海鷂魚一名石—。見〔本草綱目〕。

【蠚】黑各切音郝丑略切音㲋藥韻施隻切音釋陌韻呼酷切音熇沃韻 本作𧍗。〔說文〕螫也。〔桂注〕字林、蠚。蟲行毒也。或作蠚。楚辭天問注、言蠭蟻有蠚毒之蟲。又或作—。漢書刑法志、百姓新免毒—。〔按玉篇、蠚。螫也。痛也。亦作—。廣韻、—。蟲行毒。亦作蠚。篇海、蠚同—。〕

【蠛】莫結切音蔑屑韻 —蠓。細蟲也。見〔說文新附〕。〔蠓字互詳〕

【⿰虫霆】唐丁切音霆青韻 蠶二眠也。見〔玉篇〕。

【蠝】倫追切音纍支韻 鸓或字。〔集韻〕鸓。鳥名。鼠形。飛走且乳之鳥。或从虫。

【蠞】昨結切音截子結切音節屑韻 蟲名。似蟹。生海中。見〔廣韻〕。

【⿰虫鄭】直炙切音擲陌韻 —蠋。蟲名。見〔廣韻〕。

【⿰虫慮】凌如切音閭魚韻良據切音慮御韻 諸—。蟲名。見〔類篇〕。

【蠠】覓畢切音蜜質韻美隕切音泯軫韻 —沒。勉也。見〔爾雅釋詁〕。〔注〕—沒。猶黽勉也。

【⿱厲虫】落蓋切音賴泰韻 毒蟲也。〔莊子天運〕其知憯於—蠆之尾。

【⿸厂蠆】力制切音厲霽韻 厲或字。見〔說文厂部〕。

【⿰虫廛】澄延切音纏先韻 蝘—。守宮也。見〔玉篇〕。〔按方言。守宮秦晉謂之蠦—。〕

【⿰虫蓬】蒲蒙切音逢東韻 蟲名。見〔篇海〕。〔按蒼頡篇。蠭蜂、蟲名。字或作—。〕

【⿰虫寫】司夜切音瀉禡韻洗野切音寫馬韻 蟲名。見〔篇海〕。

【⿰虫韱】子廉切音殲鹽韻 蟲名。見〔玉篇〕。

【⿱茅䖵】謨交切音茅肴韻 —蜩也。〔方言〕蜩蟧謂之—蜩。〔注〕江東呼爲—蟧也。〔按爾雅作茅蜩。〕

【⿱荄䖵】同⿱豙虫。見〔集韻〕。

【⿰虫耑】而兗切音蝡銑韻 蟲動皃。見〔五音篇海〕。

【⿱黎䖵】田黎切音題齊韻 食苗蟲名。見〔集韻〕。

【蠕】乳兗切音蝡銑韻 蠕動皃。見〔篇海〕。蠉飛—動。

【⿱壹䖵】乙力切音億職韻 螠或字。〔類篇〕。螠。蟲名。或作—。〔按集韻從賁、音古意字。疑此有誤。〕

【⿱害䖵】胡瞎切音轄黠韻 螻蛄別名。見〔韻學集成〕。

【⿱發虫】同⿱發䖵。見〔廣韻〕。

【⿰虫廡】同蟱。見〔直音〕。

【⿰盆蜀】同蠲。出漢碑。見〔字彙補〕。

【⿱匽䖵】蝘或字。見〔說文〕。

【⿰虫質】同蛭。見〔直音〕。

【⿱萬䖵】同蠆。見〔正字通〕。

【⿱宓䖵】同蜜。見〔直音〕。

【⿱毒䖵】同⿰虫欶。見〔直音〕。

【⿱黑䖵】同蚍。見〔篇海類編〕。

【⿱昏䖵】蟁或字。〔說文蚰部〕蟁。或作昬。以昬時出也。

【⿰虫養】蛘或字。見〔集韻〕。

【⿰虫變】蠻俗字。見〔字彙〕。

十六畫

【蠥】魚列切音孼屑韻 ❶衣服歌謠艸木之怪謂之祅。禽獸蟲蝗之怪謂之—。見〔說文〕。〔段注〕怪者、異也。地反物爲祅。漢五行志曰。凡艸物之類謂之妖。妖猶天胎。言尙微。蟲豸之類謂之孼。孼則牙孼矣。諸書多用孼。俗作孽。❷憂也。〔楚辭天問〕啟代益作后。卒然離—。

【⿱能䖵】匿德切音螚職韻乃代切音耐隊韻 ❶蟲名。〔玉篇〕—似蝱而小。青斑色。齧人。❷蝨也。見〔廣雅釋蟲〕。❸兔缺也。見〔集韻〕。〔即今云缺脣〕。

【⿰能䖵】奴等切音能迥韻

蜂類。見〔集韻〕。

【蠦】 龍都切音盧虞韻

㊀—蜰。蜚也。見〔爾雅釋蟲〕。〔注〕蜰即負盤臭蟲。

㊁守宮。秦晉西夏謂之守宮。或謂之—蠦。或謂之蜥易。見〔方言〕。

【蠪】 盧東切音聾東韻

㊀—丁、螘也。見〔說文〕。〔段注〕此當於—丁為逗。各本刪—字者非也。讀爾雅者以丁螘為句、亦非。—丁、螘之一名耳。爾雅丁作朾。

㊁蚵—。蜇蝎也。見〔廣雅釋魚〕。

㊂苦—。蝦蟆也。見〔廣雅釋魚〕。

㊃—蛭。獸名。〔山海經東山經〕凫麗之山。有獸焉。其狀如狐、而九尾九首虎爪。名曰—蛭。其音如嬰兒。是食人。

㊄蚗—。水蟲。〔史記龜策傳〕明月之珠。出於江海。藏於蚌中。蚗—伏之。

㊅鮭—。神名。〔莊子達生〕東北方之下者。倍阿鮭—躍之。〔注〕鮭—、狀如小兒。長一尺四寸。

㊆—蜂。蜂之一種。〔本草綱目〕—蜂生肇慶府。附橄欖樹。有手足。與木葉無異。鳴則自呼。

【蠪】 力鐘切音龍冬韻

竹蟻也。見〔集韻〕。

【蠧】 都故切音蠹遇韻

㊀食禾蟲也。見〔篇海〕。

㊁同蠹。〔直音〕凡蛀蟲皆曰蠹。字亦作—。

【蠇】 狠狄切音歷錫韻

野蠶也。見〔類篇〕。

【螈】 恩袁切音原元韻

晚蠶也。見〔集韻〕。

【螣】 徒登切音騰蒸韻

食禾葉蟲也。見〔玉篇〕。

【蠍】 許謹切欣上聲吻韻設偃切音𧖅阮韻

蚯蚓也。吳楚呼為寒—。見〔廣韻〕。

【𧕖】 昨仙切音錢先韻

通蝛。〔方言〕蟬大而黑者謂之蝛。〔玉篇廣韻引作—〕。

【蝲】 他達切音撻曷韻

—蠪。蟲名。蝎也。見〔類篇〕。

【蟰】 先彫切音蕭蕭韻

蠨或字。〔集韻〕蠨。蟲名。說文、蠨蛸。長股者。或作—。

【蟦】 夾隹切音惟支韻以醉切音遺寘韻

肥—。蛇名。〔山海經西山經〕太華之山、有蛇焉。名曰肥—。六足四翼。見則天下大旱。

【蠩】 專於切音諸魚韻

蜛—。蟲名。一曰蝦蟆。見〔集韻〕。

【蠭】 蒲江切音龐江韻

姓也。〔荀子王霸〕羿—門。

【𧕫】 迷浮切音謀尤韻

蟲食苗根者。吏抵冒取民財則生。見〔說文蟲部〕。〔按—或作蝥。亦通作蟊〕。

【蠙】 毗賓切音頻眞韻

蟲名。負盤也。見〔類篇〕。

【蟫】 主尹切音準軫韻

鑿—。蟲行。見〔集韻〕。

【𧕿】 知聾切音展銑韻

蟲也。見〔集韻〕。〔或作𧑼。說文作𧓍〕。

【蠉】 戶涓切音懸先韻

蟲名。見〔玉篇〕。

【𧕲】 笑遊切音修尤韻

同𧔮。神名。〔山海經中山經〕岐山神涉𧔮。〔注〕𧔮、一作—。

【蠆】 丑介切卦韻

毒蟲也。見〔直音〕。

【螣】 徒登切音騰蒸韻

螣神蛇也。見〔說文長箋〕。〔按與螣為一字〕。

【蠡】 力器切音戾寘韻

劙也。〔荀子強國〕—盤盂刎牛馬。

【蠘】 思廉切音暹鹽韻

蝛—。介屬。似蛤而扁。見〔本草綱目〕。

【囆】 丑邁切音蠆泰韻

人名。〔公羊襄十四年傳〕鄭公孫—會吳於向。

【𧓨】 音未詳

閩書有—魚。見〔字彙補〕。〔康熙字典云疑即蠣字之譌〕。

【䗶】

蠟本字。見〔說文長箋〕。

【蠠】

同螟。〔管子七臣七主〕山多

蟲—。

【𧔂】同蠧。見〔篇海〕。

【蟁】同蚊。見〔廣韻〕。

【𧕭】同蠟。見〔類篇〕。

【𧕼】同蚍。見〔玉篇〕〔按韻學集成作蠶。〕

【𧕮】同籚。見〔玉篇〕。

【𧖎】同蠧。見〔直音〕。

【𧖙】同蠶。〔韻學集成〕蠶、一作—。俗省作蚕。非。

【𧕿】蟗或字。見〔集韻〕。

【𧓍】蟰或字。見〔集韻〕。

【𧕹】檥或字。〔集韻〕檥蠡也。或作—。

十七畫

【蠭】敷容切音丰冬韻

(一)飛蟲螫人者。見〔說文蚰部〕〔段注〕釋蟲言土—、木—。無單言—者。許書則蠕蠃下云。細腰土—也。即爾雅之土—。然則此單言—。即爾雅之木—也。本艸經露—房。亦謂本上大黃—蝱也。許謂土—為細要純雄。其飛蟲螫人者則為大黃—。

(二)旗名。〔左哀二年傳〕獲其—旗。

(三)舟名。〔拾遺記〕武王伐紂。有—狀如丹鳥。飛集王舟。故名其船曰—舟。

(四)星名。〔漢書天文志〕杓端有二星。一內為矛、招搖。一外為盾天—。

(五)地名。〔拾遺記〕燃邱國獻比翼鳥。使者經—岑。

(六)—午。猶雜沓也。〔漢書劉向傳〕—午竝起。〔按史記項羽紀〕楚—起之將。集解引如淳曰。—起、猶言—午也。是—午亦可言—起也。〕

(七)通逢。〔漢書韓王信傳〕及其—東向可以爭天下。〔注〕—、逢同。

【蠱】果五切音古變韻古慕切音顧遇韻

(一)腹中蟲也。春秋傳曰。皿蟲為—。晦淫之所生也。梟磔死之鬼亦為—。見〔說文蟲部〕〔段注〕中蟲皆讀去聲。廣韻、集韻皆曰。蟲、直衆切。蟲食物也。亦作蚛。腹中蟲者。謂腹內中蟲食之毒也。自外而入故曰中。自內而蝕故曰蟲。晦淫、俗本作淫溺。昭元年左氏傳。醫和視晉侯疾曰。是為近女室疾。如—。非鬼非食。惑以喪志。女陽物而晦時。淫則生內熱惑—之疾。於文皿蟲為—。和言如—者。—以鬼物飲食害人。女色非有鬼物飲食也。而能惑害人。故曰如—。此—之引申義。梟磔各本作梟桀。梟當作県。斷首倒縣。磔。辜也。殺人而申張之也。强死之鬼。其魂魄能馮依於人以為淫厲。是亦以人為皿而害之也。此亦引申之義。

(二)毒蟲也。〔通志六書略〕造—之法。以百蟲置皿中。俾相啖食。其存者為—。用以毒人。

(三)器受蟲害者為—。見〔左昭元年傳皿蟲為—注〕。

(四)穀久積則變為飛蟲。名曰—。見〔左昭元年傳注〕。

(五)康謂之—。見〔爾雅釋器〕〔疏〕康、米皮也。一名—。

(六)疑也。見〔爾雅釋詁〕。

(七)化也。〔國語晉語〕將以驪姬之惑—君而誣國人。

(八)媚也。〔文選張衡賦〕妖—豔夫夏姬。

(九)淫也。〔太玄止〕用止狂—。

(十)亂也。見〔易蠱釋文〕。

(十一)事也。見〔廣雅釋詁〕。

(十二)飭也。〔易雜卦〕—則飭也。

(十三)—者損壞之名。巫行邪術損壞於人。見〔禮記王制疏〕。

(十四)惑以淫事也。〔左莊二十八年傳〕欲—文夫人。

(十五)卦名。巽下艮上。〔易蠱象〕山下有風。—。

(十六)—雕。獸名。〔山海經南山經〕鹿吳之山。有獸名—雕。其狀如雕而有角。其音如嬰兒之音。

【𧗃】以者切音冶馬韻

妖麗也。見〔後漢張衡傳注〕。

【蠲】圭玄切音捐先韻涓畦切音圭齊韻

(一)馬—也。明堂月令曰。腐草為—。見〔說文〕〔王注〕又有馬蠲、馬蠖、蛆蛆、蛆蝶、馬陸、馬蠸、馬蚿、馬蚈、八名。而馬蠲又作馬蜋、馬蚰。見廣雅、方言、本草、淮南兵略注。釋蟲、蜋馬蟥。郭注、馬—蚼。本草、馬蚿形如蚯蚓。紫黑色。觸之即側臥如環。故又名刀環。博物志、馬蚿一名百足。中斷則首尾異行而去。通志云。所謂百足之蟲、至死不僵者、此也。御覽馬蚿下引明堂月令呂覽六月、紀腐草化爲蚈。高注。蚈、馬蚿也。幽州謂之秦渠。一曰螢火也。本草綱目云。螢有三種。一種能飛有光。乃茅根所化。呂氏月令腐草爲螢是也。一種長如蠶。尾後有光。無翼。乃竹根所化。明堂月令腐草爲蠲是也。一種水螢。居水中。

(二)潔也。〔詩天保〕吉—爲饎。

(三)明也。〔左襄十四年傳〕惠公—其大德。

(四)除也。見〔廣雅釋詁〕。

(五)瘉也。見〔廣雅釋詁〕。〔按方言、愈或謂之—。愈與瘉通。說文作瘉。〕

(六)通圭。〔詩天保〕吉—爲饎。〔韓詩作吉圭爲饎。〕

(七)—紙也。〔唐太宗詩〕水搖文—動。〔按唐人以檗㯋紙使瑩滑。名曰—紙。言水紋如—紙也。〕

【⿱匿䖵】尼質切音匿職韻

(一)蟲名。博雅、—。蠶蝨也。見〔集韻〕。

(二)蟲食病也。見〔類篇〕。

【⿸虍䖵】蒲幸切音倂梗韻騈迷切音齏齊韻符支切音裨支韻

蛤也。〔周禮鼈人〕祭祀共—蚳以授醢人。〔司農注〕、—蛤也。

【蠮】一結切音噎屑韻

—螉。蜂也。〔爾雅釋蟲〕果蠃蒲盧。〔注〕即細腰蜂也。俗呼爲—螉。〔又〕塞名也。〔晉書慕容皝載記〕皝率騎二萬出—螉塞。長驅至於薊城。

【⿰虫毚】鋤銜切音巉咸韻

蠐屬。見〔類篇〕。

【⿰虫應】於陵切音膺蒸韻

寒蜩。似蟬而小。見〔玉篇〕。

【⿰虫靈】郎丁切音靈青韻

螟—。桑蟲也。見〔說文〕。〔桂注〕釋蟲文。彼作蛉。郭注、俗謂之桑蟃。亦曰戎女。玉篇。蟃、螟蛉蟲也。

【⿰虫戲】虛宜切音犧支韻

蠡名。見〔集韻〕。

【蠰】奴當切音囊如陽切音穰陽韻

蟷—也。見〔說文〕。〔按蟷—、不過也。爾雅釋蟲注、蟷—、螗蜋別名。蟷與⿱當虫同。〕

【蠰】式亮切音餉漾韻師莊切音霜陽韻

蟲名。〔爾雅釋蟲〕—、齧桑。〔注〕似天牛。角長。體有白黏。喜齧桑樹。作孔入其中。江東呼爲齧髮。〔疏〕—、一名齧桑。

【蠰】如兩切音壤養韻

—谿也。〔爾雅釋蟲〕土蠭—谿。〔注〕似蝗而小。今謂之土蝶。〔疏〕土蠭一名—谿。

【⿱尉䖵】紆胃切音尉未韻

蝗有翅而飛者名—。即飛蝗也。見〔爾雅釋蟲疏〕。

【⿰虫燮】蘇協切音燮葉韻

蛺蜨。蟲名。一作虰—。見〔篇海〕。

【⿰虫谿】牽奚切音谿齊韻

螇或字。〔集韻〕螇。蟲名。土螿也。或作—。

【⿰虫龠】弋灼切音龠藥韻

蠗—。螢也。見〔類篇〕。

【⿰虫營】余傾切音營庚韻

—蛺。腸中蟲也。見〔譚子化書〕。

【⿱矛䖵】莫紅切音蒙東韻

蝱兆氣不澤也。見〔篇海〕。

【⿱敄䖵】莫侯切尤韻

同蝥、蟊。見〔玉篇〕。

【⿰虫齜】即移切音貲支韻

蟕—。蝙屬。見〔篇海〕。

【⿱亡䖵】莫庚切音萌庚韻

蟲也。見〔字彙補〕。

【⿰虫鮮】息淺切音獮銑韻

蛇也。見〔玉篇〕。

【⿰虫嬰】於盈切音嬰庚韻

水蟲名。〔文選張衡賦〕其水蟲則有—龜鳴蛇。

【⿱費䖵】父沸切音屝未韻

蜚或字。〔集韻〕蜚。獸名。如牛。白首。蛇尾。行水則竭。行艸則枯。見則大疫。或作—。

【⿰虫龍】讀若龍

—蜂。蟲名。蓄之能知蠱毒。見〔廣東新語〕。

【⿱曹䖵】螬本字。見〔說文䖵部〕。

【⿱彖䖵】古蠡字。見〔玉篇〕。

【[illegible]】蛶或字。見〔集韻〕。

【[illegible]】扁或字。見〔集韻〕。

【[illegible]】蟞或字。見〔集韻〕。

【蟙】同蠘。見〔直音〕。

【[illegible]】同蠹。見〔直音〕。

【[illegible]】同蟻。見〔五音篇海〕。

十八畫

【蠶】徂含切音踏覃韻

㊀吐絲蟲也。見〔說文䖵部〕。〔按〕—之種類甚多。有大小白烏斑色之異。喜燥惡溼。食而不飲。三眠三起。二十七日而老。自卵出而爲妙。自妙脫而爲—。—而繭。繭而蛹。蛹而蛾。蛾而卵。卵而復妙。專食桑葉。製絲者蓋專用繭。重養者爲原—。俗呼魏—。紅—。—之已老者。爾雅云。蟓、桑繭也。卽今桑上野—。本草有石—。拾遺記有冰—。南州記有海—。草木子有雪—。述異記有華—。杜陽雜編有火—、水—。

㊁養—也。〔書禹貢〕桑土旣—。

㊂地—。蚔螬也。見〔廣雅釋蟲〕。〔又〕草名。〔續博物志〕地—、一名土蛹。生麥野中。方莖狹葉。有齒根連珠。狀似老—。

㊃—豆。豆名。見〔本草綱目〕。

㊄—鳥。鳥名。〔謝肇淛西吳枝乘〕吳興四月有鳥飛。其聲曰著山看火。吳湖民謂之—鳥。

㊅—室。刑獄名。〔後漢光武紀〕詔死罪繫囚皆一切募下—室。〔注〕—室。宮刑獄名。有刑者畏風。須暖。作窨室蓄火如—室。因以名焉。

㊆—叢。人名。〔成都記〕—叢氏蜀君也。

㊇—食。喻重斂民財也。〔詩碩鼠序〕碩鼠。刺重斂也。國人刺其君重斂。—食于民。不修其政。〔又〕喻侵吞他國也。〔史記秦始皇紀〕自繆公以來。稍—食諸侯。

【蠸】逵員切音權先韻　呼官切音歡寒韻

㊀蟲也。一曰。大螯也。見〔說文〕。〔按〕爾雅釋蟲。—、輿父。守瓜。注。今瓜中黃甲小蟲。喜食瓜葉。故曰守瓜。莊子至樂釋文引司馬云。—、亦蟲名也。爾雅云。一名守瓜。一名蚡鼠也。〕

㊁馬陸一名馬—。見〔本草綱目〕。

【蠸】呼玩切音喚翰韻

大鼈。見〔集韻〕。

【蠹】當故切音妒遇韻

㊀本作蠹。〔說文䖵部〕蠹。木中蟲。从䖵橐聲。〔段注〕在木中食木者也。今俗謂之蛀。音注。左傳曰公聚朽—。

㊁凡蝕害衣書者皆爲—。〔周禮翦氏〕掌除—物。

㊂凡侵害財物者皆爲—。〔左襄二十七年傳〕財用之—。

㊃曝書祛蟲亦謂之—。〔穆天子傳〕天子東遊。次雀梁。—書于羽陵。〔注〕謂暴書中—魚。因云—書也。

㊄壞也。〔公羊宣十二年傳〕皮不—。

㊅害也。〔國策秦策〕則是一舉而壞韓—魏。

㊆蟦螬。秦晉之間謂之—。見〔方言〕。

㊇桂—。食品也。〔漢書南越趙佗傳〕桂—一器。〔注〕此蟲食桂。故味辛。而漬之以蜜、食之也。

㊈蛸—。一名毛—。卽蛓也。見〔爾雅釋蟲疏〕。

【蠵】元圭切音携齊韻　呂支切音離支韻

大龜也。以胃鳴者。見〔說文〕。〔按〕爾雅釋魚注。涪陵郡出大龜。甲可以卜。緣中文似瑇瑁。俗呼爲靈龜。卽今觜—龜。一名靈—。〕

【[illegible]】囊丁切音寧青韻　女正切寧去聲敬韻

—蟲也。見〔說文䖵部〕。〔段注〕蟲上補—字。三字句。蟲名也。廣韻云。[illegible]蛅。

【蠷】權俱切音劬虞韻

—螋。蟲名。見〔集韻〕。〔按〕—螋蟲。多足。常在壁間板下陰溼之處。狀似蜈蚣而短。體黑。腳黃。能疾行。近人時、每放毒液以自保護。人肌肉中之、則生皰。俗呼爲蓑衣蟲。

【[illegible]】虞貴切音魏未韻

再蠶也。見〔集韻〕。〔按〕—本作魏。互詳蠶字。

【[illegible]】匹北切音匐職韻

蝗也。見〔集韻〕。

【[illegible]】末各切音莫藥韻

—貅。螳螂也。見〔篇海〕。

【[illegible]】唐何切音駝歌韻

|圍。山神。〔山海經中山經〕驕山神、|圍處之其狀如人面羊角虎爪。恆遊于睢漳之淵。出入有光。

【⿰虫雙】色江切音雙江韻 蟲名。見〔玉篇〕。

【⿰虫䫉】莫格切音陌陌韻 小蚊蟲。見〔玉篇〕。

【⿱冒蟲】丑犗切音蠆卦韻 海中有|魚。尾下有毒、螫人。見〔說文長箋〕

【⿰虫藏】從桑切音藏陽韻 石高險貌。見〔字彙補〕。

【⿰虫聶】音未詳 爛也。出釋藏羣字函。見〔字彙補〕。

【⿱⿰天天蚰】同蠶。見〔海篇〕。

【⿱巂蚰】同蠵。見〔字彙補〕。

【⿱𦣝蟲】同蠱。見〔類篇〕。

【⿱⿰兂兂蟲】蠶或字。見〔集韻〕。

【⿱⿰天天蟲】蠶或字。見〔集韻〕。

十九畫

【蠻】謨還切音蠻刪韻

①南|。蛇種。見〔說文〕。〔王注〕王制、南方曰|。〔禹貢〕三百里|。〔馬注〕|、慢也。禮簡怠慢。來不距去不禁。〔鄭注〕|者、聽從其俗。羈縻其人耳。故云|。|之言緡也。白虎通。|虫難化。執心違邪。

②傷也。見〔廣雅釋詁〕。〔按說文人部傷下云輕也。蓋謂輕傷也。今則易行而傷廢矣〕。

③緜|。小鳥貌。〔詩緜蠻〕緜|黃鳥。

④獅|。糕飾也。〔東京夢華錄〕九月重陽。以粉作獅子|王之狀。置於糕上。謂之獅|。

⑤|氏。喩國小也。〔莊子則陽〕有國於蝸之右角者曰|氏。

⑥魚|。謂漁人也。〔蘇軾詩〕人間行路難。踏地出賦租。不如魚|子。駕浪浮空虛。

⑦三|。國名。〔三才圖會〕三|國人。食土。死者埋之。心肺肝皆不朽。百年復化爲人。

⑧蒼|。船名。〔南史江夏王義恭傳〕義恭還朝。上以御所乘蒼|船迎之。

⑨小|。妓名。〔雲溪友議〕居易有妓樊素、善歌。小|、善舞。嘗爲詩曰。櫻桃樊素口。楊柳小|腰。

⑩阿|。女伶名。〔太眞外傳〕新豐進女伶謝阿|。善舞。

⑪|雷名。〔道書〕五雷。五曰、|雷。

⑫|。鳥名。〔山海經中山經〕崇吾之山。有鳥如鳧。一翼一目。相得乃飛。名曰||。

⑬野|。謂其人未開文化。不守法律也。

⑭姓也。〔通志氏族略〕|氏、芊姓。荊楚之後。因氏焉。

【⿱𡗗蚰】尺尹切音蠢軫韻

①出也。見〔篇海〕。

②作也。見〔篇海〕。

③動搖貌。見〔篇海〕。

【⿰虫離】鄰知切音離支韻 ⿰虫嶄|。龍無角。一曰蟲名。見〔類篇〕。

【⿰虫麗】山宜切音簁呂支切音離支韻 郎計切音麗霽韻 蚰蜒。或謂之蛝|。見〔方言〕。

【蠚】下瞎切音轄黠韻 何葛切音曷曷韻 螻蛄也。見〔說文蚰部〕。〔王注〕方言。南楚謂螻蛄爲蛞螻、蛞蓋卽|。

【⿱雋蚰】子兗切音臇 粗兗切音雋銑韻 蟲食也。見〔說文蚰部〕。〔桂注〕集韻作蟲食創也。復謂食當爲蝕。本書、蝕。敗創也。

【⿱難虫】那肝切音難寒韻 蟲名。見〔玉篇〕。

【⿱萬蚰】丑邁切音蠆卦韻 他達切音撻曷韻 蠆或字。〔集韻〕蠆毒蟲。或从蚰。

【⿱皇蚰】胡光切音皇陽韻 蟲名。見〔字彙補〕。

【⿰虫雙】申莊切音雙江韻 蟲名。見〔字彙補〕。

【⿱丞蚰】同蚙。見〔篇海〕。

【⿱義蚰】同螘。見〔韻會〕。

【⿱養蚰】同⿰虫養。蟲動也。見〔說文長箋〕。

【⿰虫贏】蠃譌字。見〔正字通〕。

【⿱盧蚰】蠦或字。見〔集韻〕。

【⿱聑蚰】⿱黽蚰或字。見〔集韻〕。

二十畫

【蠼】厥縛切音矍藥韻
㊀母猴也。〔文選司馬相如賦〕蛭蜩—猱。
㊁龍形也。〔文選司馬相如賦〕—以連卷。〔注〕—、龍之形貌。

【蠷】音瞿虞韻
通蠼。見〔篇海〕。

【蠿】株劣切音輟屑韻
茅蜘蛛也。見〔集韻〕。〔玉篇〕云。—蠡也。按此爲蠿之譌耳。

【𧕳】杳謁切音妟屑韻
螫人蟲也。見〔字彙補〕。

【𧕟】府尾切音匪尾韻　父沸切音屝未韻
臭蟲負蠜也。見〔說文蟲部〕。〔段注〕按臭蟲下有奪字。當云臭蟲也。一曰負蠜也。蓋然二說。

【蠦】同怪。見〔字彙補〕。

【蠺】蠶俗字。見〔正字通〕。

【蠶】蠶俗字。見〔正字通〕。

二十一畫

【蠽】子列切音𩙃昨結切音截屑韻
小蟬蜩也。見〔說文虫部〕。〔按爾雅釋蟲〕—、茅蜩。〔注〕江東呼爲茅—。似蟬而小。青色。

【蠾】朱欲切音燭沃韻
㊀蟦蠐。自關而東或謂之蚻—。見〔方言〕。
㊁鼅鼄。自關而東趙魏之郊或謂之—蝓。見〔方言〕。
㊂蚤也。見〔集韻〕。

【蠋】殊玉切音蜀沃韻
同蜀。〔集韻〕蜀。說文、葵中蠶也。或作蠋。亦从屬。

【𧖅】委勇切音擁腫韻
蟲名。廣雅、蠶也。一曰蚌也。或作𧓾。見〔集韻〕。

【𧖇】蟫本字。見〔說文〕。

【𧖊】他達切音撻曷韻
蝲—也。見〔篇海〕。

【蠡】蟸本字。見〔說文虫部〕。

【蠠】蜜本字。見〔說文虫部〕。

【𧖛】同蠶。見〔直音〕。

【𧖭】同蚍。見〔集韻〕。

【蠵】同臇。見〔字彙補〕。

【蠣】蠇或字。見〔集韻〕。

【𧖲】蟦或字。見〔集韻〕。

二十二畫

【蠿】側八切音札黠韻　朱劣切音拙屑韻
—蟊。作网鼄蟊也。从蚰。𢇍聲。𢇍古文絕字。見〔說文蚰部〕。〔段注〕釋蟲曰。次蟗、鼅鼄、鼅鼄、鼄蝥。按次蟗、即許之—蟊。鼄蝥、即許之鼄蟊也。作网鼄蟊。謂即今能作网之蛛蝥也。

【𧖻】烏關切音彎刪韻
蜷—。蟲曲息貌。見〔類篇〕。

【𧖼】良忍切音吝震韻　眉貧切音民眞韻
蟲也。見〔廣韻〕。

【𧖥】蚍本字。見〔說文蟲部〕。

【𧖾】强籀文。見〔說文〕。

【𧗀】融籀文。見〔說文鬲部〕。

【𧗁】同蠰。見〔集韻〕。

【𧗆】蠰本字。見〔說文〕。

【𧕩】同蠻。見〔直音〕。

二十三畫

【蠻】閭員切音攣先韻
—蜷。蟲名。見〔類篇〕。

【𧗉】蜉本字。見〔說文蚰部〕。

【𧗊】楮几切紙韻

【𧗌】騡或字。〔集韻〕騡移蠶也。或从蠶。

【𧗎】蜆或字。見〔集韻〕。

二十四畫

【𧗖】郎丁切音靈青韻
螢也。見〔集韻〕。

【𧗗】鱣籀文。見〔字彙補〕。〔按說文長箋〕鱣無鱗有甲。有異於魚。故从魚。或从虫。攷今說文作魚旁亶。形小異。別見魚部十九畫。

【𧗒】同蟭。見〔直音〕。

二十五畫

【𧗓】呼外切音薈泰韻
義闕。〔字彙補〕此字見藏經字義。

【[illegible]】音未詳

—蛭。龍屬。見〔陸容菽園雜記〕。

二十六畫

【蠶】蠶本字。見〔說文䖵部〕。

※羽部※

【羽】王矩切音禹㬥韻　王遇切音雩遇韻

●一 本作羽。〔說文〕羽。鳥長毛也。象形。〔段注〕長毛必有耦。故並习儿部曰。凬新生—而飛也。並凬也。〔按玉篇〕鳥毛—也。引伸之爲鳥類之通稱。家語執轡曰。—蟲三百六十而鳳鳥爲之長是也。近動物學家以—爲鳥體所覆者。析言之。每一—底有小囊一。其上充實。內有似樹心之質。曰—幹。幹之下部。狀如空管。曰翮。—之軟而且散者。曰狒〕

●二 蟲翅也。〔詩螽斯〕螽斯—。詵詵兮。

●三 雁也。〔周禮庖人〕冬行鱻—。膳膏羶。

●四 舞者所執也。〔書大禹謨〕舞干—于兩階。〔按周禮舞師敎—舞。注。—析白—爲之。〕

●五 五聲之一。〔周禮大師〕皆文之以五聲宮商角徵—。〔按國語周語〕—鍾尙—。故樂器重者從細。注。從細尙細聲也。謂鍾尙—也。周禮大司樂注。凡五聲。宮之所生。濁者爲徵—。然則—固聲之淸而細者。漢書律曆志云。—字也。物序臧字覆之也。白虎通禮樂云。—者紆也。又五行云。—之爲言舒言萬物始孳。皆以聲爲訓。〕

●六 —爲物。見〔禮記樂記〕。

●七 —爲水。爲智。爲聽。見〔漢書律曆志〕。

●八 —謂之栁。見〔爾雅釋樂〕。

●九 翳也。見〔書大禹謨傳〕。

●十 火象也。〔素問五常政大論〕其蟲—。

●十一 釣浮也。〔呂覽離俗〕魚有小大。餌有宜適。—有動靜。

●十二 相翼也。〔太玄翕〕翕其—。〔注〕—、朋友之用美稱相翼之謂也。〔按呂覽舉難三士—翼之也。注。—、翼。佐之義同。〕

●十三 矢其旁曰—。如鳥—也。鳥須—而飛。矢須—而前也。見〔釋名釋兵〕。〔按考工記矢人五分其長而—其一。史記李廣傳中石沒—。鮑昭詩。留我一白—。皆此義。〕

●十四 毛織物曰—。如今俗所稱—綾、—綢、—緞之屬。

●十五 山名。〔書禹貢〕蒙—其藝。〔疏〕—山在東海祝其縣南。〔按祝其故城在今江蘇贛榆縣南。別有—山在今山東蓬萊縣東南三十里。卽舜殛鯀處。胡渭云禹貢之—在徐城、舜典之—在靑城。不可以無辨。〕

●十六 —獸。南方朱鳥也。〔管子幼官〕以—獸之火爨。

●十七 —民。國名。〔山海經海外南經〕—民國其爲人長頭身生—。

●十八 —林。官名。〔漢書百官公卿表〕期門、—林、皆屬焉。〔注〕—林亦宿衞之官。言其如—之疾。如林之多也。〔又〕星名。〔史記天官書〕其南有衆星曰—林天軍。

●十九 —檄。檄之插—者也。〔漢書息夫躬傳〕—檄重迹而押至。

●二十 —人。仙人也。〔文選孫綽賦〕仍—人於丹丘。

●廿一 通雨。〔漢書元后傳〕冬。饗飲飛—。〔注〕飛—、殿在未央宮中。—字或作雨。

●廿二 姓也。〔左襄三十年傳〕—頡出奔晉。

【羽】後五切音戶㬥韻

緩也。〔考工記弓人〕弓而—禍。〔

注〕—讀爲屘。〔按康熙字典引矢人五刃其長而—其一爲翍非也。矢人之—上。義不訓綴音亦不與屘同。今据釋文訂正。〕

三畫

【⿰羽也】陳知切音馳支韻

⿰羽也—。燕飛皃。見〔集韻〕〔按⿰羽也—、即差池之或體。又康熙字典引玉篇云。同翍。飛貌。攷集韻、類篇、皆以翍爲翍或字。从世不从也。附正於此。〕

【翃】胡公切音洪東韻

飛聲。見〔說文新附〕

【⿱羽幺】相幺切音消蕭韻

羽也。見〔篇海〕〔按玉篇已見此字。並闕。〕

【⿰羽干】五板切音眼潸韻

飛皃。見〔玉篇〕

【羿】研計切音詣霽韻

木作羿。〔說文〕羿。羽之羿風。亦古諸侯也。一曰射師。〔段注〕—疑當爲幵。幵平也。羽之幵風、謂搏扶搖而上之狀。〔按朱駿聲云。羽騫風而上也。與段說略同。古諸侯者。謂有窮后—也。有窮、夏后時諸侯。書。五子之歌。有窮后—是也。射師者。堯時—非有窮后—。淮南本經。堯乃使—誅鑿齒于疇華之野。注。—善射。堯使—射殺之、是也。說文弓部有芎字。經傳皆以—爲之。〕

【⿱羽亏】雲俱切音于虞韻 王遇切音芋遇韻

雩或字。〔說文雨部〕雩、或从羽。雩羽舞也。〔段注〕說从羽之意。

【羾】古送切音貢送韻

至也。〔漢書揚雄傳〕登椽欒而—天門兮。〔按玉篇云、—同翃。〕

【⿰羽弋】古翼字。見〔廣韻〕

【⿱羽亡】古舞字。見〔說文舛部〕

【⿱羽于】同⿱羽亏。見〔字彙〕

【⿰工羽】翃或字。見〔集韻〕

四畫

【翁】烏公切音蓊東韻

❶頸毛也。見〔說文〕〔按漢書禮樂志。赤雁集。六紛員。殊—雜。五采文。注。孟康曰。—。雁頸也。山海經西山經。天帝之山有鳥黑文而赤—。注。—。頸下毛也。〕❷飛皃。見〔玉篇〕❸凡尊老。周晉秦隴謂之公。或謂之—。見〔方言〕〔按—、公、疊韻。公得稱—者。假—爲公也。〕❹父也。〔史記項羽紀〕吾—即若—。〔按妻謂夫之父亦曰—。蓋從夫之義。〕❺—主。漢世列侯女也。〔漢書王吉傳〕漢家列侯尙公主。諸侯則國人承—主。❻—仲。銅人也。〔魏志明帝紀注〕景初元年。大發銅。鑄銅人二。號曰—仲。❼碧——。天也。〔清異錄〕田家謂日爲黃縣襖子。謂天爲碧——。❽白頭—。鳥名。〔三國志注引江表傳〕曾有白頭鳥集殿前。孫權問此何鳥。諸葛恪曰。此白頭—也。〔又〕草名。〔本草綱目〕白頭—。頌曰。正月生苗。作叢生。狀似白薇而柔細。稍長。葉生莖頭。如杏葉。上有細白毛。根紫色。深如蔓菁。❾信天—。鳥名。〔正字通〕信天—。不捕魚。俟魚鷹所得偶墜者。拾以自食。滇中江濱多有之。❿依—。化學中術語。或譯之爲意—。又作伊洪。別作伊益。凡行電氣分解時。溶液中所發生之作用。各帶有陰陽二電氣。稱爲依—。更以此二種依—使之分解。稱爲電離。通常表示依—之狀態。按原子價之數而於其右肩加以•之符號者。爲陽依—。加以•之符號者。爲陰依—。英文Ion。⓫亦作⿰翁頁。〔廣雅釋親〕⿰翁頁。項也。〔按玉篇、⿰翁頁訓頸毛。集韻云、—或从頁作⿰翁頁。〕⓬姓也。〔漢書貨殖傳〕—伯以販脂而傾縣邑。

【翁】鄔孔切音滃董韻

——。蔥白色貌。〔周禮酒正注〕盎。猶——也。成而——然。蔥白色。如今鄭白矣。

【⿱分羽】敷文切音雰 符分切音汾文韻

——。飛也。見〔廣雅釋訓〕〔按玉篇訓飛皃。集韻—或从鳥作鳻。通作紛。亦作翂。正字通云。同翂。〕

【翂】通翂。〔莊子山木篇〕其爲鳥

也。——猍猍而似無能。〔釋文〕——音紛字或作㵗。司馬云。——舒遲貌。一云飛不高也。李云羽翼聲。〔按字與翁同。詳翁字。〕

【翃】、戶萌切音宏呼宏切音薨庚韻

㊀蟲飛也。見〔玉篇〕。〔按廣韻義同。字作翃。〕

㊁——飛也。見〔廣雅釋訓〕。

【翄】施智切音翅寘韻翹移切音祇支韻

㊀翼也。見〔說文〕。

㊁——飛兒。見〔廣韻〕。

【翅】施智切音翄寘韻中之切音詩支韻

㊀翼也。見〔玉篇〕。〔按即說文翄字。〕

㊁通啻。〔孟子告子〕奚——色重。〔按、——猶啻也。書多士爾不啻不有爾土。釋文啻、徐本作——。是其證。〕

【翨】居企切音鵋寘韻

翨或字。〔集韻〕翨鳥之彊羽猛者。或作——。

【⿰夬羽】魝劣切音映屑韻

㊀小鳥飛也。見〔玉篇〕。〔按廣韻作翄訓同。〕

㊁或作決。見〔集韻〕。〔按莊子逍遙遊我決起而飛槍榆枋。決與——義合。〕

【⿰冉羽】乃感切音㴸感韻

羽也。見〔廣雅釋器〕。〔按玉篇云。翮下弱羽也。集韻與廣雅同訓。字作翈。〕

【⿰亢羽】寒剛切音杭陽韻下朗切音沆養韻下浪切音吭漾韻

飛高下也。見〔玉篇〕。〔按頏字。亦作——。詩邶風頡之頏之。傳曰。飛而上曰頡。飛而下曰頏。集韻云。鳥飛上曰翓。下曰——。正用毛義。〕

【⿰开羽】魚典切妍上聲銑韻

飛貌。見〔玉篇〕。

【翜】色入切音澀緝韻

飛兒。見〔玉篇〕。

【翀】持弓切音蟲東韻

飛上天。見〔玉篇〕。〔按廣韻云。直上飛也。集韻云通作沖。〕

【⿰巴羽】披巴切音葩麻韻

飛兒。見〔集韻〕。

【⿱冃羽】討盍切音榻合韻

飛盛兒。从羽冃。見〔說文〕。〔段注〕鉉曰。犯冃而飛。是盛也。按从冃者。莊子所謂翼若垂天之雲也。

【⿱羽王】胡光切音黃雨方切音王陽、韻

樂舞。以羽翿自翳其首。以祀星辰也。見〔說文〕。〔按周禮樂師有皇舞。注。故書皇作——。鄭司農云。——舞者。以羽冒覆頭上。衣飾翡翠之羽。〕

【⿱山羽】充之切音蚩市之切音時支韻職吏切音志寘韻

羽盛兒也。見〔說文〕。〔按羽。大徐作飛。集韻。——羽翼盛。〕

【⿰我羽】同翄。見〔玉篇〕。〔按即翄字之譌。〕

【翆】同翠。見〔篇海〕。

【⿰兆羽】同翍。詳翍字。

【⿰冊羽】同翈。詳翈字。

【⿰氏羽】翄或字。見〔說文〕。

五畫

【翊】、逸職切音弋職韻弋入切音熠緝韻

㊀飛兒。見〔說文〕。〔段注〕——字本義。僅見於此。經史多假爲昱字。以同立聲也。〔按廣雅釋詁。翋𦑣。飛也。翋即——之變形。義與許合。〕

㊁佐也。見〔漢書百官公卿表集注〕引張晏。

㊂明也。〔漢書王莽傳〕越若——辛丑。

㊃——敬也。〔漢書禮樂志〕共——合所思。

㊄左馮——。郡名。漢置。後漢改爲馮——。其故城在今陜西大荔縣。

【⿰包羽】補抱切音寶晧韻

㊀五采羽。見〔玉篇〕。

㊁矢羽也。見〔集韻〕。

【⿰冄羽】而琰切音冉琰韻

㊀弱羽也。見〔廣韻〕。〔按——即翈字。从冉者冄之俗體。〕

㊁鳥翼下細毛也。見〔類篇〕。

【翍】攀糜切音帔支韻

㊀張也。見〔玉篇〕。〔按集韻張羽貌。亦書作翄。〕

㊁同披。〔漢書揚雄傳〕——桂椒而鬱栘楊。〔注〕——、古披字。

【翍】滂禾切音頗歌韻

飛皃。見〔集韻〕。

【翍】平義切音鈹寘韻

羽也。見〔集韻〕。

【翎】郎丁切音靈青韻

(一)羽也。見〔說文新附〕。〔按玉篇云。箭羽也。〕

(二)清世禮冠後飾也。其別為花—、藍—、花—。又有三眼、雙眼、單眼之分。

(三)白—雀。元法曲名。見〔輟耕錄〕。

【翐】直質切音秩質韻

(一)飛貌。見〔玉篇〕。

(二)—翐遲貌。〔莊子山木〕翂翂——。而似無能。

【翑】權俱切音劬虞韻果羽切音矩麌韻爽主切音數麌韻

(一)本作翑。〔說文〕翑。羽曲也。

(二)馬後二足皆白曰—。〔爾雅釋畜〕後足皆白—。

(三)同鴝。見〔廣韻〕。

【翑】王遇切音雩遇韻

箭羽也。見〔集韻〕。

【習】席入切音襲緝韻

(一)數飛也。見〔說文習部〕。〔按月令。鷹乃學—。即此義。〕

(二)修為也。〔易乾〕不—无不利。〔注〕不假修為而功自成。

(三)學也。〔呂覽審己〕退而—之。

(四)曉也。〔國策秦策〕不—于誦。

(五)誦—也。〔論語學而〕學而時—之。〔注〕學者以時誦—之也。

(六)簡—也。〔國語周語〕是皆—民數者也。

(七)因也。〔書金縢〕乃卜三龜。一—吉。〔傳〕—、因也。一相因而吉。

(八)重也。〔易坎〕—坎。重險也。

(九)常也。〔易坎〕—坎。〔按釋文云。—、便—也。〕

(十)狎也。見〔漢書五行志〕。

(十一)調節也。〔大戴記子張問入官〕既知其以生有—。

(十二)——。和舒貌。〔詩谷風〕——谷風。〔又〕行貌。〔文選張衡賦〕肅肅——。

(十三)翕—。威盛貌。〔文選左思賦〕亦以財雄。翕—邊城。

(十四)少—。地名。〔左哀四年傳〕將通于少—以請命。〔注〕少—。商縣武關也。〔在今陝西商縣東一百八十五里。〕

(十五)姓也。晉有—鑿齒。見〔廣韻〕。

【翇】分物切音紱物韻蒲蓋切音旆泰韻

樂舞。執全羽以祀社稷也。見〔說文〕。〔按周禮樂師作帗。互詳帗字。〕

【翈】轄甲切音狎洽韻

羽—也。見〔玉篇〕。〔按廣韻云。翮上短羽也。〕

【䎀】許月切音䟕月韻

——。飛走皃。見〔玉篇〕。〔按—與狘別。〔廣韻〕會休必切作狘。舊字典誤引。今刪。〕

【翉】普本切噴上聲阮韻

飛起。又走也。見〔廣韻〕。

【翋】落合切音拉合韻

—䎀。飛也。見〔廣雅釋詁〕。〔按文選左思賦。趇趣—䎃。義同。〕

【翌】逸職切音弋職韻

明也。見〔爾雅釋言〕。〔按王莽傳作翊。—、翊、皆為昱之假借字。尚書作翼。蓋唐衞包所改。〕

【⿰胡羽】洪孤切音胡虞韻

人名。見〔篇海〕。

【⿰召羽】許幺切音曉蕭韻

—翎。毛皃。見〔廣韻〕。〔按玉篇云。或作鳭。〕

【⿰召羽】丁聊切音雕蕭韻

⿰瓦毛或字。〔集韻〕⿰召毛。⿰言毛⿰能毛。羽惡皃。或从羽。

【⿰召羽】田聊切音迢蕭韻

鳥尾翹皃。見〔集韻〕。

【翏】力救切音溜宥韻力弔切音料嘯韻

高飛也。見〔說文〕。

【翏】力救切音溜宥韻力求切音留尤韻力竹切音六屋韻

長風之聲。〔莊子齊物論〕而獨不聞之——乎。〔按釋文云。李本作飂。康熙字典云或作飂。誤。〕

【⿰羽只】掌氏切音只紙韻

同咫。八寸長也。〔周禮內宰注〕純制。天子巡狩禮所云制幣丈八尺。純四—與。〔按集韻云。咫、或作—。〕

【⿱羽丂】力叫切音料嘯韻

飛貌。見〔五音篇海〕。〔疑卽翏之形譌〕

【⿰世羽】以制切音曳霽韻

——。飛也。見〔廣雅釋訓〕。〔疏證〕衞風雄雉篇云。雄雉于飛。泄泄其羽。泄、與—通。〔按玉篇作⿰犭世。集韻以⿰世羽爲⿰犭曳或字〕

【⿰犭冊】⿰冊羽本字。見〔篇海〕。〔按卽⿰冊羽之或體〕

【翑】狗本字。見〔說文〕。

【狛】同⿰白羽。見〔篇海〕。

【⿰犭色】同⿰色羽。見〔字彙補〕。

【⿰犭世】同⿰世羽。詳⿰世羽字。

【狓】翍或字。見〔集韻〕。

【⿰日羽】⿰冒羽或字。見〔集韻〕。

【翆】翠譌字。見〔篇海〕。

六畫

【⿰舟羽】之由切音周尤韻

(一)急也。見〔玉篇〕。

(二)弱羽也。見〔集韻〕。

【翓】奚結切音纈屑韻

飛上也。或作頡。見〔玉篇〕。

【翔】徐羊切音詳陽韻

(一)回飛也。見〔說文〕。〔段注〕釋鳥。鳶烏醜其飛也—。郭云布翅翱—。高注淮南云。翼上下曰翱。直刺不動曰—。按翱—統言不別。析言則殊。高注析言之也。

(二)止也。〔淮南覽冥〕鳳凰—于庭。〔按淮南時則羣鳥—。注。六翮不動也。義同。〕

(三)行也。〔文選張衡賦〕聲與風—。澤從雲游。

(四)行而張拱曰—。〔禮記曲禮〕室中不—。

(五)遊也。〔穆天子傳〕—畋于曠原。

(六)迴顧也。〔考工記矢人〕前弱則俛。後弱則—。

(七)佯也。言彷徉也。見〔釋名釋言語〕。

(八)——。莊敬貌。〔禮記玉藻〕朝廷濟濟——。〔又〕安舒貌。見〔漢書韋玄成傳注〕。

(九)相—。覘伺也。〔周禮野廬氏〕有相—者誅之。〔注〕相—。猶昌—。覘伺者也。〔疏〕謂昌狂翱—。覘伺賓客。

(十)—陽。日也。〔文選木華賦〕—陽逸駭于扶桑之津。

(十一)通祥。〔易豐〕天際—也。〔釋文〕鄭王肅作祥。

(十二)通詳。〔漢書西域傳〕其土地山川王侯戶數道里遠近—實矣。〔注〕—、與詳同。假借用耳。

(十三)或作鴹。見〔集韻〕。

【翕】迄及切音吸緝韻

(一)起也。見〔說文〕。〔段注〕—从合者。鳥將起必斂翼也。

(二)合也。見〔爾雅釋詁〕。

(三)斂也。〔易繫辭〕夫坤其靜也—。〔按宋注云。猶閉也。〕

(四)引也。〔詩大東〕載—其舌。

(五)順也。〔太玄翕〕—其志。

(六)炙也。見〔方言〕。

(七)熾也。見〔廣雅釋詁〕。

(八)—如。盛也。〔論語八佾〕—如也。〔按鄭注云。—如變動之貌。皇疏云。—習也。文選王延壽賦。祥風—習以颯灑。注。—習。盛貌。〕

(九)—忽。疾貌。〔文選左思賦〕神化—忽。

(十)—響。謂奄忽之間也。見〔一切經音義引文選蜀都賦注〕。

(十一)——。莫供職也。見〔爾雅釋訓〕。

(十二)噓—。呼吸也。〔西溪叢話〕大率元氣噓—。

【⿰犭朱】丑俱切音呿虞韻

飛皃。見〔玉篇〕。

【⿰亥羽】胡改切音亥賄韻

飛皃。見〔玉篇〕。

【⿰犭訇】呼宏切音訇庚韻

飛皃。見〔玉篇〕。〔按集韻以—爲⿰訇羽或字。〕

【⿰犭曳】以制切音曳霽韻　私列切音薛屑韻

飛皃。見〔玉篇〕。〔按字或作⿰犭世。詳⿰世羽字。〕

【狘】休必切音矞質韻

飛走貌。〔文選郭璞賦〕鼓翅⿰肅羽—。〔按玉篇同訓。集韻以—爲矞或字。〕

【⿰各羽】匹各切音粕藥韻

飛去也。見〔廣韻〕。

【⿰各羽】歷各切音洛藥韻

—⿰咢羽。飛皃。見〔集韻〕。

【⿰多羽】巨何切歌韻

飛皃。見〔玉篇〕。

【翍】初己切紙韻　飛皃。見〔玉篇〕。

【翃】丑邁切音蠆卦韻　飛速皃。見〔篇韻〕。

【翋】許肱切音薨庚韻　同𦑨。弄羽聲也。見〔字彙補〕。

【羿】羿本字。見〔說文〕。

【飛】古飛字。見〔玉篇〕。

【習】古友字。見〔說文又部〕。

【翌】古友字。見〔集韻〕。

【習】古沒字。見〔篇韻〕。

【翏】古翏字。見〔字彙補〕。〔按康熙字典云。卽翻字之譌。〕

【翎】同翁。〔漢書張騫傳〕傳父布就—侯抱亡置草中。〔注〕—侯。烏孫大臣官號、—與翁同。

【狮】同翻。見〔玉篇〕。

【覓】同猴。見〔字彙補〕。

【貉】同翎。見〔正字通〕。

七畫

【翪】子六切音蹙初六切音矗屋韻

●一 飛皃。見〔廣韻〕。〔按玉篇已見此字。音同義闕。〕

●二 羽齊皃。見〔集韻〕。〔按類篇云。羽高皃。〕

【翛】思邀切音宵蕭韻

●一 飛羽聲。見〔廣韻〕。

●二 —敝也。〔詩鴟鴞〕予尾——。〔又〕疏散也。〔蘇軾詩〕梅雨——荔子然。

【翛】思邀切音宵蕭韻以九切音酉有韻夷周切音由尤韻式竹切音叔余六切音𩜁屋韻　疾貌。〔莊子大宗師〕—然而往。〔按釋文本又作儵。玉篇云。或作倏。〕

【翎】相邀切音宵蕭韻

●一 羽翜蔽皃。見〔玉篇〕。

●二 鳥毛羽也。見〔廣韻〕。

●三 翛或字。見〔集韻〕。

【翜】色入切音澀緝韻色洽切音歃洽韻

捷也。飛之疾也。一曰俠也。見〔說文〕。〔段注〕釋詁云。際、接、—、捷也。—捷皆謂敏疾。敏疾則際接無痕。其義相成也。許舉其本義。故下云飛之疾也。以釋从羽。今俗語霎時者當作此。俠當爲夾。或當爲挾。

【翜】色甲切音唼洽韻　翜或字。〔集韻〕翜。說文。棺羽飾也。或作—。〔按康熙字典引類篇一曰使也。檢類篇無此文。今刪。〕

【翗】口到切音靠號韻　飛也。見〔篇海〕。〔按玉篇已見此字。音同義闕。〕

【翊】傍保切抛上聲皓韻　飛也。見〔篇海〕。〔按玉篇、—芳好切。音小異義未詳。〕

【䎀】疏臻切音莘眞韻　羽多也。見〔廣韻〕。〔按集韻云。——羽多。〕

【𦑟】芳無切音敷虞韻　翃或字。〔集韻〕翃。博雅、羽也。或从甫。

【翽】昵法切音㴸洽韻

飛上皃。見〔廣韻〕。〔按玉篇已見此字。音同義闕。集韻云。𧫝—。飛皃。義小別。〕

【翄】初紀切紙韻　飛皃。見〔篇海〕。〔按字从朿。疑爲从朿之誤。〕

【翎】呼含切音蚶覃韻　小鳥飛皃。見〔集韻〕。

【䚋】匹各切音粕藥韻　飛也。見〔玉篇〕。

【翃】何轟切音宏庚韻　飛也。見〔字彙補〕。〔按康熙字典云。翃字之譌。〕

【翁】同翛。見〔正字通〕。

【翀】翀或字。見〔集韻〕。

八畫

【翑】盧谷切音祿屋韻

●一 水上飛也。見〔集韻〕。

●二 上飛皃。見〔類篇〕。

【翟】亭歷切音狄錫韻

●一 山雉尾長者。見〔說文〕。

㊁雉羽亦曰—。〔詩簡兮〕右手秉—。〔疏〕謂雉之羽也。
㊂褕—。闕—。羽飾衣也。見〔詩君子偕老傳〕。
㊃—車也。夫人以—羽飾車。見〔詩碩人〕—茀以朝傳。
㊄樂吏之賤者也。見〔禮記祭義〕〔按謂敎羽舞者也。〕
㊅國名。〔國語周語〕將以—伐鄭。〔注〕隗姓之國也。〔又〕鮮虞也。〔荀子說符〕使新穉穆子攻—。
㊆鳥名。〔周書王會〕鸞揚之—。〔注〕揚州之鸞貢—鳥。
㊇同狄。〔國語周語〕自竄於戎—之閒。〔注〕—、或作狄。

【翟】直格切音宅陌韻
㊀陽—。夏始封地。漢屬潁川郡。東魏置陽—郡。當今河南禹州治。
㊁姓也。本音狄。後改音宅。見〔姓苑〕。

【翟】直角切音濁覺韻
同翯。見〔集韻〕。

【翠】七醉切音粹寘韻
㊀青羽雀也。出鬱林。見〔說文〕。〔按爾雅釋鳥—鷸。注云。似燕紺色。疏。鷸、一名曰—。其羽可以爲飾。漢書賈山傳注云。雄曰翡。雌曰—。博物志云。翡身通黑。惟胸前背上翼後有赤毛。—身通青黃。惟六翮上毛長寸餘。青。其飛則羽鳴—翡—翡然。因以爲名。〕
㊁鳥尾肉也。〔禮記內則〕舒鴈—。〔注〕—、尾肉也。
㊂厥也。〔呂覽本味〕雋燕之—。
㊃—粲。衣聲也。見〔文選嵇康賦注〕。
㊄—碧。鴗別名。〔正字通〕爾雅釋鳥。鴗、天狗。一名魚虎。俗呼紅—。皮日休羅浮山詩。紅—數聲瑤室響。
㊅—微。山也。〔爾雅釋山〕未及上—微。〔疏〕謂未及頂上在旁陂陀之處。
㊆—華。旗也。〔張衡文〕望—華分葳蕤。
㊇—黛。眉也。〔白居易詩〕—黛不須畫五馬。
㊈拾—。踏青也。〔杜甫詩〕佳人拾—春相問。
㊉翡—。玉名。出雲南。色紅曰翡。色綠曰—。可治爲簪釧及珍玩之器。
⑪姓也。〔急就篇注〕—氏。楚屈之後也。避入關。三遷。懷王逃匿。改姓爲—。

【翣】色甲切音唼洽韻　色輒切音箑葉韻
㊀棺羽飾也。天子八。諸侯六。大夫四。士二。下垂。見〔說文〕。〔按—、棺飾也。鄭注喪大記云。漢禮、—以木爲匡。廣三尺。高二尺四寸。方。兩角高。衣以白布。畫雲氣。柄長五尺。〕
㊁扇也。〔小爾雅廣服〕大扇謂之—。
㊂纛也。見〔玉篇〕。
㊃鐘鼓簨上之飾。〔禮記明堂位〕周之璧—。〔注〕畫繪爲—。戴以璧。垂五采羽於其下。挂於簨之角上。
㊄武飾也。〔莊子德充符〕不以—資。

【[illegible]】丑卯切音巧韻
毛多也。見〔玉篇〕。

【䎓】託合切音踏合韻
翋—。飛皃。見〔集韻〕。

【翞】居良切音薑陽韻
——。鶉行皃。見〔集韻〕。〔按正字通云。詩鄘風、鶉之[illegible][illegible]、別作—。〕

【翜】楚洽切音插洽韻
飛皃。見〔篇海〕。

【[illegible]】杳盈切音精庚韻
同旌。見〔集韻〕。

【[illegible]】昨律切音崒質韻
飛疾皃。見〔集韻〕。

【翡】父沸切音費未韻
赤羽雀也。出鬱林。見〔說文〕。〔詳翠字〕

【[illegible]】祖版切音醆潸韻　財千切音箋先韻　子淺切音剪銑韻
鳥驚擊勢也。〔方言〕鷹隼——。

【[illegible]】旨善切音劗銑韻
——。武也。見〔廣雅釋訓〕。

【[illegible]】忽麥切音劃陌韻　越逼切音域職韻
[illegible]—。飛皃。見〔玉篇〕。

【[illegible]】忽域切音洫職韻
羽聲。見〔集韻〕。

【[illegible]】於劍切音俺　於贍切音厭豔韻
斂羽也。見〔集韻〕。

【[illegible]】丑邁切音蠆卦韻
飛速也。見〔篇韻〕。

【[illegible]】唐何切音駝歌韻

飛貌。見〔篇海〕。

【翩】同翅、狐。見〔玉篇〕。

【翤】𦒭或字。〔集韻〕羽葆幢𦒭。𦒭或作—。

【𦑯】㹳省字。見〔集韻〕。

【翤】䎗譌字。見〔正字通〕。

九畫

【翦】子踐切音剪翦韻

(一)本作𦐟。〔說文〕𦐟羽生也。一曰矢羽。〔段注〕羽初生如前齊也。前、古之—字。矦、舊作矢。釋器、金鏃—羽謂之鍭。骨鏃不—羽謂之志。—者、前也。前者、斷齊也。鍭矢前其羽短之。使前重。志矢不前羽。較長。按鍭矢前羽。謂羽爲—。因之志矢之羽亦謂之—。故曰矢羽。〔按正字通云〕—从羽。歬聲。歬古前字。隸作—。俗作剪。互詳前字。

(二)𣦼也。〔爾雅釋言〕𦐟—齊也。〔注〕南方人呼—刀爲𦐟刀。〔疏〕皆謂齊截也。〔按玉篇云〕—勤也。齊斷也。義同。

(三)勤也。〔爾雅釋詁〕—、蠻、勤也。〔義疏〕—者猶言前也。進也。前進皆有勤意。段氏玉裁說云。—之言盡也。謂盡刀之勤也。

(四)進也。〔釋名釋兵器〕—刀。—、進也。所—稍進前也。

(五)去也。〔詩甘棠〕勿—勿伐。

(六)斷滅也。〔周禮秋官序官—氏注〕—、斷滅之言也。

(七)殺也。見〔廣韻〕。

(八)削也。〔左宣十二年傳〕其—以賜諸侯。

(九)盡也。〔左成二年傳〕余姑—滅此而後朝食。

(十)淺也。〔儀禮既夕禮〕用疏布緇—。〔疏〕謂染爲淺緇之色。

(十一)——善辯也。〔莊子在宥〕佞人之心——者。〔釋文〕——如字。司馬云。善辯也。一曰佞貌。李云、淺短貌。或云狹小之貌。

(十二)通踐。〔禮記玉藻〕凡有血氣之類。勿身踐也。〔注〕踐當爲—。聲之誤也。—、猶殺也。

(十三)通揃。〔儀禮士虞禮〕沐浴櫛搔—。〔注〕今文或爲搔揃。

(十四)通剗。又通𩬊。〔詩甘棠〕勿—勿伐。〔釋文引韓詩作勿剗勿伐。漢書王吉傳注作勿𩬊勿伐。〕

(十五)通䤖。〔詩閟宮〕實始—商。〔說文戈部作實始䤖商。〕

(十六)通劗。〔漢書嚴助傳〕劗髮文身之民。〔集注〕劗。張揖以爲古—字也。

(十七)通煎。〔漢書趙充國傳〕先零豪封煎等通使匈奴。〔注〕煎讀曰—。

【𦒎】同翦。見〔集韻〕。

【𦐿】各核切音隔陌韻

(一)翅也。見〔說文〕。

(二)—𦐑翼也。見〔廣雅釋器〕。

(三)羽也。見〔玉篇〕。

【翧】許元切音喧元韻

飛也。見〔廣雅釋詁〕。

【翾】荀緣切音宣先韻

翔也。見〔集韻〕。

【翨】施智切音翅寘韻

(一)鳥之彊羽猛者。見〔說文〕。〔段注〕當作猛鳥也。彊羽。轉寫誤耳。周禮—氏掌攻猛鳥。以時獻其羽翮。此釋周禮。故云猛鳥也。猛鳥羽必彊。故其字从羽。〔按桂注。疑云鳥羽之彊猛者。周禮—氏注。—、鳥翮也。〕

(二)猛也。見〔玉篇〕。

【翩】紕延切音篇先韻

(一)疾飛也。見〔說文〕。

(二)反貌。〔詩角弓〕—其反矣。〔傳〕—然而反。

(三)在路不息貌。〔詩桑柔〕旟旐有—。

(四)連屬也。〔魏文帝賦〕聯—絡繹。

(五)——輕舉貌。〔易泰〕——不富以其鄰。〔又〕瀟灑出羣貌。〔史記平原君傳〕平原君——濁世之佳公子也。〔又〕往來貌。〔詩巷伯〕緝緝——。〔又〕欣喜自得貌。〔文選張華賦〕——然有以自樂也。〔又〕宮闕顯盛貌。〔後漢班固傳〕——巍巍。〔又〕戲擅形也。〔文選張衡賦〕上下——。

【翅】常支切音匙支韻

同提。鞶飛見。見〔集韻〕。

【翅】辰之切音時支韻

嵡或字。見〔集韻〕。

【翫】五換切音玩翰韻

(一)習厭也。春秋傳曰。—歲而愒日。見〔說文習部〕。

(二)習也。〔左僖五年傳〕寇不可—。

(三)猶悅也。〔文選張華詩〕流目—儵魚。

㊁戲狎也。〔荀子禮論〕尒則—。

【翬】呼韋切音煇微韻 ㊀大飛也。一曰伊洛而南雉五采皆備曰—。詩曰有—斯飛。見〔說文〕。〔段注〕釋鳥云鷹隼醜其飛也—。郭云鼓翅——然疾。釋鳥伊洛而南素質五采皆備成章曰—。王后褘衣刻繒爲之形而采畫之。今詩有作如。按毛詩作有則與如鳥斯革合爲一事。—訓大飛。或許所據。

【翽】胡讒切音咸咸韻 —翽。疾飛。見〔集韻〕。

【翥】章恕切音䜋御韻 飛擧也。見〔說文〕。

【翾】須緣切音宣先韻 飛皃。見〔玉篇〕。

【翭】胡鉤切音侯尤韻 羽本也。一曰羽初生皃。見〔說文〕。〔按廣雅釋詁、—本也。又釋器、—羽也。方言注云今以鳥羽本爲—。〕

【翭】下遘切音候宥韻 同翭。〔儀禮既夕禮〕—矢一乘。〔注〕—、猶候也。候物而射之矢也。

【翧】火卯切音暖旱韻 飛貌。見〔篇海〕。

【𦒍】尺勇切音寵腫韻 羽也。見〔玉篇〕。

【𦑱】方逼切職韻 飛也。見〔玉篇〕。

【翃】呼宏切音轟庚韻 羽聲。見〔篇海〕。

【翪】祖叢切音騣東韻 祖動切音總董韻 作弄切音糉送韻 竦翅飛也。〔爾雅釋鳥〕鶌鳩醜。其飛也—。〔注〕竦翅上下。

【翜】敕法切音插洽韻 —𦐊。飛皃。見〔集韻〕。

【翿】同𦒻。見〔篇海〕。

【𦒉】同翭。見〔字彙補〕。

【𦒄】同𦒋。見〔字彙補〕。

【翦】同翦。見〔字彙指南〕。

【𦑹】同𦒏。見〔玉篇〕。

【𦒑】同翍。見〔字彙補〕。

【𦒌】同獝。見〔字彙補〕。

【翚】同翬。〔廣雅釋訓〕——飛也。

【𦒐】𦑻或字。見〔集韻〕。

十畫

【𦒅】芳無切音敷虞韻 ㊀細毛也。見〔玉篇〕。㊁翮下羽也。見〔廣韻〕。

【翮】下革切音覈陌韻 羽莖也。見〔說文〕。〔按爾雅釋器。羽本謂之—。注鳥羽根也。〕

【翮】郎狄切音歷錫韻 同鬲。〔史記楚世家〕吞三—六翼以高世主。〔注〕三—六翼亦謂九鼎也。空足曰—。六翼即六耳。

【𦑃】呼宏切音訇庚韻 ㊀𦑃鳥弄翅也。見〔集韻〕。㊁——飛聲。見〔集韻〕。

【翯】胡沃切音隺沃韻 轄覺切音學覺韻 ㊀鳥羽肥澤皃。詩曰白鳥——。見〔說文〕。㊁水白光貌。〔史記司馬相如傳〕—乎滈滈。

【翯】下老切音皓皓韻 胡谷切音斛屋韻 素羽也。見〔集韻〕。

【翰】侯旰切音旱翰韻 河干切音寒寒韻 ㊀天雞赤羽也。逸周書曰。文—若翬雉。一名鷐風。周成王時。蜀人獻之。見〔說文〕。〔按正字通云。爾雅作鶾。亦作韓。〕㊁高飛也。〔易中孚〕—音登于天。〔注〕又長也。〔禮記曲禮〕雞曰—音。㊂飛疾。〔詩常武〕如飛如—。〔傳〕疾如飛。鷙如—。〔疏〕—是飛之疾者。㊃白色鮮潔也。〔易賁〕白馬—如。〔疏〕鮮潔其馬其色—如。㊄榦也。〔爾雅釋詁〕楨、—榦也。〔注〕榦所以當牆兩邊障土者也。㊅筆也。〔南史顏介傳〕染—便成。㊆文詞也。〔南史王儉傳〕甚嫻詞—。㊇棺傍飾也。〔左成二年傳〕棺有—檜。〔注〕—旁飾。㊈—林文—之多若林也。見〔文選揚雄賦序注〕〔按後世因以謂文學侍從之官。〔又〕前淸內閣中書。亦稱中—。

【䍿】逵合切音沓合韻

飛也。〔文選左思賦〕䞶趨䍿—。〔按廣雅釋詁亦以飛爲訓。〕

【翗】夷周切音由尤韻

—。鳥飛皃。見〔集韻〕。

【翇】防無切音扶虞韻

飛皃。見〔廣韻〕。

【翄】叉宜切音差支韻

—翍。燕飛不至也。見〔類篇〕。

【翖】丁盍切音答合韻

飛皃。見〔字彙補〕。

【翘】直格切音宅陌韻

翱—。飛皃。見〔集韻〕。

【翝】託盍切音塔合韻

鳥羽也。見〔篇韻〕。

【翛】力求切音流尤韻

小飛也。見〔字彙補〕。

【翜】徒答切音踏合韻

羣飛亥相及也。見〔正字通〕。

【翞】奴勒切能入聲職韻

同䘎。蟲名。見〔篇海〕。

【翙】翽本字。見〔說文〕。

【翞】同䴏。見〔篇海〕。

【翤】同翢。見〔字彙補〕。

【翔】翾或字。見〔集韻〕。

【翖】翢譌字。見〔正字通〕。

十一畫

【翳】壹計切音殪霽韻煙奚切音鷖齊韻

❶華蓋也。見〔說文〕。〔桂注〕華蓋也者。取象于星。星經云。華蓋十六星。在五帝座上。杠九星。爲華蓋之柄。覆謂此如旌。象營室。旗象罰星也。〔按廣韻云。—羽葆也。急就篇注云。—凡鳥羽之可隱—者也。舞者所持羽翿。以自隱—。因名爲—。一曰華蓋。今之雉尾扇。是其遺象。〕❷—所以蔽兵。謂脅盾之屬。〔管子小匡〕兵不解—。❸射獵者藏身之具。〔禮記月令〕田獵罝罘羅網畢—。❹猶屏也。一曰滅也。〔國語周語〕是去其長而—其人也。❺掩也。見〔方言〕。〔注〕謂掩覆也。❻障也。見〔廣雅釋詁〕。❼愛也。見〔廣雅釋詁〕。〔疏證〕方言。掩、—、薆也。郭注云。謂薆蔽也。引邶風靜女篇薆而不見。今本作愛。爾雅。薆、隱也。注云。謂隱蔽。掩、—、愛、隱。一聲之轉。❽目病也。〔梅堯臣詩〕忽然生—無藥瘳。〔按一切經音義引三蒼郭注云。—目—病也。〕❾自斃也。〔詩皇矣〕其菑其—。〔傳〕木立死曰菑。自斃爲—。〔按韓詩作殪。毛作—者。殪之假借字。〕❿雨師謂之—。見〔廣雅釋天〕。〔按萍—亦作屏—。王逸以爲雲神。曹植以爲風師。韋昭以爲雷師。應劭以爲天神。使未知孰是。〕⑪氛—。戾氣也。〔李白詩〕開元掃氛—。⑫——。徐也。〔南史陶潛傳〕景——以將入。⑬伯—。人名。〔國語鄭語〕嬴。伯—之後。能議百物以佐舜者也。⑭—鳥。鳳屬。〔山海經海內經〕北海之內。五彩之鳥。飛蔽一鄉。名曰—鳥。⑮—桑。地名。〔左文三年傳〕—桑之餓人也。

【翲】紕招切音漂蕭韻匹妙切音剽嘯韻

飛皃。見〔玉篇〕。〔按廣韻。—、高飛。集韻。—飛也義合。〕

【䎉】呼爛切音漢翰韻

飛皃。見〔玉篇〕。

【翴】陵延切音連先韻

飛皃。見〔玉篇〕。〔按廣韻。—翩。飛相及皃。〕

【翨】式支切音施支韻

鳥二羽也。見〔篇韻〕。

【翿】音導號韻

翳也。所以舞也。詩曰。左執翿。見〔說文〕。〔段注〕釋言曰。翢、纛也。纛、翳也。王風毛傳曰。翿、纛也。翳也。翳翢、纛、同字。〔按玉篇云。—、同翿。〕

【䎐】同䴏。見〔玉篇〕

【䎖】翰或字。見〔集韻〕。

【翻】䍿或字。見〔集韻〕。

【鴉】猴或字。見〔集韻〕。

十二畫

【䎖】咨滕切音增蒸韻

(一)舉也。見〔廣雅釋詁〕。

(二)飛也。見〔廣雅釋詁〕。

【翹】祁堯切音翹蕭韻

(一)尾長毛也。見〔說文〕。〔段注〕尾長毛必高舉。故凡高舉曰—。

(二)羽也。〔楚辭招魂〕砥室翠—。

(三)尾也。見〔廣雅釋言〕。

(四)舉也。〔淮南脩務〕—尾而走。

(五)起發也。〔禮記儒行〕麤而—之。〔注〕君不知有善言正行。則觀色緣事。而微—發其意。

(六)企也。〔史記商君傳〕亡可—足而待。

(七)懸也。〔文選曹植詩〕—思慕遠人。

(八)猶英也。〔柳宗元文〕莫不舒—揚英。

(九)茂盛貌。〔文選陸機賦〕翫春—而有思。

(十)——。高也。〔詩漢廣〕——錯薪。〔又〕危也。〔詩鴟鴞〕予室——。〔又〕遠貌。〔左莊二十二年傳〕——車乘。〔又〕衆也。見〔廣雅釋訓〕。

(十一)—遙。輕舉貌。〔文選張衡賦〕—遙遷延。

(十二)連—。藥名。〔爾雅釋草〕連異—。〔按本草云。連—生太山。本名連。又名異—。人因合之爲連—〕。

(十三)雗—。鷺旗也。〔後漢輿服志〕鷺旗者。編羽毛列繫幢旁。民或謂之雗—。

(十四)翠—。婦人首飾也。〔白居易詩〕翠—金雀玉搔頭。

【翹】祁要切翹去聲嘯韻

尾起也。見〔集韻〕。

【翺】牛刀切音遨豪韻

(一)本作翱。〔說文〕—翔也。〔段注〕翺、翔也。此複舉字之未删者。釋名。—、遨也。言遨遊也。翔、徉也。言彷徉也。

(二)翼一上一下曰—。〔淮南覽冥〕—翔四海之外。〔按淮南俶眞注云。翼上下曰—。直刺不動曰翔。然則—翔義別。許君渾言之。高誘析言之也〕。

【翻】孚袁切音番元韻

(一)飛也。見〔說文新附〕。〔按廣雅釋訓。—、—飛也〕。

(二)動貌。〔文選海賦〕—動成雷。

(三)反覆也。〔杜甫詩〕—手爲雲覆爲雨。

(四)猶編製也。〔全唐詩話〕命上官昭容選一篇爲新—御製曲。

(五)—然。改變貌。見〔荀子彊國注〕。

(六)—譯。各國文字互相迻譯之謂。

【䎘】息六切音肅屋韻

(一)飛也。見〔廣雅釋詁〕。

(二)——。鳥羽聲。或作肅。見〔集韻〕。

【翼】逸職切音弋職韻

(一)𩙺篆文。見〔說文飛部〕。〔按易明夷。垂其—。書皋陶謨。庶明勵—。正義。言如鳥之羽—而奉戴之〕。

(二)蟲羽也。〔國策楚策〕王獨不見夫蜻蛉乎。六足四—。

(三)魚腮邊兩鬣也。〔文選宋玉賦〕振鱗奮—。

(四)在旁曰—。〔詩行葦〕以引以—。

(五)佐也。〔左昭九年傳〕—戴天子。〔按國語楚語。求賢良以—之。注。—、輔也。義同〕。

(六)奉也。〔書中候〕欽—皇象。〔按文選孫綽賦。彤雲斐亹以—櫺。注。—、承也。義同〕。

(七)送也。見〔小爾雅廣言〕。〔疏〕—者、取—行之義。周書大誥云。予—以于。孟子。輔之—之。皆言—之以行。如送然。

(八)進也。〔漢書董賢傳〕莽復風大司徒光。奏賢質性巧佞。—姦以獲封侯。

(九)敬也。見〔爾雅釋詁〕。〔疏〕—者、小心之敬也。〔按詩大明。小心——。箋云。小心——。恭愼貌〕。

(十)明也。〔書武成〕越—日癸巳。〔按漢書律曆志作若翌日癸巳〕。

(十一)美也。見〔廣雅釋詁〕。〔疏證〕毛鄭詩考正云。卷阿五章。有馮有—。馮、滿也。謂忠誠滿於內。—、盛也。謂威儀盛於外。盛亦美也。

(十二)法也。〔文選班固典引〕降承龍—。

(十三)放縱貌。〔文選宋玉賦〕—放縱而綽寬。

(十四)軍隊分張如—也。〔史記李牧傳〕多爲奇陳。張左右—。

(十五)屋之四阿也。〔後漢班彪傳〕列棼橑以布—。〔按儀禮釋宮云。謂之屋—者。言其軒張如翬斯飛耳〕。

(十六)思慮深遠曰—。剛克爲伐曰—。見〔周書謚法〕。

(十七)二十八宿之一。今驚蟄節子初三

刻六分之中星。

翼宿圖

⑱謂舟也。〔文選張協文〕浮三—。戲中沚。〔按越絕書大—一艘長十丈。中—一艘長九丈六尺。小—一艘長九丈。三—之義本此。顏延之詩。千—汎飛浮。注引越絕書義同。〕

⑲地名。〔左隱五年傳〕曲沃莊伯以鄭人邢人伐—。〔注〕晉舊都。在平陽絳邑縣東。〔當今山西—城縣東南。〕

⑳——恭也。見〔爾雅釋訓〕。〔又〕敬也。見〔廣雅釋訓〕。〔又〕飛也。見〔廣雅釋訓〕。〔疏證〕翼、翊、竝同義。重言之則曰——。〔又〕盛也。見〔廣雅釋訓〕。〔疏證〕小雅采芑篇。四騏——。箋云。壯健貌。信南山篇。我稷——。箋云。蕃廡貌。大雅緜篇。作廟——。箋云。嚴顯——然。後漢書樊準傳。引商頌殷武京師——、四方是則。李賢注云。韓詩之文也。——然盛也。又小雅信南山篇云。彊場——。常武篇云。緜緜——。孔子閒居云。威儀——。皆盛之義也。單言之則謂之—。〔又〕明也。見〔廣雅釋訓〕。〔疏證〕爾雅。翌、明也。翌爲明日之明。又爲明顯之明。字通作—。〔又〕和也。見〔廣雅釋訓〕。〔疏證〕小雅采薇篇。四牡——。毛傳云。——、閑也。閑習即調和之義。〔又〕元氣也。見〔廣雅釋訓〕。〔疏證〕淮南子天文訓。天墬未形。馮馮——。洞洞灟灟。高誘曰。馮—洞灟。無形之貌。

㉑—如。端正貌。〔論語鄉黨〕趨進。—如也。

㉒比—。鳥名。〔爾雅釋地〕南方有比—鳥焉。不比不飛。其名謂之鶼鶼。

㉓服—。蝙蝠也。〔爾雅釋鳥〕蝙蝠、服—。〔疏〕蝙蝠、一名服—。〔按方言〕蝙蝠自關而東謂之服—。廣雅釋鳥作伏—。義同。〕

㉔通弋。〔書多士〕非我小國敢弋殷命。〔注〕弋、取也。徐音—。馬作—。義同。

㉕姓也。〔姓氏急就篇〕晉—侯之後。漢有諫議大夫—奉。

【翷】離珍切音鄰眞韻
飛也。見〔廣雅釋詁〕。

【⿰竜羽】音竜。東韻 達貢切送韻
飛皃。見〔玉篇〕。

【⿰惠羽】胡桂切音慧 以制切音曳霽韻
六翮之末。見〔玉篇〕。〔按—或省作獩。又作𦒃、獩。廣雅釋器。—、風狄羽也。疏證云。淮南子人間訓。鴻鵠奮翼掉獩。高誘注云。獩、六翮之末也。獩與—同。獩者、微末之名。猶車軸兩端謂之轄也。〕

【⿰瞥羽】匹蔑切音撇屑韻
飛貌。見〔篇海〕。〔按字已見玉篇。惟有音無義耳。〕

【⿰堯羽】祁堯切音翹蕭韻
飛也。見〔方言〕〔箋疏〕廣雅。𤥑、飛也。𤥑與—通。

【䎗】允律切音聿質韻
飛貌。〔文選郭璞賦〕鼓翅—翽。

【⿰羽異】同翼。〔峋嶁禹碑〕承帝曰嗟。—輔佐卿。

【⿰羽堯】同翹。見〔玉篇〕。

【⿰羽喬】同⿰喬羽。見〔字彙補〕。

【⿰羽矞】同䎗。見〔字彙補〕。

【⿱艹⿰羽羽】同翦。見〔篇海〕。

【⿱翾見】翾或字。見〔集韻〕。

十三畫

【翾】隳緣切音儇先韻
❶小飛也。見〔說文〕。❷急也。〔荀子不苟〕喜則輕而—。〔注〕與儇同。

【⿰賁羽】匹本切音栩阮韻
飛皃。見〔玉篇〕。

【⿰覃羽】虛延切音嫣 直連切音纏先韻
飛貌。見〔玉篇〕。〔按集韻——。飛也。或作蹮。〕

【⿰咸羽】虎感切音喊感韻
飛也。見〔集韻〕。

【⿰歲羽】呼外切音譿 苦會切音檜泰

韻許穢切音喙隊韻苦夬切音快卦韻
飛聲也詩曰鳳凰于飛。——其羽。見〔說文〕〔按毛傳云——、衆多也〕

【[illegible]】匹各切音粕藥韻
翍—飛皃。見〔集韻〕。

【[illegible]】大到切音導號韻
纛謂之—。見〔廣雅釋器〕。〔按字亦作翿。方言翿、纛、翳也。〕

十四畫

【耀】弋笑切音燿嘯韻
(一)明也。〔國語周語〕先王—德不觀兵。〔按左莊二十二年傳。光遠而自他有—者也。疏云謂光能遠照於他物有明義同。〕
(二)炫也。〔柳宗元書〕夸—于後之人矣。
(三)中—天王也。見〔後漢襄楷傳〕。
(四)曜或字。〔集韻〕曜光也。或从光。〔按說文作燿。曜—皆後出字。〕

【[illegible]】紕民切音繽眞韻
——。飛也。見〔廣雅釋訓〕。〔按玉篇。——、飛皃。〕

【翿】大到切音導號韻徒刀切音陶豪韻杜皓切音道皓韻
纛也。〔詩君子陽陽〕君子陶陶。左執—。〔按爾雅釋言。—、纛也。李巡曰。—、舞者所持纛也。又按說文作翳。玉篇云。翳、同—。互詳翳字。〕

【[illegible]】古濕字。見〔廣州書跋〕。

【翺】翱俗字。見〔干祿字書〕。

十五畫

【[illegible]】霍虢切音謋郝格切音赫陌韻
(一)㺂也。見〔玉篇〕。
(二)[illegible]—、飛疾也。見〔廣韻〕。

【[illegible]】忽麥切音劃陌韻
㺂或字。〔集韻〕㺂[illegible]㺂。飛也。或作—。

【[illegible]】力盍切音臘合韻
—[illegible]。飛初起皃。見〔廣韻〕。〔按字亦作[illegible]。玉篇[illegible]、飛皃。〕

【[illegible]】同[illegible]。詳[illegible]字。

【[illegible]】同[illegible]。詳[illegible]字。

【[illegible]】同[illegible]。見〔字彙補〕。

【[illegible]】同[illegible]。見〔字彙補〕。

十六畫

【[illegible]】[illegible]字。見〔字彙補〕。

二十畫

【[illegible]】郎到切音潦號韻
寬也。見〔類篇〕。〔按康熙字典誤作[illegible]入十五畫今正。〕

竹部

【竹】張六切音竺屋韻
(一)冬生艸也。象形。下垂者、箁箬也。見〔說文〕〔段注〕云冬生者。謂—胎生於冬。且枝葉不凋也。云艸者。爾雅—在釋艸。山海經有云其艸多—。故謂之冬生艸。〔按—爲多年生植物。圓質虛中。深根勁節。性堅韌。可爲各種器具。種、大小高低不一。葉、四時常青。有竝行脉。春月生筍。可佐食品。〕
(二)八音之一。〔後漢書曆志〕八音土曰塤。匏曰笙。皮曰鼓。—曰管。絲曰絃。石曰磬。金曰鐘。木曰柷。
(三)吹也。〔釋名釋樂器〕—曰吹。吹、推也。以氣推發其聲也。
(四)盛也。見〔廣雅釋言〕。
(五)陽也。見〔白虎通喪服〕。
(六)簡冊也。〔後漢和熹鄧皇后紀〕必書功於—帛。〔注〕—、謂簡冊。帛謂縑素。〔按古未有紙。大事書於冊。小事書於簡牘。皆以—木爲之。及秦始代以帛。故稱—簡。又稱—帛也。〕
(七)官名。〔唐書百官志〕司—監、掌植

｜萋。供宮中百司簾箔之用。

(八)菜名。［齊民要術］｜菜生｜林下。似芹科而莖葉細。［又］淡｜葉、一名｜葉菜。見［羣芳譜］。

(九)草名。［永嘉郡志］青田縣有草。葉似｜。可染碧。名爲｜青。

(十)魚名。［桂海虞衡志］｜魚出灘水。狀如青魚。味似鱖。

(十一)孤｜。國名。漢在遼西令支縣。今在直隸遷安縣西。

(十二)｜柏。木名。［益部方物略］｜柏生峨嵋山。葉繁長而箨似｜。

(十三)｜豚。鼠名。［贊寧筍志］｜根有鼠。大如貓。色類｜。名｜豚。亦名稚子。杜詩所謂筍根稚子也。

(十四)石｜。鹿｜。玉｜。菀｜。俱藥名。［本草綱目］瞿麥、一名石｜子。頗似麥。故名瞿麥。一莖生細葉。花紅紫赤色可愛。黃精、一名菀｜。又名鹿｜。生山谷。二月采根陰乾。一枝多葉。葉狀如｜而短。葳蕤、一名玉｜。根長多鬚。葉青黃色相值如蓋。

(十五)木｜。果名。［桂海虞衡志］木｜子似枇杷。肉甘美。秋冬閒實。

(十六)｜葉。酒名。［文選張協文］豫北｜葉。

(十七)甘｜。商埠名。在廣東順德縣境。清光緒二十二年。依一千八百九十七年中英緬條約開放。

(十八)通薄。［詩淇澳］綠｜猗猗。［釋文］｜、韓詩作薄。

(十九)通筑。［爾雅釋草］｜、萹蓄。［釋文］｜、本作筑。

(二十)姓也。伯夷叔齊之後。以｜爲氏。後漢有｜竹。見［廣韻］。

【竹】敕六切音畜沃韻

(一)鴟也。［揚雄賦］獨｜孤鴟。

(二)篇｜。草名。［爾雅釋草］｜篇、蓄。

二畫

【竺】都竹切音篤沃韻

厚也。見［說文二部］。［段注］爾雅、毛傳、皆曰。篤厚也。今經典絕少作｜者。惟釋詁尚存其舊。叚借之字行。而眞字廢矣。

【竺】張六切音竹屋韻

(一)竹也。見［廣雅釋草］。［疏證］說文。｜、從竹聲。玉篇。丁沃切。又音竹。則竹｜同聲字。方言有重輕。故又謂竹爲｜也。

(二)天｜。國名。［後漢西域傳］天｜國、一名身毒國。在月氏之東南數千里。［按天｜、西域國名。山海經曰天毒。漢書西域傳作捐毒。括地志云。天｜國有東、西、南、北、中央、五國。即今五印度也。］

(三)石｜。山名。［福建志］福清縣石｜山。其產多竹而少筍。［按清一統志作石竹。］

(四)州名。唐置。屬劍南道。當今四川茂縣。

(五)姓也。後漢酒泉都尉｜曾。

【竻】歷德切音勒職韻

(一)竹根也。見［集韻］。

(二)有刺而堅之竹。［肇慶府志］｜竹、俗呼刺竹。有刺而堅。可作藩籬。［按廣東新語云。｜竹、一名澀勒。勒、刺也。廣東人以刺爲勒。故又曰勒竹。長芒密距。枝皆五出。如雞足。其材可析榷。篾可織。皮可剉物。］

【竻】古筋字。見［集韻］。

【⿱竹丁】他頂切音珽迥韻

竹函也。見［集韻］。

【⿱竹厶】支穿切音專先韻

竹折也。見［字彙補］。

【⿱竹乂】魚几切又上聲紙韻

竹也。見［字彙補］。

【⿱竹冂】古箕字。見［字彙補］。

三畫

【竽】雲俱切音于虞韻

(一)本作竽。［說文］竽。管三十六簧也。［桂注］急就篇。｜瑟空侯。顏注。｜、笙類也。列管匏中。施簧管端。宮管在中央。三十六簧。易通卦驗。冬至吹黃鐘之律。間音以｜。｜長四尺二寸。鄭注。｜、管類。用竹爲之。形參差。象鳳翼。［按樂書云。近代｜笙十九簧。｜、與笙異器。而同和。方言云。｜、大笙也。故｜可訓大。］

(二)匏也。［釋名釋樂器］笙以匏爲之。故曰匏也。｜亦是也。其中污空以受簧也。

(三)盜｜。猶云盜魁也。［老子］服文采。帶利劍。厭飲食而資貨有餘。此之謂盜｜。［注］｜者五聲之長也。｜倡、則衆樂皆和。大姦倡、則小盜和。故曰盜｜。

【竿】居寒切音干寒韻

㈠竹梃也。見〔說文〕。〔段注〕梃之爲言梃也。謂直也。衞風曰。籊籊竹—。引伸之。木直者亦曰—。〔按今俗用作釣具曰釣—〕。
㈡箏之初生也。〔管子禁藏〕毋符—。
㈢—牘。簡牘也。〔莊子列禦寇〕不離苞苴—牘。
㈣借作干。〔後漢董賢傳〕僭擬車服。時人號—摩車。〔注〕—摩、謂相逼近也。俗以事干人者謂之相干摩。〔按干旄、干旌。又皆—之假借。〕

【竿】古旱切音幹皐韻
箭笴也。見〔集韻〕。

【竿】居案切音旰翰韻
衣架也。〔爾雅釋器〕—謂之箷。

【笂】蒲蒙切音蓬東韻
織竹編箬以覆船也。見〔海篇〕。

【𥫨】逸職切音弋職韻
竹索也。見〔集韻〕。

【𥫩】祖似切音子紙韻
箠也。見〔篇海〕。

【𥫢】口己切音起紙韻
簟也。見〔集韻〕。

【竾】陳知切音池支韻
同箎。樂器也。〔禮記月令〕仲夏之月。調竽笙—簧。〔注〕—、本又作箎。〔疏〕箎者、釋樂注云。箎以竹爲之。長尺四寸。圍三寸。一孔上出。寸三分。橫吹之。

【𥫴】于刎切音殞吻韻
笈也。見〔字彙補〕。

【笀】謨郎切音忙陽韻
同芒。草—也。見〔篇海〕。

【𥬌】初雅切馬韻
竹名。見〔海篇〕。

【𥫘】竽本字。見〔說文〕。〔按集韻作竽。〕

【笄】同笄。見〔玉篇〕。

四畫

【筊】何交切音爻肴韻
㈠簫也。〔爾雅釋器〕簫小者謂之—。〔注〕管十六。長尺二寸。
㈡筊或字。〔集韻〕筊。說文、竹索也。或从爻。

【笆】補下切音把馬韻
㈠竹名。出蜀。見〔廣韻〕。
㈡竹有刺者。見〔篇海〕。〔按正字通云。—、竹之有刺者。卷曲緊猥。竹譜名爲—竹。李石名爲籬竹。〕

【笆】邦加切音巴麻韻
㈠有刺竹籬也。見〔廣韻〕。〔按史記索隱云。今江南謂葦籬曰—籬。〕
㈡—蕉也。〔漢書司馬相如傳〕諸蔗—苴。〔注〕文穎曰。—蕉。〔亦作芭蕉、巴且。同。〕

【笗】諸容切音鐘冬韻
㈠長節竹也。見〔海篇〕。
㈡無節篃竹。見〔字林〕。

【𥬉】胡故切音護遇韻
㈠可㠯收繩者也。見〔說文〕。〔段注〕收當作糾。聲之誤也。糾、絞也。今絞繩者尚有此器。
㈡竹名。〔筍譜〕—筍味苦。以灰汁熟煮之。然後可食。苦味減而甘甚佳也。
㈢通互。懸肉竹格也。〔周禮牛人〕共其牛牲之互。

【笇】蘇貫切音算翰韻
㈠同算。〔史記吳王濞傳注〕上方與鼂錯調兵—軍食。
㈡竹器。見〔集韻〕。
㈢姓也。見〔正字通〕。

【笉】此忍切音盡羽敏切音隕軫韻
㈠笑皃。見〔玉篇〕。
㈡筊也。見〔集韻〕。

【笊】側絞切音蚤皓韻阻教切音醮效韻
㈠—篱。竹器。見〔集韻〕。
㈡鳥居穴曰—。居樹曰巢。見〔集韻〕。

【𥫽】杜本切音盾阮韻
㈠篅也。見〔說文〕。〔段注〕廣韻、—。篅也。今俗謂盛穀高大之器曰土篅。〔按正字通云。急就章—篅注。皆盛米穀器。以竹簟席爲之。若泥塗之則爲—。—之言屯也。物所屯聚也。織草爲之則曰篅。〕
㈡箎也。見〔集韻〕。

【笏】呼骨切音忽月韻
㈠公及士所搢也。見〔說文新附〕。〔按釋名釋書契云。—、忽也。君有教命及所啟白。則書其上。備忽忘也。古者自天子至士皆執—。禮記玉藻云。一、天子以球玉。諸侯以象。大夫以魚須文竹。士以竹本象。一度二尺有六寸。其中博二寸。其殺六分而去一。降及後世。惟品官執一。明制。四品以上用象牙。五品以下。用木。以粉飾之。則與古制異矣。〕

㊁所以記事也。〔禮記內則〕搢一。

㊂佩玉也。〔淮南齊俗〕無皮弁搢一之服。

㊃通笏。見〔韻會〕。

【笏】武粉切音刎吻韻

笢一手循笛孔貌。〔文選馬融賦〕笢一抑隱。行入諸變。

【笏】文拂切音勿物韻

笢一。繁密皃。見〔集韻〕。

【笍】枘衞切音綴霽韻

㊀羊車騶箠也。箸箴其耑。長半分。見〔說文〕〔段注〕羊車。善飾之車。今犢車是也。騶即御騶。箠者。御車之馬箠也。箴當作鍼。所謂耑有鐵。可以郵勿而椓剌之。善飾之車。駕之以犢。馳驟不揮鞭箠。惟用鍼剌而促之。

㊁小車具也。見〔玉篇〕。

【笍】儒稅切音汭霽韻

竹名。見〔集韻〕。

【笐】居郎切音岡陽韻

㊀竹列也。見〔說文〕。〔段注〕一之言行也。行、列也。釋草仲無一。蓋謂竹有行列。如伯仲然也。無者、發聲也。

㊁絃加竹謂之一。見〔集韻〕。

【笐】寒剛切音杭陽韻

㊀樂器有絃者也。見〔集韻〕。

㊁竹名。見〔集韻〕。

【笐】胡降切音巷絳韻

㊀挂衣架也。見〔集韻〕。

㊁竹列也。見〔集韻〕。

【笐】下浪切音亢漾韻

統省字。〔集韻〕統竹竿也。或省。

【笑】仙妙切音肖嘯韻

㊀喜也。見〔說文新修字義〕。〔注〕此字本闕。孫愐唐韻引說文。从竹从犬。而不述其義。〔按唐韻玉篇等書。皆从竹从犬作笑。字統及九經字樣等書。則从竹从夭作一。李陽冰云。竹得風。其體夭屈。如人之一。或作咲。省作关。而段本說文仍補笑篆。从竹从犬。〕

㊁喜而解顏啟齒也。又嗤也。哂也。見〔增韻〕。

㊂鈔也。頰皮上鈔者也。見〔釋名釋姿容〕。

㊃戲謔也。〔爾雅釋詁〕謔浪、一敖、戲謔也。〔注〕謂調戲也。佘人云。一心樂也。

㊄侮之也。〔詩終風〕顧我則一。

㊅懦劣貌也。〔易萃〕一握爲一。

㊆獸名。〔廣東新語〕人熊、一名山一。

【笒】鋤簪切音岑侵韻

竹名。見〔集韻〕。

【笒】巨禁切音噤沁韻

竹籤也。見〔集韻〕。

【笒】胡南切音含覃韻

實中竹名。見〔篇海〕。〔按集韻、笒。訓同。或作一。〕

【笄】古奚切音雞齊韻

笄或字。古之一。今之笄也。見〔篇海〕。

【笗】敕中切音忡東韻

竹名。見〔集韻〕。

【笈】極業切音跲葉韻極入切音及緝韻測洽切音插洽韻，

負書箱也。〔史記蘇秦傳〕負一從師。

【笉】以忍切音引軫韻

竹名。見〔集韻〕。

【笲】盧放切音況漾韻

覓魚具也。見〔字彙〕。

【𥬓】分房切音方陽韻

竹器。見〔集韻〕。

【笌】牛加切音牙麻韻

筍也。見〔集韻〕。〔按正字通云。竹始生也。古通作芽。本作牙。〕

【笫】士止切音市紙韻

竹名。出南方荒中。長百丈。圍三丈。見〔集韻〕。

【笎】恐袁切音元元韻

竹名。〔齊名要術〕一竹黑皮有文。

【𥫶】他計切音替霽韻

車貸也。〔廣雅釋器〕良謂之一。〔疏證〕釋名車弓上竹曰郎。郎與良通。集韻、一。車畚竹也。

【笓】駢迷切音鼙齊韻頻脂切音琵支韻 取蝦之竹器。〔廣雅釋器〕箄筌謂之｜。

【笓】毗至切音鼻寘韻 櫛屬。見〔集韻〕。

【笓】薄必切音邲質韻 次也。見〔集韻〕。

【笱】居尤切音鳩去鳩切音邱尤韻 竹名。見〔集韻〕。

【⿱竹朩】普木切音朴屋韻 小擊也。見〔集韻〕。〔按字或作扑。〕亦作撲。

【笑】丘檢切音鐱琰韻 小竹也。見〔廣韻〕。

【⿱竹水】數軌切音水式軌切音簺紙韻 竹名。見〔集韻〕。

【笲】虛誑切音況漾韻 竹名。見〔集韻〕。

【⿱竹止】諸市切音止紙韻 覓魚之具。見〔玉篇〕。竹名。見〔集韻〕。

【⿱竹冘】持林切音沈侵韻 竹名。見〔集韻〕。

【笺】將廉切音殲鹽韻 絕也。一曰田器。見〔集韻〕。

【⿱竹亓】古箕字。見〔集韻〕。

【⿱竹采】同笌。見〔字彙補〕。〔按牙、采、互、同。〕

【⿱竹氏】同匙。〔李商隱詩〕玉｜不動便門鎖。

【笔】筆或字。見〔集韻〕。

【笋】筍或字。見〔集韻〕。

【笎】笐譌字。見〔字彙補〕。

五畫

【笙】師庚切音生庚韻 ❶十三簧。象鳳之身也。｜、正月之音。物生故謂之｜。大者謂之巢。小者謂之和。从竹生。古者隨作｜。見〔說文〕。〔按｜亦管樂。廣雅云。｜十三管。許云十三簧。則每管有簧也。物生云者。禮經、東方鐘磬謂之｜。鐘磬｜、猶生也。東爲陽中。萬物以生也。列管、故從竹。正月之、音故從生。〕❷竽屬也。〔穆天子傳〕陳琴瑟｜竽。〔注〕｜亦竽屬。❸東方之樂也。〔書益稷〕｜鏞以間。〔注〕東方之樂謂之｜。❹細也。〔方言〕自關而西、秦晉之間。凡細貌謂之｜。❺簟名。〔方言〕簟宋魏之間謂之｜。❻地名。〔春秋宣十八年〕歸父還自晉至｜。〔注〕｜、魯竟也。〔按｜即生竇。史記作｜瀆。賈逵曰。句瀆也。今山東荷澤縣北有句陽古城。｜地其在此歟。〕

【笙】疏臻切音莘眞韻 地名。〔史記齊世家〕遂殺子糾於｜瀆。〔注〕鄭誕生本作莘。讀莘、｜、聲相近。

【⿱竹乎】洪孤切音胡虞韻 ❶竹名。見〔集韻〕。❷同葫。｜籚、箭室也。見〔篇海〕。

【笝】諾盍切音魶合韻 維舟竹索。見〔集韻〕。

【笝】昵洽切音㜛洽韻 ❶竹維舟謂之｜。見〔集韻〕。❷補。籬也。見〔集韻〕。

【笠】力入切音力緝韻 ❶簦無柄也。見〔說文〕。〔篇海〕簦｜以竹爲之。無柄曰｜。有柄曰簦。❷｜澤。地名。〔左襄十六年傳〕越子伐吳。吳子禦之｜澤。〔今江蘇吳縣西南太湖是。〕❸｜扅。戶牡也。見〔廣雅釋宮〕。

【笡】七夜切音跙禡韻 ❶斜逆也。見〔廣韻〕。❷簦也。〔廣雅釋器〕簦謂之｜。〔疏證〕玉篇。䈼｜、逆槍也。按廣雅䈼下、楦距也。疏證云。說文距槍也。距與距同。槍與楦聲相近。少牢饋食禮長者及俎拒。鄭注云。拒讀爲介距之距。俎距、脛中當橫節也。

【笢】彌盡切音泯軫韻武巾切音珉眞韻 ❶竹膚也。見〔說文〕。〔段注〕膚、皮也。竹膚曰｜。亦曰篛。巳析可用者曰篾。禮注作篾。❷手循竹孔之貌。〔文選馬融賦〕｜箹抑隱。❸澤髮駿刷也。見〔正字通〕。〔按今世俗婦人用以澤髮者曰｜子。是也。」

【𥬲】丘於切音墟魚韻

㊀凵或字。見〔說文凵部〕。〔按說文、凵盧飯器。卽禮注之｜盧。亦卽方言之去𥲗也。盧字下段注。士昏禮注曰。笲、竹器而衣者。如今之筥、｜籚筥。｜籚二物相似。｜籚、卽凵盧也。方言。𥲗。趙魏之郊謂之去𥲗。注。盧飯器也。錢氏大昕曰。去𥲗、卽凵盧也。據此。凵盧、或作｜籚。又作｜籚、去𥲗。互詳筥字。〕

㊁闞也。山容遴獸之器也。見〔玉篇〕。

【筡】乃叶切音聶葉韻

㊀｜䇤。竹名。〔揚雄賦〕其竹則鍾籠｜䇤。〔按正字通云｜䇤皮白如霜。大者宜爲篙。〕

㊁竹｜。小箱也。見〔篇海〕。

【笥】相吏切音伺寘韻　新茲切音思支韻　相止切音枲紙韻

㊀飯及衣之器也。見〔說文〕〔段注〕。禮記曲禮注曰。圓曰簞。方曰｜。簞、｜、盛飯食者。此飯器之笥。禮記引兌命曰。惟衣裳在｜。此衣器之笥。

㊁篋也。見〔後漢劉盆子傳注〕。〔按禮經鄭注。隋方曰篋。此析言之。則與｜有別。〕

㊂竹器也。見〔後漢樊曄傳注〕。

㊃雀葦器也。〔儀禮大射儀〕小時正奉決拾以｜。

㊄玉｜。山名。〔水經湘水注〕屈潭之左有玉｜山。〔按元和志在湖南湘陰縣東北七十五里。〕

【符】馮無切音扶虞韻

㊀信也。漢制。目竹長六寸。分而相合。見〔說文〕〔段注〕周禮門關用｜節。注曰。｜節者、如今宮中諸官詔｜也。漢孝文紀。始與郡國守相爲銅虎｜、竹使｜。應劭云。銅虎｜、一至五。國家當發兵遣使至郡合｜。｜合乃聽受之。竹使｜、皆以竹箭五枚。長五寸。鐫刻篆書第一至第五。張晏曰。｜以代古之圭璋。

㊁付也。赴也。〔釋名釋書契〕｜、付也。書所敕命於上。付使傳行之也。亦言赴也。執以赴君命也。

㊂約也。〔淮南主術〕以一合萬。若合｜者也。

㊃法也。〔文選陸機論〕抑有前｜。

㊄驗也。〔淮南本經〕審於｜者。怪物不能惑也。

㊅瑞也。〔史記孝武帝紀〕以風｜應合於天地。〔又〕甘露醴泉也。〔禮記仲尼燕居注〕萬物之｜長。

㊆道也。〔呂覽精論〕天｜同也。

㊇合也。〔文選揚雄賦〕同｜三皇。〔今語亦謂相合曰相｜。不合曰不｜。〕

㊈｜采。玉之橫文也。〔文選左思賦〕｜采彪炳。

㊉｜璽。官名。〔漢書趙堯傳〕趙堯爲｜璽御史。

(十一)｜拔。獸名。〔後漢班超傳〕月氏貢｜拔。〔注〕｜拔、形似麟而無角。

(十二)桃｜。御凶鬼物也。〔六帖〕正月一日。造桃｜。著戶。名仙木。百鬼所畏。

(十三)竹名。〔廣東新語〕雙髻峯下劉仙壇側有｜竹。竹不甚高大。止數尺。葉上有文如蝸蜓。如古篆籀。其行或複或單。或疎或密。葉葉不同。若今巫覡所書｜者。葉雖枯而文色不改。文多白。與葉色不同。

(十四)縣名。漢置。屬犍爲郡。當今四川合江縣西。

(十五)姓也。魯頃公之孫雅。仕秦爲｜璽令。因而氏焉。

【符】敷無切音敷虞韻

同孚。〔史記律書〕萬物剖｜甲而生。〔注〕｜音孚。

【笨】部本切音獖補袞切音本阮韻

㊀竹裏也。見〔說文〕〔段注〕謂其內質白也。又有白如紙者。吳都賦注謂之竹孚兪。

㊁麤率也。〔晉書羊曼傳〕豫章太守史疇。以人肥大。時目爲｜伯。

【笪】當割切音妲曷韻

㊀笞也。見〔說文〕〔段注〕｜者可以撻人之物。

㊁粗竹席也。見〔資暇錄〕。

㊂牽船索也。見〔齊東野語〕。

㊃覆舟簟也。見〔集韻〕。

【笪】黨旱切音亶旱韻

㊀擊也。見〔廣雅釋詁〕。〔按今本廣雅作担。集韻引廣雅作｜。疏證、｜與担同。〕

㊁姓也。見〔集韻〕。

【笪】得案切音旦翰韻

㊀筥也。見〔集韻〕。

㊁答也。見〔集韻〕。

㊂笍箸似籧篨。直文而麤者。江東呼

爲｜。見〔集韻〕。

【笪】他達切音闥曷韻

㊀啓晦也。〔南部新書〕盧文進出獵。忽天暗星見。士人謂之｜。

㊁烏｜。山名。在浙江諸暨縣。見〔明一統志〕

【笫】蔣兕切音姊紙韻側瑟切音櫛質韻

㊀牀也。〔方言〕牀。陳楚之間謂之｜。

㊁牀棧也。〔荀子禮論〕疏房檖貌越席牀｜。所以適體也。

㊂杠也。見〔廣雅釋器〕〔疏證〕說文、｜訓爲簀。簀訓爲棧。廣雅多本說文。疑簀｜下本有棧也二字。簀、｜棧也。樹栚杠也。皆承上棲謂之牀言之。

【笫】壯仕切音滓紙韻

牀簀也。見〔說文〕。〔按爾雅釋器云。簀謂之｜。注牀版也。〕

【笫】爭義切音裝寘韻

牀格謂之｜。見〔集韻〕。

【笫】阻引切音縝軫韻

簀也。周禮袵席牀｜。徐邈讀。見〔集韻〕

【第】大計切音弟霽韻

㊀本作弟。〔說文弟部〕弟。韋束之次弟也。从古文之象。〔段注〕以韋束物。如輈五束、衡三束之類。束之不一。則有次弟也。詩正義引說文有｜字。〔按段本又補｜篆从竹弟。〕

㊁次也。見〔廣雅釋詁〕。〔按釋名釋書契。書稱題。亦言｜。因其｜次也。〕〔疏證〕古書標題。每篇之首、必題弟一弟二等目。以迄於終。此次弟之弟。本不必加竹耳。

㊂順也。見〔集韻〕。

㊃且也。〔史記司馬相如傳〕｜俱如臨卭。

㊄使也。〔漢書陳勝傳〕藉｜令毋斬。

㊅但也。〔史記陳平世家〕陛下｜出僞遊雲夢。

㊆宅也。〔漢書高帝紀〕爲列侯食邑者。皆佩之印。賜大｜室。〔注〕孟康曰。有甲乙次｜。故曰｜也。

㊇科｜也。舊有登科及｜之稱。蓋指科舉中式者言。不中者曰落｜、下｜。

㊈｜五。複姓。後漢｜五倫。

【笭】郎丁切音靈靑韻朗鼎切音領迥韻

㊀車｜也。一曰。｜、籯也。見〔說文〕。〔段注〕籯謂竹籠也。〔按釋名釋車云。｜、橫在車前。以竹作之。孔｜｜也。〕

㊁舟中薦物者。〔釋名釋船〕舟中牀以薦物者曰｜。言但有簀如｜牀也。南方人謂之｜。突言涇漏之水。突然從下過也。〔疏證〕今船底上有襯板。水或漫淫而入。其最低者曰水倉。常時去之。名曰刮潮。與此誼合。

㊂辟經絲也。〔釋名釋采帛〕｜、辟經。絲貫杼中。一間幷一間。疏疏者｜｜然。幷者歷辟而密也。

㊃｜箵。漁具也。〔大唐新語〕漁具曰｜箵。〔廣韻亦作｜箐〕。

【笭】郎定切音令徑韻

｜箮。車中筵也。見〔集韻〕。

【笮】側格切音窄陌韻

㊀迫也。在瓦之下、棼上。見〔說文〕。〔段注〕棼者。複屋棟也。釋宮屋上薄謂之筄。注云。重屋覆｜也。按｜在上椽之下。下椽之上。迫居其間。故曰｜。釋名云、｜、迮也。編竹相連迫迮也。以竹爲之。故从竹。按｜與窄通。說文有｜無窄。｜、窄古今字。

㊁格謂之｜。見〔廣雅釋室〕〔疏證〕格、｜也。格字或作楶。又作節。說文、格、欂櫨也。格、｜一聲之轉。爾雅、屋上薄謂之｜。猶柱上欂謂之｜矣。

㊂矢箙也。〔儀禮既夕記〕甲冑干｜。

㊃通措。〔史記梁世家〕李太后與爭門措指。〔注〕措、借以爲｜。爲門扇所｜也。

㊄姓也。三國時、丹陽人｜融。

【笮】疾各切音昨藥韻

㊀筊也。西南夷尋之以渡水。見〔集韻〕。

㊁刑名。〔國語晉語〕其次用鑽｜。〔注〕黥刑也。〔卽刺字之刑〕。

㊂州名。唐置。羈縻劍南道。當今四川茂縣地。

【笮】側駕切音詐禡韻

盜也。見〔廣雅釋詁〕。〔疏證〕｜者、壓｜。出汁也。後漢書耿恭傳。馬糞汁飲之。李賢注曰。｜、謂壓｜也。

【笮】實窄切音齰陌韻

筄也。見〔集韻〕。

【笰】敷勿切音拂物韻　與後戶名也。〔爾雅釋器〕輿革前謂之䩬。後謂之—。

【笰】分物切音弗物韻　㊀箭也。見〔集韻〕。㊁笄也。見〔集韻〕。

【笰】方未切音沸未韻　削矢令漸細也。見〔集韻〕。

【笱】舉后切音苟有韻　㊀曲竹捕魚具也。从竹句。句亦聲。見〔說文句部〕〔通訓定聲〕承於石梁之孔。魚入不得出。又有以簿爲梁。—承之者。謂之寡婦之—。詩谷風。毋發我—。敝笱。敝—在梁。㊁—屚。縣名。漢置。屬交趾郡。當今安南交州府西南。

【笵】房啖切音范豏韻　㊀法也。竹簡書也。古法有竹刑。見〔說文〕〔段注〕法具於簡書。故—从竹也。左傳曰。鄭駟歂殺鄧析而用其竹刑。竹刑者。刑罰科條載於竹簡也。〔按易繫辭作範。攷工記軓前十尺注書或作軓。〕㊁楷式也。〔通俗文〕規模曰—。以土曰型。以金曰鎔。以木曰模。以竹曰—。

【笖】養里切音以紙韻　筍也。見〔集韻〕。

【⿱竹⿰主攵】主蘂切音箠紙韻　竹生筍也。見〔篇海〕。

【⿱竹甘】沽三切音甘覃韻　竹名。見〔集韻〕。

【⿱竹旨】古覽切音敢感韻　實中大竹也。見〔類篇〕。

【⿱竹末】莫葛切音末曷韻　捕魚竹器。見〔集韻〕。

【⿱竹⿰方力】渠建切音健願韻　筋之本也。見〔說文筋部〕。

【⿱竹⿰方力】居言切音鞬元韻　腱或字。〔集韻〕腱。博雅。胻腱肉也。或作䐗、—。

【笗】都宗切音冬冬韻　竹名。見〔集韻〕。

【笘】詩廉切音苫處占切音襜鹽韻　折竹箠也。潁川人名小兒所書寫曰—。見〔說文〕。

【笘】託協切音帖葉韻　簡也。見〔集韻〕。

【笘】的協切音褆葉韻　—竦。䉂也。見〔集韻〕。〔按廣雅。—䉂也。〕

【⿱竹主】重主切音柱麌韻　器所以調弦也。見〔集韻〕。

【笚】轄甲切音狎洽韻　笝省字。〔集韻〕笝。竹名。或省。

【笚】德盍切音搨合韻　竹相擊。見〔集韻〕。

【笚】諾盍切音納合韻　笝或字。〔集韻〕笝維舟竹索也。或从甲。

【⿱竹申】矢忍切音矧軫韻　竹名。見〔集韻〕。

【⿱竹仙】相然切音仙先韻　竹名。見〔集韻〕。

【笛】亭歷切音狄錫韻　七孔筩也。羌—三孔。見〔說文〕〔段注〕風俗通亦云長一尺四寸。七孔。周禮笙師字作篴。大鄭云。今人所吹五空竹—。然則漢時長—五孔甚明。云七孔者。禮家說古—也。馬曰。近世雙—從羌起。謂長—與羌—皆出於羌。李善曰。羌—長於古—。有三孔。大小異。〔按漢時古惟有長—、羌—。皆異於古—。若西京雜記所云。漢高祖初入咸陽宮。得玉—長二尺三寸二十六孔。其尤異者也。〕

【笜】竹律切音怡質韻當沒切音咄月韻　竹笋生貌。見〔類篇〕。

【笞】抽之切音痴支韻　擊也。見〔說文〕〔桂注〕唐書刑法志曰。—之爲言恥也。凡過之小者。捶撻以恥之。漢用竹。後世更以楚。書曰朴作教刑是也。〔按—刑制於隋唐。迄於淸時行之。民國肇廢止。逮四年復行。〕

【⿱竹发】普和切音鏺曷韻　箄也。見〔類篇〕。

【笟】攻乎切音孤虞韻　同箛。以篾束物也。見〔類篇〕。〔按海篇云。｜字與笊篾之笊不同〕。

【竽】丈呂切音宁語韻　機之持緯者。見〔類篇〕。

【笣】斑交切音包虛交切音熫肴韻　竹名。出筃浦。其筍冬生。見〔集韻〕。

【笅】於教切音靿效韻　竹節也。見〔篇海〕。

【筈】孔五切音苦麌韻　箸省字。〔集韻〕箸竹名。或省。〔按正字通云。竹類。生筍味苦。故云苦竹。〕

【箁】果五切音古麌韻　籔也。見〔集韻〕。

【笿】田聊切音條蕭韻　籊也。見〔篇海〕。〔今俗猶云｜籊。〕

【笧】而琰切音冉乃玷切音淰琰韻　竹弱皃。見〔集韻〕。

【筏】蒲蓋切音旆泰韻　｜｜。飛揚也。見〔字彙〕。

【笯】農都切音奴虞韻奴故切音怒遇韻奴加切音拏麻韻　鳥籠也。見〔說文〕。〔按方言。籠南楚江沔之間謂之篣。或謂之｜。〕

【笲】符袁切音煩元韻文遠切音飯阮韻皮變切音卞霰韻　竹器。所以盛棗栗段脩者也。〔禮記昏禮〕婦執｜棗栗段脩以見。

【笳】居牙切音嘉麻韻　胡人卷蘆葉吹之也。見〔集韻〕。〔按史記樂書云。胡｜似觱栗而無孔。伯陽避入西戎。卷蘆葉吹之也。又韻會小補云。大胡｜、十八拍。號沈家聲。小胡｜、十九拍。號祝家聲。〕

【笴】賈我切音哿哿韻古旱切音稈旱韻　矢幹也。〔考工記總目〕妢胡之｜。〔按儀禮鄉射禮曰。物長如｜。注。｜、矢幹也。長三尺。與跬栩應。射者進退｜節也。〕

【筅】蘇典切音銑銑韻　飯帚也。見〔類篇〕。

【笸】臼許切音巨語韻　火炬也。見〔集韻〕。

【笍】儒稅切音芮霽韻　銳也。見〔字彙補〕。

【䇦】倚朗切音坱養韻於浪切音盎漾韻　竹名。一曰。竹無色也。見〔集韻〕。

【䇾】於興切音英蒸韻　筍也。見〔字彙補〕。

【笉】於錦切音飲寢韻　笑貌。見〔海篇〕。

【䇯】薄陌切音白陌韻　皮白竹也。見〔集韻〕。

【笝】女涉切音敜葉韻　｜然。疲役也。見〔海篇〕。〔按當爲苶。从艸之譌。莊子字作苶。〕

【笧】古冊字。見〔說文冊部〕。

【𥬲】古皮字。見〔玉篇〕。

【笆】同笆。見〔篇海〕。

【笙】同笙。見〔篇海〕。

【笙】同笙。見〔字彙補〕。

【笙】同笙。見〔海篇〕。

【笶】矢俗字。見〔玉篇〕。

【筑】筑譌字。見〔篇海〕。

六畫

【笿】歷各切音洛藥韻　(一)桮｜也。見〔說文〕。〔段注〕方言。桮落。陳楚宋衛之間謂之桮落。又謂之豆筥。郭云。盛桮器籠也。按引伸爲籠絡字。今人作絡。古當作｜。亦作落。(二)篝也。薰籠也。〔急就篇注〕篝、一名｜。亦以爲薰籠。楚人謂之牆居。(三)束也。見〔廣雅釋詁〕〔疏證〕｜者。楚辭招魂。秦篝齊縷。鄭綿絡些。王逸注云。絡、縛也。絡與｜通。

【筤】以制切音曳霽韻　(一)長也。見〔集韻〕。(二)合板際也。見〔篇海〕。

【箋】羊列切音拽屑韻　校縫箄也。見〔集韻〕。

【筃】伊真切音因真韻　(一)竹名。見〔類篇〕。(二)茵或字。〔集韻〕茵車重席。或作｜。

【筅】蘇典切音銑銑韻　(一)｜帚也。見〔集韻〕。〔按｜亦作箲。〕

析竹爲帚。以洒洗也。通俗編云。世亦謂撒耳曰—。

三 飯具。見〔廣韻〕

四 狠—。兵器。〔戚繼光武藝篇〕狠—。用大毛竹上截連旁附枝節。視之粗可二尺。長一丈五六尺。利刃在頂。長一尺。郭應響云臨敵他技單薄。膽易搖奪。惟—遮蔽全身。刀鎗叢刺不能入。用爲行例。乃行伍藩籬也。

【筆】壁吉切音必質韻

一 秦謂之—。从聿竹。見〔說文聿部〕〔按古用簡牘。—即刀錐之類。其或用墨書之。不論以竹以木。但能染墨成字。即謂之—。至秦蒙恬造—。始以枯木爲管。用鹿毛羊毛等爲之。至近世更有鉛—石—鋼—矣。〕

二 述也。述事而書之也。見〔釋名釋書契〕〔猶云—之於書〕

三 書具也。〔禮記曲禮〕士載—。〔注〕—、謂書具之屬。

四 增益也。〔漢書禮樂志〕—則—。〔注〕—者、謂所有增益以—就而書也。

五 散行文也。〔南史沈約傳〕謝元暉善爲詩。任彥昇工於—。沈約兼而有之。

六 星名。〔釋名釋天〕—星、星氣有一枝。末銳似—也。

七 木—。花名。〔楚辭注〕辛夷花初發如—。北人呼爲木—花。

八 —算。以—演算也。今學校講授多用此。歐西雖亦用零星計算。亦以—爲之。

九 —帖式。清官名。以滿洲、蒙古、漢軍人充之。級自八九品至五品有差。京部院及各衙門設額有差。職掌繙譯。

【筆】筆別切音箣屑韻

山東謂—。見〔集韻〕

【筇】渠容切音蛩冬韻

一 竹名。見〔集韻〕〔按蜀都賦劉逵注〕—竹出興古盤江縣。中實而高節。

二 杖也。〔漢書西南夷傳〕張騫言在大夏見蜀布、—竹杖。〔按以—竹爲杖。故杖亦稱—〕

【筈】古活切音括苦活切音闊曷韻

一 通栝。箭末曰栝。栝、會也。謂與弦相會也。見〔集韻〕

二 通括。〔書太甲〕往有括於度則釋。

【笁】古雙切音江江韻

一 筏也。見〔篇海〕

二 竹名。見〔篇海〕

【等】得肯切音蹬迥韻

一 齊簡也。从竹寺。寺、官曹之—平也。見〔說文〕〔段注〕齊簡者、疊簡冊齊之。如今人整齊書籍也。官之所止九寺。於此—平法度。故从竹寺。

二 類也。〔易繫辭〕爻有—。

三 輩也。〔禮記曲禮〕見同—不起。〔又〕—夷言同輩也。〔史記留侯世家〕皆陛下故—夷。

四 同也。〔淮南主術〕與無法—。

五 階級也。〔論語鄉黨〕出降一—。〔按此爲齊簡義之引伸。凡物齊之。則高下縣歷可見。故曰—級。又今謂平—。即謂法律上無—級也〕

六 差也。〔禮記樂記〕然後立之樂—。〔按凡有高下次序者皆曰—。如—賦、—威、—差之類。〕

七 待也。〔篇海〕—、候待也。

八 —道。何物語也。〔後漢禰衡傳〕黃祖訶之。衡更熟視曰。死公云—道。祖大怒。〔注〕死公、罵言也。—道猶今言何物語也。

九 —子。衡器。〔李方叔師友談記〕文銖兩不差。非秤上秤。乃—子上—來也。〔俗作戥非〕

十 方—平—也。〔正字通〕佛氏有方—經。猶言平—世界也。〔又〕人名。梁元帝子蕭方—。

十一 發—。沐樹也。〔王褒文〕焚差發—。

【等】打亥切睹韻

齊也。見〔集韻〕

【筊】何交切音爻肴韻古巧切音絞巧韻

一 竹索也。見〔說文〕〔段注〕謂用析竹皮爲繩索也。今之簻纜也。

二 小簫也。長尺二寸。十六管。〔爾雅釋樂〕大簫謂之言。小者謂之—。〔疏〕小者聲揚而小。故言—小也。

三 杯—。卜具也。〔石林燕語〕高辛廟有竹杯—。〔按杯—、原以兩蚌殼爲之。擲地上觀其俯仰以占吉凶。

或用竹木爲之。古亦有玉製成者。故其字通作玦。今多以竹爲之。俗謂之卦。〕

【筋】舉欣切音斤文韻

㈠肉之力也。从肉从力从竹。竹、物之多｜者。見〔說文筋部〕。〔按釋名釋形體。｜、靳也。肉中之力。氣之元也。靳固於身形也。今生理學云。｜者包圍骨骼。而成人體之柔輭部。殆占人體重量之半。乃謂肌肉也。能隨意屈伸者。謂之橫紋｜。不能隨意屈伸者。謂之平骨｜。〕

㈡竹名。〔竹譜〕｜竹長二丈許。圍數寸。至堅利。南土以爲矛。其筍未成竹時。堪爲弩絃。

㈢地｜。枸杞也。見〔廣雅釋草〕。〔又〕白茅根也。〔本草綱目〕茅根、一名地管。一名地｜。生楚地山谷田野。六月采。根如渣芹。甜美。

㈣姓也。見〔姓苑〕。

【筯】渠焉切音乾先韻

大腱。見〔集韻〕。

【筍】聳尹切音笋軫韻

㈠竹胎也。見〔說文〕。〔按｜、或作筍。俗作笋。爾雅釋草｜、竹萌。疏竹初萌生謂之｜。段玉裁云。胎、言其含苞。萌、言其已箈也。〕

㈡同簨。懸鐘磬之橫木也。〔考工記梓人〕梓人爲｜簴。〔注〕樂器所懸、橫曰｜。直曰簴。

【筍】於倫切音勻眞韻

蒻竹也。〔書顧命〕敷重｜席。

【筍】須閏切音峻震韻

竹輿也。〔公羊文十五年傳〕｜將而來也。〔注〕｜者竹箯。一名編輿。齊魯以北名之曰｜。

【筏】房越切音伐月韻

㈠同橃。〔說文木部〕橃、海中大船。〔段注〕漢人注經。固云大者曰｜。後人以橃代｜。

㈡編行渡水曰｜。〔方言〕泭謂之䈏。䈏謂之｜。〔注〕木曰䈏。竹曰｜。小｜曰泭。

【筏】北末切音撥普活切音鏺曷韻

箄也。見〔集韻〕。

【筐】曲王切音匡陽韻

㈠匡或字。見〔說文匚部〕。〔按說文、匡。飯器。筥也。〕

㈡篚屬。所以行幣帛也。〔詩鹿鳴〕承｜是將。

㈢竹器也。〔詩伐木傳〕以｜曰釃。

㈣方曰｜。〔詩采蘋〕維｜及筥。

㈤床名。〔莊子齊物論〕與王同｜牀。食芻豢。〔注〕安牀也。又正牀也。

㈥小簪也。〔淮南齊俗〕｜不可以持屋。

㈦星名。〔漢書天文志〕戴｜六星曰文昌宮。〔注〕似｜。故曰戴｜。

㈧地名。〔左文十一年傳〕叔仲惠伯會晉郤缺於承｜。〔注〕承｜、宋地。〔今河南睢縣西有故承｜城。〕

【筑】張六切音竹屋韻

㈠本作筑。〔說文〕筑、㠯竹曲、五絃之樂也。从巩竹。巩、持之也。〔段注〕以竹曲不可通。釋名｜、以竹鼓之也。按御覽引樂書云。以竹尺擊之。今審定其文。當云｜曲。以竹鼓弦之樂也。高云二十一弦。樂書云十三弦。｜弦數未審。古者箏五弦。說文殆｜、下鼓弦與箏下五弦互譌耳。

㈡拾也。見〔爾雅釋言〕。〔注〕謂拾掇。〔疏〕金縢云。凡大木所偃。盡起而｜之。馬融云。起其木。拾其禾。

【筑】竹六切音逐屋韻

｜陽。縣名。漢屬南陽郡。當在今湖北穀城縣東。

【筒】徒弄切音洞送韻

通簫也。見〔說文〕。〔段注〕所謂洞簫也。廣雅云。大者二十三管。無底。是也。漢章帝紀。吹洞簫。如淳曰。洞者、通也。簫之無底者也。

【筒】徒東切音同東韻

㈠竹管也。見〔一切經音義引三蒼〕。〔按呂覽適音云。黃帝命伶倫制十二｜。以別十二律。今凡截竹爲｜。其管之圓而空者。俗皆謂之竹｜。〕

㈡射｜。竹名。〔異物志〕射｜竹、細小。通長無節。出交趾。

㈢碧｜。栝屬。〔正字通〕唐人有碧｜栝詩。言卷荷葉爲｜飲酒也。

㈣郫｜。盛酒器也。〔韻府〕蜀郫縣大竹。截爲｜。盛酒。閉以藕絲。包以蕉葉。信宿香達於外。曰郫｜。

【笄】堅奚切音雞齊韻

㈠簪也。見〔說文〕。〔按古者｜有二種。一貫髮之｜。男子婦人皆有之。

一冕弁之—。惟男子有之。今則惟婦人有—而男子無—矣。〔釋名釋首飾〕

(二)係也。所以係冠使不墜也。見〔釋名釋首飾〕

(三)女子許嫁之特典也。〔儀禮士昏禮〕女子許嫁。—而醴之稱字。〔注〕許嫁、已受納徵禮也。—女之禮。猶冠男也。

(四)靡—。山名。〔左成二年傳〕師次於靡—之山。〔按金史長清有劘—山。劘—當即靡—。在今山東長清縣西南。〕

【答】得合切音潛合韻

(一)對也。〔禮記郊特牲〕—陽之義也。

(二)當也。〔書牧誓〕昏棄厥肆祀弗—。

(三)應也。〔禮記儒行〕上—之不敢以疑。上不—不敢以諂。〔注〕—之、之謂應用其言也。

(四)報也。見〔漢書五行志集注〕

(五)距也。〔詩雨無正〕聽言則—。

(六)竹箇也。見〔篇海〕

(七)厚重貌。〔漢書貨殖傳〕—布皮革千石。〔注〕—布、麤厚之布也。—者、厚重之貌。

(八)百—。水名。〔山海經中山經〕陂水出於其陰。世傳謂之百—水。

(九)古作畣。〔爾雅釋言〕俞、畣、然也。〔釋文〕畣、古—字。

(十)—祿。複姓。明、—祿奕權。

【策】測革切音冊陌韻　〔按驅—之—、本作敕。〕

(一)馬箠也。見〔說文〕〔段注〕馬箠曰—。以—擊馬曰敕。

(二)簡也。〔儀禮聘禮記〕百名以上書於—。〔按獨斷云。—者、簡也。其制長二尺。短者半之。其次一長一短。兩編下附。單執一札謂之簡。連編諸簡。乃名爲—。凡書字有多有少。一行可盡者書於簡。數行可盡者書於方。方所不容者乃書於—。〕

(三)以簡書王命也。〔周禮內史〕則—命之。〔按釋名釋書契云。—書敎令於上。所以驅—諸下也。〕

(四)文體之一種。漢制取士有射—。對—之文。如賈誼之治安—。王元長之—秀才文。

(五)謀也。〔禮記仲尼燕居〕田獵戎事失其—。〔按段玉裁云。計謀曰籌—者。猶籌。籌猶筭。筭所以計曆數。謀而得之。猶用筭而得之也。故曰筭、曰籌、曰—。一也。〕

(六)蓍也。〔史記五帝紀〕黃帝得寶鼎神—。於是迎日推—。〔注〕—、神蓍也。

(七)箴也。見〔廣雅釋詁〕〔按疏本作茦。證爾雅。—、刺也。茦、刺、傷也。郭璞注云。草刺針也。鍼、針、茦與箴同。茦、各本訛作—。影宋本、皇甫本不誤。〕

(八)小也。見〔方言〕〔箋疏〕—之言朿也。說文。朿、木芒也。象形。讀若刺。蓋銳而小之義也。

(九)杖也。〔淮南墬形〕夸父弃其—。

(十)竹名。〔文選左思賦〕—篻有叢。

(十一)木細枝也。〔方言〕木細枝謂之杪。燕之北鄙朝鮮冽水之間謂之—。

(十二)刺也。〔方言〕凡草木刺人、北燕朝鮮之間謂之—。

(十三)天—。星名。〔左僖五年傳〕天—焞焞。〔注〕天—、傅說星。

(十四)——。落葉聲也。〔韓愈詩〕秋風一披拂。——鳴不已。

(十五)警—。片言居要也。〔文選陸機賦〕立片言以居要。乃一篇之警—。〔注〕馬因—而行疾。喻文資片語而理明。以一言入衆辭中。若—之警馬也。

(十六)通冊。〔左傳序〕大事書於冊。〔釋文〕—、本作冊。

(十七)通筴。〔易繫辭〕乾之—。〔釋文〕—、本作筴。

(十八)姓也。明—敏。—簡。

【筂】諸仍切音蒸蒸韻

(一)竹炬。見〔集韻〕

(二)竹名。皮有文也。見〔集韻〕

【筗】直衆切音仲送韻

(一)中籥也。通作仲。見〔集韻〕〔按爾雅釋樂云。大籥謂之産。其中者謂之仲。〕

(二)竹名。見〔字彙補〕

【⿱竹⿰耳丰】尼懾切音聶葉韻

(一)竹—。見〔廣韻〕

(二)竹也。見〔廣韻〕

【筃】直例切音滯霽韻

以竹補缺也。見〔集韻〕

【⿱竹⿴囗西】古箕字。見〔玉篇〕

【⿱竹夆】古送切音貢送韻

栝簝也。或曰。盛箸籠。見〔說文〕〔段注〕箸筩曰箱。亦曰—也。〔按栝簝、廣雅作栝落。通訓定聲云盛

桮器籠。〕

【筀】涓惠切音桂霽韻
竹名。〔廣東新語〕—竹、葉細節疏。可作簩絲。

【笛】區玉切音曲沃韻
蠶簿也。通作曲。或作苖。見〔集韻引說文〕〔按說文有曲苖無—。曲字下云。或說曲、蠶簿也。苖字下亦云。蠶簿也。〕

【筫】充之切音蚩支韻
竹名。見〔集韻〕。

【筊】而融切音戎東韻
小竹。可爲矢。見〔集韻〕。

【筓】尺兗切音舛銑韻
竹以貫物。見〔集韻〕。

【筥】居之切音姬支韻
取蟣比也。見〔說文〕。〔段注〕比、筥、古今字。比者密也。引伸爲櫛髮之比。蟣者、蝨子也。今江浙皆呼篦—。

【筞】舂朱切音樞追輸切音株虞韻
梓雙也。見〔說文〕。〔段注〕廣雅。篷篷謂之—。廣韻四江曰。梓篷者、帆未張也。又曰。篷者、帆也。按以密席爲帆曰梓篷。故字或皆從竹。今大船之帆。多用密席是也。

【筞】初尤切音求尤韻
帆張也。見〔類篇〕。

【筄】弋笑切音燿嘯韻餘招切音遙蕭韻夷周切音猶尤韻
屋笮也。〔爾雅釋宮〕屋上簿謂之—。

【筣】力制切音例霽韻
簩也。見〔海篇〕。

【筦】㑯皓切音老晧韻
栳或字。〔集韻〕栳。柳器。或从竹。

【筳】忍甚切音飪寢韻
單席。見〔集韻〕。

【筸】如鴆切音妊沁韻
臥席。見〔集韻〕。

【筌】逡緣切音銓先韻
捕魚竹器。〔莊子外物〕—者所以得魚。得魚而忘—。

【筹】苦浩切音考皓韻
—笯。屈竹木爲器。見〔集韻〕。

【筎】人余切音如魚韻
刮取竹皮爲—。見〔集韻〕。

【笧】所晏切音訕諫韻
栅或字。〔集韻〕栅。編竹木爲落也。或从竹。

【笧】古冊字。見〔集韻〕。

【筭】同策。算也。〔馬融賦〕碁多無—兮。如聚羣羊。〔注〕—、同策。算也。

【筴】通筴。〔楚辭九懷〕啟匱兮探筴。〔注〕筴、釋文作—。

【筅】充仲切音銃送韻
竹尖。見〔集韻〕。

【筡】陟瓜切音茶麻韻
箠也。見〔說文〕。〔段注〕—、檛、古今字。亦作簻。左傳繞朝贈之以策。杜預曰。馬檛也。檛、婦翁字。本从木。後人又改以手。

【筙】徒果切音垛哿韻
竹名。見〔廣韻〕。

【筕】何庚切音行庚韻寒剛切音杭陽韻
—篖。竹簟也。〔方言〕—篖。自關而東。周洛楚魏之間謂之倚佯。自關而西、謂之—篖。〔注〕—篖似籧篨。直文而麤。江東人呼爲笪。

【茸】如容切音茸冬韻乳勇切音冗腫韻
文竹。見〔集韻〕。

【筂】蔣氏切音紫紙韻
竹名。見〔集韻〕。

【筝】余章切音陽陽韻
竹名。見〔集韻〕。

【箈】市緣切音遄先韻
倉—也。見〔篇海〕。〔按字彙補以爲篅字省文〕

【筑】其玉切音逐屋韻
水名。見〔字彙補〕。

【筑】同筑。見〔篇海〕。

【筍】心準切音筍軫韻
籅也。見〔字彙補〕。

【筙】杜果切音垛哿韻
𥱼—。竹名。生南陽。漢時獻爲馬策。見〔玉篇〕。

【筡】張瓜切音檛麻韻

鑑也。見〔集韻〕。

【⿱竹扣】丘遴切音叩宥韻 布—也。見〔字彙補〕。〔按金仁山論麻冕云。三十升布。則爲—千二百目。〕

【⿱竹英】於驚切音英庚韻 筝也。見〔篇海〕。

【⿱竹⿰缶乇】羊笑切音耀嘯韻 屋上籍也。見〔字彙補〕。〔按卽⿰缶乇字。〕

【⿱竹刎】武粉切音吻吻韻 截—竹也。見〔篇海類編〕。

【⿱竹施】同簁。見〔類篇〕。

【⿱竹共】同笄。見〔字彙補〕。

【⿱竹囱】同⿱竹囟。見〔字彙補〕。

【⿱竹貟】同筫。見〔字彙補〕。

【⿱竹航】同筕。見〔五音篇海〕。

【⿱竹夹】筴俗字。見〔篇海〕。

七畫

【筟】芳無切音敷虞韻 ㊀筳也。讀若春秋魯公子彄。見〔說文〕。〔段注〕筳、篗、—三名。一物也。方言。維車趙魏之間謂之轣轆車。東齊海岱之間謂之道軌。按自其轉旋言之。謂之歷鹿。亦謂之道軌。亦謂之鹿車。自其箸絲之筳言之。謂之維車。亦謂之—車。實卽今之籆車也。〔按—車。卽俗云紡車。〕 ㊁竹中衣也。見〔正字通〕。

【筠】于倫切音漘眞韻 于分切音雲文韻 ㊀竹之青皮也。〔禮記禮器〕其在人也。如竹箭之有—也。〔按篇海云。—、竹膚堅質也。竹無心。其堅强在膚。〕 ㊁竹也。〔杜甫詩〕柴門空閉鎖松—。 ㊂州名。唐置。有二。一、羈縻州。隸劒南道。今四川—連縣南有廢—州故城。一、卽今江西高安縣治。

【筡】同都切音徒虞韻 陳如切音除 抽居切音樗魚韻 ㊀析竹筤也。讀若絮。見〔說文〕。〔按方言十二。—、筡。析也。析竹謂之—。注。今江東呼篾竹裏爲—。亦名爲—之也。箋疏案注云。江東呼篾竹裏爲—。篾竹字疑誤倒。篾、筤、聲之轉。—也。筤也。篾也。實一物也。醫方謂之竹茹。茹、古用—。故許君讀若絮也。注一名—之者。蓋析篾謂之—。析之卽謂之—之。〕 ㊁竹中空也。〔爾雅釋草〕䉉、—中。〔注〕言其中空。〔按段玉裁云。肉薄好大者謂之—中。如析去青皮而薄也。〕

【筡】抽居切音攄魚韻 竹篾。見〔廣韻〕。

【筡】商居切音書魚韻 䈼—。竹筐也。見〔類篇〕。

【筡】丑戾切齋韻 ㊀竹名。見〔集韻〕。 ㊁竹裏爲—。見〔集韻〕。

【⿱竹別】筆別切音筆屑韻 ㊀分—也。見〔廣韻〕。 ㊁分契也。見〔廣韻〕。

【⿱竹利】良脂切音棃陵之切音釐支韻 力至切音利寘韻 憐題切音黎齊韻 ㊀⿱竹乞—。織竹爲障也。見〔類篇〕。 ㊁竹名。出廣州西南。見〔集韻〕。

【⿱竹利】里弟切音禮薺韻 —⿱竹乞。織荊也。見〔集韻〕。

【⿱竹呈】馳貞切音呈庚韻 ㊀筳也。見〔玉篇〕。 ㊁笭—。竹席也。見〔集韻引廣雅〕。〔按廣雅釋器笭—。疏證云。竹席二字。乃集韻釋廣雅之辭。非廣雅原文。〕 ㊂竹名。可爲笛。見〔集韻〕。

【⿱竹𡈼】湯丁切音汀青韻 竹器。見〔集韻〕。

【⿱竹定】他定切音聽徑韻 笭—。車中筳也。見〔集韻〕。〔按通雅器用。笭—。笭箵也。劉氏曰。舟中篢曰笭箵。或作笭䉶、笭篢。皆其聲相借也。〕

【⿱竹夆】蒲蒙切音蓬東韻 ㊀同篷。車篷也。〔方言〕車篷。南楚之外謂之篷。或省作—。 ㊁船連帳也。見〔玉篇〕。

【⿱竹夅】胡江切音降江韻 —簍。酒篘也。見〔集韻〕。

【筤】盧當切音郎陽韻 里黨切音

闞養韻

㊀鑑也。見〔說文〕〔段注〕廣韻曰。—。車鑑。按許不言車鑑。汎言籠下之器耳。

㊁蒼—。幼竹也。〔易說卦〕震爲蒼—竹。

㊂筍—。山名。〔四川志〕筍—山。山在大渡河西北五十餘里。曰前—。又行數十里曰後—。山多筍。故名。

【筤】呂張切音良陽韻

—謂之笑。見〔廣雅釋器〕。

【筤】郎宕切音浪漾韻

扇類。曲柄繡蓋也。〔通雅器用〕鴐頭之後有繡扇。緋羅繡曲蓋。俱內臣馬上執之。謂之扇—。

【筥】苟許切音舉　兩舉切音呂語韻

㊀𥳓也。見〔說文〕〔段注〕𥳓、當作䈀。方言。䈀、南楚謂之筲。趙魏之郊謂之筥䈀。禮經鄭注云。筲形。蓋如今之—筥盧。筥篋、即筥䈀也。〔按集韻。䈀、飯器也。或从呂。互詳䇺字〕

筥圖

㊁箱也。亦盛杯器籠曰—。見〔一切經音義引聲類〕〔按又曰豆—。盛杯器籠、即說文桮笿也〕

㊂圓曰—。〔詩采蘋〕維筐及—。

㊃穧也。〔儀禮聘禮〕四秉曰—。〔注〕此秉謂刈禾盈手之秉也。—、穧名也。若今萊陽之間刈稻聚把有名爲—者。〔按詩大田正義引此而釋之曰。言此秉者。以對米秉爲異。禾之秉、一把耳。米之秉、則十六斛。禾之—、四把耳。米之—、則五斗。米禾之秉—。字同而數異〕

【筄】武斐切音尾尾韻

㊀竹名。見〔海篇〕。

㊁帚也。見〔篇海〕。

【筦】古緩切音管旱韻

㊀筟也。見〔說文〕〔桂注〕六書故曰。—、絡緯之管也。〔參閱筟字〕

㊁同管。〔廣韻〕—。同管。樂器也。主當也。又姓。出平原。周文王子管叔之後。〔按漢人之書。管、—、多通用〕

【筩】徒東切音同東韻

㊀斷竹也。見〔說文〕〔段注〕漢律曆志曰。制十二—以聽鳳之鳴。此—之一耑也。

㊁長也。見〔廣雅釋詁〕〔疏證〕—者、狹長也。史記三王世家廣陵王策云。毋侗好佚。褚少孫釋之曰。毋長好佚樂也。論衡齊世篇云。上世之人。侗長佼好。義並與—同。

㊂缿—。〔漢書趙廣漢傳〕趙廣漢爲潁川太守。教吏爲缿—。〔注〕若今盛錢藏瓶。爲小孔。可入而不可出。或缿或—。皆爲此制。而用受書。令投入其中也。〔按猶今郵政信箱、店家錢—之類〕

㊃鉤名。〔文選郭璞賦〕—灑連鋒。罾比船。〔注〕—、灑皆鉤名。

【筩】杜孔切音動董韻

候管。見〔集韻〕。

【筩】尹竦切音勇腫韻

箭室也。〔左昭十三年傳〕奉壺飲冰。〔注〕冰、箭—蓋。可以取飲。

【筫】陟利切音智寘韻　之日切音質質韻

㊀竹器也。見〔篇海〕。

㊁朴也。見〔字彙〕。

【筫】掌氏切音只紙韻

致謹也。正也。見〔釋藏〕。

【筬】時征切音成庚韻

㊀竹名。見〔集韻〕。

㊁—筐。織具。見〔廣韻〕。

【筮】時制切音誓霽韻

本作𥮻。〔說文〕𥮻、易卦用蓍也。从竹𥮻。𥮻、古文巫字。〔段注〕曲禮曰。龜爲卜。策爲—。策者、蓍也。周禮筮人注曰。問蓍曰—。其占易。从竹者。蓍如𥮻也。𥮻以竹爲之。从巽者。事近於巫也。

【筮】以制切音曳霽韻

㊀揲蓍占也。見〔集韻〕。

㊁北—。山名。〔漢書地理志〕南陽郡宛縣南有北—山。

㊂書名。〔漢書藝文志〕縱橫家有國—子十七篇。蓍龜家有大—衍易二十八篇。

【筯】遲據切音宁御韻

㊀箸或字。〔集韻〕箸。說文、飯攲也。或作—。〔按禮記曲禮。羹之有菜者用梜。注云。今人或謂箸爲梜。箸、即—也。廣雅亦謂之筴。今俗呼爲筷。〕

㊁蟲名。〔神異經〕南海有水蟲、名曰—。蚌蛤之類也。

【筰】疾各切音昨藥韻
㊀筊也。見〔說文〕。〔按韻會云〕—、竹索也。西南夷尋之以渡水。
㊁引舟者曰—。、作也。見〔釋名釋舟〕。
㊂國名。〔史記西南夷傳〕自越嶲以東北。君長以十數。徙、—都最大。〔注〕徙、—二國名。

【筲】師交切音梢肴韻色角切音朔覺韻
㊀簇也。見〔廣雅釋器〕。
㊁畚類。〔儀禮既夕〕苞二—三。〔注〕—、畚種類。其容蓋與簋同一穀也。
㊂竹器。容斗二升。〔論語子路〕斗—之人。〔按漢書車千秋傳集注〕—、竹器。容一斗。又漢書敍傳上音義引字林曰。—、飯筥也。受五升。
㊃籍省字。〔集韻〕籍飯帚或省。

【筳】唐丁切音庭青韻
㊀維絲筦也。見〔說文〕。〔段注〕系部曰。維。著絲於筟車也。按絡絲者必以絲耑著於—。今江浙尙呼—。
㊁小竹也。〔文選東方朔文〕以蠡測海。以—撞鐘。
㊂小折竹也。〔離騷〕索藑茅以—篿兮。〔注〕小折竹也。文選注作竹算。
㊃籠也。見〔玉篇〕。

【⿱竹㢟】湯丁切音廳青韻
急也。〔方言〕綎—、急也。

【⿱竹侹】待鼎切音挺迥韻
屋梁。見〔集韻〕。

【筴】測革切音策陌韻
㊀筮—也。〔禮記曲禮〕—爲筮。
㊁簡書也。〔莊子駢拇〕挾—讀書。
㊂同策謀也。〔史記張耳陳餘傳〕怨陳王不用其—。

【筴】吉協切音頰葉韻
㊀火—。一名筯。見〔茶經〕。
㊁夾舉也。〔韓愈文〕—漢陽。

【筴】訖洽切音夾洽韻
㊀通夾。并—。鋮箭具也。〔周禮射鳥氏〕則以并夾取之。
㊁—祝。遠罪疾也。〔周禮大祝〕六曰—祝。
㊂木欄也。〔莊子達生〕祝宗人玄端以臨牢—。〔注〕牢、豕室。—、木欄。同柵。

【⿱竹⿰亻延】夷然切音延先韻
㊀竹席也。周禮曰。度堂以—。—一丈。見〔說文〕。〔段注〕周禮司几—注曰。—亦席也。鋪陳曰—。藉之曰席。按五席。不用竹。惟後鄭說次席是桃枝席。又說顧命篾席、底席、豐席、筍席。皆爲竹席。許釋—爲竹—者。其字从竹也。〔按今俗稱酒席曰—席。本此。〕

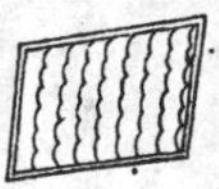

筵圖

㊁經—。講經處也。〔正字通〕經—、王者講讀之處。
㊂衍也。舒而平之。衍衍然也。見〔釋名釋牀帳〕。

【⿱竹沂】牛肌切音沂支韻魚斤切音銀文韻
大篪。見〔集韻〕。

【⿱竹寽】劣戍切音律質韻
竹管以射鳥也。見〔集韻〕。

【⿱竹求】渠尤切音求尤韻
小籠。見〔集韻〕。

【⿱竹囤】杜本切音盾阮韻
⿱竹屯或字。〔集韻〕⿱竹屯篅也。或作—。

【筢】白巴切音琶麻韻
竹器。五齒。用以取草。見〔篇海〕。

【⿱竹禹】訖岳切音角覺韻
竹椽也。見〔篇海〕。

【箼】乙角切音渥覺韻
竹名。見〔集韻〕。

【⿱竹豹】弼角切音雹測角切音娖側角切音捉覺韻
羍帶也。〔方言〕車枸簍、宋魏陳楚之間。其上約謂之—。〔注〕即羍帶。

【⿱竹㓠】癡廉切音沾鹽韻敕豔切音覘豔韻
剡物使薄也。見〔集韻〕。

【⿱竹邪】余遮切音耶麻韻
竹名。〔贊寧筍譜〕—竹筍無味。

【⿱竹肑】北角切音剝覺韻必歷切音壁錫韻
手足指節鳴也。見〔說文筋部〕。

【⿱竹希】抽遲切音絺支韻
竹器。見〔集韻〕。

【⿱竹删】蘇干切音跚寒韻剌旱切音

散旱韻

竹器。見〔說文〕〔段注〕玉篇曰。似箱而蠡。

【簅】所簡切音產潸韻損管切音還蘇典切音跣銑韻

䈅謂之—。見〔廣雅釋器〕。

【⿱竹耴】陟葉切音輒葉韻

㊀小葉也。見〔篇海〕。

㊁竹箝也。與籋通。見〔正字通〕。

【⿱竹宮】、莫浪切音漭漾韻

屋簀也。見〔類篇〕。

【⿱竹着】區倫切音囷眞韻

箘或字。〔集韻〕箘。竹名。或从君。

【⿱竹豆】大透切音豆宥韻

豆或字。〔集韻〕豆。說文、古食肉器也。或从竹。

【⿱竹邑】乙及切音邑緝韻

埔絲竹器也。見〔集韻〕。

【⿱竹酋】初尤切音搊尤韻

莤或字。〔集韻〕莤。漉取酒也。或作—。

【筧】吉典切音繭銑韻

以竹通水也。〔白居易記〕錢塘湖北有石函。南有—。放水溉田。

【筧】胡典切現上聲銑韻

竹名。見〔篇海〕。

【⿱竹折】征例切音制尺制切音掣霽韻之列切音浙食列切音舌屑韻

簟也。〔方言〕自關而西之人。謂簟曰—。

【筨】胡南切音含覃韻

—䈲。竹實中者。〔竹譜〕—䈲竹。大如腳指。堅厚脩直。腹中白膜闌隔。狀如湮麫生衣。將成竹而筍皮未落。輒有細蟲齧之。隕籜之後。蟲齧處。往往成赤文。頗似繡畫。南康所出。

【⿱竹忌】渠記切音忌寘韻

竹名。見〔集韻〕。

【⿱竹匣】轄甲切音狎洽韻

竹名。見〔集韻〕。

【⿱竹妙】彌笑切音妙嘯韻

藥名。見〔篇海〕。

【⿱竹肯】桑稍切音餶嘯韻

竹名。見〔集韻〕。

【筭】蘇貫切音蒜翰韻

長六寸。所㠯計歷數者。从竹弄。言常弄乃不誤也。見〔說文〕〔段注〕漢志云。—法用竹。徑一分。長六寸。二百七十一枚而成六觚。爲一握。此謂—。籌與算數字各用。古書多不別。〔按說文。—、算。竝出。集韻。—、或作算。蓋古者—爲算之器。算爲—之用。二字音同而義別。今則二字通用矣〕

【⿱竹异】緒纂切旱韻

選或字。〔集韻〕選。數也。或作—。

【⿱竹夋】蘇禾切音梭歌韻

所以行緯也。見〔類篇〕。

【⿱竹吾】訛胡切音吾虞韻

⿱竹語省字。〔集韻〕⿱竹語。竹名。或省。〔按奚筠竹賦。⿱竹語—狐箽之蕭蕭〕

【⿱竹言】魚軒切音言元韻

大簫也。見〔廣韻〕。〔按爾雅釋樂。大簫謂之言。蓋—之省文也〕

【筱】先了切音小篠韻

箭屬。小竹也。見〔說文〕。

【⿱竹甹】傍丁切音竮青韻

舟車之篷。見〔集韻〕。

【⿱竹圼】乃結切音涅屑韻

篞省字。〔集韻〕篞。爾雅、管中者謂之篞。或省作—。

【⿱竹彼】先鳥切音小篠韻

細竹也。見〔海篇〕。

【篨】亡篦切音謎齊韻

篾也。見〔字彙補〕。

【⿱竹坐】村戈切音蓌歌韻

竹也。見〔字彙補〕。

【⿱竹志】職吏切音志寘韻

竹名。見〔集韻〕。

【⿱竹虫】丑中切音沖東韻

草名。見〔字彙補〕。

【⿱竹尾】扶微切音肥微韻

竹名。見〔字彙補〕。

【⿱竹函】眉耕切音萌庚韻俱永切音憬梗韻

竹名。見〔集韻〕。

【筷】苦夬切音快卦韻

箸也。吳俗、行舟諱言住。箸、與住同音。故謂箸爲—兒。見〔陸容菽園雜記〕

【笔】倉何切音嵯歌韻

務譌字。又籠也。見〔字彙補〕。

【笸】居之切音箕支韻

同篚。可以取蠛也。見〔海篇〕。

【籄】古良字。見〔玉篇〕。

【𥯨】同篚。見〔字彙補〕。

【筧】同筧。見〔字彙補〕。

【簗】簗或字。見〔集韻〕。

【筞】策俗字。見〔篇海〕。

八畫

【箃】甾尤切音鄒尤韻

㊀竹黃也。見〔集韻〕。

㊁竹柴別名。見〔篇海〕。

【箳】步經切音缾青韻卑盈切音井庚韻

㊀竹名。見〔類篇〕。

㊁—筌。戶扇也。見〔類篇〕。

【箄】補弭切音俾紙韻

簁—也。見〔說文〕〔段注〕絫呼曰簁—。單呼曰—。

【箄】邊迷切音篦齊韻

㊀小籠也。〔方言〕簍小者、南宋謂之簍。自關而西秦晉之間謂之—。〔注〕今江東籠呼爲—。

㊁捕魚器也。見〔類篇〕。

【箄】蒲街切音牌佳韻

大桴也。〔後漢岑彭傳〕公孫述遣其將將數萬人乘枋—下江關。〔注〕枋—、以竹木爲之。浮於水上。

【箄】必至切音畀寘韻蒲歷切音甓錫韻

薄也。見〔集韻〕。

【箅】必計切音閉霽韻

㊀蔽也。所以蔽甑底。見〔說文〕。〔段注〕甑者、蒸飯之器。底有七穿。必以竹席蔽之。米乃不漏。

㊁蔽輪亦曰—。〔考工記輪人注〕輪—則車行不掉。

【箅】邦爾切音彼紙韻

佛經、—迦、此云藿香。見〔翻譯名義〕

【𥮒】多殄切音腆銑韻

㊀大篋也。見〔集韻〕。

㊁古典字。見〔廣韻〕。

【箇】居賀切音個箇韻

㊀竹枚也。見〔說文〕〔段注〕竹梃、自其徑直言之。竹枝、自其圜圍言之。一枚謂一—也。〔按引申之、凡一枚皆謂之一—。字或作个。亦作個。〕

㊁有所指之詞也。〔唐書李密傳〕煬帝謂宇文述曰。—小兒瞻視異常。〔按指李密也。如今俗言這—、那—。亦此意。〕

【𥰭】止少切音沼篠韻

㊀竹名。見〔集韻〕。

㊁竹緣也。見〔廣韻〕。

【箋】將先切音湔先韻

㊀表識書也。見〔說文〕、〔桂注〕詩鄭氏—。釋文引字林、—表也。識也。六藝論。注詩宗毛爲主。毛又若隱略。則更表明。如有不同。即下己意。使可識別也。〔按正字通、—作牋。集韻。或从木作棧。或从手作揃。周禮職金揃其數。疏云。揃、即今錄記文書。釋文。揃音牋。一說。、譌作揃。〕

㊁書也。見〔廣雅釋詁〕。

㊂云也。見〔廣雅釋言〕。

㊃表也。見〔後漢胡廣傳注引周成雜字〕。〔按漢官儀。孝廉試—奏。魏晉時百官上書。往往稱—。以此。〕

㊄薦也。見〔後漢衞宏傳注〕。

【箍】攻乎切音孤虞韻

㊀以篾束物也。見〔集韻〕。〔按今或以銅鐵束物皆曰—。〕

㊁村名。〔廣東新語〕下番禺諸村。皆在水中。大村曰大—圍。小村曰小—圍。言回環皆江水也。

【箏】甾莖切音爭庚韻

㊀五弦筑身樂也。見〔說文〕。〔段注〕各本作鼓弦竹身。不可通。今依太平御覽正。今并梁二州—。形如瑟。不知誰所改作也。或曰秦蒙恬所造。據此。知古—五弦。形似竹。恬乃改十二弦。變形如瑟耳。魏晉以後。—皆如瑟十二弦。唐至今十三弦。筑似—。細項。古筑與—相似。不同瑟也。

㊁施弦高急。——然也。見〔釋名釋樂器〕。

㊂小琴也。〔楚辭愍命〕挾人—而彈緯。

㊃風—。簷前鐵馬也。〔元稹詩〕鳥啄

鳳—碎珠玉。〔按今俗呼紙鳶亦曰鳳—〕

(五)鼓—草名。〔爾雅釋草注〕石結縷、俗謂之鼓—草。

【箑】色甲切音霎洽韻　色輒切音萐　疾葉切音捷葉韻

(一)扇也。見〔說文〕〔段注〕戶部曰。扇。扉也。扉可開合故—亦名扇。方言。扇自關而東謂之—。自關而西謂之扇。郭曰今江東亦通名扇爲—。

(二)脯名。〔宋書符瑞志〕帝堯時廚中自生肉。其薄如—。搖動則風生。食物寒而不臭。名曰—脯。

【䈉】實洽切音傑洽韻

箑或字。〔集韻〕箑行書也。或作—。

【箒】止酉切音帚有韻

(一)帚或字。〔集韻〕帚說文、糞也。或从竹。

(二)竹名。〔僧贊寧筍譜〕拂雲—竹。出廬山。莖大如指。竹杪細葉密如—。彼人謂之拂雲—。

【箔】白各切音薄藥韻

(一)簾也。見〔韻會〕。

(二)通薄。金類擊成之薄片也。〔宋史仁宗紀〕楚以金—飾佛像。

(三)通簿。養蠶之具也。以箕爲之。〔高啟詩〕筐—夏分蠶。

【箕】居之切音姬支韻

(一)所以簸者也。从竹。甘象形。丌其下也。見〔說文箕部〕〔按篇海云。—簸—。揚米去糠之具〕

(二)埽除時受塵土之具也。〔禮記曲禮〕凡爲長者糞之禮。必加帚于—上。

(三)用器也。〔漢書平帝紀〕通于器物〔注引孟康〕案—以柳爲之。

(四)星名。二十八宿之一。今立夏節子正零刻零分之中星。〔按詩巷伯〕成是南—。箋云。—星哆然踵狹而舌廣。

箕宿圖

(五)萬物根棋也。〔史記律書〕—者言萬物根棋。故曰—。正月也。

(六)舒展兩足也。〔禮記曲禮〕坐毋—。〔疏〕謂舒展兩足狀如—舌也。

(七)—踞。屈膝坐也。〔史記張耳陳餘傳〕高祖—踞詈。〔索隱引崔浩注〕屈膝坐。其形如—。〔又〕伸其兩腳而坐也。〔漢書陸賈傳〕—踞見賈。〔注〕謂伸其兩腳而坐。亦曰—踞。其形似—。

(八)—踵。前開後狹似—。後平貌。〔文選宋玉賦〕—踵漫衍。

(九)—賦。斂民財也。〔淮南氾論〕頭會—賦。〔注〕—賦似—。然斂民財、多取義也。

(十)—伯。風師也。〔文選張衡賦〕屬—伯以函風兮。

(十一)國名。〔書洪範〕王訪于—子。〔注〕—、國名。子爵也。

(十二)地名。〔春秋僖三十三年〕晉人敗狄於—。〔注〕太原陽邑縣南有—城。〔在今山西大谷縣東南〕

(十三)縣名。漢置。屬琅邪郡。當今山東莒縣北。

(十四)木名。〔國語鄭語〕檿弧—服。

(十五)蟲名。〔考工記梓人〕以股鳴者。〔疏〕七月詩云五月斯螽動股。今幽州人謂之舂—。

(十六)姓也。晉大夫—鄭。

【箖】犁鍼切音林侵韻

(一)—箊。竹名。見〔集韻〕〔按戴凱之竹譜云。—箊竹葉薄而廣。越女試劍竹是也。〕

(二)竹名。〔筍譜〕—竹。出襄州臥龍山。諸葛亮祠中。長百丈。梢上有葉。土人作幡竿。承落其筍。堪食甚美。

【箖】力錦切音廩寢韻

翳也。見〔廣雅釋器〕。

【算】損管切音匴緩韻　須兗切音選銑韻

(一)數也。从竹具。見〔說文〕〔段注〕古假選爲—。如邶風不可選也。从竹者。謂必用筭以計也。从具者、具數也。

(二)竹器。〔史記鄭莊傳〕其餽遺人。不過—器食。

【算】蘇貫切音蒜翰韻

(一)核計數之多寡曰—。〔世本〕黃帝時隸首作—數。〔按此乃—之始也。後人推衍其法謂之—術。亦謂之—學。〕

(二)投壺較射數勝負之籌亦曰—。〔禮記投壺〕二—爲純。一—爲奇。〔按此投壺之—也。又周禮太史凡射事飾中舍—。此則較射之—也。〕

❸謀畫也。〔法言先知〕謍諸―乎。

㊃智也。〔列子力命〕自長非所增。自短非所損。―之所亡若何。〔注〕―、猶智也。

㊄通筴。〔儀禮既夕〕主人之史請讀賵執―。〔注〕古文―、皆爲筴。

㊅通撰。〔周禮大司馬〕羣吏撰車徒。〔注〕撰讀曰―。―謂數擇之也。

【箘】 丘隕切音窘軫韻 區輪切音囷眞韻

❶―簬。竹也。一曰博棊也。見〔說文〕。〔段注〕禹貢鄭注曰。―簬聆風也。按―簬二字一竹名。吳都賦之射筒也。劉逵曰。射筒竹細小通長。長丈餘無節。可以爲矢笴。古者粲呼曰―簬。戰國策、―簬之勁不能過。是也。單呼曰―。呂氏春秋、越駱之―。是也。

❷箭也。見〔廣雅釋草〕。

❸竹筍也。〔呂覽本味〕和之美者。越駱之―。

㊃木名。〔離騷〕雜申椒與―桂兮。〔注〕桂木名。本艸云。花白葉黃。正圓如竹。按名醫別錄云。―桂正圓如竹是也。

㊄江名。〔書禹貢〕九江孔殷。〔傳〕九江曰―江是也。

【箚】 竹洽切音偛洽韻

❶刺著也。見〔集韻〕。

❷奏事之文也。〔正字通〕牋―用以奏事。非表非狀者謂之―子。

❸同札。舊制。官員文書上行下者曰―。亦通作札。蓋行於屬官者作札。行於不相統屬之官則作―。

㊃―記。文人讀書有所輯錄。分條記之。名曰―記。

【箛】 攻平切音孤虞韻

❶吹鞭也。見〔說文〕。〔注〕鞭上作孔。馬上吹之、呱呱然也。〔按桂注。宋書樂志杜摯笳賦云李伯入西戎所造。漢舊注曰。―號曰吹鞭。―卽笳也。又六書故云笳―一物。今人亦謂之角。或吹鞭、或卷木皮、蘆葉而吹之。笳、―、角一聲之轉。凡吹笳者皆爲角聲。且以其卷皮葉如角。故謂之角〕

❷竹名。〔文選張衡賦〕篠簳―箠。

㊂古吹器也。〔晉先蠶儀注〕車駕住、吹小―。發、吹大―。〔按應劭漢鹵簿圖。有騎執―。其始以笳管。後皆以銅作。聲如觱栗〕

【箜】 枯公切音空東韻

❶―篌。樂器。〔史記武帝紀〕禱祠泰一后土。始用樂舞。益召歌兒作二十五弦及―篌。瑟自此起。〔注〕應劭云。武帝令樂人侯調始造―篌。〔按風俗通云。―篌、一曰坎侯。或曰空侯。取其空中。事物紀原云。漢靈帝好之。體曲而長。二十三弦。抱於懷中。兩手齊奏之。謂之擘〕

❷籃也。見〔篇海〕。

【箝】 其淹切音鉗鹽韻

❶籋也。見〔說文〕。〔段注〕拑。脅持也。以竹脅持之曰―。以鐵有所劫束曰鉗。書史多通用。〔按籋下段注。夾取之物曰籋〕

❷鎖頭也。見〔廣韻〕。

❸牽持緘束也。〔鬼谷子飛箝篇注〕―謂牽持緘束使不得脫也。

㊃―其口也。〔荀子解蔽〕案弦―而利口。

【管】 古緩切音筦旱韻

❶如篪。六孔。十二月之音。物開地牙。故謂之―。見〔說文〕。〔段注〕篪有七孔。見大鄭笙師注。―之異於篪者。六孔耳。風俗通曰。―、漆竹。長一尺。六孔。十二月之音也。物貫地而牙。故謂之―。按物開地牙四字有脫誤。當作物貫地而牙。貫、―、同音。牙、芽、古今字。〔按集韻―或从玉作琯。正字通云。說文琯附竹部。分―、琯爲二。正韻九旱。―亦作筦、琯。合―、琯、筦爲一。然葭琯之―。通作琯。或作筦。―鍵、―見、弦之―。通作筦。不借琯。分合各從其義可也〕

❷似笛。一孔。〔淮南時則〕琴瑟―簫。〔注〕―一孔似笛。〔按此本康成說也。周禮小師掌敎鼓鼗柷敔塤簫―弦歌注云。玄謂―如篴而小。併兩而吹之。漢人之訓―者有二說。先鄭云、如篪。賈逵、許君、應劭、蔡邕等宗之。後鄭云、如笛。高誘主之〕

❸籥也。〔淮南原道〕列―弦。〔又〕笙也。〔孟子梁惠王〕―籥之音。

㊃竹曰―。見〔漢書律歷志〕。〔按周禮大司樂有孤竹之―。絲竹之―。陰竹之―。晉書地理志云。律之始造以竹爲―。取其自然圓虛也。引伸之、凡中空而外圓者皆曰―。如人身之血―。化學器之吹―。候氣

之鍑—。女佩之箴—。皆是〕。

(五)吹也。〔儀禮大射禮〕乃—新宮。〔注〕—、謂吹蕩以播新宮之樂也。

(六)箄彄也。〔禮記內則〕右佩玦捍—。〔注〕—、箄彄。〔後人因此稱箄爲—別稱—城子〕。

(七)鑰也。〔左僖三十二年傳〕鄭人使我掌其北門之—。

(八)鍵也。〔禮記檀弓〕—庫之士。

(九)五臟之腧也。〔莊子人間世〕支離疏者五—在上。

(十)典也。〔史記范睢蔡澤傳〕崔杼淖齒—齊。

(十一)包也。〔禮記樂記〕禮樂之說—乎人情矣。

(十二)樞要也。〔荀子儒效〕聖人也者。道之—也。

(十三)總理也。〔史記李斯傳〕趙高以刀筆吏入秦宮—事二十餘年。〔清時太監亦設有總—又今商店執事人之領袖均稱—事〕。

(十四)拘束也。如云—束看—。

(十五)——。無所依繫也。〔詩板〕靡聖——。〔又〕浴也。見〔廣雅釋訓〕。

(十六)—節。竹符也。〔周禮小行人〕都鄙用—節。〔注〕—節、如今之竹使符也。

(十七)國名。〔書金縢〕—叔及其羣弟。〔又〕州名。金置。屬河東北路。當今山西靜樂縣治。

(十八)通筦。〔漢書東方朔傳〕以筦窺天。〔注〕筦、古—字。

(十九)姓也。〔廣韻〕出平原周文王子—叔之後齊有大夫—至父。

【管】古丸切音官寒韻

館也。〔儀禮聘禮〕—人布幕于寢門外。〔注〕—、古文作官。猶館也。謂掌次舍帷幕之官。

【箢】委遠切音宛阮韻

(一)竹器。見〔集韻〕。

(二)竹名。見〔字彙〕。

【箣】測革切陌韻

(一)同策。〔史記龜筴傳〕諸靈數—。莫如汝信。

(二)竹名。〔筍譜〕—竹筍叢生。

【䈞】托合切音鎝合韻

(一)竹冒也。見〔集韻〕。

(二)竹名。見〔集韻〕。

【䈌】千余切音疽魚韻

(一)竹名。見〔集韻〕。

(二十)水澤也。見〔玉篇〕。

【箠】主蘂切音捶紙韻

(一)本作箠。〔說文〕箠所吕擊馬也。〔按即御車之馬—也〕。

(二)笞刑也。〔漢書刑法志〕景帝中六年定—令。

【箠】是爲切音垂支韻

竹名。〔文選張衡賦〕篠簳箛—。

【箠】株垂切音追支韻

竹節。見〔集韻〕。

【箁】蒲侯切音裒尤韻

竹箬也。見〔說文〕。〔按箬下云。楚謂竹皮曰—〕。

【箁】蒲口切音瓿有韻

竹葉。見〔集韻〕。

【箁】房尤切音浮尤韻

竹名。見〔集韻〕。

【箁】蓬逋切音蒲虞韻

篰或字。〔集韻〕篰簿箍小竹網。或作—。

【篇】重倫切音淪眞韻

—子。船具。見〔集韻〕。

【箂】郎才切音來灰韻

竹名。見〔集韻〕。

【筀】夷針切音淫侵韻

竹名。見〔集韻〕。

【䈣】母朗切音莽養韻

竹名。〔爾雅釋草〕—、數節。〔注〕竹類也。節間促。

【䈙】丁聊切音貂蕭韻

山名。〔山海經中山經〕扶—之山。

【箈】澄之切音持支韻　堂來切音臺灰韻　坦亥切音嚎賄韻

箈萌也。一曰。水中魚衣。見〔類篇〕。〔按周禮醢人、加豆之實—菹雁醢。鄭司農注曰。水中魚衣。後鄭注曰。—箈萌。疏云。箈萌者、一名篠者也〕。

【䈄】胡南切音含覃韻

䈄或字。〔集韻〕䈄隋竹實中。或作—。

【䈍】杜買切蟹韻

取魚竹器。見〔集韻〕。

【箊】衣虛切音於魚韻

箊—。竹名。〔文選左思賦〕其竹則篔簹箊—。〔按竹譜云箊—、葉薄

而廣。異物志云。箖—、是哀公與越女試劒竹也。〕

【⿱竹或】王縛切音蠖藥韻 收絲具也。見〔類篇〕。〔按集韻云。同篗。〕

【⿱竹越】越逼切音域職韻 竹叢生。見〔集韻〕。

【⿱竹咎】居勞切音高豪韻 同篙。〔集韻〕篙、方言所以刺船謂之篙。亦作—。〔按一作篙。〕

【⿱竹戾】直駭切音蟹韻 竹器。見〔篇海〕。

【⿱竹臭】徒蓋切音大泰韻 竹器。海隅謂籃淺而長者曰—。見〔集韻〕。

【⿱竹活】才先切音前將先切音箋先韻慈鹽切音潛鹽韻 潎絮簀也。讀若錢。見〔說文〕。〔段注〕水部曰。潎於水中擊絮也。潎絮簀、即今做紙密緻竹簾也。又糸部曰。紙。絮一—也。謂絮一—成一紙也。蓋造紙之初。用敝布魚网等爲之。用水中擊絮之法成之。

【⿱竹卓】陟敎切音罩效韻貞角切音卓覺韻 罩或字。〔集韻〕罩。說文、捕魚器也。或从竹。

【⿱竹肥】無非切音肥微韻 竹名。見〔廣韻〕。

【⿱竹舥】邦加切音巴麻韻 笹也。見〔集韻〕。

【⿱竹虎】火五切音虎麌韻 竹名。高百丈。見〔集韻〕。

【⿱竹團】徒官切音團寒韻 圜竹器。見〔類篇〕。

【箐】咨盈切音精庚韻 笭—。小籠也。見〔集韻〕。

【篟】蒼甸切音茜霰韻 張竹弓弩曰—。見〔集韻〕。

【篬】千羊切音鏘陽韻 篻—。竹名。〔謝靈運賦〕竹之細者。篻—之流也。

【⿱竹妾】山洽切音插洽韻 箑或字。見〔說文〕。

【⿱竹妾】七接切音妾葉韻 竹器。見〔集韻〕。

【⿱竹妾】即陟切音接葉韻 竹簍。見〔集韻〕。

【⿱竹秔】下浪切音亢漾韻 竹竿。見〔集韻〕。

【箓】盧谷切音祿屋韻 簏或字。見〔說文〕。

【⿱竹直】丞職切音埴職韻 筌也。見〔集韻〕。

【⿱竹匊】居六切音菊屋韻 竹根。見〔篇海〕。

【箙】房六切音服屋韻 弩矢—也。周禮。仲秋獻矢—。見〔說文〕。〔段注〕司弓矢曰。中秋獻矢—。注曰。—、盛矢器也。以獸皮爲之。案本以竹木爲之。故字从竹。〔按通俗文云。箭—謂之步叉。釋名云。矢栝旁曰叉。形似叉也。其受之器以皮曰—。謂柔服用之。織竹曰笮。笮相迫笮之名也。步叉叉人所帶。以箭叉其中也。〕

【⿱竹卷】驅圓切音拳先韻苦倦切音勸霰韻 揉也。見〔集韻〕。

【⿱竹念】奴店切音念豔韻諾葉切音捻葉韻 竹索。見〔集韻〕。〔按增韻云。—挽。竹索也。一名百丈。〕

【⿱竹刪】相干切音跚寒韻師姦切音刪刪韻蘇旰切翰韻顙旱切旱韻所簡切潸韻損管切旱韻蘇典切銑韻 竹器。見〔集韻〕。〔按玉篇云。似箱而[illegible]。〕

【⿱竹召】他刀切音叨豪韻 篆也。趙代之間謂之—。洪衞之間謂之牛筐。見〔方言〕。

【⿱竹弥】亡箆切音謎齊韻 篋也。見〔篇海〕。

【⿱竹夌】閭承切音陵蒸韻 竹名。見〔集韻〕。

【⿱竹屈】九勿切音屈物韻吉忽切音骨月韻 刷也。〔廣雅釋器〕—謂之刷。

【⿱竹忩】千弄切音謥送韻 竹誂也。見〔字彙補〕。

【箤】昨律切音啐質韻
笭也。見〔集韻〕。
【篃】眉耕切音盲庚韻
竹名。見〔玉篇〕。
【篘】初鳩切音鄒尤韻
酒—也。見〔字彙補〕。
【篥】陟瓜切音撾麻韻
馬策。見〔字彙補〕。
【簾】女涉切音躡葉韻
竹也。見〔字彙補〕。
【䈞】之若切音灼藥韻
籆—也。見〔字彙補〕。
【䈎】弋涉切音葉葉韻
竹也。見〔篇海〕。
【䈝】心趨切音胥虞韻
竹也。見〔字彙補〕。
【䈖】從輯切音集緝韻
覆也。見〔字彙補〕。
【䇔】咋禾切音矬歌韻
竹也。見〔海篇〕。
【䇥】側革切音策陌韻
籌也。謀也。見〔篇海〕。
【簜】迄逆切音閱錫韻
秳稭籮—。出四言雜字見〔篇海〕。
【箟】古箘字。見〔集韻〕。
【篓】同簬〔國策楚策〕修其簬盧〔注〕簬、元作—。
【䈐】同龜。見〔玉篇〕。
【䈷】同箈。見〔類篇〕。
【簕】同箭。見〔篇海〕。
【䈯】同薗。見〔字彙補〕。
【籋】同冊。見〔篇海類編〕。
【箣】同冊。見〔字學指南〕。
【筈】箝或字。見〔集韻〕。
【篋】匧或字。見〔集韻〕。
【䈥】箭省字。見〔字彙補〕。
【箧】匯謠字。見〔康熙字典〕。

九畫

【箬】日灼切音弱藥韻
㊀楚謂竹皮曰—。見〔說文〕〔段注〕今俗云筍籜—是也。

【箭】子賤切音餞霰韻
㊀本作翦。〔說文〕翦矢竹也。〔段注〕矢竹者、可以爲矢之竹也。方言。翦。自關而東謂之矢。江淮之間謂之鏃。關西曰—。郭云。翦者竹名。因以爲號。㊁篠也。〔周禮職方氏〕其利金錫竹—。㊂矢之別名。〔釋名釋兵〕矢又謂之—、—進也。㊃笴也。見〔古今韻會引字林〕。㊄䉵也。見〔廣雅釋草〕。㊅簙箸謂之翦。見〔廣雅釋器〕。〔疏證〕簙、通作博。韓非子外儲說云。秦昭王以松柏之心爲博—。方言。秦晉之間謂之簙。吳楚之間謂之蔽。或謂之—裏。說文、簙局戲也。六箸十二棊。㊆漏—。準時器也。〔周禮挈壺氏〕縣壺以序聚欜。〔注〕漏之者晝夜共百刻。冬夏之間。有長短焉。太史立成法有四有八—。〔疏〕此據漢法而言。則以器盛四十八—。各百刻。以壺盛水。縣於—上。節而下之。水淹一刻。則爲一刻。四十八—者。蓋取倍二十四氣也。㊇赤—。藥名。〔本草〕弘景曰。赤—、芝類。莖如—幹。赤色。葉生其端。根如芋。㊈鬼—。軍中用物。〔正字通〕鬼—、即鐵蒺藜。稍小。用毒藥炒過。人足着此。即腫不能行。夜散布要路。故名。㊉—豬。獸名。〔廣東新語〕—豬、即封豕。初本泡魚。化爲豕。毫在項脊間。尺許如箸。白本黑端。人逐之即激毫以射。〔按一曰毫豬〕。⑪—括。峯名。〔華山記〕—括峯上有穴。穴裁見天。日。攀緣自穴中而上。有至絕頂者。

【篧】蒴角切音雹覺韻
竹名。〔異物志〕—竹其大數圍。節間相去局促。中實滿堅強。可以爲柱棟。

【篖】方六切音福屋韻
㊀織具。見〔集韻〕。

㊁竹名。見〔集韻〕。

【簜】待朗切音蕩養韻徒浪切音宕漾韻

㊀大竹篃也。見〔說文〕。〔段注〕笙簫之屬而謂之簜者。大之也。

㊁竹器。可以盛酒。見〔篇海〕。

㊂同簜。〔書禹貢〕篠簜旣敷。〔注〕簜、或作—。

【箯】卑連切音鞭房連切音便先韻

㊀竹輿也。見〔說文〕。〔段注〕漢書張耳傳。曰貫高—輿前。服虔曰。—音編。編竹木如今峻可以糞除也。韋昭曰。輿如今與牀人舁以行。

㊁畚土器。見〔史記張耳陳餘傳引郭璞三蒼解詁〕。

【簣】古對切音憒隊韻

㊀篷也。見〔集韻〕。

㊁筐也。見〔集韻〕。

【簂】古獲切音國陌韻

車子弓也。〔方言〕車枸簍、宋魏陳楚之間謂之—。〔注〕今呼車子弓爲—。

【篕】枯回切音恢灰韻

—蓬。篷也。見〔廣韻〕。

【箰】鉏尹切音筍軫韻

㊀筍或字。〔集韻〕筍。說文竹胎也。或作—。

㊁—篧。以捕鳥也。見〔玉篇〕。

【箱】思將切音廂陽韻

㊀大車牝服也。見〔說文〕。〔段注〕考工記、大車牝服二柯又參分柯之二。注云。大車、平地載任之車。牝服、長八尺。鄭司農云。牝服、謂車—也。〔按詩甫田乃求萬斯—。箋云。萬車以載之。正義兩較內謂之—。謂車內容物之處爲—。正字通因上文千斯倉句而遂訓—爲廩。康熙字典從之。誤矣〕

㊁竹器。見〔集韻〕。〔按廣韻。—、籠。正字通。—、篋也。大約古人之—以竹爲之。故字從竹。後遂以有底蓋可藏物者皆謂之—〕

㊂通廂。〔儀禮公食大夫禮〕賓升公揖退於—。〔注〕—、東夾之前俟事之處。〔按後漢書廣陵傳注引埤蒼云。—、序也。字林或作廂。後遂用廂爲—而—之義晦矣〕

㊃—根。日本名勝地名。溫泉在焉。

【箴】諸深切音斟侵韻

㊀綴衣—也。見〔說文〕。〔段注〕綴衣、聯綴之也。謂籤之使不散。若用以縫。則从金之鍼也。〔按正字通云。—、舊注與鍼同。集韻。鍼、亦作—〕

㊁誡也。〔書盤庚〕猶須顧于—言。〔按玉海。—者、諫誨之辭。若—之療疾。故名。後世如李德裕之六—。梁武帝之凡百—。明世宗之敬一—。均本此義。遂爲文體之一種〕

㊂羽數也。〔爾雅釋器〕一羽謂之—。十羽謂之縛。

㊃魚名。〔山海經東山經〕栒狀之山。泚水出焉。其中多—魚。其狀如儵。其喙如—。

㊄—石。刺病之石—也。〔漢書藝文志〕醫經—石湯火所施。〔注〕—、所以刺病也。石、謂砭石。卽石—也。

㊅—尹。官名。〔左宣四年傳〕其孫—尹克黃。

㊆—疪。鳥名。〔文選司馬相如賦〕—疪鵁盧。〔注〕—疪似魚虎而蒼黑色。

㊇嬾婦—。草名。〔神異經〕桂林有睡草。見之則令人睡。一名醉草。亦呼爲嬾婦—。

㊈姓也。衛大夫—莊子。

【箴】古斬切音減口減切音槏豏韻

竹名。見〔集韻〕。

【葭】古牙切音加麻韻

㊀葭譌字。見〔正字通〕。〔按舊注。—、蘆葦未秀者。與草部葭訓同。改从竹。非〕

㊁通笳。〔宋書樂志〕—、李伯陽入西戎所造。卽笳也。

【箶】洪孤切音胡虞韻

㊀竹名。見〔類篇〕。

㊁—簏。箭室也。見〔廣韻〕。

【䈓】克各切音恪藥韻

㊀籠也。見〔集韻〕。

㊁桮也。見〔正字通〕。

【簬】歷各切音洛藥韻

㊀盛桮器籠也。〔方言〕桮—。陳楚宋衛之間謂之桮—。又謂之豆筥。自關而西謂之桮—。〔按說文作䈓〕

㊁格或字。〔集韻〕格。籬格也。或作—。

【箸】遲據切音宁御韻

㊀飯攲也。見〔說文〕。〔桂注〕本書、攲。

持去。去、當爲筭。筭、飯器。通俗文以—取物曰歁。(二)飯具也。見〔玉篇〕。(三)筴也。〔廣雅釋器〕筴謂之—。(四)梜也。〔禮記曲禮〕羹之有菜者用梜。〔注〕梜、猶—也。今人或謂—爲梜提也。(五)筯也。〔史記十二諸侯年表〕紂爲象—而箕子歎。(六)筩也。見〔廣雅釋器〕。〔按方言—筩注云。盛朼—籠也。〕(七)樽也。見〔史記龜筴傳索隱〕。(八)沙—竹名。〔嶺表錄〕南海岸邊沙中生沙—。一名越王竹。相傳越王棄餘箸而生。若細荻。高尺餘。春吐苗。箕心茗骨。青而且勁。南海人愛其色。以爲酒籌。(九)同櫡。〔史記絳侯世家〕景帝召條侯食。獨置大胾。無切肉。又不置櫡。〔注〕櫡、漢書作—。食所用也。

【箸】　陟略切音著藥韻

(一)被服也。一曰置也。見〔集韻〕。(二)附也。〔國策趙策〕智伯曰。兵—晉陽三年矣。〔注〕—、言附其城也。〔按今本作著。〕

【箸】　陟慮切御韻

(一)立也。見〔集韻〕。(二)明也。〔荀子王覇〕—仁義。(三)同宁。門屏間也。〔國語周語〕大夫士日恪位—。以儆其官。〔注〕門屏之間曰—。

【⿱竹後】　損果切音鎖哿韻

(一)竹名。見〔廣韻〕。(二)篝—。席也。見〔廣雅釋器〕。(三)箄也。見〔集韻〕。

【箽】　覩動切音董董韻

(一)竹名。見〔廣韻〕。(二)竹器。見〔廣韻〕。(三)姓也。漢—安國。

【節】　子結切音接屑韻　〔按符—之—、本作卪。〕

(一)竹約也。見〔說文〕。〔段注〕約者、纏束也。竹—、如纏束之狀。〔按釋名釋形體曰。—、有限—也。故不獨竹有之。凡草木枝榦約束處。皆謂之—。人身及動物之骨束處。亦謂之—。〕(二)符—也。〔書康誥〕惟厥正人越小臣諸—。〔按周禮地官序官掌節注。—、猶信也。行者所執之信。今世使臣稱使—。以此。參閱卪字。〕(三)旄—也。〔史記秦始皇紀〕衣服旄旌—旗。皆上黑。〔正義〕旄—者、編旄爲之。以象竹—。(四)時—也。〔左僖五年傳〕分至啟閉。必書雲物。〔疏〕凡春秋分。冬夏至。立春立夏爲啟。立秋立冬爲閉。用此八—之日。登觀臺。書所見雲物氣色。〔按後世舊曆於八—外加十六—。分一年爲二十四—。或稱—氣。又俗稱端午、中秋、年底、爲三—。〕(五)適也。〔考工記弓人〕是故厚其液而—其帤。(六)法度也。〔禮記樂記〕好惡無—於內。(七)準也。〔荀子性惡〕故善言古者。必有—於今。(八)驗也。〔禮記禮器〕無—於內者。觀物弗之察矣。(九)禮也。〔禮記文王世子〕興秩—。(十)和也。〔呂覽重己〕—乎性者也。(十一)體也。〔國語周語〕昭明大—而已矣。(十二)居處故事也。〔禮記文王世子〕其有不安—。(十三)支解也。〔易節釋文〕分段支解之義。〔今分事之一段曰一—。文之一段曰一—。竝本此意。〕(十四)正也。〔禮記哀公問〕—醜其衣服。(十五)量也。〔周禮趣馬〕簡其六—。(十六)操也。〔文選盧子諒詩〕屈—邯鄲中。〔按荀子君子。—者、死生此者也。左成十五年傳。聖達—。次守—。下失—。後世云—義、名—。竝此義。〕(十七)策也。〔淮南主術〕執—於掌握之間。(十八)止也。見〔易雜卦傳〕。〔廣雅釋言作巳也。同。〕(十九)省也。〔左成十八年傳〕—器用。〔今具言—省。或言撙—。又裁—、刪—、竝本此意。〕(二十)制也。〔禮記仲尼燕居〕樂也者—也。〔疏〕—、制也。言樂者、使萬物得其—制。〔按後世謂適可之爲—。言限制之使不過也。〕(廿一)號令賞罰之—也。見〔釋名釋兵〕。(廿二)好廉自克曰—。見〔周書謚法〕。(廿三)人君壽日也。〔明皇實錄〕開元十七年。百官上表請以八月五日爲

千秋—。天寶七年改爲天長—。〔按後世稱人君壽日爲萬壽—。民國以十月十日爲國慶日。曰雙十—。〕

（廿四）伏義誠必謂之—。見〔賈子道術〕。

（廿五）四時佳日也。〔唐書李泌傳〕請以二月朔爲中和—。〔又王羲之周參軍帖〕須火寒食—。白居易詩今日重陽—。皆指佳日言〕

（廿六）費勿過適謂之—。見〔賈子道術〕。

（廿七）栭謂之—。見〔禮記禮器〕。〔按論語公冶長山—藻梲朱注。—、柱頭斗栱也〕

（廿八）和樂謂之—。見〔爾雅釋樂〕。〔疏〕八音克諧無相奪倫謂之和。樂樂和則應—。〔世云擊—以此〕

（廿九）——鳳雄鳴也。見〔詩卷阿正義引白虎通〕。〔按俗謂瑣碎、亦曰枝枝——。〕

（三十）貫—貫眾也。見〔廣雅釋草〕。〔疏證〕神農本草云貫眾、一名貫—。葉青黃而兩相對。莖黑毛聚生。冬夏不死。四月華白。七月實黑。聚相連卷傍生。

（卅一）買—官名。〔眞臘風土記〕村中人家稍密。有鎭守之官名曰買—。

（卅二）姓也。明—鐸。

【節】 昨結切音截屑韻

山高峻貌。〔詩節南山〕—彼南山。

【篁】 胡光切音皇陽韻

（一）竹田也。見〔說文〕。〔段注〕漢書、—竹之中。注竹田曰—。今人訓—爲竹。而失其本義矣。

（二）竹叢也。〔楚辭九歌〕余處幽—兮。終不見天。

（三）竹名。〔竹譜〕—竹節促。體圓質堅。皮白如霜。大者宜作船。細者可爲笛。

【篾】 苦怪切音蒯卦韻 枯回切音恢灰韻

（一）竹箭。見〔集韻〕。

（二）箵也。〔竹譜〕箵竹、江漢之間謂之—竹。根深耐寒。

【範】 父鋄切音犯豏韻

（一）—軷也。从車笵省聲。讀與犯同。見〔說文車部〕。〔按—軷、祖道之祭也。詳見軷字。許不曰讀若犯而曰與同者。其音義皆取犯。讀若則但言其音而已〕

（二）法也。見〔爾雅釋詁〕。〔按集韻、笵通—。繫辭、—圍天地之化而不過。鄭曰。—、法也。考工記、軓前十尺。注云。書或作軓。軓、法也。許無軓字。則—圍字當作笵。—其假借也。〕

（三）模也。見〔集韻〕。

（四）式也。見〔廣韻〕。

（五）前也。見〔廣韻〕。

（六）常也。見〔爾雅釋詁〕。

（七）姓也。漢—依。宋—昱。

【[illegible]】 七鴆切音沁沁韻

（一）墨工人具。見〔廣韻〕。

（二）墨漬筆也。見〔類篇〕。

【篅】 是爲切音垂支韻 重圓切音遄先韻

（一）㠯判竹圜㠯盛穀者。見〔說文〕。〔段注〕用竹簟圍其外。殺其上。高至於屋。蓋以盛穀。近底之處爲小戶。常閉之。可出穀。今江蘇謂之土籧是也。—讀顓孫之顓。按別作圌。

（二）[illegible]謂之—。見〔廣雅釋器〕。

【[illegible]】 多官切音端寒韻

竹名。出嶺南。見〔集韻〕。

【篆】 柱兗切音瑑銑韻

（一）引書也。見〔說文〕。〔段注〕引書者、引筆而箸於竹帛也。因之李斯所作曰—書。而謂史籀所作曰大—。既又謂—書曰小—。

（二）轂約也。〔周禮巾車〕孤乘夏—。〔注〕夏—、五采畫轂約也。

（三）鐘帶也。〔考工記鳧氏〕鐘帶謂之—。

（四）印信通謂之—。如俗稱接印曰接—。代理曰攝—。

（五）俗稱人字亦曰—。如云台—、次—。

【篇】 紕延切音偏先韻

（一）書也。一曰。關西謂榜—。見〔說文〕。〔段注〕書、箸也。箸於簡牘者也。亦謂之—。古曰—。漢人亦曰卷。榜所以輔弓弩者。此其引伸之義。今之榜額標枒是也。關西謂之—。則同扁矣。

（二）簡也。〔漢書公孫弘傳〕箸之於—。

（三）卽卷也。見〔書虞書疏〕。

（四）偏也。〔詩關雎疏〕—者、偏也。言出情鋪事明而偏者也。

（五）程也。見〔廣雅釋器〕。

（六）卽常典也。〔文選孫綽賦〕故事絕於常—。

（七）竹名。〔詩淇奧〕綠竹猗猗。〔注〕竹、

—竹也。〔疏〕似小藜赤莖節好生道旁可食〔釋文〕—竹作萹竹。
(八) 山名。〔山海經中山經〕洞庭山之首曰—遇之山。
(九) 同翩。〔易泰〕——不富。〔釋文〕子夏傳作翩翩陸氏曰輕舉貌。
(十) 姓也。周大夫史—之後。

【築】張六切音竹屋韻
(一) 所以擣也。見〔說文木部〕〔段注〕此㠯上—牆言所用—者、謂器也。其器名—因之人用之亦曰——。者直舂之器。
(二) 堅實稱也。見〔釋名釋言語〕。
(三) 杵也。〔史記黥布傳〕身負板—。
(四) 刺也。見〔廣雅釋詁〕。
(五) 建也。〔史記梁孝王世家〕—東苑。〔今具言建—有科學專家。〕
(六) 拾也。〔書金縢〕凡大木所偃。盡起而—之〔疏〕禾爲大木所偃者。起其木拾下禾。
(七) 百二十貫爲—。見〔周禮廚人和玉鬯司農注〕。
(八) 通妯。〔方言〕—、娌、匹也。〔注〕關西兄弟婦相呼爲—娌。〔廣雅釋親作妯娌〕

【箐】相居切音胥魚韻
(一) 箇—。竹名。〔篇海〕箇—竹其節疏。
(二) 箕屬。見〔類篇〕。

【篊】胡公切音洪東韻
(一) 引水也。見〔集韻〕。
(二) 竹木爲束。見〔集韻〕。

【篊】呼貢切音烘送韻
(一) 竹器。所以熯物者。見〔類篇〕。
(二) 取魚具也。〔陸龜蒙詩〕到頭江畔尋漁事。織竹中流萬尺—。〔按楊慎集云。—从洪。石梁絕水曰洪。射洪、呂梁洪是也。洪加竹爲—。蓋以竹爲魚梁也〕

【篋】詰叶切音愜葉韻
(一) 匧或字。見〔說文〕〔按說文、匧。藏也〕
(二) 隋方曰—。見〔儀禮士冠禮同—注〕〔疏〕隋、謂狹而長也。
(三) 箱也。〔史記老莊申韓列傳〕胠—。
(四) 山名。〔水經洪水注〕又東逕—山。

【篍】雌由切音秋尤韻千遙切音蕉蕭韻七肖切音悄嘯韻
(一) 吹筩也。見〔說文〕〔段注〕吹筩、蓋竹爲之。風俗通曰。—筩也。言其聲音——。名自定也。
(二) 竹簫。見〔廣韻〕。

【篓】蘇后切音叟有韻
(一) 同籔。十六斗也。見〔玉篇〕。
(二) 籔或字。〔集韻〕籔、說文炊具也。或从[illegible]。

【[illegible]】祖叢切音叜子紅切音宗東韻
(一) 折竹箠也。見〔集韻〕。
(二) 木枝細也。見〔字彙補〕。

【箹】乙角切音約藥韻
(一) 小籟也。見〔說文〕。
(二) 小籥也。〔爾雅釋樂〕大籥謂之産。其中謂之仲。小者謂之—。

【箹】於敎切音靿效韻
竹之節曰—。見〔竹譜〕。

【䈽】居影切音謹軫韻
竹名。〔揚雄賦〕其竹則籠籦茶—。〔注〕—竹皮白如霜。大者宜爲篙。

【[illegible]】弋涉切音葉葉韻
籥也。見〔說文〕〔段注〕小兒所書寫每一笘謂之一—。今書一紙謂之一頁。或作葉。其實當作—。〔參閱籥字〕

【[illegible]】達協切音牒葉韻
書篇名。見〔集韻〕。

【[illegible]】敕涉切音鍤葉韻
箛也。見〔廣雅釋器〕〔疏證〕箛、通作觚。急就篇奇觚與衆異。顏師古注曰。觚者、學書之牘。或以記事。削木爲之。蓋簡屬也。其形或六面。或八面。皆可書。觚者、棱也。以有棱角。故謂之觚。

【[illegible]】果羽切音矩麌韻
—籆。規車輞則也。見〔集韻〕。

【箮】許元切音暄元韻
竹花。見〔集韻〕。

【[illegible]】徒故切音度遇韻
[illegible]也。〔廣雅釋器〕—謂之[illegible]。

【篔】贇尹切音筍軫韻
籅或字。〔集韻〕所以縣鐘磬橫曰籅。或作—。

【[illegible]】古瓦切音寡馬韻
箋—。收絲具。見〔集韻〕。

【[illegible]】乃感切音腩感韻
弱竹。見〔集韻〕。

【節】余遮切音耶麻韻
竹名。生臨海。見〔廣韻〕。
【筋】堅正切音勁敬韻
筋竹。見〔集韻〕。
【筅】蘇典切音銑銑韻
飯帚。見〔集韻〕。〔或作筅〕。
【篙】居曷切音葛曷韻
—篋。竹屬。〔廣雅釋草〕—篋、桃支也。〔疏證〕支與枝同。爾雅云。桃枝四寸有節。左思蜀都賦曰。靈壽桃枝。劉逵注云。桃枝、竹屬也。出墊江縣。可以爲杖。
【篹】五瞎切音恰黠韻
篹省字。〔集韻〕篹。敔也。以止樂。或省。
【箵】所景切音省梗韻
答—。篝籠。見〔廣韻〕。
【筡】銚挺切音醒迥韻
答—。車笭。見〔集韻〕。
【箸】先青切音星青韻
答—。魚具。〔大唐新語〕漁具總曰答—。

【箎】常支切音匙支韻〔與箎異〕。
簀屬。見〔說文〕〔段注〕今之鎖、簀以張之。—以斂之。則启矣。其用、與筆中簀同也。〔按通訓定聲云。今之鎖匙字。當以瑣—爲之。〕
【箷】余支切音移支韻
榹或字。見〔集韻〕。
【箎】田黎切音題齊韻
籭或字。見〔集韻〕。
【箟】堅奚切音雞齊韻
筓或字。見〔集韻〕。
【箷】商支切音施支韻
竹名。見〔集韻〕。
【箷】常支切音匙支韻
衣架也。〔爾雅釋器疏〕竿謂之—。凡以竿爲衣架者名曰—。
【箷】余支切音移支韻
榹或字。見〔集韻〕。
【箬】苦禾切音科歌韻
竹名。見〔集韻〕。
【箺】尺允切音蠢軫韻
竹名。見〔篇海〕。

【箻】劣戌切音律質韻
等或字。〔集韻〕等。竹管以射鳥。或从律。
【箼】烏谷切音屋屋韻
竹密。見〔玉篇〕。
【箉】羽鬼切音委尾韻
篚也。見〔海篇〕。
【箾】色角切音朔覺韻
已竿擊人也。虞舜樂曰—韶。見〔說文〕〔桂注〕竿、通作干。尚書舞干羽于兩階。—、通作揹。集韻、揹。擊也。虞舜樂曰—韶者。襄二十九年左傳、見舞韶—者。服注。有虞氏之樂大韶也。〔按書作簫韶。左傳作韶—。疏云。—即簫字。釋文—音簫。〕
【箾】師交切音捎爻韻
象—。舞者所執。司馬正說。見〔集韻〕〔按左襄二十九年傳。見舞象—南籥者。注。—音朔。〕
【箾】先彫切音蕭蕭韻
簫或字。見〔集韻〕。
【䈈】他骨切音突月韻
竹器。見〔集韻〕。

【箹】于求切音游尤韻
竹名。見〔篇海〕。
【箳】普卦切音派卦韻
竹片。見〔集韻〕。
【箆】蒲彌切音皮支韻
篦也。見〔篇海〕。
【箵】丁定切音訂徑韻
竹器。見〔集韻〕。
【箿】息入切音靸緝韻
織竹器緣。見〔類篇〕。
【箿】籍入切音集緝韻
覆也。見〔集韻〕。
【箽】于鬼切音委尾韻
竹名。見〔海篇〕。
【箴】牆之切音慈支韻
竹名。見〔集韻〕。
【箶】敕涉切音徹葉韻
竹葉。見〔類篇〕。
【箹】丈久切音紂有韻
竹易根而死也。見〔集韻〕。

【𥰭】堂來切音臺灰韻　坦亥切音怠隊韻
竹萌也。見〔說文〕。〔段注〕釋草曰。筍、─箭萌。許意筍─不以大竹小竹分別。筍从旬。旬从勹。取包妊之意。─从怠。怠與始同音。取始生之意。筍、─謂掘諸地中者。如今之冬筍。─謂已抽出者。如今之春筍也。

【𥰭】澄之切音池支韻
箈或字。〔集韻〕箈。箭萌。或从怠。

【𥳍】九件切音蹇銑韻
竹名。見〔集韻〕。

【𥳒】實洽切音濈洽韻
行書也。秦使徒隸助官書艸─以為行事。謂艸行之間。取其疾速。不留意楷法也。見〔集韻〕。

【𥳑】息茲切音思支韻　想止切音枲紙韻
竹名。有毒。傷人即死。生海畔。有毛。見〔集韻〕。〔按異物志云。新州有此種。製成箄欚。為礪甲之具。用久微滑。以酸醬漬之過宿。快利如初。亦可作箭。又筍譜云。─竹生海畔。竹與筍皆有毛。傷人則死。〕

【篂】桑經切音星青韻　息井切音省梗韻
箳─。蔽簹也。即車轓。亦作屏星。見〔篇海〕。

【篃】旻悲切音眉支韻　莫佩切音妹隊韻
竹名。〔類篇〕─竹、江漢間謂之䈽。竿一尺數節。葉大如扇。可以衣蓬。

【篈】方容切音封冬韻
竹名。見〔集韻〕。

【𥳁】之若切音灼藥韻
盛米具。見〔廣韻〕。

【𥳓】先奏切音漱宥韻
小竹。見〔集韻〕。

【䈐】渠惟切音葵支韻
竹名。見〔集韻〕。

【𥳉】乳兗切音耎銑韻
竹名。見〔集韻〕。

【𥳇】都毒切音篤沃韻
竺或字。〔集韻〕竺。說文、厚也。或作─。通作篤。

【𥳎】疾各切音昨藥韻
筰或字。〔集韻〕筰。筊也。或作笮、─。

【䈁】容朱切音俞虞韻
黑竹。見〔集韻〕。

【𥳐】勇主切音庾麌韻
玄色竹也。見〔集韻〕。

【𥳖】則列切音側職韻
斷聲。見〔篇海〕。

【篌】胡溝切音侯尤韻
箜─。樂器。見〔集韻〕。

【𥲅】于眷切音瑗霰韻
斷竹。見〔集韻〕。

【篓】戶管切音緩旱韻
篇─。簡也。見〔廣雅釋器〕。

【𥲴】怡成切音盈庚韻
籯或字。〔集韻〕籯。說文、笭也。或从盈。

【䈡】蘇叢切音蚣東韻
檧或字。〔集韻〕檧。俗呼小籠為桶檧。或作─。〔按方言。箸筩。自關而西謂之桶檧。〕

【䈡】千弄切音謥送韻
竹名。見〔集韻〕。

【䈍】逆各切音鄂藥韻
竹名。見〔集韻〕。

【𥳜】息改切音賄韻
竹名。見〔集韻〕。

【𥳎】想止切音枲紙韻
竹篋。見〔集韻〕。

【𥳃】之盛切音政敬韻
竹名。見〔集韻〕。

【𥳋】孔五切音苦麌韻
竹名。見〔集韻〕。

【𥳋】果五切音古麌韻
䉐也。見〔集韻〕。

【𥳆】北角切音剝屋韻
同筋。見〔篇海〕。

【𥳟】厨遇切音柱遇韻
擅篡竹也。見〔集韻〕。

【篍】居六切音匊屋韻
窮治罪人也。見〔字學大成〕。

【篎】弭沼切音渺篠韻　彌笑切音妙嘯韻
小管謂之─。見〔說文〕。

【篝】居侯切音溝尤韻
熿籠也。見〔海篇〕。

【箬】胡八切音鍩黠韻
拾也。見〔海篇〕。

【篕】古簪字。見〔集韻〕。

【𥸊】古蠡字。見〔說文長箋〕。

【箝】同鉗。見〔篇海〕。

【篋】同篋。見〔字彙補〕。

【𥳑】同篤。見〔海篇〕。

【筱】同篠。見〔字彙補〕。

【箓】簏或字。見〔說文〕。

【𥳏】篪或字。見〔集韻〕。

【𥲕】筍或字。見〔字彙補〕。

【筭】簗或字。見〔集韻〕。

【𥲖】裁俗字。見〔正字通〕。

【箳】簈俗字。見〔篇海〕。

【篯】箋俗字。見〔正字通〕。

【䈛】筋俗字。見〔玉篇〕。

【𥴤】簗譌字。見〔康熙字典〕。

【𥮡】笴譌字。見〔康熙字典〕。

十畫

【篖】徒郎切音唐陽韻
㊀笭—。竹席直文而麤者。〔方言〕符—。自關而東周洛楚魏之間謂之倚佯。自關而西謂之符—。楚南之外謂之—。
㊁都—。縣名。晉置。屬寧州。與古郡當在今貴州普安縣附近。

【篚】府尾切音匪尾韻
㊀車笭也。見〔說文〕。〔段注〕詩言簟笰。毛曰。笰、車之蔽也。是正字。笰是假借字。〔按〕—與茀通。爾雅釋器。輿革後謂之茀。竹後謂之蔽。
㊁竹器。如笭者。〔儀禮士冠禮〕有—。〔按廣韻〕—、竹器。方曰筐。圓曰—。又三禮圖引舊圖云。—以竹爲之。長三尺。廣一尺。深六寸。足高三寸。如今小車笭。自後人假—爲匪。而車笭之義廢矣。
㊂盛贄幣者。〔孟子滕文公〕—厥玄黃。
㊃盛勺觶者。〔儀禮士冠禮〕洗有—在西。〔注〕亦以盛勺觶陳於洗西。
㊄通匪。見〔正韻〕。
㊅通棐。〔書禹貢〕厥—織文。〔漢書地理志作厥棐織文〕。
㊆通篋。〔儀禮士喪禮〕受用—。〔釋文〕—、本作篋。
㊇通筐。〔儀禮士虞禮〕實于—。〔周禮司巫注作實于筐〕。

【𥴛】式戰切音扇霰韻
㊀箑也。見〔集韻〕。
㊁竹也。見〔廣韻〕。

【篛】日灼切音弱藥韻
㊀箬也。〔書顧命傳〕箬、—竹也。〔按〕箬謂。箬、一名—。竹土內皮中謂之—也。
㊁箬或字。〔集韻〕箬。說文、所謂竹皮曰箬。或作—。

【篝】居侯切音鉤尤韻
㊀本作篝。〔說文〕篝、笿也。可熏衣。宋楚謂竹—牆居也。〔段注〕方言曰。—、陳楚宋魏之間謂之牆居。廣雅、—。籠也。薰—謂之牆居。
㊁負物籠也。上大下小而長謂之—笭。〔史記滑稽傳〕甌窶滿—。

【篝】古候切音構宥韻
竹器也。見〔類篇〕。

【䈫】諾答切音納合韻
竹索。見〔集韻〕。

【篟】倉甸切音茜霰韻
㊀竹茂皃。見〔玉篇〕。
㊁青竹。見〔廣韻〕。

【篠】先了切音小篠韻
㊀箭也。〔爾雅釋草〕—、箭。〔疏〕—、一名箭。書曰。—簜既敷。釋地會稽之箭、是也。
㊁竹器名。〔論語微子〕以杖荷—。
㊂筱或字。見〔集韻〕。

【篠】通簫。〔文選馬融賦〕林簫蔓荊。〔注〕簫、與—通。

【篹】初患切音篡諫韻
㊀屰而奪取曰—。从厶。算聲。見〔說文厶部〕。〔段注〕奪當作敓。屰而奪者、下取上也。按方言云。自關而西秦晉之間。凡取物而逆謂之—。〔按一切經音義二引爾雅舊注
㊁取也。見〔爾雅釋詁〕。〔義疏〕按—。盜位曰—。即屰而奪也。从厶。音私。言以計數取之。不公然刼奪。故逸民傳注云。今人謂以計數取物曰—。是其義矣。
㊂弋取也。〔後漢書逸民傳引揚雄文〕鴻飛冥冥。弋者何—焉。〔按一

作纂。俗作纂。茵非。〕

【筠】俱遇切音屨遇韻

(一)織具。見〔集韻〕。

(二)竹名。見〔集韻〕。

【𥳐】之人切音眞眞韻

(一)箭也。見〔廣雅釋草〕。

(二)器名。見〔集韻〕。

【篣】蒲光切音旁陽韻

(一)箕屬。見〔類篇〕。

(二)竹名。〔竹譜〕百葉參差。生於南垂。傷人則死。醫莫能治。亦曰一竹。

【篣】蒲庚切音彭庚韻

(一)籠也。〔方言〕籠南楚江沔之間謂之一。

(二)笞擊也。〔後漢虞延傳〕延爲洛陽令。陰氏有客馬成爲姦盜。延收考之。陰氏屢請。輒加一二百。〔注〕一、捶也。音彭。

【箾】師交切音梢肴韻色角切音朔覺韻

(一)陳留謂飯帚曰一。一曰。飯器。容五升。一曰。宋魏謂箸筩爲一。見〔說文〕。

(二)同捎。〔文選馬融賦〕纖末奮一。〔注〕一、與捎同。

(三)同筲。〔方言〕箸筩。陳楚宋魏之間謂之筲。〔按筲卽一字〕。

【篤】都毒切音督沃韻

(一)馬行頓遲也。見〔說文馬部〕。〔段注〕頓、如頓首以頭觸地也。馬行篤實而遲緩也。古假借一爲竺字。以皆竹聲也。二部曰。竺厚也。一行而竺廢矣。

(二)厚也。〔詩椒聊〕實大且一。

(三)惇也。〔史記五帝紀〕堯九男皆益一。

(四)固也。見〔爾雅釋詁〕。

(五)信也。〔呂覽孝行〕朋友不一。

(六)理也。見〔廣雅釋詁〕。

(七)築也。築、堅實稱也。見〔釋名釋言語〕。

(八)困也。見〔後漢光武帝紀注〕。

(九)病也。〔楚辭大招〕察一天隱。〔按後世稱人疾甚曰一〕。

(十)純也。〔禮記儒行〕一行而不倦。

(十一)一馬河名。〔水經注河水〕平原縣有一馬河。東北入海。〔按寰宇記。一馬河。卽古馬頰河。自山東恩縣流入平原縣〕。

【𥳉】逋潘切音般蒲官切音槃寒韻

(一)捕魚笱。其門可入而不可出。見〔廣韻〕。

(二)箯也。見〔廣韻〕。

(三)一篕。竹名。見〔集韻〕。

【䈢】叉宜切音差支韻

篸一。洞簫也。〔楚辭君湘〕吹參差兮誰思。〔注〕參差、洞簫。一作篸一。〔又〕竹貌。見〔類篇〕。

【𥲤】才何切音醝歌韻

筥屬。見〔類篇〕。

【𥲤】側下切音鮓馬韻

炭籠。長沙語也。見〔集韻〕。

【篥】力質切音栗質韻

(一)竹名。〔異錄〕日南有一竹。勁利。削爲矛。

(二)觱一。笳管也。軍中吹之以爲號者。〔篇海〕以竹爲管。以蘆爲首。狀類胡笳而九竅。

【篦】邊迷切音蓖齊韻

(一)導也。今俗謂之篦。見〔說文新附〕。

(二)竹器。見〔正字通〕。

(三)眉一。見〔廣韻〕。

【箆】頻脂切音比支韻邊迷切音蓖齊韻

笓或字。〔集韻〕笓。取鰕具。或作一。

【篧】仕角切音浞竹角切音斲覺韻闊鑊切音廓藥韻胡故切音護遇韻

(一)一謂之罩。見〔集韻〕。

(二)籱省字。〔集韻〕籱、說文罩魚者也。或省。

(三)籗或字。〔集韻〕籗。捕魚器。或作一。

【篨】陳如切音除魚韻

(一)籧一也。見〔說文〕。〔按說文籧下。籧一。粗竹席也。玉篇籧一竹席也。桂馥云。籧、一疊韻〕。

(二)籧一。口柔也。見〔爾雅釋訓〕。〔又〕疾也。見〔廣雅釋訓〕〔疏證〕晉語。籧一不可使俯。韋注云。籧一、偃人。凡事理之相近者。其名卽相同。籧一、戚施、侏儒。皆疾也。故人之不肯者。亦曰籧一。邶風新臺篇曰。燕婉之求。籧一不鮮。是也。物之粗醜者。亦曰籧一。方言云。簟之粗者。自關而西謂之籧一。

【篩】霜夷切音師支韻所街切佳

韻 ㊀竹名。〔神異經〕―竹、一名太極。長百尺。圍二丈五六尺。南方以爲船。㊁竹器。有孔以下物。去麤取細。〔王禹偁詩〕從僧借槳―。㊂除蟲留細亦謂之―。〔漢書賈山傳〕―土築阿房之宮。

【篪】陳知切音馳支韻 ㊀篪或字。見〔說文龠部〕〔按說文、篪管樂也。經傳通作―。鄭司農注周禮云、―七孔。廣雅云八孔。賈公彥引禮圖云九孔。疑莫能明。樂記又作箎。〕

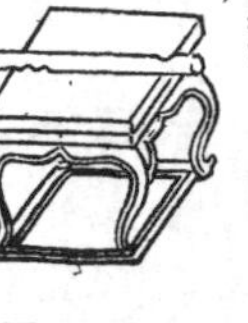

篪圖

㊁嗁也。聲從孔出。如嬰兒嗁聲也。見〔釋名釋樂器〕。㊂竹曰―。〔詩何人斯〕仲氏吹―。㊃竹名。〔水經湘水注〕山多―竹。

【篛】歃盍切音蹋合韻 ㊀窗扇。見〔廣韻〕。㊁客屏謂之―。見〔集韻〕。

【⿱竹容】餘封切音容冬韻 ㊀―箕。矢也。見〔集韻〕。㊁文竹。見〔集韻〕。

【篔】王分切音雲文韻于權切音員先韻 ㊀―簹。竹名。〔竹譜〕―簹竹最大。大者中甑。笱亦中射筒。薄肌而最長節。中貯箭因以爲名。㊁谷名。〔蘇軾記〕―簹谷在洋州。與可嘗令余作洋州三十詠。―簹谷、其一也。

【⿱竹能】逋眉切音卑支韻 竹名。見〔正韻〕。

【篕】鞜臘切音盍合韻居泰切音蓋泰韻 ―棪。簟也。〔方言〕簟、或謂之―棪。

【⿱竹微】無非切音微微韻果悲切音眉支韻 竹也。見〔集韻〕。

【⿱竹殸】籀文⿱竹微字。見〔說文〕。

【⿱竹浮】房尤切音浮方鳩切音紑披尤切音坏尤韻 竹之有文者。見〔廣韻〕。

【⿱竹𥝩】餘招切音遙蕭韻徒刀切音匋豪韻 ―枝。竹枝也。見〔集韻〕〔按―通作桃。爾雅釋草桃枝四寸有節。〕

【⿱竹息】悉即切音息職韻 箕―。竹器。見〔廣韻〕。

【籆】王縛切音矡藥韻 篗或字。〔集韻〕篗說文、收絲具也。或作―。〔按方言云、―榬也。兗豫河濟之間謂之榬。注所以絡絲者也。〕

【篘】初尤切音搊尤韻 漉取酒也。見〔集韻〕。

【⿱竹袁】于元切音袁元韻 榬或字。〔集韻〕榬、籆。所以絡絲者。或从竹。

【⿱竹旅】兩舉切音旅語韻 盛飯器。〔方言〕―、南楚謂之筲。趙魏之郊謂之⿱竹去―。

【篙】居勞切音高豪韻 所以進船也。見〔說文新附〕。〔按廣韻云、進船竿。方言云、所以刺船謂之―。〕

【⿱竹鬲】馨激切音閴刑狄切音檄錫韻 籮屬。形小而高。見〔廣韻〕。〔按方言云、所以注斛。陳魏宋楚間謂之―。又謂之籮。自關而西謂之注箕。盛米穀寫斛中者也。〕

【⿱竹秦】測革切音策陌韻 擊也。見〔集韻〕。

【篜】蒸仍切音蒸蒸韻 竹也。見〔廣韻〕。

【篞】乃結切音涅屑韻 樂器。〔爾雅釋樂〕大管謂之簥。其中謂之―。

【⿱竹留】力求切音留尤韻 竹名。見〔集韻〕。

【⿱竹浦】蓬逋切音蒲虞韻 ―箷。小竹網。見〔集韻〕。

【⿱竹奚】戶禮切音傒薺韻 所以安船者。見〔集韻〕。

【⿱竹逆】奇逆切音極陌韻 竹―也。見〔篇海〕。

【篼】疏鳩切音搜尤韻 竹名。見〔集韻〕。

【⿱竹鬼】呼乖切音懷佳韻高竹節也。見〔集韻〕。

【⿱竹鬼】⿸广鬼或字。見〔集韻〕。

【⿱竹倚】隱綺切音倚紙韻—䉆符篖也。見〔集韻引廣雅〕。〔今本釋器作倚陽也。〕

【⿱竹貢】沽紅切音公東韻笠名。見〔集韻〕。

【⿱竹贛】古禫切音感感韻箱類。見〔集韻〕。

【⿱竹㓨】徂含切音蠶徒甘切音談覃韻擬廉切音覘鹽韻所以搔馬也。見〔說文〕〔段注〕廣韻刷馬篦也。

【⿱竹舁】羊諸切音余魚韻籅或字。見〔集韻〕籅博雅、籢也。或作—。

【⿱竹摹】戶吳切音胡虞韻—被也。見〔篇海〕。

【⿱竹匊】居六切音匊屋韻鞫省字。見〔集韻〕鞫。說文、窮理罪人也。或省。〔按說文作⿰⿱竹匊欠〕

【⿱竹舀】他刀切音叨豪韻飼牛器也。見〔集韻〕〔按廣韻云。—牛籢也。方言云、—籧籢趙岱之間謂之—。洪衛之間謂之牛筐。〕

【⿱竹⿰馬可】買我切音嗎哿韻笱組也。見〔集韻〕。

【⿱竹羿】以制切音曳霽韻揲蓍占也。見〔集韻〕。

【⿱竹弄】食列切音舌屑韻揲或字。見〔集韻〕揲。說文、閱持也。或作—。

【⿱竹鋻】蘇遭切音騷豪韻——。竹聲。見〔集韻〕。

【⿱竹兼】詰念切音傔豔韻籠也。見〔集韻〕。

【⿱竹翁】烏公切音翁東韻烏孔切音蓊董韻竹皃。見〔說文〕。

【⿱竹䑁】呼貢切音嗊送韻竹器。所以熯物者。見〔集韻〕。

【⿱竹執】蘇見切音線霰韻竹也。見〔海篇〕。

【⿱竹肇】張六切音竹屋韻以手—物也。見〔集韻〕。

【⿱竹害】何瞎切音轄黠韻拾—也。見〔字彙補〕。

【⿱竹晉】子賤切音箭霰韻⿱竹歬或字。見〔集韻〕⿱竹歬。說文、矢也。隸作箭。或作—。

【⿱竹晉】子淺切音翦銑韻竹名。〔篇海〕—竹高一丈。節間三尺可為矢。

【⿱竹倉】千羊切音瑲陽韻竹名。見〔集韻〕。

【⿱竹倉】千剛切音倉陽韻竹色。〔禮記月令〕服倉玉。〔王肅本作—玉〕

【⿱竹部】薄口切音部有韻篰或字。見〔集韻〕篰。說文、箭篓也。或作剖。

【⿱竹剖】普后切音剖有韻竹膾。見〔集韻〕。

【⿱竹莫】莫故切音暮遇韻竹筥。見〔集韻〕。

【⿱竹索】昔各切音索藥韻山窄切音色陌韻竹組。見〔集韻〕。

【⿱竹兗】而兗切音輭銑韻竹名。見〔海篇〕。

【⿱竹滂】芳無切音敷虞韻竹青皮也。〔儀禮既夕記注〕、笠竹—蓋也。〔疏〕—竹青皮。

【⿱竹奠】所戢切音澀緝韻見足也。見〔字彙補〕。

【⿱竹集】女除切音袽魚韻機具。見〔字彙補〕。

【⿱竹格】歷各切音洛藥韻籬格也。見〔集韻〕。

【⿱竹逸】弋質切音逸質韻置也。見〔集韻引廣雅〕。〔今本釋詁作逸。〕

【⿱竹窄】側賣切音債卦韻簀或字。見〔集韻〕簀。壓酒具也。或作—。

【⿱竹室】往來切音臺灰韻笠子也。見〔海篇〕。〔康熙字典云。

即籩字之譌。〕

【簬】古簬字。見〔正字通〕。

【簹】古笱字。見〔集韻〕。

【篺】古甚字。見〔字彙補〕。

【簸】籀文。見〔說文〕。

【籕】同𥳓。見〔字彙補〕。

【䉡】同簇。見〔集韻〕。

【簍】同篥。見〔集韻〕。

【箎】同篪。見〔字彙補〕。

【篭】同籠。見〔字彙補〕。

【𥰭】同筍。見〔篇海〕。〔按即篳譌〕。

【簽】同籤。見〔字彙補〕。

【篗】箭或字。見〔集韻〕。

【𥯤】笛或字。見〔集韻〕。

【𥳼】箏或字。見〔集韻〕。

【篎】笷俗字。見〔正字通〕。

十二畫

【篰】蒲口切音部厚韻普后切音剖有韻

●一 滿爰也。見〔說文〕〔段注〕廣雅曰。籣篓、—也。曹憲上音滿。下音緩。按滿爰、漢人語。俗字加竹。許書無簿字。—蓋卽今之簿字也。

●二 竹牘。見〔玉篇〕。

【篲】旋芮切音槥俞芮切音睿霽韻以醉切音遂徐醉切音彖寘韻蘇骨切音窣月韻

●一 彗或字。見〔說文又部〕。〔按說文彗。掃竹也。〕

●二 竹名。〔竹譜〕—篠竹中掃箒細竹也。大者如箭。長者至丈許。

●三 帚也。〔莊子達生〕開之操擁以侍門庭。

●四 勤也。見〔爾雅釋詁〕。

【𥴧】雖遂切音遂寘韻

妖星也。見〔篇海〕。

【篳】壁吉切音畢質韻必至切音畀寘韻

●一 藩落也。見〔說文〕〔段注〕藩落、猶俗云籬落也。

●二 柴門曰—門。〔禮記儒行〕—門圭窬。〔注〕—門、荊竹織門也。

●三 柴車曰—路。〔左宣十二年傳〕—路藍縷以啟山林。〔按—門、以荊竹織之。—路、當亦以荊竹爲之歟。〕

【𥳮】胡谷切音斛屋韻

●一 大箱。見〔集韻〕。

●二 箱—。盛米器。見〔篇海〕。

●三 石—。草名。見〔篇海〕。

【篴】亭歷切音狄錫韻

●一 滌也。其聲滌滌然也。見〔釋名釋樂器〕〔疏證〕玉篇、同笛。風俗通云。笛者滌也。

●二 笛或字。〔集韻〕笛。樂器。或作—。

【𥶃】直六切音逐屋韻

竹名。見〔廣韻〕。

【䈴】都感切音膽感韻

●一 同籤。竹名。見〔篇海〕。

●二 𥵋俗字。見〔正字通〕。

【篷】蒲蒙切音蓬東韻

●一 織竹夾箬覆舟也。見〔廣韻〕。

●二 車枸簍也。〔方言〕車枸簍。南楚之外謂之—。〔注〕卽車弓也。今亦謂之—。〔箋疏〕王念孫曰。枸簍者、蓋中高而四下之貌。

●三 編竹覆舟車也。見〔增韻〕。

●四 篷也。見〔廣雅釋器〕。

【𥷖】同都切音途虞韻

筡或字。〔集韻〕筡。說文、析竹笢也。或作—。

【𥴊】丑戾切音計霽韻

●一 杖也。見〔廣韻〕。

●二 胡竹名。見〔廣韻〕。

●三 筡或字。〔集韻〕筡。竹名。或作—。

【篸】疏簪切音森初簪切音槮侵韻

●一 —差也。見〔說文〕〔段注〕集韻。—差。竹皃。初簪切。又—、竹長皃。疏簪切。按木部槮。木長皃。引槮差荇菜。蓋物有長有短。則參差不齊。竹木皆然。今人作參差。古則从木从竹也。

●二 竹長皃。見〔集韻〕。

●三 洞簫也。〔楚辭湘君〕吹—差兮誰思。〔按—差通作參差〕。

【篸】緇岑切音簪侵韻祖含切音簪覃韻

●一 先或字。〔集韻〕先。說文、首笄也。或作—。

●二 簪或字。〔集韻〕簪。博雅、篾謂之簪。或从參。

【篸】作紺切勘韻

綴也。見〔集韻〕。

【籡】之戎切音終東韻

(一)竹也。見〔集韻〕。

(二)篋也。〔韻會〕戎人呼篋曰—。

【篹】損管切音算祖管切音纂旱韻

(一)籩屬也。以竹爲之。〔禮記明堂位〕薦用玉豆雕—。

(二)竹筥也。〔禮記喪大記〕食於—者盥。

(三)蘿屬。見〔廣韻〕。

(四)竹木素器。見〔篇海〕。

【篡】皴縮切音撰潸韻除戀切音饌霰韻

(一)述也。〔漢書藝文志〕書之所起遠矣。至孔子—焉。

(二)同饌。具食也。〔漢書元后傳〕獨置孝元廟故殿以爲文母—食堂。

【箄】蒲街切音牌佳韻部買切音罷蟹韻蒲糜切音皮支韻蒲瞻切音溫鹽韻

(一)水中—筏也。〔方言〕泭謂之—。—謂之筏。

(二)箄或字。〔集韻〕箄。人名。楚有史箄。或作—。

【篻】彌遙切音蔫卑遙切音猋蕭韻匹沼切音縹篠韻

(一)竹名。見〔集韻〕。

(二)細竹也。〔筍譜〕—竹、實中。篺屬。出韶州。莖五六寸。中爲弩矢。

(三)竹門也。見〔玉篇〕。

【篻】匹妙切音票嘯韻

竹名。〔異物志〕—竹大如戟槿。實中勁強。交趾人銳之爲矛。甚利。

【篼】徂侯切音兜尤韻

(一)食馬器也。見〔說文〕〔段注〕方言。飤馬橐、自關而西謂之裺囊。或謂之裺—。或謂之樓—。燕齊之間謂之幗。

(二)竹輿也。簑之別名。俗謂—子。見〔正字通〕。

【篽】偶舉切音語語韻

禁苑也。春秋傳曰。澤之自—。見〔說文〕〔段注〕宣帝紀、詔池籞未御幸者。假與貧民。蘇林曰。折竹以繩綿連禁禦。使人不得往來。律名爲籞。自、當作舟。昭二十年左傳曰。澤之萑蒲。舟鮫守之。鮫、當是䱜誤。許所據竟作舟—耳。

【篾】莫結切音蔑屑韻

(一)析竹也。見〔集韻〕。〔按書顧命、敷重—席。疏。—、析竹之次青者。〕

(二)竹皮。見〔廣韻〕。

(三)桃枝竹也。〔文選張衡賦〕其竹則籦籠箬—。

(四)小貌。〔方言〕木細枝謂之杪。江淮陳楚間謂之—。

(五)篡也。今蜀及關中皆謂竹—爲篡。見〔一切經音義引聲類〕。

【篾】莫結切音蔑屑韻

(一)䈴也。〔禮記喪服〕繫用䈴。〔注〕䈴竹—。謂竹之青可以爲繫者。

(二)蔑或字。見〔集韻〕。

【䈼】莫筆切音密質韻

竹名也。空小而有稜。見〔集韻〕。

【簀】測革切音責陌韻

(一)牀棧也。見〔說文〕〔段注〕本書、棧。棚也。莊子馬蹄篇釋文。編木作靈似牀、曰棧。〔按通訓定聲云—如今北道以槀秸荐牀。古人質素如此。後加以席。其席亦謂之—。牀亦謂之—。杠亦謂之—。—者皆所謂轉注也。〕

(二)牀笫也。見〔小爾雅廣服〕。

(三)牀版也。〔方言〕牀、齊魯之間謂之—。

(四)杠也。見〔廣雅釋器〕。

(五)葦薄也。〔史記范睢蔡澤傳〕卽卷以—。置廁中。〔注〕—。謂葦荻之薄。

(六)積聚也。〔詩淇奧〕綠竹如—。〔傳〕—、積也。言茂盛如積聚。〔朱駿聲云〕密如—耳。非借爲積。〔存參〕

【簀】側賣切音債卦韻

醋或字。〔集韻〕醋。壓酒具也。或作醡、窄—。

【簁】山宜切音澌申之切音施支韻所綺切音徙紙韻所佳切音崽佳韻

(一)—箄。竹器也。見〔說文〕〔段注〕盛物之器。

(二)同篩。〔洪武正韻〕—籮。古以爲玉柱。故字从玉作璽。今作—。亦作篩。

(三)籭或字。〔集韻〕籭。說文、竹器也。可以取粗去細。或作簛、—。

【簂】古對切音憒隊韻古獲切音馘陌韻姑回切音傀灰韻

(一)筐也。見〔廣韻〕。

(二)髮飾也。〔釋名釋首飾〕—、恢也。恢廓覆髮上也。魯人曰頍。頍傾也。箸之傾近前也。齊人曰蜺。飾形貌也。〔疏證〕鄭注士冠禮云。縢薛名蔮為頍。蜺、今本譌作幌。案廣雅云。—謂之蜺。玉篇廣韻皆曰。蜺、—也。據改。
(三)婦人喪冠。見〔類篇〕。
(四)通幗。婦人首飾。〔後漢烏桓鮮卑傳注〕—或為幗。婦人首飾也。〔按正字通云。猶今之髮鼓。周禮注。若今假蚧。卽假髻。用鐵絲為圈。外編以髮。名曰鼓。鼓平聲。在漢曰—。〕

【箘】窘遠切音卷阮韻　巨卷切音倦霰韻

【䈰】所交切音梢肴韻
(一)竹名。見〔集韻〕。
(二)冋屬。見〔字彙〕。

【䈰】
(一)船舵尾也。見〔篇海〕。
(二)通稍。動也。〔文選馬融賦〕其應淸風也。纖末奮—。〔注〕方言曰。稍也。—、與稍同。

【䈰】色角切音朔覺韻
飯帚。見〔集韻〕。〔說文作𥳓〕。

【⿱竹聆】郎丁切音靈青韻

(一)竹名。見〔集韻〕。
(二)竹器。見〔集韻〕。

【簇】千木切音鏃屋韻
(一)小竹。見〔集韻〕。
(二)叢聚也。〔白居易詩〕一—綠檀欒。
(三)泰—。樂律名。〔史記律書〕泰—者、言萬物—生也。〔按白虎通五行篇作太—。漢書作太族。〕

【簇】千候切音湊宥韻

【簇】楚角切音促覺韻
矢金。見〔玉篇〕。

【簇】測角切音娕覺韻
作餅具也。見〔類篇〕。

【⿱竹憂】陳留切音儔尤韻
(一)—箸也。見〔說文心部〕〔段注〕按箸必是誤字。不可解。疑當作足部之躊。—躊猶今人所用躊躇也。—、或作躊。通作籌。
(二)人名。趙與—。字德淵。居湖州。嘉定十三年進士。宋宗室也。見〔字彙補〕。

【簉】初救切音遚宥韻
(一)副室曰—。〔左昭十一年傳〕僖子使助薳氏之—。〔注〕—、副倅也。薳氏之女為僖子副妾。別居在外。故僖子納泉邱人女令副助之。〔按集韻〕—、副也。倅也。後世稱妾曰—室。本此。〕
(二)副車亦曰—。〔文選張衡賦〕屬車之—。戴獫猲獢。〔注〕—、副也。
(三)齊飛順疾也。〔唐書上官儀傳〕—羽鵷鷺。
(四)—弄小曲也。〔文選馬融賦〕聽—弄者。遙思於古昔。

【⿱竹累】魯水切音壘紙韻
(一)法也。一曰。法可以—网人心。見〔集韻〕。
(二)纂俗字。見〔正字通〕。

【⿱竹將】子兩切音獎　似兩切音象養韻
(一)剖竹未去節謂之—。見〔說文〕〔段注〕謂未去中之相隔者。
(二)觚也。見〔篇海〕。

【⿱竹將】貲良切音將陽韻
席也。見〔集韻〕。

【⿱竹將】七亮切音蹌漾韻
竹也。見〔集韻〕。

【簌】蘇谷切音速屋韻
(一)篩也。見〔集韻〕。
(二)——。茂貌。〔元稹詩〕風動落花紅——。

【簎】實窄切音齰陌韻　士角切音娕覺韻　秦昔切音籍　測革切音策陌韻
(一)取魚器也。〔周禮鼈人〕以時—魚鼈龜蜃凡貍物。〔注〕—、謂以杈刺泥中搏取之。
(二)刺也。見〔後漢馬融傳注〕。
(三)通藉。〔列子仲尼〕長幼羣聚而為牢藉。〔注〕藉、本作—。謂牲牢也。

【篱】鄰知切音離支韻
以竹木圍繞也。

【⿱竹習】席入切音習緝韻
笫—。竹器。見〔集韻〕。
篷—。修船具。見〔集韻〕。

【篲】古彗字。見〔說文又部〕。

【⿱竹宿】蘇后切音叟有韻
同籔。〔集韻〕籔、說文炊奠也。亦作—。

【篵】倉紅切音怱東韻

竹有病不堪用者。見〔篇海〕。

【簚】所兩切音爽養韻 竹皃。見〔集韻〕。

【篕】烏侯切音謳尤韻 吳人謂育蠶竹器曰—。〔古逸詩〕金陵下餘石。大如—土屋。

【篗】末各切音莫藥韻 —篛。竹名。見〔集韻〕。

【篶】夷然切音焉先韻 黑竹也。見〔篇海〕。

【篸】七然切音千先韻 簮—。竹名。見〔玉篇〕。

【篺】薄胡切音酺虞韻 竹筥。沈水取魚之具。見〔廣韻〕。

【簰】蒲街切音牌佳韻 筏也。大桴曰—。見〔集韻〕。

【篿】徒官切音團寒韻 圜竹器也。見〔說文〕〔段注〕盛物之器而圜者。—與圕音同也。

【篿】朱遄切音專先韻 楚人名結草折竹卜曰—。〔離騷〕索瓊茅以筳—兮。

【䈽】畢欣切音斤文韻几隱切音謹吻韻 竹名。〔本草〕—竹堅而促節。體圓質勁。皮白如霜。大者可刺船。細者可為笛。取瀝益根葉皆入藥。

【䈆】力渚切音鹵語韻 同籚。盛飯器也。見〔玉篇〕。

【䈲】莫獲切音麥陌韻 車曲木也。〔方言〕車枸簍謂之—。

【䈼】莫狄切音覓錫韻 篛—。笠帶。見〔集韻〕。

【簴】居許切音舉語韻 養蠶之竹器。〔方言〕江沔之間謂之籅。趙岱之間謂之筥。小者、楚謂之篓。秦晉謂之箄—。

【簃】余支切音移支韻延知切音池支韻丈爾切音豸紙韻 閣邊小屋也。見〔說文新附〕。〔按〕爾雅釋宮連謂之—。注堂樓閣邊小屋。今呼之—廚連觀也。

【𥳗】陟交切音嘲肴韻 大笙也。通作巢。〔爾雅釋器〕大笙謂之巢。〔巢即—字〕

【簄】後五切音戶姥韻 取魚竹网。見〔集韻〕。

【篨】商署切音庶御韻 筐也。見〔集韻〕。

【䈎】力協切音獵葉韻 竹箬所以乾物。見〔集韻〕。

【簈】卑盈切音兵庚韻 盛絮籠。見〔類篇〕。

【簅】所簡切音產濟韻 產或字。〔廣韻〕產大篇似笛三孔而短。或从竹。

【簆】丘堠切音寇宥韻 織具也。見〔集韻〕。

【簽】杜覽切音淡感韻徒濫切音憺勘韻 竹名。見〔集韻〕。

【箳】必郢切音餅梗韻卑盈切音并庚韻旁經切音瓶青韻 —篂。車幡。見〔集韻〕〔又〕別名。見〔廣韻〕〔又〕車蔽篂。〔又〕車上竹席障塵者。前曰篂。後曰—。亦作屏星。

【𥳺】母伴切音滿旱韻 竹器。〔廣雅釋器〕—、篓、篰也。

【䉞】丁紺切音勘勘韻 竹名。見〔玉篇〕。

【𥳶】他東切音通東韻 竹名。見〔類篇〕〔按康熙字典引本草云。竹空心直上無節。出滦州。謂之通竹。俗作—。〕

【簊】居其切音基支韻 竹名。見〔玉篇〕。

【䈻】荒故切音謼遇韻 籠也。見〔集韻〕。

【簋】矩鮪切音簋紙韻 黍稷方器也。从竹皿皀。見〔說文〕。〔段注〕周禮舍人注曰。方曰簠。圓曰簋。許云—方簠圓不同者。師傳各異也。周禮疏云。孝經陳其簠簋。注云內圓外方。受斗二升。而秦風釋文有內圓外方曰簠。內方外圓曰簋之文。蓋本孝經注。聘禮釋文則又方圓字皆互易之。聶崇義曰。舊圖云。內方外圓曰—。外方內圓曰簠。與秦風音義合。廣韻曰。內圓外方曰—。歐陽氏集古錄曰。—、外方內圓。與聃禮音義合。按—、古文或从匚。或从木。蓋本以木爲之。大夫刻其文爲龜形。諸侯刻龜而飾以象齒。天子刻龜而飾以玉。其後乃有瓦—。乃有竹—。方因製从竹之—字。木—、竹—、禮器。瓦—、常用器也。皂、穀之馨香。謂黍稷也。

簋圖

【篻】憐蕭切音聊蕭韻
竹名。〔竹譜〕—簩二族。亦甚相似。把髮苦竹促節薄齒。束物體柔殆同麻枲。又—竹筍無味。江漢間謂之苦—。

【篟】胡千切音賢先韻
箭笴。見〔集韻〕。

【篢】胡南切音含覃韻
簪或字。〔集韻〕簪。隋竹實中。或作—。

【簙】財勞切音曹豪韻
竹名。見〔集韻〕。

【篓】盧登切音稜蒸韻
竹名。見〔集韻〕。

【簍】郎侯切音樓尤韻郎口切音塿有韻
竹籠也。見〔說文〕〔段注〕方言。—、籅也。籅小者南楚謂之—。〔按急就篇注云—者疏目之籠。言其孔樓樓然也。〕

【簍】郡羽切音窶隴主切音縷䰉韻
篅—。規車輞則也。見〔集韻〕。

【簍】力甫切音䰉韻
車弓籠。見〔玉篇〕。

【簏】盧谷切音祿屋韻
竹高篋也。見〔說文〕〔段注〕篋之高者。竹爲之。

【篴】力竹切音六屋韻
竹名。見〔集韻〕。

【簌】初患切音纂諫韻
小舂也。見〔篇海〕。

【簃】脂利切音至寘韻卽入切音縶緝韻
箭鏑—也。見〔廣雅釋器〕。

【䉤】質入切音執緝韻
竹名。見〔集韻〕。

【䈼】莫盤切滿平聲寒韻
竹名。〔筍譜〕—筍皮青。而肉皙白。

【篕】苦回切音恢灰韻
箭竹也。見〔篇海〕。

【篵】丁故切音妒遇韻
格也。見〔字彙補〕。

【篓】女加切音拏麻韻
鳥籠。見〔集韻〕。

【簇】朔降切音戳絳韻
以竹木刺物。見〔集韻〕。

【篫】訛胡切音梧虞韻
竹名。見〔集韻〕。

【篥】宗此切音紫紙韻
竹名。見〔字彙補〕。

【篰】符遇切音附遇韻
篚也。見〔集韻〕。

【篕】其據切音簴御韻
竹也。見〔字彙〕。

【篴】側救切音縐宥韻

捕魚具。見〔字彙〕。

【篱】側詩切音甾支韻
田不耕曰—。見〔篇海〕。〔按字彙補云。同菑。廣韻—从艸。同菑。〕

【篘】丁叫切音釣嘯韻
竹也。見〔字彙補〕。

【篁】巫放切音望漾韻
竹名。又竹色也。見〔篇海〕。

【篬】川倉切音窗江韻
籬也。見〔字彙補〕。

【篩】吐芮切音退霽韻
斷也。見〔字彙補〕。

【簴】臼許切音巨語韻
同虡。〔集韻〕虡。說文、鐘鼓之柎也。亦作—。

【篏】乃典切音銑韻
魏人呼釣曰恭—弓。見〔字彙補〕。

【篕】力鹽切音廉鹽韻
鼓也。見〔字彙補〕。

【篦】此芮切音翠霽韻
斷也。見〔篇海〕。

【簅】陵之切音釐支韻
旀—竹杓也見〔集韻〕。

【簑】素禾切音娑歌韻
同蓑〔儀禮旣夕〕稾車載—笠。

【篤】都了切音鳥篠韻
竹名。見〔篇特〕。

【䉈】丘閑切音謙鹽韻巨庚切音硜庚韻
竹名。見〔篇海〕。

【篻】卑遙切音標蕭韻
竹名。見〔字彙補〕。

【䈽】良脂切音梨支韻
竹名。見〔集韻〕。

【𥳑】音未詳
器名。〔漢書王尊傳〕—張禁。酒趙放。〔按—本亦作翦。〕

【簗】築本字見〔正字通〕。

【䈞】古築字見〔玉篇〕。

【䈾】同籌見〔字彙補〕。

【欽】同䈴見〔玉篇〕。

【簇】簇譌字見〔韻海〕。

十二畫

【簙】伯各切音博匹各切音粕藥韻
㊀局戲也。六箸、十二棊也。古者烏曹作—。見〔說文〕〔段注〕古戲。今不得其實。箸、韓利所謂博簙。曹字依韻會。各本作肖。非。〔按楚辭招魂有六—些。王逸注云。投六箸。行六棊。故爲六—也。〕—一作博。與說文略歧。洪興祖補注引古博經云。博法。二人相對向局。局分爲十二道。兩頭當中名爲水。用棊十二枚。六白六黑。又用魚二枚。置於水中。其擲采以瓊爲之。二人互擲采行棊。棊行到處卽豎之。名爲驍棊。卽人水食魚。亦名牽魚。每牽一魚獲二籌。翻一魚獲二籌。
㊁奕也。見〔廣雅釋言〕。〔按奕、圍棊。亦—類。〕

【䉉】洪孤切音胡虞韻
稜也。見〔廣韻〕。

【箛】攻乎切音孤虞韻
㊀方也。見〔集韻〕。
㊁竹簡也。小兒所書。見〔集韻〕。〔按今作觚。語云操觚本此。〕

【笵】扶萬切音飯願韻持晚切音範阮韻
㊀竹器。見〔集韻〕。
㊁竹作車上蓬也。見〔正字通〕。

【簞】多寒切音單寒韻
㊀笥也。見〔說文〕。
㊁小匡也。見〔漢律令〕。
㊂盛飯食者。圓曰—。方曰笥。〔禮記曲禮〕苞苴—笥。
㊃葦器也。〔公羊昭二十五年傳〕高子執—食。
㊄筐也。見〔廣雅釋器〕。
㊅小筩也。〔左哀二十年傳〕與之一—珠。
㊆瓢也。〔方言〕蠡。陳楚宋魏之間、或謂之—。
㊇竹名。〔嵇含南方草木狀〕—竹葉疏而大。一節相去五六尺。

簞圖

【簟】徒點切音驔琰韻徒念切音磹豔韻
㊀竹席也。見〔說文〕。
㊁細葦席也。〔禮記喪大記〕君以—席。
㊂方文席也。〔詩載驅〕—茀朱鞹。
㊃席之親身者。〔禮記內則〕斂枕—。
㊄竹葦曰—。〔詩斯干〕下莞上—。
㊅籧曲、自關而西或謂之—。見〔方言〕。
㊆覃也。布之覃覃然平正也。見〔釋名釋牀帳〕。
㊇竹名。〔南越志〕—竹。銘曰。—竹旣大。薄且空中。節長一丈。其長如松。

【篃】明祕切音媚寘韻
㊀篠屬。〔山海經中山經〕求山多—。
㊁竹名。〔山海經西山經〕英山多箭—。〔注〕今漢中郡出—竹。厚裏而長節。根深。筍冬生地中。
㊂箖也。見〔廣雅釋草〕。

【䉌】徐醉切音遂寘韻
㊀篴篨也。見〔廣韻〕。〔接集韻作篴。〕或从竹。
㊁竹徑也。見〔康熙字典〕。

【簡】賈限切音柬潸韻
㊀牒也。見〔說文〕〔王注〕—从竹。札从木。而皆以牒說之。則牒爲通名。

劉向別錄。書以殺青。風俗通。新竹有汗。善朽生蠹。凡作—者。皆於火上炙乾之。尙書正義顧氏曰。—長一尺二寸。

(二)簡也。編之篇篇有簡也。見〔釋名釋書契〕。

(三)篇謂之—。見〔廣雅釋器〕。

(四)比數之也。〔周禮大司馬〕—稽鄉民。

(五)閱也。〔周禮遂大夫〕正歲—稼器。

(六)差擇也。〔禮記王制〕—不肖以絀惡。

(七)汰也。〔國策秦策〕—諫以爲揣摩。

(八)習也。〔國語吳語〕—服吳國之士於甲兵。

(九)分別也。〔莊子天運〕食於苟—之田。

(十)選練也。〔左襄三年傳〕爲—之師。

(十一)陰藏爲—。見〔易繫辭虞注〕。

(十二)省也。〔文選張衡賦〕—熠紅。

(十三)少也。見〔後漢郞顗傳注〕。

(十四)省要也。〔素問天元紀大論〕—而不匱。

(十五)猶闕也。見〔文選陸機文注引詩緯宋注〕。

(十六)易野也。見〔說苑修文〕。

(十七)率也。見〔漢書匈奴傳注〕。

(十八)謂疏大無細行也。見〔論語雍也皇疏〕。

(十九)傲也。〔呂覽驕恣〕自驕則—士。

(二十)約也。〔大戴記小辨〕通道必—。

(廿一)略也。〔書仲虺之誥〕—賢附勢。

(廿二)大也。〔詩簡兮〕—兮—兮。

(廿三)明也。見〔漢書薛宣傳注〕。

(廿四)不煩之謂。〔論語雍也〕可也—。

(廿五)惰也。〔呂覽處方〕而長不—慢矣。

(廿六)賤也。〔淮南俶眞〕非—之也。

(廿七)諫也。〔左成八年傳〕是用大—。

(廿八)誠也。〔禮記王制〕有旨無—不聽。

(廿九)謂器堅凝。〔書皐陶謨〕—而廉。

(三十)通也。〔大戴記文王官人〕智氣—備。

(卅一)無所臧否曰—。〔左昭元年傳〕宋左師—而禮。

(卅二)壹德不解曰—。平易不疵曰—。見〔周禮謚法〕。

(卅三)—記。策書也。〔禮記王制〕執—記。

(卅四)—書。戒命也。〔詩出車〕畏此—書。〔疏〕古者無紙。有事書之於—。謂之—書。以相戒命也。

(卅五)—節。少易也。〔禮記樂記〕繁文—節之音作。

(卅六)——。降福之大也。見〔爾雅釋訓李注〕。

(卅七)州名。唐屬劍南道。當今四川—陽縣東。

(卅八)姓也。周大夫—師父。魯大夫—叔。

【簣】求位切音匱未韻　苦怪切音蒯卦韻

(一)土籠也。〔論語子罕〕未成一—。

(二)通匱。〔漢書王莽傳〕綱紀咸張。成不一—。

【簥】居妖切音驕蕭韻

(一)樂器。大管也。如箎。六孔。〔爾雅釋樂〕大管謂之—。

(二)田器也。見〔集韻〕。

【簦】都騰切音登蒸韻

(一)笠蓋也。見〔說文〕。〔按段玉裁云。笠而有柄如蓋也。即今之雨繖。急就篇注云。笠、—。皆所以禦雨。大而有把。手執以行。謂之—。小而無把。首戴以行。謂之笠。是—與笠、析言之。固有別也。渾言之則—亦可謂之笠。士喪禮云。燕器杖笠翣。說者謂笠即—也〕。

(二)竹也。見〔篇海〕。

【⿱竹董】覩動切音董董韻

(一)竹器。見〔玉篇〕。

(二)竹名。見〔集韻〕。

(三)姓也。見〔集韻〕。

【⿱竹稞】盧臥切音贏箇韻

(一)秝也。見〔玉篇〕。

(二)簣也。見〔集韻〕。

【簧】胡光切音黃陽韻

(一)笙中—也。古者女媧作—。見〔說文〕。

(二)笙也。〔詩君子揚揚〕左執—。

(三)橫也。於管頭橫施於中也。以竹鐵作於口。橫鼓之亦是也。見〔釋名釋樂器〕。

(四)步搖也。〔急就篇〕冠幘簪—結髮紐。

【⿱竹殘】千安切音餐刪韻

(一)竹箋也。見〔集韻〕。

(二)—笭也。見〔篇海〕。

【⿱竹惢】乳捶切音蕊紙韻

(一)筍初生也。見〔玉篇〕。

(二)竹葉垂生曰—。見〔集韻〕。

【⿱竹粦】良刃切音吝震韻

(一)竹實中也。見〔玉篇〕。

(二)竹類。見〔類篇〕。〔按集韻。鄰、竹篇。〕

爾雅。鄰、堅中。或作｜。〕

㊂薄石也。見〔正韻〕。

【簪】緇岑切音璔侵韻

㊀先俗字。見〔說文先部〕。〔按說文、先首笄也。段注。古經無｜字。惟易豫九四、朋盍｜。實寁之假借字。又士喪禮、復者一人以爵弁服｜衣于裳。此實鐕之假借字。凡經典此二｜字外。無言｜者。今俗行而正廢矣。〕

㊁戠也。以戠連冠於髮也。見〔釋名釋首飾〕。

㊂枝也。因形名之也。見〔釋名釋首飾〕。

㊃玉｜。花名。〔羣芳譜〕玉｜有宿根。三月、生苗成叢。六七月、叢中抽一莖。莖上有細葉十餘。每葉出花一朵。長二三寸。未開時。正如白玉搔頭｜形。

玉簪圖

㊄｜裊。漢爵名。〔漢書百官表〕爵一級、曰公士。二、上造。三、｜裊。〔注〕以組帶馬曰裊。｜裊者。言飾此馬也。

【簮】子感切音昝感韻 徂官切音攢寒韻

疾也。〔易豫〕朋盍｜。〔集韻云。王肅讀。李鼎祚曰。舊讀作攢。〕

【⿱竹朁】組含切音鐕覃韻

篗謂之｜。見〔廣雅釋器〕。〔疏證說文、鐕可以綴著物者。眾經音義卷十四引通俗文云。綴衣曰鐕。鐕、鬵、並與｜同。案｜者、連綴之名。士喪禮。｜裳於衣。鄭注云。｜連也。故｜篗之｜。與｜笄之｜異物而同名。〕

【簭】時制切音筮霽韻

㊀｜人。古官名。〔周禮簭人〕｜筮字三易以辨九｜之名。〔按即人掌。｜同筮。集韻。筮或作｜。〕

㊁噬也。〔考工記梓人〕凡攫閷援｜之類。〔疏〕援｜者。援攫則噬之。

【簫】先彫切音蕭蕭韻

㊀參差。管樂。象鳳之翼。見〔說文〕。〔王注〕參差者。謂｜。一名參差也。〔楚辭〕吹參差兮誰思。是也。通體義纂。伏羲作｜。十六管。釋樂。大｜謂之言。象者謂之筊。注。編二十三管。長尺四寸。小者十二管。長尺二寸。

簫圖

㊁籟也。〔淮南齊俗〕若風之過｜。

㊂肅也。其聲肅肅然清也。見〔釋名釋樂器〕。

㊃邪也。〔禮記曲禮〕右手執｜。〔按弓兩頭衺出。如｜之外管衺出。故以爲稱。〕

㊄弓末也。〔儀禮鄉射禮〕右執｜。〔按禮記曲禮注曰。弭頭也。〕

㊅箭也。見〔廣雅釋草〕。

㊆竹也。〔文選馬融賦〕林｜蔓荊。

【簚】莫狄切音覓錫韻

覆笭也。〔禮記曲禮〕鞮屨素｜。〔疏〕素｜者。素白狗皮也。車覆蘭也。〔校勘記〕蘭作闌。

【⿱竹散】顙旱切音散旱韻 桑葛切音躤曷韻

｜。桃枝竹也。見〔玉篇〕。

【⿱竹祕】必袂切音蔽霽韻

簞衣車戶也。一曰、箖籌。見〔集韻〕。

【簛】山宜切音釃 霜夷切音師支韻

籭或字。〔集韻〕籭。說文、竹器也。可以取粗去細。或作｜。

【簛】相支切音斯支韻

竹節也。見〔類篇〕。〔按集韻作竹枝。〕

【⿱竹復】方六切音福屋韻

竹實也。〔竹譜〕竹生花實。其便年枯死。｜、竹實也。

【簜】待朗切音蕩養韻

大竹也。夏書曰。瑤琨筱｜。｜可爲榦。筱可爲矢。見〔說文〕。〔按爾雅釋草注。｜、竹別名。疏。李巡曰。竹節相去一丈曰｜。孫炎曰。竹闊節曰｜。〕

【簜】他郎切音湯陽韻

蕩或字。〔集韻〕蕩。水名。東至內黃澤。西山。或从竹。通作湯。〔在今河南湯陰縣北。〕

【⿱竹毳】初芮切音毳霽韻

舂也。見【集韻】。

【⿱竹都】東徒切音都虞韻 竹名。見【廣韻】。

【⿱竹桼】作勘切音讚勘韻 綴衣也。見【篇海】。

【簝】憐蕭切音聊蕭韻郎刀切音勞豪韻魯皓切音老皓韻 宗廟盛肉竹器也。周禮、盆—以待事。見【說文】。

【⿱竹隆】良中切音隆東韻 篁也。見【集韻】。

【⿱竹尋】徐心切音尋侵韻 竹名。長千丈。可爲大舟。見【集韻】。【按偫贊寧筍譜云。—竹本根長千丈。生海畔山。其竹萌數丈。猶爲筍也。】

【⿱竹蛩】丘弓切音穹東韻丘恭切音銎冬韻渠容切音蛩冬韻 —籠也。【方言】車枸簍、宋魏陳楚之間或謂之—籠。

【⿱竹幾】居希切音幾微韻 竹也。見【玉篇】。

【簠】匪父切音甫麌韻芳遇切音赴遇韻風無切音敷虞韻 盛黍稷圜器也。見【說文】。【段注】—盛稻粱。見公食大夫禮。此云黍稷者、統言則不別也。

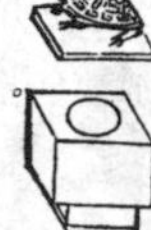
簠 圖

【簢】美隕切音愍軫韻 竹名。【爾雅釋草】—筡中。【注】言其中空竹類。

【⿱竹減】古斬切音減豏韻七廉切音僉鹽韻 竹名。見【玉篇】。

【⿱竹棠】徒郎切音堂陽韻除庚切音根庚韻 罩也。見【玉篇】。

【⿱竹解】下買切音蟹蟹韻 竹名。見【集韻】。

【⿱竹軲】空胡切音枯虞韻 簸也。見【集韻】。

【⿱竹賈】徒駭切音徥蟹韻 簇或字。【集韻】簇、竹器。或从買。

【⿱竹稍】雙雛切音毱虞韻所交切音筲肴韻 飯筥也。受五升。秦謂筥曰—。見【說文】。【段注】方言曰。簇、南楚謂之筲。按籅即筥。筲即—字也。論語。斗筲之人。鄭曰。筲、竹器。容斗二升。與許說受五升異。

【⿱竹惰】都果切音朵果韻杜果切音惰哿韻杜罪切音隓賄韻徒臥切音惰箇韻 答—。竹名。【酉陽雜俎】答—如繡。畫百葉爲一枝。

【⿱竹無】微夫切音無虞韻蒙晡切音模虞韻 黑皮竹也。見【廣韻】。

【籓】方煩切音藩元韻 籓省字。【集韻】籓、說文、大箕也。或省。

【⿱竹舒】商居切音舒魚韻 竹名。見【集韻】。

【⿱竹秸】伴姥切音簿麌韻 竹器。見【集韻】。

【⿱竹須】詢趨切音須虞韻 魚笱。見【集韻】。

【⿱竹然】寧顛切音年如延切音然先韻 竹名。見【玉篇】。【集韻、類篇、】皆云。由吾也。按吳筠竹賦有簎箸。由吾或即簎箸之通假。

【⿱竹歯】是爲切音垂支韻 箒或字。【集韻】箒、困也。或作—。

【⿱竹就】千繡切音湊宥韻子六切音蹙屋韻 竹槍也。見【太平御覽引纂文】。【按玉篇、蹙、逆槍也。或作—。】

【⿱竹陽】余章切音陽陽韻 簓—、竿簷也。見【集韻引廣雅】。【按簓類篇作簓。簷下云。竿簷、竹席。直文而粗者。廣雅釋器、伴簷、倚陽。竿簷疏證云。方言。竿簷自關而東周洛楚魏之間。謂之倚佯。郭注云。似籧篨。直文而粗。倚佯與倚陽同。】

【⿱竹曾】徂棱切音層蒸韻 簦—。笠也。

【⿱竹進】子淺切音翦銑韻 竹名。見【廣韻】。

【⿱竹遞】大計切音弟霽韻 —鐘。樂器。晉灼曰。二十四鐘。各有節奏。聲不常也。見〔廣韻〕。

【篔】符分切音汾文韻 帥—弦也。見〔集韻〕。

【篸】蕩鍊切音佃霰韻 竹名。見〔篇海〕。

【⿱竹最】徂外切音最泰韻 —篋。竹器。見〔集韻〕。

【⿱竹軨】郎丁切音靈靑韻 笭或字。〔集韻〕笭。說文、車笭。一曰。—籯也。或从軨。

【簨】聳允切音筍軫韻 懸鐘磬之橫木也。〔禮記明堂位〕夏后氏之龍—虡。〔注〕—虡所以懸鐘磬。橫曰—。飾之以鱗屬。植曰虡。飾之以蠃屬羽屬。〔按考工記字作筍。廣韻謂同簨。又作栒。懸鼓者亦有—虡之名。〕

【簨】雛綰切音撰潸韻 竹器。〔禮記喪大記〕食于—。

【簩】郎刀切音勞豪韻 ⿱竹忽—。竹名。皮利可爲刀。一曰竹名。一枝百葉有毒。見〔集韻〕。〔按異物志云。—竹有毒。夸人以爲觚。刺獸、中之則死。〕

【簩】郎到切音勞號韻 竹名。見〔集韻〕。

【⿱竹揖】一入切音揖緝韻 杓也。見〔玉篇〕。〔按集韻云。挹器。〕

【⿱竹寧】乃挺切音濘迴韻 —⿱竹須。籯也。見〔集韻〕。

【簬】魯故切音路遇韻 箘—也。夏書、惟箘簬楛。見〔說文〕。〔按箘—、美竹。其質甚勁。可以爲矢。戰國策。箘—之勁。不能過也。〕

【⿱竹爲】羽委切音蔿紙韻 筍皮。見〔玉篇〕。

【⿱竹鏈】山皆切音崽佳韻 —籭也。見〔字彙補〕。〔互詳簁字。〕

【⿱竹劉】力求切音留尤韻 劉或字。〔集韻〕劉。竹聲。或作—。

【⿱竹雲】於分切音雲文韻 篔或字。〔集韻〕篔。篔簹。竹名。或从雲。

【⿱竹選】蘇貫切音算翰韻 竹器。見〔海篇〕。〔按玉篇器也。廣韻作笇。集韻、類篇、笇或作—。〕

【⿱竹黑】烏紺切音暗勘韻 垢肉貌。見〔字彙補〕。

【⿱竹尊】丁定切音飣徑韻 竹器。見〔字彙補〕。

【⿱竹⿰糸先】疏臻切音莘眞韻 簟也。見〔集韻〕。

【⿱竹隥】丁故切音妒遇韻 栝答也。見〔字彙補〕。

【⿱竹殽】下巧切音樂吉巧切音絞巧韻 筍也。見〔集韻〕。

【⿱竹絕】子芮切音醉霽韻 絡絲也。見〔字彙補〕。

【⿱竹提】徒其切音提支韻 竹名。見〔字彙補〕。

【⿱竹掌】止兩切音掌養韻 竹名。見〔玉篇〕。

【⿱竹湔】子淺切音翦銑韻 竹名。見〔字彙補〕。

【⿱竹貪】丁感切音膽感韻 竹名。見〔字彙補〕。

【⿱竹鏓】先孔切音悚董韻 箸桶也。見〔字彙補〕。〔按廣韻、集韻作⿱竹總。類篇作⿱竹總。〕

【⿱竹夢】謨耕切音甍庚韻 竹也。一曰竹筍。見〔集韻〕。

【⿱竹覓】徒感切音禫都敢切音膽感韻 —籠。箱屬。見〔字彙補〕。

【⿱竹歬】箭本字。見〔說文〕。

【⿱竹夐】古筍字。見〔玉篇〕。

【⿱竹匧】同篋。見〔五音篇海〕。

【⿱竹稾】同篻。見〔集韻〕。

【⿱竹稽】同策。見〔字彙補〕。

【⿱竹遂】同笛。見〔玉篇〕。

【⿱竹發】⿱竹廢或字。見〔集韻〕。

【⿱竹穄】篠或字。見〔集韻〕。

【⿱竹脊】腴或字。見〔集韻〕。

十三畫

【簳】古旱切音幹旱韻

㊀小竹也。〔文選張衡賦〕篠—⿱竹鄉箠。〔按拾遺記曰。蓬萊有浮筠之—。葉青莖紫。子大如珠。有青鸞集其上。風至、葉條翻起。聲如鐘磬。〕
㊁箾—。見〔玉篇〕。
㊂—珠。慧苡也。〔廣東新語〕慧苡一名—珠。

【簳】居案切音𨍏翰韻
箭羽也。見〔集韻〕。

【簴】荀許切音舉語韻　強魚切音渠魚韻
㊀飲牛筐也。方曰筐。圜曰—。見〔說文〕〔王注〕飲、當依玉篇作飤。韻會引作飯。亦通。經典通用筥。詩維筐及筥。傳。方曰筐。圓曰筥。
㊁杯落也。見〔廣雅釋器〕〔疏證〕落、居也。杯落、亦所以居杯也。

【簷】余廉切音鹽鹽韻
㊀屋—。與檐同。見〔玉篇〕。〔按集韻云。檐。說文。槐也。亦作—。〕
㊁凡物之下覆而四旁冐出者、皆謂—。如塔—、帽—、笠—、傘—之類。

【簸】補火切音跛哿韻　補過切音播箇韻
㊀揚米去糠也。見〔說文箕部〕。
㊁凡品之翻播、皆曰—。如浪—、船—之類。

【簺】先代切音賽隊韻
㊀行棊相塞謂之—。見〔說文〕。〔段注〕格五。棊行塞法曰—。自乘至五。格不得行。故云格五。莊子作博塞。
㊁編竹木斷水取魚也。見〔集韻〕。

【簽】千廉切音籤鹽韻
㊀籠也。見〔廣雅釋器〕。
㊁—書文字也。見〔篇海〕。〔今云題—、—名、—押。並本此義。〕

【⿱竹愛】於代切音愛隊韻
㊀蔽不見也。見〔說文〕〔段注〕爾雅。薆、隱也。方言。揜、翳、薆也。其字皆當从竹作—。竹善蔽。九歌曰。余處幽篁兮。終不見天。是也。邶風。愛而不見。郭注方言作—而。
㊁障也。見〔廣雅釋詁〕。

【簾】離鹽切音廉鹽韻
㊀堂—也。見〔說文〕。〔通訓定聲〕聲類。—、戶蔽也。按縷竹為之。施於堂戶。所以隔風雨而通明者也。亦曰薄。今作箔。其布者曰㡘。
㊁簾名。見〔韻會〕。
㊂科舉時代鄉會試貢院內之官曰—官。閱卷諸官曰內—。彌封收掌等官曰外—。然皆不得出堂—之外。故統謂之—官。

【⿱竹辟】蒲計切音避霽韻　匹智切音譬寘韻
㊀竹—也。見〔玉篇〕。
㊁弋鳥具也。見〔廣韻〕。

【簿】伴姥切音部麌韻
㊀計—也。〔漢書食貨志〕多張空—。〔按俗稱登記事物之冊籍皆謂之—。說文有籍無—。〕
㊁謂供狀也。〔史記李廣傳〕急責廣之莫府對—。
㊂笏或曰—。言可以—疏物也。見〔釋名釋書契〕。
㊃手版也。見〔周禮天官序官司書疏〕。
㊄領也。〔荀子正名〕五官—之而不知。
㊅鹵—也。〔漢書司馬相如傳〕鼓嚴—。〔按獨斷云。天子出車駕次第謂之鹵—。五經精義云。車駕行。羽儀雙導。謂之鹵—。自秦漢始有其名。〕
㊆謂閥閱也。〔漢書翟方進傳〕官—皆在方進之右。
㊇官名。亦多謂—。如漢時之主—。一縣之—書也。唐時之司—、典—。掌—各二人。掌女史以上名—。文今法廷亦有主—、典—、等官。
㊈—錄。謂查抄財產也。〔唐書劉晏傳〕晏死。—錄其家。

【簿】伯各切音博藥韻
⿰歹白也。見〔集韻〕。

【簿】白各切音泊藥韻
蠶具。見〔廣韻〕。〔按廣雅釋器。笛謂之—。疏證謂—為薄之譌。〕

【簿】弻碧切音檘陌韻
壁柱也。見〔類篇〕。

【⿱竹爲】四夜切音瀉禡韻
㊀笞—也。見〔玉篇〕。
㊁程也。見〔廣雅釋器〕。

【⿱竹豊】里弟切音禮薺韻
竹名。〔竹譜〕—竹二種。似苦竹。細軟、肌薄、而有文理。

【⿱竹奧】乙六切音郁　居六切音掬屋

韻烏皓切音沃沃韻
淅米籔也。見〔說文〕〔段注〕方言
曰。炊一謂之縮。或謂之箄。或謂之
匠。郭注。淅米一。今江蘇人呼淘米
具曰溲箕、是也。
【𥳑】烏浩切音媼皓韻
移籠具。見〔集韻〕。
【𥷤】臼許切音巨語韻
簴一。見〔玉篇〕。〔按字亦作虡、簴。
說文作虡。〕
【䉜】直利切音緻寘韻
竹也。見〔玉篇〕。
【𥶇】直利切音緻寘韻
幼竹。見〔集韻〕。
【簶】盧谷切音祿屋韻
胡一。箭室。見〔玉篇〕。
【𥷱】渠言切音揵元韻
筋鳴也。見〔玉篇〕。
【䈴】去演切音遣銑韻
一簳。戶籍也。見〔篇海〕。〔按玉篇
作簡簳。〕
【𥸌】語綺切音綺紙韻
竹器。見〔集韻〕。
【𥷋】都感切音黕感韻
箱屬。見〔廣韻〕。
【䉌】徐醉切音寘韻
邃篠也。見〔類篇〕。〔按字彙云。邃
字之譌。〕
【篗】胡郭切音鑊藥韻胡誤切音
檴遇韻
取魚竹器。見〔篇海〕。
【簹】都郎切音當陽韻
篔一。竹名。〔異苑〕建安有篔一竹。
節中有人。長尺許。頭足皆具。〔互
詳篔字。〕
【簹】他浪切音儻漾韻
車一也。見〔集韻〕。
【簻】張瓜切音撾麻韻
一馬策也。蠡者曰一。細者曰枚。〔
文選馬融賦〕裁以當一便宜持。
〔按玉篇云。亦作撾、箊。〕
【簻】苦禾切音科歌韻
薖或字。〔集韻〕薖。草也。或从竹。
【𥶇】居侯切音鉤尤韻
篝或字。〔集韻〕篝。說文、筈也。或作
一。
【䉠】無非切音微微韻是悲切音
眉支韻
竹也。見〔說文〕〔段注〕竹名。按一、
篃、古今字也。西山經英山其陽多
箭多篃。今本作鏞。郭云。今漢中郡
出。厚裏而長節。根深筍冬生。
【䈑】各核切音革陌韻
一子。竹障也。見〔通俗文〕。
【籧】其句切音具遇韻
竹器。見〔篇海〕。
【𥷐】徒渾切音屯元韻
榜也。見〔說文〕〔段注〕木部曰。榜、
所以輔弓弩也。
【𥷐】丁練切音殿霰韻
擊也。見〔集韻〕。
【篙】五瞎切音藒黠韻
敔也。以止樂。見〔集韻〕。〔按亦作
楬。禮記樂記作爲椌楬。此德
音也。〕
【簙】伯各切音博白各切音泊藥
韻
蠶具。見〔集韻〕。〔康熙字典引玉
篇補各切。一奕局戲也。謂行棊也。
亦作博。按玉篇一乃簙之譌字。次
於簺。注作簙。皆可證也。〕
【𥳑】苦猥切音傀戶賄切音廆賄
韻
竹高節也。見〔集韻〕。
【𥷕】作甸切音薦霰韻
楚謂筏上居曰一。見〔集韻〕。
【𥶢】同丹切音談寒韻
緯索也。見〔黃福安南日記〕。
【𥳝】美隕切音愍軫韻
箘或字。〔集韻〕箘。艸名。或作一。
【𥷉】居侯切音鉤尤韻
一簃。桃枝也。見〔廣雅釋草〕。
【𥸎】殺測切音澀職韻
篩一。見〔玉篇〕。
【𥷌】蘇貫切音算翰韻
器也。見〔字彙補〕。
【𥶄】疾郢切音靖梗韻
簈或字。〔集韻〕簈。竹名。或作一。
【𥷤】自移切音慈支韻
竹名。亦作笹。見〔字彙補〕。

【篾】莫結切音滅屑韻　竹皮也。見〔字彙補〕。

【⿱⺮豬】七亮切漾韻　—籠也。見〔篇海〕。

【簾】移廉切音檐鹽韻　竹也。見〔海篇〕。

【⿱⺮業】音未詳　竹名。〔僧贊寧筍譜〕—竹出交趾。實中有毒。筍亦內實。

【⿱⺮賨】簣本字。見〔說文〕。

【⿱⺮輅】古簬字。見〔說文〕。

【⿱⺮艂】同蓬。見〔篇海〕。

【⿱⺮賁】同⿱⺮懲。見〔廣韻〕。

【⿱⺮槃】篾或字。見〔集韻〕。

【⿱⺮尃】簙譌字。字彙補云。邦莫切音博。棋也。按殆即簙之譌字。

【⿱⺮滌】篠譌字。見〔字彙補〕。

十四畫

【籃】盧甘切音藍覃韻　❶大篝也。見〔說文〕。〔段注〕今俗謂熏籠曰烘—是也。❷大籠。筐也。見〔洪武正韻〕。〔按廣雅釋器。—一名籚。一名簞。一名筐。〕❸大篝也。見〔一切經音義引字林〕。❹籠屬。見〔晉書音義〕。❺箃亦呼—。〔方言〕—或謂之箃。

【籋】昵輒切音聶諾叶切音捻葉韻昵立切音孴緝韻　❶箝也。見〔說文〕。〔段注〕按夾取之器曰—。今人以銅鐵作之謂之鑷子。❷同𨇽。〔漢書郊祀志〕—浮雲。

【⿱⺮𨇽】縣批切音彌齊韻　苧竹也。見〔集韻〕。

【⿱⺮彌】民卑切音彌支韻　⿱⺮弭或字。〔集韻〕⿱⺮弭。說文、筡也。或作—。

【籌】陳留切音儔尤韻　❶本作𥳑。〔說文〕𥳑、壺矢也。❷算也。—所以紀數。見〔漢書五行志〕。❸謀策也。〔史記高祖紀〕運—帷幄之中。❹同嚋。〔荀子正論〕至賢嚋四海。〔注〕嚋、同—。謂計度也。

【⿱⺮壽】徒刀切音陶豪韻　戴也。見〔方言〕。

【籍】秦昔切音席陌韻　❶簿也。見〔說文〕。〔注〕鍇曰。史記云。尺—伍符。然則簡長尺也。❷謂名錄也。〔漢書功臣表〕以昭元功之侯—。云〔按釋名釋書契。—、—也。所以—疏人名戶口也。故戶版亦曰戶—。後世戶—法廢。僅考—貫。土著爲本—。移入者有客—。流寓有寄—。既寄他—者。謂其本—爲原—。此或戶—法之細末也。近世各國有國—法。必取得某國國—。斯爲某國人民。是亦戶—之一端。〕〔漢書元帝紀〕令從官給事宮司馬門中者。得爲父母兄弟通—。〔注〕—者、爲尺二竹牒。記其年紀名字物色。掛於宮中。案省相應。乃得入也。唐宋以後登科第者謂之通—。義或本此。古之娼妓名爲樂—。適人爲婦乃除—名。故曰除—。亦曰脫—。今之政黨亦有黨—。❸錄也。見〔史記趙世家索隱〕。❹借也。借此簡書以記錄政事。故曰—。〔書孔序〕由是文—生焉。❺蹈也。言親自履蹈於田而耕之。見〔後漢明帝紀引五經要義〕。❻耕也。見〔續漢書禮儀志注〕。❼稅也。〔詩韓奕〕實畝實—。❽假也。見〔漢書霍光傳注〕。❾罪及身家也。〔詩疏引書大傳〕—之、謂殺其身。執其家。瀦其宮。〔後世查抄家產曰—沒。本此義。〕❿公家之常徭也。〔書大傳〕急則不賦—。⓫—田也。〔禮記祭義〕天子爲—千畝。〔按詩載芟序箋云。—之言借也。借民力以治之。故謂之—田。〕⓬圖—也。〔淮南氾論〕履天下之—。⓭狼—也。〔史記蒙恬傳〕此四君者。皆爲大失。以是—於諸侯。〔注〕言惡聲狼—。布於諸國。〔因此凡物之紛布散棄。亦謂之狼—。〕⓮六—。六經也。〔文選張衡賦〕蓋六—而不能談。⓯——。喧聒之意。〔漢書江都易王非傳〕國中口語——。〔又〕猶紛紛也。〔漢書劉屈氂傳〕事——如此。⓰縣名。唐屬劍南道陵州。當今四川仁壽縣西北。

❼姓也。晉—談。漢—福。

【籍】詞夜切音謝禡韻

❶同耤。〔漢書義縱傳〕治敗往少溫—。〔注〕言無所含容也。

❷—姑。地名。〔史記秦本紀〕靈公十年城—姑。

【篌】匹各切音粕藥韻

竹名。〔贊寧筍譜〕—竹出溫處。如苦竹。長節而薄。可作屋椽。其筍春生可食。

【⿱竹領】朗鼎切音領迥韻

⿱竹寧—。籃也。見〔集韻〕。

【籄】求位切音匱寘韻苦怪切音蒯卦韻

土籠也。見〔集韻〕。

【⿱竹截】昨結切音截屑韻

竹剡也。見〔集韻〕。

【籅】羊諸切音余魚韻

簏也。見〔廣雅釋器〕。

【籆】玉縛切音躩藥韻

收絲者也。見〔說文〕。〔通訓定聲〕方言五。、褑也。今蘇俗謂之—頭。

有車曳者。有手轉者。

【籆】越逼切音域職韻

竹叢生也。見〔類篇〕。

【⿱竹署】章恕切音翥御韻

籮屬。見〔集韻〕。

【⿱竹豪】胡刀切音豪豪韻

船竿也。見〔篇海〕。

【⿱竹穀】古祿切音穀屋韻

簏也。見〔集韻〕。〔按類篇作⿱竹穀〕。

【⿱竹捴】損動切音總董韻

箸筩也。〔方言〕箸筩。自關而西謂之桶—。

【⿱竹⿰禾冓】居侯切音鉤尤韻

篝或字。〔集韻〕篝。說文、可熏衣。或作—。

【⿱竹對】知教切音照效韻

取魚籠也。見〔篇海〕。

【⿱竹端】多官切音端寒韻

竹名。〔廣雅釋艸〕箹、—、桃枝也。

【⿱竹綽】敕角切音趠覺韻

捕魚器也。見〔類篇〕。

【⿱竹甄】之人切音甄眞韻

截木長尺以鼓敔。所以止樂也。〔爾雅釋樂〕所以鼓敔謂之—。

【⿱竹甄】稽延切音鸇先韻

竹器。見〔廣韻〕。〔按集韻云。—謂之簏。〕

【⿱竹稍】山巧切音稍巧韻

竹枝長也。見〔集韻〕。

【⿱竹盞】此忍切音笉軫韻

小竹。見〔集韻〕。

【⿱竹臺】堂來切音臺灰韻

笠也。〔文選謝朓詩〕—笠聚東菑。〔注〕—所以禦雨。

【⿱竹彌】民卑切音彌支韻

本作篾。〔說文〕篾。筡也。〔王注〕元應引聲類。—。篾也。今中國蜀土人謂竹篾爲—也。

【⿱竹并】傍丁切音姘青韻

吳人謂蠶曲爲—。見〔集韻〕。

【⿱竹聚】徂聰切音叢東韻

籠—。取魚器。見〔廣韻〕。

【籊】他歷切音惕。亭歷切音狄錫韻

——。長而殺也。〔詩竹竿〕——竹竿。

【⿱竹巢】莊交切音轈肴韻

巢或字。〔集韻〕巢。爾雅、大笙謂之巢。或从竹。

【⿱竹廖】丑鳩切音抽尤韻

竹相合也。見〔集韻〕。

【⿱竹⿰糸念】諾叶切音捻葉韻奴店切音念豔韻

竹索。見〔集韻〕。

【⿱竹⿰禾連】色甲切音翣洽韻

破竹偏也。見〔字彙補〕。

【⿱竹⿰禾鬲】各核切音隔陌韻

䕯或字。〔集韻〕䉛竹障。或从木。

【⿱竹開】輕煙切音牽先韻去演切音遣銑韻

—䉛。戶籥。見〔玉篇〕。

【⿱竹匊】居六切音匊屋韻

匊或字。〔集韻〕匊。說文、撮也。或作—。

【⿱竹罽】居例切音罽霽韻

竹生海邊。見〔海篇〕。

【⿱竹臺】古築字。見〔正字通〕。

【⿱竹麗】同籭。見〔字彙補〕。

【簒】同纂。[國策魏策]其自纂繫也完矣。[注]纂、元作—。

【𥷕】篛或字。見[集韻]。

【𥷉】、䉓或字。見[集韻]。

【𥸵】簢或字。見[集韻]。

【𥸨】腆或字。見[集韻]。

【𥷤】、搯或字。見[山海經郭注]。

【䉦】親然切音遷先韻

十五畫

【𥸑】一箸—。竹名。見[廣韻]。二—子。收稻具也。見[篇海]。

【𥸧】損管切音算旱韻 一籑或字。[集韻]籑篹屬或作—。二通匯。見[集韻]。

【籀】直祐切音胄宥韻 一讀書也。从竹擂聲。春秋傳曰卜—云。見[說文]。[段注]言部曰。讀—書也。毛傳曰。讀抽也。方言曰。抽讀也。抽皆—之假借。—者抽也。讀者續也。抽引其緒、相續而不窮也。亦假紬爲之。春秋傳卜筮繇辭。今皆作繇。又俗作繇。據許則作—。二大篆也。[學古編]李斯既作小篆。遂以—文爲大篆。[按周宣王史名—。其所著字曰—文。法書攷云。與古文大篆小異。]

【𥸉】力涉切音獵葉韻 一編竹爲之。見[廣韻]。二竹名。見[集韻]。

【𥸊】魚既切音毅未韻 一竹名。見[廣韻]。二竹節。見[篇海]。

【籕】力求切音留尤韻 竹名。見[篇海]。

【籓】力求切音留尤韻力救切音溜宥韻 竹聲也。見[說文]。[注]猶言瀏然聲清也。

【𥸃】力九切音柳有韻 竹名。見[集韻]。

【簡】凌如切音廬魚韻 —簩。竹名。見[廣韻]。[按竹譜云。—簩竹。其節疎。]

【籐】徒登切音騰蒸韻 竹器。見[集韻]。[玉篇曰。簬、美竹。篇海曰。蔓生似竹。]

【𥸋】籠五切音魯麌韻 竹名。見[集韻]。

【𥸌】甾尤切音鄒尤韻側救切音縐宥韻 取魚器。見[集韻]。

【𥸍】孚袁切音翻元韻 蔽也。見[集韻]。

【籓】方煩切音藩元韻 籓或字。[集韻]籓。說文、大箕也。或从巾。

【𥸐】良據切音慮御韻 舟中簣也。見[集韻]。

【𥸒】烏侯切音謳尤韻 竹器。以息小兒。見[字彙]。[按集韻類篇並作籯。]

【𥸓】胡管切音緩旱韻 簾也。見[海篇]。

【𥸔】盧對切音對隊韻 —稻。米磑也。見[篇海]。

【𥸕】憐題切音黎齊韻 竹名。見[集韻]。

【𥸖】放吠切音廢隊韻 籧篨也。見[集韻]。

【籓】方煩切音藩元韻 大箕也。一曰蔽也。見[說文]。

【𥸗】鋪官切音潘寒韻 同華。[集韻]華。說文、箕屬。呂靜作—。

【籔】蘇后切音叟有韻 炊箅也。見[說文]。[段注]本漉米具也。既淩乾則可炊矣。故名炊箅。即今之溲箕也。

【籔】爽主切音數麌韻 一十六斗曰—。[儀禮聘禮]車秉有五—。二簍—。四足几也。見[廣韻]。[康熙字典引廣韻作所角切。按廣韻作所短切。今據正。]

【𥸘】田聊切音迢蕭韻 竹名。見[集韻]。

【𥸙】杜回切音隤灰韻 竹箄。見[玉篇]。

【𥸚】此兩切音搶養韻

竹名。見〔集韻〕。

【䉮】良刃切音吝震韻　竹名。中堅。可為席。見〔篇海〕。〔按即𥶶字。〕

【籭】班糜切音陂支韻　竹名。見〔集韻〕。

【𥴯】蒲交切音庖肴韻　竹名。見〔集韻〕。

【簷】支尖切音詹先韻　、玉也。見〔五音篇海〕。

【䉫】力冀切音利寘韻　觔竹也。見〔字彙補〕。

【𥷕】音瀉馬韻　笤也。見〔海篇〕。

【𥸂】他典切音腆銑韻　厚也。善也。見〔海篇〕。〔疑即簪之譌。體康熙字典引集韻同簪。攷集韻有簪無—。〕

【鏈】田黎切音題齊韻大計切音弟霽韻　竹名。一曰竹器。見〔集韻〕。

【簓】何姑切音胡虞韻　—被也。見〔韻略〕。

【𥷅】古蕆字。〔正字通〕石鼓文蕆作—。

【𥸝】古籌字。見〔類篇〕。

【籑】同撰。見〔字彙〕。〔按正字通云。同饌。本作籑。康熙字典遂誤以說文、廣韻、集韻、籑注欄入與食部籑字同。非也。〕

【𥷋】同篇。見〔字彙補〕。

【𥸍】同嫿。見〔字彙補〕。

【簊】同綦。見〔字彙補〕。

【䉞】彝或字。見〔集韻〕。

十六畫

【籙】龍玉切音祿沃韻　㊀簏也。見〔集韻〕。㊁籍也。見〔集韻〕。㊂圖—。天神策命也。君主有天下者得之。〔文選張衡賦〕高祖膺—受圖。

【籚】龍都切音盧虞韻　㊀積竹矛戟矜也。春秋國語曰。朱儒扶—。見〔說文〕。〔段注〕矜、柄也。考工記。攻木之工輪與弓廬匠車梓。注。廬、矛戟矜柲也。按廬者。—之假借字也。釋文云。廬本或作—。朱儒扶—。西京賦所謂都盧尋橦也。㊁大筐也。〔儀禮士婚禮注〕筭竹器而衣者。其形蓋如今之筥、筭—矣。〔按類篇云。筐也。大曰—。小曰籃。〕㊂竹名。〔竹譜〕有竹象—。因以為名。東甌諸郡緣海所生。肌理勻淨。筠色潤貞。凡今之簏。匪茲不鳴。

【籜】闥各切音託藥韻　㊀竹皮也。〔謝靈運詩〕初篁苞綠—。〔按筍長成竹其所脫之皮曰—。俗謂之筍殼。〕㊁草名。〔山海經中山經〕甘棗之山。其下有草。葵本而杏葉。黃花而莢實。名曰—。可以已瞢。

【籝】怡成切音盈庚韻　㊀籠也。見〔集韻〕。㊁箸筩也。〔玉篇〕箸筩謂之—。〔漢書〕云。遺子黃金滿—。—、竹器也。

【籞】偶舉切音御語韻　㊀䉛也。見〔廣雅釋器〕。〔漢書〕宣帝紀。謂池—未御幸者。假與貧民。服虔注云。籞在池水中作室。可用棲鳥。鳥入中則捕之。

【籟】落蓋切音賴泰韻　㊀三孔籥也。大者謂之笙。中者謂之—。小者謂之箹。見〔說文〕。〔段注〕按毛詩傳曰。籥六孔。此云三孔。籥者。謂籥之三孔者則名—也。鄭君禮注云。籥如笛三孔。蓋專謂—耳。㊁簫亦可稱—。〔史記司馬相如傳〕吹鳴—。〔注〕—、簫也。㊂凡孔竅機括皆謂之—。〔莊子齊物論〕人—則比竹。地—則眾竅。天—則人心自動是已。

【籠】盧東切音櫳東韻　〔按牢—之—、本作龓。〕㊀舉土器。一曰笭也。見〔說文〕。〔通訓定聲〕與車蔽同名。笭、—一聲之轉。器與欙梩別。欙如車兩人舁以行。木為之。—如簣與畚以盛土。一人可荷。竹為之。㊁鳥檻也。〔莊子庚桑楚〕以天下為之—。則雀無所逃。〔按如鶴—雀—雞—之類。皆使之無所逃也。又拘罪人者曰囚—。亦本此義。〕㊂包舉也。〔漢書食貨志〕—貨物。鹽鐵。

㊃盛矢器也。〔周禮司弓矢〕田弋充—箙矢。〔注〕—、竹箙也。

㊄州名。〔韻會補〕廣南化外古南越地。唐置—州。

㊅鳥名。〔廣雅釋鳥〕—、脫鴰也。

【籠】力鐘切音龍冬韻

㊀竹名。〔文選張衡賦〕其竹則籦—䈽篾。

㊁車轓也。〔方言〕車轓、齊謂之—。

㊂篣—竹車弇也。〔方言〕車枸簍。宋魏間謂之篣—

㊃草名。〔管子地員〕有—與斥。

【籠】魯孔切音攏董韻

㊀竹器也。〔周禮遂人〕野役及窆。抱磨共丘—。

㊁同瀧。〔荀子議兵〕東—而退。〔注〕與涷瀧同。沾溼貌。

【⿱竹毇】虎委切音毀紙韻

毇或字。〔集韻〕毇。說文、糲米一斛舂爲八斗也。或作—。

【⿱竹鞠】丘六切音麴屋韻

酒母也。見〔說文米部〕。〔按集韻或作鞠。亦作麴、㲃。今作麴。〕

【⿱竹選】須兗切音選銑韻

竹籢。見〔集韻〕。

【⿱竹甎】朱緣切音專先韻

今辟甎—也。見〔洪武正韻〕。

【⿱竹靜】疾郢切音靜梗韻

竹名。見〔集韻〕。〔按—亦作⿱竹錆。〕

【⿱竹睩】徒協切音牒弋涉切音葉葉韻

篋也。見〔海篇〕。

【⿱竹隨】旬爲切音隨支韻

籭也。見〔集韻〕。

【⿱竹隧】徐醉切音遂寘韻

蒢或字。〔集韻〕蒢。籧蒢也。或作—。

【⿱竹衛】于歲切音衛霽韻

細竹也。肌薄而勁。〔竹譜〕—尤勁。薄博矢之賢。

【籛】將先切音箋先韻

姓也。彭祖姓—名鏗。顓頊之玄孫。在商爲守藏吏。在周爲柱下史。卽論語之老彭也。相傳堯封之於彭城。年七百六十七而不衰。

【籛】子淺切音剪銑韻

竹名。見〔集韻〕。

【⿱竹隸】郎計切音隸霽韻

箛也。見〔廣雅釋器〕。

【⿱竹閻】余廉切音鹽鹽韻

竹病不可析篾。見〔集韻〕。

【⿱竹燕】因蓮切音燕先韻

竹名。見〔集韻〕。

【⿱竹閵】良刃切音吝震韻

丬謂之植。見〔廣雅釋器〕。

【⿱竹辨】皮莧切音辦諫韻

箛也。見〔集韻〕。

【⿱竹覍】候襇切音莧諫韻

竹枯也。見〔集韻〕。

【⿱竹槳】子兩切音蔣養韻

同槳。檝屬。〔方言〕所以隱櫂謂之—。一說前推曰—。卻曳曰櫂。

【⿱竹爾】尼理切音你紙韻

箱也。見〔字彙補〕。

【⿱竹殽】胡交切音爻居肴切音交肴韻

筊或字。〔集韻〕筊。竹索也。或从殽。

【⿱竹散】下巧切爻上聲巧韻後敎切音效效韻

䈰也。見〔類篇〕。

【⿱竹歷】狼狄切音曆錫韻

竹火約刀爲—。見〔集韻〕。

【⿱竹穀】胡谷切音斛屋韻

吳俗謂籰爲—。見〔集韻〕。

【⿱竹器】去冀切音器未韻

氣也。見〔集韻〕。

【⿱竹隆】陟隆切音蕫東韻

⿱竹粹也。見〔類篇〕。

【⿱竹𥛠】烏侯切音甌尤韻

竹器也。見〔集韻〕。〔按康熙字典作⿱竹穮。〕

【⿱竹巽】

笲本字。見〔說文〕。〔按巺卽古文巽字。〕

【⿱竹滕】

同籐。見〔篇海〕。

【⿱竹雚】

籱省字。見〔說文〕。〔按鉉本如是。段本作籱。或从雚。〕

【⿱竹衙】

御或字。見〔集韻〕。

十七畫

【籅】羣諸切音與魚韻

㊀竹名。見〔玉篇〕。

㊁同[illegible]。〔方言〕筐、江沔之間謂之籅。

俗作—。

㊂同與〔正字通〕復名笴與俗加竹作—。

【籢】 離鹽切音廉鹽韻

㊀鏡—也。見〔說文〕〔段注〕玉篇引列女傳曰。置鏡—中。別作匳。俗作奩。

㊁盛香器也。見〔廣韻〕。

【籣】 郎干切音闌寒韻

㊀所以盛弩矢人所負也。見〔說文〕。〔段注〕信陵君列傳曰。平原君負韊矢。韊。郎—字。字林作韊。玉篇作韊。索隱曰。如今之胡鹿而短。廣韻作孤鹿。箭室也。

㊁縣名。〔漢書地理志〕張掖郡屋—縣。〔當今甘肅山丹縣西北〕。

【籤】 千廉切音簽鹽韻

㊀驗也。一曰銳也。貫也。見〔說文〕。〔段注〕驗當作讖。占讖然不也。小徐曰。—出其處爲驗也。〔按王注。銳也。今人削竹令尖謂之—。貫卽以此穿之也。〕

㊁利也。見〔廣雅釋詁〕。

㊂標識也。〔通俗文〕記識曰—。〔按凡標識物皆謂之—。如舊唐書云。甲乙丙丁四部書。各爲一庫。經庫。紅牙—。史庫綠牙—。子庫碧牙—。集庫白牙—。以分別之。此類是也。清世掣—選官。亦取標識之義。〕

㊃典—。官名。〔北史蕭泰傳〕引爲丞相府典—。

㊄清時官售彩票。而取其贏。曰—捐。日本稱彩票曰富—。

【⿱竹鮮】 蘇前切音鮮先韻 息淺切音蘚銑韻

㊀竹名。見〔廣韻〕。

㊁篇—。詳篇字。

【籥】 弋灼切音藥藥韻

㊀書僮竹笘也。見〔說文〕。〔段注〕潁川人名小兒所書寫爲笘。按笘謂之—。亦謂之觚。蓋以白墡染之。可拭去再書者。其拭觚之布曰幡。

㊁—籥或曰。—若笛。短而有三孔。〔孟子梁惠王〕管—之音。〔按詩簡兮。左手執—。傳。—六孔。釋文。—以竹爲之。長三尺。執之以舞。說歧存參。〕

㊂箛也。見〔廣雅釋器〕。

㊃躍也。氣躍出也。見〔釋名釋樂器〕。

㊄藏卜兆書管。〔書金縢〕啟—見書。〔按鄭注云。開藏之管也。〕

㊅鍵謂之—。見〔小爾雅廣服〕。

㊆鑰匙也。〔史記魯仲連鄒陽傳〕魯人投其—。

㊇管—。搏鍵器也。〔禮記月令〕慎管—。

㊈葦—。古樂名。〔禮記明堂位〕土鼓蕢桴葦—。伊耆氏之樂也。

㊉橐—。冶鑄用器也。〔老子〕天地之間。其猶橐—乎。〔注〕橐—。冶鑄所用致風之器也。橐者外之櫝。所以受—也。—者內之管。所以鼓橐也。

⑪星名。〔星經〕天—七星在斗杓。

⑫通龠。〔爾雅釋樂〕大—謂之產。〔釋文〕—本作龠。

【⿱竹隸】 力智切音詈寘韻 郎計切音麗霽韻 〔按玉篇書作籙。廣韻十二霽同。五寘作籙。集韻寘韻作—。霽韻作籙。類篇因之。分—籙爲二。按說文隸、篆文隸。从古文之體。是則—籙本一字。分爲二。泥。〕

㊀箛也。見〔廣雅釋詁〕。

㊁篇也。見〔玉篇〕。

㊂札也。見〔廣韻〕。

㊃竹⿱竹鎈也。見〔篇海〕。

【⿱竹襄】 如陽切音穰陽韻 汝兩切音壤養韻

㊀褒也。見〔說文〕〔段注〕衣部曰。褒、褱也。此謂竹器可以中藏一切者。

㊁篹也。見〔集韻〕。

【⿱竹鐘】 諸容切音鍾冬韻

㊀—籠。竹名。可作笛。〔文選馬融賦〕惟—籠之奇生兮。

㊁竹器也。見〔康熙字典引廣韻〕。

【⿱竹厲】 居例切音罽霽韻

㊀竹海邊。見〔玉篇〕。

㊁—篠。竹實。見〔集韻〕。

【⿱竹鞫】 居六切音匊屋韻

㊀窮理辠人也。見〔說文卒部〕。〔通訓定聲〕字亦作鞫、諊。卽周禮之讀書用法。今之勘供擬罪也。〔互詳鞫字〕。

㊁窮也。〔楚辭天問〕皆歸射—。

【⿱竹彌】 民卑切音彌支韻

竹篾。見〔玉篇〕。〔按集韻作篾。或作—。〕

【⿱竹牒】 達協切音牒葉韻

籙也。見〔集韻〕。

【籗】直角切音濁覺韻 竹名。見〔集韻〕。

【籧】求於切音渠魚韻 —篨。粗竹席也。見〔說文〕。〔互詳篨字。〕

【籧】居許切音舉語韻 養蠶器也。〔禮記月令〕具曲植—筐。

【[illegible]】子六切音蹙屋韻 [illegible]或字。〔集韻〕廣雅[illegible]謂之筥。或从且。

【[illegible]】方中切音風東韻 小竹名也。見〔篇海〕。

【[illegible]】徒渾切音屯元韻 [illegible]或字。〔集韻〕[illegible]。說文榜也。或从臀。

【[illegible]】加六切音郁屋韻 竹器。見〔字彙補〕。

【籆】同籰。見〔篇海類編〕。〔按說文作籰。—即其異體。〕

【[illegible]】同萡。見〔石鼓文〕。

【[illegible]】[illegible]或字。見〔集韻〕。

十八畫

【[illegible]】疎江切音雙江韻 ●一帆也。〔南越志〕南海有廬頭木。葉如甘蔗。織以爲帆。名曰—。〔按廣雅釋器。筌—謂之茱。疏證。筌—。帆也。與梓雙同。廣韻云。梓—。帆未張。〕 ●二酒麴。見〔集韻〕。

【[illegible]】力協切音獵葉韻 竹筐。見〔集韻〕。

【[illegible]】昨合切音雜合韻 戶簾。見〔類篇〕。

【籤】才先切音先韻 細削竹也。見〔集韻〕。

【[illegible]】居諧切音皆佳韻 黑竹。見〔集韻〕。

【籩】卑眠切音邊先韻 本作籩。〔說文〕籩。竹豆也。〔段注〕豆古食肉器也。木豆謂之梪。竹豆謂之—。周禮—人掌四—之實。注曰。—。竹器。如豆。其容實皆四升。〔按通訓定聲云。豆。盛溼物。—。盛乾物。豆重而—輕。故三禮多舉豆。數而—略。特牲少牢禮設—皆在薦豆羞豆後。〕

籩圖

【[illegible]】古丸切音官寒韻 竹杅也。見〔集韻〕。

【[illegible]】側角切音捉覺韻 筆也。見〔集韻〕。

【[illegible]】莊交切音[illegible]肴韻 罺或字〔集韻〕罺。撩罟也。或作—。

【[illegible]】敷救切音副宥韻 竹蓋。見〔集韻〕。

【籪】都玩切音鍛翰韻 編竹取魚曰滬。吳俗謂之—。見〔陸龜蒙集〕。

【[illegible]】音未詳 道藏厭勝字。〔大事記〕嘉靖三十六年。妖人馬祖剪楮爲兵以駭衆。各戶多懸—[illegible][illegible][illegible]四字厭之。

【[illegible]】古[illegible]字。見〔字彙〕。

【[illegible]】古覶字見〔康熙字典引集韻〕〔按今集韻从双不从竹。〕

【[illegible]】箈或字。見〔集韻〕。

【[illegible]】[illegible]或字。見〔集韻〕。

十九畫

【籫】祖管切音纂旱韻 ●一竹器也。一曰叢也。見〔說文〕。 ●二筩也。見〔廣雅釋器〕。 ●三盛匕箸籠也。〔急就篇〕槫榼椑榹匕箸—。

【籬】鄰知切音離支韻 ●一落—也。見〔玉篇〕。 ●二柴落爲—。〔楚辭招魂〕瓊木—些。 ●三離也。以柴竹作疎離離也。見〔釋名釋宮室〕。 ●四笊—。見〔廣韻〕。〔按集韻云。竹器。〕

【籮】良何切音羅歌韻 ●一箕也。〔方言〕箕陳魏宋楚之間謂之—。 ●二江南謂筐底方上圜爲—。見〔正字通〕。

【籭】山宜切音釃霜夷切音師支韻所佳切音崽佳韻 竹器也。可以取麤去細。見〔說文〕。〔段注〕俗云篩籮是也。廣韻云。—。籮也。能使麤者上存。細者潰下。—、簁古今字也。漢賈山傳作篩。

【籭】所佳切音崽佳韻

竹名。見〔廣韻〕。

【⿱竹蹙】七六切音蹙子六切音蹵就六切音摵屋韻千繡切音趍宥韻 笡也。〔廣雅釋器〕—謂之笡。〔按玉篇云笡、逆槍也。〕

【⿱竹鶉】大昆切音屯元韻 榜也。見〔玉篇〕。〔按字彙補云同篿。〕

【⿱竹羆】攀迷切音披支韻 筍廣飾也。見〔海篇〕。〔康熙字典云即蘼字之譌。〕

【⿱竹⿰魚庶】章恕切音蒸御韻 ⿰魚庶或字。〔集韻〕⿰魚庶、博雅鮇⿰魚庶。舂也。亦作—。

【⿱竹彌】民卑切音彌支韻 篯竹。亦作篹。見〔廣韻〕。〔按集韻。篹、竹篯也。或作—。〕

二十畫

【籯】怡成切音盈庚韻 〔按集韻類篇書作籯。〕
❶笭也。見〔說文〕。
❷牖也。〔文選左思賦〕—金所過。
❸簪或謂之—。見〔方言〕。
❹筩也。見〔廣雅釋器〕。
❺籠也。見〔廣雅釋器〕。

【⿱竹嚴】魚杴切音嚴鹽韻
❶惟射所蔽者也。見〔說文〕。
❷翳也。見〔廣雅釋器〕。
❸⿱竹樂也。見〔玉篇〕。

【⿱竹黨】待朗切音蕩養韻 竹名。見〔集韻〕。

【⿱竹龐】盧東切音籠東韻 筐也。見〔集韻〕。

【⿱竹顡】魚既切音毅未韻 竹名。見〔集韻〕。

【⿱竹檓】虎委切音毀紙韻 舂謂之—。見〔集韻〕。

【籰】籆或字。見〔集韻〕。

二十一畫

【⿱竹辯】平免切音辨郭免切音辯銑韻
❶竹簡也。見〔集韻〕。
❷葉—籤也。見〔集韻引廣雅〕。〔按廣雅釋器—作篺。〕

【⿱竹齒】古覩字。見〔集韻〕。

【⿱竹鑘】鑘或字。見〔集韻〕。

二十二畫

【⿱竹灑】所蟹切音灑蟹韻 瑟也。見〔集韻〕。

【⿱竹濩】王縛切音獲藥韻 取魚具。見〔玉篇〕。

【⿱竹贖】同籙。見〔搜真玉鏡〕。

二十四畫

【⿱竹贛】古禫切音感都感切音默感韻
❶竹名。有毛。見〔集韻〕。
❷箱屬。見〔篇海〕。

【籗】竹角切音斲覺韻闊鑊切音廓藥韻 罩魚者也。見〔說文〕。

【⿱竹靈】郎丁切音靈青韻 笭或字。〔集韻〕笭、竹名。或从靈。

【⿱竹蠶】緇岑切音簪侵韻 兂或字。〔集韻〕兂、說文首笄也。或作—。

【⿱竹蠶】作紺切音簪勘韻 篸或字。〔集韻〕篸。綴也。或作—。

【⿱竹蠶】祖含切音簪覃韻 簪或字。〔集韻〕博雅、簪謂之簮。或从蠶。

二十五畫

【⿱竹贍】時染切音剡琰韻 竹名。見〔集韻〕。

二十六畫

【籲】俞戍切音裕遇韻 〔按說文有—無顲。六書正譌以—爲顲俗字。非。〕
❶評也。商書曰。率—眾戚。見〔說文頁部〕。
❷和也。〔書盤庚〕率—眾慼。

艸部

【艸】倉早切音草晧韻

百𦬁也。見〔說文〕。〔按〕—、今通作草。論衡云—初生爲屮。二屮爲—。三屮爲𦬁。四屮爲茻。言其生之繁蕪也。工字通云—从二屮。篆作—。隸書几字从—者作艹。象枝葉交錯形。以从屮之字另有專部。从茻从𦬁者胥歸—部。字之从—者今俱寫作艹。茻、𦬁或作卉芔。他如从丫之芇𦱊等字。从丱之奘字。从廾之堇等。悉沿舊收入—部。惟字見說文者。則標明說文某部。不見說文者。於各字下注明本从丫从丱。从廾。

一畫

【艽】羊者切音也馬韻

語助之詞。終也。見〔字彙補〕。〔按〕也字古作乜。疑—爲乜之譌字。亦作乜、乜。

二畫

【艻】歷德切音勒職韻

(一)蘿—。香草。見〔廣韻〕。〔按集韻〕蘿—。—菜名。胡荽屬。今植物學云蘿—。即本草之蘿勒。處處有之。方莖香葉。故有香菜蘭香之稱。花作脣形。香逕於葉。

(二)牛脂—。藥名。治七孔出血。見〔本艸綱目〕。

(三)同扐。〔太玄玄數〕幷餘于—。一—之後而數其餘。〔注〕—與扐同。

【艻】訖力切音棘職韻

木名。〔通鑑〕唐大中中、王式爲安南都護。至交趾。樹—木爲柵。可支數十年。〔胡注〕其字从艸从力。讀與棘同。羊矢棗也。

【艾】牛蓋切音殺泰韻

(一)冰臺也。見〔說文〕。〔通訓定聲〕博物志云。削冰令圓。舉以向日。乾—於後。承其影。則得火。故曰冰臺。〔按此即今製火鏡之法。因聚日光於一點。故熱力大而可得火也。𦎟家用—以灸百病。故曰灸草。生田野間。其莖直生。白色。高四五尺。其葉四布。狀如蒿。面深綠。背有白毛。連莖刈去。暴乾收葉。製成—絨。灸疾有奇效。〕

艾 圖

(二)老也。〔禮記曲禮〕五十曰—。〔疏〕髮蒼白色如—也。

(三)絕也。〔左哀二年傳〕憂未—也。〔注〕未絕也。

(四)歷也。見〔爾雅釋詁〕。〔注〕長者多更歷。

(五)相也。見〔爾雅釋詁〕。〔疏〕謂相視也。

(六)養也。〔詩南山有臺〕保—爾後。

(七)久也。〔詩庭燎〕夜未—。

(八)長也。〔楚辭大司命〕竦長劒兮擁幼—。〔注〕幼、少也。—、長也。言擁護萬民長少。使各得其命也。

(九)報也。〔國語周語〕樹於有禮。—人必豐。

(十)大也。見〔小爾雅廣詁〕。

(十一)至也。見〔廣雅釋詁〕。

(十二)老人稱也。〔方言〕東齊衞魯之間。凡尊老謂之—。

(十三)美好也。〔孟子萬章〕知好色則慕少—。

(十四)蒼白色。〔荀子正論〕共—畢。

(十五)盭綠色。〔後漢馮魴傳〕以—草染之、故曰—。

(十六)汝潁梁宋之間曰胎。或曰—。見〔方言〕。

(十七)橫—。歲陽也。〔史記歷書〕橫—。〔索隱〕橫—、壬也。〔按爾雅作玄黓〕。

(十八)—虎。〔荊楚歲時記〕五月五日。以—爲虎形。或翦綵爲小虎。帖以—葉。內人爭相戴之。

(十九)—陵。地名。〔國語吳語〕齊人與戰于—陵。齊師敗績。

(二十)塘名。〔齊書垣崇祖傳〕唱—塘義人。己得破虜。

(廿一)亭名。〔水經河水注〕甘陵縣故城直東二十里有—亭。

(廿二)城名。〔春秋哀二十年〕吳公子慶忌出居於—。〔當今江西修水縣西〕。

(廿三)山名。〔左隱六年傳〕公會齊侯盟于—。〔左今山東蒙陰縣西北〕。

(廿四)人名。〔左宣八年傳〕楚蔿—獵字叔敖。

(廿五)姓也。〔通志氏族略〕春秋大夫—

孔之後。

【艾】魚刈切音乂隊韻

㊀芟也。〔詩臣工〕奄觀銍—。

㊁穫也。〔穀梁莊二十八年傳〕一年不—而百姓飢。〔已上二義並借爲刈字〕

㊂息也。〔左襄九年傳〕大勞未—。

㊃養也。見〔爾雅釋詁〕

㊄止也。見〔小爾雅廣言〕

㊅乂也。乂、治也。治事能斷割芟刈。無所疑也。見〔釋名釋長幼〕

㊆沛—作姿容貌也。〔文選張衡賦〕齊騰驤而沛—。

【艽】渠尤切音求尤韻　渠䖲切音逵支韻

㊀遠荒也。詩曰至於—野。見〔說文〕〔段注〕—之言究也。窮也。

㊁獸蓐。〔淮南修務〕野彘有—莦槎櫛。窟虛連比。以象宮室。

【艽】居肴切音交肴韻

秦—。藥名。〔本艸綱目〕秦—、音交。恭曰。秦—、俗作秦膠。本名秦糾。時珍曰。秦—出秦中。以根作羅紋交糾者佳。故名秦—、秦糾。頌曰。其根土黃色而相交糾。長一尺以來。粗細不等。枝幹高五六寸。葉婆娑。連莖根俱青色。六月中開花紫色。似葛花。當月結子。〔參閱芁字〕

【芁】居包切肴韻

秦—。藥名。見〔玉篇〕〔按廣韻。—、藥名字亦作芃。一作艽、艺、苑。疑當从—爲正〕

【艼】湯丁切音汀青韻

—熒。朐也。見〔說文〕〔通訓定聲〕按—熒亦疊韻連語。疑卽葋之別名。爾雅作葋。〔按釋艸葋、—熒。句與說文異〕

【艼】都酊切音酊迥韻

茗—。醉也。詳茗字。

【艼】陳如切音除魚韻　丈呂切音宁語韻

艸名。可爲繩。見〔集韻〕

【芀】田聊切音迢　丁聊切音貂蕭韻

葦華也。見〔說文〕〔段注〕釋艸曰。葦醜—。猋藨—。皆謂艸之脫穎秀出。故曰—。

【芀】時饒切音韶蕭韻

苕省字。〔集韻〕苕艸名。詩、苕之華。或省。

【艺】居肴切音交肴韻　鳩居虯切音樛尤韻

秦—。藥艸。見〔集韻〕〔參閱芁字〕

【艺】披交切音胞肴韻

苞或字。〔集韻〕苞藥艸。或从乚。〔按廣韻作芁藥名。不云苞或字。且胞音無苞字。〕

【艿】如蒸切音仍蒸韻　人之切音而支韻

艸也。見〔說文〕〔段注〕按許謂—爲艸名也。廣韻云。陳根艸不芟。新艸又生相因仍。所謂火燒—。此別一義。其字亦作芿。列子。趙襄子狩於中山。藉芿燔林。是也。今玉篇以舊艸不芟新艸又生曰—。係之說文。此孫強陳彭年輩之誤也。

【艿】如證切音扔徑韻

芿省字。〔集韻〕芿艸芟故生新曰—。亦省。

【艿】讀如奶

俗稱芋爲芋—。〔茶香室續鈔〕閩人稱大者芋曰芋母。小者爲芋子。吾鄉稱爲芋—。當爲芋奶之誤。俗稱母爲奶。芋奶亦猶母子之義。因芋字從艸。並改奶作—耳。

【芌】口蟹切音嘊蟹韻

戾也。見〔集韻〕

【⿱艹八】布怪切音拜卦韻

草名。見〔篇海類編〕

【⿱艹才】公楷切音解蟹韻

草名。見〔篇韻〕

【⿱艹廾】古友字。見〔集韻〕

【芓】同芌。見〔字彙補〕

【⿱艹歹】同死。見〔字彙補〕

【⿱艹入】同艻。見〔篇海〕

【⿱艹几】同芁。見〔玉篇〕

【芍】同芀。見〔篇海〕

三畫

【⿱艹才】牆來切音裁灰韻

㊀蔽也。見〔廣雅釋草〕

㊁蔽前草簾。見〔廣韻〕

【芃】蒲蒙切音蓬　符風切音馮東韻

㊀草盛皃。詩曰。—黍苗。見〔說文〕〔段注〕小雅傳曰。長大皃。

㊁草名。屬禾類。路傍原野滋生。莖自根際分歧。作叢生狀。葉細長尺許。夏秋開綠色小花。成長穗。約六七寸。以有小穗密集而成。因其細長如尾。故名。

㊂尾長貌。一說。小獸貌。〔詩何草不黃〕有—者狐。

㊃—木盛貌。〔詩棫樸〕—棫樸。

【芄】胡官切音桓寒韻

㊀—蘭。莞也。詩曰。—蘭之枝。見〔說文〕〔段注〕釋草。雚。—蘭。此莞當為雚。或曰。莞衍字。〔按本草綱目。蘿藦。即爾雅之雚。—蘭。多生山野間。莖柔弱。或蔓延於地。或緣絡人家籬落上。葉如牽牛而深綠。後大前尖。質厚而巨。斷其莖葉。有白汁如乳。夏日開白色小花。旋結蒴。長二三寸。一端尖銳。中有白絮如綿。霜後枯裂。則種子飛散。葉可生啖。亦蒸煮食之。蒴內之絮。可製印泥。作坐褥。〕

芄蘭圖

㊁靡也。〔淮南原道〕禽獸有—。

【芊】倉先切音千先韻〔與芋別〕

㊀草盛貌。見〔說文新附〕

㊁—茂也。見〔廣雅釋訓〕〔又〕茂盛貌。〔列子力命〕美哉國乎。鬱鬱—。〔又〕碧貌。〔文選潘岳賦〕碧色肅其—。〔又〕螗蜋也。見〔廣雅釋蟲〕

㊂天—。草名。〔酉陽雜俎〕天—生終南中。葉如荷而厚。

㊃—蔚。青盛貌。〔文選郭璞賦〕涯灌—蔚。

㊄—韶。地名。〔南史周文育傳〕文育由間道信宿達—韶。

㊅—尹。複姓。見〔通志氏族略〕

㊆通裕。〔文選宋玉賦〕仰觀山巔。肅何—。〔注〕—與裕古字通。〔按段注。千、—為古今字。俗用—改千。楚辭及陸機文賦皆用千眠字。廣雅乃有—字耳。〕

㊇同阡。〔文選張衡賦〕青冥阡瞑。〔按—作千眠。—眠同。〕

【芊】倉甸切音茜霰韻

㊀—東。草木相雜皃。見〔廣韻〕

㊁蒨或字。〔集韻〕蒨。草盛皃。或从千。

【芋】王矩切音許王遇切音吁遇韻〔與芊別〕

㊀本作芌。〔說文〕芌。大葉實根駭人。故謂之—也。〔段注〕口部曰。吁。驚也。毛傳曰。訏。大也。凡于聲多訓大。—之為物。葉大根實。二者皆堪駭人。故謂之—。〔按本草綱目。—一名蹲鴟。有青—、紫—、眞—、白—、連禪—、野—六種。其類雖多。苗並相似。莖高尺餘。葉大如扇。似荷葉而長。根類薯蕷而圓。可煮啖之。野—大毒。不可食。時珍曰。—屬雖多。只水旱二種。旱—山地可種。水—水田蒔之。葉皆相似。水味較勝。〕

芋圖

㊁烏—。即葧薺也。見〔本草綱目〕〔詳葧字〕

㊂海—。草名。〔本草綱目〕海—生蜀中。春生苗。高四五尺。大葉如—葉而有幹。

㊃茵—。小灌木名。生山地。葉互生。作長橢圓形。開白色小花。結圓實。赤色。依南燭子。有毒。

㊄土—。菜類。〔本草綱目〕土—。蔓生如芋。可以煮食。

㊅—尹。楚官。見〔集韻〕

【芋】雲俱切音于虞韻

草盛皃。見〔玉篇〕

【芋】句于切音吁荒胡切音呼虞韻

㊀大也。〔詩斯干〕君子攸—。〔箋〕—、當作幠。

㊁覆也。見〔集韻〕

㊂有也。見〔集韻〕

【芍】呼臭切音䀺錫韻七約切音碏陟略切音礄職略切音灼藥韻吉了切音皎篠韻

㊀艸名。見〔集韻〕

㊁陂名。在宋。見〔集韻〕

【芍】胡了切音鳥吉了切音皎篠

韻

鳧茈也。見〔說文〕〔段注〕見釋草。今人謂之葧臍。〔按本草綱目。烏芋即爾疋之烏。此俗名勃臍。〕

【芍】實若切音杓如灼切音若藥韻

—藥。草名。〔本草綱目〕韓傳云。勺藥。離草也。董子云。勺藥。一名將離。古人將別贈之。春生紅芽作叢。莖上三枝五葉。似牡丹而狹長。高一二尺。夏初開花。有紅、白、紫數種。結子似牡丹子而小。秋時采根入藥用。

芍藥圖

【芍】七雀切音鵲藥韻

陂名。〔後漢王景傳〕廬江郡界有楚相孫叔敖所起—陂稻田。〔陂在今安徽壽縣西南境〕

【芍】丁歷切音的錫韻

菂或字。〔集韻〕菂芙蕖中子。或省。

【芐】後五切音戶麌韻亥雅切音暇禡韻

(一) 地黃也。禮記、鉶毛牛藿羊—豕薇是。見〔說文〕〔段注〕見釋艸。本艸經謂之乾地黃。今儀禮曰羊苦。注、苦、苦荼也。今文苦爲—。然則許從今文。鄭從古文也。士虞禮、特牲饋食禮、二記。鉶芼用苦若薇。注皆云。今文苦爲—。特牲又正之曰。—乃地黃。非也。〔按爾雅釋草。—地黃。注云。一名地髓。江東呼爲—。羅願云。—以沈下爲貴。故字從下。李時珍云。地黃苗初生塌地。葉如山白菜而毛濇。莖稍開小筒子花。紅黃色。結實如小麥粒。根長四五寸。細如手指。皮赤黃色。曬乾乃黑。名乾地黃〕

(二) 蒲苹也。〔禮記閒傳〕—剪不納。〔疏〕—、爲蒲苹。爲席翦頭爲之。不編納其頭而藏於內也。

【芑】口己切音起巨己切音忌紙韻

(一) 白苗嘉穀也。詩曰。維穈維—。見〔說文〕〔按本草綱目云。白黍曰—。〕

芑圖

(二) 菜名。〔詩采芑〕薄言采—。〔疏〕似苦菜。莖青白色。摘其葉白汁出。肥可生食。亦可蒸爲茹。

(三) 草名。〔詩文王有聲〕豐水有—。

(四) 木名。〔山海經中山經〕歷石之山。其木多荊—。

(五) 地黃別名。見〔本草綱目〕。

(六) —實。苡仁也。見〔本草綱目〕。

(七) 同杞。〔文選王襃賦〕杞梁之妻。不能爲其氣。〔注〕—與杞同。

【芒】謨郎切音忙武方切音亡陽韻

(一) 本作芒。〔說文〕芒。艸耑也。

(二) 禾秒也。見〔一切經音義〕。

(三) 稻麥—也。〔周禮稻人〕種之—種。〔注〕—種、稻麥也。

(四) 草名。〔本草綱目〕—。即爾雅之惹。一名杜榮。狀如茅。俗呼芭茅。有二種。葉皆似茅而大。長四五尺。甚快利。傷人如鋒刃。七月抽長莖如蘆葦者、—也。五月抽短莖如—者、石—也。並於花將放時。剝其籜皮。可以爲繩。箔易履諸物。其莖穗可爲掃帚。

(五) 毛之顛杪也。〔文選班固答賓戲〕銳思於毫—之內。

(六) 光也。〔史記天官書〕作作有—。

(七) 滅也。見〔方言〕。

(八) 昧也。〔莊子齊物論〕人之生也固若是—乎。

(九) 同也。見〔莊子齊物論釋文〕。

(十) —之爲言萌也。見〔白虎通五行〕。

(十一) 垂—。謂發秀也。〔文選任昉序〕信乃昴宿垂—。

(十二) 華—。陰陽之氣不衰也、〔黃庭經〕桃孩合延生華—。

(十三) —然。不曉識之貌。〔管子七臣七主〕—主目伸五色。〔又〕無係之貌。〔莊子大宗師〕—然彷徨乎塵垢之外。

(十四) 混—。時未分也。〔莊子繕性〕古之人在混—之中。

(十五) 毫—。小貌。〔韓愈詩〕泰山一毫—。

(十六) 荒—。上古時也。〔淮南詮言〕自身以上。至於荒—。爾遠矣。

(十七) —角。茁出貌。〔風俗通〕角者觸也。

物觸地而出戴—角也。〔又〕喻書法挺勁也。〔梁武帝與陶弘景論書書〕運筆邪則無—角。

(十八)句—神名。〔禮記月令〕其神句—。〔史記五帝紀作句望〕。

(十九)汪—長翟之國民。〔國語魯語〕汪—氏之君也。

(二十)—硝。藥名。詳硝字。

(廿一)—種。節氣也。見〔後漢律曆志〕。

(廿二)——罷倦也。〔孟子公孫丑〕——然歸。〔又〕大也。〔法言孝至〕——聖德。〔又〕大貌。〔詩玄鳥〕宅殷土——。〔又〕多貌。〔文選束晳補亡詩〕——其稼。〔又〕遠貌。〔左襄四年傳〕——禹迹。〔又〕廣遠之貌。見〔漢書禮樂志注〕。〔又〕廣大之貌。〔淮南俶眞〕至伏羲氏其道—昧昧然。〔又〕無知之貌。見〔漢書外戚傳注〕。〔又〕猶夢夢也。〔文選陸機賦〕何視天之——。

(廿三)本名。〔山海經海內經〕建本其葉如—。

(廿四)門名。〔水經注穀水〕穀水逕靑陽門東。故淸明門也。亦曰—門。

(廿五)山名。〔文選盧諶詩〕北踰—與河。〔又〕—碭。山名。〔史記高祖紀〕高祖隱於—碭山澤巖石之間。

(廿六)水名。〔蜀志後主傳〕姜維率衆至—水。

(廿七)縣名。漢置。屬沛郡。光武更名臨睢。當今河南水城縣東北。

(廿八)通茫。〔詩長發〕洪水——。〔御覽引作茫茫〕。

(廿九)通邙。〔後漢恭王祉傳〕葬於洛陽北—。〔按當時貴人冢多在北邙山〕。

(三十)通鋩。〔文選張載七命〕建雲髦。啓雄—。〔注〕—、鋒刃也。〔按段玉裁云。說文無鋩字。此卽鋒鋩字也。〕

(卅一)姓也。〔史記秦本紀〕蘇—卯華陽破之。〔索隱〕—卯、魏將。

【芒】呼光切音荒陽韻

(一)不習熟也。〔荀子富國〕—軔僈楛。

(二)大—落。歲名。〔史記曆書〕大—落。〔索隱〕—一作荒。〔按言太歲在巳也。爾雅作大荒落。〕

【芒】虎晃切音謊養韻

昏也。〔莊子至樂〕—乎芴乎而從出乎。

【芒】毋朗切音莽養韻

(一)無形之象。〔淮南精神〕—芠漠閔。

(二)——。眼亂也。〔漢書司馬相如傳〕——怳忽。視之無端。

【芓】疾置切音字寘韻

(一)麻母也。一曰—、卽枲也。見〔說文〕。〔段注〕見釋艸。今爾雅作莩。統言則皆稱枲。析言則有實者稱—。無實者偁枲。麻母、言麻子之母也。

(二)隄也。見〔廣雅釋言〕。

【芋】祖似切音子紙韻

秄或字。〔集韻〕秄。說文、壅禾本。或从艸。

【芋】津之切音茲支韻

艸名。若也。見〔集韻〕。

【芔】詡鬼切音虺尾韻 許貴切音諱未韻

(一)卉本字。見〔說文〕。〔段注〕三屮、卽三艸也。方言曰。艸也。東越揚州之間曰—。〔按玉篇、集韻、俱通卉。蓋—之爲卉。文由隸變。爾雅諸經、皆作卉。非自今始也。〕

(二)—然。猶欻然也。〔史記司馬相如傳索隱〕喟然、漢書作—然。猶欻然也。

(三)赤—。草木萌芽也。〔太玄耎〕赤—方銳。

【芔】許貴切音諱未韻

(一)猶勃也。〔文選司馬相如賦〕—然興道而遷義。

(二)林木鼓動之聲也。〔漢書司馬相如傳〕劉莅—歙。

【芣】思兆切音小篠韻

蓃—。艸名。遠志也。見〔集韻〕。〔詳蓃字〕。

【芅】逸織切音弋職韻

銚—。羊桃也。〔爾雅釋草〕長楚、銚—。〔釋文〕—本作弋。〔注〕今羊桃也。〔按本艸綱目。羊桃、卽爾雅之長楚。銚—。生平澤中。莖大如指。似樹而弱。如蔓。春長嫩條柔軟。葉大如掌。有毛。狀如苧麻。花白色。子如小麥。亦似桃形。近下根。刀切其皮。着熱灰中。脫之。可韜筆管。〕

【䒓】思晉切音信震韻 〔與芃、芁、別。〕

藥草蒿類。見〔集韻〕。

【芆】初加切音釵麻韻 初佳切音杈佳韻

鬼—。草名。見〔廣韻〕。

【節】彌延切音綿先韻謨官切音瞞寒韻彌殄切音丏銑韻　相當也。見〔說文竹部。〕〔段注〕廣韻曰。今人賭物相折謂之—。葢竹取兩角相當。从门則不可知。以藕从—聲求之。則三直均長。

【節】彌延切音綿先韻　折賄也。見〔集韻。〕

【芉】居寒切音干寒韻〔與芊別。〕　蔽—。草名。見〔集韻。〕

【芊】古旱切音稈旱韻〔與芊別。〕　蘧蒢子也。見〔集韻。〕

【芼】陟格切音磔陌韻〔與芼別。〕　藥艸。見〔集韻。〕

【苢】苦蔞切音摳尤韻　草也。見〔玉篇。〕〔按龍龕手鑑引玉篇—英艸也。〕

【芎】丘弓切音穹東韻居雄切音弓東韻
●一 同营。〔說文〕司馬相如說、营从弓。〔段注〕如䏤字亦或弓聲。〔按揚子雲甘泉賦發蘭蕙與—藭。是以—代营自西漢已然。本草綱目—藭、以胡戎者爲佳。故曰胡藭。因其根節狀如馬銜謂之馬銜—。又因其狀如雀腦謂之雀腦—。其出關中者、呼爲京—。亦曰西—。出蜀中者、爲川—。出天台者、爲台—。出江南者、爲撫—。皆因地而名也。〔互詳营字。〕

【芏】統五切音土動五切音杜姥韻　草名。〔爾雅釋草〕—、夫王。〔疏〕—草、一名夫王。郭云。—草生海邊。似莞藺。今南方越人采以爲席。〔按植物學云。卽莊—、生水田中。高四五尺。莖有三稜。夏秋於莖稍分小梗。綴綠褐色之細花。采其莖、可以製席。〕

【芏】徒故切音度遇韻　海莧也。見〔集韻。〕

【芁】五忽切音兀月韻　艾—。見〔廣韻。〕

【芖】重智切音致寘韻　治也。見〔字彙補。〕

【𦬒】芒本字。見〔說文。〕

【芌】芋本字。見〔說文。〕

【芆】同葼。見〔玉篇。〕

【芞】同䒗。見〔篇海。〕

【芥】同芥。見〔字彙補。〕

【芠】同䒾。見〔正字通。〕

【芀】蔥省字。見〔集韻。〕

【芊】竿譌字。見〔正字通。〕

四畫

【芘】頻脂切音䘒支韻
●一 草也。一曰。—、朩木。見〔說文。〕〔段注〕朩、鉉作茉。—朩木未聞。
●二 蘩—。荆蕃。見〔廣韻。〕〔玉篇作蕃也。〕
●三 —芣。荍也。〔毛詩陸機疏〕—芣、一名荆葵。〔詳荍字。〕

【芘】毗至切音鼻寘韻補履切音匕紙韻　草也。〔鹽鐵論〕浚—蓼蘇。

【芘】普洱切音諀紙韻　通蚍。〔爾雅釋草〕荍、蚍衃。〔疏〕荍、一名蚍衃。詩視爾如荍。毛傳云。—、芣也。

【芘】兵媚切音祕寘韻　覆也。見〔集韻。〕

【芘】必至切音畀寘韻　庇或字。〔集韻〕庇。說文、蔭也。或作—。

【芚】徒渾切音豚元韻
●一 菜似莧可食。見〔玉篇。〕
●二 木始生貌。〔法言〕春木之—兮。

【芚】勑倫切音椿眞韻治本切阮韻　無知貌。〔莊子齊物論〕聖人愚—。

【芝】眞而切音之支韻
●一 本作芝。〔說文〕芝。神艸也。〔段注〕釋艸曰。茵—。論衡曰。土氣和。故—艸生。〔按本草綱目李時珍曰。—本作㞢。篆文象草生地上之形。後人借㞢字爲語辭。遂加艸以別之。神農經云。山川雲雨五行四時陰陽晝夜之精。以生五色神—。爲聖王休祥瑞命。抱朴子云。—凡數百種。服之神仙。又今植物學云。—爲隱花植物菌類。生枯本腐蝕處。質硬而滑。面作雲紋。有青赤黃白黑紫六色。相傳以爲瑞草。服之神仙。故又名靈—。〕

㊁小葢也。〔文選張衡賦〕左靑琱以鞬—兮。
㊂—草菌也。〔漢書司馬相如傳〕咀噍—英兮嘰瓊華。
㊃—麻。穀類。〔本草綱目〕胡麻、一名脂麻。〔注〕俗作—麻。〔又〕野—麻。草名。原野路傍隨處有之。高一二尺。方莖中空。葉對生。春夏之交。自葉腋開花。簇生於節之周圍作唇形。
㊄華—華葢也。〔文選揚雄賦〕登夫鳳凰兮翳華—。
㊅山名。〔淸一統志〕—山在江西鄱陽縣北。
㊆州名。唐置。屬嶺南道。當今廣西炘城土縣治。

【芟】師銜切音衫咸韻
㊀刈草也。从艸殳。見〔說文〕。〔段注〕此會意。殳取殺意也。
㊁除草曰—。〔詩載芟〕載—載柞。
㊂刈草之鐮。〔國語齊語〕耒耜枷—。
㊃殺也。〔淮南本經〕—野菼。

【芟】尹捶切音蓰紙韻
芛或字。〔集韻〕—。說文、艸之皇榮也。或从蓰省。

【芠】無分切音文文韻
㊀草名。見〔玉篇〕。〔按近植物學云。—爲虎耳草類。生山間溼地。葉作心臟形。面綠背白。夏秋着花白色。花瓣五。中有三瓣特長。形如大字。是花之呈文字形者。故名。〕
㊁無形之象。〔淮南精神〕芒—漠閔。

【⿱艹牛】魚尤切音牛尤韻
㊀—草。見〔玉篇〕。
㊁—膝。藥草。見〔類篇〕。〔按廣雅、本草、皆作牛膝。互詳藤字。〕

【⿱艹爪】側絞切音爪巧韻
㊀草名。生水中。見〔集韻〕。
㊁芥本字。見〔正字通〕。

【⿱艹冘】特林切音沈。夷鍼切音淫侵韻。都感切音黕感韻
㊀艸也。見〔說文〕。〔段注〕此與—蕃各物。
㊁藫—。蕃生山上。葉如韭。一名知母。見〔玉篇〕。

【⿱艹冘】直禁切音鴆沁韻
沈省字。〔集韻〕沈。艸名。或省。

【⿱艹冘】餘鍼切音淫侵韻
𣝋也。見〔康熙字典引唐韻〕。

【芣】居尤切音浮尤韻
㊀華盛。一曰。—苢。見〔說文〕。〔段注〕詩言江漢浮浮。雨雪浮浮。皆盛皃。—與浮聲相近。〔按爾雅釋草。—苢、馬舄。馬舄、車前。郭注。今車前草。大葉長穗。好生道邊。江東呼爲蝦衣。是詩周南云。采采—苢。陸機疏云。馬舄、一名車前。一名當道。喜在牛跡中生。故曰車前當道也。今藥中車前草是也。幽州人謂之牛舌草。可鬻作茹。大滑。其子治婦人難產。〕
㊁—騩。山名。〔國語鄭語〕主—騩而食溱洧。〔注〕—騩山、卽大騩山。〔在今河南新鄭縣西南四十里〕

【芣】俯九切音缶有韻
艸名。芘—。荍也。見〔集韻〕。〔按爾雅釋草。荍、蚍衃。疏云。荍、一名蚍衃。詩、視爾如荍。毛傳云。芘—也。〕

【芣】芳無切音敷虞韻
蓲省字。〔集韻〕蓲。華盛皃。或省。

【芥】居拜切音戒卦韻
㊀菜也。見〔說文〕。〔按本草綱目。—有數種。靑—、似菘而有柔毛。大—、大葉皺紋。色尤深綠。味更辛辣。並宜入藥用。馬—、葉如靑—。花—、葉多缺。刻如蘿蔔英。紫—、莖葉皆紫。石—、低小。皆以八九月下種。莖葉可充蔬。子研末泡過爲—醬。以侑食。辛香可愛。〕

芥圖

㊁草也。〔左哀元年傳〕以民爲土—。
㊂苦味也。見〔春秋繁露天地之行〕。
㊃纖—。細微貌。〔春秋繁露王道〕春秋記纖—之失。
㊄—蒩。水蘇也。見〔廣雅釋草〕。
㊅薢—。小鯁也。詳薢字。

【芥】訖黠切音戛黠韻
小艸。見〔集韻〕。

【⿱艹朴】普木切音撲屋韻
㊀艸生皃。見〔玉篇〕。
㊁攴或字。〔集韻〕攴。說文、小擊也。或作—。

【芩】渠金切音琴侵韻。其淹切音箝鹽韻

●艸也。詩曰。食野之—。見〔說文〕。〔桂注〕詩鹿鳴釋文引作莟也。廣韻。—、黃—。菳草名。似蒿。二語互誤。陸疏。莖如釵股。葉如竹。蔓生。澤中下地鹹處、爲草眞實。牛馬亦喜食之。

芩圖

㊁—者黔也。黔者黃黑之色也。見〔本草注〕。

㊂黃—。藥草名。本作菳。〔本草綱目〕。苗長尺餘。莖幹粗如箸。葉從地四面作叢生。六月開紫花。根有二種。中空外黃內黑者、宿根也。謂之片—。內實者、新根也。今謂之條—。〔按陶隱居云。圓者名子—。破者名宿—〕。

㊃—中。地名。〔魏志東夷傳〕廉斯鑡爲辰韓大渠帥。從—中乘大船入辰韓。

【芩】魚音切。音吟。侵韻

古岑字。〔集韻〕岑。菜名。似蒜。古作蘞、—。

【芪】常支切。音匙。翹移切。音祇。支韻

㊀—母也。見〔說文〕。〔段注〕一名蝭母。一名知母。一名蚳母。皆同部同音。〔詳蕁字〕。

㊁黃—。藥草名。〔本草綱目〕黃耆、一名黃—。根長二三尺。獨莖。或作叢生。枝幹去地二三寸。葉如羊齒。七月中開黃紫花。實似莢子。長寸許。根入藥用。出綿上者爲良。故名綿黃—。又有赤水—、白水—之別。功用並同。

【茋】陳尼切。音墀。支韻

荎或字。〔集韻〕荎。說文、荎藸艸也。或从氐。

【芫】愚袁切。音元。元韻。吾官切。音岏。寒韻

㊀魚毒也。見〔說文〕。〔段注〕爾雅釋木。杬、魚毒。郭云。大木。皮厚。汁赤。堪藏卵果。顏師古注急就篇—華曰。景純所說。乃左思吳都賦所謂緜杬杶櫨者耳。非魚毒也。—草一名魚毒。煑之以投水中。魚則死而浮出。故以爲名。其華可以爲藥。—字或作杬。〔按今植物學云。—爲葉落小灌木。低者祇數寸。春日開花。淡紫色。略類瑞香而小。漁者煑之投水中。魚卽死〕。

㊁—青。卵生毒蟲也。形似斑蝥。色純青綠。毒較斑蝥尤猛。俗呼爲青娘子。

【芬】敷文切。音氛。文韻

㊀券或字。見〔說文屮部〕。〔按說文、券。艸初生、其香分布也〕。

㊁馨香也。〔詩楚茨〕苾—孝祀。

㊂花草之香氣也。〔荀子正名〕香臭—鬱。腥臊洒酸奇臭。以鼻異。

㊃和也。見〔方言〕。

㊄衆多也。〔漢書禮樂志〕—哉芒芒。

㊅德名也。〔晉書桓彝傳贊〕揚—千載之上。

㊆苦味也。見〔春秋繁露天地之行〕。

㊇—然。壤起貌。〔管子地員〕—然若灰。

㊈—薌。言至芳絜也。〔荀子非相〕欣驩—薌以送之。

㊉—馥。色盛香散狀。〔文選左思賦〕—馥肸蠁。

(十一)—葩。取其盛貌也。見〔一切經音義〕。

(十二)泯—。亂也。〔汲冢周書〕汝無泯泯——。厚顏忍醜。

(十三)澤—。藥名。白芷也。見〔本草綱目〕。

(十四)——。香氣盛也。〔文選張衡賦〕燔炎——。〔又〕盛美也。〔文選揚雄賦〕懿懿——。

(十五)姓也。晉大夫—質。

【芭】邦加切。音巴。麻韻

㊀—蕉。見〔玉篇〕。〔按本草綱目。甘蕉、一名—苴。又名—蕉。說詳蕉字。〕

㊁香草也。〔楚辭九歌〕傳—兮代舞。

㊂—犁。卽織木葺爲葦籬也。今江南亦謂葦籬曰—籬。見〔史記張儀傳索隱〕。

【芭】披巴切。音葩。麻韻

㊀人名。〔漢書揚雄傳〕雄卒。侯—爲起墳。

㊁通葩。華也。〔大戴禮記夏小正〕桐—。始生貌拂拂然也。〔解詁〕爾雅、曰。榮、桐木。郭注曰。卽梧桐。—讀曰葩。說文云。葩、華也。

【芮】儒稅切音汭霽韻。儒順切音閏震韻。奴對切音內隊韻

(一)—。—。艸生兒。見〔說文〕〔段注〕—。—與茙茙雙聲。柔細之狀。

(二)水厓也〔詩公劉〕—鞫之即。

(三)絮也〔呂覽必己〕不衣—溫。

(四)繫柖之綬也〔史記蘇秦傳〕革抉㕹—無不畢具。

(五)小貌〔文選潘岳賦〕蕞—於城隅者。又百不處一。

(六)昝—。小蟲也〔列子天瑞〕昝—生乎腐蠸。

(七)石龍—。生於下溼地之藥草。莖粗而中虛。高尺許。葉分裂有光澤。春開黃花。似毛茛而小。有毒植物也。

(八)國名〔書泰誓傳〕虞—質厥成〔當今山西—城縣〕

(九)人名〔國語周語〕晉郤—。字子公。

(十)通汭〔文選木華賦〕雲錦散文於沙汭之際〔注〕—、與汭通。

(十一)姓也〔通志氏族略〕司徒—伯之後。

【芮】如汭切音爇屑韻

—、—。國名〔通鑑〕宋元嘉二十七年。——遣使遠輸獻款〔胡注〕——、即蠕蠕。魏呼柔然爲蠕蠕。南人語轉爲——。

【芰】奇寄切音支寘韻

(一)蔆也。見〔說文〕〔按本草綱目。—實、一名蔆。其葉支散。故字从支。其角稜峭。故謂之蔆。而俗呼爲蔆角也。昔人多不分別。惟王安貧武陵記、以三角四角者爲—。兩角者爲蔆。國語屈到嗜—。即此物也〕

(二)地名〔宋史衞王昺紀〕文天祥被執。凌震兵又敗於—塘。

(三)澗名〔水經淮水注〕來儒之水。出於半石之山。逕斌輪城北。西歷—澗水。

【花】呼瓜切音譁麻韻〔按說文雩部。雩、艸木華也。段注。此與蘤音義皆同。今字—行而雩廢矣。又蘤部。蘤、榮也。段注。木謂之華。艸謂之榮。俗作—。玉篇。今爲華荂字。廣韻。—、俗。華字今通用。正字通。—本作蘤。亦作華。古作蘤。俗作華。省作—。佩觿云。華俗別爲—。字詁云。蘤古—字。篇海云。苍、俗—字。据此雩、荂、華、蘤、苍、—、爲古今字而通行則多作—也。又攷此字之音切。說文。雩、荂、況于切。蘤、戶瓜切。玉篇。雩、火于、芳于、二切。蘤、胡瓜、呼瓜、二切。荂、許俱、妨俱、二切。—呼瓜切。廣韻十虞。雩、羽俱、況于、二切。荂、況于、芳無、二切。九麻。華、戶瓜、呼瓜、戶化、三切。—通華。呼瓜切。六書故。雩、況乎、況瓜、胡瓜、三切。注。別作—、荂、蘤。韻會七虞。荂、芳無切。六麻。—呼瓜切。華、胡瓜、呼瓜、二切。荂、枯瓜切。類篇。—呼瓜切。雩或作荂。況于、芳無、瓜、胡化、三切。集韻十虞。雩、匈于、雲俱、四切。蘤隸作華。胡瓜、呼枯瓜、雲俱、二切。荂、匈于、芳無、二切。九麻。華、荂、胡瓜切。華、—、蘤、呼瓜切。華、崋或字。胡化切。荂、枯瓜切。十三佳。華、蘤或字。空媧切。綜諸音切。除崋、蘤兩或字。詳其本字外。凡訓華、榮、艸華、之音切。大略在是。並散見各字之下。本書專宗集韻。故—字祗依集韻九麻呼瓜切立韻〕

(一)植物之繁殖器官也。或綴枝頭。或生葉腋。或特抽花軸。合萼、花冠、雄蕊、雌蕊、四部而成。花中之樞要部爲子房。即後日結爲果實者也。

(二)蕚放也〔宋之問詩〕溫庭橘未—。

(三)牡丹之專名〔歐陽修花品序〕洛陽人數—至牡丹。直稱曰—。

(四)華也。見〔廣雅釋草〕

(五)文象也〔圓覺經〕譬彼病目。見空中—。

(六)色雜不純曰—〔梁簡文帝詩〕釵落鬟—空。

(七)心意開放曰—〔梁簡文帝啟〕心—成樹。

(八)迷眩不定一色曰—〔徐鉉詩〕酒酣耳熱眼——。

(九)娼婦曰—娘。見〔輟耕錄〕〔按今俗省稱曰—。如俗云—捐、尋—等是。又日本稱新娘曰—嫁。新郎曰—婿〕

(十)凡瓣片相似者皆曰—。如云雪—、霜—、凍—、燈—、燭—等是。

(十一)名色繁疊者曰—。如俗言—樣、—色、—戶、—名等是。

(十二)一切耗散謂之—。如云—消、—費等是。

(十三)縣名。漢番禺縣地。清康熙年析置。當今廣東—縣。

(十四)無—果名〔本草綱目〕無—果凡數種。此乃映日果。即廣中所謂優曇鉢。及波斯所謂阿駔也。又有文光果、天仙果、古度子。皆無—之果。

(十五)姓也。唐—驚定。宋—尹。

無花果圖

【芳】敷方切音妨陽韻

(一)香艸也。見〔說文〕。〔桂注〕離騷。雜杜衡與—茝。注云。皆香艸名。
(二)香也。〔淮南說山〕—其餌者。所以誘而利之也。
(三)芬—。香氣皃。見〔玉篇〕。
(四)德之臭也。〔離騷〕—與澤其雜糅兮。
(五)美味也。〔素問腹中論〕—草發狂。
(六)薑椒也。〔楚辭大招〕和致—只。
(七)州名。地多—草。置在常—縣。見〔韻會〕。
(八)姓也。漢—垂敫。

【芴】文拂切音物物韻

(一)菲也。見〔說文〕。〔段注〕釋艸、毛傳、皆同。釋艸又云。菲、蒠菜也。〔按廣雅釋草。土瓜、—也。疏證。釋草云。菲、—也。陸機云。幽州人謂之—。爾雅謂之蒠菜。今河內人謂之宿菜。菲也。—也。蒠菜也。土瓜也。宿菜也。五者一物也。然未知為今何草。〕
(二)軋—。緻密也。〔文選司馬相如賦〕縝紛軋—。

【芴】呼骨切音忽月韻

芒—。无象也。〔莊子至樂〕芒乎—乎。而從出乎。

【芷】諸市切音止紙韻

(一)白—。香草名。〔本草綱目〕白—、一名白茝。許慎說文云。晉謂之𦽉。齊謂之茝。楚謂之蘺。又謂之藥。生於下澤。芬芳與蘭同德。故騷人以蘭茝為詠。而本草有芳香澤芬之名。古人謂之香白—。根長尺餘。粗細不等。白色。枝餘去地五寸以上。春生葉。相對婆娑。紫色花。白微黃。入伏結子。秋後苗枯。采暴以黃澤者佳。
(二)地名。〔漢書夏侯嬰傳〕戰於藍田—陽。〔按史記作芷陽。當今陝西咸寧縣東。〕

【芸】玉分切音雲文韻

(一)艸也。似目宿。淮南王說。—艸可以死復生。見〔說文〕、〔段注〕月令仲冬—始生。注。—、香艸。高注淮南呂覽皆曰。—、—蒿菜名也。呂覽曰。菜之美者。陽華之—。注。—、芳菜也。葉類豌豆。其葉極芬香。古人用以藏書辟蠹。采置席下。能去蚤蝨。可以死復生。謂可以使死者復生。蓋出萬畢術鴻寶等書。今失其傳。
(二)—香。灌木名。〔本草綱目〕山礬、一名—香。生江淮湖蜀野中。樹大者高丈許。其葉似卮子。光澤堅強。略有齒。凌冬不凋。三月開花。繁白如雪。六出黃蕊。甚芬香。結子大如椒。青黑色。熟則黃色。可食。其葉味濇。人取以染黃及收豆腐。或雜入茗中。
(三)—臺。謂之胡菜。見〔太平御覽菜部引通俗文〕。〔按通訓定聲云。此別一種。攷本草綱目無—臺。祇有蕓薹。亦名胡菜。卽油菜也。〕
(四)—薇。菜名。〔拾遺記〕有菜名—薇。紫色者最繁。一名—芝。
(五)石—。藥名。卽爾雅之葥。勃葥也。〔名醫別錄〕石—味甘無毒。主目痛淋露寒熱溢血。三月五月采莖葉。陰乾用。
(六)——。華葉盛也。〔老子〕夫物——。各歸其根。
(七)同耘。去草也。〔論語微子〕植其杖而—。

【芸】王問切音運問韻

(一)艸木落之色。見〔集韻〕。
(二)黃盛也。〔詩裳裳者華〕—其黃矣。

【芹】渠巾切音勤文韻　渠希切音祈微韻　居焮切音靳問韻

(一)楚葵也。見〔說文〕。〔通訓定聲〕卽今水—。菜也。詩采菽。言采其—。泮水。薄采其—。箋。水菜也。周禮醢人。—菹兔醢。呂覽本味。菜之美者。雲夢之—。〔按本草綱目。苦堇、一名—菜。卽爾雅之楚葵。有水—、旱—。水—之別。水—生江湖陂澤之涯。旱—生平地。有赤白二種。二月生苗。其葉對節而生。似芎藭。其莖有節稜而中空。其氣芬芳。五月開細白花如蛇牀花。楚人采以濟飢。並堪作菹及生茹。〕

芹圖

(二)水名。〔小經濟水注〕濟水又東北
合—濝水。水出蓋縣故城東南。〔
當今山東章邱縣南。〕

【芹】ㄐ隱切音謹吻韻
菦省字。〔集韻〕菜名。類蒿。或省。

【芺】烏浩切音媼皓韻於兆切音
夭篠韻於到切音奧號韻
(一)艸也。味苦。江南食之㠯下气。見〔
說文。〕〔段注〕名醫別錄云。苦—
主泰痛。不云可下氣。漢人謂豫章
長沙爲江南。〔按本草綱目。苦—
即爾雅之鉤—。大如母指。中空。莖
頭有臺似薊。初生可食。許愼說文
言江南人食之下氣。今浙東人、淸
明節采其嫩苗食之。云一年不生
瘡疥。亦搗汁和米爲食。造化指南
云。苦—葉如地黃。初生有白毛。入
夏抽莖有毛。開白花甚繁。結細實。
其無花實者名地膽草。汁苦如膽
也。處處溼地有之。〕
(二)紫—。藥名。詳藐字。

【芻】窗兪切音犓虞韻
(一)刈艸也。象包束艸之形。見〔說文。〕
(二)草也。〔莊子列禦寇〕食以—菽。
(三)藁也。〔禮記祭統〕士執—。
(四)王—。草名。〔爾雅釋草〕蒫、王—。〔
釋文〕蒫、一名王—。郭云蒫蓐也。
今呼鵽腳莎。
(五)程謂之—。見〔小爾雅廣物。〕
(六)犓養也。〔儀禮少牢饋食禮〕繫於
牢而—之。
(七)馬草也。〔文選揚雄賦〕蹂踐—蕘。
(八)茭草也。見〔玉篇。〕
(九)飼牲曰—。〔左昭十三年傳〕淫—
蕘者。
(十)牛羊曰—。〔左襄三十一年傳〕祭
以—豢爲足。
(十一)草食曰—。〔孟子告子〕猶—豢之
悅我口。
(十二)—蕘。采薪者。〔詩板〕詢于—蕘。〔
又〕下民之事也。〔禮記坊記〕詢
之于—蕘。
(十三)—豢。猶犧牲。〔禮記月令〕共寢廟
—豢。
(十四)—秣。養牛馬禾穀也。〔周禮太宰〕
七曰—秣之式。
(十五)—靈。束茅爲人馬也。〔禮記檀弓〕
塗車—靈。自古有之。
(十六)—狗。束—爲狗。〔淮南齊俗〕譬若
—狗。土龍之始成。
(十七)生—。刈取芻草以用也。〔詩白駒〕
生—一束。
(十八)石龍—。水草名。叢生。狀如櫻心草。
苗直上。夏月、莖端開小穗花。結細
實。並無枝葉。吳人多栽蒔織席。俗
名龍鬚草。
(十九)梵語謂僧曰苾—。
(二十)喜鵲曰—尼。見〔藏經。〕
(廿一)姓也。見〔姓苑。〕

【芻】菑尤切音鄒尤韻
草名。見〔集韻。〕

【芼】莫報切音帽號韻武道切音
媢皓韻
(一)艸覆蔓。詩曰。左右—之。見〔說文。〕
〔按艸覆蔓、覆地蔓延也。—字本
義如此。關雎文爲別一義。玉篇引
左右現之。用毛傳擇也義。許君說
此詩。蓋與毛異。其訓爲內則之鉶
—乎。〕
(二)拔取菜。見〔玉篇。〕
(三)搴也。見〔爾雅釋言。〕
(四)取也。見〔廣雅釋詁。〕
(五)以菜和羹。見〔集韻。〕

【芼】謨袍切音毛豪韻
草也。見〔集韻。〕

【芽】牛加切音牙麻韻牛何切音
俄歌韻訛平切音吾虞韻〔古音
俱讀如吾。至晉書童謠草木萌—
殺長沙。始轉爲牙音。〕
(一)萌—也。見〔說文。〕〔通訓定聲〕廣
雅釋艸。—、櫱也。〔按近植物學云。
植物體之始生、曰—。自種子萌發
以成莖枝者、曰幼—。自莖枝發生
以成花或葉者、曰花—。或葉—。其
他有因所生之位置而分爲定—
不定—者。有因鱗片之有無而分
爲鱗—。裸—者。種類雖多。要皆爲
初生萌櫱之義。〕
(二)始也。見〔廣雅釋詁。〕
(三)黃—。菜名。燕中甚多。冰雪。以邋蘆
覆而種之。葉脫色改黃而後食。今
南方亦多種者。蓋白菜之別種。

【芾】芳未切音費方未切音沸未
韻博蓋切音貝泰韻
(一)蔽—。小皃。詩曰。蔽—甘棠。見〔玉
篇。〕
(二)小也。見〔爾雅釋言。〕
(三)——。茂也。見〔廣雅釋訓。〕
(四)姓也。見〔集韻。〕

【芾】分物切音弗物韻
(一)草木盛也。見〔集韻。〕

●同韍韠也。〔詩侯人〕三百赤｜。

【芿】如證切音認徑韻

●艸芟故生新也。見〔集韻〕

●一草不剪也。〔列子黃帝〕藉｜燔林。

【䒗】如烝切音仍蒸韻

艿或字〔集韻〕艿說文、艸也。一曰陳草相因艿。或作｜。

【𦬊】始紹切音少篠韻

草也。見〔集韻〕

【芙】馮無切音扶虞韻

｜蓉也。見〔說文新附〕〔鈕氏新附攷〕｜蓉通作夫容。按漢書司馬相如及揚雄傳中。夫容並不加艸。博雅玉篇己作｜蓉。〔按爾雅釋草。荷、｜渠。郭注。今江東人呼荷華爲｜蓉。又本草綱日。木｜蓉。李時珍云。此花豔如荷花。故有｜木蓮之名。又阿｜蓉李時珍云。俗作鴉片。以其花似｜蓉而得此名。〕

芙圖

【芛】尹捶切音蔿紙韻　聳尹切音筍軫韻　食律切音述　允律切音聿質韻

艸之皇榮也。見〔說文〕〔段注〕釋艸曰。蕍｜䓘華、榮。郭曰。今俗呼草木華初生者爲｜。

【芜】微夫切音無虞韻

草名。見〔集韻〕

【芞】欺訖切音气　其迄切音汽　許訖切音迄物韻　極乙切音姞質韻

｜輿也。見〔說文〕〔按爾雅釋草。｜輿、藒車。郭注。藒車、｜輿。疏香草也。一名藒車。一名｜輿。字均作芞。正字通芞同｜。蓋即此也。詳藒字。〕

【𦬒】胡辦切音幻諫韻

草名。見〔玉篇〕

【芡】具險切音檢琰韻

雞頭也。見〔說文〕〔段注〕周禮加籩之實有｜。注同此。方言。葰、｜、雞頭也。北燕謂之葰。青徐淮泗之間謂之｜。南楚江湘之間謂之鷄頭。或謂之雁頭。或謂之烏頭。〔按本草綱目。｜實、一名鷄頭。莖三月生葉。貼水。大於荷葉。皺文如縠。面青背紫。莖皆有刺。五六月生紫花。花外有青刺如蝟刺及栗毬之形。花在苞頂。如鷄喙及蝟喙。剝開斑駁。軟肉裹子。纍纍如珠璣。煮食如芋。〕

芡實圖

【芢】而鄰切音人眞韻

艸名。見〔集韻〕

【𦬕】陟隆切音中東韻

艸也。見〔說文〕

【𦬕】持中切音蟲東韻

茧或字〔集韻〕茧草名。或从中。

【艽】渠鳩切音求尤韻

｜蘞。艸名。見〔集韻〕〔按廣雅釋草。白苙、｜蘞也。疏證。白苙、即白及也。玉篇、廣韻、竝云。｜、白苙也。是白苙或名｜。或名蘞也。餘詳芨字。〕

【𦬆】古禾切音戈歌韻

草名。見〔集韻〕

【芤】摳侯切音彄尤韻

葱名。〔本草綱目〕葱、一名｜。外直中空。有怱通之象也。｜者、草中有孔也。故字從孔。｜脈象之。〔按徐氏脈訣云。按之即無。舉之來至。兩傍實。中央空者。曰｜。〕

【芧】丈呂切音苧語韻

艸也。可以爲繩。見〔說文〕〔段注〕上林賦。蔣｜青薠。張揖曰。｜、三稜也。郭璞音杼。按三稜者、蘇頌圖經所謂葉似莎艸。極長。莖三稜如削。高五六尺。莖端開花是也。江蘇蘆灘中極多。呼爲馬｜。音同宁。莖可繫物。亦可辮之爲索。南都賦。蔗｜薠莞。李注引說文。苧可以爲索。蓋賦文本作｜。文選上林賦亦作苧。苧者｜之別字。

【芧】羊諸切音余魚韻　象呂切音敘語韻

｜栗。木名。栩實也。〔莊子齊物論〕狙公賦｜。曰。朝三而暮四。

【芧】上與切音墅語韻　杼或字。〔集韻〕杼木名。栩也。或作｜。

【䒼】沽紅切音公東韻諸容切音鐘䢼容切音松冬韻　艸名。見〔集韻〕。

【菍】思融切音嵩東韻　菘或字。〔集韻〕菘菜名。或作｜、蘴。

【芨】訖立切音急緝韻　菫艸也。見〔說文〕。〔按爾雅釋草。｜、菫艸。疏。｜、一名菫艸。郭云。卽烏頭也。廣韻。｜烏頭別名。玉篇。｜菫草。卽烏頭也。爾雅義疏云。此有二說。郭云。卽烏頭也。江東呼菫。蓋據時驗而言。但檢本草。烏頭不名｜。而｜一名藋。故說文云。｜菫艸也。又云。藋。菫艸也。廣雅云。菫。藋也。是藋一名菫。菫一名｜。｜、菫聲轉。與烏頭別。故詩緜釋文引廣雅云。蓳、藋也。今三輔之言猶然。亦據時驗而言也。爾雅釋文引本草。蒴藋一名菫草。一名｜。非烏頭也。是陸據本草及廣雅以駮郭注。｜爲烏頭之非。陸說是也。〕

【芨】乞及切音泣緝韻　草名。烏頭。見〔集韻〕。

【芨】極入切音及緝韻　苙或字。〔集韻〕苙白苙草名。或从及。〔按白｜本草綱目作白及。蘭類。葉似初生椶苗。春自葉間抽花。莖一枝直上。著花四五。花長寸許。紅紫色。形與蘭花無異。惟脣瓣闊大如舌。凹凸成楞。其根入藥。根皮可造紙。〕

【䒟】多寒切音丹寒韻　草名。見〔集韻〕。

【芊】敷容切音峯冬韻　丰或字。〔集韻〕丰說文、艸盛丰丰也。或作｜、丰。

【芊】下轄切音轄黠韻　蘟省字。〔集韻〕蘟艸名。或省。

【芛】移軫切音尹軫韻　艸也。見〔玉篇〕。

【䒗】胡故切音護遇韻　艸名。可爲繩。見〔集韻〕。〔按近植物學云。｜爲灌木名。卽藥中常山。本草以爲互艸。實非艸也。莖高四五尺。葉作椭圓形。有光澤。五月間自葉腋開花。雌花雄花。分生異株。葉充驅蟲藥。根亦入藥用。〕

【芵】古穴切音玦屑韻　｜茪。艸名。｜明也。〔爾雅釋草〕薢茩、｜茪。〔疏〕藥艸｜明也。一名｜光。一名決明。陶注本草曰。葉如江豆子。形如馬蹄。呼爲馬蹄｜明。

【芇】彌殄切音丏銑韻　艸名。見〔集韻〕。

【芶】音勾尤韻　菜名。見〔篇海〕。

【茚】魚剛切音卬陽韻　｜蒢。昌蒲也。見〔說文〕。

【茚】語兩切音仰養韻　茚或字。〔集韻〕茚艸名。昌蒲也。或作｜。

【苀】寒剛切音杭陽韻　草名。〔爾雅釋草〕｜、東蠡。

【苀】居郎切音岡陽韻　芭名。似蒲叢生。見〔集韻〕。

【芐】胡故切音護遇韻　艸名。可爲繩。見〔集韻〕。

【苝】北末切音撥曷韻　小貌。見〔類篇〕。〔按｜之音義。祇見類篇。攷集韻十三末北末切、無｜。有芾訓草木盛皃。又末韻芳未方未二切、有芾訓小也。小貌。意｜爲芾之篆文變體。〕

【芾】毋官切音瞞寒韻　相當也。見〔字彙補〕。

【苜】入質切音日質韻　艸名。見〔集韻〕。

【芺】他年切音天先韻　艸名。見〔集韻〕。

【苃】以久切音友有韻　艸名。見〔字彙補〕。

【苘】音冈養韻　艸名。見〔篇海〕。〔按本草綱目有｜草。集韻有菵無｜。廣韻有菵無｜、菵。｜宜依廣韻。詳菵字。〕

【苘】無往切養韻　藥名。〔一切經音義〕｜藥正言莽草。有毒。出幽州。人或擣和食置水

中。魚皆死浮出取食之無妨也。〔按本艸綱目。莽草。一名芮草。又名芒草。有毒。食之令人迷罔。或卽此也。〕

【芺】古疑字。見〔康熙字典引集韻〕〔按集韻並無此文。不知所据何本。〕

【丼】古友字。見〔康熙字典引玉篇〕〔按玉篇又部友下無古文。祇集韻有韻友下古文作丼。卽康熙字典又部友下。亦祇有丼無｜。不知其据何本添入。〕

【䒜】古萁字。見〔集韻〕。

【苁】古從字。見〔玉篇〕。

【苒】同萮。見〔直音〕。

【茾】同䑞。見〔玉篇〕。

【萃】同萃。見〔直音〕。

【𦬷】同荳。見〔直音〕。

【𦬸】同萵。見〔篇海〕。

【芜】鄦或字。見〔集韻〕。

【芰】蔽或字。見〔集韻〕。

【芦】苿或字。見〔集韻〕。

【苍】花俗字。見〔篇海〕。

五畫

【苑】委遠切音宛阮韻 紆願切音怨願韻

一 所以養禽獸。見〔說文〕〔段注〕周禮地官囿人注。囿今之｜。是古謂之囿。漢謂之｜也。〔按御覽引白虎通。｜囿養萬物者也。左僖三十三年傳注。天子曰｜。諸侯曰囿。故後世惟帝王之囿。始得名｜。〕

二 養牛馬林木曰｜。見〔一切經音義引三蒼〕。

三 有牆曰｜。〔淮南本經〕侈｜囿之大。

四 有木曰｜。〔文選左思賦〕佰林爲｜。

五 文貌。〔詩小戎〕蒙伐有｜。

六 積也。〔禮記禮運〕並行而不｜。

七 謂蘊結。〔管子地員〕其葉若｜。

八 病也。〔淮南本經〕百節莫｜。〔注〕｜讀南陽之宛也。

九 枯病也。〔淮南俶眞〕形｜而神壯。〔注〕｜讀南陽｜。

十 謂馬牧也。〔漢書地理志北地郡靈洲注〕惠帝四年。置有河奇｜。號非｜。師古曰。｜。謂馬牧也。

十一 ｜風。扶搖之風也。〔莊子天地〕遇｜風於東海之濱。〔釋文〕｜風本亦作宛。徐云。於阮反。李云。小貌。謂遊世俗也。一云。｜風。人姓名。一云。扶搖大風也。

十二 天｜。星名。〔史記天官書〕句曲九星。三曰天｜。

十三 蕀｜。遠志也。見〔廣雅釋草〕。

十四 善｜。國名。見〔洞冥記〕。

十五 高｜。縣名。漢置。屬千乘郡。當今山東高｜縣東。

十六 通菀。〔漢書百官志〕牧師菀令。

【苑】於袁切音鴛元韻

姓也。齊大夫｜何忌。

【苑】紆勿切音鬱物韻

猶屈也。積也。〔詩都人士〕我心｜結。〔注〕｜讀鬱。

【苒】而琰切音冉琰韻

一 草盛皃。見〔廣韻〕。

二 荏｜。柔木。見〔集韻〕〔又〕猶展轉也。見〔廣韻〕〔按今言光陰荏｜。卽本展轉義。〕

三 蔥｜。藥名。〔本草綱目〕藜蘆。一名蔥｜。其蘆有黑皮裹之。故名。根際似蔥。俗名蔥管藜蘆。

【苓】郎丁切音靈青韻

一 卷耳也。見〔說文〕〔王注〕詩卷耳傳。卷耳。｜耳也。知非以｜一字爲名。〔按通訓定聲云。廣雅釋草。｜耳。葈耳也。卽蒼耳。本草綱目云。葈耳。詩人謂之卷耳。爾雅謂之蒼耳。廣雅謂之葈耳。皆以實得名也。其葉形如葈麻。又如茄。故有葈耳及野茄諸名。詩人思夫賦卷耳之章。故名常思菜。〕

二 草名。大苦也。〔詩簡兮〕隰有｜。〔釋文〕｜音零。大苦也。本草云。甘草。〔按爾雅云。蘦。大苦。郭注。今甘草也。或云蘦似地黃。詩唐風。采｜采｜。首陽之巔。是也。蘦與｜通用。首陽之山。在河東蒲坂縣。乃今甘草所生處。而李時珍曰。沈括筆談云。本草注引爾雅蘦大苦之注爲甘草者。非矣。郭璞之注。乃黃藥也。其味極苦。故謂之大苦。非甘草也。存參。〕

三 茯｜。藥名。寓木類。〔又〕土茯｜。蔓草類。詳茯字。

四 豬｜。藥名。〔本草綱目〕豬｜。是楓樹｜。其塊黑似豬屎。故以名之。時

珍曰豬—亦是木之餘氣所結。如松之餘氣結伏—之義。〔按土茯—又有刺豬—之名。〕

(五)香草名。〔漢書揚雄傳〕颺爗爗之芳—。

(六)落也。見〔管子宙合〕。

(七)車前闌也。〔禮記少儀諸幦注〕幦覆—也。

(八)地名。〔荀子彊國〕其在趙者。剡然有—而據松柏之塞。〔注〕—、地名。未詳所在。或曰。—、與靈同。漢書地理志常山郡有靈壽縣。今屬眞定。〔即今直隸靈壽縣。〕

(九)扶—。縣名。晉置。屬九德郡。在今安南境。

(十)通零。〔漢書敘傳〕失時者—落。

【苓】霝年切音蓮先韻

(一)艸名。見〔集韻〕。

(二)古蓮字。〔文選枚乘七發〕蔓草芳—。〔注〕—、古蓮字也。

【苔】堂來切音臺灰韻

(一)本作菭。〔說文〕菭。水靑衣也。〔段注〕先鄭作菭。從艸。許說正同。後鄭作箈。從竹。爾雅引箈萡䳵醢。從後鄭也。今作—。〔按—衣之類有五。在水曰陟釐。在石曰石濡。在瓦曰屋遊。在牆曰垣衣。在地曰地衣。其蒙翠而長數寸者亦有五。在石曰烏韭。在屋曰瓦松。在牆曰土烏駿。在山曰卷栢。在水曰藫也。近世植物學家謂之隱花植物。生陰溼地或水中。〕

(二)菜名。〔本草綱目〕紫菜、生江南。宜春名蜀芹。豫章名—菜。

(三)海—。紫菜別稱。〔吳都賦注〕海—生海水中。正靑。狀如亂髮。乾之赤。鹽藏有汁。名曰濡—。

(四)俗名舌上垢膩曰舌—。

【苕】田聊切音迢蕭韻

(一)艸也。見〔說文〕。〔王注〕陳風、邛有旨—。陸璣詩疏。—、饒也。幽州人謂之翹饒。蔓生。莖如勞豆而細。葉似蒺藜而靑。其莖葉綠色。可生食。如小豆藿也。按詩防有鵲巢正義曰。—之華傳云。—、陵—。此直云—草。彼陵—之草。好生下溼。此則生於高丘。與彼異也。〔按—饒惟見於廣羣芳譜。亦未詳爲何艸。陵—則據本草名紫葳。即凌霄花也。人家園圃多有之。初作蔓生。依大木久延至巔。其花黃赤。今醫家多采花乾之。入女科藥用。〕

(二)連—。草名。〔爾雅釋草〕連、異翹。〔釋文〕連一名異翹。郭云。一名連—。〔按本草綱目作連翹。根名連軺。亦作連—。處處有之。今用莖連花實。〕

(三)——。高貌。〔文選張衡賦〕狀亭亭以——。

(四)地名。〔左成十六年〕舍之於—丘。〔注〕—丘、晉地。

(五)山名。〔山海經大荒南經〕大荒之中有—山。

(六)水名。〔山海經西山經〕龍首之山。—水出焉。

(七)溪名。〔清一統志〕—溪在浙江餘杭縣南。

【苕】時饒切音韶蕭韻

艸名。詩——之華。徐邈讀。見〔集韻〕。

【苗】眉鑣切音描蕭韻

(一)艸生於田者。从艸田聲。見〔說文〕。〔王注〕—字以田爲主。當隸之田部。而說之曰从田艸聲。

(二)夏獵爲—。見〔爾雅釋天〕。〔注〕爲—穄除害。

(三)禾之秀者曰—。見〔一切經音義引倉頡〕。〔按說文段注、說文句讀、均引倉頡篇云。—者、禾之未秀者也。說文義證引一切經音義一引倉頡篇云。禾之未秀者曰—。今依武林張氏寶晉齋刊一切經音義箸錄。〕

(四)謂禾未秀出也。〔詩彼稷之—箋〕稷則尙—。〔疏〕—、謂禾未秀出。

(五)稼也。〔淮南本經〕長—秀。

(六)嘉穀也。〔詩碩鼠〕無食我—。

(七)毛也。〔公羊桓四年傳〕春曰—。

(八)—者禾也。生曰—。秀曰禾。〔公羊莊七年傳〕無—。

(九)末也。見〔廣雅釋詁〕。

(十)傷也。見〔廣雅釋詁〕。

(十一)衆也。〔後漢鄧皇后紀〕損膳解驂。以贍黎—。

(十二)胤也。〔離騷〕帝高陽之—裔。

(十三)早夭也。〔後漢章帝八王傳贊〕或秀或—。

(十四)三—。國名。〔書舜典〕竄三—於三危。

(十五)—民。謂九黎之君也。〔書呂刑〕—民弗用靈。

(十六)種族名。—族、上古首據中原。爲今漢族所逐。屏居四川雲南西藏貴州湖南廣西及瓊州之一部。曰獽。曰猺曰黎皆其支派。更有生熟二種之別。
(十七)邑名。〔左襄二十六年傳〕晉人與之—。〔注〕—、晉邑。〔又〕州名。唐置。羈縻屬隴右道。在今四川境。
(十八)山名。〔淮南修務〕—山之綎。
(十九)通茅。〔洛陽伽藍記〕魏時—茨之碑。
(二十)姓也。晉大夫—棼皇。

【苗】 眉彪切音繆尤韻
郎—見〔韻補引韓愈文〕。

【苙】 力入切音立緝韻
(一)畜欄也。〔孟子盡心〕如追放豚。既入其—。
(二)圈也。見〔方言〕。
(三)藥艸白來也。見〔集韻〕。

【苙】 極入切音及緝韻
草名。〔廣雅釋草〕白—、荍䓲也。〔按卽白及也。詳芨字〕。

【苛】 寒歌切音何歌韻
(一)小艸也。見〔說文〕。
(二)小艸生皃。見〔玉篇〕。
(三)急也。見〔集韻〕。
(四)政煩也。見〔廣韻〕。
(五)煩也。〔史記酈生陸賈傳〕好—禮。
(六)煩燥也。〔管子小稱〕逐堂巫而—病起兵。
(七)虐也。〔詩序〕哀政刑之—。
(八)暴也。〔荀子富國〕—關市之征以難其事。
(九)重也。〔素問至眞要大〕動則—疾起。
(十)擾也。〔國語晉語〕朝夕—我邊鄙。
(十一)細刻也。〔漢書成帝紀〕勿—留。
(十二)細也。〔漢書高帝紀〕父老苦秦—法、久矣。
(十三)問也。〔漢書王莽傳〕關津—留。
(十四)切也。〔文選陸機從軍行〕涼風嚴且—。〔宋注〕春秋緯曰。—者、切也。
(十五)相—責也。見〔方言〕。
(十六)病也。〔呂覽審時〕身無—殃。
(十七)疥也。〔禮內則〕疾痛—癢。
(十八)詰問也。〔周禮射人〕不敬者—罰之。
(十九)妎也。見〔爾雅釋言〕。〔注〕煩—者多疾妎。
(二十)譴也。〔周禮世婦〕大喪比外內命婦之朝莫哭不敬者而—罰之。
(二十一)怒也。見〔廣雅釋詁〕。
(二十二)謂瘥重。〔素問逆調論〕雖近依絮。猶尙—也。
(二十三)—縟煩數之貌。〔文選傅毅賦〕闊細體之—縟。
(二十四)通荷。〔左昭十三年傳〕—慝不作。〔釋文〕—、本或作荷。
(二十五)通呵。〔禮記王制〕譏—察。〔釋文〕—、本亦作呵。

【苛】 下可切音荷哿韻
急也。見〔集韻〕。

【苛】 黑嗟切麻韻
辨察也。鄭康成曰。—其出入。見〔集韻〕。

【苛】 虎何切音訶歌韻
荷或字。〔集韻〕荷譏察也。或作—。

【苜】 莫六切音目屋韻 〔字從艸從目。與目部从丫从目訓目不正者別。〕
(一)—蓿草名。〔本草綱目〕雜記言—蓿原出大宛。漢使張騫帶歸國。今處處田野有之。陝西甚多。用飼牛馬。嫩時人兼食之。有宿根。刈訖復生。〔按陶弘景曰。長安中乃有—蓿園。北人甚重之。外國復有—蓿草。以療目。非此類也。是—蓿原有二種。今江南園圃中亦有種以充蔬者。俗呼爲金花菜。〕
(二)水—。莒也。見〔廣雅釋草〕。

【苞】 班交切音包肴韻
(一)艸也。南陽目爲麤履。見〔說文〕。〔段注〕麤、各本不從艸。誤。麤艸履也。〔按禮記曲禮有—屨。〕
(二)叢生也。〔書禹貢〕草木漸—。
(三)積也。見〔玉篇〕。
(四)薦也。〔文選司馬相如賦〕其高燥、則葴菥—荔。〔李注〕—、薦也。〔按漢書師古曰。藨卽今所用作席者也。〕
(五)本也。〔詩下泉〕浸彼—稂。
(六)茂也。〔詩行葦〕方—方體。
(七)裹也。〔詩野有死麕〕白茅—之。
(八)稹也。〔詩鴇羽〕集於—栩。
(九)植也。〔易否〕繫于—桑。
(十)豐也。〔詩長發〕—有三蘖。
(十一)藾也。見〔廣雅釋草〕。
(十二)巽爲—。〔易姤〕以杞—瓜。

（十三）如竹箭曰—。見〔爾雅釋木〕。〔釋文〕凡木如竹箭叢生者曰—。
（十四）—苴。謂貨賄之必以物—裹也。〔荀子大略〕—苴行與。
（十五）—箭。冬箭也。〔文選左思賦〕—箭抽節。
（十六）山名。〔水經沔水注〕—山、春秋謂之夫椒山。〔在今江蘇吳縣西南〕。
（十七）花蕊未吐者謂之含—。卽花芽從變形之葉脈發出者。
（十八）通枹。〔詩晨風〕山有—櫟。〔爾雅釋木注作枹櫟〕。
（十九）通包。〔莊子天運〕—裹六極。〔釋文〕—本或作包。
（二十）姓也。見〔集韻〕。

【苞】蒲交切音庖肴韻
同匏。〔集韻〕匏。說文、瓠也。亦作—。

【苞】披交切音殍篠韻
藨或字。〔集韻〕藨艸名。或作—。

【苟】果厚切音耇有韻
（一）艸也。見〔說文〕。〔按急就篇云。—貞夫。注、—草名也。〕
（二）菜也。見〔玉篇〕。
（三）且也。見〔廣雅釋詁〕。
（四）但也。〔法言〕非—知之。
（五）誠也。〔論語里仁〕—志於仁矣。
（六）—且也。〔論語子路〕—合矣。〔皇疏〕—、且也。
（七）假也。〔儀禮燕禮〕賓爲—敬。
（八）猶但也。〔左桓五年傳〕—自救也。
（九）猶若也。〔易繫辭〕—非其人。
（十）猶尚也。〔詩君子于役〕—無飢渴。
（十一）愉也。〔考工記弓人〕—有賤工。
（十二）或也。〔易繫辭〕—錯諸地而可矣。
（十三）謂非時入山澤也。〔管子小匡〕則民不—。
（十四）指緣謬辭爲之—。見〔韓詩外傳〕。
（十五）—印。蛇類。〔本草綱目〕—印、一名—斗。出湖州。如蛇有四足。
（十六）姓也。漢—參。

【苟】居侯切音鉤尤韻
—吻。草名。見〔集韻〕。〔按本草作鉤吻。俗呼爲斷腸草。蔓生。葉如羅勒。光而厚。五六月開花成穗。有毒殺人。此外有葉似芹者。曰芹葉鉤吻。草本也。有葉似黃精者。曰黃精葉鉤吻。木本也〕。

【苟】果羽切音矩麌韻
草名。見〔集韻〕。

【苡】養里切音以紙韻
本作苢。〔說文〕苢。芣苢。一名馬舃。其實如李。令人宜子。周書所說。〔段注〕釋艸。芣—、馬舃。馬舃、車前。說文凡云一名者。皆後人所改竄。爾雅音義引作芣—、馬舃也、可證。其實如李。徐鍇謂其子亦似李。但微而小耳。令人宜子。陸機所謂治婦人產難也。王會篇曰。康民以桴—。桴—者、其實如李。食之宜子。

【苡】象齒切音似紙韻
芣苢或字。〔集韻〕苢。薏苢。草名。一說、禹母吞薏苢而生禹。故以爲姓。或作—。〔按本草綱目。薏—仁、生平澤及田野。莖高三四尺。葉如黍葉。開紅白花。五、六月結實。青白色。取子曝乾。出其仁白如糯米。可作粥飯。亦同米釀酒。並入藥用。又有一種。圓而殼厚堅硬者。卽菩提子也。但可穿作念經數珠。人亦呼爲念珠云。〕〔又〕蓮實也。見〔廣韻〕。

【苡】烏禾切音倭歌韻
婆—室韋。北狄別種名。見〔集韻〕。

【苣】臼許切音巨語韻
（一）束葦燒也。見〔說文〕。〔注〕臣鉉曰。今俗別作炬。非。〔華嚴經音義引說文。—、束葦而燒之。謂大燭也〕。
（二）—藤。胡麻也。見〔玉篇〕。〔按本草。胡麻、一名巨勝。卽脂麻也。有遲早二種。黑白赤三色。其莖皆方。秋開白花。亦有帶紫豔者。節節結角。長者寸許。有四稜六稜者。房小而子少。有七稜八稜者。房大而子多。皆隨土地肥瘠而然〕。
（三）白—。菜類。〔本草綱目〕白—、又名石—。宜生挼去汁。鹽醋拌食。又名生菜。似萵—而葉色白。正二月、下種。四月、開黃花如苦藚。結子亦同。
（四）—瓜。蔓草名。〔本草綱目〕千歲蘽、一名—瓜。葉如葡萄。經冬不凋。
（五）萵—。又名萵菜。亦萊類也。詳萵字。
（六）苦—。柔滑菜類。本草謂之苦菜。吳人呼爲藚苦。詳藚字。

【若】日灼切音弱藥韻
（一）擇菜也。从艸右。右、手也。一曰。杜—。香艸。見〔說文〕。〔注〕臣鍇曰。擇之順手也。故訓右。右、手也。本艸、杜—、苗似薑。根似旋覆也。〔按通訓定聲云。晉語。秦穆公曰。夫晉國之亂。吾誰使先一夫二公子而立之。以爲朝夕之急。此謂使誰先擇二公子而立之。、一正訓擇。擇菜、引伸之義也。杜若、本草綱目一名杜衡。又名一芝。處處有之。葉似薑而有文理。根似高良薑而細。味辛者又絕似旋葍根。楚辭云。山中人芳杜一、是矣。〕

(二)順也。〔書堯典〕欽一昊天。

(三)汝也。〔國語晉語〕命曰三日。一宿而至。

(四)如也。〔莊子德充符〕與仲尼相一。

(五)義也。見〔禮記曾子問〕。

(六)及也。〔後漢陳忠傳〕爲上官一它郡縣所糺覺。

(七)乃也。〔國語周語〕必有忍也。一能有濟也。

(八)而也。〔老子〕寵辱一驚。

(九)似也。〔管子小問〕與一之多虛而少賢。

(十)之也。見〔國語晉語注〕。〔按謂往也。〕

(十一)詞也。、〔易豐卦〕六二。有孚發一。

(十二)善也。見〔爾雅釋訓〕。

(十三)示也。見〔爾雅釋言〕。

(十四)至也。〔老子〕貴大患一身。

(十五)與也。〔左襄十三年傳〕請爲靈一厲。

(十六)蹈足貌。〔文選司馬相如賦〕一人臣之所蹈藉。

(十七)猶柰也。凡經言一何一之何者。皆是。見〔經傳釋詞〕。

(十八)猶然也。〔詩氓〕其葉沃一。

(十九)如此也。〔史記禮書〕一者必死。

(二十)猶此也。〔左定四年傳〕君如有憂中國之心。則一時可矣。

(廿一)猶或也。〔左昭十三年傳〕一入於大都。而乞師於諸侯。

(廿二)猶則也。〔老子〕故貴以身爲天下一。

(廿三)猶其也。〔左昭元年傳〕子一免之。

(廿四)如故也。〔國策秦策〕織自一。

(廿五)木也。〔山海經西山經〕其陰多搖木之有一。〔注〕大木之奇靈者爲一。

(廿六)海神也。〔莊子秋水〕望洋向一而歎。

(廿七)不定之辭。〔儀禮士相見禮〕君一降送之。〔又〕一而。亦不定之辭。〔左襄十二年傳〕夫婦所生一而人。妾婦之子一而人。

(廿八)豫及之辭。〔漢書武帝紀〕民年九十以上。爲復子一孫。

(廿九)龜屬。〔周禮龜人〕北曰一龜屬。〔釋文〕一者。爾雅云。右倪不一。不、一卽一也。

(三十)水名。〔水經若水〕一水出蜀。卽旄牛徼外。東南至故關爲一水也。

(卅一)一干。預設數也。〔漢書賈誼傳〕各爲一干國。〔又〕不定之辭。〔禮記曲禮〕始服衣一干尺矣。

(卅二)一何。猶如何也。〔左僖三十三年傳〕以間敝邑一何。

(卅三)一夫。一語辭也。〔易繫辭傳〕一夫雜物撰德。〔又〕發語辭也。〔孝經〕曾子曰。一夫慈愛恭敬。

(卅四)莫一。猶莫過也。〔老子〕莫一喬王。

(卅五)奚一。何如也。〔禮記檀弓〕吾欲暴尪而奚一。

(卅六)一一。長貌。〔漢書石顯傳〕印何纍纍。綬一一耶。

(卅七)赤奮一。歲名。〔爾雅釋天〕太歲在丑、曰赤奮一。

(卅八)姓也。漢下邳相一章。

【若】爾者切音惹馬韻

(一)乾草也。見〔廣韻〕。

(二)般一。梵言、智慧也。〔廣弘明集辨惑篇〕西稱般一。此翻智慧。

(三)阿蘭一。梵言、閑靜處也。〔華嚴經音釋〕阿蘭一、梵語也。此云閑靜處。

(四)今人謂弱爲一。見〔集韻〕。〔按日本文。幼弱字亦以一爲之。〕

(五)一一。綏垂皃。見〔集韻〕。

(六)姓也。見〔集韻〕。

【若】人奢切音婼麻韻

(一)蜀地名。見〔集韻〕。

(二)縣名。〔漢書地理志〕南郡一縣。〔注〕師古曰。春秋傳作鄀。〔當今湖北宜城縣東南。〕

【苦】孔五切音苦麌韻

(一)大一。苓也。見〔說文〕。〔王注〕釋草。蘦、大一。嚴氏曰。苓、當作蘦。段氏曰。說文苷字解云、甘艸矣。儻甘草又名大一。又名苓。則何不類列。後文曰字必後人據爾雅增。沈括筆談蘦。爾雅。蘦、大一。郭云、甘草。非也。〔按大一、本草綱目名黃藥。處處栽之。其莖高二三尺。柔而有節。似籐、實非籐也。葉大如掌。長三寸許。亦不似桑。其根長者尺許。大者圍二

三寸。外褐內黃。亦有黃赤色者。其味極—故曰大—。〔〕

②味也。〔書洪範〕炎上作—。

③勤也。〔國策齊策〕無勞倦之—。

④急也。〔莊子天道〕疾則—而不入。〔釋文〕司馬注曰。急也。

⑤傷也。〔呂覽遇合〕自—而居海上。

⑥病也。〔莊子達生〕以爲有—而欲死也。

⑦患也。〔漢書賈誼傳〕非徒病腫。又—跛蹩。

⑧勞也。〔國策秦策〕不—一民。

⑨快也。見〔廣雅釋詁〕

⑩窮也。見〔廣雅釋詁〕

⑪悵也。見〔廣雅釋詁〕

⑫惡也。〔淮南時則〕工事—慢。

⑬猶疾也。〔淮南精神〕—洿子家決洿而注之江。

⑭不精至也。〔呂覽誣徒〕從師—而欲學之功也。

⑮困辱之也。〔漢書馮奉世傳〕或貪汚爲外國所—。

⑯謂獸—之也。〔漢書李廣傳〕士卒多從廣而—程不識。

⑰厭也。〔漢書韓信傳〕亭長妻—之。

⑱息也。見〔爾雅釋詁〕

⑲開也。見〔廣雅釋詁〕

⑳熾也。見〔方言〕

㉑肥也。〔國語齊語〕辨其功—。

㉒麤也。〔史記匈奴傳〕不備—惡。

㉓吐也。人所吐也。見〔釋名釋言語〕

㉔謂濫惡。〔荀子王制〕辨功—。

㉕即大鹹。〔爾雅釋言〕鹹—也。

㉖—者所以長養也。見〔白虎通五行〕

㉗大—豉也。〔楚辭招魂〕大—鹹酸。

㉘—雨白露之類。〔禮記月令〕則—雨數來。

㉙—菜。柔滑菜類。一名—苣。本草綱目謂之—蕒。又有水—蕒。亦柔滑菜類。均詳蕒字。〔又〕隰草類。一名—蘵。本草綱目名敗醬。詳蘵字。

㉚—草。水草類。〔本草綱目〕—草生湖澤中。長二三尺。狀如茅蒲之類。

㉛—參。小草類。〔本草綱目〕—參一名—骨。本經謂之—蘵。

㉜—瓜。蓏菜類。〔本草綱目〕—瓜原出南番。五月下子。生苗引蔓。莖葉卷鬚。並如葡萄而小。七八月開小黃花。結瓜長者四五寸。短者二三寸。青皮上痱𤺥如癩及荔枝殼狀。熟則黃色自裂。內有紅瓤裹子。味甘可食。

㉝—瓠。蓏菜類。〔本草綱目〕—瓠又名—匏。—寒有毒。服之過分。吐利不止者。以黍穰灰汁解之。

㉞—茄。蓏菜類。〔本草綱目〕—茄生嶺南。樹小有刺。

㉟—菫。葷菜類。本草綱目名菫。即旱芹也。詳芹字。

㊱—蘵。隰草類。又名—耽。小者名—蘵。本草綱目名敗漿。詳蘵字。

㊲—搽。茶也。詳茶字。

㊳—芺。隰草類。又名—板。詳芺字。

㊴—薏。隰草類。本草綱目名野菊。詳薏字。

㊵—花。山草類。又名—栥。本草謂之貝母。即爾雅之莔也。詳莔字。

㊶—蓋。果之入藥者。本草綱目名皐蘆。詳蓋字。

㊷—辛。木類。〔羣芳譜引山海經〕華陽之山多—辛。其狀如樞。其實如瓜。食之已瘧。

㊸—靳。葷辛類。即水芹也。詳芹字。

㊹—藥子。蔓草類。〔本草綱目〕—藥子出四川忠州。性寒。解一切毒。川蜀諸處皆有。即解毒子也。

㊺—芥子。雜草類。〔本草綱目〕—芥子生秦中。苗長一尺餘。莖青。葉如柳。開白花。似榆葉。其子黑色。治血風煩躁。

㊻—萃。欵凍也。見〔廣雅釋草〕〔疏證〕爾雅菟奚顆凍。郭注欵冬也。

㊼—豆。隰草類。〔本草綱目〕胡盧巴一名—豆。出廣州。春生苗。夏結子。作細莢。至秋采用。

㊽—棗。果類。〔本草綱目〕即爾雅之蹶洩也。處處有之。色青而小。味—、不堪人多不能食。

㊾—心。山草類。〔本草綱目〕沙參。一名—心。處處山原有之。二月生苗。葉如初生小葵葉。面團扁不光。八九月抽莖。開小紫花。亦有白者。並結實。如冬青。其生沙地者良。

㊿—縣名。楚置。漢屬淮陽國。當今河南鹿邑縣東。

(五一)同枯。〔莊子人間世〕此以其能—其生者也。〔釋文〕—崔本作枯。

【苦】　苦故切。音庫。遇韻

㊀困也。〔西谿叢語〕今人不善乘船謂之—船。北人謂之—車。

㊁姓也。漢會稽太守—灼。

【苦】　果五切。音古。麌韻

㊀惡也。〔周禮典婦功〕辨其—良。
㊁盬也。〔史記五帝紀〕器皆不—窳。
㊂沽或字〔集韻〕沽略也或作—。

【苦】音怙麌韻
地名。老子。楚—縣人。見〔史記老莊申韓傳〕。

【苧】陳如切音除魚韻
㊀—麻。草名。葉尖圓。莖高三四尺。取其皮漚池中。俟莖皮腐脫。乃劈之成絲。拈繩織布。爲吾國之特產。

苧麻圖

㊁—蘿。山名。〔吳越春秋句踐陰謀〕—蘿山鬻薪之女曰西施鄭旦。
㊂溪名。〔淸一統志〕—溪在四川萬縣西一里許。
㊃呼僧爲—姑。見〔眞臘風土記〕。

【苧】丈呂切音佇語韻
芧或字。見〔集韻〕。

【苨】乃禮切音禰薺韻
㊀苨—。山草類。〔爾雅釋草〕—、菧—。〔又〕桔梗別名。〔本草綱目〕桔梗、一名苨—。而今俗呼苨—爲甜桔梗也。
㊁——。茂也。見〔廣雅釋訓〕。

【苪】補永切音丙梗韻
㊀明著也。見〔玉篇〕〔按廣韻訓著也〕
㊁草名。見〔集韻〕。

【苫】詩廉切音笘鹽韻
㊀蓋也。見〔說文〕。〔通訓定聲〕爾雅釋器。白蓋謂之—。今江東呼爲蓋。李注。編菅茅以蓋屋者曰—。
㊁凶服者以爲覆席也。見〔廣韻〕。〔按左襄十七年傳寢—枕草。釋文。編草也。儀禮既夕記寢—注。—、編藁也。儀禮喪服傳居倚廬寢—注。寢—者哀親之在草也。〕
㊂茅—也。見〔玉篇〕。
㊃開也。見〔廣雅釋詁〕。
㊄編草爲衣以蔽風雨也。〔通鑑〕被—而耕。
㊅姓也。魯季氏家臣—夷。

【苫】他兼切音添鹽韻
青—。藥草。見〔集韻〕。

【苫】舒贍切音閃豔韻
茨屋也。見〔集韻〕。

【苫】處占切音幨鹽韻
惉或字。〔集韻〕惉音。敝不和也。或作—。

【苰】胡肱切音弘 苦弘切音䪷蒸韻
㊀—藤。胡麻也。見〔玉篇〕〔按集韻作—藤。草名胡麻也〕
㊁通鞃。〔詩韓奕〕鞹鞃淺幭。〔釋文〕鞃、又作—。

【英】於驚切音楧唐韻
㊀草榮而不實者。一曰黃—。見〔說文〕。〔桂注〕草榮而不實者。釋草文。榮而不實謂之—。呂氏春秋孟夏紀。苦菜秀。注云。爾雅云。不榮而實曰秀。榮而不實曰—。苦菜當言—者也。一曰黃—者。徐鍇曰。爾雅釋木有權黃—。馥案黃—當爲蓍—。卽似菊之華。楚辭夕餐秋菊之落—。蓍亦作—。
㊁華也。見〔玉篇〕。
㊂猶華也。〔詩有女同車〕顏如舜—。
㊃葉也。〔西溪叢語〕沈約云。—、葉也。離騷。餐秋菊之落—。言食秋菊之葉也。
㊄草木初生也。〔管子禁藏〕毋夭—。
㊅重山也。〔爾雅釋山〕再成—。〔疏〕山形而重者名—。
㊆以羽飾矛。〔詩淸人〕二矛重—。〔傳〕矛有—飾也。
㊇絲纏而朱染之。〔詩閟宮〕朱—綠縢。
㊈立德蹈禮謂之—。〔文選任昉詩〕王佐俟民—。〔注〕立德蹈禮謂之—。
㊉玉之精華也。〔穆天子傳〕枝斯之—。
⑪俊選之尤者。〔禮記禮運〕與三代之—。
⑫賢才絕異之稱。〔詩汾沮洳〕彼其之子。美如—。
⑬人之秀出者曰—。見〔六書故〕。
⑭雄果之目。〔文選潘岳賦〕聿采毛之—麗兮。〔注〕羽族中采飾—麗。莫過翬也。翬、雉也。素質五采皆備成章曰翬。—者雄果之目。
⑮德百人者謂之—。見〔鶡冠博選〕。
⑯千人曰—。見〔白虎通聖人引禮別名記〕。〔又〕德過千人曰—。〔爾雅序〕—儒贍聞之士。〔又〕倍千

人曰—。〔荀子儒效〕—傑化之。
(十七)萬人者曰—。〔呂覽知分〕此天下之豪—。〔又〕智過萬人者謂之—。見〔淮南泰族〕。〔又〕才勝萬人曰—。〔國策齊策〕小國—傑之士。〔按或曰百人。或曰千人。或曰萬人。諸說不定。要之—爲才德拔衆之稱耳。〕
(十八)美也。見〔廣雅釋詁〕。
(十九)蒻也。見〔廣雅釋草〕。
(二十)—華。草木之美者。〔文選揚雄賦〕—華沈浮。〔又〕名譽也。〔漢書敍傳〕浮—華。湛道德。
(廿一)—蕩。畫函也。〔周禮掌節〕—蕩輔之。〔按干寶曰。—刻書也。蕩、竹簡也。刻而書其所使之事。〕
(廿二)三—。三德也。〔詩羔裘〕三—粲兮。〔箋〕三德。剛克、柔克、正直也。
(廿三)瓊—。美石似玉者。〔詩著〕尚之以瓊—乎而。
(廿四)若—。若木之—也。〔文選謝莊賦〕翩若—於西冥。
(廿五)——。白雲貌。〔詩白華〕——白雲。〔又〕和悠貌。〔呂覽古樂〕其音——。
(廿六)繫—。鳥名。〔爾釋釋鳥〕密肌、繫—。

〔注〕釋蟲以有此名。疑誤重。〔校勘記〕唐石經雪牕本同。釋文。鶅、今作密。鷄、今作—。〔按釋蟲作密肌繼—。〕
(廿七)五—。樂名。〔漢書禮樂志〕帝嚳作五—。—、華盛也。
(廿八)陸—。隰草類。〔本草綱目〕此卽蒴藋也。古方無蒴藋。惟言陸—。此葉似芹及接骨花。三物同一類。故芹名水—。此名陸—。接骨名木—樹。此三—也。花葉竝相似也。
(廿九)水—。隰草類。〔本草綱目〕水—生池澤河海邊。莖葉肥大。亦名魚津草。〔又〕葷辛類。〔本草綱目〕苦蘄、一名水—。卽水芹也。
(三十)雲—。毒草類。〔本草綱目〕雲實、一名雲—。此草山原甚多。赤莖中空。高者如蔓。其葉如槐。三月開黃花。莢長寸許。內有子五六粒。斂之極堅重。有腥氣。
(卅一)白—。蔓草類。〔本草綱目〕此俗名排風子是也。正月生苗。白色可食。秋開小白花。子赤色如龍葵子。名鬼目。
(卅二)—草。雜草類。〔本草綱目〕味性平無毒。生蔓木上。一名鹿—。

(卅三)九—菘。葷菜類。〔本草綱目〕蕪菁、南北之通稱也。塞北河西種者。名九—蔓菁。亦曰九—菘。〔詳菁字〕。
(卅四)蒲公—。柔滑菜類。〔本草綱目〕蒲公—、一名金簪草。千金方作鳧公—。庚辛玉冊作鵓鴣—。俗呼蒲公丁。又呼黃花地丁。因其花如金簪頭。獨脚如丁。故以名之。

蒲公英圖

(卅五)白石—。藥名。〔本草綱目〕白石—、生華陰山谷及太山。大如指。長二三寸。六面如削。白澈有光。長五六寸者彌佳。與青黃赤黑有五色之別。
(卅六)土—。花名。〔呂覽本味〕浸淵之草名曰土—。
(卅七)國名。皋陶之後封於—。當今安徽—山縣境。〔又〕—吉利國、亦簡稱曰—。歐洲大陸西北部之合衆王國也。由大不列顛、愛爾蘭、蘇格蘭、三大島及諸小島合成。爲其本部。屬地甚廣。—吉利之名稱。實由盎格魯之土地轉訛者。英文Engla-nd。
(卅八)通瑛。〔綏民校尉碑〕攬瑛雄之迹兮。
(卅九)通泱。〔文選潘岳賦〕天泱泱以垂雲。〔注〕泱與—、古字通。
(四十)姓也。漢—布。卽鯨布。

【英】於良切音央陽韻
稻初生未移者。見〔集韻〕。

【英】於莖切音罌庚韻
以羽飾矛。見〔集韻〕。

【英】於慶切音映敬韻
飾也。見〔集韻〕。

【莋】側格切音迮陌韻
(一)艸也。見〔集韻〕。
(二)山名。〔後漢郡國志〕桂陽郡湞陽、有—領山。〔當今廣東—德縣西北〕。

【苲】側下切音鮓馬韻
(一)草也。見〔玉篇〕。
(二)苴或字。〔集韻〕苴。土苴、和糞艸。或作—。

【莋】疾各切音昨藥韻
筰或字。〔集韻〕筰、說文、越巂。縣名。或从乍。

【苲】側駕切音詐禡韻
酢或字。〔集韻〕酢。酒盞也。或作—。

【苴】子余切音葅魚韻〔按通雅疑始篇云。—有十七音。以中原音韻增入時運所轉之音。車遮家麻。兩分兩轉。加古之爲魚模韻讀之。則三處通平上去入。三通分輕重。查鮓嗟葅租祖之例呼之。則三十音矣。〕
㊀履中艸。見〔說文〕。〔王注〕艸、似當作䕰。〔漢書賈誼傳〕冠雖敝不以—履。顏注。—、履中之藉也。釋草蒀蘆注。履中艸。釋文、引字苑。䉶—履底。䉶似䩬之譌。似—即今之葛䙢。履底親足之處。以此爲之。
㊁草之翳薈。〔管子七臣七主〕—多螣蟇。
㊂苞—。謂編束萑葦以裹魚肉也。〔禮記少儀〕苞—。〔又〕貨賄必以物苞裹。故總謂之苞—。〔荀子大略〕苞—行與。
㊃—經。斬衰之經也。〔儀禮士喪禮注〕—經斬衰之經也。—麻者其貌—。以爲經。服重者尚麤惡。
㊄—杖。謂以—惡色竹爲之杖。〔荀子禮論〕齊衰—杖。
㊅巴—。草名。〔文選司馬相如賦〕諸柘巴—。〔注〕文穎曰。巴—。草名。一名巴焦。善曰。—、子余切。〔按史記司馬相如傳。諸蔗猼且。索隱。猼、音普各反。且、音子餘反。漢書作巴且。文穎云。巴焦也。郭璞以爲蘘荷屬。未知孰是。又按前漢書司馬相如傳。諸柘巴且。注。張揖曰。蓴—。蘘荷也。文穎曰。巴且草。一名巴焦。師古曰。文說巴且是也。且、音子余反。蓴、音普各反。蓴—自蘘荷耳。非巴且也。攷本草綱目蘘荷注。司馬相如上林賦作猼—。與芭蕉音相近。又甘蕉注。一名芭—。異物志云。芭蕉結實。甘如蜜。故名甘蕉。據此。巴—與蘘荷爲一類。芭蕉則爲芭—之轉音。別一物也。〕
㊆木名。〔山海經中山經〕服山其木多—。
㊇穰—。人名。〔史記穰—傳〕司馬穰—者。田完之苗裔也。
㊈荻—。地名。〔漢書功臣表〕荻—侯韓陶。〔史記索隱云〕荻—在渤海。
㊉古侯國。〔華陽國志〕昔蜀王封其弟葭萌於漢中。號曰—侯。—侯與巴王爲好。巴與蜀讐。故蜀王怒。伐—侯。—侯奔巴。求救於秦。秦遂滅蜀。因取—巴。分置郡縣。〔地當今四川昭化縣南。〕

【苴】千余切音疽魚韻
㊀麻之有子者。見〔集韻〕。〔按詩七月。九月叔—。箋。—、麻之有實者。又按玉篇七閭切。麻也。廣韻九魚七余切。—、履中藉。〕
㊁黏也。〔禮記喪服小記〕—杖竹也。
㊂惡貌也。見〔禮記閒傳〕。〔注〕音疽。

【苴】臻魚切音葅魚韻
葅或字。〔集韻〕葅。說文、酢菜也。或作薀、䔜、葙、菹、蕰。—。〔按通雅疑始篇云。—、臻余切。亦酢菜也。〕

【苴】宗蘇切音租虞韻
茅藉祭也。見〔集韻〕。〔按漢書郊祀志。埽地而祠。席地而祠。席用—稭。注。—、讀如租。又按通雅疑始。—、宗蘇切。茅—、藉祭也。〕

【苴】莊俱切音傷虞韻
姓也。漢有—氏。見〔集韻〕。〔按通雅疑始。—、莊俱切。漢時姓。〕

【苴】班交切音包肴韻
天—。地名。在益州。見〔集韻〕。

【苴】鋤加切音槎麻韻
水中浮草。見〔集韻〕。〔按詩大雅。如彼棲—。疏。—、是草木之枯槁者。故在樹未落、及已落爲水漂、皆稱—也。〕

【苴】徐嗟切音衺麻韻
㊀—咩城。在雲南。見〔集韻〕。〔按通雅疑始作—咩城名。疑咩字有譌。清一統志雲南大理府太和縣注。漢置楪榆縣。屬益州郡。唐開元中爲南詔蒙氏所據。置羊—咩城。元至元年間。收其地。改置理州。尋改太和縣。明爲大理府屬。清因之。又羊—咩城注。去太和縣城二十五里。即古楪榆城。蠻語譌羊—咩。亦曰陽—咩。〕
㊁望—。蠻名。〔唐書南詔傳〕望—蠻者。在蘭滄江西。男女勇捷。不鞍而騎。善用矛劍。

【苴】咨邪切音差麻韻

茱壞也。一曰獵場。見〔集韻〕。

【苴】了與切音宜語韻 屐中艸。一曰艸浮水中。見〔集韻〕。〔按玉篇—子旅切。屐中薦也。〕

【苴】總古切音祖麌韻 耤也。見〔集韻〕。〔按通雅菹始。—、側魯切。說文。酢菜也。〕

【苴】側下切音鮺馬韻 ㊀土—。和糞草也。一曰、糟魄。見〔集韻〕。〔按通雅疑始。—、側下切。糞草。又音鮓。川蕃—。〕㊁土—。無心之貌。〔莊子讓王〕其土—以治天下。〔注〕—、側雅反。㊂—草。蒯也。〔呂覽貴生〕其土—以治天下。〔注〕—音同鮓。

【苴】展賈切音鮓馬韻 土—。糟魄也。一曰、不眞物。見〔集韻〕。

【苴】將豫切音怚御韻 ㊀草也。見〔集韻〕。〔按通雅疑始。—、將預切。糟魄。〕㊁作席也。〔漢書終軍傳〕—白茅於江淮。〔注〕服虔曰。—、作席也。師古曰。—子豫反。

【苴】才野切音灺馬韻 慢也。一曰、伺也。荀子、盩—路作。似知而非。見〔洪武正韻〕。〔按康熙字典引作慢也。字誤。〕

【苴】都買切蟹韻 土—。不精細也。見〔通雅疑始〕。〔按集韻三十五馬。—、展賈切。土—。糟魄也。一曰不眞物。與此義似音別。〕

【苴】音巴麻韻 同巴。天—。亦地名。見〔通雅疑始〕。〔按史記張儀傳—蜀相攻擊索隱。—音巴。〕

【𦬹】沈永切音泂梗韻 ㊀小風。見〔廣韻〕。㊁艸名。見〔集韻〕。

【𦬹】詡往切音怳養韻 同怳。〔漢書外戚傳〕寢淫敞—。寂兮無音。〔注〕師古曰。—與怳同。〔按玉篇草部。—、許往切。惝—也。廣韻三十六養。怳、許昉切。惝怳。又惝下注。惝怳。驚貌。〕

【苶】諾叶切音捻葉韻〔與薾同。〕㊀疲皃。一曰、忘也。見〔集韻〕。㊁病劣皃。莊子曰。—然疲役。見〔廣韻〕。〔按文選謝靈運過始寧墅詩注引莊子司馬曰注、—極貌也。〕

【苶】乃結切音涅屑韻 疲皃。一曰、止也。見〔集韻〕。

【苶】而列切音熱屑韻 疲皃。見〔集韻〕。

【苹】蒲兵切音平庚韻 ㊀洴也。無根浮水而生者。見〔說文〕。〔段注〕小雅、呦呦鹿鳴食野之—。傳曰。—、洴也。釋草、—字兩出。一曰洴。一曰藾蕭。鄭箋以水中之艸。非鹿所食。易之曰。—、藾蕭也。於月令曰洴、萍也。於周禮萍氏引爾雅萍洴。似分別萍爲水艸。—爲藾蕭。鄭所據爾雅自作萍、洴。而毛詩夏小正以—爲萍。皆屬叚借。許君則—、洴、萍、三字同物。不謂—爲叚借。㊁萍也。又藾蕭也。見〔玉篇〕。㊂葭—。一曰蒲白。見〔廣韻〕。㊃使也。〔書堯典〕—秩東作。㊄—縈。迴旋也。〔文選馬融賦〕爭湍—縈。㊅—蓨。艾蒿也。〔管子地員〕其草宜—蓨。㊆藺蒢也。見〔廣雅釋草〕。〔疏證〕玉篇、廣韻、並云。蒢、藺蒢。藥也。則藺蒢一名蒢。一名—也。藺蒢或作莨菪。神農本草云。莨菪子味苦寒。㊇——。草貌。〔文選宋玉賦〕涉漭漭。馳——。

【苹】蒲眠切音蹁先韻 旁經切音竮青韻 蔽也。周禮、—車。所用對敵自蔽隱之車。見〔集韻〕。〔按周禮車僕—車之萃注。猶屏也。所用對敵自蔽隱之車也。〕

【苹】披庚切音磅庚韻 澎或字。〔集韻〕澎。澎濞。水皃。或作—滂。

【苹】披耕切音怦 悲萌切音繃庚韻 古拼字。〔集韻〕拼。使也。古作—。

【苺】母罪切音浼賄韻 武道切音務晧韻 莫候切音茂宥韻 ㊀馬—也。見〔說文〕。〔王注〕凡以馬名者。皆謂大也。蓋謂大於葥山—也。〔按字亦作莓。本草綱目云。此類有五。一種、藤蔓繁衍。葉大如掌。冬月苗葉不凋者。俗名割田藨。又名寒—。卽本草所謂蓬虆也。一種。蔓小於蓬虆。一枝五葉。葉小而面背皆青。冬月苗凋者。俗名插田藨。又名大麥—。卽本草所謂覆盆子。爾雅所謂茥缺盆也。此二種俱可入藥。一種、蔓小於蓬虆。一枝三葉。葉面青。背淡白。俗名薅田藨。卽爾雅所謂藨者也。故郭璞注云。藨卽—也。子似覆盆而大。赤色。酢甜可食。此種不入藥用。一種、樹生者。樹高四五尺。葉似櫻桃而狹長。結實與覆盆子一樣。但色紅爲異。俗亦名藨。又呼樹—。卽爾雅所謂葥山—。郭璞注云。今之木—。陳藏器本草所謂懸鉤子者也。一種、就地生。蔓長數寸。開黃花。結實如覆盆而鮮紅。不可食者。俗名蛇藨。一名地—。或呼䗬—。卽本草所謂蛇—也。」

㊁ 烏蘞—。藥草也。〔本草綱目〕烏蘞—又名五葉—。卽爾雅之拔龍葛也。〔詳蘢字〕。

㊂ 來—。藥草名。〔本草綱目〕葎草、一名來—草。〔詳葎字〕。

㊃ ——。草盛貌。〔文選左思賦〕蘭渚——。

【苻】 馮無切音扶虞韻

㊀ 草名。〔爾雅釋草〕—、鬼目。〔疏〕—、一名鬼目。郭云。今江東有鬼目草。莖似葛。葉圓而毛。子如耳璫也。赤色。叢生。〔按本草綱目。白英、一名鬼目。正月生苗。白色。可食。秋開小白花。子如龍葵。紫赤色。〕

㊁ —蘺。草名。〔爾雅釋草〕莞、—蘺。其上蒚。〔疏〕本草云。白蒲一名—蘺。楚謂之莞蒲。

㊂ 戎姓也。見〔集韻〕。

【苻】 蓬逋切音蒲虞韻

㊀ 氏姓。〔晉書載記苻洪傳〕其先蓋有扈之苗裔。始、其家池中蒲生。長五丈。五節如竹形。因以爲氏。後洪以讖文有草付應王。又其孫堅背有草付字。遂改姓—氏。

㊁ 萑—。地名。〔左昭二十一年傳〕攻萑—之盜。盡殺之。

【苻】 芳無切音敷虞韻

㊀ 草之莩甲也。見〔集韻〕。

㊁ 蘆之中白莩。〔淮南俶眞〕蘆—之厚。〔注〕—讀麫麩之麩。

【苽】 攻乎切音孤虞韻

㊀ 雕胡、一名蔣。見〔說文〕。〔段注〕食醫內則皆有—食。鄭云。—、彫胡也。廣雅曰。菰、蔣也。其米謂之雕胡。然則猶扶渠實名蓮。亦因以爲蕐葉名也。彫胡、枚乘七發謂之安胡。其葉曰—。曰蔣。俗曰茭。其中臺如小兒臂。可食。曰—手。其根曰葑。

㊁ 巨—。草名。〔詩樛木〕葛藟纍之。〔疏〕藟、一名巨—。〔詳藟字〕。

【苾】 簿必切音邲質韻

㊀ 馨香也。見〔說文〕。〔王注〕埤蒼。艸木香也。—然大香也。詩。—芬孝祀。

㊁ —芻。草名。〔尊勝經〕—芻生不背日。多夏常靑。體性柔軔。香氣遠騰。引蔓旁布。故比邱曰—芻。

㊂ 通飶。〔詩載芟〕有飶其香。〔注〕飶。說文、食之香也。字又作—。

【苾】 蒲結切音蹩屑韻

㊀ 菜名。見〔廣雅釋草〕。

㊁ 契—。回鶻部落名。〔新唐書回鶻傳〕契—、亦曰契—羽。在焉耆西北鷹娑川。多覽葛之南。

【苾】 美筆切質韻

同蔤。荷本也。莖下白蒻在泥中者。見〔玉篇〕。〔按廣韻五質美畢切。有蔤無—。集韻五質覓畢切。蔤、本或从蜜莫筆切。蔤或作䔖無—。〕

【茉】 胡戈切音和歌韻

㊀ 草名。見〔玉篇〕。

㊁ —鍬。農器名。〔急就篇注〕耒、手耕曲木也。今之曲把—鍬。

㊂ 同莫。見〔字彙補〕。

【茀】 分物切音弗物韻

㊀ 道多艸、不可行。見〔說文〕。〔段注〕周語。火朝覿矣。道—不可行也。注。草穢塞路爲—。

㊁ 治也。〔詩生民〕—厥豐年。

㊂ 首飾也。〔易旣濟〕婦喪其—。〔注〕首髴也。〔按注文引干注馬髴也。〕

㊃ 小也。〔詩卷阿〕—祿爾康矣。〔傳〕—、小也。〔按箋云福也。〕

㊄ 蔽也。〔詩碩人〕翟—以朝。

㊅ 簟—。漆簟以爲車蔽。今之藩也。〔詩韓奕〕簟—錯衡。

㊆ —方。馬名。〔爾雅釋畜〕在幹、—方。〔疏〕此別馬旋毛所在之名也。幹、脅也。旋毛在脅者名—方。

(八)—矢。弩所用也。〔周禮司弓矢〕矰矢—矢。〔注〕—之言制也。可以弋飛鳥制羅之也。
(九)—茂也。見〔廣雅釋訓〕。〔又〕彊盛也。〔詩皇矣〕臨衝——。
(十)通紼。〔左宣八年傳〕始用葛—。〔注〕—所以引柩。
(十一)通紱。〔文選曹植詩〕要我朱紱。〔注〕毛詩曰。朱—斯皇、—與紱同。

【茀】符勿切音佛物韻
草木眾多皃。見〔集韻〕。

【茀】敷勿切音拂物韻
(一)草多。見〔廣韻〕。
(二)—離。草木翳薈也。見〔集韻〕。〔按爾雅釋詁覭髳、茀離也。郭注。謂草木之叢茸翳薈也。—離、即彌離。彌離、猶蒙蘢耳。〕
(三)白雲逶移若蛇者也。〔楚辭天問〕白蜺嬰—。〔注〕—音拂。

【茀】薄沒切音孛月韻
(一)弋射矢名。見〔集韻〕。
(二)通孛。〔史記武帝紀〕有星—於東井。

【茀】方未切音沸未韻
芾或字。〔集韻〕芾。小皃。或作—。

【茀】蒲昧切音佩隊韻
孛或字。〔集韻〕孛。說文、弇也。或作—。

【茀】放吠切音廢隊韻
小也。見〔集韻〕。

【茀】音勃月韻
(一)—然。暴怒俱生。〔莊子人間世〕獸死不擇音。氣息—然。〔注〕—、崔音勃。
(二)咇—。香氣盛也。〔文選司馬相如賦〕晻薆咇—。〔注〕郭璞曰。香氣盛。馝馞也。善曰。馝馞咇—、音義同。—音勃。

【茀】音弼質韻
姓也。屮肸。見〔後漢書古今人表〕。〔注〕師古曰。即佛肸也。—音弼。

【茁】側滑切黠韻厥律切音雌莊出切質韻
(一)艸初生地皃。詩曰。彼—者葭。見〔說文〕。〔王注〕召南騶虞文。傳云。—、出也。
(二)生長貌。〔孟子萬章〕牛羊—壯長而已矣。

【茁】竹律切音遹質韻朱劣切音拙側劣切音纂租悅切音蕝屑韻
艸初生皃。見〔集韻〕。

【茁】徵筆切質韻
艸牙。見〔廣韻〕。

【茁】之出切音頔質韻
艸名。葝萃也。見〔集韻〕。〔按類篇厥律切。草名。葝萃也。〕

【茂】莫候切音戊宥韻〔按戊。本讀若楙。五代梁開平年間。避諱改讀爲武。沿謬至今。〕
(一)艸豐盛。見〔說文〕、〔桂注〕艸豐盛者。釋詁。—、豐也。曲禮韭曰豐本。注云。豐—也。〔按王筠本作艸豐盛皃。注云。韻會引作艸木盛皃。木似當作丰。段玉裁本作艸木盛皃。〕
(二)盛也。〔易无妄〕先王以—對時育萬物。
(三)美也。〔詩還〕子之—兮。
(四)善也。〔漢書朱邑傳〕廣延—士。
(五)勉也。〔國語周語〕—正其德而厚其性。
(六)蕃盛也。〔素問五運行大論〕其化爲—。
(七)美盛也。見〔華嚴經音義引漢書音義〕。
(八)歲名。〔爾雅釋天〕太歲在戊曰閼—。〔按淮南天文掩—之歲。注。—、冒也。〕
(九)五人曰—。見〔白虎通聖人引禮別名記〕。
(十)如槐曰—。見〔爾雅釋木〕。
(十一)如松柏曰—。見〔爾雅釋木〕。
(十二)—豫。美盛而光悅也。〔漢書禮樂志〕桐生—豫。
(十三)—才。美材之人也。〔漢書吳王濞傳〕歲時存問—才。〔按漢書武帝紀。—才異等。應劭注。舊言避光武諱。偁—才。〕
(十四)—陵。縣名。漢置。屬右扶風郡。當今陝西興平縣東北。
(十五)人名。甘—。見〔國策秦策〕。〔按說苑作甘戊。〕
(十六)通懋。〔漢書董仲舒傳〕書云—哉—哉。〔今書作懋。〕
(十七)姓也。漢沮陽令—眞。

【茂】莫後切音母有韻
(一)美也。見〔集韻〕。
(二)豐也。〔漢書班固敘傳〕枝葉碩—。〔注〕師古曰。—、莫口切。

【范】父錽切音范范韻

㊀艸也。見〔說文〕。

㊁蠭也。〔禮記檀弓〕—則冠而蟬有緌。

㊂鑄作器用。〔禮記禮運〕—金合土。

㊃法也。〔太玄文〕鴻文無—。〔注〕范曰。卜、法也。〔按此義與笵同〕

㊄宮名。〔穆天子傳〕天子作居—宮。〔注〕—、離宮之名。

㊅臺名。〔國策魏策〕梁王觴諸侯於—臺。

㊆門名。〔左哀七年傳〕伐邾及—門。〔注〕邾、郭門。

㊇縣名。春秋時爲晉—邑。漢置—縣。屬東郡。當今山東—縣東南。

㊈通範。〔爾雅釋詁〕範、常也。〔釋文〕範本作—。

㊉姓也。晉大夫士會食采於—。其後以邑爲氏。

【茄】居牙切音嘉麻韻

㊀扶渠莖。見〔說文〕。〔段注〕謂華與葉之莖皆名—也。—之言柯也。古與荷通用。陳風有蒲與荷。鄭箋。夫渠之莖曰荷。樊光注爾雅引詩。有蒲與—。屈原曰。製芰荷以爲衣。雧芙蓉以爲裳。揚雄則曰。衿芰—之綠衣。被芙蓉之朱裳。漢樂府驚何食。食—下。亦謂葉下。

㊁五—藥名。〔柳宗元詩〕珍蔬折五—。〔注〕本草云。五—葉可作蔬食。〔按本草綱目無五—。灌木類有五加。注。春月於舊枝上抽條葉。山人採爲蔬茹。正如枸杞。生北方沙地者。皆木類。南方堅地者爲草類也〕

㊂地名。見〔集韻〕

㊃國名。〔左昭二十五年傳〕楚子使薳射城州屈。復—人焉。

㊄—眾。復姓。見〔廣韻〕。

【茄】求迦切音伽歌韻

㊀菜名。〔本草綱目〕—、一名落蘇。夏秋開紫花。五瓣相連。黃蕊綠蒂。蒂包其—。—中有瓤。瓤中有子。如脂麻。其—有團如栝樓者。長四五寸者。有青紫白諸色。又有一種渤海—。白色而堅。一種番—。甘脆不澀。生熟可食。一種紫—。形紫味甘。一種水—。形長味甘。可以止渴。

茄圖

㊁苦—。蔬菜類。〔本草綱目〕苦—、野生嶺南。樹小有刺。

㊂水—。隰草類。〔本草綱目〕龍葵、一名水—。又名天—子。四月、生苗。嫩時可食。柔滑。葉似—葉而小。五月、開小白花。五出。結子正圓。大如五味子。味酸。中有細子。亦如—子之子。

㊃畢澄—。果類。〔本草綱目〕畢澄—、一名毗陵—子。海南諸番皆有之。蔓生。春開白花。夏結黑實。與胡椒一類。二種正如大腹之與檳榔相近耳。

㊄山—子。毒草也。〔本草綱目〕曼陀羅花、一名山—子。春生夏長。綠莖碧葉。葉如—葉。開白花。六瓣。結實圓而有丁拐。中有小子。

㊅—子浦。地名。〔晉書郄鑒傳〕鑒率眾渡江。與侃會於—子浦。

【茄】居何切音歌歌韻

芙蕖莖。見〔集韻〕。

【茅】謨交切音媌肴韻

㊀菅也。見〔說文〕。〔桂注〕菅也者。詩白華。露彼菅—。〔按玉篇〕—、草名。本草綱目。白—。葉如矛。故謂之矛。其根牽連。故謂之茹。易曰。拔—連茹。是也。有數種。夏花者爲—。秋花者爲菅。詩云、白華菅兮。白—束兮。是也。弘景謂此卽今白—。菅詩云、露彼菅—。是也。頌曰。—、春生芽。布地如鍼。俗謂之—鍼。時珍曰。—有白—、菅—、黃—、香—、芭—數種。葉皆相似。

㊁明也。見〔爾雅釋言〕。

㊂彊也。〔左宣十二年傳〕前—慮無。

㊃草也。〔穀梁文三年傳〕—茨盡矣。

㊄穗也。見〔廣雅釋草〕。

㊅—鴟。鳥名。〔爾雅釋鳥〕狂、—鴟。〔疏〕廣雅云。—鴟、鵂也。郭云。今鵂鶹也。似鷹而白。

㊆—蜩。蟲名。〔爾雅釋蟲〕蠽、—蜩。〔注〕江東呼爲—截。似蟬而小。青色。

㊇—戎。別種也。〔春秋成元年〕王師敗績於—戎。〔當今山西平陸縣境。〕

⑨—靡。邐伏也。〔列子黃帝〕因以爲—靡。
⑩—蒲。簦笠也。〔國語齊語〕首戴—蒲。
⑪思—。廳名。清置。屬普洱府。當今雲南普洱縣治。清光緒二十二年。依一千八百九十五年中法通商追加條約。開爲商埠。
⑫國名。〔左僖二十四年傳〕凡蔣邢—胙祭。〔注〕高平昌邑西有—鄉。〔當今山東金鄉縣境〕。
⑬山名。〔晉書許邁傳〕延陵之—山。是洞庭西門潛通五嶽。
⑭門名。〔說苑〕楚太子立於—門之外。
⑮通莽。〔左定四年傳〕越在草—。〔釋文〕—、本作莽。
⑯通苗。〔儀禮士相見禮〕在野則爲草—之臣。〔注〕古文—作苗。
⑰姓也。秦—焦。〔又〕—夷複姓。

【茅】眉鑣切音苗蕭韻

胥也。易、拔—連茹。鄭康成讀見〔集韻〕。

【茅】莫佩切音妹隊韻

—蒐。蒨草。見〔集韻〕。

【茆】莫飽切音卯巧韻力九切音柳有韻

①本作菲。〔說文〕菲。鳧葵也。从艸。丣聲。詩曰。言采其菲。〔按菲、各本說文均作菲。从艸丣聲。惟小徐本作从艸丣聲。桂馥作言采其菲。朱駿聲並篆文均改作菲。桂馥云。丣聲者。當爲丣聲。非從古文酉也。增韻。—、莫飽切。本作菲。从寅丣之丣。惠棟曰。汗簡古文尙書縮作菲、按丣爲古文酉。是菲、即酉也。說文酉部有茜字。而艸部又有菲字。以爲鳧葵。此必菲字之誤。言采其菲者。小雅泮水文。彼作薄采其—。傳云。—、鳧葵也。釋文。—、音卯。徐音柳。韋昭萌藻反。鳧葵也。爾雅曰。—、鳧葵。葉團似蓴。生水中。今俗名水葵。本草。鳧葵生水中。卽荇菜也。一名接余。陸疏。—與荇葉相似。葉大如手。赤圓有肥者。著手中滑不得停。莖大如匕柄。葉可以生食。江南人謂之蓴菜。或謂之水葵。諸陂澤中皆有。王筠云。今詩作—。釋文音卯。徐音柳。韋昭萌藻反。蓋所据本有菲、菲、之異。然泮水之三章。—、酒、老、道、醜、爲韻。召南小星。昴、裯、猶、爲韻。蓋兩韻本通。無論讀—、讀柳。無不諧也。朱駿聲云。按从丣聲作丣者誤。攷說文。丣古文酉。从丣。丣爲春門。萬物已出。丣爲秋門。萬物已入。一、閉門象也。丣、冒也。二月萬物冒地而出。象開門之形。故二月爲天門。凡卯之屬皆從卯。是丣丣二字上橫連與不連之明辨也。今—字古文自應从丣。若从丣、則爲今之酉字矣。故依桂朱二氏說錄。〕
②茂盛皃。見〔玉篇〕。
③仙—。藥名。〔本草綱目〕長松、一名仙—。生古松下。根色如薺苨。長三五寸。味甘、微苦。類人參。
④—蒜。葷菜類。一名小蒜。卽本草之蒜也。
⑤通茅。〔周禮醢人〕—菹。〔注〕鄭大夫讀—爲茅。茅菹、茅初生。〔按俗有書—代茅者。似不可據。〕
⑥姓也。明—永慶。—欽。

【茚】武道切音務皓韻

艸叢生也。或从敉。見〔集韻〕。

【茇】北末切音撥曷韻博蓋切音貝泰韻

①艸根也。春艸根枯。引之而發土爲撥。故謂之—。一曰。艸之白華爲—。見〔說文〕〔桂注〕艸根也者。廣雅。—、根也。方言。—、杜根也。東齊或曰—。春艸根枯。引之而發土爲撥。故謂之—者。—、撥、聲相近。國語。王耕一墢。本書作坺。是也。月令。孟春之月。草木萌動。鄭注、引農書。土長冒橛。陳根可拔。耕者急發。一曰。草之白華爲—者。釋草。黃華蔈、白華—。舍人曰。黃華名蔈。白華名—。別華色之名也。
②木名。〔山海經中山經〕柄山有木焉。其狀如樗。其葉如桐而莢實。其名曰—。可以毒魚。
③草舍也。〔詩召南〕召伯所—。
④藁—。芳草類。〔本草綱目〕藁本、一名藁—。〔詳藁字〕
⑤—葀。草名。〔文選揚雄賦〕攢并閭與—葀兮。〔按原注不詳其爲何草。攷玉篇菝注。菝葀。瑞草。本草綱目菝葜。一名菝蒁。未審是一是二。
」

【茇】蒲撥切音跋曷韻

艸木根。見〔集韻〕。

【茇】蒲蓋切音旆泰韻

砉白華。見〔集韻〕。

【茇】分物切音弗物韻放吠切音廢隊韻

竹箠短也。見〔集韻〕。

【茇】補末切曷韻

華一。見〔玉篇〕。〔按本草綱目芳草類。蓽一、多生竹林內。正月發苗作叢。高三四尺。其莖如筋。葉青圓如蕺菜。三月開白花。七月結子。如小指大。長二寸以來。青黑色。類椹子而長。九月收采曝乾。南人愛其辛香。或取葉生茹之。又有土蓽一。即蒟醬也。〕

【茈】蔣氏切音紫紙韻

㊀一艸也。見〔說文〕。〔段注〕廣雅云。一葨、一草也。一、紫同音。本艸經云。紫草、一名紫丹。陶隱居云。即是今染紫者。

㊁一薑子薑也。〔文選司馬相如賦〕一薑蘘荷。

㊂一萁。似蕨可食。〔後漢馬融傳〕一萁芸蓄。〔注〕一音紫。萁音其。爾雅曰。綦、月爾。郭璞注曰。即紫綦也。似蕨可食。

㊃一葳。遷麥也。見〔廣雅釋草〕。〔疏證〕本草云。紫葳生西海。是瞿麥根也。

㊄一碧。湖名。亦花名。〔廣羣芳譜〕雲南浪縣有一碧湖。水上有花。曰一碧。形如蓬而小。莖長五六丈。晝則上浮。夜則拳曲入底。微風蕩之。香氣殊常。采以為蔬。味美於蒓。

【茈】敞尒切音侈淺氏切音此紙韻

一虒。不齊也。〔文選司馬相如賦〕偨池一虒。

【茈】才支切音疵支韻

一凫。水果也。今俗呼葧臍。䔹荸字。〔又〕河凫。一即本草之慈姑也。又名藉姑。苗名剪刀草。生淺水中。人亦種之。三月生苗。葉如燕尾。霜後葉枯。根乃練結。冬及春初掘以為果。

【茈】鉏佳切音柴佳韻

一胡。藥名。〔本草綱目〕一胡生山中。嫩則可茹。老則采為柴。故苗有芸蒿山菜之名。而根名柴胡也。出銀州者勝。二月生苗。甚香。莖青紫。堅硬。有細線。葉似竹葉而稍緊小。七月開黃花。根淡赤色。似前胡。時珍曰。銀州、即今延安府神木縣。五原城是其廢跡。所產柴胡長尺餘。而微白且軟。不易得也。

【苐】田黎切音嗁齊韻〔俗作次第之第。誤。〕

㊀荑或字。〔集韻〕荑、說文艸也。或作苐一。

㊁不一。複姓。見〔通志氏族略〕。

【芝】甫凡切音訖咸韻孚梵切音泛陷韻

艸浮水中皃。見〔說文〕。〔按玉篇作艸浮出水皃。〕

【苖】亭歷切音狄錫韻勑六切音蓄屋韻徒沃切音毒沃韻〔與苗別。〕

蓨也。見〔說文〕。〔按通訓定聲云。與从艸从田之苗。聲義迥別。字亦作蓫。又誤作蓳。攷詩言采其蓫。傳。惡菜也。箋。牛蘈也。陸疏。揚州人謂之羊蹄。齊民要術十。蓫、一名蓨。廣雅釋草。蓳、羊蹄也。字林。蓳似冬藍。蒸食之、酢。形誤為蓳。〕

【苖】他歷切音逖錫韻

蓨或字。〔集韻〕蓨艸名。蓨也。或作一。

【苖】許六切音畜屋韻

蓳或字。〔集韻〕蓳艸名。羊蹄也。或作一。

【茼】犬迥切音褧迥韻

枲屬。見〔集韻〕。

【茼】犬潁切音頃梗韻

檾或字。〔集韻〕檾草名。或作一。

【苸】荒胡切音呼虞韻

草名。見〔玉篇〕。

【䒾】丘據切音去御韻

草名。見〔集韻〕。

【䒾】去魚切音祛魚韻

草器。見〔玉篇〕。

【䒾】丘於切音墟魚韻

凵或字。〔集韻〕凵。說文、凵盧飯器。或作𥫱、[illegible]一。

【苼】師庚切音生庚韻

地名。在魯。見〔集韻〕。

【茥】儒佳切音蕤支韻

𦬼省字。［集韻］𦬼說文、艸木花垂皃。或省。

【苝】蒲昧切音佩隊韻 山䪜也。見［玉篇］。

【苠】眉貧切音珉眞韻 ［按集韻十七眞、眉貧切。從艸之—有二字。一訓竹膚。一引太玄。然十七準、弭盡切。笢說文、竹膚也。則平聲訓竹膚之—。明爲笢之譌。康熙字典沿引誤。］乘多皃。太玄、人——而處乎中。見［集韻］。［按今本太玄作蒼蒼。注云。宋作—。］

【苤】攀悲切音丕支韻 艸木花盛皃。見［集韻］。

【苩】、傳陌切音白陌韻 姓也。日濟有—氏。見［集韻］。

【苩】披巴切音吧麻韻 葩省字。［集韻］葩說文、華也。或省。

【苬】夷周切音由徐由切音囚尤韻 草名。［爾雅釋草］—芝。［釋文］瑞草名也。一歲三華。一名—。一名芝。

【茒】伊鳥切音杳以紹切音溔於兆切音夭篠韻 —茉。艸長皃。見［集韻］。

【𦬠】相然切音仙先韻 艸名。似莞。見［玉篇］。［按隋書禮儀志南郊神座皆用—席。卽此也。］

【苯】補袞切音本阮韻 —蓴。艸叢生也。見［玉篇］。［按晉書衛恆傳。禾卉—蓴。以垂穎。文選西京賦。—蓴蓬茸。亦卽此義也。］

【苿】直律切音術質韻 山薊也。見［說文］。［王注］釋草省作朮。

【苳】都宗切音冬冬韻 艸也。見［說文］。［桂注］艸也者、類篇引陸詞曰。苳—、冬生。［按廣韻訓艸名。攷爾雅藣䕼虋冬。疏。虋冬、藥草也。郭注。本草一名滿冬。今檢本草有天門冬。麥門冬。無名滿冬者。又本草麥門冬、與金銀藤同名忍冬。都無苳—之名。實不知爲何草也。］

【苴】徒案切音燀翰韻 —艸。見［玉篇］。［按集韻訓艸名。］

【苴】當割切音怛曷韻 蕒—。見［廣韻］。［按集韻訓艸名。蕒也。］

【茹】女居切音絮魚韻 藸—。艸名。見［集韻］。

【苵】矧視切音矢紙韻 菜也。見［說文］、

【芺】丈尒切音豸序姊切音兕紙韻 艸名。蒿也。見［集韻］。

【苵】徒結切音迭屑韻 艸名。［說文］蕛—也。［王注］蕛、當作荑。蕛—兩字爲名。

【苷】沽三切音甘覃韻呼紺切音顑勘韻 甘艸也。見［說文］。［按字通作甘。本草綱目云。甘草、今陝西河東州郡皆有之。春生青苗。高一二尺。葉如槐葉。七月開紫花。似柰冬。結實作角子。如畢豆。根長者三四尺。入藥以堅實斷理者爲佳。其輕虛縱理及細韌者不堪用。］

【莯】補抱切音保皓韻 草盛貌。俗作葆。見［六書正譌］。［按舊注經史俱作葆。正譌必正—俗葆泥。］

【茵】女減切音淰豏韻 艸名。見［集韻］。

【苞】披交切音胞肴韻 藥艸。見［集韻］。

【花】徒再切音代隊韻 艸皃。見［佩觿集］。

【芐】何誤切音戶暮韻 草名。見［字彙補］。

【茜】失瓜切音沙麻韻 草名。見［字彙補］。

【苐】壯士切音滓紙韻 萃或字。［集韻］萃說文、羨菜也。或作—。［按類篇書作茦。］

【茀】音拂物韻 草木盛貌。見［龍龕手鑑］。

【茉】彌葛切音末曷韻 —莉。花名。［正字通］漢陸賈南行

記。南越、五穀無味。百花不香。獨—草不隨水土而變。〔按本草綱目芳草類。—莉稽含草木狀作末利。洛陽名園記作抹厲。佛經作抹利。王十朋集作沒利。洪邁集作末麗。蓋本胡語。無正字。隨人會意而已。丹鉛錄云。晉書都人簪柰花。卽今末利也。其原出波斯。移植南海。今滇廣人栽蒔之。其性畏寒。不宜中土。弱莖繁枝。綠葉團尖。初夏開小白花。重瓣無蕊。秋盡乃止。不結實。有千葉者。紅色者。蔓生者。其花皆夜開。芬香可愛。〕

茉莉圖

【[艹弁]】皮變切音卞霰韻

雀—。草名。見〔集韻〕。

【茌】仕之切支韻

茌或字。〔集韻〕茬。說文、艸皃。或从仕。

【[艹㐱]】紾視切音旨紙韻〔與茋別。〕

蒢省字。〔集韻〕蒢蒢蒻艸名。萍也。或省。

【[艹𠔁]】公懷切音乖佳韻

戾也。从丫而𠔁。𠔁、古文別。見〔說文丫部〕〔按段玉裁云。𠔁、緐作兆。乖从丫从兆。皆取分背之義。菲、緐从北。以兆與北、形相似也。桂馥云。戾也者。當爲盭。朱駿聲云。按盭也。从𠔁丫聲。𠔁重八、分也。或曰从北。北者、二人相背。與乖同意。筆畫稍缺耳。三國虞翻傳注。北、古別字。按𠔁、兆、北、三字形義皆與別近。段氏訓𠔁卽兆字。非是。孜集韻畫作𣏩。云或作𦯀、乖。玉篇廣韻均書作菲。茲依朱駿聲寫。〕

【苚】余頌切音用宋韻

艸名。見〔集韻〕。

【茍】訖力切音殛職韻〔與苟別。〕

自急敕也。从芊省。从勹口。勹口、猶慎言也。从羊。與義、善、美同意。見〔說文茍部〕〔段注〕急與—雙聲。敕與—疊韻。急者褊也。敕者誡也。此字不見經典。惟釋詁𧻓、駿、肅、亟、遄、速也。釋文云。亟字又作—。同居力反。經典亦作棘。同。是其證。

【[艹攴]】攱本字。見〔說文〕。

【[艹死]】古死字。見〔集韻〕。〔按說文古死字作𣦸。尸上似兩點相並。實不從艸。此應爲譌字。〕

【[艹攴]】古施字。見〔集韻〕。〔按說文㫃部施篆作㫃。旗皃。从㫃。也聲。攴部𢻫篆作𢻫。敷也。从攴也聲。讀與施同。—與敷也篆相似而實譌也。疑居左之艹爲秦石刻乜字之誤。乜卽也字。乜下之乚未大勾出。譌成艹矣。其居右之攴又爲支字之譌。茲沿舊列入艸部。附正於此。〕

【[艹茲]】古茲字。見〔正字通〕。

【苍】古蒼字。見〔集韻〕。

【[艹示]】古莫字。見〔字彙補引古孝經〕。

【[艹我]】古菅字。見〔集韻〕。

【苿】同味。見〔海篇〕。

【[艹冏]】同蔵。見〔正字通〕。

【[艹佘]】同茶。見〔直音〕。

【苹】同萍。見〔六書正譌〕。

【[艹玄土]】菁或字。見〔集韻〕。

六畫

【茖】各領切音格陌韻　剛鶴切音各藥韻

㊀艸也。見〔說文〕〔注〕臣鍇按爾雅。—山蔥。注曰。—蔥細莖大葉。〔按本艸綱目。李時珍云。—蔥、野蔥也。山原平地皆有之。佛家以爲五葷之一。王本說文直據爾雅注改。段玉裁云。許君果用爾雅。何以不云山蔥而云艸也。凡所不知。寧從蓋闕。〕

㊁通格。〔後漢馬融傳〕格韭菹于。〔注〕格與—、古字通。

【茗】母迥切音媜迥韻

㊀茶芽也。見〔說文新附〕。〔按玉篇、—。荈。爾雅釋木郭注。今呼早采者爲茶。晚取者爲—。釋草釋文引張揖雜字云。荈、—之別名也。是漢時已有—字。韻會、茶—也。本作荼。陸羽茶經。一曰茶。二曰檟。三曰蔎。四曰—。五曰荈。是—卽茶也。〕

㊁—邈。高貌。〔文選張載七命〕—邈苕嶢。

㊂眞香—。花名。〔述異記〕巴東有眞香—。其花色白。

④—荷兒動物名。覆蔓脚類。介殼作白色。肉柄甚長。固附淺海巖礁上。
⑤山名。〔水經沅水注〕沅水又東入溪水。南出—山。
⑥通酩。〔韓愈詩〕—芋馬上知爲誰。

【荔】郎計切音麗霽韻力智切音詈寘韻

①艸也。佀蒲而小。根可作刷。見〔說文〕〔段注〕月令十一月。—挺出。鄭云。—挺、馬薤也。鄭以—挺爲艸名。蔡邕章句云。—佀挺。高注呂覽云。—艸挺出。則以挺下屬。歙程氏瑤田曰。—、今北方束其根以刮鍋。〔按本草綱目有蠡實。別錄謂之—實。唐本草謂之馬藺子。禮記注謂之馬薤。葉似薤而長厚。三月開紫碧花。五月結實作角。子如麻大而赤色。有稜。根細長。通黃色。人取以爲刷。〕
②—枝。果名。〔本草綱目〕—枝生嶺南及閩廣。其木香。耐久。有經數百年猶結實者。其實生時肉白。乾時肉紅。日晒火烘。鹵浸蜜煮。皆可致遠。白居易—枝圖云。瓤肉潔白如冰雪。漿液甘酸如醴酪。若離本枝。一日色變。二日香變。三日而味變。故又謂之離枝。〔又〕錦—枝。卽苦瓜別名。

荔枝圖

③龍—。果名。〔桂海虞衡志〕龍—出嶺南。狀如小—。而肉味如龍眼。不可生噉。但可蒸食。
④薜—。蔓草類。〔本草綱目〕木蓮、一名薜—。延樹木垣牆而生。四時不凋。厚葉堅强。大於絡石。不花而實。實大如盃。微似蓮蓬而稍長。正六七月實內空而紅。八月後則滿腹細子。大如稗子。一子一鬚。〔又〕龍鱗薜—。卽本草之常春藤也。蔓繞草木上。葉光子正圓。碧色。〔又〕梵言薜—。猶此言餓鬼。見〔大藏經〕
⑤蓽—。香草名。〔山海經西山經〕小華之山。其草有蓽—。〔注〕蓽—、香艸也。沅曰。—當爲藨。說文曰。蓽藨似烏韭。
⑥扶—。宮名。〔三輔黃圖〕扶—宮在上林苑中。
⑦—浦。縣名。漢置。屬蒼梧郡。唐置—州。當今廣西—浦縣西。
⑧國名。〔史記六國年表〕秦代大—。〔當今陝西朝邑縣東〕
⑨通離。〔史記司馬相如傳〕搭楺—枝。〔注〕索隱、—字或作離。〔按漢書文選竝作離支。〕
⑩—菲。複姓。隋—菲雄。

【茘】郎甸切音練霰韻

閵或字。〔集韻〕閵。閵馬閵。艸名。或作—。

【茙】而融切音戎東韻

①—葵。蜀葵也。見〔廣韻〕。〔按本草綱目。葵蜀卽爾雅之戎葵。葉似葵花如木槿花。參詳莃字。〕
②—菽。豌豆也。詳荏字。
③—厚貌。見〔類篇〕
④通穠。〔詩何彼穠矣〕何彼穠矣。〔韓詩作—〕
⑤姓也。〔後魏書官氏志〕南方有—眷氏。改爲—氏。

【茛】古根切音艮願韻

①鉤吻也。見〔廣雅釋草〕。〔按本草綱目。鉤吻卽胡蔓草。今人謂之斷腸草。蔓生葉圓而光。春夏嫩苗毒甚。入口、百竅潰血死。與毛—非一類。〕
②草烏頭苗也。〔本草綱目〕烏頭、又名草烏頭。苗名—。其性甚毒。

【茛】居萬切音建願韻

毛—。藥名。〔本草綱目〕毛—、一名水—。又名毛建草。—乃草烏頭之苗。此草形狀及毒皆似之。故名。肘後方謂之水—。又名毛建。亦—字音訛也。葛洪百一方云。菜中有水—。葉圓而光。生水旁。有毒。蟹多食之。人誤食、狂亂吐血。

【茜】隴主切音縷麌韻

①小蒿艸。見〔玉篇〕。
②艸名。香蔽也。見〔集韻〕。

【茜】龍珠切音慺虞韻

蔞或字。〔集韻〕蔞。說文、艸也。可以烹魚。或作—。

【茜】郎侯切音婁尤韻

同甊。〔集韻〕甊。鉤甊。王瓜。亦作—。

【[illegible]】曲王切音匡陽韻

①艸名。見〔集韻〕。

㊁隨也見〔方言〕

【茝】昌亥切賄韻䪥睍切薺韻諸市切音止䲨止切音齒紙韻

㊀䖝也見〔說文〕〔桂注〕本書虂齊謂之-玉篇虂亦-也本草白芷一名虂〔參閱芷字〕

㊁蘄-香草也〔爾雅釋草〕蘄-、䕠蕪〔注〕香草葉如小萎狀淮南子云似蛇牀〔釋文〕芎藭苗也一名蘄-一名䕠蕪本草一名薇蕪一名江離陶注云似蛇牀而香〔按本草綱目蘄-江離出歷陽處處人家多種之〕

㊂山-藁本也見〔廣雅釋艸〕〔按本草綱目藁本葉似白芷香又似芎藭但芎藭似水芹而大藁本葉細爾五月有白花七八月結子根紫色〕

㊃-陽地名詳芷字

【⿱艹聿】允律切音聿質韻〔與葎別〕

藜也見〔廣雅釋艸〕〔疏證〕藜藋之赤者也陳藏器本草云灰藋生熟地葉心有白粉似藜但藜心赤莖大堪爲杖入藥不如白藋也

【⿱艹聿】古䒤字見〔玉篇〕

【茢】力櫱切音列屑韻

㊀本作葪〔說文〕葪芀也〔段注〕檀弓君臨臣喪以巫祝桃-執戈注云-萑苕可埽不祥玉藻膳於君有葷桃-注-菼帚也芀帚花退用穎爲之芀一名-故帚一名-〔按通訓定聲云葦華已退其穎可用爲帚〕

㊁艸名〔爾雅釋草〕-勃-〔疏〕-、一名勃-郭云一名石芸

㊂-甄藥草也〔爾雅釋草〕-甄豕首〔疏〕-甄藥艸名一名豕首一名彘盧一名天名精〔按本草綱目天名精一名豕首一名彘顱嫩苗綠色似皺葉菘芥長則起莖開小黃花如小野菊花結實如同蒿子粘人衣作狐氣〕

㊃紫-染草也〔周禮掌染草鄭注〕染草、豕首紫-之屬〔疏〕紫-即紫莨也爾雅云藐茈草郭注云可以染紫〔參閱藐字〕

【茧】持中切音蟲東韻

㊀艸名見〔集韻〕

㊁艸衰見〔玉篇〕

【茨】才資切音資支韻

㊀以茅葦蓋屋見〔說文〕〔桂注〕釋名屋以艸蓋爲-次也次艸爲之也檀弓見若覆夏屋者矣注云覆謂-瓦也釋文-、茅覆屋

㊁艸名〔爾雅釋艸〕-蒺藜〔疏〕-、一名蒺藜郭云布地蔓生葉細子有三角刺人〔參閱蒺字〕

茨圖

㊂聚也見〔廣雅釋詁〕

㊃積也〔詩甫田〕如-如梁

㊄鳧-一名鳧茈俗呼荸薺即本草之烏芋也詳荸字

㊅積土填滿之也〔淮南泰族〕-其所決而高之

㊆通次〔莊子徐无鬼〕將見大隗於具-之山〔釋文〕-一本作次

㊇通薺〔詩牆有茨〕牆有-〔說文作牆有薺〕

㊈通資〔詩楚茨〕楚楚者-〔楚辭注作楚楚者薋〕

㊉通餈〔周禮籩人〕糗餌粉餈〔注〕-、字或作餈

⑪姓也後漢桂陽太守-充

【⿱艹⿰氵次】津私切音咨支韻

⿰氵次或字〔集韻〕⿰氵次且⿰氵次山名或作-、⿰犭次

【茫】謨郎切音忙陽韻

㊀速也見〔玉篇〕

㊁遽也見〔方言〕〔俗作忙〕

㊂滄-水貌見〔正字通〕

㊃-廣大貌見〔類篇〕〔又〕遠貌也〔文選左思賦〕-終古

㊄-郎州名唐貞觀羈縻嶺南道當今安南交州境

㊅時務曰-見〔一切經音義引通俗文〕

㊆蠻名〔唐書南蠻傳〕-蠻本關南種-其君姓也或呼-詔

㊇芒或字〔集韻〕芒芒廣大貌或从水又姓

【⿱艹沆】母黨切音莽養韻

㊀沆-、水草廣大貌〔文選揚雄賦〕鴻濛沆-〔注〕-音莽

㊁--盛貌〔淮南俶眞〕--沆沆〔注〕-音莽

㊂通慌。〔韓愈詩〕—惚使人愁。〔注〕古慌通—。

【䒽】 迷浮切音謀尤韻

㊀草名。見〔集韻〕。

㊁同麰。大麥又短粒麥。見〔廣韻〕。

【茭】 居肴切音交肴韻

㊀乾芻。曰。牛蘄艸。見〔說文〕。〔桂注〕乾芻者。書費誓峙乃芻—。鄭注。—乾芻也。一曰。牛蘄草者。釋草。—牛蘄。注云。今馬蘄。葉細銳似芹。亦可食。本草。馬芹子味甘辛。調味用之。香似橘皮而無苦味。〔按本草綱目〕馬蘄。一名牛蘄。三四月生苗。一本叢生如蒿。白毛蒙茸。嫩時可食。

㊁草名。〔本草綱目〕菰。一名—草。一名蔣草。江湖陂澤中皆有之。葉如蒲葦。刈以秣馬甚肥。春生白苗如筍。謂之—白。生熟皆可啖。

㊂竹葦絙也。〔史記河渠書〕搴長—兮沈美玉。〔索隱〕—。竹絙也。

㊃—者。交易陰陽代興也。見〔風俗通祀典〕。

【茭】 下巧切音爂巧韻

㊀筟䉋。〔爾雅釋草〕葝—。〔疏〕葝、一名—。謂草根可食者也。亦筟類也。郭云。今江東呼藕紹緒如指中空可食者爲—。即此類也。〔注〕—、胡巧切。

㊁䕸或字。〔集韻〕䕸。博雅。䕸。芺根也。或作—、芆。

【茭】 口敎切音敲效韻

—媱。欺謾之語也。見〔方言〕。

【茭】 吉歷切音激錫韻

弓檠也。〔考工記弓人〕今夫—解中有變焉。〔注〕—讀爲激發之激。—、謂弓檠也。

【茯】 房六切音伏屋韻鼻墨切音匐職韻

—苓。藥也。見〔玉篇〕。〔按本草綱目〕—苓。太華嵩山皆有之。出大松下。附根而生。無苗葉花實。作塊如拳。在土底。大者至數斤。有赤白二種。或云松脂變成。或云假松氣而生。其有包附本根而生者。名—神。〔又〕土—苓亦藥名。〔本草綱目〕土—苓蔓生如蓴。莖其葉類大竹葉。其根狀如菝葜而圓。大若雞鴨子。連綴而生。可生啖。有赤白二種。入藥用白者良。

【茯】 平祕切音匐寘韻

䋴或字。見〔說文糸部〕。

茯苓圖

【茲】 津之切音玆支韻

㊀艸木多益。从艸。絲省聲。見〔說文〕。〔桂注〕艸木多益者。或作滋。顏注急就篇。蕃、滋也。本書出下云。象艸木益滋上出達也。

㊁蓐席也。〔爾雅釋器〕蓐謂之—。

㊂此也。〔書大禹謨〕念—在—。

㊃年也。〔呂覽任地〕今—美禾。

㊄益也。〔漢書五行志〕賦斂—重而百姓屈竭。

㊅今也。見〔廣雅釋言〕。

㊆滋也。〔素問五藏生成論〕故色見青如草—者死。

㊇猶斯也。〔左昭二十六年傳〕君而繼之。—無斂矣。

㊈—者。承上起下之辭。〔左昭元年傳〕勿使有所壅閉湫底以露其體。—心不爽而昏亂百度。

㊉負—。諸侯稱病也。〔公羊桓十六年傳〕屬負—。

⑪同髭。〔荀子正論〕琅玕龍—。〔注〕或曰。龍—。即今龍鬚席。—與髭同。

⑫通滋。〔太玄翕〕天不之—。〔注〕—、古滋字。

⑬通哉。〔詩下武〕昭—來許。〔東觀漢記作哉〕。

⑭姓也。宋—成。

【茲】 牆之切音慈支韻

龜—。國名。〔漢書西域傳〕扜彌國東北與龜—接。〔注〕師古曰。龜音丘。—音慈。

【茴】 胡隈切音回灰韻

㊀—香。見〔玉篇〕。〔按本草綱目〕蘹香、一名—香。宿根。深冬生苗作叢。肥莖絲葉。五六月開花。如蛇牀花而色黃。結子大如麥粒。輕而有細稜。俗呼爲大—香。有自番舶來者。實大如柏實。裂成八瓣。一瓣一核。大如豆。有仁。味更甜。俗呼八角—香。又蒔蘿。一名小—香。三四月生苗。花實大類蛇牀而簇生。六七月采實。今人多用和五味。又馬蘄一名野—香。即爾雅之茭牛蘄也。詳

茇字。

〔二〕藥草。防風葉也。見〔集韻〕。〔按本草綱目防風其花如一香。莖葉俱青綠色。嫩時紫紅色。采作菜茹極爽口。大根作土黃色。與蜀葵根相似。六月采。暴療頭風眩痛。〕

【茵】伊眞切音因眞韻

〔一〕車重席也。見〔說文〕〔段注〕秦風文、文虎皮也。以虎皮爲一也。〔按漢書五行志御老在一上。蘇林曰。一車上蓐也。後漢班固傳乘一步輦。注曰。一褥也。〕

〔二〕所以藉棺者。〔儀禮既夕〕加一用疏布。

〔三〕一芋毒草名。〔本草綱目〕一芋字本作因預。或作一預。春生苗。高三四尺。莖赤。葉似石榴而短厚。又似石楠葉。四月開細花。五月結實。七月采莖葉曝乾。

〔四〕一陳。蒿類。因舊苗而生。故名因陳。又作一蔯。詳蔯字。

【茶】直加切音秅麻韻

〔一〕茗也。本作荼。見〔韻會舉要〕。〔按集韻亦以一爲荼或字。正字通引魏了翁集曰。一之始。其字爲荼。如春秋齊荼、漢志荼陵之類。陸顏諸人雖已轉入一音。未嘗輒改字文。惟陸羽盧仝以後。則遂易荼爲一。云然攷漢書年表作荼陵。師古注。荼音塗。地理志又作一陵。師古注。弋奢反。又音丈加反。据此。漢時已有茶、一二字。今則通行一矣。本艸云。苦一能去脂。使人不睡。近植物學云。一爲灌木名。常綠柳也。樹小似梔子。春中始生嫩葉。采下焙去苦水。製成紅綠二種。煎爲飲料。香美清沁。爲吾國土產輸出之大宗。俗名一爲一樹。葉經焙製者名曰一葉。所煮飲料名曰一。意稍不同矣。〕

〔二〕唐人以一爲小女之美稱。見〔元好問詩注〕。

〔三〕山一。灌木類。〔本草綱目〕山一樹高者丈許。葉頗似一葉而厚硬有稜。面綠背淡。深冬開花。紅草黃蕊。時珍曰。其葉類茗。又可作飲。故得一名。〔按山一花亦名一花。〕

〔四〕一陵。縣名。〔漢書地理志〕長沙國一陵。〔卽今湖南一陵縣。〕

山茶花圖

【茷】房越切音伐月韻房廢切音吠隊韻博蓋切音貝泰韻

艸葉多。春秋傳曰。晉糴一。見〔說文〕〔桂注〕廣韻。一。茂貌。王觀國曰。文選有劉安招隱文曰。木輪相糾兮一骫。一骫者、木之枝葉茂盛也。成十年左傳。晉侯使糴一如楚。杜云。糴一、晉大夫。

【茷】蒲蓋切音旆泰韻

〔一〕有法度也。〔詩泮水〕其旂一一。

〔二〕通旆。〔詩六月〕白一央央。〔釋文〕一本作旆。

【茷】蒲撥切音跋曷韻

木枝葉盤紆皃。見〔集韻〕。

【茷】北末切音撥曷韻

茇或字。〔集韻〕茇。說文、艸根也。或从伐。

【茸】如容切音龔冬韻而融切音戎東韻

〔一〕艸一一皃。見〔說文〕〔王注〕玉篇。艸生也。廣韻。艸生皃。蓋艸初生之狀謂之一。

〔二〕蒲華也。〔文選謝靈運詩〕新蒲含紫一。

〔三〕竹頭有文也。〔文選張衡賦〕阿那蓊一。

〔四〕尨一。亂皃。見〔玉篇〕。

〔五〕鹿一。藥名。〔本草綱目〕鹿當角解之時。其一甚痛。獵人得之。以索繫住取一、然後斃鹿。一之血未散也。長四五寸。形如分岐馬鞍。端如瑪瑙紅玉。破之肌如朽木者、最善。

〔六〕香一。芳草類。〔本草綱目〕香薷、一名香一。作菜生食。〔互詳薷字〕。

〔七〕一母。隰草類。〔本草綱目〕鼠麴草、一名一母。有白毛蒙一。似之。故北人呼爲一母。

〔八〕木名。〔管子地員〕其杞其一。

【茸】乳勇切音宂腫韻

〔一〕艸生皃。見〔集韻〕。

(二)不肖皃。見〔玉篇〕。

(三)次也。惟也。〔漢書司馬遷傳〕僕又—以蠶室。〔注〕蘇林曰。—、次也。若人相俾次。師古曰。此說非也。—、推也。蠶室乃腐刑所居。謂推致蠶室之中也。

(四)細毛也。〔漢書司馬遷傳〕闒—之中。〔注〕師古曰。闒—、猥賤也。闒、下也。—、細毛也。

(五)蘢—。聚皃。〔漢書司馬相如傳〕叢以蘢—兮。

【茹】如倨切音洳御韻

(一)飤馬也。見〔說文〕。〔桂注〕飤、當爲食。詩。柔亦不—。方言。—、食也。

(二)飯牛也。見〔玉篇〕。

(三)度也。見〔玉篇〕。

(四)菜之總名也。〔文選枚乘七發〕白露之—。

(五)咀嚼之名。見〔詩七月箋菜—疏〕。

(六)啜也。見〔爾雅釋言〕。

(七)臭也。〔呂覽功名〕以—魚驅蠅。蠅愈至。不可禁。

(八)鎬也。方也。皆北方地名。〔詩六月〕玁狁匪—。〔按正字通云。度也。言玁狁不自度量、深入爲寇也〕。

(九)水名。〔水經灃水注〕灃水又東。—水注之。

(十)縣名。漢置。屬上谷郡。當今直隸宣化縣南。

(十一)陂名。〔魏志劉馥傳〕亂治芍陂及—陂。以概稻田。

(十二)姓也。唐—汝升。宋—孝標。〔又〕蠕入中國亦爲—氏。

【茹】人余切音如魚韻尼據切音女御韻

(一)艸根相牽引皃。見〔集韻〕。〔按玉篇、廣韻、並云。相牽引皃。易曰。拔茅連—〕。

(二)恣也。見〔廣韻〕。

(三)食也。〔後漢陳蕃傳〕—菽不足。

(四)菜也。〔後漢馬融傳〕芳—甘荼。

(五)—藘。蒨草也。〔爾雅釋草〕—藘、茅蒐。〔注〕今染絳蒨也。一名—藘。一名茅蒐。

(六)姓也。見〔集韻〕。

【茹】女居切音絮魚韻女加切音拏麻韻

人名。春秋傳有莒—。見〔集韻〕。

【茹】忍與切音汝語韻

(一)飤也。見〔集韻〕。

(二)貪也。見〔廣韻〕。

(三)菜也。見〔集韻〕。

(四)乾菜。見〔廣韻〕。

(五)柔也。見〔玉篇〕。

(六)納也。〔詩蒸民〕柔則—之。〔注〕—、忍與反。

(七)雜揉也。見〔廣韻〕。

(八)臭敗之義。〔文選左思賦〕神惢形—。〔注〕—、如舉反。

(九)噉食之民。〔左定四年傳〕柔亦不—。〔注〕—音汝。

【茹】而遇切音孺遇韻

受也。〔詩栢舟〕不可以—。

【茾】居尤切音鳩尤韻

(一)草之相糾繚也。見〔廣韻〕。

(二)同艽。見〔正字通〕。

【茻】文紡切音网母朗切音莽養韻

(一)眾艸也。从四屮。讀與冈同。見〔說文茻部〕。〔桂注〕經典借莽字。玉篇、丰艸。莽也。案本書、丰。艸蔡也。象艸生之散亂也。馥謂衆艸散亂意。讀與冈同者。本草莽艸、一名芮艸。一切經音義七芮藥。正言—草有毒。出幽州。人或擣和食置水中。魚皆死浮出。取食之、無妨也。〔按玄應引眾艸曰莽也。足徵與莽爲一字〕。

(二)蕨類。繁蒼而叢生。見〔通志六書略〕。

【茻】滿補切音姥莫後切音母有韻

[illegible]艸。見〔集韻〕。

【荀】須倫切音栒真韻

(一)艸也。見〔說文新附〕。〔按山海經中山經。青要之山、有草焉。黃華赤實。名曰—草。郭璞圖詠云。—草赤實。厥狀如蓁〕。

(二)國名。〔左桓九年傳〕—侯賈伯伐曲沃。〔按水經汾水注。汾水又西、逕—城東。古—國也〕。

(三)通孫。〔荀子儒效〕秦昭王問於孫卿曰。〔注〕漢宣帝名詢。劉向編錄故以—卿爲孫卿。

(四)姓也。晉大夫—息。潛夫論志姓氏作郇息。

【莱】盧對切音類隊韻倫追切音纍支韻

(一)本作桒。〔說文〕桒。耕多艸。从艸耒。艸亦聲。〔段注〕耒所以耕也。從耒艸會意。
②果實垂皃。見〔集韻〕

【荃】逡緣切音詮先韻
①芥脃也。見〔說文〕〔段注〕黑部曰。以芥爲齏名曰芥—。云芥脃者。謂芥齏鬆脃可口也。
②香艸。見〔廣韻〕。
③同筌。〔莊子外物〕—者所以在魚。得魚而忘—。〔釋文〕字亦作筌。

【荃】測劣切音歠妹悅切音㰰屑韻翎刮切音鵽黠韻
艸名。可以染。一曰茱也。見〔集韻〕。

【荃】蘇昆切音孫元韻
同蓀。〔集韻〕蓀。說文、香艸。亦作—、蓫、薞。

【荃】促絕切音膬屑韻
絟或字。〔集韻〕絟。細布也。或作—。

【荄】居諧切音皆佳韻柯開切音該灰韻〔類篇〕倘有古亥切。
①艸根也。見〔說文〕〔段注〕見釋艸及方言。郭曰。今俗謂韭根爲—。
②通核。〔漢書五行志〕孕毓根核。〔注〕師古曰。核、亦—字。

【荅】德合切音答合韻
①小尗也。見〔說文〕。〔段注〕禮注有麻—。廣雅云。小豆、—也。叚借爲醻—。
②當也。見〔玉篇〕。
③—者、厚之貌也。見〔史記貨殖傳〕—布千疋注。〔按〕韻會引史記—布千疋注。疊布也。正字通引史記貨殖傳—布注。—厚重貌。—讀曰毾。白氎也。攷今史記貨殖傳榻布皮革千石。集解徐廣曰。榻音吐合反。駰案漢書音義曰。榻布、白疊也。正義、顏師古曰。麤厚之布。其價賤。故與皮革同重耳。非白疊也。—者厚之貌也。與韻會正字通所引全異。
④渠—。鐵蒺藜也。〔漢書鼂錯傳〕布渠—。
⑤果名。似李。〔漢書司馬相如傳〕—遝離支。
⑥䴽—。至寶也。走獸腹中所產。牛黃狗寶之類。見〔本草綱目〕。
⑦通答。見〔韻會〕。
⑧通合。〔史記貨殖傳〕蘗麴鹽豉千—。〔注〕集解徐廣曰。或作合。

【荅】託合切音鎝合韻
嗒省字。〔集韻〕嗒。解體皃。或省。

【荊】居卿切音京庚韻
①本作荆。〔說文〕荆。楚木也。〔通訓定聲〕廣雅釋木。楚、—也。牡—、蔓—也。按牡—子大。蔓—子小。唐本草注倒易、失之。〔按本草綱目〕牡—、處處山野多有。樵采爲薪。年久不樵者。其樹大如盌。其木心方。其枝對生。一枝五葉或七葉。五月開花成穗。紅紫色。子大如胡妥子。蔓—、生水濱。蔓延長丈餘。春因舊枝而生小葉。五月葉成。似杏葉。六月有花。紅白色。黃蕊。九月有實。黑班。大如梧子而虛輕。今人誤以小—爲蔓—。遂將蔓—爲牡—也。第既言蔓—。明是蔓生。即非高木也。既言牡—。則自木上生。又何疑焉。此外有金—、可作枕。白—、可作履。䜌—、石—、紫—、均入藥。
②可以爲鞭。〔史記廉頗傳〕肉袒負—。
③治也。見〔廣雅釋詁〕。
④彊也。〔爾雅釋地注〕漢南、其氣燥剛。稟性彊梁。故曰—。—、彊也。
⑤驚也。〔釋名釋州國〕取—爲名者。—、驚也。南蠻數爲寇逆。常警備之也。
⑥山名。〔書禹貢〕導嶓冢至于—山。〔今在湖北南漳縣西北。〕
⑦國名。〔左莊十年傳〕—敗蔡師于莘。〔注〕—、楚之本號。
⑧夏九州之一。〔書禹貢〕—及衡陽惟—州。〔傳〕北據—山。南及衡山之陽。〔按〕—山在今湖北南漳縣西北八十里。周禮職方氏注。凡醫縣之東北、以至湘東南。皆衡山也。是—州北據—山。逾今湖北南漳縣之北矣。南及衡山之陽。逾今湖南之南境矣。方輿紀要云。—州、今湖廣州郡。至四川遵義府、及重慶府南境。又貴州思南、銅仁、思州、石阡、等府。及廣西之全州。廣東之連州。皆是其地。是禹貢—州之跡。南至廣東之北。西臨貴州四川廣西等省之東。漢設—州刺史部。轄南陽、江夏、桂陽、武陵、零陵、南、六郡。及長沙國。治境之廣狹。尚無甚出入。晉仍之。隋唐以後。治境漸狹。五代遂廢。明初改元中興路爲—州府。屬湖廣布政司。領江陵、公安、石首、監利、松滋、枝江、宜都、遠安、等縣、清因之。今廢。
⑨—棘。榛梗之謂。見〔後漢馮異傳〕

注。〕〔今人借謂世途艱危、曰滿地丨棘。又曰丨天棘地。〕

⑩丨葵。莪也。見〔廣雅釋詁〕。

⑪丨芥。芳草類。〔本草綱目〕假蘇、一名丨芥。葉似落蘇而細。初生香辛可啜。人取作生菜。古方稀用。近世醫家爲要藥。

⑫丨三稜。芳草類。〔本草綱目〕丨三稜、一名京三稜。生陂池溼地。春時叢生。夏秋抽高莖。莖端生數葉。開花六七枝。花苔細碎成穗。黃紫色。

⑬問丨。艸名。植物學稱爲隱花植物。生水邊沙地。枝甚繁茂。春生實莖。其狀如筍。可供食用。

⑭今人自稱其妻曰山丨、拙丨、丨室。蓋本梁鴻妻孟光丨釵布裙。引伸爲簡陋之謙辭。

⑮通光。〔史記范睢蔡澤傳〕成丨。〔注〕集解引徐廣云、丨一作光。

⑯姓也。燕壯士丨軻。

【荇】下梗切音杏梗韻戶黤切音檻豏韻

①丨同莕。〔說文〕丨。莕或从行。同。〔注〕臣鉉。按詩、參差丨菜也。〔按段本、篆作洐改莕或从洐。同。注云。今依爾雅音義五經文字正。王筠注云。此篆係後人据詩增。而莕則据釋草改。當据爾雅音義五經文字改爲洐字。從艸從水行聲。而删莕丨兩篆。朱駿聲亦改篆作洐。注云。或从艸从水行聲。字亦作丨、萎。茲依二徐本著錄。具列各說以備攷焉。〕

②姓也。漢、丨不意。丨吾。

【草】在早切音皁晧韻

本作草。〔說文〕草。丨斗、櫟實也。一曰象斗子。〔注〕臣鉉等曰。今俗以此爲艸木之艸。別作皁字爲黑色之皁。案櫟實可以染帛爲黑色。故曰丨。通用爲丨棧字。今俗書皁、或从白从十。或从白从七。皆無意義。〔按桂注。丨斗、櫟實也者。釋木。櫟、其實梂。孫炎曰。櫟實、橡也。圖經云。橡實、櫟木子也。木高二三丈。三四月開黃花。八九月結實。結實爲皁斗。一曰象斗子者。玉篇引作樣斗。無子字。案玉篇。樣、栩實也。橡同上。是橡爲樣之俗體。寫者從俗作橡。校者因本書無橡字。改作象。本草綱目云。橡實一名皂斗。一名櫟梂。有二種。一種不結實者。其名曰棫。其木心赤。詩云瑟彼作棫是也。一種結實者。其名曰栩。其實爲橡。二者、樹小則聳枝。大則偃蹇。其葉如櫧葉。四五月開花如栗花。黃色。結實如荔支核而有尖。其蔕有斗包其半截。〕

【草】倉老切采早切音懆晧韻

①艸或字。〔類篇〕艸。百芔也。或作丨。〔按玉篇、丨同艸。廣韻、集韻。丨艸。或字。六書故、字彙、竝以丨爲艸俗字。然經典相承作丨久矣。未能遽正。〕

②地之毛也。〔左隱三年傳〕澗谿沼沚之毛、〔疏〕丨、是地之毛。

③穢也。〔呂覽任地〕大丨不生。

④造也。見〔廣雅釋言〕。

⑤發始造端也。〔史記屈原傳〕屈平屬丨藁。

⑥字體之一。〔魏志衞凱傳〕凱好古文鳥篆隸丨。無所不善。〔按張旭號爲丨聖。〕

⑦丨創。猶言丨昧。蓋初謂之始矣。見〔匡謬正俗〕。〔按今謂丨藁本此意。〕

⑧丨具、謂麤食。丨菜之饌具也。〔史記范睢蔡澤列傳〕使舍食丨具。

⑨丨野。猶鄙陋也。〔史記老莊申韓傳〕丨野而居侮。

⑩生曰丨。〔楚辭悲回風〕丨苴比而不芳。

⑪丨昧。微物也。〔易屯〕天造丨昧。〔釋文引董注〕丨昧、微物也。或曰。上古之世。地未墾闢。艽荒蘡薉。故曰丨昧。

⑫本丨。書名。〔帝王世紀〕黃帝使岐伯嘗味丨木。定本丨經。〔按本丨綱目所載。自神農本丨經外。以本丨名書者。凡數十家。韓保昇云。藥有玉石丨木蟲獸。而云本丨者。爲諸藥中丨類最多也。〕

⑬丨食。謂麋鹿之食丨木也。〔呂覽本味〕丨食者羶。

⑭丨蘇。藥煎也。〔素問移變氣〕治以丨蘇。〔注〕丨蘇、謂藥煮也。

⑮丨次。猶造次。〔春秋隱四年公及宋公遇于淸注〕遇者、丨次之期。〔疏〕丨次、猶造次。造次、倉卒。皆迫促不暇之意。

⑯丨螽。蝗也。〔爾雅釋蟲〕丨螽負蠜。〔注〕詩云。喓喓丨蟲。謂常羊也。〔釋文〕陸機疏云。今人謂蝗子爲螽子。許愼云。蝗螽也。蔡邕云。螽蝗

也。明是一物。—蟲、一名負蠜。一名常羊。

⑰—蠽。蛾雀也。見〔廣雅釋鳥〕。

⑱——勞心也。〔詩巷伯〕勞人——。〔箋〕憂將妄得罪也。〔又〕雜亂不齊貌。見〔字彙〕。〔按俗謂苟簡之意。亦曰——。或曰潦—、—率〕

⑲姓也。漢—中。

【荋】人之切音而支韻汝來切音腝灰韻

㊀艸多葉皃。沛城父有揚—亭。見〔說文〕。〔段注〕—之言而也。如鱗屬之之而。沛城父、見地理志。

㊁草名。〔後漢馬融傳〕芝—董萱。

【荍】祁堯切音翹蕭韻巨夭切音蹻篠韻尸周切音收尤韻

㊀蚍衃也。見〔說文〕。〔段注〕釋艸曰。—、蚍衃。毛傳曰。—、芘芣也。與說文皆字異音同。陸機曰。一名荊葵。似蕪菁。華紫綠色。可食。〔按本草綱目蜀葵下云。又一種小者名錦葵。卽荊葵也。爾雅謂之—。其花大如五銖錢。粉紅色。有紫縷〕。

㊁—麥。卽蕎麥也。〔本草綱目〕蕎麥、一名—麥。立秋前後下種。八九月收刈。性最畏霜。苗高一二尺。赤莖綠葉。開小白花。結實纍纍如羊蹄。實有三稜。老則烏黑色。北方多種磨爲麪。作餠供常食。南方但作粉餌食。

【荎】陳尼切音墀支韻直質切音秩質韻

㊀—藸草也。見〔說文〕。〔段注〕釋艸—藸。釋木有味—。著實一物也。春初生苗。引赤蔓於高木。長六七尺。故又入釋木。〔按本草綱目五味子、一名—藸。春初生苗。引赤蔓於高木。長六七尺。葉尖圓似杏葉。三四月開黃白花。類蓮花狀。〕

㊁木名。刺榆也。〔詩山有樞〕山有樞。〔注〕樞、—也。〔釋文〕正義曰。釋木文。郭璞曰。今之刺榆也。〔按本草綱目。榆類有數十種。葉皆相似。但皮及木理有異耳。刺榆、有鍼刺如柘。其葉如榆。瀹爲蔬羹。滑於白榆。卽爾雅之樞—。詩經之山有樞也。〕

㊂牛—。牛膝也。見〔康熙字典引博雅〕。〔按廣雅疏證作牛蓁。云、各本譌作牛—。〕

【⿱艹垤】徒結切音姪屑韻

木名。刺榆也。見〔集韻〕。

【⿱艹⿱至土】澄之切音治支韻

艸名。蓍也。見〔集韻〕。

【荏】忍甚切音飪寑韻

㊀桂—。蘇也。見〔說文〕。〔通訓定聲〕今之紫蘇。方言三。關之東西、蘇或謂之—。〔按本草綱目。蘇—味更辛如桂。故爾雅謂之桂—。時珍曰。紫蘇、白蘇、皆以二三月下種。或宿子在地自生。其莖方。其葉團而有尖。四圍有鉅齒。面青背紫者、爲紫蘇。面背皆白者、卽白蘇也。〕

㊁—菽。胡豆也。〔爾雅釋草〕戎叔謂之—菽。〔疏〕戎叔、一名—菽。郭云。今之胡豆。是也。〔按本草綱目豌豆、一名胡豆。卽爾雅之—菽也。八九月下種。苗生柔弱如蔓。有鬚。葉似蒺藜。葉兩兩對生。嫩時可食。三四月開小花如蛾形。淡紫色。結莢長寸許。子圓如藥丸。煑炒皆佳。〕

㊂柔也。〔論語陽貨〕色厲而內—。〔孔注〕柔也。〔皇疏〕柔、佞也。

㊃屈橈也。〔漢書翟方進傳〕色厲內—。

㊄—染。柔意也。〔詩巧言〕—染柔木。〔又〕猶侵尋也。見〔篇海〕。

㊅—苒。猶展轉也。見〔廣韻〕。〔又〕猶漸也。〔文選潘安仁詩〕—苒冬春謝。

㊆—平。縣名。漢書作茬縣。後漢書水經注皆作茌。宋郊曰。當作—。當今山東茌平縣境。

【荐】才甸切音濺霰韻徂悶切音鐏願韻

㊀薦席也。見〔說文〕。〔段注〕薦席爲承藉、與所藉者爲二。故釋言云。—、原、再也。〔按通訓定聲云。凡覭地者爲筵。加于筵者爲席。〕

㊁草也。〔左襄四年傳〕戎狄—居。〔疏〕服虔云。—、草也。古狄人逐水草而居。徙無常處。

㊂重也。〔左僖十三年傳〕晉—饑。

㊃仍也。〔左襄二十二年傳〕不虞—至。

㊄數也。〔左定四年傳〕以—食上國。

㊅屢也。見〔漢書終軍傳注〕。〔言屢易故居不安住也。〕

㊆聚也。〔國語晉語〕戎翟—處。

㊇集也。〔史記曆書〕禍災—至。

㊈—或作薦。古字假借用耳。見〔史

記歷書索隱。〕〔按俗書薦引之薦作—蓋薦、—同音亦假借爲之也。〕

⑩通栫。〔左哀八年傳〕栫之以棘。〔釋文〕栫本又作—。

【荑】田黎切音題齊韻

①艸也。見〔說文〕〔通訓定聲〕茅之初生也。與葤䆅皆別。弟、夷、篆體相似。凡偏傍多致錯誤。詩靜女、自牧歸—。風俗通、—者茅始熟中穰也。既白且滑。〔按段本改篆作苐非是。〕

②草陸生曰—。見〔一切經音義引通俗文〕〔按玉篇云始生茅也。〕

③卉木初生葉皃。見〔集韻〕

④—桑。女桑也。〔詩七月傳〕女桑。—桑也。

⑤—秀也。見〔廣韻〕

⑥通稊。〔文選謝靈運詩〕原隰—綠柳。〔注〕—、與稊同。

【荑】延知切音夷支韻

莁—。木名。〔爾雅釋草〕莁—、蘮蒘。〔疏〕莁—、一名蘮蒘。郭云。一名白蕡也。〔按本草綱目蕪—、一名蔱—。生山中葉圓而厚剝取皮合漬之。其味辛香作醬食之性能殺蟲。〕

【荒】呼光切音荒陽韻〔按—大之—、本作巟。〕

①本作荒。〔說文〕荒蕪也。一曰草掩地也。〔桂注〕周禮大司馬。野—民散。注、—蕪也。掩、小字本作淹。方言淹、敗也。

②穢也。〔禮記曲禮〕地廣大—而不治。

③荿也。見〔廣雅釋詁〕

④掩也。〔詩周南〕葛藟—之。

⑤奄也。見〔爾雅釋言〕

⑥敗也。〔周書大明武〕靡敵不—。

⑦廢也。〔書盤庚〕無—失朕命。

⑧廢亂也。〔詩蟋蟀〕好樂無—。

⑨亂也。〔淮南主術〕狡躁康—。

⑩空也。〔國語吳語〕—成不盟。

⑪虛也。〔太玄玄棿〕鬼神耗—。

⑫亡也。〔書微子〕天毒降災—殷邦。

⑬大也。〔詩天作〕太王—之。

⑭有也。〔詩閟宮〕遂—大東。

⑮蒙也。〔禮喪大記〕振容黼—。〔注〕—、蒙也在旁曰帷在上曰—。

⑯欲明貌。〔文選司馬相如賦〕—亭亭而復明。

⑰老耄也。〔禮樂記〕武王之志—矣。

⑱遠也。〔離騷〕將往觀乎四—。

⑲寬廣之義。見〔詩天作傳疏〕

⑳猶散也。〔禮樂記〕宮亂則—。

㉑不熟習也。見〔荀子富國注〕

㉒人物有害也。〔周禮大宗伯〕以—禮哀凶札。

㉓至也。見〔詩閟宮釋文引韓詩〕

㉔旱也。見〔漢書五行志〕

㉕以己量人謂之恕反恕爲—。見〔賈子道術〕

㉖從樂而不及者謂之—。見〔管子戒〕

㉗從獸無厭謂之—。見〔孟子梁惠王〕

㉘迷亂曰—。〔書五子之歌〕內作色—。

㉙謂虛—無可名之地。〔太玄玄棿〕推陰陽之—。

㉚方三千里之內爲—服。見〔周書王會〕

㉛四穀不升謂之—。見〔韓詩外傳〕

㉜果不熟爲—。見〔爾雅釋天〕

㉝外內從亂曰—。好學怠政曰—。見〔周書諡法〕

㉞—服。在九州之外也。言其—忽無常。見〔後漢西羌傳注〕

㉟—芒。上古時也。〔淮南詮言〕自身以上至于—芒爾遠矣。

㊱—唐。謂度大無域畔者也。〔莊子天下〕—唐之言。〔按俗目人刺謬曰—唐。〕

㊲—忽。幽昧貌。〔文選張衡賦〕追—忽於地底兮。〔又〕幽遠也。見〔後漢馬融傳〕

㊳四—。四表也。〔周書太子晉〕達于四—。曰天—。〔又〕四裔謂之四—。〔楚詞哀歲〕將馳兮四—。

㊴大—。飢饉也。〔周禮司服〕大—。〔又〕凶年也。〔周禮膳夫〕大—則不舉。〔又〕大凶年也。〔周禮大司徒〕大—大札。〔又〕謂海外也。〔文選左思賦〕出乎大—之中。〔又〕謂政事廢亂。見〔詩還序刺—也箋〕〔又〕大—落。歲名。〔爾雅釋天〕太歲在巳曰大—落。〔按史記歷書作大芒落。〕

㊵通巟。〔易泰〕苞—。〔釋文〕—、本亦作巟。

㊶通肓。〔史記扁鵲傳〕搦髓腦揲—。〔注〕—、膏—也。

㊃姓也。見〔集韻〕。

【茺】呼浪切音宪漾韻　田不治也。見〔集韻〕。

【荒】丘岡切音穅陽韻　同隒。〔集韻〕隒、虛也。司馬相如作穅。鄭康成作—。

【荒】虛晃切音謊養韻　慌或字。〔集韻〕慌、昏也。或作—。

【茒】渠容切音蛩冬韻　萁莢實。見〔玉篇〕。

【茜】倉甸切音倩霰韻　茅蒐也。見〔說文〕。〔桂注〕一切經音義引云。茅蒐也。人血所生。可以染絳。字從西聲。本草。—根可以染絳。〔按本草綱目—草蔓生。延數尺。方莖中空有筋。外有細刺。數寸一節。每節五葉。葉如烏藥葉而糙澀。面青背綠。七八月開花。結實如小椒大。中有細子。根紫赤色。可以染絳。〕

【茜】直例切音滯於例切音緆霽韻　以艸補闕。讀若俠。或以爲綴。一曰約空也。見〔說文〕。〔注〕臣鍇曰。約空、謂今木工以直木附於曲木。竝之有空不合處。則以物附墨筆中。以物亞開之。隨曲木畫之。使如曲木。然後隨所畫斲之。則附合。謂此也。〔按桂注或以爲綴者。綴當爲輟。本書、輟車小缺復合者。王注。綴、連綴也。通訓定聲云。廣雅。—。補也。字亦誤作茵作茜。〕

【茞】丞眞切音辰之人切音眞眞韻　艸也。見〔說文〕。

【莘】作木切音鏃屋韻　艸木叢生也。見〔篇海〕。〔按說文丵部。丵、叢生艸也。象丵嶽相竝出也。疑此爲丵之訛字。〕

【莚】陟嫁切音吒禡韻　—蒥。黃芩也。〔廣雅釋草〕—蒥。黃文。內虛。黃芩也。〔疏證〕本草云。黃芩、一名腐腸。吳普本草云。一名黃文。一名內虛。蓋空中。此內虛之名所由起也。

【茠】呼高切音蒿豪韻　薅或字。〔說文蓐部〕—。薅或从休。詩曰。既—荼蓼。〔桂注〕詩曰。既—荼蓼者。周頌良耜文。彼作以薅荼蓼。郭注釋草引詩。以—溧蓼。本書䕅引漢律。䕅田—艸。字或作㧺。廣雅。㧺。除也。又省作休。說苑政理篇。吾入其境。田畝荒穢而不休。

【茠】虛尤切音咻尤韻　休或字。〔集韻〕休。說文、息止也。或从艸。

【茠】許候切音詬宥韻　蔻或字。〔集韻〕蔻。豆蔻。或作—。

【茾】翹移切音祇支韻　繰絲鉤緒也。見〔玉篇〕。〔按集韻作繰鉤也。〕

【䓊】王矩切音羽麌韻　艸名。見〔集韻〕。

【䒢】之由切音周尤韻　草名。見〔集韻〕。

【䒦】余章切音陽陽韻　—葍。藥名。見〔玉篇〕。

【䒳】都梁切音朵哿韻　朵或字。〔集韻〕朵。說文、樹木垂朵朵也。亦从艸。

【茤】當何切音多歌韻　鹿—。南夷名。〔後漢哀牢夷傳〕其王賢栗遣兵乘箄船南下江漢。擊附塞夷鹿—。

【茤】同芰。〔說文〕芰、杜林說芰从多。〔段注〕支聲在十六部。多聲在十七部。二部合音最近。古弟十七部中字多轉入弟十六部。

【茥】傾畦切音睽涓畦切音圭齊韻　草名。〔說文〕缺盆也。〔桂注〕釋草文。彼作蒛、葐。郭云。覆葐也。實似莓而小。可食。廣雅。蒛葐、陸英、莓也。本草、蓬藥。一名覆盆。又別出覆盆子。〔按本草綱目志曰。蓬藥、是覆盆之苗莖。覆盆、乃蓬藥之子也。又名覆盆子。卽爾雅之—缺盆。處處有之。秦州華州尤多。長條四五月紅熟。其味酸甘。外如荔枝。大如櫻桃。又廣雅之陸英莓。卽覆盆子也。〕

【茥】涓惠切音桂霽韻　桂省字。〔集韻〕桂、艸名。或省。

【茦】測草切音策陌韻　莿也。見〔說文〕。〔通訓定聲〕爾雅釋草—刺注。草刺鍼也。按依字當訓艸芒也。木曰朿。艸曰—。方言。凡草木刺人。北燕朝鮮之間謂之—。

【茦】七賜切音刺寘韻 莿省字。[集韻]莿。說文、—也。或省。

【茚】伊刃切音印震韻 艸名。見[類篇]。

【茡】疾置切音字寘韻 芓或字。[集韻]芓。說文、麻母也。或作—。

【䒴】云九切音有有韻 艸名。見[集韻]。

【䒴】尤救切音宥宥韻 蘛或字。[集韻]蘛。說文、艸也。或作菌。亦省。

【茩】很口切音厚 畢厚切音耇有韻 艸名。[說文]—。薢—也。[按即爾雅之薢—英茪。]

【茪】姑黃切音光陽韻 英—。艸名。[爾雅釋艸]薢茩、英茪。

【䒸】穌典切音銑銑韻 艸名。見[集韻]。

【茌】仕之切莊持切音菑支韻 艸皃。濟北有—平縣。見[說文]。[桂注]艸皃者魯語山不—蘖。[按—、後漢書水經注皆从仕。宋祁曰。當作茌。清一統志作茌。今—、茌、茌、竝存。地當今山東茌平縣境。]

【䒵】虛到切音秏號韻 艸名。見[集韻]。

【茮】茲消切音焦蕭韻 茮菉也。見[說文]。[段注]—菉蓋古語。猶詩之椒聊也。單呼曰—。絫呼曰—菉—聊。釋木曰。椒、檓醜。菉、檓大椒。爾雅本草陸疏皆入木類。今驗實木也。而說文正從艸。此沿自古獻者。凡析言有艸本之分。統言則艸亦木也。[按本草綱目。味類以椒名者極多。惟秦椒一名花椒。即爾雅之檓。茱萸一名越椒。即爾雅之椒也。參閱椒字。]

【苶】乃了切音嬈篠韻 趽—。艸長皃。見[集韻]。

【䒷】古活切音括曷韻 本作䔇。[說文]䔇。—蔞。果蓏也。[段注]果蓏。宋鋟本作果蓏。依鍇本與詩合。豳風。果蓏之實。亦施于宇。釋草曰。果蓏之實。栝樓也。玉裁按—、果婁、蓏皆雙聲。藤生蔓於木。故今爾雅本艸字从木。艸屬也。故說文字從艸。[按本草綱目。栝樓即果蓏。二字音轉也。亦作菰蔞。後人又轉爲瓜蔞、瓝𤬪。圖入瓝字。]

【䒷】食到切音舌屑韻 茇—。草名。[漢書揚雄傳]攢并閭與茇—。[按文選甘泉賦作茇葀。]

【茱】慵朱切音殊虞韻 —萸。茮屬。見[說文]。[段注]本艸經、廣雅、入木類。鄭君曰。—萸、即檓也。而爾雅椒檓在釋木。許君則—萸與檓爲二物。木部曰。揚州有—萸樹。正以見—萸之本爲艸類也。[參閱萸字。]

【茳】古雙切音江江韻 —蘺。香艸。見[集韻]。[按即爾雅之蘪蕪。詳蘺字。]

【荮】直流切音周尤韻 草也。見[篇海]。

【𦭐】呼決切音血屑韻 呼昊切音殈錫韻 艸也。見[說文]。[桂注]類篇。—、地血也。馥案本草。茜、一名地血。

【𦭒】呼回切音灰灰韻 艸名。見[集韻]。[正字通]云。本作灰。即—藋。

【茺】昌嵩切音充東韻 —蔚。艸名。益母也。見[集韻]。[按本草綱目。—蔚、一名益母。一名蓷。詳蓷字。]

【荈】尺兗切音舛銑韻 茶葉老者。見[玉篇]。[按爾雅疏。一名苦荼。郭云。早采者爲荼。晚取者爲茗。一名—。]

【荈】樞絹切音釧霰韻 艸名。見[集韻]。

【茼】徒紅切音同東韻 菜名。見[正字通]。[按物性志有—蒿。香可茹。本草綱目作同蒿。云、一名蓬蒿。形氣同乎蓬蒿。故名。八九月下種。冬春采食。肥莖葉微似白蒿。其味辛、作蒿氣。]

【茽】直眾切音仲送韻　艸卉叢生。見〔集韻〕。

【芊】輕煙切音牽先韻　秦—。藥草。見〔集韻〕。

【茿】張六切音竹屋韻　本作蓫。〔說文〕蓫薚—也。〔按玉篇、—薚—也。似小藜。赤莖節。好生道旁。可食。亦作竹。〕

【荁】胡官切音桓寒韻　菫類。〔禮記內則〕菫—枌榆免薧滫瀡以滑之。〔注〕—、菫類也。〔釋文〕—似菫而葉大。

【䒗】巨九切音臼有韻　艸名。見〔集韻〕。〔按正字通云。本草鬼臼、一名璚田草。本作臼。俗作—。〕

【荂】芳無切音敷　句于切音訏虞韻　枯瓜切音誇麻韻　雩或字。見〔說文雩部〕。〔段注〕釋艸曰。華—也。華、—。榮也。郭曰。今江東呼華為—。音敷。按今江蘇皆言花。呼瓜切。方言曰。華、—。晠也。齊楚之間或謂之華。或謂之—。吳都賦曰。異—蓲蘛。李善曰。—、枯瓜切。〔按玉篇、—。許俱、妨俱、二切。草華別名。又—榮也。廣韻、十虞芳無切。—榮之皃。又音吁。況于切。—、同雩。艸木華也。又音敷。類篇、雲俱切。草盛大皃。說文通訓定聲、—與葩雖从艸。亦艸木之通名。猶朵雖从木。亦艸木之通名也。與華為開花字微別。〕

【荂】芳無切音敷虞韻　芙蓟之實也。〔爾雅釋草〕芙蓟。其實—。〔注〕芙與蓟莖頭皆有蓊臺、名—。—即其實也。—音俘。

【荂】句于切音訏虞韻　皇—。古歌曲名。〔莊子天地〕折楊皇—。則嗑然而笑。〔釋文〕—、況于反。又撫于反。本又作華。音花。

【苤】部鄙切音否紙韻　草木枯落。見〔集韻〕。

【苤】蒲候切音腤宥韻　落也。見〔集韻〕。

【苤】被表切音受篠韻　殍或字。〔集韻〕殍、餓死曰殍。或作莩、—、莩。

【苤】婢小切音摽篠韻　蔈或字。〔集韻〕蔈落也。或作—、受、莩。

【芑】口己切音起紙韻　藥草。可治金瘍。見〔集韻〕。〔按本草綱目有—。艸名醫別錄曰。味辛無毒。主傷金瘡。〕

【苖】區玉切音曲沃韻　蠶薄也。見〔說文〕。〔桂注〕本書。或說曲、蠶薄也。薄、蠶薄。玉篇、—、槌也。養蠶器也。方言、薄、宋魏陳楚江淮之間謂之—。史記絳侯世家。勃以織薄曲為生。

【荌】於旰切音按翰韻　居晏切音諫諫韻　艸也。見〔說文〕。

【荷】余遮切音邪　徐嗟切音衺麻韻　枲屬。皮中索。見〔集韻〕。

【䓣】巨夭切音蹻篠韻　草相糺皃。見〔集韻〕。

【菵】文紡切音网養韻　艸名。見〔類篇〕。〔按本草綱目。莽草、一名—草。食之令人迷罔。蛇—草狀如芋。莖方節赤。挼傅蛇毒。赤地利、即五毒草。亦名蛇—。花葉並如蕎麥。根莖硬似狗脊。晒乾用。惟字體不一。篇海有苬、音冈。草名。一切經音義有—、無往切。藥名。集韻有—、音网。艸名。廣韻有莔、文兩切。音网。莔艸是苬、—、莔本為一字。茲因各有義證。分體列之。微箸其辨於此。〕

【苝】空媧切音咼佳韻　不正也。見〔集韻〕。

【苝】公懷切音乖佳韻　乖或字。〔集韻〕乖、說文、戾也。睽也。或作—、乖。〔孜說文本作𠁥。集韻作乖。玉篇作—。注云。古懷切。戾也。睽也。邪也。背也。差也。離也。今作乖。廣韻作—。注略同玉篇。是𠁥、乖、為—之本字。隸變作—。奚互詳𠁥乖字。〕

【菩】薄乎切音蒲虞韻　菩薩弘名也。見〔字彙補〕。

【蒵】形倪切音奚齊韻

草名。見〔字彙補〕。

【⿱艹共】公棟切音貢送韻 義闕。〔梅聖俞茶詩〕萌顥強神—。

【⿱艹⿸厂止】音止紙韻 —蒻。小萃也。見〔篇海〕。〔按卽蔖字之譌。〕

【⿱艹肋】音斤文韻 骨也。見〔篇海〕。

【荖】音培灰韻音老皓韻 閩廣人食檳榔。每切作片。蘸蠣灰、以—葉裹嚼之。見〔西溪叢語〕。

【荗】林直切音述質韻 莪—。藥名。見〔字彙補〕。〔按本草綱目。蓬莪、—一名蒁藥。三月生苗。莖如錢大。高二三尺。葉青白色。長一二尺。大五寸以來。頗類蘘荷。五月有花作穗。黃色。根如生薑。而—在根下。似雞鴨卵。九月采、削去粗皮。蒸熟暴乾用。〕

【茣】訛吾切音吾虞韻 著或字。〔集韻〕著。說文。艸也。或作—。

【⿱艹帯】末各切音寞藥韻

古莫字。〔集韻〕莫。無也。古作—。

【⿱艹敢】敢本字。見〔六書正譌〕。

【⿱艹巟】荒本字。見〔說文〕。

【⿱艹⿱臼儿】古天字。見〔字彙〕。〔按古文天字當作蒐中从白不从臼。則—當爲蒐之譌。〕

【⿱艹⿰二欠】古次字。見〔說文欠部〕。

【⿱艹⿱木丸】古蓺字。見〔說文蓳部〕。

【⿱艹⿰亦刂】古荊字。見〔說文〕。

【⿱艹旨】古蓍字。見〔玉篇〕。

【⿱艹甾】同菑。見〔字彙補〕。

【莤】同莤。見〔康熙字典引說文。〕〔按說文莤下無此字。〕

【⿱艹⿱癶兄】同⿱艹⿱癶儿。見〔康熙字典引廣韻。〕〔按澤存堂五種本玉篇、廣韻、俱作—。惟說文癶字中从口。則从癶之字應列七畫也。〕

【⿱艹弗】同芾。見〔篇海〕。

【⿱艹豈】同蒭。見〔干祿字書〕。

【⿱艹肯】同⿱艹胥。見〔直音〕。

【⿱艹⿰冋刂】同蒯。見〔直音〕。

【⿱艹扶】同茯。見〔康熙字典引龍龕手鑑。〕

【莱】萊或字。見〔集韻〕。

【⿱艹丞】蒸省字。見〔說文〕。

【⿱艹幷】幷俗字。說文从部、幷。從从。幵聲。段注漢隸作并。是字之從幷者。當依此爲正。其作從并者。俗字也。

【莄】萸俗字。見〔字彙〕。

【茘】荔譌字。說文劦部、劦。从三力。凡劦之屬皆从劦。荔。从艸劦聲。是字應書作荔。正字通云。荔从劦得聲。戴侗吳元滿誤以荔从刀。正讀古本作荔。舊本譌正韻从刀。尤誤。

【⿱艹苜】⿱艹苜譌字。見〔正字通。〕〔按字從丫。從四。四、橫目也。集韻十六屑。莫結切。苜注。或作⿱艹苜。說文苜部。苜。目不正也。从丫目。讀若末。按字彙、正字通、康熙字典。凡從丫之字。多隸艸部。而苜獨隸目部。四畫。蓋以艸部有從艸之苜蓿字在。又苜本訓目不正。故以隸之目部耳。康熙字典已明知⿱艹苜爲苜之或字。而不爲之訂正。更沿其訛分苜隸目部。—隸艸部。既自紊其例。復注—下云。應照艸部算畫。不當仍入五畫內。今移附六畫之後。攷康熙字典。如從丫之乖、在艸部三畫。⿱丫糸、在艸部五畫。蔑、在艸部十一畫。以及目部之省、在四畫。瞢、在十一畫。火部之⿱⿱丫目火、在九畫。凡从頭均作四畫。何以苜字應作多一畫算。此一畫如謂在橫目之上。則非訓目不正之或字矣。如謂从頭下應有一豎。則他字不均見。而獨於此字顯增。斷無此理。是蓋創始者漫焉不察。偶於从頭下微露筆鋒。展轉繕刊者、又以爲應作如是。遂取作藍本者。但就一字着想。謂固應如是。遂相沿於不覺。是此字不隨首字列目部。已屬兩歧。而於艸部作六畫算。且苜字於目艸兩部均付缺如。僅於此見一字。焉尤謬。〕

【⿱艹伊】芛譌字。見〔正字通。〕

七畫

【荳】大透切音豆宥韻〔通作豆。〕

●一 菽也。物理論云。菽者衆—之名。見〔韻會舉要〕。

【荵】爾軫切音忍軫韻而振切音刃震韻

㊀—冬艸。見〔說文〕。〔段注〕三字句。名醫別錄作忍冬。今之金銀藤也。其花曰金銀花。〔按本草綱目。忍冬、藤生。淩冬不凋。故名忍冬。其花、長瓣垂鬚。黃白相半。而藤左纏。故有金銀花、死央藤、諸名。〕

㊁似蘇有毛。江東呼爲隱—。見〔玉篇〕。〔按爾雅釋草。蒡隱—。注。似蘇有毛。今江東呼爲隱—。〕

【⿱艹邑】乙及切音邑緝韻

㊀艸傷壞也。見〔集韻〕。

㊁—菸。茹熟。見〔廣韻〕。

【⿱艹沂】魚巾切音銀眞韻魚斤切音虓文韻魚其切音疑支韻

㊀艸多皃。江夏平春有—亭。見〔說文〕。

㊁艸名。見〔集韻〕。

【⿱艹折】之列切音浙屑韻

㊀斷草也。見〔集韻〕。

㊁簟也。〔方言〕自關而西謂之簟。或謂之—。〔郭注〕今云—籧篨也。

【荷】寒歌切音何歌韻

㊀扶渠葉。見〔說文〕。〔段注〕大葉駭人。故謂之—。大葉扶搖而起。渠央寬大。故曰夫渠。爾雅假葉名其通體。故分別莖華實根各名。而冠以—夫渠三字。則不必更言其葉也。〔按本草綱目。爾雅。—、夫渠。其莖、茄。其葉、蕸。其本、蔤。其華、菡萏。其實、蓮。其根、藕。其中、菂。菂中、薏。邢昺云。夫渠、總名也。別名芙蓉。江東人呼爲—。是則—本爲夫渠葉。今爲夫渠之稱矣。〕

荷圖

㊁蘘—。隰草類。〔本草綱目〕蘘—、一名覆葅。葉似甘蕉。根似薑芽而肥。其葉冬枯。堪爲葅。其性好陰。在水下生者尤美。然有赤白二種。白者入藥。赤者堪噉。

【荷】下可切音嗬哿韻

㊀儋也。見〔集韻引博雅〕。〔按今廣雅釋詁作擔也。〕

㊁擔也。〔左昭七年傳〕其子弗克負—。

㊂——。怨怒聲。〔通鑑〕梁武帝口苦。索蜜不得。再曰、——。

㊃仰—。感—。皆受賜辭。有負戴之意。

㊄通何。〔詩無羊〕何蓑何笠。〔後漢蔡邕傳注引作—蓑—笠。〕

㊅—蘭。歐洲西部之一小海國。西北面德意志海。東接普魯士。南境及比利時。首府曰亞摩斯德爾登。政體立憲君主。崇新教。英文 Holland。

【荷】虎何切音訶歌韻

㊀譏察也。見〔集韻〕。

㊁同苛。〔漢書酈食其傳〕皆握齱好—禮。

【荷】居何切音歌歌韻賈我切音哿哿韻

菏或字。〔集韻〕菏。說文、菏澤水出山陽胡陵。或作—、渮。〔今禹貢作達於河。〕

【荻】亭歷切音狄錫韻〔藡同。〕

㊀萑也。見〔玉篇〕。〔按本草綱目。蘆生下隰陂澤中。其狀都似竹。而葉抱莖生。無枝。花白作穗。若茅花。根亦若竹根而節疎。其長丈許。中空皮薄。白色者。葭也。蘆也。葦也。短小而空。中皮厚。色青蒼者。菼也。薍也。—也。萑也。其最短小而實者。蒹也。簾也。皆以初生已成而得名也。〕

荻圖

㊁蒿也。〔山海經中山經〕泰山有草焉。名曰梨。其葉狀如—。〔注〕亦蒿也。

㊂篩—。見〔穆天子傳〕。〔注〕—、今載吏所吹者。

㊃—苴。地名。詳苴字。

【⿱艹忌】渠記切音忌寘韻

㊀艸名。見〔集韻〕。

㊁豆稭也。〔孫子作戰篇〕—秆一石。當吾二十石。

【荼】同都切音徒虞韻

㊀苦—也。見〔說文〕。〔通訓定聲〕按苦—、菜屬。詩谷風、誰謂—苦。禮記月令、孟夏之月。苦菜秀。顏氏家訓、葉似苦苣而細。本草、稍葉似鸛鶿。故名

老鸛荼。[互詳蕢字。]

茶圖

(二)茗也。[爾雅釋木]檟、苦—。[注]樹小如梔子。冬生葉可煑飲。今呼早采者爲—。晚取者爲茗。[今字作茶。互詳茶字。]
(三)痛也。見[一切經音義引廣雅。]
(四)萑苕也。[詩鴟鴞]予所捋—。
(五)白也。[太玄守]與—有守。
(六)猶徒也。見[方言注。]
(七)僭也。見[廣雅釋詁。]
(八)緩也。[書大傳]厥咎—。
(九)借也。見[方言。]
(十)穢草也。[詩良耜]以薅—蓼。
(十一)—毒。苦也。[書湯誓]弗忍—毒。
(十二)神—。神名。[風俗通]上古之時有神—鬱壘昆弟二人。性能執鬼。[按蔡邕獨斷云十二月歲竟乃畫—壘幷懸葦索以禦凶。]
(十三)同塗。[文選孫楚與孫皓書]生人陷—炭之類。[注]—與塗古字通用。
(十四)同舒。[荀子大略]諸侯御—。[注]—古舒字。

【荼】直加切音秅麻韻　茗也。一曰葭—。見[集韻。]

【荼】余遮切音邪麻韻　(一)—陵。縣名。見[集韻。][今字作茶。詳茶字。]　(二)姓也。[氏族略]漢書江都易王傳。有男子—恬。[蘇林云—音瑯邪之邪。]

【荼】羊諸切音余魚韻時遮切音闍麻韻後五切音戶虁韻　艸名。茅秀也。見[集韻。]

【荼】徐嗟切音袤麻韻　古蒣字。[集韻]蒣蒣菰。茅穗。古作—。

【荼】商居切音書魚韻　琭省字。[集韻]琭博雅、斑笏也。或省。

【荼】倉大切音蔡泰韻　雲南郡—首。其音爲蔡茂。是兩頭鹿名也。永昌有之。見[康熙字典引博物記。]

【荾】宣隹切音綏支韻　(一)華中齊也。[漢書外戚傳]函—扶以俟風兮。　(二)葰或字。[集韻]葰蘺屬。或作—、荽、芟。

【荝】筆別切音鱉屑韻　(一)穛穊移蒔也。見[玉篇。]　(二)別也。大書中央中破別之也。見[釋名釋書契。][按卽今市所用合同。]　(三)佛家作詩曰偈。作文曰—。[黃庭堅與禪師書]夙承記—。

【莄】古杏切音梗梗韻　(一)草也。見[玉篇。]　(二)艸莖。見[集韻。]

【莅】力至切音利力遂切音類寘韻力質切音栗質韻　[按經典—字或作涖。注家皆曰臨也。道德經釋文云古無—字。說文作埭。—行而埭廢矣。]
(一)臨也。[儀禮士冠禮]吾子將—之。[按此義正訓—字。餘或多作蒞涖字。]
(二)位也。[穀梁僖三年傳]如齊—盟。
(三)祿也。見[廣雅釋言。]
(四)——。聲也。[史記司馬相如傳]——下瀨。[索隱引司馬彪云——。聲也。]
(五)—颯。飛相及也。[漢書司馬相如傳]—颯卉歘。[注]張揖曰—颯。飛相及也。
(六)林木鼓動之聲也。[漢書司馬相如傳]劉—卉歘。[注]師古曰林木鼓動之聲也。—音利。[按文選上林賦劉—卉歘。注、司馬彪曰眾聲貌也。—音利。史記司馬相如傳作劉—卉吸。集解、徐廣曰—音栗。索隱、郭璞云皆林木鼓動之聲。是—字於漢書文選音利。於史記音栗也。康熙字典音韻從史記。引書用文選。復用漢書師古注。牽混極矣。]
(七)通涖。視也。[禮記文王世子]成王幼不能—阼。[釋文]涖本或作—。

【莆】薄胡切音蒲虞韻　(一)—田。縣名。隋置。明爲興化府治。清因之。今福建—田縣境。　(二)通蒲。[楚辭天問]—雚是營。[注]—疑卽蒲字。以雚爲萑字之誤耳。

【莆】方矩切匪父切音甫䨞韻

蘣—也。見〔說文〕〔通訓定聲〕瑞艸也。〔按說文、蘣。蘣—。瑞草也。堯時生於庖廚。扇暑而涼。意本明顯。故許君於—下不更加解。大小徐段玉裁亦並不加注。獨桂馥王筠加或作脯三字。引論衡及太平御覽以實之。泥。〕

【莊】側羊切音妝陽韻

(一)草盛皃。見〔玉篇〕〔按說文、—。上諱未箸說解。段玉裁云。當曰草大也。六書正譌云。草芽之壯也。朱駿聲云。易詩書三經。皆不見此字。疑當作艸整齊皃。說均與玉篇略同。〕

(二)敬也。見〔玉篇〕。

(三)恭也。見〔集韻〕。

(四)端也。見〔增韻〕。

(五)正也。〔周書祭公〕汝無以嬖御固—后。

(六)嚴也。〔論語爲政〕臨之以—則敬。

(七)𥿼飾也。見〔說文繫傳〕。

(八)齊肅也。見〔增韻〕。

(九)剛勁也。見〔正字通〕。

(十)田舍也。〔宋史趙師羿傳〕韓侂冑嘗飲南園。過山—。顧竹籬茅舍謂、師羿曰。此眞田舍間氣象也。〔按鄉野聚處曰村—。兼有田舍別墅二義。〕

(十一)別墅也。〔宋史張齊賢傳〕齊賢歸洛。得裴度午橋—。有池榭松竹之盛。

(十二)勝敵志強曰—。見〔周書謚法〕。

(十三)六達道曰—。見〔玉篇〕、〔按爾雅釋宮。六達謂之—。疏。此別衢道之異名也。交道六出謂之—。孫炎曰。、—盛也。〕

(十四)海貝一枚。土人謂之—。見〔雲南通志〕。

(十五)商店標識亦多稱—。如錢—、衣—、抄—、是。

(十六)商品式類亦多名—。如京—、廣—、提—、是。

(十七)——。矜直貌。〔管子小問〕——乎何其士也。

(十八)門名。〔公羊定八年〕矢著于—門。〔注〕孟氏之門名。

(十九)漢帝名。〔說文句讀〕袁松山後漢書。孝明皇帝諱陽。一名—。案陽乃爲東海王時名。立爲太子。改名—也。

(二十)通壯。〔詩君子偕老箋〕顏色之—與。〔釋文〕—、本又作壯。

(二十一)姓也。楚—王之後。以謚爲氏。戰國時—周。著—子三十二篇行世。

【莊】側亮切音壯漾韻

恭也。見〔集韻〕。

【莋】疾各切音昨藥韻秦昔切音籍陌韻

(一)越嶲縣名。見史記。見〔說文新附〕〔鈕氏新附攷〕玉篇。才亦、才各、二切。如草。按漢書地理志—屬越嶲。而司馬遷傳作略邛莋。史記司馬相如傳又作邛筰。知莋譌爲—。又省作笮也。廣韻笮訓竹索。西南夷尋之以渡水。重文作筰。漢隸字源𣐼、引蜀郡造橋碑。又云、益州有莋橋。蓋竹艸二部。隸書多混。〔按漢定—縣、屬越嶲郡。當今四川鹽源縣南。〕

(二)茹草也。見〔集韻〕。

(三)—確山名。見〔越絕書〕。

(四)橋名。見〔水經涪水注〕。

【莎】蘇禾切音蓑歌韻

(一)鎬侯也。見〔說文〕〔桂注〕釋草文。本草。莎艸、一名蒿。一名侯—。玉篇。—、艸也。蒿—艸、一名—侯。〔按本草綱目。—草、香附子、一名水—。卽爾雅之侯—。葉如老韭而硬。光澤有劍脊稜。五六月中抽一莖。三稜中空。莖端復出數葉。開靑花成穗。其根有鬚。鬚下結子一二枝。大者如羊棗而兩頭尖。此乃近時日用要藥也。〕

莎草圖

(二)樹似桄榔。其樹出麪。見〔廣韻〕〔按本草綱目。莎木麪、一名穰木。生嶺南山谷。大者木皮內出麪數斛。色黃白。〕

(三)—車國名。〔漢書西域傳〕—車國王治—車城。去長安九千九百五十里。〔當今新疆—車縣境。〕

(四)—泉亭名。見〔水經河水注〕。

【莎】師加切音沙麻韻

—雞。蟲名。〔詩七月〕六月—雞振羽。〔疏〕釋蟲文云。翰、天雞。樊光曰。謂小蟲黑身赤頭。一名—雞。陸機疏曰。—雞如蝗而班色。毛翅數重。其翅正赤。或謂之天雞。

莎雞圖

【莏】宣隹切音綏支韻
挼—。以手切摩也。見〔集韻〕。〔按禮記曲禮。共飯不澤手。注云。澤。謂挼—也。疏。與人共飯。手宜絜淨。不得臨食始挼—手乃食也。〕

【莏】宜爲切音眭支韻
莏或字。〔集韻〕莏。挼—。澤手也。或作—。

【莒】荀許切音舉語韻
㊀齊謂芋爲—。見〔說文〕。〔桂注〕孝經援神契。仲冬昴星中。收—芋。注云。—亦芋也。本草圖經云。說文解字云。齊人謂芋爲—。陶隱居云。種芋三年不采成梠。—、梠二音相近。蓋南北之呼不同耳。顏氏家訓。北人之音。多以舉—爲矩。惟李季節云。齊桓公與管仲於臺上謀伐—。東郭牙望桓公口開而不閉。故知所言者—也。然則—矩必不同呼。此爲知音矣。覆據此知齊呼—如芋。
㊁國名。〔國語鄭語〕滕薛鄒—。〔當今山東—縣境〕。
㊂—父。魯邑名。〔論語子路〕子夏爲—父宰。
㊃姓也。〔史記秦本紀〕秦之先爲嬴氏。其後分封以國爲姓。有—氏。

【莓】模杯切音枚灰韻 母亥切音穤賄韻 莫代切音脢隊韻 〔按說文有莓、毐字。從艸、從屮。玉篇廣韻有莓無—。康熙字典母部毐注云。說文作毐。草盛上出也。从屮母聲。隸省作毒。今書作每。又屮部毐注云。每本字。隸作毐。是今—字爲隸變之莓。篆文之莓可知矣。玆依集韻莓蕎字立音定義。而以莓爲—之本字。〕
㊀草名。〔爾雅釋草〕葥山—。〔疏〕山—、一名葥。郭云。今之木—也。實似藨—而大。亦可食。
㊁苔也。見〔韻會〕。
㊂——。美田也。見〔廣韻〕。〔又〕草青蒼也。〔文選左思賦〕蘭渚——。

【莓】莫佩切音妹隊韻
艸名。博雅。蔱蓋、蕕英。—也。一曰木名。子似葚。見〔集韻〕。

【莔】眉庚切音盲庚韻
㊀貝母也。見〔說文〕。〔桂注〕釋草文。郭云。根如小貝。圓而白華。葉似韭。本草。貝母一名—。草圖經曰。根有瓣子。黃白色。二月生苗。莖細。青色。葉亦青。似蕎麥葉。隨苗出。七月開花。碧綠色。形如鼓子花。
㊁麻名。〔本草綱目〕—麻。一作蕒。又作緤。今之白麻。生卑溼處。葉大如桐葉。團而有尖。六七月開黃花。結實如黃葵子。其莖輕虛。北人取皮作麻。以莖蘸硫黃作焠燈。引火甚速也。

【莔】許訖切音迄物韻
吳王孫休子字。見〔類篇〕。

【苘】犬迥切音同迥韻
苘或字。〔集韻〕苘。枲屬。或作—、蕒。

【莖】何耕切音經庚韻
㊀枝柱也。見〔說文〕。〔桂注〕玉篇引作草木幹也。一切經音義八引字林。作枝主也。楚辭九歌。秋蘭兮青青。綠葉兮紫—。五臣云。—。草苗也。〔按近植物學家云。—爲植物上行軸。用以支持花葉。輸表養液之器官也。舊說惟草本之出地者稱—。今通加於木本及在地下者。地上—有四。如直立—、纏繞—、攀緣—、匍匐—是也。地下—亦有四。如根—、塊—、毬—、鱗—是也。〕
㊁本也。見〔廣雅釋詁〕。
㊂枝生也。亦小枝也。見〔一切經音義〕。
㊃猶言縷也。〔杜甫詩〕數—白髮那抛得。
㊄特也。〔文選張衡賦〕徑百常而—擢。
㊅劍夾也。〔考工記桃氏〕以其臘廣爲之—。偉長倍之。
㊆六—。樂名。〔白虎通〕顓頊樂曰六—。六—者。言知律歷以調陰陽。—著萬物也。
㊇牛—。牛鄰也。見〔廣雅釋草〕。
㊈菊花一名女—。見〔本草綱目〕。
㊉山名。〔韓詩外傳〕求三日而得之於—山之陽。
⑪通英。〔爾雅釋草注〕茖葱細—大葉。〔釋文〕—、或作英。

【莖】於莖切音罌庚韻
姚一。艸名。見〔集韻〕。

【莘】疏臻切音㜪眞韻
㊀國名。〔詩大明〕纘女維一。〔按郡國志。郃陽南有古一國。當今陝西郃陽縣境〕。
㊁長皃。見〔玉篇〕。
㊂多也。〔莊子徐无鬼〕禍之長也茲一。
㊃亭名。〔水經漯水注〕漯水又北。絕一道之西、有一亭。
㊄一一。多貌也。〔文選枚乘七發〕一一將將。〔又〕衆多也。〔國語晉語〕一一征夫。
㊅通笙。〔史記齊太公世家〕遂殺子糾于笙瀆。〔索隱〕本作一瀆。一、笙、聲相近也。
㊆姓也。宋一融。祝融之後。

【莘】斯人切音辛眞韻
細一。藥草。見〔集韻〕。〔按本草綱目作細辛。葉似小葵。柔莖細根。直而色紫。味極辛者〕

【莙】巨殞切音窘軫韻　俱倫切音麕眞韻　拘云切音君文韻
㊀牛藻也。讀若威。見〔說文〕。〔通訓定聲〕按君、威、雙聲。故君姑曰威姑。爾雅。一、牛藻。注。似藻葉大。江東呼爲馬藻、凡物之大者曰牛。曰馬。或曰王。此藻之大者有二種。齊民要術曰。一種葉如雞蘇。莖大如箸。長可四五尺。一種莖大如釵股。葉如蓬。謂之聚藻。皆可食。
㊁一蓬。菾菜別名。詳菾字。

【莛】唐丁切音庭靑韻　待鼎切音挺迥韻
㊀莖也。見〔說文〕。〔王注〕俗謂麥秫連穗之莖曰一。蓋古語。東方朔傳。以一撞鐘。〔按玉篇云。東方傳曰。以一撞鐘。言其聲不可發也〕。
㊁屋梁也。〔莊子齊物論〕舉一與楹。

【莝】寸臥切音挫箇韻
㊀斬芻。見〔說文〕。〔桂注〕急就篇。糟糠汁滓藁一芻。顏注。一、細斫藁也。
㊁通摧。委也。〔詩鴛鴦〕秣之摧之。〔箋〕摧。今一字也。

【莞】胡官切音桓　沽丸切音官寒韻　姑還切音關刪韻
㊀艸也。可以爲席。見〔說文〕。〔通訓定聲〕廣雅。一、藺也。爾雅。一、苻蘺。其上蒚。注。今西方人呼蒲爲一。按即今席子草也。叢生水中。細莖圓而中空。詩斯干。下一上簟。箋。小蒲之席也。正義引本草云。白蒲、楚謂之一蒲。
㊁東一。縣名。漢置。屬琅邪郡。當今山東沂水縣境。
㊂谷名。〔水經泫水注〕高都縣有一谷。
㊃姓也。〔晉書武帝紀〕吳將一恭。

【莞】古玩切音貫翰韻
東一。地名。見〔集韻〕。

【莞】胡慣切音患諫韻
一爾。小笑貌。〔論語陽貨〕夫子一爾而笑。

【莞】戶版切音睅潸韻
莧或字。〔集韻〕莧。莧爾。笑皃。或作一、睆。

【莞】戶管切音緩旱韻　戶衮切音混阮韻
睆省字。〔集韻〕睆。艸名。或省。

【莟】胡紺切音憾勘韻
㊀禾欲秀皃。見〔集韻〕。
㊁苗含心欲也。見〔廣韻〕。
㊂花蘂。見〔韻會舉要〕。

【莟】戶感切音頷感韻
㊀開華也。見〔集韻〕。
㊁同菡。一萏。荷華也。見〔玉篇〕。

【莠】以九切音酉有韻
㊀禾粟下揚生一也。讀若酉。見〔說文〕〔段注〕禾粟下、猶言禾粟閒也。禾粟者。今之小米。一。今之狗尾艸。莖葉采皆似禾。故曰惡一恐其亂苗者。禾也。凡禾采下垂。故淮南書謂之向根。張衡賦美其顧本。一則采同而揚起不下垂。故詩刺其驕驕桀桀。此君子小人之別也。七月傳曰。揚、條揚也。〔按俗以稔惡曰一。喻惡人之害善人如一之害苗也〕

莠圖

㊁醜也。〔詩正月〕一言自口。
㊂一倉。城名。〔水經汳水注〕汳水又東逕一倉城。

㊃處官位而四體無禮者。謂之|命。〔管子幼官〕流之焉|命。

【莠】息救切音秀宥韻

茶也。見〔集韻〕。

【莡】倉各切音錯藥韻

㊀艸名。見〔集韻〕。

㊁艸聲。見〔玉篇〕。

【莢】吉協切音頰葉韻

㊀艸實。見〔說文〕。〔王注〕文子尙德篇。木實生于心草實生於|。〔植物學家謂之豆類植物所結之實也。〕

莢圖

㊁艸初生也。見〔集韻〕。

㊂蓍也。〔禮記少儀〕|箸。

㊃錢名。〔漢書食貨志〕更令名鑄|錢。〔注〕如榆|也。

㊄陵名。〔水經渭水注〕李夫人塚形三成。世謂之|陵。

㊅|蒾。喬木類。〔本草綱目〕|蒾、葉似木槿及榆。

㊆莢|。瑞艸。見〔集韻〕。

㊇皂|。喬木名。〔本草綱目〕皂|、一名皂角。樹高大。葉如槐葉。枝間多刺。夏開細黃花。結實有三種。一種、小如猪牙。一種、長而肥厚。多脂而粘。一種、長而瘦薄。枯燥不粘。以多脂者爲佳。

【莣】武方切音亡陽韻　無放切音妄漾韻

㊀本作莣。〔說文〕莣。杜榮也。〔段注〕見釋艸。郭云。今芒艸也。似茅。皮可以爲繩索履屩也。

㊁|蔓。菅也。見〔集韻〕。

【莣】未付切音務遇韻

蟌|。青蛉也。〔淮南齊俗〕水蠆爲蟌|。

【莥】忍九切音杻有韻

㊀犬狃也。見〔集韻〕。

㊁習也。見〔集韻〕。

【莥】敕九切音丑　女九切音紐　巨九切音臼有韻　女六切音朒屋韻

鹿藿之實名也。見〔說文〕〔桂注〕〔玉篇〕|鹿、藿實。釋草。蔨、鹿藿。其實、|。郭云。今鹿豆也。本草鹿藿苗似豌豆。有蔓而長大。人取以爲菜。亦微有豆氣。名爲鹿豆也。

【莧】侯襉切音覍諫韻

㊀|菜也。見〔說文〕。〔桂注〕圖經、本草云。案|有六種。有人|、赤|、白|、紫|、馬|、五色|。馬|、卽馬齒|也。人白二|、亦謂之糠|。亦謂之胡|。亦謂之細|。其實一也。但人|小而白|大耳。紫|、莖葉通紫。吳人用染菜瓜者。赤|、亦謂之花|。莖葉深赤。爾雅所謂蕢赤|是也。根莖亦可糟藏、食之甚美。五色|、今亦稀有。細|、俗謂之野|。猪好食之。又名豬|。

㊁山|。菜牛膝別名也。見〔本草綱目〕。

【莧】形甸切音見霰韻

㊀菜名。商陸也。見〔集韻〕。〔按本草綱目。商陸。爾雅謂之蓫薚。廣雅謂之馬尾。易經謂之|。多生人家園圃中。春生苗高三四尺。青葉如牛舌而長。莖青赤。至柔脆。夏秋開紅紫花作朶。根如蘿蔔而長。八九月采之。〕

㊁萁也。見〔易夬疏引虞注〕。

【莧】戶版切音睅潸韻

|爾。笑皃。見〔集韻〕。

【萈】胡官切音桓寒韻

山羊細角也。見〔康熙字典引集韻〕。〔按集韻二十六桓胡官切之萈引說文山羊細角者。其字應從丫頭兔足。說文類篇均專有萈部。下鉤內尙多一點。應歸八畫。康熙字典作此。誤矣。且集韻係引說文山羊細角者。康熙字典既知侯襉切之爲說文莧菜也。則山羊細角之說文。又何自來乎。迷罔學者不淺。姑沿舊錄列。而附正之。〕

【莨】盧當切音郞陽韻

㊀艸也。見〔說文〕。〔段注〕漢書音義曰。|、|尾艸也。按釋艸曰。孟、狼尾。狼與|同音。狼尾、似狗尾而麤壯者也。〔按文選司馬相如子虛賦。其卑溼則生藏|。注、郭璞曰。藏|草名。中牛馬芻。史記注、戴颙案漢書音義曰。藏、似薍而葉大。|、|尾草也。是藏與|爲二物也。考本草綱目。狼尾草。卽爾雅之孟狼尾。莖

葉穗粒。竝如粟而穗色紫黃有毛。荒年亦可采食。
㊁粱也。見〔玉篇〕

【莨】 讀若浪
—菪。藥名。〔本草綱目〕—菪、一作蔄蕩。其子服之。令人狂浪放宕。故得名。葉似菘藍。莖葉皆有細毛。花白色。子殼作罌狀。結實扁細。若粟米大。青黃色。六月七月采子日乾。〔按正字通云。蔄、與—同。檢廣韻集韻。蔄字均在四十二宕。則康熙字典云讀去聲。未爲無因也。〕

【莩】 芳無切音敷虞韻
㊀艸也。見〔說文〕
㊁葭中白皮、〔漢書中山靖王傳〕非有葭—之親。〔注〕葭、蘆也。—者、其筩中白皮至薄者也。
㊂殍也。〔法言〕糟—曠沈。

【莩】 房尤切音浮尤韻
艸名。見〔集韻〕 〔按植物學云。—草、雜草之一種。自生山野。莖高三尺許。細稈大葉。秋日於莖梢抽長穗。長凡尺餘。花作淡綠色。似粟而小。〕

【莩】 平表切音殍篠韻
殍或字。〔集韻〕殍餓死曰—。或作殍、莩、—。

【莪】 牛河切音䄉歌韻
㊀蘿—。蒿屬。見〔說文〕〔桂注〕釋草。—蘿。郭云。今—蒿也。詩菁菁者—。傳云。—蘿蒿也。陸疏。—蒿也。一名蘿蒿。生澤田漸洳之處。葉似邪蒿而細。科生。三月中、莖可生食。又可蒸食。香美頗似蔞蒿。李時珍曰。—抱根叢生。俗謂之抱孃蒿。
㊁蓬—。藥名。〔本草綱目〕蓬—茂。一名蓬—。一名蒁藥。〔詳蒁字〕
㊂通義。〔魯峻碑〕悲蓼義之不報。
㊃通儀。〔平都相蔣君碑〕蓼蓼者儀。

【莫】 莫故切音慕遇韻
㊀本作𦤀。〔說文茻部〕𦤀日且冥也。〔桂注〕纂要曰日將落曰薄暮。案且冥將冥也。
㊁菜也。〔詩汾沮洳〕言采其—。〔陸疏〕—莖大如箸。赤節。節一葉。似柳葉。厚而長有毛刺。今人繅以取繭緒。其味酢而滑。始生可以爲羹。又可生食。五方通謂之酸迷。冀州人謂之乾絳。河汾之間謂之—。

莫圖

㊂夜也。〔洪範五行傳〕星辰—同。
㊃晚也。〔詩臣工〕維—之春。
㊄稚也。見〔廣雅釋言〕
㊅同暮。〔詩采薇〕歲亦—止。〔釋文〕本或作暮。

【莫】 末各切音寞藥韻
㊀無也。〔呂覽驕恣〕羣臣—敢諫王。
㊁定也。〔莊子大宗師〕—然有間。
㊂强也。見〔廣雅釋詁〕
㊃告也。見〔廣雅釋詁〕
㊄布也。見〔廣雅釋詁〕
㊅大也。〔莊子逍遙游〕廣—之野。
㊆無所貪慕也。〔論語里仁〕無—也。
㊇猶削也。〔管子制分〕屠牛坦朝解九牛。而刀可以—鐵。
㊈散也。見〔文選潘安仁關中詩注引韓詩章句〕
㊉漠也。見〔廣雅釋言〕
⑪怕也。見〔廣雅釋言〕
⑫勿也。見〔韻會舉要〕
⑬不可也。見〔韻會要擧〕
⑭謀也。〔詩巧言〕聖人—之。
⑮燕齊謂勉強爲文—。見〔欒肇論語駁〕
⑯寂—。言闇也。〔荀子成相〕悖亂昏—不終極。
⑰廣—。曠遠貌。〔左莊二十八年傳〕狄之廣—。于晉爲都。〔又〕坎爲廣—風。見〔太玄玄掜注〕
⑱落—。猶寂寞也。〔韓愈序〕不落—否。
⑲遮—。猶云任他也。〔搜神記〕我之才智。天地產之。遮—千試萬慮。其能爲患乎。
⑳—邪。大戟也。〔史記賈生傳〕—邪爲頓兮。〔注〕集解。駰案。—邪、吳大夫也。作寶劍。因以名。瓚曰。許愼曰、—邪大戟也。
㉑—貈。蟲名。〔爾雅釋蟲〕—貈、螳蜋。蛑。〔疏〕—貈、一名螳蜋。一名蛑。捕蟬而食。有臂若斧。
㉒——。茂也。見〔廣雅釋訓〕〔又〕塵埃貌。〔漢書揚雄傳〕——紛紛。〔按文選注作風塵之貌。〕〔又〕成就之貌。〔詩葛覃〕維葉——。
㉓湖名。〔史記夏本紀〕五湖之一有—湖。
㉔州名。唐置。屬河北道。當今直隸任

邱縣境。

(十五)涌漠。〔莊子齊物〕取其寂一之情耳。〔釋文〕一、本作漠。

(十六)涌瘼。〔詩皇矣〕求民之一。〔漢書〕作求民之瘼。

(十七)通膜。〔禮記內則〕去其皽。注。皽謂皮肉之上䐢一也。〔釋文〕亦作膜。

(十八)通幕。〔漢書李廣傳〕一府省文書。

(十九)姓也。楚一敖之後。

【莫】莫白切音陌陌韻

(一)德正應和曰一。鄭康成說見〔集韻〕。

(二)一一言清靜而敬至也。〔詩楚茨〕君婦一一。〔又〕施貌。〔詩旱麓〕一一葛藟。

【莫】莫狄切音覡錫韻　虛死也。或引禮合一。見〔集韻〕。

【⿱艹杜】動五切音杜麌韻　一衡。香艸。見〔集韻〕。〔按本草作杜衡。〕

【荱】武斐切音尾尾韻　艸名。見〔集韻〕。

【⿱艹未】無沸切音未未韻　艸垂皃。見〔集韻〕。

【⿱艹吻】武粉切音吻吻韻　鉤一。艸名。見〔集韻〕。〔按本草作鉤吻。〕

【⿱艹貝】博蓋切音貝泰韻　一母。藥艸。見〔集韻〕。〔按本草作貝母。〕

【荲】陵之切音釐支韻許六切音畜屋韻　艸也。見〔說文〕。〔通訓定聲〕按即爾雅之苗蓨。詩我行其野之蓫也。廣雅釋草。一、羊蹏也。亦名蓨蹏。一名鬼目。似蘆菔。莖赤。煑爲茹。滑而不美。多噉、令人痢。故毛詩謂之惡菜。說文繫傳。蓟藿、一名一、玉篇一、一名蓄。皆蓫之誤字。〔按本草綱目。羊蹄、一名鬼目。一名蓄。詩小雅言采其蓫。陸機云。蓫、即蓄字。今之羊蹄也。時珍曰。近水及溼地極多。葉長尺餘。入夏起薹。開花結子。花葉一色。夏至即枯。秋深即生。凌冬不死。根長近尺。黃色如胡蘿蔔形。〕

【蓫】勅六切音蓄屋韻畜力切音敕職韻　艸名。似冬藍。蒸食之酢。見〔集韻〕。〔按朱駿聲云齊民要術一、似冬藍。蒸食之酢。按即爾雅之須薞蕪也。與羊蹄菜同類異種。考本草綱目。酸模乃薞蕪之音轉。花形並同羊蹄。但葉小味酸爲異。〕

【⿱艹矣】羽己切音矣序姊切音兕紙韻　蒿也。見〔廣韻〕。〔按集韻序姊切爲芺或字。亦訓蒿也。〕

【⿱艹扶】芳無切音敷虞韻　荷葉未落時也。〔漢書外戚傳〕函萎一以俟風兮。

【⿱艹吟】魚音切音吟侵韻　菜名。似蒜。生水中。見〔集韻〕。

【⿱艹孛】蒲沒切音孛月韻　一薺。古之葧茈也。苗似龍鬚。根黑色。可食。見〔篇海引碎金〕〔本草作勃臍。〕

【⿱艹私】相咨切音私支韻　茅秀也。見〔說文〕。〔通訓定聲〕其色正白。亦謂之荼。廣雅釋草一、穗也。

【⿱艹步】蒲故切音步遇韻　亂艸。見〔說文〕。〔按桂注。玉篇一、牛馬艸亂稾也。王本依廣韻引改作亂稾也。〕

【⿱艹㚘】蓬逋切音蒲虞韻　一蘆。收亂艸也。見〔集韻〕。

【⿱艹均】于敏切音殞軫韻于倫切音筠規倫切音鈞眞韻　茇也。茅根也。見〔說文〕。〔通訓定聲〕爾雅釋草一茇。茇者茇之誤字。郭注。今江東呼藕紹緒如指空中可啖者爲茇茇。即此類。按藕紹緒、亦根也。〔按玉篇一、蔽也。今江東人呼藕根爲蔽。〕

【⿱艹肙】圭玄切音涓先韻　一明。艸名。祭以爲藉。見〔類篇〕。〔按凡從肙之字多有[illegible]作肙者。文由隸變。肙、肙實爲一字。舊字書並歸七畫。茲仍之。〕

【萎】邕危切音逶支韻　藥艸。見〔集韻〕。〔按本草綱目。胡一、一名蕨一。八月下種。初生柔莖閒葉。葉有花岐。根軟而白。冬春采之。香美可食。亦可作葅。道家五葷之一。立夏後、開細花成簇。如芹菜花。淡紫色。五月收子。子大如大麻子。亦辛香。〕〔又〕石胡—、一名野園—。卽鵝不食草也。

【荽】宣隹切音綏支韻
葰或字。〔集韻〕葰。蘺屬。或作荾、—、芟。

【荾】女委切紙韻
萎或字。〔集韻〕萎。艸名。或作—。

【荿】時征切音成庚韻
艸名。見〔集韻〕。

【莀】丞眞切音辰眞韻
艸多皃。見〔集韻〕。

【莀】古農字。見〔玉篇〕。

【莁】微夫切音無虞韻
木名。〔爾雅釋草〕—荑、蔱蘠。〔疏〕—荑、一名蔱蘠。郭云。一名白蕡。此草也。按本草蕪荑、一名無姑、一名蕨蘠。唐本注云。爾雅。蕪荑、一名蔱蘠。今作蕨蘠字之誤也。而在木部。疑非是。或者與草同氣乎。〔按今本草綱目隸木部。參詳荑字。〕

【菩】姑沃切音告沃韻
糕或字。〔集韻〕糕。禾皮。或作蓔、—。

【菻】昵立切音孴緝韻
䓵—。艸密皃。見〔集韻〕。

【菧】軫視切音旨掌氏切音紙紙韻〔與菧別。〕
—蘋。艸名。小萍也。見〔類篇〕。〔按字從艸從厎。與八畫從底者不同。考厎、類篇集韻均軫視切。引說文、厎、柔石也。底、類篇集韻均典禮切。引說文、底。山居也。考說文广部、底。从广氐聲。段注。此與厎迥別。俗書多亂之。厂部、厎。从厂氐聲。段注。厎、底音義均別。是厎底之辨甚明。康熙字典艸部、於八畫載菧。而七畫無—。疏矣。茲依類篇、集韻、分爲二字。依畫列之。互詳菧字。〕

【䓿】魚軒切音言元韻
艸名。亦姓。見〔集韻〕。

【巷】房尤切音浮尤韻
姓也。見〔集韻〕。

【䓫】渠希切音祈微韻
芹或字。〔集韻〕芹。水艸。或作—。

【䓷】夕預切御韻
艸名。見〔玉篇〕。

【莃】香依切音希微韻
兎葵也。見〔說文〕。〔桂注〕釋草文。郭云。頗似葵而小葉。狀如藜有毛。汋啖之、滑。本草。菟葵味甘寒。唐本注云。苗如石龍芮、而葉光澤。花白似梅。其莖紫黑。煮汁極滑。堪噉。爾雅釋草一名—。所在平澤皆有之。

【莝】蒲悶切音坌願韻
以艸爲界。見〔集韻〕。

【莇】遲據切音箸御韻
艸名。苟芑也。見〔集韻〕。

【莇】牀據切音助御韻
耡或字。〔集韻〕耡。說文、商人七十而耡。或作鉏、—。

【䒩】呼歷切錫韻
艸皵。見〔玉篇〕。

【茾】乞格切音客陌韻
—茾。懼也。見〔集韻〕。

【茾】郝格切音赫陌韻
赫或字。〔集韻〕赫。赫怒也。或作—。

【落】莫勃切音沒月韻
艸名。見〔集韻〕。

【莈】尹捶切音蘤紙韻　鶯隻切音役陌韻
艸名。方言、芡、北燕謂之—。見〔集韻〕。

【䓉】余遮切音邪麻韻
芇—也。見〔說文〕。〔通訓定聲〕卽昌蒲。

【䓉】徐嗟切音衺麻韻
菓名。見〔集韻〕。〔按類篇作茱名。〕

【莉】陳尼切音墀　澄之切音治支韻
姓也。見〔集韻〕。

【莉】憐題切音黎齊韻
艸名。一曰。茈—。織荊障。見〔集韻〕。

【莉】音利寘韻
茉—。花名。〔本草綱目〕茉—、稽含草木狀作末利。楊愼丹鉛錄云。晉書都人簪柰花。卽今末利也。〔互詳茉字。〕

【莌】他括切音侻徒活切音奪曷韻
活—。艸名。生江南。高丈許。大葉。莖中有瓤。正白。見〔集韻〕〔爾雅釋草。離南活—。即此活—也。考本草綱目通脫木、一名活—。即爾雅之離南。生山側。葉似萞麻。其莖空心。中有白瓤。輕白可愛。女人取以飾物。俗名通草。〕

【莍】渠尤切音求渠幽切音虯尤韻渠竹切音鞠屋韻
茱椒實裹如裘者。見〔說文〕。〔通訓定聲〕爾雅釋木。椒樧醜—。李注。—、實也。按其子皆聚生成房。三蒼。—、茱萸。按茱萸即樧。一名藙。〔參閱藙字。〕

【菩】訛胡切音吾虞韻
艸也。楚詞有—蕭艸。見〔說文〕。〔桂注〕玉篇。—、草似艾。方言注。今江東人呼荏爲—。楚詞有—蕭艸者。今無此文。

【⿱艹抄】蘇禾切音蓑歌韻宣爲切音眭支韻
挼—。手相切摩也。通作莎。見〔集韻〕

【⿱艹犳】測角切音娕覺韻
艸名。見〔集韻〕。

【⿱艹佋】時饒切音韶蕭韻
艸也。見〔玉篇〕。

【蓅】直禁切音鴆沁韻
艸名。見〔集韻〕。

【莐】特林切音沈侵韻
茪或字。〔集韻〕茪。說文、艸也。或从沈。

【蒎】章移切音支支韻〔與菮別。〕
檢筴也。見〔集韻〕。〔按康熙字典引菮字義解。今正。〕

【莑】敷容切音丰冬韻
艸牙始生。見〔集韻〕。

【莑】蓬鑴文。見〔說文〕。

【⿱艹寑】七稔切音寑楚錦切音墋寑韻
本作蘉。〔說文〕蘉、覆也。〔桂注〕徐鍇本作艸覆地。

【莕】下梗切音杏梗韻戶黯切音檻豏韻〔荇同。〕
葽餘也。見〔說文〕。〔桂注〕釋草文。彼作接余。郭云。叢生水中。葉圓、在莖端。長短隨水深淺。江東菹食之。〔按本草綱目—、菜、一名鳧葵。與蓴一類二種也。並根連生水底。葉浮水上。其葉似馬蹄而圓者。蓴也。葉似蓴而微尖長者。—也。夏月俱開黃花。亦有白花者。結實大如棠梨。中有細子。〕

【⿱艹佰】博陌切音百陌韻
藍艸名。見〔集韻〕。

【莗】昌遮切音車麻韻
—蔚。艸名。見〔集韻〕。〔按本草作車前。即芣苢艸也。詳芣字。〕

【⿱艹志】職吏切音志寘韻
遠—。藥艸。見〔集韻〕。〔本草作遠志。即爾雅之葽繞也。詳葽字。〕

【草】下罕切音旱旱韻
菜名。〔食物本草〕—、菜、柔莖細葉。三月開花、黃色。結細角。角內有細子。根葉皆可食。俗呼辣米菜。

【莚】夷然切音延先韻延面切音衍霰韻
艸名。一曰。—蔓相連屬皃。見〔集韻〕

【莜】徒弔切音調嘯韻他彫切音祧田聊切音迢蕭韻
艸田器。論語曰。以杖荷—。今作蓧。見〔說文〕。〔桂注〕韻會引徐鍇本作芸田器。論語曰以杖荷—者。彼作蓧。包注。蓧、竹器。皇侃疏。蘿篚之屬。釋文、蓧本又作—。今作蓧者。後人加之。

【莜】亭歷切音狄錫韻
蓧省字。〔集韻〕蓧。盛種於器謂之蓧。或省。

【莜】音釣嘯韻
蓶江南呼爲—子。見〔康熙字典引本草〕

【莤】所六切音縮屋韻
禮、祭束茅加于祼圭而灌鬯酒。是爲—。象神歆之也。一曰。—、榼上塞也。從酉從艸。春秋傳曰。爾貢包茅不入。王祭不供。無以—酒。見〔說文酉部〕〔桂注〕漢書音義、張晏曰。瓚以圭爲柄。用灌鬯。馥謂此即祼圭也。本書。祼、灌祭也。—、通作縮。陸詩疏。茅之白者。古用包裹禮物。以充祭祀縮酒用。鄭大夫云。束茅立之祭前。沃酒其上。酒滲下去。若神飲之故謂之縮。一曰榼上塞也者。本書、榼。酒器也。䕪謂塞榼口以湑酒。本書、湑。—酒也。謂以茅泲去其糟也。春秋傳曰爾貢包茅不入王祭不供無以—酒者。僖四年左傳文。彼作縮。杜注。包、裹束也。茅、菁茅也。束茅而灌之以酒、爲縮酒。

【莤】夷周切音由尤韻　水草名。〔爾雅釋草〕—、蔓于。〔注〕—、水草也。一名蔓于。郭云一名軒于。江東呼—。

【莤】以九切音酉有韻　蘧或字。〔集韻〕蘧。艸名。或作—。

【莦】師交切音梢肴韻　惡艸皃。見〔說文〕。〔桂注〕淮南修務訓。野彘有艽—。楏櫛窟虛連比。以像宮室。高誘謂艽—爲蓐。䕪案野彘所寢之草如狠藉也。

【莦】思邀切音宵蕭韻　艸根。見〔集韻〕。

【𦯬】陟涉切音輒葉韻　艸名。小葉。見〔集韻〕。

【葹】於角切音渥覺韻　英蒻。見〔廣韻〕。〔按康熙字典引玉篇。英蒻也。檢今本玉篇書作蒳。从扌不从女。本編一宗集韻。而集韻四覺乙角切、又書作嬳。从女从九从勺。注。艸名。蒻也。又昵角切蒻—。注云。嬳、蒻豆也。康熙字典嬳注云。類篇同—。考類篇實無此說。〕

【著】芳無切音孚虞韻　華盛皃。見〔集韻〕。

【莬】文運切音問問韻　草木新生者。見〔玉篇〕。

【莬】武遠切音晚阮韻　艸名。見〔集韻〕。

【莬】美辨切音免銑韻　葂或字。〔集韻〕葂。人名。或作—。

【莭】子結切音節屑韻　艸約也。見〔類篇〕。

【茚】語兩切音仰養韻　艸名。蒿蒲也。見〔集韻〕。〔按玉篇作草。出池水邊。廣韻作蒿蒲別名。〕

【苐】杜奚切音嗁齊韻　草也。見〔廣韻〕。〔按說文荑下段注。鍇本作荑。鉉本作—。今鉉本篆體尚未全誤。玉篇本說文云。—、艸也。桂馥玉篇亦以說文荑、玉篇作—。考額氏大徐本篆文荑已不作—。玉篇荑、大奚切。始生茅也。又荑桑也。又音夷。荎荑也。—、音題。說文艸也。分明兩見。諸公或偶未之察耳。〕

【苐】田黎切音題齊韻　荑或字。〔集韻〕荑說文艸也。或作—、苐。

【莮】那含切音男覃韻　萱—。艸名。見〔集韻〕。〔按本草作宜男。即萱草也。〕

【䒽】乃結切音涅屑韻　菜名。似蒜。生水邊。見〔集韻〕。

【莡】多葛切音怛曷韻　𧃷—。草。見〔字彙補〕。

【荂】休居切音虛魚韻　草華也。見〔直音〕。

【菤】音槍陽韻　動也。見〔直音〕。

【莉】胡了切音晶篠韻

芍或字。〔集韻〕芍。艸名。或从礿从杓。

【莯】莫卜切音木屋韻　艸也。見〔玉篇〕。〔康熙字典引。字誤从朮作莯。今正。〕

【荼】食邪切音蛇麻韻　姓也。見〔字彙補〕。

【蓴】殊倫切音純眞韻　艸名。見〔集韻〕。

【𦬊】蘇綜切音宋宋韻　艸名。見〔集韻〕。

【苴】才余切聚平聲魚韻　草—也。見〔篇海類編〕。

【莽】居幽切音鳩尤韻　—爲世里。見〔字彙補引石鼓文〕。〔按古文苑石鼓文注。蓐音莽。郭云。恐是莽。莽、草之相糾者。居虯反。鄭本作莽。云今省文作莽。或作草。未審孰是。〕

【菱】亡梵切陷韻　薉也。艸木蕪薉也。見〔類篇引博雅〕。

【𦯶】川思切音脂支韻　褨也。見〔字彙補〕。

【𦰏】門包切音毛豪韻　栥也。見〔字彙補〕。

【𦯹】泚爾切音豸紙韻　補缺也。見〔字彙補〕。

【𦰁】坡生切音烹庚韻　出水也。見〔字彙補〕。

【𦯵】丑中切音沖東韻　草名。見〔字彙補〕。

【𦰎】苦本字。見〔說文〕。

【𦯺】茀本字。見〔正字通〕。

【𦯴】茁本字。見〔說文〕。

【𦰗】茝本字。見〔說文〕。

【𦰋】蕈本字。見〔正字通〕。

【𦰕】古伊字。見〔集韻〕。

【𦯼】同茀。見〔玉篇〕。〔參看茀、菲字。〕

【𦰑】同菽。見〔直音〕。

【𦰙】同萍。見〔篇海〕。

【𦰢】同葉。論語、葉公。石經作—公。見〔字彙補〕。

【𦰣】同蔽。見〔字彙〕。〔按類篇蔽作閫。集韻十六怪苦怪切。蔽、或作閫。〕

【𦰤】同荾。見〔五音篇海〕。

【𦰥】同萱。見〔直音〕。

【𦰦】同藐。見〔直音〕。

【𦰧】同葸。見〔直音〕。

【𦰨】同莽。見〔直音〕。

【𦰩】同蓖。見〔篇海〕。

【𦰪】同莞。見〔字彙補〕。

【𦰫】同葡。〔類篇〕葡隸作—。

【𦰬】萷或字。見〔集韻〕。

【𦰭】荚或字。見〔集韻〕。

【𦰮】蕈或字。見〔集韻〕。

【𦰯】華俗字。粵俗譌華作—。見〔觚賸〕。

【𦰰】莫俗字。見〔直音〕。

【𦰱】亂俗字。見〔直音〕。

【𦰲】葅譌字。類篇艸部。—、壯本切。篅也。集韻二十一混。無—有葅。杜本切。音盾。說文篅也。或作囤。—、一曰𥫣也。廣韻二十一混。亦無—有笹。徒損切。音囤。遯也。說文篅也。字彙—、田損切。遯上聲。遯也。篅也。正字通。—、與葅通。韻會舉要十三阮。囤、杜本切。說文篅也。本作笹。音韻闕微十三阮。囤、廣韻徒損切。集韻杜本切。說文作笹。集韻或作葅。綜觀諸說。是葅爲笹之或體。而類篇艸部訓篅也之—。當卽爲葅之譌字。明矣。其壯本切之壯字。當爲杜之譌字。字彙訓遯也之遯字。必又爲遯之譌字。臨池家每於從艸從竹之字。信筆爲之。如荅答、葦筆、苐第之類。不可枚舉。類篇之說不可從。今特正之。

【蔦】蒿譌字。見〔正字通〕。

【𦰴】莞譌字。見〔正字通〕。

【𦰵】蕣譌字。康熙字典云。集韻類篇𦰵與蕣同。檢類篇蕣下確有—字。惟集韻九麻徐嗟余遮二切之蕣。祇云或作蕣字。從木不從才。類篇或偶誤刻。故以爲蕣之譌字。

【茱】茱譌字。見〔康熙字典〕。

【𦰶】荇譌字。康熙字典備考以爲莽字之譌。檢莽字注云。字彙補音鳩。秦莽。藥名。按卽芀字之譌。第既云秦莽藥名。則爲莽之譌字相近。

【苴】茝譌字。見〔字彙補〕。

【蒟】鴐譌字。康熙字典引類篇集韻與𦰷同。然其八畫中固有蒟字。類篇集韻亦無—字。此蓋康熙字典之譌體字也。

八畫

【莽】模朗切音蟒養韻　滿補切音姥姥韻

㊀南昌謂犬善逐兔草中爲—。見〔說文茻部〕。〔段注〕此字犬在茻中。故偁南昌方言說其會意之恉也。

㊁草名。〔周禮翦氏〕以—草薰之。〔注〕—草、藥物。殺蟲者。〔按爾雅釋草。—、春草。注。一名芒草。疏。按本草—草、一名䒞。一名春草。陶注。今是處皆有。葉青辛烈者良。今俗呼爲㒺草也。〕

(三)草也。〔孟子萬章〕在野曰草—之臣。〔趙注〕—、亦草也。
(四)竹類。〔爾雅釋草〕—、數節。〔注〕節間促。〔按如今馬鞭竹。〕
(五)叢木也。〔易同人〕伏戎於—。
(六)雲覆冒貌。〔漢書禮樂志〕—若雲。
(七)平野之貌。〔漢書西域傳〕烏弋地暑溼—平。
(八)草深貌。〔漢書景帝紀〕或地饒廣薦草—水泉。
(九)—、長大貌。〔呂覽知接〕何以爲之——也。
(十)—罝廣大貌。〔文選左思賦〕相與騰躍乎—罝之野。
(十一)—眇攀碎之謂也。〔莊子應帝王〕厭則又乘夫—眇之鳥。
(十二)鹵—猶麤粗也。〔莊子則陽〕君爲政焉勿鹵—。
(十三)國名。〔列子周穆王〕西極之南隅、有國焉名古—之國。
(十四)人名。後漢王—。
(十五)姓也。〔古今姓氏書辯證〕前漢反者馬何羅。後漢明德馬后恥與同宗。改爲—氏。

【莽】漢郎切音茫陽韻
—蒼。草野之色。〔莊子逍遙游〕適—蒼者。〔釋文〕司馬云。近郊之色也。李云。近野也。支遁云。冢間也。

【莿】七賜切音刺寘韻
(一)茦也。見〔說文〕。〔玉篇〕云。草木針也。集韻云。草芒也。
(二)同刺。〔鶡冠子世兵〕非過材之—也。

【莿】落蓋切音賴泰韻　郎達切音刺曷韻　七迹切音皵陌韻
蘈或字。〔集韻〕蘈草名。或作—。

【菀】委遠切音宛阮韻　於月切音噦月韻
(一)茈—。出漢中房陵。見〔說文〕。〔按本草綱目引弘景曰。其生布地。花紫色。本有白毛。根甚柔細。頌曰。今輝成泗壽台孟興國諸州皆有之。三月內布地生苗。其葉二四相連。五月六月內開黃白紫花。結黑子。宗奭曰。—別錄曰女—。生漢中山谷。或山陽。〕
(二)—川。水名。〔水經河水注〕—川水出勇士縣之子城南山。〔當今甘肅金縣。〕
(三)通苑。〔管子水地〕地者、萬物之本原。諸生之根—也。〔注〕—、囿城也。

【菀】紆勿切音鬱物韻
(一)茂木也。〔詩菀柳〕有—者柳。
(二)茂貌。〔詩桑柔〕—彼桑柔。
(三)盛貌也。〔楚辭憂苦〕—彼青青。
(四)積也。〔素問生氣通天論〕大怒則形氣絕而血—於上。

【菀】委隕切音惲吻韻
薀或字。〔集韻〕薀。說文、積也。或作—。

【菁】咨盈切音精庚韻　倉經切音青青韻
(一)韭華也。見〔說文〕。〔段注〕廣雅曰。韭、其華謂之—。若南都賦曰。秋韭冬—。則是二物。史游所云老—冬日藏也。
(二)水草也。〔史記司馬相如傳〕唼喋—藻。
(三)—茅。香草。〔書禹貢〕包匭—茅。〔注〕—茅、茅有毛刺者。〔按穀梁僖四年傳注。—茅、香草。所以縮酒。管子輕重丁。江淮之間。有一毛而三脊。毋至其本名之曰—茅。後漢公孫瓚傳注。—茅、靈茅。以供祭祀也。通訓定聲云。茅之靈者、猶米之糳者。〕
(四)英華也。〔文選張衡賦〕麗服颺—。
(五)蕪—。蔬名。〔說文通訓定聲〕蔓—者、亦名蕪—。即詩之葑。爾雅之須。葑蓯也。按春菘秋韭、皆有—名。而方言蕪—、紫華者、謂之蘆菔。則蘆菔亦得謂之—矣。〔互詳蕵字〕

【菁】倉經切音青青韻
——。盛貌。〔詩菁菁者莪〕——者莪。〔又〕稀少之貌。〔詩杕杜〕其葉——。

【蒞】奴低切音泥齊韻　乃禮切音禰薺韻
(一)草根露。見〔玉篇〕。
(二)露濃謂之—。見〔集韻〕。

【菅】居顏切音姦删韻
(一)茅也。見〔說文〕。〔按爾雅釋草。白華、野—。注、—、茅屬。東門之池。可以漚—。陸疏。—、似茅而滑澤無毛。根下五寸中有白粉者。柔韌宜爲索。漚乃尤善矣。通訓定聲云。已漚之茅曰—。故未漚之茅曰野—。本草綱目云。—茅只生山上。似白茅而長。秋抽莖。開花成穗如荻花。結實尖黑。長分許。粘衣刺人。其根短硬如細竹絲。無節而微甘。亦可入藥。〕

」
(二)蘭也。〔漢書地理志〕方秉｜兮。
(三)編｜苦也。〔左昭二十七年傳〕或取一編｜焉。
(四)翠｜生水中似蔥中空名水蔥。〔王維詩〕水驚波兮翠｜靡。
(五)縣名。〔漢書地理志〕濟南郡｜。〔當今山東章邱縣西北。〕
(六)通姦。〔管子牧民〕野蕪曠則民乃｜。
(七)姓也。漢｜禹。唐節度使｜崇嗣。

【菅】古頑切音關刪韻
地名。〔春秋隱十年〕公敗宋師于｜。

【菆】甾尤切音鄒尤韻
(一)麻蒸也。一曰廌也。見〔說文〕。〔按說文、蒸。析麻中幹也。廣雅釋器。廌謂之｜。〕
(二)叢生也。見〔玉篇〕。
(三)矢之善者。〔左宣十二年傳〕射以｜。
(四)餘也。見〔集韻〕。

【菆】將侯切音緅尤韻
莝也。〔儀禮既夕禮〕御以蒲｜。

【菆】徂丸切音攢寒韻
積木以殯也。〔禮記檀弓〕｜塗龍輴。〔疏〕｜、叢也。謂以木叢棺而四面塗之。故云｜塗也。

【菆】徂聰切音叢東韻芻數切音蔟遇韻
(一)本作叢。〔太玄昆〕鳥託巢于｜。
(二)蕞省字。〔集韻〕蕞。鳥巢也。或省。

【菉】龍玉切音錄沃韻
(一)王芻也。詩曰。｜竹猗猗。見〔說文〕。〔按爾雅釋草。｜、王芻。注。｜、蓐也。今呼鴟脚莎。通訓定聲云。即今淡竹葉也。說文之藎草。莀草。皆此。可染黃綠色。詩淇奧草木疏。｜似竹。高五六尺。淇水側人謂之｜竹。〕
(二)錄也。〔周書王會〕堂下之東面郭叔掌。爲天子｜幣焉。〔注〕｜、錄諸侯之幣也。
(三)通綠。〔詩采綠〕終朝采綠。〔箋〕綠、王芻也。

【菈】盧合切音拉合韻
(一)東魯人呼蘆菔爲｜蘧子。見〔玉篇引方言〕。
(二)崩弛之聲。〔文選左思賦〕｜擸雷硠。
(三)｜薑蘭蔦。寄生植物之一種。產熱帶地。近出植物書多有之。

【菊】居六切音匊屋韻
(一)大｜。蘧麥。見〔說文〕。〔按爾雅釋草疏。大｜、一名蘧麥。草藥也。本草。瞿麥、一名巨句麥。一名大｜。一名大蘭。陶注。今出近道。一莖生細葉。花紅紫赤可愛。子頗似麥。故名瞿麥。据此蘧麥、一作瞿麥也。〕
(二)花名。本作蘜。〔本草綱目〕按陸佃埤雅云。｜本作蘜。從鞠。鞠、窮也。月令九月。｜有黃華。華事至此而窮盡。故謂之蘜。節華之名。亦取其應節候也。崔實月令云。女節、女華。｜花之名也。治蘠、日精。｜根之名也。｜之品凡百種。宿根自生。莖葉。莖有株、紫、蔓、赤、青、綠之殊。葉有大、小、厚、薄、尖、禿之異。花有千葉、單葉、有心、無心、有子、無子、黃、白、紅、紫、間色、深、淺、大、小之別。味有甘、苦、辛之辨。又有夏｜、秋｜、冬｜之別。大抵惟有單葉者。味甘入藥。
(三)水名。〔水經湍水注〕湍水又南。｜水注之。〔在今河南內鄉縣境。〕

菊圖

【菌】巨隕切音窘軫韻窘遠切音卷阮韻巨卷切音圈銑韻
(一)地蕈也。見〔說文〕。〔通訓定聲〕｜。有土、木、石、三種。西京賦。浸石｜於重涯。思玄賦。沮石｜之流英。此生於石者也。禮記內則。芝栭。爲木蕈。後世亦呼樹鷄。此木耳之類。生於樹者也。爾雅、中馗。注。亦曰馗厨。孫炎云。聞雷即生。此今蘇姑之類。生於地者也。即所謂地蕈。三者皆可食。莊子逍遙游。朝｜不知晦朔。司馬注。大芝也。一名日及。崔注。糞上芝也。簡文注。欻生之芝也。齊物論。蒸成｜。列子湯問。朽壤之上有｜之者。生於朝。死於晦。此生陰溼處。夏日得雨叢起。其色白。見日即消。黑形似｜而實非｜也。不可食。〔

按近博物學。—屬隱花植物。無根莖葉三部。面正圓如蓋。背有褶襞。下承以柄。其色或褐、或白、或黃。由柔輭組織而成。缺葉綠素。故不能自營生活。多寄生於他物以吸收其養分。然其埋在土中之—絲。實與他植物之莖根葉無異。種類甚繁。形性亦雜。無毒者可食。」

菌圖

㈡結也。〔莊子齊物論〕蒸成—。
㈢竹筍也。〔呂覽本味〕駱越之—。
㈣不申貌。〔太玄爻〕黃—不誕。
㈤—香桂也。〔素問方盛衰論〕肝氣虛、則夢見—香生草。〔新校正〕按全元起本云。—香是桂。
㈥—蓋。芝貌也。〔文選張衡賦〕芝房—蓋生其隈。
㈦有小人名曰—人。見〔山海經大荒南經〕
㈧朝—。蟲名。〔淮南道應〕朝—不知晦朔。〔注〕朝—、朝生暮死之蟲也。生水中。狀似蠶蛾。一名孳母。海南謂之蟲邪。
㈨黴—。狀極細微。多生於食物果實等。使其腐敗發黴。菌之下等者也。
㈩細—。—之細小而寄生於人類或動物體。全體極眇小。爲目力所不及見。亦名黴生物。其能爲病源者。別稱病—以別之。
⑪山名。〔山海經海內經〕南海之內有—山。

【菌】區倫切音囷眞韻
㈠桂名。本作筒。一作箘。〔本艸綱目〕箘桂音窘。恭曰。箘者、竹名。此桂嫩而易卷如筒。卽古所用筒桂也。筒似箘字。後人誤書爲箘。時珍曰。今本草又作從草之—。愈誤矣。—桂、葉如柿葉而尖狹光淨。有三縱文而無鋸齒。其花有黃有白。其皮薄而卷。保昇曰。—桂、花白蕊黃。四月開。五月結實。樹皮青黃。薄卷若筒。亦名筒桂。
㈡衆聲鬱積競出之貌。〔文選馬融賦〕瞋—磤柍。

【菔】鼻墨切音匐職韻
蘆—。似蕪菁。實如小尗者。見〔說文〕。〔段注〕今之蘿蔔也。莖長尺餘。春末抽薹開小花。紫碧色。夏初結角。其子大如大麻子。圓長不等。黃赤色。其葉大者如蕪菁。細者如花芥。皆有細柔毛。其根有紅白二色。其狀有長圓二類。根葉生熟菹漿皆可食。爲蔬中之最有利益者。

【菔】房六切音伏屋韻
㈠盧—。艸名。見〔集韻〕。
㈡刀劍衣。見〔集韻〕

【菍】思林切音心侵韻
螟食苗心死也。見〔集韻〕。

【菕】盧昆切音論元韻
㈠木名。〔管子地員〕其木宜蚖—與杜松。
㈡—露。香艸名。見〔集韻〕。

【菖】蚩良切音昌陽韻
㈠—蒲。草名。有數種。白—蒲、卽泥—蒲。生池澤間。葉脈平行。有脊如劍。地下有長莖橫走如根。肥白節疏。簇生大葉。高四五尺。初抽花軸。開細黃花。石—蒲、有二種。自生溝渠間。瘦莖密節。柔葉細花。較低於白—。別有細小之一種。栽小盆中。實以砂。高不盈尺。至春翦洗其葉。愈翦愈細。亦石—蒲。是卽前者之變種。
㈡水—蒲。草名。溪蓀也。開美花似蝴蝶。作淡紫色。上多斑點。
㈢通昌。〔左僖三十年傳〕饗有昌歜。〔注〕昌歜、昌蒲菹。

【菗】陳留切音儔尤韻
—茶菜。見〔玉篇〕。〔按廣雅釋草云。—蔛。地榆也。〕

【䓘】居勞切音高豪韻
㈠草名。其實似瓜。食之治瘧。又云、白—草食之不飢。見〔玉篇〕
㈡木名。〔山海經南山經〕侖者之山、有木焉。其狀如穀而赤理。其汁如泰。其味如飴。食者不飢。可以釋勞。其名曰白—。〔注〕沅曰。說文、𣐊木也。讀若皓。疑卽此。—非古字。

【䓘】巨九切音臼有韻
艸名。見〔集韻〕。

【菜】倉代切音採隊韻
㈠艸之可食者。見〔說文〕。
㈡—色。食菜之飢色。〔禮記王制〕民無—色。
㈢淡—。蛤類。生東南海中。味甘美。
㈣俗稱肉食蔬食品概曰—。

㊄同蓄。〔荀子大略〕三月五月爲幬。—敝而不反其常。〔注〕—讀爲蓄。謂殺與輻也。

㊅同采。〔漢孔耽碑〕躬—蔆藕。

【莉】良脂切音黎支韻

㊀地名。〔穆天子傳〕讀書於—上。

㊁古黎字。〔漢書匈奴傳贊〕—庶亾干戈之役。

【菟】土故切音兔遇韻

㊀—絲。藥草。〔爾雅釋草〕女蘿、—絲。〔本草綱目云其子入地。初生有根。及長延草根自斷。無葉有花。白色微紅。香亦襲人。結實如粃豆而細。色黃。近博物學云。—絲延草木上。出吸盤狀之根貫入草木體內。奪其養分。地下之根自枯。〕

㊁—奚。款凍也。〔爾雅釋草〕—奚、顆凍。〔注〕款凍也。紫赤花生水中。〔疏〕藥草也。一名—奚。一名顆凍。案本草款凍、一名橐吾。一名顆東。一名虎鬚。一名—奚。陶注。形如宿蓴未舒者。其腹裏有絲。其花乃似大菊花。唐本注云。葉似葵而大。叢生花出根下。是也。

㊂—瓜。似土瓜。〔爾雅釋草〕黃、—瓜。〔注〕—瓜似土瓜。〔疏〕—瓜、一名黃。苗及實似土瓜。土瓜者、卽王瓜也。

㊃莃—。似葵。〔爾雅釋草〕莃—、葵。〔注〕頗似葵而小葉。狀如藜有毛。〔疏〕案本草唐本注云。苗如石龍芮。葉光澤。花白似梅。莖紫色。

㊄通兔。〔楚辭天問〕厥利維何。而顧—在腹。

【菟】同都切音徒虞韻

㊀於—。楚人謂虎也。〔左宣五年傳〕楚人謂乳、穀。謂虎、於—。故命之曰鬬穀於—。

㊁飛—。神馬名。見〔韻會〕。

㊂—裘。魯邑。〔左隱十一年傳〕使營—裘。〔今山東泗水縣西北有—裘聚。〕〔又〕嬴姓也。見〔潛夫論〕。

【荓】旁經切音缾青韻

㊀馬帚也。見〔說文〕。〔按爾雅釋草。—、馬帚。注云。似蓍可以爲掃彗。〕

㊁雨師謂之—翳。見〔廣雅釋天〕。

【荓】傍丁切音俜青韻

㊀使也。〔詩桑柔〕—云不逮。

㊁—蜂。摩曳也。〔詩小毖〕莫予—蜂。〔箋〕謂爲譎詐誑欺。不可信也。

【⿱艹屈】古忽切音骨月韻　曲勿切音屈物韻

㊀㕞也。見〔說文〕。〔段注〕㕞、當作刷。字之誤也。㕞、拭也。刷、掊杷也。—之言掘也。與掊杷義近。今人謂以鈍帚去薉物曰—。正是此字。廣雅釋器。—謂之刷。

㊁通屈。〔正字通〕神農本經有屈草。生漢中川澤間。主寒熱陰痺。—、當卽屈。

【菩】薄沒切音孛月韻

㊀麻—揚。草名。〔齊民要術〕種穀二月上旬麻—揚生種者、爲上時。

㊁通蔀。〔易豐〕豐其蔀。〔鄭本作—〕。

【菩】薄亥切倍上聲　扶缶切音婦　普后切音剖有韻　鼻墨切音菔職韻

㊀艸也。見〔說文〕。〔段注〕周禮注。犯軷以—芻棘柏爲神主。

【菩】薄胡切音蒲虞韻

㊀—提。樹名。出摩伽陀國。見〔酉陽雜俎〕。〔按本草綱目有—提子。云無患子、俗名爲鬼見愁。釋家取爲數珠。故謂之—提子。生高山中。樹甚高大。枝葉皆如椿。特其葉對生。五六月開白花。結實大如彈丸。狀如銀杏及苦楝子。生青熟黃。老則文皺。其蒂下有二小子。相粘承之。實中一核。堅黑如肥皂莢之核。而正圓如珠。殼中有仁。如榛子仁。〕

㊁—薩。見〔玉篇〕。〔按柳宗元無姓和尚碑注。佛書云。—提薩埵。言覺有情也。從簡稱—薩。又翻譯名義引大論釋。—提、名佛道。薩埵、名成衆生。天台解云。—提、是自行。薩埵、是化他。自修佛道。又化他。故賢首云。—提、此謂之覺。薩埵、此曰衆生。以智上求—提。用悲下救衆生。〕

㊂—之爲言了也。見〔綱目集覽引釋典〕。

【菫】儿隱切音謹吻韻〔與堇別〕。

㊀本作蓳。〔說文〕蓳。草也。根如薺。葉如細柳。蒸食之甘。〔通訓定聲〕大篆从𦼮。爾雅。齧、苦—。注。今—葵也。葉似柳。子如米。汋食之、滑。按此菜野生。非人所種。作紫花。味苦。瀹之則甘滑。詩緜。—荼如飴。禮記內則。—、荁、粉、榆。夏小正。榮—。楚辭傷時。—荼茂兮敷疏。注。薊也。經傳皆—

爲之。省草。〔按〕—與土部黏土之菫不同。近博物學以爲卽紫花地丁。春生徧地。葉似箭頭。故亦名箭頭草。葉柄甚長。有翅。花作深紫色。開則側向。花後有距。貯藏花蜜。種類甚多。白花者、曰白花地丁。彩色斑爛。花大而圓者、曰遊蝶草。葉背淡紅者、曰紫背—。葉之裂片甚多者、曰胡—。栥根作紅色者、曰茜—。栥其花或紫或白而有香者、曰香—。生於陰溼地者、曰陰—。

(二)藋也。見〔廣雅釋草〕〔疏證〕今之灰藋也。說文云。藋、—草也。大雅緜篇釋文云。廣雅云。—、藋也。今三輔之言猶然。一名拜。一名蔏藋。爾雅云。拜蔏藋。郭注云。蔏藋亦似藜。陳藏器本草云。灰藋生熟地。葉心有白粉、似藜。子炊爲飯。香滑。案灰藋今處處原野有之。四月生苗。有紫紅綫稜。葉端有缺而青嫩。葉背面全白。野人多以爲蔬。八九月間、結子如莧。其紅灰者古謂之藜。

(三)木名。〔禮記月令〕木—榮。〔注〕木—、王蒸也。〔疏〕釋草云。椵、木槿。櫬、木槿。某氏云。別二名。可食。或呼曰日及。亦曰王蒸。其花朝生暮落。〔釋文〕—。—名舜華、

【菫】渠客切音僅　居覲切音抻震韻　居焮切音靳問韻

(一)烏頭也。〔爾雅釋草〕芨、—草。〔疏〕芨、一名—草。郭云卽烏頭也。江東呼爲—。音靳。

(二)和—。毒藥。〔淮南說林〕蝮蛇螫人。傅以和—、則愈。〔注〕和—、野葛毒藥。

【菭】堂來切音臺灰韻　陳尼切音墀支韻

苔本字。見〔說文〕。〔集韻或省作苔。亦作箈。〕

【菧】章移切音支支韻

菧或字。〔集韻〕菧、楡莢也。或作—。

【菭】澄之切音治支韻

(一)—藸。草名。通作治。見〔集韻〕。

(二)生於近山之雜草。多年生存。稈葉微堅、高一二尺。葉本抱稈。成爲葉鞘。初夏抽短穗。密布白毛茸。穗以小穗集成。作淡綠色。

【落】慈焦切音樵蕭韻

艸也。見〔說文〕〔通訓定聲〕籀文从𦳝。此字疑卽茗之或體。或曰水草也。从艸从水。召聲。存參。

【菬】止少切音沼篠韻

(一)—子。藥名。見〔玉篇〕。

(二)草名。仙茖也。見〔集韻〕。

【華】胡瓜切音划麻韻

(一)本作蕚。〔說文蕚部〕蕚、榮也。从艸从雩。〔通訓定聲〕按雩亦聲。開花謂之—。與花朶之雩微別。爾雅釋草。木謂之—。草謂之榮。則—雖从草。亦草木之通名矣。禮記月令、桃始—。桐始—。

(二)草盛也。見〔廣韻〕。

(三)畫也。〔禮記檀弓〕—而睆。〔疏〕凡繪畫五色必有光。故曰—。畫也。

(四)彩色也。〔書顧命〕—玉仍几。

(五)彫畫之也。〔漢書司馬相如傳〕—榱璧璫。

(六)鮮美也。〔素問異法方宜論〕其民—食而脂肥。

(七)黃色也。〔禮記玉藻〕大夫玄—。

(八)白也。〔後漢崔駰傳〕唐且—顚以悟秦。〔注〕—顚、謂白首也。

(九)猶光也。〔淮南地形〕其—照下地。

(十)文德也。〔書舜典〕重—協于帝。

(十一)虛也。〔後漢馬融傳〕察淫侈之—譽。

(十二)曄也。見〔方言〕。〔箋疏〕曄卽盛之異文。

(十三)葆也。〔漢書司馬相如傳〕建翠—之旗。〔注〕以翠羽爲旗上葆也。

(十四)石色似瓊也。〔詩著〕尙之以瓊—乎而。

(十五)果蓏也。〔禮記郊特牲〕天子樹瓜—。

(十六)中裂之也。〔禮記曲禮〕爲國君者—之。〔注〕—、中裂之不四析也。

(十七)鐘有篆刻之文也。〔後漢班固傳〕發鯨魚。鏗—鐘。

(十八)中國之稱。〔左定十年傳〕夷不亂—。〔疏〕中國有禮儀之大。故稱夏。有服章之美。謂之—。〔按清宣統三年。革命軍成立南京臨時政府。宣布共和。帝遜位。遂正式建國號爲中—民國。〕

(十九)—者色也。見〔漢書五行志〕。

(二十)—蟲雉也。見〔書益稷—蟲注〕。〔周禮司服注云。—蟲、五色之蟲。〕

(二十一)—騮。八駿之一。〔穆天子傳〕—騮。〔注〕色如—而赤。今名馬標赤者爲棗騮。〔按字亦作驊。〕

(二十二)—林。園名。〔魏志文帝紀注〕甘露

降芳林園臣松之按芳林園即今｜林園。
㉓｜蓋星名。〔晉書天文志〕大帝上九星曰｜蓋。
㉔章｜臺名。〔楚辭傷時〕顧章｜兮太息。
㉕｜表誹謗之木。〔古今注〕程雅問曰。堯設誹謗之木何也。答曰。今之｜表也。〔又〕｜飾屋外之表也。〔文選何晏賦〕故其｜表則鎬｜鑠。〔按說文繫傳〕｜本音和。故今人謂｜表爲和表。〕
㉖｜盛頓美國都名。以其創國第一期大總統之名名之也。英文Washington。
㉗鉛｜粉也。〔文選曹植賦〕鉛｜不御。
㉘浮｜也。〔文選張協七命〕於是徇｜大夫閒而造焉。
㉙｜平瑞木也。〔文選張衡賦〕植｜平於春圃。
㉚縣名。〔漢書地理志〕泰山郡｜。〔當今山東費縣東北。〕
㉛俗作花。〔佩觿集〕｜有戶瓜呼瓜二翻。別爲花。〔按廣雅釋草蘤、葩、菁、蘂、花、｜也。〕

【華】空媧切音咼佳韻
㊀不正。見〔集韻〕。
㊁邪也。〔周禮形方氏〕無有｜離之地。〔注〕｜讀爲佤哨之佤。〔疏〕佤者、兩頭寬中狹。邪者謂一頭寬一頭狹。〔按俗謂此縣地離絕本境而舛雜他縣境內者、曰插花。即｜離之地也。〕

【華】胡化切音話禡韻　胡瓜切音划麻韻
㊀地名。〔莊子天地〕堯觀乎｜。
㊁州名。西魏置。本漢京兆地。當今陝西｜縣治。
㊂通華。〔爾雅釋山〕｜山爲西嶽。
㊃通樺。〔史記司馬相如傳〕｜氾檘櫨。〔集解〕漢書音義曰。｜木皮可以爲索也。〔漢書注〕師古曰。｜、即今之皮貼弓者也。
㊄姓也。〔古今姓氏書辯證〕出自子姓。宋戴公孫督字｜父。相宋公。因自立爲｜氏。

【菰】攻乎切音孤虞韻
㊀蔣也。其米謂之彫胡。見〔廣雅釋草〕。〔疏證〕｜與苽同。說文云。苽、雕苽。一名蔣。苽、胡、古聲近。雕苽、即彫胡也。楚辭大招五穀六仞。設｜梁只。王逸注云。｜梁。蔣實。謂彫菰也。則｜即蔣草之米。後又以｜爲大名耳。高誘注淮南原道訓云。｜者蔣實也。其米曰雕胡。〔按本草綱目引蘇頌曰。｜根江湖陂澤中皆有之。生水中。葉如蒲葦。刈以秣馬、甚肥。春末生白芽如筍。即｜菜也。又謂之茭白。秋結實。乃彫胡米也。歲饑、人以當糧。〕
㊁｜陂。地名。見〔吳志孫亮傳〕。
㊂南方人謂菌爲｜。見〔圖經本草〕。〔或作菇。〕
㊃淡巴｜。煙草譯名。英文Tobacco。

【菰】攻乎切音孤虞韻
㊀艸多皃。江夏平春有｜亭。見〔說文〕。〔通訓定聲〕按此字即菰之誤文。說文重出。
㊁｜首。橋名。〔通鑑〕梁大清二年。李遷仕樊文皎帥銳卒五千。深入至｜首橋東。

【菲】妃尾切音斐尾韻
㊀芴也。見〔說文〕。〔按爾雅釋草。｜、芴。注云。即土瓜也。〕
㊁薄也。〔論語泰伯〕｜飲食而致孝乎鬼神。
㊂同斐。｜｜雜也。〔大玄昆〕白黑｜｜。

【菲】父沸切音屝未韻
㊀菜名。〔爾雅釋草〕｜、蒠菜。〔注〕｜草生下溼地。似蕪菁。華紫赤色。可食。
㊁喪服之屨也。〔儀禮喪服〕繩屨者、繩｜也。〔注〕繩｜、今時不借也。〔疏〕周時人謂之屨子。夏時人謂之｜。漢時謂之不借者。此凶茶屨。不得從人借。亦不得借人。皆是異時而別名也。〔按禮記曾子問不｜疏云。草屨也。釋文一本作屝。〕
㊂編草爲蔽也。〔荀子禮論〕以象｜帷幬尉也。〔注〕｜、謂編草爲蔽。蓋古人所用障蔽門戶者。今貧者猶然。或曰。｜當爲屝。隱也。謂隱奧之處也。或曰。｜讀爲屝。戶扇也。

【菲】芳徽切音霏微韻
㊀草茂皃。見〔集韻〕。
㊁芳｜。見〔廣韻〕。
㊂｜｜。芳貌也。〔楚辭東皇太一〕芳｜｜兮滿堂。〔又〕香氣射散也。〔漢書司馬相如傳〕郁郁｜｜。〔又

」高下不定也。〔後漢梁鴻傳〕志——兮升降。〔又〕花美貌也。〔文選左思賦〕曄兮——。

【莶】祛音切音欽侵韻
㊀艸名。似蒿。見〔廣韻〕。
㊁—莶。草名。見〔集韻〕。

【菳】渠金切音琴侵韻
黄—也。見〔說文〕〔段注〕本艸經、廣雅、皆作黄芩。今藥中黄芩也。

【蓥】居吟切音今侵韻
—蓥。草名。見〔集韻〕。

【菴】烏含切音諳覃韻　衣廉切音淹鹽韻
㊀山名。〔明一統志〕—山在建陽縣東南。後唐時有處士石湖結—此山。故名。〔按今俗謂僧寺曰—。僧寺多在山也〕
㊁—廬。軍行宿舍也。〔後漢皇甫規傳〕軍中大疫。死者十三四。規親入—廬。巡視將士。三軍咸悅。
㊂—舍。謂墓廬也。〔齊書王秀之傳〕父卒。爲—舍於墓下持喪。
㊃—閭。草名。〔本草綱目〕—、草堂也。閭、里門也。此草乃蒿屬。老莖可以蓋覆—閭。故以名之。葉似菊葉而薄。面背皆青。高者四五尺。其莖白色如艾。實中有細子。極易繁衍。
㊄—羅。果名。〔本草綱目〕—摩羅迦果、出佛書。—羅、梵音二合者也。—摩羅、梵音三合者也。華言清淨是也。按一統志云。—羅果俗名香蓋。乃果中極品。種出西域。亦柰類也。葉似茶葉。實似北梨。五六月熟。今安南諸番亦有之。

【菴】烏紺切音闇勘韻　烏感切音黯感韻　衣檢切音奄琰韻
—藹。木茂也。〔文選左思賦〕茂八區而—藹焉。

【菶】補孔切音琫董韻　蒲蠓切音蓬東韻
㊀草盛。見〔說文〕。
㊁——。梧桐盛也。〔詩卷阿〕——萋萋。〔又〕多實也。見〔玉篇〕。〔又〕茂也。見〔廣雅釋訓〕。

【菶】䔉或字。見〔集韻〕。

【菸】衣廬切音於魚韻　烏前切音烟先韻
㊀鬱也。一曰殘也。見〔說文〕〔段注〕蔫、菸、鬱、三字雙聲。鬱者、如釀鬱也。殘、病也。—、殘、雙聲。二義互相足。
㊁草名。別名淡巴菰。一曰—草。產自呂宋。明時始入中國。莖高四五尺。葉互生而有腺毛。采葉乾之。切爲細絲。可製各種之—。惟其中含有毒質。名曰尼古低尼。英文Nicotine。吸之無益而有害。字俗借烟。
㊂—邑。傷壞也。〔楚辭九辯〕葉—邑而無色兮。

【菸】依據切音飫御韻
㊀臭艸。見〔玉篇〕。
㊁蔫—。敗也。見〔集韻〕。

【菻】力錦切音廩寢韻
㊀蒿屬。見〔說文〕。〔按爾雅釋草。莪蘿。注。今莪蒿也。亦曰藁蒿。疏。一名蘿蒿。生澤田漸洳之處。葉似邪蒿而細。科生。三月中、莖可生食。又可蒸。香美。味頗似蔞蒿〕
㊁拂—。外國名。〔唐書西域傳〕拂—、古大秦也。居西海上。一曰海西國。東南接波斯。地方萬里。城四百。〔按即羅馬〕

【菽】式竹切音叔屋韻
㊀本作尗。〔說文尗部〕尗。豆也。象尗豆生之形也。〔段注〕豆之生。所種之豆、必爲兩瓣。而戴於莖之頂。故以一象地。下象其根。上象其戴生之形。今字作—。〔按通訓定聲云古謂之尗。漢謂之豆。今字作—。—者衆豆之總名〕
㊁藿也。〔詩小宛〕中原有—。
㊂—藟。小草也。〔楚辭怨上〕—藟兮蔓衍。

【菽】茲消切音焦蕭韻
萩或字。〔穀梁文九年傳〕楚子使萩來聘。〔釋文〕萩、或作—。

【菿】刀號切音到號韻
艸大也。見〔說文〕〔段注〕各本篆作蓺。訓同。玉篇廣韻皆無蓺字。—之誤也。後人檢—字不得。則於艸部末綴—篆。訓曰艸木倒。語不可通。今更正。

【菿】覩老切音倒晧韻　陟教切音罩效韻
艸名。見〔集韻〕。

【菿】竹角切音斲覺韻
㊀艸大皃。見〔集韻〕。
㊁通倬。〔詩甫田〕倬彼甫田。〔韓詩〕作—彼甫田。

【萀】火五切音虎麌韻
㊀艸也。見〔玉篇〕。
㊁豆名。似貍豆而大。見〔集韻〕。

【萁】渠之切音其支韻
㊀豆莖也。見〔說文〕。〔段注〕當云尗、而曰豆。從漢時語也。楊惲傳。種一頃豆。落而爲—。
㊁菜名。似蕨。〔後漢馬融傳〕茈—芸蒩。〔注〕爾雅曰。綦月爾。郭璞注曰。即紫綦也、似蕨可食。
㊂通藄。〔孫子兵法〕藄秆一石。〔曹注〕藄音忌豆稭也。〔段玉裁云〕藄即—字。

【萁】居之切音姬支韻
㊀草名。似萩而細。〔漢書五行志〕檿弧—服。
㊁語辭。〔禮記曲禮〕梁曰薌—。

【萁】居開切音該灰韻
木名。〔淮南時則〕爨—燧火。〔注〕取—木燧之火炊之。—讀該備之該也。

【萃】秦醉切音瘁寘韻
㊀草皃。讀若瘁。見〔說文〕。
㊁聚也。〔易序卦傳〕—者聚也。
㊂集也。〔詩墓門〕有鴞—止。
㊃猶至也。〔文選張衡賦〕悵懷—。
㊄止也。〔楚辭天問〕北至回水—何喜。
㊅卦名。坤下兌上。〔易萃〕澤上於地。—。
㊆待也。見〔方言〕。
㊇款凍也。見〔廣雅釋草〕。〔急就篇注〕款東、即款冬亦曰款凍。
㊈通悴。〔左成九年傳〕無弃蕉—。〔校勘記〕詩東門之池正義引作憔悴。後漢應劭傳注云蕉—、憔悴、古通用。〔參閱顇字〕。

【萃】祖外切音最泰韻
艸盛皃。見〔集韻〕。

【萃】昨律切音崒質韻
聚也。見〔集韻〕。

【萃】七醉切音翠寘韻
—蔡。衣聲也。〔史記司馬相如傳〕噏呷—蔡。〔注〕集解。—蔡衣聲也。索隱曰。—蔡猶璀璨也。〔按—蔡。亦作翠粲、綷縩、䌨綷。〕

【萃】取內切音倅隊韻
通倅。〔周禮車僕〕掌戎路之—。〔注〕—、猶副也。

【葡】徒刀切音陶豪韻
㊀草也。見〔說文〕。
㊁葡—。果名。〔本草綱目〕葡—、漢書作蒲桃。可以造酒。人酺飲之。則醄然而醉。故有是名。其圓者名草龍珠。長者名馬乳葡—。白者名水晶葡—。黑者名紫葡—。漢書言張騫使西域還。始得此種。而神農本草已有葡—。則漢前隴西舊有。但未入關耳。葡—、折藤壓之最易生。春月萌苞生葉。頗似栝樓葉而有五尖。生鬚延蔓引數十丈。三月開小花成穗。黃白色。仍連著實。七八月熟。有紫白二色。蜀中有綠葡—。熟時色綠。雲南所出者大如棗。味尤長。西邊有瑣瑣葡—。大如五味子而無核。

【萆】賓彌切音卑支韻
㊀—薢。草。〔本草綱目〕—薢名義未詳。日華本草言。時人呼爲白菝葜。菝葜、象形也。蔓生。葉似菝葜而大如盌。其根硬大者、如商陸而堅。今人皆以土茯苓爲—薢。誤矣。莖葉根苗皆不同。吳普本草又以—薢爲狗脊。亦誤矣。頌曰。作蔓生。苗葉俱青。葉作三叉。似山薯。又似綠豆葉。花有黃紅白數種。亦有無花結白子者。根黃白色。多節。三指許大。今成德軍所產者。根亦如山薯而體硬。其苗引蔓。葉似蕎麥子。三稜。
㊁蒿類。見〔集韻〕。
㊂蓑衣也。見〔集韻〕。

【萆】必袂切音蔽霽韻
㊀菴也。見〔集韻〕。
㊁—荔。香草也。〔山海經西山經〕小華之山。其草有—荔。狀如烏韭而生於石上。亦緣木而生。食之已心痛。
㊂通蔽。〔漢書韓信傳〕從問道—山而望趙軍。〔注〕—、蔽隱於山間。

【萆】補弭切音俾紙韻　頻彌切音陴支韻
蓽或字。〔集韻〕蓽、艸名。或作—。

【萆】蒲八切音拔黠韻
菝或字。〔集韻〕菝葀、艸名。或作—。

【萆】蒲歷切音甓錫韻　毗亦切音擗陌韻
雨衣也。一曰衰衣。一曰—蔴。似烏

韭。見〔說文〕。〔按通訓定聲云。—蘼、卽爾雅釋草之蘻從水生也。—蔗、當作—蘻。神農本草。烏韭生山谷石上。注。卽石衣也。亦曰石苔。又曰石髮。生巖石陰不見日處。陳藏器云。青翠茸茸。似苔而非苔也。按生水中者爲—。亦曰水衣。曰水垢。曰魚衣。卽說文之菭。爾雅之藫也。其生海中者曰蕁。爾雅蕁海藻是也。博物志。髮生海中者。長尺餘。大小如韭。其實菭、—、藫、一聲之轉。藫、蕁同聲。皆所謂蘻從水生者。〕

【萇】直良切音長陽韻

●一 —楚、銚弋。一名羊桃。見〔說文〕。〔通訓定聲〕詩隰有—楚。釋文。一名羊腸。按卽夾竹桃也。蔓生。實小似桃。味則不類。亦可食。〔按爾雅作長楚銚芅。詳芅字。〕

●二 烏—國名。見〔北史西域傳〕。〔按水經河水注。烏—國、卽北天竺。〕

●三 姓也。周大夫—弘。

【⿱艹沓】託合切音鞜德合切音搨合韻

●一 菜名。生水中。大葉。見〔集韻〕。

●二 荷覆水也。見〔廣韻〕。

【萊】郎才切音來灰韻落代切音賴隊韻

●一 蔓華也。見〔說文〕。〔按通訓定聲云。爾雅釋草。釐、蔓華。以釐爲之。注。一名蒙華。詩南山有臺。北山有—。齊民要術引義疏。—、藜也。莖葉皆似菉王芻。今兗州人蒸以爲茹。謂之—蒸。〕

●二 田休不耕者。〔周禮遂人〕—五十晦。

●三 草穢也。〔詩十月之交〕田卒汙—。

●四 除草也。〔周禮山虞〕—山田之野。

●五 郊外也。〔周禮縣師〕而辨其夫家人民田—之數。

●六 —夷。地名。〔書禹貢〕—夷作牧。〔山東舊登州萊州二府之地。〕

●七 國名。〔左宣七年傳〕公會齊侯伐—。〔當今山東黃縣。〕

●八 山名。見〔山海經西山經〕。

●九 姓也。〔孟子盡心〕若伊尹—朱。〔注〕—朱、湯賢臣也。一曰仲虺是也。

【萋】千西切音妻齊韻此禮切音泚薺韻千咨切音鄑支韻

●一 艸盛。詩曰。萋萋—。—。見〔說文〕。〔按漢書外戚傳。中庭—兮鮮艸生。注。青艸貌。〕

●二 恭順皃。見〔集韻〕。

●三 —茂盛貌。〔詩葛覃〕維葉—。〔又〕雲行貌。〔詩大田〕有渰—。〔又〕盡力貌。〔爾雅釋訓〕藹藹—。—臣盡力也。〔又〕茂也。見〔廣雅釋訓〕。

●四 —斐文章相錯貌。〔詩巷伯〕—兮斐兮。成是貝錦。

●五 —且。敬慎貌。〔詩有客〕有—有且。

●六 通淒。〔詩大田〕有渰——。〔韓詩外傳作淒淒〕。

【萌】謨耕切音氓庚韻

●一 艸芽也。見〔說文〕。

●二 始也。見〔廣雅釋詁〕。

●三 兆也。〔國語越語〕逆節—生。

●四 菜始生也。〔周禮占夢〕乃舍—于四方。

●五 蘗也。見〔廣雅釋草〕。

●六 事始也。〔漢書司馬相如傳〕明者遠見於未—。

●七 見也。〔淮南氾論〕風先—焉。

●八 斫也。〔周禮薙氏〕春始生而—之。〔注〕—之者、以茲其斫其生者。〔疏〕漢時茲其。卽今之鋤也。

●九 民也。〔呂覽高義〕比於賓—。

●十 田民也。〔管子山國軌〕謂高之—曰。

●十一 不動貌。〔莊子應帝王〕—乎不震不正。

●十二 無知貌。〔漢書劉向傳〕民—何以勸勉。

●十三 芒而直也。〔禮記月令〕—者盡達。

●十四 箭—。筍也。〔爾雅釋草〕簢、箭—。

●十五 葭—。縣名。〔後漢郡國志〕益州廣漢郡葭—。〔當在四川昭化縣東南。〕

●十六 合—。草名。春生田塍間。莖高二尺許。中虛而圓。葉似含羞草。夏秋開小花、黃色。結莢、黑褐色。有豆處隆然高起。葉可代茶飲。

●十七 姓也。五代蜀裨將—慮。

【萍】旁經切音瓶青韻

●一 水草也。〔爾雅釋草〕—、蓱。〔注〕水中浮蓱。江東謂之薸。〔按本草綱目云。浮—處處池澤止水中甚多。季春始生。或云楊花所化。一葉經宿。卽生數葉。葉下有微鬚。卽其根也。廣羣芳譜云。一名水花。一名水白。一名水簾。一名薸。浮於流水。則不生。浮於止水、則一夕生九子。—

無根而浮。常與水平。有大小二種。小者面背俱青、爲—。大者面青背紫、爲蘋。〕

㊁—氏。官名。見〔周禮秋官序官〕。

【萎】邕危切音逶支韻鄔賄切音猥賄韻

㊀枝枯也。〔詩谷風〕無木不—。

㊁病也。〔禮記檀弓〕哲人其—乎。

【萎】鄔毀切音委紙韻

㊀藥草。〔爾雅釋草〕熒委、—。〔注〕葉似竹。大者、如箭竿有節。葉狹而長。表白裏青。根大如指。長一二尺。可啖。〔按古今韻會云〕葳蕤草木葉垂之貌。此草根長多鬚。如冠纓下垂之綏。故以名之。別錄作—蕤。說文作—。蓡音相近也。爾雅作委—。字相近也。處處山中有之。其根橫生。似黃精差小。黃白色。性柔多鬚。最難燥。其葉如竹。兩兩相值。亦可采。根種之極易繁也。〕

㊁—莎。匈奴種類。見〔晉書匈奴傳〕。

【萎】於僞切音餧寘韻

㊀食牛也。見〔說文〕。〔今作餧〕。

㊁—腇。耎弱也。〔後漢馬援傳〕而但—腇咋舌叉手從族乎。

【萑】朱惟切音隹支韻

㊀艸多皃。見〔說文〕。

㊁草名。〔爾雅釋草〕—蓷。〔注〕今茺蔚也、葉似荏。方莖白華。華生節間。又名益母。〔互詳蔚字圖入母字〕。

㊂梟未瀰者。見〔集韻〕。

㊃木名。似桂。見〔集韻〕。

【萑】胡官切音桓寒韻〔與艸多皃之萑、及隹部之雈、不同。〕

㊀本作雚。〔說文〕雚。薍也。从艸。雈聲。〔段注〕今人多作—者。蓋其始假騅屬之—爲之。後又誤爲艸多皃之萑。〔按通訓定聲云〕—、即菼也。騅也。薍也。今所謂荻。其未秀曰蒹。此細小而實中者。與葭葦之中空高大、今謂之蘆者、別。經傳皆以雚騅字爲之。〕

㊁—蘭。泣涕闌干也。〔漢書息夫躬傳〕涕泣流兮—蘭。〔按—蘭、亦作汍瀾〕。

【莤】徐由切音囚尤韻

艸名。生水田。子可食。見〔集韻〕。

【菂】丁歷切音的錫韻胡了切音皛篠韻

同的。蓮子也。〔玉篇〕—菂。〔按爾雅釋草作的。菂注云。即蓮實。〕

【菃】求於切音渠魚韻

人名。北齊有宋—。見〔集韻〕。

【菄】都籠切音東東韻多貢切音凍送韻

—風。艸名。嶺南平澤有之。莖高三二尺。先春而生。見〔集韻〕〔又〕菜名。本作東。〔玉篇〕東風菜。廣州記云。陸地生。莖赤。和肉作羹。味如酪。香似蘭。吳都賦云。艸則東風扶留。俗作—。

【萡】薄陌切音白陌韻

艸名。象帛。通作帛。見〔集韻〕。

【菇】攻乎切音姑虞韻

瓜也。本作姑。〔爾雅釋草〕鉤、睽姑。〔注〕鉤瓤也。一名王瓜。實如瓝瓜。正赤味苦。〔疏〕鉤、一名睽姑。本草云。王瓜、一名土瓜。陶注云。即今土瓜。生籬院。亦有子。熟時赤如彈丸。根大。唐本注云。此物蔓生。葉似栝樓。圓無叉缺。子如梔子。生青熟赤。但無稜爾。根似葛。細而多糝是也。〔按玉篇集韻作—〕。

【蒟】許俱切音虛虞韻

芋也。見〔玉篇〕。

【菋】無沸切音味未韻乙界切音欬幕拜切音肦卦韻

荎藸也。見〔說文〕。〔按爾雅釋木蔬。藥草也。一名—。一名荎藸。郭云。五味也。蔓生。子叢在莖頭。〕

【䒹】何于切音吁虞韻

藥草。蛇牀也。見〔集韻〕。〔按爾雅釋草作盱。注。蛇牀也。一名馬牀。〕

【菎】古渾切音昆元韻古本切音衮阮韻

蘽或字。〔集韻〕蘽。說文、艸也。或从昆。〔按玉篇〕—、同蘽。香艸。通訓定聲云。廣雅釋艸。—、薌也。楚辭七諫。—蕗雜於黀蒸兮。注、香直之艸。按此卽箘簬。玉篇廣韻皆訓香草。蓋本王逸注。其實失之。〕

【菏】胡歌切音何歌韻

—蕧。艸。見〔玉篇〕。〔按玉篇曰。又音柯。—澤。名。屬入水部菏義矣。集韻菏遲作—。更誤。—、从艸河聲。菏、从水苛聲。說文段注曰。當左形右聲。篆體取結構。乃似上艸下河耳。〕

今字依玉篇。而—下不錄从水義。」

【蒦】蒲沃切音僕沃韻方六切音福博木切音卜步木切音僕屋韻
瀆—也。見〔說文蒦部〕。〔段注〕瀆、煩瀆也。—如孟子書之僕僕。趙云。煩猥皃。

【菓】古火切音果哿韻
木實也。〔漢書叔孫通傳〕古者有春嘗—。〔按—與果通。有廣狹二義。廣義普指植物之實。狹義惟指木實之可食者。又日本謂一切餅餌、曰—子。〕

【菒】古老切音槀晧韻
稈也。〔國語齊語〕擊—除田。以待時耕。〔注〕—、枯草也。

【菘】沽紅切音公思融切音嵩東韻
蔬名。〔埤雅〕—性隆冬不凋。有松之操。故名—。〔按本草綱目云。今俗謂之白菜。其色青白也。南方之—畦內過冬。北方者多入窖內。燕京圃人又以馬糞入窖壅培。不見風日。長出苗葉。皆嫩黃色。脆美無滓。謂之黃芽菜。〕

【菲】公懷切音乖佳韻
艸名。見〔集韻〕。

【菲】苦緺切音咼佳韻
—離。斜絕。見〔廣韻〕。

【菙】是棰切音捶紙韻
官名。〔周禮春官序官—氏注〕燋焌用荊—之類。〔疏〕—所以捶笞人馬。用荊竹爲之。此亦用荊。故云—之類也。〔集韻〕箠、或作—。說文有箠、無—。〕

【菚】仕諫切音棧諫韻
艸名。見〔集韻〕。

【菹】詳余切音徐千余切音疽魚韻
—蓋。菜名。似韭。又艸名。見〔集韻〕。

【菹】叢租切音徂虞韻
—茹。艸名。生下田。可食。見〔集韻〕。

【草】扶缶切音阜有韻
—鬱。香艸。見〔集韻〕。

【菝】蒲撥切音跋黠韻
—葀。瑞艸。見〔集韻〕。

【菝】蒲八切音拔黠韻
—葀。艸名。見〔集韻〕。〔本草綱目云。—葀、猶㧞結也。㧞結、短也。此草莖蔓強堅短小。故曰—葀。而江浙人謂之—葜。根亦曰金剛根。楚人謂之鐵菱角。皆狀其堅而有尖刺也。鄭樵通志云。其葉頗近玉瓜。故名王瓜草。按—葜、蔓性之灌木名。莖堅細多節。高二三尺乃至六七尺。葉團大而尖。有卷鬚之支。纏絡他物。初夏於葉腋著花。一梗數朵。結赤實似豆大。根可染色。禮記月令注作草挈。〕

【菠】逋禾切音波歌韻
—薐。菜名。見〔集韻〕。〔本草綱目云。一名—菜。按唐會要云。太宗時、尼波羅國獻波稜菜。類紅藍。火熟之。能益食味。即此也。莖柔脆中空。葉綠膩柔厚。根長數寸。大如桔梗。色赤。味甘美。〕

【葹】許角切音吒覺韻
艸聲。見〔廣韻〕。

【菡】戶感切音頷感韻
—萏。荷華也。〔詩澤陂〕有蒲—萏。〔按說文作菡藺。芙蓉華未發爲菡藺。已發爲芙蓉。〕

【菢】蒲報切音暴號韻
烏伏卵。見〔廣韻〕。

【菣】去刃切音臤震韻輕甸切音俔霰韻
香蒿也。見〔說文〕。〔按爾雅釋草蒿—注。今人呼青蒿香中炙啖者爲—。本草綱目云。青蒿二月生苗。莖粗如指而肥軟。莖葉色並深青。其葉微似茵蔯。而面背俱青。其根白硬。七八月間、開細花。頗香。結實大如麻子。〕

【菤】古轉切音卷銑韻古卷切音眷霰韻
草名。〔爾雅釋草〕—耳、苓耳。〔注〕廣雅云。枲耳也。形似鼠耳。叢生如盤。〔按詩作卷耳。〕

【菥】先擊切音析錫韻
草名。〔爾雅釋草〕—蓂、大薺。〔疏〕—蓂、一名大薺。而葉細。本草又名蔑—。一名太蕺。一名馬辛。是也。

【菥】相支切音斯支韻
蒫—。草名。似燕麥。〔文選司馬相

如賦〕其高燥則生葴—苞荔。〔按史記作析。〕

【菦】渠斤切音勤文韻居隱切音謹吻韻巨代切音瀣隊韻 菜。類蒿。周禮有—菹。見〔說文〕。〔段注〕詩禮皆作芹。—蓋周禮故書字。〔按玉篇蘄蒿也。〕

【菧】典禮切音邸薺韻 〔與蒧別。康熙字典誤蒧作—。〕草名。〔爾雅釋草〕—、苨。〔注〕薺苨。〔疏〕本草薺苨陶注云。根莖都似人參而葉小異。根株甜。又別本注云。根似桔梗。以無心爲異者是也。

【⿱艹泜】蒸夷切音脂陳尼切音墀支韻 菹也。从艸。泜聲。見〔說文〕。〔通訓定聲〕或从皿泜聲。此酢菜之名。細切者曰齏。全物若牒者曰菹。亦曰—。

【菨】即涉切音接葉韻 —餘也。見〔說文〕。〔段注〕毛傳陸疏作接余。〔按玉篇莕—水草。叢生水中。葉圓在莖端。長短隨水深淺。江東食之。〕

【萐】色甲切音接洽韻 翣或字。〔集韻〕翣棺羽飾也。或从艸。

【菪】徒浪切音宕漾韻 莨—。草名。詳莨字。

莨菪圖

【⿱艹育】余六切音育屋韻 艸也。見〔說文。〕

【⿱艹弦】胡千切音賢先韻 艸也。見〔說文。〕

【⿱艹或】越逼切音域職韻 艸木叢生。通作棫。見〔集韻。〕

【⿱艹盂】雲俱切音于虞韻 蒩—。菜名。似韭。出塞下。見〔集韻。〕

【⿱艹孟】莫更切音孟敬韻莫浪切音漭漾韻 狼尾艸也。見〔玉篇。〕〔按爾雅釋草孟狼尾注。似茅。今人亦以覆屋。〕

【⿱艹空】苦[illegible]切音空東韻 —心艸也。見〔玉篇。〕

【菮】郎計切音戾霽韻 艸也。可以染留黃。見〔說文。〕〔按廣雅釋草。茈—。茈草也。疏證云。茈與紫同。其染綠者謂之綠—。染紫者謂之紫—。〕

【䔒】蓄莖切音爭鋤耕切音崝庚韻 —薴。艸亂也。杜林說。艸皃。見〔說文。〕

【⿱艹周】之由切音周尤韻 艸名。似葵。五色。見〔集韻。〕

【⿱艹冋】來桀切音屑韻 冋葯。蘿茗也。見〔玉篇。〕

【⿱艹罔】文兩切音罔養韻 草名。〔爾雅翼〕—米可爲飯。生水田中。苗子似小麥而小。四月熟。久食不飢。爾雅所謂皇守田也。

【⿱艹岡】居郎切音岡陽韻 草名。〔山海經中山經〕少陘之山、有草焉。名曰—草。葉狀如葵而赤莖白華。實如蘡薁。食之不愚。

【菹】臻魚切音苴魚韻 ㊀酢菜也。見〔說文〕。〔段注〕酢、今之醋字。—須醯成味。周禮七—。韭、菁、茆、葵、芹、箈、筍也。鄭曰。凡醯醬所和。細切爲齏。全物若牒爲—。少儀麋鹿爲—。則—之稱菜肉通。玉裁謂齏—皆本菜稱。用爲肉稱也。㊁芭蕉也。〔後漢馬融傳〕格韭—于。〔注〕—、即巴苴。一名芭蕉。

【菹】咨邪切音嗟麻韻臻魚切音苴魚韻 澤生草曰—。〔孟子滕文公〕驅蛇龍而放之—。

【菹】咨邪切音嗟麻韻 田獵苴草地也。〔穆天子傳〕紐—之獸。

【菹】采居切音疽魚韻 草枯也。〔管子輕重〕請君伐—薪。

【菹】側於切音諸魚韻 醢也。〔漢書刑法志〕—其骨肉於市。

【菹】將豫切音怚御韻 蒩或字。〔集韻〕蒩。澤生艸曰蒩。或作—。

【菺】經天切音肩先韻

草名。〔爾雅釋草〕—、戎葵。〔注〕今蜀葵也。似葵。華如木槿華。〔疏〕戎、蜀、蓋其所自也。因以名之。〔本草綱目〕云。羅願爾雅翼吳葵作胡葵。云、胡戎也。夏小正云。四月小滿後五日。吳葵華。別錄。吳葵、卽此也。蜀葵處處人家植之。春初種子。冬月宿根亦自生。苗嫩時亦可茹食。葉似蘷葉而大。亦似絲瓜。葉有歧叉。過小滿後。長莖高五六尺。羣芳譜云。一名一丈紅。〕

【菼】 吐敢切音毯　杜覽切音啖　感韻

𦵹或字。見〔說文〕〔段注〕經典皆作此字。

【菾】 徒兼切音恬　鹽韻

菜名。〔本草綱目〕—菜。卽莙薘菜也。—與甜通。正二月下種。宿根亦自生。其葉青白色。似白菘菜葉而短。莖亦相類。但差小耳。生熟皆可食。微作土氣。四月開細白花。結實狀如茱萸球。

【菾】 他念切音忝　豔韻

草木長茂皃。見〔集韻〕。

【菱】 亡梵切　陷韻

草木蕪蔓也。見〔玉篇〕。

【菱】 士咸切　咸韻

葳也。見〔廣雅釋詁〕。

【莧】 胡官切音桓　寒韻

山羊細角者。从兔足。从苜聲。讀若丸。寬字从此。見〔說文莧部〕。

【葈】 想止切音枲　紙韻

胡—。艸名。枲耳也。見〔集韻〕。

【萉】 父沸切音厞　未韻　符分切音汾　文韻

枲實也。見〔說文〕〔段注〕枲實。麻子也。釋艸作蕡。周禮籩人艸人作蕡。按麻實名—。因之麻亦名—。

【萉】 符非切音肥　微韻

避也。〔文選班固賦〕安慆慆而不—兮。

【萉】 鼻墨切音蔔　職韻

盧—。蘿蔔也。〔爾雅釋草〕葖、盧—。〔注〕—宜爲菔。

【萞】 邊迷切音豍　齊韻

—麻。草名。〔本草綱目〕—麻、其莖有赤有白。中空。其葉大如瓠葉。每葉凡五尖。夏秋間椏裏抽出花穗纍纍黃色。上有刺。攢簇如蝟毛而軟。凡三四子合成一顆。枯時劈開。狀如巴豆。殼內有子。仁有油。可作印色及油紙。子無刺者良。有刺者毒。

【萌】 眉兵切音明　庚韻

蕨—。艸名。見〔集韻〕。

【萌】 彌登切音瞢　蒸韻

—。在也。見〔爾雅釋訓〕。〔疏〕——、字書作蔥。說文云作蕄。

【⿱艹知】 珍離切音知　支韻

—母。藥艸。見〔集韻〕〔按卽知母。自生山地。根狀之莖。生存土中。累歲不死。叢生。長葉略似石菖蒲。又似韭。夏日抽花軸。高尺許。上綴小花甚多。淡紫色。花蕚如一。其莖入藥用。〕

【⿱艹固】 古慕切音顧　遇韻

艸也。見〔說文〕〔按—、小草也。其葉強固。故名。自生原野。稈高三四寸乃至六七寸。疏葉。根生。春日自稈端抽褐穗。頗短小。莎草之類也。〕

【萏】 徒感切音禫　感韻

萏—。豐盛之貌。見〔華嚴經音義引漢書音義〕〔又〕葩華貌。〔杜甫賦〕雲萏—以張蓋。〔又〕荷華也。詳萏字。

【⿱艹附】 符遇切音附　遇韻

藥艸。見〔集韻〕。

【萐】 色輒切音歃　悉協切音燮　葉韻　實洽切音箑　色甲切音翣　洽韻

—莆。瑞艸也。堯時生庖廚。扇暑而涼。見〔說文〕〔段注〕白虎通曰。孝道至則—莆生庖廚。—莆者樹名也。其葉大於門扇。不搖自扇。於飲食清涼。助供養也。論衡作箑脯。

【⿱艹兗】 以轉切音兗　銑韻

艸名。雀弁也。見〔集韻〕。

【蒃】 渠篆切音圈　銑韻

亟也。見〔廣韻〕。

【萳】 里養切音兩　養韻〔此从艸从兩。與冂部之㒳異。〕

艸名。見〔集韻〕。

【萓】 魚羈切音宜　支韻

—蒻。艸名。見〔集韻〕。

【苺】母亥切音穤賄韻。艸名。實如桑椹。見〔集韻〕。

【莓】莫佩切音妹隊韻。艸名。博雅。蘇、葢、蓙、英—也。一曰。木名。實如葚。見〔集韻〕。〔今本廣雅作莓。〕

【䓯】莫代切音瑁隊韻。艸名。實可食。見〔集韻〕。

【萲】彌登切音瞢蒸韻。蕿也。見〔集韻〕。

【𦯩】居虬切音樛尤韻。艸之相丩者。見〔說文丩部〕。

【𦲮】屝后切有韻。艸也。見〔玉篇〕。

【𦵡】徒困切音鈍願韻。藥艸。見〔玉篇〕。

【菶】防無切音扶虞韻。人姓。見〔玉篇〕。

【菇】首止切音始紙韻。艸名。見〔集韻〕。

【𦱳】辰羊切音常陽韻。艸名。見〔集韻〕。

【荵】乃結切音涅屑韻。艸名。見〔集韻〕。

【菍】忍甚切音飪寢韻。棯或字。〔集韻〕棯木名。或从艸。

【𦯖】徐嗟切音邪麻韻。㭨或字。〔集韻〕㭨枲屬。或作—。

【菛】謨奔切音門元韻。—冬。艸名。見〔集韻〕。

【𦲠】普靡切音披紙韻。艸名。見〔集韻〕。

【䔑】當何切音多歌韻。姓也。漢有—宗。見〔字彙〕。

【𦰶】居行切音庚庚韻。艸名。見〔集韻〕。

【𦰡】斤於切音居魚韻。苴—。艸。見〔玉篇〕。

【𦱚】時吏切音侍寘韻。蒔或字。〔集韻〕蒔。說文、更別種。或作秲、時、䔶—。

【𦮶】相然切音僊先韻。秈或字。〔集韻〕秈。方言、江南呼粳為秈。或作—。

【菂】胡了切音皛篠韻。芎或字。〔集韻〕芎。說文、竟葩也。或从杓、从敎。

【𦱲】許物切物韻呼骨切音忽月韻。

【葱】呼骨切音忽月韻。疾也。見〔篇海〕。

【䓥】力曷切音臘合韻。牀—也。見〔篇海〕。

【䢉】乃冬切音農冬韻。聋—。詳聋字。

【𦯄】直離切音馳支韻。耕也。見〔五音篇海〕。

【𦱩】居幽切音鳩尤韻。草也。見〔字彙補〕。

【𦮽】矢瓜切音沙麻韻。草相糾也。見〔字彙補〕。

【𦯑】敷飢切音妃微韻。草也。見〔字彙補〕。

【𦲂】乞卓切覺韻。花盛也。見〔字彙補〕。英蒻也。見〔玉篇〕。

【𦱾】香于切虞韻。艸華。見〔玉篇〕。

【菱】側刮切黠韻。栄也。見〔玉篇〕。

【荊】荆本字。見〔說文〕。

【萅】春本字。見〔說文〕。

【𦯬】蒔本字。見〔正字通〕。

【䓒】菿本字。見〔說文〕。

【䓵】蘁本字。見〔說文〕。

【𦱛】古字茍。見〔說文茍部〕。

【𦮏】古龍字。見〔玉篇〕。

【𦲰】古若字。見〔集韻〕。

【𦱊】古若字。見〔玉篇〕。

【𦱡】古莫字。見〔玉篇〕。

【董】古董字。見〔韻學集成〕。

【𦲷】古莫字。見〔字彙補〕。

【𦱤】古共字。見〔字彙補〕。

【蕯】古葬字。見〔集韻〕。〔康熙字典引作蕯誤。〕

【𦰷】同蔽。見〔正字通〕。

【蓉】同穡。見[正字通]。

【菱】同菱。見[廣韻]。

【菹】同菹。見[玉篇]。

【菈】同芸。見[直音]。

【菬】同沓。見[韻學集成]。

【菁】同苷。見[直音]。

【菫】同菲。見[直音]。

【菓】同秉。見[直音]。

【蔴】同算。見[字彙補]。

【葃】同若。見[字彙補]。

【萁】同典。見[字彙補]。

【菤】同爽。見[字彙補]。

【蒁】同芻。見[字彙補]。

【菊】同菊。見[康熙字典引唐韻]。

【菴】同菴。見[字彙補][按菴、玉篇古文龍字此即菴之譌文。]

【萛】晉或字。見[集韻]。

【菾】彌或字。見[集韻]。

【菁】菌或字。見[集韻]。

【蔴】麻或字。見[集韻]。

【菻】蒜或字。見[集韻]。

【莉】茉或字。見[集韻]。

【菽】苜或字。見[集韻]。

【菏】蕑或字。見[集韻]。

【菡】亟或字。見[集韻][康熙字典引篇海作菡誤。]

【菑】菑省文。[正字通]說文菑、重文作菑。唐本曰。古文作甾。徐鍇曰。从艸从巛从田。田不耕則艸塞。故从巛。巛音火。據徐說當作菑。列九畫。今仍舊列此。

【萁】弃俗字。見[字彙]。

【菍】葱俗字。見[字彙]。

【菲】茬俗字。見[正字通]。

【菷】帚俗字。見[玉篇]。

【菊】芻俗字。見[集韻]。

【菸】薺俗字。見[直音]。

【萩】萩譌字。字彙、正字通、均从木。誤。詳萩字。

【菲】苷譌字。見[字彙補]。

【莧】莞譌字。見[廣雅釋詁疏證]。

【菡】譌字。康熙字典引集韻。茲古作—。攷集韻茲下無古文。說文、玉篇、廣韻、同。因訂爲譌。

【菋】譌字。見[正字通]。

九畫

【萩】雌由切音秋尤韻

一 蕭也。見[說文][詳蕭字]。

二 —苴。侯國名。[史記朝鮮傳]陰爲—苴侯。[注]屬渤海。

三 通楸。木名。[管子禁藏]—室熯造。[注]—木鬱臭。以辟毒氣。故燒之新造之室。以禳祓也。

【萩】茲消切音焦蕭韻 子小切音勦篠韻

人名。[穀梁文九年傳]楚子使—來聘。

【萪】苦禾切音科歌韻

一 艸名。海葱也。見[集韻]。

二 藤屬。[玉篇]—藤生海邊。[按異物志—藤圍數寸。重於竹。可以杖。茂以縛船。及以爲席。勝竹也。]

三 柔—藤。有子。子極酢。爲菜滑。無物能比。見[齊民要術]。

【蓩】莫候切音茂宥韻 莫後切音母有韻 武道切音媢晧韻

一 細艸叢生也。見[說文][段注]—與茂音義同。

二 葆也。見[廣雅釋言]。

【萬】無販切音蔓願韻

一 蟲也。見[說文内部][段注]謂蟲名也。

二 蜂也。[埤雅]蜂、一名—。蓋蜂類衆多。動以—計。

三 大也。見[廣雅釋詁]。

四 數名。十千也。[書洛誥]公其以予—億—年敬天之休。[按十千無正字。遂久假—爲之。唐人十千作万。故廣韻万與—別。]

五 舞名。[詩簡兮]方將—舞。[疏]—者、舞之總名。

六 州名。有二。一、唐置。屬山南道。當今四川—縣治。清光緒二十七年。依一千九百零二年中英通商條約。豫定爲商埠。今尚未實行開放。一、明置。當今廣東—寧縣治。

七 —連。花名。[古今注]—連、連葉如鳥翅。一名鳥羽。一名鳳翼。花大者其色多紅綠。紅者紫點。綠者紺點。俗呼爲仙人花。一名連纈花。〔酉陽雜俎〕名烏蓬。

㊇千—丁寧之辭。〔會眞記〕珍重千—。千—珍重。

【萬】玉矩切音羽　果羽切音矩　麌韻

㊀艸也。見〔說文〕。

㊁姓也。〔急就篇〕—段卿。〔注〕—亦楀字。楀木名。因樹以得姓也。

【萬】恭于切音拘　虞韻　臼許切音巢　語韻

以試輪牙之平者。〔考工記輪人〕—之以眡其匡也。〔按此假爲渠〕

【蕍】勇主切音庾　麌韻

—茈水耳。見〔集韻〕。

【蕍】容朱切音俞　虞韻

㊀藍—。莘皃。見〔集韻〕。

㊁山—。菜蔬名。生深山幽溪中。葉圓而有鋸齒。色淡黃綠。莖高尺餘。花白色。根大而味辛。可用以助味。

【蕍】徒侯切音頭　尤韻　俞戍切音裕　遇韻

艸名。見〔集韻〕。

【葍】扶缶切音婦　有韻　蒲昧切音佩　隊韻　符遇切音附　遇韻

㊀王—也。見〔說文〕〔段注〕夏小正。四月、王—秀。月令。四月、王瓜生。注云。今月令云王—秀。豳風四月秀萎。箋。疑萎卽王—。

㊁山名。〔竹書紀年〕帝孔甲三年畋于—山。〔帝王世紀〕以爲卽東首陽山也。

㊂—陽。宮名。〔漢書宣帝紀〕甘露二年。行幸—陽宮。

【葍】簿亥切音棓　賄韻

菩或字。〔集韻〕菩。說文、艸也。或作—。

【蕀】郎甸切音練　霰韻

㊀白蘞也。見〔玉篇〕〔詳蘞字〕。

㊁芊—。青盛貌。〔文選郭璞賦〕涯灌芊—。

【蒴】承職切音寔　札色切音側　實側切音鰂　職韻

烏喙也。見〔說文〕〔段注〕廣雅。䅧奚毒附子也。一歲爲—子。二歲爲烏喙。三歲爲附子。四歲爲烏頭。五歲爲天雄。按本草經有附子烏頭天雄三條。云烏頭、一名奚毒。一名卽子。一名烏喙。卽子、卽—子。

【蒴】實側切音鰂　職韻

㊁季—。虞夏諸侯。〔左昭二十年傳〕昔爽鳩氏始居此地。季—因之。

【蓴】尺尹切音蠢　軫韻

㊀艸名。見〔集韻〕。

㊁雜也。見〔玉篇〕。

【蕭】思邀切音宵　蕭韻

—槮。艸木茂皃。見〔集韻〕。

【蕭】先雕切音蕭　蕭韻　師交切音梢　肴韻

㊀蕭疏貌。〔楚辭九辯〕—蕭槮之可哀兮。〔注〕華葉已落。莖獨立也。

㊁支蕀擢也。〔漢書司馬相如傳〕紛溶—蔘。

【蒴】色角切音朔　覺韻

㊀—藋。藥艸。見〔集韻〕。

㊁梢或字。〔集韻〕梢。櫂木無枝柯長而殺者。或作—。

【萸】容朱切音俞　雙雛切音毹　虞韻　疎鳩切音搜　尤韻

㊀茱—。椒子聚生成房皃。見〔集韻〕。〔按本草綱目云。—有俞由二音。〕茱—有三種。一、吳茱—。七八月結實似椒子。俗以九月九日揷之。一、食茱—。蜀人呼爲艾子。楚人呼爲椒子。古謂之藙。一、山茱—。四月結實如酸棗。故一名蜀酸棗。

㊁水名。〔水經資水注〕邵陵水東北出益陽縣。其間逕流山峽。名爲茱—江。

【蓿】莫六切音目　屋韻

㊀—蓿。菜名。見〔廣韻〕。

㊁苜或字。〔集韻〕苜。苜蓿。艸名。或从胃。

【葍】莫報切音帽　號韻　謨沃切音瑁　沃韻

艸也。見〔說文〕。

【落】歷各切音洛　藥韻　〔按雨—之、本作零〕。

㊀凡艸曰零。木曰—。見〔說文〕。〔按樹之冬月成髡枝者曰—葉樹。〕

㊁殞也。〔國語吳語〕民人離—。

㊂散也。〔史記鄭當時傳〕賓客益—。〔索隱〕—零、猶散—也。

㊃廢也。〔莊子天地〕無—吾事。

㊄始也。〔詩訪落〕訪予—止。

㊅居也。〔後漢仇覽傳〕廬—整頓。〔注〕廣雅曰。—居也。案今人謂院

爲—也。〔綱目集覽云〕人所聚居。故謂之村、屯、聚—。

(七) 簇濟也。〔杜牧賦〕矗不知其幾千萬—。

(八) 經絡也。〔漢書李尋傳〕—脈通。

(九) 離也。〔文選張衡賦〕揩枳—。〔按後漢列女傳注〕—、滯也。同。

(十) 邪行也。〔文選孫綽賦〕—五界而迅征。

(十一) 宮室始成祭之曰—。〔左昭七年傳〕楚子成章華之臺。願與諸侯—之。

(十二) 以豭豬血釁鐘曰—。〔左昭四年傳〕釁大夫以—之。

(十三) 太歲在巳曰大荒—。見〔爾雅釋天〕。〔史記天官書作大荒駱〕

(十四) 木名。〔爾雅釋木〕樓—。〔疏〕樓、一名—。可作杯圈。

(十五) 杯—也。見〔廣雅釋器〕。〔疏證〕—、居也。杯—亦所以居杯也。

(十六) ——喻多。〔老子〕——如石。〔又〕廓大貌。〔晉書石勒載記〕大丈夫行事當礌礌——。如日月皎然。〔又〕稀貌。〔文選陸機賦〕親——而日稀。〔又〕疏寂貌。〔文選左思詩〕——窮巷士。

(十七) —。魄志行衰惡之貌。〔史記酈生傳〕家貧—魄。〔集解〕晉灼曰。—薄、—託、義同。

(十八) —帶。璧帶也。〔文選何晏賦〕—帶金釭。

(十九) 殂—。死也。〔書舜典〕帝乃殂—。

(二十) 北—。星名。〔史記天官書〕軍西爲壘。旁有一大星爲北—。

(二十一) 牢—。奔走崩騰狀也。〔史記司馬相如傳〕牢—陸離。

(二十二) 部—。人民聚居之所。〔漢書鮑宣傳〕部—鼓鳴男女遮迣。〔按通俗編云〕部—不特爲外裔之稱。魏志管寧傳孫狼爲叛。言胡居士賢者。不得犯其部—。時胡昭居陸渾縣也。

(二十三) 拓—。不耦也。〔漢書揚雄傳〕何爲官之拓—也。

(二十四) 灑—。無俗氣也。〔宋史張洎傳〕洎風儀灑—。

(二十五) 郭—。山名。〔水經〕伊水東北過郭—山。

(二十六) 磊—。歷磷也。〔文心雕龍明詩〕磊—以使才。

(二十七) 土—。草名。〔本草拾遺〕土—草生嶺南山谷。葉細長。

(二十八) 錯—。閒廁貌。見〔韻會舉要〕。

(二十九) —花生。果名。〔本草綱目拾遺〕—花生、一名長生果。蔓生園中。花謝時、其中心有絲。垂入地結實。故名。一房可二三粒。炒食、味甚香美。

(三十) 通絡。〔莊子秋水〕—馬首。穿牛鼻。

(三十一) 姓也。〔古今姓氏書辯證〕春秋赤狄皋—氏。後單爲—氏。

【蓖】 頻脂切音毗支韻 邊迷切音鞞齊韻

(一) 蒿也。見〔說文〕。〔按玉篇云〕蒿。似蓍。

(二) —麻。見〔集韻〕。

【⿱艹⿰𠙹攴】 古壞切音怪 許介切音譮卦韻

(一) 艸名。見〔集韻〕。

(二) —芊。艸名。見〔集韻芊字注〕。

【⿱艹𢼸】 苦怪切音塊卦韻

艸也。見〔說文〕。〔段注〕左傳引詩曰。雖有絲麻。無棄菅蒯。李善引聲類曰。蒯艸中爲索。按⿱艹𢼸字今不可得其左旁所從何等字之本訓何廚。但其古音在十五部甚明。說文聲—皆以爲聲。而蟿字亦作蟦—字。逸詩與萃匱爲韻。不知何時—改作蒯。从朋从刀。殊不可曉。蓋本扶風鄘鄉之字誤。蒯讀若陪。而誤其形作蒯。且用爲—字。不可從也。玉篇引無棄菅—。不作蒯。

【⿱艹胙】 存故切音祚遇韻

(一) 艸名。水芋也。見〔集韻〕。

(二) 藉也。〔唐書李揆傳〕—枕圖史。

【⿱艹⿰月差】、 叢租切音徂虞韻

蒩或字。〔集韻〕蒩。蒩茹艸名。或作—。

【葆】 補抱切音寶晧韻

(一) 艸盛皃。見〔說文〕。

(二) 草叢生貌。〔漢書燕刺王旦傳〕頭如蓬—。

(三) 棒上苗也。見〔集韻〕。

(四) 寀也。〔史記天官書〕主—旅事。〔注〕晉灼曰。—、寀也。野生曰旅。今之饑民、寀旅生也。

(五) 關中俗謂桑榆孽生爲—。見〔史記天官書集解引如淳〕。

(六) 蓋也。〔禮記雜記〕匠人執羽—御柩。

(七) 鼓上飾也。見〔集韻〕。

(八) 褒也。〔禮記樂器〕不樂—大。

(九) 安也。〔呂覽盡數〕是之謂五藏之

一。

⑩平也。〔素問徵四失論〕從容之一。

⑪藏也。〔莊子齊物論〕此之謂一光。〔注〕若有若無謂之一光。

⑫守也。見〔史記天官書索隱〕。

⑬本也。見〔廣雅釋詁〕。

⑭大也。見〔集韻〕。

⑮太一官也。〔呂覽直諫〕先王卜以臣爲一吉。

⑯敎母也。〔管子入國〕五幼又予之一。

⑰通褓。〔史記魯周公世家〕成王少在強一之中。〔注〕小兒被也。

⑱通寶。〔史記留侯世家〕果見穀城山下黃石取而一祠之。

⑲通堡。〔史記匈奴傳〕侵盜上郡一塞。

⑳通保。〔管子正世〕竆則民失其所一。〔注〕謂所恃爲生者也。

【葆】博毛切音褒豪韻

廣也。見〔集韻〕。

【葇】而由切音柔尤韻

①香一。菜蘇類也。見〔玉篇〕。〔方言云。蘇之小者謂之蘸一〕。

②香一。卽香薷。所在山野有之。方莖對葉。秋日開花。生於一側面。香氣甚烈。另有一種。葉小而多。生匡石間者。謂之石香一。

【葇】忍九切音蹂有韻

一蘸。菜不切也。見〔廣韻〕。

【葉】弋涉切音業葉韻

①艸木之一也。見〔說文〕。〔按一爲植物司呼吸之機關。其體扁平。斜生於莖枝之側。形狀大小不一。通常綠色。間有黃或紫者。一身有脈以通於一柄。如人之脈管然〕。

②猶枝也。〔詩芄蘭〕芄蘭之一。

③草名。〔管子地員〕一下於鬱。

④世也。〔詩長發〕昔在中一。

⑤散也。〔列子天瑞〕其一爲胡蝶。

⑥壓也。〔家語辨樂〕一拱而對。〔注〕一拱、兩手溥其心也。

⑦聚也。見〔廣雅釋詁〕。

⑧箕舌也。〔禮記曲禮〕執箕膺一。

⑨書冊也。〔正字通〕書卷次第成帙者。如一相比。亦曰一。歐陽修曰。唐人藏書作卷軸。後有一子。似今策子。〔按今俗作頁。一說當作枼〕。

⑩一褕。物之捍蔽也。〔方言〕一褕、毳也。〔注〕今名短度絹爲一褕。

⑪一子格。曰鶴格。猶今之紙牌也。見〔通雅戲具〕。

⑫柶大端也。〔儀禮士昏禮〕加角柶面一。

⑬通華。〔國策趙策〕一陽君。〔秦策作華〕。

⑭姓也。〔通志氏族略〕一氏舊音攝。後世與木一同音。

⑮日本稱明信片曰一書。

【葉】失涉切音攝葉韻

縣名。〔漢書地理志〕南陽郡一。〔當今河南一縣治〕。

【葉】達協切音牒葉韻

枼或字。〔集韻〕枼書篇名。或从艸。

【葌】居顏切音姦刪韻

①香艸也。出吳林山。見〔說文〕。〔按山海經中山經。吳林之山。其中多一草。注。亦菅字。括地志云。雷首山、一名吳山也。在今山西平陸縣〕。

②山名。〔山海經中山經〕昆吾山又西百二十里曰一山。一水出焉。〔注〕沅曰。山當在今河南盧氏縣西南。

【葏】將先切音箋先韻

①本作蓵。〔說文〕蓵草皃。〔按集韻引詩。一一者莪〕。

②艸茂根。見〔玉篇〕。

③艸茂皃。見〔廣韻〕。

【葐】符分切音汾文韻

①一蒀。盛貌。〔文選左思賦〕鬱一蒀。

②馩或字。〔集韻〕博雅、馩馧香也。或作一。

【葐】步奔切音盆元韻

草名。〔爾雅釋草〕茥、蒛一。〔注〕覆盆也。實似莓而小。〔疏〕案本草。蓬虆、一名陰虆。其實名覆盆子。今注云。蓬虆是覆盆之苗也。覆盆、乃蓬虆之子也。唐本注云。然生處不同。沃地則子大而甘。瘠地則子細而酸是也。〔按本草綱目、時珍曰。此類凡五種。予親嘗采之。爾雅所列者。校之始得其的。一種蔓小於蓬虆。亦有鉤刺。一枝五葉。葉小而面背皆青。光薄而無毛。開白花。四五月實成。子亦小於蓬虆而稀疏。生則青黃。熟則烏赤。冬月苗凋者。俗名揷田藨。卽本草所謂覆盆子。爾雅所謂茥缺盆也〕。

【著】陟慮切音箸御韻

(一)明也。〔禮記大傳〕名—而男女有別。
(二)顯也。〔禮記祭義〕致慤則—。
(三)見也。〔莊子田子方〕女殆—乎。吾所以—也。〔釋文〕又一音張略反。
(四)表也。〔漢書朱雲傳〕此臣素—狂直於世。
(五)形之大者也。〔禮記中庸〕形則—。
(六)使知之也。〔禮記祭法〕帝嚳能序星辰以—衆。〔注〕—衆、謂使民興事。知休作之期也。
(七)標—也。〔周禮典婦功注〕書其賈而—其物。若今時題署物。
(八)紀述也。〔漢書景帝紀〕廷尉與丞相更議—令。
(九)書之於史也。〔漢書張良傳〕非天下所以存亡。故不—。
(十)思也。見〔小爾雅廣言〕。
(十一)宜也。見〔字彙〕。
(十二)位次也。〔左昭十二年傳〕若不廢君命。則固有—矣。
(十三)久也。〔莊子庚桑楚〕甲氏也。—封也。
(十四)納也。見〔廣雅釋言〕。〔疏證〕衲、補也。衲、與納通。
(十五)補也。見〔廣韻〕。
(十六)定也。見〔廣韻〕。
(十七)猶立也。〔禮記樂記〕故先王—其教焉。
(十八)猶誠也。〔史記樂書〕以—萬物之理。
(十九)猶成也。〔禮記郊特牲〕由主人之絜—此水也。
(二十)猶圖也。〔淮南主術〕皆—於明堂。
(廿一)縣名。見〔漢書地理志〕〔按地在今山東濟南縣西南〕。
(廿二)箸或字。〔集韻〕箸。明也。立也。或从艸。

【著】展呂切音貯語韻

(一)猶居也。〔史記貨殖傳〕廢—鬻財於曹魯之間。
(二)貯或字。〔集韻〕貯。積也。或作—。

【著】直略切音擆藥韻

(一)附也。〔國語晉語〕底—滯淫。
(二)處也。〔禮記樂記〕樂—大始。
(三)麗也。見〔字彙〕。
(四)黏也。見〔字彙〕。
(五)置也。〔吳越春秋〕從收陰—望陽出糶。
(六)充之以絮也。〔儀禮士喪禮〕—組繫。
(七)算名。〔禮記明堂位〕—、殷算也。〔注〕—、地無足。
(八)鋪—也。〔考工記鮑人〕眡其—、欲其淺也。〔注〕韋革調善者鋪—之。雖厚如薄然。
(九)土—。謂有田宅常居。不隨畜牧移徙。〔史記西南夷傳〕其俗或土—。或移徙。
(十)浮—。水也。見〔廣雅釋水〕。
(十一)執—。心繫於物也。〔雲笈七籤〕衆生執—。
(十二)沈—。不輕躁也。〔范成大詩〕意象頗沈—。
(十三)—落。—實。均嚴切之義。
(十四)命令詞。如言—照所請。—赴某處。
(十五)語助詞。如云遇—。見—。

【著】陟慮切音箸御韻陳如切音除魚韻

門屏之間曰—。〔詩著〕俟我於—乎而。

【著】直畧切音櫡藥韻陳如切音除魚韻

太歲在戊曰—雍。見〔爾雅釋天〕。〔按淮南天文注。—雍、言位在中央。萬物繁養四方也。〕

【著】陳如切音除魚韻

(一)藥草也。爾雅、蒢莖—。五味也。見〔羣經音辨〕〔按爾雅作藸。集韻。藸、通作—。詳蒢字〕
(二)通宁。〔集韻〕宁。爾雅、門屏之間謂之宁。通作—。

【著】陟略切音芍藥韻

(一)被服也。〔禮記曲記〕童子不衣裘裳。〔疏〕衣、猶—也。童子體熱。不宜—裘。
(二)加於首也。〔禮記玉藻〕皮弁以日視朝。〔注〕—皮弁視朝。
(三)以足就履也。〔禮記曲禮〕就屨跪而舉之。〔注〕就、猶—也。
(四)奕也。〔山堂肆考〕—時自有輸贏。—了並無一物。

【菑】莊持切音緇支韻

(一)不耕田也。从艸甾。易曰。不—畬。見〔說文〕。〔注〕徐鍇曰。當言从艸从巛从田。田不耕則艸塞之。故从巛。巛音災。若从甾則下有甾缶字相亂。〔按通訓定聲云。不耕田者。不耕而才耕之田也。易无妄。不—畬。董遇注。—、反草也。爾雅釋地。田一歲曰—。二歲曰新田。三歲曰畬。注。

今江東呼初耕田反草爲—」。

●二殺草也。〔書大誥〕厥父—。

●三茂草也。〔淮南本經〕—榛穢聚。

四香也。〔漢書溝洫志〕隤林竹兮揵石—。

五水名。〔周禮職方氏〕其浸—時。

六—川。漢國名。〔史記景帝紀〕—川王賢。〔正義〕括地志云。—川、縣也。〔當今山東壽光縣東南〕。

七—草。多生濱海之地雜草也。稈高尺許。夏抽穗似莠而短。具長芒。全體強直。

八通椔。〔荀子非相〕身如斷—。〔注〕爾雅云。木立死曰椔。椔與—同。

九姓也。〔通志氏族略〕孔融集有—莊。青州人。

【菑】將來切音哉灰韻

一通災。〔詩閟宮〕無災無害。〔釋文〕災本亦作—。

二同烖。〔集韻〕烖。說文、天火曰烖。亦作—。

【葘】初吏切音廁寘韻

建輻也。〔考工記輪人〕察其—蚤不齵。〔注〕謂輻入轂中也。

【菑】側吏切音胾寘韻

●一木立死也。〔詩皇矣〕其—其翳。

●二周埒垣也。〔公羊昭二十五年傳〕以人爲—。

●三樹立也。〔考工記輪人注〕泰山平原所樹立物爲—。

四揷也。〔後漢楊賜傳注〕—矛戟幢麾。

五博立梟棊亦爲—。見〔考工記輪人注〕。〔疏〕謂博戲時立一子於中央謂之—棊。

【菑】資四切音恣寘韻

剖也。裂也。〔考工記工人〕居榦之道。—栗不迆。〔注〕—栗、謂以鋸副析榦也。

【葛】居曷切音割丘曷切音渴曷韻

一絺綌草也。見〔說文〕。〔按本草綱目云。—從曷。諧聲也。鹿食九草。此其一種。故曰鹿藿。有野生。有家種。其蔓延長。取治可作絺綌。其根外紫內白。長者七八尺。其葉有三尖。如楓葉而長。面青背淡。其花成穗。纍纍相綴。紅紫色。其莢如小黃豆莢。亦有毛。其子綠色。扁如鹽梅子核。本經所謂—穀是也。〕

●二山名。見〔山海經東山經〕。

●三陂名。〔水經汝水注〕㵆水又東南左迆爲—陂。

四國名。〔書仲虺之誥〕乃—伯仇餉。〔按路史載有二。一、黃帝後姬姓。在河南寧陵縣境。一、嬴姓。爲濟昭公母—嬴母家。今其地在河南河內縣境。〕

五—越。布名。〔書禹貢島夷卉服傳〕南海島夷草服—越。〔疏〕—越、南方布名。—用爲之。

六—天氏。古帝號。見〔路史禪通紀〕。

七膠—。驅馳也。〔史記司馬相如傳〕雜遝膠—。以方馳。〔又〕猶言膠加也。〔漢書揚雄傳〕齊總總撙撙其相膠—兮。

八瓜—。喻親之疎遠者。〔獨斷〕凡與先帝先后有瓜—者。

九姓也。嬴氏之後。以國爲氏。〔又〕諸—。複姓。

【葟】胡光切音黃陽韻

一䳨或字。見〔說文舜部〕。〔按說文䳨、華榮也。〕

二—菜。似蒜。生水邊。見〔齊民要術—菜茹〕。

三——茂也。見〔廣雅釋訓〕。

【葡】薄胡切音蒲虞韻

一俗以—爲蒲萄字。見〔字彙〕。

二國名。—萄牙之簡稱。在歐洲極西。西面大西洋。東界西班牙。宋時始立國。都城曰立士本。明之中葉始至澳門。所至輒佔據之。今僅餘澳門及非洲東邊諸地。英文Portu-gal。

【董】覩動切音懂董韻

一正也。見〔爾雅釋詁〕。〔按字彙補讀若督。東谷切。〕

二督也。〔書大禹謨〕—之用威。〔按—事、紳—、商—、義皆本此。〕

三深藏之也。〔史記倉公傳〕年六十以上。氣當大—。

四通動。〔周禮大祝四月振動注〕鄭大夫云。動讀爲—。書亦或作—。振—以兩手相擊也。

五固也。見〔方言〕。

六地名。〔左文六年傳〕改蒐於—。〔注〕河東汾陰縣有—亭。〔在今山西榮河縣東〕。

七澤名。〔左宣十二年傳〕—澤之蒲。〔注〕—澤、澤名。河東聞喜縣東北有—池陂。〔今屬山西〕。

(八)藕根。見〔玉篇〕。〔按此假爲薹。說文、薹。杜林曰藕根。〕

(九)骨—。古器物也。〔通雅古器〕得—、得䩩。卽得寶也。匵—之原也。唐引船歌曰。得—紇那邪。按唐玄宗幸望春樓。崔成甫唱得寶歌。先是俚歌曰、得體紇那邪。成甫乃更曰得寶歌。則得體。卽得—。太眞外傳曰。得寶子。又曰得粒粒。恐是䩩字。䩩、—聲近。唐人方言呼寶爲䩩而得—紇那之音。卽今骨—二字之原。說文有匵字。古器也。〔通俗編引霏雪錄。骨—乃方言。初無定字。東坡嘗作骨—羮。晦庵語錄只作汨—。今亦稱古—。〕

(十)姓也。〔左昭二十九年傳〕昔有飂叔安有裔子。曰—父。乃擾畜龍以服事帝舜。帝賜之姓曰—。

〔董〕　主勇切音腫　腫韻

—。—短也。春秋傳佘蔓—。—今本作穜。見〔羣經音辯〕。

〔葤〕　文九切音紂　有韻

(一)蔘也。見〔玉篇〕。

(二)艸苞物也。見〔集韻〕。

〔葥〕　子賤切音箭　霰韻

(一)本作葥。〔說文〕葥。山苺也。〔按爾雅釋草〕—。山苺。注。今之木苺也。實似藨苺而大。亦可食。〕

(二)王蔧也。〔爾雅釋草〕—、王蔧。〔注〕似藜。其樹可以爲埽蔧。江東呼之曰落帚。〔疏〕一名—。一名王蔧。一名王帚。〔按本草作地膚。頌曰。今蜀川關中近地皆有之。初生薄地五六寸。根形如蒿。莖赤葉青。大似荊芥。三月開黃白花。結子青白色。時珍曰。嫩苗可作蔬茹。一科數十枝。攢簇團團直上。性最柔弱。故將老時可爲帚。耐用。〕

〔葥〕　才先切音前　先韻

車前藥艸。見〔集韻〕。

〔葧〕　薄沒切音孛　月韻

(一)白蒿也。〔廣雅釋草〕繁母、葧—也。〔疏證〕陸璣疏云。凡艾白色者爲皤蒿。今白蒿也。春始生。及秋香美。可生食。又可蒸。一名遊胡。北海人謂之旁勃。一作彭教。御覽引神仙服食經云。十一月采彭教。彭教、白蒿也。

(二)盛貌。〔柳宗元文〕蓊—香氣。

(三)—臍。水果名。〔本草綱目〕烏芋、其根如芋而色烏也。鳧喜食之。故爾雅名鳧茈。後遂訛爲鳧茨。又訛爲—臍。蓋切韻鳧、—同一字母。音相近也。鳧茈生淺水田中。其苗三四月出土。一莖直上。無枝葉。狀如龍鬚。高二三尺。其根白蒻。秋後結顆。大如山查栗子。而臍有聚毛。纍纍下生入泥底。〔俗又作荸薺〕。

(四)通勃。〔正字通〕花蕊也。通作勃。麻花俗曰麻勃。卽麻蕊也。齊民要術曰。麻放勃時。拔去雄者。據此說。—與蓓蕾義同。

〔葦〕　羽鬼切音偉　尾韻　于非切音葦　微韻

(一)大葭也。見〔說文〕。〔按本草綱目。時珍曰。毛詩疏云。—之初生曰葭。未秀曰蘆。長成曰—。—者偉大也。頌曰。今在處有之。生下隰陂澤中。其狀都似竹。而葉抱莖生。無枝。花白作穗若茅花。根亦若竹根而節疏。按郭璞注爾雅云。葭、卽蘆也。—、卽蘆之成者。然則蘆、—通爲一物也。又北人考—與蘆爲二物。水旁下溼所生者。皆名—。其細不及指大。人家池圃所植者。皆名蘆。其幹差大。然則蘆—皆可通用矣。〕

(二)一—。謂一束也。〔詩河廣〕一—杭之。

(三)—然。變動之貌。〔漢書王莽傳〕—然閔漢氏之終不可濟。

(四)—笥。郡國之讖篋也。見〔後漢靈帝紀注〕。

(五)山名。〔水經江水注〕江水又得—口。江浦也。浦東有—山。

〔葦〕　于貴切音胃　未韻

通緯。織草也。〔莊子列御寇〕恃緯蕭而食者。〔釋文〕緯、本或作—。

〔葩〕　普巴切音皅　麻韻

(一)華也。見〔說文〕〔通訓定聲〕按謂—之麗采美盛。聲類。—、取其盛皃也。

(二)蓋之金華也。〔文選張衡賦〕鞿瑂輿而樹—分。〔注〕獨斷曰。乘輿車皆羽蓋金華。

(三)—華。分散也。〔文選木華賦〕—華踧沑。

(四)紛—。盛多貌。〔文選馬融賦〕紛—爛漫。

〔葩〕　于波切　歌韻

花貌。〔文選嵇康賦〕若眾—敷榮曜春風。〔注〕古本、—字爲花貌。郭璞曰。一爲古花字。今讀音于彼切。字林、音于彼切。張衡思玄賦曰。天地烟煴。百草含一。鳴鶴交頸。雎鳩和和。以韻推之。所以不惑。〔據此則兩丁彼皆于波之譌。今訂正。〕

【葫】洪孤切音胡　荒胡切音呼　虞韻

㊀蒜名。大蒜也。〔本草綱目〕弘景曰。今人謂一爲大蒜。蒜爲小蒜。時珍曰。按孫愐唐韻云。張騫使西域。始得大蒜一荽。則小蒜乃中土舊有。而大蒜出胡地。故有胡名。大小二蒜皆八月種。春食苗。夏初食薹。五月食根。秋月收種。北人不可一日無者也。

㊁艸名。見〔廣韻〕。

㊂一瓜。見〔廣韻〕。

㊃彫一。菰米也。見〔集韻〕。

㊄油一蘆。蟲名。似蟋蟀而尾無鍼。產贛州者善鬭。

【葭】居牙切音嘉　麻韻

㊀葦之未秀者。見〔說文〕。〔詳蕸字。〕

㊁樂器。〔文選張衡賦〕校鳴一。〔注〕李伯陽入西戎所造。〔按正字通、一音戈。樂器。校急也。急之乃鳴也。〕

㊂列一。水名。〔漢書地理志注〕列一水東入泜。〔按清一統志直隸順德府古列一水在南和縣南。太平寰宇記。烈家水在縣西南十里。下注狠滯河。〕

㊃通笳。〔文選謝靈運詩〕鳴一戾朱宮。〔注〕魏文帝書曰。從者鳴笳以啟路。

葭圖

【蕸】何加切音遐　麻韻

蕸省字。〔集韻〕爾雅。芙蕖其葉、蕸。或省。

【葯】乙卻切音約　藥韻　乙角切音渥　覺韻〔俗作藥省。非。〕

㊀白芷葉。即繭也。見〔玉篇〕。〔按廣雅釋草疏證引蘇頌本草圖經云。白芷、根長尺餘。白色粗細不等。枝幹去地五寸以上。春生葉。紫色。闊三指許。是白芷根與葉殊色。故以白芷名其根。又別以一名其葉也。〕

㊁植物雄蕊上端附生之小囊也。中分兩隔。成熟後則胞自開裂。吐出花粉。

【葯】丁歷切音的　錫韻

薄也。見〔方言〕。〔注〕謂薄裹物也。一猶纏也。

【葱】麤叢切音聰　東韻

㊀本作蔥。〔說文〕蔥。菜也。〔按葉爲管狀。形圓而長。中空末銳。色綠。氣微臭。四時不枯。摘盡還生新葉。夏開小白花。鱗莖色白。味辛。葉莖均供食用。〕

葱圖

㊁蒼也。〔詩采芑〕有瑲一珩。

㊂淺青也。〔爾雅釋器〕青謂之一。

㊃劒名。〔荀子性惡〕桓公之一。

㊄山名。〔水經河水〕河水又南入一嶺山。一嶺在敦煌西八千里。其山高大上生一。〔當今甘肅敦煌縣境。〕

㊅一一。氣通達也。〔後漢光武紀論〕氣佳哉。鬱鬱一一然。

㊆一青。木始生皃。〔後漢丁鴻傳〕干雲蔽日之木。起于一青。

㊇一蘢。皆青盛貌。〔文選郭璞賦〕潛荇一蘢。

【葱】初江切音窗　江韻

通囪。一靈。輜車名。〔左定九年傳〕載一靈。寢于其中而逃。〔疏〕一靈。衣車也。兩旁開一。可以觀望。中豎木謂之靈。〔校勘記〕按傳之一字。即說文之囪字。在牆曰牖。在屋曰囪。或作窗。此假蔥爲之。

【葳】於非切音威　微韻

㊀一蕤。草名。〔述異記〕一蕤草、一名麗草。又呼爲女草。江浙呼爲娃草。〔又〕盛貌。〔楚辭初放〕上一蕤而防露兮。

㊁茈一。遲麥也。見〔廣雅釋草〕。

【葴】諸深切音斟　侵韻　胡讒切音咸　咸居咸切音緘　咸韻

㊀馬藍也。見〔說文〕。〔按爾雅釋草

注。今大葉冬藍是也。本草綱目云。馬藍葉如苦蕒。俗中所謂板藍者。花子并如蓼藍〕

●寒漿也。〔爾雅釋草〕—、寒漿。〔注〕今酸漿草。江東呼曰苦—。〔疏〕案本草。酸漿、一名醋漿。陶注云。處處人家多有。葉亦可食。子作房。房中有子如梅李大。皆黃赤色。

●山名。〔山海經中山經〕—山、視水出焉。〔注〕沅曰。山在今河南泌陽縣東。

【葴】其淹切音箝鹽韻

鍼或字。〔集韻〕鍼。人名。春秋傳秦有鍼虎。或作—。

【葵】渠惟切音鄈支韻

●菜也。見〔說文〕〔通訓定聲〕爾雅。蒂菟—。注。泃蟦之滑、又芹楚—。今水芹菜。廣雅。蘷蒂、鳧—也。今蕁菜。許書所說。當卽三者之大名。而詩七月、烹—及菽。儀禮士虞禮記、夏用—。周禮醢人。其實—菹。疑專指菟—。其二則經傳偁芹偁蒂也。爾雅、蔏戎—。今蜀—也。廣雅、荊—。莪也。似蜀—而小。又蕗—也。今之秋—。向日者。左成十七年傳—、猶能衛其足。又爾雅、終—、繁露。注。承露也。疑卽今之西番蓮。又廣雅。地—、地膚也。今藥品之地膚子。此五者皆不得爲菜。

㊁蒲—、似栟櫚而柔薄。可爲扇笠。出龍川。見〔南方草木狀〕。

●終—、椎也。〔考工記玉人〕杼上終—首。

㊃—邱。地名。〔左莊八年傳〕戌—邱。〔當今山東臨淄縣西〕。

㊄海—。腔腸動物之一。體類圓柱。底有吸盤。黏附他物。頂有口。口之四周環以觸鬚。潮退時、體露水面。觸鬚全縮。潮滿時、則於水中放開。作紅綠等美麗之色。望之如花。投以肉片或小蝦。則見其以觸鬚抑之入口。

㊅通揆。〔詩采菽〕天子—之。〔爾雅釋言注引作揆〕。

㊆姓也。宋—方。直明卜玉。〔又〕終—。複姓。左傳殷民七族有終—氏。

【葷】許云切音熏文韻

㊀臭菜也。見〔說文〕〔按爾雅翼。西方以大蒜、小蒜、興渠、慈蒜、茖葱、爲五—。道家以韭、蒜、芸薹、胡荽、薤、爲五—〕。

㊁薰及辛菜也。〔禮記玉藻〕膳於君有—桃茢。

㊂俗謂腥膻滋味曰—。讀若昏。

㊃通熏。〔史記五帝紀〕北逐—粥。〔索隱〕匈奴別名也。唐虞已上曰山戎。亦曰熏粥。

【葸】息改切音諰賄韻

㊀愨也。見〔集韻〕。

㊁難順也。見〔集韻〕。

【葸】想止切音枲紙韻

㊀愼也。見〔廣雅釋言〕。

㊁畏懼之息也。〔論語泰伯〕愼而無禮則—。

㊂不悅懌之貌。〔大戴記曾子立事〕人言善而色—焉。

㊃同[illegible]。〔文選左思賦〕誰勁捷而無[illegible]。〔注〕[illegible]、[illegible]與—同。

【葹】商支切音施支韻

㊀卷—。拔艸心不死。見〔玉篇〕。〔爾雅釋草作卷施。注云宿莽也〕。

㊁豆屬。見〔增韻〕。

【葺】七入切音緝。卽入切音楫。席入切音習。籍入切音集。緝韻

㊀茨也。見〔說文〕。〔通訓定聲〕以茅蓋屋曰茨。

㊁覆也。〔左襄三十一年傳〕繕完—牆。〔注〕謂草覆牆也。

㊂累也。〔文選左思賦〕—鱗鏤甲。

㊃修補也。見〔玉篇〕。

㊄—屋。草屋也。〔考工記匠人〕—屋參分。

㊅—襲。重貌。〔文選潘岳賦〕渙衍—襲。

【葼】祖叢切音㚇東韻

㊀青齊兗冀謂木細枝曰—。見〔說文〕〔段注〕見方言。引傳曰。慈母之怒子也。雖折—笞之。其惠存焉。

㊁小也。見〔廣雅釋詁〕。

㊂染草。〔漢官儀〕—園供染綠紋綬。

【葽】於宵切音要蕭韻　一笑切音要嘯韻

㊀艸也。詩曰。四月秀—。劉向說。此味苦。苦—也。見〔說文〕〔通訓定聲〕按劉說卽芺字。—。幽葽、一聲之轉。詩之秀—。小正之秀幽。穆天子傳之萯—。一草也。味苦。秀于月草。

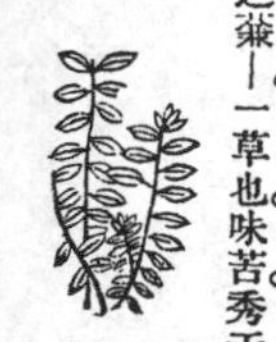
葽圖

●草盛貌。〔漢書禮樂志〕豐草—。女羅施。

【蔞】伊鳥切音杳篠韻 —繞。藥草名。〔爾雅釋草〕—繞、蕀蒬。〔疏〕—繞、一名蕀蒬。郭云、今遠志也。

【蕒】許兩切音響養韻 ●通也。見〔廣雅釋詁〕。●同享。見〔字彙補〕。

【耗】盧到切音耗號韻 吳俗以草木葉糞田曰—。見〔集韻〕。

【秏】莫報切音帽號韻 芼或字。〔集韻〕芼。說文、草覆蔓。或从禾。

【萫】許亮切音向漾韻 芼羹。見〔集韻〕。

【萱】許元切音暄元韻 蕿或字。見〔說文〕。〔按說文。蕿、令人忘憂草也。本草綱目。一名忘憂。一名療愁。一名宜男。一名丹棘。一名鹿蔥。一名妓女。宜下溼地。冬月叢生。葉柔弱。廣羣芳譜云。苞生。莖無附枝。繁萼攢連。葉四垂。花初發如黃鵠嘴。開則六出。時有春花、夏花、秋花、冬花、四季。色有黃、白、紅、紫、麝香、重葉、單葉、數種。與鹿葱相似。惟黃如蜜色者清香。〕

【萲】火遠切音咺阮韻 諼或字。〔集韻〕諼。詐也。或作—。

【蕿】許元切音喧元韻 蘐或字。〔集韻〕蘐、說文、令人忘憂艸。或从爰。

【萲】于元切音袁元韻 忘也。見〔爾雅釋詁〕。

【萳】乃感切音腩感韻 艸長弱皃。見〔玉篇〕。

【萳】那含切音南覃韻 艸名。見〔集韻〕。

【䓰】伊真切音因真韻 —蘊。香艸。通作茵。見〔集韻〕。

【萵】烏禾切音倭歌韻 菜名。〔本草綱目〕按彭乘墨客揮犀云。—菜自咼國來。故名。—苣。正二月下種。最宜肥地。葉似白苣而尖。色稍青。折之有白汁黏手。四月抽薹。高三四尺。剝皮生食。味如胡瓜。糟食亦良。江東人鹽曬壓實。以備方物。謂之—筍也。彭乘云。苣有毒。百蟲不敢近。蛇虺觸之。則目瞑不見物。人中其毒。以蠚汁解之。藏器曰。紫—苣有毒。入燒煉用。

【𦸓】毗連切音便先韻 —蘇。艸名。見〔集韻〕。

【萸】以主切音雨麌韻 百—。艸名。見〔廣韻〕。

【萹】卑眠切音邊 紕延切音篇先韻 補典切音扁 匹典切音覑 銑韻 —茿也。見〔說文〕。〔按爾雅釋草。竹—蓄。注云。似小藜。赤莖節。好生道旁。可食。又殺蟲。疏引陶隱居本草注云。處處有。布地而生。節間白華。葉細綠。人謂之—竹。煮汁與小兒飲。療蚘蟲。是也。本草綱目云。其葉似落帚葉而不尖。弱莖、引蔓、促節。三月開細紅花。如蓼藍花。結細子。〕

【萹】蒲眠切音蹁先韻 —㯋。草木動皃。見〔集韻〕。

【䓃】烏含切音諳覃韻 野艸。見〔集韻〕。

【萼】逆各切音鄂藥韻 花之外被也。有離片合片之分。質甚厚。以護花瓣。仍承花下。大小一如初式。不再長大。色恆綠。惟石榴之—色獨鮮紅。與常—異。復古編云。字應作鄂。

【䕦】怡成切音盈庚韻 蕍或字。〔集韻〕蕍。菊華也。或作—。

【萜】徒兼切音恬鹽韻 藥艸。見〔玉篇〕。

【萿】古活切音括 苦活切音闊 曷韻 草名。〔爾雅釋草〕—、麋舌。〔注〕麋舌草。春生葉似舌。

【萿】戶括切音活曷韻 獨—。藥艸。見〔集韻〕。〔本草綱目〕獨活以羌中來者為良。故有羌活、胡王使者、諸名。一物二種也。頌曰。獨活、羌活。今出蜀漢者佳。春生苗葉如青麻。六月開花作叢。或黃或紫。結實時葉黃者。是夾石上所生。葉青者是土脈中所生。大抵此物有兩種。西蜀者黃色。香如蜜。隴西者紫色〕。

【萿】古活切音括曷韻 獲—。瑞艸。見〔集韻〕。

【葁】居良切音薑陽韻 山艸。見〔玉篇〕。

【𦳊】矧視切音矢紙韻 糞也。見〔說文〕。〔玉篇云。亦作矢。俗爲屎。〕

【蓻】直立切音蟄緝韻 [illegible]也。見〔集韻〕。

【蓻】訖立切音急緝韻 艸名。蔛蘠也。見〔集韻〕。

【葂】武遠切音晚阮韻 美辨切音免銑韻 文運切音問問韻 人名。〔莊子天地〕將閭—見季徹曰。

【葃】疾各切音昨藥韻 秦昔切音籍陌韻 —菇。烏芋也。見〔廣雅釋草〕。

【葃】士革切音賾陌韻 菜名。見〔集韻〕。

【𦻏】莊加切音樝麻韻

藘或字。〔集韻〕藘。艸名。楚葵也。或作—。

【萘】乃帶切音奈泰韻 艸名。見〔集韻〕。

【[illegible]】乃葛切音捺曷韻 吳中菜名。有刺。見〔集韻〕。

【[illegible]】鉏佳切音柴佳韻 茈或字。〔集韻〕茈。茈胡。藥艸。或作—。

【[illegible]】遵爲切音檇支韻 柴或字。〔集韻〕柴。地蕈也。或作—。

【葈】想止切音枲紙韻 胡—也。〔本草綱目〕頌曰。詩人謂之卷耳。爾雅謂之蒼耳。廣雅謂之—耳。時珍曰。其葉形如—麻。又如茄。故有—耳及野茄諸名。其味滑如葵。故名地葵。與地膚同名。詩人思夫賦卷耳之章。故名常思菜。〔按—耳草名。秋日道傍甚多。莖高四五尺。稍生疎穗。花有雌雄兩種。雌花攢簇甚密。結實有銳。以之擲人髮上。卽鉤附不落。〕

【[illegible]】徒故切音度遇韻 香艸。見〔集韻〕。

【葋】權俱切音劬虞韻 艸名。〔爾雅釋草〕—、艼熒。

【葍】方六切音福 芳六切音蝮 房六切音伏屋韻 䔰也。見〔說文〕。〔通訓定聲〕字亦作蔔。爾雅釋草。—。䔰。又—。藑茅。又[illegible]雀弁。按一物。蔓生白華者、名䔰。赤華者名藑茅。爵頭色者、名蘞。卽今之旋覆花。其淺紅者、亦曰鼓子花也。其根、初春烝啖。生食俱美。詩我行其野。言采其—。傳。惡菜也。箋。䔰也。陸疏。幽州人謂之燕—。一名爵弁。一名藑。按燕、卽[illegible]矣。說文。䔰艸、楚謂之—。廣雅釋草。烏蕵—也。玉篇作蒻。子可食。齊民要術云。子大如牛角。廣韻。—蔦。菜名。按雋、卽雋矣。管子地員。山之側。其草—與蔞。按白華者、莖葉細而香。紅華者、莖亦有臭氣。陸詩疏云。漢祭甘泉或用之。謂䔰也。毛詩傳云。惡菜。謂楚也。

【[illegible]】戶茗切音迥迥韻 同蘏。〔集韻〕蘏。艸名。亦从迥。

【葎】劣戌切音律質韻 艸也。見〔說文〕。〔按本草綱目。恭曰。—草生故墟道旁。葉似蓖麻而小且薄。蔓生有細刺。亦名葛—蔓。時珍曰。莖有細刺。善勒人膚。故名勒草。二月生苗。葉對節生。一葉五尖。微似蓖麻而有細齒。八九月開細紫花成簇。結子狀如黃麻子。〕

【葏】咨盈切音精庚韻 茂皃。詩、——者莪。通作菁。見〔集韻〕。

【葑】敷馮切音豐東韻 敷容切音蜂 方容切音封冬韻 須從也。見〔說文〕。〔段注〕邶風。采—采菲。毛傳曰。—、須也。釋艸曰。須、—從。說文曰。—、須從也。三家互異。而皆不誤。—、須、爲雙聲。—從、爲疊韻。單評之爲—。衆呼之爲—從。單呼之爲須。衆呼之爲須從。語言之不同也。或許所據爾雅與今本異矣。坊記注云。—、蔓菁也。陳宋之間謂之—。方言云。蘴、蕘、蕪菁也。陳楚之郊謂之蘴。郭注。蘴、舊音蜂。今江東音嵩。字作菘也。玉裁按。蘴菘皆卽—字。音讀稍異耳。須從正切菘字。陸佃嚴粲羅願皆言。在南爲菘。在北爲蕪菁。蔓菁若菘—。讀去聲。

別是一物。

【葑】芳用切音湗宋韻

菰根也。今江東有—田。見〔廣韻〕。〔按晉書音義引珠叢云。菰草叢生。其根盤結。名曰—。胡三省云。—音封。常也。亦謂之蕇蒿。江東—田。乃是—泥。其深有沒牛者。此田又不產菰根。〕

【葒】胡公切音紅東韻

草名。蓼屬。〔本草綱目〕頌曰。—、即水—也。似蓼而葉大。赤白色。高丈餘。時珍曰。其莖粗如拇指。有毛。其葉大如商陸葉。色淺紅。成穗。秋深子成。扁如酸棗仁而小。其色赤黑而肉白。不甚辛。

【葔】戶鉤切音侯尤韻

艸名。薚—莎。通作侯。見〔集韻〕。〔按爾雅釋草作薚侯莎。注云。薚也者莎薚。疏。案廣雅云。地毛莎薚也。是薚即莎也。故云莎薚。本草綱目作莎草香附子。時珍曰。莎葉如老韭葉而硬。光澤有劍脊稜。五六月中抽一莖。三稜中空。莖端復出數葉。開青花成穗。如黍。中有細子。其根有鬚。鬚下結子一二枚。轉相延生。子上有細黑毛。大者如羊棗而兩頭尖。〕

【莌】俞芮切音銳霽韻欲雪切音悅屑韻

小也。凡草生而初達謂之—。見〔方言〕。

【葕】延面切音衍霰韻

莚或字。〔集韻〕莚。蔓延也。或作—。

【[illegible]】下懇切音很苦本切音梱阮韻雄皆切音諧佳韻

艸名。似蓍。花青白。見〔玉篇〕。〔集韻云。食之不夭。〕

【[illegible]】戶皆切音諧佳韻

—菔。艸名。見〔廣韻〕。

【[illegible]】鋤加切音楂麻韻

苴或字。〔集韻〕苴。水中浮艸。或作—。

【葖】徒骨切音突月韻

蘆菔也。〔爾雅釋草〕—、蘆萉。〔注〕萉宜爲菔。〔疏〕紫花菘也。俗呼溫菘。似蕪菁。大根。一名—。俗呼雹—。一名蘆菔。今謂之蘿蔔是也。〔互詳菔字。〕

【[illegible]】陟利切音致寘韻

艸大也。見〔說文〕。

【䓴】而兗切音軟銑韻

木耳也。一曰萮茈。見〔說文〕。〔段注〕萮茈、木耳。是謂—之一名也。

【葙】思將切音襄陽韻

蘘或字。〔集韻〕蘘。青蘘。藥艸。或从相。〔本草綱目〕云。青—子、名義未詳。胡麻葉亦青蘘。此草又多生於胡麻地中。與之同名。豈以其似而然耶。青蒿亦名草蒿。其相似而名亦相同。〕

【[illegible]】常支切音匙支韻

艸也。見〔說文〕。〔玉篇云。—母艸。即知母也。〕

【葚】時鴆切音甚沁韻食荏切音甚寢韻

桑實也。見〔說文〕。

【[illegible]】矩鮪切音軌紙韻

香艸。見〔集韻〕。

【[illegible]】芳無切音敷虞韻

—蕍。花皃。見〔玉篇〕。〔集韻本作藲。或省。〕

【葜】丘八切音猰黠韻

菰或字。〔集韻〕菰。菝菰。艸名。或作—。〔詳菝字。〕

【[illegible]】渠京切音擎渠成切音經庚韻

菜名。〔爾雅釋草〕—、山䓘。〔疏〕䓘。說文云。菜也。葉似韭。生山中者名—。

【[illegible]】堅正切音勁敬韻

草也。〔爾雅釋草〕—、鼠尾。〔注〕可以染皁。〔按—一名鼠尾。本草有白華者。有赤花者。又一名長翹。陶注云。田野甚多。人采作滋染皁。本草綱目云。鼠尾以穗形命名。爾雅云。—鼠可以染皁。故名烏草。又曰水青。保升曰。草如蒿。莖端夏生四五穗。穗若車前。花有赤白二種。〕

【薚】抽良切音倀余章切音陽吐郎切音湯陽韻

—艸。枝枝相值。葉葉相當。見〔說文〕。〔通訓定聲〕字亦作蕩。爾雅。蓫薚、馬尾。廣雅。馬尾。蔏陸也。〔按蘇頌圖經。商陸、俗名章柳。則即蓫草。其根謂之—。易夬莧陸、子夏傳。木根草莖。馬鄭皆云莧陸一名商陸。荀注。莧者、葉柔根堅。陸亦取葉柔根堅。本草綱目云。此物能逐蕩水氣。故曰蓫—。頌曰。多生於人家園圃中。春生苗。高三四尺。青葉如牛舌而長。莖青赤。至柔脆。夏秋開紅紫花作朵。根如蘿蔔而長。〕

【⿱艹昜】　待朗切音蕩養韻

儻—。無行檢也。〔漢書陳湯傳贊〕陳湯儻—。不自收斂。

【葞】　母婢切音弭紙韻

草名。〔爾雅釋草〕—、春草。〔疏〕藥草也。案本草莽草、一名—。一名春草。〔本草綱目云—音尾。白薇也。薇、—字音相近爾。〕

【莿】　卽達切音剌曷韻

—蒿。見〔廣韻〕。〔集韻云蒿屬。〕

【莿】　力蓋切泰韻

同藾。蘋簫也。蒿也。見〔玉篇〕。

【⿱艹拜】　布怪切音拜卦韻

艸名。見〔集韻〕。〔按爾雅字作拜。拜、蔏藋。疏曰似藜而大葉。葉心有白粉。〕

【⿱艹⿰衤羊】　口羊切音羌陽韻

桊也。見〔玉篇〕。

【⿱艹癹】　蒲撥切音跋曷韻

癹或字。〔集韻〕癹。除艸也。或从艸。

【⿱艹⿰角刂】　吉詣切音計霽韻

木名。〔山海經中山經〕敏山上有木焉。其狀如荊。白華而赤實。名曰—柏。〔按玉篇以爲薊俗字。〕

【⿱艹⿰角刂】　吉器切音冀寘韻

割也。見〔字彙〕。

【⿱艹⿰角刂】　居拜切音戒卦韻

同芥。〔史記賈生傳〕細故蔕—兮。〔索隱〕漢書作芥。張揖云。蔕—。鯁刺也。

【⿱艹⿰耳彡】　亡沼切音眇篠韻彌笑切音妙嘯韻

艸細莖者。見〔集韻〕。

【葬】　則浪切音髒才浪切音臟漾韻茲郎切音臧慈郎切音藏陽韻

藏也。从死在茻中。一其中、所以薦之。易曰。古者—、厚衣之以薪。見〔說文茻部。〕

【葮】　徒玩切音段翰韻

木名。槿也。見〔集韻〕。

【⿱艹俊】　儒隹切音甤宣隹切音綏支韻祖峻切音俊震韻

薑屬。可以香口。見〔說文〕〔段注〕且御溼。一名山辣。今藥中三奈也。

【⿱艹⿰彳夋】　損果切音貨哿韻數瓦切音傻馬韻

—人。縣名。〔漢書地理志〕太原郡—人。〔當今山西繁峙縣北。〕

【⿱艹⿰禾夋】　祖峻切音俊震韻

甬也。〔漢書司馬相如傳〕實葉—茂。〔文選上林賦注引司馬彪曰。—、大也。〕

【葲】　從緣切音泉先韻

萆—。藥名。見〔玉篇〕。〔按本草綱目。恭曰。此草俗名漆姑。葉似菊花。紫色。子類枸杞子。根如遠志。無心有糝。所在平原有之。生陰溼地。時珍曰。黃蜂作窠。啣漆姑草汁爲蔕。卽此草也。按萆—雖爲草本。然頗似灌木。每歲自舊蔓發生新枝葉。纏繞他物。葉似牽牛。質較柔軟。且多毛茸。自夏迄秋。絡繹開花。其花軸與葉柄對生。花白微紫。結果多汁。熟則紅色如南燭子。有毒植物也。〕

【葶】　唐丁切音亭青韻

同亭。—歷。草名。〔爾雅釋草〕蕇、亭歷。〔疏〕蕇一名亭歷。郭云。實葉皆似芥。廣雅又名狗薺。本草一名丁歷。一名太空。一名大適。本草綱目、頌曰。初春生苗。莖高六七寸。似薺根白色。枝莖俱青。三月開花微黃。結角子扁小如黍粒。微長。黃色。

【葶】　都挺切音頂他頂切音壬迥韻

—薴。毒草。〔山海經中山經〕熊耳之山有草焉。其狀如蘇而赤華、名曰—薴。可以毒魚。

【葻】　盧含切音婪覃韻符風切音馮東韻

艸得風皃。見〔說文〕。

【⿱艹⿰禾欠】　師銜切音衫咸韻

禾肥曰—。見〔集韻〕。〔按集韻嚴韻虛嚴切。秋下訓禾傷肥。與此義同。疑爲一字。〕

【⿱艹遱】　力主切音縷麌韻

小蒿艸。見〔廣韻〕。

【葾】於袁切音鴛元韻　敗也。葾—也。見〔玉篇〕。

【葿】旻悲切音眉支韻　葿—。黃芩也。見〔廣雅釋草〕。

【蒁】食律切音術。越筆切音颶。劣戌切音律。於筆切音抭。質韻　艸也。見〔說文〕。〔按本草綱目有蓬莪茂。茂音述。藏器曰。一名蓬莪。黑色。二名—。黃色。三名波殺。味甘有大毒。大明曰。即南中蕓黃根也。海南生者、名蓬莪—。頌曰。今浙江或有之。三月生苗。在田野中。其莖如錢大。高二三尺。葉青白色。長一二尺。大五寸以來。頗類蘘荷。五月有花作穗。黃色。頭微紫。根如生薑。茂在根下。似雞鴨卵。大小不常。〕

【⿱艹拼】補耕切音絣庚韻　繩墨也。見〔字彙補〕。

【⿱艹斑】兵攀切音斑刪韻　賤事貌。見〔字彙補〕。

【⿱艹斫】職略切音灼藥韻　艸名。〔集韻〕廣雅。—虆篹也。

【⿱艹奸】居寒切音干寒韻　蔬菜也。〔鹽鐵論〕飯—糲者。不可以言孝。

【⿱艹⿰禾瓜】何吳切音弧虞韻　艸多皃。見〔字彙補〕。

【蓌】子峻切音畯震韻　豬之皮袴也。見〔字彙補〕。

【⿱艹秙】求拈切音鈐鹽韻　乖也。〔太玄干〕—鍵挈契。

【⿱艹替】莫結切音滅屑韻　目不明也。見〔字彙補〕。

【⿱艹⿱乇木】通各切音託藥韻　葉落也。見〔字彙補〕。

【⿱艹迢】田聊切音迢蕭韻　滯也。見〔字彙補〕。

【⿱艹某】莫後切音母有韻　艸名。見〔玉篇〕。

【⿱艹囿】於救切音宥宥韻　於六切音鴆屋韻　艸名。見〔玉篇〕。

【⿱艹⿰秀寸】夷周切音由尤韻

艸名。見〔類篇〕。

【⿱艹叏】側刮切音茁黠韻　菜名。見〔集韻〕。

【⿱艹省】所景切音省梗韻　艸名。見〔集韻〕。

【⿱艹胍】洪孤切音胡　攻乎切音孤虞韻　艸多貌。見〔篇海〕。〔按正字通云。菰字之譌。〕

【⿱艹胃】于貴切音胃未韻　艸也。見〔玉篇〕。

【葨】烏回切音隈灰韻　艸名。見〔玉篇〕。

【⿱艹奠】須倫切音荀眞韻　人名。魏有韓荀。見〔集韻〕。

【⿱艹殃】翁香切音央陽韻　姓也。見〔字彙補〕。

【⿱艹蛇】神斜切音蛇麻韻　艸名。見〔字彙補〕。

【⿱艹𣪊】許豆切音蔻有韻　葉名。見〔字彙補〕。

【⿱艹⿴囗合】侯閤切音合合韻　艸也。見〔廣韻〕。

【⿱艹早】之役切陌韻　—卷。見〔廣韻〕。

【⿱艹厺】丘於切音祛魚韻　厶或字。〔集韻〕說文、厶盧。飯器。以柳爲之。或作—。

【⿱艹酋】以周切音猷尤韻　水艸。一名軒于。見〔廣韻〕。〔篇海〕云。同莤。

【⿱艹⿰氵囟】徐由切音囚尤韻　艸名。生水田。子可食。見〔類篇〕。〔按集韻从囚作⿱艹泅是也。此从囟音訓欠協。蓋傳寫之譌。〕

【⿱艹施】乙角切音渥覺韻　艸名。蒻也。見〔集韻〕。

【⿱艹邦】直離切音馳支韻　艸名。見〔玉篇〕。〔按康熙字典作蒂。不詳所出音義。則引玉篇云。亦作—。其爲—字之譌無疑。今依玉篇訂正。〕

【⿱艹尭】巨篆切音眷霰韻

耎也。見〔篇海〕。

【䔯】止師切音支支韻 蔥別名。見〔五音篇海〕。

【莬】汝朱切音俞虞韻 桑皮也。見〔篇海〕。

【葔】千候切音簇宥韻 烏巢也。見〔韻學集成〕。

【蓡】疏簪切音森侵韻 蓡或字。〔集韻〕蓡說文、人蓡藥艸。或作｜。

【蘉】子鴆切音浸沁韻 喪耕草也。見〔集韻〕〔說文作蘉〕。

【蔆】舒鹽切鹽韻 猶苦也。艸自藉也。見〔玉篇〕。

【莉】楚戛切音刹黠韻 ｜艸。見〔玉篇〕。

【𦶚】奴結切音涅屑韻 菜似蒜。生水旁。見〔玉篇〕。

【萆】草本字。見〔說文〕。〔集韻云〕。隸作草、䒠通作皁。

【葢】蓋本字。見〔說文〕。

【𦳋】葥本字。見〔說文〕。

【蒖】𦵔本字。見〔集韻〕。

【葊】古庵字。見〔玉篇〕。

【𦴴】古解字。見〔字彙補〕。

【蔕】同蔕。〔文選班固答賓戲〕上無所｜。下無所根。

【莌】同莵。〔爾雅釋草〕莵、雀弁。〔校勘記〕閩本監本毛本作｜。

【萿】同菹。見〔玉篇〕。

【鄀】同𦳊。見〔集韻〕。

【蒖】同蓀。見〔六書故〕。

【蓜】同蒩。見〔正字通〕。

【蒱】同蒲。見〔海篇〕。

【蔇】同蓟。見〔篇海類編〕。

【葬】同葬。見〔篇海類編〕。

【𦳰】同薈。見〔字彙補〕。

【若】同若。杜｜草。見〔字彙補〕。

【葽】同夢。見〔字彙補〕。

【蒼】同蒼。見〔字彙補〕。

【藚】同彙。見〔字彙補〕。

【蔐】同茜。見〔字彙補〕。

【菡】同苣。見〔五音篇海〕。

【葵】同葵。見〔直音〕。

【著】同苟。見〔直音〕。

【蒃】同彖。見〔直音〕。

【荇】莕或字。見〔說文〕。〔此依段本〕。

【蒹】蒹或字。見〔集韻〕。

【萤】茴或字。見〔集韻〕。

【蓫】茇或字。見〔集韻〕。

【蔞】洟或字。見〔集韻〕。

【蕞】蓋或字。見〔集韻〕。

【蔗】蔗或字。見〔集韻〕。

【蒈】萁或字。見〔集韻〕。

【蕃】藩省文。見〔集韻〕。

【蔥】蔥俗字。見〔直音〕。

【蕖】蘂俗字。見〔直音〕。

【菲】菲譌字。康熙字典引集韻公懷切音乖。草名。考集韻作菲。因訂正。

【蔍】蔍譌字。康熙字典引字彙補同葬。考集韻葬古作蔍。因訂正。

【茵】茵譌字。康熙字典引集韻許訖切音迄。吳王孫休子字。考集韻作茵。吳志孫休傳注作茵。廣韻同。已列七畫。｜、茵二字均譌。

【菞】菞譌字。康熙字典引字彙補同黎。漢書、｜庶亡干戈之役。考漢書作菞。因訂正。

【蒽】蒽譌字。康熙字典引博雅。｜、蒲莞也。考今本廣雅作蒽。因訂正。

【莃】莃譌字。康熙字典引篇海同爇。與玉篇火部莃同爇。均為莃字之譌。

【萊】萊譌字。康熙字典引直音音索。草名。云、即萊字之譌。

【蓮】蓮譌字。康熙字典引博雅。｜、種也。音未詳。考廣雅釋地作蓮。疏證云。蓮、曹憲音派。各本譌作蓮。字書所無。說文、玉篇、廣韻、蓮匹賣切。正合曹憲之音。今據正。

【葼】葼譌字。康熙字典引玉篇集

韻並古天字。考玉篇作莮。集韻天字下無古文。此乃譌字。

【蓏】菰譌字。見〔正字通〕。

【蓪】譌字。見〔正字通〕。

【蒂】蔕譌字。詳蔕字。

【美】譌字。康熙字典引集韻。蘼、或作—。考集韻支韻忙皮切、紙韻母被切、兩蘼字下。皆無或體。此譌字。

十畫

【蒐】疎鳩切音搜尤韻

(一)茅—。茹藘。人血所生。可以染絳。从艸鬼。見〔說文〕。〔通訓定聲〕詩東門之墠陸疏。一名地血。齊人謂之茜。徐州謂之牛蔓。〔按人血所生。字所以從鬼。〕

(二)春獵也。〔周禮大司馬〕遂以—田。〔注〕春田爲—。〔疏〕—、搜也。春時鳥獸孚乳。搜擇取不孕任者。〔又〕秋獵也。〔公羊桓四年傳〕秋曰—。〔注〕—、簡擇也。簡擇幼稚。取其大者。

(三)聚也。見〔爾雅釋詁〕。

(四)隱也。〔左文十八年傳〕服讒—慝。

(五)簡車徒也。〔公羊桓六年傳注〕比年簡徒謂之—。三年簡車謂之大閱。五年大簡車徒謂之大—。

(六)閱數也。〔左襄二十四年傳〕—軍實。

(七)通搜。〔穆天子傳〕巨—之人。〔朱駿聲云〕卽禹貢之渠搜。

【蒐】所救音瘦宥韻

聚也。見〔集韻引爾雅〕。

【蒐】戶賄切音瘣賄韻

蘬省字。〔集韻〕蘬艸名。懷羊也。或省。

【蒑】於斤切音殷文韻

(一)菜名。見〔集韻〕。

(二)草色青也。見〔韻會〕。

【蒔】時吏切音侍寘韻

(一)更別種。見〔說文〕。〔通訓定聲〕按分秧匀插爲—。

(二)立也。見〔方言〕。

【蒔】市之切音時支韻　神至切音示寘韻

—蘿。卽小茴香。〔本草綱目〕藏器曰。—蘿實如馬芹子。珣曰。馬芹子、色黑而重。—蘿子、色褐而輕。頌曰。今嶺南及近道皆有之。三月四月生苗花實大類蛇牀而簇生辛香。六七月采實今人多用和五味。

【蒙】謨蓬切音濛東韻　〔按—覆之—、本作冡。〕

(一)王女也。見〔說文〕。〔注〕錯曰。卽女蘿也。

(二)遭也。〔易明夷〕以—大難。

(三)被也。〔左莊十年傳〕—皐比而先犯之。

(四)受也。〔後漢桓榮傳〕今日所—。稽古之力也。

(五)覆也。〔詩君子偕老〕—彼縐絺。

(六)冒也。〔周禮方相氏〕掌—熊皮。

(七)褁也。〔左昭十三年傳〕以幕—之。

(八)欺也。〔左僖二十四年傳〕上下相—。

(九)下也。〔書伊訓〕具訓于—士。

(十)奄也。見〔爾雅釋言〕。

(十一)載也。〔國語晉語〕籧篨—璆。

(十二)犯也。〔漢書嚴助傳〕如使越人—死徼幸。以逆執事之顏行。

(十三)畫物也。〔詩小戎〕—伐有苑。〔疏〕—伐、是畫物於伐。

(十四)謙稱也。〔文選張衡賦〕—竊惑焉。

(十五)氣也。〔後漢郎顗傳〕—之比也。

(十六)見冒亂也。〔書洪範〕曰—恆風若。

(十七)覆蔽之也。〔漢書衞綰傳〕常—其罪。

(十八)幼小之貌。〔易序卦〕物生必—。

(十九)闇昧也。〔左僖九年傳注〕小童者、童—幼末之稱。〔疏〕—、謂闇昧也。幼童於事多闇昧。是以謂之童—焉。

(二十)太歲在乙曰旃—。見〔爾雅釋天〕。

(廿一)日光不明——然也。見〔釋名釋天〕。

(廿二)——盛貌。〔楚辭自悲〕微霜降之——。〔又〕暗也。見〔廣雅釋訓〕。

(廿三)—戎、亂也。〔詩旄丘〕狐裘—戎。

(廿四)—蘢、覆蔽之貌。〔漢書鼂錯傳〕屮木—蘢。

(廿五)—籠、深通貌。〔漢書揚雄傳〕紛—籠以棍成。〔又〕膠葛貌。見〔文選甘泉賦注〕。

(廿六)鴻—、自然元氣也。〔莊子在宥〕而適遭鴻—。〔釋文〕一云海上氣也。

(廿七)大—、藥名。〔管子地員〕羣藥安生。小辛大—。

(廿八)童—也。〔文選班固賦〕沓孤—之眇眇兮。

（廿九）卦名。坎下艮上。〔易蒙〕山下出泉、—。

（三十）—頌。獸名。〔爾雅釋獸〕—頌猱狀。〔注〕即—貴也。狀如蜼而小。紫黑色。可畜、健捕鼠。勝於貓。九真日南皆出之。

（卅一）—鳩。鳥名。〔荀子勸學〕南方有鳥。名曰—鳩。〔注〕鷦鷯也。

（卅二）—自。縣名。元置。屬臨安府路。今爲雲南—自縣治。清光緒十四年依一千八百八十七年中法通商追加條約。開爲商埠。

（卅三）—古。種族名。自清代服屬。承爲我國五族之一。地處北陲。依行政及地理之關係。可別爲內—古、外—古、額魯特—古三大區域。亦簡稱之曰—。

（卅四）山名。有二。一、在今四川雅安名山蘆山三縣界。書禹貢、蔡—旅平是。一、在今山東—陰縣南。詩閟宮、奄有龜—。是又即論語之東—。

（卅五）水名、〔楚辭天問〕次于—汜。〔注〕暮入西極—水之涯也。

（卅六）木名。〔山海經中山經〕放皋之山、有木焉。其葉如槐。黃華而不實。其名曰—木。服之不惑。

（卅七）縣名。有五。一、漢置。屬梁國。當今河南商丘縣北二十里。一、北魏置。屬兗州譙郡。當今河南商丘縣東北。一、南宋置。屬豫州譙郡。當今安徽—城縣西北。一、北魏置。屬譙州南梁郡。當今安徽滁州境。一、南齊置。屬越州永寧郡。在今廣東境。

（卅八）宋城門名。〔左襄二十七年傳〕盟於—門之外。

（卅九）姓也。〔路史疏佐紀〕高陽帝之後。又有—氏。秦有將軍—驁。

【蒙】武工切音濛東韻亡鉤切音謀尤韻

陰闇也。〔書洪範〕曰—。〔周禮大卜作蟊史記宋微子世家作霧。漢書五行志作霿〕。

【蒙】迷浮切音謀尤韻

雺或字。〔集韻〕雺。爾雅、天氣下地不應曰雺。或作—。

【蒙】母總切音蠓董韻

蔑—。飛揚皃。見〔集韻〕。

【蒙】莫江切音厖江韻

厚也。〔荀子榮辱〕爲下國駿—。〔注〕—讀厖。厚也。今詩作駿厖。

【蒚】狠狄切音覛錫韻下革切音覈陌韻

㊀夫離上也。見〔說文〕。〔按爾雅釋草。莞、苻蘺。其上、—。注。今西方人呼蒲爲莞蒲。—、謂其頭臺首也。今江東謂之苻蘺。西方亦名蒲中莖爲—。玉篇云。蒲—、謂今蒲頭有臺。臺上有重臺。中出黃、即蒲黃。本草綱目云。香蒲花上黃粉、名蒲黃〕。

㊁菜名。〔爾雅釋草〕—、山蒜。〔疏〕蒜。說文云。葷菜也。一云、菜之美者。雲夢之葷菜生山中者名—。

【蒢】陳如切音除魚韻

㊀黃—。職也。見〔說文〕。〔按爾雅釋草。蘵、黃—。注。蘵草葉似酸漿。華小而白。中心黃。江東以作爲菹食〕。

㊁抽—。地榆也。見〔廣雅釋草〕。

㊂渠—。地名。〔春秋定十五年〕齊侯、衞侯次於渠—。〔左傳作籧挐。公羊作籧篨〕。

㊃籧—。口柔觀人顏色而爲辭佞者也。〔漢書敍傳〕舅氏籧—。

【蒤】同都切音徒虞韻

㊀草名。〔爾雅釋草〕—、虎杖。〔注〕似紅草而麤大。有細刺。可以染赤。〔本草綱目。頌曰。三月生苗。莖如竹筍狀。上有赤斑點。七月開花。九月結實。時珍曰。其葉圓似杏。其枝黃似柳。其花狀似菊。花似桃花〕。

㊁穢草也。〔爾雅釋草〕—、委葉。

【蒥】力求切音畱尤韻

㊀香艸。見〔玉篇〕。

㊁—荑。藥名。見〔廣韻〕。

【蒧】多忝切音點琰韻

㊀艸名。見〔字彙〕。

㊁人名。〔史記仲尼弟子傳〕曾—。公西—。奚容—。〔集韻云通作點〕。

【葴】諸深切音針侵韻

姓也。〔古今姓氏書辯證〕黃帝子得姓者十四人。其一曰—氏。邵氏姓解曰。—與箴皆音針。〔按康熙字典誤收此姓於蒧字下。今正〕。

【蒜】蘇貫切音算翰韻

㊀葷菜也。菜之美者。雲夢之葷菜。見〔說文〕。〔本草綱目云。—字從祘音—。諧聲也。中國初惟有此。後因漢人得葫—於西域。遂呼此爲小—以別之。保昇曰。小—野生。處處有之。小者一名薍、音亂。一名蒚、音

力。苗葉根子皆似葫而細數倍也。按｜葉長而有微稜。色多淺綠。氣微臭。地下鱗莖。色白而形扁圓。夏際開小紫花。結實色黑。莖葉皆可食。〕

(二) 山名。〔文選顏延之侍遊蒜山詩注〕｜山在潤州西二里。〔當今江蘇丹徒縣西。〕

【蒝】 愚袁切音元元韻　取絹切音縓霰韻

(一) 艸木形。見〔說文〕。

(二) 莖葉布也。見〔玉篇〕。

(三) ｜荽。蔬名。〔本草綱目〕胡荽、今俗呼爲｜荽。｜乃莖葉布散之貌。俗作芫花之芫。非矣。

【蒝】 取絹切音縓霰韻　胡官切音桓寒韻

艸名。見〔集韻〕。

【蒟】 果羽切音矩麌韻　權俱切音劬虞韻　俱遇切音屨遇韻

(一) 果也。見〔說文〕〔段注〕史記漢書有枸醬。亦或作｜。據劉逵、顧微、宋祁、諸家說。即扶留藤也。葉可用食檳榔。實如桑葚而長。名｜。可爲醬。此物縢生緣木。故作｜从艸。亦作枸从木。要必一物也。其實名｜。故云果也。果、木實也。當云｜果也。三字句。

(二) ｜蒻。草名。〔本草綱目〕頌曰。江南吳中出白｜蒻。亦名鬼芋。人采以爲天南星。了不可辨。但｜蒻莖斑花紫。天南星莖無斑、花黃。爲異爾。時珍曰。蜀中施州亦有之。呼爲鬼頭。春時生苗。五月移之。長一二尺。根大如芋魁。秋後采根。以醲灰汁煮十餘沸。以水淘洗。換水更煮五六徧。即成凍子。切片以苦酒五味淹食之。

【蒡】 蒲光切音旁陽韻　蒲庚切音彭庚韻

(一) 隱忍也。詳忍字。

(二) ｜葧。蒿類。又名蘩母。詳葧字。

【蒡】 補朗切音榜養韻

牛｜。草名。〔本草綱目〕頌曰。惡實、即牛｜子也。處處有之。葉大如芋葉而長。實殼多刺。鼠過之則綴惹不可脫。故謂之鼠粘子。時珍曰。其根葉皆可食。人呼爲牛菜。河南人呼爲夜叉頭。三月生苗。起莖。高者三四尺。四月開花成叢。淡紫色。結實如楓梂而小。萼上細刺百十攢簇之。一梂有子數十顆。入藥用。

【蒨】 倉甸切音倩霰韻

(一) 即茜草也。〔爾雅釋草〕茹藘、茅蒐。〔注〕今之｜也。可以染絳。〔釋文〕｜、本作茜。〔互詳蒐茜字〕。

(二) ｜｜。鮮明貌。〔文選束皙詩〕｜｜士子。

(三) 木名。〔山海經中山經〕敖岸之山。北望河林。其狀如｜、如舉。〔注〕｜、舉、皆木名。

【蒩】 子余切音苴　臻魚切音菹　千余切音疽魚韻　宗蘇切音租虞韻　總古切音祖麌韻

(一) 茅藉也。禮曰。封諸侯以土。｜以白茅。見〔說文〕。〔注〕鍇曰。此亦包｜字。

(二) 通菹。〔周禮鄉師〕共茅｜。〔注〕杜子春云。｜當爲菹。以茅爲菹。若葵菹也。

(三) 通蒩。〔廣雅釋草〕｜、蕺也。〔疏證〕蒩、｜字竝通。

【蒩】 子與切音苴語韻

通苴。〔儀禮士虞禮〕苴刌茅。〔注〕苴、猶藉也。〔疏〕此苴而云藉祭。〔集韻〕、茅藉祭也。通作苴。

【蒩】 將豫切音怚御韻

澤生艸曰｜。見〔集韻〕。

【蒩】 慈夜切音謝禡韻

藉或字。〔集韻〕藉艸不編。狼藉。或作｜。

【蒭】 窻兪切音芻虞韻

(一) 苾｜。梵語謂僧也。〔翻譯名義〕苾｜。古師云。

(二) 芻或字。〔集韻〕芻、刈艸也。或从艸。

【蒯】 苦怪切音喟卦韻

(一) 草名。菅屬。可爲索。〔左成九年傳〕雖有絲麻。無棄菅｜。

(二) 以繩纏之也。〔史記孟嘗君傳〕馮先生甚貧。猶有一劍耳。又｜緱。〔索隱〕緱謂把劍之物。言其劍無物可裝。但以｜繩纏之。故云｜緱也。

(三) 地名。〔左昭二十三年傳〕攻｜。｜潰。〔注〕河南縣西南｜鄉是也。〔當今河南洛陽縣西北。〕

(四) 姓也。漢｜通。

【䔄】 餘招切音遙蕭韻

(一) 草名。〔山海經中山經〕姑媱之山。

帝女死焉。其名曰女尸。化爲—草。服之媚於人。〔按山海經又云。泰室之山有草焉。其狀如荒。白華黑實。澤如蘡薁。其名曰—草。服之不昧。〕

(三)蓫省字。〔集韻〕蓫。艸名。蒲蕠也。或省。

【蘨】弋笑切音燿嘯韻

藥艸。兎絲也。見〔集韻〕。

【蒰】蒲官切音盤寒韻

(一)艸名。見〔集韻〕。

(二)艸盤結貌。見〔正字通〕。

【蒳】諾荅切音納合韻

(一)香草。〔異物志〕—葉似栟櫚而小。子似檳榔。

(二)—子。山檳榔別名。〔齊民要術果蓏〕山檳榔、一名—子。幹似蔗。葉類柞。一叢千餘榦。榦生十房。房底數百子。

(三)艾—。香名。見〔正字通〕。〔本草綱目作艾納。廣志云。艾納出西國。似細艾。又有松樹皮上綠衣。亦名艾納。可以和合諸香。燒之能聚其烟。青白不散。〕

【蒲】蓬逋切音匍虞韻　伴姥切音簿麌韻

(一)水艸也。可㠯作席。見〔說文〕。〔本草綱目恭曰。甘—可作薦者。山南人謂之香—。以昌—爲臭—也。頌曰。春初生嫩葉。出水時。紅白色茸茸然。至夏抽梗於叢葉中。花抱梗端。如武士棒杵。故俚俗謂之—槌。亦曰—萼花。其—黃、卽花蕊屑也。細若金粉。當欲開時便取之。時珍曰。—叢生水際。似莞而褊。有脊而柔。八九月收葉以爲席。亦可作扇。軟滑而溫。〕

(二)席也。〔家語顏回〕妾織—。

(三)斅也。〔釋名釋宮室〕草圓屋曰—。—、斅也。總其上而斅下也。

(四)楊柳也。〔左襄十二年傳〕董澤之—。

(五)山名。見〔史記封禪書〕。

(六)水名。〔漢書地理志中山國曲逆注〕—陽山、—水所出。〔在今直隸完縣北。〕

(七)州名。〔淸一統志〕後魏置。唐改河中府。明復曰—州。淸升爲府。今裁。原領永濟、臨晉、虞鄉、榮河、萬泉、猗氏。六縣地。

(八)縣名。〔淸一統志〕漢—子縣地。後魏改石城縣。後周改置—子縣。隋改曰—縣。〔今屬山西。〕

(九)地名。〔春秋桓三年〕夏齊侯衛侯胥命於—。〔注〕衛地在陳留長垣縣西南。〔當今直隸長垣縣治。〕

(十)人名。〔華陽國志蜀志〕杜宇稱帝號曰望帝。更名—卑。

(十一)種族名。〔天下郡國利病書〕雲南永昌府保山縣有—人。牧蠻徼盧彭濮諸濮地。與哀牢相接。今按哀牢卽永昌濮人。今名—蠻。

(十二)臺名。〔述異記〕東海上有—臺。秦始皇至此臺下。縈—繫馬。—至今縈紆。

(十三)—璧。男受命之瑞玉也。〔周禮典瑞〕男執—璧。

(十四)—盧。蟲名。〔爾雅釋蟲〕果蠃、—盧。〔注〕卽細腰蠭也。〔又〕蜃別名。〔夏小正〕蜃者—盧也。

(十五)—梢。良馬也。〔史記樂書〕後代大宛。得千里馬。馬名—梢。

(十六)—牢。獸名。〔後漢班固傳〕於是發鯨魚。鏗華鐘。〔注〕海中有大魚名鯨。又有獸名—牢。—牢素畏鯨魚。鯨魚擊—牢。—牢輒大鳴呼。凡鐘欲令其聲大者。故作—牢於上。撞鐘者名爲鯨魚。

(十七)—蘇。鈹也。見〔廣雅釋器〕。〔疏證〕方言。錟謂之鈹。郭注云。今江東呼大矛爲鈹。

(十八)—萄。果名。詳萄字。

(十九)蒚—。草名。詳蒚字。

(二十)通浦。〔周禮職方氏〕其澤藪曰弦—。〔注〕鄭司農云。—或爲浦。

(廿一)通匍。〔左昭十三年傳〕奉壺飲冰。以—伏焉。

(廿二)通蒱。〔馬融賦〕好此摴—。

(廿三)姓也。〔十六國春秋前秦錄〕苻洪、其先有扈氏之苗裔。其後家池生—、長五丈。節如竹形。時咸異之。謂之—家。因以爲氏焉。

【蒲】白各切音泊藥韻

通薄。—姑。地名。〔竹書紀年〕太戊城—姑。

【蒸】諸仍切音烝蒸韻

(一)折麻中幹也。見〔說文〕。〔通訓定聲〕一名蔵。古燭用之。故凡用麻榦葭葦竹木爲燭、皆曰—。

(二)薪之細者。〔周禮甸師〕帥其徒以薪—。材木役內饔之事。〔注〕大木曰薪。小者曰—。〔疏〕大木可析曰薪。自然小者曰—也。

㊂炬也。見〔廣雅釋器〕。

㊃熘竹曰—。〔楚辭謬諫〕菎蕗雜於廞—兮。

㊄俎實也。〔呂覽孟冬〕大飲—。〔注〕—、俎實體解節折謂肴—也。

㊅祭也。見〔爾雅釋詁〕。〔釋文〕冬祭名。

㊆爇也。〔素問五運行大論〕其令鬱—。

㊇美也。見〔廣雅釋詁〕。

㊈衆也。〔孟子告子〕天生—民。〔詩作烝民〕。

㊉君也。見〔玉篇〕。〔爾雅釋詁作烝〕。

⑪塵也。見〔玉篇〕。〔爾雅釋言作烝〕。

⑫進也。見〔廣韻〕。〔爾雅釋詁作烝〕。

⑬婬也。見〔廣雅釋詁〕〔疏證〕烝、與—通。淫與婬通。

⑭——純壹之貌。〔漢書酷吏傳〕而吏治——不至於姦。〔又〕孝也。見〔廣雅釋訓〕。

⑮—丘地名。〔吳越春秋夫差內傳〕吳王乃使門人提之—丘。〔注〕一名—山。又名陽山。在吳縣西北三十里。

【蒸】諸應切音證徑韻

氣上達也。〔文選嵇康賦〕—靈液以播雲。〔集韻本作烝或作—。按俗謂隔水煮物曰—〕。

【蒻】日灼切音弱藥韻

㊀蒲子。可以爲平席。見〔說文〕。〔通訓定聲〕謂織蒲蒻細在水中者。平席。書之蔑席、底席、是也。

㊁荷莖入泥之處。見〔廣韻〕。

㊂細也。〔淮南主術〕匡牀—席。

㊃蒻—小苹也。見〔集韻〕。

㊄蒻—草名。詳蒻字。

【蒻】昵角切音搦覺韻

豌—豆也。見〔集韻〕。

【蒼】千剛切音倉陽韻

㊀艸色也。見〔說文〕。

㊁薄青色。〔素問陰陽應象大論〕在色爲—。

㊂——盛也。〔詩蒹葭〕蒹葭——。〔又〕春天之色也。〔太玄玄攡〕譬若天——然。〔又〕茂也。見〔廣雅釋訓〕。〔又〕斑白貌。〔韓愈文〕而髮——。

㊃—筤。竹初生之色。〔易說卦〕震爲—筤竹。〔疏〕—筤、取其初生之美也。

㊄—生。——然生草木。言所及廣遠也。〔書益稷〕至於海隅—生。〔又〕百姓也。〔晉書謝安傳〕安若不肯出。將如—生何。

㊅春爲—天。見〔爾雅釋天〕。〔又〕東方曰—天。見〔呂覽有始〕。

㊆—烏鷹也。〔楚辭天問〕—鳥羣飛。

㊇—頭。士卒以青帕首者。〔國策魏策〕聞大王之卒。武力二十餘萬。—頭二十萬。

㊈—領。淵名。〔呂覽離俗〕而自投於—領之淵。〔莊子讓王淮南齊俗皆作清冷〕。

㊉—黃。急遽貌。〔漢書郊祀志〕—黃若飛鳥。

⑪通倉。〔詩黍離〕悠悠—天。〔釋文〕—、本亦作倉。

⑫姓也。〔古今姓氏書辯證〕出自高陽氏才子八人。天下謂之八愷。其一曰—舒。後世以字爲氏。

【蒼】采朗切七漭切養韻千剛切音倉陽韻

—莽。近郊之色。〔莊子逍遙遊〕適—莽者三飡而反。〔釋文〕李云。近野也。支遁云。冢閒也。崔云。草野之色。

【蒼】采朗切養韻

—莽。寒狀。見〔集韻〕。

【蓀】蘇昆切音孫元韻

㊀香艸也。見〔說文新附〕。〔鈕氏新附考〕類篇、亦作荃。按莊子外物篇。荃者所以在魚。得魚而忘荃。釋文。荃、崔音孫。香艸也。可以餌魚。据此知—荃音義竝同。疑荃或借作孫。後人加艸。遂分爲二字耳。顏延年祭屈原文。比物荃—。已誤矣。

㊁溪—。卽水菖蒲。詳菖字。

【蓁】緇詵切音臻眞韻

㊀艸盛皃。見〔說文〕。

㊁衆也。見〔玉篇〕。

㊂——。至盛貌。〔詩桃夭〕其葉——。〔又〕茂盛貌。〔後漢張衡傳〕咽河林之——兮。〔又〕積聚之貌。〔楚辭招魂〕蝮蛇——。〔又〕盛貌。〔文選班固詩〕百穀——。

㊃水名。〔水經溱水注〕—水發源—谷。

【蓁】資辛切音津眞韻

——。頭戴物、婦人盛飾貌。〔爾雅

釋訓〕——、戴也。

【蓁】 慈鄰切音秦眞韻

艸名。見〔集韻〕。

【蓁】 鋤臻切音榛眞韻

榛或字。〔集韻〕木叢生曰榛。或作—。

【蒿】 呼高切音薅豪韻

㊀菣也。見〔說文〕。〔按〕—、草名。有青—、茵陳—、臭—、白—、藁—、角—、馬先—、牡—、數種。青—莖高四尺許。葉歧。緊細而扁整。秋開細黃花。結實如粟米大。茵陳—、全體類青—。惟葉背白色。臭—、亦似青—。惟其氣辛臭不可食。白—、有水陸二種。生陸地者。葉似細艾。有白毛粗於青—。從初生至秋。白於眾—。其生陂澤中者。葉細而歧。莖或赤或白。根白而脆。可作蔬。即蔞—也。藁—、頗似蔞—。生於高岡。角—、莖葉如青—。惟花色淡紅紫。結實作角形。色黑。長二寸許。微彎。馬先—、以根之吸盤。寄生於他植物之根。花色紫赤。結實如小豆。角銳而長。牡—、一名齊頭—。因諸—葉皆尖。此獨麥而禿。故名。秋開細黃花。結實大如車前實。內有子。但微細不可見。故人以為無子而被以牡名也〕

蒿圖

㊁耗也。〔國語晉語〕使民—焉忘其安樂。

㊂亂也。〔莊子駢拇〕—目而憂世之患。〔釋文〕李云。—目、決性之貌。

㊃焄—。氣蒸出貌。〔禮記祭義〕焄—悽愴。

㊄地名。〔穀梁桓十五年傳〕公會齊侯於—。〔釋文〕—、左氏作艾。公羊作部。

㊅姓也。見〔姓苑〕。

【蒿】 古老切音杲皓韻

稾或字。〔集韻〕稾、說文稈也。或作—。

【蓄】 敕六切音畜屋韻

㊀積也。見〔說文〕。

㊁聚也。〔詩谷風〕我有旨—。

㊂養也。〔國語晉語〕—力一紀。

㊃藏也。見〔篇海〕。

㊄猶待也。〔後漢張衡傳〕孰謂時之可—。

㊅—縮。謂丞於事也。〔漢書息夫躬傳〕健而—縮。不可用。

【蓄】 許六切音畜屋韻

冬菜。見〔集韻〕。〔正字通〕云。羊蹄菜。俗呼禿菜。根似蘆菔。莖赤。瀹為茹、滑美。

【蓂】 忙經切音冥青韻

㊀—莢。瑞草。〔竹書紀年帝堯陶唐氏〕有草夾階而生。月朔始生一莢。月半、而生十五莢。十六日以後。日落一莢。及晦而盡。月小、則一莢焦而不落。名曰—莢。一曰曆莢。

㊁思—子。藥名。〔本草綱目〕斅曰。思—子、眞似青葙子。只是味不同。味苦。煎之有涎。

【蓂】 莫狄切音覓錫韻

菥—。大薺也。見〔說文〕。〔按爾雅釋草疏〕菥—、一名大薺。而葉細。

【蓆】 祥亦切音席陌韻

㊀廣多也。見〔說文〕。〔通訓定聲云〕。艸多也〕

㊁大也。〔詩緇衣〕緇衣之—兮。

㊂儲也。見〔韓詩章句〕。

㊃—具草、一名塞路。生北方胡地。古詩云。千里—具草。見〔述異記〕。

㊄通席。〔六韜〕坐以文綺之—。

【蓉】 餘封切音容冬韻

㊀芙—也。見〔說文新附〕。〔鈕氏新附攷〕芙—、通作夫容。按漢書司馬相如及揚雄傳中。夫容並不加艸。博雅玉篇已作芙—。〔按爾雅釋草。荷、芙渠。注云。別名芙—。是也。〕

㊁木芙—。木名。〔本草綱目〕花豔如荷花。故有芙—、木蓮之名。八九月始開。故名拒霜。俗呼為桃皮樹。處處有之。插條即生。其幹叢生如荊。高者丈許。其葉大如桐。有五尖及七尖者。冬凋夏茂。秋半始著花。花類牡丹芍藥。有紅者、白者、黃者、千葉者。最耐寒而不落。不結實。

【蓋】 居太切音匄泰韻

㊀本作蓋。〔說文〕蓋、苫也。〔韻會云〕。今文作—〕。

㊁掩也。〔書蔡仲之命〕爾尚—前人之愆。

(三)覆也。[左成二年傳]所—多矣。
(四)尙也。[國語吳語]夫固知君王之—威以好勝也。
(五)加也加物上也見[釋名釋言語]。
(六)合也。[史記司馬相如傳]—號以況榮。[索隱]文穎云—合也言考合前代之君揆其榮而相比況以爲號也大顏云、—欲也言欲化功立號受天之況賜榮名也。
(七)害也。[書呂刑]鰥寡無—。
(八)曷也。[國策秦策]—可忽乎哉。
(九)黨也見[廣雅釋言]。
(十)割裂也見[爾雅釋言]。
(十一)張帛也見[廣韻引通俗文]。
(十二)猶皆也。[詩黍苗]—云歸哉。
(十三)猶蔽也。[淮南說林]日月欲明而浮雲—之。
(十四)猶是也。[公羊宣元年傳]孔子—善之也。
(十五)語辭。[詩正月]謂山—卑。
(十六)發語辭。[漢書郊祀志]—若獸爲符。[注]言甘泉之雲又若獸形。以爲符瑞也。
(十七)疑辭也。[禮記檀弓]有子—既祥、而絲屨組纓。
(十八)大略之辭。[孝經]—天子之孝也。[疏]孔傳云。—者辜較之辭。劉炫云。辜較、猶梗概也。孝道既廣。此纔舉其大略也。
(十九)華—。星名。詳華字。
(二十)儀仗之一。[周禮道右]王下則以—從。[疏]—有二種。一者禦雨。二者表尊。此則表尊之—也。
(廿一)車—。[周禮攷工記]輪人爲—。[注]—者、主爲雨設也。乘車無—。
(廿二)傘—。見[廣韻]。[按即禦雨蔽日。可以卷舒者]。
(廿三)梨—。防葵也。[本草綱目]頌曰。今惟出襄陽地。他郡不聞也。其葉似葵。每莖三葉。一本十數莖。中發一幹。其端開花。如葱花。六月開花。即結子。根似防風。香味亦如之。
(廿四)不知者不言。論語謂之—闕。漢書謂之丘—。見[段注說文]。

【蓋】　轄臘切音盍合韻

(一)戶扇也。[荀子宥坐]復瞻被九—皆繼。[注]被、當爲彼。九、當爲北。皆繼、謂其材木斷絕相接繼也。
(二)靑齊人謂蒲席曰蒲—。見[集韻]。
(三)通盍。何不也。[禮記檀弓]子—言子之志於公乎。

【蓋】　古沓切音蛤合韻

地名。[孟子公孫丑]王使—大夫王驩爲輔行。[注]—、齊下邑也。[—當今山東沂水縣西北]。[又]姓也。[古今姓氏書辯證]—氏出自齊大夫。食采於—。以邑爲氏。

【蓐】　儒欲切音辱沃韻

(一)陳艸復生也。一曰蔟也。見[說文蓐部]。[注]鍇曰。陳根更生繁縟也。蔟、猶蠶蔟也。
(二)席也。[爾雅釋器]—謂之茲。[注]公羊傳曰屬負茲。茲者、—席也。
(三)薦也。見[玉篇]。
(四)厚也。見[方言]。
(五)臥止之草。[左宣十二年傳]左追—。[注]在左者、追求草—爲宿備。
(六)國名。[左昭元年傳]沈姒—黃。[注]四國臺駘之後。
(七)草名。[爾雅釋草蓐王芻疏]舍人云。蓐、一名王芻。某氏云。蓐鹿—也。郭云。蓐—也。今呼鴟腳莎。
(八)馬藉草曰—。[周禮圉師]春除—。[注]馬茲也。馬既出而除之。
(九)—收。神名。[禮記月令]其神—收。[注]—收、少皞氏之子曰該。爲金官。[疏]—收者、言秋時萬物摧辱而收斂。[白虎通五行]—收者縮也。
(十)—食。早食於寢—也。[左文七年傳]訓卒利兵。秣馬—食。[經義述聞]云。案訓卒利兵。秣馬。非寢之時矣。而云早食於寢—。義無取也。方言曰、—厚也。食之豐厚於常。因謂之—食。訓卒利兵。秣馬—食者。商子兵守篇曰。壯男之軍。使盛食厲兵。陳而待敵。壯女之軍。使盛食負壘。陳而待令。是其類也。兩軍相攻。或竟日未已。故必厚食。乃不飢。成十六年傳。—食申禱。襄二十六年傳。秣馬—食。並與此同。]
(十一)產—。[聞見前錄]臨—時。慈烏滿庭。人以爲瑞。是生康節公。
(十二)竹—。[本草綱目]此即竹菰也。生朽竹根節上。狀如木耳。紅色。酉陽雜俎云。江淮有竹肉。大如彈丸。味如白樹雞。即此物也。惟苦竹生者有毒耳。
(十三)姓也。[古今姓氏書校勘記]姓纂曰。風俗通、—收之後。

【蓑】　蘇禾切音莎歌韻

(一)草衣也。[詩無羊]何—何笠。[傳]所以備雨。[按說文有衰無—]。

●三草覆也。[公羊定元年傳]不—城也。[注]若今以草衣城是也。

【蓑】所乖切音韢佳韻
—。艸木葉茂皃見[集韻]。

【蓑】倉回切音崔灰韻
艸木葉萎皃見[集韻]。

【蓑】穌回切音毸灰韻
—。華蘂下垂皃。[文選張衡賦]敷華蘂之——。

【蓓】簿亥切音倍部浼切音琲賄韻
●一—蕾。始華也見[集韻]。
●二黃—。艸名見[玉篇]。

【蓩】莫江切音尨江韻
艸也。見[玉篇]。

【蓗】黑角切音吒覺韻
豨聲也。[文選左思賦]封豨—。

【蔢】桑何切音娑歌韻
蔢—。艸根。一曰茂皃見[集韻]。

【菌】胡困切音溷願韻
艸名。見[集韻]。

【蒒】霜夷切音師支韻
艸名。[集韻]博物志、生扶海洲上。實如大麥。一曰自然穀。[本草綱目]藏器曰。亦白禹餘糧。此非石之禹餘糧也。按此草生海濱砂地。地下莖蔓延甚長。每節出多數之鬚根。可以之束縛沙土。海岸賴以堅固。

【蒓】殊倫切音純眞韻
水葵。通作蓴見[集韻]。

【蒖】之人切音眞眞韻
茾也。見[玉篇]。[廣雅釋草]茾蒖、蒖莢也。疏證云。玉篇廣韻竝云。茾、蒖莢實也。又有—字。云茾也。集韻云。—、艸名。鳧葵也。一曰蒖莢實也。—字俗書作蒖。與萁字字形相近。疑有譌。但又以爲鳧葵。不知何據。豈以鳧葵名茆。茆茾字形相近而譌說與。

【蔋】亭歷切音狄錫韻
艸旱盡也。詩曰。——山川。見[說文]。[通訓定聲]按雲漢毛本作滌。此重言形況字。孟子是以若彼濯濯也。用濯濯亦同。

【蓈】盧當切音郎陽韻
藥草名。[山海經中山經]大騩之山、有草焉。其狀如蓍而毛。青華而白實。其名曰—。服之不夭。可以爲腹病。[按玉篇云。—、毒草。本草綱目作狼毒。志曰。狼毒、葉似商陸及大黃。莖葉上有毛。根皮黃肉白。]

【蒘】人余切音如女居切音絮魚韻
草也。[爾雅釋草]蘮—、竊衣。[注]似芹可食。子大如麥。兩兩相合。有毛。著人衣。[疏]蘮—、一名竊衣。俗名鬼麥者也。

【莤】將由切音揫徐由切音囚尤韻臧曹切音糟豪韻
酒滓也。鄭司農曰。稻醴清—。見[集韻]。[按周禮酒正疏作糟。]

【蕕】字秋切音酋尤韻
湭或字。[集韻]博雅、湭液也。或作—。

【蔌】測革切音策色責切音栜陌韻
—。以穀餧馬置莝中。見[說文]。[通訓定聲]以穀曰餘。以芻曰莝。與餗字俗作簌者迥別。

【蔌】所革切音栜陌韻
小言皃。見[玉篇]。

【䓰】下瞎切音鞷黠韻
蘇也。[方言]蘇芥草也。沅湘之南或謂之—。[注]今長沙人呼野蘇爲—。

【蒣】詳余切音徐魚韻
艸名。見[集韻]。

【蒤】常如切音蜍魚韻
稌或字。[集韻]稌、藥艸。署預也。或作—。

【蒦】屋虢切音獲陌韻
艸名。見[集韻]。

【蒦】鬱縛切音臒藥韻屋虢切音擭胡陌切音獲陌韻
規—。商也。從又持萑。一曰視遽皃。一曰—度也。見[說文萑部]

【蒦】厥縛切音矍藥韻
通攫。[廣雅釋詁]—、持也。[疏證]眾經音義卷十二十三十六引廣雅竝作攫。攫與—通。

【蔾】力質切音栗質韻
艸名。見[廣韻]。

【蓾】夷周切音由尤韻以九切音

酉有韻

【⿱艹冓】居候切音鉤宥韻 積艸也。見〔集韻〕。

艸也。見〔說文〕。

【蒛】傾雪切音缺屑韻 艸名。〔爾雅釋草〕茥、—葐。〔詳葐字〕。

【⿱艹耿】古幸切音耿梗韻 芋莖也。見〔玉篇〕。

【⿱艹祚】存故切音祚遇韻 艸名。水芋也。見〔集韻〕。

【⿱艹倭】汝隹切音捼支韻 蘬—。見〔玉篇〕。

【蒠】悉卽切音息職韻 菜名。〔爾雅釋草〕菲、—菜。〔注〕菲草生下溼地。似蕪菁。華紫赤色。可食。

【⿱艹宰】壯士切音滓紙韻 羹菜也。見〔說文〕。〔注〕鍇按字書。辛菜也。〔按段注謂取菜羹之也。集韵有⿱宰灬字。烹也。卽此字〕。

【⿱艹宰】子亥切音宰賄韻 菜名。見〔集韻〕。

【蒩】總古切音祖麌韻 菜也。見〔說文〕。〔注〕鍇曰。按崔豹古今注。—、一名蕺。會稽有蕺山。王羲之采蕺處。〔按卽今魚腥草。一名土茄〕。

【蒪】匹各切音粕藥韻 匹沃切音砲沃韻 苴—。蘘荷也。〔楚辭大招〕膾苴—只。〔注〕雜用膾炙切蘘荷以爲香。備眾味也。〔按廣雅釋草。蘘荷、—苴也。疏證云。說文、蘘荷一名蒚蒩。蒚蒩、與—苴同。楚辭九歎王注云。蘘荷—蒩也。古今注云。蘘荷似蒪苴而白。本草陶注云。今人乃呼赤者爲蘘荷。白者爲覆葅。史記司馬相如傳。諸蔗猼且。漢書作巴且〕。

【蒫】津夷切支韻 才何切音醝歌韻 咨邪切音嗟麻韻 薺子名。〔爾雅釋草〕—、薺實。

【蒬】於袁切音鴛元韻 雨阮切音遠阮韻 棘—也。見〔說文〕。〔按爾雅釋草。葽繞、蕀—。注。今遠志也。似麻黃。赤華。葉銳而黃。其上謂之小草〕。

【⿱艹雈】余六切音育屋韻 艸也。詩曰。食鬱及—。見〔說文〕。〔按爾雅釋草。—山韭。疏。韭生山中者名—。韓詩云、六月食鬱及—。是也〕。

【⿱艹郡】具運切音郡問韻 芝屬。見〔集韻〕。

【⿱艹晃】戶廣切音晄 虎晃切音慌漾韻 艸名。見〔集韻〕。

【⿱艹脊】資昔切音積陌韻 艸名。見〔集韻〕。

【⿱艹剖】斐父切音撫麌韻 普后切音剖有韻 —蒣。艸名。魚薺也。見〔集韻〕。

【⿱艹哥】居何切音歌歌韻 —母。艸名。出嶺南。見〔集韻〕。〔異物志。—母樹皮有蓋。狀似栟櫚。但脆不中用。南人名其實爲—〕。

【蒱】薄胡切音蒲虞韻 摴—。博戲也。〔博物志〕老子入胡作摴—。〔按國史補洛陽令崔師本有摴—法〕。

【⿱艹陵】陵之切音釐支韻 豆名。可食。見〔集韻〕。

【蒴】所角切音朔覺韻 —藋。草名。〔本草綱目〕弘景曰。田野墟村甚多。宗奭曰。花白。子初青如綠豆顆。每朵如盞面大。又平生一二百子。十月熟紅。時珍曰。每枝五葉。

【蒵】弦雞切音兮齊韻 胡計切音系霽韻 兔—。草名。〔爾雅釋草〕蘩、兔—。

【⿱艹奊】戶禮切音傒薺韻 屧也。見〔集韻〕。

【⿱艹系】胡計切音系霽韻 履系也。〔南史虞玩之傳〕—斷以芒接之。

【⿱艹紛】符分切音墳文韻 —蘊。蘊積也。〔楚辭蓄英〕—蘊徽黑。〔注〕愁思蓄積面垢黑也。

【⿱蒸皿】諸仍切音烝蒸韻 菹也。〔廣雅釋器〕—謂之蘊。〔疏證〕謂以肉爲菹也。

【蔦】汪胡切音烏虞韻
—蔖。菰也。見〔玉篇〕。

【蒹】古甜切音兼鹽韻
雚之未秀者。見〔說文〕。〔通訓定聲〕爾雅釋草—薕。注。江東呼爲薕藡。詩—葭蒼蒼。陸疏。水草也。堅實。牛食之、肥。青徐人謂之薕。史記司馬相如傳。藏莨—葭。索隱。薕也。按今謂之荻。堅實中有白瓤。可爲簾薄。實卽菼薍也。騅也。烏蓲也。薕藡也。初生爲—。薕未秀爲菼薍。至秋堅成謂之雚。與葭蘆之爲葦者。同類別種。葦空中而高大也。

蒹圖

【蒺】昨悉切音疾質韻疾力切音聖職韻
—蔾。草名。〔爾雅釋草〕茨、—蔾。〔注〕布地蔓生。細葉、子有三角刺。〔本草綱目〕時珍曰。—疾也。蔾、利也。茨、刺也。其刺傷人、甚疾而利也。—蔾葉、如初生皁莢葉。整齊可愛。刺—蔾、狀如赤根菜子及細菱。三角四刺。實有仁。其白—蔾、結莢長寸許。內子大如脂麻。狀如羊腎而帶綠色。今人謂之沙苑—蔾。宗奭曰。杜—蔾、卽今之道旁布地而生者。開小黃花。結芒刺。頌曰。白—蔾、今生同州沙苑、牧馬草地最多。綠葉細蔓。綿布沙上。七月開花黃紫色。如豌豆花而小。九月結實作莢。〕

【葩】乙及切音邑緝韻
—蒳。艸密皃。見〔集韻〕。

【䓘】去幾切音豈尾韻胡對切音潰隊韻
菜之美者。雲夢之—。見〔說文〕。〔廣韻云菜似蕨。生水中。〕

【䓘】魚開切音皚灰韻
乾菜。見〔集韻〕。

【蒾】緜批切音迷齊韻
莢—。木名。詳莢字。

【䓴】人遠切音軟阮韻
水苔也。見〔武夷幔亭記〕。

【毦】乳勇切音宂腫韻
毦—。艸亂皃。見〔玉篇〕。

【䓥】他酣切音甜覃韻
蒠也。見〔集韻〕。

【萳】那含切音南覃韻
草名。〔廣雅釋草〕蔾蘆、蒠—也。〔詳蔾字。〕

【蓃】疏鳩切音搜尤韻雙雛切音毹虞韻
—茮。椒子聚生成房皃。見〔類篇〕。

【蓃】蘇后切音叟有韻
藪或字。見〔集韻〕。

【蒡】傍丁切音娉青韻
水中浮艸。見〔集韻〕。

【蓇】古忽切音骨月韻
—蓉。不實草也。〔山海經西山經〕嶓冢之山。有草焉。其葉如蕙。其本如桔梗。黑華而不實。名曰—蓉。食之使人無子。

【蓈】盧當切音郎陽韻
禾粟之莠、生而不成者。謂之童—。見〔說文〕。〔段注〕莠、各本作采。童、各本作蓈。今依詩、爾雅、音義。生而不成。謂不成莠也。不成謂之童—。巳成謂之莠。爾雅、毛傳、皆曰。稂童梁也。童梁、卽童—也。

【䓙】式戰切音扇霰韻
鬼—。艸名。見〔集韻〕。

【䓪】古送切音貢送韻
草木子叢生貌。見〔字彙〕。

【蓊】烏公切音翁東韻
—薹也。見〔廣雅釋草〕。〔按韻會。草華之莖、細葉叢生者爲—薹。〕

【蓊】鄔孔切音滃董韻烏公切音翁東韻
鬱—。草木盛貌。〔文選張衡賦〕鬱—薆薱。

【蓊】鄔孔切音滃董韻
艸名。可染黃。見〔集韻〕。

【蓌】祖臥切音挫箇韻側駕切音詐禡韻祖對切音晬隊韻
猶詐也。〔禮記曲禮〕介者不拜。爲其拜而—拜。〔注〕—則失容節。—猶詐也。〔釋文〕挫也。

【䔉】郎狄切音歷錫韻
艸水疏皃。見〔集韻〕。

【蓍】升脂切音尸支韻蒸夷切音脂支

韻

蓍屬。生千歲。三百莖。易以爲數。天子—九尺。諸侯七尺。大夫五尺。士三尺。見〔說文〕〔按廣羣芳譜—、神草也。能知吉凶。蘇頌云。上蔡縣白龜祠旁。其生如蒿作叢。高五六尺。一本一二十莖。至多者五十莖。生便條直。秋後有花。出於枝端。紅紫色。形如菊花。結實如艾實。〕

【蓎】徒郎切音唐陽韻

—蒙。女蘿。見〔玉篇〕〔爾雅作唐。〕

【[illegible]】丁聊切音貂蕭韻

—[illegible]。[illegible]實。見〔玉篇〕〔集韻〕。彫、或作—。通作彫。〕

【蓏】魯果切音裸哿韻

在木曰果。在地曰—。見〔說文〕〔注〕儲曰。在地若瓜瓠之屬。今人或曰、蔓生曰—。亦同。果在樹。故田在木上。瓜在蔓。故瓜在艸下。在葉下也。鄭玄注禮。果之無殼曰—。其理爲蓏。〔漢書食貨志瓜瓠果—。注、應劭曰。木實曰果。草實曰—。張晏曰。有核曰果。無核曰—。〕

【蓒】虛言切音軒元韻

—芋。艸名。生水中。見〔集韻〕〔爾雅釋草。莤蔓于。注。草生水中。一名軒于。江東呼莤。〕

【萃】火鼃切音噅佳韻

艸雜皃。見〔集韻〕。

【葱】立勇切音恐腫韻。欺用切音仙宋韻

—苹。藺藹也。見〔廣雅釋草〕〔疏證〕玉篇、廣韻、並云。—、藺藹藥。則藺藹一名—。一名苹也。藺藹或作萳蓉。〔詳萳字〕。

【[illegible]】託盍切音榻合韻

艸名。可作布。見〔集韻〕。

【[illegible]】以紹切音溔篠韻

艸皃。見〔集韻〕。

【蕉】姑沃切音牿沃韻

穛或字。〔集韻〕穛。禾皮。或作—。

【[illegible]】商居切音書魚韻

艸名。見〔集韻〕。

【蓕】涓惠切音桂霽韻

艸名。見〔集韻〕。

【蒶】府吻切音粉吻韻

艸名。見〔集韻〕。

【[illegible]】居吏切音記寘韻

艸名。見〔集韻〕。

【蒄】古丸切音官寒韻

艸名。見〔集韻〕。

【[illegible]】昔各切音索藥韻。色窄切音索陌韻

艸名。見〔玉篇〕。

【[illegible]】儒隹切音蕤支韻

葰或字。〔集韻〕葰。葰蘺屬。或作—。

【[illegible]】先結切音屑屑韻

艸名。見〔玉篇〕。

【[illegible]】巨列切音傑屑韻

艸名。見〔集韻〕。

【蒽】烏痕切音恩元韻

艸名。出日南。見〔集韻〕。

【[illegible]】孃亥切音乃賄韻

艸名。見〔集韻〕。

【蓅】力求切音留尤韻

茶名。見〔集韻〕。

【[illegible]】極入切音及緝韻

冬瓜、—也。見〔廣雅釋草〕。

【[illegible]】徒猥切音錞賄韻

艸名。見〔廣韻〕。

【[illegible]】奴兼切音拈鹽韻

艸名。見〔海篇〕。

【蒵】胡計切音係霽韻

槊—也。見〔篇海〕。

【[illegible]】蘇弄切音送送韻

艸也。見〔篇海〕。

【[illegible]】訛胡切音吾虞韻

艸名。見〔韻學集成〕。

【[illegible]】洪孤切音胡虞韻

器也。見〔韻學集成〕。

【[illegible]】補耕切音絣庚韻

艸名。見〔韻學集成〕。

【营】居雄切音弓東韻

—藭。香艸也。見〔說文〕〔按集韻。、—艸名。[illegible]藭也。〕

【[illegible]】乙角切音渥覺韻

【[illegible]】下改切音亥賄韻

聚也。見〔韻學集成〕。

蕢也。見〔直音〕。

【蕄】莫登切音萌蒸韻

草名。見〔字彙補〕。

【蓰】子悚切音總董韻

草細密也。見〔字彙補〕。

【㪔】心坦切音散旱韻

麻木束。見〔字彙補〕。

【蕳】蔄本字。見〔說文〕。

【蔓】蔓本字。見〔說文〕。

【莿】葵本字。見〔說文〕。

【𦽘】葬本字。見〔說文茻部〕。

【蒀】蒀本字。康熙字典引正字通云。俗蒀字。攷說文皿部。𥁕、仁也。從皿以食囚也。官溥說。集韻。𥁕、隸省作昷。是昷乃𥁕之本文。

【𦿆】莽本字。見〔說文茻部〕。

【蔌】古蓄字。見〔玉篇〕。

【𦽴】古卷字。見〔玉篇〕。

【蒉】古蕢字。見〔廣韻〕。

【𦾊】𡣍籀文。見〔說文〕。

【蔽】蔽籀文。見〔說文〕。

【萻】同茜。見〔玉篇〕。

【䔕】同蔍。見〔玉篇〕。

【䓷】同荇。見〔篇海〕。

【𦺗】同蔚。見〔字彙〕。

【𦾡】同薛。見〔字彙〕。

【𦶟】同茈。見〔字彙〕。

【蓊】同蒻。見〔龍龕手鑑〕。

【𦿐】同葉。見〔字彙補〕。

【蕋】同繠。見〔字彙補〕。

【𦾃】同藍。見〔字彙補〕。

【𦼮】同藷。見〔字彙補〕。

【𦵡】同芸。見〔玉篇〕。

【蕢】蕢或字。見〔集韻〕。

【菜】藥或字。見〔集韻〕。

【蒞】莅或字。見〔集韻〕。

【葇】䓄或字。見〔集韻〕。

【𦼫】草或字。見〔集韻〕。

【蒩】菹或字。見〔集韻〕。

【蒖】蕻或字。見〔集韻〕。

【蒟】蒟或字。見〔集韻〕。

【蒗】蓑或字。見〔集韻〕。

【𦺈】鞠省文。見〔說文〕。

【𦽇】鞠省文。見〔集韻〕。

【蒲】蒲譌字。康熙字典引集韻同蒲。考集韻。蒲水名。或作蒲。蒲、蔗作蒲。本作水旁。已入水部。字典誤作艸下洄。

【蕑】蕑譌字。康熙字典引集韻胡登切音恆。—山藥。艸。考集韻作蕑。類篇歸木部。字典誤作艸下桓。

【蓨】蓨譌字。按篇海得何切、音多。

漢蓨宗、人名。字亦作—。康熙字典引博雅云。蓨、係蓨之誤。則—又為蓨之譌矣。

【莎】莎譌字。〔本草綱目〕—木麪、音梭。時珍曰。—、字韻書不載。惟孫愐唐韻莎字註云。樹似桄榔。則—字當作莎衣之莎。其葉離披如莎衣之狀。故謂之莎也。

【蕾】蕾譌字。見〔正字通〕。

十一畫

【蓨】他彫切音祧田聊切音迢蕭韻

苗也。見〔說文〕〔通訓定聲〕爾雅釋草。蓨—。又苗—。按字亦作蓧作蓚。方言別其音耳。蓨、—、苗、蓫、蓄皆一聲之轉。亦名羊蹄。又名鬼目。俗名土大黃。

【蓨】他歷切音逖錫韻

草名。〔爾雅釋草〕蓨—。〔義疏〕說文—、苗苗—、互訓。玉篇蓨—、苗、互訓。爾雅下文苗俱是同物。郭俱未詳。釋文蓨、他彫反、—他的反。又苗、徒的反、郭他六反。是苗—疊韻。蓨、—雙聲。皆古音通轉字也。

【蓨】思留切音脩尤韻

㊀說也。見〔集韻〕。㊁—酸。亦有機酸之一種。皆存於植物體中。如酢醬之葉。水仙之根。皆含有之。

【務】武道切音媢皓韻莫候切音茂宥韻

卷耳也。見〔說文〕。〔按小徐本無此篆。段本說作毒艸也。〕

【務】亡遇切音務遇韻莫卜切音木屋韻武道切音媢皓韻

㊀毒艸名。孛薺也。見〔集韻〕。〔詳薺字〕
㊁—鄉。地名。〔後漢劉聖公傳〕戰于—鄉。〔注〕字林、—毒草也。因以爲地名。

【蓩】武道切音媢晧韻

㊀葆也。見〔集韻〕。
㊁——、蒴也。見〔廣雅釋訓〕。

【蓫】竹六切音逐屋韻

㊀惡菜也。〔詩我行其野〕言采其—。〔陸璣疏〕—、卽蓄字。今之羊蹄也。〔按此草近水及溼地極多。春生苗葉。塌地四鋪。長一二尺。闊二三寸。俗呼雞腳大黃。入夏抽莖。歧分多枝。莖杪枝梢俱著花穗。節節成層。花作淡綠色。結實有翅。集生甚密。老則褐色。根長近尺。可入藥用。又本草綱目石斛亦名石—。商陸亦名—薚。
㊁同蓳。羊蹄菜。見〔廣韻〕。

【䒃】初救切音簉宥韻

㊀艸皃。見〔說文〕。〔注〕艸相次也。
㊁艸根雜也。見〔玉篇〕。
㊂同簉。〔左昭十一年傳〕僖子使助薳氏之簉。〔注〕副倅也。〔釋文〕簉、說文从艸。

【蓬】蒲蒙切音篷東韻

㊀蒿也。見〔說文〕。〔按—有數種。一、飛—。莖高尺許。葉形似柳。周有鋸齒。莖梢葉腋分枝甚夥。秋日開花。繁密如星。一、轉—。莖高於飛—而較孤—爲低。歧分小枝最多。葉周無鋸齒。夏日開褐色花。一、孤—。一莖直上。荀子所謂—生麻中。不扶而直者、是也。高自三四尺至七八尺。葉如披鍼。少有鋸齒。著莖甚密。莖葉俱有白毛。夏日於莖梢抽枝。分歧再三。繁生淡褐色花。似轉—而小。又本草綱目。茼蒿、亦名—蒿。形氣同乎—。蒿故名。〕

蓬圖

㊁叢也。〔山海經海內經〕玄狐—尾。
㊂星名。〔晉書天文志〕妖星、一曰—星。
㊃州名。有二。一、唐置。屬山南道。當今四川保寧縣東南。一、元置。屬順慶路。當今四川—安縣治。
㊄——、盛貌。〔詩采菽〕其葉——。〔又〕風貌。〔莊子秋水〕——然起於北海。
㊅—累、猶扶持也。〔史記老莊申韓傳〕則—累而行。
㊆—勃、氣出貌。〔文選潘岳賦〕鬱—勃以氣出。
㊇—顆、土塊也。〔漢書賈山傳〕曾不得—顆蔽冢。〔注〕晉灼曰、東北人名土塊爲—顆。
㊈—蘢也。〔方言〕薄。南楚謂之—薄。
㊉—萊、海中山名。〔楚辭傷時〕從安期兮—萊。
(十一)—蘽、藥草名。〔本草綱目〕—蘽休藤。蔓繁衍。莖有倒刺。逐節生葉。葉大如掌。狀類小葵。面青背白。厚而有毛。六七月開小白花。就蔕結實。三四十顆成簇。生則青黃。熟則紫黯。狀如熟椹而扁。冬月苗葉不凋者。俗名割田藨。
(十二)—莪、藥草名。今稱莪蒾。見〔開寶本草〕。
(十三)—棻、果名。〔廣羣芳譜〕—棻、猶言破肚子。蓋果實也。產於暹羅。如大棗而青。島人日乾以致遠。漬以沸湯。其皮自脫。
(十四)—明、古琴名。〔廣汝名十琴疏〕晏龍者、帝俊之子。有良琴六。三曰、—明。
(十五)—大、官名。〔鄭氏談綺〕秘監、曰大—。
(十六)—萍、水草名。〔本草拾遺〕萍—草、生南方池澤。葉大如荇。花亦黃。其根如藕。饑年可以當穀。〔按李時珍曰、卽今水西木也。〕
(十七)—神、草名。〔拾遺記〕神—如蒿。長十丈。周以爲宮柱。謂之蒿宮。
(十八)—屏、異獸名。〔山海經大荒西經〕大荒之中有獸。左右有首。名曰屏—。
(十九)—短、蜃氣之類。雨將霽。見匹練橫天。謂之短—。見〔癸辛雜志〕。
(二十)—彫、菱米也。〔爾雅釋草〕齧、彫—。〔孫炎注〕彫—、卽菱米也。古人以爲五飯之一。
(廿一)徐州人謂塵爲—塊。見〔博物志〕。
(廿二)俗稱蓮房爲蓮—。〔黃庭堅詩〕聊爲剝蓮—。〔按本草綱目蓮房、又名蓮—敹。〕

㉓同蘢。〔莊子說劒〕皆｜頭突鬢。〔釋文〕｜、本作蘢。

㉔同髼。〔山海經西山經〕西王母其狀如人。｜髮戴勝。〔按集韻引字林曰。髼鬆。髮亂皃。〕

㉕姓也。漢｜球。北海人。

【蓬】菩貢切音送韻

樥或字。〔集韻〕樥。艸木盛皃。或作｜。

【蓮】靈年切音連先韻

㊀扶渠之實也。見〔說文〕。〔段注〕本艸經謂之藕實。亦名水芝丹。〔按今人稱花亦曰｜。｜有紅、白、粉紅、三色。此外以｜名者。種類甚多。廣羣芳譜曰。西番｜、淡雅似菊。自春至秋。相繼不絕。亦花中佳品。鐵線｜、花葉俱似西番花。心黑如鐵線。朝日｜、花色或黃或白。葉浮水上。形如菱。花差大。開則隨日所在。日入則輒斂而自藏於葉下。金｜花、出山西五臺山。塞尤多。花色金黃。七瓣兩層。花心亦黃色。一莖數朵。若｜而小。六月盛開。金色爛然。木｜花、葉似辛夷。花類｜花。花色相傍。出。石｜花。略同木｜。但彼九出此五出為異。花時瀰漫山谷。盈目皆香雪也。又植物學曰。睡｜、屬浮葉植物。生於淡水。葉如心臟形。裏面為赤紫色。葉柄長。花白色。花瓣多片。香如淡巴菰。結實之後。其花梗成螺旋狀而短縮。果實深沒於水中。又本草綱目。杜若、一名杜｜。亦名白｜。鬼臼、一名獨腳｜。海芋、一名觀音｜。〕

㊁通茶。〔史記龜策傳〕龜千歲乃游｜葉之上。〔注〕｜、一作茶。

【蓮】連彥切音㒹霰韻

｜勺。縣名。有三。一、漢置。當今陝西渭南縣東北。一、南宋置。當今陝西南鄭縣地。一、南齊置。當今湖北鍾祥縣西北。

【蓯】祖動切音總董韻

㊀葑｜。草名。〔爾雅釋草〕須、葑｜。〔義疏〕說文。葑。須從也。谷風傳。葑、須也。正義引孫炎曰。須、一名葑｜。

㊁蓁｜。艸皃。見〔廣韻〕。

【蓯】七恭切音鏦冬韻

肉｜蓉。寄生植物。莖長尺餘。質柔軟。故有肉名。葉如鱗狀。花叢生莖端。莖與花葉皆黃褐色。別有一種名草｜蓉。莖圓而色紫。又名花｜蓉。皆入藥用。

【蓯】句勇切音竦腫韻

衝｜。相入貌。〔史記司馬相如傳〕騷擾衝｜。

【蓰】所綺切音躧紙韻山宜切音釃支韻

物數也。〔孟子滕文公〕或相倍｜。〔注〕｜、五倍也。

【蓰】山宜切音釃支韻

㊀｜｜。活潑貌。〔卓文君詩〕魚尾何｜｜。

㊁離｜。翅垂不振貌。〔韓愈詩〕離｜不能飆。

【蓰】想氏切音徙紙韻

艸名。見〔集韻〕。

【蓱】滂經切音瓶青韻

㊀萍也。見〔說文〕。〔通訓定聲〕當訓萍也。實與萍同字。〔按玉篇萍、｜同。〕

㊁｜翳。雨師名。見〔楚辭天問注〕。〔按文選張協雜詩豐隆迎號屏注引楚辭注作屏翳。又廣雅釋天作荓翳。〕

㊂青｜。劒名。〔李白書〕青｜結綠。長價於薛卞之門。

【蓲】祛尤切音丘尤韻春朱切音袾邕俱切音紆虞韻

｜艸也。見〔說文〕。〔通訓定聲〕烏｜。或云𦳏也。

【蓲】句于切音訏虞韻

煦也。見〔集韻〕。

【蓲】虧于切音區芳無切音敷虞韻

㊀｜蓲。華皃。見〔集韻〕。

㊁同敷。〔文選左思賦〕異荂｜蕍。〔注〕敷華。華開貌。｜、與敷同。

【蓲】烏侯切音謳尤韻

樞或字。〔集韻〕樞。木名。爾雅、樞。荎。今刺榆也。或作｜。〔按詩山有樞傳。樞。荎也。釋文。樞、或作｜。烏侯反。然則樞、｜、亦通用。〕

【蓲】威遇切音嫗遇韻

艸名。荎也。見〔集韻〕。

【蓲】於侯切音漚宥韻

㊀雞伏卵也。〔方言〕朝鮮洌水之間。謂伏雞曰抱。〔注〕江東呼｜。

㈡同熰。〔集韻〕熰煖也。亦作｜。

【䔧】似嗟切音斜麻韻

㈠｜菽。茅穗。見〔集韻〕。

㈡｜蒿。見〔韻會〕。〔按正字通作斜蒿云、葉紋皆斜。故名。似青蒿根葉可茹。本作邪。亦作斜。〕

【蒣】余遮切音耶麻韻

㈠蓄積也。見〔玉篇〕。

㈡茅穗也。見〔集韻〕。

【蒤】同都切音徒虞韻

禾穗。見〔類篇〕。

【蓴】常倫切音純眞韻

㈠蒲叢也。見〔說文〕。〔按廣雅釋草。蒲穗謂之｜。疏證。蒲穗形圓。故謂之｜。｜之爲言團團然叢聚也。〕

㈡蔬名。生南方湖澤中。惟吳越人善食之。葉如荇菜而差圓。形似馬蹄。葉背及莖均紫色。柔滑爲羹。花亦帶紫色。字本作蒓。

【蓴】徒官切音團寒韻

草叢生皃。見〔類篇〕。

【蓺】倪祭切音囈霽韻

㈠樹也。〔詩南山〕｜麻如之何。

㈡治也。見〔廣雅釋詁〕。

㈢極勺也。〔國語魯語〕貪無｜。

㈣射的也。〔國語越語〕用人無｜。

㈤同藝。〔書胤征〕工執藝事以諫。〔釋文〕藝本又作｜。

㈥亦作埶。〔詩楚茨〕我｜黍稷。〔說文丮部引詩作埶。〕

【蔀】伴姥切音簿𩈑韻薄口切音部有韻

㈠覆曖鄣光明之物也。〔易豐〕豐其｜。〔又〕蔽也。日蔽雲中稱｜。見〔易豐虞注〕。〔又〕小也。見〔易豐釋文引馬注〕。

㈡大闇謂之｜。見〔易略例〕。

【蔀】薄口切音部有韻

㈠蔀｜。魚薺也。見〔廣雅釋草〕。〔疏證〕菜屬。一名蔀。一名｜。

㈡術家推闇法爲｜首。〔周髀算經〕四章爲一｜。二十｜爲一紀。〔按詩大雅篇首文王受命疏、引三統歷。七十二歲爲一｜。二十｜爲一紀。〕

【蔀】普后切音剖有韻

㈠小席也。見〔廣韻〕。

㈡暗也。小也。一曰星名。見〔集韻〕。

【蓼】朗鳥切音了篠韻

㈠辛菜。薔虞也。見〔說文〕。〔通訓定聲〕爾雅。薔、虞｜。注。虞｜、澤｜。以虞｜斷句。非。〔按｜生水邊。其種有七。紫｜、赤｜、葉小狹而厚。青｜、香｜、葉亦相似而俱薄。馬｜、水｜、葉俱闊大。上有黑點。水｜、一名天｜。蔓生。葉似柘葉。六｜、花皆紅白。子皆大如胡麻。赤黑而尖扁。惟木｜花黃白。子皮青滑。諸｜並冬死。惟香｜宿根重生。可爲生菜。古人種｜爲蔬。收子入藥。故禮記烹雞豚魚鱉皆實｜於其腹中。而和羹膾亦須切｜也。〕

㈡水名。〔水經河水〕渭水又東過河北縣南。注。｜水出襄山｜谷。西南注于河。〔按河北、當今山西芮城縣東北。〕

㈢國名。〔左文五年傳〕楚子燮滅｜。〔按｜國。說文作鄝。今河南固始縣東北｜城岡。卽古｜國地。〕〔又〕州｜。國名。〔左桓十一年傳〕隨絞州｜。〔按州｜、當今河南唐縣地。〕〔又〕舒｜。國名。〔左宣八年傳〕滅舒｜。〔按舒｜、羣舒之一種。在今安徽廬江縣地。〕

㈣姓也。見〔潛夫論〕。

【蓼】魯皓切音老皓韻

摎｜。搜索也。〔文選張衡賦〕摎｜泮浪。

【蓼】力竹切音六屋韻

長大貌。見〔詩蓼彼蕭斯傳〕。〔又〕｜｜。亦長大貌。見〔詩｜｜者莪〕。

【蓼】力九切音柳有韻

糾｜。相引貌。〔文選司馬相如賦〕糾｜叫㚒。

【蓽】壁吉切音必質韻

㈠豆也。荊也。一曰。｜茛。艸名。羊蹄也。見〔集韻〕。

㈡｜茇。艸名。或作｜撥、畢勃、逼撥。畢發。多生竹林內。正月發苗作叢。高三四尺。其莖如箸。葉青圓如蕺菜。闊二三寸。如桑。面光而厚。花白色。結子長二寸。青黑色。類葚子。其根名｜勃。辛烈入藥用。

㈢同篳。〔史記楚世家〕｜露藍蔞。〔方言作篳路襤褸。〕

【蔨】籠五切音魯麌韻

㈠蔨或字。見〔說文〕。〔按說文、蔨艸。

也。可以束。]

(二十二) 草也。[爾雅釋草]一蔖。[注]作履苴草。

(二十三) 杜一也。郭璞曰。杜衡也。似葵而香。見[玉篇]。

【蔁】諸良切 音章 陽韻

(一) 艸也。見[說文]。

(二) 一柳。當陸別名。一名蔏陸。亦名常蓼。爲自生之宿根草。莖高三四尺。葉如牛舌而長。莖青赤而粗。至柔脆。夏日開花。生自莖梢。葉腋多花。環生一軸。上長五六寸。有梗無蕚。相集成穗。花作白色。結實紫黑。累聚如玉蜀黍。根巨大如萊菔。有毒植物之一。

【蔌】桑谷切 音速 屋韻 蘇后切 音叟 有韻

菜謂之一。見[爾雅釋器]。[注]一者、菜茹之總名。

【蔌】桑谷切 音速 屋韻

(一) 一一。陋也。[詩正月]一一方有穀。[又]風聲勁疾貌。[文選鮑昭賦]一一風威。

(二) 姓也。[通志]一氏望出晉陵。

(三) 亦作遬。[爾雅釋草]一、牡茅。[釋文]一、本亦作遬。

【蔍】盧谷切 音鹿 屋韻

(一) 一蹄艸也。見[玉篇]。[按字亦作鹿。本草綱目鹿蹄、苗似堇菜。而葉頗大。背紫色。春生紫花。結青實如天茄子。可制雄黃、丹砂。又山慈姑。亦名鹿蹄。]

(二) 一蔥。一名萱草也。見[篇海]。[按本草綱目作鹿葱。詳萱字。]

【蔍】同蘪。[漢婁先生碑]一絡大布之衣。

【蔎】式列切 音設 屑韻 桑葛切 音撒 曷韻

(一) 香艸也。見[說文]。

(二) 一一。香也。[楚辭愍命]懷椒聊之一一。

(三) 茶之別名。[茶經]一曰茶。二曰檟。三曰一。四曰茗。五曰荈。

【蔏】尸羊切 音商 陽韻

(一) 一藋。草名。[爾雅釋草]拜、一藋。[注]一藋、亦似藜。[詳藋字。]

(二) 一蔞。草名。[爾雅釋草]購、一蔞。[注]一蔞、蔞蒿也。生下田。初出可啖。江東用羹魚。

(三) 一蓫。蓫薚也。見[玉篇]。[按亦作商陸。本草綱目曰。此物能逐蕩水氣。故曰蓫薚。訛爲商陸。又訛爲當陸。北音訛爲章柳。或云枝枝相值。葉葉相當。故曰當陸。或云多當陸路而生也。參閱蔁字。]

【蔏】諸良切 音章 陽韻

一陸。艸名。見[集韻]。

【蔑】莫結切 音篾 屑韻

(一) 勞目無精也。从苜从戍。人勞則一然也。見[說文苜部]。[段注]人勞則精光茫然。

(二) 小也。[法言]視日月而知衆星之一也。

(三) 精微也。[書君奭]茲迪彝敎文王一德。[傳]敎文王以精微之德。[疏]一、小也。小謂精微也。

(四) 無也。[詩板]喪亂一資。

(五) 欺也。[國語周語]是一先王之官也。

(六) 棄也。[國語周語]不一民功。

(七) 猶不也。[左成十年傳]寧事齊楚。有亡而已。一從晉矣。

(八) 猶削也。[易剝]剝牀以足。一貞凶。

(九) 猶滅也。[國語周語]而一殺其民人。

(十) 木細枝謂之杪。江淮陳楚之內謂之一。見[方言]。

(十一) 地名。[春秋隱元年]公及邾儀父盟于一。[注]一、姑一。魯地。魯國卞縣南有姑城。

(十二) 一蠓。疾也。[淮南修務]手若一蠓。[注]一蠓、言其疾也。[又]飛揚也。[史記司馬相如傳]一蠓踊躍。[又]氣也。見[後漢張衡傳注]。

(十三) 同韈。[文選宋玉賦]得目爲一。[注]一、與韈古字通。

(十四) 同幭。[文選沈約彈事]一祖辱親。[注]一與幭古字同。

(十五) 通篾。[書顧命]敷重一席。[馬融注]一、纖蒻。[說文苜部引書作布重莧席。]

(十六) 通滅。[易剝]一凶。[釋文]一、荀本作滅。

【蔓】無販切 音萬 願韻

(一) 葛屬。見[說文]。[通訓定聲]許云葛類者。謂如葛之類。引一延長者。凡皆謂延也。左隱元年傳。無使滋一。楚辭怨上菽藟兮一衍。[按植物學云。凡植物之能纏繞或攀附於他物者。通謂之｜。若細別之。則木本曰藤。草本曰｜。

㊁亂也。〔楚辭憫上〕鬚髮｜頟兮顥鬢白。

㊂｜｜長久也。〔漢書禮樂志〕｜｜日茂。〔又〕難察之事也。〔太玄玄瑩〕故夫抽天下之｜｜。

㊃同曼。〔爾雅釋草〕蔨｜于。〔釋文〕｜、本作曼。

㊄姓也。〔通志〕楚鬥成然食采於｜。其後以邑爲氏。

【蔓】莫半切音縵翰韻

枝長也。莊子、攬｜其枝。郭象說。見〔集韻〕。

【蔓】謨官切音饅寒韻

｜菁。菜名。〔本草綱目〕蕪菁、北人名｜菁。時珍曰。｜菁是芥屬。根白而長。其味辛苦而短。莖粗葉大而厚闊。夏初起薹。開黃花四出如芥。結角亦如芥。其子均圓。宛似芥子。而紫赤色。

【蔔】蒲墨切音匐職韻

㊀同菔。見〔廣韻〕。〔按蘿｜、卽萊菔。詳菔字。〕

㊁薝｜。花名。詳薝字。

【蔆】所兩切音爽養韻

㊀草名。見〔字彙〕。

㊁草木疏列貌。見〔正字通〕。

【蔘】疏簪切音森侵韻

㊀箾｜。支竦擢也。〔文選司馬相如賦〕紛溶箾｜。

㊁同蓡。人蓡。藥。見〔玉篇〕。

㊂槮或字。〔集韻〕槮。木長皃。或作｜。

【蔘】蘇含切音毿　蘇甘切音三　覃韻

｜綏。廣大也。〔方言〕｜綏。言既廣又大也。東甌之間謂之｜綏。〔又〕垂皃。見〔集韻〕。

【蔘】所斬切音鬖豏韻

萑初生者。見〔集韻〕。

【蔚】紆胃切音尉未韻

㊀牡蒿也。見〔說文〕。〔按爾雅釋草。｜、牡菣。義疏云。蘇恭謂卽齊頭蒿也。葉似防風。細薄而無光澤。李時珍謂諸蒿葉皆尖。此蒿葉獨蔘而禿。故有齊頭之名。〕

㊁草木盛貌也。見〔文選班固賦注引蒼頡〕。

㊂文貌。〔文選陸機詩〕｜彼高藻。

㊃文采盛也。〔漢書敘傳〕｜爲辭宗。

㊄數也。見〔廣雅釋詁〕。

㊅｜｜。茂也。見〔廣雅釋訓〕。

㊆茺｜。草名。〔本草綱目〕此草及子皆充盛密｜。故名茺｜。近水溼處甚繁。春初生苗如嫩蒿。入夏長三四尺。莖方如黃麻莖。其葉如艾葉而背青。一梗三葉。葉有尖歧。寸許一節。節節生穗。叢簇抱莖。四五月間穗內開小花。紅紫色。亦有微白色。每萼內有細子四粒。大如同蒿子。有三棱褐色。

㊇｜香。藁本也。見〔廣雅釋草〕。

㊈同蔵。〔廣雅釋詁〕蔵、翳也。

【蔚】紆勿切音鬱物韻

㊀艸名。見〔集韻〕。

㊁州名。唐置。屬河東道。今直隸｜縣治。

【蔚】邕危切音逶支韻

同痿。病也。〔淮南俶眞〕五藏無｜氣。

【蔞】龍珠切音慺虞韻　郎侯切音樓尤韻　朗口切音塿有韻　隴主切音縷麌韻

㊀艸也。可以烹魚。見〔說文〕。〔通訓定聲〕｜蒿、一名購商。可烹魚作羹。詩漢廣言刈其｜。楚辭吳酸蒿｜。〔按爾雅釋草、購蔏｜。注以購、蔏｜爲句。本草綱目｜蒿、生陂澤中。二月發苗。葉似嫩艾而歧細。面青背白。其莖或白或赤。其根白脆。采其根莖。生熟菹曝皆可食。〕

㊁室名。〔賈子胎教〕古者胎教之道。王后有身。七月而就｜室。

㊂｜谿。地名。〔後漢王常傳〕收散車入｜谿。

【蔞】郎侯切音樓尤韻

瓜｜。蔓草名。卽栝樓也。詳栝字。

【蔞】力求切音留尤韻　隴主切音縷麌韻

萬｜。正輪者。〔考工記輪人〕萬之以眡其匡也。〔注〕等爲萬｜以運輪上。輪中萬｜。則不匡剌也。

【蔞】力久切音柳有韻

喪車飾也。〔禮記檀弓〕設｜翣。〔注〕棺之牆飾。

【蔞】郡羽切音窶麌韻

窶省字。〔集韻〕窶艸名。一曰木耳。或省。

【蔟】千木切音簇屋韻

㊀行蠶蓐。見〔說文〕。〔王注〕與左傳

蓐食之蓐同。蠶所藉也。於此作、蘜。
㊁聚也。攢也。見〔韻會〕。
㊂巢也。〔周禮硩蔟氏注〕—讀爲爵—之—。謂巢也。
㊃通簇。〔韻會〕韓文潮州祭神文注。蠶簇。

【蔟】千候切音湊宥韻
㊀大—。十二律之一。屬於律寅之氣也。正月建焉。而辰在娵訾。〔禮記月令〕孟春之月。其音角。律中大—。〔注〕律、候氣之管。以銅爲之。中、猶應也。孟春氣至。則大—之律應。應、謂吹灰也。大—者、林鐘之所生。三分益一。律長八寸。凡律空圍九分。〔周語〕曰。大—所以金奏贊陽出滯。
㊁通簇。〔淮南天文〕太簇者。簇而未出也。

【蔟】測角切音娕覺韻
同簎。〔文選張衡賦〕叉—之所攙捔。

【蔡】七蓋切音縩泰韻
㊀艸也。見〔說文〕。〔王注〕玉篇。—、艸芥也。以丰部說艸—也推之。則此當作艸丰也。玉篇借用芥字耳。王褒九懷曰。纖以分徼。—注曰。續以草芥入己船也。—爲散亂之草。亦有謂生草爲—者。魏都賦。莽螫刺—。莽卽草莽也。〔按段本改作艸丰也〕
㊁法也。〔書禹貢〕二百里—。〔又〕—之言殺。減殺其賦。見〔書禹貢鄭注〕。
㊂猶衰也。〔書大傳〕秋伯之樂舞—俶。
㊃山名。〔書禹貢〕—蒙旅平。〔注〕—、蒙、二山名。〔按淸一統志—山在四川雅安縣東〕
㊄國名。〔史記管蔡世家〕武王已克殷。封功臣昆弟。於是封叔度於—。〔按叔度都—。至蔡仲徙居新—。今河南之上—新—縣、是也。平侯徙下—。昭侯遷于州來。皆安徽壽縣地〕
㊅州名。唐置。屬河南道。當今河南汝南縣治。
㊆—倫。䫨也。見〔廣雅釋器〕。
㊇龜名。〔家語好生〕臧氏有守龜焉。名曰—。
㊈姓也。〔廣韻〕出濟陽。周—叔之後。

【蔡】桑割切音薩曷韻
放也。〔左昭元年傳〕殺管叔而—蔡叔。〔按釋文云。上—字、說文作𢇛。字從殺下米〕

【蔣】資良切音漿陽韻子兩切音獎養韻
菰也。見〔說文〕。〔通訓定聲〕其米曰雕胡。

【蔣】子兩切音獎養韻
㊀國名。〔左僖二十四年傳〕凡—邢茅。〔按當今河南固始縣西北〕
㊁山名。〔淸一統志〕鐘山在江蘇上元縣東北。諸葛亮曾使建業謂孫權曰。鐘山龍蟠。其後。權避祖諱。改名—山。元和志。吳大帝時。—子文發神異於此。因改名曰—山。宋復名鐘山。〔按上元縣、今改爲江寧縣〕
㊂—谷。水名。〔水經洞過水注〕涂水西南逕蘿蔔亭。與—谷水合。水出晉陽縣東南—溪。又西合涂水。亂流西北入洞過澤也。〔按晉陽、當今山西太原縣治〕
㊃借作獎。〔楊信碑〕—厲甲兵。
㊄姓也。〔廣韻〕周公之胤。〔又〕—匠。複姓。漢曲陽令—匠熙。

【[艹率]】劣戌切音律質韻
㊀始也。見〔廣雅釋詁〕。〔疏證〕方言。䢖、律、始也。律與—通。
㊁艸孚甲出也。見〔集韻〕。

【蔤】覓畢切音蜜莫集切音密質韻
㊀夫渠本也。見〔說文〕。〔通訓定聲〕爾雅注。蔤下白蒻在泥中者、蒲本。亦偁—。書顧命。蔑席。以蔑爲之。禮記檀弓。子蒲名滅。以滅爲之。〔按集韻、—作薀〕
㊁縮砂—。草名。〔本草綱目〕今惟嶺南山澤間有之。苗莖似高良薑。三四月開花在根下。五六月成實。狀似益智而圓。皮外有細刺。皮間細子如大黍米。外微黑色。內白而香。似白豆蔻仁。

【蕱】山巧切音稍巧韻
藕根細者。見〔集韻〕。

【蕱】色角切音朔覺韻
㊀梢或字。〔集韻〕梢。梢櫂。木無枝柯長而殺者。或作—。
㊁同[犭肖]。見〔篇海〕。

【蔬】山於切音梳魚韻所據切音疏御韻

㊀菜也。見〔說文新附〕。〔按周書大匡。無播—。注。可食之菜曰—。國語魯語。能殖百穀百—。注。草實曰—。義同。〕

㊁麤也。〔論語鄉黨〕雖—食菜羹。〔皇疏〕—食麤食也。

㊂通疏。〔爾雅釋天〕蔬不熟爲饉。〔注〕凡草菜可食者通名爲蔬。

㊃同疎。〔禮記曲禮〕稻曰嘉—。〔家語終記〕含以疎米三具。注。引曲禮作疎。〕

【蔬】山於切音梳魚韻雙雛切音毹虞韻

蘧—。草名。〔爾雅釋草〕出隧蘧—。〔注〕蘧—似土菌。生菰草中。今江東啖之、甜滑。〔釋文〕—、山俱切。

【蔬】爽阻切音所語韻

粒也。〔莊子天道〕鼠壤有餘—。

【蔱】山戛切音殺黠韻

㊀—蘠。草名。〔爾雅釋草〕葴莄、—蘠。〔疏〕葴莄一名—蘠。郭云。一名白蘘。

㊁椴或字。〔集韻〕椴。艸名。或从草。

【蔱】所例切音憏霽韻

椒也。見〔集韻〕。

【蔭】於禁切音廕沁韻

㊀艸陰地。見〔說文〕。〔注〕艸所庇也。

㊁木陰亦曰—。〔淮南說林〕—不祥之木。爲雷電所撲。〔注〕—、木景。

㊂日景也。〔左昭元年傳〕趙孟視—。

㊃庇也。〔魏書沮渠蒙遜傳〕臣不自揆。遠托大—。

㊄盡也。見〔廣雅釋詁〕。

㊅由先世遺勳推恩得官者曰—。〔隋書柳述傳〕少以父—爲太子親衞。

㊆通陰。〔詩有杕之杜箋〕以其特生陰寡也。〔釋文〕陰、本亦作—。

㊇通廕。〔爾雅釋詁〕毗劉、暴樂。〔注〕謂樹木葉缺落廕疏暴樂。

㊈通音。〔左文十七年傳〕鹿死不擇音。〔注〕音、所茠—之處。古字聲同。皆相假借。

【蔭】於金切音陰侵韻

草木—翳也。見〔集韻〕。

【蔥】麤叢切音怱東韻

㊀—菜也。見〔說文〕。〔按字亦作葱。本草綱目、時珍曰。初生曰葱鍼。葉曰葱青。衣曰葱袍。莖曰葱白。涕曰葱苒。保昇曰。葱凡四種。冬葱、夏衰冬盛。葉莖俱輭美。漢葱、莖實硬而味薄。冬卽葉枯。胡葱、莖葉粗硬。根若金燈。茖葱、生山谷。不入藥用。〕

㊁—蘢。青盛貌。〔文選郭璞賦〕潛薈—蘢。

㊂—翠。翳色也。〔文選潘岳賦〕停僮—翠。

㊃—嶺。西域山名。〔水經河水注〕河水又南入—嶺山。〔注〕—嶺在敦煌西八千里。其山高大。上生—。故曰—嶺也。河源潛發其嶺。

【蓧】徒弔切音掉嘯韻

同莜。〔論語微子〕遇丈人以杖荷—。〔疏引說文。莜、芸田器。〕

【蓧】亭歷切音狄錫韻

盛種於器謂之—。見〔集韻〕。

【蓧】他彫切音祧蕭韻

草名。〔爾雅釋草〕—、蓨。〔按集韻。—或作蓧。〕

【蓧】他歷切音逖錫韻

艸名。蓨也。或作苗。見〔集韻〕。〔詳蓨字。〕

【蓪】他紅切音通東韻

—草。藥名。中有小孔通氣。見〔廣韻〕。〔按—草、卽通草。今所謂木通。藤類。以五片合成。爲狀如掌。葉柄頗長。入秋漸落。莖有乳汁。中心空虛。故名。四月開紫花。雄花多而小。雌花少而大。花後結漿果。長二寸許。〕

【蓫】蘇各切音速屋韻

蕀—。藥草。見〔篇海〕。

【蓭】烏含切音諳咸韻

庵或字。見〔集韻〕。

【蓞】徒甘切音談他甘切音聃覃韻

濫—。瓜菹也。見〔集韻〕。

【蓡】式鍼切音深侵韻

蒲蒻之類。見〔說文〕。〔通訓定聲〕謂蒲始生水中之蒻。可作菹者。按此字後出。周禮醢司農注。蒲蒻入水深。故曰深蒲。

【淺】將先切音箋先韻

以色飾紙。見〔集韻〕。

【⿱艹捷】疾葉切音捷葉韻　編艸障戶。見〔集韻〕。

【⿱艹捷】疾協切音踕葉韻　蕺或字。見〔集韻〕。

【蓶】愈水切音唯紙韻　—栄也。見〔說文〕。〔按玉篇。—似烏韭而黃。〕

【蓶】尹捶切音蒃紙韻　草木華初生者。〔後漢馬融傳〕—扈蘳熒。

【蓷】通回切音推灰韻　萑也。詩曰。中谷有—。見〔說文〕。〔通訓定聲〕字亦誤作蓷。詩中谷有—傳。雛也。釋文。本作萑。韓詩傳。茺蔚也。爾雅釋草萑—注。似荏。方莖白華。華生節間。又名益母。

【蓹】牛據切音御御韻　地名。〔漢書功臣表〕—兒嚴侯轅終。

【蓹】偶舉切音語語韻　同禦。見〔正字通〕。

【蔻】許候切音訴宥韻　豆—。草名。有草豆—白豆—肉豆、—三稱。草豆—一名草果。產南海。葉似山薑。開花作穗。房生於莖下。嫩葉卷之而生。色微紅。結實大如龍眼。而形微長。皮黃白。薄而有棱。味甚辛香。白豆—。形如芭蕉。葉似杜若。長八九尺而光滑。冬夏不凋。花淺黃色。子圓大如白牽牛子。其殼白厚。仁如縮砂仁。肉豆—。爲木本。全體似草豆—。惟實圓而小顆。外有皺紋。內有斑纈紋如檳榔紋。三者均入藥。

【蓻】即入切音穀緝韻　艸木不生也。一曰茅芽。見〔說文〕。〔王注〕不當作才。玉篇。艸木生皃。廣韻。艸木多皃。皆無不生之說。

【蓻】諾叶切音捻捻韻　艸不生。一曰茅秀。見〔集韻〕。

【蓻】居六切音匊屋韻　蘜或字。〔集韻〕蘜。艸名。說文、治牆也。或作—。

【蓓】部浼切音琲賄韻　黃—。艸名。見〔集韻〕。〔按玉篇作蓓。〕

【萁】口巳切音起紙韻　艸名。馬啖之則馴。通作芑。見〔集韻〕。

【蓿】息逐切音肅屋韻　苜—。草名。詳苜字。

【蔂】倫追切音欙支韻　盛土籠。見〔集韻〕。

【蔂】盧回切音雷灰韻　蔓也。見〔字彙〕。

【蔂】盧戈切音贏歌韻　蘽或字。見〔集韻〕。

【⿱艹許】喜語切音許語韻　虎—。藥艸。續斷也。見〔集韻〕。

【蔃】渠良切音強陽韻　—菜。百合也。見〔類篇〕。〔按本草綱目。百合又名強瞿。弘景曰。俗人呼爲強仇。仇卽瞿也。聲之譌耳。時珍曰。百合一莖直上。四向生葉。似短竹葉。五六月莖開白花。長五六寸。六出紅蕊。四垂向下。結實略似馬兜鈴。其內子亦似之。其瓣種之如種蒜法。

【蔃】巨兩切音養韻　草名。〔字彙〕儉年人食—草根。

【⿱艹術】直律切音荒質韻　艸名。小薊也。見〔集韻〕。

【⿱艹脯】蓬逋切音蒲虞韻　膊魚也。一曰雉膺肉。見〔集韻〕。

【蔆】閭承切音陵蒸韻　芰也。楚謂之芰。秦謂之薢茩。見〔說文〕。〔按集韻—或从遴。司馬相如說。或作蓤、菱。本草綱目曰。三角四角者爲芰。兩角者爲—。落湖中。最易生發。有野—、家—。皆三月生。蔓延。引葉浮水上。扁而有尖。葉下之莖。有股如蝦股。五六月開小白花。野—、葉實俱小。其角硬直刺人。其色嫩青老黑。嫩時剝食甘美。老則蒸煮食之。家—、種於陂塘。葉實俱大。角輭而脆。亦有兩角彎轉如弓形者。老則殼黑而墜。墜入江中。謂之烏—。〕

【⿱艹苽】古活切音括曷韻　—菰。草名。亦作菩。詳菩字。

【蔇】居氣切音既未韻　艸多皃。見〔說文〕。〔段注〕禾部概、稠也。音義同。

【蔇】巨至切音暨寘韻許既切音咥未韻 至也。〔左隱六年傳〕善鄭以勸來者。猶懼不—。

【蔇】許既切音咥未韻 魯地名。〔春秋莊公九年〕公及齊大夫盟於—。〔當今山東嶧縣東〕

【蔈】俾小切音褾匹沼切音縹篠韻匹妙切音勡嘯韻卑遙切音猋蕭韻

【蔈】卑遙切音猋蕭韻 苕之黃華也。一曰末也。見〔說文〕。〔按爾雅釋草。苕黃華。—白華茇。注。苕華色異名亦不同。〕

【蔈】卑遙切音猋蕭韻 芀也。〔爾雅釋草〕—、苕茶。〔疏〕鄭注周禮者云。茶、茅秀也。—也。苕也。其別名。茶、即芀也。

【蔈】匹沼切音縹篠韻 草盛皃。見〔集韻〕。

【蔈】婢小切音摽篠韻 落也。見〔集韻〕。

【蔈】卑妙切音標嘯韻 穀黃華者。一曰禾末。見〔集韻〕。〔按淮南天文訓。秋分—定。—定而禾熟。注。禾穗粟孚甲之芒也。〕

【蘚】相然切音仙先韻 蘚—。草木動貌。見〔類篇〕。

【蔉】古本切音袞阮韻 以土壅苗根也。〔左昭元年傳〕是穮是—。

【蔊】許旱切音罕旱韻 辛菜。〔本草綱目〕—味辛辢。如火焊人。故名。生南地田園間。冬月布地叢生。長二三寸。柔梗細葉。二月開細花。黃色。結莢角長一二分。角內有莢子。有人呼為莢米菜。

【蔋】亭歷切音狄錫韻 —。— 氣也。〔詩雲漢〕滌滌山川。〔玉篇作——山川。說文又作薇。〕

【蔋】茲消切音焦蕭韻式竹切音叔屋韻徒沃切音毒沃韻

【蔐】丘八切音劼黠韻 旱山無草曰—。見〔集韻〕。 菝—。草名。〔本草綱目〕菝葜、一名菝—。〔詳葜字〕

【蔬】胡官切音倇元韻

【蓶】蘇回切音毸灰韻 蒲也。見〔廣韻〕。〔按集韻薗韻作蔙。注。蔙蒲艸名。六書故莞、別作蔙。〕

【蓶】蘇回切音毸灰韻 華蘂下垂貌。見〔韻會〕。〔按集韻以為蓶字。〕

【蔍】力竹切音陸屋韻 蔏—。草名。詳蔏字。

【蔑】莫計切霽韻 同昧。〔荀子議兵〕楚人兵殆于垂沙。唐—死。〔注〕史記楚懷王二十八年。秦與齊韓魏共攻楚。殺楚將唐昧。昧與—同。〔按左隱元年經公及邾儀父盟於—。公羊穀梁作昧。又文七年經晉先—奔秦。公羊作先昧。〕

【䓫】於宜切音漪支韻 褘或字。見〔集韻〕。

【𦽗】親吉切音七質韻 艸似蘇也。見〔廣韻〕。〔按集韻作蓁。或作茉。〕

【蔕】丁計切音帝霽韻 瓜當也。見〔說文〕〔通訓定聲〕聲類。果鼻也。吳都賦。扤白—。劉注。花本也。禮記曲禮。士疐之。以疐為之。俗字作蒂。

【蔕】當蓋切音帶泰韻 艸木根也。見〔集韻〕。

【蔕】丑芥切音蠆卦韻 —芥。小鯁也。〔漢書賈誼傳〕細故—芥。〔按屈賈傳作細故慸葪。〕

【蔖】才何切音醝歌韻州五切音鹺坐五切音俎麌韻 草也。〔爾雅釋草〕蓾、—。〔注〕作履苴草。〔疏〕蓾一名—。即蒯類也。

【蔖】州五切音鹺麌韻 艸死曰—。見〔集韻〕。

【蔖】莊加切音查麻韻 艸名。楚葵也。見〔集韻〕。

【蔐】丁聊切音貂蕭韻 艸名。菰蔣也。其米謂之—葫。見〔集韻〕。

【䕯】徐羊切音祥陽韻 菜名。見〔集韻〕。

【蔗】之夜切音柘禡韻　藷也。見[說文]。[通訓定聲]通俗文。荊州出甘—。或作甘柘。一物也。亦作竿—。作䣐䣝。[按甘—、多年生草本。盛產於暖地。莖高丈餘。呈圓柱狀。有顯明之節。互生。葉脈平行。花生莖頂。集成穗狀。莖之外部。緻密而堅。中心部柔輭。含有多量之甘汁。刈而榨取其汁。和以石灰。煮沸而濾去雜質。再乾煮之。即成赤砂糖。精製之、可得白糖及冰糖。亦可生食。]

蔗圖

【⿱艹脣】船倫切音脣眞韻　牛—。艸名。如蕡。斷之寸寸有節。拔之可復。見[集韻]。[按字作牛脣。爾雅釋草。藚、牛脣。注。水蕮也。如續斷。寸寸有節。拔之可復。義疏云。今驗馬舄生水中者。葉如車前而大。拔之節節復生。俗名馬耳。郭注似指此。]

【蔙】隨戀切音漩霰韻　—葍。草名。見[類篇]。[按字亦作旋。旋覆。本草綱目、宗奭曰。旋覆葉如大菊。又如艾蒿。秋開花如梧桐子。花淡黃色。其香過菊。]

【⿱艹戚】七迹切音戚錫韻　艸也。見[集韻]。

【蒩】存故切音祚遇韻　魚醬。見[集韻]。

【⿱艹釣】多嘯切音釣嘯韻　艸名。見[集韻]。

【⿱艹戛】訖黠切音戛黠韻　艸名。見[集韻]。

【⿱艹郵】于求切音尤尤韻　艸名。見[集韻]。

【⿱艹頃】窺營切音傾庚韻犬纈切音頃梗韻犬迥切音褧迥韻　麻屬。見[集韻]。[按字亦作苘、作檾。本草綱目曰。種必連頃。故謂之—也。苘詳字。]

【⿱艹習】席入切音習緝韻　—茵。水艸。見[廣韻]。

【蔛】胡谷切音轂屋韻　石—。藥艸。見[集韻]。[按字亦作斛。此草叢生石上。其根糾結甚繁。莖長三四寸。似小竹。節節間出碎葉。節上自生鬚根。花紅色。似蘭。莖入藥用。]

【⿱艹柴】仄佳切音佳佳韻　艸名。地莢也。見[集韻]。

【蔜】牛刀切音敖豪韻魚到切音傲號韻　草名。[爾雅釋草]—、蕿蘋。[注]今蘩蔞也。或曰雞腸草。[義疏]蘇頌圖經云。雞腸、葉似荇菜而小。夏秋間生小白黃華。其莖梗作蔓。斷之有絲縷。又細而中空。似雞腸。因得此名也。

【⿱艹巢】鋤交切音巢肴韻　—麥。艸名。見[集韻]。

【蔝】母禮切音米薺韻　草名。[爾雅釋草]—、蓛。[義疏]釋文作樊。本作—。蓛麥。玉篇云。—子菜也。困學紀聞注、即蓛葰蘿。[詳蓛字。]

【蔠】之戎切音終東韻　—葵。菜屬。[爾雅釋草]—葵、蘩露。[注]承露也。大莖小葉。華紫黃色。[按本草綱目。—葵亦名落葵。三月種之。嫩苗可食。其葉似杏葉而肥厚輭滑。作蔬和肉皆宜。八九月、開紫花。累累結實。大如五味子。熟則紫黑色。揉取汁、紅如燕脂。女人飾面點唇及染布物。謂之胡燕脂。又云—落二字相似。疑落字乃—字之訛。]

【蔢】蒲波切音婆歌韻　—⿱艹娑。艸木盛皃。見[廣韻]。[又]艸根。見[集韻]。

【蔢】步臥切音潴箇韻　—蔄。藥草。即薄荷也。詳蔄字。

【⿱艹移】余支切音移支韻　艸委—。見[說文]。[通訓定聲]按亦疊韻連語。猶禾之倚移。木之㭾施。華之猗儺也。

【蔦】丁了切音鳥篠韻多嘯切音釣嘯韻　寄生艸也。詩曰。—與女蘿。見[說文]。[按本草綱目。桑上寄生、一名寓木。亦名宛童。高者二三尺。其葉

圓而微尖。厚而柔。面青而光澤。背淡紫而有茸。鄭樵通志云。寄生有兩種。而其子皆相似。大者曰—。小者曰女蘿。〕

【⿱艹覓】莫狄切 音覓 錫韻
艸名。見〔玉篇〕。

【蔧】施芮切 音彗 霽韻 雖遂切 音邃 寘韻
王—。草名。〔爾雅釋草〕葥、王—。〔注〕王帚也。似藜。其樹可以爲掃—。江東呼之曰落帚。〔義疏〕說文作蔧。繫傳云。今落帚草也。又云。今落帚。或謂落藜。初生時可食。藜之類也。本草地膚、一名地葵。別錄。一名地麥。唐本注、名涎衣草。蘇頌圖經、名鴨舌草。皆今掃帚草也。枝莖縣密。乾之作帚。

【⿱艹屚】郎豆切 音漏 宥韻
—盧。藥名。見〔集韻〕。〔按廣雅釋草作扇盧。亦作漏盧。本草綱目。屋之西北黑處謂之漏。凡物黑色謂之盧。此草秋後卽黑。異於衆草。故有漏盧之稱。其莢如麻。俗呼爲鬼油麻云。按沈存中筆談云。今方家所用漏盧。乃眞飛廉也。飛廉、一名漏盧。苗似苦芙。根如牛蒡。綿頭者也。采時用根。今閩中所謂漏盧。莖如油麻。高六七尺。秋時枯黑如漆。采時用苗。乃眞漏盧者也。〕

【蔨】渠殞切 音窘 軫韻 渠篆切 音圈 銑韻 逵眷切 音劵 霰韻
鹿豆莖也。〔爾雅釋草〕—、鹿藿。其實蓏。〔注〕今鹿豆也。葉似大豆。根黃而香。蔓延生。〔義疏〕王磐野菜譜作野綠豆。本草鹿藿。唐本注云。此草所在有之。苗似豌豆。有蔓而長大。人取以爲菜。亦微有豆氣。名鹿豆也。其豆難爛。

【⿱艹圇】巨殞切 音窘 軫韻
菌或字。〔集韻〕菌艸名。說文、地蕈。或作—。

【蔩】夷眞切 音寅 眞韻 以淺切 音演 銑韻 延知切 音夷 支韻
兔瓜也。見〔說文〕。〔按爾雅釋草。—、菟瓜。注云。似土瓜。疏云。謂卽王瓜。又名土瓜。〕

【蔪】疾染切 音漸 琰韻
艸相—苞也。見〔說文〕。〔段注〕—苞、卽禹貢之漸包。釋文曰。漸、本又作—。字林。艸之相包裹也。包、或作苞。叢生也。馬云。相苞裹也。按叢生之義、作苞者是。

【蔪】師銜切 音芟 咸韻
芟刈也。〔漢書賈誼傳〕—去不義諸侯。而虛其國。

【蔪】阻減切 音斬 豏韻
刈也。見〔集韻〕。

【蔪】將廉切 音尖 鹽韻 鋤咸切 音讒 咸韻
—。麥秀見〔集韻〕。〔按字又作漸。史記微子世家。麥秀漸漸兮。注。漸漸、麥芒之狀。又作蔪。文選七發。麥秀蔪兮雉朝飛。注。埤蒼曰。蔪、麥芒也。〕

【⿱艹庳】補弭切 音俾 紙韻 部禮切 音陛 薺韻 必至切 音庇 寘韻
草名。〔爾雅釋草〕—、鼠莞。〔注〕亦莞屬也。纖細似龍須。可以爲席。蜀中出好者。〔按一切經音義四引爾雅作萆鼠莞。〕

【蔫】於乾切 音焉 先韻 依言切 音焉 元韻
菸也。見〔說文〕〔通訓定聲〕廣雅釋詁四。—、葾。按葾卽—之別體。字又作嫣。大戴用兵。草木嫣黃。今蘇俗謂物之不鮮新者曰—。

【蔫】於甸切 音宴 霰韻
臭草也。見〔洪武正韻〕。

【蔮】古對切 音憒 隊韻
頍也。〔儀禮士冠禮注〕頍緇布冠無笄者。滕辭名—爲頍。

【⿱艹魚】牛居切 音魚 魚韻
艸名。東人呼茬爲—。見〔集韻〕。

【⿱艹曾】咨騰切 音曾 蒸韻
草名。〔廣雅釋草〕莨、—也。

【蔯】池鄰切 音陳 眞韻
茵—也。見〔玉篇〕。〔按本草綱目。茵—、昔人多蒔爲蔬。故入藥用山茵—、所以別家茵—也。今山茵—、二月生苗。其莖如艾。其葉如淡色青蒿而背白。葉歧緊而扁整。九月開細花黃色。結實大如艾子。花實並與菴蕳花相似。亦有無花實者。字亦作因陳。廣雅釋草作因塵。集韻作蓳蘟。並同。〕

【⿱艹戚】諸深切 音鍼 侵韻

水艸名。酸漿也。見〔集韻〕。

【菲】蒲枚切音裴灰韻
艸名。見〔集韻〕。

【蓙】所簡切音產潸韻
大籥。似笛。二孔而短。通作產。見〔韻會〕。

【蘧】臼許切音巨語韻
菜名。〔齊民要術〕白—尤宜熱。歲常可收。〔按篇海引齊民要術作蘧存孜〕

【𦿆】初刮切音剕黠韻
草蟲—傘。又蛇行於草中響也。見〔篇海〕。

【蘆】後五切音戶麌韻
萑—。采色貌也。〔淮南俶眞〕萑—炫煌。

【菰】心貲切音絲支韻
俗呼—瓜。見〔字彙補〕。

【蘂】遵爲切音擕支韻
地蘂。見〔廣韻〕。

【蓳】居隱切音謹吻韻
蓳草也。根如薺。葉如細柳。蒸食之甘。見〔說文〕。〔通訓定聲〕爾雅齧苦蓳注。今蓳葵也。葉似柳。子如米。汋食之滑。按此菜野生。非人所種。作紫花。味苦。瀹之則甘滑。經傳皆以蓳爲之。省艸。

蓳圖

【蓳】居覲切音殣震韻
藥艸。烏頭也。見〔集韻〕。

【蓸】昨勞切音曹豪韻
本作䔢。〔說文〕䔢艸也。

【蔷】側吏切音寘韻
輻入轂也。見〔玉篇〕。

【蔷】同蔷。見〔玉篇〕。

【蓷】他括切音脫曷韻
艸名。見〔集韻〕。

【蔄】萌莧切諫韻郎豆切宥韻
姓也。見〔類篇〕。

【蕎】居慶切音敬敬韻
艸名。見〔類篇〕。

【蔕】防久切音婦有韻
草也。見〔康熙字典〕。

【蒜】世注切音恕御韻〔與蒜別〕。
艸名。見〔字彙補〕。

【蓖】蒲糜切音脾支韻
艸名。見〔篇海類編〕。

【葖】鄰溪切音犂齊韻
新—。外國名。見〔篇海類編〕。

【蓌】思果切哿韻沙瓦切馬韻
—人。縣名。見〔龍龕手鑑〕。〔按漢書地理志作蓌。詳蓌字〕。

【蓔】倉奏切音湊宥韻
鳥巢也。見〔字彙補〕。

【蔃】普巴切麻韻
草花茂盛貌。見〔字彙補〕。

【蔄】古毒字。見〔說文草部〕。

【蕢】古春字。見〔集韻〕。

【蓳】古菫字。見〔集韻〕。

【蕚】古華字。見〔集韻〕。

【蓥】古密字。見〔篇海〕。

【蒫】同葦。見〔集韻〕。

【蔺】同姸。見〔字彙〕。

【蔜】同葝。見〔玉篇〕。

【蔂】同蒠。見〔類篇〕。

【蔾】同藤。〔廣韻〕牛藤。又作—。本草作膝。

【蕣】同葬。見〔直音〕。

【蕖】同莘。見〔玉篇〕。

【蔝】同芁。見〔字彙補〕。

【蒞】同耄。見〔字彙補〕。

【蔯】同蕖。見〔篇海〕。

【蔰】同葩。見〔字彙補〕。

【蔆】同蔆。見〔玉篇〕。

【蓹】同蕍。見〔直音〕。

【蔮】蒳或字。見〔集韻〕。

【蓍】菩或字。見〔集韻〕。

【蓨】藹或字。見〔集韻〕。

【蕆】英或字。見〔集韻〕。

【菌】蔨或字。見〔類篇〕。

【基】萁或字。見〔集韻〕。

【道】蓪或字。見〔集韻〕。

【墪】蔽或字。見〔說文〕。

【韓】蕣或字。見〔集韻〕。

【蒔】蒔或字。見〔集韻〕。

【蔵】蔵俗字。見〔正字通〕。

十二畫

【蔽】必袂切音幣毗祭切音獘霽韻必至切音畀卑義切音臂寘韻璧吉切音必質韻

(一)小艸也。見〔說文〕。〔桂注〕疑作—芾。詩、—芾甘棠。傳云芾小皃。
(二)覆蓋也。〔老子〕故能—不新成。
(三)障也。隱也。見〔廣雅釋詁〕。
(四)掩也。見〔廣韻〕。
(五)擁也。〔淮南修務〕景以—日。
(六)闇也。〔淮南主術〕聰明先而不—。
(七)塞也。當也。〔論語爲政〕一言以—之。
(八)壅也。〔荀子解蔽注〕—者言不能通明。滯于一隅。如有物壅閉之也。
(九)、微也。見〔爾雅釋詁〕。〔疏〕—者覆障使微也。
(十)至也。〔淮南墬形〕—于委羽之山。
(十一)極也。〔呂覽當染〕功名—天地。
(十二)斷也。〔書大禹謨〕惟先—志。
(十三)決也。〔國語晉語〕及—獄之日。
(十四)踣也。〔左襄二十七年傳〕以誣道—諸侯。
(十五)藩也。〔儀禮既夕〕蒲—。〔疏〕禦風爲藩—。以蒲草。
(十六)簟茀也。〔爾雅釋器〕與竹後謂之—。〔疏〕即詩所謂簟茀也。
(十七)循謂之—。見〔方言〕。
(十八)介入而不出謂之—。賢人不至謂之—。見〔管子法法〕。
(十九)邑名。〔國語鄭語〕鄢—補丹依騷歷莘。〔注〕八邑。
(二十)—芾葉始生貌。〔詩我行其野〕—芾其樗。
(廿一)—膝。古韍也。見〔左桓二年傳疏〕。
(廿二)通萆。〔史記淮陰侯傳〕閒道萆山。〔索隱〕萆、—也。隱山自—。
(廿三)通蔽。〔張遷碑〕蔽芾棠樹。
(廿四)通敝。〔考工記弓人〕長其畏而薄其敝。〔司農注〕敝讀爲—塞之—。
(廿五)通弊。〔易明夷注〕—僞百姓。〔釋文〕—、一作弊。

【蔽】匹蔑切音撇屑韻

蹩或字。〔集韻〕蹩別也。或作—。

【蕟】分物切音弗物韻

后車以翟羽爲飾也。鄭康成說。通作茀。見〔集韻〕。〔按周禮巾車注。〕厭翟。謂—也。詩國風碩人曰翟—以朝。謂諸侯夫人始來乘翟之車、以朝見於君盛之也。

【蔽】必列切音鼈屑韻

婆也。見〔集韻〕。

【蕩】待朗切音盪養韻〔按字本从水作𧂇。說文玉篇同。後人變形从艸作—。本無艸義。應歸水部。因沿襲久。姑仍之。〕

(一)—水也。出河內—陰東入黃澤。从水蕩聲。見〔說文水部〕。〔通訓定聲〕出今河南彰德府湯陰縣西山。至內黃縣入黃澤。今在湯陰縣城北。即入衞河。與古水道異。字今以湯爲之。〔按彰德府今裁。縣仍舊名。〕
(二)盪也。排盪去穢垢也。見〔釋名釋言語〕。
(三)大也。放也。見〔集韻〕。
(四)動也。〔呂覽音初〕感於心則—乎音。
(五)動散也。〔左莊四年傳〕余心—。
(六)物萌動也。〔禮記月令〕諸生—。
(七)搖也。〔左僖三年傳〕齊侯與蔡姬乘舟於囿—公。
(八)逸也。〔淮南俶眞〕其德—者其行僞。
(九)無所適守也。〔論語陽貨〕今之狂也—。
(十)壞也。〔國語周語〕幽王—以爲魁陵糞土溝瀆。
(十一)縱散也。〔莊子大宗師〕遙—恣睢。
(十二)道過三代謂之—。見〔荀子儒效〕。
(十三)置也。見〔廣雅釋詁〕。
(十四)——僻也。見〔爾雅釋訓〕。〔又〕法度廢壞之貌。見〔詩蕩箋〕。〔又〕平也。見〔廣雅釋訓〕。〔又〕廣大貌。〔史記五帝紀〕——洪水滔天。〔又〕平政無私也。〔左襄三年傳〕王道——。〔又〕道德至大之貌也。見〔白虎通號〕。〔又〕言水卉突有所滌除。〔書堯典〕——懷山襄陵。
(十五)—滌。謂誅之也。〔後漢杜篤傳〕滌—于泗沂。
(十六)通盪。〔易繫辭〕八卦相盪。〔釋文〕

邊本作｜。
(十七)通䋣。〔周禮掌節〕以英｜輔之。〔注〕杜子春曰。｜當爲䋣。䋣謂以函器盛此節。
(十八)姓也。〔春秋僖二十五年注〕宋桓公生子｜。後以｜爲氏。

【蕩】 他郎切音湯陽韻
❶廣皃。見〔玉篇〕。
❷水名。東至內黃澤西山。通作湯。見〔集韻〕。

【蕩】 他浪切音儻漾韻
蒗｜。渠名。〔水經河水〕東過滎陽縣北。蒗｜渠出焉。〔注〕大禹塞滎澤開之。以通淮泗。卽經所謂蒗｜渠也。〔按紀昀本水經注作蒗蕩。漢書地理志注作狼湯。漢滎陽縣。當今河南滎澤縣西南。〕

【蕩】 底朗切音黨養韻
簡易也。見〔集韻〕。

【蕩】 坦朗切音曭養韻
平易也。詩魯道有｜。徐邈讀。見〔集韻〕。

【蕃】 方煩切音藩孚袁切音煩元韻
❶艸茂也。見〔說文〕。
❷息也。〔左僖二十三年傳〕其生不｜。
❸多也。〔易晉〕用錫馬｜庶。
❹盛也。〔漢書吾邱壽王傳〕此盜賊所以｜也。
❺車耳也。〔太玄積〕至於｜也。〔注〕
❻離落也。〔國語晉語〕以｜爲軍。
❼箱也。見〔續漢輿服志注〕。
❽草也。〔山海經西山經〕陰山。其草多茆｜。〔注〕｜、青｜。〔按爲蕻之叚借字。〕
❾鳥名。〔山海經北山經〕涿光之山。其鳥多｜。〔注〕｜卽鴞。
❿州名。唐置。屬嶺南道。當今廣西宜山縣南。
⓫｜國。謂九州之外。夷服、鎭服、｜服。〔周禮巾車〕以封｜國。
⓬薄荷、一名｜雲。見〔本草綱目〕。
⓭通番。〔禮記明堂位〕周人黃馬｜鬣。〔釋文〕｜、本作番。
⓮通繁。〔文選司馬相如賦〕蘩｜弱。〔注〕｜與繁古字通。

【蕃】 蒲糜切音皮支韻
❶縣名。〔漢書地理志注〕應劭曰。｜、郲國也。音皮。〔按左襄四年傳狐駘注字作番。攷今地屬山東滕縣治。〔又〕南宋縣名。屬南徐州南彭城郡。當今江蘇境。〕
❷姓也。〔後漢黨錮傳〕｜嚮。〔注〕｜、姓也。音皮。

【蕤】 儒隹切音甤支韻
❶艸木華垂皃。見〔說文〕。〔王注〕垂、陸士衡園葵詩注引作盛。
❷下也。見〔白虎通五行〕。
❸繼也。見〔漢書律曆志〕。
❹安也。見〔淮南天文注〕。
❺綏也。〔文選揚雄賦〕鸞鳳紛其衙｜。
❻冠緌也。〔禮記雜記〕緇布冠不｜。〔疏〕以緇布爲冠不加緌。
❼委｜。柔皃也。見〔國語周語注〕。
❽萎｜。藥草名。〔爾雅釋草〕熒、委萎。〔義疏〕今之萎｜。卽玉竹也。〔又〕旗名。鹵部中有之。〔唐人詩〕望見萎｜擧翠華。
❾威｜。鎖名。〔錄異記〕威｜鎖金鏤相連。屈伸在人。
❿重｜。謂重臺也。〔黃庭堅詩〕重｜風味獨淸嘉。
⓫｜綏。龍行之皃也。〔文選揚雄賦〕蠖略｜綏。
⓬｜賓。十二律之一。詳賓字。

【蕤】 師庚切音生庚韻
地名。在魯。見〔類篇〕。〔按集韻作茬。〕

【蕪】 微夫切音無虞韻
❶薉也。見〔說文〕。〔王注〕招魂注。不治曰｜。多草曰薉。
❷遍也。〔楚辭哀郢〕孰兩東門之可｜。
❸｜湖。縣名。漢置。屬丹陽郡。卽今安徽｜湖縣。淸光緒二年依一千八百七十六年中英烟臺條約。開爲商埠。英、美、奧等國駐有領事。
❹｜菁。菜名。卽蔓菁也。詳蔓字。
❺｜荑。藥名。〔本草綱目〕｜荑有大小兩種。小者卽楡莢也。揉取仁。醞爲醬。味尤辛。入藥俱用大｜荑。別有種。
❻蘼｜。香草名。一名薇｜。詳蘼字。
❼蕵｜。草名。卽酸模也。詳蕵字。
❽千歲蘽、一名｜蘽。見〔本草綱目〕。

【蕪】 罔甫切音武麌韻
豐也。見〔爾雅釋詁〕。〔疏〕｜者繁

—也。洪範云。庶草蕃—。、—廡、音義同。

【蕪】亡遇切音務遇韻

蘪—。艸名。見〔集韻〕。〔按蘪—即蘼—。今作平聲讀〕。

【蕊】乳捶切音蘂紙韻

㊀艸木叢生皃。一曰香艸。蜀人所謂蕵香。見〔集韻〕。

㊁實也。〔離騷〕貫薜荔之落—。

㊂花心鬚也。花外曰萼。花內曰—。見〔正字通〕。〔詳蘂字〕。

㊃玉—。花名。通作蘂。〔廣羣芳譜〕玉蘂枝條髣髴衛蘅。葉類柘葉之尖圓。梅葉之厚薄。花類梅而萼瓣縮小。心微黃。類小淨瓶。暮春初夏盛開。葉獨後凋。其花白玉色。其香殊異。其高丈餘。

㊄石—。草名。苔屬。〔本草綱目〕石—、一名石濡。一名雲茶。其狀如花—。其味如茶。故名。今人謂之蒙頂茶。生兗州蒙山石上。乃煙霧薰蒸日久結成。蓋苔衣類也。其味甘濇如茗。不可煎飲。止宜咀嚼。

【蕊】子兗切音儁銑韻

華聚皃。見〔集韻〕。

【蕊】租悅切音蕝屑韻

艸木聚生皃。見〔集韻〕。

【蕉】茲消切音焦蕭韻

㊀生枲也。見〔說文〕。〔通訓定聲〕謂麻未漚治者。

㊁黑也。見〔廣雅釋言〕。〔按此假爲焦〕。

㊂甘—。草名。〔本草綱目〕甘—即芭—。乃草類也。望之如樹。株大者一圍餘。葉長丈許。廣尺餘至二尺。其莖虛軟如芋。皆重皮相褢。根如芋魁。青色。大者如車轂。花着莖末。大如酒杯。形色如蓮花。子各爲房。實隨花長。—子凡三種。未熟時皆苦澀。熟時皆甜而脆。味如葡萄。一種、子大如拇指。長六七寸。銳似羊角。兩兩相抱者。名羊角—。剝其皮。黃白色。味最甘美。一種、子大如雞卵。名牛乳—。一種、子大如蓮子。長四五寸。形正方。味最弱也。海槎錄云。南海蓮—。常年開花結實。有二種。板—、大而味淡。佛手—、小而味甜。不似江南者花而不實。蘇頌曰。其莖解散如絲。閩人以灰湯練治。紡績爲布。謂之—葛。

芭蕉圖

㊃紅—。—之別種。〔本草綱目〕紅—、葉瘦類蘆箬。花色正紅如榴花。春開至秋盡猶芳。俗名美人—。

【蕉】慈焦切音樵蕭韻

㊀草芥也。見〔莊子人間世釋文引向注〕。

㊁芟刈也。見〔莊子人間世釋文引崔注〕。

㊂—萃。賤陋之人也。〔左成九年傳〕無棄—萃。〔按—萃與顦顇、憔悴、並同〕。

【蕉】千遙切音鍫蕭韻

𪎭或字。〔集韻〕𪎭。麻苦雨生壞也。或作—。

【蕳】居顏切音姦刪韻

㊀蘭草也。〔詩溱洧〕方秉—兮。〔按荊州記云。都梁縣有山。山下有水、清泚。其中生蘭草。名都梁香。因山爲號。其物可殺蟲毒。除不祥。故鄭人方春三月。于溱洧之上。士女相與秉—而祓除〕。

㊁—子。蔓草名。〔齊民要術〕—子藤生緣樹。實如梨。赤如雞冠。核如魚鱗。取生食之。

㊂防風、一名—根。見〔本草綱目〕。

㊃姓也。〔史記淮南厲王傳〕中尉—忌。

【蕳】何間切音閑刪韻

艸名。見〔集韻〕。

【蕕】夷周切音由尤韻　以九切音酉有韻

㊀水邊艸也。見〔說文〕。〔注〕似細蘆。蔓生水中。隨水高下汎汎然。故曰—。游也。〔按—生下溼地。莖高三四尺。對生圓尖葉。秋日開花。自莖梢分生。作紫碧色。花似馬鞭草。惟有兩蕊長出爲異。左傳訓爲臭艸。本草綱目曰。其氣蕕臭。故謂之—。—者蕕也。朽木臭也〕。

㊁亦作莤。〔爾雅釋草〕莤蔓于。〔注〕多生水中。一名軒于。

㊂通蕕。〔左僖四年傳〕一薰一—。〔

禮記內則注引作䐈〕。

四通猶。〔左定六年傳〕天王處於姑—。〔注〕姑—周地。〔釋文〕—、又作猶。

【蕍】容朱切音俞虞韻

一藥草名。〔爾雅釋草〕—蕮。〔注〕今澤蕮。〔義疏〕即澤瀉也。〔按本草綱目澤瀉春生苗多在淺水中。葉似牛舌。獨莖而長。秋時開白花作叢。似穀精草。秋末采根暴乾。〕

二華之皺貌。見〔爾雅釋草—莽蕫華榮疏。〕

三同蘛。〔文選左思賦〕異荂蓲蘛。〔注〕蘛與—同。

四通蓲。〔集韻〕蓲蓲蓲華皃。通作—。

【蕡】符分切音墳文韻

一雜香草也。見〔說文〕。

二枲實也。〔周禮籩人〕其實蕡—。〔釋文〕符文反。徐蒲悶反。

三實貌。〔詩桃夭〕有—其實。〔按段玉裁云此假借爲墳大字。〕

四弦也。見〔廣雅釋器〕。

【蕡】符袁切音煩元韻

艸木多實。見〔集韻〕。

【蕡】父吻切音憤吻韻

—藹木繁茂皃。孫炎說。見〔集韻〕。

【蕡】蒲昧切音佩隊韻蒲悶切音坌願韻

麻也。見〔集韻〕。

【蕡】父沸切音屝未韻

葩或字。〔集韻〕葩、說文、枲實也。或作—。

【蕢】苦怪切音蒯卦韻苦會切音塊隊韻

一穢也。〔呂覽達鬱〕草鬱則爲—。

二同凷。〔禮記禮運〕—桴而土鼓。〔注〕—讀爲凷。凷、堛也。謂摶土爲桴也。〔按朱豐芑曰。當讀爲蒯。謂束茅莖以擊也。凷非可爲鼓椎者。〕存參。

三同蒯。〔禮記檀弓〕杜—自外來。〔左昭年九傳作屠蒯〕

四姓也。〔禮記檀弓〕公使人弔—尚。

【蕢】求位切音匱寘韻

一本作蕢。〔說文〕蕢艸器也。臾、古文蕢象形。論語曰有荷臾而過孔氏之門。〔王注〕荷當作何。臾、今作—。

二亦作簣。〔漢書何武王嘉師丹傳贊〕以一簣障江河。〔注〕師古曰。簣織草爲器所以盛土也。

三亦作匱。〔漢書王莽傳〕紀綱咸張。成在一匱。〔注〕師古曰匱者、織草爲器所以盛土也。

【蕢】苦怪切音蒯卦韻

一菜名。〔爾雅釋草〕—、赤莧。〔注〕今之莧赤莖者。

二山名。〔漢書高帝紀〕沛公引兵繞嶢山踰—山。

【蔿】羽委切音蘤紙韻

一草也。見〔說文〕。〔通訓定聲〕字亦作蒍。左僖二十七年傳、—賈。古今人表作蒍。左襄十八傳、楚蒍子馮。釋文本作—。

二邑名。〔左僖二十七年傳〕子玉復治兵于—。〔注〕—、楚邑。

三姓也。〔潛夫論〕楚—氏皆芊姓也。

【蔿】呼瓜切音譁麻韻

譁也。見〔廣雅釋言〕。〔疏證〕謂變化也。〔按釋詁三—、匕也。又釋言—、譌也。義竝同。〕

【蔿】吾禾切音吪歌韻

艸名。見〔集韻〕。

【蔿】驅爲切音虧支韻

楚鄭謂獪曰—。見〔方言〕。

【蕈】慈荏切式任切音審渠飲切音噤寢韻徒感切音禫感韻徒點切音簟琰韻尋浸切音鐔徐心切音尋侵韻

一桑葜也。見〔說文〕。〔通訓定聲〕即桑耳。亦呼樹鷄。字亦作蕁。〔按本草綱目木耳、亦名木菌。生於朽木之上。無枝葉。乃溼熱餘氣所生。或曰地生爲菌。水生爲蛾。北人曰蛾。南人曰—。又曰—。品不一。一曰、合—。又名台—。生台之韋羌山。其質外褐色。肌理玉潔。山人曝乾以售。香味減於生者。二曰、稠膏—。生孟溪諸山絕頂樹杪。初如蕊珠圓瑩。輕酥滴乳。淺黃白色。味尤甘。三曰、松—。生松陰。采無時。四曰、麥—。生溪邊沙壤中。味殊美。絕類蘑菰。五曰玉—。初寒時生。潔皙可愛。作羹微靭。俗名寒蒲—。六曰、黃—。叢生山中。俗名黃纘—。七曰、紫—。赭紫色。產山中。爲下品。八曰、四季—。生林木中。味甘而肌理粗峭。九曰、鵝膏—。生高山中。狀類鵝子。味殊甘滑。又蘑菰—。一名肉—。埋桑楮諸木於土中。澆以米泔。待菰生采之。長二三寸。本小末大。白色柔軟。其中空虛。狀如未開玉簪花。俗名雞腿蘑菰。又土菌亦名杜—。竹蘑亦名竹—。」

(二)—川。水名。〔水經河水注〕洮水、又北歷求厥川。—川水注之。水出桑嵐西溪。東流歷桑嵐川。又東逕—川北。入洮水。〔在今甘肅狄道縣南。〕

(三)—墱川。水名。〔水經河水注〕—墱川水、東南出石底嶺下。北歷—墱川。西北注洮水。〔在今甘肅狄道縣南。清一統志云。卽今之抹邦河。〕

【蕈】徒南切音覃覃韻

(一)艸名。生淮南平澤。可作鹽。見〔集韻〕

(三)同覃。〔詩葛覃序釋文〕覃、本亦作—。

【蕎】渠嬌切音喬蕭韻

(一)麥屬。莖高二三尺。柔輭多水分。然能直立。葉作三角形。長柄承之。秋際開白花。結實有三稜。皮呈黑色。含小粉甚多。可供食用。以代麥粉。又苦—麥。莖青多枝。葉似—麥而尖。開花帶綠色。結實稍尖而稜角不峭。其味苦惡。農家磨搗爲粉。蒸使氣餾。滴去黃汁。乃可作爲餻餌食之。

蕎麥圖

(二)絲—。—菜。〔廣羣芳譜〕絲—、二三月采之熟食。四月結角不堪用。

(三)板—。—菜屬。〔廣羣芳譜〕板—、正二月和羹。采之炊食。三四月結角。不堪用。

【蕎】居妖切音驕蕭韻

藥草名。〔爾雅釋草〕—、邛鉅。〔注〕今藥草大戟也。〔按本草綱目。大戟生平澤甚多。直莖高二三尺。中空。折之有白漿。葉長狹如柳葉而不圓。〕

【蕖】求於切音渠魚韻

(一)芋也。見〔廣雅釋草〕。〔疏證〕芋之大根曰——者。巨也。謂之芋魁。或謂之莒。漢書翟方進傳云。飯我豆食羹芋魁。說文云。齊人謂芋爲莒。

(二)石—。草名。〔拾遺記〕石—、青色。堅而甚輕。從風靡靡。覆其波上。

(三)同蕖。〔爾雅釋草〕荷、夫渠。〔釋文〕渠本作—。

【蕆】丑展切音搌銑韻

(一)左氏傳以—陳事。杜預注云。敕也。見〔說文新附〕

(二)備也。解也。見〔方言〕

(三)去貨。見〔廣韻〕。〔按去、卽弆字。〕

【蕝】租悅切音撮屑韻

(一)朝會束茅表位曰—。春秋國語曰。致茅—表坐。見〔說文〕。〔王注〕表坐、衍文。或曰當作設望表。

(二)同蕞。〔漢書叔孫通傳〕與其弟子百人爲緜蕞野外習之。〔注〕如淳曰。謂以茅剪樹地爲纂位尊卑之次也。春秋傳曰置茅—。師古曰。蕞、與—同。〔按—、今之纂字。今人編纂之語本此。〕

(三)通撬。〔集韻〕撬、禹治水所乘。形如木箕。擿行泥上。或作毳。通作—。

【蕝】租芮切音橇霽韻

(一)束茅表位也。見〔集韻〕

(三)通橇。〔集韻〕橇、泥行所乘。通作—。

【蕁】祖本切音撙阮韻

(一)叢艸也。見〔說文〕

(二)聚也。見〔廣雅釋詁〕

(三)—。茂盛貌。〔文選左思賦〕嘉穎離合以——。

【蕞】徂外切音蕞泰韻

(一)小貌。〔左昭七年傳〕—爾國。

(二)聚貌也。〔文選潘岳賦〕—芮于城隅者。百不處一。

【蕞】祖外切音最泰韻

地名。在秦。一曰在新豐。見〔集韻〕

【蕞】側劣切音茁屑韻

艸聚皃。見〔集韻〕

【蕞】租悅切音撮屑韻

蕝或字。見〔集韻〕

【蕨】其月切音橛月韻

(一)鼈也。見〔說文〕。〔通訓定聲〕爾雅釋草。—、鼈。注。江西謂之鼈。按初生如蒜苗。無葉。耑似鼈腳。故名。亦似小兒拳。故曰拳菜。紫黑色。淪爲茹。滑美。老則其耑散爲三枝。發數葉。不可食矣。齊民要術。—、山菜也。周秦曰—。齊魯曰鼈。

(二)迷—。草名。〔本草綱目〕紫萘似—。有花而味苦。謂之迷—。初生可食。爾雅謂之月爾。三蒼謂之紫—。

(三)—擽。草名。〔爾雅釋草〕蔆、—擽。

疏〕蔆、一名—欙。

【蓶】尹捶切音婎紙韻

㊀藍蓼秀。見〔說文〕。

㊁草木華初出皃。見〔廣韻〕。

【䕸】選委切音髓紙韻匀規切音觿支韻

蔕也。見〔廣雅釋草〕。〔按說文、蔕。瓜當也。李善注西京賦引聲類云、蔕。果鼻也。〕

【𦽳】匀規切音觿才規切音靡支韻

地毛莎—也。見〔集韻〕。

【蕁】徒南切音譚覃韻

㊀本作薚。〔說文〕薚。芜藩也。〔通訓定聲〕字亦作藫。爾雅釋草。薚、莸藩。注。生山上。葉如韭。一曰提母。〔按卽知母也。又爾雅釋草。薚、海藻。注。藥草也。一名海蘿。如亂髮生海中。又藫、石衣。注。水苔也。一名石髮。江東食之。按—亦苔也。生於河者爲魚衣。生於海者爲海藻。〕

㊁蒸也。〔淮南天文〕火上—、水下流。〔按此假爲燂。〕

【蕁】徐心切音尋侵韻

—麻。草名。川黔諸處最多。其莖有刺。高二三尺。葉形橢圓而尖。或青或紫。上有毛芒。觸人如蜂蠆蠚。花分雌雄。按葉投水中能毒魚。李時珍曰、—字本作藜。杜子美有除藜草詩、是也。按古文藜皆作尋。故藜通作—。

【蕧】芳六切音蝮房六切音伏屋韻

㊀盜庚也。見〔說文〕〔桂注〕釋草文。郭云、旋—。似菊。本草旋復花。一名戴堪。一名金沸。一名盜椹。生平澤川谷。陶云、似菊花而大。圖經云、二月以後生苗。多近水旁。大似紅藍而無刺。長似一二尺已來。葉如柳。莖細。六月開花如菊花。小銅錢大。深黃色。上黨田野、呼爲金錢花。〔按本草別有旋花。一名旋葍。又名鼓子花。與此殊類。〕

㊁—盆。蕧草名。亦作覆盆。詳蓳字。

【蕧】方六切音福屋韻

葍或字。〔集韻〕葍蓄也。或作—。

【蕬】新茲切音絲支韻

㊀草名。〔玉堂閒話〕—草江南水草。葉如薤。隨水深淺而生。

㊁菟—。藥艸。見〔集韻〕。〔按字本作兔絲。蔓草類也。本草綱目。兔絲子多生荒園古道。其子入地。初生有根。及長延草物。其根自斷。無葉有花。白色微紅。香亦襲人。結實如粃豆而細。色黃。〕

【蒘】人余切音如魚韻

㊀—藘。艸名。蒨也。可以染絳。見〔集韻〕。

㊁亦作茹。〔本草綱目〕藘茹、本作藘—。

【蕠】女居切音袽魚韻

黏箸也。〔史記張釋之傳〕以北山石爲槨。用紵絮斮陳—漆其間。豈可動哉。

【藹】於蓋切音靄泰韻

㊀蓋也。見〔說文〕〔王注〕此殆覆蓋字也。廣韻、—。覆也。〔按通訓定聲。今字作靄、作藹。雪賦。連氣累靄。注。靄、雲狀。靄、卽藹也。〕

㊁清也。微也。見〔集韻〕。

【蕀】訖力切音極職韻

㊀顛—。草名。〔爾雅釋草〕髦、顛—。〔注〕細葉有刺。蔓生。一名商—。廣雅云。女木也。〔義疏〕本草云。天門冬、一名顛勒。勒卽棘也。勒、棘字通。按蘇頌圖經。春生藤蔓。大如釵股。高至丈餘。葉如茴香。極尖細而疏滑。有逆刺。亦有澀而無刺者。葉如絲杉而細散。

㊁—蒬。草名。〔爾雅釋草〕葽、繞蒬。〔注〕今遠志也。似麻黃。赤華。葉銳而黃。〔義疏〕廣雅云。—蒬。遠志也。其上謂之小草。苑與蒬同。

【䔲】都騰切音登蒸韻

㊀金—。艸名。見〔集韻〕。

㊁苦—。木類。〔本草綱目〕皐盧葉狀如茗。而大如手掌。挼碎泡飲。最苦而色濁。風味比茶不及遠矣。今廣人用之。名曰苦—。

【蕒】母蟹切音買蟹韻

㊀菜屬。〔廣雅釋草〕—。䕅也。〔疏證〕䕅或作藘。或作苣。〔玉篇〕云、藘、今之苦藘。江東呼爲苦—。齊民要術云、苦—。蠶蛾出時。切不可折取。令蛾子靑爛。

㊁水苦—。菜屬。〔本草綱目〕蘇頌曰、水苦—、生宜州溪澗側。葉似苦—而厚。光澤。根似白朮而軟。二八九月采其根食之。

【蕓】王分切音云文韻

㊀—薹。胡菜。見〔集韻〕。〔按本草綱目云。此菜易起薹。須采其薹食。則分枝必多。故名。淮人謂之薹芥。卽今油菜。通俗文謂之胡菜。或云。塞外有地名雲臺戍。始種此菜。故名。九月十月下種。生葉形色微似白菜。冬春採薹心爲茹。開小黃花。四瓣如芥花。結莢收子。亦如芥子。炒過榨油。〕

㊁—輝。香草也。〔杜陽雜編〕元載造—輝堂於私第。—輝者。香草名也。

【蕦】詢趨切音須虞韻

㊀蕵蕪。別名。見〔廣韻〕。〔按爾雅釋草作須蕵蕪。詳蕵字。〕

㊁艸名。爾雅、臺夫—。見〔集韻〕。〔按爾雅釋草作臺夫須。〕

【蔾】良脂切音棃支韻憐題切音黎齊韻

㊀蒺—。草名。〔易困〕據于蒺—。〔按本草綱目。蒺—葉如初生皂莢葉。整齊可愛。刺蒺—狀如赤根菜。三角四刺。實有仁。其白蒺—結莢長寸許。內子大如脂麻。狀如羊腎而帶綠色。〕

㊁姓也。〔通志氏族略〕淮南有此姓。

【蕗】魯故切音路遇韻

㊀草名。〔急就篇注〕甘草一名—。

㊁露或字。〔集韻〕露。蘩露。艸名。或作—。〔按字亦作蘩。爾雅釋草。蔠葵、蘩露。詳蔠字。〕

【[illegible]】一入切音揖緝韻

㊀艸名。見〔玉篇〕。

㊁—蒳。艸密皃。見〔集韻〕。

【[illegible]】䟽臻切音莘眞韻

㊀艸名。見〔集韻〕。

㊁艸盛貌。見〔正字通〕。

【蕮】思積切音昔陌韻

㊀車前艸。見〔廣韻〕。〔按爾雅字作舄。卽芣苢也。詳芣字。〕

㊁澤瀉也。〔爾雅釋草〕蕍、—。〔注〕今澤—。〔詳蕍字。〕

【蕜】府尾切音誹尾韻

㊀凡猝相見謂之—。見〔方言〕。

㊁艸也。見〔廣韻〕。

【蕔】博毛切音褒豪韻

㊀菜名。見〔玉篇〕。

㊁荒也。見〔集韻〕。

【蕘】如招切音饒蕭韻人要切音繞嘯韻

薪也。見〔說文〕。〔通訓定聲〕草曰—、曰薪。木曰樵。詩板。詢于芻—。傳。芻—。采薪者。管子輕重甲。賣其薪—。注。大曰薪。小曰—。

【蕘】如招切音蕘蕭韻尼交切音鐃肴韻

菜名。〔方言〕蘴—。蕪菁也。陳楚之郊謂之蘴。齊魯之郊謂之—。關之東西謂之蕪菁。

【蕘】倪幺切音堯蕭韻

藥艸。見〔集韻〕。〔按藥品中之—花。非草類。爲落葉小灌木。自生山地。高達三四尺。枝葉俱對生。葉形不一。葉端甚尖銳。秋冬之交。於枝梢分生小枝。著黃色花。長二分許。剝取樹皮。可以造紙。本草綱目入草類。非。〕

【[illegible]】彼小切音表篠韻

—縷。草名。本作結。〔漢書司馬相如傳〕布結縷。〔注〕結縷蔓生。著地之處。皆生細根。如線相結。故名結縷。〔按—縷、葉似蓋草。五月抽花穗。長寸許。密綴無梗細花。爾雅釋草傳橫目注。俗謂之鼓箏草。〕

【[illegible]】彼小切音表篠韻

艸名。見〔集韻〕。

【[illegible]】卑遙切音猋蕭韻

香艸。見〔集韻〕。

【蘔】羊吏切音異寘韻

芓也。見〔說文〕。〔桂注〕玉篇。—、連翹艸。釋艸。連異翹。本艸蘇恭注云。子作房。翹出衆艸。據此則連翹名—。以其房也。因—爲麻房。借作藥名。

【[illegible]】於記切音意寘韻

艸名。連翹也。見〔集韻〕。

【[illegible]】逸織切音弋職韻

蘔省字。〔集韻〕蘔。艸名。藾也。或省作—。

【[illegible]】力振切音震韻力眞切眞韻

鬼火。或作燐、磷。見〔玉篇〕。

【[illegible]】良刃切音吝震韻

艸名。見〔廣韻〕。

【[illegible]】離珍切音鄰眞韻

艸名。似竹。中實。見〔集韻〕。

【⿱艹勞】　伶刀切音勞豪韻

野豆。見〔類篇〕。〔按本草綱目菜部鹿藿注。鹿豆、卽野綠豆。又名⿱艹勞豆。多生麥地田野中。苗葉似綠豆而小。引蔓生。生熟皆可食。三月開淡粉紫花。結小莢。其子大如椒子黑色。可煑食。或磨麪作餅、蒸食。〕

【⿱艹勞】　郎到切音嫪號韻

⿰豆勞也。見〔集韻〕。〔按字本作⿱艹勞。亦作勞。集韻野豆謂之⿱艹勞豆。或作—。〕

【⿱艹嫂】　蘇老切音嫂皓韻疎鳩切音搜尤韻

艸也。見〔說文〕〔桂注〕釋草、蔜—縷。注云。今蘩縷也。或曰雞腸草。本草、蘩蔞味酸平。陶云。此菜人以作羹。其莖梗作蔓。斷之有絲縷。又細而中空。似雞腸。

【⿱艹溲】　所九切音溲有韻

白滓。見〔集韻〕。

【⿱艹⿰亻旉】　芳無切音敷虞韻

⿱艹敷或字。〔集韻〕⿱艹敷。華之通名。鋪爲華兒。謂之⿱艹敷。或作—。

【⿱艹傅】　方遇切音傅遇韻俯九切音缶有韻普后切音剖有韻

華葉布兒。見〔說文〕。

【⿱艹揭】　阿葛切音遏曷韻〔與从手之揭字別。〕

菜似蕨。生水中。見〔集韻〕。〔按齊民要術作藒。義同。〕

【藒】　去例切音愒霽韻

—車。香車。爾雅、—車芞輿。謝嶠讀。見〔韻會〕。〔按說文爾雅作藒。離騷作揭。〕

【⿱艹敕】　取外切音禬泰韻初力切音測職韻

艸也。見〔說文〕。

【⿱艹⿰豆攴】　初芮切音毳霽韻

艸出兒。見〔集韻〕。

【⿱艹提】　田黎切音提齊韻

艸名。見〔集韻〕。

【⿱艹徥】　度皆切音徥佳韻

除艸也。見〔集韻〕。

【⿱艹⿰阝彖】　徐醉切音遂寘韻

艸名。似藺。見〔集韻〕。

【⿱艹隊】　徒對切音隊隊韻

出—。蘧疎也。謂菰上菌。見〔集韻〕。

【⿱艹敦】　都昆切音敦元韻

⿱艹頓或字。〔集韻〕⿱艹頓。艸名。或从敦。

【⿱艹敦】　都回切音塠灰韻

艸盛兒。見〔集韻〕。

【⿱艹⿰立立】　日執切音入緝韻

——。艸聲。見〔集韻〕。

【⿱艹⿰立立】　側立切音戢緝韻

香菜。見〔集韻〕。

【⿱艹儉】　詩廉切音苫鹽韻子鴆切音浸沁韻

薦藉也。見〔說文〕〔王注〕儀禮、禮記、皆作寖。苫同音假借。

【⿱艹聊】　力彫切音聊蕭韻

㊀艸也。見〔玉篇〕。
㊁艸名。見〔篇海〕。

【⿱艹猭】　寵戀切音猭霰韻

猭或字。〔集韻〕猭走也。或从艸。

【⿱艹悶】　謨耕切音甍庚韻彌登切音瞢蒸韻

葸俗字。〔集韻〕葸。心所在也。通作萌。俗作—。非是。〔按爾雅釋詁。存存、萌萌、在也。釋文云。萌萌字或作—。邢疏云。說文作—。考說文無—字。惟心部𢠵字下云。𢠵𢡊、存也。而玉篇草部、及廣韻耕登兩韻、皆收—字。亦皆引爾雅。緣隸書艸竹不分。相沿致誤。今據集韻及段桂諸家說文訂正。〕

【蕣】　輸閏切音舜震韻

本作蕣。〔說文〕蕣。木堇。朝華暮落者。詩曰。顏如蕣華。〔桂注〕呂氏春秋仲夏紀。木堇榮。注云。木堇、朝榮暮落。是月榮華。可用作蒸。雜家謂之朝生。一名—。詩、鄭風有女同車文。彼作舜。傳云。舜、木槿也。

【⿱艹湔】　才先切音前先韻子淺切音翦銑韻子賤切音箭霰韻

本作⿱艹⿰氵前。〔說文〕⿱艹⿰氵前。王彗也。〔通訓定聲〕字亦作葥。爾雅釋草。葥、王彗。注。似藜。其樹可以爲埽彗。江東呼之曰落帚。按卽本草之地膚也。其子色青。

【⿱艹矞】　厥律切音茁質韻

艸名。廣志、—子生可食。一曰馬芹。見〔集韻〕〔按廣雅釋草。—子茱也。疏證引齊民要術云。作醬法。驟—草令極乾燥。大率—子三指一撮。注云。—令醬芬芳。本草綱目馬芹作馬蘄。蘄音芹。時珍曰。凡物大者多以馬名。此草似芹而大故也。俗稱野茴香。以其氣味子形微似也。又曰。與芹同類而異種。處處卑溼地有之。三四月生苗。一本叢生如蒿。白毛蒙茸。嫩時可茹。葉似水芹而微小。似芎藭葉而色深。五六月開碎花。攢簇如蛇牀及蒔蘿花。青白色。結實亦似蒔蘿子。但色黑而重耳。其根白色。長者尺許。氣亦香而堅硬不可食。〕

【款】苦緩切音款旱韻

—荎。見〔玉篇〕。〔按爾雅釋草。菟奚、顆凍。注。款凍也。赤紫華。生水中。集韻曰。顆、或作—。本草綱目作欵冬。李時珍曰。欵者至也。至冬而花也。爾雅義疏曰。欵冬蓋有二種。類聚八十一引吳普本草。欵冬二月華。黃色。陶注本草。形如宿蓴未舒者佳。其腹裏有絲。其華乃似大菊華。如吳陶所說。華俱黃色。與郭注異。唐本注葉如葵而大。叢生。華出根下。不言華色。蘇頌圖經。又有紅華者。葉如荷。此說蓋與郭同。則此蓋一類二種也。〕

【蕫】覩動切音董董韻　徒東切音同東韻

鼎—也。杜林曰。蕅根。見〔說文〕〔王注〕釋艸。蘱薡—。藏侗引爾雅舊注。狀似蒲而細。可爲履。亦可爲索。王煦曰。漢書—賢字。猶多作此。漢—氏二洗。欵識亦然。〔按通訓定聲。字亦作董。鼎、蕫、雙聲連語。單呼曰蕫。絫評曰鼎蕫也。龍龕手鑑。蘱草、一名鼎蕫。似烏尾可食。〕

【⿱艹減】古斬切音減豏韻

艸名。寒蔣也。見〔集韻〕。〔按爾雅釋草。葴、寒漿。注。今酸漿草。音針。義疏云。玉篇云。葴蘵蔣。釋文。蘵、本今作寒。集韻侵韻⿱艹減音斟。水艸名。酸漿也。然則寒漿、蘵蔣、酸漿、一物異名。—與葴⿱艹減略同。而形聲微異。正字通以爲葴字之譌。舊注云。卽藏字。並非。〕

【蕇】多殄切音典銑韻

亭歷也。見〔說文〕〔按爾雅釋草。—、亭藶。注。實葉俱似芥。義疏曰。翟氏灝爾雅補郭云。亭歷有二種。一種葉近根生。角細長。俗謂之狗芥。其味微甜。一種單莖向上。葉端出角。觕且短。其味至苦。郭云實葉似芥。乃甜亭歷也。〕

【蕛】田黎切音題齊韻

—英也。見〔說文〕〔通訓定聲〕字亦作稊。爾雅—英。注。似稗。布地生穢草。莊子秋水。不似稊米之在太倉乎。注。小米也。知北遊。道在稊稗。孟子。不如荑稗。以荑爲之。按稗亦人所種。實小可食。—則野生者。米尤小。人不食之。

【蕅】語口切音偶有韻

夫渠根。見〔說文〕〔通訓定聲〕字亦作藕、作偶。段氏曰。夫渠、花實之莖。必偕葉一莖同出。似有耦然。故名。今俗所云—。則蔤也。蔤出莖之處。爲莖之根者。則古所謂—。〔按今俗所稱之—。橫臥泥土中。如竹行鞭。色白而肥。甘脆可食。中有管狀之孔。斷之有絲。〕

【】尼耕切音儜庚韻〔或作薴〕。

艸亂也。从艸。寍聲。杜林說。艸䕅—皃。見〔說文〕〔王注〕當作䕅—、艸皃。案玉篇亦曰。—、艸亂也。知艸亂之訓。不連䕅言之。杜林說乃合䕅—言之。其所謂草皃者。蓋謂其爭高競長。猶之崢嶸。非亂皃也。

【⿱艹甯】乃挺切音甯迥韻

蘇也。見〔廣雅釋草〕〔疏證〕諸書無言蘇名—者。—上當有葶字。中山經云。熊耳之山。有草焉。其狀如蘇而赤華。名曰葶—。可以毒魚。葶—似蘇而以爲蘇也。

【⿱艹婺】莫候切音茂宥韻

毒艸也。見〔說文〕〔桂注〕集韻。—、毒艸名。葶藶也。後漢書劉玄傳。遣李松會朱鮪與赤眉戰於蓩鄉。注云。蓩、莫老反。字林云。毒草也。因以爲地名。馥案。誤寫從力之務。故音隨形變。

【蕂】詩證切音勝徑韻

胡麻也。見〔玉篇〕。〔按本草綱目作巨勝。陶弘景以莖方者爲巨勝。圓者爲胡麻。蘇恭以四稜爲胡麻。八稜爲巨勝。李時珍曰。巨勝卽胡麻之角。巨如方勝者。非二物也。〕

【⿱艹琴】巨金切音琴侵韻巨興切音競蒸韻
草名。卽荊三稜也。〔本草綱目〕三稜多生荒廢陂池溼地春時叢生。夏秋抽高莖莖端復生數葉。開花六七枝。花皆細碎成穗。黃紫色中有細子。其葉莖花實俱有三稜。其莖光滑三稜。如椶之葉莖。莖中有白穰。剖之織物。柔韌如藤。呂忱字林云。－草生水中。根可緣器。卽此草蒸。非根也。

【葏】子仙切音煎先韻咨盈切音精庚韻
艸皃。詩曰。葏葏者莪。見〔說文〕〔主注〕字林艸茂皃葏葏者莪。集韻引李舟說。蓋卽彤弓之菁菁者莪也。〔按集韻十四清。－、茂皃。詩－－者莪。通作菁。〕

【⿱艹犂】憐題切音黎齊韻
新－。國名。在匈奴北。見〔集韻〕。〔按字亦作犂。漢書匈奴傳。復北服渾窳屈時丁零隔昆龍新犂之國。注師古曰。五小國也。〕

【蕙】、胡桂切音慧霽韻
香艸。見〔集韻〕。〔按－艸爲蘭之一種。亦名薰草。本草綱目曰。古者燒香草以降神。故曰薰、曰－。薰者薰也。－者和也。〕

【⿱艹酷】苦故切音庫遇韻
韭鬱也。見〔說文〕。〔王注〕鬱幽其韭而成之。故名韭鬱。呂覽達鬱篇。鬱者不陽也。蒼頡解詁。－、酢菹也。

【蘮】居例切音罽儒稅切音芮霽韻
艸之小者。見〔說文〕。〔桂注〕－、或作蒍。方言。蒍、小也。凡草生而初達謂之蒍。注。鋒萌始出。蒍音銳。

【⿱艹⿰氵毒】都毒切音督徒沃切音毒沃韻
水篇也。从艸从水。讀若督。見〔說文〕〔通訓定聲〕韓詩淇澳。綠－如簀。字作蓫。〔毛詩作綠竹如簀。〕

【⿱艹寒】河干切音寒寒韻
艸名。爾雅。蒤－、蔣。郭璞曰。今酸漿也。見〔集韻〕。〔按釋文。－、今作寒。〕

【⿱艹隆】力公切音隆東韻
人名。步大汗－。代郡人。北齊時、積封至義陽郡公。見〔字彙補〕

【⿱艹皐】居勞切音高豪韻
葛屬。白華。見〔集韻引說文〕

【⿱艹斯】相支切音斯支韻
艸名。生水中。華可食。見〔集韻〕。

【⿱艹琉】胡昆切音魂元韻胡官切音桓寒韻戶袞切音混阮韻戶管切音緩旱韻
夫蘺也。見〔說文〕。〔按爾雅釋草。莞、苻蘺。釋文。莞本作－。〕

【⿱艹富】方副切音富宥韻芳六切音蝮屋韻
葍也。見〔說文〕。〔通訓定聲〕卽葍之或體字。

【⿱艹⿰言毛】蒲蠓切音𧀹董韻
－蘣。艸亂皃。見〔集韻〕。

【⿱艹舒】商魚切音書魚韻
菜也。〔廣雅釋草〕－、蕍魚薺也。〔疏證〕菜屬一名－一名蕍。

【⿱艹訶】許箇切音歌箇韻
菜名。見〔集韻〕。

【蕌】魯猥切音累賄韻
菜名。似艾。見〔篇海〕。

【⿱艹項】戶講切音項講韻
艸名。似葵。見〔集韻〕。

【⿱艹揉】忍九切音蹂有韻
葇或字。〔集韻〕葇。菜名。或从揉。

【⿱艹戟】訖逆切音戟陌韻
大－。藥名。見〔集韻〕。〔詳蕎字〕

【⿱艹幾】居希切音機微韻
菹－。艸名。見〔集韻〕。

【⿱艹悲】妃尾切音斐尾韻父沸切音屝未韻
悵也。見〔方言〕。〔注〕謂惋惆也。

【⿱艹庾】容朱切音俞虞韻勇主切音庾麌韻
薛－。艸名。見〔集韻〕。

【⿱艹貲】將支切音貲支韻
菜名。蕪菁也。見〔集韻〕。

【⿱艹贊】盬覔切音臘銑韻
艸名。凡水有此艸則無魚。見〔集韻〕。

【⿱艹集】籍入切音集緝韻
艸名。蕃也。見〔集韻〕。

【⿱艹雅】語買切音雅馬韻
子穀不秀。見〔字彙〕。

【⿱艹稜】盧登切音棱蒸韻

菠—菜名。見〔集韻〕。〔詳菠字〕。

【蘡】乳兗切音軟銑韻　艸名。紅藍也。見〔集韻〕。

【薪】食列切音折旨列切音搢屑韻　斷而猶連也。見〔篇海〕。

【蓭】鄔感切音唵感韻　繁茂也。見〔集韻〕。

【蘚】且已切音此紙韻　枲耳。見〔字彙補〕。

【薁】於六切音郁屋韻　萁也。見〔字彙補〕。

【藑】渠營切音瓊庚韻　艸旋皃。見〔字彙〕。〔按卽𦶎之異文。〕

【蕤】如延切音然先韻　野豆。見〔集韻〕。

【蘁】洪孤切音胡虞韻　艸名。見〔集韻〕。

【蔀】東徒切音都虞韻　艸名。見〔集韻〕。

【蘐】止兩切音掌養韻

艸也。見〔集韻〕。

【薞】財干切音殘寒韻　—艸。見〔玉篇〕。

【蕲】陟遙切音朝蕭韻　姓也。見〔集韻〕。

【蘮】居轄切音鶷曷韻居絛切音刮黠韻

【蕩】徐兩切音象養韻　艸名。見〔集韻〕。

【蓧】他刀切音絛豪韻　艸名。見〔廣韻〕。

【蓓】步鉤切音掊尤韻　菹也。見〔集韻〕。

【蕯】悉盍切音卅合韻　艸名。見〔玉篇〕。

【蘙】何交切音爻肴韻　艸聲。見〔集韻〕。

【蘅】黃茅也。根可治渴。見〔集韻〕。

【蕺】顙旱切音散旱韻　艸名。見〔集韻〕。

【蕃】蔥本字。見〔說文〕。

【蓷】萑本字。見〔說文〕。

【蕢】蕢本字。見〔說文〕。

【蘑】蔌本字。見〔說文〕。

【蘀】古蘬字。見〔玉篇〕。

【蕽】古萲字。見〔玉篇〕。

【蘮】古惠字。見〔集韻〕。

【蘴】古萬字。見〔集韻〕。

【蘯】古簋字。見〔集韻〕。

【蕈】古堇字。見〔玉篇〕。

【蘋】古莊字。見〔字彙補〕。

【蕻】同蓀。見〔玉篇〕。

【蘭】同蓺。見〔廣韻〕。

【蓏】同苽。見〔直音〕。

【藤】同藤。見〔篇海〕。

【蕧】同蘱。見〔篇海〕。

【蕐】同華。見〔洪武正韻〕。

【蕆】同蒇。見〔字彙補〕。

【蘉】同薄。〔六書正譌〕叢—也。今借爲簾薄字。

【蘸】茵或字。見〔集韻〕。

【蘁】蘁或字。見〔集韻〕。

【蕿】蕳或字。見〔集韻〕。

【蕟】蔢或字。見〔類篇〕。

【蕖】蕺或字。見〔集韻〕。

【蕺】蘵或字。見〔集韻〕。

【蘧】蘧或字。見〔集韻〕。

【蕕】蕏或字。見〔集韻〕。

【蔽】蕎或字。見〔集韻〕。

【薲】蘋或字。見〔集韻〕。

【蘂】蘂或字。見〔類篇〕。

【蘟】蔭或字。見〔集韻〕。

【蘁】蕊俗字。見〔直音〕。

【蕤】蕤俗字。見〔篇海〕。

十三畫

【薄】白各切音泊藥韻

㊀林—也。一曰蠶—。見〔說文〕。〔王注〕廣雅、艸叢生爲—。〔蠶—〕說、叅閱苗字。

㊁聚也。蘐也。見〔廣雅釋詁〕。〔按廣雅疏證。聚蘐二義。皆自草木叢雜得之。〕

㊂輕也。〔周禮大司徒〕二曰—征。

(四)不厚也。〔詩小旻〕如履—冰。
(五)微也。〔易繫辭〕德—而位尊。
(六)味淡也。〔莊子胠篋〕魯酒—而邯鄲圍。
(七)少也。〔淮南要略〕悉索—賦。
(八)磽确曰—。〔孟子告子〕則地有肥磽。〔注〕磽、—也。
(九)猶損也。〔禮記月令〕—滋味。
(十)賤也。〔史記鄭當時傳〕年少官—。
(十一)鄙—之也。〔史記吳起傳〕其母死起終不歸曾子—之。
(十二)猶嫌也。〔漢書張安世傳〕—朕忘故非所望也。
(十三)聊也。〔詩六月〕—伐玁狁。〔傳〕言逐之而已。
(十四)猶甫也甫始也。見〔詩時邁箋〕。
(十五)發聲之辭。〔詩芣苢〕—言采之。〔傳〕—、辭。
(十六)勉也。秦晉曰釗。或曰—。故其鄙語曰—努猶勉努也。見〔方言〕。
(十七)飾也。〔史記禮書注〕金—瑑龍。
(十八)敷也。〔書益稷〕外—四海。
(十九)籬也。〔禮記曲禮〕帷—之外不趨。
(二十)平履也。見〔廣雅釋器〕。
(廿一)縣名。漢置。屬山陽郡。當今山東曹縣南二十里。
(廿二)水名。〔山海經北山經〕蟲尾之山。—水出焉。〔注〕淮南子曰。—水出鮮于山。〔畢注〕淮南子地形訓云。鎬出鮮于。郭引作—。未詳孰是。
(廿三)山名。〔水經河水注〕河水又東。永樂澗水注之。水出於—山。山南流逕河北縣故城西。—山卽襄山也。〔按河北縣當今山西芮城縣東北。〕
(廿四)——。廣大貌。〔荀子榮辱〕——之地。不得履之。〔又〕疾驅聲也。〔詩載驅〕載驅——。
(廿五)—姑。國名。〔史記周本紀〕東伐淮夷殘奄。遷其君—姑。〔注〕—姑故城、在青州博昌縣東北六十里。—姑氏、殷諸侯封於此。周滅之也。〔按左昭二十年傳、作蒲姑。又竹書紀年滅蒲姑。竹書統箋曰。當是—姑之謁。博昌縣、當今山東博興縣南。〕
(廿六)—荷。藥草名。一名菝蔄。〔本草綱目〕—荷、二月宿根生苗。清明前後分之。方莖赤色。其葉對生。初蒔形長而頭圓。及長則尖。吳越川湖人多以代茶。入藥以蘇產爲勝。
(廿七)亦作簿。〔爾雅釋訓〕凡曲者爲留。〔注〕凡以—爲魚笱爲留。〔釋文〕—、今作簿。
(廿八)同亳。〔荀子議兵〕古者湯以—。〔注〕—、與亳同。
(廿九)通暴。〔漢書宣帝紀〕暴室嗇夫。〔注〕今曰—室。—、亦暴也。暴室取暴曬爲名。俗語亦云—曬。
(三十)通泊。〔文選謝靈運詩〕赤亭無淹—。
(卅一)姓也。〔姓氏書證辨校勘記〕出自宋大夫食邑於—。以邑爲氏。風俗通。衞賢—疑。漢高帝—太后生文帝。〔又〕—奚。—野。複姓。見〔姓氏書辨證校勘記〕。

【薄】伯各切音博藥韻

(一)迫也。〔左文十二年傳〕—諸河。
(二)近也。〔淮南本經〕菿—衆直。〔注〕菿、菈也。—、近也。
(三)逼近也。〔左僖二十三年傳〕浴—而觀之。〔疏〕逼近之意。
(四)至也。〔文選潘岳賦〕飛鳴—廩。
(五)致也。見〔廣雅釋言〕。〔疏證〕—之言傅也。詩鄭箋傅致也。致、與至通。
(六)止也。〔楚辭哀郢〕忽翺翔之焉—。
(七)依也。〔史記司馬相如傳〕掩—草渚。
(八)附也。〔楚辭涉江〕芳不得—兮。
(九)附著也。〔莊子秋水〕非謂其—之也。〔注〕謂以體著之。
(十)據也。〔史記蘇秦傳〕心搖搖如縣旌而無所終—。
(十一)侵也。〔荀子天論〕寒暑未—而疾。
(十二)入也。〔易說卦〕陰陽相—。
(十三)買也。見〔廣雅釋詁〕。〔按〕—、通博。凡取於人曰博。博亦迫也。引申其義爲買。
(十四)日月無光曰—。見〔漢書天文志注引孟康說〕。
(十五)氣往迫乏爲—。見〔漢書天文志注引韋昭說〕。

【薄】匹各切音搏藥韻

——。疾驅聲也。〔詩載驅〕載驅——。

【薄】弼碧切音辟陌韻薄革切音擗陌韻

—櫨。柱上枅。〔漢書王莽傳〕爲銅—櫨。〔按〕—、本作欂。亦作欂。說文。欂、壁柱也。淮南本經、標抹欂櫨。注。欂、枅也。

【薄】仲姥切音薄嫛韻

薾—艸也。見〔集韻〕。

【薦】作甸切音箭霰韻

(一)廌獸所食艸也。古者神人以廌遺黃帝。帝曰何食何處。曰食—。夏處水澤。冬處松栢。見〔說文廌部〕。〔通訓定聲〕〔爾雅釋草〕—、黍蓬。按蒿類也。或以爲野茭無據。莊子齊物論。麋鹿食—。注。甘草也。

(二)茂草也。〔管子八觀〕—草多衍。

(三)稠草也。〔漢書趙充國傳〕今虜亡其美地—草。

(四)細草也。〔素問異法方宜論〕其民不衣而褐—。

(五)六畜所食曰—。見〔莊子齊物論釋文〕。

(六)臥席也。〔楚辭逢紛〕薜荔飾而陸離—兮。

(七)藉也。〔釋名釋牀帳〕—、所以自—藉也。

(八)臻也。見〔爾雅釋詁〕。〔廣雅釋詁訓至義同〕。

(九)在也。〔太平御覽禮儀部引書大傳〕—之爲言在也。

(十)先也。〔淮南道應〕夫子—賢。

(十一)進也。〔禮記祭義〕卿大夫有善—於諸侯。

(十二)獻也。〔左昭十五年傳〕—彝器於王。

(十三)陳也。見〔廣雅釋詁〕。

(十四)羞牲也。〔易觀〕盥而不—。

(十五)無牲而祭謂之—。見〔公羊桓八年傳注〕。

(十六)備品物曰—。〔周禮庖人〕與其—羞之物。〔按周禮籩人凡祭祀共其籩—羞之實。注。—羞皆進也。未食未飲曰—。既飲既食曰羞。〕

(十七)江淮家居篺中謂之—。見〔方言〕。

(十八)尉—。猶言慰藉也。〔漢書胡建傳〕所以尉—。走卒甚得其心。〔注〕尉—者、自上安之也。—者舉藉也。

(十九)—撙。謂相陵藉也。〔荀子儒效〕以相—撙。

(二十)—梅。草實也。狀如桑椹。其色赤。生江濱。〔淮南覽冥〕入榛薄食—梅。

(廿一)同藨。〔儀禮士冠禮〕—脯。〔釋文〕本又作藨。

(廿二)通廌。〔易豫〕殷—之上帝。〔釋文〕—、或作廌。

【藨】才甸切音荐霰韻

(一)重也。〔詩節南山〕天方—瘥。

(二)仍也。〔漢書張湯傳〕已而爲御史中丞。數從中文事有可以傷湯者。不能爲地。

(三)同荐。〔詩雲漢〕饑饉—臻。〔春秋繁露郊祀作飢饉荐臻〕。

(四)珔或字。「集韻」珔。重也。或作—。

【薦】即刃切音搢震韻

通搢。〔史記武帝紀〕—紳之屬。〔注〕—音搢。搢、挺也。言挺笏於紳帶之間。事出內則。今作—者。古字假借爾漢書作縉紳。

【薈】烏外切音濊泰韻

(一)艸多皃。詩曰。—兮蔚兮。見〔說文〕。〔王注〕曹風侯人文。桂氏曰。此後人加之。女部嬒下引詩作嬒。

(二)茂盛也。〔文選郭璞賦〕潛—蔥蘢。〔注〕潛—。水中茂盛也。

(三)翳也。障也。見〔廣雅釋詁〕。

(四)—蔚。雲霧霑潤也。〔文選木華賦〕—蔚雲霧。

(五)鴻—。菜名。〔爾雅釋草〕䪥、鴻—。〔注〕即䪥菜也。〔疏〕一名鴻—。〔詳薤字〕。

(六)蘆—。草名。產熱帶地。葉大而尖。略似鳳梨。花開成穗。葉中分泌之汁似黑錫。入藥治疳。

【薑】居良切音疆陽韻

(一)禦溼之菜也。本作䕬。〔本草綱目〕—宜原隰沙地。四月取母—種之。五月生苗。如初生嫩蘆。而葉稍闊。似竹葉。對生。葉亦辛香。秋社前後新芽頓長。如列指狀。謂之子—。秋分後者次之。霜後則老矣。性惡溼洳而畏日。

(二)石名。〔本草綱目〕蘇恭曰。—石生土石間。狀如—。有五種。以色白而爛不磣者良。

(三)山—。藥草名。〔本草綱目〕山—生南方。葉似—。花赤色。甚辛。子似草豆蔻。梗如杜若及高良—。〔又〕杜若一名山—。名同物異。

(四)廉—。藥草名。〔本草綱目〕廉—生沙石中。似—。大而羸。氣猛近於臭。

(五)高良—。藥草名。〔本草綱目〕高良姜子名紅豆蔻。出高良郡。二月三月采根。形氣與杜若相似。而葉如山—。

(六)—黃。藥草名。〔本草綱目〕蘇頌曰。—黃葉青綠。長一二尺許。有斜文如紅蕉葉而小。花紅白色。至中秋漸凋。春末方生。其花先生。次方生葉。不結實。根盤屈。黃色。類生姜而圓有節。

㊆射干、一名草—。見〔本草綱目〕。

㊇骨碎補、一名猴—。見〔本草綱目〕。

【薩】　桑葛切音撒曷韻

㊀濟也。〔廣韻〕釋典云。菩—。菩、普也。—、濟也。能普濟衆生也。〔按翻譯名義曰。菩—。正音云、菩提—埵。但諸師翻譯不同。今依大論。釋菩提名佛道。—埵名成衆生。天台解云。用諸佛道。成就衆生。又菩提是自行。—埵是化他。自修佛道。又化他故。賢首云。菩提、此謂之覺。—埵、此曰衆生。以智上求菩提。用悲下救衆生。〕

㊁州名。唐置。羈縻州。南道。當今四川珙縣地。

㊂—寶府。官名。〔集韻〕唐六典有—寶府。掌胡神祠。

㊃—拉齊。廳名。清置。屬山西歸化城。爲明代玉林雲川二衛地。今稱縣。

㊄姓也。見〔統譜〕。〔又〕—孤。代北複姓。〔通志氏族略〕—孤氏。代人。隨魏南徙。

【蕭】　先凋切音簫蕭韻

㊀艾蒿也。見〔說文〕。〔王注〕天官甸師。祭祀共—茅。杜子春曰。—、香蒿也。詩生民。取—祭脂。陸璣疏曰。—荻、今人所謂荻蒿是也。或云牛尾蒿。似白蒿。白葉。莖粗。科生。多者數十莖。可作燭。有香氣。故祭祀以脂爇之爲香。許叔重以爲艾蒿。非也。案荻、當作萩。詩彼采—兮。彼采艾兮。自非一物。然春官鬱人疏引王度記。士以—。庶人以艾。或許以其皆祭祀所用。故類而言之。

㊁麥也。見〔廣雅釋詁〕。

㊂肅也。〔論語季氏〕不在顓臾。而在—牆之內也。〔注〕鄭曰。—之言肅也。君臣相見之禮。至屏而加肅敬焉。是以謂之—牆。

㊃國名。又姓也。〔廣韻〕出廣陵蘭陵二望。本宋支子。食采於—。因以爲氏。風俗通曰。宋樂叔以討南宮萬立御說之功。受封於—。列附庸之國。漢相國—何。卽其後氏。

㊄縣名。漢置。屬沛郡。當今江蘇省—縣治。

㊅—然。猶騷然。擾動之貌也。〔漢書張湯傳〕北邊—然苦兵。

㊆——。鳴聲。〔詩車攻〕馬鳴——。〔又〕風聲也。〔文選荆軻歌〕風——兮易水寒。〔又〕動貌。見〔楚辭山鬼補注〕。

㊇—瑟。聲也。〔文選左思賦〕蓊茸—瑟。

㊈—飀。風聲也。〔素問五常政大論〕其德霧露—飀。

㊉—條。深靜也。〔淮南齊俗〕故—條者形之君。

(十一)—曼。高遠也。〔文選何晏賦〕—曼雲征。〔注〕—曼。條曼。延言高遠也。

(十二)—晨。言秋晨也。〔文選殷仲文詩〕哲匠感—晨。

(十三)同搜。〔楚辭山鬼〕風颯颯兮木——。〔注〕——。文苑作搜搜。

【薋】　才資切音茨支韻

㊀艸多兒。見〔說文〕。

㊁蒺藜也。〔離騷〕—菉葹以盈室兮。

㊂縣名。漢置。屬右北平郡。當今直隸遵化縣境。

㊃通茨。〔詩楚茨〕楚楚者茨。〔離騷注引詩作—〕。

㊄通齋。〔漢書禮樂志〕以爲行步之節。猶古采齋肆夏也。〔注〕齋、才私反。禮經或作—。

【薋】　津私切音咨支韻

㊀藥草名。〔廣雅釋草〕白芷、茝—也。〔疏證〕白芷卽白及也。根有三角。故一名茝。一名—。秦風小戎傳云。厹、三隅矛也。聲義正與仇同。爾雅。茨、蒺藜。郭注云。子有三角。刺人。離騷茨作—。亦與同義也。〔按白及、亦作白芨。詳芨字〕。

㊁菜生水中。見〔集韻〕。

【薇】　無非切音微微韻

㊀菜也。佀藿。見〔說文〕。〔通訓定聲〕爾雅釋草。—、垂水。詩草蟲言采其—。陸疏。山菜也。按三厓水濱皆生之。卽野豌豆也。〔按本草綱目。蜀人謂之巢菜。蔓生。莖葉氣味、皆似豌豆。其藿作蔬入羹皆宜。詩疏以爲迷蕨。通志以爲金櫻芽。皆謬。博物學曰。—屬隱花植物。生山中。其葉如紫藤。厚而不尖。春時、發生新芽。可共食用。莖及根可製小粉。〕

㊁草名。〔 草綱目〕白微、一名—草。蘇頌曰。 微莖葉俱青。頗類柳葉。六七月開紅花。八月結實。其根白黃色。類牛藤而短小。今人八月采

之。

㊂紫—。花名。〔廣羣芳譜〕紫—樹身光滑。花六瓣。色微紅紫。皺蔕。長一二分。每瓣又各一蔕。長分許。蠟跗茸蕚。赤莖。葉對生。一枝數穎。一穎數花。紫色之外。又有紅白二色。其紫帶藍焰者名翠—。

㊃薔—。花名。〔廣羣芳譜〕薔—、藤身叢生。莖靑多刺。單而白者更香。結子名營實。可入藥。其類有朱千薔—。荷花薔—。五色薔—。黃薔—。淡黃薔—。白薔—。又有紫者。黑者。肉紅者。粉紅者。四出者。重瓣厚疊者。長沙千葉者。

薔薇圖

㊄芸—。菜名。〔廣羣芳譜〕芸—類有三種。紫色者最繁。味辛。其根爛熳。春夏葉密。秋蘂冬馥。其實若珠。五色。隨時而盛。一名芸芝。其色紫爲上蔬。其味辛。色黃爲中蔬。其味甘。色靑者爲下蔬。其味鹹。

㊅唐制。中書省稱—省。〔唐書百官志〕開元元年。改中書省曰紫—省。〔按明改行中書省爲布政司。故藩署亦稱—署。〕

【薇】 旻悲切音眉支韻

㊀—銜。藥草名。〔本草綱目〕蘇恭曰。此草叢生。似茺蔚及白頭翁。其葉有毛。赤莖。又有大小二種。楚人謂大者爲大吳風。小者爲小吳風。一名鹿銜草。〔按—銜亦名麋銜。李時珍曰。—銜。當作麋銜。鹿、麋、一類。水經注云。魏興錫多生—銜草。有風不偃。無風獨搖。則吳風亦當作無風。乃通。〕

㊁—蕪。香草名。〔本草綱目〕蘼蕪、一名—蕪。〔詳蘼字〕

【蕰】 委隕切音惲吻韻

㊀積也。春秋傳曰。—利生孽。見〔說文〕〔王注〕左昭十年文。彼作蘊。後人改也。

㊁蓄也。聚也。見〔廣雅釋詁〕

㊂藏也。見〔廣韻〕

㊃—藻。聚藻也。〔左隱三年傳〕蘋蘩—藻之菜。〔疏〕毛詩傳曰。藻、聚藻也。陸機疏云。生水底。有二種。其一種葉如雞蘇。莖大如箸。長四五尺。一種莖大如釵股。葉如蓬。謂之聚藻。〔釋文〕—、紆粉反。

㊄通宛。〔荀子富國〕使民夏不宛暍。〔注〕宛讀曰—。暑氣也。〔按集韻。—、或作宛。〕

【蕰】 紆問切音醞問韻

㊀習也。見〔廣韻〕

㊁積也。見〔集韻〕

【薀】 烏昆切音溫元韻

—藻。水艸。見〔集韻〕

【薉】 烏廢切音穢隊韻

㊀蕪也。見〔說文〕〔王注〕招魂注。不治曰蕪。多草曰—。

㊁行之惡也。見〔玉篇〕

㊂同穢。〔荀子王霸〕涂—則塞。〔注〕—、與穢同。

㊃同濊。〔漢書地理志〕皆朝鮮濊貉、句驪蠻夷。〔注〕濊字或作—。

㊄通獩。〔集韻〕獩貊。東夷國名。通作—。

【薪】 斯人切音新眞韻

㊀蕘也。見〔說文〕〔通訓定聲〕禮記月令。收秩—柴。注。大者可析謂之—。施炊爨。按—、草柴。柴、木柴也。周禮委人。—蒸材木。注。麤者曰—。細者曰蒸。

㊁俸給亦曰—。卽禮餼廩稱食之意。古者天子待國客必供—米。下至吏祿亦然。後世因之。稱爲—水。又簡稱曰—。

㊂士有疾謙言曰負—。〔禮記曲禮〕君使射不能。則辭以疾。言曰某有負—之憂。〔疏〕不直云疾而云負—者。若直云疾。則似傲慢。故云疾之所由。明非假也。〔白虎通〕云天子病曰不豫。音義隱云。諸侯曰不茲。大夫曰犬馬。士曰負—。

㊃漢律。令犯罪者取—給宗廟曰鬼—。〔漢書刑法志〕罪人獄已決完爲城旦舂滿三歲爲鬼—白粲。

【薤】 胡介切音械卦韻

㊀本作䪥。〔說文韭部〕䪥、菜也。〔按禮內則。膏用䪥。釋文。俗本多作—。〕

㊁菜名。〔本草綱目〕—、八月栽根。正月分蒔。宜肥壤。數枝一本則茂而根大。葉壯似韭。韭葉中實而扁。有劒脊。—葉中空。似細葱葉而有稜。氣亦如葱。二月開細花。紫白色。根

如小蒜。一本數顆。相依而生。五月葉青則掘之。否則肉不滿也。又云。野—、俗名天—。生麥原中。葉似—而小。味益辛。卽爾雅山—是也。〕

㊂—葉。篆書之一體。〔書苑菁華〕殷湯時仙人務光作倒—。書今之—葉篆是也。〔又〕簟名。〔劉禹錫詩〕—葉照人呈夏簟。

㊃—露。古挽歌也。〔後漢周舉傳〕及酒闌倡罷。繼以—露之歌。坐客聞者。皆爲掩涕。〔按事物紀原。漢武帝時、李延年爲—露曲。送王公貴人。又搜神記曰。挽歌辭有—露蒿里二章。漢田橫門人作。未知孰是。〕

【薏】乙力切音億職韻 於記切音意寘韻

㊀本作蔏。〔說文〕蔏。蔏苢。一曰蔏英。〔王注〕後漢書馬援傳。初援在交阯。常餌—苡實。用能輕身寡慾。以勝瘴氣。英者花也。抱樸子。菊花與—花相似。直以甘苦別之耳。菊甘而—苦。諺所謂苦如—是也。〔按本草綱目。野菊、一名苦—。生澤畔。莖如馬蘭。花如菊。但葉薄小而蘩多。如蜂窠狀。氣味辛苦慘烈。〕

㊁蓮心也。〔爾雅釋草〕荷其實、蓮。其中、的。的中—。〔李注〕中心苦者也。—是其萌芽。—者意也。

㊂—茨。草名。見〔韻會〕

㊃番—。茹藥草名。〔本草綱目拾遺〕番—。茹種出荷蘭。秀嫩似雲板爏。乾則香。結子青紅色。

【薊】吉詣切音計霽韻

㊀芺也。見〔說文〕〔王注〕釋艸。鉤芺。注。大如母指。中空。莖頭有臺。似—。初生可食。釋艸又曰。楊枹—。又曰。芺—。其實荂。注。芺與—莖頭皆有蓊臺。名荂。然則芺、—一類而別。凡草之以—名者。種類不一。如蒼朮、山—也。苗高二三尺。其葉抱莖而生。梢間葉似棠梨。其腳下葉有三五叉。皆有鋸齒小刺。根如老薑之狀。蒼黑色。肉白有油膏。白朮。抱—也。嫩苗可茹。葉稍大而有毛。根如指大、狀如鼓槌。亦有大似拳者。又小—。俗名青刺—。二月生苗。二三寸時。併根作菜茹。食甚美。四月高尺餘。多刺。心中出花頭。如紅藍花而青紫色。大小—皆相似。花如髻。但大—高三四尺。葉皺。小—高一尺許。葉不皺。故苦芺。卽爾雅鉤芺。

無—名。說與許異。存參。

㊁地名。〔禮記樂記〕封黃帝之後于—。〔按卽漢—縣。屬廣陽國。當今京兆大興縣南。〕

㊂州名。唐置。屬河北道。當今京兆—縣治。

㊃姓也。〔神仙傳〕—子訓。齊人。

【薊】居拜切音戒卦韻

蔕—。鯁刺也。見〔類篇〕〔按集韻通作芥。〕

【薊】吉屑切音結屑韻

艸名。見〔集韻〕

【薆】於代切音愛隊韻

㊀隱也。〔史記司馬相如傳〕覶眾樹之蓊—。

㊁蔽也。〔漢書律歷志〕昧—於未。

㊂—薱。草木盛貌。〔文選張衡賦〕鬱蓊—薱。

㊃同馤。〔文選司馬相如賦〕晻—咇茀。〔注〕說文、馣馤、香氣奄藹也。馣與晻、馤與—音義同。

【薆】許既切音餼未韻

——。猶隱隱也。〔太玄瞢〕瞢瞢之離。中——也。

【薔】殺測切音色職韻

㊀—虞。蓼也。見〔說文〕〔通訓定聲〕爾雅釋草。—、虞蓼。注。虞蓼、澤蓼。孫注。虞蓼是澤之所生。按辛菜古以和味。禮記內則實蓼是也。今水葒花之類。花紅白色。葉比水葒爲狹。較馬蓼爲小。馬蓼葉中間有墨點。呼墨記草也。惟許君—虞連讀。孫郭皆虞蓼連讀。爲不同耳。

㊁山名。〔山海經西山經〕皋塗之山。—水出焉。西流注于諸資之水。

㊂姓也。〔潛夫論〕帝堯之後有—氏。

【薔】慈良切音牆陽韻

㊀蘠省字。〔集韻〕蘠艸名。或省作—。〔按卽—薇。薔薇字。〕

㊁浮—。菜名。〔廣羣芳譜〕浮—入夏生水中。六七月采。生熟皆可食。

【薛】私列切音洩屑韻

㊀本作薛。〔說文〕薛。艸也。〔通訓定聲〕字亦作薛。史記司馬相如傳。薛莎青薠。集解。藾蒿也。按藾蕭、一名苹。

㊁國名。〔左隱十一年傳〕滕侯、—侯來朝。〔疏〕—、任姓。黃帝之苗裔。奚仲封爲—侯。今魯國—縣是也。奚

仲遷於邳。仲虺居—以為湯左相。武王復以其冑為—侯。今山東滕縣西南有—城。即其地。
㊂姓也。〔廣韻〕本自黃帝任姓之後。奚仲居—。歷夏殷周為諸侯。周末為楚所滅。後遂氏焉。

【薖】苦禾切音科歌韻
㊀寬大貌。〔詩考槃〕碩人之—。
㊁飢意。見〔詩考槃箋〕。
㊂通過。〔詩考槃釋文〕—、韓詩作過。過、美也。〔按集韻。—、又或作薖。〕

【薖】苦禾切音科古禾切音戈歌韻
艸也。見〔說文〕。〔王注〕或即蒿苣。

【薕】離鹽切音廉鹽韻
㊀蒹也。見〔說文〕。〔通訓定聲〕爾雅蒹—葭蘆。菼亂。皆疊韻字。方音微別耳。
㊁薟也。見〔集韻〕。
㊂三—。草名。〔廣志〕三—似箭羽。長三四寸。肥細緗色。以蜜藏之。味甘酸可食。出交洲。五月中熟。

【薌】虛良切音鄉陽韻
㊀穀气也。見〔說文新附〕。〔鈕氏新附攷〕曲禮黍曰—合。梁曰—萁。鄭康成注周禮大祝引此文。—、並作香。又說文皀訓穀之馨香。讀若香。亦與—義合。
㊁使之香美也。〔禮記內則〕以小鼎—脯於其中。
㊂蘇荏之屬也。〔禮記內則〕—無蓼。

【薌】許兩切音養韻
同響。〔漢書揚雄傳〕—呹肸以掍根兮。〔注〕言風之動樹。聲響振起衆根。—讀與響同。

【蕼】息利切音四寘韻
㊀薑也。見〔玉篇〕。〔按說文作蕼。〕
㊁芮也。見〔集韻〕。
㊂通肆。〔荀子非十二子〕祺然—然。〔注〕—當為肆。謂寬舒之貌。

【蕻】胡貢切音閧送韻
㊀艸菜。心長。見〔集韻〕。
㊁茂也。見〔集韻〕。
㊂雪裏—。菜名。〔廣羣芳譜〕四明有菜名雪裏—。雪深諸菜凍損。此菜獨存。

【蕺】阻力切音戢緝韻
㊀菜名。〔本草綱目〕秦人謂之葅子。其葉鯹氣。故俗呼為魚鯹草。蘇恭曰。—菜生溼地山谷陰處。亦能蔓生。葉似蕎麥而肥。莖紫赤色。
㊁山名。〔清一統志〕—山在浙江山陰縣臥龍山東北三里。山產—。越王勾踐嘗采食之。又名戒珠山。

【䕊】唐干切音壇寒韻
㊀艸名。見〔集韻〕。
㊁艸蔓布地。見〔正字通〕。

【薜】博厄切音檗必益切音辟陌韻
㊀藥草名。〔爾雅釋草〕—、山蘄。〔按下文又曰—白蘄。注云。即上山蘄。朱駿聲曰。皆即當歸。細葉者名蠶頭當歸。出歷陽。色白大葉者名馬尾當歸。出隴西〕
㊁麻屬。〔爾雅釋草〕—、山麻。〔注〕似人家麻。生山中。

【薜】蒲計切音嬖霽韻
牡贊也。見〔說文〕。〔通訓定聲〕爾雅釋草。—、牡贊。注未詳。按飯帚曰籡。今北人束馬薙以刷鍋。則牡贊疑即—荔。〔按—荔、蔓草類。緣樹木垣牆而生。四時不凋。枝葉繁茂。葉甚厚。其匍匐莖附著於物甚緊。結實大如盃。微似蓮蓬而稍長。六七月。實內空而紅。八月後。則滿腹細子。大如稗子。一子一鬚。其味微澀。其殼虛輕可食。故又稱木蓮。木饅頭。皆以其實得名〕

【薜】弼角切音雹覺韻
破裂也。〔攷工記瓬人〕凡陶—之事。鬐墾—暴不入市。

【薜】匹辟切音癖陌韻
同僻。〔漢書揚雄傳〕陋三神之阸—。〔注〕—、亦僻字也。

【薢】下買切音蟹舉蟹切音解蟹韻
㊀—茩也。見〔說文〕。〔通訓定聲〕蔆也。亦曰芰。—、茩雙聲連語。
㊁草—。藥艸。見〔類篇〕。

【薢】居諧切音皆佳韻居隘切音懈卦韻
—茩。草名。〔爾雅釋草〕—茩、芵光。〔詳芵字〕。

【薠】符袁切音煩元韻
㊀青—。似莎者。見〔說文〕。〔通訓定聲〕子虛賦。薛莎青—。注。似莎而大。生江湖。鴈所食。淮南覽冥。路無

莎—。注。狀如蕆。蕆如葭也。
㊁通𦺒。〔周禮巾車〕素車𦺒蔽。〔注〕𦺒讀爲—。—麻以爲蔽。

【薨】呼弘切音儚蒸韻
㊀公侯猝也。見〔說文死部〕。〔通訓定聲〕爾雅釋詁。—、死也。廣雅釋言。—。亡也。禮記曲禮。諸侯死曰—。注。—、頹壞之聲。
㊁奄也。〔白虎通崩薨〕—之言奄也。奄然亡也。

【薨】呼宏切音訇庚韻
㊀眾也。疾也。見〔集韻〕。〔按詩螽斯篇、—兮。傳訓衆多也。又緜篇、度之——。釋文引王注。亟疾也。〕
㊁通薨。〔廣雅釋訓〕薨薨飛也。〔博雅音〕火宏反。〔疏證〕齊風雞鳴篇云。蟲飛——、與薨通。

【薧】苦浩切音考皓韻
㊀乾也。〔周禮㪉人〕辨魚物爲鱻—。
㊁或作槀。〔禮記曲禮〕槀魚曰商祭。〔疏〕槀乾也。

【薧】口到切[illegible]號韻
枯也。見〔集韻〕。

【薧】呼高切音蒿豪韻

死人里也。見〔說文死部〕。〔通訓定聲〕謂虛墓之所。或謂有一里人盡死者。因名—里。其說不經。按古今注。薤露、蒿里。挽喪歌。以蒿爲之。

【薘】陁葛切音達曷韻
㊀艸名。馬舃也。見〔集韻〕。
㊁莙—。菜名。見〔玉篇〕。

【⿱艹稈】古旱切音幹旱韻
㊀衆草莖也。見〔廣韻〕。
㊁稈或字。〔集韻〕稈說文、禾莖也。或作—。

【⿱艹榦】居案切音旰翰韻
蘇或字。〔集韻〕蘇。說文、艸也。或从—。

【蓃】蘇遭切音騷豪韻
艸名。見〔集韻〕。

【⿱艹嫂】蘇老切音嫂皓韻
蓌或字。見〔集韻〕。

【⿱艹稱】詩證切音勝徑韻
藤或字。〔集韻〕藤。胡麻也。或从稱。〔按玉篇作苣藤。廣韻作巨藤。本草綱目作巨勝。義同。李時珍曰。胡麻、即脂麻也。詳藤字。〕

【⿱艹稱】蚩承切音稱蒸韻
巨—。藥艸。見〔集韻〕。

【⿱艹牒】達協切音牒葉韻
艸名。見〔集韻〕。

【⿱艹屧】悉協切音燮葉韻
屧或字。見〔集韻〕。

【䕟】偶舉切音語語韻
篽或字。〔集韻〕篽。禁苑也。成作—。〔按直音。—、池中編竹籬以養魚也。義略同。〕

【蘞】力冉切音斂琰韻　離鹽切音廉鹽韻
白—也。見〔說文〕。〔按詩葛生篇。蘞蔓於野。釋文。草木疏云。似栝樓。葉盛而細。子正黑。如燕薁。不可食也。幽州人謂之烏服。王筠注曰。本草謂之白斂。以別於赤斂烏斂也。本草綱目、蘇頌曰。白斂、二月生苗。多在林中作蔓。赤莖。葉如小桑。五月開花。七月結實。根如雞鴨卵而長。三五枚同一窠。皮黑肉白。一種赤斂。花實功用皆同。但表裏俱赤爾。又烏蘞。其藤柔而有稜。一枝一鬚。凡五葉。葉長而光。有疏齒。面青背淡。七八月結苞成簇。青白色。花大如粟。黃色四出。結實大如龍葵子。生青熟紫。內有細子。其根白色。大者如指。長一二尺。擣之多涎滑。〕

【薟】虛嚴切音杴鹽韻
豨—。草名。〔本草綱目〕豨—、一名火杴草。一名豬膏母。楚人呼豬爲豨。呼草之氣味辛毒爲—。此草氣臭如豬而味—螫。故謂之豨—。莖有直稜。兼有斑點。葉似蒼耳而微長。似地菘而稍薄。對節而生。莖葉皆有細毛。八九月開小花。深黃色。中有長子。如同蒿子。外萼有細刺粘人。

【薟】魚杴切音嚴鹽韻
水中野韭。見〔集韻〕。

【薟】火占切音㚲鹽韻
辛味。一曰—稀。藥艸。見〔集韻〕。

【薟】馨兼切音姈鹽韻
辛毒之味。見〔集韻〕。

【薟】苦紺切音勘勘韻
餡或字。〔集韻〕餡。味過甘也。或作

｜。

【⿱艹⿰木木】莫侯切音茂宥韻　艸也。見〔說文〕。

【⿱艹豦】求於切音渠魚韻曰許切音巨語韻　｜菜也。似蘇者。見〔說文〕。〔通訓定聲〕按苦｜、今吳俗謂之萵苣筍。野生者曰徧苣。人家常食者曰白苣。字亦以苣爲之。或作蘧。或謂即蕒也。或曰苦葵也。青州謂之苞。苞、或作苣。苣字亦作蘧。

【蕶】郎丁切音零青韻　艸零落也。通作苓。見〔集韻〕。

【蕷】羊洳切音預御韻　薯｜。見〔玉篇〕。〔按集韻。薯蕷。艸名。蕷、或作｜。本草綱目一名山藥。入藥、野生者爲勝。供饌、則家種者爲良。四月生苗。延蔓。紫莖。綠葉。葉有三尖。似白牽牛葉而光潤。五六月、開花成穗。淡紅色。結莢成簇。莢凡三棱合成。堅而無仁。其子別結於一旁。狀如雷丸。大小不一。皮色土黃而肉白。煮食甘滑。〕

【蕸】胡加切音遐居牙切音加麻韻　荷葉也。〔爾雅釋草〕荷。夫渠。其莖、茄。其葉、｜。〔義疏〕｜者。說文作荷。云、夫渠葉。初學記引爾雅。作其葉荷。類聚又引作其葉葭。按釋文云。｜字或作葭。衆家竝無此句。惟郭有。然則荷是大名。又葉名者。荷之言何也。負荷言其葉大。

【⿱艹欂】蒲革切音檗陌韻　｜蘗。壁柱。或作薄欂。見〔集韻〕。〔按說文木部。欂。壁柱也。从木薄省聲。字亦作欂。不省。然則从艸者譌字也。惟集韻分｜欂爲二。从木之欂。毗亦切音擗。訓柱也。字彙、正字通、及舊字典。俱木草部竝收。存疑。〕

【蕹】於容切音雍冬韻　萃也。見〔集韻〕。

【蕹】於用切音壅宋韻　菜名。〔本草綱目〕｜菜性宜溼地。畏霜雪。九月藏入土窖中。三四月取出。壅以糞土。即節節生芽。一本可成一畦。幹柔如蔓而中空。葉似菠薐及蘒頭形。味短。須同豬肉煮。令肉色紫乃佳。｜與壅同。此菜惟以壅成。故謂之｜。

【蕽】奴冬切音農冬韻　蓬｜。蘆華。見〔集韻〕。

【⿱艹⿰禾俞】徒口切音鋀有韻　艸名。一曰。編艸坐具。見〔集韻〕。

【蕾】魯猥切音磊賄韻　蓓｜。始華也。見〔集韻〕。〔按廣韻。蓓｜。花綻皃。義略同。〕

【⿱艹廆】戶賄切音瘣賄韻　艸名。懷羊也。或省作蒐。見〔集韻〕。〔按爾雅釋草作蘹。詳蘹字。〕

【⿱艹尵】始回切音傀灰韻　菜名。見〔集韻〕。

【藒】去竭切屑韻　｜車。香艸。見〔玉篇〕。〔按說文作藒。詳藒字。〕

【藒】何葛切音曷曷韻　水艸。似蕨可啖。見〔集韻〕。

【⿱艹⿰曷毛】何葛切音曷曷韻　藒或字。見〔集韻〕。

【薁】乙六切音郁屋韻於到切音奧號韻　蘡｜也。見〔說文〕〔王注〕見豳風毛傳。即山蒲桃。〔按蘡｜。蔓草名。狀如灌木。攀緣樹上。葉似葡萄。面光背毛。夏秋開淡黃花。簇生甚密。結漿果如球形。熟則黑色。滑澤可食。〕

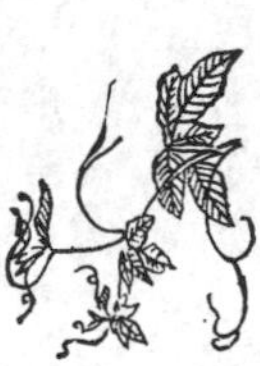

蘡薁圖

【⿱艹雋】粗兗切音雋銑韻　菖｜。菜名。見〔廣韻〕。

【⿱艹當】都郎切音當陽韻　艸名。見〔集韻〕。

【薂】刑狄切音檄錫韻　蓮實也。〔爾雅釋草〕的、｜。〔注〕即蓮實。〔疏〕蓮實、相又一名｜。

【⿱艹腸】仲良切音腸陽韻　雞｜。菜也。見〔集韻〕。〔按字本作腸。本草綱目。雞腸生下溼地。三月生苗。葉如鵝腸、而色微深。莖帶紫。中不空。無縷。四月有小莖。開五出小紫花。結小實。中有細子。其苗作蔬。不如鵝腸。故別錄列蘩縷於菜部。而列此於草部。以此故也。蘇恭疑爲一物。誤矣。生嚼涎滑。故可掇蟬。鵝腸生嚼無涎。亦自可辨。鄭樵通志謂雞腸似蔞而小。其味小辛。非繁縷者得之。又石胡荽。亦名雞腸草。別是一物。」

【蕩】余章切音楊陽韻　艸名。見〔集韻〕。

【蒿】下老切音皓皓韻　—侯。草名。〔爾雅釋草〕—侯、莎。其實媞。〔義疏〕說文、莎鎬侯也。是莎實一名鎬侯。

【蘻】吉歷切音激錫韻　艸名。見〔廣韻〕〔按說文作蘻〕。

【蕐】直格切音澤陌韻　葛屬。見〔集韻〕。

【薅】呼高切音蒿豪韻　拔田艸也。從蓐好省聲。見〔說文蓐部。〕〔通訓定聲〕蓐字當訓陳草復生。从艸娠會意。別爲正篆。蓐字當訓拔去田艸。从寸从蓐省會意。爲—之籀文、—从寸从蓐會意。—蓐相承。互譌。如苑宛來麥之比。

【藁】筆錦切音禀寑韻　艸名。藤也。見〔集韻〕。

【蓎】徒郎切音唐陽韻　蕪黃、一名蕸—。見〔集韻〕。

【薍】五患切音綰諫韻　菿也。八月—爲葦也。見〔說文〕。〔通訓定聲〕即荻也。萑也。未秀爲菼。菼至八月秀爲萑。爾雅釋草菼—。注。似葦而小。實中。江東呼爲烏蓲。蓋與葭蘆之爲葦者別。詩大車傳。蘆字是萑字之誤。爾雅舍人李巡樊光注。並因毛傳而誤。八月—爲葦。葦亦萑字之誤。

【薍】盧玩切音亂翰韻　小蒜根曰—子。見〔集韻〕。

【蕷】都昆切音敦元韻　艸名。見〔集韻〕。

【蘋】五老切音頫皓韻　瓜蔓。見〔集韻〕。

【蘔】堅靈切音經青韻　菠類。江淮人經絲用之。見〔集韻〕。

【蔆】盧滕切音棱蒸韻　藤—。菜名。見〔正字通〕。〔詳菠字〕。

【蓡】疏簪切音森侵韻　人—。藥艸出上黨。見〔說文〕。〔王注〕范子計然。人參出上黨。狀類人者善。急就篇顏注。參謂人參、丹參、紫參、玄參、沙參、苦參也。〔按本草綱目。人參。春生苗。初生小者三四寸許。一椏五葉。四五年後、生兩椏五葉。未有花莖。十年後生三椏。年深者生四椏。各五葉。中心生一莖。三月四月、有花細小如粟。蕊如絲。紫白色。秋後、結子如大豆。生青熟紅。自落。根如人形者神。丹參、一枝五葉。葉如野蘇而尖。青色皺毛。小花成穗。如蛾形。中有細子。其根皮丹而肉紫。紫參、根乾紫黑色。肉帶紅白。狀如小紫草。玄參、二月、生苗。葉如脂麻。對生。又如槐柳而尖長。有鋸齒。細莖青紫色。七月、開花青碧色。八月、結子黑色。又有白花者。莖方大。紫赤色而有細毛。有節若竹者。高五六尺。其根一根五七枚。沙參二月生苗。葉如初生小葵葉。而團扁不光。八九月、抽莖高一二尺。莖上之葉尖長。如枸杞葉而小。有細齒。秋月、葉間生小紫花。長二三分。狀如鈴鐸。五出白蕊。亦有白花者。並結實大如冬青。實中有細子。根莖皆有白汁。苦參、詳亂字。〕

【䕒】蒼案切音粲翰韻　艸名。可爲席。見〔集韻〕。

【蘦】眠見切音麪霰韻　—。艸兒。見〔集韻〕。

【蕺】堂練切音電霰韻　—蓎。艸名。蕪黃也。見〔集韻〕。

【蕑】許個切音呵箇韻　蔢—。艸名。見〔集韻〕〔按蔢—即薄荷。本草綱目作菝—。蓋一音之轉。詳薄字。〕

【薙】他計切音替大計切音第霽韻序姊切音兕直几切音雉紙韻　除艸也。明堂月令曰。季夏燒—。見〔說文〕〔通訓定聲〕禮記月令。燒—行水。注。謂迫地芟艸也。周禮—氏注。鬀如鬀小兒頭之鬀。書或作夷。左隱六年傳。芟夷蘊崇之。亦以夷爲之。

【薙】直几切音雉紙韻

辛夷、一名辛—。見〔本草〕。

【蕩】他郎切音湯仲良切音長陽韻

商陸也。〔爾雅釋草〕蓫—、馬尾。〔注〕關西呼爲—。江東呼爲當陸。卽商陸也。〔詳商蓫字〕

【蘖】魚謁切音葉葉韻

餘枿也。又姓。見〔字彙〕。〔按正字通曰。說文、巘。伐木餘也。或作櫱。古文作不。經史譌作蘖。省作枿。俗作—。借蘖爲孽子之孽。今不詳—本作蘖。移蘖附—注、非。又姓、有蘖無孽。何氏姓苑云。蘖本姓薛。東莞人。避仇改之。今以—爲姓。尤非。〕

【薝】之廉切音詹鹽韻覘改切音膽感韻

—棘。木名。〔山海經中山經〕合谷之山。是多—棘。

【薝】之廉切音詹鹽韻

—蔔。花名。〔長物志〕—蔔。淸芬。佛家所重。古稱禪友。殆非虛言。昔宰相杜悰。建—蔔館。形亦六出。器用之屬皆象之。〔按—蔔出西域。古人題詠。多謂—蔔卽梔子花。通雅草篇引金陵瑣事曰。人以梔子爲—蔔。非也。鳳臺門外白雲寺。太監鄭強葬地。傍有—蔔一叢。乃三寶太監西洋取來者。花瓣似蓮而稍瘦。外紫內淡黃色。嗅之辛辣觸鼻。微有淸香。正佛經所云也。佛書瞻博。一作瞻匐。黃色香花也。訛作—蔔。又廣羣芳譜引山谷詩話云。染梔子花六出。雖香不濃。郁山梔子花八出。一株可香一圃。酉陽雜俎云。相傳卽西域—蔔花。或曰—蔔金色。花小而香。非梔也。〕

【⿱艹腱】居言切音鞬元韻

瓜病。見〔集韻〕。

【蕵】思渾切音孫元韻

—蕪。草名。〔爾雅釋草〕須、—蕪。〔注〕似羊蹄。葉細。味酢。可食。〔按本草綱目、酸模注。—蕪乃酸模之音轉。根葉花形。並同羊蹄。但葉小味酸爲異。其赤黃色。連根葉取汁煉霜。可制雄汞。〕

【蘩】符袁切音煩元韻

白蒿也。見〔說文〕。〔通訓定聲〕爾雅釋草。蘩、皤蒿。又蘩之醜秋爲蒿。按今蘇俗謂之蓬蒿。莖葉似艾、粗於青蒿。白於衆蒿。可爲葅。夏小正。采蘩。傳。由胡者、蘩母也。蘩、旁勃也。詩七月。采蘩祁祁。傳。白蒿也。

【⿱艹騧】胡瓜切音華麻韻

—騧。周穆王八駿之一。〔列子周穆王〕左服—騧而右綠耳。〔注〕古驊字。

【⿱艹鉤】居侯切音鉤尤韻

—芺。艸名。見〔集韻〕。〔按字本作鉤。爾雅釋草苦芺。義疏云。鉤芺卽苦芺。鉤、苦、聲轉也。〕

【薡】都挺切音頂迥韻

—蕫。艸名。似蒲而細。見〔集韻〕。〔詳蕫字〕

【⿱艹錄】盧谷切音祿屋韻

—蓫。草也。見〔篇海〕。〔集韻作蔍〕

【薣】果五切音鼓麌韻

艸名。爾雅、葒。一曰蘢—。見〔集韻〕。〔按今本爾雅釋草作紅蘢古。注。俗呼紅草爲蘢鼓。語轉耳。疏引陸機云。一名馬蓼。葉大而赤白色。生水澤中。高丈餘。〕

【⿱艹蜀】殊玉切音蜀沃韻

—葵。艸名。見〔集韻〕。〔按本草綱目作蜀葵〕

【⿱艹蜀】廚玉切音躅沃韻

⿱艹屬省字。〔集韻〕⿱艹屬。艸名。或省。

【⿱艹鳧】防無切音扶虞韻

—茈。艸名。生下田。根可食。見〔集韻〕。〔爾雅釋草作鳧茈〕

【⿱艹裔】以制切音曳霽韻

艸名。似蘇而赤。見〔集韻〕。

【⿱艹耄】莫報切音帽號韻

年九十曰—。見〔說文老部〕。〔通訓定聲〕字亦作耄、作耄。鹽鐵論。孝養。七十曰耄。詩板。匪我言耄。傳。八十曰耄。禮記曲禮。八十九十曰耄。漢書平帝紀。全貞信及耄悼之人。以旄爲之。禮記射義。旄期稱道不亂者。以旄爲之。〔按集韻引說文作薹。誤。〕

【⿱艹稕】朱閏切音諄震韻

同稕。束稈也。見〔廣韻〕。

【⿱艹賊】疾則切音賊職韻

木—。艸名。見〔集韻〕。〔按本草綱目作木賊草。詳木字〕

【藑】葵營切音煢庚韻　艸旋皃。見〔集韻〕。

【藺】區倫切音囷眞韻　地蕈之小者。通作菌。見〔集韻〕。

【蘯】陳尼切音墀支韻　同蕛。〔集韻〕蕛。說文、菹也。亦作—。

【䕝】章移切音支支韻　菹也。見〔廣雅釋器〕。〔按原本脫—字。王念孫據集韻補正疏證云。菹或作蘯、藍。字竝與菹通〕。

【蘻】吉歷切音激錫韻　草也。見〔說文〕。

【蘳】虎委切音毁紙韻　艸名。見〔集韻〕。

【蓁】士臻切音溱眞韻　木叢生也。見〔字彙補引唐韻〕。〔按今本廣韻字作榛〕。

【䕩】覩敢切音膽感韻　箱屬。與簦同。見〔海篇〕。

【䕢】居尤切音鳩尤韻　艸相繞生也。見〔海篇〕。

【蘠】方朴切音福屋韻　艸名。見〔字彙補〕。

【蘷】蓬卜切音薄藥韻　藥名。見〔字彙補〕。〔按母昭裔孟蜀本草薄荷作—蔄〕。

【蘛】新玆切音思支韻　—艸。見〔集韻〕。

【䕮】渠飲切音沁韻　艸也。見〔玉篇〕。

【蘸】古茇字。見〔集韻〕。

【蘚】古葬字。見〔玉篇〕。

【蔓】同蔓。〔穆天子傳〕爰有—栢。

【蘠】同蘠。亦作蘠。見〔字彙補〕。

【蘖】同孽。見〔篇海類編〕。

【䕒】同莪。〔野客叢書〕漢碑凡蓼莪皆作蓼儀。魯峻碑文作蓼—。

【蘸】同蘸。見〔正字通〕。

【蘐】同蔎。見〔字彙補〕。

【蘛】同莠。見〔字彙補〕。

【蘜】同茭。見〔字彙補〕。

【蘩】同揉。見〔字彙補〕。

【蘶】同蛾。見〔字彙〕。

【藪】同藪。見〔篇海〕。

【蘭】同園。見〔篇海〕。

【蘫】同蕛。見〔直音〕。

【蘇】同欵。見〔直音〕。

【蘦】同蘇。見〔直音〕。

【蘧】穟或字。見〔說文禾部〕。

【蘯】菹或字。見〔說文〕。

【蘱】蘿或字。見〔說文〕。

【蘲】蒩或字。見〔集韻〕。

【蘳】蓙或字。見〔集韻〕。

【蘴】稗或字。見〔集韻〕。

【蘵】猶或字。見〔集韻〕。

【蘶】莒或字。見〔集韻〕。

【蘷】菰或字。見〔集韻〕。

【蘸】蔵或字。見〔集韻〕。

【蘺】蔦或字。見〔集韻〕。

【蘻】蔣或字。見〔集韻〕。

【蘼】芙或字。見〔集韻〕。

【蘽】藺或字。見〔集韻〕。

【蘾】蕾或字。見〔集韻〕。

【蘿】淡俗字。見〔正字通〕。

【虀】蕃俗字。見〔字彙補〕。

十四畫

【薰】許云切音勳文韻

㊀香艸也。見〔說文〕〔通訓定聲〕爾雅釋草。—草、蕙草也。按卽今零陵香。離騷王逸注。葉曰蕙。根曰—。是也。左僖四年傳。一—一蕕。西山經。浮山有草焉。名曰—。麻葉而方莖。赤華而黑實。臭如蘼蕪。佩之可以已癘。周禮鬱人疏。天子以鬯。諸侯以—。大夫以蘭芷。此用其葉也。淮南說林。腐鼠在壇。燒—於宮。漢書龔勝傳。—以香自燒。此用其根也。

㊁香氣也。〔文選江淹賦〕陌上草—。

㊂火煙上出也。〔文選謝惠連賦〕燎—爐兮炳明燭。

㊃燒灼也。〔易艮〕厲—心。

㊄—蒸也。〔漢書敍傳〕—胥以刑。〔注〕謂相—蒸。

㊅風至之貌。〔文選左思賦〕蕙風如—。

㊆帥也。見〔漢書敍傳注引晉灼〕。〔按此假爲帥〕

(八)樹名。〔宋書五行志〕義熙八年。太社生—樹於壝側。—於文尙黑。宋水德將王之符也。
(九)—然。溫和貌。〔莊子天下〕—然慈仁。
(十)—吳。山名。〔山海經西山經〕大次之山。又西四百里曰—吳之山。無草木。多金玉。
(十一)—華。草名。〔山海經海外東經〕君子國有—華草。朝生夕死。
(十二)茈胡一名地—。見〔本草綱目〕。
(十三)阿魏一名—渠。見〔本草綱目〕。〔按康熙字典誤作薰渠〕
(十四)同葷。〔儀禮士相見禮注〕古文—作葷。
(十五)同勳。〔夏承碑〕策—著於王家。
(十六)同獯。〔史記周本紀〕—育戎狄攻之。

【薰】吁運切音訓問韻
香艸。見〔集韻〕。

【藉】秦昔切音籍陌韻
(一)借也。〔禮記王制〕古者公田—而不稅。〔注〕—之爲言借也。借民力治公田、美惡取於此。不稅民之所自治也。
(二)貢獻也。〔穀梁哀十三年傳〕其—于成周。
(三)猶辱也。〔呂覽愼人〕—夫子者不禁。
(四)蹈也。踐踏之也。〔史記田蚡傳〕今吾身在也。而人皆—吾弟。
(五)繩也。繫也。〔莊子應帝王〕執斄之狗來—。
(六)水名。〔淸一統志〕—水在甘肅秦州南。自伏羌縣流入。通典。—水、一名洋水。又名嶧水。〔秦州今倂入三岔州。改稱天水縣〕
(七)——。夢死狀也。〔素問方盛衰論〕見人斬血——。
(八)通籍。〔詩韓奕〕實畝實—。〔箋〕—、稅也。〔校勘記〕相臺本作籍。閩本明監本毛本同。正義云。定是稅籍。又云。公羊傳曰。什一而籍。是籍爲稅之義也。是正義本作籍字。
(九)通䉶。〔列子仲尼〕長幼羣聚而爲牢—。〔注〕—、本作䉶。䉶謂以竹木圍繞。又刺也。

【藉】慈夜切音躤禡韻
(一)薦也。見〔字彙〕。
(二)以草薦地而坐曰—。〔文選孫綽賦〕—萋萋之纖草。
(三)薦玉之具亦曰—。〔禮記曲禮〕執玉。其有—者則裼。〔注〕—、藻也。〔疏〕凡執玉必有其藻。以承於玉。
(四)身臥其上也。〔漢書董賢傳〕嘗晝寢。偏—上褎。
(五)因也。〔管子內業〕彼道自來。可—與謀。
(六)猶假借也。〔左宣十一年傳〕敢—君靈。
(七)假設之辭。〔史記陳涉世家〕—第令毋斬。
(八)蘊—。猶言寬博有餘也。〔後漢桓榮傳〕溫恭有蘊—。
(九)慰—。謂—勞也。〔後漢隗囂傳〕所以慰—之良厚。
(十)古作耤。〔漢書郭解傳〕以軀耤友報仇。〔注〕耤、古—字。

【藉】慈夜切音躤禡韻秦昔切音籍陌韻
祭—也。一曰草不編。狼—也。見〔說文〕。〔王注〕—、藉一事。經皆言藉。注皆言—。其物則用茅。易大過。—用白茅。地官鄕師字作蒩。鄭大夫讀蒩爲薦。謂祭前—也。士虞禮字作苴。注。苴所以—祭也。秋官滌狼氏注。狼、狼扈道上。疏解狼扈爲狼—。孟子又云狼戾。

【藍】魯甘切音籃覃韻
(一)染靑艸也。見〔說文〕。〔按本草綱目〕凡五種。蓼—。葉如蓼。五六月開花成穗。細小淺紅色。子亦如蓼。歲可三刈。菘—。葉如白菘。馬—。葉如苦蕒。卽郭璞所謂大葉冬—。俗中所謂板—者。二—、花子竝如蓼。吳—。長莖如蒿而花白。吳人種之。木—。長莖如決明。高者三四尺。分枝布葉。葉如槐葉。七月開淡紅花。結角長寸許。纍纍如小豆角。其子亦如馬蹄決明子而微小。又甘—、一名—菜。此亦大葉冬—之類也。其葉長大而厚。煮食甘美。其花黃。生角結子。其功與—相近也。
(二)猶濫也。〔大戴記文王官人〕—之以樂。以觀其不寧。
(三)山名。〔淸一統志〕—山、在直隸永平府遷安縣西南。
(四)蛇名。〔本草綱目〕陳藏器曰。出蒼梧諸縣。狀如蝮。有約。從約斷之。頭毒尾良。嶺南人呼爲—藥。
(五)—溪。水名。〔淸一統志〕—溪水在陝西西安府—田縣東。長安志。—

谷水南自秦嶺西流經—關—橋。過王順山下出—谷西北流入霸。縣志—溪。卽—谷水。〔按杜甫詩。—水遠從千澗落。蓋指此。〕

（六）—田縣名。漢置。屬京兆郡。當今陝西—田縣西三十里。〔又〕山名。〔清一統志〕在陝西—田縣東。出美玉。一名玉山。〔又〕關名。〔清一統志〕在—田縣東南。本名嶢關。

（七）上—山名。〔傳燈錄〕洪州令超禪師。初住筠州上—山。後於洪井創禪院。還以上—爲名。〔按筠州當今江西高安縣地〕

（八）精—。梵字也。〔傳燈錄〕普岸禪師。宴寂林下。爲四衆所知。創建精—。號平田禪院。

（九）僧伽—華言衆園也。〔翻譯名義〕僧伽—譯爲衆園。僧史略云。園圃生植之所。佛弟子則生植道芽聖果者也。

（十）—樓。斂衣也。〔左宣十二年傳〕篳路—樓。〔按史記作—蔞。集解引左傳服注。—蔞言衣服斂壞。其蔞—然。說文方言竝作襤褸。義同。〕

（十一）紅—。草名。〔古今注〕燕支葉出西方。土人以染。名爲燕支。中國人謂之紅—。〔按本草綱目。紅—花。亦名紅花。葉頗似—。故有—名。二月、八月、十二月、皆可以下種。雨後布子。如種麻法。初生嫩葉。苗亦可食。其葉如小薊葉。至五月開花。如大薊花而紅色。蘇頌曰。其花暴乾。以染眞紅。又作胭脂。〕

（十二）䳘—。鳸鳥名。〔爾雅釋鳥〕秋鳸䳘—。〔注〕諸鳸皆因其毛色音聲以爲名。䳘—、青色。

（十三）通㮄〔仇池筆記〕蘇鶚云。以酒巡匝爲㮄尾。一作—尾。

（十四）姓也。〔廣韻〕戰國策有中山大夫—諸。

【藍】盧瞰切音濫勘韻

酸葅。見〔集韻〕。

【藏】慈郎切音鏇陽韻

（一）匿也。漢書通用臧字。从艸。後人所加。見〔說文新附〕〔鈕氏新附考〕按漢碑已有—字。知俗字多起於分隸。

（二）懷也。〔國語齊策〕—怒以待之。

（三）蓄也。〔易繫辭〕君子—器於身。

（四）潛也。〔呂覽圜道〕衰乃殺。殺乃—。

（五）戢也。見〔國策秦策注〕。

（六）深也。〔韓詩外傳〕安知其奧—之所在。

（七）猶隱也。〔山海經西山經〕槐江之山。多—琅玕黃金玉。

（八）猶障也。〔禮記禮運〕義之修而禮之—也。〔注〕—若其城郭然。

（九）猶殘也。〔淮南說林〕高鳥盡而強弩—。〔注〕—猶殘。喩不復用也。

（十）秋爲白—。見〔爾雅釋天〕〔注〕氣白而收—。

（十一）歸—。黃帝易也。〔周禮太卜〕掌三易之法。一曰連山。二曰歸—。三曰周易。〔注〕杜子春云。連山、宓戲。歸—。黃帝。

（十二）姓也。南宋—凝之。

【藏】𡗗郎切音臧陽韻

（一）草名。〔史記司馬相如傳〕其卑溼則生—莨蒹葭。〔注〕—似薍而葉大。

（二）——。茂也。見〔廣雅釋訓〕〔疏證〕陳風、東門之楊。其葉牂牂。傳云。牂牂然盛貌。與——同。

（三）同贓。〔左文十八傳〕掩賊爲—。〔朱駿聲云。卽俗字之贓也。〕

【藏】才浪切音臟漾韻

（一）物所蓄曰—。〔禮記月令〕命百官。謹蓋—。〔注〕—、才浪反。又如字。

（二）西—。地名。北界新疆青海。東界四川雲南。西南與印度不丹尼泊爾接壤。分前—後—二部。前—政權、由達賴喇嘛主之。後—政權、由班禪額爾德尼主之。

（三）同臟。〔周禮疾醫〕參之以九—之動。〔注〕正—五。又有胃、膀胱、大小腸。〔按朱駿聲云。此卽俗字之臟也。〕

【藁】古老切音杲皓韻

（一）木枯也。見〔正字通〕。

（二）街名。〔漢書陳湯傳〕斬郅支首及名王以下。宜縣頭—街、蠻夷邸間。〔注〕—街。街名。蠻夷邸在此街也。

（三）文辭草創曰草—。〔史記屈原傳〕懷王使屈原造爲憲令。屈平屬草—。〔注〕草—、謂創制憲令之本。〔按漢書孔光傳如淳曰。所作起草爲—。〕

（四）—本。藥草名。〔管子地員〕五臭疇生。蓮與蘪蕪、—本、白芷。〔按本草綱目。—本亦名—茇。蘇頌曰。葉似

白芷。香又似芎藭。但芎藭似水芹而大。—本葉細爾。五月有白花。七八月結子。根紫色〕

㊄ 藎或字。〔集韻〕藎說文、稈也。或作—。

【藎】徐刃切音燼震韻

㊀ —艸也。見〔說文〕〔通訓定聲〕或曰。俗名菉蓐草。即今淡竹葉。又御覽。—草、一名黃草。蓋以其可染黃綠。則即藎草也。〔按本草綱目。—草、又名菉竹。又名王芻。又名鴟腳莎。〕

㊁ 進也。〔詩文王〕王之—臣。

㊂ 餘也。〔方言〕—、餘也。周鄭之間曰—。自關而西秦楚之間。炊薪不盡曰—。

㊃ 同燼。〔詩桑柔〕具禍以—。〔釋文〕—、本作燼。

【藎】在忍切音盡軫韻

艸名。見〔集韻〕。

【藐】墨角切音邈覺韻

㊀ 草名。〔爾雅釋草〕—、茈草。〔注〕可以染紫。一名茈草。〔按說文作蘋。通訓定聲曰。一名紫葨。亦曰紫菿。今謂之紫草。其可以染綠者。即菉王芻也。同類異物。〕

㊁ 廣也。漸也。見〔方言〕。

㊂ 遠也。〔漢書嚴助傳〕—然甚惭。〔注〕師古曰。—謂遠也。言不可及也。—、音武卓反。

㊃ ——。美貌。〔詩崧高〕寢廟既成。既成——。〔又〕大貌。〔詩瞻卬〕——昊天。〔又〕曠遠貌。見〔方言注〕。〔又〕盛也。見〔廣雅釋訓〕。〔又〕不聽受之貌。〔詩抑〕聽我——。〔注〕——然不入也。

㊄ 通邈。〔爾雅釋訓〕邈邈、悶也。〔詩抑疏引爾雅作—〕。

【藐】弭沼切音眇篠韻

㊀ 小也。〔左僖九年傳〕以是—諸孤。辱在大夫。

㊁ 輕視也。〔孟子盡心〕說大人則—之。

㊂ 好也。〔文選張衡賦〕眳—流眄。

㊃ 遠也。〔莊子逍遙游〕—姑射之山。〔釋文〕—、音邈。又妙沼反。簡文云。遠也。

【藐】眉敎切音貌效韻

艸名。可染紫。見〔集韻〕。

【薯】常恕切音署御韻

㊀ —蕷。見〔廣韻〕。〔詳蕷字〕。

㊁ 藷或字。〔集韻〕藷、藷薁。署預也。或作藷—。

【對】徒對切音隊隊韻

㊀ ——。茂也。見〔廣雅釋詁〕。

㊁ 薆—。草木盛貌。〔文選張衡賦〕鬱蓊薆—。

【薳】羽委切音蔿紙韻

㊀ 艸也。左氏傳楚大夫—子馮。見〔說文新附〕。

㊁ 同蔿。〔左昭十一年傳〕僖子使助—氏之簉。〔釋文〕—、本又作蔿。

【薳】雨阮切音遠阮韻

—志。藥艸。見〔集韻〕。〔按爾雅釋草。葽繞。棘蒬。注。今遠志也。似麻黃。赤華。葉銳而黃。其上謂之小草。釋文。遠、字又作—〕。

【薴】尼耕切音儜庚韻

㊀ 薺—。藥草名。〔本草綱目〕薺—、葉似野蘇而稍長。有毛氣臭。一名臭蘇。一名青白蘇。

㊁ 藍或字。〔集韻〕藍。說文、艸亂也。或作—。

【薵】陳留切音儔尤韻

㊀ 覆也。臧也。見〔方言〕。

㊁ 亦作藸。〔廣雅釋草〕藸、䕷蔥也。〔疏證〕藸玉篇廣韻作—。

【薵】文九切音紂有韻

葤或字。〔集韻〕葤、艸苞物也。或从壽。

【薶】謨皆切音霾佳韻

㊀ 瘞也。見〔說文〕〔通訓定聲〕字亦作埋。廣雅釋言。—、藏也。周禮族師。相與葬埋。禮記月令。掩骼埋胔。

㊁ 祭地曰瘞—。見〔爾雅釋天〕。

㊂ 或作貍。〔周禮大宗伯〕以貍沈祭山林川澤。〔注〕或省文。祭山林曰埋。川澤曰沈。〔釋文〕貍、亡皆反。

【薶】陵之切音釐支韻

塞也。見〔集韻〕。

【薶】莫拜切音胐卦韻

貍或字。〔集韻〕貍、瘞也。或从艸。

【薶】烏禾切音倭歌韻

汚也。〔淮南俶眞〕夫鑑明者。塵垢弗能—。〔注〕—、讀倭語之倭。〔按此當是霾之借字。釋名釋天曰。霾、晦也。言如物塵晦之色也。當作佳韻讀。然高注音訓如是。姑存以備攷。又字彙補引淮南作烏魁切音威。未知所據。」

【薺】在禮切音鱭薺韻

㊀菜名。〔本草綱目〕—有大小數種。小—葉花莖扁味美。其最細小者。名沙—也。大—科葉皆大而味不及。其莖硬有毛者名菥蓂。味不甚佳。並以冬至後生苗。二三月起莖。五六寸。開細白花。整整如一。結莢如小萍。形作三角。莢內細子如葶藶子。其子名蒫。

㊁—苨。藥艸名。〔爾雅釋草〕苨、菧苨。〔注〕—苨也。〔義疏〕根味甜。似人參。而葉小異。似桔梗、以無心爲異。世多以之亂人參。

㊂葶藶、一名狗—。見〔本草綱目〕。〔詳葶字。〕

㊃—薴。藥草名。詳薴字。

【薺】才資切音茨支韻

㊀采—。樂章名。〔周禮樂師〕行以肆夏。趨以采—。〔注〕肆夏、采—、皆樂名。或曰皆逸詩。

㊁通齎。〔禮記仲尼燕居〕和鸞中采齊。〔釋文〕本又作—。在細、在私、二反。

【薺】才資切音茨支韻在禮切音鱭薺韻才詣切音劑霽韻茨以切紙韻

蒺藜也。詩曰。牆有—。見〔說文〕。〔通訓定聲〕—即蒺藜之合音。詩曰牆有—。毛本以茨爲之。爾雅釋草。茨、蒺藜。注。布地蔓生細葉。子有三角刺人。離騷。薋菉葹以盈室兮。注訓蒺藜。引詩楚楚者薋。以薋爲之。

【薹】堂來切音臺灰韻

㊀草名。生陰溼地。莖高三四尺。滑而無毛。葉形扁平。長三尺餘。可以製笠。詩、南山有臺。爾雅釋草、臺夫須。字並作臺。

㊁蕓—。菜名。〔本草綱目〕蕓—、一名—菜。亦名—芥。〔按即今油菜。〕

蕓薹圖

【精】咨盈切音精庚韻

㊀仙草。見〔玉篇〕。〔直音〕訓黃精。當是一物。」

㊁蕪—。艸名。通作蒨。見〔集韻〕。

㊂今人呼蔬菜中心所抽之莖通曰—。

【縈】娟縈切音縈庚韻

㊀艸旋皃也。詩曰。葛藟—之。見〔說文〕。〔王注〕謂糾繚之也。周南文。今作縈。釋文作縈。

㊁萎蕤也。見〔玉篇〕。

㊂同藑。艸旋皃。見〔廣韻〕。

【蔡】初戛切音察黠韻

㊀艸名。有毒、殺魚。見〔集韻〕。

㊁艸—。草芥也。〔韓愈聯句〕蘩養均艸—。

【蔡】初芮切音蔡霽韻

艸汙地。見〔集韻〕。

【歊】虛交切音猇肴韻

㊀禾傷肥。見〔廣韻〕。

㊁艸皃。見〔集韻〕。

【歊】虛嬌切音囂蕭韻

艸皃。周禮曰。穀雖獘不—。見〔說文〕。〔段注〕獘字誤。當依本書作敝。先鄭謂—當是秏字之誤。後鄭謂—爲槁之假借。其義則通。凡許君引經傳。有證假借者。如穀敝不—。—非關艸皃也。

【歊】呼到切號韻

耗也。縮也。見〔玉篇〕。

【歊】黑各切音郝藥韻

木乾—也。一曰草肥皃。見〔集韻〕。

【薲】毗賓切音頻真韻

大蓱也。見〔說文〕。〔通訓定聲〕字亦作蘋。爾雅釋草。萍其大者蘋。詩、于以采蘋。韓傳、沈者曰蘋。呂覽本味、崑崙之蘋。

【薷】汝朱切音儒虞韻

木耳。見〔集韻〕。

【薷】而由切音柔尤韻

香—。藥草名。〔本草綱目〕香—有野生。有家生。中州人三月種之。呼爲香菜。以充蔬品。細葉者香烈更甚。今人多用之。方莖尖葉有刻缺。頗似黃荊葉而小。九月、開紕花成穗。有細子細葉者。僅高數寸。葉如落帚葉。即石香葇也。

【薸】毗霄切音瓢紫紹切音漂彌遙切音緢蕭韻

萍屬。見〔集韻〕。〔按淮南墜形訓作葉。廣雅釋草作蘈。音義同。〕

【蘇】居案切音旰翰韻

艸也。見〔說文〕。〔王注〕似即藼字變體。後人附益之。

【蘇】古旱切音笴旱韻

稈或字。〔集韻〕稈。說文、禾莖也。或作一。

【藘】力錦切音廩寑韻

蒿屬。〔爾雅釋草〕莪蘿。〔注〕今莪蒿也。亦曰一蒿。〔按本草綱目。一蒿葉似斜蒿而細科。二月生。莖葉可食。又可蒸。香美頗似蔞蒿。但味帶麻。不似蔞蒿香甘。〕

【蔯】池鄰切音陳眞韻

茵一。菜。見〔集韻〕。〔按本草綱目作茵蔯。詳蔯字。〕

【薽】之人切音眞眞韻 稽延切音甄先韻

豕首也。見〔說文〕。〔通訓定聲〕爾雅。薽、一豕首。注。一名蟾蠩蘭。許讀薽字上屬。與孫炎同。與郭璞異。卽本艸之天名精也。呂覽任地。豨首生而麥無葉。注。其生時麥皆成熟也。周禮掌染草注。以豕首爲染草之屬。按形似藍。故名蝦蟇藍。亦藍艸類也。

【蘞】力協切音躐葉韻

艸葉疏皃。見〔集韻〕。

【薾】忍氏切音爾紙韻 乃禮切音禰薺韻

華盛。詩曰。彼一維何。見〔說文〕。〔段注〕炏部曰。麗爾、猶靡麗也。一與爾、音義同。〔按王注。小雅采薇作爾。省形存聲也。〕

【薿】魚起切音擬紙韻 鄂力切音嶷職韻

茂也。詩曰。黍稷一一。見〔說文〕。〔段注〕小雅文。箋云。一一然而茂盛。〔按一、漢書食貨志以儗爲之。白帖以嶷爲之。〕

【藀】玄扃切音螢青韻

艸名。見〔集韻〕。〔按爾雅釋草作熒。熒、委萎。注。藥草也。〕

【藂】粗送切音㯶送韻

草稚。見〔集韻〕。

【䕺】徂聰切音纔東韻

同叢。〔漢書息夫躬傳〕一棘棧棧。

【䕾】乎監切音銜咸韻

艸名。見〔集韻〕。

【蘅】丘銜切音嵌咸韻

艸名。菜屬。見〔集韻〕。〔按類篇云。茅屬。〕

【蔪】疾染切音漸琰韻

麥秀皃。見〔集韻〕。〔按洪武正韻。又將廉切音尖。〕

【蓼】力竹切音六屋韻

〔與从水旁漻字別。此从艸从漻。〕蓼或字。〔集韻〕蓼。艸長大皃。或作一。

【蘔】吉典切音繭銑韻

草名。〔爾雅釋草〕一。藅。〔義疏〕玉篇云。蘔、草名。類篇。蘔、草名。藅也。是一當作蘔。釋文一。藅本亦作蘔藅。

【藅】房越切音伐月韻

艸名。見〔集韻〕。〔詳蘔字。〕

【藄】渠之切音萁居之切音姬支韻

月爾也。見〔說文〕。〔通訓定聲〕字亦作萁。爾雅釋草。一、月爾。注。卽紫一也。似蕨。可食。廣雅釋草。茈、一、蕨也。按蕨之爲一。猶厥之爲其。聲相轉也。後漢馬融傳。茈其芸蒩。以其爲之。

【藇】象呂切音序 演女切音與語韻

美皃。〔詩伐木〕釃酒有一。〔玉篇引詩作䑂。〕

【藇】演女切音與語韻

藇或字。〔集韻〕藇。苗盛也。或从艸。

【藇】羊諸切音余魚韻

香艸。爾雅、藇車芞一。見〔集韻〕。〔詳藇字。〕

【藇】羊茹切音豫御韻

藷一。艸名。見〔集韻〕。〔詳藇字。〕

【藇】新於切音胥魚韻

姓也。〔通志氏族略〕一氏見姓苑。望出吳郡。

【䕲】餘招切音姚蕭韻 戈笑切音曜嘯韻

艸名。一芅。羊桃。葉似桃。子如小麥。見〔集韻〕。〔爾雅釋草作銚芅。〕

【蘳】涓畦切音圭 傾畦切音睽齊

韻

—菇。蔓草名。〔爾雅釋草〕鉤、—菇。〔注〕鉤瓤也。一名王瓜。實如瓟瓜。正赤。味苦。〔釋文〕—本或作睽。〔按本草綱目王瓜、三月生苗。其蔓多鬚。嫩時可茹。其葉圓如馬蹄而有尖。面青背淡。澀而不光。六七月開五出小黃花成簇。結子纍纍。熟時有紅黃二色。根不似葛。但如栝樓根之小者。取根作蔬食。味如山藥。〕

【薘】達合切音沓合韻

菈—。蘆菔也。見〔廣雅釋草〕。

【藸】陳如切音除魚韻

䕭—。葱也。見〔集韻〕。

【藊】補典切音扁銑韻

豆名。〔本草綱目〕—本作扁。莢形扁也。二月下種。蔓生延纏。葉大如盃。團而有尖。其花狀如小蛾。有翅尾形。其莢凡十餘樣。或長或團。或如龍爪虎爪。或如猪耳刀鐮。種種不同。皆纍纍成枝。白露後實更繁衍。嫩時可充蔬食茶料。老則收子煮食。子有黑白赤斑四色。一種莢硬不堪食。惟豆子粗圓而色白者可入藥。

【蔦】余專切音緣先韻

—尾。射干也。見〔玉篇〕。〔按本草綱目作鳶尾。蘇恭曰。葉似射干而闊短。不抽長莖。花紫碧色。根似高良薑。皮黃肉白。嚼之戟人咽喉。與射干全別。李時珍曰。此即射干之苗。非別一種也。未詳孰是。〕

【藋】徒弔切音掉嘯韻

釐艸也。一曰拜商—。見〔說文〕。〔通訓定聲〕按爾雅釐蔓華。即萊也。釐、萊同聲之借。亦即藜也。藜、萊、雙聲之轉。所謂灰—也。亦名白—。亦曰灰菜。莖有紅縷。葉青背白。其葉心有白粉。四月初生。藜全似之。惟葉心赤。俗謂之紅灰菜。左傳斬之蓬蒿藜—。莊子徐无鬼藜—柱乎鼪鼬之逕。釋文。本或作藋。

【藋】亭歷切音翟錫韻

—粱。木稷也。見〔廣雅釋草〕。〔疏證〕今之高粱。古之稷也。秦漢以來。誤以粱爲稷。而高粱遂名木稷矣。又謂之蜀黍。王禎農書云。蜀黍一名高粱。一名木稷。一名狄粱。

【藋】徒弔切音掉嘯韻直覺切音濯覺韻

蒴—。草名。自生山野。累年不死。概形似接骨木而小。莖高四五尺。夏日開花。細小成簇。白色。花後結實成粒。嫩葉可茹。亦入藥。

【蕱】山巧切音稍巧韻

艸長皃。見〔集韻〕。

【䓘】丑亮切音暢漾韻

艸茂也。見〔說文〕。〔通訓定聲〕經傳皆以暢爲之。又誤作暢。

【䔊】皮孕切音凭徑韻

艸盛皃。見〔集韻〕。

【蕩】徒浪切音宕漾韻

蕑—。毒草也。〔廣雅釋草〕葱萃蕑—也。〔疏證〕玉篇廣韻竝云。葱、蕑—藥也。則蕑—、一名葱。一名萃也。或作莨菪。或作狼蕩。神農本草云。莨菪子味苦寒。一名橫唐。別錄云。一名行唐。陶注云。子形頗似五味核而極小。今方家多作狼蕩。蘇頌圖經云。苗莖高二三尺。四月開花紫色。五月結實。史記倉公傳云。菑川王美人懷子而不乳。臣意飲以莨—藥一撮。以酒飲之。旋乳。是蕑—治婦人不乳也。

【蘆】落胡切音盧虞韻

—會。藥名。見〔廣韻〕。

【蔂】落戈切音騾歌韻

盛土艸器。見〔廣韻〕。

【䕯】普木切音撲屋韻

擈也。見〔集韻〕。

【𦽭】匹各切音粕藥韻

落也。見〔廣雅釋木〕。〔疏證〕—之言剝也。剝、落也。

【蔱】篘刮切音纂黠韻

除艸也。見〔集韻〕。

【藒】丘竭切音揭月韻丘傑切音揭巨列切音傑屑韻去例切音憩霽韻〔與从禾之䅥別〕

—車。芞輿也。見〔說文〕。〔通訓定聲〕爾雅—車。芞輿。注。香草。廣志。味辛生彭城。高數尺。黃葉白華。按此草辟蠹。離騷。畦留夷與揭車兮。以揭爲之。

【蘉】謨蓬切音蒙東韻謨中切音瞢東韻

灌渝也。讀若萌。見〔說文〕。〔通訓定聲〕爾雅釋草。蒹薕葭蘆菼薍、其萌蘿。下文云、蕍芛葟華榮。別爲一條。郭讀如是。與許異也。牟廷相方雅云。說文之灌渝。卽爾雅釋草之蘿蕍。釋詁之權輿。按大戴誥志。孟春百草權輿。是草之始萌。通名蘿蕍。不獨葭菼爲然。當從許讀。許義也。廣韻。一草可爲帚。按此卽以爲葭菼而有是訓。不知始萌故謂之一。義因聲相見。

【⿱艹截】昨結切音截屑韻

艸名。見〔集韻〕。

【⿱艹擁】盧谷切音祿屋韻

一菌艸名。地蕈也。見〔集韻〕。

【⿱艹擊】古歷切音激錫韻

一艸也。見〔說文〕〔通訓定聲〕與蘻同字。

【蘰】莫半切音幔翰韻

艸也。見〔集韻〕。

【⿱艹端】多官切音端寒韻

艸名。見〔集韻〕。

【⿱艹酸】蘇官切音酸寒韻

艸名。見〔集韻〕。

【蘟】倚謹切音隱吻韻

一蓋艸。見〔集韻〕。

【⿱艹稫】方六切音福屋韻

艸名。見〔廣韻〕。

【⿱艹鼻】毗至切音鼻寘韻

艸名。見〔集韻〕。

【⿱艹領】良郢切音領梗韻

艸名。見〔集韻〕。

【⿱艹頪】苓或字。見〔集韻〕。

【⿱艹鄦】上史切音士紙韻

鄉名。在密縣。見〔篇海〕。

【⿱艹弊】必袂切音鼈霽韻

蔽或字。〔集韻〕蔽。小艸也。或作一。

【⿱艹談】訖洽切音夾洽韻

艸名。見〔集韻〕。

【⿱艹穀】古祿切音谷屋韻

藥草名。見〔篇海〕。

【⿱艹播】昨合切音雜合韻

艸名。見〔玉篇〕。

【⿱艹嘉】居牙切音嘉麻韻

艸名。見〔集韻〕。

【⿱艹澡】子晧切音早晧韻

水艸也。見〔說文〕。〔互詳藻字。〕

【⿱艹摷】楚交切音鈔肴韻

一取。見〔廣韻〕。〔按廣雅釋詁。摷、取也。一卽摷之異文。〕

【⿱艹冀】几利切音冀寘韻

艸名。見〔集韻〕。

【⿱艹虢】呼各切音壑藥韻

狶吼也。見〔韻寶〕。

【薩】桑割切音撒曷韻

失一也。見〔字彙補〕。

【⿱艹⿰禾是】田黎切音提齊韻

草名。見〔篇海〕。

【⿱艹積】丘庚切音坑庚韻

朿也。見〔篇海〕。

【⿱艹耿】音耿梗韻

芋莖也。見〔篇海〕。

【⿱艹⿰禾斯】音司支韻

草也。見〔字彙補〕。

【⿱艹膀】蒡本字。見〔集韻〕。

【⿺辶⿱艹畚】⿱艹畚本字。見〔集韻〕。

【⿰足莽】古莽字。見〔字彙補〕。

【⿱艹⿰糸畱】同⿱艹畱。見〔篇海〕。

【⿱艹奠】同⿰扌⿱艹奠。見〔篇海〕。

【⿱艹餕】餕或字。見〔集韻〕。

【⿱艹螢】鎣或字。見〔集韻〕。

【⿺辶⿱艹孫】⿱艹⿰禾孫或字。見〔集韻〕。

【⿺辶蓸】蓸或字。見〔集韻〕。

【⿱艹榛】榛或字。見〔集韻〕。

【⿱艹匱】蕢或字。見〔集韻〕。

【⿱艹⿰禹鳥】⿰禾鳥或字。見〔集韻〕。

【⿱艹⿰禾焦】樵或字。見〔集韻〕。

【⿱艹稀】⿱艹⿰禾希俗字。見〔正字通〕。

十五畫

【蘆】凌如切音臚魚韻

㊀茹一。蒨草也。〔爾雅釋草〕茹一、茅蒐。〔注〕今之蒨也。可以染絳。〔義疏〕正義引陸璣疏云。一名地血。齊人謂之茜。徐州人謂之牛蔓。蜀本草圖經云。葉似棗葉。頭銳下濶。莖葉俱澀。四五葉對生。節間蔓延。

草木上根紫赤色。

(二)—蘂毒草名。詳䕡字。

【䕡】凌如切音臚魚韻

(一)—茹。草名。〔本草綱目〕—茹本作藘蕠。春初生苗。高二三尺。根長大如蘿蔔蔓菁狀。或有歧出者。皮黃赤。肉白色。破之有黃漿汁。莖葉如大戟。而葉長微闊。折之有白汁。抱莖有短葉相對。葉中出莖。莖中分二三小枝。二月開細紫花。結實如豆大。生青熟紅。如續隨子之狀。

(二)菴—。草名。蒿屬。〔本草綱目〕菴—葉不似艾。似菊葉而薄。面背皆青。高者四五尺。其莖白色如艾。實中有細子。極易繁衍。藝之者以之接菊。〔又〕骨碎補、一名石菴—。見〔本草綱目〕。

【藜】憐題切音黎齊韻

(一)—艸也。見〔說文〕〔通訓定聲〕字亦作蔾作萊。即詩北山有萊之萊。爾雅之釐蔓華也。初生可食。古蒸以爲茹、謂之萊蒸。故有蒸—不熟出妻之事。大戴曾子制言聚橡栗—藿而食之。注。藜也。史記太史公自序。—藿之羹。正義。似藿而表赤。

(二)配—。披離也。〔文選揚雄賦〕配—四施。

(三)縣—。玉名。〔史記范睢傳〕梁有縣—。

(四)—蘆。毒草名。〔本草綱目〕—蘆、三月生苗。葉似初出椶心。又似車前。莖似葱白。青紫色。高五六寸。上有黑皮裹莖。似椶皮。有花肉紅色。根似馬腸根。長四五寸許。黃白色。

(五)蒺—。蟲名。〔爾雅釋蟲〕蒺—、蝍蛆。〔注〕似蝗而大腹。長角。能食蛇腦。

【藝】倪祭切音蓺霽韻

(一)植也。〔孟子滕文公〕樹—五穀。

(二)才技也。〔禮記樂記〕—成而下。

(三)文也。〔書舜典〕格於—祖。

(四)禰也。見〔書舜典馬注〕。

(五)法制也。〔左昭十三年傳〕貢之無—。

(六)極也。一曰常也。〔見左昭十三年傳服注〕。

(七)理也。〔家語禮運〕協於分—。

(八)準也。〔左文六年傳〕陳之—極。

(九)靜也。見〔廣韻〕。

(十)射準的曰—。〔史記司馬相如傳〕—殪仆。

(十一)六—。謂禮、樂、射、御、書、數也。〔文選司馬相如賦〕游於六—之囿。〔又〕六經也。〔文選公孫宏傳贊〕亦講論六—。

(十二)同蓺。〔書胤征〕工執—事以諫。〔釋文〕—本作蓺。

(十三)姓也。見〔廣韻引姓苑〕。

【藟】魯水切音壘紙韻

(一)艸也。詩曰。莫莫葛—。一曰秬鬯也。見〔說文〕〔王注〕廣雅。—、藤也。似葛而麤大者。凡詩言葛—。蓋皆二物。—、莖生而不死。故爲蔓延之通名。猶今人通名以藤也。秬鬯乃巨荒之譌。桂氏曰。劉向九歎王逸注。葛—、巨荒也。易困卦釋文引詩疏。—一名巨荒。詩樛木正義引詩疏、譌爲巨苽。

(二)山名。〔山海經東山經〕楸𩐱之山。又南三百里、曰—山。其上有玉。其下有金。湖水出焉。

【藟】倫追切音㰁支韻

虆或字。見〔集韻〕。

【䕚】咋結切音截屑韻

(一)治也。見〔廣雅釋詁〕〔疏證〕衆經音義卷十三引廣雅作截。大雅常武篇。截彼淮浦。毛傳云。截、治也。商頌長發篇。海外有截。鄭箋云。截、整齊也。

(二)艸—。見〔廣韻〕。

【藣】班糜切音陂支韻　彼義切音賁寘韻

(一)艸名。見〔說文〕。

(二)旄謂之—。見〔爾雅釋器〕〔疏〕旄、牛尾。一名—。舞者所執也。

【藤】徒登切音騰蒸韻

(一)藟也。今總呼艸蔓莚如藟者。見〔玉篇〕。

(二)黃—。生嶺南。狀若防已。見〔本草綱目〕。

(三)甘—。生江南山谷。其—大如雞卵。狀如木防己。砍斷吹之。氣出一頭。其汁甘美如蜜。見〔本草綱目〕。

(四)南—、一名風—、細—。圓膩紫綠色。一節一葉。葉深綠色。似杏葉而微短厚。其莖貼樹處有小紫瘤。瘤中有孔。四時不凋。莖葉皆臭而極辣。見〔本草綱目〕。

(五)鉤—。狀如葡萄—而有鉤。紫色。見〔本草綱目〕。

(六)—宏。胡麻也。見〔廣雅釋草〕。〔詳膀字〕。

(七)州名。唐置。屬嶺南道。當今廣西一縣北。

【藥】弋灼切音躍藥韻

(一)治病之艸總名。見〔說文〕〔王注〕依玉篇引補。急就篇注。草木金石鳥獸蟲魚之類。堪愈疾者。總名爲一。許言艸者。本兮從艸。其書亦曰本艸也。

(二)療也。〔家語正論〕不如吾所聞而一之。

(三)芍一。草名。〔本草綱目〕芍一、十月生芽。至春乃長。三月開花。其品凡三十餘種。有千葉單葉樓子之異。入一宜單葉之根。氣味全厚。根之赤白。隨花之異也。

(四)薯蕷、一名山一。見〔本草綱目〕。

(五)栝樓、一名白一。見〔本草綱目〕。

(六)山豆根、一名中一。見〔本草綱目〕。

(七)貝母、一名一實。見〔本草綱目〕。

(八)姓也。〔通志氏族略〕一氏望出河內。後漢南陽太守一崧。晉有牙門一冲。

【藥】式灼切音鑠藥韻

灼一。熱兒。見〔集韻〕。

【藥】力灼切音略藥韻

勺一。調味和也。見〔集韻〕。

【藦】▼莫卧切音磨箇韻

(一)一訶。艸名。見〔集韻〕。

(二)蘿一。艸名。〔本艸綱目〕蘿一、三月生苗。蔓延籬垣。極易繁衍。其根白軟。其葉長而後大前尖。根與莖葉斷之。皆有白乳如構汁。六七月、開小長花如鈴狀。紫白色。結實長二三寸。大如馬兜鈴。一頭尖。其殼青軟。中有白絨及漿。霜後枯裂。則子飛。其子輕薄。亦如兜鈴子。

【藩】方煩切音蕃元韻

(一)屏也。見〔說文〕〔通訓定聲〕實即楙字之異文。

(二)蔽也。〔荀子榮辱〕以相一飾。

(三)車之有障蔽者亦曰一。〔左襄二十三年傳〕以一載欒盈。

(四)籬落也。〔易大壯〕羝羊觸一。

(五)域也。〔莊子大宗師〕吾願遊於其一。

(六)崖也。見〔莊子大宗師釋文引司馬注〕。

(七)諸侯國曰一國。〔後漢明帝紀〕驃騎將軍東平王蒼罷歸一。

(八)通蕃。〔書微子以命〕以蕃王室。〔釋文〕蕃本作一。

(九)通樊。〔詩青蠅〕止於樊。〔漢書昌邑王傳作止於一〕

【藩】符袁切音煩元韻

莐一。草名。〔爾雅釋草〕蕁、莐一。〔注〕生山上。葉如韭。一曰提母。〔疏〕藥草、知母也。

【藪】蘇后切音叟有韻

(一)大澤也。九州之一。揚州、具區。荊州、雲夢。豫州、甫田。青州、孟諸。沇州、大野。雝州、弦圃。幽州、奚養。冀州、楊紆。并州、昭餘祁。是也。見〔說文〕〔王注〕周禮職方氏不同。釋地十藪。鄭注。具區、在吳南。雲夢、在華容。圃田、在中牟。望諸、明都也。在睢陽。大野、在鉅野。弦圃、在汧。貕養、在長廣。陽紆、所在未聞。昭餘祁、在鄔。寰宇記。冀州、在信都縣。有陽陓澤。今周禮與許君所據不同。孟諸、左傳三見。地理志謂之盟豬。猶孟津一作盟津也。故鄭曰明都。明、孟。都、諸。皆同聲。孟、望、疊韻。說文豸部無貕。豕部有貕。鄭乙曰。杜子春讀貕爲奚。是許君依杜改之也。風俗通亦作奚養。

(二)物之歸也。見〔國語周語〕。

(三)禽之府也。見〔詩叔於田傳〕。

(四)藂林曰一。〔楚辭憫上〕逡巡兮圃一。

(五)無水之處謂之一。〔禮記月令〕山林一澤。

(六)隈也。〔楚辭憂苦〕步從容於山一。

(七)厚也。〔風俗通山澤〕一之爲言厚也。有草木魚鼈。所以厚養人也。

(八)求也。見〔廣雅釋詁〕。

(九)空也。〔考工記輪人〕以其圍之防捎其一。〔注〕一讀蜂一之一。謂轂空壺中也。此一徑三寸九分寸之五。壺中當輻菑者也。蜂一者、猶言趨也。者、衆輻之所趨也。〔釋文〕一、素口反。

(十)通橾。〔集韻〕橾車轂中曰橾。通作一。

【藪】爽主切音數麌韻

(一)窶一。戴器也。〔韻會〕東方朔傳窶一。注。以盆盛物戴於頭者。則以窶一薦之。〔按今本漢書作一宋祁曰。數音一。景本作一。又通訓定聲曰。窶一、蔦蘿之屬。詩伐木傳。以一曰濟。疏。草也。按卽蘉—。說歧存考。」

●籔或字。〔集韻〕籔。聘禮、十六斗曰籔。或從艸。

●通遷。〔集韻〕盨。榼盨。負戴器。通作籔—。

【藪】千候切音湊宥韻　車轂空也。眾輻之所輳。李軌讀。見〔集韻〕。

【藰】力求切音留尤韻　⊖艸名。—弋也。或作劉。見〔集韻〕。⊜—莅。眾聲。〔文選司馬相如賦〕—莅𦶞歁。

【藰】力九切音柳有韻　艸名。葦蓯也。見〔集韻〕。

【[艹閬]】郎宕切音浪漾韻　—蕩。草名。〔廣雅釋草〕蕊菜、—蕩也。〔詳蕩字。〕

【蘸】莊陷切音蘸陷韻　沼—。淫皃。見〔集韻〕。

【[艹誰]】視隹切音誰支韻　艸器。見〔集韻〕。

【藖】侯襉切音莧諫韻何間切音閑刪韻　艸餘莖也。見〔集韻〕。

【藖】何間切音閑刪韻　堅也。見〔廣雅釋詁〕。〔按舊本作、—堅也。王念孫本堅下加堅字。〕

【[艹掔]】丘閑切音掔刪韻　艸名。見〔集韻〕。

【[艹齒]】醜止切音齒紙韻　馬—。艸名。見〔集韻〕。〔正字通曰。馬莧、一名馬齒。本作齒。〕

【藑】葵營切音瓊庚韻詳兗切音旋銑韻　—茅。葍也。一名舜。見〔說文〕。〔通訓定聲〕爾雅。葍、—茅。注。葍華赤者爲—。舜、蔓生。卽鼓子花也。本草謂之旋葍花。

【[艹興]】虛陵切音興蒸韻　—蕖。菜名。一曰芸蒿。見〔集韻〕。〔按芸、本作蕓。正字通曰。蕓、蒿卽油菜。興渠、乃阿魏。釋氏淨土集謂興渠根如蕪菁根者。草阿魏也。考本草綱目。阿魏、一名薰渠。—、薰、聲近。然則—蕖卽薰蕖。集韻或誤。〕

【[艹魯]】籠古切音魯麌韻　—艸也。可以束。見〔說文〕。〔通訓定聲〕爾雅釋草。菌蘆。是卽說文之—。苴履中艸也。漢書賈誼傳。冠雖敝不以苴履。

【[艹巤]】力涉切音獵葉韻　艸動也。見〔集韻〕。

【藗】蘇谷切音速屋韻　牡茅也。見〔說文〕。〔通訓定聲〕爾雅注。白茅屬。疏。茅之不實者。本草。茅根。陶注。其根如渣芹。甜美。按今小兒所啖茅鍼。亦謂之甜草。

【[艹膝]】息七切音悉質韻　牛—。藥艸。見〔集韻〕。〔按本草綱目曰。其苗方莖暴節。葉皆對生。頗似莧菜而長。且尖艄。秋月開花作穗。結子、狀如小鼠負蟲。有澀毛。皆貼莖倒生。嫩苗可作菜茹。〕

【[艹敷]】芳無切音敷虞韻　華之通名。鋪爲華貌。謂之—。干寶說。或作苻。見〔集韻〕。

【藙】魚既切音毅未韻　艸名。〔禮記內則〕三牲用—。〔注〕—、煎茱萸也。爾雅謂之樧。〔按說文作藾。集韻或作蘔。通訓定聲曰。卽本草之吳茱萸。其實本名—。煎之亦卽偁—耳。〕

【[艹蹄]】田黎切音提齊韻　羊—。艸名。見〔集韻〕。〔按字本作蹄。陸璣詩疏曰。蓫、今之羊蹄草也。詳蓫字。〕

【藚】松玉切音續沃韻　水舄也。詩曰。言采其—。見〔說文〕。〔通訓定聲〕今之澤瀉也。〔按本草綱目。澤瀉無—名。爾雅釋草—、牛脣。注曰。水蕮也。如續斷。寸寸有節。拔之可復。義疏曰。郭云如續斷。今驗馬舄生水中者。葉如車前而大。拔之節節復生。俗名馬耳。郭注似指此爲水蕮。而非卽澤瀉也。說歧存考。〕

【蕮】洗野切音寫馬韻　澤—。藥艸。見〔集韻〕。〔詳藚字。〕

【[艹閱]】欲雪切音悅屑韻　菜名。葉似竹。生水旁。見〔集韻〕。

【蕼】息利切音四羊至切音肆寘韻　赤—也。見〔說文〕。〔王注〕玉篇、蕼蓳也。桂氏曰。蓳當爲堇。赤—者、蓳莖葉有赤文者也。

【蘮】風無切音膚虞韻

地—。地—草名。[廣雅釋草]地葵、地—也。[按字亦作膚。本草綱目。地膚嫩苗、可作蔬茹。一科數十枝攢簇團團直上、性最柔弱。故將老時可爲帚。耐用。其子最繁。]

【藖】所斬切音摻豏韻

芟艸水也。見[集韻]。

【蘗】疾染切音漸琰韻

蘄或字。見[說文]。

【蘶】丁計切音帝霽韻

蔕或字。[集韻]蔕。去本也。或从艸。

【蘛】呂下切音砢馬韻

—蔻。不中皃。一曰。—苴。泥不熟。見[集韻]。

【藠】胡了切音皛篠韻

蕹、一名—子。見[本草綱目]。[詳蕹字。]

【蘳】忖下切音䋞馬韻

蘳—。不中貌。見[集韻]。

【薇】展里切音徵紙韻

艸名。紫芋也。見[集韻]。

【蘰】戶管切音緩旱韻

蔴也。見[集韻]。

【藨】被表切音殍篠韻

鹿藿也。一曰。蔽屬。見[說文]。[通訓定聲]亦名菌。爾雅。菌鹿蘿。其實莥。注。今鹿豆也。通典引陳銓儀禮喪服注。—蒯。草名。

【藨】普遼切音瀌。悲嬌切音瀌。悲嬌切音瀌蕭韻。蒲交切音庖豪韻。滂表切音皫。彼小切音表篠韻

薹草名。[爾雅釋草]—、麃。[注]麃即莓也。今江東呼爲—莓子。似覆盆而大。赤色。酢甜可啖。[詳莓字。]

【藨】悲嬌切音鑣蕭韻

草名。[爾雅釋草]蕭、蒿、荼、猋、—、芀。[注]皆芀荼之別名。[疏]案鄭注周禮掌荼。及詩有女如荼。皆云。荼、茅秀也。蕭也。蒿也。其別名。荼、即萑也。萑、又一名猋。又名—。皆雀茅之屬。華秀名也。

【藨】普刀切音䕺豪韻。舉夭切音燏篠韻

艸名。見[集韻]。

【藨】普苗切音蕭韻

耕也。見[廣雅釋地]。[疏證]周頌載芟篇。緜緜其麃。毛傳云。麃、耘也。釋文引說文云。穮、槈鉏田也。穮、麃、並與—同。

【蘹】胡罪切音匯賄韻

草名。[爾雅釋草]—、懷羊。[按義疏云。西京賦。戎葵懷羊。萬希槐困學紀聞集證引大戴記勸學篇蘭氏之根。懷氏之苞。懷氏即懷羊。荀子勸學作蘭槐之根。是爲芷槐。即—也。與蘭並言。當是香草。]

【蘾】胡隈切音回灰韻

艸名。芋之惡者曰—。見[集韻]。

【藾】奚結切音纈屑韻

龍—。馬蓼也。見[廣雅釋草]。

【藫】徒南切音覃覃韻[與潭別。]

草名。[爾雅釋草]—、石衣。[注]水苔也。一名石髮。江東食之。或曰。—葉似䪥而大。生水底。亦可食。

【蕢】徒回切音積。通回切音雜灰韻

草名。[爾雅釋草]—、牛蘈。[注]今江東呼爲牛蘈草者。高尺餘許。方莖。葉長而銳。有穗。穗間有華。華紫縹色。可淋以爲飲。

【藭】渠弓切音窮東韻

本作藭。[說文]藭。䓖—也。

【蓺】魚揭切音孽屑韻

餘枿也。又姓。見[字彙補]。

【蘢】房覽切音犯感韻

法式也。見[篇韻]。

【蕄】莫耕切音萌庚韻

瓦上瓦也。見[字彙補]。

【蘝】眉殞切音敏軫韻

草名。見[字彙補]。

【蘛】作孔切音總董韻

屄藻。見[字彙補]。

【蘷】音未詳

人名。[字彙補]李—著晉書指掌。見文獻通攷。

【藩】式荏切音審寑韻

艸名。見[集韻]。

【蕿】田黎切音提齊韻艸名。藬侯莎、其子—見〔類篇〕。〔正字通〕曰爾雅本作蕿。俗作蕿。

【蘷】於求切音𤼵尤韻桼名。見〔廣韻〕。

【蘷】郎鄧切音倰丁鄧切音隥徑韻—藝臥初起皃。見〔集韻〕。

【蔱】古祿切音谷屋韻—草藥石。見〔直音〕。

【蕮】斯義切音賜寘韻艸也。見〔說文〕。

【蕃】符袁切音煩元韻艸名。見〔集韻〕。

【蕯】都甘切音聃覃韻—棘艸名。見〔集韻〕。

【蔚】紆胃切音尉未韻—羌艸名。益母艸也。通作蔚。見〔集韻〕。

【蘷】別本證字。見〔康熙字典引佩觿〕。〔按今本佩觿集作蘷。唐武后作。集韻作蘷。字形互異。存疑。〕

【蕐】蕐本字。見〔舊注引說文〕。〔按此蓋蕐譌字也。說文蕐、艸也。集韻翰韻蕐、或作蕐。又旱韻稈、說文禾莖也。或作秆、蕐、蕐。字書韻書無—字。惟正字通蕐下注云。俗—字。見後—注。然考本書十四畫有從木之蕐。十五畫無从禾之—。其蕐下注作—。乃版誤也。〕

【蘵】古若字。見〔字彙補〕。

【蕿】同蘈。見〔玉篇〕。

【蕃】同蓄。見〔篇海類篇〕。

【蕲】同蕑。見〔五音集韻〕。

【蕭】同蓖。見〔佩觿集〕。

【蕮】同蔦。見〔玉篇〕。

【蘋】同蘷。見〔字彙補〕。

【蕵】同蘘。見〔康熙字典〕、

【蕿】同夢。見〔字彙補〕。

【薖】同莪。見〔玉篇〕。

【蕙】同蕛。見〔韻會〕。

【蕣】同蕣。見〔正字通〕。

【蕓】同僕。見〔篇海〕。

【蔗】同蔗。見〔直音〕。

【蕅】藕或字。見〔集韻〕。

【蕰】蒀或字。見〔集韻〕。

【蘄】蘄或字。見〔集韻〕。

【蘷】蕣或字。見〔集韻〕。

【蕻】蕻或字。見〔集韻〕。

【蘼】蘼或字。見〔集韻〕。

【蕨】蕨或字。見〔集韻〕。

【蕮】蕮或字。見〔集韻〕。

【蕉】樵或字。見〔集韻〕。

【蘨】蕀或字。見〔說文〕。

【蕩】蕩俗字。見〔正字通〕。

十六畫

【藤】徒登音音縢蒸韻㊀—蘿。見〔篇海〕。㊁同藤。見〔直音〕。

【藹】於蓋切音壒泰韻〔與藹別〕。㊀晻—。樹繁茂。見〔玉篇〕。〔按字從艸從謁。與說文言部之從言葛聲者不同。今音切依廣韻。義訓依玉篇。又曹植誄王仲宣曰。猋曜當世。芳風晻—。卽此意也。〕㊁樹實名。〔爾雅釋木〕蕡—。〔疏〕蕡、亦樹實名。又名—。㊂——。茂盛貌。〔文選東晳詩〕其林——。〔又〕月光微闇貌。〔文選司馬相如賦〕望中庭之——兮。〔又〕止也。見〔爾雅釋訓〕。㊃油潤貌。〔管子侈靡〕—然若夏之靜雲。㊄通靄。〔文選陸機詩〕傾雲絡流—。〔注〕—與靄、古字同。㊅姓也。齊南海太守—煥。

【藹】倚亥切音靉賄韻多貌。草木叢雜。見〔韻會舉要〕。

【藺】良刃切音吝震韻㊀莞屬。見〔說文〕〔桂注〕玉篇。—似莞而細可為席。㊁—石。城上雷石也。〔漢書鼂錯傳〕具—石。〔注〕如淳曰城上雷石。服虔曰。可投人石。㊂通蔄。〔莊子山木〕—且從而問之。〔釋文〕—本作蔄。㊃姓也。戰國時趙—相如。

【藺】郎甸切音練霰韻

馬｜。艸名。或作荔。見〔集韻〕。〔按木草蠡實、一名荔實。一名馬｜子。葉似薤而長厚。三月開紫花。五月結實作角。子如麻大而赤色。有稜。根細長。通黃色。人取以爲刷。〕

【藻】子皓切音早皓韻　側絞切音爪巧韻〔俗作薻〕。

●一 藻或字。見〔說文〕。〔按詩召南采蘋傳、｜聚｜也。陸疏、｜水草也。生水底。有二種。其一種、葉如雞蘇。莖大如箸。長四五尺。其一種、莖大如釵股。葉如蓬蒿。謂之聚｜。〕

藻圖

●二 文采也。〔文選曹植七啟〕華｜繁縟。

●三 猶飾也。〔後漢郭符許傳贊〕識深甄｜。

●四 文辭也。〔漢書敘傳〕摛｜如春華。

●五 ｜玉。玉有符彩者。〔山海經西山經〕其中多｜玉。

●六 ｜率。以韋爲之。所以藉玉也。〔左桓二年傳〕｜率鞞鞛。

●七 ｜舟。畫舟也。〔文選顏延年詩〕天儀降｜舟。

●八 同繅。〔禮記明堂位〕山節｜梲。〔釋文〕、｜本作璪。

●九 通繅。〔周禮司几筵〕五席莞｜次蒲熊。〔釋文〕、｜本作繅。

●十 同璪。〔禮記玉藻〕天子玉｜。〔釋文〕、｜本作繅。

●十一 姓也。南北朝有｜重。見〔正字通〕。

【藾】落蓋切音賴泰韻

●一 ｜蕭。草名。〔爾雅釋草〕苹、｜蕭。〔疏〕苹一名｜蕭。〔詳苹字〕。

●二 蔭也。〔莊子人間世〕隱將芘其所｜。

【藿】忽郭切音霍藥韻

●一 本作䕭。〔說文〕䕭。尗之少也。〔通訓定聲〕廣雅釋草。豆角謂之莢。其葉謂之｜。詩白駒食我場｜。傳。猶苗也。

●二 ｜蠋。蟲名。〔莊子庚桑楚〕奔蜂不能化｜蠋。〔注〕｜、豆蠋。中大青蟲也。

●三 ｜香。芳草類。〔本草綱目〕｜香、方莖有節。中虛。葉微似茄葉。

●四 鹿｜。菜名。〔爾雅釋草〕蔨鹿｜。其實莥。

●五 白苑｜。蔓草類。〔本草綱目〕白兎｜、一名白葛。苗似蘿藦。葉圓厚。莖有白毛。療毒有効。

【藿】曷各切音鶴藥韻

靃或字。〔集韻〕靃。艸名。爾雅、枹靃首。或從艸。

【蘀】闥各切音託藥韻

●一 艸木凡皮葉落陊地爲｜。詩曰。十月隕｜。見〔說文〕。〔桂注〕詩豳風七月傳云。｜、落也。又蘀兮蘀兮傳云。｜、槁也。箋云。槁謂木葉也。木葉槁、待風乃落。

●二 草名。〔山海經中山經〕甘棗之山有草焉。葵木而杏葉。黃華而莢實。名曰｜。可以已瞢。

●三 竹皮也。〔文選謝靈運詩〕初篁苞綠｜。

【蘀】直格切音宅陌韻

澤或字。〔集韻〕澤。澤蕮。藥艸。或作｜。

【蘂】乳捶切音蘂紙韻

●一 蕊或字。〔集韻〕蕊。艸木華蕊。或作｜。通作橤。

●二 金｜。菊之異名。見〔本草綱目〕。

【蘃】如累切音蕊紙韻

花外曰萼。花內曰｜。見〔廣韻〕。

【藙】慈鹽切音潛鹽韻

●一 艸名。五原之韭曰｜。見〔集韻〕。

●二 ｜麻。毒草也。〔墨莊漫錄〕川陝間有一種惡草。羅生於野。土人呼爲｜麻。其枝葉、拂人肌肉。卽成瘡疱。浸淫潰爛。久不能愈。

【蘄】渠之切音其支韻

●一 艸也。江夏有｜春亭。見〔說文〕。〔通訓定聲〕爾雅。薜山｜。廣雅。山｜、當歸也。又茭牛｜。注。今馬｜。葉細銳。似芹。本草注。一名野茴香。又薜白｜。按卽蠶頭當歸。細葉者。山｜爲馬尾當歸。葉麤大。又｜茝麋蕪。按卽今川芎。此字本訓當爲香草。山、白、馬、皆冒｜名也。〔按桂注。｜、通作芹。本草有水蘄。一名苦蘄。一名芹菜。時珍曰。蘄、當作蘄。後省作芹。亦當作｜字也。〕春縣晉爲｜陽縣。北梁改爲｜水縣。北周改爲｜州。明洪武初爲｜州府。九年降爲｜州。以州治｜春縣省入。屬黃州府。當今湖北—水縣境。縣東北有—水。今名—河。」

（二）求也。〔左莊齊物論〕不悔其始之—生乎。

（三）縣名。漢置。屬沛郡。北魏改—城縣。屬譙郡。隋後—縣。元省入宿州。明爲宿州屬鳳陽府。當今安徽宿縣南境。

（四）木名。見〔集韻〕。

（五）姓也。漢弘農太守—良。

【蘄】 居希切音機　渠希切音祈　微韻

沛郡有—縣。見〔集韻〕。

【蘄】 渠斤切音勤　文韻

藥艸。廣雅、山—當歸。見〔集韻〕。

【蘆】 龍都切音盧　虞韻

（一）蘆菔也。一曰薺根。見〔說文〕。〔通訓定聲〕似蕪菁。實如小尗。爾雅。葖—菔。郭注。俗呼雹突。今又謂之蘿蔔、萊菔。皆語之轉。〔互詳菔字〕。

（二）葦之未秀者。見〔集韻〕。〔按詩疏云。葦之初生曰葭。未秀曰—。長成曰葦。葦者偉大也。—者、色盧黑也。參閱荻字。〕

（三）藜—。毒草類。〔本草綱目〕藜—、一名豐—。一名葱葵。葉初出櫻心。又似車前。莖似葱白。青紫色。高五六寸。花肉紅色。根似馬腸。根黃白色。此有二種。一種、水藜—。生溪澗石上。不中藥用。今用者名葱白藜—。生高山者佳。〔又〕木藜—、一名黃藜—。小樹也。葉如櫻桃。四月開細黃花。五月結子如小豆大。

（四）長—。水名。〔水經漳水注〕長—水、又東逕九門波故縣也。

（五）—子。闕名。〔杜甫詩〕欲出—子闕。

（六）虜姓。見〔廣韻〕。

【蘆】 良何切音羅　歌韻

艸名。爾雅、葖—菔。見〔集韻〕。

【蘆】 凌如切音臚　魚韻

漏—。藥艸。見〔集韻〕。〔按本草綱目作漏盧。有二種。一種、名漏—。高六七尺。秋深枯黑如漆。采時用苗。乃漏—也。一種、名飛廉。一名漏—。根如牛蒡而綿頭。采時用根。乃飛廉也〕

【蘇】 孫租切音穌　虞韻

（一）桂荏也。見〔說文〕。〔段注〕方言曰。—、荏也。關之東西或謂之—。或謂之荏。郭璞曰。—、荏類。是則析言之則—、荏、二物。統言則不別也。桂荏、今之紫—。〔按本草綱目。—一名紫—。一名桂荏。詳荏字。〕

（二）木名。〔本草綱目〕方木、一名—木。樹似茈羅。葉若榆葉而無澀。抽條長丈許。花黃、子青、熟黑。其木人用染絳色。

（三）息也。〔書仲虺之誥〕后來其—。

（四）取也。〔離騷〕—糞壤以充幃兮。

（五）取草也。〔史記淮陰侯傳〕樵—後爨。

（六）寤也。〔楚辭橘頌〕—世獨立。

（七）死而更生之名也。〔左襄十年傳〕—而復上者三。

（八）猶索也。〔淮南脩務〕—援世事。

（九）草也。見〔廣雅釋草〕。

（十）鳥尾也。所謂流—者。緝鳥尾、垂之若流然。見〔集韻引摯虞〕。

（十一）滿也。見〔廣韻〕。

（十二）慄也。見〔廣韻〕。

（十三）扶—。小木名。〔詩山有扶蘇〕山有扶—。〔又〕人名。〔史記秦始皇記〕始皇長子扶—。

（十四）屠—。酒名。〔荊楚歲時記〕正月一日。長幼以次拜賀進屠—酒。

（十五）胡—。九河之一。〔爾雅釋水〕胡—。〔注〕禹所名也。東莞縣今有胡—亭。其義未詳。〔當今山東沂水縣境〕

（十六）江—。省名。元爲江浙行省。明爲江南行省。清劃江、淮、揚、—、松、常、鎮、徐、泰、通、海等地。置江蘇省。其領北接山東。西抵汝南。南連浙東。東臨海。清時首府有二。江寧置總督。—州駐巡撫。今裁府。領縣六十。首曰吳縣。

（十七）宜—。山名。〔山海經中山經〕宜—之山。其上多金玉。〔又〕獨—。山名。〔山海經中山經〕獨—之山。無草木而多水。

（十八）蓂—。白蓿也。見〔廣雅釋草〕。〔白蓿詳蓿字〕

（十九）假—。荊芥也。詳荊字。

（二十）落—。茄之異名。詳茄字。

（廿一）—塗。國名。〔魏志東夷傳〕諸國各有別色。名之爲—塗。

（廿二）—州。唐置。屬江南道。明改爲府。清因爲江—省會。爲吳縣治。江—行省長官仍駐於此。清光緒二十一年。依一千八百九十六年中日馬關條約。開爲商埠。駐有英日領事。

（廿三）——。疑懼貌。〔易震〕震——。〔釋文〕——。疑懼貌。〔又〕不安也。見〔

易震釋文引鄭注。〔又〕躁動貌。見〔易震釋文引王肅注〕〔又〕戶祿素餐貌。見〔易震釋文引馬注〕〔又〕畏懼不安之貌。見〔易震疏〕

(廿四)—人亭名。〔後漢郡國志〕襄國有—人亭。

(廿五)—丹回人稱君之號。〔又〕地名。自西大西洋至東亞伯細尼高地、及紅海之廣漠地方分上、下、東、西—丹。埃及對此地極擴張權勢。英文Soudan。

(廿六)—彝士埃及之都會。在該羅之東。鐵道七十五哩。運河竣成以來。爲重大之商業地。此運河經十年始成。長一百哩。寬自一百五十呎至三百呎。爲印度至西洋之一大公道。英文Suez。

(廿七)通胥。〔文選左思賦〕造姑—之高臺。〔注〕姑胥、卽姑—也。

(廿八)姓也。見〔集韻〕

【蘇】山於切音蔬魚韻

木名。詩、山有扶—。徐邈讀。見〔集韻〕

【蘇】蘇故切音傃遇韻

相向格鬬者。〔荀子議兵〕—刃者死。

【[illegible]】力錦切音廩寢韻

(一)蒿屬。〔本草綱目〕—蒿生高崗。似小薊。宿根先於百草。爾雅云、莪蘿是也。詩小雅云、菁菁者莪。陸機注云。卽莪蒿也。生澤國漸洳處。葉似斜蒿而細。科二月、生莖葉可食。又可蒸。香美頗似蔞蒿。但味帶麻。不似蔞蒿香甘。

(二)同菻。〔集韻〕菻蒿屬。或作—。

【蘊】紆問切音醞問韻

(一)積也。〔文選張衡賦〕旣—崇之。

(二)藏也。〔後漢周榮傳〕—匱古今。

(三)蓄也。〔左昭十年傳〕—利生孽。

(四)叢也。〔文選左思賦〕雜以—藻。〔注〕—、叢也。—藻、水草也。

(五)聚草以爇火也。〔韓詩外傳〕里母束—請火於去婦之家。

(六)崇也。見〔方言〕

(七)藹茂貌。見〔方言注〕

(八)聚也。見〔玉篇〕

(九)—藉。猶言寬博有餘也。〔後漢桓榮傳〕溫恭有—藉。

(十)—惛。猶積聚也。〔後漢馬融傳〕疏越—惛。

(十一)五—。色、受、想、行、識也。〔心經〕照見五—皆空。〔注〕皆能蓋覆眞性。封都妙明。故總謂之—。

(十二)——。暑氣附人之氣。〔詩雲漢傳〕——而暑。〔疏〕——、暑氣附人之氣。

(十三)通怨。〔荀子哀公〕富有天下而無怨財。〔注〕怨、同—。

(十四)通韞。〔文選任昉百辟勸進今上牋〕近以朝命—策。〔注〕—、與韞同。

(十五)通緼。〔莊子齊物〕而是以相—。〔釋文〕—、本作緼。

【蘊】於云切音熅文韻

(一)積也。見〔集韻〕

(二)—淪。波也。〔爾雅釋水〕小波爲淪。〔注〕言—淪。

【蘊】委隕切音惲吻韻紆問切音醞問韻

薀或字。〔集韻〕薀。說文、積也。或作—。

【蘊】烏昆切音溫元韻

饒也。見〔方言〕〔音義〕—音溫。

【蘔】子智切音積寘韻

(一)艸名。一曰艸積。見〔集韻〕

(二)通積。〔字彙補引漢隸碑〕—萬世之基。

【藶】狼狄切音秝錫韻

葶—。艸名。見〔集韻〕〔詳葶字〕

【[illegible]】怡成切音盈庚韻

菊華。見〔集韻〕

【[illegible]】何交切音爻肴韻下巧切音澩吉巧切音狡巧韻後敎切音效效韻

江東呼藕根爲—也。見〔玉篇〕〔按廣雅釋草—根也疏證。爾雅云、蒚茇。郭注。今江東呼藕紹緒如指。空中可啖者爲茇茇。卽此類。茇、與—通。〕

【[illegible]】吉巧切音狡巧韻

弓角梢曰—。見〔集韻〕

【[illegible]】下巧切音澩巧韻

竹箭。見〔廣韻〕

【[illegible]】郎侯切音婁尤韻

甊或字。〔集韻〕甊。甂甊。王瓜。或從艸。

【[illegible]】徒谷切音牘屋韻

—萿。藥艸。見〔集韻〕。〔按本草作獨活。〕

【𧅶】殊玉切音蜀沃韻
桼名。見〔集韻〕。

【藷】專於切音諸魚韻
—蔗也。見〔說文〕。〔按或作諸蔗。或作都蔗。—蔗二字。疊韻也。或作竿蔗。或作干蔗。象其形也。或作甘蔗。謂其味也。〕

【藷】陳如切音除魚韻常恕切音署御韻
—蒮。艸名。本草謂之薯蕷。詳蕷字。

【藸】陳如切音除張如切音豬魚韻
荎—也。見〔說文〕。〔通訓定聲〕爾雅釋草、菋荎—。卽五味也。按荎—、雙聲連語。單評曰—。絫評曰荎—耳。

【藸】致如切魚韻陟加切音奓麻韻
—蒘。艸。見〔玉篇〕。〔按集韻作—菝。亂艸。〕

【𧄍】戶感切音頷感韻
菩或字。〔集韻〕菩。開華也。或作—。

【蔘】疏簪切音森侵韻
禾長皃。見〔集韻〕。

【藽】初覲切音櫬震韻
木名。槿也。見〔集韻〕。

【藔】魯晧切音老晧韻郎到切音勞號韻
本作𥢶。〔說文〕𥢶。乾梅之屬。周禮曰。饋食之籩。其實乾—。後漢長沙王始煮艸爲—。〔按天官籩人注。乾—。乾梅也。周禮之後。至漢長沙王始養艸爲—。不用梅桃也。〕

【蘀】直格切音宅陌韻
—葛。藥艸。見〔集韻〕。〔按本草作澤瀉。卽爾雅之藚也。詳藚字。〕

【蘁】五故切音誤過韻
悟或字。〔集韻〕悟。說文、逆也。或作忤、午、—。

【蘁】逆各切音咢藥韻
蕚或字。〔集韻〕蕚。華跗。或從噩。

【𧅗】居欠切音劒豔韻
—草。時人取根呼爲蜀夜干。含治喉痛。見〔玉篇〕。

【薑】居良切音疆陽韻

御溼之桼也。見〔說文〕。〔朱注〕字亦作薑。〔詳薑字。〕

【藫】徒南切音覃覃韻
蕁或字。見〔說文〕。〔按說文蕁、芫藩也。爾雅釋草。—、沆藩。郭注。一曰蝭母。釋文。說文云。或作蕁。本艸。知母一曰蝭母。一名—。陶注。形似菖蒲而柔潤。據此。—一名芫藩。一名蝭母。亦作知母。字以—爲正文。蕁乃或體矣。〕

【藫】徐心切音尋侵韻
艸名。海蘿也。見〔集韻〕。〔按爾雅釋草。—、海藻。注。藥草也。一名海蘿。如亂髮生海中。考本草綱目名海藻。生深海中。葉如水藻而大。海人以繩繫腰沒水取之。〕

【䕭】徐廉切音燅鹽韻
桼名。〔齊民要術〕—桼似蓍荃桼也。

【䕷】子了切音湫篠韻
艸名。山薺也。見〔集韻〕。

【蘅】何庚切音行庚韻
杜—。香艸。見〔集韻〕。〔按本草綱目作杜衡。春初生苗葉似馬蹄。莖如麥蘥。葉間罅內生紫花。結實如荳大。窠內碎子似天仙子。苗葉經霜卽枯。其根成空。有似飯帚蜜罌。細長四五寸。粗於細辛。微黃白色。味辛。江淮呼爲馬蹄香。〕

【𧃍】皮冰切音凭蒸韻
——。艸木盛。見〔集韻〕。

【蘜】居六切音匊屋韻
本作蘜。〔說文〕蘜。日精也。以秋華。〔注〕臣鍇按本草。—、卽九月黃華者也。一名女精。一名女華。〔按王注。—當作蘜。玉篇廣韻引皆然。桂注。菊一名日精。菊有兩種。花大、氣香、莖紫者。爲甘菊花。此日精也。花小、氣烈、莖青、味苦。爲野菊花。其花相似。惟以甘苦別之。〕

【䕼】立六切音籙屋韻
—蘾。華青黃色。見〔集韻〕。

【𧄷】憐蕭切音聊蕭韻
艸稀曰—。見〔集韻〕。〔按玉篇作草木莖葉疎也。〕

【蘉】謨郎切音芒陽韻彌登切音瞢蒸韻
勉也。〔書洛誥〕汝乃是不—。

【蘋】毗賓切音頻眞韻
大萍也。見〔玉篇〕。〔按說文、薲。大萍也。徐鍇云。俗作—。段玉裁云。薲、—、古今字。朱駿聲云。薲字亦作—。爾雅釋草、萍其大者—。詩于以采—。桂馥云。本草水萍有三種。其大者曰—。李時珍曰。花有黃白二色。四葉合成一葉如田字形者—也。夏秋間小華白色。又稱白—。陸詩疏、—今水上浮萍是也。其粗大者謂之—。近植物學家謂之隱花植物。生水中。根蔓延於淤泥之內。葉四裂。象田字形。而柄甚長。又一種名槐葉—。莖細長。葉分二種。一爲橢圓形。浮於水面。其一細長如絲。垂於水中。浮生無根。〕

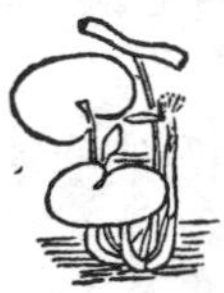

蘋圖

【⿱艹燋】側角切音捉覺韻〔字與火部燋同音義各別。〕
藥艸。〔廣雅釋草〕—、葜毒。附子也。〔疏證〕葜毒一作鷄毒。淮南主術訓云。天下之物。莫凶於鷄毒。〔按本草綱目。烏頭、一名奚毒。一名草烏頭。—名土附子。處處有之。其根外黑內白。皺而枯燥。毒更甚焉。〕

【⿱艹穀】胡谷切音穀屋韻
栥名。生水中。見〔集韻〕。

【⿱艹猿】乎袁切音翻元韻
⿱艹嬦艸名。見〔集韻〕。

【⿱艹燔】符袁切音煩元韻
藩或字。〔集韻〕藩。艸名。爾雅、蕍蒁。藩生山上。葉如韭。或從燔。

【⿱艹甍】謨耕切音甍庚韻
艸名。似苬。可爲帚。見〔集韻〕。

【⿱艹⿰豸頁】墨角切音邈覺韻
茈艸也。見〔說文〕。〔桂注〕釋草文。彼作藐。郭云、可以染紫。

【⿱艹戰】之膳切音戰霰韻
艸名。見〔集韻〕。

【⿱艹錢】子賤切音箭霰韻
艸名。見〔集韻〕。

【⿱艹闞】徒感切音禫感韻
菡—。扶渠華、未發爲菡—。巳發爲夫容。見〔說文〕。〔段注〕許意扶渠爲華葉莖實本根之總名。爾雅說此艸以夫渠建首。毛公亦曰。荷、扶渠也。高誘曰。其華曰夫容。其秀曰菡萏。與許意合。

【⿱艹選】雛兗切音撰銑韻
艸名。見〔集韻〕。

【⿱艹遜】蘇昆切音孫元韻
同蓀。〔集韻〕蓀。說文、香艸。亦作荃、遜—。

【⿱艹耄】莫報切音冒號韻
年九十曰—。見〔集韻〕。〔按說文老部作𦒻。從老蒿省聲。〕

【⿱艹巠】巨興切音殑蒸韻
蓤或字。〔集韻〕蓤。艸名。根可緣器。或從金。

【蘘】尼庚切音鬡庚韻　如陽切音穰陽韻
羘—。艸名。〔說文〕羘—。可目作縻綆。〔段注〕縻、牛轡也。綆、汲井綆也。

【⿱艹囊】奴當切音囊陽韻
古蘘字。〔集韻〕蘘。羘蘘。艸名。皮可作綆。古作—。

【⿱艹頭】徒侯切尤韻
艸名。見〔玉篇〕。

【⿱艹燹】囚纖切鹽韻
栥也。見〔玉篇〕。

【⿱艹遞】丁計切音帝霽韻
姓也。見〔字彙補〕。

【⿱艹繰】辛勞切音騷豪韻
農穀衣—細草似衣銜形也。見〔字彙補引乾坤鑿度〕。

【⿱艹隨】旬爲切音隨支韻
莎也。見〔集韻〕。

【藼】許元切音暄元韻
令人忘憂之艸也。從艸憲聲。詩曰。安得—艸。見〔說文〕。〔段注〕—之言諼也。諼、忘也。今詩作焉得諼草。〔按說文或作蕿、萱。〕

【⿱艹窶】郡羽切音窶麌韻
艸名。一曰木耳。見〔集韻〕。

【⿱艹⿰目戔】莫結切音篾屑韻
目無精也。見〔五音篇海〕。〔按康熙字典以爲⿰目戠譌字。於音義似是。惟以字形論之。類篇目部、集韻一

東有龖。讓中切。訓寐言。康熙字典十七畫未收。疑一為龖譌體也。〕

【蘉】莫耕切音萌庚韻　屋上瓦一也。見〔直音〕。〔按字彙補作蘉。篇海讀若蒙。〕

【蘏】音絅迥韻　同絅。〔王應麟詩攷〕衣錦尙一。出尙書大傳。

【薛】薛本字。見〔說文〕。

【蘚】蘚本字。見〔說文〕。

【蕢】蕢本字。見〔說文〕。

【蘓】蘓本字。見〔說文〕。

【藻】藻本字。見〔說文〕。

【虦】古虥字。見〔集韻〕。〔按類篇作虦。是。〕

【蘼】古葬字。見〔直音〕。

【蘢】古驥字。見〔字彙補〕。

【蘧】同蔆。見〔玉篇〕。

【藨】同薦。見〔字彙引石鼓文注〕。

【蕁】同蕁。見〔類篇〕。

【蘠】同蘠。見〔五音篇海〕。

【勳】同薰。見〔篇海〕。

【蘇】同蘇。見〔字彙補〕。

【蘈】蘈或字。見〔集韻〕。

【蘒】蘒或字。見〔集韻〕。

【藍】菹或字。見〔集韻〕。〔按說文字從血。詳血部蘫字。〕

【蘬】蘬或字。見〔集韻〕。

【蘱】蘱或字。見〔集韻〕。

【蘧】蘧俗字。見〔正字通〕。

【蘐】蘐俗字。說文蘐。或作蘐、萱。一。即蘐俗。

【蘗】蘗譌字。見〔正字通〕。

【蘡】蘡譌字。見〔正字通〕。

【蘦】蘦譌字。見〔康熙字典〕。

【蘤】蘤譌字。見〔字彙補〕。

十七畫

【蘖】魚列切音孼屑韻

㊀木餘也。見〔集韻〕。〔玫玉篇木部。一、魚劄切。餘也。櫱、不、梓、栟、並同。廣韻十七薛。櫱、魚列切。木餘。類篇木部。一、魚列切。木餘也。博厄切。黃木也。其櫱、櫱、不、梓、栟。有牙葛、魚列、牛代、三切。說文木部。櫱、伐木餘也。從木獻聲。商書曰。若顛木之有皀櫱。櫱或從木辥聲。作櫱。不、古文櫱。從木無頭。梓、亦古文櫱。段注。今般庚文作由櫱。本又作栟。玆檢今盤庚、實作由一。校勘記以為本作栟、櫱。然則盤庚文之為由一。固非近始。康熙字典云。字彙、本作櫱。今去屮加艸。似誤。正韻、櫱下從不。非從木。疑即櫱字之譌。按正韻之從不。過於穿鑿。以為誤字譌字。亦似是而非。要知玉篇類篇集韻均有此字。義訓相同。沿用已久。固未可遽是彼而非此也。〕

㊁髡斬之也。〔漢書貨殖傳〕然猶山不茬一。

㊂絕也。〔詩長發〕苞有三一。

㊃姓也。見〔集韻〕。

【蘗】博厄切陌韻　黃木也。見〔類篇〕。〔按集韻作蘗。為櫱之或字。〕

【蘙】壹計切音医霽韻

㊀艸名。一曰。艸茂皃。見〔集韻〕。

㊁草之一薈也。〔文選郭璞賦〕標之以翠一。〔按字彙。一薈草盛貌。〕

【蘛】余六切音育屋韻

㊀蘛一。

蘛一華開貌。〔文選左思賦〕異荂蘛一。〔注〕蘛與敷同。敷一華開貌。

㊁茂也。見〔廣韻〕。

【蘥】容朱切音兪虞韻　萮或字。〔集韻〕蕍。蘥萮華皃。或作一。

【蘞】離鹽切音廉鹽韻力冉切音斂琰韻力驗切音斂豔韻

㊀蘞或字。見〔說文〕。〔段注〕唐風。一蔓于野。陸璣云似栝樓。葉盛而細。其子正黑、如燕薁。不可食。陸疏廣要云。本艸、一有赤白黑三種。疑此是黑一也。

蘞圖

㊁烏一苺。蔓草類。一枝一鬚。凡五葉。葉長而光。七八月結苞成簇。青白

色。花大如粟。黃色。四出。結實大如龍葵子。生青熟紫。內有細子。其根白色。大如指。長一二尺。擣之多涎滑。

【蘞】虛嚴切音韽鹽韻

艸。味辛毒。見〔集韻〕

【蘠】慈良切音牆陽韻

(一) —蘼。虋冬也。見〔說文〕〔通訓定聲〕字亦誤以蘠爲之。爾雅、—蘼、虋冬。按即今薔薇也。說者以天門冬、麥門冬當之。非是。〔薔薇、詳薇字〕

(二) 菊、一名治—。見〔本草綱目〕

(三) 東—。水草名。〔文選司馬相如賦〕東—彫胡。〔注〕東—實可食。〔按本草綱目作東廧。苗似蓬。子似葵。九月十月熟。可爲飯食。相如賦東廧彫胡即此。〕

(四) 蒺—。草也。〔爾雅釋草〕蒺藜、蒺—。〔疏〕蒺藜、一名蒺—。郭云一曰白蘠。此草也。案本草蘪蕪、一名薇蘠。唐本注云。爾雅蘪蕪、一名蒺—。今作薇蘠。字之誤也。〔蒺藜、詳藜字〕

【蘢】盧東切音籠東韻

(一) 天蘥也。見〔說文〕〔通訓定聲〕爾雅釋草。—、天蘥。注。未詳。按與紅—古之爲葒蓼者別。

(二) 蒙—。覆蔽貌。〔漢書鼂錯傳〕屮木蒙—。

(三) —葛。葛類也。〔爾雅釋草〕拔、—葛。〔注〕似葛。蔓生有節。江東呼爲龍尾。亦謂之虎葛。細葉赤莖。

(四) 地名。〔史記韓安國傳〕衞青擊匈奴。出上谷、破胡—城。

(五) 通籠。〔孔耽神祠碑〕於—羅之雉。

【蘢】魯孔切音巃董韻

(一) —茸。聚貌。〔漢書司馬相如傳〕攢羅列聚叢以—茸兮。

(二) —蓯。聚會也。〔淮南俶眞訓〕繽紛—蓯。〔又〕聚合也。〔淮南俶眞訓〕鬱若周雲之—蓯。

【蘢】力鐘切音龍冬韻

—古。艸名。見〔集韻〕〔按爾雅。紅—古。其大者蘬。詳蘬字。〕

【蘣】他貢切音痛送韻　他口切音妵有韻　他候切音透宥韻

(一) 好也。見〔廣雅釋詁〕

(二) 禾苗出。見〔廣韻〕

【蘦】郎丁切音靈青韻

(一) 大苦也。見〔說文〕〔段注〕此與前大苦苓也。相乖剌。〔按桂注。釋草文、郭云。今甘草。覆案詩隰有苓。毛傳、訓爲大苦。苓即—也。沈存中夢溪筆談。本草注引爾雅—大苦注。甘草也。蔓生。葉似荷。莖青赤。此乃黃藥也。其味極苦。故謂之大苦。非甘草也。然則以—爲甘草。始於孫炎。而郭沿其誤也。本書甘草自作甘字。沈存中之說。可以定羣疑矣。參閱苓、苦、甘、字。〕

(二) 落也。見〔爾雅釋詁〕

(三) 蘦省字。〔集韻〕蘦艸名。皐荷也。或省。

(四) 通零。〔楚辭遠遊〕悼芳草之先零。〔注〕古本零作—。

【蘥】弋灼切音藥藥韻

(一) 爵麥也。見〔說文〕〔桂注〕釋草文。彼作雀。郭云。即燕麥也。徐鍇曰。漢魏以前。雀字多作爵。假借也。本草。雀麥、一名蘥。一名燕麥。生故墟野林下。葉似麥。〔按周憲王救荒本草云。燕麥穗極細。每穗又分小叉十數箇。子亦細小。舂去皮、作麪及餅。蒸食皆可救荒。〕

(二) 天—。草名。〔爾雅釋草〕蘢、天—。

【蘧】求於切音渠魚韻　權俱切音劬虞韻

(一) —麥也。見〔說文〕〔段注〕三字句。釋艸曰。大菊、—麥。本艸謂之瞿麥。〔按本草綱目。瞿麥、一名—麥。一名大菊。葉似初生小竹葉而細窄。其莖纖細有節。高尺餘。田野生者。花大如錢。紅紫色。人家栽者花稍小。有細白、粉紅、紫、赤、斑爛、數色。俗呼洛陽花。結實如燕麥。內有小黑子。其嫩苗可食。〕

(二) 芙渠也。〔文選張衡賦〕—藕拔。

(三) —蔬。菌類。〔爾雅釋草〕出隧、—蔬。〔疏〕菌類也。一名出隧。一名—蔬。似土菌。生菰草中。啖之甜滑。〔按即茭白也〕

(四) —廬。猶傳舍也。〔莊子天運〕仁義、先王之—廬也。

(五) —蒢。口柔也。〔漢書敍傳〕舅氏—蒢。

(六) ——。高也。〔文選王延壽賦〕揭——而騰湊。〔又〕自得貌。見〔韻會舉要〕

(七) 地名。〔後漢郡國志〕齊國西安有—丘里。

(八) 姓也。衞大夫—瑗。

【蘧】臼許切音巨語韻

艸名。見〔集韻〕。

【蘧】其據切音遽御韻

有形貌。〔莊子齊物論〕則｜｜然周也。

【蘨】餘昭切音遙蕭韻

㊀古蘇字。〔集韻〕蘇、說文艸盛貌。古作｜。

㊁艸茂也。見〔廣韻〕。〔按玉篇。｜、與招切。茂也。〕

【蘨】夷周切音由尤韻

艸盛。見〔集韻〕。

【蘌】偶舉切音語語韻

㊀騶也。見〔集韻〕。〔按廣韻作｜蘌。〕

㊁捕鳥之室也。〔文選張衡賦〕於東則洪池清｜。〔注〕｜在池水上作室。可用棲鳥。鳥入則捕之。

㊂｜況。地名。〔史記建元侯者年表索隱〕｜況、在吳越界。今爲鄉也。

【蘼】忙皮切音糜旻悲切音眉支韻

㊀｜蕪也。見〔說文〕。〔桂注〕釋草。蘄茝、｜蕪。郭注。香艸也。廣韻引字林。茝、｜蕪別名。馥案茝、謂蘄茝也。〔詳萈字。〕

㊁｜舌。草也。〔爾雅釋草〕蒢、｜舌。〔疏〕落草春生。葉似｜舌。〔詳落字。〕

㊂｜從水生。見〔爾雅釋草〕。〔疏〕草從水生者曰｜。

㊃蕪也。見〔方言〕。〔注〕謂草穢蕪也。〔按康熙字典云。蕪｜字。說文從草靡聲。楚辭作蘪。相如賦作蘼。同異雜出。不能歸一。然考爾雅說文作｜。五經文字有｜字無蘪字。宜從經典爲正。〕

【蘭】郎干切音闌寒韻

㊀香艸也。見〔說文〕。〔通訓定聲〕漢書司馬相如傳。衡｜、芷若。注。即今澤｜也。草木疏。｜爲王者香。其莖葉皆似澤｜。廣而長節。節中赤。高四五尺。左三宣年傳。有國香。易繫辭。其臭如｜。離騷。紉秋｜以爲佩。皆非今所謂建｜蕙｜。即藥品中之澤｜。蘇俗謂之淨頭草者是。〔按本草綱目李時珍曰。｜有數種。｜草、澤｜、生水旁。山｜、即｜草之生山中者。｜花亦生山中。與山｜迥別。｜花生近處者。葉如麥門冬而春花。生福建者。葉如萱茅而秋花。黃山谷所謂一幹一花爲｜。一幹數花爲蕙者。蓋因不識｜草蕙草。遂以｜花強生分別也。｜草與澤｜同類。故陸機言｜似澤｜。但廣而長節。離騷言其綠葉紫莖素枝。可紉可佩可藉可膏可浴也。若夫｜花有葉無枝。可玩而不可紉佩藉浴。故朱子離騷辨證書古之香草必花葉俱香。而燥溼不變。故可刈佩。今之｜蕙但花香而葉乃無氣。質弱易萎。不可刈佩。必非古人所指甚明。不知何時誤也。又本草綱目別有澤｜。二月生苗。高二三尺。莖幹青紫色。作四棱。葉生相對。如薄荷微香。七月開花帶紫白色。萼通紫色。亦似薄荷花。此與｜草大抵相類也。〕

㊁玉｜。花名。〔廣羣芳譜〕玉｜花九瓣。色白微碧。香味似｜。故名。叢生。一幹一花。皆著木末。絕無柔條。隆冬結蕾。三月盛開。〔按花之以｜名者。尚有朱｜、碧｜、杭｜、建｜、茅｜、獨其｜、魚魷｜、春｜、夏｜、秋｜、素｜、石｜、竹｜、鳳尾｜、玉梗｜、諸名。俱見廣羣芳譜。〕

㊂木｜。香木類。〔本草綱目〕木｜、一名杜｜。枝葉俱疎。其花內白外紫。亦有四季開者。深山生者尤大。可以爲舟。

㊃馬｜。芳艸類。〔本草綱目〕馬｜、湖澤卑溼處甚多。二月生苗。赤莖白根。長葉有刻齒。狀似澤｜。但不香。入夏高二三尺。開紫花。花罷有細子。

㊄巽爲｜。見〔易繫辭上傳虞注〕。

㊅萑｜。謂淚闌干也。〔漢書息夫躬傳〕涕泣流兮萑｜。〔一作汍瀾〕

㊆丸｜。盛大貌。〔太玄密〕陽氣親天萬物丸｜。

㊇｜干。布名。〔華陽國志〕｜干細布。｜干、獠言紵也。

㊈｜者。橫節。〔史記扁鵲傳〕夫以陽人陰支｜、藏者生。〔注〕支者順節。｜者橫節。陰支｜、臟藏也。

㊉依｜。縣名。屬吉林省。舊名三姓。爲松花江上游最大都會。清光緒三十一年。依一千九百零四年中日協約。開爲商埠。

⑪樓｜。國名。〔漢書西域傳〕鄯善國、本名樓｜。王治扜泥城。國出玉。多葭葦檉柳。

⑫賀—。地名。〔唐書地理志〕夏州北渡烏水。經大非苦鹽池。六十六里至賀—驛。〔又〕山名。〔盧弼邊庭詩〕—時齊保賀—山。〔又〕複姓。〔唐書張巡傳〕賀—進明屯臨淮。巡使霽雲告急。

⑬州名。古西羌地。漢屬金城郡。隋置—州。清改—州府。當今甘肅皋—縣治。

⑭人名。〔列子說符〕宋有—子。

⑮通籣。〔管子小匡〕輕罪入—盾鞈革二戟。〔注〕即所謂—錡兵架也。〔按段玉裁云。西京吳都魏都賦皆云—錡。劉逵曰。受他兵曰—。受弩曰錡。—字皆當從竹。〕

⑯通闌。〔漢書王莽傳〕與牛馬同—。〔注〕謂遮—之。

⑰通爛。〔吳志孫權傳〕黃金車班—耳。

⑱姓也。〔通志〕漢太守—廣。

【蘖】滿計切音臂霽韻　薜或字。〔集韻〕薜艸名。說文、牡贊也。或作—。

【蘗】博厄切音蘗陌韻　檗或字。〔集韻〕檗。說文、黃木也。或從薛。〔按本草綱目。—木、一名黃—。俗作黃柏者。省寫之謬也。樹高數丈。葉似吳茱萸。經冬不凋。皮外白。裏深黃色。其根結塊。如松下茯苓。所在有之。〕

【薛】息淺切音獮銑韻　苔—。見〔廣韻〕。〔按植物學家謂之隱花植物。生牆垣及陰地巖石上。莖皆直立。綠葉叢出。性嗜水溼。夏日天旱、立即枯死。遇雨、又能吸水而復蘇。生沼澤中者名水—。〕

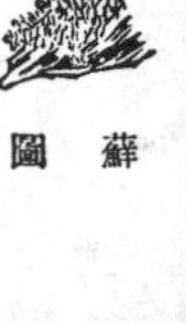
薛圖

【蘘】如陽切音穰陽韻　—荷也。一名蒚葙。見〔說文〕。〔桂注〕廣雅。—荷、蒪苴也。離騷、草木疏。—荷自許叔重以前、一名蒚葙。至齊梁間猶呼覆葅。覆、蒚、音同俚俗訛耳。史記司馬相如傳。諸蔗猼且。張揖云。蒪苴、即蒚葙。〔按本草。—荷、一名—草。一名覆葅。一名蒚苴。春初生葉如甘蔗。根似薑芽而肥。其葉冬枯。根堪爲葅。荆楚歲時記云。仲冬以鹽藏—荷。用備冬儲。然有赤白二種。白者入藥。赤者堪噉。及作梅果多用之。〕

蘘荷圖

【蘠】思將切音襄陽韻　青—。藥艸。見〔集韻〕。〔按本草作青葙。詳葙字。〕

【蘘】奴當切音囊陽韻　粠—。艸名。皮可作綆。見〔集韻〕。

【蹢】直炙切音擲陌韻　艸名。博雅、羊—躅。芙光也。見〔集韻〕。〔按本草作羊躑躅。一名羊不食草。一名鬧羊花。葉似桃葉。其花五出。蕊瓣皆黃。氣味皆惡。羊食其葉。躑躅而死。故名。廣雅謂躑躅一名決光者。誤矣。決光、決明也。〕

【蘜】居六切音匊屋韻　草名。〔說文〕治蘠也。〔注〕臣鍇按。本草菊有十名。不言治蘠。爾雅注、即今之秋華鞠。〔按段注。未詳何物。桂馥引周處風土記曰。日精、落藜、皆菊之花莖別名也。王筠云。郭璞以爲今之秋華菊。玉篇廣韻沿之。許以爲秋華屬之蘜。則此別爲一物。〕

【蔞】隴主切音縷麌韻　蕿—。草名。〔爾雅釋草〕〔疏〕蔜、一名蕿—。一名蘩—。本草云。蘩蔞、味辛。〔按本草綱目作繁縷。即爾雅之蔜蕿縷。一名鵝腸菜。下溼地極多。正月生苗。葉大如指頭。細莖引蔓。斷之中空。有一縷如絲。作蔬甘脆。三月以後漸老。開細瓣白花。結小實。大如稗粒。中有細子。如葶藶子。〕

【蘜】居六切音匊屋韻　日精也。似秋華。見〔玉篇〕。〔互詳蘜字。〕

【蘟】倚謹切音隱吻韻　—葱。菜名。似蕨。見〔集韻〕。〔按爾雅作蒡隱葱。詳蒡字。〕

【蘡】於莖切音罌伊盈切音嬰庚韻　—薁。果名。〔本草綱目〕—薁蔓生。

苗葉與葡萄相似而小。亦有葉大如椀者。冬月惟葉凋、而藤不死。藤汁味甘。子味甘酸。即千歲虆也。

【擢】直角切音濁覺韻　蒴─。藥艸。或作藋。見〔集韻〕。〔按本草作蒴藋。詳蒴字。〕

【虃】將廉切音笺鹽韻　艸名。百足也。見〔集韻〕。

【鐵】思廉切音銛鹽韻　鐵或字。〔集韻〕鐵。艸名。說文、山韭也。或作─。

【鷄】奚結切音纈屑韻　鴻─。艸名。菥也。見〔類篇〕。〔按集韻作鴲─非。攷本草綱目菥草、一名鴻─。一名蘢古。一名大蓼。一名天蓼。時珍曰。此蓼甚大而花亦繁。故曰菥、曰鴻。鴻亦大也。互詳蘻字。〕

【蘤】爲詭切紙韻　華榮也。見〔玉篇〕。〔按字詁云。古花字。正字通亦以爲花古字。廣韻四紙。韋委切。─、花也。榮也。集韻四紙。羽委切。─、華榮也。類篇同。又集韻六麻。呼瓜切。─、華或字。爾雅。華荂也。或從化。亦作蘤。類篇同。按蘤、實爲─之譌字。檢韻會舉要四紙。羽委切。─、華榮也。音韻闕微六麻。呼瓜切。花、集韻本作華。或作─。可知集韻之蘤。爲手民誤也。茲音義悉依玉篇〕

【韓】河干切音寒寒韻。侯旰切音翰翰韻　白─。艸名。見〔集韻〕

【購】居侯切音篝宥韻　艸名。蔦類。見〔集韻〕。

【醜】齒九切音醜有韻　瑞草也。〔廣雅釋草〕菝葀也。〔疏證〕玉篇云。─、菝葀也。菝葀。瑞草也。葀字亦無從禾者。

【濫】盧甘切音藍覃韻。呼濫切音歛。盧瞰切音濫勘韻　瓜菹也。見〔說文〕。〔按─篆作藍。小徐本臣次立按、前已有藍。注云。染青艸。此文當從艸濫聲。檢玉篇、類篇艸部。廣韻、集韻字均作─。訓瓜菹也。段桂錢王朱各家注解。都以─篆作藍爲誤。是字應作從艸濫聲無疑。而與水部之從水藍聲者、大別。康熙字典與水部之濫。誤收瓜菹一訓。桂馥云。瓜菹也者。廣雅。─、菹也。詩疆場有瓜。是剝是菹。傳云。剝瓜爲菹也。釋名。菹、阻也。生釀之。遂使阻於寒溫之間。不得濫也。是瓜菹之訓爲─。與水部之濫無涉也。互詳濫字〕。

【蘬】區韋切音巋微韻。丘追切音巋支韻。苦軌切音巋紙韻　葵實也。見〔說文〕〔段注〕今釋草紅蘢古。其大者─。葵蘬實。許所據絕不同。〔按本草綱目葒草、一名蘢古。似蓼而葉大。其莖粗如拇指。有毛。其葉大如商陸。花色淺紅。成穗。秋深子成。扁如酸棗仁而小。其色赤黑而肉白。不甚辛。炊煼可食。〕

【蘬】居韋切音歸微韻　艸名。博雅、葵也。見〔集韻〕。

【藟】翾鬼切音虫尾韻　䖅或字。〔集韻〕䖅、人名。仲䖅、湯左相。或作─。䖅通作虺。

【歜】徂感切音歜感韻　歜或字。〔集韻〕歜、昌蒲。殖也。或從艸。

【䕷】民卑切音彌支韻　艸名。見〔集韻〕。

【鍵】渠焉切音乾先韻　艸名。見〔集韻〕。

【隨】息觜切支韻　─艸也。見〔玉篇〕。

【蘎】儿利切音冀寘韻　艸名。見〔類篇〕。

【蘛】羊朱切音逾虞韻　同蕍。葍蕍花皃。見〔廣韻〕。〔按─字。類篇集韻均無。玉篇艸部。蕍、葍蕍同上。─亦同上。茲依廣韻〕

【蕃】蒲波切音婆歌韻　白蒿也。見〔集韻〕。〔按康熙字典沿字彙正字通之譌。書作蕃。在十六畫。攷說文番從采田聲。勢不能書作從米從田也。特移正〕

【薃】古侯切音鉤尤韻　草名。見〔直音〕。

【蒻】如劣切音爇屑韻　草名。一云同蒻。見〔字彙補〕。

【蘗】音未詳
夢—。草名。見〔字彙補引廣雅釋草〕。〔按今王念孫廣雅疏證本作蘗孽也。〕

【籠】誤中切音𧆓東韻〔字從竹〕。
痳言。見〔集韻〕。

【蘮】居例切音猘霽韻
—蒘。草名。〔爾雅釋草〕蘮蒘、竊衣。〔疏〕蘮蒘俗名鬼麥。似芹。江淮間食之。實如麥。兩兩相合。有毛。著人衣。故曰竊衣。

【𧅎】逸織切音弋職韻
艸名。藕鰓也。見〔集韻〕。

【蘔】公渾切音昆元韻
艸也。見〔說文〕。〔桂注〕廣韻作莧。香艸也。廣雅、莧蕎也。

【藡】臼許切音巨語韻
蒷—。艸名。見〔集韻〕。〔按近植物學云。蒷—生田野下溼地。莖高三四寸。葉葉對生。自葉腋分枝。夏秋開花。厥狀如脣。作淺絳色。花後結實。似番椒而小。〕

【薿】魚矣切音擬紙韻
草盛貌。見〔篇海〕。

【薻】藻本字。見〔說文〕。

【薐】蔆本字。見〔說文〕。

【藉】古耤字。見〔字彙補〕。

【蘷】古夔字。見〔字彙補〕。

【𧄯】同藻。見〔康熙字典引集韻〕。

【䕻】同藋。見〔篇海〕。

【蘗】同蘖。見〔直音〕。

【蘯】同蕩。見〔直音〕。

【蘛】同華。〔穆天子傳〕右服—騮。〔注〕疑華騮字。〔按列子周穆王篇作右服蘛騮。注。蘛、古驊字。〕

【䕤】搴或字。見〔集韻〕。

【䕡】蘆或字。見〔集韻〕。

【蘩】緐或字。見〔集韻〕。

【蘫】藍或字。見〔集韻〕。

【𧄍】蕉或字。見〔集韻〕。

【𧄞】薺或字。見〔集韻〕。

【蘝】蘞俗字。見〔正字通〕。

【𧅏】蕢譌字。見〔正字通〕。

【𧃵】蘦譌字。見〔康熙字典〕。

十八畫

【蘳】戶瓦切音踝馬韻
❶黃蕐也。見〔說文〕。〔王注〕統詞也。故繫傳曰。謂草木之黃華者也。❷榮—。花葉貌。〔後漢馬融傳〕蘳扈榮—。〔按後漢書字誤作蘳。注云。胡瓦反。字从圭。〕

【蘬】𧂍規切音睢支韻
果實見皃。一曰。黃華也。見〔集韻〕。

【蘴】敷馮切音豐東韻
❶蕪菁也。陳楚之郊謂之—。見〔方言〕。❷同葑。〔詩谷風〕采葑采菲。〔釋文〕葑字書作—。草木疏云。蕪菁也。

【䕮】思融切音嵩東韻
菘或字。見〔集韻〕。

【蘨】餘招切音遙蕭韻
艸盛皃。夏書曰。厥艸惟—。見〔說文〕。〔桂注〕禹貢文。彼作繇。釋文引司馬注。繇、抽也。

【䕺】徂聰切音叢東韻
艸叢生皃。見〔說文〕。〔通訓定聲〕字亦作藂。韓勅後碑。敬脩藂房。

【𧂭】居諧切音皆佳韻
禾稾去皮穎。或作稭。見〔集韻〕。

【䕸】紇黠切音戛黠韻
稭或字。見〔集韻〕。

【𧅗】下八切音黠黠韻
麻莖。見〔集韻〕。

【𧆁】祁堯切音翹蕭韻
艸名。連—。見〔集韻〕。〔按字本作翹。本草綱目蘇頌曰。有大小二種。大翹青葉狹長。莖赤色。高三四尺。獨莖。梢間開花黃色。秋結實似蓮。內作房瓣。根黃如蒿根。八月採房。小翹花葉實皆似大翹而細。南方生者。葉狹而小。莖短。纔高一二尺。花亦黃。實房黃黑。內含黑子如粟粒。〕

【蘲】倫追切音纍支韻
盛土籠。見〔集韻〕。

【𧅀】昨合切音雜合韻
艸簾也。見〔集韻〕。

【𧅰】芳六切音福屋韻

通艸也。一名烏—。見〔集韻〕。

【蘔】求位切音繢隊韻　艸名。見〔集韻〕。

【蕫】覩動切音董董韻　—。鼓聲。見〔集韻〕。

【藷】專於切音諸魚韻　藥艸。署預也。見〔集韻〕。

【藸】陳如切音除魚韻　蒢或字。見〔集韻〕。

【蘛】常如切音蜍魚韻　稌或字。見〔集韻〕。

【蘷】疎江切音雙江韻　艸名。見〔集韻〕。

【蘵】質力切音職職韻　草名。〔爾雅釋草〕—、黃蒢。〔注〕—草葉似酸漿。華小而白。中心黃。江東以作葅食。〔義疏〕—、玉篇作蘵。云蘵草。葉似酸漿。按蘵、—、皆或體。古本作職。釋文。—又作職。是也。通作識。夏小正三月采識。識草也。職與識、古字通。顏氏家訓書證篇云。江南別有苦菜。葉似酸漿。其華或紫或白。子大如珠。熟時或赤或黑。此菜可以釋勞。卽爾雅—黃蒢也。今河北謂之龍葵。〔按本草綱目曰。酸漿苦—。一種二物也。大者爲酸漿。小者爲苦—。以此爲別。敗醬亦名苦—。與此不同。敗醬草、春初生苗。深冬始凋。初時、葉布地生。似菘菜葉而狹長。有鋸齒。綠色。面深背淺。夏秋莖高二三尺而柔弱。數寸一節。節間生葉。四散如繖。顚頂開白花成簇。如芹花蛇牀子花狀。結小實成簇。其根白紫。頗似柴胡。〕

【蘶】虞貴切音魏未韻　艸木罙更生也。見〔集韻〕。

【[illegible]】陵之切音釐支韻　艸名。夫須也。見〔集韻〕。

【蘜】居六切音匊屋韻　艸名。大蘭也。葉細。花紅紫色。見〔集韻〕。

【蘂】乳捶切音橤紙韻　艸木華。或作蘃。通作橤。見〔集韻〕。〔按花—字今通作蕊。植物學曰。蕊爲植物傳種之器官。位於花被內。爲數自一以至數十。有雌雄之分。雄者如絲而頂有囊。名葯。雌者如柱而底有囊。名子房。雌蕊受雄蕊之花粉。達於子房。與胚珠合。卽成種子。〕

【蘕】直夾切音協洽韻　花突開。見〔直音〕。

【蘾】音未詳　石劫一名紫—。蚌蛤類也。見〔江淹賦序〕。〔按舊注—字、字書俱不載。楊愼贊云蘭陵紫蜐。江淹紫蘾。是惟蚌類。發花應春。蘾與春爲韻。當讀如膈字。疑—卽蘾別音云云。攷本草綱目。石蜐、一名紫蛙。一名紫蘾。蘾音楬。無膈音。亦無別名紫—者。江賦序未知何據。姑存備攷。〕

【藳】藁本字。見〔說文〕。

【蘵】同藏見〔玉篇〕。

【蘬】同蘬。見〔玉篇〕。

【蘲】同燒。見〔字彙補〕。

【藮】同樵。見〔字彙補引集韻〕。〔按集韻樵或作藮。不從缶。〕

【蘿】蘬或字。見〔集韻〕。

【蘱】藾或字。見〔集韻〕。

【虈】薺或字。見〔集韻〕。

【蘠】葅或字。見〔集韻〕。

【蘸】蘸或字。見〔集韻〕。

【虋】蔦或字。見〔集韻〕。

【蘯】蕩謡字。見〔字彙補〕。

十九畫

【蘺】鄰支切音離支韻　❶江—。蘪蕪。見〔說文〕。〔通訓定聲〕江—、芎藭苗也。〔按本草綱目別錄。蘪蕪一名江—。芎藭苗也。而司馬相如子虛賦云。芎藭菖蒲。江—蘪蕪。上林賦云。被以江—。揉以蘪蕪。似非一物。何耶。蓋嫩苗未結根時。則爲蘪蕪。既結根後。乃爲芎藭。大葉似芹者爲江—。細葉似蛇牀者、爲蘪蕪。如此分別。自分明矣。又海中苔髮亦名江—。與此同名耳。〕

❷苻—。草名。〔爾雅釋草〕莞、苻蘺。〔注〕今西方人呼蒲爲莞蒲。今江東謂之苻—。〔又〕白芷一名苻—。

見〔本草綱目〕。
㊂同離。〔爾雅釋草〕—南、活莌。〔釋文〕—本今作離。〔詳莌字〕

【䕨】如延切音然先韻
㊀—艸也。見〔說文〕〔通訓定聲〕按即鷯字之或體。今附於此。又按然篆下。或从艸難。與此重出。蓋誤文也。當从火—聲。
㊁爇也。見〔玉篇〕

【蘿】魯何切音羅歌韻
㊀莪也。見〔說文〕。〔按即本草綱目之䕡蒿。詳䕡字。〕
㊁苧—山名。〔清一統志〕苧—山、在浙江諸暨縣南五十里。吳越春秋。句踐得苧—山鬻薪之女曰西施。注。在諸暨南五里。一名—山。下臨浣江。江中有浣紗石。今蘿山亦有苧—山西施里。
㊂—蘼蕪草名。詳蘼字。
㊃松—蔓草名。〔詩頍弁〕蔦與女—。〔傳〕女—、菟絲松—也。〔釋文〕女—在草曰菟絲。在木曰松—。〔按陸璣詩疏。女—、今菟絲。蔓連草上生。黃赤如金。今合藥菟絲子是也。非松—。松—自蔓松上生枝正青。與菟絲殊異。〕〔又〕山名。〔羅願新安志〕松—山在休寧縣東北十三里。高六十仞。周十五里。
㊄海—海藻也。見〔廣雅釋草〕。〔疏證〕爾雅。薚、海藻。郭注云。藥草也。一名海蘿。如亂髮。生海中。神農本草云。海藻味苦寒。一名落首。生東海池澤。陶注云。生海島上。黑色如亂髮而大少許。葉大都似藻葉。
㊅萊菔、一名—蔔。見〔本草綱目〕。〔又〕胡—蔔。菜名。〔本草綱目〕胡—蔔、八月下種。生苗如邪蒿。肥莖有白毛。辛臭如蒿。不可食。冬月掘根。生熟皆可啖。根有黃赤二種。微帶蒿氣。長五六寸。大者盈握。狀似鮮掘地黃及羊蹄根。三四月、莖高二三尺。開碎白花。攢簇如傘。狀似蛇牀子。稍長而有毛。褐色。又如蒔—子。亦可調和食料。
㊆蒔—香草名。〔本草綱目〕蒔—、一名慈謀勒。皆番言也。又名小茴香。其子簇生。狀如蛇牀子而短。微黑。氣辛臭不及茴香。

【䕻】鄰知切音離支韻郎計切音麗霽韻力智切音詈寘韻
艸木相附—土而生。易曰。百穀艸木—夫土。見〔說文〕。〔王注〕韻會引作艸木生箸土。廣雅。—、著也。

【蘸】莊陷切音蘸陷韻
以物投水也。見〔說文新附〕。〔鈕氏新附攷〕—、疑醮之俗字。或作灂。按釋水。水醮曰厬。郭注云。謂水醮盡。是—義與醮近。楚辭大招。湯谷宗只。王注。宗、水—之貌。知醮當是—。後人妄加艸。其音仄陷切者。蓋方音之轉。據廣韻去聲五十九鑑注云。以物內水中。與—音義並合。

【蘹】乎乖切音懷佳韻
—香。香草名。〔本草綱目〕蘇頌曰。—香。北人呼茴香。李時珍曰。茴香宿根。深冬生苗作叢。肥莖絲葉。五六月、開花如蛇牀花而色黃。結子大如麥粒。輕而有細稜。俗呼為大茴香。小者謂之小茴香。自番舶來者。實大如柏實。裂成八瓣。一瓣一核。大如豆。黃褐色。有仁。味更甜。俗呼舶茴香。廣西左右江峒中亦有之。

【蘴】武斐切音尾尾韻
艸名。一曰、赤粱。見〔集韻〕。

【蘴】謨奔切音門元韻
虋或字。見〔集韻〕。

【蘻】吉詣切音計詰計切音契霽韻
狗毒也。見〔說文〕。〔通訓定聲〕按與蘮同字。爾雅樊注。俗語苦如—。說文繫傳。謂即狼毒。博物志。房葵似狼毒。抱朴子雜應。狼毒、野葛治蠱。

【蘪】忙皮切音糜支韻母彼切音靡紙韻
蘠—。草名。〔爾雅釋草〕蘠—、虋冬。〔義疏〕說文云。蘠蘪、虋冬也。即今薔薇。又虋冬、天門冬。二名相亂。故說者或失之。釋文又誤為麥門冬也。〔詳薇字〕

【蘼】忙皮切音糜支韻
—蕪。香草名。〔本草綱目〕—蕪、一作蘪蕪。其莖葉靡弱而繁蕪。故以名之。別錄曰。芎藭葉名—蕪。又曰。—蕪一名江離。芎藭苗也。〔參閱離字〕

【蘽】魯水切音壘紙韻
—木也。見〔說文木部〕。〔通訓定

擊〕字亦作櫐。與藟微別。中山經。畢山多櫐。注。今虎豆狸居之屬。爾雅釋木。諸慮山櫐。欇虎櫐。〔按山櫐卽嬰薁今之山蒲桃也。虎櫐卽招豆藤今之芝藤花也。其華紫色。作穗垂垂。人家以飾庭院。〕

【蘵】設職切音識職韻
苦—。草名。〔本草綱目〕苦蔘、一名苦—。七八月結角如蘿蔔子。角內有子二三粒。如小豆而堅。

【蘱】力遂切音類寘韻
草名。〔爾雅釋草〕—、薡蕫。〔注〕似蒲而細。〔義疏〕廣雅云。—茅菜也。廣韻云。蔽茅類。—草名。似蒲。一云似茅。然則—亦菅蔽之屬。今俗名—絲莛。野人刈取為索。柔韌難斷。其葉如茅而細長。有毛而澀。莛蕫、聲相轉也。

【蘬】丘媿切音喟寘韻
地名。〔公羊宣十年傳〕公孫歸父帥師伐邾婁取—。

【蘸】多年切音顛先韻
艸頭。見〔玉篇〕。

【蘹】胡怪切音壞卦韻
草名。〔爾雅釋草〕—、烏蘋。〔按注云未詳。下文澤烏蘋注。卽上—也。邢疏云。—生於水澤者。郝氏義疏云。按爾雅圖作蘵歧出。葉如薤。華生葉間。在水石側。〕

【蘛】廚玉切音躅沃韻
羊—。芺光也。見〔廣雅釋草〕。〔疏證〕此與爾雅薜苨芺光同名異實。非謂蔆與決明也。蘛、—亦作躑—。神農本草云。羊躑躅、味辛溫。陶注云。花苗似鹿蔥。羊誤食其葉。躑躅而死。故以為名。唐本草注云。花似旋葍花。色黃者。蜀本圖經云。樹生高二尺。葉似桃葉。花黃似瓜花。

【䕻】郎狄切音歷錫韻
水艸。見〔集韻〕。

【𧅐】丁鄧切音磴　唐亘切音鄧徑韻
䔲—。臥初起皃。見〔集韻〕。

【藤】徒登切音騰蒸韻
—瞢。目暗。見〔集韻〕。

【蘔】則旰切音贊翰韻
牡—。草名。〔爾雅釋草〕薜、牡—。〔義疏〕—、當作贊。說文。薜、牡贊也。郭云未詳。或云卽薜荔也。恐非。

【蘔】子末切音鬢曷韻
艸木叢生。見〔集韻〕。

【䕁】攀縻切音鈹支韻
筍蔍節。見〔集韻〕。

【藣】班縻切音陂支韻
艸名。見〔集韻〕。

【蘲】盧戈切音螺歌韻　倫爲切音贏支韻
菜名。〔齊民要術〕—菜葉似竹。生水旁。

【蔪】財甘切音慚覃韻
—菜生陰地。方莖對節。白花。見〔正字通〕。〔按本草綱目作蔪。李時珍曰。卽益母之白花者。乃爾雅所謂蓷也。字不从艸。正字通入艸部。未知所據存攷。〕

【䕭】於刀切音麔豪韻
菜名。見〔集韻〕。

【蘷】渠嬀切音夔支韻
菜名。見〔集韻〕。

【䕳】吉典切音繭銑韻
艸名。紫葳也。見〔集韻〕。

【蘡】怡成切音盈庚韻
菊花。見〔字彙補〕。〔按卽蘡字之譌。〕

【䕵】尼耕切音獰庚韻

【虊】盧丸切音鸞寒韻
艸名。羘—。可以作縻綆。見〔集韻〕。鳧葵。一曰、茆也。見〔廣韻〕。

【䕘】蘦本字。見〔說文〕。

【蕿】古萎字。見〔字彙補〕。

【蠺】同蠶。見〔正字通〕。

【蘁】同薑。見〔廣韻〕。

【蘥】同籥。見〔篇海〕。

【蘤】同華。見〔集韻〕。

【䕺】同蘢。見〔直音〕。

【䕯】蔦或字。見〔集韻〕。

【薻】藻或字。見〔集韻〕。

【𧄡】蘊或字。見〔集韻〕。

【蠥】蘗俗字。見〔正字通〕。

【蘗】蘖譌字。見〔字彙補〕。

二十畫

【虉】倪歷切音鷊錫韻　綬艸也。詩曰、邛有旨—。見〔說文〕。〔王注〕依韻會引補。毛傳同。爾雅虉綬、詩省作鷊。陸璣曰、鷊五色、作綬文。是意兼聲字。玉篇引作虉。而以—爲重文。

【虂】魯故切音路遇韻　蘩—。艸名。見〔集韻〕。〔按字本作露。爾雅釋草、蔠葵、蘩露。卽本草綱目之落葵。李時珍曰、三月種之。嫩苗可食。五月蔓延。其葉似杏葉而肥厚軟滑。八九月開細紫花。纍纍結實。大如五味子。熟則紫黑色。〕

【⿱艹黨】底朗切音黨養韻　艸名。見〔集韻〕。

【⿱艹羺】奴侯切音羺尤韻　艸名。見〔集韻〕。

【虃】思廉切音纖。將廉切音殲鹽韻　草名。〔爾雅釋草〕—、百足。〔義疏〕翟氏灝補郭云、今所呼地蜈蚣草也。

【⿱艹矍】王縛切音籰藥韻　—子。菜名。見〔集韻〕。

【⿱艹嚴】魚杴切音嚴鹽韻　艸名。見〔集韻〕。

【⿱艹巖】魚音切音吟侵韻　古莶字。〔集韻〕莶、菜名。似蒜。生水中。古作—。

【⿱艹邋】音未詳　人名。〔字彙補〕宋王—、爲臨江守。刻清江三孔集。

【⿱艹尋】蕁本字。見〔說文〕。

【⿱艹⿰黍古】同稭。見〔字彙補〕。〔按卽䕸字之異文。〕

【⿱艹齏】同蠶。見〔篇海〕。〔按卽蠶字之譌。〕

【⿱艹穫】同藋。見〔篇海類編〕。

【⿱艹⿱聚衣】同聚。見〔字彙補〕。

【蘱】同蘈。見〔玉篇〕。

【⿱艹森】同蘩。見〔直音〕。

【⿱艹櫬】藽或字。見〔集韻〕。

二十一畫

【虈】許嬌切音囂蕭韻　一艸名。〔說文〕楚謂之蘺。晉謂之—。齊謂之茝。〔通訓定聲〕按今之白芷也。其葉曰葯。二石蚴、一名紫—。見〔本草綱目〕。

【虆】倫追切音纍支韻　一蔓也。見〔集韻〕。二菟絲子、一名菟—。見〔本草綱目〕。

【⿱艹贏】盧戈切音蠃歌韻　盛土籠。見〔集韻〕。

【蘽】魯水切音壘紙韻　藟或字。〔集韻〕藟、說文、艸也。或作—。

【⿱艹蠡】里弟切音蠡薺韻　赤艸。見〔集韻〕。

【⿱艹鬱】尤救切音宥宥韻　于六切音薁屋韻　艸也。見〔說文〕。

【虇】去阮切音綣阮韻　去願切音勸願韻　逵員切音權先韻　蘆筍也。〔爾雅釋草〕蒹、薕、葭、蘆、菼、薍。其萌—。〔注〕今江東呼蘆筍爲—。然則萑葦之類、其初生者皆名—。

【虉】倪歷切音鷊錫韻　逆革切音輻陌韻　草名。〔爾雅釋草〕—、綬。〔注〕小草。有雜色。似綬。〔說文作虉。詳虉字。〕〔參閱蓊字。〕

【⿱艹護】胡故切音護遇韻　神—、草名。見〔韻學集成〕。

【⿱艹觿】羊捶切音委紙韻　草木花初出也。見〔字彙補〕。

【⿱艹鸝】同蘺。見〔直音〕。

【⿱艹麗】同蘼。見〔篇海〕。

二十二畫

【⿱艹鸛】虛旰切音漢翰韻　許旱切音罕旱韻　如延切音然先韻　那肝切音難寒韻　艸也。見〔說文〕。〔王注〕與蘺字當爲一字重出。

【⿱艹囊】乃浪切音儾漾韻　——。草兒。見〔類篇〕。

【⿱艹懿】於力切音抑職韻　數也。通作億。見〔字彙補〕。

【⿱艹⿰鹵欠】落戈切音騾歌韻

草名。生水中。見〔篇海〕。

【虀】相稽切音齎齊韻 —菜。見〔廣韻〕。

【蘘】同蘘。見〔篇海〕。

【蘸】同酢。見〔直音〕。〔篒注〕疑蘸字之譌。

【蘫】臨或字。見〔集韻〕。

【虆】蘽譌字。見〔五音篇海〕。

二十三畫

【虊】盧丸切音鸞寒韻 閭員切音攣先韻 力轉切音臠銑韻 龍眷切音戀霰韻 鳧葵也。見〔說文〕〔桂注〕本書茆、字訓同。廣韻—、一曰茆也。廣雅—、茆鳧葵也。案—、豬蓴、茆絲蓴。〔按通訓定聲云。字亦作蘿。今江東謂之蓴菜。又名屏風。楚辭招魂。紫莖屏風。文緣波些。注。水葵也。〕

【藾】魚既切音毅未韻 煎茱萸也。漢律會稽獻—一斗。見〔說文〕〔通訓定聲〕字亦作藙。禮記內則。三牲用藙。注。爾雅謂之樧。賀氏云。九月九日取茱萸之枝。連實廣長四五寸。一升實可和十升膏。名之藙也。按、—即本草之吳茱萸。其實本名藙。煎之亦即倂藙耳。

【藥】弋灼切音藥藥韻 風吹水謂之—。見〔集韻〕。

【蘴】方馮切音風東韻 竹名。出〔南海〕。

【蘝】同藍。見〔玉篇〕。

【藥】稍或字。見〔集韻〕。

【虊】欒或字。見〔集韻〕。

二十四畫

【蘸】女亮切音釀漾韻 人樣切音讓漾韻 汝兩切音壤養韻 —菜也。見〔說文〕〔通訓定聲〕方言。蘇荏也。其小者謂之—菜。注。蘸菜也。亦蘇之種類。按即香薷也。

【醸】如陽切音穰陽韻 女亮切音釀漾韻 汝兩切音壤養韻

【䕻】古禫切音感感韻 古送切音貢送韻 古暗切音紺勘韻 菹也。見〔廣雅釋器〕。

—艸也。一曰蕙苣。見〔說文〕〔通訓定聲〕字亦作䅶。作薢、幹、贛。變聲。廣雅釋草。—、蒼耳也。按生交趾者子最大。彼土呼爲䕸珠。實重累者良。春生苗莖高三四尺。葉如黍。開紅白花作穗子。五六月結實。青白色。形如珠而稍長。

【蘰】母版切音矕潸韻 艸名。見〔集韻〕。

【靈】郎丁切音靈青韻 艸名。皁莕也。一曰䔳似葵。或省作蘦。見〔集韻〕。

【蘼】選委切音髓紙韻 艸木花敷皃。見〔集韻〕。

【蘿】蘿本字。見〔說文〕。

【蘡】古歎字。見〔集韻〕。

二十五畫

【虋】謨奔切音門元韻 眉貧切音珉眞韻 赤苗嘉穀也。見〔說文〕〔王注〕釋草。—赤苗。郭云。今之赤粱粟。詩生民。維糜維芑。則作糜。六書故。俗書糜爲床。詩釋文引爾雅作虋。引郭亡偉反。足徵虋爲虋之變文也。〔按通訓定聲云。字亦作穈。說文璊、禾之赤苗謂之穈。言璊玉色如之。〕

【虋】謨奔切音門元韻 —冬。草名。〔爾雅釋草〕蘠蘼、—冬。〔按即今薔薇與天門冬、麥門冬。迥別。山海經中山經。條谷之山。其草多芍藥、虋冬。字又作虋。集韻。亹、虋、艸名。通作—。字又作門。〕

【蘘】乃浪切音儾漾韻 ——。艸皃。見〔集韻〕。

【虌】必列切音鼈屑韻 草名。〔爾雅釋草〕蕨—。〔注〕廣雅云。紫綦非也。初生無葉可食。江西謂之—。〔義疏〕說文蕨、虌也。釋文—亦作鼈。葉初出鼈蔽。因以名云。詩釋文。俗云初生似鼈腳。故名焉。齊民要術引詩疏曰。周秦曰蕨。齊魯曰虌。廣雅以爲紫綦不誤。

【䕽】云九切音有有韻 艸名。从苗四禾。見〔集韻〕。

二十六畫

【虉】同蘺。見〔玉篇〕。〔疑與藹亦同。〕

二十七畫

【⿱艹盬】蘊或字。見〔集韻〕。

二十九畫

【⿱艹鬱】紆勿切音鬱物韻　香艸。見〔玉篇〕。〔按字亦作鬱。本草綱目。鬱金、其苗如薑。其根大小如指頭。長者寸許。體圓有橫紋。如蟬腹狀。外黃內赤。人以浸水染色。亦微有香氣。又鬱金香、別爲一種。本草綱目引南州異物志云。鬱金出罽賓國。人稱之。先以供佛。色正黃。與芙蓉花裏嫩蓮者相似。可以香酒。又唐書云。太宗時伽毘國獻鬱金香。葉似麥門冬。九月花開。狀似芙蓉。其色紫碧。香聞數十步。花而不實。欲種者取根。〕

【[illegible]】心尊切音孫元韻　香草也。見〔字彙補〕。〔按卽蓀字之異文。〕

三十三畫

【⿱艹麤】聰徂切音粗虞韻　州五切音蔖麌韻　艸履也。見〔說文〕。〔王注〕廣雅、釋名、急就篇、皆作麤。方言、麤履也。絲作者謂之履。麻作者謂之不借。麤者謂之屨。南楚江沔之間總謂之麤。謂大麤之鞹角。

三十九畫

【[illegible]】以救切音囿宥韻　園也。見〔字彙補〕。

※舟部※

【舟】之由切音周尤韻

(一)船也。古者共鼓、貨狄、刳木爲—。剡木爲楫。以濟不通。見〔說文〕。〔王注〕以漢名釋古名也。經不言船。貨、世本作化。注云。二人黃帝臣也。古化、貨通用。物理論作化孤。孤蓋譌字。發蒙記作伯益。案伯益亦作化益。益、狄、聲近。蓋卽一人。惟大荒北經曰。番禺是始爲—。墨子曰。巧倕爲—。呂覽曰。虞姁作—。皆不同。

(二)帶也。〔詩公劉〕何以—之。

(三)尊下承槃也。〔周禮司尊彝〕祼用雞彝鳥彝。皆有—。

(四)皋—春秋時地名。〔左襄十四年傳〕吳人自皋—之隘要而擊之。〔注〕皋—、吳險阨之道。〔又〕息—。〔左昭十三年傳〕克息—。〔注〕息—。楚邑。〔又〕—道。〔左襄二十一年傳〕請除館於—道。〔注〕—道。齊地。

(五)山名。在浙江定海縣境。卽—山島。

(六)通周。〔攷工記總敘〕作—以行水。〔注〕故書—作周。〔按〕—、義取周流。故周旋周帀字亦作—旋—帀。左宣十四年傳、楚申—。呂覽作周。襄二十三年傳華周。說苑作—。

(七)姓也。左傳晉大夫—之僑。

一畫

【⿰舟乙】逆乙切音耴質韻　舟行皃。見〔集韻〕。

二畫

【⿰舟刂】五忽切音兀月韻

(一)船行不安也。从舟、刖省聲。見〔說文〕。〔段注〕方言說舟曰。儶謂之抓。抓、不安也。按—者正字。抓者假借字也。

(二)搖—。危貌。〔文選張協七命〕搖—峻挺。

【⿰舟了】朗鳥切音了篠韻

(一)小船。見〔玉篇〕。

(二)鵃—。船長皃。見〔集韻〕。〔按正字通云。船小而長者曰鵃—。越絕書。越人呼船爲須慮。長卽—也。〕

【舠】都勞切音刀豪韻　小船。見〔玉篇〕。〔按正字通云。—本作刀。詩衞風曾不容刀。義同。今考御覽引詩作—。說文作䑈。〕

【舤】房六切音伏屋韻
古服字。見〔說文〕〔段注〕从舟从人者。凡事如舟之於人、最切用也。凡事皆當如人之操舟也。

【舠】東汀切音丁青韻
舟名。見〔字彙補〕。

三畫

【舣】初加切音叉麻韻
(一)艖也。見〔玉篇〕。〔按廣雅釋水。—、舟也。廣韻。—、小船名。方言南楚江湘。凡船短而深者謂之艖。〕
(二)—艖。猶艖艖也。〔陳書侯景傳〕以—艖貯石沈塞淮口。〔按方言郭注。今江東呼艖艖者。廣雅疏證。—艖、與艖艖同。〕

【舣】初佳切音釵佳韻
艖或字。〔集韻〕艖。舟名。或作—。

【舧】五忽切音兀月韻
(一)播舟也。見〔玉篇〕。
(二)刖或字。見〔集韻〕。

【舡】虛江切音肛江韻
(一)船也。見〔玉篇〕。
(二)舽—。船皃。見〔廣韻〕。〔又·〕吳船名見〔增韻〕。

【舡】枯江切音腔江韻
舽—。船名。見〔集韻〕。

【舡】俗船字。〔漢書古今人表〕晉—人固來。〔按佩觿云。帆—之—為舟船。其順非有如此者。〕

【𦨈】吐盍切音榻合韻
(一)舟名。見〔五音集韻〕。
(二)就舟也。見〔字彙〕。

【肜】癡林切音琛侵韻　丑禁切音闖沁韻
船行也。見〔說文〕。〔王注〕集韻吳楚謂船行曰—。玉篇以為高宗肜日之肜。周頌絲衣箋肜作融。

【𦨌】魚乙切音仡質韻
船行也。見〔玉篇〕。〔按廣韻集韻竝無—。有𦨌。音義同。字彙亦同𦨌。正字通云。𦨌、舠、舡竝同。〕

【舦】他蓋切音太泰韻
舟近也。見〔同文舉要〕。

【舢】讀若山
—舨。俗呼礮船。前清曾國藩創製。首艄置礮。兩旁八槳。無篷。平時艄置小艙中。支布帳。臨敵及操時卸去之。

四畫

【𦨴】鄂合切音梟合韻
(一)船皃。見〔廣韻〕。
(二)舩或字。〔集韻〕舩舟動皃。或作—。

【航】寒剛切音杭陽韻
(一)船也。〔方言〕自關而東、舟或謂之—。
(二)併兩小船共濟也。〔淮南主術〕大者以為舟—柱梁。
(三)禹—。地名。漢屬會稽郡。見〔字彙補〕〔卽今浙江餘杭縣〕。
(四)通杭。渡也。〔詩河廣〕一葦杭之。〔今謂渡海為—。海舟所經行為—路。義本此。〕
(五)抗或字。見〔集韻〕。

【舫】敷亮切音訪漾韻
(一)船師也。明堂月令曰。—人習水者。見〔說文〕〔王注〕蓋本作—人。船師也。月令季夏命漁師。鄭注。今月令漁師為榜人。—、榜同聲。榜、假借也。張揖注子虛賦曰。榜、船也。月令曰命榜人。榜人、船長也。
(二)船也。見〔廣雅釋水〕〔疏證〕爾雅、小舟也。郭璞注云。竝兩船。楚策云。—載五十人與三月之糧。—之言方也。說文、方併船也。
(三)泭也。見〔爾雅釋言〕〔孫注〕水中為泭筏也。〔按朱駿聲云。實卽借為泭。—、泭雙聲。猶方之為甫。旁之為溥也。〕
(四)通枋。〔後漢岑彭傳〕乘枋箄。〔注〕枋、卽—字。古通用耳。

【舫】分房切音方陽韻
方或字。〔集韻〕方。說文、併船也。或作—。〔按文選王仲宣贈蔡子篤詩。—舟翩翩。李注、—與方同。〕

【舫】補曠切音謗漾韻
(一)艕或字。〔集韻〕艕。竝兩船。或从方。
(二)人習水也。見〔龍龕手鑑〕。

【般】逋潘切音播寒韻
(一)辟也。象舟之旋。从舟从殳。殳、令舟旋者也。見〔說文〕〔段注〕大射儀賓辟。注曰。辟、逡遁不敢當盛。釋言曰。—、還也。還者今之環字。旋也。—之本義如是。引伸為—遊、—樂。〔按—旋、—辟義同。—辟、漢人語。謂退縮旋轉之貌。經—辟不連言。論語、足躩如也。包氏曰。盤辟貌也。則連言之。投壺言—旋。
(二)大船。見〔玉篇〕。
(三)行也。見〔廣雅釋詁〕。〔按王念孫以爲服之誤字。朱駿聲不從。〕
(四)移也。〔舊唐書裴延齡傳〕自冬歷夏。—載不了。〔俗作搬〕。
(五)數別之名。〔宋史樂章〕求淑女兮。豈樂多—。〔如俗言一—、萬—者、——皆是。〕

【般】蒲官切音槃寒韻
(一)樂也。見〔爾雅釋詁〕。
(二)大也。〔孟子公孫丑〕—樂怠敖。
(三)久也。〔文選賈誼文〕—紛紛其離此尤兮。
(四)槃桓也。見〔史記賈生傳索隱〕。
(五)連貌也。〔漢書揚雄傳〕遝遝離宮—以相燭兮。
(六)囊也。〔穀梁桓三年傳〕諸母—。〔假借爲鞶〕
(七)山石之安者。〔漢書郊祀志〕鴻漸於—。〔假借爲磐〕
(八)詩篇名。〔詩般序〕巡守而祀四嶽河海也。
(九)水名。〔山海經北山經〕沂山、—水出焉。而東流注于河。
(十)—桓。不進也。見〔廣雅釋訓〕。
(十一)—礴。謂箕坐也。〔莊子田子方〕則解衣—礴。〔假借爲槃。朱駿聲云、—礴卽槃擭。〕
(十二)通鞶。〔莊子田子方釋文〕—字又作鞶。
(十三)通盤。〔左莊十四年傳〕商書—庚。〔釋文〕、本作盤。
(十四)同瘢。〔郭旻碑〕加有瑕—。

【般】逋還切音班刪韻
(一)還也。見〔廣雅釋詁〕〔疏證〕爾雅、—還也。郭璞注引左傳—馬之聲。今傳作班。
(二)反也。〔漢書賈誼傳〕—紛紛其離此郵兮。〔注〕孟康曰、—音斑。反也。
(三)布也。〔漢書禮樂志〕—裔裔。
(四)分也。賜也。〔太玄玄掜〕渙爵—秩。
(五)猶斑也。〔禮記內則〕馬黑脊而—臂漏。
(六)——文采貌。〔史記司馬相如傳〕——之獸。
(七)—首。猛獸虎之類。〔漢書揚雄傳〕履—首。
(八)人名。〔禮記檀弓〕公輸—。〔亦作班。〕

【般】補滿切音粄旱韻
(一)漢縣名。〔漢書地理志〕平原—縣。〔當今山東德平縣東北。〕
(二)面平皃。見〔集韻〕。

【般】北末切音缽曷韻
梵言、—若。華言、智慧。若音惹。見〔正字通。〕

【舥】披巴切音葩麻韻
浮梁謂之—。見〔集韻〕。

【⿰舟少】楚敎切音抄效韻
船不安也。見〔廣韻〕。

【⿰舟日】人質切音日質韻
舟飾。見〔玉篇〕。

【舦】他蓋切音太泰韻
舟行。見〔集韻〕。

【⿰舟今】巨禁切音矜沁韻巨客切近上聲寑韻
船也。見〔玉篇〕。〔按廣韻、集韻、字彙、正字通竝云。蜀人呼船曰—。兩韻書皆正作[illegible]。兩字書皆讀上聲。〕

【舨】補綰切音版潸韻
[illegible]—。舟也。見〔集韻〕。

【⿰舟戈】居何切音歌歌韻
船名。見〔集韻〕。

【舤】符咸切音凡咸韻
舟也。見〔篇海〕。

【舭】音未詳
—⿰舟達。舟名。〔宋史李全傳〕始造—⿰舟達船。謀爭舟楫之利焉。

【⿰舟𠬝】服本字。見〔說文〕。

【⿰舟支】古般字。見〔說文〕。〔段注〕各本作从支。誤。从攴、猶从殳也。

【舩】同船。〔漢書佞幸傳〕鄧通以濯—爲黃頭郎。

【⿰舟斤】同⿰舟其。見〔集韻〕。

【⿰舟句】同⿰舟句、⿰舟冓。見〔正字通〕。

【⿰舟互】同⿰舟氐。見〔字彙補〕。

【⿰舟犬】舦譌字。見〔正字通〕。

五畫

【舲】郎丁切音靈青韻
(一)船有窗牖者。〔楚辭涉江〕乘—船余上沅兮。
(二)小船也。〔淮南俶眞〕越—蜀艇。

●同艞。見〔玉篇〕。

【舶】簿陌切音白陌韻

㊀大船也。〔水經江水注〕昔孫權裝大船。名之曰長安。亦曰大—。載坐直之士三千人。

㊁蠻夷汎海舟曰—。見〔集韻〕。〔日本謂外國貨爲—來品。〕

【船】食川切音膞余專切音沿先韻

㊀舟也。見〔說文〕。〔段注〕古言舟。今言—。如古言屨。今言鞋。舟之言周旋也。—之言沿也。

㊁衣領曰—。見〔韻會〕。〔按杜詩。天子呼來不上—。正字通云。蜀人呼衣繫帶爲穿。俗因改穿作—。〕

㊂天—。星名。〔後漢明帝紀〕有星孛於天—北。

㊃姓也。見〔廣韻引姓苑〕。

【舥】符咸切音凡咸韻

船舷也。〔廣雅釋水〕—謂之舷。

【㲊】居訝切音駕禡韻

具舟也。或作䑸。見〔集韻〕。

【舸】居侯切音溝尤韻

—艞。舟也。見〔廣雅釋水〕。〔疏證〕

集韻。—艞。大艑也。藝文類聚引物理論云。工匠經涉河海。爲—艞。以浮大川。

【艴】符勿切音佛物韻

大船。見〔集韻〕。

【舠】丁聊切音貂蕭韻

吳船。見〔廣韻〕。

【舳】佇六切音逐屋韻

艫也。漢律名船方長爲—艫。一曰舟尾。見〔說文〕。〔桂注〕唐書楊元琰傳。與張柬之共乘艫江中。一曰舟尾者。方言。後曰—。〔—、制水也。注云。今江東呼柂爲—。〕

【舳】余救切音欧直祐切音冑宥韻

舟首也。〔小爾雅廣器〕船頭謂之—。尾謂之艫。〔疏〕諸家俱以—爲船後。艫爲船前。惟玉篇與此經合。蓋方俗語異。學者兩存之可也。

【舴】陟格切音磔側格切音窄實窄切音齚陌韻

—艋。舟也。見〔廣雅釋水〕。〔疏證〕玉篇。—艋。小舟也。小舟謂之—艋。小蝗謂之蚱蜢。義相近也。

【艇】丁計切音帝霽韻典禮切音邸薺韻

—艫。舟也。見〔廣雅釋水〕。〔疏證〕—艫。猶抵當也。廣韻。—艫。水戰船。出字林。

【舵】待可切音拕哿韻

正船木。見〔玉篇〕。

【舷】胡千切音賢先韻

船邊也。〔文選郭璞賦〕詠採菱以扣—。

【舸】賈我切音哿哿韻

舟也。見〔說文新附〕。〔按方言。南楚江湘。凡船大者謂之—。吳志董襲傳。乘大—船。廣雅疏證。—者、洪大之稱。門大開謂之閜。大杯謂之閜。大船謂之—。義相近也。〕

【舺】轄甲切音狎古狎切音甲洽韻

艞—。舟也。見〔集韻〕。

【䒀】爲命切音詠敬韻

舟行也。見〔五音集韻〕。〔按字彙訓舟行貌。〕

【舳】音未詳

—艫。舟名。〔宋三朝政要〕嘉祐九年。支會付淮西造—艫船。以備攻守。〔按宋史叛臣李全傳。作舭艫。疑舭、—形近而譌。〕

【艄】艄省字。見〔集韻〕。

【艕】同艕。見〔集韻〕。

【舵】同柁、舵。見〔集韻〕。

【䑶】䑶或字。見〔集韻〕。

六畫

【舼】渠容切音蛩冬韻

㊀小船也。見〔玉篇〕。〔按太平御覽引淮南子、越舲蜀艇作越—蜀艇。又引注云。—、小艇。〕

㊁檧或字。見〔集韻〕。〔按方言艇小而深者謂之檧。郭注。即長—也。通雅。今皖江之太湖。呼船小而深者、謂之—艚。〕

【舼】胡公切音洪東韻

舟也。見〔廣雅釋水〕〔疏證〕後漢書馬融傳。方餘皇。連—舟。

【舽】皮江切音龐江韻

㊀吳船。見〔玉篇〕。

㊁—舡。船皃。見〔廣韻〕。〔又〕俗言物

之艬大者曰—舡。見〔正字通〕。
㊁—艭。船也。見〔集韻〕。

【⿰舟行】寒剛切音杭陽韻
㊀方舟也。〔琅邪代醉編〕—字、羣書所無。而釋文首序曰。吳與大—。
㊁航或字。見〔集韻〕。

【⿰舟关】直稔切音朕寢韻
㊀天子稱。見〔玉篇〕。〔按此字、廣韻集韻並作朕。佩觿云。字从月。月、眞由翻。是則廣韻集韻之从月。與玉篇之从舟。皆本說文。二而一也。〕
㊁舟縫也。〔戴震考工記函人注〕舟之縫理曰—。故札續之縫、亦謂之—。〔按段玉裁力主戴說。申之曰。凡言—兆者。謂其幾甚微。如舟之縫。如龜之坼也。〕

【⿰舟兆】他刀切音饕豪韻
舟也。見〔廣雅釋水〕。

【⿰舟兆】徒刀切音陶豪韻
舟名。見〔集韻〕。

【⿰舟同】徒東切音同東韻
舟也。見〔廣雅釋水〕。〔疏證〕初學記引周遷與服雜事云。欲輕行則乘海—、—。合木船也。

【⿰舟合】鄂合切音𤎚合韻
船動兒。見〔玉篇〕。

【⿰舟舌】戶栝切音活曷韻
舟行。見〔玉篇〕。

【⿰舟吳】訛胡切音吾虞韻
船名。見〔玉篇〕。

【⿰舟聿】古津字。見〔字彙〕。

【⿰舟郎】同艆。見〔廣韻〕。

七畫

【艂】符風切音馮東韻
㊀舟名。見〔集韻〕。
㊁—舡。舟也。見〔廣雅釋水〕。〔疏證〕—舡、猶舽肛也。舽肛、腹脹也。

【艆】盧當切音郎陽韻
㊀海船。見〔玉篇〕。
㊁—艄。舟也。見〔廣雅釋水〕。〔疏證〕初學記引埤倉云。海中船曰—艄。
㊂舟舷曰桹。俗作—。見〔正字通〕。

【艇】待鼎切音挺迥韻
㊀小舟也。見〔說文新附〕。〔按方言。小艒縮、謂之—。淮南俶眞訓越舲蜀—注云。蜀—、一板之舟。〕
㊁挺也。〔釋名釋船〕二百斛以下曰—。—、挺也。其形徑挺。一人二人所乘行者也。

【⿰舟步】蒲故切音步遇韻
㊀舟也。方言艇短而深謂之—。見〔集韻〕。〔按方言今本作𦪈。廣雅疏證小爾雅疏諸書引同。〕
㊁同𦪈。見〔字彙〕。〔按玉篇廣韻並有𦪈無—。集韻—、或作𦪈。陳書侯景傳有𦪈—字。王念孫謂即方言注之𦪈𦪈。〕

【艀】房尤切音浮尤韻
舟短小者。見〔集韻〕。〔按廣雅疏證。—之言浮也。玉篇—、小艄也。小艄謂之—。猶小泭謂之桴矣。〕

【艃】陵之切音釐支韻 兩耳切音里紙韻
⿰舟其—。舟也。見〔廣雅釋水〕。〔按廣雅、玉篇、廣韻、並音釐。集韻、五音集韻兼收上音。〕

【艄】師交切音梢肴韻
船尾。見〔集韻〕。

【⿰舟肖】所敎切音稍效韻
舟名。見〔集韻〕。

【⿰舟弟】待禮切音弟薺韻 大計切音第霽韻
船也。見〔集韻〕。

【艅】羊諸切音余魚韻
—艎。船名。經典通用餘皇。見〔說文新附〕。〔鈕氏新附攷〕按左昭十七年傳作餘皇。後漢書馬融傳。方餘皇。章懷太子云。餘皇、吳船之名。〔按郭璞江賦。運—艎。李善注引左傳及杜注、並作—艎。〕

【⿰舟亭】虛庚切音亨庚韻
⿰舟鹽—也。今鹺政多用此字。見〔字彙補〕。

【艁】古造字。見〔說文辵部〕。〔按方言、廣雅、並云。—舟謂之浮梁。〕

【⿰舟延】古艇字。見〔字彙補〕。

【⿰舟今】同舲。見〔玉篇〕。

八畫

【⿰舟并】哺橫切音𦩑庚韻
㊀舟名。見〔集韻〕。
㊁艕—。舟具。見〔廣韻〕。

【⿰舟周】都勞切音刀豪韻

㊀小船也。見〔說文〕。〔段注〕各本無此字。衞風曾不容刀。正義曰。說文作—小船也。今據補於末。
㊁舠或字。見〔集韻〕。〔按玉篇。—、舠、各字。廣韻有舠、無—。〕

【⿰舟周】丁聊切音貂蕭韻
㊀吳船也。見〔初學記引埤蒼〕。〔按釋名。三百斛曰—。貂也。貂、短也。江南所名。〕
㊁⿰舟召或字。見〔集韻〕。〔按玉篇—音彫。廣韻有⿰舟召無—。〕

【⿰舟卓】直教切音櫂效韻
㊀—船也。見〔玉篇〕。
㊁櫂也。見〔五音集韻〕。
㊂櫂或字。〔集韻〕櫂。行舟也。或作—。

【⿰舟宛】委遠切音宛阮韻
㊀舟也。見〔集韻〕。
㊁船—木。見〔字彙〕。

【艌】奴店切音念豔韻
㊀—船也。見〔篇海〕。〔按正字通云。今、葺理舊船。謂若念者。方俗語也。〕
㊁挽舟索也。〔正字通〕挽索舟謂之⿱竹念。或作⿰糸念。因其爲挽舟具。故从念从舟作—。音牽去聲。〔按挽舟索、廣韻集韻並作⿰糸念。集韻別出⿱竹念字訓竹索。〕

【⿰舟其】渠之切音其支韻
—艃。舟名。見〔玉篇〕。

【⿰舟侖】龍春切音倫眞韻圭玄切音涓先韻
船前桄也。見〔集韻〕。〔按廣雅釋水。—謂之桄。疏證。此謂船前橫木也。別言之。則船前橫木曰桄。合言之。則四邊皆曰桄。玉篇。—、船—也。今本譌作—船。合言之則四邊皆曰—。若錢四周謂之輪郭矣。〕

【⿰舟侖】盧昆切音淪元韻
舟名。見〔集韻〕。

【⿰舟非】步拜切音憊卦韻
船後—木。見〔廣韻〕。〔按玉篇作棑。〕

【⿰舟疌】悉協切音燮葉韻
舟行也。見〔玉篇〕。〔正字通云。舟行疾。〕

【⿰舟青】倉甸切音蒨霰韻
輕舟謂之—。見〔集韻〕。

【艋】母梗切音猛梗韻
舴—。小舟。見〔玉篇〕。

【⿰舟关】古朕字。見〔廣韻〕。

【⿰舟隹】古津字。見〔字彙補〕。

【⿰舟帛】舶或字。見〔集韻〕。

【⿰舟兒】艗或字。見〔集韻〕。

【⿰舟肙】艒譌字。見〔正字通〕。

九畫

【⿰舟复】房六切音伏屋韻
㊀舟也。見〔玉篇〕。
㊁服或字。〔集韻〕服。用也。或作—。

【艎】胡光切音黃陽韻
㊀艅—也。見〔說文新附〕。
㊁荆人呼渡津舫爲—。見〔字彙補〕。〔按玉篇—下云。吳舟。不曰艅—。與艫艋艦艫等異例。是—亦可單字成義。不必艅—連文也。謝朓詩云飛—。劉晏爲歇—。皆以—爲舟。〕

【艘】蘇遭切音騷豪韻
㊀船總名。見〔玉篇〕。
㊁同椶。見〔廣韻〕。
㊂亦作艘。見〔玉篇〕。

【艏】始九切音首有韻
㊀船名。見〔玉篇〕。〔集韻云舟也。〕
㊁艗—。船首也。見〔方言〕。船首謂之閤閭。或謂之艗—。〔注〕今江東貴人船前作青雀。是其象也。〔玉篇艗—、作鷁首。〕

【艐】祖叢切音嵏東韻
㊀船著沙不行也。見〔說文〕。〔段注〕大人賦張揖注曰。—、著也。
㊁三—。國名。見〔廣韻引書傳〕。
㊂隸作艐。見〔集韻〕。〔按三—書序。遂伐三艐。史記殷本紀作遂伐三嵏。〕

【艐】口箇切音坷箇韻
船著沙不行也。見〔廣韻〕。

【艐】古屆字。見〔爾雅釋詁孫炎注〕。〔按爾雅郭注同孫。玉篇祖公切。又音屆。〕

【艑】婢典切音辮銑韻紕連切音篇先韻
㊀吳船也。見〔廣韻〕。〔按通俗文。吳船曰—。晉船曰舶。荆州記。湘洲七郡大—所出。皆受萬斛。〕

㊁—艖。淺船也。〔唐書劉崇龜傳〕乘—艖亡去。

【𦪻】夷周切音遊尤韻
㊀舟行也。見〔集韻〕。
㊁舟帷。見〔字彙〕。

【艒】莫六切音目莫卜切音木屋韻謨沃切音瑁沃韻莫報切音帽號韻
㊀船名。〔宋史吳喜傳〕從西還。大艑小—。錢米布絹無船不滿。
㊁—艍。舟也。見〔廣雅釋水〕〔疏證〕方言。南楚江湘、小舸謂之艖。艖謂之—艍。

【䑿】密北切音墨職韻
纆或字。〔集韻〕纆小舟。或作—。

【𦪈】于貴切音胃未韻
運船也。見〔玉篇〕。

【𦪲】容朱切音俞虞韻
艅—。舟名。見〔集韻〕。

【䑷】桑經切音星青韻
船名。見〔集韻〕。

【𦪇】方六切音福屋韻
—艍。大舟。見〔集韻〕。

【𦪍】下斬切音鹻豏韻
船名。見〔集韻〕。

【䑝】詰計切音契霽韻
舟也。見〔廣雅釋水〕。

【艓】達協切音牒弋涉切音葉葉韻
舟名。〔宋書沈攸之傳〕輕—一萬。截其津要。

【䑕】陁沒切音揬月韻
釣舟謂之—。見〔集韻〕。

【艥】逆及切音岌緝韻
船行。見〔玉篇〕。

【𦪔】古津字。見〔玉篇〕。

【𦪕】古津字。見〔字彙補〕。

【䑺】同帆。見〔集韻〕。〔按韓愈南海神廟碑祥飆送—。〕

【䑧】同鰨。見〔集韻〕。

【𦪫】同艛。見〔五音集韻〕。

【𦪉】䑸或字。見〔集韻〕。

十畫

【艕】補曠切音謗漾韻
㊀並兩船。見〔集韻〕。
㊁—人。習水者。見〔五音集韻〕。

【䑫】北孟切音榜敬韻
船也。見〔集韻〕。

【𦪷】菑尤切音鄒尤韻
㊀船也。見〔玉篇〕。
㊁舷謂之—。見〔集韻〕。

【𦪸】莊俱切音傷虞韻
海中船曰艆—。見〔初學記引埤蒼〕

【艖】初加切音叉麻韻
㊀小舸謂之—。見〔方言〕〔注〕今江東呼—小底者也。
㊁艖或字。〔集韻〕艖博雅、舟也。或从差。

【艖】才何切音醝歌韻
㊀小船。見〔玉篇〕。
㊁艑—。舟也。見〔集韻〕。〔按通雅雜用篇艑—。淺船也。引唐劉崇龜傳。乘艑—亡去。〕

【𦪾】初佳切音釵佳韻
舟名。見〔集韻〕。

【䑨】側下切音鮓馬韻
小舟。見〔集韻〕。

【艘】先彫切音蕭蕭韻蘇遭切音騷豪韻疏鳩切音搜尤韻
㊀船名。〔文選左思賦〕渾萬—而旣同。
㊁計船數曰—。〔漢書溝洫志〕漕船五百—。

【𦪬】尺久切有韻
船名。見〔玉篇〕。〔按廣雅作艗—。字彙補云同艏。〕

【艗】倪歷切音鷁錫韻
—艏。舟也。見〔廣雅釋水〕。〔按方言。船首謂之閤閭。或謂之—艏。藝文類聚引韻集。—艏。天子船也。又—艏本作鷁首。亦簡稱鷁。漢書司馬相如傳。浮文鷁。注。鷁。水鳥也。畫其像於船首。淮南子曰。龍舟鷁首。〕

【䑼】戶禮切徯上聲薺韻
所以安重船。見〔字彙〕。〔按廣韻本作䑲。〕

【𦪭】魚開切音皚灰韻
船名。見〔集韻〕。

【𦪃】吉念切兼去聲豔韻

船名。見〔集韻〕。

【艒】如灼切音弱藥韻 船名。見〔篇海〕。

【艓】渠容切音蛩冬韻 小船也。〔通雅雜用〕小而深者曰—。今皖之太湖呼小而深者曰—艓。〔按方言作樑。廣雅作艓。玉篇作艓。集韻以方言樑爲正字。〕

【䑽】託盍切音榻合韻 大舫也。〔通雅雜用〕—、即艙也。大船曰艙。見隋紀。—取寬容平榻。王濬造連舫、四出門馳。即—類也。

【𦪐】古送切音貢送韻 船名。〔字彙補〕今有八—船。

【𣃗】朝本字。見〔說文〕。

【𦨣】朐或字。見〔集韻〕。

【𦩚】朓或字。見〔集韻〕。

【艙】俗船倉字。

十二畫

【𦪙】息六切音肅屋韻 ㊀艒—船名。〔方言〕小舸謂之艖。艖謂之艒—。小艒—謂之艇。㊁𦪭—大舟。見〔集韻𦪭字注〕。

【艊】蒲故切音步遇韻 ㊀艇船。見〔廣韻〕。㊁舿或字。見〔集韻〕。

【艀】芳無切音敷。蓬逋切音蒲虞韻 舟也。〔方言〕艇長而薄者謂之艜。短而深者謂之—。

【𦪥】席入切音習緝韻 ㊀子船。見〔玉篇〕。㊁覆船具。〔江淹詩〕草䑜—長堙。㊂同䑜。䑜修船具也。見〔玉篇〕。

【艚】財勞切音曹豪韻 ㊀小船。見〔玉篇〕。㊁艒—船小而深者。〔陸游詩〕無時往來觸艒—。〔按通雅謂艓—之訛〕

【艛】郎侯切音婁尤韻 ㊀舟名。見〔玉篇〕。〔正字通〕謂即樓船。㊁䑝—船名。見〔韻會〕。

【䑼】盧谷切音祿屋韻 𦨯—。舟也。見〔集韻〕。

【𦪈】牛刀切音敖豪韻 舟接首謂之—。見〔集韻〕。

【𦪚】七計切音砌霽韻 舟危也。見〔字彙〕。

【艜】當蓋切音帶泰韻 艇長而薄者謂之—。見〔方言〕。

【𦪝】思尤切音羞尤韻 進船也。見〔玉篇〕。

【𦩚】古津字。見〔說文水部〕。

【𦪎】艥或字。見〔集韻〕。

【𦪗】槳或字。見〔集韻〕。

【𦪻】艁俗字。見〔正字通〕。

十二畫

【𦪽】方副切音富宥韻 ㊀舟名。見〔集韻〕。㊁船載多。見〔字彙〕。

【艞】弋笑切音燿嘯韻 ㊀江中大船。見〔廣韻〕。㊁䑬或字。〔集韻〕䑬大舟。或作—。㊂舟泊岸。𠭤長板船首與岸接。以通往來。俗呼—板。讀若跳。見〔正字通〕。

【𦫀】其月切音掘月韻 ㊀—頭。船也。見〔字彙〕。㊁繫舟木也。同橛。見〔正字通〕。

【𦪾】敕列切音徹。色列切音設屑韻 ㊀舟也。見〔玉篇〕。㊁舟行也。見〔集韻〕。

【𦪷】託盍切音榻合韻 兩槽大船。見〔廣韻〕。

【𦫁】北末切音撥曷韻 海中大船。見〔集韻〕。〔玉篇木部〕橃下云。亦作—。

【𦪿】于貴切音胃未韻 運船也。見〔字彙〕。〔按音訓與艒字全同。玉篇、廣韻、集韻並有艒無—。疑即艒之譌字。〕

【𦪼】都困切音頓願韻 —艙。見〔字彙〕。

【𦪸】憐蕭切音聊蕭韻 船也。見〔玉篇〕。〔正字通〕云。船小而長。

【𦪺】孚袁切音翻元韻

船飾也見〔玉篇〕。

【⿰舟黃】胡光切音黃陽韻　艎或字〔集韻〕艎艅艎吳大船名。或从黃。

【⿰舟橫】胡盲切音橫庚韻　筏也見〔字彙〕。

【⿰舟尊】徂悶切音鐏願韻　舟漏謂之—。見〔集韻〕。

【艟】昌容切音衝冬韻昌用切音揰宋韻　艨—。戰船所以突敵見〔集韻〕。〔按廣雅疏證云字本作蒙衝後漢書禰衡傳黃祖在蒙衝船上大會賓客船之有蒙衝猶車之有衝車。蒙、冒也衝、突也〕

【⿰舟幢】丈降切音幢絳韻　短船見〔集韻〕。

【⿰舟童】徒東切音同東韻　⿰舟同或字〔集韻〕⿰舟同博雅、舟也。或作—。

【⿰舟叅】倉含切音叅覃韻　戰艦內貫以大木、曰底—。見〔字彙補〕。

【⿰舟滕】同能切音滕蒸韻　行滕也見〔字彙補〕。

【⿰舟肅】同⿰舟宿見〔正字通〕。

【⿰舟堯】橈或字見〔集韻〕。

十三畫

【⿰舟逢】蒲蒙切音蓬東韻　織竹編箬以覆船見〔集韻〕。

【⿰舟歇】許竭切音歇月韻　—艎、大船見〔廣韻〕。〔按通雅云。劉晏爲歇艎。此本吳之餘皇。皇、言大也。〕

【⿰舟虜】籠五切音魯麌韻　所以進船見〔玉篇〕。

【艤】語綺切音螘紙韻　整舟向岸也。〔文選左思賦〕—輕舟。

【艡】他浪切音儻漾韻都郎切音當陽韻　⿰舟氐—、舟也見〔集韻〕。

【⿰舟粲】千安切音餐寒韻　舟名見〔集韻〕。

【⿰舟達】同答切音達曷韻　舭—。船名〔宋史李全傳〕募南匠。大治舭—船。

【⿰舟蹉】艖本字見〔字彙補〕。

【⿰舟需】同艫見〔正字通〕。

【艢】檣或字見〔集韻〕。

【艥】楫或字見〔集韻〕。

【⿰舟賁】橨或字見〔集韻〕。

十四畫

【艦】戶黯切音檻豏韻　版屋舟也。〔釋名釋船〕上下重版曰—。四方施版以禦矢石。其內如牢檻也。

【⿰舟無】罔甫切音武麌韻　長艇船也見〔廣韻〕。

【艨】謨蓬切音蒙東韻蒙弄切音幪送韻忙用切宋韻　—艟也。〔釋名釋船〕外狹而長曰—衝。以衝突敵船也。

【⿰舟齊】前西切音齊齊韻　艍—用以承艍者見〔篇海〕。

【⿰舟濟】子禮切音濟薺韻子計切音濟霽韻　舟也。見〔玉篇〕。

十五畫

【⿰舟墨】密北切音墨職韻　㊀小舟。見〔集韻〕。㊁—⿰舟夾。釣艇也。見〔篇海〕。〔廣韻作艒⿰舟夾。〕

【⿰舟蠡】里弟切音禮薺韻　舟也。見〔字彙〕〔正字通云。俗呼瓢曰—。故小舟从—。〕

【艣】同⿰舟虜。見〔字彙〕。

【⿰舟賣】艖俗字。見〔正字通〕。

十六畫

【艫】龍都切音盧虞韻淩如切音臚魚韻　㊀舳—也。一曰船頭。見〔說文〕。㊁舟名。〔唐書楊元炎傳〕與張東之共乘—江中。㊂船尾謂之—。見〔小爾雅廣器〕。〔按玉篇云在船後。廣韻同。吳都賦劉注亦然。〕

【⿰舟龍】席入切音習緝韻　㊀以竹葉—船也。見〔玉篇〕。㊁簪或字〔集韻〕簪覆船具。或作—。

【⿰舟龍】力鍾切音龍冬韻 小船上安蓋者。見〔廣韻〕。

【⿰舟籠】盧東切音籠東韻 舟名。見〔集韻〕。

【⿰舟歷】狠狄切音歷錫韻 船也。見〔集韻〕。

十七畫

【⿰舟霝】郎丁切音靈青韻 (一)舟也。見〔集韻〕。(二)舟有窗者。見〔字彙〕。〔廣韻〕作舲。(三)小船屋也。見〔玉篇〕。〔廣韻〕作⿰舟霝。

【艬】鋤咸切音巉咸韻 士懺切音鑱陷韻 大船也。見〔玉篇〕。〔按廣韻云。合木船。〕

十八畫

【艭】疏江切音雙江韻 艂―舟名。見〔集韻〕。

十九畫

【⿰舟贊】⿰舟贊或字。見〔集韻〕。

二十一畫

【⿰舟蠡】里弟切音禮齊韻 (一)大舟。見〔玉篇〕。(二)同欚。〔廣韻〕欚。江中大船名。亦作―。

二十四畫

【⿰舟靈】郎丁切音靈青韻 (一)―⿰舟霝。有屋舟名。見〔廣韻〕。(二)⿰舟霝或字。〔集韻〕⿰舟霝。舟也。或从靈。

衣部

【衣】於希切音依微韻 (一)依也。上曰―。下曰常。象覆二人之形。見〔說文〕。〔段注〕依者。倚也。人所倚以蔽體者也。云覆二人則貴賤皆覆。上下有服。而覆同也。〔按淮南脩務訓曰。胡曹爲―。氾論訓又曰。伯余作―。高注皆曰。黃帝臣。〕(二)裳也。〔禮記曲禮〕摳―趨隅。(三)隱也。〔白虎通衣裳〕―者。隱也。所以隱形。(四)服行也。〔書康誥〕紹聞―德言。〔釋文〕―如字。(五)凡被於體外者皆曰―。如袴爲脛―。轖爲足―之類。(六)凡被於物外者亦曰―。如槖爲弓―。匣爲劍―之類。(七)果皮亦曰―。〔李建勳詩〕移鐺剝芋―。(八)鳥羽亦曰―。〔陸游詩〕細雨溼鶯―。(九)白―。未仕之稱。〔後漢崔駰傳〕憲諫以爲不宜與白―會。(十)青―。水名。亦古國名。〔水經青衣水〕青―水出青―縣西蒙山。〔注〕縣故青―羌國也。〔又〕婢僕也。蔡邕有青―賦。(十一)牛―。編亂麻爲之。俗呼龍具。〔漢書王章傳〕臥牛―中。(十二)綴―。周官名。〔書立政〕綴―。〔後世織造稱倚―本此。〕(十三)更―。便溺也。〔史記高帝紀〕乃起更―。(十四)𦬆―。草名。〔爾雅釋草〕𦬆蘀𦬆―。〔詳蘀字〕(十五)地―。垣―。水―。並苔之別名。又車前。一名地―。(十六)包―。清代內務府旗籍。(十七)姓也。明―勉仁。―祐。

【衣】於旣切音㲉未韻 (一)服之也。〔論語子罕〕―敝縕袍。(二)以衣被人也。〔易繫辭〕厚―之以薪。

二畫

【衦】朗鳥切音了篠韻 力弔切音料嘯韻 衩―。小袴也。〔方言〕大袴謂之倒頓。小袴謂之衩―。

【卒】卒本字。見〔說文〕。

【𧘇】古裔字。見〔說文〕。〔段注〕几聲。

【𧘈】同裔。見〔集韻〕。

三畫

【表】彼小切音裱俾小切音標篠韻

(一)本作𧘝。〔說文〕𧘝。上衣也。从衣毛。古者衣裘故以毛爲—。〔段注〕上衣者、衣之在外者也。論語。必—而出之。孔曰。加上衣也。引伸爲凡外著之偁。以衣毛製爲—。字示不忘古。

(二)外也。〔書立政〕至于海—。〔按—面義本此。又凡動植物外層之皮、謂之—皮。〕

(三)顯也。〔左襄十四年傳〕以—東海。

(四)正也。〔淮南本經〕抱—懷繩。

(五)特也。〔楚辭山鬼〕—獨立兮山之上。

(六)儀也。〔禮記表記〕天下之—也。

(七)標也。〔荀子儒效〕行有防—。

(八)書也。見〔廣雅釋詁〕〔疏證〕釋名。下言於上曰—。思之於內。—施於外也。

(九)柱也。〔呂覽愼小〕夜日置—於南門之外。

(十)猶首也。〔漢書馮奉世傳〕爲世使—。

(十一)旌旗也。〔國語晉語〕車無退—。

(十二)旌異也。〔書畢命〕—厥宅里。

(十三)揭明也。〔禮記檀弓〕君子—微。

(十四)杪末也。〔文選謝朓〕林—吳岫微。

(十五)弓背也。〔儀禮鄉射禮注〕以左手在弓—。

(十六)晷景也。〔史記司馬穰苴傳〕立—下漏。〔按今計時之器曰—。以金類爲之。俗因書作錶。實卽—字。〕

(十七)外姻也。〔晉書山濤傳〕濤與宣穆后有中—親。

(十八)列記事件以便觀覽也。如三代世—、六國年—、近時統計—、豫算—之類。

(十九)——特出貌。〔韓愈文〕——僉偉。

(二十)林—。漢宮官名。〔漢書敘傳〕時長信庭林—。適使來聞見之。〔注〕林—宮中婦人官名。長信宮庭之林—也。

(二十一)—決。斷定也。

(二十二)發—。宣布也。

(二十三)代—。謂以個人代全體—現意思。公認爲有效者也。如元首爲全國之代表。大使、公使爲本國之代—。議員爲民意之代—。降至官廳、團體、派一使者。亦襲稱代—。

(二十四)姓也。明—貫。

【表】卑遙切音猋蕭韻 識也。見〔集韻〕。〔按周禮肆師。—齍盛告絜。注云。故書—爲剽。剽、—皆謂徽識也。釋文。芳遙反。或昉遙反。〕

【衧】雲俱切音于虞韻 諸—也。見〔說文〕〔注〕臣鍇按。諸—、袍也。〔按玉篇。—、衣袍也。王筠曰。謂其衣褒大也。後漢光武紀。諸于繡𧜀。于者—之假借。注引漢書音義曰。諸于、大掖衣。如婦人之袿衣。正字通云。今俗呼披風敞袖是也。〕

【衦】居案切音幹翰韻古旱切音稈旱韻 摩展衣也。見〔說文〕。〔段注〕摩展者。摩其襵䌟而展之也。石部䃎下曰。以石—繒也。—之用與熨略同而異。〔集韻作紆〕。

【衫】師銜切音縿咸韻

(一)衣也。見〔說文新附〕。〔按廣韻訓—衣。正字通云。衣之通稱。唐車服志。士人以枲苧襴—爲上服。〕

(二)芟也。芟末無袖端也。見〔釋名釋衣服〕。〔疏證〕蓋短袖無袪之衣。故云芟末無袖端。

(三)小襦。見〔集韻〕。

(四)禪襦也。〔方言〕汗襦或謂之禪襦。〔注〕今或呼—爲禪襦。〔按初學記引方言作單襦。六書故。今以單衣爲—。正字通。汗—卽中單。漢王與項羽戰。汗透中單。改名汗—。或曰汗衣。詩與子同澤。澤卽汗衣也。〕

【衩】楚懈切音瘥卦韻楚嫁切音瘥禡韻

(一)衣—。見〔玉篇〕。〔按今猶謂衣旁開處曰—口。又清時。禮服兩旁無—。前後有—。曰開—袍。四方—者。曰四—開氣袍。〕

(二)[illegible]膝也。見〔廣雅釋器〕。

(三)襌衣。見〔集韻〕。

(四)褻服也。〔宋史竇儀傳〕覘見上—衣。因卻退。

(五)裙分也。〔李商隱詩〕裙—芙蓉小。

【𧘌】居雄切音弓東韻

㊀⿰衤躬也。見〔廣雅釋器〕〔疏證〕⿰衤躬、謂衣中也。字通作身。喪服記、衣二尺有二寸。鄭注云。此謂袂中也。言衣者、明與身參齊。疏云。衣卽身也。

㊁通躬。〔續漢書五行志〕獻帝建安中。男子之衣。好爲長躬而下甚短。

〔袥〕　闥各切音託藥韻

㊀開衣令大也。見〔集韻〕。

㊁同祏。今俗以貼襯長衣爲—衫。見〔正字通〕。

〔袘〕　余支切音移支韻

㊀衣緣也。見〔玉篇〕。〔按儀禮士昏禮。爵弁纁裳緇袘。以袘爲之。〕

㊁袖也。見〔廣雅釋器〕〔疏證〕漢書司馬相如傳。揚—戌削。張注云。—、衣袖也。曳也。〕

㊂同⿰衤施。〔集韻〕⿰衤施。博雅、袖也。或作—。〔按今本廣雅作—。考玉篇、廣韻、竝有—。無袘、⿰衤施。六書故、正作—。引儀禮及鄭注云。又作⿰衤施。字彙、正字通、皆以—爲正字。袘、⿰衤施、竝同—。惟集韻、—、袘、⿰衤施、互出。〕

〔袘〕　演爾切音酏紙韻

㊀衣中袖。見〔廣韻〕。

㊁衣緣。見〔集韻〕。

〔⿰衤弋〕　逸職切音弋職韻

㊀衫也。見〔玉篇〕。

㊁衣—。見〔廣韻〕。

㊂黑衣。見〔集韻〕。

〔⿰衤巾〕　居銀切音巾眞韻

㊀以巾覆物。見〔集韻〕。

㊁巾或字。〔集韻〕巾、佩巾也。一曰。首飾。或从衣。

〔⿰衤工〕　古雙切音江江韻

衣帶。見〔玉篇〕。

〔⿰衤勺〕　職略切音灼藥韻丁歷切音的錫韻

禪衣也。〔方言〕—繵謂之禪。〔注〕今又呼爲涼衣也。〔箋疏〕玉篇、—、禪衣也。又云。約纏謂之禪。

〔⿰衤勺〕　皮敎切音炮效韻

衣襟。見〔集韻〕。

〔⿰衤千〕　音千先韻

析也。見〔川篇〕。

〔⿴衣于〕

衧本字。見〔玉篇〕。

〔⿴衣亐〕

同衧。見〔廣韻〕。

〔⿰衤号〕

同衧。見〔說文解字義證〕。

〔衩〕

襗或字。見〔集韻〕。

〔⿱大衣〕

襗或字。見〔集韻〕。

〔⿰衤犬〕

袂俗字。見〔龍龕手鑑〕。

四畫

〔衭〕　風無切音膚虞韻馮無切音扶虞韻

㊀襲—也。見〔說文〕。〔注〕衣—。卽裣也。今俗猶言之。

㊁衣前襟。見〔廣韻〕。

㊂襲袴。見〔玉篇〕。

㊃—襓。劍衣也。見〔廣雅釋器〕。

〔衮〕　古本切音滾阮韻

㊀天子享先王。卷龍繡於下常。幅一龍。蟠阿上鄉。从衣。公聲。見〔說文〕。〔段注〕豳風、—衣繡裳。注。—衣、卷龍衣也。卷龍涼龍拳曲。幅一龍。謂每幅一龍也。凡裳前三幅。後四幅。然則繡龍者七。與龍曲體而卬首。故曰蟠阿上鄉。

㊁黻也。見〔爾雅釋言〕。

㊂大也。見〔廣雅釋詁〕。

㊃——。猶滾滾也。〔晉書王戎傳〕——可聽。

㊄通卷。〔禮記禮器〕龍卷以祭。〔釋文〕卷本亦作—。

㊅通裷。〔荀子富國〕天子袾裷衣冕。〔注〕裷、與—同。

〔衯〕　敷文切音芬文韻

長衣皃。見〔說文〕。〔王注〕子虛賦。——裶裶。郭注。皆衣長皃。〔集韻作裵〕

〔衯〕　方文切音分文韻

衣大謂之—。見〔集韻〕。

〔衯〕　蒲奔切音盆元韻

衣戹好皃。見〔集韻〕。

〔⿰衤弔〕　丁聊切音貂蕭韻

㊀棺中縑裏。見〔說文〕〔王注〕段氏曰。喪大記。君裏棺、用朱綠。用雜金鐕。大夫裏棺、用玄綠。用牛骨鐕。士不綠。三綠字皆—之誤。〔集韻作⿴衣弔〕

㊁蠻夷衣。見〔玉篇〕。

〔衰〕　蘇禾切音莎歌韻

㊀艸雨衣。秦謂之萆。見〔說文〕。〔王注〕萆見艸部。又見木部⿰木衰下。萆下但云雨衣。此加艸者。以字从衣不從艸。經典以—爲等縗、痿毫、喪縗之字。而加艸作蓑以別之。〔按

艸部草。雨衣。一曰一衣。廣雅釋器。草謂之一。疏證引說文、又引越語、譬如一笠。皆正作一。」

(十三)或作蓑。見〔集韻〕。〔按公羊定元年傳。不蓑城也。唐石經作一。釋文出不一。云、一或作蓑。漢書五行志。亦作一城。〕

【衰】雙隹切音榱支韻

(一)浸微也。〔禮記王制〕五十始一。
(二)微也。〔禮記禮運〕周公其一矣。
(三)弱也。〔穀梁序〕昔周道一陵。
(四)小也。〔左襄二十九年傳〕其周德之一乎。
(五)老也。〔淮南主術〕年一志憫。
(六)下也。〔淮南泰族〕乘一而流。
(七)懈也。〔楚辭涉江〕年既老而不一。
(八)耗也。見〔韻會〕。
(九)病一退也。〔素問瘧論〕一則氣復反入。
(十)肌膚消也。〔呂覽玄宥〕人之老也。形益一。
(十一)一。瘦瘠之貌也。〔太玄衆〕兵一一。

【衰】初危切音痿丘追切音嶉支韻

(一)差也。〔左昭三十二年傳〕遲速一序。
(二)殺也。〔左桓二年傳〕皆有等一。
(三)降也。〔左襄二十五年傳〕自是以一。
(四)減也。〔國語齊語〕相地而一征。
(五)一分古算法名。九章之一。亦名差分。以御貴賤稟賦。

【衰】倉回切音崔灰韻

(一)縗或字。〔集韻〕縗。說文、喪服衣。長六寸。博四寸。或作一。〔按經傳多作一。〕
(二)摧也。〔後漢郭丹傳注〕一之言摧。言實摧痛於中也。〔按釋名釋喪制、一。摧也。言傷摧也。〕
(三)化學炭淡二氣所合成者。無色臭味。如桃仁。含劇毒。遇火則然。燒放青燄。故日本謂之青素。英文Cy-anogen。

【衵】入質切音日質韻

(一)日日所常衣也。見〔說文〕。
(二)女人近身衣。〔左宣九年傳〕皆衷其一服以戲於朝。

【衷】陟隆切音中東韻

(一)裏褻衣。見〔說文〕。〔段注〕褻衣有在外者。一則在內者也。引伸為折一。
(二)中也。〔左閔二年傳〕用其一。則佩之度。
(三)中心也。〔左僖二十八年傳〕今天誘其一。
(四)善也。〔書湯誥〕降一于下民。
(五)正也。〔左昭六年傳〕楚辟我一。
(六)當也。〔左昭十六年傳〕發命之不一。
(七)誠也。〔荀子成相〕欲一對言不從。
(八)懷也。〔左宣九年傳〕皆一其衵服。
(九)節適也。〔左莊六年傳〕而後立一焉。
(十)內也。匿也。〔左襄二十七年傳〕楚人一甲。
(十一)稱也。〔左僖二十四年傳〕服之不一。
(十二)姓也。〔正字通〕漢哀帝之後。一愉仕唐。改姓一。

【衷】陟仲切音中送韻陟隆切音中東韻

(一)平也。〔史記孔子世家〕言六藝者。折一於夫子。
(二)通中。不輕不重也。〔後漢梁統傳〕爰制百姓於形之一。

【衸】居拜切音戒下介切音械卦韻

(一)袥也。見〔說文〕。〔按袥下段注。廣雅。衩、一。袥、褳、膝也。玉篇褳膝褻、一也。按褳膝者褻衩在正中者也。故謂之袥。言其開拓也。亦謂之一。言其中分也。〕
(二)衣裾。見〔玉篇〕。
(三)衣長皃。見〔玉篇〕。
(四)布幅也。見〔廣韻〕。

【衺】徐嗟切音邪麻韻

(一)𧘲也。見〔說文〕。〔段注〕交部曰。𧘲者、一也。二篆為互訓。小徐本作絓也。非是。一、今字作回。一、今字作邪。毛詩傳曰。回、邪也。〔按玉篇訓姦思。廣韻訓不正。〕
(二)猶惡也。〔周禮比長〕有辠奇一則相反。
(三)奇一。譎觚非常。〔周禮宮正〕去其淫怠與其奇一之民。

【衽】忍甚切音飪寑韻如鴆切音妊沁韻

(一)衣衿也。見〔說文〕。〔王注〕喪服記。一二尺有五寸。注。一所以掩裳際也。上正一尺。燕尾二尺五寸。凡用布三尺五寸。案此乃許說之所主也。故釋名曰—襘也。任旁襘襘然也。亦指衣衿而言。

㊁ 裳幅交接處。〔禮記玉藻〕—當旁。

㊂ 袖也。〔史記留侯世家〕楚必斂—而朝。

㊃ 席也。〔禮記中庸〕—金革。

㊄ 任也。合棺之木。〔禮記檀弓〕棺束。縮二衡三、—每束一。〔按釋名釋喪制。棺束曰緘。古者棺不釘也。旁際曰小要。又謂之衽。衽、任也。任制際會。使不解也。正字通云。衣之縫合處曰—。以小要連合棺與蓋之際。故亦名—。此制今人猶多用之。〕

【袁】于元切音爰元韻

㊀ 長衣皃。見〔說文〕。

㊁ 州名。隋置。清爲—州府。今廢府。存宜春縣。

㊂ 通爰。史記—盎。漢書作爰盎。

㊃ 姓也。〔通志氏族略〕—氏。嬀姓。舜後。

【袂】彌蔽切音機霽韻

㊀ 褎也。見〔說文〕〔王注〕玉藻—可以回肘。

㊁ 挈也。挈、開也。開張之以受臂屈伸也。見〔釋名釋衣服〕。

【袂】儒稅切音汭霽韻

衣袖。〔莊子漁父〕披髮揄—。〔李軌讀。〕

【袂】倪祭切音蓺霽韻

褹或字。〔集韻〕褹。方言、複襦謂之筩褹。或作—。〔按字林。—、複襦也。方言郭注。褹即—字耳。〕

【袂】古穴切音玦屑韻

𧞣或字。〔集韻〕𧞣。博雅、裯𧞣袖也。或从夬。〔按字苑。—、褾也。衣袖也。方言、裯𧞣謂之袖。郭注。衣褾。江東呼椀。〕

【衲】諾答切音納合韻

㊀ 補也。見〔廣雅釋詁〕〔疏證〕釋言云。紩納也。納、與—通。今俗語猶謂破布相連處爲—頭。論衡程材篇云。納縷之工。不能織錦。

㊁ 僧衣曰—。〔智度論〕比丘曰。佛當著何等衣。佛言應著—衣。〔今猶通稱僧爲—子。〕

㊂ 百—。琴名。〔尚書故實〕李汧公取桐孫之精者。雜綴爲琴。謂之百—琴。

【衳】諸容切音鍾冬韻

㊀ 小褌。見〔玉篇〕。〔集韻以爲幒或字。〕

㊁ 衳—小兒衣。見〔字林〕。

【衳】取勇切音喠腫韻

㊀ 幝也。見〔廣雅釋器〕〔疏證〕方言。幝、陳楚江淮之間謂之衳。說文。幒、幝也。或作㡪。字並與—同。

㊁ 帙也。見〔集韻〕。〔按說文。幒、一曰帙。集韻。—、或作幒。〕

【衴】都感切音䫲感韻

㊀ 緣也。見〔集韻〕。

㊁ 被緣也。見〔廣韻引埤蒼〕。

【衹】章移切音支支韻

適也。見〔玉篇〕。〔按段玉裁云。五經文字衣部曰。—、止移切。適也。唐石經、—既平。左傳、—見疏也。詩、—攪我心。詩、論語、亦—以異。字皆從衣。近日經典訓適者。多不从衣。與唐不合。〕

【衹】翹移切音祇支韻

毠裟謂之—。衼。見〔集韻〕。〔按廣韻。—衼、尼法衣也。一切經音義十四引字苑。—、衼。巨貌。法服也。西域記云。僧—支、正名僧迦鵄。此云掩腋衣。〕

【衹】土禮切音體薺韻

緹或字。見〔說文糸部〕。〔按說文、緹。帛丹黃色也。〕

【衻】如占切音髥、尼占切音黏鹽韻〔玉篇廣韻从冉。〕

㊀ 緣也。〔儀禮士昏禮〕純衣纁—。

㊁ 婦人嫁時上衣。〔禮記喪大記〕婦人復不以—。

㊂ 蔽膝也。〔方言〕蔽鄰、齊魯之郊謂之—。〔箋疏〕釋器。衣蔽前謂之襜。郭注。今蔽膝也。釋文云。方言作—。同。小爾雅。蔽膝謂之—。廣雅。襜、蔽膝也。

㊃ 通䋎。〔禮記雜記〕纁—。〔釋文〕—、字又作䋎。

【衻】處占切音襜鹽韻

襜或字。〔集韻〕襜。說文、衣蔽前。或作—。

【衼】章移切音支支韻

㊀ 毛衣。見〔集韻〕。

㊁ 衹—。胡衣。見〔玉篇〕。〔詳衹字〕。

【衿】巨禁切音衿沁韻居吟切音今侵韻
㊀衿衣。見〔玉篇〕。〔按禮記喪大記布紟疏直皐氏云。衿、衿被也。彼作紟。〕
㊁綴也。見〔玉篇〕。
㊂結帶也。見〔玉篇〕。

【衿】居吟切音今侵韻
㊀衣小帶也。〔爾雅釋器〕—謂之衿。
㊁衣交領也。〔方言〕—謂之交。〔箋疏〕鄭風子—、毛傳青—青領也。顏氏家訓古者斜領下連於—。故謂領爲—。案—連於領。至下必交。因謂領爲交衽。
㊂友婿。江北人呼連袂。亦呼連—。見〔鄉貢子〕。

【衿】巨禁切音衿沁韻
㊀結也。〔禮記內則〕—纓綦屨。
㊁帶也。〔漢書揚雄傳〕—芰茄之綠衣兮。

【衿】其淹切音箝鹽韻
衣系也。見〔集韻〕。

【衿】渠金切音琴侵韻
紟或字。〔集韻〕紟。衣系也。或作—。

【袀】規倫切音鈞眞韻
㊀戎服也。〔晉書輿服志〕以—玄爲祭服。
㊁紺繒也。〔後漢輿服志〕皆服—玄。〔注〕獨斷曰、—紺繒也。
㊂純也。〔太玄睟〕陽氣—睟清明。
㊃同也。〔呂覽悔過〕今—服回建。
㊄裳削幅也。見〔玉篇〕。
㊅偏裻謂之—。見〔集韻〕。
㊆通均。〔左僖五年傳〕均服振振。〔釋文〕字書作—。漢書五行志作—服振振。

【衵】女九切音紐有韻
㊀衣耎。見〔集韻〕。
㊁衣紐叩。卽帶交結之處。與紐通。見〔正字通〕。

【衾】袪音切音欽侵韻
大被。見〔說文〕。〔段注〕釋名曰、—广也。其下廣大如广受人也。寢衣爲小被。則—是大被。

【⿰衤斗】當口切音斗有韻
衫袖。見〔玉篇〕。

【⿰衤巿】北末切音撥普活切音潑曷韻匹末切音帔末韻

袂也。見〔廣雅釋器〕。〔疏證〕玉篇。—、衣袂也。

【⿰衤巿】方未切音沸未韻
袚或字。〔集韻〕袚蠻夷衣也。或作—。

【衱】極曄切音极葉韻
衣領也。〔廣雅釋器〕褋—謂之褸。〔疏證〕方言—謂之偃。郭注云。卽衣領也。

【衱】訖業切音劫葉韻
裾也。〔爾雅釋器〕—謂之裾。〔注〕衣後裾也。〔按郝氏義疏駁郭注。謂當爲衣前襟。考方言。袿謂之裾。郭注亦云。衣後裾。釋名。裾、倨也。亦言在後常見踞也。杜甫麗人行云。背後何所見。珠壓腰—穩稱身。意亦與劉郭同。〕

【袥】胡故切音護遇韻
短衣。見〔類篇〕。〔集韻譌作袥。〕

【⿱北衣】補委切音彼紙韻
衣袖也。見〔篇海〕。

【衶】直勇切音重腫韻
袴也。見〔玉篇〕。

【⿰衤亏】音器寘韻
袖也。見〔字彙補〕。

【⿴衣弔】音凋蕭韻
棺衣也。見〔五音篇海〕。〔疑裹字之譌〕

【⿴衣凶】音凶冬韻
孝長衣也。見〔直音〕。

【⿱羊衣】表本字。見〔說文〕。

【⿰衤少】同褾。見〔玉篇〕。

【⿱衣月】同脊。見〔海篇〕。

【⿴衣毛】同表。見〔字彙補〕。

【⿴衣毛】同表。見〔篇海類編〕。〔疑卽𧘾之譌〕

【⿰衤爪】同衸。見〔龍龕手鑑〕。

【⿰衤攵】同救。見〔龍龕手鑑〕。

【⿰衤犬】同襆。見〔五音篇海〕。

【⿰衤幵】同䙅。見〔五音篇海〕。

【袃】蒳或字。見〔集韻〕。〔按鶡冠子世兵篇細故—蒯。陸注。蒯、猶芥也。—芥、刺鯁也。〕

【⿴衣分】衯或字。見〔集韻〕。

【[illegible]】䘹或字。見〔集韻〕。

【[illegible]】袾或字。見〔集韻〕。

【[illegible]】衾或字。見〔集韻〕。

【[illegible]】衮或字。見〔集韻〕。

【[illegible]】[illegible]或字。見〔類篇〕。

【[illegible]】[illegible]或字。見〔類篇〕。

【[illegible]】袧俗字。見〔正字通〕。

【袄】襖俗字。

【[illegible]】被譌字。見〔正字通〕。

五畫

【袉】他可切音移哿韻 ❶長皃。見〔集韻〕。❷長舒皃。見〔廣韻〕。

【袉】待可切音拕哿韻他佐切音拕箇韻唐何切音駝歌韻 裾也。見〔說文〕。〔桂注〕裾、當爲袪。方言。袿、謂之裾。注云。或作袪。廣雅云。衣袖。此袪譌爲裾之證。史記司馬相如傳。揚袉卹削。徐廣曰。衣袖也。

【袉】唐何切音駝歌韻 —。美也。見〔玉篇〕。〔正字通〕云。與詩委委佗佗之佗通。

【袌】薄晧切音抱晧韻〔今作抱〕。 袌也。見〔說文〕。〔段注〕論語。子生三年。然後免於父母之懷。馬融釋以懷抱。即袌—也。今字抱行而—廢矣。抱者引堅也。

【袌】薄報切音暴號韻 ❶衣前裣也。見〔玉篇〕。〔按方言。禪有—者謂之袏衣。無—者謂之裎衣。箋疏云。衣前襟亦謂之—。哀十四年公羊傳何休注。袍、衣前襟。〕 ❷朝服垂衣也。見〔廣韻〕。❸褒也。見〔集韻〕。

【袌】披敎切音炮效韻 —襹。衣緩皃。見〔集韻〕。

【袌】蒲褒切音袍豪韻 同袍。長襦也。見〔玉篇〕。

【袍】蒲褒切音軳豪韻 ❶襺也。論語曰。衣敝緼—。見〔說文〕。〔王注〕方言。褒明謂之—。注引廣雅。褒明、長襦也。按純著新綿爲襺。雜用舊絮爲—。禮記玉藻。纊爲繭。緼爲上。❷苞也。〔釋名釋衣服〕—、丈夫著下至跗者也。—苞也。苞內衣也。❸抱也。〔後漢輿服志〕周公抱成王宴居故施—。❹褻衣。〔禮記喪大記〕—必有表不禪。〔按王念孫云。—爲古人褻服。自漢以後。始以絳紗—、皁紗—爲朝服矣。〕

【袍】蒲褒切音鞄豪韻薄報切音暴號韻 衣前襟也。〔公羊哀十四年傳〕反袂拭面涕沾—。

【袑】市沼切音紹篠韻 ❶絝上也。見〔說文〕。〔王注〕謂絝之上半也。〔按廣雅釋器。—、幝也。急就篇顏注。袴合襠謂之褌。漢書朱博傳。—衣大—。韋昭曰。袴上曰—。集韻。—、絝襠也。〕❷衣襟。見〔集韻〕。

【袒】直莧切音組諫韻〔綻同〕。 衣縫解也。見〔說文〕。〔段注〕許書無綻字。此即綻字也。許書但裼字、作但。不作—。今人以—爲袒裼字。而但—二篆本義俱廢矣。按—爲衣縫解。故从衣。組爲補縫。故从糸。音同而義相因也。

【袒】蕩旱切音但旱韻 ❶本作但。〔說文人部〕但裼也。〔段注〕衣部曰。裼者但也。二篆爲轉注。古但裼字如此。今之經典凡但裼字皆改爲—裼矣。釋訓毛傳皆曰。—裼、肉—也。❷露也。〔禮記曲禮〕勞毋—。〔正字通云。凡獨言—者。去褻露裼。言—裼、幷去裼露體也。〕❸開也。〔禮記少儀〕—櫜奉冑。❹軒豁也。〔太玄玄瑩〕宇宙袥—。❺絻衣也。〔禮記大傳〕五世—免。❻所以致敬也。古吉凶禮皆有之。〔禮記內則〕不有敬事。不敢—裼。〔按今西人命婦入宮猶行—禮〕。❼羞—鄙—。皆汗衣名。〔釋名釋衣服〕汗衣、近身受汗垢之衣也。或曰鄙—。或曰羞—。作之用六尺。裁足覆胷背。言羞鄙於—而衣此耳。〔按方以智云。羞—、即今貼身小背心。〕❽—飾。長襦也。見〔廣雅釋器〕。〔按朱駿聲云。即今俗所云長棉襖。〕〔又〕婦人初嫁所著上衣直衿也。

〔方言〕—飾謂之直衿。
(九)通襢〔詩叔于田〕襢裼暴虎。〔釋文〕襢、本或作—。〔說文肉部引詩又作膻裼。〕

【袓】在呂切音咀語韻
(一)事好也。見〔說文〕。〔段注〕事好、猶言學好也。黹部引詩、衣裳髗髗。方言曰、袓、好也、袓、美也。然則—與髗、袓音義略同。
(二)嫿也。見〔廣韻〕。

【袓】咨邪切音嗟麻韻在呂切音咀語韻
(一)—厲。縣名。見〔集韻〕。〔當今甘肅靖遠縣〕
(二)好也。見〔集韻〕。〔按廣雅釋詁。袓、好也。曹憲音才呂反〕

【袖】似救切音岫宥韻
(一)褎或字。見〔說文〕。
(二)由也。手所由出入也。亦言受也。以受手也。見〔釋名釋衣服〕。
(三)袪也。〔正字通〕唐謂袪曰—。宋謂—口曰—緻。即今之—出—緣口也。
(四)褕別名。〔方言〕褕謂之—。〔注〕襦有—者。因名云。〔按朱駿聲云。襦有不施—者。其施—者爲褕。即謂之—也〕
(五)半—。短袂衣也。〔晉書五行志〕魏明帝披縹綾半—。
(六)領—。猶言表率也。〔晉書裴秀傳〕後進領—有裴秀。
(七)古作褎。〔漢書金日磾傳注〕褎、古—字。
(八)同褏。袂也。見〔玉篇〕。

【袗】止忍切音軫軫韻之刃切音震震韻
(一)玄服。見〔說文〕。〔注〕臣鍇曰。—、黑衣也。鄒陽書曰。趙人袨服叢臺之下。袨服、盛服也。〔按增韻引說文作袨服。〕
(二)緣也。見〔玉篇〕。
(三)單也。〔禮記曲禮〕—絺綌。
(四)畫也。〔孟子盡心〕被—衣。
(五)衣之美者。見〔孟子音義引陸注〕。
(六)通紾。〔論語鄉黨〕袗絺綌。〔釋文〕紾、本作—。
(七)通振。〔禮記玉藻〕振絺綌。〔疏〕振與—、聲相近。

【袗】之人切音眞眞韻
衣同色。〔儀禮士冠禮〕兄弟畢—玄。

【袚】北末切音撥曷韻方未切音沸未韻
蠻夷衣。一曰。蔽厀。見〔說文〕。〔桂注〕玉篇、—、蠻衣也。襏同。韋注國語、襏、蠻夷服也。一曰蔽厀者。廣雅同。方言、蔽厀、江淮之間或謂之—。

【袚】分物切音弗物韻
䘸也。見〔廣雅釋器〕。〔朱駿聲云。小兒藉。俗謂之抱裙。〕

【袚】敷勿切音拂物韻
蠻夷衣。見〔集韻〕。

【袢】普半切音判翰韻
(一)衣無色也。一曰。詩曰。是紲—也。讀若普。見〔說文〕。〔段注〕日部曰。普、日無色也。—讀若普。則音義皆同。一曰二字衍文。紲、當同褻。篆下作褻。毛傳曰。言是當暑—延之服也。—延、疊韻。如方言之襎裷。漢時有此語。揩摩之意。外展衣。中用絺綌、爲衣。可以揩摩汗澤。故曰褻—。褻—、專謂絺綌也。著天近汗之衣必無色。故知一曰爲衍文矣。
(二)多色也。見〔龍龕手鑑〕。
(三)—迅。盛服皃。見〔集韻〕。〔疑—迅爲—延之誤〕

【袢】符袁切音煩元韻
(一)衣無色也。見〔玉篇〕。
(二)絺綌也。見〔廣韻〕。
(三)煩溽也。〔說文繫傳〕臣鍇按詩傳絺綌、當暑—紲之服。臣以爲—、煩溽也。近身衣也。復喧反。
(四)—延。衣熱。詩、蒙彼絺綌。是紲—也。見〔集韻〕。

【袤】莫候切音茂宥韻
衣帶以上。一曰。南北曰—。東西曰廣。見〔說文〕。〔段注〕此古義也。少得其證。今則後義行而古義廢矣。帶者上衣下常之介也。周髀算經曰。天地之廣—。史記曰。蒙恬築長城。廣—萬餘里。廣雅、—、長也。

【袤】迷浮切音謀尤韻
長衣。見〔集韻〕。

【袥】闥各切音託藥韻
(一)衣衸。見〔說文〕。〔段注〕廣雅。衩、衸、—、袾、膝也。玉篇。袾、膝蓺衸也。按袾、膝者。袾衩在正中者也。故謂之—。

言其開拓也。亦謂之—。言其中分也。

(二) 開衣領也。見〔廣韻〕。

(三) 開衣令大也。見〔韻會〕。

(四) 廣大也。見〔玉篇〕。〔按廣雅釋詁。—大也。太玄玄瑩天地開闢。宇宙—袥。〕

【祛】丘於切音胠魚韻

(一) 衣袂也。一曰。—、褎也。褎者袌也。—尺二寸。春秋傳曰。披斬其—。見〔說文〕。〔段注〕—有與袂析言之者。深衣傳曰。—、袂口也。喪服記注曰。—、袖口也。檀弓注曰。—、袖緣口也。深衣喪服且袂與—並言。蓋袂上下徑二尺二寸。至—則上下徑尺二寸。其義當分別也。方言曰。袿謂之裾。郭云。裾、或作—。按裾、衣袌也。此云—、袌也。則知古有假—為裾者矣。

(二) 虛也。言虛受也。見〔釋名釋衣服〕。

(三) 衣裏。見〔玉篇〕。

(四) 舉也。〔後漢班固傳〕—黼帷。

(五) 舉衣貌。〔韓詩外傳〕孟嘗君明日、—衣請受業。

(六) 開散也。〔漢書兒寬傳〕合—於天地神祇。

(七) 去也。見〔廣雅釋詁〕。〔按文選殷仲文詩。惑—吝亦泯。義同。〕

(八) ——。彊健貌。〔唐石經〕以車——。〔按今詩駉作祛。段玉裁云。古無从示之祛。至集韻而後有之。石經从衣不誤。〕

【被】平義切音髲寘韻

(一) 寢衣。長一身有半。見〔說文〕。〔段注〕論語鄉黨篇曰。必有寢衣。長一身有半。孔安國曰。今—也。鄭注曰。今小臥—是也。引伸為橫—四表之—。

(二) 覆也。〔楚辭招魂〕皋蘭—徑兮。

(三) 加也。〔史記高祖紀〕高祖—酒。

(四) 表也。〔儀禮士昏禮〕笄縭—纁裏。

(五) 帶也。〔漢書韓王信傳〕國—邊匈奴數入。

(六) 服也。〔孟子盡心〕—袗衣。

(七) 首飾也。〔詩采蘩〕—之僮僮。

(八) 覃及也。〔書堯典〕光—四表。

(九) 負也。〔後漢賈復傳〕—羽先登。

(十) 披也。〔漢書揚雄傳〕紛—麗其亡鄂。

(十一) 合也。〔管子立政〕俗之所—。

(十二) 具也。〔史記絳侯世家〕甲楯五百—。

(十三) 翦也。〔淮南原道〕於是民人—髮文身。

(十四) 猶衣也。〔文選陸機詩〕龍虓—廣柳。

(十五) 猶受也。〔禮記禮運〕食味別聲—色而生者也。

(十六) 把中也。〔考工記廬人〕以其一為之—而圍之。

(十七) 在背曰—。〔楚辭涉江〕—明月兮珮寶璐。

(十八) 衣名。〔六書故〕傳曰。楚靈王皮冠翠—。俗又為衣名。

(十九) —巾。婦人領巾也。〔方言〕帍裱、謂之—巾。

(二十) 牛—。即牛衣。編麻或草為之。〔通雅衣服〕張思光脫衣贈人。披牛—而返。劉綽笑到溉黃臥具。謂—也。

(二十一) —廬。春秋晉地名。〔左僖二十七年傳〕於是乎蒐於—廬。

(二十二) 通髲。〔儀禮少牢饋食禮〕主婦—錫。〔周禮追師注作主婦髲鬄〕。

【被】部靡切音罷紙韻

(一) 衾也。見〔玉篇〕。〔按臥衣曰—。大—曰衾。渾言則不別。楚辭招魂翡翠珠—。王逸注。—、衾也。廣韻集韻皆訓寢衣。〕

(二) 幬也。見〔玉篇〕。

(三) 及也。見〔集韻〕。

(四) 覆也。見〔韻會〕。

(五) 姓也。〔通志氏族略〕鄭有大夫—瞻。

【被】攀縻切音鈹支韻

(一) 荷衣曰—。〔左襄十四年傳〕—苫蓋。

(二) 昌—。亂貌。〔離騷〕何桀紂之昌—兮。

(三) ——。長貌。〔楚詞大司命〕靈衣兮——。

(四) 裮—。不帶也。見〔廣雅釋言〕。〔疏證〕今人猶謂荷衣不帶曰—衣。

(五) —衣。人名。〔莊子知北遊〕齧缺問道乎—衣。

【被】披義切音帔寘韻

帔或字。〔集韻〕帔說文、弘農謂帬帔。或作—。

【袨】熒絹切音縣霰韻

(一) 盛服也。見〔說文新附〕。〔鈕氏新附攷〕—疑後人加衣旁。按文選鄒陽上吳王書。—服叢臺之下。李注引服虔曰。—服、大盛玄黃之服也。据服注。當本無衣旁。又說文袗訓可證。

㊂黑衣。見〔玉篇〕。

㊃好衣也。見〔集韻〕。

【袈】居牙切音嘉麻韻

一裟。胡衣也。見〔玉篇〕。〔按通鑑、武后賜僧法朗等紫一裟。楞嚴經、會解一裟因色得名。三衣通稱。廣韻作毠毟。玉篇作一裟。亦作毠毟。集韻作⿱髟女裟。〕

【衧】展呂切音貯語韻

㊀敝衣。見〔玉篇〕。

㊁一衣。見〔廣韻〕。〔按通俗文。裝衣曰一。正字通云、一通作褚。亦通作褚。文選齊竟陵王行狀。華衮與縕緒同歸。〕

【袊】里鄧切音領梗韻

㊀直一。婦人初嫁所著上衣也。〔方言〕袒飾謂之直一。

㊁繞一謂之帬。江東通言下裳曰一。見〔集韻〕。〔按集韻本方言及注爲訓。方言箋疏則云。繞一、即廣雅之繞領。一、領古今字。圍繞於領。若今男子婦人披肩。說與郭注異矣。〕

【袊】郎丁切音靈青韻

䙥或字。〔集韻〕䙥。衣光也。或从令。〔按正字通謂一、正。䙥、俗。檢玉篇、廣韻、無䙥字。亦無平聲一。未知所据。〕

【袋】待戴切音代隊韻

㊀囊屬。見〔玉篇〕。〔按通雅佩飾篇。本草言烏鰂魚。乃秦始皇算一所化。又曰照一。貯筆硯。以烏皮爲之。正字通引炙轂子曰。魚一、古之算一。唐以一盛魚。宋以魚飾一。〕

㊁一鼠。獸名。多產于澳洲。初生之際。形體甚不完全。居于母獸腹下之一內。故名。有食肉者。有食草者。有食蟲者。因此、形狀亦各不同。

袋鼠圖

㊂器物中有水煙一及一網。

㊃亦作帒。見〔玉篇〕。〔按說文新附。帒、囊也。鈕樹玉云。帒、即幐之俗字。說文幐訓囊。玉篇黛爲幐之重文。知帒即幐之俗字。算一、漢書外戚傳注作算幐。蓋幐、帒、一聲之轉。从衣从巾。則又義相通也。〕

【袎】於教切音靿效韻

㊀襪頸。見〔集韻〕。〔按李肇國史補。馬嵬店媼收得楊妃錦一一隻。楊維禎詩。天寶年間窄一留。即言其事。東京夢華錄有韈一巷。〕

㊁踏一。膝褲也。〔通俗編服飾〕俗呼膝褲曰踏一。亦本古也。張祜柘枝舞詩。卻踏聲聲錦一催。

【袏】子賀切音佐箇韻

㊀衣包襞。見〔玉篇〕。

㊁襌衣也。趙魏之間謂之一。見〔集韻〕。〔按方言。襌衣有襃者。趙魏之間謂之一衣。無襃者謂之裎衣。玩此。則必兼二義始足。〕

【⿱此衣】爭義切音柴寘韻

㊀襦緺。見〔玉篇〕。

㊁衣不伸謂之一。見〔集韻〕。

【⿱此衣】平義切音髲寘韻

衣不帶。見〔集韻〕。

【⿱此衣】才詣切音劑霽韻

衣交衿也。見〔集韻〕。

【⿱此衣】將支切音貲支韻

複襦。見〔集韻〕。

【⿰衤此】阻氏切音批紙韻

稡也。見〔集韻〕。

【⿰衤此】蔣氏切音紫紙韻

衣縫。見〔集韻〕。

【袜】直律切音朮食律切音術質韻

㊀紉衣。見〔集韻〕。

㊁一絀。粗縫也。〔正字通〕史記趙世家。卻冠一絀。徐廣曰。縫紩之別名。一絀、言女工鍼縷粗也。戰國策作鯷冠秫縫。一譌从禾作秫。一與鉥同。綦鍼也。

【袲】倚可切音閜哿韻

㊀一弱兒。見〔玉篇〕。

㊁一袤。衣長好貌。見〔字彙〕。

㊂亦作旖。見〔玉篇〕。

【袔】何佐切音賀箇韻

袖也。見〔廣雅釋器〕〔疏證〕玉篇、一、⿰衤夜袖也。⿰衤夜、通作掖。〔按正字通云。滇南謂掖袖曰—袖。或曰鶴袖。」

【袔】口箇切音坷箇韻
夾衣。見[集韻]。

【袔】苦瓦切音髁馬韻
袴或字。[集韻]袴。小衫曰袴。或作—。

【袕】胡決切音穴屑韻
❶鬼衣。見[玉篇]。
❷長衣。見[廣韻]。

【袕】食律切音術質韻胡決切音穴屑韻
衣開孔也。[爾雅釋器]—謂之褮。[義疏]郭讀與穴同。故云衣開孔。[釋文]一音術。

【袘】余支切音移支韻
❶衣中謂之—。見[集韻]。
❷衣長貌。[史記司馬相如傳]扡獨繭之褕—。[集解]埤蒼云。—衣長貌也。

【袘】以豉切音傷寘韻
裳下緣也。[儀禮士昏禮]纁裳緇—。[注]—、謂緣。—之言施。以緇緣裳。象陽氣下施。

【袘】余支切音移支韻演爾切音酏紙韻
衣袖也。[史記司馬相如傳]揚—卹削。[徐廣音袘。文選弋爾切。漢書作袘。弋示反。]

【袉】唐何切音駝歌韻
袉俗字。[玉篇]袉。袉美也。俗作—。

【袹】普覩切音怕禡韻
❶帊幞也。[後漢輿服志]秦雄諸侯。乃加其武將首飾。為絳—以表貴賤。
❷—腹。古兩當也。今南人曰背心。北人曰坎肩。[廣雅釋器]裲襠謂之—腹。[疏證]裲襠、蓋本作兩當。鄭注鄉射禮云。直心背之衣曰當。釋名云。裲襠、其一當胸。其一當背也。帕腹。橫陌其腹也。帕、與—同。
❸帊或字。[集韻]帊。博雅、帳也。或作帕、—。[按帳當為幞。一切經音義兩引廣雅。帊、幞也。]

【袜】莫葛切音末曷韻
所以束衣也。[隋煬帝詩]寶—楚宮腰。

【袜】勿發切音韈月韻
同韤。[玉篇]韤。足衣。亦作—。[按雜事祕辛云。約縑迫—。]

【袟】直質切音秩質韻
❶劍衣。見[集韻]。
❷程也。見[廣雅釋言]。[疏證]—、通作秩。又作豑。秩與程、古聲義並同。說文。程、品也。又云。豒、爵之次第也。引堯典平豑東作。今本作平秩。史記五帝紀作便程。
❸同袠。見[玉篇]。[按經典釋文序。合為三—三十卷。三—、猶今云三函也。]

【袠】直質切音秩質韻
❶帙或字。見[說文巾部]。[按說文、帙。書衣也。廣雅釋器。袠謂之—。疏證引說文。袠、書囊也。據是—又與袠同。]
❷囊也。[禮記內則]施鞶—。[疏]—、刺也。以鍼刺—而為鞶囊。故云鞶—也。
❸同秩。[野客叢書]白居易詩。年開第七—。是以十年為一—。
❹姓也。見[類篇]。

【袣】以制切音曳霽韻[絏同]。
❶衣長皃。見[玉篇]。
❷長被。見[廣韻]。
❸袖也。[漢書司馬相如傳]曳獨繭之褕—。

【袦】羊至切音肄寘韻
褻也。見[集韻]。

【袩】丁兼切音詀鹽韻的協切音聑葉韻
❶衣衽也。[方言]褙謂之—。
❷同衹。領耑也。見[玉篇]。

【袩】諾叶切音捻葉韻
褙—衽謂之褸衩。見[集韻引廣雅]。[按王念孫訂作褙謂之—。疏證云。方言、褙謂之—。廣韻、褙。衣衽也。方言、褙謂之—。郭注云。即衣衽也。各本脫謂之二字。集韻類篇引廣雅褙—衽謂之褸衩。則宋時廣雅本已誤。]

【袡】處占切音襜鹽韻
裧或字。[集韻]裧。衣動貌。或作—。

【衹】都黎切音低齊韻蒸夷切音脂支韻典禮切音邸薺韻
—裯。裋衣。見[說文]。[桂注]本書。襦、短衣也。廣雅。—裯。襜褕也。方言。

汗襦、自關而西謂之—裯。自關而東謂之襦。宋楚之閒謂之褶、褕。後漢書羊續傳其資藏惟有布衾、敝—裯。

【袃】女加切音拏麻韻 敝衣。見〔說文〕〔段注〕易既濟、六四。繻有衣袽。虞翻曰袽、敗衣也。然則袽即—字。

【䘝】諸盈切音征庚韻 —衳。小兒衣。見〔廣韻引字林〕。

【𧘪】落合切音拉合韻力洽切洽韻 —褡。衣敝。見〔集韻〕。

【袐】壁吉切音必質韻 刺也。見〔篇海〕。

【衶】古狎切音甲洽韻 襦也。見〔集韻引廣雅〕。

【䘨】轄甲切音狎洽韻 衿也。見〔集韻〕。

【𧘭】滂禾切音坡歌韻 衣皃。見〔集韻〕。

【袝】符遇切音附遇韻 縗服也。見〔集韻〕。

【𧘤】句于切音訏虞韻 大裙衣。見〔玉篇〕。

【𧘚】乳勇切音冗腫韻戎用切音搣宋韻 長衣也。見〔字彙〕。

【𧘊】戎用切音搣宋韻 鬼衣。見〔集韻〕。〔按廣韻裗、亦訓長衣。集韻—、亦訓長衣。疑以宂者、當專訓鬼衣。从冘者、專訓長衣。於義爲近。〕

【𧙛】年題切音泥齊韻 喪禮首服。見〔集韻〕。

【𧙛】乃倚切音柅紙韻 椅—衣好皃。見〔集韻〕。

【䘵】女刮切音妠黠韻 幣襦也。見〔集韻〕。

【䘲】渠勿切音倔物韻 裾省文。〔集韻〕裾、方言、自關而西謂襜褸曰裾裗。或省。

【袧】居侯切音鉤墟侯切音彄尤韻 古喪服裳辟兩側也。〔儀禮喪服〕裳內削幅。幅三—。〔注〕謂辟兩側、空中央也。

【袧】丘侯切音寇居侯切音冓宥韻 〔按康熙字典又引集韻恭于切音拘。襌—山名。檢類篇襌袧。从示。不從衣。〕

【袧】舉后切音苟有韻 襞也。見〔廣雅釋言〕〔疏證〕—、襞、皆屈也。—之言句也。

【𧘂】郎擊切音蹷錫韻 祭服也。見〔龍龕手鑑〕。

【𧘢】詳茲切音詞支韻 繐裹。見〔廣韻〕。

【𧘐】薄毛切音袍豪韻 —緯。見〔佩觿集〕。

【䘩】尺夜切音禡韻 長襦也。見〔字彙補〕。

【𧘡】 —衫也。見〔川篇〕。

【褎】袖本字。見〔玉篇〕。

【𧘏】同育。〔管子山權〕民之能樹瓜瓠百果蕃柴使蕃—者。

【𧘸】同裝。〔字彙補引漢王純碑〕

徹易衣—。

【𧙁】同衮。見〔篇海〕。

【𧘱】同袢。見〔篇海〕〔玉篇稱作—〕。

【𧘎】同衰。見〔韻會〕。

【𧘳】同袍。見〔直音〕。

【𧘹】同衰。見〔字彙補〕。

【𧘼】同衮。見〔字彙補〕。

【𧘗】同衼。見〔字彙補〕。

【𧘫】同袇。見〔字彙補〕。

【𧘻】同衾。見〔字彙補〕。

【𧘜】袚或字。見〔集韻〕。

【𧘛】袚或字。見〔集韻〕。

【𧘰】衦俗字。見〔玉篇〕。

六畫

【袳】敞伱切音侈紙韻

㊀衣張也。春秋傳曰公會齊侯于—。見〔說文〕〔段注〕張、篇韻皆作長。非。—之言侈也。經典罕用—字者。多作移作侈。表記曰。衣服以移之。注云。讀如禾氾移之移。猶廣大也。

左無齊俟許言齊俟者容今左傳有齊袲與—同。

㊁長衣皃見〔玉篇〕。

【袳】典可切音⿰韋單哿韻

㊀衣弱皃見〔集韻〕。

㊁被也見〔集韻〕。

【袳】遺禮切音啟薺韻

袲或字〔集韻〕袲開衣也或作—。

【袲】敬你切音侈紙韻

㊀開衣領也見〔聲類〕。

㊁同移〔廣韻〕移衣長亦作—。

【袲】余支切音移支韻

地名。在宋見〔集韻〕。

【⿴衣可】乃可切音娜哿韻

衺—衣好皃見〔玉篇〕。

【袷】訖洽切音夾洽韻

㊀衣無絮也見〔說文〕。〔段注〕此對以絮曰襺、以縕曰袍言也。〔按史記匈奴傳服繡—綺衣。索隱。衣無絮也。顏注急就篇。衣裳施裏曰—。即今俗稱夾衣也。故廣韻云複衣。〕

㊁重也見〔廣雅釋詁〕。

㊂一作袟。見〔玉篇〕。〔按禮記喪大記君褶衣注。褶、—也。玉藻。帛爲褶。釋文。褶、袟也。〕

【袷】訖業切音劫葉韻轄夾切音洽洽韻

㊀交領也。〔禮記深衣〕曲—如矩以應方。

㊁—輅。次車也。〔文選張衡賦〕結飛雲之—輅。

【袷】乞洽切音恰洽韻

㊀衣縫。見〔集韻〕。

㊁衿也。見〔集韻〕。

【袾】春朱切音樞虞韻

㊀好佳也。詩曰。靜女其—。見〔說文〕。〔桂注〕本書。姝、好也。邶風靜女文。彼作姝。傳云。姝、美色也。〔按玉篇訓佳好。〕

㊁朱衣。見〔廣韻〕。

【袾】鍾輸切音朱虞韻

㊀衣身曰—。見〔集韻〕。〔按廣雅釋器。衽、裍、—、袉、襣也。疏證。襣、謂衣中也。字通作身。〕

㊁—襦。短衣。見〔韻會〕。

㊂通朱。〔荀子富國〕天子—裷衣冕。〔注〕—、古與朱通。

【袾】追輸切音株虞韻

㊀朱衣曰—。見〔廣韻引字統〕。

㊁衣好也。見〔集韻〕。

㊂衣身。見〔集韻〕。

【裁】牆來切音才灰韻

㊀本作裁。〔說文〕裁。制衣也。〔段注〕—者衣之始也。引伸爲—度、風—。〔按王注。當作製也。下文製—也可證。今考集韻引說文作制衣。類篇作製。〕

㊁制也。〔楚辭大招〕爲螻蟻之所—。

㊂節也。見〔爾雅釋言〕。〔義疏〕易云。后以財成天地之道。鄭注。財、節也。釋文。財、荀本作—。

㊃斷也。〔管子形勢〕—大者衆之所比也。

㊄裂也。見〔玉篇〕。〔按廣雅釋詁〕—、裂也。

㊅制也。〔後漢黃瓊傳〕觖望難—。

㊆減省也。〔漢書食貨志〕而—其賈以招民。

㊇芟剔也。〔後漢鄭玄傳〕刪—繁蕪。

㊈量度也。〔淮南主術〕取民則不—其力。

㊉鑒別也。〔後漢李膺傳〕獨持風—。

(十一)體製也。〔文選張衡賦〕取殊—於八都。

(十二)謂善判斷也。〔穀梁傳序〕公羊辨而—。

(十三)謂自刑殺也。〔漢書賈誼傳〕跪而自—。

(十四)通財。〔易繫辭〕化而—之。〔釋文〕—、本作財。

(十五)通纔。〔漢書功臣表〕—什二三。〔注〕—、與纔同。

(十六)通才。〔漢書王貢兩龔鮑傳序〕—日閱數人。〔注〕—、與才同。

(十七)通材。〔文選馬融賦〕—已當簉便易持。

【裁】昨代切音在隊韻

製也。等〔集韻〕。〔按穀梁傳序。準—靡定。釋文。—、在代反。〕

【裂】力蘗切音列屑韻

㊀繒餘也。見〔說文〕。〔注〕裁翦之餘也。〔按段注。引伸爲凡分散殘餘之偁。或假烈爲之。王注。謂—是動靜相兼之字。若四分五—之字。說文止作列。〕

㊁裁也。見〔廣雅釋詁〕。

(三)坼破也。〔禮記內則〕衣裳綻｜。
(四)擘破也。〔左昭元年傳〕｜裳帛而與之。
(五)衣壞貌。〔方言〕南楚、凡人貧衣被醜敝。或謂之襤｜。
(六)殘也。〔國語齊語〕戎車待游車之｜。
(七)分也。〔淮南覽冥〕九州｜。
(八)離析也。〔莊子天下〕道術將爲天下｜。
(九)死也。〔後漢楊倫傳〕九｜不恨。
(十)猶洩也。〔楚辭逢紛〕精越｜而衰耄。
(十一)滅｜。苟且從事也。〔莊子則陽〕治民焉勿滅｜。
(十二)｜眥。瞋目貌。見〔後漢竇憲傳注〕。
(十三)｜果。凡果實外有衣。成熟後、｜而墮者謂之｜果。如胡桃榛栗之屬。
(十四)植物學於有缺凹之葉。謂之｜片葉。
(十五)通列。〔禮記內則釋文〕｜、本或作列。
(十六)通烈。〔方言〕烈。餘也。〔箋疏〕通作｜。說文、｜。繒餘也。
(十七)通裂。〔廣雅釋詁〕裂。餘也。〔疏證〕說文、｜。繒餘也。玉篇、裂。帛餘也。

【裂】力制切音例霽韻

帶有飾緣之曰鞶｜。鄭康成說。見〔集韻〕。〔按詩都人士、垂帶而厲。箋云如鞶厲也。厲、字當作｜。〕

【裂】力制切音例霽韻

(一)殘也。見〔玉篇〕。〔按齊語。戎車待游車之裂。裂本亦作｜。龍龕手鑑訓殘帛。〕
(二)繒餘也。見〔玉篇〕。〔按玉篇｜裂各出。裂音列。專訓坼破。而以說文此訓入去聲｜下。〕
(三)裂或字。〔集韻〕裂。帛餘也。或作｜。〔玉篇或作裂。〕

【袴】苦故切音庫遇韻

(一)脛衣也。〔方言〕｜、齊魯之間謂之襚。或謂之襱。關西謂之｜。〔箋疏〕說文。絝、脛衣也。釋名。｜、跨也。兩股各跨別也。按｜者中分之名。兩脛之衣謂之｜。猶兩足所越謂之跨。兩股之間謂之胯。義並同也。〔按段玉裁朱駿聲並云卽今所謂套｜。若滿襠｜。古曰幝、曰褌。〕
(二)｜褶。戎衣也。〔吳志呂範傳注〕範出、便釋韝著｜褶。〔按顏注急就篇。褶謂重衣之最在上者。通雅衣服篇。古｜上連衣。故戎衣謂之｜褶。師古所解重衣在上。正謂今之罩甲半臂而短。戎衣也。〕
(三)亦作絝。見〔玉篇〕。〔按說文作絝。廣韻集韻並以｜爲絝或字。〕

【袸】徂尊切音存元韻　才甸切音荐霰韻

(一)衣小帶也。〔爾雅釋器〕衿謂之｜。
(二)褰脟衣。見〔玉篇〕。

【袸】徂悶切音鐏願韻

衣衿。見〔集韻〕。

【袹】莫轄切音帓黠韻

(一)邪巾｜頭。始喪之服。見〔集韻〕。
(二)通帞。〔方言〕絡頭、帞頭也。南楚江湘之間曰帞頭。〔按廣雅釋器。帞頭、幧頭也。疏證引釋名。綃頭或謂之陌頭。言從後橫陌而前也。帞、｜、陌並通。〕
(三)通貊。〔禮記問喪注〕今時始喪者。邪巾貊頭。〔釋文作｜。云、本或作貊。〕

【袹】莫白切音陌陌韻

裲襠謂之｜腹。見〔集韻引廣雅〕。〔按今本廣雅作袙。詳袙字。〕

【袼】剛鶴切音各藥韻

(一)衣腋縫也。〔禮記深衣〕｜之高下。可以運肘。
(二)袖也。見〔廣雅釋器〕。〔按廣韻。｜、袂也。又袪也。廣雅釋親。胳謂之腋。人腋謂之胳。故衣腋亦謂之｜矣。〕

【袼】歷各切音洛藥韻

褔｜也。今俗謂之涎圍。〔廣雅釋器〕緊｜、褔次衣也。〔疏證〕方言。緊｜謂之褔。郭注云、卽小兒次衣也。次卽今涎字。說文。褔、次裏衣也。

【袽】女居切音絮魚韻

(一)敗衣也。〔易既濟〕繻有衣｜。〔按說文絮、訓敗衣。玉篇袾｜、敝衣也。〕
(二)所以塞舟漏也。見〔玉篇〕。〔按易既濟注。衣｜、所以塞舟漏也。廣雅釋詁作絮。塞也。〕
(三)｜袾。見〔玉篇〕。
(四)殘幣帛也。〔易既濟虞注〕｜者、殘幣帛可拂拭器物也。
(五)通茹。〔易既濟釋文〕｜、子夏作茹。
(六)通絮。〔易既濟釋文〕｜、京作絮。
(七)通䋈。〔易既濟釋文〕｜、說文作䋈。

❽亦作䙝。見〔玉篇〕。

❾又作袽。〔考工記弓人厚其袽注〕袽讀爲襦有衣絮之絮。

【袽】人余切音如魚韻

絲—也。見〔集韻〕。

【袿】涓畦切音圭齊韻

❶婦人上衣也。〔釋名釋衣服〕婦人上服曰—。其下垂者上廣下狹。如刀圭也。

❷—謂之裾。見〔方言〕。〔注〕衣後裾也。〔箋疏〕裾、—聲之轉。玉篇。裾、—也。釋名。裾、倨也。倨倨然直。亦言在後常見踞也。

❸袖也。見〔廣雅釋器〕。〔疏證〕夏侯湛雀釵賦云。理—襟。整服飾。是—爲袖也。

❹長襦也。見〔廣雅釋器〕。〔疏證〕宋玉神女賦云。纖振衣。被—裳。枚乘菟園賦云。—楊錯紆。邅袖方路。廣韻、爾雅疏、竝引廣雅。—、長襦也。今本脫—字。

【袿】均窺切音規支韻

衣袪。見〔集韻〕。

【裀】伊眞切音因眞韻

❶衣身也。〔廣雅釋器〕袿—、袾、袥、褟也。

❷複褑謂之—。見〔廣雅釋器〕。〔疏證〕此說文所謂重衣也。褑、與衫同。方言注以衫爲襌襦。其有裏者則謂之—。—、猶重也。

❸通茵。〔晉書劉實傳〕見有絳蚊幬—褥甚麗。

【䘵】盧東切音籠東韻

❶同襱。踦袴也。見〔玉篇〕。〔按方言。無—袴謂之襣。注云袴無踦者。卽今犢鼻褌也。—亦襱字異耳〕

❷同襱。裙也。見〔廣韻〕。

【䘵】吐孔切音侗董韻

衣短袖。見〔集韻〕。

【䘵】杜勇切音重腫韻

襱或字。〔集韻〕襱。說文、絝踦也。或从同。

【袺】訖黠切音戛黠韻　吉屑切音結屑韻

執衽謂之—。見〔說文〕。〔段注〕周南。采采芣苢。薄言—之。爾雅曰。執衽謂之—。毛傳同。

【袱】房六切音伏屋韻

包—。見〔字彙〕。〔正字通同〕。

【⿰衤朿】七迹切音皵陌韻

—膝裙衸也。見〔玉篇〕。〔廣韻集韻同。廣雅釋器衩衸袥—膝也。互詳衸字〕。

【⿰衤東】側角切音捉覺韻

矩衣也。見〔字彙〕。〔按直音作⿰衤束。訓同。疑應从束存參〕。

【袶】古巷切音絳絳韻

艸名。爾雅、困极—。見〔集韻〕。〔按爾雅釋草。困极、—。郭云。未詳。釋文。—、施音絳。孫蒲空反。廣韻絳韻不收—。惟東韻袶下引爾雅作极袶。云亦作—。又音降。集韻東韻袶亦引爾雅。類篇亦然。蓋施本从夅。孫本从夆。故兩存之〕

【⿰衤交】吉了切音皎篠韻　下巧切音佼巧韻　吉弔切音叫嘯韻

—⿰衤丁。小袴也。〔方言〕大袴謂之倒頓。小袴謂之—⿰衤丁。〔按大唐新語。漁服總曰—⿰衤丁。今粵語猶謂袴爲—〕。

【⿰衤亦】夷益切音睪陌韻

長衣也。見〔集韻〕。〔字彙訓衣長大〕。

【⿰衤式】設職切音識職韻

裝也。見〔篇海〕。

【⿰衤而】人之切音而支韻

裝也。見〔集韻〕。

【⿰衤而】而宣切音⿰口耎先韻

⿰衤耎省文。〔集韻〕⿰衤耎。衣縫緶也。一曰緣也。或省。

【⿰衤夷】田黎切音題齊韻

衣名。禵襦也。見〔集韻〕。

【⿰衤朵】都戈切音埵歌韻　都果切音朵哿韻

褵—。袖也。見〔廣雅釋器〕。

【⿰衤充】昌嵩切音充東韻

襌衣。方言、襜褕布而無緣。關西謂之—⿰衤屈。見〔集韻〕。

【⿰衤开】居莧切音襉諫韻

衣名。見〔集韻〕。〔玉篇訓衣。廣韻訓古衣〕。

【⿰衤耳】古晏切音諫諫韻

古衣。見〔直音〕。〔按從耳不得有諫音。疑卽⿰衤开之譌字〕。

【裷】去遠切音犬阮韻　蔑也。見〔字彙補〕。〔按蔑、應作幭。龍龕手鑑、古裷字。廣韻阮韻。裷、去阮切。幭也〕

【䙐】照驗切音戰襜韻　衣引也。見〔字彙補〕。

【裓】而融切音戎東韻　一衣也。見〔篇海類編〕。

【裏】狠狄切音歷錫韻　急纏也。見〔集韻〕。〔按類篇作裦。康熙字典作裛誤入六畫。應从廣韻作裛〕

【袟】音至寘韻　襞積也。〔字彙補引韻學集成〕元曲。羅衫上前襟褶—。

【裗】裗本字。見〔正字通〕。

【袈】同袈。見〔韻會〕。〔按韻會及字彙補並云。京房作—。易釋文云。京作袈。阮元校勘記從釋文〕

【袧】同裪。見〔龍龕手鑑〕。

【袭】同裂。見〔篇海類編〕。

【裂】同裂。見〔字彙補〕。

【裂】裂或字。見〔玉篇〕。

【䙃】䙃或字。見〔集韻〕。

【裓】裓或字。見〔集韻〕。

【袧】袧或字。見〔集韻〕。

【袿】袿或字。見〔集韻〕。

【䙀】袿或字。見〔集韻〕。

【裒】裒或字。見〔集韻〕。

【裏】裏譌字。康熙字典引直音音歷。纏裹也。攷龍龕手鑑作裏。廣韻作裏。音義並同。蓋裏或作裦。裦、又譌作—也。

【䙌】䙌譌字。康熙字典引字彙補於絹切、音怨。衣衿袖也。攷廣韻霰韻。䙌、衣襟袖曲處。蓋从𠛎即从𣥂之譌。

七畫

【裋】殊遇切音樹遇韻上主切音豎麌韻

㊀豎使布長襦。見〔說文〕。〔段注〕顏注貢禹傳曰。—褐、謂僮豎所著布長襦也。

㊁敝布襦也。〔列子力命〕衣則—褐。〔正字通云。—褐雖豎使之服。亦士人貧賤衣不完好之通稱。如杜甫冬日懷李白詩。—褐風霜入。是也〕

㊂短襦也。〔文選班彪論〕思有—褐之䙝。〔按方言、襜褕其短者謂之—褕。王筠云。—、本長襦而亦有短者〕

㊃複襦也。見〔列子力命釋文〕。〔按有絮者曰複襦〕

㊄楚人謂袍爲—。〔淮南齊俗〕—褐不完者。

㊅通襡。〔廣雅釋器〕複襦謂之襡。〔疏證〕—、與襡同。

㊆通豎。〔列子大略釋文〕—褐、荀子作豎褐。

【裋】覩綏切音短旱韻

㊀布襦。見〔集韻〕。

㊁亦作短。〔史記秦始皇紀〕寒者利—褐。〔集解〕徐廣曰。—、一作短。

【䙫】丘郢切音逞梗韻

㊀但也。見〔說文〕。〔段注〕—之言呈也。逞也。孟子、袒裼裸—也。

㊁禪衣也。〔方言〕禪衣、趙魏之間、無袌者謂之—衣。〔箋疏〕—即今之對裣衣。無右外襟者也。玉篇。—、禪衣也。說文。—與裼並訓袒。故禪衣無褎者謂之—衣也。

【程】馳貞切音程庚韻

㊀衣揚也。見〔玉篇〕。

㊁倮也。見〔集韻〕。〔按後漢馬融傳。裸—、袒裼。注引說文。—、裸也〕

㊂佩帶也。〔方言〕佩紟謂之—。〔注〕所以系玉佩帶也。〔按廣雅釋器疏證。古者佩玉有綬。以上系於衡。衡上復有綬。以系於佩帶。說文。綎、系綬也。綎與—、古字通〕

㊃周地名。即豐邑。〔呂覽具備〕武王嘗窮於畢—矣。〔注〕畢、—、畢豐。〔按雍錄。豐在鄠縣。—在咸陽東北。是豐、—二地。又畢沅新校正。畢、—、疑當作畢郢。孟子云。文王卒於畢郢。文王墓在今西安府咸寧縣。疑畢說是〕

㊄通程。〔孟子音義〕—音程。亦作程。〔按畢、—、逸周書亦作程〕

【䙫】丈井切音徎梗韻　深衣。見〔集韻〕。

【䙫】直正切音鄭敬韻　袒也。見〔集韻〕。

【裏】兩耳切音里紙韻

(一)衣內也。見〔說文〕。〔王注〕邶風、綠衣黃一。

(二)內也。〔左僖二十八年傳〕表一山河。

(三)胞胎也。〔詩小弁〕不罹于一。

(四)腹脅之內也。〔素問至眞要大論〕一急暴痛。

(五)猶處也。俗云這一、那一。猶言此處、彼處。

(六)猶理也。〔荀子解蔽〕制割大理。而宇宙一矣。

(七)治一。導氣也。〔漢書敍傳〕單治一而外凋兮。

(八)箭一。簙箸也。〔方言〕簙、吳楚之間或謂之箭一。

(九)一言。心腹之言也。〔左莊十四年傳〕伯父無一言。

(十)一海。為俄屬中亞細亞大鹹湖。盛產魚。俄駐艦隊於此。

(十一)一書。日本於各種證券之反面。依一定法式。書明讓與或質入之旨。名曰一書。書債權者之姓名。以證明其確實收到者。亦曰一書。

【裏】良志切音吏寘韻　衣內見〔集韻〕。

【裔】以制切音曳霽韻

(一)衣裾也。見〔說文〕。〔桂注〕一切經音義十三引說文云、衣裾也。以子孫為苗一者。取下垂義也。

(二)衣末也。〔漢書藝文志〕亦六經之支與流一。〔按方言、一末也〕

(三)表也。見〔廣雅釋詁〕。〔疏證〕文十八年左傳投諸四一。四一、猶四表。

(四)邊也。〔淮南原道〕故雖游於江潯海一。

(五)遠也。〔左定十年傳〕而一夷之俘。亂之。

(六)外也。見〔小爾雅廣言〕。

(七)餘也。〔太玄竈〕其中一。

(八)冑也。〔離騷〕帝高陽之苗一兮。

(九)習也。見〔方言〕。〔注〕謂玩習也。〔箋疏〕廣雅。一、習也。說文怈、習也。怈與一、聲義竝同。

(十)相也。〔方言〕一、歷、相也。〔箋疏〕釋詁。艾、歷、相也。邵氏二雲曰。一、艾、聲之轉也。郊特牲云。簡其車徒而歷其卒伍。歷謂相閱也。

(十一)水邊。〔左哀十七年傳〕衡流而方羊一焉。〔王念孫云〕一與筵聲相近。遠謂之一。亦謂之筵。水邊謂之涎。亦謂之一。義相近也〕

(十二)荒一也。〔國語晉語〕以賓一土。

(十三)玄孫之後為一。〔左昭二十九年傳〕有一子曰董父。

(十四)夷狄之總名。見〔方言〕。〔注〕邊地為一。〔按玉篇云蠻夷之總名也。邊地也〕

(十五)一一。行貌。〔文選宋玉賦〕步一一兮曜殿堂。〔又〕羣行貌。〔史記司馬相如傳〕般乎一一。〔又〕飛貌。〔文選孫綽賦〕覩翔鸞之一一。〔又〕飛流之貌。〔漢書禮樂志〕般一一。

(十六)四一。謂四海也。〔文選張衡賦〕逐赤疫於四一。

(十七)八一。猶八方也。〔文選木華賦〕迆延八一。

(十八)容一。高低之貌。〔文選張衡賦〕紛猋悠以容一。

(十九)融一。聲悠長也。〔文選潘岳賦〕泓宏融一。

(二十)搖一。旋舞貌。〔文選謝莊詩〕搖一從風。挮〔讀書通云。一與曳同。〕

(廿一)同[illegible]。見〔一切經音義〕。〔按集韻或作[illegible]。朱駿聲云[illegible]亦作[illegible]。外形內聲。故又誤作[illegible]。然則[illegible][illegible]皆[illegible]之誤〕。

(廿二)姓也。古今人表有一款。

【裔】羊列切音拙屑韻

(一)遠也。見〔類篇〕。〔按吳都賦。顧陸之一。與魁岸豪傑為韻〕

(二)末也。見〔類篇〕。

【裕】俞戍切音諭遇韻

(一)衣物饒也。易曰有孚一无咎。見〔說文〕。〔段注〕引伸為寬足之偁。晉初六爻辭今經有作罔。

(二)寬也。〔孟子公孫丑〕豈不綽綽然有餘一哉。

(三)容也。見〔廣雅釋詁〕。〔按賈子道術〕包眾容易謂之一。

(四)緩也。〔國語周語〕而布施優一也。

(五)足也。〔法言孝至〕天地一於萬物。

(六)道也。〔書君奭〕告君乃猷一。

(七)開也。見〔廣雅釋詁〕。

(八)寬大也。〔易繫辭〕益德之一也。

(九)不能爭也。〔易蠱〕一父之蠱。〔虞翻說、即隱忍之意〕

【裛】乙業切音腌葉韻　憶笈切音敧葉韻　乙及切音邑緝韻

(一)書囊也。見〔說文〕。〔按說文巾部、帙。書衣也。或从衣作袠。廣雅、一謂之袠。然則帙、袠、｜、苙通〕。

(二)纏也。〔後漢班固傳〕｜以藻繡。絡以綸連。〔按段玉裁以此義改說文。茲別列。〕

(三)衣帊。見〔玉篇〕。

(四)香襲衣也。見〔集韻〕。〔按文字集略、｜衣香也。廣韻文選注引同。〕

(五)露坌花亦謂之｜。〔文選陶潛詩〕｜露掇其英。

【補】彼五切音圃麌韻．

(一)完衣也。見〔說文〕。〔按玉篇。｜、治故也。禮記內則。衣裳綻裂。紉箴請｜綴。〕

(二)完也。見〔廣雅釋詁〕。

(三)修也。〔史記六國表〕｜龐城籍姑。〔按急就篇注。修破謂之｜。凡物破而修復之皆爲｜〕。

(四)治也。〔禮記喪服四制〕苴衰不｜。

(五)裨也。〔詩烝民〕惟仲山甫｜之。

(六)助也。〔周禮小行人〕若國札喪。則令賻｜之。

(七)益也。〔漢書董仲舒傳〕又將無｜與。

(八)改也。〔大戴記曾子立事〕疾其過而不｜也。

(九)彌縫其闕也。〔荀子臣道〕事暴君者、有｜削。無撟拂。

(十)敍官也。〔後漢郭伋傳〕選｜衆職。

(十一)調任也。〔漢書蕭望之傳〕望之不肯外｜。

(十二)數名。〔韻會〕十兆曰經。十經曰垓。十垓曰｜。

(十三)春秋號邑名。〔國語鄭語〕鄢、弊、｜、舟。〔按史記注作鄢蔽｜丹｜邑、在今河南汜水縣境〕。

(十四)州名。唐置。羈縻。劍南道。當今四川茂縣治。

(十五)藥之滋養者曰｜。如云大｜、｜中之類。

(十六)書之增訂者曰｜。如國史｜、韻｜之類。

(十七)衣｜。嫁時衣被也。〔漢書外戚傳〕霍皇后母顯爲成君衣｜。

(十八)｜衣。弊衣也。〔呂覽順說〕田贊衣｜衣而見荊王。

(十九)｜闕。官名。亦簡稱｜。〔唐書溫造傳〕遺｜。雖卑。侍臣也。〔注〕｜闕。拾遺之官也。

(二十)｜服。明清時品官之章服也。以金繡爲之。綴於胸背。文以鳥。武以獸。

(二十一)｜遂。古國名。〔國策秦策〕神農伐｜遂。

(二十二)｜色。光學家於混合二色而成白色者。謂之｜色。

(二十三)姓也。唐中常侍｜眞。

【裝】側羊切音莊陽韻

(一)裹也。見〔說文〕〔段注〕束其外曰｜。故著絮於衣亦曰｜。

(二)束也。〔文選張衡賦〕簡元辰而俶｜。

(三)齎也。〔史記袁盎傳〕悉以其｜齎置二石醇醪。

(四)戴也。〔晉書戴若思傳〕船｜甚盛。

(五)修也。〔北史李崇傳〕密｜船艦二百餘艘。

(六)辦也。〔漢書曹參傳〕告舍人趣｜。〔六書故云飭衣具也〕。

(七)藏也。〔文選孔稚珪〕牒訴倥偬｜其懷。

(八)服也。〔文選傅毅賦〕顧形影自整｜。

(九)行具也。〔國策齊策〕於是約車治｜。

(十)衣物之通稱。〔後漢郭丹傳〕爲鬻衣｜買產業。〔如今云軍｜、嫁｜〕。

(十一)褖也。見〔廣雅釋言〕。〔疏證〕說文、褖。飾也。宋玉登徒子好色賦云。不待飾｜。〔如宮室曰｜修。書畫曰｜潢。戲劇曰｜扮。皆褖飾之意。朱駿聲云假借爲妝〕。

【裝】側亮切音壯漾韻

(一)行具。見〔集韻〕。

(二)飾也。〔吳均詩〕七寶雕華｜。

【䘰】尸連切音羶夷然切音延先韻

(一)車溫也。見〔說文〕。〔段注〕車溫、玉篇作車韞。蓋當作車溫。今本奪一字。〔按通訓定聲云車蔽〕。

(二)巾也。見〔集韻〕。

(三)帑｜。牛領上衣。見〔廣韻〕。

【裞】輸芮切音稅俞芮切音叡霽韻吐外切音蛻泰韻

(一)贈終者衣被曰｜。見〔說文〕。〔王注〕史記索隱引作贈終服也。公羊隱元年經曰。天王使宰咺來歸惠公仲子之賵。傳曰。車馬曰賵。貨財曰賻。衣服曰｜。許說之衣被曰｜。正用公羊文。特據字爲說。故加贈終者三字以明之耳。漢書朱建餽宣二傳。皆有｜字。

(二)通襚。〔春秋文九年〕秦人來歸僖公成風之襚。〔釋文〕衣服曰襚。說文作—云、贈終者衣被曰—。

【裘】渠尤切音求尤韻

(一)本作裘〔說文裘部〕裘皮衣也。〔段注〕—之制、毛在外故象毛文。

(二)儒服也見〔莊子列禦寇釋文引崔注〕。

(三)—溲。氈毹也〔釋名釋牀帳〕—溲、猶婁數毛相離之言也。〔按鈕樹玉云。氈毹、即—溲之俗字。師古曰。昆崙析支渠搜諸國皆織皮毛。據此則—溲義當本渠搜。以其所織即名之耳。渠、—聲相近。〕

(四)莬—魯地名〔左隱十一年傳〕使營莬—。〔注〕在梁父縣南。〔當今山東萊蕪縣境。〕

(五)姓也。〔通志氏族略〕—氏、衞大夫食采於—。因氏焉。

(六)古作求。〔說文裘重文〕求、古文裘。

【裘】渠竹切音蹴屋韻

皮衣。見〔集韻〕。

【裖】上忍切音軫軫韻之刃切音震震韻

(一)袗或字。見〔說文〕。

(二)豎也。〔史記司馬相如傳〕磐石—崖。

(三)盛多也。見〔史記司馬相如傳索隱〕。

(四)礪致也。見〔漢書司馬相如傳注〕。

【褭】乃了切音裊篠韻

(一)褭美也。見〔字彙〕。

(二)以組帶馬也。〔漢書百官公卿表〕爵一級曰公士。二上造。三簪—。〔顏注〕以組帶馬曰—。簪—者言飾此馬也。

(三)——風搖木貌。〔文選謝靈運詩〕白楊信——。

(四)騕—。神馬。見〔漢書音義〕。

(五)同褭。〔六書故〕褭說文曰以組帶馬也。又作—。鳥聲。

(六)通嫋。〔六書故女部〕嫋。嫋修纖荏弱嫋也。與—通。

【裌】檄頰切音協葉韻

(一)袷也。見〔集韻〕。

(二)褱—。藏也。見〔集韻〕。

【裌】訖洽切音夾洽韻

袷或字。〔集韻〕袷衣無絮也。或从夾。〔按禮記喪大記注。褶、袷也。玉藻釋文。褶—也。〕

【裍】苦本切音捆阮韻

(一)成就也。見〔廣韻〕。

(二)縛衣也。見〔字彙〕。

(三)通捆。〔孟子滕文公〕捆屨。〔音義〕張鎰作—。

【裑】升人切音申眞韻

(一)衣中也。〔廣雅釋器〕袿、裍、袾、衦、—也。

(二)通身。〔廣雅疏證〕—字通作身。喪服記、衣二尺有二寸。疏云、衣即身也。

【裒】薄侯切音抔房尤切音浮尤韻

(一)聚也。見〔爾雅釋詁〕。

(二)集也。〔詩常棣〕原隰—矣。

(三)衆也。〔詩般〕—時之對。〔箋〕—、衆。〔按爾雅釋詁、小爾雅廣詁、竝云。—、多也。〕

(四)略也。見〔小爾雅廣詁〕。〔疏〕易謙卦云。君子以—多益寡。虞翻本作捊。云、取也。顏師古漢書食貨志注云。—、取也。

(五)減也。〔易謙〕君子以—多益寡。〔按玉篇。—、減也。字書引易。—作掊。張揖云。減也。〕

(六)俘虜也。〔詩般武〕—荊之旅。〔箋〕—、俘虜也。

(七)通捊。〔易謙釋文〕—、鄭荀董蜀才作捊。

(八)通褎。〔爾雅釋詁釋文〕—、古字作褎。

(九)通掊。見〔易謙釋文〕。

【裦】博毛切音褒豪韻

褒或字。〔集韻〕褒。說文、衣博裾也。或作—。

【裓】訖得切音棘職韻

(一)行戒衣。〔柳宗元文〕蔑衣—之贈。〔註〕釋典有衣—。

(二)衣裾。見〔集韻〕。

【裓】居諧切音皆佳韻

堂涂。鄭康成曰。若今令辟—。見〔集韻〕。〔按考工記匠人。堂涂十有二分。注云。謂階前若今令甓—也。疏云。漢時名堂涂爲令甓—。令辟、則今之塼道也。〕

【裓】柯開切音該灰韻

祴或字。〔集韻〕祴。說文、宗廟奏祴樂。或从衣。

【裓】訖黠切音戛黠韻

—夏。樂章名。見〔類篇〕。〔按集韻

从示。疑類篇誤〕、

〔䘯〕師交切音梢肴韻

㊀袑也。見〔玉篇〕。

㊁衣衽。見〔廣韻〕。

㊂撮也。見〔集韻〕。

〔𧛓〕千遙切音斛蕭韻

㊀袩衽謂之褸衩。見〔集韻引博雅〕。〔按廣雅疏證本作｜謂之袩。云方言｜謂之袩。廣韻｜、衣衽也。今本脫謂之二字。集韻類篇引廣雅｜袩衽謂之褸衩。讀至下文衩字絕句。則宋時廣雅本已誤。今據方言訂正。〕

〔䘼〕武遠切音晚阮韻

服也。見〔集韻〕。

〔䘼〕文運切音問問韻

㊀喪服、五服外之最輕者。見〔字彙〕。

㊁亦作絻。見〔字彙〕。

〔裗〕力求切音留尤韻

㊀衣褸也。〔爾雅釋器〕衣｜謂之視。〔義疏〕｜者、流之或體也。玉藻云。齊如流。鄭注。衣之齊、如水之流。是也。｜、視、猶言流曳。皆謂衣裳下垂。流移搖曳之貌。

㊁袿衣之飾。見〔集韻〕。

〔裙〕衢云切音羣文韻

㊀本作帬〔說文巾部〕帬、下裳也。〔按集韻帬亦書作｜〕。

㊁下裳也。、｜、羣也。聯接羣幅也。見〔釋名釋衣服〕。

㊂帔也。〔方言〕、｜、陳魏之間謂之帔。〔按方言又云。繞衿謂之帬。廣雅釋器。繞領、帔、帬也。朱駿聲云。如今之披肩、繞於領。〕

㊃鼈甲邊曰｜。〔五代史補〕但願鼈生四羣。鼈留兩｜。

㊄中｜、近身衣也。〔史記萬石君傳〕取親中｜、廁牏身自浣滌。

㊅皁｜。鵲雀別名。〔陸璣詩疏〕鵲雀、一名皁｜。

〔裚〕子計切音霽霽韻

㊀斷也。〔管子大匡〕｜領而刎頸者不絕。

㊁斷衣也。見〔篇海〕。

〔補〕必結切音彆屑韻

㊀袂也。見〔廣雅釋器〕、〔疏證〕廣韻、｜、袖、褾、袂也。

㊁敝衣。見〔玉篇〕。

〔裟〕師加切音沙麻韻

袈｜。詳袈字。

〔䘺〕莫六切音目屋韻

衣縫。見〔集韻〕。

〔䘸〕戶版切音睆潸韻

衣褔。見〔集韻〕。

〔𧛔〕盧貢切音弄送韻

衣一襲。見〔集韻〕。

〔裐〕居緣切音涓先韻

褊也。見〔玉篇〕。

〔䘳〕牛河切音莪歌韻

衣盛飾。見〔集韻〕。

〔䘰〕里黨切音朗養韻

｜襐。衣敝。見〔集韻〕。

〔𧙛〕方未切音沸未韻

衣袖。見〔集韻〕。

〔䘻〕七倫切音逡眞韻

袴襇曰｜。見〔集韻〕。

〔𧛎〕薄紅切音蓬東韻

衱｜、草名。〔廣韻〕爾雅曰。困、衱｜。

〔參閱袶字〕。

〔𧛑〕測角切音娕覺韻

短衣也。見〔直音〕。

〔𧚍〕烏公切音翁東韻

衣也。一曰。外國衣也。見〔字彙補〕。

〔裓〕古伯切音格陌韻

衣前襟也。見〔字彙補〕。

〔裹〕古老切音杲皓韻

素衣也。見〔五音篇海〕。

〔𧚕〕

裘本字。見〔說文裘部〕。

〔𧙗〕

同褡。見〔玉篇〕。

〔𧚓〕

同裝。見〔篇海〕。

〔𧛑〕

同襹。見〔龍龕手鑑〕。

〔𧛊〕

同褔。見〔直音〕。

〔裠〕

帬或字。見〔說文巾部〕。

〔𧙩〕

帆或字。見〔玉篇〕。

〔𧛂〕

𧜒或字。見〔集韻〕。

〔䙎〕

系或字。見〔字彙〕。

〔䘳〕

帺或字。見〔集韻〕。

〔裡〕

裏俗字。

〔裝〕

裝譌字。〔康熙字典〕。｜。博雅、褖也。〔考廣雅釋言。裝、褖也。裝褖作｜、褖形近而譌。〕

八畫

【裨】賓彌切音卑支韻
一接益也見〔說文〕〔王注〕以接說—者字從衣謂作衣者遇短材、別以布帛接之也再以益申之者。既接之則有益於初也
二衣之次也見〔六書故〕。
三衣別也猶禾之稗黍之稗也見〔說文通訓定聲〕
四益也〔國語鄭語〕若以同—同。
五補也〔國語晉語〕而—諸侯之闕。
六予也見〔廣雅釋詁〕〔疏證〕與埤字同義方言埤予也
七助也見〔廣韻〕〔按漢書項籍傳籍爲—將師古曰—助也。〕
八附也〔韓愈詩〕詎足相陪—
九—販負販以自補助也〔文選張衡賦〕—販夫婦。
十裿作襦謂之—襦見〔廣雅釋器〕
十一通埤〔唐扶頌〕諸學徒相埤助

【裨】頻彌切音陴支韻
一副將〔晉書河間王顒傳〕偏—失利。
二卑也〔荀子富國〕大夫—冕。
三小也〔史記孟子荀卿傳〕於是有—海環之。
四偏也〔文選陳琳檄〕授以—師。
五邑名。〔左文十六年傳〕惟—鯈魚人實逐之。〔注〕—、庸邑。
六通椑。〔集韻〕椑冕名。通作—。
七姓也。鄭大夫—竈、—諶。

【裯】都勞切音刀豪韻
一衣被祗—。見〔說文〕。〔王注〕依六書故引改仍是祗—然非復衣名。而爲敝敗之詞矣〔按方言—謂之襤注祗—弊衣亦謂襤褸〕
二汗襦也〔方言〕汗襦自關而西或謂之祗—
三帷帳也〔楚辭九辨〕被荷—之晏晏兮。

【裯】陳留切音儔尤韻
一禪被也〔詩小星〕抱衾與—。〔唐石經作稠爾雅釋訓疏作幬〕
二牀帳也見〔詩小星箋〕〔疏〕漢世名帳爲—。

【裯】重株切音廚虞韻
一禪衣見〔廣韻〕
二牀帳見〔集韻〕

【裯】丁聊切音貂蕭韻
禂或字。〔集韻〕禂。說文、短衣也。或作—。

【⿰衤疌】七入切音緝卽入切音㗱緝韻
裣緣也。見〔說文〕。〔段注〕古者深衣、右自領及衽。左自袼亦及衽。皆緣之。故曰裣緣。

【⿰衤疌】且立切音尉緝韻
裙緣上也。見〔玉篇〕。

【⿰衤疌】色甲切音翣洽韻
衱—。衣敝。見〔集韻〕。

【⿰衤疌】七接切音妾葉韻
緁或字。〔集韻〕緁。說文、緶衣也。或作—。

【裴】蒲枚切音培灰韻
一本作裵〔說文〕裵長衣皃〔王注〕段氏曰此卽子虛賦、衯衯裶裶之裶若史記子虛賦弭節裵回乃長衣引伸之義〔按玉篇廣韻、集韻、並作—〕
二—回謂縈繞淹留也〔漢書郊祀志〕神—回〔俗作徘佪、徘徊〕
三姓也〔集韻〕伯益之後封𩼀鄉因以爲氏後乃去邑从衣故今姓作—。

【裴】符非切音肥匪微切音非微韻蒲枚切音培灰韻
郋—。漢侯國。在魏郡。見〔集韻〕。〔當今直隸肥鄉縣西〕

【裸】魯東切音臝哿韻
一臝或字。見〔說文〕。〔按說文、臝袒也。王筠云。臝、大戴禮作倮。羣書多借臝。左傳正義—謂赤體無衣也。〕
二露也。〔漢書王嘉傳〕—躬就笞。
三揎衣露臂亦曰—〔禮記王制〕臝股肱。
四生而無毛羽鱗甲曰—。〔太玄玄數〕類爲其—
五獸蹄角—見者亦曰—。〔呂覽觀表〕毛羽—鱗
六水名〔述異記〕桂林東南邊海有—川。
七—壤文身也〔文選趙至書〕表龍章於—壤

【裳】辰羊切音常陽韻
一常或字見〔說文巾部〕〔按說文常下帬也通訓定聲云常—二字經傳截然分用並不通借疑常訓

旐。—訓下帬宜各出爲正豢也。或曰旐虛懸搖曳如帬故爲帬之轉注。按禮含文嘉云天子之旗九仞。登王之大常曳地故名之曰—歟。」

㈡障也。〔釋名釋衣服〕凡服下曰—。—、障也所以自障蔽也。

㈢下也。〔法言修身〕惜乎衣未成而轉爲—也。

㈣衣之賤者。〔詩葛屨〕可以縫—。

㈤褺日衣也。〔詩斯干〕載衣之—。

㈥—猶堂堂也。〔詩裳裳者華〕——者華。

㈦越—國名。〔通典南蠻〕交阯之南有越—國。〔卽今安南〕

【裹】古火切音果哿韻

㈠纏也。見〔說文〕〔段注〕纏者繞也。俗謂婦女纏足曰—。

㈡苞也。見〔玉篇〕〔按詩公劉〕乃—餱糧。〔莊子大宗師〕—飯而往食之。皆包義。

㈢止也。〔史記李斯傳〕—足不入秦。

㈣猶囊也。〔呂覽本生〕無不—也。

㈤猶房也。〔文選宋玉賦〕綠葉紫—。

㈥謂草實也。〔文選郭璞賦〕瀖穎散—。

㈧謂財貨也。〔管子君臣〕富之以國—。

㈨指所包之物也。〔王維詩〕松龕藏藥—。

㈩無—無形也。〔淮南俶眞〕又況乎以無—之者邪。

⑪—烝餅也。〔南史齊明帝紀〕大官進御食有—烝。

【裹】古臥切音過箇韻

包束也。〔穆天子傳〕朱三百—。

【裾】斤於切音居魚韻

㈠衣袌也。見〔說文〕〔段注〕袌、各本作褎。今依韻會正。袌褱也。褱物謂之袌。因之衣前襟亦謂之袌。

㈡衣後—也。〔爾雅釋器〕扱謂之—。〔按方言〕袿謂之—。郭並注曰。衣後—也。段主衣前。不從郭說。桂王諸家又不從段說。今兩存之。

㈢被也。見〔玉篇〕。

㈣倨也。倨倨然直。亦言在後常見踞也。見〔釋名釋衣服〕。

㈤褒也。〔淮南齊俗〕楚莊王—衣博袍。〔按五音集韻云衣侈曰—〕。

㈥袖也。〔方言〕袿謂之—。〔注〕或作袪。廣雅云衣袖也。〔箋疏〕玉篇袿、—也、袿也。廣雅袿、袖也。古有借袪爲—者。故袿亦得爲袖。

㈦——衣服盛貌。〔荀子子道〕由是——何也。

【裾】求於切音渠魚韻

衣後曰—。見〔集韻〕。

【裾】居御切音據御韻

㈠傲也。〔漢書趙禹傳〕禹爲人廉—。

㈡直項也。〔漢書司馬相如傳〕低卬天蟜—以驕驁兮。

㈢方也。〔荀子宥坐〕其流也埤下—拘。必循其理。

【裻】都毒切音篤沃韻

㈠新衣聲。一曰背縫。見〔說文〕〔段注〕子虛賦翕呷萃蔡。張揖曰。萃蔡衣聲也。萃蔡讀如碎鏊二音。—亦雙聲字。深衣負繩及踝。注云。謂—與後幅相當之縫也。

㈡在中曰—。〔國語晉語〕衣之偏—之衣。

㈢衫襦之橫䙢者。〔史記鄧通傳〕顧見其衣—。

㈣人名。〔左昭十二年傳〕司馬—。〔釋文作—今本作督〕。

【裻】蘇篤切音洬沃韻

新衣聲也。見〔玉篇〕。

【裼】先的切音錫錫韻

㈠但也。見〔說文〕〔段注〕玉藻。裘之裼也。見美也。鄭曰。—者。免上衣見裼衣。按覆裘之衣曰—。行禮袒其上衣。見—衣。謂之—。不露—衣。謂之襲。鄭注玉藻曰。袒而有衣曰—。以別於無衣曰袒也。

㈡脫衣見體也。〔史記張儀傳〕徒—以趨敵。

【裼】他計切音替霽韻

㈠褓也。〔詩斯干〕載衣之—。〔說文引詩作禘〕。

㈡或作禘。〔詩斯干釋文〕—、褓也。韓詩作禘義同。

【裺】衣檢切音奄琰韻

㈠褗謂之—。見〔說文〕〔段注〕蓋奄覆之義。

㈡被也。見〔玉篇〕。

㈢衣緣緣也。〔方言〕懸—謂之緣。

㈣衣督脊也。〔方言〕繞緍謂之䘸—。

【裺】於贍切音㤿豔韻

㈠小兒次衣也。〔方言〕—謂之襦。〔

箋疏〕—之言淹也。襦之言濡也。—所以承洟液故—亦謂之襦也。

(二)緣也見〔玉篇〕。

(三)衣寬皃見〔集韻〕。

〔裺〕 烏含切音諳覃韻

(一)—囊飼馬器也〔方言〕飲馬橐、自關而西謂之—囊或謂之—篼。

(二)衣寬也見〔字彙〕。

(三)帴或字〔廣韻〕帴博雅、帴篼囊也。或从衣。〔按廣雅釋器疏證、引方言又引說文篼、飤馬器也。帴之言掩也〕

〔製〕 征例切音制霽韻

(一)裁衣也見〔說文〕。

(二)造作器物也〔唐書柳公綽傳〕置權量于東西市使貿易用之禁私—者。

(三)撰著文辭也〔柳宗元文〕必有美—。

(四)式也。〔漢書叔孫通傳〕服短衣楚—。

(五)裘也〔左定九年傳〕皙幘而衣貍—。

(六)雨衣也〔左哀二十七年傳〕陳成子衣—杖戈。

(七)計衣料之數曰—〔說苑復恩〕甯文子具紵絺三百—。

(八)—藥亦曰—醫書有雷公炮—。

(九)匹—小木罌也〔刁約詩〕餞行三匹—。

(十)容儀也〔唐書張易之傳〕頎皙美姿—〔按此假爲致〕

〔裧〕 吐敢切音菼感韻

(一)毳衣謂之—。見〔集韻〕。

(二)緂俗字見〔廣韻〕。

〔裧〕 處占切音襜鹽韻

(一)車裳帷也〔儀禮士昏禮〕婦車亦如之有—。

(二)喪車蓋之邊緣也〔禮記雜記〕其輤有—〔注〕—謂鼈甲邊緣。

(三)在旁襜襜然也〔禮記雜記疏〕有—者、謂輤之四旁有物—垂。象鼈甲邊緣。

(四)同襜蔽膝也又襜襜搖動皃見〔玉篇〕。

(五)同幨〔玉篇巾部〕幨帷也。亦作—。

(六)通幓〔玉篇巾部〕幓車幰也。或作—。

〔裧〕 昌豔切音襜豔韻

(一)同幨。披衣見〔玉篇〕。

(二)襘或字見〔集韻〕。

〔褑〕 遣禮切音啓薺韻

開衣。見〔集韻〕。

〔褬〕 息拱切音悚取勇切腫韻

(一)小袴也見〔玉篇〕。〔按方言。褌、陳楚江淮之間謂之—〕。

(二)松或字〔集韻〕博雅。松襣、幝也。或作—。

〔裪〕 徒刀切音陶豪韻

(一)—襡。袖襟也。〔方言〕—襡謂之袖。〔注〕衣襟。

(二)通陶。〔左昭十二年傳〕秦復陶。

〔裺〕 胡南切音含覃韻

—裺。袖也。見〔廣雅釋器〕。

〔裍〕 戶感切音頷感韻

幍或字。〔集韻〕幍巾擁耳也。或从衣。

〔裮〕、蚩良切音昌陽韻

(一)披衣不帶。見〔玉篇〕。

(二)—被不帶也。見〔廣雅釋訓〕。〔疏證〕楚辭離騷、何桀紂之猖披兮。王逸注云。猖披、衣不帶之貌。猖、一作—。披、一作被。竝字異而義同。

〔裱〕 彼廟切音俵嘯韻彼小切音表篠韻

領巾也。〔方言〕帍—謂之被巾。〔注〕婦人領巾也。〔箋疏〕—猶表也。表、謂衣領也。

〔裱〕 俾小切音標篠韻

(一)褾或字。〔集韻〕褾袖端。或从表。

(二)俗謂裝潢書畫曰—。—褙房屋亦曰—。京師有—褙胡同。

〔裓〕 之石切音隻陌韻

(一)衣—下也〔方言〕襜謂之—。〔箋疏〕—、所以蔽掖下。故以爲名。

(二)袖也見〔玉篇〕。

〔裓〕 夷益切音睪陌韻

(一)—縫。見〔廣韻〕。

(二)袖也。見〔廣雅釋器〕〔疏證〕玉篇。裓、—、袖也。—通作掖。方言注云。衣掖下也。

〔裲〕 里養切音兩養韻

(一)衣名。—襠猶兩當也。〔釋名釋衣服〕—襠其一當胷。其一當背也。〔參看袹字〕。

(二)—襠。罩甲類。〔通雅衣服〕六朝樂

府有綀—襦鐵—襦解者但以爲袴裩此蓋褲褶之外如罩甲類也。

【裶】芳微切音霏匪微切音非微韻

●一衣長兒見〔玉篇〕〔集韻〕。——衣長兒按司馬相如賦紛紛——。〔漢書音霏文選音非郭璞云衣長貌。〕

●二曳衣貌見〔韻會〕。

●三亦書作裵見〔韻會〕。〔按說文、裵長衣兒段玉裁謂卽子虛賦—字當芳非切。〕

【裷】於袁切音鴛元韻

●一襎—幞也見〔廣雅釋器〕〔疏證〕巾屬所以覆物者也。方言襎—謂之幭郭注云卽帊幞也說文、幭蓋幭也。

●二—襎韈也見〔玉篇〕。

【裷】苦遠切音綣窘遠切音卷阮韻

韈謂之—見〔集韻〕。

【裷】古本切音衮阮韻

同衮。〔荀子富國〕天子袾—衣冕。〔注〕—、與衮同。

【⿰衤青】倉甸切音蒨霰韻

●一褐也見〔廣韻〕。

●二美衣也見〔集韻〕。

●三亦作蒨轄見〔玉篇〕。〔按集韻、轄喪車飾鄭康成說通作—〕

【⿰衤定】直莧切音綻諫韻

●一解也見〔玉篇〕。

●二縫也〔後漢崔寔傳〕期於補—決壞。枝柱邪傾。〔按假借爲組。段玉裁云。袒爲衣縫解組爲補縫。音同而義相因。〕

●三或作袒見〔玉篇〕。〔集韻以綻—爲袒或字。〕

【⿰衤定】堂練切音電霰韻

●一衣坼也見〔集韻〕。

●二縫也〔古豔歌行〕舊衣誰當補。新衣誰當—。

●三或作綻見〔集韻〕。

【⿰衤定】治見切音綻霰韻

綻或字。〔集韻〕綻。縫解也。或从衣。〔按禮記內則。衣裳綻裂。釋文。綻、字或作—。直莧反。徐治見反。〕

【⿰衤育】余六切音育屋韻

●一車覆見〔玉篇〕。

●二車闌幔也見〔集韻〕。

【⿰衤宛】委遠切音宛阮韻

●一襪也謂〔玉篇〕。

●二袖耑屈見〔集韻〕。〔按方言。褠襦謂之袖。注。袖褾。江東呼—。箋疏。—、猶褶也。〕

【𧛱】研奚切音倪齊韻

●一衣裗也。〔爾雅釋器〕衣裗謂之—。〔注〕衣縷也。齊人謂之攣。

【𧛱】吾禮切音堄薺韻

●二女上服見〔集韻〕。

裗—。衣飾見〔集韻〕。

【𧛱】倪結切音齧屑韻

裗—。見〔廣韻〕。〔按爾雅釋文云。又五結反。俱謂裗也。〕

【裿】去倚切音綺紙韻

●一好也。見〔玉篇〕。

●二通觭。〔集韻〕觭博雅、好也。通作—。

【裿】隱綺切音倚紙韻

—裞。衣兒。見〔集韻〕。〔又〕衣好兒。見〔正字通〕。

【裿】去倚切音綺舉綺切音掎紙韻

褌襦謂之襣—。見〔集韻引博雅〕。〔按廣雅疏證本。襣字斷句。—、作襦。謂之褌襦句另提行。王念孫云。集韻類篇引廣雅。連下文—字爲句。失之。〕

【𧝏】渠勿切音倔物韻

●一裗—也。〔集韻〕方言、自關而西謂襤褸曰裗—。〔按方言注。俗名—掖。〕

●二衣短。見〔廣韻〕。

●三通䙝。〔後漢光武紀〕諸于繡䙝。〔續漢書作—。〕

【裍】苦本切音梱阮韻

●一致也。見〔集韻〕。

●二稛或字。〔集韻〕稛。說文、絭束也。或从衣。

【⿰衤容】直容切音褈冬韻

●一—衽也。見〔篇海〕。

●二小褌也。見〔字彙補〕。

●三俗衳字。見〔龍龕手鑑〕。

【褂】古賣切音卦卦韻〔按字書韻書無此字。惟說文通訓定聲云。絓、字又作—。〕

●一衫也。〔通雅衣服〕儀禮中帶。〔注〕

若今之褌䙱蓋襯通裁之中衫也。今奥人謂之衫北人謂之—。〔按長衫短衫俗稱長—短—今南北皆然〕。㊁戎衣之屬。〔通雅衣服〕戎衣有罩甲邊關號曰齎裸又謂之—子。㊂清時禮服也。〔清會典禮部儀制〕服有袍、有—。朝服蟒袍外皆加補服。—常服—無補。行—長與坐齊。女—長與袍齊。色石青。〔按行—、即馬—〕。

【裣】居吟切音今侵韻　〔襟、衿、竝同。〕交衽也。見〔說文〕。〔王注〕漢石經。青青子—。毛傳。青衿青領也。字又作襟。爾雅衣背謂之襟。郭注。襟、交領也。許云交衽者。家訓書證篇。古者斜領下迍于衿。故謂領爲衿。段氏曰。掩裳際之衽。當前幅後幅相交之處。故曰交衽。

【裣】巨禁切音衿沁韻　衿或字。〔集韻〕衿衣系也。或从金。

【[illegible]】盧谷切音鹿屋韻　—[illegible]。衣聲。見〔集韻〕。

【[illegible]】縈絹切音[illegible]霰韻　袂曲。見〔集韻〕。

【裫】縈玄切音淵先韻　衣曲。見〔集韻〕。

【裬】閭承切音陵蒸韻　馬腹帶。見〔集韻〕。

【[illegible]】七醉切音翠寘韻　徂賄切音罪賄韻　衣遊縫也。見〔篇韻〕。〔按玉篇、襊。且括切。廣韻、麤外切。竝訓衣遊縫。疑—、即襊之或省〕。

【裰】都括切音掇曷韻　補也。見〔集韻〕。

【[illegible]】祖對切音晬。蘇對切音碎隊韻　禪衣也。〔方言〕襚—、謂之禪衣。〔箋疏〕玉篇。—、禪衣也。

【[illegible]】取內切音倅隊韻　副衣。見〔集韻〕。

【[illegible]】良脂切音梨支韻　—[illegible]。衣敝。見〔集韻〕。

【褄】七接切音妾葉韻　衣衿。見〔集韻〕。

【[illegible]】枯公切音空東韻　衣袂也。見〔篇海〕。〔按廣韻集韻竝作[illegible]〕。

【[illegible]】布梗切音浜。必幸切音絣梗韻　急也。見〔集韻〕。〔廣韻音浜。訓—急貌〕。

【[illegible]】是酉切音受有韻　衣也。見〔玉篇〕。

【[illegible]】古緩切音管旱韻　袴襱也。〔廣雅釋器〕襣謂之絝。其—謂之襱。〔疏證〕說文。襱、絝踦也。徐鍇傳云踦足也。案今人言袴䠋。或言袴管、是也。管、與—同。

【[illegible]】苦緩切音款旱韻　襱也。見〔集韻〕。

【[illegible]】古玩切音貫翰韻　韋袴。見〔集韻〕。

【[illegible]】昨干切音殘寒韻　將先切音箋先韻　褯也。〔廣雅釋器〕禮、袨、—、褯也。〔疏證〕說文。帴、帗也。棧帗、與—袨同。廣韻。棧、小兒褯也。〔按篇韻音殘。引廣雅。考曹憲音—子戸反。是則與廣韻集韻帴、爲—字。偶漏采耳。廣韻寒韻棧、訓帗。集韻亦有帗訓。故應竝收二音〕。

【褁】責尺切音擲陌韻　囊也。見〔字辨〕。〔按康熙字典云。與褁字音義別。龍龕手鑑云褁譌字〕。

【[illegible]】津私切音資支韻　喪服也。見〔字彙補〕。〔疑卽齎字之譌。龍龕手鑑齎音資。喪服也。俗作𧝑。蓋谷又譌作㕢也〕。

【[illegible]】烏魁切音猥灰韻　垢衣。見〔字彙補〕。

【[illegible]】牆來切音財灰韻　—衣也。見〔字彙補〕。

【[illegible]】裴本字。見〔說文〕。

【[illegible]】裂本字。見〔說文〕。

【[illegible]】褒本字。見〔韻會〕。

【[illegible]】古袞字。見〔字彙補引漢王純碑〕。

【[illegible]】同褋。見〔篇海〕。

【襴】同製。見〔龍龕手鑑〕。

【裭】同褫。見〔直音〕。

【䘼】同襫。見〔直音〕。

【褷】同䙕。見〔正字通〕。

【䙝】同綴。見〔字彙補〕。

【䙀】同繃。見〔正字通〕。

【裩】褌或字。見〔集韻〕。

【袷】帢或字。見〔集韻〕。

【䘴】䙔或字。見〔集韻〕。

【褀】帺或字。見〔集韻〕。

【䙒】襱俗字。見〔龍龕手鑑〕。

【䙊】褶譌字。康熙字典褶下引釋名。褶、襲也。覆上之言也。考釋名釋衣服字作褶。形近而譌。

【裕】䄬譌字。康熙字典裕下引博雅。䄬、袖也。考廣雅釋器字作䄬。無裕字。函、含、音同。傳寫譌也。

九畫

【複】方六切音福屋韻〔重—之、—本作復。〕

①本作複，〔說文〕複重衣也，一曰褚衣。見〔說文〕〔按釋名有裏曰—。鹽鐵論夏不失—。此重衣之義也。彥注急就篇褚之以緜曰—。齊民要術浣冬衣徹—爲袷。此褚衣之義也〕

②重底之屨亦謂之—。見〔周禮屨人注〕—下曰舄。疏〕〔方言屨中有木者謂之—舄。又別爲一義。〕

③重也。見〔廣雅釋詁〕〔按此蓋引中爲凡重之稱〕

④兵戰術之名。〔魏文帝序〕余少曉—。

⑤—道。上下有道也。〔漢書高帝紀〕從—道上望見諸將。〔又〕閣道也。〔史記劉敬叔孫通傳〕迺作—道。

⑥—葉。植物學家謂由一葉柄分歧爲多數之小柄。各小柄上附着一小葉片。而另生大脈者也。有羽狀—葉、掌狀—葉之別。

⑦—眼。動物學家謂由三角形之多數單眼集合而成者也。如蜻蜓之類。

⑧—製。日本語。謂翻印書籍也。

⑨日本以別券爲—本。其功用與正券同。若正券遺失。得以此—本支取。

⑩日本以由利息所生之利息。謂之—利。

⑪通復。凍室衆也。〔呂覽季冬〕水澤復。〔注〕復、或作—。

【複】扶富切音覆宥韻

重—也。見〔廣韻〕。

【褆】上紙切音是紙韻

①衣服好皃。見〔廣韻〕。

②衣服端正皃。見〔玉篇〕。

【褆】杜奚切音啼齊韻

衣厚——。見〔說文〕〔段注〕——。與媞媞義略同。爾雅曰。媞媞、安也。

【褈】傳容切音重冬韻

①複也。見〔玉篇〕。

②厚也。見〔類篇〕。

③增益也。見〔正字通〕〔按說文糸部緟。增益也。正字通本此。康熙字典徑曰—說文增益也。誤〕

【褈】儲用切音重宋韻

繒縷也。見〔集韻〕。

【䙗】昌容切音衝冬韻

褈或字。見〔集韻〕。

【褊】畢緬切音偏銑韻

①衣小也。見〔說文〕。

②凡小之稱也。〔淮南主術〕萬人蒙之而不—。〔按孟子滕文公。齊國雖—小。此云地小也。楚辭初放。淺智—能。兮此云才小也。廣雅釋詁訓陿。陿亦小意。〕

③急也。〔詩葛屨〕維是—心。

④包衆容易謂之裕。反裕爲—。見〔賈子道術〕。

【褊】蒲眠切音𨂂先韻

—褼衣皃。見〔類篇〕。

【䙅】伊消切音腰蕭韻

①—襋也。見〔玉篇〕〔按衣系曰襋〕。

②裳要也。〔詩葛屨〕要之襋之。〔疏〕此要是裳要字。宜从衣。故傳云要—也。

【䙅】一笑切音要嘯韻

衣䙅。見〔類篇〕。

【褋】達協切音牒葉韻

①南楚謂襌衣曰—。見〔說文〕。〔按方言。襌衣、江淮南楚之間謂之—。葉、薄也。襌衣故从枼。方言、玉篇、廣韻省作—。集韻云。褋、省作—。誤于

已改之說文。今从段本作。〕

㊁事神之服也。〔楚辭湘夫人〕遺余—於澧浦。〔注〕襟—、襜褕。事神所用。

㊂通襟。〔廣雅釋器〕襟、褌衣也。

【褌】公渾切音昆元韻

㊀幝或字。見〔說文巾部〕。〔按說文、幝、幒也。方言。—陳楚江淮之間謂之䘥。此言—之最古者。嗣是漢書司馬相如傳之犢鼻—。晉書阮籍傳之處—中。大抵今之套褲。古之絝也。今之滿襠褲。古之—也〕

㊁貫也。貫兩腳上繫腰中也。見〔釋名釋衣服〕

【褎】似救切音岫余救切音狖宥韻

㊀袂也。見〔說文〕。〔按詩唐風、羔裘豹—。傳曰。—猶袪也。說文。袪、衣袂也。〕

㊁盛服貌。〔詩旄丘〕—如充耳。

㊂禾長貌。〔詩生民〕實種實—、

㊃進也。〔漢書董仲舒傳〕今子大夫—然為舉首。

【褏】余救切音狖似救切音岫宥韻

㊀——。盛貌。〔漢書敘傳〕安樂——。

㊁同袖。〔漢書董賢傳〕遹斷—而起。〔注〕師古曰。—、古袖字。

㊂同褎。〔詩羔裘〕羔裘豹—。〔釋文〕本又作褎。

【褓】補抱切音保皓韻

㊀小兒衣也。見〔玉篇〕。〔按說文作緥。訓同。然則緥為正字也。其訓詁之異。若孟子盡心音義。呂覽明理注。史記衛將軍驃騎傳注。並云小兒被也。詩斯干箋、—衣也。廣雅釋器。褯謂之—。參閱緥字〕。

㊁通葆。〔史記魯世家〕成王少在強葆之中。

㊂通保。〔後漢桓郁傳〕越在繈保。

【褐】何葛切音曷居曷切音葛曷韻

㊀編枲韈。一曰粗衣。見〔說文〕。〔按急就篇注。—謂編枲為韈。蓋取未績之麻。編為足衣。如今䩺鞋之類。孟子趙注、—以毳織之。若今馬衣。或曰枲衣。一曰粗布衣。趙云以毳。與豳風鄭箋、漢書季布傳顏注、並合。馬衣、即左定八年傳之馬—也。枲衣、亦謂編枲為衣。墨子韓非新序漢書所云短—。短、皆裋字之譌。即所謂粗布衣〕。

㊁寒賤之人也。〔左哀十三年傳〕余與—之父睨之。〔按因—為賤者所服。故即目貧賤之人為—〕。

㊂楚人謂袍曰短—。見〔後漢王望傳引淮南許注〕。〔按玉篇亦曰。—、袍也〕

㊃黃黑色無光澤、曰—色。〔輟耕錄〕茶—用土黃為主入漆。〔按煤之最下等者曰—炭。即此色〕

㊄釋—。始為官之稱。〔漢書揚雄傳〕或釋—而傳。

㊅司—。複姓。司卜拘。見〔漢書古今人表〕

㊆人名。〔吳越春秋夫差內傳〕乃令童—請軍。〔注〕國語作董—。請事。董—、晉大夫。

㊇通褐。〔莊子讓王〕—以為寒。〔釋文〕—字或作褐。

【褔】敷救切音副宥韻

㊀衣一幅也。今作副。見〔集韻〕。〔按佩觿廣韻略同。匡謬正俗云。副貳之字本為褔〕。

㊁藏也。〔史記龜策傳〕邦—重寶。

㊂猶同也。〔文選張衡賦〕仰—帝居。

【裣】居吟切音今侵韻

㊀袍襦前袂也。見〔篇海〕。

㊁同襟。見〔類篇〕。〔正字通云。俗襟字〕

【褕】容朱切音俞虞韻

㊀翟羽飾衣。一曰。直裾謂之襜—。見〔說文〕。〔按段本翟上有—字。注云。羽部曰。翟、山雉。其衣曰—翟、闕翟。故知為羽飾衣也。襜—有數解。方言。江淮南楚之間謂之𧞣褣。自關而西謂之襜—。其短者謂之短—。釋名。荊州謂襌衣曰布襦。亦曰襜—。言其襜襜、宏裕也。顏注急就篇。及雋不疑傳、皆曰。直裾襌衣也。史記索隱曰。謂非正朝衣。如婦人服也〕

㊁衣服美也。〔史記淮陰侯傳〕—衣甘服。

㊂葉—。短度絹也。見〔玉篇〕。

㊃通揄。〔詩君子偕老其之翟也傳〕揄狄、闕狄。〔釋文〕揄字又作—。

【褕】徒侯切音頭尤韻

㊀近身衣也。見〔類篇〕。

㊁褋—。短袖襦也。見〔集韻〕。

【褕】餘昭切音遙蕭韻

畫鷂雉於王后之服。見〔玉篇〕〔按三禮六服圖。｜狄、王后從王祭先公之服也。周禮內司服掌王后之六服有揄狄。後鄭謂揄、卽爾雅之搖雉字。狄卽翟字。是｜、搖、揄、古字互通。故｜可讀爲搖。〕

【⿰衤㚇】祖叢切音騣東韻

㊀褌衣。見〔篇海〕。

㊁同⿰衤從。見〔類篇〕。

【褗】（隱憲切音偃於建切音堰阮韻

㊀｜領也。見〔說文〕〔段注〕｜領。各本譌樞領。｜字之誤也。今正。〔按方言。袚謂之｜。廣雅。褵袚謂之｜。爾雅注。繡刺黻文以｜領。皆謂｜卽衣領、無訓樞者。說文。樞編枲衣。一曰頭樞。一曰次裹衣。均與衣領之義不合。各本殆因｜樞形近而誤。〕

㊁隱袚。見〔玉篇〕。

㊂通偃。〔儀禮士昏禮注〕卿大夫之妻。刺黼以爲領。如今偃領矣。〔爾雅釋器注釋文云。｜、本作偃。〕

【⿰衤耎】而緣切音堧先韻

㊀促衣縫。見〔玉篇〕。

㊁褐也。見〔玉篇〕。

【⿰衤耎】乳兗切音軟銑韻

緛或字。〔集韻〕緛。說文衣戚也。或从衣。〔按說文糸部、緛。衣戚也。字作襞。不作緘。〕

【⿰衤耎】乃管切音暖旱韻

短襦也。見〔類篇〕。

【褘】吁韋切音暉微韻

㊀蔽厀也。周禮曰。王后之服｜衣。謂畫袍。見〔說文〕。〔按方言。蔽厀。江淮之間謂之｜。｜衣。王后祭先王之服。袍當作衣。釋名釋衣服。王后之上服曰｜衣。畫翬雉之文於衣也。〕

㊁帝服也。〔穆天子傳〕天子大服冕｜。〔注〕｜衣、后之上服。今帝服之。未詳。

㊂通翬。〔禮記玉藻〕王后｜衣。〔注〕｜讀如翬。

【褘】雨非切音韋微韻

㊀香纓也。〔爾雅釋器〕婦人之｜謂之縭。〔注〕｜邪交絡帶繫于體。因名爲｜。

㊁帨巾也。見〔爾雅釋器孫注〕。

㊂美也。〔文選張衡賦〕漢帝之德。侯其｜而。

【褘】居六切音鞠屋韻

衣色如鞠塵也。〔禮記玉藻〕再命｜衣。〔注〕｜、當爲鞠。

【褘】於宜切音猗支韻

人名。〔漢書王子侯表〕安侯｜嗣。

【褘】同委。〔王應麟詩攷〕｜隋、卽委蛇。出韓詩內傳漢衛尉方碑。｜隋在公。

【⿰衤酋】詳遵切音循眞韻

㊀衣也。見〔玉篇〕。

㊁衣襞脊也。方言作緧。見〔正字通〕。

【褙】補妹切音背隊韻

㊀襦也。見〔類篇〕。

㊁今俗借用爲裱｜字。古作表背。

【⿰衤咸】師銜切音衫咸韻

㊀旌旗之斿也。見〔類篇〕。

㊁襂或字。見〔集韻〕。

【褚】展呂切音貯語韻

㊀卒也。一曰裝也。見〔說文〕〔段注〕。方言云。卒或謂之｜。是也。郭云。言衣赤。｜音赭。左傳。鄭賈人將寘荀罃｜中以出。此謂衣裝也。凡裝綿曰著。其字當作｜。

㊁綿衣也。〔漢書、南粵王佗傳〕上｜五十衣。中｜三十衣。下｜二十衣。

㊂蓄也。〔左襄三十年傳〕取我衣冠而｜之。

㊃覆棺之物也。〔禮記檀弓〕｜幕丹質。〔按禮記喪大記、素錦｜、疏。｜、屋也。屋卽幄。幄出幕。〕

㊄囊也。〔唐書樊澤傳〕傾｜以濟。

㊅｜師。古之市官名。〔左昭二年傳〕請以印爲｜師。

㊆高｜。山名。〔淮南墬形〕丹水出高｜。〔注〕高｜、一名冢嶺山。在京兆上雒。〔當今陝西商縣治〕。

㊇同衽。見〔一切經音義〕。

㊈通帾。〔荀子禮論〕無帾絲歶縷翣其頦。〔注〕帾、與｜同。

【褚】丑呂切音楮語韻

㊀製衣。見〔集韻〕。

㊁姓也。漢｜少孫。唐｜遂良。工書。時謂｜體。

【褚】止野切音者馬韻

衣赤也。見〔集韻〕。〔按此假爲赭。〕

【褖】吐玩切音彖翰韻

❶赤緣黑色之衣。古喪服以表袍者也。〔儀禮士喪禮〕—衣。〔周禮作緣。〕

❷后衣。見〔玉篇〕〔按詩綠衣箋綠當作—。衣黑以素紗爲裏。〕

【䙕】耿勇切音嗹腫韻

褌也。見〔玉篇〕〔卽滿襠袴。〕

【⿰衤青】徒臥切音惰吐臥切音唾箇韻

無袂之衣謂之—。見〔說文〕〔桂注〕方言文。注云。袂、衣袖也。趙宧光曰。半臂衣也。

【⿰衤茲】子絲切音茲支韻

衣袂。見〔玉篇〕

【⿰衤臿】測入切音届緝韻

衣重緣也。見〔類篇〕

【⿰衤臿】測洽切音眨洽韻

—略。絜束皃。見〔集韻〕

【褎】房尤切　浮尤韻

聚也。見〔類篇〕〔字彙云。與褒同。引漢武紀—德錄賢。正字通亦云。—、褒字之譌。按漢武帝紀褒德錄賢。作褒、不作—。褒—音義迥別。茲從集韻類篇分見。〕

【袟】他計切音替霽韻

補也。見〔類篇〕

【⿰衤毒】都毒切音篤沃韻大到切音導號韻

衣躳縫。讀若督。見〔說文〕〔段注〕躳从呂。自後言身也。裻、背縫。亦卽此字也。方言作䙱。繞循謂之䙱裺。莊子作督。緣督以爲經。衣躳縫者。深衣云、負繩及踝以應直是也。

【⿰衤冒】莫報切音冒號韻

小兒頭衣。見〔玉篇〕

【⿰衤施】以豉切音易寘韻

裳下緣也。見〔類篇〕

【⿰衤旎】余支切音移支韻

䙊或字。〔集韻〕䙊。博雅、袖也。或作—。

【褍】多官切音端寒韻丁果切音朶哿韻

衣之正幅。見〔說文〕〔按凡衣裳不衺殺之幅曰—。—者正幅之名。非衣名。經典借端字。〕

【褍】徒困切音鈍願韻

衣長。見〔集韻〕

【⿰衤突】陀沒切音突月韻

褌無襠者謂之—。見〔廣雅釋器〕

【⿰衤畏】烏恢切音隈灰韻

垢衣也。見〔玉篇〕

【褑】于眷切音瑗願韻

佩衿謂之—。見〔爾雅釋器〕〔注〕佩玉之帶屬。

【⿰衤胡】洪孤切音胡虞韻

衣袚也。見〔玉篇〕〔廣雅釋器。祰謂之—。〕

【⿰衤癸】暌桂切音睽霽韻

裾分也。〔綱目集覽〕開胯者名缺胯衫。卽今四—衫。〔按正字通云。上馬衣分裾曰—。如今邊將士卒箭衣也。又唐制。中尉樞密、皆—衫侍從。然則—卽近代缺襟袍、四開衩袍之屬。〕

【⿰衤星】桑經切音星青韻

燐光著衣皃。見〔類篇〕

【⿰衤侯】胡溝切音侯尤韻

—褕。小衫也。見〔類篇〕

【⿱𣪊衣】補孔切音琫董韻

枲履也。一曰。小兒皮履也。見〔類篇〕〔正字通云。同緻。〕

【⿰衤致】展豸切音紙紙韻

衬—。敝衣。見〔集韻〕

【⿰衤黹】展几切音黹紙韻

⿰糸黹或字。〔集韻〕⿰糸黹。說文紩衣也。或作—。

【⿰衤苟】古口切音苟有韻

祭服也。見〔字彙補〕

【褉】顯結切音纈屑韻

—襦也。見〔集韻〕

【⿴衣保】褒本字。見〔說文〕

【⿱髟衣】裂本字。見〔集韻〕

【裠】古裙字。見〔字彙補〕

【⿰衤或】同裓。見〔直音〕

【⿰衤毒】同褠。見〔直音〕

【⿴衣囟】同裔。見〔直音〕

【⿰衤咅】同襦。見〔五音篇海〕

【⿱衣頁】同䙇。見〔篇海〕

【⿰衤帝】同襘。見〔集韻〕

【⿰衤屋】同幄。見〔集韻〕

【裡】同裀。見〔篇海〕。

【喙】同移。見〔類篇〕。

【褁】同褢。見〔搜眞玉鏡〕。

【裲】同褔。見〔龍龕手鑑〕。

【數】同襚。見〔直音〕。

【褸】褸或字。見〔集韻〕。

【𧜀】襋或字。見〔集韻〕。

【褻】䙝俗字。見〔廣韻〕。

十畫

【褞】委粉切音韞吻韻

(一)衣也。見〔集韻〕。

(二)袿也。見〔廣韻〕。

【褞】烏昆切音溫元韻

褐衣也。〔王沈論〕袞龍出於—褐。

【䙏】白各切音泊藥韻〔今爲薄〕

(一)禪衣。見〔玉篇〕。

(二)菲也。見〔玉篇〕。

(三)儉也。見〔玉篇〕。

(四)約也。見〔玉篇〕。

(五)媮也。見〔玉篇〕。

(六)磷也。見〔玉篇〕。

(七)沾也。見〔玉篇〕。

(八)大也。見〔玉篇〕。〔按玉篇云。今爲薄。〕

【襮】伯各切音博藥韻

短袂衫也。見〔類篇〕。〔按潛夫論言裙—。博物志云日南有野女。羣行裸體無衣—。疑—屬於婦人衣者爲多。〕

【褠】居侯切音鉤尤韻

(一)禪衣之無袖者也。言袖狹直形如溝也。見〔釋名釋衣服〕。

(二)臂—衣也。〔後漢明德馬皇后紀〕蒼頭衣綠—。領袖正白。〔注〕—臂衣。今之臂—。以縛左右手。於事便也。

(三)衣褶也。見〔增韻〕。

【𧝐】克革切音礊陌韻

(一)袲裏。見〔玉篇〕〔說文作𧝐〕。

(二)褌也。見〔廣雅釋詁〕。

(三)擣也。見〔玉篇〕。

【褡】得合切音荅合韻

(一)衣敝。見〔類篇〕。

(二)褈—。小被。見〔廣韻〕。

(三)背—。蘇俗半臂之稱。今又音轉爲馬甲。

【褢】乎乖切音懷佳韻

(一)褏也。一曰藏也。見〔說文〕。〔段注〕—之爲言回也。褢之高下。可以運肘。袂之長短。反詘之及肘。〔按藏也義與褱近。正字通云。—、褱、懷三字形聲義幷同。〕

(二)苞也。抱也。在衣曰—。在手曰握。見〔玉篇〕。

(三)猾—。獸名。〔山海經南山經〕堯光之山。有獸焉。其狀如人而彘鬣。穴居而冬蟄。其名曰猾—。

【𧝕】莫狄切音覓錫韻

(一)車覆軨也。〔周禮巾車〕犬—、鹿淺—、然—、豻—。

(二)髹布。見〔類篇〕。

【褥】如欲切音辱沃韻

(一)裀—也。〔詩小戎疏〕茵者車上之—。

(二)薦也。見〔一切經音義引三倉〕。

(三)辱也。人所坐褻辱也。見〔釋名釋牀帳〕。

(四)毛—。毯也。〔席上腐談〕氈之異名曰毛席。毯之異名曰毛—。

(五)通蓐。〔漢書韓信傳〕迺晨炊蓐食。〔注〕張晏曰。未起而牀蓐中食。

【褥】奴沃切音傉沃韻

小兒衣。見〔類篇〕。

【褧】犬迥切音苘迥韻

(一)檾衣也。詩曰。衣錦—衣。示反古。見〔說文〕〔段注〕檾者枲屬。績檾爲衣。是爲—。也古者麻絲之作。蓋先麻而後絲。故衣錦尙—。歸眞反樸之意。

(二)禪也。蓋以禪縠爲之。見〔詩丰箋〕。〔按縠者細絹也。以絲而非以枲矣。此與許說異。〕

(三)通絅。〔禮記中庸〕衣錦尙絅。

(四)通熲。〔儀禮士昏禮〕被熲黼。〔注〕熲、禪也。〔疏〕此讀爲詩云—衣之—。

(五)通蘔。〔書大傳〕衣錦尙蘔。

【褪】吐困切願韻

(一)卸衣也。〔桂安世詩〕髻雲鬆嚲衣斜—。

(二)花謝也。〔蘇軾詞〕花—殘紅靑杏小。

(三)色減也。〔周邦彥詞〕蝶粉蜂黃都—了。

(四)倒行卻後也。〔沈與求詩〕十篙八

九—。

㊄半新半舊曰—。見〔正字通〕。

【褫】文爾切音豸丑豸切音敕紙韻

㊀奪衣也。奪職章服。〔文選謝惠連賦〕念解珮而—紳。〔—之本義爲奪衣。近僅沿爲奪義。如云—職、—奪公權。〕

㊁解也。〔易訟〕終朝三—之。

㊂徹也。見〔玉篇〕。

㊃凡言奪類曰—。〔文選左思賦〕魄—氣懾而自踢跌者。〔按後漢黨錮傳序則強梁—氣。注。—、猶奪也。一切經音義引廣雅。—、敓也。〕

㊄衣架編也。見〔廣韻〕。

【褫】陳知切音馳支韻

㊀廗衣。見〔集韻〕。

㊁—氈也。見〔集韻〕。

【褫】直吏切寘韻

解也。脫也。〔荀子非相〕極禮而—。

【褫】演爾切音酏紙韻余支切音移支韻

禠也。見〔康熙字典引廣韻〕。〔按廣韻、褫。禠也。从示不从衣。與—別。〕

【𧝞】古喝切音犗曷韻

㊀衣上也。見〔廣韻〕。

㊁衣上襍也。見〔玉篇〕。

【𧞑】居拜切音介卦韻

上衣也。見〔集韻〕。

【𧛷】克盍切音榼洽韻

㊀—襠也。見〔集韻〕。

㊁婦人袍也。見〔類篇〕。

【褔】許六切音畜丑六切音蓄屋韻

㊀褚也。〔左襄三十年傳〕取我衣冠而褚之。〔注〕褚、—也。〔釋文〕—、本又作畜。

㊁褫也。見〔篇海〕。

㊂藏也。見〔篇海〕。

【褭】乃了切音嬝爾紹切音擾篠韻

㊀以組帶馬也。見〔說文〕。

㊁驂—。良馬名。見〔類篇〕。〔按驂—、本作要—。淮南原道馳要—。注。—、撓弱之撓。呂覽離俗飛兔要—。注。—、字讀如曲撓之撓。〕

㊂鬱—。漢爵名。〔漢舊儀〕鬱—三爵。〔漢書作裊〕。

㊃—蹏。金名。見〔韻會〕。

【褰】丘虔切音愆先韻

㊀絝也。春秋傳曰。徵—與襦。見〔說文〕〔按廣雅。襱謂之絝。方言。絝、齊魯之間謂之䙆。襱、䙆、皆俗字。—乃其正字也。春秋傳左昭二十五年文。〕

㊁祛也。〔禮記曲禮〕暑毋—裳。〔疏〕暑雖炎熱而不得—祛取涼也。

㊂摳也。〔詩褰裳〕—裳涉溱。

㊃縮也。〔史記司馬相如傳〕襞積—縐。

㊄開也。〔文選潘岳賦〕—微罟以長眺。

㊅通騫。〔詩褰裳序釋文〕—、本或作騫。〔按段玉裁云。古騫衣字作騫。今假—而—之本義廢矣。〕

【褱】乎乖切音懷佳韻

㊀俠也。一曰橐。見〔說文〕。〔段注〕俠、當作夾。轉寫之誤。亦部曰。夾、竊盜—物也。从亦有所持。俗謂蔽人俾夾是也。腋有所持。—藏之義也。在衣曰—。在手曰握。今人用懷夾字。古作—夾。〔按一曰橐者。類篇引作一曰囊橐也。玉篇。袪衣。包囊也。〕

㊁苞也。見〔廣韻〕。

㊂歸也。見〔廣韻〕。

㊃襭也。〔廣雅釋器〕襭謂之—。

㊄纈斷也。見〔廣雅釋草〕。

㊅心所思念藏貯亦曰—。見〔正字通〕。

【𧝝】側救切音縐宥韻

衣不伸也。見〔集韻〕。

【𧞍】戶佳切音鞋佳韻

衣袖也。見〔集韻引埤蒼〕。〔廣雅釋器云。袂也。袖也。〕

【褑】胡計切音系霽韻

同𥛓。帶也。見〔類篇〕。

【𧝱】丁塔切音答合韻

衣也。見〔玉篇〕。

【𧝒】烏公切音翁東韻

襂—。衣名。見〔類篇〕。

【褷】陳尼切音遲支韻

衣也。見〔集韻〕。

【𧞓】昔各切音索藥韻色窄切音栜陌韻

——。衣聲也。見〔類篇〕。

【⿰衤謝】祠夜切音謝禡韻
吳人謂衣曰—。見〔類篇〕。

【⿱尉衣】於胃切音尉未韻〔參閱褽字。〕
本作褽。〔說文〕褽衽也。〔段注〕此衽、當訓衽席。左傳—之以玄纁。杜曰、—薦也。許云衽也。義同。

【褣】餘封切音容冬韻
襱—也。〔方言〕襜褕。江淮南楚謂之襱—。〔按韻會作通容。或作童容。亦作幢容。〕

【⿰衤衰】倉回切音崔灰韻
縗或字。〔集韻〕縗、說文、縗服衣長六寸。博四寸。直心。或作—。〔正字通云。俗衰字。〕

【⿱⿰衤衤衣】力狄切音曆錫韻
急纚。見〔玉篇〕。

【襹】霜夷切音師支韻
褷—。衣破也。見〔類篇〕。

【⿰衤氣】承呪切音授宥韻
衣衿也。見〔篇海〕。

【褦】乃代切音耐隊韻
—襶。謂當暑人樂袒裸而固盛服請見也。見〔篇海〕。〔按程曉詩。今世—襶子。觸熱到人家。即此義。〕〔又〕不曉事也。見〔類篇〕。〔按今方俗言。猶謂笨拙曰—襶。〕〔又〕避暑笠也。竹胎蒙以帛。若涼繖鶯。戴之以遮日。見〔正字通。〕

【⿰衤差】鋤加切音槎麻韻
衣見褐也。見〔類篇〕。

【⿰衤⿺辶差】想可切音縒哿韻
衣長皃。見〔集韻〕。

【⿰衤函】胡南切音含覃韻
袖也。見〔廣雅釋器〕。〔正字通云。⿰衤臽本字。〕

【⿰衤函】戶感切音頷感韻
⿰巾函或字。見〔集韻〕。

【⿱般衣】逋潘切音般寒韻
衣表也。吳俗語。見〔類篇〕。〔正字通云。同幋。〕

【褬】寫朗切音顙養韻
裉—。衣敝也。見〔集韻〕。

【褮】娟營切音縈。汙莖切音罌庚韻
鬼衣也。讀若詩曰葛藟縈之。一曰若靜女其袾之袾。見〔說文〕。〔按鬼衣、猶魂衣。冥器之屬。段玉裁云。之袾、當作之靜。王念孫曰。袾、當爲孌。孌、—聲相近。〕

【褮】元扃切音螢青韻
衣開孔也。〔爾雅釋器〕衱謂之—。

【⿱𤇾衣】縈定切音鎣徑韻
衣襴也。見〔類篇〕。

【⿰衤戎】而融切音戎東韻
衣厚戎也。見〔類篇〕。〔正字通云。俗襛字。〕

【褯】慈夜切音藉禡韻
小兒衣。見〔玉篇〕。〔按肯綮錄。小兒衣曰繃—。〕

【⿰衤帶】祥亦切音席陌韻
被襚。—也。見〔類篇〕。

【⿱耎衣】乳勇切音冗腫韻　乳兗切音軟銑韻
𣯛或字。虞書曰。鳥獸—毛。見〔說文瓦部。〕〔按大徐本如是。小徐本則作虞書曰。鳥獸—毛。而注之曰、此亦𣯛字。—、今尚書作氄。毛部作毴。云盛毛也。𣯛下許書原文云。羽獵韋絝。〕

【⿱呂衣】力許切庚韻
姓也。見〔篇海〕。

【⿱齊衣】津私切支韻
與齊⿰衤衰之齊同。見〔字彙補〕。

【褤】同褑。見〔篇海〕。

【⿰衤徯】同褑。見〔康熙字典〕。〔字彙補云。衣袖也。〕

【褳】綺俗字。

十二畫

【⿰衤殺】所介切音鎩卦韻　所例切音㡜霽韻
㊀衣削幅。見〔集韻〕。㊁衣衺縫。見〔廣韻〕。

【⿰衤殺】師駭切蟹韻
同鎩。襰鎩。衣破。見〔類篇〕。

【⿰衤殺】山戛切音殺黠韻
衣縫餘也。見〔韻會舉要〕。

【褵】鄰知切音離支韻
㊀婦人之褘也。見〔類篇引爾雅〕。〔

按玉篇。、衣帶也。韻會。卽今香纓也。說小異而義略同。〕
㊁通縭。〔詩東山〕親結其縭。〔文選沈約彈文作結—。〕
㊂通離。〔文選張華箴〕施衿結—。〔注〕—與離古字通。〔按漢書外戚傳中佩離以自思。注。離、袿衣之帶也。〕

【褶】達協切音牒葉韻
㊀無絮之衣。雖複與襌同者也。〔儀禮士喪禮〕襚者以—。〔按禮記喪大記。君—衣—衾。注。、—袷也。禮記玉藻。帛爲—。注。衣有表裏而無著也。皆卽此義。康熙字典誤分。〕
㊁襞也。覆上之言也。見〔釋名釋衣服〕〔按急就篇注。—、謂重衣之最在上者也。其形若袍。短身而廣袖。一曰。左衽之袍也。重衣最在上。卽覆上之義。〕
㊂通襲。〔儀禮士喪禮注〕古文—爲襲。

【褶】席入切音習寔入切音十緝韻
㊀袴—。騎服也。〔晉書輿服志〕弓弩隊各五十人黑袴—。

㊁地學家於地層屈曲狀如波浪者。謂之—曲。上下—曲之度相同者。謂之等—。
㊂同襵。〔梁簡文帝詩〕衣裁合歡襵。〔注〕—同。

【褷】山宜切音釃支韻
㊀離—。毛羽始生之貌。〔文選木華賦〕鳧雛離—。〔按李白樂府。錦衣綺翼何離—。又皮日休詩。雪羽離—半惹泥。離、褵同。〕
㊁襹或字。〔集韻〕襹褷毛羽衣貌。或從徙。〔按歐陽修詩。羽毛褷—眼睛活。褷、與襹同。〕

【褸】力主切音縷麌韻
㊀衣壞也。〔方言〕南楚凡人貧衣被醜弊。或謂之—裂。或謂之襤—。〔按史記作藍蔞。綱目集覽作藍褸。〕
㊁紩衣也。〔方言〕紩衣謂之—。
㊂通縷。〔爾雅釋器〕衣裗謂之視。〔注〕衣縷也。〔疏〕衣縷本或作—。

【褸】郎侯切音樓尤韻
衽也。見〔說文〕〔段注〕方言曰。—謂之衽。注。衣襟也。或曰。裳際也。按郭云。衣襟者、謂正幅。裳際者、謂旁幅。謂衽爲正幅者。今義、非古義也。衽者、殺而下者也。

【袣】以制切音曳霽韻
㊀人名。征北將軍明—之。宋元嘉時人。見〔幽明錄〕。
㊁同裔。見〔集韻〕。

【褹】倪祭切音藝霽韻
㊀複襦也。〔方言〕複襦、江湘之間或謂之筩—。
㊁袂也。見〔玉篇〕。〔按方言注。—卽袂字。晉書音義又云。褹與袂同。當作褹。〕

【褹】女介切音奈卦韻女黠切音痆黠韻
紩布襦。見〔玉篇〕。

【褻】私列切音薛屑韻〔—嫚之—、本作暬。〕
㊀私服。詩曰。是—袢也。見〔說文〕。〔按論語。紅紫不以爲—服。王肅曰。謂私居非公會之服也。詩鄘風君子偕老文今詩—作紲。〕
㊁袍襗也。見〔詩無衣疏引論語鄉黨鄭注〕。
㊂重衣也。見〔一切經音義引字林〕。
㊃親身之衣也。〔荀子禮論〕說—衣。〔按漢書敘傳音義引字林曰。—、衷衣。卽此義。〕
㊄衣破壞之餘也。〔漢書敘傳〕思有短褐之—。
㊅狎也。見〔廣雅釋言〕。
㊆慢也。〔禮記曲禮注〕不欲人—之。
㊇嬖也。〔禮記檀弓〕君之—臣也。
㊈謂數相見也。〔論語鄉黨〕雖—必以貌。
㊉—器。振節類沐之器。〔周禮內豎〕執—器以從遣車。〔又〕—器。虎子之屬。見〔周禮玉府凡—器司農注〕。
⑪通紲、暬、渫。〔一切經音義〕—、古文紲、媟、暬、渫、四形。

【褺】徒協切音疊葉韻
重衣也。巴郡有—江縣。見〔說文〕。〔段注〕凡古云衣一襲者。皆一—之叚借。今地理志郡國志巴郡下、皆作墊江縣。蓋淺人所改。—江縣在今四川重慶府合州。嘉陵江、涪江、渠江、會于此。入大江。水如衣之重複然。故以—江爲縣名。

【褽】烏潰切猥去聲隊韻〔參閱

褎字〕。

㊀衣衽。見〔玉篇〕。㊁齘也。見〔廣雅釋器〕。〔按說文、齘。齘也。所以載盛米〕。㊂薦也。〔左哀十一年傳〕—之以玄纁。

【褾】俾小切音縹篠韻

㊀袖端。見〔類篇〕。㊁卷裷飾也。見〔增韻〕。㊂領巾謂之褑—。見〔類篇〕。

【褾】卑妙切摽去聲嘯韻

衣袂也。見〔玉篇〕。

【褿】財勞切音曹豪韻

㊀帬也。見〔廣韻〕。㊁衣失浣也。見〔類篇〕。

【褿】倉刀切音操臧曹切音遭豪韻

㊀本作褿。〔說文〕褿。帴也。〔通訓定聲〕字亦作⿰巾曹。按說文、帴。帗也。今之披肩。一曰帗也。謂一幅巾。一曰婦人脅衣。今兜肚。—訓帴。未審何屬。據廣雅釋器。—、袚、褸、襶也。玉篇。褯、小兒衣也。⿰巾曹、藉也。廣韻。帴、小兒藉也。則當爲一幅巾之帗。故蠻夷衣亦曰帗。蔽厀亦曰—。小兒藉亦曰帗。㊁衽也。見〔玉篇〕。

【褿】慈焦切音樵蕭韻

㊀袓也。見〔類篇〕。㊁衣齊好也。見〔類篇〕。〔按廣雅釋詁云。好也〕

【襁】舉兩切音繈養韻

㊀負兒衣也。見〔說文〕。〔按—義各說不同。論語皇疏。—者以竹爲之。漢書宣帝紀注李奇曰。—、絡也。以繒布爲之。後漢書清河王慶傳注。—以繒帛爲之。即今之小兒綳匡。謬正俗。孔子曰。—負其子。謂以繩絡而負之。此質地之異也。博物志曰。廣八寸。長一尺二寸。史記正義曰。強闊八寸。長八尺。此尺寸之殊也。要其爲負小兒之具則同。參閱緥字。〕㊁通緥。〔列子天瑞〕不免緥保者。〔釋文〕緥保、本作—褓。㊂通強。〔史記魯周公世家〕成王少在強葆之中。〔索隱〕強葆、即—褓。

【⿰衤戚】創所切音楚語韻

㊀鮮也。見〔埤蒼〕。㊁美貌。見〔類篇〕。

【⿰衤戚】子六切音蹙七六切音蹙屋韻

㊀衣鮮明貌。見〔類篇〕。㊁好也。見〔廣雅釋詁〕。

【褒】博毛切報平聲豪韻

㊀本作褎。〔說文〕褎衣博裾。〔段注〕博裾謂大其褎也。〔桂注〕淮南氾論高注。—衣、謂方與之衣。如今吏人之左衣也。㊁大也。〔淮南主術〕一人被之而不—。㊂猶進也。〔禮記樂記〕故禮有—而樂有反。㊃猶夸也。〔史記司馬穰苴傳〕如其文也。亦少—矣。〔按索隱引司馬法說。行兵揖讓有三代之法。而齊區區小國。又當戰國之時。故云少—。玩其語意是—訓夸〕。㊄崇高之稱也。見〔禮記禮器注褒之言—也疏〕。㊅錫賚之名也。見〔詩崧高序—賞申伯寫疏〕。㊆揚美也。見〔玉篇〕。〔按如春秋之筆削—貶。是揚美之義〕。㊇獎飾也。見〔類篇〕。〔按如漢代之璽書—美。是獎飾之義〕。㊈手文也。〔孝經援神契〕舜手握—。〔注〕手中有—字。㊉谷名。〔後漢順帝紀注〕—斜。漢中谷名。南口曰—。(十一)國名。〔詩正月〕—姒滅之。〔按國語晉語。周幽王伐有—。注。—、姒姓之國〕。(十二)有土嘉之曰—。〔公羊隱元年傳〕—之也。(十三)—明。長襦也。〔方言〕—明謂之袍。(十四)—魯。—成。漢封周公孔子裔爵號也。〔後書平帝紀〕元始元年。封周公後公孫相如爲—魯侯。孔子後孔均爲—成侯。(十五)人名。漢及北周皆有王—。並字子淵。(十六)姓也。禹之後。見〔通志氏族略〕。

【褒】匹盜切音報號韻

周世九拜之一也。〔周禮大祝〕辨九拜。八曰—拜。〔司農注〕持節拜是也。

【褒】蒲侯切音杯尤韻

聚也。見〔集韻〕。

【襄】思將切音相陽韻

一 本作⿴衣𤕦。[說文]⿴衣𤕦、漢令解衣而耕謂之⿴衣𤕦。[按孔安國孝經注。民脫衣就功。蕭廣濟孝子傳。每農月、耕者恒裸裼。此亦古義之僅存。堪爲許書⿴衣𤕦字左證者。]

二 上也。[書堯典]蕩蕩懷山—陵。

三 因也。[書皋陶謨]思曰贊贊—哉。

四 除也。[詩牆有茨]不可—也。

五 成也。[左定十五年傳]不克—事。

六 平也。[詩出車]玁狁于—。

七 舉也。[漢書鄒陽傳]臣聞交龍—首奮翼。

八 蹋高也。[文選張衡賦]—岸夷塗。

九 駕也。[詩大叔于田]兩服上—。

十 更也。[詩大東]終日七—。[箋]—、更也從旦至莫更移七辰謂之七—。

十一 陽也。[書皋陶謨鄭注]—之爲言暘也。

十二 葬也。[宋史元絳傳]朕爲卿辨—。雖百子何加。

十三 漢水之別名也。[淸一統志]漢水亦名—水。[按今漢水流至湖北—陽稱爲—河。]

十四 辟地有德曰—。甲胄有勞曰—。見[周書諡法]。

十五 秦漢之間侯國名。[漢書高帝紀]—侯王陵降[注]韋昭曰。南陽有穰縣。疑—當爲穰師古曰。韋氏改—爲穰者。蓋亦穿鑿也。

十六 州名。漢末爲荆州治。曹操始置—陽郡。西魏改—州。當今湖北—陽縣治。

十七 —山。[山海經大荒南經]有—山。

十八 景—鐘名。[後漢崔駰傳]勒景—之鐘。

十九 頊—劍名。[淮南修務]而稱以頊—之劍。

二十 —羊猶彷徉也。[文選司馬相如賦]消搖乎—羊。

廿一 姓也。後漢—楷。楚大夫—老之後。

廿二 人名。[論語微子]擊磬—。

廿三 通驤。[文選嵇康賦]參辰極而高驤[注]驤與—同。

廿四 淸官制謂佐治曰—。有贊—王大臣—辦軍務等名目。

【襒】蒲結切音蹩屑韻

一 衣貌。見[類篇]。

二 拂也。[史記孟子荀卿傳]平原君側行—席。

【䙔】烏侯切音謳尤韻於口切音毆有韻邕俱切音紆春朱切音樞虞韻烏候切音漚宥韻委羽切音傴麌韻

編枲衣。一曰頭—。一曰次裹衣。見[說文]。[按編枲衣、謂取未績之麻編之爲衣。與艸雨衣相類。衣之至賤者也。頭—者。廣雅。編枲頭衣。蓋僅冒其頭耳。次裹衣者。廣韻—、小兒涎衣。廣雅。緊袼、—、次衣也。方言。緊袼謂之—。注。卽小兒次衣。次、卽古涎字。許書統云从衣區聲。段桂注本曰於武切。又於侯切。皆不以某音分屬某義。乃康熙字典強生分別。專以上聲屬諸小兒次衣。殊乖古訓。]

【⿰衤曼】謨官切音瞞寒韻

胡衣也。見[類篇]。[正字通云。俗幔字。]

【⿰衤從】笱勇切音竦腫韻祖叢切音㚇東韻

—褋。襌衣也。見[廣雅釋器]。

【⿰衤桼】息七切音悉質韻

衻也。[廣雅釋器]衻、袥、⿰衤束、—也。

【⿰衤遷】相盞切音仙先韻

褊—。衣貌。見[類篇]。

【⿰衤率】朔律切音率質韻

裾—。短衣。見[集韻]。

【⿰衤盍】苦盍切音磕合韻

—襠。前後兩當衣也。[唐書車服志]鼓吹披工加白練—襠。[康熙字典謂音義與⿰衤蓋同。正字通云。俗⿰衤蓋字。非。]

【襀】資昔切音積陌韻

襞—。衣間蹙也。[文選司馬相如賦]襞—。[注]襞—、簡齰也。[按卽今之褶襇。]

【⿰衤春】丑江切音株株江切音椿江韻

短敝衣也。見[集韻]。

【⿰衤鳥】丁了切音鳥篠韻都聊切音彫蕭韻

短衣也。春秋傳曰。有空—。見[說文]。[按段氏云。袑、短也。今俗語尙呼短尾曰袑尾。許書無袑。當作—。空、疑作公。卽昭二十五年傳之季公鳥也。桂注則謂方言。小袴謂之佼衫。佼衫卽—音。春秋傳曰。有空—者。今無此文。]

【褩】烟奚切音鷖齊韻　—格。次衣也。見〔類篇〕。〔按方言。緊格謂之福。注。卽小兒次衣。類篇緊作—〕。

【襂】疏簪切音森侵韻　—纚。羽垂之貌。〔文選木華賦〕被羽翮之—纚。

【襳】師銜切音衫咸韻　同縿。旌旗之斿也。〔爾雅釋天〕素升龍于縿。〔釋文〕縿本又作—。

【襏】之石切音蹠陌韻　袖也。見〔篇海〕。〔正字通云。俗被字〕。

【[illegible]】蘇谷切音速屋韻　禒—。衣聲也。見〔篇海〕。

【[illegible]】符容切音逢冬韻　蓯山神。見〔集韻〕。

【[illegible]】謨逢切音蒙東韻　襹襡衣也。見〔類篇〕。

【複】方六切音福屋韻　絮衣也。見〔字彙補〕。

【[illegible]】滑過切音唾箇韻　無袂衣也。見〔字彙補〕。

【[illegible]】旬緣切音旋先韻　冠巾袍—。見〔帝京景物略〕。

【褺】音牒葉韻　重衣也。見〔龍龕手鑑〕。

【[illegible]】古表字。見〔集韻〕。〔類篇作褩〕。

【[illegible]】同繃。小兒衣也。見〔直音〕。

【[illegible]】同褅。見〔篇海〕。

【[illegible]】同䙕。見〔篇海〕。

【[illegible]】同褷。見〔康熙字典〕。〔按字彙音池。衣也。直音作—。康熙字典云。卽褷字〕。

【[illegible]】同褎。見〔集韻〕。

【[illegible]】同襧。見〔篇海類編〕。

【[illegible]】同襹。見〔直音〕。

【[illegible]】同褻。見〔直音〕。

【[illegible]】同褒。見〔直音〕。〔舊字典云。褒字之譌〕。

【[illegible]】同衰。見〔字彙補〕。

【[illegible]】褟譌字。見〔康熙字典〕。〔字彙補云。衣游縫也。存參〕。

【[illegible]】裓譌字。見〔康熙字典〕。〔篇海云。—裂手取也。又補也。存參〕。

十二畫

【襈】雛戀切音饌霰韻　雛免切音撰銑韻　●一衣緣也。見〔類篇〕。●二撰也。青絳為之緣也。見〔釋名釋衣服〕。

【[illegible]】渠眷切音倦霰韻　重繒。見〔廣韻〕。

【襉】居莧切音澗諫韻　賈限切音簡潸韻　●一裙幅相攝也。見〔類篇〕。●二暈衣也。見〔玉篇〕。●三襉縫也。見〔正字通〕。

【襊】麤括切音撮曷韻　●一衣蹙積也。〔王筠詩〕袒腹兩邊作八—。●二繦布冠也。見〔類篇〕。●三衣領。見〔玉篇〕。

【[illegible]】取外切音蕞泰韻　衣游縫也。見〔集韻〕。

【襋】訖力切音殛職韻　●一衣領也。詩曰。要之—之。見〔說文〕。〔段注〕領者。頸項也。因以為衣在頸之名。魏風。要之—之。毛傳曰。要、要也。—、領也。按裳之上曰要。衣之上曰領。皆以人體名之也。●二衣衿。見〔玉篇〕。●三通棘。〔詩葛屨〕要之—之。〔白帖作要之棘之〕。

【[illegible]】展几切音黹紙韻　●一紩衣也。見〔說文〕。〔段注〕糸部曰。紩者縫也。縫者以鍼紩衣也。黹為鍼刺—為縫敝也。●二冕名。〔隋書禮儀志引三禮舊圖〕—冕、天子五旒。用玉百二十。●三通緻。〔方言注〕緻縫納敝故之名也。

【[illegible]】于非切音圍微韻　羽鬼切音偉尾韻　●一重衣皃。爾雅曰。——檟檟。見〔說文〕。〔段注〕今爾雅無此文。釋訓。洄洄、惛也。釋文云。洄、本或作𢙬。引字林。𢙬、重衣貌。𢙬卽—字。而潛夫論云。佪佪潰潰。蓋用爾雅文。據潛夫論則爾雅故有潰潰字。許所見潰潰作一一字。

㊂褒也見〔類篇〕。

【襌】多寒切音單寒韻

㊀衣不重。見〔說文〕。〔段注〕此與重衣曰複爲對。

㊁單也。〔大戴記夏小正〕往耰黍一。

㊂無裏曰一。見〔釋名釋衣服〕。〔禮記玉藻〕一爲絅。注。有衣裳而無裏。與許書不重義稍別。

㊃無絮亦曰一。〔釋名釋衣服〕一襦。如襦而無絮也。

㊄涼衣也。〔方言〕礿襌謂之一。〔注〕今又呼爲涼衣。

㊅似濡衣而褒大者也。見〔急就篇一衣蔽膝布毋縛注〕。

【襏】北末切音撥曷韻

㊀三尺衣也。〔一切經音義引通俗文〕三尺衣謂之一。

㊁一襫。簑襏也。〔國語齊語〕身衣一襫。〔又〕謂麤堅之衣。〔管子小匡〕身服一襫。

㊂同袯。蠻夷服也。見〔國語補音〕。

【襐】似兩切音象養韻

㊀一飾也。見〔說文〕。〔段注〕各本作飾也。奪一。今補。此三字爲句。巾部飾字下云。一飾也。亦三字爲句。〔按急就篇注。一飾。盛服飾也。漢書外戚傳注。一。盛飾也。〕

㊁未笄冠者之首飾也。見〔類篇〕。〔按漢書莽建世子一飾注。首飾。在兩耳後。刻鏤爲之。〕

【襐】待朗切音蕩養韻

襐或字。〔集韻〕襐。博雅。飾也。或作一。〔按正字通云襐同一。改音蕩。誤分爲二〕。

【襀】丘愧切音饋寘韻丘畏切音纍未韻

㊀紐也。見〔集韻〕。

㊁衣系也。見〔增韻〕。

【襘】黃外切音會泰韻

同繢。會五采繡也。見〔類篇〕。

【襘】子孕切音甑徑韻慈陵切音繒蒸韻

㊀汗襦也。〔方言〕汗襦。江淮南楚之間謂之一。

㊁複也。見〔類篇〕。

【襚】陟扇切音驟霰韻知輦切音展銑韻

㊀丹縠衣也。見〔說文〕。〔段注〕縠、細絹也。庸風其之展也。毛傳。禮有展衣者。以丹縠爲衣。馬融從之。許說同。先後鄭注周禮、及釋名、皆云。展衣白。後鄭云。展字當爲襢。按詩周禮作展。叚借字也。玉藻雜記作襢。後鄭從之。許作一。漢禮家文字不同如此。〔按桂注。案本書當有或體作襢。玉篇襢、與一同。〕

㊁衣之通稱。〔北堂書鈔引古詩〕細綺爲上一。

【襮】薄報切音暴號韻

㊀衣之前襟。見〔類篇〕。

㊁朝服垂衣也。見〔篇海〕。

㊂褻也。見〔類篇〕。

【襆】博木切音卜屋韻

纀或字。〔類篇〕裳削幅謂之纀。或從衣。〔按集韻䙐纀、均襆或字。〕

【襆】逢玉切音幞沃韻

幞或字。〔集韻〕幞。帊也。一曰裳削幅。或从衣、糸。

【襀】何佐切音賀箇韻

裓袖也。見〔韻會〕。

【襘】古穴切音玦屑韻

袖也。〔方言〕裗一謂之袖。

【襜】都騰切音登蒸韻

毛帶也。〔酉陽雜俎〕於宣陽門外。得一錦襜一。

【襘】他計切音替霽韻

補一也。見〔篇海〕。

【襀】芳未切音費未韻

服也。見〔玉篇〕。

【襆】子小切音剿篠韻

拭也。見〔類篇〕。

【襀】賞職切音識職韻

裝一也。見〔篇韻〕。

【襀】徒回切音頹灰韻

棺覆也。見〔集韻〕。

【襎】符袁切音藩元韻

一裷。卽帊襆也。〔方言〕一裷謂之幭。〔又〕謂繙褡也。見〔正字通〕。

【襎】補過切音播箇韻

長袂也。見〔類篇〕。

【襐】待朗切音蕩養韻

飾也。見〔廣雅釋詁〕。

【⿰衤厥】居月切音厥月韻　揭衣渡也。見〔類篇〕。

【⿰衤厥】其月切音掘月韻　短衣也。見〔類篇〕。

【⿰衤童】昌容切音衝常容切音鏞冬韻　—褣、襜褕也。〔方言〕襜褕、江淮南楚謂之—褣。

【褈】傳容切音重冬韻　褈或字〔集韻〕褈。說文、增益也。或作種、—。

【⿰衤童】傳江切音幢江韻　衣也。見〔類篇〕。

【⿱厤衣】狠狄切音歷錫韻　急繳也。見〔類篇〕。

【襑】徐心切音尋侵韻他感切音嗿感韻　衣博大也。見〔說文〕。

【褅】他計切音替霽韻　緥也。詩曰。載衣之—。見〔說文〕。〔段注〕小雅斯干曰。載衣之裼。傳曰、裼、緥也。此謂裼即—之叚借字也。釋文曰。韓詩作禘。禘、集韻云。或—字。韓詩用正字。毛詩用叚借字也。緥者、小兒衣也。

【⿰衤黃】胡肓切音橫庚韻　—褡。小被也。見〔字林〕。

【襓】如招切音饒蕭韻人要切饒去聲嘯韻　—衭。劍衣也。〔禮記少儀〕劍則啟櫝蓋襲之加夫—與劍焉。

【⿰衤虘】求於切音渠魚韻　繫也。見〔類篇〕。

【⿰衤黍】悉盍切音偢合韻　—祉。衣敝也。見〔類篇〕。

【⿱敦衣】都昆切音敦元韻　衣褡也。見〔類篇〕。

【⿴衣韋】雨非切音闈微韻　裹也。見〔玉篇〕〔說文作褘〕。

【⿰衤諸】知呂切音貯語韻　裝衣也。見〔字彙補〕。

【⿱燮衣】徒協切音牒葉韻　重衣也。見〔字彙補〕。

【⿰衤尌】并眇切篠韻　、袖端—也。見〔龍龕手鑑〕。

【⿰衤帶】音謝禡韻　燥也。見〔川篇〕。

【襀】音積陌韻　襞也。見〔龍龕手鑑〕。

【⿰衤悤】且勇切腫韻　褌也。見〔龍龕手鑑〕。

【⿰衤歃】古洽切洽韻　襪衣也。見〔五音篇海〕。

【⿰衤尞】音未詳　小袴也。〔方言注〕小袴今—袴也。

【⿰衤覃】禫本字。見〔正字通〕。〔康熙字典〕云。宜歸入示部。

【⿰衤猜】同⿰衤猜。見〔玉篇〕。

【⿰衤鴉】同⿰豸毛。見〔正字通〕。

【褢】同傀。見〔字彙補〕。

【⿴衣國】⿰衤國或字。見〔集韻〕。

【襍】雜或字。見〔集韻〕。

【⿰衤嶌】褔或字。見〔集韻〕。

十三畫

【襜】疏占切音蟾鹽韻　(一)衣蔽前也。見〔說文〕。〔通訓定聲〕字亦作袡、作⿰糹冄作袩。爾雅釋器。衣蔽前謂之—。注。今蔽膝也。方言四。蔽厀、齊魯之郊謂之⿰糹冄。按即韠也。韍也。其制下廣二尺。上廣一尺。其頸五寸。婦人之—謂之褘。亦謂之縭。(二)衣掖下也。〔方言〕—謂之⿰衤夜。〔箋疏〕⿰衤夜所以蔽掖下。故以為名。(三)車帷也。〔後漢劉盆子傳〕絳—絡。(四)整貌。〔論語鄉黨〕衣前後。—如也。〔按此借為憺〕。(五)張也。〔釋名釋衣服〕韍、韠也。韠、蔽膝也。又曰跪—。跪時—然張也。(六)——搖貌。〔楚辭逢紛〕裳——以含風兮。(七)—褕。直裾襌衣也。〔漢書外戚恩澤侯表〕坐衣—褕入宮。(八)—襦。汗襦之異名。〔方言〕汗襦。陳魏宋楚之間謂之—襦。(九)通⿰衤欸〔集韻〕⿰衤欸。衣動皃。通作—。

【⿰衤詹】昌豔切音韂豔韻　(一)披衣。見〔集韻〕。(二)通韂、〔集韻〕韂。韍也。通作—。

【襜】都甘切音儋覃韻

—襤。國名。〔史記李牧傳〕滅—襤。〔注〕如淳曰。胡名也。在代北。

【襚】徐醉切音遂寘韻

㊀衣死人也。春秋傳曰。楚使公親—。見〔說文〕。〔通訓定聲〕春秋說題辭。—、遺也。廣雅釋詁四。—、送也。貨財曰賻。車馬曰賵。衣衾曰—。即襲也。禮記少儀。斂者曰—。疏。—者、遂彼生時之意也。

㊁遺生人衣服亦曰—。〔西京雜記〕趙飛燕爲皇后。其女弟在昭陽殿。遺飛燕書曰。今日嘉辰。貴姊懋膺洪冊。謹上—三十五條。以陳踴躍之心。

【⿳亡口⿲月衣凡】魯果切音卵哿韻

㊀袒也。見〔說文〕。〔王注〕袒、復古編作但。是也。經典借袒爲但。左傳正義。裸、謂赤體無衣也。

㊁通臝。〔左昭三十一年傳〕趙簡子夢童子臝而轉以歌。

㊂通倮。〔大戴禮曾子天圓〕唯人爲倮匈而後生也。〔注〕倮匈、謂無毛羽與鱗介也。

【襖】烏皓切音懊皓韻

㊀裘屬。見〔說文新附〕。〔鈕氏新附考〕按高氏事物紀原—子、引舊唐書輿服志曰。讌服古褻服也。亦謂之常服。江南以巾褐裙襦。北朝雜以夷戎之制。至北齊有長帽、短靴、合袴、—子。朱紫元黃。一任所好。若非元正大會。一切通用。蓋取於便事。則今代—子之始。

㊁袍也。見〔類篇〕。

㊂今以夾衣爲—。見〔六書故〕。

㊃金俗婦人衣曰大—子。不領。如男子道服。俗作襖。見〔正字通〕。

㊄俗稱日曰黃綿—。〔鶴林玉露〕京師久雨不晴。童童歡呼曰。黃綿—子出矣。

㊅日本室內。多以紙爲壁。—者。室與室間之門。通常皆糊以紙。此紙曰—紙。

【襢】蕩旱切音坦旱韻唐干切音壇寒韻

—裼。肉袒也。〔詩大叔于田〕—裼暴虎。〔釋文〕—、本又作袒。音但。〔按說文人部作但。〕

【襢】時戰切音繕霰韻

㊀展也。見〔禮記玉藻一命襢衣疏〕。〔按字亦通展。周禮內司服展衣注。展衣以禮見王及賓客之服。字當爲—。—之言亶。亶、誠也。〕

㊁去上服也。見〔集韻〕。

【襢】旨善切音膳銑韻

露也。見〔禮記喪服大記大夫士襢之釋文〕。

【襢】陟扇切音驏霰韻知輦切音輾銑韻

⿱展衣或字。〔集韻〕⿱展衣。說文、丹縠衣。或作展、—。

【襢】澄延切音纏先韻

袀—。襌也。見〔集韻〕。

【襢】諸延切音饘先韻

旃或字。〔集韻〕旃、旗曲柄也。或作—。

【襟】居吟切音金侵韻

㊀衣眥謂之—。見〔爾雅釋器〕。〔注〕交領。

㊁禁也。交於前。所以禁禦風寒也。見〔釋名釋衣服〕。

㊂水交會處亦曰—。〔王勃序〕三江而帶五湖。

㊃禽鳥之頷下亦曰—。〔丁仙芝詩〕曉幙紅—燕。

㊄同衿。〔詩青衿序釋文〕衿、本亦作—。

㊅裣或字。〔集韻〕裣。說文、交衽也。或作—。

【襠】都郎切音當陽韻

㊀袴—也。見〔玉篇〕。〔按六書故。—、窮袴也。今以袴有當而旁開者爲—。本單作當。漢書曰。爲窮袴多其帶。服虔曰。有前後當、不得交通也。正字通曰。一說。袴之當隱處爲—。〕

㊁裲—。衣名。〔廣雅釋器〕裲—、謂之柏腹。〔疏證〕釋名云。帕腹、橫陌其腹也。帕、與柏同。〔參看裲字〕。

【⿰衤過】都果切音朵哿韻

㊀好也。見〔玉篇〕。

㊁大衣也。見〔集韻〕。

【襛】如容切音茸尼容切音醲冬韻而融切音戎東韻

衣厚皃。詩曰。何彼—矣。見〔說文〕。〔段注〕凡農聲之字。皆訓厚。醲、酒厚也。濃、露多也。—、衣厚皃也。引伸爲凡多厚之偁。唐棣之華傳曰。—、猶戎戎也。按韓詩作茙茙。即戎之俗字耳。詩俗本作襮。誤。

【襞】必益切音璧陌韻
韏衣也。見[說文]。[通訓定聲]後漢張衡傳注。|、積衣襵也。[廣雅釋詁四]。|、詘也。按蹙布帛之廣而摺疊之。蘇俗所謂打襉也。子虛賦。|積褰縐。漢書注。即今之帬襵。古所謂皮弁素積。即謂此積也。漢書揚雄傳。圄不如|而幽之離房。注。|疊衣也。思玄賦。美|積以酷烈兮。注。衣縫也。經典皆以辟爲之。]

【襘】古外切音儈泰韻
帶所結也。春秋傳曰。衣有|。見[說文]。[王注]昭十一年傳。衣有|。帶有結。視不過結|之中。所以道容貌也。杜注。|、領會。結、帶結也。段氏曰。|、即玉藻曲禮深衣之袷。視不過結|之中。即曲禮視天子不上於袷。不下於帶。然則杜注得之。許合二者爲一。似誤。[按通訓定聲改作領會也。謂袷|字所從會合同誼。故誤借也。說文今本訓帶所結也。必是傳寫之誤。]

【襘】黃外切音會泰韻
衣綏帶。見[集韻]。

【襡】殊玉切音蜀沃韻竹角切音斲覺韻殊遇切音樹遇韻
短衣也。見[說文]。[王注]桂氏曰。短、當爲裋。本書。裋、豎使布長襦也。廣雅。|、長襦也。晉書及統傳。妓女之徒服袿|。音義云。|、連要衣也。玉篇作⿰衤屬。與襩同。云長襦也。連署衣也。玉篇|下云。短衣也。此乃宋人據本書加之。不知本書之|。玉篇作⿰衤屬。實一字也。篤案集韻以|、⿰衤屬爲一字。[按段玉裁以合|、⿰衤屬爲一。非。]

【襡】徒口切音鋀有韻
袖也。見[廣雅釋器]。

【襡】當口切音斗有韻丁候切音鬭宥韻
衣袖。見[集韻]。

【襡】徒谷切音牘屋韻
韜也。[禮記內則]斂簟而|之。

【襗】逹各切音鐸藥韻
絝也。見[說文]。[桂注]廣韻。|、褻衣。論語。紅紫不以爲褻服。鄭注。褻衣。袍|也。周禮玉府注。燕衣服者。巾絮寢衣袍|之屬。

【襗】直格切音澤陌韻
通澤。[詩無衣]與子同澤。[按毛傳作澤。鄭作|。箋云。|、褻衣。近污垢。釋文曰。澤如字。說文作|。云袴也。]

【襗】夷益切音睪陌韻
長襦也。見[廣雅釋器]。

【⿰衤豦】居御切音據御韻
衣也。見[玉篇]。

【⿰衤敫】下革切音覈陌韻
衣領中骨。見[集韻]。

【襙】千到切音糙號韻
衣也。見[玉篇]。

【⿰衤督】都毒切音督沃韻
衣背縫也。⿰衤毒、⿰衤篤同。見[廣韻]。[玉篇本作⿰衤毒。]

【⿰衤葛】居曷切音葛曷韻
褐或字。[集韻]褐。組衣。或從葛。

【⿰衤歇】何葛切音曷曷韻
褐或字。[集韻]褐。編枲韈也。或從歇。

【⿱毀衣】丘畏切音毀未韻
襀或字。[集韻]襀。細也。或作|。

【⿰衤卷】丘虔切音愆先韻
褰或字。[集韻]褰。絝也。或作|。

【襝】離鹽切音廉鹽韻
|襜。衣垂皃。見[集韻]。

【⿰衤儉】處占切音幨鹽韻
同襜。蔽膝也。又襜襜、動搖皃。見[玉篇]。

【⿰衤雍】於容切音邕冬韻於用切音雍宋韻
襪袎。吳俗語。見[集韻]。

【⿰衤登】音樹虞韻
豎使布襦。見[直音]。[按說文作裋。]

【⿳吅工衣】古襄字。見[字彙補]。

【⿱埶衣】褻籀文。見[說文]。

【⿰衤業】同褋。見[玉篇]。

【⿱朕衣】同⿰衤灷。[正字通]說文。⿰衤灷、羽獵韋絝。重文作|。[按說文衣部。⿰衤灷、或從衣從朕。然則⿱朕衣爲⿰衤灷之重文。惟篆文朕從舟從灷。|、蓋⿰衤灷之篆文也。姑存備攷。]

【襴】同襴。〔隋書禮儀志〕天子以升龍爲領|。見〔正字通〕。〔按今本隋書作襟。無刀旁。〕

【⿰衤畺】同襁。見〔字彙補〕。

【⿰衤逢】同⿰衤奉。見〔直音〕。

【⿳亠⿰爻爻衣】同襄。見〔字彙補〕。

【⿰衤爲】同褖。見〔龍龕手鑑〕。〔按即褖譌字。〕

【⿰衤雷】襤或字。見〔集韻〕。

【襃】褒或字。見〔類篇〕。

十四畫

【襦】汝朱切音儒虞韻

一短衣也。一曰䙝衣。見〔說文〕。〔玉注〕段氏曰。方言。|、西南蜀漢之間謂之曲領。或謂之|。釋名。有反閉|。有單|。有要|。顏注急就篇曰。短衣曰|。自膝以上。按|、若今襖之短者。袍、若今襖之長者。箌案|亦自有長者。廣雅。襡長|也。是也。〔按說文日部。㬈、溫也。釋名釋衣服。|、㬈也。言㬈溫也。此一曰與一名同。非別一義。〕

二次衣亦曰|。〔方言〕裺謂之|。〔箋疏〕|之言濡也。裺所以承次液。故亦謂之|也。

三複|。今筩袖之|也。〔方言〕複|。江湘之間謂之褈。或謂之筩褹。〔箋疏〕謂衣之有絮而短者。

四作|。謂之褌。見〔廣雅釋器〕。

五同繻。〔周禮羅氏〕蜡則作羅|。〔注〕|。細密之羅。|讀爲繻。〔釋文〕、|女俱反。或音須。

【襦】詢趨切音須虞韻 短衣。見〔集韻〕。

【⿰衤斲】竹角切音卓覺韻 都木切音穀屋韻

一衣至地也。見〔說文〕。

二補也。見〔廣雅釋詁〕。〔曹憲音卓。〕玉篇多木切。

【⿱斲衣】竹角切音卓覺韻 長衣。見〔集韻〕。

【襤】盧甘切音藍覃韻 裯謂之|褸。|、無緣也。見〔說文〕。〔桂注〕方言。裯謂之|。郭注。祗裯。敝衣。亦謂|褸。宣十二年左傳。篳路藍縷。杜云。藍縷、敝衣。服虔云。言其縷破藍藍然。本書|、無緣衣也。方言。楚謂無緣之衣曰|。

【⿱齊衣】津私切音咨支韻 緶也。見〔說文〕。〔通訓定聲〕漢書朱雲傳。攝|升堂。經傳以齊爲之。儀禮喪服若齊。注。齊、緝也。凡五服之衰。一斬四緝。緝裳者內展之。緝衰者外展之。

【襣】毗至切音鼻寘韻 無⿰衤同袴謂之|。見〔方言〕。〔注〕袴無跨者。即今犢鼻褌也。⿰衤同亦襱。字異耳。〔按即滿襠袴。〕

【⿰衤祭】女黠切音痆黠韻 人奴衣。見〔集韻〕。

【⿰衤與】羊諸切音歟魚韻 衣揚舉兒。見〔集韻〕。

【⿰衤蒙】莫紅切東韻 衣也。見〔玉篇〕。

【⿰衤夢】謨蓬切音蒙東韻 襛襛衣。見〔集韻〕。

【⿱劦衣】力協切音甄葉韻 衣相箸。見〔集韻〕。

【⿰衤戚】子六切音蹙屋韻 好衣貌。見〔字彙補〕。

【⿰衤票】才夜切音耤禡韻 小兒衣帶。見〔字彙補〕。〔疑即褯字之譌〕

【⿱甄衣】音甄眞韻 衣相著。見〔直音〕。〔疑即䙎譌字。〕

【⿰衤累】古火切音果哿韻 包也。見〔字彙補〕。

【⿰衤燕】匣東切音雄東韻 強也。見〔字彙補〕。

【⿰衤端】多官切音耑寒韻 褍或字。〔集韻〕褍、說文衣正幅。或從端。

【⿰衤斸】都木切屋韻 同⿱斲衣。〔類篇〕⿱斲衣衣至地。〔說文作⿱斲衣。〕

【⿰衤蓋】同褡。見〔玉篇〕。

【⿰衤齊】同⿰犭齊。見〔廣韻〕。

【⿱𡙇衣】同氊。見〔古音叢目〕。〔按即褸譌字。〕

【襥】同襆。見〔正字通〕。

【⿰衤遲】同⿰衤犀。見[直音]。

【⿰衤儋】同襜。見[字彙補]。

【⿰衤憲】幰或字。見[集韻]。

【⿰衤熛】褾或字。見[集韻]。

【襧】禰譌字。見[正字通]。

十五畫

【襪】勿發切音韈月韻 ●一本作韈。[說文韋部]韈。足衣也。[按—字見於高文典冊者。如唐六典。凡王公第一品朱—。] ●二—綫。喻才短也。[北夢瑣言]韓八座事業如拆—綫。無一條長者。

【襭】奚結切音纈屑韻 以衣衽扱物謂之—。見[說文]。[王注]周南薄言—之傳。扱衽曰—。謂扱之以衽也。許君此說。卽申毛義。手部扱、收也。此謂以衣衽收物也。[按通訓定聲云。今蘇俗謂之衣兜。按兜而扱于帶間曰—。手執之曰袺。]

【⿰衤㬥】蒲沃切音僕迫沃切音㩧迫玉切音纀沃韻迫各切音博藥韻 本作襮。[說文]襮。黼領也。詩曰。素衣朱襮。[王注]釋器。黼領謂之—。注。繡刺黼文以褗領。士昏禮被纇黼。注。卿大夫之衣。刺黼以爲領。如今偃領矣。唐風揚之水傳云。—、領也。諸侯繡黼丹朱中衣。

【襮】迫各切音博藥韻 表也。[文選班固賦]單治裏而外凋兮。張修—而內逼。

【襩】神蜀切音贖沃韻 長襦。見[集韻]。

【襩】殊玉切音蜀沃韻 襡或字。[集韻]襡。說文、短衣也。或作⿰衤屬、—。

【⿰衤賣】徒谷切音牘屋韻 襡或字。[集韻]襡。韜也。或作—。

【⿰衤蕢】叴孔切音攏董韻 襱或字。見[說文]。[卽說文襱]。

【襬】班縻切音陂支韻 帬也。[方言]帬。陳魏之間謂之帔。自關而東或謂之—。

【襬】披義切音帔寘韻 帔或字。見[集韻]。

【⿰衤罹】讀若擺 今衣裓下幅有襞積者皆曰—。見[正字通]。

【⿰衤巤】力盍切音臘合韻 —䘥。衣敝。見[集韻]。

【⿰衤巤】力涉切音獵葉韻 衣皃。見[集韻]。

【⿰衤截】子結切音節屑韻 小衣。見[廣韻]。

【⿰衤截】子列切音鱉屑韻 小衣。見[集韻]。[按正字通云。—同襶。俗省。舊字典襶下注云。似卽襶字之譌。二說未詳孰是。存疑。]

【襫】施隻切音釋陌韻 襏—。雨衣。見[集韻]。[詳襏字。]

【⿰衤畾】盧回切音雷灰韻 紉飾。見[廣韻]。

【⿸麃衣】薄報切音暴號韻 袍或字。[集韻]袍。衣前襟。或作—。

【⿰衤麃】彼小切音裱俾小切音褾篠韻 [與⿸麃衣字音義俱別。六書略誤合爲一。] 表或字。見[集韻]。

【⿰衤隸】裘古字。見[說文]。

【⿰衤歐】烏侯切音謳尤韻 ⿰衤區或字。[集韻]涎衣謂之—。或從歐。

【⿰衤斲】竹角切音卓覺韻 斲或字。[集韻]斲。長衣。或作—。

【⿰衤蹙】子六切音蹙屋韻 好衣鮮明也。見[篇海]。

【⿱殸衣】胡谷切音斛屋韻 —。衣聲見[類篇]。

【⿰衤襄】同表。見[直音]。

【⿰衤登】裋或字。見[類篇]。

【⿱樊衣】襻或字。見[集韻]。

十六畫

【襲】席入切音習緝韻 ●一左衽袍。從衣。龖省聲。見[說文]。[段注]小斂大斂之前。衣死者謂之—。士喪禮乃—三稱。注曰。遷尸於—上而衣之。凡衣死者左衽不紐。袍褻衣也。斂始於——始於袍。故單言袍也。

㊁匝也。〔釋名釋喪制〕衣尸曰—。、
匝也以衣周匝覆衣也。
㊂生人服衣亦曰—。〔文選張衡賦〕
—溫恭之黻衣兮。〔注〕衣去聲也。
㊃加朝服謂之—。見〔初學記引雷
氏五經要義〕
㊄重衣也〔禮記內則〕寒不敢—。
㊅揜—裼衣曰—。〔禮記玉藻〕服之
—也充美也〔疏〕此謂君之不在，
臣所加上服揜—裼衣充猶覆也。
謂覆蓋裼衣之美以君不在敬心
殺故也。〔按通訓定聲曰凡澤衣
之上如冬則加裘裘上有裼衣裼
衣上又有正服皆同色非盛禮則
以見美爲敬開正服之前衿袒出
左袖而見裼衣謂之裼盛禮則以
充美爲敬不露裼衣謂之—。〕
㊆藏也〔老子〕是謂—常。
㊇掩也〔周書小明武〕無—門戶。
㊈取也〔文選陸機文〕新都—漢。〔
按孟子公孫丑篇非義—而取之
也又合掩取爲一義後世謂語言
曰勦—文字曰鈔—本此〕
㊉掩捕也〔周禮胥師〕—其不正者。
⑪凡師輕曰—。見〔左莊二十九年
傳〕〔又〕密舉取敵曰—見〔孟子
公孫丑注〕〔又〕輕行掩其不備
曰—見〔左襄二十三年傳注〕
⑫入也。〔淮南覽冥〕—穴而不敢咆。
⑬淪也。〔古微書春秋元命苞〕沙麓
—邑是。
⑭因也〔淮南氾論〕不相—而王。
⑮仍也〔楚辭懷沙〕重仁—義兮。
⑯重也〔爾雅釋山〕山三—陟。
⑰繼也〔漢書揚雄傳〕—踨室與傾
宮兮。
⑱及也〔楚辭少司命〕芳菲菲兮—
予。
⑲承也。〔素問六節藏象論〕五運相
—而皆治之〔注〕—謂承—如嫡
之承—也。
⑳受也〔左昭二十八年傳〕故—天
祿。
㉑和也〔淮南天文〕而天地—矣。
㉒合也〔荀子不苟〕齊秦—。
㉓協也〔禮記中庸〕下—水土。〔原
注訓因朱駿聲改爲協〕
㉔還也〔文選潘岳文〕—窮泉兮朽
壞。
㉕覆也猶言察也〔史記賈誼傳〕—
九淵之潛龍兮。
㉖大篋也見〔文選班彪文注引字
林〕。
㉗州名。唐置。羈縻。屬江南道。當今四
川境內。
㉘繼嗣先爵曰世—。見〔正字通〕。
㉙一—。猶言一副也。〔漢書昭帝紀〕
賜衣被一—。〔注〕一—、一稱也。猶
今言一副。〔按漢書叔孫通傳衣
一—注—上下皆具也又後漢東
平憲王蒼傳乃命留五時衣各一
—。注衣單複具曰—義略同。〕
㉚什—珍藏也〔關子〕緹巾什—。
㉛雜—猶雜沓也〔漢書蒯通傳〕魚
鱗雜—。
㉜同習〔文選任昉文〕—謀—吉。〔
注〕—與習通。
㉝姓也。蜀將—肅宋—益卿朱熹門
人。

【襯】初覲切音櫬震韻
㊀近身衣見〔廣韻〕。、〔舊注引禮記
雜記注取名于—近尸也按注
作櫬不作—〕
㊁凡施與亦曰—〔續齊諧記〕蔣潛
以通天犀纛上晉武陵王晞晞薨。
以—眾僧。〔按齊書張融傳作儭。
法苑珠林作嚫翻譯名義作嚫音
義並同〕
㊂詞曲家添字也。見〔詞統卓注〕〔
按世俗謂—字始于南北曲實則
宋代詞家徐俯卜算子遮不斷愁
來路遮字—吳文英唐多令縱芭
蕉不雨也颼颼縱字—已開其先
矣〕
㊃在內者使之外顯也如烘—、托
之類。
㊄從旁襄助也如陪—、幫—之類。

【襱】杜勇切音憧腫韻魯孔切音
攏董韻盧東切音籠東韻
絝踦也見〔說文〕〔桂注〕顏注急
就篇袴之兩股曰—。釋名袴跨—
股各跨別也。方言袴齊魯之間或
謂之—。注云今俗呼袴踦爲—。又
云無祠之袴謂之褌。注云袴無踦
者卽今犢鼻褌也。褌亦—字異耳。

【襱】良用切音矓宋韻
—緟。衣寬皃。見〔集韻〕。

【襱】吐孔切董韻
衣短袖。見〔類篇〕。

【⿰衤篤】都毒切音篤沃韻
繞緬謂之—裺。見〔方言〕。〔箋疏〕
說文。裻、衣躬縫。讀若督。裻、背縫。廣

韻。襘、衣背縫也。考工記匠人疏。中衣爲衸。所以督率兩旁。襘、督、裻、褶、並同。

【𧞨】夾佳切音惟支韻　衣也。見〔集韻〕。

【𧞫】徐醉切音家寘韻　襚或字。〔集韻〕襚。說文、死人衣也。或作—。

【襰】落蓋切音賴泰韻　墜壞也。〔元結詩〕祠之—兮澀何年。

【襰】洛駭切音攋蟹韻　幱或字。〔集韻〕幱。幱幓。衣破。或從衣。

【𧞰】蘇谷切音速屋韻　𧞰—。新衣皃。見〔集韻〕。

【𧞰】都木切音穀屋韻　—𧞰。衣聲。見〔類篇〕。

【𧞻】襄本字。見〔說文〕。

【𧞼】同襁。〔范氏唐鑑〕貴妃以綿繡爲大—褓、裹祿山。

【𧞣】同褰。見〔字彙補〕。

【𧞁】同襖。見〔直音〕。

【𧞤】褎或字。見〔集韻〕。

【褻】褻俗字。見〔篇海〕。

十七畫

【襳】師炎切音纖鹽韻　師銜切音衫咸韻　●一 圭衣飾也。小襦也。禪襦也。見〔玉篇〕。●二 —纚。毛羽皃。見〔玉篇〕。

【襳】思廉切音銛鹽韻　●一 小襦。見〔廣韻〕。●二 袿衣之長帶也。〔漢書司馬相如傳〕蜚—垂髾。

【襳】所今切音森侵韻　—襹。毛羽衣皃。見〔廣韻〕。

【襳】師銜切音衫咸韻　襂或字。〔集韻〕襂。說文、旌旗之斿也。或作—。

【䙬】於孟切音瀴敬韻　●一 褰裀也。見〔玉篇〕。●二 采色相映也。〔文選郭璞賦〕葭蒲雲蘡。—以蘭紅。

【䙬】於甍切音罌庚韻　問采。見〔集韻〕。

【襴】郎干切音闌寒韻　衫也。〔綱目集覽〕馬周以三代布深衣。因于其下著—及裾。名曰—衫。以爲上士之服。〔按廣韻、作襴衫。集韻、衣與裳連曰襴。或作—。類篇、正作—。正字通曰。裳之用橫幅者、謂之—。又云。明制、生員—衫。用藍絹裾袖。緣以靑。謂有—緣也。俗作襤衫。因色藍改爲襤衫。皆非本義。〕

【𧟌】元圭切音攜齊韻　一幅巾。見〔集韻〕。

【𧟟】去乾切音愆乾韻　九件切音蹇銑韻　袴也。〔方言〕袴、齊魯之間謂之—。〔注〕傳曰。徵—與襦。

【襛】音未詳　衣膕。〔字彙補〕金石錄太公碑、引周志曰。文王夢天帝服元—。以立于令狐之津。趙明誠曰。—字、字書所無。蓋从衣、不从示也。

【襩】同襩。〔類篇〕袴之兩股曰—。—或从賣。說文、袴、踦也。〔說文作襩。〕

十八畫

【襵】質涉切音讋葉韻　●一 詘也。見〔廣雅釋詁〕。〔疏證〕衆經音義卷十四引埤倉云。—、韏衣也。又引通俗文云。緶縫曰—。廣韻。摺、摺疊也。士昏禮記。執皮攝之。鄭注云。攝、猶辟也。—、攝、摺、並通。今俗語猶云摺衣。或云疊衣矣。呂氏春秋下賢篇。卑爲布衣而不瘁攝。高誘注云。攝、猶屈也。凡物申則長。詘則短。故詘謂之攝辟。短亦謂之攝辟。〔按集韻云。—、謂襞積。又梁簡文詩。熨斗成裙—。是其義。〕●二 幕也。見〔玉篇〕。

【𧟉】陟涉切音輒葉韻　𢃧或字。〔集韻〕𢃧。說文、領耑也。或作—。

【襶】丁代切音戴隊韻　褦—。詳褦字。

【𧟄】子六切音蹙屋韻　好也。鮮明也。見〔玉篇〕。

【𧟉】求患切音擐諫韻　裷或字。〔集韻〕裷。衣裷。或作—。

【襽】買限切音僩潸韻　帬幅相襵也。見〔集韻〕。

【襮】襮本字。見〔說文〕。

【襖】同襮。見〔字彙〕。

十九畫

【襸】則旰切音贊翰韻　●一好也。奸也。見〔玉篇〕。●二鮮衣謂之－。見〔集韻〕。

【襺】吉典切音繭銑韻　袍衣也。以絮曰－。以緼曰袍。春秋傳曰。盛夏重－。見〔說文〕。〔通訓定聲〕絮謂新綿、緼謂新舊綿雜施者。爾雅釋言袍－也。左襄二十一年傳方暑闕地下冰而牀焉。重－衣裘鮮食而寢。今本以繭爲之。禮記玉藻纊爲繭亦以繭爲之。廣雅釋器。、－絖也。

【襹】山宜切音簛支韻所寄切音縰寘韻　褷－。毛羽衣皃。見〔集韻〕。

【襹】所綺切音躧紙韻　袳－。旌旂皃。見〔集韻〕。

【襻】普患切音鋬諫韻　衣系曰－。〔劉峻詩〕－帶雖安不忍縫。

【襼】倪祭切音藝霽韻　同袂。〔文選潘岳賦〕揄裳連－。〔注〕方言曰。複襦江湖之間、或謂之䙅－。郭璞方言注曰、－卽袂字也。〔按今本方言䙅－、作䙅褹。〕

【𧝹】班麋切音陂支韻　帬也。〔集韻引方言〕帬、自關而東謂之－。〔今本方言作襬。舊注云。集韻同褫誤。〕

【䙨】郎佐切音邏箇韻　女人上衣也。見〔玉篇〕。

【䙨】良何切音羅歌韻　衣也。宋王敬弘婢著靑紋袜－。見〔集韻〕。

【襩】襩篆文。見〔說文〕。〔按說文、襱或作－。又隸作襩。〕

【䙰】同褵。〔王維詩〕獨立何－褷。

【[illegible]】同瓮。見〔康熙字典引龍龕〕。

二十畫

【𧟌】起延切音騫先韻

【襱】同襕。見〔篇海〕。

二十一畫

【𧟄】朱欲切音燭沃韻　●一長襦也。連腰衣也。襩同。見〔玉篇〕。●二屬也。衣裳上下相聯屬也。荊州謂禪衣曰布－。亦曰襜褕。言其襜襜宏裕也。見〔釋名釋衣服〕。

【𧞻】殊玉切音蜀沃韻　襡或字。〔集韻〕襡說文、短衣也。或作－、襩。

【襸】禮本字。見〔說文〕。

【襶】同衫。見〔直音〕。

【襷】袞俗字。見〔龍龕手鑑〕。

二十二畫

【䙱】同氈。見〔直音〕。

【襶】儾或字。見〔集韻〕。

二十六畫

【𧟈】𧟈丁切音靈青韻　衣光也。見〔集韻〕。

【𧟉】郎譌字。見〔康熙字典〕。

二十六畫

【䙲】古襲字。見〔字彙補〕。

三十二畫

【𧟍】方六切音福屋韻　絮衣也。見〔字彙補〕。

【𧟎】襲籒文。見〔說文〕。

※ 糸 部 ※

【糸】莫狄切音覓錫韻

(一)細絲也。見〔說文〕。〔段注〕絲者蠶所吐也。細者微也。細絲曰糸。｜之言蔑也。蔑之言無也。〔按古文｜字作糹。許君所謂象束絲之形。指此〕。

(二)微也。見〔廣雅釋詁〕。

(三)幺也。見〔玉篇〕。

【糹】絲省字。見〔集韻〕。

一畫

【糺】吉酉切音糾有韻〔按｜卽糾之俗字〕。

(一)收也。〔後漢隗囂傳〕援旗｜族。

(二)戾也。〔楚辭九章〕｜思心以爲纕兮。

(三)攝也。〔家語正論解〕慢則｜於猛。

【系】胡計切音繫霽韻

(一)繫也。見〔說文系部〕。〔段注〕繫、當作縣。許書県部曰。縣、繫也。可證。｜者垂統於上而承於下也。故｜有縣義。

(二)緒也。見〔廣韻〕。

(三)連也。〔漢書敍傳〕｜高頊之玄冑兮。〔集注引應劭〕｜、連也。

(四)繼也。〔文選張衡賦〕雖｜以隤墉塡塹。

(五)胤也。〔文選左思賦〕本前修以作｜。

(六)世｜也。〔周禮小史〕奠繫世。辨昭穆。〔按繫世、猶世｜也〕。

(七)數條山脈蜿蜒向一方者曰山｜。

(八)幾何學謂由定理直接推定者曰｜。

(九)姓也。楚｜益。

二畫

【糾】吉酉切音糾有韻

(一)繩三合也。見〔說文丩部〕。〔按史記賈誼傳〕何異｜纆。劉表易章句。兩股曰纆。然則三股曰｜也。謂繩之以三股交合者也。〔一切經音義引蒼頡解詁亦同許說〕。

(二)收也。〔左傳二十四年傳〕故｜合宗族於成周。

(三)察也。〔周禮大司寇〕以五刑｜萬民。

(四)舉也。〔左昭六年傳〕｜之以政。

(五)正也。〔周禮大司馬〕以｜邦國。

(六)撟也。〔左昭二十年傳〕慢則｜之以猛。

(七)合也。見〔後漢荀彧傳注〕。

(八)材也。見〔廣雅釋詁〕。

(九)急也。見〔一切經音義引廣雅〕。

(十)絞也。見〔漢書賈誼傳注〕。

(十一)纏結也。見〔後漢張衡傳注〕。

(十二)繩治之也。〔左僖二十八年傳注〕｜而遠之。

(十三)發摘人過也。〔荀子議兵〕矜｜收繚之屬。〔注〕｜、謂好發摘人過者也。

(十四)｜｜猶繚繚也。〔詩葛屨〕｜｜葛屨。

(十五)｜紛亂貌也。〔文選劉越石答盧諶詩〕橫厲｜紛。

(十六)｜蓼相引也。〔漢書司馬相如傳〕｜蓼叫奡。

(十七)｜守備盜賊也。〔周禮士師〕｜守緩刑。

【糾】舉妖切音嬌篠韻舉有切音九有韻

舒貌。〔詩月出〕舒窈｜兮。〔傳〕窈｜、舒之恣也。

【⿰糸丁】張梗切音盯梗韻

絲繩緊直皃。見〔集韻〕。

【⿰糸丁】彤庚切音橙庚韻

引也。見〔玉篇〕。

【⿰糸十】之律切音質質韻

｜也。見〔玉篇〕。

【⿰糸了】、鳥了切音鳥篠韻

倒懸也。見〔字彙補〕。

【⿰糸乙】同糾。見〔篇海類編〕。

【⿰糸力】功或字。見〔集韻〕。

【⿰糸刀】約諷字。見〔康熙字典〕。

【⿰糸九】絿或字。見〔集韻〕。

三畫

【紀】苟起切音己紙韻

(一)別絲也。見〔說文〕。〔段注〕別絲、各本作絲別。別絲者。一絲必有其首。別之是爲｜。衆絲皆得其首是爲統。統與｜、義互相足也。

(二)理也。〔詩棫樸〕綱｜四方。〔箋〕以網罟喩爲政張之爲綱。理之爲｜。

(三)總要之名。〔禮記樂記〕中和之｜。

(四)事也。〔禮記文王世子〕喪｜以服之輕重爲序。

(五)會也。〔禮記月令〕月窮于｜。〔謂交會之所也〕。

(六)道也。〔呂覽孟春〕無亂人之一。

(七)法也。〔國語越語〕四時以爲一。

(八)基也。〔詩終南〕有一在堂。

(九)經也。〔國語晉語〕蔵兆之一。

(十)記也。〔史記本紀索隱〕一者、記也。本其事而一之也。

(十一)節也。〔呂覽本味〕火爲之一。

(十二)通也。〔淮南原道〕經一山川。

(十三)緒也。見〔方言〕。

(十四)數也。〔呂覽孟冬〕飭喪一。

(十五)貫因也。〔呂覽孝因〕而萬事之一也。

(十六)極也。〔國語周語〕若亡國不過十年。數之一也。〔注〕數起於一。終於十。十則更。故曰一。

(十七)十二年爲一一。〔書畢命〕既歷三一。

(十八)歲也。〔晉書倭人傳〕不知正歲四節。但計秋收之時以爲年一。〔今人亦以年齡爲年一。〕

(十九)世也。〔文選班固賦〕皇十一而鴻漸兮。〔今人以百年爲一世一。〕

(二十)時日也。〔書胤征〕俶擾天一。

(廿一)僕亦稱一。〔左僖二十四年傳〕秦伯送衛于晉者三千人。實一綱之僕。

(廿二)倍緎爲一。〔西京雜記〕五絲爲䌰。倍䌰爲升、爲緎倍緎爲一。〔按徐鉉曰。一蠶所吐爲忽。十忽爲絲。糸、五忽也。彙識於此〕

(廿三)二一。日月也。見〔後漢張衡傳注〕。

(廿四)五一。一曰歲。二曰月。三曰日。四曰星辰。五曰曆數。見〔書洪範〕。

(廿五)六一。諸父、兄弟、族人、諸舅、師長、朋友也。見〔白虎三綱六紀〕。

(廿六)綱一。謂主簿之司也。見〔文選傳亮爲宋修張良廟教注〕。

(廿七)國名。〔左隱元年傳〕一人伐夷。〔注〕一國在東莞劇縣。〔今山東壽光縣東南有一城。齊乘云。卽劇縣也。〕

(廿八)姓也。漢一信。

【紂】丈九切音紂有韻

(一)馬緧也。見〔說文〕。〔段注〕方言曰。車一、自關而東、周洛韓鄭汝潁而東、謂之緻。或謂之曲綯。或謂之曲綸。自關而西謂之一。

(二)商一王。〔史記殷本紀〕帝辛天下謂之一。〔注〕謚法殘忍捐義曰一。古文尙書作受。

【紃】倫切音旬　殊倫切音純　眞韻　昌緣切音穿先韻

(一)圜采也。見〔說文〕。〔段注〕圜采、以采線辮之。其體圜也。內則織紝組一。〔注曰〕一、條也。襍記一以五采。〔注曰〕施諸縫中。若今時條也。孔穎達曰。似繩者爲一。

(二)法也。〔淮南精神〕以道爲一。

(三)通循。〔荀子非十二子〕及一察之。則偶然無所歸宿。〔注〕一與循同。

【約】乙却切音葯藥韻

(一)纏束也。見〔說文〕。〔段注〕束者縛也。引申爲儉一。

(二)繩也。〔左哀十一年傳〕人尋一。

(三)縮也。〔考工記匠人〕凡任索一。

(四)一束語言也。〔周禮秋官序官〕司一。〔注〕一、言語之一束。〔今云契一。〕

(五)結也。〔國策齊策〕今君一天下之兵。

(六)止也。〔國策燕策〕蘇代一燕王。

(七)衰也。〔國語楚語〕不爲豐一舉。

(八)窮也。〔禮記坊記〕小人貧斯一。

(九)好也。見〔廣雅釋詁〕。

(十)不侈然自放也。〔論語里仁〕以一失之者鮮矣。

(十一)要也。〔孟子公孫丑〕又不如曾子之守一也。

(十二)貧困也。〔論語里仁〕不可以久處一。

(十三)隱一也。〔荀子勸學〕春秋一而不速。〔注〕文義隱一。

(十四)謀一也。〔國策秦策〕以幣帛一乎諸侯。

(十五)具也。〔國策秦策〕請爲子一車。

(十六)屈也。〔楚辭招魂〕土伯九一。

(十七)儉嗇也。〔荀子榮辱〕一者有筐篋之藏。

(十八)少也。〔荀子不苟〕故操彌一而事彌大。

(十九)卑也。〔國語吳語〕故婉一其辭。

(二十)弱也。〔荀子宥坐〕淖一微達似察。

(廿一)飾也。美也。〔呂覽本味〕旄象之一。

(廿二)省也。〔禮記坊記〕君子一言。〔疏〕謂省一其言也。

(廿三)準依其事曰一。〔書孔序〕一史記。

(廿四)一劑。要盟之載詞、及劵書也。〔周禮大史〕凡邦國都鄙及萬民之有一劑者藏焉。〔按魯梭論民一。一、卽要盟之義。一法、一章、亦益此意。〕

(廿五)數學、分數之分母分子。同以一數除之使小曰一分。

(十六)星名。〔爾雅釋天〕奔星爲彴—。
(十七)姓也。—續古賢者見〔韓非子〕。
(十八)人名。梁沈—。

【約】一笑切音要嘯韻
通要。〔漢書禮樂志〕明德鄉治本—。〔注〕—讀曰要。

【約】於教切音靿效韻
屈也。見〔集韻〕。

【約】乙角切音渥覺韻
束也。見〔集韻〕。

【約】吉歷切音激錫韻
纏也。見〔集韻〕。

【約】同的。〔文選枚乘七發〕九寡之珥以爲—。〔注引字書〕—、亦的字也。

【紅】胡公切音洪東韻
(一)帛赤白色也。見〔說文〕。〔段注〕春秋釋例曰金畏於火以白入於赤。故南方間色—也。按此今人所謂粉—桃—也。
(二)—花。花名。可以染色。入藥。以產西藏者良。本草綱目僞番—花。李時珍謂番—花出西番回回地面。及天方國。卽彼地—藍花也。〔又〕俗稱沙果亦曰—花。
(三)女—。女工也。〔漢書哀帝紀〕害女—之物。〔注〕—、亦工也。
(四)大—。小—。並喪服名。大功小功也。〔史記文帝紀〕服大—十五日。小—十四日。
(五)草名。〔爾雅釋草〕—、蘢古。〔注〕俗呼—草爲蘢鼓。語轉耳。
(六)地名。〔左昭八年傳〕大蒐於—。〔注〕—、魯地。沛國蕭縣西有—亭。〔按蕭縣今屬江蘇。本宋地。去魯爲遠。殊可疑。〕
(七)山名。〔水經溱水注〕曲—山名也。

【紆】邕俱切音迂 句于切音訏虞韻
(一)本作紆。〔說文〕紆。詘也。一曰。縈也。〔段注〕詘者。詰詘也。今人用屈曲字。古人用詰詘。亦單用詘字。易曰。往者詘也。來者信也。詘謂之—。考工記所謂連行—行是也。縈者。環之相積。—則曲之而已。故別爲一義。
(三)索也。見〔廣雅釋詁〕。
(四)回也。〔文選宋玉賦〕水澹澹而盤—兮。
(五)垂也。〔文選張衡賦〕—皇組。
(六)州名。唐置羈縻嶺南道。當今廣西忻城縣東。
(七)姓也。後秦肥鄉侯始平—遜。

【紆】烏侯切音謳尤韻
陽—。山名。見〔集韻〕。

【紇】下沒切音覈 下扢切音紇 恨竭切音齕月韻
(一)本作紇。〔說文〕紇。絲下也。春秋傳有臧孫紇。〔按絲下謂絲之下者也。孔子父亦名—。〕
(二)回—。種族名。亦作回鶻。其先匈奴也。唐時最強。據有今外蒙古之地。唐以後散布於新疆南部。
(三)—奚氏。—骨氏。—于氏。並複姓。

【紇】奚結切音纈屑韻
大絲也。見〔集韻〕。

【紇】蹇列切音結屑韻
覨也。見〔集韻〕。

【紇】胡骨切音搰月韻
束也。見〔集韻〕。

【紇】九傑切音扢月韻
急也。見〔集韻〕。

【紈】胡官切音桓寒韻
(一)素也。見〔說文〕。〔段注〕素者、白致繒也。—卽素也。故从丸。言其滑易也。
(二)煥也。細澤有光煥煥然也。見〔釋名釋采帛〕。
(三)結也。見〔玉篇〕。

【紉】而鄰切音人 尼鄰切眞韻
(一)單繩也。見〔說文〕。〔段注〕單、各本及集韻作繟。非其義。御覽引通俗文曰。合繩曰糾。單展曰—。單對合言之。凡言紉言糾、皆合三股二股爲之。—則單股爲之。玉篇、—繩縷也。展而續之。蓋單股必以他股連接而成。
(二)擘也。〔方言〕擘、楚謂之—。
(三)摩也。〔管子霸形〕裸體—胷稱疾。
(四)結束也。〔楚辭離世〕情素潔於—帛。
(五)以綫貫鍼曰—。〔禮記內則〕—鍼請補綴。

【紉】居覲切音抻震韻
合絲爲繩。見〔集韻〕。

【紁】初訝切叉去聲禡韻
衣襠也。見〔篇海〕。

【紇】吉列切音結屑韻　絲束也。見〔類篇〕。

【紆】古旱切音幹旱韻　摩展衣也。見〔玉篇〕。

【𥾋】彌列切音蔑屑韻　黴也。見〔廣雅釋詁〕。

【紖】同弦〔隸釋〕孫叔敖碑。去不善如絕—。即弦字。

【紟】佇六切音妯屋韻　解也。見〔篇韻〕。

【紅】夷益切音奕陌韻　田器也。見〔篇韻〕。

【𥾅】紆本字見〔說文〕。

【紂】同緇〔禮記檀弓〕爵弁絰—衣。〔釋文〕—本又作緇。

【紂】同純〔詩行露傳〕昏禮—帛。不過五兩〔釋文〕—、依字糸旁才。後人遂以才為屯因作純字。

【紬】同絅見〔玉篇〕。

【紈】同綦見〔韻會〕。

【紂】同紂見〔篇海類編〕。

【紈】同紃見〔篇海類編〕。

【紝】純譌字見〔篇韻〕。

四畫

【紋】無分切音文文韻　㈠織—也。見〔類篇〕。〔按篇海云。凡錦綺黼繡之文皆曰—〕。㈡物之皺痕曰—。如云水—、冰—、銀—。㈢人手之皺痕亦曰—。在手指者曰指—。近世刑事學有指—法。或曰腡—。

【納】諾答切音衲合韻　㈠絲溼——也。見〔說文〕。〔按楚辭九歎。衣——而掩露。王逸注云。——。濡溼貌。絲溼乃—本義。衣即以絲為之。故楚辭謂衣溼亦曰——也〕。㈡內也。〔詩七月〕十月—禾稼。〔按—、內。古通用〕。㈢入也。〔書禹貢〕九江—錫大龜。㈣藏也。〔書金縢〕乃—冊於金縢之匱中。㈤致也。〔禮記曲禮〕—女於天子。㈥取也。〔國語晉語〕—其室以分婦人。㈦引進也。〔儀禮燕禮〕小臣—卿大夫。㈧獻也。〔大戴記夏小正〕—卵蒜。〔俗言—糧、—稅即此義〕。㈨受也。〔晉書華軼傳〕汎愛博—。〔俗言收—、容—、采—並此義〕。㈩歸也。〔國語魯語〕則請—祿與車服。(十一)著也。〔禮記玉藻〕坐左—右。(十二)徵也。〔禮記雜記〕—幣一束。(十三)賸馬也。〔家語執轡〕司會均人以為—。(十四)浥—。婀阿之狀。〔漢書酷吏傳注〕本作悒—。段注裁云當作浥—。(十五)州名。唐置羈縻。劍南道。當今四川—谿縣治。(十六)通軜。〔荀子正論〕三公奉軶持—。(十七)通衲。補綴也。〔華陽國志〕多少補—。(十八)姓也。見〔何氏姓苑〕。

【紏】他口切音鈄有韻　㈠告也。見〔玉篇〕。㈡絲黃色也。見〔類篇〕。

【紐】女九切音忸有韻　㈠系也。一曰結而可解。見〔說文〕。〔段注〕系下曰。係也。係者、結束也。結者、締也。締者、結不解也。其可解者曰—。㈡本也。〔莊子人間世〕舜禹之所—也。㈢擧也。見〔廣雅釋言〕。㈣赤脈也。〔史記扁鵲倉公傳〕有破陰之—。㈤天淵謂之—茲。見〔廣雅釋文〕。㈥姓也。隋—回。

【紒】吉詣切音髻霽韻　吉屑切音結屑韻　㈠結髮也。〔儀禮士冠禮〕將冠者采衣—。㈡心不了也。見〔玉篇〕。

【紒】居拜切音戒卦韻　緆也。見〔類篇〕。

【紓】商居切音書魚韻　神與切音杼上與切音墅語韻　㈠緩也。見〔說文〕。㈡解也。〔左僖二十一年傳〕是崇皞濟而修祀—禍也。

【純】殊倫切音淳眞韻　㈠絲也。見〔說文〕。〔段注〕此—之本義也。故其字从糸。按一與醇音同。醇者不澆酒也。美絲美酒其不襍同也。
㊁不雜也。〔易乾文言傳〕一粹精也。
㊂專也。〔國語周語〕能帥舊德而守終一固。
㊃善也。〔史記漢興以來諸侯年表〕非德不一。
㊄大也。〔詩卷阿〕一嘏爾常矣。
㊅文也。見〔廣雅釋詁〕。
㊆皆也。〔考工記玉人〕諸侯一九。大夫一五。
㊇和也。〔論語八佾〕縱之一如也。
㊈篤也。〔左隱公元年傳〕穎考叔、一孝也。
㊉美也。〔呂覽士容〕一乎其若鍾山之玉。
⑪精好也。〔漢書地理志〕織作氷紈綺繡一麗之物。
⑫不虧也。〔莊子刻意〕一也者、謂其不虧其神也。
⑬量名。〔淮南地形〕里間九一。一五尺。
⑭一鉤。利劒名。〔淮南脩務〕夫一鉤魚腸之始下型。

【純】主尹切音準軫韻　規倫切音鈞眞韻　米閏切音分文韻
㊀緣也。〔禮記曲禮〕冠衣不一素。
㊁履飾也。〔儀禮士冠禮〕青絇繶一。

【純】徒溫切音屯元韻　杜本切音盾阮韻
㊀包也。〔詩野有死麕〕白茅一束。〔傳〕一、猶包之也。〔箋〕一讀如屯。
㊁一留。縣名。〔左襄十八年傳〕執孫蒯于一留。〔注〕一留縣屬上黨郡。〔按〕一、地理志作屯。今山西屯留縣東南三十里有屯留故城。
㊂匹端名。〔史記蘇秦傳〕錦繡千一。〔按史記張儀傳索隱。凡絲緜布帛等一段爲一一。〕

【純】從緣切音全先韻
全也。〔儀禮鄉射禮〕二算爲一。〔按禮記投壺二算一一疏云。二算合爲一全〕

【純】莊持切音緇支韻
同緇。〔周禮媒氏〕一帛無過五兩。〔注〕一、實緇字也。

【純】船倫切音脣眞韻
門名。春秋傳有一門。

【紕】頻脂切音毗支韻　平祕切音備　毗意切音避寘韻
㊀所以織組也。〔詩干旄〕素絲一之。
㊁飾也。見〔爾雅釋言〕。
㊂理也。秦晉之間曰一。見〔方言〕。
㊃通毞。〔後漢西南夷傳〕冉駹夷能作毞毲。〔毞、卽一也。〕

【紕】篇夷切音批支韻
㊀錯也。〔禮記大傳〕五者一物一繆。〔注〕一、繆猶錯也。
㊁纇也。見〔玉篇〕。
㊂繒欲壞也。見〔廣韻〕。
㊃繒疏也。見〔增韻〕。

【紕】昌里切音齒紙韻
績苧一一。見〔新字林〕。

【紕】蒲眠切音蹁先韻　蒲履切音比紙韻
氐人罽也。見〔說文〕。〔按罽乃毛布。氐人所織毛布曰一。周書曰。令正西以一罽爲獻是也。〕

【紗】師加切音沙麻韻
㊀縠屬。紡絲而織之者也。〔漢書江充傳〕充衣一縠禪衣。〔注〕輕者爲一。縐者爲縠。〔按一輕而疏。宜爲暑月禪衣。或亦以之爲帳幔之屬。〕
㊁棉之紡成者亦曰一。俗謂之棉一。織之則成布。撚合之則成線者也。
㊂微也。見〔廣雅釋詁〕。
㊃一績。幧頭也。見〔方言〕。

【紗】弭沼切音眇篠韻　〔亦作眇。或作渺。通作紗。〕
微也。見〔集韻〕。

【紘】乎萌切音宏　胡盲切音橫庚韻
㊀冠卷維也。見〔說文〕。〔段注〕士冠禮緇組一。注曰。有笄者屈組爲一。垂爲飾。無笄者纓而結其絛。按有笄者謂冕弁。無笄者謂冠。許一部冠下曰。弁冕之總名也。則此訓冠卷維者。謂冕弁之一。以一組自頤下而上。屬兩耑於武。武者也。蓋笄貫於武。一實屬於笄首耳。武者冠卷也。笄統於卷。故曰冠卷維。

紘圖

(二)編磬繩也。〔儀禮大射儀〕鼗鼓倚於頌磬西―。

(三)綱也。〔淮南原道〕―宇宙而彰三光。

(四)維也。〔淮南墬形〕八殯之外而有八―。

(五)宏也。〔淮南精神〕天地之道。至―以大。

(六)束也。見〔廣雅釋詁〕。

(七)中寬者曰―。〔禮記月令〕其器圜以閎。〔注〕讀爲―。―謂中寬。象土含物。

〔⿸戶糸〕戶瓦切音跨馬韻　胡廣韻胡卦切音畫卦韻

履也。一曰青絲頭履也。見〔說文〕。〔段注〕方言曰。絲作之者謂之履。麻作之者謂之不借。或謂之靸角。或謂之𪗇。或謂之屩。或謂之―。履其通語也。

〔紙〕掌氏切音只紙韻〔與紙別。俗作帋。〕

(一)絮一⿰糸苫也。見〔說文〕。〔段注〕⿰糸苫下曰。潎絮簀也。潎下曰。於水中擊絮也。後漢書曰。蔡倫造―。用樹膚麻頭及敝布魚網爲之。按造―昉於漂絮。其初絲絮爲之。以⿰糸苫薦而成之。今用竹質木皮爲―。亦有密緻竹簾薦之是也。〔按造―蓋取竹木類之原質。先煮沸搗爛。以其黏汁勻布之。及結成薄膜。稍乾。又用重物壓之。即成爲―〕。

(二)砥也。謂平滑如砥石也。見〔釋名釋書契〕。

(三)姓也。〔魏書官氏志〕渴侯氏後改爲―氏。

〔級〕訖立切音急緝韻

(一)絲次弟也。見〔說文〕。

(二)階之次弟亦曰―。〔禮記曲禮〕拾―聚足。連步以上。

(三)貴賤之次弟亦曰―。〔禮記月令〕貴賤之等―。

(四)尊卑之次第亦曰―。〔賈子新書階級〕等―分明。而天子加焉。故其尊不可及也。

(五)斬首亦曰―。〔後漢光武紀注〕秦法。斬首一、賜爵一―。因謂斬首爲―。

(六)同汲。〔左昭十二年傳〕與呂―。〔釋文〕―本作汲。

〔紛〕敷文切音芬文韻

(一)馬尾韜也。見〔說文〕。〔段注〕車輪馬騈。馬騈、謂結束馬尾。豈韜之而後結之與。

(二)亂也。〔左昭十六年傳〕獄之放―。

(三)衆也。〔易巽〕用史巫―若。吉。

(四)雜也。〔文選張衡賦〕―瑰麗以奓靡。

(五)盛貌。〔離騷〕―吾既有此內美兮。

(六)旄也。見〔漢書揚雄傳注〕。

(七)緩也。見〔玉篇〕。

(八)結根也。〔老子〕解其―。

(九)旗旒也。〔文選揚雄賦〕靑雲爲―。

(十)如綬有文而狹者。〔周禮司几筵〕設莞筵―純。

(十一)――。言其多。〔漢書禮樂志〕羽旄――。〔又〕動擾貌。〔書帝命驗〕東南――。

(十二)―泊。飛薄也。〔文選左思賦〕羽族―泊。

(十三)―葩。開張貌。〔文選嵇康賦〕霍濩―葩。〔又〕盛多貌。〔文選馬融賦〕―葩爛漫。〔又〕舒張貨物使覆映。〔文選左思賦〕―葩蔭映。

(十四)―怡。喜也。〔方言〕―怡。喜也。湘潭之間曰―怡。

(十五)―綸。猶浩博也。見〔後漢井丹傳注〕。

(十六)―拏。相牽也。〔史記衛將軍驃騎傳〕漢匈奴相―拏。

(十七)―云。興作之貌。〔漢書禮樂志〕―云六幕浮大海。

(十八)―帨。佩巾也。〔禮記內則〕左佩―帨。〔注〕―帨。拭物之佩巾也。今齊人有言―者。

(十九)―如。有文章也。〔太玄視〕鸞凰―如。

〔紛〕符分切音汾文韻

―緼。亂皃。見〔集韻〕。

〔紜〕王分切音雲文韻

(一)本作⿰員云。〔說文〕⿰員云。物數紛⿰員云亂也。〔按紛紜謂多。多則亂也〕。―行而⿰員云廢矣。

(二)衆也。〔文選班固賦〕萬騎紛―。

(三)通芸。〔老子〕夫物芸芸各歸其根。〔芸、即―之假借字〕。

〔紞〕都感切音黕感韻

(一)冕冠塞耳者。見〔說文〕。〔段注〕―所以縣瑱。瑱所以塞耳。―非塞耳者也。許書冕冠塞耳者。當作冕冠所以縣塞耳者。〔按―字或譌爲統。又改作襀。

(二) 被識也。[儀禮士喪禮]緇衾赬裏無—。[注]—、被識也。[按禮記喪大記注云。—以組類爲之。綴之領側。若今被識矣。然則被識之偁。乃漢制也。]

(三) 擊鼓聲。[晉書鄧攸傳]—如打五鼓。[謂鼓面有聲也。]

【素】 蘇故切音訴遇韻

(一) 本作𥿋。[說文𥿋部]𥿋白緻繒也。从糸𠂹。取其澤也。[段注]白緻繒、謂繒之白而細者也。致者、今之緻字。

(二) 生帛也。[禮記雜記]純以—。

(三) 麤縞也。[小爾雅廣服]縞之麤者曰—。

(四) 朴—也。已織則供用不復加功飾也。見[釋名釋采帛]。

(五) 質也。[禮記仲尼燕居]不能樂。於禮—。

(六) 空也。[詩伐檀]不—餐兮。

(七) 豫也。[國語吳語]夫謀必—見成事焉。

(八) 見在也。[禮記中庸]君子—其位而行。

(九) 故也。[儀禮喪服傳]飯—食。

(十) 始也。[書大傳]著其—。

(十一) 本也。[素問陽明脈解]皆非其—所能也。

(十二) 昔也。[文選潘岳賦]目仿佛乎平—。

(十三) 性也。[淮南俶眞]平易者道之—。

(十四) 實也。[文選謝靈運詩]夫子照情—。

(十五) 廣也。見[廣雅釋詁]。

(十六) 凡物無飾曰—。[禮記檀弓]以生者有哀—之心也。[注]哀—、言哀痛無飾也。凡物無飾曰—。

(十七) 凡物無色曰—。[儀禮士冠禮注]以—爲裳。[疏]器物無色亦曰—。

(十八) 凡心所向曰—。[漢書鄒陽傳]見情—。[注]—、謂心所向也。

(十九) 果蓏不以火化而食、曰—食。[管子禁藏]果蓏—食當十石。

(二十) 聖而不王曰—王。[釋名釋典藝]著—王之法。若孔子者。聖而不王。

(廿一) 日本化學名詞謂原質曰元—。如酸—水—之類。

(廿二) —數。惟本數及一可除盡之數也。亦名數根。又曰質數。

(廿三) 俗謂居喪曰—。如喪事曰—事。喪服曰—服是也。

(廿四) 俗稱蔬食曰—。謂不食葷腥也。

(廿五) 同嗉。星名。[史記天官書]張—爲廚。[漢書天文志作張嗉。]

(廿六) 同傃。鄉也。[禮記中庸]—隱行怪。[注]讀如攻城攻其所傃之傃。[朱子章句從漢書讀索。]

(廿七) 姓也。後魏并州刺史—延。

【絞】 何交切音爻肴韻

(一) 綠色也。嫁者衣也。見[玉篇]。

(二) 黃色也。見[廣韻]。

【紡】 撫兩切音仿養韻

(一) —絲也。見[說文]。[段注]絲之—、猶布縷之績緝也。—絲專用作絹。

(二) 績緝麻縷亦曰—。[左昭十九年傳]託於紀鄣—焉。[疏]—、謂—麻作纑也。

(三) 懸也。[國語晉語]獻子執而—於庭之槐。

【索】 昔各切音𥢶藥韻

(一) 本作𣝗。[說文]𣝗艸有莖葉可作繩—。[按—爲艸。故从米。可作繩。故从系。]

(二) 繩之大者。[小爾雅廣器]大者謂之—。小者謂之繩。

(三) 絞也。[淮南主術]—鐵歙金。

(四) 求之也。[易繫辭]探賾—隱。

(五) 搜之也。[周禮方相氏]以—室毆疫。

(六) 盡也。[書牧誓]惟家之—。

(七) 散也。[禮記檀弓]吾離羣而—居。

(八) 數也。[易說卦]一—而得男。[釋文引馬注]—、數也。

(九) 法也。[左定四年傳]疆以周—。

(十) 擇也。[左襄二年傳]以—牛馬。[注]簡擇好者。

(十一) 空也。見[小爾雅廣言]。

(十二) 獨也。見[廣雅釋詁]。

(十三) 功也。[淮南氾論]麻緂—縷。

(十四) ——、懼也。[易震]震——。

(十五) —然。涕下貌。[莊子徐无鬼]子綦—然出涕。

(十六) 娶婦曰—婦。孫權爲子—關羽女。袁術欲爲子—呂布女。並見[三國志]。

(十七) 縣名。漢置。屬武陵郡。在今湖南武陵縣東。

(十八) 姓也。[左定四年傳]殷民七族有—氏。

【索】 色窄切音色陌韻

求所得而用之也。〔禮記曲禮〕大夫以—牛。

【索】蘇故切音素遇韻　素也。〔釋名釋典藝〕八—。、—素也。著素王之法若孔子者。聖而不王。制此法者有八也。

【絙】胡故切音護遇韻　可以收繩也。見〔集韻〕。

【紊】文運切音問問韻　無分切音文文韻　亂也。〔書〕曰有條而不—。見〔說文〕。

【紌】渠尤切音求尤韻　蜀錦名。〔揚雄賦〕爾乃其人自造奇錦—繏緸縝縿緣纑中。

【⿰糸欠】姑南切音弇覃韻　絲貌。見〔類篇〕。

【絘】即移切音咨支韻　績其所緝也。見〔篇海〕。

【⿰糸犬】側持切音緇支韻　異色繒也。見〔篇海〕。

【⿰糸切】倉沒切音猝月韻　千結切音切屑韻　索也。見〔廣雅釋詁〕。

【紑】方鳩切否平聲　披尤切音秠尤韻　方否切音阜有韻　白鮮衣皃。見〔說文〕。〔按詩絲衣。絲衣其—。傳曰—、絲鮮貌〕。

【紑】芳無切音敷虞韻　蒲枚切音裴灰韻　分物切音弗物韻　繪色鮮也。見〔類篇〕。

【⿰糸止】醜止切音齒紙韻　績苧一端謂之—。見〔類篇〕。

【⿱亓糸】渠之切音其支韻　古綦字。見〔類篇〕。

【⿰糸夬】古邁切音怪卦韻　細絲。見〔玉篇〕。

【⿰糸夬】同⿰糸欠。見〔集韻〕。

【紖】丈忍切音朕以忍切音引軫韻　牛系也。見〔說文〕〔段注〕牛系、所以系牛者也。周禮封人作紖。鄭司農云。紖、著牛鼻繩所以牽牛者。今時謂之雉。與古者名同。漢人呼雉即紖也。紖變作—而讀丈忍切。仍紖雉之雙聲。今人讀余忍切則非也。少儀曰牛則執—。

【⿰糸木】莫卜切音木屋韻　繩也。見〔篇海〕。

【⿰糸夫】風無切音膚虞韻　⿰衤夫或字。〔集韻〕⿰衤夫說文、襲⿰衤夫也。或从糸。

【絢】松倫切音旬眞韻　同絇。詳絇字。又通紃。

【紺】如占切音髯鹽韻　〔同枏。俗作紺。〕緯—。蔽紺也。一曰。衣下襬也。見〔集韻〕。

【紝】如林切音壬尼心切音誑侵韻如鳩切音妊沁韻　機縷也。見〔說文〕〔段注〕機縷、今之機頭。內則執麻枲治絲繭織—組紃。—合麻枲絲繭言之。

【紟】居吟切音今侵韻　居陰切音禁沁韻　衣系也。見〔說文〕〔段注〕聯合衣襟之帶也。今人用鈕。非古也。凡結帶皆曰—。今人衿、—不別。

【紟】其淹切音箝鹽韻　渠金切音琴侵韻　布帛名。見〔類篇〕。

【紟】巨禁切音噤沁韻　單被也。〔儀禮士喪禮〕績絞—。

【⿰糸支】章移切音支支韻　繂—。挽舟繩也。見〔類篇〕。

【⿰糸毛】莫報切音耄號韻　刺也。〔急就篇〕錦繡縵—離雲爵。〔注〕—、謂刺也。〔按廣韻絹帛—起如刺也〕。

【⿰糸丙】莫結切音蔑屑韻　細也。見〔集韻〕。

【⿰糸丙】同緬。見〔玉篇〕。

【⿱𠂉糸】牀史切音俟紙韻　繩履。見〔廣韻〕。

【⿰糸氐】都兮切音低齊韻　絲滓也。見〔字彙補〕。〔按說文、紙。絲滓也。當爲紙譌字〕。

【⿰糸戈】子雪切音蕝屑韻　斷也。見〔字彙補〕。

【⿰糸弔】得叫切音弔嘯韻　以繩縛人也。見〔字彙補〕。

【紒】居有切音糺。有韻　鐃也。見〔字彙補〕。

【紇】紇本字。見〔說文〕。

【統】古綆字。〔漢書枚乘傳〕單極之—斷幹。〔注〕晉灼曰。—、古綆字也。

【⿱罒糸】古總字。見〔集韻〕。

【⿰糸刪】古縱字。見〔集韻〕。

【紾】古烏字。見〔集韻〕。

【⿰糸殳】同綏。見〔海篇〕。

【⿱夂系】同綴。見〔篇韻〕。

【⿰糸市】同紱。見〔玉篇〕。

【⿰糸丰】同結。見〔六書統〕。

【⿰糸网】同網。見〔字彙補〕。

【⿰糸尔】同紾。見〔篇海類編〕。

【⿰糸亓】同系。見〔集韻〕。

【紺】繼省字。見〔字彙補〕。

【⿰糸卆】綷俗字。見〔海篇〕。

【⿰糸丑】紐俗字。見〔篇海〕。

【⿰糸办】紉譌字。見〔正字通〕。

【⿰糸瓜】紙譌字。見〔字彙補〕。

【⿰糸亢】杭譌字。見〔正字通〕。

【⿱罒卒】罣譌字。

五畫

【紨】芳無切音敷。馮無切音扶。虞韻

㊀布也。一曰粗紬。見〔說文〕。

㊁續也。見〔玉篇〕。

㊂績也。見〔玉篇〕。

㊃種也。見〔玉篇〕。

㊄人名。〔漢書武五子傳〕嚴延女羅—。

【紨】符遇切音附。遇韻　繩也。見〔集韻〕。

【絮】女居切音袽。魚韻

㊀絜緼也。一曰敝絮也。見〔說文〕。〔按絜緼、束緼也。蓋謂麻。敝絮、孰緜也。蓋謂絲〕。

㊁塞也。見〔廣雅釋詁〕。

【絮】女下切音馬彤韻　縿—。相著皃。見〔玉篇〕。

【⿰糸穴】古穴切音決。胡決切音穴。屑韻。弋質切音逸。食律切音術。允律切音聿。質韻

㊀緳一枚也。見〔說文〕〔段注〕一枚、猶一箇也。

㊁褺也。見〔玉篇〕。

【紩】直質切音秩。敕栗切音抶。質韻

㊀縫也。見〔說文〕〔段注〕黹下云。鍼縷所縫衣也。縫下云。以鍼—衣也。凡鍼功曰—。

㊁納也。紩也。古作鐵。見〔玉篇〕。

【紫】蔣氏切音呰。紙韻

㊀帛青赤色也。見〔說文〕。〔段注〕青、當作黑。穎容春秋釋例曰。火畏於水。以赤入於黑。故北方閒色—也。

㊁疵也。五色之疵瑕以惑人者也。見〔釋名釋采帛〕。

㊂此也。〔文選班固賦注引春秋元命苞〕—之言此也。

㊃水名。〔史記司馬相如傳〕—淛在其北。〔注〕西河穀羅縣有—澤。其水—色。

㊄—宮。星名。〔淮南天文〕—宮者、太一之居也。

㊅姓也。見〔何氏姓苑〕。

【紫】同絮。柔弱貌。〔荀子非十二子〕—然洞然。〔注〕—、與絮同。柔弱之貌。

【紬】丑鳩切音抽。尤韻

㊀緝也。〔史記歷書〕—績日分。〔注〕—績、女工—緝之意。

㊁抽也。抽引絲端出細緒也。見〔釋名釋采帛〕。

㊂綴集也。〔史記太史公序〕—史記金匱石室之書。〔索隱引小顏〕—、謂綴集之也。

㊃引也。〔文選宋玉賦〕—大弦而雅聲流。

【紬】陳留切音儔。尤韻　大絲繒也。見〔說文〕。〔段注〕大絲較常絲爲大也。左傳衛文公大帛之冠。大帛、謂大絲繒。後漢書。大練、亦謂大絲練也。今繒帛通呼爲—。不必大絲也。〔今多假用綢字非〕。

【紬】直祐切音宙。宥韻　業也。見〔廣雅釋詁〕。

【紬】似救切音岫。宥韻　緒也。見〔類篇〕。

【䋋】眉貧切音民眞韻
㊀釣也。見〔集韻〕。
㊁兔罠罟也。見〔集韻〕。

【紭】乎萌切音宏庚韻
㊀紘或字。見〔說文〕。
㊁網綱也。〔文選左思賦〕狼跋乎—中。
㊂係也。見〔廣雅釋詁〕。

【紥】側八切音札黠韻
㊀纏束也。見〔類篇〕。〔俗猶謂束物曰—物、一束曰一—。〕
㊁俗謂屯駐軍隊曰—營。

【⿰糹疋】山於切音疏魚韻
㊀纖也。見〔廣韻〕。
㊁亦疏字。見〔玉篇〕。

【⿰糹疋】所擄切音捒御韻
疏或字。〔集韻〕疏博雅、條疎也。或作—。

【⿰糹疋】光舉切音去語韻
條陳也。見〔類篇〕。

【累】倫追切音欙支韻
㊀同纍。縛也。〔孟子梁惠王〕係—其子弟。
㊁通縲。求子牛也。〔禮記月令〕乃合—牛騰馬遊牝于牧。
㊂復—。縣名。漢置。屬安定郡。當今甘肅平涼縣境。

【累】魯水切音壘紙韻
絫或字。〔集韻〕絫說文、增也。或作—。

【累】力僞切纍去聲寘韻
㊀屬也。〔國策齊策〕皆以國事—君。
㊁負也。〔呂覽審分〕主無所避其—矣。
㊂恐也。〔淮南氾論〕故因太祖以—其心。
㊃憂也。〔國策秦策〕此國—也。
㊄隨也。〔史記老莊申韓傳〕則蓬—而行。
㊅繫也。〔禮記儒行〕不—長上。
㊆謂次足不得竝足也。〔莊子外物〕揭竿—。
㊇緣坐也。如俗言受—、帶—、負—、皆是。

【累】力果切音倮哿韻
倮也。〔禮記曲禮〕爲大夫—之。〔謂削瓜去皮也。〕

【累】力涉切音獵葉韻
地名。鉅鹿下曲陽縣西南有肥—城。見〔集韻〕。〔在今直隸晉縣西。〕

【細】思計切音壻霽韻
㊀微也。見〔說文〕。〔段注〕微者眇也。眇、今之妙字。
㊁小也。見〔廣雅釋詁〕。
㊂煩碎也。〔左襄二十九年傳〕其—已甚。
㊃弭也。弭弭兩致之言也。見〔釋名釋言語〕。
㊄—席。講論之席也。〔荀子大略〕臨患難而不忘—席之言。
㊅—柳。西方野也。見〔論衡說日〕。
㊆—條。草名。〔廣雅釋草〕—條、—辛也。

【紱】分弗切音弗物韻
㊀綬也。所以繫印者也。〔漢書匈奴傳〕授單于印—。
㊁祭服也。〔易困〕朱—方來。

【紲】私列切音薛屑韻〔通作絏。〕
㊀犬系也。春秋傳曰臣負羈—。見〔說文〕。〔段注〕少儀。犬則執緤。緤本犬系。引申之馬亦曰—。春秋僖二十四年左傳服虔注曰。一曰犬韁。一曰犬—則—之本義也。如杜說。—馬韁則—引伸之義也。〔按緤、即—之或字。〕
㊂索也。見〔廣雅釋器〕。
㊃緒也。見〔方言〕。
㊄攣也。〔論語公冶長〕雖在縲—之中。〔按今本作絏。〕
㊅制也。牽制之也。見〔釋名釋車〕。
㊆弓鞁也。〔考工記弓人〕辟如終—。非弓之利也。
㊇摎而紾之爲絏。見〔小爾雅廣器〕。
㊈—袢。去熱之名也。〔詩君子偕老〕蒙彼縐絺。是—袢也。
㊉同蹝。〔漢書揚雄傳〕窅視夫栗禽之—蹝。〔注〕師古曰。—與蹝同。

【紳】升人切音申眞韻
㊀大帶也。見〔說文〕。〔段注〕古有革帶。以系佩韍而後加之大帶。—則大帶之垂者也。許但云大帶。亦是渾言之。
㊁束也。見〔廣雅釋詁〕。
㊂縉—。縉笏垂—之人也。〔史紀五帝紀〕薦—先生難言之。〔注〕薦

笏於｜。故謂薦｜。〔按薦卽縉。亦作搢。晉書輿服志曰。所謂搢｜之士者。搢笏而垂｜帶也。然則縉｜乃仕宦之稱。故仕宦退居鄉里者。謂之鄉｜。亦曰｜士、｜衿。〕

【給】郞丁切音靈青韻

(一)絮名。見〔廣韻〕。

(二)絲細滌爲｜。見〔類篇〕。

【紹】市沼切音沼篠韻

(一)繼也。一曰。｜、緊糾也。見〔說文〕。〔段注〕緊者纏絲急也。糾者三合繩也。

(二)｜介相佑助者也。見〔史記魯仲連鄒陽傳集解引郭璞〕。

(三)姓也。見〔姓苑〕。

【紹】嵩招切音招蕭韻

綏也。〔詩常武〕非｜非游。〔鄭讀卲。〕

【紼】分勿切音弗物韻

(一)亂系也。見〔說文〕〔段注〕系、當作枲。亂枲者。亂麻也。可以裝衣。可以然火。可以緝之爲索。

(二)引棺索也。〔禮記曲禮〕助葬必執｜。

(三)通紱。繫印之組也。〔漢書丙吉傳〕上將使人加｜而封之。

(四)通芾。〔詩斯干〕朱芾斯皇。〔白虎通引作朱｜〕。

【紼】芳未切音費未韻

綍也。見〔類篇〕。

【絨】王伐切音越月韻

(一)采彰也。一曰。車馬帬。見〔說文〕。〔段注〕彰者、彣彰也。爲五采彣彰。可以緣飾之物也。一曰、謂一名也。急就篇｜注曰。｜、織采爲之。一名車馬飾。卽今之織成也。一作飾。不同者。後人改之也。

(三)紵布也。見〔急就篇注黃氏說〕。

(四)細布也。見〔類篇〕。

【紾】止忍切音軫軫韻徒典切音殄銑韻

(一)｜轉也。見〔說文〕。〔段注〕｜字各本無。今補。此乃三字句。｜轉蓋古語。凡了戾曰｜。轉亦單評曰｜。亦曰｜軫。

(二)單也。〔論語鄉黨〕｜絺綌。

(三)繆｜。相纏結也。〔淮南本經〕以相繆｜。

(四)通縝。〔方言〕纑謂之縝。〔注〕縝、謂縷也。

【紾】上演切音善銑韻

角理麤貌。〔考工記弓人〕老牛之角｜而昔。〔疏〕、謂理麤錯然不潤澤也。

【紾】知輦切音展銑韻

轉繩也。見〔集韻〕。

【紾】他典切音腆銑韻

垂絕皃。見〔類篇〕。

【紾】頸忍切音緊軫韻

纏絲急也。見〔集韻〕。

【紿】蕩亥切音殆賄韻

(一)絲勞卽｜。見〔說文〕〔段注〕卽當爲則。絲勞敝則爲｜。｜之言怠也。如人之勞怠然。

(二)欺也。〔穀梁僖元年傳〕惡公子之｜。〔注〕｜、欺也。〔按此假爲詒字〕。

(三)疑也。見〔玉篇〕。

(四)纏也。見〔廣雅釋詁〕。

(五)緩也。見〔廣雅釋詁〕。

【絀】竹律切音窋質韻

(一)絳也。見〔說文〕〔段注〕此｜之本義。而今廢矣。

(二)縫紩也。〔史記趙世家〕卻冠秫｜。〔注〕徐廣曰。戰國策作秫縫。亦縫紩之別名也。

(三)屈也。〔荀子非相〕緩急嬴｜。

(四)同黜。退也。〔禮記王制〕不孝者君｜似爵。

【絁】式支切音施叱支切音眵支韻

(一)本作纏。〔說文〕纏、粗緒也。〔注〕纏、今俗別作｜。非是。〔按廣韻云纏、繒似布。俗作｜〕。

(二)細也。見〔廣雅釋器〕。

【終】之戎切音螽東韻

(一)絿絲也。見〔說文〕〔段注〕按絿字恐誤。疑絿字之譌。取其相屬也。

(二)始之對也。〔易繫辭〕原始要｜。

(三)竟也。〔論語衞靈公〕吾嘗｜日不食。

(四)已也。〔左僖二十四年傳〕婦怨無｜。

(五)充也。〔儀禮士冠禮〕廣｜幅。

(六)盡也。〔禮記儒行〕不能｜其物。

(七)既也。〔詩燕燕〕｜溫且惠。

(八)成也。〔國語周語〕故高朗令｜。

(九)死也。〔禮記檀弓〕君子曰｜。小人

曰死。
⑩極也。見〔廣雅釋詁〕。
⑪畢也。〔左昭十三年傳〕求丨事也。
⑫久也。〔莊子大宗師〕丨古不忒。
⑬窮也。見〔雅廣釋詁〕。
⑭事也。〔國語周語〕庶人丨食。
⑮牛棘也。〔爾雅釋木〕丨牛棘。〔疏〕
丨、一名牛棘。郭云卽馬棘也。
⑯十二年爲一丨。〔左襄九年傳〕十
二年矣。是謂一丨。一星丨也。
⑰月在壬曰丨。見〔爾雅釋天〕。
⑱樂一成爲一丨。〔禮記鄉飲酒義〕
工入升歌三丨。〔疏〕歌鹿鳴四牡
皇皇者華。每一篇而一丨。
⑲地方百里爲丨。〔漢書刑法志〕地
方一里爲井。井十爲通。通十爲成。
成方十里。成十爲丨。
⑳丨風。丨日風也。〔詩終風〕丨風且
暴。〔傳〕丨日風、爲丨風。〔又〕西風
也。見〔詩終風釋文引韓詩〕。
㉑丨朝。自旦至食時也。〔詩采綠〕丨
朝采綠。
㉒丨南。山名。〔詩終南〕丨南何有。〔
傳〕丨南、周之名山中南也。
㉓丨葵。椎也。〔考工記玉人〕杼上丨
葵首。〔又〕草名。〔爾雅釋草〕蔠葵
蘩露。〔釋文〕丨、文亦作蔠。〔又〕複
姓。〔左定四年傳〕殷氏七族有丨
葵氏。〔又〕丨黎。亦複姓。〔史記秦
本紀〕秦之後分封。以國爲姓。有
丨黎氏。
㉔無丨。山戎國名。〔左襄四年傳〕無
丨子嘉父。
㉕小丨。大丨。〔漢書律曆志〕九章歲
爲百七十一歲。而九道小丨。九丨
千五百三十九歲而大丨。

【絃】　胡千切音賢先韻

①琴瑟之屬。亦作弦。〔論語陽貨〕聞
弦歌之聲。〔按皐本弦作丨。然說
文有弦無丨。琴瑟丨亦當作弦。弓
弦之引伸義也。俗別作者非。古以
琴瑟喻夫婦。故俗謂婦死曰斷丨。
續娶曰續丨〕。
②三丨。樂器名。

【紭】　𨈖縣切音絢霰韻

索也。見〔廣雅釋器〕。

【組】　總古切音祖虞韻

①綬屬也。其小者以爲冠纓。見〔說
文〕。〔段注〕屬、當作織。丨可以爲
綬。丨非綬類也。織成之綬。材謂之
丨。大爲丨綬。小爲丨纓。其中之用
多矣。
②絛也。〔禮記內則〕織紝丨紃。〔疏〕
丨、絛也。
③縫紕也。聯合之也。〔詩干旄〕素絲
丨之。〔今言丨織義亦類此〕。
④草名。〔爾雅釋草〕、似丨。東海有
之。〔注〕丨、綬也。海中草生彩理有
象之者。因以名云。
⑤丨合。各當事者出資而營共同事
業之契約關係。日本民法謂之丨
合。丨合與會社不同。非法人。非權
利主體。所有權利義務財產。卽各
丨合人共同之權利義務也。
⑥日本語謂一套爲一丨。

【絆】　博慢切音半翰韻

①馬馽也。見〔說文〕。〔段注〕詩有客
言授之絷。以絷其馬。箋云。絷、丨也。
蓋絷謂繩。用此繩亦謂之絷。
②半也。拘使半行。不得自縱也。見〔
釋名釋車〕。

【絇】　權俱切音劬虞韻俱遇切音
屨過韻

①纑繩丨也。讀若鳩。見〔說文〕。〔段
注〕纑者布縷也。繩者索也。丨、糾
合之謂。謂若纑若繩之合少爲多、
皆是也。
⑦屨頭飾也。〔儀禮士冠禮〕青丨繶
純。〔注〕丨之言拘也。着爲屨之頭。
以爲行戒。
⑧罥名。〔爾雅釋器疏〕丨亦罥罟之
別名。

【絮】　女加切音拏麻韻

絲㛃也。見〔類篇〕。

【紙】　都黎切音低齊韻〔與紙別〕。

絲滓也。見〔說文〕。〔段注〕滓者澱
也。因以爲凡渣滓之偁。

【絧】　才資切音茨詳茲切音詞支
韻

補也。見〔廣雅釋詁〕。

【紕】　此禮切音泚薺韻

帛文也。見〔集韻〕。

【絉】　勿發切音韈月韻

足衣也。〔後漢禮儀志〕絳袴丨。

【絉】　莫葛切音末曷韻

袜或字。〔集韻〕袜。所以束衣也。或
从系。

【紴】　匹靡切音皺紙韻

水丨。錦文也。見〔玉篇〕。

【紴】不義切音被寘韻 逋不切音波歌韻 縧屬。讀若被或讀若水波之波。見〔說文〕〔按類篇引說文、有一曰錦類四字〕。

【紴】平義切音被寘韻 裝束皃。見〔類篇〕。

【紤】充夜切音趆禡韻 以繩維持也。見〔集韻〕。

【紵】文呂切音宁語韻 縩屬。細者爲絟。粗者爲—。見〔說文〕〔按縩者枲屬也。周禮典枲、掌布緦縷—之麻草之物。注云。白而細疏曰—。段本改粗者爲—爲布白而細曰—。其說與周禮注合〕。

【⿰糹正】諸盈切音鉦庚韻 —袟。衹與爲飾也。見〔說文〕〔按各本少—袟二字。今依段氏訂正。本乘輿天子車飾。亦妝飾之飾〕。

【紶】口舉切音去語韻 緒也。見〔類篇〕。

【紶】去魚切音區魚韻 繼也。市也。見〔玉篇〕。

【紶】通綌。〔荀子王制〕東海則有紫—魚鹽焉。〔注〕—、當爲綌。

【⿰糹可】於何切音阿歌韻 通綱。〔廣雅釋器〕—練也。

【⿰糹旦】丈莧切音綻諫韻 補縫也。見〔說文〕〔段注〕古者衣縫解、曰祖以鍼補之、曰—。內則云。衣裳綻裂紉鍼請補綴是也。引申之、不必故衣亦曰縫—。綻字古亦作—。

【⿰糹乍】仕下切音乍馬韻 紺紕貌。見〔類篇〕。

【⿰糹乍】疾各切音昨藥韻 緒或字。〔集韻〕緒。絢緒艸緪。或从、作。

【紸】之戍切音注遇韻 通注。〔荀子禮論〕—纊聽息之時。〔注〕—讀爲注。

【紺】古暗切音贛勘韻 帛深青而揚赤色也。見〔說文〕〔段注〕揚、當作陽。猶言表也。釋名曰—、含也。青而含赤色也。按此今之天青。亦謂之紅青。許言陽。劉言含。其意一也。

【紻】倚兩切音鞅養韻 於良切音央陽韻 纓卷也。見〔說文〕〔段注〕此卷亦起權反。卷本訓厀曲。引申爲凡曲之偁。纓卷、謂纓之曲繞也。是爲—。

【紽】唐何切音駝歌韻 數也。〔詩羔羊〕素絲五—。〔傳〕—、數也。〔疏〕此言—之數有五。非訓—爲數也。

【絅】涓熒切音扃 欽熒切音坰 青韻 急引也。見〔說文〕〔段注〕此本義也。中庸詩曰衣錦尚—。此假借爲檾字也。

【絅】戶茗切音迥 犬迥切音褧 迥韻 口定切音烓徑韻 衣禪也。〔禮記玉藻〕—禪爲—。

【絔】莫白切音陌陌韻 通帞。〔廣雅釋器〕飛幂、謂之接帞。

【絉】食聿切音朮質韻 繩也。見〔玉篇〕。

【⿰糹古】攻乎切音孤虞韻 —縷。艸名。見〔集韻〕。

【絻】於袁切音鴛元韻 繙—。亂也。見〔類篇〕。

【絻】委遠切音宛阮韻 綩省字。見〔類篇〕。

【⿰糹本】祖外切音最泰韻 鮮潔也。見〔篇韻〕。

【⿰糹丙】補永切音丙梗韻 結也。見〔篇韻〕。

【⿰糹冊】姑還切音關刪韻 通綸。〔正字通〕綸巾、俗作—。楊升菴曰—巾世誤作綸。二說相反。姑並存之。以備參考。

【⿰糹巨】右手切虞韻古兩切養韻 人名。〔玉篇〕成公四年鄭伯—卒。

【⿰糹巨】同堅。〔釋名釋采帛〕絹、—也。其—厚而疏也。

【⿰糹幼】同拗。見〔玉篇〕。

【⿱束糸】同紼。見〔集韻〕。

【紟】同絇。見〔字彙補〕。

【紱】同紴。見〔韻補〕。

【⿰糹夅】同縐。衣不伸也。亦縐名。見〔字彙補〕。

【⿰糹冗】紌僞字。見〔字彙補〕。

【⿰糹予】紓譌字。見〔字彙補〕。

【⿰糹己】紀譌字。見〔字彙補〕。

【条】系譌字。見〔廣韻〕。

六畫

【絎】下更切行去聲敬韻
(一)縫也。見〔廣雅釋詁〕。
(二)縫紩也。見〔玉篇〕。〔按俗謂如行列之行謂衣服粗縫之曰一。如一綿襖一綿袍之類。〕

【結】古屑切音拮屑韻
(一)締也。見〔說文〕。
(二)收斂之也。〔禮記曲禮〕德車一旌。
(三)成也。〔左襄十二年傳〕使陰里一之。
(四)屈也。〔禮記月令〕蚯蚓一。
(五)固也。〔國策秦策〕不足以一秦。
(六)緊束也。〔鬼谷子捭闔〕一其誠也。
(七)交也。〔呂覽勿躬〕車不一軌。
(八)聚也。〔淮南氾論〕不一于一迹之塗。
(九)連也。〔楚辭招魂〕靑驪一駟兮。
(十)要約也。〔淮南繆稱〕故君子行思乎其所一。〔如俗言了一總一之類。〕
(十一)正供罪也。〔漢書嚴延年傳〕以一延年。
(十二)聯合也。〔楚辭逢紛〕始一言於廟堂兮。〔俗言一婚一交之類。亦此義。〕
(十三)縛也。〔文選張衡賦〕罿羅之所羂一。
(十四)纈也。見〔廣雅釋詁〕。
(十五)構也。〔文選陶潛詩〕一廬在人境。
(十六)旋也。〔楚辭遠逝〕一余軫於西山兮。
(十七)曲也。見〔廣雅釋詁〕。
(十八)止也。〔文選張衡賦〕一徒營。
(十九)積也。〔文選陸機詩〕傾雲流藹。
(二十)煩惱也。〔法華經科注〕斷一成佛。
(廿一)凝也。如露一、冰一之類。
(廿二)草木成實曰一。如一子一果之類。
(廿三)一憒。亂也。〔漢書息夫躬傳〕心一憒兮傷肝。
(廿四)一風。風同風亦急風也。〔史記司馬相如傳〕激楚一風。
(廿五)一引。謂繫於軸、所以引車也。〔荀子王霸〕緜緜常以一引馳爲外務。
(廿六)文狀之一種。如印一、甘一之類。

【結】胡計切音系霽韻
通係。〔漢書張釋之傳〕跪而一之。〔注〕師古曰一讀曰係。

【結】吉詣切音計霽韻
通髻。〔漢書陸賈傳〕尉佗魋一箕踞。〔注〕師古曰一讀曰髻。〔按段玉裁云古無髻字即用此。〕

【絓】公緺切音咼麻韻古懷切音乖佳韻
繭滓一頭也。一曰㠯囊絮練也。見〔說文〕。〔段注〕謂繰時繭絲成結。有所一礙。工女蠶功畢後別理之爲用也。集韻、類篇、皆作繭滓一也。一曰一頭。此古本也。湅、各本作練。今正。湅絮、史記所謂漂下澈云、於水中擊絮是也。

【絓】古賣切音卦卦韻
(一)礙也。〔左成二年傳〕驂一於木而止。
(二)懸也。〔楚辭哀郢〕心一結而不解兮。
(三)止也。見〔玉篇〕。
(四)獨也。見〔廣雅釋詁〕。
(五)特也。晉曰一。見〔方言〕。
(六)紬也。見〔廣雅釋器〕。
(七)絲結也。見〔廣韻〕。
(八)挂也。〔釋名釋采帛〕紬又謂之一。一挂也。挂於杖端、振舉之也。
(九)一羅。猶流離也。〔太玄玄蓍〕而藕藕一羅。
(十)俗謂官場被處分曰一誤。

【絕】情雪切音截屑韻
(一)斷絲也。从刀絲卩聲。見〔說文〕。〔段注〕斷之則爲二。是曰一。
(二)橫度也。〔漢書成帝紀〕不敢一馳道。〔凡橫越之曰一。如一河而度是也。〕
(三)直度也。〔漢書張良傳〕橫一四海。〔注〕謂飛而直度也。
(四)滅也。見〔廣雅釋詁〕。
(五)無之盡者曰一。〔論語子罕〕子一四。
(六)棄也。〔左哀十五年傳〕一世于良。
(七)斷糧食也。〔呂覽季春〕振乏一。〔注〕居而無食曰一。
(八)斷交通也。〔左成十三年傳〕晉侯使呂相一秦。〔今俗言一交亦此義。〕
(九)無後嗣也。〔論語子張〕繼一世。
(十)陷也。〔詩正月〕終踰一險。
(十一)過也。〔呂覽知接〕又一諸侯之地以襲國。

⑫遠也。〔淮南脩務〕—國殊俗。
⑬落也。〔離騷〕雖萎—其亦何傷兮。
⑭止也。〔呂覽權勳〕嗜酒甘而不能—於口。
⑮竭也。〔淮南本經〕江河山川—而不流。
⑯極也。見〔後漢吳良傳注〕。〔今俗言—美—妙之類皆此義。〕
⑰截也。如割截也。見〔釋名釋言語〕。〔詩體有—句之名謂截律詩之半。或截項腹首尾也。〕
⑱隔而難通曰—。〔文選孫綽賦〕邈彼—域。
⑲出而不入謂之—。見〔管子法法〕。
⑳有一無二曰—。〔晉書顧愷之傳〕俗傳愷之有三—。才—、畫—、癡—。

【紩】七四切音次疾二切音自寘韻 津私切音咨支韻
①績所未緝也。見〔說文〕。〔段注〕各本作績所緝也。今依廣韻正。兩縷相接而後爲緝。未撚接之前。豫𣏟纖微諸縷以儲偫之。是爲—。令其次第可用也。
②—布。稅布也。〔周禮廛人〕掌—布。司農〔注〕—布、列肆之稅布。

【縆】居曾切音揯蒸韻 古鄧切音亙徑韻
①本作緪。〔說文〕緪。大索也。一曰急。也。〔按急義本亦恆。與揯同。與緪別。作—。非。〕
②竟也。〔楚辭招魂〕姱容修態。—洞房些。〔按此借爲亙。〕

【絛】他刀切音謟豪韻
①本作縧。〔說文〕縧。扁緒也。〔段注〕廣雅作編緒。漢書及賈誼新書作偏諸。蓋上字作編。下字作諸、爲是。諸者謂合眾采也。毛詩左傳正義曰。王后親織玄紞。即今之—繩。必用雜采線織之。按紴、絨、其闊者—、其愜者。紃、其圜者。
②纓飾也。見〔玉篇〕。

【絜】吉屑切音結屑韻〔俗作潔〕
①麻一耑也。見〔說文〕。〔段注〕一耑、猶一束也。耑、頭也。束之必齊其首。故曰耑。
②清也。〔禮記鄉飲酒儀〕主人之所以自—而以事賓也。
③明也。〔史記五帝紀〕直哉維靜—。
④靜也。見〔廣雅釋言〕。
⑤確也。確然不犖貌也。見〔釋名釋語言〕。
⑥—廉。謂不營於貨色也。〔大戴記文王官人〕廉而果敢者也。

【絜】奚結切音擷 顯結切音脟屑韻
①度也。〔禮記大學〕是以君子有—矩之道也。
②約束也。〔莊子人間世〕櫟社樹、其大蔽牛—之百圍。

【絜】詰計切音契霽韻 提也。見〔集韻〕。

【絜】訖黠切音戛黠韻 橛也。見〔集韻〕。

【絞】吉巧切音狡巧韻
①繞也。見〔玉篇〕。
②縛也。見〔廣韻〕。
③急也。刺也。〔論語泰伯〕直而無禮則—。〔鄭注〕—急也。〔皇疏〕刺也。
④縊也。〔左哀三年傳〕—縊以戮。〔後世—爲死刑之一種。次于斬。民國刑律草案死刑惟有—。〕
⑤直也。見〔後漢李雲傳注〕。
⑥切也。〔左昭元年傳〕叔孫—而婉。

【絞】何交切音爻肴韻
①蒼黃色也。〔禮記玉藻〕—衣以裼之。
②束斂衣者亦曰—。〔禮記喪大記〕小斂布—、〔注〕—既斂所用束堅之者也。

【絞】居效切音教效韻 繪黑黃色。見〔集韻〕。

【絟】且緣切音銓先韻 促絕切音蕝屑韻
①細布也。見〔說文〕。
②葛也。見〔玉篇〕。

【絠】已亥切音改賄韻
①彈彄也。見〔說文〕〔段注〕彈者。開弓也。彄者弓弩耑弦所居也。弦與弓弩、于發矢時相離。是名—。
②解繩也。見〔廣韻〕。
③冠卷也。見〔類篇〕。

【絡】歷各切音洛 克各切音恪藥韻
①絮也。一曰。麻未漚也。見〔說文〕。〔段注〕陳風曰。東門之池。可以漚麻。按未漚者曰—。猶生絲之未湅也。
③纑也。紬也。〔急就篇注〕—、即今之生纑也。一曰。今之綿紬是也。
④汲水索也。〔方言〕自關而東周洛韓魏之間、綆或謂之—。

(五)所以轉籆車者。〔方言〕—謂之格。〔按—以轉籆車因之以籆車收絲。卽謂之—絲。〕
(六)包—也。〔漢書揚雄傳〕緜—天地。〔注〕謂包—之也。
(七)縛也。〔楚辭招魂〕鄭綿—些。
(八)網也。〔文選班固賦〕衍地—。
(九)繞也。〔文選班固賦〕籠山—野。
(十)纏也見〔廣雅釋詁〕。
(十一)人身—脈也。〔史記扁鵲傳〕中經維—。〔注〕十二—脈。
(十二)馬羈也。俗謂之—頭。亦曰籠。〔胡曾詩〕金—馬銜原上草。
(十三)罥也。〔韓愈詩〕有藤婁—之。
(十四)—幕施張之貌也。〔文選左思賦〕尉羅—幕。
(十五)—頭帞頭也。〔方言〕自關而西秦晉之交曰—頭。南楚江湘之間曰帞頭。
(十六)木—兵器也。〔釋名釋兵〕盾以縫編版謂之木—。
(十七)姓也見〔廣韻〕。

【絢】翾縣切音眴㷇絹切音炫霰韻

(一)詩云素以爲—兮。見〔說文〕〔段注〕逸詩見論語八佾篇。馬融曰。—、文貌也。鄭康成禮注曰。采成文—。注論語曰。文成章曰—。許次此篆於繢繪間者。亦謂五采成文章。與鄭義略同也。
(二)疾貌。〔顏延之賦〕—練夐絕。

【絢】松倫切音旬眞韻

同紃。見〔類篇〕。

【絣】悲萌切音崩補耕切音怦卑盈切音幷庚韻普幸切音頩梗韻

(一)本作絣。〔說文〕絣、氐人殊縷布也。〔段注〕華陽國志曰。武都郡有氐傁。殊縷布者。蓋殊其縷色而相間織之。—之言駢也。
(二)綿也。〔國策燕策〕妻自組甲—。〔注〕—、綿也。治之爲組以穿甲。
(三)續也。〔後漢班固傳〕將—萬嗣。
(四)襆也。見〔漢書揚雄傳注〕。
(五)無文綺也。見〔一切經音義引字林〕。
(六)振繩墨也。見〔廣韻〕。
(七)同骿。張絃也。見〔集韻〕。

【絣】必幸切音絣梗韻

急絙也。見〔集韻〕。

【絣】皮變切音卞霰韻

同弁。〔周禮司服〕凡弔事弁絰服。〔注〕故書弁—。鄭司農—讀爲弁。

【給】訖立切音急緝韻

(一)相足也。見〔說文〕〔段注〕足居人下。人必有足而後體全。故引伸爲完足。相足者。彼不足此足之也。故从合。
(二)供也。〔國語周語〕且財不—。
(三)賜與也。〔史記平準書〕仰—縣官。
(四)備也。〔國語周語〕外內齊—。
(五)暇也。見〔漢書王莽傳注〕。
(六)急也。〔荀子非十二子〕齊—便利而不順禮義。
(七)敏也。〔見漢鄺炎傳注〕。
(八)連及也。〔漢書鼂錯傳〕弗能—也。〔注〕—謂相連及。
(九)得之速也。〔穆天子傳〕取漿而—。
(十)應事而至曰—。〔荀子臣道〕齊—如響。
(十一)接—。謂應所問而—也。〔大戴記保傳〕接—而善對。
(十二)—事中官名。〔又〕日本謂男使役爲—事。

【給】極業切音刦葉韻

敏言也。〔論語公冶長〕禦人以口—。

【給】轄夾切音洽洽韻

通洽。〔爾雅釋文〕太歲在未曰協洽。〔漢童子逢盛碑作協—〕。

【絨】而中切音戎東韻

(一)細布也。見〔玉篇〕。
(二)織物之厚而暖者曰—。以絲與棉紗羊毛等爲之。又絲縷之屬。擘之甚細微湅之甚光滑者。亦謂之—。刺繡多用之。

【絪】伊眞切音因眞韻

(一)—縕。元氣也。〔易繫辭〕天地—縕。萬物化生。〔釋文〕—縕本亦作氤氳。
(二)茵也。〔漢書霍光傳〕加畫繡—。〔注〕如淳曰。—、亦茵也。
(三)麻枲也。見〔廣韻〕。

【絫】魯水切音壘紙韻

增也。一曰十黍之重也。見〔說文厽部〕〔段注〕增者益也。凡增益謂之積—。—之隸變作累。累行而—廢矣。十黍爲—。而五權從此起。十—爲銖。二十四銖爲兩。

【絫】倫追切音欙支韻
縣名。漢置。屬遼西郡。當今直隸昌黎縣南。

【⿰糸𠂢】卜卦切音派卦韻
㊀散絲也。見〔說文〕。
㊁未緝麻也。見〔廣韻〕。

【絮】息據切音楈御韻
㊀敝緜也。見〔說文〕〔段注〕敝緜、熟緜也。是之謂—。凡—必絲爲之。古無今之木緜也。以—納袷衣間爲袍、曰褚。亦曰裝。以麻縕爲袍、亦曰褚。〔按急就篇注云。漬繭擘之。精者曰緜。粗者曰—。今則謂新者曰緜。故者曰—。又以木棉花彈使鬆散。俗亦謂之—。柳蘆等花亦稱爲—。〕
㊃胥也。胥久能解落也。見〔釋名釋采帛〕。
㊄冒—頭巾也。〔史記絳侯世家〕太后以冒—提文帝。〔注〕晉灼曰。巴蜀異物志謂頭上巾爲冒—。
㊅塞也。見〔廣雅釋詁〕。
㊆濡滯不決曰—。〔兩鈔摘腴〕富韓竝相時。偶有一事。富公疑之。久不決。韓謂富曰。公又—。
㊇—。語絮不斷也。亦謂之—聒。

【絮】楮御切音悆御韻
調也。〔禮記曲禮〕毋—羹。〔注〕—、猶調也。〔釋文〕謂加以鹽梅也。

【絮】乃亞切音胗企夜切音歌禡韻
絲縈。見〔集韻〕。

【絮】尼據切音女御韻人余切音如魚韻女加切音拏麻韻
姓也。漢—舜。

【⿰糸亥】柯開切音該灰韻
㊀束也。見〔廣雅釋詁〕。
㊁挂也。見〔玉篇〕。

【⿰糸亥】下楷切音駭蟹韻下改切音亥賄韻
㊀大絲。見〔集韻〕。
㊁挂也。見〔集韻〕。

【絰】徒結切音耋屑韻
㊀喪首戴也。見〔說文〕〔段注〕喪服經曰。苴絰。注曰。麻在首在要皆曰—。首—、象緇布冠之缺項。要—、象大帶。按經傳首要皆言—。而首章、苴—大搹。去五分一以爲帶。齊衰之—。斬衰之帶也云云。然則在首爲—。在要爲帶。經特舉—以統帶耳。故許言以爲喪首戴。
㊁—皇。冢前闕也。〔左莊十九年傳〕而葬於—皇。〔疏〕宣十四年傳稱、楚子聞宋殺申舟。抉袂而起。屨及於窒皇。劍及於寢門之外。則窒皇近於門外。當是寢門闕也。知此—皇、亦是冢前闕也。〔按惠棟云。—與窒通。〕

【統】他綜切音虠宋韻他總切音桶董韻他貢切音痛送韻
㊀紀也。見〔說文〕〔段注〕淮南泰族訓曰。繭之性爲絲。然非得女工煮以熱湯而抽其—紀。則不能成絲。
㊁始也。〔公羊隱元年傳〕大一—也。〔注〕—者、始也。總繫之詞。
㊂本也。〔易乾〕乃—天。
㊃經也。〔國語齊語〕以爲民紀、—。
㊄領也。〔史記樂書〕樂—同。
㊅總也。〔文選潘岳賦〕—六魁以爲笙。
㊆嗣也。〔文選張衡賦〕怨皇—之見替。
㊇察也。見〔漢書兒寬傳集注引張揖〕。
㊈業也。見〔後漢班彪傳注〕。
㊉總理也。〔書周官〕冢宰掌邦治。—百官。〔傳〕—理百官。
(十一)合率也。〔周禮大宰〕以八—詔王馭萬民。〔注〕—所以合率以等物也。
(十二)制治也。〔荀子彊國〕然其所以—之。
(十三)緒也。人世類相繼、如—緒也。見〔釋名釋典藝〕〔蓋謂世世相—不絕也。如帝王之相繼曰皇—。聖賢之相繼曰道—。即本此義。〕
(十四)千五百三十九歲爲一—。見〔論衡調時〕。
(十五)天—地—人—。謂之三—。見〔後漢周舉傳注〕。
(十六)—類。法之大綱也。〔荀子解蔽〕法其法以求其—類。
(十七)州名。唐置。屬羈縻隴右道。在今四川境。
(十八)姓也。見〔廣韻〕。

【絲】新茲切音思支韻
㊀蠶所吐也。見〔說文絲部〕〔段注〕急就篇注云。抽引精繭出緒曰—。

蓋蠶吐－成繭。繭抽緒成－也。

(二)凡纖細之物皆曰－。如雨－、蛛－、藕－、蓴－、銅－、鐵－、柳－之類。

(三)八音之一。〔周禮大師〕金、石、土、革、－、木、匏、竹。〔注〕－、琴瑟也。

(四)凡－所織成者統謂之－。〔漢書公孫弘傳〕食不重肉。妾不衣－。

(五)小數名。十忽爲－。十－爲毫。

(六)州名。宋置。屬夔州路紹慶府。在今四川境。

(七)朱－。朱絲也。〔文選鮑昭詩〕直如朱－繩。

【絳】古巷切音降絳韻

(一)大赤也。見〔說文〕。〔段注〕大赤者、今俗所謂大紅也。絑訓純赤。今俗所謂朱紅也。朱紅、淡。大紅、濃。大紅如日出之色。朱紅、如日中之色。日中貴於日出。故天子朱市。諸侯赤市。赤卽－也。

(二)工也。染之難得色。以得色爲工也。見〔釋名釋采帛〕。

(三)會也。見〔廣雅釋詁〕。

(四)地名。〔左莊二十六年傳〕十蔿城－。〔注〕－、晉所都也。〔嘗今山西－縣北。〕

【絠】之由切音舟尤韻

綿也。見〔說文〕。

【絑】鐘輸切音朱虞韻〔今作朱。〕

純赤也。虞書丹朱如此。見〔說文〕。〔段注〕純、同醇。醇厚也。朱與赤、深淺不同。凡經傳言朱、皆當作－。朱、其假借字也。丹朱、見咎繇謨。許所據壁中古文作丹－。蓋六經之－。僅見此處。朱行而－廢矣。

【絉】市流切音酬尤韻

紈也。見〔玉篇〕。

【綷】允律切音聿質韻

長皃。見〔玉篇〕。

【絔】莫陌切音百陌韻

補也。見〔玉篇〕。

【絢】許兩切音享養韻

綿也。見〔篇海〕。

【絚】經天切音堅先韻

緊也。見〔類篇〕。

【絡】忙經切音冥靑韻

細絲。見〔集韻〕。

【絗】胡骨切音搰月韻

緵縈也。見〔類篇〕。

【絘】貧四切音恣寘韻

理絲。見〔集韻〕。

【絧】忍止切音耳紙韻

轡盛皃。見〔玉篇〕。

【絙】胡官切音桓寒韻

本作緪。〔說文〕緪、緌也。〔段注〕緌、當作綬。玉篇－下云。－綬也。此亦綬之類也。

【絖】呼光切音荒譲郞切音芒陽韻

絲曼延也。見〔說文〕。〔段注〕曼者引也。延者行也。－與䊹、古蓋一字。考工記、䊹氏掌湅絲。

【絁】忙皮切音縻支韻

縻或字。見〔說文〕。〔按說文、縻。牛繲也。〕

【絏】以豉切音易寘韻

重次第也。見〔集韻〕。

【絏】羊至切音肆寘韻

重也。見〔廣雅釋詁〕。

【絏】弋睡切音諉寘韻

垂也。見〔集韻〕。

【絝】苦故切音庫遇韻〔通作袴。〕

俗作褲。〕

脛衣也。見〔說文〕。〔段注〕今所謂套－也。左右各一。分衣兩脛。古之所謂－。亦謂之褰。亦謂之襗。若今之滿當－。則古謂之褌。亦謂之幒。此名之宜別者也。

【絥】平祕切音備寘韻房六切音茯屋韻

車－也。見〔說文〕。〔段注〕按駕車之飾。此所謂－也。〔今俗多以布類包物。通謂之包－。〕

【絧】徒東切音同東韻

布名。見〔集韻〕。

【絧】他東切音通東韻

緵而直通皃。見〔集韻〕。

【絧】徒弄切音洞送韻

鴻－。。直馳貌。〔漢書揚雄傳〕鴻－緁獵。

【絲】母禮切音米薺韻

繡文如聚細米也。見〔說文〕。〔段注〕繡謂畫也。米、－疊韻。今咎陶謨作粉米。許所見壁中古文作黺－。黹部云。黺、畫粉也。此云－、繡如聚細米也。皆古文尙書說也。

【絨】之翼切音職職韻職吏切音志寘韻 樂浪挈令織、从系从式。見〔說文〕。〔段注〕樂浪、漢幽州郡名也。挈令者。挈當作栔。栔、刻也。樂浪郡栔于板之令也。其織字如此。錄之者。明其字合於六書之法。亦可用也。

【絨】設職切音識職韻 機絲也。〔方言〕趙魏閒呼經而未緯者、曰機—。

【絩】他弔切音糶嘯韻直紹切音肇篠韻 綺絲之數也。漢律曰。綺絲數謂之—。布謂之總。綬組謂之首。見〔說文〕。〔段注〕言綺以見凡繒也。綺者文繒也。文繒絲尙有數。則餘繒可知。其若干絲爲一—。未聞。今按總、即稯也。稯、即緵也。緵、即升也。皆謂八十縷。凡先合單紡爲一系。四系爲一扶。五扶爲一首。五首爲一文。文采淳爲一圭。首多者系細。首少者系麤。

【絩】徒了切音窕篠韻 繒長貌。見〔類篇〕。

【絩】杜皓切音道皓韻 五色縷也。見〔類篇〕。

【絬】私列切音薛屑韻 衣堅也。論語曰。—衣長。短右袂。見〔說文〕。〔按衣堅也者。蘇州人所謂勸箸也。各本無此三字。今依段氏訂正本。今論語鄉黨—衣、作褻裘。〕

【絿】力求切音劉尤韻 旌旗之斿。見〔類篇〕。〔按玉篇云。旌旗—也。今爲旒。〕

【絭】區願切音券願韻古倦切音眷霰韻驅圓切音圈先韻拘玉切音挶沃韻 本作絭。〔說文〕絭、纕臂繩也。〔段注〕纕、各本作攘。今正。纕者援臂也。臂褎易流。以繩約之。是繩謂之—。有假帣爲之者。史記滑稽列傳。帣韝鞠䐐。徐廣曰。帣、收衣袖也。又有假卷爲之者。列女傳趙津女娟。攘卷操檝。引伸爲束縛之偁。

【絘】七四切音次寘韻 髤或字。〔集韻〕髤以漆塗器。或作髹、—、漆。

【𦃇】迷浮切音牟尤韻 不相和也。見〔篇韻〕。

【絴】徐羊切音詳陽韻 高也。見〔篇韻〕。

【䋻】夷益切音亦陌韻 絡絲也。見〔篇韻〕。

【緱】居侯切音緱尤韻 舒也。見〔字彙補〕。

【𦀚】古絢字。見〔玉篇〕。

【𦁆】同縋。見〔類篇〕。

【𦀐】同縌。見〔類篇〕。

【絤】同線。〔考工記鮑人〕察其線。〔注〕線讀爲謂縫革之縷。

【絏】同紲。詳紲字。

【緊】同緊。見〔字彙補〕。

【絳】同絳。見〔字彙補〕。

【𦁖】同縐。見〔玉篇〕。

【𦁃】紝或字。見〔說文〕。

【𦀡】翼或字。見〔集韻〕。

【𦁜】細或字。見〔集韻〕。

【絍】紝或字。見〔集韻〕。〔按即說文紝字。〕

【綌】綌諂字。見〔五經文字〕。

【緬】緬諂字。〔樊宗師絳守居園池記〕隩—孤顛。〔趙仁舉箋〕—作緬。

七畫

【䋟】渠記切音忌寘韻 ● 一 連鍼也。見〔廣韻〕。● 二 秤綍也。見〔類篇〕。

【絹】規掾切音狷霰韻 ● 一 繒如麥稍色。見〔說文〕。〔段注〕色字今補。稍者、麥莖也。繒色如麥莖青色也。● 二 絙也。其絲絙厚而疏也。見〔釋名釋采帛〕。〔疏證〕今本絙皆作絙。訛。段云。絙、古堅字。當从系臣聲。

【絹】熒絹切音炫霰韻 網紐也。見〔集韻〕。

【絹】古泫切音犬銑韻 同罥。〔周禮冥氏注〕置其所食之物于—中。鳥來下則掎其足。

【絺】抽遲切音郗支韻 ● 一 細葛也。見〔說文〕。〔段注〕葛者、—

綌艸也。其纑績之。一如麻枲。其所成之布細者曰—。粗者曰綌。艸有不同。如今之葛布有黃艸葛。其粗者也。
㈡地名。〔左隱十一年傳〕溫原—樊。〔注〕—在野王縣西南。〔今河南河內縣西南有—城〕
㈢通絺。〔書益稷〕—繡。〔鄭注〕—讀爲絺。
㈣通希。〔禮記曾子問注〕—冕。〔釋文〕—、本作希。
㈤姓也。〔姓氏急就篇〕周有—邑。以邑爲氏。晉智伯臣有—旄。

【絻】文運切音問問韻
㈠喪服也。〔左哀二年傳〕使太子—。〔注〕—者始發喪之服。
㈡弔所執紼。〔公羊昭二十五年傳〕齊侯唁公于野井。〔注〕弔所執紼曰—。

【絻】美辨切音免銑韻
同冕。〔史記禮書〕郊之麻—。〔姓〕—、亦作冕。

【絻】無販切音 願韻
引舟絆也。見〔集韻〕。

【絻】謨官切音瞞寒韻
連也。見〔集韻〕。

【絽】兩舉切音呂語韻
㈠絣也。見〔廣雅釋詁〕。
㈡—緊鉄衣也。見〔玉篇〕。

【絿】渠尤切音求尤韻
㈠急也。詩曰。不競不—。見〔說文〕。〔段注〕毛詩傳曰。—、急也。左傳杜注從之。—之言糾也。
㈡求也。見〔廣雅釋詁〕。
㈢通膠。〔禮記王制〕養國老於東膠。〔釋文〕膠、或作—。
㈣同紈。見〔廣韻〕。〔按周書王會云。紈牛者、牛之小者也。〕

【練】山於切音疏魚韻
㈠布屬。見〔說文新附〕。
㈡紡麤絲也。見〔玉篇〕。
㈢綌屬。見〔類篇〕。

【綃】所交切音梢肴韻
㈠—頭。—鈔也。鈔髮使上從也。或謂之陌頭。言其從後橫陌而前也。見〔釋名釋首飾〕、
㈡挂帆具也。〔文選木華賦〕三維長—。〔注〕—、今之帆維也。以長木爲之。所以挂帆。

【綃】思邀切音宵蕭韻
生絲也。見〔說文〕。〔段注〕生絲、未湅之絲也。已湅之繒曰練。未湅之絲曰—。以生絲之繒爲衣曰—衣。

【綈】田黎切音題齊韻
㈠厚文也。見〔說文〕。〔按顏注急就篇曰。—、厚繒之滑澤者也。重三斤五兩。今謂之平紬。釋名釋采帛云。—、似蟂蟲之色。綠而澤也。王筠云。—有皁素、青緋、綠紫、赤黃諸色。〕
㈡絁也。〔史記范睢傳〕乃取其一—袍以賜之。〔索隱〕—、今之絁也。〔正義〕—、今之麤袍。

【綊】檄頰切音協葉韻
㈠征—也。見〔說文〕。〔按說文紅下。紅—。乘輿馬飾也。段注云紅—字今無所攷〕
㈡綖也。見〔玉篇〕。

【絜】必結切音彆屑韻
㈠本作緳。〔說文〕緳、扁緒也。一曰。弩要鉤帶。〔按新籀文折字。扁緒、集韻作編繩〕
㈡結也。見〔玉篇〕。
㈢御左回曰—。見〔類篇〕。

【綍】分勿切音弗物韻
㈠舉棺索也。〔禮記雜記注〕—、引同、耳。廟中曰—。在途曰引。
㈡綸—。王言也。〔禮記緇衣〕王言如綸。其出如—。〔後世用爲詔勅之稱。義本此。〕
㈢同紼。見〔玉篇〕。〔按說文有紼無綍。紼訓亂系。集韻引作亂絲。一切經音義引作亂麻。段玉裁云。亂麻可以裝衣。可以然火。可以緝之爲索。故采叔毛傳曰。紼、綍也。言用紼爲索也。〕

【綍】方未切音沸未韻
大索。見〔集韻〕。

【綏】宣隹切音雖支韻
㈠車中靶也。見〔說文〕。〔段注〕靶者轡也。轡在車前。而—則系於車中。御者執以授登車者。故別之曰車中靶也。〔按論語升車、必正立執—。注云挽以上車之索也。〕
㈡安也。〔詩樛木〕福履—之。
㈢舒也。〔禮記曲禮〕武車—旌。〔注〕—、謂垂舒之也。
㈣止也。〔國語齊語〕以勸—謗言。
㈤遲也。〔文選王褒賦〕時恬淡以—肆。

(六)御也。[左文十二年傳]乃皆出戰交—。[注]古名退軍爲—。[疏]司馬法云將軍死—。舊說—、卻也。言軍卻。將當死。—訓安。蓋兵書務在進去。恥言其退。以安行卽爲大罪。故以—爲名焉。
(七)撫也。見[廣雅釋言]。
(八)廉蹔也。[儀禮旣夕記]實—澤焉。
(九)——安泰之貌。[荀子儒效]——兮其有文章。[注]安泰之貌。或爲葳蕤之貌。
(十)縣名。西魏置。屬安寧郡。當今陝西—縣治。

【綏】雙隹切音椄支韻
(一)——匹行貌。[詩南山]雄狐——。[傳]——然無別。[疏]——是匹行之貌。[按玉篇引詩作雄狐夊夊。夊、古文—字。]
(二)毿或字。[集韻]毿。毿毿。毛長皃。或作—。

【綏】儒隹切音蕤支韻
(一)旄也。[禮記雜記]以其—復。[注]—、當爲緌字之誤也。—、謂旌旗之旄也。
(二)旂竿上表章也。[詩韓奕]淑旂—章。[疏]—者、卽交龍旂竿所建。與旂共一竿。爲貴賤之表章。
(三)旌也。[釋名釋兵]—、夏后氏之旌也。其形衰衰然也。

【綏】吐火切音妥哿韻
(一)下也。[禮記曲禮]執天子之器則上衡。國君則平衡。大夫則—之。[注]—讀爲妥。妥之、謂下於心。
(二)頹下之貌。[禮記曲禮]國君—視。[注]視國君彌高。—讀爲妥。妥視、謂視上於袷。[疏]庾氏云。妥、頹下之貌。

【綏】思累切音髓寘韻呼恚切音毀紙韻
減毀也。[禮記曾子問]不—祭。[注]不—祭、謂今主人也。周禮作隓。[疏]謂欲食之時。先減黍稷牢肉而祭之於豆閒。故云—祭。—、是減毀之名。故從周禮隓爲正。

【綏】通回切音推灰韻
妥或字。[集韻]妥。安坐也。或作—。

【經】堅靈切音涇青韻
(一)織絲從也。見[說文]。[段注]古謂橫直曰衡。字本不作縱。後人妄以代之。織之從絲謂之—。必先有—而後有緯。[按許書緯下云。織橫絲也。可知—直緯橫。]
(二)南北之道謂之—。[考工記匠人]國中九—九緯。經涂九軌。[按今地理學曰。誌赤道南北之距離者、謂之緯度。誌子午線東西之距離者、謂之—度。]
(三)常也。[左宣十二年傳]政有—矣。
(四)法也。[左宣十二年傳]武之善—也。
(五)理也。[莊子漁父]而—子之所以。
(六)義也。[易頤]拂—于丘頤。[注]—、猶義也。
(七)猶治也。[左昭二十五年傳]爲夫婦外內以—二物。[注]夫治外。婦治內。各治其物。
(八)過也。[漢書五行志]還—魯地。[注]—者、道出其中也。[今俗言—由、—歷卽此義。]
(九)歷也。[文選張衡賦]街衢相—。
(十)行也。[淮南原道]—紀山川。
(十一)道也。[呂覽知分]利害之—也。
(十二)絞也。見[廣雅釋詁]。
(十三)示也。見[廣雅釋詁]。
(十四)制分界也。[周禮遂人]以土地之圖—田野。造縣鄙刑體之法。[注]—、刑、體、皆謂制分界也。
(十五)爲里數也。[周禮天官序官]體國—野。[注]—、謂爲之里數。
(十六)度之也。[詩靈臺]—始靈臺。
(十七)縊也。[公羊昭十三年傳]靈王—而死。[注]—、謂懸縊而死也。
(十八)繫也。[史記田單傳]遂—其頸於樹枝。
(十九)—書也。文心雕龍云。三極彝訓、其書曰—。—也者、恆久之至道。不刊之鴻敎也。博物志云。聖人制作曰—。賢者著述曰傳。自禮記—解言詩書樂易禮春秋爲—。後遂有三—、五—、六—、七—、九—之稱。近別禮爲三。春秋兼三傳。加孝經、論語、孟子、爾雅與易詩書合爲十三—。引伸之凡道釋回景四敎醫樹藝之載籍、亦謂之—。
(二十)兵書也。[國語吳語]挾—秉枹。
(廿一)始也。[鬼谷子抵巇]—起秋毫之末。
(廿二)動搖也。[淮南精神]熊—鳥伸。[注]—、動搖也。[按後漢華佗傳注。熊—、若熊之攀枝自懸也。攀枝自懸則必動搖矣。]
(廿三)略也。[孟子滕文公]夫仁政必自

—界始。〔注〕—亦略也。

(廿四)角音別名。〔爾雅釋樂〕角謂之—。

(廿五)脈也。〔素問金匱眞言論〕有五風。〔注〕、—謂—脈。所以流通營衛血氣者也。

(廿六)數名也。〔御覽引風俗通〕十兆謂之—。

(廿七)—紀。天文進退度數也。〔禮記月令〕毋失—紀。〔按二十八宿隨天左轉、爲—〕。

(廿八)—營。往來之貌。〔文選傅毅賦〕—營切儗。

(廿九)—綸。匡濟也。〔易屯〕君子以—綸。

(三十)—水。常川也。〔素問離合眞邪論〕地有—水。〔注〕—水者。謂海水、瀆水、渭水、湖水、沔水、汝水、江水、淮水、漯水、河水、漳水、濟水也。〔又〕女子天癸亦曰—水。言其月乇有常也。故又曰月—。

(卅一)滎—。水名。〔寰宇記〕滎—水在滎—縣東一里。出嚴道青山下。〔按滎—水與卭水多混爲一。其誤實甚。滎—水不但與卭水有別。滎—、—、亦各爲一水。滎—縣北曰滎水。南曰—水。—水出瓦屋山。滎出相公嶺。瓦屋山在縣西南。相公嶺在縣正西。—水自縣東南西北流經縣東。至城北與滎水合流。卽總名曰滎—水〕。

(卅二)—生。博士也。〔後漢蔡元傳〕若乃—生所處。不遠萬里之路。

(卅三)—歷。前代官名。詳歷字。

(卅四)—濟。謂—國濟民也。自日本人譯英語 Political Economy 爲—濟。吾國因譯爲計學。義乃與舊異。

(卅五)姓也。晉—曠。明濠州耆老—濟。

【經】古定切音徑徑韻

㊀—緯也。見〔集韻〕。

㊁織也。〔集韻〕

㊂徑也。如徑路無所不通。可常用也。見〔釋名釋典藝〕。

【綐】都外切音銳泰韻

㊀紬也。見〔廣雅釋器〕。

㊁紬細也。見〔玉篇〕。〔按管子立政云。刑餘戮民不敢服—。亦指紬細言〕。

【約】弋灼切音藥藥韻

㊀本作約。〔說文素部〕約。白—、縞也。〔段注〕急就篇有白—。顏注曰。謂白素之精者。其光—然也。

㊁練也。見〔廣雅釋器〕。

【綖】夷然切音延先韻 以淺切音演銑韻 延面切音衍霰韻

㊀冕前後垂覆也。〔左桓二年傳〕衡紞紘—。〔注〕—、冠上覆。〔疏〕冕以木爲幹。以玄布衣其上。謂—。

㊁通延。〔禮記玉藻〕天子玉藻十有二旒。前後邃延。〔注〕延。冕上覆也。〔釋文〕延、延字林作—。

【綖】私箭切音線霰韻

綫或字。〔集韻〕綫。說文、縷也。或作—。

【絼】丈忍切音朕軫韻

本作紖。詳紖字。

【絾】市征切音成庚韻

纖—也。見〔玉篇〕。

【絣】滂丁切音俜青韻

吳人數絜。見〔玉篇〕。

【絕】於業切音葉葉韻

裛衣也。見〔篇海〕。

【紱】訖業切音刦葉韻

—纅。補縫也。見〔集韻〕。

【綁】補曠切邦上聲養韻

古無此字。今俗作—縛字。

【綄】胡官切音桓寒韻

候風五兩也。見〔玉篇〕。〔按文選江賦注引淮南許注云。—、候風也。楚人謂之五兩也〕。

【綄】戶管切音緩旱韻

繼也。見〔廣雅釋詁〕。

【綄】烏患切音綰諫韻

綰或字。〔集韻〕綰。鉤繫也。或作—。

【綅】千尋切音侵侵韻

本作綅。〔說文〕綅。綫也。詩曰。貝冑朱綅。〔段注〕各本綫上有綘字。按毛意謂以朱綫於冑耳。

【綅】思廉切音暹鹽韻

白經黑緯也。見〔集韻〕。

【綆】古杏切音梗梗韻

本作綆。〔說文〕綆。汲井—也。〔段注〕汲者引水於井也。—者汲水索也。

【綆】必郢切音餅梗韻 補滿切音餅願韻

輪算也。〔考工記輪人〕眡其—。欲其蚤之正也。

【綇】息酉切音滫有韻

絆前兩足也。見〔玉篇〕。〔按類篇以爲緪或字〕。

【[illegible]】邊迷切音䡟齊韻
幷也。見〔廣雅釋詁〕。

【[illegible]】紕或字。見〔集韻〕。

【綉】他候切音透宥韻
吳俗謂綿一片爲一。見〔集韻〕。〔俗用作繡字非〕。

【綌】乞逆切音隙陌韻
粗葛也。見〔說文〕。

【綎】他丁切音汀唐丁切音庭青韻
系綬也。見〔說文〕。〔桂注〕系綬也者。後漢書蔡邕傳。端委縉一。注云。一系綬也。或作綖。集韻綖。系綬也。又作桯。方言佩紟謂之桯。注云。所以系玉佩帶也。

【紗】師加切音沙麻韻
小也。見〔篇海〕。

【綑】苦本切音捆阮韻
同梱。見〔玉篇〕。〔按類篇云。一、織也〕。

【綒】芳無切音敷虞韻
纖網也。見〔類篇〕。

【綔】胡故切音護遇韻
佩印之系也。〔後漢輿服志〕諸侯王以下以綔赤絲蕤、各如其印。

【[illegible]】側況切音壯漾韻
入綿也。見〔篇海〕。

【緐】符袁切音煩元韻蒲官切音槃寒韻
繁本字。見〔說文〕。

【[illegible]】蒲波切音婆歌韻
姓也。見〔集韻〕。

【[illegible]】力支切音離支韻
文也。見〔玉篇〕。

【[illegible]】附袁切音煩元韻
亂絲。見〔玉篇〕。

【[illegible]】魚具切音語語韻
絲也。見〔篇海〕。

【[illegible]】質攝切音涉葉韻
繒屬。見〔集韻〕。

【絙】胡官切音桓寒韻
組本字。見〔說文〕。

【[illegible]】恭于切音拘虞韻
束也。見〔篇韻〕。

【絗】口迴切迴韻
布名。見〔玉篇〕。〔俗作絅非〕。

【[illegible]】斤於切魚韻
㬥或字。見〔集韻〕。

【[illegible]】古織字。見〔玉篇〕。

【[illegible]】繪籀文。見〔說文〕。

【[illegible]】同尋。見〔五經文字〕。

【絃】同紘。見〔篇海〕。

【[illegible]】同綎。見〔廣韻〕。

【[illegible]】同紗。〔漢書元帝紀注〕輕綺。今之輕一也。

【[illegible]】同總。見〔六書正譌〕。

【[illegible]】同㬥。見〔篇海〕。

【[illegible]】同絮。見〔字彙補〕。

【綘】縫省文。見〔集韻〕。

【綻】縱或字。見〔說文〕。

【絸】繭或字。見〔說文〕。

【[illegible]】補或字。見〔集韻〕。

【[illegible]】織或字。見〔集韻〕。

【[illegible]】紓或字。見〔集韻〕。

【[illegible]】縕或字。見〔說文〕。

【絧】絅俗字。絅譌字。見〔正字通〕。

【綂】統俗字。見〔正字通〕。

【絬】紙俗字。見〔字彙補〕。

【継】繼俗字。見〔玉篇〕。

八畫

【綜】子宋切音琮宋韻
㊀機縷也。見〔說文〕。〔段注〕三倉。一、理經也。謂機縷持絲交者也。屈繩制經。令得開合也。引申之義爲兼一爲錯一。〔按理經者。卽列女傳推而往引而來之謂也〕。
㊁總聚也。〔易繫辭〕錯一其數。〔疏〕一、謂總聚。

【綝】痴林切音琛侵韻
㊀止也。見〔說文〕。〔按段玉裁說。古以一爲禁字。王筠說。字從糸。謂鍼線之訖止也。朱駿聲說。謂係而止之〕。
㊁善也。見〔爾雅釋詁〕。

【綝】犁鍼切音林侵韻

—纚盛貌。〔後漢張衡傳〕佩—纚以煇煌。〔按—纚亦作—縭。〕

【綝】 疏簪切音森侵韻

—纚。衣裳毛羽垂貌。〔楚辭九懷〕舒佩兮—纚。〔補注〕—林森二音。〔按亦作襂纚。〕

【綟】 郎霽切音麗霽韻

㊀帛莀草染色也。見〔說文〕。〔段注〕莀草、莀、各本譌戾。韻會譌艾。今正。莀草可以染留黃。染成是爲—留黃。或作騾黃。或作流黃。皇侃作緇黃。蓋即盭黃之色。其色黎黑而黃也。〔按急就篇注云。—、蒼艾色。東海有草名莀。以染此色。因名—。〕

㊁綟紫—綬也。見〔廣雅釋器〕。〔按漢制。綟—綬、在紫綬之上。紫綬、一名緺綬。其色青紫。段玉裁云。綟近黃綠爲質而染黑非紫也。〕

【綟】 力結切音捩屑韻

麻—也。見〔集韻〕。

【綠】 龍玉切音綠沃韻

㊀帛青黃色也。見〔說文〕。〔按詩綠衣、—兮衣兮。釋文云。—、東方之間色也。疏云。蒼黃之間色。〕

㊁瀏也。荆泉之水。於上視之。瀏然—色。此似之也。見〔釋名釋采帛〕。

㊂同葈。王芻。即蓐草也。〔詩淇奧〕—竹猗猗。〔傳〕—、王芻也。〔按爾雅釋草。葈、王芻。疏曰。舍人云。葈、一名王芻。郭云。葈蓐也。今呼鴟腳莎。詩衛風云。瞻彼淇奧。—竹猗猗、是也。〕

㊃棺角也。〔禮記喪大記〕君大夫鬊爪實於—中。

㊄結—。宋寶玉名。〔史記范睢傳〕周有砥砨。宋有結—。

㊅化學原質之一。非金類。其色蒼青。其臭毒烈。害人臭聞盛則傷生。鹽鹵中含之多。亦稱鹽素。質本駁雜。必分析乃純。英文Chlorin

【⿰糸咅】 斐父切音撫麌韻 敷救切音副 匹候切音仆宥韻

㊀治敝絮也。見〔說文〕。

㊁或作⿰糸無。見〔類篇〕。

【䋩】 如支切音兒支韻 山皆切音崽佳韻

㊀纏也。見〔廣雅釋詁〕。

㊁—繻。繪美貌。見〔類篇〕。

【綢】 陳留切音儔尤韻

㊀繆也。見〔說文〕。〔段注〕謂枲之十絜。一曰—繆。二義皆與繆同也。今人—繆字不分用。〔俗作紬段字。誤。〕

㊁縛束也。〔楚辭湘君〕薜荔拍兮蕙—。

㊂密也。〔詩彼都人士〕—直如髮。〔疏〕—者、緻之言。故爲密也。〔按此假爲稠字。〕

㊃纏也。見〔廣雅釋詁〕。

㊄—繆。纏緜也。〔詩綢繆〕—繆束薪。〔又〕連綿也。〔文選張衡賦〕察二紀五緯之—繆。〔又〕深奧也。〔莊子則陽〕聖人達—繆。〔又〕相次之貌。見〔後漢張衡傳注〕。〔又〕花采密貌。〔文選左思賦〕—繆縟繡。

【綢】 他刀切音饕豪韻

韜也。〔爾雅釋天〕素錦—杠。〔注〕以白地韜旗之竿。

【綢】 徒弔切音調嘯韻

蜩或字。〔集韻〕蜩。蜩蟉。龍首動皃。或从系。

【綣】 苦遠切音捲阮韻 區願切音券願韻

㊀繾—也。見〔說文新附〕。〔按左昭二十五年傳。繾—從公。注云。繾—。不離散也。又類篇云。繾—。厚意也。又詩民勞以謹繾—。傳云。繾—。反覆也。〕

㊁—領。皮衣屈而紩之。〔淮南氾論〕古者有鍪而—領以王天下者矣。

【綣】 苦殞切軫韻

困—也。藏物繾—束縛之也。見〔釋名釋宮室〕。

【綦】 渠之切音其支韻 渠記切音忌寘韻

㊀綥或字。見〔說文〕。〔按說文、綥帛蒼艾色也。玉篇又作綨。蓋—之變體耳。〕

㊁赤黑色也。〔書顧命〕四人—弁。〔王注〕—、赤黑色。〔按鄭玄云。青黑曰—。與王說異。〕

㊂—文也。〔詩出其東門〕縞衣—巾。〔按段玉裁云。—文者、文錯畫也。象交文。今作紋。是也。不純—、而紋路蒼畫爲十字相交。是爲—文。〕

㊃雜色也。〔禮記玉藻〕世子佩瑜玉而—組綬。

㊄綵也。見〔廣雅釋器〕。

㊅通璂。結也。〔周禮弁師〕會五采玉

瑑。〔注〕瑑讀如薄借—之—、結也。皮弁之縫中。每貫結五采玉十二以爲飾。謂之—。

（七）屨係也。〔儀禮士喪禮〕組—繫於踵。〔注〕—、屨係也。所以拘上屨也。〔按說文曰不借綼。古所謂不借綼。卽今之所謂鞵襻鞵帶也。〕

（八）屨文也。〔後漢劉盆子傳〕直—屨。〔注〕蓋直刺其文以爲飾也。

（九）履跡也。〔漢書揚雄傳〕帶鉤矩而佩衡兮。履欃槍以爲—。〔注〕雖佩帶方平之行。而陷惡人跡以致放退也。

（十）履下飾也。〔漢書外戚傳〕思君兮履—。

（十一）緹紟也。〔廣雅釋器〕緹、履也。其緣謂之無緣。其紟謂之—。

（十二）連併也。〔穀梁昭二十年傳〕兩足不能相過。齊謂之—。

（十三）車下大鐵也。〔方言〕車下鐵、陳宋淮楚之間謂之畢。大者謂之—。

（十四）極也。〔荀子王霸〕目欲—色。耳欲—聲。

（十五）塞也。見〔廣雅釋詁〕。

（十六）—巾。未嫁女所服也。〔詩出其東門〕縞衣—巾。〔傳〕—巾、蒼艾色女服也。〔疏〕蒼卽青也。艾、謂青而微白。爲艾草之色也。—是文章之色。非染繒之色。巾上爲此蒼文。非全用蒼色爲巾也。

【綪】甾莖切音爭庚韻〔或作綪。〕

（一）紆未縈繩。一曰急絃之聲。見〔說文〕〔段注〕未縈繩、謂未重疊繞之如環者。縈者紬也。少少詘曲之。而已。將繩縈先詘曲之。引申爲凡紆曲之稱。〔按六書故引蜀本作紆木縈索也。桂馥謂紆未、當依蜀本作紆木。謂縈縈之曲木也。〕

（二）凡器物曲陳皆曰—。

（三）詘而戾之爲—。見〔小爾雅廣器〕。

（四）通綪。屈也。江沔之間謂縈收繩索爲綪。見〔儀禮士喪禮不綪注〕。

【綧】主尹切音準軫韻

（一）布帛幅廣也。見〔集韻〕。

（二）亂也。見〔玉篇〕、

（三）古准字。〔管子君臣〕丈尺一—制。〔注〕—、古准字。謂丈尺各有准限也。

【綩】委遠切音宛阮韻

（一）紘也。見〔玉篇〕。〔按類篇云。冠絭也。〕

（二）繐色衣。見〔類篇〕。

（三）罔也。見〔類篇〕。

【綪】倉甸切音蒨霰韻

（一）赤繒也。以茜染、故謂之—。見〔說文〕〔段注〕茜者、茅蒐也。草一入曰縓。然則必數入而後謂之—。今不得其詳矣。茜與—合韻而同音。故茜染謂之—也。定四年左傳、分康叔以—茷。杜曰。—、大赤。取染草名也。

（二）—茷。旆名。見〔史記衛世家賜衛寶祭器集解引鄭衆左氏章句〕。

（三）青赤色也。見〔廣韻〕。

【綪】甾莖切音爭庚韻

（一）屈也。〔儀禮士喪禮〕西上—。

（二）縈也。〔史記楚世家〕王—繳蘭臺。

（三）結也。〔禮記玉藻〕齊則—結佩而韠爵。

【綪】倉經切音青青韻

淺碧色也。見〔集韻〕。

【綬】是酉切音受有韻承呪切音授宥韻

（一）韍維也。見〔說文〕〔段注〕韍維、謂所以維韍者。

（二）繸也。〔爾雅釋器〕繸—也。〔注〕卽佩玉之組。所以連繫瑞玉者。因通謂之繸也。〔按段玉裁云。古者韍佩皆系于革帶。佩玉之系謂之璲。俗字爲繸。又謂之—。韍之系亦謂之—。韍佩與革帶之閒有聯而受之者也。〕

（三）受也。〔急就篇注〕—者受也。所以承受環印也。亦謂之璲。

（四）采組也。〔後漢輿服志〕五伯迭興。戰兵不息。於是解去韍佩。留其係璲以爲章表。韍佩既廢。秦乃以采組連結於璲。光明章表。轉相結受。故謂之—。漢承不改。

（五）帷繫也。〔周禮幕人〕掌帷幕幄帟—之事。〔注〕—、組。所以繫帷也。

（六）紱也。〔小雅廣服〕紱謂之—。

【維】夷隹切音惟支韻

（一）車蓋—也。見〔說文〕。〔王注〕考工記、輪人爲蓋。未嘗言—。而曰良蓋弗冒弗紘。蓋紘卽—也。紘下云。冠卷—也。則—、紘同意。蓋之—。所以—其弓也。今之傘固然。淮南原道高注。小車四蓋—。謂之紘繩。

（二）繫也。〔公羊昭二十五年傳〕且夫

牛馬―婁。〔注〕繫馬曰―。繫牛曰婁。

(三)連結也。〔周禮大司馬〕以―邦國。

(四)兩係偁―。〔易隨〕乃從―之。

(五)連四舟也。〔爾雅釋水〕諸侯―舟。〔孫注〕―連四舟。〔李注〕中央左右相―持者、曰―舟。〔按漢書賈誼傳。是猶渡河亡―楫。注。―所以繫船。方言九。―謂之鼎。注。繫船爲―。是凡繫舟船。皆可謂之―〕

(六)持也。〔素問陰陽類論〕二陽爲―。注。―、謂―持。

(七)綱也。〔楚辭天問〕斡―焉繫。

(八)隅也。〔素問氣交變大論〕土不及四―。

(九)四角也。〔淮南天文〕東北爲報德之―也。〔注〕四角爲―也。

(十)持侯繩也。〔儀禮大射儀〕中離―綱。〔注〕侯有上下綱。其邪制躬舌之角者爲―。〔疏〕梓人云。上綱與下綱出舌尋。縜寸焉。注。綱所以繫侯於植者也。上下皆出舌一尋者。亦人張手之節也。鄭司農云。―、籠綱者。―、持侯者。若然。則綱與―、皆用繩爲之。

(十一)度也。〔史記秦楚之際月表〕―萬世之安。〔索隱〕―、訓度。

(十二)侯也。〔爾雅釋詁〕伊―侯也。〔疏〕皆發語詞。轉互相訓。〔按―與惟、唯、通。皆爲語助辭〕

(十三)獨也。〔詩鵲巢〕―鵲有巢。―鳩居之。

(十四)有也。〔詩六月〕比物四驪。閑之―則。〔經傳釋詞云。言閑之有法也〕

(十五)乃也。〔詩文王〕周雖舊邦。其命―新。

(十六)猶以也。〔詩狡童〕―子之故。

(十七)猶與也及也。〔詩無羊〕旐―旟矣。〔箋〕夢見旐與旟。

(十八)―流。枝枝垂貌也。〔太玄逵〕蒼木―流。

(十九)居―。歲陽。〔爾雅釋天〕太歲在己曰居―。〔按史記歷書作祝犂〕

(二十)委―。卽委蛇也。〔山海經大荒南經〕赤水之東。爰有委―。

(二十一)睢―。目開合之貌。〔文選馬融賦〕焦眇睢―。

(二十二)火―。南嶽也。〔韓愈詩〕火―地荒足妖怪。〔注〕衡嶽南方火。故謂之火―。

(二十三)丹―。琴名。〔庶物異名疏〕伏羲命下相桓鼻斲梓爲四琴。曰丹―、祖牀、委文、衡華。

(二十四)嘉―。國名。〔法苑珠林〕中天竺左右有嘉―。舍衛葉波等十六國。

(二十五)夷―。地名。〔史記管晏列傳〕晏平仲嬰者。萊之夷―人也。〔注〕應劭曰。故萊夷―邑。

(二十六)仇―。山名。〔秦州記〕仇池山、本名仇―山。

(二十七)淳―。匈奴先祖名。〔史記匈奴列傳〕匈奴、其先祖夏后氏之苗裔也。曰淳―。

(二十八)耶―。焚也。〔釋氏要覽〕或云耶―。闍毘。皆言焚燒也。

(二十九)姓也。〔姓氏急就篇〕漢―汜。妖巫。

(三十)―也納。奧大利帝國之首府。在多惱河之南岸。位置適當全歐羅巴大陸之中央。十九世紀初期及革命時代之戰場也。英文Vienna。

【維】於恭切音雍冬韻

盧―。浸也。〔周禮職方〕其浸盧―。〔注〕盧、當爲雷。雍字之誤也。〔疏〕地理志、禹貢無盧―。又字類、雷雍。故破從之。〔釋文〕盧、音雷。―、於恭反。

【緊】康禮切音啟齊韻

(一)致縝也。一曰。徽幟信也。有齒。見〔說文〕〔段注〕凡細膩曰致。今之緻字也。

(二)結也。〔仇池筆記〕得徽肉于牙―間。

(三)通綮。戟衣也。見〔玉篇〕。〔按廣韻訓作戟枝〕

【綮】詰定切音罄徑韻　棄梃切音謦迥韻　壹計切音翳霽韻

猶結處也。〔莊子養生主〕技經肯―之未嘗。

【⿱局糸】居玉切音揭沃韻

(一)約也。見〔說文〕。〔按約者纏―也〕

(二)纏也。見〔玉篇〕。

(三)連也。見〔玉篇〕。

【綯】徒刀切音陶豪韻

(一)絞也。糾絞繩索也。〔詩七月〕宵爾索―。〔傳〕―、絞也。〔箋〕夜作絞索。

(二)繩也。〔方言〕車紂、自關而東謂之緻。或謂之曲―。或謂之曲綸。〔注〕―、亦繩名。今江東通呼索綸。

(三)縚也。見〔廣雅釋器〕。

【綝】郎才切音來灰韻陵之切音釐支韻
(一)強毛也見〔玉篇〕。
(二)毛起也見〔廣韻〕。

【綰】烏版切音掊潸韻
(一)惡也絳也一曰綫也見〔說文〕。〔按段本作惡絳也注云絳色之惡者也王筠云或即今之木紅也〕
(二)貫也見〔玉篇〕。
(三)縮也見〔廣雅釋詁〕。
(四)繫也見〔廣韻〕。
(五)引結也〔漢書周勃傳〕絳侯｜皇帝璽。〔注〕｜、謂引結其組。
(六)統｜也〔史記貨殖傳〕東｜穢貉朝鮮真番之利。〔注〕｜者、｜統其要津。

【綪】烏患切音豌諫韻
鉤繫也見〔廣韻〕。〔亦作綄〕。

【綱】古郎切音岡陽韻
(一)維紘繩也見〔說文〕。〔按段本改作网紘也注云网、即今所用網字紘者網之大繩。盤庚曰若網在｜。有條而不紊是也〕。
(二)大網也〔論語述而〕子釣而不｜。〔集解引孔注〕｜者、為大網以橫絕流。
(三)張也〔詩卷阿〕四方之｜。〔箋〕｜者能張衆目。〔按引申為挈要領之稱〕
(四)繫侯繩也〔考工記梓人〕上｜與下｜出舌尋縜寸焉。〔注〕｜所以繫侯於植者也。鄭司農云、｜連侯繩也。
(五)狀舞之行列也〔文選鮑昭賦〕離｜別赴。合緒相依。〔注〕｜緒、謂舞之行列也。
(六)紀｜為首領主帥也。〔左僖二十四年傳〕秦伯送衛於晉三千人、實紀｜之僕。〔疏〕｜是大繩、紀者別理絲縷。諸門戶僕隸之事。皆使秦卒共之。與晉人為紀｜。謂為之首領主帥也。〔又〕謂主簿之司也。見〔文選為宋公修張良廟教注〕。
(七)凡貨物之括總者曰｜在宋有花石｜。今尚有茶｜、鹽｜之類。
(八)天｜星名。〔晉書天文志〕北落西南一星曰天｜。

【網】文紡切音罔養韻
(一)本作网。〔說文网部〕网。庖犧氏所結繩目佃目漁也。〔按說文网、或作罔。或作𦊝。古文作𦉲。籒文作网。｜、即𦊝之變也。蓋｜者𦊝纙罾罟羅罝等之總名。引申為容納收取之義〕。
(二)｜戶綺文縷也。〔楚辭招魂〕｜戶朱綴。
(三)文｜。猶法也。〔史記遊俠傳〕扞當世之文｜。

【綴】株衞切音錣霽韻
(一)合箸也從叕系見〔說文叕部〕。〔段注〕聯之以絲也。
(二)連也〔國策秦策〕｜甲厲兵。
(三)緝也〔禮記內則〕紉箴請補｜。
(四)猶結也〔詩長發〕為下國｜旒。
(五)緊也〔楚辭遠遊〕｜鬼谷於北辰。
(六)綵也〔楚辭招魂〕網戶朱｜。
(七)飾也〔大戴記盛德〕赤｜戶也。
(八)表也〔禮記樂記〕行其｜兆。〔注〕｜、表也樂舞所以表行列也。
(九)旌也〔文選揚雄賦〕熊耳為｜。〔按文選羽獵賦注、｜亦旒也漢書揚雄傳注｜所以縣旌也〕
(十)不絕也〔漢書高帝紀〕｜之以祀。〔注〕｜、言不絕也。
(十一)｜｜。不乖離之貌〔荀子非十二子〕｜｜然。
(十二)｜衣。幄帳也〔書顧命〕出｜衣於庭。
(十三)｜宅。身也〔淮南精神〕有｜宅而無耗精。
(十四)凡事物略加點染曰點｜。

【綴】竹劣切音掇株劣切音輟屑韻
(一)拘也〔儀禮士喪禮〕｜足用燕几。
(二)止也〔禮記樂記〕禮者所以｜淫也。

【綵】此宰切音采賄韻
(一)繪也見〔集韻〕。
(二)帛之有色者也〔漢書貨殖傳〕文采千匹。〔注〕帛之有色者曰采。〔按｜本作采〕。
(三)發吹也〔文選江淹詩〕｜吹震沈淵。
(四)｜緻。其文理密也見〔後漢班彪傳注〕。

【綷】祖對切音晬取內切音倅隊韻鯀回切音䯢灰韻
(一)同也宋衞之間曰｜見〔方言〕。
(二)會也見〔漢書景帝紀注〕。
(三)猶雜也〔文選何晏賦〕綷以萬年。

—以紫㯃。

(四)會五采繒色見〔集韻〕。

(五)同琗。〔文選郭璞賦〕金精玉英瑱其裏。瑤珠怪石琗其表。〔注〕瑱、琗、謂文采相雜。小雅曰。雜采曰—。琗、與—同。〔按小雅當爲小爾雅。〕

【綷】七醉切音翠寘韻

—縩。紈素聲。〔文選潘岳賦〕綃紈—縩。

【綷】卽聿切音卒質韻

周也。見〔玉篇〕。

【綸】龍春切音倫眞韻　盧昆切音論元韻

(一)糾青絲綬也。見〔說文〕。〔段注〕各本無糾字。糾、三合繩也。糾青絲成綬。是爲—。法言五兩之—。李軌云。—、糾青絲綬也。

(二)倫也。作之有倫理也。見〔釋名釋采帛〕

(三)綱也。〔易屯〕君子以經—。〔疏〕—、謂綱也。以織綜經緯。

(四)繩也。〔爾雅釋詁〕貉縮—也。〔注〕—者繩也。謂牽縛縮貉之。今俗言亦然。

(五)釣繳也。〔詩采綠〕之子于釣。言—之繩。

(六)琴瑟絃也。〔莊子齊物論〕而其子又以文之—。

(七)麤於絲曰—。謂王言也。〔禮記緇衣〕王言如絲。其出如—。〔按前代稱皇帝詔勅曰絲—本此。〕

(八)纏裹也。〔易繫辭〕故能彌—天地之道。

(九)絮也。〔淮南齊俗〕—組節束。〔按後漢章帝紀注云、—似絮而細。〕

(十)率也。〔太玄玄告〕故元鴻—天无。

(十一)迹也。見〔易繫辭釋文引荀注〕。

(十二)沒也。〔史記司馬相如傳〕紛—葳蕤。

(十三)道也。見〔廣雅釋詁〕。

(十四)知也。見〔易繫辭釋文引京注〕。

(十五)草名。〔爾雅釋草〕—似—。組似組。東海有之。〔疏〕如宛轉繩。東海有草、采理似之。卽名—艸。

(十六)地名。〔左哀元年傳〕虞思於是妻之以二姚。而邑諸—。〔注〕—、虞邑。

(十七)姓也。魏孫文懿臣—直。

【綸】姑頑切音鰥刪韻

(一)青絲綬也。見〔集韻〕。

(二)—巾。巾名。〔北堂書鈔〕王敦欲伐甘卓。遣使送白—巾與卓。〔按正字通云、—巾、巾名。世傳孔明軍中嘗服之。俗作綸。〕

【綹】力九切音柳有韻

(一)緯十縷爲—。見〔說文〕。〔段注〕此亦兼布帛言之也。

(二)絲十爲綸。綸倍爲—。見〔類篇〕。

(三)絲編條繫之屬曰—。〔沈佺期詩〕上有仙人長命—。

(四)俗謂絲麻一束爲一—。見〔王筠說文注〕。〔按髮一束、俗亦謂一—。〕

【綺】去倚切音觭　墟里切音屺紙韻

(一)文繒也。見〔說文〕。〔段注〕謂繒之有文者也。文者、錯畫也。錯畫、謂逪遣其介畫。繒爲逪遣方文。謂之文—。引申之、曰交延結—。窗曰疆場—分。皆謂似—文。〔按顏師古曰。—、文繒、卽今之細綾也。〕

(二)敧也。其文敧邪不順經緯之縱橫也。有杯文。形似杯也。有長命。其綵色相間。皆橫終幅。此之謂也。有棊文。方文如棊也。見〔釋名釋采帛〕。

(三)綵也。見〔廣雅釋器〕。

(四)光色也。〔文選張衡七命〕流—星連。

(五)五色也。〔文選宋玉賦序〕其盛飾也。則羅紈—繢。盛文章。

(六)隱者稱號也。〔漢書王貢傳序〕漢興有園公、—里季、夏黃公、角里先生。〔注〕四皓稱號。本起於此。更無姓名可稱。蓋隱居之人。匿跡遠害。不自標顯。祕其氏族。故史傳無得而詳。

(七)山名。〔明一統志〕—山在常州府江陰縣東一十里。昔吳王泛舟遊賞至此。見野花盛開如錦。—因名。

(八)綠—。琴名。〔傅縡賦序〕楚王有琴、曰繞梁。司馬相如有綠—。蔡邕有焦尾。皆名琴。

(九)—靡。精妙之言也。〔文選陸機賦〕詩緣情而—靡。

【綺】語綺切音螘紙韻

人名。莊子有士成—。

【綻】直莧切音袒諫韻　堂練切音電霰韻

(一)衣縫解也。本作袒。或作䘺。〔禮記內則〕衣裳—裂。

●齎將旅也。〔王禹偁詩〕日照野塘梅欲─。

●偪滿也。見〔說文衣部袓字段注〕。

【綼】必歷切音壁錫韻 毗必切音邲質韻 頻彌切音陴支韻

●裳飾也。〔儀禮既夕禮〕縓─緆。〔注〕飾裳在幅曰─。在下曰緆。

●給絜。見〔廣韻〕。

【綽】尺約切音婥藥韻

●繛省字。見〔說文素部〕。〔按說文、繛緩也。今經典皆作─。蓋─行而繛廢矣。〕

●仁於施舍也。〔詩淇奧〕寬兮─兮。〔箋〕─兮。謂仁於施舍也。〔疏〕謂有仁心於施恩惠、舍勞役。左傳曰。喜有施舍是也。

●猶多也。〔楚辭大招〕滂心─態。

㊃──、緩也。〔爾雅釋訓〕──、爰爰、緩也。〔又〕寬也。〔詩角弓〕──有裕。〔又〕寬裕貌也。〔禮記坊記〕──有裕。

㊄─約柔弱也。〔荀子宥坐〕淖約微達似察。〔注〕淖、當作─。〔又〕婉約也。〔文選司馬相如賦〕便嬛─約。〔又〕美貌。〔文選傅奕賦〕─約閒麗。〔又〕善容止也。〔漢書揚雄傳〕闓中容競─約兮。〔按─約字與尺約切之婥通。〕

㊅─號諱名也。如唐人稱李林甫曰李貓之類是。

【綾】力膺切音陵蒸韻

●東齊謂布帛之細者曰─。見〔說文〕。〔桂注〕任君大椿曰。─以文得名也。布之細文亦似─。唐六典、山南道貢闓干布。華陽國志謂闓干文如─錦。是布與─皆以多文得通名也。

●文繒。見〔玉篇〕。

●凌也。其文望之如冰凌之理也。見〔釋名釋采帛〕。

㊃繒─不平貌。〔文選王延壽賦〕崩繒─而龍鱗。

【緀】千西切音妻齊韻 此禮切音泚薺韻

●帛文皃。詩曰。─兮斐兮。成是貝錦。見〔說文〕。〔按今詩巷伯作萋。〕

●─斐文章相錯皃。見〔廣韻〕。

【緁】七接切音妾葉韻 疾葉切音捷葉韻 七入切音葺緝韻

●緶衣也。見〔說文〕。〔段注〕─者、緶其邊也。〔按漢書賈誼傳。白縠之表。薄紈之裏。─以偏諸。注云。─、謂以偏諸緶著之也。〕

●─獵。相差次也。〔漢書揚雄傳〕鴻絧─獵。

【緂】他甘切音坍覃韻 處占切音幨鹽韻 充含切音參覃韻

●白鮮衣皃。謂衣采色鮮也。見〔說文〕。

●銳也。〔淮南氾論〕─麻索縷。

【緂】吐敢切音菼感韻

●青黃色也。見〔廣韻〕。

●帛騅色。見〔類篇〕。〔按此音義乃以形與緂譌似而增。〕

【緄】古本切音袞阮韻

●織成帶也。見〔說文〕。〔王注〕玉篇緄下云。織絨也。絨雖俗字。足徵織絨是名目也。

●繩也。〔詩小戎〕竹閉─縢。

【緄】胡昆切音魂元韻

縫也。見〔集韻〕。

【緄】戶袞切音混阮韻 公渾切音昆元韻

─戎。混夷也。〔史記匈奴傳〕自隴以西。有緄諸─戎。〔注〕字當爲混。

【緅】甾尤切音鄒尤韻 子句切音具遇韻 遵須切音陬虞韻

●帛青赤色也。見〔說文新附〕。〔鈕氏新附攷〕攷工記鍾氏染羽。以朱湛丹秫。三月而熾之。淳而漬之。三入爲纁。五入爲─。七入爲緇。鄭注。染纁者三入而成。再染以黑則爲─。─、今禮俗文作爵。言如爵頭色也。又復再染以黑。乃成緇。鄭司農說以論語曰。君子不以紺─飾。據說文纔、訓帛雀頭色。正與─合。是─即纔之別體矣。

●淺絳色。見〔論語鄉黨皇疏〕。

●帛青色。見〔論語鄉黨釋文引字林〕。

【緆】先的切音錫錫韻

●細布也。見〔說文〕。〔王注〕常服褻服皆有─。故渾言細布以統之。大射儀冪用錫若絺。注。錫、細布也。今文錫或作─。淮南齊俗訓。弱─羅紈。高注。弱─、細布。此皆常服也。春官司服。王爲三公六卿錫衰。喪服傳曰。錫者何也。麻之有錫者也。錫者十五升。抽其半。無事其縷。有事其布、曰錫。注謂之錫者。治其布使之滑易也此皆喪服也。

㊁治麻布。見〔玉篇〕。

㊂通裼。裳飾也。〔儀禮既夕禮〕縓綼—。〔注〕飾裳在幅曰綼。在下曰裼。

㊃通錫。〔文選司馬相如賦〕被阿錫。〔注〕錫與—、古字通。〔按被阿錫、即列子周穆王之衣阿—。〕

【緆】以豉切音易寘韻

褫或字。〔集韻〕褫裳下緣也。或作—。

【緇】莊持切音甾支韻側吏切音胾寘韻

㊀帛黑色也。見〔說文〕。〔段注〕黑者、北方色也。水所熏之色也。考工記三入爲纁。五入爲緅。七入爲—。〔蓋謂染黑七入者、乃謂之—。〕

㊁滓也。泥之黑者曰滓。此色然也。見〔釋名釋采帛〕。

㊂黑紺色。見〔韻譜〕。

㊃皁也。〔廣雅釋器〕—謂之皁。

㊄—衣。卿士朝服也。〔詩緇衣〕—衣之宜兮。〔傳〕卿士聽朝之正服也。〔又〕世號僧曰—衣。或曰—徒。亦曰—流。

【緉】里養切音兩養韻力仗切音亮漾韻

㊀履兩枚也。一曰絞也。見〔說文〕。〔段注〕齊風。葛屨五兩。屨必兩而後成用也。是之謂—。—之言兩也。絞之言交也。

㊁絞也。〔方言〕—、絭、絞也。關之東西、或謂之緉。或謂之絭。絞、通語也。

【緊】居忍切音謹軫韻、

㊀纏絲急也。見〔說文臤部〕。〔段注〕—、急、雙聲。此字別作緊。

㊁縮也。〔素問氣交變大論〕其化—斂。

㊂紉也。見〔玉篇〕。

㊃糾也。見〔廣雅釋言〕。

㊄急也。見〔廣雅釋詁〕。

㊅堅也。〔管子問〕戈戟之—。〔注〕—、謂其堅強者。

㊆實也。〔文選殷浩詩〕風物自凄—。

㊇—絭、糾繚也。〔楚辭嫉世〕心—絭兮傷懷。

㊈州府治之衝要者曰—。〔唐書百官志〕裁定天下州府爲兩輔、六雄、十望、十—、及上中下之差。〔按通雅云。唐縣有赤畿、望、—、上、中、下、六等。〕

㊉機器中有鐵螺絲、謂之迴旋—子。

【緋】匪微切音非微韻

㊀帛赤色也。見〔說文新附〕。〔鈕氏新攷〕韻會—注云。古作非。又楊升菴六書索隱。五微下非。注云。非、與—同。說文翡、訓赤羽雀。則非有赤義、可知。

㊁絳練。見〔玉篇〕。

㊂絳色。見〔廣韻〕。〔按酉陽雜俎云、血可染—。〕

【緌】如隹切音甤支韻

㊀系冠纓也。見〔說文〕。〔王注〕此言冠纓既結。謂平結之下者繼之—也。內則冠—纓。注。—者、纓之飾也。正義。結纓頷下以固冠。結之餘者散而下垂謂之—。

㊁繼也。見〔爾雅釋詁〕。

㊂旄旌也。〔釋名釋兵〕—、有虞氏之旌也。注旄竿首其形燊燊然也。

㊃物長垂貌。〔杜牧詩〕壯髮綠—。

㊄蟬喙之喻也。〔禮記檀弓〕范則冠而蟬有—。〔注〕—、謂蜩喙長在腹下。〔疏〕—謂蟬喙長在口下。似冠之—也。

㊅通甤。〔禮記玉藻〕緇布冠繢—。〔注〕—、或爲綏。

㊆同綏。〔禮記檀弓〕喪冠不—。〔釋文〕—、本作綏。

【⿰糸屈】九弗切音詘物韻丘月切音闕月韻

㊀狄衣也。見〔玉篇〕。〔按周禮作闕。禮記作屈。〕

㊁結也。見〔類篇〕。

【総】倉紅切音悤東韻

㊀青黃色也。見〔字彙補〕。

㊁紬絹也。見〔字彙補〕。

【総】同總。見〔字彙補〕。

【緈】下頂切音婞迥韻

㊀本作緈。〔說文〕緈、直也。〔通訓定聲〕絲之直也。

㊁絓—。見〔廣韻〕。

【緓】魚葉切音聶葉韻

同緁。續縷也。見〔類篇〕。

【緛】柱兗切音篆船釧切音篆銑韻

縛也。見〔集韻〕。

【綞】都果切音朶哿韻

|子。綾也。見〔字林〕。

【綸】奴店切音念豔韻　引舟繩。見〔集韻〕。

【綡】呂張切音良陽韻　冠纓。見〔玉篇〕。

【綜】苦貢切音控送韻　絲屬。見〔類篇〕。

【絓】胡卦切音畫卦韻　礙直。見〔類篇〕。

【綠】他廉切音沾鹽韻　屬也。見〔類篇〕。

【綪】余六切音育屋韻　帛青經縹緯。一曰育陽染也。見〔說文。〕〔段注〕經者從絲。緯者衛絲。育陽。漢南郡屬縣。縣在育水北。故曰育陽。育與|、疊韻。育水。水部作淯水。

【綫】私箭切音線霰韻　縷也。見〔說文。〕〔段注〕鄭司農周禮注曰。線縷也。此本謂布|。引申之、絲亦偁|。

【綎】息林切音心寑針切音淫侵韻　久緩皃。見〔玉篇〕。

【絟】居吟切音今侵韻巨禁切音噤沁韻　紟籀文。見〔說文〕。

【絟】其淹切音鉗鹽韻〔同銓。〕　布帛名。見〔集韻〕。

【綶】古我切音果哿韻　總束也。見〔海篇〕。

【緒】疾各切音昨藥韻　竹繩。見〔玉篇〕。

【緒】秦昔切音籍陌韻　引舟筊也。見〔類篇〕。

【緉】於贍切音厭豔韻　繰絲以手振出緒也。見〔集韻〕。

【縱】將容切音蹤冬韻足用切音縱宋韻　絨屬。見〔說文。〕〔王注〕顏注急就篇。總、一曰絨屬也。所以緣飾衣裳也。字或作|。〔按類篇有一曰車馬飾語。此為說文絨下注。以|訓絨。而增車馬飾一訓。是以同而有別者不別矣。〕

【緎】越逼切音域忽棫切音洫職韻乙六切音彧屋韻　本作䋁。〔說文黑部〕䋁、羔裘之縫也。〔段注〕召南羔羊之革。素絲五|。傳曰。革、猶皮也。|、縫也。許所據詩作䋁。〔按爾雅孫炎注云。|之為界域。然則縫合羔羊皮為裘縫。即裘之界域。因名裘縫為|。〕

【緫】呼骨切音忽月韻　微|也。見〔玉篇〕。

【綎】丑人切音㑽真韻　帶也。見〔玉篇〕。

【縝】止忍切音軫軫韻　同縝。見〔韻集〕。

【緢】直祐切音胄宥韻　古今無極謂之|。見〔集韻〕。

【綐】以轉切音兗銑韻　紖也。見〔集韻〕。

【緤】徒協切音牒葉韻　西國布名。見〔字彙補〕。

【緳】何布切音護遇韻　絲繩也。〔輟耕錄〕輿服志。諸侯王以下以|赤絲蕤縢|。〔按漢書本作䋼|。即䋼字之譌。〕

【綨】渠之切音其支韻　帛蒼艾色。一曰不借。見〔說文。〕〔按舊本譌書作緋。段玉裁謂當作緋。〕

【綤】古紹字。見〔說文〕。

【紩】古織字。見〔集韻〕。

【緎】古織字。見〔集韻〕。

【綳】同繃。見〔集韻〕。

【綿】同緜。見〔玉篇〕。

【緡】同緍。說文二徐本皆作|。不作緍。段氏桂氏王氏諸家亦無異說。然今經典多作緡。不作|。舊說云。說文緍、从昏。昬、从民。經典以唐諱改昬作昏。緍亦作|。

【繼】同繼。〔楊君石門頌〕君其|縱。

【綀】同緤。〔隸釋〕漢碑從業之字。或書作朿。

【綨】同綦。見〔玉篇〕。

【綷】同綾。見〔玉篇〕。

【綑】同網。見〔玉篇〕。

【絅】同絅。見〔類篇〕。

【綫】同毯。見〔字彙補〕。〔按舊字典謂卽絺字之譌。〕

【綮】同素。見〔玉篇〕。

【緅】絢或字。見〔集韻〕。

【縏】縏或字。見〔篇海〕。

【絵】絵譌字。見〔篇海〕。

九畫

【緒】象呂切音敍語韻

（一）絲耑也。見〔說文〕。〔段注〕耑者、草木初生之題也。因爲凡首之稱。抽絲者得—而可引。引申之凡事皆有—可纘。〔按方言。緤、末、紀、—也。南楚皆曰緤。或曰端。或曰記。或曰末。皆楚轉語也〕

（二）業也。〔詩常武〕三事就—。

（三）殘也。〔莊子讓王〕其—餘以爲國家。〔釋文〕—者殘也。謂殘餘也。〔按徐邈讀—爲詩車切音奢〕

（四）次也。〔莊子山木〕食不敢先嘗。必取其—。〔釋文〕—、次—也。

（五）事也。〔詩閟宮〕纘禹之—。

（六）餘也。〔楚辭涉江〕欸秋冬之—風。

（七）尋也。〔史記張丞相傳〕張蒼爲計相時。—正律曆。

（八）統也。〔文選張衡賦〕故宗—中圮。

（九）絛也。見〔廣雅釋器〕。

（十）然燭燼也。〔管子弟子職〕捧椀以爲—。

（十一）—言。猶先言也。〔莊子漁父〕先生有—言而去。〔按今箸述弁首之言亦曰—言〕。

【緘】居咸切音監咸韻

（一）束篋也。見〔說文〕。〔段注〕篋者笥也。束者縛也。束之者曰—。〔按鄭注書金縢。凡藏祕書藏之於匱。必以金—其表〕

（二）約也。〔莊子胠篋〕則必攝—縢。

（三）函也。書筒也。〔王勃序〕啟瑤—者。攀勝集而長懷。〔按此義實本於家語。孔子觀周廟。有金人三—其口。蓋書簡之口亦必封約之。因卽稱書簡爲—。如今郵政書袋然〕

（四）索也。見〔廣雅釋器〕。

【緘】公陷切減去聲陷韻

棺束曰—。〔禮記喪大記〕君封以衡。大夫士以咸。〔注〕咸讀爲—。今齊人謂棺束爲—繩。〔按釋名釋喪制云。棺束曰—。—、函也。古者棺不釘也〕

【緙】揩革切音愅陌韻

（一）帙也。見〔玉篇〕。

（二）織緯也。見〔玉篇〕。

【線】私見切音綫霰韻

（一）古綫字。見〔說文〕。〔段注〕周禮縫人作—。鮑人同。注曰。故書—作綜。當爲糸旁泉。讀爲綫。按—作綜。字之誤也。綫則鄭時行此字。漢功臣表。不絕如綫。晉灼曰。綫。今—縷字。蓋晉時通行—字。故云尒。許時古—今綫。晉時則爲古綫今—。蓋文字古今轉移無定如此。

（二）徑也。延緣以由謂之—。故世俗謂航行所由曰航—。軌轍所由曰路—。

（三）詷者、稱爲眼—。有司募人詷盜賊曰購—。

（四）幾何學以面之界爲—。有長無廣、其徑而直者爲直—。繞而曲者爲曲—。〔幾何原本〕自點引之爲—。

（五）紅—。唐女俠也。〔甘澤謠〕紅—、潞州節度使薛嵩家青衣。

（六）金—。狨尾也。〔埤雅〕狨尾作金色。俗謂之金—狨。〔又〕花名。〔元氏掖庭記〕重樓金—、花名也。出長白山。花心抽絲如金。長至四五尺。然尺寸縛結如樓形。山中人取以織之成幅。〔又〕柳絲也。〔施肩吾詩〕萬條金—帶春煙。深染青絲不直錢。

（七）辮—。胡衣名。〔元史輿服志〕辮—襖。制、如窄袖衫。腰作辮—細摺。〔又〕清時男子綰髮之繩、亦曰辮—。

（八）菩薩—。雨絲也。〔元史五行志〕至元三年三月。彰德雨毛如—而綠。俗呼云菩薩—。

【緛】乳兗切音輭銑韻

（一）衣戚也。見〔說文〕。〔段注〕戚、今之蹙字也。衣戚、衣部所謂襞。韋部所謂韏。〔按通訓定聲云。韋之縐、曰韏。衣之縐、曰—〕。

（二）縮也。〔素問五常政大論〕其動—戾拘緩。〔注〕—、縮短也。

（三）減緯衣。見〔玉篇〕。

【緛】儒轉切音瑌銑韻

織也。見〔集韻〕。

【緜】彌延切音棉先韻〔綿同〕。

（一）聯微也。从系帛。見〔說文系部〕。〔段注〕聯者、連也。微者、眇也。其相連者甚微眇。是曰—。引申爲凡聯屬之偁。从系帛。謂帛之所系也。系取細絲而積細絲可以成帛。

（二）連也。〔文選張衡賦〕—日月而不衰。

（三）纙也。〔楚辭招魂〕鄭—絡些。

(四)落也。落、絡也。〔淮南兵略〕—之以方城。
(五)彌漫也。〔穀梁文十四年傳〕—地千里。〔注〕—、猶彌漫。
(六)遠也。〔文選陸機樂府〕去家邈以—。
(七)引繩爲—。〔史記劉敬叔孫通傳〕爲—蕞野外習之。
(八)絜也。〔廣韻〕精曰—。麤曰絜。〔按段玉裁云。引申爲緜絜之偁。因其㜸弱而名之。如說文絮下云。敝—也。鄭注禮記云。纊、新—也是也〕
(九)紬也。見〔廣雅釋器〕。
(十)褲也。見〔廣雅釋器〕。
(十一)弱也。〔漢書嚴助傳〕且越人—力薄材。不能陸戰。
(十二)小也。見〔廣雅釋詁〕。
(十三)施也。〔方言〕緍、綿施也。秦曰緍。趙曰—。吳越之間脫衣相被謂之緍—。〔按廣雅釋詁亦云。—施也〕
(十四)——長也。見〔廣雅釋訓〕。〔又〕不絕貌。〔詩緜〕——葛藟。〔又〕詳密也。〔爾雅釋訓〕——瓞也。〔又〕瓜初生也。〔左哀十七年傳〕——生之瓜。〔又〕微微也。〔素問脈要精微論〕——以去。〔注〕——言微微。似有而不甚應手也。〔又〕舒緩之意。〔詩常武〕——翼翼。
(十五)纏—。猶綢繆也。〔淮南主術〕纏—經穴。
(十六)—攣。係貌。〔文選張衡賦〕毋—攣以倖己兮。〔按漢書注。—攣。猶牽制也。意同〕
(十七)聯—。猶連蔓也。〔文選張衡賦〕繚垣—聯。
(十八)—藐。視遠貌也。〔史記司馬相如傳〕微睇—藐。〔按史漢文選注竝引郭璞說。而文選作遠視貌〕〔又〕廣遠貌。〔文選左思賦〕島嶼—邈。
(十九)—羃。微貌。〔文選左思賦〕薄戍—羃。
(二十)—蠻。小鳥貌。〔詩緜蠻〕—蠻黃鳥。〔傳〕—蠻。小鳥也。〔朱注〕—蠻。鳥聲。〔又〕文貌。〔文選何晏賦〕—蠻黮𪐝。隨雲融泄。
(二十一)—馬。草名。〔爾雅釋草〕—馬羊齒。〔注〕草細葉。葉羅生而毛有似羊齒。今江東人呼爲雁齒。繅者以取繭緒。
(二十二)—臣。人名。〔竹書紀年〕殷侯微以河伯之師伐有易。殺其君—臣。
(二十三)地名。唐置。屬劍南道。當今四川—縣。〔又〕南齊—縣。屬益州江陽郡。當今四川彭山縣東。
(二十四)山名。有二。一、在今之山西介休縣南。有地名—上。介之推隱死處也。一、在今昌平縣東十二里者。一名宜山。
(二十五)水名。出介休縣。〔水經汾水注〕汾水又南、與石桐水合。卽—水也。〔又〕—竹縣紫巖山、—水所出。東至新都南入雒。
(二十六)通緍。〔詩緜蠻〕—蠻黃鳥。〔禮記大學作緍蠻黃鳥〕
(二十七)通民。〔詩載芟〕——其麃。〔釋文〕——、韓詩作民民。
(二十八)姓也。〔孟子告子〕—駒處於高唐。

【緜】莫列切音滅屑韻

弱也。見〔集韻〕。

【緞】徒玩切音段翰韻杜管切音斷土緩切音疃旱韻

(一)𩋡或字。見〔說文韋部〕。〔按急就篇、履舄鞜裒緞—紃。注云。—、履跟之帖也。蓋凡爲履。其後跟必幫貼之令堅厚。否則易敝也。參閱𩋡字。〕
(二)紬屬。今世稱絲密而緻。表滑澤而裏厚者、爲—。有光亮如鏡而無文者。有綴織各種花鳥以爲文者。舊以杭州所製爲精好。故俗稱杭—。近四川巴縣所製亦有名。別稱巴—。蘇州製者曰蘇—。紹興製者曰紹—。其類不一。按—之本義爲履後帖。而紬—之—本作段。今則通作—矣。

【緝】七入切音葺緝韻

(一)績也。見〔說文〕。〔段注〕凡麻枲先分其莖與皮、曰朮。晰其皮如絲、而撚之。而剿之。而續之。而後爲縷。是曰績。亦曰—。亦絫言—績。引申之、用縷以縫衣亦爲—。又引申之爲積厚流光之偁。〔按詩東門之池箋云。於池中柔麻使可—續作衣服。釋文云西州人謂續爲—〕
(二)續也。〔詩行葦〕授几有—御。〔箋〕—、猶續也。〔按傳云遐踖之容也〕
(三)縫也。〔釋名釋衣服〕—下橫縫—其下也。
(四)光也。見〔爾雅釋詁〕。
(五)明也。〔詩昊天有成命〕於—熙。
(六)會聚也。〔文選顏延之文〕以—華

裔之羅。
(七)叶也。〔後漢蔡茂傳〕以厭遠近不一之情。
(八)合也。〔後漢王允傳〕人謀雖一。
(九)緊繞頭索也。〔方言〕所以縣權謂之一。
(十)一御。趿踖之容也。〔詩行葦〕授几有一御。〔按此假爲憯〕。
(十一)和也。〔文選王儉文〕衣冠未一。〔按此假爲輯〕。
(十二)同戢。捘求也。一有聚合義。凡言編一、采一。皆收聚也。收聚必捘求。故公牘於索捕多言一。

【緝】 卽入切音嗛緝韻
一一。口舌聲。〔詩巷伯〕一一翩翩。〔按說文口部引詩作咠咠幡幡〕

【敄糸】 莫浮切音謀亡幽切音繆尤韻丘堠切音寇宥韻
(一)絹也。見〔廣雅釋器〕。
(二)縛也。見〔玉篇〕。

【緟】 直容切音重冬韻
(一)增益也。見〔說文〕。〔段注〕增益之曰一。經傳叚重爲之。非字之本。如易之重卦。象傳言重巽。皆謂一之也。今則重行而一廢矣。增益之則加重。故其字从重。許書重文若干。皆當作一文。
(二)疊也。見〔玉篇〕。
(三)複也。見〔玉篇〕。
(四)厚也。見〔集韻〕。

【緟】 柱用切重去聲宋韻
增縷也。見〔集韻〕。

【締】 特計切音第丁計切音帝霽韻杜奚切音題齊韻徒二切音地寘韻丈尒切音豸紙韻
(一)結不解也。見〔說文〕。〔段注〕解者判也。下文曰紐結而可解也。故結而不可解者曰一。
(二)閉也。見〔小爾雅廣言〕。
(三)取一。日本語管理及監守之意。

【緡】 武巾切音民眞韻呼昆切音昏元韻〔按一又作緍。或說、唐以諱改昏爲昬。故凡從昏者、皆作昬。〕
(一)釣魚緐也。从糸昏聲。吳人解衣相被謂之一。見〔說文〕。〔段注〕緐本施於爲者。而釣魚之繩似之。故曰釣魚緐也。
(二)綸也。見〔爾雅釋言〕、〔注〕詩曰。維絲伊一。一繩也。江東謂之綸。
(三)錢貫也。〔漢書武帝紀〕初算一錢。〔注〕、一絲也。以貫錢也。
(四)稅也。〔史記酷吏傳〕出告一令。〔按一貫千錢。出算二十。故謂之一。〕
(五)被也。〔詩抑〕荏染柔木。言一之絲。〔傳〕、一被也。〔箋〕柔忍之木荏染然。人則被之弦以爲弓。
(六)施也。秦曰一。趙曰緜。吳越之間、脫衣相被。謂之一緜。見〔方言〕。
(七)宋邑名。〔左傳二十六年傳〕齊侯伐宋圍一。〔今山東金鄉縣東北有東一城。按、一穀梁作閔。〕
(八)姓也。〔史記吳世家〕后一方娠。〔集解引左氏賈注〕、一有仍之姓也。

【緡】 弭盡切音泯軫韻
(一)盛也。〔莊子則陽〕雖使丘陵草木之一。
(二)合也。〔莊子在宥〕當我一乎。

【緡】 美隕切音閔軫韻
愍或字。〔集韻〕愍痛也。或作一。

【緡】 彌延切音棉先韻
通緜。見〔集韻〕。

【緣】 以絹切音願霰韻
(一)衣純也。見〔說文〕。〔段注〕一者、沿其邊而飾之也。引申爲因一、夤一。而俗遂分別其音矣。〔按凡事物之邊端謂一。意本此。〕
(二)懸掩謂之一。見〔方言〕〔注〕衣縫一也。
(三)繳纏也。〔爾雅釋器〕弓有一者謂之弓。〔注〕、一者繳纏之。卽今宛轉也。〔疏〕、繳束而漆之。當時謂繳束爲宛轉。

【緣】 與專切音沿先韻
(一)因也。〔荀子禮論〕凡一而往埋之。
(二)循也。〔孟子梁惠王〕猶一木而求魚也。
(三)順也。〔莊子養生主〕一督以爲經。
(四)繞也。〔荀子議兵〕一之以方城。
(五)歷也。〔漢書五行志〕上一求妃茲謂僭。
(六)捐也。〔管子侈靡〕好一而好駔。
(七)廢也。見〔方言〕。
(八)表也。見〔廣雅釋詁〕。
(九)情也。〔傳燈錄〕俗一未盡。〔按佛說因一業。詳業字〕。
(十)猶關係也。日本語。如收養他人子

而生親子關係曰－組。脫離－組。之關係曰離－。血族關係曰血－。

(十一)蠶－。連絡也。〔韓愈詩〕青壁無路難蠶－。〔按世之奔走權門者人多謂之蠶－〕

(十二)因－。雅－也。〔玉篇〕史記、尤爲小吏而未有因－。野王案讀漢書常欲去之未有雅－是也。〔俗專謂婚姻關係爲因－。又曰－分〕

【緣】 叶胤切音椽翰韻

同椽。〔周禮內司服〕－衣。〔注〕此－衣者、實作椽衣也。椽衣、御于王之服。亦以燕居。

【緦】 新茲切音思支韻

(一)十五升抽其半布也。一曰。兩麻一絲布也。見〔說文〕〔段注〕各本無抽其半三字。今補。－者、布名。猶大功小功、皆布名也。十五升去半者。十五升、朝服之升數也。去其半、則爲七升有半。朝服用十五升。其布密。－用其半。其布疏。兩麻一絲之說、非也。鄭注喪服曰。或曰有絲。朝服用布。何衰用絲乎。

(二)三月服也。〔儀禮喪服〕－麻三月者。〔傳〕－者十五升抽其半。有事其縷。無事其布曰－。〔按－、爲五服最殺者。近世－麻服用稍細熟布爲之。〕

(三)絲也。績麻細如絲也。見〔釋名釋喪制〕。

(四)聚也。見〔廣雅釋詁〕。

【緧】 雌由切音秋字秋切音酋尤、韻

(一)馬紂也。見〔說文〕〔王注〕今制、馬用－。以其肩闊也。驢騾用紂。加以木。以其肩狹也。皆用革不用絲。古無驢騾也。〔按－亦作緻。或作鞧。又作鞦、緧〕

【編】 卑眠切音邊先韻

(一)次簡也。見〔說文〕〔段注〕以絲次第竹簡而排列之、曰－。孔子讀易。韋－三絕。〔按集韻引字林云。以繩次物曰－〕。

(二)結也。〔楚辭悲回風〕－愁苦以爲膺。

(三)連也。〔文選張衡賦〕－町成篁。

(四)錄也。〔穀梁桓五年傳〕春秋－年。〔原本玉篇引劉兆說、－比連也。〕

按今之稱－輯。亦此意。

(五)猶列也。漢書、諸將故與席爲－戶、是也。見〔玉篇〕。

(六)首飾也。〔周禮追師〕掌王后之首飾爲－。〔注〕－、－列髮爲之。其遺象若今之假警也。

(七)條也。見〔廣雅釋器〕。

(八)文織也。見〔一切經音義引蒼頡〕。

【編】 補典切音匾銑韻

(一)緶也。見〔集韻〕。

(二)紋也。見〔集韻〕。

【編】 蒲典切音蹁先韻

緶或字。〔集韻〕緶、說文交枲也。或作－。

【編】 婢典切音辮銑韻

同辮。交也。〔漢書終軍傳〕有解－髮削左衽而蒙化者。〔注〕－讀辮。

【⿰糸南】 尼心切音⿰言壬侵韻

(一)織也。或作紝。見〔玉篇〕。

(二)齊也。見〔廣韻〕。

【緩】 戶管切音浣苦緩切音欵旱韻火遠切音晅阮韻

(一)䋣省字。見〔說文素部〕〔段注〕今多如此作。

(二)遲也。〔國語晉語〕丕鄭如秦謝－秦賂。

(三)柔也。〔呂覽任地〕使地肥而土－。

(四)舒也。見〔廣韻〕。

(五)放縱也。〔釋名釋言語〕－、浣也。斷也。持之不急則動搖浣斷。自放縱也。

(六)寬也。〔漢書趙禹傳〕至晚節治加－。

(七)和也。〔史記樂書〕嘽－慢易。

(八)後也。〔呂覽情欲〕德義之－。

(九)不收也。〔素問五常政大論〕其動緛戾拘－。

(十)－帶者優游之稱也。〔穀梁文十八年傳〕一人有子。三人－帶。

(十一)－行從容養民也。〔管子法禁〕莫敢布惠－行。〔注〕從容養民謂之－行。

(十二)－耳。儋耳也。〔後漢杜篤傳〕連－耳瑱雕題。〔注〕－耳。耳耳下垂、卽儋耳也。

【緪】 古恆切音揯蒸韻古鄧切音亙徑韻

(一)大索也。一曰急也。見〔說文〕。

(二)竟也。秦晉或曰－。見〔方言〕。

(三)急張弦也。〔楚辭九歌〕－瑟兮交鼓。

(四)疾也。見〔玉篇〕。

【總】　麤叢切音怱東韻

(一)青黑色也。〔周禮巾車〕重翟錫面朱—。〔注〕—者、青黑色以繒爲之。
(二)繱或字。〔集韻〕繱說文、帛青色。一曰輕絹。或作—。〔按說文作繱〕

【總】　祖叢切音宗東韻

(一)裘縫也。〔詩羔羊〕素絲五—。
(二)通緵。十筥也。〔周禮掌客注〕十筥曰—。〔釋文〕本又作緵。

【總】　作弄切音糉送韻

緵或字。〔集韻〕緵、爾雅緵罟謂之九罭。或作—。

【緬】　彌兗切音湎銑韻

(一)微絲也。見〔說文〕。〔桂注〕六書故、今之絡者。別其絲最細者爲—。次曰大—。字或作⿰糸丙。〔玉篇〕—、與⿰糸丙同。廣雅。⿰糸丙、微也。〔按段注〕—之引伸。爲凡緜邈之偁。〕
(二)遠也。〔穀梁莊三年傳〕改葬之禮緦。舉下—也。〔注〕—、藐遠也。
(三)思貌。〔國語楚語〕—然引領南望。〔賈注〕—、思貌也。
(四)盡貌。〔文選潘岳賦〕冀闕—其堙盡。
(五)輕也。見〔玉篇〕。〔按原本玉篇云。穀梁傳。改葬之禮緦。舉下—也。劉兆曰。—、謂輕而薄也。〕
(六)—甸。國名。其東北界雲南。古朱波也。漢通西南夷。後謂之撣。唐謂之驃。宋元謂之—。言山川延邈。道里修阻也。亦稱—甸。明置宣慰使司於其地。清以爲藩國。咸豐二年割地於英。二次世界大戰後獨立。

【緭】　于貴切音胃未韻

(一)繒也。見〔說文〕。
(二)絛也。見〔廣雅釋器〕。
(三)緒也。見〔玉篇〕。

【⿰糸胄】　直祐切音胄宥韻

(一)蒙也。見〔廣雅釋詁〕。
(二)緒也。見〔類篇〕。

【緯】　于貴切音胃未韻

(一)織橫絲也。見〔說文〕〔段注〕經在軸。—在杼。木部曰、杼機之持—者也。
(二)圍也。反覆圍繞以成經也。見〔釋名釋典藝〕。
(三)衡也。〔考工記匠人〕國中九經九—。〔疏〕東西之道爲—。〔按今言天地度數者。亦以從衡爲經—。參閱經字〕
(四)星度也。〔周禮大宗伯注〕星謂五—。〔疏〕五—、即五星。言—者、二十八宿隨天左轉爲經。五星右旋爲—。
(五)織也。〔莊子列禦寇〕恃—蕭而食者。
(六)張弦也。〔楚辭愍命〕挾人箏而彈—。
(七)書也。諸經別派也。〔文心雕龍正緯〕—、隱神教也。蓋—之成經。其猶織綜。絲麻不雜。布帛乃成。〔按—爲古聖遺書。後人雖入怪誕之說。至漢哀平大盛。有以五經五—、稱十經。有以六經六—、稱十二經者〕
(八)—繣。乖戾也。〔離騷〕忽—繣其難遷。
(九)絡—。蟲名。〔古今注〕莎雞、一名促織。一名絡—。謂其鳴如絡—也。

【緯】　羽鬼切音偉尾韻　于貴切音胃未韻

束也。〔大戴記夏小正〕農—厥耒。

【緰】　相俞切音須虞韻　〔按類篇云。繻、或從俞。〕

(一)繒之采色。見〔集韻〕。
(二)人名。〔公羊隱二年傳〕紀履—來逆女。〔釋文〕履—、左氏爲裂繻。

【緰】　容朱切音俞虞韻

褕或字。〔集韻〕褕裂繒曰褕。或从糸。

【緰】　餘招切音遙蕭韻

帛也。見〔集韻〕。

【緰】　徒侯切音投尤韻

—貲。布也。見〔說文〕。〔段注〕謂布名。急就篇。服瑣—𢂑與繒連。師古曰。—𢂑、緆布之尤精者也。𢂑、貲同。

【緱】　居侯切音鉤尤韻

本作緱。〔說文〕緱。刀劒—也。〔桂注〕六書故、刀劒柄當把處。以索纏之。爲其血染漬而滑也。〔按原本玉篇引說文、劒維也。又引蒼頡篇。刀劒首、青絲扁纏也。〕

【緱】　墟侯切音摳尤韻

(一)—氏。山名。一名覆釜堆。周靈王太子、晉升僊之所。漢始置—氏縣。屬河南郡。今河南偃師縣南有—氏城。即其地。
(二)姓也。〔孝子傳〕陳留—氏名女玉。

【⿰糸封】　補孔切音琫董韻　補講切音

榜講韻

❶枲履也。見〔說文〕〔段注〕枲者麻也。今俗語謂履之判合為幫。讀如邦。〔按顏注急就篇曰。緊、圜頭掩上之屨也。〕

❷小兒皮屨。見〔廣韻〕。

【緲】弭沼切音眇篠韻

❶本作紗。微也。見〔韻會〕。

❷通眇。縹眇。遠視貌。〔文選木華賦〕羣仙縹眇。

【練】郎甸切音鍊霰韻

❶湅繒也。見〔說文〕〔段注〕湅者灡也。灡者淅也。淅者汏米也。湅繒、汏諸水中。如汏米然。考工記所謂湅帛也。已湅之帛曰─。

❷賫漚。見〔玉篇〕。

❸爛也。賫使委爛也。見〔釋名釋采帛〕

④白也。〔淮南說林〕墨子見─絲而泣之。為其可以黃可以黑。

❺閱歷也。〔漢書韋賢傳〕昔靡不─。〔注〕─、猶閱歷之。

❻簡也。〔離騷〕苟余情其信姱以─要兮。

❼濯也。〔國策秦策〕簡─以為揣摩。

❽選也。〔漢書禮樂志〕─時日。〔按原本玉篇云簡擇之─為揀字〕。

❾猶習也。如云教─、操─。習其事者曰─達、諳─。

❿小祥服也。〔禮記檀弓〕─而慨然。〔按喪十三月而服─。故小祥之祭即曰─〕。

⓫─材。拳勇有力之材也。〔呂覽簡選〕可以勝人之精士─材。

⓬阿─。人名。〔顏氏家訓〕梁武帝小名阿─。子孫呼─為絹。

⓭同揀。〔文選謝莊賦〕於是絲桐─響。

⓮姓也。見〔何氏姓苑〕。

【緵】子紅切音嵏東韻作弄切音糉送韻

❶縷也。〔史記景帝紀〕令徒隸衣七─布。〔注〕─、八十縷也。

❷魚罔也。〔爾雅釋器〕─罟謂之九罭。九罭魚罔也。〔注〕今之百囊罟是。亦謂之罾。今江東呼為─。

❸同稯。〔儀禮聘禮〕十筥曰稯。〔注〕古文稯作─。

【縕】於云切音熅文韻

❶本作熅。〔說文〕熅、紼也。〔王注〕玄應引云。─紼、亂麻也。論語。衣敝─袍。孔注。枲著也。皇侃疏。枲麻也。以碎麻著衣也。故麻曰─。故絮亦曰─。漢書東方朔傳。衣─無文。顏注。─、亂絮也。

❷饒也。見〔廣雅釋詁〕。

❸絪─。元氣也。見〔玉篇〕。〔按絪─、亦作氤氳。說文引易天地絪─作壹壺。〕

❹─巡。竝行貌也。見〔後漢馬融傳注〕。

❺紛─。盛貌。〔楚辭九章〕紛─宜修姱而不醜兮。

【緼】烏昆切音溫元韻〔應作縕〕。

❶赤黃色也。〔禮記玉藻〕一命─韍幽衡。〔注〕─、青黃之間色。所謂韎也。

❷亂也。見〔廣雅釋詁〕。

【緼】委隕切音蘊吻韻紆問切音醞問韻〔應作縕〕。

❶亂也。〔法言孝至〕齊桓之時─。

❷赤也。見〔小爾雅廣詁〕。

❸淵奧也。〔易繫辭〕乾坤其易之─邪。

④今纊及舊絮也。〔禮記玉藻〕─為袍。〔按纊謂新緜。段玉裁謂以新緜合故絮裝衣〕。

【緷】古本切音袞戶袞切音混窘遠切音卷苦本切音捆阮韻胡昆切音魂元韻

❶百羽謂之─。見〔爾雅釋器〕。

❷大束。見〔玉篇〕。

【緷】王問切音暈問韻

緯也。見〔說文〕〔段注〕此亦兼布帛言之也。

【緺】口和切音科歌韻

❶紋綵也。見〔篇海〕。

❷理絲也。見〔篇海〕。

【緹】田黎切音題都黎切音低天黎切音梯齊韻土禮切音體薺韻

❶帛丹黃色也。見〔說文〕〔段注〕謂丹而黃也。丹者如丹砂。與朱異。

❷厚繒也。〔史記滑稽傳〕張─絳帷。

❸─齊。酒也。〔周禮酒正〕辨五齊之名。四曰─齊。〔注〕─者成而紅赤。如今下酒矣。〔疏〕曹牀下酒。其色紅赤。故以─名之。〔按釋名釋飲食。─齊色赤如─也。段玉裁云。─

俗作醒〕。

㊃｜緇鮮明之衣也。〔後漢應劭傳〕｜緇十重。

㊄｜紫。人名。漢淳于意少女。

【緻】直利切音稚寘韻

㊀密也。見〔說文〕。〔按此字徐鉉所加。禮記、德產之｜也精微。鄭玄曰。、｜密也。〕

㊁補也。見〔廣雅釋詁〕。

㊂練也。見〔廣雅釋器〕。

㊃至也。見〔廣雅釋詁〕。

㊄褸謂之｜。見〔方言〕。〔注〕襤褸、綴結也。

㊅縫納敝衣也。〔方言〕紩、秦謂之｜。〔注〕縫納敝故之名也。

㊆襜褕敝者也。〔方言〕襜褕、自關而西謂之統裾。其敝者謂之｜。

㊇工｜。精巧也。〔唐書諸公主傳〕工｜過之。

㊈同致。〔詩假樂箋〕｜密無所失。〔釋文〕、｜本作致。

【緗】息良切音襄師莊切音霜陽韻

㊀帛淺黃色也。見〔說文新附〕。〔鈕氏新附攷〕急就篇鬱金半見｜白䓃。顏注。｜、淺黃也。又釋名。｜、桑也。如桑葉初生之色也。玉篇。｜、思良切。桑初生色。按鄭注禮記月令云。鞠衣黃桑之服。則古或作桑矣。

㊁纀謂之｜。見〔原本玉篇引廣雅。〕〔按說文纀、縫也。〕

【緕】補妹切音背隊韻

繻也。見〔類篇〕。〔按集韻。｜、本作襶。〕

【緮】達合切音沓合韻

｜子絹。見〔集韻引字林〕。

【緓】女救切音糅宥韻

雜色繒也。見〔類篇〕。

【緳】於罽切音瘞霽韻

急也。一曰。不成也。見〔玉篇〕。

【緳】於歇切音謁月韻

繪壞也。見〔類篇〕。

【緳】乙列切音抑屑韻

紗｜。不成鉤而急。一曰小意。見〔集韻〕。

【緽】犨取切音諝麌韻筍勇切音竦腫韻

絆也。〔文選左思賦〕｜縻。〔注〕、｜絆前兩足也。

【緽】雪律切音卹質韻

蜀錦名。〔文選揚雄賦〕自造奇錦。絨繹纏｜。

【緽】詢趨切音須虞韻

繻省字。見〔集韻〕。

【緞】何加切音遐麻韻

履跟後帖。見〔廣韻〕。〔按集韻。｜、同韍。說文韋部韍下云。履也。說文紴字段注又云。急就篇絨、｜、紃、字相聯。必三者爲一類也。｜蓋本作紴。篆形皮、叚、相似而譌。｜乃又譌緞。說者因以履後帖解耳。存參。〕

【緢】莫飽切音卯巧韻眉敎切音貌效韻彌遙切音妙蕭韻

氂絲也。周書曰。惟｜有稽。見〔說文〕。〔段注〕氂各本作旄。俗所改也。氂絲者。犛牛尾之絲至細者也。甫刑文今本｜作貌。按許所據壁中文。蓋謂毫氂是也。

【緢】眉鑣切音苗謨交切音茅肴韻

絲旋曰｜。見〔類篇〕。

【緭】松倫切音旬眞韻

衣背縫也。〔方言〕繞｜謂之襴裺。〔注〕衣督脊也。〔按廣韻。｜、縫也。玉篇。繞｜也。督與襩、裻、襀、竝同。說文。襩衣躬縫。裻、背縫。廣韻。襀衣背縫也。〕

【緆】方六切音幅屋韻

布帛廣也。見〔類篇〕。〔按九經韻覽云。幅、或作｜。是｜與幅同也。〕

【緥】補抱切音保晧韻

小兒衣也。見〔說文〕。〔桂注〕襁、｜、異制異用。襁制長。負兒於背。用之晝者也。｜制方。縛兒於膺。用之夜者也。〔按｜、亦通作褓。古多叚借保葆字。博物志云。｜、織縷爲之。廣八寸。長尺二。以約小兒於背上。詩斯干載衣之裼傳曰。裼、褓也。釋文云。齊人名小兒被爲｜。是｜爲小兒被也。李奇曰。小兒大藉。師古曰。卽今小兒繃。蓋｜之爲物。可爲被。可爲大藉。可爲繃。許統言之。故曰小兒衣。〕

【緧】雌由切音秋尤韻

車紂也。〔方言〕車紂。自關而東、周洛韓鄭汝潁而東謂之｜。或謂之曲絢。或爲之曲綸。自關而西謂之紂。

【綎】湯丁切音聽青韻怡成切音盈庚韻

綎也。見〔說文〕。〔段注〕—之言挺也。挺有綎意。—與綎義別。韻會誤合爲一字。

【緒】丘耆切音揩佳韻口駭切音楷賄韻

大絲也。見〔說文〕。

【綠】息綾切音參蒸韻

枲繒也。見〔類篇〕。

【䌯】胡對切音潰隊韻

衣領緣貌。見〔類篇〕。

【縷】九件切音蹇銑韻

縮也。見〔玉篇〕。

【緬】側洽切音劄洽韻

縫也。見〔類篇〕。

【綶】丑二切音屎寘韻

結固也。見〔類篇〕。

【緳】奚結切音頡屑韻

帶也。〔莊子山木〕正—係履而過惠王。

【緒】匿各切音諾藥韻

統—。蠻夷布名。見〔類篇〕。

【縿】展買切音觰竹下切音踷馬韻

—絮。相著皃。見〔玉篇〕。

【縿】乃嫁切音訝禡韻

絲棼也。本作絮。亦同絮。見〔集韻〕。

【緶】房連切音蹥蒲眠切音蹁先音

交枲也。一曰。緶衣也。見〔說文〕。〔按交枲。謂以枲二股交辮之也。交絲爲辮。交枲爲—。一曰緶衣者。此別一義。許書繼下云。—衣也。玉篇—、交縫衣也。今諺語謂兩幅之邊縫之曰—。謂縫一幅之邊。亦曰—。玉篇曰交縫。但就合縫兩邊而言。許君曰緶衣。蓋渾言之耳。〕

【緶】補典切音匾銑韻

褻衣也。見〔集韻〕。

【緭】烏回切音隈灰韻

五色絲飾也。見〔玉篇〕。〔按顏氏家訓曰。六色罽—。此云六色。似與五色異。然亦但言其色之繁多耳。不必限以五、限以六也。〕

【緸】伊眞切音因眞韻

—冤。搖動貌。〔文選馬融賦〕—冤。蜿蟺。〔注〕—冤、蜿蟺。盤屈搖動貌。

【緺】公蛙切音媧佳韻姑華切音瓜麻韻古禾切音戈盧戈切音羸歌韻

綬紫青色也。見〔說文〕。〔段注〕各本無色字。今正。漢紫綬名—。其色青紫。何承天云。—青紫色也。按紫者水尅火之間色。又因水生木而色青。是爲紫青色。

【縬】側六切音蹙屋韻

縬或字。〔集韻〕縬聚文也。或作—、緅。

【縖】吉詣切音計霽韻

絲結。見〔玉篇〕。

【䌠】才先切音前先韻

織一番也。見〔集韻〕。

【緽】癡貞切音偵庚韻

赬或字。〔集韻〕赬。說文、赤色也。或作—。

【縵】無販切音萬願韻

引舟緯也。見〔集韻〕。

【綼】必計切音閉霽韻

緝也。見〔集韻〕。

【𦂿】於候切漚去聲宥韻

握或字。〔集韻〕握。喪束手者。或从糸。

【綃】思邀切音宵蕭韻

綃或字。〔集韻〕綃、說文生絲也。或作縿、—。

【索】色角切音朔覺韻

絾也。見〔廣雅釋器〕。

【繰】求於切音渠魚韻

無—、絲也。見〔廣雅釋器〕。〔按類篇。—本作緣。〕

【綃】所交切音稍肴韻

同綃。帆維也。見〔急就篇注〕。

【綡】居卿切音京庚韻

冠系也。見〔篇韻〕。

【緈】魚葉切驗入聲葉韻

續也。見〔字彙補〕。

【緰】五侯切尤韻

【緮】扶又切宥韻
絹—。見〔篇海〕。

【緱】緱本字。見〔說文〕。

【綒】古紵字。見〔玉篇〕。

【緣】同繸。見〔類篇〕。

【綷】同繂。見〔篇海〕。

【綿】同緜。見〔集韻〕。

【縃】同緝。見〔篇海〕。

【綍】同紼。見〔玉篇〕。

【緾】纏省字。見〔集韻〕。

【繫】紨或字。見〔集韻〕。

【縷】褸或字。見〔集韻〕。

【綘】縢或字。見〔集韻〕。

【緫】給或字。見〔集韻〕。

【絁】纚或字。見〔集韻〕。

【緤】紲或字。見〔說文〕。〔按說文、紲。系也。段玉裁云。—本犬系。按經典通作絏。俗亦作紲。〕

【綝】緧俗字。見〔金石韻府〕。

【綧】綎俗字。見〔正字通〕。

【緊】繄譌字。見〔篇韻〕。

【緜】籀文緜譌字。

十畫

【緋】府尾切音匪尾韻
❶器似竹篋。見〔類篇〕。〔按類篇—、本作匪。〕
❷蜀錦名。〔文選揚雄賦〕紕纀—纇。

【縈】娟營切音煢庚韻
❶收卷也。見〔說文〕。〔段注〕卷、各本作鲞。今依韻會玉篇正。凡舒卷字、古用卷。今之用捲非也。收卷長繩。重疊如環。是爲—。
❷紆也。〔文選張衡賦〕臨—河之洋洋。〔按後漢書注、—曲也。〕
❸旋也。〔詩樛木〕葛藟—之。
❹繞也。見〔廣韻〕。

【縭】鄰知切音離支韻憐題切音黎齊韻
❶繫—也。一曰維也。見〔說文〕。〔王注〕當依玉篇作一曰絓—也。亦疊韻字。乃繫—之轉語也。
❷綷—。惡絮也。見〔廣韻〕。〔按朱駿聲說、亦謂之桼離。〕

【縊】於計切音翳霽韻於賜切音殪寘韻
❶經也。春秋傳曰。夷姜—。見〔說文〕。〔桂注〕廣韻、—自就死也。桓十三年左傳。莫敖—於荒谷。杜注、—自經也。荀子彊國。救經而引其足也。注云。經、—也。〔按釋名釋喪制。縣繩曰—。—阨也。扼其頸也。〕
❷絞也。〔左昭元年傳〕—而弑之。〔注〕—、絞也。〔按絞與經不同。訓—爲經者。謂其自經死也。訓—爲絞者。謂他人絞之使死也。許書、—訓經。乃其本義。左傳注、訓絞。蓋其引申義耳。段玉裁改許書經字爲絞。誤矣。〕
❸—女。蟲名。〔爾雅釋蟲〕蜆、—女。〔注〕小黑蟲。赤頭。喜自經死。故曰—女。〔按朱駿聲說、蘇俗所謂蓑衣蟲。常吐絲自懸。〕

【縋】馳僞切音隊寘韻
❶㠯繩有所縣也。春秋傳曰。夜—納師。見〔說文〕。〔段注〕縣者系也。以繩系物垂之、是爲—。—之言垂也。玄應引縣下有鎭。
❷索也。見〔廣雅釋器〕。

【縐】側救切音皺宥韻之遇切音媰遇韻側六切音縬屋韻
❶絺之細者也。詩曰。蒙彼—絺。一曰戚也。見〔說文〕。〔段注〕鄘風君子偕老文。傳曰。絺之靡者爲—。按靡爲紋細皃。戚、各本作蹴。非其義。蓋本作戚。俗作蹙。又改爲蹴耳。今正。鄭箋云。—絺、絺之蹙蹙者。戚戚、如今—紗然。子虛賦、襞積褰—。注、—戚也。〔按今俗稱浙人所織絲紬爲—。其出湖州者佳。故曰湖—。〕
❷纖也。見〔玉篇〕。
❸聚文也。見〔類篇〕。
❹裁也。〔史記司馬相如傳〕襞積褰—。〔集解引漢書音義〕—、裁也。

【縐】初敎切音鈔效韻
惡絹。見〔廣韻〕。

【𦄂】力質切音栗質韻
❶蒸—。絉也。見〔廣雅釋器〕。
❷黃色繒。見〔類篇〕。

【縑】堅嫌切音兼鹽韻
❶幷絲繒也。見〔說文〕。〔段注〕謂駢絲爲之。雙絲繒也。
❷絹也。〔漢書外戚傳〕媼爲翁須作—單衣。〔注〕—、卽今之絹也。

㊂繅也。〔廣雅釋器〕繅謂之丨。

㊃𥿋也。其絲細緻。數𥿋于絹。染𥿋五色。細緻不漏水也。見〔釋名釋采帛〕

㊄無餘丨。瓜屬也。見〔廣雅釋草〕〔按朱駿聲說。無餘、無餘疑地名。〕

【縗】倉回切音崔灰韻

㊀喪服。衣。長六寸。博四寸。直心。見〔說文〕〔按丨、經典多叚借衰爲之。凡衰、廣袤當心。前有衰。後有負版。左右有辟領。異於常服。其下或斬、或齊。其胸則有衰也。趙宦光曰。禮。丨長六寸。博四寸。蓋獨指當顱下拭淚佩巾也。〕

㊁摧也。〔釋名釋喪制〕三日不生。生者成服、曰丨。丨、摧也。言傷摧也。

【縗】雙隹切音榱支韻

鷟首毛。見〔集韻〕

【縗】蘇回切音脽灰韻蘇何切音莎歌韻

編鷟羽爲衣。見〔集韻〕

【縚】他刀切音弢豪韻

㊀扁緒。見〔集韻〕

㊁人名。南弓丨。見〔禮記檀弓〕

【縚】叨號切音套號韻

同韜。見〔廣韻〕〔按廣韻。土刀切。玉篇。丨、亦作韜。敕高切。惟集韻以丨爲絛或字。以韜爲韜或字。不言丨爲韜或字。均他刀切。韜、又入號韻。叨號切。亦不以丨爲韜或體。然廣韻玉篇竝丨與韜同。自是足據。今考等韻。韜在去聲。故丨以叨號切之音同韜。劒衣也、今俗語凡物之衣皆曰丨。如刀稍曰刀丨。書札封皮亦曰封丨。皆此義。俗誤以套爲之。〕

【縛】伏約切藥韻符臥切箇韻〔與縛別。〕

㊀束也。見〔說文〕〔段注〕許書束下云丨也。引申之所以丨之之物亦曰丨。

㊁卷也。〔左昭二十六年傳〕以幣錦二兩丨一如瑱。〔注〕丨、卷也。急卷也。使如充耳。易懷藏。

㊂繫也。見〔廣韻〕

㊃薄也。使相薄著也。見〔釋名釋言語〕

【縛】符遇切音附遇韻

紨或字。〔集韻〕紨。繩也。或作丨。

【縞】古考切音杲皓韻居號切音誥號韻

㊀鮮色也。見〔說文〕〔王注〕色、當爲支。地理志、司馬相如傳、顏注、竝云。丨、鮮支也。廣雅。縠、總、鮮支、縠、絹也。小爾雅廣服。繒之精者曰丨。〔按段本、鮮色改作鮮卮。注云。葢支亦作卮。因譌色也。〕

㊁䌨也。〔廣雅釋器〕丨謂之䌨。〔按急就篇白䌨。顏注。謂白素之精者。其光䌨䌨然也。〕

㊂練也。見〔廣雅釋器〕〔按任大椿釋繒曰。孰帛曰練。生帛曰丨。〕

㊃細繒也。〔淮南兵略〕雖有丨之蟾。

㊄生絹也。〔禮記玉藻〕丨冠玄武。〔疏〕丨、是生絹而近吉。

㊅莎隨也。〔大戴禮夏小正〕正月緹丨。〔傳〕丨也者莎隨也。〔按莎隨、即莎蓆。爾雅釋草疏引廣雅云。地毛莎蓆也。是蓆、即莎也。顏注急就篇云。莎、即今青莎草也。〕

㊆丨衣。白色男服也。〔詩出其東門〕、丨衣綦巾。〔按此毛說。王逸云。丨素也。〕

【縝】稱人切音嗔䝢鄰切音仲眞韻之忍切音縝軫韻

㊀纑謂之丨。見〔方言〕

㊁丨紛。眾盛也。〔漢書司馬相如傳〕丨紛軋芴。

【縝】止忍切音軫軫韻

㊀緻也。〔禮記聘義〕丨密以栗。

㊁結也。見〔廣韻〕

㊂單也。見〔廣韻〕

㊃黑也。〔文選謝朓詩〕誰能丨不變。〔注〕廣雅曰。丨、黑也。丨、與黰同。黑髮也。

【縟】直利切音稚寘韻

㊀紩也。見〔類篇〕

㊁刺丨。針縫也。見〔玉篇〕

【縟】儒欲切音辱沃韻

㊀繁采色也。見〔說文〕〔按段氏依文選注、改色爲飾。王氏云。西京賦、采色纖丨。許君即述其語也。其注引說文。丨、繁采飾也。繁、當作緐。〕

㊁數也。〔儀禮喪服〕喪成人者其文丨。〔注〕丨、猶數也。

㊂細也。〔周禮大宗伯注〕文有蟲丨耳。

㊃丨繡。言草木花光似繡文。〔文選

左思賦〕綢繆—緖。

【縠】胡谷切音斛屋韻

（一）細縛也。見〔說文〕。〔按—、紡絲而織之也。輕者爲紗。縐者爲—。—似羅而疏。似紗而密者也。蓋—與縐絺爲一類。今之縐紗。古之—也。故有紗—之稱。紗—、卽周禮內司服所謂素沙也。又有綵色者、曰綵—。有細如霧者、曰霧—。有薄如空者、曰方空—。卽今之方目紗也。〕

（二）粟也。其形足足而踧踧。視之如粟也。見〔釋名釋采帛〕。

（三）水名。浙江三源之一。亦曰信安江。或謂之衢港。出浙江開化縣東北六十里之百際嶺。經常山縣東。合文溪。經衢州仙霞嶺北。諸溪谷水匯之。合定陽溪。至蘭谿縣城西。合東陽江。此浙江西南別出之源也。

【縡】子亥切音宰賄韻作代切音再昨代切音在隊韻

（一）事也。見〔說文新附〕。〔按漢書揚雄傳、上天之—。注。師古曰。—事也。讀與載同。〕

（二）載也。見〔玉篇〕。

【縢】徒登切音騰蒸韻

（一）本作縢。〔說文〕縢緘也。从糸朕聲。〔段注〕亦所以束者也。周書有金—。凡艸之藟、木之藥、曰—。俗作藤。〔按書金—。鄭注。凡藏祕書於匱。必以金緘其表。詩小戎竹閉緄—、傳。—、約也。閟宮朱英綠—。傳。—繩也。疏云。約之以繩。非訓—爲繩。是—有約義。約、猶緘也。引申之凡所以緘約之者亦曰—。〕

（二）索也。見〔廣雅釋器〕。

（三）緣也。〔儀禮士喪禮〕無—。

（四）紟帶也。〔禮記少儀〕甲不組—。〔注〕組—、以組飾之及紟帶也。

（五）幐也。〔後漢儒林傳序〕小迺制爲—囊。〔注〕—、亦幐也。

（六）行—、邪幅也。〔詩采菽〕邪幅在下。〔箋〕邪幅、如今行—也。偪束其脛。自足至膝。故曰在下。〔按釋名釋衣服云。幅所以自偪束。今謂之行—。言以裹腳、可以跳騰輕便也。今軍中裹襏卽此物。俗稱裹腳。〕

【縣】胡涓切音懸先韻

（一）繫也。從系持県。見〔說文県部〕。〔按徐鍇云。此直—挂字。今人加心。徐鉉云。借爲州縣之縣。今俗加心。別作懸。義無所取。〕

（二）縊也。〔國語晉語〕驪姬請使申生處曲沃以速—。

（三）稱也。〔漢書刑法志〕晝斷獄。夜理書。自程決事日—右之一。

（四）錘也。〔禮記經解〕故衡誠—、不可欺以輕重。

（五）遠也。〔淮南主術〕其於御兵刃—矣。

（六）視也。〔淮南精神〕殖華可止以義。而不可以利。

（七）樂器也。〔禮記曲禮〕祭事不—。〔注〕—、樂器鐘磬之屬也。〔按樂器多—於簨簴。故樂卽名—。〕

（八）抗也。見〔廣雅釋言〕。

（九）馬屬名。〔爾雅釋畜〕白達素—。〔疏〕素、鼻莖也。其白自額下達鼻莖者名—。俗所謂漫臚徹齒。

（十）祭山名。〔爾雅釋天〕祭山曰庪—。〔注〕或庪、或—。置之於山。山海經曰。—以吉玉是也。

（十一）—鼓。周鼓也。〔詩有瞽〕應田—鼓。

（十二）—刀。機也。〔文選潘岳賦〕揆—刀。〔注〕—刀、弩牙後刀也。一名機。

（十三）—熢。邊候也。〔淮南泰族〕—熢未轉。

（十四）—聯。辟帶也。〔淮南本經〕—聯房植。〔注〕—聯、受雀頭著桷之。一曰辟帶也。

（十五）—薄。馬股也。見〔後漢馬援傳注引銅馬相法〕。

【縣】熒絹切音炫形甸切音現霰韻

（一）懸也。懸係于郡也。見〔釋名釋州國〕。〔按秦始皇兼幷六國。夷天下爲郡—。置三十六郡。以監其—。此—係於郡也。攷周禮小司徒。四甸爲—。四—爲都。此則—係於都也。遂人五鄙爲—。五—爲遂。此則—係於遂也。周書作洛。謂—有四郡。可知周制、—大而郡小矣。明以—係於州府。清因之。民國則改係於省。後又改係於道。〕

（二）國也。見〔廣雅釋詁〕。

（三）官也。見〔廣雅釋宮〕〔疏證〕謂官舍也。

（四）—官。謂天子也。王者官天下。故曰—官。見〔史記絳侯世家索隱〕。

（五）赤—、中國也。〔詩北山傳濱涯也。疏引鄒子〕中國名赤—。赤—內、自有九州。〔按穀梁桓五年傳在乎冀州注。九州之內名曰赤—。與鄒子合。」

【䋴】力各切音落藥韻
同絡。繳絲也。見〔玉篇〕。〔按集韻、䋴爲絡或字。疑—、䋴爲一字。〕

【𦄻】此由切音秋尤韻
同緧。周禮曰。必—其牛後。見〔廣韻〕。〔按考工記輈人必緧其牛後。注。故書緧作鰍。鄭司農云。鰍讀爲縮。關東謂紂爲縮。鰍魚字。校勘記曰。釋文作—音秋。與緧同。漢讀考云。集韻。緧、、—同字。本此。則陸本注無鰍魚字三字。與賈本異。然則廣韻之說不誤也。康熙字典謂廣韻譌鰍爲—。誤矣。〕

【繸】宜戟切音逆陌韻
綬維也。見〔說文〕〔段注〕司馬彪曰。—者、古佩璲也。佩綬相迎受。故曰—。按當曰與綬相迎受、故曰—。—之言逆也。漢之—。古之綬也。漢之綬。猶古之韍佩也。〔按董巴輿服志。自青綬以上。—皆長三尺二寸。與綬同采而首半之。自黑綬以下。—皆長三尺。與綬同采而首半之。顏注急就篇。—者、綬之系也。言其迎逆綬也。〕

【𦄪】徒郎切音唐陽韻
大繩。見〔玉篇〕。

【縍】逋旁切音彭陽韻
幫或字。〔集韻〕幫。治履邊也。或作—。

【縍】補曠切音謗漾韻
吳俗謂綳絮曰—。見〔類篇〕。

【䌆】立廢切音㓻隊韻
總或字。〔集韻〕周禮、朱總。鄭康成曰。故書、總或爲—。李軌讀。〔按今本周禮春官巾車注亦如此。釋文、戚云。檢字林、蒼雅、及說文、無此字。衆家亦不見有音者。惟昌宗音廢。當是廢而不用乎。非其音也。〕

【䌆】基位切音媿寘韻
繪也。見〔類篇〕。

【縏】蒲官切音盤寒韻
小囊也。見〔類篇〕。〔按禮記內則施—袠疏。袠刺也。以鍼刺袠而爲—囊也。是以—爲囊。〕

【縒】又眞切音差支韻
參—也。見〔說文〕。〔按參—與參差同。集韻類篇皆引說文參—也。謂絲亂皃。韻會於差下引說文、參差。絲亂皃。蓋絲亂則長短不齊。故曰參差。如說文木部之槮差。竹部之篸差。亦皆謂長短不齊也。〕

【縒】蘇可切音槎此我切音瑳哿韻
鮮潔皃。見〔廣韻〕。

【縒】倉各切音錯藥韻
—綜。亂也。見〔集韻〕。〔按玉篇。—、亦作錯。〕

【縓】逡緣切音詮先韻取絹切音爨霰韻
帛赤黃色也。一染謂之—。再染謂之赬。三染謂之纁。見〔說文〕。〔按以朱及丹秫染者謂之—。—淺於絳而深於紅。故爾雅釋器郭注曰。今之紅也。儀禮喪服記注曰。淺絳也。段玉裁曰。今人謂桃紅粉紅。乃古人所謂紅。是則古人所謂—。今人以爲紅、信矣。一染謂之—三句。乃爾雅釋器文。〕

【綼】頻脂切音皮支韻
細布。見〔集韻〕。

【𦄯】所兩切音爽養韻
縣中繭也。見〔類篇〕。

【縖】下瞎切音鎋黠韻
束物。見〔玉篇〕。

【縘】牽奚切音溪齊韻
繫綴也。今惡絮。見〔類篇〕。〔按集韻、繫或作—。〕

【繐】雖遂切音歲寘韻
卷絲爲緯也。見〔類篇〕。

【䋷】力求切音留尤韻〔應作縲〕。
綺別名。見〔集韻〕。

【𦁮】下革切音鬲陌韻
生絲。見〔玉篇〕。

【縙】如容切音茸冬韻
絲飾。見〔集韻〕。

【𦅌】而用切音[illegible]宋韻
氄毹飾。一曰。罽也。見〔集韻〕。

【𦅌】乳勇切音宂腫韻
索也。見〔廣雅釋器〕。

【縉】即忍切音晉震韻
帛赤色也。春秋傳曰。—雲氏。禮有—緣。見〔說文〕。〔按顏注急就篇云。淺色赤。廣韻云。淺絳色。並與說、合。南都賦引臣瓚云。赤白色。玉篇亦云。帛赤白。皆誤。—雲氏見左文十八年傳。戴侗曰。禮止有縓緣。縓、—聲相近。豈卽一字歟。〕

【縉】同薦。〔史記五帝紀贊〕薦紳先生難言之。〔徐廣曰。薦、卽—也。古字假借耳。〕

【縉】同搢。〔荀子禮論〕—紳而無鉤帶矣。〔注〕—、與搢同。

【𦆁】吐敢切音菼感韻。帛騅色也。詩曰。毳衣如—。見〔說文〕〔按此卽今人所染麥綠也。今詩作如菼。爾雅釋言。菼騅也。注。菼草色如騅。在青白之閒。釋文。如騅馬色也。說文騅訓馬蒼黑雜毛。段玉裁謂蒼黑當作蒼白是也。〕

【縜】于倫切音筠眞韻。羽敏切音隕軫韻。王分切音雲文韻。羽粉切音殞吻韻。持綱紐也。周禮曰。—寸。見〔說文〕。〔段注〕紐者、結而可解也。大曰系。小曰紐。綱之系网也。必以小繩貫大繩而結於网。是曰—。引申爲凡紐之稱。梓人爲侯。上綱與下綱出舌尋—寸焉。注云。綱、所以繫侯於植者也。—、籠綱者。按綱繩繼大。故以小繩貫大繩爲紐。連於侯。其用與网、一也。

【𦃽】色角切音朔覺韻。封也。見〔玉篇〕。

【𦆽】伯各切音博藥韻。步木切音僕屋韻。頸連也。見〔說文〕〔王注〕段氏曰。頸、當依玉篇作領。玉篇又云。亦作襮。詩唐風毛傳。襮、領也。此云領連也者。蓋後漢呼領曰領連。

【緆】託盍切音榻合韻。以索罥物也。〔通鑑〕唐中宗嗣聖十三年。契丹寇營州。飛索以—麻仁節。生獲之。

【縘】胡計切音系霽韻。徯或字〔集韻〕。徯、帶也。或作—。

【縤】桑故切音素遇韻。生帛。見〔玉篇〕。〔按篇海云。通作素。〕

【縥】阻近切音溱吻韻。水急。見〔玉篇〕。

【縎】吉忽切音骨月韻。結也。見〔說文〕。〔按玉篇云。結不解。〕

【縎】胡骨切音搰月韻。繪類。見〔集韻〕。

【𦅧】綷本字。見〔說文〕。

【綾】緞本字。見〔說文〕。

【縕】縕本字。見〔說文〕。

【𦃇】素本字。見〔說文〕。

【緫】古總字。見〔字彙補〕、〔按總篆如此作。非古也。〕

【𦃃】系籀文。見〔說文系部〕。

【䌲】同絢。見〔穆天子傳〕。

【𦂎】同碧。見〔字彙補〕。

【緇】同緇。〔隸釋〕州輔碑、湼而不—。卽緇字。

【縊】繅或字。見〔類篇〕。

【𦂼】絖或字。見〔集韻〕。

【𦄔】絡或字。見〔集韻〕。

【𦃁】絢或字。見〔集韻〕。

【纕】綌或字。見〔集韻〕。

【綎】綱俗字。見〔字彙補〕。

【緎】織俗字。見〔正字通〕。

【縞】繻俗字。見〔字彙補〕。

【縤】索譌字。見〔篇海〕。

【紮】縈譌字。見〔字彙補〕。

【䌉】索譌字。見〔康熙字典〕〔按字彙補音棘、徵也。〕

【緑】繅譌字。見〔字彙補〕。

十二畫

【縪】壁結切音必薄必切音邲質韻

一 止也。見〔說文〕〔段注〕鹿車下鐵、陳宋淮楚之間謂之畢。所謂鹿車—也。與用組約圭中央。皆所以止者。

二 韍也。〔廣雅釋器〕韍謂之—。〔按此假爲韠。〕

三 縫也。〔儀禮既夕〕冠六升外—。〔注〕—、謂縫著於武也。

【縪】必結切音鷩屑韻。以組約圭也。〔考工記玉人〕天子圭中必。〔注〕必讀如鹿車—之—。

謂以組約其中央而執之。以備失隊。〔按段玉裁云古畢、必通用。故韠、—同。〕

【縫】符容切音逢冬韻　符風切音馮東韻

(一)以鍼紩衣也。見〔說文〕。〔按許書紩下云—也。以鍼紩衣。卽以鍼—衣也。〕

(二)合也。見〔廣雅釋詁〕。

(三)—殺得宜也。〔詩羔羊〕羔羊之—。〔傳〕—言、殺之大小得其制。〔釋文〕—、符龍反。又音符用反。

(四)彌—補合也。〔左昭二年傳〕敢拜子之彌—敝邑。〔注〕彌—、猶補合也。

(五)—人。周官名。〔周禮縫人〕—人掌王宮之—線之事。〔疏〕在王宮須裁—者。皆—人—之。〔按今俗通稱業成衣者曰裁—。〕

【縫】房用切音俸宋韻　衣會也。見〔集韻〕。〔按廣韻言衣—。〕

【縉】七接切音妾葉韻　七入切音葺　席入切音褺緝韻

(一)縩或字。見〔說文〕。〔按說文縩、緶衣也。〕

(二)緹—鮮明衣也。〔後漢應劭傳〕緹—十重。〔注〕緹—、謂鮮明之衣也。

【縬】子六切音蹙屋韻

(一)縮也。見〔集韻〕。

(二)繒文也。見〔集韻〕。

【縬】側六切音埱屋韻　聚文也。見〔類篇〕。

【縭】鄰知切音離支韻

(一)以絲介履也。見〔說文〕〔段注〕介者、畫也。謂以絲介畫履間爲飾也。蓋卽周禮之繶絇。

(二)婦人之褘謂之—。—、緌也。見〔爾雅釋器〕〔注〕卽今之香纓也。褘邪交落帶繫於體。因名爲褘。〔疏〕此女子旣嫁之所著。示繫屬於人。詩云。親結其—。謂母送女重結其所繫著。以申戒之。孫炎以褘爲帨巾。失之也。〔按孫炎之說是也。詩正義曰。昏禮言結帨。此言結—。則—當是帨。非香纓也。今世稱昏禮爲結—。蓋本此。〕

(三)帶也。見〔文選張衡賦注引韓詩章句〕。

(四)繫也。見〔爾雅釋言注〕

【縭】抽知切音摛支韻　櫛也。〔唐書儒學傳〕風—、露沐。〔注〕—沐與櫛沐同。

【縮】所六切音蹜屋韻

(一)亂也。一曰。蹴也。見〔說文〕〔段注〕通俗文云。物不申曰—。不申則亂。故曰亂也。蹴者、足掌迫地不遽起。論語足——。鄭注曰。舉前曳踵行也。曳踵行。不遽起。故曰——。俗作蹜蹜。非。〔按通訓定聲云。亂、治也。理也。此說解及爾雅之亂。正謂治理。存參。〕

(二)直也。〔禮記檀弓〕古者冠—縫。今也衡縫。

(三)不及也。〔文選班固賦〕故遭罹而贏—。〔注引項岱〕—、不及也。

(四)去滓也。〔禮記郊特牲〕—酌用茅。

(五)約束也。〔爾雅釋器〕繩之謂之—之。〔注〕—者、約束之。

(六)義也。〔孟子公孫丑〕自反而不—。

(七)斂也。〔淮南俶眞〕贏—卷舒。淪于不測。〔按朱駿聲云贏、—卽歷家所謂發斂。〕

(八)短也。〔淮南時則〕孟秋始—。

(九)卷也。〔劉長卿詩〕風寒馬毛—。

(十)退也。〔史記天官書〕退舍曰—。

(十一)止也。見〔玉篇〕。

(十二)歉也。〔國策楚策〕—于財用則匱。〔注〕歉也。贏之反也。

(十三)取也。〔國策秦策〕—劍將自誅。

(十四)引也。〔國語周語〕而—取備物。

(十五)抽也。見〔小爾雅廣言〕。

(十六)乘也。〔詩緜〕—版以載。〔傳〕乘謂之—。

(十七)漉米藪也。〔方言〕炊藪謂之—。

(十八)藏也。〔淮南覽冥〕春秋—其和。

(十九)車枕前也。〔釋名釋草〕齊人謂車枕以前曰—。言局—也。

(二十)綸也。見〔爾雅釋詁〕。

(廿一)—朒不任事之貌。〔漢書五行志〕當春秋時。侯王率多—朒不任事。

(廿二)姓也。戰國時、安陵人—高。

【⿱略糸】力灼切音略藥韻

(一)絣也。見〔廣雅釋詁〕。

(二)紩衣。見〔玉篇〕。

【縰】所綺切音蹝紙韻

(一)髮巾也。〔禮記內則〕櫛—笄總。

(二)——、衆多貌。〔文選宋玉賦〕——莘莘。

【縱】足用切蹤去聲宋韻

(一)緩也。一曰舍也。見〔說文〕〔通訓定聲〕凡絲持則緊。舍則緩。緊則理。緩則亂。一意之引申也。
(二)亂也。見〔爾雅釋詁〕〔注〕掣縮亂法也。
(三)置也。見〔廣雅釋詁〕
(四)放也。〔國語楚語〕夫民氣—則底。〔按謂不收束也〕
(五)容放也。〔漢書昭帝紀〕李种坐故—死罪棄市。〔注〕—、謂容放之。
(六)恣也。〔書太甲〕慾敗度—敗禮。〔按朱駿聲云任情肆意之謂也〕
(七)發矢也。〔詩大叔于田〕抑—送忌。〔傳〕發矢曰—。
(八)生也。〔書緯帝命驗〕姚氏—華引。
(九)—言。泛說事也。〔禮記仲尼燕居〕—言至于禮。
(十)—體。舞容也。〔文選張衡賦〕紛—體而迅赴。
(十一)—橫。廢起也。〔鬼谷子捭闔〕以化萬物—橫。
(十二)語助辭。猶雖也。〔左襄二十六年傳〕—有共其內。莫共其外。

【縱】作孔切音總董韻

——。急遽貌。〔禮記檀弓〕喪事欲其——爾。〔注〕—讀如總領之總。急遽趨事貌。〔又〕衆也。〔漢書禮樂志〕般——。

【縱】將容切音蹤冬韻

(一)長也。見〔廣雅釋詁〕
(二)履也。〔淮南覽冥〕—矢躡風。
(三)經也。〔楚辭沈江〕不別橫之與—。〔注〕經曰—。〔按[illegible]以東西爲—。於數亦以東西爲—。土地則以南與北合爲—〕
(四)—橫。四散也。〔文選顏延之賦〕—橫絡繹。〔又〕戰國時學術之稱。〔漢書藝文志〕—橫家者流。出於行人之官。〔按戰國時蘇秦張儀事鬼谷先生、習其術。蘇以合從擯秦。說燕趙韓魏齊楚。張儀以連衡事秦。說楚韓齊燕趙。或謂關東地長爲從。六國居之。關西地廣爲橫。秦獨居之。以六攻一爲從。以一攻六爲橫。故從曰合。橫曰連。—橫、從衡、古今字。—橫之名。乃昉乎是〕
(五)通蹤。〔漢書蕭何傳〕發—、指示。功人也。〔注〕師古曰。發—、謂解紲而放之也。音子用反。而讀者乃爲蹤蹟之蹤。非也。〔按後漢荀彧傳先帝貴指—之功。注。—、或作蹤。兩通。隸釋亦以—爲蹤。如楊著碑追—魯參、是〕

【縱】徂聰切音叢東韻

(一)鬆高大皃。見〔集韻〕
(二)——。高大也。〔禮記檀弓〕爾無——爾。〔按今本作從。集韻作—〕

【縱】足勇切音樅腫韻

—臾。獎勸也。〔漢書衡山王傳〕日夜—臾。

【[糹覓]】莫狄切音覓錫韻

(一)網繩。見〔廣韻〕
(二)索也。見〔廣雅釋器〕

【縵】莫半切音幔翰韻　莫晏切音慢諫韻

(一)繒無文也。漢律曰。賜衣者—表白裏。見〔說文〕〔桂注〕一切經音義引作繒帛無文者也。急就篇顏注。—、無文之帛也。
(二)車無文亦曰—。〔周禮巾車〕卿乘夏—。〔疏〕—者亦如—帛無文章。
(三)襍樂也。〔周禮磬師〕教—樂燕樂之鐘磬。〔注〕杜子春讀—爲怠慢之慢。玄謂—讀爲—錦之—。謂襍聲之和樂者也。
(四)緩也。見〔集韻〕
(五)寬心也。〔莊子齊物論〕—者、窖者、密者。
(六)——。齊死生貌。〔莊子齊物論〕大恐——。〔又〕敎化遠廣也。〔書大傳〕禮——兮。
(七)—田。田不爲甽者也。〔漢書食貨志〕一歲之收。常過—田畮一斛以上。

【縵】謨官切音瞞寒韻

無文也。見〔集韻〕

【縶】陟立切音執緝韻

(一)馽或字。見〔說文馬部〕〔按說文馽絆馬也。經傳通作—〕
(二)繮也。〔詩有客〕言授之—。以—其馬。〔按下—爲本義。絆之曰—。故所絆之索卽曰—〕
(三)拘執也。〔左成九年傳〕南冠而—者誰也。
(四)連也。見〔玉篇〕
(五)縷也。見〔玉篇〕

【縶】質涉切音輒葉韻

人名。〔春秋昭二十年〕盜殺衞侯

侯之兒—。〔按公穀皆以𩬊爲之。字或變作踧。〕

【縷】龍主切音僂虞韻

(一)綫也。見〔說文〕。〔段注〕此本謂布—。引中之絲亦名—。〔按凡物細長者皆得稱—。如云雲—。霞—。𦆅—。柳—。香—。皆是。〕

(二)帛也。〔管子侈靡〕故爲禱朝—綿。

(三)覼—委曲也。〔柳宗元書〕雖欲秉筆覼—。

(四)結—草名。〔爾雅釋草〕傳橫目。〔注〕一名結—。俗謂之鼓箏草。〔按結—、亦名句屢。亦作結—。草似白茅。蔓延生。如—相結。〕

(五)——。絲連續之貌。〔宋史食貨志〕蠶婦治繭績麻紡緯。——而積之。寸寸而成之。其勤極矣。〔又〕細貌。〔蘇軾詩〕船頭斫鮮細——。〔又〕不絕之貌。語云不盡——。即此義。

(六)長命—。繫臂之—也。〔風俗通〕五月五日以五色絲繫臂。令人不病。曰長命—。〔又〕續命—。〔宋史禮志〕續命—分賜百官。

【縷】龍主切音僂虞韻 郎侯切音婁尤韻

藍—。敝衣也。布褐而紩之也。〔字林〕南楚人貧衣被醜敝謂之藍—。又謂之須捷。又謂之褸裂。〔又〕拙劣也。〔唐書選舉志〕凡官員試判。登科謂之入等。甚拙者、謂之藍—。選。

【縹】匹紹切音醥篠韻 匹妙切音剽嘯韻

帛青白色也。見〔說文〕。〔按段本改爲白青色。禮記正義謂之碧。廣韻訓青黃色。廣雅訓青色。文選七啟乃有春清—酒注云、綠色而微白也。是皆言其似耳。故釋名釋采帛云、—猶漂。漂、淺青色也。有碧—。有天—。有骨—。各以其色所象言之也。〕

【縹】匹紹切音醥紕紹切音漂篠韻

(一)——。輕舉貌。〔漢書賈誼傳〕鳳——其高逝兮。

(二)—眇。遠視貌。〔文選木華賦〕羣仙—眇。

(三)—緲。玄遠貌。〔白居易詩〕忽聞海上有仙山。山在虛無—緲間。〔又〕峯名。〔廣輿記〕—緲峯、洞庭之最高者。〔按指太湖中之洞庭山。〕

【縺】落賢切音蓮先韻

(一)縷不解。見〔玉篇〕。

(二)—縷。寒具見〔廣韻〕。

【縻】忙皮切音糜支韻 糜寄切糜去聲寘韻

(一)牛轡也。見〔說文〕。〔按牛不用籠頭而言轡者。大車駕牛者、則曰牛轡。是爲—。說文訓牽爲象引牛之—。〔史記索隱〕—、牛轡也。後漢魯恭傳注引蒼頡篇、—、牛韁也。是也。〕

(二)繫也。〔史記司馬相如傳〕其義羈—、勿絕而已。〔索隱〕言制四夷如牛馬之受羈—也。〔按稱要荒四夷如羈—本此。〕

(三)縛也。見〔小爾雅廣言〕。

(四)索也。見〔廣雅釋器〕。

(五)通靡。散也。〔易中孚〕吾與爾靡之。〔疏〕靡、散也。〔釋文〕靡、埤蒼作—。云散也。

【縼】隨戀切旋去聲霰韻

(一)以長繩繫牛也。見〔說文〕。〔按玉篇云。以長繩繫牛馬放之也。〕

(二)係也。見〔廣雅釋詁〕。

【總】祖動切音摠董韻

(一)聚束也。見〔說文〕。〔段注〕謂聚而縛之也。悤有散意。糸以束之。引申之爲凡兼綜之偁。

(二)聚也。〔史記禮書〕功名之—也。

(三)合也。〔淮南精神〕萬物—而爲一。

(四)收積也。〔管子侈靡〕無事而—。〔注〕—、謂收積也。

(五)凡也。〔淮南本經〕德之所—、要。

(六)一也。〔淮南本經〕故德之所—。

(七)皆也。見〔廣雅釋詁〕。

(八)猶括也。〔文選張衡賦〕—風雨之所交。

(九)會也。〔文選張衡賦〕—集瑞命。

(十)綱要也。〔周禮職內〕掌邦之賦入。辨其財用之物而執其—。〔注〕—、謂簿書之種別與大凡。

(十一)結也。〔離騷〕—余轡乎扶桑兮。

(十二)係也。〔史記司馬相如傳〕—光耀之采旄。

(十三)將領也。〔左僖七年傳〕若—其罪人以臨之。〔按凡首領其事者謂之—。前代所謂—辦、—管。今所謂—統、—理。均此義。〕

(十四)監也。〔莊子漁父〕其非事而事之、謂之—。

(十五)束髮也。〔禮記內則〕櫛縰笄—。

按—所以束髮者。詩—角丱兮。正義。—、聚其髮以爲兩角。顏注急就篇。—、以絲纓爲之。所以束髮也。故儀禮喪服傳。—六升。注。首飾象冠數長六寸。謂出紒後所垂爲飾也。」

(十六)設燭之束也。〔管子弟子職〕錯—之法。橫於坐所。

(十七)禾藁也。〔書禹貢〕百里賦納—。〔傳〕禾藁曰—。

(十八)流蘇也。〔周禮巾車〕王后之五路。重翟錫面朱—。〔注〕—、著馬勒直兩耳與兩鑣。〔按文選東京賦李善注云。流蘇五采毛雜之。以爲馬飾而垂之。周禮疏云。凡言—者。謂以—爲車馬之飾。若婦人之—。亦既繫其本。又垂爲飾。故皆謂之—也。是周謂—。卽漢唐謂流蘇也〕。

(十九)眾人也。〔周禮大匡〕因其耆老及其—害。

(二十)——。眾貌。〔楚辭大司命〕紛——兮九州。〔又〕聚貌。〔漢書揚雄傳〕齊—撙撙。〔又〕亂也。〔周書大聚〕般政——。

(廿一)—章。樂官名。〔後漢獻帝紀〕—章。始復備八佾舞。〔注〕—章。樂官名。古之安代樂。〔又〕西向堂也。〔呂覽孟秋〕天子居—章左个。〔注〕—章、西向堂。西方—成萬物而章明之。故曰—章。

【績】則歷切音勣錫韻

(一)緝也。見〔說文〕。〔段注〕豳風、八月載—。傳曰。載—、絲事畢而麻事起矣。—之言積也。積短爲長。積少爲多也。〔參閱緝字〕。

(二)繼也。見〔爾雅釋詁〕。

(三)業也。〔詩文王有聲〕維禹之—。

(四)功也。〔書堯典〕庶—咸熙。

(五)成也。見〔爾雅釋詁〕。

(六)事也。見〔爾雅釋詁〕。

(七)凡師大崩曰敗—。見〔左莊十一年傳〕。

(八)通迹。〔左哀元年傳〕復禹之—。〔釋文〕—、一本作迹。〔按迹亦作蹟。左傳復禹之—。乃蹟譌字耳。故一本作迹。朱駿聲謂—有迹義。恐未必然〕。

(十)通積。〔漢書外戚傳〕賜皮弁素—。〔注〕素—、謂素裳也。朱衣而素裳。—、字或作積。積謂襞積之也。

(九)亦作纘。〔穀梁成五年傳〕伯尊其無—乎。〔注〕—、或作纘。謂無繼嗣。

【縿】師銜切音衫咸韻

旌旗之游也。見〔說文〕。〔按周禮巾車注。正幅爲—。游則屬焉。詩干旄疏。—、謂繫於旌旗之體。旒謂—末之垂者。旒、卽游也。游屬於—而異於—。—、游非一物異名。段玉裁、補所屬二字。以爲—乃旌旗之游所屬也。其說頗當〕。

【縿】思廉切音暹師炎切音攕鹽韻

纖或字。〔集韻〕纖。旌旗末也。或作—。

【縿】思邀切音宵蕭韻

(一)繺也。〔禮記檀弓〕—幕魯也。〔注〕—、繺也。—讀如綃。

(二)生絲也。一曰綺屬。見〔集韻〕。〔按集韻。綃或作—、綃〕。

【縿】蘇遭切音騷豪韻

繅或字。〔集韻〕繅。繹繭爲絲。或作—。

【縿】七感切音慘感韻

淺紺繪也。見〔集韻〕。

【繀】蘇對切音碎隊韻

(一)箸絲於莩車也。見〔說文〕。〔按六書故。莩車。紡車也。著絲於筳。著筳於車。踏而轉之。所謂紡也。方言。—車、趙魏之間謂之轣轆。東齊海岱之間謂之道軌。玉篇。—車、亦名鼓車。今俗著絲於梭中之管。名管爲—子。其絲於織爲緯。凡爲—必著於紡車。故說之以莩車〕。

(二)織纖謂之—。見〔御覽引通俗文〕。

【繁】符袁切音煩元韻

(一)本作緐。〔說文〕緐。馬髦飾也。春秋傳曰。可目稱旌緐乎。〔段注〕馬髦、謂馬鬣也。飾亦妝飾之飾。蓋集絲絛下垂曰緐。俗改其字作—。俗形行而本形廢。

(二)多也。〔書仲虺之誥〕實—有徒。

(三)盛也。〔禮記鄉飲酒義〕拜至獻酬辭讓之節—。

(四)數也。〔淮南原道〕箠策—用者。非致遠之術也。

(五)眾也。〔淮南氾論〕當市—之時。

(六)雜也。〔孝經序〕安得不翦其—蕪。

(七)概也。見〔廣韻〕。

(八)艸名。〔爾雅釋草〕—由胡。〔按廣雅釋草。—母、蒡葧也。—與蘩通。大

戴記夏小正傳曰。二月榮蕫采蘩。蕫、菜也。蘩、由胡。由胡者、蘩母也。蘩母者、旁勃也。〕

⑨—冠名。〔獨斷〕武冠或曰—冠。今謂之大冠。

⑩—憤。罳積之貌。〔淮南俶眞〕—憤未發。

⑪—弱。大弓名。〔左定四年傳〕封父之—弱。〔按—弱出良弓地。因以爲弓名。荀子以爲—弱古之良弓也〕。

⑫—遏。執僨也。〔國語魯語〕金奏肆夏—遏渠。〔按周禮鐘師注引呂叔玉云。肆夏、—遏、—渠、皆周頌也。肆夏、時邁也。—遏、執僨也。—渠、思文也。釋文云。僨音競。詩作競。〕

⑬—廡。茂盛也。見〔後漢張衡傳注〕。

⑭—華。美麗也。見〔後漢班彪傳注〕。

⑮—縟。聲之細也。〔文選嵇康賦〕翕韡曄而—縟。

【繁】　蒲官切音槃寒韻

①—馬大帶也。〔禮記禮器〕大路—纓一就。〔鄭注〕繁讀爲槃帶之鞶。〔按段玉裁云。此易字之例。與許說絕殊。〕

①—通樊。〔周禮巾車〕王之五路。一曰玉路。錫樊纓。

【繁】　蒲波切音婆歌韻

①姓也。漢御史大夫—延壽。

【繂】　劣戌切音律。所律切音率質韻

①本作繛。〔說文素部〕繛、素屬。〔段注〕素當作索。索見宋部。繩索也。从素之字。古亦从糸。故繛字或作繂。或作—。—謂麻繩。今說文譌作素屬。乃不可通矣。

②竹索也。〔爾雅釋水〕紼、—也。〔疏〕李巡曰。—竹爲索。所以維持舟者。孫炎云。舟止繫之於樹木。戾竹爲大索。

③藉玉者也。〔文選張衡賦〕藻—鞶厲。〔注〕—、以韋爲之。所以藉玉也。

④懸下壙也。〔釋名釋喪制〕縣下壙曰—。—、捋也。徐徐捋下之也。〔按古者葬時。斲大木爲豐碑。形如石碑。於槨前後四角樹之。穿中於閒爲鹿盧。下棺以—繞。蓋以—之一頭繫棺緘。以一頭繫鹿盧。〕

【繃】　補耕切音伻。悲萌切音綳庚韻

①束也。墨子曰。禹葬會稽。桐棺三寸。葛以—之。見〔說文〕。〔按今本墨子節葬篇凡三見。皆作緘。御覽引作—。帝王世紀亦作—。桂氏曰。緘、—也。釋名。棺束曰緘。緘、函也。古者棺不釘也。喪大記大夫以咸注云。咸讀爲緘。齊人謂棺束爲緘。說苑。堯之葬者。空木爲櫝。葛藟爲緘。此字或作箳。廣韻。箳、束棺下之。據此—卽緘。字亦作箳矣。〕

②束兒衣也。見〔廣韻〕。〔按漢書宣帝紀。曾孫雖在襁褓。注云。襁、卽今之小兒—也。〕

【緊】　煙奚切音鷖齊韻。於宜切音伊支韻

①戟衣也。一曰。赤黑色繒。見〔說文〕。〔段注〕所以韜戟者。猶盛弓弩矢器曰医也。赤當依玉篇作靑。

②語助辭。〔左隱元年傳〕爾有母遺。—我獨無。〔注〕—、語助。

③唯也。〔左襄十四年傳〕王室之不壞。—伯舅是賴。〔疏〕王室之不傾壞者。唯伯舅是賴也。

④是也。〔詩蒹葭〕所謂伊人。〔箋〕伊、當作—。—、猶是也。〔按經傳釋詞云。—、伊、二字同。〕

⑤至也。見〔廣雅釋詁〕。

【緊】　壹計切音翳霽韻

①歎聲。見〔類篇〕。

②—袼。小兒次衣也。見〔類篇〕。

【繅】　蘇遭切音騷豪韻

①本作繰。〔說文〕繰、繹繭爲絲也。〔按禮記祭義釋文。引作抽繭出絲也。春秋繁露實性篇。繭待—以涫湯。而後能爲絲。顏注急就篇。抽引精繭出緒者曰絲。意皆同。字或作繰。亦作繱。〕

【繅】　子皓切音早皓韻

①文采也。通作繰、藻。見〔集韻〕。

②冕繩曰—。〔周禮弁師〕五采—十有二。〔注〕—、雜文之名也。合五采絲爲之繩。垂於延之前后。各十二。所謂邃延也。〔釋文〕—、音早。司農云。古藻字。

③玉藉曰—。〔周禮典瑞〕—藉五采五就。〔注〕—、有五采文。所以薦玉。

④圭組曰—。〔儀禮聘禮〕取圭垂—。不起而授宰。宰執圭屈—。〔疏〕—有二種。一者以木爲中幹。以韋衣之。天子五采。公侯伯三采。子男二

采。此則無垂―屈―之事。若絢組爲之者。所以繫玉於韋版。使不失墜。此乃有屈垂之法。則此次所云者是也。

㊄―席。五采席也。〔周禮司几筵〕加―席黼純。〔注〕―席。削蒲蒻展之。編以五采。若今合歡矣。

【繆】亡幽切音犛力求切音劉莫浮切音謀尤韻

㊀―枲之十絜也。見〔說文〕。〔段注〕枲、卽麻也。十絜、猶十束也。亦叚爲謬誤字。亦叚爲謚法之穋。

㊁綢―纏綿也。〔詩綢繆〕綢―束薪。〔又〕深奧也。〔莊子則陽〕聖人達綢―。〔又〕連緜也。〔文選張衡賦〕察二紀五緯之綢―。遂皇〔又〕花采密貌。〔文選左思賦〕綢―縟繡。

㊂―篆。新莽六書之一。〔說文敘〕五曰―篆。所以摹印也。〔按段玉裁云。摹、規也。規度印之大小、字之多少、而刻之。秦文八體五曰摹印。黃庭堅曰。讀如綢―束薪之―。漢以來符璽印章書。顏師古曰。―篆、謂其文屈曲纏繞。〕

【繆】居尤切音樛尤韻

㊀絞也。〔漢書外戚傳〕卽自―死。

㊁纏也。見〔廣雅釋詁〕。

㊂結也。〔莊子庚桑楚〕內韄者不可―。

㊃交錯之形也。〔續漢輿服志〕金薄―龍。爲輿倚較。

㊄通膠。相加貌。〔荀子哀公〕――肫肫。其事不可循。〔注〕、當爲膠。相加之貌。

【繆】眉救切音謬宥韻

㊀誤也。〔禮記仲尼燕居〕不能詩於禮―。

㊁違也。〔漢書子定國傳〕何以錯―至是。

㊂詐也。〔漢書司馬相如傳〕臨邛令―爲恭敬。

㊃紕―猶錯也。〔禮記大傳〕五者一物紕―。

㊄―形。不同形也。〔文選王延壽賦〕事各―形。〔注〕―形。形不同也。

㊅姓也。〔史記申公傳〕蘭陵―生。〔索隱〕―氏出蘭陵。〔按正字通云。今姓―、讀若妙。變音非本音也。〕

【繆】朗鳥切音了篠韻

―繞。相纏結也。〔漢書司馬相如傳〕―繞玉綏。〔按集韻、繚。繆也。或作―。〕

【繆】莫六切音目屋韻

㊀名實不符也。〔周書謚法〕名與實爽曰―。

㊁―然。深思貌。〔家語辨樂〕孔子有所―然思焉。

㊂通穆。〔禮記大傳〕序以昭―。〔注〕―讀爲穆。聲之誤也。

㊃謚也。古有称―公。秦―公。見〔集韻〕。

【繆】憐蕭切音聊蕭韻

――。絲皃。見〔集韻〕。

【繆】力弔切音嫽嘯韻

蟉或字。〔集韻〕蟉。蜩蟉。龍首動皃。或作―。

【繇】餘招切音遙蕭韻　〔按說文本作䌛。集韻以繇爲―或字。朱駿聲以―爲譌字。王筠以―爲䌛之重文。段玉裁以䌛爲正篆。以由爲或字。以―爲譌體。形舛說歧。莫能是正矣。〕

㊀隨從也。从系。䍃聲。見〔說文系部〕。〔段注〕从系者。謂引之而往也。

㊁抽也。茂也。〔書禹貢〕厥草惟―。〔傳〕―、茂也。〔馬注〕―、抽也。

㊂發也。見〔爾雅釋詁〕。

㊃由也。見〔集韻〕。

㊄役也。〔淮南精神〕今夫―者揭钁臿。〔注〕―、役也。今河東謂治道爲―道。

㊅搖動也。〔史記蘇秦傳〕二日而莫不盡―。

㊆咎―。人名。亦作皋陶。陶唐時賢者。虞舜爲天子。以咎―作士。

㊇通謠。〔漢書李尋傳〕人民―俗。〔注〕―、讀與謠同。

㊈通徭。〔詩民勞箋〕―役煩多。〔釋文〕―。本亦作徭。

㊉姓也。〔後漢郅惲傳〕西都督郵―延。〔注〕―、姓。咎―之後。

【繇】夷周切音由尤韻

㊀從也。〔易坤〕其所―來者漸矣。〔疏〕其禍患所從來者積漸久遠矣。〔按今本―作由。校勘記云。毛本由作―。〕

㊁於也。見〔爾雅釋詁〕。

㊂過也。〔左昭二十六年傳〕―朐汰輈。

㊃道也。見〔爾雅釋詁〕。

㊄喜也。見〔爾雅釋詁〕〔注〕禮記曰。人喜則斯陶。陶斯詠。詠斯猶。猶、卽—也。古今字耳。

㊅用也。〔呂覽貴當〕必—其道。

㊆相—人名。〔山海經大荒北經〕共工臣名相—。〔注〕相—相柳也。語聲轉耳。〔又〕魯顏無—字路。見〔史記仲尼弟子傳〕

㊇同悠。—。行貌。〔漢書韋賢傳〕犬馬——。〔注〕—、與悠同。

㊈同游。儷—寬容也。〔漢書班固敘傳〕優—亮直。

【繇】直祐切音胄宥韻

㊀卦兆辭也。〔左閔二年傳〕成風聞成季之—、〔注〕—、卦兆之占辭。〔服注〕—、抽也。抽出吉凶也。〔按易繫辭注爻—之辭釋文、引韋昭云。—、由也。吉凶所由而出也。〕

【繈】舉兩切音襁養韻

㊀觕類也。見〔說文〕〔桂注〕莊十年公羊傳。觕者曰侵。精者曰伐。何注。觕、麤也。月令其器高以粗。呂氏春秋作高以觕。廣韻。—、絲有纇。纇、粗絲也。〔按說文無觕字。段氏改爲觕。謂觕訓角長。引申爲凡粗長之偁。絲節粗長謂之—。〕

㊁索也。〔漢書兒寬傳〕大家牛車。小家擔負輸租—屬不絕。〔注〕言輸者接連不絕於道。若繩索之相屬也。猶今言續索矣。

㊂錢貫也。〔漢書食貨志〕臧—千萬。〔按—、俗作鏹。〕

㊃絡也。褸格繩也。見〔呂覽明理篇〕直諫篇注。〔按段玉裁云。褸格、卽褸絡。織褸爲絡以負之於背。其繩謂之—。引申凡繩韌者謂之—。〕

㊄通襁。〔列子天瑞〕不免—保者。〔釋文〕—保、本作襁保。

【顈】犬迥切音褧迥韻 涓熒切音扃青韻

㊀禪也。〔儀禮士昏禮〕被—黼。〔注〕—、禪也。〔疏〕—讀如詩云褧衣之褧。故爲禪也。

㊁褧或字。〔集韻〕褧。說文、檾也。或作—。〔按禮記襍記則既—。注。—、草名。無葛之鄉去麻則用—。卽所謂檾也。〕

【顈】胡典切音峴銑韻

綴也。見〔篇海〕

【顈】香兗切音顯銑韻

綏也。見〔篇海〕

【縩】倉代切音菜隊韻

綷—。鮮衣也。見〔類篇〕〔又〕衣聲也。〔漢書班倢伃傳〕紛綷—兮紈素聲。

【⿰糸堇】几隱切音謹軫韻

織文緻密也。見〔類篇〕

【⿱戚糸】子六切音槭屋韻

同⿰糸戚。〔唐書張建封傳〕困—不支。

【縯】以淺切音演銑韻 延面切音衍霰韻

長也。見〔集韻〕

【縯】以忍切音引軫韻

引也。見〔集韻〕

【縲】倫追切音纍支韻

黑索也。〔論語公冶長〕雖在—紲之中。〔疏〕古獄以黑索拘攣罪人。

【縲】盧戈切音贏歌韻

大索。見〔集韻〕

【縳】柱兗切音篆銑韻

白鮮色也。見〔說文〕〔按段本。色、改作卮。與縞字下同。注云。縞爲鮮卮。—爲鮮卮之白者。聘禮束紡注曰。紡、紡絲爲之。今之—也。周禮素紗注曰。素沙者、今之白—也。聲類以爲今正絹字。据許則—與絹各物。音同而義殊也。〕

【縳】柱戀切音瑑霰韻

束也。〔周禮羽人〕十羽爲審。百羽爲摶。十摶爲—。〔注〕—、羽數束名也。〔按爾雅釋器云。十羽謂之—。穆天子傳天子於是載羽百車注云。百羽爲—。竝與周禮異。皆謂束名則一。〕

【縳】樞絹切音釧霰韻

雙—。繳也。繒也。紡熟絲爲之。見〔集韻〕

【縳】古倦切音眷霰韻

色也。見〔集韻〕

【縳】外絹切耑去聲霰韻

繒也。見〔集韻〕

【縳】重緣切音椽先韻

卷也。見〔集韻〕〔按左襄二十五年傳。閭丘嬰以帷—其妻而載之。—亦當訓卷。〕

【縳】規掾切音狷霰韻

絹或字見〔集韻〕。

【𦇃】經天切音堅先韻
緊也。見〔集韻〕。

【緫】虎本切音惛阮韻
結也。見〔集韻〕。

【縴】輕烟切音牽先韻
—𦆿惡絜見〔集韻〕。

【𦅛】奴店切音念㮇韻
同総、惢挽船索也見〔正字通〕。〔按集韻五支綾下引字林—綾。挽舟紼〕

【緊】苦隕切軫韻
束縛也見〔篇海〕。

【䳄】丁了切音鳥篠韻
懸物也見〔玉篇〕。

【𦃼】女介切卦韻
絮亂皃見〔集韻〕。

【𦆂】所兩切音爽養韻
履絞也〔方言〕緉、—、絞也。〔注〕履中絞也。

【綃】師交切音梢肴韻
維舟也〔類篇〕維舟謂之—。〔按今俗陸行、綑載物於車轄曰—。自河而北謂寄物曰—。皆本此義以引伸之也〕

【縸】莫故切音暮遇韻
惡絮也齊人語見〔集韻〕。

【縸】末各切音莫藥韻
絡—。張羅貌〔後漢馬融傳〕纖羅絡—。〔注〕張羅貌。縸、與幕通。

【𦃃】苦隕切音稛軫韻
束縛見〔玉篇〕。

【𦃓】旻悲切音眉支韻
分也。見〔類篇〕。〔按集韻、縻。分也。或作—。正字通以—爲縻字之譌。恐是肊說〕

【䌫】㢊谷切音蔍屋韻
純也。見〔類篇〕。

【繐】相銳切音歲霽韻
蜀細布也見〔說文〕。〔按一切經音義引作蜀白細布也。廣韻、—、布縷細也〕

【𦃢】當侯切音兜尤韻
結縷褻見〔集韻〕。

【𦄯】丁結切音窒屑韻
結也。見〔集韻〕。

【𦇑】補典切音匾銑韻卑眠切音邊先韻
緶或字〔集韻〕緶。㛹衣也。或作—。

【𦅾】師駭切音擺蟹韻
㒓或字〔集韻〕㒓。㒓㒓衣破。或从糸。

【𦅹】邊迷切音椑齊韻
紕或字〔集韻〕紕。并也。事謬識疏也。或作—、紕。

【緷】胡昆切音魂元韻
縫也〔管子輕重〕又撫權渠—綀。所以御春夏之事也。

【𦆯】於候切音嘔宥韻
漚麻也見〔字彙補〕。〔疑爲漚字之譌〕

【𦅸】七作切音錯藥韻
綜—。絲皃見〔篇韻〕。

【𦄔】古紅切音宮東韻
縣名。見〔篇韻〕。

【𦄰】漢孔宙碑終字見〔字彙補〕。

【𦂗】同縻。見〔韻會〕。

【績】同縩。見〔字彙補〕。

【縩】同䋈。見〔篇海〕。〔按集韻紉亦作䋈。疑—當卽䋈之譌〕

【縦】同縱。見〔說文長箋〕。

【縃】同緇。見〔字彙補〕。〔按舊說字形當卽緇字之譌。字彙補謂同緇。非是〕

【𦆜】緐或字見〔篇海〕。

【繖】緰俗字見〔正字通〕。

【繁】繁譌字見〔正字通〕。

十二畫

【繎】如延切音然先韻
●絲勞也。見〔說文〕。〔按集韻云。絲難理曰絲勞。玉篇作絲縈〕
❷紅色之尤深。若火之然也。見〔急就篇注〕

【繎】而宣切音堧先韻儒轉切音善銑韻人見切善去聲霰韻
絲難理也。見〔集韻〕。

【𦇁】求於切音渠魚韻

(一)綵名。見〔玉篇〕。

(二)履緣。見〔玉篇〕。

【繏】 須絹切音選霰韻

(一)繩索也。見〔廣雅釋器〕。

(二)懸縋索。見〔玉篇〕。

(三)蜀錦名。〔揚雄賦〕自造奇錦紌―纈縿。

【繏】 逡緣切音詮先韻

所以懸持也。見〔類篇〕。

【繏】 鉏取切音纘纂韻

纘省字。〔集韻〕纘。方言、所以縣㯑。東齊海岱之間謂之纘。或省作―。

【⿰糸集】 疾葉切音捷葉韻卽入切音嗤緝韻

(一)合也。見〔說文〕。〔段注〕合者、亼口也。因爲凡兩合之偁。衆絲之合曰―。如衣部五采相合曰雜也。

(二)蠻夷貨名。〔文選左思賦〕―賄紛紜。

【⿰糸無】 斐父切音撫麌韻

(一)纀淹餘也。見〔玉篇〕。

(二)絲也。見〔廣韻〕。

(三)緒或字。〔集韻〕緒。說文、治敝絮也。或从撫省作―。

【繒】 慈陵切音蹭咨騰切音增蒸韻作亙切音贈徑韻

(一)帛也。見〔說文〕。〔桂注〕三蒼。雜帛曰―。雪賦。裸壤垂―。李善引字林、―帛總名也。急就篇顏注。―者。帛之總名。謂以絲織者也。

(二)―綾。不平貌。〔文選王延壽賦〕䟫―綾而龍鱗。

(三)國名。〔穀梁僖十四年傳〕季姬及―子遇于防。〔按左傳作鄫。同音段借也〕

(四)縣名。漢置。屬東海郡。當今山東嶧縣東。

(五)同矰。〔三輔黃圖〕佽飛具―繳。以射鳧雁。〔注〕箭有綸者曰―。繳卽綸也。

(六)姓也。〔史記夏本紀〕其後分封。用國爲姓。有―氏。

【繓】 宗括切音撮曷韻

(一)結―也。見〔玉篇〕。

(二)縫餘也。見〔類篇〕。

【織】 質力切音職職韻

(一)作布帛之總名也。見〔說文〕。〔段注〕布者、麻縷所成。帛者、絲所成。作之、皆謂之―。

(二)細紵也。〔書禹貢〕厥篚―貝。

(三)金罽也。〔書禹貢〕熊羆狐貍―皮。〔傳〕―、金罽。〔校勘記〕古本作―皮。金罽也。〔按史記集解金作今〕〔又〕―皮。戎國名。〔禹貢鄭注〕―皮、謂西戎之國也。〔按鄭注以―皮屬下讀。故其說異〕

(四)文―。畫及繡錦。〔周禮玉府〕兵器文―。

(五)―文。錦綺之屬。〔書禹貢〕厥篚―文。

(六)―絡。猶經緯往來也。見〔後漢張衡傳注〕

(七)促―。蟲名。〔爾雅釋蟲〕蟋蟀蛬。〔疏〕蟋蟀一名蛬。今促―也。亦名青蛪。詩蟋蟀在堂。陸疏云。似蝗而小。正黑。有光澤如漆。有角翅。一名蛬。一名蜻蛪。楚人謂之王孫。幽州人謂之趨―。里語曰。趨―鳴。嬾婦驚。是也。〔按埤雅。促―、一名投機。謂其聲如急―也〕

(八)―女。星名。〔史記天官書〕婺女、其北―女。―女、天女孫也。〔集解〕徐廣曰。孫、一作名。〔索隱〕荊州占云。―女一名天女。天子女也。〔正義〕―女三星。在河北天紀東。天女也。〔按三星形如鼎足。一巨二細。在天漢之北。與漢南河鼓相對。天女之說無据〕

(九)―室。漢官名。〔漢書五行志〕―室所以奉宗廟衣服。〔按淸名―造。杭州蘇州江甯各一人。俗別稱爲尙衣〕

(十)羅―。廣入人罪也。〔唐書來俊臣傳〕與侍御史侯思正等同惡相濟。招集亡賴。令其告事。共爲羅―。又俊臣與其黨朱南山等造告密羅―經一卷。

(十一)組―。搆成之義。〔文選劉峻文〕組―仁義。

【織】 職利切音志寘韻

(一)染絲―成者。〔禮記玉藻〕士不衣―。〔注〕―染絲―之。士衣染繒也。

(二)同幟。徽―也。〔詩六月〕―文鳥章。〔箋〕―、徽―也。〔疏〕史記漢書謂之旗幟。幟與―字雖異。音實同也。

【繕】 時戰切音膳霰韻

(一)補也。見〔說文〕。

(二)治也。〔左僖十五年傳〕征―以輔孺子。

(三)修也。見〔後漢公孫瓚傳注〕

(四)勁也。善也。見〔周禮夏官序官—人注〕。
(五)備也。〔漢書息夫躬傳〕—修干戈。
(六)—寫也。〔後漢盧植傳〕供—寫上。〔按正字通云。編錄文籍曰—寫。〕
(七)具食也。〔史記張儀傳〕—兵不傷衆。

【繕】通勁。〔禮記曲禮〕急—其怒。〔注〕—讀曰勁。

【𦅾】兹消切音焦蕭韻
(一)生枲未漚也。見〔玉篇〕。
(二)𦅾或字。〔集韻〕𦅾。布屬。或从焦。

【𦇍】千遙切音鍫蕭韻
𦇍或字。〔集韻〕𦇍。麻苦雨生壞也。或作䵲、蕉、—。

【繖】類旱切音散旱韻先旰切音散翰韻
(一)蓋也。見〔說文新附〕。〔鈕氏新附攷〕—疑古作縿。〔玉篇〕—思但切。蓋也。〔廣韻二十八翰〕—蓋也。蘇旰切。又蘇旱切。〔事物紀原引通俗文〕曰。張帛避雨謂之—。按釋天。纁帛縿。郭注。縿。衆旒所著。橫弓布幕衞也。縿幕聲也。鄭注。縿、絲也。据此。則縿音義竝近。—後人—蓋或本此。故方氏通雅云。—本因古之縿。〔按—或作㡺。亦作傘、傘、𠍠。〕
(二)絲綫。見〔廣韻〕。

【繗】力珍切音鄰眞韻
(一)紹也。見〔玉篇〕。
(二)理絲。見〔類篇〕。

【繙】符袁切音煩元韻蒲官切音槃寒韻
—冤也。見〔說文〕。〔段注〕三字句。各本無—字。冤作冕。今補正。玉篇—下云。冤也。集韻引說文同。蓋謂—字爲複字而刪之。不知—冤爲疊韻古語。集韻類篇皆曰。—絻、亂也。是冤俗作絻也。〔按王注。絻、又帘之別體。莊子。於是—十二經以說老聃。注。—帘、亂取之也。釋文引司馬彪曰。—煩冤也。〕

【繙】孚袁切音翻元韻
(一)繽—。風吹旗皃。見〔廣韻〕。
(二)連—。猶連續也。〔楊萬里詩〕雨夜連—約齊集。
(三)—譯。本作翻。蓋取甲國之言語文字。達乙國語言文字之意也。淸有筆帖式掌—譯。今外交各官廳均有—譯官。或直稱曰—譯。亦曰通譯。學者以甲國文字之書。移作乙國文字。亦曰—譯。或曰迻譯。

【𦆸】必結切音鱉屑韻
(一)編繩。見〔玉篇〕。
(二)鄉帶。見〔玉篇〕。

【𦆺】毗祭切音敝霽韻
惡絲。見〔類篇〕。

【繚】憐蕭切音聊蕭韻力照切音燎嘯韻朗鳥切音了篠韻
(一)纏也。見〔說文〕。〔王注〕元應引云。繞也。纏也。謂相纏繞也。案纏繞只是一義。不應用兩也字。丩部云。相糾—也。一曰。瓜瓠結丩起。是知—繞只是糾纏。不作結束。
(二)縛束也。〔楚辭湘夫人〕—之兮杜衡。
(三)紐也。〔楚辭招隱士〕偃蹇連卷兮枝相—。
(四)祭名。〔周禮大祝〕八曰—祭。〔按儀禮鄉飲酒禮。弗—。左絕末以祭。注。—猶紾也。攷紾者垂絕貌。蓋以手從肺本循之。至於末乃絕以祭也。〕
(五)人名。〔漢書藝文志〕尉—子二十九篇。〔注〕師古曰。尉、姓。—、名也。
(六)縣名。漢置。屬淸河郡。當今直隸南宮縣東南。
(七)—繞委曲也。〔荀子議兵〕矜糾收—之屬。〔注〕—謂—繞。言委曲也。〔又〕袖長貌。〔文選張衡賦〕修袖—繞而滿庭。
(八)—綾。經絲。見〔廣韻引字林〕。

【繚】爾紹切音擾篠韻
人名。周黃—。

【繚】力小切音燎篠韻
理也。〔莊子盜跖〕—意絕體而爭此。

【繜】祖昆切音尊元韻
(一)薉貉中女子無絝。以帛爲脛空。用絮補核。名曰—衣。狀如襜褕。見〔說文〕。〔桂注〕急就篇。襌衣蔽膝布母—。顏注。布母—者。薉貉女子以布爲脛空。用絮補核。狀如襜褕。薉貉者。東北之夷也。黃注。江東謂鶹鶋爲布母。布母。小衣也。猶犢鼻。〔按段注。帛、當作布。空、腔古今字。核、當作覈。帛爲脛腔。褚以絮而裹之。若今江東婦之卷胖。胖音如滂去聲。是名—衣。蔽𧛮、衣襪、三者相似。故曰狀如禮。不當有袷字。」。

(二)—聚也。〔離騷〕紛總總其離合兮。〔注〕總總猶—聚貌也。

【繜】茲損切音撙阮韻

同撙。〔荀子不苟〕不能則恭敬—絀以事人。〔注〕—與撙同。絀與黜同。謂自撙節貶損也。

【繞】爾紹切音擾篠韻

(一)纏也。見〔說文〕。

(二)裹也。〔文選張衡賦〕—黃山而款牛首。

(三)領帬也。見〔廣雅釋器〕。

(四)營—迴環也。〔詩齊譜〕水所營—。故曰營丘。

(五)萋—遠志也。〔爾雅釋草〕萋—棘蒬。〔注〕今遠志也。〔按急就篇遠志注。遠志、一名萋—一名棘蒬。其葉名小草〕。

(六)—紛亂也。〔羅鄴詩〕人烟紛—。

(七)姓也。〔左文十三年傳〕—朝贈之以策。

【繞】人要切音蟯嘯韻

(一)纏也。史記、苛察繳—見〔集韻〕。

(二)曲也。〔文選傅毅賦〕眉連娟以增—兮。

【繟】齒善切音闡銑韻尺戰切陌韻時戰切音繕霰韻唐干切音壇寒韻

(一)帶緩也。見〔說文〕。〔桂注〕廣雅。—、緩也。通作嘽。樂記其樂心感者。其聲嘽以緩。

(二)寬綽也。見〔廣韻〕。〔按老子—然而善謀注。—、寬也〕

【繟】時連切音鋋先韻

—聯。不絕皃。見〔集韻〕。〔按今通作嬋聯〕

【繟】蕆旱切音亶旱韻

緩也。見〔集韻〕。

【繠】乳棰切音蘂紙韻汝埀切音埀支韻

(一)繠也。見〔說文心部〕〔段注〕繠、各本作繠。今正。左傳曰佩玉—兮。余無所繫之。注云—然服飾備也。按—然、垂意。

(二)茸也。見〔廣韻〕。

(三)及也。見〔廣雅釋詁〕。

【繡】息救切音秀宥韻

(一)五采備也。見〔說文〕〔段注〕、考工記畫繢之事。五采備謂之—。按今人以鍼縷所紩者謂之—。與畫爲二事。如考工記則—亦系之畫繪。同爲設色之工也。

(二)修也。文修修然也。見〔釋名釋采帛〕。

(三)聘享六幣之一。〔周禮小行人〕琥以—。

(四)水名。出山東章邱縣長白山。〔讀史方輿紀要〕濟河、在章邱縣東一里。即—江也。合百脈泉、東西二麻灣泉、西北滙爲白雲湖。北流入小清河。

(五)州名。唐置。漢鬱林郡地。屬嶺南道。當今廣西桂平縣南。

(六)姓也。漢—君賓。見〔姓氏急就篇〕。

【繡】先彫切音蕭蕭韻〔應作繡〕

(一)綺屬。見〔集韻〕。

(二)黼也。〔詩揚之水〕素衣朱—。

(三)通綃。〔禮記郊特牲〕—黼丹朱中衣。〔注〕—、讀爲綃。

【繢】胡對切音潰隊韻戶賄切音塊賄韻

(一)織餘也。見〔說文〕〔段注〕此亦兼布帛言之也。上文機縷爲機頭。此織餘爲機尾。—之言遺也。故訓爲織餘。織餘、今亦呼爲機頭。可用系物及飾物。

(二)紐—也。見〔玉篇〕。

(三)絛組屬也。〔急就篇注〕—亦絛組之屬。似纂而色赤。

(四)畫也。〔禮記曲禮〕飾羔鴈者以—。〔按禮記禮運疏。初畫曰畫。成文曰—〕〔又〕五綵也。〔漢書東方朔傳〕狗馬被—罽。

【繢】胡隈切音回灰韻胡骨切音搰月韻

采色鮮也。見〔類篇〕。

【繢】求位切音匱寘韻

繢或字。〔集韻〕繢。織餘也。或从貴。

【繣】胡卦切音畫古賣切音卦卦韻胡麥切音劃忽麥切音[illegible]陌韻

(一)徽也。見〔集韻〕。

(二)結礙也。〔漢書高帝紀〕章邯夜銜枚。〔注〕—者、結礙也。

(三)破聲也。〔文選潘岳賦〕—瓦解而冰泮。

(四)兩頭繫也。〔周禮大司馬之職注〕

有—結項中。〔疏〕—、卽兩頭繫也。⑨緯—乖戾也。〔離騷〕忽緯—其難遷。⑩笑也。見〔篇海〕。⑪樂也。見〔篇海〕。

【繥】虛之切音嬉支韻

【[糸頪]】訽趨切音須虞韻　相庚切音雨夔韻　宜遇切音𨔣遇韻　息有切音湑有韻　筍勇切音悚腫韻　鐙取切音盨夔韻

本作纇。〔說文〕纇絆前兩足也。漢令蠻夷卒有—。〔段注〕莊子馬蹏篇。連之以羈—。崔云。絆前兩足也。蠻夷云、疑有脫字。殊下云、蠻夷長有罪。當除之。此應云、蠻夷卒有罪。當—之。

【繐】胡桂切音慧　相銳切音歲　旋芮切音彗霽韻

細疏布也。見〔說文〕〔桂注〕一切經音義八。凡布細而疏者謂之—。增韻。—、疏布。一曰布纀細也。釋名。—、惠也。齊人謂涼爲惠。言服之輕細涼惠也。喪服。—衰者何。以小功之—也。注云。凡布細而疏者謂之—。

【纀】逢玉切音幞沃韻

帕也。見〔集韻〕。

【纀】博莫切音卜陌韻

裳削幅也。見〔玉篇〕。

【纆】密北切音墨職韻

索也。見〔說文〕〔段注〕易係用徽纆。劉表曰。三股曰徽。字林曰。兩合曰糾。三合曰纆。按从黑者。所謂黑索、拘攣罪人也。今字从墨。

【繑】丘袄切音蹺　牽幺切音鄡蕭韻

絝紐也。見〔說文〕〔段注〕紐者系也。脛衣上有系。系於幝帶曰—。

【[糸屩]】訖約切音腳藥韻

屩或字。〔集韻〕屩。說文、屐也。或作—。

【[糸奢]】竹下切音蹅馬韻

縿或字。〔集韻〕縿。縿緊絲脛相著也。或从奢。

【[糸尋]】徐心切音尋侵韻

續也。今作尋。見〔玉篇〕。

【[糸徹]】直列切音轍屑韻

衣破也。見〔類篇〕。

【繘】允律切音聿　訣律切音橘　食律切音術　厥律切音茁　其律切音趫質韻

綆也。見〔說文〕〔桂注〕玉篇—、綆也。用以汲水也。急就篇顏注。—、汲索也。一名綆。方言。—、自關而東周洛韓魏之間、謂之綆。或謂之絡。關西謂之—。

【[糸矞]】古穴切音玦屑韻

紩或字。〔集韻〕紩。縷也。或从矞。

【[糸黃]】胡曠切音愰漾韻

繩束。見〔集韻〕。

【[卓素]】尺約切音婥藥韻

本作繛。〔說文素部〕繛。緩也。〔按說文、繛或省作綽。綏或省作緩。今則綽緩行而—綏廢矣。〕

【[糸奠]】堂練切音電霰韻

文繪也。見〔類篇〕。

【繝】居莧切音瞯諫韻

錦文也。唐有大—錦。見〔集韻〕。〔按唐書肅宗紀禁大—竭鑿六破錦。〕

【纕】蘇郎切音喪陽韻　四浪切喪去聲漾韻

緗—。淺黃也。見〔類篇〕。

【[糸彭]】晡橫切音祊庚韻

結也。見〔集韻〕。

【[糸粟]】須玉切音粟沃韻

綉文。見〔玉篇〕。

【[糸昔]】昔各切音索藥韻

大絢。見〔集韻〕。

【繾】起輦切音遣銑韻

縮也。見〔集韻〕。

【[糸筍]】音旬眞韻

縺也。見〔篇海〕。〔按康熙字典云。音義與緍同。卽緍字之譌也。〕

【[墨糸]】命伏切音墨屋韻

絲也。見〔字彙補〕。

【[糸頪]】纇本字。見〔說文〕。〔按集韻作纇同。〕

【纇】同纇。〔按廣韻作纇。集韻作—。〕

【[糸屚]】同纚。見〔玉篇〕。

【縔】同纝。見〔字彙補〕。

【繛】同綽。見〔字彙補〕。

【䌛】繇或字。見〔說文〕。〔按集韻作繇。康熙字典作繇。今正。〕

【繇】繇或字。見〔集韻〕。〔按說文系部。—下云。隨從也。段注。—之譌體作繇。是—爲正字。繇爲譌字。集韻誤。參閱繇字。〕

【縢】縢或字。見〔集韻〕。

【繰】繰或字。見〔集韻〕。

【繐】繐或字。見〔集韻〕。

【繻】繻或字。見〔篇海〕。

【纂】纂或字。見〔集韻〕。

【繸】繸譌字。見〔正字通〕。

【纏】纏譌字。見〔正字通〕。

十三畫

【繩】神陵切音乘蒸韻

❶索也。見〔說文〕。〔桂注〕小爾雅。大者謂之索。小者謂之—。急就篇顏注。—、謂糾兩股以上總而合之者也。索、謂切撚之令緊者也。一曰麻絲曰—。草謂之索。〔按今俗絲謂之—。麻草或謂之—。或謂之索。無定稱〕

❷約束之也。〔爾雅釋器〕—之、謂之縮之。〔注〕縮者、約束之。〔此由靜辭轉爲動辭。猶今言捆也〕

❸直也。〔淮南說林〕行險者不得履—。

❹正也。〔呂覽離俗〕潔白清廉中—。

❺糾合也。〔漢書禮樂志〕—弦二員六人。〔注〕—言主糾合正之也。

❻彈正也。〔書冏命〕—愆糾謬。〔疏〕本不正者以—正之。—、謂彈正。

❼政也。〔後漢劉般傳〕有司不原樂善之心而—以循常之法。

❽戒也。〔詩下武〕—其祖武。〔按朱傳云繼也〕

❾所以辨曲直也。〔荀子王制〕中和者聽之—也。

❿法也。〔史記樂書〕以—厚德也。

⓫猶度也。〔禮記樂記〕省其文采以—德厚。

⓬譽也。〔左莊十四年傳〕蔡侯—息嬀以語楚子。〔按此假爲譝。廣雅釋詁。譝、譽也〕

⓭細之謂也。〔荀子彊國〕西壤之不絕若—。〔注〕若—、言細也。

⓮裻與後幅相當之縫也。〔禮記深衣〕負—及踝以應直。

⓯營其廣輪方制之正也。〔詩緜〕其—則直。

⓰——戒慎也。〔詩螽斯〕宜爾子孫——兮。〔又〕不絕貌。見〔詩螽斯朱傳〕〔又〕謹敬更正意也。〔漢書禮樂志〕——意變。〔又〕衆多也。見〔漢書禮樂志注引孟康〕。

⓱—墨。猶規矩也。〔公羊序〕使就—墨焉。〔又〕謂法律也。見〔後漢寇榮傳注〕〔又〕喻禮法也。見〔後漢張衡傳注〕〔又〕喻章程也。見〔後漢蔡茂傳注〕〔又〕所以正曲直也。〔離騷〕背—墨以追曲兮。

⓲—約。猶拘制也。〔後漢儒林傳〕就—約而無悔心。

⓳玉—。星名。天乙太乙兩小星也。〔春秋元命苞〕玉衡北兩星爲玉—。

⓴胡—。艸名。〔離騷〕索胡—之纚纚。〔注〕胡—、香艸也。

㉑水名。有二。一出碣石山。一出巴遂山。皆澠字之譌。詳澠字。

【繩】以證切音孕徑韻

草含實曰—。〔周禮薙氏〕秋—而芟之。

【繩】彌盡切音泯軫韻

——。無涯際貌。〔老子〕——不可名。〔又〕動行無窮極也。見〔老子注〕〔又〕寬急也。見〔老子釋文〕〔又〕無窮不可序。見〔老子釋文引顧注〕

【繩】石證切音乘徑韻

徽也。見〔集韻〕。

【繪】胡對切音潰隊韻黃外切音會泰韻

❶會五采繡也。〔虞書〕曰。山龍華蟲作—。〔論語〕曰。—事後素。見〔說文〕〔按小爾雅廣訓。襍彩曰—。段玉裁謂—繡二事。古者不分。統謂之設色之工。朱駿聲謂—字从系。與繡同訓。蓋繡者必先—二事。誠可統言。今則專謂—爲設色矣〕

❷畫文也。〔詩何彼襛矣箋〕勒面—總。

❸周時國名。本作鄶。〔穀梁〕作—。〔詩〕作檜。祝融之後。妘姓所封。在溱洧之閒。平王時鄭武公滅之。當今河南

禹州密縣東北。

【繪】古外切音儈泰韻

五采束髮也。見〔集韻〕。

【繫】吉詣切音計霽韻牽奚切音溪齊韻

㊀—𦈡也。一曰惡絮。見〔說文〕。〔段注〕一曰、猶一名也。—𦈡讀如谿黎。疊韻字。音轉爲縴𦈡。廣韻十二齊、一先皆曰。縴𦈡惡絮是也。此字之本音。見周易釋文。云音口奚反。集韻、—牽奚切。引說文—𦈡今惡絮。而六朝以後。㕣系不用。而叚—爲系。遂使—之本義。薶縕終古。〔按—𦈡與㡌㡚、赫蹏、擊蹏、並同。廣韻引埤蒼云。㡌㡚赤紙也。漢書外戚傳應劭注云。赫蹏、薄小紙也。〕

㊁約束。見〔玉篇〕。

㊂留滯。見〔玉篇〕。

㊃維也。見〔類篇〕。

【繫】胡計切音系霽韻

㊀聯綴也。〔周禮大宰〕以九兩—邦國之民。

㊁懸也。〔晉書周顗傳〕取金印如斗大—肘後。

㊂屬也。〔鬼谷子中經〕綴去者、謂綴己之—言。

㊃系也。見〔易繫辭釋文〕。

㊄繼也。見〔易繫辭釋文〕。

㊅連接也。〔周書作雒〕前—於洛水。北因於郟山。〔注〕—、因皆連接也。

㊆食養之也。〔漢書景帝紀〕無所農桑毄畜。〔注〕毄謂食養之。毄、古—字。

㊇以下綴上、以末連本、曰—。〔左氏春秋序〕以事—日〔疏〕—者以下綴上、以末連本之辭。

㊈於組可結曰—。〔儀禮士喪禮〕著組—。〔注〕組—、爲可結也。

㊉—世、譜牒也。〔荀子禮論〕其銘誄—世。敬傳其名也。〔注〕—世、謂書其傳襲。若今之譜牒也。

【𦆭】力盍切音臘合韻

㊀繒也。見〔玉篇〕。

㊁纖或字。〔集韻〕纖纖颯。紛雜皃。或作—。

【繬】所力切音色職韻

㊀合也。見〔廣雅釋詁〕。

㊁縫也。見〔廣雅釋詁〕。

㊂緈也。見〔廣韻〕。

【繭】吉典切音趼銑韻

㊀蠶衣也。見〔說文〕。〔段注〕衣者、依也。蠶所依曰蠶衣。蠶不自有其衣。而以其衣衣天下。此聖人之所取法也。〔按蠶三眠後吐絲爲—。形如甕然。以—被體而化蛹。繅其—乃成絲。引申之、凡蟲縈絲如甕形者皆曰—。〕

㊁胝也。〔國策宋策〕百舍重—。〔注〕重—、累胝也。〔按漢書敘傳申重—以存荊。注云。足下傷起。形如—也。〕

㊂衣著也。〔禮記玉藻〕纊爲—。縕爲袍。〔注〕—、衣有著之異名也。〔按釋名釋采帛煮—曰莫。莫幕也。貧者著衣可以幕絡絮也。或謂之牽離。煮熟爛牽引使離散如綿然也。〕

㊃單衣也。〔左襄二十一年傳〕重—衣裘。

㊄襺衣也。〔禮記雜記〕—衣裳。〔注〕—衣裳者若今大襡也。〔按釋名釋衣服。襡、屬也。衣裳上下相聯屬也。〕

㊅—。言容也。〔禮記玉藻〕言容—。〔注〕—、猶綿綿。聲氣微也。

【纃】呢輒切音聶逆怯切音業葉韻

㊀縫也。見〔廣雅釋詁〕。

㊁繩也。〔王延壽賦〕蹔挐拔以—縛。〔注〕以繩繫縛也。

㊂紲—。緝縫也。見〔玉篇〕。〔按廣韻云。紲—。補衣。意同。〕

【繯】乎畎切音泫下兗切音蜎銑韻

㊀落也。見〔說文〕。〔段注〕落者、今之絡字。古叚落。不作絡。絡謂包絡也。莊子、落馬首。漢書、虎落。皆作落。木落乃物成之象。故曰落成。曰包落。皆取成就之意也。

㊁系也。〔漢書揚雄傳〕虹蜺爲—。〔按文選揚雄羽獵賦注、引韋昭曰。—、旗上繫也。繫與系通。〕

㊂還也。〔後漢馬融傳〕—橥四野之飛征。

㊃維也。見〔類篇〕。

㊄環也。見〔玉篇〕。

㊅繞也。〔國語齊語〕—山於有牢。〔按今本國語譌作環。段玉裁桂馥皆謂當作—。〕

【繯】胡慣切音患諫韻

㊀縣欙之索也。〔方言〕所以縣欙。宋魏陳楚江淮之閒謂之━。〔按蠶薄上欙者謂之欙通俗文所以縣繩楚曰━繩、當作欙〕

㊁縞文。見〔廣韻〕。

【繰】 子皓切音早皓韻千遙切音幧蕭韻七小切音悄篠韻

㊀帛如紺色或曰深繒。讀若喿。見〔說文〕。〔段注〕如紺色者、如紺而別於紺也。廣雅系諸青類。蓋比紺色之青更深矣。深繒、疑有譌舛。繒不得言深也。

㊁縑也。〔廣雅釋器〕━謂之縑。〔疏證〕說文、縑、并絲繒也。釋名云。縑、兼也。其絲細緻數兼於絹也。

㊂通澡。〔禮記雜記〕總冠━纓。〔注〕━、當爲澡。

㊃通藻。〔禮記禮器〕朱綠━。〔釋文〕━、本作藻。

【繰】 同繅。見〔玉篇〕。

【繱】 麤叢切音悤東韻

㊀本作繱。〔說文〕繱帛青色。〔段注〕淺青也。深青則爲藍矣。〔按廣雅釋器曰━青也。徐鍇韻補云。━、帛青白色。玉篇同。蓋青白色卽淺青色也〕

㊁絹也。見〔廣雅釋器〕。〔按廣韻。色青黃文細絹。一切經音義引通俗文。輕絲絹曰━。〕

㊂通蔥。〔爾雅釋器〕青謂之蔥。

㊃通緵。〔周禮掌客注〕十筥曰總。〔釋文〕本又作緵。

【緫】 祖動切音總董韻

縏━。絹也。見〔集韻〕。

【繲】 居隘切音懈卦韻

㊀浣衣也。見〔廣韻引埤蒼〕。〔按莊子人閒世。挫鍼治━。釋文引司馬注。━、浣衣也。〕

㊁故衣。見〔集韻〕。

【繁】 之若切音灼藥韻

㊀生絲縷也。見〔說文〕。〔王注〕左傳正義引無縷字。李注西京賦、引作生絲繒也。繒、蓋矰之誤。且知說文有兩本不同。詩正義云。說文、繳。謂生絲爲繩也。此所據之本作生絲縷也。李注文賦引云。謂縷繫矰矢。而以弋射。此所據之本作生絲矰也。

㊁繳也。纏也。見〔玉篇〕。

【繳】 之若切音灼藥韻

同繁。見〔玉篇〕。〔按廣韻。━、說文作繁。集韻。繁、或書作━。並與玉篇合。易遯注。矰━不能及。疏云。結━於矢。謂之矰━。史記楚世家。精━蘭臺。注云。絲繩繫弋射鳥也。並是其義。〕

【繳】 吉了切音皎篠韻

㊀徼或字。〔集韻〕徼行謂之徼。或从糸。

㊁━繞。猶纏繞也。〔漢書司馬遷傳〕名家苛察━繞。

㊂通段爲交。如交納曰━納。交還曰━還。

【繳】 下革切音覈陌韻

衣━。衣領中骨。見〔廣韻〕。

【繳】 吉弔切音叫嘯韻

㊀糾戾也。劉向曰。紛━爭言。見〔集韻〕。

㊁頌也。〔史記太史公自序〕苛察━繞。

【繵】 澄延切音纏先韻

㊀袖━。涼衣也。〔玉篇〕約━。謂之襌也。〔按約卽袖之譌。方言。袖━謂之襌。注。今又呼爲涼衣也。〕

㊁纏或字。〔集韻〕纏。說文、繞也。或作━。〔按史記扁鵲傳。動胃━緣。注。━緣、謂脈纏繞胃也。〕

【繵】 唐干切音壇寒韻

㊀繩也。見〔集韻〕。

㊁紫色。見〔集韻〕。

【繵】 徒旱切音但旱韻

束腰大帶。見〔廣韻〕。

【繵】 黨旱切音亶旱韻

束也。見〔集韻〕。

【䌘】 昌善切音闡似淺切音踐銑韻直展切音纏獮韻

㊀偏緩也。見〔說文〕。〔王注〕偏者、一偏也。偏緩者、考工記所謂一方緩。一方急也。

㊁通幝。━━車敝貌。〔詩杕杜〕檀車幝幝。〔傳〕幝幝、敝貌。〔釋文〕韓詩作━━。

【䌘】 延面切音衍霰韻

纏也。見〔篇海〕。

【[illegible]】 古南切音弇覃韻

慳恪。見〔集韻〕。

【繳】呼廉切音謙鹽韻
(一)持意堅固謂之—。見[集韻]。
(二)口閉見[集韻]。

【繶】乙力切音億職韻
(一)絛也。見[廣雅釋器]。
(二)束也。見[廣雅釋詁]。
(三)屨之牙底飾亦曰—。[周禮屨人]赤—黃—。[司農注]以赤黃之絲爲下緣。[後鄭注]—縫中紃也。[疏]言—是牙底相接之縫綴絛於其中。
(四)舄有篆文飾亦曰—。[儀禮士虞禮]賓長洗—爵三獻。[注]—爵、口足之間有篆文彌飾。[按]—爲屨牙底相接縫中之飾。爵之口足間篆文似屨縫間飾。故亦以—名之。

【繹】夷益切音亦陌韻
(一)抽絲也。見[說文]。[桂注]一切經音義九引三蒼。—、抽也。廣雅。—、搖也。方言絲曰—之。通作紬。漢書谷永傳。燕見紬—。注云。紬—者、引其端緒也。
(二)解也。見[一切經音義引三蒼]。
(三)尋也。見[文選王褒論注引論語馬注]。
(四)理也。見[方言]。
(五)陳也。[詩車攻]會同有—。
(六)猶緒也。[文選揚雄文]神歆靈—。
(七)續也。[論語八佾]—如也。[疏]言其音落—然相續不絕也。
(八)志意條達之貌。見[論語八佾]—如也鄭注。[按]謂條暢而達也。
(九)調達之貌。見[後漢班彪傳注]。
(十)長也。見[方言]。
(十一)終也。見[廣雅釋詁]。
(十二)充也。見[廣雅釋詁]。
(十三)大也。見[玉篇]。
(十四)窮也。見[廣雅釋詁]。
(十五)厭也。[詩泮水]徒御無—。[箋]徒行者、御車者皆敬其事。又無厭倦也。[釋文]—、本又作射。又作斁、作懌。皆音亦。厭也。
(十六)山名。[詩閟宮]保有鳧—。[釋文]—、音亦。一音夕。字又作嶧。同山名也。[在今山東嶧縣]。
(十七)祭名。[爾雅釋天]—、又祭也。周曰—。[注]祭之明日尋—復祭。春秋經曰。壬午猶—。[注]—、復祭之名也。天子諸侯、謂之爲—。少牢饋食大夫之禮、謂之賓尸。與祭同日。若然。是—與賓尸事不同矣。而詩頌絲衣序云—賓尸者。祭之禮。主爲賓。事此尸。但天子諸侯禮。大異日爲之。別爲立名。謂之爲—。卿大夫禮小。同日爲之。不別立名。直指其事。謂之賓尸耳。此序言—者。是此祭之名。賓尸、是其祭之事。故特詳其文也。
(十八)邑名。[左文十三年傳]邾文公卜遷於—。[注]、—邾邑。魯國鄒縣北有—山。[在今山東鄒縣東南二十里]。按文十三年孔疏云。邾既遷都於此。覺內別有—邑。宣十年歸父取—。取彼之別、邑。不取邾之國都也。但邾是小國。彼—邑亦取—山爲名。應近邾之都耳。
(十九)蟈名。[周禮蟈人]地蟈曰—、屬。[疏]爾雅云。仰者—。此云地蟈曰—。同稱。故爲一物。但地在下。法之故向上仰。
(二十)——善走也。[詩駉]以車——。[又]盛貌。見[文選揚雄賦注引韓詩章句]。[又]生也。見[爾雅釋訓]。[又]和調之貌。[漢書韋元成傳]——六轡。是列是理。[又]光彩貌。[漢書五行志]星隕如雨長一二丈。——未至地滅。[又]相連貌。[漢書揚雄傳]是時未輳。夫甘泉也。迺望通天之——。[又]無窮也。[白虎通封禪]——者無窮之意也。
(二十一)翟—。飛走之貌。[文選張衡賦]鳥畢駭。獸咸作。草伏木棲。寓居穴托。起此集彼。翟—紛泊。
(二十二)羞—。廣大也。[方言]荊揚之間。凡言廣大者、謂之恆慨。東甌之間。謂之萎緌。或謂之羞—。紛毋。
(二十三)通驛。[詩常武]徐方—騷。[箋]—、當作驛。

【繐】須銳切音歲霽韻
(一)繐布。見[玉篇]。
(二)繐或字。[集韻]繐。說文、細疏布也。或亦从歲。

【緒】直呂切音宁語韻
綿絮裝衣。見[篇海]。

【䌛】直祐切音胄宥韻
卦兆辭。見[廣韻]。[按佩觿]。—、从䍃从卜从系。師古曰。古作籀。今作[繇]。

【繇】餘招切音遙蕭韻

繇譌字。見〔正字通〕。〔按說文系部本作繇。漢隸言或作䚻因誤从音作—。如韓勑碑復顏氏官氏邑中—。任伯嗣碑—賦平均。此類—字皆繇之譌體。〕

【縊】郎計切音戾霽韻
綟也。見〔玉篇〕。

【繮】居良切音薑陽韻
馬紲也。見〔說文〕。〔按牛曰紖。犬曰紲。馬曰—。所以名—者。釋名云、韁疆也。言繫之使不得出疆限也。〕

【繵】都甘切音儋覃韻
綅也。見〔類篇〕。

【䌝】居今切音紟侵韻
絲也。見〔玉篇〕。

【䌝】居蔭切音禁沁韻
青色也。見〔篇海〕。〔按顏氏家訓。吳人呼紺為禁。故以系旁作—代紺字〕

【𦅈】居玉切音揭屋韻
素屬。見〔說文素部〕。

【緷】王問切音暈問韻
染閒色。見〔類篇〕。

【繴】博厄切音蘗匹麥切音劈薄革切音綼吡亦切音擗陌韻
必歷切音壁錫韻
—謂之罿。罿謂之罬。罬謂之罦。捕鳥覆車也。見〔說文〕。〔按許說與爾雅釋器之文同義。郭璞云。今之翻車也。有兩轅。中施罥以捕鳥。孫炎曰。覆車網。可以掩兔者也。一物五名。方言異也。玉篇云、—或作䌟。〕

【䌟】博厄切音蘗薄革切音綼陌韻
織絲為帶。見〔玉篇〕。

【䌟】必益切音壁陌韻
緆—。絜也。見〔類篇〕。

【䌈】力冉切音斂纖琰切音𢒆琰韻
縣㯲之索也。〔方言〕所以縣㯲。關西謂之—。〔按廣雅釋器。—索也。王氏疏證即引方言為證。又玉篇云、—縣蠶薄橫也。其義似異而實同。蓋蠶薄上橫者謂之㯲。玉篇所云蠶薄橫。即㯲也。所云縣蠶薄橫。即所以縣㯲也。〕

【䌴】郎何切音羸歌韻
綾紋也。見〔篇韻〕。

【繷】乃湩切音䁐䏭韻尼交切音鐃肴韻
紛—。不善也。見〔集韻引博雅〕。〔又〕盛多也。見〔後漢崔駰傳注〕。

【𦆸】色櫛切音瑟質韻
—。色也。見〔集韻〕。

【𦇂】他禮切音體薺韻
纏也。見〔玉篇〕。

【繸】徐醉切音遂寘韻
綬也。見〔爾雅釋器〕〔注〕即佩玉之組。所以連繫瑞玉者。因通謂之—也。

【䌍】郎丁切音零青韻
絜也。見〔類篇〕。

【䌓】離鹽切音廉鹽韻
緣也。見〔類篇〕。

【纗】玄主切音攜齊韻
纗或字。〔集韻〕纗、說文維綱中繩。或作—。

【䌨】祖管切音纂旱韻
同纂。組類。見〔玉篇〕。〔按後漢張衡傳。—幽蘭之秋華兮。注、—亦纂字〕

【䌫】將先切音牋先韻
韉或字。〔集韻〕韉、馬被具。或从系。

【䋐】里亥切來上聲賄韻
緌絲。見〔篇韻〕。

【𦄑】七葉切音妾葉韻
連緝也。見〔字彙補〕。〔按舊說音義與緁同。當即緁字之譌。〕

【䋣】古綏字。見〔玉篇〕。〔按說文素部。綏本作䋣。—即綏之今體。〕

【纙】同纚。見〔玉篇〕。

【𦆚】同繳。見〔康熙字典〕。

【𦅸】同纆。見〔篇韻〕。〔康熙字典云。即纆字之譌。〕

【繿】同密。〔篇韻〕疎密亦作—。〔康熙字典云。即繿字之譌。〕

【繹】同繹。見〔篇海〕。

【繕】繕省文。見〔正字通〕。〔按今

經傳通作繬〕。

【緆】緆俗字。見〔正字通〕。

【繺】綊譌字。見〔字彙補〕。

十四畫

【辮】婢典切音辮銑韻

㊀交也。見〔說文〕。〔按王本改爲交織也。玄應一引作交織之也。一引作交也。織也。一引作交—也。莫能是正。〕

㊁繆也。見〔增韻〕。

㊂織繩曰—。見〔一切經音義引通俗文〕。

㊃交髮曰—。〔唐書南詔傳〕婦人不粉黛。以蘇澤髮。貴者以兩股—爲鬟髻。〔按今歐美少女猶垂—。淸世男子亦垂—。隋唐時稱索—。字又通作編。漢書終軍傳、解編髮注。編讀—。一切經音義引三蒼、編古文—字。〕

【繻】相俞切音須汝朱切音儒虞韻

㊀繒采色。見〔說文〕。〔桂注〕玉篇—、綵也。廣雅—、色也。

㊁細密之羅也。見〔玉篇〕。

㊂衣布帛端末之識也。見〔易既濟—有衣袽虞注〕。

㊃帛邊也。舊關出入以之爲符信也。〔漢書終軍傳〕關吏予軍—。〔注〕蘇林曰、—帛邊也。張晏曰、—符也。書帛裂而分之若券契然。

㊄細密網。見〔類篇〕。

㊅人名。〔春秋左氏隱二年〕紀裂—來逆女。〔公羊穀梁皆作緰。〕

【繼】吉詣切音計霽韻

㊀續也。見〔說文〕。〔段注〕謂以系聯其絕也。

㊁統也。〔易繫辭〕—之者善也。

㊂儐也。〔周禮司儀〕賓—主君。皆如主國之禮。〔注〕玄謂—主君者。儐主君也。

㊃—英。蟲名。〔爾雅釋蟲〕密肌、—英。〔注〕未詳。〔釋文〕—又作蠿。音計。〔按此與釋鳥之繫英異。與玉篇之蠿鶧同。集韻十二霽蠿鶧蟲名。又十二庚鶧蜂屬。並其證。〕

㊄—鶧。鳥名。〔爾雅釋鳥〕密國、繫英。〔注〕釋蟲已有此名。疑誤重。〔釋文〕鷂音密。本今作密。繫音計。蝧音英。本今作英。〔按釋文既如是。則知爾雅原文本作鷂肌—鶧。玉篇、鷂、鷂肌—鶧。鳥名。又鵒、鳥名。鶧同鵒。鳥如鵲。廣韻鶧、鶧—鶧。鳥名。集韻鶧、—鶧。鳥名。通作英。然則釋鳥之密肌—鶧、爲鳥名。與釋蟲之密肌蠿英爲蟲名者迥異。如釋蟲之螒天雞爲蟲名。釋鳥之鶾天雞爲鳥名。正一例也。郭氏以爲誤重。非是。〕

【繫】吉棄切音繫寘韻

縛也。見〔集韻〕。〔按後漢李固傳。犖下—。望注劉攽曰、—是—續之義。不可施於此。蓋本是繫字。繫綴繫。天下之望也。康熙字典云—又音繫。訓縛、卽繫之義。劉欲改—爲繫。非是。〕

【繽】紕民切音賓眞韻

㊀盛貌也。〔離騷〕九嶷—其並迎。

㊁亂也。見〔類篇〕。

㊂—衆也。見〔廣雅釋訓〕。

㊃—紛。盛貌。〔離騷〕佩—紛其繁飾兮。〔又〕亂貌也。〔文選張衡賦〕思—紛而不理。〔又〕衆疾也。〔漢書揚雄傳〕—紛往來。〔又〕舞貌也。〔漢書司馬相如傳〕鄢郢—紛。〔又〕交雜也。〔漢書揚雄傳〕暗纂以其—紛。〔又〕風吹貌。〔文選張衡賦〕牙旗—紛。〔又〕能整理也。〔文選馬融賦〕條決—紛。

【纂】作管切音纘旱韻

㊀似組而赤。見〔說文〕。〔段注〕漢景帝紀曰、錦繡—組。害女紅者也。臣瓚引此爲注。按組之色不同。似組而赤者則謂之—。

㊁繪也。〔淮南齊俗〕衣—錦。

㊂織文也。〔國語齊語〕縷—以爲奉。

㊃繫也。見〔後漢張衡傳注〕。

㊄繼也。〔禮記祭統〕—乃祖服。〔按此假爲纘。〕

㊅集也。見〔類篇〕。〔按漢書藝文志。揚雄取其有用者。以作訓—篇。當亦取集義。〕

㊆——。聚貌。〔文選潘岳賦〕歌棗下之——。〔注〕古咄唶歌曰。棗下何攢攢。、攢攢聚貌。—與攢古字通。

【纅】仄遇切音㜸遇韻

䋷或字。〔集韻〕䋷、絺也。或作—。

【繒】作管切音纂旱韻

積也。見〔海篇〕。

【⿰糸舞】亡遇切音務遇韻
繅淹餘也。見〔集韻〕。

【⿰糸隱】倚謹切音隱吻韻
絣也。見〔廣雅釋詁〕。〔按絣者猶縫紩也。絣字从系并聲。形聲兼會意。｜之訓絣。謂合而縫紩之也。一切經音義引通俗文曰。合紩曰｜。是也。玉篇云。｜、衣也。廣韻云。｜、縫衣相著。蓋皆渾言之。惟集韻云。｜。博雅。絣也。一曰。縫衣相合。似分二義。恐誤。〕

【⿰糸蒙】謨蓬切音蒙東韻　母總切音蠓董韻
絲亂緒皃。見〔類篇〕。

【纙】杜晧切音道晧韻　大到切音導居號切音誥號韻　徒歷切音狄錫韻
綠也。見〔玉篇〕。〔按集韻云。青黃閒色。〕

【⿰糸匱】求位切音匱寘韻
織餘也。見〔玉篇〕。〔按集韻。｜、或从貴作繢。〕

【繾】去演切音遣銑韻　遣忍切音螼軫韻
｜綣。不相離也。見〔說文新附〕。〔鈕氏新附攷〕｜綣。通作遣卷。玉篇。｜綣。不離散也。詩民勞。以謹｜綣。毛傳。｜綣。反覆也。釋文。｜音遣。左昭二十五年傳。｜綣從公。杜注。｜綣。不離散也。疑後人改遣爲｜也。綣有反覆義。〔按集韻十七準。｜綣。纏綿也。纏綿亦與不離義合。〕

【纀】博木切音卜屋韻
裳削幅謂之｜。見〔說文〕。〔桂注〕釋器文。郭注。削殺其幅。深衣之裳也。鄭注深衣云。裳六幅。幅分之以爲上下之殺。又注玉藻云。衽謂裳幅所交裂也。凡衽者。或殺而上。是以小要取名焉。衽屬衣、則垂而放之。屬裳則縫之以合前後上下相變。

【纀】逢玉切音襆沃韻
幞或字。〔集韻〕幞。帕也。或作｜。

【纁】許云切音熏文韻　呼運切音訓問韻
淺絳也。見〔說文〕。〔桂注〕顏注急就篇。絳、赤色也。古謂之｜。鄭注周易。黃而兼赤爲｜。釋器。三染謂之｜。顧命麻冕彤裳傳云。彤｜也。正義、形赤也。禮祭服｜裳。｜是赤色之淺者。故以彤爲｜。

【⿰糸遲】直利切音稚寘韻
⿰糸犀或字。〔集韻〕⿰糸犀。紩也。或从遲。

【⿰糸疑】偶起切音擬紙韻
㡾也。見〔篇韻〕。

【⿰糸爾】展几切音禰紙韻
襧或字。〔集韻〕襧。說文、紩衣也。或作｜。

【⿰糸爾】同繼。見〔玉篇〕。

【[illegible]】方孔切音[illegible]董韻
縛也。見〔字彙補〕。〔按舊說卽綁字。皆俗字也。〕

【⿰糸樂】纅本字。見〔說文〕。

【⿰糸婁】同縷。見〔篇海〕。

【縦】同縱。見〔字彙補〕。

【⿰糸厤】纚或字。見〔集韻〕。

【⿰糸監】襤或字。見〔類篇〕。

【⿰糸褱】俗褱字。見〔字彙補〕。

【⿰糸對】俗縹字。見〔正字通〕。〔按隸釋。漢碑从票之字。或作對。〕

【⿰糸壽】俗紬字。見〔正字通〕。

【⿰糸絲】彝譌字。見〔類篇〕。

【⿰糸冈】網譌字。見〔正字通〕。〔按康熙字典云。从网之字或省作冈。或變作四。｜卽網字也。〕

十五畫

【纇】盧對切音耒隊韻
●一 絲節也。見〔說文〕。〔段注〕絲之約結不解者曰｜。引申之凡人之愆尤皆曰｜。〔按一切經音義引通俗文。多節曰｜。玉篇。｜、絲節不調也。廣雅。｜、節也。廣韻。｜、麤絲也。語多小異。〕
●二 戾也。〔左昭二十八年傳〕忿｜無期。
●三 不平也。〔左昭十六年傳〕刑之頗｜。〔服注〕｜、不平也。〔疏〕言很戾也。
●四 坳也。〔老子〕夷道若｜。
●五 疵也。見〔老子釋文引簡文注〕。

【纈】奚結切音擷屑韻
●一 綵｜也。見〔玉篇〕。

(二)繫也。謂繫繪染為文也。見〔集韻〕。
(三)結也。見〔正字通〕。
(四)病目空花也。〔孫覿詩〕眼－眩紅絲。
(五)連－。花名。〔古今注〕萬連葉如烏翅。一名烏羽。一名鳳翼。俗呼為仙人花。一名連－花。

【纊】苦謗切音曠古曠切漾韻
(一)絮也。春秋傳曰。皆如挾－。見〔說文〕〔段注〕玉藻、－為繭。注曰。－、今之新緜也。按鄭釋－為新緜者。以別於縕之為新緜及舊絮也。許則謂－為絲絮。不分新故。〔按顏注急就篇。古亦謂緜為－。小爾雅廣服。－、緜也。絮之細者曰－。禹貢。厥篚纖－。傳云。－、細緜。史記作纖絮〕。
(二)絛也。〔廣雅釋器〕絖、－也。〔按說文。－或作絖〕。
(三)八十縷也。見〔玉篇〕。
(四)黈－。充耳也。〔漢書東方朔傳〕黈－充耳。所以塞聰。〔按白虎通紼冕。－塞耳。示不聽讒也〕。

【續】松玉切音俗沃韻
(一)連也。見〔說文〕〔段注〕連者負車也。聯者連也。皆其義也。
(二)繼也。見〔廣雅釋詁〕。
(三)猶屬也。〔禮記深衣〕－袵鉤邊。
(四)－紖也。〔詩小戎〕陰紖鋈－。〔傳〕－、－紖也。〔按釋名釋車。紖、所以引車也。鋈沃也。治白金以沃灌紖環也。－、紖端也〕。
(五)絲也。見〔廣雅釋器〕。
(六)猶傳也。〔淮南修務〕教順施－。
(七)手－。辨事之規則次序也。日本名。今多譯作程序。
(八)－斷。草名。自生於郊野。春開淡紅或白色之花。花冠全為唇形。萼上叢生細毛。齒長而銳。常供藥品。
(九)通贖。〔史記扁鵲倉公傳〕刑者不可復－。〔集解〕徐廣曰。－、一作贖。
(十)姓也。晉大夫－簡伯之後。

【纍】力追切音欙支韻
(一)綴得理也。一曰。大索也。見〔說文〕。〔段注〕綴者、合箸也。合箸得其理。則有條不紊。是曰－。樂記曰。－－乎端如貫珠。此其證也。論語作縲。字之誤。注云。黑索也。亦作纝。易大壯。羸其角。馬云。大索也。鄭虞作－。
(二)纏也。見〔小爾雅廣器〕。
(三)繫也。〔左成三年傳〕兩釋－囚。
(四)拘也。見〔廣雅釋言〕。
(五)不以罪死曰－。〔漢書揚雄傳〕欽弔楚之湘－。
(六)猶禍也。〔太玄劇〕骨－其肉。
(七)蔓也。〔詩南有嘉魚〕甘瓠－之。
(八)纏繞也。〔詩樛木〕葛藟－之。
(九)所以盛甲也。〔國語齊語〕諸侯甲不解－。
(十)自囚係以待命也。〔左襄二十五年傳〕使其衆男女別而－。
(十一)－牛。父牛也。〔呂覽季春紀〕乃合－牛騰馬游牝於牧。〔注〕－牛。父牛也。騰馬。父馬也。皆將羣游從牝於牧之野風合之。〔按禮記月令作累。注。累騰皆乘匹之名。正義曰。累牛謂相累之牛。淮南時則作纝。注。纝牛。特牛也〕。
(十二)－－。羸憊貌也。〔禮記玉藻〕喪容－－。〔又〕不得志之貌。〔史記孔子世家〕－－若喪家之狗。〔又〕不絕之貌。〔漢書五行志〕明年中國諸侯果－－從楚而圍蔡。〔又〕重積也。〔漢書佞幸石顯傳〕印何－－。〔又〕履桎貌也。〔太玄差〕足－－。
(十三)族－。神名。〔漢書郊祀志〕秦巫祠社主巫保族－之屬。〔注〕巫保、族－二神名。
(十四)通累。綸也。〔莊子外物〕揭竿累。
(十五)通縲。絡也。〔廣雅釋器〕縲、絡也。〔疏證〕凡繩之相連者曰絡。縲與－同。
(十六)通絫。十黍為絫。〔漢書律曆志〕不失黍絫。
(十七)通縲。縲紲所以束縛人也。〔論語公冶長〕雖在縲紲之中。
(十八)姓也。晉七輿大夫－虎。見〔廣韻〕。

【纍】力僞切音嫘寘韻
事相緣及也。見〔集韻〕。

【纍】魯猥切音磊賄韻
壘或字。〔集韻〕壘。壘嵔壘。山名。或作－。

【纏】澄延切音廛先韻直碾切霰韻
(一)繞也。見〔說文〕〔按廣韻作－繞物也〕、
(二)約也。見〔玉篇〕。

(三)束也。見〔廣雅釋詁〕。
(四)索也。〔淮南道應〕臣有所與供儋丨采薪者九方堙。
(五)踐歷也。〔漢書王莽傳〕歲丨星紀。
(六)丨綿也。〔太玄玄攡〕高物乃丨。
(七)猶牽引也。〔文選謝靈運詩〕質弱易扱丨。
(八)以財帛賞妓曰丨頭。〔陸游詩〕濯錦江邊憶舊遊。丨頭百萬醉青樓。
(九)以布帛裹腳曰丨足。〔輟耕錄〕婦人之丨足。起於近世。道山新聞云。李後主宮嬪窅娘善舞。後主令以帛繞腳。令纖小屈作新月狀。以此知丨足自五代方爲之。〔按誠齋雜記。杜牧詩云。鈿尺裁量減四分。纖纖玉筍裹輕雲。似唐時己丨足矣。〕
(十)貲財之別偁曰腰丨。〔般芸小說〕有客相從。各言所志。或願爲揚州刺史。或願多貲財。或願騎鶴上昇。其一人曰。腰丨十萬貫。騎鶴上揚州。欲兼三者。
(十一)乳香之別名曰香丨。〔洪芻香譜〕乳香以通明者爲勝。首曰的乳。次曰揀香。又次曰瓶香。又其細者謂之香丨。
(十二)烏丨。國名。〔陳書高帝紀〕齊僧統法獻於烏丨國。
(十三)丨回。西北回族。其族以布丨首。故曰丨回。今甘肅新疆尙有之。
(十四)姓也。漢書藝文志有丨子著書。

【纅】以灼切音藥式灼切音鑠藥韻
絲色也。見〔說文〕。〔段注〕謂絲之色、光采灼然也。攷工記曰。絲欲沈。注云。如在水中時色。今人謂之漂亮。

【纅】狠狄切音歷錫韻
治絲。見〔集韻〕。

【⿰糸巤】力盍切音臘洽韻
丨颯。絲雜貌。見〔類篇〕。

【縩】七曷切音擦桑葛切音躤曷韻
絹縠。見〔玉篇〕。〔按廣韻。丨、縠屬。集韻。丨、綃屬。〕

【縩】七蓋切音蔡泰韻
綷丨。紈素聲。見〔集韻〕。

【纆】密北切音墨職韻
本作⿰糸黑。〔說文〕⿰糸黑。索也。〔桂注〕或作丨。五經文字。徽、丨皆繩也。三股曰徽。兩股曰丨。文選孫楚詩。吉凶如糾丨。李善云。糾、兩股索。丨、三股索。五臣注鵩鳥賦引字林。糾、兩合繩。丨、三合繩。易坎卦。係用徽丨。虞云。徽丨。黑索也。馬云。徽丨。索也。通作墨。漢書揚雄傳。徽以糾墨。顏注。徽、糾、墨皆繩也。

【繂】劣戌切音律質韻
舉船索也。見〔玉篇素部〕。

【⿰素率】呂卹切音律質韻
素屬。見〔說文素部〕。〔段注〕素當作索。从素之字古亦从糸。故丨字或作繂。或作繂。采卡毛傳曰。紼。繂也。謂麻繩也。今說文譌作素屬。乃不可通矣。〔按玉篇素部。丨、紼也。索也。或作繂、繂。〕

【⿰糸暴】伯各切音博藥韻
襮或字。〔集韻〕襮。黼領謂之襮。或从糸。

【⿰糸⿱歲心】須銳切音歲霽韻
蜀細布也。見〔類篇〕。〔按玉篇以丨爲繐或字。〕

【纋】於求切音憂烏侯切音謳尤韻
弁之中央髮也。見〔玉篇〕。〔按廣韻。丨、弁巾。集韻。弁中央狹曰丨。〕儀禮士喪禮。鬠弁用桑。長四寸。丨中。〔注〕丨、弁之中央以安髮。〔疏〕兩頭闊。中央狹。則於髮安。故云以安髮也。

【⿰糸蔑】亡結切音蔑屑韻
細丨也。見〔玉篇〕。

【⿰糸离】抽知切音痴支韻
繒屬。見〔篇海〕。〔康熙字典云。即纚字之譌。〕

【⿰糸賷】鄔毀切音委紙韻
帛也。見〔篇韻〕。〔疑即緌字之譌。〕

【⿰糸畾】魯猥切音磊賄韻
儡或字。〔集韻〕儡。傀儡。木偶戲。或作儡、丨。

【⿰糸敷】芳無切音孚虞韻
紨或字。〔集韻〕〔博雅〕紨、綐紬也。一曰。大絲曰紨。或从敷。

【⿱艹⿰糸爾】同繭。見〔集韻〕。

【⿰糸朁】同縉。見〔篇海〕。〔康熙字典

云。繕即紵字重文。此復繕字之譌。」

【纉】纘俗字。見〔正字通〕。

【繊】纖俗字。見〔正字通〕。

【纜】繞譌字。見〔正字通〕。

十六畫

【纑】籠都切音盧虞韻

㊀布縷也。見〔說文〕。〔段注〕言布縷者。以別乎絲縷也。績之而成縷。可以為布。是曰—。禮經縷、分別若干以為麤細。趙岐曰。湅麻曰—。麻部㯿下云未湅治—也。然則湅治之乃曰—。不湅者曰㯿。統呼曰縷。

㊁練絲曰—。見〔文選張景雜詩注〕引孟子劉熙注。

㊂閒盧也。見〔墨子經上〕。

【⿰糸焦】茲消切音焦蕭韻

㊀生枲。見〔廣韻〕。

㊁布屬。見〔集韻〕。

【⿰糸歷】郎敵切音歷錫韻

緪為界埒也。見〔集韻〕。

【⿰糸閻】以冉切音琰琰韻　余廉切音鹽鹽韻

綃也。見〔方言〕。

【⿰糸龍】直容切音重冬韻

重也。見〔篇海〕。

【⿰糸頻】符眞切音頻眞韻

擣衣。見〔玉篇〕。

【⿰糸巽】餈取切音⿰糸須麌韻

縣縟之索也。見〔集韻〕。方言。所以縣縟。東齊海岱之間謂之—。

【⿰糸選】須絹切音選霰韻

繏或字。〔集韻〕博雅、綫繏索也。或从選。

【⿰糸麇】俱倫切音麇眞韻

束也。見〔集韻〕。

【⿰糸擸】力盍切音蠟合韻

—緺。衣敝破也。見〔篇韻〕。

【⿰糸舉】苟許切音舉語韻

藉靡舌—。見〔荀子正論〕。〔注〕舌—未詳。或曰。莊子云、公孫龍口呿而不合。舌舉而不下。謂辭屈弱亦恥辱也。

【纎】纖本字。詳纖字。

【⿰糸彝】古彝字。見〔集韻〕。〔按說文古文彝作彝〕

【纏】纏俗字。見〔五經文字〕。

【⿰糸鼡】纗譌字。見〔字彙補〕。

十七畫

【纓】渠成切音嬰庚韻。於正切音郢敬韻

㊀冠系也。見〔說文〕。〔段注〕冠系、可以系冠者也。系者、係也。以二組系於冠卷。結頤下。是曰—。與紘之自下而上系於笄者不同。冠用—。冕弁用紘。—以固武。卽以固冠。故曰冠系。許此冠字、專謂冠。不該冕弁。

㊁馬鞅也。〔周禮巾車〕樊—十有再就。〔注〕玄謂—今馬鞅。〔疏〕後鄭以鞶為馬大帶。明—是夾馬頸。故以今馬鞅解之也。〔按先鄭謂—當馬膺。賈馬亦云。鞶—。馬飾在膺前。竝與後鄭異〕。

㊂五采絲繫也。〔儀禮士昏禮〕親說婦之—。〔注〕婦人十五許嫁。笄而禮之。因著—。明有繫也。蓋以五采為之。〔疏〕此—雖用絲為之。當用五采。與男子冠—異。但—有二時不同。內則云。男女未冠笄者。總角衿—。皆佩容臭。此是幼時—也。又云。婦事舅姑。子事父母。衿—綦屨。婦人有—。示繫屬也。內則示有繫屬之—。卽許嫁之—。

㊃頸毛也。〔文選枚乘七發〕鵷鶵鵁鶄。翠鬣紫—。

㊄繞也。〔文選謝靈運詩〕兼抱濟物性。而不—垢氛。

【纔】鋤咸切音讒咸韻。師銜切音衫。初銜切音攙。在銜切音巉。銜韻　所鑒切音釤。仕懺切音鑱。陷韻

帛雀頭色。一曰微黑色。如紺。—淺也。見〔說文〕。〔段注〕今經典緅字。許無。—卽緅字也。考工記。五入為緅。注。染纁者三入而成。又再染以黑則為緅。緅、今禮俗文作爵。言如爵頭色也。又復再染以黑。乃—成緇矣。士冠禮。爵弁服注。爵弁者。冕之次。其色赤而微黑。如爵頭然。或謂之緅。依鄭則爵、緅、—三字一也。前一說謂黑多。後一說謂微黑。不同。鄭注考工巾車謂黑多。注士冠禮謂微黑。亦不同也。

【纔】鋤來切音裁灰韻

❶繒色一入。一曰暫也。見〔集韻〕。❷僅也。〔漢書鼂錯傳〕遠縣一至。〔注〕一淺也。猶言僅至也。❸微也。見〔一切經音義引三蒼〕。❹劣也。見〔一切經音義引三蒼〕。❺少也。〔漢書文帝紀〕太僕見馬遺財足。〔注〕財、與一同。一、少也。〔按〕凡甫爾之詞。古通用才、材、財、裁。今多以一爲之。

【纕】思將切音襄如陽切音攘陽韻

❶援臂也。見〔說文〕。〔段注〕援臂者、捋衣出其臂也。援、引也。引袖而上之也。是爲一臂。今則攘臂行而一臂廢矣。❷佩帶也。〔離騷〕既替余以蕙一兮。❸馬腹帶。國語云懷挾纓一。見〔廣韻〕。

【纕】蘇郎切音桑陽韻

纕或字。〔集韻〕纕。緗纕。淺黃也。或从襄。

【纕】汝兩切音壤養韻

絲縈也。見〔類篇〕。

【纖】息廉切音暹將廉切音殲鹽韻

❶細也。見〔說文〕。〔段注〕細者散也。凡細謂之一。❷小也。自關而西秦晉之郊、梁益之間。凡物小者或曰一。見〔方言〕。❸刺也。見〔集韻〕。〔按禮記文王世子。其形罪則一剸。注一讀爲殲。殲、刺也。〕❹細布衣也。〔漢書文帝紀〕一七日釋服。❺羅縠也。〔楚辭招魂〕被文服一。〔按方言繒帛之細者謂之一。其義亦合。〕❻袿衣飾。〔史記司馬相如傳〕蜚一垂髾。〔按漢書作纖。〕❼儉嗇也。〔史記貨殖傳〕周人既一。❽黑經白緯曰一。〔禮記閒傳〕禫而一。❾細擗其腊曰一。〔釋名釋飲食〕雞一。細擗其脂。令一然後漬以酢也。兔一亦如之。❿小數名。十沙爲一。十一爲微。⓫通孅。孅趍猶足恭也。〔史記日者傳〕孅趍而言。〔按一切經音義九。孅、古文攕字。書作一。同思廉反〕⓬通鑯。少也。〔太玄少〕動鑯其得。⓭一冠。采纓也。見〔禮記閒傳注引舊說〕。⓮一一。女手貌。〔韓詩葛屨〕一一女手。〔章句〕一一、女手之皃。〔按字本作攕。攕攕、好手貌。毛詩作摻摻。傳曰。摻摻猶一一也。亦重言形況字。〕⓯一阿。女美貌。〔史記司馬相如傳〕一阿爲御。〔索隱〕一阿、美女姣好貌。〔按漢書文選楚辭並作孅。以爲孅阿、人名。〕

【罽】居例切音瀱霽韻

西胡毳布也。見〔說文〕。〔段注〕毳者、獸細毛也。用織爲布是曰一。亦段罽爲之。〔按顏注漢書高帝紀。罽、織毛若今氍毹及氀毲之類也。〕又說文玉部瑂字段注。西胡、西域也。班固曰。西域三十六國。皆在匈奴之西。故說文謂之西胡。

【綸】以灼切音龠藥韻

絲也。見〔玉篇〕。

【孀】色莊切音霜陽韻

帛淺黃色。〔字說〕帛如初生桑葉之色曰一。

【纗】同纗。見〔玉篇〕。

【𦇧】蠡或字。見〔集韻〕。

【辮】綫或字。見〔集韻〕。

【纔】纔譌字。見〔篇海〕。

十八畫

【纏】驅圓切音圈先韻

❶幘也。見〔廣雅釋器〕。❷小兒帽也。見〔類篇〕。

【𦆺】巨員切音權先韻

布名。出蜀。見〔集韻〕。

【纙】來患切音籃諫韻

權或字。〔集韻〕權。衣襟也。或从系。

【纗】津垂切音厜支韻元圭切音攜齊韻胡卦切音畫卦韻竹恚切音諈寘韻

❶維綱中繩也。見〔說文〕。〔段注〕綱者、网之紘也。又用繩維之左右皆有繩而中繩居要。是曰一。❷網也。〔太玄樂〕絕其一。❸系也。〔文選張衡賦〕一幽蘭之秋華兮。〔注〕一、系也。善曰。繫韓曰一。韓一名纗。爾雅曰。婦人之韓謂之

繝。今之香囊。在男曰幃。在女曰繝。然則｜者、卽係囊之繩也。

(四)幣也。見〔廣雅釋器〕。

【纗】以睡切音諉寘韻

絃中絕。見〔集韻〕。

【⿰糹聶】尼輒切音攝葉韻

絲接岐也。見〔六書故〕。〔按西京雜記。五絲爲｜。倍｜爲升。〕

【⿰糹蹙】子六切音蹴屋韻

縮也。見〔玉篇〕。〔按康熙字典云。音義與纖同。卽纖字也。〕

【⿰糹羸】盧臥切音摞箇韻

不均也。一曰絲有節。見〔集韻引說文〕。〔按說文作䌴。疑｜卽䌴之俗字。〕

【纖】徂聰切音叢東韻

合絲織也。見〔類篇〕。

【纁】許云切音熏文韻

纁或字。〔集韻〕纁。說文、淺絳也。或从薰。

【[illegible]】古繘字。見〔說文〕。

【[illegible]】同纏。見〔字彙補〕。

【[illegible]】同轡。見〔字彙補〕。

十九畫

【纘】祖管切音纂旱韻

(一)繼也。見〔說文〕〔段注〕。豳風。載｜武功。傳曰。｜、繼也。中庸。武王｜大王王季文王之緒。注曰。｜、繼也。或叚纂爲之。

(二)任也。〔詩崧高〕王｜之事。〔釋文〕｜、韓詩作踐。踐、任也。

【纚】所倚切音蹝紙韻

(一)冠織也。見〔說文〕〔段注〕冠織者、爲冠而設之織成也。凡繒布不須翦裁而成者、謂之織成。士冠禮曰。｜廣終幅。長六尺。注曰。｜、今之幘。終充也。｜一幅長六尺。足以韜髮而結之矣。以｜韜髮而後冠。此｜蓋織成繒帛。廣二尺二寸。長祇六尺。不待翦裁。故曰冠織。

(二)縰也。蠡可以縰物也。見〔釋名釋采帛〕。

(三)步也。見〔荀子非十二子注〕。

(四)羣行貌。〔漢書司馬相如傳〕｜乎淫淫。

(五)｜屬。猶連屬也。〔漢書司馬相如傳〕輦道｜屬。〔注〕｜屬。｜迤相連屬也。

(六)通縰。縰履。履無跟也。〔莊子讓王〕縰履杖藜而應門。

【纚】所賣切音曬卦韻

網也。〔文選張衡賦〕釣魴鱧。｜鰋鮋。〔注〕｜網、如箕形。狹後廣前。

【纚】所禾切音羅歌韻

｜｜。索好貌。〔離騷〕索胡繩之｜｜。

【纚】疎士切音史紙韻

颯｜。長貌。〔文選張衡賦〕奮長袖之颯｜。

【纚】輦尒切音邐紙韻

連也。見〔集韻〕。

【纚】鄰知切音離支韻

(一)緌也。〔詩采菽〕紼｜維之。

(二)縏也。〔後漢張衡傳〕｜朱鳥以承旗。

(三)筰也。見〔詩采菽釋文引韓詩〕。

【纚】所蟹切音灑蟹韻

幡｜。偏幡也。〔史記司馬相如傳〕落英幡｜。

【纚】所宜切音釃支韻

(一)縿｜。車飾貌也。〔漢書揚雄傳〕灕虖縿｜。

(二)襂｜。羽垂之貌。〔文選木華賦〕被羽翮之襂｜。

【纛】大到切音導號韻　徒刀切音陶豪韻　杜皓切音道皓韻　杜谷切音獨屋韻　徒沃切音毒沃韻

(一)翳也。〔爾雅釋言〕翿、｜也。｜、翳也。〔注〕今之羽葆幢。舞者所持以自蔽翳。〔疏〕李巡曰。翿、舞者所持｜也。孫炎曰。｜、舞者所持羽也。鄭司農注鄉師云。翿、羽葆幢也。獨斷云。以犛牛尾爲之。大如斗。在左騑馬頭上。所謂黃屋左｜。又謂之翳。故王風云。左執翿。毛傳云。翿、｜也。翳也。〔按漢書高帝紀注引應劭曰。｜、雉尾爲之。在左驂當鑣上。〕

(二)皁｜。軍中大旗也。〔正字通〕軍中大皁旂名皁｜。以皁繒爲之。

【⿰糹蠡】式支切音施　相支切音斯支韻

(一)粗緒也。見〔說文〕。

(二)繒屬。〔廣韻〕｜、繒似布。〔按玉篇

云。—、細細經緯不同者。纊、絁、竝同—。段玉裁云。蓋今之綿紬。〕

【䌴】　魯過切音贏箇韻
❶不均也。見〔說文〕。〔段注〕此與纇雙聲。其義亦相近。
❷不細。見〔廣韻〕。
❸絲有節。見〔集韻〕。

【𦇔】　毋果切音麼哿韻
行皃。見〔集韻〕。

【䌥】　緌本字。見〔說文糸部〕。

二十畫

【纚】　商支切音施支韻
紬也。見〔廣雅釋器〕。

【𦆫】　魯過切音贏箇韻
不細也。又不均也。見〔字彙補〕。〔按即䌴字之譌。〕

二十一畫

【纜】　盧瞰切音濫勘韻
維舟索也。〔文選謝靈運詩〕繫—臨江樓。

【𦇧】　朱欲切音燭沃韻
—帶。見〔玉篇〕。〔按集韻。襟綴帶謂之—。或省作𦅫。〕

【纝】　倫追切音纍支韻
絡也。索也。〔廣韻〕—網絡。論語注云。黑索也。亦作縲。〔按集韻云。博雅、—、縲絡也。或作纍。〕

【䍀】　同繝。見〔篇海〕。〔康熙字典云。即繝字之譌。〕

二十二畫

【纕】　乃浪切音灢漾韻
儴或字。〔集韻〕儴寬緩也。或从糸。

二十三畫

【𦈅】　達協切音疊葉韻
絲數。見〔集韻〕。

【𦈆】　龍涓切音戀霰韻
不斷也。見〔篇海〕。

二十五畫

【𦇰】　繘籀文。見〔說文〕。

※米部※

【米】　母禮切音眯薺韻
❶穬實也。象禾黍之形。見〔說文〕。〔段注〕穬、顆粒也。十、其稃彙開而米見也。八八、米之形也。〔按段本穬作粟。黍、王筠說文句讀依鉉本作實。〕
❷穀去康爲—。見〔六書故〕。〔按段玉裁云。穀去其秠存人曰—。〕
❸—廩。有虞氏之庠也。見〔禮記明堂位〕。
❹—鹽。細碎也。〔史記天官書〕凌雜—鹽。
❺蘵—。薏苡也。〔廣東新語〕薏苡、一名蘵—。一曰薏珠子。
❻草名。〔本草〕蛇牀、一名蛇—。
❼倭國謂十二支之巳曰—。見〔日本風土記〕。
❽州名。唐屬羈縻關內道宜定府。當今甘肅慶陽境。
❾姓也。唐有—嘉榮。
❿法國度名。具言—突。法以通過巴黎子午周四千萬分一、爲—突。度之本位。各國多從之。當我營造尺三尺二寸四分。字亦作咪。或作密達。或作邁。當西文 metre。

一畫

【𥸧】　布火切音跛哿韻
碎米也。見〔篇海〕。

二畫

【籴】　亭歷切音狄錫韻
糴省字。見〔集韻〕。

【𥸤】　昨合切音雜合韻
不一也。莊子、鳩—天下之川。通作雜。見〔集韻〕。

【𥸩】　丁定切音訂徑韻
米餌。見〔類篇〕。〔餌、集韻作飷。〕

【𥸥】　粇譌字。見〔字彙補〕。

【𥸦】　古蹯字。見〔韻會小補〕。

【籵】　法國度名。米之十倍。具言迭加米突。當我三丈二尺四寸。迭加或作迭克。或作特卡。西文 Decametre。

【𥸨】　古番字。見〔說文采部〕。〔段注〕九歌。—芳椒兮成堂。王注。布香椒於堂上也。—、一作播。丁度、洪與祖、皆云。、古播字。

三畫

【籺】下扢切音協月韻 麧或字。〔集韻〕麧。堅麥也。或从米。

【籺】奚結切音纈屑韻 屑米細者曰—。見〔集韻〕。

【籺】恨竭切音紇月韻 米粉。見〔集韻〕。

【籼】相然切音僊先韻 秈或字。〔集韻〕秈。方言、江南呼稉爲秈。或作—。

【粠】胡公切音洪東韻 陳臭米。見〔說文〕。〔段注〕賈捐之傳。太倉之粟紅腐而不可食。師古曰。粟久腐壞則色紅赤也。按紅即—之叚借字。

【粁】法國度名。米之千倍。具言啟羅米突。當我一里十四引四丈。啟羅、或作基羅。西文 Kilometre。

【⿰米万】法國度名。米之萬倍。具言美麗育米突。當我十八里。美麗育、或作美利亞。西文 Myriametre。

【籹】忍與切音汝碾與切音女語韻 粔—也。見〔說文新附〕。〔按類篇。粔、—餌也。集韻。—蜜餌。互詳粔字。〕

【籶】疏臻切音莘眞韻 粉滓也。粥凝也。見〔類篇〕。〔按六書故。麻子之滓亦曰—〕

【籷】陟格切音磔陌韻 屑米爲飲。一曰、粘也。見〔集韻〕。

【籸】疏臻切音銑眞韻 米滓也。見〔字彙補〕。

【⿸广⿰米乚】古粟字。見〔字彙補〕。

【类】同類。見〔五音篇海〕。

【⿱米廾】同掬。見〔海篇〕。

四畫

【粉】府吻切音𡍭吻韻 方問切音糞問韻

㊀傅面者。見〔說文〕。〔注〕周禮饋食有—餈。米—也。古傅面亦用米—。故齊民要術有傅面英—。漬—爲之也。又紅染之爲紅—。燒鉛爲—。始自夏桀也。〔按段玉裁云。據賈氏說。英—僅堪妝摩身體耳。傅人面者固胡—也。許所云傅面者。凡外曰面。周禮傅於餌餈之上者是也。引伸爲凡細末之偁。〕

㊁分也。研米使分散也。見〔釋名釋首飾〕。

㊂—飾也。〔太玄視〕—其題。

㊃豆屑也。見〔周禮籩人司農注〕。

㊄—米。白米也。〔書益稷〕藻火—米。

㊅—署。署壁塗—也。〔漢官儀〕省中皆胡—塗壁。故曰—署。

㊆古人畫藻。謂之—本。見〔圖繪寶鑑〕。

㊇俗謂不求實際徒飾外觀者曰—飾。〔蘇軾詩〕妄自—飾欺盲聾。

㊈海—。食品也。〔事文類珠〕海—母如墨魚形。大三四寸。多畜冢中。春種海濱田內。色綠如荷包。海—、即所溲也。

㊉法國度名。米十分之一。具言得夕米突。當我營造尺三寸二分四釐。得夕、或作底西。或作特西。西文 Decimetre。

【粊】兵媚切音祕寘韻 蒲昧切音佩隊韻 粊或字。見〔集韻〕。〔按說文。粊、惡米也。段玉裁以爲—之譌字。謂莊子塵垢粃糠。粃、即—字。經典釋文五經文字皆不誤。若廣韻作—。注云。說文作粊。蓋由說文之誤已久。玉篇作⿱非米、作⿰米非、作粊。皆—之誤。互詳粊字。〕

【粃】補履切音比紙韻 房脂切音琵支韻 秕或字。〔集韻〕秕。說文、不成粟也。或从米。

【粇】丘岡切音康陽韻 穅或字。〔集韻〕穅。穀皮也。或作糠、—。〔按說文禾部。穅、穀皮。秔、稻屬。糠、是穅俗字。—、當是秔俗字。〕

【⿱自类】力結切音冽屑韻 臭或字。〔集韻〕臭。臭臭。頭袤態。一曰、多節目也。或作—。

【⿰米屯】徒渾切音屯元韻 肫或字。〔集韻〕肫。腿肫。肫餌也。或从米。

【粈】女九切音紐忍九切音揉有韻 女救切音糅宥韻 雜飯也。見〔說文〕。〔段注〕食部曰。

飿、饠飯也。廣韻曰。飿、亦作—。

【粆】師加切音沙麻韻 蔗飴。通作沙。見〔集韻〕。〔按俗謂沙餹。〕

【粋】蘇內切音碎隊韻 純也。精微也。見〔篇海〕。

【粅】文拂切音物物韻 —。粉皃。見〔集韻〕。

【粄】補滿切音昄旱韻 屑米餅也。見〔集韻〕。

【⿰米丙】莫結切音蔑屑韻 糈也。見〔集韻〕。

【粎】翹移切音祇支韻 赤米。見〔集韻〕。

【⿱龹廾】乃結切音涅屑韻 手持也。見〔篇海〕。

【⿰米欠】同粢。見〔篇海〕。

【⿰米卯】同料。見〔龍龕手鑑〕。

【⿰米斤】同料。見〔龍龕手鑑〕。

【⿰米支】粄或字。見〔集韻〕。

【⿰米尺】法國度名。米突尺也。亦簡稱米。詳米字。

【粍】法國度名。米千分之一。具言密里米突。當我營造尺三釐二毫四絲。西文 Millimetre

五畫

【粗】坐五切音伹麌韻 聰徂切音麤虞韻

❶疏也。見〔說文〕。〔注〕疏、即麤也。故爾雅注多謂麤爲—。

❷大也。見〔廣雅釋詁〕。

❸略也。〔史記樂書〕—厲猛起。

❹麄也。〔禮記樂記〕其聲—以厲。

❺精—。謂萬物大小也。〔禮記樂記〕凝是精—之體。〔玉篇〕—、不精也。

❻庴也。見〔廣雅釋室〕。〔按朱駿聲謂庴之假借字。說文庴、人相依庴也。〕

【粒】力入切音立緝韻

❶糂也。見〔說文〕、〔段注〕當作米—也。玉篇、廣韻皆云米—。可證。今俗語謂米一顆曰一—。

❷米食曰—。〔書益稷〕烝民乃—。

❸穀謂之—。見〔小爾雅廣物〕。

❹俗以之記物數。如珠幾—、凡幾—。

【粕】匹各切音魄藥韻 匹陌切音拍陌韻

❶糟—。酒滓也。見〔說文新附〕。〔鈕氏新附攷〕通作魄。莊子天道篇作糟魄。釋文、司馬云。爛食曰魄。本又作—。〔按六書故。米滓也。古單作魄。〕

❷已漉之精也。見〔淮南道應注〕。

【⿰米必】莫結切音蔑屑韻

❶粖也。見〔玉篇〕。

❷同⿰米蔑。〔集韻〕涼州謂⿰米蔑爲⿰米蔑。亦作—。

【⿰米乍】莊加切音査麻韻 滓也。通作渣。見〔集韻〕。

【⿰米乍】卽各切音作藥韻 同糳。見〔篇海〕。

【⿰米台】盈之切音頤支韻 飴或字。〔集韻〕飴、說文、米糵煎也。一曰濡弱者爲飴。或作—。

【⿰米付】芳無切音敷虞韻 稃或字。見〔說文禾部〕。〔按稃、稽也。穅也。穅、穀皮也。〕

【粓】沽三切音甘覃韻 泔或字。〔集韻〕泔。說文、周謂潘曰—。或从米。

【⿱宀米】綿批切音迷齊韻 罙或字。〔集韻〕罙。深入也。或作—。

【⿰米它】湯何切音佗歌韻 䴱或字。〔集韻〕䴱。餌也。或从米。

【粖】莫撥切音末曷韻 饘也。見〔廣雅釋器〕。

【⿰米未】莫結切音蔑屑韻 ⿰米蔑或字。見〔集韻〕。

【⿱龹毛】民卑切音彌、忙皮切音縻支韻 忙經切音冥青韻 潰米也。交止有—泠縣。見〔說文〕。〔段注〕潰、屚也。謂米之棄於地者也。禾部曰。穭、舂粟不潰也。不拋散謂之不潰。止俗作趾、誤。〔按潰、類篇引作潰。〕

【粔】臼許切音巨語韻 —籹。膏環也。見〔說文新附〕。〔按六書故。楚辭曰。—籹蜜餌。一曰寒具也。以蜜和米麪煎之以油。集韻。蜜餌也。吳謂之膏環。〕

【粊】兵媚切音祕寘韻 補妹切音

背蒲昧切音佩隊韻 惡米也。周書曰。—誓。見〔說文〕。〔注〕古文尙書費誓如此。春秋作費。魯地名。〔按段本改—爲粊。〕

【粙】直袖切音胄宥韻 稻實。見〔集韻〕。〔按字彙云。稔實也。亦作糟。通作稙。〕

【⿰米丕】鋪枚切音坯灰韻 滫粉麪爲劑。見〔集韻〕。

【⿰米弁】扶萬切音飯又孚萬切音娩願韻 粉也。見〔集韻〕。

【⿰米半】房吻切音扮吻韻 屑米餅也。見〔篇海〕。

【⿰米宁】直呂切音宁語韻 盛米也。見〔篇海〕。

【⿰米囡】昵洽切音囡洽韻 粘也。見〔集韻〕。

【⿱加米】居牙切音嘉麻韻 米也。見〔集韻〕。

【⿰米四】息利切音四寘韻 糟也。見〔集韻〕。

【粘】同黏。見〔集韻〕。

【粘】黏或字。見〔說文黍部〕。〔按俗作糊。〕

【⿰米乎】黏或字。見〔集韻〕。

【⿰米半】粄或字。見〔集韻〕。

【⿰米包】麭或字。見〔集韻〕。

【粛】肅俗字。見〔字彙補〕。

【⿱叒米】粲俗字。見〔篇海〕。

【粜】粜譌字。廣韻三十四嘯。粜、俗糶字。康熙字典引作—與糶同。誤。

【粣】⿰米册譌字。集韻、類篇、作⿰米册。正字通云。冊、古作冊。省作冊。則—應从米从冊。字彙作—。以五畫溷入六畫。已誤。康熙字典於六畫中引集韻。分—、⿰米册、爲二。前後複見。尤誤。

六畫

【粟】須玉切音涑沃韻

①本作㮚。〔說文㮚部〕㮚、嘉穀實也。孔子曰。—之爲言續也。〔段注〕禾下曰。嘉穀也。黍下曰。禾屬而黏者也。然則嘉穀、謂禾黍也。嘉穀之實曰—。—之皮曰穅。中曰米。

②古以米之有孚殼者皆稱—。今人以穀之最細而圓者爲—。或云小—即稷也。見〔爾雅翼〕。

③—五變。生爲苗。秀爲禾。三變而實謂之—。四變而米。五變而蒸飯可食。見〔春秋說題詞〕。〔按論衡量知。穀未舂蒸曰—。〕

④祿也。見〔廣雅釋詁〕。〔疏證〕史記伯夷傳云。義不食周—。

⑤謂治—。〔漢書王莽傳〕每縣則—。

⑥未敢自恃自命曰—。見〔管子小問〕。〔注〕—、謹促之名也。

⑦猺丁也。〔廣東新語〕連山有八排猺。猺自稱猺丁曰八百—。

⑧沙謂之—。〔山海經南山經〕英水中多丹—。〔注〕丹—、細丹沙如—也。

⑨—米。兵糧也。〔孟子盡心〕—米之征。

⑩治—。官名。〔史記孝景紀〕更命治—內史爲大農。〔集解〕漢書百官表曰。治—內史秦官。掌穀貨也。

⑪—特。國名。〔北史魏太武紀〕太延元年八月。—特國遣使朝貢。

⑫低—。州名。唐屬羈縻。關內道達渾府。當今陝西榆林縣境。

⑬姓也。後漢有—舉。

【粥】之六切音祝屋韻

①饘也。見〔廣雅釋器〕。

②糜也。見〔玉篇〕。〔按爾雅釋言。鬻、糜也。注。淖糜。〕

③—獨。於糜—然也。見〔釋名釋飲食〕。

④—。卑謙貌。〔禮記儒行〕—若無能也。

⑤同鬻。〔左隱十一年傳注〕餬、鬻也。〔釋文〕本又作—。〔按說文䰞部。鬻、鍵也。段玉裁云。鬻作—者。俗字也。〕

⑥同鬻。〔禮記儒行釋文〕—。徐本作鬻。〔按樂記。毛者孕鬻。段玉裁云。鬻作鬻者。樂記假鬻爲育。而轉寫致譌也。〕

⑦鬻或字。〔集韻〕鬻。說文、鬻也。或作—。

【粥】余六切音育屋韻

①賣也。〔禮記曲禮〕不—祭器。

②養也。〔周禮脩閭氏〕與其國—。

③謂嫁之也。〔禮記檀弓〕請—庶弟之母。

㊃—也者。相—之時也。〔大戴記夏小正〕雞桴—。
㊄出也。〔太玄沈〕好媚惡—。
㊅姓也。〔漢書古今人表〕—拳。〔按左傳作鬻拳。〕
㊆同粥。〔一切經音義〕古文粥。今作—。

【粵】王伐切音越月韻

㊀本作粵。〔說文亏部〕粵、亏也。寀愼之詈也。从寀亏。周書曰。—三日丁亥。〔段注〕釋詁曰。粵、于、爰、曰也。爰、—、于、那、都、繇、於也。—與于雙聲而又从亏。則亦象气舒于也。—亏皆訓於。而—尤爲寀度愼重之詈。故从寀。亥、當作巳。
㊁曰也。見〔爾雅釋詁〕。〔按王引之云。曰、與欥同。說文。欥、詮詞也。字或作聿。或作遹。或作曰。〕
㊂發語辭也。〔漢書翟義傳〕—其聞曰。
㊃厚也。〔管子五行〕然則天爲—宛。
㊄地名。〔漢書高帝紀〕從百—之兵。〔注〕服虔曰。非一種。若今言百蠻也。〔按古百—。卽今廣東廣西地。故猶沿稱兩—。淸以總督駐廣東兼轄廣西。因稱廣東曰—省。字或作越。考工記序。—無鎛。疏云。—、卽今之越字也。百—、地理志注亦作百越。〕
㊅通越。〔書盤庚〕越其罔有黍稷。〔釋文〕本又作—。于也。〔按王引之云。爾雅曰。—、于也。字亦作越。夏小正曰。越有小旱。傳曰。越、于也。于、猶今人言於是也。越若、及也。書召誥。越若來三月。越與若皆及也。連言之、則曰越若矣。漢書律歷志引武成篇曰。—若來二月。義同。〕

【粢】津私切音咨支韻

㊀—稷。見〔爾雅釋草〕。〔舍人注〕—、一名稷。稷、粟也。今江東呼粟爲稷也。〔按說文禾部。𪏰、稷也。粢、𪏰或从次作。段玉裁云。今經典粢皆譌—。而𪏰字且不見於經典矣。〕
㊁六穀也。見〔周禮肆師注〕。
㊂盛也。見〔周禮饎人注〕。
㊃器實曰—。〔國語周語〕上帝之—盛。
㊄通齍。〔周禮小宗伯注〕齍讀—。
㊅通齊。〔禮記祭統〕以共齊盛。〔注〕齊或爲—。
㊆粢或字。見〔集韻〕。

【粢】才資切音茨支韻

餈或字。〔說文食部〕餈、稻餅也。—、餈或从米。〔段注〕方言曰。餌謂之餻。或謂之—。或謂之餘。或謂之䬧。謂米餅也。从米。猶从食也。內則音義曰。餈、本或作—。按—與禾部粢、各義。〔按禾部粢、𪏰或字。粢盛字當作此。今經典皆作—盛。蓋誤假餈或字爲之。〕

【粢】津私切音咨支韻才詣切音劑霽韻

通齊。〔禮記禮運〕—醍在堂。〔注〕—讀爲齊。聲之誤也。周禮五齊四曰醍齊。〔釋文〕—讀音咨。依注爲齊。才細反。

【粡】徒東切音同東韻

㊀粽也。見〔集韻〕。
㊁粗米。見〔篇海〕。

【⿱臼米】巨九切音臼於九切音懮有韻

舂糗也。見〔說文〕。〔段注〕米麥已熬。乃舂之而蓰之成勃。鄭所謂擣粉也。而後可以施諸餌餈。

【⿱臼米】去久切音糗有韻

糗或字。〔集韻〕糗。說文、熬米麥也。或作—。〔按周禮籩人。糗餌粉餈。注。糗者、擣粉。段玉裁云。許但云熬不云擣粉者。鄭釋經。故釋粉字之義。許解字。則糗但爲熬米麥。必待—之而後成粉也。集韻蓋宗鄭說。〕

【⿰米曳】以制切音曳霽韻

⿰禾曳或字。〔集韻〕⿰禾曳。稻名。或从米。〔按類篇作—。〕

【⿰米向】式亮切音向漾韻

餉或字。〔集韻〕餉。饟也。或作—。

【粦】良忍切音吝震韻

本作粦。〔說文炎部〕粦。兵死及牛馬之血爲粦。粦、鬼火也。〔段注〕列子天瑞曰。馬血之爲轉鄰也。人血之爲野火也。張注。此皆一形之內自變化也。淮南汜論訓曰。老槐生火。久血爲燐。許注。兵死之士。血爲鬼火。見詩正義。高注。血精在地。暴露百日。則爲燐。遙望炯炯然若火也。博物志。戰鬭死亡之處。有人馬血。積年化爲—。—著地入草木皆如霜露。不可見。有觸者。著人體便有光。拂拭便散無數。又有吒聲如熸豆。詩東山。熠燿宵行。傳曰。熠燿。

燐也。燐、熒火也。熒火、謂其火熒熒閃暘。猶言鬼火也。或乃改熒爲螢。改—爲燐大非詩義。

【⿰米風】蒲昧切音佩隊韻 糂也。見〔集韻〕。〔按六書故云。研米以糂羹也。又蒲沒切。別作粰䴹。〕

【粣】測革切音策陌韻 粽也。南齊虞悰作扁米—。見〔集韻〕

【粣】桑葛切音躠曷韻 色責切音㮶陌韻 糂也。齊民要術。時時—之。見〔集韻〕

【粨】法國度名。米之百倍。具言海佗米突。嘗我營造尺三引二丈四尺。海佗或作海克脫。或作愛克他。原名Hectometre。

【粞】先齊切音西齊韻 思計切音細霽韻 桑才切音鰓灰韻 碎米。見〔玉篇〕。

【⿰米柬】色責切音楝 測革切音策陌韻 ⿰米啇—。壞米。見〔類篇〕。

【⿰米交】居肴切音交肴韻 —糊。粉餌。見〔集韻〕。

【⿰米名】彌并切音名庚韻 漬米也。見〔集韻〕。

【⿰米多】徒南切音談覃韻 黏也。見〔字彙補〕。

【粧】側羊切音庄陽韻 粉飾。見〔字彙補〕。

【⿰米亘】呼官切音歡寒韻 白米。見〔集韻〕。

【⿱巩米】渠容切音蛩冬韻 精米。見〔集韻〕。

【⿴囗米】古粟字。見〔字彙補〕。

【⿱𠔉米】古閑字。見〔集韻〕。

【粇】秔或字。見〔類篇〕。

【粠】粈或字。見〔集韻〕。

【⿱如米】籹俗字。見〔玉篇〕。

七畫

【粲】蒼案切音燦翰韻

一 稻重一秙。爲粟二十斗。爲米十斗曰毇。爲米六斗大半斗曰—。見〔說文〕。〔段注〕下文云。米一斛舂爲九斗曰毇。毇即粺。禾黍言粺。稻言毇。稻米九斗而舂爲八斗。則亦曰糳。八斗而舂爲大半斗則曰—。稻米至於—。精之至矣。漢刑法有鬼薪白—。白—謂舂也。—米最白。故爲鮮好之偁。

二 鮮明貌。〔詩伐木〕於—洒埽。

三 精絜貌。〔荀子榮辱〕俄而—然有秉芻豢稻粱而至者。

四 言文采。〔法言孝至〕—也晏也。

五 明白之貌。〔荀子非相〕欲觀聖王之跡。則於其—然者矣。

六 ——鮮盛貌。〔詩大東〕——衣服。

〔又〕尼居息也。見〔爾雅釋訓〕。

七 眾意。〔詩羔裘〕三英—兮。

八 餐也。〔詩緇衣〕還予授子之—兮。〔按爾雅釋言。—、餐也。注云。今河北人呼食爲—。〕

九 盛笑貌。〔穀梁昭四年傳〕軍人—然皆笑。〔按朱駿聲云。露齒貌。〕

十 三女爲—。〔詩綢繆〕如此—者何。〔按此假—爲妭也。〕

十一 姓也。隴西族。見〔姓苑〕。

【粱】呂張切音良陽韻

一 米名也。見〔說文〕。〔按米名者。米亦名—也。段玉裁改爲禾米也。其說曰。訓詁多不言某名。上文粟與米皆兼禾黍言。—則專爲禾米。故別言之。生曰苗。秀曰禾。禾實曰粟。粟中人曰米。米可食曰—。內則、飯黍稷稻—白黍黃—。食醫、六食犬宜—。喪大記君用—。大夫用稷。士用—。凡黍稷稻之米無別名。禾之米則曰—。自穈以至於侍御。皆—也。小雅無啄我粟。兼禾黍言之。二章言—。三章言黍。其目也。粟言連秠。—黍言米。又其別也。〕

二 好粟也。即今之—米。〔漢書食貨志〕食必—肉。〔按爾雅釋草。虋赤苗。注。今之赤—粟。芑白苗。注。今之白—粟。皆好穀。〕

三 —曰薌萁。見〔禮記曲禮〕。〔按獨斷作香萁〕

四 加食也。〔禮記曲禮〕大夫不食—。

五 食之精者。〔國語晉語〕夫膏—之性難正也。

六 稂童—。見〔爾雅釋草〕〔注〕稂、莠類。〔疏〕稂一名童—。陸璣疏云。禾秀爲穗而不成。崱嶷然謂之帝—。

〔按說文艸部。䕩、禾粟之采生而不成者謂之董䕩。〕

（七）䕩—木稷也。見〔廣雅釋草〕。

（八）通粱。〔素問生氣通天論〕高粱之變。〔注〕粱、—也。

【⿰米疋】私呂切音醑始阻切音所語韻

（一）糧米也。見〔字彙補〕。

（二）祠神米也。見〔字彙補〕。

【粰】房尤切音浮尤韻

（一）—粖。饊也。見〔廣雅釋器〕。

（二）饘也。見〔廣雅釋器〕。

（三）鬻也。見〔集韻〕。

【粰】芳無切音敷虞韻　稃或字。〔集韻〕稃穭也。或作—。

【⿰米完】苦遠切音綣阮韻　同⿰米卷。〔集韻〕⿰米卷粉也。亦作—。

【⿰米完】胡官切音桓寒韻　粉餌。見〔集韻〕。

【⿰米甫】蒲故切音步遇韻　餔或字。〔集韻〕餔饎餔餌也。或作—。

【⿰米朱】桑感切音糂感韻　蜜漬瓜實曰—。見〔集韻〕。〔按字同糝。俗或誤作粽。段玉裁云。今之小粽。古謂之糝。別製其字作—。宋廢帝殺江夏王義恭。以蜜漬目精。謂之鬼目—。建安八年。交州刺史張津以益智子—餉魏武帝。俗多改粽字。齊民要術引廣州記。益智子取外皮蜜煮爲糝。味辛。徑作糝字。〕

【粎】無沸切音未未韻明祕切音媚寘韻　饘也。見〔廣雅釋器〕。〔按玉篇。⿱尾米、粥粖也。—同。王念孫曰。—之言微。粖之言末也。〕

【⿱尾米】亡畏切未韻　粥粖也。見〔玉篇〕。〔按集韻以爲粎或字。〕

【⿱米廾】音奮問韻　掃棄之也。見〔篇海〕。〔按說文土部。坌、掃除也。集韻或作埲。—或卽埲字之譌。〕

【⿰米每】謨杯切音枚灰韻　酒母也。見〔玉篇〕。〔按類篇。酒本曰—。〕

【⿰米㐬】力求切音留尤韻　粰—。饊也。見〔廣雅釋器〕。

【⿰米束】丑玉切音棟沃韻　糲—。損米也。見〔集韻〕。

【⿰米兌】杜外切音兌隊韻　屑也。見〔五音集韻〕。

【⿰米夆】思感切音糂感韻　羹糝也。見〔字彙補〕。

【⿰米孛】薄沒切音孛月韻　屑米也。見〔集韻〕。

【⿰米見】侯襉切音莧諫韻　米屑。見〔集韻〕。

【⿰米肖】七小切音悄篠韻　粉也。見〔集韻〕。

【粐】音胡虞韻　黏也。同粘。見〔海篇〕。

【粮】同糧。見〔玉篇〕。

【⿰米斤】同⿰犭斤。見〔五音篇海〕。

【⿱米土】古閑字。見〔字彙補〕。

【粳】秔或字。見〔集韻〕。〔按玉篇。不黏稻。亦作秔。〕

【粆】餔或字。見〔集韻〕。

【康】穅或字。見〔說文禾部〕。

【粜】糶俗字。見〔廣韻〕。〔按康熙字典五畫譌作粜。今補正。〕

八畫

【精】咨盈切音晶庚韻

（一）—擇也。見〔說文〕。〔注〕君子之養身。脩之于本。故孔子曰。食不厭—。故—粹皆从米。

（二）簡米曰—。〔莊子人間世〕鼓筴播—。〔按段玉裁云。簡、卽柬。俗作揀者是也。〕

（三）鑿也。〔離騷〕瓊爢以爲粻。

（四）密也。〔公羊莊十年傳〕—者曰伐。〔注〕—、猶—密也。

（五）熟也。〔禮記緇衣〕—知略而行之。〔注〕—知、熟慮於衆也。

（六）明也。〔史記天官書〕天—而見景星。

（七）猶銳利也。〔呂覽簡選〕欲其—也。

（八）潔也。〔國語周語〕祓除其心—也。

（九）粹美也。見〔後漢張衡傳注〕。

（十）微妙也。〔呂覽異寶〕其知彌—。

（十一）小也。見〔廣雅釋詁〕。〔按莊子秋水。夫丨、小之微也〕。

（十一）𥻆也〔春秋說題辭〕猩猩者。使人矜丨者也。

（十二）專也〔淮南脩務〕心意不丨。

（十三）甚也〔呂覽勿躬〕自蔽之丨者也。

（十四）靈也〔荀子賦〕血氣之丨也。

（十五）細也見〔漢書刑法志注〕。

（十六）氣也〔管子內業〕丨也者。氣之丨者也〔注〕氣之尤者謂之丨。

（十七）丨粗謂萬物大小也〔禮記樂記〕凝是丨粗之體。

（十八）誠也。〔荀子解蔽〕蚊蝱之聲聞。則挫其丨。

（十九）目之明也。〔荀子解蔽〕用丨惑也。

（二十）日月之光明也。〔呂覽圜道〕丨行四時。丨

（廿一）五丨五方星也。〔文選張衡賦〕五丨帥而來摧。〔按文選范蔚宗光武紀贊三丨。繆襲注。三丨日月星也〕

（廿二）地丨人㵒也。見〔廣雅釋草〕。

（廿三）丨列。䳳也。見〔廣雅釋鳥〕。

（廿四）丨夫。貉帥名。〔廣東新語〕貉之渠帥。號曰丨夫。

（廿五）通菁。〔文選宋玉賦〕將擊芙蓉之丨。〔注〕丨與菁古字通。

（廿六）通淸。〔禮記緇衣〕丨知略而行之。〔注〕丨、或爲淸。

（廿七）通情〔荀子脩身〕術順黑而丨雜汗。〔注〕丨、當爲情。

【精】子正切音婧霽韻

強也。見〔集韻〕。

【粹】雖遂切音邃寘韻

（一）不襍也。見〔說文〕。〔段注〕劉逵引班固云。不變曰醇。不襍曰丨。按丨本是精米之稱。引伸爲凡美之稱。

（二）純也。〔呂覽用衆〕天下無丨白之狐。

（三）專一也。〔荀子非相〕丨而能容雜。

（四）齊同也。〔離騷〕昔三后之純丨兮。〔注〕齊同曰丨。

（五）全也。〔荀子王霸〕丨而王。駁而霸。

（六）丨執。精孰也。〔荀子性惡〕折速丨孰而不急。〔注〕丨孰所著論甚精孰也。

【粹】蘇對切音碎隊韻

（一）碎米。見〔集韻〕。

（二）通碎。〔荀子儒效〕舍丨折無適也。〔注〕丨讀爲碎。

（三）通粊。〔淮南原道〕則純白不丨。〔注〕丨讀爲禍祟之祟。

【粼】離珍切音鄰眞韻

（一）本作粼。〔說文巜部〕粼。水生厓石間粼粼也。〔段注〕厓者山邊也。〔按正字通云。粦本作粦。俗省作粦。誤也。粼改从米。列米部非〕。

（二）丨丨。清徹也。〔詩揚之水〕白石丨丨。

（三）同磷。〔詩揚之水釋文〕丨、本作磷。

【粼】良刃切音吝震韻

（一）竹類。〔爾雅釋草〕丨。堅中。

（二）同驎。〔爾雅釋畜〕青驪丨驒。〔釋文〕丨、本或作驎。郭良忍反。字林良振反。郭云。斑剝隱丨也。孫云。似魚鱗也。

【粻】中良切音張仲良切音長陽韻知亮切音帳漾韻除庚切音棖庚韻

（一）食米也。見〔說文新附〕。

（二）糧也。〔禮記王注〕五十異丨。〔按雜記載丨、注。丨米糧也〕

【粯】苦遠切音綣阮韻

（一）粉也。見〔說文〕。〔段注〕玉篇曰。粯同。〔按鍇本以爲粉或字〕

（二）摶也。見〔廣雅釋詁〕。

【粯】丘粉切音麴吻韻

粥稠皃。見〔集韻〕。

【粿】古火切音果哿韻

（一）𥟖也。見〔廣雅釋器〕。

（二）米也。見〔集韻〕。

【粿】戶九切音䠓馬韻

粿或字。〔集韻〕粿。穀之善者。一曰無皮穀。或从米。

【精】余祿切音育屋韻

粥古字。〔一切經音義〕古文丨。今作粥。〔按粥、說文作鬻〕。

【粫】先的切音錫錫韻

汰米也。見〔類篇〕。〔按集韻。淅、汰米也。或作粫〕。

【粡】胡昆切音魂元韻

同䐮。〔集韻〕䐮。䐮䐪。餅也。亦作丨。

【粢】良脂切音梨支韻

䊍或字。〔集韻〕䊍。饘也。或从米。

【粺】旁卦切音稗卦韻步化切音杷禡韻

穀也。見〔說文〕。〔段注〕大雅。彼疏

斯—、籭云。米之率。糲十、—九、鑿八、侍御七。按漢九章算術云。糲米三十。—米二十七。鑿米二十四。御米二十二。卽鄭說所本。—、謂禾黍米。毇、謂稻米。而可互稱。故以毇釋—。〔按集韻云。一曰粟一石舂米一斗四升。與九章算術率異。〕

【糁】蘇感切音傘感韻 糝—。見〔字彙〕。〔按正字通以爲俗糝字。〕

【粲】倉案切音燦翰韻 明粲也。見〔海篇〕。〔按當是粲譌字。〕

【粶】盧谷切音藶屋韻 火爆米曰—。見〔集韻〕。

【粚】丑知切音癡支韻 餈粥米爲膠。見〔海篇〕。

【[illegible]】楚搜切音搊尤韻 —粉。見〔字彙補〕。〔按當是糔譌字。〕

【䊭】之由切音周尤韻 粰—。粉餌。見〔集韻〕。

【䊢】乃計切音泥霽韻 糟濃者。見〔集韻〕。

【䉄】閭承切音凌蒸韻 烏—。稻名。見〔集韻〕。

【粷】居六切音菊屋韻 —粉也。見〔玉篇〕。

【粸】渠之切音其支韻 餅屬。見〔集韻〕。

【𥻿】鄙冀切音寘韻 惡米也。見〔玉篇〕。〔按卽粊之或體。〕

【䊧】必媚切音寘韻 惡米。見〔玉篇〕。〔按集韻。粊、亦作—。〕

【䕯】古眠字。見〔字彙補〕。

【䉼】同精。見〔龍龕手鑑〕。

【𥻨】同糇。見〔篇海類編〕。

【𥼪】同糈。見〔五音篇海〕。

【𥺊】同粺。見〔字彙〕。

【𥻞】餉或字。見〔集韻〕。〔詳餉字。〕

【䅊】稷或字。見〔集韻〕。

【粫】糯俗字。見〔玉篇〕。

九畫

【糇】胡溝切音侯尤韻 ㊀糗也。見〔廣雅釋器〕。㊁糧也。見〔後漢張衡傳注〕。㊂乾食。見〔周禮牧人注釋文〕。㊃同餱。〔詩公劉〕乃裹餱糧。〔釋文〕餱、字或作—。

【𥻸】方問切音奮問韻 ㊀凡所以—種者。皆謂𧕚取汁也。〔周禮草人〕凡—種。㊁同糞。〔周禮草人釋文〕—、本亦作糞。㊂糞或字。〔集韻〕糞、說文、弃除也。或作—。〔按說文𠦒部作糞。〕

【糈】爽阻切音所語韻 山於切音疏魚韻 ㊀糧也。見〔廣雅釋器〕。㊁粒也。見〔莊子天道釋文〕。㊂祀神之米名。〔山海經南山經〕凡鵲山之首—用稌米。

【𥼪】新於切音胥魚韻 賞與切音偦語韻 ㊀糧也。見〔說文〕。〔段注〕凡糧皆曰—。〔離騷王注〕曰。—、精米所以享神。其一耑耳。㊁—者。卜求神之米也。〔史記日者列傳〕不見奪—。〔按說文。賫財卜問爲䝼。段玉裁云。—、䝼同音假借。䝼所以讎卜者也。祭神米曰—。卜者必禮神。故其字亦作—。〕

【糊】洪孤切音胡虞韻 ㊀煮米及麪爲粥。見〔篇海〕。〔按字本作䊀。亦作餬、粘。〕㊁黏或字。〔集韻〕黏、說文、黏也。或作—。

【𥻺】方問切音問韻 ㊀除也。物穢污也。見〔玉篇𠦒部〕。〔按米部別出糞字。夫問切。穢也。說文𠦒部作糞。〕㊁盡也。見〔廣雅釋詁〕。

【𥻳】居言切音犍元韻 䊪或字。〔集韻〕䊪、鬻也。或作—。〔按玉篇。—、亦作饘。〕

【𥼨】徒官切音團寒韻 糰或字。〔集韻〕糰。粉米。或从耑。

【䊐】魯旱切音懶旱韻 郎旰切音爛翰韻 糷或字。〔集韻〕糷。飯相著也。或从東。

【糧】胡光切音皇陽韻　稉或字。〔集韻〕稉。說文、稼稉也。穄別名。或从米。

【糏】弼力切音愎職韻　稫或字。〔集韻〕稫。說文、以火乾肉。或作—。

【糕】弋涉切音葉葉韻　餜或字。〔集韻〕餜。餅屬。或从米。

【𥻿】郎達切音剌曷韻　𥻿或字。〔集韻〕𥻿。博雅、𥻿也。或从米。

【糂】桑才切音鰓灰韻　粞或字。〔集韻〕粞。碎米、或作—。

【粱】才賫切音茨支韻　餈或字。〔集韻〕餈。說文、稻餅也。或作—。

【糉】作弄切音傯送韻　蘆葉裹米也。見〔說文新附〕。〔按六書故。—角黍也。御覽八百五十一引風土記曰。俗以菰葉裹黍米。以淳濃灰汁煮之。令爛熟。於五月五日及夏至啖之。一名—。一名角黍。〕

【糂】桑感切音粖感韻　㕣米和羹也。一曰粒也。見〔說文〕。〔段注〕古之羹必和以米。墨子。藜羹不—十日。今江南人俗語曰米糝飯。糝謂熟者也。

【糅】女救切音揉宥韻忍九切音蹂有韻　雜飯也。見〔集韻〕。

【粿】而由切音柔尤韻　食也。見〔集韻〕。

【糍】下斬切音豏古斬切音減豏韻居咸切音緘咸韻　塗也。見〔廣雅釋室〕。

【糈】語口切音偶有韻　止作耦耕也。見〔篇海〕。

【糔】上紙切音是丈尒切音豸紙韻是義切音豉寘韻　黏也。見〔集韻引廣雅〕。

【糐】補典切音匾銑韻　燒稻取米曰—。見〔集韻〕。

【糗】皁眠切音邊先韻　米也。見〔集韻〕。

【糲】力達切音曷韻　麤也。見〔玉篇〕。

【糲】落蓋切音賴泰韻　糲或字。見〔集韻〕。

【糭】於京切音英庚韻　精米。見〔字彙〕。〔按正字通云。俗字〕

【糖】徒郎切音唐陽韻　精米。見〔集韻〕。

【糯】乃感切音腩感韻　糝茹也。見〔類篇〕。

【糌】丘背切音偕佳韻　米別名。見〔集韻〕。

【糒】即就切音僦宥韻　稻質也。見〔集韻〕。

【糏】何葛切音曷曷韻　白米。見〔集韻〕。

【粷】音利寘韻　偰—也。見〔海篇〕。

【粼】力眞切音鄰眞韻　碎米也。見〔字彙補〕。

【糌】子雌切音貲支韻　碎米也。見〔字彙補〕。

【糊】子賤切音箭霰韻　煎餌。見〔集韻〕。

【糎】審視切音矢紙韻　屎尿也。見〔字彙補〕。

【粢】倪堅切音妍先韻　熟也。見〔廣雅釋詁〕。〔按玉篇云。亦作研〕

【糜】名禮切音米薺韻　愛也。見〔字彙補〕。

【糅】蘇感切音糂感韻　羹糝也。見〔字彙補〕。

【糠】去阮切音犬阮韻　粉也。見〔字彙補〕。

【糎】法國度名。爲我營造尺三分二釐四毫。原名 Centimetre。

【槖】粟本字。見〔說文卤部〕。

【糆】麪俗字。見〔正字通〕。

十畫

【糗】去久切音糗有韻尺紹切篠韻

㈠熬米麥也。見〔說文〕〔段注〕周禮。一餌粉餈。鄭司農云。一、熬大豆與米也。粉、豆屑也。玄謂一者、擣粉熬大豆爲餌餈之黏著以坋之耳。按先鄭云。熬大豆及米。後鄭但云熬大豆。注內則又云擣熬穀。不同者。黍稷粱秫麥皆可爲一。故或言大豆以包米。或言穀以包米豆。而許云熬米麥。又非不可包大豆也。

㈡乾飯也。〔左哀十一年傳〕進稻醴粱一腶脯焉。〔按廣韻。一、乾飯屑也。儀禮燕禮注一餌粉餈釋文。一、乾食屑也。〕

㈢糒也。見〔廣雅釋器〕〔按孟子盡心。舜之飯一茹草也。注。一、飯乾糒也。〕

㈣一餌也。〔儀禮有司徹〕入于房。取一與腶脩。〔按事物紀原引干寶注曰。一餌者。或屑而蒸之以棗豆之味同食。〕

㈤寒粥也。〔國語楚語〕一一筐。

㈥食也。見〔廣雅釋言〕

㈦齲也。飯而磨散之使齲碎也。見〔釋名釋飲食〕

㈧姓也。漢有一宗爲贏長。見〔廣雅引風俗通。〕

【糗】丘救切音齅宥韻

粮也。見〔集韻〕〔按書費誓。峙乃一糧。疏。一、糒是行軍之糧。〕

【糒】平祕切音備寘韻步拜切音憊卦韻

㈠乾飯。見〔玉篇〕

㈡糗也。見〔廣韻〕

㈢乾餱。見〔集韻〕

㈣乾也。見〔集韻引說文〕〔按說文作糒。詳糒字。〕

【糔】思留切音修尤韻息有切音酸有韻蘇老切音嫂皓韻息九切音秀宥韻

㈠久泔也。一曰溲也。見〔類篇〕

㈡滫或字。〔集韻〕滫溲也。或作一。

㈢同滫。〔禮記內則〕爲稻粉一溲之以爲酏。〔注〕一、溲亦博異語也。一讀與滫瀡之滫同。〔釋文〕一、息酒反。又相流反。又息了反。

【䊠】胡讒切音咸咸韻兼賢兼切音嫌鹽韻

㈠赤黍。見〔玉篇〕

㈡稴或字。〔集韻〕稴。稻不黏者。一曰青稻白米。或从米。〔按玉篇。一、亦稴字〕

【糖】徒郎切音唐陽韻

㈠飴也。見〔說文新附〕〔按古以麥製飴。至唐始熬蔗汁爲之。其法傳自西域摩揭陀國。法以蔗汁入石灰加熱。使蒸發結晶。晶成褐色。謂之紅一。亦曰沙一。更榨去一蜜。則成白一。亦曰一霜。又用骨灰濾去色質。其結晶形。成純白色。乃謂之盆一。歐洲之一。有以萊菔質及其他果質製成者。〕

㈡餹或字。〔集韻〕餹。方言。餳謂之餹。或作一。

【糕】居勞切音高豪韻

餻或字。〔集韻〕餻。博雅。餈、餻、餌也。或从米。〔按廣雅釋器作餻。方言。餌謂之餻。或謂之餈。周禮籩人糗餌粉餈。鄭注。此二物皆粉稻米黍米所爲也。疏云。今之餈一。皆餅之名。出於此。字彙引野客叢書云。劉夢得嘗作九日詩。欲用一字。思六經中無此字。遂止。故宋景文九日詩曰。劉郎不肯題一字。虛負人生一世豪。僕讀周禮疏羞籩之實糗餌粉餈。鄭箋今之餈一。安得謂六經中無此字邪。此說實不可從。既誤以賈爲鄭。又誤以注爲箋。并誤以賈疏字爲六經字。不知正字通康熙字典何以沿謬未改。今備舉籩人注疏。正之於此。〕

【𥼶】蒲光切音旁陽韻

䅭或字。〔集韻〕䅭。博雅。䅭程、穄也。或从米。

【䊚】都回切音磓灰韻

㈠碎米也。見〔玉篇〕〔按廣韻云。米麥破也。〕

㈡䭔或字。〔集韻〕䭔。丸餅也。或作一。

【䊚】直追切音鎚支韻

粉餌。見〔字彙〕

【糐】芳無切音敷虞韻

穮省字。〔集韻〕穮粉餌。或省。

【糏】先結切音屑屑韻

餘舂也。見〔集韻〕

【糈】蘇骨切音窣月韻

米粉。見〔集韻〕

【𥽉】呢格切音搦陌韻

粉餌。見〔集韻〕

【⿰米溺】乃歷切音愵錫韻　粉餌熟曰—。見〔集韻〕。

【⿰米奮】方問切音奮問韻　糞也。見〔字彙補引廣雅〕。〔按廣雅釋詁。糞、盡也。—當是糞譌字。〕

【糏】思計切音細霽韻　米屑。見〔字彙〕。〔按正字通云。譌字。〕

【⿰米隻】之亦切音隻陌韻　—營也。見〔玉篇〕。

【⿰米冥】瞑見切音麪霰韻　莫定切音瞑徑韻　米屑。見〔玉篇〕。

【粹】七碎切音倅隊韻　粉—也。見〔字彙補〕。

【⿰米索】色窄切音索陌韻　煮米爲—。見〔集韻〕。

【⿰米芻】初尤切音犓尤韻　取濾粉也。見〔集韻〕。

【⿱米番】古番字。見〔集韻〕。〔按說文、𤰷古文番。〕

【雑】同羅。見〔字彙補〕。

【⿱米共】同糞。見〔字彙補〕。

【⿱𣪊米】穀俗字。見〔廣韻〕。

十一畫

【糜】忙皮切音靡支韻

一 糜、—。見〔說文〕。〔注〕、即鬻也。〔按段本作糜—也。王本作爛也。並依韻會引補黃帝初教作—六字。〕

二 饘也。見〔廣雅釋器〕。

三 煮米使—爛也。見〔釋名釋飲食〕。

四 粥之稠者曰—。見〔爾雅釋言注釋文〕。

五 糒也。見〔廣雅釋器〕。

六 散也。見〔荀子富國以敝之注〕。

七 詞也。見〔廣雅釋詁〕。

八 草名。〔呂覽孟夏〕—草死。〔注〕—草。薺亭歷之類。

九 通靡。〔文選盧諶詩〕糜軀不悔。〔注〕靡與—古字通。

【糞】夫問切音奮問韻

一 本作𡊄。〔說文華部〕𡊄、棄除也。从廾推華棄米也。官溥說、佀米而非米者矢字。〔段注〕禮記作—。曲禮曰。凡爲長者—之。古謂除穢曰—。今人直謂穢曰—。此古義今義之別也。凡—田多用所除之穢爲之。故曰—。篆上體采佀米非米。乃矢字。矢、艸部作菌。云—也。謂—除之物爲—。謂菌爲矢。自許巳然矣。〔按玉篇華部作𡊄。云除也。物污穢也。字與說文𡊄字小異。而米部又出—。云穢也。隨俗兼收。實一字也。〕

二 —田也。〔老子〕卻走馬以—。

三 —除。猶掃除也。見〔後漢第五倫傳注〕。

四 同𡊄。〔論語公冶長〕—土之墻。〔釋文〕—、本作𡊄。

五 同𢷎。〔禮記中庸注〕謂埽—也。〔釋文〕—、本作𢷎。

六 同拚。〔禮記中庸注〕〔釋文〕—、又作拚。

【糝】桑感切音傪感韻

一 糂古文。〔說文〕—、古文糂从參。〔段注〕周禮醢人、內則、如此作。周頌、潛有多魚。傳曰、潛、—也。古本如此。爾雅、—謂之涔。涔即詩之潛也。

二 黏也。相黏䵑也。見〔釋名釋飲食〕。〔疏證〕今人所謂飯—。亦或曰飯黏子。䵑、疑當作黐。

三 —食。菜餗蒸。見〔周禮醢人—食司農注〕。

四 沙入飯曰—。見〔御覽引通俗文〕。

【糝】蘇含切音毿覃韻

一 雜也。見〔儀禮大射儀參七十注〕。

二 —糜和也。見〔集韻〕。

【糟】臧曹切音遭豪韻

一 酒滓也。見〔說文〕。〔段注〕內則曰。重醴稻醴清—。黍醴清—。梁醴清—。注云。重陪也。醇也。清、泲也。周禮酒正、共后之致飲於賓客之禮。醫酏—。注云。—。醫酏不泲者。泲曰清。不泲曰—。按今之酒但用泲者。直謂巳漉之粕爲—。古則未泲帶滓之酒謂之—。

二 姓也。明嘉靖舉人—士奇。見〔字彙〕。

三 通𨡎。〔周禮酒正〕辨四飲之物。〔司農注〕—、音聲與𨡎相似。〔按段玉裁云。𨡎蓋从酒艸聲。亦—字也。〕

【糟】臧曹切音遭豪韻但到切號韻

醇也。見〔禮記內則淸—注〕〔釋文〕—子曹反、徐但到反。

【𥼧】平祕切音備寘韻　步拜切音憊卦韻〔玉篇作糒。說文作—。舊字書十一畫均無—字。今依說文增〕

㈠乾飯也。見〔說文〕〔段注〕飯字今補。釋名曰。乾飯。飯而暴乾之也。周禮廩人注曰。行道曰糧。謂—也。止居曰食。謂米也。〔按王筠本依玄應引補一曰熬大豆與米也。〕

㈡糗也。見〔後漢張禹傳注〕

【䊡】謨官切音瞞寒韻

㈠—頭。見〔玉篇〕〔按廣韻。—頭、餅也。集韻作饅頭。而廣韻以饅爲—俗字。〕

㈡——飯澤。見〔集韻〕。

【䊟】模元切音樠諼奔切音門元韻　䊡謨官切音瞞寒韻

㈠粥凝。見〔集韻〕。

㈡—粉澤。見〔玉篇〕。

【糚】側羊切音莊陽韻　側亮切音壯漾韻

㈠飾也。見〔玉篇〕。

㈡妝或字。見〔集韻〕。

【𥻘】桑葛切音撒曷韻　𥻨—散之也。見〔說文〕。〔段注〕—𥻨者、複擧字。𥻨者、衍字。左傳昭元年曰。周公殺管叔而蔡蔡叔。釋文曰。上蔡字音素葛反。說文作—。正義曰。說文—爲放散之義。故訓爲放。隸書改作。已失字體。—字不可復識。寫者全類蔡字。至有爲一蔡字重點以讀之者。定四年正義同。是—本謂散米。引伸之凡放散皆曰—。—字譌作蔡耳。亦省作𥹻。齊民要術凡云殺米者。皆—米也。孟子曰。殺三苗於三危。即—三苗也。

【糠】丘岡切音康陽韻　同穅。〔莊子逍遙遊〕是其塵垢粃穅。〔釋文〕穅、亦作—。〔按玉篇。—俗穅字。集韻。穅說文、穀皮也。或作—。〕

【䊞】陟革切音摘陌韻　𪏮或字。〔集韻〕𪏮、博雅、黏也。或从米。〔按廣雅釋詁。䊞、黏也。王念孫云。玉篇。䊞、黏飯也。卷三。—、搏也。—與𪏮同音。搏與黏同意。〕

【𥻦】治革切音蹢陌韻　搏也。見〔廣雅釋詁〕。

【𥼶】丑厄切音𤺄陌韻　—穅。壞米。見〔集韻〕。

【𥼷】許既切音欷未韻　氣或字。〔說文〕氣、饋客之芻米也。—、氣或从既。〔段注〕聘禮。殺曰饔。生曰餼。經典謂生物曰餼。今字段氣爲雲氣。而餼乃無作氣者。聘禮記曰。食如其饔既之數。注云。古文既爲餼。中庸篇曰。既稟稱事。注云。既讀爲餼。按既者—之省。

【䊪】劣戌切音律質韻　䆖或字。〔集韻〕䆖、糲米。或从米。

【𥻨】先結切音屑屑韻　息七切音悉質韻　蘇骨切音窣月韻　—𥻘也。見〔說文〕〔段注〕—𥻘、雙聲字。今俗語尚如此。言之歛曰—。言之侈曰𥻘。皆單評也。絫評之曰—𥻘。

【䊜】呂支切音貍支韻　巨—。餈名也。見〔字彙補引黃香九宮賦注〕

【䊩】符艱切音煩元韻　米汁。見〔字彙〕〔按正字通云。與潘通。〕

【糐】徒官切音團寒韻　粉餌。見〔集韻〕。

【䊣】咋回切音摧灰韻　精米。見〔集韻〕。

【䊧】士革切音賾陌韻　白米。見〔玉篇〕。

【䊹】子六切音蹙屋韻　吳俗謂熬米爲餌曰—。見〔集韻〕。

【䊍】鄰知切音離支韻　熬米壞也。見〔集韻〕。

【糙】七到切音慥號韻　米未舂。見〔玉篇〕。

【糅】房鳩切音浮尤韻　粇也。見〔字彙補〕。

【糡】其亮切音𤁷漾韻　漿—也。見〔碎金〕。

【𥼚】古禳字。見〔字彙補〕。

【𥽉】古糵字。見〔集韻〕。

【𥽈】同𥹻。見〔海篇〕。

【𥽊】同粲。見〔篇海〕。

【糓】同糒。見〔篇海〕。

【𥽛】餹或字。見〔集韻〕。

十二畫

【糧】呂張切音良陽韻

①穀食也。見〔說文〕。〔段注〕周禮廩人凡邦有會同師役之事則治其糧與其食。鄭云行道曰糧。按詩云乃裹餱糧。莊子云適百里者宿舂糧。適千里者三月聚糧。皆謂行道也。許云穀食則兼行者居者言。糧本是統名。故不爲分析也。

②粻也。見〔詩公劉釋文〕。

③糒也。見〔周禮廩人注〕。

④後世謂田賦曰糧。如云錢糧。

⑤禹餘糧。藥名。〔神異經〕世傳禹治水。棄其所餘米於江中。生爲藥草也。

⑥通粮。〔詩公劉釋文〕糧、本亦作粮。

⑦通粻。〔論語憲問〕在陳絕糧。〔釋文〕鄭本作粻。

【糦】昌志切音熾寘韻　虛其切音僖支韻

饎或字。〔說文食部〕饎。酒食也。糦。饎或从米。〔按詩大雅作饎。商頌作糦。儀禮特牲饋食禮注。古文饎作糦。互詳饎字。〕

②黍稷也。〔詩烈祖〕大糦是承。〔按儀禮士虞禮注。炊黍稷曰饎。〕

③熟也。自河以北。趙魏之間。火熟曰爛。氣熟曰糦。〔按爾雅釋訓釋文引字林。饎熟食也。廣雅釋詁。饎、𩞄也。〕

④大祭也。見〔詩玄鳥釋文引韓詩〕。

【糟】芳未切音費未韻

①失氣也。見〔玉篇〕。〔按集韻。食失氣者。〕

②糟而逃。獸名。〔正字通〕秦文公時獵得獸。似彘。二童子曰此名糟而逃。

【糟】匹寐切音媲寘韻

①不糟。止失氣也。〔山海經東山經〕泚水多茈魚。食之不糟。

②屁或字。〔集韻〕屁。字林、下出氣也。或作糟。

【糣】桑感切音慘感韻

①糂籀文。見〔說文〕。

②糣糂。滓也。見〔廣韻〕。

【糤】顙旱切音散旱韻

①糤米。見〔玉篇〕。

②饊或字。〔集韻〕饊。說文、熬稻粻粻也。或从米。

【糫】徒感切音禫感韻　徒南切音譚覃韻

①本作糂。〔說文〕糂。糜和也。讀若譚。〔段注〕糜和、謂菜屑也。凡羹以米和之曰糂。糜或以菜和之曰糫。

②糝也。見〔廣韻〕。

【糫】徒紺切音醰勘韻　徒感切音禫感韻

糫糂。滓也。一曰淖糜。見〔集韻〕。〔按廣韻。徒感切。糫、糝。糫、滓也。糣下。糣、滓也。〕

【糩】一結切音噎屑韻

①糩屑。見〔廣韻〕。

②米餌。見〔集韻〕。

【糕】側角切音捉覺韻

早取穀也。一曰小。見〔說文〕。〔段注〕內則稰穛注云。孰穫曰稰。生穫曰穛。正義曰。穛是斂縮之名。明以生穫。故其物縮斂也。按穛卽糕字。亦作穛。稰古稰與焦同音通用也。小者。取揫斂之意。

【糧】胡光切音黃陽韻

𪎈或字。〔集韻〕𪎈。𪎈麴塵。或从米。

【糒】丑知切音痴支韻

所以黏鳥。與𥽎同。見〔篇海〕。

【糯】先弔切音嘯嘯韻

糜也。見〔集韻〕。

【糕】扶翻切音煩元韻

百合蒜也。見〔字彙補〕。

【饑】渠希切音祈微韻

小食也。見〔集韻〕。

【橐】充芮切音毳霽韻

穀再舂。見〔集韻〕。

【樸】普卜切音撲屋韻

樸米。見〔篇海〕。

【糠】徒藍切音談覃韻

黏也。見〔字彙補〕。

【羸】力戈切音螺歌韻

穀積。見〔篇海〕。

【糷】音未詳

人名。糷氏之子。不孝。見〔字彙補引韓非子〕。

【糬】同𥻦。見〔篇海〕。

【糕】同耕。見〔海篇〕。

【糨】粶或字。見〔集韻〕。

【糯】糯俗字。見〔字彙〕。

十三畫

【糫】胡關切音環刪韻
㊀餅也。見〔玉篇〕。
㊁餌也。粔籹。吳人謂之膏—。見〔集韻〕。

【䆡】苦會切音鱠卦韻
䆡或字。〔集韻〕䆡、說文糠也。或从米。

【𥽍】丘畏切音饋未韻
毇或字。〔集韻〕毇。米一斛舂爲八斗。或不省。

【𥽍】丘媿切音喟寘韻
細米。見〔集韻〕。

【𥼛】虎委切音毀紙韻
毇或字。〔集韻〕毇、說文米一斛舂爲八斗。或作—。〔詳毇字〕

【𥼶】諸延切音旃先韻
饘或字。〔集韻〕饘、說文、糜也。或作—。

【糲】落蓋切音賴泰韻
粟重一秳爲十六斗大半斗。舂爲米一斛曰—。見〔說文〕。〔段注〕粟十六斗大半斗爲米十斗。卽九章算術粟之法。粟率十五。糲三十也。張晏曰。一斛粟七斗米爲糲。與九章算術率異。

【糲】郎達切音剌曷韻
脫粟也。見〔集韻〕。

【釋】施隻切音釋　夷益切音繹陌韻
漬米也。見〔說文〕。〔段注〕大雅曰。釋之叜叜。傳曰。釋、淅米也。叜叜、聲也。按漬米、淅米也。漬者初湛諸水。淅則淘汰之。大雅作釋。—之叚借字也。

【糪】博厄切音檗　匹麥切音劈陌韻
炊米者謂之—。見〔說文〕。〔王注〕釋器文。冠以炊字者。摘引此句。卒難解也。李巡云。米飯半腥半熟名—。卽論語云失飪不食。

【䊧】普八切音叭黠韻
餅半熟也。爾雅、米者謂之—。施乾讀。見〔集韻〕。

【䊭】倉胡切音麤麌韻
米不精也。見〔廣韻〕。〔按舊字書歸十三畫誤今迻正〕

【𥻨】丑寡切馬韻
穀名。可食。一曰莪葵。見〔集韻〕。

【𥽰】芳無切音敷虞韻
粉餌。見〔集韻〕。〔類篇〕同。

【𥼑】相叫切音笑嘯韻
飲酒器也。見〔字彙補〕。

【𥻽】精雌切音資支韻
粉餌也。見〔字彙補〕。

【𥻷】取猥切音漼賄韻
稻赤米曰—。見〔集韻〕。

【𥻲】且罪切賄韻
—粗也。見〔玉篇〕。

【𥼆】粺或字。見〔集韻〕。

【糛】同糖。見〔字彙補〕。

【𥽋】同糝。見〔字彙補〕。

【䊧】同糪。見〔字彙補〕。

【𥽇】同糶。見〔字彙補〕。

【𥻂】同糗。見〔字彙補〕。

【糁】䊝或字。見〔集韻〕。

十四畫

【𥽥】大到切音導號韻
㊀覆也。見〔玉篇〕。
㊁黏也。見〔集韻〕。

【𥽥】陳留切音儔尤韻
厚鬻。見〔集韻〕。

【䊮】戶黤切音檻豏韻
㊀饘也。見〔玉篇〕。
㊁檻或字。見〔集韻〕。

【糯】奴臥切音懦箇韻　奴亂切音偄翰韻
稬俗字。見〔玉篇〕。〔按集韻以—爲稬或字。義詳稬字〕

【𥽈】他弔切音糶　徒弔切音調嘯韻　亭歷切音狄錫韻
穀也。見〔說文〕。〔段注〕—者、穀也。故糴字从入—會意。揚雄蜀都賦。—米肥䐗。言食穀米之肥䐗也。轉寫作糴米誤矣。〔按王筠云。廣韻曰。穀粟之名。言穀與粟與—皆通稱也〕

【𥽃】戶黤切音檻豏韻
饘也。見〔廣雅釋器〕。

【䉷】何覽切音檻豏韻 米豆也。見〔字彙補〕。

【糞】同糞。見〔康熙字典引集韻〕。〔按集韻二十三問。𥹻、或作𡑞、糞、𡊄、𢶢、𢷏、撲、坋、墣。古作𡐦。又𡏶或作𡐦。無𥹻—二字。未審康熙字典所引何據〕

【糶】同粜。見〔字彙補〕。

【𥽂】䊔或字。見〔集韻〕。

十五畫

【糲】力制切音例霽韻 郎達切音刺曷韻

㊀𥼶—也。見〔玉篇〕。〔按史記太史公自序。—粱之食。索隱。服虔曰。—、麤米也。刺客傳。𥼶—之費。正義。—、猶𥼶米也。脫粟也。李斯傳。粢—之食。索隱。—𥼶粟飯也。〕

㊁粗也。〔淮南精神〕—𥺘之飯。〔按漢書外戚傳。姜詩布服—食。注。孟康曰。—、粗米也。〕

㊂礪也。見〔太史公自序集解引韋昭〕。

㊃—粝米不碎。見〔列子釋文引聲類〕。

㊄䊀或字。〔集韻〕糲。脫粟也。或从厲。

【䊍】落蓋切音賴泰韻 糲或字。〔集韻〕糲。說文。粟重一秳、為十六斗大半斗、舂為米一斛、曰糲。或从厲。〔按九章算術。粟率五十—三十。史記太史公自序。—粱之食。集解。臣瓚曰。五斗粟三斗米為—。張晏曰。一斛粟七斗米為—。晏說與九章算術率異。〕

【𥽒】莫葛切音末曷韻 末也。見〔說文〕〔段注〕小徐本作䴬。據玉篇云。—、或作䴬。則—、䴬一字。大徐作麩、麩乃䴬之誤。今正作末。凡𪍿而粉之曰末。麥部曰。麪、麥末也。是也。麪專謂麥末。—則統謂凡米之末。廣雅。—謂之麪。此謂麪亦—之一端耳。—者、自其細蔑言之。今之米粉麪勃皆是。

【𥽒】莫結切音蔑屑韻 𥽒或字。〔集韻〕𥽒。說文、涼州謂𥻄為𥽒。或从蔑。

【糪】郎狄切音歷錫韻 雜也。見〔廣雅釋詁〕。〔按集韻類篇同。玉篇。雜糅食也。廣韻。雜糅食名。〕

【𥼲】郎丁切音零青韻 米餌也。見〔康熙字典引集韻〕。〔按集韻。𥼲、糕餌。—當是𥼲俗字。〕

【䊪】古猛切音礦梗韻 穀芒也。本作穬。見〔篇海〕。

【糗】許九切音朽有韻 乾飯屑也。見〔集韻〕。

【糪】糪或字。見〔集韻〕。

十六畫

【糱】魚列切音孼屑韻 〔按此字康熙字典入十五畫。誤。今逐正。〕

㊀牙米也。見〔說文〕〔段注〕牙、同芽。芽米者、生芽之米也。凡黍稷稻粱。其米已出於稃者不牙。麥豆亦得云米。本無稃。故能芽。芽米謂之—。猶伐木餘謂之櫱。庶子謂之孽也。〕

㊁麴—也。〔禮記月令〕乃命大酋。秫稻必齊。麴—必時。〔注〕古者穛—而漬米麴。至春而爲酒。〔按玉篇。糱、麴也。牙生穀也。段玉裁云。漬米麴是二事。漬米。即大酋之—也。此—不必有芽。以凡穀漬之則有芽。故名漬米曰—。〕

㊂缺也。漬麥覆之、使生芽開缺也。見〔釋名釋飲食〕。

㊃—者生不以理之名也。見〔說文句讀引唐本草注〕。

【糴】亭歷切音狄錫韻 直畧切音著藥韻

㊀市穀也。从入糴。見〔說文入部〕。〔段注〕米部曰。糴、穀也。故市穀从入糴。

㊁買也。見〔廣雅釋詁〕。〔按公羊莊二十八年傳。告—。者何。注。買穀曰—。〕

㊂凡斬不施惠者曰夜—。見〔御覽引風俗通〕。

【糶】徒刀切音陶豪韻 人姓。春秋傳有—茷。見〔集韻〕。〔按成十年左傳。晉侯使—茷如楚。注。—、晉大夫。集韻徒弔切。又作糶。互詳糶字。〕

【𥼾】丘六切音曲屋韻 酒母也。見〔字彙補〕。

【䊭】陳如切音儲魚韻 糈也。見〔類篇〕。

【⿰米霍】黑各切音膗藥韻 黍⿰米蒦。見〔類篇〕。

【⿱毄米】⿰米毄俗字。見〔字彙〕。

十七畫

【糱】魚列切音孽屑韻 ●一 牙米也。見〔集韻引說文〕。〔按說文作糵。正字通云。說文有糵無—。从艸義通。〕●二 麴也。牙生穀也。見〔玉篇〕。〔按廣韻云。糵、麴糵。〕

【⿰米闌】魯旱切音嬾旱韻郎干切音闌寒韻 ●一 博者謂之—。見〔集韻引爾雅〕。●二 飯相箸也。見〔集韻〕。

【⿰米襄】女亮切漾韻 雜也。見〔廣雅釋詁〕。〔按玉篇同。類篇引博雅。糅也。〕

【⿰米雝】初諫切音鏟諫韻 米一舂。見〔集韻〕。

【⿰米靡】忙皮切音糜支韻 碎也。見〔字彙補〕。

【⿰米韱】思廉切音纖鹽韻 粉餌。見〔集韻〕。

【⿰米⿱雨羽】同糯。見〔字彙補〕。

十八畫

【⿰米⿱艹米】母禮切音米薺韻 古粎字。見〔集韻〕。粎。說文、籀文如聚細米也。古作—。

【⿱𦥯米】側立切音戢緝韻 以新穀汁漬舊穀也。見〔集韻〕。〔按類篇舊穀下亦有汁字。〕

【⿰米⿱𢆶米】卜管切音粄旱韻 屑米餅。見〔字彙補〕。

【⿰米產】⿰食產或字。見〔集韻〕。

十九畫

【⿰米靡】忙皮切音糜支韻眉波切音摩歌韻母被切音靡紙韻莫臥切箇韻 ●一 碎也。見〔說文〕。〔段注〕廣雅糜字二見。曰糜饘也。與說文同。曰糜屑也。即說文之—。碎也。糜與—音同。義少別。凡言粉碎之義。當作—。玉篇廣韻集韻皆忙皮切。徐鼎臣乃云莫臥切。而類篇從之。蓋誤認爲䃺字耳。●二 碎糠曰—。見〔集韻〕。●三 屑也。見〔玉篇〕。●四 精也。見〔集韻〕。

【⿰米翟】他弔切音眺嘯韻 出穀也。見〔說文〕〔段注〕⿰米翟穀也。出穀之字从出⿰米翟。市穀之字从入⿰米翟。

【⿰米翟】徒弔切音調嘯韻 姓也。晉有—茷。見〔集韻〕。〔按集韻類篇徒刀切⿰米翟徒弔切—。均訓姓。左成十年傳晉侯使⿰米翟茷如楚。釋文。⿰米翟、徐徒弔反。一音杜斅反。又土弔反。盧文弨攷證本釋文據集韻類篇徒弔切。改⿰米翟作—。〕

【⿰米覈】下革切音覈陌韻 穀糠不破者。見〔字彙〕。〔按正字通云。與籺、覈、麧、竝同。〕

【⿰米喿】七到切音操號韻 米穀雜也。見〔字彙補〕。

【⿰米䜌】龍卷切音戀霰韻 熬餌黏也。見〔集韻〕。

【⿰米⿱癶僉】丘殮切音顩豔韻 粉—也。見〔字彙補〕。

【⿰米贊】糳或字。見〔集韻〕。

二十畫

【⿰米⿱𠔉毇】孚萬切音娩芻萬切音劉願韻 毇或字。見〔集韻〕。毇。小舂也。或作—。

【⿰米⿱产毇】楚限切音剗揣綰切音撰潸韻 礳粟也。見〔集韻引字林〕。

【⿰米覃】糰本字。見〔說文〕。

【⿰米黨】同糖。見〔字彙補〕。

【⿰米藺】同⿰米闌。見〔集韻〕。

二十一畫

【糳】卽各切音作藥韻租毒切音傶沃韻 ●一 本作糳〔說文毇部〕糳。糲米一斛舂爲八斗曰—。从毇。丵省聲。〔段注〕詩生民召旻音義左傳桓二年音義皆引字林—子沃反。糲米一斛舂九斗。誤爲八斗也。與九章算術、毛注鄭箋、皆合。各本八斗譌繆顯然。經傳多叚鑿爲—。〔按左桓二年。粢食不鑿。釋文。鑿、精米也。

顏氏家訓書證。鑿頭生毀。皆段鑿為—之證。〕

【[illegible]】郎干切音闌寒韻
糷或字〔集韻〕糧。飯如著。爾雅、博者謂之—。或从蘭。

【糷】郎旰切音爛翰韻。魯旱切音嬾旱韻。郎干切音闌寒韻
飯相著。見〔玉篇引爾雅注〕。

【[illegible]】同鷄。見〔說文長箋〕。

二十四畫

【[illegible]】郎丁切音靈青韻
糕餌。見〔集韻〕。〔按類篇糕作米。〕

二十七畫

【[illegible]】粟籒文。見〔說文鹵部〕。

※耒部※

【耒】盧對切音類隊韻。力遂切音類寘韻。魯猥切音磊賄韻。魯水切音壘紙韻。倫追切音纍支韻

❶本作耒。〔說文〕耒。耕曲木也。从木推丰。古者垂作耒梠。目振民也。〔段注〕各本耕上有手。今依廣韻、周易音義正。梠今之耜字。各本作相。誤。
❷犂也。見〔莊子胠篋釋文〕。
❸耜柄曰—。〔國語周語〕民無懸耜。
❹來也。亦推也。見〔釋名釋用器〕。

【禾】龍輟切音劣屑韻
—禾麥知多少也。見〔集韻〕。〔按—與耒不同。佩觽云耒郎內翻。耒耜也。—力悅翻。—禾麥知多少。〕

二畫

【耓】湯丁切音聽青韻
耒下木也。見〔集韻〕。

【[illegible]】耒本字。見〔說文〕。

【[illegible]】郲譌字。說文邑部郲、今桂陽郲陽縣。康熙字典作—。誤。互詳郲字。

三畫

【耔】祖似切音子紙韻。津之切音茲支韻

❶雝本也。〔詩甫田〕或耘或—。
❷附根也。見〔左昭元年傳注疏〕。〔按漢書食貨志耔、附根也。〕
❸通芓。〔詩甫田〕或耘或—。〔按漢書食貨志引作或芸或芓。段玉裁云。班所據詩作芓。古文叚借字。〕
❹秄或字。見〔集韻〕。〔按說文禾部秄、雝禾本。王筠云今詩作—。〕

【耔】津之切音茲支韻
壅禾根也。詩、或耘或—。沈重讀。見〔類篇〕。

【[illegible]】祛乙切音乞物韻
平量也。見〔玉篇〕。〔按說文木部杚、杚平也。〕

【耙】耜或字。見〔集韻〕。

四畫

【耕】古莖切音畊庚韻

❶本作耕。〔說文〕耕。犂也。古者田井。故从井。〔段注〕牛部曰。犂、—也。人用以發土。亦謂之—。〔按井部、八家為一井。田部口十、阡陌之制也。玉篇、—牛犂也。廣韻、—犂也。周書曰。神農之時天雨粟。神農—田而種之。山海經海內經。稷之孫曰叔均。是始作牛—。注。始作牛—。始用牛犂也。〕
❷齊也。見〔廣雅釋詁〕。〔按考工記匠人。二耜為耦。—卽耜齊者、猶云耦—也。〕
❸凡致力不怠謂之—。又假他事代食。若力田然。亦曰—。見〔正字通〕。〔按宋史王韶執卷不輟。家人誚其不—。韶曰。我常目—。拾遺記。賈逵門徒來學。獻粟盈倉。或云逵非力—。所謂舌—也。〕
❹歸—。琴操名。〔文選張衡賦〕嘉曾氏之歸—兮。〔注〕琴操曰。歸—者。曾子之所作也。曾子念二親年衰。於是援琴歌之曰。歔欷歸—來兮。安所—歷山盤兮。
❺人名。魯冉—。字伯牛。宋司馬—。字子牛。竝見〔史記仲尼弟子列傳〕。
❻—父。神名。〔山海經中山經〕東南三百里曰豐山。神—父處之。常遊

清冷之淵出入有光。〔注〕山上神來時水赤有光。〔按文選東京賦。丨父於清冷溺女魃於神潢注。山海經曰有神丨父處豐山又曰大荒之中有山名不勾有人衣青衣名曰黃帝女魃所居不雨康熙字典引東京賦注云丨父旱鬼誤〕。

㊆青丨鳥名。〔山海經中山經〕堇理之山有鳥焉其狀如鵲青身白喙白目白尾名曰青丨。

【耗】 虛到切音好號韻呼內切音誨隊韻

㊀減也。見〔廣雅釋詁〕。

㊁輕用曰丨。〔素問上古天眞論〕以丨散其眞。

㊂空也。〔太玄玄掜〕鬼神丨荒。想之無方。

㊃貧無也。〔史記天官書〕其虛則丨。

㊄謂費用也。〔素問五常政大論〕革金且丨。

㊅丨土謂疏薄之地。〔大戴禮易本命〕丨土之人醜。

㊆惡也。見〔詩雲漢釋文引韓詩〕。〔按阮元挍勘記云。唐石經丨作秏。是也〕。

㊇每年正月十六日俗謂之丨磨日。見〔月令廣義〕。

㊈北人謂鼠曰丨子。

㊉姓也見〔何氏姓苑〕。

(十一)秏俗字〔玉篇〕丨正作秏。

【耗】 莫報切音帽號韻

同眊。〔漢書景帝紀注〕丨、與眊同。〔按集韻。秏、秏亂不明。〕

【耗】 謨交切音毛豪韻

獨皃。漢書。靡有孑遺丨矣。見〔集韻〕。〔按段玉裁云。孟康曰。秏、音毛。無有秏米在者也。秏米、米名。孟意若今言無有一粒存者。水經注曰。燕人謂無爲毛。故有用毛爲無者。又有用秏者。故禾旁爲耒旁。罕知其本音本義矣〕。

【耘】 玉問切音運問韻玉分切音雲文韻

㊀除草也。〔詩甫田〕或丨或耔。

㊁耨耔也。〔楚辭愍命〕丨藜藿與蘘荷。

㊂同芸〔漢書王莽傳〕終年耕芸。〔注〕芸字與丨同。

㊃同穮見〔玉篇〕〔按說文。穮、除苗間穢也。集韻云。丨、穮或从云〕。

㊄通藝〔集韻〕丨除草也。藝丨或从芸、〔按說文藝或从芸。段玉裁云。當云或从耒草云聲。今字省草作丨〕。

㊅通殞〔史記南越尉佗傳〕不戰而丨。〔集解〕徐廣曰。漢書作殞。

【耖】 楚敎切音抄效韻

覆耕曰丨。見〔集韻〕。

【耙】 必駕切音壩禡韻

犂屬。見〔篇海〕。〔按農政全書。丨制有方丨。有八字丨。如犂亦用牛駕。但橫闊多齒。犂後用之。蓋犂以起土惟深爲功。丨以破塊惟細爲功。丨之後又用耖用耮〕。

五畫

【耜】 象齒切音似紙韻

㊀臿屬。〔淮南氾論〕古者剡丨而耕。〔按說文木部。相、臿也。集韻云。相、或作丨。蓋據鉉注。而段玉裁則以枱爲今經典之丨。存參〕。

㊁耒端木。見〔玉篇〕。〔按說文。枱、耒耑也。段玉裁云。今俗作丨。鉉本乃以訓臿之相。注云。今作丨。則大誤矣。玉篇同誤〕。

㊂丨者耒之金也。〔禮記月令〕脩耒丨。〔按考工記匠人。丨廣五寸。注。今之丨岐頭兩金。象古之耦也。莊子天下釋文。三蒼曰。丨、耒頭鐵也。漢書食貨志。斲木爲丨。注。丨、耒端木。所以施金也〕。

㊃耒下耓也。見〔易繫辭釋文引京注〕。

㊄田器也。見〔詩良耜序釋文〕。

㊅入土曰丨。〔國語周語〕民無縣丨。

㊆齒也。似齒斷物也。見〔釋名釋用器〕。

㊇插也。見〔莊子天下釋文引崔注〕。

㊈盛水器也。見〔莊子天下釋文引司馬注〕。

㊉丨止所蹠。因名曰丨。見〔易繫辭下傳虞注〕。

(十一)于丨。始脩耒丨也。〔詩七月〕三之日于丨。

(十二)丨之。謂以丨側凍土剗之。〔周禮薙氏〕冬日至而丨之。

【耚】 攀糜切音鈹支韻

㊀耕也。見〔廣雅釋地〕。〔按玉篇云。亦作[illegible]。〕

㊂小高也。見〔玉篇〕。

【耓】 蚩承切音稱蒸韻 耒也。見〔玉篇〕。

【耛】 澄之切音持支韻 耘一。除草。見〔集韻〕。

【耛】 瓫之切音飴支韻 枱或字。〔集韻〕枱。說文、耒耑也。或作一。〔按段玉裁以枱為今經典之耜字。〕

【耝】 七慮切音覷御韻 耕而土起謂之一。見〔集韻〕。

【耝】 牀據切音助御韻 同耡。周人七十而耡。見〔類篇〕。

【耝】 牀魚切音鉏魚韻 耡省字。〔集韻〕耡。起民令相佐助也。或省。

【耞】 居牙切音嘉麻韻 枷或字。〔集韻〕枷。說文、拂也。淮南謂之柍。或作一。〔按廣韻。連枷。打穀具。說文拂作柫、柍作柍。〕

【耟】 其舉切音巨語韻 一耒耨。見〔字彙補引管子〕。

【耕】 耕本字。見〔說文〕。

【𦓼】 相或字。見〔玄韻〕。〔按相、今作耜。〕

六畫

【𦔀】 涓畦切音圭齊韻 烏蝸切音鼃佳韻 ㊀一叉。可以劃麥。河內用之。見〔說文〕。〔桂注〕字或作桂。玉篇、桂、田器也。〔按一叉、鍇本作冊叉。集韻同。段本作冊叉。謂冊者、數之積也。叉者、手甲也。冊叉可以劃麥。即今俗用麥杷也。謂之冊叉者。言其多爪可掊杷也。存參。〕㊁耕也。見〔廣雅釋地〕。

【耠】 曷閤切音合合韻 耕也。見〔廣雅釋地〕。〔按集韻引作赦一也。〕

【𦔃】 才緣切音全先韻 耕也。見〔篇海〕。

【𦔅】 各額切音格陌韻 耕也。見〔篇海〕。

【䎞】 古本切音袞阮韻 耕也。見〔玉篇〕。再耕也。見〔字彙〕。〔按此字誤入艮部。今移此。〕

七畫

【耡】 牀據切音助御韻 商人七十而一。一、耤稅也。周禮曰。以興一利萌。見〔說文〕〔桂注〕廣雅。一、借也。顏注急就篇。一之言助也。孟子。殷人七十而助。助者、耤也。注云。耤者、借也。猶人相借力助之也。考工記匠人注引孟子殷人七十而莇。覆謂一。隸變从艸。周禮里宰。以歲時合耦于一。以治稼穡。鄭司農云。一讀為耤。杜子春云。一讀為助。謂相佐助也。地官遂人萌作甿。注云。甿、猶懵懵無知貌也。類篇韻會引竝作甿。

【耡】 牀魚切音鉏魚韻 ㊀稅也。見〔廣雅釋詁〕。㊁里宰治處也。若今街彈之室。於此合耦。使相佐助。因放而為名。〔周禮里宰〕以歲時合耦於一。㊂一粟。民相助作。一井之中所出九夫之稅粟也。〔周禮旅師〕掌聚野之一粟。

【𦔯】 衢六切音局沃韻 耕麥地。見〔玉篇〕。〔按集韻引博雅。一、䎱、耕也。〕

【䎿】 所教切音㮟效韻 山巧切音搜巧韻 師交切音梢肴韻 耰種也。見〔集韻〕。

【𦔐】 同耜。見〔字彙補〕。〔按說文、相。或从里作梩。〕

八畫

【䎦】 以冉切音琰琰韻 ㊀耕也。見〔玉篇〕。㊁利耜也。見〔集韻〕。

【䎙】 縷尹切音惀軫韻 ㊀一䎚。束禾也。見〔玉篇〕。㊁稐或字。〔集韻〕稐。禾束曰稐。或从耒。

【䎙】 龍春切音倫眞韻 耕也。見〔集韻〕。

【𦔫】 莊持切音菑支韻 ㊀耕也。見〔集韻引博雅〕。㊁田一歲也。見〔玉篇〕。

【䎚】 縷尹切音惀 巨隕切音窘牛

尹切音珉軫韻

㊀耣—。見〔玉篇〕。〔按集韻。耣—、束也。〕

㊁稐或字。〔集韻〕稐。禾束曰稐。或从困。

【䎣】匿德切音𥝊職韻

㊀䎣—。草生皃。見〔集韻〕。

㊁穀—。見〔字彙引齊民要術〕。〔按正字通云。方言梼。玉篇梼。皆訓槌也。—、當是槌穀具。〕

【耤】秦昔切音籍 資昔切音積 陌韻

㊀帝—千畝也。古者使民如借。故謂之—。見〔說文〕〔段注〕帝—。見月令。周禮甸師。掌帥其屬而耕耨王耤。以時入之。以供齍盛。禮記曰。天子爲耤千畝。冕而朱紘。躬秉耒以事天地山川社稷先古。韋注周語云。耤、借也。借民力以爲之。〔按說文無借字。徐鉉新修字義加之。—、今經典作耤。史記周本紀。宣王不修耤於千畝。正義。應劭曰。古者天子耕耤田千畝。爲天下先。詩序。載芟。春藉田而祈社稷也。箋。耤田甸師氏所掌。王載耒耜所耕之田。天子千畝。諸侯百畝。耤之言借也。借民力治之故謂之耤田。〕

㊁稅也。見〔廣雅釋詁〕。〔按左宣十五年傳。初稅畝。非禮也。穀出不過耤。〕

㊂古耤字。見〔漢書游俠傳集注〕。〔按五經文字。—田字、六經多以耤字爲之。〕

【耤】慈夜切音藉禡韻

耤或字。〔集韻〕耤。說文、祭耤也。或作—。

【䎧】普卦切音派卦韻

種也。見〔康熙字典引集韻〕。〔按集韻引博雅作稗。—、當是稗譌字。正字通云。稗字之譌。存參。〕

【𦔀】郎才切音來灰韻

耕也。見〔玉篇〕。

【𦓼】部項切音蚌講韻

耜屬。見〔玉篇〕。〔按類篇同。集韻耜作耟。〕

【𦓼】蒲侯切音抔尤韻

鑼—。耕也。見〔集韻引博雅〕。

【䎙】甾莖切音爭庚韻

耜上木。見〔玉篇〕。

【𦔅】夷益切音繹陌韻

繹或字。〔集韻〕繹。耕也。或从易。

【䎐】又業切音腌葉韻

犂穲也。見〔玉篇〕。〔按集韻引博雅。—、穲穜也。〕

【䎐】鄔感切音集感韻

晻或字。〔集韻〕晻。穜田也。或从耒。

【𦔍】古本切音袞阮韻

耕也。見〔玉篇〕。

【𦔑】邕危切音逶支韻

桵或字。〔集韻〕桵。田器。或从耒。

【𦔬】

穎或字。見〔說文〕。

九畫

【䎌】初江切音囱江韻

㊀種也。見〔玉篇〕。

㊁𡐯或字。〔集韻〕𡐯。不耕而種。或作—。

【䎌】楚降切音𡐯絳韻

不耕而種謂之—。見〔集韻〕。

【䎌】祖叢切音㚇東韻

𡐯或字。〔集韻〕𡐯。說文、種也。一曰。內其中也。或从耒。

【耦】語口切音偶有韻

㊀耒廣五寸爲伐。二伐爲—。見〔說文〕。〔桂注〕耒、當爲耜。考工記。匠人爲溝洫。耜廣五寸。二耜爲—。一—之伐。廣尺深尺謂之甽。盧植注禮記月令云。伐、發也。詩大田箋云。計—耕事。正義。以耕必二耜相對。共發一尺之地。故計而—之也。莊二十八年左傳。晉人謂之二五—。杜注。二耜相—。廣一尺。共起一伐。論語。長沮桀溺—而耕。鄭注。耜廣五寸。二耜爲—。皇侃義疏。耜廣五寸。則不成伐。故二人竝耕。兩耜竝、得廣一尺。一尺則成伐也。故云二耜爲—也。〔按耒廣五寸。段玉裁依太平御覽改爲耕廣五寸。謂耕即考工記之耜。耜者、犂之金。其廣五寸也。存參。〕

㊁耕也。見〔廣雅釋地〕。

㊂二人爲—。〔左襄二十九年傳〕射者三—。〔按廣雅釋詁。—、二也。荀子大畧。禹見耕者—立而式。注。兩人共耕曰—。故二人亦曰—。〕

④兩也。〔左僖九年傳〕—俱無猜。⑤孿也見〔廣雅釋詁〕。⑥合也。〔呂覽季冬〕命司農計—耕事。〔按左桓二年傳嘉—曰妃。注。妃、合也。禮記曲禮偶坐不辭。釋文。偶、配也。〕⑦媲也見〔漢書地理志集注〕。⑧匹也。〔方言〕敵—也。〔注〕—亦匹。〔按莊子齊物論。嗒焉似喪其—。釋文。—匹也。左桓二年傳。怨—曰仇。說文辵部作怨匹曰逑。〕⑨相當對之名。見〔史記越世家必有當也索隱〕。⑩不畸也。見〔玉篇〕。⑪遇也。二人相對遇也。見〔釋名釋親屬〕。⑫諧也見〔廣雅釋詁〕。⑬近也。〔淮南要略〕覽—百變也。⑭身也。身與神爲—。見〔莊子齊物論釋文引司馬注〕。⑮—俱升射者。〔周禮掌次〕射則張—次。⑯姓也。漢有侍中—嘉。見〔五音集韻〕。⑰同偶。〔莊子齊物論釋文〕—、本作偶。〔按文選陸機賦。徒悅目而偶俗。注。—與偶、古字通。〕

【⿰耒英】於京切音英庚韻 草茸也。見〔五音類聚〕。

【⿰耒肖】所景切音省梗韻 麥也。見〔篇海〕。

【⿰耒突】陁沒切音突月韻 耕也。見〔集韻〕。

【⿰耒畐】弼力切音愎職韻 禾。又治黍豆也。見〔玉篇〕。〔按集韻以—爲稫或字。〕

【⿰耒是】辰之切音時支韻 毒出虆尾。見〔篇海〕。

十畫

【⿰耒畟】察色切音測節力切音卽職韻 ①耜也。見〔玉篇〕。②畟或字。見〔集韻〕。

【耨】乃豆切音鎒宥韻 奴沃切音傉沃韻 ①—以鋤嫗薅禾也。見〔釋名釋用器〕。②除穢也。〔家語禮運〕講學以—之。〔按淮南氾論。摩蜃而—。注。—、—除苗穢也。〕③—所以耘苗也。〔呂覽任地〕其—六寸。〔按孟子梁惠王。深耕易—。注。易、芸苗令簡易也。漢書食貨志。耒—之利。注。—、耘田也。〕④芸芓也。〔周禮甸師〕掌帥其屬而耕—王籍。〔按易繫辭。耒—之利。釋文引孟注。—、耘除草。史記龜策傳。鉏之—之。集解引徐廣。—、除草也。〕⑤茠也。〔國語晉語〕冀缺—。⑥薅也。〔左僖三十三年傳〕見冀缺—。〔按禮記禮運。講學以—之。釋文。—、鉏也。莊子胠篋。耒—之所刺。釋文。李云。鋤也。或云。以木爲鋤柄。〕⑦鎡基也。〔國語齊語〕挾其槍刈—鎛。〔按管子小匡。挾其槍刈—鎛。注。—、鎡錤也。〕⑧定謂之—。見〔廣雅釋器〕。⑨阿—多羅。梵語。華言無上也。見〔翻譯名義〕。⑩槈或字。〔集韻〕槈。說文。薅器也。或从耒。〔按段玉裁云。蓐部曰。薅、披去田草也。槈者、所以披去之器也。槈刃廣六寸。柄長六尺。〕⑪鎒或字。〔詩臣工傳釋文〕鎒、或作—。〔按莊子外物。銚鎒於是乎始修。釋文。鎒似鋤。田具也。說文木部。槈、或从金作鎒。段玉裁云。從木者主柄。從金者主刃。〕

【耩】古項切音講講韻 居侯切音鉤尤韻 ①耨也。見〔玉篇〕。〔按耨下云耘也。〕②耕也。見〔集韻〕。

【⿰耒茸】而勇切音冗腫韻 草—也。見〔五音類聚〕。

【⿰耒者】渠伊切音耆支韻 種麥。見〔玉篇〕。〔按集韻、類篇、均訓麥下種也。〕

【⿰耒専】符遇切音附遇韻 田器。見〔玉篇〕。

【⿰耒員】玉分切音雲文韻 玉問切音運問韻 除苗間穢也。見〔說文〕。〔段注〕穢、當作薉。草部。薉、蕪也。小雅毛傳曰。耘、鋤草也。〔按今通作耘。互詳耘字。〕

【𦔉】同耠。見〔康熙字典引集韻〕。〔按集韻耠之或字爲𦓤。康熙字典以一爲同耠。殆沿字彙之誤。〕

【𦔖】耤譌字。見〔康熙字典〕。

十一畫

【積】士革切音賾 資昔切音積 陌韻 ㊀種也。見〔廣雅釋地〕。㊁種麥中蓋穴田。見〔集韻〕。〔按玉篇一仕革切。灰中種。廣韻三十一麥。士革切。一、灰中種也。類篇。一、士革切。種灰中蓋穴田。〕

【𦔘】槎轄切音鏩 黠韻 農具也。見〔集韻〕。

【𦔮】謨官切音瞞 寒韻 偏種皃。見〔集韻〕。

【䅼】莫半切音縵 翰韻 ㊀不蒔田也。見〔玉篇〕。〔按廣韻云。不蒔之田也。〕㊁種也。見〔廣雅釋地〕。

【𦔰】良脂切音棃 支韻 種也。見〔集韻〕。

【𦔣】他計切音替 霽韻 亭歷切音狄 職韻 不耕而種。見〔廣韻〕。〔按集韻。種也。〕

【𦔿】虛旰切音漢 翰韻 冬耕也。見〔玉篇〕。〔按廣韻作冬耕地。〕

【𦔾】虛旰切音漢 翰韻 許旱切音罕 旱韻 暵或字。〔集韻〕。暵、耕麥地。或从耒。

【耬】郎侯切音婁 尤韻 種具也。見〔集韻〕。〔按齊民要術。一車。狀如三足犁。中置一斗。藏種。以牛駕之。一人執一。且行且搖。種乃隨下。〕

【𦔭】朗口切音塿 有韻 𥢷或字。〔集韻〕𥢷耕畦謂之一。或从耒。

【𦔳】同䅧。見〔川篇〕。

【𦔛】同𦓾。見〔龍龕手鑑〕。

【𦔎】𦔭譌字。見〔康熙字典〕。

十二畫

【𦔙】疾各切音昨 藥韻 〔按康熙字典多秦昔切一音。攷之集韻。蓋誤引耤音之誤〕。㊀地名。見〔集韻〕。㊁人名。安南國王黎季一。見〔康熙字典〕。㊂姓也。見〔集韻〕。

【𦔲】傳江切音幢 江韻 種入也。見〔集韻〕。

【𦔷】居希切音機 微韻 耕也。見〔集韻〕。

【𦔸】逸織切音弋 職韻 耕也。見〔廣雅釋地〕。

【𦔹】普卦切音派 卦韻 種也。見〔集韻引博雅〕。

【𦔺】他計切音剃 霽韻 𦔣或字。〔集韻〕𦔣種也。或从晉。

【𦔻】同𦔆。見〔龍龕手鑑〕。

【𦔯】榜或字。見〔集韻〕。

【𦔼】穭或字。見〔集韻〕。

【𦔽】徹俗字。見〔正字通〕。〔按字彙。一、查瞎切。殘入聲。稅名。又敕列切。音徹。義同。正字通非之。康熙字典乃云玉篇查瞎切音汛稅名。攷今玉篇只有上黠切又音徹六字。康熙字典不知所据何本。廣韻集韻均無此字。〕

十三畫

【釋】施隻切音釋 夷益切音睪 陌韻 耕也。見〔集韻〕。

【𦕀】骨外切 泰韻 耕具。見〔玉篇〕。

【𦕁】同𦔮。見〔篇海類編〕。

十四畫

【𦕂】黃郭切音鑊 藥韻 穫或字。〔集韻〕穫說文、刈穀也。或从耒。

十五畫

【耰】於求切音憂 尤韻 櫌或字。〔集韻〕櫌說文、摩田器。引論語櫌而不輟。或从耒。〔按今論語作一而不輟。集解。一、覆種也。〕

【⿰耒羅】班糜切音陂支韻
䍦或字〔集韻〕䍦說文、耜屬。廣雅。耕也或从䍦亦作—。

【⿰耒麃】蒲交切音庖肴韻
耕也。見〔集韻〕。

【⿰耒麃】悲嬌切音鑣蕭韻
穮或字〔集韻〕穮。說文、耕禾閒也。引春秋傳是穮是蔉或从耒。

【⿰耒婁】古耬字。見〔字彙補〕。

十八畫

【⿰耒翼】昌力切音瀷職韻
耕也。見〔廣韻〕。

【⿰耒瞿】權俱切音劬椿俱切音貙虞韻
耜也。見〔集韻〕。

十九畫

【⿰耒靡】莫个切箇韻
耕也。見〔玉篇〕。

※臼部※

【臼】巨九切音舅有韻
❶本作臼。〔說文〕臼。舂也。古者掘地為—。其後穿木石。象形。中米也。〔注〕臣鍇按易繫辭。斷木為杵。掘地為—。—杵之利。萬民以濟也。舊、䄌、字从此。函字下、鼠字上、及古文齒字。皆偶相似而非此杵—字中四注。古文齒左右三注也。〔按近世字書。此部皆合說文—臼舁三部而成。自餘齒部之臽。手部之舉。男部之𦥑。申部之臾。烏部之舃。首部之舀。雈部之舊。爨部之𦦶。亦并收入。凡蒐輯至十一部之多。蓋篆文變隸。隸又變楷。其勢不得不爾。此部牽合尤繁。姑舉以見例云。〕
❷杵—。星名。〔史記天官書〕杵—四星在危南。〔星經〕曰。杵—主舂米事。攷後漢吳祐傳公沙穆為佑賃舂。佑與定交於杵—之間。故今人喻友朋契合曰杵—交。蓋本此。〔又〕人名。見〔史記趙世家〕。
❸—衰。地名。〔左僖二十四年傳〕圍令狐。入桑泉。取—衰。〔今山西解縣東南有—城。〕
❹成—。水名。〔左定五年傳〕將涉於成—。〔注〕江夏竟陵縣有—水出聊屈山西南入漢。〔按聊屈山在今湖北鍾祥縣東七十里。—水今名—成河。〕
❺石—。河名。〔後漢章帝紀〕罷常山滹沱石—河漕。〔今直隸唐縣東北有石—河。〕
❻踵—。山名。〔山海經中山經〕踵—之山無草木。
❼烏—。木名。〔本草綱目〕烏—。樹高數仞。葉似梨杏。可染皂。五月開細花。黃白色。子可壓油燃燈澆燭。
❽鬼—。毒草類。〔本草綱目〕鬼—一名九—。一名天—。生山谷。其葉如鏡如盤。如荷新苗。生則舊苗死。八月采用。
❾通㕡。〔史記周本紀〕宜—。〔國語作宜㕡。〕
❿姓也。宋華貙家臣—任。見〔廣韻〕。

【⿱爫臼】蒲侯切音掊尤韻
裒或字〔集韻〕裒。爾雅、聚也。或作—。

【𦥑】居六切音匊屋韻拘玉切音拲沃韻
❶叉手也。見〔說文臼部〕。〔段注〕叉手、謂手指正相向也。
❷兩手捧物曰—。見〔玉篇〕。
❸斂手也。見〔廣韻〕。

【𦥑】古匊字。見〔玉篇〕。

【𦥑】古舉字。見〔字彙〕。

【⿶凵臼】古齒字。見〔說文齒部〕。

一畫

【申】申本字。見〔說文申部〕。

二畫

【臾】容朱切音俞虞韻
❶束縛捽抴為—。从申从乙。見〔說文申部〕。〔按段玉裁云。束縛也。束、縛也。捽、持頭髮也。抴、捈也。捈、臥引也。束縛而牽引之也。桂馥云。从申从乙者。徐鍇曰。申、束縛也。乙、屈也。馥按非甲、乙字。蓋从反厂之乙。又攷說文。申、本作申。从臼。既从申。則三畫中斷作臼、明矣。不知何時申—二字書作從臼。梁顧野王玉篇已然。元李文仲字鑑云。申、說文作申。从臼。今文作申。唯—字从

古申字。然則元時一字三聲。尙不聯。至玉篇字從臼。或後人傳寫如此。總之申一二字。書作從臼者。規六畫之。止從臼者。依俗便也。本書從申從一之字。散見甚多。姑箸其辨於此。

㊁善也。見〔集韻〕。

㊂須一。俄頃也。見〔玉篇〕。

㊃甌一。谿下之地。〔荀子大略〕流丸止於甌一。

㊄顓一。國名。〔左僖二十一年傳〕在宿須句顓一。風姓也。

㊅皃一。東方國名。卽扶餘也。見〔字彙補〕。

㊆鬼一。區。人名。見〔漢書古今人表〕。

【臾】尹竦切音甬腫韻

悤或字。〔集韻〕悤。勸也。方言。南楚凡己不欲喜怒、而旁人說者。謂之慫悤。或作容一。

【臾】求位切音匱寘韻

古蕢字。〔集韻〕蕢。說文、草器也。古象形。引論語荷一而過孔氏之門。

【臾】勇主切音庾麌韻

弓反張。隨曲勢而外見。〔韻會舉要〕。

【臽】乎韽切音陷陷韻

小阱也。从人在臼上。見〔說文〕。〔段注〕阱者、陷也。一謂阱之小者。古者掘地爲臼。故从人臼。臼、猶坑也。

【曳】臾本字。見〔說文申部〕。

三畫

【臿】測洽切音鍤洽韻 䃢𡿶切葉韻〔俗書從千誤〕。

㊀舂去麥皮也。从臼干聲。一曰。干、所以一之。見〔說文〕。〔按廣雅、一、舂也。黃庭堅注急就篇。插、舂去皮也。方言。江淮南楚之間謂之一。段玉裁云。干所以一之。則爲會意。千、猶杵也。〕

㊁築牆杵也。〔史記始皇紀〕身自持築一。

㊂刃也。見〔後漢戴就傳注引張揖字詁〕。

㊃鍤也。〔淮南精神〕揭钁一。

㊄江淮南楚之間謂之一。湘沅之間謂之畚。見〔方言〕。

㊅插也。插地起土也。見〔釋名釋用器〕。

㊆鍬也。所以開渠者也。〔漢書溝洫志〕舉一爲雲。

四畫

【舀】以紹切音溔篠韻 俞戍韻 容朱切音

抒臼也。詩曰。或簸或一。見〔說文〕。〔按廣雅、一、抒也。詩曰或簸或一者。大雅生民文。作或舂或揄。毛傳云。揄、抒臼也。段玉裁云。抒、挹也。既舂之。乃於臼中挹出之。今人凡酌彼注此、皆曰一。其引伸之語也。〕

【舀】夷周切音由尤韻

抗或字。〔集韻〕抗。抒臼也。或作一。〔按抗爲說文一或字。段玉裁云。一、古音讀如由也。〕

【䑕】芳廢切音肺 房廢切音吠隊韻 房月切音伐月韻

舂也。見〔廣雅釋詁〕。

【舁】羊朱切音余魚韻 荀許切音巨語韻 羊茹切音豫御韻

共舉也。見〔說文舁部〕。〔按廣雅、舁、舉也。兩人共舉一物也。段玉裁云。謂有叉手者。有竦手者。皆共舉之人也。共舉則或休息更番。故有叉手者。〕

【舁】古舁字。見〔集韻〕。

【䑕】同䑕。見〔字彙補〕。

【舀】同舀。見〔正字通〕。

【舀】舀或字。見〔說文〕。

【皖】皖鷂字。見〔正字通〕。

五畫

【舂】書容切音惷冬韻

㊀擣粟也。从廾持杵臨臼上。午、杵省也。古者雝父初作一。見〔說文〕。〔桂注〕擣粟也者。玉篇。一、一也。廣雅。𢷏、一也。皆擣之異文。从廾持杵臨臼上者。本書。杵、一杵也。漢書楚元王傳。使杵臼雅一於市。晉灼曰。雅、臼也。高肱舉杵。正身而一之。古者雝父初作一者。世本。雍父作一杵。黃帝臣也。

㊁擊也。〔禮記學記待其從容注〕一容、謂重擣擊也。〔疏〕一、謂擊也。以爲擊之從容。言鐘之爲體。必待其擊。每一一而爲一容。然後盡其聲。

㊂猶衝也。〔史記魯世家〕獲長翟富父終甥。—其喉以戈殺之。

㊃婦人犯罪。不任軍役之事。但令—以食徒者。〔後漢明帝紀〕城旦—十匹。

㊄—牘。樂名。〔釋名釋樂器〕—。擣也。牘。築也。以—築地為節也。〔疏證〕周禮笙師職云。—牘應雅以教祴樂。

㊅—常。謂漢非之飾也。〔周書作雒〕—常畫旅。

㊆—鉏。白鷺也。〔爾雅釋鳥〕鷺、—鉏。〔疏〕鷺、一名—鉏。郭云。白鷺也。

㊇高—。下—。皆言時也。〔淮南天文訓〕日至於虞淵。是謂高—。至於連石。是謂下—。〔注〕高—。時加戌。民碓—時也。連石西北山也。言將欲冥下。象息—。故曰下—。

㊈—黍。蟲名。見〔爾雅釋蟲注〕。

㊉—陵。縣名。漢置。屬南陽郡。當今湖北棗陽縣東。

【舂】諸容切音鍾冬韻

荆山別名。見〔集韻〕。

【舂】音窗江韻

八變之類。一曰旁—。見〔正字通引墨子〕。

【⿰臼末】莫葛切音末曷韻

舂米碎也。見〔集韻〕。

【⿱臼乏】同貶。見〔正字通〕。

【⿰臼寸】同鼠。見〔字彙補〕。

【⿰臼市】同昁。見〔字彙〕。

【⿰臼欠】舀或字。見〔說文〕。

六畫

【舄】七約切音磶藥韻

㊀䧿也。見〔說文烏部〕。〔按段玉裁云。謂—即䧿字。此以今字釋古字之例。古文作—。小篆作䧿。自經典借為履—字。而本義廢矣。朱駿聲云。䧿鵲也。今謂之喜鵲。字亦作鵲。詩。維鵲有巢〕。

㊁姓也。見〔集韻〕。

【舄】思積切音昔陌韻

㊀履也。見〔廣雅釋器〕。

㊁複其下曰—。—。腊也。行禮久立。地或溼。故複其下使乾腊也。見〔釋名釋衣服〕。〔證疏〕—以木置履下。乾腊不畏泥溼也。

㊂—奕。蟬聯不絕也。〔後漢班固傳〕—奕乎千載。〔按文選班固典引注云。—奕、光曜流行貌〕。

㊃馬—。草名。〔爾雅釋草〕馬—、車前。〔疏〕馬—。一名車前。今藥中車前子是也。

㊄—鹵。斥鹵也。謂鹹鹵之地也。〔漢書溝洫志〕終古—鹵兮生稻粱。

㊅同斥。〔文選木華賦〕襄陵廣—。〔注〕斥為—。古今字也。

㊆同磶。〔文選何晏賦〕玉—承跋。〔注〕—與磶同。

【舄】闥各切音託藥韻

大貌。詩。松桷有—。徐邈讀。見〔集韻〕。

【⿱乍臼】匹各切音粕藥韻

齊謂舂為—。見〔說文〕。

【⿱禾臼】匹各切音粕藥韻

舂也。見〔龍龕手鑑〕。

【⿱刀臼】古為字。見〔字彙補〕。

【⿱臼⿰刃灬】舄俗字。

七畫

【舅】巨九切音臼有韻

㊀本作舅。〔說文男部〕舅。母之兄弟為舅。妻之父為外舅。〔通訓定聲〕凡異姓之親。不得儕父則—之。白虎通三綱六紀。謂如父而非父者。—也。爾雅釋親。母之晜弟為—。詩渭陽。我送—氏。是也。妻之父為外—。禮記坊記。壻親迎。見於—姑。是也。

㊁夫之父曰—。〔禮記檀弓〕吾—死於虎。

㊂妻之兄弟亦稱—。〔新唐書朱延壽傳〕楊行密妻。延壽姊也。行密病甚。曰。吾諸子幼。得—代我。無憂矣。

㊃天子謂異姓諸侯曰伯—。〔左僖九年傳〕使孔賜伯—胙。

㊄諸侯謂異姓大夫曰—。〔詩伐木〕以速諸—。

㊅—者。舊也。見〔白虎通三綱六紀〕。

㊆久也。久老儕也。見〔釋名釋親屬〕。

㊇姓也。晉大夫—犯之後。

【與】演女切音与語韻

〔按—、中從与。祇四畫。下作六。三畫合共七畫。舊字書均歸八畫。非。今遂此〕。

(一)黨—也。見〔說文舁部〕。〔注〕臣鍇曰。春秋左傳曰伯有聞子皮之甲不豫攻已也。喜曰子皮—我矣。〔按段玉裁云。黨當作攩。攩、朋羣也。—當作与。与、賜予也。共舉而与之也。〕

(二)用也。見〔玉篇〕。

(三)善也。見〔廣韻〕。

(四)親也。〔管子霸言〕諸侯之所—也。

(五)許也。〔國語齊語〕子—之。

(六)從也。〔國語晉語〕桓公知天下諸侯多—已也。

(七)待也。〔論語陽貨〕歲不我—。

(八)猶說也。〔淮南天文〕聖人不—也。

(九)借也。〔漢書淮南憲王傳〕正直是—。

(十)謀也。〔論語述而〕惟我—爾有是夫。〔釋文〕—、謀也。

(十一)謂舉也。〔易无妄〕物—无妄。〔虞注〕—、謂舉也。

(十二)施也。〔周禮謚法〕愛民好施曰—。

(十三)猶還也。〔史記孟嘗君傳〕貸錢者多不能—其息。

(十四)辭也。〔國語周語〕其—能幾何。

(十五)猶助也。〔國策齊策〕君不—勝者。而—不勝者。

(十六)語辭。〔左襄二十九年傳〕是盟也。能—幾何。〔按王引之云。—字是語辭無意義也。〕

(十七)猶爲平聲也。〔韓非外儲說左〕名—多—之。其實少。〔按王引之云言明爲多—之而其實少也。〕

(十八)猶爲去聲也。〔孟子離婁〕所欲—之聚之。〔按王引之云。言民之所欲。則爲民聚之也。〕

(十九)以也。〔禮記中庸〕可—入德矣。〔按王引之云言可以入德矣〕

(二十)類也。〔國語周語〕夫禮之立成者爲飫。昭明大節而已。少曲—焉。

(廿一)和也。〔國策燕策〕內寇不—。外敵不可拒。

(廿二)謂予人物也。〔周禮春官大卜〕以邦事作龜之八命。三曰—。〔注〕鄭司農云。—、謂予人物也。玄謂—所—共事也。

(廿三)數也。〔禮記曲禮〕生—來日。死—往日。

(廿四)及也。〔禮記檀弓〕—人之葬聖人也。

(廿五)如也。〔漢書韓信傳〕大王自料勇悍仁彊。孰—項王。

(廿六)拜也。〔公羊襄二十年傳〕—季子同母者四。

(廿七)隨也。〔淮南墬形〕蛤蟹珠龜。—月盛衰。

(廿八)同也。〔史記夏本紀〕—益予衆庶稻鮮食。

(廿九)操也。見〔方言〕。

(三十)—時。謂逐時也。〔史記仲尼弟子傳〕—時轉貨貲。

(卅一)有—。兩足共行也。〔莊子養生主〕人之貌有—也。

(卅二)容—。閑舒也。〔漢書禮樂志〕濟容—。〔又〕以求從容自放而遂其侈心也。〔莊子人間世〕因案人之所感。以求容—其心。〔又〕自得貌。〔史記司馬相如傳〕翱翔容—。

(卅三)大—。官名。見〔正字通〕。

(卅四)胡不—。國名。〔山海經大荒北經〕有胡不—之國。列姓黍食。

(卅五)姓也。見〔正字通〕。

【與】羊諸切音余魚韻

(一)語辭。通作歟。見〔集韻〕。〔按禮記檀弓。喪不剝奠也—。疏。—、語辭。〕

(二)發聲也。〔漢書文帝紀〕朕之不明—。嘉之。

(三)譽也。見〔廣雅釋詁〕。

(四)疑而未定之辭。〔論語泰伯〕君子人—。

(五)邪辭也。〔淮南精神〕不識天下之以我備其物—。

(六)萬—。開舒也。〔漢書禮樂志〕萬—萬物。〔注〕師古曰。萬古敷字。敷、—、言開舒也。

(七)——。蕃蕪貌。〔詩楚茨〕我黍——。〔又〕威儀中適之貌。〔論語鄉黨〕——如也。〔又〕往來貌。〔漢書揚雄傳〕淫淫——。

(八)敦—。山名。〔山海經北山經〕敦—之山。

(九)人名。〔書舜典〕讓於殳斨暨伯—。〔注〕殳斨、伯—、二臣名。

【與】羊茹切音豫御韻

(一)及也。見〔集韻〕。〔按禮記王制。六十不—服戎。注。—、音豫。及也。〕

(二)以我臨物也。〔易雜卦傳〕或—或求。

(三)猶兼也。〔儀禮士昏禮〕我—在。

(四)即也。〔呂覽求人〕自爲—。

(五)猶寄也。〔禮記射儀〕—爲人後者。

(六)疑貌。〔莊子大宗師〕—乎其觚而不堅也。

㊆閼—。地名。[史記秦本紀]中更胡傷。攻趙閼—。[當今山西沁縣西北]。

㊇方—。縣名。漢置。屬山陽郡。當今山東魚臺縣北。

㊈通豫。[禮記曲禮]定猶—也。[釋文]—本亦作豫。

【與】 停亥切音唉睹韻

与也。見[集韻]。

【𦦙】 去演切音遣銑韻

—商。小塊也。見[說文𦥑部]。[按—、隸省作㬝]

【𦥺】 以紹切音溔篠韻

舀。或字。[集韻]舀。說文、抒臼也。或作—。

【𦥯】 舂本字。見[字彙]。

【𦥚】 舅本字。見[說文]。

【𦥸】 要本字。見[說文臼部]。

【𦦔】 同舁。見[川篇]。

八畫

【𦦖】 之瑞切音惴寘韻 主㦥切音揣紙韻

杵聲也。見[集韻]。

【𦦝】 伊消切音邀蕭韻

古要字。[集韻]要。說文、身中也。象人要自臼部之形。古作—。

【𦦜】 音糗有韻

舂也。見[川篇]。

【𦥕】 古申字。見[字彙補引玉篇]。

[按康熙字典云。今玉篇作𦥔。即此可知字彙補所据之玉篇。尙書申作𦥔也。]

【𦦊】 同焰。見[字彙補]。

【𦦋】 同䚀。見[字彙補]。

【𦦌】 同龞。見[龍龕手鑑]。

【𦦚】 同齒。見[搜眞玉鏡]。

九畫

【興】 虛陵切音嬹蒸韻

㊀起也。从舁从同。同力也。見[說文舁部]。[桂注]詩大明。維予侯—。傳云。—起也。同力也者。九經字樣。臼、象兩手。廾、亦是兩手。謂衆手同力。能—起也。

㊁謂發謀出慮。[禮記中庸]國有道。其言足以—。

㊂發也。[左哀十六年傳]使—國人以攻白公。[按左傳作使與國人。釋文云。與、一本作—。]

㊃生也。[史記樂書]而淫樂—焉。

㊄盛也。[詩天保]以莫不—。

㊅猶舉也。[禮記文王世子]—秩節。

㊆猶動也。[考工記弓人]下拊之弓末應將—。

㊇猶成也。[周語楚語]其可—乎。

㊈猶出也。[禮記樂記]降—上下之神。

㊉猶尊尙也。[詩抑]—迷亂於政。

⑪猶行也。[論語子路]則禮樂不—。

⑫猶作也。[周禮舞師]凡小祭祀則不—舞。

⑬昌也。[呂覽審時]得時之稼—。

⑭善也。見[字彙]。

⑮不知其生之時故曰—。[大戴記夏小正]𥂕之—。[傳]其不言生而稱—何也。不知其生之時。故曰—。

⑯—物。謂薦百品。[禮記祭統]其—物備矣。

⑰縣官徵聚物曰—。[周禮旅師]平頒其—積。[注]縣官徵聚物曰—。今云軍—、是也。縣師徵粟。旅師斂而用之。以賙衣食也。

⑱州名。唐置。屬山南道。今爲陝西略陽縣治。[又]遼州名。屬東京道。今爲奉天鐵嶺縣治。[又]金州名。屬北京路。當在熱河城南。[又]元州名。屬中書省。冀甯路。今爲山西—縣治。

⑲姓也。[姓譜]漢濟陰王謁者—渠。

【興】 許應切音嬹徑韻

㊀象也。見[集韻]。

㊁喜也。歆也。[禮記學記]不—其藝。[注]—之言喜也。歆也。

㊂詩六義之一也。[周禮大師]敎六詩曰—。[注]—者託事於物也。

㊃譬喻也。[論語陽貨]詩可以—。

㊄悅也。見[字彙]。

㊅—會。情—所會也。[宋書謝靈運傳]論靈運之—會標舉。

【興】 許刃切音釁震韻

同釁。[禮記文王世子]既—器用幣。[注]—、當爲釁字之誤。[釋文]

—、依注爲覺爐觀反。

【⿰臼昜】待朗切音蕩達黨切養韻　舂也。見〔類篇〕〔按廣韻作舂也持米精也〕

【⿰臼奏】千侯切音湊七漏切宥韻　舂也。見〔類篇〕

【纍】居玉切音菊尾韻〔按字既爲居玉切則當從臼舊字書均作從臼似誤又考說文糸部纍、約也。从糸具聲注居玉切玉篇纍纏也。連也似此字又爲纍字之譌〕靴—子纍連者見〔篇海〕

【⿰臼耑】之⿰土耑切音惴寘韻　⿰臼垂或字。〔集韻〕⿰臼垂杵擊也。或作—。

【⿰臼召】羊少切篠韻　臼也。見〔玉篇〕

【⿰臼臿】同臿。見〔玉篇〕。

【⿱臼大】同卷。見〔玉篇〕〔按說文舁部。舁、升高也。參閱舁字〕

十畫

【舉】荀計切音莒語韻羊朱切音余魚韻

(一)對—也。見〔說文手部〕〔段注〕謂以兩手—之故其字从手與。

(二)擎也。見〔廣韻〕

(三)扛也。見〔增韻〕

(四)挈也。見〔增韻〕

(五)稱也。見〔韻會舉要〕

(六)揚也。見〔韻會舉要〕

(七)企望之也。〔呂覽順說〕莫不延頸—踵。

(八)拔也。〔國策齊策〕三十日而—燕國。

(九)用也。〔呂覽不廣〕佐齊桓公—事。

(十)立也。〔左文元年傳〕楚國之—恆在少者。

(十一)合也。〔史記聶政傳〕—國而與仲子爲讎。

(十二)動也。〔國語楚語〕不爲豐約—。

(十三)取也。〔呂覽樂成〕民莫之—。

(十四)猶言也。〔禮記雜記〕過而—君之諱則起。

(十五)亦問也。〔禮記曲禮〕主人不問。客不先—。

(十六)記錄之也。〔左襄二十七年傳〕仲尼使—是禮也。

(十七)祭也。〔禮記王制〕山川神祇有不—者爲不敬。

(十八)殺牲盛饌曰—。〔周禮膳夫〕王日一—。

(十九)猶飲也。〔儀禮特牲饋食禮〕嗣—奠盟入。

(二十)謂沒其財貨入官也。〔周禮司門〕凡財物犯禁者—之。

(二十一)飛也。〔文選張衡賦〕鳥不暇—。

(二十二)去也。〔楚辭自悲〕願離羣而遠—。

(二十三)起也。〔國語晉語〕—而從之。

(二十四)行也。〔周禮師氏〕王—則從。

(二十五)皆也。〔左哀六年傳〕君—不信羣臣乎。

(二十六)手所操也。〔考工記廬人〕—圍欲細。

(二十七)猶得也。〔國策秦策〕—河內。

(二十八)與也。〔楚辭初放〕—世皆然兮。

(二十九)謀也。〔呂覽異寶〕不足與—。

(三十)盡也。〔管子牧民〕地辟—則民留處。

(三十一)擬實也。見〔墨子經上〕

(三十二)援也。〔淮南修務〕木熙者—梧檟。

(三十三)浴而乳之也。〔史記孟嘗君傳〕其母竊—生之。

(三十四)名體爲—。〔儀禮特牲饋食〕乃食食—〔疏〕食—、謂骨體正脊從俎—鄉口。因名體爲—。

(三十五)謂三兩也。〔小爾雅廣衡〕二十四銖曰兩。兩有半曰捷。倍捷曰—。〔注〕—、謂三兩也。

(三十六)猶生也。〔書洪範惟天陰騭下民馬注〕騭、升也。升、猶—也。—猶生也。

(三十七)正也。〔呂覽自知〕所以—過也。

(三十八)謂肺脊。〔儀禮有司徹〕佐食受牢—如儐。

(三十九)物賤而買之曰—。〔史記仲尼弟子傳〕子貢好廢—。〔注〕索隱引劉氏云。廢、謂物貴而賣之。—、謂物賤而買之。

(四十)選擇也。〔論語子路〕—賢才。〔如後世稱鄉貢曰—人。暨近日之選—。均此義〕

(四十一)謂—而取之。〔荀子議兵〕秦師至而鄢郢—。若振槁然。

(四十二)謂擦取也。〔漢書嚴助傳〕雖—越國而虜之。

(四十三)謂起兵動眾也。〔荀子天論〕—錯不明。

(四十四)粵人呼妓女爲老—。見〔隨園詩話〕

(四十五)唐人稱—止端麗曰——。〔韓愈

詩〕——江南子。

(四六)木名。〔山海經中山經〕北望河林。其狀如蒨如—。〔注〕蒨、—、皆木名也。—櫸柳。大者連抱數仞。

(四七)柏—。地名。〔春秋定四年〕蔡侯以吳子及楚人戰于柏—。〔按名勝志云麻城縣東北三十里有柏子山。縣東南有—水。柏—之名。蓋合柏山—水而得之。今湖北麻城縣有—水。源出縣東北黃檗山。〕

(四八)讙—。山名。〔山海經中山經〕讙—之山。雒水出焉。〔山在今陝西雒南縣西北。〕

(四九)—父。獸名。〔山海經西山經〕崇吳之山、有獸焉。其狀如禺而文臂。豹虎而善投。名曰—父。〔注〕大如狗。狀如猿。好—石擲人。

(五十)姓也。見〔姓苑〕。

(五一)通莒。〔史記蔡澤傳〕而從唐—相。〔索隱〕荀卿書作唐莒。

【舉】居御切音據御韻

稱引也。禮其任—有如此者。徐邈讀。見〔集韻〕。

【⿰臼差】才何切音醝歌韻

舂也。見〔廣雅釋詁〕。

【⿰臼差】阻氏切音批紙韻

䴹或字。〔集韻〕䴹。磨麥也。或從臼。

【⿰臼分】符分切音汾文韻

水名。見〔集韻〕。

【⿱臼木】音江江韻

木也。見〔川篇〕。

【⿰臼欠】迄洽切音歙洽韻

嘗也。或作歃、欱。見〔集韻〕。〔按—字舊字書均未載。康熙字典欠部歃欱下注。均引集韻同—。然各部亦未見—字。茲依類篇集韻增入。〕

【⿰臼尃】

舀或字。見〔集韻〕。

【⿱臸臼】

蠶俗字。見〔正字通〕。

【⿰舀舀】

⿰舀舀謅字。見〔字彙補〕。〔按謅字見康熙字典又部。而此字乃見於備考臼部。未免兩歧。〕

十二畫

【⿱臼男】渠容切音蛩冬韻　方勇切音要　古勇切音拱腫韻　荀許切音舉語韻

(一)所以枝鬲者。从㸚省鬲省。見〔說文㸚部〕〔桂注〕類篇引作支。謂有三足支立也。〔按—、康熙字典書作鬲列十二畫。今攷說文作—。遂列於此。〕

(二)舂器。見〔集韻〕。

(三)姓也。見〔集韻〕。

【⿰臼疌】礡歃切葉韻

揚麥秋。一曰古田具。見〔類篇〕。

【⿱臾貝】延知切音夷支韻

古寅字。〔集韻〕寅。東方之辰。古作—。

【⿱舂臼】音插洽韻

舂聲。見〔川篇〕。

【⿰臼妾】七接切音妾葉韻

接也。見〔類篇〕。〔按此字舊字書均未載。茲依類篇集韻增入。〕

【擧】

舉本字。見〔說文手部〕。

【⿱𦥑豆】

同釁。見〔龍龕手鑑〕。

十三畫

【舊】巨救切音舊宥韻　虛尤切音休尤韻　巨九切音臼有韻

〔按康熙字典引唐韻正—音忌。則忌正音。非叶音。然唐韻正乃云古音忌。引詩蕩、殷不用—。攷詩釋文無音。則忌非—正音可知。〕

(一)鳥名。〔說文萑部〕鴟—。—留也。〔桂注〕六書故、—留又名鴟鵂。今人謂之竹萑。毛角、貍首、瞿目。夜則飛鳴。其聲若鴟。其和聲骨鹿云。廣雅。鴟鵂、怪鴟也。莊子秋水篇。鴟鵂夜撮蚤。察豪末。晝出瞑目而不見邱山。

(二)久也。〔詩抑〕告爾—止。

(三)故也。〔公羊莊二十九年傳〕修—也。

(四)昔也。見〔韻會舉要〕。

(五)老宿也。見〔韻會舉要〕。

(六)常也。〔淮南氾論〕不必循—。

(七)謂三代故事也。〔荀子王制〕械用則凡非—器者舉毀。

(八)乾爲—。〔易井〕—井无禽。〔虞注〕乾爲—。

(九)—言。平生之言也。〔荀子宥坐〕卒遇故人。曾無—言。

(十)—貫。常居也。〔漢書元帝紀〕不足以充入—貫之居。〔注〕應劭曰。言己德淺薄。不足以充—貫者。師古曰。論語稱閔子騫云。仍—貫。帝自謙言不足充入先帝之宮室。故引以爲言也。⑩姓也。漢上黨太守—彊。⑪通柩〔金史蔡珪傳〕燕靈王—、—。古柩字通用。

【𦦗】除庚切庚韻 舂也。見〔類篇〕。

【𦦙】取外切音蕞泰韻 小舂也。見〔集韻〕。

【𦦘】蘇郎切音桑陽韻 古喪字〔集韻〕喪亡也。古作—。

【𦦚】微悶切音問問韻 語之微損也。見〔龍龕手鑑〕。

【𦦛】匆四切音次寘韻 次第也。見〔字彙補〕。

【𦦜】古農字。見〔集韻〕。

【𦦝】古農字。見〔玉篇〕。

【學】鷽譌字。見〔康熙字典〕。

十三畫

【舋】許愼切音𧮫震韻 文運切音問問韻 ①鏬拆也。見〔集韻〕。〔按廣韻二十一震。—、俗舋字。韻會舉要十一震。—、隙鏬也。通作舋〕。②動也〔文選王延壽賦〕佗霤—而軒鬠。

【𦦞】紆勿切音鬱物韻 —屈。短兒。見〔集韻〕。

【𦦟】他刀切音饕豪韻 䍃或字〔集韻〕䍃說文、古器也。或作—。〔按舀說文囟部本作䍃。隸變作䍃〕。

【𦦠】雲俱切音于虞韻 種樓田器。見〔集韻〕。

【𦦡】古讓字。見〔集韻〕。

十四畫

【𦦢】王遇切音芌遇韻 轉也。見〔集韻〕。〔按類篇書作舉。訓樓也〕。

【𦦣】演女切音与語韻 古與字〔集韻〕與說文、黨與也。古作—。

【𦦤】同𦦨。見〔集韻〕。

【𦦥】臿或字。見〔集韻〕。

十五畫

【𦦦】汝兩切音攘養韻 古壤字〔集韻〕壤說文、柔土也。古作—。

十六畫

【𦦧】同鑿。見〔龍龕手鑑〕。

十七畫

【𦦩】𦦪或字。見〔集韻〕。

十八畫

【𦦫】同溲。見〔字彙補〕。

【𦦬】同𦦭。見〔字彙補〕。

十九畫

【𦦮】居願切音絹霰韻 方萬切音販願韻 量也。見〔五音類聚〕。

【𦦯】覩老切音倒晧韻 舂也。見〔廣雅釋詁〕。

【𦦰】於盈切音嬰庚韻 —兒也。見〔字彙補〕。

二十一畫

【𦦲】方勇切音覂腫韻 𦦵或字〔集韻〕𦦵、所以枝鬲者。或作—。

二十二畫

【𦦶】古巹字。見〔玉篇〕。

二十八畫

【𦦷】古麕字。見〔集韻〕。〔按—字雖見集韻。然鐫刻潦草。難於辨識。康熙字典原列三十六畫。茲依同文館仿殿本—字。詳計畫數。逐列於此〕。

四十一畫

【𦦸】烏郱切音瀴敬韻 甏也。見〔五音篇海〕。

缶部

【缶】俯九切音否有韻

●瓦器。所以盛酒漿。秦人鼓之以節謌。見〔說文〕。〔按爾雅釋器盎謂之—。孫炎云、—瓦器。郭云、盆也。可以節樂。如今擊甌。又可以盛水、盛酒。卽今之瓦盆也。〕

㊁古量名。〔小爾雅〕釜二有半謂之藪。藪二有半謂之—。二—謂之鍾。〔注〕—、四斛也。

㊂會—。鄉名。〔漢書高帝紀〕上破布軍於會—。〔注〕蘄縣鄉名。〔按地當今安徽宿縣境。史記作會甀。漢書黥布傳作會缶。〕

【缶】缶俗字。見〔正字通〕。

三畫

【缸】胡江切音降江韻 瓨也。見〔說文〕。〔段注〕瓨似罌。長頸。受十升。—與瓨音義皆同也。

【⿰缶于】雲俱切音于虞韻 汲器。見〔集韻〕。

【⿰缶乇】呼嫁切音唬禡韻 孔—。見〔篇海〕。

【⿰缶干】同⿰缶于。見〔篇海〕。

四畫

【缺】傾雪切音闋屑韻

㊀本作缺。〔說文〕缺、器破也。〔通訓定聲〕謂瓦器破。

㊁虧也。見〔玉篇〕。

㊂破也。見〔玉篇〕。

㊃少也。見〔篇海〕。

㊄玷也。見〔篇海〕。

㊅毀也。見〔篇海〕。

㊆廢也。〔後漢靈帝紀〕小雅盡—。

㊇去也。見〔爾雅釋詁〕。

㊈隙也。見〔小爾雅釋詁〕。

㊉列—。天閃也。〔史記司馬相如傳〕貫列—之倒景兮。

(十一)—盆。脊也。〔史記倉公傳〕疽發乳上入—盆。〔索隱〕人乳房上骨名也。〔按素問氣府論〕—盆各一。〔注〕穴名也。在肩上橫骨陷者中。

(十二)—齧。人名。許由之師。

(十三)今人謂職官之任所曰—。如言繁—、要—、簡—、有除授尙未得其人者曰懸—。於是又有出—、補—等稱。古者任官惟賢才。故漢書循吏傳。公卿—則選諸所表以次用之。蓋言公卿有—以所表循吏補其—也。至晉時則直呼爲員—。唐時有人多—少人少—多之諺。至前淸章奏中有此—爲最要之—、以之調補斯—、於某日出—。及銜—相當諸語。此外見於淸會典者不一。大抵以職隸銓曹。方能稱之曰—。其奉特旨專往、或上官差委者、則不得稱之爲—。

【缺】犬彙切音趡紙韻 方九切有韻 窺絹切音頍霰韻 卷幘也。結項中隅爲四綴。所以固冠者。〔儀禮士冠禮〕緇布冠—項。〔注〕—讀如有頍者弁之頍。緇布冠無笄者著頍。圍髮際。結項中隅爲四綴以固冠也。

【䍃】夷周切音由尤韻 餘招切音遙蕭韻 瓦器也。見〔說文〕。〔桂注〕廣雅、—、瓶也。方言、—、罌也。淮汝之間謂之—。

【⿰缶支】俱爲切支韻 器名。見〔類篇〕。

【⿰缶欠】詰利切音棄寘韻 吹火也。見〔篇海〕。

【⿰缶不】桮或字。見〔集韻〕。

【⿰缶开】鈃或字。見〔集韻〕。

【缻】缶或字。見〔集韻〕。

五畫

【⿰缶占】都念切音店豔韻 多忝切音點琰韻 缺也。見〔說文〕。〔段注〕刀缺謂之⿰占刂。瓦器缺謂之—。

【⿰缶乏】託盍切音榻盍韻 敵盍切音蹋合韻 鋪彳切陌韻 下平缶也。讀若篣。引易。見〔說文〕。〔段注〕以從乏之意求之。當是不平缶。反正爲乏也。又以讀若篣求之、篣與替雙聲。替者、一偏下也。集韻、類篇、皆引說文瓨也。廣雅、—、瓶也。〔按朱駿聲云尖底缶用以汲〕

【⿰缶只】知駭切蟹韻

缺也。見〔集韻〕。

【⿱此缶】子累切音嘴紙韻 瓶—也。見〔字彙補〕。

【⿰缶支】缺本字。見〔說文〕。

【⿰缶戉】古越字。見〔字彙補〕。

【⿰缶亐】䍂或字。見〔集韻〕。

【⿰缶令】⿰缶霝或字。見〔集韻〕。

【⿱癶缶】⿱癶瓦或字。見〔集韻〕。

【⿰缶平】缾或字。見〔集韻〕。

六畫

【缿】戶講切音項講韻 徒口切音鋞有韻 下遘切音候宥韻 ●一受錢器也。古以瓦。今以竹。見〔說文〕〔通訓定聲〕瓦者、如今之撲滿。蘇俗謂之積受罐。竹者、如蘇俗市中錢筩。皆爲小孔。錢入而不出。●二器名也。如今之投書函中。〔史記楊僕傳〕少年投—購告言姦。〔索隱〕—受投書之器。入而不出。

【⿰缶幵】乎經切音形靑韻 缾或字。〔集韻〕缾說文似鍾而頸長。一曰酒器。

【⿰缶皮】居肴切音交肴韻 詰歷切音喫 吉歷切音激錫韻 樂器。損類。見〔集韻〕。

【⿰缶交】訖岳切音覺覺韻 器名。見〔集韻〕。

【⿰缶圭】革鞋切佳韻 器好也。見〔玉篇〕。

【⿰缶亥】丘哀切音開灰韻 器名。見〔集韻〕。

【⿱器缶】器或字。見〔集韻〕。

【⿱次缶】瓷或字。見〔集韻〕。

【⿰缶并】缾俗字。見〔正字通〕。

七畫

【⿰缶舌】晡枚切音杯灰韻 ●一桮或字。〔集韻〕桮說文䀀也。蓋今飲器。或作—。●二缶也。見〔玉篇〕。

【⿰缶孚】芳無切音敷虞韻 㲉或字。〔集韻〕㲉博雅。培也。瓦未燒者。或从孚。

【⿰缶巠】何耕切音莖靑韻 缾或字。〔集韻〕缾器似鍾。頸長。或作—。

八畫

【⿰缶或】越逼切音域職韻 瓦器也。見〔說文〕。

【⿰缶周】之九切音帚有韻 器成也。見〔篇海〕。

【缾】旁經切音軿靑韻 罌也。見〔說文〕〔按左昭二十四年傳—之罄矣注小器〕

【⿰缶咅】蒲侯切音抙房尤切音浮尤韻 薄口切音部有韻 小缶也。見〔說文〕〔按王筠云字與瓦部瓿蓋同。方言缶謂之瓿甊。又曰瓿甊、罌也。〕

【⿰缶垂】是爲切音垂支韻 ⿱垂缶或字。〔集韻〕⿱垂缶瓶也。或作—。

【⿱垂缶】馳僞切音縋寘韻 ⿱垂缶或字。〔集韻〕⿱垂缶說文小口罌也。或作—。

【⿱𤇾缶】同罃。見〔正字通〕。

【⿰缶戔】同琖。見〔集韻〕。

【⿰缶罔】瓬或字。見〔集韻〕。

九畫

【⿰缶是】待禮切音弟薺韻 瓳或字。〔集韻〕瓳甂也。方言陳魏宋楚謂之瓳。或从缶。

【⿰缶重】諸容切音鍾冬韻 量名。六斛四斗曰—。見〔集韻〕。

十畫

【罃】於莖切音罌庚韻 ●一備火長頸缾也。見〔說文〕〔段注〕備火之汲罋。則長其頸。以多盛水。且免傾覆也。●二人名。〔左僖十五年傳〕以太子—。〔按卽秦康公也〕〔又〕女—。見〔古今人表〕〔按卽舜妃女英也〕〔又〕知—。見〔國語晉語〕。

【⿰缶垂】馳僞切音縋寘韻 傳追切音椎 是爲切音垂支韻 小口罌也。見〔說文〕〔段注〕罌彙大口小口渾言之。此云小口罌、則析言之也。小口則宁物必垂下之。故曰—。按—不長頸。方俗或同名。

【㲄】丘候切音寇宥韻空谷切音哭屋韻披尤切音䬂方鳩切音不尤韻芳無切音敷虞韻

未燒瓦器也。讀若筩莩同。見〔說文〕〔按王筠云。段氏曰。土部坯。瓦未燒。一坯義同。而音最相近。故集韻謂爲一字披尤切也。筠案集韻引廣雅。一培也。培卽坯之借字。桂馥云。讀若筩莩同者。一莩聲相近。莩蘆筩中白皮也。〕

【䍍】力救切音溜宥韻

關東謂甑曰一。見〔篇海〕。

【𦉙】音則職韻

盛米也。見〔字彙補〕。

十一畫

【罄】詰定切音磬徑韻棄挺切音謦迥韻

●一 器中空也。殸古文磬字。詩曰。缾之一矣。見〔說文〕〔按爾疋釋詁。一盡也。〕

●二 自嚴肅也。〔周書太子晉〕師曠一然。〔注〕一然。自嚴肅也。

【罅】虛訝切音罅禡韻

●一 裂也。缶燒善裂也。見〔說文〕〔通訓定聲〕卽考工旗人所謂薜也。蜀都賦。擗栗一發。劉注。栗皮拆一而發也。

●二 一者。峒也。峒者、成大隙也。見〔鬼谷子抵巇〕

【䍜】穌回切音膗灰韻

器名。見〔集韻〕。

【𦉥】同罅。見〔字彙補〕。

【𦉦】同缾。見〔字彙補〕。

十二畫

【𦉧】古罄字。見〔玉篇〕。

【𦉨】甔或字。見〔集韻〕。

【罇】罇或字。見〔集韻〕〔按正字通云。說文酒器字本作尊。後加缶、加木、加瓦、加土者。隨俗所見也。攷說文酋部。尊酒器也。本作廾。或从寸作尊。〕

十三畫

【罊】詰計切音契霽韻磬致切音棄寘韻克革切音磬陌韻

器中盡也。見〔說文〕〔段注〕皿部盡。器中空也。

【𦉶】婢典切音辮銑韻〔按正字通以爲俗字。康熙字典以爲同罋。俱非。今依集韻立音定義。〕

小缶一曰紡錘。見〔集韻〕。

【𦉼】古罍字。見〔集韻〕。

【罋】罋或字。見〔集韻〕。

十四畫

【罌】於莖切音英庚韻於正切音櫻敬韻

●一 缶也。見〔說文〕〔按字亦作甖、〕方言五。瓮或謂之甖。廣雅釋器。一瓶也。漢書韓信傳。以木一缶渡軍。注。謂瓶之大腹小口者也。趙廣漢傳。椎破盧一。注。所以盛酒也。穆天子傳。黃金之一。注。卽盂也。

●二 一粟。花名。〔本草綱目〕一粟。秋種冬生。葉如白苣。三四月抽薹。結青苞。花開則苞脫。花凡四瓣。大如仰盞。一在花中。鬚蘂裹之。花開三日卽謝。而一在莖頭。長一二寸。大如馬兜鈴。上有蓋。下有蒂。宛然如酒一。中有白米極細。可煮粥飯。其花有白紅紫粉紅杏黃諸色。豔麗可愛。故又曰麗春。其米殼入藥名一子粟。又名御米。

【釁】許愼切音釁震韻文運切音問問韻

器裂也。見〔集韻〕。

【𦉴】戶黤切音檻豏韻

陶器。見〔集韻〕。

【𦉷】胡暫切音鑑勘韻

同鑑。〔集韻〕鑑。陶器。如甀。大口以盛冰。周禮春始治鑑。或从水。亦作一。

【𦉾】呼濫切音敵勘韻

甗或字。〔集韻〕甗。大盎。或從缶。

十五畫

【𦉹】牛轄切音齾黠韻

器缺也。見〔集韻〕。

【罍】盧回切音雷灰韻倫追切音纍支韻

櫑或字。〔說文木部〕櫑。龜目酒尊。刻木作雲雷象。象施不窮也。一櫑或从缶。〔段注〕酒器也。蓋始以木。後以匋。

【𦉻】鬱鬰字。見〔康熙字典〕。

十六畫

【罎】徒南切音覃覃韻
壜或字。〔集韻〕壜甒屬。或作—。

【罏】盧籒文。見〔說文甾部〕。

十七畫

【𦉢】郎丁切音靈青韻
瓦器也。見〔說文〕〔段注〕篇韻云。似瓶有耳。

【𦉜】才甸切音荐先見切音霰倉甸切音蒨霰韻寸困切音寸願韻
瓦器也。見〔說文〕〔段注〕詩斯干。乃生女子。載弄之瓦。傳曰。瓦紡專也。專、同塼。集韻霰韻云。—一曰紡瓶。然則婦人撚綫錘頭。古用塼爲之。許云瓦器。渾言之。未及詳說耳。

【𦉰】穌典切音銑銑韻
小缶也。見〔集韻〕。

【𦉭】罍亦書作—。見〔集韻〕。

十八畫

【罐】古玩切音貫翰韻
器也。見〔說文新附〕〔鈕氏新附攷〕一切經音義卷八。瓶—。注云。汲器。卷十七。軍持。注云。此譯云瓶。謂雙口澡灌也。据此知—即灌之俗字。蓋本莊子天地篇抱甕而出灌。

【罋】烏貢切音甕送韻於容切音邕冬韻
汲瓶也。見〔說文〕〔段注〕缾罋之本義爲汲器。

二十畫

【𦉿】同罌。見〔篇海〕。

【𦊁】五鎋切黠韻
缺也。見〔玉篇〕。

二十五畫

【𦉪】櫑籒文。見〔說文木部〕。

※网部※

【网】文紡切音惘養韻
庖犧所結繩𠇍漁。从冂。下象—交文。見〔說文〕〔注〕臣鍇按周易曰。始作—罟𠇍畋𠇍漁。冂者、蒙覆取之也。〔按徐鉉云。今經典變隸作罒。〔玉篇〕—羅罟總名。亦作𦊹、罔、罓。〔廣韻〕同網。〔篇海〕云。—字有三譌。本作—。而譌作网。亦譌作冈。而又譌作㓁。又亦作罒。而譌作冂。罒乃横目。惟罣罛罠等字從之。屬羅網義者。竝係罒字。下横不連兩旁也。」

一畫

【𦉫】古四字。見〔集韻〕。

【𦉬】网籒文。見〔說文〕。

二畫

【𦉭】湯丁切音聽當經切音丁青韻他頂切音珽迥韻
—罟。小網也。見〔集韻〕。

【𦉮】古网字。見〔字彙補〕。

三畫

【罔】文紡切音惘養韻〔應作罔〕
一网或字。見〔說文〕〔按玉篇〕同罔。今作網。攷易繫辭、結繩而爲罟—。是—字尚未加糸系者。
二結也。〔楚辭湘夫人〕—薜荔兮爲幃。
三無也。〔禮記表記〕敬忌而—有擇言在躬。
四不直也。〔論語雍也〕—之生也幸而免。
五誣也。〔漢書楊雄傳〕不可姦—。
六重也。〔太玄玄文〕—直蒙酋冥。
七憂也。〔文選宋玉賦〕—兮不樂。
八猶蔽也。〔漢書郊祀志〕不可—以非類。
九畢星也。〔文選張衡賦〕建—車之幕幕兮。
十昏而無得也。〔論語爲政〕學而不思則—。
十一謂面相誣也。〔論語雍也〕不可—也。
十二謂—冒不畏人言也。〔荀子非十二子〕偷儒而—。
十三無知貌。〔禮記少儀〕衣服在躬而不知其名爲—。

⑭—然。猶惘惘然也。〔文選張衡賦〕—然若醒。

⑮—養。猶依違也。〔後漢馬嚴傳〕更共—養以崇虛名。

⑯—兩。無所依據貌也。〔楚辭哀命〕神—兩而無舍。〔又〕水神。〔左宣三年傳〕魍魅—兩。〔又〕景外之微陰也。〔莊子齊物論〕—兩問景曰。

⑰象—。卽直也。〔莊子天地〕乃使象—。

⑱射—。毒藥名。〔本草綱目〕烏頭、一名烏喙。一名土附子。汁煎名射—。獵人以傅飯射禽獸。十步卽倒。中人亦死。

⑲—公。複姓。〔禮記射義〕又使公—之裘序點揚觶而語。

【⿵冂亡】武方切音亡陽韻〔應作罔〕

汪—氏。長狄之君。見〔集韻〕。

【罕】許旱切音罕旱韻〔應作罕〕

①本作罕。〔說文〕罕网也。〔段注〕吳都賦注曰。畢、罕、皆鳥網也。五經文字曰。經典相承隸省作—。

②希也。〔詩大叔于田〕叔發—忌。

③旌旗也。〔史記周本紀〕荷—旗以先驅。

④率也。見〔廣雅釋器〕。

⑤稀也。〔文選王褒賦〕洞條暢而—節兮。

⑥少也。〔禮記少儀〕—見曰聞名。

⑦—車。星名。〔史記天官書〕—車主弋獵。〔朱駿聲云西方宿畢八星如網故畢曰—車〕

⑧姓也。〔廣韻〕左傳鄭有—氏。出自稷公。〔又〕—井氏。羌複姓。

【罕】虛旰切音漢翰韻

枹—。地名。見〔集韻〕。〔按漢書武帝紀〕圍枹—。師古曰。枹—金城之縣也〕

【⿱罒丂】丁歷切音的錫韻

釣或字。〔集韻〕釣。繫魚也。或作—。

【⿱罒木】戶故切遇韻

網也。見〔集韻〕。

【⿱罒巳】縛謀切音浮尤韻

覆車也。見〔集韻〕。

【⿱罒干】罕本字。見〔說文〕。

【㒺】罔本字。見〔正字通〕。

【⿱罒大】古軍字。見〔篇韻〕。

【⿱罒巴】古网字。見〔集韻〕。

【⿱罒千】同罕。見〔字彙補〕。〔按實爲罕之譌字〕

【⿱罒干】同罕。見〔正字通〕。

【⿱罒亏】同粵。見〔字彙補〕。

【⿱罒王】罡譌字。見〔康熙字典〕。

四畫

【罘】房尤切音浮尤韻　貧悲切音邳支韻

①罟省字。〔集韻〕罟。說文、兔罟也。或省。

②—罳。屏也。〔漢書文帝紀〕未央宮東闕—罳災。〔注〕—罳、屏也。謂連闕曲閣也。以覆重刻垣墉之處。其形—罳然。〔按朱駿聲云。如今照牆上所覆之屋。謂之—罳。故城隅及闕上之小樓、亦曰浮思。又釋名釋宮室。—罳在門外。—、復也。罳、思也。臣將入請事。於此復重思之也。〕

【罘】芳無切音敷虞韻

孚或字。〔集韻〕爾雅、孚。覆車也。今曰翻車。有兩轅。中施罥以捕鳥。或從否。

【⿱罒厷】姑橫切音觥庚韻

①索也。見〔玉篇〕。

②⿱罒兄或字。〔集韻〕⿱罒兄。罔滿也。或作—。

【⿱罒厷】平萌切音宏庚韻

橐或字。〔集韻〕橐。罔滿也。或作—。

【⿱罒比】頻脂切音毗支韻

笓或字。〔集韻〕笓。取鰕具。或作—。

【⿱罒牙】牛加切音牙麻韻

兔罔。見〔集韻〕。

【⿱罒亘】胡故切音護遇韻

本作⿱罒互。〔說文〕⿱罒互。罟也。〔按廣韻曰兔網〕

【⿱罒今】鋤簪切音岑侵韻

罔名。見〔集韻〕。

【冞】緜批切音迷齊韻

深入也。見〔集韻〕。

【⿱罒木】母婢切音弭紙韻

冒也。見〔集韻〕。

【⿱罒米】民卑切音彌支韻

冞或字。〔集韻〕冞。說文、周也。或作—。

【罥】古袞切音卷阮韻　掛也。見〔徐文〕。

【罙】莫厚切音某有韻　網網。見〔篇海類編〕。

【罝】罝本字。見〔說文〕。

【罙】罧譌字。見〔康熙字典〕。〔按疑爲罙之譌字。罙又或作宷也。〕

五畫

【罛】攻乎切音孤虞韻　㊀本作罛。〔說文〕罛。魚罟也。詩曰。施—濊濊。〔桂注〕釋器。魚罟謂之—。郭云。最大罟也。碩人傳云。—、魚罟。釋文。濊濊。馬云、大魚網。目大豁豁也。㊁形貌。〔文選張衡賦〕睽—庨豁。

【罠】眉貧切音珉眞韻　㊀本作罠。〔說文〕罠。釣也。〔朱注〕疑與緡同字。詩何彼穠矣。維絲伊緡。㊁兔罝罟也。見〔集韻引廣雅〕。㊂麋網也。〔文選左思賦〕—蹏連網。

【罡】居康切音剛陽韻　天—。星名。〔正字通〕王鴻孺曰。參同契云。二月榆魁臨於卯。八月麥生天—。據酉。因知天—卽北斗也。〔按今參同契卯酉刑德章云。二月榆落。魁臨於卯。八月麥生。天—據酉。而無天—卽北斗之語。又白玉蟾琅書序云。作爲符圖印訣—呪之文。又雜書中常有步—踏斗之說。殆道籙中習用之字也。〕

【䍐】臼許切音巨語韻　魚罟。見〔集韻〕。

【𦊂】都黎切音氐齊韻　罔也。見〔集韻〕。

【𦊁】典禮切音邸薺韻　罙也。見〔集韻〕。

【𦊓】舉厚切音耇有韻　笱或字。〔集韻〕笱。說文、曲竹捕魚笱也。或作—。

【𦊒】郎鼎切音領迥韻郎丁切音靈靑韻百猛切梗韻　罒—。小網。見〔集韻〕。

【𦊆】女減切音図豏韻　魚網。見〔集韻〕。

【𦊊】房尤切音浮尤韻披交切音胞肴韻芳無切音敷馮無切音扶虞韻方副切音富宥韻　本作𦊊。〔說文〕𦊊。覆車也。詩曰。雉離于—。〔段注〕今毛傳作罦。王風雉離于罦傳曰。罦、覆車也。

【罜】腫庾切音主麌韻朱戍切音注遇韻徒谷切音㯟屋韻　本作罜。〔說文〕罜麗。小魚罟也。

【罝】子余切音苴魚韻咨邪切音差麻韻　本作罝。〔說文〕罝。兔网也。

【罞】謨蓬切音蒙東韻謨交切音茅肴韻莫候切音茂宥韻　麋罟謂之—。見〔爾雅廣器〕。〔注〕冒其頭也。

【罟】果五切音苦麌韻　本作罟。〔說文〕罟。网也。〔段注〕小雅小明傳曰。—、网也。按不言魚网者。易曰、作結繩而爲网—。以田以漁。是网—皆非專施於漁也。—實魚网。而鳥獸亦用之。

【𦊃】熒絹切音縣霰韻　罔也。見〔集韻〕。

【𦊄】音戶[illegible]韻　網也。見〔篇韻〕。

【𦊊】𦊊本字。見〔說文〕。

【罛】罛本字。見〔說文〕。

【罝】罝本字。見〔說文〕。

【罟】罟本字。見〔說文〕。

【罠】罠本字。見〔說文〕。

【罜】罜本字。見〔說文〕。

【罔】古罟字。見〔字彙補〕。

【罝】同罝。見〔康熙字典〕。

【罞】罞或字。見〔集韻〕。

【罶】罶省字。見〔集韻〕。

【罧】罧譌字。見〔康熙字典〕。

【罛】罛譌字。見〔康熙字典〕。

六畫

【罯】遏合切音暗入聲口合切音渴合韻　鳥網也。見〔篇海〕。

【罙】民卑切音彌支韻綿批切音迷齊韻　本作罙。〔說文〕罙。周行也。詩曰。罙入其阻。〔通訓定聲〕此字从网。當訓冒也。詩殷武、罙入其阻。鄭箋以爲宷字。冒也。毛傳訓深。則爲突字。

說文鍇本、罘。罔也。詩釋文、集韻、類篇皆引說文一曰深也。罥也。〔按王注。段氏據玉篇廣韻改爲网也。蓋是惜無經典證之。〕

【⿱罒光】姑橫切音觥庚韻　罔滿也。見〔集韻〕。

【罣】涓惠切音桂霰韻　絓也。見〔集韻〕。

【罣】古賣切音卦卦韻　罫也。見〔集韻〕。

【⿱罒水】罙本字。見〔說文〕。

【⿱罒谷】同罯。見〔篇海〕。

【⿱罒衣】罛譌字。見〔正字通〕。

【⿱罒寻】⿱罒寻譌字。見〔康熙字典〕。

七畫

【罥】古泫切音畎　胡犬切音泫銑韻　㊀挂也。見〔集韻〕。㊁猶結也。〔文選鮑昭賦〕荒葛—塗。

【罥】扃縣切音睊霰韻　䍗或字。〔集韻〕䍗說文、罔也。或作—。

【⿱罒呂】良據切音慮御韻　罔也。見〔集韻〕。

【⿱罒冢】音蒙東韻　⿱罒复網也。見〔篇海〕。

【⿱罒每】模杯切音枚灰韻　莫佩切音妹隊韻　滿補切音姥　罔甫切音武麌韻　本作⿵网每〔說文〕⿵网每、网也。〔段注〕网之一也。篇韻皆曰雉网。

【⿱罒母】莫後切音母有韻　⿱罒母或字。〔集韻〕⿱罒母罔也。或从每。

【⿱罒否】房尤切音浮尤韻　貧悲切音邳支韻　本作⿵网否〔說文〕⿵网否、兔罟也。

【⿱罒否】馮無切音扶虞韻　罦或字。〔集韻〕罦、覆車罔也。或从否。

【⿱罒弟】田黎切音題齊韻　兔網。見〔集韻〕。

【⿱罒良】郎宕切音浪漾韻　莽—。廣大貌。〔文選左思賦〕相與騰躍乎莽—之野。

【⿱罒帚】力求切音留尤韻　捕鳥獸具。見〔集韻〕。

【⿱罒孚】房尤切音浮尤韻　披交切音胞肴韻　芳無切音敷　馮無切音扶虞韻　方副切音富宥韻　〔應作罦。〕⿱罒包或字。見〔說文〕。

【⿱罒孚】⿵网孚本字。見〔說文〕。

【⿱罒否】⿵网否本字。見〔說文〕。

【⿱罒每】⿵网每本字。見〔說文〕。

八畫

【罨】又業切音腌　憶笈切音䣊葉韻　遏合切音姶合韻　衣檢切音奄琰韻　㊀本作罨〔說文〕罨、罕也。〔桂注〕玉篇——罕也。以網魚也。廣韻——鳥網。風土記——如罾而小斂口從水上掩而取之也。㊁——霅溪名。在長興。㊂近時醫學家治病有冷——溫——法。謂以冷水溫水之溼布覆有病之局部也。

【罩】陟教切音踔效韻　勑角切音逴覺韻　㊀本作罩〔說文〕罩、捕魚器也。〔桂注〕詩南有嘉魚烝然——。傳云——篧也。劉逵注吳都賦、——籗也。編竹籠魚者也。〔按—具籠—之意。如今日用之玻璃—、鐵絲—之類。本義正同也。〕㊁渴—發聲之辭。〔匡謬正俗〕太原俗謂事不妥帖有可驚嗟爲渴—。

【罩】竹角切音琢覺韻　同籗。〔集韻〕說文、籗—魚者也。亦作—。

【罪】粗賄切音辠賄韻　㊀本作罪〔說文〕罪、捕魚竹网。秦以爲辠字。〔桂注〕徐鍇引詩、畏此—罟。本書辠字云秦以辠字似皇字。改爲—。㊁殃也。〔呂覽至忠〕故伏車—。㊂罰也。〔呂覽仲秋〕行—無疑。㊃法律上謂已被科刑、或應被科刑之一切有責不法行爲曰—。如內亂—。強盜—。

【置】竹吏切音褆寘韻　㊀本作置〔說文〕置、赦也。〔段注〕攴部、赦—也。二字互訓。—之本義爲貰遣。

(二)立也。〔呂覽孝行〕父母—之子不敢廢。
(三)設也。〔呂覽異用〕湯見祝網者—四面。
(四)放也。〔漢書尹賞傳〕見十一。
(五)措也。〔荀子大略〕其—顏色出辭氣效。
(六)捨也。見〔華嚴音義引廣雅〕。
(七)著也。見〔華嚴音義引廣雅〕。
(八)安—也。見〔玉篇〕。
(九)留也。〔漢書高帝紀〕招樊噲出—車官屬。
(十)不去也。〔公羊宣八年傳〕廢其無聲者。〔注〕廢、—也。—者、不去也。
(十一)廢也。〔國語周語〕是以小怨—大德也。
(十二)猶委也。〔呂覽執一〕今日—贊爲臣。
(十三)—驛也。〔史記孝文紀〕餘皆給以—傳。
(十四)民法上、債權者占有債務者物權。而不能質賣者謂之留—權。刑事訴訟法上、拘留未判決犯之場所。吾國謂之留—所。

【置】直吏切音値寘韻
樹也。〔考工記廬人〕凡試廬事—而搖之。

【蜀】戶圭切惠平聲齊韻
姓也。梁公子—闕。見〔篇海〕。

【罧】疏簪切音森犂鍼切音林侵韻所禁切音滲沁韻斯荏切音伈式荏切音審寑韻
本作罧。〔說文〕罧積柴水中以聚魚也。〔通訓定聲〕淮南說林。—者扣舟。注魚聞繫舟聲藏柴下。壅而取之也。

【⿱罒固】古慕切音顧遇韻
罫—。取魚具。見〔集韻〕。

【⿱罒隹】陟敎切音罩效韻
本作⿱网隹。〔說文隹部〕⿱网隹覆鳥令不飛走也。〔段注〕罩、捕魚器也。此與罩不獨魚鳥異用。亦且—非网罟之類。謂家禽及生獲之禽。廬其飛走而籠—之。故其字不入网部也。

【⿱罒綫】私箭切音綫霰韻
魚罔也。見〔集韻〕。

【罫】胡卦切音畫卦韻
絓或字。〔集韻〕絓礙也。或从网。

【罫】古買切音亇蟹韻
銙或字。〔集韻〕銙博局方目也。或作—。

【罬】株劣切音叕紀劣切音蹶古穴切音玦屑韻竹律切音拙質韻
本作罬。〔說文〕罬捕鳥覆車也。〔段注〕釋器曰。繴謂之罿。罿、—也。—謂之罦。罦、覆車也。郭云。今之翻車也。有兩轅。中施罥以捕鳥。展轉相解。

【罭】越逼切音域忽域切音淢職韻
本作罭。〔說文新附〕罭魚網也。〔鈕氏新附考〕文選西京賦。布九—。李注引爾雅曰。九—魚網也。

【⿱罒沓】託合切音錔合韻
罔也。一曰。罾—。覆也。見〔集韻〕。

【⿱罒㲋】居例切音計霽韻
氈類。毛爲之。見〔篇海〕。〔康熙字典〕云。按此字疑譌。蓋罽譌爲罽。復譌爲—也。

【⿱罒服】步墨切音匐屋韻
朋入罔衣。人所著也。見〔篇海〕。

【⿱网或】罭本字。見〔說文〕。
【⿱网叕】罬本字。見〔說文〕。
【⿱网非】罪本字。見〔說文〕。
【⿱网隹】⿱罒隹本字。見〔說文〕。
【⿱网卓】罩本字。見〔說文〕。
【⿱网奄】罨本字。見〔說文〕。
【⿱网林】罧本字。見〔說文〕。
【⿱网直】置本字。見〔說文〕。
【⿱罒其】古箕字。見〔玉篇〕。
【⿱罒𠦝】同罩。見〔正字通〕。
【⿱罒兒】同兜。見〔篇海〕。
【⿱罒狐】罛或字。見〔集韻〕。
【⿱罒黽】黽俗字。見〔篇海類編〕。

九畫

【罰】房越切音伐月韻
(一)本作罰。〔說文刀部〕罰、辠之小者。从刀詈。未以刀有所賊。但持刀罵詈則應—。〔段注〕辠、犯法也。—爲犯法之小者。但持刀而詈則—之。故許說—爲刀詈。犯法之小者也。

(十二)撻罰之也。〔周禮司救〕凡民之衺惡者。三讓而—之。

(十三)播其肆也。〔周禮司市〕小刑憲—。

(十四)布者犯市令之泉也。〔周禮廛人〕—布。

(十五)—贖也。〔周禮職金〕掌受士之金—貨—。〔按新刑律亦有—金之例。〕

(十六)賞—者失得之報也。〔莊子天道〕是非已明而賞—次之。

(十七)折也。見〔廣雅釋詁〕。

(十八)殺也。見〔廣雅釋詁〕。

(十九)伐也。見〔廣雅釋詁〕。

(二十)星名。〔後漢郎顗傳〕—者、白虎。其宿主兵。

【署】常恕切音曙御韻

(一)本作署。〔說文〕署部—也。各有所网屬也。〔段注〕部—、猶處分。网屬、猶系屬。若网在綱、故从网。

(二)置也。見〔廣雅釋詁〕。

(三)位之表也。見〔國語魯語〕。

(四)題也。〔漢書蘇武傳〕法其形貌。—其官爵姓名。

(五)位也。〔文選張衡賦〕重以虎威章溝嚴更之—。

(六)公廨也。〔唐書李程傳〕翰林學士—常視日影爲候。〔今云公—。〕

(七)書文書檢曰—。—予也。題所予者官號也。見〔釋名釋書契〕。

(八)謂書表其事也。〔漢書何竝傳〕縣所剝鼓。下—曰。故侍中使奴剝寺門鼓。

(九)謂書之。〔漢書鄭當時傳〕翟公大—其門。

(十)主供其事也。〔漢書孟喜傳〕曲臺—長。

(十一)攝官也。〔後漢种暠傳〕辭對有序。召—主簿。〔今云—理。〕

【罯】鄔感切音晻感韻遏合切音姶合韻

本作罯。〔說文〕罯覆也。〔王注〕集韻、—罯覆也。廣韻、—魚網。

【⿱罒削】色角切音朔覺韻

檽—。罘罟形。見〔集韻〕。

【⿱罒兩】乃感切音湳感韻

取魚具。見〔集韻〕。

【⿱罒亘】須兗切音選銑韻

同⿱罒巽。〔集韻〕⿱罒巽。說文、网也。亦作—。

【罳】新茲切音思支韻桑才切音鰓灰韻

本作罳。〔說文新附〕罳、罘—。屏也。〔鈕氏新附攷〕玉篇罘—、屏樹門外也。釋名曰罘、復也。—、思也。臣將入請事。於此復思之也。禮記明堂位云。屏謂之樹。今浮思也。據此知古通作思。

【⿱罒某】莫後切音母有韻

罔也。見〔集韻〕。

【⿱罒函】音頷感韻

罯也。見〔篇韻〕。

【⿱罒夋】作弄切音糉送韻

緵或字。〔集韻〕緵、爾雅、緵罟謂之九罭。或作—。

【⿱罒思】罳本字。見〔說文〕。

【⿱网者】署本字。見〔說文〕。

【⿱罒討】罰本字。見〔說文刀部〕。

【⿱罒具】⿱罒異本字。見〔說文〕。

【⿱罒紂】同羅。見〔篇海〕。

【⿱罒网】网或字。見〔說文〕。

【⿱罒俞】[illegible]譌字。見〔康熙字典〕。

【⿱罒施】⿱罒飛譌字。見〔康熙字典〕。

十畫

【罵】莫駕切音禡禡韻母下切音馬馬韻

(一)本作罵。〔說文〕罵詈也。〔桂注〕釋名、罵、迫也。以惡言被迫人也。

(二)通傌。〔漢書賈誼傳〕而今與衆庶同黥劓髡刖笞傌棄市之法。

【罷】部買切音䈉蟹韻補靡切音彼紙韻皮駕切音杷禡韻

(一)本作罷。〔說文〕罷遣有辠也。网、辠网也。言有賢能而入网。即貰遣之。周禮曰。議能之辟。是也。〔通訓定聲〕史記齊悼惠王世家。乃—魏勃。索隱。謂不罪而放遣之。

(二)休也。見〔玉篇〕。

(三)歸也。〔國語吳語〕遠者—而未至。

(四)廢黜也。見〔正字通〕。

(五)三—。眞臘風俗也。〔眞臘風土紀〕國主出入。必迎小金塔金佛在其前。觀者皆跪地頂禮。名爲三—。〔按眞臘、即今南洋柬埔寨。〕

【罷】蒲靡切音皮支韻

(一)疲或字。〔集韻〕疲。說文、勞也。或作

—。

㊁極也。〔離騷〕時曖曖其將—兮。

㊂罷也。〔楚辭大招〕誅譏—只。

㊃病也。〔國語齊語〕—士無伍。—女無家。

㊄—弱。不任事者。〔荀子非相〕君子賢而能容—。

㊅—輭。才不勝任者。〔漢書賈誼傳〕坐—輭不勝任者。

㊆—癃。言腰曲而背隆高也。〔史記平原君傳〕臣不幸有—癃之病。

【罷】班糜切音陂支韻　羆省字。〔集韻〕羆。說文、如熊。黃白文。或省。

【罷】蒲巴切音爬麻韻　止也。論語、欲—不能。陸德明讀。見〔集韻〕。

【罷】部靡切音被紙韻　㊀弱也。易、或鼓或—。徐邈讀。見〔集韻〕。㊁散也。春秋傳布路而—。見〔集韻〕。㊂遣有罪。見〔集韻〕。

【罷】補買切音擺蟹韻　㊀閩人呼父為郎—。見〔青箱雜記〕。㊁遣囚也。見〔字彙〕。

【罷】攀糜切音鈹支韻　—辜。磔牲以祭。見〔集韻〕。

【罷】拍逼切音堛職韻　副或字。〔集韻〕副。說文、判也。或作—。

【⿱罒叙】羊舒切音余魚韻　網也。見〔篇海〕。

【⿱罒兼】堅賢切音兼鹽韻　絲網曰—。見〔集韻〕。

【罶】力九切音柳有韻　本作⿱罒畱。〔說文〕⿱罒畱曲梁寡婦之笱。魚所留也。〔通訓定聲〕爾雅釋器。嫠婦之笱謂之—。孫注。笱曲梁。其功易。故謂之寡婦之笱。詩魚麗、魚麗于—。苕之華、三星在—。按以土若石堰水為關空、曰梁。曲薄為器、其口可入而不可出、謂之—。非笱。而其用如笱。故曰嫠婦之笱。

【罡】音剛陽韻　網也。見〔篇類〕。

【罽】居例切音記霽韻　細毛也。見〔字彙補〕。

【⿱罒叕】竹吏切音提寘韻　古置字。〔集韻〕置。說文、赦也。古作—。

【⿱罒爲】罵本字。見〔說文〕。

【⿱罒龍】罷本字。見〔說文〕。

【⿱罒鳥】⿱罒番譌字。見〔康熙字典〕。

【⿱罒浮】罦譌字。見〔康熙字典〕。

十一畫

【罹】鄰知切音離支韻　㊀本作罹。〔說文新附〕罹。心憂也。〔鈕氏新附攷〕玉篇、—。憂皃。古多通作離。北齊朱岱林墓誌云。罹此荼毒。知—即罹之別體。罹、離、音同。故得通。漢碑有—。㊁毒也。見〔爾雅釋言〕。㊂被也。〔書湯誥〕—其凶害。

【罹】鄰知切音離支韻良何切音羅歌韻　遭也。〔漢書文帝紀〕以—寒暑之數。

【⿱罒婁】郎候切宥韻　㊀罷—。罔也。見〔類篇〕。㊁同罶。見〔玉篇〕。

【⿱罒曹】才勞切音曹豪韻　—網。捕魚具也。見〔篇海〕。

【⿱罒參】所禁切音滲沁韻　罧或字。〔集韻〕罧。積柴水中以取魚。或作—。

【⿱罒巢】莊交切音⿰耳巢肴韻　撩罟也。〔爾雅釋器〕—謂之汕。

【⿱罒巢】楚敎切音抄效韻　小網也。見〔集韻〕。

【罻】於位切寘韻紆胃切音尉未韻。紆勿切音鬱物韻。　本作罻。〔說文〕罻。捕鳥罔也。〔段注〕王制注曰、—小網也。

【罼】壁吉切音必質韻　同畢。〔集韻〕畢。說文、田罔也。从華。象—形微也。亦從网。〔按畢字在說文華部。訓田网也。段注謂田獵之网。必云田者。以其字從田也。小雅毛傳曰。畢、所以掩兔也。月令注曰。罔小而柄長。謂之畢。按鴛鴦傳云。畢掩而羅之。然則不獨掩兔。亦可掩鳥者以上覆下也。廣雅。—率。也。疏證云。說文。率捕鳥畢也。梅膺祚云。字本作畢。田獵之網。故从田。从𠦒。象形。後人加网於其上也。〕

【䍡】盧谷切音祿屋韻　本作⿱网鹿〔說文〕⿱网鹿罜—也。〔按罜—魚網也。〕

【罬】竹律切音怵質韻　面短皃見〔廣韻〕。

【罺】側交切音焦蕭韻　抄羅也。見〔字彙補〕。

【⿱网鹿】䍡本字見〔說文〕。

【⿱网尉】罻本字見〔說文〕。

【⿱网維】羅本字見〔說文〕。

【⿱网畢】古畢字見〔集韻〕。

【⿱网紙】古网字見〔篇韻〕。〔按古文無此字。〕

【⿱网虘】罝籀文見〔說文〕。

【⿱网組】罝或字見〔說文〕。

【⿱网麆】罝或字見〔說文〕。

【⿱网椎】罝俗字。

十二畫

【罽】居例切音猘霽韻　㈠本作罽。〔說文〕罽魚网也。㈡織毛為之若今氍毹之類。〔爾雅釋言〕氂—也。㈢—賓國名。〔漢書西域傳〕—賓國王治鮮城。去長安萬二千二百里。

【⿱网尞】力弔切音嫽嘯韻　魚罟也。見〔集韻〕。

【⿱网無】罔甫切音武麌韻　微夫切音無虞韻　舞或字〔集韻〕舞說文、牖中网也。或从無。

【⿱网巽】須袞切音選獮雛兗切音撰式撰切音撰銑韻須絹切音選霰韻所晏切音訕諫韻　本作⿱网巽〔說文〕⿱网巽网也。〔段注〕网之一也。

【罾】咨膡切音增蒸韻　本作罾〔說文〕罾魚网也。〔段注〕師古曰形如仰繖蓋四維而擧之。

【⿱网路】魯故切音路遇韻　罶—取魚具見〔集韻〕。

【罿】昌容切音衝鍾韻諸容切音鐘冬韻徒冬切音同東韻　本作罿〔說文〕罿罬也。〔按集韻云用以捕鳥。〕

【⿱网童】罿本字見〔說文〕。

【⿱网曾】罾本字見〔說文〕。

【⿱网厥】罽本字見〔說文〕。

【⿱网畱】罶本字見〔說文〕。

【⿱网殺】古置字見〔篇韻〕。〔按古文無此字。〕

【⿱网延】罽俗字見〔康熙字典〕。

【⿱网欮】麗譌字見〔康熙字典〕。

十三畫

【羂】古泫切音畎銑韻　㈠罥或字〔集韻〕罥挂也。或作—。㈡絓也。〔文選張衡賦〕罝羅之所—結。㈢羅繫之也。〔文選司馬相如賦〕—要褭。

【⿱网辟】蒲計切音薜霽韻　鳥罔。見〔集韻〕。

【⿱网辟】薄革切音繴博厄切音薜匹麥切音擂眦亦切音擗陌韻　繴或字〔集韻〕說文、繴謂之罿。罿謂之罬。罬謂之罦。捕鳥覆車也。或作—。

【⿱网黽】美隕切音愍軫韻　罔密也。見〔集韻〕。

【⿱网綈】徒犂切齊韻　罔繩也。見〔玉篇〕。

【⿱网黔】古黔字見〔字彙補〕。

【⿱网毅】古置字見〔康熙字典引玉篇〕。

【⿱网祿】麗或字見〔集韻〕。

【⿱网畾】罵或字見〔集韻〕。

十四畫

【羃】莫狄切音覓錫韻　㈠冖或字〔集韻〕冖說文、覆也。或作冪、—。㈡蓋食巾。見〔玉篇〕。㈢—⿱网離。婦人所戴。見〔廣韻〕。㈣—⿱网歷。煙貌。見〔類篇〕。

【羅】良何切音蘿歌韻鄰知切音離支韻

(一) 㠯絲罟鳥也。古者芒氏初作—。見〔說文〕〔桂注〕釋器。鳥罟謂之—。郭云。謂—絡之。世本。庖犧臣—、作—網。

(二) 帛之美者。見〔集韻〕。

(三) 綺屬也。〔楚辭招魂〕—幬張些。

(四) 文—。疏也。見〔釋名釋采帛〕。

(五) 廣布也。〔史記五帝紀〕旁—日月星辰。

(六) 喻收集也。〔漢書王莽傳〕網羅天下異能之士。

(七) 周內也。〔唐書來俊臣傳〕招集亡賴。令告其事。名爲—織。

(八) —列而生也。〔楚辭大司命〕—生兮堂下。

(九) 國名。〔左桓十二年傳〕—人欲伐之。〔又〕—馬國。唐時所謂大秦也。今意大利地。

(十) 汨—。水名。〔史記屈原傳〕遂自投汨—以死。〔注〕汨水在—。故曰汨—。

(十一) 娑—。木名。〔酉陽雜俎〕巴陵有寺僧牀下忽生一木。隨伐隨長。外國僧見曰。此娑—也。〔又〕棉絮名。〔本草綱目〕木棉出南番。宋末始入江南。南越志、南詔諸蠻不養蠶。惟收娑—子中白絮。紉爲絲。織爲幅。名娑—籠。方輿記又呼爲白氎兜—綿。

(十二) 菴—。果名。〔本草綱目〕菴—、一名菴摩—。迴果菴—。梵音二合者也。菴摩—、梵音三合者也。華言淸淨是也。一統志云。菴—果。俗名香蓋。種出西域。亦柰類。葉似茶葉。實似北梨。五六月熟。多食無害。

(十三) 波—蜜。果名。〔本草綱目〕波—蜜、梵語也。因此果味甘。故借名之。樹高五六丈。類冬青。葉極光淨。不花而實。大如冬瓜。外有厚皮裹之。若栗毬。上有軟刺礧砢。五六月熟。剝去外皮。殼內肉層疊如橘囊。食之、味至甘美。如蜜香氣滿室。

波羅蜜圖

(十四) 閻—。鬼王也。〔隋書韓擒虎傳〕生爲上柱國。死作閻—王。斯亦足矣。

(十五) 大—。天名。〔雲笈七籤〕上一天、名曰大—。在玄都玉京之上。

(十六) 螢—。蟲名。〔爾雅釋蟲〕螢—。〔疏〕此卽蠶蛹所變者也。

(十七) 多—。清代封王貝勒之名號也。〔皇朝通典〕宗室封爵十有四等。三多—。郡王。五多—。貝勒。

(十八) 叵—。酒器也。〔北史祖珽傳〕神武宴寮屬於坐失金叵—。

(十九) 新—。東夷國名。〔唐書東夷傳〕新—弁韓苗裔也。居漢樂浪地。

(二十) 阿修—。魔王名。〔金剛經〕一切世間天人阿修—。

(廿一) 曼陀—。花名。〔法華經〕佛說法。天雨曼陀—花。

(廿二) ——。蠻種也。〔元史世祖紀〕雲南省上言。自發中慶經——。白衣。又交趾。〔又〕獸名。〔山海經北山經〕北海有獸。狀如虎。名曰——。

(廿三) 姓也。見〔集韻〕。

【羅】 郎佐切音邏箇韻

邏省字。〔廣韻〕邏。說文、巡也。或省。

【羆】 班糜切音陂支韻

(一) 如熊。黃白文。見〔說文熊部〕。〔按〕爾雅釋獸—。如熊。黃白文。郭云。似熊而長頭高腳。猛憨多力。能拔樹木。陸璣詩疏。—有黃—。有赤—。大於熊。其脂如熊白而麤理。不如熊白美也。爾雅翼云。—則熊之雌者。力尤猛。

(二) 人名。〔書舜典〕讓於朱虎熊—。〔注〕四臣名。

【⿱罒齊】 在禮切音薺子禮切音濟薺韻

盪也。見〔廣雅釋詁〕〔疏證〕、與泲同。亦通作齊。鄒陽酒賦云。且筐且漉。載茜載齊。—之言擠也。玉篇、—手出其汁也。廣韻云。手搦酒也。

【⿱罒彖】 吐敢切音菼感韻

魚罟。見〔集韻〕。

【⿱罒舞】 网甫切音武麌韻亡遇切敄遇韻微夫切音無虞韻

本作舞〔說文〕舞。隔中网也。〔段注〕王逸曰。网戶綺紋鏤也。此似网。非眞网也。

【羈】 居宜切音羈支韻

本作羈。〔說文〕羈。馬落頭也。从网馽。馽、絆也。〔段注〕落、絡、古今字。旣絆其足。又网其頭。

【⿱罒顛】 區願切音券願韻

譔或字。〔集韻〕譔。罥也。或作—。

【⿱罒果】 巢本字。見〔正字通〕。

【罤】罤本字見〔說文〕。

【羄】彝本字見〔說文〕。

【繹】罹或字見〔集韻〕。

【羅】罯或字見〔集韻〕。

十五畫

【罍】盧回切音雷灰韻
網百囊者見〔集韻〕。

【罜】徒谷切音牘屋韻
罜或字〔集韻〕罜罜麗。小罟。或作—。

【𦌾】公渾切音昆元韻
罔也見〔集韻〕。

【罿】居羣切音君文韻
宗也。一曰天羣也。見〔字彙補〕。

【𦌽】羅謁字見〔康熙字典〕。

十六畫

【羃】狠狄切音秝錫韻
①羃—。煙皃見〔集韻〕。
②蓋食巾見〔玉篇〕。

【選】須絹切音選霰韻
巽或字〔集韻〕巽罔也。或從選。

十七畫

【羇】居宜切音羈支韻
①旅寓也見〔集韻〕。
②寄也見〔玉篇〕。
③客也見〔一切經音義引廣雅〕。

【𦍀】同籠見〔篇韻〕。

十九畫

【䍦】鄰知切音離支韻
①羅或字〔集韻〕羅接羅、白帽也。或作—。
②羃—也見〔玉篇〕。

【羈】居宜切音羈支韻
①同羈〔集韻〕羈說文、羈馬絡頭也。亦作—。
②—旅也見〔玉篇〕。
③寄止也見〔玉篇〕。
④勒也見〔廣雅釋器〕。
⑤馬曰—。牛曰縻。〔文選司馬相如難蜀父老〕其義—縻勿絕而已。
⑥牽也〔呂覽決勝〕而有以—誘之也。
⑦係也〔後漢杜篤傳〕兩—鉤町。
⑧寄也見〔廣雅釋詁〕。
⑨不—。言材質高遠不可—繫也。〔文選司馬遷書〕僕少負不—之才。
⑩午達曰—。〔禮記內則〕翦髮為鬌。男角女—。〔注〕午達曰—。〔疏〕一縱一橫曰午。今女翦髮留其頂也。縱橫各一。交相通達。故云午達。不如兩角相對。但縱橫各一在頂上。故曰—。—者隻也。

【羂】扃縣切音睊霰韻
本作羂〔說文〕羂网也。一曰綰也。〔桂注〕聲類、以繩係取獸也。子華子陽城胥渠問篇、陸有—。置水有網罟而飛羽伏鱗。無以幸其生矣。一曰綰也者。本書綰、絹也。絹當為—。〔按段注。置其所食之物於絹中。鳥來下則掎其腳。綰之言絆也〕

【罥】古泫切音畎銑韻
罥或字〔集韻〕罥挂也。或作—。

【𦌾】所綺切音躧紙韻
邐也見〔集韻〕。

【䍦】山宜切音籭支韻山於切音蔬魚韻
釃或字〔集韻〕釃以筐漉酒也。或作—。

【𦌸】普革切陌韻
罔也見〔玉篇〕。

【𦍋】盧丸切音鸞謨官切音瞞寒韻
覓罔也〔後漢馬融傳〕學置羅—。

【𦌽】去倦切音勸願韻
罠網也見〔篇海類編〕。

【𦍉】奴旦切翰韻
緼也見〔玉篇〕。

二十二畫

【纙】纙本字見〔說文〕。

【𦍊】古邁字見〔篇韻〕。

二十三畫

【䍩】羈或字見〔說文〕。

※襾部※

【襾】古訝切音亞虛訝切音罅禡韻

覆也。从冂。上下覆之。讀若罣。見〔說文〕〔段注〕下字賸。冂者自上而下也。凵者、自下而上也。故曰上覆之。从一者天也。〔按—下畫不連兩旁。與西異。〕

【西】先齊切音兮齊韻相支切音私支韻

（一）本作卥〔說文卥部〕卥鳥在巢上也。日在卥方而鳥卥。故因以爲東卥之卥。〔按鳥卥之卥、義同栖。〕

（二）秋方也。見〔廣韻〕

（三）遷也。〔漢書律曆志〕少陰者—方。—、遷也。陰氣遷落萬物。於時爲秋。

（四）鮮也。〔尙書大傳〕—方者何。鮮方也。或曰鮮方訊訊之方也。訊者、訊人之貌。見〔尙書大傳〕

（五）向西而行曰—。〔漢書張良傳〕且布聞之。鼓行而—耳。

（六）—王母。國名。〔爾雅釋地〕觚竹、北戶、—王母、日下、謂之四荒。〔注〕—王母方昏荒之國。〔按大戴禮。舜時—王母獻益地圖。賈誼新書。堯—見王母。竹書。穆王七年。王母來賓。皆指國名也。後世以爲女仙之宗。而兪曲園全書謂論語有婦人焉。九人而已。婦人、即—王母。存參。〕

（七）郡名。晉涼州—郡。當今甘肅山丹縣東南。〔又〕州名。唐置。屬隴右道。當今土魯番地。

（八）—施。美女也。〔楚辭悲世〕—施媞而不得見兮。〔按—施爲古美女之通稱。管子所稱毛嬙—施。此古之—施。墨子所稱—施之沈其美也。此吳之—施。〕

（九）—瓜。果名。〔本草綱目〕契丹破回紇。始得此種。名曰—瓜。二月下種。蔓生。花葉皆如甜瓜。七八月實熟。有圓及徑尺長至二尺者。

（十）—席。古人尙右。右爲賓師之位。故相沿稱師曰—席。

（十一）曾—。摩—。均人名。曾—、曾子之子。摩—、係傳天主舊敎者。佛典亦曰摩醯。

（十二）俗稱物件爲東—。

（十三）俗簡稱歐美曰—。如云泰—。歐—。

（十四）姓也。—門豹之後。改爲—。見〔姓苑〕〔又〕—陵。—乞。—鉏。—鄉。—門。—周。—郭。—方。—野。—宮。均複姓。見〔廣韻〕

【覀】乙卻切音約藥韻

平量也。見〔類篇〕

一畫

【襾一】莫靈切音冥青韻

同也。見〔玉篇〕

二畫

【襾儿】果五切音古麌韻

兜或字。〔集韻〕兜。說文、廱蔽也。或作—。

三畫

【䙴】相然切音仙先韻

升高也。見〔類篇〕

【要】伊消切音邀蕭韻

（一）本作𦥔〔說文臼部〕𦥔身中也。象人𦥔自臼之形。〔段注〕上象人首。下象人足。中象人𦥔而自臼持之。故从臼。必从臼者、象形猶未顯。人多護惜其𦥔故也。

（二）約也。〔左哀十四年傳〕使季路—我。吾無盟矣。〔按釋名釋形體〕—、約也。在體之中。約結而小也。〕

（三）褄也。〔詩葛屨〕—之襋之。好人服之。

（四）屈也。〔文選曹植賦〕解玉佩以—之。

（五）徼也。〔呂覽悔過〕—門而窺之。

（六）邀也。〔荀子儒效〕行禮—節而安之。

（七）遮也。〔孟子萬章〕將—而殺之。

（八）堅止之也。〔漢書文帝紀〕皇太后固—上乃止。

（九）臣約束其君曰—。〔公羊莊十三年傳〕—盟可犯。

（十）約置也。〔呂覽順民〕此取民之—也。

（十一）結也。〔國語晉語〕以—晉國之成。

（十二）正也。〔淮南墬形〕—之以太歲。

（十三）成也。〔詩籜兮〕倡予—女。

（十四）取也。〔國策秦策〕—絕天下。

（十五）得也。〔呂覽貴生〕所—輕也。

（十六）會也。〔禮記樂記〕—其節奏。

（十七）勒也。見〔廣韻〕

（十八）劾也。〔周禮鄉士〕異其死刑之罪而—之。

（十九）察也。〔書康誥〕—囚。〔注〕—察囚情。得其情以斷獄。

(廿)—求也。〔孟子告子〕脩其天爵。以—人爵。
(廿一)中也。〔太玄達〕不—止漁。
(廿二)久—。舊約也。〔論語憲問〕久—不忘平生之言。
(廿三)—時。趨時也。〔荀子富國〕僐然—時務民。
(廿四)—節。立節也。〔荀子禮論〕孰知夫出死—節之所以養。
(廿五)—眇。好貌。〔楚辭湘君〕美—眇兮宜脩。
(廿六)—婬。舞容也。〔楚辭傷時〕音晏衍兮—婬。
(廿七)—服。蠻服也。〔周禮大行人〕又其外方五百里謂之—服。
(廿八)高—。縣名。〔淸一統志〕高—屬廣州府。
(廿九)靑—。山名。〔山海經中山經〕靑—之山。實惟帝之密都。
(三十)水名。〔水經濡水注〕又東南流右與—水合。水出塞外三川並導。謂之大—水也。
(卅一)姓也。吳人—離之後。漢有河南令—競。唐建中朔方大將軍—珍。

【要】於笑切邀去聲嘯韻
(一)當也。〔荀子禮論〕以隆殺爲—。
(二)約也。見〔廣雅釋言〕
(三)總也。〔史記漢興以來諸侯年表序〕—之以仁義爲本。
(四)樞紐也。〔素問天元紀大論〕至數之—。
(五)禁—也。〔素問脈要精微論〕是門戶不—也。
(六)凡數也。〔周禮職合〕入其—。
(七)簿書也。〔周禮小司馬〕則受邦國之比—。
(八)月計也。〔周禮小宰〕八曰聽出入以—會。〔注〕月計曰—。歲計曰會。
(九)質—。契劵也。〔後漢馬援傳〕由質—之故業。
(十)凡所不欲曰不—。〔韓愈書〕雖今之仕者。不—此道。〔所欲俗亦曰—〕。
(十一)治—。若歲計也。〔周禮宰夫〕一曰。正掌官灋以治—。
(十二)役—。所遺民徒之數也。〔周禮鄉師〕既役則受州里役—。
(十三)大—。大歸也。〔漢書陳萬年傳〕大—數咸醻也。
(十四)旁—。九數之一也。〔周禮保氏〕六曰九數。〔疏〕九數者方田、粟米、差分、少廣、商功、均轉、方程、贏不足、旁—。
(十五)體—。文章簡括之辭也。〔書畢命〕辭尙體—。
(十六)機—。政事會聚之所也。〔晉書裴楷傳〕管機—。
(十七)道—。禮樂也。〔孝經〕先王有至德—道。〔疏〕殷仲文曰。以一管衆爲—。
(十八)—領。契也。〔漢書張騫傳〕竟不能得月氏—領。
(十九)—害。地險隘也。〔文選左思賦〕內函—害。
(二十)—紹。曲貌。〔文選王延壽賦〕曲枅—紹而環句。〔又〕姿容也。〔文選張衡賦〕—紹修態。
(廿一)—素。日本語謂事物必要之元素也。

【要】騕或字。見〔集韻〕。

【要】偠或字。見〔集韻〕。

【⿱覀廾】弄或字。見〔集韻〕。

四畫

【⿱覀夾】遏合切音姶合韻
蓋也。見〔篇海〕。

【⿱覀幵】胡涓切音玄先韻
人名。吳王孫休子。見〔吳志孫休傳〕。

【⿱覀月】同覃。見〔字彙補〕。

五畫

【覂】方勇切豐上聲腫韻　房用切音俸宋韻
(一)覆也。見〔說文〕〔段注〕武帝紀。泛駕之馬。師古曰。泛、覆也。字本作—。後通用耳。
(二)乏也。〔唐書宋務先傳〕公私—竭。

【覂】補范切音貶豏韻
棄也。見〔廣雅釋詁〕。

【⿱覀玉】音珍眞韻
珍俗字。見〔正字通〕。

【⿱覀卷】栗或字。見〔類篇〕。

六畫

【⿱覀圭】戶圭切音畦齊韻
(一)鄙也。見〔玉篇〕。
(二)姓也。見〔說文邑部〕。

【覃】徒南切音潭覃韻

①本作𠪚。〔說文𣆪部〕𠪚長味也。从𣆪鹹省聲詩曰實覃實吁〔段注〕此與西部覃音同義近。
②延也。見〔爾雅釋言〕。
③大也。見〔漢書敘傳〕。
④深也。〔書孔安國序〕研精—思。
⑤及也。見〔廣韻〕。
⑥地名。〔書禹貢〕—懷底績。〔傳〕—懷近河地名。當今河南沁陽縣境。

【覃】余廉切音鹽鹽韻 以冉切音琰琰韻 式荏切音審寢韻
利也。〔詩載芟〕以我—耜。

八畫

【𧟨】鼻墨切音匐職韻
醜也。〔方言〕僿、—農夫之醜稱也。南楚凡罵庸賤謂之田僿。或謂之—。

【𧟩】竊力切音愎職韻
賤稱也。見〔集韻〕。

【覇】霸俗字。見〔廣韻〕。

【𧟪】同庚。見〔直音〕。

九畫

【𧟠】覃本字。見〔集韻〕。

【𧟤】同覊。見〔直音〕。

【𧟷】同龍。見〔直音〕。

十畫

【𧟵】淵畦切音覷齊韻
烓或字。〔集韻〕烓說文、行竈也。或作—。〔按篇海云今之三隅竈也。〕

十一畫

【𧟹】同[illegible]。見〔字彙補〕。

十二畫

【覆】芳六切音蝮方六切音福屋韻
①本作覆。〔說文〕覆覂也。一曰蓋也。〔段注〕反也。—、覂、反三字雙聲。
②反也。〔詩雨無正〕覆出爲惡。
③倒也。見〔類篇〕。
④敗也。〔禮記緇衣〕毋越厥命以自—。
⑤滅也。〔周書周祝〕國—國事。
⑥猶毀也。〔周禮硩蔟氏〕掌—天鳥之巢。
⑦告也。〔漢書馮唐傳〕賞賜決於外。不從中—也。
⑧審也。見〔爾雅釋詁〕。
⑨索也。見〔廣雅釋言〕〔疏證〕孫子行軍篇云軍行有險阻、潢井、葭葦、山林、翳薈者。必謹覆索之。索、與索通。
⑩察也。〔管子五符〕下愈—鶩而不聽從。
⑪詳察也。〔唐書景山傳〕檢—私隱。
⑫反覆。猶軒輖也。〔考工記廬人〕車不反覆。〔又〕叛服無常也。
⑬翻—。反對也。〔唐書李宰之傳〕我懼其翻—也。
⑭傾—。傾軋也。〔漢書刑法志〕作爲權詐。以相傾—。
⑮射—。暗射。器下物也。〔漢書東方朔傳〕上常使諸數家射—。
⑯通復。〔易乾〕反復道也。〔注〕—作覆。

【覆】敷救切音副宥韻
①蓋也。〔詩生民〕鳥—翼之。
②蓋蔽也。〔荀子富國〕以救—之。
③隱也。設伏而敗之。〔左莊十一年傳〕—而敗之曰取某師。
④敗也。〔太玄玄文〕猶—秋常乎。
⑤猶衣被也。〔鬼谷子本經陰符〕神之—也。
⑥孚也。如孚甲之在物外也。見〔釋名釋言語〕。
⑦遍及也。〔孟子離婁〕而仁—天下矣。
⑧謂茨瓦也。〔禮記檀弓〕見有—夏屋者矣。
⑨船上板也。〔釋名釋船〕其上板曰—。言所—慮也。
⑩—車。捕鳥車也。〔爾雅釋器〕罦、—車也。
⑪—髼。結籠也。〔方言〕—結謂之幢巾。或謂之—髼。〔注〕今結籠是也。〔箋疏〕玉篇髼字注。結髮也。說文、幘、髮有巾曰幘。髼亦結也。是—髼即—結也。
⑫—冒。謂掩—冠冒也。〔文選馬融賦〕—冒鼓鐘。
⑬藕—。婦人袴襪也。〔致虛閣雜俎〕太眞着鴛鴦並頭蓮錦袴襪。上曰。貴妃袴襪上乃眞鴛鴦蓮花也。不然。其間安得有此白藕乎。貴妃由是名袴襪爲藕—。

十三畫

【覈】下革切音核陌韻

㈠實也。改事而牽邀遮其辭得實、曰一。見〔說文〕〔段注〕而者、反覆之。笮者、迫之徼者、巡也。遮者、遏也。言改事者定於一是。必使其上下四方之辭皆不得逞。而後得其實。是謂一。此所謂咨於故實也。所謂實事求是也。

㈡驗也。〔文選張衡賦〕何以一諸。

㈢峻急也。〔後漢第五倫傳〕峭一爲方。〔案韻會云。一、深刻也。〕

㈣泉名。〔水經渭水注〕藉水又東逕上邽城南得一泉水。

㈤通核。果中實也。〔周禮大司徒〕其植物宜一物。

【覈】奚結切音頁屑韻

邀也。見〔集韻〕。

【覈】恨竭切音紇月韻

麥糠中之不破者。〔漢書陳平傳〕亦食糠一耳。

【覈】詰弔切音竅嘯韻

骨也。見〔廣雅釋器〕。

【覈】枯沃切音鵠沃韻

哀聲發也。見〔篇海〕。

【覇】霸俗字。見〔廣韻〕。

十六畫

【覉】同羈。見〔字彙補〕。

十七畫

【覊】羈俗字。見〔篇海〕。

十八畫

【覊】羈俗字。見〔篇海〕。

※行部※

【行】何庚切音衡庚韻

㈠人之步趨也。見〔說文〕〔段注〕步、一也。趨、走也。二者一徐一疾。皆謂之一。統言之也。爾雅。室中謂之時。堂上謂之一。堂下謂之步。門外謂之趨。中庭謂之走。下路謂之奔。析言之也。

㈡抗也。〔釋名釋姿容〕兩腳進曰一。一、抗也。抗足而前也。

㈢往也。〔詩無衣〕與子偕一。

㈣去也。〔左桓十六年傳〕告之使一。

㈤適也。見〔廣韻〕。

㈥之也。〔呂覽用民〕然後可一。

㈦還也。〔呂覽貴因〕膠鬲一。

㈧移也。見〔素問八政神明論〕〔按一者、物之運動之形。引伸之、如物之流動亦曰一。易乾、雲一雨施。是也。事之施布亦曰一。禮記月令、一慶施惠。是也。〕

㈨通也。〔呂覽適音〕一禮義也。〔按漢書溝洫志禹之一河水注、一謂通流。〕

㈩歷也。〔國語晉語〕一年五十矣。

⑪道也。見〔爾雅釋宮〕。

⑫出奔也。〔左昭五年傳〕是將一。

⑬降也。見〔禮記月令疏引月令章句〕。

⑭爲也。〔論語述而〕吾無一而不與二三子者。

⑮言也。見〔爾雅釋詁〕。

⑯用也。〔周禮司爟〕掌一火之政令。

⑰使也。〔淮南說山〕及于其銅則不一也。

⑱奉也。〔呂覽恃君〕而立其一君道者。

⑲賜也。〔禮記月令〕一糜粥飲食。

⑳且也。〔文選魏文帝書〕別來一復四年。

㉑先也。〔史記陳涉世家〕乃一卜。

㉒察也。〔呂覽季夏〕入山一木。

㉓巡狩也。〔周禮州長〕若國作民而師田一役。

㉔路神也。〔禮記月令〕其祀一。〔注一在廟門外之西。祀爲軷壤。厚二寸。廣五尺。輪四尺。祀一之禮。北面設主于軷上。〕

㉕旅裝也。〔漢書曹參傳〕趣治一。〔注〕謂脩一治裝也。

㉖公牘之判決也。〔銅駮斗齋隨筆〕宋淳熙時。周益公奏請六部文案。

凡所施｜本判依者改用｜字。〔今公牘畫｜本此。〕

廿七 官銜之兼攝也。唐宋官制。凡以大官兼領小銜者皆曰｜某官事。若以小兼大者則曰守某官。〔今云｜文本此。〕

廿八 不堅牢也。〔唐書韓謊傳〕器不｜窳。〔音義〕不牢曰｜。〔按今引伸之、謂凡不可者曰不｜。〕

廿九 五｜。水、火、木、金、土也。〔書洪範〕初一曰五｜。〔注〕｜者、順天｜氣也。〔疏〕五｜卽五材也。〔又〕五官也。見〔春秋繁露五行相生〕〔又〕五常。仁、義、禮、智、信也。〔荀子非十二子〕案往舊造說謂之五｜。

卅 大｜。天子崩也。〔正字通〕韋昭曰。大｜者、不反之辭。風俗通、天子新崩未有諡號。故總其名曰大｜皇帝也。

卅一 歌｜。詩歌之一體也。〔漢書司馬相如傳注〕｜謂引古樂府長歌｜。短歌｜此其義。

卅二 ｜人。掌使之官也。〔論語憲問〕｜人子羽修飾之。

卅三 ｜書。書法之一種也。〔書斷〕魏初有鍾胡二家。爲｜書之法。

卅四 ｜走。猶言見習也。如清某部某司｜走之類。

卅五 ｜媒。往來通問之媒妁也。〔禮記曲禮〕男女非有｜媒、不相知名。

卅六 ｜馬。貴者門外所設之梐枑也。〔李商隱詩〕郎君官貴施｜馬。

卅七 ｜星。星之各自以其軌道繞日而｜者也。木、金、火、水、土、地球、天王、海王。謂之八大｜星。

卅八 ｜在所。天子臨幸之所也。〔獨斷〕天子以四海爲家。故謂所居爲｜在所。〔按正字通云。武帝紀師古注。天子或居京師。或出巡狩。不可豫定。故言｜在所。〕

卅九 人名。戰國時許｜。

四十 羣｜爲。人羣之意識｜動也。亦謂之社會｜爲。又｜爲在刑法上、爲搆成犯之要素。

四一 凡兩直線於同面上｜至于無窮。而其各點之距離始終相等而不相遇者。謂之平｜線。

四二 日本以皇后太子車駕所至、曰｜啟。

【行】下孟切音胻敬韻

一 事也。〔禮記坊記〕民猶貴祿而賤｜。

二 視也。〔禮記樂記〕使之｜商容而復其位。

三 ｜此之謂｜。見〔賈子道德說〕〔按大戴記曾子大孝。｜者｜此者也。周禮師氏。敏德以爲｜本。注。德｜內外之稱。在心爲德。施之爲｜。〕

四 六｜。孝、友、睦、婣、任、恤。見〔周禮大司徒〕

五 姓也。〔後漢光武帝紀〕隗囂遣將｜巡、寇扶風。

【行】寒岡切音杭陽韻

一 列也。〔詩卷耳〕寘彼周｜。〔按詩鹿鳴示我周｜。箋云。周｜周之列位也。左襄十五年傳云。王及公侯伯子男甸采衛大夫各居其列。所謂周｜也。〕

二 陳也。〔左襄二十三年傳〕亂｜于曲梁。

三 二十五人爲｜。〔左隱十一年傳〕鄭伯使卒出豭。｜出犬雞。

四 首也。〔太玄裝〕莫見之｜。

五 翮也。〔詩鴇羽〕肅肅鴇｜。

六 太｜。山名。〔書禹貢〕太｜衡山。

七 微｜。牆下徑也。〔詩七月〕遵彼微｜。

八 百工所執業也。如同業曰同｜。不諳曰外｜。諳曰內｜。

九 買賣商貨之媒介也。如堆積商貨曰｜棧。介紹商貨曰｜家。

十 中｜。複姓。晉公族之後。漢有中｜說。見〔通志氏族略〕

【行】戶浪切音笐漾韻下朗切音沆養韻

一 次第也。見〔廣韻〕〔如今兄弟稱｜一、｜二之屬。〕

二 等輩也。〔史記匈奴傳〕漢天子。我丈人｜也。

三 ｜｜。剛健貌。〔論語先進〕子路｜｜如也。

二畫

【⿲彳九亍】古執字。見〔玉篇〕

【⿲彳八亍】道籀文。見〔石鼓文注〕〔按字彙補云。徒頓切、音遯。見吳韻。〕

【⿲彳人亍】同⿲彳八亍。見〔字彙補〕

三畫

【衍】以淺切音演銑韻延面切音莚霰韻

(一)水朝宗于海皃也。从水行。見〔說文水部〕。〔段注〕洐字水在旁。｜字水在中。在中者盛也。

(二)溢也。〔書大傳〕至今｜于四海。

(三)流也。〔易需〕｜在中也。

(四)布也。〔漢書司馬相如傳〕離靡廣｜。

(五)廣也。〔易繫辭〕大｜之數五十。

(六)散也。見〔小爾雅廣言〕。

(七)達也。〔太玄飲〕畜槃而｜。

(八)大也。見〔廣雅釋詁〕。

(九)饒也。見〔後漢明帝紀注〕。

(十)蔓也。〔文選張衡賦〕篠蕩敷｜。

(十一)引也。見〔後漢安帝紀注〕。

(十二)遠也。見〔小爾雅廣言〕。

(十三)無厓岸也。〔漢書揚雄傳〕陵高｜之嶜嶸兮。

(十四)水中沙洲也。〔穆天子傳〕天子乃遂東征南絕沙｜。〔注〕水中有沙者。

(十五)池也。見〔廣雅釋地〕。

(十六)澤也。〔楚辭幽苦〕巡陸夷之曲｜兮。

(十七)下平曰｜。〔周禮大司徒〕辨其丘陵墳｜。

(十八)山坂曰｜。〔史記封禪書〕其日止于鄜｜。

(十九)｜｜行也。見〔廣雅釋訓〕。

(二十)｜波。陂名。〔直方詩話〕此｜波陂也。

(廿一)｜文。書中冗誤字也。

(廿二)遊｜。自恣之意。〔詩板〕及爾遊｜。

(廿三)篋｜。笥也。〔莊子天運〕盛以篋｜。

(廿四)姑｜。山名。〔漢書霍去病傳〕封狼居胥山。禪于姑｜。

(廿五)敷｜。辨事不切實也。

(廿六)州名。遼置。屬東京道。當今奉天府遼陽州西南。

(廿七)水名。〔史記荆軻傳〕丹匿｜水中。

(廿八)姓也。宋微仲｜之後。

【衍】夷然切音延先韻

進也。〔周禮男巫〕掌望祀望｜。〔鄭注〕讀爲延。

【衎】虛旰切音看翰韻

(一)行喜皃。見〔說文〕〔段注〕小雅毛傳曰。｜、樂也。

(二)定也。見〔方言〕。〔注〕｜然安定貌。

【衎】苦旱切音侃旱韻

信言也。見〔廣韻〕。

【衐】苦委切音跪紙韻

向也。見〔直音〕。

【䘗】同衙。見〔直音〕。

【衎】衍譌字。見〔康熙字典〕。

四畫

【䘖】魚據切音御御韻

(一)侍也。見〔字彙補〕。

(二)姓也。見〔字彙補〕。

【䘕】寒剛切音杭陽韻

｜衎。樂人也。見〔篇海〕。

【衎】戶經切音刑青韻

行皃。見〔玉篇〕。

【衏】于眷切音院霰韻

衏｜。詳衏字。

【衎】同往。見〔直音〕。

五畫

【衒】熒絹切音眩扃縣切音睊霰韻

(一)衒或字。見〔說文〕。〔按說文、衒行且賣也。〕〔漢書東方朔傳〕武帝初卽位。四方士多上書言得失。自｜鬻者以千數。注、｜。行賣也。

(二)自媒也。〔國策燕策〕舍媒而自｜。

(三)自矜也。〔唐書河間孝王恭傳〕素矜｜。事多專決。

【術】食律切音秫質韻

(一)邑中道也。見〔說文〕。〔段注〕邑、國也。

(二)灋也。見〔廣雅釋詁〕。〔疏證〕灋亦作法。

(三)藝也。〔禮記鄉飲酒義〕古之學｜道者。

(四)技｜也。見〔廣韻〕。〔世稱方技之士曰｜士本此〕。

(五)心之所由也。〔禮記樂記〕然後心｜形焉。

(六)推行之方法也。〔孟子梁惠王〕是乃仁｜也。

(七)｜數。刑名之書也。見〔漢書鼂錯傳注〕。

(八)時｜。時習也。〔禮記樂記〕蛾子時｜之。〔疏〕蛾子、小蟲蚍蜉之子。時時｜學銜土之事。而成大垤。猶如學者時時學問。而成大道矣。

(九)人名。春秋時秦人叔｜。西乞｜。

(十)通述。〔禮記祭義〕結諸心、形諸色、而｜省之。〔注〕｜當爲述。聲之誤也。
㊂手｜。日本醫學語。凡解剖割治均謂之手｜。

【術】徐醉切音燧寘韻
同遂。萬二千五百家也。〔禮記樂記〕｜有序。〔注〕｜、當爲遂。

【衖】魯丁切音零青韻
道也。見〔玉篇〕、

【衏】同正。見〔直音〕。

六畫

【衕】徒東切音同東韻徒弄切音洞送韻
㊀通街也。見〔說文〕。〔段注〕｜、通、疊韻。〔按今京師街道曰衚｜。或省作胡同。〕
㊁下也。〔山海經北山經〕梁渠之山、有鳥焉其狀如夸父。四翼。一目。犬尾。名曰囂。其音如鵲。食之已股痛。可以止｜。〔按｜、當爲下病之一種。〕

【衖】胡絳切音巷絳韻
㊀道也。見〔廣雅釋宮〕。〔疏證〕｜、與巷同。鄭風叔于田傳云巷。里塗也。｜之言共也。說文云在道中所共也。〔按今蘇浙語謂巷曰｜。讀如弄。〕
㊁閣謂之｜。見〔廣雅釋言〕。〔疏證〕閤、卽巷也。
㊂宮中別道也。見〔三蒼〕。
㊃御或字。〔集韻〕御里中道也。或作｜。

【街】居膎切音皆佳韻均窺切音規支韻
㊀四通道也。見〔說文〕。
㊁播也。離也。四出之路。播離而別也。見〔風俗通〕。
㊂道也。見〔廣雅釋宮〕。
㊃｜亭。地名。〔蜀志諸葛亮傳〕亮與郃戰于｜亭。
㊄天｜。星名。〔晉書天文志〕昴畢間爲天｜。

【衙】巨略切音噱藥韻
倦也。見〔篇海〕。

【衍】同愆。〔漢屬國侯夫人碑〕操無遺｜。

【衜】微或字。〔集韻〕微。說文、隱行也。或作｜。

【衒】衒俗字。見〔六書正譌〕。

七畫

【衙】牛加切音牙麻韻
㊀府也。見〔廣韻〕。〔按｜字本作牙。集韻云古者軍行有牙。尊者在後。後人因以爲｜。〕
㊁參也。見〔玉篇〕。〔按六書故云。行列也。軍行士卒｜列以朝夕於將帥。故今謂之早晚｜。引伸之、凡排列者通稱｜。如植物稱槐｜、柳｜。動物稱蜂｜之類。〕
㊂天子居曰｜。見〔唐書儀衛志〕。
㊃南北｜。唐時禁軍所在。〔唐書兵志〕天子禁軍者南北｜兵也。南｜、諸衛兵。北｜、禁兵。
㊄由｜。竹名。〔竹譜〕篃與由｜。厥體俱洪。圍及累尺。篃實｜空。
㊅彭｜。地名。〔左文二年傳〕及秦師戰于彭｜。
㊆押｜。官名。〔唐書惠文太子傳〕金吾天子押｜。
㊇縣名。〔史記秦本紀注〕地理志馮翊有｜縣。
㊈姓也。漢長平令｜卿。晉督護｜傳。

【衙】語居切音魚魚韻偶舉切音語語韻
㊀｜｜。行皃。見〔說文〕。
㊁疎遠皃。見〔玉篇〕。

【衘】御或字。見〔集韻〕。

【衟】尹竦切音勇腫韻
道也。見〔集韻〕。

【衜】衕本字。見〔說文〕。

【衞】衛古字。見〔集韻〕。

【衚】同衚。見〔篇海類編〕。

【衘】徵譌字。見〔正字通〕。

八畫

【衧】在演切音踐銑韻才線切音賤霰韻
㊀跡也。見〔說文〕。
㊁蹈也。見〔玉篇〕。

九畫

【衝】昌容切音種冬韻
㊀本作衝。〔說文〕衝。通道也。春秋傳曰。及衝。以戈擊之。〔按今本左昭元年傳作｜。漢書酈食其傳云夫

陳留天下之—。四通五達之郊也。〕(二)當也。見〔廣雅釋詁〕。(三)向也。〔山海經海外北經〕有一蛇、首—南方。(四)突也。〔國策齊策〕作輕車銳騎—雍門。(五)動也。見〔方言〕。(六)隧也。〔楚辭河伯〕—風起兮水橫波。(七)臨—車也。〔詩皇矣〕與爾臨—。(八)蒙—船名。〔吳志賀齊傳〕齊性奢綺。蒙—鬬艦之屬望之若山。(九)天—星名。〔晉書天文志〕歲星之精流爲天—。(十)太—肝脈氣也。〔素問至眞要大論〕太—絕。(十一)——行也。見〔廣雅釋訓〕。(十二)淸世最要之官缺有—、繁、疲、難、四等。

【衝】蠢勇切音喠腫韻 —從。相入貌。〔司馬相如賦〕騷擾—從。

【衝】昌用切音揰宋韻 要也。見〔集韻〕。〔按今本作衕。〕

【衚】胡孤切音胡虞韻 —衕。街也。見〔篇海〕。

【衜】火禁切音讖沁韻 ——。暗行皃。見〔集韻〕。

【衙】許咸切音軒咸韻 開貌。見〔篇海〕。

【衛】許歸切音徽微韻 美也。見〔字彙補〕。

【衟】同愆。見〔字彙補〕。

【衙】同禦。見〔字彙補引洪适漢隸〕。

【衛】衞俗字。見〔正字通〕。

【衜】衞俗字。見〔正字通〕。

十畫

【衞】于歲切音衛霽韻 (一)本作衞。〔說文〕衞、宿—也。从韋帀行。行、列也。〔按俗又作衛。〕(二)護也。〔易大畜〕日閑輿—。(三)扞也。〔呂覽恃君〕爪牙不足以自守—。(四)嘉也。見〔爾雅釋詁〕。〔義疏〕—者、褘之叚借也。上文云。褘、美也。釋訓曰。委委、美也。委褘、—俱聲義同。(五)利也。〔淮南原道〕彎棊—之箭。(六)水穀之悍氣也。見〔素問痺論〕。(七)垂也。見〔爾雅釋詁〕。〔義疏〕說文、—垂遠邊也。通作垂。—者、周語云。侯—賓服。韋昭注。—、圻也。蓋本周禮大司馬九畿而言也。圻、即畿字。周禮巾車云。以封四—。鄭注。四—、四方諸侯守—者。蠻服以內。〔按明太祖立軍—法。度天下要害之地。係一郡者設所。連郡者、設—。如天津—、威海—之類。〕(八)營也。〔國語魯語〕有貨以—身也。(十)春秋國名。周武王封弟康叔于—。今河南—輝、懷慶、直隸大名、皆其地。(十一)—藏。地名。前藏曰—。即三危。危—一音之轉。(十二)充軍罪名。舊刑律軍罪。分近邊、近—、邊遠、極邊、烟瘴五等。(十三)水名。〔書禹貢〕恆—既從。〔疏〕—水出常山靈壽縣東入滹沱。〔在今直隸靈壽縣。〕(十四)精—。鳥名。〔山海經北山經〕發鳩之山。有鳥焉。名曰精—。其鳴自詨。常銜西山之木石。以堙于東海。(十五)—星。與行星同爲球形之圓體。而隨從於行星者。天文家謂之—星。(十六)威海—。港名。在山東文登縣北。爲山東沿海一灣。灣內水便于渟泊巨艦。冬季不結冰。盛夏復涼爽。爲吾國最良軍港。清光緒二十五年。租與英國。現爲該國艦隊停泊所。(十七)姓也。漢—青。—綰。

【衞】乙劣切音噦屑韻 防守也。見〔集韻〕。

【衡】何庚切音行庚韻 (一)牛觸、橫大木其角。从角从大。行聲。〔說文角部〕〔詩曰。設其楅—。〕按詩曰、當作周禮曰。周禮封人云。設其楅—。杜子春曰。楅—所以持牛。令不得抵觸人。論語衞靈公云。則見其倚于—也。注。—、車—軛也。(二)斤兩也。〔書舜典〕同律度量—。〔按禮記月令。鈞—石。注云。稱上曰—。又小爾雅廣—云。斤十謂之—。—有半謂之稱。〕(三)平也。〔書太甲〕惟嗣王不惠于阿—。〔按淮南時則云。夏爲—。—者所以平萬物也。〕

(四)橫也。〔左桓九年傳〕鬬廉—陳其師于巴師之中。〔按管子輕重乙篇注云。合從弱以事一強者謂之—。〕戰國時蘇秦始將連橫說秦惠王。橫、一作—。

(五)眉上曰—。〔漢書王莽傳〕盱—厲色。

(六)樓殿邊欄楯也。〔漢書袁盎傳〕百金之子不騎—。

(七)維持冠者。〔周禮追師〕爲副編次追—笄。

(八)佩玉之—也。〔禮記玉藻〕一命緼韍幽—。

(九)勺柄龍頭也。〔考工記玉人〕—四寸。〔注〕鄭司農曰。—、勺柄龍頭也。玄謂—、古文橫叚借字也。—謂勺徑也。

(十)鍾柄也。〔考工記鳧氏〕甬上謂之—。

(十一)㮰—也。〔考工記梓人〕鄉—而實不盡。〔疏〕㮰、即㮰也。

(十二)桄也見〔廣雅釋器〕

(十三)庪也。〔禮記雜記〕甒甒筲—。

(十四)斗之中央也。〔漢書天文志〕—殷南斗。

(十五)橫簫也。〔書舜典〕在璿璣玉—。〔注〕—、其中橫簫。所以視星宿也。

(十六)山名。五岳之一。〔爾雅釋山〕江南—。

(十七)水名。〔水經漳水注〕—水東經阜城縣故城。

(十八)虞—。官名。〔周禮太宰〕虞—作山澤之材。

(十九)杜—。草名。〔山海經西山經〕天帝之山、有草焉。名曰杜—。〔注〕杜—、香草也。

(二十)—陽。縣名。屬湖南。清爲—陽州。

(廿一)姓也。〔通志氏族略〕伊尹爲陽阿—。子孫因以爲氏。一云魯公子—之後。以王父字爲氏。漢有—威。—驥卿。

【衡】胡肓切音橫庚韻

通橫。〔詩南山〕—從其畝。〔注〕—卽訓爲橫。〔按段玉裁云。古無橫字。〕

【衠】朱倫切音諄眞韻

(一)眞也。見〔篇海〕

(二)正也。見〔篇海〕

(三)不雜也。見〔篇海〕

【衙】偶舉切音語語韻

止也。見〔集韻〕

【⿴行素】桑故切音素遇韻

淨也。見〔直音〕

【衜】古道字。見〔玉篇〕

十一畫

【䘙】胡律切音率質韻

將—也。見〔說文〕〔段注〕將、如鳥將雛之將。—、導也循也。今之率字。率行而—廢矣。

【⿴行帥】所類切音帨寘韻

(一)將也。見〔集韻〕〔按六書正譌云。今趨簡易借用帥字。〕

(二)統也。見〔六書正譌〕

十二畫

【衛】衞譌字。見〔石鼓文〕

【⿴行童】衝本字。見〔說文〕

【[illegible]】同衕。見〔字彙補〕

十三畫

【⿴行導】同導。見〔金石韻府〕

十四畫

【衞】衞本字。見〔說文〕

十五畫

【[illegible]】同衕。見〔字彙補〕

十六畫

【[illegible]】同衡。見〔字彙補〕

十八畫

【衢】權俱切音劬虞韻

(一)四達謂之—。見〔說文〕

(二)九交之路也。〔楚辭天問〕靡蓱九—。〔注〕九交之道也。

(三)歧路也。〔荀子勸學〕行—道者不至。

(四)天—。星名。〔晉書天文志〕中間爲天—。黃道之所注也。

(五)檀—。齊市名。〔國策齊策〕有孤狐咺者正議。閔王斮之檀—。

(六)州名。唐置。漢會稽郡地。當今浙江西安縣治。

【⿴行瞿】俱遇切音屨遇韻

行也。見〔類篇〕

舛部

[舛] 尺兗切音喘銑韻

❶對臥也。从夊午相背。見〔說文〕

❷相違背也。〔漢書劉向傳〕朝臣—午。膠戾乖剌。

❸乖也。〔淮南氾論〕而見聞—馳於外者也。

❹互也。〔淮南俶眞〕二者代謝—馳。

❺僢也。見〔廣雅釋詁〕

❻剝也。見〔廣韻〕

❼錯亂。見〔集韻〕

❽差午也。見〔字彙〕

❾踳也。見〔字彙〕

[舛] 尺尹切音蠢軫韻

雜也。見〔集韻〕

六畫

[舜] 輸閏切音蕣震韻

❶本作䑞。〔說文䑞部〕䑞艸也。楚謂之葍。秦謂之藑。蔓地連華。〔注〕今隸變作—。〔按爾雅釋艸、葍藑茅。注。葍華有赤者為藑。藑、葍一種耳。〕

❷虞帝之名。〔書堯典〕曰虞—。〔注〕虞、氏。—、名。〔按朱駿聲云馬注說非。白虎通。仁聖盛明謚曰—。非〕

❸—華。木槿也。〔詩有女同車〕顏如—華。

❹姓也。見〔姓譜〕

[⿱厶舛] 舉下切音賈馬韻

玉爵也。見〔集韻〕〔正字通云斝字之譌〕

七畫

[舝] 下瞎切音轄黠韻

❶車軸耑鍵也。兩穿相背。見〔說文〕〔注〕錔按詩閒關車之—兮。所以礙車轂之出也。

❷星名。〔史記天官書〕鈐北一星曰—。

❸通轄。〔左昭二十五年傳〕昭子賦車轄。〔釋文〕轄本又作—。

八畫

[舞] 罔甫切音武麌韻

❶樂也。用足相背。見〔說文〕〔按—、樂之節也。有小—。有大—。周禮樂師。以敎國子小—。凡—有帗—。有羽—。有皐—。有旄—。有干—。有人—。注云。謂以年幼少時敎之—。內則曰。十三—勺。成童—象。帗—者、全羽。羽—者、析羽。皇—者、以羽冒覆頭上。衣飾翡翠之羽。旄—者、氂牛之尾。干—者、兵。人—者、手。—疏云。勺、卽周頌酌。序云。酌、告成大武也。象—者、卽周頌序云維清奏象—。注云。象、—象用兵時刺伐之—。此皆詩為樂章。與—人為節。故以詩為—也。大司樂以樂—敎國子。—雲門、大卷、大咸、大磬、大夏、大濩、大武。疏云。此大司樂所敎。是大—。內則云二十—大夏。卽此六—也。〕

❷、—動其容也。見〔禮記樂記〕〔六書故云。抃蹈也。增韻云。以手曰—。以足曰蹈〕

❸蹈也。〔書益稷〕百獸率—。

❹行也。〔易繫辭〕鼓之—之以盡神。

❺猗弄也。〔漢書汲黯傳〕—文法。

❻嘲也。〔列子仲尼〕為若—彼來者奚若。〔注〕世或謂相嘲調為—弄也。

❼迴翔也。〔列子湯問〕瓠巴鼓琴、而鳥—魚躍。

❽務也。〔楚辭天問〕干協時—。

❾疾也。見〔廣雅釋詁〕

❿鐘體也。〔考工記鳧氏〕鉦上謂之—。

⓫—師。周官。見〔周禮地官序官〕

⓬—陽。縣名。〔清一統志〕河南南陽府—陽縣。戰國魏—陽邑。漢置—陽、定陵二縣。劉宋省。魏改定陵置北—陽縣。隋初改曰北—。唐貞觀初廢。開元四年復置—陽縣。元省入葉縣。後復置。

⓭姓也。見〔姓苑〕

[⿱吅舛] 古雅切音賈馬韻

玉爵。見〔玉篇〕〔正字通云斝字之譌〕

九畫

[⿰粦乚] 粼譌字。康熙字典引字彙補音隣。水在石閒也。音義與粼同。知為粼字之譌

十畫

[䑞] 舜本字。見〔說文䑞部〕

十四畫

[⿰䑞隹] 蕣或字。康熙字典引韻會云。與堇同。韻會無此字。

十五畫

【⿰皇舛】䑞或字。康熙字典引篇海。胡光切音皇。𦬸本字。花蘂也。又榮也。蓋卽䑞字也。

十七畫

【䑞】胡光切音黃陽韻

華榮也。爾雅曰。—華也。見〔說文〕。

二十一畫

【⿱粦員】將倫切音遵眞韻

羽獵韋袴。見〔五音集韻〕。〔按此字義與⿰粦舛字同。疑卽⿰粦舛之或體〕

※艮部※

【艮】古恨切音亘珢願韻

（一）本作𥃩。〔說文〕𥃩很也。从匕目。匕目猶目相匕不相下也。易曰。𥃩其限。匕目爲𥃩。匕目爲眞也。

（二）限也。見〔廣韻引說文〕。

（三）卦名。—下—上。〔易艮〕兼山—。

（四）止也。見〔易說卦〕。

（五）堅也。見〔方言〕〔注〕名石物也。〔箋疏〕說卦傳。—爲山。爲小石。今人猶謂物之堅而不弊者爲—固。是其義也。

（六）難也。〔太玄守〕象—有守。

（七）方位名。〔易說卦〕—、東北之卦也。〔按宅經以東北方爲—方。〕

（八）時間之名。〔舊唐書呂才傳〕若依葬書。多用乾、—二時。並是近半夜。〔按—時卽今午前二時至四時也。〕

（九）儒—。一名人魚。鯨類。產琉球羣島。

（十）姓也。漢—當註樂經。

【艮】胡恩切音痕元韻

报或字。〔集韻〕报。博雅、揎引也。或作—。

一畫

【良】呂張切音梁陽韻

（一）善也。从畗省。亾聲。見〔說文畗部〕。〔注〕鍇曰。—、甚也。故从畗。〔按通訓定聲云。从畗省。說文別立畗部。疑誤〕。

（二）賢也。〔書益稷〕股肱—哉。

（三）量也。量力而動。不敢越限也。見〔釋名釋言語〕。

（四）實也。〔漢書吳王濞傳〕誅罰—重、

（五）能也。〔左昭十八年傳〕弗—及也。

（六）首也。見〔爾雅釋詁〕。

（七）長上也。見〔廣雅釋詁〕。

（八）信也。〔文選古詩〕—無磐石固。〔字彙、正字通並音亮〕。

（九）頗也。〔列子仲尼〕—久告退。〔按洪武正韻。或以爲—久少久也。一曰—、略也。聲輕。故轉略爲—。正字通云。—久頗久也〕。

（十）樂也。〔荀子非十二子〕其容—。

（十一）易直也。〔論語學而〕夫子溫—恭儉讓以得之。

（十二）猶深也。〔後漢祭遵傳〕—夜乃罷。

（十三）功聲善也。〔禮記坊記〕惟予小子無—。

（十四）以爲賢也。〔左襄二十九年傳〕—敬仲也。

（十五）五采具也。〔大戴記夏小正〕—蜩鳴。

（十六）婦人稱夫曰—。〔儀禮士昏禮〕媵衽—席在東。

（十七）溫—好樂曰—。見〔周書謚法〕。

（十八）安柔不苛謂之—。見〔賈子道術〕。

（十九）以財予人者謂之—。見〔管子戒〕。

（二十）醫能治百病謂之—。見〔論衡別通〕。

（廿一）器工曰—。〔禮記月令〕陶器必—。

（廿二）婦人稱夫曰—人。〔孟子離婁〕—人者、所仰望而終身也。〔又〕夫稱婦亦曰—人。〔詩綢繆〕今夕何夕。見此—人。〔傳〕—人美室也。〔又〕鄉士亦曰—人。〔國語齊語〕鄉有—人焉。〔又〕君子亦曰—人。〔呂覽序意〕—人請問十二紀。

（廿三）—日吉日也。〔禮記祭義〕及—日。

（廿四）君綏曰—綏。〔禮記少儀〕僕者右帶劍。負—綏申之面。

（廿五）—餘山名。見〔山海經中山經〕。

（廿六）—家。謂善營生以致富者。〔管子問〕問鄉之—家。〔按漢以來沿用—家字。因以爲身家淸白之稱〕。

（廿七）王—星名。〔星經〕天駟旁一星名

王—。〔又〕人名善御見〔孟子〕。
(二十八)黃—。草名〔廣雅釋草〕黃—。大黃也。
(二十九)吉—。閑名〔唐書兵志〕又以尙乘掌天子之御左右六閑一名飛黃。二曰吉—。
(三十)大—。造秦官名。〔史記商君傳〕於是以鞅爲大—造。
(卅一)螢火、一名丹—。見〔古今注〕。
(卅二)地名〔左昭十三年傳〕晉侯會吳子于—。〔注〕下邳有—城縣。〔當今江蘇邳縣北〕
(卅三)人名。漢閩侯張—。
(卅四)姓也〔古今姓氏書辯證〕出自姬姓。鄭大夫其族。

【良】呂張切音梁陽韻郎宕切音浪漾韻
通垠。〔莊子列禦寇〕闉胡嘗視其—。〔釋文〕—者、—人或作垠音浪。冢也。

【良】里養切音兩養韻
方—。罔兩也。〔周禮方相氏〕以戈擊四隅敺方—。

二畫

【哏】呧謌字。見〔字彙補〕。

十一畫

【艱】居閑切音閒刪韻
(一)土難治也。見〔說文堇部〕。
(二)難也。〔詩北門〕莫知我—。
(三)險也。〔詩何人斯〕其心孔—。
(四)根也如物根也。見〔釋名釋言語〕。〔疏證〕尙書谷繇謨曰奏庶—食。釋文云、馬本作根云根生之食。謂百穀。
(五)喪也。〔文選王儉碑文〕又以居母—去官。〔按今猶謂遭父母喪曰、丁—〕。
(六)私—。謂家難也。〔文選潘岳賦〕余既有私—。
(七)同囏。〔周禮遺人〕以恤民之—阨。〔注〕—阨猶困乏也。

十四畫

【艱】同艱。見〔字彙〕。

※聿部※

【聿】允律切音遹質韻
(一)所以書也。楚謂之—。吳謂之不律。燕謂之弗見〔說文〕。〔通訓定聲〕秦以後皆作筆字。
(二)遂也。〔書湯誥〕—求元聖。
(三)自也。〔詩緜〕—來胥宇。
(四)述也。〔詩文王〕—修厥德。
(五)惟也。〔左昭二十六年傳〕—懷多福。
(六)辭也。〔漢書劉向傳〕見晛—消。
(七)循也。〔後漢傳毅傳〕—同始卒。
(八)—皇。輕疾貌〔漢書揚雄傳〕武騎—皇。
(九)—越。豹走貌〔文選左思賦〕—越巉險。
(十)古作欥。〔漢書敘傳〕欥中和爲庶幾兮。〔注〕欥古—字、由也。宋祁曰、由當作曰。
(十一)通曰。〔詩七月〕曰爲改歲。〔漢書食貨志引作—〕。
(十二)通遹。〔詩文王有聲〕遹追來孝。〔禮記禮器引作—〕。

【𦘒】尼輒切音聶葉韻
(一)手之疌巧也。見〔說文聿部〕。
(二)竹—也。見〔佩觿集〕。

二畫

【津】子仙切音鐫先韻
(一)志也。見〔字彙〕。
(二)息進也。見〔字彙〕。

【𦘕】以制切音曳霽韻
勩或字。見〔集韻〕。

三畫

【𦘘】資辛切音津眞韻
聿飾也。俗語、以書好爲—。見〔說文〕。

四畫

【肁】直紹切音趙篠韻
(一)始開也。見〔說文戶部〕。
(二)謀也。見〔玉篇〕。
(三)姓也。〔廣韻〕戰國策、趙有大夫—賈。

【肂】息利切音四羊至切音肄寘韻
(一)埋棺之坎也。〔儀禮士喪禮〕掘—見衽。〔注〕掘之於西階上。

(二)瘞也。見〔玉篇〕。(三)殔也。〔釋名釋喪制〕假葬於道側曰—。、殔也。〔疏證〕—、本未葬而塗殯之名。假葬者亦依此以爲名也。

五畫

【𦘕】盡俗字。見〔字彙〕。

六畫

【𦘠】晝籀文。見〔說文〕。

七畫

【肄】羊至切 音易 寘韻

(一)習也。見〔說文聿部〕。(二)勞也。〔詩谷風〕既詒我—。(三)閱也。〔漢書義縱傳〕關吏稅—郡國出入關者。(四)枿也。見〔廣雅釋詁〕。〔疏證〕枿、即萌櫱之櫱。〔盤庚〕若顛木之有由櫱。釋文、櫱本又作枿。(五)嫩條。見〔廣韻〕。(六)斬而復生也。〔詩汝墳〕伐其條—。〔傳〕—、餘也。斬而復生曰—。(七)水名。〔山海經海內東經〕—水出臨武西南而東南注海。〔注〕沅曰。即溱水也。水出今湖南臨武縣。(八)通肆。〔周禮小宗伯〕—儀爲位。〔注〕故書—爲肆。杜子春讀、肆當爲—。

【肅】息六切 音宿 屋韻

(一)持事振敬也。从聿在𣶒上。戰戰兢兢也。見〔說文聿部〕。(二)嚴也。〔書太甲〕罔不祗—。(三)威也。〔禮記玉藻〕色容厲—。(四)戒也。〔禮記祭統〕宮宰—夫人。(五)進也。〔詩桑柔〕民有—心。(六)縮也。〔詩七月〕九月—霜。〔注〕—、縮也。霜降而收縮萬物。(七)整也。〔國語周語〕寬—宣惠。(八)殺也。〔呂覽孟秋〕天地始—。(九)急也。〔淮南本經〕—而不悖。(十)速也。見〔爾雅釋詁〕。(十一)聲也。見〔爾雅釋言〕。(十二)峻也。〔禮記禮運〕刑—而俗敝。(十三)恭也。見〔廣韻〕。(十四)道之也。〔禮記曲禮〕主人—客而入。〔注〕—、進也。進客、謂道之。(十五)似不息也。〔禮記玉藻〕氣容—。(十六)中列嚴整也。〔素問氣交變大論〕其政—凝。(十七)——。敬也。〔詩兔罝〕——兔罝。〔又〕疾貌。〔詩小星〕——宵征。〔又〕嚴正之貌。〔詩黍苗〕——謝功。〔又〕羽聲也。〔詩鴻雁〕——其羽。〔又〕恭也。見〔爾雅釋訓〕。〔又〕清也。〔後漢張衡傳〕出紫宮之——兮。〔又〕恭敬貌。〔文選張衡賦〕——習習。〔又〕鸞和聲之形狀。〔禮記少儀〕——雍雍。(十八)—拜。但俯手下。〔周禮大祝〕九曰—拜。〔注〕今時撎、是也。(十九)—爽。駿馬名。〔左定三年傳〕唐成公如楚有兩—爽馬。(二十)—愼。國名。〔左昭九年傳〕—愼、燕亳。吾北土也。〔注〕—愼、北夷。〔當今東三省地〕。(二十一)靜—也。〔素問診要經終論〕刺鍼必—。(二十二)剛德克就曰—。執心決斷曰—。見〔周書謚法〕。(二十三)草木上竦曰—。見〔淮南時則〕。(二十四)州名。古月氏國地。漢置酒泉郡。後魏以酒泉爲甘州。隋分福祿縣置—州。清初猶隸陝西。後別置甘—省。(二十五)通宿。〔儀禮特牲饋食禮〕乃宿尸。〔注〕宿讀爲—。、—進也。(二十六)通翻。〔廣雅釋詁〕翻、飛也。〔疏證〕唐風鴇羽篇——鴇羽。毛傳云——、鴇羽聲也。—與翻通。〔集韻〕翻、所六切。音縮。鳥飛或省。(二十七)姓也。〔古今姓氏書辯證〕韻譜曰。八元仲堪—謚。後世爲氏。

【肅】先妙切 音嘯 嘯韻

(一)敬也。見〔字彙補〕。(二)簫音也。〔釋名釋樂器〕簫。—也。其音——然清也。

【肆】息利切 音四 寘韻

(一)本作隸。〔說文長部〕隸。極陳也。(二)極也。〔左昭十二年傳〕昔穆王欲—其心。(三)陳也。〔書牧誓〕昏棄厥—祀弗答。〔史記周本紀集解〕—、祭名。(四)列也。〔左襄十一年傳〕歌鐘二—。〔注〕—、列也。縣鐘十六爲一—。二—三十二枚。(五)直也。〔易繫辭〕其事—而隱。(六)遂也。〔書舜典〕—類于上帝。(七)緩也。〔書舜典〕眚災—赦。(八)故也。〔書大禹謨〕—予以爾衆士。(九)大也。〔書梓材〕越厥疆土于先王一。
(十)長也。〔詩崧高〕其風—好。
(十一)疾也。〔詩大明〕—伐大商。
(十二)固也。〔詩昊天有成命〕—其靖之。
(十三)力也。見〔爾雅釋言〕。〔注〕—、極力。
(十四)放也。〔左襄二十三年傳〕不可—也。
(十五)殺也。〔大戴記夏小正〕貍子肇—。
(十六)今也。〔爾雅釋詁〕—、故今也。〔注〕—既爲故。又爲今。今亦爲故。故亦爲今。此義相反而兼通者。
(十七)跌也。〔公羊莊二十二年傳〕—大省。—者何。跌也。〔注〕跌、過度。〔又〕失也。見〔穀梁莊二十二年傳〕。
(十八)正也。〔史記樂書〕—直而慈愛者。
(十九)市也。〔漢書王貢兩龔鮑傳〕則閉—下簾而授老子。
(二十)棄也。〔漢書揚雄傳〕故平不—險。
(廿一)申也。〔老子〕直而不—。
(廿二)操也。〔法言〕五百—肇而成書。
(廿三)敢也。〔文選顏延之賦〕—于人上。
(廿四)忝也。〔文選揚雄賦〕—玉軑而下馳。〔注〕賈逵國語注曰。—、忝也。
(廿五)勤也。〔文選張衡賦〕厥庸孔—。
(廿六)綏也。〔文選王襃賦〕時恬淡以綏—。〔注〕綏、遲也。王肅尚書注曰。—、綏也。
(廿七)次也。見〔玉篇〕。
(廿八)量也。見〔玉篇〕。
(廿九)踞也。見〔廣雅釋詁〕。
(三十)置也。見〔廣雅釋詁〕。
(卅一)信也。見〔廣雅釋詁〕。
(卅二)減也。見〔廣雅釋詁〕。
(卅三)犯突也。〔詩皇矣〕是伐是—。
(卅四)祭名。〔周禮典瑞〕以—先王。
(卅五)放恣也。〔禮記表記〕安—曰偷。
(卅六)展放也。〔左昭三十二年傳〕伯父若—大惠。復二文之業。
(卅七)放縱也。〔史記魯仲連傳〕寧貧賤而輕世—志焉。
(卅八)陳之也。〔山海經中山經〕其祠皆—瘞。
(卅九)市中陳貨處也。〔周禮內宰〕正其—。陳其貨賄。〔疏〕正其—。謂諸行列—之等。陳其貨賄。貨賄爲有諸物。皆陳列之也。
(四十)鐘磬編縣之數也。〔周禮小胥〕凡縣鐘磬。半爲堵。全爲—。〔注〕鐘磬者、編縣之。二八十六枚而在一虡、謂之堵。鐘一堵、磬一堵、謂之—。
(四一)猶陳列也。〔儀禮聘禮記〕問大夫之幣。俟于郊爲—。
(四二)極意敢言也。〔論語陽貨〕古之狂也—。〔疏〕—謂極意敢言。多抵觸人也。
(四三)官府造作之處也。〔論語子張〕百工居—。
(四四)暫注而退也。〔左文十二年傳〕若使輕者—焉。
(四五)—長。周官名。見〔周禮地官序官〕。
(四六)—夏。樂章名。〔周禮大司樂〕尸出入。則令奏—夏。
(四七)—享。祭宗廟也。〔周禮大祝〕凡大禋祀—享祭示。
(四八)城內空地曰—。見〔禮記王制市廛而不稅疏〕。
(四九)有罪既刑陳其尸曰—。〔論語憲問〕吾力猶能—諸市朝。
(五十)列—。星名。〔星經〕列—二星在斛西北。主貨珍寶金玉等也。東—二星在宮門、門垣左星之西。主市易價直之官。
(五一)記數借作四字。
(五二)通夷。〔書多士〕予惟率—矜爾。〔論衡雷虛作予惟率夷憐爾〕
(五三)通惟。〔書湯誥〕—台小子。〔墨子兼愛作惟予小子履〕。
(五四)姓也。〔姓苑〕漁陽太守—敏。

【肆】息七切音悉質韻
放也。見〔集韻〕。

【肆】以四反音肆寘韻
餘也。〔禮記玉藻〕—束及帶。〔注〕—讀爲肄。肄、餘也。

【肆】古來切音陔灰韻
—夏。樂名。〔禮記禮器〕其出也—夏而送之。〔注〕—夏、當爲陔夏。〔釋文〕—、依注作陔。古來反。

【肆】他歷切音逖錫韻
(一)解也。〔周禮大司徒〕祀五帝。奉牛牲羞其—。〔注〕進所—解骨體。
(二)治肉也。〔禮記郊特牲〕腥—爓腍祭。

【肅】古肅字。見〔玉篇〕。

【肅】古肅字。見〔字彙補〕。

八畫

【肇】直紹切音趙篠韻　杜皓切音道皓韻
(一)擊也。見〔說文攴部〕。
(二)始也。〔書舜典〕—十有二州。
(三)謀也。〔詩江漢〕—敏戎公。
(四)正也。〔國語齊語〕竱本—末。

⑤郊之神位也。〔詩生民〕以歸—祀。
⑥山名。〔山海經海內經〕華山青水之東有山名曰—山。

【肇】 直紹切音趙篠韻杜皓切音道皓韻

①肇本字。〔說文通訓定聲〕漢孝和帝諱。許氏不容說解。當爲肇之本字。〔按字見說文戈部〕。
②敏也。見〔爾雅釋言〕。
③長也。見〔玉篇〕。
④戟屬。見〔韻會〕。
⑤通兆。〔詩玄鳥〕—域彼四海。〔注〕—、當作兆。

九畫

【書】 書本字。見〔說文〕。

十畫

【[illegible]】 同[illegible]。見〔字彙〕。

十一畫

【[illegible]】 音未詳

姓也。〔南史傅縡傳〕縡依湘州刺史—佑。

十四畫

【[illegible]】 古肆字。見〔字彙補〕。

※臣部※

【臣】 丞眞切音辰眞韻

①牽也。事君也。象屈服之形。見〔說文〕。〔段注〕以疊韻釋之。
②堅也。〔白虎通三綱六紀〕—者堅也。厲志自堅固也。
③服也。〔國策秦策〕而欲以力—天下之主。
④伏也。見〔廣韻〕。
⑤繕也。見〔廣雅釋言〕。
⑥陰也。〔漢書杜欽傳〕—者。君之陰也。〔按古人以—爲對君之辭。陽之對爲陰。故陰每稱爲—。易益鄭注。後漢仲長統傳注。義本此。引伸之、凡屬陰者皆得稱—。如坤亦稱—。見易之覲觀國之光虞注。水亦稱—。見漢書李尋傳注。宮商之商亦稱—。見禮記樂記。星辰之辰亦稱—。見公羊昭二十五年傳注。日月之月亦稱—。見白虎通日月〕
⑦事人之稱。〔詩正月箋〕人之尊卑有十等。〔疏〕—則事人之稱。無定名也。
⑧事君不貳是謂—。見〔國語晉語〕。
⑨仕于公曰—。見〔禮記禮運〕。
⑩君之股肱目耳曰—。見〔儀禮士喪禮乃赴于君注〕。
⑪諸侯對於天子之稱。〔詩臣工〕嗟嗟—工。〔箋〕—、謂諸侯也。
⑫古人自稱謙辭。〔漢書高帝紀〕—少好相人。〔注引張晏〕古人相與語。多自稱—。自卑下之道也。
⑬才不應世者曰—。〔莊子齊物論〕其遞相爲君—乎。
⑭男子賤稱曰—。〔孝經〕不敢失於—妾。
⑮囚俘亦曰—。〔禮記少儀〕—則左之。
⑯主—。惶恐之辭。〔漢書王陵傳〕陳平謝曰主—。〔按如云死罪。漢人發語多用之〕。
⑰——。自卑貌。〔太玄盛〕小盛——。
⑱通相。〔莊子盜跖〕而管仲爲—。〔釋文〕—、本作相。
⑲姓也。唐—悅。著平陳紀。見〔奇姓通〕。

二畫

【臣】盈之切音飴支韻
頤也。象形。見〔說文臣部〕〔按〕—為頤之古文。篆文作頤。籀文作𩠐。今則頤行而—𩠐廢矣。又關中語讀曳來切。義同。見〔集韻〕

二畫

【臥】吾貨切音餓箇韻
(一)伏也。从人臣。取其伏也。見〔說文臥部〕〔段注〕伏。大徐作休。誤。—與寢異。寢於牀。論語寢不尸是也。—於几。孟子隱几而—是也。此析言之耳。統言之則不別。故宀部曰寢者—也。
(二)化也。精氣變化。不與覺時同也。見〔釋名釋姿容〕
(三)寢也。〔荀子解蔽〕心—則夢。
(四)偃也。〔隋書禮儀志〕旗—則踣。
(五)佯眠也。〔山海經北山經〕近春之山有獸。見人則—。
(六)息也。〔管子白心〕—名利者寫生危。〔注〕—、猶息也。寫、猶除也。能息名利。則除身之危。
(七)寢室也。〔後漢宦者傳論〕乃以張卿為大謁者。出入—內。
(八)澔—。縣名。漢置。屬牂牁郡。當今雲南羅平縣。

【臤】丘閑切音掔刪韻 丘耕切音鏗庚韻 輕煙切音牽先韻 丘寒切音看寒韻
堅也。古文以為賢字。見〔說文臤部〕〔段注〕堅、謂握之固也。凡言古文以為者。皆言古文之假借也。

【臤】胡千切音賢先韻
古賢字。見〔集韻〕

三畫

【⿱山臣】音未詳
大山姓。馮名—。嵩小山姓。崇名⿱山臣。字—勳。見〔太清金液神氣經〕

四畫

【⿱臣壬】古望字。見〔說文壬部〕

五畫

【⿰臣尔】之忍切音枕軫韻
同⿰目尔。明也。見〔篇海〕

【𦣞】余支切音移支韻
廣𦣝也。見〔正字通〕〔按說文本作𦣝。—乃𦣝之譌字〕

六畫

【臦】古況切音誑漾韻 嫗往切音枉養韻
乖也。从二臣相違。見〔說文〕〔按說文夰部臩從—聲。臩訓驚走。蓋乖違故驚也〕

【臦】俱永切音憬梗韻
人名。周有伯—。又通作冏。見〔集韻〕

八畫

【臧】滋郎切音贓陽韻
(一)善也。見〔說文〕〔段注〕釋詁毛傳同。
(二)厚也。見〔廣雅釋詁〕
(三)荊淮海岱雜齊之間罵奴曰—。罵婢曰獲。見〔方言〕
(四)匿也。〔呂覽上德〕愛思不—。
(五)抑也。〔文選馬融賦〕挍掔拔—。
(六)守藏者也。〔墨子小取〕—人也。
(七)執事順成為—。見〔左宣十二年傳〕
(八)掩賊者為—。見〔國語周語〕
(九)好書曰—。見〔莊子駢拇釋文引崔譔說〕
(十)壻婢之子謂之—。見〔莊子駢拇釋文引張揖說〕
(十一)地名。〔莊子田子方〕文王觀於—。
(十二)姓也。魯—僖伯之後。見〔姓苑〕
(十三)同贓。受賄賂也。〔漢書尹賞傳〕貪污坐—。
(十四)同藏。〔管子侈靡〕天子—球玉。諸侯—金石。

【臧】寸浪切音狀漾韻
(一)同藏。庫—也。〔漢書食貨志〕出御府之—以贍之。
(二)同臟。內臟也。〔漢書王吉傳〕吸新吐故以練五—。

十畫

【⿰臧二】臧籀文。見〔說文〕〔段注〕宋本及集韻類篇皆从二。今本下从土。非。

十一畫

【臨】犂針切音林侵韻
(一)監也。从臥品聲。見〔說文臥部〕〔段注〕各本作監—也。乃複字未删而又倒之。今正。

二 視也。〔詩大明〕上帝—女。
三 沿也。〔論語爲政〕—之以莊則敬。
四 見也。〔易繫辭〕如—父母。〔虞注〕
五 大也。〔易序卦〕
六 照也。〔方言〕
七 治也。〔華嚴經音義引國語賈注〕
八 撫有之也。〔穀梁哀七年傳〕春秋有—天下之言焉。有—一國之言焉。有—一家之言焉。
九 制也。〔國策趙策〕循有燕以—之。
十 伐也。〔國策西周策〕以—韓魏。
十一 守也。〔國策西周策〕君—函谷。
十二 哭也。〔呂覽觀表〕還車而—。
十三 居高視下曰—。〔詩小旻〕如—深淵。
十四 以尊適卑曰—。〔周禮鬯人〕凡王弔—。
十五 卦名。兌下坤上。〔易臨〕澤上有地。
十六 地名。〔左哀四年傳〕趙稷奔—。〔注〕—、晉邑。〔當在山西—縣境〕〔又〕—州名。金置。屬隴右道。今爲甘肅狄道縣治。
十七 邱右高也。〔爾雅釋邱〕右高—邱。
十八 —硎。宮門名。〔文選左思賦〕左稱—硎。右號—硎。
十九 車名。〔詩皇矣〕以爾鉤援。與爾—衝。〔傳〕—、車也。
二十 —朐山名。見〔水經巨洋水注〕。
廿一 摹—也。〔宣和畫譜〕俗畫摹—莫克髣髴。
廿二 通鄰。〔史記貨殖傳〕北鄰烏桓扶餘。〔索隱〕鄰一作—。—者謂郤背之也。
廿三 姓也。漢有—孝存。見〔後漢孔融傳〕。

【臨】力鴆切林去聲沁韻
一 衆哭曰—。〔左宣十二年傳〕卜—于大宮。
二 喪哭也。〔禮記曲禮〕入—不翔。

【臩】俱往切音迋養韻俱永切音烱梗韻
驚走也。一曰往來貌。从夰臦聲。周書曰伯—。古文臦。古文四字。見〔說文夰部〕。〔段注〕古文尙書有四命。書序曰。穆王命伯四爲太僕正。作四命。周本紀曰。穆王閔文武之道缺。乃命伯—申誡大僕之政。作—命。蓋—、四古通用也。古文臦古文四字。此七字當作古文以爲四字六字。轉寫譌舛也。

十二畫

【⿰臣菐】古僕字。見〔說文菐部〕。

【⿰臣見】古臨字。見〔古文孝經〕。

十五畫

【⿱臤殳】獲頑切音鐶删韻
堅—也。見〔集韻〕。

二十三畫

【⿰臣臨】古臨字。見〔集韻〕。

二十五畫

【⿱監兒】力陷切臉去聲陷韻
—顩。頭長皃。見〔集韻〕。

※至部※

【至】脂利切音摯寘韻
一 鳥飛從高下—地也。从一。一猶地也。象形。不上去而—下來也。見〔說文〕。
二 極也。〔易坤〕—哉坤元。
三 來也。〔禮記樂記〕物—知知。
四 行也。〔禮記樂記〕樂—則無怨。禮—則不爭。
五 衆也。〔孟子滕文公〕園囿汙池沛澤多而禽獸—。
六 下也。〔易臨〕—臨无咎。
七 甚也。〔孟子萬章〕充類—義之盡也。
八 善也。〔管子法法〕夫—用民者。
九 通也。〔國語楚語〕—於神明。
十 大也。〔國策秦策〕法令—行。
十一 成也。〔呂覽權勳〕則大忠不—。
十二 深也。〔國語晉語〕固皆—矣。
十三 實也。〔漢書東方朔傳〕非—數也。
十四 動也。〔素問平人氣象論〕人一呼。脈四動以上曰死。脈絕不—、曰死。
十五 達也。見〔玉篇〕。
十六 到也。見〔玉篇〕。
十七 盡理也。〔管子侈靡〕女言—焉。

(十八)猶得也。〔呂覽情欲〕理奚由｜。

(十九)一守而不變也。〔荀子議兵〕夫是之謂三｜。

(二十)相及而殊上事之文也。〔論語爲政〕｜於犬馬皆能有養。

(廿一)｜日冬｜之日也。〔易復〕先王以｜日閉關。

(廿二)｜德孝悌也。〔孝經〕先王有｜德要道。〔又〕中和之德也。〔周禮師氏〕一曰｜德。

(廿三)｜掌蟲名。〔爾雅釋蟲〕蛭蝚｜掌。〔按郭注云。未詳。本草。水蛭。別錄。一名蚑。一名｜掌。衍義、一名馬蟥。今俗謂之馬黃。〕

(廿四)｜不｜猶言當不當也。〔荀子正論〕不知逆順之理。大小｜不｜之變者也。

(廿五)｜尊天子也。〔文選張衡賦〕降｜尊以訓恭。

(廿六)不｜不親夫以孝舅姑也。〔禮記坊記〕以此坊民。婦猶有不｜者。

(廿七)冬｜夏｜節氣名。見〔後漢律曆志〕。

(廿八)不離於眞謂之｜人。見〔莊子天下〕。

(廿九)通志。〔荀子正論〕是王者之｜也。〔注〕｜當爲志。所以志識遠近也。

【至】徒結切。音咥。屑韻。

單｜。輕發皃。見〔集韻〕。〔又〕人名。見〔列子力命〕。

一畫

【𦤳】古至字。見〔玉篇〕。

二畫

【𦤴】古至字。見〔說文〕。

【圣】古至字。見〔字彙補〕。

三畫

【致】陟利切。音躓。寘韻。

(一)送詣也。見〔說文夊部〕。

(二)極也。〔禮記禮器〕禮也者物之｜也。

(三)委也。〔論語學而〕事君能｜其身。

(四)至也。〔儀禮聘禮〕卿｜館。

(五)達也。〔左宣二年傳〕｜果爲毅。〔疏〕｜謂達之於敵。

(六)密也。〔禮記禮器〕德產之｜也精微。

(七)與也。〔公羊昭三十二年傳〕吾將焉｜乎魯。

(八)聚也。〔周禮小司寇〕以｜萬民而詢焉。

(九)誠也。〔老子〕其｜之。

(十)歸也。〔國語晉語〕余將｜政焉。

(十一)累也。〔漢書定陶丁姬傳〕因故棺爲｜椁作冢。

(十二)就也。〔老子〕故｜數與無輿。

(十三)送至也。〔漢書武帝紀〕存問｜賜。

(十四)納之也。〔後漢陳寵傳〕除文｜之請。〔注〕文｜謂前人無罪。文飾｜於法中也。

(十五)深審也。〔禮記樂記〕｜樂以治心。

(十六)與人也。〔禮記曲禮〕大夫七十而｜事。〔疏〕不云置而云｜者。置是廢絕。｜是與人。明朝廷必有賢代己也。

(十七)旨趣也。〔晉書王凝之妻謝氏傳〕安謂有雅人深｜。

(十八)意態也。〔吳志周瑜傳注〕蔣幹見瑜歸稱瑜雅量高｜。

(十九)整密也。〔漢書嚴延年傳〕按其獄皆文｜不可得反。〔注〕言其文案整密也。

(二十)堅密也。〔禮記月令〕必功｜爲上。

(廿一)猶至也。〔論語子張〕喪｜乎哀而止。

(廿二)猶勝也。〔淮南主術〕何足以｜之。

(廿三)｜命喪身也。〔易困〕君子以｜命遂志。

(廿四)｜意也。〔詩楚茨〕工祝｜告。〔今俗言轉｜本此〕

(廿五)招｜也。〔禮記大學〕先｜其知。〔疏〕先須招｜其所知之事。〔朱注云、推極也〕

(廿六)引而至也。〔漢書公孫弘傳〕｜利除害。

(廿七)膝至地也。〔禮記樂記〕武坐｜右憲左。

(廿八)盡其情也。〔論語子張〕人未有自｜者也。必也親喪乎。

(廿九)轉運之辭。〔詩皇矣〕是｜是附。〔注〕｜、｜其社稷羣臣。

(三十)挑戰曰｜師。〔周禮環人〕掌｜師。〔注〕｜師者、｜其必戰之志。古者將戰。先使勇力之士犯敵焉。

(卅一)戚容稱其服也。〔禮記檀弓〕｜喪三年。

(卅二)通緻。〔詩斯干箋〕其堅｜則鳥鼠之所去。〔釋文〕｜、本作緻。

(卅三)通至。〔莊子外物〕而墊之｜黃泉。〔釋文〕｜本作至。

(卅四)通製。〔唐書張易之傳〕易之既冠。頎皙美姿製。

四畫

【𦤴】同致。〔洞靈經〕善事父母之所—也。

五畫

【𦤸】陟栗切音窒質韻　偖—。受觸忤人也。見〔廣韻〕。〔又〕觝牾也。一曰。不循理。見〔集韻〕。

六畫

【𦤹】才甸切音荐霰韻　(一)重至也。見〔廣韻〕。(二)再也。見〔字彙〕。

【𦤹】徂悶切音鐏願韻　人名。魏有高士張—。○戴鵀之鳥巢其門陰者。見〔廣韻〕。

【𦤺】徒結切音姪屑韻　(一)同𡍩。〔集韻〕𡍩說文、年八十曰𡍩。亦作—。(二)通迭。更—也。〔詩柏舟〕日居月諸。胡迭而微。〔韓詩作—〕。

【𦤺】直質切音秩質韻他計切音替霽韻　國名。〔山海經海外南經〕三苗國—國在其東。

【𦤻】同替。〔周成雜字〕𦤻—、與替同。

【𦤼】同職。〔漢書地理志〕及車轔四—小戎之篇。

【𦤽】各額切音格陌韻　洛或字。〔集韻〕洛至也。或作—。

【𦤾】人質切音日質韻止而切音之支韻竹力切音陟職韻　到也。見〔說文〕。

【𦤿】止而切音之支韻　如一也。見〔廣韻〕。

【𦥀】緇詵切音臻眞韻　—。—至也。〔春秋元命苞〕醜——。言謥謥。

【𦥁】即刃切音進震韻　前往也。見〔正字通〕。

【𦥃】古屋字。見〔說文〕。

七畫

【𦥄】思留切音修尤韻　習也。進也。出太上老君碑。見〔字彙〕。

【𦥅】奉無切音誣虞韻　謗也。見〔字彙補〕。

八畫

【𦥆】俗臺字。見〔字彙〕。

【臺】堂來切音苔灰韻　(一)觀、四方而高者也。从至。从高省。與室屋同意。見〔說文〕。〔王注〕室屋二字下皆云。至所止也。(二)據地稍高為人所坐立者亦為—。〔夢溪筆談〕翰林故事。堂中設視草—。每草制、則具衣冠據—而坐。〔今之講—、演說—、亦類是。〕(三)兩旁築闍為基。基上起屋曰—門。〔禮記禮器〕不—門。(四)山之似—者。〔山海經海內東經〕琅邪—在勃海間琅邪之東。〔注〕今琅邪在海邊。有山𡾰嶤特起。狀如高—。此即琅邪—也。(五)官府名。〔漢官儀〕尙書為中—。御史為憲—。謁者為外—。〔後世相沿稱內閣曰—省。都察院曰—署。總督曰制—。巡撫曰撫—。布政使曰藩—。按察使曰臬—。〕(六)古謂陵墓為—。見〔字彙補〕。(七)持也。〔淮南俶眞〕—簡以游太清。(八)支也。見〔廣雅釋言〕。〔疏證〕方言、—支也。釋名、—持也。築土堅高。能自勝持也。持與支同義。(九)輩也。見〔廣雅釋詁〕。(十)匹也。〔方言〕—、匹也。東齊海岱之間曰—。自關而西秦晉之間物力同者、謂之—敵。(十一)待也。見〔廣雅釋詁〕。(十二)隸僕之至卑者。〔左昭七年傳〕僕臣—。〔又〕婢役於婢者謂之重—。見〔輟耕錄〕。(十三)主使令之賤官。〔孟子萬章〕蓋自是—無餽也。(十四)尊稱人亦曰—。如屬員稱上官曰憲—。堂—。朋友相稱曰—下。兄—。(十五)山名。〔淮南墜形〕時泗沂出—台術。〔注〕時、泗、沂、皆水名。—台、術、皆山名。處則未聞也。(十六)草名。莎也。〔爾雅釋草〕—、夫須。〔疏〕—一名夫須。詩小雅云。南山有—。陸璣云。舊說、夫須、莎草也。可以為蓑笠。都人士云。—笠緇撮。是也。

(十七)｜駘。神名。〔左昭元年傳〕則｜駘汾神也。
(十八)｜紿。鄒地。〔禮記檀弓〕自敗於｜紿。始也。
(十九)｜灣。海島名。在福建之東。日本之南。清光緒二十年。割予日本。現爲中國行省之一。
(二十)鹿｜。紂之錢府名。〔書武成〕散鹿｜之財。〔又〕山名。見〔山海經西山經〕
(廿一)冰｜。艾之別名。〔爾雅釋草〕艾、冰｜。
(廿二)曲｜。宮名。〔漢書鄒陽傳〕秦倚曲｜之宮。懸衡天下。
(廿三)靈｜。心也。〔莊子庚桑楚〕不可內於靈｜。
(廿四)漸｜。星名。〔星經〕漸｜四星。屬織女東足。主晷漏律呂陰陽事。
(廿五)咍｜。睡息聲。〔世說新語雅量〕許上牀。便咍｜大鼾。
(廿六)帝｜。神人名。〔山海經中山經〕休與之山。其上有石焉。名曰帝｜之棊。
(廿七)煙｜。島名。一名狠煙｜。卽古之防倭寇處。又名之罘山。史記秦始皇二十八年。登之罘。立石。漢武帝大始三年。行幸東海。登之罘。故外人通稱煙｜爲之罘。又作芝罘。太平寰宇記。山在海中。高九里。周五十里。今爲山東福縣商埠。清同治元年。依一千八百五十八年天津條約開放。
(廿八)姓也。漢侍中｜修。〔又〕澹｜。複姓。

【臺】　烏解切音矮蟹韻
舍也。見〔玉篇〕。

九畫

【臷】　徒結切音跌屑韻
練經也。見〔篇海〕。

【𦤶】　古握字。見〔集韻〕。

十畫

【臻】　緇詵切音蓁眞韻將先切音箋先韻
(一)至也。見〔說文〕。
(二)乃也。見〔爾雅釋詁〕。〔說文通訓定聲〕云猶仍也。迺也。
(三)聚也。〔鹽鐵論力耕〕商賈之所｜。
(四)及也。見〔玉篇〕。
(五)眾也。見〔玉篇〕。
(六)同轃。〔漢書禮樂志〕四極爰轃。〔注〕轃字、與｜同。

【𦤺】　丑二切音尿丑吏切音眙脂利切音至寘韻
忿戾也。从至。至而復孫。孫、遁也。周書曰。有夏氏之民叨｜。｜讀若摯。見〔說文〕。〔按今本尙書多方作亦惟有夏之民叨懫。〕

【𦤹】　偶許切音語語韻
鉏｜。見〔洪武正韻〕。

十一畫

【𦥀】　鎣或字。見〔集韻〕。

【𨋵】　脂利切音至寘韻
車重也。見〔集韻〕。〔字彙〕云。同輊。車前重也。正字通云。本作蟄。毛詩作輊。

十二畫

【𡐦】　職日切音質質韻
窒也。見〔字彙〕。

【緻】　直利切音緻寘韻
刺履底也。見〔集韻〕。

※豕 部※

【豕】賞是切音始紙韻

㊀彘也。竭其尾故謂之—。象毛足又後有尾。見〔說文〕〔按—爲六畜之一。偶蹄類之不反芻者。性趨下。喜穢。體肥。孕四月而誕。參閱豬字。〕

豕圖

㊁—韋。國名。〔左襄二十四年傳〕在商爲—韋氏。〔廣雅釋天〕曰營室謂之—韋。是—韋又爲星名。蓋古—韋氏國。春秋時衛地也。衛爲營室之分野。故營室謂之—韋。按今河南滑縣東南有—城。廢縣。即古—韋國。〕

㊂封—。星名。〔史記天官書〕奎曰封—。爲溝瀆。

㊃—首。藥名。〔爾雅釋草〕菿薽。—首。〔注〕本草曰。彘盧今江東呼豨首。〔疏〕菿薽。藥草名。一名—首。一名彘盧。一名天名精。一名天蔓精。南人呼爲地菘。〔按郝氏義疏。說文薽。—首也。圖經云天名精生平原川澤。夏秋抽條。頗如薄荷。葉如菘葉而小。故南人謂之地菘。又李時珍曰。天名精乃天蔓菁之譌也。其氣如—彘。故有—首彘顱之名。〕

豕首圖

㊄—零。藥名。〔莊子徐無鬼〕雞廱也。—零也。〔注〕—囊。一名豬苓。根似豬卵。可以治渴。

【豕】古噔切音艮徑韻

聚也。見〔海篇〕

【豕】古豕字。見〔集韻〕

一畫

【豖】敕六切音畜屋韻丑玉切音亍沃韻

豕絆足行——也。从豕繫二足。見〔說文〕〔段注〕蹢行貌。

二畫

【⿰豕丁】湯丁切音聽青韻他定切音聽徑韻

豕貌。見〔玉篇〕

三畫

【豗】呼回切音灰灰韻

㊀相擊也。見〔類篇〕〔按文選木華海賦。磊匒匌而相—。注相—。相擊也。〕

㊁喧—。鬨聲。〔李白詩〕飛湍瀑流爭喧—。

㊂豕掘地也。見〔正字通〕〔按廣韻。蝝、訓豕掘地。、訓—相擊。〕

【⿰豕土】呼回切音灰灰韻

㊀豕也。見〔玉篇〕

㊁豕發土也。見〔類篇〕

【⿰豕干】侯罕切音旱旱韻

豕奔貌。見〔字彙〕

【⿰豖攵】丑玉切音亍沃韻

豕行也。見〔字彙〕

【⿱亲豕】同豕。見〔字彙補〕

四畫

【豚】徒渾切音屯元韻

㊀本作豘。〔說文豚部〕豘。小豕也。从古文豕。从又持肉以給祠祀也。〔段注〕豬、其子或謂之—。或謂之豯。

㊁—澤。地名。〔左定六年傳〕陽虎使季孟舍于—澤。

㊂水名。〔字彙補〕—水在牂柯郡。〔按—水、一名牂柯江。源出今貴州定番縣西北亂山中。曰濛潭。〕

㊃河—。魚名。水族中之無腹鰭者。齶骨固著於頭骨。鱗[illegible]形多產於海。或曰[illegible]生於江者名江—。河—種類不一。名亦各異。凡水族中之無腹鰭者。皆屬河—類。

河豚圖

㊄—鼠。鼠類。首似兔而耳甚小。產南非洲。

豚鼠圖

㊅姓也。印藪有—少公。漢人。

【豚】杜本切音飩阮韻徒困切音鈍願韻
行曳踵也。〔禮記玉藻〕圈—行不舉足。

【豚】都昆切音墩元韻
土墩也。〔魏志蔣濟傳〕豫作土—。遏絕湖水。

【殺】營隻切音役陌韻
㊀上谷名豬曰—。見〔說文〕〔段注〕謂上谷評豬曰—也。上谷。漢郡名。
㊁豬豕。見〔玉篇〕。

【豝】邦加切音巴麻韻
㊀牝豕也。一曰二歲豕能相杷拏者也。詩曰一發五—。見〔說文〕。
㊁大豬也。〔何承天纂文〕漁陽以大豬為—。
㊂通豝。腊屬。〔五代史四夷附錄〕耶律德光卒。契丹破其腹實之以鹽。載之而走。昝人謂之帝—。

【豞】于求切音尤尤韻
豕也。見〔玉篇〕。

【豛】莫李切音沒月韻
豬別名。見〔字彙〕。

【豝】都木切音剢屋韻
星名。見〔集韻〕。

【豝】竹角切音卓覺韻
㊀龍尾。見〔廣韻〕。
㊁同豩。〔集韻〕豩一曰東方星名。亦作—。

【豙】式視切音矢尺氏切紙韻
豕也。見〔說文互部〕。

【豙】商支切音施支韻
豕也。見〔類篇〕。

【豙】丑玉切音亍沃韻
豕絆足行也。見〔集韻〕。

【豞】火巨切音許語韻火角切音豁覺韻
豕聲。見〔篇海類編〕。

【豝】豩本字。見〔正字通〕。

【豘】同豚。見〔廣韻〕。

【豙】同豩。見〔篇類〕。

【豞】同熊。見〔集韻〕。

【豙】同豩。見〔字彙〕。

【豝】同豝。見〔字彙〕。

【豙】豢俗字。見〔正字通〕。

【豣】豣俗字。見〔正字通〕。

五畫

【象】似兩切音像養韻
㊀南越大獸。長鼻牙。三年一乳。象耳牙四足尾之形。見〔說文象部〕。〔按—長鼻類。軀幹偉大。每肢五趾。僅四趾有外蹄。眼狹小。耳大。鼻延長作圓筒狀。能屈伸自如。其所食物。皆鼻取之。上腭二門齒頗長。卽俗所稱—牙。力最强。性伶俐温順。有印度種。美洲種。〕

象圖

㊁海—。獸名。棲于北洋。有長至二丈餘者。上顎之犬齒極大。突出口外。此犬齒卽海象牙。可彫成精細之物。其足如䐈。在動物學中。多呼為䐈腳類。

海象圖

㊂—牙所製物亦省稱—。〔禮記玉藻〕笏、諸侯以—。〔按—瓖—箸之類。例如之。〕

㊃像本字。段玉裁云。古書多假—為像。像者似也。許書—形當作像形。周易繫辭—也者像也。此謂古周易—字卽像字之假借。韓非曰。人希見生—。而案其圖以想其生。故諸人之所以意想者。皆謂之—。似古有—無像。然像字未製以前。想像之義已起。故周易用—為想像之義。如用易為簡易變易之義。凡形像、圖像、想像字。皆當从人。而學

者多作、—。行而像廢矣。
(五)懸—也。〔易繫辭〕在天成—。
(六)肖人貌也。〔書說命〕乃審厥—。〔注〕審所夢之人刻其形—。
(七)相類曰—。〔左桓六年傳〕名有五。以類命爲—。〔注〕若孔子首—尼丘。〔按孔子生而首上汙頂。與尼丘相類。故因名曰丘。字仲尼〕
(八)占兆也。〔史記龜策傳〕卜而兆有口—。
(九)形—也。〔禮記樂記〕聲者樂之—也。
(十)易—也。大—。小—。皆十翼之—。總—一卦謂之大—。釋六爻之—辭謂之小—。
(十一)道也。〔老子〕執大—。
(十二)法也。〔儀禮士冠禮〕繼世以立諸侯—賢也。
(十三)通言之官。〔禮記王制〕南方曰—。
(十四)舞名。〔禮記內則〕成童舞—。〔按周禮之—胥是〕
(十五)樂名。武王勝殷殺紂。環天下自立。以爲王事成功立。無大後患。因先王之樂。又自作樂。命曰—。見〔墨子三辯〕。〔按左襄二十九年傳服注。—、文王之樂舞—也〕
(十六)厤也。〔中候考河命〕欽翼皇—。
(十七)驛也。見〔廣雅釋詁〕。
(十八)義也。名也。時也。似也。類也。比也。狀也。謂之—。見〔管子七法〕。
(十九)譯也。〔漢書禮樂志〕—來致福。
(二十)氣—也。〔素問五藏生成篇〕五藏之—。
(二十一)佛教亦曰—教。言形—以教人也。〔王巾頭陀寺碑〕正法既沒。—教陵夷。
(二十二)—魏。門闕也。〔周禮大宰〕乃縣治—之法于—魏。〔按又爲書名。命藏—魏。由其懸于—魏。故謂其書爲—魏〕
(二十三)—人。謂以芻爲人。〔周禮冢人〕及葬言鸞車—人。〔按列子黃帝釋文。木偶亦曰—人。又漢書禮樂志注、—人若今戲蝦魚獅子者。〕
(二十四)—服。謂褕翟闕翟也。〔詩君子偕老〕—服是宜。
(二十五)—揥。所以爲飾。〔詩葛屨〕佩其—揥。
(二十六)—罔。即罔象也。〔莊子天地〕乃使—罔。
(二十七)—膽。藥名。〔本草綱目〕盧會、一名—膽。以其味苦如膽也。
(二十八)—形。六書之一。〔說文敍〕—形者、畫成其物。隨體詰屈。日月是也。
(二十九)罔—。水怪名。〔史記孔子世家〕水之怪龍罔—。〔注〕罔—食人。一名沐腫。
(三十)三—。周公所作樂名。〔呂覽古樂〕乃爲三—。
(三十一)四—。四時也。〔易繫辭〕兩儀生四—。
(三十二)古刑名。異章服恥辱其形—也。〔荀子正論〕治古無肉刑而有—刑。
(三十三)酒器名。〔禮記明堂位〕犧、—。周尊也。
(三十四)地名。〔史記秦始皇紀〕秦三十二年爲—郡。〔注〕今日南。〔按漢武帝平南越。以秦之—郡爲日南郡。隋置—州。當今廣西—縣治〕
(三十五)舜弟名。性傲。舜封之有庳。
(三十六)姓也。見〔姓苑〕。

〔豟〕乙革切音戹陌韻
(一)豕絕有力—。見〔爾雅釋獸〕。
(二)彘五尺爲—。見〔爾雅釋畜〕。

〔䐁〕都木切音篤屋韻竹角切音卓覺韻
(一)臀也。見〔廣雅釋親〕。
(二)尾下竅也。見〔廣韻〕。
(三)肥也。見〔類篇〕。

〔豞〕許候切音詬宥韻黑各切音謞覺韻
豕聲。見〔廣韻〕。

〔⿰豕句〕權俱切音劬虞韻果羽切音矩麌韻
馬後足皆白也。見〔類篇引爾雅〕。〔按今本爾雅作狗〕

〔豛〕都毒切音篤沃韻
椎擊物也。見〔說文殳部〕。

〔豛〕竹角切音卓覺韻
同斀。擊也。見〔集韻〕。

〔豠〕叢租切音徂虞韻
豕屬。見〔說文〕。

〔⿰豕母〕莫後切音母有韻
豕名。見〔集韻〕。

〔⿰豕令〕郎丁切音靈青韻
豬—。藥名。見〔集韻〕。〔按莊子徐无鬼作豕零。韓愈進學解作豨苓。〕

注云。楚人呼豬爲豨。卽豬茶是也。」

【豛】 五改切嵦上聲賄韻 —豭豕也。見〔字彙〕。

【豽】 女滑切豽入聲月韻 豕名。見〔類篇〕。

【𧰽】 同兕。見〔集韻〕。

【豧】 殺俗字。見〔正字通〕。

【象】、 象俗字。見〔正字通〕。

【𧰼】 象譌字。見〔正字通〕。

六畫

【𧱓】 牛蓋切音艾泰韻 ●一豭也。見〔廣雅釋獸〕。●二豕三毛聚居者。見〔集韻引字林〕。●三豕老謂之—。通作艾。見〔集韻〕〔按左定十四年傳盍歸吾艾豭〕。

【豢】 胡慣切音宦諫韻戶管切音綏旱韻 ●一以穀圈養豕也。見〔說文〕〔段注〕。圈者、養嘼之閑。圈養者、圈而養之。樂記注曰。以穀食犬豕曰—。月令注曰。養犬豕曰— ●二餌之以利曰—。〔左哀十一年傳〕子胥懼曰。是—吳也夫。●三—龍。官名。〔左昭二十九年傳〕董父擾畜龍以服事帝舜。帝賜之姓曰董氏曰—龍。〔注〕以官爲氏。●四通作圂。〔禮記少儀〕君子不食圂腴。〔注〕圂、同—。●五亦作豢。〔莊子達生〕吾將三月豢汝。

【𧱔】 徒東切音同他東切音通東韻、 ●一野彘也。見〔類篇〕〔俗名野豬〕。●二獸名。亦作狪。〔山海經東山經〕泰山有獸。其狀如豚而有珠。名曰狪狪。其名自訆。

【豣】 經天切音堅輕煙切音牽先韻 ●一三歲豕。肩相及者也。見〔說文〕。●二通肩。〔詩還〕並驅從兩—兮。〔按今詩—作肩〕。

【豜】 吉典切音繭銑韻五甸切音硯霰韻 麜之絕有力者。見〔爾雅釋獸〕。

【貇】 口很切音懇阮韻 ●一本作豤。〔說文〕豤豕齧也。〔段注〕人之齧曰齦。豕之齧曰—。●二豕齧地。見〔玉篇〕。●三豕食貌。見〔廣韻〕。●四齒深入物也。見〔正字通〕。●五通懇。款誠之意。〔漢書劉向傳〕——數奸死亡之誅。

【豤】 苦本切音梱阮韻 豕齧物也。見〔集韻〕。

【𧱘】 枯昆切音坤元韻 ●一齧也。見〔集韻〕。●二滅也。見〔集韻〕。

【豦】 求於切音渠魚韻 鬬相丮不解也。从豕虍。豕虍之鬥不解也。司馬相如說。—封豕之屬。一曰。虎兩足舉。見〔說文〕。

【豦】 臼許切音巨語韻 封豕也。見〔集韻〕。

【豦】 居御切音據御韻 獸名。大如狗。似猴。多髯。好奮迅其頭。能投石擲人。見〔廣韻〕。

【𧱐】 蕭前切音先先韻 豕類。見〔類篇〕。

【𧰽】 空旱切音侃旱韻 豕也。見〔字彙〕。

【𧱑】 序姊切音兕紙韻 豶豕也。見〔類篇〕。

【𧲂】 相干切音跚寒韻 豕名。見〔集韻〕。

【豥】 何開切音孩柯開切音該灰韻下楷切音駭賄韻 豕四蹢皆白—。見〔爾雅釋獸〕。

【豗】 呼恢切音灰灰韻 塡—。謂俗物撓塞心胷之意。〔李賀詩〕莫受俗物相塡—。

【𧱜】 于律切音聿質韻 豬名。見〔字彙補〕。

【𧰾】 希籀文。見〔說文希部〕。

【𧰿】 同貆。見〔玉篇〕。

【𧰽】 同兕。見〔字彙〕。

【𧱂】 同貄。見〔字彙〕。

豗圖

七畫

【豨】許豈切音晞尾韻
㊀豕走。—古有封—脩虵之害見〔說文〕〔段注〕—、—走貌。
㊁豕也見〔玉篇〕〔廣韻〕云楚人呼豬也。
㊂大豕也〔莊子知北遊〕監市履—。
㊃封—神獸名〔楚辭天問〕封—是射〔又〕星名見〔漢書天文志〕〔史記作封豕〕。
㊄陳—人名見〔史記列傳〕。

【豨】香依切音希微韻
㊀豬也〔方言〕南楚謂之—。
㊁—薟藥名一名豬膏母見〔本草綱目〕。

【豩】悲巾切音彬眞韻呼關切音懁刪韻
㊀二豕也見〔說文〕。
㊁豕亂羣也見〔同文備考〕。

【豪】乎刀切音毫豪韻
㊀豬毛如笄而端黑也見〔玉篇〕。
㊁猶髦也謂毛之長者〔穆天子傳〕天子之—馬—牛—羊〔注〕髦馬、如馬足四節皆有毛—羊似髦牛。
㊂德千人者謂之—。見〔鶡冠子博選〕
㊃俠也〔史記信陵君傳〕平原君之遊徒—舉耳。
㊄彊也〔漢書食貨志〕故大賈畜家不得—奪吾民矣。
㊅帥也〔史記韓長孺傳〕雁門馬邑—聶翁壹。
㊆傸也見〔玉篇〕。
㊇魚名〔山海經中山經〕渠豬水中多—魚狀如鮪。
㊈鄉—里之貴者〔列子楊朱〕對鄉—稱之。
㊉右大家也〔後漢明帝紀〕濱渠下田賦與貧人無令—右得固其利。
⑪—徼徼道也〔文選左思賦〕—徼互經。
⑫—曹劍名〔博物志〕—曹歐冶子所作。
⑬山名〔山海經中山經〕—山多金玉而無草木。
⑭水名〔山海經中山經〕密山—水出焉而南流注于洛。
⑮—豬〔本草綱目〕豬、一名蒿豬。時珍曰說文云—豕鬣如筆管者。能激—射人也。

豪圖

⑯州名〔廣韻〕屬九江郡古鍾離國與吳爭桑而滅隋改爲—州。
⑰通毫〔禮記經解〕差若—釐〔釋文〕—依字作毫。
⑱姓也宋—彥明—英。

【豧】芳無切音敷虞韻滂模切音鋪虞韻匹候切音趦宥韻
豕息也見〔說文〕。

【豧】蒲故切音步遇韻
豕謂之—。見〔集韻〕。

【豧】芳遇切音赴遇韻
豕聲也見〔廣韻〕。

【⿰豕孝】許敎切音孝效韻
豕走皃見〔集韻〕。

【⿰豕孝】虛交切音虓肴韻
哮或字〔集韻〕哮豕驚聲也或从豕。

【⿰豕卮】章移切音支支韻
豕高五尺。見〔玉篇〕。

【⿰豕卮】丁角切音涿覺韻
山也。見〔玉篇〕。

【豙】魚既切音毅未韻
豕怒毛豎也。一曰。殘艾也。見〔說文〕〔段注〕艾當作乂。殘乂者。刪夷之也。

【⿰豕毛】丁候切音鬬宥韻
尾星名。〔國語楚語〕日月會於龍—。

【豝】豭本字。見〔說文〕。

【⿰豕回】⿰豕亘本字。見〔玉篇〕。

【⿰月彖】同豚。見〔玉篇〕。

【豛】同毅。見〔類篇〕。

【⿰豕助】豠或字。見〔集韻〕。

【⿰豕朱】⿰豕宗譌字。見〔正字通〕。

八畫

【⿰豕屈】渠勿切音掘物韻株衞切音綴霽韻
豕—地。見〔廣韻〕。

【⿰豕屈】紀劣切音蹶屑韻居月切音厥月韻
豕食發土謂之—。見〔集韻〕。

【豩】俱運切音捃問韻
豕求食也。見〔廣韻〕。

【⿰豕介】豬拜切音䵡去聲卦韻
—䝐。頑惡也。見〔類篇〕。

【⿰豕妾】色甲切音霎洽韻
獸名。見〔類篇〕。

【⿰豕侖】龍春切音倫眞韻
獸也。見〔玉篇〕。

【⿰豕宗】非弄切音稯送韻
牡豕。見〔集韻〕。

【⿰豕綜】子宋切音綜宋韻
豕子。見〔集韻〕。

【⿰豕叕】只劣切音輟屑韻
豕也。見〔玉篇〕〔按字彙補云。與豵同。〕

【⿰豕空】曲江切音腔江韻
豕肉渾中空者。見〔六書統〕。

【⿰豕卓】竹角切音卓覺韻
龍尾。一曰。東方星名。見〔集韻〕。

【⿰豕宅】測角切音卓覺韻
龍車也。見〔玉篇〕。

【⿰豕叟】名勃切音沒月韻
豬別名。見〔字彙補〕。〔按音訓與豥同。諸韻書未收。當是譌字。〕

【⿰豕咎】豞本字。見〔類篇〕。

【⿰豕尼】同豝。見〔集韻〕。

【⿰豕肙】同豣。見〔玉篇〕。

【隊】同豨。見〔玉篇〕。

【⿰豕取】同豵。見〔玉篇〕。

【⿰豕建】同豱。見〔玉篇〕。

【⿰豕昆】同豰。見〔集韻〕。

九畫

【豫】羊洳切音預御韻
●一象之大者。賈侍中說。不害於物。見〔說文象部〕。
●二卦名。坤下震上。〔易象〕雷出地奮—。
●三悅也。〔莊子應帝王〕何問之不—也。
●四佚也。〔書太甲〕無時—怠。
●五遊也。〔孟子梁惠王〕吾王不—。
●六敍也。見〔爾雅釋言〕。
●七厭也。見〔爾雅釋詁〕。
●八早也。見〔廣雅釋言〕。
●九樂也。見〔爾雅釋詁〕。
●十備也。〔國語晉語〕—而後給。
●十一素也。〔漢書陸賈傳〕將相和則士—附。
●十二安也。見〔爾雅釋詁〕。
●十三亦未定也。〔後漢馬援傳〕計冘—未決。
●十四逆也。〔禮記樂記〕禁於未發之謂—。
●十五同與。干也。〔漢書薛宣傳〕多與郡縣事。〔注〕與讀曰—。—、干也。
●十六通與。參與也。〔後漢東夷傳〕楚靈會申亦來—盟。
●十七猶—。不決也。〔史記呂后紀〕計猶—未有所決。〔按猶、—、二獸名。猶、玃屬。—、象屬。二獸皆進退多疑。故借以喻人之臨事而不決者。〕
●十八—章。木名。〔漢官儀〕—章郡樹生庭中。故以名郡。〔參閱章字〕〔又〕池中臺。〔文選西京賦〕登—章。
●十九夏九州之一。〔書禹貢〕荊河惟—州。〔傳〕西南至荊山。北距河水。〔按周禮職方曰。河南曰—州。後人遂誤為河南省境。皆古—州實則限于黃河之南。荊山之北。今河南簡稱亦曰—。〕
●二十姓也。晉—讓。

【豫】詞夜切音謝禡韻
通榭。州學也。〔儀禮鄉射禮〕—則鉤楹內。〔注〕—讀如成周宣榭之榭。今言—者。謂州學也。

【豫】商居切音書魚韻
伸也。見〔集韻〕。

【豬】張如切音瀦魚韻
●一豕而三毛叢尻者。見〔說文〕。〔段注〕三毛叢尻。謂一孔生三毛也。今之豕皆然。〔按玉篇、—、豨之總名。方言。—、關東西或謂之彘。或謂之豕。圖入豕字。〕
●二豕子也。見〔爾雅釋獸〕。
●三野—。〔本草〕野—。陝洛間甚多。形如家—。但腹小。腳長。毛色褐。肉色赤。

野豬圖

●四—加。東夷官名。〔魏志東夷傳〕夫餘國以六畜名官。一曰—加。
●五—渠。山水名。〔山海經中山經〕渠

—之山。渠—之水出焉。
(六)—拔州名。唐置。羈縻。屬隴右道。當在今土魯番境。
(七)—龍湫。湫名也。〔北夢瑣言〕邛州有湫。有牝豕出入。號—龍湫。〔當在今四川境。〕
(八)—口。地名。〔晉書甘卓傳〕軍次—口。〔又作賭口。〕
(九)通瀦。水所停也。〔書禹貢〕大野既—。
(十)通諸。孟—。澤名。〔書禹貢〕導菏澤。被孟—。〔左傳爾雅皆作孟諸。〕
(十一)—苓。藥草名。見〔本草綱目〕。〔即莊子之豕零。韓文之豨苓。〕
(十二)伏—。藥草名。〔廣雅釋草〕伏—。木禾也。〔疏證〕名醫別錄云。飛廉、一名漏蘆。一名伏—。一名木禾。生河內川澤。

【豬】照迦切音遮。麻韻
牝豕也。〔左定十四年傳〕既定爾婁—。〔干寶讀。〕

【猯】他端切音湍。寒韻
(一)豬也。見〔玉篇〕。〔按本草綱目。李時珍曰。—、團也。其狀團肥。即今豬貛也。〕
(二)通貒。野獸似豕者。見〔正字通〕。

【⿰豕俞】弋主切音庾。麌韻
(一)獸也。聲如小兒。見則天下大水。見〔字彙〕。
(二)⿰豕俞—。豪豬別名。見〔本草綱目〕。

【⿰豕畏】去演切音遣。銑韻
貂也。見〔字彙〕。

【⿰豕便】毘連切音便。先韻
豬也。見〔玉篇〕。

【⿰豕奏】千候切音輳。宥韻
豕也。見〔集韻〕。

【⿰豕軍】俱運切音捃。問韻
野豕小者曰—。見〔集韻〕。

【⿰豕軍】拘云切音君。文韻
豕也。見〔集韻〕。

【豭】居牙切音家。麻韻
牡豕也。見〔說文〕。〔段注〕左傳野人歌曰。既定爾婁豬。盍歸吾艾—。此—爲牡豕之證也。

【⿰豕叕】竹角切音卓。覺韻
行也。見〔字彙補〕。

【⿰豕青】同豨。見〔類篇〕。

【⿰豕叟】同猔。見〔玉篇〕。

【⿰豚殳】同豚。見〔字彙補〕。

【⿰豚殳】同豚。見〔字彙補〕。

十畫

【豰】呼木切音嗀。屋韻　黑角切音謞。覺韻
(一)獸名。〔爾雅釋獸〕貔、白狐。其子—。〔注〕一名執夷、虎豹之屬。〔按—似豹而小。腰以上黃。以下黑。形類犬。食獼猴。一名黃腰。〕

豰圖

(二)豕名。見〔集韻〕。

【豰】弼角切音雹。覺韻
小豚也。見〔說文〕。〔段注〕豚者小豕也。左傳晉有先穀。字彘子。蓋穀即—字。

【豰】黑各切音壑。藥韻
豕聲。見〔集韻〕。

【豰】都木切音剢。屋韻
—穀。動物也。見〔集韻〕。

【豰】胡谷切音縠。屋韻
豕也。豰豭也。見〔集韻〕。

【豰】居候切音覯。宥韻
嗾豬。見〔集韻〕。

【豳】悲巾切音彬。眞韻
(一)邠或字。〔說文邑部〕美陽亭即—也。民俗以夜市。有—山。〔按說文。邠周大王國。在右扶風美陽。史記索隱。—、邠也。古今字異耳。段玉裁云。古地名作邠。山名作—。而地名因於山名。同音通用。周禮籥師。經文作—。注作邠。漢人於地名用邠不用—。經典多作—。惟孟子作邠。唐開元十三年。以—與幽相涉。詔改—爲邠。桂馥云。美陽亭即—亭。徐廣曰。新平漆縣之東北有—亭。當今陝西邠縣治。〕
(二)—風。十五國風詩之一也。
(三)姓也。見〔姓苑〕。

【豳】逋閑切音⿰王扁。刪韻
(一)斒或字。〔集韻〕斒。斒斕。色不純也。或作—。

㊂通斑。〔史記司馬相如傳〕被—文。

【豲】胡官切音桓寒韻　愚袁切音元元韻

㊀豕屬也。逸周書曰。—有爪而不敢以撅。見〔說文〕〔段注〕廣雅說豕屬有—。非豪豬也。或以豪豬說之。殊誤。

㊁—道。縣名。漢置。屬天水郡。當今甘肅隴西縣東南。

㊂亦作獂。戎邑也。〔史記秦本紀〕斬戎之獂王。〔又作豲。亦隴西翟獂之戎也〕

【⿰豕氣】許既切音欷未韻

豕息也。見〔類篇〕。

【豯】弦雞切音奚齊韻

生三月豚。腹豯豯貌也。見〔說文〕。〔段注〕豯、豯各本作—。今正。豯、大腹也。

【⿰豕舌】火恠切音𩔰卦韻

豩—頑惡也。見〔廣韻〕。

【⿰豕冥】忙經切音冥青韻　莫定切音暝徑韻

小豕也。見〔集韻〕。

【豱】烏昆切音溫元韻

豕名。〔爾雅釋獸〕豕奏者—。〔注〕今—豬短頭皮理腠蹙。

【⿰豕唐】徒郎切音唐陽韻

豕名。見〔類篇〕。

【⿰豕扇】古鳳字。見〔字彙補〕。

十一畫

【⿰豕婁】龍珠切音瘻虞韻　龍遇切音屢遇韻　郎侯切音樓尤韻

㊀求子豕也。見〔集韻〕。

㊁通婁。〔左定十四年傳〕既定爾婁豬。

【⿰豕覓】莫狄切音覓錫韻

白豕黑頭也。見〔玉篇〕。

【⿰豕㒼】莫干切音瞞寒韻

豕屬。見〔字彙〕。

【豴】丁歷切音滴錫韻

蹄也。見〔集韻〕。

【豵】祖叢切音㚇東韻　將容切音蹤　牆容切音從冬韻

生六月豚。一曰一歲—。尙叢聚也。見〔說文〕〔段注〕召南傳、邠傳、大司馬職、先鄭注皆云。一歲曰—。釋獸曰。豕生三—。

【⿰豕癸】公懷切音乖佳韻　丘愧切音喟寘韻

犬也。見〔玉篇〕。

【⿰豕庸】豧譌字。見〔正字通〕。

十二畫

【⿰豕童】癡凶切音蹱冬韻

㊀土豬也。見〔玉篇〕。

㊁土精如⿰犭屯謂之—。見〔集韻〕。

【豶】符分切音墳文韻

㊀羠豕也。見〔說文〕〔段注〕羠、騬羊也。騬、犗馬也。犗、騬牛也。皆去勢之謂也。

㊁除也。〔易大畜〕—豕之牙。〔疏〕—、除也。除其牙也。

豶圖

【豷】許利切音戲寘韻　壹計切音翳霽韻

㊀豕息也。見〔說文〕〔段注〕息者喘也。—與㞘、呬、歕、音義皆同。而有人豕之別。

㊁人名。寒浞之子。〔左襄四年傳〕處—于戈。

【⿰豕雋】尹捶切音蓶紙韻　勻規切蓶平聲支韻

豶也。見〔說文〕〔段注〕—豶。釋獸文。郭云。俗呼小豶豬爲—子。按蓋羠豕之小者也。

【⿰豕隋】徒臥切音惰箇韻

豕名。見〔集韻〕。

【⿰豕粦】離珍切音鄰眞韻

獸名。〔山海經中山經〕几山有獸。狀如彘。身黃、白頭、白尾。名曰聞—。見則天下大風。

【⿰豕閔】美隕切音閔軫韻

豬名。見〔玉篇〕。

【⿰豕爲】羽委切音蔿紙韻

豕名。見〔類篇〕。

【⿰豕曾】慈陵切音繒蒸韻

檜或字。〔集韻〕爾雅、豕所寑檜。或从豕。〔按釋獸釋文。檜舊本多作

繒帛字。非方言、作木旁。又詩漸漸之石箋釋文亦引爾雅。豕所寢曰繒。方言作橧從木。集韻或从豕。未知所本。〕

【⿰豕曾】徂棱切音層蒸韻

橧或字。〔集韻〕橧。博雅。圈也。或从豕。〔按廣雅釋獸。橧。圈也。疏證云。爾雅、豕所寢。橧。舍人注云。豕所寢草爲橧。橧本圈中臥蓐之名。因而圈亦謂之橧。方言。豬、吳揚之閒謂其檻及蓐曰橧。檻卽圈也。玉篇。圈。牢也。今人通呼豕牢爲圈。〕

【⿰豕貴】羊捶切音唯支韻

⿰豕貴豕也。見〔字彙補〕。

【⿰豕貴】徒臥切音惰哿韻

豬別名。見〔字彙補〕。

【⿰豕韋】同⿰豕幷。見〔集韻〕。

十三畫

【豰】呼木切音穀屋韻

豕聲也。見〔集韻〕。

【⿰豕隋】旬爲切音隨支韻

豕牝謂之一。見〔類篇〕。

【⿰豕豦】古去切音據御韻

豕名。見〔字彙補〕。

十四畫

【⿰豕⿺辶萑】色甲切音翣洽韻

●一豕牝也。見〔廣雅釋獸〕。●二老母豕也。見〔玉篇〕。

【⿰豕芻】崇芻切音雛虞韻撰禹切麌韻仕姤切音鯫有韻

●一豕牝也。見〔廣雅釋獸〕。●二小母豬也。見〔玉篇〕。〔按初學記引纂文云。齊徐以小豬爲一。〕

【⿰豕夢】謨中切音瞢東韻

似豕也。見〔玉篇〕。〔按類篇、集韻、作䝉。訓獸似豕。目出於耳。〕

【⿰豕稀】同豨。見〔字彙補〕。

十五畫

【⿰豕暴】弼角切音雹覺韻

小豕也。見〔玉篇〕。〔按集韻作豰或字。〕

【⿰豕巤】力涉切音臘葉韻

豕長毛謂之一。見〔類篇〕。

【⿰豕隋】羊捶切音唯紙韻

小⿰豕貴名。見〔篇海類編〕。

【⿰豕禁】同⿰豕虒。見〔玉篇〕。

【⿰豕焉】⿰豕焉俗字。見〔正字通〕。

十六畫

【⿱衛豕】同⿰豕衛。見〔廣韻〕。

【⿱⿰豕毋婁】同⿰豕婁。〔見集韻〕。

十七畫

【⿰豕韱】虛宜切音犧支韻

豕屬。見〔類篇〕。

十八畫

【⿰豕雚】呼官切音歡寒韻

●一野豬也。見〔類篇〕。●二牡狠也。〔爾雅釋獸〕狠牡⿰豕雚。

【⿰豕聶】質涉切音讋葉韻

●一豕屬。見〔廣雅釋獸〕〔疏證〕初學記引纂文云。梁州以豕爲一。●二良豬。見〔玉篇〕。

【⿱辟豕】必益切音辟陌韻必歷切音壁錫韻

一邪。獸名。鳥喙。或作獙。見〔集韻〕。

【⿱蒿豕】古鷹字。見〔字彙補〕。

【⿰豕雋】同⿰豕隋。見〔類篇〕。

二十畫

【⿱衛豩】于劌切音衛霽韻

豚屬。見〔說文豚部〕。〔按玉篇廣韻均書作⿰豕衛。〕

【⿱衛豚】同⿱衛豩。見〔玉篇〕。

※豸 部※

【豸】 丈尒切音柢紙韻

●一獸長脊行——然。欲有所司殺形。見〔說文〕〔段注〕司、今之伺字。凡獸欲有所伺殺。則行步詳䆫。其脊若加長。——然、長貌。文象其形也。

●二無足謂之—。見〔爾雅釋蟲〕〔義疏〕說文以為獸長脊行——然。蓋凡蟲無足者身恆僂長行而穹隆其脊。如蝍蠍蚯蚓之類是也。

●三解也。猶言止亂也。〔左宣十七年傳〕使郤子逞其志。庶有—乎。

●四豸—漸平貌。〔史記司馬相如傳〕陂池豸—。

●五此—姿態妖蠱也。〔文選張衡賦〕增嬋娟以此—。

●六通蛾。〔史記黃帝紀〕淳化鳥獸蟲蛾。〔索隱〕蛾、一作—。〔正義〕蛾音—。直起反。

●七通止。〔莊子在宥〕災及草木。禍及止蟲。〔郝懿行云止、郎—之聲借。〕

【豸】 丈蟹切音廌蟹韻

●一獬—。神羊也。〔異物志〕東北荒中有獸。名獬—。一角。性忠。見人鬬、則觸不直者。聞人論、則咋不正者。〔又〕冠名。楚王獲獬—。因以為冠。其後執法者服之。漢沿不改。〔後漢輿服志〕法冠或謂之獬—冠。

●二山名。在建寧府。宋儒游酢建書院於山下。見〔明一統志〕〔當在今福建建安縣北。〕

●三通廌。〔說文解字注〕古多叚—為解廌之廌。以二字古同音也。廌、與解、古音同部。是以廌訓解。方言曰。廌、解也。左傳。庶有豸乎。釋文作廌。引方言廌、解也。正義作豸。引方言豸、解也。今本釋文、廌譌為鳩。今本方言。廌譌為癋。蓋古書之難讀如此。

二畫

【豹】 六直切音力職韻

犬名。出遼東。見〔集韻〕。

三畫

【豹】 巴校切音爆效韻

●一似虎。圜文。見〔說文〕〔段注〕—文圜。易曰。君子—變。其文蔚也。—。一名程。〔按、—虎類之小者。類種甚多。有赤—、白—、青—、金錢—、艾葉—、金線—。皆就其形色以命名。〕

豹圖

●二御史初入臺陪直。比五日為伏—。—取不出之義。衆人皆出。此人獨宿。謂之—直。見〔聞見錄〕。

●三—騎。騎兵名。〔唐六典〕驍騎兵曰—騎。

●四—腳。蚊也。〔爾雅翼〕蚊生草中者。吻尤利。而足有花紋。吳興號曰—腳蚊子。

●五—祠。祭名。〔隋書禮儀志〕後齊祈禱者有九。九曰—祠。

●六—子。山名。在遵義府眞州長官司西八里。見〔明一統志〕〔在今貴州正安縣北八里。〕

●七姓也。八元叔—之後。見〔風俗通〕。

【豻】 魚旰切音岸翰韻俄干切音忓河干切音寒寒韻侯旰切音翰翰韻

●一胡地野狗。見〔說文〕〔段注〕禮記玉藻周禮巾車注皆云。—、胡犬也。熊安生禮記正義云胡地野狗。〔按—似狐。黑喙。貙類。〕

●二通干。〔儀禮大射禮〕干五十。〔注〕干讀為—。—侯者、—鵠—飾也。

【豻】 魚旰切音岸翰韻

鄉亭繫囚之所也。〔漢書刑法志〕獄—不平之所致也。〔注〕鄉亭之繫曰—。朝廷曰獄。〔按詩小宛作岸。韓詩作犴。周禮射人注引作—。〕

【豺】 牀皆切音儕佳韻

狼屬。狗聲。見〔說文〕〔段注〕其聲如犬。俗評—狗。〔按—喙長而體瘦。深毛而狗足。有貪殘性。本草—、俗名—豹。形似狗而頗白。世傳狗為—之舅。見狗輒跪。亦相制耳。說異存攷。〕

豺圖

【⿰豸乇】陟格切音磔陌韻
豟或字。〔集韻〕豟䮊。獸名。驢父牛母。或作䮘、豟、—。

四畫

【⿰豸爪】側絞切音爪巧韻
㊀豸也。見〔玉篇〕。
㊁—撩也。見〔廣韻〕。

【⿰豸廾】魚容切音顒冬韻
獸似豕。見〔玉篇〕。

【⿰豸元】吾官切音岏寒韻
貉屬。見〔類篇〕。〔按正字通云。俗貆字。舊注改音丸。貉屬。因聲近而譌。存考。〕

【⿰豸亢】曷各切音鶴藥韻
獸名。似狐善睡。說文从舟誤。當从元聲。見〔集韻〕。〔按集韻非是。考玉篇、廣韻、皆不錄—字。正字通亦云。—俗貈字。似古本無—字。則說文無誤可知。桂馥云。集韻以—貈為一。故有是說。〕

【⿰豸巴】邦加切音巴麻韻
獸醜狀。見〔類篇〕。

【⿰豸日】胡骨切音鶻月韻
獸名。見〔玉篇〕。

【⿰豸开】古賢切音堅先韻
大豕也。一曰豕二歲。見〔篇海〕。

【⿰豸内】同貀。見〔玉篇〕。

【⿰豸殳】同豰。見〔篇海〕。

【⿰豸亢】同豻。見〔餘文〕。〔按此即从元之貦。譌从亢。〕

【⿰豸月】同貘。見〔篇海類編〕。

【⿰豸比】貔或字。見〔說文〕。

【⿰豸木】貅或字。見〔類篇〕。

五畫

【貂】丁聊切音彫蕭韻
㊀鼠屬。大而黃黑。出胡丁零國。見〔說文〕。〔按—大如獺。毛深色黃。亦有紫黑者。〕

黑貂圖

㊁短也。見〔釋名釋船〕。

㊂—寺。宦官也。〔宋史緒景緯傳〕弄權之—寺。素為天下之所共惡者。〔按謂飾—璫之寺人也。後世稱宦官或借言—璫。〕

㊃—蟬。胡服也。—者取其有文采而不炳煥。見〔古今注〕。〔又〕官名。金史有—蟬立軍、金立軍、銀立軍之分。以昭官階。即明清起居注也。

㊄通刀。〔漢表序〕竪—。〔管子作竪刀。〕

㊅人名。齊寺人—。見〔左僖十七年傳〕。

㊆姓也。齊—勃。

【貀】女滑切音䀏黠韻當沒切音咄女骨切音蜹月韻
—獸。無前足。漢律能捕豺—購錢百。見〔說文〕。〔按爾雅釋獸—無前足注。晉太康七年。召陵扶夷縣檻得一獸似狗。豹文有角。兩足。即此種類。或說—似虎而黑。無前兩足。臨海志曰。狀如鹿形。頭似狗。出東海水中。一曰出登萊州。狀如狗。非獸非魚。前腳似獸。尾即魚。身有短青白毛。毛有黑點。或曰方書、膃肭臍。即—外腎。按即今之海狗。亦稱膃肭獸。說與爾雅異。並存之。〕

貀圖

【貁】余救切音蜏宥韻
鼠屬。善旋。見〔說文〕。〔錢注〕倉頡篇。—似貓。搏鼠出　四似獮猴而大。蒼黑色。江東養之搏鼠。為物捷健也。按引見一切經音義。不似倉頡之文。文選注引只云似貍。文選注是坫謂此正貓字之本文耳。〔按段注謂當作禺屬。以狖為—之俗省。蜼、—、為古今字。引廣雅。狖。蜼也。淮南注。狖、猨屬。文選注。狖猿類。此誤合—、狖為一字也。廣雅疏證辨之甚明。見後狖字。〕

【豾】攀悲切音丕支韻
貍子曰—。見〔類篇〕。

【⿰豸丕】貧悲切音邳支韻
貔或字。〔集韻〕貔。貔也。方言。北燕朝鮮謂之貔。或作—。

【⿰豸尼】女夷切音尼支韻
獸名。見〔集韻〕。

【豿】舉后切音耇有韻
一 熊虎子也。漢律捕虎購錢三。其—半之是也。見〔集韻〕
二 通狗。〔爾雅釋獸〕熊虎醜。其子狗。〔釋文〕狗或作—。

【豞】許角切音吒覺韻
豕聲。見〔廣韻〕〔按集韻。吒音內。無—有豿。訓豕聲。類篇同。疑廣韻誤。〕

【𧱏】作可切音左哿韻
獸也。見〔玉篇〕

【豬】中板切音盞潸韻
豸也。見〔玉篇〕

【貀】方味切音沸未韻
豸也。見〔玉篇〕

【貁】於郎切音鴦陽韻
貍類。〔爾雅釋獸貍子貄注〕今江東呼貉為—貁。〔疏〕字林云。—貍類。

【貗】都宗切音冬冬韻
獸似豹有角。見〔玉篇〕

【貍】彊魚切音渠魚韻
猛也。見〔篇海〕

【䝀】祛尤切音丘尤韻
獸名。見〔玉篇〕

【貁】同貁。見〔篇海〕

【貑】同狐。見〔洪武正韻〕

【貊】同貊。見〔正字通〕

【貅】同貅。見〔篇韻〕

【貅】同貅。見〔篇海〕

六畫

【貆】胡官切音桓呼官切音歡寒韻許元切音暄元韻
一 本作貆。〔說文〕貆。貄之類。〔段注〕舊系貉篆下云。貉之類。然則亦必人而豸種者。而經傳不言有貆人。則知轉寫譌舛耳。釋獸。貄子—。可援以證許書矣。今更正。
二 貒也。〔周禮草人〕凡糞種鹹潟用—。〔注〕—、貒也。

貆圖

【貈】曷各切音鶴下各切音涸藥韻
一 似狐。善睡獸也。論語曰。狐—之厚以居。見〔說文〕〔段注〕凡狐貉連文者。皆當作此—字。今字乃皆假貉為—。造貊為貉矣。〔按集韻誤以—、貦為一。〕
二 莫—。蟲名。〔爾雅釋蟲〕莫—、蟷蜋、蛑。〔疏〕一名蟷蜋。一名蛑。
三 同貊。人種名。〔字林〕—、北方人。非獸也。

【貉】莫白切音陌陌韻
一 北方—。豸種也。孔子曰。—之言—。惡也。見〔說文〕〔段注〕此與西方羌、从羊。北方狄、从犬。南方蠻、从虫。東南閩越、从虫。東方夷从大。參合觀之。
二 靜也。定也。見〔集韻〕〔按爾雅釋詁。—、定也。又靜也。〕
三 綸也。〔爾雅釋詁〕—、縮、綸也。〔注〕綸、繩也。謂牽縛縮—之。

【貉】曷各切音鶴下各切音涸藥韻
一 形似狸。銳頭尖鼻。貌深厚。溫滑可為裘。見〔正字通〕〔墨客揮犀曰。—狀似兔。性嗜紙。人或畜之。行數十步輒睡。以物擊竹警之乃起。既行復睡。按俗云善睡曰—睡。本此或譌作渴睡。〕

貉圖

二 國—。蟲名。〔爾雅釋蟲〕國—蟲蠁。〔注〕今呼蛹蟲。

【貉】末各切音莫藥韻
同貊。靜也。見〔爾雅釋詁〕〔按詩皇矣貊其德音釋文貉作—。〕

【貉】莫駕切音罵禡韻
同禡。師祭也。〔周禮肆師〕凡四時之田獵祭表—則為位。

【貊】莫白切音陌陌韻
一 貉或字。〔集韻〕貉。北方豸種也。或从百。〔按貊字段注。今字乃假貉為貊。造—為貉。〕
二 —炙。全體炙之。各自以刀割出于胡—之為也。見〔釋名釋飲食〕
三 猛獸名。哀牢夷出—獸。見〔後漢西南夷傳〕〔注〕—大如驢。狀頗似熊。多力。食鐵。所觸無不拉。廣志曰、—色蒼白。其皮溫煖。

(四)國名。〔山海經海內西經〕—國在漢水東北。〔注〕—國今扶餘國。卽濊—故地。

【⿰豸吏】疎吏切音世寘韻

(一)—貁也。見〔廣雅釋獸〕。〔疏證〕爾雅釋文引字林云。貁謂之—。衆經音義引倉頡篇云。貁似貓。搏鼠。後漢書班固傳注、文選西都賦注、並引倉頡篇云。貁似貍。據此則貁乃貍屬。非猨貁之貁也。猨貁之貁。自似獼猴。不似貍。故廣雅—、貁也。⿰豸夾、⿰豸夾也。二條相連。⿰豸夾與貁、皆貍屬也。其似獼猴之貁。則於下文始釋之。訓則此爲—。彼爲蜼。字則此从豸。彼从犬。所以爲別也。

(二)江東呼貉爲—。見〔類篇〕。〔按廣雅疏證。郭璞爾雅注云。今江東呼貉爲⿰豸夾—。蓋貍、狐、貒、貉、類相近。而名相假。亦若貍與白狐同名爲貔也。〕

【⿰豸夾】爽士切音史紙韻

(一)獸名。似犬。見〔類篇〕。

(二)⿰豸夾—。貍類。見〔爾雅釋獸貄子貆疏〕。

【⿰豸冊】師閒切音山刪韻

惡健也。見〔篇海〕。

【⿰豸甾】被表切音受篠韻

似羊。善睡。見〔玉篇〕。〔按廣韻、集韻、皆作⿰豸益。云似狐。篇海。⿰豸益、同—。〕

【貄】息利切音四寘韻

獸名。〔爾雅釋獸〕—、修毫。〔疏〕—獸體多長毛。

貄圖

【⿰豸多】余支切音移支韻

獸名。似犬。赤喙。白首。見則荒。見〔集韻〕。

【貅】虛尤切音休尤韻

猛獸。見〔玉篇〕。〔按史記五帝紀。教熊羆貔—貙虎。以與炎帝戰于阪泉之野。〕

【⿰豸伏】房六切音伏屋韻

狐也。見〔篇海〕。

【⿰豸囟】思晉切音信徑韻

獸名。見〔類篇〕。

【⿰豸同】他東切音通東韻

獸名。見〔類篇〕。

【⿰豸同】徒東切音同東韻

野彘也。見〔類篇〕。

【⿰豸后】豿本字。見〔集韻〕。

【豜】同豣。見〔正字通〕。

【貇】豤或字。見〔集韻〕。

【⿰豸合】貉譌字。見〔正字通〕。

七畫

【貌】眉教切音皃效韻

(一)皃籀文。見〔說文皃部〕。〔按說文。皃。頌儀也。从儿。白象面形。段注。頌者、今之容字。容、言其內。皃、言其外。引伸之、凡得其狀曰皃。析言、則容皃各有當。絫言、則曰容皃。上非黑白字。乃象人面也。按今字皆用籀文〕

(二)恭敬也。〔荀子禮論〕情—之盡也。

(三)以—禮人也。〔論語鄉黨〕雖褻、必以—。

(四)外相悅而無實也。〔逸周書芮良夫〕王—受之。

(五)猶意也。〔荀子禮論〕故壙壠其—象室宮也。〔注〕—、猶意也。言其意以象生時也。

(六)巧也。見〔廣雅釋詁〕。

(七)形也。〔荀子禮論〕—而不功。

(八)象也。〔荀子禮論〕三月之葬。其—以生設飾死者也。

(九)容也。見〔廣雅釋詁〕。

(十)姿體也。〔穀梁桓十四年傳〕察其—而不察其形。

(十一)見也。見〔廣雅釋詁〕。〔疏證〕儀、—、皆見於外者。故爲見也。

(十二)顏色爲—。〔楚辭惜誦〕情與—其不變。

(十三)謂無實也。〔周書周祝〕故時之還也無私—。

(十四)治也。見〔廣雅釋詁〕。〔疏證〕方言。眗、—。治也。吳越飾—爲眗。或謂之巧。郭璞注云。謂治作也。

(十五)廟也。〔荀子禮論〕疏房檖—。

(十六)華也。〔國語晉語〕夫—。情之華也。

(十七)委—。冠名。〔禮記郊特牲〕委—。周道也。〔注〕或謂委—爲玄冠。〔按後漢輿服志曰。委—以皁絹爲之。〕

(十八)姓也。齊—辨。見〔國策齊策〕

【貌】莫角切音瞀覺韻

㊀描畫人物類狀曰—。〔唐書后妃傳〕命工—妃於別殿。

㊁同邈遠也。〔韓愈詩〕完完上天東。〔考異〕完完諸本作——。

【貍】陵之切音釐支韻

㊀伏獸似貙見〔說文〕〔段注〕謂善伏之獸卽俗所謂野貓。〔按〕—有數種大小似狐毛雜黃黑有斑如貓圓頭大尾者爲貓—善竊雞鴨。斑如貙虎方口銳頭者爲虎—食蟲鼠果實似虎—尾黑白錢文相間者爲節九—皮可爲裘領文如豹而作麝香氣者爲香—卽靈貓也南方有白面尾似狐者爲牛尾—亦名白面—又海—首魚尾毛短而緊後足連以網皮尾扁有鱗形如匙其用如舟之槳每於溪邊掘土而居性黠能營壙形之巢。

貍圖

又樹—。一名浣熊性頗似熊頭闊喙尖耳大足亦似熊惟立時以足掌貼地行則以足趾耳蔽體之毛長而鬆內襯緊密之短毛衆食動植物愛啖蛙鳥卵尤喜食魚蠔。

海貍圖

樹貍圖

㊁猶殺也。〔論語讖〕徐衍負石伐子自—。

㊂—步謂一舉足爲一步於今爲半步見〔周禮以—步張之候司農注〕。

㊃—首逸詩篇名。〔儀禮大射儀〕奏—首。〔注〕逸詩曾孫也。

㊄—頭瓜屬也見〔廣雅釋草〕〔疏證〕要術、御覽、並引廣志云瓜之所出以遼東廬江燉煌之種爲美。有緜瓜、—頭瓜。陸機瓜賦云—首

虎蹯、—首卽—頭也。

【貍】讀皆切音霾佳韻暮拜切音眛卦韻

㊀同薶。藏也。〔周禮族師〕相與葬—。

㊁假作埋。祭地名。〔周禮大宗伯〕以—沈祭山林川澤。〔注〕祭山林曰—川澤曰沈。

【貍】紆勿切音鬱物韻

臭也。〔周禮內饔〕鳥皫色而沙鳴—。

【貖】相邀切音蕭蕭韻

山—也見〔篇海〕。

【豾】貧悲切音邳支韻部鄙切音痞紙韻

貔也。見〔類篇〕。〔按方言〕貔北燕朝鮮之間謂之—。集韻或作狉。

【䝟】訛盌切音吾虞韻

獸名。見〔篇海〕。

【䝧】呼乖切音瘧佳韻

獸名。見〔類篇〕。

【䝨】古貌字。見〔字彙補〕。

【䝭】同貌。亦作貌。見〔篇海〕。

【䝵】同獬。見〔正字通〕。〔按廣雅〕獬廌作—䝰。

【䝰】同廌。見〔正字通〕。

【䝚】同豻。見〔集韻〕。

【䝜】狻或字。見〔集韻〕。

八畫

【䝱】郎才切音來灰韻

㊀獸名。〔方言〕貔陳楚江淮間謂之—。

㊁貍之別名。見〔玉篇〕。

【䝯】陵之切音釐支韻

同貍。見〔類篇〕。

【貄】息利切音四渠記切音忌羊至切音廙寘韻以制切音曳霽韻

獸名。〔爾雅釋獸〕貍子、—。〔注〕今或呼豯貍。

貄圖

【䝴】此觜切紙韻

獸也。見〔玉篇〕。

【⿰豸妾】色甲切音霎洽韻 獸名。見〔類篇〕。

【⿰豸周】止酉切音帚有韻 猛獸。見〔玉篇〕。〔按神異經云。—。西方猛獸名。大如驢。狀如猴。善緣木。純牝無牡。羣居要路。執男子合之而孕。十月生。李時珍謂—亦玃類。而牝牡相反。〕

【⿰豸卓】張貌切音罩效韻 豸也。見〔玉篇〕。

【⿰豸卑】補靡切音彼部靡切音被紙韻 —豸。漸平貌。〔文選司馬相如賦〕陂池—豸。

【⿰豸隹】夷隹切音維支韻 獸名。見〔玉篇〕。

【貎】研奚切音倪齊韻 狻—也。見〔玉篇〕。〔按爾雅說文作狻麑。集韻。麑、或作貎—。〕

【⿰豸虎】音未詳 —禺。神名。〔山海經大荒東經〕東海有神。人面鳥身。名禺—。

【⿰豸并】同⿰豸卑。見〔字彙〕。

【⿰豸奇】猗或字。見〔集韻〕。

【⿰豸疌】⿰犭疌譌字。見〔篇韻〕。

【⿰豸采】猍譌字。見〔字彙補〕。

九畫

【貑】居牙切音嘉麻韻 ●一 羆也。〔爾雅釋獸〕羆如熊。黃白文。〔注〕關西呼曰—羆。〔義疏〕今關東人呼爲憨—。聲轉如云黑蝦。●二 —玃。猨類。〔爾雅釋獸〕玃父善顧。〔注〕—玃也。似獼猴而大。〔按—又作猳。呂覽高注、及博物志、本草綱目、竝云猳玃。〕

【⿰豸胃】于貴切音胃未韻 毛刺也。見〔玉篇〕。〔按爾雅、說文、竝作彙。釋獸。彙毛刺。說文。彙蟲似豪豬者。〕

【貓】眉鑣切音苗蕭韻 謨交切音茅肴韻 ●一 貍屬。見〔說文新附〕。〔按禮記郊特牲。迎—。爲其食田鼠也。陸佃云。鼠善害苗。—能捕鼠。故字从苗。又說文虎部。虎竊毛謂之虦苗。段注云。苗、今之—字。許書以苗爲—也。〕

貓圖

●二 虦—。虎之淺毛者。〔爾雅釋獸〕虎竊毛謂之虦—。〔注〕竊、淺也。詩曰。有—有虎。

【⿰豸酋】將由切音揫尤韻 犬名。見〔集韻〕。

【⿰豸酋】字秋切音酋尤韻 良犬。見〔集韻〕。

【⿰豸酋】夷周切音由尤韻 本作猶。〔集韻〕猶。獸名。或从豸。

【⿰豸酋】余救切音狖宥韻 本作蜼。〔集韻〕蜼。獸名。或作—。

【⿰豸契】乙黠切音軋黠韻 烟奚切音鷖齊韻 於計切音翳霽韻 一結切音噎屑韻 —貐。獸名。〔爾雅釋獸〕—貐。類貙。虎爪。食人。迅走。〔按物類相感志引孫炎云。—貐。獸中最大者。龍頭。馬尾。虎爪。淮南本經篇高注亦云。狀若龍首。郝氏義疏。謂此物既類貙。貙似貍。不應龍首。孫高之說。蓋本海內南經窫窳龍首而誤。正字通亦云。山海經別有窫窳。參閱窫字。〕

【貐】勇主切音庾麌韻 尹捶切音揹紙韻 窫—也。似貙。虎爪。食人。迅走。見〔說文〕。

貐圖

【⿰豸皆】休皆切音俙佳韻 獸名。見〔類篇〕。

【⿰豸柔】爾紹切音擾篠韻 獸名。如獼猴。健捕鼠。見〔類篇〕。

【貒】呼官切音歡 他官切音湍寒韻 ●一 獸也。似豕而肥。見〔說文〕。〔按各本無—及似豕而肥字。依段補。〕

—。貒也。體肥行鈍。喙尖。足尾皆短。能穴地食蟲蟻。李時珍曰。—猯也。其狀猯肥也。卽今豬貛。處處山野間有之。狀似小豬。豘蘇頌所注乃狗貛。非—也。郭璞謂貛卽—亦誤。」

貒圖

㊁通貆。〔周禮草人〕鹹瀉用貆。〔注〕貆、貆—也。

【貒】吐玩切音彖翰韻　野豕也。見〔集韻〕。

【貆】竹用切音重宋韻　乳也。見〔篇海〕。

【豲】同貒。見〔集韻〕。

【豬】同豬。見〔字彙補〕。

【貗】同貒。見〔五音篇海〕。

【貑】同貕。見〔川篇〕。

【貕】蟤或字。見〔集韻〕。

【貓】貓或字。見〔集韻〕。

【貌】皃或字。見〔說文皃部〕。

十畫

【貔】頻脂切音毗支韻
㊀豹屬。出貉國。詩曰。獻其—皮。周書曰。如虎如—。—、猛獸。見〔說文〕〔段注〕豹屬、當作貍屬。許以貍屬、爲—本義。以猛獸、爲詩書之—也。〔按陸璣詩疏云。—似虎。或曰似熊。遼東謂之白熊。皆與許訓猛獸合。〕
㊁貓也。見〔廣雅釋獸〕〔疏證〕諸書無言貓名—者。據方言。—、豾、皆貍之別名。則—字當在下條豾、貍也內。寫者誤耳。〔按方言注。—、貍別名也。〕

【貕】弦雞切音奚齊韻
㊀豬子也。〔方言〕豬子或謂之豚。或謂之—。
㊁—養。澤名。〔周禮職方氏〕東北曰幽州。其澤藪曰—養。〔當今山東萊陽縣〕

【貘】伯各切音博藥韻　獸名。似人有翼。見〔集韻〕。

【貗】踈鳩切音搜尤韻　貗—。獸名。見〔類篇〕。

【貐】市照切音邵嘯韻。甾尤切音鄒尤韻　獸名。見〔玉篇〕。

【貖】乙革切音戹陌韻　鼠屬。亦作鼵。見〔玉篇〕。

【貗】房脂切音毗支韻　猛也。見〔篇海〕。

【貒】古忽切音骨月韻　—貀。獸名。見〔類篇〕。

【貓】止少切音沼篠韻　西南夷名。見〔篇韻〕。

【貆】同貆。見〔字彙〕〔按史記匈奴傳。翟—之戎。注云。在天水。漢書地理志。天水郡有—道。應劭曰。貆、戎邑。集韻。貆、邑名。在天水。或作獂。〕

【貆】同猖。見〔篇海〕。

【貎】貓或字。見〔集韻〕。

十一畫

【貗】郡羽切音窶麌韻。龍珠切音僂虞韻
㊀獸名。貒子也。〔爾雅釋獸〕貒子、—。〔疏〕字林云。貒獸似豕而肥。其子名—。
㊁—薄。夷屬。〔後漢和帝紀〕旄牛徼外白狼—薄夷率種人內屬。

貗圖

【貘】莫白切音陌陌韻
㊀似熊而黃黑色。出蜀中。見〔說文〕〔段注〕卽諸書所謂食鐵之獸也。見爾雅上林賦蜀都賦注後漢書。爾雅謂之白豹。山海經謂之猛豹。今四川川東有此獸。薪采攜鐵飯甑入山。每爲所齧。其齒則奸民用爲僞佛齒。〔按陸佃云。皮爲坐毯臥褥。能消膜外之氣。故字從膜省文。〕

貘圖

(二)—屏。言畫—爲屏也。〔白居易—屏贊序〕生南方山澤中。圖其形以辟邪。

(三)通貘。〔白帖引廣志〕貘大如驢。色蒼白。舐鐵消千斤。

(四)通貊。〔後漢西南夷傳〕哀牢夷出貊獸。〔李賢注〕南中八郡志云。貊大如驢。狀頗似熊。多力食鐵、

(五)通貊。〔山海經中山經崍山注〕邛來山出貊。貊似熊而黑白駁。亦食銅鐵也。

(六)豹別名。〔列子釋文引尸子〕程。中國謂之豹。越人謂之—。〔按沈括夢溪筆談云。秦人謂豹曰程。是豹一名程。一名—。雖亦名白豹。究仍二物。〕

【貙】椿俱切音蹡虞韻

(一)—獌。似貍。見〔說文〕。〔按爾雅釋獸貙獌似貍注。今山民呼—虎之大者爲—〕

貙圖

(二)—氓。謂—人也。〔文選左思賦〕畠—氓於葽草。〔注〕江漢有—人能化爲虎。

(三)—膢。祭名。一作—劉。〔漢書武帝紀膢五日注〕—、虎屬。常以立秋日祭獸。王者亦以此日出獵。還以祭宗廟。故有—膢之名也。〔後漢禮儀志作—劉。〕

【貙】敕居切魚韻

虎之大者。見〔集韻〕。

【貙】抽知切音螭支韻

鷙獸。見〔類篇〕。〔按集韻作貙。或从豸。周禮司徒嬴物注。虎豹貔貙之屬。校勘記監毛本作—。阮按其字正作离。俗作—。誤作貙。正字通不錄貙字。—字下云俗字。本作螭。亦作離。舊注音螭。鷙獸。卽离也。分爲二。誤。與阮說合。近是。惟集韻螭、古离字。與貙別。未考何據。〕

【貚】步紅切音蓬東韻

獸也。見〔玉篇〕。

【貗】餘封切音容冬韻

猛獸也。見〔說文〕。〔段注〕見上林賦。郭璞曰。—似牛。領有肉堆。卽犎牛也。按卽爾雅之犦牛。或亦作—。亦作犣。漢書作犦。

【貘】疎兩切音爽養韻

獸名。〔揚雄蜀都賦〕鴻—貚乳。〔注〕—貴大者。貚貴初生。

【貚】阮古切音伍麌韻

獸也。見〔篇韻〕。

【貗】同獌。見〔玉篇〕。

【貗】同獌。見〔集韻〕。

【貗】同貙。見〔字彙補〕。

【貗】同獑。見〔正字通〕。

十二畫

【貗】求於切音渠魚韻

(一)—搜。獸名。食猛獸。見〔廣韻〕。〔按逸周書云。渠搜西戎露犬也。能食虎豹。〕

(二)貗—。獸名。見〔集韻〕。

【貗】魯皓切音老竹狡切潮上聲皓韻

西南夷名。見〔廣韻〕。〔或作獠〕

【貗】憐蕭切音聊蕭韻

獠或字。〔集韻〕爾雅。宵田爲獠。或作—。

【貗】方六切音福屋韻

獸也。見〔篇海〕。

【貗】之戎切音終冬韻

獸名。似豹而角。見〔玉篇〕。

【貗】被表切音殍篠韻

獸名。似狐善睡。見〔集韻〕。

【貚】唐干切音壇他干切音灘寒韻徒案切音憚翰韻亭年切音田先韻

貙屬也。見〔說文〕。

【貗】同貘。見〔玉篇〕。

【貗】同獖。見〔字彙〕。

【貗】同貍。見〔字彙補〕。

【貗】嗥或字。見〔集韻〕。

【貗】貙謁字。見〔字彙補〕。

十三畫

【貗】於廢切音穢隊韻

蠻夷人。見〔篇海〕。〔按周書王會、穢人。漢書夏侯勝傳、蒧貉。地理志匈奴傳、濊貉。皆蠻夷種族。或後人

改从豸耳。

【⿰豸雍】於容切音邕冬韻

似猿。見〔玉篇〕。

【⿰豸會】古快切音怪卦韻

獸也。見〔篇海〕。

【⿰豸豦】同貗。見〔玉篇〕。

【⿰豸巠】貒或字。見〔集韻〕。

十四畫

【⿰豸㒼】門桓切音瞞寒韻

獸名。〔李白賦〕窮奇猵—。

【⿰豸罷】同⿰豸戠。見〔字彙補〕。

十五畫

【⿰豸達】同獺。見〔篇海〕。

十六畫

【⿰豸歷】郎狄切音歷錫韻

獸名。見〔類篇〕。

【⿰豸賴】他達切音撻曷韻

水狗也。見〔篇海〕〔按當與獺同〕。

十八畫

【貛】呼官切音歡寒韻逵員切音權先韻

●一野豕也。見〔說文〕〔通訓定聲〕按有豬—。亦有狗—。與狟雖同類。而狟牡—。惟見爾雅。疑獾之借字也。〔按李時珍曰。貒、豬—也。貛、狗—也。二種相似而略殊。狗—似小狗而肥。尖喙矮足。短尾深毛。褐色。皮可爲裘領。亦食蟲蟻瓜果。〔參閱貒字〕

貛圖

●二牡狟也。〔爾雅釋獸〕狟、牡—。牝狟。

●三海—。別種。〔本草綱目〕遼東女直地面有海—。皮可供衣裘。

●四—郎。王荊公小名。〔聞見錄〕言其生時有—入室。俄失所在。故小字—郎。

二十畫

【貜】王縛切音籰藥韻厥縛切音玃藥韻

●一貑—也。見〔說文〕〔段注〕貑、廣韻引作豭。未知孰是。蓋合二字爲獸名。與犬部玃字義別。〔按爾雅釋獸〕—父善顧。注曰。貑—也。似獼猴而大。色蒼黑。能攫持人。好顧盼。〕

●二—且。邾定公名。〔左文十四年傳〕齊出—且長。

【⿰豸嚴】魚杴切音嚴鹽韻

獸名。見〔玉篇〕。

※貝部※

【貝】博蓋切音狽泰韻

●一海介蟲也。居陸名猋。在水名蜬。象形。古者貨—而寶龜。周而有泉。至秦、廢—行錢。見〔說文〕。〔按—生海中。淡鹹水並有之。體輭無節。外束膜一層。曰外套膜。能分泌液質。結搆成殼。即介也。古者貨—。乃以介爲之。詩小雅錫我百朋箋云。古者貨—。五—爲朋。周易亦言十朋之龜。故許以—與龜類言之。周時、泉始一品。周景王鑄大泉二品。許云周而有泉者。謂周始有泉而不廢—也。及秦遂廢—。專用錢。許變泉言錢者。周曰泉。秦曰錢。在周秦爲古今字也。〕

貝圖

●二資貨糧用之屬。〔易震〕億喪—。

●三海螺。其色白。〔文選宋玉賦〕齒如含—。

●四錦名。文如—。〔書禹貢〕厥篚織—。

〔集韻〕織—。錦名。織爲—文。詩曰—錦是也。今南夷木縣之精好者。亦謂之吉—」。

(五)水名。〔國語楚語〕昔齊騶馬繻以胡公入於—水。〔注〕—水名。馬繻弑胡公。納之—水。〔按水經注云。巨洋水。即國語所謂具水矣。袁宏謂之巨昧。王韶之以爲巨蔑。亦或曰胸瀰。皆一水也。而廣其目焉。其水北流逕朱虛縣故城西。據此。則—當作具蓋具、—形近而譌具。巨、朐、聲近而通也。史記齊世家索隱引宋忠云。周馬繻將胡公於—水殺之。昔別有其地而鄺誤耶。〕

(六)梵—。樂器也。南蠻吹以節樂。見〔正字通〕

(七)—冑。—飾也。〔詩閟宮〕—冑朱綅。

(八)—多。國名。〔述異記〕—多國人獻鵁雀。周公命返之。

(九)州名。周置。屬清河郡。當今直隸清河縣東。

(十)—母。藥名。〔本草綱目〕茵、—母。一名空草。

(十一)—父。藥實也。見〔廣雅釋草〕。

(十二)—多羅。印度樹名。印度以其葉及皮代紙。書寫文字。佛經多用之。故又名佛經爲—葉。

(十三)—勒。—子。清宗室爵號。郡王餘子封—勒。—勒子封—子。十四等中之第五第六等也。

(十四)姓也。〔玉篇〕—氏出清河—丘。

二畫

【貞】知盈切音禎庚韻

(一)卜問也。从卜貝以爲贄。一曰。鼎省聲。京房所說。見〔說文卜部〕。

(二)正也。〔書太甲〕萬邦以—。

(三)一也。〔易繫辭〕—勝者也。

(四)信也。〔易乾文言〕—固足以幹事。

(五)定也。精定不動惑也。見〔釋名釋言語〕。

(六)當也。〔書洛誥〕我二人共—。

(七)內卦曰—。謂卦下三爻也。見〔書洪範曰悔傳〕。

(八)幹事曰—。〔大戴禮文王官人〕鄉則任—。

(九)言行抱一謂之—。見〔賈子道術〕。

(十)誠也。〔後漢張衡傳〕慕古人之—節。

(十一)女子能以禮自守者謂之—。亦正也。如—女—婦。

(十二)外內用情曰—。〔禮記檀弓〕故謂夫子—惠文子。

(十三)太—。太極之氣也。〔文選傅毅賦〕啟太—之否隔兮。

(十四)—蟲。細腰蜂蜾蠃之屬無牝牡之合曰—。見〔淮南說山〕。

【負】扶缶切音婦有韻

(一)恃也。从人守貝有所恃也。一曰受貸不償。見〔說文〕〔段注〕凡以背任物曰—。因之凡背德忘恩曰—。〔今言自—亦恃義〕。

(二)擔也。見〔玉篇〕〔今具言—擔〕。

(三)枕也。〔史記蘇秦傳〕—郭田。

(四)後也。見〔廣雅釋詁〕。

(五)抱之。〔淮南說林〕—子而登牆。〔又〕抱之使鄉前也。〔禮記內則〕三日始—子。

(六)倚也。〔孟子盡心〕虎—嵎。

(七)敗也。〔法言重黎〕自屈者—。

(八)憂也。〔後漢章帝紀〕刺史二千石不爲—。

(九)愧也。〔後漢張步傳〕—無可言。

(十)違也。〔史記五帝紀〕—命毀族。

(十一)倍也。〔易解〕—且乘。

(十二)猶失也。見〔後漢馮衍傳注〕。

(十三)累也。〔李斯書〕客何—于秦哉。

(十四)被也。〔史記黥布傳〕—之不義之名。

(十五)重也。〔荀子宥坐〕千仞之山。任—車登焉。

(十六)程也。〔淮南兵略〕便國不—兵。

(十七)匱也。〔史記趙世家〕—遺俗之累。

(十八)欠也。〔後漢左雄傳〕寬其—算。

(十九)非而曲者爲—。見〔論衡物勢〕。

(二十)猶不勝也。見〔禮記檀弓注爲—而廢君命疏〕。

(廿一)老母之稱。〔史記高帝紀〕常從王媼武—貰酒。〔按如淳曰。俗謂老大母爲阿—。又列女傳云。魏曲沃—者。魏大夫如耳之母也。蓋古語謂老母爲—耳。〕

(廿二)蟲名。—勞。蜻蜓也。—蠜。草蟲也。—版。蟠—。小蟲也。鼠—。伊威也。並見〔爾雅釋蟲〕。

(廿三)丘背有丘爲—丘。見〔爾雅釋丘〕。

(廿四)—養。賤者之稱。謂—擔以給養公家也。〔史記張儀傳〕而厠徒—養在其中矣。

(廿五)—繩。衣背縫也。〔禮記深衣〕—繩及踝以應直。

(廿六)—冰。言解蟄也。〔大戴禮夏小正〕魚陟—冰。

㉗—俗。謂被世議論也。〔漢書武帝紀〕士或有—俗之累而立功名。
㉘諸侯疾稱—子。—子者、諸侯子民今不復子之也。見〔御覽引白虎通〕。
㉙凡以驢馬旣駝載物者謂之—佗。見〔方言〕。
㉚—數。數學術語。數前有減號者也。
㉛同鴿、鴿。〔爾雅釋鳥〕鴿—雀。〔釋文〕—或作鴿。
㉜同婦、蟠。〔爾雅釋蟲〕蟠、鼠—。〔釋文〕—、本作蟠又作婦。

【貟】簿回切音裴灰韻
①河神名。見〔字彙〕。
②同偝。〔字彙〕偝尾山名。亦作—尾。

【貞】普木切音扑屋韻
羨財也。見〔類篇〕。

【貢】貨本字。見〔正字通〕。

【負】員隸字。見〔正字通〕。

三畫

【財】牆來切音才灰韻
①人所寶也。見〔說文〕。
②泉穀也。〔周禮大宰〕以九賦斂—賄。
③幣帛也。〔禮記坊記〕先—而後禮。
④貨也。見〔廣雅釋詁〕。〔按經濟學〕能滿足人類諸種慾望者總稱曰—。能滿足人類物質的慾望者稱曰—貨。
⑤門關之委積也。〔周禮司門〕以其—養死政之老與其孤。
⑥官之祿稟亦曰—。〔管子度地〕率部校長官佐各—足。〔注〕謂其祿稟也。
⑦通裁。〔易泰〕后以—成天地之道。〔釋文〕荀作裁。
⑧通材。〔孟子盡心〕有達—者。〔按音義引陸注。達—、周恤之。〕
⑨同纔。僅也。〔漢書李陵傳〕—令陵爲阻兵。
⑩同才。〔漢書李廣利傳〕士—有數千。〔注〕—與才同。

【貢】古送切攻去聲送韻
①獻功也。見〔說文〕。〔桂注〕當爲獻也。功也。〔注〕—與才同。
②田賦名。〔孟子滕文公〕夏后氏五十而—。
③告也。〔易繫辭〕六爻之義易以—。
④進也。〔書冏命〕爾無以釗冒—于非幾。
⑤賜也。見〔爾雅釋詁〕。〔義疏〕—者、贛之假音也。說文云、贛賜也。淮南要略篇云、一朝用三千鍾贛。高誘注、贛、賜也。按古人名字多依雅訓。孔子弟子名賜字子贛。亦其證也。通作—。今經典贛字多借作—矣。
⑥通也。見〔玉篇〕。
⑦上也。見〔廣雅釋詁〕。
⑧稅也。見〔廣雅釋詁〕。〔疏證〕鄭注匠人云。自治其所受田—其稅穀。
⑨惑也。又潰也。〔漢書敘傳〕周賈蕩而—憤兮。〔注〕—、惑也。〔按文選幽通賦注曹大家曰。—、潰也。〕
⑩薦也。見〔廣韻〕。〔按薦舉曰—。如前代五—稱—生。進士稱—士之類。〕
⑪姓也。〔姓氏急就篇〕孔子弟子子—。其後以字爲氏。

【貣】惕得切音忒敵德切音特職韻
①從人求物也。見〔說文〕。〔段注〕從人、猶向人也。謂向人求物曰—也。按代弋同聲。古無去入之別。求人施人。古無—貸之分。由—字或作貸。因分其義。又以改竄許書。尤爲異耳。經史內—貸錯出。恐皆俗增人旁。蟘字、經典釋文五經文字皆作蟘。俗作蟘。亦其證也。〔按桂馥曰。大戴記禮三本篇萬變不亂。貣之則喪。荀子貸作貳。馥案貳—之譌也。本書蟘下云。吏乞貸則生蟘。馥謂蟘當作蟘。又正字通、字彙均注—同貸。皆與段說合。〕
②求也。見〔一切經音義十五引字林〕。
③同忒。差—也。〔史記微子世家〕卜五占之用二衍—。

【貤】以豉切音易神至切音示寘韻余支切音匜支韻
①重次弟物也。見〔說文〕。〔段注〕重次弟者。旣次弟之。又因而重之也。〔按漢書武帝紀受爵賞而欲移賣者無所流—。應劭曰。—音移。言軍吏士斬首虜爵級多無所移與。今爲置武功賞官爵多者分與父兄子弟。及賣與他人也。顏師古曰。—、物之重次第也。此詔言欲移賣爵者。無有差次。不得流行。故爲置

官級也考前代請以其封典移加親屬謂之—封—贈蓋卽本此。㊁延也。〔史記司馬相如傳〕—丘陵。〔按—亦作貤〕㊂益也。見〔廣雅釋詁〕〔疏證〕—之言移也移此以益彼也。㊃敗也。見〔玉篇〕

【貨】損果切音鎖哿韻

貝聲也。見〔說文〕〔段注〕聚小貝則多聲故其字从小貝引伸爲細碎之稱今俗字瑣行而—廢矣。

【𧴩】而晉切音刃震韻

牢也。見〔玉篇〕

【負】失冉切音閃琰韻

蕃姓、見〔廣韻〕。

【𧴫】古賵字。見〔集韻〕。〔按玉篇作𧴫。〕

【財】同得。見〔玉篇〕。

四畫

【貦】五換切音玩翰韻

㊀玩或字。見〔說文王部〕。㊁好也。見〔玉篇〕。

㊂弄也。見〔類篇〕。

【𧴱】眉貧切音珉眞韻

㊀本也。見〔廣雅釋詁〕〔疏證〕—者、業也若今人所謂本錢也玉篇云—本作𧶠說文𧶠業也。㊁本作𧶠、算稅也。見〔玉篇〕〔按集韻、類篇或作𧴱釋爲算也稅也〕

【貧】皮巾切音頻眞韻

㊀財分少也。見〔說文〕〔段注〕謂財分而少也富、備也厚也則貧者不備不厚之謂。㊁凡物不足皆曰—。〔文心雕龍〕富于萬篇而—于一字。〔按日本稱病血不足者曰—血病〕。㊂自稱謙辭。如道家稱—道。僧家稱—僧。

【貨】呼臥切音涴箇韻

㊀財也。見〔說文〕。㊁化也。〔廣韻引蔡氏化淸經〕—者化也變化反易之物故字有化也。㊂賂也。〔左僖二十八年傳〕曹伯之豎侯獳—筮史。㊃賣也。〔孟子公孫丑〕是—之也。㊄—布錢名。〔周禮外府掌邦布之出入注〕—布長二寸五分廣寸。首長八分有奇廣八分其圜好徑三分足枝長八分其右文曰—左文曰布重二十五銖直—泉二十五。〔按今易稱—幣或簡稱曰—、有本位—幣補助—幣之分市面通用之外國—幣曰通—法律强制之本國—幣曰法—〕。㊅凡商品皆稱—。舶來品洋—。㊆陽—人名。見〔論語〕。

【貪】他含切音歛覃韻他紺切音探勘韻

㊀欲物也。見〔說文〕。㊁探也探入他分也。見〔釋名釋言語〕。㊂欲也。見〔廣雅釋詁〕。㊃反廉爲—。見〔賈子道術〕。㊄愛財曰—。〔離騷〕衆皆競進以—婪兮。〔注〕愛財曰—愛食曰婪。〔按此爲晰言之說文女部婪亦訓—。則渾言之也〕。㊅專利爲—。〔周書芮良夫〕惟以—諛爲事。㊆求無厭足曰—。〔呂覽愼大〕暴戾—頑。㊇勇而不見憚者—也。見〔荀子榮辱〕。㊈久固祿位者—也。見〔說苑至公〕。㊉同探。〔後漢郭躬傳〕捨狀以—情。

【貫】古玩切音瓘翰韻

㊀錢貝之毌也。見〔說文毌部〕〔段注〕毌、各本作貫今正錢貝之毌故其字从毌貝會意也。〔按說文毌下云穿物持之也从一橫毌毌象寶貨之形蓋古貫穿用毌字蒼頡篇、毌穿也通作—今則—行而毌廢矣〕。㊁位也。〔淮南俶眞〕使各有經紀條—。㊂穿也。見〔廣雅釋言〕。㊃統也。〔論語里仁〕吾道一以—之。㊄中也。〔儀禮大射儀〕不—不釋。㊅累也。〔離騷〕—薜荔之落蘂。㊆通也。〔淮南時則〕—大人之國。㊇同也。〔呂覽過理〕亡國之主一—。㊈出也。〔楚辭招魂〕路—廬江兮。㊉經也。〔禮記禮器〕故—四時而不改柯易葉。(十一)道也。〔漢書武帝紀〕九變復—知言之選。(十二)鎦也。〔莊子田子方〕引之盈—。

⑬事也。見〔爾雅釋詁〕〔注〕論語曰。仍舊一。
⑭行也。見〔廣雅釋詁〕〔疏證〕漢書谷永傳云。以次一行。後漢書光武十王傳云。奉承一行。一亦行也。
⑮謂上弦也。〔史記陳涉世家〕士亦不敢一弓而報怨。〔注〕如字。謂上弦也。
⑯十葉爲一。見〔周禮鬱人和鬱鬯司農注〕
⑰千錢爲一一。〔見六書故〕〔按猶俗云一串一千也〕
⑱惡盈謂之滿一。取錢滿千數之義也。〔又〕律例。凡贓私竊盜。計其所得之數。罪已至死者。亦曰滿一。
⑲侍從之官曰清一。〔晉書文苑傳〕架彼辭人。共超清一。
⑳羈一。交午翦髮以爲飾也。〔穀梁昭十九年傳〕羈一成童。
㉑一日。積日也。〔荀子王霸〕若夫一日而治平。
㉒一行。謂一皆遵奉也。〔後漢東平憲王蒼傳〕奉承一行。
㉓本一。鄉籍也。〔金史曹望之傳〕百姓亡及避役軍中者。閱實其人。使還本一。
㉔國名。〔括地志〕故一城。即古一國。在曹州濟陰縣。
㉕一眾。草名。〔廣雅釋草〕一節。一眾也。
㉖日本衡名。千匁爲一一。當我六斤四兩五錢。
㉗姓也。漢趙相一高。

【貫】古丸切音官寒韻

穿也。易一魚以宮人寵。徐邈讀。見〔集韻〕

【貫】古患切音慣諫韻

習也。見〔爾雅釋詁〕〔義疏〕詩射則一兮。魯語云。晝而講一。孟子云。我不一與小人乘。鄭箋及韋昭趙歧注並云。一習也。〔按集韻訓同。亦作摜。即今慣字〕

【貫】烏關切音彎刪韻

同彎。謂滿張弓也。〔史記伍子胥傳〕一弓執矢嚮使者。

【責】側革切音窄陌韻

①本作賁。〔說文〕責求也。〔段注〕引伸爲誅一任。
②取也。〔國策西周策〕歸其劍而一之金。
③任也。〔孟子公孫丑〕有言一者。
④非也。〔書君奭〕誕無我一。
⑤鞭撻也。〔五代史梁家人傳〕數如笞一。
⑥詰問也。〔史記周勃世家〕吏簿一條侯。
⑦自訟也。〔漢書韓延壽傳〕痛自刻一。
⑧微刺也。〔左僖十五年傳〕西鄰一言。不可償也。
⑨屬望於人曰一。如一難於君。一善於友。

【責】側賣切音榨卦韻

同債。逋財也。見〔集韻〕〔按段玉裁云。古無債字。俗作債。一切經音義二、經文作債。近字耳。考一字本義。即今債字義。經傳亦多作一。段謂債爲俗字。則集韻不應作一同債。應云一俗作債。存參〕

【賘】戶郎切音杭陽韻

大貝也。見〔篇海〕

【販】方願切音畈願韻

買賤賣貴者。見〔說文〕〔段注〕司市曰。夕市夕時而市。一夫一婦爲主。注云。一夫一婦朝資夕賣。按資猶取也。

【負】莫困切音悶願韻

財長也。見〔篇海〕

【貢】同賖。見〔篇海〕

【⿰貝乍】同財。見〔字彙補〕

【⿱⺮貝】同貿。見〔字彙補〕

【⿰貝多】同貶。見〔說文長箋〕

【⿰貝尤】同躭。見〔篇韻〕

【⿱龷貝】同贊。見〔篇韻〕

五畫

【貯】展呂切音紵語韻

①積也。見〔說文〕〔段注〕此與宁音義皆同。今字專用一矣。〔今云一蓄〕
②藏也。見〔玉篇〕
③居也。見〔廣韻〕
④盛也。見〔玉篇〕
⑤福也。見〔玉篇〕
⑥廛也。見〔史記平準書索隱引字林〕〔按朱駿聲曰廛、塵之誤〕
⑦同賭。〔周禮廛人注〕謂貨物賭藏于市中。〔釋文〕本作一。又作褚。〔

按段玉裁云貯、俗字也〕。
(八)同佇。待也。〔漢書外戚傳〕飾新宮以延─兮。
(九)同著。〔史記貨殖傳〕廢著鬻財。〔索隱〕漢書亦作─。

【貰】始制切音世霽韻式夜切音赦禡韻
(一)貸也。見〔說文〕。
(二)賒也。〔史記高祖紀〕常從王媼武負─酒。〔注〕韋昭曰、─賒也。
(三)赦也。〔國語吳語〕不─不忍。
(四)寬縱也。〔漢書車千秋傳〕良久乃─之。
(五)緩也。〔漢書張敞傳〕因─其罪。

【貫】時制切音誓霽韻
漢侯國名。元帝封梁敬王子平為─侯。當今直隸束鹿縣東南。

【貱】彼義切音賁披義切音被寘韻
(一)迻予也。見〔說文〕。〔段注〕迻、遷徙也。展轉寫之曰迻。書展轉予人曰迻予。〔按桂馥曰、玉篇貱、─也。馥案今言貱贈即迻予。〕
(二)益也。見〔玉篇〕。
(三)─貤。次第也。見〔類篇〕。

【貲】將支切音髭支韻
(一)小罰以財自贖也。見〔說文〕。〔段注〕─字本義如是。引伸為凡財貨之偁。
(二)財也。見〔玉篇〕。
(三)同訾。〔漢書景帝紀〕今訾算以上乃得官。〔注〕師古曰、訾讀與─同。

【貳】而至切音樲寘韻
(一)副益也。見〔說文〕。〔段注〕當云副也、益也。〔按桂注副益也者。匡謬正俗謂副─字當為褔。魏公卿上尊號碑以褔海內欣戴之望。从衣。〕
(二)益也。見〔玉篇〕。本書無此字。
(三)再也。〔家語弟子行〕行不過─。
(四)卿佐也。〔左襄十四年傳〕有君而為之─。
(五)二也。見〔廣雅釋詁〕。〔按近世公牘帳簿計數、二通作─。〕
(六)重也。〔禮記曲禮〕雖─不辭。〔注〕─、謂重殽膳也。
(七)不壹也。〔左昭十三年傳〕─偷之不暇。
(八)二心也。〔國語周語〕百姓攜─。
(九)離也。〔左襄二十四年傳〕則諸侯─。
(十)離異也。〔後漢光武紀〕自是始─於更始。
(十一)畔也。見〔玉篇〕。
(十二)疑也。見〔爾雅釋詁〕。
(十三)違命也。〔左昭二十年傳〕臣不敢─。
(十四)分也。〔左隱三年傳〕王─于虢。
(十五)兩屬也。〔左隱元年傳〕既而太叔命西鄙北鄙─於己。
(十六)敵也。〔左哀七年傳〕君之─也。
(十七)變也。〔國語周語〕事成不─。
(十八)代也。〔左僖十五年傳〕其卜─圉也。
(十九)別也。〔國語晉語〕子盍蚤自─焉。
(二十)倍也。〔荀子天論〕脩道而不─。
(廿一)業也。〔太玄夷〕載幽─執夷內。
(廿二)然也。見〔廣雅釋言〕。
(廿三)汙也。見〔廣雅釋言〕。
(廿四)─室。副宮也。〔孟子萬章〕帝館甥於─室。
(廿五)─車。象路之副也。〔周禮馭夫〕掌馭─車、從車、使車。
(廿六)─令。猶後世奏案。〔周禮職內〕受其─令而書之。〔注〕─令者、謂若今御史所寫下本奏王所可者書之。
(廿七)不─。不差─也。〔文選張衡賦〕恭夙夜而不─兮。
(廿八)絜─。虹名。〔爾雅釋天〕蜺為絜─。
(廿九)姓也。〔廣韻〕後魏有平陽太守─塵。

【貴】歸謂切音餽未韻
(一)本作𧶠。〔說文〕𧶠物不賤也。〔按集韻云、隸作─。古作肖。今从隸。〕
(二)多價也。見〔玉篇〕。
(三)重也。〔國語晉語〕─貨而賤土。
(四)高也。見〔玉篇〕。
(五)尊也。見〔廣雅釋言〕。
(六)尚也。〔呂覽尊師〕養心為─。
(七)隆之稱也。〔老子〕不─難得之貨。
(八)秩異者。〔禮記坊記〕民猶犯─。
(九)謂生也。〔太玄文〕當時則─。
(十)猶愛也。〔荀子正論〕下安則─上。
(十一)畏也。〔老子〕─大患若身。
(十二)欲也。〔國策魏策〕─合於秦以伐齊。
(十三)歸也。物所歸仰也。汝潁言─。聲如歸往之歸也。見〔釋名釋言語〕。
(十四)─人。謂公卿大夫也。〔呂覽重巳〕世之人主─人。〔又〕內官名。〔後漢皇后紀序〕光武中興。六宮稱號惟皇后—人。—人、金印紫綬。

(十五)地名。春秋駱越地。漢屬鬱林郡。唐改—州。當今廣西—縣治。

(十六)—妃。內官名。〔唐書百官志〕內官。—妃、惠妃、麗妃、華妃、各一人。正一品。掌佐皇后論婦禮於內。

(十七)—里。地名。〔伽藍記〕修梵寺北有永和里。齋館敞麗。楸楊夾道。當世名為—里。

(六)—州。省名。明置—州等處布政司。清因之。為—州省。地居中國本部之西南。其轄境東襟沅源。西包草海。南連百粵。北距三巴。今仍治貴陽。領六十四縣。〔又〕—溪。縣名。唐置。屬信州。即今江西—溪縣。

(十九)富—。牡丹別名。〔張淮詩〕四序常逢富—春。

(二十)高—。地名。魏文帝孫曹髦。封高—鄉公。

(廿一)姓也。廬江太守—遷。見〔風俗通〕。

【貶】悲檢切音窆琰韻補范切音耍鍽韻

(一)損也。見〔說文〕。

(二)減也。〔周禮朝士〕則令邦國都家縣鄙慮刑—。

(三)墜也。〔詩召旻〕我位孔—。

(四)褒之反也。〔穀梁序〕片言之—辱。過市朝之撻。

(五)退也。〔漢書司馬遷傳〕—諸侯討大夫。

(六)抑也。見〔增韻〕。

(七)屈也。〔禮記曲禮注〕此士禮—于大夫者。

(八)議也。見〔字彙〕。

(九)通作辯。〔周禮士師〕若邦凶荒。則以荒辯之法治之。〔注〕玄謂辯當為—。

(十)通作辨。〔禮記玉藻〕立容辨。〔注〕辨讀為—自—卑。謂磬折也。

【貶】扶法切音乏洽韻

射者所蔽。見〔類篇〕。

【買】母蟹切音買蟹韻

(一)本作買。〔說文〕買。市也。从网貝。孟子曰。登壟斷而网市利。〔段注〕此引以證从网貝之意也。

(二)入曰—。見〔急就篇注〕。

(三)賤妾取之曰—見〔禮記檀弓請粥庶弟之母注〕。

(四)闟易也。見〔墨子經說〕。

(五)孟—。地名。在亞洲西南。為英領西部印度中之第一州。其首府亦曰孟—。在島上。商業頗盛。為亞洲一通商巨埠。英文 Bombay。

(六)—買城。地名。在庫倫之北。西比利亞與蒙古接界。蒙人稱為恰克圖。曾於市中建碑。為中俄交界之區點。清乾隆十六年。依一千七百四十年中俄界約。准令通商。旋禁止。至一千七百九十二年。復訂中俄互市條約。

(七)通貰。〔周禮萍氏注〕苛禁沽—過多。〔釋文〕—、本作貰。

(八)姓也。五代有—叔午。見〔氏族略〕。

【貸】他代切音態隊韻

(一)施也。見〔說文〕〔段注〕謂我施人曰—也。

(二)予也。見〔廣雅釋詁〕〔疏證〕文十六年左傳云宋饑竭其粟而—之。

(三)以物與人更還主也。見〔玉篇〕。

(四)以財投長曰—。見〔大戴記千乘〕。

(五)寬假也。〔漢書朱博傳〕然亦縱舍時有大—。〔今云寬—〕。

【貸】惕得切音忒職韻

(一)借也。謂借入也。〔孟子滕文公〕又稱—而益之。〔按六書故〕—亦作貣。〔正字通〕云。說文。—、施也。从貝代聲。他代切。貣。从人借物也。从貝弋聲。他得切。分為二。泥。貣、代省聲。音義並通。故戴侗合之。正韻六泰—注。兼施借二義。不誤。段玉裁桂馥說正字注。均同是說。正字通又云。差—之—、入聲。假—乞—之—、去聲。而唐韻正云。乞—之—、為入聲。出—與人之—、為去聲。廣韻、玉篇、訓—為假為借。無入聲。左文十四年傳。—於公。釋文音待。又音忒。周禮泉府。凡—。於民者。讀吐代反。故唐韻正又云。亦不可一概論。孜集韻貣或作—。說文貣各本皆讀入聲。今因之。凡乞—假—之—入入聲。而彙錄各說備孜。參閱貣字。

(二)差忒也。〔禮記月令〕宿離不—。

(三)改易也。〔禮記月令〕無或差—。

【賍】所慶切音鯹敬韻

(一)財也。見〔玉篇〕。

(二)富也。見〔集韻〕。

【貺】許放切音況漾韻

(一)賜也。見〔說文新附〕。

(二)與也。〔楚辭悲回風〕更統世而自—。

(三)通況。〔爾雅釋詁〕錫畀予｜。〔釋文〕｜本作況。

【⿰貝句】居候切音構宥韻

(一)稟給也。見〔玉篇〕。

(二)治也。見〔篇海〕。

【費】芳未切音沸未韻

(一)散財用也。見〔說文〕。〔注〕財散出如湯沸。

(二)散也。見〔玉篇〕。

(三)耗也。〔史記聶政傳〕故進百金者。將用爲天人粗糲之｜。

(四)損也。〔呂覽禁塞〕｜神傷魂。

(五)用也。見〔玉篇〕。

(六)財也。〔呂覽安死〕非愛其｜也。

(七)惠也。〔禮記緇衣〕口｜不煩。

(八)辭｜也。〔禮記坊記〕恥｜輕實。

(九)光貌。〔楚辭招魂〕｜白日些。

【費】分物切音弗物韻符味切未韻

俺也。〔禮記中庸〕君子之道｜而隱。〔按朱傳〕｜、用之廣也。

【費】兵媚切音祕寘韻

同鄪。魯邑名。漢屬東海郡。當今山東｜縣治。

【費】父沸切音屝未韻

姓也。楚大夫｜無極。漢｜直。

【貼】托協切音帖葉韻

(一)以物爲質也。見〔說文新附〕。

(二)黏置也。〔宋史高宗紀〕朕當書之屛風，以時揭｜。〔按今廣告之黏於壁者曰招｜〕。

(三)裨也。謂補其不足。〔白居易詩〕補｜平生得事遲。〔按今謂附益常費曰津｜。銀錢補益差費曰｜水。〕

(四)附依也。〔徐渭詩〕低茅水上｜。

(五)切合也。如文之切題曰｜切。

(六)安置妥適也。〔王建詩〕熨｜朝衣拋戰袍。

(七)戲劇腳色之名。旦之副色也。元曲稱｜旦。明代省稱｜。謂於正色之外。更配以副色也。

(八)典｜。唐時質身爲傭之謂。〔韓愈狀〕或因水旱不熟。或因公私債負。遂相典｜。〔語云賣兒｜婦〕。

(九)鹵｜。謂舒爽也。見〔篇海〕。

【貽】盈之切音飴支韻羊吏切音異寘韻

(一)贈遺也。見〔說文新附〕。〔注〕經典通用詒。

(二)遺也。〔書五子之歌〕｜厥子孫。

(三)｜託。假寄也。〔穀梁定元年傳〕夫請者非可｜託而往也。

(四)黑色貝也。〔爾雅釋魚〕｜貝、〔疏〕黑色之貝名｜。

【貿】莫候切音茂宥韻

(一)本作貿。〔說文〕貿易財也。〔注〕｜猶亂也。〔按徐本譌篆作貿〕。

(二)買也。〔詩氓〕抱布｜絲。

(三)市也。見〔爾雅釋言〕。

(四)敓也。見〔廣雅釋詁〕。

(五)易也。見〔小爾雅廣詁〕。

(六)｜｜。目不明之貌。〔禮記檀弓〕｜｜然來。〔釋文〕｜｜、一音牟。

(七)通作茅。戎地名。〔公羊成元年傳〕敗績于｜戎。〔釋文〕｜、一音茅。左傳作茅戎。

(八)姓也。見〔姓苑〕。

【賀】胡佐切音侉箇韻

(一)以禮物相奉慶也。見〔說文〕。

(二)嘉也。見〔廣雅釋言〕〔疏證〕嘉與｜古同聲而通用。覲禮予一人嘉之。鄭注云。今文嘉作｜。晉語。｜大國之襲於己。說苑辨物篇｜作嘉。

(三)加也。〔儀禮士喪禮〕｜之結于後。

(四)勞也。〔晏子外篇〕景公迎而｜之。

(五)儋也。〔方言〕自關而西隴冀以往謂之｜。凡以驢馬馲駝載物者謂之負他。亦謂之｜。〔注〕今江東語亦言。

(六)錫也。方術家謂錫爲｜。蓋鍇以臨｜出者爲美也。見〔本草綱目〕。

(七)縣名。漢屬蒼梧郡。唐置｜州。屬嶺南道。當今廣西｜縣治。

(八)｜蘭。驛名。〔唐書地理志〕夏州北渡烏水經大非苦鹽池六十六里。至｜蘭驛〔又〕山名。在靈州保靜縣。在今甘肅靈州境。

(九)姓也。〔又〕｜蘭。｜拔。均複姓。

【⿰貝疋】爽阻切音所語韻方遇切音付遇韻

齎財卜問爲｜。見〔說文〕〔段注〕｜、所以讎卜者也。祭神米曰糈。卜者必禮神。故史記日者傳字作糈。

【⿰貝㐱】止忍切音軫軫韻

賑或字。〔集韻〕賑。富也。或作｜。

【賛】披免切篇上聲銑韻

財長也。見〔篇海〕。

【䝓】呼甘切音憨覃韻
戲乞也。見〔類篇〕。

【䝔】呼紺切音𩑰勘韻
賧—貪財也。見〔類篇〕。

【䝕】同賧。見〔玉篇〕。

【䝖】疾各切音昨藥韻
財也。又貨也。見〔篇海〕。

【䝗】中句切音注遇韻
財—也。見〔玉篇〕。

【䝘】神至切音示寘韻
呈也。見〔篇海〕。

【䝙】倚兩切音怏養韻
無貲。見〔集韻〕。〔按玉篇作無訾。篇海作無貲量。謂無限極也。〕

【䝚】陳尼切音墀支韻
䝚—黃白文。見〔爾雅釋魚〕。〔注〕以黃爲質白文爲點。

【䝛】同衒。見〔集韻〕。

【䝜】同貤。見〔正字通〕。

【䝝】同賑。見〔字彙〕。

【䝞】同賦。見〔篇海〕。

【貼】同貣。見〔篇韻〕。

【貣】買或字。見〔集韻〕。

【貧】貧或字。見〔廣韻〕。

【貿】貿俗字。見〔字彙〕。

六畫

【賁】彼義切音臂寘韻　符文切音墳文韻　府𡨧切音濆元韻　胡非切音肥微韻
㊀飾也。見〔說文〕。〔段注〕序卦傳曰。—飾也。亦音墳。亦音肥。
㊁卦名。離下艮上。〔易賁〕山下有火—。〔釋文〕彼僞反。徐甫寄反。李軌府𡨧反。王肅符文反。
㊂變也。見〔易賁釋文引鄭注〕。
㊃色不純也。〔呂覽壹行〕孔子卜得—。

【賁】符分切音焚文韻　彼義切音臂寘韻　逋昆切音奔元韻
䱩也。〔爾雅釋魚〕䱩三足、—。

【賁】逋昆切音奔元韻
㊀憤怒也。〔禮記樂記〕而虎—之士說劍也。
㊁美也。見〔廣雅釋詁〕。〔疏證〕盤庚。用宏茲—。謂用大此美績也。大誥敷—亦謂敷布文武之美功也。
㊂鬲也。〔素問脈要精微論〕內以候鬲。〔注〕鬲、—也。
㊃—星。客星。〔淮南天文〕—星墜而勃海決。
㊄—鳥。星之體也。〔左僖五年傳〕鶉之——。
㊅虎—。古官名。〔書立政〕虎—綴衣趣馬小尹。
㊆人名。勇士孟—。
㊇姓也。董憲將—休。見〔後漢光武紀〕。〔注〕前書—赫音肥。今姓音奔。
㊈日本謂胃之連食管處曰—門。

【賁】父吻切音憤吻韻
㊀怒氣充實也。〔禮記樂記〕粗厲猛起奮末廣—之音作。而民剛毅。〔釋文〕依注讀爲憤。
㊁沸起也。〔穀梁僖十年傳〕覆酒於地而地—。
㊂—泉。地名。〔穀梁昭五年傳〕叔弓帥師敗莒師于—泉。

【賁】符分切音焚文韻
㊀大也。〔書盤庚〕用宏茲—。
㊁—鼓。大鼓也。〔詩靈臺〕—鼓維鏞。

【賁】方問切音糞問韻
覆敗也。〔禮記射義〕—軍之將。〔釋文〕徐音奮。又作僨。

【賁】彼義切音臂寘韻
置也。〔呂覽不廣〕善戰者莎隨—服。

【賁】力竹切音六屋韻
—渾。地名。〔公羊宣年三傳〕楚子伐—渾之戎。〔左穀梁傳作陸〕。

【賁】符非切音肥微韻
姓也。〔漢書英布傳〕中大夫—赫。

【賁】孚袁切音翻元韻
番禺。山海經作—禺。

【賁】逋還切音班刪韻
古斑字。文章貌。見〔易賁釋文引傅氏〕。

【賂】洛故切音路遇韻
㊀遺也。見〔說文〕。〔桂注〕遺人貨賄以干之也。
㊁謂以物相請謁也。見〔一切經音義〕。
㊂以貨屬予也。〔左桓二年傳〕齊陳

蔡皆有—。

(四) 貨也〔文選左思賦〕其琛—則琨瑤之阜。

【賃】女禁切音任沁韻

庸也。見〔說文〕〔段注〕庸者今之傭者。凡雇僦皆曰庸曰—。〔按後漢書梁鴻傳爲人—舂。〕以財雇物也〔通典〕借—公田者畝一斗。以物租與人曰—。〔蘇軾狀〕惟菱葑之地方許租—。〔按日本語謂租金曰—金。〕

【賄】虎猥切音悔賄韻呼內切音痗隊韻

財也。見〔說文〕〔段注〕周禮注曰。金玉曰貨布帛曰—析言之也許渾之。貨—皆釋曰財。賄送財也。見〔玉篇〕〔按儀禮聘禮。—用束紡注。—予人財之言也。〕

【賅】柯開切音該灰韻下改切音亥賄韻

贍也。見〔廣韻〕。貨也。見〔集韻〕。同侅。見〔集韻〕。

【資】津私切音咨支韻

(一) 貨也。見〔說文〕〔段注〕—者積也。旱則—舟。水則—車。夏則—皮。冬則—絺綌。者居積之謂。

(二) 財也。〔易旅〕喪其—斧。

(三) 利也。〔後漢杜喬傳〕故陳—斧而人靡畏。

(四) 取也。〔易乾〕萬物—始。

(五) 行用也。〔儀禮聘禮〕問歲月之—。

(六) 給也。〔國策秦策〕王—臣萬金。

(七) 用也。〔老子〕不善人、善人之—。

(八) 貸也。〔莊子逍遙遊〕—章甫而適諸越。

(九) 蓄也。〔史記信陵君傳〕如姬—之三年。

(十) 與也。〔國策齊策〕太子何不倍楚之割地而—齊。

(十一) 路也。〔國語楚語〕若—東陽之盜。

(十二) 操也。〔禮記喪服四制〕—於事父以事君。

(十三) 藉也。〔史記留侯世家〕宜縞素爲—。〔按漢書注曰、—藉也。〕

(十四) 時也。〔淮南精神〕隨其天—。

(十五) 問也。見〔廣雅釋詁〕〔按卽咨之通假。〕

(十六) 糧也〔左傳三十三年傳〕惟是脯—餼牽竭矣。

(十七) 送也。〔莊子德充符〕不以翣—。

(十八) 材也。〔荀子性惡〕今人之性生而離其朴離其—。

(十九) 才也。〔漢書袁盎鼂錯傳〕—適逢世。

(二十) 稟也。〔國語晉語〕—困窮。

(二十一) 謀也。〔禮記表記〕事君先—其言。

(二十二) 減也。〔儀禮少牢饋食禮〕—黍于羊俎兩端。

(二十三) 天性也。〔漢書陳平傳〕然大王—侮人。

(二十四) 年勞曰—。〔唐書選舉志〕裴光庭兼吏部尙書始作循—格。賢愚一概。必與格合乃得銓授。限年躡級。不得踰越。〔猶今云—格〕

(二十五) 通咨。〔禮記緇衣〕小民惟曰怨—。〔釋文〕尙書作咨。

(二十六) 通齊。〔荀子哀公〕—衰杖者不聽樂。〔注〕—、與齊同。

(二十七) 通齋。〔儀禮聘禮〕問幾月之—。〔注〕古文—作齎。

(二十八) 姓也。〔四明志〕會稽有—氏。

【資】字四切音恣寘韻

同恣。〔集韻〕恣縱也。秦刻石文作—。

【賈】果五切音古麌韻

(一) —市也。一曰。坐賣售也。見〔說文〕〔段注〕—者、凡買賣之偁也。酒誥曰。遠服—。

(二) 買也。〔左桓十年傳〕吾焉用此以—害也。

(三) 賣也。〔周書命訓〕極賞則—其上。

(四) 市—也。行曰商。處曰—。〔周禮太宰〕商—阜通貨賄。

(五) 讎也。〔漢書敍傳〕呂行詐以—國。

(六) 謂販賣之人也。〔漢書王嘉傳〕百—震動。

(七) 求也。〔國語晉語〕謀于眾不以—好。

(八) 固也。〔白虎通商賈〕—之言固也。固其有用之物。以待民來以求其利者也。

(九) 官名。〔周禮天官序官〕—八人。〔注〕—主市買知物賈。

(十) 通估。〔荀子儒效〕君子不如—人。

【賈】居迓切音駕禡韻

(一) 售值也。〔論語子罕〕我待—者也。〔按今承作價。〕

(二) 謂物之貴賤厚薄也。〔禮記王制〕命市納—。

【賈】舉下切音斝馬韻

㊀買也。〔左昭二十九年傳〕平子每歲—馬。
㊁⿱賊鳥—鳥名。〔山海經大荒南經〕蒼梧之野爰有⿱賊鳥—。〔注〕亦鷹屬。
㊂人名。楚蔿—字伯嬴。見〔左哀十四傳〕。
㊃姓也。〔急就篇注〕—本姬姓之國。晉吞滅之。其後稱—氏。

【賊】疾則切音蠈職韻

㊀本作賊。〔說文戈部〕賊。敗也。从戈。則聲。〔段注〕敗者毀也。毀者缺也。左傳周公作誓命曰毀則爲—。
㊁害也。〔論語先進〕—夫人之子。
㊂虐也。〔周禮大司馬〕—賢害民則伐之。
㊃殺也。〔書舜典〕怙終—刑。
㊄殺人曰—。〔書舜典〕寇—姦宄。
㊅劫殺謂之—。〔荀子正論〕—不刺。〔按今俗稱竊取物者曰—〕。
㊆刼人也。見〔玉篇〕。
㊇民—。傷民故謂之—也。〔孟子告子〕古之所謂民—也。
㊈邦—。爲逆亂者。〔周禮士師〕二曰邦—。
㊉害苗蟲名。〔詩大田〕及其蟊—。〔傳〕食節曰—。
⑪烏—。即墨魚。首足類軟體動物。無外殼。藉腹部一骨支其全體。更附外套膜。如圓錐形之囊。其首由囊口突出。腦頗大。有脆骨護之。頂有巨目二。目下有小穴以司嗅。口如雞喙。其質如角。環口有長臂十八。短而二長。短臂偏生吸管。長臂僅生於其端。用以捕食物。體內有袋。中貯墨色汁。遇敵則由排水管內放出其汁。使水汚濁。即乘機遁去。故又名墨魚。字或作鱡。說文作鰂。
⑫木—。草名。隱花植物。生山谷之水邊。冬時不枯。有莖無枝。莖色深綠。質堅而糙。可供礱砥木骨之用。
⑬—星。妖星也。〔淮南原道〕—星不行。
⑭—曹椽。官名。〔後漢銚期傳〕光武略地穎州。聞期志義。呂署—曹椽。

【⿰貝向】許營切音騂翾營切音瓊庚韻　貨也。見〔玉篇〕。

【⿰貝向】購或字。見〔集韻〕。

【賆】蒲眠切音胼先韻卑正切音摒敬韻　益也。見〔玉篇〕。

【⿰貝寺】丈里切音峙紙韻　畜財也。見〔類篇〕。

【⿰貝巠】良糾切音廩軫韻　貪食也。見〔篇海〕。

【⿰貝安】烏邁切音隘卦韻　貯—也。見〔玉篇〕。

【⿱癶貝】虛業切音脅葉韻　財也。見〔玉篇〕。

【⿰貝𠂢】時忍切音脤軫韻　質也。見〔篇韻〕。

【⿱耒貝】力改切來上聲賄韻　聚積也。見〔篇韻〕。

【賌】歌開切音該灰韻　奇—。陰陽奇祕之要也。〔淮南兵略〕刑德奇—之數。〔疑即賅字〕。

【貧】虛嬌切音囂蕭韻　煩也。見〔篇海〕。

【⿰貝目】虞怨切音願願韻　還也。貺也。見〔字彙補〕。

【⿰貝交】吉了切音皎篠韻　—然也。見〔篇韻〕。

【⿰貝戒】賊本字。見〔說文〕。

【⿱朿貝】古責字。見〔玉篇〕。

【⿰貝兒】古貺字。見〔字彙補〕。

【⿱冒貝】古贛字。見〔五音集韻〕。

【⿰貝危】同贍。見〔玉篇〕。

【⿰貝光】同貺。見〔類篇〕。

【賉】同卹。見〔玉篇〕。

【⿰貝守】同財。見〔篇海〕。

【⿰亻⿱匕貝】同貨。見〔金石韻府〕。

【貣】同貸。見〔篇韻〕。

【賍】贓俗字。

七畫

【賑】止忍切音軫軫韻之刃切音震震韻　富也。見〔說文〕。〔按此字說文無去聲。惟小徐注曰。振也。振起之也。段注引匡謬正俗曰。振給振貸字皆作振。振、舉救也。俗作—。非。玉篇音義同。說文廣韻上聲訓富。去聲別訓贍。惟集韻上去兩讀。皆訓富。今從之〕

【賑】之刃切音震震韻
(一)贍也。見〔廣韻〕。
(二)眩也。見〔類篇〕。

【賂】良刃切音客震韻
(一)貪財也。見〔類篇〕。
(二)難也。見〔玉篇〕。

【賖】詩車切音奢麻韻
(一)貰買也。从八，舍省聲。見〔說文〕。〔段注〕在人曰貰，在我曰—。
(二)遠也。〔王勃詩〕江山蜀道—。
(三)緩也。〔文選謝玄暉詩〕徒使春帶—。
(四)同奢。〔後漢王充王符仲長統傳論〕楚楚衣服，戒窮在—。

【賓】卑民切音濱眞韻
(一)本作賔。〔說文〕賔所敬也。〔按此謂所敬之人，屬名詞。〕
(二)敬也。〔周禮鄉大夫〕以禮禮—之。〔按此謂敬其人，屬動詞。〕
(三)服也。〔國語楚語〕其不—也久矣。
(四)協也。〔禮記樂記〕諸侯—服。
(五)伏也。〔史記司馬相如傳〕將往—之。
(六)導也。〔書堯典〕寅—出日。〔按釋文引馬云從也。〕
(七)列也。見〔廣雅釋詁〕。
(八)擯也。〔書舜典〕—于四門。
(九)客也。〔莊子徐无鬼〕以—寡人久矣。〔按—、客渾言之也，析言之則—、客異義。〕
(十)主人之僚友也。〔儀禮士冠禮〕主人戒—。
(十一)壻也。〔儀禮士昏禮〕—東面答拜。
(十二)掌諸侯朝覲之官。周禮大行人是也。〔書洪範〕七曰—。
(十三)罽—，西域名國。〔漢書西域傳〕罽—國王治循鮮城。
(十四)蕤—，十二律之一，屬於律，午之氣也。五月建焉，而辰在鶉首。〔禮記月令〕仲夏之月，其音徵，律中蕤—。〔注〕蕤—者，應鐘之所生，三分益一，律長六寸八十一分寸之二十六。仲夏氣至，則蕤—之律應。國語曰：蕤—所以安靜神人，獻酬交錯。
(十五)——，恭貌。〔莊子德充符〕彼何——以學子爲。〔按釋文引張注，猶賢賢也。崔注，有所親疏也。簡文注，好古貌。〕
(十六)—連，木名。其狀連累相承。見〔白虎通封禪〕。
(十七)—爵。本作—，雀鳥名。棲宿堂宇，有似—客，故名。〔呂覽季秋〕—爵入大水爲蛤。
(十八)野—，猿名。〔王氏聞見錄〕王仁裕有猿，小而黠，名曰野—。
(十九)龍—，唐明皇御案墨名。今亦襲稱。
(二十)姓也。周—滑、—起。齊—背無、—媚人。

【賓】必刃切音殯震韻
(一)卻也。〔書多士〕予惟四方罔攸—。
(二)棄也。〔莊子徐无鬼〕以—寡人久矣。〔音義〕—或作擯。

【賕】渠尤切音求尤韻
(一)㠯財物枉法相謝也。一曰，戴質也。見〔說文〕。〔段注〕法當有罪，而以財求免，是曰—。受之者亦曰—。戴、各本作載，今依韻會正。謂戴質而往，求人俛首也。質，謂以物相贅。〔按此卽唐律所謂枉法贓。〕
(二)請也。見〔玉篇〕。

【叡】古代切音溉隊韻　何邁切音邂卦韻
深堅意也。从𠬪，从貝。貝，堅實也。見〔說文𠬪部〕〔段注〕深意故从𠬪，堅意故从貝。

【[illegible]】財干切音殘寒韻
害物貪財也。見〔集韻〕。

【賏】於敬切音映敬韻　於莖切音罌庚韻
頸飾也。見〔說文〕。〔注〕蠻夷連貝爲纓絡是也。

【[illegible]】陟鎋切音哳黠韻
貨也。見〔廣韻〕。

【[illegible]】蒲故切音捕遇韻
財相酬也。見〔類篇〕。

【[illegible]】王分切音云文韻
物數紛—亂也。見〔說文員部〕。〔段注〕—字作紜，紜行而—廢矣。紛—，謂多，多則亂也。

【[illegible]】椿遇切音戍遇韻
財長。見〔字彙補〕。

【[illegible]】蘇箇切梭去聲箇韻
骨䯗。見〔字彙〕。〔按諸書皆無此字，玉篇䝪字音訓並近，而字彙無䝪，或卽譌作—。〕

【賔】賓本字。見〔說文〕。

【賓】古賓字。見〔說文〕。

【賓】同賓見〔玉篇〕。

【賫】同齎見〔篇海〕。

【⿰貝瓜】同⿰目瓜見〔篇韻〕。

【賛】同贊見〔篇韻〕。

【⿰貝每】同賄見〔集韻〕。

【⿰貝夋】賧或字見〔類篇〕。

【賗】讀若串。俗字。貫錢之索也。

八畫

【賙】之由切音周尤韻

（一）給也。見〔玉篇〕。

（二）贍也。見〔一切經音義引字林〕。

（三）救也〔詩鴻雁箋〕欲令—餼之。

（四）禮物不備相給足也。〔周禮大司徒〕五黨爲州。使之相—。

（五）收也。見〔玉篇〕。

（六）同周〔書武成傳〕救乏—無。〔釋文〕—本亦作周。

【賚】洛代切音睞隊韻郎才切音來灰韻

（一）賜也。見〔說文〕。

（二）予也。見〔爾雅釋詁〕。

（三）同勑。勞也。〔玉篇〕勞—爲勑字。今作—。

【賜】斯義切澌去聲寘韻

（一）予也。見〔說文〕。〔段注〕釋詁。賚、貢、錫、畀、予、況。—也。七字轉注。凡經傳云錫者。—之假借也。—者與之通偁。又玉藻言—君子與小人者。別言之。統言之則不別也。

（二）施也。見〔玉篇〕。

（三）惠也。〔國語晉語〕報—以力。

（四）謂禮之橫加也。〔孟子萬章〕—之則不受。

（五）猶命也。〔周禮小宗伯〕—卿大夫士爵則儐。

（六）空盡也。見〔玉篇〕。〔按方言〕物空盡者曰鋋。鋋、—也。鋋、—、撲、澌、皆盡也。

（七）—舍。猶致館也。〔儀禮覲禮〕天子—舍。

（八）—予。卽好用也。〔周禮大府〕幣餘之賦。以待—予。

（九）—施。欺譌語也。見〔方言〕。

（十）水名。—水。卽厲水也。厲、—。聲相近。見〔水經澧水注〕。

（十一）人名。孔子弟子衞端木—。字子貢。

（十二）姓也。〔玉海〕齊大夫簡子—之後。

【賝】癡林切音琛侵韻

（一）寶也。見〔廣韻〕。

（二）寶色也。亦作琛。見〔玉篇〕。〔按集韻同琛〕。

【⿰貝支】奇寄切音芰寘韻巨綺切音技紙韻

（一）貝名。見〔集韻〕。

（二）—貝。四向用也。見〔廣韻〕。

（三）器用也。見〔集韻〕。

【賞】始兩切音鑷養韻

（一）賜有功也。从貝尙聲。見〔說文〕。〔注〕—之言尙也。尙其功也。—以償之也。

（二）上報下之功也。見〔墨子經〕。

（三）賜予也。〔淮南時則〕行慶—。

（四）遺也。〔淮南說山〕毋—越人章甫。

（五）玩也。見〔類篇〕。

（六）謂宣揚也。〔左襄十四年傳〕善則—之。

（七）謂樂玩也。〔管子霸言〕其所—者明聖也。

（八）品題之曰—。〔南史王筠傳〕與—殆絕。

（九）凡貽無者亦曰—。〔柳宗元序〕予—其往也。—以酒肉。

（十）同尙〔荀子王霸〕—賢使能以次之。

（十一）姓也。晉人—慶。注周易。見〔姓纂〕。

【⿰貝宛】鄔管切音盌旱韻

（一）—賭。小財貌。見〔玉篇〕。

（二）小有才也。見〔字彙〕。

【⿰貝囷】區倫切音箘眞韻

（一）貝也。見〔類篇〕。

（二）同蜠。見〔集韻〕。〔按爾雅蜠大而險。或作—〕。

【賡】居行切音庚庚韻居孟切音梗敬韻

（一）古文續。从庚貝。見〔說文系部〕。〔段注〕咎繇謨。乃—載歌。釋文加孟、皆行、二反。賈氏昌朝云。唐韻以謂說文誤。徐鉉曰。今俗作古行切。按說文非誤也。許謂會意字。故从庚貝會意。庚貝者。貝更迭相聯屬也。唐韻以下皆謂形聲字。从貝庚聲。故當皆行反也。不知此字果从貝庚聲。許必入之貝部或庚部矣。其誤起於孔傳、以續釋—。故遂不用許說。抑知以今字釋古文。古人自有此例。

（二）猶償也。〔管子國蓄〕愁者有不—本之事。

【賬】斤於切音居魚韻
㊀賫也。見〔玉篇〕。
㊁貯也。見〔類篇〕。

【賢】戸千切音弦先韻
㊀多財也。見〔說文〕〔段注〕財、各本作才今正。本多財之偁引伸之凡多皆曰—。人偁—能因習其引伸之義而廢其本義矣小雅。大夫不均我從事獨—傳曰—勞也。謂事多而勞也。〔按六書故云、貨貝多於人也引伸之則德行道藝踰人者謂之—與段說合。〕
㊁勝也。〔禮記投壺〕某—於某若干純。
㊂多也。〔呂覽順民〕則—於千里之地。
㊃愈也。〔國語晉語〕敬—於請。
㊄厚也。〔國策秦策〕—於兄弟。
㊅以財分人之謂—。見〔莊子徐无鬼〕
㊆有善行也。〔周禮大宰〕三曰進—。
㊇能也。〔老子〕不尙—。
㊈才也。〔淮南脩務〕周室以後無六子之—。
㊉善也。〔禮記內則〕獻其—者於宗子。
⑪崇重也。〔禮記禮運〕以—勇知。
⑫堅也。見〔廣雅釋詁〕〔本風俗通〕。
⑬豪者也。〔呂覽恃君〕有力者—。
⑭亞聖之名。〔荀子哀公〕則可爲—人矣。
⑮因其善而善之、亦謂—。〔論語學而〕——易色。
⑯—人謂—過於人也。〔荀子榮辱〕固有以—人矣。
⑰—獲勝黨之算也。〔儀禮大射儀〕取—獲執之。

【賢】下見切音現霰韻
大穿也穿即孔也。〔考工記輪人〕五分其轂之長去一以爲—。

【賣】莫懈切音邁卦韻莫駕切音禡禡韻
㊀本作𧶠。〔說文出部〕𧶠出物貨也。〔段注〕出買者出而與人買之也。
㊁欺也。〔史記范雎傳〕自知見—。〔按不忠於國曰—國不忠於友曰—友。〕
㊂買—城。詳買字。

【賣】余六切音育屋韻
㊀本作賣。〔說文〕賣衙也。〔段注〕衙、行且—也。經傳無—字周禮多言價而說文人部價見也。玉篇云—或作粥鬻。是—鬻爲古今字矣。按賣隸變作—。易與賣相混。〔集韻〕又書作𧷗。

【賨】徂宗切音悰冬韻
㊀南蠻賦也。見〔說文〕〔注〕—者、總率其所有而已不切責之。〔按段注引後漢書云歲令大人輸布一疋小口二丈謂之—布〕
㊁巴夷曰—。〔風俗通〕巴有—人剽勇閬中人范目說高祖募取—人定三秦。

【賤】才綫切音羨霰韻
㊀賈少也。見〔說文〕〔段注〕賈、今之價字。
㊁卑也。見〔廣雅釋言〕
㊂踐也卑下見踐履也。見〔釋名釋言語〕
㊃輕之也。〔書旅獒〕不貴異物—用物。
㊄惡也。〔荀子正論〕不危則止—上。
㊅廢也。〔太玄玄文〕巳用則—。
㊆無位曰—。〔論語里仁〕貧與—。
㊇棄而不用也。〔禮記學記〕是以君子—之也。
㊈自謙之辭。〔鮑昭詩〕—子歌一言。〔又〕詈人之辭如—人—丈夫。
㊉—事家之私事也。〔漢書司馬遷傳〕又迫—事。
⑪—者謂庶孫之妾也。〔儀禮士虞禮記〕不使—者。
⑫人名孔子弟子宓子—名不齊。
⑬姓也。〔風俗通〕漢北平太守—瓊。

【賦】方遇切音付遇韻
㊀斂也。見〔說文〕〔注〕—者分也分取之分也。〔按段注班之亦曰—。經傳中凡言以物班布與人曰—。〕
㊁是也。見〔爾雅釋言注〕。
㊂稅也。見〔廣雅釋詁〕
㊃給軍用者。〔周禮大司馬〕凡令—。
㊄謂出車徒給繇役也。〔周禮小司徒〕以任地事而令貢—。
㊅兵也。〔論語公冶長〕可使治其—也。
㊆取也。〔左僖二十七年傳〕—納以言。
㊇布也。〔詩蒸民〕明命使—。〔箋〕使羣臣施布之也。

九 予也。〔呂覽分職〕出高庫之兵以—民。

十 赦也。〔管子山權數〕—藉藏龜。

十一 鋪也。〔楚辭悲回風〕竊—詩之所明。

十二 敷布其義謂之—。見〔釋名釋典藝〕

十三 給與也。〔漢書哀帝紀〕皆以—貧民。

十四 授也。〔國語晉語〕—職任功。

十五 職也。見〔方言〕

十六 操也。見〔方言〕

十七 勤也。見〔方言〕

十八 詩六義之一。敷陳其事而直言之曰—。今作詩亦曰—詩。

十九 誦也。〔楚辭招魂〕人有所極同心—些。〔注〕言與己同心者。獨誦忠與道德。

二十 稟受也。〔中庸章句〕氣以成形而理亦—焉。〔今云天—稟—〕

廿一 貢士曰—。〔漢書鼂錯傳〕迺以臣錯充—。

廿二 文體之一。〔文選班固賦序〕—者古詩之流也。

【質】 職日切音桎質韻

一 以物相贅。見〔說文〕〔注〕—、實也。事疑慮。以人物實之也。〔按六書故曰。貸賂以物。—當也。—必有物故爲—實之義。—疑、—獄皆實之也。故爲文—之義。〕

二 體也。〔易繫辭下傳〕原始要終以爲—也。〔按物之本體皆爲—。今具言物—、物理學有定—、流—、氣—之別。化學於物體不可分析者曰原—。〕

三 形也。見〔玉篇〕

四 軀也。見〔廣雅釋言〕

五 性也。〔禮記禮器〕禮釋回增美—。〔今具言性—〕

六 地也。見〔廣雅釋言〕

七 實也。〔大戴記衛將軍文子〕子貢以其—告。

八 誠也。〔國語楚語〕無有要—。

九 信也。〔左昭十六年傳〕與蠻子之無—也。

十 盟信也。〔左哀二十年傳〕先王與吳王有—。

十一 樸也。〔文選陸雲詩〕遺華反—。

十二 正也。〔周禮大司馬〕—明。

十三 主也。〔左襄九年傳〕且要盟無—。

十四 美也。〔淮南時則〕青黃白黑莫不—良。

十五 本也。〔禮記曲禮〕行修言道禮之—也。

十六 定也。見〔廣雅釋詁〕

十七 保也。〔國策秦策〕而以順子爲—。

十八 慬也。見〔廣雅釋詁〕

十九 要也。見〔小爾雅廣詁〕

二十 有賢行也。〔國語楚語〕王公之子弟之—。

廿一 劵也。〔周禮小宰〕聽買賣之—劑。〔注〕兩書一札同而別之。長曰—。短曰劑。皆今之劵書。〔按質人司農注—大賈劑小賈。〕

廿二 猶止也。〔家語曲禮子夏問〕君人不舉人以—事。

廿三 平也。〔禮記王制〕司會以歲之成、—於天子。

廿四 少也。〔禮記緇衣〕故君子多聞、—而守之。

廿五 重也。〔漢書石奮傳〕雖齊魯諸儒—行。

廿六 正自相當也。〔禮記聘義〕君子於其所尊弗敢—。

廿七 問也。〔太玄玄數〕爰—其所疑。〔今具言—問〕

廿八 對也。〔禮記曲禮〕雖—君之前。

廿九 成也。〔詩抑〕—爾人民。

三十 匕也。見〔廣雅釋詁〕

卅一 拊也。〔公羊定八年傳〕弓繡—。

卅二 椹也。〔穀梁昭八年傳〕以葛覆—。

卅三 剉刀也。〔史記范睢蔡澤傳〕今臣之胷不足以當椹—。

卅四 射侯。〔荀子勸學〕是故—的張而弓矢至焉。〔按周禮司裘司農注云。方十尺曰侯。四尺曰鵠。二尺曰正。四寸曰—。〕

卅五 名實不爽曰—。見〔周書謚法〕〔又〕忠正無邪曰—。見〔後漢質帝紀注〕

卅六 革之別名曰—。見〔周禮攷正函人注〕

卅七 —明猶平明也。〔家語曲禮公西赤問〕—明而始行事。

卅八 —人周官名。見〔周禮地官敍官〕

卅九 國名。見〔類篇〕

四十 姓也。〔漢書貨殖傳〕—氏以灑削而鼎食。

【質】 陟利切音致寘韻

一 所質爲—。見〔六書故〕

二 同贄〔荀子大略〕錯—之臣。不息

雞豚。

【䝶】呂張切音良陽韻力讓切音高漾韻
賦也。見〔玉篇〕。

【賫】尸羊切音觴陽韻
行賈也。見〔說文〕〔段注〕經傳皆作商。商行而一廢矣。

【賀】珍離切音支支韻
以財貿也。見〔類篇〕。〔淮鹽商人以銀質抑鹽票取息者曰一商。〕

【賠】讀若裴
補償人財物曰一。見〔正字通〕。〔按一本作備。正字通備字注云。一本作備。楊愼曰。備音一。義同。昔高歡立法。盜私家十備五。官物十備三。後周治盜。官物雖經赦免。徵備如法。備。補償也。是則本備字。而今承作一矣。〕

【䝺】他典切音腆銑韻
富也。見〔玉篇〕。

【賒】式車切音賖麻韻
不交也。見〔篇海〕。

【䞁】雖遂切音邃寘韻

貨也。〔韓非說疑〕破家殘一。

【賙】疾正切音淨敬韻
賜也。見〔玉篇〕。

【賙】慈盈切音晴庚韻
受賜也。見〔集韻〕。

【賧】吐濫切音倓勘韻杜覽切音啖感韻
蠻夷以財贖罪也。見〔玉篇〕。

【賯】五介切音解卦韻
人名。明寧河王新一。見〔字彙補〕。

【䝷】芳未切音沸未韻
賦斂也。見〔篇海〕。

【䝸】古賤字。見〔集韻〕。

【賝】同賮。見〔集韻〕。

【賈】同貿。說文徐本譌篆作一。非。見〔正字通〕。

【賫】同貫。見〔玉篇〕。

【賨】同賨。見〔集韻〕。

【賦】同賦。見〔篇韻〕。

【賩】同賨。見〔正字通〕。

【賫】賦或字。見〔篇海〕。

【賬】帳俗字。

九畫

【賭】董五切音睹㷇韻
❶博簺也。見〔說文新附〕。
❷錢戲曰一。見〔一切經音義引通俗文〕〔按凡遊戲之有勝負者皆曰一。謝安與兄子玄圍棊一別墅。又羊玄保與帝奕一郡。保勝。補宣城令。〕
❸賭也。見〔玉篇〕。〔按賭、財也。亦古貨字。〕

【賧】胡遴切音侯宥韻
❶龍貝也。出南海。見〔廣韻〕。
❷一䝴貪財之皃。見〔廣韻〕。

【賮】徐刃切音燼即刃切音進震韻
❶會禮也。見〔說文〕〔段注〕以財貨爲會合之禮也。
❷行貲也。〔孟子公孫丑〕行者必以一。
❸財貨也。見〔玉篇〕。
❹通作進。〔史記高帝紀〕蕭何爲主吏。主進。〔索隱〕顏師古曰。進者、會禮之財。字本作一。聲轉爲進。

【賴】落蓋切音癩泰韻
❶贏也。从貝剌聲。見〔說文〕。
❷恃也。〔書大禹謨〕萬世永一。
❸利也。〔史記高祖紀〕大人常以臣亡一。〔注〕無利入於家也。或曰江淮之間謂小兒多詐狡猾爲無一。〔按應曰。一者恃也。是則無一又爲無恃之一義。又今人云無一者。謂其無衣食。〕
❹蒙也。〔國語晉語〕至於今是一。
❺善也。〔孟子告子〕富歲子弟多一。
❻猶讎也。〔方言〕南楚之外曰一。秦晉曰讎。〔注〕一、亦惡名。
❼得也。〔漢書揚雄傳〕鬻九戎而索一。
❽取也。見〔方言〕。
❾俗謂不認其事曰一。恐嚇取財曰圖一。
❿一氏國名。見〔玉海〕。
⓫姓也。

【貸】補抱切音保皓韻
❶有也。見〔玉篇〕。
❷和債物者。見〔類篇〕。
❸粟藏也。亦作寚。見〔玉篇〕。

【賵】丑正切音頳敬韻

㈠賣不得也。見〔玉篇〕。
㈡售也。見〔類篇〕。

【⿰貝致】陟利切音致寘韻
㈠賑也。見〔集韻〕。
㈡貝也。見〔集韻〕。

【⿰貝耑】戶管切音緩賭緩切音短旱韻
⿰貝宛—小有財皃。見〔玉篇〕。

【賰】式允切音蠢軫韻
賱—富有也。見〔玉篇〕。

【⿰貝匽】隱幰切音偃阮韻於建切音堰願韻
物相當也。見〔玉篇〕。

【賱】於粉切音惲吻韻紆問切音醞問韻
—賰富也。見〔玉篇〕。

【⿰貝戠】子才切音哉灰韻
貨財也。見〔篇海〕。

【⿰貝耎】乳兗切音軟銑韻
小有財也。見〔玉篇〕。

【賵】撫鳳切音[illegible]送韻
贈死者。从貝从冒。冒者、衣衾覆冒之意。見〔說文新附〕。〔按公羊傳曰。車馬曰—。財貨曰賻。穀梁傳曰。歸死者曰—。歸生者曰賻。〕

【⿰貝亭】同丁切音亭青韻
瑱⿰王吉蟲。一名—。見〔本草〕。

【⿱放貝】方廟切音俵嘯韻
散匹帛與三軍也。見〔玉篇〕。

【⿱丣貝】貿本字。見〔說文〕。

【⿱芔貝】賁本字。見〔說文〕。

【⿰貝責】同賾。見〔正字通〕。

【⿰賏凡】同⿱賏凡。見〔篇韻〕。

【⿰貝度】賭或字。見〔集韻〕。

【⿸反貝】販或字。見〔集韻〕。

【⿰貝孚】⿰貝句或字。見〔集韻〕。

【⿰貝匱】⿰貝正或字。見〔類篇〕。

【⿰貝時】時或字。見〔類篇〕。

十畫

【賸】以證切音孕石證切音乘徑韻〔按舊字典錄集韻類篇諸義解。因以說文義訓讀爲以證切。而以他義隸爲石證切。泥。玫玉篇弋證切。訓相贈也。以物加送也。集韻類篇石證切。訓以財贈送也。說文以證切。訓物相增加也。集韻類篇石證切。訓益也。皆義同音異。說文小徐注曰。今鄙俗謂物餘曰—。是一音二義。六書故曰。—以證、而證、二切。用餘也。是一義二音。固不能强爲分析也。〕
㈠本作𧸇〔說文〕𧸇物相增加也。一曰送也。副也。〔段注〕以物相益曰—。字之本義也。今義訓爲贅疣。與古義稍異。而實古義之引伸也。改其字作剩。而形異矣。人部曰。倂送也。—訓送。則與倂音義皆同。副貳也。副。益也。訓送。訓副。皆與增加義近。〔按大徐作朕聲。小徐作朕聲。六書故書作賸。〕
㈡相贈也。以物加送也。見〔玉篇〕。
㈢長也。見〔廣韻〕。
㈣用餘也。見〔六書故〕。

【賻】符遇切音附遇韻
㈠助也。見〔說文新附〕。
㈡以財助喪也。見〔玉篇〕。
㈢歸生者曰—。〔儀禮既夕〕知死者贈。知生者—。

【⿰貝⿸厂台】與之切音移支韻
㈠遺也。見〔篇海〕。〔正字通云。貽字之譌。〕
㈡況也。見〔篇海〕。

【購】居候切音構宥韻居侯切音鉤尤韻
㈠以財有所求也。見〔說文〕〔段注〕縣重價以求得其物也。漢律能捕豺貀一—百錢。
㈡贖取也。見〔類篇〕。
㈢償也。見〔廣雅釋言〕。
㈣草名。〔爾雅釋草〕—、蔏蔞。〔注〕今人曰—。一名蔏蔞。
㈤通講。〔史記韓世家〕將西—於秦。〔注〕戰國策作講。講亦謀議。與—求意通。

【賽】先代切音塞隊韻
㈠報也。見〔說文新附〕。
㈡相誇勝曰—。〔韓愈詩〕—饌木盤簇。〔今云—會、—馬義本此。〕
㈢通塞。〔漢書郊祀志〕冬塞禱祠。〔注〕塞謂報其所祈也。

【⿰貝倉】七浪切音愴漾韻
積貨也。見〔篇海〕。

【⿱敝貝】毗祭切音閉霽韻
困惡也。見〔篇海〕。

【𧸖】下睛切音𧹥黠韻　四突出也。見〔說文土部〕。

【賹】烏懈切音隘卦韻　記人物也。見〔廣韻〕。〔按集韻、類篇作記物〕

【賾】士革切音嘖職韻　幽深難見也。〔易繫辭〕聖人有以見天下之一。

【𧸘】符分切音焚文韻　大頭也。見〔篇韻〕。

【賩】先臥切音所箇韻　骨也。見〔玉篇〕。

【賥】丑鄭切音遉敬韻　賣也。見〔篇韻〕。

【賱】虛業切音脅葉韻　財也。見〔篇韻〕。

【𧸝】賁本字。見〔說文〕。

【賥】贅古字。見〔集韻〕。

【賫】同齎。見〔說文長箋〕。

【賷】同賫。見〔字彙補〕。

【𧸞】同賫。見〔篇韻〕。

【賷】同齎。見〔篇海〕。

【賨】竇省字。見〔正字通〕。〔按廣韻書作竇亦爲竇省字〕

【賺】嗛省字。見〔集韻〕。

十一畫

【賢】弋睡切音諉於賜切音謚寘韻　㊀益也。見〔廣雅釋詁〕。㊁挈也。見〔廣雅釋詁〕。〔按玉篇作媿挈〕

【贅】朱芮切音數霽韻　㊀以物質錢。从敖貝。敖者猶放。謂貝當復取之。見〔說文〕。〔段注〕若今人之抵押也。放者當復還。一者當復贖。其義一也。〔按小徐本有一曰最三字。注最出也。附一之義〕㊁質也。〔漢書賈誼傳〕家貧子壯則出一。〔注〕應劭曰出作一壻也。顏師古曰家貧無有聘財。以身爲質也。㊂會也。〔漢書武帝紀〕毋一聚。㊃聚也。〔漢書王莽傳〕又置大一官。主乘輿服御物。〔注〕師古曰言財物所聚也。㊄屬也。橫生一物。屬著體也。見〔釋名釋言語〕。㊅具也。見〔廣雅釋詁〕。㊆定也。見〔廣雅釋詁〕。㊇猶惡也。〔後漢馮衍傳〕見一於人。㊈猶餘贅也。〔老子〕若餘言一行。〔按曾鞏講官議云問一告二謂之一。又今人序言曰一言。皆爲餘賸義。〕㊉假相連屬也。〔文選陳琳檄〕操一閹遺醜。⑪從嫁也。〔淮南本經〕一妻鬻子。⑫得也。見〔玉篇〕。⑬越職行恩曰一。〔管子法禁〕則大臣之一下而射人心者必多矣。⑭一肬。過也。〔楚辭惜誦〕反離羣而一肬。⑮一衣。主衣之官也。見〔後漢班彪傳注〕。⑯同綴。〔公羊襄十六年傳〕君若一旒。

【贅】牛交切音敖肴韻　頰一。不媚也。見〔類篇〕。〔按从貝當爲从頁之譌〕

【䝻】力交切音寥肴韻　廋語謂錢曰一。見〔類篇〕。

【賿】禁錦切音磣寑韻　賭也。見〔字彙〕。

【䞈】郎豆切音漏宥韻　賥一。貪財也。見〔廣韻〕。

【贃】烏患切音綰諫韻　支財貨也。見〔廣韻〕。

【贄】脂利切音至寘韻　執以相見之物也。〔左昭二十四年傳〕男一大者玉帛。小者禽鳥。以章物也。女一榛栗棗脩。以告虔也。

【贄】魚列切音孼屑韻陟立切音縶緝韻　不動貌。見〔類篇〕。

【賶】美必切音密質韻　水流貌。見〔篇韻〕。

【贅】佳外切音解卦韻　繞然也。見〔篇韻〕。

【𧹓】疋賓切音繽眞韻　飛也。見〔篇海〕。

【賢】宜寄切音義寘韻　挈也。見〔篇韻〕。

【䝿】古敗字。見〔集韻〕。

【賔】古賓字。見〔字彙補〕。

【贓】同臟。見〔海篇〕。

【賷】同黃。見〔篇海〕。

【𧶠】同商。見〔正字通〕。〔按說文作賫〕。

【䝯】賝或字。見〔篇海〕。

【䞐】𧸬俗字。見〔正字通〕。

十二畫

【贈】昨亙切音蹭經韻

①玩好相送也。見〔說文〕。〔注〕—、增也。既辭又以此—益之也。

②稱也。見〔廣雅釋言〕。

③以言貽人亦曰—。〔禮記檀弓〕子路去魯謂顏淵曰。何以—我。

④堂—。以禮送不祥也。〔周禮男巫〕冬堂—。

⑤歸死者曰—。〔儀禮旣夕〕知死者—。知生者賻。〔按今法律上分遺—、與爲二。竝爲歸生者義。今俗通用之意皆然。惟淸時爵位之誥—、貤—。則爲歸死者義。與儀禮合。〕

【贉】徒感切音萏感韻徒紺切音醰勘韻

①預入錢也。見〔玉篇〕。〔按廣韻。買物預付錢也。〕

②卷首貼綾也。又謂之玉池。〔米芾書史〕隋唐藏書皆金題錦—。

【贊】則旰切音讚翰韻

①見也。从貝从兟。見〔說文〕〔段注〕疑當作所以見也。謂彼此相見。必資—者。兟立銑進也。鍇曰。進見以貝爲禮也。

②佐也。〔書大禹謨〕益—于禹曰。

③助也。〔禮記中庸〕可以—天地之化育。

④達也。〔儀禮特牲饋食禮〕宰自主人之左—命。

⑤導也。〔國語周語〕內史—之。

⑥引也。〔後漢班彪傳〕陳百僚而—羣后。

⑦白也。〔呂覽孟夏〕—傑俊。

⑧明也。〔易說卦〕幽—于神明而生蓍。

⑨告也。〔史記信陵君傳〕徧—賓客。

⑩出也。〔禮記月令〕命太尉—傑俊。

⑪進也。〔漢書東方朔傳〕朔自—曰。

⑫稱人之美也。〔魏書許褚傳〕帝思褚忠孝。下詔襃—。

⑬—治。如今之起文書草者。〔周禮宰夫〕六曰史。掌官書以—治。

⑭通作讚。文體之一種。〔文心雕龍頌讚〕讚之義兼美惡。亦猶頌之變耳。

⑮姓也。

【䞈】居僞切音垝寘韻

貲也。从貝爲聲。或曰此古貨字。見〔說文〕〔段注〕按篇韻皆云賭也。許無賭字。化、爲、二聲。古作十七部。貨、古作—。猶訛、譌通用耳。鉉本此下有讀若貴三字。

【䝿】五寡切音瓦馬韻

財也。見〔集韻〕。

【贆】卑遙切音猋蕭韻

貝名。〔爾雅釋魚〕貝居陸、—。〔疏〕陸居者名—。

【𧹈】巨律切音厥質韻

貝也。見〔篇海〕。

【贇】紆倫切音頵眞韻

美貌。見〔集韻〕。

【𧹁】東徒切音都虞韻

賭勝也。見〔集韻〕。

【𧹎】而兗切音輭銑韻

小有財也。見〔篇海〕。

【𧹞】展几切音黹紙韻

財物相當也。見〔類篇〕。

【𧹔】必鄰切音賓眞韻

不見貌。見〔篇韻〕。

【𧹠】火監切陷韻

有賵—也。見〔玉篇〕。

【𧸙】賁本字。見〔說文〕。

【贕】牘本字。見〔說文〕。

【贒】古賢字。見〔類篇〕。

【𧸘】同幣。見〔玉篇〕。

【𧹕】同財。見〔篇海〕。

【𧹃】同購。見〔篇韻〕。

【𧹖】遺俗字。見〔正字通〕。

【𧹇】贆譌字。

【贛】康熙字典注。說文古文貴字。注詳五畫。攷說文貴字作𧶠。物不賤也。从貝臾聲。臾、古文蕢。是古文蕢三字。乃釋臾聲之臾字。以明臾聲之所本非謂貴古文作蕢也。舊字典抹去臾字僅取下三字義。殊謬。今移入草部。附正於此。

十三畫

〔贍〕時豔切音擔豔韻
(一)給也。見〔說文新附〕。
(二)足也。〔孟子公孫丑〕力不—也。
(三)賙也。見〔類篇〕。
(四)假助也。〔漢書王莽傳〕收—名士。
(五)富也。〔後漢李王鄧來傳〕李鄧豪—。
(六)同澹。安也。〔史記司馬相如傳〕灑沈—菑。〔按漢書作灑沈—灾。〕

〔賺〕直陷切音賺陷韻
(一)重買也。錯也。見〔說文新附〕。
(二)市物失實也。見〔類篇〕。

〔賺〕離鹽切音廉鹽韻
賣也。見〔廣雅釋詁〕。

〔贏〕怡成切音盈庚韻
(一)賈有餘利也。从貝嬴聲。見〔說文〕。〔段注〕左傳曰賈而欲—而惡嚻乎。俗語謂—者輸之對。按惟嬴嬴字可云嬴聲。—字當云从貝嬴。嬴者多肉之獸也。
(二)利也。〔國策秦策〕珠玉之—幾倍。
(三)餘也。見〔廣雅釋詁〕。
(四)溢也。見〔玉篇〕。
(五)滿也。〔太玄玄數〕方—則圓。〔注〕方滿則入玄。
(六)過也。〔考工弓記人〕橋幹欲弱於火而無—。
(七)益也。見〔廣雅釋詁〕。
(八)解也。〔禮記月令〕天地始肅不可以—。〔按淮南注。盛也。〕
(九)長也。〔淮南時則〕孟春始—。
(十)緩也。見〔玉篇〕。
(十一)裹也。〔莊子胠篋〕—糧而趨之。
(十二)負擔也。〔漢書刑法志〕—三日之糧。
(十三)受也。〔左襄三十一年傳〕以隸人之垣—諸侯。
(十四)凡攻戰博簺勝曰—。見〔正字通〕。
(十五)早出爲—。見〔漢書天文志〕。
(十六)—縮。進退也。〔國語越語〕—縮轉化。

〔贎〕無販切音萬願韻
貨也。見〔說文〕。〔段注〕廣韻云贈貨。

〔贎〕贎省字。見〔集韻〕。

〔⿰貝歲〕相絕切音雪屑韻
草名。鼠姑也。見〔類篇〕。

〔⿰貝僉〕力驗切音斂豔韻　七漸切音醶琰韻
市先入直也。見〔集韻〕。

〔⿰貝僉〕貶或字。見〔集韻〕。

〔⿰貝僉〕贉或字。見〔集韻〕。

〔⿰貝遂〕除醉切音遂寘韻
賻—也。見〔篇韻〕。

〔⿰貝路〕賂譌字。

十四畫

〔贓〕茲郎切音臧陽韻
(一)藏也。見〔玉篇〕。
(二)納賄曰—。見〔廣韻〕。〔按今竊盜所得亦曰—。當本義之引伸也。段玉裁云。—私字古亦用臧。漢書其羞辱甚于貪汚坐臧是也。〕

〔贔〕平祕切音備寘韻
(一)—屓。作力貌。見〔玉篇〕。〔又〕大龜。蟕蠵之屬。好負重。或名蚼蝮。今石碑下龜趺象其形。見〔本草綱目〕。〔按類篇謂—屓爲鼇。雌鼇爲—。鼇爲海中大鼈。與靈龜別。〕
(二)同奰。怒也。〔詩蕩〕內奰於中國。〔文選注作—〕。

〔⿰貝監〕盧瞰切音濫勘韻
—賧。貪財也。見〔類篇〕。

〔⿱與貝〕居御切音據御韻
質錢也。見〔類篇〕。

〔⿰貝鳥〕武延切音綿先韻
⿰貝匽也。見〔玉篇〕。

〔⿰貝睿〕須閏切音峻震韻
益也。見〔玉篇〕。

〔⿰貝廛〕直善切音邅銑韻
謀人財物謂之—。見〔篇海〕。

〔⿰貝炎〕古困切音棍願韻
圓也。見〔字彙補〕。

〔⿱臤貝〕古賢字。見〔集韻〕。

〔贐〕賮或字。見〔集韻〕。

〔⿰賴頁〕瀨或字。見〔集韻〕。

十五畫

〔⿰貝賣〕徒谷切音瀆屋韻
(一)卵肉敗也。見〔玉篇〕。
(二)胎不成獸曰—。〔淮南原道〕獸胎

不—。

【贖】神蜀切音贖沃韻
㊀本作贖。〔說文〕贖貿也。
㊁貿也見〔玉篇〕。
㊂續也。〔後漢趙壹傳〕昔原大夫—桑下絕氣。
㊃去也。〔管子五行〕—蟄蟲卵菱。
㊄以財拔財也。〔書舜典〕金作—刑。〔按俗謂取回質物、曰—。〕
㊅代也。〔詩黃鳥〕如可—兮。〔按釋文又音樹。〕

【贖】殊遇切音樹遇韻
㊀貨易也見〔集韻〕。
㊁姓也見〔集韻〕。

【贋】魚澗切音鴈諫韻
㊀不直也見〔玉篇〕。
㊁僞物也見〔集韻〕。

【贄】陟利切音致寘韻
當也見〔篇韻〕。

【贎】力制切音厲霽韻
貨也見〔集韻〕。

十六畫

【贚】良用切音躘宋韻
㊀財貧也見〔類篇〕。
㊁龍貌見〔玉篇〕。

【贙】熒絹切音縣霰韻
㊀分別也。从虤對爭貝見〔說文虤部〕。〔段注〕爭則分別也。
㊁對爭也見〔字彙〕。
㊂獸名。〔爾雅釋獸〕—有力。〔注〕出西海大秦國有養者似狗多力。獷惡。

【䞋】初覲切音櫬震韻
㊀—錢也見〔玉篇〕。
㊁眡也見〔類篇〕。
㊂供齋下—禮見〔字彙〕。
㊃同嚫施也見〔玉篇〕。

【⿰貝鳥】東本切音𡍮阮韻
別寄異物也見〔篇韻〕。

【贑】贛籒文見〔說文〕。〔按集韻書作贑。〕

【贜】同贓見〔篇韻〕。

【⿰貝遺】遺或字見〔集韻〕。

十七畫

【贛】古送切音貢送韻呼降切音戇絳韻
本作贛。〔說文〕贛賜也。从貝竷省聲。〔段注〕釋詁曰。—賜也。據釋文本作—。後人改作貢耳。端木賜字子—。凡作子貢者亦皆後人所改。

【贛】古禫切音感感韻
縣名。漢置。屬豫章郡。即今江西—縣治。現又簡稱江西省曰—。省因章貢水章貢字合作贛故名。

【贛】古暗切音紺勘韻
—榆。地名。漢屬琅邪郡。當今江蘇海州—榆縣治。

【贛】陟降切音傛絳韻
戇或字〔集韻〕戇愚也或省。

【贔】如陵切音仍庚韻
不知也見〔篇海〕。

十九畫

【⿰貝𧶠】贖本字見〔說文〕。

※角　部※

【角】訖岳切音覺覺韻
㊀本作角。〔說文〕角獸—也。象形。—與刀魚相侶。〔段注〕人體亦有偁—者。如日月—、犀豐盈之類。其字與刀魚相似也。此龜頭似蛇、虎足似人之類。〔按玉篇曰。—、獸頭上骨外出也。類篇曰。獸不童也。然爾雅注。犀三—。—在鼻。—即食—。是—不必在頭上。本草。麢、頭有毛—。是有—者不獨獸。—亦不盡骨外出。許與玉篇蓋就普通言之耳。〕
㊁校也。〔漢書賈誼傳〕非親—材而臣之也。
㊂競也。〔漢書谷永傳〕—無用之虛文。
㊃試也。〔呂覽孟冬〕肄射御—力。
㊄平也。〔禮記月令〕—斗甬。
㊅芒也見〔廣韻〕。
㊆隅也。〔後漢郎顗傳〕善風—星算。
㊇觸也見〔漢書律曆志〕。
㊈躍也見〔白虎通禮樂〕。
㊉邪也。〔文選潘岳賦〕奮勁骹以—槎。

(十一)木聲也。〔素問金匱眞言論〕其音—。
(十二)禽也。〔太玄窮〕山無—。
(十三)量也見〔管子七法〕〔注〕亦器量之名。
(十四)酒器也。〔儀禮特牲饋食禮〕一—。〔注〕四升〔按說文通訓定聲云疑古酒器之始以—爲之故觚、觶、觴、觥等多字从—〕
(十五)觥罰爵也。〔禮記少儀〕不—。
(十六)二十八宿之一今淸明節子初一刻十分之中星。〔又〕大—謂之棟星見〔廣雅釋天〕

角宿圖

(十七)五聲之一。〔禮記禮運〕五聲。〔注〕宮、商、—、徵羽也。
(十八)夾囟曰—。〔禮記內則〕男—女羈。
(十九)結其前曰—見〔洪武正韻〕〔按左襄十四年傳晉人—之疏云謂執其—也。〕
(二十)—抵戲名。〔韻會〕六國時所造使兩兩相當—力相抵觸。〔按史記李斯傳作觳抵漢書張騫傳作—氐日本今猶有—力技。〕
(廿一)—觽刀劍羽間之覆—也。〔淮南齊俗〕—觽不厭薄。
(廿二)木—斛水斗名。〔禮記喪大禮〕廣人出木—。
(廿三)總—男女未冠笄者。〔詩甫田〕總—丱兮。
(廿四)羊—旋風也。〔莊子逍遙遊〕摶扶搖羊—而上者九萬里。〔又〕草名。〔廣雅釋草〕羕明羊—也。〔又〕地名。〔左襄二十六年傳〕襲衞羊—取之。〔注〕今廩丘縣所治羊—城是。〔按羊—故城在今山東范縣南七十里〕
(廿五)大—軍器。〔演繁露〕蚩尤率魑魅與黃帝戰帝命吹—爲龍鳴禦之。〔按後世軍鼓始於此〕
(廿六)鹿—小魚名。〔歐陽修詩〕毛魚與鹿—。〔又〕地名。〔韓愈文〕避風太湖七日鹿—。〔注〕地在洞庭湖
(廿七)皂—木名見〔本草綱目〕
(廿八)—蒿草名。〔埤雅〕莪一名—蒿。
(廿九)—陵縣名。〔南齊書州郡志〕屬南新陽左郡。〔按當在今湖北境〕
(三十)四—六—皆單于子弟次第當爲單于者見〔後漢南匈奴傳〕
(卅一)三—算學之一種。
(卅二)玉—果名。〔淸異錄〕新羅國松子有數等惟玉—香最奇。
(卅三)仰—履名。〔釋名釋衣服〕仰—屐上施履之名也。〔又〕徐土邳圻之間大蘆謂之鞠—見〔方言〕〔注〕今漆履有齒者。
(卅四)地形象—者謂之—。如海中陸地之銳而隆起者曰海—隔地突入水中者曰土—。
(卅五)幾何學謂自同點引長兩直線曰—其點曰頂點直線曰邊兩邊在頂點兩側接成一直線者曰平—。平—之半曰直—大於直—者曰鈍—小於直—者曰銳—。
(卅六)凡物之隅多謂之—。如海—、屋—、口—、眼—之類。
(卅七)俗稱公文一封爲一—。
(卅八)俗稱優伶爲—藝精者曰名—。近又稱女伶爲坤—。
(卅九)俗以銀圓之直十分之一或五分之一者爲銀—又銅圓之值十錢者曰—。
(四十)亦作觕。〔魏書江式傳〕宮商觕徵羽。〔注〕觕卽—字。
(四一)通确。〔漢書李廣傳〕數與虜确。〔注〕謂競勝負也。
(四二)姓也。〔後漢馮異傳〕—閎據汧。

〔角〕 盧谷切音祿屋韻
—里隱者稱號。〔漢書王貢傳序〕甪里先生。〔注〕宋祁曰甪不成字。〔按廣韻一屋亦作—不作甪。〕

一畫

〔⿰角乚〕 觓省字。見〔正字通〕

二畫

〔觓〕 渠幽切音虯尤韻吉酉切音糾有韻
角皃。詩曰。有—其角。見〔說文〕〔段注〕周頌有捄其角。傳云。社稷之牛角尺。箋云。捄、角皃。捄者、—之假借字也。小雅桑扈。兕觥其—。俗作觩。〔按小雅朱傳云角上曲皃。〕

〔⿰角丂〕 丁戈切音多歌韻
角短貌。見〔字彙〕

〔觔〕 同筋。見〔正字通〕。〔按淮南、良馬者可以形容—骨相也。後人譌爲斤兩之斤。〕

〔⿰角丁〕 俗衡字。見〔字彙〕

三畫

【⿰角巾】所巾切音莘居銀切音巾眞韻

●一二十枚也。見〔玉篇〕。

●二⿰角叉也。見〔類篇〕。

【⿰角叉】初加切音叉麻韻初佳切音釵佳韻

【⿰角乇】同觡。見〔廣韻〕。〔正字通云。⿰角枼謂之—。見〔廣雅釋器〕。觴譌字。〕

【⿰角工】舡或字。見〔集韻〕。

四畫

【觕】聽徂切音麤虞韻

同粗。大也。物不精也。見〔集韻〕。

【觕】坐五切音駔麌韻

●一牛角直皃。見〔集韻〕。

●二粗略也。〔漢書藝文志〕庶得麤—。〔按正字通云。通雅曰。世皆以—爲麤字。此因陸孫而誤也。廣韻。麤、麄、糲、—皆收爲一字。俗作粗。韻會因之。引公羊傳—者曰侵。不知—乃粗義。非粗音也。漢書藝文志敍數術曰。庶得麤—。一處用二粗字。有是理乎。考公羊傳注。—音才古反。是也。廣韻以俗字之粗爲徂古切。此則當時鄉語耳。古蓋各造粗字。至漢分之。麤、爲塵起之粗。平聲。—、爲一切之粗。上聲。故班固藝文志、連用則異聲。分用則同字者。又不可不辨也。按、—本作觕。詳後觕字。當互參。〕

●三大略也。〔後漢敍傳〕—舉僚職。

【觕】同觸。見〔玉篇〕。

【觕】同衙。見〔集韻〕。

【觖】古穴切音決屑韻窺睡切音闚寘韻遺爾切音企紙韻

●一缺也。〔史記荆燕世家〕獨此尙—望。〔按玉篇云。—望猶怨望也。〕

●二望也。〔後漢李通傳〕以—一切之功哉。

●三冀也。〔史記韓王信盧綰傳〕爲羣臣—望。

●四擿—。挑發也。〔後漢孫寶傳〕故欲擿—以揚我惡。

【觖】涓惠切音桂霽韻

舌頭語也。見〔集韻〕。

【觗】支義切音寘寘韻

●一禮經觶。見〔說文〕〔段注〕此謂古文禮也。鄭駁異義云。今禮角旁單。古書或作角旁氏。然則古禮作—。或之云者。改竄之後。不盡一也。燕禮媵觚於公。鄭云酬之禮皆用觶。言觚者字之誤也。古者觶字或作角旁氏。由此誤耳。

●二合也。〔太玄玄圖〕外—亢貞。

【⿰角亢】徒含切音覃丁含切音躭覃韻

●一角也。見〔玉篇〕。

●二試也。見〔字彙〕。

【⿰爿角】士角切音浞覺韻

觕本字。〔說文〕—角長皃。从角爿聲。讀若粗。〔段注〕按此字見於經史者。皆譌爲觕。從牛角。公羊傳曰。觕者曰侵。精者曰伐。何曰。麤也。公羊隱元年注曰。用心尙麤觕。以麤觕連文。則觕非麤字也。麤觕、若今人曰粗糙。雙聲字也。—從爿聲。古蓋讀如倉。轉寫譌其形作觕。其音不古反。又讀七奴反矣。其義則本訓角長。引伸之爲鹵莽之意。因之觕與精爲對文。廣韻徂古切。牛角直下也。於本義近。集韻曰。獸角長曰衙。或作觕。鋤庚切。於本音近。—衙字讀若粗。則徂古切。經典釋文所由財古反也。今字別觕、—爲二。—音士角切。〔按王注。租、段氏改爲粗是也。此以當時恆言明其音也。用心尙麤觕。庶得麤觕。可知其爲恆言特字譌從牛耳。〕

【⿰角公】古雙切音江江韻諸容切音鍾冬韻

舉角也。見〔說文〕〔王注〕魏大饗碑。—鼎緣橦。字亦作舡。西京賦。烏獲扛鼎。李注。扛與舡同。二事皆非本義。但由舉義而借之。〔按段注。假借爲扛字。舡亦—字。〕

【⿰角化】五禾切音訛歌韻

角也。見〔玉篇〕。

【⿰角旡】其利切音忌寘韻

角也。見〔字彙〕。

【⿰角巴】披巴切音葩麻韻

牛角張也。見〔集韻〕。

【⿰角少】楚敎切音鈔效韻初交切音鈔肴韻

角匕也。見〔玉篇〕。〔角匕義。參閱

觝字。〕

【⿱𠂊角】古觸字。見〔玉篇〕。

【⿰角支】古觶字。〔韻會〕觶。古作—。周禮考工記。梓人爲飲器。注疏。鄭玄云。觶字角旁支。今角旁單。或角旁氏。〔按說文觗字段注云。考工記疏引鄭駁異義云。觶字角旁友。汝潁之間。師讀所作。今字皆如是。友字無理。蓋辰之誤。韻會徑改友作支。云古作—。於形聲合矣。〕

【⿰角市】同⿰角幾。見〔玉篇〕。

【⿰角反】同⿰犭角。見〔玉篇〕。

【⿰角玄】同觝。見〔篇海類編〕。

【⿰角开】同觥。見〔篇海類編〕。

【⿰角句】⿰角弱俗字。見〔龍龕手鑑〕。

【觤】觤譌字。見〔正字通〕。

五畫

【觚】攻乎切音孤虞韻

(一)鄉飲酒之爵也。一曰。觴受三升者—。見〔說文〕〔段注〕鄉當作禮。鄉飲酒禮有爵觶無—也。燕禮大射特牲皆用—。受三升。古周禮說也。言一曰者。許作五經異義時。從古周禮說。至作說文則疑也。故言一曰以見古說未必盡是。則韓詩說—二升。未必非也。不先言受二升者。亦疑之也。〔按王注。鄉又當作饗。蓋又兼宗廟饗之之義矣〕

(二)寡也。〔韓詩外傳〕二升曰—。—、寡也。飲酒寡少。

(三)稜也。〔論語雍也〕—不—。〔朱注〕—、稜也。或曰。酒器。或曰。木簡。皆器之有稜者也。〔按文選文賦操—注曰。—、木之方者。古人用之以書。猶今之簡也。〕

(四)方也。〔史記酷吏傳〕破—而爲圜。〔應劭云。—、八稜有隅者。〕

(五)法也。〔太玄玄攡〕占之以其—。

(六)角也。〔漢書郊祀志〕紫壇八—宣通。象八分。

(七)奇衺也。〔周禮宮正奇衺注〕奇衺。譎—非常。〔疏〕兵書有譎—之人。謂譎詐桀出。—角非常也。

(八)特立不羣也。〔莊子大宗師〕其—而不堅也。

(九)觚揃也。〔淮南主術〕操其—。

(十)竈額也。〔困學紀聞〕仲尼讀春秋。老聃據竈—而聽。

(十一)日本古世官名也。〔魏志東夷倭人傳〕伊都國官曰爾支。副曰泄謨—。柄渠—。

(十二)人名。〔北史魏獻明皇后傳〕后少子秦王—。

(十三)—竹。地名。〔爾雅釋地〕—竹、北戶、西王母、日下。謂之四荒。

(十四)鶉—。縣名。見〔晉書地理志〕〔按唐更名靈臺。屬涇州〕

(十五)—牘。書名。清鈕琇著。內分人—、事—。物—。燕—。豫—。吳—。粵—。

(十六)通柧。〔文選班固賦〕上—稜而棲金爵。〔按書作柧稜。—稜、殿堂最高轉角處也。〕

(十七)通觚。見〔韻會〕。

(十八)通菰。〔漢書司馬相如傳〕蓮藕—盧。〔按史記作菰蘆〕

【觮】乙角切音渥　昵角切音搦　覺韻

(一)調弓也。从角弱省聲。見〔說文〕〔按集韻—或不省。說文曰弱省聲。是當以—爲正文明矣。廣韻有⿰角弱、⿰角弓、無—。玉篇作—。同⿰角弱。龍龕手鑑直以—爲俗字。非矣。〕

(二)摩弓也。見〔玉篇〕。

(三)屋角也。見〔廣韻⿰角弱字注〕。

【⿰角四】息恣切音四寘韻

(一)角也。見〔玉篇〕。

(二)器也。見〔字彙〕。

【觜】遵爲切音劑　將移切音貲　支韻

(一)雖舊頭角—也。一曰。—、觿也。見〔說文〕〔段注〕角—、雀下云毛角是也。毛角、頭上毛有似角者也。—猶策銳詞也。毛角銳、凡羽族之咮銳。故鳥咮曰—。俗語因之。凡口皆曰—。〔王注。角、乃獸角。—則鳥角。而恆言之曰—矣。天官書—觿虎首。按—爲角觿。爲錐。—星在參之上。其形銳。故得此名也。繫傳云。—觿、靈龜也。似觿爲蠵之訛。抑或誤解也。〕

(二)角銳耑也。見〔六書故〕。

(三)二十八宿之一。今大雪節子正二刻六分之中星。字亦作嶲。

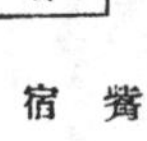

觜宿圖

【觜】祖委切音觜紙韻

喙也。〔文選潘岳賦〕列膝破—。

【觝】典禮切音邸霽韻 ㊀同牴。觸也。〔韓愈文〕—排異端。㊁至也。〔文選嵇康賦〕觸巖—隈。㊂角—。戲名。詳角字。

【觗】掌氏切音紙紙韻 同抵。側擊也。見〔集韻〕。

【觘】巨炎切音鈐鹽韻 犄也。見〔玉篇〕。

【⿰角巨】臼許切音巨語韻 同距。雞距也。見〔集韻〕。

【⿰角巨】居御切音據御韻 同⿰角豦。獸名。見〔集韻〕。

【⿰角四】似秋切音囚尤韻 角也。見〔玉篇〕。

【觛】蕩旱切音袒旱韻得案切音旦翰韻 巵也。見〔說文〕〔段注〕各本作小觶也。廣韻同。玉篇作小巵也。御覽引說文亦作小巵也。今按巵下云。圜器也。一名—。則此當作巵也。無疑。巵非觶也。許云觶、禮經作觗。則觗字非巵古字。應仲遠誤合爲一。今更正。古者簞、筥、斝、觶、禮器也。敦、牟、匜、巵、常用器也。

【⿰角玄】古本切音袞阮韻 鮌譌字。見〔正字通〕。

【⿰角它】同牠。見〔集韻〕。

【⿰角朱】同鮢。見〔字彙〕。

【⿰角生】鮏俗字。一曰觟字譌省。見〔正字通〕。

【⿰角石】鮖俗字。見〔正字通〕。

【⿰角占】鮎俗字。見〔正字通〕。

【⿰角瓦】⿰魚瓦俗字。見〔正字通〕。

六畫

【觟】戶瓦切音踝馬韻 ㊀牝羊角者也。見〔說文〕〔段注〕各本作牝牂羊生角者也。今依韻會正。羊部曰。牂牝羊也。然則此云牝羊者牂也。牂羊多無角。故其角者別之曰—也。㊁角貌。見〔玉篇〕。㊂矢名。〔西京雜記〕以—矢射雉。㊃複姓也。〔後漢儒林傳〕中山—陽鴻以孟氏易教授。〔注〕姓—陽。

【觟】下買切音蟹蟹韻 ㊀觸邪神羊也。〔王充論衡〕—觽者、一角之羊也。〔注〕即獬廌。㊁楚冠名。〔淮南主術〕楚文王好服—冠。〔注〕御史法冠也。—即獬字。

【觟】香跨切音化禡韻 徯徑也。〔淮南俶眞〕萬民乃始慲—離跂。

【觡】各額切音格陌韻 ㊀骨角之名也。見〔說文〕〔段注〕骨角、角之如骨者。猶石言玉石也。㊁無鰓曰—。〔禮記樂記〕角—生。〔注〕無鰓者、其中無肉。其外無理。㊂麋角有枝曰—。見〔玉篇〕〔按此取枝格之意。惟麋鹿角有枝。〕㊃木名。〔爾雅釋木棧木注〕橿木。江東呼木—。㊄鉤名。〔方言〕宋楚陳魏之間。謂鉤爲鹿—。

【解】舉蟹切音薢蟹韻下解切音邂卦韻 判也。从刀判牛角。一曰解廌獸也。見〔說文〕〔按本書廌部曰。廌、解廌獸也。似牛一角。古者決訟令觸不直者。攷晉書神異經俱作獬豸。廣雅作⿰豸解豸。論衡作觟觽。〕

【解】舉蟹音薢下切買切音蟹蟹韻 ㊀廌跡也。〔爾雅釋獸〕其跡—。㊁釋也。見〔玉篇〕。㊂散也。〔莊子在宥〕苟能無—其五臟。

【解】舉蟹切音解蟹韻居隘切音懈卦韻 去也。〔莊子徐无鬼〕—之也悲。

【解】舉蟹切音薢下買切音蟹蟹韻下解切音邂卦韻 分析之名也。見〔禮記經解疏〕。

【解】舉蟹切音薢蟹韻 ㊀說也。〔荀子非十二子〕閉約而無—。㊁倦也。〔禮記雜記〕三月不—。㊂脫也。〔禮記曲禮〕—屨不敢當階。㊃放也。〔管子五輔〕是故上必寬裕而有—舍。㊄免也。〔漢書孔光傳〕於法無所—。㊅墮也。〔呂覽仲夏〕鹿角—。

(七)落也。〔呂覽古樂〕萬物散—。
(八)講也。見〔廣韻〕。
(九)開也。〔後漢任李萬邳劉耿傳贊〕嚴城—扉。
(十)離散其心也。〔漢書陳餘傳〕恐天下—也。
(十一)削也。〔國語魯語〕晉文公—曹地以分諸侯。
(十二)折伏也。〔史記項羽紀〕業已講—。
(十三)文體之一。〔文心雕龍〕百官詢事。則有關刺—諜。—者釋也。—釋結滯。徵事以對也。〔按亦有設辭以釋意者。如韓愈進學—是。〕
(十四)樂節也。〔古今樂錄〕傖歌以一句為一—。中國以一章為一—。
(十五)間也。〔後漢隗囂傳〕勿用傍人—構之言
(十六)道家有尸—術。遺形體而化去也。〔史記封禪書〕為方仙道形—銷化。
(十七)醫家謂汗出病退曰—。
(十八)俗謂大小便曰大小—。

【解】下買切音蠏蟹韻
(一)卦名。坎下震上。〔易解〕雷雨作—。〔按—卦正義曰。—有兩音。解難之初。音古買反。既—之後。音胡買反。〕
(二)曉也。見〔集韻〕。〔按今讀曉義之—為舉蟹切。〕
(三)達也。〔荀子正論〕今子宋子不能—人之惡侮。
(四)緩也。見〔易雜卦〕。
(五)悟心曰—。見〔聲類〕。
(六)物自分散也。〔孔安國書序〕逃難—散。
(七)地名。〔左昭二十二年傳〕王師軍于—。〔注〕洛陽西南有大—小—。
(八)縣名。漢置。屬河東郡。本春秋時晉之—梁城。當今山西臨晉縣東南。〔又〕唐置。屬河東道。當今山西直隸縣治。
(九)——。戟多之貌。〔太玄干〕何戟——遘。
(十)姓也。〔廣韻〕自唐叔虞食邑于—。後因氏。〔又〕—枇。複姓。後改為—氏。見〔姓苑〕。
(十一)同蟹。〔呂覽恃君〕大—陵魚大人之居。〔山海經作大蟹〕。
(十二)通嶰。〔漢書律曆志〕昆侖之陰。取竹之—谷。〔注〕孟康曰。—、脫也。谷、竹溝也。取竹之脫無溝節者也。一說昆侖之北谷名也。晉灼曰。谷名是也。
(十三)通澥。〔漢書揚雄傳〕江湖之雀。勃—之鳥。〔注〕宋祁曰。一本勃—旁有水字。蕭該音義曰。案字林。渤海。別名也。字旁宜安水。

【解】下解切音邂卦韻
(一)節—也。〔史記呂后紀〕君知其—乎。
(二)支節也。〔漢書賈誼傳〕所排擊剝割。皆眾理—也。
(三)茭—。接中也。〔周禮考工記〕今夫茭—中有變焉。故校。〔注〕茭、弓檠也。茭—、謂接中也。
(四)同邂。〔正字通〕—后即邂逅。
(五)同懈。〔禮記月令〕民氣—惰。

【解】居隘切音懈卦韻
(一)除也。見〔集韻〕。
(二)開上也。見〔類篇〕。
(三)發也。〔宋史職官志〕入額人一任實滿四年。與—發赴銓。
(四)舉賢才也。〔宋史選舉志〕天下之士。屏處山林。令監司守臣—送。
(五)鄉舉也。唐制。進士由鄉而貢曰—額。後俗又稱鄉試中首者為—元。
(六)選拔也。〔國史補〕外府不試而貢者謂之拔—。
(七)發遣人物也。〔正字通〕凡官司—報扭—。〔按—餉、—犯、皆此義。〕
(八)同廨。署也。〔商子墾令〕高其—舍。

【解】口賣切音墼卦韻
(一)止也。〔漢書五行志〕歸獄不—。茲謂追非。
(二)舍也。見〔漢書五行志〕。
(三)貿也。〔淮南脩務〕以身—於陽盱之河。
(四)—垢。詭曲之辭也。〔莊子胠篋〕—垢同異之變多。
(五)猶謝過也。〔後漢蔡邕傳〕雖有—除。
(六)—果。陿隘也。〔荀子儒效〕—果其冠。

【觥】姑橫切音肱庚韻
(一)觵俗字。見〔說文〕。
(二)大也。〔國語越語〕—飲不及壺飧。
(三)彭—。玉鐘聲。〔韓愈詩〕杖撞玉版聲彭—。
(四)——。剛直貌。〔後漢郭憲傳〕關東——郭子橫。

【觨】胡本切音混阮韻

角也。見〔字彙〕。

【触】胡公切音紅東韻　白魚赤尾者曰—。一曰航。或曰雌者曰白魚。雄者曰—魚。見〔古今注〕。

【衡】鋤庚切音傖何庚切音珩庚韻　角長貌。見〔集韻〕。〔按玉篇云。牛角長豎貌。〕

【觠】逵員切音權先韻古轉切音卷銑韻古倦切音眷霰韻　曲角也。見〔說文〕。

【⿰角亙】許元切音暄元韻虛宜切音犧支韻　本作⿰角亘。〔說文〕⿰角亘。角匕也。〔段注〕匕下曰。匕所以取飯。一名柶。按士冠禮有角柶卽—也。

【⿰角先】蘇典切音銑銑韻　角也。見〔玉篇〕。

【觢】征例切音制時制切音誓尺制切音瀱霽韻　一角仰也。易曰。其牛—。見〔說文〕。〔王注〕釋畜角一俯一仰。觭皆踊—。桂氏引丁氏杰曰。爾雅釋文引字林。—。之世反。觭。丘戲、江宜、二反。一角低。一角仰。按易睽六三。其牛掣。鄭氏[illegible]。牛角皆踊曰挈。卽爾雅所謂皆踊—。而字林音之世反者也。釋文—字或作挈。可證也。子夏傳作㸷。云一角仰也。卽爾雅所謂角一俯一仰。觭而字林音丘戲江宜二反者也。荀爽易作觭。可證也。惟說文—下云、一角仰也。引易其牛—。以實之。觭下又云角一俛一仰也。玉篇從之。則混—觭爲一。訓蓋—字從古文易。觭字從爾雅。而不悟爾雅又有皆踊之文也。虞翻易作—。訓亦與說文同。惟劉瓛本字從說文。解依鄭康成。庶幾得之。〔按釋畜郭注。—今豎角牛。說文段注。一當作二。皆踊謂二角皆豎也。蒙上文一俯一仰。故曰皆。許一俯一仰之云在下文。故云二角。俗譌爲一。—者如掣曳然。角本當邪展而乃聳直也。〕

【觤】古委切音詭紙韻　羊角不齊也。見〔說文〕。〔段注〕釋獸曰。角不齊—。郭云、一長一短。

【⿰角多】薄巴切音杷麻韻　角曲也。見〔玉篇〕。

【⿰多角】古祿切音穀屋韻　—觫。多貌。見〔廣韻〕。

七畫

【觲】思營切音騂庚韻　❶本作觲。〔說文〕觲。用角低仰便也。从羊牛角。讀若詩曰觲觲角弓。〔段注〕羊觲也。觲、善也。牛角馴善之意。小雅騂騂角弓。毛曰。騂騂、調利也。按毛意謂角弓張弛便易。許意謂獸之舉角高下馴擾。毛說正許說之引伸也。今詩作騂騂。許所引詩作觲。則不得言讀若。鉉本所以刪讀若也。❷人名。〔宋史宗室表〕敦武郎士—。

【⿰角告】胡沃切音鵠沃韻　❶治象牙也。〔爾雅釋器〕象謂之—。❷治角也。見〔類篇〕。

【⿰角豕】丈爾切音踶紙韻　❶獸名。見〔玉篇〕。❷觗或字。〔集韻〕觗。角不端。或从豕。

【⿰角彖】丈盤切音彖盤韻

廌或字。〔集韻〕廌。說文、解廌。獸也。似山牛一角。古者決訟。令觸不直。象形。从豸省。或作觽、—、豸。通作豸。

【觮】胡本切音混阮韻　牛角上水也。見〔字彙〕。

【⿰角希】虛几切音喜紙韻香依切音希微韻　好角也。見〔字彙〕。

【⿰角肖】山巧切音稍巧韻　牛角開皃。見〔集韻〕。

【⿰角肖】所教切音稍效韻　角銳上也。見〔類篇〕。

【⿰角宜】魚羈切音宜支韻　獸角也。見〔集韻〕。

【觫】蘇谷切音速屋韻　觳—。懼死貌。〔孟子梁惠王〕吾不忍其觳—。

【⿰角亘】⿰角亙本字。見〔說文〕。

【⿰角足】同捔。見〔字彙〕。

【⿱䂓角】同觢。見〔玉篇〕。

【觩】同觓。見〔玉篇〕。

【䚝】觶或字。見〔說文〕。

【䚗】觛譌字。見〔字彙補〕。

八畫

【觪】昨沒切音捽月韻

㊀角始生也。見〔集韻〕。

㊁挾也。見〔廣雅釋詁〕。

【觭】丘奇切音鈘居宜切音羈支韻去倚切音綺紙韻

㊀角一俯一仰也。从角奇聲。見〔說文〕。〔段注〕一者奇也。奇者異也。一曰不耦也。故其字从奇。公羊、匹馬隻輪無反者。漢五行志作一輪。此不耦之義之引伸也。周禮、一夢。杜子春讀爲奇偉。此異義之引伸也。

㊁得也。〔周禮大卜〕二曰一夢。〔注〕言夢之所得。〔按鄭康成讀觭上聲同掎〕

【䚌】丘衮切音混阮韻

㊀角圓貌。見〔集韻〕。

㊁獸角謂之一。見〔集韻〕。

【䚌】胡昆切音魂元韻

角全也。見〔集韻〕。

【觬】研奚切音倪齊韻吾禮切音垷薺韻

角一曲也。西河有一氏縣。見〔說文〕。〔段注〕篇韻皆云角不正。

【䚜】賓彌切音卑支韻

橫角謂之一。見〔集韻〕。

【䚜】邊迷切音箆齊韻

牛角橫也。見〔集韻〕。

【䚠】盧困切音論願韻

擊丸爲戲也。見〔集韻〕。

【䚡】止尤切音周治尤切音紬尤韻

龍角也。見〔玉篇〕。

【䚤】紀劣切音蹶屑韻

觝觸也。見〔集韻〕。

【䚧】多改切音歹賄韻

角心也。見〔玉篇〕。

【䚦】昵角切音搦覺韻

捉也。見〔集韻〕。

【䚦】勑角切音踔覺韻

水名。見〔集韻〕。

【䚥】居御切音據御韻

獸名。角似雞距。見〔集韻〕。

【䚨】臼許切音巨語韻

距或字。〔集韻〕距雞距也。或作一。

【䚟】胡谷切音斛屋韻

牛角也。見〔字彙〕。

【䚩】方迷切音箆齊韻

橫角牛也。見〔五音篇海〕。〔按音義同觯當爲觯之譌〕

【䚪】荀緣切音宣先韻

插角也。見〔篇海類編〕。

【䚫】阻立切音戢緝韻

角多貌。見〔龍龕手鑑〕。

【䚬】同䚥。見〔玉篇〕。

【䚭】同觫。見〔字彙〕。〔按正字通云。觫本字〕

【䚮】同歹。見〔字學三正〕。

【䚯】同䚕。見〔搜眞玉鏡〕。

【䚰】同䚱。見〔海篇〕。

【䚲】同觻。見〔篇海類篇〕。

【䚳】同觻。見〔篇海類編〕。

【䚴】兕俗字。見〔正字通〕。

【䚵】鷈或字。見〔集韻〕。

【䚶】觽俗字。見〔正字通〕。

九畫

【䚷】敕列切音徹屑韻以制切音曳霽韻

㊀觓也。〔隨書禮儀志〕天子革帶玉鉤一。皇太子革帶金鉤一。

㊁角也。見〔玉篇〕。

【䚸】側立切音戢測入切音墄緝韻

㊀角多貌。見〔類篇〕。

㊁角堅貌。見〔玉篇〕。

㊂通濈。〔詩無羊〕其角濈濈。〔釋文〕本又作一。

【觱】壁吉切音必質韻

㊀本作𧣵。〔說文〕𧣵羌人所歙角屠觱以驚馬也。从角𤼽聲。𤼽古文誖字。〔段注〕屠觱、羌人所吹器名。以角爲之。以驚中國馬。後乃以竹爲管。以蘆爲首。謂之觱篥。亦曰篳篥。唐以編入樂部。〔按徐鍇曰。今之一栗。一栗其聲然也。桂馥曰。屠當作篳。卽篳篥。王筠駁桂說曰。屠觱者。蓋吹角之聲也。〕

—發。風寒也。〔詩七月〕一之日—發。〔按說文作滭泼。作—發蓋假借字〕。—沸。泉湧出貌。〔詩采菽〕—沸檻泉。〔按說文作滭沸。作—沸亦假借字〕。

【觱】王勿切音颮物韻
羌人吹角。見〔廣韻〕。

【⿰角是】田黎切音啼齊韻
鷈也。見〔廣雅釋器〕。獸角不正也。見〔類篇〕。國名。見〔玉篇〕。

【⿰角青】徒禾切惰去聲苦何切音科歌韻
牛無角也。見〔集韻〕。犐或字。〔集韻〕犐牛屬也。或作—。

【⿰角帝】他計切音替霽韻
觸也。見〔正字通〕。

【⿰角希】丑吏切音熾職韻
角也。見〔字彙〕。

【䚡】桑才切音顋灰韻先代切音塞隊韻新茲切音思支韻所佳切音崽佳韻
角中骨也。見〔說文〕〔段注〕骨、當作肉、字之誤也。鄭注樂記。角觡生曰䚡。—曰觡、謂角中堅實無肉者。麋鹿是也。許亦解觡為骨角。亦謂中無肉者也。〔按六書故通鰓。正字通與鰓別〕。

【⿰角宣】況袁切音喧元韻
揮角也。見〔玉篇〕。

【觰】陟加切音爹麻韻展賈切音苴馬韻陟嫁切音吒禡韻
㊀—拏、獸也。一曰下大者也。見〔說文〕。〔王注〕廣雅。—大也。六書故。—角本大也。俗謂根據為—拏。披張為—沙。廣韻。—𩊱。牛角開。與披張義合。〔按段注。角之下大者曰—也〕。
㊁牛角橫。見〔廣韻〕。

【⿰角咼】古瓦切音寡馬韻
觰—。牛角開也。見〔廣韻〕。

【⿱曰角】拘玉切音鋦沃韻
曲角。見〔集韻〕。

【⿰角華】屋虢切音擭陌韻
角似雞距也。見〔集韻〕。

【⿰角酋】字秋切音酋雌由切音秋尤韻
雉射收繁具。讀若鰌。見〔說文〕。〔按說文此字系觻字下。與觻同義。段注。曰蓋其物名觻—。上字當云觻—雉射收繁具也。下字當云觻—也。今本恐非舊〕。

【⿰角畏】鄔賄切音猥賄韻烏回切音隈灰韻
角曲中也。見〔說文〕。〔段注〕考工記曰。夫角之中。恆當弓之畏。弓之中曰畏。角之中曰—。皆其曲處。而弓人必以—傅於畏。故記曰恆當。

【⿰角耑】多官切音端寒韻
角—、獸也。狀似豕。角、善為弓。出胡尸國。一曰出休尸國。見〔說文〕。〔段注〕上林賦。獸則麒麟角—。張揖曰。角—似牛。角可以為弓。郭璞曰。角—音端。似豬。角在鼻上。堪作弓。李陵嘗以此弓十張遺蘇武也。〔按出胡尸國十字。係段依御覽訂。段云。吳淑事類賦。衹引出胡尸國四字。今各本作出胡休多國五字。乃脫誤本也〕。

【⿰角并】古觲字。見〔正字通〕。

【⿰角㐱】同觰。見〔玉篇〕。

【⿰角發】同觻。見〔正字通〕。

十畫

【⿰角虒】丑豸切音褫丈介切音豸普弭切音諀紙韻
㊀角傾也。見〔說文〕。〔按集韻。角不端。義同。或从豸作䚦〕。
㊁—俞。人名。見〔列子湯問〕。

【觳】胡谷切音斛屋韻
㊀盛觵卮也。一曰。射具。从角殸聲。讀若斛。見〔說文〕。〔段注〕盛字當是衍文。觵卮、謂大卮。觵者、酒器之大者也。韋注越語曰。觥、大也。旅人曰。豆實三而成—。鬲部曰。斗二升曰—。鄭注考工記同。按盌、庾、鬲、甂、盆、甑、皆以—計。小者曰卮。可以飲。大卮曰—。可宁酒漿。以待酌也。觵之大極於—。故引伸之曰—、盡也。見釋詁。禮經牲體之蹄曰—。謂牲體之盡也。〔按集韻。射具。所以盛進。轄覺切〕。
㊁—、箙器名。見〔類篇〕。
㊂盡也。見〔爾雅釋詁〕。〔按釋文音胡角反〕。

㈣族也。見〔玉篇〕。
㈤一觫。恐懼貌。〔孟子梁惠王〕吾不忍其一觫。

【觳】 轄覺切音學覺韻
㈠薄也。〔管子地員〕剛而不一。
㈡足跗也。〔儀禮既夕〕長及一。〔按釋文音苦角反。〕
㈢後足也。〔儀禮特牲饋食禮〕主婦俎一折。〔按釋文音苦角反。〕

【觳】 苦角切音殼覺韻
㈠盛脂器也。見〔廣韻〕。
㈡無潤也。〔莊子天下〕其道大一。〔按釋文。徐戶角反。荀子富國、若是則瘠。汁。義與瘠同。〕
㈢節儉也。〔唐書令狐垣傳〕其奉君親皆以儉一爲無窮計。

【觳】 許岳切音覺覺韻
同角。〔韓非子用人〕强弱不一力。
〔又〕一抵卽角抵。詳角字。

【角弱】 日灼切音弱藥韻
弓偏弱也。見〔集韻〕。

【角弱】 觲或字。見〔集韻〕。

【角秦】 陽引切音瀋軫韻
角齊謂之一。見〔集韻〕。

【角氣】 許記切音憙寘韻
好角也。見〔玉篇〕。

【角桀】 士列切音桀屑韻
治皮也。見〔類篇〕。〔按字彙同劅。〕

【角致】 直利切音稚寘韻
刺履底也。見〔類篇引字林〕。

【觰】 女加切音拏麻韻
水名。見〔字彙補〕。

【角高】 五交切豪韻
硬也。見〔篇海類編〕。

【觲】 騂本字。見〔說文〕。

【角扁】 同觲。見〔集韻〕。

【角巂】 同觿。見〔字彙補〕。

【角旁】 髈或字。見〔集韻〕。

【角留】 斛俗字。見〔正字通〕。

十一畫

【觴】 尸羊切音商陽韻
㈠實曰一。虛曰觶。从角。𥏫省聲。見〔說文〕。〔段注〕投壺命酌曰請行一。一者實酒於爵也。凡禮經曰實者皆得曰一。獨於觶言者觶之用多。舉觶以該他也。𥏫从矢。矢从入。故曰𥏫省聲。
㈡所以進酒也。〔穆天子傳〕一天子與盤石之上。
㈢餉也。見〔詩卷耳疏引異義韓詩說〕。
㈣饗也。〔呂覽長攻〕謁於代君而請一之。
㈤飲人以酒也。〔左襄二十三年傳〕一曲沃人。
㈥飲器也。見〔玉篇〕。
㈦濫一。言其始甚微也。〔家語三恕〕夫江始出于岷山、其源可以濫一。〔注〕一可以盛酒。言其微也。是濫一謂始出之微。〔按唐明皇孝經序云。濫一於漢。蓋用此義。近世有指爲末流之弊者誤。〕
㈧一深。淵名。〔莊子達生〕謝膺濟乎一深之淵。

【角翏】 力求切音劉尤韻
㈠角不正也。見〔玉篇〕。
㈡觩一。角貌。見〔類篇〕。

【角系】 丁禮切薺韻
觸也。見〔字彙補〕。

【角國】 同摑。見〔玉篇〕。

【角蒦】 篗或字。見〔類篇〕。

【角辟】 觶俗字。見〔正字通〕。

十二畫

【觵】 姑橫切音肱庚韻
㈠兕牛角可以飲者也。其狀一一。故謂之一。見〔說文〕。〔段注〕一一壯皃。
㈡角爵也。〔詩卷耳〕我姑酌彼兕一。
㈢罰爵也。〔周禮小胥〕一其不敬者。
㈣所以誓衆也。〔詩七月〕稱彼兕觥。〔按禮記注引作一。〕
㈤一撻。失禮之罰也。〔周禮閭胥〕一撻罰之事。

【觶】 支義切音寘寘韻　章移切音支支韻
㈠鄉飲酒角也。禮曰。一人洗舉一。受四升。見〔說文〕。〔王注〕依集韻引改。然當依觚下說、作鄉飲酒之爵也。鄉者、關燕禮、大射儀而言。皆君宴臣之禮也。飲者、關鄉射禮鄉飲酒禮而言。皆鄉人飲酒之禮也。儀禮此四篇皆有一。不當言角者。禮記。尊者舉一。卑者舉角。是兩器也。不依小徐本作一者。以一釋一。

非法也。之義切。字林音支。其音與單聲不合者。一出今文禮。古文禮作觝。從氏聲。雖其形變爲從辰從罪。而古音終不改也。〔按士冠禮。勺一注爵三升曰一。是鄭君從韓詩。說與許說異。〕

㊂適也。飲當自適也。見〔詩卷耳疏引異義韓詩說。〕

【⿰角喬】 舉夭切音矯篠韻

㊀角高也。〔太玄格〕一其角。

㊁角不正也。見〔玉篇〕。

㊂角長也。見〔廣韻〕。

【⿰角喬】 渠嬌切音喬蕭韻

角曲。見〔集韻〕。

【⿰角喬】 祛嬌切音槁篠韻

角皃。見〔集韻〕。

【⿰角喬】 渠廟切音轎嘯韻

獸長角。見〔集韻〕。

【⿰角華】 火全切先韻

角俯仰也。見〔集韻〕。

【⿰角發】 放吠切音廢隊韻。蒲撥切音跋曷韻。方伐切音髮月韻

雉射收繁具也。見〔說文〕〔段注〕蓋以角爲之。〔參閱觡字〕

【⿰角厥】 居月切音厥。其月切音掘月韻

角有所觸發也。从角。厥聲。見〔說文〕。〔段注〕厂部曰。厥發石也。此字从角厥。謂獸以角有所觸發。西都賦曰。狂兕觸蹷。蹷者一之假借。

【⿰角閒】 居莧切音襇諫韻

角雙者爲一。見〔集韻〕。

【⿰角矍】 王縛切音籰藥韻

籆或字。見〔說文竹部〕。

【⿰角殺】 古殺字。見〔集韻〕。

【⿰角喬】 同觤。見〔玉篇〕。

【⿰角詹】 同觰。見〔類篇〕。

十三畫

【觷】 轄覺切音學。克角切音確覺韻。烏酷切音沃沃韻

㊀治角也。从角。學省聲。見〔說文新修字義〕。

㊁治樸之名。〔爾雅釋器〕角謂之一。〔疏〕謂治其樸俱未成器有此名也。

【⿱與角】 胡谷切音斛屋韻

【觸】 樞玉切音歜沃韻

㊀牴也。見〔說文〕。

㊁揬也。〔左宣二年傳〕乃一庭槐而死。

㊂犯也。〔漢書元帝紀〕去禮儀一刑法。

㊃動也。〔易繫辭〕一類而長之。

㊄污也。〔韓愈詩〕新若手未一。

㊅身所遇曰一。佛說以色身香味一法爲六塵。一身塵也。

㊆據也。見〔玉篇〕。

㊇揬也。見〔廣雅釋詁〕。〔按揬、突、通。〕廣韻曰突也。

㊈蠻一。寓言小國也。〔莊子則陽〕有國于蝸之左角者曰一氏。國于蝸之右角者曰蠻氏。

㊉人名。〔左襄十一年傳〕鄭人賂晉侯以樂一。〔注〕樂師名。

⑪一衣。〔本草綱目〕褌襠、一名一衣。

⑫交一。水名。〔水經洛水注〕又有交一之水。北出廆山。

⑬姓也。〔史記趙世家〕左師一龍。

【⿱毄角】 刑狄切音檄錫韻。訖岳切音覺覺韻

㊀杖耑角也。見〔說文〕。〔段注〕杖耑謂杖首也。廣韻曰、一以角飾杖頭。小徐謂飾拄地處。誤甚。

㊁以角飾笄本末也。見〔玉篇〕。

【⿱敖角】 牛交切音聱肴韻

擊也。見〔集韻〕。

【⿰角睘】 姑還切音鰥刪韻

角皃。見〔玉篇〕。

【⿰角雋】 津垂切音厜支韻

孝佩可以解結。見〔集韻〕。

【⿰角戠】 觶或字。見〔集韻〕。

十四畫

【⿱疑角】 魚其切音疑支韻。鄂力切音嶷職韻

㊀角利皃。見〔集韻〕。

㊁一一、猶岳岳也。見〔玉篇〕。

【⿰角監】 古銜切音監咸韻

角也。見〔字彙〕。

【⿰角欮】 歠或字。見〔集韻〕。

十五畫

【⿰角廣】 古猛切音礦梗韻

角刺也。見〔玉篇〕。

【⿰角麃】 申遙切音猋蕭韻 角名。見〔集韻〕。

【⿰角麃】 悲嬌切音鑣蕭韻 鑣或字。〔集韻〕鑣。馬銜也。或从角。

【觻】 盧谷切音祿屋韻 角也。張掖有—得縣。見〔說文〕。〔段注〕按許立文之例。角下當奪一字。廣韻集韻錫韻皆曰。—角鋒也。廣韻德韻曰。—悳縣名。漢書作得。〔按今甘肅張掖縣西北有—得縣故城〕

【觻】 狼狄切音秝錫韻 獸角鋒曰—。見〔集韻〕。

【觼】 古穴切音決屑韻 環之有舌者。見〔說文〕。〔桂注〕—、縏轡之環也。今馬腹帶其環有舌穿革者是也。

十六畫

【⿱爾角】 [illegible]本字。見〔說文〕。

【觹】 同觿。見〔字彙補〕。

十七畫

【⿰角毚】 仕咸切音讒咸韻 角皃。見〔玉篇〕。

【觾】 伊甸切音燕霰韻 雋—。鳥名。〔呂覽本味〕雋—之翠。〔新校正〕—乃燕之譌。初學記與文選七命注皆作燕。

十八畫

【觿】 玄圭切音攜齊韻 翾規切音眭 朱惟切音錐支韻

一 佩角銳耑可㠯解結。詩曰。童子佩—。見〔說文〕。〔段注〕衞風傳曰。—所以解結。成人之佩也。內則注曰。—小解小結也。—皃如錐。以象骨爲之。周禮假觿爲—。

二 觜—。星名。詳觜字。

三 人名。元宣尉使高—。

【觹】 勻規切音蘼支韻 蠵或字。〔集韻〕蠵。水蟲名。涪陵郡出大龜。甲可以卜。緣中文似瑇瑁。一名靈蠵。或从角。

【⿰角雚】 許元切音暄元韻 先芮切音歲霽韻 揮角皃。梁隝縣有—亭。又讀若𦁈。見〔說文〕。〔王注〕嚴氏曰。—、揮、以同聲爲義。太玄經。揮縏其名。揮、觿也。大徐本作揮。似非。說文無隝字。當作偶。地理志陳留有隝縣。〔當今河南柘城縣北〕

【⿰角龍】 蠪或字。見〔集韻〕。

十九畫

【⿰角麗】 力兮切音黎齊韻 角也。見〔玉篇〕。

【⿰角麗】 所綺切音屣紙韻 分也。見〔集韻〕。

二十二畫

【⿰龠攴】 舊字典引龍龕音佛。角也。攷龍龕手鑑作⿰角龠。音佛。⿰角龠理。

※釆 部※

【釆】 蒲莧切音辨諫韻 辨別也。象獸指爪分別也。見〔說文〕。〔段注〕倉頡見鳥獸蹏迒之迹。知文理之可別異也。遂造書契。—字取獸指爪分別之形。

一畫

【采】 此宰切音採賄韻

一 捋取也。从木从爪。見〔說文木部〕。〔段注〕周南芣苢傳曰。—、取也。又曰。捋、取也。是—捋同訓也。

二 擇也。〔史記秦始皇紀〕上古帝位號。

三 —色也。〔書益稷〕以五—彰施于五色。〔按五—作彩非古也〕

四 文章也。〔左文六年傳〕分之—物。

五 飾也。謂文過其實也。〔漢書嚴助傳〕禮失而—。

六 風度也。〔漢書霍光金日磾傳〕天下想聞其風—。

七 事也。〔書堯典〕疇咨若予—。

八 官也。〔書酒誥〕服休服—。

九 食邑也。〔禮記禮運〕大夫有—以處其子孫。〔按所謂—者不得有

土地人民—取其國稅爾。〕

(十)䊵也。〔史記周本紀〕召公奭贊—。

(十一)冢也。〔方言〕冢秦晉之間謂之墳。或謂之—。

(十二)猶變也。見〔後漢王符傳注〕。

(十三)木名。〔史記秦始皇紀〕堯舜—椽不刮。

(十四)—非一辭也。〔詩芣苢〕—芣苢。〔又〕猶萋萋也。〔詩蒹葭〕蒹葭——。〔又〕眾多也。〔詩蜉蝣〕——衣服。

(十五)—桑地名。〔左僖八年傳〕敗狄於—桑。〔注〕平陽北屈縣西南有—桑津。〔按今山吉縣西有—桑津〕。

(十六)符—玉橫文也。〔文選左思賦〕符—彪炳。

(十七)晃—玉名。〔文選司馬相如賦〕晃—琬琰和氏出焉。

(十八)納—昏禮之一。〔禮記昏義〕納—問名。〔按昏禮始納—謂—擇其可者也〕。

(十九)大—少—衰黼也。〔國語魯語〕天子大—朝日少—夕月。

(二十)不—不理。〔北史齊後主皇后穆氏傳〕更不—輕霄。〔按手—作探。非古也〕。

(廿一)—齊樂章也。〔禮記玉藻〕行以肆夏。趨以—齊。〔按司農注云肆夏、—齊皆逸詩〕。

(廿二)姓也。漢度遼將軍—皓。

【采】倉代切音菜隊韻

(廿三)公卿大夫食邑也。見〔周禮天宮八則注〕。

(廿四)同菜。〔周禮太胥〕春入學舍—合舞。〔注〕鄭康成曰。舍卽釋也。—讀爲菜。

【采】子苟切音走有韻

探取也。見〔五音集韻〕。

三畫

【𨤕】古播字。見〔玉篇〕。

四畫

【𥻮】緜批切音迷齊韻

深入也。見〔五音集韻〕。

【𥻮】武移切音彌支韻

罟也。見〔五音集韻〕。

【𨤖】渠卷切音倦霰韻

摶飯也。見〔五音集韻〕。

五畫

【釉】余救切音狖宥韻

物有光澤也。通作油。見〔集韻〕。〔按今謂塗於磁器之白泥坯上使之有光者曰—〕。

七畫

【𨤚】同爲。見〔字彙〕。

【眘】同眘。見〔說文長箋〕。

八畫

【䅂】烏合切音遏合韻

繪也。見〔集韻〕。

【䊷】卷本字。見〔說文〕。

九畫

【𥽈】方問切音奮問韻

弃除也。見〔字彙〕。〔按六書正譌曰。俗作糞。非〕。

十畫

【𨤲】方問切音奮問韻

掃也。見〔字彙補〕。

十三畫

【釋】施隻切音適陌韻

(一)解也。从采。采取其分別物也。从睪聲。見〔說文〕。

(二)理也。〔呂覽上德〕太子不肯自—。

(三)以言自解也。〔國語吳語〕乃使行人奚斯—言於齊。

(四)悟也。〔國語晉語〕惑不—也。

(五)除也。見〔玉篇〕。

(六)消散也。〔老子〕若冰之將—。

(七)推也。見〔太玄玄衝〕。

(八)舍也。〔左哀八年傳〕乃請—子服于吳。

(九)發矢也。〔書伊訓〕往省括于度則—。

(十)捨也。〔漢書文帝紀〕今—宜建。

(十一)廢也。〔書大禹謨〕—玆在玆。

(十二)放也。〔左襄二十八年傳〕—盧蒲嫳于北竟。

(十三)棄也。〔呂覽長見〕視—天下若—蹝。

(十四)散也。〔漢書谷永傳〕慰—皇太后之憂慍。

(十五) 稅也。〔淮南說山〕其出至—馮而僵。

(十六) 去也。〔禮記禮器〕禮—回增美質。

(十七) 置也。〔國語魯語〕其亦使聽從而—之。

(十八) 遺也。〔儀禮士虞禮〕俎—三个。

(十九) 服也。見〔爾雅釋詁〕。

(二十) 潤也。〔禮記內則〕欲濡肉則—而煎之以醢。

(廿一) 淅米也。〔詩生民〕—之叟叟。

(廿二) 通澤。詩其耕澤澤言土解也。見〔韻會〕。

(廿三) 通醳。〔韻會〕史記魏世家、與其以秦醳衛。不如以魏醳衛。

(廿四) 姓也。悉達太子姓—。今佛家皆稱—氏。佛敎曰—敎。

【釋】 羊益切音亦陌韻

悅也。〔文選嵇康賦〕康樂者聞之則欽愉懽—。〔按六書正譌曰別作懌非。〕

十五畫

【穔】 古曠切音桄漾養韻

光彧字。〔集韻〕光飾色也。或作—。

※身部※

【身】 升人切音申眞韻

(一) 躳也。从人申省聲。見〔說文〕。〔段注〕大徐作象人之身。从人。厂聲。按此語先後失倫、厂古音在十六部。非聲也。今依韻會所據小徐本正。韻會从人之上有象人聲三字。亦非也。

(二) 軀也。總括百骸曰—。見〔九經韻覽〕。

(三) 親也。見〔爾雅釋言〕。

(四) 我也。見〔爾雅釋詁〕。〔後世院本中。有自稱老—。又云平—。言坐也。〕

(五) 形也。〔皇極經世〕—也者本乎靜。〔注〕人稟氣于天。賦形於地。形屬地。故靜。

(六) 伸也。可屈伸也。見〔釋名釋形體〕。

(七) 懷孕也。〔詩大明〕大任有—。〔傳〕—、重也。〔箋〕重謂懷孕也。〔疏〕以—中復有一—。故言重。

(八) 木幹也。〔爾雅釋木〕樅松葉柏—。檜柏葉松—。

(九) 空也。〔老子〕大患若—。

(十) 體積也。如俗云河—船—之類。

(十一) —也者。親之枝也。見〔禮記哀公問〕。

(十二) —也者。父母之遺體也。見〔禮記祭義〕。

(十三) 出—。出仕也。〔文選禰衡賦〕臣出—而事主。〔按後世二三甲進士。皆賜出—本此〕。

(十四) 中—。謂中年。〔書無逸〕文王受命惟中—。

(十五) 告—。誥敕也。〔唐書選舉志〕初拜官告—。〔按即後世吏部文憑。〕

【身】 居緣切音捐先韻

—毒。國名。見〔史記西南夷傳〕。〔按—毒、或稱印度。或稱天竺。蓋一聲之轉。〕

【身】 古厥字。見〔篇韻〕。

【身】 古厥字。見〔字彙補〕。

三畫

【躬】 居雄切音弓東韻

(一) 本作躳。〔說文呂部〕躳。身也。从呂。从身。—。俗从弓身。〔段注〕从呂者。身以呂爲柱也。弓身者。曲之會意也。〕

(二) 親也。〔禮記祭義〕齊戒沐浴而—朝之。

(三) 猶己也。〔禮記樂記〕不能反—。

(四) 體也。〔史記司馬相如傳〕—胝無胈。

(五) 體中曰—。〔易渙〕渙其—。

(六) 通共。〔禮記緇衣〕匪其止共。〔釋文〕皇本作—。云—、恭也。

(七) 姓也。見〔何氏姓苑〕。

【⿰身卜】 力登切音楞蒸韻

身也。見〔玉篇〕。

【⿰身阝】 歪上聲

地名。見〔篇韻〕。

【⿰身凡】 同⿰身詹。見〔篇海〕。

四畫

【⿰身少】 山巧切音稍巧韻

—。體長皃。見〔集韻〕。

【⿰身攴】 私列切音泄屑韻

使也。見〔篇海〕。

【⿰身比】 頻脂切音琵支韻

。夸—。體柔也。見〔爾雅釋訓〕。〔注〕屈己卑身以柔順人也。

【⿰身冊】 同⿰女盧。太上作身中陰陽既濟爲嬉也。見〔篇海〕。

【⿰身冊】同聃見〔篇海〕。

【⿰身我】同我見〔篇韻〕。

【⿰身亢】同躿見〔篇韻〕。

【⿰身𠬝】同服見〔正字通〕。

【⿰身支】肞或字見〔集韻〕。

【⿰身攴】躾或字見〔篇海〕。

【躭】耽俗字見〔玉篇〕。

五畫

【⿰身犮】蒲末切音跋曷韻　急行也。見〔篇海〕。

【⿰身主】重主切音柱麌韻　身直皃。見〔集韻〕。

【⿰身出】癡隣切音伸眞韻　走皃。見〔集韻〕。

【⿰身立】側譴切音業吻韻　身端也。見〔篇海〕。

【⿰身付】符遇切音附遇韻　—軀著衣也。見〔廣韻〕。〔又〕服稱也。見〔集韻〕。

【⿰身申】勅龍切音衕冬韻　—直也。見〔玉篇〕。

【⿰身夭】射本字。見〔說文〕。

【⿰身只】胑或字見〔集韻〕。

【⿰身林】體俗字見〔玉篇〕。

【⿰身匠】軀俗字見〔玉篇〕。

【⿰身冉】躳俗字見〔玉篇〕。

【⿰身令】聆譌字見〔正字通〕。

六畫

【䠷】土了切音眺篠韻他弔切音糶嘯韻　身長皃見〔集韻〕。

【⿰身同】吐孔切音桶董韻　躘—。身不端。見〔集韻〕。

【⿰身夸】枯瓜切音誇麻韻　—⿰身比。以體柔誇人也。見〔玉篇〕。〔按爾雅作夸毗〕

【躱】丁果切音朶哿韻　—身也。見〔玉篇〕。〔按即俗用—避字〕

【⿰身它】余遮切音耶麻韻　父也。見〔字彙補〕。

【⿰身条】同孕見〔字彙補〕。

【⿰身自】同自見〔字彙補〕。

【⿰身舌】同聒見〔篇海〕。

【⿰身亥】欬俗字見〔正字通〕。

七畫

【⿰身廷】他頂切音挺迥韻　身長直也。見〔篇海〕。

【躴】盧當切音郎陽韻　—躿。身長皃見〔玉篇〕。〔按今人呼累重曰—躿即此義〕。

【⿰身兌】音脫泰韻　地名。見〔篇海〕。

【躳】躬本字見〔說文〕。

【⿰身隹】同魮見〔篇海〕。

【⿰身足】同蹴見〔字彙補〕。

【⿰身貝】同貌見〔字彙補〕。

【⿰身矣】魮或字見〔集韻〕。

八畫

【⿰身奇】居宜切音羈支韻　●一身也。見〔類篇〕。●二—身單貌見〔玉篇〕。

【⿰身奇】丘奇切音欹支韻　隻也。見〔集韻〕。

【⿰身穹】去仲切音焪送韻　曲窮也。一曰使役也。見〔集韻〕。

【躶】魯果切音裸哿韻　赤體也。〔史記陳丞相世家〕—而佐刺船。

【躹】居六切音掬屋韻　—躬也。見〔集韻〕。

【⿰身倚】讀若倚　假臥以舒體也。

【⿵門身】音未詳　隱入也。皮牒多用此字見〔字彙補〕。

【⿰身空】同軆見〔篇韻〕。

【⿰身委】同矮。一曰坐倚皃見〔篇海〕。

【⿰身卑】軁或字見〔集韻〕。

九畫

【躽】於殄切音蝘銑韻　●一身向前也。見〔廣韻〕。●二曲身。見〔集韻〕。

㊂—體。怒腹也。見〔玉篇〕。

【躽】隱幰切音偃阮韻 偃也。見〔集韻〕。

【⿰身重】儲用切音重宋韻 娠也。見〔集韻〕。

【⿰身俞】春遇切音戍遇韻 ⿰身付—。服稱也。見〔集韻〕。

【⿰身叚】虛加切音呀麻韻 身傴皃。見〔集韻〕。

【⿰身皇】胡光切音皇陽韻 —樂。鐘聲。見〔篇海〕。

【⿰身面】同面。見〔字彙補〕。

【⿰身骨】體。見〔字彙補〕。

十畫

【⿰身豈】何開切音孩魚開切音皚灰韻 軀—。體長皃。見〔玉篇〕。

【⿰身翁】他曠切音盪陽韻七甚切音沁沁韻 弱也。見〔篇海〕。

【⿰身郷】同躴。見〔篇海〕。

【⿰身兒】躲或字。見〔集韻〕。

【⿰身甹】聘俗字。見〔玉篇〕。

十一畫

【軀】虧于切音區虞韻 ㊀體也。見〔說文〕。〔段注〕體者十二屬之總名也。可區而別之。故曰—。㊁區也。是眾名之大若區域也。見〔釋名釋形體〕。

【⿰身國】古獲切音國陌韻 —躶。倮也。見〔集韻〕。

【躿】丘岡切音康陽韻 躴—。身長也。見〔玉篇〕。

【軁】郎侯切音樓尤韻 軀—。傴也。見〔集韻〕。

【軁】龍主切音縷麌韻龍遇切音屨遇韻 尪也。見〔集韻〕。

【⿰身貢】同竆。見〔字彙補〕。

十二畫

【軂】郎到切音澇號韻 —軇。身長皃。見〔字彙〕。

【⿰身貴】五拜切音外泰韻 人名。見〔玉篇〕。

【⿰身扁】同軟。見〔字彙〕。

【⿰身甹】同聘。見〔篇韻〕。

【⿰身搴】同蓋。見〔字彙補〕。

【軄】職俗字。見〔玉篇〕。

【⿰身單】躱譌字。見〔正字通〕。

十三畫

【⿰身亶】旨善切音饘銑韻 ㊀倮也。見〔集韻〕。㊁體搖也。見〔類篇〕。

【⿰身詹】丁含切音單覃韻 好也。𤼛也。見〔篇海〕。

【⿰身亭】同⿰身寧。見〔篇海〕。

【軆】體俗字。見〔玉篇〕。

十四畫

【⿰身寧】奴頂切迥韻 垢也。見〔篇海〕。〔按即聹字之譌〕。

【軇】大到切音導號韻 軂—。身長也。見〔集韻〕。

【⿰身監】盧甘切音藍覃韻 —⿰身焦。身長皃。見〔集韻〕。

【⿰身詹】同⿰身焦。見〔篇海〕。

【⿰身賓】同嬪。見〔篇海〕。

【⿰身憂】⿰身叟俗字。見〔正字通〕。

十五畫

【⿰身聽】音與 同軀。見〔篇海〕。

十六畫

【⿰身歷】狠狄切音歷錫韻 ⿰身留—。倮也。見〔集韻〕。

【⿰身龍】魯孔切音儱董韻 —⿰身同。身不端。見〔集韻〕。

十八畫

【⿰身毚】鋤咸切音讒咸韻 ⿰身監—。身長。見〔集韻〕。

二十畫

【⿰身賣】魚欲切音玉沃韻
賣也。見〔篇海〕。

※足部※

【足】縱玉切音哫沃韻
(一)人之—也。在體下。从口止。見〔說文〕〔段注〕口猶人也。舉口以包—已上者也。〔按—在體下。所以趨也。自股、脛而下通謂之—。有二十六骨。今俗—腳不別〕。
(二)止也。〔老子〕常德乃—。
(三)滿也。〔仲虺之誥〕矧予之德言—聽聞。
(四)成也。〔左襄二十五年傳〕言以—志。文以—言。
(五)猶厭也。〔呂覽義賞〕不—、於文。
(六)得也。〔禮記禮器〕百官皆—。
(七)續也。言續脛也。見〔釋名釋形體〕。
(八)可也。〔國語吳語〕不吾—也。
(九)踏也。〔文選司馬相如賦〕—壄羊。
(十)擁也。〔管子五行〕苗—本。
(十一)無闕失也。〔荀子禮論〕法禮—禮。謂之有方之士。
(十二)矢本爲—。見〔釋名釋兵〕。
(十三)百—。草名。〔爾雅釋草〕藏百—。
(十四)——。鳳鳴聲。〔論衡講瑞〕雄鳴曰——。雌鳴曰——即即。
(十五)姓也。戰國韓人、—強。

【足】遵遇切音沮遇韻
(一)過也。〔論語學而〕—恭。〔按疏曰成也。謂巧言令色以成其恭。取媚于人也〕。
(二)益也。〔列子楊朱〕以晝—夜。
(三)添物也。見〔廣韻〕。

一畫

【𤴓】古正字。見〔說文正部〕。

【⿰𧾷乚】同⿰𧾷丩。見〔字彙〕。

二畫

【⿰𧾷丁】抽庚切音撐庚韻
(一)行䟓兒。見〔集韻〕。
(二)跉—。行兒。見〔玉篇〕。

【⿰𧾷丁】中莖切音玎凝貞切音樫庚韻
跉—。偏行也。見〔類篇〕。

【⿰𧾷丁】當經切音丁青韻
獨行也。見〔類篇〕。

【⿰𧾷丩】幼切音糾宥韻
—踑。行不正也。見〔集韻〕。

【⿰𧾷卜】芳遇切音赴遇韻
趣越兒。見〔說文〕。〔段注〕趣、疾也。小徐作趨。

【⿰𧾷卜】鼻墨切音匐職韻
僵也。見〔類篇〕。

【⿰𧾷刂】同⿰𧾷乚。見〔龍龕手鑑〕。

【⿱人足】企譌字。見〔正字通〕。

三畫

【趵】北角切音剝覺韻
(一)蹵也。見〔集韻〕。
(二)足擊聲。見〔玉篇〕。

【趵】巴校切音豹效韻
跳躍也。見〔集韻〕。

【趵】測角切音齪覺韻
足齊兒。見〔集韻〕。

【趵】職略切音灼藥韻
跡也。見〔集韻〕。

【⿰𧾷干】居案切音幹翰韻下晏切音娨諫韻
(一)骹也。見〔集韻〕。
(二)脛骨也。見〔玉篇〕。

【⿰𧾷叉】楚嫁切音衩禡韻

❶歧道也。見[集韻]。
❷踣也。見[玉篇]。

【趶】苦故切音庫遇韻
跨或字。[集韻]跨股也。或作—。

【⿰𧾷于】於故切音汙遇韻
踞也。見[集韻]。

【趿】息入切音級緝韻
斂膝坐也。見[集韻]。

【跁】蒲郎切音旁陽韻
—跋也。見[篇海]。

【⿰𧾷斤】同踑。見[康熙字典]。

【⿰𧾷山】同趾。見[篇韻]。

【⿰𧾷凡】跀或字。見[說文]。

【⿸尸足】居俗字。見[說文]。

四畫

【趹】古穴切音決屑韻
❶馬行皃。見[說文]。
❷奔也。[後漢班固傳]要—追蹤。
❸趣也。[淮南脩務]敕蹻—。
❹疾也。見[玉篇]。
❺足痛也。見[龍龕手鑑]。

【趹】涓惠切音桂霽韻
踶也。[淮南兵略]有蹶有—。

【⿰𧾷氏】上紙切音是紙韻
❶跂也。見[說文]。[段注]與跱待雙聲義略同。
❷積聚也。見[集韻]。

【趺】風無切音膚虞韻
❶同跗。足上也。見[玉篇]。
❷俯也。見[匡謬正俗]。
❸跏—。僧人盤足坐也。[婆娑論]結跏—坐。

【趻】丑甚切音踸寢韻
踸或字。[集韻]踸踸踔行無常皃。或作—。

【趻】楚錦切音墋寢韻丑減切音踸豏韻
❶—踔。行皃。見[集韻]。
❷—踔。行不進皃。見[集韻]。

【⿰𧾷冘】丑甚切音踸寢韻
❶—踔。波前卻之貌。[文選木華賦]—踔湛瀁。
❷踸或字。[集韻]踸踸踔行無常皃。或作—。

【趽】蒲光切音旁陽韻市妄切音放漾韻蒲庚切音彭庚韻
曲脛馬也。讀與彭同。見[說文]。[王注]賈誼新書衷理不辟謂之端。反端為—。

【趽】分房切音方陽韻
❶曲足也。見[類篇]。
❷踤也。見[廣雅釋言]。[按龍龕手鑑。踤為蹥之誤字。蹥、足跌也]。
❸趼也。見[龍龕手鑑]。

【⿰𧾷巿】蒲撥切音跋曷韻方未切音沸未韻
❶急行皃。見[玉篇]。
❷行皃。一曰猝也。見[類篇]。

【⿰𧾷巿】博蓋切音貝泰韻
步行躐跋也。見[類篇]。

【⿰𧾷巿】敷勿切音拂物韻
同咈。跳也。見[類篇]。

【趾】諸市切音止紙韻
❶足也。見[爾雅釋言][注]足腳。
❷止也。言行一進一止也。見[釋名釋形體]。
❸城足亦曰—。[左宣十一年傳]略基—。
❹禮也。[文選班固賦]美本支乎三—。
❺首—。猶始終也。[莊子天地]凡有首—無心無耳者眾。
❻亢—。山名。[楚辭問天]墨水亢—。
❼交—。南蠻蠻臥時頭嚮外而足在內而相交。故曰交—。即今安南也。本桂林南海象郡地。漢置郡。屬交州。宋淳熙中改封安南國王。世世朝貢不絕。清光緒十一年讓之法蘭西。
❽通止。[詩七月]四之日舉—。[漢書食貨志作止]。

【⿰𧾷殳】他候切音透宥韻
❶索彊—也。見[廣韻]。
❷越或字。[集韻]越自投也。或从足。

【跀】魚厥切音月五忽切音兀月韻五括切音捋曷韻
❶斷足也。見[說文][段注]此與刀部刖異義。刖、絕也。經傳多以刖為—。[周禮司刑注]云周改臏為刖。按唐虞夏刑用髕去其膝頭骨也。周用—。斷足也。凡於周言臏者。舉本名也。[莊子]魯有兀叔山無趾踵見仲尼。崔譔云無趾故踵行。然則—刑卽漢之斬趾。無足指故以足跟

行也。無足指不能行。故別爲刖足者之屨以助其行。左氏云踊貴屨賤是也。髖則足廢不能行。—則用踊倚可行。故—輕於髖也。—一名跳跳。一作刜。

●通髻。器不正欹邪者也。〔考工記瓬人〕髻墾薜暴不入市。〔注〕髻讀爲—。

【跁】部下切音罷馬韻

—跒。行皃。見〔廣韻〕。〔又〕不肯前也。見〔玉篇〕。

【跁】蒲巴切音爬麻韻

—跒。蹲也。見〔集韻〕。

【跁】白駕切音杷禡韻

●—踦。短人。見〔廣韻〕。

●犤或字。〔集韻〕犤犤短皃。或作—。

●俗謂小兒匍匐曰—。見〔正字通〕。

【跂】翹移切音祇支韻

●足多指也。見〔說文〕。〔桂注〕莊子駢拇篇。故合者不爲駢。而枝者不爲—。〔按段注。此莊子駢拇枝指字。只作枝。—蓋俗體。〕

●行也。見〔類篇〕。

●同蚑。蟲行也。〔漢書禮樂志〕—行畢逮。〔注〕凡有足而行者稱—行也。

【跂】章移切音支支韻犍尒切音遷紙韻

踶—。強用力貌。〔莊子馬蹄〕踶—爲義。〔釋文〕—丘氏、呂氏、二反。崔音技。

【跂】遣尒切音企紙韻

㊀起踵也。〔史記韓王信盧綰傳〕—而望歸。

㊁望也。〔史記高祖紀〕日夜—而望歸。

㊂離—違俗自絜之貌。見〔荀子非十二子注〕。

㊃進也。〔老子〕—者不立。

㊄—躍。猶齟齬不正之道也。〔淮南俶眞〕夫挾依於—躍之人。

㊅—踵。國名。〔山海經海外北經〕—踵國在拘纓東。〔按—踵國人、腳跟不至地。專以五指行走。〕

㊆同企。〔詩斯干〕如—斯翼。〔按玉篇作如企斯翼。〕

【跂】去智切音吱寘韻

垂足也。一曰—望。見〔集韻〕。

【跂】舉羈切音奇支韻

緩走。見〔集韻〕。

【跂】竭戟切音劇陌韻

腳跟骨也。〔洗冤錄〕—骨、卽腳跟。與腕骨相似。亦有六塊八塊十塊之殊。舉踵必賴此。〔今生理學者名爲跗骨。距骨、跗骨、七距骨、與脛骨接。〕

【䟜】奴骨切音訥月韻

足傷。見〔集韻〕。

【䟜】諾盍切音納合韻

行皃。見〔集韻〕。

【䟝】悉合切音馺合韻

進足前有所擷取也。爾雅曰。—謂之擷。見〔說文〕。〔段注〕爾雅毛傳皆云扱衽曰襭。衣部云以衣衽扱物謂之襭。襭或作—。

【䟝】七入切音葺緝韻

——。行也。見〔廣雅釋訓〕。

【𧿶】胡故切音護遇韻

—跪。雙膝著地也。見〔篇海〕。

【𧿿】女六切音朒屋韻

行也。見〔玉篇〕。

【䟘】舉朗切音亢養韻

伸足也。一曰擊踝。見〔集韻〕。

【𨀈】千結切音切屑韻

—跌也。見〔廣韻〕。

【𨀌】五禾切音訛歌韻

大跛也。見〔篇海〕。

【䟘】吾官切音岏寒韻

躦—。蹲也。見〔集韻〕。

【𨀣】胡雞切音兮齊韻

跡也。見〔篇海〕。〔按龍龕手鑑—、爲蹊俗字。耳由、人久、二反。〕

【䟡】則私切音咨支韻

郤行也。見〔字彙補〕。

【𨀖】丁本切敦上聲阮韻

收錢了訖。昌黎子作。見〔篇海〕。〔按正字通云韓通字學。必不背謬至此。當是篇海之譌。〕

【𧿶】胡故切或上聲遇韻

—跪。雙膝著地也。見〔龍龕手鑑〕。

【𧿳】敷文切音分文韻

躄也。見〔集韻〕。

【㚇】徒聊切音蕭韻
跳古字。〔龍龕手鑑〕躍也。跟也。踴也。又去聲。

【𨁂】蹤本字。見〔六書故〕。〔徐鉉曰。今俗作蹤。非。〕

【跅】古踑字。見〔集韻〕。

【趼】同蹁。見〔韻寶〕。

【𧿶】同躎。見〔集韻〕。

【跰】同跰。見〔正字通〕。

【𨁇】蹝或字。見〔集韻〕。

【䟣】䟡或字。見〔篇海〕。

【𨀫】䟡𨇗字。見〔篇海〕。

五畫

【跆】堂來切音臺灰韻

一 蹋也。〔漢書天文志〕並興兵相—藉。

二 跆—。連手唱歌也。見〔廣韻〕。

【䟚】許月切音颰王伐切音越月韻

一 輕也。見〔說文〕。〔桂注〕輕、當作踁。徐鍇本作輕足。誤分為二。〔按廣韻。娍。輕也。字从女。〕

二 走皃。見〔玉篇〕。

【跇】以制切音曳丑例切音摕時制切音筮霽韻

一 迣也。見〔說文〕。〔段注〕迣、當作遰。字之誤也。樂書騁容與兮—萬里。表引如淳曰。—謂超踰也。

二 渡也。〔漢書揚雄傳〕—巒阬。

三 跳也。見〔廣韻〕。

【跊】救律切音黜質韻

一 獸迹。見〔廣韻〕。

二 —踢。獸名。〔山海經大荒南經〕南山赤水之西。流沙之東。有獸。左右有首。名—踢。

【𨀆】敷勿切音拂物韻

一 跳也。見〔說文〕。〔方言〕踏、蹈、—。跳也。

二 急行皃。見〔玉篇〕。

【跋】蒲撥切音魃北末切音撥曷韻〔與䟦異〕

一 蹎也。見〔說文〕。〔段注〕經傳多假借沛字為之。如大雅論語顛沛。皆即蹎—也。毛傳。顛、仆也。沛、拔也。拔、同—。〔按小徐本篆作蹳。說曰。蹎、蹳也。而路下又出—篆。則後人以大徐本增之。案土部坺。即國語之墢。以此推之。作—為是。元應引蹎蹳也。則同小徐本。〕

二 獵也。見〔廣雅釋言〕。

三 草行曰—。〔詩載馳〕大夫—涉。

四 本也。〔禮記曲禮〕燭不見—。〔注〕本把處也。

五 躐也。反戾也。〔漢書揚雄傳〕—犀犛。

六 文體之一。〔篇海〕足後為—。故書文字後曰—。〔按段玉裁云。題者標其前。—者系其後也。〕

七 回—。部落名。遼國外十部。其四曰回—部。

八 —躐。行皃。見〔玉篇〕。

九 —扈。強梁也。〔後漢崔駰傳〕黎共奮以—扈兮。

十 姓也。〔五代名畫補遺〕—異。汴陽人。〔又〕拓—。複姓。北魏之先出黃帝軒轅氏。黃帝以土德王。北俗謂土為拓。謂后為—。故以為氏。

【䟛】博蓋切音貝泰韻
同跟。見〔集韻〕。

【跌】徒結切音耋屑韻

一 踼也。从足。失聲。一曰越也。見〔說文〕。

二 蹶也。見〔廣雅釋言〕。

三 仆也。〔淮南繆稱〕若—而據。

四 蹉也。〔後漢邊讓傳〕修短靡—。

五 足失據也。〔漢書鼂錯傳〕—而不招。

六 差也。〔荀子王霸〕此夫過舉傾步而覺—千里者。夫哀哭之。

七 足失厝也。〔後漢揚雄傳〕不知一—將赤吾族也。

八 足蹶也。〔文選舞賦〕蹈蹻摩—。

九 過也。〔太玄差〕大—。

十 過度也。〔公羊莊二十二年傳〕肆者何。—也。

十一 疾行也。〔淮南修務〕夫墨子—蹏而趍千里。

十二 —蕩。無儀檢也。〔後漢孔融傳〕—蕩放言。〔按朱駿聲云。辭家於文之故作頓挫者曰—宕。字當作—蕩。〕

【跌】陁沒切音突月韻
足傷。見〔集韻〕。

【跜】彌盡切音泯軫韻
獸蹄甲。見〔集韻〕。

【𧿞】眉貧切音旻眞韻
(一)踔也。見〔玉篇〕。(二)行踔跛也。見〔字彙〕。

【跏】居牙切音加麻韻
(一)屈足坐。見〔集韻〕。(二)結—坐。見〔玉篇〕。

【跐】淺氏切音此紙韻
(一)蹋也。見〔廣雅釋詁〕。(二)履也。見〔集韻〕。(三)弭也。足蹊之使弭服也。見〔釋名釋姿容〕。(四)偶也。〔淮南齊俗〕必有菅屩—踦。(五)測也。〔莊子秋水〕彼方—黃泉而登大皇。

【跐】蔣氏切音紫紙韻
行皃。一曰。足蹊也。見〔集韻〕。

【跑】蒲交切音庖肴韻
以足爬地曰—。〔臨安新志〕是夜二虎—地作穴泉水湧出因號虎—泉。〔俗謂趨走曰—〕。

【跑】弼各切音雹覺韻滂沃切音僕沃韻
(一)蹴也。見〔集韻〕。(二)趵也。見〔廣雅釋言〕。

【跓】家庚切音拄麌韻
(一)停足也。見〔廣韻〕。(二)勇足也。見〔玉篇〕。(三)口不正也。見〔集韻〕。〔按口疑是足之誤〕

【跔】恭于切音拘虞韻
(一)天寒足—也。見〔說文〕〔段注〕句屈不伸之意。(二)跓—。跳躍。一曰偏舉一足曰跓—。見〔集韻〕。

【跔】顆羽切音踽麌韻
趨或字。〔集韻〕趨。行皃。或从足。

【跕】託協切音帖葉韻
(一)屣也。〔史記貨殖傳〕爲倡優女子。則鼓鳴瑟—屣。(二)謂輕蹋之也。〔漢書地理志〕女子彈弦—躧。

【跕】的協切音喋葉韻
—〻。墮落皃。〔後漢馬援傳〕仰視飛鳶—〻墮水中。〔又〕徐行也。見〔類篇〕。

【𧿹】除庚切音棖庚韻式亮切音向漾韻
歫也。見〔說文止部〕〔段注〕考工記維角—之大鄭曰。讀如掌距之掌。掌距、卽—歫字之變體。今俗字—作撐。

【𨀣】敞兩切音敞養韻
(二)蹋也。見〔廣雅釋詁〕。(三)距也。見〔集韻〕。

【跗】風無切音膚虞韻符遇切音附遇韻
(一)足背也。〔儀禮士喪禮〕乃屨綦結于—連絇。〔龍龕手鑑云足上也〕。(二)人名。〔史記扁鵲倉公傳〕醫有兪—。〔注〕黃帝時將也。(三)花足也。〔管子地員〕朱—黃實。(四)—注。戎服若袴而屬于—與袴連。見〔左成十六年傳有韎韋之—注〕。(五)日本謂脚跟骨曰—。

【跚】相干切音珊寒韻
(一)蹣—。行不進皃。見〔集韻〕。〔龍龕手鑑以爲蹣俗字〕。(二)通散。〔史記平原君傳〕有躄者盤散行汲。〔注〕散、亦作—。(三)通珊、姍。〔韻會引史記司馬相如傳〕媻珊勃窣。〔漢書作媻姍〕。

【距】臼許切音巨語韻
(一)雞—也。見〔說文〕〔段注〕按鳥—如人與獸之叉此—與止部之歫異。他家多以—爲歫。
(二)去也。〔國語周語〕—今九日。
(三)至也。〔書益稷〕予決九川—四海。
(四)止也。〔管子小問〕來者驚—。
(五)違也。〔書禹貢〕不—朕行。
(六)抗也。〔詩皇矣〕敢—大邦。
(七)猶起也。〔春秋考異郵〕八風殺以節翺翔—冬至四十五日。條風至。
(八)猶自也。〔國語晉語〕—非聖人。
(九)超越也。〔左僖二十八年傳〕—躍三百。
(十)閉也。謂鉤取人之隱事。使之出而不反也。〔漢書趙廣漢傳〕尤善爲鉤—以得事情。
(十一)大也。〔淮南氾論〕蹠—者舉遠。
(十二)鬢曲曰—。—、矩也。言其曲如矩也。見〔釋名釋形體〕。
(十三)凡刀鋒倒刺皆曰—。見〔增韻〕。
(十四)彼此相隔曰—。如云相——離。
(十五)—躍不行也。〔文選王褒論〕今夫子閉門—躍。
(十六)俎—。脛中當橫節也。〔儀禮少牢

饋食禮〕長者及俎—。
⑰—隨物橫畫也。始前足至東頭為—。後足來合而南面為隨。〔儀禮鄉射〕—隨長武。
⑱通拒。〔詩皇矣〕敢—大邦。〔御覽作敢拒大邦。〕
⑲日本謂脛跂間骨曰—。

【跈】尼展切音碾銑韻
㊀正也。見〔龍龕手鑑〕。
㊁趁或字。〔集韻〕趁踐也。或从足。

【跈】在演切音餞銑韻
踐或字。〔集韻〕踐履也。烈也。或作—。

【跈】沺鄰切音陳眞韻
趥也。見〔類篇〕。

【跈】乃殄切音撚銑韻
蹨或字。〔集韻〕蹨蹈也。逐也。或作—。

【跈】徒典切音殄銑韻
止也。見〔類篇〕。

【跉】呂貞切音伶庚韻
㊀—盯。行皃。見〔集韻〕。
㊁偏行也。見〔類篇〕。

【跉】郎丁切音靈青韻
㊀行不正貌。見〔龍龕手鑑〕。
㊁蛉或字。〔集韻〕蟒蛉行皃。或从立。

【跖】之石切音隻陌韻〔同蹠〕
㊀足下也。記〔說文〕。〔按—今曰腳掌。或曰足骨。即五指本節。在掌曰—骨。亦曰蹠骨。在背曰趺骨。亦曰跗骨。一骨二名也。今生理學者名為跗前骨。〕
㊁足履踐也。見〔龍龕手鑑〕。
㊂蹈也。〔漢書揚雄傳〕—魂負沴。

【跒】口下切音假馬韻丘加切音齖麻韻
㊀跑—。短人也。見〔龍龕手鑑〕。
㊁跺—。行不進也。見〔類篇〕。

【跅】闥各切音託藥韻昌石切音尺陌韻
—弛。無檢局也。〔漢書武帝紀〕—弛之士。

【跛】普火切音頗哿韻
—蹠。跛足也。見〔篇韻〕。

【跛】且欲切音促沃韻
迫也。迷也。見〔玉篇〕。

【跐】蒲計切音薜霽韻
蹴也。見〔類篇〕。

【跗】蒲結切音蹩屑韻
足蹩見〔集韻〕。

【跡】追萃切音述寘韻
述或字。〔集韻〕述足不前也。或从足。

【跉】讀逢切音蒙東韻
同蒙。〔爾雅釋草〕䖟蒙茀離也。

【跊】莫貝切音昧泰韻莫佩切音妹隊韻
踐也。見〔集韻〕。

【跊】莫撥切音末曷韻
行過也。見〔集韻〕。

【跕】亭年切音田先韻
踏地聲。見〔玉篇〕。

【跚】古狎切音甲洽韻
行聲。見〔玉篇〕。

【跍】空胡切音枯虞韻
蹲也。見〔集韻〕。

【跎】唐何切音駝歌韻
蹉—也。見〔說文新附〕〔按說文蹉下云。失時也。〕

【跙】虞欲切音玉沃韻
行不正也。見〔玉篇〕。

【跇】力者切音他馬韻
身不就皃。見〔集韻〕。

【跆】乞約切音卻藥韻
行不進也。見〔類篇〕。

【跂】峯范切音釩豏韻
候也。見〔集韻〕。

【跂】方勇切音捧腫韻
覂或字。〔集韻〕覂反覆也。或作—。

【跔】莫後切音母有韻
大—指也。見〔玉篇〕。

【跚】九勿切音屈物韻
走皃。見〔集韻〕。

【跓】丘救切音糗宥韻
—。行皃。見〔集韻〕。

【跼】居六切音掬屋韻
足也。見〔玉篇〕。

【跸】補滿切音粁旱韻
交足坐。見〔集韻〕。

【跸】蒲官切音槃寒韻

踹或字〔集韻〕踹。踹跚。跛行皃。亦作蹴、—。

【跡】丁薺切音帝霽韻
蹋也。見〔玉篇〕。

【跃】張尼切音胝支韻
跆也。見〔類篇〕。

【跙】在呂切音咀語韻
—。—行不進也。〔太玄更〕四馬—。—。

【跙】千余切音疽魚韻
趄或字〔集韻〕趄。趑趄也。或从足。

【跙】淺野切音且馬韻
蹴—。足利。見〔集韻〕。

【跙】莊助切音阻御韻
行不正也。一曰。馬蹴痛病。見〔集韻〕。

【跙】七夜切音笡禡韻
衺足也。見〔集韻〕。

【踬】姑華切音瓜麻韻
足理文也。見〔集韻〕。

【跛】補火切音播哿韻
行不正也。讀若能。一曰。足排之。讀若彼。見〔說文〕〔按段以—即彼之隸變。删之。〕

【跛】彼義切音賁寘韻
偏也。〔禮記曲禮〕立毋—。

【跛】滂禾切音頗歌韻
人名。楚有薳—。見〔類篇〕。

【跜】女夷切音尼支韻
蹮—。動皃。〔文選王延壽賦〕虯龍騰以蜿蟺。頷若動而蹮—。

【跡】乃禮切音伱紙韻
踋彼也。見〔篇海〕。

【跦】同跢。見〔篇海〕。

【跔】以冉反儉韻
疾行皃。見〔龍龕手鑑〕。

【跟】蹑本字。見〔正字通〕。

【跹】同跎。見〔集韻〕。

【跊】同跨。見〔篇韻〕。

【跍】同跍。見〔隸釋〕。

【跿】跐或字。見〔集韻〕。

【跤】跋俗字。見〔正字通〕。

【跑】跑譌字。

六畫

【跟】吉痕切音根元韻
㊀本作跟〔說文〕跟。足踵也。
㊁根也。〔釋名釋形體〕足後曰—。在下傍著地。一體任之。象木根也。
㊂隨從也。俗謂隨行其後曰—。因而僕屬事主亦曰—。

【跠】延知切音夷陳尼切音遲支韻
㊀蹲也。見〔廣雅釋詁〕。
㊁层或字。〔集韻〕层。踞也。或从足。
㊂通夷。〔論語憲問〕原壤夷俟。〔馬注〕夷。踞也。

【跣】蘇典切音銑銑韻鎖本切音損阮韻
㊀足親地也。見〔說文〕〔段注〕古者坐必脫屨。燕坐必襪褻。皆謂之—。大喪記。主人徒—。亦謂襪褻。〔按龍龕手鑑云。—足以足襯地也。〕
㊁通跣。〔漢書文帝紀〕臨者皆無跣。〔晉灼曰。漢語作—。徒—也。〕

【跣】蕭前切音先先韻
蹁—。旋行皃。一曰。舞容。見〔集韻〕。

【跦】追輸切音朱虞韻張留切音舟尤韻
㊀行皃。見〔玉篇〕。
㊁—。跳行皃。〔左昭二十五年傳〕鸜鵒—。—。

【跦】重株切音厨虞韻
同蹰。〔文選成公綏賦〕踟—步趾。〔注〕踟—與踟躕古字通。

【跧】莊緣切音佺先韻縱倫切音遵眞韻
㊀蹴也。一曰卑也。絭也。見〔說文〕〔桂注〕蹴。踞也。一切經音義十一引作踢也。一曰卑也者。廣韻。—。伏。魯靈光殿賦。狡兔—伏於柎側。絭也者。本書。躧、蹼、獸足也。—、蹼、音義同。
㊁—。莊匍匐也。見〔廣雅釋言〕。

【跧】阻頑切删韻
伏也。見〔集韻〕。

【跧】逡緣切音詮先韻
屈伏也。見〔集韻〕。

【跧】從緣切音全先韻
行曲。見〔集韻〕。

【跃】房六切音伏屋韻

㊀行皃。見〔玉篇〕。
㊁屈手足伏地也。見〔類篇〕。

【跃】鼻墨切音服職韻
㊀崩也。〔文選左思賦〕卽自踣—者。〔注〕蒲北切。
㊁匐或字。〔集韻〕匐。伏地也。或作—。

【跨】枯化切音胯禡韻
㊀渡也。見〔說文〕。〔段注〕謂大其兩股間以有所越也。因之兩股間謂之—下。〔史記淮陰侯傳〕作胯下。
㊁越也。〔荀子儒效〕—天下而無蘄。
㊂過其上也。〔左昭十三年傳〕康王—之。
㊃據也。〔國語晉語〕不—其國。
㊄踞也。亦蹲也。見〔一切經音義引字林〕。
㊅乘之也。〔史記司馬相如傳〕—野馬。
㊆騎也。〔史記司馬相如傳〕彌山—谷。
㊇江南謂開膝坐為跰—。山東謂之甲趺。見〔一切經音義引俗典〕。
㊈通夸。〔列子楊朱〕而欲尊禮儀以夸人。

【跨】枯瓜切音誇麻韻
吳人謂大坐曰—。見〔集韻〕。

【跨】苦瓦切音髁馬韻
踤—。行不進皃。見〔集韻〕。

【跨】枯買切音胯蟹韻
踤—。行皃。見〔集韻〕。

【跨】若故切音庫遇韻
胯或字。〔集韻〕胯。股也。或从足。

【跪】苦委切音垝紙韻
㊀拜也。見〔說文〕。〔段注〕手部。𢷎首。至手也。按—與拜、二事。不當一之。〔按正字通云。疑當云所以拜也〕。朱子謂古人席地。二膝著地。以尻著膝而稍安者為坐。伸腰及股而勢危者為—。以頭著地為拜。說文泛訓拜。非。攷今日本國俗猶然。
㊁跽也。見〔文選月賦注引聲類〕。〔按說文跽謂長—〕。
㊂危也。兩膝隱地。體危隍也。見〔釋名釋姿容〕。
㊃足也。〔荀子勸學〕蟹六跪而二螯。

【跪】虞為切音危支韻
屍鄰。見〔集韻〕。

【跪】古委切音詭 巨委切音峗支韻
跟—也。見〔集韻〕。

【跬】犬縈切音頍紙韻 空媧切音咼佳韻
㊀趌或字。〔集韻〕趌。半步也。司馬法。凡人一舉足曰—。—、三尺也。兩舉足曰步。步、六尺也。或作—。
㊁近也。見〔莊子駢拇司馬注〕。

【跬】先結切音屑屑韻
㊀疲也。見〔集韻〕。
㊁敝—。分外用力之皃。〔莊子駢拇〕而敝—譽無用之言。

【跮】丑二切音尿寘韻
㊀乍前卻也。見〔集韻〕。
㊁忿戾也。見〔類篇〕。

【跮】敕栗切音抶質韻
㊀蹠也。見〔廣韻〕。
㊁—踱。互前卻也。見〔集韻〕。

【跮】徒結切音耋屑韻
前卻皃。見〔集韻〕。

【路】魯故切音賂遇韻
㊀道也。見〔說文〕。〔段注〕釋宮。一達謂之道—。此統言也。周禮澮上有道。川上有—。此析言也。〔按集韻引說文。一曰道容三軌。〕
㊁途也。見〔爾雅釋宮〕。
㊂應也。見〔詩皐矣串夷載—箋〕。
㊃露也。言人所踐蹈而露見也。見〔釋名釋道〕。
㊄要地也。〔孟子公孫丑〕夫子當—于齊。
㊅大也。〔詩生民〕厥聲載—。
㊆失其常居也。〔管子四時〕國家乃—。
㊇正也。〔離騷〕既遵道而得—。
㊈傾圮皃。〔荀子富國〕田疇穢都邑—。〔注〕—、謂無城郭牆垣也。
㊉猶事也。〔大戴記子張問入官〕君子入官。行此六—。則身安譽至而政從矣。
(十一)行文之條理也。如思—筆—。
(十二)暴露也。〔荀子議兵〕—亶者也。
(十三)奔走也。〔孟子滕文公〕是率天下而—也。
(十四)四面鼓也。〔周禮鼓人〕以—鼓鼓鬼享。
(十五)車也。〔周禮巾車〕王之五—。
(十六)弓名。〔史記孝武紀〕—弓乘矢。
(十七)行為之軌範亦曰—。〔孟子離婁〕義、人之正—也。

⑯行政區域亦曰—。宋分天下爲各—。猶唐之分道。元之分省。
⑲—寢。正寢也。〔詩閟宮〕—寢孔碩。
⑳—門者。大寢之門。〔考工記匠人〕—門不容乘車之五。
㉑—室。客舍也。〔楚辭怨世〕—室女之方桑兮。
㉒通輅。〔禮記月令〕乘鸞—。
㉓通露。〔孟子滕文公〕是率天下而—也。〔音義〕—與露同。
㉔子—。人名。孔子弟子仲由之字。
㉕—得。人名。撒遜人。以改革宗教著。生西曆一千四百八十八年。卒一千五百四十六年。英文Luther
Mortin。
㉖姓也。本自帝摯之後。

【路】歷各切音洛藥韻
累也。〔漢書楊雄傳〕爾迺虎—三嵕。以爲司馬。〔注〕服虔曰。以竹虎落此山也。師古曰。落。槃也。以繩周遶之也。

【趼】倪甸切音硯霰韻
獸足企也。見〔說文〕。〔段注〕謂其足企。企。舉踵也。故善登高。〔按王注曰。謂獸足之企者也。獸足率前後皆著地。企則前面著地而已。〕

【趼】倪堅切音妍先韻
跰平正也。通作研。見〔集韻〕。〔按爾雅注。舍人云。—平也。謂跰平正。釋文。五見反。又五堅反。或本作研。說文段注。—本或作研。研。滑石也。舍人、李巡、孫炎、郭璞、顏師古、皆以跰下平正如研釋之。〕

【趼】輕煙切音牽先韻
獸跡。見〔集韻〕。

【跰】經天切音堅先韻
久行傷足謂之—。見〔集韻〕。

【跰】吉典切音繭銑韻
㊀胝也。〔莊子天道〕百舍重—而不敢息。
㊁足指約中斷傷爲—。見〔集韻〕。
㊂同皺。皮起也。見〔廣韻〕。

【跱】丈里切音峙紙韻
㊀止也。見〔廣雅釋詁〕。
㊁具也。〔後漢章帝紀〕所經道上郡無得設儲—。
㊂偫也。〔文選張衡賦〕—遊極於浮柱。
㊃踞也。見〔後漢張衡傳注引字林〕。
㊄—躇。行不進也。見〔類篇〕。〔一書作峙𡹙。〕
⑥—蹠。言其聲—立如有所蹠蹋也。〔文選馬融賦〕乍—蹠以狠戾。

【跳】田聊切音迢蕭韻
㊀蹷也。一曰躍也。見〔說文〕。〔段注〕方言。自關而西秦晉之間曰—。躍、迅也。
㊁上也。見〔廣雅釋詁〕。
㊂條也。如草木枝條務上行也。見〔釋名釋姿容〕。
㊃疾去也。〔史記荊燕世家〕遂—驅至長安。〔按索隱又音他彫反。脫獨去也。〕

【跳】徒了切音窕篠韻
挑戰也。見〔集韻〕。

【跳】徒弔切音調嘯韻
行皃。見〔集韻〕。

【跳】徒刀切音逃豪韻
同逃。亡也。〔史記高祖紀〕漢王—。〔按索隱引通俗文云。超通爲—。〕

【跢】當蓋切音帶泰韻
㊀例也。見〔玉篇〕。
㊁跌蹶也。見〔方言〕。〔注〕江東謂—。

【跢】丁賀切音癉箇韻
小兒行皃。見〔玉篇〕。

【跢】當何切音多歌韻
攞幼行也。見〔集韻〕。

【跢】陳知切音馳支韻。陟栗切音窒質韻
蹢躅。—趎也。見〔集韻〕。

【跫】渠容切音蛩。計容切音匈冬韻
人行聲。〔莊子徐无鬼〕聞人足音—然而喜矣。〔按音義。司馬云。喜皃。〕

【跫】丘恭切音銎冬韻。立勇切音恐腫韻。區玉切音曲沃韻
行聲。見〔集韻〕。

【跫】枯江切音腔江韻
履地聲。見〔集韻〕。〔按廣韻作蹋地聲。玉篇。苦紅切。蹋也。攷此字罕讀東韻者。紅、疑江之誤。〕

【跡】資昔切音積陌韻
同迹。〔老子〕善行無徹—。〔釋文〕河上作迹。

【距】曲王切音匡陽韻
—蹍行遽皃。見〔玉篇〕。

【跋】子末切音拶曷韻
蹩—。行皃。見〔集韻〕。

【跤】丘交切音敲肴韻　脛也。見〔玉篇〕。

【跺】都果切音朶哿韻　行皃。見〔玉篇〕。

【⿰足亥】戶代切音瀣隊韻　急行。見〔玉篇〕。

【⿰足羊】似羊切音詳陽韻　趨行。見〔玉篇〕。

【⿰足舌】苦活切音闊曷韻　蹩也。見〔玉篇〕。

【⿰足吉】許吉切音欯質韻　行也。見〔玉篇〕。

【⿰足存】徂昆切音存元韻　蹲或字。〔集韻〕蹲。踞也。或从存。

【⿰足同】他東切音通東韻　走皃。見〔玉篇〕。

【⿰足彖】日灼切音若藥韻　足下文。見〔集韻〕。

【⿰足聿】勒沒切音律月韻　⿰足栗或字。〔集韻〕⿰足栗。⿰足隶⿰足栗。不進。或从聿。

【⿰足厇】達各切音鐸藥韻　踱或字。〔集韻〕踱。跳足。一曰。乍前乍卻。或从厇。

【跩】時制切音誓霽韻　趆或字。〔集韻〕趆。超踰也。或作｜。

【跅】充夜切音趆禡韻　歧道也。見〔類篇〕。

【跊】盧對切音耒隊韻　足跌也。見〔類篇〕。

【跰】北諍切音迸敬韻　散走。見〔玉篇〕。

【跰】蒲眠切音便先韻　胼或字。〔集韻〕胼。胼胝。皮堅。或從足。

【跰】必郢切音餅梗韻　竝足立皃。見〔集韻〕。

【⿰足列】詰結切音猰屑韻　趔或字。〔集韻〕趔。跳皃。或从足。

【⿰足丞】之庱切音拯迥韻　足也。見〔篇海〕。

【跲】訖立切音急緝韻訖業切音劫業韻訖洽切音夾洽韻　躓也。見〔說文〕。

【跲】訖業切音劫葉韻　代也。見〔廣雅釋詁〕。

【跒】古瓦切音寡馬韻　｜踏。行跨皃。見〔集韻〕。

【⿰足亢】丘岡切音康陽韻　｜跡。跡足也。見〔篇韻〕。

【⿰足在】昨宰切音在賄韻　足也。見〔篇海〕。

【⿰足斤】胡讒切音咸咸韻　行皃。見〔篇韻〕。

【⿰足肙】烏玄切音淵先韻　躓也。〔文選王延壽賦〕競爭飲而｜馳。

【⿰足氏】束器切音帝霽韻　足也。見〔字彙補〕。

【跭】胡江切音降江韻　｜蹤。竦立。一曰。行不進。見〔集韻〕。

【⿰足企】同企。見〔集韻〕。

【⿰足欠】同趹。見〔集韻〕。

【跭】同跨。見〔集韻〕。

【跡】同蹟。見〔篇海〕。

【跚】同蹣。見〔篇海〕。

【跦】跦省字。見〔集韻〕。

【⿰足出】拜俗字。見〔康熙字典〕。

七畫

【跼】衢六切音局沃韻
㊀曲也。〔後漢仲長統傳〕｜高天。蹐厚地。
㊁傴僂也。〔文選張衡賦〕豈徒｜高天蹐厚地而已哉。
㊂偏舉一足曰｜。見〔文選郭璞賦注引聲類〕。
㊃｜蹐。恐懼之貌。見〔文選張衡賦薛注〕。
㊄踡｜不伸也。見〔玉篇〕。
㊅通局。〔詩正月〕謂天蓋高。不敢不局。〔釋文〕局本又作｜。

【跔】權俱切音劬虞韻　跔或字。〔集韻〕跔天寒足跔。一曰。拘跔不伸。或作｜、徇。

【跽】巨几切音技紙韻
㊀長｜也。見〔說文〕。〔段注〕長｜、各本作長跪。今正。按係於拜曰跪。不係於拜曰｜。范雎傳。四言秦王再

拜—而後乃言秦王再拜是也。長—乃古語、長俗作跟。人安坐則形弛。敬則小跪聳體若加長焉。故曰長—。

㊁忌也。見所敬忌不敢自安也。見〔釋名釋姿容〕。

㊂欒—。曲拳。見〔玉篇〕。

㊃小跪也。與跽通。〔史記滑稽傳〕髡帣韝鞠跽。

【踁】形定切音脛徑韻

同脛。腳也。見〔玉篇〕。〔集韻訓胻也〕。

【踁】丘耕切音鏗庚韻

硜或字。〔集韻〕硜硜小人皃。或作—。

【踃】思邀切音宵蕭韻

㊀跳也。〔文選傅毅賦〕躍惰跳—。

㊁跳—也。見〔玉篇〕。

㊂跳—。動也。見〔集韻〕。

【踃】七肖切音陗嘯韻

足筋急病。見〔類篇〕。

【䟶】祖臥切音挫箇韻

㊀蓌或字。〔集韻〕蓌詐拜也。介士之拜。亦从足。

㊁躍—。猶蹭蹬也。見〔類篇〕。

【踉】呂張切音良陽韻

㊀—蹡。欲行皃。見〔玉篇〕。

㊁跳—。高蹈也。見〔六書故〕。〔又〕踉躍貌。見〔正字通〕。

【踉】盧當切音郎陽韻

—蹡。行皃。一曰欲行。見〔集韻〕。

【踉】力讓切音亮漾韻

—蹡。欲行也。〔文選潘岳賦〕巳—蹡而全來。〔按徐注〕—蹡、乍行乍止。不迅疾之貌也。正字通云。行不正也。

【踉】郎宕切音浪漾韻

—蹡。行遽皃。見〔集韻〕。

【跅】丑例切音跇霽韻

㊀跳也。見〔廣雅釋詁〕。

㊁跳也。〔方言〕踏、䠥、蹀、跳也。楚曰—。

㊂踰也。見〔玉篇〕。

【跅】去例切音憩霽韻

跛也。見〔集韻〕。

【跻】渠瘑切音逵居逵切音瘑支韻

㊀脛肉也。一曰。曲脛也。見〔說文〕。

㊀踤也。見〔廣雅釋言〕。

㊂柎也。見〔廣雅釋器〕。

㊃—蹵。跳也。見〔文選郭璞賦注〕。

【踆】祖昆切音尊元韻

蹲也。〔淮南精神〕日中有—烏。

【踆】七倫切音逡真韻壯倫切音竣真韻

㊀退也。〔文選張衡賦〕已事而—。

㊁——。大雀容也。〔文選張衡賦〕大雀——。

㊂竣或字。〔集韻〕竣、偓竣也。止也。伏也。或作—。

【踆】徂昆切音存元韻

㊀以足逆蹋也。〔公羊宣七年傳〕祁彌明逆而—之。

㊁—鴟。芋也。〔漢書貨殖傳〕下有—鴟。〔史記作蹲〕徐廣曰。古蹲字作—。

【𨁿】龍輟切音劣屑韻

㊀蹶—。跳跟皃。見〔集韻〕。

㊁踰也。見〔玉篇〕。

【䟺】博蓋切音貝泰韻

㊀步行獵跋也。見〔說文〕〔段注〕獵、今之躐字。踐也。毛傳曰。跋、躐也。老狼進則獵其胡。獵跋、猶踐踏也。

㊁狼—。頓—也。見〔一切經音義十五引聲類〕。

【䟺】普蓋切音霈泰韻

急行皃。見〔集韻〕。

【䟺】蒲蓋切音旆泰韻

蹩—。行不正。見〔集韻〕。

【踊】尹竦切音甬腫韻

㊀跳也。見〔說文〕〔段注〕與走部趙別。

㊁上也。〔公羊成二年傳〕—于棓而窺客。

㊂辟—也。〔公羊宣十八年傳〕哭君成—。

㊃豫也。〔公羊僖十年傳〕晉之不言出入者。—為文公諱也。〔注〕豫也。齊人語若關西言渾矣。

㊄甚也。〔史記平準書〕物—騰糶。

㊅刖足者屨也。〔左昭三年傳〕屨賤—貴。

㊆爵—。足絕地。〔禮記問喪〕發胸擊心爵—。〔正義〕謂似爵之跳也。〔按即今所云鵲躍〕。

【跾】式竹切音叔屋韻

疾也。長也。見〔說文〕〔段注〕二義相反而相成。易其欲逐逐。薛云。速也。子夏傳作攸攸。荀子作悠悠。劉作－。云遠也。〔按方言。透。驚也。式竹切。吳都賦。驚透沸亂。透即－字。音蹙。正同。今人以爲透漏字。他候切。〕

【⿱攸足】丑鳩切音抽尤韻 足病。見〔玉篇〕。

【⿰足更】居行切音庚庚韻 兒脛。見〔集韻〕。

【䟘】寒剛切音航陽韻 迒或字。見〔說文辵部〕。

【踅】丑例切音跇霽韻 一足行也。見〔集韻〕。

【踅】似絶切音蕝屑韻 旋倒。見〔集韻〕。

【⿰足余】徒故切音度遇韻 不履也。見〔玉篇〕。

【⿰足余】宅下切馬韻 －跒。行不進也。見〔集韻〕。

【⿰足呈】馳貞切音呈庚韻 行期也。見〔集韻〕。

【⿰足呈】形定切音鋞徑韻 同脛。〔集韻〕脛胻也。亦作－。

【跿】同都切音徒虞韻 －跔。跣也。見〔集韻〕。〔又〕偏舉一足曰－跔。〔史記張儀傳〕－跔科頭。

【⿰足延】隨戀切音旋霰韻 徐行。見〔集韻〕。

【⿰足弟】他兮切音梯齊韻 －蹋。見〔玉篇〕。

【⿰足旱】下罕切音旱旱韻 偏立。見〔集韻〕。

【⿰足辛】蘇前切音先先韻 行也。見〔海篇〕。

【⿰足延】尸連切音羶先韻 行也。見〔玉篇〕。

【路】佗恨切音拵願韻 蹋也。見〔集韻〕。

【⿰足辰】之刃切音震震韻 之人切音眞眞韻

【⿰足瓜】昵輒切音聶葉韻 動也。見〔說文〕。

兩足不相過也。〔穀梁昭二十年傳〕兩足不能相過。齊謂之綦。楚謂之－。〔釋文〕－、聚合不能也。

【⿰足求】渠尤切音求尤韻 蹋也。見〔集韻〕。

【踄】白各切音泊藥韻 蒲故切音步遇韻 蹈也。見〔說文〕。

【⿰足参】鋤簪切音岑侵韻 蹴蹟。停水也。見〔玉篇〕。

【⿰足夾】奚結切音纈屑韻 姓也。後唐有－琉。見〔集韻〕。

【⿰足豆】當侯切音兜尤韻 跌也。見〔玉篇〕。

【⿰足那】囊何切音那歌韻 足跌也。見〔類篇〕。

【踇】莫後切音母有韻 行也。見〔集韻〕。

【踇】莫口切音畝有韻 －偶。山名。見〔玉篇〕。

【⿰足武】罔甫切音武麌韻 跡也。見〔玉篇〕。〔按經史作武。〕

【⿰足見】倪甸切音硯霰韻 行不正。見〔集韻〕。

【⿰足甫】滂模切音鋪虞韻 局蹀跡。見〔玉篇〕。

【⿰足齐】詰利切音棄寘韻 蹀也。見〔篇韻〕。

【⿰足兌】弋雪切音悅屑韻 步楚也。見〔篇海類編〕。

【⿰足吉】徒結切音跌屑韻 足也。見〔字彙補〕。

【⿰足乍】徒聊切音條蕭韻 跳跟也。見〔篇韻〕。

【⿰亻⿰足攵】同⿱攸足。〔按玉篇書作－〕。

【⿰足困】同⿰足因。說文⿰足因錯本作－。

【⿰足毛】同跳。見〔篇海類編〕。

【⿰足朮】同踧。見〔篇海〕。

【踀】蹴或字。見〔集韻〕。

【踈】疎譌字。見〔字彙〕。〔按廣雅〕－。迹也。疏證云。爾雅。鹿跡。速。說文。⿱鹿速、鹿迹也。⿱鹿速、－、速、並通。－从足束聲。當音桑谷反。曹憲音匹迹反。所未詳也。攷說文義彖云。鹿迹也。从鹿速聲。桑谷切。段氏刪之。謂爲淺人據誤本爾雅羼入。又迹、籒文亦从朿。注曰。釋獸。鹿其迹速。釋文。本又作𨔶。素卜反。引字林鹿迹也。按速正速字之誤。集韻云。迹、或作踈。然則字林從鹿速聲。素卜反之字。紕繆實甚。據段說、則廣雅一亦當爲踈之譌。且段氏據曹憲說。以證古爾雅作速。不作速。則廣雅一當作踈、更明。正字通康熙字典因字欒以一爲踈之譌。未知所本。且皆不錄踈字。今依集韻補踈。而系段說於此。〕

八畫

【踏】託合切音搭 達合切音沓 合韻

㊀ 蹋俗字。見〔六書正譌〕〔按說文、有蹋無一。玉篇、廣韻、一蹋音訓各別。集韻、達合切。一或作蹋。託合切。則否。類篇、一蹋各見。音義並同。六書故、一又作蹋。六書正譌、蹋俗作一。正字通一注。說文作蹋。蹋注與一同。本作蹋。韻會、則徑舉說文以訓一。曰踐也。本作蹋。从足。𦐇聲。今文作一。今以經傳一蹋互見。故各就其字形系訓。錄諸書之異同於此。而依六書正譌定爲俗字。〕

㊁ 下也。〔漢書司馬相如傳〕糾蓼叫奡一以艐路兮。

㊂ 箸地也。見〔集韻〕。

㊃ 勘驗也。〔元史刑法志〕諸郡縣災傷。按治官不以時檢一。皆罪之。

㊄ 腳一。矮几以閣足者。〔宋史后妃傳〕高宗劉貴妃常因盛夏以水晶飾腳一。

㊅ 瑤一。履也。〔温庭筠詩〕瑤一動芳塵。

㊆ 一一。歌名。〔列仙傳〕藍采和歌於市曰。一一歌。藍采和。世界能幾何。〔按古樂府有一一歌詞。一一歌行。〕

㊇ 一鞠也。〔篇海〕一鞠戲以韋爲之。實以柔物。今謂之毬。

【踐】在演切音餞 銑韻 才線切音賤 霰韻

㊀ 履也。見〔說文〕〔段注〕履之箸地曰一。履、足所依也。

㊁ 蹋也。〔禮記曲禮〕毋一屨。

㊂ 行也。〔儀禮士相見禮〕不足以一禮。

㊃ 履居之也。〔孟子盡心〕惟聖人然後可以一形。

㊄ 往也。〔呂覽古樂〕王命周公一伐之。

㊅ 升也。〔禮記中庸〕一其位。

㊆ 循也。〔論語先進〕不一迹。

㊇ 任也。〔詩崧高〕王一之事。

㊈ 蹯也。見〔廣雅釋言〕。

㊉ 厭也。〔左僖十五年傳〕亦晉之妖夢是一。

⑪ 閣也。見〔廣雅釋室〕。

⑫ 淺也。〔詩東門之墠〕有一家室。

⑬ 跣也。〔史記孝文紀〕臨者皆無一。

⑭ 翦也。見〔漢書文帝紀集注〕。

⑮ 登也。〔史記秦始皇紀〕然後斬華爲地。〔徐廣曰斬亦作一。崔注。一、登也。〕

⑯ 履行也。〔左文元年傳〕一脩舊好。

⑰ 塵或曰一。見〔方言〕。

⑱ 殘也。使殘壞也。見〔釋名釋姿容〕。

⑲ 行列貌。〔詩伐斧〕籩豆有一。

⑳ 句一。人名。有三。一爲越王句一。一爲宋句一。戰國時人。一爲魯句一。周秦間人。與荊軻遊。

㉑ 通善。〔禮記曲禮〕日而行事則必一之。〔注〕一讀曰善。字之誤也。

㉒ 通翦。〔禮記玉藻〕凡有血氣之類。與身一也。〔注〕一當爲翦。聲之誤也。

【踿】以冉切音琰 琰韻

㊀ 疾趨也。見〔玉篇〕。

㊁ 一一。疾行也。見〔集韻〕。

【踓】愈水切音唯 紙韻

㊀ 蹩也。見〔玉篇〕。

㊁ 走皃。見〔集韻〕。

㊂ 狂走也。見〔類篇〕。

【踓】七六切音蹴 屋韻

蹫也。見〔類篇〕。

【踔】敕敎切音趠 陟敎切音罩 效韻

㊀ 踶也。見〔說文〕。〔段注〕許意一與蹈義同。

㊁ 走也。〔漢書揚雄傳〕一天蟜。〔按亦音徒釣反。蕭該音義依晉灼音罩。〕

㊂ 跳也。〔後漢馬融傳〕一趫枝。

㊃ 踰也。見〔文選楊雄賦注引三蒼訓詁〕。

㊄ 猶越也。〔後漢蔡邕傳〕一宇宙而遺俗兮。

【踔】竹角切音卓 覺韻

㊀ 遠騰貌也。〔史記貨殖傳〕上谷至遼東地一遠。〔按一音敕敎反。又

徒弔切司馬貞讀。〕

(三)高遠也。〔漢書孔光傳〕非有—絕之能。不相踰越。

(四)稺或字。〔集韻〕稺特止也。或作—。〔按徐鍇曰特止、卓立也。〕

【踔】徒弔切音調嘯韻

騕蹻也。〔史記司馬相如傳〕—稀間。

【踔】敕角切音逴覺韻

(一)跛也。見〔玉篇〕。

(二)踸—。行無常皃。見〔說文新附〕。〔又〕踔者行也。見〔玉篇〕。〔又〕今人以不定為踸—。見〔文選陸機賦注〕。〔又〕暴長貌。〔楚辭怨世〕馬蘭踸—為日加。

【踔】徒了切音窕篠韻

路遠。見〔集韻〕。

【踔】他弔切音糶嘯韻

趠或字。〔集韻〕趠越也。或从足。

【踔】敕畧切音辵藥韻

畧—。行皃。見〔集韻〕。

【踖】脊昔切音積陌韻

(一)長脛行也。一曰踧—。見〔說文〕。〔王注〕曲禮。毋—席。注。—蹴也。案脛長故能登席不由前也。〔按段注。踧—、見論語鄉黨。馬融曰。恭敬皃也。廣韻一屋。禮。踧—。行而謹敬。〕

(二)—〔〕。慙媿貌。〔太玄勤〕勞—。〔按小宋又音鵲。〕

【踖】詳亦切音席陌韻

(一)耤也。以足耤也。見〔釋名釋姿容〕。

(二)蹴也。〔禮記曲禮〕毋—席。〔疏〕—、席猶逆席也。〔按釋文—在亦反。一音席。〕

(三)—斂也。見〔爾雅釋訓〕。〔按釋文—音夕。又音藉。〕

【踖】七迹切音刺陌韻

—。有容也。〔詩楚茨〕執爨—。〔疏〕執爨竈之人皆—然謹慎、於事而有容儀也。〔按釋文—七夕反。又七畧反。〕

【踖】七約切音鵲藥韻

(一)陵也。見〔廣韻〕。

(二)蹴也。見〔增韻〕。

(三)躐也。見〔廣韻〕。

(四)行皃。見〔集韻〕。

(五)—陵。地名。〔左莊十九年傳〕敗黃師於—陵。〔注〕—陵、黃地。〔當今河南光縣西南。〕

【踖】秦昔切音籍陌韻

踐也。見〔集韻〕。

【⿰足典】他典切音腆銑韻

(一)行迹。見〔廣韻〕。

(二)行皃。見〔集韻〕。

【踘】居六切音掬渠竹切音鞠屋韻

(一)—蹋也。見〔玉篇〕。

(二)踏也。見〔集韻〕。

(三)亦作鞠。〔篇海〕—、亦作鞠。蹋鞠戲以韋為之。實以柔物。今謂之毬。〔按史記扁鵲倉公傳。處後蹴—。正義曰。打毬也。篇海當本此。正字通云。所蹴之毬為鞠。本从革。非—。即鞠也。篇海—亦作鞠。非。攷廣韻、集韻。—、鞠皆音同義別。惟字彙同篇海說。〕

【⿰足困】苦本切音閫阮韻

(一)瘃足。从足。困聲。見〔說文〕。〔桂注〕當為足瘃。中論貴言篇。是儒子之所以—膝踠足而不以為弊也。俗作皸。〔按段注。困聲。鍇本作囷聲。非古音。〕

(二)迹也。見〔集韻〕。

【⿰足長】仲良切音長陽韻

(一)搡也。見〔廣雅釋詁〕。

(二)—跽。立也。東齊海岱北燕之郊。跪謂之—跽。見〔方言〕。〔注〕今東郡人亦呼長跽為—跽也。〔又〕拜也。見〔玉篇〕。

【⿰足屈】九勿切音趉衢勿切音倔物韻

(一)力也。東齊曰—。見〔方言〕。〔注〕律—、多力貌。

(二)足多力也。見〔玉篇〕。

【踜】郎鄧切音倰徑韻

—蹬。馬病。見〔集韻〕。

【踜】盧登切音棱蒸韻

(一)蹶也。見〔玉篇〕。

(二)—膝。行皃。見〔集韻〕。

【踜】丑拯切音庱迥韻

庱或字。〔集韻〕踜止也。或从足。

【⿰足隶】他骨切音突月韻

(一)—踩。行不進也。見〔類篇〕。

(二)踩也。見〔玉篇〕。

【踠】胡玩切音換翰韻

(一)迭也。見〔篇海〕。(二)轉也。見〔篇海〕。(三)步也。見〔篇海〕。(四)周也。見〔篇海〕。(五)遀或字。〔集韻〕遀。逃也。或从足。

【踝】戶瓦切音踒馬韻

(一)足—也。見〔說文〕。〔段注〕人足左右骨隆然圜者也。在外者謂之外—。在內者謂之內—。〔俗稱螺絲骨。或稱孤拐。〕

(二)跟也。〔禮記深衣〕負繩及—以應直。

(三)确也。居足兩旁磽确然也。亦因其形—然也。見〔釋名釋形體〕。

【踞】居御切音據御韻

(一)蹲也。見〔說文〕。〔按段氏删此字。王注已見尸部。此重出。桂注本書居下或體與此文同。說詳居字。〕

(二)卻倚也。〔文選張衡賦〕據渭—涇。

(三)反企也。〔漢書高帝紀〕沛公方—牀。

(四)坐其上也。〔左襄二十四年傳〕皆—轉而鼓琴。

(五)游也。〔左昭二十五年傳〕執冰而—。

【踠】委遠切音宛阮韻

(一)曲腳也。見〔玉篇〕。

(二)屈也。〔後漢班彪傳〕馬—餘足。

【踠】烏臥切音涴箇韻

踒或字。〔集韻〕踒。足跌也。一曰折也。或作—。

【踡】逵員切音權先韻

(一)偃僂也。〔楚辭憫上〕—跼兮寒風數。

(二)—跼不伸也。見〔玉篇〕。

【踢】他歷切音逖錫韻

(一)趹—。獸名。見〔山海經中山經〕。

(二)以足蹴物也。〔五燈會元〕一——翻四大海。

【踼】式灼切音鑠勑略切音都藥韻

鬖—。遴貌。見〔集韻〕。〔又〕驚動貌。〔漢書楊雄傳〕河靈𩮴—。

【踼】徒結切音耋屑韻

迭或字。〔集韻〕迭。更迭也。或作—。

【踣】鼻墨切音匐職韻蒲枚切音裴灰韻蒲侯切音抔尤韻匹候切音欸宥韻

(一)僵也。春秋傳曰晉人—之。見〔說文〕。〔段注〕僵、卻偃也。蒲北切。〔按古音在四部。爾雅釋文音赴。或孚豆蒲侯二反是也。然則—與仆音義皆同。孫炎曰前覆曰仆。左傳正義曰前覆謂之—。走部趞同。〕

(二)偃尸也。〔周禮掌戮〕凡殺人者—諸市肆三日。〔按謂陳屍以示衆也。〕

(三)斃也。〔左襄十一年傳〕—其國家。〔按釋文徐又敷定反。〕

(四)散亡也。〔管子七臣七主〕故設用無度國家—。

【踣】匹候切音欸宥韻

破也。〔呂覽行論〕舉矣而不—。

【踣】芳遇切音赴遇韻

仆或字。〔集韻〕仆。頓也。或作—。

【踤】昨沒切音捽月韻

(一)觸也。一曰駭也。一曰蒼—。見〔說文〕。〔王注〕吳都賦衝—而斷筋骨。廣韻—、該踢也。〔按蒼—亦作倉卒、蒼猝。〕

(二)蹴蹋也。見〔方言〕。

(三)聚也。〔漢書楊雄傳〕帥軍—阹。〔按顏師古曰足蹴也。〕

【踤】蒼沒切音緫月韻

猝或字。〔集韻〕猝。犬从艸暴出逐人也。或从足。

【踤】秦醉切音瘁寘韻

集也。太玄、鷙—於林。見〔集韻〕。

【踤】昨律切音崒質韻

蹋也。見〔集韻〕。

【踥】七接切音妾葉韻

(一)行貌。〔楚辭涉江〕衆—蹀而日進兮。

(二)——。往來皃。見〔玉篇〕。

【踦】丘奇切音欹渠羈切音奇支韻

(一)一足也。見〔說文〕。〔段注〕管子。倍堯之時。一—一腓。一—一屨而當死。引伸之凡物單曰—。戰國策必有—重者矣。—重、偏重也。

(二)奇也。自關而西凡全物而體不具爲之倚。梁楚之間謂之—。雍梁之西郊凡嘼支體不具者謂之—。見〔方言〕。

(三)足也。〔淮南齊俗〕男女切—。

(四)不足也。〔太玄玄瑩〕或嬴或—。

(五)曲也。〔大戴記子張問入官〕失言勿—。〔注〕謂言或失不可曲諱也。

⑥步足不能相過也。〔書大傳〕其跳者—也。

⑦馬前足左白也。〔爾雅釋畜〕馬前足左白—。

⑧—躍傾倒也。〔文選左思賦〕山阜猥積而—䟦。

【踦】居宜切音羈支韻

㊀隻也。〔漢書段會宗傳〕亦足以復鴈門之—。〔注〕應劭曰會宗從沛郡下爲鴈門又坐法免爲—隻不偶也。

㊁羇或字。〔集韻〕羇旅寓也。或作—。

【踦】舉綺切音椅紙韻

㊀脛也。見〔廣雅釋親〕。

㊁蹇也。見〔廣雅釋詁〕〔疏證〕—之言傾欹也。〔玉篇〕音居綺丘奇二切。

㊂刺也。〔莊子養生主〕膝之所—。〔釋文〕徐居彼反、向魚彼反。

㊃方也。見〔廣雅釋詁〕〔疏證〕—言之偏倚也。凡言—者皆在旁之義也。方亦旁也。大射儀云。左右曰方。士喪禮注云。今文旁爲方。

㊄適也。〔淮南齊俗〕必有菅屩跐—。

【踦】巨綺切音技紙韻

足脛也。〔爾雅釋蟲〕蟰蛸長—。〔注〕小䵹鼅長腳者。

【踦】隱綺切音倚紙韻

立倚也。〔公羊成二年傳〕相與—閭而語。〔何注〕謂當道門閉一扇。開一扇。一人在外。

【踦】語綺切音蟻紙韻

觸也。莊子、膝之所—。見〔集韻〕。

【踦】於義切音椅寘韻

足也。一曰立倚也。見〔集韻〕。

【踧】子六切音蹴屋韻亭歷切音狄錫韻

平行易也。詩曰。——周道。見〔說文〕。

【踧】子六切音蹴屋韻

㊀—爾驚貌。〔法言學行〕或人—爾曰。

㊁—沑。蹙聚也。〔文選木華賦〕葩華—沑。

㊂踖—。迫蹙貌。〔文選馬融賦〕踖—攢仄。

㊃—踖。行而謹敬也。〔論語鄉黨〕—踖如也。〔又〕不進也。見〔一切經音義引字林〕。〔又〕謙讓貌。〔後漢東平憲王蒼傳〕—踖無所措置。〔又〕畏敬也。見〔廣雅釋訓〕。

【⿰⻊卑】蘖佳切音棑佳韻

蹟—。行緩戾也。見〔集韻〕。

【⿰⻊卑】蒲眠切音胼先韻

下廣也。見〔集韻〕。

【⿰⻊卑】普弭切音諀部弭切音婢紙韻

形下大也。見〔集韻〕。

【踑】渠之切音其支韻

馴跡也。見〔集韻〕。

【踑】居之切音姬支韻

跡也。見〔集韻〕。

【踑】巨几切音跽紙韻

[illegible]或字。〔集韻〕[illegible]說文、長踞也。或从足。亦書作巷。

【踒】烏禾切音倭歌韻烏臥切音涴箇韻

足跌也。見〔說文〕。〔段注〕跌、當爲胅之誤也。肉部曰。胅。骨差也。—者、骨委屈失其常。故曰跌。亦曰差跌。

【踒】邕危切音逶支韻

折足也。見〔集韻〕。

【踒】儒隹切音甤支韻

蹞—。弩名。又兩足蹋也。張弩必以足。因爲弩名。見〔集韻〕。

【䠥】勒沒切音峍月韻

—踈。不進。見〔集韻〕。

【䠥】郎計切音麗霽韻

跛足。見〔集韻〕。

【⿰⻊亞】倚下切音啞馬韻

行不正。見〔玉篇〕。

【⿰⻊亞】於加切音鴉麻韻

歧道。見〔集韻〕。

【⿰⻊叕】株劣切音叕屑韻

跳也。見〔集韻〕。

【⿰⻊叕】紀劣切音蹶屑韻株衞切音綴霽韻

小跳。見〔集韻〕。

【⿰⻊彔】盧谷切音祿屋韻

蹗或字。〔集韻〕蹗行皃。或作—。

【⿰⻊彔】龍玉切音錄沃韻

行皃。一曰恭也。見〔集韻〕。

【踕】疾葉切音捷葉韻

足疾。見〔玉篇〕。

【踕】疾協切音蘢葉韻　行皃。見〔集韻〕。

【䟫】丑玉切音亍沃韻　走也。見〔集韻〕。

【踍】竹角切音琢覺韻　跳也。見〔集韻〕。

【踚】龍春切音倫眞韻　行也。見〔廣雅釋詁〕。

【踚】盧昆切音崘元韻　行皃。見〔集韻〕。

【踼】分房切音方陽韻　跰也。見〔龍龕手鑑〕。

【踼】蒲光切音傍陽韻　腳脛曲。見〔龍龕手鑑〕。

【踦】齒兩切音敞養韻　踞也。見〔玉篇〕。

【⿰𧾷直】直吏切音置寘韻　立也。見〔集韻〕。

【⿰𧾷具】恭于切音拘虞韻　足寒曲也。見〔集韻〕。

【踗】諾叶切音捻葉韻　行輕皃。見〔集韻〕。

【⿰𧾷阻】壯所切音阻語韻　馬傷足病也。見〔集韻〕。

【⿰𧾷奄】遏合切音姶合韻又葉切音腌葉韻乙洽切音㾑洽韻　跛也。見〔集韻〕。

【踛】力竹切音六屋韻　跳也。〔文選郭璞賦〕夔掂翹—於夕陽。

【䠣】良蔣切音兩養韻　足踞也。見〔篇海〕。

【⿰𧾷非】扶沸切音剕未韻　跀也。見〔說文〕、〔王注〕釋言。—刖也。〔注〕斷足。呂刑作剕。大傳謂之臏。

【踟】陳知切音馳支韻　—躕行不進也。〔詩靜女〕搔首—躕。

【⿰𧾷朋】蒲登切音朋蒸韻　走也。見〔玉篇〕。

【跱】直里切音痔紙韻　難進也。見〔篇海〕。

【踧】遵須切音諏虞韻　兩足不能相過也。〔穀梁昭二十年傳〕輒者何。兩足不能相過。齊謂之綦。楚謂之—。衞謂之輒。

【蹩】必結切音彆屑韻　跳也。見〔集韻〕。

【踶】典禮切音底薺韻　行也。見〔篇韻〕。

【踩】其規切音葵支韻力輟切音劣屑韻　跳也。見〔篇韻〕。

【蹺】口郎切音岡陽韻　跡也。見〔川篇〕。

【踤】他達切音塔合韻　足跌皃。見〔篇海類編〕。

【蹏】呼刀切音豪豪韻　藥名。見〔龍龕手鑑〕。

【踻】古蹈字。見〔堯母碑〕。

【䠍】古躋字。見〔集韻〕。

【𨁹】古蹠字。腳掌也。〔漢書賈誼傳〕又苦—盭。〔注〕師古曰。—古蹠字。

【𨃒】同楚。見〔字彙〕。

【踁】同脛。見〔韻會〕。

【踪】同蹤。見〔玉篇〕。

【⿰𧾷幷】同跰。見〔正字通〕。

【⿰𧾷徒】蹝或字。見〔篇海〕。

【⿰𧾷某】蹀或字。見〔篇海〕。

【踨】蹤省字。見〔集韻〕。

【⿰𧾷奔】奔俗字。見〔正字通〕。

【⿰𧾷府】跗俗字。見〔正字通〕。

九畫

【踰】容朱切音俞虞韻

㊀越也。見〔說文〕。〔按經典〕—、逾多相通借。

㊁度也。〔左隱元年傳〕十一月。外姻至。〔注〕—度月也。

㊂過也。〔淮南主術〕志之所在。—于千里。

㊃渡也。見〔廣雅釋詁〕。

㊄牆也。〔素問陽明脈解〕—垣上屋。

㊅遙也。〔呂覽樂成〕因難—也。

㊆遠也。見〔廣雅釋詁〕。

㊇躍也。見〔漢書司馬相如傳注〕。

㊈勝也。〔淮南道應〕子發攻蔡—之。

㊉通隃。〔史記司馬相如傳〕—絕梁。〔注〕隃、隃字與—同。

【踰】偸招切音謠蕭韻椿俱切音貙虞韻

㊀遠也。〔禮記投壺〕毋—言。〔注〕—言、遠談語也。或爲遙。

【踰】勇主切音庾麌韻

益進也。見〔集韻〕。

【踱】徒落切音鐸藥韻

㊀跳足蹋地。見〔廣韻〕。

㊁跓—乍前乍卻也。見〔玉篇〕。〔俗以緩步爲—。如云—來—去。〕

【踱】勅略切音踔藥韻

踔或字。〔集韻〕踔。超遠也。春秋傳。踔階而走。或作—。

【踵】丰勇切音腫腫韻

㊀追也。一曰往來皃。見〔說文〕。〔桂注〕一切經音義四引說文。—、相迹也。亦追也。亦曰往來之貌也。馥按相迹義今闕。徐鍇韻譜—、迹也。本書踵、相迹也。

㊁繼也。〔離騷〕及前王之—武。

㊂至也。〔孟子滕文公〕—門而告文公曰。〔俗云—謝。即此義。〕

㊃因也。〔漢書刑法志〕—秦而置材官於郡國。

㊄頻也。〔莊子德充符〕—見仲尼。

㊅接也。〔漢書武帝紀〕—軍後數十萬人。

㊆蹈也。見〔漢書司馬相如傳注引文穎〕。

㊇躡也。〔左昭二十四年傳〕吳—楚。〔注〕躡楚—跡。

㊈尋也。〔後漢馬融傳〕—介族。

㊉通歱。跟也。〔釋名釋形體〕足後曰跟。又謂之—。—、鍾也。鍾、聚也。體之所鍾聚也。

(十一)或作𩏂。〔素問陰陽離合論〕陰陽𩏂𩏂。積傳爲一周。〔注〕𩏂𩏂、言氣之往來也。

(十二)或作憧。〔易咸〕憧憧往來。

【踵】朱用切音種宋韻

躘—。不能行皃。見〔集韻〕。

【踳】尺尹切音蠢軫韻

㊀乖也。〔孝經序〕—駮尤甚。

㊁—駮。色雜不同。見〔玉篇〕。

【踳】尺兗切音舛銑韻

本作踳。〔說文舛部〕踳。揚雄作舛。从足春。〔段注〕舂聲也。李善注魏都賦引司馬彪莊子注曰。—讀曰舛。舛、乖也。〔按司馬意舛、—各字而合之。揚許則云。—爲舛之或也。〕

【踶】大計切音弟霽韻

㊀躗也。見〔說文〕。

㊁蹋也。〔漢書武帝紀〕故馬或奔—而致千里。〔按段氏說文注引通俗文小蹋謂之—。〕

㊂躡也。見〔聲類〕。

㊃—跂。促遽貌。〔文選左思賦〕—跂乎紘中。〔按今本作狠。〕

【踶】田黎切音題齊韻

獸足。見〔集韻〕。

【踶】大奈切音豸紙韻

—跂。用心力貌。〔莊子馬蹄〕—跂爲義。

【踶】陳知切音馳支韻

—躇。行不進。見〔集韻〕。

【踶】上紙切音是紙韻

牛展足謂之—。見〔類篇〕。

【踹】豎兗切音劚銑韻都玩切音鍛翰韻

㊀足跟也。見〔玉篇〕。

㊁躍也。〔淮南人間〕—足而怒。〔按段玉裁云俗語謂用力踏曰—。〕

【踼】徒郎切音唐陽韻

㊀跌也。一曰。搶也。見〔說文〕。〔段注〕今本作跌、—也。恐是誤倒。吳都賦。寬褫氣懾而自—。跌者。劉曰。—、跌、頓伏也。木部曰。槍、歫也。止部曰。歫、槍也。按—與堂音義同。堂、歫也。〔按各本、槍皆作搶。段改作槍。王筠云。搶當作槍。〕

㊁失跡也。見〔一切經音義引蒼頡〕。

【踼】他郎切音湯陽韻

跌—。行不正也。見〔集韻〕。

【踼】坦郎切音儻養韻

伸足伏臥。見〔集韻〕。

【⿰足酋】雌由切音秋尤韻

㊀趥或字。〔集韻〕趥。行皃。或从足。

㊁通鰌。藉也。〔莊子秋水〕鰌我亦勝我。〔音義〕鰌、藉也。本亦作—。

【⿰足酋】子六切音㗤七六切音瘯屋韻

蹙或字。〔集韻〕蹙。迫也。或从酋。

【⿰足契】丑例切音跇霽韻

㊀渡也。見〔玉篇〕。

●趣或字。〔集韻〕趣。超特也。或从足。

【踾】方六切音福屋韻

—踧。聚貌。〔文選馬融賦〕—踧攢仄。

【踾】筆力切音逼職韻

—踧。行迫。見〔集韻〕。

【踾】拍逼切音堛弼力切音愎職韻

㊀踢地聲。見〔玉篇〕。

㊁踏也。見〔集韻〕。

【踽】顆羽切音齲果雨切音矩麌韻

㊀疏行皃。詩曰。獨行——。見〔說文〕、〔段注〕唐風。獨行——。毛曰。——無所親也。按許合經傳云爾。疏、通也。引伸爲親疏。

㊁——行也。見〔廣雅釋訓〕。

㊂—傴僂也。〔文選宋玉賦〕旁行—僂。

㊃奎—。開足也。〔文選張衡賦〕奎—盤桓。

㊄踦—。搏物皃。見〔集韻〕。

【蹀】達協切音牒託協切音帖葉韻

㊀躡也。見〔聲類〕。

㊁履也。見〔廣雅釋詁〕。

㊂蹈也。〔淮南俶眞〕踧—陽阿之舞。

㊃躞—。行貌。見〔廣韻〕。

㊄—躞。馬行貌。見〔篇海〕。

㊅跿—。行貌。〔楚辭涉江〕乘跿—而日進兮。

㊆躡—。小步貌。〔文選張衡賦〕羅襪躡—而容與。

【蹁】蒲眠切音跰卑眠切音邊先韻

㊀足不正也。一曰。拖後足馬。讀若苹。或曰徧。見〔說文〕〔段注〕讀如徧也。

㊁—躚。旋行貌。〔文選張衡賦〕蹴躧—躚。〔又〕盤姍也。見〔一切經音義引廣雅〕。

㊂膝頭也。〔釋名釋形體〕膝頭曰膞。或曰——。扁也。亦因形而名之也。

【蹂】忍九切音揉女九切音紐有韻

㊀厹篆文。見〔說文厹部〕。〔按說文厹。獸足—地也。爾雅釋文引說文古文爲—。段謂由不知說文之例而改之。桂注引爾雅釋文、古文爲厹。意與段合而文與段引異。未詳所本。舊字典以—爲新附字。非。今訂正並詳厹字〕。

㊁踐也。〔漢書王商傳〕百姓奔走相—躪。

㊂疾也。見〔廣雅釋詁〕。

㊃履也。見〔廣雅釋詁〕。

㊄—若。踐蹋也。〔漢書司馬相如傳〕騎之所—若。

【蹂】而由切音柔尤韻

㊀踐穀曰—。見〔一切經音義引通俗文〕。

㊁—之言潤也。〔詩生民〕或簸或—。〔疏〕或復以水潤溼之。將更舂、以趁於鑿。

【蹂】人又切音糅宥韻

踐也。見〔集韻〕。

【⿰足若】日灼切音弱女略切音逽藥韻昵格切音搦陌韻

㊀踐也。見〔集韻〕。

㊁蹈足皃。見〔玉篇〕。

㊂蹂也。見〔集韻〕。

【⿰足若】爾者切音惹馬韻乃嫁切音搦禡韻

蹴—。距地用力也。見〔集韻〕〔又〕小兒始行貌。見〔類篇〕。

【踫】皮咸切音㺗咸韻

涉也。見〔集韻〕。〔按廣韻書作[illegible]。步渡水也〕

【[illegible]】他晏切音炭諫韻

[illegible]—。不能行也。見〔篇海〕。

【⿰足叚】何加切音遐麻韻

足所履也。从足。叚聲。見〔說文〕。〔段注〕叚聲古在五部。按—疑⿰足段之誤。篇韻有⿰足段字。丁貫切。今俗語謂用力踏地曰⿰足段。⿰足段音同也。許書碫字譌碬。鍛鍜錯出。是其比矣。〔按王注云。廣韻訓脚下。則義似跖字。又疑即韋部⿰韋段字。錢注云。與⿰韋段義同。攷本書⿰韋段、履也。與足所履似微有別。〕

【⿰足奏】則侯切音奏宥韻

蹋—也。見〔玉篇〕。

【⿱即足】節力切音即職韻

—蹙。迫急也。見〔集韻〕。

【⿰足屋】乙角切音渥覺韻

齷或字。〔集韻〕齷。—齪。迫也。一曰小兒。或从足。

【⿱敄足】亡遇切音務遇韻

長跪見〔玉篇〕。

【⿰𧾷致】 陟利切音致寘韻。蹢也。跲也。見〔篇海〕。

【⿰𧾷癸】 其季切音悸寘韻。足也。見〔玉篇〕。

【⿰𧾷癸】 渠龜切音逵支韻。跅或字。〔集韻〕跅，脛肉也。一曰曲脛。或从癸。

【⿰𧾷狊】 苦狊切音闃錫韻。踞也。見〔集韻〕。

【⿰𧾷昊】 奔役切陌韻。踙—。屈申皃。見〔集韻〕。

【⿰𧾷者】 屍賈切音賭馬韻。夌行皃。見〔集韻〕。

【⿰𧾷彖】 寵戀切音猭霰韻。行也。見〔集韻〕。

【踸】 丑甚切音鍖寑韻。癡林切音琛侵韻。丑減切音僴豏韻。—踔。行無常皃。見〔說文新附〕。

【⿰𧾷建】 渠建切音健願韻。行皃。見〔集韻〕。

【⿰𧾷咼】 姑華切音瓜麻韻。跒或字。〔集韻〕跒，足理文。或从咼。

【⿰𧾷咼】 徒禾切音拕歌韻。踒—。行踖皃。見〔集韻〕。

【⿰𧾷奎】 犬縈切音頃。五委切音頠紙韻。足開皃。見〔玉篇〕。

【⿰𧾷奎】 傾畦切音睽齊韻。—踽。詳踽字。

【⿰𧾷胡】 洪孤切音胡虞韻。—跪。夷人屈膝禮也。見〔集韻〕。

【⿰𧾷彥】 語限切音眼潸韻。跡也。見〔集韻〕。

【⿰𧾷庠】 闔各切音託藥韻。弛也。見〔玉篇〕。

【⿰𧾷柒】 千來切音猜灰韻。急行皃。見〔篇海〕。

【躊】 徒沃切音毒沃韻。行不正也。見〔玉篇〕。

【⿰𧾷便】 毘連切音緶先韻。行皃。見〔集韻〕。

【⿰𧾷軍】 胡困切音圂願韻。行也。見〔篇海〕。

【⿰𧾷秋】 子六切音足屋韻。迫急也。又近也。見〔篇海〕。

【⿰𧾷屏】 滂丁切青韻。跉—。行皃。見〔篇海〕。

【⿰𧾷帝】 田黎切音題齊韻。蹏或字。〔集韻〕蹏，足也。或从帝。

【⿰𧾷帝】 大計切音弟霽韻。踶或字。〔集韻〕踶，躛也。或从帝。

【⿰𧾷匪】 直碾切音邅霰韻。跡也。見〔集韻〕。

【⿰𧾷麗】 同躧。見〔篇海〕。

【⿰𧾷忽】 麤叢切音怱東韻。躨—。行遽也。見〔集韻〕。

【⿰𧾷臿】 側洽切音眨洽韻。足動皃。見〔集韻〕。

【⿰𧾷彖】 雖遂切音邃寘韻。深也。見〔篇海〕。

【⿰𧾷秩】 敕略切音蹗藥韻。行涉也。見〔篇韻〕。

【⿰𧾷頁】 古履字。見〔集韻〕。

【⿰𧾷盾】 同遯。見〔集韻〕。

【⿰𧾷犀】 同⿰𧾷辛。見〔廣雅釋言〕。

【⿰𧾷異】 同⿰𧾷巽。見〔正字通〕。

【⿰𧾷勇】 踊或字。見〔集韻〕。

【⿰𧾷殳】 癹或字。見〔集韻〕。

【⿰𧾷幸】 躂省字。見〔集韻〕。

【路】 骼俗字。見〔正字通〕。

【⿰𧾷虎】 虢俗字。見〔篇海〕。

【⿰𧾷男】 踴俗字。見〔字彙補〕。

【⿱壴足】 疐譌字。見〔正字通〕。〔按各本說文叀部作疐。段本作𤴪。中畫斷否有異。下作止字則同。〕

十畫

【蹝】 匹計切音媲霽韻。篇迷切音批齊韻。㊀踦也。見〔廣雅釋言〕。㊁偶也。見〔玉篇〕。

【蹈】 大倒切音導號韻。㊀踐也。見〔說文〕。㊁履也。見〔廣雅釋詁〕。㊂道也。以足踐之如道路也。見〔釋名釋姿容〕。㊃行也。見〔一切經音義引廣雅〕。

(五)蹠也。〔淮南原道〕—騰昆侖。
(六)病也。〔詩菀柳〕上帝甚—〔箋〕—、讀曰悼〔釋文〕—、鄭作悼病也。〔按傳云動也。〕
(七)頓足蹋地也。〔史記樂書〕發揚—厲之已蚤。
(八)履行之名也。〔穀梁隱元年傳〕—道則未也。
(九)——行也。見〔廣雅釋訓〕。
(十)高—猶遠行也。〔左哀二十一年傳〕使我高—

【蹉】倉何切音磋歌韻叉宜切音差支韻

(一)—跎。失時也。見〔說文新附〕。〔注〕經史通用差池此亦後人所加。〔又〕失足也。〔楚辭株昭〕中坂—跎。
(二)跌也。見〔廣韻〕。
(三)過也。〔張華詩〕孟公結重關。賓客不得—。
(四)擗也。見〔文選馬融賦注引埤蒼〕。
(五)差也。〔揚雄箴〕日月爽—。

【蹊】弦雞切音兮齊韻

(一)徑也。〔左宣十一年傳〕牽牛以—人之田。
(二)路也。〔文選張衡賦〕不識—之所由。
(三)道也。見〔廣雅釋室〕。
(四)步所用道曰——、傒也。言射疾則用之。故還傒於正道也。見〔釋名釋道〕〔疏證〕射疾者射侯也。侯與疾形相似。秋官、立當前疾。詩引作前侯。大射儀、司馬命量人量侯道。

【蹊】戶禮切音謑齊韻

傒或字。見〔說文彳部〕。〔段注〕孟子、山徑之—月令、塞傒徑。凡始行之以待後行之徑曰—。引伸之義也。今人畫爲二字。音則傒上、—平。誤矣。〔按集韻。、傒、竝爲僁或字。〕

【䠗】餘招切音搖蕭韻弋笑切音燿嘯韻

(一)跳也。見〔說文〕。〔段注〕方言。陳鄭之間曰—。
(二)跳—行步皃。見〔廣韻〕。

【蹇】紀偃切音犍巨偃切音鍵阮韻九件切音鍵銑韻

(一)尳也。見〔說文〕。〔段注〕行難謂之—。言難亦謂之—。〔按他本皆作跛也段本刪跛篆、以跛卽尳之隸變也。故作尳。〕
(二)難也。〔易蹇〕—、難也。險在前也。
(三)彊也。〔呂覽別類〕合兩淖則爲—。〔注〕—、彊也。水漆相得則彊而堅也。
(四)擾也。人不靜、秦晉曰—。見〔方言〕。
(五)停也。〔管子水地〕凝—而爲人。
(六)不順也。〔漢書淮南厲王長傳〕驕—數不奉法。
(七)詞也。〔楚辭雲中君〕—將憺兮壽宮。〔按謂發聲詞也。〕
(八)拔也。〔管子四時〕毋—華絕芋。
(九)——。難也。〔易蹇〕王臣——。〔又〕平直也。〔太玄勤〕往——。〔又〕不阿順之意也。〔漢書龔遂傳〕——亡已。
(十)偃—偃、偃息而臥不執事也。—、跛—也。病不能作事。今託病似此也。見〔釋名釋姿容〕。〔又〕卻病也。〔史記司馬相如傳〕綢繆偃—。〔又〕困阨、失志貌。又驕傲也。〔左哀六年傳〕彼皆偃—。棄子之命。〔又〕高貌。〔離騷〕望瑤臺偃—兮。〔又〕衆盛貌。〔離騷〕何瓊佩之偃—兮。〔又〕佇立貌。〔文選司馬相如賦〕澹偃—而待曙兮。〔又〕舞貌。〔楚辭東皇太一〕靈偃—兮姣服。〔又〕委曲貌。〔漢書司馬相如傳〕掉指橋以偃—兮。
(十一)—產。屈折也。〔史記司馬相如傳〕—產溝瀆。〔又〕詰詘也。〔楚辭哀郢〕思—產而不釋。〔又〕形貌也。〔文選張衡賦〕既乃珍臺—產以極壯。
(十二)—愕。正直之貌。〔文選潘岳賦〕終鬼峩以—愕。
(十三)—修。宓戲臣也。〔離騷〕吾令—修以爲理。
(十四)連—。言語不便利也。〔揚雄解嘲〕孟軻雖連—。猶爲萬乘師。
(十五)卦名。艮下坎上。〔易蹇〕山上有水—。
(十六)同謇。〔衡方碑〕謇謇王臣。
(十七)通褰。摳衣也。〔楚辭思美人〕憚—裳而濡足。〔注〕讀若褰。
(十八)姓也。春秋秦大夫—叔。

【踏】他合切音塔德合切音答達合切音沓合韻

(一)踐也。見〔說文〕。
(二)跳也。〔方言〕秦晉之間曰跳。或曰—。〔注〕古蹋字。

【蹋】達合切音沓託盍切音榻敵盍切音塌合韻
㊀踐也。見〔說文〕〔段注〕俗作踏。
㊁履也。見〔廣雅釋詁〕。
㊂榻也。榻著地也。見〔釋名釋姿容〕。
㊃鞠兵勢也。〔史記蘇秦傳〕六博—鞠者。
㊄—頓何奴王號。見〔後漢獻帝紀注〕。

【蹌】千羊切音槍陽韻
㊀動也。見〔說文〕。
㊁巧趨貌。〔詩猗嗟〕巧趨—兮。
㊂—捍。馬走疾之貌。〔文選傅毅賦〕—捍凌越。
㊃——動也。見〔爾雅釋訓〕。〔又〕士大夫之威儀也。〔詩公劉〕——濟濟。〔又〕有行列貌。〔荀子大略〕朝廷之美濟濟——。〔又〕行貌。〔文選揚雄賦〕啾啾——。〔又〕舞貌。〔書益稷〕鳥獸——。

【蹌】七亮切音蹡漾韻
蹡或字。〔集韻〕蹡走也。或从倉。

【蹍】知輦切音展銑韻
㊀蹈也。〔莊子庚桑楚〕—市人之足。
㊁履也。見〔廣雅釋詁〕。
㊂足蹈皃。見〔玉篇〕。
㊃躔也。見〔集韻〕。

【蹍】尼展切音撚銑韻
趁或字。〔集韻〕趁踐也。或从展。

【蹎】多年切音顛先韻
㊀跋也。見〔說文〕〔段注〕經傳多叚借顛字爲之。
㊁蹷蹎也。〔漢書貢禹傳〕誠恐一旦—仆氣竭。
㊂通塡。〔淮南覽冥〕其行——。〔注〕—讀塡寘之塡。

【蹏】田黎切音題齊韻
㊀足也。見〔說文〕〔段注〕俗作蹄。
㊁底也。足底也。見〔釋名釋形體〕。
㊂馬足也。〔穀梁昭八年傳〕馬候—。
㊃馬足甲也。〔莊子馬蹏〕馬—可以踐霜雪。
㊄兎罝也。〔莊子外物〕—者所以在兎。〔釋文〕兎罝也。係其脚故曰—也。
㊅趁走也。〔淮南脩務〕夫墨子跌—而趁。
㊆赫—薄小紙也。〔漢書外戚傳〕赫—書。

【蹐】資昔切音脊陌韻
㊀小步也。見〔說文〕。
㊁絫足也。〔詩正月〕不敢不—。〔按說文辵部速下引作不敢不速〕。

【蹅】直加切音茶五加切音侘麻韻
—跱。行難進貌。見〔篇海〕。

【蹃】牛幼切音宥宥韻
跛行。見〔玉篇〕。

【蹜】敕六切音畜許六切音旭屋韻
足也。見〔玉篇〕。

【跨】枯化切音跨禡韻
踞也。見〔說文〕。〔按段注。此恐跨字之異體。王注—爲後人僞造。正字通云。俗跨字。說文賚作—非。〕

【蹗】蒲光切音旁陽韻蒲浪切音傍漾韻
跟—。欲行也。見〔玉篇〕。〔又〕行遽皃。見〔集韻〕。

【蹬】徒登切音騰蒸韻
跛—。行皃。見〔集韻〕。

【蹓】菑尤切音鄒尤韻
獸足。見〔玉篇〕。

【蹃】經幼切音螑宥韻
跔—。蹌行皃。見〔玉篇〕。〔按集韻云。行不正也〕。

【蹃】丘救切音糗牛救切音鼽宥韻
跛行也。見〔集韻〕。

【蹃】香仲切音嗅送韻
趣或字。〔集韻〕趣行也。或从足。

【䠚】烏瓦切音𦝣馬韻
—跨。行不風。見〔集韻〕。

【䠚】烏化切音窊禡韻
—踣。距地用力。見〔集韻〕。

【躠】桑葛切音薩曷韻
跋—。行不正。見〔集韻〕。

【蹺】田聊切音迢蕭韻
跳或字。〔集韻〕跳說文、蹶也、或从條。

【躒】力質切音栗質韻
踐也。見〔篇海〕。

【蹍】知輦切音展銑韻
履也。〔淮南原道〕先者踰下。則後者—之。〔按廣雅。蹍、履也。莊子。蹍

市人之足。司馬彪注云。字亦作—。是—當爲蹶或𨂿。〔〕

【𨄔】蒲官切音槃寒韻

屈足也。見〔集韻〕。

【𨆬】蒲官切音槃寒韻

蹣或字。〔集韻〕蹣。蹣跚。跛行皃。或从般。

【䠳】田王切音唐陽韻

行失正也。見〔篇海〕。

【𨄌】測角切音促覺韻

娕或字。〔集韻〕娕。謹也。一曰。善也。或作—。

【𨅁】先到切音噪號韻

跳也。見〔集韻〕。

【𨄪】口交切音敲肴韻

脛也。見〔玉篇〕。

【𨄫】口到切音犒號韻

足不前。見〔集韻〕。

【𨆅】陟格切音責陌韻

開張也。見〔篇海〕。

【𨆍】如容切音茸冬韻

行皃。見〔集韻〕。

【𨄣】乳勇切音宂腫韻

迒或字。〔集韻〕迒。行也。或作—。

【蹎】況袁切音塤元韻

立也。見〔篇韻〕。

【𨇅】息絹切音霰韻

足踏也。又冈也。見〔五音篇海〕。

【𨄕】音戊宥韻

蹡也。見〔川篇〕。

【𨆤】音接葉韻

行急也。見〔川篇〕。

【蹆】同腿。見〔字彙〕。

【𨄬】同蹻。見〔篇海〕。

【𨅖】弅或字。見〔集韻〕。

【𨅗】踕或字。見〔集韻〕。

【𨄞】蹻俗字。見〔字彙補〕。

【𨅯】踻譌字。見〔正字通〕。

十一畫

【𨄮】咋濫切音暫勘韻

●一 疾進皃。見〔集韻〕。

●二 同暫。不久也。見〔玉篇〕。

【𨅍】財甘切音慙覃韻

往也。見〔集韻〕。

【蹕】壁吉切音畢質韻　毗至切音鼻必至切音畀寘韻

●一 足偏任也。〔列女傳〕立不—。

●二 趩或字。〔集韻〕趩。止行也。或從足。〔按段玉裁云。今禮經皆作—。惟大司寇釋文作趩。互詳趩字。〕

【蹘】力交切音寥肴韻

●一 走也。見〔玉篇〕。

●二 足相交。見〔集韻〕。

【蹙】子六切音蹴屋韻

●一 迫也。見〔說文新附〕。〔按徐鉉曰。李善注文選通蹴字。鄭珍說。古止作戚。致集韻或作戚蹜。鄭說當不誤。〕

●二 促也。〔詩召旻〕今也日—國百里。

●三 近也。〔考工記弓人〕—於剉而休於氣。〔釋文〕李又音促。又且六反。

●四 急也。見〔廣雅釋詁〕。

●五 皋也。見〔廣雅釋詁〕。

●六 愿貌。〔禮記禮器〕不然則已—。〔釋文〕本又作慼。又音促。

●七 痛也。〔公羊莊三十年傳〕蓋以操之爲已—矣。

●八 聚也。〔孟子梁惠王〕舉疾首—頞而相告曰。〔按趙云。—頞。愁貌。〕

●九 恭慤貌。〔儀禮士相見禮〕始見於君。執摯至下容彌—。〔注〕—猶促也。促。恭慤貌也。

●十 屈聚也。〔管子水地〕堅而不—義也。

●十一 遒也。遒迫之也。見〔釋名釋姿容〕。

●十二 成也。〔文選陳琳檄〕獎—威柄。

●十三 —蹘。行貌。見〔廣韻引字林〕。

●十四 同頻。〔莊子至樂〕髑髏深矉—頞。曰。〔釋文〕—。本又作頻。又作蹴。

●十五 通蹵。〔文選揚雄賦〕浸淫蹵部。〔注〕—。促也。蹵。古字通。

【蹙】子六切音蹴屋韻　倉歷切音戚錫韻

——縮小貌。〔詩節南山〕——靡所騁。

【蹙】七六切音禯屋韻

蹴或字。〔集韻〕蹴。蹋也。或作—。

【蹜】所六切音縮屋韻

●一 足迫也。見〔集韻〕。

●二 蹙聚貌。〔文選木華賦〕噏波則洪漣蹴—。

●三 ——猶蹴蹴也。〔論語鄉黨〕足——如有循。〔邢疏〕言舉足狹數。

【蹝】所綺切音縰紙韻

❶躧也。一曰。|、鞮屬。鞮、革履也。見〔桂本說文逸文〕〔桂注〕李善注長門賦引。案張衡七盤舞賦。歷七盤而蹝躧。蹝、當作|。

❷革履也〔孟子盡心〕猶棄敝|也。

❸躧或字。〔集韻〕躧。舞履也。或从徙。

【⿱埶足】達協切音牒葉韻

❶|足也。見〔說文〕〔段注〕|卽蹀字。段借作啑作喋。文帝紀新喋血京師。服虔曰。喋音蹀、蹝履之喋。如淳曰。殺人流血。滂沱爲喋血。司馬貞引廣雅。喋、履也。然則喋血者⿱埶足血也。謂流血滿地汙足下也。〔按桂注。⿱埶足當爲縶。昭二十年穀梁傳。輒者何也。曰兩足不能相過。齊謂之綦。楚謂之踂。衛謂之輒。釋文。輒音近縶。左傳作縶。劉兆云。綦、連併也。踂、聚合不解也。衛謂之輒。本亦作縶。劉兆曰。如見縶絆。按絆當作絆。〕

❷小步。見〔集韻〕。

【⿱帶足】丁計切音帝　征例切音制霽韻　當蓋切音帶　徒蓋切音大泰韻

姓也。〔漢書王莽傳〕中常侍|惲。〔按玉篇作⿱帶辵入辵部。字彙作丑列切音徹。六書故、合蹛篆爲一。正字通云。同蹛。〕

【⿱帶足】丑例切音跇霽韻

❶去也。〔春秋運斗樞〕黃龍五采負圖出。置舜前。|入水而前去。

❷古逝字。見〔一切經音義引古文奇字〕。

❸同滯。〔道行般若經〕須|天。〔按中陰經作須滯天。〕

❹⿱世足或字。〔集韻〕⿱世足。一足行也。或从帶。

【蹛】他蓋切音太　當蓋切音帶　徒蓋切音大泰韻

踶也。見〔說文〕。〔按六書故。⿱帶足下並列蹛、⿱帶足兩篆。正字通云。⿱帶足同|。說文段注。|卽⿱帶足字。錢注、引春秋運斗樞。⿱帶足字注。王注、引古文奇字。⿱帶足字注。通訓定聲、並引春秋運斗樞古文奇字。⿱帶足字注。皆是合|、⿱帶足爲一。惟廣韻、玉篇、集韻、類篇、字彙、經籍纂詁、|⿱帶足音義各別。今從之。分爲二字。而並錄諸說以備考。〕

【蹛】當蓋切音帶泰韻　直例切音滯霽韻　當何切音多歌韻

匈奴會祭處。〔漢書匈奴傳〕大會|林。〔注〕服虔曰。|音帶。匈奴秋社八月中會祭處也。師古曰。繞林木而祭也。〔按史記索隱。鄭氏云。|林。地名。晉灼曰。李陵與蘇武書云。相競趍|林。則服虔說、是。集韻泰韻引師古說。霽韻曰。|林。匈奴祭天處。歌韻曰。|林。匈奴地名。音各義別。未詳所本。〕

【蹛】直例切音滯霽韻

❶貯也。積也。〔史記平準書〕匱|無所食。〔索隱〕音逝。韋昭音滯。

❷停也。〔史記平準書〕或|財役貧。

❸今滯字。見〔史記平準書索隱引古今字詁〕。

【蹛】徒蓋切音大泰韻

過也。見〔集韻〕。

【蹛】都甘切音儋覃韻

襜或字。〔集韻〕襜。胡名。史記、李牧破殺匈奴。滅襜襤。或作|。〔按史記匈奴傳索隱。韋昭音多藍反。姚氏案李牧傳。大破匈奴。滅襜襤。此字與韋昭音頗同。然林、襤聲相近。或以林爲襤也。〕

【蹛】徒結切音耋屑韻

跌或字。〔集韻〕跌。蹋也。一曰。越也。或从帶。

【蹢】直隻切音擲　治革切音謫陌韻

❶本作蹢。〔說文〕蹢。住足也。从足。商聲。或曰蹢躅。賈侍中說。足垢也。〔王注〕選注連引|躅、住足也。爲一義。非也。且恨賦古詩十九首注。尙如說文。陸士衡招隱詩注。引躊躅、住足也。申之曰。躊與躑同。是謂說文作躊也。司馬紹統贈山濤詩注。引|躅、住足也。申之曰。躑躅與|躕同。是又謂說文作躑也。其於字體尙茫昧也。彼見詩賦中|躅字。卽引說文兩說以解之。本不知住足非|躅之義。三年問之|躅。姤初六之|躅。鄭王並無注。案姤下巽初爲巽主。巽爲進退。爲不果。故知玉篇|躅行不進者是也。云行。又云不進。則遲回遷延之意。非逗止足也之比也。許君於蹢躅不加說解。以其爲恆言耳。與鄭王不注同意。〔按段氏改住爲逗。以說文無住字也。更本選注。加|躅二

字於上。而以或曰—躅四字爲衍文。與各本異。商聲、大徐作適省聲。段作啻聲。]

—躅。不靜也。[易姤]羸豕孚—躅。[又]不行也。見[禮記三年問釋文]。[又]踟蹰也。見[廣雅釋訓]。[按躅亦作蹢。]

同躑。[禮記三年問]—躅焉。[按荀子禮論作躑躅。注。以足擊地也。]

【蹢】丁歷切音的錫韻

蹏也。[詩漸漸之石]有豕白—。

足也。見[廣雅釋獸]。

投也。[莊子徐无鬼]齊人—於宋者。[音義]—、投也。呈亦反。

【蹤】將容切音從冬韻

跡也。見[玉篇]。[按六書故作蹤。足所以迹也。古正作从。傳曰荀伯不亟从。說文無蹤字。車部有䡨曰車迹也。徐鉉曰。今俗作—。非。釋名疏證曰。足傍箸從。亦俗字。當作䡨。又漢石門頌君其繼縱。夏承碑紹縱。先軌。是古多以縱爲—也。]

從也。人形從之也。見[釋名釋言語]。

●通作從。[詩羔羊傳]可以從跡也。[釋文]從、本作—。

【蹠】之石切音隻陌韻　章恕切音翥御韻

楚人謂跳躍曰—。見[說文]。[按方言云。蹠、䠓、跳跳也。楚曰—。自關而西秦晉之間曰跳。]

【蹠】之石切音隻陌韻

(一)履也。見[廣雅釋詁]。

(二)足履蹠也。[楚辭哀郢]眇不知其所—。

(三)蹈也。[漢書揚雄傳]—彭咸之所遺。

(四)躡也。見[一切經音義引蒼頡篇]。

(五)行也。見[廣雅釋詁]。

(六)踏也。[文選傳毅賦]—地遠羣。

(七)適也。[淮南原道]自無—有。自有—無。

(八)至也。[淮南說林]—越者、或以舟。或以車。

(九)足也。[淮南原道]歐—實而走。

(十)足下也。見[漢書賈誼傳注]。[按說文跖、足下也。之石切音義竝與—同。故通跖。如盜跖亦作盜—。]

(十一)雞足踵也。[淮南說山]必食其—。

(十二)顧也。[淮南繆稱]各從其—而亂生焉。

(十三)人名。[孟子盡心]—之徒也。

【蹠】職略切音灼藥韻

趵或字。[集韻]趵、跡也。或作—。

【蹟】資昔切音積陌韻

(一)迹或字。[集韻]迹、步處也。或作—。[筆—、墨—、皆其假借。]

(二)道也。[詩沔水]念彼不—。[傳]不—、不循道也。

(三)止也。見[廣雅釋詁]。

【[illegible]】千羊切音蹡陽韻

(一)行皃。詩曰。管磬—。見[說文]。[段注]聘禮、眾介北面蹌焉。鄭云。容皃舒揚。曲禮、士蹌蹌。鄭曰。皆行容止之皃也。按許—爲行皃。蹌訓動也。然則禮言行容者皆—爲正字。蹌爲叚借字。今詩作管磬將將。

(二)敬也。見[一切經音義引三蒼]。

(三)——。走也。見[廣雅釋訓]。

【蹡】七亮切音蹌漾韻

(一)走也。見[集韻]。

(二)蹌—。行不正皃。見[廣韻]。

【[illegible]】莫鳳切音夢送韻

(一)極行也。見[集韻]。

(二)—趨。疲行皃。見[玉篇]。

【[illegible]】牛刀切音敖豪韻

(一)蟹二大足居前。見[正字通]。

(二)蟹大足者。見[類篇]。[集韻]—螯。蟹大足者。或从虫从足。按蟹大足者。蟹屬之一。與蟹大足別。廣韻、螯、蟹屬。螯、蟹大腳也。依集韻義當以—爲本字。若以螯爲本字當如廣韻訓蟹大腳也。—从骨。螯从虫。於制字本意始合。

【[illegible]】廚玉切音逐沃韻

躅或字。[集韻]躅、蹢躅也。或从逐。[按易姤卦釋文云古文作—。]

【[illegible]】虧于切音區虞韻

跛行。見[玉篇]。

【踳】書容切音舂冬韻

蹋也。見[廣雅釋詁]。

【蹬】徒等切迥韻

——。行皃。見[集韻]。

【蹬】徒登切音騰蒸韻

同隥。見[篇韻]。

【蹗】盧谷切音鹿屋韻　行皃。見〔玉篇〕。
【𨆢】呂張切音梁陽韻　跳一走也。見〔集韻〕。
【𨆌】楚限切音剗潸韻　徒騎也。見〔集韻〕。
【䠦】倉結切音妾屑韻　行也。見〔篇海〕。
【𨇨】郎豆切音漏宥韻　蹋也。見〔玉篇〕。
【𨆩】達協切音牒葉韻　𨆩或字。〔集韻〕𨆩。𨆩足也。一曰小步。或作一。
【𨆩】悉協切音燮葉韻　𨆩或字。〔集韻〕𨆩。𨆩。𨆩。行皃。或从習。
【𨆲】倉回切音崔灰韻　𨆲一急甚也。見〔集韻〕。
【𨆸】居之切音基支韻　本也。見〔篇海〕。
【𨇖】匹妙切音剽嘯韻　行輕也。見〔集韻〕。
【𨇝】紕招切音漂蕭韻　𨇝或字。〔集韻〕𨇝。輕行也。或从足。
【𨆷】子禮切音濟薺韻　走皃。見〔集韻〕。〔按玉篇音子采切〕。
【𨆰】七外切音翠泰韻　行貌。見〔字彙〕。〔按音義同躛。當爲躛俗字〕。
【𨇤】鋤交切音巢肴韻　行捷。見〔集韻〕。
【蹚】他郎切音湯陽韻　踼或字。〔集韻〕踼。跌踼。行不正皃。或从堂。
【蹚】抽庚切音瞠庚韻　距也。見〔集韻〕。
【蹚】除庚切音棖庚韻　撐或字。〔集韻〕撐。距也。或作一。
【𨇬】豎尋切音歡銑韻　腨或字。〔集韻〕腨。腓腸也。或作一。
【𨇮】才何切音醝歌韻　蹋聲也。見〔玉篇〕。
【𨇮】鋤加切音查麻韻
行失序也。見〔集韻〕。
【蹞】犬橤切音頍紙韻　跬或字。〔集韻〕跬。半步也。或作一。〔按玉篇、類篇、並同跬。蓋跬今作跬〕。
【蹣】蒲官切音槃寒韻　一跚。旋行皃。見〔玉篇〕。〔按集韻作跛。行皃。蹣、便姍、盤珊、槃散、跰躚、竝通。字亦作跰蹮〕。
【蹣】謨官切音瞞寒韻　踰也。見〔集韻〕。
【𨆯】作木切音鏃屋韻　一一。曲足皃。見〔集韻〕。
【𨇃】儒隹切音甤支韻　踒或字。〔集韻〕踒。蹞踒。弩名。或作一。
【蹥】力延切音連先韻　跟也。見〔篇韻〕。
【𨇊】口浪切音伉漾韻　跡也。見〔篇韻〕。
【踛】力竹切音六屋韻　翹足也。見〔篇韻〕。
【𨇜】郎奚切音黎齊韻　疾行皃。見〔篇韻〕。
【蹳】音潑曷韻　足蹶也。見〔字彙補〕。
【𨇁】丘弭切音企紙韻　開足皃。見〔龍龕手鑑〕。
【䠞】同蹙。見〔字彙〕。
【蹡】同蹵。見〔玉篇〕。
【𨇰】蹋或字。〔鶡冠王鈇〕天地蹋蹋。〔注〕或作一。
【踼】踼俗字。見〔正字通〕。
【䠓】匋俗字。見〔正字通〕。

十二畫

【蹨】乃殄切音撚銑韻　㊀蹀跡也。見〔玉篇〕。㊁蹂一也。見〔廣韻〕。㊂蹈也。見〔集韻〕。㊃逐也。見〔集韻〕。
【蹨】忍善切音㞋銑韻　㊀續也。見〔廣韻〕。㊁執也。見〔廣韻〕。㊂緊也。見〔廣韻〕。

㈣踐也。見〔集韻〕。

【蹪】徒回切音積灰韻

蹪也。見〔廣雅釋言〕。躓也。〔淮南原道〕足—趎埳。〔按楚人讀躓爲—〕。仆也。見〔玉篇〕。

【蹫】訣律切音橘質韻

㈠疲皃。見〔玉篇〕。趫或字。〔集韻〕趫狂走。或从足。

【躓】陟利切音智寘韻

蹋也。見〔篇海〕。頓也。見〔篇海〕。跲也。見〔篇海〕。

【蹯】符分切音汾文韻

獸跡。見〔集韻〕。

【蹯】符袁切音煩元韻

掌也。〔左文元年傳〕請食熊—而死。

㈡足也。見〔廣雅釋獸〕。

㈢貍狐貙貐、其足—。見〔廣雅釋獸〕。

㈣番或字。〔集韻〕獸足謂之番。从采田象其掌。或作—。

【蹲】徂昆切音存元韻

㈠踞也。見〔說文〕〔王注〕當作居也。尸部、居—也、玄應引字林。踞、謂垂足實坐也、—猶虛坐也。〔按段本改作居也。刪踞篆〕。

㈡聚也。〔左成十六年傳〕—甲而射之。〔釋文〕徐在損反。一音才官反。

㈢—鴟。芋也。〔史記貨殖傳〕下有—鴟。〔按漢書作踆。徐廣曰。古—字作踆〕。

【蹲】七倫切音逡眞韻

㈠士舞也。見〔集韻〕。

㈡——。舞貌。〔詩伐木〕——舞我。〔又〕行有節也。〔漢書揚雄傳〕——如此。

【蹲】祖本切音劊阮韻

雉名。見〔集韻〕。

【蹲】粗本切音鱒阮韻

聚也。見〔集韻〕。

【蹲】趣允切軫韻

—循。緩意。見〔集韻〕。

【蹲】徂丸切音欑寒韻

躦或字。〔集韻〕躦躦跳。聚足。或作—。

【蹲】蹤倫切音遵眞韻

鶎或字。〔集韻〕鶎爾雅、雉西方曰鷷。或作—。〔按爾雅釋文。謝徂尊切〕。

【蹳】北末切音撥曷韻

㈠蹎—也。見〔說文〕。〔按鉉本跋下云。蹎跋也。王筠曰。小徐本作—。蹎—也。而路下又出跋篆。則後人以大徐本增之。按土部坺即國語之墢。以此推之。作跋爲是。玄應引蹎—也。則同小徐本。準王說。—即跋。正字通云。與跋同。惟他書—跋多各爲音義。參閱跋字〕。

㈡行也。見〔玉篇〕。

【蹳】北末切音撥蒲撥切音跋曷韻

足跋物也。〔漢書夏侯嬰傳〕常—兩兒棄之。

【蹳】普活切音鏺曷韻

癹或字。〔集韻〕癹以足蹋夷艸。或从足。

【蹴】七六切音蹙屋韻

㈠躡也。見〔說文〕。〔按王筠本作蹋也。注曰。玄應引此而說之曰。以足逆蹋之曰—〕。

㈡—鞠。兵勢也。所以講武知有材也。見〔後漢梁冀傳注〕。〔按劉向別錄曰。—鞠、傳言黃帝所作。或曰起戰國時〕。

㈢—蹴。打毬也。〔史記扁鵲倉公傳〕處後—蹴。〔按—蹴當即—鞠。篇海、蹴亦作鞠。亦作𨂿鞠、蹋蹴。唐音癸籤曰。唐變古—鞠戲爲—毬。其法植兩修竹高數丈。絡網於上爲門以度毬。毬工分左右朋。以角勝負〕。

【蹴】子六切音蹙屋韻

㈠躡也。〔孟子告子〕—爾而與之。

㈡逐也。見〔集韻〕。

【蹴】就六切音摵屋韻

—然。敬皃。見〔集韻〕。〔按禮記哀公問孔子—然避席而對〕。

【蹵】子六切音蹙屋韻〔蹴或字〕。

㈠躡也。見〔廣雅釋詁〕。

㈡—然。猶—踖也。〔孟子公孫丑〕曾西—然曰。〔又〕變色貌。〔莊子大宗師〕仲尼—然曰。

㈢通欶。〔說文欠部引孟子〕曾西欶然。

【蹶】居月切音厥其月切音蹷月韻姑衛切音劌霽韻紀劣切音撅屑韻

僵也。从足厥聲。一曰跳也。亦讀若橜。見〔說文〕〔按鉉本作—。鍇本作蹷。諸家各從之。經傳—蹷互見。音義無別。集韻—亦書作蹷。蹷亦書作—。是—蹷本一字也。今從鉉本作—。凡經傳蹷義皆合焉。〕

【蹶】居月切音厥月韻

㊀蹪也。〔後漢皇甫嵩朱儁傳〕茲遘屯—。

㊁跿也。見〔廣雅釋言〕。

㊂蹈也。〔文選揚雄賦〕—松柏。

㊃頓也。〔文選揚雄賦〕—浮靡。〔按漢書師古注。蹶也。蕭該音義曰。諸詮居衞反。鄭氏居月反。〕

㊄挫也。〔史記孫子吳起傳〕—上將。〔按索隱云猶斃也。〕

㊅拔也。〔漢書賈誼傳〕秦—六國。

㊆傾竭也。〔漢書食貨志〕何得不—。

㊇顚蹷也。〔荀子成相〕國乃—。

㊈敗也。見〔廣雅釋詁〕。

㊉逆疾也。〔呂覽盡數〕處足則爲痿爲—。〔按史記扁鵲倉公傳正義曰。—氣从下而起。上行外及心脅也。〕

(十一)—張。弩似足蹋者。〔漢書申屠嘉傳〕材官—張。

(十二)—然。驚也。〔莊子在宥〕成子—然而起。〔釋文〕其月反。又音厥。〔又〕疾貌。〔周書太子晉〕師曠—然起曰。〔又〕起也。〔史記酈生陸賈傳〕於是尉他迺—然起坐。〔按漢書師古注。驚起之貌。〕

【蹶】姑衞切音劌霽韻

㊀動也。〔詩緜〕文王—厥行。

㊁行遽貌。〔禮記曲禮〕足毋—。〔釋文〕又求月反。行急遽貌。

㊂短也。〔後漢王莽傳〕侈口—頞。

㊃嘉也。見〔爾雅釋詁〕。〔按廣韻又音撅。〕

㊄獪也。〔方言〕秦晉之閒曰獪。楚謂之劌。或曰—。〔按說文獪狡獪也。〕

㊅走也。〔文選潘岳賦〕或—或啄。〔按廣韻又音撅。〕

㊆—洩。苦棗。見〔爾雅釋木〕。

㊇——。敏也。見〔爾雅釋訓〕。〔又〕動而敏於事也。〔詩蟋蟀〕良士——。

㊈竭—。顚倒也。〔荀子儒效〕遠者竭—而趨之。

㊉通蹷。〔詩十月之交〕—維趣馬。〔漢書引作蹷。〕

(十三)姓也。〔詩韓奕〕—父孔武。

【蹶】居月切音厥其月切音橜月韻

㊀蹋也。距也。〔漢書敘傳〕是故魯連飛一矢而—千金。

㊁失腳也。見〔廣韻〕。

㊂倒也。〔左襄十九年傳〕是謂—其本。〔疏〕倒也。〔釋文〕又居衞反。

㊃速也。見〔廣韻〕。

【蹶】紀劣切音撅屑韻

有所犯災也。見〔廣韻〕。

【蹷】居月切音厥月韻

㊀獸名。〔淮南道應〕北方有獸。其名曰—。鼠前而兔後。〔注〕鼠前足短。兔後足長。故謂之—。遽吉按爾雅曰。西方有比肩獸焉。與邛邛岠虛比。爲邛邛岠虛齧甘草。即有難。邛邛岠虛負而走。其名謂之蟨。解字—作蟨。从虫。然則作—者別也。〔按—蟨形近似。故蟨別作—。當與蹶別。〕

㊁同蹶。詳蹶字。

【蹻】渠嬌切音喬蕭韻 訖約切音腳 極虐切音噱藥韻

舉足小高也。詩曰。小子——。見〔說文〕〔段注〕玄應引文穎曰。—猶翹也。大雅文。毛曰。——、驕貌。此引伸之義。〔按鍇注。小人得志驕矜之貌。春秋左傳曰。舉趾高。心不固矣。其雀反。王筠曰。居勺切。此引詩之音也。前義當去遙切。〕

【蹻】訖約切音腳藥韻

㊀健也。見〔廣雅釋詁〕。

㊁捷舉手足也。〔素問異法方宜論〕宜導引按—。

㊂草履也。〔史記平原君虞卿傳〕躡—擔簦。〔按漢書卜式傳注。即今之鞋也。〕

㊃——。憍也。見〔爾雅釋訓〕。〔注〕小人得志憍蹇之貌。〔釋文〕郭居夭反。案詩小雅小子——。音巨虐反。今依詩讀。〔又〕壯貌。〔詩崧高〕四牡——。

㊄人名。嚴—。見〔漢書古今人表〕。〔又〕莊—。〔呂覽跖與企足注〕企足、莊—也。大盜。

【蹻】拘玉切音臼沃韻 訖約切音腳藥韻 渠嬌切音喬蕭韻

山行所乘。以鐵如錐。施之屐下。〔

呂覽情欲〕｜然不固。〔注〕｜謂乘｜之。｜謂其流行速疾不堅固之貌。〔畢沅曰。注疑是讀乘｜之｜。禹山行乘橋亦作｜。類篇云。以鐵如錐施之履下。音腳。亦音喬。按集韻本作檋。亦作｜。〕

【蹻】牽幺切音鄡蕭韻舉天切音矯篠韻 舉足也。〔文選揚雄賦〕莫不｜足抗首。

【蹻】渠嬌切音喬蕭韻 翹也。〔漢書高帝紀〕亡可｜足而待也。

【蹻】舉天切音矯篠韻 。｜｜武貌。〔詩酌〕｜｜王之造。〔又〕彊盛也。〔詩泮水〕其馬｜｜。

【蹻】迄卻切音謔藥韻 踀也。趙曰杜山之東西曰｜。見〔方言〕〔注〕郄｜。燥踀貌。

【蹻】丘妖切音趫蕭韻 ㊀長｜。雙木續足戲也。〔宋書江夏文獻王傳〕公主王妃、冬會不得爲長｜透狹稱戲。〔按列子說符篇。宋有蘭子、以技干宋元君。以雙枝長倍其身。屬其脛。並趨並馳。此戲自戰國時有之矣〕 ㊁通蹻。〔通典〕後魏天興六年。增修雜戲。有長蹻。 ㊂蹺或字。〔集韻〕蹺舉趾謂之蹺。或作｜。

【蹩】蒲結切音[illegible]屑韻 ㊀踶也。一曰跛也。見〔說文〕〔按王筠依集韻引改跛作跂〕 ㊁｜躠。用心爲仁貌。〔莊子馬蹄〕｜躠爲仁。〔又〕旋行貌。見〔廣韻〕

【⿰足敝】匹篾切音撇屑韻 反足踶也。見〔集韻〕〔集韻。｜、蹩、音義各別。惟｜下云或書作蹩。而蹩下未云作｜。按｜蹩當爲一字。或書作者字體之變。廣韻、玉篇、韻會、皆無｜。類篇無蹩。字彙、正字通、｜同蹩。當不誤。今仍集韻音義分列｜蹩而疏明之。〕

【⿰足巽】須兗切音選銑韻區願切音券願韻須絹切音潠苦倦切音䊅霰韻 興或字。〔說文网部〕興。或从足巽。逸周書曰。不卵不｜。㠯成鳥獸。興者。𦂶獸足。故从足。〔按說文音思沇切。應歸銑韻。而廣韻銑韻不收｜字。霰韻｜同。興集韻銑韻及霰韻之須絹切。皆曰興或作｜。惟於銑韻引說文。至願韻及霰韻之苦倦切。亦訓罔也。而不言爲興或。或者於此兩讀則不爲興或也。今以義同。故合錄其音切而疏明之。〕

【⿰足敝】直列切音㯙屑韻 轍或字。〔集韻〕轍。迹也。或从足。

【⿰足敝】敕列切音屮屑韻 徹或字。〔集韻〕徹。通也。或从足。

【⿰足尋】居之切音姬支韻 踞也。見〔集韻〕

【⿰足單】典可切音𨅑哿韻 ｜｜小兒行態。見〔集韻〕

【⿰足單】丁賀切音跢箇韻 踣也。見〔集韻〕

【⿰足肅】先弔切音嘯嘯韻 行皃。見〔集韻〕

【⿰足爲】吾禾切音訛歌韻 吪或字。〔集韻〕吪。動也。或作｜。

【⿰足閒】丑犯切音毯豏韻 以足踏地歌也。〔揚雄賦〕｜凄秋。發陽春。〔正字通云。舊注音毯。引揚雄蜀都賦｜凄秋發陽春注、以足踏地而歌曰｜。踏地歌本作蹋。蹋與踏同。俗作蹹、｜、卽蹹之譌省。〕

【⿰足最】取外切音襊泰韻 行皃。見〔玉篇〕

【蹬】唐亙切音鄧徑韻 蹭｜也。見〔說文新附〕〔按蹭｜。失道也。〕

【蹬】丁鄧切音磴徑韻 登或字。〔集韻〕登。履也。或从足。

【蹬】都騰切音登蒸韻 登或字。〔集韻〕登。上車也。或从足。

【⿰足嵐】盧含切音婪覃韻 急行。見〔玉篇〕

【⿰足須】詢趨切音須虞韻 走也。見〔篇海〕

【⿰足尌】殊遇切音樹遇韻 尌或字。〔集韻〕尌。立也。持之也。或作｜。

【⿰足尌】重株切音廚虞韻 躕省字。〔集韻〕躕。踟躕。行不進也。

一曰。志往而行止。或省。

【踏】徒合切音沓合韻
蹓—也。見〔篇海〕。〔按康熙字典引類篇蹓—行跨貌。攷集韻類篇皆無—字。不知何所据。〕

【蹭】昨合切音雜合韻祖含切音簪徂含切音蠶覃韻
止也。見〔廣雅釋詁〕。

【蹭】七鄧切音蹭徑韻
—蹬。失道也。見〔說文新附〕。

【蹭】慈陵切音繒蒸韻
驓或字。〔集韻〕驓。馬四骹皆白。或从足。

【蹮】蘇前切音仙先韻
蹁—。旋行。見〔說文新附〕。〔又〕猶蹣跚也。見〔玉篇〕。

【躇】陳如切音除魚韻直加切音茶麻韻
峙—。不前也。見〔說文〕。〔王注〕峙—。詩靜女作踟躕。廣雅、—。止也。是—單字卽成義。

【躇】陳尼切音墀支韻
止不前也。見〔集韻〕。

【躇】直加切音茶麻韻
止也。見〔廣雅釋詁〕。

【躈】蘇干切音跚寒韻徐列切音踅屑韻
行皃。見〔篇海〕。

【蹕】逼密切音筆質韻
走也。見〔集韻〕。

【蹱】諸容切音鍾癰凶切音傭冬韻
蹱—。行不進皃。一曰。小兒行皃。見〔集韻引埤蒼〕。

【蹱】丑用切音惷宋韻
蹱—。不能行皃。見〔集韻〕。

【趩】蓄力切音敕職韻
趩或字。〔集韻〕趩。行聲。一曰。不行皃。或从足。

【蹸】良刃切音吝震韻
轢也。見〔說文〕〔段注〕車部曰。轢。車所踐也。〔按桂注文選作躪。李善云。躪、與—同。〕

【蹸】離珍切音鄰眞韻
—。行皃。見〔集韻〕。

【蹹】達合切音沓合韻

【蹹】蹓—。見〔廣韻〕。
達合切音沓歃盍切音闔合韻
蹋或字。〔集韻〕蹋。踐也。或作—。〔按集韻又作踏。或字。義同音別。類篇則以蹋重—。踏別出。互詳踏蹋字。〕

【蹺】丘袄切音趬蕭韻
舉趾謂之—。見〔集韻〕。

【蹺】牽幺切音鄡蕭韻
趬或字。〔集韻〕趬。行輕皃。一曰。趬、舉足也。或从足。

【躂】巨皎切篠韻
行也。見〔玉篇〕。

【蹭】力竹切音六屋韻
翹也。見〔篇韻〕。

【踢】他歷切音剔錫韻
謹也。見〔篇韻〕。

【蹶】乞逆切音郤陌韻五勞切音敖豪韻
步也。見〔篇韻〕。

【蹩】匹正切蒲迸切敬韻
蹁—。蹁地聲。見〔字彙〕。〔按集韻。蹁蹩。蹁地聲。—當爲蹩譌字。〕

【蹢】古蹢字。見〔集韻〕。〔按說文蹢作—。段本啻聲。〕

【踏】古踏字。見〔字彙補〕。

【蹭】同蹭。見〔字彙〕。

【蹕】同蹕。見〔篇海〕。

【跪】同跪。見〔篇海〕。

【蹳】同蹳。見〔篇韻〕。

【蹂】蹂或字。見〔集韻〕。

【蹓】踏或字。見〔集韻〕。

【蹩】蹩或字。見〔集韻〕。

【蹹】蹹或字。見〔集韻〕。

【蹼】蹼省字。見〔集韻〕。〔按玉篇作—。不收蹼。爾雅釋鳥釋文。蹼、本又作—。〕

【躅】蹢俗字。見〔字彙〕。

【躅】躅俗字。見〔正字通〕。

【蹚】踉俗字。見〔正字通〕。

十三畫

【躁】則到切音竈號韻

❶本作趮。〔說文走部〕趮。疾也。〔段注〕考工記羽豐則遲羽殺則—。鄭云趮旁掉也。按今字作—。

❷動也〔淮南主術〕人主靜漠而不—。

❸擧動急—。〔禮記曲禮〕狗赤股而—。

❹不安靜也。〔論語季氏〕言未及之而言謂之—。

❺暴急之人也。〔荀子富國〕—者皆化而愁。

❻速也。〔素問奇病論〕人迎—盛。

❼狡也。〔淮南原道〕其魂不—。

❽好變動民曰—。見〔周書謚法〕。

❾燥也。物燥乃動而飛揚也。見〔釋名釋言語〕。

❿擾也。〔國語齊語〕驕—淫暴。〔按此假爲譟〕

⓫離位之謂—。見〔韓非子喩老〕

【躅】廚玉切音蠋沃韻

❶蹢—也。見〔說文〕。〔按玉篇曰。蹢—。行不進也。〕

❷蹋也。〔周書太子晉〕師曠東—其足。

❸跼—。不安也。〔史記淮陰侯傳〕騏驥之跼—。不如駑馬之安步。

❹躑—。木名。〔本草綱目〕山躑—樹高三尺。花紅如血。

【躅】廚玉切音蠋沃韻直角切音濁覺韻

❶迹也。〔漢書敘傳〕伏孔周之軌—。

❷三輔謂牛蹄處爲—。見〔漢書敘傳注〕。

【躆】居御切音據御韻訖逆切音戟陌韻

❶以足據持也。〔漢書敘傳〕超忽荒而—顥蒼也。〔蕭該音義曰〕—、案字書無足旁處字。猶應是踞字。字書、踞。蹲也。巳恕反。師古曰音戟。

❷手據地也。見〔集韻〕。

❸動作也。〔太玄玄告〕天彊健而僑—。

【蹞】符袁切音煩元韻

❶番或字。見〔說文釆部〕〔按說文番。獸足謂之番。从釆田、象其掌。玉篇。—同蹯。玫廣韻集韻。—、蹯皆番或字。許書厽部說引爾雅其足—。今本作蹯。集韻曰。亦書作蹯、蹞。互詳蹯字。〕

❷足有文也。見〔廣韻〕。

【躇】陳如切音除魚韻

❶躇踏之貌。〔列子天瑞〕若—步跐踏。

❷躊—。猶豫也。見〔廣雅釋訓〕〔又〕徘徊也。〔後漢張衡傳〕拓若華而躊—。〔又〕猶躑躅也。〔後漢馮衍傳〕淹躊—而不去。〔又〕從容也。〔莊子外物〕聖人躊—以興事。

❸—。跱躊—。竦跱也。〔文選嵇康賦〕優遊—跱。

【躇】文呂切音宁語韻

躊—。進退皃。〔楚辭九辯〕蹇淹留而躊—。

【躇】遲據切音箸御韻

❶躊—。住足也。〔漢書李夫人傳〕哀裴回以躊—。

❷不進皃。〔集韻〕。

【躇】敕略切音辵藥韻

超遽也。〔公羊宣六年傳〕—階而走。

【躉】讀若頓

❶整數也。俗稱零—。

❷俗謂艤舟岸旁以備他舟來往囤積貨物者曰—船。

【躽】於殄切音蝘銑韻

行跡。見〔集韻〕。

【⿰足亶】他典切音腆銑韻

行皃。見〔玉篇〕〔按集韻類篇並作蹎或字。〕

【⿰足盍】悉盍切音匼合韻

——。行皃。見〔集韻〕。

【⿰足禁】居吟切音今侵韻巨禁切音禁沁韻

坐也。見〔集韻〕。

【躂】他達切音闥曷韻

足跌也。見〔玉篇〕。

【⿰足楚】莊助切音詛御韻

跙或字。〔集韻〕跙。行不正也。一曰。馬蹄痛病或作—。

【躄】必益切音辟陌韻

壁或字。〔集韻〕壁。人不能行也。或从足。

【躃】毗亦切音擗陌韻

仆也。見〔集韻〕。

【⿰足睪】達各切音鐸藥韻

跳足也。見〔篇海〕。

【蹞】丘癸切跬上聲紙韻
舉足也。見〔篇海類編〕。

【蹦】丑犯切音僩𧾷韻
跂足也。見〔玉篇〕。

【蹮】扃縣切音䋲霰韻
蹮或字。〔集韻〕蹮。疾跳也。一曰急也。或从足。

【蹩】蒲迸切音偋敬韻
蹩—。蹋地聲也。見〔集韻〕。〔按字彙作蹩。沿海篇譌。〕

【躤】呂蹹切音䜋蹹韻處占切音沾鹽韻
馬急行也。見〔玉篇〕。

【蹸】丘奇切音欹支韻
㕒或字。〔集韻〕㕒。㕒器也。或作—。

【躈】逵穢切音㣿隊韻
小溺也。一曰倦也。見〔集韻〕。

【躈】詰弔切音竅嘯韻
馬口也。〔史記貨殖傳〕馬蹴—千。〔索隱〕小顏云。—口也。蹴與口共千。則爲二百。

【躈】疾則切音賊職韻
踐害之也。見〔集韻〕。

【蹨】雖遂切音邃寘韻
深也。見〔篇海〕。

【蹪】陟利切音致寘韻
蹋也。見〔龍龕手鑑〕。

【蹪】知義切音智寘韻
頓也。見〔龍龕手鑑〕。

【趩】陟利切音輊寘韻
跳也。見〔奚韻〕。

【蹪】丑吏切音㕄寘韻
在後也。見〔川篇〕。

【蹬】徒登切音滕蒸韻
蹬—。行皃。見〔篇海類編〕。〔按集韻類篇䞶音義並同當卽䞶之譌。〕

【躄】同躃。見〔集韻〕。

【躐】同蹋。見〔篇海〕。

【蹝】同蹝。見〔篇韻〕。

【蹻】蹻或字。見〔集韻〕。

十四畫

【躞】測角切音㲋覺韻
(一) 行也。見〔集韻〕。
(二) 行疾也。見〔同文舉要〕。〔按正字通云。正韻入聲六藥不收—。按疾行爲—。譔與說文猋馬爲蠡。籀文雷作靁同。不必從。〕

【躖】杜管切音斷旱韻
(一) 本作蹨。〔說文〕蹨。踐處也。从足。斷省聲。〔段注〕此與疃同義。田部曰。疃。禽獸所踐處也。王逸九思。鹿蹊兮疃疃。亦作斷。按祗云踐處。別於疃字。專屬禽獸。不云𢿱聲者。𢿱、古文絕也。〔按𢿱、古文絕。𢿱、古文繼。从𢿱之字隸多作𢿱。誤。〕
(二) 行迷也。見〔玉篇〕。

【躖】士綴切音䠁旱韻
躖或字。〔集韻〕躖。禽獸所踐處。或作—。

【躋】牋西切音齎齊韻子計切音霽霽韻
(一) 登也。商書曰。予顚—。見〔說文〕。〔段注〕今尙書作隮。注家云。顚隕隮墜。按升降同謂之—。猶治亂同謂之亂。
(二) 升也。〔詩蒹葭〕道阻且—。
(三) 墜也。見〔集韻〕。
(四) 同隮。見〔廣韻〕。

【躍】弋灼切音藥藥韻
(一) 迅也。見〔說文〕。
(二) 跳也。〔孟子告子〕搏而—之。
(三) 上也。見〔爾雅釋詁〕。
(四) 進也。見〔廣雅釋詁〕。
(五) 暫起之言。〔易乾〕或—在淵。
(六) 心動也。〔梁簡文帝啟〕傚心疎—。
(七) 貴也。〔漢書食貨志〕畜積餘贏以稽市物痛騰—。
(八) 距—。超越也。〔左僖二十八年傳〕距—三百。〔疏〕舉身向上之言。
(九) ——。迅也。見〔爾雅釋詁〕。

【躍】他歷切音逖錫韻
跳疾也。〔詩巧言〕——毚兔。

【躊】陳留切音儔尤韻
—躇也。見〔玉篇〕。〔詳躇字〕。

【躄】牽盈切音卿庚韻牽正切音輕敬韻詰定切音磬徑韻
一足行皃。見〔玉篇〕。〔按桂馥說文義證云。本書𧾷、𧾷若春秋傳「而乘他車。」案昭二十六年左傳作𧾷。杜注。𧾷、一足行。馥謂杜預本作—。故訓一足行。後轉寫變爲𧾷。玉篇、—。一足行皃。廣韻、—。一足跳行。五經文字、𧾷。金聲也。又一足行皃。

—文二義。是唐本已脫—字矣。〕

【蹮】卑眠切音邊先韻　行不正也。見〔字彙〕。

【蹡】秦昔切音籍䗖亦切音席陌韻慈夜切音藉禡韻　蹡省字。〔集韻〕蹡。踐也。或省。

【𨆪】才候切音剽宥韻　醉行皃。見〔集韻〕。〔按廣韻引埤蒼作醉倒皃。〕

【蹼】博木切音卜屋韻　鳧鴈足間相連著爲—。〔爾雅釋鳥〕鳧鴈醜、其足—。〔注〕腳指間有幕—屬相著。

【蹹】託合切音錔合韻　足重皃。見〔集韻〕。

【蹋】達合切音沓合韻　踏或字。〔集韻〕踏。足趾重也。或作—。

【躌】文甫切音舞麌韻　踐也。見〔篇海〕。

【𨆛】皮孕切凴去聲徑韻　—躘。蹋地聲也。見〔集韻〕。

【躎】奴典切音碾銑韻　蹈也。見〔篇海〕。

【𨇤】普火切音頗哿韻　跛足不正也。見〔篇海〕。

【𨇨】鄔本切音穩阮韻　㥯或字。〔集韻〕㥯。安也。或从足。

【𨂶】同蹸。見〔唐韻〕。

【𨇓】蹇俗字。見〔正字通〕。

十五畫

【躐】力涉切音獵葉韻　㈠踰越也。〔禮記學記〕學不—等。㈡跋前行曰—。〔爾雅釋言〕跋—也。㈢踐也。〔楚辭國殤〕淩余陣兮—余行。㈣持也。〔後漢崔駰傳〕—纓整襟。

【𨇶】唐亙切音鄧徑韻　㈠失臥也。見〔篇海〕。㈡極也。見〔篇海〕。

【躔】澄延切音廛先韻　㈠踐也。見〔說文〕。〔注〕星之—次。星所履行也。〔按方言日運爲—。月運爲逡。又呂覽圜道篇月—二十八宿。是日月踐歷度次。通謂之—。〕㈡行也。見〔廣雅釋詁〕。㈢徑也。〔漢書律曆志〕—離弦望。㈣舍也。〔漢書律曆志〕日月初—星之紀也。〔孟康曰、—舍也。二十八舍列在四方。日月行焉。起於星紀而又周之。猶四聲爲宮紀也。〕㈤歷行也。〔文選左思賦〕未知英雄之所—也。㈥息也。〔文選張衡賦〕—建木於廣都兮。㈦處也。亦次也。見〔文選謝莊賦注〕。

【躔】澄延切音廛先韻丈善切音紾銑韻　腳所踐也。〔爾雅釋獸〕麋、其迹—。

【躔】丈善切音紾銑韻　㈠迹也。見〔廣雅釋詁〕。㈡循也。見〔方言〕。㈢邅或字。〔集韻〕邅。移行也。一曰循也。或作—。

【𨇨】苦謗切音壙漾韻　路曠遠也。見〔集韻〕。

【躑】直炙切音擲陌韻　蹢或字。〔集韻〕蹢。說文、住足也。或曰蹢躅。賈侍中說足垢也。亦作—。

【躒】力角切音犖覺韻　逴也。超絕也。〔文選班固賦〕逴—諸—。

【躒】歷各切音洛藥韻狼狄切音秝錫韻　㈠動也。見〔玉篇〕。㈡人名。〔左昭九年傳〕使荀—佐下軍。

【躒】弋灼切音藥藥韻　躍或字。〔集韻〕躍。迅也。或从樂。

【躒】狼狄切音秝錫韻　趯或字。〔集韻〕趯。動也。或作—。

【𨇽】爾紹切音擾篠韻　—躟。足動也。見〔集韻〕。

【躓】陟利切音致寘韻職日切音質質韻　㈠跲也。詩曰載—其尾。見〔說文〕。〔按謝靈運還舊園詩李善注引作跌也。今詩豳風作疐。—之假借也。〕㈡礙也。〔列子說符〕其行足—株埳。㈢仆也。〔文選馬融賦〕馳趣期而赴

｜。(四)事不利曰｜見〔一切經音義引通俗文〕。(五)蹎也見〔廣雅釋詁〕。(六)頓也見〔文選王褒賦注〕。(七)行倒蹶也見〔禮中庸言前定則不跲疏〕。(八)猶止也〔易訟釋文〕窒、馬作咥。云讀爲｜猶止也。

【蹟】張尼切音胝支韻　胝或字〔集韻〕胝。胝也。一曰繭也。或作｜。

【𨇤】薄報切音暴號韻　行皃。見〔集韻〕。

【𨆼】落蓋切音賴泰韻　跛行皃見〔玉篇〕。

【躕】重株切音廚虞韻　踟｜。見〔玉篇〕。

【𨇽】陟利切音致寘韻　疐或字〔集韻〕疐。疐礙不行也。或从足。

【𨇯】測角切音娕覺韻　(一)齒相近聲。見〔玉篇〕。(二)齪或字。〔集韻〕齪。齪齺迫也。或作｜。

【𨇴】初六切音蹙屋韻　謹慎皃。見〔玉篇〕。〔按廣韻。廉謹皃集韻齊謹也。〕

【𨈏】徒管切音斷旱韻　踐處也。見〔說文遺文〕。〔按音義並同蹍疑譌字。〕

【蹻】訖約切音脚藥韻　超走也。見〔川篇〕。

【躐】蹦本字。見〔說文〕。

【蹭】蹟本字。〔五經文字〕｜、經典相承作蹟。

【𨇦】同蹴。見〔正字通〕。

【蹟】·同蹠。見〔玉篇〕。〔按集韻書作蹟。互詳蹟字。〕

十六畫

【躏】良刃切音吝震韻　(一)蹂｜。見〔廣韻〕。(二)同躪。蹸轢也。見〔玉篇〕。

【𨇺】相然切音仙先韻　同蹮。舞皃。見〔廣韻〕。

【躘】㑀勇切音隴𨻫韻　行正也。見〔集韻〕。

【躘】良用切音矓宋韻　｜踵。不能行皃。一曰強舉。見〔集韻〕。

【躘】力鍾切音龍冬韻　｜踵。小兒行皃。見〔玉篇〕。〔按集韻作行皃。〕

【𨇨】落蓋切音賴泰韻　跛也。一曰。｜蹞。邪行。見〔集韻〕。

【𨈆】凌如切音𨻫魚韻　傳也。一曰。上傳語告下爲｜。見〔集韻〕。

【𨈊】于歲切音衛霽韻　衛也。見〔說文〕。〔段注〕當云｜踶也。牛部衛下云。牛踶衛也。然則｜衛義略同。

【𨈋】呼怪切音喟戶快切音話卦韻　過也。〔左哀二十四年傳〕是｜言也。〔釋文〕謂過謬之言。服云。僞不信言也。字林作衞。云夢言意不慧也。音于例反。

【𨈌】丑犯切音僴𨅊韻　跧足望也。見〔廣韻〕。〔玫字或作蹦、蹦。按丑犯切當爲閻聲。字當从臽。从臿从臽字故不錄。〕

【𨈍】狠狄切音歷錫韻　足所經踐也。見〔集韻〕。

【𨈎】盧東切音籠東韻　｜踪。行皃。見〔集韻〕。

【躛】姑衞切音劌霽韻　蹶或字。〔集韻〕蹶。偃也。一曰。跳也。或从衞。

【躦】蹟本字。見〔篇海〕。

【𨈐】同騰。見〔字彙〕。

十七畫

【𨈑】相然切音僊先韻　(一)跰｜。行步攲危之皃。見〔六書故〕。(二)蹮或字。〔集韻〕蹮。跰蹮。猶蹣跚也。或作｜。

【躞】悉協切音燮葉韻　(一)｜蹀。行皃。見〔集韻〕。〔又〕躞進速步皃。見〔六書故〕。(二)軸心也。〔米芾書史〕隋唐藏書。皆金題玉｜。

【踚】弋灼切音約藥韻
登也。見〔方言〕。
拔也。見〔玉篇〕。
履也。見〔廣雅釋詁〕。
㊃行也。見〔集韻〕。
㊄同躪。〔方言〕躪拔也。行也。〔音義〕一作—。
㊅同躍。見〔方言箋疏〕。

【⿱薛足】桑葛切音薩曷韻
跋—。行皃。見〔廣韻〕。躃或字。〔集韻〕躃跋行不正也。或作—。

【躟】如陽切音穰陽韻
㊀儴—。惶劇也。見〔爾雅釋詁〕。
㊁疾行貌。見〔文選傅毅賦注〕。
蹍—。行遽也。見〔集韻〕。
㊃通攘。〔楚辭九辯〕逢此世之俇攘。〔五臣注〕發懼皃。一作迋—。

【躟】汝兩切音壤養韻
—。疾行。見〔集韻〕。

【躝】郎干切音闌唐干切音壇寒韻
踰也。見〔玉篇〕。

【⿰足韱】叉鑑切音懺陷韻
行皃。見〔集韻〕。

【躠】私列切音薛屑韻
蹩—。旋行皃。亦書作⿱薛足。見〔集韻〕。

【⿰足毚】仕懺切音饞陷韻
行皃。見〔集韻〕。

【蹞】犬縈切音頍紙韻
跬或字。〔集韻〕跬半步也。或作—。〔按今字作跬〕。

【⿰足卷】同蹮。見〔字彙補〕。

【⿰足蹇】蹇俗字。見〔正字通〕。

十八畫

【⿰足雚】逵員切音權先韻
㊀曲也。脊行也。見〔廣韻〕。
㊁跧或字。〔集韻〕跧跧跼不伸也。或从萑。

【躡】呢輒切音聶葉韻
㊀蹈也。見〔說文〕。
㊁履也。見〔廣雅釋詁〕。
㊂至也。〔淮南覽冥〕徑—都。
㊃踵也。〔唐書裴度傳〕勞問相—。
㊄登也。自關而西秦晉之間曰—。見〔方言〕。
㊅急也。見〔方言〕。
㊆—之言疾也。〔文選曹植七啟〕忽—景而輕騖。
㊇—蹀。小步也。〔文選張衡賦〕羅襪—蹀而容與。

【躣】欋俱切音劬虞韻
㊀行皃。見〔說文〕。
㊁——。行貌。〔楚辭九辯〕右蒼龍之——。

【⿰足雙】疏江切音雙江韻
跭—。竦立也。見〔集韻〕。

【⿰足邊】畀眠切音邊先韻
趾不正也。見〔集韻〕。

【躤】慈夜切音藉禡韻秦昔切音籍陌韻
踐也。〔史記司馬相如傳〕人民之所蹈—。

【躖】同⿰足𢇍。〔楚辭悼亂〕鹿蹊兮——。〔王逸注〕一作⿰足𢇍。

【⿰足䜌】同蹴。見〔篇海〕。

【⿰足闕】蹶或字。見〔說文〕。

【⿰足閵】躙或字。見〔集韻〕。

十九畫

【躍】鄰知切音離支韻所綺切音縰紙韻
㊀舞履也。見〔說文〕。
㊁步也。見〔集韻〕。

【躧】所綺切音縰紙韻所蟹切音灑蟹韻所寄切音縰寘韻
㊀草履也。〔國策燕策〕猶釋敝—。
㊁小履之無跟者。〔漢書地理志〕女子彈弦跕—。
㊂履不著跟曰—。〔漢書雋不疑傳〕—履起迎。〔師古注〕謂納履未正。曳之而行。言其遽也。
㊃徐行皃。〔文選司馬相如賦注〕引蒼頡。
㊄蹁也。見〔莊子讓王引三蒼解詁〕。
㊅周屣。見〔漢書地理志顏注〕。
㊆同蹝。〔文選司馬相如賦〕蹝履起而彷徨。〔注〕蹝與—音義同。

【⿰足麗】所寄切音灑寘韻
屣或字。〔集韻〕屣履不躡跟。一曰。徐行不履。或作—。

【躩】厥縛切音矍屈縛切音蘧藥韻

(一)足—如也。見〔說文〕。〔按論語鄉黨包注—盤辟貌。〕
(二)跳也。〔漢書司馬相如傳〕—以連卷。
(三)速皃。見〔論語鄉黨皇疏〕。
(四)行疾也。〔莊子山木〕蹇裳—步。〔李讀驅碧反〕

【躦】徂丸切音攢寒韻
—跣。聚足。見〔集韻〕。

【躦】才何切音醝歌韻
蹉或字。〔集韻〕蹉。踏也。或从贊。

【躩】虧碧切陌韻
足皃。見〔集韻〕。

【[⻊靡]】母被切音靡紙韻
行皃。見〔集韻〕。

【[⻊䜌]】閭員切音攣先韻
—踠足病也。見〔集韻〕。

【[⻊羅]】郎左切音邏箇韻
踒—猗跚蹬也。見〔集韻〕。

二十畫

【躨】渠嬀切音逵支韻
—跜。蚪龍動皃。見〔玉篇〕。

【躝】同躪。〔文選班固賦〕蹂—其十二三。〔注〕蹂、躪也。—與躪同。

二十一畫

【[⻊屬]】廚玉切音蠋沃韻
同躅。躊躅也。見〔玉篇〕。

【[⻊屬]】珠玉切音斸沃韻
行謹皃。見〔集韻〕。

【[⻊藏]】子六切音蹙屋韻
廹也。急也。近也。見〔玉篇〕。

【[⻊蕃]】蹣或字。〔集韻〕蹣。登也。一曰行也。或从蕃。

二十二畫

【[⻊疊]】達協切音牒葉韻
走聲也。見〔玉篇〕。

【[⻊䕫]】躨本字。見〔正字通〕。

二十三畫

【[⻊蕃]】蹣或字。見〔集韻〕。

※走部※

【走】子口切奏上聲有韻
(一)本作歨。〔說文〕歨。趨也。从夭止。夭者、屈也。〔段注〕釋名曰。徐行曰步。疾行曰趨。疾趨曰—。此析言之。許渾言不別也。今俗謂—。徐趨疾者非。天部曰。夭、屈也。止部曰。止爲足。从夭止者。安步則足胻較直。趨則屈多。
(二)去也。〔國策秦策〕三國疾攻楚。楚必—。
(三)往也。〔儀禮士相見〕某將—見。
(四)奔也。〔呂覽權勳〕齊王—莒。
(五)至也。〔莊子達生〕高門縣薄。無不—也。
(六)歸也。〔呂覽蕩兵〕民之號呼而—之。
(七)出也。〔儀禮士相見〕將—見先見之。
(八)竝馳也。〔荀子解蔽〕是以與治雖—。而是己不輟也。
(九)—之也。〔漢晉春秋〕死諸葛—生仲達。
(十)訶叱使退也。〔史記朱建傳〕酈生瞋目案劒叱使者曰—。
(十一)猶僕也。〔文選司馬遷書〕太史公牛馬—。
(十二)我也。見〔小爾雅廣言〕。〔疏〕左氏襄三十年傳云吏—問諸朝。陸德明本吏作使。謂—、使之人也。故古人凡自稱多曰—。戰國策齊劝謂田己曰。—弟子年十二。張衡東京賦云。—雖不敏。
(十三)中庭謂之—。見〔爾雅釋宮〕。
(十四)—卒。伍伯之類也。〔後傳虞詡傳〕以—卒錢給貸貧人。
(十五)—集。邊境之壁壘也。〔左昭二十三年傳〕險其—集。
(十六)—情。猶去志也。〔南史張暢傳〕城內乏食。百姓咸有—情。
(十七)—作。言差失也。〔朱子語錄〕開此一線路。恐學生因以藉口。小小—作。

【走】則候切音奏宥韻
(一)疾趨也。見〔集韻〕。〔按大戴記。諸侯遷廟。在位者皆反—。辟。注云。—、疾趨也。〕
(二)奏也。促有所奏至也。見〔釋名釋姿容〕。〔疏證〕詩緜云。予曰有奔奏。釋文云。奏、本又作—。然則—與赱音義同。

❸趨也〔淮南說林〕漁者—淵。木者—山。

❹趣向也〔漢書灌夫傳〕復還—漢壁。

一畫

【𧺆】走本字見〔說文〕。

【𧺆】同赳。見〔篇韻〕。

二畫

【赳】吉酉切音糾有韻

❶輕勁有才力也。見〔說文〕〔段注〕周南傳曰。—武皃。釋訓。洸洸、—武也。

❷材也。見〔廣雅釋詁〕〔疏證〕曹憲音糾。各本脫去—字。今補。

【赳】吉幼切音糾宥韻

—螑。龍中頸行皃見〔集韻〕。〔按史記司馬相如傳。沛艾—螑。集解引漢書音義。—螑。申頸低昂也〕

【又】牙跳也。見〔史記索隱引張揖〕

【赴】芳遇切音訃遇韻

❶趨也。見〔說文〕〔注〕一心趨向之也。〔按釋名釋姿容。趨。—也。所期也〕

❷至也。見〔爾雅釋詁〕〔義疏〕說文云。趨也。儀禮注云。—、走告也。走趨相告。義皆爲至。聲亦與傳近。詩亦傳于天。鄭箋。傳、至也。

❸入也。〔呂覽知分〕於是—江刺蛟。

❹疾也。見〔小爾雅廣詁〕〔疏〕禮記。毋—往。鄭注。—、疾也。〔按少儀。毋拔來。毋報往。注云。報、讀爲—疾之—。拔、—。皆疾也〕

❺奔也。〔孟子梁惠王〕皆欲—愬於王。

❻蹈也。〔莊子秋水〕—水則接腋持頤。

❼節相越也。〔文選張衡賦〕紛縱體而迅—。

❽趨就也。見〔六書故〕

❾告也。〔儀禮士喪禮〕乃—于君。〔注〕今文—作訃。〔按段玉裁云。古文訃告字祇作—者。取急疾之意。今文从言。急疾意轉隱矣。故言部不收訃字者。从古文不从今文也。凡許於禮經。从今文則不收古文字。如口部有名、金部無銘。是也。从古文則不收今文字。如—是也。禮記作訃不作赴者。禮記多用今文禮也。左傳作—者。左邱明述春秋傳以古文。故與古文禮同也〕

❿同趕。〔玉篇〕趕。疾也。及期也。亦作—。〔按段玉裁云。—趕皆即爲字。今字爲趕。皆廢矣〕

【赲】六直切音力職韻

—趩。行皃。見〔集韻〕。〔龍龕手鑑音力㷆反〕

【𧺇】吉酉切音糾有韻

武也。見〔龍龕手鑑〕。〔按字彙音救。訓龍行。蓋即赳之形譌〕

【𧺈】音疫陌韻

走貌。見〔龍龕手鑑〕

三畫

【赶】渠言切音揵元韻

❶舉尾走也。見〔說文〕〔桂注〕通俗文。舉尾走曰—。

❷馬走也。見〔類篇〕

❸走也。謂逡巡曲也。〔管子君臣〕心道進退而刑道滔—。

【赶】其月切音橛月韻

舉尾走也。見〔集韻〕。

【赶】古旱切音稈旱韻

追逐也。今作趕。見〔正字通〕。

【赺】其訖切音欯居乙切音訖物韻

❶本作趌。〔說文〕趌。直行也。〔注〕去無回慮也。〔按說文解字斠詮云。今迄字。詩以迄于今〕

❷行皃。見〔玉篇〕

【起】口己切音杞紙韻

❶能立也。从走。巳聲。見〔說文〕〔段注〕—本發步之稱。引伸之訓爲立。又引伸之爲凡始事凡興作之稱。五經文字云。从辰巳之巳。是字鑑从戊己之己。非也。〔按桂注云。玉篇。巳、—也。晉樂志。巳、—也。白虎通五行篇。太陽見於巳。巳者物必—〕

❷啟也。啟一舉體也。見〔釋名釋言語〕

❸興也。〔呂覽直諫〕百邪悉—。

❹發也。〔論語八佾〕—予者商也。

❺作也。〔禮記禮運〕可以義—也。

❻舉也。〔國策秦策〕—樗里子於國。

(七)動也。〔易姤〕包无魚。—凶。
(八)走也。〔呂覽論威〕則知所免—鳧舉。
(九)飛也。〔文選謝朓詩〕鶻—登吳山。〔注〕莊子曰。失時則鶻—。司馬彪曰、—飛也。
(十)豎也。〔素問皮部論〕泝然—毫毛。〔注〕謂毛—豎也。
(十一)出也。〔廬山記〕東南有香爐峯。孤峯秀—。
(十二)始也。〔禮記樂記〕凡音之—。
(十三)植也。〔漢書眭弘傳〕僵柳復—。
(十四)扶持也。〔國語晉語〕世相—也。
(十五)出身也。〔漢書蕭何曹參傳贊〕蕭何曹參皆—秦刀筆吏。
(十六)猶行也。〔禮記孔子閒居〕氣志既—。
(十七)猶更也。〔禮記內則〕—敬—孝。
(十八)猶生也。〔國語吳語〕緊—死人而肉白骨也。
(十九)愈病曰—。〔後漢鄭玄傳〕—廢疾。
(二十)始事曰—。〔史紀項羽紀〕君—江、東。
(廿一)坐而興曰—。〔禮記曲禮〕請業則—。請益則—。〔注〕摳衣前請也。
(廿二)拜而興曰—。〔漢書黃霸傳〕雖老尚能拜—。
(廿三)臥而興曰—。〔禮記內則〕孺子早寢晏—。
(廿四)無廢事業曰—。〔書益稷〕元首—哉。
(廿五)價高於市曰—。〔素問五常政大論〕白—金用。
(廿六)建造宮室曰—。〔漢書郊祀志〕武帝—建章宮。
(廿七)計人或事物之辭如一舉俗云一—。一次亦曰一—。
(廿八)演劇、某腳飾何人亦曰—。
(廿九)—伏。卽倚伏也。〔文選顏延之詩〕百代勞—伏。
(三十)—居。猶舉事動作也。〔禮記儒行〕雖危—居。竟信其志。〔又〕猶動靜也。見〔家語儒行注〕。〔又〕動止之綱紀也。〔素問上古天眞論〕—居有常。〔又〕—居注。—居郎。—居舍人。並漢官名。—居注、迄淸猶有此稱。
(卅一)決—。疾—也。〔莊子逍遙遊〕我決—而飛。
(卅二)橋—。言所—之勁疾也。〔莊子則陽〕欲惡去就。於是橋—。
(卅三)蠭—。猶言蠭午也。〔史記項羽紀〕楚蠭—之將。
(卅四)搖—。搖動也。〔楚辭抽思〕願搖—而橫奔兮。
(卅五)姓也。見〔何氏姓苑〕。

【趆】直知切音馳支韻
走也。見〔玉篇〕。

【䞓】市玉切音屬沃韻
晉時四公子名。見〔玉篇〕。

【𧺆】倉來切音猜灰韻　初皆切音差佳韻
疑之。等—而去也。見〔說文〕。〔段注〕等、讀若躉。等—、疊韻字。濡滯之皃。疑之。故等—而去。〔按龍龕手鑑引說文。疑也。錢坫說文斠詮云。此猜疑字。猜、則猜恨字也。又按玉篇、千才楚皆二切。義同說文。類篇亦然。今從之〕

【𧺇】初皆切音差　初佳切音釵佳韻
起也。見〔集韻〕。

【赿】才恤切音捽質韻
擢走也。正作捽。見〔篇韻〕。〔按龍龕手鑑云。正作踤。推—也。〕

【赵】渠盈切音擎庚韻　牛刀切音敖豪韻
獨行貌。見〔篇韻〕。

【赸】所晏切音訕諫韻
跳躍也。見〔篇韻〕。

【𧺀】同徒。見〔正字通〕。

四畫

【䞑】葵營切音瓊庚韻
(一)獨行也。从走勻聲。讀若煢。見〔說文〕。〔注〕詩云。獨行煢煢。本作此字。
(二)䞑或字。見〔集韻〕。

【趛】古三切音甘覃韻　魚錦切吟上聲寑韻
(一)低頭疾趨也。見〔字彙〕。〔按玉篇。古藍牛錦二切。〕
(二)趛—。走皃。見〔篇海〕。

【䞘】丘甚切音㯤寑韻
趛或字。〔集韻〕低首疾趨謂之趛。或从今。〔按正字通云。同趛。說文。趛低頭疾行也。疑張說爲正。玉篇有音無訓。集韻覃韻不收䞘字。寑韻—趛竝收。未知何據。〕

【𧺤】丑亦切音尺陌韻
(一)超也。見〔玉篇〕。
(二)行也。見〔字彙〕。

【𧺆】作答切音帀合韻
走皃。見〔玉篇〕。
𧺶—。走急皃。見〔集韻〕。

【𧻓】他候切音透宥韻
走也。見〔玉篇〕。
㊁自投也。見〔集韻〕。
出也。見〔字彙〕。
㊃毀或字。見〔廣韻〕。

【𧻚】營隻切音役陌韻
趥—。走皃。見〔集韻〕。

【赹】渠尤切音求尤韻
㊀足不伸也。見〔集韻〕。
或作趜。見〔集韻〕。

【𧺻】翹移切音祇支韻
緣大木也。一曰行皃。見〔說文〕。〔注〕臣鍇按蟲行曰蚑。行謂四足隨高下。透迤其背豸豸然。人之緣木有似於此。故曰—足則足屈。亦有類也。
猱升木皃。見〔集韻〕。
㊂—麀走也。見〔玉篇〕。
㊃通伎。〔詩小弁〕惟足伎伎。
㊄通跂。〔漢書東方朔傳〕跂跂脈脈善緣壁。

【𧺻】去倚切音綺紙韻
㊀行皃。見〔廣韻〕。
㊁或作趌。見〔集韻〕。

【𧺻】去智切音企寘韻
㊀——。行也。見〔廣雅釋訓〕。〔疏證〕說文。—。行皃。重言之則曰——。小雅小弁篇毛傳云。伎伎。舒皃。漢書東方朔傳跂跂。謂蟲行皃也。義並與—同。〔按曹憲音企。又巨支反。集韻寘韻引〕。
㊁緣木行皃。見〔集韻〕。

【赻】蘇典切音銑銑韻
㊀走不及也。見〔字彙〕。
㊁鮮或字。〔韻會〕鮮亦作—。古文易。—不及矣。

【赽】古穴切音玦屑韻
㊀踶也。見〔說文〕〔注〕踶、猶蹋也。
㊁走也。見〔玉篇〕。
㊂疾也。見〔廣雅釋詁〕〔疏證〕說文。—、踶也。趹、馬行皃。史記張儀傳。探前趹後。索隱云。言馬之走勢疾也。趹與—同義。
㊃馬疾行也。見〔廣韻〕。

【赽】涓惠切音桂霽韻
趧—。走皃。見〔集韻〕。

【赾】口謹切音听吻韻
㊀行難也。見〔說文〕〔段注〕按今人靳固字當作此—字。
㊁難也。見〔廣雅釋詁〕。
㊂行謹皃。見〔玉篇〕。
㊃跛行皃。見〔廣韻〕。

【赾】几隱切音謹吻韻
慎也。見〔類篇引說文〕〔按說文解字斠詮云。—、即謹於行字。〕

【趄】于聿切音驕質韻
走也。見〔玉篇〕。

【赺】他感切音喊感韻
—踔。行進退也。見〔集韻〕。

【𧺝】蒲撥切音跋曷韻
同跡。行皃。見〔廣韻〕。

【𧺯】將容切音蹤冬韻
急行也。見〔廣韻〕。

【𧺟】汪胡切音烏虞韻
東夷舞也。見〔篇海〕〔按字彙云。疑趨字之譌〕

【䞕】丑世切音憏霽韻
超也。見〔篇韻〕。

【𧺐】斯爾切音徙紙韻
移也。見〔篇韻〕。

【𧺑】立起切音里紙韻
淺渡也。見〔龍龕手鑑〕〔按疑䞁字之譌。說文。䞁。淺渡也。雌氏切。〕

【趆】丁計切音帝霽韻
走也。一曰窮也。見〔龍龕手鑑〕。

【𧺼】趁本字。見〔說文〕。

【趖】同趣。〔石鼓文〕——六馬。

【赿】同越。見〔篇海〕。

【𧺤】趛或字。見〔龍龕手鑑〕。

【赼】趑俗字。見〔正字通〕。

五畫

【𧺥】敕律切音黜質韻
㊀走皃。見〔玉篇〕。
㊁走出也。見〔集韻〕。

【趁】丑忍切音疢震韻
㊀邅也。見〔說文〕〔桂注〕本書。駗驙。馬載重難行也。集韻。—邅行不進皃。

●二自後及之也。〔文同詩〕爭奔遞追一。
●三闕西以逐物爲一。見〔纂文〕。〔按柳宗元詩綠荷包飯一墟人。義同。一墟、猶赶集也。〕
●四乘也。乘時、乘勢。俗言一早、一勢。又附人舟車曰一船、一車。亦此意。
●五或作趂。見〔集韻〕。

【趁】池鄰切音陳眞韻
●一蹀也。見〔玉篇〕。
●二履也。見〔玉篇〕。
●三越履也。見〔廣韻〕。
●四邅也。見〔集韻〕。
●五或作跈。見〔集韻〕。

【趁】尼展切音蹍銑韻
●一踐也。見〔集韻〕。
●二或作跈、蹍、跟。見〔集韻〕。

【趁】知鄰切音珍眞韻
一邅。行不進皃。見〔集韻〕。〔按說文邅下段注云。一邅卽屯六二屯如邅如。馬融云。難行不進之皃。邅、俗本作邅。〕

【趁】丑忍切音疢止忍切音袗袗韻
走謂之一。見〔集韻〕。

【趁】乃殄切音撚銑韻
蹨或字。〔集韻〕蹨、蹈也。逐也。或作一。

【趃】符勿切音弗物韻芳未切音費未韻
●一走皃。見〔玉篇〕。〔說文作趉。詳趉字。〕
●二跳也。見〔集韻〕。

【趄】匹陌切音拍陌韻
●一趏也。見〔集韻〕。
●二猶越也。〔文選郭璞賦〕一漲截洞。

【越】蒲撥切音拔曷韻
●一同趚。見〔廣韻〕。〔按集韻以一爲迹或字。〕
●二同魃。見〔篇海〕。

【趄】千余切音疽魚韻
●一趑一也。見〔說文〕。〔桂注〕此文徐鉉所加。〔參閱趑趑二字注〕。
●二或作且。見〔集韻〕。〔按易夬其行次且。鄭康成本作趑一。王肅本作趑一。〕
●三或作跙。見〔集韻〕。〔按易夬釋文。次且。或作跛跙。太玄更馴馬跙跙。注云。跙、不順也。〕

【超】穠宵切音恌蕭韻
●一跳也。見〔說文〕。〔按左傳三十三年傳。一乘者三百乘。孟子挾泰山以一北海。均此義。〕
●二一遠也。東齊曰一。見〔方言〕。
●三卓也。舉腳有所卓越也。見〔釋名釋姿容〕。
●四越也。〔楚辭抽思〕一回志度。
●五速也。〔漢書揚雄傳〕一旣離虖皇波。
●六過也。〔後漢馮衍傳〕一略陽而不反。
●七渡也。見〔廣雅釋詁〕。
●八高也。見〔華嚴經音義引韻圃〕。
●九出前也。見〔玉篇〕。
●十一搖。不安也。〔楚辭謬諫〕𡸸一搖而無冀。
●十一一距。猶跳躍也。〔史記白起王翦傳〕方投石一距。
●十二姓也。漢太僕一喜。

【超】丑小切音繚篠韻
●一輕走皃。見〔集韻〕。
●二或作趫。見〔集韻〕。

【超】拈廟切音眺嘯韻
蹹也。見〔集韻〕。〔按陸雲陸丞相誄云。光被旣淳。逸軌爰一。宏網包荒。景靈握耀。一、去聲。踰也。〕

【超】他弔切音糶嘯韻
同趒。〔集韻〕趒、趒也。亦作一。

【越】丁計切音帝與禮切音邸霽韻都黎切音低齊韻
●一趍也。見〔說文〕。〔王注〕廣韻十二齊同。十二霽則云。趍走皃。知趍當作趍。下文卽趍字。廣韻。趍、久也。引字林趍也。佩觿敍以奔趍爲趍走。下文說解中之趍。宋版亦譌趍。〔按說文。趍、久也。王注。久當作及。〕
●二走皃。見〔玉篇〕。

【趣】丑例切音跇霽韻
●一渡也。超特也。本作趍。見〔玉篇〕。
●二跙或字。〔集韻〕跙、逃也。或作一。

【趈】知咸切音詀咸韻
●一坐立不動皃。見〔集韻〕。〔按字亦作站。〕
●二馬急行皃。〔阮籍賦〕一高驤而疾鶩兮。

【趑】齒者切音哆馬韻
距也。漢令曰。一張百人。見〔說文〕。〔段注〕距、當作歫。歫、止也。一曰槍

也。〔按趚弩主於趚距故曰—張。〕

【趚】充夜切音𧽒禡韻
(一)怒也。見〔玉篇〕。
(二)牽也。見〔玉篇〕。
(三)距也。見〔集韻〕。

【趚】七夜切音筲禡韻
(一)—腳立也。見〔廣韻〕。
(二)家逆也。見〔集韻〕。

【趚】耻格切音坼陌韻
(一)半步也。見〔玉篇〕。
(二)跬步也。一曰距也。見〔集韻〕。

【趜】斐父切音撫麌韻
(一)使也。見〔玉篇〕。
(二)治也。見〔玉篇〕。
(三)近也。見〔玉篇〕。
(四)健也。見〔玉篇〕。

【趜】顆羽切音踽麌韻
(一)行皃。見〔集韻〕。
(二)或作跔。見〔集韻〕。

【趜】權俱切音劬虞韻
同趯。走顧皃。見〔玉篇〕。

【趉】渠勿切音倔物韻
(一)走也。从走。出聲。讀若無尾之屈。見〔說文〕。〔段注〕玉篇曰。卒起走也。〔按今俗語有之。高注淮南云。屈讀如秋雞無尾屈之屈。方言。隆屈。郭音屈尾。〕
(二)衝也。見〔廣雅釋言〕。
(三)或作趨。見〔集韻〕。

【趉】直律切音荒質韻
走皃。見〔集韻〕。

【趉】其律切音繘質韻
趯或字。〔集韻〕趯走皃或从出。

【趉】九勿切音刷物韻
𨀁或字。〔集韻〕𨀁走皃或作—。

【趉】其月切音橛月韻
趉或字。〔集韻〕趉行越趉也。或省。

【越】王伐切音粵月韻
(一)度也。見〔說文〕。〔桂注〕本書。過度也。魏武帝短歌行。—陌度阡。〔按楚辭天問。巖何—焉。注云。—度也。〕
(二)渡也。見〔廣雅釋詁〕。〔按陸機赴洛詩。遠遊—山川。李注引說文。渡也。〕
(三)歷也。〔呂覽長攻〕—十七阨。
(四)踰也。〔禮記曲禮〕戒勿—。
(五)逸也。〔後漢袁術傳〕天子播—。
(六)墜也。〔禮記緇衣〕毋—厥命以自覆也。
(七)失也。〔呂覽士容〕而處義不—。
(八)過也。〔家語五儀〕若將可—而不可及。
(九)散也。〔左昭四年傳〕風不—而殺。
(十)違也。〔後漢東平王蒼傳〕奉禮不—。
(十一)去也。〔楚辭逢紛〕精—裂而衰耄。
(十二)墜也。〔左成二年傳〕—于車下。
(十三)疾也。見〔廣雅釋詁〕。〔疏證〕漢書李尋傳。太白發—犯庫。張晏注云。發—疾皃也。
(十四)迂也。〔國語魯語〕—哉臧孫之爲政也。
(十五)遠也。見〔廣雅釋詁〕。〔疏證〕—之言闊也。爾雅。闊。遠也。左襄十四年傳。—在他竟。杜預注云。—。遠也。
(十六)離也。〔方言〕伆。邈。離也。楚謂之—。
(十七)治也。見〔廣雅釋詁〕。〔疏證〕周語。汩—九原宅居九隩。汩。—皆治也。說文。汩。治水也。—與汩聲相近。故同訓爲治。說苑指武篇云。城郭不修。溝池不—。
(十八)揚也。〔國語晉語〕而—於民。
(十九)猶躐也。〔禮記王制〕爲—紼而行事。
(二十)猶走也。〔公羊桓十六年傳〕—在岱陰齊。
(二十一)發聞也。〔國語晉語〕使—於諸侯。
(二十二)過人也。〔荀子非相〕筋力—勁。
(二十三)非次也。〔後漢桓帝紀贊〕—躋天祿。
(二十四)於也。〔書呂刑〕—茲麗刑。
(二十五)與也。見〔廣雅釋詁〕。〔疏證〕大誥云。大誥爾多邦。—爾御事是也。
(二十六)曰也。〔漢書揚雄傳〕—不可載已。
(二十七)聿也。〔書高宗肜日〕—有雊雉。〔按經傳釋詞。言聿有雊雉也。聿。—。聲相近。〕
(二十八)猶惟也。〔書大誥〕—予小子。〔按經傳釋詞。言惟予小子也。〕
(二十九)猶及也。〔書召誥〕惟四月既望。—六日乙未。〔按經傳釋詞。言自既望及乙未。六日也。下文曰。惟丙午朏。—三日戊申。亦謂自丙午及戊申。三日也。〕
(三十)俗謂愈曰—。如愈好。曰—好。愈遠。曰—遠。愈。—。聲相近也。
(三十一)國名。〔左宣八年傳〕盟吳—而還。〔注〕越國。今會稽山陰縣也。〔今通稱浙江省曰—。

(卅二)地名。〔文選左思賦〕包括於—。〔劉注〕—今之蒼梧、鬱林、合浦、交趾、九眞、日南皆—地。

(卅三)瑟下孔也。〔儀禮鄉飲酒禮〕二人皆左何瑟後首挎—。

(卅四)琴瑟兩頭也。〔淮南泰族〕朱絃漏—。

(卅五)布名。〔後漢馬皇后紀〕白—三千端。

(卅六)—。輕易之貌。〔呂覽本味〕豈——多業哉。

(卅七)—若亦及也。〔書召誥〕—若來三月。〔按經傳釋詞〕言及至三月也。下文曰若翼日乙卯。又曰—翼日戊午。是—與若皆及也。連言之則曰—若矣。漢書律歷志引武成篇曰粵若來二月。義與此同。

(卅八)亦—。承上起下之辭。〔書立政〕亦——。成湯。

(卅九)—裳。南蠻。〔文選張衡賦〕南諧—裳。〔按孝經注作—嘗。即今安南。亦稱—南。〕

(四十)—玉。—地所獻玉也。〔書顧命〕—玉五重。

(四一)—椒。茱萸也。見〔廣雅釋木〕。

(四二)—雞。荆雞也。小雞也。〔莊子庚桑楚〕—雞不能伏鵠卵。

(四三)姓也。—石父。見〔史記管晏傳〕。

【越】戶栝切音活曷韻

(一)草也。〔左桓二年傳〕大路—席。〔疏〕—席結蒲爲席。

(二)瑟虛也。見〔集韻〕。

【趀】千咨切音趑支韻〔與趑異〕。蒼卒也。從走朿聲。讀若資。易曰其行—且。見〔說文〕。〔王注〕夬卦其行次且。釋文。次說文及鄭作—。馬云卻行不前也。說文倉卒也。且馬云語助也。不云說文作趄而引王肅曰趑趄行止之礙也。然則許同馬說。亦以且爲語助。而趑趄作自王肅。知下文趑爲後增而大徐因而補趄尤無識也。

【⿺走去】相活切曷韻　素姑切音蘇虞韻

走皃。見〔玉篇〕〔按篇海音蘇〕。

【⿺走此】淺氏切音此紙韻　聰徂切音粗虞韻

淺渡也。見〔說文〕。〔錢注〕莊子。跐黃泉而登大黃。列子。躇步跐蹈。皆此字。今俗謂蹈爲—。其字別爲踹。

【⿺走半】普伴切音坢翰韻

走皃。見〔集韻〕。

【⿺走立】私立切緝韻

走皃。見〔玉篇〕。

【⿺走乍】則各切音作藥韻

走皃。見〔玉篇〕。

【趆】丁計切音帝霽韻

趨走也。見〔篇海〕。

【趃】徒結切音垤屑韻　夷質切音逸質韻

大走也。見〔玉篇〕。

【⿺走犮】陀沒切音突月韻

走皃。見〔集韻〕。

【⿺走玉】魚曲切音玉沃韻

跛也。見〔玉篇〕。

【⿺走冋】於容切音雍冬韻

急走也。見〔篇海〕。

【⿺走巨】苟許切音舉語韻

行皃。見〔玉篇〕。

【⿺走玄】胡千切音玄先韻

趚省字。〔集韻〕趚急走也。或省。

【⿺走石】之石切音隻陌韻

行也。見〔廣韻〕。

【⿺走旦】他旱切音坦旱韻

行也。見〔玉篇〕。

【趄】同趣。見〔篇海〕。

【⿺走正】蹊或字。見〔集韻〕。

【⿺走亦】趁俗字。見〔玉篇〕。

六畫

【趌】喫吉切音詰　激質切音吉質韻

(一)—趨。怒走也。見〔說文〕。〔注〕直去不低視也。

(二)走意。見〔集韻〕。

【趌】極乙切音姞質韻

直行也。見〔廣韻〕。

【趌】居列切音子　吉屑切音結屑韻

—趨。跳皃。見〔廣韻〕。〔集韻類篇音結。類篇義同。集韻作—趨。〕

【⿺走各】轄格切音垎陌韻

(一)狂走也。見〔玉篇〕。

(二)僵也。見〔廣雅釋詁〕。〔疏證〕爾雅。

棧木、干木。注云。殭木也。江東呼木䑪。䑪與一聲近義同。

㊂一趚。偃仆也。見〔玉篇〕。〔按廣韻云。一趚。倒地。〕

【趚】北諍切音迸敬韻

㊀走也。見〔集韻〕。

㊁或作趚。見〔集韻〕。

【趌】犬縈切音頍紙韻

㊀半步也。讀若跬。同。見〔說文〕。〔段注〕、今字亦作跬。司馬法曰。一舉足曰跬。跬三尺。兩舉足曰步。步六尺。

㊁通頃。〔禮記祭義〕故君子頃步而不敢忘孝也。〔釋文〕頃、讀爲跬。一舉足爲跬。再舉足爲步。

㊂或作蹞。〔荀子勸學〕不積蹞步。無以致千里。

【趍】陳知切音馳支韻

㊀一趍。久也。見〔說文〕。〔王注〕夂。從玉篇。今各本作長久之久。廣韻趍下亦然。一下則作行遲曳夂夂之夂。皆非也。廣雅。遷、趍、召也。疏證改召爲及。是也。方言。遝、及也。玉篇。迨遝、行相及。目部。眔、目相及也。以遝之訓。定趍之訓。說文又以一趍爲連語。則其當訓及、可決矣。夂部云。從後至也。竹几切。夫從後至者。及之之義也。佩觿集雖以奔一說之。義似小異。然亦可證其非長久之久。遲曳之夂矣。又眔經音義云。一子叟反。疾走也。則與說文音義竝異。

㊁趍俗字。見〔廣韻〕。〔按龍龕手鑑〕、一通趍。字彙補云。與趍同。近思錄。若不可及。則一望之心怠矣。〕

【趚】資昔切音積陌韻〔與趚異〕。

㊀側行也。从走。朿聲。詩曰。不敢不一。見〔說文〕。〔段注〕側行者。謹畏也。小雅一作蹐。毛曰。蹐、累足也。足部引不敢不蹐。此不同者。蓋三家文異也。朿聲。脊聲同部。

㊁遫一也。見〔龍龕手鑑〕。〔按類篇集韻趚字注云。遫一。盜行。蓋亦畏人之意。遫一疊韻連語。〕

【翅】許劣切音旻屑韻

㊀進也。見〔篇海〕。

㊁飛也。眾鳥叢飛也。見〔字彙〕。〔按正字通謂爲翅字之譌。恐未必然。考廣韻、集韻、翅音旻。訓小鳥飛。疑一、翅、形近而誤。〕

【趏】莫白切音陌陌韻

㊀走皃。見〔玉篇〕。

㊁越也。見〔集韻〕。〔按廣韻云。一越。〕

【趏】普伯切音拍陌韻

風入水皃。見〔廣韻〕。

【趙】尤救切音宥宥韻

走也。从走。有聲。讀若又。見〔說文〕。〔按玉篇走皃。〕

【趏】下遘切音候宥韻

蹇行也。見〔玉篇〕。

【趑】虛欠切音𤌮豔韻

走皃。見〔集韻〕。

【趎】重株切音廚春朱切音樞虞韻陳留切音儔蚩周切音犫尤韻

人名。〔莊子庚桑楚〕南容一趎然正坐。〔釋文〕一。昌于反。向音疇。一音紹。俱反。徐直俱反。又敕俱反。又處由反。李云。庚桑弟子也。

【趏】古滑切音括五瞎切音𩑔黠韻

走皃。見〔玉篇〕。

【趏】戶栝切音活曷韻

越或字。〔集韻〕越。艸也。春秋傳。大路越席。一曰。瑟虛也。或从舌。

【趍】張流切音輈尤韻

一趯。行不進也。見〔集韻〕。

【趑】許聿切音質韻〔與越異〕。

走也。見〔玉篇〕。

【趑】千資切音咨支韻

一趄。行不進也。見〔說文〕。〔段注〕。或易。其行次且。釋文。次、本亦作一。或作跌。馬云。卻行不前也。且、本亦作趄。或作跙。馬云。語助也。王肅云。一趄。行止之礙也。按馬云卻行不前者。於次本字得其義也。云語助者。王風毛傳所云。且、辭也。馬鄭同用費氏易。而馬次鄭趑不同。一者、後出俗字。趄又因一而加走旁者也。許斷不錄。鉉之前已有一字。注曰。一趄。鉉因又補趄篆爲十九文之一。今姑皆存之。〔參閱趑字。〕

【趑】七四切音恣寘韻

一趑。不行也。見〔集韻〕。

【趐】詰結切音猰屑韻

跳皃。見〔集韻〕。

【趒】田聊切音迢他彫切音祧蕭韻

雀行也。見〔說文〕〔王注〕雀不能步。故曰雀躍。〔按今人概用跳字〕

【趒】他弔切音糶嘯韻

越也。見〔廣韻〕。〔按集韻同。又韻會云、—越也。亦懸擲也。〕

【趒】土了切音朓篠韻

躍也。見〔集韻〕。

【⿺走亘】于元切音袁元韻

—田。易居也。見〔說文〕。〔王注〕左僖十五年傳。晉於是乎作爰田。晉語則曰作轅田。韋昭引賈侍中云。轅、易也。爲易田之法。賞衆以田。易疆界也。案此固爲許說所本。然意自不同。—田、即爰田。名目自晉起。實則古制也。大司徒。不易之地家百畮。一易之地家二百畮。再易之地家三百畮。公羊何注說其義曰。司空謹別田之高下美惡。分爲三品。上田一歲一墾。中田二歲一墾。下田三歲一墾。肥饒不得獨樂。墝埆不得獨苦。故三年一換主易居。案此卽許意也。〔按漢書食貨志云。三歲更耕之。自爰其處。師古曰。更、互也。〕

【⿺走匠】疾亮切音匠漾韻在兩切音蔣養韻

行皃。从走。匠聲。讀若匠。見〔說文〕。〔錢注〕張守節云。古本史記。凡匠皆作—。讀爲匠者。如今俗讀蹌同也。

【趓】丁果切音朶哿韻

拋—。猶言拋撇也。〔元人曲〕坐成拋—。〔按柳永李清照詞均作拋嚲〕

【趔】力拽切音列屑韻

—趄。足不進也。見〔字彙補〕。

【⿺走戔】懸圭切音攜齊韻

走也。見〔篇海〕。

【⿺走句】趨或字。見〔集韻〕。

【⿺走冒】同趨。見〔搜眞玉鏡〕。

【⿺走危】跪或字。見〔集韻〕。

【⿺走夷】⿺走遂或字。見〔集韻〕。

【⿺走巨】距或字。見〔集韻〕。

七畫

【趕】古旱切音稈旱韻

(一)追也。見〔字彙〕。(二)忍慮果敢曰—。見〔周書謚法〕。

【⿺走昏】牛吻切音穩吻韻

(一)走皃。見〔集韻〕。(二)或作趣。見〔集韻〕。

【趗】趨玉切音促沃韻

(一)追也。見〔玉篇〕。(二)速也。見〔廣韻〕。(三)行步局促也。見〔字彙〕。(四)趢—。踢也。〔文選張衡賦〕狹三王之趢—。〔又〕小步也。見〔集韻〕。(五)—織。蟲名。〔廣雅釋蟲〕—織。蜻蛚也。〔疏證〕—、一作促。陸機詩義疏云。蟋蟀似蝗而小。一名蜻蛚。幽州謂之趨織。古詩云。促織鳴東壁。李善注引春秋考異郵。立秋趣織鳴。織宋均注云。趣織。蟋蟀也。立秋女功急。故趣之。

【趗】千木切音簇屋韻

趢—。局小皃。見〔廣韻〕。〔集韻類篇同〕

【⿺走夋】七倫切音逡眞韻

行速—也。見〔說文〕〔段注〕——者、行速皃。鉉本改下—爲也字。非。

【⿺走叟】千繡切音就宥韻

(一)進也。見〔廣韻〕。(二)奔也。見〔廣雅釋宮〕。

【⿺走全】芳遇切音訃遇韻

(一)疾也。亦作赴。見〔玉篇〕。〔按廣韻、⿺走彖急疾也。—同。集韻、⿺走彖說文疾也。或作—。段氏⿺走彖字注云。赴—皆卽⿺走彖字。今字⿺走彖—皆廢矣。〕(二)及期也。見〔玉篇〕。(三)行也。見〔廣雅釋詁〕〔疏證〕說文。赴、趨也。⿺走彖、疾也。衆經音義卷八引少儀無—往。今本—作報。鄭注云。報讀爲赴疾之赴。—、赴、⿺走彖、報竝通。

【⿺走孚】房尤切音浮尤韻

行皃。見〔集韻〕。

【⿺走希】香依切音希微韻

(一)走皃。見〔集韻〕。(二)或作⿺走豈、⿺走幾。見〔集韻〕。

【⿺走赤】杏獲切音啜陌韻

(一)急走也。見〔廣韻引字林〕。(二)或作⿺走虘。見〔集韻〕。

【⿺走甫】奔模切音逋虞韻

(一)匍匐也。見〔玉篇〕。(二)⿺走兌—。伏也。見〔集韻〕。〔類篇作⿺走兌—。匍匐也。〕

【趙】直紹切音肇篠韻

(一)趬—也。見〔說文〕。〔王注〕廣韻引字林云。趬也。則兩字轉注。穆天子傳。天子北征—行。郭注、—猶超騰也。是—不連趬。亦有及義。

(二)朝也。本小邑、朝事於大國也。見〔釋名釋州國〕。

(三)少也。見〔廣韻〕。

(四)久也。見〔廣韻〕。

(五)趬也。見〔廣韻引字林〕。

(六)及也。見〔廣雅釋言〕。〔疏證〕說文。趬—及也。趬、音馳驅之馳。穆天子傳。天子北征—行。郭璞注云、—猶超騰也。

(七)小也。見〔方言〕。〔箋疏〕趙、从肖聲。蓋以聲爲義也。廣雅、肖、小也。

(八)輕捷也。見〔六書故〕。

(九)牀前橫木也。〔方言〕牀杠。南楚之間謂之—。〔箋疏〕廣雅。挑、杠也。又云。挑、板也。曹憲音兆。

(十)語助辭。〔十國春秋〕天福末。浙地兒童聚戲。動以—字爲語助。云得則曰—得。云可則曰—可。

(十一)國名。戰國時。晉卿韓—魏三家分晉地。—有今直隸南部山西北部等地。後爲秦所滅。〔又〕晉時。劉曜石勒先後稱帝。國號曰—。史稱劉曜爲前—。石爲後—。

(十二)—李。李之無實者。〔爾雅釋木〕休、無實李。〔注〕一名—李。

(十三)伯—。鳥名。卽伯勞也。〔又〕官名。〔左昭十七年傳〕伯—氏司至者也。

(十四)姓也。〔史記趙世家〕繆王賜造父以—城。由此爲—氏。

【趙】徒了切音窕篠韻

(一)刺也。〔詩良耜〕其鎛斯—。〔箋〕以田器刺也。

(二)同掉。〔荀子賦論〕頭銛達而剽—繚者耶。〔注〕—讀爲掉。掉繚、長貌。

【趙】起了切篠韻

刺也。詩、其鎛斯—。沈重讀。見〔集韻〕。

【趗】趨玉切音促沃韻

(一)急也。見〔廣雅釋詁〕。〔曹憲音〕—、字書聲類音爲局促。〔疏證〕—、與促同。

(二)同趗。〔集韻〕趗。趚趗。小步。或書作—。

【趖】蘇禾切音莎歌韻

走意。見〔說文〕。〔段注〕花間詞曰。荳蔻花間—晚日。今京師人謂日跌爲晌午—。〔按玉篇走皃。廣韻。走疾〕。

【⿺走告】胡谷切音斛屋韻

走也。見〔玉篇〕。

【⿺走秀】他候切音透宥韻。審育切音叔沃韻

跳也。見〔字彙〕。

【⿺走秀】他候切音透宥韻

透或字。〔集韻〕透。說文、跳也。過也。或作—。

【⿺走求】渠尤切音求尤韻

違也。見〔廣韻〕。

【⿺走里】何開切音孩。魚開切音皚灰韻

畱意也。見〔說文〕。〔王注〕集韻。將走有意畱。〔按朱駿聲云。與遲義略同。聲亦相近〕。

【⿺走里】枯回切音恢灰韻

邪足也。見〔集韻〕。

【趤】郎宕切音浪漾韻

—⿺走昜。逸遊也。見〔集韻〕。〔今俗猶存此語。字作浪蕩〕。

【⿺走夾】色洽切音唼洽韻

—。行疾皃。見〔集韻〕。〔按玉篇云。行——〕。

【⿺走谷】胡谷切音斛屋韻

倒也。見〔篇海〕。

【⿺走斤】時制切音逝霽韻

蹤也。見〔玉篇〕。

【⿺走屖】刑狄切音檄錫韻

走也。見〔篇海〕。

【⿺走甬】尹竦切音勇腫韻

喪辟—也。見〔說文〕。〔王注〕小徐辟作擗。廣韻引作躃。皆非。—經典通作踊。檀弓辟踊。哀之至也。正義。拊心爲辟。跳躍爲踊。

【⿺走狂】古黃切音光陽韻

行征伀也。見〔五音集韻〕。

【趚】蘇谷切音速屋韻

趚—。走聲。見〔集韻〕。

【⿺走邑】年鶡切音涅月韻

行也。見〔篇韻〕。

【⿺走豆】呼后切音吼有韻

趨行不進皃。見〔篇韻〕。

【⿺走步】同趣。見〔篇韻〕。

【⿺走亟】同趣。見〔篇韻〕。

【趹】趎俗字。見〔正字通〕。

【趧】趧䠙字。見〔龍龕手鑑〕。

八畫

【趜】居六切音匊渠竹切音鞠屋韻

㊀窮也。見〔說文〕。〔注〕步所窮也。

㊁窮困也。見〔玉篇〕。

㊂困人也。見〔廣韻〕。

㊃體不伸謂之｜。見〔通俗文〕。

㊄｜趨。足不伸也。見〔類篇〕。〔又〕傴僂也。見〔集韻〕。

【趜】丘六切音鞠屋韻

匊或字。〔集韻〕匊。博雅、匊匊。謹敬也。或作｜。

【趜】趜或字。〔集韻〕趜。足不伸也。或作｜。

【⿺走念】古念切音𥳑豔韻

㊀疾行皃。見〔廣韻〕。

㊁俯首疾行。見〔集韻〕。

【趞】七約切音鵲藥韻

㊀趞｜也。一曰行皃。見〔說文〕。〔王注〕玉篇引亦如此。疑當作趞｜行皃。趞二篆誠如段氏所疑。然玉篇亦先｜後趞。或者｜連趞乃成義。趞一字卽成義。故如此列字耶。然直云趞｜也。亦令人不知所謂。〔按段氏趞字注云。趞｜雙聲字。疑篆當先趞後｜。趞下曰。趞｜行輕皃。一曰。趞、舉足也。从走。㚔聲。｜下云。趞｜也。从走。昔聲。今本蓋淺人所亂〕。

㊁｜｜。行也。見〔廣雅釋訓〕。

【趞】七迹切音磧陌韻

趚或字。〔集韻〕趚。側行也。或作｜。

【趞】秦昔切音籍陌韻

踖或字。〔集韻〕踖。踐也。或从走。

【⿺走周】陟敎切音罩效韻

㊀行不正也。見〔集韻〕。

㊁｜趟。跳皃。見〔廣韻〕。

【⿺走周】陟交切音嘲肴韻陟敎切音罩效韻

｜趟。跟蹤也。見〔玉篇〕。

【⿺走周】陟交切音嘲肴韻

｜趟。跳躍皃。見〔集韻〕。

【趟】中庚切音撐庚韻

㊀雀躍狀也。見〔六書故〕。〔按韓愈城南聯句。相殘雀豹｜〕。

㊁⿺走周｜。跳躍也。見〔集韻〕。

【趟】除庚切音棖庚韻

⿺走周｜。驚走皃。見〔集韻〕。

【趟】豬孟切音倀敬韻　恥孟切音牚敬韻

⿺走周｜。行皃。見〔廣韻〕。

【趟】豬孟切音倀敬韻

⿺走周｜。踉蹌也。見〔集韻〕。

【⿺走叕】紀列切音蹶屑韻

㊀小跳也。見〔玉篇〕。

㊁或作蹳。見〔集韻〕。

【⿺走叕】株劣切音輟屑韻

蹳或字。〔集韻〕蹳。跳也。或从走。

【趠】敕角切音晫覺韻　〔廣韻、集韻〕並與逴同。

㊀遠也。見〔說文〕〔段注〕辵部曰。逴、遠也。音義同。上林賦。捷垂條。逴希閒。玄應引如是。史記作踔。郭璞曰。踔、懸擲也。吳都賦。狖鼯䠥然。騰｜飛超。按許云遠者。騰擲所到遠也。

㊁行皃。見〔玉篇〕。

㊂跳也。見〔一切經音義〕。

㊃走也。見〔字林〕。

㊄驚走也。見〔廣韻〕。

㊅同逴。見〔集韻〕。

㊆通卓。〔楚辭抽思〕道卓遠而日忘兮。

㊇通踔。〔史記貨殖傳〕上谷迻東地踔遠。〔索隱〕踔遠騰皃也。

【趠】他弔切音糶嘯韻

㊀越也。見〔廣韻〕。

㊁或作趒。見〔集韻〕。

㊂亦作超踔。見〔集韻〕。

【趠】敕敎切音踔效韻

㊀行皃。見〔玉篇〕。

㊁超也。見〔集韻〕。

㊂或作徬。見〔集韻〕。

【趠】竹角切音斲覺韻

㊀疾走。見〔集韻〕。

㊁絕也。見〔廣雅釋詁〕。〔疏證〕漢書孔光傳云。非有踔絕之能。班固典引云。冠德卓絕。字並與｜通。

㊂舶—風名。吳中梅雨既過。清風彌旬。謂之舶—風。蘇軾有舶—風詩。

【趠】丑交切音颵肴韻

超也。見〔集韻〕。

【趡】取水切音踓紙韻

㊀動也。春秋傳曰。盟於——。地名。見〔說文〕。〔桂注〕史記司馬相如傳。蔑蒙踊躍騰而狂—。注云。—、走貌。左氏經桓十七年。公會邾儀父盟於—。杜注。—、魯地。

㊁走也。見〔玉篇〕。

【趭】子肖切音醮嘯韻

㊀奔也。見〔廣雅釋宮〕。〔疏證〕—。曹憲音子肖反。史記司馬相如傳。騰而狂—。漢書作趭。張注云。趭、奔走也。揚雄傳神騰鬼—。顏師古亦音醮。

㊁超也。〔漢書揚雄傳〕神騰鬼—。

【趄】在呂切音咀語韻

邪進也。見〔集韻〕。

【趡】愈水切音唯紙韻

踓或字。〔集韻〕踓。走皃。或从走。

【趉】其月切音瘚月韻

行越—也。見〔玉篇〕。〔集韻〕同。廣韻訓行越。

【趉】渠勿切音倔物韻

走也。見〔集韻〕。

【𧽊】丑玉切音䟉沃韻丑勇切音寵腫韻

㊀小兒行也。見〔玉篇〕。

㊁趢—小兒行也。見〔集韻〕。〔按龍龕手鑑云。趢—、小兒行皃〕

【趢】龍玉切音錄沃韻盧谷切音祿屋韻

㊀趗—也。見〔說文〕。〔互詳趗字〕。

㊁—趗。小兒。東京賦曰。狹三王之—趗。見〔玉篇〕。

㊂—趗。皃行。見〔廣韻〕。

㊃—趗。踢也。見〔集韻〕。

【趣】七句切音娶遇韻

㊀疾也。見〔說文〕。〔桂注〕玉篇。詩曰。來朝—馬。言早且疾也。公羊定八年傳。—駕。何注。使疾駕。

㊁趨也。〔詩棫樸〕左右—之。

㊂向也。〔易繫辭〕變通者。—時者也。

㊃遽也。見〔廣雅釋詁〕。〔疏證〕—。曹憲音趨。又音娶。王逸注大招云。遽、—也。月令。乃命有司—民收斂。釋文。—、七住反。

㊄行也。〔列子湯問〕汝先觀吾—。

㊅意也。〔孝經序〕會五經之旨—。

㊆及也。〔漢書食貨志〕亡以趨澤。〔注〕師古曰。趨讀曰—。—、及也。

㊇七—。猶言六道也。〔楞嚴經〕精研七—。皆是昏沈。〔按七—謂地獄、餓鬼、畜生、人、神仙、天、及修羅。梵書又謂蚑蝸小蟲之屬爲諸—〕。

【趣】逡須切音趨虞韻

㊀養馬者。〔周禮夏官序官〕—馬。〔釋文〕—、劉清須反。

㊁嚮也。見〔集韻〕。

㊂遽也。見〔廣雅釋詁〕。〔疏證〕—。曹憲音趨。周官縣正趨其稼事。釋文。趨如字。本又作—。

【趣】趨玉切音促沃韻

㊀速也。〔史記曹相國世家〕告舍人—治行。

㊁急也。〔史記孫子吳起傳〕—使使下令。

㊂催促也。〔史記陳涉世家〕—趙兵亟入關。

㊃局—。蹴小皃。〔漢書灌夫傳〕局—效轅下駒。

㊄—織。蟲名。〔春秋考異郵〕—織。蟋蟀也。立秋女功急。故—之。

【趣】此苟切音剸有韻

—馬。養馬官名。〔詩十月之交〕蹶維—馬。〔箋〕—馬。中士也。掌王馬之政。〔釋文〕—、七走反。

【趣】將侯切音陬尤韻側九切音掫有韻

夜戒守有所擊也。見〔集韻〕。

【趛】牛錦切音僸寑韻

低頭疾行也。見〔說文〕。〔王注〕本書。頷、低頭也。亦從金聲。

【䞳】鼻墨切音蔔職韻匹侯切音欸宥韻

僵也。見〔說文〕。〔段注〕僵、僨也。此與足部之踣音義並同。未審孰爲本字。孰爲後增。

【䞳】芳遇切音訃遇韻

仆或字。〔集韻〕仆。仆說文。頓也。或作—。

【𧽑】遏合切音姶合韻

—趿。走皃。見〔玉篇〕。〔又〕走急皃。見〔集韻〕。

【𧽷】胡千切音賢先韻

急走也。从走。弦聲。見〔說文〕〔段注〕包會意。从弦。有急意也。〔按錢氏斠詮云。莊子。謀幾乎諔。注。諔、急也。〕

【⿺走囷】丘粉切音稛吻韻丘運切問韻其述切音屈質韻 走意。見〔說文〕〔段注〕廣韻。走皃。〔按玉篇云走意。〕

【⿺走囷】丘運切問韻 走也。見〔集韻〕。

【⿺走囷】其述切音屈質韻 走皃。見〔集韻〕。

【⿺走或】忽域切音洫職韻 盜走也。見〔集韻〕。

【⿺走臤】遣忍切音蜸軫韻 行皃。从走。臤聲。讀若菣。見〔說文〕〔錢注〕今俗讀之若蹇。

【⿺走臤】丘忍切音螼軫韻渠人切音均眞韻 行皃。見〔玉篇〕。

【⿺走臤】去刃切音螼震韻 行緩皃。見〔集韻〕。

【⿺走東】德紅切音東東韻 狂走也。見〔篇海〕。

【⿺走夌】力登切音稜蒸韻 越也。見〔玉篇〕。

【⿺走易】他歷切音逖錫韻 ⿺走㲋—。狂走。見〔集韻〕。

【⿺走楚】盧含切音婪覃韻 —趁。走皃。見〔篇海〕。

【⿺走兟】數勿切音拂符勿切音佛物韻 走也。見〔說文〕〔段注〕篇韻皆作⿺走兟。云走皃。

【趤】大浪切音宕漾韻 ⿺走昜—。逸遊。見〔集韻〕。

【⿺走卑】補移切音卑支韻 小行也。見〔篇韻〕。

【⿺走肴】胡茅切音肴肴韻 走皃。見〔篇海〕。

【⿺走歷】同⿺走歷。見〔玉篇〕。

【⿺走刺】同⿺走朿。見〔篇海〕。

【⿺走陌】同⿺走百。見〔篇海〕。

【⿺走奇】⿺走亥或字。見〔集韻〕。

【⿺走卷】⿺走監或字。見〔集韻〕。

【⿺走來】來或字。見〔集韻〕。

【⿺走叚】趨或字。見〔集韻〕。

九畫

【⿺走契】丑例切音跇霽韻 ㈠超特也。見〔說文〕〔注〕漢書天馬歌曰。超踰蹀—。猶蹀也。㈡渡也。見〔玉篇〕。㈢同跇。跳也。踰也。見〔廣韻〕。㈣亦作⿺走世。見〔玉篇〕。㈤或作⿰⻊契。見〔集韻〕。

【⿺走酋】雌由切音秋將由切音揫尤韻千仲切融去聲送韻 ㈠行皃。見〔說文〕。㈡徒行也。見〔集韻〕。㈢蹴也。見〔字彙〕。㈣藉也。見〔字彙〕。

【⿺走昜】他郎切音湯陽韻 ㈠前走也。見〔玉篇〕。㈡走皃。見〔集韻〕〔按俗謂走一次曰走一—。讀若盪。〕

【⿺走俞】舂遇切音戍遇韻 ㈠馬踰前也。見〔廣韻〕。㈡馬跳也。見〔玉篇〕。㈢馬前負謂之—。見〔集韻〕。

【⿺走庶】丑格切音坼陌韻 ㈠半步也。見〔廣韻〕。㈡趀或字。〔集韻〕趀跬步也。一曰距也。或作—。

【⿺走皇】胡光切音皇陽韻 走皃。見〔篇海〕。

【⿺走盾】敕倫切音杶眞韻 走皃。見〔集韻〕。

【⿺走曷】居謁切音訐月韻丘葛切渴曷韻 趌—也。見〔說文〕〔按趌下云。趌—。怒走也。小徐注。直去不低視也。錢氏斠詮。纂文有趌⿺走厥。凶豎也。亦跳起也。即趌—。〕

【⿺走罽】居月切音厥月韻居曷切音葛曷韻 怒走也。見〔集韻〕。

【⿺走重】昌用切音揰宋韻 ⿰扌乖—。邪行。見〔集韻〕。

【⿺走胃】王勿切音⿺風胃物韻 行遽皃。見〔集韻〕。

【⿺走叟】且雷切音崔灰韻 進皃。〔集韻〕。

【⿺走叜】所六切音縮屋韻 趢—。體不伸也。見〔廣韻〕。〔又〕傴僂也。見〔集韻〕。

【⿺走叜】踈鳩切音搜尤韻 趑—。不進也。見〔廣韻〕。〔集韻類篇同〕。

【⿺走叜】所九切音廋有韻 走皃。見〔集韻〕。

【⿺走叜】千繡切音𥳞宥韻 奔也。見〔集韻〕。

【⿺走勇】與恐切音勇腫韻 行也。見〔玉篇〕。

【趧】田黎切音提 都黎切音低 齊韻 —婁。四夷之舞各自有曲。見〔說文〕。〔桂注〕經典作鞮鞻。周禮。鞮鞻氏掌四夷之樂與其聲歌。注云。言與其聲歌。則云樂者主於舞。五經通義。東夷之樂持矛舞。助時之生。南夷之樂持羽舞。助時之養。西夷之樂持鉞舞。助時之殺。北夷之樂持干舞。助時之藏。樂說。東夷之樂曰株離。南夷之樂曰任。西夷之樂曰禁。北夷之樂曰昧。

【⿺走臿】實洽切音霅洽韻 行疾也。見〔玉篇〕。〔集韻正作⿰彳臿。或又作傑〕。

【⿺走复】房六切音伏屋韻 趉—。小兒手據地行也。見〔集韻〕。

【⿺走亟】弼力切音愎職韻 走也。見〔集韻〕。

【⿺走益】符勿切音佛物韻 北末切音撥曷韻 走皃。見〔篇韻〕。

【⿺走侯】胡溝切音侯尤韻 蹇行也。見〔篇韻〕。

【⿺走刪】音結屑韻 走皃。見〔龍龕手鑑〕。

【⿺走匽】張延切先韻 移也。見〔川篇〕。

【⿺走屖】同⿺走遲。見〔玉篇〕。

【⿺走刪】同⿰扌刪。見〔集韻〕。

【⿺走彖】同竄。見〔字彙補〕。

【⿺走僉】逾或字。見〔集韻〕。

【趦】趑俗字。見〔正字通〕。〔按說文、趑。趑趄。行不進也。小徐本作—趄。行不進也。鍇曰。易曰。其行—趄。也。王注。趑下云。新序。易曰。臀無膚。其行—趄。然則是漢字也。據此。則趑或作—已久。未可徑斥爲俗也。〕

十畫

【⿺走索】色窄切音索陌韻 (一)傴也。見〔廣雅釋詁〕。(二)趚—。傴仆也。見〔玉篇〕。

【⿺走䍃】餘招切音搖蕭韻 (一)走皃。見〔玉篇〕。(二)—行也。見〔廣雅釋詁〕。〔疏證〕方言。遙。疾行也。南楚之外曰遙。遙、與—同。重言之則曰——。

【⿺走虒】丘虔切音愆先韻 丘閑切音慳删韻 (一)蹇行—也。讀若愆。見〔說文〕。(二)蹇足跟也。見〔廣韻〕。

【趨】逡須切取平聲虞韻 (一)走也。見〔說文〕。〔段注〕曲禮注曰。行而張足曰—。按張足過於布武。大雅。左右趨之。毛曰。趣、—也。此謂假借趣爲—也。(二)疾走也。〔論語微子〕—而避之。(三)行也。見〔廣雅釋詁〕。(四)赴也。〔釋名釋姿容〕疾行曰—。—、赴也。赴所期也。〔疏證〕說文云。赴、—也。(五)疾也。見〔廣雅釋詁〕。〔按曲禮。遭先生於道。—而進。疏云。—、疾也。〕(六)步也。〔古今注〕吳—行。吳人以歌其地。陸機吳—行曰。聽我歌吳—。—、步也。(七)逐也。〔呂覽必己〕於是相與—之。(八)向也。〔禮記曲禮〕摳衣—隅。(九)附也。〔史記商君傳〕明日。秦人皆—令。(十)就也。見〔禮記曲禮釋文〕。(十一)歸也。〔荀子議兵〕完足富足而—趙。(十二)投節也。〔淮南俶眞〕足蹀陽阿之舞。而手會綠水之—。(十三)門外爲之—。見〔爾雅釋宮〕。(十四)宦—。樹名。〔齊民要術〕自餘雜木。鼠耳、宦—。各以其時。(十五)或作⿰足芻。見〔集韻〕。(十六)通趍。〔周禮樂師〕—以來齊。〔故書作䟤。」

【趨】趨玉切音促沃韻 ❶速也。〔荀子哀公〕—駕召顏回。❷促也。〔漢書食貨志〕馳傳督—。❸迫也。〔禮記樂記〕衛音—數煩志。❹急也。〔莊子徐无鬼〕不命相者—射之。❺—下。下短也。〔莊子外物〕修上而—下。❻或作趣。見〔集韻〕。〔按周禮縣正。—其稼事。釋文。—本又作趣。音促。〕❼或作趚。見〔集韻〕。

【趨】逡遇切音娶遇韻 ❶行之速也。〔詩猗嗟〕巧—蹌兮。❷或作趚。見〔集韻〕。

【趨】此苟切音取有韻 趣或字。〔集韻〕趣。促也。周禮有趣馬官。或作—。

【趨】在庾切音聚麌韻 促也。〔史記天官書〕其—舍而前曰贏。〔索隱〕—音聚。謂促也。

【𧽽】香仲切音嗅送韻 行也。見〔說文〕。〔王注〕廣韻。䞙—。

【𧽶】於幰切音偃阮韻 疲行皃。煙上升也。見〔篇海〕。

【䞁】陳知切音馳支韻 —鷚。輕薄也。見〔說文〕〔段注〕—鷚。周漢人語。

【𧾌】待禮切音弟薺韻 輕也。見〔集韻〕。

【𧼻】胡該切音孩灰韻 走也。見〔玉篇〕。

【䞐】於五切音塢麌韻汪胡切音烏虞韻 走輕也。見〔說文〕。〔桂注〕廣韻。—、足輕。

【𧼩】戶八切音滑黠韻 走也。見〔玉篇〕。

【𧽌】多年切音顛先韻 走頓也。讀若顛。見〔說文〕。〔王注〕與足部蹎同。通鑑注。踣而首先至地爲頓。經典借顚爲—。

【𧽯】堂練切音電霰韻 走也。見〔集韻〕。

【𧾎】丘言切音攑虛言切音軒元韻 走皃。見〔說文〕。

【𧾊】丘虔切音愆先韻 𧾊或字。〔集韻〕𧾊。蹇行𧾊𧾊也。或作—。

【𧽙】昨悉切音疾質韻 走遽也。見〔集韻〕。

【𧽺】所留切音搜尤韻 欲跳皃。見〔玉篇〕。〔廣韻集韻作𧽺。篇海𧽺亦作—。〕

【𧾀】初緇切支韻七才切灰韻 走也。見〔玉篇〕。

【𧾂】欺訖切音乞物韻 走皃。見〔篇海〕。

【𧽣】何開切音孩灰韻 留意也。見〔篇韻〕。

【䞍】規倫切音均眞韻 走也。見〔篇海〕。

【𧽱】同臻。見〔六書索隱〕。

十一畫

【趡】倉回切音崔灰韻 ❶逼也。見〔玉篇〕。❷—步。驢後具。見〔篇海〕。

【𧾔】初交切音謿肴韻 ❶競走也。見〔集韻〕。❷起也。見〔玉篇〕。

【𧽭】錯合切音𡠞合韻 ❶走也。見〔廣韻〕。❷赴會也。見〔廣韻〕。❸—𧾒。走皃。見〔集韻〕。

【𧽭】倉含切音驂覃韻 —𧾒。驂步也。見〔玉篇〕。〔按文選吳都賦。—𧾒狓猓。注云。相隨驅逐衆多皃。〕〔又〕走也。見〔集韻〕。

【𧾃】查畫切陌韻 ❶黠皃。見〔廣韻〕。❷急走也。見〔集韻〕。

【𧾃】七迹切音嫧陌韻 倉卒也。見〔廣韻〕。〔集韻訓息遽也〕

【𧾃】士革切音賾陌韻 走皃。見〔集韻〕。

【𧾄】昨濫切音暫勘韻疾染切音

漸琰韻 ㊀不久也見〔玉篇〕。㊁超忽而騰疾也見〔玉篇〕。㊂進也見〔玉篇〕〔集韻、類篇、疾染切。竝訓走進。〕

【𧽺】隱幰切音偃阮韻 走皃見〔集韻〕。

【趡】慈呂切音咀語韻前結切音截屑韻 邪出前也見〔廣韻〕。

【𧾂】之陽切音章陽韻 走也見〔玉篇〕。

【𧾏】紕招切音漂蕭韻 輕行也見〔說文〕〔王注〕人部。僄。輕也。〔按錢氏斠詮云此剽悍字。〕

【𧾖】謨奔切音門謨元切音蹣元韻謨官切音鑾寒韻 行遲也見〔說文〕〔段注〕〔今人通用慢字〕

【趢】盧谷切音綠屋韻 —趚。走聲見〔集韻〕。

【𧾑】之石切音隻陌韻 走皃見〔集韻〕。

【𧾘】初六切音矗屋韻 直皃見〔集韻〕。

【𧽫】莫狄切音覓錫韻 —趯。狂走皃見〔集韻〕。

【𧾊】昨濫切音暫勘韻 進也見〔說文〕〔段注〕按水部漸云漸水也則訓進者當專作—。許所見周易卦名當如是矣。廣韻作蹔。慈染切。

【𧾣】壁吉切音畢質韻 止行也一曰竈上祭名也見〔說文〕〔段注〕今禮經皆作蹕。惟大司寇釋文作—云本亦作蹕。是可見古字多後人改竄。亦有僅存古字也。五經文字曰、—止行也。梁孝王傳出稱警。入言—。篇韻皆有禪字云竈上祭。

【𧾯】龍眷切音戀霰韻 走也見〔篇海〕。

【䟵】徒官切音摶寒韻淳沿切音遄先韻伯各切音博藥韻 逕逕——。見〔石鼓文〕。〔按周秦石刻釋音。—鄭氏音博、或云卽遄字。正字通云博非摶。義焦竑音摶。一說—摶通。據此則——卽摶摶。於義爲近。〕

【𧾛】同豩見〔篇海〕。

【𧾤】蹡俗字見〔正字通〕。

【䞘】趨譌字見〔正字通〕。

十二畫

【趩】蓄力切音敕職韻 ㊀行聲也一曰不行皃見〔說文〕。〔段注〕石鼓文其來——。按—字、鍇本在部末疑趩—本一字而二之。如水部之瀷瀷也。〔按不行皃義可疑。正字通云與正訓相背。宜刪。說文義證云疑才行皃。是說於義爲近。〕㊁走皃見〔玉篇〕。㊂趀—。行皃見〔集韻趀字注〕。㊃或作𨃰見〔集韻〕。

【𧾐】居月切音厥月韻 ㊀蹶也見〔說文〕〔段注〕—、跳起也。足部曰。楚人謂跳躍曰蹶。㊁趌—。跳皃見〔廣韻趌字注〕。㊂亦作趹見〔玉篇〕。

【𧾵】姑衛切音劌霽韻 蹶或字〔集韻〕蹶。僵也。一曰跳也。或从走。

【𧾞】狼狄切音歷錫韻 ㊀行皃見〔集韻〕。㊁—趚。行皃見〔玉篇〕。㊂或作𨅍見〔集韻〕〔按類篇作趯。玉篇—同趯。〕

【𧾈】允律切音聿訣律切音橘質韻 ㊀狂走也見〔說文〕〔段注〕東京賦。捎魑魅。斮獝狂。薛曰。獝狂、惡戾之鬼。按獝當作—。㊁同趫。走意見〔廣韻〕。

【趪】胡光切音黃陽韻 ㊀走皃見〔集韻〕。㊁作力皃見〔玉篇〕。㊂——。武皃。〔文選張衡賦〕洪鐘萬鈞。猛虡——。

【𧾒】姑黃切音光陽韻 走皃見〔集韻〕。

【趫】丘祅切音蹺渠嬌切音喬蕭韻

一善緣木之士也見〔說文〕〔段注〕依二京賦注眾經音義訂吳都賦曰—材悍壯成公綏洛禊賦曰—才逸態。
二善走也見〔玉篇〕。
三舉足也見〔玉篇〕〔按一切經音義引蒼頡解詁蹻舉足也蹻—通。〕
四壯也〔呂覽悔過〕皆以其氣之—。
五戲具之一種〔說文通訓定聲〕今俗有蹻高—之戲。〔按一切經音義引蒼頡。蹻、舉足行高也。〕
六——行也見〔廣雅釋訓〕。
七同蹻〔文選顏延之賦〕軍駅—迅而已。〔注〕—與蹻同。
八通獟〔文選張衡賦〕—悍𧇊豁。〔注〕獟、與—同。
九通僑〔漢書古今人表〕女—。〔帝繫作女僑〕

【趫】巨天切音撟篠韻
趫走也見〔集韻〕。

【趫】丑小切篠韻
超或字〔集韻〕。超輕走皃或从喬。

【趬】牽幺切音鄡蕭韻丘召切音譑嘯韻

一行輕皃一曰—、舉足也見〔說文〕。〔通訓定聲〕今蘇俗有言輕—者。有言—腳者皆此字。按史記衛將軍傳索隱引說文。—、行疾皃。
二起也見〔玉篇〕。
三高也見〔玉篇〕。

【趬】堅堯切音驍蕭韻詰弔切音竅嘯韻
一行輕也見〔集韻〕。
二通獟〔漢書霍去病傳〕誅獟悍。〔注〕獟、字或作—。

【趬】丘祅切音趫蕭韻
蹺或字〔集韻〕舉趾謂之蹺。或作—。

【趭】弋照切音燿才笑切音噍嘯韻
一走也。見〔廣韻〕。〔按集韻才笑切、訓同。吳都賦。狂—獷猤。劉逵注。—、走也。漢書司馬相如傳。騰而狂—。注。—、奔走也。〕
二躁動亦曰—見〔通俗編〕。

【趫】五和切音譌歌韻
蹉行也。見〔篇海〕。

【𧾵】所六切音肅屋韻
走也。見〔玉篇〕。

【趪】隨戀切音漩霰韻
始走意也。見〔集韻〕。

【𧾖】居希切音幾渠希切音祈香依切音希徵韻虛器切音屭寘韻
走也。見〔說文〕。

【趕】徒南切音覃覃韻
趁—。走皃。見〔集韻〕。

【𧾛】落迢切音遼蕭韻
蹽長皃。見〔玉篇〕。

【𧾕】徒孔切音桶董韻
走也。見〔玉篇〕。

【趞】七雀切音鵲藥韻
走皃。見〔字彙〕。

【𧾣】疾盍切音雜合韻
疾走皃。見〔集韻〕。

【𧾘】直質切音秩質韻
走皃。見〔篇韻〕。

【𧾔】相干切寒韻
其斿——。見〔石鼓文〕。

十三畫

【𧾰】澄延切音廛先韻
一趁也。見〔說文〕。〔按段注。疑趁—兩篆下本皆作趁—也。意謂趁—、即屯邅。引易屯如邅如。馬注云。難行不進之皃。又引馬部驙、馬載重難也。桂王注意同。惟錢氏斠詮云。王逸楚詞注。楚人名轉曰邅。邅—同此。趁—與馬部驙義異。通訓定聲意同錢。以玉篇集韻義訓推之。覺錢說為長。廣雅釋詁亦云。邅、轉也。〕
二移也。見〔玉篇〕。
三趣也。見〔玉篇〕。
四轉也。見〔集韻〕。

【𧾰】張連切音邅先韻
一移也。見〔玉篇〕。
二趣也。見〔玉篇〕。
三行難也。同邅。見〔廣韻〕。
四趁也。見〔集韻〕。

【𧾰】丈善切銑韻
一移行也。見〔集韻〕。
二循也。見〔集韻〕。

【𧾲】許元切音暄元韻隳緣切音

翾崇玄切音狗先韻
疾也。便捷皃。見〔說文〕〔段注〕齊風。子之還兮。毛曰。還、便捷之皃。按毛以還爲—之假借也。或毛許所據詩本作—。
疾行也。見〔玉篇〕〔廣韻集韻皆訓疾走〕

【趛】丘甚切音坅寑韻
低首疾趨謂之—。見〔集韻〕。
㊁或作趁。見〔集韻〕。

【⿺走蜀】朱欲切音燭沃韻
行皃。見〔說文〕。
小兒行也。見〔玉篇〕。

【⿺走蜀】殊玉切音蜀沃韻
跳也。見〔集韻〕。

【⿺走豦】求於切音渠魚韻
小走皃。見〔廣韻〕。
㊁犯也。見〔集韻〕。
小跳也。見〔集韻〕。

【⿺走敫】吉弔切音叫嘯韻
偃也。見〔字彙〕。
小道也。見〔字彙〕。
㊂徼或字。〔集韻〕徼、循也。一曰境也。或从走。〔按廣韻徼、音叫。循也。小道也。〕

【趮】則到切音竈號韻
㊀疾也。見〔說文〕〔段注〕今字作躁。
㊁矢傍掉也。〔考工記矢人〕羽豐則遲。羽殺則—。

【⿺走戠】直質切音秩質韻
本作⿺走戴。〔說文〕⿺走戴、走也。从走。戴聲。讀若詩威儀秩秩。〔段注〕此稱假樂威儀抑抑德音秩秩。誤合二句爲一。〔按秩戴聲相近。詩秩秩大猷。本書引作戴戴。〕

【⿺走詹】職琰切音颭琰韻
前趨皃。見〔集韻〕。

【⿺走詹】止染切音䮉琰韻
—。疾趨也。見〔集韻〕。

【⿺走辟】匹亦切音僻陌韻
走皃。見〔篇海〕。

【⿺走感】虎感切音喊感韻
走皃。見〔集韻〕。

【⿺走資】同趑。見〔集韻〕。

【⿺走垂】同趡。見〔字彙〕。

【⿺走雝】赼或字。見〔集韻〕。

十四畫

【趯】弋灼切音藥藥韻
㊀踊也。見〔說文〕〔桂注〕王君念孫曰。繫傳作躍也。臣鍇曰。詩—阜螽。善跳躍。念孫按。—古皆訓爲躍。詩草蟲首章傳。—、躍也。漢書班固傳南—朱垠注。—、躍也。蓋—與躍同聲。故詩傳及說文並云—躍也。今作踊。失之矣。〔按段王皆從小徐作躍也〕
㊁通躍。〔漢書李尋傳〕涌—邪陰。〔顏注〕—、與躍同。

【趯】他歷切音逖錫韻
㊀跳皃。見〔廣韻〕〔集韻同。廣雅釋訓。—、跳也。〕
㊁驚也。見〔廣雅釋詁〕。〔按朱駿聲云。與方言趯驚也灼驚也同。〕
㊂—、躍也。〔詩草蟲〕—阜螽。
㊃通躍。〔史記春申君傳〕詩云。—毚兔。〔按詩巧言釋文。躍、他狄反。〕

【⿺走與】演女切音與語韻。羊諸切音余魚韻。
安行也。見〔說文〕〔段注〕廣韻。—、安行皃。按欠部。歟、安氣也。心部。⿱與心、趣步⿱與心⿱與心也。馬部。⿱與馬、馬行徐而疾也。論語曰。與與如也。漢書。長倩懙懙。

【⿺走蒦】求獲切音闃陌韻
—趚。足長皃。見〔集韻〕。

【⿺走截】⿺走戴本字。見〔說文〕。

【⿺走賁】同奔。〔石鼓文〕其戎—。〔周秦石刻釋音〕鄭云。今作奔或作走。

【⿺走叡】⿺走叡譌字。集韻—、松倫切。音旬。說文。走皃。又規倫切。音鈞。俱倫切。音麇。訓同。大徐本說文—、走皃。从走。叡聲。讀若紃。臣鉉等以爲叡聲遠。疑从睿。今攷小徐本正作⿺走叡。以下諸家暨玉篇廣韻並皆从叡。叡乃濬壑字。與紃聲不相近。正字通以⿺走叡爲⿺走叡譌字。適得其反。餘詳⿺走叡字。

十五畫

【⿺走臱】卑眠切音邊先韻
㊀本作⿺走臱。〔說文〕⿺走臱、走意。
㊁走頓也。見〔類篇〕。

【⿺走戩】激質切音吉質韻

●一 走意。見〔廣韻〕。

●二 走皃。見〔集韻〕。

【⿺走截】 咋結切音截屑韻

邪出前也。見〔集韻〕。〔按廣韻—訓傍出前。語韻作趄、趄邪出前也。音咀。又前結切。〕

【⿺走樂】 狠狄切音歷錫韻 式灼切音鑠藥韻

●一 動也。見〔說文〕〔段注〕篇韻皆云躒同。

●二 踐也。見〔字彙〕。

●三 —走也。見〔石鼓文〕多庶——。

【⿺走樂】 弋灼切音樂藥韻

走也。見〔集韻〕。

【⿺走廛】 直連切音廛先韻

移也。見〔玉篇〕。

【⿺走矞】 訣聿切音橘質韻 馨兗切音蠉銑韻

走意也。見〔說文〕。〔桂注〕廣韻—、行走之貌。

【⿺走瞏】 翾縣切音絢霰韻 許歲切音喙隧韻

走皃。見〔廣韻〕。

【⿺走憂】 衣檢切音掩琰韻

走也。見〔篇海〕。

【⿺走賣】 徒祿切音瀆屋韻

行貌。〔石鼓文〕其來——。

【⿺走鼻】 ⿺走畀本字。見〔說文〕。

【趱】 趲俗字。見〔正字通〕。

十六畫

【⿺走叡】 隨戀切音旋霰韻

●一 走也。見〔廣韻〕。

●二 大也。見〔集韻〕。

【⿺走叡】 詳遵切音旬眞韻

走貌。从走。睿聲。讀若紃。見〔說文〕。〔段注〕走疾於行。按此字今篆作⿺走叡。說云叡聲。濬叡字讀若郝。部分絕遠。依廣韻十八諄作—。則與濬部璿叡字同一諧聲。取韻詳遵、與似沿。分十三十四部而最近也。玉篇亦作—。祀傳切。今改正。

【⿺走憲】 許建切音憲願韻 五遠切音阮 許偃切音幰阮韻

走意。見〔說文〕〔段注〕石鼓詩。——夔。

【⿺走歷】 介益切音剔陌韻

—趚。盜行也。見〔集韻〕。

【⿺走歷】 狠狄切音歷錫韻

—趚。行貌。見〔廣韻〕。〔按玉篇—、同趚。趚趚行貌。集韻趚、趚行貌。或作—。〕

十七畫

【⿺走龠】 弋灼切音藥藥韻

●一 趠—也。見〔說文〕。〔段注〕趠—、疊韻字。廣韻趠—、行皃。方言踔、行也。踔即—字。〔按集韻類篇竝云趠—、謂疾走。〕

●二 猶躍也。見〔說文繫傳〕。

【⿺走霝】 郎丁切音靈青韻

犬逐走皃。見〔集韻〕。

【⿺走薊】 吉屑切音結屑韻

走意。見〔說文〕〔段注〕廣韻。走貌。〔按錢氏斠詮云今吳語云走結結。〕

十八畫

【⿺走瞿】 權俱切音劬虞韻

●一 走顧貌。从走。瞿聲。見〔說文〕。〔段注〕此形聲包會意。瞿、鷹隼之視也。記曰。見似目瞿。

●二 或作⿺走句。見〔集韻〕。

【⿺走雚】 逵員切音權先韻

行—⿺走卷也。一曰行曲脊貌。見〔說文〕。〔桂注〕一切經音義二十三。埤蒼。踡跼、不伸也。踡、說文作—。謂行—⿺走卷也。廣韻—、曲走貌。五音集韻—、行傴也。

【⿺走雚】 巨班切音權刪韻

行傴也。見〔集韻〕。

【⿺走雚】 求患切音豢諫韻

行曲也。見〔集韻〕。

【⿺走巽】 逸職切音弋職韻

趨進—如也。見〔說文〕〔注〕趨進便駛。復有儀容。如鳥之翼也。今論語作翼。字假借也。

十九畫

【趲】 在坦切音瓚旱韻 則旰切音贊翰韻

●一 散走也。見〔玉篇〕。

(一)逼使走也。見〔集韻〕。(二)虘也。〔廣雅釋言〕—、獨、虘也。〔疏證〕皆驚散之貌也。高誘注淮南子主術訓云。劉讀驚攢之攢。攢、與—通。

〔趲〕子罕切音儹旱韻

(一)逼使、走也。見〔集韻〕。(二)行第相趨也。見〔六書故〕。〔按諺語。長江後浪催前浪。世上新人—舊人。卽此義。〕(三)猶趕也。朱子與鄭子上書。有—課程語。卽俗云—路。亦趕路之意。〔又〕催—。朱子答王子合書云。著力催—工夫。竝見〔朱子文集〕。

〔趲〕宗蘇切音租虞韻

走也。見〔集韻〕。

〔趲〕祖管切音纂旱韻

逼使走也。見〔集韻〕。

二十畫

〔䞤〕屈縛切音躩厥縛切音钁局縛切音戄藥韻

大步也。見〔說文〕。

二十一畫

〔𧾷〕且虞切音趨虞韻

進皃見〔集韻〕。

※辵部※

〔辵〕敕略切音踔藥韻

(一)乍行乍止也。從彳從止。讀若公羊傳曰—階而走。見〔說文〕〔注〕—、行也。故曰乍行乍止也。今公羊傳—作踔。(二)循道疾行也。見〔六書故〕。(三)不拾級而下曰—。見〔儀禮公食大夫禮注〕。(四)犇也。見〔廣雅釋宮〕。〔疏證〕公羊宣六年傳注云。踔猶超也。釋文。踔、與踱同。一本作—。—踔踱竝同義。漢書司馬相如傳。踱踱輵轄容以骫麗兮。蜩蟉偃蹇怵臭以梁倚。張注云。踱踱疾行互前卻也。怵臭奔走也。—、怵、臭竝音丑略反。(五)走也。見〔玉篇〕。

二畫

〔辸〕如蒸切音仍蒸韻

(一)往也。見〔廣韻〕。(二)及也。見〔集韻〕。

〔边〕古軌字。見〔玉篇〕。

〔𨑒〕同迄。見〔龍龕手鑑〕。

〔辻〕日本字。讀若此歧。十字路也。

〔込〕日本字。讀若可米。如股東以股本繳入公司曰拂—。又甲乙立約。甲以其意示乙曰申—。猶言申述其意也。

三畫

〔𨑕〕裴父切音撫麌韻

(一)安也。見〔玉篇〕。(二)循也。見〔玉篇〕。〔按集韻撫或作—。廣韻無—有㧼。云同撫。〕(三)追也。見〔玉篇〕。(四)逃也。見〔字彙〕。

〔达〕他計切音替霽韻

(一)滑也。〔文選王褒賦〕其妙聲則清靜厭𢡜。順敘卑—。〔注〕字林曰。—、滑也。(二)達也。見〔玉篇〕。(三)迭也。見〔玉篇〕。(四)足滑也。見〔廣韻〕。(五)與達同。見〔玉篇〕。

〔达〕他達切音闥陀葛切音達曷韻

達或字。〔說文〕達。或从大。或曰迭。〔按迭下脫字字。或曰此迭字之異體也。〕

【达】他達切音闥曷韻

㊀行不相遇也。見〔集韻〕。

㊁㒓或字。〔集韻〕㒓、〔博雅〕逃也。或作—。

【⿺辶丌】居吏切音記寘韻

㊀古之遒人以木鐸記詩言。讀與記同。从辵丌。丌亦聲。見〔說文丌部〕。〔注〕遒人以行而求之。故从辵。从丌。丌薦而進之於上也。

㊁語助也。〔經傳釋詞〕其語助也。或作記。或作忌。或作己。或作—。義並同。〔按詩崧高往近王舅。箋云。近、辭也。聲如彼記之子之記。毛居正六經正誤以近爲—之譌。朱駿聲又疑孟子王者之迹熄迹當作—。〕

【迀】居寒切音干寒韻

㊀進也。見〔說文〕。〔段注〕干求字當作—。干犯字當作奸。〔按離騷云。既干進而務入兮。正字通引作—進。〕

㊁進也。見〔集韻〕。

【迂】雲俱切音于虞韻

㊀本作迃。〔說文〕迃。避也。〔段注〕—曲回避。其義一也。

㊁遠也。〔論語子路〕有是哉子之—也。

㊂曲也。〔後漢蔡邕傳〕不我知者。將謂之—。

㊃僻也。〔書盤庚〕—乃心。

㊄邪也。〔國語晉語〕不度而—求。

㊅失也。〔荀子榮辱〕豈不—乎哉。

㊆廣大也。見〔玉篇〕。〔按檀弓于則于疏云。君禮謂之于者。于音近—、—是廣大之義。〕

㊇回遠也。〔漢書郊祀志〕言神事如—誕。

㊈夸誕也。〔漢書五行志〕叔—季伐。

㊉闊也。見〔字彙〕。

⑪—屈也。〔管子君臣〕民流通則—屈之。〔注〕人太流蕩則—屈之。

⑫—塗。曲縈之貌。〔太玄羨〕其次—塗。〔按—塗、疊韻連語。〕

⑬—久。猶良久也。〔後漢劉寬傳〕—久大醉而還。

【迂】於武切音嫗麌韻

曲迴兒。見〔廣韻〕。

【迅】思晉切音信震韻　須閏切音浚震韻

㊀疾也。見〔說文〕。〔段注〕見釋詁。—疾疊韻。

㊁獸名。〔爾雅釋獸〕狠絕有力—。〔疏〕絕有力者名—。

㊂或作速。〔列子黃帝〕猶—視而盛氣。〔釋文〕—、一本作速。

【迆】演爾切音以紙韻　弋支切音移支韻

㊀衺行也。夏書曰。東—北會於匯。見〔說文〕。〔按書禹貢傳。—、溢也。馬注。—、靡也。〕

㊁邪倚也。〔考工記總序〕戈柲六尺有六寸。既建而—。〔注〕謂邪倚於車也。

【迄】許訖切音汔物韻

㊀至也。見〔說文新附〕。

㊁竟也。〔後漢孔融傳〕才流意廣。—無成功。

㊂通訖。〔漢書藝文志〕聲敎—于四海。〔按書禹貢作訖。〕

【辿】丑延切音脠先韻

㊀緩步也。見〔篇海〕。

㊁人名。鍾會子名—。見〔魏書鍾會傳〕。

【⿺辶子】夷周切音由尤韻

遊或字。〔集韻〕遊。行也。或从子。

【适】迁本字。見〔說文〕。

【⿺走巳】古起字。見〔說文走部〕。

【⿺辶巳】古起字。見〔玉篇〕。

【辻】古徒字。見〔廣韻〕。

【迁】遷俗字。見〔正字通〕。

四畫

【⿺辶巿】蒲撥切音跋　北末切音撥　普活切音錣　曷韻

㊀行兒。从辵。巿聲。見〔說文〕。〔桂注〕或借沛字。詩蕩顛沛之揭。論語顛沛必於是。〔按說文校議云。巿聲。以偏旁求之。巿艸盛巿巿然。巿止也。故—爲行貌。速爲前頓也。〕

㊁急走也。見〔玉篇〕。

㊂猝也。見〔集韻引廣雅〕。〔按廣雅疏證本作迹。〕

㊃或作跡。見〔集韻〕。〔按廣韻蒲撥切作跡行兒。〕

㊄或作趉。見〔集韻〕。〔按廣韻。趉同跡。〕
㊅或作越。見〔集韻〕。〔按廣韻。越同跡。〕

【迋】于放切音旺漾韻
㊀往也。見〔說文〕。〔桂注〕廣雅同。襄二十八年左傳君使子展—勞於東門之外。〔按漢書五行志作子展往勞於東門。〕
㊁歸也。見〔廣雅釋詁〕。〔疏證〕—、即往字也。莊三年穀梁傳云王者、民之所歸往也。
㊂勞也。見〔廣韻〕。

【迋】俱往切音[illegible]求往切音俇養韻
㊀誑也。〔詩揚之水〕人實—女。
㊁恐也。〔左昭二十一年傳〕子無我—。
㊂欺也。〔左定十年傳〕是我—吾兄也。
㊃欺怨也。見〔廣韻〕。
㊄——恐懼之貌。〔文選司馬相如賦〕魂——若有亡。
㊅或作逛。見〔集韻〕。〔按玉篇。具往切。廣韻。俱往切。別出進字。訓走貌。〕

」

【迋】曲王切音匡渠王切音狂陽韻
安也。見〔集韻〕。

【迋】具放切狂去聲漾韻
㊀欺也。見〔集韻〕。
㊁或作逛。見〔集韻〕。

【迋】古況切音誑漾韻
讙或字。〔集韻〕讙。說文、欺也。或作—。〔按左傳定十年釋文。—、又古況反。欺也。〕

【⿺辶弔】丁歷切音的錫韻多嘯切音釣嘯韻
㊀至也。見〔說文〕。〔注〕臣鍇按尚書曰惟弔茲。不于我正人得罪。惟至茲也。今文尚書借弔字。
㊁或作弔。見〔集韻〕。

【近】巨靳切音覲問韻〔按經典釋文。遠—、上聲。—之、去聲。段玉裁云。古無此分別。〕
㊀附也。見〔說文〕。
㊁親也。〔書五子之歌〕民可—不可下。〔傳〕—、謂親之。
㊂迫也。〔呂覽處方〕水不可得—。
㊃知也。〔呂覽執一〕唯有其材者為—之。

【近】巨謹切音瘽吻韻
㊀不遠也。〔易繫辭〕—取諸身。
㊁追也。〔易繫辭〕二多譽。四多懼。—也。
㊂幾也。見〔廣韻〕。〔按論語回也其庶乎。注云。庶言—道也。〕
㊃內也。〔呂覽有始〕夏至日行—道。
㊄身也。〔淮南原道〕求之—者。
㊅幸也。〔國策齊策〕有七孺子皆—。

【近】居吏切音記寘韻
己也。〔詩崧高〕往—王舅。〔箋〕—。辭也。聲如彼記之子之記。〔按毛居正六經正誤。以—為近之譌。互詳近字。〕

【迎】魚京切庚韻
㊀逢也。見〔說文〕。〔桂注〕孟子。逢君之惡其罪大。趙注。逢—也。君於惡心未發。臣以諂媚逢—之。
㊁逆也。〔方言〕自關而東曰逆。自關而西曰—。
㊂接也。〔淮南覽冥〕不將不—。〔注〕將、送也。—、接也。
㊃奉也。〔家語入官〕則民戴而不—。
㊄逆數之也。〔史記五帝紀〕—日推策。〔注〕日月朔望未來而推之。故曰—日。
㊅人—。脈名。有二說。一謂脈有上中下三部。頸脈曰人—。手脈曰寸口。足脈曰趺陽。一謂手脈關前一分。左為人—。右為寸口。

【迎】魚慶切敬韻〔洪武正韻云。凡物來而接之、則平聲。物未來而往迓之、使來、則去聲。〕
迓也。〔詩大明〕親—于渭。

【返】府遠切音反阮韻
㊀還也。商書曰。祖伊—。春秋傳—从反。見〔說文〕。〔桂注〕釋言。還、—也。衛策。至境而反。高云。反、還。
㊁歸也。見〔廣雅釋詁〕。
㊂復也。見〔玉篇〕。〔按漢書伍被傳。往者不—。注言不復也。〕
㊃更也。〔呂覽慎人〕—瑟而弦。
㊄通反。〔公羊隱元年傳〕公將平國而反之桓。

【迒】寒剛切音航居郎切音岡陽韻
㊀獸迹也。見〔說文〕。〔桂注〕本書敘。

見鳥獸蹤—之迹。方言。—、迹也。

(二)兔跡也。〔爾雅釋獸〕兔其迹—。〔注〕兔跡名—。

(三)長道也。見〔玉篇〕。〔按廣雅釋宮。—、道也。張衡西京賦。結罝百里—。杜蹊塞。〕

(四)長也。見〔方言〕。〔注〕謂長短也。〔箋疏〕廣雅。—、長也。

(五)通亢。〔釋名釋道〕鹿兔之道曰亢。行不由正。亢陌山谷草野而過也。

【迒】　胡江切音降江韻

車迹也。見〔集韻〕。〔按正字通云。凡獸迹車迹皆曰—。〕

【迓】　魚駕切音訝禡韻

(一)訝或字。見〔說文新修字義〕。〔按說文。訝、相迎也。經傳作—者。衛包所改之俗字。徐鉉據以補入說文。為十九文之一。段本不錄。〕

(二)通御。〔詩鵲巢〕百兩御之。〔釋文〕御、本亦作訝。又作—。

(三)通禦。〔書牧誓〕弗—克奔。〔釋文〕—、馬作禦。

【迓】　牛據切音御御韻

迎也。書—衛。鄭康成讀。見〔集韻〕。

【迕】　五故切音誤遇韻　阮古切音五麌韻〔按正字通云。逆、遌、逜、竝通。古通午。〕

(一)遇也。〔後漢陳蕃傳〕王甫時出。與蕃相—。

(二)違也。〔漢書食貨志〕好惡乖—。

(三)逆也。〔漢書廣川惠王傳〕莫敢復—。

(四)橫也。〔莊子天道〕—道而說者。

(五)觸也。〔文選班固賦〕上聖—而後拔兮。

(六)背也。〔管子君臣〕國家有悖逆反—之行。

(七)過也。見〔集韻〕。

(八)錯—。交雜也。〔文選宋玉賦〕迴穴錯—。

(九)姓也。明有—春。見〔正字通〕。

【⿺辶尤】　于尤切音求尤韻

經過也。見〔集韻〕。

【迗】　五禾切音訛歌韻

—迣。逢天下也。見〔龍龕手鑑引玉篇〕。

【⿺辶丑】　音抽屑韻

疾風也。見〔篇海類編〕。

【⿺辶丞】　音帝霽韻

不進也。見〔川篇〕。

【⿺辶开】　居以切音己紙韻

辭也。〔九經考異〕詩往近王舅。楊慎作辺。一作—。

【⿺辶止】　徙本字。見〔說文〕。

【⿺辶内】　古退字。見〔玉篇〕。

【⿺辶予】　古徐字。見〔字彙〕。

【迊】　同帀。見〔廣韻〕。

【⿺辶从】　同從。見〔漢孔耽碑〕。

【⿺辶㐺】　同從。見〔字彙〕。

【⿺辶四】　同從。見〔集韻〕。

【还】　還俗字。龍龕手鑑、篇海類編、竝浮否二音。

【⿺辶太】　达譌字。見〔正字通〕。

【⿺辶丗】　迣譌字。見〔正字通〕。

【迖】　达譌字。見〔正字通〕。

五畫

【迢】　田聊切音條蕭韻

(一)—遰也。見〔說文新坿〕。〔鄭氏新坿攷〕—遰、—遙皆超遠之意。古當作超。

(二)—。高皃。見〔集韻〕。

(三)—嶢。高貌。〔文選王延壽賦〕—嶢倜儻。

(四)—遞。遠望懸絕也。〔文選左思賦〕曠瞻—遞。〔按正字通云。遠不相通也。〕

(五)通苕。〔文選謝靈運詩〕苕苕歷千載。〔鈕樹玉云。—、亦作苕。〕

【迣】　征例切音制　時制切音誓霽韻

(一)迾也。晉趙曰—。見〔說文〕。〔段注〕鮑宣傳。部落鼓鳴。男女遮—。此其義也。

(二)度也。見〔廣韻〕。

(三)超踰也。〔漢書禮樂志〕體容與。—萬里。

(四)古迾字。見〔玉篇〕。〔按禮樂志晉灼注。—、古迾字。〕

【迣】　丑例切音跇霽韻

同跇。迣也。一曰踰也。見〔集韻〕。

【迥】　戶茗切音泂迥韻

(一)遠也。見〔說文〕。〔桂注〕釋詁文。彼作洞。〔按史記司馬相如傳。—灁泳沫。集解、—、遠也。〕

(二)遲也。見〔爾雅釋詁〕。

【迻】演爾切音𤰈紙韻余支切音移支韻

㊀邪行也。[考工記弓人]菑栗不一。[注]、一謂邪行絕理者弓發之所起。

㊁邪也。[文選張衡賦]立戈一戛。

㊂一巇。邪平之貌。[文選王褒賦]倚巇一巇。

㊃一邐旁行也。見[爾雅釋訓]。

【迤】余支切音移支韻

㊀逶一。曲也。[後漢荀爽傳]道固逶一也。[又]長貌也。[文選王粲賦]路逶一而修迥兮。

㊁蛇或字。[集韻]蛇。委蛇。委曲自得皃。或作一。[按詩羔羊]委蛇。[釋文]引韓詩作一逶一。公正貌。凡从它之字多作也。故又書作虵、虵。攷說文本作逶迆。故又書迆作迱一。又或作移迆倚夷者。以音近字爲之也。]

【迆】演你切音酏紙韻

迆或字。[集韻]迆。衺行也。一曰𢈱也。或作一。

【迱】唐何切音駝歌韻

迱或字。[集韻]迱。逶一。行貌。或作一。

【迱】唐何切音駝歌韻

㊀逶一也。見[玉篇]。

㊁逶一。行皃。見[集韻]。

【迱】余支切音移支韻

同蛇。委蛇也。見[字彙補]。

【迊】北末切音撥曷韻陟利切音致寘韻

前頓也。从辵朩聲。賈侍中說。一曰讀若拾又若郅。見[說文]。[錢注]宋本誤作迹。繫傳不誤。宋本作前頓也。各本皆作頓。[按集韻北末切引說文。字从市。誤也。陟利切、一。則與類篇竝从朩。不誤。凡从朩篆之字。今作朩。當正作朩。繫傳朩部市下引字書。蔽朩、小貌。桂王二家。市下皆引廣韻。朩、玉篇。朩、止也。姊柹字从此。廣韻。朩、止也。从市。一橫止之。出文字音義。韻內凡姊、柹、柹、笫、胏字。皆从朩。可證也。市者。部首朩字。市市可分。市朩可分。市朩不可分。玉篇之市部。卽說文之朩部。普活切。訓草木盛之朩。與分物切訓韠之市。楷書故無別也。玉篇。市、甫味切。蔽市、小貌。引說文。普活切。草木市市然。象形。廣韻未韻之芾、跡。泰韻之芾、伂、沛。末韻之迹、怖、抪、跡、䟸等字。皆从市。集韻。市、普活切。草木盛貌。又北末切。又泰韻博蓋切。義同。又物韻。市、說文。韠也。竝無二形。字彙正字通康熙字典諸書。雖皆於木部載有朩字。然於芾沛伂抪跡等字。亦未有从朩者。而巾部之市字。直彙收說文韠市蔽市兩字音訓。篇首所列辨似。惟朩與木有辨。市與市有辨。而市字或云音𢶡、蔽市。或云音弗、韍也。仍混合不可辨。且許書㮘篆下引杜林說。朩亦朱市字。蓋朩市之不分久矣。段注於行貌之迹。謂不當从卽禮切之朩。是也。於前頓之一。則竟改正文爲遱。前頓也、从辵桒聲。注云。汲古本改作一。今依玉篇正。此殆不免臆決專輒。如徐氏所譏者。若又以一朩聲爲疑。於拾郅二讀。固顯然無礙。似於撥音不類。此或文有脫誤。或賈別有說。但說文賈云貝聲。桑云叒聽。此例亦往往見之。卽蔽芾之芾、方味切。小徐引字書作蔽朩、卽似反。而集韻撥音內亦收有芾字矣。桂王朱三家雖不率改正文。而意亦猶段。惟嚴氏校議、錢氏斠詮、不然。蓋惟迹爲行貌。故从草木盛之市。惟一爲前頓。故从訓止之朩。其義章章甚明。至玉篇遱訓前頓。而集韻同之。此別爲一字。亦不相悖。凡非說文字而同說文某字義訓者至夥。安得一一改之。舊字典遱下固未涉及說文。亦未引玉篇。一下亦止引集韻寘韻音訓。及古文遂字云云。遂漏脫說文一字。無可位置。今不苟同。]

【速】追萃切音轛寘韻

㊀足不前也。見[集韻]。

㊁古遂字。見[集韻]。

㊂或作跡。見[集韻]。

㊃或作遱。見[集韻]。

【迡】曲禮切音邸薺韻

怒不進也。一曰鷙也。見[說文]。[段注]惟楷本有此四字。而鷙从鳥則誤。馬部曰。驇、馬重皃。鷙部曰。樊、鷙不行也。

【迡】丁計切音帝霽韻

㊀怒不進也。見[玉篇]。

(二)向不及也。見〔玉篇〕。

(三)𧺆也。駭也。見〔玉篇〕。〔按康熙字典引廣韻誤。廣韻無此字。〕

【迨】蕩亥切音隶賄韻

(一)及也。東齊曰—。見〔方言〕。

(二)願也。〔詩標有梅〕—其吉兮。

【迦】居牙切音嘉麻韻居伽切音迦歌韻

(一)釋—。牟尼佛號也。譯言能仁。天竺—維衛國王之子。年十九出家。三十成佛。說法四十九載。乃於拘尸那城、娑羅雙樹閒、入涅槃。

(二)迦省字。〔集韻〕迦。說文、迦互。令不得行也。或省。〔按迦互卽梐枑。亦名行馬。玉篇互作牙。蓋形近而譌。〕

(三)通邂。〔太玄迎〕迎父—逅。〔注〕—逅。邂逅解脫之貌也。

【𨒅】王伐切音越月韻

(一)踰也。見〔說文〕。〔段注〕足部曰。踰、—也。踰與逾義小別。

(二)散走也。見〔玉篇〕。

【迪】亭歷切音狄錫韻

(一)道也。見〔說文〕。〔段注〕見釋詁。按道兼道路引導二訓。—道、—叠韻。〔按書大禹謨。惠—吉。〔傳〕—、道也。〕

(二)進也。〔詩桑柔〕弗求弗—。

(三)蹈也。〔書臯陶謨〕允—厥德。

(四)導也。〔書太甲〕啓—後人。〔注〕謂開導子孫也。

(五)至也。〔漢書敍傳〕漢—于秦。有革有因。〔按朱駿聲云猶踵也。注至也、失之。〕

(六)由也。〔漢書揚雄傳〕叅—檢押。

(七)以也。〔書牧誓〕昏棄厥遺王父母弟不—。

(八)作也。見〔爾雅釋詁〕。〔義疏〕—者、妯之假音也。妯、下文云動也。動作義同。—妯聲同。—有軸音。又通作柚。方言云。杼柚、作也。

(九)正也。〔玉篇〕靑州之閒相正謂之—。〔按方言由、正也。箋疏云。下文由、輔也。由正皆謂輔持也。—與由同義。合言之則曰由—。〕

(十)猶用也。〔書大誥〕亦惟十人—知上帝命。〔王肅注〕民十夫用知天命。〔按經傳釋詞云。—、詞之用也。書牧誓昏棄厥遺王父母弟不—。史記周本紀、不—作不用。—爲不用之用。又爲語詞之用。義相因也。康誥曰。—屢未同。多方曰。爾乃—屢不靜。亦謂用屢未同。用屢不靜也。〕

(十一)順也。見〔字彙〕。

(十二)發語詞。〔經傳釋詞〕書盤庚曰。—高后丕乃崇降弗祥。言高后丕乃崇降不祥也。—、語詞耳。

(十三)語助詞。〔經傳釋詞〕—。句中語助也。酒誥曰。又惟殷之—諸臣百工。是也。某氏訓爲蹈。亦失之。

(十四)—化。府名。本烏魯木齊地。淸光緖時。改設新疆省。以—化府爲省治。

【迫】博陌切音百陌韻

(一)近也。見〔說文〕。〔王注〕周禮大司徒。族墳墓注。同宗者生相近。死相—。

(二)附也。〔離騷〕望崦嵫而勿—。

(三)急也。〔後漢朱暉傳〕惶—伏地。

(四)窘也。〔楚辭遠遊〕悲時俗之—阨兮。

(五)切也。〔淮南精神〕—而動。

(六)促也。〔呂覽貴生〕—生爲下。

(七)縮也。〔史記周本紀〕陰—而不能蒸。

(八)偪也。〔漢書武帝紀〕外—公事。

(九)陿也。見〔廣雅釋詁〕。〔按卽—迮之義。文選歎逝賦注引聲類。迮、—也。迮、俗作窄。廣雅釋詁。窄、陿也。〕

(十)催也。〔杜甫詩〕能事不受相促—。

(十一)通柏。〔漢書溝洫志〕魚沸鬱兮柏冬日。〔注〕柏、與—同。

【迭】徒結切音絰屑韻

(一)更—也。从辵失聲。一曰达。見〔說文〕。〔桂注〕孟子。—爲賓主。左昭十七年傳。三呼皆—對。杜云。—、更也。〔參閱达字〕。

(二)遞也。〔易說卦傳〕—用柔剛。

(三)代也。見〔廣雅釋詁〕。〔疏證〕代謂之—。猶次謂之秩也。

(四)互也。〔史記樂書〕—相陵。謂之慢。

(五)過也。〔文選張衡賦〕爛漫麗靡。藐以—逷。

(六)侵突也。〔左成十三年傳〕—我殽地。

(七)泑—。疾貌。〔文選木華賦〕鬱泑—而隆頹。

(八)迷—。香名。出大秦國。

(九)通佚。〔史記十二諸侯年表〕四國佚興。

(十)通軼。〔史記封禪書〕軼興軼衰。〔漢書作—。〕

●通戴。〔詩日月〕胡—而微。〔韓詩作戴〕

●通逸。〔家語顏回〕馬將—。

【迮】側格切音窄陌韻　卽各切音作藥韻

❶—起也。見〔說文〕。〔按朱駿聲說。叚借爲作。段玉裁說。與作音義同〕

❷迫也。〔後漢陳忠傳〕鄰舍比里。共相壓—。

❸倉卒意。〔公羊襄二十年傳〕今若是—而與季子國。

❹排—壁也。〔後漢竇融傳〕羣執排—不得進退。

❺姓也。明—原霖洪武中翰林編修。

【述】食律切音術質韻

❶循也。見〔說文〕〔桂注〕循也者。釋詁文。廣雅。循、—也。書五子之歌。—大禹之戒以作歌。傳云。—、循也。

❷修也。〔漢書蓺文志〕祖—堯舜。

❸行也。〔禮記禮器〕故可—而多學也。

❹陳也。〔孟子梁惠王〕諸侯朝於天子曰—職。

❺訓其義也。〔禮記樂記〕識禮樂之文者能—。

❻顯而明之曰—。〔書孔序〕—職方以除九邱。

❼既受命而申言之曰—。〔儀禮士喪禮〕筮人許諾不—命。

❽纘也。譔也。凡終人之事。纂人之言、皆曰—。見〔洪武正韻〕。

❾冠名。〔後漢輿服志〕通天冠。前有山展筩爲—。記曰。知天者冠—。〔按—亦作鷸。說文鳥部鷸下、引禮記曰。知天文者冠鷸〕

❿通術。〔詩日月〕報我不—。〔釋文〕—本亦作術。

⓫通遹。〔爾雅釋詁〕遹、自也。〔孫注〕遹、古—字。〔按段玉裁說。古文多以遹爲—。故孫云爾。謂今人用—。古人用遹也〕

⓬姓也。〔風俗通姓氏〕魯大夫仲—之後。

【迟】乞逆切音隙　苦席切音郤陌韻

❶曲行也。見〔說文〕。〔段注〕—曲雙聲。乚部曰。—曲。隱蔽。孟康注子虛賦曰。文理茀鬱—曲。

❷曲也。見〔廣雅釋詁〕。

❸通枳。〔禮記明堂位注〕枳之言枳椇也。謂曲橈之也。〔按段玉裁云。枳、—通作枳〕

❹通卻。〔莊子人閒世〕吾行卻曲。〔釋文〕卻、字書作—。

【⿺辶且】叢租切音徂虞韻

往也。从辵且聲。—齊語。或从彳。籒文从虘。見〔說文〕。〔桂注〕往也者。釋詁文。經典用或體作徂。—齊語者。方言。徂、往也。徂、齊語也。

【迡】乃計切泥去聲霽韻

近也。見〔玉篇〕。

【迡】陳尼切音墀支韻

同遲。晚也。舒行貌也。見〔玉篇〕。〔按說文、遲之或體作迡。甘泉賦曰。靈遲迡兮。說者皆云上音棲、下音遲。迡、卽遲字也。然文選作迉—與漢書異。玉篇、汗簡、亦皆作—。朱駿聲云。遲或从古文仁。實从尼聲。尼之壞字也。存參〕

【迣】尸制切音世霽韻

遊步也。見〔玉篇〕。

【⿺辶正】諸盈切音鉦庚韻

正行也。見〔說文〕。〔注〕謂从正道行也。若王者巡狩。正也。狩河陽。非正行也。〔按說文以征爲—之或體。玉篇—下云。今作征〕

【⿺辶㕣】以喘切音兖銑韻

行也。見〔玉篇〕。

【⿺辶甲】古狎切音甲洽韻

漢書人名。見〔廣韻〕。

【⿺辶囚】徐由切音囚尤韻

拘留也。見〔集韻〕。

【⿺辶冗】乳勇切音冗腫韻

行也。見〔集韻〕。

【⿺辶半】薄半切音叛翰韻

去也。見〔集韻〕。

【迠】尺涉切音謵葉韻

行也。見〔集韻〕。

【⿺辶丞】丑角切覺韻

走也。見〔篇海類編〕。

【⿺辶夅】音由尤韻

行也。見〔五音篇海〕。

【迩】古邇字。見〔說文〕。

【迬】古往字。見〔字彙〕。〔按玉篇。之句切。又竹句切。義闕。〕

【追】古遣字。見〔字彙補〕。

【迹】古迹字。見〔字彙補〕。

【迧】同陳。〔正字通〕石鼓—禽奉雉。又乘馬既—。皆从申。與陳同。

【𨒆】同越。見〔玉篇〕。

【迡】遲或字。見〔說文〕。〔五詳迡字。〕

【迯】逃俗字。見〔正字通〕。

六畫

【迷】緜批切音麛齊韻　民卑切音彌支韻

一 惑也。見〔說文〕。〔桂注〕舜典烈風雷雨弗—。

二 誤也。〔韓非解老〕凡失其所欲之路、而妄行之則爲—。

三 亂也。見〔玉篇〕。

四 —離、惝恍也。〔木蘭詞〕雄兔腳撲朔。雌兔眼—離。

五 —陽、伏陽也。謂詐狂。〔莊子人閒世〕—陽—陽。無傷吾行。

六 —榖、木名。〔山海經南山經〕招搖之山有木焉。其狀如榖、而黑理。其華四照。其名曰—榖。

七 —藏、戲名。以錦帕裹目。互相捉戲。謂之捉—藏。

【追】中葵切音遣支韻

一 逐也。見〔說文〕。〔桂注〕本書。逐、—也。〔廣雅〕—、逐也。〔按公羊莊十八年。—戎于濟西。言以兵逐之也。周禮脩閭氏以比—胥。言逐寇賊也。〕

二 隨也。見〔方言〕。〔按楚辭離騷。背繩墨以—曲兮。王逸注云。—、猶隨也。〕

三 及也。〔書五子之歌〕雖悔可—。

四 救也。〔論語微子〕往者不可諫。來者猶可—。

五 送也。〔詩有客〕薄言—之。

六 猶召也。〔管子七臣七主〕馳車充國者。—寇之馬也。

七 猶補也。〔素問調經論〕是謂—之。

八 猶遂也。〔漢書五行志〕歸獄不解。茲謂—非。〔注〕—非、遂非也。

九 凡自後及之也。〔漢書韓信傳〕公無所—。—信詐也。

十 凡上溯已往曰—。〔左襄九年傳〕閻宋彭城。非宋地。—書也。〔注〕—書者。其地已非宋有。—使屬宋也。〔後世—上尊號、—謚、—封、—加豫算案。皆此義。〕

十一 祭先而永思不忘曰—。〔論語學而〕愼終—遠。

十二 戎狄國名。〔詩韓奕〕其—其貊。

【追】都回切音堆灰韻

一 彫也。〔詩棫樸〕—琢其章。〔傳〕—、彫也。金曰彫。

二 治也。〔周禮追師〕爲副編次—衡笄。

三 鐘紐也。〔孟子盡心〕以—蠡。

四 冠名。〔周禮追師〕—師。〔注〕—、冠名。—師、掌冠冕之官。故并主王后之首服。〔按白虎通紼冕云。夏統十三月爲正。其飾最大。故曰毋—。毋、又作無。—、別作頧。〕

五 猶堆也。〔儀禮士冠禮〕毋—。

【追】追萃切音轛寘韻

逐也。周禮比其—胥。劉昌宗讀。見〔集韻〕。〔按周禮脩閭氏。而比其—胥者。又遂人釋文出—胥。—、如字。劉張類反。〕

【追】吐內切音退隊韻

和柔皃。見〔集韻〕。〔按禮記檀弓。文子其中退然。釋文出—然。—、音退。本亦作退。和柔貌。〕

【追】旬爲切音隨支韻

古隨字。〔集韻〕隨。說文從也。古作—。〔按離騷。背繩墨以—曲兮。注。—、猶隨也。洪興祖補注。—、古隨字。〕

【迹】資昔切音積陌韻

一 步處也。从辵、亦聲。見〔說文〕。〔段注〕莊子云。夫—、履之所出。而—豈履也。—、本作速。朿聲。故音在十六部。小篆改爲亦聲。則當入五部。而非本部之形聲矣。李陽冰云。李丞相持朿作亦。謂此字也。

二 蹤也。〔呂覽必己〕不若相與—而殺之。以滅其—。

三 行也。〔楚辭悲回風〕見伯夷之放—。

四 道也。〔楚辭天問〕昏微循—。

五 履之所出也。〔管子宙合〕猶—求履之憲也。

六 理也。見〔玉篇〕。

七 猶尋也。〔漢書季布傳〕—且至臣家。〔注〕—、謂尋其蹤—也。

(八)功業也。〔文選陸機文〕遠—頓於促路。〔按書武成太王肇基王—。卽此義。〕

(九)凡前人所遺留者曰—。〔莊子天運〕六經。先王之陳—也。〔按論語。不踐—注。—、舊—也。〕

(十)凡有形可見者皆曰—。〔淮南說山〕循—者非能生—者也。

(十一)凡有所遵循亦曰—。〔書蔡仲之命〕爾乃邁—自身。〔注〕無所因。故曰邁—。

(十二)循實而致之亦曰—。〔漢書功臣表〕—漢功臣。

(十三)風化之—也。〔孟子離婁〕王者之—熄而詩亡。

(十四)——不安也。江沅之間謂之——。見〔方言〕。〔注〕往來之貌。

(十五)—人周官名。〔周禮地官序官〕—人。〔注〕—之言跡。知禽獸處。

【退】叶內切推去聲隊韻

(一)本作復。〔說文彳部〕復。卻也。从彳日夊。一曰行遲。見〔說文彳部〕。〔段注〕、彳、行也。行而日日遲曳。是—也。夊、行遲曳夊夊也。今字多用古文。不用小篆。〔按國語晉語。雖能—敵。注。—、卻也。此卻人之—也。賈子道術。功遂自卻謂之—。此自卻之—也。〕

(二)遜遁也。〔儀禮聘禮〕賓三—負序。

(三)避也。〔儀禮鄉飲酒禮〕主人少—。

(四)反位也。〔儀禮聘禮〕君不許乃—。

(五)旁側也。〔禮記玉藻〕侍坐必—席。

(六)止也。〔呂覽仲夏〕—嗜慾。

(七)去也。〔禮記檀弓〕君—。

(八)歸也。〔儀禮士冠禮〕主人—。

(九)罷也。〔詩碩人〕大夫夙—。

(十)遷也。〔禮記曲禮〕以袂拘而—。

(十一)還私職也。〔左宣十二年傳〕—思補過。〔按禮記少儀云朝廷曰—。疏云還私遠君故稱—。〕

(十二)使去也。〔左昭二十五年傳〕公—之。

(十三)減也。〔詩羔羊〕—食自公。〔箋〕—食、謂減膳也。

(十四)改悔也。〔國語晉語〕雖欲有—。

(十五)返也。〔漢書董仲舒傳〕臨淵羨魚。不如—而結網。

(十六)綏也。見〔方言〕〔箋疏〕廣雅。—、綏也。〔按論語求也—。亦巽綏之意。〕

(十七)遜也。〔禮記曲禮〕—讓以明禮。

(十八)柔和貌。〔禮記曲檀弓〕文子其中—然如不勝衣。

(十九)進—猶損益也。〔周禮小司寇〕以圖國用而進—之。〔又〕猶用舍也。〔禮記檀弓〕進人以禮。—人以禮。

(二十)墜也。見〔釋名釋言語〕〔疏證〕禮記檀弓曰。—人若將墜諸淵。

【退】吐困切呑去聲願韻

(一)衰謝也。〔道經〕蝶交則粉—。蜂交則黃—。〔按今通作褪。〕

(二)淺也。〔王建詩〕粉光深紫膩。肉色—紅嬌。

【逃】徒刀切音陶豪韻

(一)亡也。見〔說文〕〔段注〕亡—互訓。

(二)避也。見〔廣雅釋詁〕〔按玉篇—、避也。〕

(三)去也。〔孟子盡心〕—墨必歸於楊。

(四)竄也。〔楚辭大招〕魂無—些。

(五)義當留而竊去也。〔左文三年傳〕凡民—其上曰潰。在上曰—。

(六)—軍將獨奔也。〔穀梁文七年傳〕以是爲—軍也。

(七)通陶。隱匿其情也。〔荀子榮辱〕陶誕突盜。〔注〕或曰陶當爲—。

(八)通跳。逸去也。〔史記高祖紀〕項羽圍成皋。漢王跳。〔集解〕徐廣曰。音—。

【送】蘇弄切檧去聲送韻

(一)遣也。見〔說文〕〔桂注〕玉篇。遣、—也。曲禮。使者歸。則必拜—於門外。〔按玉篇—、遣也。引詩遠—于野。〕

(二)引也。〔史記平準書〕命曰株—徒。

(三)致也。〔漢書食貨志〕名曰株—徒。〔注〕師古曰。言被牽引者爲其根株所—。當充徒役。

(四)將也。〔儀禮聘禮〕賓再拜稽首—幣。

(五)饋遺也。〔史記陸賈傳〕它—亦千金。

(六)猶畢也。〔禮記月令〕出土牛以—寒氣。

(七)贈行曰—。〔詩渭陽〕我—舅氏。

(八)從禽曰—。〔詩大叔于田〕抑縱—忌。〔疏〕—、謂逐後。

(九)縱—善射之貌。〔詩大叔于田注〕舍拔曰縱。覆鏽曰—。

(十)—敬猶致謝也。〔後漢周燮傳〕遣生—敬。

(十一)斷—猶決棄也。〔韓愈詩〕斷—一生惟有酒。

【逆】佐戟切擬入聲陌韻
❶迎也。關東曰—。關西曰迎。見〔說文〕〔段注〕—、迎雙聲。二字通用。如禹貢—河。今文尚書作迎河。是也。今人假以爲順屰之屰。—行而屰廢矣。
❷受也。〔儀禮聘禮〕衆介皆—命。不辭。
❸言相向迎受也。河名。〔書禹貢〕同爲—河。入于海。〔鄭注〕下尾合名曰—河。〔按水經淇水注。濡水。枉渚迴湍。率多曲復。亦謂之爲曲—水也。漢書溝洫志作迎河。〕
❹親迎也。〔國語晉語〕乃歸女而納幣。且—之。
❺猶鉤考也。〔周禮鄉師〕以—其役事。
❻度也。謂先事預度之也。〔易說卦〕知來者—。是故易、—數也。
❼遻也。見〔廣雅釋言〕〔疏證〕遻、通作錯。卷三云。—、亂也。亂亦錯也。〔按釋言又云。遻、迕也。迕者。說文、會也。玉篇。今作交。疑此釋—爲遻。乃謂交會。卽說文迎—之引伸義。彼釋詁三之—亂。則說文順—之屰耳。〕
❽奏事上書曰—。〔周禮大宰〕宰夫掌敍羣吏之治。以待諸臣之復。萬民之—。〔按自下而上曰—。受下書亦謂之—。〕
❾遻也。遻不從其理、則生殿。遻、不順也。見〔釋名釋言語〕
❿不從也。〔左昭四年傳〕慶封惟—命。
⓫拒也。〔國策齊策〕故專兵一志以—秦。
⓬卻也。〔考工記匠人〕—牆六分。
⓭反也。〔國語晉語〕未退而—之。
⓮亂也。〔禮記仲尼燕居〕勇而不中禮、謂之—。〔按—之爲言。性不恭順。乖於常理。禁而不止。崇玩好。威嚴令。見利反上也。〕
⓯乖也。〔荀子非十二子〕言辯而—。
⓰濟也。〔素問通評虛實論〕實而—則死。
⓱衙還之使不出圍。〔周禮田僕〕設驅—之車。
⓲天文西行爲—。〔洪範五行傳〕星辰—行。〔注〕—謂縮、反明、經天、守舍之類也。
⓳氣異謂之—。〔素問六元正紀大論〕從—奈何。
⓴—折。旋回也。〔文選司馬相如賦〕橫流—折。
㉑—旅。客舍也。〔左僖二年傳〕保于—旅。
㉒曲—。地名。〔史記陳丞相世家〕高帝南過曲—。〔集解〕駰案地理志。縣屬中山也。〔索隱〕章帝醜其名。改云蒲陰也。〔在今直隸完縣東南。〕

【逰】夷周切音由尤韻
❶古游字。見〔說文㫃部〕〔按段注云。从辵者。流行之義也。从斿者。汓省聲也。俗作遊者。合二篆爲一字。通訓定聲云。此字从辵、汓聲。行也。當別爲正篆。巛、卽水也。似朱說足補段所未及。廣韻則與說文同。玉篇以爲古文遊字。〕
❷行也。見〔集韻〕
❸人名。〔宋史宗室表〕趙與—。
❹或作遊。見〔集韻〕
❺通作游。見〔集韻〕

【迴】胡隈切音回灰韻〔按字本作回。後人加辵作迴以相分別。又譌辵作廴。變迴爲廻。〕
❶旋也。〔爾雅釋天〕—風爲飄。〔注〕—風。旋風也。
❷運也。〔太玄玄攡〕天日—行。
❸通也。〔呂覽貴因〕德—乎天地。
❹曲也。〔文選張衡賦〕—行道乎伊闕。
❺邪也。〔文選班固賦〕叛—穴其若茲兮。
❻迂難也。〔淮南氾論〕則天下納其職貢者—也。
❼轉也。見〔玉篇〕
❽—避也。見〔玉篇〕
❾—翔。水復流也。〔文選枚乘七發〕—翔青篾。
❿—穴。凡事不能定也。〔文選宋玉賦〕—穴錯迕。

【迵】徒弄切音洞送韻　同東韻徒東切音
❶—迭也。見〔說文〕〔按說文达下云。一曰迭。迭下云。一曰达。达、達或字。段玉裁云。达迭二字。互相爲用。今則—迭皆言洞達矣。〕
❷通達也。見〔玉篇〕
❸過也。見〔廣韻〕
❹——。通也。〔太玄達〕中冥獨達。——

—不屈。〔注〕中心冥冥—達。故通而不盡。

⑤—颫颫疾也。〔史記倉公傳〕診其脈曰—颫。〔集解〕言洞徹入四肢。〔索隱〕言颫洞澈五臟也。

【逅】下遘切音候居候切音遘宥韻

邂—不期而遇也。見〔說文新附〕。〔鄭氏新附攷〕古遇謂之遘。重言之曰解遘。遘本字。—俗借作覯。又借作構。

【逅】胡遘切音侯尤韻

邂—。解悅皃。見〔集韻〕。〔又〕不固之貌。見〔字彙補〕。

【适】古活切音括苦活切音闊曷韻

①本作𨓈。〔說文〕𨓈。疾也。〔桂注〕或借活字。長笛賦汩活澎濞。李善注。汩活。疾皃。

②人名。〔論語憲問〕南宮—。〔釋文〕—本亦作括。〔按書君奭南宮括。古今人表作—〕。

【迺】曩亥切音乃賄韻

①本作鹵。〔說文乃部〕鹵。驚聲也。〔段注〕驚聲者。驚訝之聲。與乃字音義俱別。詩書史漢發語多用此字作—。而流俗多改爲乃。按釋詁曰。乃、—、侯。乃也。以乃釋—。則本非一字可知矣。〔按段說或未盡然。釋詁郭注。—即乃。是明認爲一字。玉篇。—與乃同。廣韻。—、乃古文。列子天瑞周穆王湯問釋文並云。—、古乃字。書堯典禹貢洪範三乃字。漢書皆作—。詩公劉三—字。孟子皆作乃。正字通謂—、乃音義並同。故經傳雜用之。引詩緜篇乃字三、—字二。公劉篇—字七、乃字三。一篇而互見。尤足以證明其是一非二矣。段謂詩書史漢發語多用—。誠然。但發語用乃者亦復至夥。且發語與驚聲究有別。段固不能就詩書史漢中剔出一語。定其爲驚訝之訓也。若乃字爲驚異之詞則有之。如書盤庚。乃咸大不宣乃心。詩扶蘇。乃見狂且。冠首兩乃字皆是。意者—既以驚聲爲本義。又兼爲乃字古文。古義早廢。僅存許書。而—乃古今字。則雜用無別已久。段注存古甚善。特遽斷爲二字。而蔽罪於流俗所改。竊謂過當。〕

②語辭也。〔詩緜〕—立臯門。

③往也。遠也。見〔一切經音義引蒼頡〕。

④至也。見〔一切經音義引聲類〕。

⑤汝也。〔漢書陳平傳〕事兄伯如事—父。

⑥始也。〔漢書賈誼傳〕太子—生。

⑦猶是也。〔晏子外篇〕五子不滿隅。一子可滿朝。非—子邪。〔按王念孫云。—子、是子也。〕

⑧姓也。元良史—穆泰。見〔正字通〕。

【迾】良辥切音列屑韻力制切音例霽韻

①本作遡。〔說文〕遡。遮也。〔注〕臣鍇按顏延之赭白馬賦曰進迫遮—。

②遏也。見〔廣韻〕。

③車駕清道也。〔後漢輿服志〕張弓帶韇。遮—出入。

④通厲。〔周禮山虞〕物爲之厲。〔注〕—、遮列守之。玄謂物爲之厲。每物有蕃界也。

⑤通迣。〔漢書禮樂志〕體容與。迣萬里。〔注〕晉灼曰。迣。古—字。

⑥通列。〔禮記玉藻〕山澤列而不賦。〔注〕列、言遮—也。

【迻】余支切音移支韻

①遷徙也。見〔說文〕。〔段注〕今人假禾相倚移之移爲遷—字。

②古作拪。見〔集韻〕。〔按說文遷重文拪下云。古文遷。从手西。王注。集韻同。而又以爲—之古文。蓋誤。〕

③或作斂。見〔集韻〕。

④通作移。見〔集韻〕。〔按楚辭惜誓。或推—而苟容兮。注云。—、一作移。〕

【䢔】曷閤切音合合韻

①遝也。見〔說文〕。〔段注〕—、遝疊韻。

②—遝。行相及也。見〔玉篇〕。〔按古詩云。—遝高飛莫安宿。〕

【逄】皮江切音龐江韻

①塞也。見〔集韻〕。

②姓也。出北海。左傳齊有—丑父。見〔廣韻〕。〔按康熙字典逄下引左傳逄丑父。蒲紅切。又—下引孟子—蒙、後漢—安。皮江切。存參。〕

【迂】雲俱切音于虞韻

①窻—。牀也。見〔廣韻〕。

②窗也。見〔集韻〕。

【𨑹】餘律切音聿質韻

●分布也。見〔玉篇〕。

●行皃。見〔玉篇〕。

【⿺辶交】古肴切音交肴韻 會也。見〔說文〕。〔段注〕東西正相值爲一。今人假交脛之交爲一會字。

【⿺辶曳】時制切音誓霽韻 超踰也。見〔集韻〕。〔按字通作泄。凡从世之字亦多从曳。世、曳、音相近也。亦作跇、踆〕。

【迿】須閏切音峻震韻 松倫切音旬眞韻 許縣切音絢霰韻 出表辭。猶先也。〔公羊定四年傳〕朋友相衞而不相一。〔疏〕一者、謂不顧步伍。勉力先往之意。

【⿺辶至】稀脂切音鴟支韻 走皃。見〔廣韻〕。

【⿺辶羊】與章切音羊陽韻 進退皃。見〔玉篇〕。

【⿺辶印】於忍切印上聲軫韻 一邌。走也。見〔玉篇〕。

【⿺辶而】乳兗切音輭銑韻 行遲也。見〔字彙〕。

【⿺辶亥】戶愛切音劾隊韻 走也。見〔玉篇〕。

【迶】于救切音右宥韻 行也。見〔玉篇〕。

【迼】居列切音結屑韻 跳也。見〔玉篇〕。

【⿺辶戉】況出切音⿰女戉質韻 衆走貌。見〔等韻〕。

【⿺辶幷】必幸切音絣梗韻 行急也。見〔類篇〕。〔按玉篇。補耕、補幸、二切。義闕。〕

【⿺辶地】徒本切音黗阮韻 沃一。違天下也。見〔龍龕手鑑引玉篇〕。

【⿺辶洲】桑何切音娑歌韻 造作也。見〔篇海類編〕。

【𨒌】古後字。見〔玉篇〕。

【⿺辶洮】古逃字。見〔字彙補〕。

【𨒪】迹籀文。見〔玉篇〕。

【迺】同遷。〔字彙補〕、一與遷同。見偶少墟集。

【⿺辶廷】同庭。〔字彙補〕、一卽庭字。見漢吳仲山碑。

【⿺辶夾】同悏。〔成湯靈臺碑〕一踐帝丘。

【⿺辶次】趑或字。見〔集韻〕。

【⿺辶囘】迴俗字。見〔正字通〕。

【进】迸譌字。見〔正字通〕。

七畫

【逌】于求切音由尤韻

(一)本作𠧪〔說文乃部〕𠧪氣行貌。〔王注〕隸作一。古字與攸同。攸攸氣行貌。〔按玉篇〕一、氣行貌。廣韻作𠧪義同。或作一〕

(二)于也。〔漢書地理志〕陽烏一居。〔段玉裁云陽烏于是南來得所也。與爰、粵、義同。〕

(三)寬緩也。〔史記趙世家〕烈侯一然。

(四)寬舒顏色之貌。〔文選班固答賓戲〕主人一爾而笑。

(五)所也。〔漢書敍傳〕㮚取弔于一吉兮。

(六)一然。自得貌。〔列子力命〕終身一然。

【逋】奔謨切音晡虞韻

(一)亡也。見〔說文〕。〔桂注〕書武成。爲天下一逃主。傳云。一、亡也。

(二)逃也。〔書大誥〕予伐殷一播臣。

(三)竄也。見〔廣雅釋言〕。

(四)遲也。見〔廣雅釋詁〕。〔疏證〕郭璞注南山經、引記曰。督一留。淮南子天文訓作去稽留。是一爲遲也。

(五)違也。〔後漢光武紀〕初光武爲舂陵侯家訟一租於尤。

(六)負也。〔漢書義縱傳〕縣無一事。

(七)欠也。〔後漢光武紀〕其口賦一稅、而廬宅尤破壞者。勿收責。〔注〕一稅。謂欠田租也。〔按洪武正韻云。凡欠負官物亡匿不還。皆謂之一。〕

(八)懸也。見〔廣韻〕。

(九)不到也。見〔玉篇〕。

【逐】仲六切音軸屋韻

(一)追也。見〔說文〕。〔王注〕左隱十一年傳。子都拔戟以一之。

(二)驅也。〔史記李斯傳〕爲客者一。

(三)斥也。放也。〔史記管晏傳〕三仕三見一。

(四)競也。〔左昭元年傳〕自無令諸侯

｜進。

㊄争也。〔後漢馮異傳〕豪傑競｜。迷惑千數。

㊅求也。〔國語晉語〕厭邇｜遠。

㊆彊也。見〔爾雅釋言〕。

㊇病也。見〔爾雅釋詁〕。〔按桂馥云。、｜卽瘃字。郝懿行云。、｜通作軸。〕

㊈從也。〔楚辭河伯〕乘白黿兮｜文魚。

㊉流蕩也。〔荀子儒效〕故風之所以爲不｜者。

(十一)竝驅貌。〔易大畜〕良馬｜。

(十二)奔馳也。〔文選張衡賦〕卒士放｜。

(十三)｜｜敦實也。〔易頤〕其欲｜｜。〔釋文〕、｜｜如字。敦實也。〔又〕心煩貌。見〔易頤虞注〕。〔又〕繼續無厭意。見〔字彙〕。

(十四)日｜。匈奴地名。〔漢書宣帝紀〕匈奴日｜王先賢撣將人衆萬餘來降。〔按通鑑輯覽注云。匈奴屬王號。居西邊。領西域諸國。〕

【逐】亭歷切音狄錫韻

㊀｜｜。速也。周易其欲｜｜。見〔韻集〕。〔按易頤釋文出｜｜。薛云速也。蘇林音迪。〕

㊁或作浟。見〔集韻〕。

【逐】直祐切音冑宥韻

㊀奔也。〔山海經海外北經〕夸父與日｜。

㊁牝牡合也。見〔集韻〕。

【逐】同門切音屯元韻

同豚。〔山海經中山經〕苦山有獸焉。名曰山膏。其狀如｜。〔注〕、｜卽豚字。〔按集韻、類篇、竝作逯。〕

【透】他候切偸去聲宥韻

㊀跳也。過也。見〔說文新附〕。〔按齊書垣崇祖傳。事窮奔｜。自然沈溺。隋書音樂志。二人戴竿。其上有舞。忽然騰｜而更換之。皆其義也。〕

㊁徹也。通也。見〔增韻〕。

【透】式竹切音叔屋韻

㊀驚也。宋衞南楚凡相驚曰𢙿。或曰｜。見〔方言〕〔箋疏〕廣雅。、｜驚也。曹憲音叔。

㊁戲也。見〔集韻引廣雅〕。〔按王氏疏證云。各本皆作誂嬈｜謕嬈戲也。案戲字自在下條。與此各不相涉。〕

㊂嬈也。見〔廣雅釋詁〕。〔疏證〕左思吳都賦云。驚｜沸亂。是煩嬈之義也。衆經音義卷二十引廣雅。、｜嬈也。

【退】薄邁切音敗卦韻

㊀𣀔也。周書曰。我興受其｜。見〔說文〕。〔王注〕支部敗壞二字。皆云毀也。土部、壞。敗也。是知｜、敗、一字。數、壞、一字。

㊁散走也。見〔玉篇〕。

【逍】先彫切音宵蕭韻

㊀｜遙。猶翱翔也。見〔說文新附〕。〔按廣雅釋訓。｜遙。徜徉也。離騷。聊｜遙以相羊。注。｜遙相羊。皆遊也。楚辭湘君。聊｜遙兮容與。注。｜遙。遊戲也。又楚辭守志。陟玉巒兮｜遙。注。｜遙。須臾也。〕

㊁通消。〔詩淸人〕河上乎｜遙。〔釋文〕、｜本又作消。

【逎】字秋切音酋尤韻

㊀迫也。見〔說文〕。〔注〕鍇按楚辭曰。｜白露之爲霜。

㊁固也。見〔玉篇〕。

㊂終也。見〔玉篇〕。

㊃追也。見〔玉篇〕。

㊄盡也。見〔玉篇〕。

㊅忽也。見〔玉篇〕。

㊆縣名。漢置。屬涿郡。今直隸淶水縣北有｜縣故城。

【逑】渠尤切音求尤韻

㊀斂聚也。虞書曰。旁｜孱功。又曰。怨匹曰｜。見〔說文〕。〔段注〕今堯典｜作鳩。說者亦云鳩聚。又曰、與一曰同。別一義也。桓二年左傳曰。嘉耦曰妃。怨耦曰仇。｜爲怨匹。而詩多以爲美詈者。取匹不取怨也。渾言則不別。爾雅。仇妃匹也、是也。析言則別。左氏嘉耦怨耦異名、是也。

㊁合也。〔詩民勞〕以爲民｜。

㊂迫也。〔爾雅釋訓〕惟、｜、鞫也。

㊃祭神名。〔史記封禪書〕諸布諸嚴諸｜之屬。百有餘祠。

㊄通求。〔爾雅釋訓釋文〕、｜本亦作求。〔按字彙補云。與絿同。王引之、朱駿聲竝云與仇通。〕

【途】同都切音徒虞韻

㊀道也。見〔爾雅釋邱注〕。

㊁當｜。當仕路也。〔文選郭璞詩〕長揖當｜人。

㊂通涂。〔荀子儒效〕鄉也混涂之人

也。〔注〕涂、與—同。

㊃通塗。〔禮記王制〕士遇之—。〔釋文〕—本作塗。

㊄或作𨑯。見〔集韻〕。

【逕】古定切音徑徑韻

㊀路—也。見〔玉篇〕。

㊁近也。見〔玉篇〕。

㊂步道。一曰直也。見〔類篇〕。

㊃過也。見〔字彙〕。

㊄至也。見〔字彙〕。

㊅迹也。〔莊子徐无鬼〕藜藋柱於鼪鼬之—。

㊆—庭。謂激過也。〔莊子逍遙遊〕大有—庭。

【逖】他歷切音惕錫韻

㊀遠也。見〔說文〕。〔注〕臣鍇按尚書曰。—矣西土之人。

㊁遠之也。〔左傳二十八年傳〕糾—王慝。

㊂憂也。〔易渙〕渙其血去—出。〔虞注〕—。惕爲—。—憂也。

㊃——欲利貌。〔楚辭悲回風〕悼來者之——。

㊄通狄。〔詩瞻卬〕舍爾介狄。〔傳〕狄、遠也。〔按集韻—下云說文引詩舍爾介—。〕

【逗】大透切音豆宥韻

㊀止也。見〔說文〕。〔桂注〕李善注江文通詩引本書同廣雅。止、—也。

㊁住也。〔後漢張衡傳〕—華陰之湍渚。

㊂留也。見〔一切經音義〕。

㊃物相投合也。〔杜甫詩〕遠—錦江波。

㊄侈也。見〔廣雅釋器〕。

㊅句奴名家曰—落。見〔史記句奴傳集解引張華〕。

㊆或作投。見〔集韻〕。〔按馬融長笛賦。察度於句投。文選李善注。引說文—。止也。投與—古字通。音豆。投、—。句之所止也。韻會。讀、通作投。按即句讀。句絕爲句。半句爲—。亦爲讀。增韻。凡經書成文語絕處、謂之句。語未絕而點分之以便誦詠、謂之讀。〕

【逗】他候切音透宥韻

止也。見〔集韻〕。

【逗】徒候切音頭尤韻

射也。見〔集韻〕。

【逗】去智切音企寘韻遣爾切音企紙韻

曲行也。見〔集韻〕。〔按書韓安國傳。廷尉當恢—撓。服虔曰。—、音企。應劭曰。—、曲行避敵也。〕

【逗】廚遇切音住遇韻

㊀留止也。一曰曲行。見〔集韻〕。〔按漢書韓安國傳注。師古曰。—、謂留止也。又音住。〕

㊁—遛。謂軍行頓止稽留也。〔漢書匈奴傳〕—遛不進。〔注〕—、讀與住同。〔按後漢光武紀。不拘以—留法。注。—留止也。軍法語也。〕

㊂通住。〔方言〕傺、眙、—也。〔注〕—、即今住字也。

㊃姓也。見〔纂文〕。

【這】牛堰切音彥霰韻

㊀迎也。見〔玉篇〕。〔按正字通云。周禮有掌訝。主迎訝。古作—。〕

㊁此也。〔開天傳信記〕—畔似那畔。那畔似—畔。〔按今讀若者。增韻云。凡稱此箇爲者箇。俗多改用—。佩觿云。迎—之—。爲者回之者。其順非有如此。〕

【通】他東切統平聲東韻

㊀達也。見〔說文〕。〔段注〕—、達、雙聲。禹貢達于河。今文尚書作—于河。按達之訓、行不相遇也。—正相反。經傳中—達同訓者。正亂亦訓治。徂亦訓存之理。〔按易繫辭云。往來不窮謂之—。推而行之謂之—。〕

㊁洞也。無所不貫洞也。見〔釋名釋言語〕。

㊂順也。〔淮南主術〕則治道—矣。

㊃利也。〔呂覽達鬱〕血脈欲其—也。

㊄亨也。〔禮記儒行〕上—而不困。

㊅開也。〔漢書何武傳〕—三公官。

㊆至也。〔國語晉語〕道遠難—。

㊇徹也。〔漢書高帝紀〕—侯諸將。〔注〕應劭曰。舊曰徹侯。避武帝諱曰—侯。—、亦徹也。言其功德徹於王室也。

㊈知也。〔淮南主術〕天下之物無不—者。

㊉陳也。〔漢書夏侯勝傳〕先生—正言。〔注〕—、謂陳道之也。

(十一)總也。〔禮記王制〕以三十年之—制國用。

(十二)共也。〔後漢來歷傳〕屬—諫何言。而今復背之。

(十三)婬也。〔左桓十八年傳〕齊侯｜焉。〔按服虔注云旁婬曰｜言傍者。非其妻妾。旁與之婬。上下｜名也。王念孫說左傳、孔悝之母與其豎渾良夫｜。上婬也。蔡景侯爲太子般娶於楚｜焉。下婬也。故服虔又云凡婬曰｜。〕

(十四)不滯也。〔荀子不苟〕則可謂｜士矣。

(十五)平暢也。〔爾雅釋天〕四時和爲｜正。

(十六)傳遽也。〔周禮鼓人〕以金鐸｜鼓。〔注〕司馬振鐸。將軍以下卽擊鼓。故云｜鼓。

(十七)迷比也。〔逸周書大聚〕與田疇皆｜。

(十八)得其理也。〔荀子正名〕足以相｜。

(十九)｜知衆事也。〔論衡超奇〕博覽古今者爲｜人。

(二十)人迹所及爲｜。〔莊子則陽〕而反在｜達之國。

(廿一)因水入水曰｜。〔漢書地理志〕浮於沸漯｜於河。

(廿二)無所不流曰｜。見〔玉篇〕。

(廿三)書首末全曰｜。〔後漢崔實傳〕定寫一｜。

(廿四)凡人往來交好曰｜。〔漢書季布傳〕非長者勿與｜。

(廿五)凡物色純者謂之｜。〔周禮司常〕｜帛爲旝。〔注〕｜帛無他物之飾。

(廿六)馬矢曰｜。〔後漢戴就傳〕以馬｜薰之。

(廿七)州名。古巴國地。漢屬巴郡。西魏改｜州。今爲四川達縣治。〔又〕後周州名。宋屬淮南東路。卽今江蘇南｜縣治。〔又〕宋時州名。一屬燕山府。今爲京兆｜縣治。

(廿八)井地名。〔漢書地理志〕方里爲井。井十爲｜。｜十爲成。

(廿九)書亦多名。漢章帝詔諸儒會白虎觀。講論五經同異。班固譔集其事。曰白虎｜。其後私家著述。如風俗｜、史｜、皆是。後漢注丹傳。孟氏易作易｜。宋周敦頤亦譔易｜論數理之學。亦名周子｜書。又世俗稱曆書爲｜書。

(三十)樂名。〔隋書音樂志〕梁武帝自制禮樂。立四器。名曰｜。每｜皆施三絃。一玄英。二青陽。三朱明。四白藏。

(卅一)｜問。相稱謝也。〔禮記曲禮〕嫂叔不｜問。

(卅二)疏｜。猶言分別也。〔漢書藝文志〕梁丘賀疏｜證明之。

(卅三)｜天冠名。〔後漢輿服志〕｜天冠。高九寸。正豎頂少邪却。乃直下爲鐵卷。梁前有山展筩爲乘輿所服。

(卅四)靈｜。甘草別名。見〔記事珠〕。

(卅五)木｜。草名。〔本草綱目〕時珍曰。｜草有細孔兩頭皆｜。故名｜草。卽今所謂木｜也。

木通圖

(卅六)鞫｜。蟲名。〔賈子說林〕鞫｜。置耳聾人耳邊。卽愈。喜食古桐古墨。

(卅七)眸子明而不正曰｜視。言｜達目匡一方也。見〔釋名釋疾病〕。

(卅八)｜分。算法名。其法將分母不同之分數。化使相同。故謂之｜分。

(卅九)｜江子。商埠名。在奉天昌圖縣遼河左岸。清光緒三十一年。依一千九百零四年中日協約開放。

(四十)人名。陸｜。字接輿。見〔高士傳〕。

(四十一)通桐。〔集韻〕桐輕脫貌。通作｜。〔按桐。他東切。與徒東切之梧桐別。〕

(四十二)姓也。見〔姓苑〕。

【⿺辶更】　居行切音庚庚韻

(一)兔逕。見〔廣韻〕。

(二)或作踁。見〔集韻〕。

【迒】　胡郎切音航陽韻

同远。迹也。長道也。見〔玉篇〕

【逞】　丘郢切音騁梗韻

(一)通也。見〔說文〕。

(二)疾也。楚曰｜。見〔方言〕。

(三)快也。〔左桓六年傳〕今民餒而君｜欲。

(四)解也。〔左隱九年傳〕乃可以｜。

(五)極也。〔文選張衡賦〕｜欲畋斂。

(六)蘧也。〔左襄二十五年傳〕不可億｜。

(七)申也。〔論語鄉黨〕｜顏色。

(八)娛也。〔文選張衡賦〕｜志究欲。

(九)肆行也。見〔六書故〕。

(十)矜而自｜也。見〔增韻〕。

(十一)不檢謂之不｜。見〔洪武正韻〕。

【逞】　擬貞切音檉庚韻

縱也。見〔集韻〕。

【逞】怡成切音盈庚韻
人名。晉有欒—。見〔集韻〕。〔按史記晉世家欒氏宗—者集解左傳—作盈。〕

【逝】時制切音誓霽韻
(一)往也。見〔說文〕〔桂注〕方言。—、往也。—秦晉語也。〔按段本字作遾。注云各本篆文不从𨕣艸非也。〕
(二)行也。〔家語困誓〕孔子乃—。
(三)去也。〔呂覽知分〕龍逞耳低尾而—。
(四)之也。〔詩何人斯〕胡—我梁。
(五)死也。〔文選謝瞻詩〕—者如可作。
(六)飛也回也。〔淮南覽冥〕還至其曾—萬乘之上。
(七)逮也。〔詩十畝之閒〕行與子—兮。
(八)速也。〔論語陽貨〕日月—矣。
(九)猶逞也。〔易渙注〕故可以—行。
(十)曲折曰—。〔莊子山木〕目般不—。
(十一)發聲也。〔詩日月〕—不古處。
(十二)通誓。〔詩碩鼠〕—將去女。〔公羊傳疏作誓將去女。〕
(十三)通噬。〔詩有杕之杜〕噬肯適我。〔韓詩作—肯適我。〕
(十四)或作遾。見〔集韻〕。

【逝】征例切音制霽韻
(一)往也。見〔集韻〕。
(二)或作遾。見〔集韻〕。

【逝】食列切音舌屑韻
往也。見〔集韻〕。〔按江淹傷友賦。歎知音之已—。與上絕潔爲韻。〕

【速】蘇谷切音倲屋韻
(一)疾也。見〔說文〕〔桂注〕疾也者。釋詁文。方言。—、疾也。東齊海岱之閒曰—。
(二)疾去也。〔孟子公孫丑〕可以—則—。
(三)召也。〔易需〕有不—之客三人來。
(四)卽家召之也。〔禮記鄉飲酒義〕主人親—賓及介。
(五)徵也。見〔爾雅釋言〕。〔按張衡思玄賦。—燭龍令執炬兮。文選舊注。—、徵也。〕
(六)鹿迹也。〔爾雅釋獸〕鹿。其迹—。〔說文鹿部作𨔛〕
(七)鹿子。見〔爾雅釋獸釋文〕。
(八)—猶促也。〔爾雅釋訓〕——蹙蹙。惟逑鞫也。〔又〕不親附貌。〔楚辭逢紛〕躬—而不吾親。〔又〕陋也。〔後漢蔡邕傳〕——方轂。〔注〕詩小雅曰。——方轂。毛萇注云。——、陋也。〔按今詩正月篇作蔌蔌。注同韓詩作——。〕
(九)木名。〔本草綱目〕沈香品類凡三等。曰沈、曰棧、曰黃熟。黃熟香卽香之輕虛者。俗訛爲—香。
(十)通數。〔考工記弓人〕則莫能以—中。〔注〕故書—、或作數。
(十一)姓也。〔正字通〕宋—希覺明—斌。

【造】在早切音皁晧韻
(一)作也。〔儀禮士冠禮記〕夏之末—也。
(二)建也。〔書湯誥〕凡我—邦。
(三)爲也。〔詩緇衣〕敝予又改—兮。
(四)作新也。〔禮記玉藻〕大夫不得—車馬。
(五)始也。〔書伊訓〕—攻自鳴條。
(六)生也。〔易屯〕天—草昧。
(七)成也。〔書君奭〕耇—德不降。〔鄭注〕—、成也。
(八)遣也。〔書大誥〕予—天役。
(九)僞也。〔詩兔爰〕我生之初尙無—。
(十)食之故所居處也。〔周禮膳夫〕卒食以樂徹于—。
(十一)—化道也。〔淮南原道〕乘雲陵霄。與—化者俱。〔又〕天也。〔淮南精神〕偉哉—化者。〔又〕天地也。〔淮南本經〕與—化者相雌雄。〔又〕陰陽也。〔淮南覽冥〕懷萬物而友—化。
(十二)漢爵名。〔漢書百官公卿表〕爵一級曰公士。二上—。十五、少上—。十六、大上—。
(十三)鼓—。梟也。〔淮南說林〕鼓—避兵。壽盡五月之望。〔注〕鼓—、梟也。一曰蝦蟇。五月望作梟羹。亦作蝦蟇羹。
(十四)或作遭。見〔集韻〕。
(十五)古作艁、䢾。見〔集韻〕。

【造】七到切音慥號韻
(一)就也。譚長說。—、上士也。見〔說文〕。〔桂注〕易乾卦。大人—也。釋文。王肅云。—、就也。
(二)成也。〔禮記王制〕升於司徒者不征於鄉。升於學者不征於司徒。曰—士。
(三)至也。〔禮記王制〕—乎禰。
(四)致也。〔孟子離婁〕君子深—之以道。
(五)詣也。〔詩酌〕蹻蹻王之—。

(六)適也。〔莊子山木〕廣己而—大也。

(七)進也。見〔小爾雅廣詁〕。

(八)納也。〔禮記喪大記〕君設大盤—冰焉。

(九)並也。〔爾雅釋水〕天子—舟。〔注〕比船爲橋。〔疏〕—舟爲梁。比船於水。加板於上。即今之浮橋。故杜預云。—舟爲梁。則河橋之謂也。

(十)猝也。〔禮記玉藻〕—受命於君前。則書於笏。

(十一)祭名。〔周禮大祝〕掌六祈。一曰類。二曰—。〔注〕杜云。—、祭於祖也。鄭云。類—。加誠肅求如志。

(十二)—然。驚慘之貌。〔大戴記保傅〕靈公—然失容。

(十三)—次。急遽也。〔論語里仁〕—次必於是。

(十四)兩—。訟者也。〔書呂刑〕兩—具備。〔注〕兩、謂囚、證。—、至也。〔疏〕凡競獄必有兩人爲敵。各言有辭理。或時兩皆須證。則囚之與證。非徒兩人而已。兩人競。或並皆爲囚。各自須證。故以兩爲囚與證也。〔按世俗以兩—爲專屬原告被告言者。誤。蓋原告之有鄰右干證。被告亦然。爲原告之鄰右干證。則與被告對待矣。今法稱訟者爲訴訟當事人。故鄰右干證列爲第三者。而第三者之各屬原被告無異於書所謂也。〕

(十五)星命家稱人降生年月日時之枝幹爲八字。或謂之—。男曰乾—。女曰坤—。

(十六)粵中語稻一熟曰一—。見〔觚賸〕。

【造】則到切音竈號韻

灼龜燒荊之處也。〔史記龜筴傳〕卜先以—灼鑽。

【造】倉刀切音操豪韻

進也。見〔集韻〕。

【逜】五故切音誤遇韻

窹也。見〔爾雅釋言〕。〔注〕相干窹。〔按郝氏義疏云。臧氏琳以爲啎之假借也。又引史記鄭世家。以爲窹生者、謂論逆難生。然則窹之言啎。左傳與史記義尤合矣。〕

【逜】阮古切音五麌韻

(一)過也。見〔集韻〕。

(二)或作迕。見〔集韻〕。〔按爾雅釋言釋文出—字。引孫本—作迕。吾補反。〕

【逡】七倫切音踆眞韻

(一)復也。見〔說文〕。〔段注〕彳部曰。復、往來也。〔按王注云。當作退也。爾雅玉篇廣韻皆云退也。〕

(二)退也。見〔爾雅釋言〕。〔注〕外傳曰。已復於事而—。

(三)卻也。見〔玉篇〕。

(四)循也。見〔方言〕。〔按廣雅釋詁同。舊本逘下文作表也。疏證已訂其誤。〕

(五)有次第也。〔漢書公孫弘傳〕有功者上。無功者下。則羣臣—

(六)體態曰—。見〔小爾雅廣義〕。〔疏〕周官小司寇疏引是文云。體態曰悛。悛—聲近。古通用字。

(七)月運爲—。見〔方言〕。

(八)——。猶恂恂也。〔祝睦碑〕鄉黨——。

(九)—遁。退讓貌。〔管子戒篇〕桓公蹵然—遁。

(十)—巡。不進也。〔公羊宣六年傳〕趙盾—巡北面再拜稽首。

(十一)—循。卻退也。〔晏子問篇〕晏子—循對曰。〔按巡、遁、循、音義並通。莊子至樂、作蹲循。漢書項籍傳、作遁巡。管子小問篇、作遵遁。晏子問篇、又作巡遁。皆與—巡字異而義同也。〕

(十二)通⿰夋兔。兔名。〔國策齊策〕東郭—者。海內之狡兔也。〔按新序、爾雅翼、均作⿰夋兔。云齊之良兔。〕

【逡】須閏切音峻震韻

(一)—遒。縣名。漢置。屬九江郡。當今安徽合肥縣東北。

(二)通駿。〔詩清廟〕駿奔走在廟。〔禮記大傳注〕作—奔走在廟。

【逢】符容切音縫冬韻

(一)遇也。見〔說文〕。〔注〕—。言若蠭飛。奄忽相見。

(二)迎也。〔孟子告子〕—君之惡。〔按方言云。—、迎也。自關而西、或曰迎。或曰—。〕

(三)逆也。〔漢書東方朔傳〕—占射覆。〔注〕逆占事。猶言逆刺也。

(四)值也。〔左宣三年傳〕不—不若。

(五)遻也。見〔爾雅釋詁〕。〔注〕轉復爲相觸遻。

(六)見也。〔洪範五行傳〕是離—非沴。〔鄭注〕—、見也。

(七)大也。〔書洪範〕子孫其—吉。

(八)卜曰—。〔論衡卜筮〕公曰。乃—是

吉。

(九)有—。國名。〔左昭二十年傳〕有—伯陵因之。〔注〕—伯陵殷諸侯。

(十)—閼—。歲名。〔爾雅釋天〕太歲在甲曰閼—。〔注〕言萬物鋒芒欲出壅遏未通也。

(十一)—馬—。藥名。見〔本草綱目〕。

(十二)通麷。〔周禮籩人注〕今河間以北煮穜麥賣之名曰—。

(十三)通縫。紩也。〔禮記玉藻〕深衣縫齊倍要。〔注〕縫、紩也。縫或爲—。或爲豐。

(十四)通熢。〔漢書司馬相如傳〕大漢之德。—涌原泉。〔注〕—、讀若熢。言如熢火之升。原泉之流。

【逢】蒲紅切音蓬東韻 皮江切音龐江韻

(一)—。—。和也。鼓聲也。〔詩靈臺〕鼉鼓—。—。〔按釋文云。本作韸。一切經音義引作韸。太平御覽作蓬。攷字當本作韸。通假作—。作—、形近而訛也。作蓬、音近相假借也。作韸、韸、譌俗字也。〕

(二)姓也。見〔姓苑〕。〔按孟子有—蒙。莊子作逢蒙。呂覽作蠭蒙。史記作蠭門。漢書作—門。〕

【連】陵延切音漣先韻

(一)員—也。見〔說文〕。〔按段玉裁說。員—。負車之譌。負車者。人輓車而行。車在後如負也。人與車相屬不絕。故引伸爲—屬字。負車也者。古義也。楊峒說。當爲貫—。桂馥說。凡訓—者。皆有—貫意。王筠說。謂負之—之也。蓋漢人常語。擔荷之謂。非—貫也。〕

(二)結也。〔呂覽期賢〕民相—而結之。

(三)屬也。〔列子湯問〕—於形物亦然。

(四)續也。〔莊子秋水〕五常之所—。

(五)合也。見〔廣雅釋詁〕〔疏證〕眾經音義卷三、卷十四。竝引廣雅。—、合也。今本脫—字。

(六)接也。〔禮記曲禮〕—步以上。

(七)及也。見〔玉篇〕。

(八)還也。見〔廣韻〕。

(九)聚也。〔禮記王制〕十國以爲—。—有帥。〔按齊語云。四里爲—。管子云。十家而—。今世軍伍。以兵百二十六人爲—。〕

(十)引也。〔孟子梁惠王〕從流上而忘反。謂之—。

(十一)兼獲也。〔史記司馬相如傳〕—駕鵝。

(十二)纏聯也。〔淮南要略〕拘繫牽—於物。

(十三)遲久之意。〔易蹇〕往蹇來—。〔釋文〕—、鄭如字。遲久之意。

(十四)輦名。所以載作器人輓者。〔管子海王〕行服—軺輦者。〔按說文通訓定聲。或曰兩人輓者爲輦。一人輓者爲—。〕

(十五)黏鳥曰—。〔淮南覽冥〕—鳥於百仞之上。

(十六)姻親爲—。〔史記尉陀傳〕及蒼梧秦王有—。

(十七)橫木關柱爲—。〔楚辭招魂〕刻方—些。

(十八)鉛未鍊者曰—。〔史記貨殖傳〕長沙出—錫。〔集解〕鉛之未鍊者。〔按—、本作鏈。廣韻。鏈、鉛礦。漢書注。應劭曰。—似銅。李奇曰。鉛、錫璞。孟康曰。錫之別名。〕

(十九)—縣。長貌。〔莊子大宗師〕—乎其似好閉也。

(二十)—。—。徐也。〔詩皇矣〕執訊—。—。〔又〕連續也。〔莊子駢拇〕則仁義又奚—。—。如膠漆纆索而遊乎道德之間爲哉。

(廿一)顛—。困也。〔張子西銘〕凡天下疲癃殘疾惸獨鰥寡。皆吾兄弟之顛—而無告者也。

(廿二)遛—。猶盤桓也。〔梁元帝詩〕人生行樂爾。何處不留—。

(廿三)—延。相續貌。〔文選枚乘七發〕蒲伏—延。

(廿四)—卷。屈曲也。〔漢書司馬相如傳〕—卷欙佹。〔又〕句踞也。〔漢書司馬相如傳〕躍以—卷。〔又〕長曲貌。〔文選張衡賦〕偃蹇夭矯娩以—卷兮。

(廿五)—蜷。句曲貌。〔漢書揚雄傳〕蛟龍—蜷於東厓兮。

(廿六)—娟。孅弱也。〔漢書外戚傳〕美—娟以脩嫮兮。〔又〕眉曲細也。〔史記司馬相如傳〕長眉—娟。

(廿七)—縷。不解也。見〔一切經音義引字林〕。

(廿八)—綢。不絕也。〔文選左思賦〕昆蹏—綢。

(廿九)—犿。相從之貌。〔莊子天下〕而—犿無傷也。〔釋文〕—、犿。皆宛轉貌。

(三十)—嶁。猶離嶁也。委曲之類。〔淮南原道〕終身運枯形於—嶁列埒之門。

㉛ —蹇。言語不便利也。〔文選揚雄解嘲〕孟軻雖—蹇。

㉜ —行。魚屬。〔考工記梓人〕—行紆行。

㉝ —尹。射官。〔左襄十五年傳〕屈蕩爲—尹。

㉞ 祁—。匈奴呼天也。故稱天山爲祁—山。〔漢書霍光傳〕遂入祁—山。

㉟ —山。易名。〔周禮大卜〕掌三易之法。一曰—山。

㊱ —珠。文體之一。〔文選連珠注〕傅玄敍—珠曰。所謂—珠者。興於漢章之世。班固賈逵傅毅三子受詔爲之。其文體辭麗而言約。合於古詩諷興之義。欲使歷歷如貫珠。易看而可悅。故謂之—珠。

㊲ 黃—。草名。自生於寒地山中。莖高三五寸。其葉如芹。堅厚而光。開白色之花。花序爲穗狀。種子色黃而小。莖入藥用。

黃連草

㊳ 草名。〔爾雅釋草〕—、異翹。〔注〕一名—苕。又名—草。本草云。〔疏〕今本—翹。一名異翹。

㊴ 州名。漢桂陽郡地。隋置—州。當今廣東—縣治。〔又〕唐—州。屬羈縻劍南道。當今四川筠—縣西。

㊵ 古作璉。見〔集韻〕。〔按禮記明堂位〕四—。〔釋文〕—本又作璉。

㊶ 姓也。〔左莊八年傳〕—稱有從妹在公宮。〔又〕綦—複姓。〔北齊書綦連猛傳〕其先姬姓。六國末。出塞保祁—山。因以山爲姓。北人語訛。故曰綦—氏。〔又〕赫—虜複姓。〔晉書赫連勃勃載記〕勃勃下書曰。帝王者係天爲子。是爲徽赫。實與天—。今改姓曰赫—氏。

【連】力展切音輦銑韻

㊀ 難也。易往蹇來—。見〔集韻〕。〔按易蹇釋文出蹇—。力善反。馬云。亦難也〕

㊁ 踵武也。〔莊子讓王〕民相—而從之。〔釋文〕—。力展反。司馬云。—讀曰輦。

㊂ 簡—。傲慢不前之貌。〔荀子非十二子〕其容簡—。〔注〕—讀如往蹇來—之—。

【連】連彥切音璉霰韻

㊀ 及也。見〔集韻〕。

㊁ 釋也。〔禮記玉藻〕—用湯。〔注〕—、猶釋也。以湯洗足垢。乾潔其體也。〔釋文〕—、力旦反。釋也。

【連】郎旰切音爛翰韻

—石。山石。〔淮南天文〕日至於—石。

【遙】許忍切欣上聲軫韻

迎—也。見〔玉篇〕。

【逘】魚幾切音矣尾韻

進也。見〔玉篇〕。

【逘】牀史切音竢紙韻

竢或字。〔集韻〕竢。說文。待也。或作—。

【迴】的協切音耶葉韻

—遻。走皃。見〔廣韻〕。

【逛】古況切音誑漾韻

欺也。見〔集韻〕。

【逛】居往切狂上聲養韻

走皃。見〔玉篇〕。〔按今北方語謂閒遊曰—。讀若光去聲。〕

【逤】蘇箇切唆去聲箇韻

邏—。吐蕃地名。〔高適詩〕西看邏—取封侯。〔按即今西藏拉薩地。邏—、拉薩。一聲之轉。〕

【遈】徒丁切音廷青韻

草逕也。見〔字彙補〕。

【逍】士角切音覺韻

速也。見〔龍龕手鑑〕。

【𨖍】音逶禡韻

迎也。見〔五音篇海〕

【通】音勇腫韻

走也。見〔川篇〕。

【逫】音交肴韻

會也。見〔五音篇海〕。〔疑即逡字之譌。〕

【适】适本字。見〔說文〕。

【迠】古皃字。見〔玉篇〕。

【遐】古徦字。見〔說文彳部。〕

【遳】古遊字。見〔集韻〕。

【逬】古棄字。見〔集韻〕。

【遚】同遞。見〔玉篇〕。

【遝】同選。〔陳白沙詩〕大學西銘迊—攤。

【逘】同遙。見〔龍龕手鑑〕。

【迴】迴俗字。見〔正字通〕。

【遞】遞俗字。見〔正字通〕。

【邊】邊俗字。見〔正字通〕。

八畫

【逨】郎才切音來灰韻

㊀來也。見〔玉篇〕。

㊁至也。見〔玉篇〕。

㊂就也。見〔玉篇〕。

㊃來或字。見〔集韻〕。

【逨】洛代切音賚隊韻

㊀就也。見〔廣韻〕。

㊁勑或字。〔集韻〕勑。勞也。或作—。

【逯】盧谷切音祿屋韻龍玉切音錄沃韻

㊀行謹——也。見〔說文〕。〔段注〕張衡賦。趢趗、謂局小貌。義與此同。女部。娽、隨從也。

㊁——。眾也。見〔廣雅釋訓〕。〔疏證〕漢書蕭何曹參傳贊。當時錄錄未有奇節。顏師古注云。錄錄、猶鹿鹿。言在凡庶之中也。史記酷吏傳贊。九卿碌碌。竝與——同。

㊂行也。見〔方言〕。

㊃無所爲而忽然往來也。〔淮南精神〕渾然而來。—然而往。

㊄姓也。〔風俗通姓氏〕。秦邑。其大夫封於—。因氏焉。〔按漢書外戚表。蒙鄉侯—普新莽大司馬—竝〕

【逮】徒戴切音代隊韻大計切音弟霽韻

古逮字。〔集韻〕逮。及也。古作—。〔類篇〕同。按廣雅釋詁。—、及也。王氏疏證本有逮無—。朱駿聲亦以爲逮之誤字。據集韻類篇。則舊本廣雅不誤。又漢書外戚恩澤侯表顏注有云。—本或作逮。蓋—逮古今字。通用久矣。

【逪】倉各切音錯藥韻

㊀逪—也。見〔說文〕。〔段注〕逪、各本作迹。依廣韻玉篇正。小雅。獻酬交錯。毛曰。東西爲交。邪行爲錯。儀禮。交錯以辯。旅酬行禮。一逪一—也。〔按廣雅釋言。—、逪也。疏證。—逪與錯交通。〕

㊁亂也。見〔玉篇〕。

㊂措也。見〔廣雅釋詁〕。〔疏證〕—。經傳通作錯。

【逫】吉穴切音決屑韻

遠也。見〔玉篇〕。

【逫】竹律切音怞質韻

㊀走皃。見〔廣韻〕。

㊁趨也。見〔集韻〕。

㊂—律。氣出遲貌。〔文選王褒賦〕馳散渙以—律。

【迸】北諍切音誁敬韻

㊀散走也。見〔說文新附〕。〔鈕氏新附攷〕漢碑有—。玉篇。—、彼諍切。散也。

㊁逸走也。〔魏書武帝紀〕海盜奔—。

㊂涌也。〔文選潘岳賦〕淚橫—而沾衣。

㊃通屏。斥逐也。〔禮記大學〕—諸四夷。

㊄或作跰。見〔集韻〕。

•【迸】披耕切音怦悲萌切音繃庚韻

拼或字。〔集韻〕拼。使也。或作—。

【逭】胡玩切音換翰韻

㊀逃也。見〔說文〕。〔桂注〕書太甲。自作孽。不可—。傳云。—、逃也。

㊁或作躛。見〔集韻〕。

【逭】古緩切音管旱韻

㊀逃也。見〔爾雅釋言〕。

㊁迭也。見〔玉篇〕。

㊂易也。見〔玉篇〕。

㊃轉也。見〔方言〕。

㊄步也。見〔方言〕。

㊅周也。見〔方言〕。〔箋疏〕旋轉與周帀同義。故又訓爲周也。

㊆行也。見〔廣雅釋詁〕。

【逮】徒戴切音代隊韻

㊀唐—。及也。見〔說文〕。〔段注〕唐—雙聲。蓋方語也。釋言曰。遏、遾、—也。〔按爾雅釋言又云。—、及也〕

㊁與也。見〔爾雅釋詁〕。〔注〕公羊傳曰。會、及、暨、皆與也。—亦及也。

㊂遝也。見〔爾雅釋言〕。〔義疏〕遝者、

說文云。迨也。〔按公羊傳。祖之所｜聞也。石經公羊殘碑作遝聞。禮記中庸所以｜賤也。釋文。又作遝。〕(四)追也。見〔洪武正韻〕。(五)捕也。〔漢書常山憲王舜傳〕｜諸證者。(六)猶傳送也。〔漢書刑法志〕｜繫長安。〔注〕｜者、防禦送將若今之傳送囚也。(七)古遞字。見〔集韻〕。〔詳遞字〕。

【逮】大計切音第霽韻
(一)及也。見〔集韻〕。(二)｜｜。安和貌。〔禮記孔子閒居〕威儀｜｜。(三)古遞字。見〔集韻〕。

【逮】湯亥切音待賄韻
迨或字。〔集韻〕迨。及也。或作｜。

【進】即刃切音晉震韻
(一)登也。見〔說文〕。〔柱注〕書盤庚。乃登｜厥民。(二)前也。〔儀禮士冠禮〕｜受命於主人。(三)升也。〔禮記表記〕君子三揖而｜。(四)行也。〔周禮大司馬〕徒銜枚而｜。(五)引也。引而前也。見〔釋名釋言語〕。(六)薦也。〔呂覽論人〕貴則觀其所｜。(七)善也。〔文選張衡賦〕因｜距衰。(八)勝也。見〔漢書陳遵傳注〕。(九)近也。〔禮記檀弓〕蓋引而｜之也。(十)自勉强也。〔禮記樂記〕禮減而｜。(十一)仕也。〔荀子大略〕君子｜則能益上之譽。(十二)御見也。〔禮記月令〕止聲色。毋或｜。(十三)就賓也。〔儀禮聘禮〕｜西鄉。(十四)財也。〔史記呂不韋傳〕｜用不饒。(十五)謂祭也。〔文選宋玉賦〕｜純犧。(十六)猶輩也。〔論語先進〕先｜於禮樂。〔注〕先｜後｜。謂士先後輩也。(十七)效也。見〔洪武正韻〕。(十八)｜退。動靜也。〔孝經〕｜退可度。〔又〕猶損益也。〔周禮小司寇〕以圖國用而｜退之。〔又〕猶改易也。〔國語晉語〕且可以｜退。〔又〕謂貴賤也。〔荀子正名〕道者。｜則近盡。退則節求。(十九)特｜。官名。〔後漢和帝紀〕賜諸侯王公將軍特｜。(二十)楚人謂精｜爲精搖。見〔淮南兵略精搖靡覽注〕。(廿一)俗謂屋之前後分曰｜。(廿二)通餕。〔禮記祭統〕百官｜徹之。(廿三)通藎。〔列子黃帝〕竭聰明。｜智力。

【進】徐刃切音燼震韻
會禮也。〔史記高祖紀〕蕭何爲主吏。主｜。〔注〕主賦斂禮錢也。師古曰、｜字本作賮。又作贐。音皆同耳。古字假借。故轉而爲｜。

【⿺辶亞】衣駕切音亞禡韻
(一)次也。見〔玉篇〕。(二)次第行也。見〔廣韻〕。

【逳】余六切音育屋韻
(一)轉也。見〔玉篇〕。(二)行也。見〔玉篇〕。(三)步也。見〔廣韻〕。

【逶】邕危切音支支韻
〔按字或省形存聲作委。說文或作蟡。或以倭倭爲之。又遷威禕聲近。亦相通假。正字通云。文畫雖異。其音義則同也。〕(一)｜迆。衺去之皃。見〔說文〕〔王注〕。廣絕交論注引云。｜迆。邪行去也。小徐本。逶迆相繼。迷迆相繼。與玉篇同。而大徐遂使相近。非也。案迆字見尚書。獨字便成義。毛詩有委蛇。倭遲。則因迆从辵而作｜。後人匹配之形聲字。兩字乃成義。(二)｜迆。公正貌。見〔詩羔羊釋文引韓詩〕。〔又〕漸邪之貌。〔文選潘岳賦〕餘蕭外｜。〔又〕長貌。〔文選王粲賦〕路｜迆而修迥兮。(三)｜佗。行可委曲迹也。見〔一切經音義引詩〕｜｜佗佗〔傳〕。〔又〕自得之貌。見〔一切經音義〕。(四)｜蛇。欲平貌。〔文選揚雄賦〕蹻不周之｜蛇。〔又〕旗貌也。〔漢書禮樂志〕票然逝。旗｜蛇。〔又〕長貌。〔楚辭怨思〕帶隱虹之｜蚰。(五)｜移。長貌。〔楚辭靈懷〕遵曲江之｜移兮。

【逵】渠龜切音騤支韻
(一)馗或字。〔說文九部〕馗。馗或从辵坴。馗。高也。故从坴。〔按釋名釋道云。九達曰｜。齊魯謂道多爲｜師。此形然也。杜預云、｜。道方九軌也。郭璞云。四道交出。復有旁道也。說足互相發明。並存參。〕(二)水中穴道交通者。〔山海經中山經〕合水多滕魚居—。。
③—泉。魯地名。〔左莊三十二年傳〕歸及—泉。

【逷】仙歷切音踢錫韻
①古逖字。見〔說文〕。〔桂注〕狄、易、聲相近。本書。惕、或从狄。詩抑篇。用—蠻方。潛夫論引作逖。
②通狄。帝嚳妃簡狄。漢書古今人表作簡—。

【逴】勑角切音踔何角切音斲覺韻敕略切音綽藥韻
①遠也。一曰蹇也。見〔說文〕。〔按朱駿聲說。當爲逴之或體〕。
②絕也。見〔廣雅釋詁〕。
③蹩也。〔方言〕自關而西秦晉之間。凡蹇者謂之—。體而偏長短亦謂之—。
④—者謂超踰不依次第。見〔匡謬正俗〕。
⑤——高皃。〔楚辭哀時命〕春秋——而日高兮。〔又〕事之分明也。〔史記天官書〕此其——大者。
⑥—躒。猶超絕也。〔文選班固賦〕—躒諸夏。
⑦—龍。神名。〔楚辭大招〕北有寒山。—龍艴只。
⑧同卓。〔史記衛將軍驃騎傳〕—行殊遠。〔按漢書作卓〕。

【逸】弋質切音佚質韻
①失也。从辵兔。兔謾訑善逃失也。見〔說文兔部〕。〔注〕會意。〔按王筠曰。失、即佚字。荀子哀公篇。其馬將失。論衡曰。不可以無轡策者。以馬之有佚也。然則失佚通用。而—亦通作佚。論語—民。說文引作佚民。—夷、漢石經作泆佚。書無—、史記作無佚。訑、當作詑。謾詑、皆欺也。逃失、謂逃佚。亦即逃—也。左桓八年傳。隨侯—。杜注。逃也。兔陽不動。乘間而逃。善儁其欺也〕。
②去也。見〔廣雅釋詁〕。
③置也。見〔廣雅釋詁〕。
④遁也。〔漢書成帝紀〕下無—民。
⑤奔也。〔國語晉語〕馬—不能止。
⑥亡也。〔國語鄭語〕以—逃於褒。
⑦放也。〔漢書吳王濞傳〕陛下多病志—。不能省察。
⑧縱也。〔左成十六年傳〕乃—楚囚。
⑨過也。見〔爾雅釋言〕。
⑩謂過於衆類。〔文選劉琨詩〕—珠盈椀。
⑪疾也。〔文選傅毅賦〕良駿—足。
⑫謂縱體。〔書大禹謨〕罔遊于—。
⑬安也。〔淮南修務〕非以—樂其身也。
⑭樂也。〔國語吳語〕而不自安恬—。
⑮淫也。〔國語楚語〕耳不樂—聲。
⑯閑也。〔漢書王褒傳〕而—於得人。
⑰—豫也。〔詩十月之交〕民莫不—。
⑱不勞也。〔呂覽察賢〕國治身—。
⑲用之不使甚勞安其血氣也。〔周禮庾人〕以阜馬—特。
⑳——。往來次序也。〔詩賓之初筵〕舉醻——。
㉑—駭。言出疾也。〔文選木華賦〕溯陽—駭於扶桑之津。
㉒—樂。謂閑豫也。〔漢書李廣傳〕而其士亦—樂。
㉓—民。謂有德而隱處者。〔漢書律曆志〕舉—民。〔又〕節行超—者。〔論語微子〕—民。
㉔同軼。〔漢書王褒傳〕譏有軼材。〔注〕軼、與—同。

【逩】逋悶切顧韻
奔走也。見〔字彙〕。〔按廣韻、集韻。皆有去聲奔字。急赴也。从辵者。後人所加〕。

【[illegible]】夷針切音淫侵韻
過也。見〔集韻〕。

【[illegible]】縈玄切音淵先韻
行皃。見〔說文〕〔玉篇同〕。

【[illegible]】疾接切音接葉韻
疾走。見〔玉篇〕。

【週】職由切音周尤韻
—迴也。見〔玉篇〕。〔按今謂七日爲一—。集韻云。匊、通作周。俗作—。非是〕。

【[illegible]】五價切音迓禡韻
迎也。見〔玉篇〕。

【遃】丘閑切音掔删韻丘虔切音愆先韻
過也。見〔說文〕。〔段注〕本義。此爲經過之過。心部愆、㥶、㦖、爲有過之過。然其義相引伸也。

【[illegible]】千后切音湊宥韻七庾切音取麌韻
走也。見〔玉篇〕。

【遝】徒合切音沓合韻
—。—行皃。見〔玉篇〕。
【遶】伊堯切音幺蕭韻
遠皃。見〔集韻〕。
【逨】追萃切音轛寘韻
同速〔集韻〕。迷足不前速也。亦作—。〔按集韻、速本書作逨。今正。說詳速字〕。
【逌】音由尤韻
遠也。氣行皃。見〔龍龕手鑑〕。
【迦】居伽切音迦歌韻
—。謰譏言。見〔集韻〕。
【遱】先叶切葉韻
迅遬也。見〔龍龕手鑑〕。
【逗】他候切音透徒候切音豆宥韻
自投下也。見〔篇海類篇〕。
【遥】余昭切蕭韻
遠也。行也。見〔龍龕手鑑〕。
【迷】音述質韻
行也。見〔川篇〕。
【遞】土兮切音梯齊韻

【遰】—。薄也。見〔五音類編〕。
【迌】古遂字。見〔說文〕。
【迬】古往字。見〔玉篇〕。
【逯】古逮字。見〔集韻〕。
【逕】古輕字。見〔集韻〕。
【逘】古避字。見〔字彙補〕。
【迭】送籀文。見〔玉篇〕。
【迸】同徒。見〔玉篇〕。
【逿】同歸。見〔正字通〕。
【遊】遊俗字。見〔正字通〕。
【過】過俗字。見〔正字通〕。

九畫

【逼】筆力切音偪職韻
㊀近也。見〔說文新附〕。
㊁迫也。見〔爾雅釋言〕。
㊂奪其權勢也。〔左襄二十年傳〕以—子重子辛。
㊃驅也。見〔洪武正韻〕。
㊄同偪。〔詩烝民箋〕諸侯之居—隘。〔釋文〕本作偪。
㊅或作福。見〔晉書音義〕。

【逽】女略切音踷藥韻
㊀走—。見〔玉篇〕。
㊁先也。見〔集韻〕。
㊂走也。見〔類篇〕。
【逾】容朱切音俞虞韻
㊀越進也。周書曰。無敢昏—。見〔說文〕。〔按越、大徐作䟗。王筠曰。越、䟗、一字。段玉裁曰。䟗進、有所超越而進也〕。
㊁越也。〔書禹貢〕—于洛。
㊂益也。〔書秦誓〕日月—邁。〔按後漢傳毅傳注、—過也〕。
㊃遠也。〔漢書叙傳〕福—刺鳳。
㊄進也。見〔玉篇〕。
㊅同踰。〔書禹貢〕—于洛。〔按史記夏本紀作踰于洛〕。
【逾】徒候切音頭尤韻
車米數名。見〔集韻〕。
【逷】徒郎切音唐陽韻待朗切音蕩養韻大浪切音宕漾韻
過也。見〔玉篇〕。
【逷】大浪切音宕漾韻
失據而倒也。〔漢書王式傳〕陽醉—墜。

【逷】徒郎切音唐陽韻
㊀突也。〔文選張衡賦〕爛漫麗靡。藐以迭—。
㊁蕩也。〔史記扁鵲倉公傳〕重陽者—心主。〔集解〕謂病—心者猶刺其心。
【遁】徒困切音鈍願韻杜本切音笣阮韻
㊀遷也。一曰逃也。見〔說文〕。〔按古—同循。鄉射禮注。少退少逡—也。一曰逃也者。段玉裁曰。此別一義。以—同遯。蓋淺人所增。王筠曰。詩白駒。勉爾—思。釋文出遯思。而曰字又作—。段氏之說。亦或有然。攷集韻引說文無逃也義。然則一曰逃也四字。許書本無〕。
㊁逃退也。〔國語楚語〕晉將—矣。
㊂流—也。〔漢書谷永傳〕閔免—樂。
㊃同巡。〔漢書雋疏于薛平彭傳贊〕平當逡—有恥。〔注〕—、讀與巡同。
【遁】徒困切音鈍願韻
㊀隱也。見〔廣雅釋詁〕。
㊁—甲。推六甲之陰而隱—也。見〔後漢方術傳注〕。
【遁】杜本切音囤阮韻

(十一)避也。見〔廣雅釋詁〕〔按後漢杜林傳上下相—。注、—猶回避也〕。
(十二)走也。〔呂覽高義〕不復於王而—。
(十三)逸也。〔淮南原道〕淳瀰流—。
(十四)失也。〔呂覽報更〕博則無所—矣。
(十五)欺也。〔淮南繆稱〕非自—。

【遁】七倫切音逡眞韻
通逡。〔集韻〕逡。說文、復也。亦作—。

【遄】淳沿切音篇先韻
(一)往來數也。易曰、以事—往。見〔說文〕〔注〕—猶摶也。駛易也。
(二)疾也。〔詩巧言〕亂庶—沮。
(三)速也。〔詩崧高〕式—其行。
(四)疾貌也。〔禮記禮運〕胡不—死。
(五)—婁猶拘攣也。〔莊子徐无鬼〕有—婁者。
(六)通顓。〔易損〕已事—往。〔按荀本作顓〕。

【運】王問切音韻問韻
(一)遂徙也。見〔說文〕。
(二)轉也。見〔廣雅釋詁〕。
(三)行也。〔方言〕日—爲躔。月—爲逡。
(四)旋也。〔淮南天文〕—之以斗。
(五)亂移也。〔周書史記〕民—於下。
(六)周也。〔周髀算經〕凡日月—行。四極之道。
(七)回也。〔楚辭哀郢〕將—舟而下浮兮。
(八)正廻也。〔淮南氾論〕奉帶—履。
(九)動也。〔莊子山木〕—物之泄也。
(十)玩弄也。〔禮記少儀〕—笏澤劍首。
(十一)遠也。〔書大禹謨〕帝德廣—。〔傳〕謂所及者遠也。
(十二)地南北謂之—。〔國語越語〕廣—百里。〔注〕東西爲廣。南北爲—。〔按朱駿聲曰、猶輪也〕。
(十三)天造曰—。〔渾天儀〕天—如車轂。
(十四)謂五德更—。帝王所稟以生也。見〔文選運命論題注〕。
(十五)謂五行應天之五—。各周三百六十五日而爲紀者也。〔素問天元紀大論〕論言五—相襲而皆治之。
(十六)軍也。〔淮南覽冥〕畫隨灰而月—闕。〔注〕—讀連圍之圍也。—者軍也。有軍事相圍守。則月—出也。
(十七)用也。見〔洪武正韻〕。
(十八)錄—也。〔文選顏延之詩〕—彖則正。
(十九)天—。猶天命也。〔後漢公孫瓚傳論〕舍諸天—。
(二十)—衺回旋相纏也。〔文選馬融賦〕—衺泬洑。
(二十一)通緷、煇。〔周禮大卜〕其經—十。〔注〕—或爲緷。當爲煇。
(二十二)通暈。〔周禮保章氏注〕日月薄食—珥。〔釋文〕—本作暈。
(二十三)姓也。又複姓。—奄氏、—期氏。

【遇】元具切音寓遇韻
(一)逢也。見〔說文〕〔注〕—之言相偶也。
(二)會也。〔國策秦策〕因退爲逢澤之—。
(三)不期而會也。〔論語微子〕—丈人。以杖荷蓧。
(四)見也。〔禮記檀弓〕公叔禺人—負杖入保者息。
(五)諸侯冬見曰—。見〔周禮大宗伯〕。
(六)諸侯不及期相見曰—。見〔禮記曲禮〕。
(七)遭也。〔呂覽長攻〕必有其—。
(八)遻也。見〔爾雅釋詁〕。
(九)禮也。〔呂覽音初〕禹未之—。
(十)得也。〔孟子離婁〕而不相—也。
(十一)過而得之謂之—。〔易小過〕弗過—之。
(十二)當也。〔荀子大略〕無用吾之所短。—人之所長。
(十三)敵也。〔國策齊策〕以與王—。
(十四)待也。〔漢書蒯通傳〕漢—我厚。
(十五)接也。〔漢書季布傳〕—人恭謹。
(十六)偶也。見〔爾雅釋言〕。
(十七)謂以恩相接也。〔文選諸葛亮表〕蓋追先帝之殊—。
(十八)謂處待之而已。〔漢書公孫弘傳〕躬率以正而—民信也。
(十九)志相得之名。〔穀梁桓十年傳〕弗—者。
(二十)合也。〔國策秦策〕王何不與寡人—。
(二十一)小顧也。見〔太玄玄衝〕。
(二十二)難逢也。見〔太玄玄錯〕。
(二十三)筮曰—。見〔論衡卜筮〕。
(二十四)通愚。—犬犬之馴者。謂田犬也。〔詩巧言〕—犬獲之。〔釋文〕—、讀作愚。
(二十五)姓也。〔風俗通〕漢有—冲。爲河內太守。

【遇】五口切音偶有韻
通偶。〔史記天官書〕氣相—者卑

勝高。〔索隱〕音偶。漢書作禺。

【遇】 魚容切音顒冬韻

曲—。地名。〔史記高帝紀〕戰曲—。東。〔索隱〕徐廣云曲—在中牟。司馬彪郡國志。中牟有曲—聚也。〔按曲—聚當今河南中牟縣東。〕

【逌】 丑正切音偵敬韻

㊀遲候也。見〔玉篇〕。
㊁廉視探伺也。見〔增韻〕。

【遊】、夷周切音由尤韻

㊀遨—也。見〔玉篇〕。〔按說文。游、旌旗旒也。引伸爲出游、嬉游。俗作—。又逕、古文。鍇曰。此正敖游字。段玉裁曰。从辵者流行之意也。从巛ネ汓省聲也。俗作—者合二篆爲一字。朱駿聲曰。此字从辵汓聲。行也。當別爲正篆。学非古文子字。巛即水也。字亦作—。集韻、類篇、並以—爲逕或字。可爲小徐、段、朱諸說之證。〕
㊁—行也。〔國策秦策〕王資臣萬金而—。
㊂行也。〔禮記曲禮〕—毋踞。
㊃遨也。〔文選司馬相如文〕厥壤可—。
㊄觀也。〔詩有杕之杜〕噬肯來—。
㊅戲也。見〔廣雅釋詁〕。
㊆潛行水中也。〔方言〕潛又—也。
㊇逸也。〔書五子之歌〕乃盤—無度。
㊈俠也。見〔廣雅釋詁〕。
㊉仕也。〔國策秦策〕王獨不聞吳人之—楚者乎。
(十一)不係也。〔莊子外物〕心有天—。
(十二)無官司者。〔周禮師氏〕凡國之貴—子弟學焉。
(十三)謂閒暇無事也。〔禮記學記〕息焉—焉。
(十四)謂出入止觀。〔禮記王制〕膳飲食從於—可也。
(十五)陵—。龍膽也。見〔廣雅釋草〕。
(十六)—樹。浮柱也。〔文選司馬相如賦〕羅丰茸之—樹兮。
(十七)—倅。倅之未仕者也。〔周禮諸子〕國子存—倅。
(十八)—魂。言其—散也。〔易繫傳〕—魂爲變。

【過】 古禾切音戈歌韻

㊀度也。見〔說文〕。〔段注〕引伸爲有過之過。釋言。鄭—也。謂鄭亭是人所—。愆鄭是人之過。皆是分別平去聲者俗說也。
㊁經也。〔書禹貢〕東—洛汭。
㊂歷也。〔公羊隱六年傳〕首時—則書。
㊃踰之也。〔史記外戚世家〕皆—栗姬。
㊄去也。〔太玄差〕—小善不克。
㊅渡也。見〔廣雅釋詁〕。
㊆遍也。〔素問玉版論要〕逆行一—。
㊇國名。〔左襄四年傳〕處澆于—。〔按今山東掖縣東北有—鄉。即其地。〕
㊈澗名。〔詩公劉〕遡其—澗。
㊉姓也。〔後漢劉陶傳〕—晏之徒。〔注〕—姓。—國之後。

【過】 戶果切音禍哿韻

輠或字。〔集韻〕輠。篇也。車盛膏器。或作—。

【過】 古臥切音鍋箇韻

㊀失也。〔論語雍也〕不貳—。
㊁誤也。〔論語憲問〕以告者—也。
㊂謬也。〔孟子公孫丑〕然則聖人且有—與。
㊃非也。〔淮南脩務〕所以論之—。
㊄淫也。〔左昭元年傳〕—則爲菑。
㊅責也。〔呂覽適威〕煩爲教而—不識。
㊆至也。〔呂覽異寶〕五員—於吳。
㊇見也。〔國策秦策〕臣不得復—矣。
㊈取也。〔呂覽論威〕—勝之所在也。
㊉絕也。〔呂覽決勝〕巧拙之所以相—。
(十一)勝也。〔呂覽適威〕以爲造父不—也。
(十二)多也。〔呂覽貴當〕田獵之獲。常—人矣。
(十三)越也。見〔玉篇〕。
(十四)超也。見〔洪武正韻〕。
(十五)長也。〔呂覽舉難〕相—。
(十六)謂失度也。〔易彖上傳〕故日月不—。
(十七)無本意也。〔周禮調人〕凡—而殺傷人者。
(十八)大—。卦名。巽下兌上。〔易大過〕澤滅木大—。〔又〕小—。卦名。艮下震上。〔易小過〕山上有雷小—。

【過】 阿割切音閼曷韻

㊀微止也。見〔說文〕。〔桂注〕一切經音義三云。爾雅。—、止也。今以逆相爲—。

(二)止也。〔易大有〕君子以—惡揚善。(三)遮也。見〔一切經音義引蒼頡〕。(四)絕也。〔書舜典〕四海—密八音。(五)逑也。見〔爾雅釋言〕(六)病也。〔詩文王〕無—爾躬。(七)臣進善。君不試。茲謂—。見〔京房易傳〕(八)通竭。〔詩文王〕無—爾躬。〔釋文〕—、或作竭。(九)通節。〔禮記樂記注〕以—其欲。〔釋文〕—、本亦作節。(十)通按。〔詩皇矣〕以按徂旅。〔釋文〕本又作—。安葛反。〔按孟子引作—〕。

【遐】何加切音霞麻韻

(一)遠也。或通用假字。見〔說文新附〕。〔按漢書禮樂志假狄合處師古曰。假、卽—字。〕(二)逝也。〔文選張衡賦〕侯閒風而西—。(三)長也。〔魏書常景傳〕以知命為—齡。(四)何也。〔詩隰桑〕—不謂矣。〔按經傳釋詞云。—、不何不也。禮記引作瑕。鄭注曰。瑕之言胡也。〕

【遑】胡光切音皇陽韻

(一)急也。見〔說文新附〕。(二)暇也。〔詩殷其靁〕莫敢或—。(三)通皇。〔詩殷武〕不敢怠—。〔按左襄三十六年傳作不敢怠皇。〕(四)通偟。〔詩殷其靁〕莫敢或—。〔釋文〕本或作偟。

【遒】字秋切音酋將由切音揫雌由切音秋尤韻

(一)遒或字。見〔說文〕。〔按玉篇云。同遒。漢書注。謂遒、—古今字。〕(二)近也。見〔廣雅釋詁〕。(三)歛也。〔詩破斧〕四國是—。(四)好也。〔文選班固答賓戲〕說難既—。(五)聚也。〔詩長發〕百祿是—。(六)健也。勁也。〔鮑照詩〕獵獵晚風—。(七)—人。宣令之官也。〔書胤征〕—人以木鐸徇于路。(八)迫捕貌。〔文選司馬相如賦〕—孔鸞。(九)通揫。〔詩長發〕百祿是—。〔按說文手部作百祿是揫。〕

【遒】將由切音揫尤韻

縣名。在涿郡。見〔集韻〕。〔按字亦作遒。當今直隸定興縣治。〕

【遒】徐由切音囚尤韻

逡—。縣名。在淮南。見〔集韻〕。〔按亦作浚—。漢置。屬九江郡。晉廢。淮南。當今安徽合肥宣城兩縣境。〕

【道】杜皓切音稻皓韻

(一)本作衜。〔說文〕衜所行道也。一達謂之—。(二)路也。〔論語陽貨〕—聽而塗說。(三)國也。見〔廣雅釋詁〕。(四)縣有蠻夷曰—。〔後漢馬援傳〕檄到亟下縣—。〔按唐貞觀時大簿。凡州府三百五十八。依敍為十—。後析增五—。是唐之—制。如秦之郡。漢之部。宋元之路。今之省。後世及日本高麗皆承襲是制。清以布政司領—。職官又有河—、鹽—、粮—、關—、兵備—、分巡—之別。而都察院御史亦分—。如京畿—、御史之類是也。其實—非區域名稱。與唐制異。今之—尹。猶清制之分巡—。〕(五)會民所聚曰—。見〔管子正〕。(六)直也。見〔爾雅釋詁〕。(七)大也。見〔爾雅釋詁〕。(八)理也。見〔莊子繕性〕。(九)—者左也。—者義也。見〔禮記表記〕。(十)—者為之公。見〔莊子則陽〕。(十一)一陰一陽之謂—。見〔易繫辭〕。(十二)自然也。〔老子〕—生之。(十三)虛也。〔易略例〕通乎晝夜之—而无體。(十四)禮也。〔禮記檀弓〕斯—也。(十五)仁義也。〔禮記樂記〕君子樂得其—。(十六)謂禮樂也。〔論語陽貨〕君子學—則愛人。(十七)謂禮義也。〔荀子解蔽〕何謂曰—。(十八)政令也。〔詩匪風〕顧瞻周—。(十九)法術也。〔左定五年傳〕吾未知吾—。(二十)多才藝者。〔周禮大司樂〕凡有—者。(廿一)術也。〔國語吳語〕—將不行。(廿二)謂論說敎令也。〔荀子議兵〕設何—何行而可。(廿三)六藝也。〔周禮保氏〕而養國子以—焉。(廿四)方也。〔史記游俠傳〕北—姚氏。

(廿五)徑也。〔書大禹謨〕—心惟微。
(廿六)言也。〔禮記大學〕—學也。
(廿七)治也。見〔廣雅釋詁〕。
(廿八)先也。〔文選顏延之賦〕飛輶軒以戒—。
(廿九)蹈也。見〔釋名釋道〕。
(三十)語也。〔荀子榮辱〕君子—其常而小人—其實。
(卅一)行也。〔荀子議兵〕必—吾所明。無—吾所疑。
(卅二)謂開通也。〔易繫辭〕—義之門。
(卅三)猶行也。〔儀禮喪服〕其夫屬乎父—者。妻皆母—也。〔注〕—、猶行也。言婦人棄姓無常秩。嫁于父行則爲母行。
(卅四)從也。〔列子皇帝〕向吾見子—之。
(卅五)由也。〔禮記中庸〕故君子尊德性而—問學。
(卅六)通也。〔左襄三十一年傳〕不如小決使—。
(卅七)順之謂—。見〔論衡本性〕。
(卅八)國名。〔左僖五年傳〕江、黃、—、柏。〔按今河南息縣西南有陽安城卽其地。〕
(卅九)州名。唐置。屬江南道。當今湖南—縣治。

(四十)宗教名。秦漢以來。但有方士神仙之說。無所謂—教者。自北魏寇謙之、以老聃爲—教之祖。張—陵爲大宗。入唐時乃盛行。至信州龍虎山張氏世襲封號爲天師。則又自宋始也。元給三品銀印。明賜秩正二品。清初秩正一品。嗣降爲五品。後復爲三品。民國初元廢。
(四一)—軌。維車也。〔方言〕維車。東齊海岱之間謂之—軌。
(四二)—布。新布三尺也。〔周禮司巫〕祭祀則共匰主及—布。〔注〕—布者爲神所設巾。
(四三)—車。象路也。〔周禮司常〕—車載旞。〔按儀禮旣夕記〕車載朝服。注云。—車、朝夕及燕出入之車。
(四四)祖—。神祀以求道路之福。見〔文選荆軻歌注引崔實四民月令〕。
(四五)等—。何勿語也。〔後漢禰衡傳〕更熟視曰。死公云等—。〔注〕等—。猶今言何勿語也。
(四六)當—。草名。〔廣雅釋草〕當—。馬舃也。

【道】大到切音導號韻
(一)治也。〔論語學而〕—千乘之國。
(二)勵也。見〔爾雅釋詁〕。
(三)開也。〔國語楚語〕教之詩而爲之—。
(四)達也。〔國語晉語〕夫成子—前志。
(五)引也。〔大戴記文王官人〕深—以利。
(六)引也。見〔漢書溝洫志注〕。
(七)示之以道塗也。〔禮記學記〕—而弗牽。
(八)訓也。〔國語晉語〕則德以—諸侯。

【達】他達切音闥陀葛切音遾曷韻
(一)行不相遇也。詩曰。佻兮—兮。見〔說文〕。〔段注〕今俗說不相遇。尚有此言。乃古言也。訓通—者。今言也。〔按詩毛傳曰。佻—、往來相見貌。與許說背。王筠曰。許君所以反毛義者。蓋上二章不嗣音。是不來。下文不見。是不遇。此青衿矣。若忽言往來相見。則與上下文皆不類。故許不敢苟爲同也。集傳云、—放恣也。集韻本作倖。引廣雅云逃也。存參。〕
(二)通也。〔呂覽重己〕理塞則氣不—。
(三)暢也。見〔莊子達生釋文〕。
(四)徹也。見〔釋名釋言語〕。
(五)猶曉也。〔論語顏淵〕樊遲未—。
(六)通於物理也。〔論語雍也〕賜也—。
(七)無滯於一方也。〔莊子齊物論〕唯—者知通爲一。
(八)謂聽至遠也。〔書舜典〕—四聰。
(九)聞之實也。〔論語顏淵〕非—也。
(十)行也。〔素問五常政大論〕土疏泄。蒼氣—。
(十一)出也。〔史記樂書〕區萌—。
(十二)生也。〔詩生民〕先生如—。
(十三)芒也。見〔方言〕。
(十四)進也。見〔後漢范升傳注〕。
(十五)射也。〔詩載芟〕驛驛其—。〔按箋云。出地也。與傳異義。〕
(十六)穿也。〔淮南脩務〕蹠—膝。
(十七)決也。〔周禮小宰〕小事則專—。
(十八)致也。〔國語吳語〕寡人其—王於甬句東。
(十九)至也。〔國語晉語〕奔而易—。
(二十)因水入水曰—。〔書禹貢〕—于河。
(廿一)旁通也。〔山海經大荒南經〕四隅皆—。
(廿二)偏也。〔書召誥〕則—觀于新邑營。〔集傳〕則偏觀新邑所經營之位。
(廿三)通顯之名也。〔禮記聘義〕孚尹旁

—。

㉔皆也。〔禮記禮器〕君子—亹亹焉。

㉕宜也。〔詩長發〕受小國是—受大國是—。〔集傳〕言其無所不宜也。

㉖具也。〔禮記樂記〕非—禮也。

㉗夾室也。〔禮記內則〕天子之閣左—五右—五。

㉘窗也。〔文選張衡賦〕八—九房。〔注〕八—、謂有室八窗也。

㉙謂長於淵幹。〔考工記弓人〕恆角而—。

㉚羊子也。見〔詩生民箋〕。

㉛州名。本漢巴郡地。宋置—州。當今四川—縣治。〔又〕元水—路。屬遼陽省。當今寧古塔地。

㉜—吏。寮舉勤勞之小吏也。〔周禮大宰〕七曰—吏。

㉝蟲—。人名。〔漢書功臣表〕曲成圉侯。蟲—侯。入漢定三秦。以都尉破項籍。

㉞—摩天竺王子。佛氏之大師也。

㉟—賴。西藏僧之尊號。在前藏者曰—賴喇嘛。

㊱姓也。見〔廣韻引姓苑〕。〔又〕虜複姓三氏、後魏獻帝弟為—奚氏。—勃氏。後改為褒氏。周文帝—步妃、生齊煬王憲。見〔廣韻〕。

【遂】 徐醉切音檖寘韻

①亾也。見〔說文〕、〔桂注〕亾、當為化。釋訓—、作也。郭注物盛興作之貌。

②往也。見〔廣雅釋詁〕。

③止也。見〔廣韻〕。

④達也。〔禮記緇衣〕百姓以仁—焉。

⑤進也。〔易大壯〕不能退不能—。

⑥通也。〔淮南精神〕何往而不—。

⑦道也。見〔廣雅釋宮〕。

⑧五縣為—。見〔周禮遂人〕。

⑨夫間小溝。〔考工記匠人〕廣二尺、深二尺、謂之—。

⑩水中可涉之徑也。〔荀子大略〕溺者不問—。

⑪成也。〔禮記月令〕百事乃—。

⑫生也。〔漢書禮樂志〕根荄以—。

⑬長也。〔呂覽振亂〕而—桀紂之過也。

⑭出也。〔春秋元命苞〕歲之為言—也。

⑮育也。見〔廣雅釋言〕。

⑯順也。〔國語周語〕而行之以—八風。

⑰從也。〔國語晉語〕置而不—。

⑱從意也。見〔聲類〕。

⑲竟也。見〔廣雅釋詁〕。

⑳盡也。〔素問六節藏象論〕請—聞之。

㉑終也。〔周書太子晉〕逡巡而退。其不能—。

㉒申也。〔國語晉語〕—威而遠權。

㉓行也。見〔廣雅釋詁〕。

㉔安也。〔詩雨無正〕飢成不—。

㉕久也。〔詩氓〕言既—矣。

㉖延也。見〔漢書外戚傳注〕。

㉗瑞也。〔詩芄蘭〕容兮—兮。

㉘沒也。〔國語吳語〕以能—疑計惡。

㉙徧也。〔詩長發〕—視既發。

㉚稱也。〔詩候人〕不—其媾。

㉛充備也。〔禮記鄉飲酒義〕節文終—也。

㉜因也。〔儀禮燕禮〕—卒爵。

㉝因循也。〔荀子王制〕小事殆乎—。

㉞因事曰—。〔書康王之誥序〕—誥諸侯。

㉟兩事之辭。〔左僖三年傳〕—伐楚。

㊱繼事也。見〔穀梁僖四年傳〕。

㊲究也。見〔漢書藝文志注〕。

㊳生事也。見〔公羊桓八年傳〕。

㊴直—也。見〔穀梁襄十年傳〕。

㊵順政曰—。見〔周書常訓〕。

㊶專事之辭。〔公羊襄十二年傳〕大夫無—事。

㊷謂不時除也。〔荀子禮論〕然而—之則是無窮也。

㊸謂名位成達者。〔漢書胡母生傳〕弟子—之者。

㊹射韝也。〔儀禮大射儀〕袒決—。〔注〕以朱韋為之著左臂所以—弦也。

㊺國名。〔春秋莊十三年〕齊人滅—。〔按今山東甯陽縣北有—城即其地〕。

㊻州名。本漢廣漢郡地。後周置—州。當今四川—甯縣治。

㊼——。作也。見〔爾雅釋訓〕。〔又〕相隨行之貌。〔禮記祭儀〕陶陶——。

㊽甘—。藥名。見〔本草綱目〕。

㊾人名。趙毛—。

㊿姓也。見〔姓苑〕。

【違】 于飛切音韓微韻

①離也。見〔說文〕。

②去也。〔詩殷其靁〕何斯—斯。

③行也。〔書酒誥〕薄—農父。

④奔放也。〔左定十年傳〕凡諸侯之大夫—。

⑤遠也。〔國語齊語〕天威不—顏咫尺。

⑥避也。〔禮記緇衣〕太甲曰。天作孽。可—也。

⑦儥也。見〔廣雅釋詁〕。

⑧畔也。〔周書芮良夫〕無道。左右臣妾乃—。

⑨不從也。〔左哀十四年傳〕且其—者。不過數人。

⑩邪也。〔國語周語〕以逞其—。

⑪失也。〔後漢朱景王杜馬劉傅堅馬傳〕故光武鑒前事之—。

⑫戾也。〔禮記大學〕而—之俾不通。

⑬易也。〔文選張衡賦〕能—之者寡矣。

⑭僻也。〔漢書王尊傳〕靖言庸—。

⑮張也。見〔詩谷風釋文引韓詩〕。

⑯徘徊也。〔詩谷風〕中心有—。

⑰不正也。〔太玄禮〕懷其—。

⑱恨也。〔文選班固賦〕—世業之可懷。

⑲奔之也。〔左哀八年傳〕君子—。

⑳奔亡也。見〔後漢臧洪傳注〕。

㉑異也。見〔文選沈休文詩注引廣雅〕。

㉒依—。猶徘徊也。〔曹植七啟〕依—屬嚮。〔又〕不專決也。〔漢書劉歆傳〕猶依—謙讓。〔又〕字一作猗—。猶依—也。依且—兩可也。〔漢書孔光傳〕猗—者連歲。

【違】胡隈切音回灰韻　回或字。〔集韻〕回。說文、轉也。或作—。

【逮】將先切音箋先韻　❶自進極也。見〔說文〕。〔按廣韻集韻竝書作遷今從說文。〕　❷至也。見〔廣韻引埤蒼〕。

【逮】資辛切音津眞韻　古津字。見〔集韻〕。

【逌】夷周切音由尤韻　所也。通作攸。見〔集韻〕。〔按說文乃部。逌、气行皃。讀若攸。段注。隸作逌。王注。讀若攸所以明假借也。禹貢陽鳥攸居、豐水攸同、九州攸同。地理志引之攸皆作逌。釋言。攸、所也。惟漢書韋賢傳萬國逌平。顏注。逌、古攸字。獨與篆同形。廣韻。逌、或作逌。玉篇。逌、气行皃。皆不別出—字類篇。—、行也。與集韻異解。然皆不別出逌字。韻會。卣、古作卣。以此相推。則—卽逌也。可知蓋逌變隸作逌。宋時或又作—。字彙引韋賢傳作—。康熙字典沿之。與王說歧。今本漢書亦作逌。或所据本不同。又康熙字典引字彙補曰。說文先訓曰—本行水之器。今之濆壺筧槽之屬。後又借爲語辭。、疑亦逌之譌。〕

【䢦】又業切音腌葉韻　前頓也。見〔玉篇〕。

【䢦】悉協切音燮葉韻　迅—。走也。見〔集韻〕。

【䢦】追萃切音轡寘韻　同逮。〔集韻〕逮。足不前也。亦作—。〔按逮集韻作逮今正說詳逮字。〕

【遃】語偃切音巘阮韻語蹇切音彥銑韻　行也。見〔方言〕。

【遃】魚旰切音岸翰韻　遨也。見〔集韻〕。

【迦】居伽切音迦歌韻居牙切音加麻韻　—互。令不得行也。見〔說文〕。〔注〕—互。猶曰犬牙左右制也。〔按王筠曰蓋梐枑之比玉篇作—牙。亦通。牙吾通用。金吾、木吾。禦人之物。〕

【迦】居迓切音駕禡韻　—枒。木如蒺藜。上下相距。見〔集韻〕。

【遯】徒困切音鈍願韻杜本切音笵阮韻　遯或字。〔集韻〕遯。遷也。逃也。或从豕。

【逯】徒渾切音屯元韻　敦或字。〔集韻〕敦。說文。小豕也。或作—。

【逗】殊句切音樹遇韻　走也。見〔玉篇〕。

【遈】丞職切音寔職韻　流行。見〔玉篇〕。

【通】測洽切音揷洽韻　行貌。見〔類篇〕。

【遝】徒合切音沓合韻

行立也。見[字彙補]。

【遳】祖叢切音㚇東韻
行也。見[類篇]。[按正字通云。遳字之譌]

【迴】音忽物韻
乍也。見[五音篇海]。

【遱】苛列屑韻
多節日也。見[川篇]。

【遆】田黎切音題齊韻
姓也。見[集韻]。

【遡】遡本字。見[說文]。

【𨘢】古蓮字。見[字彙補]。

【遷】古遷字。見[字彙補]。

【逹】古逐字。見[玉篇]。

【𨗳】古遂字。見[字彙補]。

【邊】古退字。見[集韻]。

【遰】古動字。見[玉篇]。

【遀】古隨字。見[集韻]。

【遴】延籒文。見[說文]。

【遷】同遷。見[正字通]。[按集韻遷下云隸作—。]

【逹】同達。見[字彙補]。

【逌】同道。見[正字通]。

【遥】同进。見[正字通]。

【遍】徧俗字。見[廣韻]。

【遲】遲俗字。見[字彙]。[正字通曰、籒文遲之譌。]

【遨】遨俗字。見[正字通]。

十畫

【遖】丑展切音搌銑韻 [按玉篇書作遖。集韻作—。康熙字典沿譌入九畫。攷說文。蚩从虫屮聲。則集韻不誤。今據正。]
㊀行也。見[玉篇]。
㊁安步也。見[集韻]。

【遘】居候切音冓下遘切音候宥韻
㊀遇也。見[說文]。[注]—、猶結構也。理當相對也。
㊁遌也。見[爾雅釋詁]。
㊂見也。見[爾雅釋詁]。
㊃通覯。[詩柏舟]覯閔既多。[釋文]—、本作覯。
㊄通構。[文選王粲詩]豺虎方—患。[注]—、與構同古字通也。
㊅通姤。[易姤]姤遇也柔遇剛也。[釋文]薛云古文作—。
㊆通逅。[詩野有蔓草]邂—相遇。[釋文]—、本作逅。

【遙】餘招切音搖蕭韻
㊀逍—也。見[說文新附]。[按逍—。猶翺翔也。鈕曰詩只用消搖。此二字、字林所加。]
㊁遠也。見[廣雅釋詁]。
㊂疾行也。[方言]南楚之外或曰—。
㊃淫也。[方言]九嶷荆郊之鄙、謂淫曰—。
㊄言心—蕩也。見[方言注]。
㊅猶漂—。放流貌也。[楚辭大招]無遠—只。
㊆長也。[莊子秋水]故—而不悶。

【遜】蘇困切音巽願韻
㊀遁也。見[說文]。[按說文愻下段注。訓順之字作愻。古書用字如此。凡愻順字从心。凡—遁字从辵。—行而愻廢矣。]
㊁遯也。見[爾雅釋言]。
㊂去也。見[廣雅釋詁]。
㊃順也。[論語憲問]危行言—。
㊄讓也。見[後漢獻帝紀注]。

【遝】達合切音沓合韻
㊀迨也。見[說文]。[注]鍇按史記曰。魚鱗雜—。烟至颯起。謂迨—竝進也。
㊁召也。見[廣雅釋言]。
㊂及也。[方言]關之東西曰—。
㊃雜—重累也。見[漢書司馬相如傳注]。[又]聚積之皃。[漢書劉向傳]雜—衆賢。[又]衆皃。[文選曹植賦]衆彲雜—。
㊄合—盛多貌。[文選王襃賦]鶩合—以詭譎。
㊅駁—多貌。[文選陸機賦]紛葳蕤以駁—。

【遞】待禮切音弟薺韻大計切音悌霽韻
㊀更易也。見[說文]。
㊁代也。見[廣雅釋詁]。
㊂迭也。見[爾雅釋言]。
㊃更也。[國策齊策]不如是之—甚也。
㊄去也。見[文選褚淵碑文注引春秋緯注]。

(六)繞也。見〔漢書王莽傳注〕。
(七)著也。〔管子入國〕聾盲喑啞跛躄偏枯握—。
(八)迢—遠皃。〔文選左思賦〕曠瞻迢—。
(九)傳—驛—也。見〔增韻〕。
(十)—鐘琴名。〔漢書王襃傳〕伯牙操—鐘。
(十一)通適。〔周禮稍人注〕使勞逸—焉。〔釋文〕—本又作適。

【遞】時制切音誓霽韻
逝或字。〔集韻〕逝說文、往也。或作—。

【遠】雨阮切音薳阮韻
(一)遼也。見〔說文〕。
(二)遐也。見〔爾雅釋詁〕。
(三)廣也。見〔漢書韋成傳注〕。
(四)極也。〔老子〕—曰反。
(五)多也。〔國策齊策〕弗如—甚。
(六)無窮也。見〔儀禮士冠禮永受胡福注〕。
(七)謂非耳目所及也。〔國語周語〕言無—。
(八)猶疏也。〔呂覽知接〕願君之—易牙。
(十九)久也。〔呂覽大樂〕音樂之所由來者—矣。
(二十)去也。〔論語顏淵〕不仁者—矣。
(二十一)離也。楚或謂之—。見〔方言〕。
(二十二)疏而離之也。〔漢書劉向傳〕黜—外戚。
(二十三)逋逃也。〔國語周語〕將有—志。
(二十四)謂天。〔易繫辭〕无有—近幽深。
(二十五)—人異族也。〔左定元年傳〕好用—人。
(二十六)—道外道也。〔呂覽有始〕冬至日行—道。
(二十七)州名。唐置。羈縻隴右道。當今四川茂縣地。
(二十八)—志草名。見〔本草綱目〕。
(二十九)泰—古東方極—之國名。〔爾雅釋地〕東至于泰—。

【遠】于願切音瑗願韻
(一)離也。見〔漢書成帝紀注〕。
(二)疏也。見〔廣雅釋詁〕。
(三)違也。見〔漢書公孫弘傳注〕。
(四)疏外也。〔國語晉語〕諸侯—己。

【遡】蘇故切音素遇韻
(一)溯或字。見〔說文水部〕。〔按說文溯逆流而上曰溯洄。溯向也。水欲下違之而上也。〕
(二)迎也。〔法言五百〕其—於日乎。
(三)鄉也。〔詩公劉〕—其過澗。
(四)行也。見〔方言〕。
(五)通愬。〔文選潘岳賦〕愬黃卷以濟瀆。〔注〕愬與—古字通。

【遢】託盍切音榻合韻
(一)穩行皃。見〔玉篇〕。
(二)邋—不謹事也。見〔廣韻〕。

【遣】去演切音繾銑韻
(一)縱也。見〔說文〕。〔段注〕糸部曰縱。緩也。一曰舍也。
(二)送也。〔儀禮既夕〕書—于策。
(三)去也。見〔玉篇〕。
(四)祛也。逐也。發也。見〔增韻〕。
(五)出婦也。〔穀梁宣十六年郯伯姬來歸注〕為夫家所—。
(六)罪名。清時刑例。軍流之外。又有—罪。
(七)消—謂消釋俗慮也。〔鄭谷詩〕此際難消—。

【遣】詰戰切音譴霰韻
(一)祖奠也。見〔集韻〕。〔按周禮大史。—之日讀誄注、謂祖廟之庭、大奠將行時也。〕
(二)—車。送葬載牲體之車也。〔禮記雜記〕—車視牢具。〔按周禮巾車注。一曰鸞車。〕

【遊】悲萌切音繃庚韻
(一)散也。見〔集韻引廣雅〕。
(二)行急見〔集韻〕。

【遧】七浪切音稖漾韻
過也。見〔集韻〕。

【遚】初救切音簉宥韻
不進也。見〔廣韻〕。

【遛】力求切音留尤韻
逗—。不進也。見〔集韻〕。

【遖】丑六切音畜屋韻
行皃。見〔玉篇〕。

【遟】陳尼切音墀支韻
遲籀文。見〔說文〕。

【遟】直利切音緻寘韻
待也。見〔集韻〕。

【遅】先齊切音西齊韻
犀或字。〔集韻〕犀說文、—也。或从辵。

【遪】七溜切音趥宥韻

進也。見〔字彙補〕。〔按疑趖字之譌〕

【遪】音忽物韻　速也。見〔篇海類編〕。

【遭】以絹切音掾霰韻　相顧而行也。見〔五音集韻〕。

【遺】音未詳　人名。見〔字彙補〕。

【遱】古廁字。見〔字彙補〕。〔按諸書無—字。康熙字典注引玉篇。檢玉篇實無—。殊失攷。正字通云一曰叟字之譌。〕

【遵】道本字。見〔說文〕。

【遶】古及字。見〔廣韻〕。

【遾】古送字。見〔集韻〕。〔按疑即遾之形譌。〕

【遻】古送字。見〔字彙補〕。

【遹】遹籀文。見〔說文〕。

【遳】逑籀文。見〔說文〕。

【遲】同遲。見〔正字通〕。

【遴】同遴。見〔字彙補〕。

【遷】遷俗字。見〔正字通〕。

【遰】造俗字。見〔正字通〕。

【遱】造俗字。見〔正字通〕。

十一畫

【遧】諸良切音章陽韻　(一)遹—。逶也。見〔集韻〕。(二)同章。〔大戴記千乘〕庶嬪—則事上靜。

【適】施隻切音釋陌韻　(一)本作遾。〔說文〕遾。之也。(二)往也。見〔爾雅釋詁〕。(三)如也。〔穀梁哀十四年傳〕故大其—也。(四)嫁也。〔儀禮喪服注〕凡女行於大夫以上曰嫁。行於士庶人曰—人。(五)歸也。〔左昭十五年傳〕民知所—。(六)從也。〔後漢荀爽傳〕截趾—屨。(七)行也。〔國語周語〕其—來班貢。(八)至也。〔莊子天地〕以二缶鐘惑。而所—不得矣。(九)遇也。〔文選班彪論〕以爲—遭暴亂。(十)近也。見〔一切經音義引三蒼〕。(十一)始也。見〔一切經音義引三蒼〕。(十二)甫爾之辭。〔唐書武元衡傳〕—從何來。(十三)偶也。〔書康誥〕乃惟眚災—爾。(十四)當也。〔漢書賈誼傳〕以爲是—然耳。〔注〕師古曰。—當也。謂事理當然。(十五)猶得也。〔書大傳〕古者諸侯之於天子。三年一貢士。一—謂之攸好德。再—謂之賢賢。三—謂之有功。〔按前漢書武帝紀引服虔注。—、得其人。〕(十六)宜也。〔呂覽適威〕不能用威—。(十七)時也。〔呂覽明理〕其風雨則不—。(十八)調也。〔史記日者傳〕歲穀不熟不能—。(十九)和也。〔呂覽大樂〕寒暑—。(二十)節也。〔呂覽重己〕故聖人必先—欲。(廿一)動中禮儀之謂—。見〔呂覽過理〕不—也注。(廿二)等也。〔呂覽處方〕其右攝其一靭—之。(廿三)善也。見〔廣雅釋詁〕。(廿四)悅也。見〔一切經音義引三蒼〕。(廿五)樂也。〔莊子大宗師〕—人之—。不自—其—。(廿六)安便也。自得也。見〔洪武正韻〕。(廿七)快也。〔漢書賈山傳〕以—其欲也。(廿八)猶所也。見〔後漢南匈奴傳注〕。(廿九)悟也。見〔廣雅釋言〕。(三十)啎也。見〔方言〕。(卅一)補滿爲—。〔漢書黃霸傳〕馬不—士。〔注〕孟康曰。關西人謂補滿爲—馬。少士多不相補滿也。(卅二)辟領也。〔儀禮喪服記〕—博四寸出於衰。(卅三)是也。〔荀子王霸〕審吾所以—人。—人之所以來我也。〔按經傳釋詞曰。上—字訓爲往。下—字訓爲是。〕(卅四)若也。〔韓非內儲〕王—有言。必亟聽從王言。〔按經傳釋詞曰。言王若有言也。〕(卅五)—來。猶爾來也。見〔韻會〕。(卅六)玉之美澤調—之處也。〔荀子法行〕瑕—並見情也。

【適】之石切音隻陌韻　往也。見〔集韻〕。

【適】陟革切音摘陌韻〔與讁通〕　(一)數也。〔詩殷武〕勿予禍—。(二)責也。〔禮記昏儀〕—見于天。(三)過也。〔孟子離婁〕人不足與—也。

(四)災變咎徵也。〔史記天官書〕日月暈—。〔按漢書天文志注引孟康曰月之將食先有黑氣之變也。〕

【適】施智切音猘寘韻

(一)但也。〔孟子告子〕飲食之人無有失也。則口腹豈—為尺寸之膚哉。〔趙注〕口腹豈但為肥長尺寸之膚邪。

(二)不—非特也。〔國策秦策〕疑臣者、不—三人。

【適】他歷切音惕錫韻治革切音摘陌韻

—。驚視自失貌。〔莊子秋水〕——然驚。

【適】丁歷切音的錫韻

(一)主也。〔詩伯兮〕誰—為容。

(二)專也。見〔韻會〕。

(三)單也。〔周書寶典〕心私慮—。

(四)正后也。〔漢書杜欽傳〕此必—妾將有爭寵相害。

(五)妻也。〔詩江有汜序〕—能悔過也。

(六)承嗣者也。〔漢書宣帝紀〕又賜功臣—後。

(七)—室。正寢之室也。〔儀禮士喪禮〕死於—室。

(八)—莫。猶厚薄也。〔論語里仁〕無—也。無莫也。

(九)分布稀疏得所、名為—歷。見〔周禮遂師疏〕。

(十)夫人之子。〔公羊隱元年傳〕立—以長不以賢。

【適】亭歷切音狄錫韻

(一)敵也。〔禮記燕義〕君獨升立席上。西面特立。莫敢—之義也。

(二)爵同者也。〔禮記雜記〕大夫訃於同國—者。

【遬】蘇谷切音肅屋韻

(一)速籒文。見〔說文〕。

(二)蹙斂也。〔禮記玉藻〕見所尊者齊—。

(三)密也。〔管子小匡〕別苗莠列疏—。

(四)化也。〔呂覽貴直〕士之—弊。

(五)剽—疾也。〔史記禮書〕輕利剽—。卒如熛風。

(六)僕—。凡短之貌。〔漢書息夫躬傳〕諸曹以下。僕—不足數。

(七)—濮。國名。〔漢書霍去病傳〕討—濮。

【遬】嗇力切音敕職韻

(十一)張也。見〔廣雅釋詁〕。

(十二)開也。見〔集韻〕。

【遪】士合切合韻

(一)褱—。見〔廣韻〕。

(二)行也。走也。見〔字彙〕。

【遭】臧曹切音糟豪韻

(一)本作遭、〔說文〕遭。遇也。一曰邐行。〔注〕—猶帀也。

(二)逢也。〔史記孝武紀〕—聖則興。

(三)巡也。見〔正韻〕。

【遯】徒困切音鈍願韻杜本切音囤阮韻

(一)逃也。見〔說文〕。

(二)去也。見〔廣雅釋詁〕。

(三)避也。見〔漢書敘傳注〕。

(四)遯也。〔後漢戴良傳〕乃—辭詣府。

(五)退也。見〔易序卦〕。

(六)欺也。〔淮南脩務〕審于形者。不可—以狀。

(七)隱也。〔離騷〕後悔—而有他。

(八)屏也。〔禮記緇衣〕則民有—心。

(九)卦名。艮下乾上。〔易遯〕天下有山。—。

(十)水名。〔韻會〕夜郎縣有—水。

【遮】之奢切音𠏉麻韻之夜切音柘禡韻

(一)遏也。見〔說文〕。

(二)冒也。見〔玉篇〕。

(三)橫道自言曰—。〔史記高帝紀〕—說漢王。

(四)斷也。見〔玉篇〕。

(五)要也。〔後漢班超傳〕伏兵—擊。

(六)蔽也。見〔增韻〕。

(七)兼也。〔管子侈靡〕六畜—育。

(八)天子出虎賁伺非常謂之—。見〔文選顏延之賦注引通俗文〕。

(九)周—。言語多貌。〔白居易詩〕周—說話長。

(十)—莫。猶言儘敎也。蓋佯莫也。見〔通雅釋詁〕。

(十一)干—。曲名。〔漢書司馬相如傳〕巴渝宋蔡淮南干—。

(十二)粵語謂傘為—。

【遰】大計切音第霽韻

(一)去也。見〔說文〕。

(二)往也。〔大戴記夏小正〕九月—鴻雁。〔注〕北來則曰向南去則曰—。

(三)刀鞞也。〔禮記內則〕右佩玦捍管—。

㊃迢—。遠也。〔王筠詩〕蒼嶺復迢—。

【遾】征例切音制霽韻 逝或字〔集韻〕逝往也或作—。

【遰】當蓋切音帶泰韻 迣也見〔集韻〕。

【遳】七禾切歌韻 ㊀行貌見〔字彙補〕。㊁脃也〔文選左思賦〕㮚—脃。

【䢦】疏密切音率質韻 先道也見〔說文〕〔段注〕道、今之導字—經典假率字爲之周禮燕射帥射夫以弓矢舞注故書帥爲率鄭司農云率、當爲帥大鄭以漢人帥領字通用帥與周時用率不同故也。

【⿺辶齒】士角切音浞覺韻 速也見〔康熙字典引集韻〕〔按康熙字典補遺載此字云與⿺辶齒同。攷集韻覺韻齪士角切速也或从⿺辶齒。類篇則書作⿺辶齒並無齪—二字。疑—即⿺辶齒之形譌〕

【遦】古翫切音貫翰韻 行也見〔廣韻〕。

【遦】古患切音摜諫韻 習也見〔說文〕。

【⿺辶翏】力弔切音廖嘯韻 往者見〔集韻〕。

【遨】牛刀切音敖豪韻 —遊也見〔玉篇〕〔按集韻書作敖。出游也一曰傲也或作—。〕

【⿺辶責】士革切音賾陌韻 走皃見〔類篇〕。

【⿺辶責】資昔切音積陌韻 迹或字〔集韻〕迹說文、步處也或作—。

【遬】子感切音昝感韻 遠也見〔正字通〕。

【⿺辶疌】知意切音致寘韻 行貌見〔正字通〕。

【⿺辶羕】餘亮切音漾漾韻 走也見〔字彙〕。

【⿺辶齒】初里切音齒紙韻 近也見〔字彙〕。

【⿺辶從】七恭切音從冬韻 綏步也見〔類篇〕。

【邀】居又切音救宥韻 本作邀〔說文〕邀恭謹行也讀若九。

【遱】郎侯切音婁尤韻 連—也見〔說文〕〔通訓定聲〕行步不絕之貌猶絲曰聯縷詞曰謰謱也。

【⿺辶族】楚漱切宥韻 齊也見〔字彙補〕。

【⿺辶雅】五加切音牙麻韻 遠也見〔五音篇海〕。

【⿺辶猷】音酉有韻 言意皃見〔篇海類篇〕。

【⿺辶契】音挈屑韻 多節目也見〔川篇〕。

【⿺辶盧】退籀文見〔說文〕。

【⿺辶敫】同御見〔石鼓文〕。

【⿺辶敔】同我見〔石鼓文〕。

【⿺辶雈】同達見〔字彙補〕。

【遟】同報見〔古文老子〕。

【⿺辶䍃】遙或字見〔集韻〕。

【⿺辶㒸】遂省字見〔正字通〕。

【⿺辶睘】還俗字見〔正字通〕。

【⿺辶丵】隸文鑿字見〔正字通鑿注〕。

十二畫

【遴】良刃切音吝震韻 ㊀本作遴〔說文〕遴行難也易曰以往—。㊁難也見〔廣雅釋詁〕。㊂蹸也見〔廣雅釋詁〕。㊃貪也見〔廣雅釋言〕。㊄鄰也〔大戴記子張問入官〕雖行必—。㊅貪嗇也〔漢書魯恭王餘傳〕晚節—。㊆—集類聚羣遊得其所也〔法言問明〕鷦明—。

【遴】離珍切音隣真韻 ㊀謹選也謂相比而選之也見〔正字通〕。㊁姓也見〔正字通〕。

【遵】縱倫切音尊真韻 ㊀本作遵〔說文〕遵循也。

(二)自也。見〔爾雅釋詁〕。
(三)行也。見〔方言〕。
(四)習也。見〔三蒼〕。
(五)率也。〔詩酌〕—養時晦。
(六)表也。見〔廣雅釋詁〕。
(七)俊也。見〔方言〕。
(八)羊棗也。〔爾雅釋木〕—、羊棗。〔疏〕—、一名羊棗。

【遷】親然切音䙴先韻

(一)本作䙴。〔說文〕䙴登也。
(二)徙也。見〔爾雅釋詁〕。
(三)去也。〔詩巷伯〕既其女—。
(四)移也。見〔廣雅釋詁〕。
(五)離散也。〔國語晉語〕成而不—。
(六)轉退也。〔國語吳語〕彼近其國有—。
(七)變易也。〔禮記大傳〕有百世不—之宗。
(八)徙官曰—。〔漢書主父偃傳〕上召見。拜偃爲郎中。偃數上書言事。—謁者中郎中大夫歲中四—。
(九)亡辭也。見〔穀梁莊十年傳〕。
(十)謫也。放逐也。〔書臯陶謨〕何—乎有苗。
(十一)縣名。遼置。屬中京道。當今直隸撫甯縣東。
(十二)—延。卻退也。〔左襄十四年傳〕晉人謂之—延之役。〔又〕猶偷佯也。〔淮南主術〕—延而入之。
(十三)國—謂徙都改邑也。〔周禮小司寇〕二曰詢國—。
(十四)君—木名。〔文選左思賦〕平仲君—松梓古度。〔注〕君—之樹。子如瓠形。〔按字亦作櫏〕
(十五)姓也。見〔正字通〕。

【䙴】西烟切音仙先韻

同仙。〔漢書王莽傳〕立安爲新—王。〔注〕師古曰。—、猶仙耳。不勞假借。

【遲】陳尼切音墀支韻〔按康熙字典誤入十一畫今正〕

(一)徐行也。〔詩曰〕行道——。見〔說文〕。
(二)徐也。〔呂覽審分〕公作則—。
(三)緩也。〔易歸妹〕—歸有時。
(四)久也。不進之言也。見〔釋名釋言語〕。
(五)晚也。見〔廣雅釋詁〕。
(六)慢也。〔荀子宥坐〕陵—故也。
(七)謂性非敏速也。〔漢書杜周傳〕周少言重—。
(八)——。徐也。見〔爾雅釋訓〕。〔又〕長也。見〔廣雅釋訓〕。〔又〕舒緩也。〔詩七月〕春日——。〔又〕長遠也。〔詩采薇〕行道——。〔又〕行也。〔楚辭惜賢〕時——其日進兮。
(九)倭—。迴遠也。〔詩四牡〕周道倭—。
(十)棲—。息也。〔詩衡門〕可以棲—。

【遲】直利切音緻寘韻

(一)待也。〔荀子修身〕故學曰—。
(二)思也。〔謝靈運詩〕傾想—嘉音。
(三)未也。〔史記高帝紀〕—明圍宛城三匝。
(四)希望也。〔後漢章帝紀〕朕思—直士。
(五)猶乃也。〔史記春申君傳〕—令韓魏歸帝重於齊。〔索隱〕—音値。値、猶力也。

【選】須兗切音選銑韻

(一)遣也。巽遣之。一曰。—、擇也。見〔說文〕。〔按元應引說文曰。簡能曰—〕
(二)引也。見〔史記平準書索隱〕。
(三)數也。〔左襄三十一年傳〕不可—也。
(四)徧也。見〔方言〕。
(五)入也。見〔廣雅釋詁〕。
(六)善也。見〔漢書武帝紀注〕。
(七)行也。〔周書常訓〕夫民羣居而無—。
(八)白—。泉貨名。〔史記平準書〕名曰白—。〔索隱〕顧氏案錢譜。其文爲龍形隱起。肉好皆圓。文又作雲霞之象。—、蘇林音—擇之—。包愷及劉氏音息戀反。尚書大傳云。夏后氏不殺不刑。死罪罰二千饌。馬融云。饌六兩。漢書作撰。二字音同也。晉灼案黃圖云。直三千三百也。
(九)數名。〔風俗通〕十萬謂之兆。十兆謂之經。十經謂之垓。十垓謂之補。十補謂之—。十—謂之載。十載謂之極。〔按太平御覽七百五十引風俗通云。十秭謂之—〕
(十)—閒。須臾也。〔呂覽任數〕—閒食熟。〔按朱駿聲以爲旋之假借字〕
(十一)—蠕。謂身動欲其進取之狀也。〔史記律書〕—蠕觀望。
(十二)—耎。怯不前之意也。〔漢書西南夷傳〕恐議者—耎。復守和解。

【選】須絹切音撰霰韻

(一)齊也。〔詩猗嗟〕舞則｜兮。

(二)十人曰｜。見〔白虎通〕。

(三)謂簡其精練。〔管子七法〕是故器成卒｜。則士知勝矣。

(四)萬也。〔山海經海外東經〕五億十｜九千八百步。〔按楊愼云。｜與萬古音通。〕

(五)命鄉論秀士升之司徒。曰｜士。見〔禮記王制〕。〔按後世銓官通謂之｜。淸官制。內自郎中外自道員下。皆有候｜班。〕

【選】損管切音算緒纂切音剶旱韻

(一)數也。〔漢書公孫賀傳贊〕斗筲之徒。何足｜也。

(二)算也。〔書盤庚〕世｜爾勞。

【選】數滑切音刷黠韻所劣切音㕞屑韻

(一)金銖兩名也。〔漢書蕭望之傳〕有金｜之品。〔注〕師古曰。字本作鋝。鋝、卽鍰也。其重十一銖二十五分銖之十三。一曰重六兩。

【遹】允律切音聿質韻

(一)回避也。見〔說文〕。〔通訓定聲〕猶衺行也。〔按回避、韻會引作回辟。〕

(二)邪也。〔詩小旻〕謀猶回｜。

(三)辟也。見〔詩小旻傳〕。

(四)自也。見〔爾雅釋詁〕。

(五)循也。見〔爾雅釋詁〕。

(六)述也。見〔爾雅釋言〕。

(七)遵也。見〔洪武正韻〕。

(八)發語辭。〔詩文王有聲〕｜駿有聲。

(九)不｜。不蹟也。見〔爾雅釋訓〕。

(十)｜皇。往來貌。〔文選張衡賦〕察二紀五緯之綢繆｜皇。〔按後漢書注。行貌。〕

(十一)姓也。〔正字通〕宋開寶中有｜復。以太常博士判秦州。

【遹】食律切音術質韻

邪也。詩潰潰回｜。見〔集韻〕。

【遺】夷隹切音夷支韻

(一)亡也。見〔說文〕。

(二)離也。見〔廣雅釋言〕。

(三)失也。〔左成十六年傳〕君惟不｜德刑。

(四)棄也。〔列子說符〕得人｜契者。

(五)脫也。〔禮記鄉飲酒義〕知其能弟長而無｜矣。

(六)忘也。〔家語五刑〕相陵者生於長幼無序而｜敬讓。

(七)舍也。〔呂覽下賢〕夫相萬乘之國而能｜之。

(八)置也。〔禮記檀弓〕天不｜耆老。

(九)留也。〔史記孝文紀〕｜財足。

(十)餘也。〔左昭三年傳〕及｜姑姊妹若而人。

(十一)廢也。〔呂覽情欲〕歡樂無｜。

(十二)墮也。見〔廣雅釋詁〕。

(十三)意不存錄也。〔孝經〕不敢｜小國之臣。

(十四)便旋也。見〔字彙補〕。〔按漢書東方朔傳。小｜殿上。師古曰。小｜者。小便也。〕

(十五)陳迹也。見〔增韻〕。

(十六)州名。唐置。羈縻隴右道。當今土魯番境。

(十七)｜｜。逶迤也。〔國策趙策〕出｜｜之門。〔注〕言其路逶迤也。

(十八)｜蛇。猶逶迆也。〔漢書東方朔傳〕｜蛇其迹。

(十九)｜風。猶餘聲也。〔淮南原道〕結激楚之｜風。〔又〕行迅謂之｜風。〔呂覽本味〕｜風之乘。〔又〕風之疾者。〔文選王褒頌〕追奔電逐｜風。

(二十)｜光。光彩射也。〔後漢張衡傳〕｜光儵爚。〔按朱駿聲曰。猶流光也。〕

(廿一)｜冉。魚名。〔山海經西山經〕陵羊之澤。是多冉｜之魚。

(廿二)肥｜。蛇名。〔博物志〕華山有蛇名肥｜。

(廿三)牛｜。藥名。〔本草別錄〕芣苢、一名牛｜。一名馬舄。

(廿四)姓也。魯費宰南｜之後。

【遺】以醉切音蠵徐醉切音遂于位切音隧寘韻盈之切音飴支韻兪水切音唯紙韻

(一)流傳致遠之稱。見〔詩鴟鴞序疏〕。

(二)敵體相與之辭。見〔左莊三十二年經疏〕。

(三)饋也。〔左隱元年傳〕爾有母｜。

(四)與也。〔禮記曲禮〕問疾弗能｜。

(五)予也。見〔廣雅釋詁〕。

(六)送也。見〔廣雅釋詁〕。

(七)加也。〔詩北門〕政事一埤｜我。

(八)｜言。不能制也。見〔詩敝笱釋文引韓詩〕。

(九)拾｜。官名。〔唐書百官志〕左拾｜六人。

【遺】旬爲切音隨支韻

謙以下人也。〔詩角弓〕莫肯下｜。〔箋〕｜讀曰隨。

【[illegible]】知栗切音質質韻

(一)近也。見〔說文〕。〔王注〕釋言。驛、傳也。郭云。本或作｜。此假借也。聲類云。｜亦驛字。誤合為一矣。下文遻字五音韻譜譌為此字。孫本亦然。諸字書多踵其誤。

(二)重也。見〔玉篇〕。

(三)至也。見〔玉篇〕。

【遻】逆各切音諤藥韻五故切音誤遇韻

(一)相遇驚也。見〔說文〕。

(二)見也。見〔爾雅釋詁〕。〔按列子黃帝〕｜物而不慴。釋文云。一本作遻。心不欲見而見曰｜。〕

(三)遇也。〔文選張衡賦〕幸二八之｜虡兮。

(四)逢也。〔楚辭懷沙〕重華不可｜兮。

【遻】五故切音誤遇韻

(一)遇也。見〔集韻〕。

(二)觸也。〔文選馬融賦〕穿距劫｜。

【[illegible]】布千切音邊先韻

(一)振繩墨也。見〔玉篇〕。

(二)行不絕也。見〔字彙〕。

【遼】憐蕭切音僚蕭韻

(一)遠也。見〔說文〕。

(二)假緩之也。〔公羊桓十一年傳〕少｜緩之。

(三)｜｜。遠也。見〔廣雅釋訓〕。

(四)水名。大｜水上游曰潢河。經直隸奉天入於海。漢｜東｜西二郡由此水而分。又有小｜水。即奉天城南之渾河。

(五)朝代名。其先為契丹。至耶律阿保機始強大。奄有今東三省蒙古及直隸山西北部。國號｜。時當民國紀元前一千零八年。歷九主。凡二百十九年。滅於金。其族耶律大石。據蕁思干稱帝。奄有葱嶺東西之地。史稱西｜。後滅於元。

(六)州名。有二。一、唐置。屬河東道。當今山西｜縣治。一、｜置。屬東京道。當今奉天承德縣西北。

(七)｜陽。縣名。漢置。屬｜東郡。今為奉天｜陽縣治。清光緒三十一年。依一千九百零四年協約開為商埠。日本駐有領事。

【[illegible]】士洽切音煠洽韻

行書貌。見〔玉篇〕。〔按集韻曰。秦使徒隸助官書艸｜以為行事。謂艸行之間。取其疾速。不留意楷法也。〕

【[illegible]】罔甫切音武麌韻

踇或字。〔集韻〕踇迹也。或作｜。

【[illegible]】子小切音勦篠韻

走皃。見〔玉篇〕。

【[illegible]】似兩切音像養韻

行也。見〔玉篇〕。

【遶】爾紹切音繞篠韻寔照切音邵嘯韻

圍也。見〔集韻引字林〕。

【[illegible]】恥仲切音銃送韻昌中切音充東韻

逸也。見〔字彙〕。

【[illegible]】徒回切音頹灰韻

不進也。見〔五音篇海〕。

【[illegible]】音現霰韻

遠也。見〔川篇〕。

【[illegible]】呼角切音覺韻

急速也。見〔龍龕手鑑〕。

【[illegible]】特丁切音庭青韻

義闕。在續高僧傳。見〔龍龕手鑑〕。

【[illegible]】初效切效韻

充也。見〔川篇〕。

【[illegible]】以每切音委紙韻

同透。〔漢逢盛碑〕當遂｜迤。

【[illegible]】音淵先韻

行貌。見〔奚韻〕。

【[illegible]】音獨屋韻

貫也。見〔龍龕手鑑〕。

【[illegible]】遵本字。見〔說文〕。

【[illegible]】邀本字。見〔說文〕。

【[illegible]】遙本字。見〔字彙補〕。

【[illegible]】遛本字。見〔正字通〕。

【[illegible]】適本字。見〔說文〕。

【[illegible]】古遠字。見〔說文〕。〔按繫傳曰。日日步之。故曰遠也。〕

【[illegible]】古遺字。見〔集韻〕。

【[illegible]】古進字。見〔集韻〕。

【[illegible]】同遣。見〔字彙補〕。

【[illegible]】同幾。〔漢費鳳碑〕庶｜昔子夏。

【[illegible]】同遴。見〔字彙補〕。

【[illegible]】同隨。見〔漢劉熊碑〕。

【遷】同遷。見〔楚孫相碑〕。

【遹】橘俗字。見〔正字通〕。

【⿺辶益】謚譌字。見〔正字通〕。

十三畫

【遽】其據切音詎御韻

(一)傳也。一曰窘也。見〔說文〕。〔注〕傳、駋車也。故禮曰大夫稱傳—之言。傳車尙速。故又爲窘迫也。
(二)急也。〔文選宋玉賦〕神女稱—。
(三)疾也。〔國語晉語〕公懼。—見之。
(四)卒也。〔禮記儒行〕—數之不能終其物。
(五)促也。〔文選張衡賦〕百禽㥄—。
(六)怯也。〔太玄窮〕萬物窮—。
(七)速也。見〔漢書郊祀志注〕。
(八)懼也。見〔廣雅釋詁〕。
(九)畏也。見〔後漢趙壹傳注〕。
(十)惶也。見〔漢書揚雄傳注〕。
(十一)趣也。〔楚辭大招〕—爽存只。
(十二)猶競也。〔楚辭大招〕萬物—只。
(十三)猶遂也。〔左襄三十一年傳〕豈不—止。

【遽】求於切音渠魚韻

蘧或字。〔集韻〕蘧說文蘧麥也。亦姓。或作—。

【遽】權俱切音劬虞韻

蘧省字。〔集韻〕蘧州名。爾雅。大菊、蘧麥。或省。

【遾】時制切音逝霽韻

(一)逮也。見〔爾雅釋言〕。
(二)遠也。見〔廣雅釋詁〕。
(三)及也。見〔正韻〕。

【避】毗義切音鼻寘韻

(一)回也。見〔說文〕。
(二)迴也。見〔漢書胡建傳注〕。
(三)去也。見〔一切經音義引蒼頡〕。
(四)違也。〔國語周語〕無乃實有所—。
(五)隱也。〔史記袁盎鼂錯傳〕—吾親。
(六)猶免也。〔呂覽介立〕拜請以—死。
(七)—席。下席也。〔呂覽直諫〕桓公—席再拜。
(八)—地。謂隱遯也。見〔後漢郅惲傳注〕。

【⿺辶羨】似面切音羨霰韻

(一)遮—也。見〔說文〕。〔段注〕此當是—遮也之倒。刪複字之僅存者。
(二)移也。見〔廣韻〕。

【⿺辶羨】夷然切音延先韻

(一)行皃。見〔廣韻〕。
(二)遮遏。見〔集韻〕。

【邀】伊消切音腰堅堯切音驍蕭韻

(一)遮也。〔文選張衡賦〕不—自遇。
(二)要也。〔莊子寓言〕老聃西遊于秦。—于郊。
(三)求也。見〔文選劉峻論注引國語賈注〕。
(四)遇也。〔莊子徐无鬼〕吾與之—樂于天。—食于地。
(五)抄也。〔列子黃帝〕—於郊。
(六)招也。〔荀子儒效〕小人則日—其所惡。
(七)或作徼。見〔一切經音義〕。

【邁】莫敗切音賣卦韻

(一)遠行也。見〔說文〕。
(二)行也。〔詩黍離〕行—靡靡。
(三)勉也。〔左莊八年傳〕皐陶—種德。
(四)過也。〔詩菀柳〕後予—焉。
(五)往也。見〔廣雅釋詁〕。
(六)——。不說也。〔詩白華〕視我——。
(七)長—。不回之意。〔文選左思賦〕寂寥長—。

【還】胡關切音環删韻旬宣切音旋從緣切音全先韻

(一)復也。見〔說文〕。
(二)返也。見〔爾雅釋言〕。
(三)積也。見〔方言〕。〔按朱駿聲曰。疑蹟也〕
(四)歸也。見〔廣雅釋詁〕。
(五)行反也。〔詩何人斯〕—而不入。
(六)退也。〔儀禮鄉飲酒禮〕主人答拜—。
(七)顧也。〔左昭二十年傳〕無所—忌。
(八)睛轉復反爲—。〔國語周語〕視無—。
(九)迴面也。〔漢書項籍傳〕羽—叱之。

【還】旬宣切音旋先韻

(一)疾也。〔禮記檀弓〕—葬而無椁。
(二)轉也。〔禮記內則〕左—授師。
(三)旋也。〔山海經北山經〕歸山有獸焉。其名曰驒善—。
(四)便捷貌。〔詩還〕子之—兮。
(五)便—也。〔左僖十五年傳〕晉戎馬—濘而止。
(六)事未畢也。見〔穀梁文十三年傳〕。
(七)遯也。見〔穀梁莊八年傳〕。
(八)顧視也。〔莊子秋水〕—虷蟹與科

斗。

(九)—辟。邃巡也。〔禮記曲禮〕則—辟再拜稽首。

(十)—味。棇桀。見〔爾雅釋木〕。

【還】胡慣切音患諫韻

繞也。圜也。見〔集韻〕。

【邅】張連切音𧾷先韻

(一)迴也。〔易屯〕屯如—如。〔按釋文引馬注。—如。惟‖不進之皃。〕

(二)屯—。難行不進皃也。見〔集韻〕。

【邅】直碾切音躔霰韻張連切音𧾷先韻

(一)轉也。見〔廣雅釋詁〕。

(二)移也。見〔玉篇〕。

【遰】直碾切音纏霰韻

逐也。見〔廣韻〕。

【遭】大犇切音紾銑韻

趨或字。〔集韻〕趨移行也。一曰循也。或作—。

【遾】在各切音鑿藥韻

同繫。〔厄言〕—通石門。—、即鑿也。〔按正字通云。—、遾譌字。公羊傳、漢書張騫傳、鑿空。皆从凿。古作蓍。隸作遾。〕

【邆】徒郎切音唐陽韻

過也。見〔等韻〕。〔按正字通云。俗邆字。今檢集韻無—。邆音義並同此。張說當不誤〕。

【邂】下解切音谿卦韻下買切音蠏蠏韻戶佳切音鞵佳韻

—逅。不期而遇也。見〔說文新附〕。〔又〕解說之貌。〔詩綢繆〕見此—逅。〔按釋文不固之貌。〕

【邆】徒登切音騰蒸韻唐亘切音蹬徑韻

南蠻六詔之一。〔唐書南蠻傳〕六詔。四曰—睒詔。〔按蠻語謂王曰詔。地當今雲南鄧川縣治。〕

【澮】胡外切音會泰韻

速也。見〔玉篇〕。

【遴】七漸切音憸琰韻

——。欲近皃。見〔集韻〕。

【邅】時䀉切音贍豔韻

行速皃。見〔集韻〕。

【遴】音由尤韻

遠也。見〔龍龕手鑑〕。

【遻】音救宥韻

行謹也。見〔篇海類編〕。

【邅】徒回切音灰韻

不進也。見〔五音集韻〕。

【遱】子敢切音感韻

速也。見〔奚韻〕。

【邇】力罪切音賄韻

行㳇也。見〔玉篇〕。

【邇】徒沃切音毒沃韻亭歷切音狄錫韻

雨也。見〔廣韻〕。〔按廣雅釋訓。—雨也。集韻云。字从廸。〕

【遾】以周切音由尤韻

貴玉也。見〔字彙補〕。

【遳】爲委切音偉尾韻

姓也。見〔玉篇〕。

【遬】遬本字。見〔集韻〕。

【遻】古𤼵字。見〔字彙補〕。

【遳】古徙字。見〔五音集韻〕。

【遻】古遺字。見〔集韻〕。

【遻】古遷字。見〔集韻〕。

十四畫

【邃】雖遂切音悴寘韻〔按康熙字典入十三畫。誤。今正。〕

(一)深遠也。見〔說文穴部〕。

(二)—古。遠古也。見〔後漢班彪傳注〕。

【邇】忍氏切音爾紙韻

(一)近也。見〔說文〕。

(二)通爾。〔儀禮燕禮〕南鄉爾卿。〔注〕爾、近也。

【邈】墨角切音貌覺韻

(一)本作邈。〔說文新附〕邈遠也。

(二)遠絕之意。〔漢書武帝紀〕—而無紀。

(三)離也。見〔方言〕。

(四)渺也。見〔洪武正韻〕。

(五)緜—也。見〔文選左思詩注引漢書臣瓚注〕。

(六)淩—也。〔文選陸機表〕振景拔迹。顧—同列。

(七)——。悶也。見〔爾雅釋訓〕。

(八)同藐。輕視也。見〔正韻〕。

【遳】兮賤切音現霰韻

無也。見〔字彙補〕。

【遾】小夾切浹韻　疾行也。見〔五音集韻〕。

【邁】蒿外切音會下益切音械泰　黠形甸切音現霰韻　無違也。見〔說文〕。

【邃】千旬切音煦遇韻　無輩也。見〔集韻〕。

【𨘇】何果切音禍哿韻　過也。見〔字彙補〕。

【邆】他歷切音逖錫韻　趯或字。〔集韻〕趯。趯趯。跳也。或从辵。

【邈】色洽切音歃洽韻　疾行也。見〔字彙〕。〔按正字通曰。同𨗢。〕

【遦】形甸切音現霰韻　遠也。見〔篇海類編〕。

【邂】徒曷切音達曷韻　解也。見〔龍龕手鑑〕。

【邈】邈本字。見〔說文〕。

【遽】古𨗍字。見〔玉篇〕。

【遻】古遊字。見〔玉篇〕。

【邍】同𨖼。見〔韓敕孔廟禮器碑〕。

【遰】同滯。見〔漢楊君碑〕。

【遳】同遭。見〔漢從事武君碑〕。

十五畫

【遺】徒谷切音瀆屋韻　(一)本作遺。〔說文〕遺。媟—也。〔注〕不以禮自近也。〔按通訓定聲云。據說文則與嬻同。按字从辵當訓遻—也。走前傾之皃。〕(二)遺也。見〔玉篇〕。(三)易也。見〔玉篇〕。(四)數也。見〔玉篇〕。

【邊】卑眠切音編先韻　(一)本作邊。〔說文〕邊。行垂厓也。(二)畔也。見〔玉篇〕。(三)—境也。〔國語吳語〕頓穎于—。(四)垂也。見〔爾雅釋詁〕。(五)近也。〔史記高帝紀〕齊—楚。(六)相接也。〔穀梁定十二年傳〕—乎齊也。(七)方也。見〔廣雅釋詁〕。(八)旁也。〔禮記深衣〕續衽鉤—。(九)偏倚也。〔禮記檀弓〕齊衰不以—坐。(十)—邑。九州之外也。〔禮記玉藻〕其在—邑。(十一)木名。〔爾雅釋木〕—要棗。〔注〕子細要今謂鹿盧棗。(十二)姓也。宋平公子御戎字—子孫以字爲氏。見〔正字通〕。

【邋】力涉切音獵葉韻　(一)擸也。見〔說文〕〔王注〕玉篇集韻引作擸擸者威力相恐擸也。既非此義。說文亦無擸。玉篇擸、擸擸也。擸、上同。則擸者擸之俗字。〔按段本作擸〕。(二)邁也。見〔廣韻〕。(三)旌旗動搖貌。〔石鼓文〕——員斿。

【邋】力盍切音臘合韻　—邋。詳邋字。

【邌】憐題切音黎齊韻　(一)徐也。見〔說文〕〔注〕傳毅舞賦曰。—收而拜。謂徐收其舞勢也。(二)遲也。見〔廣雅釋詁〕。(三)徐行皃。見〔廣韻〕。(四)小皃也。見〔玉篇〕。

【邌】陳尼切音墀支韻　古遲字。〔集韻〕遲。徐行也。古作—。

【邃】何對切音會泰韻　無違也。見〔字彙補〕。

【𨘻】苦告切號韻　相違也。見〔龍龕手鑑〕。

【𨙇】音靠號韻　相違也。見〔龍龕手鑑〕。

【邎】音由尤韻　深視也。見〔五音篇海〕。

【𨘕】邊本字。見〔說文〕。

【還】還本字。見〔字彙補〕。

【邍】古原字。見〔字彙補〕。

十六畫

【邍】愚袁切音元元韻　高平之野。人所登。从辵备彔。闕。見〔說文〕。〔注〕鍇以爲人所登。故從辵。登而上。故從夂。夂、止也。春秋左傳曰。原田每每。詩曰。周原膴膴。故從田。未知何故從彔也。〔按王筠曰。當依石鼓文改彔爲彖。备彖闕。當作從夂、從田彖聲。〕

【邂】狠狄切音厤錫韻 近也。見〔集韻〕。

【遬】吁角切音膗覺韻 急速也。見〔篇海類編〕。

【邀】邀本字。見〔說文新附〕。

【遯】古遯字。見〔集韻〕。

十七畫

【遙】夷周切音由尤韻 ❶本作遙。〔說文〕遙行遙徑也。〔注〕路有所由也。〔按王筠曰。疑當作行也。一曰遙徑也。玉篇曰。疾行也。廣韻曰。行也。是行爲遙之義也。釋詁。迪繇訓道也。此道義之道。而疏引秩秩大猷以說繇。謂猷繇音義同。釋宮。路場猷行道也。此道路之道。而字作猷。疑猷當作繇。繇即遙之省。遙即行不由徑之由。遙爲行走。亦爲徑路。猶徑爲步道。亦爲直情徑行也。〕❷疾行也。見〔玉篇〕。

【遙】傜招切音遙蕭韻 ❶進也。見〔集韻〕。❷相隨行也。見〔集韻〕。

【籥】以斫切音藥藥韻 違也。見〔玉篇〕。

【𨘼】徒合切音達合韻 行立也。見〔篇海類編〕。

【𨘭】音贊翰韻 慢行也。見〔五音篇海〕。

【遬】遬本字。見〔正字通〕。

【遁】古遁字。見〔五音集韻〕。

【遳】遳俗字。見〔正字通〕。

十八畫

【邅】株遇切音註遇韻敕容切音蹱冬韻 ❶本作邅。〔說文〕邅不行也。❷馬不行貌。見〔集韻〕。

【選】與職切音弋職韻 疾趨也。見〔廣韻〕。

【𨙨】而涉切音聶葉韻 行皃。見〔玉篇〕。

【遾】遾本字。見〔說文〕。

【邋】古進字。見〔玉篇〕。

十九畫

【邏】郎佐切音囉箇韻 ❶巡也。見〔說文新附〕。❷游兵也。見〔晉書音義〕。❸謂循行非違也。見〔一切經音義引韻略〕。

【邏】朗可切音砢哿韻良何切音羅歌韻 遮也。見〔集韻〕。

【邐】輦尒切音里紙韻 ❶行——也。見〔說文〕〔注〕漸迂邪也。❷迤——。旁行連延也。見〔集韻〕。

【遷】遷本字。見〔說文〕。

【邁】邁或字。見〔說文〕。

二十畫

【𨙾】王縛切音矍藥韻 ❶行不住。見〔廣韻〕。❷——周旋也。見〔集韻〕。〔按類篇云。周遊也。〕

【遾】余肖切嘯韻 相隨行也。見〔奚韻〕。

【邐】古進字。見〔玉篇〕。

【遭】遭本字。見〔說文〕。

二十三畫

【邐】邐本字。見〔說文〕。

【𨙶】同鷈。見〔說文長箋〕。

※言　部※

【言】魚軒切音培元韻

(一)直言曰—。論難曰語。从口。辛聲。見〔說文〕。〔注〕錯曰。爾雅釋言注云。直言也。詩曰于時—。凡—者。謂直—。無所指引借譬也。

(二)語也。〔禮記哀公問〕然後—其喪算。

(三)說也。〔呂覽大樂〕其可與—樂乎。

(四)道也。〔詩東門之池〕可與晤—。

(五)猶議也。〔離騷〕初既與余成—兮。

(六)謀也。〔呂覽義賞〕文公用咎犯之—。

(七)端也。見〔廣雅釋言〕。

(八)發端曰—。〔周禮大司樂〕與道諷誦—語。

(九)宣也。宣彼此之意也。見〔釋名釋言語〕。

(十)心聲也。見〔法言問神〕。〔按釋名釋書契〕—、其意也。義合。

(十一)—者所以在意。見〔莊子外物〕。

(十二)口之利也。見〔墨子經上〕。

(十三)—者身之文也。見〔左僖二十四年傳〕。

(十四)貌之機也。見〔國語晉語〕。

(十五)—者行之指也。見〔大戴記曾子立事〕。

(十六)出氣也。見〔論衡祀義〕。

(十七)氣在口爲—。見〔國語周語〕。

(十八)己事也。〔禮記雜記〕—而不語。

(十九)自言也。〔論語鄉黨〕寢不—。

(二十)一句也。〔左定四年傳〕夫子語我九—。

(二十一)一字也。〔國策齊策〕臣請三—而已矣。曰、海大魚。〔詩體有五—七—之別。亦此義〕。

(二十二)謂王策命也。〔詩彤弓〕受—藏之。

(二十三)會同要盟之辭也。〔禮記曲禮〕士載—。

(二十四)號令也。〔國語周語〕有不祀則修—。

(二十五)—者明象者也。見〔易略例〕。

(二十六)語辭。〔易師〕田有禽利執—。

(二十七)問也。〔周禮冢人〕及葬—鸞車象人。

(二十八)我也。〔詩葛覃〕—告師氏。

(二十九)閒也。見〔爾雅釋詁〕。

(三十)—曰從。見〔書洪範〕。

(三十一)大簫謂之—。見〔爾雅釋樂〕。

(三十二)地名。〔詩泉水〕飲餞于—。

(三十三)州名。宋有—州。見〔宋史劉翊傳〕。

(三十四)——。高大貌。〔詩皇矣〕崇墉——。〔又〕喜也。見〔廣雅釋訓〕。

(三十五)納—。古官名。〔書舜典〕命汝作納—。

(三十六)—人。砒石別名。〔本草綱目〕砒出信州。故隱信字爲人—。

(三十七)姓也。孔子弟子—偃。〔又〕複姓。魯之公族有子—氏。

【言】魚巾切音銀真韻

和敬貌。〔禮記玉藻〕二爵而——斯。〔註〕——、與誾誾同。

【言】牛堰切阮韻

訟也。見〔類篇〕。

【言】去偃切音使阮韻

—言。急皃。見〔玉篇〕。〔按集韻作——。疑誤〕。

【言】語偃切音巘阮韻

言—。詳言字。

一畫

【[illegible]】古詞字。見〔集韻〕。

二畫

【訂】徒鼎切音挺迥韻　湯丁切音聽　唐丁切音庭青韻　丁定切音矴徑韻

平議也。見〔說文〕。〔按考工記。參—而平之。詩天作箋。—太王文王之道。釋文。—、謂平比之也〕。

【訂】丁定切音矴徑韻

(一)逗遛也。見〔廣韻引字林〕。

(二)賦稅也。〔正字通〕齊梁間謂賦民爲—。

(三)猶正也。如云校—、增—。

(四)猶定也。如云—交、—約。

【訙】如蒸切音仍蒸韻　人之切音而支韻

(一)厚也。見〔說文〕。〔段注〕因仍則加厚。—與仍音義略同。

(二)就也。見〔玉篇〕。

(三)重也。見〔玉篇〕。

(四)人名。師—。與—。見〔宋史宗室表〕。

【訃】芳遇切音赴遇韻

(一)告喪也。見〔玉篇〕。〔按集韻云。告也〕。

(二)至也。見〔廣韻〕。

(三)同赴。〔禮記雜記〕凡—於其君。〔注〕—或皆作赴。〔按赴、—古今字。禮記喪服小記注云。報讀爲赴〕。

急疾之義。〕

【訆】吉弔切音叫嘯韻

●一大嘑也。春秋傳曰。或—于宋大廟。見〔說文〕〔段注〕與朋部嘂、口部叫音義皆同。

●二嗚也。見〔廣雅釋詁〕。

●三妄言也。見〔玉篇〕。

【訇】呼宏切音轟庚韻胡涓切音玄先韻

●一駭言聲。从言。勻省聲。漢中西域有—鄉。又讀若玄。見〔說文〕〔桂注〕駭言聲者。駭韻會引徐鍇本作駭。玉篇同。漢中西域有—鄉者。西域當爲西城。地理志。漢中郡有西城縣。又讀若玄者。漢書匈奴傳。晉文公攘戎翟。居於西河圁洛之間。晉灼曰。圁、音鄙。三倉作圁。地理志上郡白土縣圁水出西。東入河。顏注。圁、音銀。又西河郡圁陽縣。顏注。此縣在圁水之陽。又圁陰縣。莽曰方陰。顏注。圁字本作圁。縣在圁水之陰。因以爲名也。王莽改爲方陰。則是當時已誤爲圁字。今有銀州銀水。即是舊名猶存。但字改耳。本書無圁字。此—讀若玄。即圁本字。初誤爲圁。又誤爲圁。

●二水聲也。〔文選司馬相如賦〕砰磅—礚。

●三奮迅聲也。〔文選張衡賦〕沸卉軿—。

●四姓也。〔蜀錄〕關中流人—琦、—廣。

【訇】九峻切音昀震韻

詢或字。〔集韻〕詢。欺也。或作—。

【計】吉詣切音繼霽韻

●一會也。算也。从言十。見〔說文〕〔注〕十者、總成數。

●二九數也。〔禮記內則〕學書—。

●三算術也。見〔後漢馮勤傳注〕。

●四簿書也。〔國策齊策〕五官之—。

●五—簿也。〔漢書武帝紀〕受—于甘泉。〔注〕受郡國所上—簿也。若今之諸州—帳也。

●六出入之數也。〔漢書黃霸傳〕使領郡錢穀—。

●七算法乘除之名。〔周禮宰夫注〕乘、猶—也。

●八上—也。〔管子立政〕州長以—於鄉師。

●九課也。見〔玉篇〕。

●十上—簿使也。〔漢武帝紀〕徵吏民有明當時之務。習先聖之術者。縣次續食。令與—偕。〔注〕—者上—簿使也。郡國每歲遣詣京師上之。偕者、俱也。令所徵之人與上—者俱來。後世訛誤。因承此語。遂總謂上計爲—偕。〔按正字通云。鄉貢舉人赴禮部者。即漢時—偕也。〕

●十一按也。見〔廣雅釋言〕。

●十二前後三考而黜陟命之曰—。見〔春秋繁露考功名〕〔按前清猶有三年大—。實缺文官之例。〕

●十三謀也。見〔廣雅釋詁〕。

●十四慮也。〔國語吳語〕以能遂疑—惡。

●十五所以定事也。見〔韓非子存韓〕。

●十六事之機也。見〔史記淮陰侯傳〕。

●十七事之本也。見〔國策秦策〕。

●十八存亡之機也。見〔漢書蒯通傳〕。

●十九活—。猶言生活也。〔蘇軾詩〕經卷藥爐新活—。

●二十—數。算也。〔荀子富國〕其於貨財取與—數也。〔又〕剛柔也。輕重也。大小也。實虛也。遠近也。多少也。謂之—數。見〔管子七法〕。

●廿一經濟學亦稱—學。或曰生—學。

●廿二—相。官名。〔史記張丞相賦〕張蒼遷爲—相。〔注〕專主—籍。〔按唐書百官志。司—、典—、掌—、各二人。今設審—院。意亦近此。〕

●廿三—蒙。神名。〔山海經中山經〕光山神—蒙處之。

●廿四州名。〔唐書地理志〕劍南道有—州。〔按當在四川舊寧遠府境。〕

●廿五姓也。越有—然。後有—子勳。

●廿六日本謂鐘表曰時—。又稱晴雨表曰晴雨—。

【計】吉屑切音結屑韻

畫也。見〔集韻〕。

【訂】呼淵切音鋗先韻

聲也。見〔字彙〕。〔按正字通云。訂字之譌。六書無—。舊註因篇海類編誤。〕

【訙】渠尤切音求尤韻

安也。謀也。見〔玉篇〕。

【訄】渠尤切音求䖣尤切音丘尤韻丘刀切音尻豪韻

迫也。見〔說文〕。〔按廣雅釋詁。與說文同訓。集韻云。一曰安也。謀也。或書作訙。正字通直於訙下引說文。謂舊注泥篇海安也謀也誤。康熙字典同集韻。攷玉篇廣韻並分—訙爲二字。—無安謀二義。訙訓安也謀也則無迫義字彙亦然今依玉篇分為二字而備錄諸說異同於此。」

【⿺九言】 丘刀切音尻奴刀切音猱豪韻

戲言也見〔廣韻〕。

【⿰言匕】 普弭切音諀普郎切音髬紙韻

訛省字〔集韻〕訛言具也或省。〔按正字通曰訛字省文與譌通六書故譌亦作—俗註非說歧並存。〕

三畫

【訊】 思晉切音信須閏切音陖震韻

㊀問也見〔說文〕〔通訓定聲〕今因經無以訊為問皋字遂用—不用訊其實—訊一字也。

㊁告也〔詩雨無正〕莫肯用—。

㊂告讓也〔國語吳語〕乃—申胥。〔按說文作誶申胥〕

㊃書問也〔荀子賦〕行遠疾速而不可託—者與。

㊄言也見〔爾雅釋言〕。

㊅辭也〔詩出車〕執—獲醜。

㊆猶宣也見〔史記屈原賈生傳索隱引劉伯莊〕。

㊇上問下曰—〔公羊僖十年傳〕君嘗—臣矣。

㊈諫也〔詩墓門〕歌以—之。

㊉詰也〔太玄玄圖〕乃—威天。

⑪鞫罪也〔周禮小司寇〕一曰—羣臣二曰—羣吏三曰—萬民。

⑫治也〔禮記樂記〕—疾以雅〔注〕、—亦治也。

⑬動也見〔廣雅釋詁〕。

⑭奮也〔漢書揚雄傳〕猋駭雲—。

⑮疾入之貌見〔御覽引書大傳〕。

⑯執—通問之官〔左文十二年傳〕鄭子家執—而與之書。

⑰—馘所生獲斷耳者〔禮記王制〕以—馘告。

⑱通迅〔詩七月傳〕羽成而振—之。〔釋文〕—、本作迅。

【⿱大言】 括瓜切音誇麻韻

㊀人名。必—汝—見〔宋史宗室表〕。

㊁古誇字見〔玉篇〕。

【訋】 多嘯切音弔嘯韻

㊀謺也見〔玉篇〕。

㊁聲也見〔集韻〕。

㊂姓也〔潛夫論〕芊姓之裔有—氏。楚粥熊之後。

㊃人名。希—必—見〔宋史宗室表〕。

【⿰言小】 思晉切音信震韻

㊀人名。必—。夫見〔宋史宗室表〕。

㊁古信字見〔玉篇〕。

【訌】 胡公切音洪沽紅切音公東韻胡貢切音哄送韻胡江切音栙江韻

㊀讀也。詩曰蟊賊內—。見〔說文〕〔注〕鍇按爾雅注云潰、敗也。

㊁爭訟相陷入之言也見〔詩召旻箋〕。

㊂亂也見〔增韻〕。

㊃人名〔宋史宗室表〕從義郎不—。

㊄通虹。見〔韻會〕〔按詩寔虹小子。言惑亂也〕。

【討】 土晧切音稻晧韻

㊀治也从言寸見〔說文〕〔注〕寸、法也奉辭伐皋故从言。

㊁尋究也〔論語憲問〕世叔—論之。

㊂雜也見〔詩小戎傳蒙—羽也箋〕。

㊃治罪也〔書皋陶謨〕天—有罪。〔疏〕—治有罪使之絕惡。

㊄上—下也〔孟子告子〕是故天子—而不伐。

㊅伐也〔呂覽行論〕以—其故。

㊆除也〔公羊隱四年傳〕其稱人何。—賊之辭也。

㊇誅也〔禮記王制〕畔者君—。

㊈殺也見〔類篇〕。

㊉訶也見〔洪武正韻〕。

⑪去也〔禮記禮器〕君子之於禮也有順而—也。

⑫求也見〔類篇〕〔按俗以索取曰—義或本此〕。

⑬探也見〔增韻〕。

⑭招—使官名〔舊唐書職官志〕貞元末置招—使。〔按金史百官志云。招—司使。招懷降附。征—攜離。〕

【⿰言口】 去厚切音口有韻

㊀扣也如求婦先—叕之見〔說文〕。〔注〕鍇曰頻繁哀求之意也此當引當時俗語為證也—叕猶言扣嗑之也〔按朱駿聲云問也〕。

㊁笑也見〔廣雅釋詁〕。

㊂人名與—崇—見〔宋史宗室表〕。

【⿰言口】 虩加切音煆麻韻去厚切音

口有韻

—。笑也見〔廣雅釋訓〕。

〔訏〕 何于切音吁虞韻

(一)本作訏。〔說文〕訏。詭譌也。一曰—謩。齊楚謂信曰—。〔按—謩今字作吁嗟。玉篇引說文云齊楚謂大言曰—〕。

(二)大也。〔詩溱洧〕洵—且樂。

〔訏〕 火羽切音詡麌韻

——。大也。見〔集韻〕。

〔訏〕 荒胡切音呼虞韻

張口鳴也。見〔玉篇〕。

〔訐〕 居謁切音趨月韻居例切音罽霽韻蹇列切音揭屑韻

面相廢皋相告—。見〔說文〕。〔按廣韻云持人短也。論語惡—以爲直者。皇疏謂面發人之陰私也。〕

〔訐〕 九刈切隊韻

直言也。見〔集韻〕。

〔詑〕 商支切音施支韻

(一)猼—。獸名。〔山海經南山經〕基山有獸。狀如羊。九尾四耳。目在背。名曰猼—。

(二)謻省字。〔集韻〕謻。多言也。或省。

〔詑〕 余支切音移支韻

——。自足其智不嗜善言之貌。〔孟子告子〕則人將曰——。〔按音義引張音曰蓋言辭不正。欺罔於人。自誇大之貌。〕〔又〕自得也。見〔玉篇〕。

〔詑〕 湯何切音佗歌韻待可切音拕哿韻

通訑。〔集韻〕詑。說文。沇州謂欺曰詑。故从也。

〔詑〕 他可切音花哿韻

言不正也。一曰欺罔自誇皃。見〔集韻〕。

〔詑〕 堂練切音電霰韻徒案切音憚翰韻

(一)放也。見〔增韻〕。

(二)慢—。弛縱意。見〔集韻〕。

〔訒〕 而振切音刃震韻爾軫切音忍軫韻

(一)頓也。論語曰。其言也—。見〔說文〕。〔注〕頓者、多頓躓也。

(二)難也。見〔廣雅釋詁〕。

(三)鈍也。見〔玉篇〕。

(四)不忍言也。見〔論語顏淵鄭注〕。〔按朱駿聲曰忍言也。〕

(五)通認。〔荀子正名〕外是者謂之認。〔注〕難也。

〔訓〕 吁運切音𦢊問韻

(一)說教也。見〔說文〕。〔注〕—者、順其意以—之也。〔按段玉裁曰。說釋而教之。必順其理。〕

(二)教也。〔國語晉語〕是爲明—。〔按玉篇、—教—也。廣韻。男曰教。女曰—。〕

(三)告也。見〔漢書揚雄傳注〕。

(四)誨也。見〔正韻〕。

(五)導也。〔法言學行〕序—諸理。

(六)理也。見〔漢書韋玄成傳注〕。

(七)道也。見〔爾雅釋詁〕。

(八)誡也。見〔玉篇〕。

(九)道物之貌以告人也。〔爾雅郭璞序〕爾雅者。所以通詁—之指歸。

(十)釋所言之理也。〔漢書揚雄傳〕不爲章句—詁。

(十一)古言可爲法也。〔書說命〕學于古—。

(十二)謂字有意義也。見〔爾雅釋訓釋文〕。

(十三)順也。見〔廣雅釋詁〕。

(十四)事得其序之謂—。見〔法言問神〕。

(十五)—典。先王之書。〔左文六年傳〕告之—典。

(十六)官名。周禮夏官有—方氏。

(十七)州名。唐置。羈縻。江南道。當今四川境。

(十八)姓也。明宣德中教授—濬。

(十九)—狐。鳥名。〔唐書五行志〕鵂鶹、一名—狐。

(二十)難—。獸名。〔神異經〕檮杌、西方荒中獸。一名難—。

〔訓〕 松林切音旬眞韻

道也。周禮土—。鄭司農讀。見〔集韻〕。

〔訔〕 吁運切音𩡋問韻

(一)人名。伯—。希—。見〔宋史宗室表〕。

(二)古訓字。見〔玉篇〕。

〔訔〕 魚巾切音銀眞韻

(一)山名。見〔集韻〕。

(二)人名。〔宋史陳炤傳〕錢—追贈龍圖閣待制。

(三)——。爭辯貌。見〔字彙〕。

(四)誾或字。〔集韻〕誾。說文。和悅而諍也。一曰語也。或从山。

【訕】所姦切音汕諫韻師閒切音山刪韻
❶謗也。見〔說文〕。〔按荀子大略。有諫而無—。注。謗上曰—。〕
❷非也。見〔一切經音義引蒼頡〕。

【訖】居乙切音吃物韻
❶本作訖。〔說文〕訖。止也。
❷盡也。〔書秦誓〕民—自若。
❸竟也。見〔漢書西域傳注〕。
❹既也。〔周書皇門〕—亦有孚。
❺畢也。見〔玉篇〕。
❻終也。了也。見〔增韻〕。
❼——無所省錄之皃。〔書秦誓〕——勇夫。〔按馬本作—〕。
❽流—。古史十紀之一。〔史記三皇紀〕自開闢至獲麟。分爲十紀。十曰流—紀。

【訖】許訖切音迄物韻
迄或字。〔集韻〕迄。爾雅、至也。或作—。

【託】闥各切音拓藥韻
❶寄也。見〔說文〕。〔段注〕與人部侂、音義皆同。
❷依也。〔管子水地〕唯知其—者。能爲之正法。
❸憑—也。〔論語泰伯〕可以—六尺之孤。
❹付也。〔呂覽貴生〕可以—天下。
❺屬也。〔莊子達生〕踵門而—子扁慶子。
❻委也。信任也。見〔增韻〕。
❼附也。〔國策齊策〕—於東海之上。
❽寓言也。〔後漢姜肱傳〕—以他辭。終不言盜。
❾請—。干求也。〔漢書何武傳〕欲除吏先爲科例以防請—。
❿辭—。推卸也。〔唐書盧鴻傳〕詔書屢下。無輒辭—。
⓫不—。猶餺飥。麵餅也。〔金鑾密記〕一日食粥。一日食不—。
⓬州名。唐置。屬隴右道。當今在四川境。
⓭南詔官名。〔唐書南蠻傳〕乞—主馬。祿—主牛。巨—主倉廩。

【託】陟嫁切音吒禡韻
誇也。見〔集韻〕。

【記】居吏切音冀寘韻
❶疋也。見〔說文〕。〔段注〕疋。各本作疏。今正。疋部曰。一曰疋—也。此疋—二字轉注也。疋、今字作疏。謂分疏而識之也。〔按王筠曰。說解中、例用漢時常行之字。使人易曉〕。
❷識也。〔禮記內則〕—有成。
❸書也。〔漢書張敞傳〕受—考事。
❹紀也。紀識之也。見〔釋名釋典藝〕。
❺書名也。見〔莊子天地注〕。
❻史—也。見〔公羊僖二年傳注〕。
❼書—也。〔漢書揚雄傳〕因江潭而汪—兮。
❽謂敎命之書也。〔漢書何武傳〕出—問墾田頃畝。
❾文符也。見〔後漢鍾離意傳注〕。
❿志也。見〔廣韻〕。〔按文心雕龍曰。—之言志。進己志也。〕
⓫錄也。見〔玉篇〕。〔按宋陳騤杜門覩經史百家善者必錄於壁。既而合成一冊。名曰壁—〕。
⓬—問。謂掾誦雜難雜說也。〔禮記學記〕—問之學。
⓭—室。官名。〔後漢百官志〕—室令史。主上表章報書—。〔按今之書—。亦蒙—室之稱〕。

【訉】扶泛切音梵陷韻
多言也。見〔玉篇〕。

【訍】楚嫁切音汊禡韻
詼或字。〔集韻〕詼。異言。或作—。

【訍】初加切音叉麻韻
許也。見〔集韻〕。

【訍】抽加切音侘麻韻
拏也。見〔廣雅釋詁〕。

【訍】楚懈切音杈卦韻
疑也。一曰。—、持人短。見〔集韻〕。

【⿰言尸】許支切支韻
笑皃。見〔集韻〕。

【⿰言卪】馨夷切音咦支韻
吚或字。〔集韻〕吚。說文、唸吚。呻也。或作—。

【⿰言戶】希佳切音㰦佳韻
㗊或字。〔集韻〕㗊。笑也。或作—。

【⿰言丂】于戈切歌韻
拒麾也。見〔五音集韻〕。〔按類篇作誇〕。

【⿰言尢】
訧本字。見〔說文〕。

【⿰言亏】
訏本字。見〔說文〕。

【訉】
古訊字。見〔集韻〕。

【⿺辶言】
誕籀文。見〔說文〕。

【⿰言冗】
訊俗字。見〔龍龕手鑑〕。

【訬】俗訬字。見〔正字通〕。

四畫

【⿰言支】支義切音寘寘韻

(一)不知也。見〔玉篇〕。
(二)快也。見〔廣韻〕。
(三)人名。汝—與—。見〔宋史宗室表〕。

【訛】牛何切音莪歌韻

動也。詩。或寢或—。徐邈讀。見〔集韻〕。

【訛】吾禾切音吪歌韻

(一)本作譌。〔說文〕譌。譌言也。詩曰。民之譌言。〔按今詩作—。段玉裁王筠皆云。—者俗字。以說文無—字故也。攷漢書江充傳注。譌、古—字。一切經音義。古文蘮、譌、吪三形同。然則譌、—。爲古今字。字書多作譌。經傳多作—。今—、譌並行。由來久矣。〕
(二)化也。〔書堯典〕平秩南—。
(三)言也。見〔爾雅釋詁〕。
(四)僞也。〔漢書成帝紀〕—言大水至。
(五)詭言也。見〔一切經音義〕。
(六)謬也。見〔廣韻〕。
(七)妖言也。〔爾雅釋詁注〕世以妖言爲—。
(八)蛇名。〔埤雅〕恩平郡譜蛇謂之—。
(九)獸名。〔神異經〕西南荒中出—獸。
(十)—火。野火也。〔柳宗元詩〕—火敢生煨。
(十一)姓也。〔唐書南蠻傳〕嶲州新安城旁有六姓蠻。三曰—蠻。

【⿰言乃】如蒸切音仍蒸韻

(一)人名。〔宋史宗室表〕希—。師—。
(二)訒或字。〔集韻〕訒。說文厚也。或从仍。

【⿰言月】五刮切音刖黠韻　魚厥切音月月韻

(一)怒也。見〔廣雅釋詁〕。
(二)訶也。見〔玉篇〕。

【訜】敷文切音芬文韻

(一)—訟。語不定也。見〔集韻〕。
(二)人名。與—。師—。見〔宋史宗室表〕。

【訜】筆云切文韻

人不知。見〔玉篇〕。

【訝】魚禡切音迓禡韻

(一)相迎也。周禮曰。諸侯有卿—也。或从辵。見〔說文〕。〔注〕周禮。使將至。使卿—。謂以言辭迎而勞之也。〔按朱駿聲曰。乍接必以言。故从言。俗字作迓。〕
(二)嗟—也。見〔廣韻〕。
(三)疑怪也。見〔增韻〕。
(四)—士。掌—。皆周官名。見〔周禮秋官序官〕。
(五)通梧。〔儀禮聘禮〕賓進—受几於筵前。〔注〕今文—爲梧。
(六)通牙。〔攷工記輪人〕牙也者。以爲固抱也。〔注〕牙讀如跛者—跛者之—。〔疏〕—、迎也。此車牙亦輮之使兩頭相迎。故讀從之。
(七)通御。〔詩鵲巢〕百兩御之。〔釋文〕御、本亦作—。
(八)通輅。〔左宣二年傳〕宋狂狡輅鄭人。〔注〕輅、迎也。

【⿰言夫】馮吾切音扶虞韻

(一)詞也。見〔玉篇〕。〔按集韻云。夫、語端辭。或作—。字彙云。又決詞。〕
(二)人名。與—。孟—。見〔宋史宗室表〕。

【訞】於喬切音妖蕭韻

(一)災也。見〔玉篇〕。
(二)巧言貌。見〔玉篇〕。
(三)祅或字。〔集韻〕祅。語祅祥。或省。

【⿰言兮】煙奚切音鷖齊韻

醫或字。〔集韻〕醫。方言。欸、醫。然也。或作—。

【⿰言兮】杳禮切音吟戶禮切音傒薺韻　壹計切音翳霽韻

譻也。見〔廣雅釋詁〕。

【⿰言兮】戶禮切音傒薺韻

(一)謑也。見〔廣雅釋言〕。〔疏證〕謂調戲也。
(二)誠言也。見〔集韻〕。

【訟】似用切音頌宋韻

(一)爭也。一曰歌—。見〔說文〕。〔段注〕—、頌。古今字。古作—。後人假頌皃字爲之。〔按集韻又作祥容牆容二切。〕
(二)爭財曰—。〔周禮大司徒〕而有獄—者。
(三)爭罪亦曰—。〔禮記曲禮〕分爭辯—。
(四)爭是非也。〔淮南俶眞〕分徒而—。
(五)猶諍也。〔易序卦〕飮食必有—。〔按集韻又作餘封切。〕
(六)卦名。坎下乾上。〔易訟〕天與水違行。—。

(七)理之也。〔左文十四年傳〕—周公於晉。
(八)責也。〔論語公冶長〕吾未見能見其過而內自—者也。
(九)不親也。見〔易雜卦傳〕。
(十)上書爲人雪冤也。〔漢書王莽傳〕吏民上書冤—莽者以百數。
(十一)衆論異同互錯也。〔後漢書曹褒傳〕會禮之家名爲聚—。
(十二)賣買之言相負也。〔周禮馬質〕若有馬—。
(十三)讙譁也。〔楚辭怨世〕—謂閭娵爲醜惡。
(十四)容也。〔淮南泰族〕—繆胸中。
(十五)凶也。〔書堯典〕嚚—可乎。〔按史記作頑凶。〕
(十六)公也。〔史記呂后紀〕未敢—言誅之。

【訟】徐封切音容　祥容切音松冬韻

公也。容也。〔史記吳王濞傳〕佗郡國吏欲來捕亡者。—共禁弗予。〔集解〕徐廣曰。—音松。駰按如淳曰。—公也。〔正義〕—音容。言其相容禁止不與也。

【訒】矢忍切音哂軫韻

(一)泥也。或作⿰刃刂。見〔玉篇〕。
(二)詞也。見〔類篇〕。
(三)人名。孟—。與—。見〔宋史宗室表〕。

【⿰言介】下介切音械卦韻

(一)善也。見〔玉篇〕。〔按類篇集韻皆云。言善也。〕
(二)人名。師—。與—。見〔宋史宗室表〕。

【訡】魚音切音崟侵韻

(一)呻也。或爲吟。見〔玉篇〕。
(二)人名。希—。與—。見〔宋史宗室表〕。

【訢】許斤切音欣文韻　許巳切音喜紙韻

(一)喜也。見〔說文〕。〔按小徐作憘云。喜形於言也。王筠曰。當作憙。即所謂自喜也。然萬石君傳、晉灼引許愼曰。古欣字。欠部。欣、笑喜也。作喜是。〕
(二)樂也。見〔玉篇〕。
(三)—聲和貌。〔史記萬石君傳〕僮僕—如也。〔按漢書注。晉灼曰。許愼云。古欣字也。師古曰。晉說非也。此、讀與誾誾同。謹敬之貌也。音牛巾反。〕
(四)姓也。—梵。漢章帝時人。治曆數。

【訢】魚巾切音銀眞韻

同言。〔集韻〕言、鄭康成曰。言言。和敬貌。亦作—。

【訢】虛其切音僖支韻

蒸也。〔禮記樂記〕天地—合。陰陽相得。〔注〕—、讀爲熹。猶蒸也。

【訣】古穴切音決屑韻

(一)—別也。一、曰法也。見〔說文新附〕。
(二)死別也。見〔玉篇〕。
(三)絕之也。見〔一切經音義引字略〕。
(四)辭也。見〔增韻〕。
(五)方法也。〔列子說符〕衞人有善數者。以—喻其子。
(六)同決。〔文選鮑昭詩〕將去復還—。〔李注〕—、與決同。
(七)通玦。〔左閔二年傳〕金玦不復。
(八)通觖。見〔增韻〕。

【訣】呼決切音血屑韻

怒訶也。見〔韻會小補〕。

【訣】涓惠切音桂霽韻

決也。見〔集韻〕。

【訥】奴骨切嫩入聲月韻

(一)言難也。見〔說文〕。〔王注〕字詁。—遲於言也。
(二)遲也。見〔廣雅釋詁〕。
(三)遲鈍也。〔論語子路〕剛毅木—近仁。
(四)忍於言也。見〔後漢吳漢傳注〕。
(五)—會木名。〔本草〕盧會、一名—會。
(六)—河廳名。屬黑龍江省。以默爾河得名。今改爲—河縣。
(七)通吶。〔漢書李廣傳〕廣吶口言少。〔師古曰〕吶亦—字。
(八)通詘。〔漢書曹參傳〕—於文辭。〔按史記作詘。〕

【訥】張滑切音鵽月韻

言不辯也。見〔集韻〕。

【訦】時任切音諶侵韻　食在切音甚　式荏切音審寑韻

(一)燕代東齊、謂信—也。見〔說文〕。
(二)人名。與—。見〔宋史宗室表〕。
(三)同諶。見〔玉篇〕。

【訧】于求切音尤尤韻

(一)本作訧。〔說文〕訧。罪也。〔周書〕曰。報以庶—。〔通訓定聲〕經傳皆以尤爲之。
(二)惡也。見〔廣雅釋詁〕。

㊂過也。〔詩綠衣〕俾無—兮。
㊃人名。公—。見〔宋史宗室表〕。

【訨】渚市切音止紙韻
㊀訐也。見〔集韻〕。
㊁詐也。見〔玉篇〕。
㊂人名。承節郎不—。見〔宋史宗室表〕。

【䚻】徐招切音遙蕭韻
㊀徒歌。从言肉聲。見〔說文〕〔段注〕各本無䚻字。缶部䍃、从缶肉聲。然則此亦當曰肉聲無疑。—、䍃、古今字也。䍃行而—廢矣。凡經傳多經改竄。僅有存者。如漢五行志女童—曰。檿弧箕服。余招切。篇韻皆曰、—與周切。從也。此古音古義。〔按王筠本無䚻字。曰余招切。嚴氏曰。小徐通釋云今說文皆言從也。當言徒歌。六書故云徐本無䍃字。唐本—從也。从言从肉。肉亦聲。䍃、徒歌也。據此則小徐所見本偶脫䍃篆。因擅改—之說解耳。以偏旁求之。系部繇、隨從也。是—訓爲從之證。至唐本之徒歌。亦校者依爾雅所改。藝文類聚引作獨歌。謂之䍃。眾經音義引䍃獨歌也。議改復—之說解曰從也。从言。肉聲。又議補—篆。云獨歌也。从言䍃聲。愚案玉篇、—與周切。從也。䍃、與招切。獨歌也。徒歌曰䍃。較然分爲二字。嚴氏說正合。惟先用說文之獨歌。而又引爾雅強附益之。說岐。竝存〕
㊁人名。師—。見〔宋史宗室表〕。

【䚻】夷周切音猷尤韻
從也。見〔玉篇〕。

【訩】許容切音凶冬韻
㊀詾省字。〔說文〕詾、說也。或省。〔按經傳多作—〕。
㊁訟也。見〔爾雅釋言〕。
㊂鳴也。見〔廣雅釋詁〕。
㊃眾語也。見〔廣韻〕。
㊄盈也。見〔爾雅釋詁〕。
㊅通匈。〔荀子天論〕君子不爲小人匈匈也輟行。〔注〕匈匈、喧嘩之聲。與—同。

【訪】敷亮切音舫漾韻〔俗讀上聲。非。〕
㊀汎謀曰—。見〔說文〕。〔注〕謂廣問於人也。
㊁就問也。〔書洪範〕王—于箕子。
㊂議也。〔國語楚語〕使—物官。
㊃索也。〔晉書儒林傳〕博—道書。
㊄謁見也。〔五代史劉玘傳〕今日見—。不其晚邪。
㊅猶方也。〔漢書高五王傳〕—以呂氏故幾亂天下。
㊆及也。見〔增韻〕。
㊇見也。見〔增韻〕。
㊈官名。唐有採—使。元有肅政廉—使。
㊉姓也。唐進士—式。

【訫】思晉切音信震韻
㊀古信字。見〔說文〕。
㊁人名。善—。見〔宋史宗室表〕。

【訬】初交切音譟鋤交切音巢爻韻
—擾也。一曰—獪。見〔說文〕。〔通訓定聲〕今蘇俗謂讙呶曰炒鬧。即此—擾字。

【訬】初交切音譟爻韻
㊀輕捷也。見〔後漢馬融傳注〕。
㊁健也。見〔晉書音義〕。
㊂疾也。見〔玉篇〕。
㊃書也。見〔類篇〕。

【訬】弭沼切音眇篠韻
㊀高也。〔文選張衡賦〕通天—以竦峙。
㊁—婧。細腰皃。〔文選張衡賦〕舒—婧之纖腰兮。

【訬】七肖切音陗嘯韻楚敎切音抄效韻
輕也。見〔集韻〕。

【訬】楚絞切音鬻巧韻
謅或字。〔集韻〕謅、弄言。一曰聲也。或从少。

【訡】于禁切音類沁韻
㊀唫不止也。見〔玉篇〕。
㊁同許。見〔玉篇〕。

【訡】馨夷切音咦支韻
㊀欠而言也。見〔六書統〕。
㊁呻也。見〔六書統〕。

【設】式列切音蔎屑韻
㊀施陳也。从言殳。殳、使人也。見〔說文〕〔段注〕凡—施、必使人爲之。殳者、可運旋之物。故使人取意於殳。
㊁置也。〔國策秦策〕張樂—飲。
㊂立也。〔漢書文帝紀〕高帝—之以撫四海。

四 謂制置也。〔荀子議兵〕—何道何行而可。
五 脫也〔史記魏其武安侯傳〕—百歲後。
六 假也〔法言重黎〕—秦得人如何。
七 謂開許之也〔漢書趙充國傳〕—以子女貂裘。
八 舒而不結也〔禮記玉藻〕左結佩。右—佩。
九 貪也〔國策秦策〕—策於前。
十 宴也〔荀子大略〕—衣不踰祭服。
十一 飲餞也〔晉書羊曼傳〕客來早者得佳—。
十二 大也〔易繫辭〕益長裕而不—。
十三 合也見〔廣雅釋詁〕
十四 突厥別部典兵者也〔唐書李子和傳〕突厥署子和爲屋利—〔注〕屋利者一—之號也。
十五 唐制諸郡燕犒將吏謂之旬—今廳事謂—廳公厨曰—厨見〔韻會〕
十六 姓也見〔姓苑〕

〔訰〕 朱閏切肫去聲震韻
—亂也見〔爾雅釋訓〕

〔訰〕 朱倫切音諄眞韻
一 亂言之貌。見〔廣韻〕
二 心亂貌見〔集韻〕
三 同肫雜亂貌〔荀子哀公〕繆繆肫肫其事不可循〔注〕肫與—同。

〔訰〕 徒渾切音屯元韻
多言也見〔集韻〕

〔許〕 喜雨切音許語韻
一 聽言也見〔說文〕〔段注〕聽從之言也。
二 從也見〔玉篇〕
三 聽也見〔廣雅釋詁〕
四 可也見〔廣韻〕
五 與也〔公羊文九年傳〕—夷狄者。
六 諾也〔呂覽首時〕王子—。
七 約與之也〔史記高祖紀〕何自妄—與劉季。
八 信也〔孟子梁惠王〕則王—之乎。
九 興也〔孟子公孫丑〕管仲晏子之功可復—乎。
十 容也見〔增韻〕
十一 所也〔文選謝朓詩〕良辰竟何—。
十二 猶此也〔宋史楊萬里傳〕吾頭顱如—報國無路。
十三 猶何也〔古詩〕相去復幾—。
十四 進也〔詩下武〕昭茲來—。
十五 國名〔春秋隱十一年〕公及齊侯鄭伯入—〔疏〕地理志云潁川郡—縣故—國魏武作相改曰—昌〔在今河南—昌縣東北〕
十六 邑名〔詩閟宮〕居常與—〔箋〕—田也魯朝宿之邑
十七 通鄦〔史記鄭世家〕鄦公惡鄭於楚〔注〕鄦與—同—靈公也
十八 姓也〔廣韻〕出高陽汝南本自姜姓炎帝之後太嶽之裔其後因封爲氏。

〔許〕 火五切音虎麌韻
—柹貌〔詩伐木〕伐木—。〔按朱傳曰衆人共力之聲淮南子云今夫舉大木者前呼邪—後亦應之此舉重勸力之歌也。

〔訔〕 水運切音訓問韻
一 人名與—孟—見〔宋史宗室表〕
二 同[illegible]見〔字彙補〕

〔䛪〕 胡故切音互遇韻
誌也。認也見〔玉篇〕〔按集韻書作䛪正字通曰䛪俗字引廣雅釋言詆、譙、呵也攷玉篇、廣韻、—詆音義皆別張說未免專輒〕

〔𧥛〕 他口切音妵有韻
誘也見〔玉篇〕

〔訞〕 他年切音天先韻
訶也見〔玉篇〕

〔䚹〕 普弭切音諀普鄙切音嚭紙韻
韻篇夷切音紕支韻
具也今作庀見〔玉篇〕

〔䚭〕 魚向切音漾
止也見〔玉篇〕

〔𧥭〕 女六切音忸屋韻
慙也見〔字彙〕

〔𧥤〕 古臥切音過箇韻
過也見〔字彙〕

〔𧦎〕 虛到切音耗號韻
信也見〔集韻〕〔音耗字、應作—〕。

〔訯〕 所冡切音傻馬韻
強事言語也見〔字彙〕

〔𧦝〕 甫遠切音反阮韻
權言合道也見〔集韻〕

〔𧦝〕 方願切音販願韻
詼也見〔集韻〕

〔𧦝〕 博漫切音半翰韻

—䛕。自矜也。見〔集韻〕。

【訡】于禁切音類沁韻 謓—。怒言也。見〔玉篇〕。

【詸】敷容切音丰冬韻 語嵩也。見〔集韻〕。

【訲】如占切音髯鹽韻 那含切音 男乃甘切音聃 汝甘切音蚺 覃韻 —。多語也。樂浪有—邯縣。見〔說文〕。〔按—邯、當今朝鮮境。〕

【訤】何交切音爻肴韻 譊或字。〔集韻〕譊。言不恭謹也。或从爻。

【詉】女加切音拏麻韻 詉或字。〔集韻〕詉。譇詉。羞窮。一曰言不可解。或作—。

【㝮】居哲切音孑屑韻 伿伿也。見〔字彙補〕。〔按疑卽㝮譌字〕

【訇】九峻切音吋 均俊切震韻 下珍切音磒眞韻 欺也。見〔廣雅釋詁〕。

【䛘】于分切音云文韻 訜—。詳訜字。

【訥】如蒸切音仍蒸韻 人之切音而支韻 因也。就也。見〔字彙補〕。

【䚾】如林切音壬侵韻 念也。見〔集韻〕。

【𧥛】乙力切音億職韻 快也。見〔說文〕〔注〕言貫中故爲快。會意。〔按康熙字典書作訲。今據說文正〕

【䚺】於力切音億職韻 人名。崇—。見〔宋史宗室表〕。

【䛃】五貫切音玩願韻 人名。與—。見〔宋史宗室表〕。

【𧥄】設職切音飾職韻 人名。希—。與—。見〔宋史宗室表〕。〔按正字通云石鼓文識字〕

【詉】女加切音拏麻韻 語不正皃。見〔字彙補〕。〔按與集韻類篇設音切同義亦近。疑設之譌。〕

【訖】訖本字。見〔說文〕。

【訨】古詩字。見〔說文〕。

【䛆】古譬字。見〔六書統〕。

【訇】訇籒文。見〔說文〕。

【訝】同訝。見〔字彙〕。

【誑】同誑。〔北史徐謇傳〕徐之才嘲王昕姓曰。有言則—。近犬便狂。

【詨】同謠。見〔字彙〕。

【訊】同哂。見〔字彙補〕。

【詣】同晉。見〔字彙補〕。

【詤】同詆。見〔篇海類編〕。

【訩】同詾。見〔五音篇海〕。

【詷】同調。見〔篇海類編〕。

【訡】同諺。見〔字彙補〕。

【訮】訮俗字。見〔正字通〕。〔按說文作訮。玉篇有—無訮。〕

五畫

【訴】蘇故切音素遇韻

㊀本作訴。〔說文〕訴。告也。从言。㡿聲。論語曰。訴子路於季孫。〔按通訓定聲作言旁斥。說曰。从言。㡿省聲。故今隸作—。〕

㊁諻也。見〔廣雅釋詁〕。

㊂譖也。〔左成十六年傳〕—公於晉侯。

㊃訟也。告—寃枉也。見〔玉篇〕。〔按今言—訟。或云起—、控—、上—、竝此意。〕

【訴】昌石切音尺陌韻 毀也。見〔集韻〕。

【詗】抽遲切音絺支韻

㊀陰知伺察也。見〔集韻〕。

㊁人名。崇—。見〔宋史宗室表〕。

【詗】丑二切音屎眞韻

㊀陰知也。見〔玉篇〕。

㊁詸或字。〔集韻〕詸。沅澧之間。凡相問而不知答曰詸。或作—。

【訶】虎何切音呵歌韻

㊀大言而怒也。見〔說文〕。

㊁怒也。見〔廣雅釋詁〕。

㊂責也。見〔廣韻〕。

㊃譴也。見〔正韻〕。

㊄夷官名。〔隋書婆利國傳〕官曰獨—邪挐。次曰獨—氏挐。

(六)—陵國名。〔唐書地理志〕廣州東南海中有—陵國。

(七)—子。木名。〔本草綱目〕—勒梨、一名—子。〔又〕婦人飾物。〔事物紀原〕楊貴妃私安祿山以後。頗無禮。因狂悖。指爪傷貴妃胸乳間。遂作—子之飾以蔽之。

(八)通呵。〔漢書食貨志〕縱而弗呵。

(九)通何。〔漢書賈誼傳〕大譴大何。

(十)通苛。〔漢書王莽傳〕苛問不遜。

【䛄】紆願切音怨願韻於阮切音婉阮韻

(一)慰也。見〔說文〕〔通訓定聲〕按此字。當是齊魯詩車舝、作以—我心。韓作慍。毛作慰。釋文。慰、怨也。引韓詩、慍恚也。—、慍、慰皆一聲之轉。〔按慰、繫傳、葉石君抄說文、及集韻、類篇、引。皆作尉。〕

(二)從也。見〔玉篇〕。

(三)懟也。見〔類篇〕。

【詋】眞祐切音冑宥韻

(一)詶也。見〔說文〕。〔按卽詛呪也。呪字應作—〕。

(二)祝也。見〔玉篇〕。

(三)人名。楊—。見〔唐書宰相表〕。

【訸】胡戈切音禾歌韻

(一)平也。見〔玉篇〕。

(二)人名。崇—。汝—。見〔宋史宗室表〕。

(三)通龢。見〔正字通〕。

【訹】息有切音滫有韻雪律切音卹質韻

(一)誘也。見〔說文〕。

(二)人名。蕭—。見〔南齊書魏虜傳〕。

(三)通鉥。〔國語晉語〕吾請爲子鉥。〔按通訓定聲以鉥爲—之假借〕。

(四)通怵。〔文選賈誼賦〕怵迫之徒兮。或趨西東。

【詒】以轉切音兗獮韻

(一)笑貌。見〔玉篇〕。

(二)善言也。見〔玉篇〕。

(三)人名。希—。與—。見〔宋史宗室表〕。

【診】止忍切音軫丈忍切音紖軫韻直刃切音陣震韻

(一)視也。見〔說文〕〔段注〕倉公傳—脈、視脈也。从言者。醫家先問而後切也。

(二)驗也。見〔一切經音義引通俗文〕。

(三)占也。〔史記扁鵲倉公傳〕特以—脈爲名耳。

(四)候脈也。〔列子力命〕—其所疾。

(五)謂可言之證。〔素問風論〕聽問其—。

【註】朱戍切音注株遇切音駐遇韻

(一)疏也。見〔廣雅釋詁〕。

(二)解也。見〔一切經音義引字林〕。

(三)訓釋也。見〔洪武正韻〕。

(四)識也。見〔廣雅釋詁〕。

(五)述也。見〔集韻〕。

(六)記物曰—。見〔通俗文〕。

(七)支—。拏也。〔方言〕譺、謰、拏也。南楚或謂之支—。

(八)通注。〔儀禮士冠禮疏〕言注者。注義於經下。若水之注物。亦名爲著。〔毛詩序疏〕—者、著也。言爲之解說。使其義著明也。今注—通用。

【証】之盛切音政敬韻諸盈切音征庚韻

(一)諫也。見〔說文〕〔段注〕呂覽。士尉以—靜郭君。今俗以—爲證驗字。

(二)人名。〔唐書宗室表〕司農卿—。

【評】荒胡切音乎虞韻

(一)召也。見〔說文〕〔段注〕口部曰。召、—也。後人以呼代之。呼行而—廢矣。

(二)喚也。見〔玉篇〕。

(三)鳴也。見〔廣雅釋詁〕。

【評】乎報切音號號韻

欺也。見〔康熙字典引廣雅〕〔按各本廣雅無此音訓。他字書亦不見。疑誤。〕

【訾】蔣氏切音紫紙韻將支切音貲支韻

(一)不思稱事也。詩曰。翕翕—。見〔說文〕〔注〕言不思稱事之意。爾雅曰。翕翕—。—。莫供職也。注曰。賢者陵替。姦黨熾盛。背公恤私。曠職事也。

(二)毀也。〔禮記曲禮〕不苟—。

(三)諲也。見〔廣雅釋詁〕。

【訾】蔣氏切音紫紙韻

(一)惡也。〔管子形勢〕—食者不肥體。

(二)恣也。〔荀子非十二子〕以不俗爲俗。離蹤而跂—者也。

(三)疾也。〔管子入國〕歲凶庸人—厲。

【訾】將支切音貲才支切音疵津私切音咨支韻

(一)思也。〔禮記少儀〕不—重器。

(二)量也。〔國語齊語〕—相其質。

㊂相也。〔呂覽知度〕一功文而知人數。
㊃病也。〔禮記檀弓〕故子之所刺於禮者亦非禮之一也。
㊄限也。〔管子君臣〕吏嗇夫盡有一程事律。
㊅歎恨也。〔周書太子晉〕四荒至莫有怨一。
㊆嗟歎之辭也。〔漢書禮樂志〕一黃其何不徠下。
㊇一財也。〔漢書膠西于王端傳〕遂爲無一省。〔注〕師古曰。一一財也。省。視也言不視一財也。
㊈何也。〔方言〕湘潭之源。荆之南鄙。謂何爲曾或謂之一。若中夏言何爲也。
㊉博而窮者一也。見〔荀子榮辱〕
⑪哫一依違也。〔楚詞卜居〕將哫一慄斯喔咿嚅唲以事婦人乎。
⑫地名。〔左昭二十三年傳〕單子取一。〔今河南鞏縣西南有一城。卽其地。〕
⑬同貲。〔漢書司馬相如傳〕以一爲郎。〔注〕與貲同。
⑭同呰。〔史記貨殖傳〕一窳偸生。〔按漢書作呰注云窳苟且惰嬾也。〕

呰、弱也。短也。
⑮通茈。荇茈草名。〔後漢劉玄傳〕掘鳧茈而食之。〔續漢書作荇一〕
⑯通呰。〔左昭二十一年傳注〕不一小忿。〔釋文〕本作呰。
⑰通觜。娵一北方宿名亦作娵觜。詳觜字。
⑱通疵。〔荀子不苟〕正義直指舉人之過惡非毀疵也。〔注〕疵或讀爲一。
⑲姓也。〔漢書功臣表〕樓虛侯一順。〔又〕複姓。〔潛夫論〕一辱氏趙嬴姓也。

【訾】 子禮切音濟薺韻
訮一也。見〔集韻引廣雅〕

【訾】 宗吳切音租虞韻
足一。獸名。〔山海經北山經〕蔓聯之山。有獸焉其狀如禺而有鬣、牛尾、文臂、馬蹄。見人則呼名曰足一。

【詀】 知咸切音黏咸韻
㊀多言也。見〔玉篇〕
㊁一諵。語聲也。見〔廣韻〕
㊂人名。士一。見〔宋史宗室表〕

【詀】 知咸切音黏咸韻他兼切音沾。丁兼切音⿱髟占鹽韻
一謕。拏也。〔方言〕謰、謱、拏也。南楚或謂之一謕。

【詀】 他兼切音沾鹽韻
轉語也。見〔廣韻〕

【詀】 丁兼切音⿱髟占鹽韻
巧言也。見〔集韻〕

【詀】 處占切音襜鹽韻
多言也。見〔集韻〕

【詀】 陟陷切音站陷韻
不和貌。見〔韻會小補〕

【詀】 直陷切音賺陷韻
被誑也。見〔集韻〕

【詀】 託協切音帖葉韻
妄言也。見〔集韻〕

【詀】 尺涉切音謵葉韻
一讘。細語也。〔唐書徐彥伯傳〕用一讘爲全計。

【詁】 果五切音古麌韻古慕切音顧遇韻
㊀訓故言也。詩曰。詁訓。見〔說文〕〔注〕爾雅謂言有古今也。〔按詩無詁訓之文。或謂卽大雅古訓是式。或謂卽毛公一訓傳皆未精審。段玉裁云釋文於抑告之話言下云戶快反說文作一則此四字當爲詩曰告之一言六字無疑毛傳曰。一言古之善言也以古釋一正同許以故釋一陸氏所見說文未誤也其說較長存參。〕
㊁一者古也古今異言通之使人知也。見〔詩關雎一訓傳疏〕
㊂謂指義也。〔漢書揚雄傳〕訓一通而已。
㊃事也。見〔後漢盧植傳注〕
㊄言也。見〔廣雅釋詁〕
㊅通故。〔漢書藝文志〕詩經魯故二十五卷。〔注〕故者通其指義也今流俗毛詩改故訓傳爲一字失其眞耳。

【⿰言布】 普故切音怖遇韻
㊀諫也。見〔玉篇〕
㊁敷陳也。見〔正字通〕
㊂人名。〔宋史欽宗紀〕宗室仕一。

【詂】 符遇切音附遇韻
㊀言有所依也。見〔集韻〕
㊁人名。彥一。見〔宋史宗室表〕

【詃】 古泫切音畎銑韻

●一誘也。見〔玉篇〕。
●二詐也。見〔集韻〕。
●三人名。希一。見〔宋史宗室表〕。

【詄】徒結切音迭屑韻弋質切音逸質韻矢利切寘韻
●一忘也。見〔說文〕〔通訓定聲〕與忽略同。

【詄】弋質切音逸質韻矢利切寘韻
●一一蕩蕩天體堅淸之狀也。〔漢書禮樂志〕天門開。一蕩蕩。
●二誤也。見〔廣雅釋詁〕。

【誒】矢利切寘韻
●一志也。見〔廣韻〕。
●二通誓。見〔字彙補〕。

【詅】郎丁切音零靑韻力正切音令敬韻
●一衒也。見〔玉篇〕。
●二賣也。見〔廣雅釋詁〕。〔按顏氏家訓。吾見世人至於無才思自謂淸華。流布醜拙亦以衆矣。江南號爲一癡符。宋李庚撰一癡符二十卷。義本家訓。與廣雅合。〕

【詆】典禮切音邸薺韻都黎切音氐田黎切音題齊韻丁計切音帝霽韻
●一苛也。一曰訶也。見〔說文〕。〔按鉉本如此。鍇本作荷也。段氏依韻會刪正作訶也。王筠曰古毎借苛荷爲訶。然則段說不誤。〕
●二誑也。見〔廣雅釋詁〕。
●三呵也。見〔廣雅釋言〕。
●四毀也。見〔漢書枚乘傳注〕。〔按息夫躬傳。歷一公卿大夫。注。一、毀也。汲黯傳。專深文巧一。注。一、毀辱也。〕
●五辱也。見〔漢書劉向傳注〕。
●六訐也。〔史記老莊申韓傳〕一訿孔子。
●七呰也。見〔玉篇〕。
●八欺也。見〔後漢樊準傳注〕。
●九誣也。見〔漢書哀帝紀注〕。
●十事要也。〔淮南兵略〕兵有三一。
●十一法也。見〔玉篇〕。
●十二猶刑辟也。〔漢書枚乘傳〕故其賦有一娸東方朔。

【詆】他歷切音逖錫韻
謕省字。〔集韻〕謕。僻也。一曰狡獪。或省。

【詇】倚兩切音鞅養韻於亮切音怏漾韻於慶切音映敬韻
●一早知也。見〔說文〕。
●二智也。見〔廣韻〕。
●三告也。見〔廣雅釋詁〕。
●四問也。見〔廣雅釋詁〕。

【詇】於浪切音盎漾韻
嗑或字。〔集韻〕嗑。聲也。或从言。亦省。

【訳】章移切音支支韻掌氏切音紙紙韻
●一調也。見〔集韻引廣雅〕。
●二謂也。見〔廣雅釋言〕。

【訳】馨奚切音醯齊韻
喜笑不止皃。見〔集韻〕。

【詈】力智切音荔寘韻
●一本作詈。〔說文网部〕詈。罵也。〔通訓定聲〕网辠人。會意。言之觸辠网者也。或曰从言。罪省聲。〔按長箋云。羅織其人。互相謗一也。韻會云。正斥曰罵。旁及曰一。〕
●二歷也。以惡言相彌歷也。見〔釋名釋言語〕。
●三離也。以此挂離之也。見〔釋名釋言語〕。

【詉】女加切音拏麻韻
●一譇一。語皃。見〔廣韻〕。
●二譇一。言不可解也。見〔玉篇〕。〔又〕羞窮。見〔集韻〕。

【詉】尼交切音鐃肴韻
呶或字。〔集韻〕呶。說文、讙聲也。或作一。

【詉】奴故切音笯遇韻
惡言。見〔集韻〕。

【詉】乃嫁切音胗禡韻
譇一。詐也。見〔集韻〕。

【詎】臼許切音粔語韻
●一猶豈也。見〔說文新附〕。
●二何也。〔莊子齊物〕庸一知吾所謂知之非不知耶。
●三猶未也。見〔莊子齊物釋文引服虔〕。
●四止也。見〔玉篇〕。
●五至也。見〔玉篇〕。
●六格也。見〔玉篇〕。
●七猶苟也。〔國語晉語〕一非聖人。必偏而後可。〔宋明道本如此。今本作距〕。
●八通巨。〔漢書高帝紀〕公巨能入乎。

九 通渠。〔漢書孫寶傳〕椽却渠有其人乎。〔注〕渠讀曰一、一豈也。
十 通遽。〔淮南齊俗〕庸遽知世之所自窺我者乎。

【詎】其據切音遽御韻
未知詞也。見〔集韻引字林〕。

【詑】湯何切音佗唐何切音駝土和切音湯歌韻待可切音拕哿韻
一 沇州謂欺曰一。見〔說文〕。
二 一謾而不疑。見〔玉篇〕。

【詑】余支切音移支韻
一一自得貌。又淺意也。見〔廣韻〕。

【詑】待可切音拕哿韻
輕也。見〔廣韻〕。

【詐】側駕切音咋禡韻
一 欺也。見〔說文〕。
二 僞也。見〔爾雅釋詁〕。
三 匿行曰一。見〔荀子脩身〕。
四 巧言爲一。見〔淮南俶眞注〕。
五 謂陷阱奇伏之類。〔公羊哀九年傳〕一之也。
六 卒也。齊人語也。〔公羊僖三十三年傳〕一戰不日。
七 謂詭變而用奇也。〔呂覽義賞〕繁戰之君不足于一。
八 以虛取之爲一。〔呂覽務本〕無功伐而求榮富一也。

【詐】疾各切音咋藥韻
慙語也。見〔類篇〕。〔按集韻書作詐〕。

【詒】盈之切音怡支韻蕩亥切音待賄韻羊吏切音異寘韻
一 相欺一也。一曰遺也。見〔說文〕。〔注〕今史記欺紿作紿音待。一曰遺。乃與貽同音。
二 傳也。〔詩文王有聲〕一厥孫謀。
三 贈言也。見〔廣韻〕。
四 寄也。〔韓詩子衿〕子寧不一音。
五 通飴。〔詩思文〕貽我來牟。〔釋文〕貽、又作一。〔按漢書引作飴〕。

【詒】堂來切音臺灰韻他代切音貸隊韻
懈倦皃。見〔集韻〕。

【詒】羊吏切音異寘韻
遺也。呪也。見〔韻會〕。

【詔】之笑切音照嘯韻
一 誥也。見〔說文新修字義〕。
二 告也。〔周禮大卜〕以一救政。
三 言也。〔莊子人間世〕若唯無一。
四 謂語之。〔穆天子傳〕以一後世。
五 召也。見〔後漢馮衍傳注〕。
六 上命。見〔廣韻〕。
七 教也。〔莊子盜跖〕爲人父者必能一其子。
八 導也。見〔爾雅釋詁〕。
九 昭也。人暗不見事宜。則有所犯。以此示之使昭然知所由也。見〔釋名釋典藝〕。
十 礜也。見〔廣雅釋詁〕。
十一 致也。〔呂覽重巳〕惑一之也。
十二 助也。〔周禮大宰〕以八柄一王馭羣臣。
十三 勱也。見〔爾雅釋詁〕。
十四 一祝。告事於尸也。〔禮記祭統〕一祝於室。
十五 一辭。爲君傳辭也。〔禮記少儀〕一辭自右。
十六 一相。告以其辭及威儀也。〔周禮卜師〕以授命龜者而一相之。
十七 擯一。者道賓主者也。〔禮記禮器〕故禮有擯一。
十八 待一。官名。〔唐書百官志〕明皇初置翰林待一。〔按舊唐書翰林有合鍊、僧道、祝卜、術藝、書奕各別院以廩之。故古有畫待一、醫待一等稱。則待一者原不皆文學之士。江南俗呼鑷工爲待一。或當時實有人以此技爲待一者。〕
十九 南蠻王號。〔唐書南蠻傳〕南一。本哀牢夷後烏蠻別種也。渠帥有六。自號六一。

【詔】之遙切音昭蕭韻
言誘也。見〔集韻〕。

【𧦧】方味切音沸未韻
一 言急也。見〔集韻〕。
二 多言也。見〔集韻〕。

【詋】呼決切音血屑韻許月切音颰月韻
一 怒也。見〔廣雅釋詁〕。
二 怒訶也。見〔玉篇〕。

【評】蒲兵切音平庚韻
一 平也。見〔廣雅釋詁〕。
二 議也。見〔廣雅釋詁〕。
三 平量也。見〔廣韻〕。
四 品論也。〔後漢許劭傳〕故汝南俗有月旦一焉。
五 一者平理。見〔文心雕龍論說〕。

(六)訂也。見〔一切經音義引字書〕。
(七)文體之一種。如史—詩—等。
(八)犂—犂之一事也。〔耒耜經〕犂轅之上。又有如槽形。亦加箭焉。刻爲級。前高而後卑。所以進退曰—。斲木爲之。高尺有三寸。
(九)啄—外夷之稱郡縣也。〔梁書新羅國傳〕其邑在內曰啄—。在外曰邑勒。猶中國之言郡縣也。
(十)官名—事。〔唐書百官志〕大理寺、有—事八人。掌出使推按。
(十一)姓也。見〔姓苑〕。

【評】 皮命切音病敬韻

(一)訂也。見〔集韻〕。
(二)平言也。見〔玉篇〕。

【詖】 彼義切音賁寘韻班糜切音陂支韻

(一)辨論也。古文以爲頗字。見〔說文〕。〔段注〕此—字正義。皮、剝取獸革也。被、析也。凡从皮之字。皆有分析之意。故—爲辨論也。
(二)佞也。〔漢書敍傳〕趙敬險—。
(三)偏陂也。〔孟子公孫丑〕—辭知其所蔽。
(四)險言曰—。見〔漢書劉向傳注〕。
(五)猶傾也。〔楚辭靈懷〕不從俗而—行兮。
(六)佞諂也。見〔後漢朱樂何傳注〕。
(七)不正也。〔詩卷耳序〕無險—私謁之心。
(八)諭—也。見〔廣韻〕。
(九)妄加人以罪也。見〔詩卷耳序釋文〕。
(十)懸也。見〔廣雅釋詁〕。
(十一)通陂。〔荀子成相〕險陂傾側。〔注〕陂、與—同。

【詙】 滂禾切音坡歌韻

古頗字。〔集韻〕頗。說文、頭偏也。古作—。

【詗】 火迥切音泂迥韻虛政切音敻丑政切音偵恥慶切敬韻

(一)知處告言之。見〔說文〕〔注〕史記。淮南王安使其女爲中—長安。注。—偵也。即此義。〔按服虔注偵候之也。徐廣注。伺候采察之名也。鄧展注。捕也。漢書孟康注。反間爲—〕。
(二)求也。見〔廣雅釋詁〕。
(三)明悟了知也。見〔廣韻〕。

【詘】 曲物切音屈物韻

(一)詰—也。一曰屈襞。見〔說文〕。〔段注〕屈曲之意。屈襞、謂衣襞積。
(二)屈也。見〔廣雅釋詁〕。
(三)卷也。〔禮記喪大記〕凡陳衣不—。〔注〕謂舒而不卷也。
(四)折也。見〔廣雅釋詁〕。
(五)枉曲也。見〔玉篇〕。
(六)枉也。〔呂覽壅塞〕宋王因怒而—殺之。
(七)斷絕貌。〔家語問玉〕其終則—然樂矣。〔按禮記聘義。其終—然。注。絕止貌。義略同〕。
(八)盡也。〔史記司馬相如傳〕徼𢌿受—。
(九)窮也。〔管子國蓄〕其兵不—。
(十)服也。〔國策秦策〕—敵國。
(十一)反也。〔國策秦策〕—令韓魏歸帝重於秦。
(十二)還也。見〔春秋元命苞宋注〕。
(十三)辭塞也。見〔廣韻〕。
(十四)抑退也。〔史記大宛傳〕皆—其勞。
(十五)曲懾也。〔漢書高帝紀〕無所—。
(十六)从夏至南往日益短。故曰—。見〔周髀算經〕。
(十七)—折。曲委也。〔漢書司馬相如傳〕—折隆窮。
(十八)通出。〔左襄三十年傳〕諸諸出出。〔周禮庭氏注引作——〕。
(十九)通屈。〔荀子勸學〕—五指而頓之。〔注〕—、與屈同。
(二十)姓也。漢有—強。見〔印藪〕。

【詘】 渠勿切音倔物韻

充—。喜失節之貌。〔禮記儒行〕不充—於富貴。

【詘】 勑律切音黜質韻

黜或字。〔集韻〕黜。說文、貶下也。或从言。

【詘】 奴骨切音肭月韻

同訥。〔集韻〕訥。說文、言難也。亦作—。

【詛】 莊助切音詛御韻遵遇切音緅遇韻

(一)詶也。見〔說文〕。
(二)盟詛也。〔左宣二年傳〕—無畜羣公子。
(三)請神加殃謂之—。〔書無逸〕否則厥口—祝。
(四)祝之使沮敗也。〔周禮春官序官〕—祝。掌盟—之祝號。
(五)以禍福之言相要也。〔詩巧言〕以—爾斯。

⑥通作。〔詩蕩〕侯作侯祝。〔傳〕作、讀爲−。、−祝怨謗也。

【詛】 壯所切音阻語韻

㊀咒也。見〔集韻〕。

㊁使人行事阻限於言也。見〔釋名釋言語〕。

㊂通阻。〔國語晉語〕狂夫阻之衣也。〔注〕狂夫方相氏之士也。阻、古通−。

【⿰訁攵】 他刀切音叨豪韻

㊀−⿰訁冏、言不節也。見〔玉篇〕。

㊁往來言也。見〔集韻〕。

㊂小兒語不正也。見〔集韻〕。

【詝】 展呂切音貯語韻

㊀智也。見〔玉篇〕。

㊁有所知也。見〔廣韻〕。

㊂人名。孟−。師−。見〔宋史宗室表〕。

【詞】 詳茲切音辭支韻

㊀本作䛐。〔說文司部〕䛐、意內而言外也。从司言。〔段注〕䛐與辛部之辭、其義迥別。辭者說也。謂文辭足以排難解紛也。謂篇章也。䛐者、謂摹繪物狀及發聲助語之文字也。積文字而爲篇章。積䛐而爲辭。司者、主也。意主於內而言發於外。故从司言。佩觿曰。−朗之字。是謂隸行。本作䛐朖字。鑑曰。−朗崩秋字。說文作䛐朖崩烋。是可證古本不作−。今各本篆作−。誤也。〔通訓定聲〕云。按从言司聲。說文隸司部。非。今字作左形右聲。經傳皆以辭爲之。按說文辭訟也。辤不受也。竝與−別。今經傳多通用。曲禮不辭費。是以辭爲−。楊修傳絕妙好辤。是以辤爲−。段朱說歧。而各有所本。故竝存。

㊁告也。〔禮記曾子問〕其−于賓曰。

㊂說也。見〔廣韻〕。

㊃言也。見〔洪武正韻〕。

㊄文也。〔韓愈文〕惟古於−必己出。〔又〕青−。醮祀文。見〔明史嚴嵩傳〕。

㊅詩之變體。亦謂之詩餘。〔四庫全書總目提要〕三百篇變而古詩。古詩變而近體。近體變而−。−變而曲。層累而降。莫知其然。

㊆請也。見〔廣韻〕。

㊇嗣也。令撰善言相續嗣也。見〔釋名釋典藝〕。

㊈科目之名。自唐代卽有博學宏−科。清世亦嘗兩舉行之。世人簡稱之曰−科。

㊉−臣。翰林官也。〔李商隱詩〕中禁−臣尋引領。

⑪名學謂兩名成句以表斷定者曰−。日本謂之命題。

【⿰訁甲】 迄甲切音呷洽韻轄臘切音盍合韻

多言也。見〔玉篇〕。

【⿰訁甲】 轄甲切音狎洽韻

諭−。語聲也。見〔集韻〕。

【訷】 升人切音申眞韻

−說信也。見〔廣韻〕。

【訽】 下遘切音候許候切音詬居候切音冓宥韻很口切音厚舉后切音耇有韻

詬或字。〔說文〕詬謑詬也。或从句。

【⿰訁乏】 甫凡切音芝咸韻

急言也。見〔玉篇〕。

【⿰訁厄】 烏懈切音隘卦韻

呃或字。〔集韻〕呃聲不平謂之呃。或作−。

【⿰訁民】 眠見切音麪霰韻

誘言也。見〔集韻〕。

【詊】 普半切音判翰韻

巧言也。見〔集韻〕。

【⿰訁戉】 許記切音憙奇寄切音芰七賜切音刺寘韻戶快切音話卦韻

謀也。見〔廣韻〕。〔按玉篇从戌。集韻卦韻同。疑誤〕。

【⿰訁号】 虛嬌切音囂蕭韻

呺或字。〔集韻〕呺呺然大虛皃。或作−。

【詋】 職救切音咒宥韻

−咀也。見〔玉篇〕。〔按集韻祝詛也。或从言〕。

【詌】 古暗切音紺勘韻

口閉也。見〔集韻〕。

【詍】 時制切音誓以制切音曳霽韻私列切音薛屑韻

多言也。詩曰。無然−−。見〔說文〕。〔通訓定聲〕卽呭字之或體。

【詏】 於教切音靿效韻

言逆也。見〔集韻〕。

【⿰訁冉】 而豔切音染豔韻

言多不盡。見〔集韻引字林〕。〔按

玉篇廣韻有—無訮。—訓多言與。說文訮訓同。則玉篇廣韻之—、爲說文之訮無疑。惟不讀去聲。類篇集韻、平聲作訮。與玉篇廣韻之—、音訓並同。去聲別出—。訓引字林。與訮義近。字彙正字通並云—、訮俗字。康熙字典亦曰—、即訮。類篇分爲二。非。存參。〕

【訑】時遮切音闍麻韻
淺意見〔集韻〕。

【訑】余支切音移支韻
詑或字。〔集韻〕詑詑。自得也。或作—。

【訑】湯何切音佗唐何切音駝歌韻
同詑。欺也。見〔類篇〕。

【詉】乃故切音怒遇韻
急惡言也。見〔字彙〕。

【詓】口舉切音去語韻
聲也。見〔集韻〕。

【⿰言包】蒲褒切音袍豪韻
—譆。亂語也。見〔集韻〕。

【⿰言包】徒刀切音匋豪韻
䛌或字。〔說文〕䛌往來言也。一曰小兒未能正言也。一曰祝也。或从包。

【⿰言尼】年題切音泥齊韻
呼人也。見〔玉篇〕。

【⿰言尼】女履切音柅紙韻
言以示人也。見〔集韻〕。

【⿰言尼】乃計切音遲霽韻
言不通也。見〔集韻〕。

【詙】薄八切音拔黠韻
古婦人名。〔史記三皇本紀〕神農納奔水氏之女曰聽—爲妃。

【詚】當拔切曷韻
兜—。不靜也。見〔字彙〕。

【⿰言㠯】盈之切音飴支韻
詒或字。〔集韻〕詒相欺詒也。一曰遺也。或从㠯。

【⿰言叉】女加切音拏麻韻
絲—。語不解也。見〔廣韻〕。

【⿰言加】居牙切音嘉麻韻
誣也。見〔集韻〕。

【⿰言施】香支切音奘支韻
言多貌。見〔集韻〕。

【⿰言他】土和切音涶歌韻
詑俗字。〔集韻〕詑欺也。俗从他。

【⿰言匜】演爾切音酏紙韻
訑或字。〔集韻〕訑。自得之語。或从匜。

【⿰言乃】如形切音仍蒸韻
因也。重也。見〔字彙補〕。〔按康熙字典曰音義同訒。疑是訒字之譌。是。〕

【⿱司言】詞本字。見〔說文〕。

【⿱辡言】辯本字。見〔字彙補〕。

【⿱某言】古謀字。見〔說文〕。

【訡】同詅。見〔玉篇〕。

【訿】同訾。〔詩召旻〕臯臯—。〔孔傳〕訿不供事也。〔朱傳〕務爲謗毀也。

【⿰言女】佞或字。見〔集韻〕。

【⿰言必】謐省字。見〔正字通〕。

【⿱辛言】辯俗字。見〔玉篇〕。

【⿱兓言】譖譌字。見〔正字通〕。

六畫

【詠】爲命切音泳敬韻
一 歌也。見〔說文〕。
二 謳也。〔禮記檀弓〕陶斯—。
三 歌詩也。〔書益稷〕搏拊琴瑟以—。
四 長言曰—。〔詩關雎序〕吟—情性。
五 永言也。〔爾雅序〕敘詩人之興—。
六 永也。〔漢書藝文志〕—其聲謂之歌。
七 風也。〔國語楚語〕則文—物行之。
八 鳥鳴也。〔陸機悲哉行〕耳悲—時禽。
九 通咏。〔史記樂記〕歌—其聲也。〔禮記作咏。〕

【詡】火羽切音姁麌韻
一 大言也。見〔說文〕。
二 普也。〔禮記禮器〕德發揚—萬物。
三 大也。〔漢書揚雄傳〕侈泰奢麗誇—。
四 徧也。見〔玉篇〕。
五 人語也。見〔玉篇〕。
六 北方人謂嫵好爲—畜。見〔漢書張敞傳注引孟康〕。
七 和也。見〔廣韻〕。

㊇敏而有勇也。〔禮記少儀〕會同主。
㊈辭氣明盛貌見〔禮記少儀集說〕。

【詢】須倫切音荀眞韻
㊀謀也見〔說文新附〕。
㊁諮—也。〔左哀二年傳〕—可也。
㊂咨親爲—見〔左襄四年傳〕。
㊃親戚之謀爲—〔詩皇皇者華〕周爰咨—。
㊄信也見〔爾雅釋詁〕。
㊅均也。〔書大傳〕—十有二變。

【詤】呼光切音荒陽韻虎晃切音慌詡往切音怳養韻
㊀夢言也見〔說文〕。
㊁忽也見〔廣雅釋言〕。
㊂妄言也見〔正字通〕。

【誤】五故切音寤遇韻
㊀謬也見〔說文〕。
㊁惑也。〔荀子正論〕是特姦人之—於亂說以欺愚者。
㊂失也。見〔書立政其勿—於庶獄庶愼集傳〕。
㊃通悞。〔韻會〕悞。欺也。又惑也。通作—。

【詣】研計切音羿霽韻
㊀候至也。見〔說文〕。〔段注〕節候所至也。
㊁至也。〔漢書楊王孫傳〕未得—前。
㊂進也見〔小爾雅廣詁〕。
㊃往也。見〔玉篇〕。
㊄到也。見〔玉篇〕。
㊅造也。見〔增韻〕。
㊆通指。漢有栺指宮。三輔黃圖作栺—。

【詥】曷閤切音合合韻
㊀諧也。見〔說文〕。
㊁合衆意也。見〔六書統〕。

【詥】葛合切音閤合韻
會言也。見〔集韻〕。

【試】式吏切音弑寘韻設職切音識職韻
㊀用也。〔虞書〕曰明—以功。見〔說文〕。
㊁驗也。見〔易无妄不可—也釋文〕。
㊂嘗也。見〔廣雅釋詁〕。
㊃嘗視也。〔國策秦策〕臣請—之。
㊄考也。〔周禮槀人〕—其弓弩。
㊅較也。見〔增韻〕。
㊆補也。〔漢書王溫舒傳〕已而—縣亭長。
㊇—帖。詩體之一。淸世以五言八韻詩—士。通謂之—帖。
㊈同弑。見〔漢書五行志注〕。
㊉姓也。見〔姓苑〕。

【誋】几利切音冀寘韻
㊀許也。見〔類篇〕。
㊁人名。不—。見〔宋史宗室表〕。

【[言+壬]】如林切音壬尼心切音鵀侵韻
㊀信也。見〔廣韻〕。
㊁念也。見〔廣韻〕。
㊂諏也。見〔集韻〕。
㊃喉聲也。見〔集韻〕。
㊄多言也。見〔玉篇〕。
㊅人名。令—。見〔宋史宗室表〕。

【詧】初戛切音察黠韻遝辥切音竊屑韻
㊀言微親察也。見〔說文〕〔注〕論語云。察言而觀色是也。又黃帝每問事。先問馬。次及牛。以微言—其情也。
㊁人名。〔梁書武帝紀〕岳陽王—。

【詧】千結切音切屑韻
謜省字。〔集韻〕謜。正言也。或省。

【詨】虛交切音虓肴韻後敎切音效居效切音敎效韻
㊀吳人謂叫呼爲—。見〔集韻〕。
㊁通謼。〔漢書田蚡傳〕謼服謝罪。〔注〕謼、火交反。

【詨】居肴切音交肴韻
矜誇也。見〔集韻〕。

【詨】許敎切音孝效韻
㊀大嘷也。見〔玉篇〕。
㊁呼也。見〔玉篇〕。
㊂喚也。見〔玉篇〕。

【詩】申之切音邿文韻
㊀志也。見〔說文〕〔段注〕毛詩序曰。—者、志之所之也。在心爲志。發言爲—。
㊁之也。志之所之也。見〔釋名釋典藝〕。
㊂思也。見〔毛詩指說引梁簡文說〕。
㊃意也。見〔廣雅釋言〕。
㊄辭也。見〔毛詩指說、引梁簡文說〕。
㊅謂言詞也。〔禮記樂記〕—言其志也。
㊆誦言爲—。見〔詩關雎序而形於言疏〕。
㊇在事爲—。見〔詩譜序疏〕。
㊈所以記物也。見〔管子山權數〕。

(十)樂章也。〔荀子勸學〕—者中聲之所止也。
(十一)謂四方之歌謠也。〔荀子王制〕審—商。
(十二)歌詠歎樂也。〔禮記孔子閒居〕—亦至矣。
(十三)誦之曰—。〔國語周語〕—以道之。
(十四)風雅頌賦比興之總稱。〔周禮大師〕敎六—。〔疏〕—上下、惟有風雅頌。是—之名也。三者之中、又有賦比興。總謂之六—。〔按後世所謂古近體—亦出於周禮六—。之遺。五言—起自蘇李。七言—起自柏梁。皆古—也。近體—自唐始盛行。〕
(十五)持也。見〔古微書引詩含神霧〕。
(十六)承也。〔儀禮特牲饋食禮〕—懷之。
(十七)姓也。後漢—索。交阯朱鳶人。

【詪】口很切音懇。下懇切音很。阮韻。古恨切音艮。願韻。
(一)本作詪。〔說文〕詪。很戾也。
(二)難語皃。見〔玉篇〕。
(三)不聽從也。見〔正字通〕。

【詪】舉很切音頣。阮韻。—語也。見〔廣雅釋訓〕。

【詪】苦本切音捆。阮韻。諌—。很皃。見〔集韻〕。

【詪】胡典切音峴。銑韻。爭語也。見〔廣韻〕。

【詫】丑亞切音侘。禡韻。
(一)誇也。〔史記司馬相如傳〕子虛過詫—烏有先生。〔按漢書作姹。注。誇誑之也。〕
(二)誑也。〔唐書史思明傳〕思明—曰。
(三)驚異也。如俗云—異、驚—。

【詫】虛訝切音罅。禡韻。告也。〔莊子達生〕踵門而—子扁慶子曰。

【詫】都故切音妒。遇韻。託或字。〔集韻〕託。說文、奠酒爵也。或作—。

【詬】許候切音詾。居候切音冓。丘候切音寇。下遘切音候。宥韻。很口切音厚。舉后切音耇。有韻。
(一)謑—。耻也。見〔說文〕。〔注〕春秋傳曰。吾不忍其—。是也。
(二)詈辱也。〔左哀八年傳〕曹人—之不行。
(三)怒也。〔唐書劉文靜傳〕君雅—曰。

反人欲殺我耳。
(四)—病。猶恥辱也。〔禮記儒行〕常以儒相—病。
(五)𧦝—。無志節也。見〔金壺字考〕。
(六)巧言也。見〔字彙〕。
(七)姓也。見〔姓苑〕。

【詭】古委切音垝。紙韻。
(一)責也。見〔說文〕。
(二)詐也。〔荀子正論〕則求利之—緩。而犯分之羞大也。
(三)欺也。見〔一切經音義引廣雅〕。
(四)謾也。見〔玉篇〕。
(五)譎也。見〔一切經音義引三蒼〕。
(六)誑也。見〔一切經音義引廣雅釋言〕。
(七)異也。〔後漢班彪傳〕殊形—制。
(八)異於衆也。〔漢書劉輔傳〕必有卓—。
(九)不同也。〔淮南說林〕尺寸雖齊必有—。
(十)反也。〔文選班固賦〕變化故而相—兮。
(十一)戾也。〔易睽注〕恢—譎怪。
(十二)違也。〔漢書董仲舒傳〕有所—於天之理與。
(十三)怪也。見〔玉篇〕。
(十四)容服有義謂之儀。反儀爲—。見〔賈子道術〕。
(十五)毀也。〔後漢班固傳論〕固之序事。不激—。不抑抗。
(十六)緦也。見〔廣雅釋言〕。
(十七)—隨。小惡也。見〔廣雅釋訓〕。
(十八)—譎。猶奇怪也。〔文選王襃賦〕驚合遝以—譎。
(十九)—文。奇異之文也。〔淮南本經〕—文回波。
(二十)—戾。乖違貌。〔文選馬融賦〕窊隆—戾。
(廿一)—遇。橫射也。〔孟子滕文公〕爲之—遇。〔按朱注。不正而與禽遇也。陸注。—計以要禽也。〕
(廿二)—禁。所以禁—常也。〔管子幼官〕—禁不偸。
(廿三)—銜。吐出銜也。〔莊子馬蹄〕—銜竊轡。
(廿四)—僊。卽攤錢也。見〔後漢梁冀傳注〕。
(廿五)司—。星名。〔漢書天文志〕司—星出西方。
(廿六)魏邑名。〔史記秦始皇紀〕攻魏氏—。

（廿七）—辯哲學之一派也。
（廿八）姓也〔左莊十六年傳執夷—諸〕。

【⿰言休】許六切音畜屋韻

（一）馥—。聞香貌見〔集韻〕。
（二）人名。見〔宋史宗室表〕眉州防禦使士—。
（三）通咻。見〔正字通〕。

【詮】逡緣切音銓先韻

（一）具也。見〔說文〕。
（二）就也。見〔淮南詮言注〕。
（三）治亂之體也。見〔玉篇〕。
（四）平也。見〔廣韻〕。
（五）擇言曰—。見〔一切經音義引通俗文〕。
（六）—之言善也。見〔論語先進異乎三子者之撰釋文〕。
（七）—言謂譬類人事相解喻也。見〔一切經音義引淮南〕。
（八）—讀官名。〔金史選擧志〕凡會試—讀官二員。

【詯】呼內切音誨　胡對切音繢隊韻

（一）膽氣滿。聲在人上。讀若反目相睞。見〔說文〕〔段注〕蓋卽元曲所用咱字。
（二）休市也。見〔廣韻〕。
（三）胡市也。見〔玉篇〕。
（四）決後悔也。見〔集韻〕。

【⿱⿰丯刀言】力灼切音略藥韻

（一）歎美言也。見〔玉篇〕。
（二）人名。師—。汝—。見〔宋史宗室表〕。

【訹】前歷切音寂錫韻

（一）宋或字〔說文宀部〕宋。無人聲也。或从言。
（二）靜也。見〔玉篇〕。

【詰】喫吉切音蛣質韻

（一）問也。見〔說文〕。
（二）責也。見〔廣雅釋詁〕。
（三）讓也。見〔廣雅釋詁〕。
（四）呵問也。〔淮南時則〕取之不—。
（五）禁也。〔周禮大宰〕五曰刑典以—邦國。
（六）誅也。〔呂覽仲冬〕取之不—。
（七）彈正糾察也。見〔周禮大宰釋文引干注〕。
（八）窮治也。〔周禮大司馬〕制軍—禁。
（九）止也。〔易姤〕后以施命—四方。〔按鄭本作—。他本作誥〕。
（十）治也。〔左襄二十一年傳〕子盍—盜。
（十一）讙也。〔周禮大司寇〕—四方。
（十二）實也。〔書立政〕其克—汝戎兵。
（十三）—朝。明旦也。見〔小爾雅廣訓〕。
（十四）—屈。言字勢曲折也。〔晉書衛恆傳〕研桑不能數其—屈。

【詰】丘傑切音朅屑韻

喬—。意不平也。〔莊子在宥〕喬—卓鷙。

【話】戶快切音繪卦韻　胡化切音華禡韻

（一）本作譮。〔說文〕譮。合會善言也。〔傳〕曰告之—言。
（二）言也。見〔爾雅釋詁〕〔孫注〕善人之言也。
（三）善也。〔左文六年傳〕著之—言。
（四）善言也。〔詩板〕出—不然。
（五）告也。〔書盤庚〕乃—民之弗率。
（六）訛言也。見〔一切經音義引聲類〕。
（七）調也。見〔廣雅釋詁〕。
（八）恥也。見〔廣雅釋詁〕。
（九）治也。見〔小爾雅廣詁〕。

【該】柯開切音垓灰韻〔按兼—之—本作賅〕。

（一）軍中約也。見〔說文〕。
（二）備也。〔穀梁哀元年傳〕此—之變而道之也。
（三）兼也。〔太玄玄圖〕旁—終始。
（四）包也。〔家語正語〕大罪無不—。
（五）咸也。見〔方言〕。
（六）皆也。見〔玉篇〕。
（七）備也。見〔玉篇〕。
（八）載也。見〔增韻〕。
（九）猶言宜也。凡事應如此曰—。見〔正字通〕。
（十）今借爲指事之詞。如官書中有—部—省之類。
（十一）猶言欠也。俗謂欠債曰—債。商家簿記亦謂放出之債曰—。
（十二）人名。〔左昭二十九傳〕—爲蓐收。
（十三）姓也。見〔姓苑〕。

【詳】徐羊切音翔陽韻

（一）審議也。見〔說文〕〔段注〕審、悉也。經傳多假爲祥字。
（二）審也。〔詩牆有茨〕不可—也。
（三）悉也。〔孟子離婁〕博學而—說之。
（四）善也。〔易履〕視履考—。
（五）祥也。〔左成十六年傳〕德刑—義禮信。
（六）謚也。〔漢書董仲舒傳〕—延特起之士。

⑦周備也。〔荀子非相〕—則舉小。
⑧平也。〔漢書食貨志〕刑戮將甚不—。
⑨嵤也。〔後漢張衡傳〕—言正色。
⑩善用心曰—。〔公羊宣十二年傳〕不赦不—。
⑪官名。宋置檢—官金鎮撫邊民之官曰—穩。
⑫通翔。〔吳仲山碑〕出入敖—。
⑬通佯。〔史記蘇秦傳〕—僵。〔索隱〕—、詐也。

【詵】疏臻切音莘眞韻先見切音霰霰韻
①致言也。詩曰螽斯羽——兮。見〔說文〕。
②問也。見〔廣雅釋詁〕。
③——衆多也。〔詩螽斯〕螽斯羽——兮。

【諫】七賜切音刺寘韻
①數諫也。見〔說文〕。〔段注〕謂數其失而諫之凡譏刺字當用此。
②譬也。見〔廣雅釋詁〕。
③怨也。見〔廣雅釋言〕。

【詶】時流切音讎尤韻
①譸也。見〔說文〕〔按段本依玉篇及玄應書改作詛也注云—訓以言答之而—詛作呪此古今之變也又朱駿聲謂—即譸之或體字竝存參。〕
②報也。見〔一切經音義引蒼頡解詁〕。
③通嚋。誰也。〔魏元丕碑〕—咨群寮。

【詶】時流切音酬尤韻承呪切音授宥韻
答也。見〔玉篇〕。

【詶】職救切音祝宥韻
同祝。〔集韻〕祝詛也亦作—。

【詷】徒東切音同東韻杜孔切音動董韻
共也。周書在后之—。一曰譀也。見〔說文〕。

【詷】徒弄切音洞送韻杜孔切音動董韻
①同也。見〔集韻〕。
②謥—。怱遽也。〔後漢和熹鄧后紀〕。輕薄謥—。〔又〕言過謂之謥—。見〔一切經音義引通俗文〕。

【訹】雪律切音卹質韻
①靜也。見〔集韻〕。
②同恤。見〔字彙〕。

【詝】疾置切音字寘韻
①詝也。見〔集韻〕。
②人名。與—時—見〔宋史宗室表〕。

【詹】之廉切音占鹽韻
①多言也。見〔說文八部〕。
②至也。見〔爾雅釋詁〕。
③省也給也。見〔史記孝景紀集解〕。
④官名。〔漢書百官公卿表〕—事秦官。掌皇后太子家。〔按前淸猶置—事府內有正—少—等官。〕
⑤——小辨之貌。〔莊子齊物論〕小言——。
⑥草名。〔博物志〕右—山帝女化爲—草其葉鬱茂其華黃實如豆服者媚於人。
⑦同占。〔文選古詩〕四五—兔缺。〔注〕—與占同古字通。
⑧同瞻。〔詩閟宮〕魯邦所—。〔風俗通山澤作魯邦所瞻〕。
⑨通蟾。〔淮南說林〕月照天下蝕於—諸。〔注〕月中蝦蟇。
⑩姓也周宣王支子封—侯因以爲氏。

【詹】徒濫切音澹勘韻
足也。〔呂覽適音〕不充則不—。〔注〕—讀如澹然無爲之澹。〔畢沅新校正曰御覽作—音澹也蓋澹、古贍字注既訓—爲足則自讀从澹足之澹。漢書食貨志猶未足以澹其欲也師古曰澹古贍字。贍、給也當讀時豔切若依此注則如字讀徒濫切矣恐亦是後人妄改也〕

【詺】彌正切敬韻
①目諸物也。見〔集韻〕。
②—讁也。見〔玉篇〕。
③—目或單作名。見〔廣韻〕。

【詽】馨煙切音祆先韻牛閑切音圁刪韻
①諍語——也。見〔說文〕。
②訶也。見〔玉篇〕。
③怒也。見〔廣雅釋詁〕。
④人名。汝—見〔宋史宗室表〕。

【詽】他前切音天先韻
訶見。見〔廣韻〕。

【詽】牛閑切音圁刪韻
訟也。見〔玉篇〕。

【詻】鄂各切音額陌韻

●一 論訟也傳曰——孔子容見［說文］［注］錯按周禮注曰軍旅之容儼儼——
●二 逆𠫤也［莊子人間世］若唯無—。
●三 辭厲也見［六書故］
●四 —語也見［廣雅釋訓］［又］敎令嚴也［禮記玉藻］言容——
●五 人名與—崇—見［宋史宗室表］
●六 通噩［漢書天文志］太歲在酉曰作—［注］爾雅作作噩

【詻】力灼切音畧藥韻
聲也見［集韻］

【詻】歷各切音洛藥韻
咯或字［集韻］咯訟言也或从言。

【詼】枯回切音恢灰韻
●一 調也見［廣雅釋詁］
●二 嘲也［漢書枚乘傳］枚皋—笑類俳倡
●三 啁也見［文選東方朔畫贊注引字書］
●四 通悝［文選張衡賦］由余以西戎孤臣而—穆公於宮室

【詾】許容切音凶冬韻
●一 訟也見［說文］［段注］訩、各本譌說今依篇韻及六書故所據唐本正。
●二 忿也見［集韻］
●三 亦作㘋［荀子解蔽］聽漠漠而以爲㘋㘋

【詾】詡拱切音洶董韻許容切音凶冬韻
●一 衆言見［集韻］
●二 通訩［史記高帝紀］天下訩訩勞苦數歲。
●三 通兇［漢書翟方進傳］羣下兇兇。
●四 通凶［後漢蔡邕傳］凶凶道路。
●五 通洶［後漢何敬傳］議論洶洶。
●六 通汹［魏志曹爽傳］天下汹汹。
●七 通恟［易林］爭訟恟恟。
●八 通忷［舊唐書文宗紀］京師忷忷。

【詿】古賣切音卦胡卦切音畫卦韻
●一 誤也見［說文］
●二 欺也［史記吳王濞傳］—亂天下。

【詿】古罵切音坬禡韻
同諣［集韻］諣相誤也亦作—。

【誀】仍吏切音餌寘韻人支切音而支韻
●一 誘也見［廣雅釋詁］
●二 人名希—汝—見［宋史宗室表］

【誀】丑里切音恥紙韻
恥或字［集韻］恥說文辱也或作—。

【誁】補梗切梗韻
●一 說也見［字彙］［按正字通曰卑命切音幷助言也當作誁八畫省作—別作誁非］
●二 人名［宋史宗室表］贈朝散大夫不—

【誂】徒了切音窕篠韻
●一 相評誘也見［說文］［段注］戰國策楚人有兩妻人—其長者長者詈之—其少者少者許之後人多用挑字。
●二 戲也見［廣雅釋詁］
●三 嬈也見［廣雅釋詁］
●四 弄也見［玉篇］
●五 嗷—清暢貌［楚辭傷時］聲嗷—兮清和

【誂】多嘯切音弔嘯韻
卒也［淮南兵略］雖—合刃於天下誰敢在於上者

【誆】求往切音俇養韻
誑也見［集韻］

【誆】具放切音迋漾韻
●一 狂言也見［玉篇］
●二 謬言見［廣韻］

【誄】魯水切音壘紙韻
●一 謚也見［說文］［段注］當云所以爲謚也［按禮記曾子問注曰—、絫也絫列生時行迹讀之以作謚］
●二 累也見［廣雅釋詁］
●三 道死人之志也見［墨子魯問］
●四 —以陳哀［文選陸機賦］—纏綿而悽愴
●五 禱累功德以求福也見［論語述而釋文］

【誅】追輸切音株虞韻
●一 討也見［說文］
●二 責也見［廣雅釋詁］
●三 戮也［國策秦策］曲撓而—。
●四 殺也見［廣雅釋詁］
●五 罰也［禮記曲禮］以足蹙路馬芻有—齒路馬有—
●六 滅也見［易雜卦傳釋文］

(七)賁讓也。〔周禮大宰〕—以馭其過。
(八)罪及餘人曰—。、株也。如株木根。枝葉盡落也。見〔釋名釋喪制〕。
(九)小國放大國入焉曰—。見〔國語晉語〕。
(十)傷也。〔易雜卦傳〕明夷—也。
(十一)治也。〔淮南時則〕阿上亂法者—。
(十二)除也。〔國語晉語〕故以惠—怨。
(十三)剪除也。〔楚辭卜居〕寧—鋤草茅以力耕乎。

【誇】、枯瓜切音夸麻韻
(一)譀也。見〔說文〕。
(二)大也。〔漢書外戚傳〕妾—布服糲食。〔注〕—、大也。大布之衣也。
(三)大言也。見〔文選長楊賦注引字林〕。
(四)自矜曰—。見〔通俗文〕。
(五)—切切也。見〔廣雅釋訓〕。
(六)通夸。〔漢書楊僕傳〕懷銀黃夸鄉里。
(七)通侉。〔書畢命〕驕淫矜侉。

【誇】區遇切音嫗遇韻 歌也。見〔集韻〕。

【詉】女加切音拏麻韻 拏也。見〔廣雅釋詁〕。

【𧦝】診視切音旨紙韻 訐也。見〔說文〕。

【𧧒】無放切音望漾韻 誑也。見〔集韻〕。

【𧦧】疏吏切音駛寘韻 忘也。見〔集韻〕。

【諌】居晏切音諫諫韻 古諫字。見〔六書統〕。

【詯】都回切音堆灰韻 謟也。見〔集韻〕。

【𧧙】都唾切音椓箇韻 言相誇也。見〔集韻〕。

【𧥝】闥各切音託藥韻 毀也。見〔集韻〕。

【䛀】王咼切佳韻 諣—。惰也。見〔集韻〕。

【𧦟】戶對切音潰隊韻 胡市也。見〔玉篇〕。〔按集韻以為詯或字〕

【𧧭】力制切音例霽韻 言美也。見〔玉篇〕。

【䛏】烏回切音隈灰韻戶賄切音痜賄韻胡對切音潰隊韻 呼人也。見〔玉篇〕。

【𧬈】爾者切音惹馬韻人夜切音偌禡韻 喏或字。〔集韻〕喏。應聲也。或作—。

【𧬅】人玉切音偌禡韻 如也。見〔集韻〕。

【詶】張流切音輈尤韻 多言也。見〔玉篇〕。

【詸】緜批切音迷齊韻 謎或字。〔集韻〕謎。言惑也。或作—。

【𧥱】巨九切音臼有韻 毀也。見〔字彙〕。

【誃】敞尒切音侈紙韻陳知切音馳余支切音移支韻 離別也。从言。多聲。讀若論語跢予之足。周景王作洛陽—臺。見〔說文〕。〔注〕—臺。猶別館也。〔按集韻〕誃、余支切。門名。一曰臺名。或作—。水經穀水注曰。誃門。即宣陽門也。門內有宣陽冰室。段玉裁曰。誃臺。蓋謂誃門之臺也。誃者、—之或體。漢書諸侯王表序有逃責之臺。劉德曰。洛陽南宮誃臺是也。蓋景王作之。赧王乃逃責於此耳。

【誃】待可切音拕哿韻 詑或字。〔集韻〕詑。欺罔也。或作—。

【誃】充豉切音𨙸寘韻 𨙸或字。〔集韻〕𨙸。說文有大度也。一曰廣也。或从言。

【訬】楚絞切音煼巧韻 弄人也。見〔字彙補〕。

【誷】文紡切音罔養韻 宔或字。〔集韻〕宔。誣也。或作—。

【訝】語下切音雅馬韻 詐—。言戾也。見〔集韻〕。

【𧥳】具義切音芰寘韻 謀也。見〔字彙補〕。

【𧬻】誁本字。見〔說文〕。

【𦋨】詈本字。見〔說文网部〕。

【𧦡】詠本字。見〔說文長箋〕。

【𧩈】古諺字。見〔六書統〕。

【𧦠】古誥字。見〔說文〕。

【詾】古訩字。見〔正字通〕。

【𧦅】古誥字。見〔字彙補〕。

【詥】古訟字。見〔玉篇〕。
【誐】同譏。見〔玉篇〕。
【詸】同咮。見〔字彙〕。
【𧦴】與訕姍姗同俗省作讕。見〔正字通〕。
【誙】同誙。見〔字彙補〕。
【諠】同㗌。見〔說文長箋〕。
【詺】同錄。見〔篇海類編〕。
【誫】同派。見〔五音篇海〕。
【誀】同訕。見〔篇海類編〕。
【誇】同誇。見〔篇海類編〕。
【說】詾或字。見〔說文〕。
【諛】詇俗字。見〔字彙〕。
【詖】哂俗字。見〔字彙〕。
【誅】誺譌字。見〔正字通〕。
【詭】說譌字。見〔正字通〕。

七畫

【誋】渠記切音忌寘韻
一 誡也。見〔說文〕。
一 告也。見〔廣雅釋詁〕。
三 禁也。見〔玉篇〕。
四 信也。見〔廣韻〕。
五 人名。汝—與—。見〔宋史宗室表〕。

【誋】古到切音告號韻
猶示也。〔淮南齊俗〕日月之所照—。

【誌】職吏切音志寘韻
一 記誌也。見〔說文新附〕、〔鈕氏新附攷〕—通作識。
二 臣下—君之善也。〔文中子述史〕制—詔冊則幾乎典誥矣。
三 黑子也。〔史記高帝紀〕左股有七十二黑子。〔正義〕北人呼爲黶子。吳楚謂之—。
四 亦作志。〔荀子臣道〕必謹志之。

【認】而振切音刄震韻
一 辨識也。〔後漢卓茂傳〕時嘗出行。有人—其馬。
二 承允之曰—。或具言承—。
三 實事求是曰—眞。〔元史王克敬傳〕縣事不—眞。豈盡忠之道乎。
四 錯—。水洒名。見〔南史市肆記〕。
五 通訒。〔荀子正名〕外是者謂之—。〔注〕難也。〔此依韻會引今本作訒。〕
六 通仞。〔漢書孟喜傳〕喜因不肯仞。

【認】如證切音扔徑韻
誌也。見〔集韻〕。

【詉】奴刀切音猱豪韻
一 詉也。見〔玉篇〕。
二 謎也。見〔集韻〕。

【諢】下罕切音旱旱韻
一 大言也。見〔廣韻〕。
二 多言也。見〔集韻〕。
三 通哻。見〔正字通〕。

【誄】吉協切音頰葉韻
一 讘—。多言也。〔韓非姦刧弒臣〕且夫世之愚學皆不知治亂之情。讘—多誦先古之書以亂當世之治。
二 人名。〔宋史宗室表〕保義郎不—。
三 唊或字。〔集韻〕唊妄語也或从言。

【諫】蘇谷切音速屋韻趨玉切音促沃韻
一 餔旋促也。見〔說文〕。〔注〕言周旋促速也。〔按段玉裁云疑有誤字。朱駿聲云言之促也存參〕
二 飾也。見〔廣韻〕。
三 衒也。見〔佩觿集〕。

【誏】里黨切音朖養韻
一 言之明也。見〔集韻〕。
二 同朗。見〔玉篇〕。

【誏】郎宕切音浪漾韻
一 閑言。見〔玉篇〕。
二 謔也一曰泛言也。見〔集韻〕。

【誐】牛何切音莪歌韻
一 嘉善也。詩曰—以謐我。見〔說文〕。〔段注〕毛詩假以溢我、傳曰。假、嘉。溢、愼。許所偁蓋三家詩。—謐皆本義。假溢皆假借也。
二 人名。希—必—。見〔宋史宗室表〕。

【誐】語可切音我哿韻
哦或字。〔集韻〕哦吟也或从言。

【誑】古況切音𤢺漾韻
一 本作䛖。〔說文〕䛖欺也。
二 猶惑也。〔國語晉語〕天又—之。
三 亦作迋。〔詩楊之水〕人實迋女。
四 亦作誆。〔史記鄭世家〕解揚誆楚毋降。〔按本今作—此依韻會引〕
五 亦作誑。〔禮記曲禮〕常視無—。〔釋文〕本或作誑。

【誒】虛其切音僖支韻　呼來切音咍於開切音哀灰韻　於記切音意寘韻　於代切音愛隊韻

(一)可惡之辭。一曰─然。春秋傳曰。─出出。見〔說文〕〔桂注〕可惡之辭者。辭、當爲詞。漢書韋賢傳。勤─厥生。顏注。─、歎聲。俗或作唉。一曰─然者。然、當爲噫。方言。欸、然也。南楚凡言然者曰欸。

(二)猶強也。或曰。─、笑樂也。〔楚辭大招〕─笑狂只。

(三)─詒失魂魄也。見〔莊子達生〕─詒爲病李注。

【誓】時制切音逝以制切音曳霽韻　食列切音舌屑韻

(一)約束也。見〔說文〕〔注〕與之爲約束也。〔按段注。凡自表不食言皆曰─。亦約束之意也。〕

(二)五戒之一。〔周禮士師〕以五戒先後刑罰。一曰─。用之於軍旅。〔按左閔二年傳。軍旅。注。宣號令也。〕

(三)猶命也。〔周禮典命〕─於天子。

(四)告也。〔周書世俘〕用小牲羊犬豕于百神水土于─社。

(五)制也。以拘制之也。見〔釋名釋言語〕。

(六)勅也。〔大戴記子張問入官〕故儀不正則民失─。

(七)謹也。〔禮記文王世子〕曲藝皆─之。

(八)戒事曰─。〔文選班固典引〕誥─所不及已。

(九)男女私約亦曰─。〔詩氓〕信─旦旦。

(十)人名。高─。古仙人。

【誔】待鼎切音挺迥韻

(一)詑也。見〔廣雅釋言〕。

(二)詭言也。見〔玉篇〕。

(三)欺慢也。見〔集韻〕。

【誔】徒徑切音定徑韻

詭詐也。見〔集韻〕。

【誕】蕩旱切音袒旱韻

(一)詞─也。見〔說文〕〔按桂馥云。當爲詷也。段玉裁云。此三字蓋有誤。釋詁、毛傳皆云、─、大也。今攷王引之經傳釋詞云、─、發語詞也。書大誥曰。殷小腆。─敢紀其敘。詩皇矣曰。─先登於岸。諸─字皆發語之詞。說者用爾雅─大也之訓。則詰鞫爲病矣。又曰。─、句中助辭也。書大誥曰、肆朕─以爾東征是也。說者訓爲大。亦失之。據是則─之爲詞。本自無誤。觀二徐及錢氏皆不之辯。蓋亦信之也。〕

(二)大也。〔書湯誥〕─告萬方。

(三)闊也。〔詩旄丘〕何─之節兮。

(四)欺也。〔列子黃帝〕吾不知子之有道而─子。

(五)詐也。〔呂覽應言〕令許綰─魏王。

(六)放─也。〔左昭元年傳〕子姑憂子皙之欲背─也。〔注〕子皙殺伯有。背命放─。

(七)大言也。〔漢書郊祀志〕言神事如迂─。

(八)虛也。〔國語楚語〕是言─也。

(九)非正也。〔淮南說山〕弦高─而存鄭。

(十)易言曰─。見〔荀子脩身〕。

(十一)信也。見〔詩生民─彌厥月薛君章句〕。

(十二)育也。見〔華嚴經音義引珠叢〕。

(十三)天子生曰降─。見〔玉篇〕。

(十四)古─者國名。〔魏志東夷傳〕有古─者國。

(十五)─馬。散馬也。〔唐書儀衛志〕一品鹵簿有─馬六。

(十六)獸名。詳訛字。

【誖】方未切音沸未韻　補妹切音背霽韻　蒲昧切音佩隊韻　分物切音弗物韻　薄沒切音孛月韻〔悖同〕。

(一)亂也。見〔說文〕。

(二)乖也。〔漢書王商傳〕誣罔─大臣節。

(三)惑也。〔漢書司馬遷傳〕愍學者不達其意而師─。

(四)癡也。見〔廣雅釋詁〕。

(五)逆也。見〔玉篇〕。

(六)惽也。見〔集韻〕。

【𧨾】持廉切音灵直嚴切鹽韻

(一)言利美也。見〔集韻〕。

(二)人名。唐副將褚─。卜人秦─。

【𧩝】筆別切音鼈皮列切音別屑韻

(一)言析理也。見〔集韻〕。

(二)人名。〔宋史宗室表〕贈開府儀同三司永國公士─。

(三)同笷。〔廣韻〕笷。分笷。一云分契。─同。

【𧬄】戶禮切音謑薺韻

(十)待也。讀若騃。見〔說文〕。〔注〕此亦與俟字義相通也。

(十一)人名。希｜。師｜。見〔宋史宗室表〕。

【[言坒]】篇夷切音紕支韻　邊迷切音鞞齊韻

(一)誤也。見〔廣雅釋言〕。

(二)通紕。〔書大傳〕五者一物紕繆。〔鄭注〕紕繆、猶錯也。

(三)通[忄坒]。〔文選揚雄解嘲〕故有造蕭何之律於唐虞之世。則[忄坒]矣。〔注〕｜、猶繆也。

【誘】以九切音酉有韻

(一)𧦝或字。見〔說文厶部〕。〔按說文、羑。相訹呼也。〕

(二)導也。〔家語正論〕天｜其衷。

(三)進也。見〔論語子罕夫子循循然善｜人皇疏〕。

(四)引也。〔禮記樂記〕知｜於外。

(五)猶敎也。〔儀禮鄉射禮〕｜射。

(六)猶惑也。〔淮南精神〕不｜於人。

(七)誑也。〔荀子正名〕彼｜其名。

(八)相勸也。見〔一切經音義〕。

(九)巧詐也。見〔風俗通過譽〕。

(十)感也。〔淮南原道〕好憎成形而知｜於外。

(十二)美稱也。〔淮南繆稱〕｜然與日月爭光。

(十三)通牖。〔詩板〕天之牖民。〔疏〕牖與｜、古字通用。

【誙】丘耕切音鏗　何耕切音莖庚韻　下頂切音婞迥韻

｜｜。趣死貌。〔莊子至樂〕｜｜然如將不得已。

【誙】丘耕切音鏗庚韻

(一)[牛冋]也。見〔玉篇〕。

(二)言確也。見〔增韻〕。

【誼】宜寄切音義寘韻

(一)人所宜也。見〔說文〕。〔段注〕｜、義、古今字。周時作｜。漢時作義。皆今之仁義字也。今俗分別爲恩｜字。乃野說也。

(二)通議。〔漢書仲董舒傳〕論｜考問。

【[言𠬶]】千尋切音侵侵韻

(一)私語。見〔集韻〕。

(二)以言相侵犯。見〔正字通〕。

【[言夋]】數化切音傻禡韻

(一)傻言也。一曰妄言。見〔集韻〕。

(二)枉也。見〔廣韻〕。

(三)人名。師｜。見〔宋史宗室表〕。

【語】偶舉切音圄語韻

(一)論也。見〔說文〕。〔注〕詩曰。於時｜｜。論難曰｜也。

(二)答述曰｜。〔周禮大司樂〕興道諷誦言｜。

(三)言也。〔禮記文王世子〕｜使能也。

(四)談說也。〔禮記文王世子〕既謌而｜。

(五)諺言也。〔穀梁二年傳〕｜曰。脣亡則齒寒。

(六)敍也。敍己所欲說也。見〔釋名釋言語〕。

(七)句也。〔陸雲書〕雖時有一佳｜。見兄作。又欲作貧儉家。

(八)｜｜。喜也。見〔廣雅釋訓〕。

(九)國｜。記諸國君臣相與言｜謀、議、之得失也。見〔釋名釋典藝〕。〔又〕遼金元淸主中國時。以其族之語言爲國｜。

(十)彈琴謂之手｜。〔古樂府〕手｜出朱絃。

(十一)善｜。國名。〔別國洞宴記〕勒畢國人。善言｜。戲笑因名善｜國。

(十二)｜兒。地名。〔漢書閩粵王傳〕樓船軍卒錢唐榱終古斬徇北將軍爲｜兒侯。〔注〕孟康曰。越中地也。今吳南亭是。師古曰。字或作禦。或作禦。〔按今浙江嘉興縣有｜兒鄉。〕

【語】牛據切音御御韻

(一)以言告人也。〔左隱元年傳〕公｜之故。

(二)敎戒之也。〔國語魯語〕主亦有以｜肥也。

(三)爲人說爲｜。〔禮記雜記〕言而不｜。

【[言貝]】胡對切音繢隊韻

(一)市｜。又言長。見〔字彙〕。

(二)人名。與｜。見〔宋史宗室表〕。

【[言甹]】滂丁切音俜靑韻

(一)言也。見〔集韻〕。

(二)人名。崇｜。見〔宋史宗室表〕。

【[言粤]】丑鳩切音抽尤韻

｜譳。不決。見〔集韻〕。

【誢】胡典切音峴銑韻

(一)諍語。見〔集韻〕。

(二)人名。希｜。崇｜。見〔宋史宗室表〕。

【誜】蘇禾切音莎歌韻

(一)佞也。見〔廣韻〕。

㊁動也。見〔集韻〕。

【誙】　祖臥切音挫箇韻

以言折人見〔集韻〕。

【誠】　時征切音成庚韻

㊀信也。見〔說文〕。
㊁一也。見〔說苑反質〕。
㊂—者自成也。見〔禮記中庸〕。
㊃實也。〔孟子公孫丑〕子—齊人也。
㊄敬也。見〔廣雅釋詁〕。
㊅志操精果謂之—。見〔賈子道術〕。
㊆實行之也。〔漢書匡衡傳〕將軍—召致莫府。
㊇猶審也。〔禮記經解〕繩墨—陳。
㊈著善爲—。見〔越絕書篇敍外傳記〕。
㊉歸—縣名唐置。屬劍南道。當在四川平武縣附近。〔又〕州名亦唐置。羈縻屬嶺南道。當在今四川境。
(十一)思—州名唐置羈縻屬嶺南道。當在廣西舊太平府屬境。

【誡】　居拜切音戒卦韻

㊀敕也。見〔說文〕。
㊁敬也。〔荀子彊國〕發—布令而敵退。
㊂言警也。見〔廣韻〕。
㊃命也告也見〔玉篇〕。
㊄譏惡爲—。見〔越絕書篇敍外傳記〕。
㊅劍名。〔刀劍錄〕秦昭王鑄一劍。長三尺名曰—。
㊆通戒。〔漢書賈誼傳〕前車覆後車—。〔按韻會戒下引此知—戒相通〕。

【誣】　微夫切音無虞韻

㊀加也。見〔說文〕〔注〕以無爲有也。
㊁相阿与也。〔方言〕吳越曰—。荆齊曰⿰言奄与。猶秦晉言阿与。
㊂謗也。見〔漢書孫寶傳集注〕。
㊃猶妄也。〔禮記曾子問〕故—於祭也。
㊄欺也。見〔廣雅釋詁〕。
㊅於事不信曰—。〔禮記表記〕故其受祿不—。
㊆加誅無辜曰—。〔國語周語〕其刑矯—。
㊇無能受官謂之—上。〔管子重令〕不—於上。
㊈不進賢達能者—也。見〔說苑至公〕。
㊉不能行而言之—也。見〔大戴記曾子立事〕。
(十一)以惡取善曰—。〔國語晉語〕且夫欒氏之—晉國。
(十二)以薄獲厚爲—也。〔呂覽務本〕今功伐甚薄而所望厚—也。
(十三)通憮。〔論語子張〕君子之道焉可—也。〔漢書薛宣傳引作憮〕。

【誥】　居號切音告號韻

㊀告也。見〔說文〕〔注〕以文言告曉之也。故曰有文告之辭。
㊁發下曰—。見〔列子楊朱不告而娶釋文〕。
㊂以言辭相誡約也。〔荀子大略〕—誓不及五帝。
㊃本事曰—。見〔文選班固典引〕—誓所不及已蔡注〕。
㊄謹也。見〔爾雅釋言〕〔注〕所以謹勤約戒衆。
㊅示也。見〔書序釋文〕。
㊆教也。見〔廣雅釋詁〕。
㊇理也。見〔後漢魯恭傳注〕。
㊈六辭之一。〔周禮大祝〕作六辭以通上下親疏遠近三曰—。
㊉五戒之一。〔周禮士師〕以五戒先後刑罰。二曰—。用之於會同。
(十一)書典謨以外八篇亦總稱—。〔書序〕雅—奧義〔疏〕三王之書惟無典謨以外訓—誓命歌貢征範。類猶有八。獨言—者文從省約—兼焉以此八事皆有言以—示。故總謂之—。
(十二)—命帝政時代用以封贈者。〔正字通〕古者上下有—秦廢古制稱制詔。漢武元狩六年初作—。然不以命官宋始以—命庶官凡追贈大臣貶謫有罪贈封其祖父妻室不宣於庭者皆用之通謂之制。名雖曰制卽—之類也。明命官用敕不用制—三載考績則用—以褒美會典洪武十七年奏定有封爵者給—如一品之制二十六年定一品至六品皆授以—命—用制—之寶〔按淸因之惟皆有撰定文字其式稍別〕。

【誥】　姑沃切音梏沃韻

㊀結—鳥名〔方言〕布穀自關而東、梁楚之間謂之結—。
㊁告或字〔集韻〕告告也。易初筮告。或从言。

【⿰言希】許豈切音豨許几切音唏紙韻許訖切音迄物韻——。語也。見〔廣雅釋訓〕。

【⿰言希】許訖切音迄物韻
(一)語瞔聲。見〔廣韻〕。
(二)語難皃。見〔集韻〕。

【⿰言希】虛器切音齂寘韻 語聲。見〔集韻〕。

【⿰言希】許既切音欷未韻 語氣。見〔集韻〕。

【⿰言希】許斤切音欣文韻 大言也。見〔集韻〕。

【⿰言圼】乃結切音涅屑韻 〔按康熙字典以此音義闌入九畫⿰言涅下。而七畫不錄。—誤。今正〕
(一)怒也。見〔廣雅釋詁〕。
(二)訶也。見〔集韻〕。

【⿰言赤】馨激切音鬩錫韻
(一)私訟。見〔廣韻〕。
(二)恨也。內侮也。見〔玉篇〕。
(三)鬩或字。〔集韻〕鬩。很訟也。或作—。

【誧】奔謨切音逋虞韻 大也。一曰相助也。讀若逋。見〔說文〕〔注〕爾雅。逋、大也。近此。

【誧】滂模切音補虞韻 大也。諫也。見〔廣雅釋詁〕。

【誧】頗五切音普麌韻
(一)大言也。見〔玉篇〕。
(二)人相助也。見〔集韻〕。
(三)人名。〔吳志妃嬪傳〕漢議郎王—。

【誧】奔謨切音逋虞韻頗五切音普麌韻普故切音怖遇韻 諆也。見〔廣雅釋詁〕。

【誦】似用切音頌宋韻
(一)諷也。見〔說文〕〔注〕臨文爲—。—、從也。以口從其文也。
(二)言也。〔孟子公孫丑〕爲王—之。
(三)論也。〔楚辭惜誦〕惜—以致愍兮。
(四)以聲節之曰—。〔周禮大司樂〕興道諷—言語。
(五)口習故也。〔禮記檀弓〕或曰。大功—可也。〔注〕許其口習故也。
(六)—說舊事。〔韓非難言〕時稱詩書。道法往古。則見以爲—。
(七)通也。見〔莊子大宗師〕聞諸洛—之孫。〔李注〕。
(八)謂歌樂也。〔禮記文王世子〕春—夏弦。
(九)謂箴諫之語也。〔國語周語〕瞍賦矇—。
(十)不歌曰—。〔國語晉語〕惠公入而背內外之賂。輿人—之。〔按正字通云。怨辭也〕。
(十一)謂背文闇—也。見〔詩子衿傳—之歌之疏〕。
(十二)—言。公言也。〔漢書高后傳〕未敢—言誅之。
(十三)光—。猶華篇也。〔文選江淹詩〕幸承光—末。
(十四)—訓。官名。〔周禮地官序官〕—訓。〔注〕能訓說四方所—習及人所作爲久時事。
(十五)鳥名。〔山海經海內西經〕開明南有—鳥。
(十六)通頌。〔素問陰陽類論〕頌得從容之道。〔注〕頌、今爲—也。
(十七)通松。〔淮南齊俗〕今夫王喬赤—子。〔漢書張良傳作松〕。
(十八)通訟。見〔韻會小補〕。

【誩】巨兩切音強養韻渠映切音競敬韻他紺切音僋徒濫切音憺勘韻
(一)競言也。從二言。見〔說文誩部〕。〔注〕會意。
(二)人名。與—崇—。見〔宋史宗室表〕。

【說】輸爇切音蛻屑韻
(一)—釋也。一曰談說。見〔說文〕。〔段注〕—釋、即悅懌。—、悅、釋、懌皆古今字。—釋者開解之意。故爲喜悅。〔按此字鍇本惟失雪切。鉉本音失爇切。又弋雪切。段但音弋雪切。謂一曰談說四字爲後人所增。乃別音爲失爇切。今讀依集韻。並著其異於此〕。
(二)述也。宣述人意也。見〔釋名釋言語〕。
(三)猶分別解—也。〔文選張衡賦〕願聞所以辨之之—。
(四)言經爲—。〔荀子正名〕—合於心。
(五)猶今之疏也。見〔後漢孔奮傳注〕。
(六)—、謂論說。見〔禮記少儀游於—疏〕。
(七)自解—也。〔左昭九年傳〕佐下軍以—焉。
(八)告也。見〔廣韻〕。
(九)謂所—之義也。〔漢書鼂錯傳〕不問書—也。
(十)—者謂諸子雜記也。〔史記伯夷

列傳〕而—者曰。
⑪約誓之言〔詩擊鼓〕與子成—。〔集傳〕成—謂成其約誓之言。〔按傳云數也疏云當與子危難相救成其軍伍之數勿得相背使非理死亡也〕
⑫祭名〔周禮大祝〕五曰攻六曰—。〔注〕攻、—則以辭責之董仲舒救日食祝曰奈何以陰侵陽以卑侵尊是之謂—也
⑬小—家九流之一〔漢書藝文志〕小—家者流蓋出於稗官街談巷語道聽塗—者之所造也

【說】欲雪切音閱屑韻〔按郎悅字廣韻云悅經典通用—互詳悅注〕
①喜也〔國語吳語〕諸侯心—。
②所喜也〔周禮掌交〕達萬民之—。
③敬也〔國策秦策〕敝邑之王所—甚者
④服也〔詩草蟲〕我心則—。
⑤樂也〔國語晉語〕平公—新聲。
⑥媚也〔國語楚語〕又能上下—乎鬼神。
⑦易也〔淮南要略〕以爲其禮煩擾而不—。
⑧猶敎也見〔莊子天下〕上—下敎〔釋文〕
⑨—者情之導也見〔家語入官〕。
⑩人名〔書序〕高宗夢得—。
⑪姓也傳—之後見〔廣韻〕

【說】輸芮切音稅霽韻
①誘也見〔集韻〕
②舍也〔詩甘棠〕召伯所—。〔釋文〕—本或作稅又作脫同
③去聲上也〔易蒙〕用—桎梏〔疏〕又利用—去罪人桎梏〔釋文〕—吐活反徐又音稅〔按韻會舉要以爲同挩〕
④赦也〔詩瞻卬〕彼宜有罪女覆—之〔釋文〕—音稅一音他活反。

【說】儒稅切音汭霽韻
悅也周禮注遊觀施惠以爲—也。聶氏定作此音見〔集韻〕。

【詄】失冉切音閃琰韻
誘言見〔集韻〕。

【誜】同都切音徒虞韻
詢—言不了見〔集韻〕。

【⿰言求】渠尤切音求尤韻又切音疚宥韻
止也見〔集韻〕〔按同救說文支部救止也〕

【⿰言求】居又切音疚宥韻
禁也助也見〔文字音義〕。

【⿰言作】助駕切音乍禡韻疾各切音昨藥韻
慙語也見〔說文〕〔段注〕與心部怍音同義近論語其言之不怍當作此字。

【⿰言禿】他谷切音禿屋韻
詆—狡猾也一曰相欺詆見〔集韻〕

【⿰言㐌】土和切音詑歌韻
僻誕也見〔集韻〕。

【⿰言足】七玉切音促沃韻
言急促見〔字彙〕。

【⿰言何】寒歌切音何歌韻
—。眾聲見〔集韻〕。

【誨】呼內切音晦隊韻
曉敎也見〔說文〕〔注〕丁寧—之。若決晦昧也〔按段注訓以柔克—以剛克周書無逸胥訓告胥敎—是也〕

【⿰言考】于戈切歌韻
拒膺也見〔集韻〕

【⿰言呆】抽知切音摛支韻
誎或字〔集韻〕方言沅澧之間凡相問而不知答曰誎或作—。

【⿰言作】側下切音鮓仕下切音槎馬韻
—誶言戾見〔集韻〕

【⿰言辰】支信切音震震韻
動也〔列子黃帝〕罪乎不—不止。〔注〕罪、或作萌向秀曰萌然不動亦不自止。

【⿰言因】何乞切音滑黠韻
頑也見〔字彙補〕

【⿰言告】居效切音較效韻
古敎字〔集韻〕敎上所施下所效也古作—

【⿰言孝】虛交切音虓肴韻
詨或字〔集韻〕吳人謂叫呼爲詨或作—

【⿰言否】呼怪切卦韻
譔也見〔字彙補〕

【詚】奴結切屑韻〔按字从工。誤。當从土〕—呵也。見〔餘文〕。

【誺】丑知切音痴支韻　不知也。見〔篇海類編〕。〔按集韻作誺〕

【䛡】話本字。見〔說文〕。

【譱】譱篆文。見〔說文〕。

【誚】古譙字。〔說文〕—。古文譙。从肖。周書曰。亦未敢—公。

【𧦮】古訟字。見〔說文〕。

【𧫷】古讋字。見〔說文〕。

【𧮳】訥籀文。見〔字彙補〕。

【𧨍】同誣。〔呂覽知接〕無由接而言見—。〔注〕—讀誣妄之誣。儘不詳審也。〔案段注說文誣下引作誣。云讀誣爲誣者。正如亡無通用。荒憮通用。据此則—當爲誣之形譌。〕

【𧧅】同誂。見〔篇海類編〕。

【𧩮】同談。見〔龍龕手鑑〕。

【䛽】同設。見〔龍龕手鑑〕。

【諠】譖或字。見〔集韻〕。

【詥】諕或字。見〔集韻〕。

【𧦝】詳或字。見〔集韻〕。

【𧨾】謑省字。見〔類篇〕。

【䛊】識俗字。見〔說文〕。

【𧦧】謍俗字。見〔正字通〕。

【謎】謎譌字。見〔字彙補〕。

八畫

【䛪】去仲切音焪送韻　㊀多言。見〔集韻〕。㊁詢問也。見〔廣韻〕。

【誰】視隹切音誰支韻　㊀何也。見〔說文〕。〔注〕賈誼過秦曰。陳利兵而—何。苛細也。謂細詰問之。〔按段本作—何也三字句。又云。李善引有譙責問之也五字。蓋注家語〕㊁別人之意也。〔莊子天運〕不至乎孩而始—。㊂推也。有推擇。言不能一也。見〔釋名釋言語〕。㊃謂未有主也。見〔後漢光武紀注〕。㊄發語辭。〔爾雅釋訓〕—、昔昔也。㊅大—。官名。〔漢書五行志〕故公車大—卒。〔注〕師古曰。大—者。主問非常之人。云姓名是—也。㊆亦作譙。〔史記衛綰傳〕不譙呵綰。〔索隱〕譙呵音—何。猶借訪也。㊇姓也。〔萬姓統譜〕—龍。明正德間九江府照磨。

【課】苦臥切音敤箇韻　㊀試也。見〔說文〕〔注〕漢書云考—、是也。㊁第也。見〔廣雅釋言〕。〔按文選北山移文常綢繆於結—。注。今考第爲—也〕㊂程也。〔宋書沈約自序〕時營創城府。功—嚴促。㊃計也。見〔增韻〕。㊄議也。見〔玉篇〕。㊅賦之一種。〔舊唐書職官志〕凡賦人之制有四。一曰租。二曰調。三曰役。四曰—。〔按淸制。—爲雜賦之一種。如漁—。蘆—。礦—。茶—等。外有鹽—。須經督撫兼鹽政者奏銷。不入雜賦〕㊆卜兆也。俗云占—、起—。其術有六壬—、文王—等稱。㊇猶科也。曹也。官事分科分曹亦云某—。㊈—陽。縣名。〔隋書地理志〕南陽郡—陽。〔注〕舊曰涅陽。開皇初改焉。有—水。涅水。㊉—馬。牝馬也。〔孔平仲談苑〕俗呼牝馬曰—馬。出唐六典。凡牝四遊而—。謂四歲—一駒也。

【課】苦禾切音科歌韻　㊀—差。見〔廣韻〕。㊁卒也。見〔集韻〕。

【誳】曲勿切音屈物韻　㊀詘或字。見〔說文〕。〔按說文、詘詰屈也〕㊁—詭。非常詭異也。〔文選左思賦〕—詭之殊事。㊂同屈。〔淮南氾論〕—寸而伸尺。

【誳】渠勿切音掘物韻　倔或字。〔集韻〕倔。倔強梗戾也。或从言。

【謟】大牢切音陶豪韻　㊀往來言也。一曰小兒未能正言也。

一曰祝也。見〔說文〕。
(二)誽—。言不節也。見〔玉篇〕。
(三)—詅。語不了。見〔集韻〕。
(四)人名。卑—。必—。見〔宋史宗室表〕。

【誶】雖遂切音祟 寘韻 昨律切音崒 質韻
讓也。國語曰。—申胥。見〔說文〕。〔通訓定聲〕詩墓門。歌以訊之。訊予不顧。正月。莫肯用訊。皆以訊爲誶之訛。—形近。亦雙聲字。

【誶】蘇對切音碎 隊韻 秦醉切音萃 寘韻
告也。〔爾雅釋詁釋文〕—。沈音粹。郭音碎。告也。本作訊。音信。

【誶】雖遂切音隧 寘韻 思敬切音信 須閏切音峻 震韻
問也。〔莊子徐无鬼〕察士無凌—之事則不樂。

【誶】雖遂切音祟 寘韻 思敬切音信 震韻
諫也。〔離騷〕謇朝—而夕替。

【誶】蘇對切音碎 隊韻
(一)訥澁辯給之貌。〔列子力命〕凌—。
(二)猶罵也。〔漢書賈誼傳〕母取箕箒。立而—語。

【誶】秦醉切音萃 寘韻
言也。見〔玉篇〕。

【誶】雖遂切音祟 寘韻
通譢。〔集韻〕譢。告也。問也。通作—。

【誶】蘇對切音碎 隊韻 昨律切音崒 質韻
凌—。誚責也。謂好凌辱責罵人也。〔列子力命〕譢㥄凌—。

【誷】文兩切音罔 養韻
(一)誣也。〔晉書郤詵傳〕朋黨則誣—。誣—則臧否失實。
(二)同罔。罔罔。無知貌。〔禮記少儀〕衣服在躬而不知其名爲罔。〔釋文〕罔。又作—。
(三)亦作室。見〔廣韻〕。〔按集韻養韻云。室、或作誷〕。

【⿰言幸】下孟切音行 亨孟切音悖 敬韻
(一)言也。見〔廣雅釋詁〕。
(二)—直也。見〔字彙〕。

【⿰言幸】虎梗切 梗韻 亨孟切音悖 敬韻
瞋語。見〔集韻〕。

【⿰言幸】下耿切音幸 梗韻
言很也。見〔集韻〕。

【誹】匪微切音非 微韻 妃尾切音斐 府尾切音匪 尾韻
(一)謗也。見〔說文〕。〔段注〕—之言非也。言非其實。
(二)亦作非。〔漢書鼂錯傳〕非謗不治。〔注〕非讀曰—。

【誺】抽知切音螭 支韻 丑吏切音眙 寘韻
(一)沅澧之間。凡相問而不知答曰—。見〔方言〕。
(二)以言相誣曰—。〔梵書〕掉弄花脣。取次讒—。
(三)白—。谷應聲也。〔梵書〕空谷傳聲曰赤讒白—。

【誺】洛代切音徠 隊韻
誤也。見〔廣雅釋詁〕。

【誥】巨九切音臼 有韻
(一)毀也。見〔廣韻〕。〔按集韻以—爲倃或字〕。
(二)人名。〔宋史宗室表〕武經郎不—。

【誻】達合切音沓 合韻
(一)譅—也。見〔說文〕。〔按玉篇云。譅—語相反。又云妄語也〕。
(二)言相惡也。見〔洪武正韻〕。
(三)——。多言也。〔荀子正名〕愚者之言。——然而沸。
(四)同沓。〔詩十月之交〕噂沓背憎。〔按韻會舉要云。—、本作沓。從水曰。聲語多沓沓若水之流〕。
(五)亦作嗒。〔邢子才表〕豈須噂嗒之口。

【誻】託合切音鎝 合韻
譅或字。〔集韻〕譅語相反也。或从沓。

【⿰言居】居御切音據 御韻
(一)言有則也。見〔集韻〕。
(二)人名。與—。崇—。見〔宋史宗室表〕。

【誾】魚巾切音銀 眞韻 魚斤切音沂 文韻
(一)和說而諍也。見〔說文〕。
(二)——。中正貌也。見〔論語鄉黨〕——如也集解引孔注。〔又〕忠正也。見〔後漢張酺傳注〕。〔又〕敬也。見〔廣雅釋訓〕。
(三)姓也。〔廣韻〕何氏姓苑云。今廣平人。
(四)同訔。〔廣雅釋訓〕訔訔。語也。〔按一切經音義云。—、古文訔同〕。

㊈亦作訢。〔漢書萬石君傳〕僮僕訢訢如也。〔注〕訢讀與—同。謹敬之貌也。

【調】田聊切音迢蕭韻

㊀龢也。見〔說文〕。〔段注〕龢、各本作和。今正。

㊁和適也。〔淮南說林〕不同味而皆—于口。

㊂擾服也。〔史記秦本紀〕佐舜—馴鳥獸。鳥獸多馴服。

㊃合得客周謂之—。見〔賈子道術〕。

㊄謂弓強弱與矢輕重相得。見〔詩車攻〕弓矢既—〔箋〕。

㊅—者治其器物習其事之言。〔禮記月令〕—竽笙篪簧。

㊆欺也。見〔廣雅釋詁〕。

㊇啁也。見〔廣雅釋言〕。〔按本書釋詁云。啁、—也。王念孫曰。啁爲—戲之。〕世說有排—篇。言嘲戲也。又—戲字。一切經音義讀徒弔反。〕

㊈譏也。見〔廣雅釋言〕。

㊉——動搖貌也。〔莊子齊物論〕而獨不見之——之刁刁乎。

(十一)—和。和不爭競也。〔荀子臣道〕—和樂也。

(十二)—護。營護也。〔史記留侯世家〕煩公幸卒—護太子。

(十三)—悅者情之道也。見〔大戴記子張問入官〕。

(十四)—人。官名。〔周禮調人〕掌萬民之難而諧和之。〔又〕姓也。〔廣韻〕周禮有—人。其後氏焉。

(十五)平均也。〔漢書食貨志〕以—盈虛。

【調】張流切音輈尤韻

朝也。〔詩汝墳〕惄如—飢。〔按釋文云。又作輖。〕

【調】徒弔切音掉嘯韻

㊀徵也。〔後漢左雄傳〕特選橫—。

㊁選也。〔漢書袁盎傳〕—爲隴西都尉。

㊂謂算度之也。〔漢書鼂錯傳〕—立城邑。〔按後漢魯恭傳。大司農—度不足。義亦如此。今通言—查。〕

㊃謂計發之也。〔漢書鼂錯傳〕上方與錯—兵食。

㊄賦也。見〔廣雅釋詁〕。

㊅辦具之也。〔漢書趙廣漢傳〕豫爲—棺給斂葬具。

㊆發也。〔後漢吳漢傳〕勅諸郡不肯應—。

㊇賦也。晉武帝平吳之後。制戶—之式。丁男之賦。歲輸絹三匹。綿三斤。女及次丁男爲戶者半輸。南北朝率用其法。而各有增損。至唐武德初。制爲租庸—法。其—絹絁布並隨鄉土所出。絹絁各二丈。布則二丈五尺。後浸敝壞。建中後。乃以兩稅法承之。

㊈猶運也。謂聲音之和也。〔文選謝靈運詩〕異代可同—。

㊉猶辭也。〔文選顏延之詩〕義心多苦—。

【諢】戶衮切音混阮韻

㊀謀也。見〔集韻〕。

㊁語不明謂之—。見〔正字通〕。

【諀】普弭切音仳紙韻

㊀訾也。見〔廣雅釋詁〕。〔疏証〕毀與訾通。〔按玉篇云訾也。〕

㊁難可謂—訿。見〔一切經音義引通俗文〕。

㊂亦作呲。〔莊子列禦寇〕呲其所不爲。〔注〕呲、訾也。

【諀】賓彌切音卑支韻

—訾。好毀譽也。見〔集韻〕。

【諂】丑琰切音諂琰韻

㊀讇或字。〔說文〕讇。諛也。—讇或从臽。〔按經典多作—〕

㊁猶佞也。〔公羊隱四年傳〕公子翬—于隱公。

㊂媚也。〔左襄三年傳〕稱其讐不爲—。

㊃—之言陷也。〔荀子脩身〕以不善先人者謂之—。

㊄希意道言謂之—。見〔莊子漁父〕。

㊅從命而不利君謂之—。見〔荀子臣道〕。

㊆非分橫求曰—也。見〔論語學而〕貧而無—。〔皇疏〕〔按朱注云。卑屈也。〕

㊇—笑。強笑也。〔孟子滕文公〕脅肩—笑。

【𧩼】彌延切音綿先韻

㊀人名。希—與—。見〔宋史宗室表〕。

㊁謾或字。〔集韻〕謾。慧黠也。一曰欺也。或作—。

【諄】朱倫切音惇眞韻

㊀本作𧬈。〔說文〕𧬈。告曉之孰也。讀若庉。

㊁至也。見〔廣韻〕。

㊂佐也。〔國語晉語〕以—趙鞅之故。

〔按汪遠孫國語攷異引述聞云。—當爲諒。大雅大明篇。涼彼武王。釋文。涼本作諒。佐也。是韋注所本也。存攷。〕

(四)——告之丁寧。〔史記司馬相如傳〕不必——。

(五)—芒。姓名也。或云霧氣也。見〔莊子—芒將東之大壑。釋文〕〔按朱駿聲以爲悉之假借〕

(六)亦作啍。〔莊子胠篋〕釋夫恬淡無爲。而悅夫啍啍之意。〔注〕啍啍。以已誨人也。〔釋文〕郭音惇。

(七)亦作忳。〔詩抑〕誨爾——。〔禮記中庸〕注作忳忳。按忳又作純。故集韻云。—或作純。

(八)通肫。〔禮記中庸〕肫肫其仁。〔韻會舉要云〕—通作肫。

【諄】朱閏切音稕震韻

(一)告之丁寧。見〔廣韻〕。

(二)——。重頓之貌也。〔漢書五行志〕且年未盈五十。而——焉如八九十者。〔又〕忠謹之貌也。〔後漢卓茂傳〕勞心——。

(三)罪也。見〔方言〕。〔注〕謂罪惡也。

(四)亦作訰。〔爾雅釋訓〕訰訰。亂也。〔疏〕孫炎曰。大雅抑篇。誨爾——。皆是闇亂也。訰、—音義同。〔按詩抑誨爾——。釋文云。—字又作訰。之純反。又之閏反。說文、埤倉、並云。告曉之熟。据此則兩解俱得通用也。〕

【諄】主伊切音準軫韻朱閏切音稕震韻

(一)—憎。疾惡也。〔方言〕—憎。所疾也。宋、凡相惡謂之—憎。若秦晉言可惡矣。

(二)同啍。誕也。〔荀子哀公〕無取口啍。〔注〕啍、與—同。

【諃】癡林切音琛侵韻

(一)善言。見〔集韻〕。

(二)人名。師—與—。見〔宋史宗室表〕。

【⿰言奄】於贍切音懨豔韻

(一)相阿與也。〔方言〕—、誣、與也。吳越曰誣。荊齊曰—與。猶秦晉言阿與。

(二)謗也。見〔集韻〕。

(三)匿也。言輕也。見〔玉篇〕。

(四)同婘。挐也。〔方言〕挐。揚州會稽之語也。或謂之—。〔箋疏〕說文。婘、誣挐也。與—同。

【⿰言奄】衣廉切音淹鹽韻

—消。克當也。一曰挐也。見〔集韻〕。

【談】徒甘切音惔覃韻

(一)語也。見〔說文〕。〔注〕—者、和懌而悅言之。〔按段注。—者淡也。平淡之語。少異。存參。〕

(二)戲調也。見〔玉篇〕。

(三)言論也。見〔廣韻〕。

(四)淸—。玄虛之言也。〔晉書王衍傳〕衍初好論從橫之術。故尙書盧欽舉爲遼東太守。不就。於是口不論世事。唯雅詠玄虛而已。後出補元城令。終日淸—。而縣務亦理。

(五)圍棋謂之手—。〔續博物志〕王中郞以圍棊爲坐隱。或謂之手—。

(六)州名。唐置。羈縻。屬嶺南道。今闕。當在廣西省境。〔又〕縣名。南齊置。屬始康郡。當今四川成都縣境。

(七)同譚。說也。〔莊子則陽〕夫子何不譚我于王。〔釋文〕譚、本亦作—。

(八)姓也。〔蜀錄〕漢有征東將軍—巴。

【諈】主橤切音捶紙韻竹恚切音錘女恚切音錗之瑞切音惴寘韻

本作諈。〔說文〕諈諉。累也。〔注〕謂不能自決而以屬累於人也。〔按孫炎注爾雅釋言云。楚人曰—。齊人曰諉。郭璞注云。以事相屬累爲—諉。〕〔又〕鈍滯也。〔列子力命〕眠娗、諈諉、勇敢、怯疑。四人相與游於世。〔又〕煩重皃。見〔集韻〕。

【諈】竹恚切音錘寘韻

(一)託也。見〔玉篇〕。

(二)姓也。見〔集韻〕。

【諉】邕危切音逶支韻弋睡切音瓗而睡切音枘寘韻

(一)累也。見〔說文〕。〔注〕按漢胡建擅誅監軍從史云。執事不—上。是也。

(二)託也。〔漢書賈誼傳注引蔡謨〕〔互詳諈字。〕按正韻箋云。—、猶委也。言尙可他委。後人因借爲推——、謝字用。

(三)諈—。詳諈字。

(四)亦作委。〔廣雅釋言〕委。累也。

【請】此靜切音睛梗韻疾正切音淨敬韻

謁也。見〔說文〕。〔注〕梁陳前官有奉朝—。謂徙奉朝謁也。〔按段注。周禮春朝秋覲。漢改爲春朝秋—。韻會云。朝—。漢官名。張禹首爲之。〕

【請】此靜切音睛梗韻

(一)求也。〔禮記王制〕墓地不—。

(二)乞也。見〔廣雅釋言〕。

(三)祈也。扣也。見〔增韻〕。

(四)告也。〔儀禮鄉射〕乃—。

(五)問也。〔國語吳語〕乃令董褐—其事。

(六)召也。〔漢書孝宣許皇后傳〕迺置酒—之。

(七)奏—也。〔漢書王溫舒傳〕舞文巧—下戶之猾、以動大豪。

(八)絕也。〔孟子公孫丑〕—勿復敢見矣。

(九)—生。言好生也。〔山海經海內南經〕夏后啓之臣曰孟涂。是司神于巴。巴是—生。

【請】疾正切音淨敬韻

延—也。見〔廣韻〕。

【請】慈盈切音情庚韻

(一)受也。見〔說文韻譜〕。〔按王注說文云。即今俗語之睛受也。〕

(二)受言也。〔周禮條狼氏注〕大夫受命以出。餘事莫不復—。〔釋文〕、劉音情。

(三)通情。〔史記禮書〕情文俱盡。〔集解〕徐廣曰。古情字或假借作—。諸子中多有此比。

【請】親盈切音清庚韻

—室。—罪室也。〔漢書賈誼傳〕盤水加劍。造—室而—辠耳。〔注〕蘇林曰。音絜清。胡公漢官車駕出有—室令在前先驅。此官有別獄也。〔按韻會列入梗韻〕。

【諍】側迸切爭去聲敬韻

(一)止也。見〔說文〕。〔注〕孝經曰。君有—臣。不失其天下。謂能止其失也。

(二)諫也。見〔廣雅釋詁〕。

(三)用則可生、不用則死。謂之—。見〔說苑臣術〕。

(四)通爭。〔孝經〕昔者天子有爭臣七人。〔白虎通引作—〕。

【諍】甾莖切音箏庚韻

(一)訟也。見〔一切經音義引蒼頡篇〕。

(二)謂彼此競引物也。見〔一切經音義引說文〕。〔按莊炘云。說文—止也。爭、引也。此引不知所本〕。

【諔】居宜切音羈支韻

(一)語相戲。見〔集韻〕。

(二)人名。希—。汝—。見〔宋史宗室表〕。

【諔】區里切音起紙韻

妄語。見〔字彙〕。

【諏】遵須切音陬虞韻將侯切音緅房尤切音浮尤韻

(一)聚謀也。見〔說文〕。〔段注〕釋詁。—、謀也。許於取聲別之曰聚謀。

(二)咨事爲—。見〔左襄四年傳〕。〔按魯語作咨才。韋注云。才、當爲事。然則一也。〕

(三)星名。〔禮記月令注〕孟春者。日月會于—訾。而斗建寅之辰也。〔釋文〕本又作娵。

(四)亦作謏。〔太玄事〕首事在樞。不咨不謏。〔注〕謏、與—同。

(五)亦作詛。〔儀禮特牲饋食〕不—日。〔注〕今文—皆爲詛。

(六)亦作謷。見〔說文長箋〕。

【諑】竹角切音涿覺韻

(一)愬也。楚以南謂之—。見〔方言〕。

(二)猶譖也。〔離騷〕謠—謂余以善淫。

(三)訴也。見〔廣雅釋言〕。

(四)毀也。〔楚辭逢尤〕被—譖兮虛獲尤。

(五)責也。見〔廣雅釋詁〕。

(六)通椓。〔左哀十七年傳〕太子又使椓之。〔釋文〕訴也。

【諒】力讓切音亮漾韻

(一)信也。見〔說文〕。〔段注〕方言。眾信曰—。周南召南衛之語也。

(二)小信也。見〔論語憲問集注〕。

(三)—則不擇是非而必於信。見〔論語衛靈公集注〕。

(四)知也。見〔方言〕。〔箋疏〕知讀智。

(五)誠也。見〔詩何人斯集傳〕。

(六)照察也。見〔增韻〕。

(七)相也。見〔廣韻〕。

(八)州名。唐置。羈縻屬嶺南道。當今安南交州府地。

(九)通涼。〔詩大明〕涼彼武王。〔釋文〕本亦作—。

(十)通亮。〔詩大明疏〕釋詁云。亮、介、尙、右也。左、右、亮也。轉以爲訓。是亮爲佐也。—、亮義同。

(十一)通倞。〔禮記郊特牲〕祊之爲言倞也。〔注〕倞猶索也。倞或爲—。

(十二)姓也。後漢—輔。

【諒】呂張切音良陽韻

(一)—闇。卽梁闇也。〔禮記喪服四制〕高宗—闇。〔注〕—、古作梁。楣謂之梁。闇、讀廬也。廬有梁者。所謂柱楣也。〔按—闇多訓信默。王鳴盛尙書後箴辨之云。論語子張引書高宗—陰云云。何晏集解采孔安國注云。—信也。陰、猶默也。然下云不言。足知上言信默。語意複疊。孔說非是。當從鄭說爲正。〕

㊁通良。〔禮記樂記〕易直子—之心生。〔按韓詩外傳子—作慈良。〕

㊂亮或字。〔集韻〕亮信也。或作—。

【諓】在演切音踐銑韻

㊀善言也。一曰譴也。見〔說文〕。〔段注〕此善言爲善爲言辭者。不同語下之善言也。

㊁—者賤也。見〔鹽鐵論國病〕。〔又〕小善也。〔漢書李尋傳〕昔秦穆公說——之言。〔又〕諂言也。〔後漢樊準傳〕習——之辭。

【諓】子淺切音譾銑韻

㊀善也。見〔廣雅釋訓〕。

㊁—讒言貌也。〔楚辭愍命〕讒人——孰可愬兮。〔又〕竊言也。〔楚辭憫上〕——兮嗌喔。〔又〕巧辯之言。〔國語越語〕又安知是——者乎。

㊂亦作譾。〔莊子在宥〕佞人之心譾譾者。〔釋文〕譾譾、善辨也。一曰佞貌。〔桂注說文以爲—之借字。〕

【諓】將先切音箋先韻子淺切音譾在演切音淺銑韻

——。淺薄貌又巧言也。〔公羊文十二年傳〕惟——善竫言。〔釋文〕——、淺薄貌也。賈逵注外傳云。巧言也。〔按書秦誓作截截。〕〔又〕文詞工巧也。〔唐書鄭覃傳〕若陳後主隋煬帝。特能詩之章解。而不知王術。故卒歸於亂。章什——。願陛下不取也。

【諓】此演切音淺銑韻

言淺也。見〔集韻〕。

【諓】以淺切音演銑韻

——。善言見〔集韻〕。

【諓】才線切音賤霰韻

巧讒謂之—。見〔集韻〕。

【諕】乎刀切音豪豪韻

㊀號也。見〔說文〕。〔段注〕此與號部號、音義皆同。凡嘷號之聲。虎爲最猛。故皆從虎、會意。

㊁人名。〔宋史宗室表〕贈朝散大夫士—。

㊂亦作呼。〔漢書東方朔傳〕舍人不勝痛呼謈。〔按桂注說文謂呼卽—字。〕

【諕】虛訝切音罅禡韻

誆也。見〔集韻〕。〔按訛習諸字云。—原與嚇同音罅。今俗—嚇誤虎音。〕

【諕】霍虢切音砉陌韻

謋或字。〔集韻〕謋、謋然速也。或作—。

【論】盧昆切音崙元韻龍春切音倫眞韻盧困切音論願韻〔按集韻眞韻、訓言有理也。元願二韻、訓同說文。攷說文二徐本、俱惟載盧昆切。段玉裁云。皇侃依俗分去聲平聲。異其解。不知古無異義。亦無平去之別也。今錯觀諸注家。雖或異讀。義究無殊。是段說誠通。故併列集韻各音於此。〕

㊀議也。見〔說文〕。〔王注〕御覽引作難也。

㊁評也。見〔論語憲問皇疏〕。

㊂辨說也。〔荀子解蔽〕由辭謂之道。盡—矣。

㊃思也。〔詩靈臺〕於—鼓鐘。〔按段注說文曰。—从侖會意。亼部曰。侖、思也。詩於—。正侖之假借。〕

㊄倫也。有倫理也。見〔釋名釋典藝〕。

㊅發言爲—。〔荀子解蔽〕以正志行察—。則萬物官矣。

㊆謂先聖格言。〔荀子正名〕章之以—。

㊇選擇也。〔荀子王霸〕—一相。

㊈敍也。〔淮南脩務〕惟聖人—之。

㊉明也。〔呂覽適音〕以—其教。

(十一)道也。見〔初學記引廣雅〕。

(十二)猶別也。〔呂覽振亂〕不可以不熟察此—也。〔按周禮大司樂疏云。—者語中之別。〕

(十三)謀慮也。〔考工記序〕或坐而—道。〔注〕謂謀慮治國之政令也。

(十四)告也。陳也。〔史記張儀傳〕臣請—其故。

(十五)說也。〔文選張衡賦〕不可勝—。

(十六)猶—量也。〔呂覽論人〕此賢主之所以—人也。

(十七)知也。〔淮南說山〕以近—遠。

(十八)綸也。輪也。理也。次也。撰也。見〔論語序名曰—語釋文〕。〔按邢昺疏云。以此書可以經綸世務。故曰綸也。圓轉無窮。故曰輪也。蘊含萬理。故曰理也。篇章有序。故曰次也。羣賢集決。故曰撰也。〕

(十九)謂考其德行道藝。〔禮記王制〕凡官民材必先一之。

(二十)謂一說賞罰也〔荀子王制〕王者之一。

(廿一)一以評議臧否以當爲宗。〔文選陸機賦〕一精微而朗暢。

(廿二)文體之一。〔文心雕龍論說〕述經敍理曰一一也者彌綸羣言而研精一理者也。

(廿三)決罪曰一。〔後漢書昝不傳〕坐事下獄司寇一。

(廿四)經一謂、撰書禮樂施政事。〔易屯〕君子以經一〔按釋文又引黃穎云經一匡濟也〕。

(廿五)一語四子書之一〔漢書藝文志〕一語者孔子應答弟子時人及弟子相與言而接聞於夫子之語也。當時弟子各有所記夫子既卒門人相與輯而一纂故謂之一語。

(廿六)國一女眞語言貴也〔金史百官志〕其官長皆稱曰勃極烈。次曰國一忽魯勃極烈。國一言貴忽魯、猶總帥也〔按滿語云固倫〕

(廿七)一川州名〔唐書地理志〕劍南道一川州開元後置〔今四川境〕

(廿八)一理學卽名學詳名字。

(廿九)通綸〔禮記中庸〕爲能經綸天下之大經〔釋文〕一、本又作綸。

(三十)同掄〔國語齊語〕一比協材。〔注〕一擇也。〔按說文手部。掄、擇也。此其段借〕

(卅一)同倫〔荀子性惡〕少言則徑而省。一而法。〔注〕一、或爲倫。

(卅二)姓也。一弓仁。本吐蕃族。〔又〕三字姓。金有烏古一曰商。

【諘】彼小切音表篠韻

㊀讚也。見〔集韻〕。

㊁人名。〔宋史宗室表〕敦武郎士一。

【䛄】委遠切音宛阮韻

㊀慰也。見〔集韻〕。〔按廣韻字作䛄〕。訓同。

【諗】式荏切音審寢韻

㊀從也。見〔集韻〕。

㊀深諫也。春秋傳曰。辛伯一周桓公。〔段注〕一深疊韻。深諫者。言人之所不能言也。

㊁告也。〔國語晉語〕使果敢者一之。

㊂潛藏也。〔家語禮運〕故龍以爲畜。而魚鮪不一。

㊃謀也。見〔廣韻〕。

【諗】式荏切音審寢韻式禁切音廞沁韻

念也。〔詩四牡〕將母來一。〔按段注說文、以一爲念之同音段借〕

【諗】諾叶切音捻葉韻

諗或字。〔集韻〕諗。聲止也。或从言。

【䛩】於五切音塢麌韻

相毀也。一曰畏一。見〔說文〕。〔注〕猶惡。音汚。相毀惡也。

【䛩】丘駕切音髂禡韻

一訝。言不正。見〔集韻〕。

【䛩】遏鄂切音惡藥韻

譩省字。〔集韻〕譩。䛩也。或省。

【䛩】烏故切音汚遇韻

惡或字。〔集韻〕惡。恥也。憎也。或作一。

【䛩】乙格切音鯢陌韻

啞或字。〔集韻〕啞。笑也。或从言。

【䛫】中良切音張陽韻

譸一。誑也。通作張。見〔廣韻〕。

【䛫】豬孟切音倀敬韻

倀或字。〔集韻〕倀。倖。疏率。或从言。

【隂】雖遂切音遂寘韻

毀謗也。見〔五音集韻〕。〔按說文。嘌、相毀也。此蓋其省〕。

【䛟】疾葉切音疌葉韻

多言也。又口一。見〔廣韻〕。

【䛳】他典切音腆銑韻

一譅。言不定也。見〔集韻〕。

【誴】徂宗切音琮冬韻

悰或字。〔集韻〕悰。樂也。一曰謀也。或作一。

【誵】何交切音肴肴韻

言不恭謹也。見〔集韻〕。

【諿】土禾切音拖歌韻

退言。見〔字彙〕。

【誸】胡千切音賢胡涓切音玄先韻

急也。〔莊子外物〕謀稽乎一。〔注〕急而後考謀。

【誸】胡千切音賢先韻

堅正也。見〔集韻〕。〔按莊子外物釋文云。向本作弦。云堅正也〕

【誽】女加切音麻拏韻

言相一司也。見〔說文〕。〔注〕楚辭

曰。能喔咿嚅—以事婦人乎。司、伺也。謂以言伺人之意旨也。

【誽】居佳切音掜佳韻　詀—。言不正見〔集韻引埤倉〕。

【諁】株劣切音綴屑韻　多言不止謂之—。見〔集韻〕。

【⿰言忠】徒私切音題〔按徒私切應爲支韻字。然音題又應屬齊韻。疑本誤。但正字通舊字典引此俱如是。別無可攷。故仍之。不列韻目。〕言不懈。見〔字彙〕。〔按正字通云。俗字。或曰謘字之譌。〕

【⿰言制】征例切音制霽韻　語不正。見〔集韻〕。

【諅】居之切音姬支韻　渠記切音忌寘韻　忌也。周書曰。爾尙不—于凶德。見〔說文〕。〔桂注〕忌也者。劉氏新論傷讒篇。—富貴之在其上。通志六書略引作忘也。類篇引作安也。今書多方—作忌。

【諅】渠記切音忌寘韻　志也。見〔廣韻〕。

【諅】居之切音基支韻　謀也。見〔廣韻〕。

【⿰言底】他歷切音逖錫韻　僻也。一曰狡猾。見〔集韻〕。

【諆】丘其切音欺居之切音姬支韻　欺也。見〔說文〕〔注〕謾書也。漢書枚皋有詆—東方朔又有自詆—。〔按今本漢書作詆欺。〕

【諆】丘其切音欺居之切音姬渠之切音其支韻　謀也。〔漢書張衡傳〕、四志竭來從玄—。〔注〕—或作謀。—亦謀也。

【⿱尚言】烏刀切奧平聲豪韻　鴉鳴。見〔字彙〕。

【⿰言卓】竹角切音斲覺韻　人名。〔晉書慕容德載記〕別駕韓—。〔按字彙云姓也晉有諄韓。諄誤。〕

【⿰言事】側吏切音胾寘韻　言入也。見〔集韻〕。

【⿰言匝】渴合切音磕合韻　—謕。笑語。見〔集韻〕。

【訞】於喬切音妖蕭韻　語訞祥。一曰巧言。見〔集韻〕。

【誚】色入切音澀緝韻　多言。見〔字彙〕。

【⿰言典】吐袞切音黗阮韻　—詪。很皃。見〔集韻〕。

【諊】居六切音匊屋韻　鞫或字。〔集韻〕鞫。窮理罪人也。或作—。

【⿰言彔】盧谷切音祿屋韻　龍玉切音錄沃韻　謯—也。見〔廣雅釋言〕。〔按說文。謯、謯娽也。段注云。其義未聞。謯娽當是古語。許當是三字句。然則謯—或亦累言之也。〕

【⿰言彔】龍玉切音錄沃韻　謯也。見〔集韻〕。

【⿰言東】多動切音董董韻　多言也。見〔字彙〕。

【諎】實笮切音齰陟格切音磔陌韻　大聲。見〔說文〕。〔注〕史記褚少孫曰。漢武帝云。—大姊何藏之深也。此義也。

【諎】疾各切音昨藥韻　酬言也。見〔集韻〕。

【諎】千過切音挫箇韻　—磨。見〔廣韻〕。

【諎】側下切音鮓馬韻　誘言。見〔集韻〕。

【諎】子夜切音借禡韻　唶或字。〔集韻〕唶。嗚也。一曰歎聲。或从言。

【⿰言附】符遇切音附遇韻　詂或字。〔集韻〕詂。言有所依也。或从附。

【⿰言罙】時占切音棎鹽韻　言不實。見〔集韻〕。

【諔】昌六切音俶之六切音祝屋韻　—詭。奇異也。〔莊子德充符〕彼且蘄以—詭幻怪之名聞。

【諔】前歷切音寂錫韻　宋或字。〔集韻〕宋。無人聲。或作—。

【⿰言受】承呪切音壽宥韻　口授也。〔唐書盧從史傳〕得其密號—諸軍。〔按正字通云與授通。〕

【謚】神至切音示於賜切音縊寘

韻

謚省字〔集韻〕謚行之迹也。或省。

【諙】尺亮切音唱漾韻

唱或字〔集韻〕唱。導也。或从言。

【𧥢】設職切音飾職韻

識古字〔集韻〕識。常也。一曰知也。亦姓。古作一。〔按六書統云。从𢦏省言。載所以識也。〕

【⿲氵言氵】音未詳

放言也。〔古文奇字〕朱謀㙔曰。从二水。从言。放言也。〔按正字通云。一與㳄作㵌。流作𣻏。竝重複。據此則一當爲䜻字。字彙補云。䜻、同讋。玉篇云。讋、訓古文。然則此卽訓之古文奇字。惟別無顯證。存疑。〕

【諓】音憧冬韻

貪也。見〔篇海〕。

【謯】魚變切音彥霰韻

語鬼也。見〔字彙補〕。

【䛯】呼怪切音䛯卦韻

譟也。見〔字彙補〕。

【諑】音喧元韻

高聲也。見〔海篇〕。

【話】側下切詐上聲馬韻

姓也。漢有一於洛陽令。吳郡人。見〔正韻牋〕。〔按字與諸別。萬姓統譜譌作諸。音查。非是。申敬中云。萬曆間。京師有四川衛官一寵。唱名時。呼諸寵不應。唱畢。獨留。問是何姓。寵對曰。一如詐字上聲。字从工从白。〕

【諛】音未詳

人名。伯一。見〔宋史宗室表〕。

【誣】音無虞韻

欺妄也。又加也。不信也。見〔海篇〕。〔按此音義竝與誣同。蓋誣之譌。〕

【諣】音素遇韻

向也。見〔川篇〕。

【謗】謗本字。見〔說文〕。

【誺】誺本字。見〔說文〕。

【譎】古訊字。見〔說文〕。

【諲】古望字。〔太玄逃〕寇望其戶。〔注〕范本望作一。陳曰。一、古望字。〔按段注說文讙下引范本作讙。云讙爲讙之古文。今攷范訓責也。與說文讙義實合。是字形本應从𦤀。此蓋譌誤。〕

【𧬆】悠𢡤文。見〔說文心部〕。

【詩】同詩。見〔字彙〕。

【誁】同誁。見〔字彙〕。

【誄】同諫。見〔字彙〕。

【諺】同諺。見〔正字通〕。

【誒】同誒。見〔篇海類編〕。

【謂】同謂。見〔龍龕手鑑〕。

【諜】同諜。見〔搜眞玉鏡〕。

【譬】同諏。見〔說文長箋〕。

【謥】同謥。見〔五音篇海〕。

【詣】同訾。見〔篇海類編〕。

【謣】同詢。見〔康熙字典引集韻〕。〔按今本集韻作謣。〕

【諿】疑卽謅字。見〔篇海類編〕。

【譠】諂或字。見〔集韻〕。

【詷】讘省字。〔十六國春秋〕司隸不進一言。

【誼】誼俗字。見〔字彙〕。

【諷】諷俗字。見〔字彙補〕。

【諡】謚譌字。見〔正字通〕。

【諕】詀譌字。見〔字彙補〕。

【譽】譽譌字。〔正字通〕一僭字之譌。舊注古文計字。非。

九畫

【諛】容朱切音俞虞韻俞戍切音裕遇韻

❶ 諂也。見〔說文〕。

❷ 曲從爲一。〔周書芮良夫〕惟以貪一爲事。

❸ 以不善和人者謂之一。見〔荀子脩身〕。

❹ 諂言也。〔漢書韋賢傳〕唯一是信。

❺ 不擇是非而言謂之一。見〔莊子漁父〕。

❻ 悅順貌。〔管子五行〕一然告民有事。

【諴】訖力切音殛職韻

❶ 訥言也。見〔廣韻〕。

❷ 人名。與一汝一。見〔宋史宗室表〕。

【諜】達協切音牒託協切音帖葉韻

❶ 軍中反閒也。見〔說文〕。〔段注〕釋言。閒、俔也。郭云。左傳謂之一。今之細作也。

(二)伺也。〔左桓十二年傳〕使伯嘉—之。
(三)間也。〔左莊二十八年傳〕—告。
(四)候也。〔左哀元年傳〕使女艾—澆。
(五)驛也。見〔廣雅釋詁〕。
(六)安也。〔莊子人間世〕大多政法而不—。
(七)便僻也。〔莊子列禦寇〕形—成光。
(八)記也。見〔文選吳都賦注引說文〕。
(九)譖—也。見〔廣韻〕。
(十)通喋。〔史記張釋之傳〕豈斅此嗇夫—利口捷給哉。〔漢書作喋喋〕

【諜】悉協切音燮葉韻
言相次也。見〔集韻〕。

【諝】寫與切音湑語韻新於切音胥魚韻
(一)知也。見〔說文〕〔注〕周禮注。有才智之稱也。
(二)智也。見〔廣雅釋詁〕。
(三)謀也。〔淮南本經〕設詐—。

【諟】上紙切音是紙韻
(一)理也。見〔說文〕。〔王注〕謂料理之也。
(二)是也。見〔廣雅釋言〕。
(三)猶正也。〔禮記大學〕顧—天之明命。
(四)亦審也。〔方言〕諟、諦—也。
(九)諦也。見〔玉篇〕。

【諟】丁計切音帝霽韻
諦或字。〔集韻〕諦說文審也。或从是。

【諠】許元切音暄元韻
(一)同諼。〔集韻〕諼。說文詐也。爾雅、忘也。亦作—。
(二)通吅。〔集韻〕吅。說文驚嘑也。亦作讙、喧通作—。

【諠】火遠切音咺阮韻
忘也。〔文選班固賦〕猶—已而遺形。

【諢】吾困切音顐願韻
(一)弄言也。〔唐書史思明傳〕思明愛優—。〔今詞曲中有插科打—〕
(二)通顐。〔唐書元結傳〕諸臣顐官怡愉天顏。

【諤】逆各切音鄂藥韻
(一)正直之言也。見〔玉篇〕。
(二)——語也。見〔廣雅釋訓〕。〔又〕正直貌。〔文選韋賢詩〕——黃髮。
(三)通鄂。〔禮記坊記注〕子於父母。尚和順。不用鄂鄂。〔釋文〕—、本作—。
(四)通咢。〔漢書韋賢傳〕咢咢黃髮。〔注〕直言也。

【諥】竹用切音湩宋韻
(一)言相觸也。見〔廣韻〕。
(二)言謹重也。見〔正字通〕。
(三)人名。唐樞密使李周—。

【諧】雄皆切音骸佳韻
(一)詥也。見〔說文〕〔王注〕元應引作合也。雖乖轉注之法。然得假借之理。詥蓋合之分別文也。
(二)和也。〔書堯典〕克—以孝。
(三)合也。見〔玉篇〕。
(四)耦也。見〔廣雅釋詁〕。
(五)調也。〔周禮調人〕掌司萬民之難而—和之。
(六)辦也。〔列子周穆王〕予一人不盈於德而—於樂。
(七)平論定其價也。〔後漢張讓傳〕—價然後得去。
(八)和韻之言也。〔漢書東方朔傳〕即妄為—語曰。
(九)戲謔也。〔漢書東方朔傳〕上以朔口—辯給。
(十一)齊—古書名。〔莊子逍遙遊〕齊—者。志怪者也。
(十二)陰—鳥名。〔廣雅釋鳥〕鴆鳥。其雄謂之運日。其雌謂之陰—。

【諫】居晏切音澗諫韻
(一)證也。見〔說文〕。〔王注〕—之為言間也。持善間惡。
(二)正也。見〔廣雅釋詁〕。
(三)以禮義正之也。〔周禮保氏〕掌—王惡。
(四)止也。〔呂覽恃君〕內之則—其君之過也。
(五)干也。干君之意而告之。見〔詩淇奧序疏〕。
(六)間也。更也。是非相間。革更其行也。見〔白虎通諫諍〕。
(七)官名。周官有司—。漢有—大夫。—議大夫。
(八)果名。〔本草綱目〕橄欖、一名—果。
(九)—珂。鳥名。〔說苑辨物〕東方有鳥名—珂。文身而朱足。憎鳥而愛狐。
(十)姓也。〔風俗通〕漢有治書侍史—忠。

【諫】居顏切音姦刪韻
諍也。見〔集韻〕。

【諫】郎旰切音爛翰韻
讕或字。〔集韻〕讕。詆讕。誣言相被也。或从柬。

【諮】津私切音咨支韻
（一）難也。〔淮南脩務〕周爰—諏。
（二）謀也。見〔玉篇〕。
（三）問也。見〔玉篇〕。
（四）咨或字。見〔集韻〕。

【諯】淳沿切音遄朱遄切音專先韻取絹切音縓幅絹切音釧直碾切纏去聲翾縣切音絢霰韻
（一）數也。一曰相讓也。見〔說文〕。〔王注〕數上聲。左傳使吏數之。
（二）人名。與—崇—見〔宋史宗室表〕。

【諭】俞戍切音裕遇韻
（一）告也。見〔說文〕。〔按韻會云。及其未悟告之使曉〕。
（二）曉也。見〔廣雅釋言〕。
（三）譬也。〔漢書賈誼傳〕誼追傷屈原。因以自—。
（四）明也。〔呂覽不侵〕必謹—寡人之意也。
（五）導也。〔淮南脩務〕此教訓之所—也。
（六）諫也。見〔廣雅釋詁〕。
（七）官名。唐有左右—德。
（八）公文之一種。
（九）通喻。〔論語里仁〕君子喻於義。
（十）姓也。〔廣韻〕東晉有—歸。豫章人。撰西河記。

【諭】他口切音妵有韻
誘也。見〔玉篇〕。

【諰】想止切音枲紙韻
（一）思之意。見〔說文〕。〔段注〕廣韻曰。言且思之。疑古本作言且思之意也。故其字从言思。意者、署下意內言外之意。
（二）直言也。見〔集韻〕。
（三）懼也。〔荀子彊國〕雖然則有其—矣。
（四）——。亦懼貌。〔荀子議兵〕——然常恐天下之一合而軋已。
（五）人名。〔宋史宗室表〕武翼郎士—。

【諰】息改切音篡蟹韻
語也。見〔集韻〕。

【諰】所佳切音崽佳韻
（一）思之意。見〔集韻〕。
（二）語失也。見〔廣韻〕。

【諰】塢皆切音唲佳韻
呼彼之稱。見〔集韻〕。

【諻】虎委切音毀紙韻
（一）謗也。或作譭。通作毀。見〔集韻〕。
（二）人名。〔宋史宗室表〕左迪功郎不—。

【諱】許貴切音卉未韻
（一）忌也。見〔說文〕。〔段注〕各本忌作誋。誋、誡也。忌、憎惡也。
（二）避也。見〔廣雅釋詁〕。
（三）隱也。見〔玉篇〕。
（四）護短曰—。見〔增韻〕。
（五）所隱爲—。〔楚辭謬諫〕恐犯忌而干—。
（六）畏也。〔史記范睢蔡澤傳〕擊斷無—。
（七）外意外身謂之—。見〔韓詩外傳〕。
（八）國—也。〔大戴記曾子立事〕不稱其—。
（九）先王名。〔禮記王制〕奉—惡。〔按周禮小史則詔王之忌—。司農注。先王死日爲忌名爲—。〕
（十）主人祖先君名。〔禮記曲記〕入門而問—。
（十一）神名也。〔禮記檀弓〕舍故而—新。
（十二）不—。謂死也。〔後漢桓樂傳〕如有不—。無憂家室也。〔注〕死者人之常。故言不—也。
（十三）—言。謂拒諫也。見〔後漢劉陶傳注〕。

【諳】烏含切音庵覃韻
（一）悉也。見〔說文〕。
（二）記也。見〔玉篇〕。
（三）知也。見〔玉篇〕。
（四）憶也。見〔廣韻〕。
（五）練也。見〔增韻〕。
（六）歷也。見〔增韻〕。
（七）熟問也。見〔六書統〕。
（八）曉也。見〔字彙〕。
（九）大聲也。見〔玉篇〕。
（十）誦也。見〔玉篇〕。
（十一）—版。官名。〔金史國語解〕—版、勃極烈。官之尊且貴者。

【諳】烏紺切音暗勘韻
諳或字。〔集韻〕諳。背誦也。或作—。

【諳】他口切音妵有韻
言悉也。見〔集韻〕。

【諴】胡毚切音咸咸韻

(一)和也。周書曰。不能—于小民。見〔說文〕。(二)諴也。見〔韻會〕。(三)調也。見〔廣雅釋詁〕。(四)謦也。見〔廣雅釋言〕。(五)—夏。樂名。〔隋書音樂志〕皇帝初獻。奏—夏之樂。

【諴】姑南切音弇覃韻
嗑也。見〔集韻〕。

【諴】魚咸切音喦咸韻
讝或字。〔集韻〕讝。戲言。一曰和也。或作—。

【諵】那含切音南覃韻
(一)語聲也。見〔玉篇〕。(二)聒語。見〔集韻〕。(三)人名。希—孟—。見〔宋史宗室表〕。(四)詀或字。〔集韻〕詀。博雅。詀詀。語也。或作—。

【諵】尼咸切音喃咸韻
詀—。語聲。見〔廣韻〕。

【諵】尼賺切嬭去聲陷韻
—諛。私詈也。見〔集韻〕。

【諶】時任切音訦侵韻
(一)誠諦也。詩曰。天難—斯。見〔說文〕。(二)誠也。見〔爾雅釋詁〕。(三)信也。見〔爾雅釋詁〕。(四)—離。國名。見〔漢書地理志〕。(五)姓也。漢荊州刺史—仲南。昌人。(六)人名。〔左襄二十九年傳〕禆—。曰。是盟也。〔注〕禆—。鄭大夫。(七)同忱。〔書大誥〕天棐忱辭。〔說文〕引作—。(八)通訦。〔爾雅釋詁注〕燕代東齊謂信曰—。〔疏〕方言作訦。訦—音義同。

【諹】余章切音陽陽韻
(一)謦也。見〔玉篇〕。(二)人名。希—與—。見〔宋史宗室表〕。

【諹】余章切音陽陽韻弋亮切音漾漾韻
讙也。見〔玉篇〕。

【諹】弋亮切音漾漾韻
譴也。見〔廣韻〕。

【諷】方鳳切風去聲送韻方馮切音風東韻
(一)誦也。見〔說文〕。〔段注〕大司樂注。倍文曰—。以聲節之曰誦。倍、同背。謂不開讀也。誦則非直背文。又爲吟詠以聲節之。(二)謂就學—詩書也。〔荀子大略〕少不—。(三)託音曰—。見〔詩關雎序風風也釋文〕。(四)告也。見〔廣雅釋詁〕。(五)諫也。見〔廣雅釋詁〕。(六)譬喻也。見〔玉篇〕。(七)謂微加曉告也。見〔詩關雎序風風也教也疏〕。(八)不敢正言謂之—。〔文選揚雄賦〕奏甘泉賦以—。(九)用風感物則謂之—。見〔詩關雎序風風也釋文〕。(十)通風。〔詩關雎序〕風。風也。〔釋文〕上如字。下卽—字。

【諸】專於切音蕏魚韻
(一)辯也。見〔說文〕〔注〕。鍇曰。別異之辭也。〔段注〕辯、當作辨。判也。辨下奪誓字。不訓辨。辨之誓也。白部曰。者、別事誓也。與者音義皆同。釋魚。前弇—果。後弇—獵。卽者。郊特牲。或—遠人乎。亦作或者遠人乎。凡舉其一。則其餘謂之—。以別之。因之訓—爲衆。或訓爲之。或訓爲之於。則於雙聲疊韻求之。(二)之也。〔論語學而〕告—往而知來者。(三)於也。〔儀禮鄉射禮〕則薦—其席。(四)乎也。〔詩日月〕日居月—。照臨下土。〔傳〕日乎月乎。照臨之也。(五)之乎也。急言之曰—。徐言之曰之乎。〔孟子梁惠王〕文王之囿方七十里。有—。(六)衆也。見〔廣雅釋詁〕。(七)非一也。見〔一切經音義引蒼頡〕。(八)葅也。〔禮記內則〕桃—梅—。〔疏〕卽今之藏桃藏梅也。(九)儲也。見〔釋名釋飲食〕。(十)邑名。〔春秋莊二十九年〕城—及防。〔注〕魯邑。〔當今山東—城縣西南〕。(十一)于—。寘也。〔公羊哀六年傳〕陳乞使人迎陽生于—其家。〔注〕齊人語也。(十二)—侯。國君也。〔易比〕先王以建萬國。親—侯。〔又〕物生有爲者也。〔易繫辭〕能研—侯之慮。(十三)—子。官名。〔周禮夏官序官〕—子。〔注〕主公卿大夫士之子者。(十四)—母。庶母也。〔禮記曲禮〕—母不漱裳。

(十五)—君。謂老男老女也。〔管子海王〕今吾非籍之—君吾子。而有二國之籍者。六千萬。「今汎稱稱眾人每曰—君。」

(十六)—稽。比。益天神名。見〔淮南墜形注〕。

(十七)因—齊獄名。〔公羊昭二十一年傳〕宋南里者何。若曰因—者然。〔注〕因—者。齊故刑人之地。

(十八)孟—。澤名。〔爾雅釋地〕宋有孟—。

(十九)望—。明都也。在睢陽。〔周禮職方〕〔按當今河南商邱縣境。〕其澤藪曰望—。

(二十)甘蔗一曰—蔗。見〔南方草本狀〕。

(廿一)—慮。木名。〔爾雅釋木〕—慮山櫐。〔注〕江東呼櫐為藤。似葛而麤大。〔疏〕—慮、一名山櫐。〔按卽今山蒲桃。〕〔又〕蟲名。〔爾雅釋蟲〕—慮奚相。〔注〕未詳。

(廿二)—于。大掖衣也。如婦人之袿衣。見〔後漢光武紀注〕。

(廿三)方—。鑑名。以取明水于月。見〔韻會〕。

(廿四)—犍。獸名。〔山海經北山經〕單張之山有獸。狀如豹而長尾。人首。牛耳。一目。名曰—犍。

(廿五)蟾—。蝦蟇之屬。〔爾雅釋魚〕鼁鼀蟾—。〔義疏〕本草蝦蟇別錄。一曰蟾蜍。陶注云。此是腹大皮上多痱磊者。今按陶說正是詹—、俗作蟾蜍。非蝦蟇也。〔按字彙音稌〕。

(廿六)姓也。〔說苑〕越大夫—發。〔又〕—葛。複姓。漢—葛豐。三國—葛亮。

【諸】之奢切音遮麻韻

姓也。〔風俗通〕漢有洛陽令—於。

【諺】魚戰切音彥霰韻

(一)傳言也。見〔說文〕。〔段注〕傳言者。古語也。凡經傳所偁之—。無非前代故訓。而宋人作注。乃以俗語俗論當之。誤矣。

(二)傳也。見〔廣雅釋詁〕。

(三)俗之善謠也。〔國語越語〕—有之曰。

(四)俗語也。〔禮記大學〕故—有之曰。

(五)同唁。〔文心雕龍〕喪言不及文。故弔亦稱—。

(六)同喭。見〔正字通〕。

【諺】魚吁切音岸翰韻

(一)誔—。自矜也。見〔集韻〕。

(二)犮—。不恭也。見〔韻會〕。

(三)畔—。剛猛也。見〔增韻〕。

【諳】烏含切音庵覃韻

(一)人名。必—。崇—。見〔宋史宗室表〕。

(二)同譖。〔集韻〕譖。說文。悉也。一曰諷也。亦从弇。

【諻】胡盲切音橫　呼橫切音喤庚韻

(一)音也。見〔方言〕。

(二)語聲也。見〔廣韻〕。

(三)大聲也。見〔集韻〕。

(四)通喤。〔文選左思賦〕喧嘩喤呷。〔注〕—喤通也。

【諼】許元切音暄元韻　火遠切音咺阮韻

(一)詐也。見〔說文〕。

(二)欺也。見〔廣雅釋詁〕。

(三)忘也。〔詩淇奧〕終不可—兮。

(四)草名。〔詩伯兮〕焉得—草。〔傳〕—草令人忘憂。〔釋文〕—、本又作萱。

【⿰言施】商支切音施支韻

(一)多言也。見〔玉篇〕。

(二)人名。與—。崇—。見〔宋史宗室表〕。

【謕】演爾切音酏紙韻

自得之語。見〔集韻〕。

【諽】各核切音隔　克革切音礊陌韻　訖力切音殛　乞力切音⿰革亟職韻

(一)飭也。一曰。更也。見〔說文〕。〔段注〕作飾。誤。

(二)謹也。見〔廣韻〕。

【諾】匿各切囊入聲藥韻

(一)譍也。見〔說文〕。〔注〕鍇按爾雅注引禮男唯女俞。是古者應對之辭有節文。按古者大夫多言唯。而衞出公及諸侯應其臣下皆曰—。又南朝有鳳尾—。為尊者之言也。〔按曲禮疏曰。今人稱—。猶古之稱唯。〕

(二)猶許也。〔論語顏淵〕子路無宿—。

(三)受語辭。〔公羊宣十五年傳〕司馬子反曰。—。

(四)答也。見〔玉篇〕。

(五)承領之辭也。〔禮記投壺〕太師曰—。

(六)相然許之辭也。〔文選哀淑詩〕一朝許人—。

(七)自畢語。〔公羊僖元年傳〕此奚斯之聲也。—已。

(八)順也。〔呂覽知士〕劑貌辨答曰。敬—。

(九)批箋奏之尾曰—。猶今之畫押。〔潘遠紀聞談〕諸侯箋奏皆批曰—。

(十)水名。〔漢書匈奴傳〕韓昌張猛與單于及大臣俱登匈奴—水東山。〔注〕今突厥地—眞水也。

(十一)州名。〔唐書地理志〕—州屬靜邊郡。〔當今甘肅寧夏縣境內〕

(十二)姓也。見〔姓苑〕。

(十三)—皋太陰神名。見〔能改齋漫錄〕。

(十四)—健那瀰身大力神名也。見〔一切經音義〕。

【諿】七入切音緝緝韻

(一)和也。見〔玉篇〕。

(二)辯也。見〔集韻〕。

(三)人名。唐—見〔唐書宰相表〕。

【諿】私呂切音醑語韻

謀也。〔木玄戾〕覆夫—。〔釋文〕才智之稱。

【謀】迷浮切音牟尤韻

(一)慮難曰—。見〔說文〕。

(二)心也。見〔爾雅釋言〕。

(三)議也。見〔廣雅釋詁〕。

(四)心思爲—。見〔論衡超奇〕。

(五)咨事爲—。見〔國語魯語〕〔按詩皇華。周爰咨—。傳曰。咨事之難易爲—。〕

(六)謂豫計前事。〔書大禹謨〕弗詢之—勿庸。

(七)未發爲—。見〔詩譜序疏引春秋說題辭〕。

(八)察也。〔文選張衡賦〕疇克—而從諸。

(九)圖也。〔論語衛靈公〕君子—道不—食。

(十)任—謂權變也。〔周書成開〕任—生詐。

(十一)廟—廟算也。〔後漢光武紀贊〕明明廟—。

(十二)—主宗族之師長也。〔左昭九年傳〕民人之有—主也。

(十三)下—樂名。〔周禮大司樂疏〕神農之樂曰下—。

(十四)諸—克官名。〔金史百官志〕諸—克從五品。掌撫緝軍戶訓練武藝。

(十五)蒸—勒菜名。〔本草綱目〕蒔蘿一名蒸—勒。

(十六)姓也。〔風俗通〕周卿士蔡公—父之後。以字爲氏。

【諏】遵須切音諏虞韻　將侯切音陬尤韻

(一)諏或字。〔集韻〕諏聚謀。一曰咨事爲諏。或作—。

(二)人名。希—。與—。見〔宋史宗室表〕。

【謁】於歇切音暍月韻　乙列切音緆屑韻

(一)白也。見〔說文〕。〔段注〕若後人書刺。自言爵里姓名。並列所白事。

(二)告也。見〔爾雅釋詁〕。

(三)請也。見〔爾雅釋言〕。

(四)詣也。詣告也。書其姓名於上。以告所至詣者也。見〔釋名釋書契〕。

(五)見也。〔左昭四年傳〕入弗—。

(六)—舍今之客舍也。〔漢書食貨志〕坐肆列里區—舍。

(七)—者官名。〔漢書百官公卿表〕—者掌賓讚受事。〔又〕星名。〔宋史天文志〕—者一星在左執法東北。主賓客辨疑惑。

(八)—戾山名。見〔山海經北山經〕。

(九)姓也。〔後漢方術傳〕汝南太守—煥。

【諣】於蓋切音愛泰韻

同靄。陰晦也。〔韓愈詩〕隔變景明—。

【謂】于貴切音渭未韻

(一)本作謂。〔說文〕謂報也。〔王注〕報者告也。卒部報下無此義。於此見之。桂氏曰。經傳何謂也。是問詞。此之謂也。是報詞。

(二)告也。〔禮記表記〕瑕不—矣。

(三)說也。見〔廣雅釋詁〕。

(四)言也。〔國策秦策〕此乃公孫衍之所—也。

(五)告語也。〔漢書霍光傳〕人以—霍氏。

(六)指也。見〔廣雅釋言〕。

(七)指趣也。見〔華嚴經音義〕。

(八)評論之辭也。〔論語八佾〕孔子—季氏。八佾舞於庭。

(九)與之言。〔漢書陸賈傳〕臣常欲—太尉絳侯。

(十)道也。見〔玉篇〕。

(十一)名稱也。〔漢書楊王孫傳〕不損財於亡—。

(十二)信也。見〔玉篇〕。

(十三)勤也。〔詩摽有梅〕迨其—之。

(十四)使也。見〔廣雅釋詁〕。

(十五)猶與也。〔史記鄭世家〕晉欲得叔詹爲僇。鄭文公恐不敢—叔詹言。〔按王引之云。言不敢與叔詹言之也。〕

(十六)猶如也。〔詩北門〕天實爲之—之何哉。〔按王引之云言奈之何也〕

(十七)猶爲也。〔易小過〕是—災眚。〔按王引之云是—猶是爲也〕

(十八)猶爲去聲也。〔史記魯仲連傳〕所—貴于天下之士者。〔按王引之云。所—猶所爲也〕

(十九)猶奈也。〔國策齊策〕吾獨—先王何乎。

(二十)非與之言而稱其人亦曰—。〔論語〕子—子賤、子—子產是也。

(廿一)指事而言亦曰—。〔詩〕—行多露、—天蓋高是也。

(廿二)稱其言亦曰—。〔論語〕此之—也、其斯之—與是也。

(廿三)事有可稱曰有—。失于事宜不可名言曰無—。見〔韻會〕

(廿四)—何猶云何也。〔詩節南山〕不平—何。

(廿五)姓也。宋有—準。太平興國登科。

【謔】迄却切音蹻藥韻

(一)戲也。詩曰善戲—兮。見〔說文〕

(二)笑之貌也〔爾雅釋詁〕—浪笑敖。戲—也。

(三)——。崇讒慝也。見〔爾雅釋訓〕。〔按舍人注盛烈貌〕。〔又〕喜樂也。〔詩板〕無然——。

【⿰言倉】芳妄切音放漾韻

(一)問也。見〔字彙補〕

(二)詢也。見〔篇海〕

【⿰言𡿺】乃老切音腦皓韻

語相侮也。見〔集韻〕

【⿰言度】達各切音鐸藥韻

欺也。見〔廣雅釋詁〕

【⿰言侯】胡遘切音候宥韻

言皃。見〔玉篇〕

【⿰言頁】宜巾切音銀眞韻

頑也。見〔玉篇〕

【諞】蒲眠切音蹁紕延切音篇先韻俾緬切音褊婢善切音揙平免切音辯銑韻

便巧言也。周書曰截截善—言。論語曰。友—佞。見〔說文〕

【謏】先了切音篠篠韻息有切音滫有韻

小也。誘也。禮記曰足以—聞。見〔說文新附〕

【謏】先奏切音漱宥韻

私詈也。見〔集韻〕

【諨】方六切音福屋韻

言備也。見〔集韻〕

【諦】丁計切音帝霽韻

審也。見〔說文〕

【諦】田黎切音題齊韻

通啼。〔荀子禮論〕哭泣—號。〔注〕啼—通用。

【諣】呼卦切音瀌卦韻火跨切音化禡韻

疾言也。見〔說文〕

【諣】公蛙切音媧佳韻

惰也。黠也。見〔集韻〕

【⿰言彖】蒼甸切音蒨霰韻

—散也。見〔廣韻〕

【⿰言彖】𨛫縣切音絢霰韻

譈或字。〔集韻〕譈相責也。一曰數也。或从彖。

【諪】唐丁切音亭青韻

調—也。見〔字彙〕〔正字通云。亦作調停〕

【⿰言剌】郎達切音剌曷韻

謗—。語聲。見〔集韻〕

【諲】伊眞切音因之人切音眞眞韻

敬也。見〔爾雅釋詁〕

【⿰言枼】抽知切音摛支韻

誺或字。〔集韻〕誺。方言沅澧之間。凡相問而不知答曰誺。或作—。

【⿰言枼】丑二切音屎寘韻

言緩貌。見〔集韻〕

【⿰言契】丘甈切音器霽韻

—詬。巧言才也。見〔廣韻〕

【⿰言臿】側洽切音眨洽韻

—譗。多言也。見〔集韻〕

【⿰言臿】測洽切音插洽韻

傷言也。見〔集韻〕

【⿰言臿】質洽切音箑洽韻

—諜。言不定也。見〔集韻〕

【⿰言致】丑二切音屎寘韻

笑也。見〔玉篇〕

【⿰言致】展豸切音㩰紙韻

言也。見〔集韻〕

【譔】戶禮切音徯齊韻。謑或字。〔說文〕謑謑詬恥也。。—謑或从奊。

【謑】弦雞切音兮齊韻。—詬罵辱也。〔荀子非十二子〕無廉恥而忍—詬。〔又〕怒也。見〔集韻〕。

【⿰言怒】乃故切音怒遇韻。惡言也。見〔字彙補〕。〔按音訓同詉。疑爲詉之或體〕。

【⿰言齊】在細切音嚌霽韻。多也。見〔字彙補〕。

【⿰言屏】北諍切音迸敬韻。助也。見〔集韻〕。〔按類篇曰。助言也。正字通曰俗誁字〕。

【⿰言乏】皮面切音卞霰韻。義未詳。出釋典。見〔字彙〕。

【謕】余支切音移支韻。詑或字。〔集韻〕詑詑詑自得也。或作—。

【𧦝】訴本字。見〔說文〕。

【⿰言巺】譔本字。見〔說文〕。

【⿱監言】古監字。見〔集韻〕。

【誆】古讙字。見〔六書故〕。

【⿰言族】同⿰言矦。見〔字彙〕。

【⿰言苛】同訶。見〔字彙補〕。

【⿰言戚】同諴。見〔篇海類編〕。

【⿰言函】同謡。見〔篇海類編〕。

【⿱罒誩】同辨。見〔龍龕手鑑〕。

【⿰言面】同⿰言自。見〔玉篇〕。

【⿰言参】同詑。見〔玉篇〕。

【⿱啟言】同啟。見〔字彙〕。

【⿰言帚】同辯。見〔字彙〕。

【⿰言尋】同詢。見〔玉篇〕。

【⿰言㠯】同記。見〔字彙補〕。

【⿰言遙】同⿰言遥。見〔玉篇〕。

【⿰言盾】羑或字。〔說文ム部〕羑。相訹呼也。或从言秀。或如此。

【⿰言界】誡或字。見〔集韻〕。

【⿰言苲】詐或字。見〔集韻〕。

【⿰言悤】詉或字。見〔集韻〕。

【⿰言迷】譖省字。見〔集韻〕。

【⿰言齊】譎省字。見〔集韻〕。

【⿰言總】譓俗字。見〔字彙〕。

【⿰言尋】譚俗字。見〔字彙〕。〔按玉篇有—無譚〕。

【⿱敖言】謷俗字。見〔正字通〕。〔按康熙字典以爲謷謌字〕。

【⿰言艮】䛯俗字。見〔正字通〕。

【⿰言益】謚譌字。說詳謚字。

十畫

【謄】徒登切音騰蒸韻。

(一)迻書也。見〔說文〕〔注〕謂移寫之也。

(二)傳也。見〔玉篇〕。

(三)—錄。官名。清世有之。職司繕寫。若今之錄事。

【謅】楚絞切音炒巧韻。

(一)弄人言。見〔玉篇〕。

(二)譊也。見〔集韻〕。

(三)相擾也。見〔字彙〕。

(四)輕捷也。〔馬融廣成頌〕輕—趫悍。

【謅】初尤切音搊尤韻。—謅。陰私小言。見〔廣韻〕。〔按集韻云。私語也〕。

【謅】甾尤切音鄒尤韻。小言私授謂之—。見〔集韻〕。

【謂】魚開切音皚灰韻。

(一)譴也。見〔玉篇〕。

(二)人名。與—汝—見〔宋史宗室表〕。

【謇】九件切音蹇銑韻。

(一)難也。〔離騷〕吾法夫前修兮。

(二)辭也。〔楚辭惜誦〕—不可釋。

(三)正言貌。〔楚辭招魂〕—其意些。

(四)忠貞貌。〔離騷〕余固知——之爲患兮。

(五)—諤。忠也。直言貌。見〔韻會〕。

(六)言不通利謂之—吃。見〔一切經音義引通俗文〕。

(七)通蹇。〔易蹇〕王臣蹇蹇。〔晉書王豹傳〕作——。

【謇】紀偃切音湕阮韻。九件切音蹇銑韻。謇或字。〔集韻〕謇。方言。吃也。或作—。

【誻】達合切音沓合韻。

(一)同誻。見〔集韻〕。

(二)人名。〔唐書宗室表〕修城郡公—。

【謍】維傾切音煢庚韻

（一）小聲也。詩曰。——青蠅。見〔說文〕。〔按小雅文今本作營〕。
（二）往來貌。見〔玉篇〕。
（三）人名。與—見〔宋史宗室表〕。

【謍】烏弘切音泓庚韻

—諄。小聲也。見〔集韻〕。

【謍】呼宏切音訇庚韻

音大也。〔文選班固賦〕—厲天。

【謍】於莖切音罌庚韻

謍或字。〔集韻〕謍怒也。或作—。

【謐】覓畢切音密質韻

（一）靜語也。一曰無聲。見〔說文〕。〔注〕猶密也。
（二）靜也。見〔爾雅釋詁〕。
（三）寧也。億也。見〔賈子禮容〕。
（四）愼也。見〔廣韻〕。
（五）安也。見〔廣韻〕。

【謑】戶禮切音徯吾禮切音堄齊韻許懈切卦韻

（一）恥也。見〔說文〕。
（二）—詬。恥辱見〔玉篇〕。〔又〕小人怒也。見〔集韻〕。
（三）人名。〔宋史宗室表〕武翼郎不—。

【謑】下解切音避許懈切卦韻虛訝切音罅禡韻

怒言也。見〔廣韻〕。

【謑】牽奚切音谿弦雞切音兮齊韻

—髁。訛倪不正貌。〔莊子天下〕—髁無任。

【謓】稱人切音瞋眞韻之刃切音震震韻

（一）恚也。賈侍中說。—笑。一曰讀若振。見〔說文〕。〔王注〕繫傳今、八作嗔。〔集韻〕—之刃切。笑也。然則讀若振。但屬—笑一義。
（二）怒也。見〔玉篇〕。

【謱】九件切音蹇銑韻

（一）人名。希—。見〔宋史宗室表〕。
（二）同謇。見〔玉篇〕。

【謕】相支切音斯支韻

（一）諒也。見〔玉篇〕。
（二）數諫也。見〔玉篇〕。

【謕】天黎切音梯齊韻

轉相誘語。見〔廣韻〕。〔按集韻云。相誘語〕。

【謕】田黎切音題齊韻

（一）轉語。見〔廣韻〕。
（二）詁—。挐也。〔方言〕謰謱挐也。南楚曰謰謱。或謂之詁—。
（三）古啼字。〔漢書嚴助傳〕孤子—號。

【䜃】昨悉切音疾質韻

（一）苦也。見〔廣雅釋詁〕。
（二）毒也。見〔集韻〕。
（三）語急也。見〔廣韻〕。

【謖】所六切音縮屋韻

（一）起也。見〔廣雅釋言〕。
（二）—然。翕歛之貌。〔後漢蔡邕傳〕公子—然斂袂而興。
（三）——。峻挺貌。〔世說新語賞譽〕世目李元禮——如勁松下風。

【謗】補曠切音膀漾韻逋旁切音幫陽韻

（一）本作謗。〔說文〕謗毀也。〔段注〕—之言旁也。旁。溥也。大言之過其實。論語子貢方人。假方爲—。〔按朱駿聲云。—者道人之實事。與誣譖不同。大言曰—。微言曰誹、曰譏〕。
（二）誹也。〔國語周語〕國人—王。
（三）詛也。〔左昭二十七年傳〕進胙者莫不—令尹。
（四）訕也。〔楚辭沈江〕反離—而見攘。
（五）詬也。見〔廣雅釋詁〕。
（六）惡也。見〔廣雅釋詁〕。
（七）謂言其過失。〔左襄十四年傳注〕聞君過則誹—。
（八）對他人道其惡也。見〔玉篇〕。
（九）怨也。〔呂覽達鬱〕國人皆—。

【謘】陳尼切音墀支韻直利切音緻寘韻

（一）語諄—也。見〔說文〕〔段注〕諄—。蓋猶鈍遲也。
（二）人名。希—。見〔宋史宗室表〕。

【謘】徒回切音頹灰韻

諄—。語不正也。見〔集韻〕。

【謙】苦兼切音嗛鹽韻

（一）敬也。見〔說文〕。
（二）讓也。見〔玉篇〕。
（三）卑退爲義。屈己下物也。見〔易謙釋文〕。
（四）致恭也。見〔增韻〕。
（五）卦名。艮下坤上。〔易謙〕地中有山—。
（六）不自重弋。〔易雜卦〕—輕而豫怠也。
（七）損也。〔周書武稱〕爵位不—。
（八）輕也。見〔玉篇〕。

（九）同嫌。〔荀子仲尼〕信而不忘處—。〔注〕言得信於上。不處嫌疑。使人疑其作威福也。

【謙】苦簟切音歉琰韻

安靜皃。禮記此之謂自—。見〔集韻〕〔按禮記大學鄭注。—讀爲慊。慊之言厭也。〕

【謙】直陷切音賺陷韻

詀或字。〔集韻〕詀被誣也。或从兼。

【講】古項切音港講韻

（一）和解也。見〔說文〕〔段注〕和當作龢。不合者調龢之。紛糾者解釋之。是曰—。易曰。君子以朋友—習。史記虞卿甘茂二傳。漢書項羽傳。皆假媾爲—。古音同也。

（二）談說也。〔禮記禮運〕—信修睦。

（三）明也。〔禮記禮運〕—於仁。

（四）習也。〔左昭七年傳〕乃—學之。

（五）謀也。〔左襄五年傳〕—事不令。

（六）肄也。〔左莊三十二年傳〕雩—于梁氏。

（七）校也。〔國語鄭語〕擇臣取諫工而—以多物。

（八）論也。〔國語魯語〕夫仁者—功。

（九）成也。〔國策秦策〕寡人欲割河東而—。

（十）讀也。見〔初學記引廣雅〕。

（十一）究也。見〔增韻〕。

（十二）官名。〔唐書百官志〕國子監有直—四人。以經術—授。〔又〕集賢正書院有侍—學士。

（十三）山名。〔山海經中山經〕泰室之山北三十里曰—山。

（十四）同媾。〔史記甘茂傳〕樗里子與魏—罷兵。〔注〕—讀曰媾。

（十五）通顜。〔漢書曹參傳〕顜何爲法。—若畫一。〔史記作顜〕

【謜】虞怨切音願願韻 愚袁切音元元韻

（一）徐語也。孟子曰。故——而來。見〔說文〕〔注〕——愿也。〔按孟子作源源〕

（二）度也。見〔廣雅釋詁〕。

【謜】逡緣切音銓先韻

言語和悅也。見〔廣韻〕。

【謝】詞夜切音榭禡韻

（一）本作謝。〔說文〕謝。辭去也。〔段注〕辭、不受也。曲禮。大夫七十而致事。若不得—。則必賜之几杖。此—之本義也。引伸爲凡去之偁。又爲衰退之稱。

（二）去也。見〔廣雅釋詁〕。

（三）告也。見〔漢書周勃傳注〕。

（四）猶聽也。〔禮記曲禮〕若不得—。

（五）退也。見〔增韻〕。〔按如辭—代—。皆卸而退去之義。〕

（六）絕也。見〔洪武正韻〕。

（七）慙也。〔文選顏延年詩〕屬美—繁翰。

（八）猶讎也。見〔後漢皇甫規傳注〕。

（九）敘也。〔淮南俶眞〕二者代—舛馳。

（十）以辭相問也。〔漢書李陵傳〕霍子孟上官少叔—女。

（十一）引以爲過曰—。〔史記項羽紀〕旦日不可不蚤自來—項王。

（十二）化也。〔莊子秋水〕何少何多。是謂—施。

（十三）衰也。〔南史范縝傳〕形存則神存。形—則神滅。

（十四）彫落也。見〔增韻〕。〔按如今人言花落曰花—。〕

（十五）拜賜曰—。〔漢書張安世傳〕安世以爲舉賢達能。豈有私—耶。

（十六）國名。〔詩嵩高〕于邑于—。〔傳〕—、周之南國也。〔今按地在河南南陽府南陽縣。〕

（十七）姓也。周宣王舅申伯封于—。以邑爲氏。〔又〕—丘。複姓。〔風俗通〕周宣王支子食采—丘。因以爲氏。

（十八）邑也。〔詩黍苗〕肅肅—功。

（十九）龜仰者—。見〔爾雅釋魚〕。

（二十）—豹。子規也。見〔禽經〕。

（二十一）—婆。菜名。〔本草綱目〕水苦蕒一名—婆菜。

（二十二）大—。島名。〔唐書地理志〕登州東北海有大—島。

（二十三）通榭。〔荀子王霸〕臺—甚高。

【謞】黑角切音殼覺韻 黑各切音臛藥韻

（一）——。崇讒慝也。見〔爾雅釋訓〕。〔按舍人注。盛烈貌。〕

（二）人名。汝—。見〔宋史宗室表〕。

【謞】許教切音孝效韻

嗃或字。〔集韻〕嗃。大嗥也。或作—。

【謞】虎交切音虓肴韻

詨或字。〔集韻〕詨。吳人謂叫呼爲詨。或作—。

【謚】神至切音示於賜切音縊羊至切音肄寘韻

（一）行之迹也。見〔說文〕〔段注〕按各本從言兮皿闕。此後人妄改也。攷玄應書引說文。—、行之迹也。从言。益聲。五經文字曰。—、說文也。謚、字林也。字林以—爲笑聲。音呼益反。廣韻曰。謚。說文作—。六書故曰。唐本說文無謚。但有—。行之迹也。據此四者。說文从言益無疑矣。自呂忱改爲謚。唐宋之間或又改爲諡。遂有改說文而依字林。羼入謚笑皃於部末者。今正謚爲—。而刪部末之—笑皃。

(二)曳也。物在後爲曳。言名之於人亦然也。見〔釋名釋典藝〕。

(三)—之爲言引也。引列行之跡也。所以進勸成德。使上務節也。見〔白虎通謚〕。

(四)—何法。法日未出而明。巳入有餘光也。見〔白虎通謚〕。

(五)靜也。見〔爾雅釋詁〕。

(六)憐也。悉也。生存之行終始悉錄之以爲—也。見〔詩文王箋崩—曰文釋文〕。

(七)—所以成德也。見〔穀梁桓十七年傳〕。

(八)—所以名功。〔莊子徐無鬼〕死無—。

【謟】他刀切音叨豪韻叨號切音套號韻

(一)疑也。見〔廣雅釋詁〕。

(二)僭也。〔周禮鄭謀〕帝令不—。

【謠】餘招切音搖蕭韻

(一)徒歌也。見〔六書故引唐本說文〕。〔按徐本說文以䚻爲—。故無—字。說詳䚻字〕。

(二)無章曲曰—。見〔初學記引韓詩章句〕。

(三)毀也。〔離騷〕—諑謂余以善淫。

(四)聲消搖也。見〔爾雅釋樂注〕。

(五)—言謂聽百姓風—善惡而黜涉之也。見〔後漢劉陶傳注〕。

(六)通繇。〔漢書李尋傳〕人民繇俗。〔注〕謂若童—及輿人之誦。

【謞】公核切音隔陌韻

(一)慧也。見〔廣雅釋詁〕。

(二)語不相入也。故从鬲。見〔正字通〕。

(三)人名。希—。師—。見〔宋史宗室表〕。

【謣】雲俱切音于匈于切音訏虞韻

(一)謣或字。見〔說文〕。

(二)妄言也。見〔集韻〕。

(三)人名。汝—。見〔宋史宗室表〕。

【譁】呼瓜切音華麻韻

(一)讙也。〔方言〕—吁然也。〔注〕皆應聲也。

(二)同譁。見〔玉篇〕。

【𧭮】俄干切音豻寒韻

(一)山形出皃。見〔玉篇〕。〔按集韻云。山高皃〕。

(二)人名。見〔玉篇〕。

(三)姓也。見〔玉篇〕。

【䜺】咨邪切音嗟麻韻

同謩。咨也。見〔玉篇〕。

【䜺】楚懈切音瘥卦韻

異言也。見〔廣韻〕。

【䜺】千个切音磋箇韻

言失也。見〔集韻〕。

【謆】式戰切音扇霰韻

以言惑人也。見〔集韻〕。

【䜧】石證切音乘徑韻

促言也。見〔集韻〕。

【𧩯】辛律切音卹質韻

靜也。見〔廣韻〕。〔按玉篇作胡臘切〕。

【䛷】、轄臘切音盍居盍切音砝合韻

嗑或字。〔集韻〕嗑。多言也。或从言。

【謈】弼角切音雹匹角切音璞北角切音剝覺韻簿皓切音抱皓韻蒲褒切音袍豪韻

本作謈。〔說文〕謈。大嘑自冤也。〔段注〕冤、各本作勉。今依廣韻正。自冤者。自稱巳冤枉也。

【謉】基位切音愧寘韻

同媿。見〔玉篇〕。

【謉】古委切音詭紙韻

詭或字。〔集韻〕詭。責也。一曰詐也。或从鬼。

【謉】虎猥切音賄賄韻

哼—。譃言也。見〔集韻〕。

【謉】部罪切音腜賄韻

—諢。譃言見〔廣韻〕。

【謉】徒回切音頹灰韻

謙也。見〔集韻〕。

【謋】霍虢切音砉迄逆切音虩陌韻

—然。速也。〔莊子養生主〕動刀甚微。—然巳解。

【謎】彌計切音謎霽韻　隱語也。見〔說文新附〕。

【謎】緜批切音迷齊韻　言惑也。或作詸。見〔集韻〕。

【謏】蘇后切音叟有韻先了切音篠篠韻　誘辭。見〔集韻〕。

【謏】所六切音縮屋韻　小也。禮足以—聞。徐邈讀。見〔集韻〕〔按玉篇曰蘇口切。小也。又思了切。亦作謏。〕

【譳】乃豆切音槈宥韻　譳—。怒言也。見〔廣韻〕。

【諸】稱脂切音鴟渠伊切音者市之切音時支韻　訶怒也。見〔玉篇〕。

【謒】千羊切音瑲陽韻　語輕也。見〔集韻〕。

【𧬊】許既切音欷未韻　語氣也。見〔字彙〕。

【𧬇】諸仍切音蒸蒸韻　—仍。語煩也。見〔集韻〕。

【𧬢】託盍切音榻合韻　—譫。多言也。見〔玉篇〕。

【䛠】丁候切音鬭宥韻　—譳。不能言也。見〔集韻引埤蒼〕。

【𧦴】莫駕切音罵禡韻　多言也。見〔玉篇〕。

【𧪆】蘇故切音素遇韻　譜—。見〔玉篇〕。

【𧪒】篇夷切音紕支韻　叱聲也。見〔集韻〕。

【諮】咨邪切音嗟麻韻　本作䜺〔說文〕䜺。嗞也。一曰痛惜。〔段注〕口部曰。嗞、—也。此云。—、嗞也。是為異部互訓。各本改作咨者。淺人為之耳。謀事曰咨。義不相涉。

【𧭈】力救切音溜宥韻　𥜶或字。〔集韻〕𥜶。說文、祝𥜶也。或从言。

【諎】去演切音遣銑韻　小息也。見〔集韻〕。

【謣】須倫切音荀真韻　詢或字。〔集韻〕詢。春秋傳。咨親為詢。或作—。

【𧪚】聳尹切音筍軫韻　謀也。見〔集韻〕。

【譏】居依切音幾微韻　言也。見〔字彙補〕。

【誖】蒲沒切音勃月韻　言亂也。見〔字彙補〕。

【譁】何駕切音夏禡韻　誑也。見〔字彙補〕。

【譽】居位切音貴寘韻　婉也。見〔篇海類編〕。

【𧬄】於浪切音盎漾韻　㿵或字。〔集韻〕㿵、聲也。或从言。

【謥】謥本字。見〔說文〕。

【誑】誑本字。見〔說文〕。

【𧥡】訢本字。見〔說文〕。

【講】講本字。見〔說文〕。

【論】論本字。見〔說文〕。

【𧩴】古息字。見〔集韻〕。

【𧬤】同謝。見〔字彙補〕。

【請】同譒。見〔龍龕手鑑〕。

【謌】歌或字。〔說文欠部〕歌。詠也。—。歌或从言。

【𧫫】謼或字。見〔說文〕。

【諵】譾或字。見〔集韻〕。

【𧬶】詯或字。見〔集韻〕。

【謊】謊俗字。見〔正字通〕。

【𧪚】謚俗字。見〔正字通〕。

【謕】諕譌字。見〔正字通〕。

十二畫

【謣】雲俱切音于邕俱切音紆虞韻　●一妄言也。見〔說文〕。〔注〕猶虛夸也。●二人名。與—汝—。見〔宋史宗室表〕。●三亦作譃、〔法言問明〕譃言敗俗。〔注〕—音義作—。

【𧬤】匈于切音訏虞韻　與—。舉重勸力之歌聲也。〔呂覽淫辭〕今舉大木者前乎輿—後亦應之。

【謦】棄挺切音檾迥韻詰定切音罄徑韻　●一欬也。見〔說文〕。〔段注〕—、亦氣也。

通俗文曰。利喉謂之—欬。

●三 聲也。見〔一切經音義引蒼頡〕。

●四 —欬。喻言笑也。見〔莊子徐无鬼釋文引李注〕。

【⿰言鹵】 籠五切音魯變韻

●一 —⿰言莽。言不定。見〔集韻〕。〔按正字通云。通作鹵莽。〕

●二 人名。希—與—。見〔宋史宗室表〕。

【⿰言囟】 古訊字。見〔康熙字典引玉篇〕。〔按今澤存堂本玉篇作⿰言囟。與說文合。疑康熙字典所據有誤。〕

【⿰言祭】 千結切音切屑韻

●一 正言也。見〔集韻〕。

●二 小語。見〔字彙〕。

●三 人名。希—與—。見〔宋史宗室表〕。

【謨】 蒙晡切音模虞韻莫故切音暮遇韻末各切音莫藥韻

議謀也。虞書曰。咎繇—。見〔說文〕。〔注〕慮一事、畫一計、爲謀。汎議將定其謀曰—。大禹—、臯陶—。皆汎—也。〔按漢書敍傳。先聖之大繇兮。師古注云。—、謀也。音謩。又音莫。〕

【謨】 蒙晡切音模虞韻

●一 無也。〔南唐書黨與傳〕越人—信。未可速攻。〔注〕—信、無信也。閩人語音。

●二 借爲歷。器名。〔周禮遂人〕凡山川四方用歷。〔注〕故書歷、或爲—。杜子春云。—當爲歷。書亦或爲歷。鄭司農云。脩—概散。皆器名。玄謂脩歷概散皆漆尊也。

【謨】 蒙晡切音模虞韻莫故切音慕遇韻

僞也。見〔爾雅釋詁〕。〔注〕—者、謀而不忠。

【謫】 陟革切音摘士革切音賾治革切音蹢陌韻丁歷切音的錫韻

●一 本作讁。〔說文〕讁。罰也。〔注〕—、猶摘也。〔按一切經音義引通俗文。罰罪曰—。〕

●二 譴也。〔左桓十八年傳〕公—之。

●三 怒也。見〔方言〕。〔注〕相責怒也。

●四 過責也。見〔一切經音義引字林〕。

●五 咎也。見〔玉篇〕。

●六 變氣也。〔左昭三十一年傳〕日始有—。

●七 亦作適。〔禮記昏義〕適見于天。〔注〕適之言責也。

●八 亦作讁。〔淮南說山〕春至旦不中員呈猶讁之。〔注〕讁、責怒也。

【⿰言竟】 渠映切音倞敬韻

●一 競或字。〔集韻〕競。彊也。一曰逐也。或作—。

●二 人名。〔宋史宗室表〕承節郎不—。

【⿰言帶】 丁計切音帝大計切音第霽韻當蓋切音帶泰韻

●一 諦—。諟也。吳越曰諦—。見〔方言〕。〔注〕諟亦審。

●二 人名。〔唐書宗室表〕魯陽郡公—。

●三 同諦。〔方言〕—。審也。秦晉曰—。〔說文作諦。〕

【謬】 眉救切音繆宥韻

●一 狂者之妄言也。見〔說文〕。

●二 誤也。見〔爾雅序釋文引方言〕。

●三 亂也。見〔禮記中庸考諸三王而不—疏〕。

●四 謂—錯。見〔易乾注不—于果疏〕。

●五 欺也。見〔廣雅釋詁〕。

●六 詐也。見〔玉篇〕。

●七 姓也。後漢有—彤。見〔姓氏書辨證〕。

●八 通繆。〔管子輕重〕惟繆數爲可耳。〔注〕繆讀曰—。〔按段注說文云。古差繆多用從糸之字。與此義別。然今多通叚爲之。〕

【謮】 側革切音責陌韻

●一 讓也。見〔廣雅釋詁〕。〔疏證〕經傳通作責。

●二 怒也。見〔集韻〕。

●三 人名。汝—。見〔宋史宗室表〕。

【謮】 士革切音賾陌韻

嘖或字。〔集韻〕嘖。大呼也。或从言。

【讋】 質涉切音讋葉韻

●一 言疾也。見〔集韻〕。

●二 同讘。〔玉篇〕讘。多言也。—同。

【⿸麻言】 莫臥切音磨箇韻

以大對小之言。見〔集韻〕。

【⿱既言】 几利切音冀寘韻

●一 言無、次也。見〔集韻〕。

●二 人名。與—。見〔宋史宗室表〕。

【謰】 陵延切音連先韻

●一 —謱也。見〔說文〕。〔按方言。—謱。拏也。注云。言譇拏也。箋疏云。玉篇。—謱。繁拏也。廣韻。—謱。小兒語。楚辭九思王逸注。—謱。不正皃。洪興祖補注。一曰。—謱語亂也。亦作連謱。集韻。連縷謂不絕皃。亦作嗹嘍。玉篇。嗹嘍。多言也。說文訓譇拏爲羞窮。蓋謂羞澀詞窮而支離牽引也。〕

㊁—語。詞之一體。〔通雅釋詁〕—語者。雙聲相轉而語—謱也。如崔嵬澎湃。凡以聲爲形容。各隨所讀。亦無不可。江右張氏問奇特編而定其音讀。穀城從而廣之。朱氏指南艮齋字學皆揭此例。

㊂人名。〔宋史宗室表〕孟—與—。

【謰】力展切音輦銑韻

—。語亂。見〔集韻〕。

【謱】郎侯切音婁尤韻

㊀謰—也。見〔說文〕。〔詳謰字〕。

㊁謰也。見〔集韻〕。

【謱】朗口切音塿有韻

謰—。拏也。見〔方言〕。〔又〕小兒語。見〔廣韻〕。

【謱】隴主切音縷麌韻

㊀覶—。委曲也。見〔集韻〕。

㊁亦作縷。〔柳宗元書〕雖欲秉筆覶縷。

【謲】倉含切音參覃韻七紺切音磣勘韻

㊀相怒使也。見〔說文〕。

㊁人名。孟—。見〔宋史宗室表〕。

【謲】蘇含切音毿覃韻

㊀—譚。怒語也。見〔集韻〕。

㊁亦作參。〔文選成公綏賦〕參譚雲屬。〔桂注說文以爲—之借字〕。

【謲】七紺切音磣勘韻

伺也。見〔集韻〕。

【謲】楚錦切音墋寑韻

陰言譏之也。見〔集韻〕。

【謳】邕俱切音紆虞韻烏侯切音歐尤韻

齊歌也。見〔說文〕。〔注〕齊、衆也。〔按正字通云一說—爲歌之別調。歌爲—之總名。〕

【謳】烏侯切音歐尤韻

㊀徒歌曰—。〔楚辭大招〕—和揚阿。

㊁齊地之歌也。〔御覽引古樂志〕齊歌曰—。吳歌曰歈。楚歌曰豔。淫歌曰哇。〔按楚辭吳歈蔡—。孟子河西善—。則非齊亦曰—矣。〕

㊂吟也。見〔廣韻〕。

㊃和也。〔淮南氾論〕清之則譙而不—。

㊄姓也。春秋越大夫—陽。

㊅亦作嘔。〔荀子富國〕呪嘔之。〔注〕呪嘔。嬰兒語聲也。嘔、與—同。

㊆亦作歐。〔三公山碑〕百姓歐歌。

【謳】匈于切音吁虞韻

㊀煦也。欲化之貌。見〔莊子大宗師釋文引李注〕。

㊁喜也。見〔廣雅釋詁〕。〔疏證〕文選聖主得賢臣頌李善注引應劭注云。嘔喻、和悅貌。嘔、與—同。

【諅】居之切音姬支韻

㊀諆或字。〔集韻〕諆、謀也。一曰欺也。或从基。

㊁人名。與—。師—。見〔宋史宗室表〕。

【謵】席入切音習緝韻

㊀言—。讋也。見〔說文〕。〔注〕言辭懾也。

㊁同習。〔莊子庚桑楚〕夫復—不餽而忘人。〔釋文〕音習。慹也。

【謵】尺涉切音詀葉韻

小言。見〔集韻〕。

【謵】勑涉切音鍤葉韻

—讋。語不正。見〔集韻〕。

【[illegible]】巫放切音妄漾韻

㊀本作[illegible]。〔說文〕[illegible]。責望也。〔注〕史記張耳傳曰。陳餘固望耳。本此[illegible]字也。〔按顧本傳作—。今書竝以朢爲之。此蓋因朢望義通而亂。〕

㊁欺也。見〔類篇〕。

【謶】職略切音灼藥韻

㊀譌也。見〔廣雅釋言〕。

㊁欺也。見〔集韻〕。

【謶】商署切音恕御韻

冀也。通作庶。見〔集韻〕。

【謶】之奢切音遮麻韻

嗻或字。〔集韻〕嗻。嗻嗻。多言。或从言。

【謷】牛刀切音敖豪韻

㊀不肖人也。一曰。哭不止、悲聲——。見〔說文〕。〔注〕不肖人。其言煩苛也。〔按桂注云。韻會引徐鍇本。不肖人言也。不肖當爲不省。廣韻—、不省語也。據此則鍇本有誤存攷。〕

㊁放也。〔莊子德充符〕—乎大哉。〔按韻會舉要云大貌。〕
㊂—有甚意今楚黃人謂事之甚者曰—。見〔正字通〕
㊃—不聽話言而妄語也。〔楚詞怨上〕令尹兮——。〔又〕衆口愁聲也。〔漢書食貨志〕天下——然陷刑者衆。〔又〕衆口毀人之貌。見〔爾雅釋訓釋文引舍人注〕
㊄亦作敖。〔爾雅釋訓〕仇仇、敖敖、傲也。〔疏〕敖—音義同。
㊅亦作嚻。〔詩板〕聽我嚻嚻。〔傳〕嚻猶——也。〔按爾雅釋訓疏云。—嚻音義同。〕

【謷】魚到切音傲號韻

㊀志遠貌。見〔莊子大宗師釋文引司馬注〕〔按王注云高邁於俗也。〕
㊁謔也。見〔字彙〕。
㊂通傲。〔唐書周墀傳〕宿將暴—不循令者。墀命鞭其背。

【謷】牛交切音聱肴韻

㊀不肖也。見〔廣韻〕。〔按段注說文云。此依誤本說文。而又少二字。是亦應作不省人言四字。〕
㊁通聱。〔說文通訓定聲〕—、字亦作聱。玉篇引廣雅。聱、不入人語也。

【𧫷】蘇谷切音誎屋韻

㊀古速字。見〔說文辵部〕。〔按舊字典誤從敕。今依說文正。〕
㊁人名。梁昭明太子子—。爲武昌郡王。

【謹】儿隱切音慬吻韻

㊀愼也。見〔說文〕。〔注〕論語曰。言惟—耳。
㊁善也。〔楚辭懷沙〕—厚以爲豐。
㊂敬也。見〔玉篇〕。
㊃絜也。見〔廣韻〕。
㊄慤也。專也。重也。見〔增韻〕。
㊅嚴也。〔荀子王制〕—畜藏。
㊆嚴禁也。〔荀子王制〕—盜賊。
㊇謂守行無越思。〔荀子王覇〕各—其所聞。
㊈愼行禮法謂之—度。〔孝經〕制節—度。
㊉—募。猶重募也。〔荀子王制〕案—募選閱材伎之士。
(十一)姓也。見〔姓苑〕。
(十二)借作墐。〔禮記內則〕塗之以—塗。〔注〕墐塗、塗有穰草也。〔釋文〕—、依注作墐。音斤。徐如字。〔按朱駿聲云。段借爲墐。蓋墐爲墐之轉注。〕

【𧭈】質涉切音慴葉韻

㊀本作讘。〔說文〕讘讘譺也。〔注〕史記灌夫曰。生平毀程不識不直一錢。今日長者行酒。乃效兒女子呫囁耳語。當作此—讘字也。〔按史記集解引韋昭云。呫囁。附耳小語聲。〕
㊁拾人語也。見〔廣韻〕。

【𧭈】質入切音執緝韻的協切音聑葉韻

多言也。見〔集韻〕。

【𧬌】壁吉切音必質韻

㊀敬也。見〔集韻〕。
㊁人名。與—。見〔宋史宗室表〕。
㊂同趩、蹕。〔玉篇〕—。止行也。本作趩、蹕。
㊃通畢。〔正字通〕—、言止也。與畢通。

【謻】陳知切音馳支韻

㊀別也。見〔集韻〕。
㊁通簃。〔集韻〕宮室相連謂之簃。通作—。

【謻】余支切音移支韻

㊀臺名。〔漢書諸侯王表〕有逃責之臺。〔注〕劉德曰。洛陽南宮—臺是也。〔互詳誃字。〕
㊁門名。〔文選張衡賦〕—門曲榭。〔注〕—門、冰室門也。〔按字亦作謻。見廣韻。又石林燕語云。東華門直北有東向門。與內東門相値。謂之—門。〕
㊂人名。〔宋史宗室表〕右侍禁士—。
㊃—羅。州名。唐置。羈縻劍南道。當在今雲南境。

【謻】敞尒切音侈紙韻

誃或字。〔集韻〕誃。說文、離別也。周景王作洛陽誃臺。或作—。

【謼】荒故切音戽過韻

㊀評也。見〔說文〕。〔段注〕依韻會訂。此與口部呼、異義而通用。〔按此爲評召字。錯注云。山海經。鳥其鳴自—。謂自言其名也。亦此義。〕
㊁姓也。〔漢書景武昭宣元成功臣表〕下摩侯—毒尼。以匈奴王降封。
㊂同呼。〔漢書賈山傳〕一夫大—。〔注〕師古曰。—、字與呼同。叫也。

【謼】荒胡切音呼虞韻
虖或字。[集韻]虖。嘑虖也。或从言。

【謼】虛交切音摅肴韻
●一—服嗁也。[漢書灌夫傳]—服謝罪。[注]晉灼曰。服音瓟。關西俗謂得杖呼及小兒嗁爲呼瓟。師古曰。—古呼字。若謂嗁爲—服。則—音火交反。
●二諕或字。[集韻]吳人謂叫呼爲諕。或作—。

【⿱殹言】烟奚切音鷖齊韻
●一然也。南楚凡言然者曰欸。或曰—。見[方言]。[按廣雅釋詁云。譽也。玉篇云。是也。發聲也。廣韻云。相言應詞也]
●二人名。崇—見[宋史宗室表]。

【謾】謨官切音瞞寒韻彌延切音綿免員切音[illegible]先韻莫半切音縵翰韻莫晏切音慢諫韻
欺也。見[說文][桂注]欺也者。方言。譠—、欺—之語也。漢律有欺—詐謾科。晉書刑法志張斐律表。違忠欺上謂之—。宣帝紀。務爲欺—以避其課。顏注。—、誑言也。灌夫傳。迺—好謝蚡。顏注。—猶詭也。詐爲好言也。

【謾】謨官切音瞞寒韻
●一相抵闌也。見[史記文帝紀集解引韋昭]。
●二欺毀也。[荀子非相]鄉則不若。背則—之。
●三譠—。緩也。見[廣雅釋詁][疏證]譠—、或作儃僈。賈子勸學篇。我儃僈而弗省。儃僈謂怠緩也。[按朱駿聲云。借爲趨。則是行之緩也]

【謾】謨還切音蠻刪韻
—台。懼也。燕代之間曰—台。見[方言][箋疏]—台之言慢易也。樂記。望其容貌。而民不生慢易也。不生慢易。有畏懼之意。是慢易與畏懼。正義之相因而相反者也。故怠忽謂之慢易。畏懼亦謂之慢易。[按朱駿聲云。發聲之詞]

【謾】謨還切音蠻刪韻延彌切音綿先韻
慧也。[方言]虔儇。慧也。秦謂之—。[注]謂—訑。

【謾】莫晏切音慢諫韻
●一嫚汙也。[漢書孝成許皇后傳]長書有詩—。
●二汙漫也。[莊子天道]於是繙十二經以說老聃。中其說曰。大—。願聞其要。
●三同慢。[漢書翟方進傳]輕—宰相。[注]—、讀與慢同。

【謾】莫半切音縵翰韻
●一且也。通作漫。見[增韻]。
●二通曼。[書大傳]夏伯之樂舞—彧。[朱駿聲以爲曼之叚借]
●三亦作滿。[漢書谷永傳]滿讕誣天。[注]滿讕、謂欺罔也。[按蕭該曰。滿讕或音漫]

【謤】卑遙切音猋蕭韻
言有所止。見[集韻]。

【謤】紕招切音漂蕭韻
言輕也。見[集韻]。

【謥】千弄切音愡送韻蘇綜切音宋宋韻
—詷。言遽。見[類篇]。[按集韻字作諗]

【謧】鄰知切音離支韻憐題切音黎齊韻力交切音顟肴韻
—詍也。多言也。見[說文]。[按鍇本如是。鉉本謧下刪也字。段從之。遂於—詍二字逗讀。通爲一義。引玉篇云、欺謾之言。廣韻云、弄言。注之。然如所引云云。似與多言不類。王氏則仍鍇本。且明析爲二義。但於—泄也下類引篇韻云云。又以其鄉謂相慢曰—戲、爲—詍之轉。說較長矣]

【⿱誰三】倉回切音催灰韻
譎也。見[集韻]。

【⿱誰土】都回切音磓灰韻
塠或字。[集韻]塠。落也。或从誰。

【⿰言爽】楚嫁切音㾓禡韻
異言。見[集韻]。

【⿱言兄】渠映切音倞敬韻
彊語也。一曰逐也。見[說文誩部]。[按集韻云隸作競。參閱競字]

【⿰言羕】弋亮切音漾漾韻
聲變也。見[集韻]。

【⿰言崔】視隹切音誰夷隹切音惟川隹切音推遵綏切音崔支韻倉回切音催徂回切音摧灰韻千侯切尤韻此宰切音采賄韻

就也。〔詩北門釋文引韓詩〕室人交偏—我。

【䜅】川隹切音推支韻　貲也。見〔集韻〕。

【謯】咨邪切音嗟莊加切音樝麻韻　—娽也。見〔說文〕。〔段注〕廣雅曰。—娽也。—誺也。篇韻皆曰—誺也。誺—也。按許書有娽無誺。故仍之。其義未聞。—娽當是古語。許當是三字句。

【謯】子余切音苴魚韻　詠也。見〔集韻〕。

【謯】莊助切音詛御韻　古詛字。〔漢書孝成許皇后傳〕祝—後宮有身者王美人及鳳等。

【謯】側下切音詐馬韻　詐或字。〔集韻〕詐。詐謯言戾。或从虛。

【謏】數瓦切音傻馬韻　強事言語。見〔廣韻〕。〔正字通云。與嗄通。〕

【⿰言屚】郎豆切音漏宥韻　—詬。羞怒。見〔集韻〕。

【謴】古本切音袞阮韻　語不明。見〔集韻〕。

【謴】古困切音睔願韻　譴或字。〔集韻〕譴。訴人也。或从衮。

【⿰言貫】古困切音睔願韻　譴或字。〔集韻〕譴。訴人也。或从貫。

【⿰言巢】初交切音抄肴韻楚教切音勦效韻　代人說也。見〔集韻〕。〔玉篇〕云。與勦同。

【⿰言巢】莊交切音樔肴韻　𦗟或字。〔集韻〕𦗟。𦗟𦗟聲擾耳。或从言。

【⿰言逢】陟栗切音窒質韻　跌—。言無倫脊也。見〔集韻〕。

【䌛】余招切音遙蕭韻〔按段注說文云。當以周切。〕隨從也。見〔說文系部〕。〔注〕今俗从䍃。〔按今經典並作繇。義備見繇字。集韻眷部沿俗以—爲繇之或體。失考。〕

【⿰言桼】抽遲切音絺張尼切音胝支韻䚖丑二切音屎寘韻

不知也。見〔集韻〕。

【⿰言泰】測乙切音刹質韻　謅—。私言。見〔類篇〕。

【⿰言桼】抽知切音摛支韻　誺或字。〔集韻〕沅澧之間。凡相問而不知。答曰誺。或作—。

【⿰言曹】藏曹切音糟豪韻　詢—。聲亂。見〔集韻〕。

【⿰言曹】在到切音漕號韻　嘈或字。〔集韻〕嘈。喧也。或从言。

【⿰言奄】烏含切音諳覃韻　—阿。語不決。或作諳。通作媕。見〔集韻〕。

【⿰言強】巨兩切音強養韻　詞不屈也。見〔集韻〕。

【⿰言夌】陵之切音釐支韻　罵也。見〔集韻〕。

【⿰言疌】疾葉切音捷葉韻　多言也。見〔字彙補〕。〔按音義並與諜同。一字也。〕

【誶】虛訝切音罅禡韻　諕或字。〔集韻〕諕。謼也。或作—。

【⿰言酓】烏紺切音暗勘韻　背誦。或作諳。見〔集韻〕。

【⿰言酓】烏含切音諳覃韻　諳或字。〔集韻〕諳。悉也。一曰諷也。或作—。

【謸】魚到切音傲號韻　同傲。戲謔也。〔荀子禮論〕歌謠—笑。

【謸】牛刀切音敖豪韻　同謷。見〔洪武正韻〕。

【⿰言章】音未詳　人名。〔宋史宗室表〕師—。

【⿰言虐】謔本字。見〔說文〕。

【⿰言敢】譀本字。見〔說文〕。

【⿰言朁】譖本字。見〔說文〕。

【⿰言屏】誁本字。見〔類篇〕。

【⿰言扁】諞本字。見〔說文〕。

【⿰言啇】古商字。〔荀子儒效〕若夫—德而定次。〔注〕—與商同。古字。商度其德而定位次。

【⿰言㒼】同殺。見〔正字通〕。

【謩】同謨。見〔玉篇〕。

【謪】同讟。見〔字彙〕。

【諸】同謙。見〔正字通〕。

【譍】同嗟。〔漢魯君碑〕能不號—。

【譧】同謙。見〔字彙補〕。

【譁】同譁。見〔字彙〕。

【譟】譟或字。見〔集韻〕。

【謎】謎譌字。見〔字彙〕。

【護】謢譌字。類篇作—。集韻則从叟攴之。說文。从叟者是也。故以此爲譌。復於九畫補列謢字。

十二畫

【譋】陟交切音啁肴韻

㊀嘲或字。〔集韻〕嘲。說文、謔也。或作—。

㊁通啁。〔漢書東方朔傳〕朔與枚皐郭舍人俱在左右。詼啁而已。〔注〕啁、與—同。

【譁】呼瓜切音花胡瓜切音華麻韻

㊀讙也。見〔說文〕。

㊁諠也。見〔漢書藝文志集注〕。

㊂嚻也。〔國語晉語〕士卒在陳而—。

㊃言語嘵嘵也。見〔一切經音義引三蒼〕。

㊄—嚻猶讙譊。〔國語楚語〕若夫—嚻之美。

㊅—釦讙呼也。〔國語吳語〕三軍皆—釦以振旅。

【譁】吾瓜切音䵷麻韻

化也。見〔方言〕。

【譆】虛其切音僖支韻

㊀痛也。見〔說文〕〔注〕痛而呼之言也。〔按王筠依玄應引作痛聲也〕

㊁嘆聲也。〔莊子齊物〕—善哉技。

㊂敎也。見〔玉篇〕。

㊃懽聲也。見〔玉篇〕。

㊄愁恨之聲也。〔文選曹植七啟〕俯而應之曰—。

㊅——熱也。〔左襄三十年傳〕——出出。

㊆通嘻。見〔文選曹植七啟注〕。

【譂】齒善切音闡銑韻

㊀妄言也。見〔集韻〕。

㊁人名。崇—。善—。見〔宋史宗室表〕。

【譹】後到切音號號韻

㊀相欺也。見〔玉篇〕。

㊁人名。崇—。汝—。見〔宋史宗室表〕。

【[illegible]】何佐切音賀箇韻

㊀嚇語也。見〔集韻〕。

㊁人名。與—。孟—。見〔宋史宗室表〕。

【譄】咨騰切音增徂稜切音層蒸韻

㊀加言也。見〔說文〕。

㊁人名。希—。汝—。見〔宋史宗室表〕。

【譅】色入切音澀緝韻

㊀言甚多也。見〔玉篇〕。

㊁—譅言不止也。見〔集韻〕。

㊂難也。〔楚辭初放〕言語訥—。

【䛽】乃老切音腦晧韻

䛽或字。見〔類篇〕〔按集韻作譅〕。

【譮】胡對切音潰隊韻戶賄切音瘣賄韻

㊀本作譮。〔說文〕譮、中止也。司馬法曰。師多則民——、止也。

㊁譯也。見〔玉篇〕。

㊂列也。見〔廣韻〕。

㊃覺悟也。見〔增韻〕。

㊄呼聚也。見〔正韻〕。

㊅—譁。啁欺也。見〔廣雅釋訓〕。

【譇】陟加切音奓麻韻

㊀—拏。羞窮也。見〔說文〕〔注〕繁詞自蓋蔽也。〔按六書故拏—、—拏。語諕也。或作謯諏。廣韻。謯諏。語不正也〕

㊁怒也。見〔玉篇〕。

㊂語叫也。見〔六書故〕。

【譇】詩車切音奢麻韻

—諏。不解也。見〔集韻〕。

【䜌】閭員切音攣先韻盧丸切音鸞寒韻

㊀亂也。一曰治也。一曰不絕也。見〔說文〕〔段注〕治絲易棼。絲亦不絕。故从絲會意。

㊁槃也。見〔六書正譌〕。

㊂理也。見〔玉篇〕。

㊃南—。縣名。漢屬鉅鹿郡。當今直隸鉅鹿縣北。

【䜌】盧丸切音鸞寒韻

同鑾。鈴名。見〔六書統〕。

【䜌】龍眷切音戀霰韻

㊀言不絕也。見〔集韻〕。

㊁姓也。漢有—祕。爲南郡太守。見〔廣韻〕。

【譈】徒對切音隊隊韻

殺也。〔孟子萬章〕凡民罔不—。〔書大誥作憝〕。惡也見〔廣韻〕。怨也見〔集韻〕。

㊃人名。〔宋史宗室表〕忠訓郎不—。

【證】 諸應切蒸去聲徑韻

告也。見〔說文〕。

驗也。〔楚辭惜誦〕所以—之而不遠。

驗也。見〔廣雅釋詁〕。

㊃諫也。〔呂覽誣徒〕不可—移。

㊄則也。〔太玄從〕自然—也。

㊅候也。質也。見〔增韻〕。

㊆病—也。〔列子周穆王〕過陳遇老聃。因告其子之—。〔俗作症〕。

㊇六—。六徵也。〔大戴記文王官人〕慎用六—。

【譊】 尼交切音鐃肴韻

恚嘑也。見〔說文〕〔注〕聲高噪獰也。

㊁鳴也。見〔廣雅釋詁〕。

㊂訟聲也。見〔一切經音義引蒼頡〕。

㊃爭也。見〔玉篇〕。

㊄—喧也。見〔後漢儒林傳論注〕。〔又〕語也。見〔廣雅釋訓〕。〔又〕爭聲。〔法言寡見〕——者天下皆訟也。

【譊】 馨幺切音憢蕭韻

懼也。見〔集韻〕。

【譌】 吾禾切音吪歌韻

㊀—言也。詩曰。民之—言。見〔說文〕。〔參閱訛字〕。

㊁化也。見〔方言〕。

㊂覺也。見〔詩無羊釋文〕。

㊃譁也。見〔廣雅釋言〕。

㊄妖—也。〔山海經西山經〕章莪之山。有鳥焉。名曰畢方。見則其邑有—火。

㊅通吪。〔詩無羊〕或寢或吪。〔韓詩作—〕。

【譌】 古委切音詭尾韻

詭或字。〔集韻〕詭。說文、責也。一曰詐也。或从爲。

【⿰言翕】 迄及切音吸緝韻

㊀疾言也。見〔玉篇〕。

㊁—評。語聲。見〔集韻〕。

【⿱斯言】 先齊切音西齊韻

㊀本作嘶。〔說文〕嘶。悲聲也。

㊁嘶。振也。呻也。見〔玉篇〕。

㊂善也。見〔集韻〕。

㊃通嘶。見〔正字通〕。

【⿱斯言】 相支切音斯支韻

聲散也。見〔集韻〕。

【譎】 古穴切音玦屑韻

㊀權詐也。益梁曰謬。欺天下曰—。見〔說文〕。

㊁欺也。見〔廣雅釋詁〕。

㊂異也。〔文選傅毅賦〕瑰姿—起。

㊃乖也。見〔易睽注釋文〕。

㊄變也。〔文選張衡賦〕合二九而成—。

㊅恑也。見〔廣雅釋言〕〔疏證〕恑、與詭通。各本皆作—。恑、美也。案—恑二字。諸書無訓爲美者。此因恑下脫去也字。而下文恑美也又脫去恑字。遂誤合爲一條。今訂正。

㊆決也。〔莊子天下〕而倍—不同。

㊇日旁氣也。〔淮南覽冥〕君臣乖心。則背—見于天。〔注〕日旁五色氣在兩邊外向爲—。

㊈—諫。詠歌依違。不諫直也。見〔詩關睢序箋〕。

㊉詭變化也。〔文選張衡賦〕瑰異—詭。

【⿰言勞】 郎刀切音勞豪韻

㊀聲也。尚書大傳。—然作大唐之歌。見〔集韻〕〔參閱嘮字〕。

㊁灼也。見〔尚書大傳鄭氏說〕。

㊂—謝。語聲。詳謝字。

【⿰言勞】 郎到切音澇號韻

聲多也。見〔集韻〕。

【譏】 居希切音機微韻

㊀誹也。見〔說文〕〔段注〕—之言微也。以微言相摩切也。引伸爲關市—而不征之—。

㊁非也。〔楚辭大招〕誅—罷只。

㊂非言也。〔史記游俠傳〕二者皆—。

㊃諫也。〔楚辭天問〕殷有惑婦何所—。

㊄問也。見〔廣雅釋詁〕。

㊅譴也。〔公羊隱二年傳〕外逆女不書。此何以書。—。

㊆呵察也。〔禮記王制〕關執禁以—。

㊇怨也。見〔廣雅釋言〕。

㊈嫌也。見〔玉篇〕。

㊉官名。〔金史百官志〕察—使掌—察姦僞。

⑪通幾。〔周禮司關〕國凶札則無關門之征。猶幾。〔注〕猶幾謂無租稅。

猶苛察不令姦人出入。

【譑】舉夭切音矯吉了切音皎篠韻
㊀糾也。見〔集韻〕。
㊁發人罪也。〔荀子富國〕必有貪利糾｜之名。
㊂多言也。見〔玉篇〕。

【譑】丘召切音趬嘯韻
弄言也。見〔集韻〕。

【譒】補過切音播箇韻逋禾切音波歌韻
㊀敷也。商書曰。王｜告之。見〔說文〕。〔注〕布言之也。
㊁謠也。見〔玉篇〕。
㊂人名。唐給事周｜。

【⿰言嵒】魚咸切音碞咸韻
㊀戲言。見〔廣韻〕。
㊁和也。或作諴。見〔集韻〕。
㊂人名。希｜。見〔宋史宗室表〕。

【譓】胡桂切音惠霽韻
㊀多謀智曰｜。見〔廣韻〕。
㊁順也。〔漢書司馬相如傳〕義征不｜。〔史記作憓〕。
㊂人名。謝｜。見〔陳書謝哲傳〕。
㊃譓或字。〔集韻〕譓辨察也。或作｜。

【⿱隓言】翾規切音觿支韻雖遂切音遂寘韻
㊀相毀也。見〔說文〕。
㊁諉也。見〔集韻〕。
㊂人名。〔宋史宗室表〕承節郎不｜。

【⿰言隋】土和切音詑歌韻
㊀惎也。見〔方言〕。
㊁退言也。見〔廣韻〕。

【譔】逡緣切音詮先韻雛戀切音饌霰韻
㊀本作譔〔說文〕譔專敎也。〔段注〕專敎也。專壹而敎之也。
㊁殊也。見〔廣雅釋言〕。

【譔】須絹切音選霰韻
善言也。見〔集韻〕。

【譔】雛戀切音饌霰韻
㊀具也。〔楚辭大招〕聽歌｜只。〔注〕觀聽眾樂無不具也。
㊁專敬。見〔廣韻〕。

【譔】雛免切音撰銑韻
㊀述也。見〔集韻〕。
㊁造也。爲也。見〔廣韻〕。

【譕】蒙晡切音模虞韻
㊀古謨字。見〔集韻〕。
㊁人名。與｜。見〔宋史宗室表〕。

【譕】微夫切音無虞韻罔甫切音武語韻
誘詞也。見〔廣韻〕。

【譖】側禁切音顫沁韻
㊀愬也。見〔說文〕。
㊁諻也。見〔廣雅釋詁〕。
㊂讒也。見〔一切經音義引三蒼〕。
㊃加誣曰｜。〔公羊莊元年傳〕夫人｜公於齊侯。
㊄旁言曰｜。〔文選韋孟詩〕王赧聽｜。

【譛】子念切音僭豔韻
不信也。見〔集韻〕。

【譙】才笑切音噍嘯韻
㊀讓也。見〔說文〕。〔王注〕依史記朝鮮傳索隱引改。方言廣雅同。今各本作嬈譊也。嬈、擾戲弄也。譊、恚呼也。二義不貫。竹君本作嬈嬈也。顧本譊字改刻。蓋亦本作嬈嬈。然亦恐未是。
㊁責也。見〔漢書樊噲傳注〕。
㊂呵也。見〔一切經音義引埤蒼〕。
㊃｜讓。以辭相責也。〔漢書高帝紀〕噲因｜讓羽。
㊄山水名。〔山海經北山經〕｜明之山。｜水出焉西流注于河。

【譙】慈焦切音樵蕭韻
㊀樓之別稱。〔漢書陳勝傳〕與戰｜門中。〔注〕｜門。門上爲高樓以望遠者。樓一名｜。故謂美麗之樓爲麗｜。
㊁｜｜。殺也。〔詩鴟鴞〕予羽｜｜。
㊂縣名。漢置。屬沛郡。當今安徽亳縣治。
㊃姓也。｜周。見〔漢書五行志〕。

【譙】視隹切音誰支韻
｜呵。借訪也。〔史記萬石張叔傳〕不｜呵。〔索隱〕｜呵、音誰何。猶借訪也。

【識】設職切音式職韻
㊀常也。一曰知也。見〔說文〕〔段注〕凡知｜、記｜、標｜。今人分入去二聲。古無入去分別。三者實一義也。〔按王筠謂常也義有兩音。一則典常之常也。職二文。經典互易。釋詁。職、常也。職、當作｜。凡記｜當作職。說文耳部。職、記微也。依此義

則—當之翼切。音織。一則旗常之常也。說文徽幟二字下皆云幟也。說文韻譜並作—。左昭二十一年傳杜注、徽—也。釋文、—本又作幟。依此義則—當式吏切。音試。亦昌志切。音熾。知也。義亦有兩音。一則如字。詩不—不知是也。此義當職切。一則經典作職。釋詁、職、主也。職之訓知。如易曰、乾知大始。中庸曰、知天地之化育。皆當主義。此義當之翼切。據王說。則賞職切於知義猶未該備。於常義更無涉矣。今依集韻。於設職切下繫說文。別出昌志、式吏、職吏各切。分音繫訓。不泥王說。亦不取段之概括也。

㊁審也。〔周禮司刺〕壹宥曰不—。

㊂性也。見〔後漢馬融傳注〕。

㊃心之別名。湛然不動謂之心。分別是非謂之—。見〔文選五君詠注〕。

㊄—認也。見〔玉篇〕。

㊅見—也。見〔增韻〕。

㊆猶適也。〔左成十六年傳〕—見不穀而趨。〔按王引之云言適見不穀而趨也。〕

㊇—命謂知天命者。見〔後漢王昌傳注〕。

㊈草名。〔大戴記夏小正〕三月采—。

㊉姓也。見〔姓纂〕。

【識】職吏切音志式吏切音試寘韻

㊀記也。〔論語述而〕默而—之。

㊁標—也。見〔廣韻〕。

㊂器之欵鏤爲—。〔漢書孝武紀〕文鏤無欵—。〔索隱〕—猶表—也。

㊃通志。〔周禮保章氏〕以志星辰日月之變動。〔注〕志、古文—字。記也。

㊄通幟。〔後漢虞詡傳〕以采綖縫賊裾爲幟。〔注〕幟、記也。

【識】昌志切音熾寘韻

幟也。有章幟可按視也。見〔釋名釋言語〕。

【譚】徒南切音覃覃韻

㊀延也。〔管子修靡〕祀—次祖。

㊁誕也。謂安縱也。〔大戴禮子張問入官〕修業居久勿—。

㊂猶著也。〔文選成公綏賦〕參—雲屆。

㊃參—。相隨貌。〔文選嵇康賦〕參—繁促。

㊄國名。〔春秋莊十年〕—子奔莒。〔按今山東歷城縣東南有—城。〕

㊅姓也。—子之後。

㊆同覃。〔詩碩人〕—公維私。〔白虎通作覃公維私〕

㊇同談。〔莊子則陽〕夫子何不—我于王。〔釋文〕—、本亦作談。

【譚】徒感切音禫感韻徒南切音覃覃韻

大也。見〔玉篇〕。

【⿰言斯】息移切支韻

㊀諒也。見〔玉篇〕。

㊁同誓。見〔篇海類編〕。

【譀】下瞰切音憨勘韻平監切音銜咸韻許鑑切音儆陷韻迄甲切音呷洽韻

誕也。見〔說文〕〔注〕譀、大言也。

【譀】呼濫切音歛下瞰切音憨勘韻平監切音銜咸韻

調也。見〔廣雅釋詁〕。

【譀】許鑒切音儆陷韻

叫—。怒也。見〔玉篇〕。

【⿰言就】卽就切音僦宥韻

臾也。見〔玉篇〕。

【⿰言尋】他感切音襑感韻他含切音貪覃韻

—譏。言不定也。見〔集韻〕。

【⿰言虛】呴于切音吁虞韻

妄言也。見〔集韻〕。

【⿰言善】旨善切音膳銑韻

格人言也。見〔字彙〕。

【⿰言尞】憐蕭切音聊蕭韻

—⿰言遼。巧言也。見〔集韻〕。

【⿰言壹】壹計切音意霽韻

—諦。諟也。〔方言〕吳越曰—諦。〔按玉篇曰、審諦也。〕

【⿰言發】方伐切音髮月韻

出言也。見〔集韻〕。

【⿰言惡】於五切音鄔麌韻

䛩或字。〔集韻〕䛩、說文、相毀也。一曰畏毀。或从惡。

【⿰言惡】遏鄂切音惡藥韻

詆也。見〔集韻〕。

【⿰言惡】烏故切音汙遇韻

惡或字。〔集韻〕惡、恥也。惛也。或作—。

【誻】竹洽切音箚洽韻

—譶。言無倫脊也。見〔集韻〕。

【譆】公呼切音姑虞韻戾也。〔繆襲尤射〕食言乃厥—。

【譕】滿補切音姥麌韻—譪言不足也。見〔集韻〕。

【諥】竹用切音眾宋韻人名。唐內樞密使李周—。見〔唐書宦者傳〕

【譧】崇雙切音淙江韻尻骨也。見〔字彙補〕。

【譤】謝本字。見〔說文〕。

【讁】譎本字。見〔說文〕。

【譽】譽本字。見〔說文〕。

【譬】譬本字。見〔說文〕。

【謣】同謖。見〔五音篇海〕。

【譁】同訾。見〔龍龕手鑑〕。

【諫】謡或字。見〔集韻〕。

【譇】諸或字。見〔集韻〕。

【調】讕或字。見〔說文〕。

【謀】譬或字。見〔集韻〕。

【謕】邌省字。見〔集韻〕。

【譌】譌俗字。見〔正字通〕。

【譖】譒譌字。正字通云譒本字。說文作譌。泥。未知所本。

十三畫

【譈】於到切音奧號韻

㊀語也。見〔廣雅釋詁〕。

㊁告也。見〔廣雅釋詁〕。

㊂隱語。通作奧。見〔正字通〕。

㊃人名。汝—。與—。見〔宋史宗室表〕。

【譝】神陵切音繩蒸韻

㊀譽也。見〔廣雅釋詁〕。〔按表記君子不以口譽人注云譝繩也。釋文云說文作—。左莊十四年傳繩息嬀。杜云繩譽也。釋文云說文作—。今攷說文無—字。或舊有而今逸矣。存攷〕

㊁—言朴也。〔子華子北宮子仕〕——兮如將孩。

㊂人名。希—。見〔宋史宗室表〕。

【譟】先到切音噪號韻

㊀擾也。見〔說文〕。〔按一切經音義引作擾耳也。又引聲類云—羣呼煩擾也。〕

㊁雷鼓曰—。〔家語相魯〕齊使萊人以兵鼓—。〔按本亦作謲子紺切。〕

㊂喜也。〔周禮大司馬〕車徒皆—。

㊃音也。見〔方言〕。

㊄鳴也。見〔一切經音義引廣雅〕。

【譟】倉刀切音操豪韻聲也。見〔集韻〕。

【譪】許介切音謑卦韻譪—。爭怒。見〔集韻〕。

【譪】暮拜切音韎莫敗切音邁許邁切音𧬬卦韻

㊀譪也。見〔說文〕〔注〕言過也。〔按廣韻云誇誕也。字亦作噧。左哀二十四年傳是躗言也。釋文以為過謬之言。許書引作噧言。桂注謂噧即—。變言從口〕

㊁人名。汝—。崇—。見〔宋史宗室表〕。

【譠】他干切音灘知山切音饘刪韻

㊀—謾。欺謾之語也。見〔方言〕〔注〕中國相輕易蚩弄之言也。

㊁冷—不顧。見〔字彙〕。

【譠】託山切刪韻抽延切音脠先韻時戰切音繕霰韻

—謾緩也。見〔廣雅釋詁〕。〔詳謾字。〕

【譡】都郎切音當陽韻忠言。見〔集韻〕。

【譡】底朗切音黨養韻

㊀人名。〔宋史宗室表〕贈朝散令—。

㊁讜或字。〔集韻〕讜善言也。或作—。

【譡】丁浪切音儅漾韻讜或字。〔集韻〕讜言中理也。或从當。

【譿】呼外切音翽泰韻

㊀聲也。詩曰有—其聲。見〔說文〕〔桂注〕經典借嘒字。詩小雅鳴蜩嘒嘒。傳云嘒嘒聲也。〔按廣韻云眾聲〕

㊁人名。〔唐書宰相表〕蕭—。虢州刺史。

㊂通噦。見〔正字通〕。

【譢】雖遂切音隧寘韻

㊀讓也。譙也。見〔廣韻〕。

㊁告也。問也。或作訊。通作誶。見〔集韻〕。

㊂人名。與—。必—。見〔宋史宗室表〕。

【譤】吉歷切音激錫韻

(十一)訐也。見〔類篇〕〔按字彙云詐也〕。

(十二)亦作謷。〔漢書藝文志〕及謷者爲之。〔注〕晉灼曰。訐也。

【譥】吉弔切音叫嘯韻

(一)痛嘑也。見〔說文〕〔段注〕嘑作呼。謼。—與嗷義略同。痛謼若顏氏家訓所云北人呼羽罪反之音。南人呼于來反之音也。

(二)大呼也。見〔玉篇〕。

(三)訐也。〔漢書藝文志〕及—者爲之。則苟鉤鈲析亂而已。

【警】舉影切音景梗韻

(一)戒也。見〔說文〕。〔按段本作言之戒也。周禮宰夫。正歲則以灋—戒羣吏。注云。—勅戒之言。段蓋本此。〕

(二)戒肅也。〔漢書梁孝王武傳〕出稱—。入言趣。

(三)猶起也。〔禮記文王世子〕大昕鼓徵。所以—衆也。

(四)猶驚也。〔文選陸機賦〕節循虛而—立。

(五)淸道也。見〔文選張衡賦辥注〕。

(六)曲名。〔唐書儀衞志〕鼓吹九曲。三曰—鼓。

(七)州名。唐置。屬關內道。當今甘肅寧夏縣東北。

(八)——不安也。見〔廣雅釋訓〕。

(九)—策。言篇中絕好之句也。〔文選陸機賦〕乃一篇之—策。〔注〕夫駕之法。以策駕乘。今以一言之好最于衆辭。若策驅驥。故云—策。

(十)巡—。內政之一種。所以保衞治安者。其職官統屬於內務部。亦稱—察。或簡稱曰—。

【譨】奴侯切音羺尤韻

(一)——。猶㘈㘈也。言皆競於佞也。〔楚辭怨上〕羣司兮——。〔按洪興祖補注云。——。多言也。〕

(二)人名。崇—。時—。見〔宋史宗室表〕。

【譨】濃江切音膿江韻

噥或字。〔集韻〕噥。噥噥。語。一曰語不明。或从言。

【譩】於其切音醫支韻

恐也。傷也。見〔集韻〕。

【譩】於希切音衣微韻

(一)—譆。姑獲鳥別名。見〔本草綱目〕。

〔又〕穴也。〔素問骨空論〕大風汗出灸—譆。—譆者在背下俠脊旁三寸所。

(二)同譆。〔列子黃帝〕仲尼曰譆。〔釋文〕譆、與—同。歎聲也。

(三)悠或字。〔集韻〕悠。哀痛聲。或作—。

【譩】於記切音意寘韻

噫或字。〔集韻〕噫。痛聲。或从言。

【譩】隱己切音醷紙韻

(一)恨辭。見〔集韻〕。

(二)唶辭也。見〔韻會〕。

【譁】古困切音論願韻

(一)厚人也。見〔廣韻〕。

(二)猇人也。見〔集韻〕。

【譫】之廉切音詹鹽韻 達合切 音沓 敵盍切音蹋 章盍切合韻

(一)多言也。見〔集韻〕。

(二)—言。謂妄謬而不次也。〔內經熱論〕不欲食—言。

(三)人名。汝—。見〔宋史宗室表〕。

【譫】質涉切音讋葉韻

讇或字。〔集韻〕讇。多言也。或从詹。

【譬】匹智切音翍寘韻

(一)喻也。見〔說文〕〔注〕猶匹也。匹而喻之也。

(一)猶曉也。〔後漢鮑永傳〕言之者雖戒。而聞之者未—。

(三)亦作辟。〔詩小弁〕—彼舟流〔釋文〕、—本亦作辟。

【譯】夷益切音繹陌韻

(一)本作譯。〔說文〕譯。傳四夷之言者。〔按宋普潤大師法雲翻—名義集云。周禮掌四方之語。各有其官。東方曰寄。南方曰象。西方曰狄鞮。北方曰—。今通西言而云—者。蓋漢世多事北方。而—官兼善西語。故摩騰始至而—四十二章。因稱—也。由此推之。傳四夷語、統稱曰—。蓋自漢始。漢世典客之官。獨以—名。以此也〕

(二)見也。見〔方言〕〔箋疏〕按見者明著之義。小爾雅。斆明也。廣雅。瞭明也。史記宋世家集解引鄭注云。圛者、色澤而光明也。李善注魯靈光殿賦。爗爗。光祉貌。義並與—同。按潛夫論考績篇云。夫聖人爲天口。賢人爲聖—。是故聖人之言。天下之心也。賢者之所說。聖人之意也。其字亦取明著之義。

(三)—之言易也。謂以所有易所無。見

［翻譯名義引宋僧傳］。

(四)陳也。論陳說外內之言。［禮記王制］北方曰—。［按劉氏曰—。釋、也。猶言謄也。謂以彼此言語相謄而通之也。］

(五)凡詁釋經義亦曰—。見［正字通］。

(六)通擇。［漢修堯廟碑］各相土—居。

【譮】黄外切音會泰韻
悟也。見［集韻］。

【譮】許介切音噲卦韻
怒聲。見［集韻］。

【譮】火夬切音咶卦韻
氣高貌。見［集韻］。

【譮】戶快切音[illegible]卦韻
(一)話籀文。［說文］話。會合善言也。—。籀文話从言會。

(二)人名。［宋史孝宗紀］慶國公介—。

【[illegible]】古罵切音坬禡韻
(一)相誤也。見［說文］。［注］相陷誤也。［按段注廣韻云相—誤也。—誤、蓋同詿誤。］

(二)欺也。見［玉篇］。

【[illegible]】紀偃切音湕阮韻　九件切音蹇銑韻
(一)吃也。楚語也。見［方言］［注］亦北方通語也。

(二)亦作謇。［一切經音義引通俗文］言不通利謂之謇吃。

【[illegible]】九件切音蹇銑韻
難也。見［集韻］。

【[illegible]】許亮切音向漾韻
(一)非美言也。見［廣韻］。

(二)答也。見［集韻］。

(三)不久也。見［洪武正韻］。［按說文。曏、不久也。］

【[illegible]】許兩切音響養韻
響或字。［集韻］響。聲也。或从言。

【議】宜寄切音義寘韻
(一)語也。見［說文］。［注］定事之宜也。［按韻會四寘引有一曰謀也。四字。桂注說文云。廣雅。—、言也。謀也。當具二義。］

(二)謂講論也。［荀子王制］法而不—。

(三)平也。［呂覽忠廉］士—之不可辱者。

(四)猶擇也。［儀禮有司徹］乃—侑于賓以異姓。

(五)謂陳說非時事也。［禮記閒傳］大功言而不—。

(六)文體之一。［文心雕龍］—之言宜。審事宜也。—貴節制。經典之體也。昔管仲稱軒轅有明堂之—。則其來遠矣。

(七)官名。漢有—郎。唐有諫—大夫。又司—郎。

(八)流—。猶餘論也。［文選東方朔論］欲聞流—者。三年於茲矣。

(九)通誼。［漢書董仲舒傳］論誼考問。

(十)或作義。［鶡冠子度萬］事至而—者。不能使變無生。

【議】魚羈切音宜支韻
(一)謀度也。見［集韻］。

(二)通儀。［國語鄭語］伯翳能—百物。［漢書地理志作儀］。

【譜】彼五切音補姥韻
(一)籍錄也。史記从並。見［說文新坿］。［鈕氏新坿攷］—通作普。或作表。韋昭辨釋名云。主簿者。主諸簿書。簿、普也。闕普諸事也。文選陸士衡文賦云。普辭條與文律。並與—義有合。又漢書五行敍傳。表與禹敍。武舉爲韻。史通表歷篇云。蓋—之建名。起於周代。表之所作。因—象形。故桓君山有云。太史公三代世表。旁行斜上。並效周—。据此。則表與—音義並同。故云或作表。

(二)布也。列見其事也。亦曰緒也。主緒人世類相繼如統緒也。見［釋名釋典藝］。

(三)屬也。見［玉篇］。

(四)牒也。見［廣韻］。

【譞】隳緣切音翾先韻縈絹切音　縣霰韻
—慧也。見［說文］。［注］—、察慧也。［按王注云與人部儇同說解—字似衍。廣韻云智也。］

【譞】火玄切音鋗先韻
譞或字。［集韻］譞。多言也。或作—。

【[illegible]】失涉切音攝葉韻
讘[illegible]言失也。見［集韻］。

【譢】句爲切音隨支韻
言从也。見［集韻］。

【[illegible]】宅江切江韻
質也。見［玉篇］。

【譣】思廉切音銛鹽韻魚窆切音　驗豔韻［按說文二徐本作息廉切。段玉裁云。依今音訓問則魚窆切。—人則息廉切。問也。周書曰。勿以—人。見[說文]。[王注]增韻引云。—詖、險言也。案此義與引書合。與心部憸詞。問也。則與廣雅—證也合。曹憲曰。今人以馬旁驗類證。—失之矣。然說文讖籤妥下皆用驗。不用—也。

【譣】千廉切音籤鹽韻
譤也。見[集韻]。

【譣】虛檢切音險琰韻
詖也。見[集韻引廣雅]。

【譣】魚窆切音驗豔韻
證也。見[廣雅釋詁]。

【譧】離鹽切音廉鹽韻
—詽。言不正。見[集韻]。

【謙】直陷切音賺陷韻
詀或字。[集韻]詀。被誣也。或从廉。

【譅】咋答切音雜合韻
——。聲也。見[字彙]。

【譾】子淺切音翦銑韻
語煩。見[集韻]。

【譪】於蓋切音藹泰韻
臣盡力之美也。詩曰。——王多吉士。見[說文]。[王注]釋訓。——萋萋。臣盡力也。便文耳。萋萋自屬梧桐。故許專其義於—。兼補美字以釋之。[按今經典俱書作藹。詳草部藹字]。

【譺】五洽切音眑洽韻
譺—。語笑皃。見[類篇]。

【譌】公蛙切音媧佳韻
譌或字。[類篇]譌。惰也。黠也。或作—。

【譁】火訝切音罅禡韻
同謼。[玉篇]謼。誣也。—同。

【譍】於證切音應徑韻。於陵切音膺蒸韻
以言對也。見[說文新修字義]。[按段注說文諾下云。—者、應之俗字。大徐於此部增—字誤矣]。

【譋】許箇切音呵箇韻
譋—。怒皃。見[集韻]。

【譀】火禁切音廞沁韻
—許。怒言也。見[玉篇]。

【䜈】胡紺切音憾勘韻
譀—。言不定也。見[字彙]。

【譌】譌本字。見[說文]。

【譱】善本字。見[說文誩部]。

【譯】譯本字。見[說文]。

【譖】譖本字。見[說文]。

【謬】謬本字。見[說文]。

【譤】同警。[鶡冠子度萬]法者使去私就公。同知壹—。有同由者也。

【譾】同謭。見[五音篇海]。

【諴】同涵。見[龍龕手鑑]。

【警】同警。見[字彙補]。

【譭】譭或字。見[集韻]。

【讀】譠謟字。見[正字通]。

十四畫

【譺】吾含切音玵覃韻
❶不懟也。見[廣韻]。❷謹弄也。見[廣韻]。

【𧮈】鄂合切音㬎合韻
譺—。笑語。見[集韻]。

【譴】詰戰切音繾霰韻
❶謫問也。見[說文]。❷責也。見[廣雅釋詁]。❸讓也。見[廣雅釋詁]。❹呵也。見[一切經音義引蒼頡]。❺告也。見[漢書董仲舒傳注]。❻怒也。見[廣韻]。❼譙也。見[洪武正韻]。❽—喘。轉也。見[方言][注]猶宛轉也。❾姓也。見[廣韻]。

【譶】達合切音沓合韻
❶疾言也。見[說文]。❷—譅。聲多也。[文選嵇康賦]紛譶—以流漫。

【譶】直立切音蟄緝韻
言不止也。見[文選吳都賦注引蒼頡]。

【護】胡故切音濩遇韻
❶救視也。見[說文]。❷助也。見[廣雅釋詁]。❸監視也。[漢書李廣傳]有白馬將出—兵。❹謂總領之也。[史記樂毅傳]於是并—趙楚韓魏燕之兵以伐齊。❺保安之也。[漢書張良傳]煩公卒調—太子。

●(六)愼守也。〔素問離合眞邪論〕適而自—。
●(七)官名。〔漢書百官公卿表〕—軍都尉。秦官。〔又〕西域內屬武帝置使者校尉領—之。宣帝改爲都—。唐改左右庶子爲左右中—。
●(八)大—。樂名。〔呂覽古樂〕湯乃命伊尹作大—。〔周禮疏作大濩〕
●(九)丁都—。晉宋間曲名。見〔唐書禮樂志〕
●(十)草名。〔本草〕景天一名—火。又薺也。一名—生草。

【譸】張流切音輈尤韻
●(一)譸也。周書曰。無或—張爲幻。見〔說文〕〔按玉篇云。—張誑也。〕
●(二)人名。必—。見〔宋史宗室表〕。
●(三)通燾。〔後漢欣翊傳〕以翊—之。知其燾能爲也。〔注〕—、當作燾。

【譸】陳留切音儔尤韻
詞也。見〔集韻〕。

【⿰言臱】民堅切音眠先韻
●(一)慧黠也。見〔集韻〕。
●(二)人名。與—。見〔宋史宗室表〕。

【⿰言遝】託合切音嚃合韻
●(一)語相反—也。見〔說文〕。〔按六書故引唐本說文言語相及也。段本依玉篇改作—誻語相及也。〕
●(二)妄語也。見〔廣韻〕。
●(三)方俗以言探人曰—。見〔正字通〕。

【⿰言遝】達合切音沓合韻
同誻。〔集韻〕誻說文、—誻也。亦作—。

【⿰言爾】止忍切音軫軫韻
●(一)同診。〔鶡冠子天則〕未見不得其—而能除其疾也。
●(二)人名。〔宋史宗室表〕武德郎士—。

【⿰言睿】俞芮切音容霽韻　弋睡切音瑞寘韻
●(一)恨言也。見〔玉篇〕。
●(二)婎—。女官也。見〔集韻〕。

【⿰言蒙】謨蓬切音蒙東韻
●(一)言不明也。見〔集韻〕。
●(二)人名。〔宋史宗室表〕保議郎不—。

【譺】牛戒切音儗卦韻
●(一)騃也。見〔說文〕〔注〕言多礙也。〔按段玉裁云。騃。馬行仡仡也。此騃之本義也。與徐說近。王筠依玄應引改欺調也。泥〕
●(二)誠—也。見〔廣韻〕。
●(三)欺誹也。見〔集韻〕。

【譺】偶起切音擬紙韻
●(一)調也。見〔廣雅釋詁〕。
●(二)誑也。見〔類篇〕。

【譺】魚記切音艤寘韻
●(一)議也。見〔廣韻〕。
●(二)欺也。見〔蒼頡篇〕。
●(三)調也。見〔廣韻〕。
●(四)擬或字。〔集韻〕擬。度也。或从言。

【譺】鄂力切音嶷職韻
●(一)齊敬皃。見〔字彙補〕。
●(二)嶷或字。〔集韻〕嶷。小兒有知也。或从言。

【⿱疑言】偶起切音擬紙韻
●(一)調也。見〔廣雅釋詁〕〔按廣雅書作譺。集韻引如是。〕
●(二)詒也。見〔集韻〕。

【譻】於莖切音罌庚韻
●(一)聲也。見〔說文〕。
●(二)——鳴也。見〔廣雅釋訓〕。

【⿰言聚】鉏救切音驟宥韻
●(一)惡貌。見〔字彙〕。
●(二)衆言會集也。見〔正字通〕。

●(六)傟或字。〔集韻〕傟。傜傟。言也。或作—。

【譽】羊茹切音豫御韻
●(一)稱也。見〔說文〕。
●(二)善也。〔淮南本經〕經誹—。
●(三)明美也。見〔墨子經〕。
●(四)繩也。〔禮記表記〕君子不以口—人。
●(五)樂也。〔呂覽孝行〕天下—。

【譽】羊諸切音余魚韻
●(一)揚人之善而過其實也。〔論語衛靈公〕誰毀誰—。
●(二)稱美也。見〔集韻〕。

【⿰言𢇍】土緩切音疃旱韻
●(一)諑—。言惑也。見〔集韻〕。
●(二)地名。〔唐書西域傳〕波—羅川。春夏雨雪。

【⿰言齊】才詣切音嚌霽韻
●(一)—䛩。多言也。見〔集韻〕。
●(二)刀也。見〔字彙補〕。

【⿰言祭】千結切音切屑韻
小語也。見〔字彙〕。

【⿰言需】乃豆切音耨宥韻
⿰言豆—。不能言也。見〔廣韻〕。

【譹】胡到切音號號韻
呼也。見〔集韻〕。

【譹】乎刀切音豪豪韻
號也。見〔類篇〕。

【⿰言寧】尼耕切音儜庚韻
嚶—小聲也。見〔集韻〕。

【⿰言寧】乃定切音甯徑韻
詺也。見〔廣雅釋言〕。

【⿰言㼌】力協切音獵葉韻
⿰口㼌或字。〔集韻〕⿰口㼌⿰口㼌呷多言。或从言。

【⿰言菐】普木切音樸屋韻
以言蔽也。見〔集韻〕。

【⿰言臺】湯來切音胎 堂來切音臺 灰韻
諟也。見〔集韻〕。

【謍】于平切音熒庚韻
聲也。見〔字彙補〕。〔按尚書大傳。—然乃作大唐之歌。康熙字典曰。前謍字注集韻引大傳作謍然。鄭氏曰。謍。猶灼也。訓灼似宜从熒。又南齊書高帝紀。大唐遜位。—然與歌。亦从熒。則前謍字集韻誤引大傳明矣。〕

【謄】徒能切音騰蒸韻
多言也。見〔字彙補〕。

【⿰言啻】古伯切音格陌韻
多言貌。見〔字彙補〕。

【⿰言桌】譟本字。見〔正字通〕。

【⿰言豋】證本字。見〔說文〕。

【⿰言義】議本字。見〔說文〕。

【⿱監言】古監字。見〔集韻〕。

【⿱詹言】同擔。見〔集韻〕。

【⿰言侖】同論。見〔正字通〕。

【⿰言⿺廴米】同謎。見〔字彙〕。

【⿰言對】懟或字。見〔集韻〕。

【⿰言𠂢】謳或字。見〔集韻〕。

【⿰言⿱⺈兔】讒俗字。見〔字彙〕。

十五畫

【譾】子踐切音翦銑韻
一淺也。〔史記李斯傳〕能薄而材—。
二人名。希—。汝—。見〔宋史宗室表〕。

【⿰言慮】良據切音慮御韻
一詐也。見〔集韻〕。
二人名。〔宋史宗室表〕武顯郎不—。

【譿】胡桂切音惠霽韻
一辨察也。〔國語晉語〕今陽子之情—矣。
二材智也。見〔玉篇〕。
三人名。伯—。汝—。見〔宋史宗室表〕。

【讀】徒谷切音獨屋韻
一誦書也。見〔說文〕。〔段氏改作籀書也。王筠曰。改誦爲籀是也。徐承慶匡謬不从。〕
二說也。見〔廣雅釋詁〕。
三語也。〔莊子則陽〕號而—之也。
四抽也。〔詩牆有茨〕不可—也。〔箋〕抽、猶出也。
五讀經。〔公羊定元年傳〕主人習其—而問其傳。
六曲名。〔唐書禮樂志〕—曲。宋人爲彭城王義康作也。
七文體之一。著作之因於—書者也。體始於唐。如韓柳之—某文而書於後是。
八官名。〔唐書百官志〕集賢殿書院有侍—學士。掌承旨撰集文章。校理經籍。
九屬—。樂名。〔周禮大司樂疏〕祝融之樂曰屬—。
十姓也。見〔姓苑〕。

【讀】大透切音豆宥韻
一句—也。〔增韻〕凡經書成文語絕處、謂之句。語未絕而點、分之以便誦詠、謂之—。今祕書校書式。句絕則點於字之旁。讀分則微點于字之中間。
二通投。〔文選馬融賦〕察度於句投。

【讁】陟革切音謫陌韻
一責也。〔詩北門〕室人交徧—我。
二猶咎也。〔國語周語〕秦師必有—。
三過也。〔方言〕南楚以南凡相非議人謂之—。
四通適。〔詩殷武〕勿予禍適。〔朱傳〕適—通。

【譞】翾縣切音絢 局縣切音睊 霰韻
一流言也。見〔說文〕。
二求也。見〔廣雅釋詁〕。
三遠也。〔管子宙合〕—充言心也。

【譞】火縣切音銷先韻
多言也。或作讂。見〔集韻〕。

【⿰言祭】桑葛切音薩曷韻
散言也。見〔集韻〕。

【⿰言巤】力涉切音獵葉韻
——。多言也。見〔集韻〕。

【⿰言遲】陳知切音遲支韻
言逸也。見〔字彙〕。

【⿰言寫】洗野切音寫馬韻
言以寫志也。見〔集韻〕。

【⿰言寫】司夜切禡韻
話——也。見〔玉篇〕。

【⿰言虢】郭獲切音號陌韻
——。多言也。見〔集韻〕。

【⿰言暴】巴校切音豹效韻
——謈。惡也。見〔廣韻〕。〔按集韻類篇皆書作謈云謈謈惡怒也。〕

【⿰言貌】彌角切音邈覺韻
謈或字。〔集韻〕謈。大呼自勉也。或作——。

【⿰言樂】歷各切音落藥韻
——謊。狂言也。見〔集韻〕。

【⿰言奧】乙六切音郁屋韻
——詠。聞香皃。見〔集韻〕。

【讄】魯水切音壘紙韻
禱也。累功德以求福也。論語曰。——曰。禱爾于上下神祇。見〔說文〕。〔段注〕——施於生者以求福。誄施於死者以作諡。〔按集韻——與誄通。〕

【謚】乙革切音厄陌韻
聲也。見〔集韻〕。

【⿰言厲】莫敗切音邁卦韻
⿰言萬或字。〔集韻〕⿰言萬。譀也。或不省。

【⿰言罣】古賣切音卦卦韻
詿或字。〔集韻〕詿。誤也。或作——。

【⿱詹言】讇本字。見〔說文〕。

【⿰言𡎸】謹本字。見〔說文〕。

【⿱雔言】讎本字。見〔說文〕。

【⿰言享】古諄字。見〔說文〕。

【⿰言遮】同謶。見〔字彙〕。

【⿰言貴】同讖。見〔字彙〕。

【讀】⿰口賣或字。見〔集韻〕。

【⿰言戳】戳俗字。見〔正字通〕。

【讃】讚俗字。見〔字彙〕。〔按玉篇——从俗。〕

【⿰言悉】字書無此字。近世函牘中往往用之。讀如審。義如悉。

十六畫

【讇】丑琰切諂上琰韻
一 諛也。或从臽。見〔說文〕。〔互詳諂字〕
二 傾身以自下也。〔禮記玉藻〕卑毋——。
三 橫求見容也。〔禮記少儀〕頌而無——。
四 佞也。見〔玉篇〕。

【讇】余廉切音鹽鹽韻
過恭也。禮立容辨卑無——。見〔集韻〕。

【讇】時占切音蟾鹽韻
寱也。見〔集韻〕。〔按類篇作寱言。〕

【變】彼卷切霰韻
一 更也。見〔說文支部〕。
二 易也。〔周禮司爟〕四時——國火以救時疾。
三 欻也。見〔廣雅釋詁〕。
四 化也。見〔漢書匈奴傳注〕。
五 動也。〔禮記檀弓〕不可以——。
六 改也。〔國策齊策〕則將之計——。
七 權也。〔文中子述史〕非君子不可與語——。
八 奇也。〔文選張衡賦〕盡——態乎其中。
九 亂也。見〔漢書尹翁歸傳注〕。
十 毀也。〔呂覽至忠〕顏色不——。
十一 戾也。〔呂覽孟春〕無——天之道。
十二 易其常也。〔素問皮部論〕則絡脈盛色——。
十三 非常也。見〔白虎通災變〕。
十四 更相生也。〔淮南原道〕而五音之——不可勝聽也。
十五 見也。〔易繫辭〕——動不居。
十六 敎之使自新也。〔荀子非相〕盜賊得——。此不得——也。
十七 改過爲善也。〔禮記中庸〕動則——。
十八 日食曰——。〔禮記曾子問〕止哭以聽——。
十九 物極謂之——。見〔素問天元紀大論〕
二十 謂異禮。〔禮記曾子問〕食有食之——則——乎。
二十一 謂死喪。〔穀梁昭十五年傳〕大夫以——。
二十二 言反爲——。見〔顏氏家訓雜藝〕。
二十三 氣無漸而卒至曰——。見〔論衡自

紀。〕
㉔寇敵同都曰有—。〔管子侈靡〕夫邊日—不可以常知觀也。
㉕—通者趣時者也。見〔易繫辭〕。
㉖—故。患難事故也。〔荀子榮辱〕夫起於—故。
㉗姓也。見〔姓苑〕。

【變】平免切音辨銑韻
正也。〔禮記禮運〕大夫死宗廟謂之—。

【讉】以隹切音遺支韻
①譯惡言也。見〔玉篇〕。〔按方言譯、傳也。〕
②怒也。見〔廣雅釋詁〕。

【讉】通回切音推灰韻
欺也。〔方言注〕汝南人呼欺爲—。

【⿱頻言】吡賓切音頻眞韻
①匹也。見〔說文〕。
②多言也。見〔玉篇〕。

【讋】質涉切音慴葉韻
①失氣也。一曰。言不止也。見〔說文〕。〔王注〕依玄應引改補。家語子路初見篇。王肅若能注。龍、宜爲—。前後相因也。案相因有不止義。亦與嫛字相近。〔按大小徐並作失氣一曰言不止也。〕
②慴也。〔後漢班彪傳〕莫不陸—水慄。
③忌也。〔淮南氾論〕故因其資以—之。

【讋】達合切音沓合韻
言不止也。見〔集韻〕。

【讌】伊甸切音宴霰韻
①—設也。見〔玉篇〕。
②—會也。見〔廣韻〕。
③合語也。見〔集韻〕。
④同醼。見〔廣韻〕。

【讎】時流切音酬尤韻
①猶譍也。見〔說文〕。
②對也。見〔一切經音義引三蒼〕。
③猶答也。〔禮記表記〕無言不—。
④衆也。見〔廣雅釋詁〕。
⑤類也。〔法言重黎〕夫欲—僞者必假眞。
⑥當也。〔漢書灌夫傳〕上使御史簿責嬰所言灌夫頗不—。
⑦匹也。見〔爾雅釋詁〕。
⑧等也。〔漢書霍光傳〕皆—有功。
⑨猶傳也。見〔廣雅釋詁注〕。
⑩用也。〔詩抑〕無言不—。〔按疏曰。相對謂之—。〕
⑪仇也。〔國策秦策〕皆張儀之—。
⑫交怨曰—。〔楚辭惜誦〕又衆兆之所—。
⑬怨偶曰—。見〔一切經音義引三蒼〕。
⑭至怨之稱。〔詩谷風〕反以我爲—。
⑮校也。謂兩本相覆校如仇—也。見〔韻會〕。〔按文選魏都賦注引劉向別錄曰。一人持本。一人讀書。若怨家相對曰—。〕
⑯亦售也。〔史記高帝紀〕—數倍。
⑰謂報也。〔周禮調人注〕難相與仇—。
⑱償也。見〔洪武正韻〕。
⑲相應爲—。〔史記封禪書〕其方盡多不—。〔注〕謂其言不相應無驗也。
⑳相負怨之名。〔左襄三年傳〕其—也。
㉑—暕。直視也。見〔廣雅釋訓〕。
㉒—夷。熟視不言貌。〔淮南道應〕齧缺繼以—夷。
㉓通酬。〔書召誥〕—民。〔釋文〕—、字或作酬。
㉔同稠。〔書微子〕用乂—斂。〔傳〕馬本作稠。稠云數也。
㉕通售。〔詩谷風〕賈用不售。〔箋〕如賣物之不售。〔按價不相當也。〕
㉖姓也。〔漢書儒林傳〕沛人—遝。

【讎】承呪切音授宥韻
售或字。〔集韻〕售說文、賣去手也。引詩賈用不售或作—。

【讆】于劌切音衞霽韻
①讆言不慧也。見〔玉篇〕。
②詐也。與僞通。亦作讏。見〔正字通〕。
③譽惡也。〔管子形勢〕推譽不肖之謂—。

【讈】狼狄切音歷錫韻
諫—。言不明也。見〔集韻〕。

【⿰言慮】許堰切音𧫄阮韻
—搏。狠戾也。見〔廣韻〕。

【⿰言隆】下介切音械卦韻
誡也。見〔集韻〕。

【⿱咸言】呼含切音蛤覃韻
愛也。見〔集韻〕。

【⿰言覞】初覲切音櫬震韻
硎言也。見〔集韻〕。

【譛】時扇切音䩓霰韻
正也。見〔字彙補〕。

【譚】諄本字。見〔說文〕。

【譈】讀本字。見〔說文〕。

【讐】同讎。見〔字彙補〕。

【譢】同讌。見〔篇海類編〕。

【譸】同譸。見〔篇海類編〕。

【詧】同詧。見〔字彙補〕。

【謡】謌或字。見〔集韻〕。

十七畫

【譿】弋笑切音耀嘯韻
(一)誤也。見〔廣雅釋詁〕。
(二)誤言貌。見〔玉篇〕。
(三)讙也。見〔集韻〕。

【讒】鋤咸切音儳咸韻
(一)譖也。見〔說文〕。
(二)誕也。見〔韓詩外傳〕。
(三)賊也。見〔廣雅釋詁〕。
(四)邪也。〔呂覽貴因〕—慝勝良。
(五)敗言爲—。見〔左昭五年傳〕。
(六)利辭以亂屬曰—。見〔大戴記千乘〕。
(七)好言人惡謂之—。見〔莊子漁父〕。
(八)傷良曰—。見〔荀子修身〕。
(九)天—星名。〔晉書天文志〕卷舌六星中一曰天—。
(十)鼎名也。〔左昭三年傳〕—鼎之銘曰。〔注〕—鼎疾—之鼎。明堂位所云崇鼎是。一云。—地名。禹鑄九鼎於甘—之地。故曰—鼎也。

【讓】人樣切壤去聲漾韻
(一)相責—也。見〔說文〕。
(二)廉也。見〔論衡定賢〕。
(三)猶予也。〔呂覽行論〕堯以天下—舜。
(四)謙—也。見〔玉篇〕。
(五)推賢尙善曰—。〔書堯典〕允恭克—。
(六)辭也。〔楚辭懷沙〕知死不可—兮。
(七)文之材也。見〔國語周語〕。
(八)厚人自薄謂之—。見〔賈子道術〕。
(九)謂卑謙。〔禮記儒行〕其尊—有如此者。
(十)應受而推曰—。〔禮記曲禮〕退—以明禮。
(十一)拒也。〔管子君臣〕治斧鉞者不敢—刑。
(十二)退也。見〔字彙〕。
(十三)謂舉手平衡也。〔儀禮聘禮〕升堂—。
(十四)執位敵之名。〔荀子正論〕夫有誰與—矣。
(十五)王侯祭山川曰—。王侯功不敢當。故—於山川。見〔字彙〕。
(十六)交—木名。〔文選左思賦〕交—所植。〔注〕交—兩樹對生。一樹枯則一樹生。出岷山。在安都縣。
(十七)古作攘。〔禮記曲禮〕左右攘辟。
(十八)叚爲釀。〔急就篇〕消渴歐逆欬滋—。〔注〕大便節澀積而利也。

【讔】倚謹切音隱吻韻
(一)廋語也。見〔集韻〕。〔按文心雕龍諧讔篇云。—者。隱也。遯辭以隱意。譎譬以指事也。〕
(二)訕言也。見〔字彙〕。

【讕】郎干切音闌寒韻魯旱切嬾旱韻郎旰切音爛翰韻
(一)詆—也。見〔說文〕〔通訓定聲〕以言抵閑猶今言抵賴也。〔按段王二家竝改作抵—〕。
(二)誣言相加也。見〔玉篇〕。
(三)誣諱也。〔漢書梁共王買傳〕王陽病。抵—置辭。
(四)逸言也。〔唐書張亮傳〕亮—辭曰。四等畏死見誣耳。
(五)滿—。謂欺罔也。〔漢書谷永傳〕滿—誣天。

【譴】九件切音蹇銑韻
(一)謇或字。〔集韻〕謇吃也。或作—。
(二)人名。〔宋史宗室表〕武德郎不—。

【讖】楚譖切沁韻
(一)驗也。見〔說文〕〔注〕凡—緯皆言將來之驗也。〔按廣雅釋詁作譣。段玉裁云驗卽譣之段借。—驗、疊韻〕。
(二)謂占後有效驗也。見〔一切經音義引說文〕。
(三)有徵驗之書。河洛所出曰—。見〔文選左思賦李注引說文〕。
(四)纖也。其義纖微而有效驗也。見〔釋名釋典藝〕。
(五)道—。夢旹也。〔文選班固賦〕儀遺—以臆對。

【讖】叉鑑切音懺陷韻
懺或字。〔集韻〕懺。悔也。或从言。

【譻】於莖切音罌庚韻 怒也。見〔集韻〕。

【讉】徒回切音頹灰韻 讉或字。〔集韻〕讉譟也。或作—。

【讕】讕本字。見〔說文長箋〕。

【譁】譁本字。見〔說文〕。

【讕】同讕。見〔篇海〕。

【譽】同窯。見〔玉篇〕。

【譬】同譬。見〔字彙補〕。

【譞】還譌字。見〔字彙〕。

十八畫

【讗】胡陌切音獲郝格切音赫迄號切音謔古獲切音馘陌韻
㊀言壯皃。一曰數相怒也。見〔說文〕。
㊁誇也。見〔集韻〕。

【讗】胡麥切音劃陌韻戶瓦切音踝馬韻 疾言皃。見〔玉篇〕。

【讗】玄圭切音攜齊韻 白伐也。見〔集韻〕。

【讕】敵盍切音蹋託盍切音榻合韻
㊀噓也。見〔說文〕。
㊁—噓言也。見〔玉篇〕。〔又〕讕諕。妄語也。見〔廣韻〕。〔按段玉裁曰讕諕、即—噓〕。

【讘】質涉切音慴葉韻
㊀多言也。河東有狐—縣。見〔說文〕。〔通訓定聲〕今山西隰州永和縣地。
㊁—談。詳談字。
㊂人名。與—。必—。見〔宋史宗室表〕。

【讘】日涉切音聶葉韻 詁—。詳詁字。

【讙】呼官切音歡寒韻
㊀譁也。見〔說文〕。
㊁喧也。〔荀子儒效〕通乎四海。則天下應之如—。
㊂讓也。見〔廣雅釋詁〕。
㊃鳴也。見〔廣雅釋詁〕。
㊄眾聲也。〔漢書霍光傳〕又聞民間—言。
㊅囂也。見〔禮記樂記疏〕。
㊆譁而議也。〔漢書陳平傳〕諸將盡—。
㊇言語詾詾也。見〔一切經音義引三蒼〕。
㊈喜悅也。〔禮記檀弓〕言乃—。
㊉—譁眾議也。〔漢書何並傳〕眾庶—譁。
⑪山名。見〔山海經中山經〕。
⑫地名。〔春秋桓三年〕齊侯送姜氏于—。〔注〕—、魯地。濟北蛇丘縣西有下—亭。〔當今山東肥城縣南〕。
⑬獸名。〔山海經西山經〕翼望山有獸。狀如貍。一目三尾。名曰—。或作原。
⑭—頭。國名。〔山海經海外南經〕—頭國人。人面鳥喙有翼。或曰—朱國。
⑮姓也。見〔萬姓統譜〕。
⑯同歡。〔禮記樂記〕鼓鼙之聲—。
⑰通諠。〔左昭元年傳〕不得惡—譁之聲。〔釋文〕—、本作諠。

【讙】許元切音喧元韻
㊀驚呼也。見〔集韻〕。
㊁—囂皃也。見〔廣韻〕。
㊂讓也。〔方言〕北燕凡相責讓曰—。

【讙】古玩切音貫翰韻 懽或字。〔集韻〕懽喜歎也。或从言。

【讙】呼玩切音喚翰韻 喚或字。〔集韻〕喚、說文。評也。或作嚾。亦从言。

【譩】於希切音衣微韻 哀痛聲。見〔類篇〕。

【譩】於其切音醫支韻 噫或字。〔集韻〕噫、恨聲。或作—。

【䜍】蒲眞切音頻眞韻 匹也。見〔說文長箋〕。

【謧】徒回切音頹呼回切音灰灰韻 譟也。見〔說文〕。

【譂】同譂。見〔五音篇海〕。

十九畫

【讚】則旰切音贊翰韻
㊀明也。見〔小爾雅廣詁〕。
㊁猶稱也。見〔後漢崔駰傳注〕。

㊂稱人之美曰—。—纂也。纂集其美而敍之也。見[釋名釋典藝]。[疏證]贊字古不从言。後人加之。纂當爲籑。㊃錄也。省錄之也。見[釋名釋言語]。㊄解也。見[方言]。[注]—訟所以解釋理物也。㊅佐也。見[文選潘岳詩注引周禮鄭注]。㊆—謁木名。[埤雅]夢書曰。楸爲—謁。㊇通贊。見[集韻]。㊈或作囋。[荀子勸學]問一而告二謂之囋。[注]即—字。謂以強—助之也。

【讛】倪祭切音藝霽韻

㊀寐語也。見[字彙]。㊁屏處語也。見[字彙補]。㊂人名。與—。必—。見[宋史宗室表]。

【讃】同讚。見[玉篇]。

【讙】讙或字。見[集韻]。

二十畫

【讜】底朗切音黨蕩韻

㊀直言也。見[說文新附]。㊁善言也。見[玉篇]。㊂美言也。見[後漢班固傳注引字林]。[按集韻亦讀他浪切]。㊃人名。後漢太守黃—。㊄通黨。[荀子非相]博而黨正。是士君子之辯也。[注]謂直言也。

【讜】丁浪切黨去聲漾韻[或作讜]。言中理也。見[集韻]。

【𧮰】悅縛切音矍藥韻

㊀妄言也。見[玉篇]。㊁人名。不—。見[宋史宗室表]。

【讞】魚列切音孽屑韻語蹇切音齴銑韻魚戰切音彥霰韻[按玉篇曰。說文作讞。議辠也。]

㊀—之言白也。[禮記文王世子]獄成。有司—于公。㊁請也。見[後漢孔融傳注]。㊂言也。見[禮記文王世子釋文]。㊃平議也。[漢書景帝紀]當—之。㊄疑也。見[後漢襄楷傳注]。㊅獄也。見[玉篇]。

【讞】之廉切音詹鹽韻 疾而寐語也。見[集韻]。

【讞】女監切咸韻 病人自語也。見[集韻]。

【譱】古善字。見[字彙補]。

【讟】疾各切音昨藥韻 [illegible]言也。見[集韻]。

二十一畫

【讄】魯水切音壘紙韻

㊀讄或字。[說文]讄禱也。或从纍。㊁人名。師—。見[宋史宗室表]。

【[illegible]】古諧字。見[集韻]。

二十二畫

【讀】徒穀切音獨屋韻

㊀痛怨也。春秋傳曰。民無怨—。見[說文誩部]。㊁謗也。見[方言]。

【讓】讓本字。見[說文]。

【𧮫】讋籀文。見[說文]。

※見部※

【見】經電切音堅霰韻

(一)視也。見〔說文〕。〔段注〕析言之。有視而不見者。渾言之則視與見一也。

(二)觀也。〔論語季氏〕吾見其人矣。

(三)目也。見〔賈子道德〕。

(四)睹其才藝也。〔禮記坊記〕不有見焉。

(五)謁也。〔呂覽適威〕顏闔入見。

(六)凡卑於尊曰見。敵而曰見。謙敬之辭也。見〔儀禮士相見禮正義〕。

(七)意識也。〔晉書王渾傳〕敢陳愚見。

(八)明也。〔呂覽明理〕有晉見。

(九)猶知也。〔淮南修務〕而明弗能見者何。

(十)自彼加己之辭也。〔詩褰裳序〕思見正也。

(十一)猶感也。〔淮南覽冥〕昔雍門子以哭見於孟嘗君。

(十二)至也。見〔漢書司馬相如傳注〕。

(十三)省見。拔識也。〔漢書東方朔傳〕未得省見。〔注〕言不爲所拔識。

(十四)姓也。見〔姓苑〕。

【見】形甸切音現霰韻

(一)顯露也。〔漢書韓信傳〕情見勢屈。

(二)猶顯也。〔荀子賦〕功業甚博。不見賢良。

(三)猶出也。〔呂覽開春〕天故使欒水見之。

(四)示也。見〔廣雅釋詁〕。

(五)出仕也。〔論語泰伯〕天下有道則見。

(六)立也。〔孟子盡心〕脩身見於世。

(七)見在也。〔漢書王莽傳〕倉無見穀。

(八)薦達也。〔左昭二十年傳〕齊豹見宗魯於公孟。

〔俗作現〕

【見】居莧切音襉諫韻

(一)棺衣也。〔禮記雜記〕實見間而後折入。

(二)雜也。〔禮記祭義〕見以蕭光。

一畫

【[illegible]】烏板切音綰潸韻

姓也。見〔千家姓〕。

三畫

【[illegible]】同見。見〔字彙補〕。

【[illegible]】謨蓬切音蒙東韻　密北切音墨職韻　謨沃切音瑁沃韻

突前也。見〔說文〕。〔注〕冃、重覆也。犯冃而見。是突前也。

【[illegible]】莫報切音冒號韻

觸也。見〔集韻〕。

【[illegible]】口德切音尅職韻

見也。見〔字彙補〕。

【覎】於劍切音俺陷韻

覎口。城名。在富春渚上。見〔廣韻〕。

【[illegible]】的則切音德職韻

取也。从見寸。寸、度之亦手也。見〔說文〕。〔段注〕按彳部見爲古文。此爲小篆。義不同者。古今字之說也。在古文則同得。在小篆則訓取也。

【[illegible]】古得字。見〔說文彳部〕。

【[illegible]】同㝵。〔玉篇〕㝵、亦作見。

【[illegible]】覘或字。見〔集韻〕。

【[illegible]】皃譌字。見〔正字通〕。

四畫

【規】均窺切音雉支韻〔按音學五書曰。古音歌。〕

(一)有法度也。从夫。从視。見〔說文夫部〕。〔按朱駿聲云。誼當从矢。从見。會意。與矩字及或體榘字同。相承寫誤耳。圓出於方。方出於矩。規矩同原。故皆从矢。說文隸夫部非。〕

(二)正圓之器也。見〔詩沔水序箋〕。

(三)圓也。〔楚辭大招〕曲眉規只。

(四)畫也。〔國語周語〕其母夢神規其臀以墨。

(五)法也。〔文選張衡賦〕則同規乎般盤。

(六)謀也。〔淮南主術〕是故心知規而師傅諭導。

(七)圖也。〔文選張衡賦〕規摹踰溢。

(八)摹也。〔文選張衡賦〕規遵王度。

(九)猶有也。〔國語楚語〕不規東夏。

(十)規畫而有之也。〔國語周語〕規方千里以爲甸服。

(十一)正也。〔左昭十六年傳〕子寧以他規我。

(十二)諫也。〔國語楚語〕其又以規爲瑱也。

(十三)貪也。〔左昭二十六年傳〕規求無度。

(十四)風範也。〔晉書王承傳論〕素德清

|。足傳於汗簡矣。
⑮|避。逸法、以方爲圜也。見〔正字通〕
⑯|田。井田四分之一也。〔禮記王制疏〕九夫爲|。四|而當一井。
⑰十措官。正七品。掌灌溉民田。見〔金史百官志〕
⑱子|。杜鵑別名。〔埤雅〕杜鵑、一名子規。〔詳鵑字〕
⑲|矩。獸名。詳矩字。
⑳|魚。河豚之異名。〔沈括補筆談〕浙東人呼河豚爲|魚。
㉑||。細小貌。〔莊子庚桑楚〕若||然若喪父母。〔按釋文引李注。失神貌〕〔又〕驚視自失皃。〔莊子秋水〕||然自失也。〔釋文〕又虛役反。李徐紀睡反。
㉒姓也。明|恂。弘治中、官教授。

【規】惠圭切音攜齊韻
車輪一周爲一|。通作嶲。見〔韻會小補〕

【覑】匹典切音篇銑韻
㊀視皃。見〔集韻〕
㊁人名。〔宋史宗室表〕武翼郎士|。

【覒】謨袍切音毛豪韻莫到切音冃號韻
㊀擇也。見〔說文〕
㊁邪視也。見〔廣韻〕
㊂通芼。〔詩關雎〕左右芼之。〔玉篇〕引作|。

【覓】莫狄切音覛錫韻〔按段玉裁謂爲覛篆之譌〕
㊀索也。見〔玉篇〕
㊁求也。見〔廣韻〕
㊂南詔以貝十六枚爲一|。見〔唐書南蠻傳〕

【⿰而見】如卑切音而支韻
㊀閉口貌。〔文選王延壽賦〕脣皺嚁以皺|。
㊁小兒嘔乳也。見〔正字通〕

【⿰厄見】乙革切音戹陌韻
善驚也。一曰視皃。見〔集韻〕

【⿱冃見】密北切音墨陌韻
犯而見。從冃、從見也。見〔說文冃部〕〔按鍇本有此字。他本無。音義皆近覔。篇海類編|下直繫以覔音訓。殆卽一字〕

【⿰山見】丑監切鑑韻
候也。見〔川篇〕

【現】何殄切音峴銑韻
大板也。見〔字彙補〕

【⿱宀見】茫作切音莫藥韻
覔也。見〔字彙補〕

【覛】音覓錫韻
求也。見〔龍龕手鑑〕

【⿰殳見】古覺字。見〔集韻〕

【⿰毛見】同覒。見〔廣韻〕

【⿰爪見】同覛。見〔龍龕手鑑〕

【覔】覓俗字。見〔玉篇〕

【⿰火見】覞譌字。見〔正字通〕

【⿰乏見】覎譌字。覎、五音集韻作|。非。

五畫

【覕】莫結切音蔑屑韻必刃切音擯震韻
㊀蔽不相見也。見〔說文〕
㊁覓也。見〔玉篇〕

【覕】蒲結切音蹩屑韻必至切音畀寘韻壁吉切音必測乙切音劕質韻
㊀暫見也。見〔集韻〕
㊁制也。〔莊子徐无鬼〕譬之猶一|也。

【覕】蒲結切音蹩匹蔑切音撆屑韻
同瞥。〔集韻〕瞥。過目也。一曰目翳。一曰財見。亦作|。

【覗】商支切音施支韻
㊀誘|。見〔廣韻〕
㊁覗或字。〔集韻〕覗。說文、司人也。一曰覗覜面柔。或作|。

【⿰召見】市沼切音紹篠韻時照切音邵嘯韻
㊀見也。見〔玉篇〕
㊁召也。見〔集韻〕

【硯】堅堯切音驍蕭韻
㊀覞也。見〔字彙補〕
㊁遠也。見〔字彙補〕

【⿰次見】千咨切音趦支韻
㊀見也。見〔玉篇〕
㊁盜視皃。見〔玉篇〕
㊂|食。不請自來也。見〔字彙〕

【⿰朿見】七四切音刺寘韻
|覷。闚覷也。見〔說文〕

【⿰厄見】乙革切音戹陌韻〔按集韻

以爲覞之或字。
(一)善憋也。見〔玉篇〕。
(二)視皃。見〔玉篇〕。

【視】時利切音嗜寘韻　善旨切音舐紙韻
(一)瞻也。見〔說文〕〔段注〕目部曰。瞻、臨—也。—不必皆臨。則瞻與—小別矣。
(二)見也。〔史記晉世家〕河伯—之。
(三)察也。〔國語晉語〕叔魚生其母—之。
(四)眎也。〔洪範五行傳〕次三事曰—。
(五)看也。見〔玉篇〕。
(六)直—也。〔論語爲政〕—其所以。
(七)明也。見〔廣雅釋詁〕。
(八)般頫曰—。見〔周禮大宗伯〕。
(九)常事曰—。非常曰觀。見〔穀梁隱五年傳〕。
(十)活也。〔呂覽重己〕莫不欲長生久—。
(十一)比也。〔孟子萬章〕受地—侯。
(十二)效也。見〔廣雅釋詁〕。
(十三)是也。察其是非也。見〔釋名釋姿容〕。
(十四)敎也。〔儀禮鄉射禮〕命釋獲者設中遂—之。
(十五)納也。〔禮記坊記〕則不—其饋。
(十六)看待也。〔左成三年傳〕鄭賈人如晉。荀罃善—之。
(十七)山名。〔山海經中山經〕帝囷山東南五十里曰—山。
(十八)水名。〔山海經中山經〕葴山。—水出焉。
(十九)淫—睇眄也。〔禮記曲禮〕毋淫—。
(二十)內—。神仙之術也。〔神仙傳〕胎息內—。
(二十一)—流。不端諦也。〔左成六年傳〕—流而行速。
(二十二)—肉。肉聚有眼。〔山海經海外南經〕爰有—肉。〔注〕聚肉形如牛肝。有兩目也。
(二十三)兎曰明—。見〔禮記曲禮〕。
(二十四)通示。〔漢書高帝紀〕—項羽無東意。〔史記作示。漢書多以—爲示。
(二十五)通指。〔列子湯問〕—撝則諸侯從命。
(二十六)姓也。見〔姓苑〕。

【覗】商支切音施　專垂切音騅　陳知切音馳　勻規切音隋支韻
(一)司人也。見〔說文〕〔注〕伺候也。〔段注〕司、今之伺字。
(二)規—。面柔也。見〔玉篇〕。〔按詩作戚施〕。

【覗】新玆切音思支韻
(一)視也。〔方言〕自江而北謂之貼。或謂之—。
(二)覹也。見〔廣韻〕。
(三)竊見也。見〔集韻〕。

【覗】相吏切音笥寘韻
(一)—覹。見〔廣韻〕。
(二)伺或字。〔集韻〕伺奄闚也。一曰候也。或从見。

【覘】癡廉切音沾鹽韻　敕豔切音貼豔韻
(一)窺也。春秋傳曰。公使—之。信。見〔說文〕。〔按廣韻引作闚視也。段氏據改〕。
(二)伺也。見〔左成十七年傳注〕。
(三)微視也。〔國語晉語〕各—其私。
(四)觀也。〔家語子貢問〕使人—之。
(五)視也。〔淮南俶眞〕其兄掩戶而入—之。
(六)候也。見〔晉書音義〕。
(七)通沾。〔禮記檀弓〕我喪也斯沾。〔注〕沾—同。
(八)通佔。〔禮記學記〕呻其佔畢。〔注〕佔、視也。
(九)通貼。〔方言〕凡相竊視。南楚或謂之貼。

【覘】丑琰切音諂琰韻
視也。見〔集韻〕。

【覘】都含切音耽覃韻
緩頰也。一曰舉首。見〔集韻〕。

【䚄】緜批切音迷齊韻　民堅切音眠先韻
病人視也。讀若迷。見〔說文〕。〔通訓定聲〕字亦作䚄。〔按段玉裁改篆作䚄。謂氐聲與讀若迷不協。〕

【覓】大結切音垤　虎結切音擷屑韻
見也。見〔玉篇〕。

【覻】七余切魚韻
伺視也。見〔玉篇〕。

【𧡆】之忍切音軫軫韻
視也。見〔玉篇〕〔集韻作診或字〕。

【覙】支忍切音軫軫韻
視也。見〔五音篇海〕。〔按音訓同𧡆。當即一字。〕

【䙿】無沸切音未未韻

見也。見〔玉篇〕。

【覎】同覞。見〔類篇〕。

【覐】覐俗字。見〔正字通〕。

【覒】覒譌字。見〔正字通〕〔按字彙普正是〕

六畫

【覛】莫狄切音脈錫韻莫獲切音麥陌韻 ㊀衺視也。見〔說文𠂢部〕。〔段注〕—與目部脈通用。不入見部者重𠂢也。俗有尋覓字此篆之譌體。㊁視也。〔文選張衡賦〕—往昔之遺館。㊂密察也。見〔六書故〕。㊃相也。見〔爾雅釋詁〕〔注〕謂相視也。

【覠】升陰切沁韻 視也。見〔玉篇〕。

【覤】倉歷切音戚錫韻七六切音蹙屋韻 —覷面柔也。見〔玉篇〕。

【覜】他弔切音糶嘯韻 諸侯三年大相聘曰—。視也。見〔說文〕。

【䙫】他雕切音祧蕭韻 見也。見〔集韻〕。

【覜】土了切音眺篠韻 眺或字。〔集韻〕眺。遠視。或从見。

【覞】職日切音質質韻 視也。見〔玉篇〕。

【覟】呼光切音荒陽韻 視也。見〔集韻〕。

【䙵】攻呼切音孤虞韻 姓也。見〔字彙〕。

【覚】古覺字。見〔集韻〕。

【覛】覛籀文。見〔說文𠂢部〕。

【覞】同覛。見〔字彙〕。

【覔】同覛。見〔集韻〕。

【䙶】同喚。亦作覓。見〔字彙補〕。

【覞】覻或字。見〔集韻〕。

七畫

【覤】郝格切音赫陌韻 ㊀見也。見〔玉篇〕。㊁地名。〔北史高句麗傳〕位宮敗走。毋丘儉追至—峴。

【覠】俱倫切音麕眞韻 ㊀視也。見〔集韻〕。㊁人名。〔宋史宗室表〕士—贈金吾衛上將軍。

【覡】刑狄切音檄錫韻下革切音覈陌韻 ㊀能齊肅事神明者。在男曰—。在女曰巫。見〔說文巫部〕。㊁或作擊。〔荀子王制〕傴巫跛擊之事。〔注〕擊讀爲—。

【覝】離鹽切音廉鹽韻 察視也。見〔說文〕〔段注〕審察之視也。高帝紀、廉問。師古注曰。廉、察也。字本作—。其音同耳。按史所謂廉察。皆當作—。廉行而—廢矣。

【覞】弋笑切音燿嘯韻 竝視也。見〔說文覞部〕。

【覘】昌召切嘯韻施隻切音釋昌石切音尺陌韻 普視皃。見〔集韻〕。

【覗】古到切音告號韻 久視皃。見〔玉篇〕。

【覟】職吏切音志寘韻 審視也。見〔集韻〕。

【覢】伊鳥切音杳篠韻 深視皃。見〔集韻〕。

【覣】縛尤切音浮披尤切音飆尤韻 視也。見〔玉篇〕。

【覵】癡林切音郴侵韻丑禁切沁韻 本作覞〔說文〕覞。私出頭視也。〔類編、光曰。說文从見彤聲。讀若郴。今變隸作—。〕

【覓】音寂錫韻 覓也。見〔篇海類編〕。

【䙾】音廉鹽韻 察也。見〔龍龕手鑑〕〔按即覝譌字。〕

【覦】夷周切音由尤韻 深視也。見〔集韻〕。

【䚀】同䙿。見〔字彙〕。

【睍】䚀譌字。見〔字彙補〕。

【覞】覞譌字。見〔正字通〕。

八畫

【䚅】龍玉切音錄沃韻盧谷切音祿屋韻
㊀笑視也。見〔說文〕。
㊁共視也。見〔玉篇〕。
㊂眼曲—也。見〔廣韻〕。

【覢】失冉切音閃琰韻
㊀暫見也。春秋公羊傳曰。—然公子陽生。見〔說文〕。〔段注〕猝乍之見也。何本—作闖。注云闖、出頭皃。許所據不同。
㊁——。視皃。見〔廣韻引蒼頡〕。

【覣】逶危切音萎支韻
㊀好視也。見〔說文〕。〔段注〕和好之視也。取委順之意。
㊁怒也。見〔廣雅釋詁〕。

【覣】烏禾切音倭歌韻
視皃。見〔集韻〕。

【䚁】多貢切音凍送韻
視皃。見〔玉篇〕。

【䚅】洛代切音徠隊韻
內視也。見〔說文〕。

【䚅】郎才切音來灰韻
視也。見〔集韻〕。

【覤】乞逆切音隙色責切音棟陌韻訖力切音艴職韻
——。驚懼之皃。〔莊子天地〕——然驚。

【覥】他典切音腆銑韻
面慙也。見〔字彙〕。

【䙷】旋芮切音彗霽韻
破碎也。見〔集韻〕。

【覬】語駭切音騃五買切蟹韻
笑視也。見〔廣韻〕。

【䚍】同睚。見〔正字通〕。

【䚊】五駭切音騃蟹韻
笑視也。見〔五音篇海〕。〔按字彙補曰覬字之譌。〕

【䙹】研計切音詣霽韻
旁視也。見〔說文〕。〔段注〕目部曰。睨、衺視也。二字音義皆同。

【𧡦】居又切音救宥韻
衆視也。見〔集韻〕。

【䚎】同覼。見〔篇海〕。

【覱】同覼。見〔字彙補〕。

【䚏】同覼。見〔龍龕手鑑〕。

【䚐】同覼。見〔搜眞玉鏡〕。

【覨】覼省字。見〔集韻〕。

【覼】覼省字。見〔集韻〕。

九畫

【覦】容朱切音俞虞韻俞戍切音裕遇韻
㊀欲也。見〔說文〕。
㊁通覦。〔文選劉琨表〕狡寇窺覦。〔注〕覦、與—同。

【覷】從遇切音聚遇韻
覷也。見〔集韻〕。

【䚇】所景切音省梗韻
㊀腳露也。見〔廣韻〕。
㊁審視也。見〔字彙〕。

【䚓】田黎切音提齊韻大計切音弟霽韻
㊀顯也。見〔說文〕。
㊁現也。見〔廣韻〕。
㊂視也。見〔玉篇〕。
㊃標識也。〔正字通〕孫愐、杜兮切。與題別。俗溷用題。題、頟也。䚓、標識也。凡題名題柱題額當用—。今—領用題頟。似兩頟矣。非是。

【親】雌人切音儭眞韻
㊀至也。見〔說文〕。〔段注〕至部曰。到者、至也。到其地曰至。情意懇到曰至。父母者、情之最至者也。故謂之—。
㊁愛也。〔孟子滕文公〕信以爲人之—其兄之子。
㊂近也。見〔廣雅釋詁〕。
㊃長父兄也。〔禮記祭義〕立愛自—始。敎民睦也。
㊄父母也。〔公羊莊三十二年〕君—無將。
㊅族內也。〔禮記曲禮〕兄弟—戚。
㊆九族也。〔左昭十四年傳〕祿勳合—。
㊇緦服以內也。〔周禮掌戮〕凡殺其—者焚之。
㊈謂在五屬之內。〔儀禮喪服記〕—則月算如邦人。
㊉謂舅所生。〔禮記喪服小記〕祔於—者。
(十一)謂支子甥舅。〔國語鄭語〕非—則頑。
(十二)屬也。〔禮記大傳〕—者、屬也。〔疏〕謂有—者各以屬而爲之服。

(十三)躬—也。〔公羊三十二年傳〕辭曷爲與—弒者同。
(十四)猶自也。〔禮記文王世子〕則世子—齊玄而養。
(十五)黨援也。〔左僖五年傳〕輕則失—。
(十六)比也。〔呂覽貴信〕不能相—。
(十七)櫬也言相隱櫬也。見〔釋名釋親屬〕
(十八)民之結也。見〔國語晉語〕。
(十九)仁恩也。〔荀子不苟〕交—而不比。
(二十)猶知也。〔國策秦策〕不能—國事也。
(廿一)使之相—也。〔周禮大宗伯〕以飲食之禮—宗族兄弟。
(廿二)婚嫁也。〔周禮大司徒〕以陰禮教—則民不怨。〔注〕謂男女之禮婚姻以時。則男不曠女不怨。
(廿三)姻也。見〔增韻〕
(廿四)—家。婚姻相謂之稱。〔唐書蕭嵩傳〕嵩子尙新昌公主。嵩妻入謁。帝呼爲—家。
(廿五)六—。父母兄弟妻子也。見〔後漢馮衍傳注〕。〔按漢書注如淳曰。父子、從父昆弟、從祖昆弟、曾祖昆弟、族昆弟、爲六—。〕
(廿六)鬼—。國名。〔周書王會〕正西崑崙。狗國鬼—。
(廿七)分—。以—疏爲分別。〔左桓二年傳〕庶人工商各有分—。〔釋文〕—有平去兩音。〔按集韻襯韻有七刃切〕。
(廿八)通新。〔禮記大學〕在—民。〔注〕—、當作新。
(廿九)姓也。〔史記孟嘗君傳〕齊王逐周最而聽—弗。〔注〕—弗人姓名。〔按戰國策作祝弗朱駿聲曰。此祝之誤字〕。

【覾】都含切音耽覃韻
(一)內視也。見〔說文〕。
(二)通耽。〔隸釋〕張壽碑、—虎視。不折其節。—與耽音義皆同。

【覾】徒感切音禫感韻
徐視也。見〔廣韻〕。

【䙿】口計切音契霽韻
(一)見也。見〔玉篇〕。
(二)伺人也。見〔正字通〕。
(三)恐也。見〔正字通〕

【䙽】於境切音影梗韻
(一)見也。見〔字彙〕。
(二)視皃。見〔集韻〕

【䙺】火遠切音喧阮韻逵員切音權先韻下罕切音旱戶管切音緩旱韻
大視也。見〔說文〕。〔按六書溯源曰。與暖同〕

【䚃】胡昆切音魂吾昆切音僤元韻
視也。見〔廣韻〕。

【䚄】王問切音運問韻
䚋或字。〔集韻〕䚋。說文、外博衆多視也。或作—。

【䚋】須堯切音還銑韻
見也。見〔玉篇〕

【覫】助救切音驟宥韻鋤尤切音愁尤韻

悶視也。見〔字彙〕。

【䚌】紕延切音篇先韻
斜視。見〔集韻〕。

【䚍】逆各切音咢藥韻
久視。見〔集韻〕。

【䚎】渠追切音逵支韻
娃視也。見〔字彙〕。

【覤】稽延切音甄先韻規椽切音絹霰韻
視皃。見〔玉篇〕。

【覫】其季切音悸寘韻
視也。見〔玉篇〕。

【䚐】少榜切音爽養韻
信也。見〔字彙補〕。

【䚑】公帝切音計霽韻
視也。見〔字彙補〕。

【䚒】䚒本字。見〔說文〕。

【覩】古睹字。見〔說文〕。

【䚓】同題。見〔說文長箋〕。

【䙷】覺或字。見〔集韻〕。

【覽】覽俗字。見〔字彙〕。

【𧢈】窺譌字。見〔正字通〕。

十畫

【䚋】王問切音運問韻
(一)外博衆多視也。見〔說文〕〔注〕俗名目—亂也。
(二)姓也。南北朝有—平。楊愼曰。本員半千之後宋百家加見。
(三)同鄖。〔國名記〕鄖、亦作—。吳地。

【覬】几利切音冀寘韻
钦㚔也。見〔說文〕。〔通訓定聲〕經傳多以冀爲之。
望也。見〔小爾雅廣言〕。
—覦。希望也。〔左桓二年傳〕下無—覦。〔注〕下不冀望於上也。

【覷】虛器切音呬寘韻
幸也。見〔集韻〕。
二垂也。見〔韻會小補〕。

【覭】、忙經切音冥青韻莫獲切音麥陌韻
一小見也。爾雅曰。—髳弗離。見〔說文〕。〔按爾雅郭注。謂草木之叢茸翳薈也。釋文音陌〕。

【覭】莫狄切音覓錫韻
暗處密窺曰—。—有細微難見義。故从冥見。〔正字通〕。
小皃見。〔廣韻〕。
微見也。見〔集韻〕。

【覯】居候切音遘下遘切音候宥韻
一遇見也。見〔說文〕。
二成也。〔左成六年傳〕其惡易—。
三合也。〔詩草蟲箋〕男女—精。〔按朱駿聲曰。借爲媾。精之媾。不可从〕。
四自彼加我之辭。〔詩柏舟〕—閔既多。
五既—。謂已昏也。見〔詩草蟲箋〕。
六通遘。〔詩柏舟〕—閔既多。〔漢書敘傳引作遘〕。

【覯】古項切音講講韻訖岳切音覺覺韻
顜或字。〔集韻〕顜。明也。和也。直也。〔史記〕、顜若畫一。或从見。

【覯】胡溝切音侯尤韻
逅或字、〔集韻〕逅。邂逅。解說貌。或作—。

【覫】普朗切音髈養韻
側視物皃。見〔字彙〕。

【䚎】古懸切音涓先韻
遠視也。見〔字彙〕。

【䚈】當侯切音兜尤韻
目蔽垢也。見〔說文〕。

【䚃】夷周切音由尤韻
下視深也。見〔說文〕。

【䚡】市之切音時渠伊切音耆支韻
視也。見〔廣雅釋詁〕。

【䚋】同䚌。見〔金石韻府〕。

【䚕】同賴。見〔字彙補〕。

【䚙】䚚或字。見〔集韻〕。

十二畫

【覷】逡遇切音娶遇韻七慮切音狙御韻千余切音疽魚韻
一拘—。未致密也。見〔說文〕〔王注〕言粗疏也。致、即今緻字。覷—二字。分合同義。業於覷下見之。故此但出別義。段氏于句上補覷—也。亦可。〔通訓定聲〕云字亦作覻。又誤作覰。
二視也。見〔廣雅釋詁〕。
三伏覷曰—。見〔通俗文〕。
四相伺視也。見〔集韻〕。
五通狙。〔漢書陳平傳〕良與客狙擊秦皇帝。〔注〕狙、謂密伺也。本作—。

【䚔】莊陷切音蘸子鑒切音暫陷韻
一—儆。高危皃。見〔廣韻〕。
二逞皃。見〔玉篇〕。

【䚔】側銜切音攙咸韻
避也。見〔集韻〕。

【覲】渠吝切音僅震韻
一諸侯秋朝曰—。勞王事。見〔說文〕。〔通訓定聲〕勞王事者。以勤爲訓也。〔按勞王事段本作勤勞王事也〕。
二見也。見〔爾雅釋詁〕。
三天子當依而立。諸侯北面而見天子曰—。見〔禮記曲禮〕。
四—之言勤也。見〔周禮大宗伯注〕。
五謂就見尊老也。見〔華嚴經音義引珠叢〕。
六裁也。〔呂覽長見〕至於—存。
七通殣。〔漢書禮樂志〕殣貲親以肆章。〔注〕殣音—。見也。

【𧢈】郎侯切音樓尤韻
一廔視不置也。見〔正字通〕。
二瞜或字。〔集韻〕瞜。瞜睺。偏盲也。一曰細視。或作—。

【𧢓】隴主切音縷麌韻
視也。見〔集韻〕。

【𧢊】壹計切音医霽韻
視皃。見〔集韻〕。

【䚓】七跡切音磧陌韻

覼也。見〔玉篇〕。

【覿】亭歷切音狄錫韻
覿或字。〔集韻〕覿爾雅、見也。或作—。

【覭】俾小切音褾匹沼切音縹篠韻
目有察省見。〔說文〕〔注〕微察之也。〔按大徐作目有察省見也。集韻引見作皃王筠從之朱駿聲曰。疑卽瞟之或體。〕

【覭】紕招切音漂蕭韻
瞟或字。〔集韻〕瞟明察也。或从見。

【䚄】丑江切音惷江韻丑降切丈降切音撞絳韻
視不明也。一曰直視。見〔說文〕。

【覞】同閱見〔正字通〕。〔按六書統曰。覞許氏訓竝視。竝視纖以心。其視加詳。〕

【覩】同覩見〔集韻〕。

十二畫

【覵】力刃切音吝震韻
㊀親也。見〔玉篇〕。
㊁視也。見〔正字通〕。

【覿】前歷切音寂他歷切音逖錫韻
㊀目赤也。見〔說文〕。
㊁遙視皃。見〔集韻〕。

【覶】盧戈切音騾歌韻盧玩切音亂翰韻
㊀好視也。見〔說文〕。
㊁—縷委曲也。見〔玉篇〕。〔又〕次序也。見〔金壺字考〕。〔又〕詳言之意。〔文選左思賦〕嗟難得而—縷。
㊂通羅。〔晉書傅咸傳〕臣前所以不羅縷者。

【䚊】力轉切音𡢾銑韻
視皃。見〔集韻〕。

【覲】居勞切音高豪韻
㊀見也。見〔廣雅釋詁〕。
㊁人名。〔宋史宗室表〕武經郎不—。

【覾】式荏切音審寑韻
㊀深視也。見〔玉篇〕。
㊁下視也。見〔類篇〕。
㊂竊視也。見〔類篇〕。

【覴】都騰切音登蒸韻
久視皃。見〔玉篇〕。

【覴】丑證切徵韻
直視皃。見〔廣韻〕。

【覵】居莧切音襉諫韻居閑切音閒删韻賈限切音簡潸韻
視也。見〔廣雅釋詁〕。

【覵】邦免切音辯銑韻
視皃。見〔集韻〕。

【䚎】伊甸切音宴霰韻
窺也。見〔集韻〕。

【覹】莫佳切音[illegible]佳韻
小視也。見〔類篇〕。〔按集韻以爲矘或字。〕

【覩】傳江切音幢江韻
視不明也。見〔集韻〕。

【䚋】丈降切音撞絳韻
䚋—直視。見〔集韻〕。

【覵】同覵〔說文〕覵觀覵也。〔小徐本篆作—〕。

【覷】同覷見〔龍龕手鑑〕。

【覽】瞥或字。見〔集韻〕。

【覰】覷俗字。見〔正字通〕。

十三畫

【覹】無匪切音尾尾韻
㊀身隨也。見〔字彙〕。
㊁瞰或字。〔說文長箋〕瞰、或作—。

【覺】訖岳切音角覺韻
㊀寤也。一曰發也。見〔說文〕。〔桂注〕寤有二義。一曰知—。本書斆—悟也。一曰睡—。本書寤寐—而有言曰寤。發也者。漢書高帝紀、有而勿言—。免〔注〕發—者免其官。
㊁悟也。〔孟子萬章〕使先知—後知。
㊂知也。〔荀子王霸〕此夫過舉蹞步而—跌千里者。夫哀哭之。
㊃自上敎下曰告。告—也。見〔釋名釋姿容〕。
㊄明也。〔左文四年傳〕以—報宴。〔注〕以明報功宴樂。
㊅—者、著也。見〔春秋繁露郊祀〕。
㊆大也。見〔廣雅釋詁〕。
㊇高大也。〔詩斯干〕有—其楹。〔傳〕有—言高大也。
㊈直也。〔詩抑〕有—德行。
㊉智也。見〔廣雅釋詁〕。
⑪正直也。〔左襄二十一年傳〕夫子

—者也。〔注〕較然正直。

⑫曉也。見〔廣韻〕。

⑬形之所極謂之—。見〔列子周穆王〕

⑭較也。〔楚辭遠逝〕服—酷以殊俗兮。

⑮—王。佛也。〔唐書高祖紀〕自—王遐謝。像法流行。〔按魏書釋老志云。浮屠正號曰佛陀。佛陀華言譯之則謂淨—〕。

⑯—書。日木語。尋常記事之錄文。以備查攷者也。又、外交文書之一種。所以敍述事理表示主張。

⑰星名。〔晉書天文志〕妖星三曰天棓。一名—星。

⑱通梏。〔禮記緇衣〕有梏德行。〔注〕梏、詩本作—。字異音同。

⑲姓也。見〔姓苑〕。

【覺】居效切音斆效韻　夢醒也。見〔增韻〕。

【覞】音肩先韻　視也。見〔川篇〕。

【覹】無非切音微微韻　司也。見〔說文〕。〔段注〕司者、今之伺字。

【覹】旻悲切音眉支韻　視也。見〔廣雅釋詁〕。

【黷】同黷。見〔說文長箋〕。

【覻】同覷。見〔集韻〕〔詳覷字〕。

【覿】同覿。廣雅釋詁—、視也。疏證曰。覿音七亦反。字从賣。與私覿之覿從賣者異。曹憲音秋。非也。集韻類篇覿七迹切。又音秋。見也。與覿同。益顯曹憲之誤。玉篇覿達寂切。見也。覿七亦切。覿也。今據以辨正。攷康熙字典覿音訓皆依集韻。誤為廣韻。廣韻昔錫韻實無覿。亦無—訓。引廣韻作七由切音秋。是直以覿—分為二字。而—之音切尤謬。

十四畫

【覼】覶俗字。見〔集韻〕。

十五畫

【覽】魯敢切音擥感韻

⑴覩也。見〔說文〕〔注〕監臨也。

⑵視也。〔國策齊策〕而數—。

⑶觀也。〔離騷〕皇—揆予于度兮。

⑷望也。〔楚辭雲中君〕—冀州兮有餘。

⑸省視也。〔漢書揚雄傳〕又—槃槃之昌辭。

⑹受也。〔國策齊策〕大王—其說。

⑺—者。謂習讀之人。猶言學者耳。見〔匡謬正俗〕。

⑻州名。唐置。屬劍南道。當今雲南楚雄縣地。

⑼官名。〔唐書南蠻傳〕南詔各府副將。演—、繕—、澹—、幕—。

⑽通攬。〔王羲之序〕後之攬者。亦將有感於斯文。〔按正字通云攬—、攬—音同義別。攬撮持也。溷同—非是。〕

⑾姓也。望出彭城。見〔姓苑〕。

【覾】式荏切音審寑韻

⑴審見也。見〔字彙〕。

⑵通審。察視也。見〔正字通〕。

【𧢝】必仞切音擯匹仞切音氷震韻卑民切音賓紕民切音繽眞韻匹忍切音砯軫韻　暫見也。見〔說文〕。〔按集韻眞韻。—𧢝。暫見。段氏據以補說文〕

【𧢱】符袁切音煩孚袁切音翻元韻翻阮切音類阮韻孚萬切音娩願韻　觀—也。見〔說文〕。〔小徐本字作𧢱〕

【𧢻】力制切音例霽韻　視也。見〔集韻〕。

【覿】亭歷切音狄錫韻　見也、見〔說文新附〕。〔鈕氏新附攷〕—通作儥。玉篇—、達寂切。見也。徐鍇曰。周禮貨賣字借作儥。知為儥之正文。按韻會儥引說文亦訓見。與釋詁—訓合。〔按通訓定聲儥下注云。字亦作—。知鈕說不誤。〕

【䚊】前歷切音寂錫韻　覤或字。〔集韻〕覤說文、目赤也。一曰遙視皃。或作—。〔按朱駿聲曰。集韻以說文覤字為—字。大謬。〕

【𧢰】丘閑切音慳刪韻　很視也。齊景公之勇臣有成—者。見〔說文覞部〕。〔注〕很戾而視也。

【䚙】同觀。見〔字彙補〕。

十七畫

【[illegible]】弋灼切音葯藥韻
(一)眨也。見〔集韻〕。
(二)視不定也。見〔廣韻〕。

【[illegible]】弋笑切音耀嘯韻
視誤也。見〔說文〕。

【[illegible]】同觀。見〔字彙補〕。

【[illegible]】[illegible]譌字。康熙字典作[illegible]本字。引證說文。按說文樊从廾。不作𠬞。

十八畫

【觀】古玩切音貫翰韻
(一)諦視也。見〔說文〕。
(二)示也。〔攷工記㮚氏〕以—四國。〔釋文〕—大亂反。又如字。
(三)觀也。於上觀望也。見〔釋名釋宮室〕。
(四)所—也。〔書益稷〕予欲—古人之象。〔注〕欲—示法象之服制。
(五)卦名。坤下巽上。〔易觀〕風行地上、—。
(六)樓也。〔楚辭大招〕—絕霤只。
(七)闕也。〔爾雅釋宮〕—謂之闕。〔孫注〕宮門雙闕。舊章懸焉。使民觀之。因謂之—。
(八)臺榭也。〔左哀元年傳〕宮室不—。
(九)道士之所居也。〔韻會〕道宮謂之—。
(十)形也。〔漢書揚雄傳〕摧嗺而成—。
(十一)多也。〔詩臣工〕奄—銍艾。〔箋〕—、多也。一音官。
(十二)爇也。〔周禮司爟註〕今燕俗名湯爇為—。
(十三)榮—。謂宮闕。〔老子〕雖有榮—。燕處超然。
(十四)容—。容貌儀—也。〔禮記玉藻〕既服。習容—。玉聲乃出。
(十五)壯—。奇—。謂景趣壯麗。事端奇偉。有可觀者。見〔韻會〕。
(十六)京—。積尸封土其上也。〔左宣十二年傳〕君盍築武庫而收晉尸以為京—。
(十七)古國名。漢為畔—縣。屬東郡。當今山東—城縣西。
(十八)水名。有二。—澤、在今直隸清豐縣境。—水、即今大沽河。
(十九)姓也。〔國語楚語〕楚之所寶者曰—射父。
(二十)通館。〔文選司馬相如賦〕虛宮館而勿仞。〔按史記漢書皆作—〕。
(廿一)通鸛。〔莊子寓言〕—雀蚊虻。

【觀】古丸切音官寒韻
(一)視也。〔穀梁桓六年傳〕—婦人也。〔按正字通曰遠視上視曰—。近視下視曰臨〕。
(二)見也。見〔漢書敍傳注引應劭〕。
(三)廣瞻也。〔論語為政〕—其所由。
(四)常視曰視。非常曰—。見〔穀梁隱五年傳〕。
(五)睹也。〔文選張衡賦〕嗟內顧之所—。
(六)翰也。望之延頸翰翰也。見〔釋名釋姿容〕。
(七)示也。〔左襄十一年傳〕圍鄭。—兵于南門。
(八)占也。〔史記天官書〕—瀇成。
(九)顯也。〔漢書嚴安傳〕以—欲天下。〔注〕顯示之使其慕欲也。
(十)遊也。〔孟子梁惠王〕吾何修而可以比於先王—也。
(十一)多也。〔[illegible]〕永—厥成。
(十二)—察使。唐官名。清世猶為道員之別稱。民國初年廢道。今復舊稱道尹。
(十三)州名。宋置。屬廣南西路。當今廣西南丹土州東。屬柳江道。
(十四)今世哲學者以屬於心者曰主—。屬於物者曰客—。又心理學者以感覺及知覺於刺激已去之後、猶留在於心者曰—念。

【[illegible]】區願切音勸願韻
古通作勸。〔禮記緇衣〕在昔上帝周田—文王之德。〔注〕周田—古文為割申勸。〔釋文〕—依註讀為勸。

【[illegible]】渠[illegible]切音逵。丘追切音歸支韻。枯回切音恢灰韻。區韋切音[illegible]微韻

【[illegible]】丘畏切音[illegible]未韻
注目視也。見〔說文〕。

【[illegible]】淫視也。見〔集韻〕。

【[illegible]】基位切音媿寘韻。苦軌切音[illegible]紙韻
視皃。見〔集韻〕。

【[illegible]】五圭切音[illegible]齊韻
視也。見〔玉篇〕。

【[illegible]】[illegible]本字。見〔說文〕。

【[illegible]】同覽。見〔篇海類編〕。

十九畫

【覼】郎計切音麗霽韻力至切音利寘韻
（一）求也。見〔說文〕。〔按段本作求視也。集韻同〕。
（二）索視之皃。見〔蒼頡篇〕。

【覻】所綺切音屣紙韻力智切音詈所寄切寘韻
視也。〔文選左思賦〕—海陵之倉。則紅粟流衍。

【覾】鄰知切音離支韻
察視也。見〔集韻〕。

二十畫

【覺】乞約切音卻藥韻
視皃。見〔集韻〕。〔按類篇省作覼〕。

二十一畫

【觀】同觀。見〔龍龕手鑑〕。

二十四畫

【靈見】郎丁切音靈青韻
䚖或字。〔集韻〕䚖。山神。人面獸身。或作—。

三十畫

【𧢿】呼骨切月韻
疾風也。見〔五音篇海〕。

三十七畫

【䚗】同性丹那作。見〔字彙補〕。

※車部※

【車】斤於切音居魚韻昌遮切音硨麻韻
（一）輿之總名也。夏后時奚仲所造。見〔說文〕。〔王注〕象之中央。其輿也。兩一。其輪也。—則屬乎輪之軸也。大—用轅。小—用輈。其制不一。夏奚仲所造。尸子、墨子、淮南、呂覽、皆云然。然易傳言服牛乘馬引重致遠。屬之黃帝堯舜。鄭氏六藝論黃帝佐官有七人。奚仲造—。然則黃帝時自有奚仲。夏后氏之—正。與之同名耳。荀子解蔽篇。奚仲作—。注。奚仲夏禹時—正。黃帝時已有—服。故謂之軒轅。此云奚仲者。亦改制耳。

軫深八尺輪崇九尺
大車二轅

大車圖

（二）古者曰—聲如居。言行所以居人也。今曰—聲近舍。—舍也。行者所處。若居舍也。見〔釋名釋車〕。
（三）山—自然—也。〔禮記禮運〕山出器—。〔疏〕禮緯斗威儀云。其政太平。山—垂鉤。注云。山—自然之—。垂鉤、不揉治而自圓曲。
（四）巾—。周時官名。〔周禮春官序官〕巾—。〔注〕巾、猶衣也。巾—。官之長。〔疏〕其職云掌公—之政令。
（五）公—。漢世署名。〔後漢光武紀〕詔公卿司隸州牧舉賢良方正各一人。遣詣公—。〔注〕公—令一人。掌殿司馬門。天下上書及徵召。皆總領之。公—所在。因以名焉。

小車圖

（六）｜師。漢西域國名。今爲新疆省吐魯番廳等地。

（七）高｜。古回鶻之別名。〔唐書回鶻傳〕俗多乘高輪｜。亦號高｜部。

（八）莎｜。庫｜。並新疆省地名。今莎｜府卽葉爾羌。庫｜州卽古龜茲。皆在天山南路。

（九）揭｜。苦草也。〔離騷〕畦留夷與揭｜兮。

（十）｜前。芣苢也。〔爾雅釋草〕芣苢馬舄。馬舄｜前。〔注〕今｜前草。大葉長穗。好生道邊。江東呼爲蝦蟇衣。〔疏〕馬舄一名｜前。一名當道。今藥中｜前子是也。

（十一）搖｜。杜夫草也。〔爾雅釋草〕杜夫、搖｜。〔疏〕杜夫可食之草也。一名搖｜。俗呼翹搖。｜蔓生紫華。華翹起搖動。因名云。

（十二）覆｜。捕鳥之具也。〔爾雅釋器〕學。覆｜也。〔注〕今之翻車也。有兩轅。中施罥以捕鳥。

（十三）｜渠。寶玉之屬也。〔王粲賦〕覽｜渠之妙珍。

（十四）牙｜。牙下之骨也。〔左僖五年傳〕。諺所謂輔｜相依。〔注〕輔｜。牙｜。〔疏〕釋名曰。頤或曰輔｜。其骨彊。可以輔持其口。或謂牙｜。牙所載也。或謂頷｜也。牙｜、頷｜。牙下骨之名也。

（十五）｜搞。鶌秅也。見〔廣雅釋鳥〕。

（十六）鬼｜。鶬鴰也。〔續博物志〕鬼｜秉燭光而下。翼廣丈餘。

（十七）帝｜。星名。〔漢書天文志〕斗爲帝｜。運於中央。臨制四海。

（十八）水｜。舟名。〔荊楚歲時記〕競渡者治其舟使輕利。謂之飛鳧。又名水｜。又名水馬。〔又〕農家田間戽水之具曰水｜。〔應璩書〕欣皇天之降潤。諒水｜之思雨。

（十九）｜螯。水族名。〔齊書周顒傳〕｜螯蚶蠣。

（二十）姓也。漢丞相田千秋。以年老得乘小車出入省中。時人謂之｜丞相。其子孫因以爲氏。又子｜。複姓。詩黃鳥、子｜奄息是也。

一畫

【軋】於黠切音扎黠韻　臏眼切音贗潸韻

（一）報也。見〔說文〕。〔段注〕報。大徐作輾。輾。非也。匈奴傳曰。有罪。小者｜。大者死。顏曰。謂輾轢其骨節。

（二）歷也。見〔史記匈奴傳索隱引鄧展〕。

（三）過抶也。見〔史記匈奴傳索隱引如淳〕。

（四）刀割面也。見〔史記匈奴傳索隱引服虔〕。

（五）車行聲也。〔六書故〕車載重。蹍｜有聲也。

（六）凡物聲交戛若曰｜。見〔正字通〕。

（七）吒也。見〔廣雅釋詁〕。〔按吒與吃同。方言吃或謂之｜。〕

（八）委曲也。〔穀梁宣十九年傳〕｜辭也。〔注〕｜。謂委曲。

（九）勢相傾也。〔莊子人間世〕名也者相｜也。

（十）｜芴。緻密也。〔漢書司馬相如傳〕繽紛｜芴。

（十一）｜忽。長遠貌。〔漢書禮樂志〕假清風｜忽。

（十二）軮｜。廣大貌也。〔文選揚雄賦〕忽軮｜而亡垠。

（十三）輣｜。波相激之聲。〔文選張衡賦〕流湍投濈。砏汃輣｜。

二畫

【軌】矩鮪切音宄紙韻

（一）車徹也。見〔說文〕。〔段注〕徹者。通也。車徹者。謂輿之下。兩輪之間。空中可通。故曰車徹。是謂之車｜。｜之名。謂輿之下隋方空處。老子所謂當其無有車之用也。高誘注呂氏春秋曰。兩輪之間曰｜。毛公匏有苦葉傳曰。由輈以下曰｜。合此二語。知｜所在矣。上距輿。下距地。兩旁距輪。此之謂｜。毛云由輈以下。則輿下之輈。｜也。輈下之軸。｜也。虛空之處。未至於地。皆｜也。濡｜者。水濡輪間空虛之處。而至於軸。而至於輈。則必入輿矣。許云車徹。固已了然。

（二）迹也。見〔廣雅釋詁〕。

（三）道也。〔國語周語〕度之於｜儀。

（四）法也。見〔華嚴經音義引國語賈注〕。

（五）依也。〔後漢襄楷傳〕不｜常道。

（六）五家爲｜。見〔國語齊語〕。

（七）亂在外爲姦。在內爲｜。見〔左成十七年傳〕。〔釋文〕｜本作宄。

（八）緣法循理謂之｜。見〔賈子道術〕。

（九）講事以度｜量謂之｜。見〔左隱

五年傳〕。
(十)五—五行也。〔太玄銳〕含于五—。
(十一)通簋。〔禮儀公食大夫禮〕宰夫設黍稷六簋於俎西。〔注〕簋古文作—。

【軍】拘云切音君文韻
(一)本作𠣍。〔說文〕𠣍。圜圍也。四千人爲—。从包省从車。〔按桂馥云。圜圍也者。廣雅、—。圍也。四千人之說。與周制漢法皆不合。段玉裁云。於字形得圜義。唐釋玄應引字林四千人爲—。是呂忱之誤也。許書當作萬有二千五百人爲—。見周禮大司馬職。旅篆下云。軍之五百人爲旅。師篆下云。二千五百人爲師。竝與周禮合。不應—篆下人數獨與周禮異也。〕
(二)萬人爲—。〔國語齊語〕萬人爲一—。〔注〕萬人爲—。齊制也。
(三)眾之名也。〔周禮小司徒注〕伍兩卒旅師—。皆眾之名。
(四)成營曰—。〔左宣十二年傳〕晉之餘師不能—。〔注〕不能成營也。
(五)屯兵曰—。〔國策齊策〕—於邯鄲之郊。〔注〕—、屯也。
(六)猶縣也。宋初置—四十六。元置—四。
(七)藥別名。大黃性克伐。舊有將軍之號。故醫家稱生大黃曰生—。熟大黃曰熟—。
(八)充—。刑法也。有五等。曰附近。曰近邊。曰邊遠。曰極邊。曰極邊烟瘴。充—之令。始自明。明分隸師旅[illegible]邊荒。日久什伍恆缺而不周。故特設此令。以罪犯往實之。
(九)漢—。清旗籍之一種。凡漢人於明世降清者。編入漢—各旗。
(十)—實。謂甲兵糧儲也。見〔後漢朱浮傳注〕。
(十一)姓也。冠—侯之後。因氏。

【𨊠】力質切音慄質韻
(一)刷纑具也。見〔廣韻〕。
(二)彩也。見〔字彙補〕。

【𨊥】剔鈴切音汀青韻
車停也。見〔字彙〕。

【𨊩】居由切音鳩尤韻
車長軫也。見〔集韻〕。

【𨊩】巳幼切音椆祁幼切音赳宥韻
車軫上榦也。見〔集韻〕。

【𠣍】軍本字。見〔說文〕。

【軎】同害。見〔正字通〕。

【䡇】帆或字。見〔集韻〕。

三畫

【軑】大計切音地霽韻
車輨也。見〔說文〕。〔按方言。輨—。鍊鑡也。關之東西曰輨。南楚曰—。趙魏之間曰鍊鑡。段玉裁云。離騷曰。齊玉—而竝馳。王逸釋爲車轄。非也。玉篇、廣韻、皆云車轄、轄皆輨之誤也。〕

【軚】度柰切音大泰韻
(一)輪也。〔方言〕輪。韓楚之間謂之—。
(二)縣名。漢置。屬江夏郡。當今河南光山縣西北。

【軒】虛言切音掀元韻
(一)曲輈藩車也。見〔說文〕〔段注〕謂曲輈而有藩蔽之車也。曲輈者。戴先生曰。小車謂之輈。人所乘。欲其安。故小車暢轂梁輈。輈部曰。藩者、屏也。車有藩曰—。許於藩車上必云曲輈者。以輈穹曲而上。而後得言—。藩俗作轓。
(二)車通稱也。如大夫車曰—。夫人車曰魚—。卿車曰犀—之類。
(三)車前高曰—。〔詩六月〕如輊如—。〔箋〕從前視之如—。〔按朱子云。—車卻而後也。故正字通曰。前高曰—。御覽引通俗文云。後重曰—。後重則前高。其義自合也。〕
(四)長廊之有窗者曰—。〔文選左思賦〕周—中天。
(五)殿堂前檐特起曲椽無中梁者亦曰—。見〔正字通〕。
(六)檻上板曰—。見〔華嚴經音義引漢書音義〕。
(七)樓板曰—。見〔後漢班彪傳注〕。
(八)闌校曰—。見〔後漢獻穆曹皇后紀注〕。
(九)厠或曰—。前有伏似殿—也。見〔釋名釋宮室〕。
(十)輕也。〔後漢馬援傳〕居前不能令人輊。居後不能令人—。〔注〕—、輕也。輊、重也。言爲人無所輕重也。
(十一)笑貌。〔後漢方技傳〕—渠笑自若。〔按天祿閣外史韓王—然仰笑〕。
(十二)飛貌。〔文選王粲詩〕歸雁載—。

⑬舉也。〔文選木華賦〕翔鶩連—。

⑭起望也。〔文選潘岳賦〕鬱—蓊以餘怒。

⑮寬悅貌。〔莊子天地〕君子不可以不刳心焉。〔釋文〕刳、崔本作—寬悅之貌。

⑯—縣諸侯縣也。〔周禮小胥〕正樂縣之位。王宮縣。諸侯—縣。〔注〕鄭司農云。宮縣、四面縣。—縣、去其一面。玄謂—縣去南面辟王也。

⑰—城諸侯城也。〔公羊定十二年傳〕百雉而城。〔注〕諸侯—城。—城者、缺南面以受過也。

⑱輴—使車也。〔隋書高融紀〕珪璪入朝。輴—出使。何嘗不殷勤曉諭。戒以維新。

⑲—于。猶草也。〔漢書司馬相如傳〕奄閭—于。

⑳——自得貌。〔唐書孔熒傳〕——自得。〔又〕舞貌。〔淮南道應〕——然迎風而舞。〔又〕將止之貌。〔楚辭悼亂〕鵾鶴兮——。

㉑黎—國名。〔史記大宛傳〕北有奄蔡黎—。〔注〕國在西海之西。

㉒逓憲〔禮記樂記〕武坐、坐右憲左。〔注〕憲讀爲—。聲之誤也。

㉓姓也。黃帝號—轅。後因爲氏。漢諫議大夫—和。明進士—輗。〔又〕—丘複姓。梁相—丘豹。

【軒】許建切音憲願韻

切肉大如藿葉也。〔禮記內則〕麋鹿田豕麕皆有—。〔注〕—讀爲憲。謂藿葉切也。

【軒】〳許偃切音幰阮韻

車軾也。見〔集韻〕。

【軒】呼旱切音罕旱韻

通罕。人名。鄭罕虎或作—虎。

【軒】居言切音犍元韻

人名。〔漢書功臣表〕衆利侯伊卽—。

【軔】而振切音刃震韻

①礙車也。見〔說文〕。〔按詩小旻正義引作礙車木也。王筠据之補木字。是也。文選長楊賦。是以車不安—。五臣云。—支輪木也。漢書揚雄傳。旣發—於平盈兮。服虔曰。—、止車之木、將行。故發去。俗謂凡事始行曰發—。其義本此。〕

②以頭止車亦曰—。〔後漢申屠剛傳〕光武嘗欲出遊。剛諫不聽。遂以頭—乘輿輪。〔注〕—謂以頭止車輪也。

③車輪謂之—。見〔文選懷舊賦注引顏延年纂要解〕。

④牢固之名也。〔管子制分〕攻堅則—。

⑤柔也。亦怠惰之義。〔荀子富國〕芒—優楛。

⑥同仞。〔孟子盡心〕掘井九—。〔注〕、—八尺也。〔按孟子音義引丁音—。義與仞同借用耳。〕

【軎】于劌切音衛旋歲切音彗霽韻

車軸耑也。見〔說文〕。〔段注〕耑者物初生之題也。因以爲凡頟之偁。車軸之末見於轂外者曰—。方言。車轄齊謂之轊。注云車軸頭也。是軸耑猶云軸頭也。〔按—、轊同。〕

【軏】魚厥切音月五忽切音兀月韻

車轅端持衡者。〔論語爲政〕小車無—。〔集解引包注〕—者轅端上曲鉤衡者也。〔按說文本作軏。今通用—。互詳軏字。〕

【軕】敕倫切音椿眞韻

車約—也。周禮曰。孤乘夏—。一曰下棺車曰—。見〔說文〕。〔段注〕巾車職云。孤乘夏篆。卿乘夏縵。大鄭曰。夏、赤也。篆讀爲圭瑑之瑑。夏瑑。轂有約也。玄謂夏瑑五采畫轂約也。夏縵亦五采畫無瑑耳。玉裁謂鄭說夏瑑、卽詩之約軝。毛公所謂長轂之軝、朱而約之也。但許君篆作—。以約—系之。與下文以約軝系之轂。與二鄭迥異。依許意、蓋謂轛輢軨等皆有物纏束之謂之約。—以赤畫之。謂之夏—。卿雖赤畫而無約。謂之夏縵。—之言巡也。巡繞之署。此許之周禮說也。禮經有輴車。玉篇廣韻皆謂—輴同字。天子諸侯殯葬朝廟皆用輴。許云下棺車。謂天子諸侯窆用—也。

【軓】先見切音霰霰韻

轉—。車迹也。見〔廣韻〕。

【軔】之刃切音震震韻

車也。見〔玉篇〕。

【軓】父錽切音犯豏韻

車軾前也。周禮曰。立當前—。見〔

說文。〕〔段注〕戴先生云。車旁曰輢。式前曰—。皆揜輿板也。—以揜式前。故漢人亦呼曰揜。—詩謂之陰。攷工記輈人。—前十尺。書或作軓。大馭祭軓。杜子春云。軓當爲—。禮記少儀、祭范。鄭曰。大馭作祭—。—與范聲同。按其字蓋古文作軓。今字作—。叚借作笵。笵又譌范。此歧出之由也。周禮大行人上公立當車軹。侯伯立當前侯。諸子立當車衡。前侯、自唐石經以下皆譌作前疾。而詩小雅疏論語疏皆作前侯。不誤。此偁前—從來謂前侯之異文。今按非也。蓋周禮車軹本作前。—前—者。前乎—也。

【⿰車于】羽俱切音于虞韻
車也。見〔篇海類編〕

【⿰車乇】、同軘。見〔龍龕手鑑〕

【⿰車工】釭俗字。見〔字彙〕

四畫

【⿰車反】府遠切音反阮韻
(一)車耳反出也。見〔說文〕〔段注〕車耳卽較也。其反出者謂之—反出、

謂圜角有邪倚向外者也。輢與—。网物网字。
(二)輢也。〔廣雅釋器〕輢謂之—。

【軜】奴答切音納合韻
(一)驂馬內轡系軾前者。詩曰。渼以觼—。見〔說文〕〔段注〕系、各本作繫。今正。驂馬兩內轡爲環系諸軾前。故御者祇六轡在手。秦風毛傳曰。—驂內轡也。是則—之言內。謂內轡也。其所入軾前之環曰觼。角部曰。觼、環之有舌者是也。詩言觼—者。言施觼於—也。大戴禮六官以爲轡。司會均入以爲—。此引申叚借之義也。
(二)通納。〔荀子正論〕三公奉軶持納。〔注〕納、與—同。

【軝】翹移切音奇支韻
(一)長轂之—也。以朱約之。詩曰。約—錯衡。見〔說文〕〔按程氏瑤田謂軝卽—。軝者車轂小穿也。段玉裁云。長轂所謂暢轂。以革約之而朱其革。所謂約—也。詩曰。約—錯衡。皆謂文也。錯衡、文衡也。朱駿聲云。以革約之而朱之。卽所謂軎也。轂末也。小穿也。與从氏之車後字迥別。〕
(二)輪也。〔方言〕輪、韓楚之間或謂之—。

【軞】莫袍切音毛豪韻
(一)公車也。〔詩汾沮洳箋〕公路。主君之—。車庶子爲之。晉趙盾爲—車之族。是也。
(二)通旄。〔左宣二年傳〕趙盾爲旄車之族。〔釋文〕旄、音毛。一本作—。

【⿰車公】餘封切音容冬韻
車行貌。見〔廣韻〕

【軖】曲王切音劻渠王切音狂陽韻
紡車也。一曰。一輪車。見〔說文〕〔按說文本作軠。俗省作—。段玉裁云。紡者、紡絲也。凡絲必紡之而後可織。紡車曰軠。此非車也。其偁車者何。其用同乎車也。其物有車名。故其字亦从車。一輪車、別一義。桂馥云。紡車也者。廣雅。軠謂之笙。集韻。—、絡輪也。〕

【軖】渠王切音狂陽韻
軭省字。〔集韻〕軭。說文、車戾也。或省作—。

【⿰車心】思林切音心侵韻
車軥—木。見〔廣韻〕〔按集韻云。車軥心制軸者通作杺。〕

【軗】傭朱切音殳虞韻
車竿也。見〔字彙〕

【較】訖岳切音覺覺韻
車騎上曲銅也。見〔說文〕〔按玉篇、—與較同。集韻、—或作較。李善注西京賦引作車輢上曲鉤也。段玉裁据之改騎爲輢。改銅爲鉤。是也。段云。攷工記輿人。以其隧之半爲之較崇。較高五尺五寸。高於軾者二尺二寸也。戴先生曰。左右附較。故衞風曰。猗重較兮。毛傳。重較、卿士之車。因詩辭傅會耳。非禮制也。玉裁按較之制。蓋漢與周異。周時—高於軾。高處正方有隅。故謂—。—之言角也。至漢乃圜之如半月然。故許云車上曲鉤。曲鉤、言句中鉤也。圜之則亦謂之車耳。其飾則崔豹云文官青耳。武官赤耳。互詳較字。〕

【較】居效切音敎效韻
較或字。〔集韻〕較。直也。一曰不等。

或从夋。

【軘】徒渾切音屯元韻
兵車也。見〔說文〕。〔段注〕—車見左傳宣十二年。襄十一年。服虔曰。屯守之車。杜預曰。兵車名。

【軏】魚厥切音月五忽切音兀月韻
車轅耑持衡者。見〔說文〕。〔段注〕衡者橫木長六尺六寸。以施軶𩊚馬頸者也。持衡者曰—。則衡與轅耑相接之關鍵也。戴先生曰。大車鬲以𩊚牛。小車衡以𩊚馬。轅耑持鬲。其關鍵名輗。輈耑持衡其關鍵名軏。輗輈轅所以引車。必施輗軏然後行。信之在人。亦交接相持之關鍵。故孔子以輗軏喻信。〔按經典通作杌。〕

【軶】乙革切音厄陌韻
轅端厭馬領者也。〔考工記輈人〕衡任者。〔注〕衡任謂兩—之間也。〔疏〕服馬有二。一馬有一—者。厄馬領不得出也。〔按說文有軶無—。玉篇云。軶亦作—。互詳軶字。〕

【⿰車亢】苦朗切音慷養韻
—⿰車卩也。見〔玉篇〕。

【⿰車亢】口浪切音亢漾韻
車軌也。見〔集韻〕。

【⿰車月】魚厥切音月月韻
車釭也。見〔集韻〕。

【⿰車巴】邦加切音巴麻韻
兵車也。見〔集韻〕。

【軠】尼心切音絍侵韻
繅車也。〔一切經音義引通俗文〕繅車曰—。、筌也。

【軡】渠今切音琴侵韻
地名。在江南。通作黔。見〔集韻〕。

【軡】其淹切音箝鹽韻
—中。地名。通作黔。見〔集韻〕。

【⿰車幵】堅奚切音雞齊韻
車兩轊也。〔周禮大馭〕祭兩軹。〔注〕故書軹爲—。謂兩轊也。〔按正字通云。軹从只。—从幵。音義各別。爲軹之譌也。考工記有軹無—。〕

【⿰車尹】胡犬切音泫銑韻
車弓。見〔集韻〕。

【⿰車夫】奉扶切音夫虞韻
車轄也。見〔字彙補〕。

【軗】吉岳切音角覺韻
車也。見〔字彙補〕。

【⿰車丑】女久切音鈕有韻
車—也。見〔字彙補〕。

【軙】古陳字。見〔玉篇〕。〔按廣韻作敶。〕

【⿰車攵】古陳字。見〔字彙〕。

【⿰車勾】同軥。見〔字彙〕。

【⿰車凡】同軵。見〔字彙〕。

【⿰車支】同軝。見〔字彙〕。

【⿰車止】同軩。見〔康熙字典〕。

【⿰車厷】同軦。見〔字彙補〕。〔按正字通。—車聲。〕

【⿰車攴】同輔。頰骨也。見〔字彙〕。

【⿰車冈】同輞。見〔字彙引釋藏〕。〔按正字通云。同輞。俗省。當作輞。〕

【⿰車玄】同軝。見〔篇海類編〕。

【⿰車互】同軝。見〔五音篇海〕。

【軟】輭俗字。見〔字彙〕。

【軚】軑譌字。見〔正字通〕。

【⿰車匀】輈譌字。〔正字通〕舊注、同轟。按匍或作轟。亦作輷。義通。—形與輷遠。九畫輷注不誤。省作—非。

五畫

【軥】權俱切音衢虞韻古候切音遘宥韻
㊀軶下曲者。見〔說文〕。〔段注〕軶木上平而下爲兩坳。加於兩服馬之頸。是曰—。韓奕毛傳曰。厄、烏噣也。小爾雅曰。衡、扼也。扼下者謂之烏啄。釋名曰。槅、扼也。所以扼牛頭也。馬曰烏啄。下向叉馬頸。似烏開口向下啄物時也。噣啄同字。軶與—同體。左傳射兩—而還。服注。車軶兩邊叉馬頸者。
㊁引也。見〔廣雅釋詁〕。
㊂鶩—。柳車也。見〔廣雅釋器〕。
㊃同拘。〔荀子榮辱〕—錄疾力。〔注〕—與拘同。

【⿰車句】居侯切音鉤尤韻
㊀車—心木。見〔廣韻〕。〔按字通作鉤。考工記車人以鑿其鉤。司農注。鉤、鉤心。周官義疏引孔穎達云與

下縛木。與軸相連。鉤心之木也。今車制。於之轅入箱下者。各鑿二孔。下鐵鋌以鉗軸之兩旁。謂之鉤心。〕

❷鉤車。夏后氏之路也。夏后之輅曰—。見〔廣韻〕〔按字亦作鉤。禮記明堂位。注、鉤有曲輿者也。釋名釋車。鉤車以行爲陣。鉤股曲直有正。夏所制也。〕

【軥】 居候切音遘宥韻

❶—槅。挽車。見〔廣韻〕

❷—牛。小牛也。〔漢書朱家傳〕乘不過—牛。〔注〕晉灼曰。—、挄也。—牛小牛也。

【軨】 郎丁切音靈青韻

❶車轖閒橫木。見〔說文〕〔段注〕謂車輢之直者衡者也。軾與車輢皆以木一橫一直爲方格成之。如今之大方格然。楚辭、倚結—兮長太息。涕潺湲兮下霑軾。戴先生曰。—者、軾較下縱橫木總名。即攷工記之軹轛也。結—、謂—之橫從交結。倚—而涕霑軾。則是倚於輢內之—。故其涕得下霑軾也。

❷車轄頭也。〔禮記曲禮〕僕展—效駕。〔釋文〕—、盧云車轄頭轊也。〔疏〕皇氏謂—是轄頭。盧言是也。

❸小馬車曲輿也。〔漢書百官公卿表〕車府路—。

❹飛—。如今窻車也。〔書大傳〕車不得有飛—。

❺—車。獵車也。〔漢書宣帝紀〕以—車奉迎曾孫。〔注〕—車、獵車。前有曲鈐。

❻頓—。地名。〔左僖二年傳〕入自顚—。〔注〕虞境也。

❼—。獸名也。〔山海經東山經〕空桑之山有獸焉。其狀如牛而虎文。其名曰——。

❽通櫺。軒閒小木也。〔文選揚雄賦〕據—軒而周流兮。〔注〕—與櫺同。

❾通零。小也。〔莊子外物〕而後世—材諷說之徒。〔朱駿聲云〕—借爲零。〕

【軫】 止忍切音㐱軫韻

❶車後橫木也。見〔說文〕〔按戴侗曰。—、與下四面木匡合成輿者也。段玉裁云。近戴先生曰。輿下之材。合而成方。通名—。故曰—之方也。以象地也。姚氏鼐曰。記曰。—之方以象地。蓋—方六尺六寸。記曰。三分車廣。以其一爲隧。蓋以二尺二寸爲輿後。其前廣如—。而深四尺四寸以設立木焉。是爲收。毛公曰。收、—也。謂輿深四尺四寸。收於—矣。非謂—名收也。玉裁按似姚氏之說爲完。合輿下三面之材與後橫木而正方。故謂之—。亦謂之收。—从㐱。密緻之言也。然則許謂車後橫木。亦舉其大略言之耳。圖詳車字。〕

❷方也。見〔廣雅釋詁〕

❸—、謂之枕。見〔方言〕

❹動也。見〔廣韻〕

❺轉也。見〔文選枚乘七發注引淮南許注〕

❻戾也。見〔方言〕

❼痛也。〔楚辭哀郢〕出國門而—懷兮。

❽隱也。〔楚辭惜誦〕心鬱結而紆—。

❾道畛也。〔淮南要畧〕以翔虛無之—。

❿乘輿多盛貌。〔淮南兵畧〕士卒殷—。

⓫琴下轉絃者謂之—。〔李白詩〕拂—弄瑤琴。

⓬星名。二十八宿之一。今春分節子正初刻十二分之中星。

軫宿圖

⓭—軳。轉戾也。見〔廣雅釋訓〕〔按—軳、雙聲字。或作抮抱。淮南原道、扶搖抮抱羊角而上。注云。抮抱、了戾也。扶搖如羊角轉曲縈行而上也。又作紾抱。淮南本經、菱杼紾抱。注云。紾、戾也。抱、轉也。皆壯采相銜持貌也。〕

⓮紆—。地形盤曲貌。〔後漢馮衍傳〕路紆—而多艱。

⓯國名。〔左桓十一年傳〕楚屈瑕將盟貳—。〔注〕貳、—、皆國名。

⓰通珍。〔春秋哀六年〕楚子—卒。〔釋文〕—、史記作珍。

⓱通畛。〔文選謝靈運詩〕合畛赴脩—。〔注〕—、當爲畛。

⓲姓也。見〔字彙〕

【軶】 乙革切音戹陌韻

❶轅前也。見〔說文〕〔段注〕曰轅前者。謂衡也。自其橫言之謂之衡。自

其挸制馬言之謂之—。隸省作輗。毛詩韓奕作厄。士喪禮今文作厄。亦叚借字也。車人爲大車作鬲。亦叚借字。西京賦作槅。木部曰。槅大車枙也。枙當作—。〔互詳輗字〕

輗 鬲

輗圖

(二)牛領—也。見〔玉篇〕〔按正字通云。今耕者以曲木加於牛項、大謂之—。〕

(三)通挸。〔莊子馬蹄〕加之以衡挸。

(四)通梶。〔急就篇顏注〕梶在衡上。所以挸持牛馬之頸也。

【軬】父遠切音飯阮韻

(一)藩也。蔽水雨也。見〔釋名釋車〕

(二)同橎。車弓也。〔方言〕車枸簍西隴謂之橎。〔注〕橎即—字。

【軬】步本切音泍阮韻

(一)車蓬也。或作輪。見〔集韻〕

(二)大林—山。在廣東惠州府西南。

【軯】披耕切音怦庚韻

(一)車行聲。見〔玉篇〕〔按集韻、—車馬聲。或作駢。〕

(二)鐘鼓聲。〔文選張衡賦〕—磕隱訇。

(三)雷聲也。〔文選張衡賦〕豐隆—其震霆兮。

【軱】攻乎切音姑虞韻

(一)大骨也。〔莊子養生主〕技經肯綮之未嘗。而況大—乎。

(二)盤骨也。見〔廣韻〕

【軲】空胡切音枯攻乎切音姑虞韻

(一)車也。見〔廣韻〕

(二)山名。〔山海經中山經〕有依—之山。

(三)姓也。見〔廣韻〕

【軳】薄交切音庖肴韻

(一)戾也。見〔廣韻〕

(二)車軫也。見〔集韻〕

【⿰車卯】力久切音柳有韻

(一)載柩車。見〔玉篇〕

(二)蔞或字。〔集韻〕蔞喪車飾也。或作—。

【軵】乳勇切音宂腫韻

(一)反推車令有所付也。从車付。見〔說文〕〔段注〕反推車者。謂不順也。付與也。本可不與而故欲與之。至於逆推車以與之而不顧。此說其字之會意也。故其字从車付。

(二)輕車也。見〔集韻〕

(三)輔也。〔易乾坤鑿度〕坤大—發乃應。〔注〕—者輔也。乾先而坤後。不敢爲事物。先輔贊乾也。

【軵】斐古切拊音麌韻

推也。〔淮南覽冥〕—車奉饟。〔注〕—推也。讀楫拊之拊。〔桂馥云〕楫爲揖之誤。揖、推擣也。

【軵】人冬切音茸冬韻

擠也。〔淮南氾論〕相戲以刃者。太祖—其肘。〔注〕—擠也。讀近茸急察言之。

【⿰車民】莫斌切音民眞韻

(一)車伏兔也。見〔玉篇〕

(二)車輞也。〔釋名釋車〕輞或曰—。—、緜也。緜連其外也。

【軷】蒲撥切音拔曷韻蒲蓋切音旆泰韻

(一)出將有事於道。必先告其神。立壇四通。封茅以依神。爲—。既祭犯—。轢牲而行。爲範—。詩曰。取羝以—。見〔說文〕〔段注〕周禮大馭、犯—。注曰。行山曰—。犯之者。封土爲山象。以菩芻棘柏爲神主。既祭之。以車轢之而去。喻無險難也。杜子春云。—謂祖道。轢—磔犬也。詩云。取蕭祭脂。取羝以—。詩家說曰。將出、祖道犯—之祭也。聘禮曰。乃舍—。飲酒於其側。禮家說亦謂道祭。玉裁按。山行之神主曰—。因之山行曰—。鄘風毛傳曰。艸行曰跋。水行曰涉。即此山行曰—也。凡言跋涉者。皆字之同音叚借。鄭所引春秋傳。本作—涉山川。今人輒改之。

(二)通祓。〔儀禮聘禮記〕釋—。〔注〕古文—作祓。

(三)通罰。〔周禮大馭注〕故書—作罰。

【軸】仲六切音逐屋韻

(一)持輪也。見〔說文〕〔桂注〕顏注急就篇、—所以穿轂而轉也。釋名、—抽也。入轂中可抽出也。〔圖詳轄字〕

(二)織具也。〔詩大東〕杼柚其空。〔朱傳〕杼持緯者也。柚受經者也。〔按釋文、柚音逐。本又作—。段玉裁云。小雅、杼—其空。今本作柚。乃俗誤耳。

(三)軠—也。〔儀禮既夕〕遷于祖用—。〔注〕—、軠—也。狀如轉轔。刻兩頭爲軹。〔疏〕此以漢法況之。漢時名轉—爲轉轔。轔、輪也。

(四)輀謂之—。見〔廣雅釋器〕〔疏證〕方言、輀謂之—。輀之言關也。橫亙之名也。說文、輀。軺車前橫木也。亦同義。

(五)書卷謂之—。〔韓愈詩〕鄴侯家多書。插架三萬—。

(六)進也。〔詩考槃〕碩人之—。

(七)病也。見〔詩考槃箋〕。

(八)乾—。謂天也。〔袁宏三國名臣贊〕赫赫三雄。竝迴乾—。

(九)坤—。謂地也。〔張嘉貞恆山碑銘〕其頂也。上扶乾門。黑帝之官觀。其足也。下捺坤—。元神之都府。〔按〕坤—亦僻地—。博物志、地有四柱。廣十萬里。有三千六百—。犬牙相制。文選木華海賦、又似地—。挺拔而爭迴。

(十)當—。秉國政也。〔漢書田千秋傳贊〕當—。處中。括囊不言。

(十一)地名。〔詩淸人〕淸人在—。〔傳〕—、河上地也。

【軹】掌氏切音紙紙韻

(一)車輪小穿也。見〔說文〕〔段注〕輪當作轂。輪人職曰。五分其轂之長。去一以爲賢。去三以爲—。鄭司農云。賢、大穿也。—、小穿也。

(二)軎也。〔考工記總目〕—崇三尺有三寸也。〔司農注〕—、軎也。〔按後鄭謂—轂末也。與先鄭說異。說文軎下云。車軸耑也。軎或作轊。孔穎達謂轂末軸耑共在一處〕。

(三)輢之植衡者也。〔考工記輿人〕參分較圍去一以爲—圍。〔注〕—、輢之植者衡者也。與轂末同名。〔疏〕此—是車較下豎直者及較下橫者。直衡者竝縱橫相貫也。

(四)—、指也。如指而見於轂頭也。見〔釋名釋車〕。

(五)歧也。〔爾雅釋地〕北方中有—首蛇焉。〔注〕歧頭蛇也。〔疏〕—、歧也。此即兩頭蛇也。〔按今本爾雅作枳。雪牕本注疏本作—〕。

(六)語辭也。〔莊子大宗師〕而奚來爲—。〔釋文引崔注〕—、辭也。

(七)是也。見〔莊子大宗師釋文引李注〕。

(八)縣名。漢置。屬河內郡。當今河南濟源縣南十五里。

(九)—道。亭名。〔史記高祖紀〕秦王子嬰降—道旁。

(十)連翹一名—。見〔爾雅釋草疏引本草〕。

【軺】餘招切音遙時 饒切音韶丁聊切音刁蕭韻

(一)小車也。見〔說文〕。

(二)輕車也。〔史記季布傳〕朱家乃乘—車之洛陽。〔索隱〕案謂輕車。一馬車也。

(三)—車。古之時軍車也。見〔晉書輿服志〕。

(四)—車、遙也。遙、遠也。四向遠望之車也。見〔釋名釋車〕。〔按—或作輶〕。

(五)傳車也。〔漢書平帝紀〕徵天下通知逸經古記者。在所爲駕一封—傳。遣詣京師。〔注〕以一馬駕—車而乘傳。

【軳】披敎切音砲效韻 披交切音抛肴韻

(一)飛石車。見〔集韻〕。

(二)通抛。〔後漢袁紹傳〕操乃發石車擊紹軍。中呼曰霹靂車。〔注〕以其發石聲震烈。呼爲霹靂。即今之抛車也。抛音普孝反。

【軻】丘何切音珂歌韻 口我切音可哿韻 口箇切音課箇韻

(一)接軸車也。見〔說文〕。〔按徐鍇謂。—、接軸也。增韻、—、車接軸。段玉裁改接爲椄。云椄者、續木也。軸所以持輪。而兩木相椄則危矣。故引申之、多迍曰轗—〕。

(二)埳—。不得志也。〔楚辭怨世〕然埳—而留滯。〔注〕埳—、不遇也。埳亦作轗。一作輡。〔洪興祖補注〕埳、苦闇切。—、苦个切。又音坎可。轗音坎。埳坷。不平也。轗—、車行不平。一曰不得志。

(三)孟子名。〔史記孟軻傳正義〕—、字子輿。

【軼】弋質切音佚質韻 徒結切音經屑韻

(一)車相出也。見〔說文〕〔段注〕車之後者突出於前也。

(二)車轍也。〔莊子徐无鬼〕若是者超—絕塵。〔釋文引崔注〕—、轍也。

㊂過也。見〔廣雅釋詁〕。

㊃突也。〔左隱元年傳〕懼其侵—我也。

㊄散佚也。〔史記五帝紀〕其—乃時時見於他說。〔索隱〕—、佚也。

㊅屈—草名。〔帝王世紀〕黃帝時。有草生於庭。佞人入則指之。名曰屈—。

㊆通溢。〔漢書地理志〕—爲滎。〔注〕—與溢同。〔按書禹貢作溢〕

㊇通逸。〔漢書王襃傳〕因秦襃有—材。〔注〕—與逸同。

㊈通迭。〔史記封禪書〕—興—衰〔按—與孟子迭爲賓主之迭〕。

【軼】直列切音徹屑韻 、轍或字。〔集韻〕轍。說文、迹也。或作—。

【軤】荒胡切音呼虞韻 姓也。見〔集韻〕。

【軦】許放切音況漾韻 黃—。蟲名。〔莊子至樂〕黃—生乎九猷。

【軧】典禮切音邸薺韻〔與軝別〕。大車後也。見〔說文〕。〔王注〕以別於小車之軫也。考工記不言—。惟輈人曰。不援其邸。—蓋邸之專字也。

【軝】陳尼切音池支韻 車兩尾。見〔集韻〕。

【軧】展几切音緻紙韻 大車後至。見〔廣韻〕。

【⿰車弘】苦肱切音弦蒸韻 軾中。見〔玉篇〕。

【軩】蕩亥切音殆賄韻 輆—。車不平。見〔廣韻〕。

【軪】於交切音坳肴韻 —軋。奇皃。又車聲也。見〔廣韻〕。

【軪】於敎切音靿效韻 車有機也。見〔廣韻〕。

【⿱八車】普八切音汃黠韻 車破聲。見〔廣韻〕。

【軮】倚朗切音坱養韻 —軋。聲也。見〔廣韻〕〔又〕遠相映貌。見〔集韻〕〔又〕廣大貌也。〔文選揚雄賦〕忽—軋而亡垠。

【軮】房六切音伏屋韻 縣名。〔後漢皇后紀〕皇女仲、十七年、封浚儀公主。適—侯黃門侍郎王度。〔注〕—、縣。屬江夏郡。—志作軑。音伏。

【⿰車反】尼展切音碾銑韻 轢也。見〔說文〕。〔按說文、轢。車所踐也。蒼頡篇曰。轢、輾也。廣韻—或作—碾。集韻—或作輾。〕

【軴】株遇切音駐遇韻 車止也。見〔集韻〕。

【⿰車卬】魚向切音仰漾韻 轎—。見〔玉篇〕。

【⿰車它】唐何切音駝歌韻 、車疾馳也。見〔玉篇〕。

【⿰車尼】柅夷切音泥支韻 軾也。見〔玉篇〕。

【⿰車乍】側駕切音乍禡韻 車裂也。見〔集韻〕。

【⿰車申】羊晉切音胤震韻 車名。見〔廣韻〕。

【⿰車田】亭年切音田先韻 輷或字。〔集韻〕輷輷。車眾聲。或从田。

【⿰車匀】先伊切支韻 ⿰車公輀也。見〔五音篇海〕。

【⿱白車】居玉切沃韻 車轛縛也。見〔奚韻〕。

【輧】同輂。見〔康熙字典〕〔按正字通以爲俗字〕。

【⿰車石】同硨。見〔字彙〕。

【軠】同⿱殸車。見〔字彙〕。

【軽】同輕。見〔川篇〕。

【輩】輩俗字。見〔正字通〕。

【⿰車尔】軫俗字。見〔正字通〕。

【⿰車尓】軫俗字。見〔正字通〕。

六畫

【軾】所職切音拭職韻 ●車前也。見〔說文〕。〔段注〕此當車輿前也。不言輿者。輿人爲車。車即輿也。輿之在前者曰—。在旁者曰輢。輢皆輿之體。非與輿二物也。戴先生曰。—與較皆車闌上之木。周於輿外。非橫在輿中。較有兩。在兩旁。—有三面。故說文槩言之曰車前。

玉裁謂｜卑於較二尺二寸。

●二 ｜式也。伏以式所敬者也。見〔釋名釋車〕。〔按｜亦通作式、如論語鄉黨篇式負版者是。〕

【輁】 渠容切音蛩冬韻　古勇切音拱腫韻

●一 ｜軸。所以支棺｜也。〔儀禮既夕〕遷于祖用軸。〔注〕軸。｜軸也。狀如長牀。穿桯前後。著金而關軸焉。大夫諸侯以上有四周。謂之輴。天子畫之以龍。

●二 通拱。〔儀禮既夕記〕夷牀｜軸。饌于西階東。〔注〕古文｜或作拱。

【較】 訖岳切音覺覺韻

●一 本作較。〔說文〕較車輢上曲銅也。〔段注〕惟較可搴擢倚卑。故其引申爲計｜之｜。亦作校。俗作挍。凡言校讎可用｜字。史籍計｜字亦用覺。〔按玉篇以較爲｜之重文。集韻以｜爲較之或字〕

●二 直也。見〔爾雅釋詁〕。

●三 專也。見〔一切經音義引漢書音義〕。

●四 明也。〔史記平津侯主父傳〕｜然著明。〔索隱〕｜音角。｜明也。〔按漢書張安世傳賢不肖｜然。注云。｜明貌也。〕

●五 大｜大法也。〔史記律書〕闊於大｜。〔又〕大略也。〔史記貨殖傳〕此其大｜也。

●六 獵｜田獵相｜爭禽獸也。〔孟子萬章〕魯人獵｜。

●七 同搉。〔一切經音義〕｜古文搉同。

●八 通搉。〔考工記輿人〕以其隧之半爲之｜崇。〔注〕故書｜作搉。杜子春云。當爲｜。

【較】 古孝切音教效韻

●一 不等也。見〔廣韻〕。

●二 校量也。〔老子〕長短相｜。〔釋文〕｜校量深淺也。〔按史記田完世家、大車不｜。索隱云。｜者校量也。〕

●三 明也。見〔廣雅釋詁〕。〔疏證〕｜之言皎皎也。

●四 略也。〔後漢延篤傳〕而如欲分其大｜。〔注〕｜、猶略也。〔按孝經、蓋天子之孝也注云。蓋猶略也。疏曰。孔傳云、蓋者辜｜之辭。劉炫云。辜｜、猶梗槩也。孝道旣廣。此纔舉其大略也〕

●五 見也。見〔一切經音義引廣雅〕。

●六 數學謂用減法求得之餘數曰｜。亦謂之差。

【軫】 遣禮切音啟薺韻

●一 礙也。見〔說文〕。〔段注〕礙者止也。

●二 至也。見〔廣雅釋詁〕。

【輅】 魯故切音路遇韻

●一 車輪前橫木也。見〔說文〕。〔桂注〕既夕禮、賓奉幣當前｜。致命。注云。｜轅縛所以屬引。疏云。謂以木縛於轅上以屬靷而輓之。淮南兵略訓、百姓之隨逮肆刑挽｜首路死者。一旦不知千萬之數。高注、｜。輓車橫木也。

●二 天子乘玉｜。以玉飾車也。亦車也。謂之｜者。言行於道路也。見〔釋名釋車〕〔集韻〕、王之五｜。通作路。

●三 大也。〔後漢張湛傳〕禮、下公門。式｜馬。

●四 頤｜蟲名。〔莊子至樂〕頤｜生乎食醯。

【輅】 歷各切音洛藥韻

車前木也。〔漢書婁敬傳〕敬脫輓｜。〔注〕蘇林曰。｜音凍洛之洛。一木橫遮車前。二人挽之。三人推之。

【輅】 魚駕切音迓禡韻

迎也。〔左僖十五年傳〕｜秦伯。將止之。

【輆】 可亥切音愷賄韻

●一 ｜軩。不平也。見〔廣雅釋訓〕。〔按｜軩。玉篇、廣韻、竝作｜軩。集韻引博雅亦作｜軩〕

●二 礙也。見〔集韻〕。

【輆】 口溉切音慨隊韻

｜沐。國名。在越東。見〔集韻〕。

【輇】 逡緣切音銓先韻

●一 蕃車下庳輪也。一曰。無輻也。見〔說文〕。〔桂注〕蕃。徐鍇本作藩。五經文字、｜。蕃車下卑輪也。馥案周禮遂師、蜃車人輓之以行。凡輓車皆用｜。巾車、輂車組輓。注云。爲｜輪。人輓之以行。既夕記注云。其車之轝。狀如牀。中央有轅。前後出。設前後輅。轝上有四周。下則前後有軸。以｜爲輪。許叔重說。有輻曰輪。無輻曰｜。馥案前後有軸。則四｜矣。東京賦所謂重輪也。今大河南北。有無轅車。四輪。其輪無輻而庳。

柩車有後轅後輅。是有人推之。雒記注、—崇蓋半乘車之輪。正義云。考工記、乘車之輪。六尺有六寸。今云半之得三尺三寸也。

(二) 通銓。〔莊子外物〕—才諷說之徒。〔注〕—量人物也。一曰。—才、謂小才也。

【輇】 敕倫切音椿眞韻

軐或字。〔集韻〕軐。說文、車約軐也。或从全。

【輈】 張流切音舟尤韻

(一) 轅也。見〔說文〕。〔按說文、轅。—也。王筠云。鄭注考工記曰。—車轅也。廣雅、轅謂之—。皆以用之同而通其名也。然轅直而—曲。轅兩而—一。轅施之大車以駕牛。—施之小車以駕馬。固不同也。且軫、軝、轐、輹、輪、輇、輗、軏。許君皆不合之。獨於轅—轉注。亦不可解。段玉裁云。許渾言之者。通偁則一也〕

(二) 句也。轅上句也。見〔釋名釋車〕。

(三) 輿也。見〔小爾雅廣言〕。

(四) —張。猶彊梁也。〔後漢孝仁董皇后紀〕汝今—張。怙汝兄耶。〔又〕驚愕之貌也。〔文選劉琨詩序〕自頃—張。

(五) 鉤—。鷓鴣聲。〔唐本草〕鷓鴣生江南。形似母雞。鳴云鉤—格磔。

(六) 通侜。〔文選劉琨詩序注〕—與侜、古字通。張由切。

【載】 作代切音再隊韻

(一) 乘也。見〔說文〕〔段注〕乘者、覆也。上覆之則下—之。故其義相成。

(二) 任也。〔易大有〕大車以—。〔注〕任重而不危。〔疏〕—物既多。故云任重。

(三) 凡所—之物亦謂之—。〔詩正月〕—輸爾—。〔段玉裁謂此引申之義。朱駿聲云。上—是發聲之辭〕

(四) 庋也。〔儀禮士冠禮〕—合升。〔注〕在鼎曰升。在俎曰—。〔按朱駿聲云。—猶庋也。廣雅釋詁。—。攱也。王氏疏證云。謂庋閣也。內則大夫七十而有閣。注云。閣以板爲之。庋食物也。攱、庋、竝與庋通〕

(五) 設也。〔詩旱麓〕清酒既—。〔薛君章句〕—、設也。

(六) 置也。〔史記禮書〕側—臭茝。〔索隱〕—者、置也。

(七) 處也。〔老子〕—營魄。〔王注〕—猶處也。

(八) 予也。見〔廣雅釋詁〕。〔按予與通用。郭璞注爾雅云。與、猶予也。注、方言云。予、猶與也〕

(九) 施也。〔國語晉語〕重耳若獲集德而歸—。

(十) 飾也。〔淮南兵略〕—以銀錫。

(十一) 戴也。〔詩絲衣〕—弁俅俅。〔箋〕—猶戴也。〔按釋名釋姿容。—、戴也。戴在其上也〕

(十二) 始也。〔詩載見〕—見辟王。

(十三) 生也。〔管子侈靡〕地重人—。

(十四) 事也。〔書大禹謨〕祇—見瞽瞍。

(十五) 職也。〔後漢楊賜傳〕朕昔初—。

(十六) 行也。〔國語周語〕登年以—。

(十七) 爲也。〔周禮大宗伯〕大賓客則攝而—果。

(十八) 成也。〔書益稷〕乃賡—歌曰。

(十九) 安也。〔老子〕或—或隳。

(二十) 重也。〔後漢傅毅傳〕奕世—德。〔注〕易曰。德積—。—、重也。

(廿一) 言也。見〔爾雅釋詁〕。

(廿二) 辭也。〔詩載馳〕—馳—驅。〔傳〕—辭也。〔謂助語辭也〕

(廿三) 則也。〔詩七月〕春日—陽。〔箋〕—之言則也。

(廿四) 識也。〔詩大明〕文王初—。〔傳〕—識。〔疏〕謂其幼小始有識知。故以—爲識也。

(廿五) 記也。〔國語晉語〕子犯授公子—璧。

(廿六) 僞也。見〔爾雅釋詁〕〔注〕—者言而不信。

(廿七) 滿也。〔詩生民〕厥聲—路。〔朱傳〕—、滿也。滿路、言其聲之大也。

(廿八) 車蓋也。〔管子問〕師車之—幾何乘。〔注〕—謂其車蓋。

(廿九) 盟辭也。〔周禮司盟〕掌盟—之灋。〔注〕—、盟辭也。盟者書其辭於策。殺牲取血。坎其牲。加書於上而埋之。謂之—書。

(三十) 記錄也。〔書洛誥〕丕視功—。〔注〕視羣臣有功者記—之。

(卅一) —師。官名。〔周禮地官序官〕—師。〔注〕—師者、閭師縣師遺人均人官之長。

(卅二) 通菑。〔詩大田〕俶—南畝。〔箋〕—讀爲菑栗之菑。

(卅三) 通再。〔詩小戎〕—寢—興。〔文選注作再寢再興〕

(卅四) 姓也。〔廣韻〕風俗通云。姬姓之後。

【載】昨代切音在隊韻
舟車運物也。見[集韻]。

【載】子亥切音宰賄韻
年也。[爾雅釋天]夏曰歲。商曰祀。周曰年。唐虞曰—。[按朱駿聲云。—假借爲䄵。與年从禾同意。歲一䄵也。李注。一歲莫不覆—。傅會本誼。孫注。取萬物終而復始。以才爲訓。皆失之。釋名釋天。—、生物也。於義爲近。後惟唐天寶甲申後十五年。改年爲—。]

【載】都代切音戴隊韻
戴或字。[集韻]戴。說文、分物得增益曰戴。一曰首戴。或作—。[按—與戴通。禮記郊特牲。—冕璪。釋文。—本亦作戴。]

【[illegible]】古勇切音拱腫韻
❶ 輞也。見[玉篇]。
❷ 轢也。見[集韻]。

【[illegible]】丘勇切音鞏腫韻
曲轅也。見[集韻]。

【輊】知義切音智寘韻
❶ 重也。[後漢馬援傳]居前不能令人輊。居後不能令人軒。[注]軒、輕也。—、重也。
❷ 車輖兩尾見[初學記引埤蒼]。
❸ 同[illegible]。[文選潘岳賦]如[illegible]如軒。[注]—、與[illegible]同。
❹ 同[illegible]。見[玉篇]。[按說文幣下段注辨其不同。]

【軭】曲王切音匡　渠王切音狂陽韻
❶ 車戾也。見[說文]。[段注]戾者曲也。
❷ 通匡。[考工記輪人]萬之以眡其匡也。[注]等爲萬叓以運輪上。輪中萬叓則不匡剌也。[按段玉裁、桂馥、朱駿聲、王筠、諸家皆謂—與匡通。考工記之匡。卽—字也。鄉黨圖考云。有解萬同矩匡爲方者、非也。凡物圜中規者。四角益之。方必中矩。不必再以矩量也。匡者、匡枉不正也。別作萬叓以運輪上。不高不下。則輪平正不匡枉。今試與之法。別置一物於輪旁。運輪數周。適與彼物相當。則輪平正。卽古人萬之以視其匡之法。]

【輀】人之切音而支韻
喪車也。見[說文]。[按段本改—爲轜。注云。文選注、玉篇、廣韻、龍龕手鑑、皆作轜。从重而者。蓋喪車多飾。如喪大記所載。致爲繁縟。而者、須也。多飾如須之下垂。故从重而。亦以而爲聲也。攷釋名釋喪制。與棺之車曰—。—、耳也。縣於左右前後。銅魚搖絞之屬。耳耳然也。今本釋名作轜。誤。畢沅疏證、據說文改轜爲—。自當從之。—卽轜也。玉篇廣韻皆以—爲轜之重文。耳耳見詩閟宮篇。傳曰。耳耳然至盛也。]

【輂】拘玉切音鋦沃韻
大車駕馬者也。見[說文]。[段注]小司徒、正治—輦。注曰。—、駕馬所以載任器。與許說同。古大車多駕牛。其駕馬者則謂之—。左氏傳、陳畚梮。梮者土舉。漢五行志作—。是梮乃—之或字也。史河渠書。山行即橋。一作欙。夏本紀正作欙。漢溝洫志作山行則梮。韋昭曰。梮、木器。如今舉牀。人舉以行也。然則周禮—之制。四方如車之輿。故曰舉。或作舉。或駕馬。或人舉。皆宜用之。徒土則謂之土舉。卽公羊之筍。史記之橋。橋、之復與也。用之舁人則謂之橋。橋、卽漢書輿轎而越嶺之轎字也。左氏正義謂梮字从手。其說非是。禮經輁軸。輁軸卽—字之異者。注云。輁狀如長牀是也。夏禹四載乘—。蓋亦馬引之。不然。何以云桀始乘人車。攷古者所當辯也。]

【[illegible]】熒絹切音縣　扃縣切音眴霰韻　圭玄切音涓先韻
車搖也。見[說文]。

【[illegible]】戶昆切音魂元韻
鞎或字。[集韻]鞎、車革前也。或作—。[按韻會車革前飾曰—。郭璞曰。以革鞔車軾也。]

【[illegible]】廬江切音肛江韻
[illegible]或字。[集韻][illegible]、[illegible]也。或作—。

【[illegible]】他彫切音挑蕭韻
佻或字。[集韻]佻。說文、愉也。引詩視民不佻。或作—。

【[illegible]】之慶切音迴整韻　辰陵切音承蒸韻
軺車後登也。讀若易拼馬之拼。見[說文]。[段注]廣韻十六蒸、四十二拯、皆曰—、軺車後登。出字林。今按不言出說文。恐是呂氏後增之字。非許傳也。古車無不後登者。

【軳】殺測切音色職韻 軳—。轉戾也。見〔廣雅釋訓〕。〔按王氏疏證本改—爲軳。云。軳、曾憲音牛刀反。各本軳譌作—。自宋時本已然。故集韻類篇俱有—字。音色。引廣雅軳—轉戾也。按說文玉篇廣韻俱無—字。集韻類篇音色。亦與曾憲牛刀反之音不合。〕

【輷】呼宏切音訇庚韻 轟或字。〔集韻〕轟。說文、羣車聲也。或作—。

【⿰車旬】敕倫切音椿眞韻 ⿰車川或字。〔集韻〕⿰車川。說文、車約⿰車川也。或从旬。

【⿰車曳】以制切音曳霽韻 轙或字。〔集韻〕轙。車馬贈亡謂之轙。或从車。

【軟】七四切音次寘韻 以纂飾車也。見〔集韻〕。

【⿰車氷】蒲應切音砯徑韻 軯—。車聲也。見〔集韻〕。

【⿰車罔】文紡切音罔養韻 輞之別體。〔字林〕輞。輮也。字變作—。

【輋】音未詳 —人。亦猺種也。澄海山中有—戶。不供賦。有—官領其族。—巢居也。其有長有丁有山官者。稍輸山賦。以刀爲準者曰猺。猺所止曰峒。亦曰—。海豐之地有羅—。葫蘆—。大溪—。興甯有大信—。歸善有窯—。刀耕火耨。是爲畬蠻。潮州山—有羊禜崎禜二種。亦猺族。見〔說蠻〕。

【輕】去孟切敬韻 石動也。見〔川篇〕。

【⿰車旨】苦寒切音看寒韻 硯也。見〔龍龕手鑑〕。

【輄】同⿰車黃。見〔廣韻〕。

【⿰車𠂤】同⿰車隹。見〔玉篇〕。

【⿰車丞】同輂。見〔篇海類編〕。

【⿰車夆】同⿰車夆。見〔龍龕手鑑〕。

【軿】軿俗字。見〔正字通〕。

【⿰車伏】輹俗字。見〔正字通〕。

七畫

【輑】牛尹切音⿰王困軫韻牛吻切音㖥吻韻 輑車前橫木也。見〔說文〕〔段注〕輑車。小車也。木部曰。橫。闌木也。輑車前橫木。謂小車軾騎之直者衡者也。

【輑】區倫切音囷眞韻 ①車軸也。〔方言〕—謂之軸。②相連也。〔文選張衡賦〕隄塍相—。〔注〕—相連之貌。

【輒】陟涉切音耴葉韻 ①車兩輢也。見〔說文〕〔段注〕車必有兩輢。如人必有兩耳。故从耴。耴、耳垂也。②專—也。見〔廣韻〕。〔按段玉裁云。凡專—用此字者。此引申之義。凡人有所倚恃而妄爲之。如人在輿之倚於輢也。〕③忽然也。見〔增韻〕。④遇事即然也。見〔韻會〕。⑤足疾也。〔穀梁昭二十年傳〕兩足不能相過。齊謂之綦。楚謂之踂。衛謂之—。⑥—然。不動貌。〔莊子達生〕—然忘吾有四肢形體也。⑦—休。國名。〔列子湯問〕有—休之國。〔釋文〕—休、諸家本作輒沐者、誤。⑧通縶。〔穀梁昭二十年傳釋文〕—本亦作縶。劉兆云。如見絆縶也。⑨姓也。漢、—終古。

【輓】武遠切音挽阮韻無販切音萬願韻 ①引車也。見〔說文〕。〔按他本說文、或作引之也。此從段本作引車。一切經音義引說文、亦作引車也。廣韻、—車也。—車亦即引車之謂。漢書韓安國傳。轉粟—輸以爲之備。注。—、引車也。〕②凡前引皆謂之—。〔左襄十四年傳〕或—之。或推之。〔注〕前牽曰—。〔按段氏謂引車曰—。此本義也。引申之凡引皆曰—。廣雅釋詁、—、引也。—亦通作挽。小爾雅廣詁、挽。引也。〕③—歌。喪歌也。〔譙周法訓〕—歌者、高帝召田橫。至尸鄉自殺。從者不敢哭。故爲此歌以寄哀。〔按正字

通引文選注、使―柩者歌之。因呼爲―歌。康熙字典云―歌喪車執紼者相和聲。〕

【輔】父雨切音釜麌韻

㊀春秋傳曰。―車相依。見〔說文〕〔段注〕凡許書有不言其義、徑舉經傳者。如絢下云。詩云素以爲絢兮之類是也。此引春秋傳僖公五年文。不言―義者。義已具於傳文矣。小雅正月曰。其車既載。乃棄爾―。傳曰。大車既載。又棄其―也。無棄爾―。員于爾輻。傳曰。員。益也。正義云。大車。牛車也。爲車不言作―。此云棄―。則―是可解脫之物。蓋如今人縛杖於輻、以防―車也。呂覽權勳篇、宮之奇諫虞公曰。虞之與虢也。若車之有―也。車依―。―亦依車。虞虢之勢是也。此卽詩無棄爾―之說也、合詩與左傳、則車之有―信矣。引申之義、爲凡相助之偁。今則借義行而本義廢。尟有知―爲車之一物者矣。人部曰。俌。―也。以引申之義釋本義也。今則本字廢而借字行矣。面部曰。䩉頰車也。面䩉自有本字。周易作―亦字之假借也。今亦本字廢而借字行矣。春秋傳、―車相依。許所以說―之本義也。所以說左氏也。謂―與車必相依倚也。他家說左者。以頰與牙車釋之。乃因下文之脣齒而傅會耳。固不若許說之善也。小徐本箸人頰車也四字於从車甫聲下。與上文意不相應。又無一曰二字以別爲一義。知淺人妄謂引傳未詮而增之也。面部既有䩉頰也之文。則必不用借義爲本義矣。若大徐本移―篆於部末。解曰。人頰車也。从車甫聲。而無春秋傳曰―車相依八字。非眞車上物。廁末似合許例。然無解於面部業有䩉篆也。

㊁俌也。見〔爾雅釋詁〕。

㊂相也。〔呂覽介立〕爲之丞―。

㊃正也。〔呂覽重言〕有―王室之固。

㊄扶也。見〔增韻〕。

㊅友也。〔禮記學記〕是以雖離師―而不反也。〔疏〕―卽友也。

㊆卿也。見〔大戴記千乘〕。

㊇副使也。〔孟子公孫丑〕王使蓋大夫王驩爲―行。

㊈府史之屬也。〔周禮大宰〕置其―。〔注〕―、府史庶人在官者也。

㊉小木也。〔爾雅釋木〕―小木。

⑪―然相親附之貌。見〔荀子非十二子―然注〕。

⑫四―官名。〔禮記文王世子〕設四―。〔注〕謂師保疑丞也。〔又〕星名。所以―佐北極。見〔韻會〕。

⑬三―郡名。漢京兆、左馮翊、右扶風。

⑭―氏地名。〔左宣十五年傳〕秦桓公伐晉。次于―氏。〔注〕晉地。〔今陝西朝邑縣西北十三里有―氏城。〕

⑮龍―玉名。〔左昭二十九年傳〕使獻龍―於齊侯。

⑯姓也。晉智果別族爲―氏。

【輗】眉敎切音貌效韻

㊀引車也。見〔集韻引博雅〕〔按玉篇廣韻皆曰―引也。〕

㊁車鉤心也。見〔集韻〕。

【輕】牽盈切音卿庚韻

㊀―車也。見〔說文〕〔按―車之說不一。段注。―車也三字句。周禮―車之萃。鄭曰。―車所用馳敵致師之車也。漢之發材官輕車。亦謂兵車。―本車名。故字从車。桂注。―車其用有二。埤蒼、―車輶兩尾。楚辭九辨、前―輬之鏘鏘兮。招魂、軒輬既低。注云。軒輬皆―車名也。此言坐乘―小之車也。孫子作戰篇、凡用兵之法。馳車千駟。革車千乘。注云。馳車。―車也。革車。重車也。續漢書輿服志、―車古之戰車也。此言軍旅之―車也。王氏云。東觀漢記、段熲徵還京師。乘―車。介士鼓吹。是知本是兵車。後用爲乘車。以始見周禮知之。〕

㊁重之反也。〔孟子梁惠王〕權然後知―重。

㊂小也。〔淮南氾論〕有―罪者。贖以金分。

㊃易也。〔呂覽知接〕桓公非―難而惡管子也。

㊄賤也。〔漢書食貨志〕錢益多而―。〔注引臣瓚〕―、亦賤也。

㊅卑也。〔荀子富國〕辨―重。〔注〕―重。尊卑也。

㊆使也。〔國策齊策〕使―車銳騎衝雍門。〔注〕―、便也。

㊇無勢之罰―。見〔韓非子解老〕。

㊈佻也。〔荀子不苟〕喜則―而翾。〔注〕―、謂―佻失據。

●—武。言疾也。見〔後漢竇憲傳注〕。

●—庸。紗名。〔宋史地理志〕紹興府貢越綾—庸紗。

●化學原質之一。無色味臭。最—氣體。遇火易燃。與養化合卽成水。故日本名之曰水素。英名Hybrogen。

【輕】牽正切音慶敬韻

疾也。見〔集韻〕。〔按左傳桓十二年。絞小而—。則寡謀。又僖三十三年。秦師—而無禮。國語周語、師—而驕。注—謂超乘也。蓋以超乘之事爲—。非謂—有超乘義也。〕

【䡨】初皆切音柴佳韻 才茲切音雌支韻

㊀連車也。一曰卻車抵堂爲—。見〔說文〕。〔段注〕謂車牽聯而行有等差也。東京賦。皇輿宿駕—於東階。薛解曰。—之言卻也。謂卻於東階下。天子未乘之時也。〔按—本从車差省聲。故玉篇、廣韻、集韻等書皆作—。不作[illegible]。乃字彙云—同[illegible]。正字通且以—爲俗省。康熙字典亦謂[illegible]俗作—。皆誤也〕

㊁塞也。見〔廣雅釋詁〕。

㊂通差。〔左哀六年傳〕差車鮑點。〔注〕差車主車之官。〔按說文繫傳引左傳作—車鮑點。王筠云。以差車爲官名。蓋職在差次衆車者也。〕

【[illegible]】才浪切音奘漾韻

修車也。見〔集韻〕。

【輍】俞玉切音欲沃韻

車枕前也。見〔玉篇〕。

【[illegible]】乎萌切音宏庚韻

竑或字。〔集韻〕竑。度也。周禮、竑其幅廣。或作—。

【輎】師交切音稍肴韻

兵車以鹿皮爲飾。見〔集韻〕。

【[illegible]】亭年切音田先韻

車聲。見〔玉篇〕。〔按文選魏都賦。——振旅——。注引蒼頡篇曰。——。衆車聲也〕

【[illegible]】亭年切音田先韻

——。喜動皃。見〔集韻〕。

【輐】戶管切音緩旱韻 五換切音翫翰韻

圓也。刑截之所用。見〔集韻〕。〔按莊子序。椎拍—斷。韻會。—、刓去圭角也。義並合。蓋刓去圭角、卽圓也之義。—斷、卽刑截所用者。〕

【[illegible]】盧當切音郎陽韻

轒—。兵車。見〔集韻〕。

【[illegible]】章移切音支支韻

車器。見〔集韻〕。

【[illegible]】息營切音騂庚韻

車也。見〔玉篇〕。

【[illegible]】詳余切音徐魚韻

車鈴。見〔集韻〕。

【[illegible]】夷益切音亦陌韻

車也。見〔篇海類編〕。

【[illegible]】何國切音獲陌韻

車軸轄也。見〔篇海大成〕。

【[illegible]】魚向切漾韻

[illegible]轎也。見〔龍龕手鑑〕。

【[illegible]】音渠魚韻

車輞也。見〔龍龕手鑑〕。

【[illegible]】軖本字。見〔正字通〕。

【[illegible]】同輶。見〔正字通〕。

【[illegible]】同軿。見〔玉篇〕。

【[illegible]】同轁。見〔字彙〕。〔按正字通云。—。轁字之譌〕

【[illegible]】同輯。見〔龍龕手鑑〕。

【[illegible]】輗或字。見〔說文〕。

【[illegible]】軸俗字。見〔字彙〕。

【[illegible]】軖譌字。見〔正字通〕。

八畫

【輖】之由切音周尤韻

㊀重也。見〔說文〕。〔段注〕謂車重也。引申爲凡物之輕重。故禮經以之言矢。周南、段—爲朝字。〔按玉篇、—。重載也。集韻、—。車前重也。皆指車言〕

㊁低也。見〔韻會〕。

㊂軒—。反覆也。〔考工記廬人〕車不反覆、〔注〕反覆猶軒—。

【輗】研奚切音倪齊韻

㊀大車轅耑持衡者也。見〔說文〕。〔段注〕輗與衡相接之關鍵也。

㊁通軔。〔晉書音義〕—、礙車也。〔按朱駿聲云。—假借爲軔。軔說文、礙車也〕

【輗】五計切音羿霽韻

椑—車名。見〔五音集韻〕。

【輘】力承切音陵蒸韻

㊀車轢也。見〔集韻〕。

㊁踐踏也。〔漢書灌夫傳〕—轢宗室。〔史記作淩〕

【輘】盧登切音楞蒸韻

—軥。車聲。〔韓愈詩〕—軥掉狂車。〔又〕大聲也。〔文選王褒賦〕故其武聲則若雷霆—軥佚豫以沸渭。

【輘】郎鄧切音倰徑韻

車軸。見〔集韻〕。

【輚】仕限切音棧潸韻　仕諫切棧去聲諫韻

㊀臥車也。〔文選班固賦〕乘—輅。

㊁兵車。見〔廣韻〕。

㊂通轏。見〔左成二年傳釋文引字林〕。

㊃通棧。〔儀禮既夕〕賓奠幣于棧左。〔服注〕今文棧作—。〔按康熙字典引周禮士乘棧車、小雅有棧之車云、與—音義同。攷巾車及何草不黃釋文。皆無此說。改引儀禮爲是。〕

【輛】里養切音兩養韻

㊀匹也。見〔韻會〕。

㊁通兩。車數也。〔詩鵲巢〕百兩御之。〔注〕百兩百乘也。〔疏〕車一乘爲一兩。

【⿰車坴】力竹切音陸屋韻

㊀軸也。見〔玉篇〕。

㊁輜—。三箱車也。見〔集韻〕。

【輜】莊持切音淄支韻

㊀—軿。衣車也。軿車前衣也。車後爲—。見〔說文〕。〔段注〕上五字。依定九年左傳正義所引。衣車謂有衣蔽之車。下九字。依文選注所引。前有衣爲軿車。後有衣爲—車。上文渾言之。此析言之也。

㊁重車也。〔漢書韓安國傳〕轚—重。

㊂輺車也。見〔廣雅釋器〕。

㊃車之通稱也。〔後漢竇憲傳〕雲—蔽路。

㊄靜也。〔老子〕不離—重。

㊅廁也。所載衣物雜廁其中也。—軿之形同。有邸曰—。無邸曰軿。見〔釋名釋車〕

【輜】側吏切音胾寘韻　楚持切音颸支韻

㊀車輻入牙曰—。見〔集韻〕。

㊁通菑。〔攷工記輪人〕察其菑蚤不齵。〔注〕菑讀如雜廁之廁。〔按韻會云、—與菑通。〕

【䡈】拘玉切音揭沃韻

㊀直轅車⿰車贊也。見〔說文〕。〔按諸字書所引各異。廣韻、篇海、五音集韻、引車⿰車贊下有縛字。玉篇、—直轅⿰車贊縛也。韻會、—直轅車也。段氏謂當從韻會無⿰車贊字爲是。直轅車。大車也。然說文革部⿰車贊下云車衡三束也。曲轅⿰車贊縛。直轅—縛。段注又明明云—之言纍也。纍、約也。〕

㊁土墼也。見〔韻會〕。

㊂通揭。〔左襄八年傳〕陳畚揭。〔按朱駿聲云、揭假借爲—。〕

【輝】呼韋切音揮微韻

㊀火光也。見〔集韻〕。〔按引申之、凡光皆可云—。如後漢李膺傳虹蜺揚—。曹植責躬詩車服有—之類。〕

㊁縣名。元置。隸中書省衛—路。明屬河南省衛—府。清因之。當今河南—縣治。

㊂黃—。黃龍也。〔文選班固典引〕升黃—采鱗于沼。

㊃同煇。〔詩庭燎〕庭燎有煇。〔文選曹植詩注引作庭燎有—。〕

【輞】文紡切音罔養韻

㊀网也。网羅周輪之外也。見〔釋名釋車〕。

㊁—或曰輾。輾、緜也。緜連其外也。見〔釋名釋車〕。

㊂車之牙—輮也。見〔韻會〕。〔按考工記注。牙謂輪輮也。世或謂之罔。書或作輮。古者車—屈本爲之。圍尺一寸。又陳氏傅良云。輪之外輮而行地者曰牙。亦曰車—。關西曰輮。〕

㊃—川。水名。唐代詩人王維別墅在焉。有—川。圖—川、一名—谷水。商嶺水合諸水會焉。如車—環湊。自南而北。注於霸水。在今陝西藍田縣南八里。

㊄通輞。〔爾雅釋木注〕中爲車—。〔釋文〕—本作輞。又作輞。

【輟】株劣切音啜屑韻

㊀車小缺復合者也。見〔說文〕。〔桂注〕本書、茵以草補缺也。或以爲綴。馥謂—綴意同。

㊁已也。見〔爾雅釋詁〕。

(三)止也。〔論語微子〕擾而不—。

(四)歇也。見〔增韻〕。

(五)通掇。〔文選左思賦〕剞劂罔掇。〔注〕—、掇、古字通。〔按朱駿聲云。—假借爲掇。〕

【輠】戶果切音夥古火切普果哿韻

(一)裹也。裹軹頭也。見〔釋名釋車〕。

(二)筩也。車盛膏器。見〔集韻〕。〔按韻會、車行其軸當滑易。故常載脂膏以塗軸。此即其器也。〕

(三)通過。〔史記孟子荀卿傳〕炙轂過髡。〔集解〕劉向別錄曰。過字作—。〔按—、炙之雖盡。猶有餘流。以喻淳于髡之審言。雖盡猶有餘味耳。〕

【輠】戶瓦切音踝馬韻苦猥切音塊戶賄切音繢賄韻

迴轉也。〔禮記雜記〕叔孫武叔朝。見輪人以其杖關轂而—輪者。

【輡】苦感切音坎感韻

(一)—轗。車行不平也。見〔玉篇〕〔又〕不得志也。見〔集韻〕。〔按本義爲車行不利。引申之爲人不得志。〕

(二)—輌。不遇也。〔楚辭怨世〕然—輌而流滯。〔按廣韻云。轗輌不遇也。輱、—通。〕

(三)通埳。〔楚辭七諫〕埳輌留滯。〔按埳輌即—輌。〕

(四)同坎。〔杜甫詩〕終日坎壈纏其身。〔按坎壈即—壈。〕

【輢】隱綺切音倚紙韻

(一)車旁也。見〔說文〕〔段注〕謂車兩旁。式之後。較之下也。—者。言人所倚也。前者對之。故曰輒。旁者倚之。故曰—。—之上曰較。

(二)通觭。〔國策趙策〕臣恐秦折王之觭也。〔鮑注〕觭、一作—。車旁也。

【輢】奇寄切音芰於戲切音意寘韻

寄也。〔文選左思賦〕枕—交趾。

【輤】倉甸切音倩霰韻

(一)載柩將殯之車飾也。〔禮記雜記〕諸侯之—有裧。

(二)喪車邊牆也。見〔禮記曲禮注〕士—葦席以爲屋疏。〕

【輥】古本切音袞戶袞切音渾阮韻

(一)轂齊等皃。周禮曰。望其轂。欲其—。見〔說文〕〔段注〕齊等者。不橈減也。周禮考工記輪人文。鄭本作眼。注曰。眼出大皃也。今按鄭本當是作睍。睍者目出皃也。轂之圜似之。與許說略同。

(二)輪轉之速也。見〔六書故〕。

【輦】力展切音鄰銑韻

(一)輓車也。从車扶。扶在車前引之也。見〔說文〕〔段注〕謂人輓以行之車也。按夫部扶並行也。—字从此。—設輅於車前。用索輓之。故从車扶會意。

(二)柳車也。見〔廣雅釋器〕。

(三)王者之車也。〔文選左思賦〕都—殷而。〔注〕—。王者所乘。故京邑之地。通曰—焉。

(四)運也。〔後漢張衡傳〕或—賄而違車兮。

(五)擔也。〔淮南人間〕負—粟而至。

(六)所以載任器也。〔周禮鄉師〕與其輂—。

(七)后遊宴所乘也。見〔文苑英華引崔靈恩三禮義宗〕。

(八)對舉曰—。見〔續漢祭祀志引周禮干注〕。

(九)步車曰—。〔漢書貨殖傳〕夫妻帷—行。

(十)—者。輓車之人也。〔爾雅釋訓〕徒御不驚。—者也。〔按穀梁傳。遇—者。—者不辟。亦指輓車之人。〕

(十一)—道。宮中閣道也。〔文選司馬相如賦〕—道纚屬。〔注〕閣道可乘—而行者。〔又〕星名。〔晉書天文志〕織女西五星。—道。王者嬉遊之道也。

(十二)—郎。漢官名。〔漢書劉向傳〕年十二。以父德任爲—郎。

(十三)通連。〔周禮鄉師〕與其輂—。〔注〕故書—作連。鄭司農云。連讀爲—。〔按連、—、古今字。管子—字亦作連。〕

【輧】旁經切音瓶青韻

(一)輜—也。見〔說文〕〔段注〕各本輜解作—。車前衣車後也。此解作輜車也。皆誤。今依全書通例正之。輜—俗多聯舉。故備析言渾言之解。

(二)輕車也。見〔集韻〕。

(三)兵車也。見〔廣韻〕。〔按—有二義。訓爲衣車者。婦人所乘。列女傳、齊孝孟姬傳。妾聞妃后踰國。必乘安車輜—。今立車無—。非所敢受命是也。訓爲兵車者。軍旅所用。周禮車僕掌革車之萃、注杜子春云革車當爲一車是也。
(四)無邸曰一。一、屏也。四面屏蔽婦人所乘牛車也。見〔釋名釋車〕。

【輧】披庚切音烹庚韻蒲眠切音便先韻
一輣。車馬聲。見〔集韻〕。

【輨】古緩切音管旱韻
(一)轂耑錔也。見〔說文〕〔段注〕錔者以金有所冒也。轂孔之裏以金裹之曰釭。轂孔之外以金表之曰一。一之言管也。
(二)田器也。江南人呼犁刀爲一。見〔爾雅釋樂釋文引字林〕。
(三)通錧。〔孟子題詞〕五經之錧轄。〔音義引丁音〕方言作一。

【輩】補妹切音背隊韻
(一)若軍發車百兩爲一。見〔說文〕。〔段注〕若軍發車百兩爲一。蓋用司馬灋故言故以若發聲。今司馬灋存者尟矣。〔桂注〕若軍發車百兩爲一。今集韻類篇引、及李燾本復古編。一上竝有一字。
(二)車以列分爲一。見〔六書故〕。
(三)行也。見〔洪武正韻〕。
(四)班也。見〔洪武正韻〕。
(五)比也。〔後漢循吏傳〕時人以一前世趙張。
(六)類也。〔太玄玄攡〕位各殊一。
(七)等也。〔晉書陶侃傳〕正坐諸君一。
(八)流也。〔後漢周榮傳〕隨一栖遲。
(九)位也。〔史記魏其武安侯傳〕薦寵下一。
(十)猶次也。〔史記秦二世紀〕趙高使人請子嬰數一。
(十一)隊也。〔魏志滿寵傳〕當先破賊大一。然後圍乃得解。
(十二)先一。先達也。〔國史補〕進士爲時所尙久矣。互相推敬謂之先一。
(十三)晚一。後生也。〔劉克莊詩〕晚一推爲老舍人。
(十四)一作。合家俱作也。見〔詩載芟千耦其耘箋〕〔疏〕言一作者合家盡行。一一俱作。
(十五)鱗介類亦曰一。〔黃庭堅詩〕寒蒲束縛十六一。〔按謂蟹也〕。
(十六)北方俗諺稱人生一世、爲一一子。
(十七)通配。〔詩桑柔箋〕其鹿相一耦行。〔釋文〕一本作配。

【輪】龍春切音倫眞韻
(一)有輻曰一。無輻曰輇。見〔說文〕。〔按周禮注郝氏敬曰。一之中虛容軸者曰轂。一內周迴直木三十曰輻。外行地而周迴抱輻者曰牙。此一之形狀也。續漢書云。上古聖人見轉蓬。始知爲一。此一之緣起也。段玉裁曰。一之言倫也。从侖。侖、理也。三十輻兩兩相當而不迆。故曰一。此一之解說也。徐鍇曰。無輻、謂直斫木爲之若椎一。此又一與輇之區別也〕

牙　轂　三十輻

輪圖

(二)車之代名詞。〔王嘉拾遺記〕又副以瑤華之一十乘。
(三)釣一也。〔文選郭璞賦〕或揮一於懸碕。
(四)綸也。言彌綸也。周帀之言也。見〔釋名釋車〕。〔按張衡西京賦量徑一注。直經爲徑。迴周爲一〕。
(五)從也。〔周禮大司徒〕周知九州之地域廣一之數。〔疏〕東西爲廣。南北爲一。
(六)轉也。〔呂覽大樂〕天地車一。〔按釋典言法一、一迴竝此義〕。
(七)高大也。〔禮記檀弓〕美哉一焉。
(八)更迭也。〔神仙傳〕使諸弟子隨事一出米絹器物。〔按俗云一流、一班、竝此義〕。
(九)運行如水也。〔易說卦〕爲弓一。〔注〕一者、運行如水行也。
(十)凡外廓曰一。〔宋書顏竣傳〕元嘉中鑄四銖錢。一郭形制與五銖同。
(十一)凡圓形者謂之一。〔樓炭經〕地深九億萬里第四、是地一。〔按若今所云地球〕。
(十二)一輿。作車者。〔孟子滕文公〕則梓匠一輿。
(十三)一囷。屈曲貌。〔文選左思賦〕一囷蚪蟠。
(十四)一臺。地名。〔漢書西域傳〕而一臺渠犂。皆有田卒數百人。置使者校尉領護。〔按一臺至唐世嘗置縣。屬隴右道北庭府。清一統志云。一臺、又曰侖頭。其故城在哈喇沙爾之玉古爾地。即今新疆省一臺縣〕。

」
(十五)庇—弓名。〔考工記弓人〕弓長五尺。謂之庇—。
(十六)梵—風名。〔爾雅釋天〕梵—謂之颯。
(十七)騄—馬名。〔穆天子傳〕天子之駿。赤驥、盜驪、白義、騄—、山子、渠黃、驊騮、綠耳。
(十八)相—塔上圓光也。〔建康實錄〕造四層塔。猶欠相—。
(十九)爐火爲—見〔玄眞子〕。
(二十)井名。〔明一統志〕—井、在萊州府城東北一十里。〔當今山東萊陽縣境。〕
(廿一)通輪。〔文選潘岳賦〕徒觀其鼓柵迴—。〔注〕—、或爲輪。
(廿二)重學助力器之一種。各種機器俱有之。大抵取其運轉之速。爲牽動機件之作用。

【輬】呂張切音涼陽韻
(一)臥車也。見〔說文〕。〔按漢書師古注。轀—本安車也。可以臥息。故臥車爲轀—。本義。又攷杜延年奏。載霍光柩以—車。駕大廄白鹿騶。以轀車駕大廄白鹿騶爲倅。是轀車與—車各別。故許書釋轀曰臥車。又別釋—曰臥車。未嘗合轀—言之也。〕
(二)通涼。〔史記秦始皇紀〕棺載轀涼車中。〔李斯傳作置始皇轀—車中。〕

【䡠】菑莖切音爭庚韻
車聲。見〔集韻〕。

【䡝】於袁切音鴛元韻 於云切音氳文韻
大車後壓也。見〔說文〕。〔段注〕壓、當依玉篇作厭。厭、笮也。所以鎭大車後者。〔按御覽作掩集韻作屬〕

【䡝】於粉切音搵吻韻
轒—。車名。見〔韻會〕。〔按轒—、兵車。〕

【⿱乘車】神陵切音乘蒸韻
車一乘。見〔集韻〕。

【⿱乘車】實證切音賸徑韻
副車。見〔集韻〕。

【䡅】房六切音服屋韻 蒲蒙切音蓬東韻
車笭間之皮匧也。古者使奉玉。所以盛之。从車玨。見〔說文玨部〕。〔段注〕東京賦、司馬彪輿服志、皆曰—。弩謂此皮篋、漢時輕車以藏弩。其制沿於古者、人臣出使。奉圭璧璋琮諸玉。車笭間皮篋所以盛之。此其字之所以从車玨會意也。

【⿰車卑】匹計切音淠霽韻
—輗。猶祕齧在車軸上。正輪之祕齧前卻也。見〔釋名釋車〕。

【⿰車奄】烏合切音姶合韻
車具也。見〔五音集韻〕。

【⿰車尚】徒郎切音唐陽韻
鐵軸。見〔玉篇〕。

【⿰車卷】居宛切眷上聲阮韻
牽車也。見〔等韻〕。

【⿰車卓】丑敎切音趠效韻
車弓。見〔玉篇〕。

【⿰車沓】託合切音塌合韻
車釭—。見〔廣韻〕。

【輣】蒲庚切音彭庚韻
兵車也。見〔說文〕。〔桂注〕史記衛山王傳作—車。鏃矢。徐廣曰。—車。戰車也。漢書敘傳。戎車七征。衝—閑閑。鄧展曰。—。兵車名。〔按後漢光武紀。⿰車童—撞城。注。⿰車童、陷陣車。—、樓車也。段玉裁据此。改說文兵車曰樓車。〕

【輤】口莖切音鏗庚韻
車鞕。見〔玉篇〕。

【輫】步皆切音排佳韻 蒲枚切音裴灰韻
車箱。見〔玉篇〕。〔按廣雅釋器。—、箱也。方言車箱。楚衞之間謂之—。〕

【⿰車隹】通回切音推灰韻
車盛皃。見〔玉篇〕。

【輤】丘耕切音鏗庚韻
—輘。車聲。見〔集韻〕。

【輛】如隴切腫韻
車—也。見〔奚韻〕。

【⿰車昌】於軍切文韻
兵車也。見〔五音篇海〕。

【輕】古輕字。見〔集韻〕。

【⿰叕車】古輟字。見〔集韻〕。

【⿰車畀】同⿰車卑。見〔字彙〕。〔正字通云。俗⿰車卑字。〕

【⿰車冊】同輣。見〔玉篇〕。〔正字通云。

輣本字〕。

【轗】同轞。見〔字彙〕。〔按廣韻、集韻並云、轞、檻車。載囚者。字均不作一。〕

【輚】同䡹。見〔玉篇〕。

【輡】同轀、輥。見〔正字通〕。

【輨】同輓。見〔字彙補〕。

【䡳】同䡵。見〔篇海類編〕。

【輖】同輊。見〔五音篇海〕。

【輝】同揮。見〔搜眞玉鏡〕。

【鍂】同𨏖。見〔龍龕手鑑〕。

【輤】同輪。見〔字彙〕。

【䡷】同蜜。見〔字彙引字林。〕〔正字通云。俗蜜字。〕

【輮】輮或字。見〔集韻〕。

【輙】輒俗字。見〔正字通〕。

【輾】輾俗字。見〔正字通〕。

【輛】軜譌字。見〔正字通〕。

【輷】輷譌字。見〔正字通〕。

九畫

【輮】忍九切柔上聲有韻如又切柔去聲宥韻而由切音柔尤韻

㊀車网也。見〔說文〕。〔段注〕今本作車軔。篇韻皆作車輞。輞譌為軔。見爾雅釋文。輞从車网聲。俗古祇作网耳。車网者、謂邊圍繞如网然。攷工記謂之牙。牙也者、以為固抱也。又謂之一。行澤者反一。行山者仄一。大鄭曰。牙世閒或謂之罔。按牙亦作枒。木部枒下曰。一曰車网會也。亦謂之渠。俗作輮。尚書大傳大貝如車渠、是也。

㊁踐也。〔漢書項籍傳〕亂兩一蹈。

㊂直者使之曲也。〔易說卦〕坎為矯一。〔疏〕使曲者直為矯、使直者曲為一。

【輳】祖動切音總董韻祖叢切音葼東韻

㊀輪也。見〔廣雅釋器〕。〔按方言。輪、關西謂之一。〕

㊁通轗。輻總入轂也。〔釋名釋車〕轗、言輻總入轂中也。〔疏證〕說文無轗。方言有一。注音總。轗、當與一通。〔按集韻云。一、或作轗。但一亦說文所無。據言輻總入轂中。則字或當作總。老子曰。三十輻共一轂。是言輻總入轂中也。〕

【輯】秦入切音集緝韻

㊀車輿也。見〔說文〕。〔王注〕輿者、軫輢軾之總名。一、聚材而為之。故謂之輿。輿與一同義。故輿或謂之一。〔說文〕一與二字相承。良有以也。今本作車和一也。則與輿字意不相屬矣。

㊁和也。見〔爾雅釋詁〕。

㊂成也。〔國語魯語〕其一之亂。

㊃合也。見〔書舜典〕一五瑞釋文引王注。

㊄聚也。〔國語周語〕和協一睦。於是乎輿。

㊅斂也。〔禮記檀弓〕有餓者蒙袂一屨。

㊆一一。風聲和也。〔文選東晳詩〕一一和風。〔按一與習通。〕

㊇通集。〔漢書王莽傳〕大眾方一。〔注〕一與集字同。

㊈通楫。〔漢書兒寬傳〕統楫羣元。〔注〕楫、當作一。

㊉同揖。〔國語晉語〕君一大夫就車。〔注〕一、當作揖。

⑪同戢。〔詩公劉〕思一用光。〔孟子梁惠王作思戢用光。〕

【⿰車扁】婢善切音扁銑韻

㊀小車。見〔玉篇〕。

㊁中一。國名。〔山海經大荒北經〕西北海外流沙之東、有國名曰中一。

【⿰車軍】胡昆切音渾元韻

㊀輥軥也。見〔說文〕。〔段注〕輥軥之異名曰一也。一之言圍也。下圍馬頸也。

㊁還也。車相避也。見〔廣韻〕。

㊂輞也。見〔廣雅釋詁〕。〔按集韻引字林云。輞、輪也。〕

【⿰車宣】虛言切音軒元韻

車前輕也。見〔廣韻〕。

【輴】敕倫切音椿眞韻

㊀載柩車也。〔禮記檀弓〕菆塗龍一。〔注〕一、車載柩而畫龍為楯。故曰龍一。

㊁泥行所乘也。〔書益稷〕予乘四載。〔傳〕泥乘一。〔疏〕史記河渠書云。泥行蹈毳。音絕。尸子云。泥行乘絕。漢書溝洫志云。泥行乘毳。毳行如箕。擿行泥上。如淳云。毳謂以板置泥上以通行路也。〔按史記、毳。漢

書、彔。尸子、蒞。竝與—同。」
●三通輇。〔禮記喪大記〕君葬用—。〔注〕—、當爲載以輇車之輇。聲之誤也。〔按玉篇、—同輀。廣韻、輀同—。竝不言輇。惟集韻輀或作—。又或作輇。」

【輵】居曷切音葛曷韻
●一轇—。戟形也。又驅馳皃。見〔廣韻。」
●二輵或字。〔集韻〕輵。轄輵車馬喧雜皃。或从曷。

【輵】乙轄切音揠黠韻
車聲。漢書、皐車幽—。見〔集韻。」

【輵】丘曷切音渴曷韻
轄或字。〔集韻〕轄。輵轄車聲。或从曷。

【輵】阿曷切音遏曷韻
—轄。轉搖皃。見〔集韻。〕〔按漢書司馬相如傳、蜓蹽—轄。注引張揖云。—轄。搖目吐舌也。」

【輶】夷周切音由尤韻以久切音酉有韻余救切音狖宥韻
●一輕車也。詩曰。—車鸞鑣。見〔說文。〕〔段注〕—車、即輕車也。本是車名。秦風駟驖文傳曰。—、輕也。此本義也。
●二輕也。〔詩烝民〕德—如毛。
●三—軒。使者之車也。〔隋書高祖紀〕珪璪入朝。—軒出使。

【輸】舂朱切音鄃虞韻
●一委—也。見〔說文〕〔段注〕委者、委隨也。委—者委隨—寫也。以車遷賄曰委—。亦單言曰—。〔按後漢張純傳部督委—注云。委—、轉運也。」
●二聚也。見〔廣雅釋詁。〕
●三盡也。〔左襄九年傳〕—積聚以貸。
●四寫也。見〔廣雅釋言。〕
●五語也。〔國策秦策〕常以國情—楚。
●六愚也。見〔廣雅釋詁。〕
●七更也。見〔廣雅釋詁〕
●八挽也。見〔方言。〕
●九墮也。〔詩正月〕載—爾載。〔箋〕—、墮也。〔疏〕—爲墮壞之義。
●十負也。〔洪武正韻〕俗謂勝負爲—贏。〔按段玉裁云。—於彼、則彼贏而此不足。故勝負曰贏—。」
●十一交—。衣之後垂者也。〔漢書江充傳〕曲裾後垂交—。〔注〕交—、割正幅使一頭狹。若燕尾垂之兩旁。見於後也。
●十二兵—。謂師還。〔周禮司兵〕及其受兵—。亦如之。
●十三均—。漢官名。〔漢書百官表〕大司農屬官有均—令丞。〔又〕古算法名。九章之一也。以御遠近勞費。
●十四公—。魯巧人。〔孟子離婁〕公—子之巧。〔注〕公—子魯班。魯之巧人也。或以爲魯昭公之子。〔按禮記鄭注。公—。匠師也。般若之族。多伎巧者也。」
●十五凡本國貨物販往外國者、謂之—出品。外國貨物運入本國者、謂之—入品。

【輸】舂遇切音戍遇韻
●一送也。見〔廣韻。〕〔按增韻。凡以物送人。則讀平聲。指所送之物。則讀去聲。」
●二經穴也。〔史記扁鵲傳〕五藏之—。〔注〕十二經皆以—爲原。蓋經穴也。」

【輷】呼宏切音轟庚韻
●一轟或字。〔集韻〕轟。說文、羣車聲也。或作—。〔按史記蘇秦傳。—般般。衆言之義亦同。」
●二轅—。大聲也。〔文選王褒賦〕轅—佚豫。

【䡞】專於切音諸魚韻
●一車也。見〔玉篇。〕
●二櫧或字。〔集韻〕櫧。木名。似柃。或作—。

【輭】乳兗切音軟銑韻
柔也。俗作軟。見〔玉篇。〕〔按廣韻、—柔也。或从需。俗作軟。柔義本指車言。引申之人之柔者亦曰—。〔史記貨殖傳〕妻子—弱。」

【轃】丘耕切音鏗庚韻
堅也。見〔廣雅釋詁。〕〔按廣雅釋訓云。—。堅也。玉篇云。—、堅也。据此、—、堅、義竝同。」

【輅】轄格切音核陌韻
輓車當胷橫木。見〔廣韻。〕

【䡷】戶皆切音諧佳韻
登車也。見〔字彙。〕

【䡴】七留切音秋尤韻
輶也。見〔玉篇。〕

【輠】戶果切音禍哿韻

輮或字。〔集韻〕輮。箱也。盛車膏器。或作—。

【䡅】 美隕切音泯軫韻
轗或字。〔集韻〕轗。說文、車伏兔下革也。或从昬。

【輧】 旁經切音瓶靑韻
輧或字。〔集韻〕輧。說文、輕車也。或从屏。

【輰】 余章切音陽陽韻
—軉。車也。見〔廣雅釋器〕。

【輱】 胡讒切音咸居咸切音緘咸韻
車聲。見〔玉篇〕。

【輲】 淳沿切音遄先韻
無輻車名。見〔廣韻〕。〔按玉篇。—同輇。〕

【輲】 竪兗切音歂銑韻
載柩車也。見〔集韻〕。〔按禮記雜記。載以—車。謂以—車載柩也。〕

【輳】 千候切音腠宥韻
輻—。輻聚轂也。〔漢書孫叔通傳〕四方輻—。〔注〕—、聚也。言如車輻之聚於轂也。〔按集韻。—輻共轂也。廣韻。輻—亦作湊。史記張儀傳。四通輻湊。又賈誼傳輻湊竝進。〕

【𨏓】 莫卜切音木屋韻
轐也。見〔玉篇〕。〔按集韻作𩋘。通作鞪。或作轐。〕

【𨍭】 達各切音鐸藥韻
—輅。見〔廣韻〕。〔按集韻。—輅。轉也。〕

【𨌪】 寫與切音諝語韻
車下。見〔集韻〕。

【輹】 方六切音福屋韻
本作輹。〔說文〕輹。車軸縛也。易曰。輿說—。〔段注〕謂以革若絲之類。纏束於軸。以固軸也。縛者束也。說、各本作脫。馬云車下縛也。與許合。〔按顏注急就篇云。縛在車下。主縛軸。令與相連。即今所謂鉤心也。又釋名釋車云。—、伏也。伏於軸上也。又云縛在車下。與輿相連縛也。與段說異。〕

【輻】 方六切音福屋韻
輪轑也。見〔說文〕〔桂注〕。老子。三十—。共一轂。考工記車人。—長一柯有半。其博三寸。厚三之一。注云。—厚一寸也。又輈人。輪—三十。以象日月焉。顏注急就篇。—者、輪之轑也。詩正月。員於爾—。箋云。輻、謂輪中木之直指者。下有菑以指輞。上有爪以湊轂。〔圖詳輪字〕。

【輡】 客庚切音鏗庚韻
車聲。見〔字彙〕。

【𨍶】 音皇陽韻
引也。見〔龍龕手鑑〕。

【𨍷】 音遂寘韻
暢也。見〔龍龕手鑑〕。

【輺】 輜本字。見〔正字通〕。

【𨍸】 古轂字。見〔字彙補〕。

【𨎗】 同轝。見〔正字通〕。

【𨍺】 同軒。見〔玉篇〕。

【𨍻】 同輯。見〔五音篇海〕。

【𨍼】 同輻。見〔五音篇海〕。

【䡯】 轗或字。見〔集韻〕。

【𨍡】 輓譌字。見〔龍龕手鑑〕。

十畫

【䡕】 力質切音栗質韻
㊀車聲。見〔廣韻〕。㊁車名。見〔集韻〕。

【䡷】 口盍切音渴合韻
㊀車也。見〔玉篇〕。㊁車聲。見〔集韻〕。

【輾】 知輦切音展銑韻
㊀轉也。見〔玉篇〕。㊁臥而不周也。〔詩關雎〕—轉反側。〔箋〕臥而不周曰—。㊂車行處也。見〔一切經音義引蒼頡〕。㊃通展。〔詩澤陂〕—轉伏枕。〔韓詩作展轉〕。

【輾】 尼展切音碾銑韻
輾或字。〔集韻〕輾。說文、轢也。或从展。

【輾】 女箭切霰韻
㊀水—也。見〔廣韻〕。㊁轉輪治轂也。見〔集韻〕。〔按今江淮間以輪治轂之營業家曰—坊。字亦作碾。〕

【輿】 羊諸切音余魚韻
㊀車—也。見〔說文〕。〔段注〕車—、謂車之—也。攷工記—人爲車。注曰。

車—也。按不言爲—而言爲車者。—爲人所居可獨得車名也。軾、較、軫、軹、轛、皆—事也。〔按通訓定聲云。車中受物之處。廣六尺六寸。深四尺四寸。大車謂之箱。箱謂之棘。亦曰車牀也。〕

(二)無輪曰—。見〔急就篇顏注〕。

(三)輁軸曰—。〔荀子禮論〕—藏而馬反告不用也。〔注〕—謂輁軸也。

(四)車之總名曰—。〔後漢光武紀注〕—者、車之總名也。

(五)載也。見〔廣雅釋詁〕。

(六)舉也。見〔釋名釋車〕。

(七)衆也。〔左僖二十八年傳〕聽—人之誦。〔按衆人之言曰—論。卽本此義。〕

(八)多也。見〔廣雅釋詁〕。

(九)抗也。〔禮記曾子問〕遂—機而往。〔疏〕—、猶抗也。

(十)地道也。見〔文選揚雄賦注引淮南許注〕。

(十一)載而行之也。〔左僖十一年傳〕敬禮之—也。〔注〕謂其載禮以行也。

(十二)扶—。佳氣貌。見〔韻會〕。

(十三)—鬼。南方之宿。見〔後漢郎顗傳注〕。〔按南方宿鬼四星。似櫃中有積尸氣白。故曰—鬼。〕

(十四)乘—。天子所御車馬等物也。〔獨斷〕天子所御車馬衣服器械百物、曰乘—。

(十五)權—。始也。〔詩權輿〕于嗟乎不承權—。〔按造衡自權始。造車自—始。〕

(十六)堪—。天地之名也。〔漢書藝文志〕堪—金匱十四卷。〔注〕堪、天道。—、地道。〔按今謂相地者亦曰堪—。〕

(十七)—尉。軍尉之官也。〔左襄三十年傳〕而廢其—尉。〔疏引服注〕—尉軍尉、主發衆使民。

(十八)—師。主兵車之官也。〔左成二年傳〕司馬司空—師。〔注〕—師主兵車。

(十九)—人。賤官也。〔左昭四年傳〕—人納之。〔注〕—、隸、皆賤官。〔又〕作車之工也。〔孟子滕文公〕則梓匠輪—。〔注〕—人、作車者也。〔攷工記〕有—人之職。

(二十)—地。地理之總名也。有地文學地質學。

(廿一)縣名。漢置。屬臨淮郡。當今江蘇江都縣西。

(廿二)丘—。地名。〔左成三年傳〕敗諸丘—。〔注〕丘—、鄭地。

(廿三)平—。縣名。〔後漢郡國志〕汝南郡平—、有沈亭故國。

(廿四)芑—。草名。〔爾雅釋草〕藒車、芑—。〔注〕藒車、香草。見離騷。〔疏〕香草也。一名藒車。一名芑—。

(廿五)姓也。周大夫伯—之後。

【輿】羊茹切音豫御韻

舁車也。兩手對舉之車。見〔增韻〕。

【轂】古祿切音谷屋韻

(一)輻所湊也。見〔說文〕。〔段注〕湊者、水上人所會也。引申爲凡會之偁。老子曰。三十輻共一—。—中空曰橾。〔圖詳輪字〕。

(二)車也。〔漢書食貨志〕轉—百數。〔注引李奇〕—、車也。

(三)埆也。體堅埆也。見〔釋名釋車〕。

(四)祿也。〔後漢蔡邕傳〕速速方—。

(五)軧謂之—。見〔廣雅釋器〕。

(六)推—。薦舉人也。〔史記鄭當時傳〕其推—士、常以爲賢於己。

(七)笠—。執笠依—也。〔左宣四年傳〕射汰輈以貫笠—。〔注〕兵車無蓋。尊者則邊人執笠依—而立。謂之笠—。

(八)不—。喻不能如—也。〔老子〕孤寡不—。〔注〕不—、喻不能如車—爲衆輻所湊。

(九)—下。喻在輦—之下。見〔文選潘岳在懷縣詩注〕。

(十)通穀。〔列子天瑞〕鶮之爲布—。〔釋文〕—、本又作穀。

【[illegible]】安古切音鄔麌韻汪胡切音烏虞韻

(一)車頭中骨。見〔玉篇〕。

(二)—頭。柳車也。見〔廣雅釋器〕。

【轃】緇詵切音臻眞韻將先切音箋先韻

(一)大車簀也。見〔說文〕。〔段注〕簀者、牀棧也。大車之藉似之。小車謂之茵。茵車重席也。以虎皮者謂之文茵。大車謂之—。竹木爲之。

(二)同臻。至也。〔漢書王吉傳〕福祿其—。

【轄】下瞎切音鎋黠韻

(一)車聲也。一曰、—鍵也。見〔說文〕。〔段注〕轂與軸相切聲也。鍵下曰鉉也。一曰車—。此鍵—二篆爲轉注也。舝下曰車軸耑鍵也。然則舝、—二篆異字而同義同音。〔按桂注。顏注急就篇、—暨貫軸頭。制轂之鐵也。字或作鎋。廣韻。鎋車軸頭鐵。」

㊁害也。車之禁害也。見〔釋名釋車〕。

㊂星名。〔晉書天文志〕—星傅軫兩旁、主王侯。左—爲同姓。右—爲異姓。

㊃提—。鈐—。竝宋官名。見〔宋史職官志。〕

㊄管—。猶言管領。訴訟法有土地管—、事物管—。屬管之官廳曰管—官廳。屬於管—官廳之訴訟。移於他官廳。曰管—移轄。

㊅同輂。〔左昭二十五年傳〕昭子賦車—。〔釋文〕—本又作輂。〔按漢書天文志集注引晉灼云。輂、古—字。〕

【轄】丘蓋切音磕苦會切音稽泰韻

車聲。見〔集韻〕。

【轄】何葛切音曷曷韻

輵—。轉搖皃。見〔集韻〕。

【轅】于元切音袁元韻

㊀輈也。見〔說文〕〔段注〕攷工記輈人爲輈。車人爲大車之—。是輈與—、別也。許渾言之者。通偁則一也。〔按通訓定聲云。大車、柏車、羊車、皆左右兩木。曰—。其形直。一牛在—間。田車、兵車、乘車、皆居中一木。穹隆而上。曰輈。其形曲。兩馬在輈旁。—與輈對文則別。散文則通。輈曰軒。—言—之高者也。〔圖詳車字。〕

㊁援也。車之大援也。見〔釋名釋車〕。

㊂車也。〔國語晉語〕作—田。〔注〕或說。—、車也。

㊃易也。見〔國語晉語作—田注引賈說。〕

㊄—門。以—表門也。〔周禮掌舍〕掌王之會同之舍。設車宮—門。〔注〕謂王行止宿阻險之處。備非常。次車以爲藩。則仰車以其—表門。〔疏〕謂仰兩乘車。—相向以表門。故名爲—門。〔按後世官署門外有—門。其行館曰行—。襲此義也。〕

㊅軒—。黃帝號。〔漢書古今人表注〕以土德王。故號曰黃帝。作軒冕之服。故謂之軒—。〔又〕星名。〔史記天官書〕軒—十二星。〔又〕複姓。

㊆通爰。〔國語晉語〕作—田。〔左傳作爰田。〕

㊇通袁。〔春秋僖四年〕齊人執陳—濤塗。〔公羊穀梁竝作袁濤塗。〕

㊈姓也。陳大夫—濤塗之後。

【轅】于眷切音媛霰韻

㊀齊地名。〔左哀十年傳〕於是乎取犁及—。〔注〕祝阿縣西有—城。〔今山東禹城縣西北有瑗城。即—也。〕

㊁轘—。險道名。〔史記高祖紀〕因張良遂略韓地轘—。〔集解〕瓚曰。轘—。險道名。在緱氏東南。〔索隱〕按十三州志云。河南緱氏縣。以山爲名。云。轘—爲九十二曲。是險道也。〔按緱氏故城。在今河南偃師縣南二十里。互詳轘字。〕

㊂直—。險道名。〔左定四年傳〕直—冥阨。〔注〕漢東之隘道。〔在今河南信陽縣。〕

【⿰車桑】寫朗切音顙養韻

車輞。見〔集韻〕。

【⿰車尃】伯各切音博藥韻

轐或字。〔集韻〕轐、說文、車下索也。或从車。

【⿱𦥑車】几足切音蓻沃韻

直轅⿰車贊縛也。見〔玉篇〕。〔按說文作⿱𦥑車。〕

【⿰車畚】部本切音獖阮韻

畚或字。〔集韻〕厺車遂也。或作—。

【⿰車囫】胡骨切音鶻月韻

轉物軸也。見〔集韻〕。

【⿰車䍃】餘招切音遙蕭韻

軺或字。〔集韻〕軺、說文、小車也。或从䍃。

【⿰車唐】徒郎切音唐陽韻

—輾。軸軨也。見〔廣韻〕。

【⿰車冥】丘耕切音鏗庚韻

⿱殸車或字。〔集韻〕⿱殸車、說文、車堅也。或从冥。

【轀】烏昆切音溫元韻

臥車也。見〔說文〕〔段注〕史記始皇崩於沙丘。不發喪。棺載—涼車中。百官奏事。宦者輒從—涼車中可其奏。漢霍光傳、載光屍柩以—輬車。孟康曰。如衣車。有窗牖。閉之則溫。開之則涼。故名之—輬車也。

師古曰。—輬、本安車。可以臥息。後因載喪。飾以柳翣。故遂爲喪車耳。—者密閉。輬者旁開窗牖。各別一乘。隨事爲名。後人既專以載喪。又去其一。總爲藩飾。而合二名呼之耳。按顏說是也。本是二車。可偃息者。故許分解曰臥車。始皇本紀、上渾言曰—輬車。下言上—車臭。以屍實在—車。不在輬車也。古二車隨行。惟意所適。

【轀】於云切音氳文韻 轒—。匈奴車也。見〔集韻〕。

【䡓】葵營切音瓊庚韻 車輮規也。一曰。一輪車。从車。熒省聲。見〔說文〕。〔段注〕規者圜之匡郭也。考工記曰。規之以眂其圜。萬之以眂其匡。注曰。輪中規則圜矣。等爲萬蔞。以運輪上。輪中萬蔞則不匡剌也。按此謂作輮之笵。〔按通訓定聲云。一輪車、如今之二把手。或用人輓之。或前用驢挽之。〕

【𨍸】乳勇切音宂腫韻 軵或字。〔集韻〕軵。說文、反推車令有所付也。或从茸。

【𨏊】力九切音柳有韻 蔞或字。〔集韻〕蔞。喪車飾也。或作—。

【轋】戶賄切音瘣賄韻 轉也。見〔玉篇〕。

【䡩】丘耕切音鏗庚韻　丘閑切音慳删韻 車—。鍞也。見〔說文〕。〔按集韻引作車—。鋐也。徐鍇本作車—。鋐聲也。廣韻。—、車聲。段本改作車—、弘聲也。注云、谹、谷中響也。宖、屋響也。弘、弓聲也。車聲—、弘、借弓聲之字耳。—、弘、大聲。廣雅作轒。玉篇作輷。皆卽—字也。並存參〕。

【䡩】止忍切音軫軫韻 軫或字。〔集韻〕軫。說文、車後橫木。或作—。

【𨏒】竭戟切音屐陌韻 車—。見〔廣韻〕。〔按集韻。—、車軸伏兔。〕

【𨎹】式戰切音扇霰韻 車—也。見〔集韻〕。

【𨏉】呼宏切音轟庚韻 衆車聲也。見〔龍龕手鑑〕。

【轄】音六屋韻 車箱也。見〔五音篇海〕。

【𨎌】陟利切音致寘韻 小車也。見〔川篇〕。

【𨏗】古犛字。見〔字彙補〕。

【輍】同𨋕。見〔玉篇〕。

【䡊】同輣。見〔廣韻〕。

【𨏝】同轆。見〔韻會〕。

【䡐】同轢。見〔正字通〕。

【𨍴】同輂。詳輂字。

【𨍺】同輬。見〔龍龕手鑑〕。

【𨍫】同轎。見〔字彙補〕。

【𨎩】轃俗字。見〔正字通〕。

【𨌬】乘俗字。見〔正字通〕。

【轁】韜譌字。見〔正字通〕。

十一畫

【轆】盧谷切音鹿屋韻 ㊀轣—。維車也。〔方言〕維車。趙魏之間謂之歷—。〔又〕車軌道謂之轣—。見〔集韻〕。㊁載喪車謂之—轉。見〔御覽引通俗文〕。㊂同轒。轒轤。圓轉也。見〔廣韻〕。〔按—轤、爲圓轉木。乃輪軸類之引重器。井上汲水及舟中起錨等多用之〕。㊃——。車行貌。〔元好問詩〕白沙漫漫車——。

【轉】陟兗切專上聲銑韻 ㊀還也。見〔說文〕。〔段注〕還、大徐作運。非。還者復也。復者往來也。還、卽今環字。㊁運也。〔漢書高帝紀〕老弱罷—餉。㊂移也。〔詩祈父〕胡—予于恤。㊃行也。見〔廣雅釋詁〕。㊄避也。〔管子法法〕民不敢—其力。〔注〕—、猶避也。㊅入也。〔國語吳語〕將—于溝壑。㊆棄也。〔淮南主術〕死無—尸。㊇動也。〔素問離合眞邪論〕吸則—鍼。〔注〕—、謂—動也。㊈迴也。見〔玉篇〕。㊉遷徙也。〔左昭十九年傳〕勞罷死—。⑪宛—也。〔左昭十三年傳〕羸而—

以歌。

⑫—傳送也。〔漢書高帝紀〕—送其家。

⑬音聲也。〔淮南脩務〕異—而同樂。

⑭遷官也。〔晉書李密傳〕密有才能。常望內—。而朝廷無援。乃遷漢中太守。

⑮—騰。相過也。〔漢書司馬相如傳〕—騰澈洌。

⑯—病。易病也。〔淮南俶眞〕昔公牛哀—病也。

⑰—側。猶去來也。見〔後漢王允傳注〕。

⑱—脫。求免於事也。〔荀子脩身〕偸儒—脫。〔注〕—脫者、謂偸儒之人。苟求免於事之義。

⑲—貨。謂—貴收賤也。〔史記仲尼弟子列傳〕與時—貨貲。

⑳—注。六書之一也。〔說文敍〕五曰—注。—注者、建類一首。同意相受。考老是也。〔按—注、一義而數字也。〕

㉑九—。道家丹名也。〔郭憲洞冥記〕舂碎以和九—之丹。

㉒—輪。佛家禪語。〔楞嚴經〕心隨法輪—。

㉓凡事非直接而由他人間接者謂之—。如云—致、—託。

【轉】株戀切專去聲霰韻

❶車上衣裝曰—。〔左襄二十四年傳〕皆踞—而鼓琴。

❷以力—物也。舊說。凡物自—則上聲。以力—物則去聲。

【⿰車逢】蒲蒙切音蓬東韻

車聲。見〔集韻〕。

【⿰車曼】無販切音萬願韻

衣車蓋也。見〔說文〕。〔段注〕衣車、輜軿是也。四圍爲衣。上爲蓋。皆以蔽與也。—之言幔也。〔按桂注。—、通作幔。拾遺記。周穆王有鸞章錦幔。又通作縵。春官巾車卿乘夏縵。〕

【⿰車曼】莫半切音幔翰韻

戰車以遮矢也。見〔集韻〕。

【⿰車袞】古本切音袞阮韻

車轉。見〔集韻〕。

【⿰車堂】徒郎切音唐陽韻

⿰車唐或字。〔集韻〕⿰車唐、兵車也。或从堂。

【⿰車羞】思流切音修尤韻

—輶。載喪車。見〔玉篇〕。

【⿰車從】將容切音蹤冬韻

車跡。見〔玉篇〕。

【⿰車悤】倉紅切音聰東韻

轞車載囚。見〔廣韻〕。

【轇】居肴切音交肴韻

—轕。載形。見〔廣韻〕。〔又〕長遠皃。一曰雜亂。見〔集韻〕。

【轚】丘耕切音鏗庚韻

車堅也。見〔說文〕。〔桂注〕廣韻。—、車鞕。又車堅牢。覈案鞕卽堅牢。

【轚】苦杏切音炕梗韻

車聲。見〔集韻〕。

【轈】鉏交切音巢肴韻

兵車高如巢。以望敵也。春秋傳曰。楚子乘—車。見〔說文〕。〔段注〕左傳正義引、兵高車加巢以望敵。與釋文及今本不同。今本爲長。篇韻皆云若巢。亦今本也。今左傳作巢車。杜曰。巢車車上爲櫓。此正言櫓似巢。不得言加巢。宣十五年傳。晉使解揚如宋。楚子登諸樓車。服虔曰。樓車、所以窺望敵軍。兵法所謂雲梯者。杜曰。樓車、車上望櫓。蓋此卽所謂巢車也。許引春秋傳乃成十六年左傳文。乘、今本作登。〔按桂注。衞公兵法。以八輪車上樹高竿。竿上安轆轤。以繩輓版屋上竿首。以窺城中。亦謂之巢車。如鳥之巢。即今之版屋也。〕

【⿱執車】知義切音智寘韻

抵也。見〔說文〕。〔王注〕小徐韻譜。—、車低也。繫傳曰。潘岳曰。如—如軒。軒、舉也。證知低也爲是。特說文無低。當作氐耳。雖文選潘岳射雉賦作如轤如軒。不足疑也。玉篇。—、與輊同。前頓曰—。後頓曰軒。廣韻。—、與輊同。—與輊同車前重也。〔互詳輊字〕。

【⿰車康】口岡切音康陽韻

—車。送亡者之紙轝也。見〔正字通〕。

【⿰車衰】音乃賄韻

⿰車堯也。見〔龍龕手鑑〕。

【⿰車⿱通心】音總董韻

輪也。見〔龍龕手鑑〕。

【⿰車容】音未詳

人名。趙師—。見〔宋史宗室表〕。

【⿰車建】音渾元韻

車軦也。見〔龍龕手鑑〕。

【⿰車連】音軒元韻
車前舉也。見〔龍龕手鑑〕。

【⿰車畜】同⿰車留。見〔五音篇海〕。

【輱】同轗。見〔龍龕手鑑〕。

【⿰車憂】同輹。見〔搜眞玉鏡〕。

【轊】軎或字。見〔說文〕。

十二畫

【轍】直列切音徹屑韻
㊀車迹也。本通用徹。後人所加。見〔說文新附〕。〔鈕氏新附攷〕博雅。—訓迹。玉篇。—、除列切。車行迹。按說文軌訓車徹。老子。善行無徹跡。釋文。徹、梁云應車邊。今作彳邊者。古字少也。〔圖詳車字〕。
㊁通躈、撤。〔列子說符〕絕塵弭躈。〔釋文〕躈、一本作撤。〔按淮南道應作絕塵弭—。〕

【轎】渠嬌切音橋蕭韻
㊀小車。見〔玉篇〕。
㊁竹輿。見〔韻會〕。〔按漢書嚴助傳。輿—而隃嶺。注云。險路車也。今竹輿。〕
㊂通橋。〔史記河渠書〕山行即橋。〔正字通云。橋、即—。蓋今之肩輿。謂其平如橋也。〕

【轎】渠廟切音嶠嘯韻
輣車。見〔廣韻〕。

【⿰車斯】相支切音斯支韻
㊀車也。見〔玉篇〕。
㊁輪之類。見〔集韻〕。

【轑】魯皓切音老皓韻
㊀蓋弓也。一曰。輻也。見〔說文〕。〔段注〕輪人爲蓋。蓋弓二十有八。以象恆星也。鄭注曰。弓者蓋橑也。蓋弓曰—。亦曰橑、撩者椽也。形略相似也。重棼亦偁重—。張敞傳。殿屋重—、是也。釋名曰。—蓋叉也。叉者今爪字。非叉字。玉部瑵下曰。車蓋玉瑵。以玉爲爪也。輻三十湊轂。亦如椽然。故亦得—名。其物皆系於車者也。故皆从車。
㊁車軸。見〔廣韻〕。

【轑】郎刀切音勞豪韻
㊀撓也。見〔集韻〕。
㊁轢也。〔漢書楚元王傳〕陽爲羹盡—釜。〔注〕—、轢也。以勺轢釜、令爲聲也。

【轑】憐蕭切音聊蕭韻
—陽。楚邑名。〔左宣四年傳〕圍伯嬴于—陽而殺之。

【轑】朗鳥切音了篠韻
放火也。〔漢書杜欽傳〕蕃—天下。

【轒】符分切音汾文韻
㊀淮陽名車穹隆—。見〔說文〕。〔段注〕車穹隆。即車蓋弓也。方言曰。車枸簍、宋魏陳楚之間謂之筱。或謂之䉂籠。秦晉之間自關而西謂之枸簍。西隴謂之榛。南楚之外謂之篷。或謂之隆屈。郭云。即車弓也。按許之穹隆、即䉂籠也。許之—、蓋即椿字與。抑淮南謂之—。爲方言所不載也。
㊁柳車也。見〔集韻引博雅〕。
㊂—輼。兵車也。見〔玉篇〕。〔按六韜攻城、有—輼臨衝。〕
㊃—輼。匈奴車也。見〔集韻引應劭說〕。〔又〕兵車也。〔文選揚雄賦〕碎—輼。〔注引服虔說〕—輼百二十步兵車。或可寢處。

【轓】孚袁切音翻方煩切音藩元韻
㊀車之蔽也。〔漢書景帝紀〕令長吏二千石。車朱兩—。千石至六百石、朱左—。〔注〕應劭曰。車耳反出。所以爲之藩屏。翳塵泥也。以簟爲之。或用革。如淳曰。—、小車兩屏也。師古曰。據許愼李登說。—、車之蔽也。言車耳反出、非矣。
㊁車大箱也。見〔廣韻〕。〔按集韻云。博雅。轒、—、箱也。又云。—、車箱。〕
㊂通藩。〔左襄二十三年傳〕以藩載欒盈。〔注〕藩車之有障蔽者。

【轓】甫遠切音反阮韻
車耳反出。見〔漢書景帝紀注引應劭說〕。〔按此義、說文作軓。〕

【轔】離珍切音鄰眞韻
㊀車聲。見〔說文新附〕。〔鈕氏新附攷〕—、通作鄰。亦作隣。博雅釋言。—、轢也。玉篇。—、力陳切。衆車。按詩有車鄰鄰。毛傳。鄰鄰、衆車聲也。釋文。鄰、亦作—。又五經文字—注云。詩本亦作鄰。是古通作鄰也。又按說文轔訓轢。與博雅—義合、集韻

云。蹸、或作｜。

㊁輪也。〔儀禮既夕禮注〕軸狀如轉｜。

㊂戶限也。〔淮南說林〕不發戶｜。〔注〕｜戶限也楚人謂之｜｜。讀如鄰急氣言乃得之也。

【轔】良忍切音遴震韻里忍切音憐軫韻

㊀般｜盛多也。〔文選揚雄賦〕振殷｜而軍裝。〔注〕｜栗忍切。殷｜言盛多也。

㊁同轥。｜轢。車踐。見〔廣韻〕。

【⿰車登】台鄧切音蹬徑韻

車羽。見〔集韻〕。

【⿰車彭】蒲庚切音彭庚韻

車聲。見〔集韻〕。〔按康熙字典云。詩大雅、出車彭彭。俗加作｜。亦作⿰車旁。〕

【⿰車單】鉏山切音潺刪韻

輈也。見〔玉篇〕。

【⿰車單】多寒切音單寒韻

｜轣。車名。見〔集韻〕。

【⿰車單】時連切音禪先韻

｜轣。車輞。見〔集韻〕。

【⿰車黃】姑黃切音光陽韻

車下橫木。見〔廣韻〕。

【⿰車閒】居晏切音諫諫韻

間也。間釭軸之間。使不相摩也。見〔正字通引釋名〕。〔按今本釋名釋車作鐧。从金不从車。正字通引作｜。誤也。畢氏釋名疏證云。說文、鐧。車軸鐵也。蓋軸貫轂中。轂轉則與軸相摩。而轂中有釭。恐梨其軸。故以鐧裹軸。使不受釭摩也。〕

【⿰車堯】古弔切音叫嘯韻

車轉。見〔玉篇〕。〔按方言。轉車、齊謂之轣。注、又名｜。〕

【轏】仕限切音棧潸韻仕諫切棧去聲諫韻

車名。見〔說文新附〕。〔鈕氏新附攷〕玉篇。輚、仕僩切。載柩車。重文作｜。左成二年傳。丑父寢於｜中。杜注。｜士車。釋文。｜字林仕諫反。臥車也。按周禮巾車士乘棧車。鄭注。棧車、不革鞔而漆之。引詩小雅有棧之車。又考工記棧車欲弇。鄭注。士乘棧車。据此。知｜、古通作棧。說文竹木之車曰棧。〔按集韻上聲。輚、臥車也。一曰。兵車。或作｜。通作棧。去聲。輚、埤蒼。臥車也。或从孱。〕

【⿰車褭】乃可切音娜哿韻乃箇切奈箇韻

⿰車堯也。見〔集韻〕。

【⿰車童】昌容切音衝冬韻直巷切音撞絳韻

陷陣車也。見〔說文〕。〔段注〕陷者、列也。見攴部。於此可見古戰陣字用此矣。用陳者、假借字也。作陣者、俗字也。大雅與爾臨衝。傳曰。臨、臨車也。衝、衝車也。釋文曰。說文作｜。陷陣車也。定八年左傳。主人焚衝。釋文亦云爾。前後漢書、衝輣皆即｜字。李善曰。衝、字或作｜。

【⿰車喿】子皓切音藻皓韻祖動切音縱董韻倉刀切音操豪韻

車飾有華藻也。杜子春說。見〔說文〕〔按周禮巾車藻車藻蔽。注。故書、藻作｜。杜子春｜讀爲華藻之藻。直謂華藻也。玄謂藻水草蒼色。以蒼土堊車。以蒼繒爲蔽也。〕

【轐】博木切音濮屋韻蒲沃切音樸沃韻

車伏兔也。周禮曰。加軫與轐焉。見〔說文〕。〔按段玉裁云。依許則伏兔名｜。車軸之縛名輹。迥然二物。｜之言僕也。毛傳曰。僕附也。爲伏兔之形、附於軸上。以輅固之。輈膂於兩伏兔間者名曰當兔。許引周禮。乃考工記文。鄭司農云。轐讀如旃僕之僕。謂伏兔也。朱駿聲云。｜形似屐。伏於軸上。以生革固束聯系之。其革曰輹。易說輹、是也。考工記疏。今人謂之車屐。〕

【⿰車髮】奴可切哿韻

⿰車堯也。見〔餘文〕。

【⿱𦥑車】輦本字。見〔說文〕。〔按說文輦篆作輦。从車𢇛省聲。𢇛即差字也。省則爲輦。故今以輦爲正字。互詳輦字。〕

【轜】輀俗字。見〔正字通〕。

【⿰車憲】轄俗字。見〔正字通〕。

【⿰車皐】轇俗字。見〔正字通〕。

【⿰車賣】轒譌字。見〔正字通〕。〔按班固竇將軍北征頌。蓊｜櫓之遠征。注。｜當作轒。轒櫓、城上守禦以望遠者。故云遠征。〕

十三畫

【轖】 殺側切音色職韻

❶車藉交錯也。見〔說文〕。〔按段本改爲車箱交革。注云、箱本謂大車之輿。引申之凡車之輿皆得名箱。此箱不謂大車也。交革者、交猶遮也。謂以去毛獸皮鞔其外。攷工記棧車欲弇注。爲其無革鞔不堅。易坼壞也。飾車欲侈注。飾車、革鞔輿也。大夫以上、革鞔輿。士乘棧車。不革鞔而桼之。凡革鞔謂之—。故急就篇曰。革—、髤漆油黑蒼。又在革—之外。又朱駿聲云車藉、當作車牆。謂轒輪這遭轇輵等旣約䩕之。又以革鞔其外而漆之。大夫以上車制。〔存參〕

❷重革之蔽。所以殺軨也。見〔集韻〕。

❸氣堅塞也。〔文選枚乘七發〕邪氣襲逆。中若結—。〔注〕言邪氣入內而爲逆。其堅若結也。〔按段玉裁以爲結塞之偁。朱駿聲謂交結錯亂也。或曰借爲塞。亦通。〕

【轗】 苦感切音坎感韻　苦紺切音勘韻

❶—軻。多迤。見〔廣韻〕。

❷轗或字。〔集韻〕轗。轗轗。車行不平也。一曰。不得志。或从感。

【轘】 胡慣切音患諫韻　胡關切音還刪韻

❶車裂人也。春秋傳曰。—諸栗門。見〔說文〕。〔按所引春秋傳乃宣十一年左傳文。彼注云。—、車裂也。又左桓十八年傳。—高渠彌。注。車裂曰—。釋名釋喪制。車裂曰—。—、散也。肢體分散也。〕

❷—轅。地名。在緱氏縣。見〔集韻〕。〔按地名—轅。以山得名。—轅山在今河南舊河南府偃師縣東南。元和志云。—轅山在緱氏縣東南四十六里。路道險阻。凡十二曲。將去復還。故曰—轅。又管子地圖。—轅之險。注云。謂路形若轅而又—曲。緱氏東南有—轅道是也。互詳轅字。〕

【轙】 語綺切音蟻紙韻　魚羈切音宜支韻

❶車衡載轡者。見〔說文〕。〔段注〕釋器曰。載轡謂之—。郭云。車軶上環轡所貫也。四馬八轡。除驂馬內轡納於軾前之觼。在手者惟六轡。驂馬外轡復有游環以與服馬四轡同入軶上大環。以便總持。大環謂之—。

❷待也。〔漢書禮樂志〕靈䡖䡖。象輿—。〔注〕孟康曰。—、待也。如淳曰。僕人嚴駕待發之意也。

【轚】 吉歷切音激錫韻　吉詣切音計霽韻

❶車轄相擊也。周禮曰。舟輿擊互者。見〔說文〕。〔段注〕轄者、鍵也。鍵在轊頭。謂車轊相擊也。諸書亦言車轂相擊。秋官野廬氏。凡道路之舟車—互者。敍而行之。注曰。謂於迫險處也。

❷挂也。〔穀梁昭八年傳〕御—者不得入。〔注〕—、挂則不得入門。〔釋文〕—、挂也。抧、礙也。

【轞】 蒲蒙切音蓬東韻

蓬或字。〔集韻〕蓬。方言。車簍、南楚之外謂之蓬。或亦作—。

【轜】 都郎切音當陽韻

車—也。見〔廣韻〕。

【轕】 居曷切音葛曷韻

轇—。車馬喧雜皃。一曰。室窄曠深。

一曰。鏴轂形。見〔集韻〕。〔按集韻以輵爲—之或體。廣韻輵下云。轇輵。轂形也。又轇輵。驅馳皃。互詳輵轇字。〕

【轛】 徐醉切音遂寘韻

䡴—。車也。見〔廣韻〕。〔按集韻引博雅。䡴—、柳車也。〕

【轝】 求於切音渠魚韻

輞也。見〔玉篇〕。〔按集韻引博雅。—、輮輞也。〕

【轗】 力鹽切音廉鹽韻

車輞也。見〔廣韻〕。

【轘】 盧感切音壈感韻

軺—。車不進也。見〔集韻〕。〔互詳軺轗字。〕

【轖】 苦光切音匡陽韻

車也。見〔篇海類編〕。

【轞】 陟利切音寘韻

車前重也。見〔龍龕手鑑〕。

【轜】 音遄先韻

死車無輪也。見〔川篇〕。

【轡】 同轡。—䡸。車蓋也。〔古今注〕

武王伐紂。大風折蓋。太公因折蓋之形而制曲蓋。戰國常以賜將帥。自漢以來。乘輿用四。謂之─輗蓋。即今之曲柄繖也。〔按康熙字典云集韻𨏥、匹計切。音譬。𨏥輗。車名。─字字書不載。疑與𨏥字同。此說是。集韻𨏥、或作𨍮、或作𨏥。是其例。〕

【𨏥】同幑。見〔字彙補〕。

【轀】同轀。見〔龍龕手鑑〕。

【轄】同輅。見〔篇海類編〕。

【轒】同轒。見〔龍龕手鑑〕。

【轋】轋俗字。見〔正字通〕。

【轃】桼譌字。見〔字彙補〕。

十四畫

【𨏷】倚謹切音隱吻韻

(一)車聲。見〔玉篇〕。〔按集韻。或作𨏷。通作殷。〕

(二)──。聲也。見〔廣雅釋訓〕〔疏證〕車聲、𨋬聲、崩聲、轝行聲。皆謂之──。

【轝】羊茹切音豫御韻

(一)兩手對舉之車。又轎謂肩─。見〔字彙〕。

(二)舁土器。見〔正字通〕。

(三)輿或字。〔集韻〕輿。舁車也。或作─。

【轞】戶黤切音檻豏韻

(一)車聲。見〔廣韻〕。〔按集韻。通作檻。詩大車。大車檻檻傳。檻檻。車行聲也。玉篇─。車行。御覽引通俗文。車聲曰─。廣雅釋訓。──。聲也。〕

(二)─車。上施闌檻以格猛獸。亦因禁罪人之車也。見〔釋名釋車〕。〔按─車亦作檻車。漢書陳餘傳。乃檻車與王詣長安。師古曰。檻車者。車而為檻形。謂以板四周之。無所通見。〕

【轚】戶黤切音檻豏韻

(一)網車。見〔廣韻〕。

(二)載囚車。見〔集韻〕。

(三)同轞。〔文選左思賦〕出車──。〔按──即轞轞。詩云大車轞轞。〕

【轟】呼宏切音橫庚韻　呼迸切橫去聲敬韻

(一)羣車聲也。見〔說文〕。〔按段本上補──二字。字亦作𨍉、作輷、作𨎌、作輣。玄應曰。─。今作輷。字書作𨍉。又玉篇作輷。廣雅釋訓。輷輷。聲也。魏都賦注引蒼頡篇。輷輷。眾車聲也。史記蘇秦傳。輷輷殷殷。若有三軍之眾。易林頤之大有。──輷輷。驅東逐西。益字異義同。〕

(二)──。盛大貌。〔文天祥詞〕要烈烈──做一場。〔又〕絲竹聲。〔韓愈詩〕絲竹徒──。〔又〕水聲。〔韓愈詩〕懸流──射水府。

(三)擊毀也。〔墨客揮犀〕一夕雷─其碑。

(四)喧擾之聲也。〔韓愈文〕鐃歌嘲─。

(五)轔輷。大聲也。〔文選王褒賦〕故其武聲則若雷霆轔輷。〔按輷轟同。〕

(六)砰─。鼓聲也。〔元稹詩〕夕鼓已砰─。

(七)北人謂驅逐為─。

(八)俗謂火藥燒發曰─。

【轛】都內切音對隊韻　追萃切音樹寘韻

車橫軨也。周禮曰。參分軹圍。去一以為─圍。見〔說文〕。〔按許引周禮乃攷工記輿人職文。彼注云。兵車之─圍。二寸八十一分寸之十四。─。式之植者衡者也。段玉裁云。木部橫下曰。闌、木也。許云。橫軨也。橫訓闌。則直者衡者皆在內矣。漢人從衡名、祇作衡。不作橫。朱駿聲云。─者。與前揜板謂之軓。軓內縱衡小木以縮板者也。─圍當二寸一分有奇。與兩旁輢內縮板之木曰軹者別。司農注。立者為─。橫者為軹。非是。後鄭謂─者以其鄉人為名。蓋以對為訓也。軹在兩旁。─在前。嚮人也。〕

【𨐆】數眷切栓去聲霰韻　所員切音栓先韻

治車軸也。見〔說文〕〔段注〕。治。篇韻皆作─。四字句。鏇轉規圜之意。

【𨏣】丘蓋切音慨泰韻

轄或字。〔集韻〕轄。車聲。或从蓋。

【𨐏】丘葛切音渴曷韻

輵─。車聲。見〔集韻〕。

【轢】轢本字。見〔正字通〕。

【轜】同輀。見〔正字通〕。

【𨐊】同衛。見〔龍龕手鑑〕。

十五畫

【轠】盧回切音雷灰韻

㊀轢也。見〔漢書陳遵傳注〕。

㊁觸也。見〔字彙〕。

㊂—轤連屬貌。〔漢書揚雄傳〕—轤不絕。

【轢】郎狄切音歷錫韻歷各切音落藥韻郎達切音剌曷韻

㊀車所踐也。見〔說文〕。〔按一切經音義引蒼頡、—輾也。文選西京賦。值輪被—。薛注。車所加爲—。史記司馬相如傳。觀徒車之所轔—。正義亦訓—爲輾。〕

㊁陵踐也。〔漢書酷吏傳序〕刻—宗室。侵辱功臣。〔注〕—、謂陵踐也。〔按刻—與侵辱對文。則所謂陵踐者。非就車言、必也。〕

【轣】歷各切音落藥韻

車轉聲。見〔玉篇〕。〔按廣韻。轣—。車聲。〕

【轡】兵媚切音祕寘韻

馬—也。从絲从軎。與連同意。詩曰。六—如絲。見〔說文絲部〕。〔按與連同意。卽謂與輦同意也。以絲運車。猶以扶輓車。故曰連輦同意。—、五經文字亦如此作。惟廣韻六至—下云。說文作䡼。段氏謂此蓋陸法言孫愐所見說文如此。而僅存焉。遂訂作䡼。云祗應从車。不煩从軎也。引詩六—如絲。非以證䡼字。乃以釋从絲之意也。惟經典皆以—爲之。詩簡兮。執—如組。車舝。六—如琴。禮記曲禮。執策分—。疏。—、御馬索也。釋名釋車。—、拂也。牽引拂戾以制馬也。御覽引劉芳詩說。—是御者所執者也。一切經音義引字書。—、馬縻也。所以制牧車馬也。今不从段本。〕

【䡇】車籀文。見〔說文〕。

【轒】同轆。見〔字彙〕。

【轒】同轒。見〔篇海類編〕。

【𨏩】輊俗字。見〔正字通〕。

【轊】轊俗字。見〔正字通〕。

【轗】轗俗字。見〔正字通〕。

【𨐇】𨐇俗字。見〔正字通〕。

十六畫

【轣】郎狄切音歷錫韻

㊀—轆。繅車也。〔方言〕繅車。趙魏之間謂之—轆車。〔按—轆亦作厤鹿。廣雅釋器。繅車、謂之厤鹿。〕

㊁轢或字。〔集韻〕轢。說文、車所踐也。或作—。

【轤】龍都切音盧虞韻

㊀轒—。圓轉木也。見〔廣韻〕。〔按集韻。轒—。井上汲水木。〕

㊁轠—。連屬也。〔文選揚雄賦〕繽紛往來。轠—不絕。〔注〕孟康曰。轠—。連屬貌也。

【𨏮】盧東切音龍東韻

㊀轉也。見〔玉篇〕。〔按廣韻。—、軸頭。方言。車轊、齊謂之—。郭注。車軸頭也。說文。軎、車軸耑也。其重文或从彗作轊。是—訓軸頭。猶訓轉也。又廣雅釋器。—、轊也。玉篇。轊、車轉也。是—訓轊。亦猶訓轉也。〕

㊁車轅上者謂之—。見〔小爾雅廣器〕。

【𨐇】同輊。〔文選潘岳賦〕如—如軒。〔詩六月作如輊如軒。〕

【轙】同轙。〔淮南說山〕遺人車而稅其—。〔注〕—、所以縛衡也。〔按康熙字典云。—同轙。〕

【𨏬】同轍。見〔龍龕手鑑〕。

【輪】同軫。見〔龍龕手鑑〕。

【𨏺】𨏺譌字。見〔正字通〕。

【轞】轞譌字。見〔正字通〕。

十七畫

【轣】郎狄切音歷錫韻

㊀轉也。見〔玉篇〕。

㊁轢或字。〔集韻〕轢。說文、車所踐也。或作—。

【𨏼】靈年切音連先韻

—𨻻。縣在交趾。見〔廣韻〕。〔漢書地理志作羸𨻻。屬交趾郡。孟康曰。羸音蓮。按羸𨻻、在今安南國交州府西。〕

【𨐞】師咸切音欃咸韻

車聲。見〔集韻〕。

【𨐓】薄莫切音薄藥韻

車飾。見〔玉篇〕。

【𨐒】盧各切音洛藥韻

車轉聲。見〔篇海類編〕。

【𨐛】音隱吻韻

車聲也。見〔川篇〕。

【轜】同軨。見〔玉篇〕。〔按說文軨重文作—。司馬相如說。軨从霝。段氏云。蓋亦凡將篇字也。〕

【⿰車幷】同軿。見〔集韻〕。

【⿱䜌車】同轡。見〔字彙補〕。

十八畫

【⿰車巂】玄圭切音攜齊韻　車輪轉一周為—。通作巂。見〔集韻〕。〔按禮記曲禮。立視五巂。注。巂、猶規也。謂輪轉之度。釋文。車輪轉一周為巂。一周丈九尺八寸也。〕

【⿰車聶】古伯切音隔陌韻　複也。重複非一之言也。見〔釋名釋車〕。

十九畫

【⿰車贊】租官切音鑽寒韻　①直轅也。見〔玉篇〕。②⿰車贊或字。〔集韻〕⿰車贊。車衡三束。或作—。

【⿱䜌車】閭員切音聯先韻　綴也。見〔玉篇〕。

【⿰車夒】彌盡切音泯美隕切音愍軫韻　車伏兔下革也。見〔說文〕。〔段注〕車伏兔下革。謂以革固之於軸上也。革者生革。可以為縛束也。廣韻既有—。云、車鞦兔下軛。又有⿰車憂。云、車鞦兔下軛。明是一而二之。軛字必誤。〔按字彙康熙字典均有⿰車憂無—。不知⿰車憂即—之譌字也。今据說文、玉篇、廣韻、集韻、等書補正之。〕

【⿰車麗】同轣。見〔字彙補〕。

【⿰車亶】同轤。見〔龍龕手鑑〕。

二十畫

【⿰車闌】良刃切音吝震韻　①車聲。見〔玉篇〕。②蹸或字。〔集韻〕蹸。說文、轢也。或作躪、—。轔。〔按廣韻。—轢車踐。轔同。—。廣雅釋言。轔、轢也。漢書司馬相如傳。轔掩兔鹿。注。轔、謂車踐轢之也。互詳轔字。〕

【⿰車獻】牙葛切音嶭曷韻　載高皃。見〔說文〕。〔按廣韻。—、車載高也。段氏曰。衞風、庶姜孽孽。毛云。⿱辥車⿱辥車、盛飾。韓詩作—。—、長貌。呂覽宋王作為蘗臺。高誘曰。蘗當作—。詩曰。庶姜——。—、高長貌。然則韓為本字。毛為叚借字。爾雅。蘖蘖、⿱辥車⿱辥車、戴也。亦載高之意也。西京賦。飛檐——。〕

【⿰車矍】厥縛切音矍藥韻　車輞。見〔廣韻〕。〔按集韻。⿰車單—。車輞也。廣雅釋器。—、輞也。釋名釋車。輞、罔也。罔羅周輪之外也。攷工記輪人。牙也者、以為固抱也。司農注。牙讀如跛者訝跛者之訝。謂輪輮也。世間或謂之罔。是罔本不从車也。輞、輞、並與罔同。〕

【⿰車壽】輈籀文。見〔說文〕。

【⿱猷車】同⿰車獻。見〔說文長箋〕。

二十二畫

【⿰車疊】達協切音牒葉韻　車聲。見〔玉篇〕。

二十三畫

【⿰車夒】⿰車憂譌字。見〔正字通〕。

二十四畫

【⿰車靈】轜俗字。本作軨。見〔正字通〕。

辛部

【辛】斯人切音新眞韻

(一)秋時萬物成而孰金剛味—。—痛卽泣出。从一辛。辛、皋也。—承庚。象人股。見〔說文〕〔按秋時萬物成而孰也者。律書曰。—者言萬物之新生。故曰—。金剛味。—謂成孰之味也、—痛卽泣出。故以爲艱—字。从一辛。一者陽也。陽入於辛謂之愆陽。辛、皋也。因—痛泣出。皋人之象。象人股。謂股漸焦殺。故象之。—亦漸揫斂也。〕

(二)新也。物初新者、皆收成也。見〔釋名釋天〕

(三)金也。〔詩十月之交〕朔日—卯。

(四)金味。〔周禮瘍醫〕以—養筋。〔注〕—、金味。金之纏合異物似筋。人之筋亦纏合諸骨。故以—養之也。

(五)自克—也。見〔藝文類聚引五經通義〕

(六)所以煞傷之也。見〔白虎通五行〕

(七)辥也。〔聲類〕江南曰辥。中國曰—。

(八)謂椒藙也。〔楚辭招魂〕—甘行些。

(九)葷味也。〔風土記〕元旦以蔥蒜韭蓼蒿芥雜和而食之。名五—盤。取迎新之意。

(十)酸痛也。〔素問氣厥論〕膽移熱於腦。則—頞鼻淵。

(十一)艱苦也。〔李白詩〕英雄未豹變。自古多艱—。

(十二)悲痛也。〔杜甫詩〕生離與死別。自古鼻酸—。

(十三)取齋戒自新之義。〔漢書禮樂志〕以正月上—。

(十四)太歲在—曰重光。見〔爾雅釋天〕

(十五)地名。陳留有—城。—虛。見〔路史國名紀〕

(十六)商帝號。〔史記殷本紀〕子—立。是爲帝—。天下謂之紂。〔按上古世質民淳。命名多依其序。而以十干識之。如孔甲、祖乙、外丙、沃丁、太戊、雍己、南庚、廩—、外壬、履癸之類。亦猶後世之伯仲叔季也。〕

(十七)高—。古帝號。〔史記五帝紀〕帝嚳高—者。黃帝之曾孫也。〔按宋衷曰。高—。地名。因以爲號。白虎通云。高—者。道德大信也。朱駿聲云。假借爲信〕

(十八)細—。藥名。亦名少—、小—。似杜衡。可以瘉癰。因其根細味—。故名。

(十九)—苦。窮也。〔周書柔武〕以匡—苦。

(二十)—雉。—夷也。樹高數仞。葉似柹葉。而狹長。先花後葉。花初出枝頭。苞長半寸。而尖如筆頭。故又名木筆。有紅紫二色。其色白者人呼爲玉蘭。以—雉之臭如蘭也。

(二十一)姓也。夏啓封支子於莘。因聲近改爲—。

一畫

【䇂】譌字。詳立部䇂字。

三畫

【𨐌】疏臻切音姺眞韻

同莘。國名也。夏后氏後。見〔路史國名紀〕

四畫

【𨐎】以忍切音尹軫韻

進也。見〔字彙補〕

【𨐏】居拜切音介卦韻

雜也。見〔川篇〕

五畫

【辜】攻乎切音姑虞韻

(一)皋也。見〔說文〕〔段注〕—本非常重皋。引申之凡有皋皆曰—。

(二)禮義之罪也。見〔爾雅釋詁〕—辟戾罪也。〔舊注〕

(三)謂應死人也。〔莊子則陽〕至齊見—人焉。

(四)磔也。〔周禮大宗伯〕以疈—祭四方百物。〔注〕疈、—。披磔牲以祭。若今時磔狗祭以止風。

(五)—之言枯也。〔周禮掌戮〕殺王之親者—之。

(六)必也。〔漢書律厤志〕六律、姑洗。洗、絜也。言陽氣洗物。—絜之也。〔注〕—絜。必使之絜也。

(七)故也。〔史記屈原賈生傳〕亦夫子之—也。

(八)固也。謂規固販鬻以求利也。見〔一切經音義引漢書音義〕

(九)障也。〔後漢靈帝紀〕豪右—榷。〔注〕謂障餘人賣買而自取其利也。

(十)—較。猶梗槪也。言舉其大略也。見〔孝經蓋天子之孝也疏〕

(十一)—榷。專固也。〔漢書陳咸傳〕沒入—榷財物。

(十二)十一月爲—。見〔爾雅釋天〕

(十三)保—。〔急就篇〕疻痏保—謕呼號。〔注〕保—者、隨狀輕重以日數保之。限內死則坐—。〔按清律例保—限期注、保養也。罪也。保—謂毆傷人未至死、當官立限以保之。保人之傷、正所以保己之罪也。〕

(十四)姓也。

【辥】 辥籀文。見〔說文〕〔段注〕和悅以卻之、故从台。

六畫

【辠】 徂賄切音罪賄韻

(一)犯灋也。从辛从自。言—人蹙鼻苦辛之憂。秦以—似皇字。改爲罪。見〔說文〕〔注〕自、古者以爲鼻字。〔按段本作从辛自。注云、自卽酸鼻也。罪本訓捕魚竹网。从网非聲。始皇易形聲爲會意。而漢後經典多從之。非古也。〕

(二)殃也。〔呂覽至忠〕故伏其—而死。

(三)罰也。〔呂覽仲秋〕行—無疑。

(四)謈也。見〔廣雅釋詁〕。

(五)謂誤失。〔易解〕君子以赦過宥—。

【辟】 必益切音璧眦亦切音擗陌韻

(一)法也。从卩从辛。節制其辠也。从口。用法者也。見〔說文辟部〕〔段注〕引伸之爲罪也。謂犯法者、則執法以罪之也。—合三字會意。

(二)治也。〔書金縢〕我之弗—。〔釋文〕扶亦反。說文引作壁必亦反。馬鄭音避。避居東都。

(三)妻稱夫曰—。〔禮記曲禮〕夫曰皇—。

【辟】 必益切音璧陌韻

(一)君也。見〔爾雅釋詁〕〔義疏〕此訓君者。君爲人所法也。人所法爲君。猶人所歸往爲王矣。〔按稱君、不必天子。卿大夫之有地者、亦得兼包焉。論語相維—公。皇疏。—猶諸侯也。〕

(二)辠也。〔禮記王制〕司寇正刑明—。

(三)刑也。〔管子君臣〕論法—衡權斗斛。

(四)理也。〔左文六年傳〕—刑獄。

(五)誅也。〔左襄二十五年傳〕各致其—。

(六)人稱天曰—。〔詩蕩〕蕩蕩上帝。下民之—。

(七)明也。〔禮記祭統〕對揚以—之。〔注〕對、遂也。—、明也。言遂揚君命。以明我先祖之德也。

(八)召也。〔文選阮籍奏記〕—書始下。〔朱駿聲云叚借爲晉〕

(九)大也。見〔尸子廣澤〕。

(十)歷也。見〔爾雅釋詁〕。

(十一)捐也。見〔公羊莊十三年傳釋文〕。

(十二)功作章程。〔周禮鄉師〕以孜司空之—。

(十三)聚也。〔史記扁鵲倉公傳〕則邪氣—矣。

(十四)疊也。〔文選張協七命〕萬—千灌。

(十五)相著也。〔莊子庚桑楚〕形之與形亦—矣。

(十六)緝績其麻曰—。〔孟子滕文公〕妻—纑。〔按朱駿聲云叚借爲紕〕

(十七)—易。狂疾也。〔國語吳語〕員不忍稱疾—易。

(十八)大—。死刑也。見〔書舜典傳釋文〕。

(十九)來—。猶來王也。〔詩殷武〕歲事來—。

(二十)—弡。天子之號也。見〔賈子旂微〕。

(廿一)—閱。鬩也。見〔廣雅釋器〕。

(廿二)—耳。山名。〔國語齊語〕踰太行與—耳之谿拘夏。

(廿三)同䠶。別也。〔周禮司市〕—布者。〔注〕朱駿聲云、—謂分別其美惡數目。如今所謂估也。叚借爲䠶。

(廿四)同璧。星名。〔爾雅釋天〕營室東—、—璧也。〔釋文〕—本作璧。

(廿五)同壁。—廱。天子教宮。〔詩靈臺〕於樂—廱。〔傳〕水旋邱如璧曰—廱。

(廿六)同躄。足病不能行也。〔荀子正論〕不能以—馬毀輿致遠。〔注〕與躄同。

(廿七)姓也。漢富人—子方。

【辟】 眦亦切音擗陌韻

(一)刑也。〔書君陳〕—以止—。

(二)不當也。〔周禮宰夫〕凡失財用物—名者。〔注〕—名、詐爲書、以空作文。與實不相應也。

(三)陋也。〔左哀七年傳〕—君之執事。

(四)幽也。〔離騷〕扈江離與—芷兮。

(五)邪也。〔左昭六年傳〕楚—我衷。

(六)側也。〔禮記曲禮〕—咡詔之。〔注〕謂傾頭與語也。

(七)旁也。〔淮南說山〕畏馬之—也不敢騎。

(八)小也。〔呂覽審時〕—米不得恃。

(九)遠也。〔呂覽大樂〕人弗得不—。

(十)陰也。〔素問陰陽別論〕陰陽虛腸

—死。〔按朱駿聲云。字亦作澼。亦皆以—爲之〕

⑪半也。見〔廣雅釋詁〕。

⑫除也。見〔小爾雅廣言〕。

⑬開也。〔詩召旻〕日—國百里。

⑭通也。〔史記貨殖傳〕山澤不—。

⑮屏除也。〔荀子解蔽〕是以—耳目之欲。

⑯謂屏去之。〔漢書外戚傳〕—左右。

⑰穿藏也。〔左襄二十三年傳〕孟氏將—。

⑱禦扞之義也。見〔漢書東方朔傳置守宮盂下注〕。

⑲罔也。〔莊子逍遙遊〕中於機—。死於罔罟。〔朱駿聲云。叚借爲繴〕。

⑳卷不開也。〔莊子田子方〕口—焉而不能言。

㉑庸賤也。〔方言〕南楚凡罵庸賤謂之田儓。或謂之—、商人之醜稱也。

㉒威儀習孰少誠實曰—。〔論語先進〕師也—。

㉓—除行人也。〔周禮士師〕王燕出入。則前驅而—。

㉔鞭—鞭督也。〔近思錄爲學大要〕學只要鞭—近裏。〔注〕問鞭—是如何。朱子曰。此是洛中語。大約是要鞭督向裏去。

㉕—易驚退也。〔史記項羽紀〕人馬俱驚。—易數里。〔注〕言人馬俱驚。開張易舊處乃至數里。

㉖同擘。〔詩柏舟〕寤—有標。〔釋文〕—、本作擘。

㉗同擗。〔爾雅釋訓〕—、拊心也。〔釋文〕—本作擗。

㉘同躃。〔書金縢〕我之弗—。〔按說文引作躃。一切經音義云。古文躃、嬖二形〕

㉙同劈。〔釋名釋天〕—歷、—析也。所歷皆破析也。〔疏證〕字當作劈。〔按別作霹靂〕

㉚通襞。〔荀子儒效〕事其便—。〔注〕—讀爲襞。

㉛同闢。〔荀子議兵〕故—門除涂以迎吾人。〔注〕—、與闢同。

【辟】蒲歷切音甓錫韻

①糾擿邪—也。見〔集韻〕。

②親身棺也。〔左哀二年傳〕不設屬—。〔按朱駿聲云。叚借爲廦〕

③旁側也。〔左莊二十一年傳〕鄭伯享王于闕西—。〔疏〕—、是旁側之語也。〔按朱駿聲云。廦、旁室也。幽隱之處。左莊二十一年傳闕西—、以—爲之〕

【辟】博厄切音百陌韻

①聶而切之也。〔禮記內則〕麋爲—雞。〔釋文〕又必益芳益反。

②通襞。襞積衣襵也。〔後漢張衡傳〕美襞積以酷烈兮。〔按集韻、韻會、均作—積。朱駿聲云。—又叚借爲襞。經典皆以—爲之〕

【辟】賓彌切音卑支韻

以繪綵飾其側也。〔禮記玉藻〕素帶終—。〔注〕—讀如裨冕之裨。謂以繪綵飾其側。〔按集韻紕、緣也。禮作—〕

【辟】毋婢切音弭紙韻

止也。〔禮記郊特牲〕有由—焉。〔注〕—讀爲弭。謂弭災兵也。〔按集韻彌、止也。周禮彌災兵。或作—。通作弭〕

【辟】必郢切音餠梗韻必歷切音壁錫韻

除也。〔莊子庚桑楚〕至信—金。〔按釋文又婢亦反。當與錫韻音壁微別。〕

【辟】匹智切音譬寘韻

同譬。〔墨子小取〕—也者、舉物而以明之也。〔注〕—同譬。說文云。譬、諭也。喻、古文諭字。〔按集韻譬或作—〕

【辟】匹計切音媲霽韻

同睥。〔漢書灌夫傳〕—睨兩宮閒。〔注〕—睨、旁視也。本作睥。〔按集韻睥睨、視也。睥或作—、睥〕

【辟】毗義切音鼻寘韻

避省字。〔集韻〕避。回也。或省作—。

【辟】匹歷切音霹錫韻

僻或字。〔集韻〕僻。避也。或作—。〔按說文僻引詩葛屨宛然左—作僻。孔疏。不敢當夫之揖。宛然而左—之。釋文。—之。—音避。是詩宛然左—之—、音義皆當同避。許引作僻。蓋避、僻、通也。故集韻因之。與陌韻僻或省作—別。朱駿聲云。避亦叚爲僻。儀禮士相見禮。隱—而後屨。字亦以—爲之〕

【辟】匹辟切音僻陌韻

僻省字。〔集韻〕僻。邪也。或省。〔按

左昭二十八年傳〕民之多—。無自立—。〔校勘記〕—疑作僻。〕

【辟】補弭切音妣紙韻
肱也。見〔類篇〕。

【辡】疏臻切音莘眞韻
●一多也。見〔玉篇〕。●二姓也。見〔玉篇〕。

【⿰束辛】桑剌切音薩曷韻
俗云—辢。見〔廣韻〕。

【⿰言辛】莘或字。見〔集韻〕。〔按正字通云。辥、—竝俗字。故康熙字典作—同辥。〕

七畫

【辢】郎達切音剌曷韻
●一辛甚曰—。見〔通俗文〕。〔按王念孫說。瘌、—竝通。—之言烈也。呂氏春秋本味篇。辛而不烈。烈與—聲近義同。〕●二辛也。〔聲類〕江南曰—。中國曰辛。

【辡】邦免切音喂平免切音褊銑韻
辠人相與訟也。从二辛。見〔說文辡部〕。

【廦】灰義切寘韻
伯名。見〔川篇〕。

【辣】同辢。見〔字彙補〕。

八畫

【⿱辟乂】魚刈切音乂隊韻
●一治也。虞書曰。有能俾—。見〔說文辟部〕。〔段注〕今—作乂。蓋亦自孔安國以今字讀之、已然矣。—字秦漢不行。小篆不用。倉頡等篇不取。許獨存之者。尊古文經也。尊古文也。今則乂訓治而—廢矣。●二理也。見〔玉篇〕。●三才人名。見〔廣韻〕。●四古辟字。〔一切經音義〕古文辥、—、二形。同裨尺切。〔按—魚刈切。外無他讀。惟治理二義。與辟之治理二義同。〕

【辤】祥茲切音詞支韻
●一不受也。从辛受。受辛、宜—之也。見〔說文〕。〔段注〕經傳凡—讓、皆作辭說字。固屬叚借。而學者乃罕知有—讓本字。或又用—為辭說。而愈惑矣。禮經一書多言辭曰。謂其文辭如是也。聘禮之辭曰。非禮也敢。則於辭為逗。謂—則其辭如是也。故鄭特注之以別於他處之言辭曰者。哀六年左傳。五辭而後許。釋文曰。辭本又作—。〔按廣韻辭、—同。經傳多作辭。今依說文別辭—為二。而辭義之近—者皆附—。辭不重引〕。●二猶不從也。〔公羊哀三年傳〕以王父命—父命。●三讓也。〔禮記哀公問〕固臣敢無辭而對。●四謝也。〔呂覽觀世〕嬰可以辭而無棄乎。●五去也。〔呂覽行論〕願辭不為臣。●六禮辭一辭而許也。再辭而許曰固辭。三辭曰終辭。不許也。見〔儀禮士冠禮賓禮辭許注〕。●七遺也。〔左襄二十二年傳〕—八人者。而後王安之。●八通辭。〔魏志楊修傳〕絕妙好—。〔按世說新語。蔡邕題曹娥碑。黃絹幼婦。外孫齏臼。解之曰。齏臼所以受辛。—字也。段玉裁云。此正當作—。辭可證漢人—、辭不別耳。朱駿聲云。叚借為詞。〕

【辟】必益切音璧陌韻
辟或字。〔集韻〕辟。君也。或作—。

【⿰辛吉】音袴遇韻
味辛也。見〔五音篇海〕。

【辧】辨俗字。見〔正字通〕。

九畫

【辨】皮莧切音瓣諫韻　符蹇切音辯銑韻
●一本作辧。〔說文刀部〕辧。判也。从刀。辡聲。〔段注〕小宰傳別。故書作傅辨。—。朝士判書。故書判為辨。大鄭—讀為別。古—、別、判三字義同也。辨从刀。俗作辦、為—別字。符蹇切。別作从力之辦、為幹辦字。蒲莧切。古辨別、幹辦、無二義。亦無二形二音也。〔按桂注隸作—。刀變為刂。與班變作班同。互詳辦字。〕●二別也。〔周禮天官序官〕—方正位。●三別異也。〔周禮鄉師〕—鄉邑。●四分別事也。〔荀子王霸〕加有治—彊固之道焉。●五明也。〔易繫辭〕—吉凶者存乎辭。●六明察也。〔荀子富國〕忠信調和均—之至也。

(七)所以文身祛惑見〔水經沙水注〕。
(八)明兩端也。〔荀子正明〕—說也者。
(九)—然不疑惑也。〔周禮小宰〕六曰廉—。〔注〕、—謂—然於事分明無有疑惑也。
(十)治也。〔荀子議兵〕城郭不—。
(十一)理也。〔荀子王霸〕必將曲—。
(十二)髮也。見〔廣雅釋詁〕。
(十三)使也。見〔小爾雅廣言〕。
(十四)正也。〔攷工記矢人〕水之以—其陰陽。
(十五)考問得其定也。〔禮記王制〕論—然後使之。
(十六)具也。〔攷工記總目〕以—民器。
(十七)半也。〔爾雅釋器〕革中絕謂之—。〔注〕、—中斷皮也。
(十八)說也。〔荀子正名〕—執惡用無我。
(十九)豫先之名。〔周禮酒正〕—三酒之物。
(二十)修也。見〔廣雅釋器〕。
(廿一)變也。〔楚辭九辯〕辯者變也。謂陳道德以變說君也。〔注〕辯、一作—。
(廿二)周徧也。〔左定八年傳〕—舍爵于季氏之廟。
(廿三)井地之數也。〔左襄二十五年傳〕—京陵。〔注〕京陵之地。九夫爲—。九—而當一井。
(廿四)指間稱—。〔易剝〕剝牀以—。〔按此從虞注。而鄭云。足上稱—。又云。謂近膝之下。屈則相近。中則相遠。是故謂之—。崔云。—在第足之間。是牀梐也。薛云。—膝下也。邢云。—謂牀身之下。牀足之上。足與牀身分—之處也。黃云。—牀簀也。程云。牀之幹也。竝附以備考。〕
(廿五)人政曰—。見〔大戴記少間〕。
(廿六)州名。唐置。本屬嶺南道。今廣東化縣東北三里有—州故城。
(廿七)同平。〔文選典引〕惇睦—章之化洽。
(廿八)同別。〔周禮宮人注〕朝—色始入。〔釋文〕—如字。本作別。彼列反。
(廿九)通辯。〔禮記喪服四制注〕謂喪事—所不當共也。〔釋文〕本又作辯。
(三十)通辦。〔爾雅釋器〕革中絕謂之—。〔按今本爾雅作辦。玉篇引爾雅作辦。朱駿聲云。字誤作辦。〕
(卅一)—學。譯名學或譯論理學。英文Logic
(卅二)姓也。
(卅三)猶還也。日本語。如償還曰—償。還清曰—濟。

【辨】 皁見切音偏霰韻
偏或字。〔集韻〕偏帀也。或作—。

【辨】 悲檢切音窆琰韻
同貶。〔禮記玉藻〕立容—卑。〔注〕—讀爲貶。自貶卑、謂罄折也。

【辥】 私列切音屑屑韻 〔凡從—者。經典通作辥。〕
(一)辠也。見〔說文〕。
(二)死刑。見〔玉篇〕。
(三)國名。見〔洪武正韻〕。
(四)姓也。見〔六書正譌〕。

【辦】 蒲莧切音瓣諫韻
致力也。从力。辡聲。見〔說文新附〕。〔按廣韻三十一襉。辦、具也。重文作—。云。俗。通訓通聲。辦、又作—。从力。引後漢耿弇傳注。辦猶成也。俗字作—。是均以—爲辦俗字矣。而鈕樹玉云。—卽辦之俗體。段玉裁云。辧从刀。俗作辦、爲辨別字。別作從力之—、爲幹—字。是則以—爲辨之俗體別體也。攷集韻。—具也。通作辦。六書正譌。—具也。从力辡聲。致力之意。古文作釆。隸作辧。則又以—爲正體。辦、辧、爲變體。要皆合—、辦、辧、爲一之說也。惟字彙云。从力與从刀不同。力取致力之義。刀取判別之義。正字通駁之、曰。辦亦有—之義。非—專屬致力。辧專屬判別也。段玉裁亦謂古辧別、幹—、無二義。亦無二形二音也。據此。—、辦、爲二體而非二字。可無疑矣。仍參閱辦字。〕

【辝】 彖齒切音祀紙韻
枱或字。〔集韻〕枱。耒耑。或作—。

【⿰辛苦】 苦故切音庫遇韻
擣茱萸爲之。味辛而苦也。見〔字彙〕。

【辦】 辦本字。見〔說文〕。

【辟】 辟或字。見〔集韻〕。

十畫

【辥】 必益切音璧陌韻
治也。從辟從井。周書曰。我之不—。見〔說文〕。〔按今書作我之弗辟。許所據壁中古文也。段玉裁依周書釋文作法也。王筠說—字乃辟之分別文。若辟—同說以法。則當目爲重文矣。一切經音義云。辟、古

文作—變、二形。故康熙字典以爲同變。變乃乂之分別文也。互詳辟、變字。〕

【⿰辛兼】苦兼切音謙鹽韻

—苦艱也。見〔集韻〕。

【⿱辟分】普擊切音劈錫韻

分也。見〔字彙補〕。

十二畫

【辬】逋還切音班删韻

●一駁文也。从文辡聲。見〔說文文部〕〔段注〕謂駁襍之文曰—也。引伸爲凡不純之偁。斑者—之俗。今乃斑行而—廢矣。〔按繫傳曰。今作斑也。玉篇亦作斑。廣韻。斑、—同。〕

㊁文貌。見〔一切經音義引蒼頡〕。

㊂文也。見〔廣雅釋詁〕。

㊃—華。敷大也。〔文選張衡賦〕上—華以交紛。

㊄通彪。虎文也。〔文選曹植七啟〕拉虎摧斑。〔段玉裁云。楚人謂虎文曰斑。卽虍部彪字也。〕

【⿲辛彡辛】悲巾切音彬眞韻

駁也。見〔集韻〕。

【辨】皮莧切音辦諫韻

兩股閒也。見〔集韻〕。

十三畫

【辭】詳茲切音辤支韻

●一訟也。从𤔔辛。𤔔辛猶理辜也。𤔔理也。見〔說文〕〔鍇注〕繫傳作從𤔔辛。𤔔猶理辜也。此理字唐本所改。辭之言治。𤔔作治。此卽治獄字。故云訟。〔按段本依廣韻引、作說也。从𤔔辛。𤔔辛猶理辜也。二徐本無此文。本書、𤔔。治也。一曰理也。—本訓爭訟理獄之—也。大學、無情者不得盡其—。朱駿聲曰。猶今之口供也。今經史多以—爲言詞之詞。又以—爲辤受之辤。參閱辤、詞字。〕

㊁說也。〔易繫辭〕修—立其誠。〔疏〕、—謂文—。

㊂言—也。〔荀子正名〕—也者、兼異實之名以論一意者也。〔注〕—者、說事之言—。

㊃解說也。〔禮記表記〕故仁者之過易—也。

㊄告也。〔禮記檀弓〕使人—於狐突。

㊅請也。〔國語魯語〕魯大夫—而復之。

㊆讓也。〔左昭九年傳〕—于晉。〔注〕責讓之也。

㊇別也。〔呂覽士節〕過北郭騷之門而—。

㊈所以通情也。〔禮記表記〕無—不相接也。

㊉書也。〔穀梁定十四年傳〕其—石尙士也。

(十一)謂政教也。〔詩板〕—之輯矣。〔箋〕謂政敎也。

(十二)異也。〔孟子萬章〕所不—也。〔朱駿聲云。言法所當誅。三代同也。〕

(十三)爻—也。〔易繫辭〕辨吉凶者存乎—。

(十四)令也。〔周禮大祝〕作六—以通上下親疏遠近。一曰祠。〔司農注〕祠、當爲—。謂—令也。〔按祠、當由籀文𤔔而誤。〕

(十五)詩人所歌詠之—。〔孟子萬章〕不以文害—。

(十六)成文爲—。〔荀子正名〕—合於說。

(十七)—案猶今案牘也。〔後漢周紆傳〕善爲—案條敎。

【⿰辛畫】忽麥切音劃陌韻

辟—也。見〔廣韻〕。〔按集韻。咮辛也。〕

【⿲辛心辛】辮謣字。正字通云。說文心部、辮、憂也。一曰急也。孫愐方沔切。舊注音訓同說文。改作—。非。

十三畫

【⿰辛言】同競。見〔字彙補〕。

十四畫

【辯】平免切音辨銑韻

●一治也。从言在辡之閒。見〔說文辡部〕〔注〕察言以改之也。〔按段注。治者理也。謂治獄也。俗多與辨不別。辨者判也。〕

㊁使也。〔書酒誥〕勿—乃司。

㊂正也。〔禮記曾子問〕有司弗—也。

㊃明也。〔管子五輔〕任官—事。

㊄慧也。見〔廣雅釋詁〕。

㊅說也。〔家語五帝德〕卒采之—。

㊆巧言也。〔老子〕—者不善。

㊇捷也。〔應貞詩〕言去其—。〔注〕—、捷也。口捷給則數爲人所憎。故云去其—。

(九)爭也。〔左襄二十九年傳〕—而不德。〔服注〕—、答關—也。
(十)別也。〔禮記玉藻〕朝—色始入。
(十一)變也。見〔廣雅釋言〕
(十二)次第也。〔淮南人間〕子發—繫劇而勞佚齊。
(十三)分別政事也。〔禮記表記〕朝極—。
(十四)說事分明也。〔穀梁序〕公羊—而裁。
(十五)謂能談說也。〔荀子非相〕故君子必—。
(十六)論物明—謂之—。見〔賈子道術〕
(十七)微—、諷諭也。〔禮記儒行〕其過失可微—而不可面數也。
(十八)下—。地名。漢武都郡。今甘肅成縣西。史記作—。讀史方輿記要及諸書多作辨。
(十九)通辨。〔禮記喪服四制注〕謂喪事辨所不當共也。〔釋文〕辨、本又作—。
(二十)通變。〔易坤〕由—之不早—也。〔釋文〕如字。荀作變。

【辯】眦連切音便先韻

(一)同便。〔公羊定五年傳注〕友—佞。〔釋文〕亦作便佞。
(二)同嘜。〔集韻〕嘜、巧言也。亦作—。
(三)通平。〔書堯典〕平秩東作。〔周禮馮相氏疏引書大傳作—秩東作。〕

【辯】卑見切音徧霰韻

同徧。〔儀禮燕禮〕大夫—受酬。〔注〕今文—皆作徧。〔按集韻、徧、匝也。亦作—。〕

【辯】邦免切音辡銑韻

辡或字。〔集韻〕辡。說文、辠人相與訟也。或从言。

【辯】悲檢切音窆儉韻筆列切音[illegible]屑韻

損也。〔周禮士師〕則以荒—之法治之。〔大夫注〕—當爲貶。音之誤也。〔司農曰〕—讀爲風別之別。

※辰部※

【辰】丞眞切音晨眞韻

(一)本作辰。〔說文〕辰、震也。三月、易气動。靁電振。民農時也。物皆生。从乙匕。匕象芒達。厂聲。—房星。天時也。从二。二、古文上字。〔段注〕震、振古通用。振、奮也。季春之月。生氣方盛。陽氣發泄。二月。雷發聲。始電。至三月而大振動。匕、變也。乙、象艸木冤曲而出。陰氣尚強。其出乙乙。至是月陽氣大盛。乙乙難出者。始變化矣。芒達、芒者鎡達也。晶部農下曰。房星爲民田時者。从晶。—聲。或省作晨。而此云—、房星。則字亦作—。房星晨正。爲農事所瞻仰。故曰天時。房星高。高在上。故从上。
(二)伸也。物皆伸舒而出也。見〔釋名釋天〕
(三)晉也。見〔淮南天文〕
(四)振也。見〔廣雅釋言〕
(五)大火也。見〔左昭元年傳服注〕
(六)時也。〔詩東方未明〕不能—夜。〔按詩桑柔、我生不—。即不時也。今俗語謂時尚多云時—。〕
(七)日也。〔左成九年傳〕浹—之閒。〔注〕浹—、十二日也。〔疏〕從子至亥。爲十二—。
(八)日辰名。食時爲—。即今云午前七小時、八小時也。
(九)太歲在—曰執徐。見〔爾雅釋天〕〔按國語楚語。擇其令—。亦指十二支言也。〕
(十)北—也。〔素問上古天眞論〕辯列星—。〔按爾雅釋天。北極謂之北—。疏。極、中也。—、時也。居天之中。人望之在北。因名北極。斗杓所建。以正四時。故云北—。〕
(十一)—爲水墓。又爲土墓。見〔顏氏家訓風操引陰陽說〕
(十二)—爲商星。見〔左昭元年傳〕
(十三)日月之會謂之—。見〔左昭七年傳〕〔按管子四時篇。西方曰—。注。星月交會曰—。〕
(十四)三—。日月星也。〔左桓二年傳〕三—旂旗。
(十五)大—。房心尾也。見〔爾雅釋天〕〔按廣雅曰。參伐謂之大—。〕
(十六)—尾。龍尾也。〔左昭三十一年傳〕日月在—尾。
(十七)鐸—。赤狄別種。〔左宣十六年傳〕晉士會帥師滅赤狄甲氏及留吁鄏—。〔注〕鄏—不書留吁之屬。

(十八)鑿—日者也。〔史記日者傳〕鑿—家曰大凶。〔按猶今之以五行生尅擇日也〕

(十九)州名。隋置。本漢武陵郡地。當今湖南沅陵縣治。

(二十)通晨。早昧爽也。〔詩東方未明〕不能—夜。

(二十一)通醫。〔集韻〕醫日月合宿爲醫。通作—。

【𨑁】辰本字。見〔說文〕。

【𨑀】古辰字。見〔說文〕。

【𨐾】古辰字。見〔集韻〕。

三畫

【辱】儒欲切音蓐沃韻

(一)恥也。从寸在辰下。失耕時、於封疆之上戮之也。辰者農之時也。故房星爲辰田候也。見〔說文〕〔按寸爲法度。辰爲農時。農失耕時卽戮之。故从寸从辰〕

(二)失也。〔老子〕寵—若驚。

(三)逆也。〔管子侈靡〕—舉其死。

(四)屈也。〔呂覽愼行〕不足以—令尹。〔注〕—、屈—也。

(五)汙也。見〔廣雅釋詁〕。

(六)惡也。見〔廣雅釋詁〕。

(七)被以不義也。〔國語晉語〕—之近行。

(八)衄也。言折衄。見〔釋名釋言語〕。

(九)厓也。見〔廣雅釋丘〕〔按朱駿聲云。辱、—形近而譌。實爲溽〕

(十)以白造緇曰—。〔儀禮士昏禮〕今吾子—。

(十一)通溽。〔禮記月令〕土潤—暑。〔釋文〕—如字。本或作溽。

(十二)姓也。見〔姓苑〕。

六畫

【農】奴冬切音儂冬韻

(一)本作農。〔說文晨部〕農。耕也。从晨。囟聲。〔段注〕庶人明而動。晦而休。故从晨。鍇曰當从凶乃得聲。此囟聲之誤。囟者明也。

(二)耕人也。〔莊子讓王〕石戶之—。

(三)民也。見〔春秋繁露五行相勝〕。

(四)田畯也。〔禮記郊特牲〕饗—。

(五)厚也。〔書洪範〕—用八政。

(六)濃也。〔論語子路〕吾不如老—。〔皇疏〕—者濃也。

(七)勉也。見〔廣雅釋詁〕。

(八)種曰—。〔左襄九年傳〕其庶人力於—穡。

(九)闢土殖穀曰—。見〔漢書食貨志〕。

(十)飭力以長地財謂之—夫。見〔考工記總目〕。

(十一)神—。古炎帝號。炎帝教民植穀。故號神—氏。謂神其—業也。〔又〕厲山氏有子曰—。能植百穀。後世因名耕吒爲—。

(十二)司—。官名。秦曰治粟內史。漢景帝更名大司—。前代以戶部司漕糧田賦。故別稱戶部尙書爲大司—。〔又〕後漢鄭興子名眾。字仲師。建初六年爲大司—。後世稱其所注書爲司—注。或稱小鄭。所以別於鄭興鄭玄也。

(十三)三—。原隰及平地。〔周禮大宰〕一曰、三—生九穀。〔按司農注。三—。平地、山、澤也〕

(十四)弘—。郡名。漢置。治弘—縣。今河南靈寶縣有弘—故城。

(十五)—父。司徒。見〔書酒誥—父傳〕。

(十六)—祥。房星也。〔國語周語〕—祥晨正。

(十七)東南神州曰—土。見〔淮南墬形〕。

(十八)通釀。〔書洪範〕—用八政。〔注〕—、讀爲釀。

(十九)姓也。〔風俗通〕神—氏後。

【辳】古農字。見〔說文繫傳〕〔按大徐從林。夏竦曰辳見古尙書〕

【䢉】農或字。見〔字彙補〕。

【䢅】譍字。見〔正字通〕。

七畫

【晨】丞眞切音辰。乘人切音神。眞韻

(一)早昧爽也。从臼从辰。辰、時也。辰亦聲。丮夕爲夙。臼辰爲—。皆同意。見〔說文晨部〕〔段注〕日部曰。早、—也。昧爽、旦明也。文王世子注曰。早昧爽。擊鼓以召眾。亦三字㮣言之。左傳僖五年正義解說文。謂夜將旦、雞鳴時也〔按經傳皆以晨爲之。與房星農省無別。互詳晨字〕

(二)先明也。〔周禮司寤〕禦—行者。

(三)旦也。〔禮記曲禮〕昏定而—省。

(四)明也。〔詩庭燎〕夜鄉—。

(五)早朝也。〔國語晉語〕丙之—。

(六)時也。〔文選張衡賦〕農祥—正。

⑦大—。謂寅後九刻、大明之時也。〔素問標本病傳論〕冬大—。

⑧—門。閽人也。〔論語憲問〕—門曰。〔按後漢王龔傳注。—主守門。—夜開閉也。〕

⑨通䴉。〔詩晨風〕鴥彼—風。〔說文鳥部引作鴥彼䴉風。爾雅釋鳥釋文亦曰、—本或作䴉。〕

⑩通辰。〔左僖五年傳〕丙之—。〔漢書律曆志引作丙之辰。〕

八畫

【⿰辰孚】乳隴切音宂腫韻

不肎也。一曰。偈—、劣也。見〔集韻〕。〔按廣韻書作⿰辰孚。〕

【辳】古農字。見〔玉篇〕。〔按說文大徐作—。小徐从草。〕

十二畫

【⿰辰頁】止忍切音軫　丑忍切音疢　軫韻　抽遲切音絺　支韻

笑貌。〔莊子達生〕齊桓公—然而笑。〔釋文〕司馬云。笑貌。李云。大笑貌。〔按均會舉要云。監韻作䶼。誤。說文欪下段注引莊子作䶼。曰、䶼郋欪字之異者。俗譌作。然則—郋欪字之異者。惟字書—欪音義皆別。未知段說所本。〕

【⿰多辰】尼容切音濃　冬韻　乃湩切音繷　董韻　隴講切音攘　講韻

多也。見〔廣雅釋詁〕。〔疏證〕—之言濃。盛多之意也。方言。䵝、—、䟆、多也。南楚凡大而多謂之䵝。或謂之—。凡人語言過度及妄施行、亦謂之—。

十三畫

【⿱辰會】植鄰切音辰　眞韻　黃外切音會　泰韻

日月合宿爲辰。从會从辰。辰亦聲。見〔說文會部〕。〔按日月合宿爲—。辰、辰廣韻類篇集韻通志竝引作—。廣韻十四泰。—黃外切。不作辰聲。故十七眞無—字。段玉裁据以改爲辰、作爲—。辰亦聲、作會亦聲。注云。左傳曰。日月之會是謂辰。故以配日。按辰以配日者。謂以從子至亥。配從甲至癸也。十日十二辰。見周禮馮相氏硩簇氏注。云。日謂从甲至癸。辰謂從子至亥者。日月一歲十二會。所會之處。謂之十二次。據說文、則日月之合宿謂之—。據周禮、左傳、則日月—處謂之辰也。—者。卽左傳之會字。非左傳之辰字也。玉篇曰。—、時眞切。日月會也。今作辰。蓋當希馮時說文已有作辰亦聲者。而顧從之。集韻類篇亦沿誤耳。皆誤讀左氏者爲之也。錢坫亦據廣韻。云、疑當作會亦聲。此左傳日月之會字也。借用會者。便書寫耳。此以—爲會之說也。然徐鍇注。春秋左傳曰。日月所會謂之—。今借辰字。會意。石倫切。桂馥曰。辰亦聲者。當爲辰聲。王筠亦依廣韻引。爲辰、作爲—。注引鈕氏曰。廣韻誤收—於泰部。猶誤收㛣於錯部也。玉篇—下有又音會三字。蓋後人本廣韻增。是與段錢說異。茲依今本玉篇竝列泰眞兩音。備錄諸說存攷。〕

【⿱⿰臼囟辰】農本字。見〔說文晨部〕。

十四畫

【⿱⿰林囟辰】農籒文。見〔說文晨部〕。

※酉部※

【酉】以九切音牖　有韻

①就也。八月黍成。可爲酎酒。見〔說文〕。〔段注〕就、高也。黍以大暑而種。至八月而成。猶禾之八月而就也。不言禾者。爲酒多用黍也。酎者、三重酒也。必言酒者。古酒可用酉爲之。故其義同曰就也。

②秀也。秀者、物皆成也。見〔釋名釋天〕。

③老也。〔史記律書〕—者萬物之老也。

④飽也。見〔淮南天文〕。

⑤雞也。見〔論衡物勢〕。

⑥留也。見〔禮記月令注觀斗所建疏〕。

⑦八月也。〔淮南時則〕仲秋之月。招搖指—。

⑧日辰名。日入爲—。卽今云午後五小時、六小時也。

⑨太歲在—曰作噩。見〔爾雅釋天〕。

⑩二在天下爲—。見〔顏氏家訓書證引詩說〕。

⑪—爲危。見〔淮南天文〕。

⑫—取畢成可留聚也。〔太玄玄數〕

辰申—。

(十三) 五—怪石。孔子在陳所見也。見〔衝波集〕

(十四) 大—小—。竝山名。在辰州沅陵。相傳石穴中有書千卷。〔郡國志〕大—山在辰溪山下。有洞名大—洞。小—山在辰州府。又名烏速山。〔按大—山、在今湖南沅陵縣西北四十里。小—山、又在其西北十里。〕

(十五) 水名。〔後漢郡國志〕武陵郡—陽縣。—水所出。東入湘。〔按—水、出今四川—陽縣。東流入沅陵境。又東入沅江。〕

(十六) 姓也。魏—牧。

二畫

【酋】慈秋切音遒　似由切音囚　尤韻

(一) 繹酒也。从酉。水半見於上。禮有大—。掌酒官也。見〔說文酋部〕〔注〕國語曰。毒之—味。其傷人也必甚。然則—、久酒也。酒久則水上見謂精少也。

(二) 就也。〔太玄中〕——大魁頤。

(三) 執也。見〔漢書敘傳音義引鄭氏〕

(四) 聚也。〔太玄玄圖〕陰—西北。

(五) 殺也。〔太玄玄文〕直、相勅。

(六) 秋也。見〔太玄玄文〕

(七) 西方也。〔太玄釋〕動而無名—。

(八) 生之府也。見〔太玄玄文〕

(九) 終也。〔詩卷阿〕似先公—矣。

(十) 雄也。〔漢書敘傳〕說難既—。其身迺囚。

(十一) 魁帥也。〔文選左思賦〕儋耳黑齒之—。

(十二) 矛名。〔考工記廬人〕—矛常有四尺。

(十三) 發聲也。見〔考工記廬人疏〕

(十四) 高貌。〔杜牧詩〕符彩高—。

(十五) 久熟曰—。見〔方言〕

(十六) 精熟曰—。〔國語鄭語〕毒之—腊者。

(十七) 酒熟曰—。〔禮記月令〕乃命大—。〔按大—、主酒官也。—米麴使之化熟。故謂之—。〕

【酊】都挺切音頂　迥韻

酩—也。見〔說文新附〕〔鈕氏新附攷〕竹書山簡傳。酩—無所知。舊本音義及世說新語竝作茗艼。俗又改爲酩—耳。莊子則陽篇。顛冥乎富貴之地。釋文引司馬云。顛冥、猶迷惑也。與茗艼義有合。故疑茗艼即冥顛。古音顛近丁。說文有艼無茗。

【酕】酕省字。見〔集韻〕

三畫

【酌】職略切音灼　藥韻

(一) 盛酒行觴也。見〔說文〕〔段注〕盛酒於觶中以飲人曰行觴。投壺云、命—曰請行觴。

(二) 斟也。〔禮記郊特牲〕縮—用茅。

(三) 挹也。〔公羊僖八年傳〕葢—之也。

(四) 擇善而取也。〔禮記坊記〕上—民言。則下天上施。〔今云參—、斟—、皆本此義〕

(五) 益也。見〔廣雅釋詁〕

(六) 行也。〔國語周語〕而後王斟—焉。

(七) 取也。〔易損〕—損之。

(八) 猶予也。〔淮南本經〕—焉而不竭。

(九) 漱也。潠也。見〔廣雅釋言〕

(十) 酒斗也。〔楚辭招魂〕華—既陳。

(十一) 周公之樂曰—。見〔白虎通禮樂〕

(十二) 酒曰淸—。見〔禮記曲禮〕

(十三) 漢侯國名。見〔史記建元以來王子侯者年表〕

(十四) 同約。〔詩酌疏〕—、左傳作約。古今字耳。

(十五) 同爵。〔儀禮有司徹〕主人受—降。〔注〕古文—爲爵。

(十六) 通汋。〔詩酌釋文〕—、字亦作汋。

(十七) 通勺。〔禮記內則〕十三舞勺。〔注〕勺、與—同。

【配】滂佩切音䣱　隊韻

(一) 酒色也。从酉。巳聲。見〔說文〕〔段注〕本義如是。後人借爲妃字。而本義廢矣。妃者匹也。己非聲也。當本是妃省聲。故叚爲妃字。又別其音。妃平—去。〔按徐鉉云。—字古只作妃。〕

(二) 媲也。〔詩皇矣〕天立厥—。

(三) 對也。〔文選張衡賦〕推光武以作—。

(四) 匹也。〔楚辭守志〕—稷契兮恢唐功。

(五) —合也。〔易繫辭〕廣大—天地。〔疏〕以易道廣大。—合天地。

(六) 成夫婦也。〔左隱八年傳〕先—而後祖。

(七) 當也。見〔廣雅釋詁〕

(八)合食曰—。〔儀禮少牢饋食禮〕以某妃—某氏。
(九)侑也。見〔增韻〕。
(十)頒布也。〔舊唐書文宗紀〕令所在州縣。寫本散—鄉村。〔按今云分—、—搭。均爲散布義。〕
(十一)流刑律也。見〔韻會〕。〔按宋史太祖紀。賜內外百官軍士爵賞貶降者。敍復流—者釋放。〕
(十二)—林。林名。〔禮記禮器〕必先有事于—林。
(十三)相當也。今俗謂不相當曰不—。
(十四)完補殘缺也。今俗謂完補曰—。亦失偶求—之遺意。

【酎】直祐切音冑宥韻
(一)三重醇酒也。从酉。肘省聲。〔明堂月令〕曰。孟秋。天子飲—。見〔說文〕。〔段注〕廣韻作三重釀酒。當从之。謂用酒爲水釀之。是再重之酒也。次又用再重之酒爲水釀之。是三重之酒也。杜預注左傳曰。酒之新孰重者曰—。鄭注月令曰。—之言醇也。謂重釀之酒也。醇者其義。釀者其事。實。肘省聲、各本作从時省。誤。秋、當作夏。天子飲—。月令孟夏文也。〔按匡謬云。飲酒以時。故从酉从時省。據是从時省、不誤也。〕
(二)醲也。見〔玉篇〕。

【酏】余支切音移支韻演爾切音匜紙韻
(一)黍酒也。一曰。甛也。賈侍中說。—爲鬻清。見〔說文〕〔段注〕周禮四飲。四曰—。注曰。今之粥也。許意與鄭說不同。故賈侍中—爲粥清爲別一說。賈與鄭合也。甛、謂甜酒。鬻、饘也。俗作粥。凡鬻稀者謂之—。用爲大飲之一。
(二)米酒。見〔玉篇〕。
(三)淸酒。見〔玉篇〕。
(四)—食。以酒—爲餅。見〔周禮醢人司農注〕。

【酒】子酉切音愀有韻
(一)就也。所以就人性之善惡。从水酉。酉亦聲。一曰造也。吉凶所造起也。古者儀狄作—。醪。禹嘗之而美。遂疏儀狄。杜康作秫—。見〔說文〕〔按所以就人性之善惡。謂賓主百拜者—也。淫酗者亦—也。从水酉。謂以水泉於酉月爲之也。段說如是。而朱駿聲說。—卽酉之小篆。酉酉爲十二支借義所專。又加水旁以別之。据是从水酉之說、非古也。〕
(二)酉也。釀之米麴酉澤。久而味美也。見〔釋名釋飲食〕。
(三)亦言踧也。能否皆強相踧持飲之也。又入口咽之皆踧其面也。見〔釋名釋飲食〕。
(四)乳也。〔春秋元命苞〕蓋法—旗。
(五)湑也。糟也。〔禮記少儀〕其以乘壺—。
(六)所以養老也。見〔禮記射儀〕。〔按古微書引春秋說題辭。所以策身扶老也。〕
(七)所以養病也。見〔禮記射儀〕。
(八)所以合歡也。〔禮記樂記〕—食者所以合歡也。
(九)百樂之長。見〔漢書食貨志〕。
(十)—者天之美祿。見〔漢書食貨志〕。
(十一)三—。事—、昔—、清—也。〔周禮酒正〕辨三事之物。一曰事—。二曰昔—。三曰清—。〔司農注〕事—、有事而飲也。昔—、無事而飲也。清—、祭祀之—。〔按玄注。事—、酌有事者之—。其—則今之醳—也。昔—、今之酋久白—。所謂醳舊者也。清—、今中山冬釀接夏而成。〕
(十二)玄—。水也。〔禮記禮運〕玄—在室。〔疏〕玄—、謂水也。以其色黑謂之玄。而太古無—。此水當—所用。〔又〕新水也。〔儀禮士冠禮〕玄—在西。〔又〕涗水。〔儀禮士昏禮〕酌玄—。〔按郊特牲注。涗、猶清也。〕
(十三)天—。甘露也。〔瑞應圖〕甘露、一名天—。
(十四)—正。女—。竝周官名。〔周禮天官序官〕—正。—官之長。女—。女奴曉—者。
(十五)—旗。星名。〔周禮家宗人注〕—旗坐星。
(十六)—泉。周邑名。〔左莊二十一年傳〕號公爲王宮於玤。王與之—泉。〔杜注〕周邑。〔春秋傳說彙纂〕及姚學謙注、皆云。今陝西西安府同州。有甘泉出匱谷中。造—尤美。名—泉。按同州後升爲府。附郭大荔縣。今裁府留縣。〕〔又〕郡名。〔漢書武帝紀〕元狩元年。匈奴昆邪王殺休屠王。幷將其衆合萬餘人來降。置五屬國以處之。以其地爲武威—泉郡。〔按唐置—泉州。今改縣。屬甘肅。與周邑—泉、當爲兩地。

〕。

❼祭—。耆宿尊稱也。亦官名。〔史記孟子荀卿傳〕而荀卿三爲祭—焉。〔索隱〕禮食必祭先。飲—亦然。必以席中之尊者一人當祭耳。後因以爲官名。故吳王濞爲劉氏祭—是也。〔胡廣曰〕凡官名祭—者。皆一位之元敬。古者賓得主人饌。則老者一人舉—以祭地。故以祭—爲稱。漢之侍中、魏之散騎常侍、功高者陞爲祭—。用其義也。公府有祭—。亦因其名。按漢置博士。以聰明有威者一人爲祭—。謂之博士祭—。魏因之。晉武帝咸寧四年。初立國子學。置國子祭—一人。宋代不置舉。則助教唯置一人而祭—。後博士常置也。明置聰明觀祭—。後省聰明觀。清置國子監祭—。今廢。〕

❽姓也。明—好德。

〔酐〕許玕切音汗翰韻　苦酒。見〔廣韻〕。

〔酑〕羽俱切音于虞韻　飲也。見〔五音集韻〕。

〔䣱〕逸職切音弋職韻

酒色也。見〔說文〕。〔按如配酘等字。謂酒之顏色也。〕

〔酨〕待戴切音代隊韻　甙或字。〔集韻〕甙、博雅、甘也。一曰酤也。或从酉。

〔酕〕同酕。見〔字彙補〕。

四畫

〔酓〕於琰切音黶琰韻徒南切音覃呼含切音峆覃韻　❶酒味苦也。見〔說文〕〔段注〕廣韻玉篇集韻小徐本皆同。汲古閣所據宋本奪此篆此解。而毛扆補之於部末。夏本紀用爲檿字。叚借也。〔按大徐本奪此篆而說酓篆曰。酒味苦也。段氏謂由宋時說文以—義系酓篆而奪—之故耳。或曰。古—覃同部。疑無二字。然小徐本分列甚晰。〕❷通檿。〔史記夏本紀〕厥篚—絲。〔按書禹貢本作厥篚檿絲。〕

〔酓〕於豔切音厭豔韻　酒欲苦也。見〔集韻〕。

〔酓〕於錦切音飲寑韻

古歆字。〔集韻〕歆、說文、歠也。古作—。

〔酓〕於念切音醶豔韻　醶或字。〔集韻〕醶、苦也。或作—。

〔酦〕普活切音鏺曷韻　❶酒色也。見〔說文〕〔段注〕謂酒之顏色也。❷酒氣。見〔廣韻〕。

〔𨠊〕古禾切音戈歌韻待戴切音代隊韻　❶同醓。酒色光也。見〔篇海類篇〕。❷甜也。見〔篇海類篇〕。

〔𨠁〕船倫切音脣眞韻　酒厚也。見〔集韻〕。

〔䤊〕殊倫切音純眞韻　❶美也。見〔玉篇〕。❷醇或字。〔集韻〕醇、說文、不澆酒也。或作—。

〔䤊〕重倫切音帾眞韻　純酒。見〔集韻〕。

〔酓〕於林切音陰侵韻於琰切音黶琰韻　酒也。見〔玉篇〕。

〔酓〕呼含切音峆覃韻　酓或字。〔集韻〕酓、酒味苦也。或書作—。

〔酖〕都含切音耽覃韻　樂酒也。見〔說文〕〔段注〕酒樂者、因酒而樂。樂酒者、所樂在酒。其義別也。毛詩叚耽及湛以爲—。氓傳曰。耽、樂也。鹿鳴傳曰。湛、樂之久也。引申爲凡樂之稱。

〔酖〕直禁切音鴆沁韻　毒酒也。見〔正字通〕。〔按廣韻、玉篇、集韻、類篇、無此音訓。康熙字典謂與鴆通。引韻會酒有鴆毒證之。攷韻會沁韻—注。酒有鴆毒。左傳、宴安—毒。毛氏韻增禮部韻略。積降與鴆同。今正。是則韻會謂—與鴆別也。正字通亦云。俗本左傳杜注。誤合鴆—爲一。不知—、毒酒。非鴆名也。惟校勘記引釋文。—本亦作鴆。正義云。以其因酒毒人。故字或爲—字。按據說文、—樂酒也。丁含切。而釋文直蔭切音鴆。則直讀鴆音。字書—不讀鴆。而鴆則讀—。釋文或亦沿俗本左傳而誤。〕

〔酳〕羊進切音胤震韻〔與酌別。〕

少少飲也。見〔說文〕。〔王注〕玉篇。丨與酳同。桂氏、段氏皆曰。士虞禮注、少牢禮注、皆云古文酳作酌。特牲注云。今文酳皆爲酌。三酌字必皆丨之字譌。其一云今文者。則古文之譌。許用古文禮。故作丨。禮記多用今文。故作酳。

【𨠊】古禾切音戈歌韻 酒之色。見〔集韻〕。〔按即說文酖之異體〕

【𨠨】鋪枚切音衃灰韻 醅或字。〔集韻〕醅。說文、醉飽也。或作丨。

【𨠍】文運切音問問韻 酒器名。見〔集韻〕。

【酕】謨袍切音毛豪韻 丨醄。醉也。見〔廣韻〕。〔按集韻、類篇、並作醉極也。〕

【酗】吁句切音煦遇韻 醉怒也。見〔廣韻〕。〔按書微子。我用沈丨于酒。釋文以酒爲凶曰丨。說文有䣱無丨。〕

【𨠁】似由切音囚尤韻 酒色。見〔玉篇〕。

【酘】徒候切音頭尤韻大透切音豆宥韻 酒再釀。見〔集韻〕。

【𨟰】呂支切音離支韻 乳腐。見〔五音集韻〕。

【𨟮】章移切音支支韻 乳腐名。見〔五音集韻〕。

【䣬】補履切音匕紙韻 酒名。見〔集韻〕。

【𤖨】古醬字。見〔集韻〕。

【𦥎】同酒。見〔字學指南〕。

【𨠑】同航。見〔廣韻〕。

【𤮜】同酖。見〔字彙補〕。

【𨠧】酘或字。見〔集韻〕。

【𨠚】醐或字。見〔集韻〕。

【酤】醐或字。見〔韻會〕。

【𨠓】醽或字。見〔集韻〕。

【酔】醉俗字。見〔字彙〕。

五畫

【酟】他兼切音沾鹽韻 ❶和也。見〔集韻〕。❷同沾。〔文選張協七命〕丨以春梅。〔注〕與沾同。

【䣱】吁句切音煦遇韻 ❶醉醬也。見〔說文〕。❷同酗。見〔玉篇〕。

【酢】倉故切音措遇韻 醶也。見〔說文〕。〔注〕今人以此爲酬醋字。反以醋爲酒丨。時俗相承之變也。〔按王筠說、許君說醋丨二字。與今人音義互異。似許君亦誤。案有司徹、祝酌授尸。尸以醋主婦。注云。今文醋曰丨。特牲饋食禮、祝酌授尸。尸以醋主人。注云。古文醋作丨。夫今文古文。醋、丨互用。則是一字兩體也。且有司徹又曰。祝酌授尸。尸以醋主人。其字从昔。上文又云受三獻爵。酌以丨之。其字則从乍。又周禮司尊彝、諸臣之所昨也。注。昨讀爲丨。咋亦從乍。故破讀爲丨。此漢人用丨爲醋之證。所宗者儀禮。醋丨互見也。況古者名醶不名丨。疑漢人始呼醶爲丨。許君始分醋爲酬醋。丨專爲醶之名。又惠士奇曰。古有梅而無丨。五味調和。須之行成。食乃甘。於是始有丨漿。爲醶。尙書孔注亦云。鹽鹹梅醋。蓋今之丨。古之梅也。則古無丨明甚。按丨、醋、互用。不僅如王所引。易繫辭。是故可與酬酢。京作醋。玉篇。進酒於客曰獻。客答主人曰醋。从昔。詩行葦箋云。進酒於客曰獻。客答之曰丨。从乍。桂馥引蒼頡篇。客報主人曰醋。从昔。廣韻又引作丨。从乍矣。且詩大雅、或獻或丨。小雅、萬壽攸丨。少儀、丨爵。鄉飲酒義、立飲不丨。皆从乍。是段玉裁謂諸經多以丨爲醋。惟禮經尙仍其舊。說亦不信也。正字通直以徐注附會說文爲泥。參閱以上各說證。似非無據。因錄以備攷。〕

【酢】疾各切音昨藥韻 ❶丨報也。〔詩楚茨〕萬壽攸丨。❷報祭曰丨。〔書顧命〕秉璋以丨。❸陰來爲丨。〔易繫辭〕是故可與酬丨。❹丨餾。飯也。方言。飯自關而東或謂之丨餾。

【酣】胡甘切音邯覃韻

(一)酒樂也。見〔說文〕。〔按御覽書正義鼓引作樂酒也。玉篇亦曰樂酒也。段玉裁謂酒樂者、因酒而樂。樂酒者、所樂在酒。其義別也。引伸爲凡飽足之偁。〕

(二)樂也。見〔廣雅釋詁〕。

(三)洽也。〔漢書高帝紀〕酒—。

(四)酒洽也。〔文選左思賦〕—湑半。

(五)不醉也。見〔玉篇〕。

(六)不醒不醉曰—。〔史記高帝紀〕酒—。〔按張晏曰中酒曰—。〕

(七)飲酒合樂爲—。〔呂覽分職〕令召客者飲—。

(八)對戰合樂時也。〔淮南覽冥〕戰—日暮。

(九)通甘。〔書五子之歌〕甘酒嗜音。〔玉篇引作—。〕

(十)同佄。見〔一切經音義〕。

【酣】呼紺切音顑勘韻

飲酒未既。見〔集韻〕。

【𨡊】孚萬切音娩願韻

酒疾孰也。見〔說文〕〔段注〕廣韻云。一宿酒。謂一宿而孰也。〔按義與酤同。〕

【𨡊】孚萬切音娩願韻翻阮切音甗阮韻

不擇米而釀也。見〔集韻〕。

【𨡊】方願切音販願韻

酤謂之—。見〔集韻〕。

【酤】攻乎切音孤虞韻後五切音戶果五切音古麌韻

(一)一宿酒也。一曰買酒也。見〔說文〕。〔注〕謂造之一夜而孰、若今雞鳴酒也。詩曰無酒—我。〔按王筠說、一曰五字似後增。伐木釋文、—毛音戶、一宿酒也。說文同。鄭音顧。又音沽、買也。據此則附本說文無此五字。〕

(二)通沽。見〔集韻〕。

【酤】後五切音戶麌韻

酒也。〔詩烈祖〕既載清—。

【酤】古慕切音顧遇韻

(一)賣也。見〔廣雅釋詁〕。〔按—本有買賣二義。桂馥曰、—又爲賣。鄭注司市儥字、一曰買、一曰賣。賈疏謂順文爲義。馥謂此—亦然。晏子、人有—酒者。爲器甚潔清。置表甚長。而酒酸不售。問之里人其故。里人云。公狗之猛。人挈器而入。且—公酒。狗迎而噬之。此酒所以酸而不售也。馥案上—字爲賣。下—字爲買。所謂順文爲義也。攷經傳—爲賣酒甚多。惟不盡讀去聲音顧。今依集韻。〕

(二)賣酒也。見〔玉篇〕。

(三)略也。見〔集韻〕。

(四)通沽。〔論語子罕〕求善賈而沽諸。

【酥】孫租切音蘇虞韻

(一)酪也。見〔玉篇〕。〔按韻會曰。酪屬。牛羊乳爲之。蘇恭曰。—乃酪作。性與酪異。然牛—勝羊—。犛牛—勝家牛—。李時珍曰。臞仙神隱書云。造法以乳入釜。煎二三沸。傾入盆內冷定。待面結皮。取皮再煎。油出、去滓。入鍋內。卽成—油。北方名馬思哥油。入藥以微火鎔化。濾淨用之。治諸瘡。溫酒調服、良。〕

(二)酒別名。〔竇革酒譜〕天竺國謂酒爲—。蓋庾辭以避法禁。非釋典所出。

(三)酴—。酒名。見〔正韻〕。〔按一作屠蘇。本作廜𢉝。〕〔又〕藥名。見〔本草〕。

(四)土—。蘆菔別名。〔王禎農書〕蘆菔、一種四名。春曰破地錐。夏曰更生。秋曰蘆菔。冬曰土—。謂其潔白如—也。

(五)俗譏闇昧者曰不識—。〔通俗編〕稗編。唐明皇謂安祿山曰。信是胡兒只識—。按俗譏闇昧者。乃云并此不識。

(六)喻物之潔澤鬆膩者。如韓愈詩、天街小雨潤如—。以喻雨。稗編、潤滑新凝塞上—。以喻乳。蘇軾詩、點須越女手如—。以喻手。文同詩、新枝放花如點—。以喻花。

(七)食物之鬆脆而易糜者。俗皆謂之—。

【酡】唐何切音駝歌韻

(一)飲酒朱顏皃。見〔玉篇〕。

(二)著也。〔楚辭招魂〕朱顏—些。〔注〕言面著赤色而鮮好也。

【酡】待可切音拕哿韻

將醉謂之—。見〔集韻〕。

【酏】商支切音施支韻

粥清也。〔集韻〕周禮醫—。劉昌宗讀。

【酏】余支切音移支韻

酏或字。〔集韻〕酏。酏飲粥稀之清也。鄭康成說。或作—。

【酡】唐何切音駝歌韻

酡或字。〔集韻〕酡。飲而赭色著面也。或作—。

【酦】蒲撥切音跋曷韻

酒氣也。見〔集韻〕。

【𨠔】攻乎切音孤虞韻

觚或字。〔集韻〕觚。說文、鄉飲酒之爵也。或从酉。

【𨠖】徒冬切音彤冬韻

酒醋壞。見〔集韻〕。

【䣠】叢無切音雛虞韻

—醶。羹漿之屬。見〔正字通〕。

【𨡋】口下切音跒馬韻

苦酒也。見〔五音集韻〕。

【𨠜】此移切音雌支韻

糟也。見〔五音集韻〕。

【𨠬】皮敎切音炮效韻

㊀酒之色。見〔集韻〕。

㊁面上瘡。見〔玉篇〕。

【𨡀】毗必切音邲質韻

飲酒俱盡。見〔廣韻〕。〔按說文、醮。飲酒俱盡也。迷必切音義並同。此字書惟廣韻有—而不錄醮。他書皆有醮無—。正字通曰。—同醮。俗省。〕

【𨠷】郎丁切音靈青韻

同醽。〔集韻〕醽。湘東美酒。亦作—。

【𨠽】田黎切音題齊韻

醍或字。〔集韻〕醍。醍醐也。或从氐。

【𨡂】孚萬切音娩願韻

同畚。〔集韻〕畚。說文、酒疾熟也。或書作—。

【𨡈】爲命切音詠敬韻

醟或字。〔集韻〕醟。說文、酌也。或作—。

【𨡊】待戴切音代隊韻

同䣹。〔集韻〕䣹。博雅、甛䣹甘也。亦作—。

【𨡐】音未詳

醅也。見〔西陽雜俎〕。

【𨠰】

醵或字。見〔說文〕。

【𨡓】

醠省字。見〔集韻〕。

【𨡎】

同粕。見〔字彙補〕。

【酥】

酴譌字。見〔正字通〕。

六畫

【酪】歷各切音洛藥韻

㊀乳漿也。見〔說文新附〕。〔鈕氏新附攷〕—疑酢之別體。禮記禮運、以爲醴—。雜記、食鹽—。鄭並訓爲酢截。据說文、漿、訓酢。截、𩟗並訓酢漿。疑許君以酢當—。故不收—字。漢書百官公卿表挏馬注。應劭曰。主乳馬。取其汁挏治之。味酢可飲。因以名官也。是酢義正同—。晉語與人誦、詐與賂爲韻。則酢音亦同—矣。〔按戴侗曰。北方以馬乳爲—。故因謂湩—。而酥與醍醐皆因之。陶隱居曰。佛書稱乳成—。—成酥。酥成醍醐。正字通曰。—有乾溼二種。元飲膳正要云。造法用乳半杓。鍋內炒過。入餘乳熬數十沸。頻以杓縱橫攪之。傾出罐盛待冷。掠取浮皮爲酥。入舊—少許。紙封貯。即成—。又乾—。法以—就日曬使結。掠去浮皮再曬。至皮盡。却入釜。炒少時。器盛再曬作塊。收用方書、患冷患痢者忌食。〕

㊁澤也。乳汁所作。使人肥澤也。見〔釋名釋飲食〕。

㊂漿也。見〔廣雅釋詁〕。

㊃漿酢。〔家語問禮〕以爲醴—。

㊄酢截。〔禮記雜記〕食鹽—。

㊅酒類也。見〔六書故〕。

㊆燼羊乳曰—。見〔太平御覽引通俗文〕。

㊇今粱州亦名馬—爲馬酒。見〔漢書百官公卿表注引如淳〕。

【酪】魯故切音路遇韻

醴屬。見〔集韻〕。〔按鄴中記云。寒食三日作醴—。又煑粳米及麥爲—。擣杏仁煮作粥。按玉燭寶典今人悉爲大麥粥。研杏仁爲—。別以餳沃之。〕

【酬】陳留切音儔時流切音讎尤韻

㊀醻或字。見〔說文〕。〔按說文、醻。主人進客也。通訓定聲、—下錄醻—二篆。曰。或从州聲。今字亦作醻。廣韻、—同醻。玉篇、醻同—。集韻、陳留切—。注。報也。引易是故可與—酢。不言醻。時流切醻注。引說文或从

醻从州。攷經傳—醻互見。詩小弁醻旅醻疏。—酢皆作—。此作醻者古字得通用也今多作—。故於—下引說文、而醻下略。詩如或醻之疏曰。—有二等。既酢而—賓者。賓奠之不舉謂之奠—。至三爵之後。乃舉嚮者所奠之爵以行之於後。交錯相—。名曰旅—。謂衆相—也。〕

㈡報也。見〔爾雅釋詁〕。

㈢—之言周。〔儀禮鄉飲酒禮〕主人實觶—賓。

㈣勸也。〔國語周語〕獻—交酢也。

㈤勸酒也。〔儀禮鄉射禮〕主人實觶—之。

㈥厚也。見〔玉篇〕。

㈦賓既酌主人主人又自飲酌賓曰—。見〔詩楚茨箋〕。〔按鄉飲疏曰。主人將—賓。先自飲之。意以其—賓。若不自先飲。是不忠信。恐賓不飲。示忠信之道。故先自飲。乃飲賓為—也。與論語皇疏意微異。〕

㈧飲賓客而從之以貨財曰—。〔儀禮士冠禮〕主人—賓。束帛儷皮。

㈨陽往為—。見〔易繫辭可與—酢九家注〕。

㈩償也。〔北史陽休之傳〕先是立制、監臨之官出行。不得過百姓飲食。有者即數錢—之。

(十一)—酢。猶應對也。〔易繫辭〕是故可與—酢。

【酨】待戴切音代昨代切音在作代切音再隊韻

㈠酢漿也。見〔說文〕。〔段注〕水部漿下曰。酢、漿也。酢漿謂—也。漿—二篆為轉注。絫言之曰—漿。

㈡酢醬也。〔漢書食貨志〕及醴醋—灰炭。

㈢醋也。見〔廣韻〕。

㈣釋米汁也。見〔玉篇〕。

【酨】將遂切音醉寘韻

棨屬。見〔集韻〕。

【䣭】戶栝切音活曷韻

㈠未泲酒。見〔集韻〕。

㈡同甜。見〔字學指南〕。

【酭】尤救切音宥宥韻

㈠報也。見〔玉篇〕。

㈡醻酒也。見〔集韻〕。

㈢通作侑。見〔集韻〕。

【酦】房越切音伐月韻

㈠酒—也。見〔廣韻〕。

㈡俗謂釀一成曰—。見〔集韻〕。

【䣷】專於切音諸魚韻

㈠酌也。見〔字彙〕。

㈡醅也。見〔字彙〕。

【酮】徒東切音同東韻

馬酪。見〔廣韻〕。

【酮】傳容切音重冬韻杜孔切音動董韻

酢欲壞。見〔玉篇〕。〔按廣韻作酒壞。集韻冬韻作酒欲酢。董韻作酒酢壞。意竝略同。〕

【酮】徒東切音同東韻杜孔切音動董韻

酢也。見〔廣雅釋器〕。

【䣸】而琰切音冉琰韻乃感切音湳感韻

醬也。見〔集韻〕。

【䣸】奴紺切音妠勘韻

餡也。見〔集韻〕。

【䣸】而琰切音冉琰韻

醬—味薄也。見〔玉篇引說文〕。〔按說文闕。段玉裁曰。依玉篇廣韻。當云醬—也。从酉任聲。而今本但注闕字。疑許書本無此篆。王筠曰。蓋顧氏據本未闕。〕

【䣵】仍吏切音餌寘韻

酘酒也。一曰次釀。見〔集韻〕。

【䣵】女吏切音膩仍吏切音餌寘韻

重釀也。見〔玉篇〕。〔按廣韻仍吏切、義同玉篇、集韻、女利切。本作醳。或作—。廣韻玉篇有—無醳。桂馥謂說文醳字為—之譌。段玉裁據以改醳篆為—。王筠不從。說竝詳醳字。〕

【酩】母迥切音茗迥韻

—酊。醉也。見〔說文新附〕。〔說詳酊字。〕

【䣝】思融切音嵩東韻

酒名。見〔集韻〕。

【䣀】吾回切音皚灰韻

醉皃。見〔集韻〕。

【䣊】何交切音爻肴韻

沽也。見〔廣韻〕。〔按玉篇作酘。集韻—或作酘。〕

〔酫〕昌悅切川入聲屑韻

鹹菹也。見〔字彙〕。

〔䤋〕止移切支韻

飲酒也。見〔龍龕手鑑〕。

〔䤓〕同䤉。見〔字彙補〕。

〔䤎〕酗俗字。見〔正字通〕。

〔酧〕酬俗字。見〔正字通〕。

七畫

〔䣶〕圭懸切音涓先韻扃縣切音睊霰韻

❶醹酒也。見〔說文〕。〔王注〕齊民要術。粟米爐酒。以冷水澆筩飲之。一出者歇而不美。

❷以孔下酉也。見〔玉篇〕。

〔酲〕馳貞切音呈癡貞切音檉庚韻

❶病酒也。一曰。醉而覺也。見〔說文〕。〔按詩節南山疏引、無一曰二字。王筠曰。疏引此而申之曰。言既醉得覺。而以酒爲病。故曰病酒也。段玉裁曰。葢有者爲是。許無醒字。醉中有所覺悟。即是醒也。故酲足以衆之。字林始有醒字云、酒解也。〕

❷長也。見〔廣雅釋言〕。

❸飽也。〔文選張衡賦〕心一醉。

❹醉未覺也。見〔玉篇〕。

〔酳〕士刃切音信羊進切音胥士斳切震韻

❶酒漱口也。見〔廣韻〕。〔按禮記曲禮客不虛口注。虛口、謂一也。釋文。一音胥。又士覲反。嗽口也。以酒曰一。以水曰漱。疏。謂食竟、飲酒蕩口。用漿曰漱。用酒曰一。〕

❷演也。〔禮記昏義〕合巹而一。〔疏〕謂食畢飲酒。演安其氣。

❸安食也。〔儀禮士虞禮〕酳酒一尸。

❹猶衍也。是獻尸也。〔儀禮特牲饋食禮〕酳一尸。〔注〕謂之一者、尸既卒食。又欲頤衍養樂之。

❺猶羨也。〔儀禮少牢饋食禮〕乃一尸。〔注〕既食之而又飲之。所以樂之。

❻少少飲酒。〔漢書賈山傳〕執爵而一。

❼同酌。見〔玉篇〕。

〔𨡈〕于秋切音隱震韻

小飲。見〔集韻〕。

〔酴〕同都切音徒虞韻

❶酒母也。讀若廬。見〔說文〕。〔注〕此葢酒之初和頭也。〔按段玉裁曰。米部䵅、酒母也。此一亦訓酒母。則今之酵也。〕

❷酒也。見〔廣雅釋器〕。〔疏證〕齊民要術。有蜀人作一酒法。〔按六書故曰。一醾、亦爲酒名。今蔓彝亦有名一醾者。或謂取其芬𦤎溙酒。因𦤎曼名。亦作荼蘼。通雅作一醾曰。即重釀酒也。荼蘼花因酒得名。而人反謂酒以花得名。〕

❸麥酒不去滓、飲也。見〔玉篇〕。

〔酵〕居效切音教效韻

❶酒一。見〔玉篇〕。〔按正字通曰。以酒母起麫曰發一。蕭子顯齊書。永明九年正月。詔太廟四時祭薦宣帝起麫餅。注。發一也。又物含有砂糖類之流質。因化學作用。發生黴菌。起沫變酸。謂之發一。如釀酒醋及乳酪變酸等皆是。〕

❷酒滓。見〔集韻〕。

❸發酒쑬也。見〔六書故〕。

〔酶〕謨杯切音枚灰韻

❶酒本曰一。見〔韻會〕。〔按集韻作梅。或从酉。〕

❷通媒。〔漢書李陵傳〕媒櫱其短。〔注〕媒、酒教。櫱、麴也。謂釀成其罪。

〔酷〕枯沃切音焅沃韻

❶酒厚味也。見〔說文〕。〔王注〕廣韻引作酒味厚也。書正義說文云。一、酒厚味也。酒味之厚。必嚴烈。人之暴虐與酒嚴烈同。故謂之一。筠按借一爲嚳耳。不可望文爲義。

❷殺熟也。〔方言〕自河以北。趙魏之間。殺熟、曰一。

❸極也。見〔白虎通〕。

❹甚也。〔晉書何無忌傳〕一似其舅。

❺虐也。見〔廣韻〕。

❻慘也。見〔增韻〕。

❼重厚也。見〔漢書刑法志注〕。

❽痛恨也。〔顏氏家訓文章〕銜一茹恨。

❾困苦也。〔晉書劉殷傳論〕幼丁艱一。

❿一烈。嚴刑罰也。〔荀子議兵〕其使民也一烈。

⓫一裂。香氣盛也。〔後漢張衡傳〕美襞積以一裂兮。

〔酷〕黑各切音臛藥韻

虐也。見〔集韻〕。

【酸】蘇官切音痠寒韻

（一）酢也。關東謂酢曰—。見〔說文〕。〔王注〕醶—也。許君以—爲酢之別名。葢以由直作—爲引伸之義。
（二）木味也。〔周禮瘍醫〕以—養骨。
（三）遜也。遜遁在後也。言腳痛力少。行遁在後。似遜遁者也。見〔釋名釋疾病〕。
（四）鑽也。〔呂覽孟春〕其味—。〔注〕—者鑽也。萬物應陽鑽地而出。
（五）酢水也。〔素問至眞要大論〕嘔—善飢。
（六）暑浥之—氣也。〔荀子正名〕香臭芬鬱腥臊洒—奇臭以鼻異。
（七）悲也。〔文選顏延之文〕遙—紫蓋。
（八）痛楚也。〔晉書皇甫謐傳〕四肢—重。
（九）寒素也。〔蘇軾詩〕豪氣一洗儒生—。
（十）水名。〔山海經北山經〕少陽之山。—水出焉。
（十一）—鼻。淚欲出也。〔文選宋玉賦〕寒心—鼻。
（十二）—木。狐桃也。見〔廣雅釋草〕。
（十三）—角。果名。生雲南臨安諸處。狀如猪牙皁莢。浸水和羹。—美如醋。見〔正字通〕。
（十四）焉—。草名。〔山海經中山經〕鼓鐙之山有草焉。其名曰焉—。可以爲毒。
（十五）—與。鳥名。〔山海經北山經〕景山有鳥焉。其狀如蛇。而四首、六目、三足。名曰—與。
（十六）—雞。蟲名。見〔字彙補〕。
（十七）—素。日本譯名。養气也。爲無色無臭無味之气體。英文 Oxygen。
（十八）凡非金屬與輕化合。覺有—味如酢、曰—。如輕綠曰鹽—。

【酺】蓬逋切音蒲虞韻蒲故切音步遇韻

（一）王德布、大歓酒也。見〔說文〕。〔王注〕漢書音義、文穎曰。漢律三人已上。無故羣飲。罰金四兩。今恩詔橫賜。得令聚會飲食五日。—、布也。記天子布恩於天下。王觀國曰。然則春秋祭—者。歲二—也。故後之里社聚飲者。亦謂之—。井田之法已廢。而—之名猶在故也。荊楚歲時記。元日月晦。並爲—聚飲食。每月皆有晦朔。正月初年。時俗重以爲節。
（二）布也。見〔後漢明帝紀注〕。
（三）爲人物災害之神也。〔周禮族師〕春秋祭—。
（四）同步。〔周禮校人〕冬祭馬步。〔疏〕步與—字異音義同。
（五）或作脯。見〔漢書文帝紀注〕。

【酓】呼含切音蚶覃韻

（一）酒色也。見〔玉篇〕。
（二）面赭色。見〔集韻〕。

【酲】五鼎切音脛迥韻

醒也。見〔玉篇〕。

【酹】郎外切音穢泰韻盧對切音類隊韻

餟祭也。見〔說文〕。〔段注〕食部餟下曰。—、祭也。與此爲轉注。廣韻曰。以酒沃地。史記其下四方地爲餟食。蓋餟—皆於地。餟謂肉。故漢書作腏。—謂酒。故从酉。

【酹】盧活切音捋曷韻

祭酒也。見〔集韻〕。

【醩】糟籀文。見〔集韻〕。〔按正字通曰。說文米部本作糟。籀省米从酉作醩。俗作糟。六書無—〕

【酻】將遂切音醉寘韻

酒過昏也。見〔字彙補〕。〔按康熙字典云卽醉字之譌〕。

【醁】女盞切音赧潸韻

面上酒酡也。見〔字彙補〕。〔按康熙字典云卽醂字之譌〕。

八畫

【䣼】力讓切音諒漾韻

襍味也。見〔說文〕。〔段注〕周禮漿人六飲。鄭司農云。涼以水和酒也。玄謂涼。今寒粥。若糗飯襍水也。內則有濫無涼。鄭曰。以諸和水也。以周禮六飲校之。則濫、涼也。紀莒之間名諸爲濫。按許作—。卽周官內則之涼字也。襍味者、卽以諸和水說也。乾者爲桃諸梅諸。水漬爲桃濫。於釋名可得其義也。內則正義曰。諸者、襍之辭。又按廣雅云。—、鰌也。疑襍味下本有鰌字。若六飲之涼。則已見水部。

【䣼】呂張切音涼陽韻

（一）醬也。見〔廣雅釋器〕。
（二）漿水。見〔廣韻〕。

(六)通涼。見〔集韻〕。

【醂】　慮感切音壈感韻

(一)桃葅。見〔廣韻〕。

(二)藏柹也。見〔集韻〕。

【醆】　阻限切音琖潸韻

(一)爵也。一曰酒濁而微清也。見〔說文新修字義〕。〔按此字大徐補入。爲十九文之一〕

(二)夏爵。〔禮記禮運〕—斝及尸君。非禮也。

(三)盞齊也。〔禮記郊特牲〕—酒涗于清。〔按朱駿聲云清於醴齊而濁於緹齊〕。

(四)同琖。〔詩行葦傳〕夏曰—。〔釋文〕—、本作琖。

【酸】　旨善切音膳銑韻

栝也。見〔集韻〕。

【醇】　殊倫切音純眞韻　〔按—熟之—、本作䜇〕。

(一)本作醇。〔說文〕醇。不澆酒也。〔段注〕澆、沃也。凡酒沃之以水則薄。不襍以水則曰—。故厚薄曰—澆。—襍亦即此字。一色成體謂之—。純、其叚借字。

(二)厚也。見〔廣雅釋詁〕。

(三)精也。〔易繫辭〕天地絪縕。萬物化—。

(四)一也。〔漢書陳湯傳〕今郅支單于、鄉化未—。

(五)不雜也。〔漢書食貨志〕自天子不能具—駟。

(六)專也。見〔玉篇〕。

(七)專厚也。〔漢書萬石君傳〕慶、—謹而已。

(八)不澆曰—。〔文選左思賦〕非—粹之方壯。

(九)—鈞、劍也。見〔廣雅釋器〕。

(十)同淳。〔莊子繕性〕澆—散朴。〔釋文〕—、本作淳。

(十一)同純。〔史記平準書索隱〕—與純、一色也。

(十二)或作醕。美也。見〔廣雅釋詁〕。〔疏證〕醕、經傳通作純。亦作—。

【醉】　將遂切音檇寘韻

(一)卒也。卒其度量、不至於亂也。一曰。潰也。見〔說文〕。〔正字通〕曰—必伐德喪儀。酒誥賓筵言之甚詳。未有—能卒其度量、不至亂者。因卒立義。說文誤也。—之从卒。卒、終也。與酒俱卒。危辭也。所以寓戒也。按此說非是。宜从說文。古人解—字無此意。卽酒誥云、爾大克羞耉惟君。爾乃飲食—飽。賓筵云、既—而出。竝受其福。均與此意背。詩言—甚多。如既—既飽。小大稽首。又既—以酒。既飽以德。又神具—止。皇尸載起。皆不能釋以伐德喪儀。儀禮燕禮云。司正升、受命。皆命君曰無不—。賓及卿大夫皆興。對曰諾。敢不—。豈有詔賓及卿大夫以伐德喪儀而賓及卿大夫又自承曰敢不伐德喪儀。而謂爲禮者乎。諸葛亮誡子曰。夫酒之設。合禮致情。適體歸性。禮終而退。此和之至也。主意未殫。賓有餘倦。可以至—。無至迷亂。卽說文之義也。李世澤韻圖。—字有平去二音。字彙補據之作精崔切。音嗺。

(二)悴也。〔大戴記文王官人〕乞言勞—。

(三)心—。迷惑也。〔莊子應帝王〕列子見之而心—。

(四)同檇。〔公羊定十四年傳〕於越敗吳于—李。〔釋文〕—、本作檇。〔按檇李、當今浙江秀水縣〕

【醊】　株劣切音叕屑韻　株衛切音綴霽韻

(一)連祭也。見〔廣韻〕。

(二)酹謂之—。見〔集韻〕。〔按霽韻本作餟。或作—。引說文祭酹也。正字通、同餟。正韻、餟亦作—。音義竝通。正譌必从餟。廢—。非。—與歠別。俗—訓飲。非〕

【醋】　疾各切音昨藥韻

客酌主人也。見〔說文〕。〔說詳酢字〕

【醋】　倉故切音措遇韻

(一)醬—。見〔廣韻〕。〔按六書故曰。酸也。正字通曰。醯別名也〕

(二)俗稱嫉妬曰喫—。〔通俗編〕在閣知新錄世以妬婦比獅子。續文獻通攷。獅子日食—酪各一瓶。喫—之說殆本此。

(三)—酸。化學酸類之一種。

【醁】　龍玉切音錄沃韻

(一)美酒。見〔廣韻〕。

(二)醽—。酒名。見〔集韻〕。〔按通雅曰。廣韻訓醽爲淥酒。則以淥爲清酒矣。按衡陽縣有酃湖。今之酃縣也。土人取以釀。晉武平吳。薦醽酒于

大廟。荊州記云。淥水出豫章康樂縣。其間烏程縣有井。官取水爲酒。與湘東酃酒、年常獻之。吳都賦。飛瓊觴而酌酃|。雜俎有綠醽法。水經注言郴縣有綠水。注於耒。謂之程鄉。置官醞。獻同酃也。此說近是。或曰。酃湖水綠。故名酃綠。加酉爲|醽耳。若烏程在西浙湖州。秦時有程林烏金二家善釀。南岸曰上箬。北岸曰下箬。故名箬下酒。豈與豫章之水相近耶。今廣東又有程鄉縣。清一統志兩載之。彬州興寧縣志有程鄉水、醽|泉。則並稱醽|。

【醁】盧谷切音祿屋韻
酒名。見〔集韻〕。

【醃】衣廉切音淹於嚴切音腌鹽韻　烏紺切音暗勘韻
㊀菹也。見〔廣雅釋器〕〔疏證〕說文、菹。酢菜也。或作蘫䀋。又云。䀋、醢也。或作蘫字。並與菹同。〔按集韻引作䤅菹也。廣雅疏證云。各本脫去、䤅字。其音內䤅字。又誤入正文。集韻或沿誤〕
㊁漬藏物也。見〔集韻〕。〔按廣雅疏證曰。|之言淹漬也。玉篇引倉頡篇云。腌、酢淹肉也。鹽鐵論散不足篇云。煎魚切肝。羊腌雞寒。淹、腌、並與|通〕

【⿰酉盂】邕俱切音紆虞韻
宴也。見〔集韻〕。〔按當卽⿰酉盂字。廣韻⿰酉盂有于、訏、紆、三讀。集韻惟讀紆者書作|。餘同廣韻。廣韻⿰酉盂音紆。訓曰。能者飲、不能者止也。與集韻讀于者同訓。類篇分醧、|、爲二。似泥〕

【⿰酉盂】雲俱切音于匈于切音訏虞韻
宴也。見〔廣韻〕。〔按康熙字典引集韻匈于切。日始旦也。攷集韻盱晇日始旦也。或作晇。非|義。誤入|下。非〕

【⿰酉盂】邕俱切音紆雲俱切音于虞韻
能者飲不能者止也。見〔廣韻〕。〔按正字通云。俗醧字〕。

【醀】位錐切音帷支韻
肉酒。見〔玉篇〕。

【醀】之瑞切音惴寘韻
病也。見〔集韻〕。

【⿰酉念】於念切音厭豔韻
苦味也。見〔集韻〕。

【⿰酉典】他典切音腆銑韻
酒厚也。見〔字彙〕。

【⿱制酉】征例切音制霽韻
魚醬。見〔類篇〕。〔按廣韻。⿱制魚、亦作|。集韻。⿱制魚、或从酉〕

【⿰酉周】丑鳩切音抽尤韻
酒名。見〔五音集韻〕。

【醅】鋪枚切音胚灰韻披尤切音飆尤韻　普后切音剖有韻
醉飽也。見〔說文〕。〔段注〕後人用潑|字。謂酒未沛也。與古義絕殊。

【⿰酉咅】鋪枚切音胚灰韻
酒未沛也。見〔集韻〕。

【醄】徒刀切音匋豪韻
酕|。醉皃。見〔集韻〕。

【⿰酉炎】徒甘切音談覃韻
酒醋薄也。見〔集韻〕。

【⿰酉炎】杜覽切音啖感韻
醲也。見〔集韻〕。

【⿰酉直】眉力切音覓錫韻
醅滓也。見〔字彙〕。

【⿰酉宜】於金切音音侵韻於南切音庵覃韻
酒聲也。見〔字彙〕。

【⿱知酉】珍離切音知支韻
⿱智酉省字。〔集韻〕⿱智酉說文、酒也。或省。

【⿱智酉】他禮切音體薺韻
同醍。酒紅色。見〔玉篇〕。

【⿰酉委】奴回切音挼灰韻
|飯。見〔集韻引字林〕。

【⿱⿰爿夕酉】醬本字。見〔說文〕。

【⿰酉制】同⿱制酉。見〔五音集韻〕。

【⿰酉沓】盬或字。見〔集韻〕。

【⿰酉畢】醳或字。見〔集韻〕。

【⿱営酉】醟俗字。見〔正字通〕。

【⿰酉䍃】醕謠字。見〔字彙補〕。

九畫

【⿰酉甚】夷鍼切音淫時任切音諶持林切音沈侵韻
⿰孰麥⿰麥弱也。見〔說文〕〔桂注〕玉篇誤作熱麴也。集韻|、麴熱。五音集韻

一、熟麴火藏。

【醮】才淫切音蕁侵韻
(一)幽也。見〔廣雅釋器〕〔疏證〕幽、謂造之幽暗也。
(二)一之言淫也。見〔廣雅疏證〕〔韋昭注晉語云淫、久也〕

【醅】於金切音音侵韻
醉聲。見〔廣韻〕

【醅】烏含切音諳覃韻
醉謂之一。見〔集韻〕

【醅】於禁切音蔭沁韻
(一)釀氣。見〔集韻〕
(二)猶窨也。見〔正字通〕〔按炎微記聞。南蠻以蒸灰和秫粥。釀爲臭漴。以魚肉雜物投之、曰一。蚍蜹叢嘬。以爲珍具。富羨者則曰蓄一桶幾世矣。據此說一與醃音別義通。凡物漬藏揜覆不泄氣者謂之一、一猶窨也〕

【醍】土禮切音體薺韻
(一)淸酒也。見〔說文新附〕
(二)酒紅色。見〔玉篇〕
(三)通緹。〔周禮酒正注〕緹沈曰。粢一在堂。〔釋文〕一、本亦作緹。

【醍】田黎切音題齊韻
一醐也。見〔廣韻〕〔正字通云。寇宗奭曰。酪上一重凝者爲酥。酥上如油者爲一醐。甚甘美。陳藏器曰。性滑。物盛皆透。獨雞卵殼及壺蘆盛之、乃不出。梵書以一醐喻佛性。從乳出酪。從酪出酥。從生酥出熟酥。從熟酥出一醐也。參閱醐字〕

【醶】大透切音豆宥韻徒候切音頭尤韻同都切音徒通都切音稌虞韻
(一)酘一也。見〔說文〕〔詳酘字〕
(二)投也。味相投成也。見〔釋名釋飲食〕

【醒】桑經切音星靑韻銑挺切音惺迥韻新佞切音腥徑韻
(一)醉解也。見〔說文新附〕〔注〕醒字注云。一曰。醉而覺也。則古醒亦音一也。〔按鈕樹玉曰。經史絕無以醒當一者。玉篇醒注作一曰醉未覺也。恐本說文。據韓昌黎納涼聯句。煩懷却星星。考異。星或作一。方云。劉夢得一夜星星騎馬同。唐人星一通用〕

【醒】子淸切音精庚韻
(一)夢覺也。見〔增韻〕
(二)星名。〔孫氏瑞應圖〕大一。景星也。

【醎】乃感切音湳感韻
(一)煑也。見〔玉篇〕
(二)煑肉。見〔五音集韻〕
(三)醰也。見〔類篇〕〔按集韻本作腩、或从酉〕

【酸】疎鳩切音搜尤韻
(一)白酒。見〔廣韻〕〔按玉篇作醙。廣韻、集韻、類篇、平聲皆作一。上聲作醙〕
(二)黍酒。見〔集韻〕

【醧】彌兖切音緬銑韻
(一)飲酒失度也。見〔玉篇〕
(二)湎或字。〔集韻〕湎說文、沈於酒也。或作一。

【醑】寫與切音胥魚韻
(一)美酒。見〔玉篇〕
(二)簏酒。見〔廣韻〕〔按集韻。釃酒也〕
(三)酒之泲者。見〔增韻〕
(四)頭酒也。〔正字通〕俗呼醨爲尾酒。一爲頭酒。

(五)通湑。〔詩伐木〕有酒湑我。〔傳〕湑之也。〔釋文〕湑本又作一。

【醓】他感切音噴感韻
(一)肉汁也。〔周禮醢人〕其實韭菹一醢。
(二)醬也。見〔廣雅釋器〕
(三)肉醬也。〔詩行葦〕一醢以薦。
(四)醢多汁者曰一。一、瀋也。宋魯人皆謂汁爲瀋。見〔釋名釋飲食〕
(五)朝事之豆也而饋食用之。〔儀禮少牢饋食禮〕韭菹一醢。
(六)酷也。見〔玉篇〕
(七)酸也。見〔玉篇〕
(八)一醢。醢有一。〔儀禮公食大夫禮〕韭菹以東一醢。
(九)監或字。〔集韻〕監。說文、血醢也。或作一。〔按周禮醢人。韭菹一醢。釋文。本又作監〕

【醐】洪孤切音胡虞韻
醍一。酪之精者也。見〔說文新附〕〔鈕氏新附攷〕按一切經音義卷八餬一注引通俗文。酪酥謂之餬。卷十四一注云。經史所無。未詳何出。近世梁處士阮孝緒作文字集略。有醍一二字。此書甚淺俗。音

醴並無所據也。據此。知—卽餬之俗字。〔參閱醍字〕

【䤈】莫候切音茂宥韻　蒙晡切音模虞韻　迷浮切音謀尤韻　—醶。榆醬也。見〔說文〕〔段注〕榆醬、用榆人爲之。榆人者、榆子中人也。齊民要術曰。作榆子醬法。治榆子人一升。擣末篩之。淸酒一升。醬五升。合和一月。可食之。

【䤂】謨杯切音枚灰韻　醅之別名。見〔廣韻〕。〔按集韻。醅也。〕

【醏】東徒切音都虞韻　醲—。醬也。見〔廣韻〕。

【䤎】戶袞切音混阮韻　王問切音運問韻　醖酒相沃。見〔廣韻〕。

【䤆】巨癸切音揆紙韻　醲也。見〔玉篇〕。

【𨣊】麤叢切音怱東韻　醪謂之—。醯見〔集韻〕。〔按廣韻作䤵。〕

【𨣧】將由切音蝤字秋切音酋尤韻　酒官。見〔玉篇〕。

【𨢿】字秋切音酋尤韻　酋或字。〔集韻〕酋。說文、繹酒也。或作—。

【䤖】姝悅切音歠朱劣切音拙屑韻　鹹菹。見〔集韻〕。

【𨢦】許亥切音海賄韻　酒器。見〔類篇〕。〔按集韻本作搕。或作—。〕

【𨢮】余支切音移支韻　酏或字。〔集韻〕酏。飲粥稀之淸也。鄭康成說、或作—。

【䤛】苦故切音庫遇韻　酤或字。〔集韻〕酤。說文、非醬也。或作—。

【𨣃】與九切音酉有韻　酒名。見〔五音集韻〕。

【𨢶】初尤切音搊尤韻　出酒。見〔玉篇〕。〔按集韻。篘。漉取酒也。或作—。〕

【𨣿】謨蓬切音蒙東韻　醠或字。〔集韻〕醠。醲醠。濁酒也。或作—。

【醱】普活切音鏺曷韻　醱省字。〔集韻〕醱。酘謂之醱。或省。

【𥁑】醢籀文。見〔說文〕。

【𨣨】同醐。見〔說文長箋〕。

【醕】同醇。見〔字彙補〕。

【䤀】醯俗字。見〔玉篇〕。〔按六書故錄—。闕醯。〕

【䤗】鹹俗字。見〔廣韻〕。

【𩚿】譌字。康熙字典增—。謂爲說文古飲字、攷說文飲本作㱃。此改篆欠作—。非。

【𨣛】譌字。康熙字典增—。引廣韻諸盈切同胚。攷廣韻諸盈切䏃胚並同鯖。此脊刀非。

十畫

【䤫】克盍切音榼合韻　●一 酒器。見〔玉篇〕。●二 榼或字。見〔集韻〕。

【𣪊】胡谷切音斛屋韻　●一 濁酒。見〔玉篇〕。●二 —濁。猶糊塗也。鶻突也。〔正字通〕楊愼曰。官有懵懂。于臨事士有藐于臨文。世目爲—濁。蟲此古語也。周禮壺涿氏掌除水蟲。涿音濁。是其證也。宋史呂端傳作糊塗。朱子語錄作鶻突。

【䤣】猨狄切音秝錫韻　●一 醨也。見〔說文〕〔段注〕按謂瀝灑而下也。在水部作瀝。在酒部作䤣。量人作歷。古文叚借。〔按徐鍇作醨也。注云。醨、甘美也。桂馥案本書無醨字。當爲滑、滑、酉酒也。存參。〕●二 漉酒。見〔玉篇〕。●三 下酒。見〔廣韻〕。

【醜】齒九切音醜有韻　●一 可惡也。見〔說文鬼部〕。〔段注〕非眞鬼也。以可惡故从鬼。●二 惡也。〔詩十月之交〕亦孔之—。●三 愧也。〔呂覽恃君〕以—後世人主之不知其臣者也。●四 恥也。〔國策秦策〕皆有詬—大誹。●五 慚也。〔莊子德充符〕寡人—乎。●六 羞也。〔史記魏世家〕寡人甚—之。●七 怒也。〔淮南說林〕莫不—于色。●八 臭也。如物臭穢也。見〔釋名釋言語〕。

(九)䤈也。[文選司馬遷書]行莫─於辱先。
(十)兒惡。見[玉篇]。
(十一)類也。[易離]獲匪其─。
(十二)衆也。[詩出車]執訊獲─。
(十三)比也。[禮記學記]比物─類。
(十四)同也。見[方言]。
恬威肆行曰─。見[周書謚法]。
(十六)詭怪異之事。[荀子宥坐]記─而博。
(十七)艦竅也。[禮記內則]艦去─。
(十八)─塗。水名。[山海經西山經]崑崙之丘。洋水出焉。西南流注于─塗之水。[又]山名。[山海經西山經注]─塗、亦山名也。
(十九)姓也。後漢─長。[又]─門。複姓。

【醛】才何切音鹺歌韻
(一)酒也。見[廣雅釋器]。
(二)白酒也。[本草]酒紅曰醍、綠曰醽、白曰─。
(三)亦作酇。見[正韻]。[按正字通曰。正韻十四歌─注。亦作酇。引周禮酒正注酇白。釋文云。酇白、即今白─酒。按周禮酒正五齊注。盎、猶翁也。如今酇白矣。疏曰。酇白、蕭何所封邑名。酇、或云。酇有鄼字音嵯。故借之。謂酇地出酒。非也。按酇白無義。當如釋文所云。白─酒。凡傳會注疏強解、誤也。況注云如今酇白。謂酒色縹清。如今俗酇白酒。如者比喻之辭。非酇與─同一字也。正韻非。]

【醝】此我切音瑳哿韻
山─。藥名。見[集韻]。

【醞】紆問切音慍問韻委隕切音惲吻韻
(一)釀也。見[說文]。
(二)酒母也。見[一切經音義十二引蒼頡]。
(三)酘也。見[廣雅釋器]。[按文選南都賦九醞注引廣雅作投也。孜廣雅疏證曰。投、與酘通。]
(四)─釀。猶和調也。[淮南本經]以相嘔咐─釀。
(五)─藉。寬博有餘也。[漢書薛廣德傳]為人溫雅有─藉。
(六)通溫。[詩小宛箋]溫藉自持。
(七)通蘊。[後漢桓榮傳]溫恭有蘊藉。

【醟】為命切音詠虛政切音夐敬韻
(一)酗也。見[說文]。[注]酒失也。[按書釋文引作酗酒也。段氏、王氏、均據引補。]
(二)酗酒也。[漢書敘傳]中山淫─。
(三)貝名。相貝經有─貝。

【醡】側駕切音詐禡韻
(一)造酒也。見[玉篇]。
(二)酒醡也。見[集韻]。
(三)打油具也。見[通俗文]。[按廣韻作榨。集韻卦韻、榨、取油具。禡韻─或作榨。]

【醡】側買切音債卦韻
醴或字。[集韻]醴。壓酒具。或作─。

【醢】許亥切音海賄韻
(一)肉醬也。見[說文]。[按周禮醢人注曰。作─及臡者、必先膊乾其肉。乃後莝之。雜以粱麴及鹽。漬以美酒。塗置甀中。百日則成矣。]
(二)晦也。晦、冥也。封塗使密冥乃成也。見[釋名釋飲食]。
(三)陰也。[儀禮聘禮]醓─百甕。[注]醓、穀也。陽也。─、肉陰也。
(四)豆實也。見[周禮天官序官醢人注]。
(五)無骨曰─。[呂覽本味]鱣鮪之─。[按醢人司農注曰。有骨曰臡。無骨曰─。]
(六)七─。醓、蠃、蜃、蚳、魚、兔、鴈─。見[周禮醢人七─注]。

【⿰酉茸】如容切音茸冬韻
酒也。从酉茸聲。見[說文]。[按玉篇廣韻無─字。⿰酉耳字注。女利切。重釀。集韻如容切。引說文酒也、一曰酒重釀者。類篇同。女利切、引字林重釀也。重文或作⿰酉耳。類篇作⿰酉耳不錄─。桂馥謂耳、後譌從茸。音隨字變。集韻類篇所引說文。非許氏原文。段玉裁徑改篆作⿰酉耳。重釀酒也。从酉耳聲。注曰。玉篇列字與說文次弟相合。然則古本說文作⿰酉耳可知。草部之茸。亦耳聲也。則⿰酉耳可而容切。朱駿聲亦改作⿰酉耳。曰、从酉茸省聲。或曰、耳聲。耳、茸、亦一聲之轉。字亦作⿰酉耳不省。錢坫曰。玉篇是。獨王筠不從。並依集韻類篇引補一曰酒重釀也六字。今仍依二徐本。而錄諸說以備參。]

【醠】於朗切音盎漾韻倚朗切音坱養韻

濁酒也。見〔說文〕。〔通訓定聲〕清於醴而濁於緹沈者。禮經皆以盎爲之。淮南說林。清醠之美。注。清酒。〔按王筠引淮南作醆。曰、其義異。其字亦小異。或非一字。泥。集韻ー、或作醆也。〕

【醫】於其切音醫支韻
酒也。〔周禮膳夫六清注〕六清。水、漿、醴、䣼、ー、酏。〔按玉篇音醫。集韻醫字注俗作ー。非是。康熙字典本字彙補增。引周禮注。證周禮釋文作於美反。徐於計反。疏曰、漿人文也。攷漿人作醫。校勘記曰、ー當作醫。釋文亦訛。〕

【䤉】覓畢切音密璧吉切音必薄必切音邲質韻
飲酒俱盡也。見〔說文〕。

【䤉】薄必切音邲質韻
醬醶。見〔玉篇〕。

【䤉】莫筆切音密質韻
醬也。見〔廣雅釋器〕。

【醚】民卑切音彌支韻
醉也。見〔玉篇〕。

【⿰酉留】力救切音溜宥韻
酒名。見〔集韻〕。

【醛】測劣切音歠屑韻
酒味變也。見〔集韻〕。

【⿰酉豈】五對切音磑隊韻
醉皃。見〔集韻〕。

【醉】祖對切音晬隊韻
人名。晉有邯鄲ー。見〔集韻〕。

【⿰酉冡】謨蓬切音蒙東韻
⿰麥冡生衣也。見〔說文〕。〔錢注〕今云黴、卽ー也。聲相近。

【⿰酉桑】蘇郎切音桑陽韻
乳酒。見〔玉篇〕。

【⿰酉冥】莫狄切音覓錫韻
爢或字。〔集韻〕爢。爢蠡。乾酪。或作ー。〔按玉篇作ーー——醯、酪滓。〕

【⿰酉旁】逋旁切音幫陽韻
加杯上酒。見〔廣韻〕。

【⿰酉或】乙六切音彧屋韻
面黃皃。見〔集韻〕。

【⿰𠦝酉】侯旰切音翰翰韻
清酒也。見〔字彙〕。

【⿰酉兼】音未詳
ー磧。地名。〔五代史四夷附錄〕自仲雲界西始涉磧ー。無水。掘地得溼沙。置之胷以止渴。〔按康熙字典云卽醶之譌。〕

【⿱卯酉】同醬。見〔玉篇〕。

【⿰酉耆】同嗜。見〔廣韻〕。

【醙】同酸。玉篇如此作。

十二畫

【醧】依據切音飫御韻烏侯切音謳尤韻
一 私宴飲也。見〔說文〕。〔注〕ー、猶饇也。〔按段本改作宴厶飲也。王筠曰、私句。私者、ー之別名。釋言毛傳皆曰、飫、私也。〕
二 私也。見〔玉篇〕。〔按王筠說文句讀私句意同此。〕
三 能飲者飲之。不能飲者已。謂之ー。見〔文選左思賦注引韓詩〕。
四 酒美。見〔玉篇〕。
五 通饇。飽也。〔詩角弓〕如食宜饇。

【醧】於候切音漚宥韻
酒味和。見〔集韻〕。

【⿰酉𥏻】尸羊切音商陽韻
一 耆酒也。見〔玉篇〕。
二 觴或字。〔集韻〕觴。說文觶、實曰觴。虛曰觶。或从酉。

【醪】郎刀切音勞豪韻
一 汁滓酒也。見〔說文〕。〔段注〕許意此爲汁滓相將之酒。〔按後漢書寇恂傳注引作兼汁滓酒也。一切經音義引作有滓酒也。漢書袁盎傳。賣二石醇ー。顏注。汁滓合之酒也。後漢樊儵傳。又野王歲獻甘ー膏餳。注云、ー、醇酒汁滓相將也。〕
二 酒也。見〔廣雅釋器〕。
三 濁酒。見〔廣韻〕。
四 ー藥。謂酒藥也。〔素問血氣形志論〕治之以按摩ー藥。
五 春酒凍ー也。見〔詩七月傳〕。
六 投ー。河地名。在會稽縣西。見〔寰宇記〕。

【醫】於其切音欸支韻
一 治病工也。殹、惡姿也。醫之性然。得酒而使。從酉。王育說。一曰、殹、病聲。酒所以治病也。周禮有ー酒。古者巫彭初作ー。見〔說文〕。〔按眾經音義引云、ー、治病工也。ー之性得酒而使。故字從酉。殹聲。古者巫彭初作—。毆、亦病人聲也。酒所以治病者。藥非酒不散也。二十四卷又引云、—治病工也。—之性得酒而使。藥非酒不散。故字從酉。毆、病人聲也。文義較順。存參。〕

❷巫也。見〔廣雅釋詁〕。

❸乳—也。〔國語越語〕公—守之。

❹—之爲言意也。見〔後漢郭玉傳〕。

❺蛇—。蝘蜓。〔古今注〕蝘蜓、一名龍子。一曰守宮。其長細五色者名爲蜥蜴。短大者名蠑螈。一曰蛇—。

❻—無閭。地名。〔周禮職方氏〕其山鎮曰—無閭。〔按當今奉天北鎮縣西。〕

【醫】隱已切音讔紙韻

❶和醴酏爲飲也。見〔集韻〕。〔按周禮酒正辨四飲之物。二曰—。注。禮記內則所謂以酏爲醴。凡醴濁。釀酏爲之、則少清矣。酏、今之粥。酏飲、粥稀者之清也。〕

❷梅漿也。見〔五音集韻〕。

❸通醷、臆。〔周禮酒正注〕鄭司農說。內則、漿醷。—與醷、音亦相似。文字不同。記之者各異耳。此皆一物。〔釋文〕醷、本又作臆。

【⿱智酉】珍離切音知支韻 酒也。从酓智省聲。見〔說文〕。〔玉篇云。酒厚。〕

【醳】蒲計切音薜霽韻 擣榆醬也。見〔說文〕。〔段注〕擣、築也。擣而爲之謂之—。

【⿰酉㒼】緜批切音迷齊韻 鋪官切音潘 謨官切音瞞寒韻 醭—。醬上白也。見〔廣韻〕。〔按集韻云。醬醋敗也。〕

【⿰酉責】所賣切音曬卦韻 簁酒。見〔廣韻〕。

【⿰酉責】側賣切音債卦韻 壓酒具。見〔類篇〕。

【⿰酉責】側駕切音詐禡韻 醡或字。〔集韻〕醡、酒迮也。或作—。

【醥】匹沼切音縹篠韻 清酒。見〔廣韻〕。

【醦】所斬切音摻豏韻 楚錦切音墋寑韻 酢也。見〔廣雅釋器〕。〔按廣韻云。酢甚也。〕

【醦】初斂切音醶琰韻 醶或字。〔集韻〕醶、酢皃。或作—。

【⿰酉莫】莫胡切音模虞韻 ⿰酉且—。美漿也。見〔字彙〕。

【⿰酉頁】戶孔切音澒董韻 醉後顛頓狀也。〔王延壽賦〕—陋酗以迷醉。

【醨】鄰知切音離支韻 薄酒也。見〔說文〕。〔通訓定聲〕醇爲厚。—爲薄。俗字作漓。

【⿰酉巢】士孝切效韻 —醉。見〔玉篇〕。

【⿱念酉】乃玷切音淰琰韻 奴店切音念㮇韻 消也。見〔集韻〕。

【⿰酉盗】名隆切音蒙東韻 濁酒也。見〔字彙補〕。

【⿰酉監】吐敢切音毯感韻 醋也。見〔川篇〕。

【⿰酉鳥】醲本字。見〔說文〕。

【⿰酉悤】醠本字。見〔字彙補〕。

【醩】糟籀文。見〔玉篇〕。〔按集韻糟、籀作醩。或作—。互詳醩字。〕

【⿰酉桀】同酴。見〔正字通〕。

【⿱咢酉】同⿱智酉。見〔說文長箋〕。

【⿰酉曼】⿰酉㒼或字。見〔集韻〕。

【⿰酉魚】酥或字。見〔集韻〕。

【⿱殸酉】⿰酉殸謌字。見〔正字通〕。

【⿰酉䍃】酢謌字。見〔正字通〕。〔按玉篇、廣韻、竝作—。正字通難據。姑存以廣異。〕

十二畫

【⿰酉矞】訣律切音橘 其律切音繘 其述切音屈質韻

❶⿰酉番也。見〔說文〕。

❷醓醬。見〔玉篇〕。

【⿰酉矞】古穴切音玦屑韻 蚌醬。見〔集韻〕。

【⿰酉非】部鄙切音否紙韻

❶酒色。見〔玉篇〕。

❷覆也。見〔廣韻〕。

❸毀也。見〔類篇〕。

❹圮或字。〔集韻〕圮。說文、毀也。或作—。

【醭】博木切音卜普木切音撲屋韻

⑪酒上白。見〔玉篇〕。

⑫醋生白—。見〔廣韻〕。

⑬凡物腐敗而生白花皆曰—。〔楊萬里詩〕梅天筆墨多生—。

【醦】弋稔切音寢子朕切音鐕寢韻

㊀獻酒也。見〔說文〕。〔段注〕獻、謂小飲之。

㊁小甜也。見〔廣韻〕。

㊂美也。見〔廣雅釋詁〕。

【⿰酉黃】烏曠切音汪漾韻

㊀酒也。見〔集韻〕。

㊁潑—酒。見〔廣韻〕。

【醮】子肖切音歛嘯韻

㊀冠娶禮祭也。見〔說文〕。〔按士冠禮。若不醴、則—用酒。鄭曰。酌而無酬酢曰—。士昏禮、則使人—之。鄭曰。酒不酬酢曰—。段玉裁曰。依鄭說、非謂祭也。而許云冠娶禮祭。事屬可疑。詳經文不言祭也。蓋古本作冠娶妻禮也。一曰祭也。轉寫有衍。與祭者別一義。不蒙冠娶。王筠曰。此後人妄刪之文也。玉篇—冠娶妻也。禮祭也。當是据說文原本。廣雅。—祭也。文選高唐賦。—諸神。禮太一。李注。—祭也。此則後世之事。於經無徵也。朱駿聲以爲轉注。白凡冠娶必于禰廟。故廣雅釋天、—祭也。茲編依今本說文。並存諸說備攷。〕

㊁酌酒爲—。〔禮記曾子問〕於斯乎有冠—。

㊂盡也。〔荀子禮論〕利爵之不—也。

㊃凡僧道設壇祈禱曰—。〔宋張端義貴耳集〕徽考資籙宮設—。一日親臨之。道士伏章、久乃起。上問故。對曰。適至上帝所。值奎宿奏事畢。章始達。上問奎宿何神。曰本朝蘇軾。

㊄婦人再嫁曰再—。〔北齊書羊烈傳〕一門女不再—。

㊅通潐。〔爾雅釋水〕水—曰厬。〔釋文〕本亦作潐。

【醮】阻敎切音抓效韻

酌而無酬酢。〔儀禮士冠禮〕—用酒。〔劉昌宗說〕

【醮】慈焦切音樵蕭韻

同憔。〔集韻〕憔。憔悴。憂患也。亦作—。

【醯】馨奚切音橀齊韻

㊀酸也。作—㠯鬻㠯酒。从鬻酒並省。从皿。皿器也。見〔說文皿部〕。〔按齊民要術所稱苦酒。卽—類。食經、作苦酒法。取黍米一斛。以熱粥澆其上。二日便成酢。吳錄地理志。吳王築城以貯—醢。今俗人呼苦酒城。字亦作醯。〕

㊁酢也。〔禮記內則〕和用—。

㊂縠陽也。〔儀禮聘禮〕—醢百甕。

㊃傒—。危也。見〔廣雅釋詁〕。

㊄—雞。蠛蠓也。〔列子天瑞〕—雞生乎酒。〔按蠛蠓蟲名。生酒甕中。〕

【醰】徒紺切音瞫勘韻

本作醰。〔說文〕醰。甜長味也。〔注〕錯按王褒洞簫賦曰。良—而有味。〔按文選李注引字林。—、䛟同。—長味也。段玉裁曰。同是⿰月覃字。鉉本作酒味苦也。宋本、小字本、李燾本、集韻引、並同。王筠从之。桂馥、段玉裁、並作酒味長也。廣韻、玉篇、皆云。酒味不長也。不是⿰月覃字。集韻云。酒味苦也。由宋時說文以會義系—篆。而奪會之故耳。朱駿聲亦謂鉉本脫會篆。酒味苦乃會字說解。誤系—下。今从小徐。而錄各說存參。〕

【醰】徒南切音覃覃韻徒感切音禫感韻

㊀厚味。見〔集韻〕。

㊁甜也。見〔韻會〕。

㊂美也。〔文選左思賦〕宅—心粹。

【醱】普活切音鏺曷韻

㊀酘謂之—。見〔集韻〕。

㊁—醅。酘酒。見〔廣韻〕。

【⿰酉幾】舉豈切音蟣尾韻

酒浮。見〔集韻〕。

【⿰酉幾】其既切音既未韻

沐酒名。見〔玉篇〕。〔按集韻云。沐酒也。謂既沐飲酒。禮有進—。通作機。〕

【⿰酉蛬】古勇切音拱腫韻

鹹菹。見〔集韻〕。

【⿰酉勞】郎刀切音勞豪韻

濁酒也。見〔字彙〕。〔按正字通云。一說、月令孟春。天子躳耕帝籍。反。執爵于大寢。行燕禮。羣臣皆侍命

曰勞酒。俗因加酉作—。勞去聲〕

【𨣂】呼瓜切音譁麻韻　醇—酒。見〔字彙〕。

【𨢐】楚快切音嘬卦韻　醬也。見〔廣雅釋器〕。

【𨢶】居見切音襇諫韻　鹹也。見〔廣韻〕。

【𨣘】與九切音酉有韻　—酒。見〔廣韻〕。

【𨣋】都艱切音單寒韻　—醰。濁酒也。見〔字彙〕。

【𨣧】盧鳥切音了篠韻　酒清。見〔五音集韻〕。

【𨣶】旨善切音膳銑韻　苦酒。見〔五音集韻〕。

【𨣩】初社切禡韻　醋甚也。見〔川篇〕。

【䤱】酸籀文。見〔說文〕。

【𨣳】醹俗字。見〔正字通〕。

十三畫

【醲】尼容切音濃冬韻　濃江切音醲江韻

(一)厚酒也。見〔說文〕。

(二)厚也。見〔廣雅釋詁〕。

(三)通濃。〔後漢馬援傳〕明主—于用賞。約于用刑。

【醳】夷益切音睪　思積切音昔陌韻

(一)苦酒。見〔廣韻〕。

(二)以酒食養兵士也。〔史記淮陰侯傳〕—兵。

(三)醇酒。見〔集韻〕。

(四)—酒久釀酉澤也。見〔釋名釋飲食〕。

(五)和—。醴釀之名。即今卒造之酒也。〔禮記郊特牲注〕舊—之酒。

(六)舊—之酒。謂昔酒也。見〔禮記郊特牲注〕。

(七)或作澤。〔禮記郊特牲〕舊澤之酒也。〔注〕澤、讀為—。

【醳】施隻切音釋陌韻

(一)古釋字。〔史記張儀傳〕共執張儀掠笞數百。不服—之。

(二)液或字。〔集韻〕液。漬也。或作—。

【醴】里弟切音禮薺韻

(一)酒一宿孰也。見〔說文〕。〔通訓定聲〕如今蘇俗之白酒。凡—沸曰清。未沸曰糟。

(二)禮也。釀之一宿而成。—有酒味而已也。見〔釋名釋飲食〕。

(三)甘酒也。〔漢書楚元王傳〕常為穆生設—。

(四)甘也。〔書中候〕—泉在山。

(五)清也。〔周禮漿人〕水漿—涼醫酏。

(六)猶體也。〔周禮酒正〕二曰—齊。

(七)盎齊也。〔家語問禮〕—醆在戶。

(八)以糵與黍相體不以麴也。〔呂覽重已〕其為飲食酏—也。

(九)清—。酒也。見〔廣雅釋器〕。

(十)—者稻—也。見〔禮記雜記〕。

(十一)—酪。烝釀之也。〔禮記禮運〕以為—酪。

(十二)六—。蓋六氣也。〔後漢馮衍傳〕飲六—之清液兮。

(十三)—泉。美泉也。狀若—酒。可以養老也。見〔白虎通封禪〕。〔又〕謂甘露也。謂泉從地中出其味甘若—。故曰—泉。見〔論衡是應〕。〔又〕瑞水也。〔文選司馬相如賦〕—泉涌於清室。

(十四)木—。〔建康實錄〕陳末、覆舟山蔣山松柏林。冬日常出木—。後主以為甘露。

(十五)—陵。縣名。後漢置。屬長沙郡。後因之。隋廢。唐復置。迄今仍之。即湖南—陵縣治。

(十六)州名。宋置。屬京兆府路。今為陝西乾縣治。

(十七)通澧。水名。〔史記夏紀〕又東至于—。〔索隱〕騷人所歌。濯余佩于—浦。明—是水。孔安國馬融解得其實。又虞喜志林以—是江沅之別流。而—字作澧也。〔按禹貢作又、東至于澧。疏與史記索隱同。今湖南澧縣南有澧水。又名蘭江。亦名佩浦。即此水也〕

(十八)通禮。〔禮記內則〕世子生、宰—負之。賜之束帛。〔注〕—、當為禮。

【醵】極虐切音噱藥韻　其據切音遽御韻　求於切音渠魚韻

(一)會歛酒也。見〔說文〕。

(二)合錢飲酒為—。〔禮記禮器〕周禮其猶—與。〔引伸凡合錢皆曰—〕。

(三)會聚食。〔史記貨殖傳〕進—飲食。

(四)飲也。見〔廣雅釋詁〕。

【醷】乙力切音億職韻　隱己切音醷紙韻

㊀梅漿也。〔禮記內則〕漿水—濫。〔釋文〕本又作臆。
㊁濁漿也。見〔廣韻〕。〔按集韻云。釀酳酏爲漿也。〕

【醷】烏懈切音隘卦韻　他感切音顪感韻　乙力切音億職韻
噫。—聚氣貌。〔莊子知北遊〕生者噫—物也。

【醫】胡谷切音斛屋韻
濁酒也。見〔字彙〕。〔按音義並同𣪊。正字通云譌字。〕

【醠】謨蓬切音蒙東韻
𨣧—。濁酒。見〔集韻〕。

【醃】匹貌切音砲效韻
面生氣也。見〔字彙〕。

【醰】旨善切音膳銑韻
酒苦謂之—。見〔集韻〕。

【醶】魚窆切音驗豔韻　盧感切音壈感韻　楚檻切音䃰豏韻
酢漿也。見〔說文〕。

【醶】兩減切音臉豏韻
—醶。醋味。見〔廣韻〕。

【醶】虛咸切音歛咸韻
鹵味。見〔集韻〕。

【𨣶】市羊切音常陽韻
嘗味也。見〔五音集韻〕。

【𨢿】同酢。見〔六書統〕。

【醻】同醹。見〔集韻〕。

【醶】鹹或字。見〔集韻〕。

十四畫

【䤏】象呂切音敘　演女切音與語韻
㊀美皃。見〔玉篇〕。〔按集韻象呂切作藇。或作—。演女切作—。通作藇。〕
㊁酒之美也。見〔廣韻〕。

【𨣧】謨蓬切音蒙東韻
㊀細屑。見〔玉篇〕。
㊁𨣧或字。〔集韻〕𨣧。說文、麴生衣也。或作—。

【𨣝】才詣切音嚌霽韻
㊀醬也。見〔廣雅釋器〕。
㊁鹹也。見〔廣韻〕。
㊂通齊。〔周禮酒正〕辨五齊之名。〔玉篇作五—。〕

【𨣚】疾染切音漸琰韻　子敢切音暫感韻
㊀—醶。味薄也。見〔玉篇〕。〔按說文闕。段玉裁曰。依玉篇廣韻當云、—醶味薄也。从酉漸聲。互詳醶字。〕
㊁醬也。見〔集韻〕。

【醺】許云切音薰文韻
㊀醉也。詩曰。公尸來燕——。見〔說文〕。〔注〕歃有酒气熏熏然。
㊁著酒。見〔廣韻〕。
㊂漸染也。〔蘇軾詩〕但願不爲世所—。
㊃——。和悅皃。見〔玉篇〕。〔又〕坐不安也。見〔玉篇〕。〔按詩鳧鷖箋云。坐不安之貌。〕
㊄通熏。〔詩鳧鷖〕公尸來止熏熏。

【𨣌】盧瞰切音濫勘韻　魯敢切音覽感韻
泛齊行酒也。見〔說文〕。〔按段玉裁說。行酒未聞。疑是貨物行徹之行。謂行用之酒也。行酒上疑當有一曰二字。王筠說。泛齊雖見周禮。而泛齊名—。則無出典。說文又有氾無泛。疑當云、氾行酒也。以氾說—。疊韻爲訓。猶孟子言氾濫也。申以行酒。指其實也。廣韻—下云—觴。郎江源可以濫觴之說。猶言浮白也。朱駿聲說。疑濫觴當以—爲正字。濫訓氾溢之氾。不訓浮泛之泛。古泛氾通借。故泛觴曰濫觴。其實當作此—也。竊謂王說是。〕

【醹】縈主切音乳麌韻　汝朱切音儒虞韻
厚酒也。詩曰。酒醴維—。見〔說文〕。

【醻】時流切音讎尤韻
本作醻。〔說文〕醻。獻—。主人進客也。〔段注〕楚茨箋曰。始主人酌賓爲獻。賓既酌主人。主人又自飲酌賓曰—。瓠葉傳曰。—、導飲也。謂主人必自飲。如今俗之勸酒也。

【醻】承呪切音授宥韻
報爵。見〔集韻〕。〔按彤弓傳曰。—報也。謂報主人之酢也。〕

【醻】大到切音導號韻
美酒名。見〔集韻〕。

【醲】麤叢切音怱東韻
—𨣧。濁酒。見〔集韻〕。〔按康熙字典闕—。作醲。今正。互詳醲字。〕

【醱】酸籀文。見〔五音集韻〕。〔按

說文作醶。〕

【⿱毳酉】譌字。康熙字典依字彙補。音才何切。坐平聲。引博雅訓鹹也。攷廣雅釋言、⿱番酉鹹也。疏證曰、各本譌作⿱番酉。今訂正。依此、知字當作⿱䍃酉。⿱䍃酉為⿱䍃酉之譌字。今又譌從毳酉。据正。

十五畫

【醵】黑角切音吒覺韻黑各切音臛藥韻

㊀酢也。見〔廣雅釋器〕。
㊁苦酒。見〔字彙補〕。

【醢】側鴉切音詐禡韻

酒滓也。見〔類篇〕。〔按集韻作醡。或作—。〕

【𨣧】薄報切音暴號韻

一宿酒也。見〔集韻〕。

【醾】莫狄切音覓錫韻

—𨠬。乾酪也。見〔集韻〕。

【醆】莫曷切音末曷韻莫結切音蔑屑韻莫八切音傛黠韻

醬也。見〔集韻〕。

【醇】古醇字。見〔集韻〕。

【醯】醯省字。見〔集韻〕。

【醶】醎俗字。見〔正字通〕。

十六畫

【醼】伊甸切音宴霰韻

合飲也。見〔集韻〕。〔按廣韻云。—飲。周禮云、以饗燕之禮親四方之賓客。詩云、鹿鳴燕羣臣嘉賓也。古無酉。今通用。亦作宴。〕

【醼】狠狄切音歷錫韻

䣚或字。〔集韻〕䣚說文、酮也。或从歷。

【醲】盧敢切音覽感韻

醋味也。見〔五音集韻〕。

【醬】一鹽切音懕鹽韻魚檢切音領琰韻

含怒也。見〔廣韻〕。

【醇】醇本字。見〔說文〕。

【醩】糟籀文。見〔五音集韻〕。

【醾】酥或字。見〔集韻〕。

【醺】俗字。康熙字典注引廣韻、倉紅切。集韻、麤叢切。竝音怱。攷廣韻集韻俱作醲。無—。闕醲作—。非今正。

十七畫

【醽】郎丁切音靈青韻

㊀湘東美酒。見〔集韻〕。
㊁—醁。詳醁字。

【釀】女亮切音𥢧漾韻

㊀醞也。作酒曰—。見〔說文〕。〔按一切經音義引三蒼曰、米麴所作曰—。漢書食貨志、—用麤米二斛。麴一斛。得成酒六斛六升。〕
㊁酘也。見〔廣雅釋器〕。
㊂切雜之也。〔禮記內則〕鶉羹雞羹鴽。—之蓼。
㊃蘗—。以蘗作醴酒也。〔山海經中山經〕首山其祠蘗—。
㊄醞—。猶和調也。〔淮南本經〕以相嘔咐醞—。

【醰】古禫切音感感韻徒紺切音醰勘韻

酒味淫也。从酉。竷省聲。讀若春秋傳曰美而豔。見〔說文〕〔注〕淫、長也。〔按段注。淫者、浸淫隨理也。謂酒味淫液深長。玉篇作酒味苦也。〕

【醿】忙皮切音糜支韻

醾—。酒名。一曰麥酒不去滓而飲也。見〔集韻〕〔互詳醾字〕。

【醫】緜批切音迷齊韻

麴櫱謂之—。見〔集韻〕。

【醶】楚減切音臘豏韻七漸切音塹琰韻

【醺】為命切音詠敬韻

㊀酢也。見〔說文〕。
㊁醋味。見〔廣韻〕。

酒壞也。見〔字彙補〕。

【醾】醾或字。見〔集韻〕。

【醬】即亮切音將漾韻

本作牆。〔說文〕牆。醢也。从肉从酉。酒以和—也。爿聲。〔按—之言將也。食之有—。如軍之須將。取其率領進導之也。鉉本作醢也。惠士奇曰。古本說文云醢也。今作醢。為不讀周禮人改之。今之—、實醢以醢為酢。以—為醢。俗學流傳久矣。集韻引作鹽也。朱駿聲曰。鹽也。讀為鹹。廣韻引說文醢也。疑𤉲實醢之誤字。故宋本或誤作鹽也。周禮膳夫。—用百有二十罋。注。—謂醯醢也。王筠曰。許君云。—醢也。醢、肉—也。醯、酸也。作醯以鬻以酒。而不言以肉。則醯卽醋矣。與鄭說不可合爲一。按。—之類夥。醯嘗爲—之一。醢爲肉—。亦北一也。故許書—、醢也。醢、肉—也。非轉注。且次醢於—。而釋曰肉—。—不僅肉已也。故—不僅醢也。舉醢以說者。或者以字从肉。義與醢爲尤近耳。玉篇、醬。醢也。與說文以醢說—同。惟玉篇則舉醯。說文則舉醢。不能偏舉。各舉其一也。六書故以肉合酒與醢爲—也。是亦以醢訓—也。曲禮醢—醯內。士昏禮醯—二豆。偏舉醢—也。左傳。醯醢鹽梅。聘禮、歸饔餼醯醢百甕。合舉醯醢也。皆—之分稱也。釋名。醢多汁者曰醯。則醯醢固同類也。六書故又曰。今人以豆麥爲黃。投鹽與水爲—。亦可證—不僅醢也。因備錄之以廣其義。

【醾】醾或字。見〔集韻〕。

十八畫

【釁】許愼切音璺震韻

❶血祭也。象祭竈也。从爨省从酉。酉、所以祭也。从分。分亦聲。見〔說文爨部〕〔注〕酉、酒也。分、分牲也。

❷罪也。〔左宣十二年傳〕觀—而動。

❸過也。〔左昭元年傳〕吳濮有—。

❹孔也。〔國語魯語〕惡有—。雖貴罰也。

❺瑕隙也。〔左桓八年傳〕讎有—。不可失也。

❻彎也。〔國語晉語〕少—於難。

❼兆也。〔國語魯語〕若鮑氏有—。吾不圖矣。

❽熏也。見〔漢書賈誼傳集注〕。

❾以香塗身也。〔國語齊語〕三—三沐之。

❿今人謂瓦裂龜裂者爲—。見〔左宣十二年傳注〕—罪也疏。

⓫謂自矜奮以夸人。見〔左襄廿六年傳注〕—動也疏。

⓬動也。〔左襄二十六年傳〕夫小人之性。—於勇。

⓭獸自奮迅動作也。〔爾雅釋獸〕獸曰—。

⓮臣—國名。〔魏志東夷人傳〕馬韓在西有臣—國。

⓯通釁。〔禮記樂記〕車甲釁而藏之府庫。

⓰通璺。〔漢書高帝紀〕乘璺而運。

⓱通興。〔禮記禮器〕旣興器用幣。

⓲姓也。周—夏。

【釂】子肖切音醮嘯韻

飲酒盡也。見〔說文〕。

十九畫

【釃】所綺切音躧紙韻 山宜切音欐支韻 山於切音蔬魚韻 所寄切音鞭寘韻

❶下酒也。一曰醇也。見〔說文〕〔注〕猶籭也。籭取之也。〔按段注〕醇、誤字。當作淳。水部曰。淳者淥也。淥者浚也。其義與下酒同耳。而分爲二者。言淳言淥。則不專謂酒也。攷集韻、盝也。廣雅、釃盝也。段說或本此。

❷分也。〔漢書溝洫志〕乃—二渠以引其河。

【釃】鄰支切音離支韻

以水𤼵糟也。見〔集韻〕。

二十畫

【釅】魚窆切音驗豔韻

❶醶或字。〔集韻〕醶、說文、酢漿也。或从嚴。

❷醋味厚。見〔廣韻〕。

❸茶味厚也。〔蘇轍詩〕食飽山茶—。

❹凡色濃厚者皆曰—。〔戴叔倫詩〕雲霞色—禪房衲。

【[illegible]】古酸字。見〔集韻〕。

二十一畫

【𨤲】狠狄切音檄錫韻 憐題切音黎齊韻 里弟切音禮薺韻

—醍。酪滓。見〔廣韻〕。

【釅】同釂。見〔說文長箋〕。

二十四畫

【醽】醽或字。見〔集韻〕。

※里部※

【里】兩耳切音理紙韻

(一)尻也。一曰士聲也。見〔說文〕。〔段注〕鄭風無踰我—傳曰。—、居也。一說以推十合一之士爲形聲。〔按鉉本無一曰士聲也五字。〕

(二)止也。見〔御覽引風俗通〕。

(三)邑也。見〔爾雅釋言〕。

(四)閭也。〔呂覽懷寵〕以—聽者祿之以—。

(五)廛也。〔國語晉語〕賦—以入。

(六)坊也。〔後漢楊震傳〕連—竟街。

(七)猶鄉也。見〔論語里仁釋文〕。

(八)二十五家爲—。〔周禮遂人〕五家爲鄰。五鄰爲—。〔按古說不一。有以五十家爲—者。如管子小匡、五家爲軌。十軌爲—。鶡冠子王鐵、五家爲伍。十伍爲—。風俗通、—者止也。五十家共居止也。是也。有以七十二家爲—者。如古微書引論語讖考文、古者七十二家爲—。書大傳、八家爲鄰。三鄰爲朋。三朋爲—。是也。有以八十家爲—者。如公羊宣十五年傳注、—八十戶。有以百家爲—者。如禮記雜記注、王度記曰。百戶爲—。管子度地、百家爲—。—十爲術。不滿術者爲—。是也。茲存參。〕

(九)古者三百步爲—。見〔穀梁宣十五年傳〕。〔按韓詩外傳曰。廣三百步、長三百步爲一—。〕

(十)所以計路程也。〔家語致思〕爲親負米百—之外。

(十一)謂計其道—也。〔穆天子傳〕乃—西土之數。

(十二)憂也。〔詩雲漢〕云如何—。

(十三)裏也。〔素問刺腰痛〕肉—之脈。

(十四)蠻之別號。〔後漢南蠻西南夷傳〕蠻—張游。

(十五)丘—。合十姓百名而以爲風俗也。見〔莊子則陽〕。

(十六)鄉—。妻也。〔南史張彪傳〕我不忍令鄉—落他處。

(十七)下—。鄙曲也。〔文選陸機賦〕綴下—於白雪。

(十八)蒿—。喪歌也。〔古今注〕薤露、蒿—、幷喪歌也。〔按田橫死。門人爲作是歌。以哀之。意謂人死、魂魄歸乎蒿—。〕

(十九)築—。先後也。〔史記索隱〕先後。卽今築—也。〔孟康曰。兄弟妻相謂、曰先後。築—、今作嫡娌。〕

(二十)北—。舞名。〔史記殷紀〕紂使師涓作新淫聲、北—之舞。〔按曹植七啟云。揚北—之流聲。紹陽河之妙曲。則又指樂而言。〕〔又〕娼妓所居也。〔北里記〕平康—入北門東回三曲。卽諸妓所居之聚也。以平康里在北。故曰北—。

(廿一)司—。周世官名也。〔國語周語〕司—不授官。

(廿二)高—。山名。〔漢書武帝紀〕禮高—。

(廿三)沒—。河也。見〔五代史四夷附錄〕。

(廿四)世—。遼本姓。〔五代史四夷附錄〕阿保機以其所居橫帳地名爲姓。曰世—。譯者謂之耶律。

(廿五)白—登。英國之初名也。見〔四裔編年錄〕。

(廿六)姓也。春秋時、晉—克。鄭—析。〔又〕百—、檮—、綺—、角—。均複姓。

二畫

【重】儲用切音緟宋韻柱勇切音湩腫韻〔按韻會引毛氏云。凡物不輕而重、則上聲。因其可重而重之、則去聲。然據說文集韻。無此分別。〕

(一)本作重。〔說文重部〕重。厚也。从壬。東聲。〔王注〕濁爲地。厚德載福。

(二)大也。見〔左襄四年傳武不可—服注〕。

(三)多也。〔荀子富國〕—色而衣之。

(四)猶善也。〔儀禮覲禮〕—賜無數。

(五)寶也。〔禮記少儀〕不訾—器。

(六)尙也。〔禮記緇衣〕臣儀行。不—辭。

(七)貴也。〔國策秦策〕—而使之。

(八)矜也。〔禮記祭統〕而又以—其國也。

(九)惜也。〔史記張耳陳餘傳〕豈以人爲—去將哉。

(十)感動也。〔左僖十五年傳〕感憂以—我。

(十一)愼也。見〔集韻〕。

(十二)猶益也。〔呂覽制樂〕是—吾罪也。

(十三)猶累也。見〔漢書荆燕吳傳贊〕。

(十四)猶附也。〔史記蘇秦傳〕秦欲攻魏—楚。

(十五)再也。〔史記李斯傳〕又面諛以—陛下過。

(十六)復也。〔史記刺客傳〕故—自刑以絕從。

(十七)更爲也。見〔廣韻〕。

(十八)增益也。〔漢書文帝紀〕是—吾不德也。
(十九)重疊也。〔禮記檀弓〕壹似—有憂者。
(二十)深也。〔呂覽悔過〕君其—圖之。
(廿一)難也。〔史記司馬相如傳〕—煩百姓。
(廿二)數也。〔左襄四年傳〕武不可—。
(廿三)僞也。見〔廣雅釋詁〕。
(廿四)威重也。〔漢書汲黯傳〕吾徒得君—。
(廿五)不輕也。見〔玉篇〕。
(廿六)遲也。〔禮記玉藻〕足容—。〔注〕舉欲遲也。
(廿七)念也。〔楚辭九辨〕—無怨而生離兮。
(廿八)謂君也。〔管子侈靡〕—者—。
(廿九)車名也。〔左襄十年傳〕輦—如役。
(三十)死刑也。〔後漢陳寵傳〕斷獄報—。
(卅一)惇—也。〔論語學而〕君子不—則不威。
(卅二)輜—也。〔左宣十年傳〕楚—至于郯。
(卅三)謂宗廟之屬。〔儀禮喪服〕受—者必以尊服服之。〔按承—孫義本此〕

(卅四)宮謂之—。見〔爾雅釋樂〕〔孫注〕宮音濁而遲。故曰—也。
(卅五)制在己曰—。見〔韓非子喻老〕。
(卅六)—遲。寬緩也。〔荀子修身〕卑溼—遲貪利。
(卅七)鄭—。猶言頻煩也。〔漢書王莽傳〕非皇天所以鄭—符命之意。
(卅八)—射。好射也。〔史記孫子吳起傳〕君弟—射。
(卅九)—幣。金帛之幣也。〔呂覽孟秋〕行—幣。
(四十)—問。謂多以貨財遺之也。〔左僖十年傳〕若—問以召之。
(四一)—聽。耳聾也。〔漢書黃霸傳〕—聽何傷。
(四二)陰—。如今帶下病。〔史記萬石張叔傳〕爲人陰—不泄。
(四三)木名。〔廣雅釋木〕—皮。厚朴也。

【重】除容切音蟲冬韻

(一)複也。見〔廣韻〕。〔今具言—複。複文亦曰—文、—出。〕
(二)疊也。見〔玉篇〕。〔今具言—疊。或再言之——疊疊。〕
(三)累也。〔詩無將大車〕祗自—兮。
(四)再也。〔史記建元以來侯者年表〕—會期。
(五)陪也。〔禮記內則〕—醴。
(六)多也。〔左成二年傳〕—備器。
(七)穀之後熟者也。〔詩七月〕黍稷—穋。〔傳〕後熟曰—。〔釋文〕先種後熟曰—。又作種。音同。說文云。禾邊作重。是—穋之字。禾邊作童。是種蓺之字。今人亂之已久。
(八)主道也。見〔禮記檀弓〕〔注〕始死未作主。以—主其神也。〔按釋名曰—、死者之資—也。含餘米以爲粥。投之甕而縣之。殷主綴—焉。周主徹焉。儀禮士喪禮疏。士—本長三尺。則大夫以上各有等。當約銘旌之杠。士三尺。大夫五尺。諸侯七尺。天子九尺〕。
(九)謂藏氣—疊。〔素問玉機眞藏論〕名曰—強。
(十)太歲在辛曰—光。見〔爾雅釋天〕。
(十一)歲星謂之—華。見〔廣雅釋天〕。
(十二)—屋。複笮也。〔考工記匠人〕四阿—屋。
(十三)—世。猶累世也。〔史記春申君傳〕王無—世之德。
(十四)—明。謂既明又使明也。〔荀子致士〕—明退姦。
(十五)—黎。人名。卽羲和也。〔書呂刑〕乃命—黎。
(十六)—較。車名。〔詩淇奧〕猗—較兮。〔傳〕卿士之車。
(十七)—霤。屋承霤也。〔禮記檀弓〕池視—霤。
(十八)—館。地名。〔左僖三十年傳〕臧文仲往宿于—館。〔當今山東魚臺縣西北—鄉城是〕。
(十九)—三、—五、—九。陰歷之上巳、端午、重陽也。

【重】徒紅切音童東韻

通童。〔禮記檀弓〕與其鄰—汪踦。〔注〕—、當爲童。未冠者之稱。

【重】之仲切音眾送韻

通湩。乳汁也。〔漢書匈奴傳〕不如—酪之便美。

三畫

【偅】式六切音縮屋韻

倏忽也。見〔字彙補〕。

四畫

【野】以者切音也馬韻

(一)郊外也。見〔說文〕〔段注〕冂部曰。邑外謂之郊。郊外謂之—。
(二)去王城二百里至三百里之稱也。〔周禮縣士〕掌—。
(三)外也。〔淮南主術〕有—心者。
(四)廣遠之處。〔易同人〕同人于—。
(五)猶不逵也。〔論語子路〕—哉由也。
(六)敬而不中禮謂之—。見〔禮記仲尼燕居〕。
(七)輕爲—。〔易繫辭〕葬之中—。
(八)容志審道謂之僩。反僩爲—。見〔賈子道術〕。
(九)鄙也。〔公羊桓十一年傳〕而—留。
(十)如野人言鄙畧也。〔論語雍也〕質勝文則—。
(十一)—人粗略也。〔論語先進〕—人也。〔按皇疏質朴之稱也〕。
(十二)東—。東作田—之人。〔孟子萬章〕齊東—人之語也。〔又〕複姓。東—稷。見〔莊子〕。〔又〕魯地名。
(十三)九—。天之八方中央也。〔列子湯問〕八紘九—之水。
(十四)在—。居之人也。〔孟子萬章〕在—曰草莽之臣。
(十五)—馬。遊氣也。〔莊子逍遙遊〕—馬也。塵埃也。
(十六)—雞。鴳也。見〔廣雅釋鳥〕〔疏證〕鴳、與雉同。史記封禪書。—雞夜雊。集解引如淳云。—雞。雉也。呂后名雉。故曰—雞。今案易林睽之大壯云。鷹飛雉遽。兔伏不起。狐張狠鳴。—雞驚駭。則—雞之非雉、明甚。謂之—雞者。鄙所畜之雞。—雞夜鳴者。猶淮南泰族訓云雄雞夜鳴耳。郊祀志之雄雉。—雞。五行志之—雞飛雉。皆判然兩物。謂—雞避呂后諱者。不得其解而爲之辭也。此云—雞。雉也。亦誤矣。
(十七)—司寇。周世官名也。〔左昭十七年傳〕—司寇各保其徵。〔注〕—司寇、縣士也。〔又〕—虞。主田及山林之官。〔禮記月令〕命—虞毋伐桑柘。
(十八)—人山。種族部落名。在雲南西邊外。一名猓玀。又名怒夷。
(十九)—王。縣名。〔左宣十一年傳〕晉人執晏弱于—王。
(二十)—豬。地名。〔書禹貢〕至于豬—。
(廿一)大—。藪名。〔書禹貢〕大—既豬。
(廿二)植物亦有稱—者。如云—花、—草、—參、—木。以別於人功之所蒔者。

【野】演女切音與語韻　郊外曰—。見〔集韻〕。

【野】上與切音墅語韻　墅省字。〔集韻〕墅。田廬也。或省。

【娌】謨皆切音埋佳韻　少也。見〔字彙〕。

【⿱千里】重本字。見〔字彙補〕。

【量】古量字。見〔集韻〕。

【⿰月里】同李。木名。見〔康熙字典引集韻〕。〔按集韻無此字。李下亦不作同—〕。

五畫

【量】呂張切音良陽韻
(一)稱輕重也。從重省。曏省聲。見〔說文重部〕。〔段注〕稱者。銓也。漢志曰。—者、所以—多少也。衡權者。所以均物平輕重也。此訓—爲稱輕重者。有多少斯有輕重。視其多少。可辜權其輕重也。其字之所以從重也。引伸之、凡料理曰—。凡所容受曰—。
(二)所以別多少。〔楚辭惜誓〕苦稱—之不審兮。
(三)分齊也。見〔華嚴經音義引國語賈注〕。
(四)長短也。〔周禮量人〕制其從獻脯燔之數—。
(五)度也。見〔周禮夏官序官量人注〕。
(六)思—。思想也。〔元稹詩〕閒坐思—小來事。
(七)商—。商酌也。〔大唐嘉話〕與三郎商—未。
(八)吉—。獸名。〔山海經海內北經〕大封國有文馬。縞身朱鬣。目若黃金。名曰吉—。〔注〕一作良。
(九)—制。中國有石、斛、斗、升、勺、抄、撮、圭之別。法國有竏、竡、竍、竔、竕、竰、竓之別。英美液—有呏、夸品。乾—有嗧、吽、呏、夸、品之別。

【量】力讓切音亮漾韻
(一)斗斛也。〔書舜典〕同律度—衡。
(二)容受事物之局度。擔當事物之才能也。〔程子遺書〕或問—可學乎。
(三)度也。〔國語周語〕釐改制—。
(四)限—也。〔論語鄉黨〕惟酒無—不及亂。〔按酒戶大小亦曰—〕。
(五)審也。〔禮記少儀〕—而后入。〔注〕

—其事意合成否。
（六）分也。〔禮記禮運〕月以爲—。
（七）滿也。〔呂覽期賢〕其死者—於澤矣。
（八）數也。見〔周禮春官序官疏引國語服注〕。
（九）謂物善惡之舊法也。〔禮記月令〕命工師令百工審五庫之—。
（十）受水之處也。〔荀子宥坐〕其主—必平似法。
（十一）通稱雙也。〔世說新語〕未知能著幾—屐。
（十二）俗謂身體長短之—曰身—。
（十三）俗謂能擔負艱鉅者曰有力—。

【⿱冬里】 丑凶切冬韻
地名。見〔餘文〕。

【⿱旦里】 古量字。見〔玉篇〕。

八畫

【⿱敄里】 釐或字。見〔集韻〕。

十畫

【⿰里沓】 他合切音榻合韻
積厚也。見〔集韻〕。

十一畫

【釐】 陵之切音釐支韻
（一）家福也。見〔說文〕〔注〕—祇是福。言家者、爲其從里也。—者、祭酒受胙之謂。受福於祖宗。故曰家福。漢書文帝紀祀官祝—。如淳曰、—福也。渾言之也。韋昭曰、祭鬼神之餘肉曰—。質言之也。史記賈誼傳、孝文帝方受—。徐廣曰、祭祀福胙也。應劭曰、祭餘肉也。諸家說同。可無疑矣。然究是漢義。大雅、—爾女士。傳曰、—予也。又曰、—爾圭瓚。傳曰、—賜也。此是古義。而從里不能得此義。故許君姑舍之。
（二）理也。〔揚雄劇秦美新〕荷天衢。提地—。
（三）治也。〔書堯典〕允—百工。
（四）猶改也。見〔後漢梁統傳注〕。
（五）貪也。見〔方言〕。
（六）孿也。見〔廣雅釋詁〕〔疏證〕方言。陳楚之間凡人嘼乳而雙產。謂之—孳。
（七）草名。〔爾雅釋草〕—、蔓華。
（八）質淵受諫曰—。見〔周書諡法〕。
（九）有伐而還曰—。見〔周書諡法〕。
（十）嶔—。高峻貌。〔文選王延壽賦〕崩屴嶔—。
（十一）陟—。紙名。卽側理紙。〔朱熹詩〕新章寫陟—。〔正字通〕曰、海藻本名陟—。南越以海苔爲紙。其理倒側。故名側理紙。王子年曰、本陟—紙。漢人語譌耳。
（十二）—麰。麥也。〔漢書劉向傳〕貽我—麰。
（十三）衡制。錢以下爲分、—、毫、絲、忽。皆遞以十析。
（十四）淸時設卡徵稅以助軍餉。謂之—卡。其徵稅之法。視商貨成本取之極微。故曰—金。
（十五）通氂。〔漢書東方朔傳〕失之毫—。差以千里。
（十六）通僖。〔史記齊太公世家〕魯又更立—公。
（十七）通嫠。〔後漢西羌傳〕兄亡則納—嫂。〔注〕寡婦曰—。
（十八）姓也。山海經有大人之國—姓。

【釐】 虛其切音禧支韻
（一）姓也。〔史記孔子世家〕汪罔氏之君守封禺之山爲—姓。
（二）禧或字。〔集韻〕禧說文、禮吉也。或作—。

【釐】 郎才切音來灰韻
除艸也。見〔集韻〕。〔按通作萊〕。

【釐】 湯來切音胎灰韻
邰或字。〔集韻〕邰說文、炎帝之後。引詩有邰家室。或作—。

【釐】 落蓋切音賚泰韻
賚或字。〔集韻〕賚說文、賜也。引周書賚介秬鬯。或作—。

【⿱畕里】 澄求切音紬尤韻
田也。見〔篇韻〕。

【⿰里疌】 悉協切音燮葉韻
斬也。見〔五音集韻〕。

十四畫

【⿰里集】 子入切音輯緝韻
物相重累。見〔集韻〕。

【⿰𠩺欠】 古釐字。見〔金石韻府〕。

※邑部※

【邑】乙及切音浥緝韻

(一)國也。从囗。先王之制。尊卑有大小。从卪。見〔說文〕〔王注〕御覽引作縣也。案邑之名。古大而今小。書曰。率割夏—。是桀都也。殷武商—翼翼。毛傳曰。京師也。多士曰。今朕作大—於茲洛。是周初猶沿夏商之名也。周禮、四井爲—。則大小不嫌同名也。至於春秋。則左氏曰。凡—、有宗廟先君之主曰都。無曰—。與子雅—。與子尾—。豎牛取東鄙三十—以與南遺。則皆聚落之稱矣。故列國自稱敝—。以爲謙也。然則曰國也者。舉古制也。曰縣也者。以漢法況古制也。囗音圍。〔按司馬光曰。今偏旁變隸或作阝。〕

(二)猶俋也。—人聚會之稱也。見〔釋名釋州國〕

(三)猶里也。〔周禮里宰〕掌比其—之衆寡。

(四)四井爲—。見〔周禮小司徒〕

(五)五里爲—。見〔廣雅釋地〕

(六)六軌爲—。見〔管子小匡〕

(七)—多田少稱—。見〔公羊桓元年傳〕

(八)坤稱—。〔易訟〕其—人。

(九)天子治居之城曰都。舊都曰—。見〔華嚴經引風俗通〕

(十)古者皇太后皇后公主所食曰—。見〔漢書百官公卿表〕

(十一)快也。〔荀子解蔽〕無—憐之心。

(十二)公—也。〔大戴記文王官人〕使是長卿—而治父子。

(十三)於—也。〔漢書谷永傳〕忿—非之。〔按朱駿聲曰於邑、猶鬱抑也。〕

(十四)——。微弱皃。〔楚辭遠逝〕風——而蔽之。

(十五)—由。複姓。〔廣韻〕漢複姓有—由氏。楚大夫養由氏之後。避仇改焉。

【邑】遏合切音姶合韻

(一)諂諛迎合貌。〔漢書酷吏傳贊〕以智阿—人主。與俱上下。〔注〕蘇林曰。—音人相悒納之悒。師古曰。如蘇氏之說。—字音烏合反。然今之書本或作色字。此言阿諛觀人主顏色而上下也。其義兩通。〔按朱駿聲曰。—爲意。蘇林音悒。師古作色。皆失之。—、意雙聲。〕

(二)唈省字。〔集韻〕唈。嗚唈。短氣。或省。

【𨛜】怨阮切阮韻

从反邑。䢼字从此。闕。見〔說文〕〔段注〕闕、謂其音闕也。〔按王筠曰。類篇引小徐怨阮切。—本非字。故玉篇不收。朱翺不作音。則小徐本初無此字。今有者。後人以大徐本增也。然鄭樵通志略曰。反邑爲苑。字彙補曰。怨阮切。與苑同。與段王說異。存參。〕

二畫

【邒】湯丁切音庭青韻

(一)鄉名。見〔玉篇〕

(二)亭名。見〔集韻〕

【邔】舉履切音几紙韻

地名。見〔說文〕〔段注〕按西伯戡鬣。周本紀作耆。徐廣曰。一作阢。阢蓋即—字。〔今地詳黎字〕

【𨙨】是執切音十緝韻

叶或字。〔集韻〕叶。叶邡。縣名。在蜀。或从邑。〔正字通〕曰。一作什方。留侯世家封齒爲什方侯。正義曰。雍齒城在畬州什邡縣。按什邡縣屬四川。

【邓】音山刪韻

地名。見〔搜眞玉鏡〕

三畫

【邕】於容切音雍冬韻

(一)邑四方有水。自—成池者是也。見〔說文川部〕〔段注〕自—、當作自擁。擁轉寫之誤。擁者、抱也。池沼多由人工所爲。惟邑之四旁、有水來自擁抱旋繞成池者。是爲—。以擁釋—。以疊韻爲訓也。故其字从川邑。引申之、凡四面有水皆曰—。周頌曰。于彼西雝。大雅曰。於樂辟雝。水經注。四方有水爲雝。皆—字之叚借也。

(二)載也。見〔爾雅釋言〕〔釋文〕字又作擁。

【邕】委勇切音擁腫韻

壅或字。〔集韻〕壅。竭塞也。或作—。

【邕】於用切音雍宋韻

古雍字。〔集韻〕雍。地名。又姓。古作—。〔按冬韻雍下云通作—。〕

【邘】雲俱切音于虞韻

●本作邘。〔說文〕邘。周武王子所封。在河內。野王是也。〔段注〕今河南懷慶府西北十三里有故｜城。〔按漢置野王縣。屬河內郡。隋改河內縣。迄淸仍之。爲懷慶府附郭首縣。今裁府改沁陽縣。〕

●姓也。〔韻會〕漢上谷太守｜侯。

【邙】謨郎切音芒　武方切音亡　陽韻

本作邙。〔說文〕邙。河南雒陽北。亡山上邑。〔王注〕亡、一作土。非也。山名亡山。故加邑爲｜。以名其邑矣。羣書亦曰芒山。亦曰北｜。〔按段注。山本名芒。山上之路則作｜。後人但云北｜。尟知芒山矣。亡者譌字也。北芒山、在今河南河南府府北十里。山連偃師、鞏、孟津、三縣。綿亙四百餘里。攷府志。一名郟山。周營王城、北枕郟山。卽此。寰宇記。｜山、一名平逢山。別阜、曰佩印山。金志正隆六年。更北｜山名太平山。淸一統志曰。舊志又有翠雲山。在洛陽縣西北三里。卽｜山最高處。又有鳳凰山。在縣東北三十里。上有駱駝嶺。亦｜山之支阜也。後漢建武十一年。城陽王祉葬於北｜。其後王侯公卿多葬此。文漢諸陵竝在佩印山。故正字通曰。貴人冢多在北｜山。後魏大和二十年。命代人遷洛者。悉葬｜山。故今呼冢亦曰北｜。〕

【邛】渠容切音蛩　冬韻

㊀｜地。在濟陰縣。見〔說文〕。〔按段本。地、正作成。删在字。注云。今本地理志曰。山陽郡郜成侯國。宋氏祁云。郜、當作｜。外戚侯表。｜成、屬濟陰。與山陽相距不遠。玉裁按宋說是也。玉篇｜字下曰。山陽｜成縣。此｜成之確證。攷濟陰當今山東城武縣治。互詳郜字。〕

㊁水名。〔漢書地理志〕｜來山、｜水所出。東入青衣。〔按｜水在四川滎經縣。一名滎經水。一名｜來水。通謂之古｜水。水經青衣水注。誤稱｜水東至蜀郡臨｜縣。東入青衣水。舊唐志引其說。於是漢志所謂｜水。遂移於臨｜縣。卽今｜崍縣矣。誤。〕

㊂州名。梁置。漢爲臨｜縣。西魏改置爲｜州。臨｜郡。唐因之。五代復爲州。後因之。今爲四川｜崍縣治。

㊃邛也。〔詩防有鵲巢〕｜有旨苕。

㊄勞也。見〔爾雅釋詁〕。

㊅病也。〔詩小旻〕亦孔之｜。

㊆姓也。〔列仙傳〕周有｜疏。

【⿰口阝】去厚切音口　有韻〔與叩別。〕

京兆藍田鄉。見〔說文〕。〔段注〕今陝西西安府藍田縣西有藍田故城。｜者鄉名。今人叩擊字从卩。不當作｜。〔按百石卒史碑。｜頭字隰見。知初本借｜。後乃作叩耳。今从卩者音扣。从阝者音口。〕

【邔】巨几切音技　紙韻　渠記切音忌　寘韻

南郡縣也。見〔說文〕。〔段注〕今湖北襄陽府宜城縣北五十里有故｜城。

【邗】河干切音寒　寒韻

國也。今屬臨淮。一曰。｜本屬吳。見〔說文〕。〔王注〕左哀九年傳。吳城｜溝。通江淮。此義、與國也義別。而其爲今屬臨淮也則同。國也者、謂其爲吳之鄰國也。今無考。本屬吳者、謂其爲吳之屬國也。〔按通訓定聲云。今江蘇揚州府江都縣。古｜城地也。〕

【邗】居寒切音干　寒韻

越之別名。見〔集韻〕。

【⿰土阝】統五切音土　麌韻

鄉名。見〔集韻〕。

【邚】人余切音如　魚韻

娜省字。〔集韻〕娜。說文、地名。或省。

【⿰凡阝】扶巖切音凡　咸韻

地名。見〔玉篇〕。

【邨】粗尊切音村　元韻

鄉名。見〔集韻〕。

【⿰才阝】牆來切音才　灰韻

鄉名。見〔字彙〕。〔按正字通云。同𢦏。俗省。〕

【⿰千阝】親然切音千　先韻〔與邗別。〕

地名。見〔集韻〕。

【⿰牙阝】邪本字。見〔說文〕。

【⿰共阝】巷本字。見〔字彙補〕。

【⿰垂阝】同郵。見〔篇海類編〕。

四畫

【邠】悲巾切音賓　眞韻

(一)周太王國。在右扶風美陽。見〔說文〕〔按后稷十餘世孫公劉。避桀之亂。自邰徙此。其地有豳山。前後漢志鄭君箋詩皆云。豳在右扶風栒邑。蓋古地名作｜。山名作豳。而地名因於山名。同音通用。如郊岐之比。美陽、當今陝西武功縣治。栒邑、卽今陝西栒邑治。漢志鄭箋云。｜在栒邑。許君云。在美陽。｜、豳、固卽一地。而其云所在各異。則疑莫能釋。或者｜固在美陽。而漢志鄭箋所云豳者。係指豳山而言。則在栒邑耶。然說文豳下云。美陽亭、卽豳也。民俗以夜市。有豳山。据此。豳山亦在美陽矣。其說終莫能通。闕疑可也。〕

(二)文盛貌也。〔太玄文〕斐如｜如。

【邡】分房切音方陽韻　敷亮切音訪漾韻

(一)什｜。廣漢縣。見〔說文〕〔按段本作汁｜。云、汁音什。凡作什者。以其音改之也。今四川有什｜縣。〕

(二)通訪。謀也。〔穀梁昭二十五年傳〕｜公也。〔注〕｜、當爲訪。〔釋文〕音方。又音訪。

【邢】乎經切音形青韻

(一)本作郱。〔說文〕郱。周公子所封。地近河內懷。〔通訓定聲〕國在直隸順德府｜臺縣西南。與河南懷慶府武陟縣近也。

(二)姓也。｜侯爲衛所滅。因以爲氏。

【邢】古幸切音耿梗韻

地名。〔史記殷紀〕祖乙遷于｜。〔索隱〕｜、卽耿也。〔當今山西河津縣南。〕

【那】囊何切音儺歌韻

(一)本作郍。〔說文〕郍。西夷國。安定有朝｜縣。〔按西夷國、卽史記所稱之冄駹也。蓋冄駹之冄字。古今字也。地當今四川茂縣。朝｜、當今甘肅平涼縣。〕

(二)何也。〔左宣二年傳〕棄甲則｜。

(三)多也。〔詩桑扈〕受福不｜。

(四)安貌。〔詩魚藻〕有｜其居。

(五)於也。〔國語越語〕吳人之｜不穀。

(六)美也。〔國語楚語〕使富都｜豎贊焉。

(七)阿｜。茂盛皃。〔文選王延壽賦〕蘭芝阿｜於東西。

(八)禪｜。梵語。寂照不二之義。〔楞嚴經〕得成菩提妙奢摩他。禪｜最初方便。

(九)伽｜。梵語。象也。〔北戶錄〕象、一名伽｜。

(十)剎｜。梵語。俄頃也。〔楞嚴經〕沈思諦觀。剎｜剎｜。念念之間。不得停住。

(十一)檀｜。梵語。世主也。〔善覺要覽〕梵語陀｜檀底。唐言世主。稱檀｜者。卽訛陀爲檀。去鉢底。故曰檀｜。〔按日本俗、妻稱其夫。傭僕稱其主人。並曰旦｜。卽檀｜之轉譯。〕

(十二)支｜。西人沿佛書之名、稱中國也。〔宋史天竺國傳〕天竺表來。譯云。伏願支｜皇帝。

(十三)拘｜。花名。〔桂海花志〕拘｜、花葉瘦長。略似楊柳。夏開淡紅花。一朵數十蕚。至深秋猶有之。

(十四)渠｜。花之有毒者。〔墨客揮犀〕凌霄、金錢、渠｜、異花皆有毒。不可近眼。

(十五)同挪。〔清異錄〕典當、抽｜、借貸、賒荷、一不郵。

(十六)姓也。西魏｜棲。又代北有破落｜氏。大宛之後。入中國後改爲｜氏。

【那】乃可切音娜哿韻

(一)俗言｜事。見〔廣韻〕〔按俗言｜個。卽彼之意。｜事意亦同。〕

(二)奈也。〔王維詩〕強欲從君無｜老。

【那】乃箇切音哪箇韻

語助也。〔後漢韓康傳〕公是韓伯休｜。

【邦】悲江切音梆江韻

(一)國也。見〔說文〕〔注〕古謂封諸侯爲｜。故尚書曰。乃命諸王而｜之蔡。漢諱｜。故兩漢無偁。張華博物志曰。東夷有國、謂國爲｜。行酒爲觴。秦之遺也。〔按段注。周禮注曰。大曰｜。小曰國。析言之也。許云｜、國也。國、｜也。統言之也。古｜封通用。書序云。｜康叔。｜諸侯。論語云。在｜域之中。皆封字也。〕

(二)封也。封有功於是也。見〔釋名釋州國〕

(三)天下也。〔論語衛靈公〕顏淵問爲｜。〔朱注〕蓋問治天下之道。

(四)｜門。城門也。〔儀禮既夕〕至於｜門。

(五)｜伯。方伯。卽州牧也。〔書召誥〕命庶殷侯甸男｜伯。

(六)木—。雲南土司名。元至元中、立木—路軍民總管府。今為土司地。

(七)姓也。見〔姓苑〕。

【邪】徐嗟切音斜麻韻

(一)反正為—。見〔賈子道術〕。

(二)曲也。〔禮記表記注〕不為四—之行。

(三)僻也。〔文選宋玉賦〕愚亂之—臣。

(四)私也。〔呂覽審分〕則臣有所匿其—矣。

(五)僞也。〔文選張衡賦〕—贏優而足恃。

(六)姦術也。〔周書王佩〕亡正處—。

(七)謂惡逆之事。〔左隱三年傳〕驕奢淫泆所自—也。

(八)凡物不以其道得之則—也。見〔老子是謂盜夸注〕。

(九)佞也。見〔洪武正韻〕。

(十)道也。見〔廣雅釋宮〕〔疏證〕—除古聲相近。除、亦—也。

(十一)鬼病。見〔廣韻〕。

(十二)謂寒氣。〔素問欬論〕皮毛先受—氣。

(十三)辟—。獸名。〔後漢靈帝紀〕熊虎赤羆天鹿辟—。

(十四)同斜。東北也。〔漢書司馬相如傳〕—與肅愼為鄰。〔注〕讀為斜。謂東北接也。

【邪】余遮切音耶麻韻

(一)琅—。郡也。見〔說文〕。〔通訓定聲〕按其地有琅—山。古齊東南邑也。在今山東青州府諸城縣。字亦作琊。〔按漢志郡領東武等五十一縣。幅甚廣。今臨朐、安邱、膠、卽墨、高密、日照、沂水、莒、蘭山、各縣。皆其分轄境。故城在諸城縣東南。〕

(二)不定之辭。〔史記刺客傳〕顧不易—。〔按北人卽呼為也。俗多以耶易之。〕

(三)—許。相呼之聲也。〔淮南俶眞〕前呼—許。

(四)莫—。美劍。〔呂覽用民〕莫—不為勇者興。〔按莫—、吳大夫作寶劍。因以為名。〕

(五)胥—。木名。卽椰樹也。〔文選司馬相如賦〕留落胥—。〔注〕胥—似椶櫚。皮可為索。

(六)汙—。下地田也。〔史記滑稽傳〕汙—滿車。

(七)呼韓—。匈奴王名。〔漢書宣帝紀〕匈奴呼韓—單于款五原塞。願奉國朝。〔又〕昆—。亦匈奴王名。〔漢書終軍傳〕昆—右衽。

(八)若—。山名。〔史記東越傳〕出若—。白沙。〔正義〕越州有若—山。若—溪。〔按山在浙江會稽縣東南。山下卽若—溪。正字通謂若—水名。當卽指此。〕

(九)朱—。沙陀姓。〔唐書宰相世表〕代北李氏本沙陀部落。姓朱—氏。

(十)摩—。釋迦佛之母也。〔顧況歌〕四月八日明星出。摩—夫人降前佛。

(十一)毘—。天竺大城名。〔維摩經〕爾時毘—大城中有長者、名維摩詰。〔又〕伽—。亦天竺大城名。〔法華經〕我于伽—城菩提樹下坐。

【邪】羊諸切音余魚韻

同餘。〔史記歷書〕歸—於終。〔集解〕—、餘分也。

【邪】時遮切音闍麻韻

歸—。瑞星名。〔史記天官書〕如星非星。如雲非雲。命曰歸—。〔集解〕李奇曰。—音蛇。孟康曰。星有兩赤彗上向。上有蓋狀如氣。下連星。

【邪】詳於切音徐魚韻

緩也。〔詩北風〕其虛其—。〔注〕—、亦作徐。

【邤】許斤切音欣文韻　虛言切音軒元韻

(一)鄉也。見〔廣韻〕。

(二)地名。見〔玉篇〕。

【邞】風無切音夫虞韻

琅邪縣也。一名純德。見〔說文〕。〔段注〕漢孝文封呂平為侯國。前志曰。莽曰純德。〔按當今山東膠縣西南。〕

【𨚵】博蓋切音貝泰韻

沛國也。見〔說文〕。〔段注〕鉉本作沛郡。鍇本作沛國郡。按當作沛國沛郡也。謂後漢之沛國。前漢之沛郡。皆此—也。二志字皆作沛。—、沛。古今字。今江蘇徐州府漢沛郡地。〔按沛故城在今江蘇沛縣治東南微山下。又今安徽宿縣西北為漢沛郡地。〕

【邟】口浪切音抗漾韻　居行切音庚庚韻

潁川縣。見〔說文〕。〔王注〕地理志潁川郡下、出周承休而注之曰。侯國。元帝置。元始二年。更名鄭公。後漢書黃瓊傳李賢注引說文。—潁川縣也。又曰。漢潁川有周承休侯國。元始二年更名曰—。段氏据武帝元帝平帝三紀以斷之曰。志文當是—字大書而注之曰周承休侯國。元帝置。元始四年更名曰鄭公。此侯國不與他侯國同。故不以縣名爲國名也。〔顧祖禹曰。承休縣在今汝州。按汝州今改臨汝縣。〕

【邟】寒剛切音杭陽韻

餘—。縣名。在吳興。見〔廣韻〕。〔按字今作杭。漢置。晉屬吳興郡。當今浙江餘杭縣。〕

【邟】丘岡切音康陽韻

城名。在陽翟。見〔集韻〕。〔按陽翟、當今河南禹縣。〕

【邢】了郢切音井梗韻

本作郉。〔說文〕郉。鄭地有—亭。〔段注〕云鄭地、恐誤。即疑二志常山郡之井陘縣。趙地也。—、井、蓋古今字。〔按朱駿聲說同。井陘縣、即今直隸井陘縣。〕

【⿰支阝】翅移切音祇支韻

周文王所封。在右扶風美陽中水鄉。見〔說文〕。〔段注〕師古曰。—、古岐字。岐專行而—廢矣。許所見蠻作—。地理志曰。右扶風美陽。禹貢、岐山在西北中水鄉。周太王所邑。按此云文王所封。要其終而言。文王自—遷酆。非文王始國—也。下云酆、文王所都。則此當云太王矣。美陽今爲陝西鳳陽府岐山扶風二縣。〔按美陽在今陝西武功縣西南。〕

【⿰支阝】章移切音支支韻

邑名。在義陽。見〔集韻〕。〔按義陽、當今河南新野縣。〕

【⿰支阝】巨羈切音奇支韻

地名。或作岐嶅。古書作𡟲。見〔集韻〕。

【⿰少阝】始紹切音少篠韻　又失照切音少嘯韻

地名。見〔說文〕。〔按玉篇云。魯地名。〕

【⿰丑阝】女九切音鈕有韻

地名。見〔說文〕。

【邥】式荏切音沈寑韻

—垂。地名。〔左文十七年傳〕周甘歜敗戎于—垂。〔注〕—垂。周地。河南新城縣北有垂亭。〔按新城今河南洛陽縣治。〕

【邧】愚袁切音元元韻　五遠切音阮阮韻

鄭邑也。見〔說文〕。〔注〕春秋左傳。圍—新城。杜預云秦地。此云鄭地。傳寫誤。〔按廣韻云。秦邑。集韻元韻亦云爾。在今陝西澄城縣東北。〕

【邨】麤尊切音村　徒渾切音屯元韻

地名。見〔說文〕。〔段注〕本音豚。屯聚之意也。俗字爲村。〔按朱駿聲云。廣雅釋詁四。—國也。此邦之誤字。後世用爲村落鄉村。〕

【邩】虎果切音火哿韻

地名。見〔說文〕。

【⿰今阝】渠今切音琴侵韻

亭名。在重安。見〔玉篇〕。〔按重安、當今湖南衡陽縣。〕

【⿰冄阝】那本字。見〔說文〕。

【⿰云阝】同鄖。〔左宣四年傳〕若敖娶于—。〔釋文〕—、本亦作鄖。

【⿰仌阝】同邟。見〔五音篇海〕。

【⿰丕阝】同邸。見〔龍龕手鑑〕。

【⿱邑火】同邩。見〔字彙補〕。

【⿰木阝】同邦。見〔搜眞玉鏡〕。

【⿱少邑】同⿰少阝。見〔說文長箋〕。

【⿰王阝】郢省字。見〔說文〕。

【那】⿰冄阝俗字。

五畫

【⿰包阝】班交切音包肴韻　博毛切音褒豪韻

❶地名。見〔說文〕。〔通訓定聲〕當是西南夷地。❷通包。見〔正字通〕。❸姓也。見〔集韻〕。

【邯】河干切音寒寒韻

❶趙—鄲縣。見〔說文〕。〔通訓定聲〕今直隸廣平府—鄲縣。其地有—山。後漢光武紀進至—鄲注。—、山名。鄲、盡也。—山至此而盡。城郭字皆从邑。因以名焉。〔按—鄲故城、

在今—鄆縣西南。春秋時、衛邑。後屬晉。戰國屬趙。敬侯元年、自晉陽徙都於此。〕

㊁ 水名。〔後漢西羌傳〕置東西—屯田五部。〔注〕、—水名。、—分流左右。在今廓州。〔按廿肅西寧縣東南有廣廓州故城。〕

【邯】胡甘切音酣覃韻

㊀ 䛁—。漢縣名。見〔集韻〕。〔按屬樂浪郡。今當在朝鮮境。〕

㊁ 姓也。見〔集韻〕。

【邯】戶感切音頷感韻

—淡。淡豐盛之意也。〔漢書王莽傳〕封都匠仇延爲—淡里附城。

【邰】土來切音胎灰韻

㊀ 炎帝之後。姜姓所封。周棄外家國。右扶風斄縣是也。詩曰。有—家室。見〔說文〕。〔段注〕—本后稷外家之國。炎帝之後。姜姓所封也。國后稷于—。時蓋國姜姓於他處矣。周人作—。漢人作斄。今陝西乾州武功縣西南二十二里故斄城是。

㊁ 姓也。

【邲】薄必切音佖質韻

㊀ 晉邑也。春秋傳曰。晉楚戰于—。見〔說文〕。〔段注〕杜曰。、—鄭地。按水經注濟水篇曰。又東得宿胥水口。濟水與河渾濤東注。濟水于此。又兼—目。春秋宣十三年。晉楚之戰。楚軍于—。卽是水也。顧氏祖禹曰。其地蓋卽熒口受河之處。今在河陰縣西。〔按王筠朱駿聲說均同。王依韻會四質引改晉作鄭。刪春秋九字。謂爲小徐所引。河陰清併入滎澤。故朱駿聲謂在滎澤西。今復析置。〕

㊁ 姓也。見〔姓苑〕。

【邲】兵媚切音祕寘韻

好皃。見〔廣韻〕。

【邳】貧悲切音坯攀悲切音丕支韻

㊀ 奚仲之後。湯左相仲虺所封國。在魯薛縣是也。見〔說文〕。〔通訓定聲〕左昭元年傳。商有姺—。蓋仲虺之裔。爲亂者國滅。武王復封其後於—。爲薛侯。漢之上—。薛縣也。今山東兗州府滕縣。其下—則今江蘇徐州府之—州。禮記曲禮注。—郯之東。釋文。下—也。〔按薛縣故城在今滕縣東南四十里。薛河之北。清一統志曰。春秋以後。別名徐州。史記皆徐州。劉熙釋名。徐、舒也。古字相通。固非禹貢之徐州。亦非漢晉以來之彭城也。近志以爲卽今徐州。因引入彭城。誤矣。攷—州今改縣。漢下—國也。清屬徐州府。卽說文朱注所稱之下—。地連郯城。故禮記釋文釋—郯之東爲下—。竹書紀年。梁惠成王三十一年。—遷於薛。謂之上—。改名爲徐州。此卽舒州。非清時之徐州府也。〕

㊁ 鄭地名。〔穀梁隱八年傳〕鄭伯使宛來歸—。—者何。鄭湯沐之邑也。〔當今山東費縣境。左傳作祊。〕

㊂ —喜貌。〔莊子大宗師〕—乎其似喜乎。

㊃ 姓也。〔左成二年傳〕—夏御齊侯。

【邵】時照切音紹嘯韻

㊀ 晉邑也。見〔說文〕。〔通訓定聲〕今河南懷慶府濟源縣西百二十里有—原關。與山西絳州垣曲縣接界。〔按或謂卽周召分陝之地。召公所食采也。攷經傳召—多通用。獨段玉裁王筠不從是說。〕

㊁ —陵。地名。〔史記秦本紀〕齊桓公伐楚至—陵。〔左傳作召陵。當今河南郾城縣東。〕

㊂ 姓也。召公奭之後。加邑爲—氏。

【邸】典禮切音底薺韻

㊀ 屬國舍。見〔說文〕。〔注〕諸侯來朝所舍爲—。有根柢也。根本所在也。〔按漢書注。郡國朝宿之舍在京師者。率名—。、—至也。言所歸至也。〕

㊁ 舍也。〔楚辭涉江〕—余車兮方林。

㊂ 謂傳舍也。見〔文選陸士衡樂府注引漢書注〕。

㊃ 歸也。見〔漢書張耳傳注〕。

㊄ 下柢也。〔周禮弁師〕象—玉笄。

㊅ 浚版也。〔周禮掌次〕設皇—。

㊆ 至也。〔史記河渠書〕西—瓠口。

㊇ 儲—。猶府藏也。〔文選王元長曲水詩序〕盈衍儲—。

㊈ 通抵。〔文選宋玉賦〕—華葉而振氣。〔注〕—與抵、古字通。

㊉ 姓也。〔集韻〕漢郡太守—柱。

【邸】陳知切音池支韻

物柢也。〔攷工記弓人〕絲三—。〔

注〕輕重未聞。〔按釋文丁禮、丁計、二反諸會如此讀〕

【邸】丁計切音帝霽韻 本也。周禮四圭有｜。見〔集韻〕。

【⿰句⻏】俱遇切音屨遇韻 權俱切音劬虞韻 地名。見〔說文〕。

【⿰⿱𢐀貝⻏】兵媚切音祕寘韻 魯季氏邑。論語作費。或作鄪。見〔玉篇〕。〔按當今山東費縣。費故城在縣西南〕

【⿰⿱𢐀貝⻏】扶味切音費未韻 同費。滑都。〔左成十三年傳〕殄滅我費滑。〔注〕國都於費。今侯氏縣。〔路史曰。費一作｜。扶味切。今河南緱氏滑都也。與魯費異。按緱氏故城在今河南偃師縣〕

【⿰𢐀⻏】分物切音弗物韻 姓也。漢九江太守｜修。

【邮】夷周切音由尤韻 亭歷切音笛錫韻 徒沃切音毒沃韻 左馮翊高陵。見〔說文〕〔通訓定聲〕｜亭、｜鄉、在今陝西高陵縣。〔按高陵故城、在今陝西高陵縣西南〕

【𨙻】那含切音南覃韻 國名。見〔字彙〕。〔按即說文𨙻。西夷國。正字通曰。那之譌字。在傳本作冄。韻書譌作那。未有作｜者。舊注音南。分那、｜爲二。誤〕

【⿰𠀉⻏】祛尤切音蓲尤韻 本作⿰𠀉⻏〔說文〕｜。地名。〔清制。諱孔子名之字曰｜〕

【⿰且⻏】千余切音疽魚韻 右扶風鄠鄉。見〔說文〕。〔通訓定聲〕在今陝西西安府鄠縣。

【邶】蒲昧切音佩隊韻 故商邑。自河內朝歌以北是也。見〔說文〕〔王注〕商邑者、謂邦畿也。云故者、謂周分朝歌以北建｜國。而求其故則本是商邑也。一言而沿革明矣。詩譜曰。｜庸衞者。商紂畿內方千里之地。武王伐紂。以其京師封紂子武庚爲殷後。三分其地、置三監。使管叔蔡叔霍叔尹而教之。自紂城而北謂之｜。南謂之庸。東謂之衞。〔按｜當今河南汲縣東北〕

【邶】補昧切音背隊韻 ｜殿。齊地名。〔左襄二十八年傳〕與晏子｜殿。其鄙六十。

【⿰号⻏】乎刀切音豪豪韻 于嬌切音鴞蕭韻 南陽淯陽鄉名。見〔說文〕。〔按淯、二志作育。今河南南陽縣東有育陽故城〕

【⿰弁⻏】皮變切音卞霰韻 邑名。見〔集韻〕。

【⿰未⻏】無沸切音未未韻 地名。見〔玉篇〕。

【⿰巨⻏】句許切音舉語韻 亭名。在長沙。見〔廣韻〕。

【⿰巨⻏】求於切音渠魚韻 鄡或字。〔集韻〕鄡。渠名。或从巨。

【⿰瓦⻏】五寡切音瓦馬韻 衞地。見〔廣韻〕。

【郘】音昊晧韻 邑也。見〔川篇〕。

【⿰𠀉⻏】邱本字。見〔說文〕。

【⿰𡴀⻏】邦本字。見〔說文〕。

【⿰丰邑】邦古字。見〔集韻〕。

【⿰虫⻏】同郤。見〔龍龕手鑑〕。

【⿰号⻏】同郛。見〔川篇〕。

【邵】同鄏。見〔龍龕手鑑〕。

【⿰此⻏】同鄭。見〔正字通〕。〔按玉篇。鄭、｜、微別。｜子移切。谷口。鄭、子思切。谷名〕

【⿱丘邑】同邱。見〔說文長箋〕。

【⿰無邑】同鄦。見〔六書故〕。

【邹】鄒俗字。見〔龍龕手鑑〕。

六畫

【邽】涓畦切音圭齊韻 ㊀隴西上邽也。見〔說文〕。〔通訓定聲〕在今甘肅秦州。秦武公伐｜戎。始縣之。故｜戎地也。京兆又有下｜。〔按正字通云。或謂秦武公伐｜戎。遷其人於下｜。以有上｜。故名下｜。未知所本。今陝西渭南縣北有下｜故城〕 ㊁姓也。史記孔子弟子｜巽。

【⿰共⻏】居容切音恭冬韻 ㊀邑名。見〔玉篇〕。㊁亭名。在宜城。見〔集韻〕。

【邾】居雄切音弓東韻
山名。在彭蠡。見〔集韻〕

【邾】追輸切音朱虞韻
㊀江夏縣名。見〔說文〕〔當今湖北黃岡縣治〕
㊁魯附庸國名。〔春秋隱公元年〕公及—儀父盟于蔑。〔當今山東鄒縣東〕
㊂小—。國名。—之別封。後爲楚滅。今山東滕縣東郳城卽其地。

【邾】鐘輸切音株虞韻
地名。漢衡山王吳芮都。見〔集韻〕

【邿】申之切音詩支韻
㊀附庸國。在東平亢父—亭。春秋傳曰。取—。見〔說文〕〔當今山東濟寧縣東南有—婁城。卽其地〕
㊁山名。〔左襄十八年傳〕魏絳欒盈以下軍克—。〔注〕平陰之西有—山。〔當今山東平陰縣〕

【郁】乙六切音育屋韻
㊀右扶風—夷也。見〔說文〕
㊁物質無中核者謂之—。見〔論衡量知〕
㊂——文章明著也。〔論語八佾〕——乎文哉。〔又〕猶穆穆也。〔史記五帝紀〕其色——。〔又〕香氣也。見〔後漢馮衍傳注〕
㊃—䭲。盛多也。〔文選左思賦〕靈房—䭲被其阜。
㊄—烈。香氣之甚。〔文選曹植賦〕踐椒塗之—烈。
㊅—抒。口循孔貌。〔文選潘岳賦〕—抒劫悟。
㊆—李。棠棣也。見〔本草綱目〕〔按李時珍曰。—、山海經作栯。馥—也。花實俱香。故以名之。花粉紅色。實如小李。今汴洛人家園圃植一種。枝莖作長條。花極繁而多葉者。亦謂之—李。不堪入藥〕
㊇—郅。縣名。見〔山海經海內東經注〕
㊈姓也。魯相有—貢。見〔廣韻〕

【郃】曷閤切音合葛合切音閤合韻
㊀左馮翊—陽縣。詩曰。在—之陽。見〔說文〕〔段注〕二志同。應劭曰。在—水之陽也。按今陝西同州府—陽縣卽其地。〔按今府廢。縣隸關中道〕
㊁姓也。〔廣韻〕後魏書大莫干氏。後改爲—氏。

【郃】轄夾切音洽洽韻
詥或字。〔集韻〕詥。爾雅、合也。或作—。

【郅】職日切音質陟栗切音窒質韻
㊀北地郁—縣名。見〔說文〕〔段注〕今甘肅慶陽府。北至寧夏衞。是其境。慶陽府附郭安化縣府城東有故郁—城。〔按今府廢。安化縣改慶陽縣〕
㊁大也。〔史記司馬相如傳〕爰周—隆。
㊂盛也。見〔史記司馬相如傳索隱〕
㊃至也。見〔史記司馬相如傳文穎注〕
㊄登也。〔方言〕魯衞謂登曰—。
㊅姓也。漢—都。後漢—惲。

【郅】激質切音吉質韻
—偈。竿之狀。〔漢書揚雄傳〕夫何旟旐—偈之旖旎也。

【郅】極乙切音姞質韻
姞或字。〔集韻〕姞。說文、黃帝之後。百鯈姓。后稷妃家也。或作—。

【郶】激質切音吉質韻
㊀地名。見〔玉篇〕
㊁—成。山名。見〔玉篇〕

【郇】須倫切音旬眞韻
㊀周文王子所封國。後爲晉地。見〔說文〕〔通訓定聲〕地在今山西蒲州府猗氏縣西北。〔清一統志〕在猗氏縣西南。
㊁姓也。漢—越。

【郇】胡關切音環刪韻
姓。出絳州。見〔廣韻〕

【郈】很口切音厚有韻胡溝切音侯尤韻下遘切音候宥韻
㊀東平無鹽鄉。見〔說文〕〔段注〕東平國無鹽、二志同。杜預曰。故宿國。今山東東平州東二十里有故無鹽城。前志曰。無鹽有—鄉。〔按東平州今改縣〕
㊁姓也。〔廣韻〕魯大夫—昭伯。

【郊】居肴切音交肴韻
㊀距國百里爲—。見〔說文〕〔段注〕杜子春注周禮曰。五十里爲近—。百里爲遠—。

(二)境也。〔國策齊策〕軍於邯鄲之—。
(三)邑外謂之—。見〔爾雅釋地〕
(四)郭外也。〔國語吳語〕又—敗之。
(五)鄉界之外也。〔禮記王制〕不變移之—。
(六)—者外極也。〔易同人〕同人于—。
(七)謂鄉遂之州長縣正以下也。〔周禮大司馬〕—野載旐。
(八)祀天地也。見〔詩昊天有成命序〕〔按古者天子冬至祭天於南—。夏至祭地於北—〕
(九)享道也。見〔穀梁哀元年傳〕
(十)春事也。〔穀梁成十七年傳〕九月辛丑用—。
(十一)天人相與交接之意也。〔公羊僖三十一年傳〕魯—非禮也。
(十二)晉地名。〔左文三年傳〕取王官及—。〔按清一統志王官城、在山西蒲州府虞鄉縣南。則—亦當爲虞鄉近地〕

【䢅】丞眞切音辰之人切音眞眞韻之刃切音震震韻

地名。見〔說文〕

【𨛍】曲王切音匡陽韻

本作𨞧。〔說文〕𨞧。河東聞喜鄉名。

【䢽】呼降切音巷絳韻

𨞼或字。見〔說文䢊部〕〔段注〕—爲小篆。則知𨞼爲古文籒文也。—、今作巷。

【郂】柯開切音該灰韻

陳畱鄉名。見〔說文〕〔通訓定聲〕在河南開封歸德二府界。

【𨛦】徂昆切音存元韻

—鄢縣。在犍爲。見〔玉篇〕

【郂】何開切音咳灰韻

邑名。見〔集韻〕

【𨚕】蘇典切音跣銑韻

國名。見〔玉篇〕

【𨚍】於寒切音安寒韻於旰切音按翰韻

當陽里。見〔玉篇〕

【𨛹】虞爲切音危支韻

邑名。見〔集韻〕

【𨛺】丘奇切音攲支韻

地名。見〔集韻〕

【𨜊】古委切音詭苦委切音跬巨几切音跽巨軌切紙韻

陸—。山名。〔山海經中山經〕陸—之山。

【𨛨】呼光切音荒陽韻

縣名。見〔玉篇〕

【𨚲】人余切音如魚韻

地名。見〔說文〕

【䢾】作代切音再隊韻祖才切音栽灰韻

本作𢦏。〔說文〕𢦏故國在陳留。〔通訓定聲〕在今河南衛輝府考城縣東南。左氏春秋以戴爲之。穀梁以載爲之。後以國爲氏。字作戴。〔按府今裁。考城屬開封道〕

【𨙻】王矩切音羽麌韻

南陽舞陰亭。見〔說文〕〔通訓定聲〕在今河南南陽府。〔按今府廢。泌陽縣北有舞陰城〕

【𨚐】盧對切音耒隊韻魯猥切音磥賄韻

今桂陽耒陽縣。見〔說文〕〔段注〕耒、各本作郲。今正。桂陽耒陽二志同。今湖南衡州府耒陽縣東四十五里有耒陽廢城。

【𨛋】寧顛切音年先韻

本作𨛫。〔說文〕𨛫。左馮翊谷口鄉。〔通訓定聲〕在今陝西西安府醴泉縣。〔按府今廢。醴泉縣屬關中道。縣東北有谷口故城。即其地。〕

【郋】弦雞切音奚齊韻

汝南召陵里。見〔說文〕〔段注〕召、各本作邵。誤。今正。今河南許州郾城縣東有故召陵城。—者召陵里名。〔按許州今改爲縣。與郾城俱隸開封道〕

【𨚯】徒東切音同東韻

鄉名。見〔玉篇〕

【𨛑】子皓切音蚤皓韻

邑名。在筑陽。見〔玉篇〕

【郀】空胡切音枯虞韻

秦地。在河東。當—首也。見〔玉篇〕

【𨜆】常證切音乘徑韻

縣名。在會稽。見〔集韻〕

【郍】諾何切音那歌韻

温—沙。國名。〔後周書〕粟特國在葱嶺之西。蓋古之奄蔡。一名温—沙。

【𨚔】房六切音伏屋韻

隱也。見〔字彙補〕。

【郔】此緣切音詮先韻

剔也。見〔字彙補〕。

【郋】具義切寘韻

山名。見〔奚韻〕。

【邢】邢本字。見〔說文〕。

【郱】同邦。見〔五音篇海〕。

【郶】同鄙。見〔五音篇海〕。

【䣈】同刪。見〔龍龕手鑑〕。

【郶】同郁。見〔五音篇海〕。

【郱】同鄰。見〔龍龕手鑑〕。

【𨙻】同耆。見〔奚韻〕。

【郳】同陬。見〔路史國名記〕。

【邶】邱或字。見〔集韻〕。

【郤】卻俗字。見〔廣韻〕。

七畫

【郲】渠尤切音求尤韻

㊀地名。見〔說文〕。

㊁鄉名。在陳留。見〔玉篇〕。

【郕】時征切音成庚韻

㊀魯孟氏邑。見〔說文〕。〔段注〕今春秋三經三傳皆作成。—、成、古今字也。〔當今山東寧陽縣東北〕。

㊁國名。周武王封弟叔武於此。〔左隱五年傳〕衞師入—。〔當今山東汶上縣西北有—城〕。

㊂隰—。地名。〔左隱十一年傳〕王與鄭人之田溫原隰—。〔當今河南武陟縣西南〕。

【郗】抽遲切音絺支韻

㊀周邑也。在河內。見〔說文〕。〔通訓定聲〕左隱十一年。溫原絺樊以絺爲之。今河南懷慶府河內縣。〔當今河南沁縣治〕。

㊁姓也。漢御史大夫—慮。晉—鑒。

【郗】香依切音希微韻

骨節間也。見〔集韻〕。

【𨛘】丞眞切音辰眞韻

㊀國名。〔路史國名紀〕宛丘西南四十里有—亭。〔當今河南淮寧縣西〕。

㊁姓也。見〔姓苑〕。

【郙】匪父切音甫麌韻芳無切音敷虞韻

㊀汝南上蔡亭。見〔說文〕。〔按今河南上蔡縣西南十里有上蔡古城。〕

㊁漢代閣名。有—閣頌。

【郛】芳無切音孚虞韻

㊀郭也。見〔說文〕。〔按公羊十五年傳〕—者何。恢郭也。

㊁亦大也。見〔初學記引風俗通〕。

【郜】居號切音告號韻姑沃切音梏沃韻

㊀周文王子所封國。見〔說文〕。〔王注〕左桓二年傳以—大鼎賂公。杜云。濟陰成武縣東南有北—城。正義曰。劉君以南—、北—、並宋邑。別有—國。以規杜氏。案許君不云在成武。則劉說得之。

㊁晉邑名。〔左成十三年傳〕焚我箕、—。〔按箕、—二邑名。在今山西祁縣西〕。

㊂姓也。晉高昌長—玖。

【郝】黑各切音壑藥韻

㊀右扶風鄠、盩厔、鄉。見〔說文〕。〔段注〕鉉本如此。謂右扶風之鄠縣盩厔縣皆有—鄉也。〔當今陝西鄠縣及盩厔縣境〕。

㊁姓也。〔廣韻〕商帝乙封子期于太原—鄉。因以爲氏。

【郝】施隻切音釋陌韻曷各切音鶴藥韻

㊀——。耕土解散也。〔爾雅釋訓〕——。耕也。

㊁姓也。〔漢書功臣表〕眾利侯—賢。

【郝】昌石切音尺陌韻

鄉名。見〔廣韻〕。

【郎】盧當切音廊陽韻

㊀魯亭也。見〔說文〕。〔通訓定聲〕按魯有二—。左隱元年傳費伯帥師城—。此魯遠邑。在今山東兗州府魚臺縣東北。費伯之食邑。其後以邑爲氏。又隱九年夏城—。此魯近郊之邑。莊十年次于—。哀十一年戰于郊。檀弓云戰于—者。在今兗州府滋陽縣西北。春秋所書之—、多此也。

㊁君也。見〔廣雅釋詁〕。〔疏證〕—之言良也。

㊂男子之美稱。〔唐書房玄齡傳〕僕閱人多矣。無如此—者。

㊃女子亦可稱—。〔古詩〕不知木蘭是女—。

㊄婦謂夫爲—。〔晉書列女傳〕天壤

之間。乃有王—。
〔六〕僕稱主曰—。〔唐書宋璟傳〕君非其家奴。何—之云。
〔七〕謂人兒曰—。〔蘇軾詩〕三老白接䍦。兩—烏角巾。〔俗謂令—、公—、本此〕
〔八〕唐宋人小字多稱—。唐韓偓、小字冬—。宋王安石小字獾—。
〔九〕官名多稱—。如秦漢之議—、中—、侍—。—中初本職宿衛。其後任曹務者亦稱尚書—。至隋世且增置員外—。唐宋以後則以侍—為各部長官。—中、員外—、為各部屬員矣。
〔十〕僧人漁父亦稱—。僧曰縉—。漁曰漁—。
〔十一〕—罷。閩人呼父也。見〔青箱雜記〕。
〔十二〕—當。疲勞也。〔王仁裕開元遺事〕三—。—當〔又〕舞袖長也。詳當字。
〔十三〕夜—。國名。漢屬牂牁郡。今屬貴州省。
〔十四〕重—。累屋也。〔周書作雒〕重亢重—。
〔十五〕索—。洒名。〔水經河水注〕索—反語為桑落也。
〔十六〕佛—。法國幣名。詳佛字。
〔十七〕通廊。〔史記司馬相如傳〕今陛下累—、臺恐其不高。
〔十八〕姓也。漢—顗。唐—士元。

【郙】苦怪切音快卦韻
〔一〕汝南安陽鄉。見〔說文〕。〔段注〕今河南汝寧府眞陽縣縣東故安陽城、是也。有鄉名—。〔按眞陽即今正陽縣〕
〔二〕姓也。見〔正字通〕。

【郟】訖洽切音夾洽韻
〔一〕潁川縣。見〔說文〕。〔段注〕在今河南汝州—縣。
〔二〕—鄏。周舊都也。〔左宣三年傳〕成王定鼎于—鄏。〔按今河南洛陽縣西有—鄏陌。周王城地〕
〔三〕—室。門之室也。一曰東西廂也。〔大戴記諸侯釁廟〕—室割雞于室中。
〔四〕姓也。鄭—張。見〔左傳〕。

【郡】具運切音郡問韻
〔一〕周制。天子地方千里。分為百縣。縣有四—。故春秋傳曰。上大夫受縣。下大夫受—。是也。至秦初。天下置三十六—。曰監縣。見〔說文〕。
〔二〕國也。見〔廣雅釋詁〕。
〔三〕羣也。人所羣聚也。見〔釋名釋州國〕。
〔四〕官也。見〔廣雅釋室〕。
〔五〕乃也。見〔廣雅釋詁〕。

【郢】以井切音潁梗韻　於政切敬韻
〔一〕故楚都。在南郡江陵北十里。見〔說文〕。〔通訓定聲〕今湖北荊州府江陵縣北。楚武王自丹陽今宜昌府歸州徙此。〔今荊州裁府留縣。歸州改稱歸縣〕
〔二〕州名。唐置。當今湖北鍾祥縣治。
〔三〕節氣名。〔管子幼官〕十二小—。十二中—。
〔四〕—曲。最高之樂歌也。〔文選宋玉對問〕客有歌于—中者。〔按後世因謂以詩就正有道。曰—政〕

【郣】蒲沒切音勃月韻
〔一〕—地。一曰。地之起者曰—。見〔說文〕。〔按鍇本如此。鉉本作—海地。王本依玉篇改為—海郡。朱駿聲曰—海郡、在今直隸河間天津二府〕
〔二〕通渤。〔山海經南山經〕丹水南流。注于渤海。〔注〕渤海、海岸曲崎頭也。
〔三〕通勃。〔史記高祖紀〕北有勃海之利。〔索隱〕海旁曰勃。

【郤】乞逆切音隙陌韻〔與郄別〕
〔一〕晉大夫叔虎邑也。見〔說文〕。〔通訓定聲〕聲類。—鄉、在河內。
〔二〕仰也。〔儀禮士昏禮〕贊啟會—于敦南。
〔三〕怨隙也。〔史記項羽紀〕今將軍與臣有—。
〔四〕骨肉之交也。〔莊子養生主〕批大—。導大窾。
〔五〕通隙。間隙也。〔禮記曲禮〕諸侯相見于—地曰會。
〔六〕通郄。姓也。晉大夫—獻子之後。

【郔】夷然切音延先韻
鄭地。見〔說文〕。〔段注〕左傳宣三年。晉侯伐鄭及—。明人石刻作延。皆誤字也。又宣十二年。楚子北師次于—。實一地也。〔當在今河南鄭縣境〕

【⿰里阝】兩耳切音里紙韻
南陽西鄂亭。見〔說文〕。〔段注〕南陽郡西鄂二志同。今河南南陽府北五十里、故西鄂城是也。—者、漢時亭名。〔按南陽府今為南陽縣〕

〕

【郚】同都切音涂通都切音涂虞韻詳余切音徐魚韻詩車切音奢麻韻
郚下邑地。於東有｜城。見〔說文〕。〔段注〕郚、當作郚。地、當作也。周禮雍氏注。伯禽以王師征徐戎。劉本、徐作｜。音徐。城當作戎。

【郲】謨郎切音忙武方切音亡陽韻
鄉名。在藍田。見〔集韻〕。

【郖】當侯切音兜尤韻大透切音豆宥韻
弘農縣庾地。見〔說文〕。〔王注〕庾、當作渡。水經注河水篇曰。宏農縣故城東。河水於此有浢津。浢郎｜也。魏志杜畿傳。畿遂詭道從｜津渡。〔按當在今河南靈寶縣西〕。

【郩】所敎切音稍效韻
國甸。大夫稍稍所食邑。周禮曰。四任｜。地在天子三百里之內。見〔說文〕。〔注〕謂天子之田。稍稍以封大夫也。

【郘】兩舉切音呂語韻
鼉縣亭名。見〔玉篇〕。

【郚】訛胡切音吾虞韻
東海縣故紀侯之邑也。見〔說文〕。〔段注〕春秋莊元年。齊師遷紀郱郚｜。故｜城在今山東青州府安丘縣西南六十里。

【郚】牛居切音魚魚韻訛胡切音吾虞韻
魯邑名。〔春秋文七年〕遂城｜。〔｜當今山東泗水縣東南有｜鄉。故城。郎其地。漢衛王子侯表又音魚。〕

【〼】俯九切音否有韻
地名。見〔集韻〕。〔按左隱十一年傳疏。奚仲遷于邳。校勘記曰。監本、毛本、邳作｜。非。康熙字典曰。說文作邳。是合邳｜爲一字。尤誤。正字通以爲部字之訛。存參。〕

【郉】胡經切音邢堅靈切音經青韻
鄉名。在高密。左氏傳曰。戰於井｜。見〔玉篇〕。

【郠】古杏切音梗梗韻居行切庚韻
良邪莒邑。見〔說文〕。〔通訓定聲〕當在山東沂州府沂水縣境。

【郤】五逆切陌韻
姓也。見〔龍龕手鑑〕。〔康熙字典云。郎郄字之譌。〕

【〼】祖峻切震韻
地名。見〔玉篇〕。

【郙】傍俱切虞韻
城也。見〔川篇〕。

【〼】音同灰韻
鄉名。見〔龍龕手鑑〕。

【〼】寸臥切音剉箇韻
山名。見〔集韻〕。

【〼】蒲故切音捕遇韻
亭名。見〔廣韻〕。

【〼】盧貢切音弄送韻
邑名。在魯。見〔集韻〕。

【〼】渠記切音忌寘韻
古縣名。見〔字彙〕。

【邮】夷周切音由尤韻
郵或字〔集韻〕郵。亭名。在馮翊高陽縣。或作｜。

【〼】音銀真韻
地名。見〔五音篇海〕。

【〼】有軍切音云文韻
國名。見〔字彙補〕。

【郥】邦沛切音貝泰韻
地名。見〔字彙補〕。

【〼】音琴侵韻
亭名。見〔字彙補〕。

【〼】同邦。見〔五音篇海〕。

【〼】同郕。見〔川篇〕。

【〼】同邳。〔漢孔廟碑〕弟子下｜朱班也。

【〼】郘譌字。見〔正字通〕。

八畫

【〼】尙兩切音敞底朗切音黨養韻
●一 地名。見〔說文〕。
●二 屍也。見〔廣雅釋詁〕。

【〼】蒲枚切音裴灰韻符非切音肥微韻

(一)河東聞喜縣見〔說文〕〔卽今山西聞喜縣境〕

(二)姓也。〔集韻〕伯益之後。封於—鄉。因以爲氏。後封解邑。乃去邑从衣。故今姓作裵。

【部】伴姥切音蔀麌韻

(一)天水狄—。見〔說文〕〔段注〕顧氏祖禹曰。漢天水郡。今陝西鞏昌府以東秦州之境。是其地。〔按鞏昌後。改屬甘肅。秦州今改天水縣。〕

(二)總也。統也。見〔集韻〕。

(三)官署也。舊分吏、戶、禮、兵、刑、工、六—。今分外交、內務、財政、陸軍、海軍、司法、敎育、農工商、交通凡九—。爲中央行政機關。

(四)軍之—伍也。〔文選揚雄賦〕浸淫蹴—。

(五)猶領也。見〔後漢橋元傳注〕。

(六)謂所—也。〔後漢卓茂傳〕人常言—亭長受其米肉遺者。

(七)謂身形—分也。〔素問陰陽類論〕陽爲游—。

(八)—者。阜之類也。見〔風俗通山澤〕。

(九)分判也。見〔玉篇〕。

(十)界也。見〔集韻〕。

(十一)分布也。〔荀子王霸〕名聲—發于天地之間。

(十二)—曲也。見〔廣韻〕。

(十三)星辰布列也。〔史記曆書〕分其天—。〔注〕分—、八十二宿爲距度也。

(十四)五行也。〔漢書律歷志〕起五—。〔注〕謂金木水火土也。

(十五)外國種族也。如唐書沙陀—、龜茲—、高車—、延陀—之類。

(十六)書籍目次也。如甲—經、乙—史、丙—子、丁—集之類。

(十七)葢斗也。〔考工記輪人〕信其程圍以爲—廣。

(十八)鹵—。大駕儀仗。〔葉夢得避暑錄〕大駕儀仗通號鹵簿。或以簿爲—。

(十九)雷—。俗云雷神也。〔明道雜志〕謝仙是雷—中神名。

(二十)—署。分—而署置。〔漢書高帝紀〕—署諸將。

(廿一)—將。謂軍—之下小將也。見〔後漢寇恂傳注〕。

(廿二)—分。謂藏府之位可占候處。〔素問陰陽應象大論〕審清濁而知—分。

(廿三)釋—。內典也。〔文選孔稚珪移文〕談空空於釋—。

(廿四)星名。〔晉書天文志〕北斗七星。七曰—星。

(廿五)百—。藥名。一名野天門冬。

(廿六)同棓。大杖也。〔淮南說山〕羿死桃—。

【郶】薄口切音瓿有韻

—婁。小阜也。〔左襄二十四年傳〕—婁無松柏。

【郩】胡交切音肴肴韻

(一)邑名。見〔玉篇〕。

(二)山名。在弘農。見〔集韻〕。

【郩】烏皓切音襖皓韻

邑名。見〔廣韻〕。

【郪】千西切音妻先齊切音西齊韻

(一)新—。汝南縣。見〔說文〕〔段注〕今安徽潁州府城東八里有城。故新—城也。

(二)—丘。齊地。〔春秋文十六年〕盟于—丘。〔當今山東東河縣境〕

【郪】千支切音雌支韻

縣名。漢置。屬廣漢郡。當今四川三臺縣治。

【郫】蒲糜切音皮頻彌切音陴支韻蒲佳切音牌佳韻

(一)蜀縣也。見〔說文〕〔按今四川—縣北有—城〕。

(二)—卲。晉邑。〔左襄二十三年傳〕齊伐晉戍—卲。

(三)—筒。酒名。〔杜甫詩〕酒憶—筒不用沽。〔按成都紀云。—縣出大竹。土人截爲筒盛酒。謂之—筒酒。〕

(四)姓也。見〔集韻〕。

【郭】光鑊切音椁藥韻〔按城—之—本作𩫏。〕

(一)齊之—氏虛。善善不能進。惡惡不能退。是㠯亡國也。見〔說文〕〔段注〕謂此篆乃—氏虛之字也。—本國名。虛、墟古今字。—國既亡。謂之—氏虛。在齊境內。

(二)廓也。廓落在城外也。見〔釋名釋宮室〕。

(三)外城也。〔禮記禮運〕城—溝池以爲固。

(四)大也。見〔字林引風俗通〕。

(五)皮也。〔素問湯液醪醴論〕津液充—。

⑯ 弩牙外曰—。爲牙之規—也。見〔釋名釋兵〕。
⑰ 剜削也。見〔廣雅釋器〕。〔方言作廓〕。
⑱ 謂四周之內也。〔漢書尹賞傳〕致令辟爲—。
⑲ —索多足貌。〔太玄銳〕蟹之—索。
⑳ 赤—神名。〔神異經〕南方有人長七尺。朱衣縞帶。赤蛇遶項。惟食惡鬼。朝吞三千。暮吞八百。名曰赤—。
㉑ 都—。北狄名。〔周書王會〕都—生生。
㉒ —爾羅斯。內蒙古四盟之一部也。
㉓ 通虢。〔穀梁昭元年傳〕會于—。〔左傳作會于虢〕
㉔ 姓也。〔又〕東—。南—。北—。皆複姓。

【郯】 徒甘切音談覃韻
㊀ 東海縣。帝少昊之後所封。見〔說文〕。〔當今山東—城縣西南百里。有故—城。〕
㊁ 姓也。見〔集韻〕。

【郰】 甾尤切音鄒尤韻
㊀ 魯下邑。孔子之鄉。見〔說文〕。〔在今山東鄒縣西北。〕
㊁ 通鄹。〔論語八佾〕孰謂鄹人之子知禮乎。
㊂ 通陬。〔史記孔子世家〕孔子生于昌平陬邑。

【郰】 緒纂切音選旱韻
亭名。在新豐。見〔集韻〕。

【郲】 郎才切音來灰韻
㊀ 鄭地名。〔左隱十一年傳〕公會鄭伯于時來。〔注〕時來、郲也。〔當今河南滎陽縣境。〕
㊁ 邛—。山名。〔漢書王尊傳〕在蜀郡嚴道縣。〔嚴道、今四川雅安滎經兩縣地。〕

【郲】 落猥切音礧賄韻
鄈—。不平皃。見〔廣韻〕。

【郴】 癡林切音琛侵韻
㊀ 桂陽縣。見〔說文〕。〔段注〕今湖南直隸—州。即古—縣。漢桂陽郡治也。〔按—州今改—縣。〕
㊁ 姓也。晉江夏—寶。見〔廣韻〕。

【郵】 于求切音尤尤韻
㊀ 境上行書舍。从邑垂。垂、邊也。見〔說文〕。〔按風俗通云。漢改—爲置。置亦驛也。度其遠近置之也。今之—政。即本此意。〕
㊁ 田間舍也。見〔集韻〕。〔禮記郊特牲〕饗農及—表畷。注。—表畷、謂田畯所以督約百姓於井間之處也。〕
㊂ 過也。見〔爾雅釋言〕。〔注〕道路所經過也。
㊃ 最也。〔列子穆王〕魯之君子迷之—者。
㊄ 過也。〔漢書成帝紀〕以顯眹—。
㊅ 督—。古官名。〔晉書陶侃傳〕郡遣督—至縣。
㊆ 杜—。秦地。〔史記白起傳〕至杜—。秦王乃使使者賜之劍。〔當今陝西咸陽縣東。〕
㊇ 高—。州名。今爲江蘇高—縣。
㊈ 曲—。地名。〔史記留侯世家〕留侯病自彊起至曲—。〔當今陝西臨潼縣東。〕
㊉ 考異—。緯書名。〔後漢樊英傳注〕春秋緯考異—。
⑪ 姓也。春秋時—無恤。

【郵】 是爲切音垂支韻
地名。在衞。見〔集韻〕。

【𨛫】 憐題切音黎齊韻
殷諸侯國。在上黨東北。从邑𥠖聲。𥠖、古文利。商書西伯戡—。見〔說文〕。〔段注〕上黨郡名不言何縣者。有未審也。前志、上黨壺關。應劭曰。黎、侯國也。今黎亭是。後志、同。應說。今山西潞安府府治。卽漢壺關縣。府西南三十五里有黎亭。〔按通訓定聲云。今山東東昌府范縣有黎侯城。則狄人追逐黎侯。侯失國寓衞所居之地也。西伯戡—。今本以黎爲之。潞安府今改長治縣。〕

【郶】 商居切音書魚韻
地名。見〔說文〕。〔按玉篇引春秋徐人取—。杜預曰。今廬江舒縣。未審所据。集韻云。鄉名。在廬江。〕

【𨜏】 式夜切音舍禡韻
邑名。見〔集韻〕。

【𨛬】 衣檢切音奄琰韻
周公所誅—國。在魯。見〔說文〕。〔段注〕商奄是也。奄、—二字周時竝行。今則奄行而—廢矣。〔當今山東曲阜縣東。〕

【𨛬】 衣廉切音淹鹽韻
邑名。見〔集韻〕。

【𨛜】 祥亦切音席陌韻

鄉名。見〔廣韻〕。

【鄒】之由切音周尤韻 故國、黃帝後所封也。見〔玉篇〕。

【郱】旁經切音瓶青韻 地名。見〔說文〕。〔段注〕按春秋莊元年。齊師遷紀—鄑郚。杜云。—在東莞臨朐縣東南。今山東青州府臨朐縣東南有—城、是也。

【郮】斤於切音居魚韻 國名。見〔集韻〕。

【郼】語其切音宜支韻 鄉名。見〔玉篇〕。

【⿰采阝】此宰切音彩賄韻 地名。見〔玉篇〕。

【⿰爭阝】甾莖切音爭庚韻 國名。見〔集韻〕。

【⿰崇阝】鉏弓切音崇東韻 國名。見〔集韻〕。

【郬】倉經切音青青韻 地名。見〔等韻〕。

【郹】下老切音皓皓韻 邑名。見〔玉篇〕。〔集韻〕曰。在南陽。

【鄑】莊持切音淄支韻 鄉名。見〔廣韻〕。

【⿰虎阝】火五切音虎麌韻 鄜或字。〔集韻〕鄜。說文、地名。或作—。

【⿰受阝】是酉切音受有韻 鄉名。見〔集韻〕。

【⿰御阝】音恭冬韻 亭名。又邑名。見〔龍龕手鑑〕。

【⿰官阝】音官寒韻 國名。見〔川篇〕。

【郻】去要切音竅嘯韻 縣名。見〔川篇〕。

【⿰汁阝】音汁緝韻 鄉名。見〔川篇〕。

【郳】研奚切音倪齊韻 齊地。春秋傳曰。齊高厚定—田。見〔說文〕。〔注〕鍇按杜預曰。即小邾。一名—也。東海昌慮縣東北有—城。〔互詳邾字〕

【郳】如支切音兒支韻 國名。見〔集韻〕。

【⿰朱阝】邾本字。見〔說文〕。

【⿲米者阝】都古字。見〔集韻〕。

【⿰嵒阝】同郚。〔路史國名記〕呂子爵—也。今登封有廢—城。

【⿰虒巴】同鄠。〔西京雜記〕抱杜含—。

【⿰非阝】同鄹。見〔龍龕手鑑〕。

【⿰彖阝】同鄭。見〔五音篇海〕。

【⿰孝阝】同鄀。見〔篇海類編〕。

【⿲耳㐌阝】同鄉。見〔龍龕手鑑〕。

【⿸广卯阝】邸俗字。見〔正字通〕。

九畫

【都】東徒切音闍虞韻 ㊀有先君之舊宗廟曰—。周禮。距國五百里爲—。見〔說文〕。〔通訓定聲〕按王畿方千里其最外之一周。東南西北方百里者三十六。謂之—。亦謂之大—。王子弟及三公之采也。其內一周。方百里者、二十八。謂之縣。亦謂之小—。九卿之采也。又其內一周。方百里者、二十。謂之削。亦謂之家。邑大夫之采也。周官有—宗人、—司馬、—則、—士。故侯國之下邑亦曰—。㊁國城曰—。者國君所居。人所會也。見〔釋名釋州國〕。㊂國也。見〔廣雅釋詁〕。㊃天子所宮曰—。見〔廣韻〕。㊄人所聚曰—。〔公羊僖十六年傳〕六鷁退飛過宋—。㊅聚也。〔管子水地〕水以爲—居。㊆藏也。見〔廣雅釋詁〕。㊇總也。見〔華嚴音義引漢書拾遺〕。㊈居也。〔漢書東方朔傳〕身—卿相之位。㊉大也。見〔廣雅釋詁〕。(十一)凡也。見〔廣雅釋訓〕。(十二)大指也。見〔漢書揚雄傳注〕。(十三)美也。見〔漢書司馬相如傳注〕。(十四)閑也。〔詩有女同車〕洵美且—。(十五)雅也。〔史記司馬相如傳〕姣冶嫺—。(十六)姣也。〔史記司馬相如傳〕甚—。(十七)於也。見〔爾雅釋詁〕。(十八)盛也。見〔小爾雅廣言〕。(十九)歎美之辭。〔書堯典〕驩兜曰—。(二十)池也。見〔廣雅釋地〕。(廿一)試也。見〔漢書霍光傳注〕。(廿二)㰏也。〔方言〕㰏。燕之東北朝鮮洌水之間、謂之榝。〔注〕榝楊杙也。江東呼—。

㉓—部者。統其衆也。見〔後漢齊武王縯傳注〕

㉔—尉。本郡尉。秦官也。掌佐守典武職。秩比二千石。景帝更名—尉。見〔後漢光武帝紀注〕

㉕—官從事主察、舉百官犯法也。見〔後漢符融傳注〕〔按漢之—察院。今之—肅政使似此。〕

㉖唐末藩鎮親軍、多謂之—。如銀刀—。黑雲—。

㉗山—。狒狒別名。〔爾雅釋獸注〕狒狒、俗呼之曰山—。

㉘伯—。虎也。〔方言〕關東西、虎謂之伯—。

㉙鴻—。後漢門名。〔後漢靈帝紀〕光和元年。始置鴻—門學士。

㉚拔—。勇號也。〔元史趙阿哥潘傳〕賜黃金五十兩。名曰拔—。〔按清世巴圖魯卽拔—二字之音轉。〕

㉛姓也。漢臨亞侯—穉。

【都】　張如切音豬魚韻

通豬。〔史記夏本紀〕大野旣—。

【郿】　旻悲切音眉支韻　明祕切音媚寘韻

①本作郿。〔說文〕郿。右扶風縣。〔當今陝西—縣東北。〕

②魯地名。〔左莊二十八年傳〕冬築—。〔當今山東東平縣境。〕

【鄂】　逆各切音諤藥韻

①本作鄂。〔說文〕鄂。江夏縣。〔故—城、在今湖北—城縣西南。〕

②殷國名。〔史記殷本紀〕以西伯九侯—侯爲三公。

③晉別邑。〔左隱六年傳〕納諸—。〔當今山西寧鄉縣境。〕

④直言也。見〔文選馬融賦注引字林〕〔按此假爲諤〕

⑤阻礙不依順也。〔漢書霍光傳〕羣臣皆驚—失色。〔按此假爲愕〕

⑥垠也。〔漢書揚雄傳〕紛被麗其亡—。

⑦外見貌。〔詩常棣〕—不韡韡。〔傳〕

⑧柞格。所以誤獸也。〔國語周語〕設穽—。

⑨承華者曰—。見〔詩常棣箋〕

⑩作—。零落也。〔淮南天文〕作—之歲。

⑪——。辨厲也。〔大戴記曾子立事〕君子出言以——。

⑫同蕚。〔文選江淹詩〕青松挺秀蕚。

⑬通諤。〔禮記坊記注〕不用——。〔釋文〕—、本作諤。

⑭通噩。〔史記天官書〕太歲在酉曰作—。〔按爾雅作噩〕

⑮姓也。漢—千秋。

⑯—爾多斯。內蒙古西二盟之一部也。

【鄆】　王問切音運問韻　于分切音云文韻

①本作鄆。〔說文〕鄆。河內沁水鄉。魯有—地。〔段注〕今河南懷慶府濟源縣東北有故沁水城。是也。沁水縣有—鄉。〔按通訓定聲云。左文十二年。城諸及—、按本莒邑。魯取之。在今山東沂州府沂水縣。此魯東—也。又成四年。城—、十六年。待于—。在今山東曹州府—城縣。此魯西—也。攷懷慶府廢。改沁陽縣。濟源縣。隸河北道。沂州曹州府並廢。沂水—城。均隸濟寧道。〕

②州名。隋置。〔韻會〕魯太昊之後。風姓。禹貢兗州之域。卽魯之附庸須句國也。秦爲薛郡地。漢爲東平國。武帝爲大河郡。隋爲—州。〔按當今山東東平縣西北。〕

③姓也。魯大夫食采于—。後因氏。見〔廣韻〕

【[illegible]】　所景切音省梗韻

①水名。又丘名。見〔廣韻〕

②地名。見〔集韻〕

【郹】　局闃切音湨錫韻

蔡邑也。春秋傳曰—陽人女奔之。見〔說文〕〔通訓定聲〕左昭十九傳。—陽封人之女奔之。當在今河南汝寧府上蔡地。定十二傳。次于垂葭實—氏。此衞地。當在今山東曹州府鉅野縣。

【⿰盈阝】　怡成切音盈庚韻

姓也。見〔廣韻引姓苑〕〔按正字通曰。姓苑作盈〕

【⿰契阝】　吉詣切音計霽韻

周封黃帝之後于—也。讀若薊。上谷有—縣。見〔說文〕〔段注〕—、薊。古今字也。薊行而—廢。陸德明曰。薊、今涿郡薊縣是也。今京師順天府附郭大興縣治。

【⿰多邕】 烏孔切音蓊董韻　於容切音邕冬韻
凡大而多謂之—。見〔方言〕。

【郼】 於希切音依微韻
殷國名。〔呂覽愼大〕郼爲天子。夏民親—如夏。

【鄢】 於建切音堰願韻　隱憶切音匽阮韻
潁川縣。見〔說文〕。〔當今河南—城縣治〕

【鄀】 日灼切音若　敕略切音綽　藥韻
國名。〔左僖二十五年傳〕秦晉伐—。〔注〕—本在商密。秦楚界上小國。其後遷於南郡—縣。〔疏〕當此秦晉伐—之時。國名爲—。所都之邑名商密。後始遷於—縣。國至彼縣而滅。故彼縣專得—名。〔按今河南內鄉縣西南有丹水城。即商密—之舊都。湖北宜城縣東南有—城。則所遷地。顧祖禹曰。湖廣南陽府宜城縣東南九十里—城。春秋時—國。自商密遷於此。爲楚附庸。楚滅之而縣其地。〕

【鄃】 舂朱切音舒　羊朱切音俞　虞韻
清河縣。見〔說文〕。〔段注〕今山東臨青州夏津縣東北三十里有故—縣城。

【鄄】 規椽切音絹霰韻　諸延切音旃　稽延切音甄　先韻　之人切音眞　於巾切音咽　眞韻
衛地。今濟陰—城。見〔說文〕。〔今山東濮縣東有—城。〕

【鄅】 王矩切音禹　俱禹切音矩　麌韻
妘姓之國。春秋傳曰。—人藉稻。見〔說文〕。〔通訓定聲〕按—國後屬邾。邾有其地名啓陽。哀三年城啓陽是也。在今山東沂州府蘭山縣北。〔按蘭山縣今改臨沂縣。〕

【⿰思阝】 想止切音葸紙韻
漢侯國名。見〔集韻〕。

【鄡】 輕彫切音趬蕭韻
鉅鹿郡有—縣。見〔玉篇〕。〔康熙字典云。鉅鹿郡有鄡縣無—縣。〕

【⿰貞阝】 知盈切音貞　丑成切　庚韻
地名。見〔廣韻〕。

【⿰皇阝】 胡光切音皇陽韻
古縣名。見〔廣韻〕。〔集韻云。在會稽。〕

【⿰禺阝】 元具切音遇遇韻
地名。見〔廣韻〕。

【⿰契阝】 於驚切音英庚韻
地名。見〔集韻〕。

【⿰釖阝】 仄侯切音鄒尤韻
地名。出西羌國。見〔字彙〕。〔正字通曰。羌、百五十四種。散處三河。其地無—。〕

【⿰屋阝】 烏谷切音屋屋韻
地名。在南陽。見〔集韻〕。

【⿰柔阝】 而由切音柔尤韻
郊或字。〔集韻〕郊。鄉名。或作—。

【⿰姜阝】 古岡切音姜陽韻
水名。〔山海經北山經〕陸山、—水出焉。而東流注于海。

【⿰㝛阝】 何閤切音郃合韻
地名。見〔川篇〕。

【鄇】 下遘切音候宥韻　胡溝切音侯尤韻
本作郈。〔說文〕郈。晉之溫地。春秋傳曰。爭—田。〔當今河南武陟縣西南〕

【鄈】 渠惟切音葵　渠龜切音逵　支韻
河東臨汾地。即漢之所祭后土處。見〔說文〕。〔按今山西汾城縣南、有臨汾故城。即其地。〕

【[illegible]】 郯本字。見〔說文〕。

【⿰舍阝】 郝本字。見〔說文〕。

【鄉】 同巷。見〔廣韻〕。〔說文𨛜部作䢽。〕

【⿰背阝】 同邶。見〔廣韻〕。

【⿰鼎阝】 同郳。見〔正字通〕。

【⿰卹阝】 同卹。見〔龍龕手鑑〕。

【⿰卻阝】 同郤。見〔五音篇海〕。

【⿰鬲阝】 同郲。見〔龍龕手鑑〕。

【⿰啚阝】 同鄙。見〔龍龕手鑑〕。

【鄽】 同廛。見〔五音篇海〕。

【⿰帝阝】 同鼓。見〔五音篇海〕。

十畫

【⿰鬲阝】 郎狄切音歷錫韻

❶縣名。見〔字彙〕。
❷姓也。見〔字彙〕。

【𨞛】　鄰溪切音離支韻
戎國名。見〔字彙〕。

【鄐】　敕六切音畜許六切音蓄丘六切音麴屋韻
❶晉邢侯邑。見〔說文〕。〔通訓定聲〕按晉雍子邑。〔左襄二十六傳〕雍子奔晉。晉人與之｜。〔又昭十四傳〕晉邢侯與雍子爭｜田。邢侯、巫臣子。傳云罪在雍子。豈｜始爲雍子邑。後又爲邢侯邑歟。
❷姓也。漢東海太守｜熙。

【鄑】　將支切音貲支韻　卽刃切音晉震韻
❶本作鄑。〔說文〕鄑。宋魯間地。〔通訓定聲〕莊十一年。公敗宋師于｜。注。魯地。〔當今山東舊兗州府境〕。
❷紀邑名。〔左莊元年傳〕齊師遷紀郱｜郚。〔當今山東昌邑縣西北〕

【鄒】　甾尤切音騶尤韻
❶魯縣。古邾婁國。帝顓頊之後所封。見〔說文〕。〔今山東｜縣東南有古邾城。卽其地〕
❷通騶。〔史記孟軻傳〕孟子、騶人也。〔按又作鄹、郰〕
❸姓也。漢｜陽。

【鄒】　從婁切音聚麌韻
人名。〔史記孔子世家〕如顏濁｜之徒。

【鄔】　于五切音隖麌韻　汪胡切音烏虞韻　依據切音飫御韻
❶大原縣。見〔說文〕。〔段注〕前志曰。晉大夫司馬彌牟邑。今山西汾州府介休縣。縣東三十五里、有故｜城。漢縣也。其北魏之｜城。在今介休縣東四十五里。俗譌武城。
❷鄭地名。〔左隱十一年傳〕取｜劉蒍邘之田于鄭。〔注〕河南緱氏縣西南、有｜聚。〔按緱氏縣淸改偃師縣。今仍之〕
❸姓也。

【鄉】　虛良切音香陽韻
❶本作鄉。〔說文鄉部〕鄉。國離邑。民所封｜也。嗇夫別治。圻之內六｜。六卿治之。〔通訓定聲〕按許說。是漢制。凡六千六百二十二｜。置三老游徼嗇夫治之。其小者但置嗇夫也。周禮大司徒五州爲｜。注。萬二千五百家。按地在遠郊以內。有六｜。｜大夫之職。每｜卿一人。｜老二｜、則公一人。｜師之職三｜、則下大夫二人也。若齊語十卒爲｜。又十里爲｜。管子小匡十率爲｜。鶡冠子王鐵十扁爲｜。皆二千家爲一｜。廣雅釋地十邑爲｜。是三千六百家爲一｜。俱非周制。〔按近世地方自治制。以人口不滿五萬之區域爲｜〕
❷猶里。以喩居也。〔孟子告子〕莫知其｜。
❸所也。〔詩殷武〕居國南｜。
❹方也。〔荀子賦〕四時易｜。
❺對城鎭而言也。凡城鎭以外皆稱｜。
❻喩儕類也。〔禮記緇衣〕故君子之朋友有｜。
❼謂本經之氣位。〔素問陰陽應象大論〕、各守其｜。
❽｜鄰。同鄉也。〔孟子離婁〕｜鄰有鬬者。〔按今稱同省同縣曰同｜。是｜又爲區域之通稱也〕
❾｜佐。主佐｜收稅賦。見〔後漢張宗傳注〕。〔按近世自治制亦有｜佐、佐｜董以治一｜之公事〕。
❿中｜。美地名。見〔詩采芑于此中｜〕。
⓫｜先生。卿大夫致仕者也。〔儀禮鄉射禮〕以告于｜先生君子可也。
⓬武｜。縣名。晉置。後魏改爲｜邢縣。亦曰｜縣。隋廢縣屬潞州。唐仍曰｜縣。旋復曰武｜。當今山西沁州武｜縣治。
⓭科舉時代考試之名。行于子午卯酉年者曰｜試。

【鄉】　許兩切音響養韻
❶救也。見〔廣雅釋言〕。
❷同響。〔漢書董仲舒傳〕如影｜之應形聲。
❸通饗。〔漢書文帝紀〕專｜獨美其福。

【鄉】　許亮切音嚮漾韻
❶兩階間謂之｜。見〔爾雅釋宮〕。
❷牖也。〔禮記明堂位〕刮楹達｜。〔注〕牖屬謂夾戶窻也。
❸曩時也。〔漢書異姓侯王表〕｜秦

之禁。

❹——饕飲食貌。〔荀子榮辱〕——而飽已矣。

❺同嚮。〔禮記曲禮〕則必——長者所視。〔阮元曰〕——、向、古今字。嚮、俗——字。按通典作向。

❻姓也。見〔姓苑〕。

【鄖】于分切音云文韻

❶漢南之國。漢中有——關。見〔說文〕。〔通訓定聲〕漢南之國。今湖北德安府安陸縣。漢中有——關。今湖北鄖陽府鄖西縣。

❷衞地名。〔左哀十二年傳〕衞侯會吳子于——。〔當今江蘇如皋縣東有會盟原。卽其地。〕

❸縣名。元置。今屬湖北襄陽道。

【鄗】黑各切音郝藥韻　下老切音晧晧韻　虛到切音耗號韻

❶常山縣也。世祖所卽位。今爲高邑。見〔說文〕。〔按今直隸柏鄉縣北、有——城。卽其地。〕

❷通鎬。〔後漢馮衍傳〕西顧酆——。

❸通蒿。〔公羊桓十五年傳〕公會齊侯于——。〔按穀梁作蒿。當今山東蒙陰西北。〕

【鄗】丘交切音敲肴韻　山名。〔左宣十二年傳〕晉師在敖、——之間。〔注〕敖、——、二山在滎陽縣西北。〔滎陽卽今河南滎澤縣境。〕

【鄗】居囂切音郊肴韻　同郊。地名。〔史記秦紀〕取王官及——。〔左傳作郊。互詳郊字。〕

【[illegible]】徒冬切音彤冬韻　古國名。見〔廣韻〕。

【⿰盍阝】轄臘切音盍　谷盍切音頡合韻　丘蓋切音磕泰韻　本作⿰盍阝。〔說文〕⿰盍阝。地名。〔通訓定聲〕孟子有蓋大夫。漢有蓋孫。廣韻、蓋亦作——。疑齊地。在今山東沂州府沂水縣西北。

【⿰昷阝】烏昆切音溫元韻　鄉名。在蜀。見〔玉篇〕。

【⿰旁阝】蒲光切音旁　鋪郎切音滂陽韻〔應作[illegible]。〕

【鄋】疎鳩切音搜尤韻　蘇遭切音騷豪韻　汝南鮦陽亭。見〔說文〕。〔今河南新蔡縣北有鮦陽故城。〕本作⿰叜阝。〔說文〕⿰叜阝。北方長狄國也。在夏爲防風氏。在殷爲汪芒氏。春秋——瞞侵齊。〔按顧祖禹曰。——瞞、在山東濟南府北境。或曰。今青州府高苑縣有廢臨濟城。古狄邑。卽長狄所居。〕

【鄍】忙經切音冥青韻　晉邑也。春秋傳曰。伐——三門。是也。見〔說文〕。〔按今山西平陸縣境東北有虞地。卽其地。〕

【鄎】悉卽切音息職韻　姬姓之國。在淮北。今汝南新——。是也。見〔說文〕。〔當今河南息縣北。〕

【鄏】如欲切音辱沃韻　河南縣直城門官陌地也。春秋傳曰。成王定鼎于郟——。見〔說文〕。〔互詳郟字。〕

【鄢】渠焉切音乾先韻　九件切音蹇銑韻　河東聞喜縣聚。見〔說文〕。

【⿰馬阝】莫傌切音禡禡韻　母下切音馬馬韻　郙——。犍爲縣。見〔說文〕。〔當今四川宜賓縣西北。〕

【⿰鬼阝】烏賄切音猥　胡罪切音瘣賄韻　——鄉。不平兒。見〔廣韻〕。

【[illegible]】須倫切音荀眞韻　同郇。〔集韻〕郇。說文、周武王子所封國。亦作——。

【⿰御阝】牛據切音御御韻　鄉名。見〔集韻〕。

【⿰益阝】伊昔切音益陌韻　地名。見〔玉篇〕。

【⿰厚阝】下遘切音候宥韻　縣名。見〔玉篇〕。〔按類篇曰。鄉名。在東平。集韻郈、或作——。〕

【鄌】徒郎切音唐陽韻　國名。見〔玉篇〕。

【⿰貞阝】損果切音鎖哿韻　河南亭名。見〔玉篇〕。

【[illegible]】烏公切音翁東韻　邑名。見〔集韻〕。

【[illegible]】余支切音移支韻　地名。見〔玉篇〕。

【⿰黍阝】力質切音栗質韻
地名。見[字彙]。

【⿰倉阝】七岡切音倉陽韻
地名。見[等韻]。

【⿰祟阝】辛律切音卹質韻
稍下也。見[廣韻]。[正字通曰。⿰崇阝譌字。]

【鄍】莫經切音冥庚韻
晉邑。見[海篇]。

【⿰豎阝】同郖。見[字彙]。

【⿰圖阝】同鄙。見[篇海類編]。

【鄊】同鄉。見[川篇]。

【⿰焱阝】俗郯字。見[正字通]。

十一畫

【鄘】餘封切音庸冬韻
❶南夷國。見[說文]。[段注]牧誓有庸蜀。左傳文十六年。庸人率羣蠻以叛楚。楚滅之。杜曰。庸、今上庸縣。屬楚之小國。按二志、漢中郡皆有上庸縣。今湖北鄖陽府竹山縣東四十里、有故上庸城。尙書庸地、在漢水之南。南至江。尙書僞傳云。在江南。非也。今字庸行而—廢矣。
❷周國名。武王分朝歌以南爲—。使管叔尹之。當今河南新鄉縣西南。
❸城也。[左昭二十一年傳]宋城舊—。[注]舊—、故城也。

【鄙】補美切音比紙韻 [按—吝之—、本作啚。]
❶五酇爲—。見[說文]。[段注]見遂人。五百家也。又周禮都—。王子弟公卿大夫采地。其畍曰都。—所居也。按大司徒、以邦國都—。對言。鄭注以邦之所居曰國、都之所居曰—。對言。春秋經傳。—字多訓爲邊者。蓋周禮都—。距國五百里。在王畿之邊。故—可釋爲邊。又引伸爲輕薄之偁。而—夫字古作啚。今則—行而啚廢矣。
❷國也。見[廣雅釋詁]。
❸小邑也。[釋名釋州國]—、否也。小邑不能遠通也。
❹邊邑也。[左莊二十六年傳]羣公子皆—。
❺狹也。[孟子盡心]—夫寬。
❻陋也。[文選馬融賦]是以尊卑都—。
❼俗也。[大戴禮保傳]—語曰。不習爲吏。視已成事。[注]猶今言俗語然也。
❽恥也。[史記屈原賈生傳]君子所—。
❾小也。[呂覽尊師]督之—家也。
❿賤也。[左昭十六年傳]夫猶—我。
⓫野也。[左僖二十四年傳]—在鄭地氾。
⓬謂不、通也。[漢書董仲舒傳]或仁或—。
⓭固陋不惠。[文選張衡賦]—哉予也。
⓮似若不逮也。[老子]我獨頑似—。
⓯猥也。見[一切經音義引廣雅]。
⓰—人。小人也。[淮南脩務]—人有得玉璞者。[又]郊野之人也。[荀子非相]楚之孫叔敖。期思之—人也。[按世俗自稱謙詞曰—人。又云—見、—意。並此意。]
⓱—袒。汗衣也。[釋名釋衣服]汗衣或曰—袒。或曰羞袒。
⓲天—。夷種也。[禮記王制東方曰夷疏]東夷傳九種。九曰天—。
⓳—駃。獸奔迅貌。見[後漢馬融傳注。]

【鄚】末各切音莫藥韻
❶涿郡縣。見[說文]。[通訓定聲]今直隸任丘縣北十三里、有—州城。往來孔道也。俗音如冒。
❷姓也。

【鄞】魚巾切音銀眞韻魚斤切音旂文韻
❶會稽縣。見[說文]。[今浙江奉化縣東有—城。]
❷縣名。宋置。即今浙江—縣治。

【鄟】朱遄切音專先韻徒官切音團寒韻豎兗切音膞銑韻
❶國名。[春秋成六年]取—。[注]附庸國也。
❷門名。[左襄九年傳]諸侯伐鄭門于—門。[注]鄭城門也。

【鄡】牽幺切音蹺蕭韻
❶鉅鹿縣也。見[說文]。[通訓定聲]今直隸順德府平鄉縣治。據唐通典則漢—城在深州。字亦作郻。史記弟子傳—單。按以邑爲氏。禮記檀弓縣亶。當作鄡亶。字之誤也。

㊂亭名。〔漢書王莽傳〕析宰將兵數千屯一亭。

【鄢】於建切音堰願韻於虔切音焉先韻隱幰切音偃阮韻

㊀南郡縣。孝惠三年。改名宜城。見〔說文〕〔按今湖北宜城縣西南九里故一城。亦謂之宜城廢縣是也。〕

㊁鄭地。〔左隱元年傳〕鄭伯克段于一。〔當今河南一陵縣西南〕

㊂姓也。

【鄣】諸良切音章陽韻

㊀紀邑也。見〔說文〕〔段注〕春秋經莊三十年。齊人降一。公羊穀梁皆曰。一、紀之遺邑也。劉歆賈逵依之。許說同。杜云。紀附庸國。東平無鹽縣東北有一城。距紀太遠。非許意也。古紀國在今山東青州府壽光縣西南三十里。紀城一邑當附近。卽昭十九年左傳之紀一也。紀一者。本紀國之一邑。公穀云。紀之遺邑。與左傳云紀一、合。杜云。紀一在東海贛榆。是也。莊三十年之一。卽此。杜分爲兩地、非。今江蘇海州贛榆縣北七十五里、有故紀一城。亦曰紀城。

㊁縣名。有二。一、秦置。漢爲故一縣。屬丹陽郡。當今浙江長興縣西南有故一城。卽其地。一、東漢置。屬涼州隴西郡。當今甘肅漳縣西南。

【鄣】之亮切音障漾韻

障塞上要險。築城爲障蔽也。〔漢書張湯傳〕居一一間。

【⿰祭阝】側界切音債卦韻子例切音祭霽韻

周邑也。見〔說文〕〔注〕鍇按春秋一公、周公之子所封。又春秋釋例鄭地祭、在陳留長垣縣北祭城。〔長垣縣今屬直隸。〕

【⿰䙴阝】親然切音千先韻

地名。見〔說文〕〔按字林云。畿內地名。〕

【⿰倝阝】居寒切音干寒韻

地名。見〔說文〕〔正字通云。卽春秋乾侯也。〕

【⿰堂阝】徒郎切音堂陽韻

本作⿰臺阝。〔說文〕⿰臺阝。地名。从邑。臺聲。臺、古文堂字。〔段注〕玉篇。一、⿰臺阝二同。引續漢書云。廣陵一邑也。按續漢書、謂司馬彪郡國志也。今志作堂邑。云、故屬臨淮。堂邑、今江蘇江寧府六合縣。是也。許但云地名。未知謂此地與否。

【⿰崩阝】蒲枚切音裴灰韻普等切音倗迥韻房尤切音浮尤韻

右扶風鄠鄉。沛城父有一鄉。讀若倍。見〔說文〕〔段注〕謂右扶風鄠縣有一鄉也。沛郡城父、見地理志。城父者、左傳襄元年昭九年之夷地。今安徽潁州府亳州東南七十里有故城父城是也。〔鄠、卽今陝西鄠縣。亳州今改縣。〕

【⿰崩阝】枯回切音恢灰韻苦怪切音蒯卦韻

漢侯國名。〔漢書功臣表〕一成侯周偞。

【⿰婁阝】龍珠切音慺虞韻郎侯切音婁尤韻

南陽穰鄉。見〔說文〕〔通訓定聲〕在今河南南陽府鄧州東南二里穰縣故城地。〔按鄧州今改縣。〕

【鄛】鉏交切音巢莊交切音譙肴韻

本作鄛。〔說文〕鄛。南陽棘陽鄉。〔段注〕棘、各本作棗。誤。今依後漢書宦者傳注及玉篇、正。南陽郡棘陽、二志同。今河南南陽府新野縣境東北七十里、有棘陽城是也。一、其鄉名也。

【鄜】芳無切音孚虞韻

鄜或字。〔集韻〕鄜。說文、在馮翊縣。或作一。

【⿰鹿阝】盧谷切音祿屋韻

地名。見〔集韻〕

【鄝】朗鳥切音了篠韻

一國也。見〔說文〕〔通訓定聲〕左桓十一年傳。隨絞州蓼。據杜注、在今河南南陽府唐縣。文五年傳。楚子燮滅蓼。據杜、在今河南光州固始縣。宣八年楚爲羣舒叛。故伐舒蓼。據彙纂、在今安徽廬州府廬江縣。按古一國。漢蓼縣。卽今固始縣東北之蓼城圖也。州蓼之蓼別一國。舒蓼、則又羣舒之一名。經傳皆以蓼爲之。

【⿰桼阝】戚悉切音七質韻

齊地也。見〔說文〕

【⿰踈阝】鄰其切音釐支韻

山險怪貌。〔枚乘賦〕嵲從巍—。

【鄠】後五切音戶麌韻 右扶風縣也。見〔說文〕。〔當今陝西—縣北。〕

【鄦】火五切音虎麌韻荒胡切音乎虞韻 地名。見〔說文〕。〔玉篇云邑地名。〕

【䣜】才何切音醝歌韻 沛國縣。今酇縣。見〔說文〕。〔通訓定聲〕今河南歸德府永城縣西南有故城。此縣漢後改爲酇。與南陽之酇縣。同字異音。蕭何始封於—縣。不久。高后又封何於酇縣。

【鄤】莫半切音縵翰韻謨官切音瞞寒韻模元切音槾元韻 鄤地。〔左成三年傳〕使東鄙覆諸—。〔當今河南汜水縣境。〕

【𨞪】無販切音萬願韻 鄤或字。〔集韻〕鄤。說文、蜀廣漢鄉也。或从曼。

【鄻】古玩切音貫翰韻 亭名。見〔玉篇〕。

【鄺】丘岡切音康陽韻 地名。見〔玉篇〕。

【𨞛】鄰知切音離支韻 鄉名。見〔玉篇〕。

【𨞧】疏簪切音森侵韻 地名。見〔集韻〕。

【䣝】同都切音徒虞韻 地名。見〔玉篇〕。

【䣚】毘霄切音瓢蕭韻 地名。見〔集韻〕。

【𨟙】知陵切音徵蒸韻 國名。見〔玉篇〕。〔按集韻云。古國名。類篇、廣韻、字作徵。訓同。集韻、正字通云。同徵。俗省。〕

【𨟐】即各切音作藥韻 地名。見〔川篇〕。〔按音義皆近鄀。疑誤。〕

【𨞺】音鹿屋韻 地名。見〔五音篇海〕。〔按即鄜字。〕

【𨞫】力候切音陋宥韻 地名。見〔康熙字典引玉篇〕。

【𨟓】鄧本字。見〔說文〕。

【𨞩】同鄯。見〔正字通〕。

【𨞬】同商。見〔正字通〕。

【𨞭】同黎。見〔字彙補〕。

【𨞮】同郎。見〔說文長箋〕。

【鄥】同鄡。〔史記仲尼弟子傳〕鄡單。〔徐廣注〕一作—單。

【𨟆】同鄉。見〔說文長箋〕。

十二畫

【鄧】唐亙切音蹬徑韻 ㊀曼姓之國。今屬南陽。見〔說文〕。〔當今河南—縣治及湖北襄陽縣東北—國之境也。〕㊁魯地。〔左隱十年傳〕盟于—。爲師期。〔今山東滋陽縣境。〕㊂蔡地。〔春秋桓二年〕蔡侯鄭伯會于—。〔當今河南郾城縣境。〕㊃通橙。〔淮南墬形〕夸父棄其策。是爲—林。〔注〕—、猶木也。按柚木也。㊄姓也。〔姓考〕殷武丁封叔父于河北爲—侯。後因氏。

【鄩】徐林切音尋侵韻 ㊀周邑也。見〔說文〕。〔今河南鞏縣西南有故—城。〕㊁斟—。國名。〔左襄四年傳〕寒浞使澆用師滅斟灌及斟—氏。〔當今山東濰縣西南。〕㊂姓也。周大夫—肸。

【鄫】慈陵切音繒蒸韻 ㊀姒姓國。在東海。見〔說文〕。〔段注〕前志曰。東海郡繒。故國。禹後。後志曰。琅琊國繒。故屬東海。今山東兗州府嶧縣東八十里有故—城。按國名之字。左傳作—。國語作繒。公羊作—。穀梁作繒。左釋文於—首見處云。亦作繒。據許則國名從邑也。漢縣名从系。㊁鄭地。〔左襄元年傳〕次于—。〔當今河南睢縣境。〕

【鄭】直正切音𩔈敬韻 ㊀京兆縣。周厲王子友所封。宗周之滅。—徙潧洧之上。今新—是也。見〔說文〕。〔通訓定聲〕按始封在今陝西同州府華州。穆天子傳、至于南—。此舊—也。後幽王無道。友寄其帑與賄於虢鄶。其子武公與平王東遷。遂定虢鄶之地。而施舊號於新國。今河南開封府新—縣。春秋之—。此新—也。〔按華州今改

縣〕

二 隋末僭國名。王世充受隋恭帝禪。都今河南洛陽縣治。國號一。後爲唐所滅。

三 重也。見〔廣雅釋詁〕。

四 町也。其地多平。町町然也。見〔釋名釋州國〕。

五 一重。猶言頻頻也。〔漢書王莽傳〕非皇天所以一重降符命之意。〔又〕般勤也。見〔廣韻〕。

六 姓也。

【⿰覃阝】 徒南切音覃覃韻

一 本作⿰覃阝。〔說文〕⿰覃阝。國也。齊桓公之所滅。〔當今山東歷城縣東有東平陵城。即其地。〕

二 通譚。〔春秋莊十年〕譚子奔莒。

【鄯】 時戰切音擅霰韻上演切音善銑韻

一 一善。西胡國也。見〔說文〕。〔通訓定聲〕按本西域樓蘭國。漢昭帝元鳳四年。誅其王、更名。爲刻印章。是此時初製字。其實重言曰善善。於上一字加邑傍耳。其地在今甘肅嘉峪關外哈密之東南。

二 州名。唐置。屬隴右道。當今甘肅碨陌縣治。

【鄰】 離珍切音鄰真韻

一 本作鄰。〔說文〕鄰。五家爲一。見〔說文〕〔按韓詩外傳。八家爲一。廣雅釋地本之。禮記雜記正義引尙書大傳古者八家爲一。〕

二 近也。〔書益稷〕臣哉一哉。〔按凡接近者皆可曰一。如管子水地。一以理者知也。淮南精神。與德爲一。是也。〕

三 猶親也。〔左昭十二年傳〕倍其一者恥乎。

四 邑也。〔漢書揚雄傳〕武義動于南一。

五 連也。相接連也。見〔釋名釋州國〕。

六 緊也。〔管子五行〕五穀一熟。

七 報也。見〔論語必有一皇疏〕。

八 連界之國也。〔書蔡仲之命〕睦乃四一。〔按新序善謀曰。一國。敵國也。〕

九 水勢迴旋之貌。〔文選郭璞賦〕湒一圖濟。

十 一里也。〔禮記檀弓〕與其一重汪踦往。皆死焉。

十一 一一。衆車聲。〔詩車鄰〕有車一一。

十二 騈一。謂並兩騎爲軍翼也。〔漢書高祖功臣表〕許盎以騈一從起昌邑。

十三 宮一。小人比周也。〔文選張衡賦〕始于宮一。〔注〕言小人在位。比周相進。與君爲一。

十四 州名。梁置。當今四川一水縣治。

【鄰】 良刃切音吝震韻

通甐。敝也。動也。〔周禮輪人〕輪雖敝。不甐于鑿。

【⿰童阝】 徒東切音童東韻

一 地名。見〔廣韻〕。

二 姓也。見〔廣韻〕。〔康熙字典云。今通作童。〕

【⿰翕阝】 迄及切音吸緝韻

地名。見〔說文〕。〔通訓定聲〕按歙篆下丹陽有歙縣。疑正字當作一。

【⿰習阝】 息入切音靸緝韻

邑名。見〔集韻〕。

【鄦】 喜語切音許語韻

本作⿱無邑。〔說文〕⿱無邑。炎帝太岳之胤。甫侯所封。在穎川。讀若許。〔注〕鍇按史記鄭世家云。許惡鄭伯于楚。許字作此。無邑。蓋諸書假借許字。〔地當今河南許昌縣。〕

【⿰馮阝】 符風切音馮東韻

姬姓之國。見〔說文〕。〔注〕今作馮也。

【⿱敝邑】 必袂切音蔽霽韻必列切音鱉屑韻

牂牁縣。讀若鷩雉之鷩。見〔說文〕。〔段注〕今貴州遵義府城西有一縣故城。是也。方輿紀要曰。雲南陸涼州州北有廢一縣。非是。

【鄪】 兵媚切音祕寘韻

魯邑名。〔史記周公世家〕以汝縣一封季友。

【⿰屠阝】 同都切音屠虞韻直加切音茶麻韻

左馮翊一陽亭。見〔說文〕。〔當今陝西郃陽縣東一陽亭。段本依集韻類篇正作郃陽亭。謂左馮翊郃陽縣有一亭也。〕

【⿰喬阝】 舉夭切音喬蕎韻九小切音矯篠韻

國名。見〔玉篇〕。〔按字彙補云。黃帝後。姬姓之國也。〕

【鄬】 俱爲切音嬀于嬀切音爲吁

爲切音撝支韻羽委切音蔿紙韻　地名。見[說文]。[段注]春秋經襄七年。公會晉侯宋公陳侯衛侯曹伯莒子邾子于—。杜云—。鄭地。[當今河南魯山縣境。]

【鄮】莫候切音茂宥韻　會稽縣。見[說文]。[當今浙江鄞縣東有—城。即其地。]

【鄼】、祖含切音簪覃韻。作合切音雜合韻。他計切音替霽韻　亭名。在貝丘見[玉篇]。

【鄱】蒲波切音婆歌韻　—陽。豫章縣。見[說文]。[按—陽縣今仍屬江西。其境有—陽湖。即禹貢之彭蠡。周迴四百五十里。字本作番。楚世家昭王十二年。吳伐楚取番。地理志作—陽者。漢字也。縣在湖之東北。今—陽縣東六十里有故—陽城。]

【鄱】蒲靡切音陴支韻　縣名。在魯。見[集韻]。

【鄱】蒲官切音槃寒韻　趙地名。見[集韻]。

【鄲】多寒切音單寒韻　邯—也。見[說文]。[詳邯字。]

【鄲】當何切音多歌韻　漢侯國名。[史記功臣表]封周隱爲—侯。[當今河南鹿邑縣東北。]

【鄹】在庾切音聚麌韻　亭名。在新豐見[集韻]。[按玉篇字作鄹。正字通曰。鄹、謅作—。]

【⿰令阝】音令庚韻　地名。見[搜眞玉鏡]。

【⿰皋阝】居勞切音高豪韻　鄉名。在范陽。見[廣韻]。

【⿰臯阝】下老切音皓皓韻　鄗或字。[集韻]鄗。邑名。在南陽。或从臯。

【⿰貲阝】將支切音貲支韻　⿰此阝或字。[集韻]⿰此阝。谷名。在西海。亦縣名。或作—。

【⿰焦阝】慈焦切音樵蕭韻　縣名。見[廣韻]。

【⿰黃阝】胡光切音黃陽韻　古國名。見[廣韻]。

【⿰⿱丱日阝】師姦切音刪刪韻　地名。見[集韻]。

【⿰尞阝】朗鳥切音了篠韻　鄝或字。[集韻]鄝。說文、地名。或作—。

【⿰⿱罒正阝】音盲庚韻　縣名。見[龍龕手鑑]。

【⿰⿱丵豆阝】丁角切音覺韻　地名。見[川篇]。

【鄰】音未詳　國名。見[路史國名記]。

【⿰⿱吅屰阝】鄂本字。見[說文]。

【⿱鄉邑】鄉本字。見[說文]。

【⿰黎阝】同黎。見[五音篇海]。

【⿰衛阝】同⿰褚阝。見[川篇]。

【⿰詈阝】鄐俗字。見[正字通]。

【⿰⿱䒑番阝】鄱譌字。見[字彙]。[正字通]云。鄉譌字。

【⿰焱阝】郯譌字。見[字彙補]。

十三畫

【鄴】逆怯切音業葉韻　❶魏郡縣。見[說文]。[今河南臨漳縣西有故—城。]❷地名。唐李泌封—侯。❸姓也。[風俗通]漢有梁令—鳳。

【鄶】古外切音檜泰韻　❶祝融之後。妘姓所封。在溱洧之間。鄭滅之。見[說文]。[當今河南密縣東北。]❷通檜。[詩檜風注]檜、國名。高辛氏火正祝融之墟。❸姓也。宋—士隆。

【⿰臭邑】烏貢切音甕送韻　臭也。見[集韻]。[按今人猶謂惡臭、臭曰—臭。]

【⿰奧阝】乙六切音郁屋韻　姓也。見[姓苑]。

【⿰蜀阝】珠玉切音瘃沃韻　縣名。見[集韻]。

【⿰蜀阝】樞玉切音觸沃韻　人名。齊邴—。見[史記]。

【⿰義阝】魚羈切音宜支韻語綺切音蟻紙韻

臨淮徐地。春秋傳曰。徐｜楚。見〔說文〕〔段注〕左傳昭六年。徐儀楚聘于楚。楚子執之。杜云。儀楚。徐大夫。按許所據左作｜。以邑爲氏。古本古說也。〔今安徽泗縣有徐城廢縣、徐縣地名。〕

【⿰瞢阝】眉耕切音盲眉兵切音明庚韻
縣名。在義昌。見〔集韻〕。

【⿰葛阝】居曷切音葛曷韻
南陽陰鄉。見〔說文〕。〔通訓定聲〕在今河南南陽府。左傳、遷陰于下陰。｜在陰地。

【鄳】眉耕切音盲謨耕切音甍庚韻母耿切音黽眉永切音皿梗韻
江夏縣。見〔說文〕。〔通訓定聲〕在今河南信陽州湖北德安府應山縣之間。卽左定傳之冥阨也。〔按字亦作冥、黽。〕

【鄵】七到切音造號韻倉刀切音操豪韻千遙切音鍫蕭韻倉含切音參覃韻
鄭地名。〔春秋襄十七年〕鄭伯髡頑卒于｜。〔當今河南新鄭縣至魯山縣之間。〕

【⿰喿阝】蘇遭切音騷豪韻
鄵或字〔集韻〕鄵。北方長狄國也。在夏爲防風氏。在商爲汪芒氏。或作｜。

【⿰羣阝】衢云切音羣文韻
地名。見〔集韻〕。

【⿰虘阝】許里切音喜紙韻
魯地。見〔字彙〕。

【⿰豦阝】求於切音渠魚韻
聚名。見〔廣韻〕。

【⿰巷阝】胡降切音巷絳韻
里中道也。言在邑中所共。見〔說文䢼部〕〔互詳巷字。〕

【⿰咢阝】鄂本字。見〔康熙字典引說文〕〔按說文鄂篆作鄂此譌。〕

【⿰粦阝】鄰俗字。見〔正字通〕。

【⿰豊阝】酆俗字。見〔正字通〕。

【⿰𥟖阝】鄉譌字。見〔正字通〕。

【⿰卿阝】鄉譌字。見〔正字通〕。

十四畫

【鄹】甾尤切音鄒尤韻
一 同鄒。魯邑。古扶風附庸國。顓頊之後所封。見〔玉篇〕。二 郰或字〔集韻〕郰、說文魯下邑。孔子之鄉。或作｜。

【⿰聚阝】在庾切音聚麌韻集緒切語韻
亭名。在新豐。見〔玉篇〕。〔按集韻書作鄹。與｜別爲二。〕

【⿰聚阝】在庾切音聚麌韻
民所聚居。見〔集韻〕。

【⿰聚阝】從遇切音聚遇韻
聚或字〔集韻〕聚、說文會也。邑落云聚。或从邑。

【⿰蓋阝】居太切音蓋泰韻谷盍切音閤合韻
地名。見〔玉篇〕。〔按孟子、蓋大夫。又蓋祿萬鍾皆地名。後人加邑。〕

【⿰㪿阝】去虐切音卻藥韻
地名。見〔玉篇〕。

【⿰蒙阝】謨蓬切音蒙東韻
邑名。見〔集韻〕。

【⿰壽阝】時流切音讎陳留切音儔尤韻
本作鄯〔說文〕鄯。蜀江原地。〔通訓定聲〕當在今四川成都府灌縣。古有｜水、｜江。今無其偁。

【⿰壽阝】是酉切音受有韻
水名。在蜀。見〔集韻〕。

【⿰藉阝】秦昔切音籍陌韻疾各切音昨藥韻
蜀地也。見〔說文〕〔注〕鍇按字書。｜鄉在臨邛。

【⿰蒙阝】謨蓬切音蒙東韻
魯邑。見〔集韻〕。

【鄸】謨中切音瞢東韻莫鳳切音夢送韻彌登切音萌蒸韻
曹邑名。〔春秋昭二十年〕曹公孫會自｜出奔宋。〔當今山東菏縣境。〕

【⿰蠶阝】音蠶覃韻
亭名。見〔川篇〕。

【⿰喬阝】丘消切音蹺蕭韻
亭名。見〔搜眞玉鏡〕。

【⿰㷠阝】鄰本字。見〔說文〕。

【⿰䢼阝】鄉本字。見〔說文䢼部〕。

【鄉】鄉本字。見〔說文〕。

【鄘】同彪。見〔字彙補〕。

【鄸】同荆。見〔龍龕手鑑〕。

【𨟃】同劉。見〔篇海類編〕。

十五畫

【鄽】澄延切音廛先韻
●市—。見〔玉篇〕。
●同廛。〔集韻〕廛說文、一畝半。一家之居。亦作—。

【鄻】力展切音輦銑韻
周邑也。見〔說文〕。〔段注〕左傳昭二十九年。王子趙車入于—以叛。杜云。—周邑。

【𨟚】盧回切音雷灰韻
地名。見〔集韻〕。

【𨟓】陟陵切音徵蒸韻
古國名。見〔廣韻〕〔互詳徵字〕。

【𨟗】鉏里切音士紙韻
鄉名。在密縣。見〔等韻〕。

【鄜】芳無切音敷虞韻
左馮翊縣。見〔說文〕〔通訓定聲〕在今陝西鄜州洛川縣。字亦作鄜。音轉讀如敷。

【鄺】古晃切音廣養韻　呼光切音荒陽韻
姓。出廬江縣。見〔玉篇〕。

【𨞲】虛陵切音興蒸韻許應切與去聲徑韻
地名。見〔說文〕〔按鉉本無此字〕。

【𨟎】盧當切音郎陽韻
不—。邑名。見〔集韻〕。〔按通作羹。〕左昭十一年傳。楚子城陳蔡不羹。姚培謙曰。不羹有二。襄城縣東南者。西不羹也。屬河南開封府舞陽北者。東不羹。即定陵之不羹亭也。屬河南南陽府。

【鄾】烏求切音憂尤韻
鄧國地也。春秋傳曰。鄧南鄙—人攻之。見〔說文〕〔通訓定聲〕左桓九傳。鄧南鄙—人攻而奪之。在今河南南陽府鄧州城南八里。

【鄤】無販切音萬願韻
蜀廣漢鄉也。見〔說文〕。

【𨟊】扶園切音樊元韻
京兆杜陵鄉。見〔說文〕〔當今陝西長安縣南〕。

【𨞽】胡茂切音候宥韻
地名。見〔篇海〕。〔正字通云。鄮字之譌。舊注因篇海誤〕。

【𨟠】力制切音例霽韻
姓也。見〔等韻〕。

【𨟷】同鑾。見〔正字通〕。

【𨟐】同鄉。見〔說文長箋〕。

【𨟑】愁或字。見〔集韻〕。

【𨟸】酇俗字。見〔正字通〕。

十六畫

【鄿】居希切音機微韻
蘄或字。〔集韻〕蘄沛郡有蘄縣。或作—。

【𨟺】夷針切音淫如林切音壬侵韻力錦切音凜寑韻
地名。見〔說文〕。

【𨟻】因蓮切音燕先韻伊甸切音宴霰韻
地名。見〔說文〕。

【酀】于殄切音偃銑韻
人名。〔左襄二十九年傳〕齊人立敬仲之曾孫—。

【𨟼】音葦尾韻
地名。見〔川篇〕。

【𨟾】名婆切音摩歌韻
商時國也。見〔路史國名記〕。

【𨟿】郎丁切音零青韻
地名。見〔龍龕手鑑〕。

【𨞵】狠狄切音歷錫韻
地名。見〔集韻〕。

【𨞰】鄰本字。見〔說文〕。

【𨞬】鄙本字。見〔說文〕。

【𩫖】古郭字。見〔集韻〕。

【𨟀】同鄭。見〔字彙補〕。

【𨟽】同鄰。見〔正字通〕。

十七畫

【酃】郎丁切音零青韻
●長沙縣。見〔說文〕。〔今湖南衡陽縣東有故—縣城〕。

㊁湖名。〔荊州記〕—湖周迴三里。取湖水爲酒極甘美。

【䣐】伊盈切音嬰庚韻於郢切音癭梗韻　地名。見〔說文〕。

【酁】鉏咸切音讒咸韻　宋地也。見〔說文〕。〔按左哀十七年傳。宋皇瑗奪其兄—般之邑。蓋以邑爲氏者。〕

【𨟻】如陽切音穰陽韻　今南陽穰縣。見〔說文〕。〔段注〕—者古字。穰者漢字。蓋許所見古籒作—。漢時縣名字从禾也。〔當今河南鄧縣東南境。〕

【𨞶】鄸本字。見〔說文〕。

【𨟵】同都。見〔搜眞玉鏡〕。

【𨟶】同郲。見〔字彙補〕。

【𨞽】鄽或字。見〔集韻〕。

十八畫

【酅】玄圭切音攜齊韻　㊀東海之邑。見〔說文〕。〔按春秋三年紀季以—入于齊。注。—紀邑。在齊國東安平縣。當今山東臨淄縣東有安平城。又有—亭。〕㊁齊地。〔春秋僖二十六年〕公追齊師至—。〔注〕濟北穀城縣西有地名—下。〔今山東東阿縣西南有—下聚。〕㊂丘陵險阻者。〔左僖二十八年傳〕楚師背—而舍。

【酆】敷馮切音豐東韻　㊀周文王所都。在京兆杜陵西南。見〔說文〕。〔當今陝西鄠縣東。〕㊁水名。〔後漢馮衍傳〕西顧—鄗。〔注〕—、鄗。二水名。㊂姓也。〔左文七年傳〕—舒。

【酄】呼官切音歡寒韻　魯下邑。春秋傳曰。齊人來歸—。見〔說文〕。〔當今山東肥城縣西。〕

【𨟼】驅圓切音棬先韻　鄉名。在聞喜縣。見〔集韻〕。〔當今山西聞喜縣。〕

【䣽】乞約切音卻厥縛切音矍藥韻　鄉名。在河東聞喜縣。見〔集韻〕。

【𨟿】厥縛切音矍藥韻　地名。見〔玉篇〕。

十九畫

【酇】祖管切音纂旱韻徂丸切音欑寒韻則旰切音贊翰韻　㊀百家爲—。—、聚也。南陽有—縣。見〔說文〕。〔段注〕漢地理志南陽郡—侯國。孟康曰音讚。按南陽縣作—。沛郡縣作鄼。許二字畫然不相亂也。在沛者後亦作—。〔按今湖北光化北有—縣故城。即漢南陽之—也。沛郡之—當今河南永城縣西南。〕㊁縣名。宋置。屬徐州平昌郡。當今安徽全椒縣西南。

【鄼】才何切音嵯歌韻　㊀酇或字。〔集韻〕酇。說文、沛國縣。蕭何初封邑。或从贊。㊁通醝。酒名。〔周禮酒正註〕如今之—白也。〔釋文〕即今之白醝酒也。

【酈】狼狄切音歷錫韻直炙切音擲陌韻　㊀南陽縣。見〔說文〕。〔段注〕秦二世二年。沛公攻析—。皆下之。則是秦所置。〔今河南內鄉東北有故—縣城。〕㊁姓也。〔漢書高帝紀〕—食其爲里監門。

【𨟺】鄰知切音離支韻　魯地名。〔春秋僖元年〕敗莒師于—。

【𨞿】同酈。見〔搜眞玉鏡〕。

二十畫

【𨟾】乞約切音卻屈縛切音躩藥韻　鄉名。在河東聞喜縣。〔集韻〕。

【𨞼】同鄂。見〔龍龕手鑑〕。

【𨟷】鄰或字。見〔集韻〕。

二十一畫

【𨟸】音零青韻　縣名。見〔龍龕手鑑〕。

【𨟹】同酈。見〔篇海類編〕。

二十四畫

【𨞵】同鄰。見〔搜眞玉鏡〕。

谷部

[谷] 古祿切音穀屋韻　俞玉切音欲沃韻〔按音學五書云。山—之—。雖有穀欲二音。其實欲乃正音。茲本其說。凡屬山—字之諸義。概納於兩讀之類。〕

(一)泉出通川爲—。从水半見出於口。見〔說文〕。〔王注〕玄應引作水之通川者爲—。釋水。水注谿曰—。邢疏曰。謂山—中水注入澗谿也。案此說與許合。詩、有空大—。在彼空—。則—是山澗。故云出。又云半見也。其半見奈何。曰山蔽之也。出於口者。猶云山有口也。

(二)水相屬曰—。見〔公羊僖三年〕無障—。疏引李巡。〔按郝氏釋水義疏云。—者屬也。水流相屬瀉輸也。〕

(三)—者空虛不有也。〔老子〕曠兮其若—。〔釋文〕—、中央無者也。

(四)養也。〔老子〕—神不死。〔按老子銘作浴。〕

(五)山之溝一有水一無水者、命曰—水。見〔管子度地〕。

(六)暘—。日出處。〔書堯典〕宅嵎夷曰暘—。〔傳〕暘、明也。日出於—而天下明。故稱暘—。〔釋文〕暘—、海嵎夷之地名。

(七)昧—。日入處。〔書堯典〕宅西曰昧—。〔傳〕昧、冥也。日入於—而天下冥。故曰昧—。

(八)飛—。日所行道也。〔楚辭遠遊〕橫飛—以南征。

(九)窒—。窟室。〔左襄三十年傳〕吾公在窒—。

(十)吐—渾。國名。〔又〕三字姓。〔通志氏族略〕魏晉之際。鮮卑慕容廆兄吐—渾。率部落止青海之西。國端吐—渾。或有歸中國。因氏焉。〔按金壺字攷、音突浴魂。〕〔又〕—渾。複姓。〔通志氏族略〕吐—渾歸化。因氏焉。

[谷] 古祿切音穀屋韻

(一)窮也。〔詩桑柔〕進退維—。

(二)善也。見〔廣韻〕。〔按此借爲穀。〕

(三)去也。見〔廣雅釋詁〕。〔按今疏證本無此訓。王念孫云。各本去字譌作—。下又有去字。則曹憲之音。誤爲正文者耳。〕

(四)肉之大會爲—。見〔素問氣穴論〕。

(五)竹溝曰—。一曰、解—。地名。〔漢書律歷志〕取竹之解—。〔注〕孟康曰。解、脫也。—、竹溝也。取竹之脫無—節者。一說。解—、昆侖之北—名也。

(六)東風謂之—風。見〔爾雅釋天〕。〔按詩—風正義引孫炎曰。—之言穀。穀、生也。—風者、生長之風。〕

(七)夾—。地名。〔春秋定十年〕公會齊侯於夾—。〔又〕複姓。金有夾—謝奴。元修金史國語解云。夾—曰仝。清校正本云。夾—、卽喀哷固。

(八)卽—。山名。〔山海經中山經〕依軲之山。又東南三十五里。曰卽—之山。

(九)波—。山名。〔山海經大荒東經〕有波—山者。有大人之國。

(十)人足內踝前後一寸陷中、曰然—穴。〔奇經攷〕陰蹻之脈。起於跟中足少陽然—穴之後。

(十一)姓也。衞司馬—吉。世居長安。生永。爲大司農。見〔姓氏書校勘記〕。

[谷] 盧谷切音祿屋韻

—蠡。匈奴官號。〔漢書匈奴傳〕置左右—蠡。

[谷] 極虐切音噱藥韻〔與谷別〕。

(一)口上阿也。从口。上象其理。見〔說文谷部〕。〔段注〕口上阿、謂口吻已上之肉。隨口卷曲。晉灼注羽獵賦曰。口之上下名爲噱。按通俗文云。口上曰臄。口下曰函。服析言之。許舉上以包下耳。〔按啣、臄、並—或字。噱、通叚字。〕

(二)笑也。見〔廣雅釋詁〕。〔按廣韻云。笑皃。〕

二畫

[𧮫] 渠尤切音求尤韻

溲—。亭名。在上黨。見〔集韻〕。〔按顏氏家訓勉學篇。晉陽東百餘里亢仇城。不識本是何地。及檢字林韻集。乃知亢仇、舊是溲—亭。屬上艾。據此則屬今山西平定縣。〕

三畫

[谸] 倉先切音千先韻　倉甸切音蒨霰韻

望山谷——青也。見〔說文〕。〔通訓定聲〕字亦作阡、作阡、作芊、作盰。亦重言形況字。〔按亦省作千。〕

王注說文云。高唐賦、仰視山顚。肅何千千。千者、｜之省形存聲字。〕

【谸】倉先切音千先韻

道也。見〔廣雅釋室〕。〔疏證〕史記秦紀索隱引風俗通義云。南北曰｜。東西曰陌。食貨志作阡陌。𧮫字異義同。

【𧮬】倉仙切音遷先韻

山名。見〔字彙補〕。

【𧮰】胡官切音桓寒韻〔與欲別。〕

𧮰｜。亭名。見〔集韻〕。〔按十八尤𧮰注。𧮰欲。亭名。在上黨。疑此爲字誤音變。〕

【𧮭】古雙切音江江韻

谷名。在南郡。見〔集韻〕。

【𧮮】胡公切音洪東韻

大壑也。見〔洪武正韻〕。〔按字彙云。與谼同。〕

【𧮯】側侁切音臻眞韻

谷名。見〔玉篇〕。

【谻】極虐切音噱藥韻

足相踦貌。見〔字彙〕。〔按說文丮部。谻、相踦谻也。字从口上阿之谷。从丮。字彙乃沿俗謬。以此當之。非。姑存以備尋討。〕

【谻】竭戟切音劇陌韻

疲極也。〔史記司馬相如傳〕徼｜受詘。〔集解引徐廣〕疲極也。〔按索隱引司馬彪云。｜、倦也。音劇。說文云。｜、勞也。燕人謂勞爲｜。攷今說文人部有御。云徼御、受屈也。心部有㰻。云勞也。是則御、㰻、正字。｜、特通叚耳。然實借相踦谻之谻字爲之。｜則俗譌。因沿久存之。互詳谻字。〕

【𧮲】同䜧。說文丮部䜧。集韻作｜。

四畫

【䜫】乎萌切音宏庚韻〔亦書作谹。今別見。〕

❶谷中響也。見〔說文〕。〔通訓定聲〕按深谷中人聲。亦如有響答。字亦作硡。廣雅釋詁。硡、聲也。

❷谷名。見〔廣韻〕。

【谹】乎萌切音宏庚韻〔䜫同。參閱。〕

❶谷空也。見〔玉篇〕。

❷深也。〔漢書司馬相如傳〕必將崇論｜議。〔按史記作閎〕

❸｜｜大聲也。〔法言問道〕或問大聲。曰非雷非霆。隱隱｜｜。〔按本亦作硡〕

【谺】虛加切音煆麻韻

❶谽｜。谷中大空皃。見〔集韻〕。〔按漢書司馬相如傳通谷豁乎谽｜。字或作谺、䦧、𨶕、閜。〕

❷谸｜。澗谷也。見〔玉篇谸注〕。〔按漢書司馬相如傳谸呀豁閜注引郭璞云。澗谷之形容也。存參。〕

【𧮵】方文切音分符分切音汾文韻

谷名。在臨汾。見〔集韻〕。

【谻】極虐切音噱訖約切音脚藥韻訖逆切音戟陌韻

本作䜧。〔說文丮部〕䜧、相踦｜也。从丮。谷聲。〔按玉篇作卻。〕

【谻】竭戟切音劇陌韻

㰻或字。〔集韻〕㰻、方言、倦也。或作｜。〔按漢書司馬相如傳與其窮極倦｜注引郭璞曰。窮極倦｜、疲憊也。俗本譌𧮱爲谻。非。互詳谻字。〕

【容】古分字。見〔說文口部〕。

【𧮴】谽省字。見〔集韻〕。

五畫

【𧮷】呼甘切音蚶胡甘切音酣覃韻

｜閜。陵谷之形。〔杜甫賦〕佐神光而｜閜。〔按正字通云本作谽。俗譌作｜。从谽爲正。〕

【𡿧】逵員切音權先韻須閏切音迅震韻

深通川也。从𣦵谷。𣦵、殘也。谷、阬坎意也。虞書曰。畎澮距川。見〔說文〕。〔段注〕深之使通也。殘、猶穿也。

【睿】兪芮切音銳霽韻

古叡字。〔集韻〕叡說文、深明也。通也。古作｜。

【𧮺】似救切音岫宥韻

岫籀文。〔集韻〕岫說文、山穴也。籀从谷。

六畫

【谼】胡公切音洪東韻

❶大壑。見〔集韻〕。〔按莊子達生篇。

呂梁水懸水三十仞流沫四十里。是水今呼呂梁—」。

㊁大谷名見〔玉篇〕。

㊂—谷寺在相州見〔廣韻〕。

㊃赤—嶺名〔北齊書斛律金傳〕高祖自出北道度赤—嶺。

㊄望—亭名蘇軾有在彭城大水後登望—亭詩。

㊅希—人名見〔宋史宗室表〕。

【谽】胡閤切音合合韻

兩山相合、見〔字彙〕。

【谹】胡溝切音侯尤韻

谷名。在城皋見〔集韻〕。

【谻】谻本字見〔說文〕。

七畫

【谽】呼含切音㟏覃韻　盧咸切音𢤦咸韻

㊀—呀。㵎谷之形容也。〔史記司馬相如傳〕—呀豁閜〔索隱引司馬彪〕—呀、大貌。

㊁—嘲。深貌〔後漢張衡傳〕越—嘲之洞穴兮。〔按文選作—嘲。舊注云。大貌〕

㊂—谺。谷空皃見〔集韻〕。〔按六書故云—谺口張也亦通作唅呀。〕

㊃或作谽。〔漢書司馬相如傳〕通谷豁乎谽谺〔注〕谽、大開貌。〔史記司馬相如傳作—〕。

【䜯】郎刀切音勞豪韻

䜯—。深也。見〔集韻〕。〔按玉篇䜯下云。䜯—深谷名。廣韻云。深谷皃。〕

【䜯】憐蕭切音聊蕭韻

㊀谷名。見〔廣韻〕。

㊁䜯—谷空皃見〔集韻〕。

【叡】黑谷切音膗藥韻〔按經典並從或體壑。詳壑字。〕溝也。从𣦼从谷。讀若郝。見〔說文叡部〕

八畫

【谿】陳留切音儔尤韻

谷名。見〔集韻〕。

【谿】磬幺切音膮蕭韻

谷大皃。見〔集韻〕。

【䜪】前西切音齊齊韻

人名。列子、—扃。周穆王車右。見〔集韻〕〔按字彙補云。淮南子覽冥訓。鉗且泰丙之御也。除轡銜。棄鞭策。穆天子傳。𧉬齒爲右。郭璞音泰丙。列子穆王篇—𧉬爲右。張湛音泰丙。是—𧉬之爲泰丙斷矣。乃洪于註末又云。上齊下合。此古字未嘗以—𧉬音齊合也。林㕡齋口義。竟以齊合爲音。字書多從之。誤矣。〕

【䜭】口陷切音歉陷韻

虎怒皃。見〔集韻〕。

【谻】居六切音匊渠竹切音踘屋韻

谷名。在上艾。見〔集韻〕。

【䜬】仕諫切音棧諫韻

谷名。在上艾。一曰。在城皋。見〔集韻〕。

【谾】呼公切音烘東韻　虛江切音肛江韻

—䜫。㵎谷空皃。見〔集韻〕。

【谾】盧東切音籠東韻

䜫或字。〔集韻〕䜫。說文、大長谷也。或作—。〔按漢書司馬相如傳。巖巖深山之——兮。注云。——。深通貌。史記索隱引晉灼云。—、古䜫字。又蕭該云。—或作䜫。長大貌。語少出入。存參。〕

【谾】枯江切音腔江韻

山谷深皃。見〔集韻〕。

九畫

【䜱】於驚切音英庚韻

谷名。見〔集韻〕。

【䜲】下遘切音候宥韻

谷名。見〔集韻〕。

【䜲】胡溝切音猴尤韻

䜲或字。〔集韻〕䜲谷名。或从猴。

【䜲】同䜲。類篇作—。集韻依篆从猴。

十畫

【谿】牽奚切音溪齊韻〔徐鍇云。俗作溪。互詳。〕

㊀山瀆无所通者。見〔說文〕。〔王注〕釋山。山豅無所通—。郭注。所謂窮瀆者。釋丘。窮瀆汜。郭注。水無所通者。

(二)水注川曰—。見〔爾雅釋水〕。〔按此言通川之—。與窮瀆異。左隱三年傳正義引李巡云、水出於山入於川、爲—是也。〕
(三)無水曰—。〔呂覽察微〕若高山之與深—。
(四)亦澗也。〔左隱三年傳〕澗—沼沚之毛。
(五)谷也。〔史記天官書〕川塞—坻。
(六)虛也。〔呂覽適音〕則耳—極。
(七)肉之小會爲—。見〔素問氣穴論〕。
(八)太—。腎脈氣也。〔素問至眞要論〕太—絕。
(九)—邊。獸名。〔山海經西山經〕天帝之山、有獸焉。其狀如狗。名曰—邊。席其皮者不蠱。〔注〕或作谷遺。
(十)乾—。地名。〔左昭六年傳〕令尹子蕩帥師伐吳師于豫章。而次于乾—。〔注〕乾—在譙國城父縣南。楚東竟。
(十一)—子。國名。或曰弩名。〔淮南俶眞〕—子之弩。〔注〕—子爲弩所出國名也。或曰、蠻夷也。以柘桑爲弩。因曰—子之弩也。一曰。—子。陽鄭國善爲弩匠。因以名也。〔按戰國策—子少府注云。—子。弩名。少府所造。射六百步之外。〕
(十二)堂—。複姓。〔潛夫論志氏姓〕闔閭之弟夫概王奔楚。堂—。因以爲氏。
(十三)亦作磎。〔文選馬融賦〕臨萬仞之石磎。〔注〕同—。

【谿】堅奚切音雞　弦雞切音奚齊韻

蠰—。蟲名。〔爾雅釋蟲〕土蠭蠰—。〔注〕似蝗而小。今謂之土蠑。

【谿】牽奚切音溪　弦雞切音奚齊韻

姓也。〔莊子田子方〕魏文侯數稱—工。〔釋文〕—音溪。又音兮。司馬本作雞工。李云。—工。賢人也。

【谿】弦雞切音奚齊韻〔按六書故列谷部。韻會舉要引毛氏、从谷。存攷。〕

(一)空也。〔莊子外物〕室無空虛。則婦姑勃—。〔按釋文又引司馬云。勃—。反戾也。〕
(二)谷中戾石也。見〔六書故〕。

【豁】呼括切音歲曷韻

(一)本作豁。〔說文〕豁。通谷也。〔注〕鍇曰。前有所通也。〔按六書故云。谷敞也。〕
(二)開也。〔漢書揚雄傳〕灑沈菑於—瀆。
(三)達也。〔史記高祖紀〕意—如也。〔按漢書師古注。—然開大之貌。玉篇。大度量也。亦具言—達。舊唐書高祖紀。倜儻—達。任性率眞。〕
(四)深貌也。〔文選左思賦〕—險吞若巨防。
(五)空也。見〔廣雅釋詁〕。
(六)疏通也。見〔韻會〕。
(七)猶捐除也。如云—免餞糧。超—罪犯。
(八)——。網目大皃。〔詩碩人釋文引馬注〕大魚網、目大——也。
(九)—達。門通之皃。〔文選何晏賦〕開南端之—達。
(十)—閜。空虛也。見〔史記司馬相如傳谽呀—閜索隱引司馬彪〕。〔按集解引郭璞云。—閜。澗谷之形容也。〕
(十一)同䜺、䜫。〔一切經音義〕—、古文䜺、䜫二形。同。〔廣雅〕—、空也。〔按莊炘曰。說文、䜺。空大也。䜫、視高皃。意相近也。〕

【豁】火活切曷韻

谷堂也。見〔川篇〕。〔按字彙補云。叡譌字。〕

【[illegible]】豁本字。見〔說文〕。

【[illegible]】[illegible]本字。見〔正字通[illegible]注〕。

十一畫

【[illegible]】憐蕭切音聊蕭韻

(一)空谷也。見〔說文〕。
(二)深也。見〔廣雅釋詁〕。
(三)空也。見〔廣雅釋詁〕。

【[illegible]】乙逆切音郤陌韻

隙或字。〔集韻〕隙。說文、壁際孔也。或从—。

【[illegible]】謨元切音樠元韻　謨官切音瞞寒韻

—欱。上谷亭名。見〔類篇〕。〔按集韻元韻同寒韻又云、在上艾。尤韻欱注又云、—欱。亭名。在上黨。依顏氏家訓、應作—欱亭。在上艾也。〕

十二畫

【[illegible]】虎檻切音闞豏韻

(一)開貌。〔文選郭璞賦〕—如地裂。
(二)開險貌。〔唐書西域傳〕永徽二年。

大食王—㟧莫末膩、始遣使者朝貢。

㊂谷深貌見〔字彙〕。

㊃谷名見〔玉篇〕。

【豃】虎覽切音喊感韻　溪谷皃見〔集韻〕。

【䜮】桒么切音鄔蕭韻　—䜭。空谷皃見〔集韻〕。

【䜭】乎刀切音豪　呼高切音蒿　居勞切音高　豪韻　—䜮。深谷皃見〔類篇〕。〔按集韻乎刀切、訓同。呼高切、訓深也。居勞切、訓深皃。意皆狀谷之深耳。故不別見。〕

【䜲】郎到切音勞號韻　谷空皃見〔集韻〕。

【䜶】猥狄切音䣢錫韻　谷名見〔集韻〕。

【䜱】同澗〔文選郭璞賦〕幽—積岨〔注〕—與澗同。

【䜵】同豋見〔川篇〕。

【䜳】谹或字見〔集韻〕。

【䜴】䜫俗字見〔龍龕手鑑〕。

【䜷】䜫俗字見〔正字通〕。

十三畫

【䜸】同谹見〔集韻〕。

十四畫

【䜹】須閏切音峻震韻　深谷見〔集韻〕。

十五畫

【䜺】力涉切音獵葉韻　㊀谷名見〔廣韻〕。㊁聚名在上蔡見〔集韻〕。〔按顏氏家訓勉學篇云、上艾縣東數十里、有獵閭村。不識本是何地。及檢字林、韻集、乃知獵閭是舊䜺餘聚。〕

【䜻】古隮字見〔集韻〕。

十七畫

【豅】盧東切音籠東韻　㊀大長谷也見〔說文〕。㊁山深貌見〔正字通〕。㊂—谾、谷中虛也。亦單作籠谾見〔六書故〕。㊃古作谾〔漢書司馬相如傳〕巖巖深山之谾谾兮〔注〕晉灼曰谾音籠。古—字。〔按蕭該曰谾、或作—。大長貌也。〕

【䜼】盧貢切音弄送韻　石洞見〔集韻〕。

二十畫

【䜽】呼檻切音獺豏韻　開險貌、與徹通見〔海篇〕。〔按字彙讀呼典切音顯、訓同。〕

二十四畫

【䜾】郎丁切音靈青韻　靈或字〔集韻〕靈巖穴、或从谷。

※豆部※

【豆】大透切音竇宥韻　㊀古食肉器也。从口。象形。見〔說文〕。〔按禮圖、—口員徑尺。黑漆飾朱。大夫以上、畫以雲氣。諸侯以象。天子以玉。皆謂飾—口也。其實四升。爾雅曰、木—謂之—。竹—謂之籩。瓦—謂之登。〕㊁杯落也見〔廣雅釋器〕。〔按盛杯器如今之酒托、茶船。其形略似—。故以爲稱。〕㊂量名。〔小爾雅廣量〕匊四謂之—。〔按王煦改匊作升。疏引考工記旗人鄭注。—實四升。又梓人云、爵一升。觚三升。獻以爵而酬以觚。一獻而三酬。則一—矣。食一—肉。飲一—酒。中人之食也。鄭氏惟讀—爲斗。謂聲之誤。劉敞七經小傳云、一獻而三酬者、獻以一升。酬以三升也。並而記之爲四升。四升爲—。—雖非飲器、其計數則然。鄭以三酬爲九升。加一獻爲十升。遂破—爲斗。後漢郎顗傳注。四斗爲—。朱駿聲曰、皆乖舛誤文。〕

四衡名。十六黍之積也。〔說苑辨物〕十六黍爲一—、六—爲一銖。

五穀屬。有大小二種。大—曰菽、有黑、白、黃、褐、青、斑、數色。小—曰荅、有赤、白、綠、數色。苗高三四尺、葉圓有尖。秋開小白花成叢。結莢長寸餘。俗作荳。

六謂內羞庶羞也。〔詩楚茨〕爲—孔庶。

七天—雲實也。見〔廣雅釋草〕。〔疏證〕神農本草云、雲實味辛温。生河間川谷。御覽引范子計然云、雲實出三輔。又引吳普本草云、雲實、一名天—。葉如麻、兩兩相值。高四五尺。大莖空中。陶注子細如葶藶子而小。亦類莨菪。唐本注云、雲實大如黍及大麻子等。黃黑似—。故名天—。

八官名。〔南齊魏虜傳〕又置九—和官。

九盤—地名。〔北史周文帝紀〕文帝伐魏。至盤—。拔之。

十白—州名。唐置。屬隴右道。今闕。

十一姓也。後漢關內侯—如意。〔又〕複姓。北周有—盧氏。〔又〕三字姓。北魏有紇—陵氏。

【豆】登口切音斗有韻
同斗。〔考工記梓人〕食一—肉。飲一—酒。〔注〕—當爲斗。

【豆】思留切音羞尤韻
同羞。〔周禮腊人〕凡祭祀共—脯。〔注〕脯非—實。—當爲羞聲之誤也。

二畫

【壴】株遇切音駐遇韻腫庾切音主冢庾切音主冢庾切音杜上主切麌韻
本作壴。〔說文壴部〕壴。陳樂立而上見也。从屮豆。〔段注〕謂凡樂器有虡者。豎之。其顛上出。可望見。如詩禮所謂崇牙。

【豆】同豆。見〔搜眞玉鏡〕。

三畫

【豈】可亥切音鎧賄韻去幾切音豈尾韻
一還師振旅樂也。一曰欲也。登也。从豆。微省聲。見〔說文豈部〕。〔通訓定聲〕按从壴省。散省聲。經傳皆以愷爲之。周禮大司樂則令奏愷樂。注、獻功之樂。大司馬、愷樂獻于社。注、兵樂。〔按今以凱爲之〕。

二亦樂也。〔詩魚藻〕—樂飲酒。

三冀也。見〔文選朔風詩注引蒼頡〕。

四詞也。見〔爾雅釋詁〕。

五非也。〔文選張衡賦〕—徒跼高天、蹐厚地而已哉。

六安也。焉也。書云、怨—在明。見〔玉篇〕。

七曾也。見〔廣韻〕。

八猶其也。〔禮記曾子問〕周公曰。—不可。〔鄭注〕言是於禮不可不許也。

九—弟。樂易也。〔詩青蠅〕—弟君子。〔又〕猶言夕發也。〔詩載驅〕齊子—弟。

十—希。言不遠也。見〔孟子告子其好惡與人相近也者幾希注〕。

十一通幾。〔史記黥布傳〕人相我當刑而王。幾是乎。〔徐廣曰幾一作—〕

【豇】古雙切音江江韻
豆名。蔓生。花紅白二色。莢白紅紫赤斑駁數色。長者二尺。開花結莢。兩兩並垂。豆子微曲。象人腎形。

【豊】壴本字。見〔說文壴部〕。

【豆】且—、與俎豆同。見〔字學指南〕。

四畫

【豉】芻數切音敢昌句切遇韻
一勇也。見〔廣雅釋詁〕。
二爲也。見〔玉篇〕。

【豉】是義切音禔寘韻
一枝俗字。見〔說文尗部〕。〔按說文、枝。配鹽幽尗也〕。
二嗜也。五味調和。須之而成。乃可甘嗜也。故齊人謂—聲如嗜也。見〔釋名釋飲食〕。
三蟲名。〔葛洪肘後方〕此蟲正黑如大豆。浮游水上。治射工毒。成瘡口不能語。用—母蟲一枚、含口中、即瘥。
四草—。草名。〔本草綱目〕生巴西諸國。草似韭狀。—出花中。彼人食之。

五畫

【豞】當侯切音兜尤韻
一小裂。見〔玉篇〕。

㊂剬也。見〔類篇〕。
㊃剅或字。〔集韻〕剅、小穿。或作—。

【𧯷】烏丸切音剜寒韻　紆物切音鬱物韻　於月切音歎月韻
豆飴也。見〔說文〕。〔段注〕飴、米糵煎也。糵、芽米也。豆飴者。芽豆煎爲飴也。

【𧯸】同豌。見〔類篇〕。

【𧯼】同豉。見〔龍龕手鑑〕。

【𧯽】鍪鐙字。見〔正字通〕。

六畫

【䜶】胡江切音棒江韻
—豇。豇豆也。見〔本草綱目〕。〔按李時珍曰。此豆紅色居多。莢必雙生。故有—豇之名。廣雅指爲胡豆。誤矣。互詳豇字。〕

【䜭】古倦切音眷霰韻　古轉切音卷銑韻　窘遠切音箘阮韻
本作𧯾。〔說文〕𧯾。豆屬。从豆𠔉聲。〔段注〕此本草經之大豆黃卷也。〔按廣韻黃豆也。〕

【豊】里弟切音禮薺韻
本作豊。〔說文豊部〕豊。行禮之器也。从豆象形。讀若禮。〔通訓定聲〕此字經傳無考。疑與豐略同。周伯琦謂即古禮字。非也。

【豋】都滕切音登蒸韻
本作𤼷。〔說文〕𤼷。禮器也。从廾持肉在豆上。讀若鐙同。〔段注〕釋器毛傳皆曰。瓦豆謂之—。〔按爾雅注。即膏—也。〕

【䜵】作代切音再隊韻
豉也。見〔集韻〕。

七畫

【𧰇】千尋切音侵侵韻　七鴆切音沁沁韻
㊀—謂之䜻。見〔廣雅釋器〕。〔疏證〕此謂豆豉也。豉、說文作敊。配鹽幽尗也。徐鍇傳云。幽、謂造之幽暗也。集韻。—、幽豆也。䜻之言暗也。謂造之幽暗也。
㊁野豆。見〔集韻〕。

【䜽】中莖切音朾庚韻
㊀設幕也。見〔廣韻引字林〕。
㊁張也。見〔集韻〕。

【䜸】毋罪切音每賄韻
豆碎萁。見〔廣韻〕。

【䜸】謨杯切音枚灰韻
豆萁下葉。見〔集韻〕。

【𧯰】初六切音琡屋韻
小豆。見〔廣韻〕。

【䄍】䄍或字。見〔類篇〕。

八畫

【豌】烏丸切音剜寒韻
㊀—豆。豍豆也。見〔廣雅釋草〕。〔疏證〕—豆、枝莖柔弱。布地而生。葉間有鬚。連卷然。葉形頗圓。兩兩相值。初生時肥嫩可食。花色淡紫可愛。作莢長寸餘。莢中子皆圓如珠。〔按李時珍曰。胡豆—豆也。百穀中之最爲先登者。其苗柔弱宛宛。故得—名。〕
㊁通豋。見〔集韻〕。

【豎】上主切音裋麌韻
㊀堅立也。見〔說文臤部〕。〔段注〕堅立謂堅固立之也。—與尌音義同。而—从臤。故知爲堅立。〔按各本作豎立。繫傳曰、豆器。故爲—立。通訓定聲以爲誤也。〕
㊁縱也。〔楞嚴經〕人天本—。畜生本橫。
㊂直也。見〔字彙〕。
㊃貞也。見〔韻會〕。
㊄猶小也。見〔文選江淹雜體詩注〕。
㊅小使也。〔淮南人間〕—陽穀奉酒而進之。
㊆掌通內外者。〔左僖二十八年傳〕曹伯之—侯獳。
㊇僮僕之稱。〔史記酈生傳〕沛公罵曰。—儒。〔按後漢王允傳注云。—者言賤劣如僮。據此則官—亦此義。〕
㊈未冠者之官名。〔周禮天官序官〕內—。〔按段玉裁云。未冠者才能自立。故名之—。因以爲官名。—之言孺也。〕
㊉—褐。小襦也。〔史記秦始皇紀〕寒者利—褐。〔又〕僮—之褐。亦短褐也。〔荀子大略〕衣則—褐不完。〔按朱駿聲曰。—褐有兩說。其實借爲裋字。史記孟嘗君傳。而士不得裋褐。索隱。—褐、謂褐衣而—裁之。以其省而便事也。〕
(十一)姓也。鄭大夫—柎。齊—刁。

【䟄】測窄切音措陌韻 磨豆。見〔廣韻〕。〔按集韻云。破豆。〕

【䜴】苦紺切音勘勘韻 豉味厚。見〔集韻〕。

【豍】邊迷切音椑齊韻 —豆。䝀豆也。見〔廣雅釋草〕。

【䜶】乙六切音郁屋韻 豆也。見〔字彙〕。

【𤼷】登本字。見〔說文〕。

【𧯰】古豐字。見〔說文〕。

【𧯸】同豌。見〔字彙補〕。

【䜾】同萁。見〔廣韻〕。

九畫

【𧯷】几隱切音謹吻韻姜愍切音螼軫韻

❶蠡也。見〔說文〕。〔通訓定聲〕桉一瓠劙爲二謂之—。御覽引三禮圖云。取四升瓠中破。夫婦各一瓢。凡禮經合卺字以卺爲之。

❷瓢也。〔廣雅釋器〕。

【𧯹】莫卜切音木古祿切音瑴屋韻 豆萁。見〔玉篇〕。

【𧯹】徒谷切音牘古祿切音瑴屋韻 豆名。見〔廣韻〕。

【𧯼】迷浮切音謀尤韻 —蹈豆秸。見〔集韻〕。

【䝀】容朱切音俞虞韻 變色豆也。見〔廣韻〕。

【䜰】於金切音音伊淫切音愔侵韻 豉謂之—。見〔廣雅釋器〕。

【𧯻】古來切音該灰韻 羊胎也。見〔字彙補〕。

【𧰊】匹計切音媲霽韻 大也。見〔字彙補〕。

【𧯝】同豉。見〔集韻〕。

【𧯺】同豋。見〔集韻〕。

十畫

【𧰄】丞狩切音授宥韻 德也。見〔字彙補〕。

【𧰒】他協切音貼葉韻 鼓無聲也。見〔字彙補〕。

【豏】下斬切音獫豏韻 豆半生。見〔玉篇〕。

【豏】乎韽切音陷陷韻 餅中豆。見〔集韻〕。

【𧰇】力求切音留尤韻 豌豆也。見〔廣雅釋器〕。

【𧰈】憐蕭切音聊蕭韻 豆也。〔類篇〕幷州謂豆曰—。

【䝁】郎刀切音勞豪韻 野豆也。見〔玉篇〕。〔按廣韻云。野豆。古今注云。一名治豆。葉似葛而實長尺餘。可蒸食。本草綱目云。一名鹿豆。〕

【𧰎】都籠切音東東韻 ——。鼓聲。見〔集韻〕。

【𧰏】駢迷切音枇齊韻 鼙或字。〔集韻〕鼙說文、騎鼓也。或作鞞。

【𧰐】他登切音鼟蒸韻 仲之長也。見〔字彙補〕。

【豊】豐本字。見〔說文〕。

【𧰑】豎籀文。見〔說文〕。

十一畫

【豐】敷馮切音酆東韻

❶豆之—滿者。一曰。鄉飲酒有—侯者。見〔說文豐部〕。〔通訓定聲〕桉从豆、从山、會意。山取其高大。𢒼、象滿形。一曰。鄉飲酒有—侯者。桉儀禮鄉飲酒、禮命弟子設—。注。—形似豆而卑。大射儀、有—。注。—以承爵也。說者以爲若井鹿盧。近似豆大而卑矣。聶氏三禮圖。罰爵之—、作人形。—。國名。其君坐酒亡國。戴杆以爲戒。竹書紀年。成王十九年。黜—侯。李尤—侯銘曰。—侯荒謬。醉亂迷逸。乃象其形。爲禮戒式。後世傳之。固無正說。

❷—者大也。見〔易序卦〕。

❸饒也。〔文選張衡賦〕地沃野—。

❹盛也。〔國語楚語〕不爲—約舉。

❺茂也。〔詩湛露〕在彼—草。

❻厚也。〔國語周語〕艾人必—。

❼滿也。見〔廣雅釋詁〕。

❽燕趙之閒言圍大謂之—。見〔方

言〕。

(九)凡物之大貌曰—。見〔方言〕。

(十)腴厚光大之義。見〔易豐釋文〕。

(十一)莞也。〔書顧命〕敷重—席。〔鄭注〕刮凍竹席也。

(十二)財多德大故謂之爲—。〔易豐〕—亨。

(十三)—年。大有年也。〔詩豐年〕—年多黍多稌。

(十四)—融。盛貌。〔文選嵇康賦〕—融披離。

(十五)—彤。林木貌。〔後漢馬融傳〕—彤對蔚。

(十六)—盈。肥滿也。〔文選宋玉賦〕貌—盈以莊姝兮。

(十七)卦名。離下震上。〔易豐〕雷電皆至—。

(十八)地名。周文王舊都。在京兆鄠縣。當今陝西長安縣西北。〔按此叚爲酆〕

(十九)縣名。漢置。屬沛郡。當今江蘇—縣治。〔又〕唐—州屬關。

(二十)州名。有二。一、唐置。屬關內道。當今鄂爾多斯右翼後旗西。一、宋置。屬河東路。當今陝西府谷縣北。

(廿一)水名。—水出鄠南山—谷。北入於渭。見〔後漢郡國志〕〔按此叚爲灃〕〔又〕即泡水也。見〔水經泗水注〕。〔又〕窮水音戎。見〔水經淮水注〕。

(廿二)山名。在徐州南二里許。上有—樂亭。見〔歐陽修記〕。

(廿三)姓也。鄭穆公子—之後。〔又〕—將氏。複姓。

【⿰豆婁】盧侯切音樓尤韻　—豆。豆名。見〔字彙〕。

【⿰豆黃】他官切音湍寒韻　黃色。見〔字彙〕。

【⿰豆夬】以渠切與平聲魚韻　量也。見〔字彙補〕。

【⿰豆畢】同畢。本草豌豆別名畢豆。崔寔月令作—豆。

【⿰豆失】豑或字。見〔集韻〕。

十二畫

【⿰豆眞】亭年切音田先韻　——。鼓聲。見〔集韻〕。

【⿰豆兼】離鹽切音廉鹽韻　皷或字。〔集韻〕皷。鼙鼓謂之皷。或从壴。〔按字彙補曰。鼓初打也。〕

【蹬】音登蒸韻　禮器。見〔篇海類編〕。

【⿱登廾】登本字。見〔說文〕。

【⿰豆尞】同豐。見〔玉篇〕。

十三畫

【⿰豆盍】苦角切音恪藥韻　(一)謹也。見〔字彙補〕。(二)善也。見〔字彙補〕。

【⿰豆皋】下老切音皓皓韻　⿰豆虎或字。〔集韻〕⿰豆虎說文、土鑿也。或不省。

【⿰豆弟】直質切音秩質韻　爵之次弟也。虞書曰。平—東作。見〔說文豊部〕〔按書今作秩〕

【⿰豆國】古獲切音馘陌韻　—⿰豆麗。鼓聲。見〔集韻〕。

【⿱殸豆】⿱殸豆譌字。康熙字典增此字。引類篇即⿱殸豆字音訓。不復出⿱殸豆。知爲⿱殸豆之譌。

十四畫

【⿰豆聶】直涉切音牒葉韻　豆也。見〔集韻〕。

【⿰豆覃】徒南切音覃覃韻　鼓聲。見〔字彙補〕。

十五畫

【⿰豈幾】渠希切音祈微韻　(一)⿰豈气也。訖事之樂也。見〔說文〕。〔王注〕段氏據釋詁⿰豈气汽也。以改此文。以汽爲庶幾之意。解字不誤。而在此則誤。許君收之豈部。以其爲樂名也。苟有汽也一義。亦當在後。廣韻—、危也。說文曰。訖事之樂也。設說文有汽也。則廣韻引之甚易。何事改以危也。而列說文之上乎。〔按通訓定聲云。訖事之樂。如賓出奏陔。公入奏驁。或曰訖事。猶言樂成也。⿰豈气也。許書無⿰豈气。幾、乞、皆聲。無、豈是無意。當是誤字。〕(二)且也。見〔玉篇〕。(三)欲也。見〔玉篇〕。

【⿰豆幾】渠希切音祈微韻魚開切音皚柯開切音該灰韻　汽也。見〔爾雅釋詁〕。

【⿰豈幾】渠希切音祈。魚衣切音沂。微韻
稲柯開切音該灰韻
危也。見〔玉篇〕。

【⿰豈戔】魚衣切音沂微韻
近也。見〔集韻〕。

十六畫

【⿱巤豆】力協切音頰葉韻
鼓聲。見〔集韻〕。

十七畫

【⿰豆巤】力涉切音獵葉韻
鼓聲。見〔集韻〕。

【艶】豔隸字。見〔類篇〕。

十八畫

【⿰豆雙】疎江切音雙江韻
豆名。詳⿰豆雙字。

【⿰豆歷】狼狄切音歷錫韻
鼓聲。詳⿰豆鬲字。

二十畫

【⿱?豆】以贍切音燗豔韻

❶好而長也。从豐。豐、大也。春秋傳曰。美而丨。見〔說文〕。〔注〕容色豐滿也。
❷光彩也。見〔洪武正韻〕。
❸自放縱貌。〔文選潘岳賦〕汎淫氾丨。
❹楚歌名。〔文選左思賦〕荊丨楚舞。
❺歆羨也。見〔增韻〕。
❻通閻。〔漢書谷永傳〕閻妻驕扇。
❼通鹽。〔禮記郊特牲〕而流示之禽而鹽諸利。〔注〕鹽讀爲丨。行田示之以禽使欣丨之。

二十一畫

【⿰豆熏】許云切音熏文韻
鼓鳴謂之丨。見〔集韻〕。

【⿰豐盍】同豔。見〔正字通〕。

二十二畫

【⿰豆登】他登切音鼟蒸韻
盆也。見〔集韻〕。

※赤部※

【赤】昌石切音尺陌韻

❶本作灻。〔說文〕灻。南方之色也。从大火。〔段注〕火者、南方之行。故丨爲南方之色。从大者、言大明也。
❷盛陽之氣也。見〔白虎通三正〕。
❸赫也。太陽之色也。見〔釋名釋采帛〕。
❹火色也。見〔水經渭水注引洪範五行傳〕。
❺心色也。〔素問風論〕其色丨。
❻朱深曰丨。見〔易困困于丨紱鄭注〕。
❼淺於朱之色也。〔禮記月令〕駕丨騮。〔疏〕色淺曰丨。色深曰朱。
❽空盡無物曰丨。〔南史臨汝侯坦之傳〕檢家丨貧。唯有質錢帖子數百。〔按手無所持亦曰丨。蘇軾詩。當年老使君。丨手降於菟。樹無枝葉亦曰丨。元好問游黃華山詩。山木丨立無春容。〕
❾謂誅滅也。〔文選揚雄解嘲〕不知一跌將丨吾之族也。
❿丨地。旱也。〔淮南天文〕殺不辜則國丨地。〔按韻會舉要云。空盡無物曰丨。〕
⓫丨臭。陰陽交爭殺傷之氣也。見〔太玄閑丨臭播闕王注〕。
⓬丨混。三元之一。〔雲笈七籤〕其三元者。第一、混洞太無元。第二、丨混太無元。第三、冥寂幽通元。
⓭丨疫。疫鬼惡者也。〔文選張衡賦〕逐丨疫于四裔。
⓮大丨。九旗之通帛。〔周禮巾車〕建大丨。
⓯六丨。骰子別名。〔李洞詩〕六丨重新擲印成。
⓰裸裎曰丨。體見肉色也。見〔韻會〕。〔按此俗謂丨膊。又腳不衣曰丨腳。揮麈後錄。昭陵幼年每穿履襪。卽脫去。皆呼爲丨腳仙人。〕
⓱丨心。誠心也。〔後漢光武紀〕降者更相語曰。蕭王推丨心置人腹中。安得不投死乎。〔按亦曰丨情。陳琳爲袁紹與公孫瓚書。分割膏腴以奉執事。此非孤丨情之明驗邪。〕
⓲丨邑。畿輔也。〔宋史遜玶傳〕兄玗自河南令入爲吏部員外郎。復以玶爲濟陽令。兄弟迭尹丨邑。時人榮之。〔按唐制。州、自羈縻州外。有

雄、望、、—緊、輔、上、中、下、八等。見新舊唐書地理志。縣、則新志有—、畿、緊、望、次—、次畿、上、中、中下、下、十等。〕

⑲ —子。嬰兒也。〔孟子離婁〕不失其—子之心者也。〔按漢書賈誼傳注云。—子、言其新生未有眉髮。其色—。〕〔又〕謂心所愛之子。見〔禮記大學〕如保—子疏〕。〔又〕古代喻謂民也。〔漢書龔遂傳〕故使陛下—子。盜弄陛下之兵於潢池中耳。

⑳ —牽。錢名。〔隋書食貨志〕齊神武遷鄴以後。百姓私鑄。體制漸別。有雍州青—、梁州生厚、緊錢、吉錢、河陽生澀、天柱、—牽之稱。

㉑ —側。錢名。〔史記平準書〕公卿請令京師鑄鐘官—側。一當五。賦官用非—側不得行。〔按漢書食貨志作—仄。注引應劭云。所謂子紺錢。以—銅爲郭。〕

㉒ —兔。馬名。〔魏志呂布傳〕布有良馬曰—兔。

㉓ —馬。船名。〔釋名釋船〕輕疾者曰—馬。舟。其體正—。疾如馬也。

㉔ —壁。山名。〔吳志周瑜傳〕劉備爲曹公所破。進往夏口。遣諸葛亮詣權。權遣周瑜及程普等、與備併力逆曹公。遇於—壁。〔按淸一統志云。—壁山、在湖北嘉魚縣東北江濱。水經注。江水右逕—壁山北。昔周瑜與黃蓋詐魏武大軍所也。明胡珪—壁考。蘇子瞻適齊安時所游。乃黃州城外—鼻磯。當時誤以爲周郎—壁耳。東坡自書—壁賦後云。江漢之間。指—壁者三。一在漢水之側。竟陵之東。卽今復州。一在齊安縣步下。卽今黃州。一在江夏西南二百里許。今屬漢陽縣。按三國志。操自江陵西下。備與瑜等由夏口往而逆戰。則—壁非竟陵之東。與齊安之步下矣。又—壁初戰。操軍不利。引次江北。則當在江南。不應在江北。猶賴水經能正譌也。又云江夏縣東南七十里。亦有—壁山。一名—磯。一名—圻。非周瑜破曹操處也。〕

㉕ —草。卽朱草也。〔後漢曹褒傳〕—草之類。紀于史官。

㉖ —道。月行軌也。〔漢書天文志〕月有九行者。—道二。出黃道南。〔按今天文家云。—道者乃平分南北與地軸相交。成直角之大圈也。—道每點距地軸兩極皆等。自極距—道。均九十度。〕

㉗ —嶺。地名。〔唐書吐蕃傳〕—嶺距長安三千里而嬴。蓋隴右故地也。〔按洛陽伽藍記云。初發京師。西行四十日至—嶺。—嶺者不生草木。因以爲名。〕

㉘ 小—。水名。〔水經渭水注〕小—水、卽山海經之灌水也。

㉙ 太歲在丑曰—奮若。見〔爾雅釋天〕。〔又〕天神也。〔淮南墬形〕—奮若。淸明風之所生也。

㉚ 狄之一種。〔春秋宣三年〕—狄侵齊。

㉛ 水名。〔穆天子傳〕遂宿于昆侖之阿。—水之陽。〔注〕—水出東南隅而東北流。

㉜ 中國名曰—縣神州。見〔史記孟子傳〕。

㉝ 通斥。〔史記晉世家〕虜秦將—。〔索隱〕—卽斥。謂斥候之人也。

㉞ 姓也。見〔韻會〕。

【赤】 昌石切音尺 七迹切音皵 陌韻

—犮。猶言捇拔也。〔周禮秋官序官〕—犮氏。〔按集韻云。—、除撥也。或从手。〕

二畫

【⿰赤卜】 同⿰赤丁。見〔篇韻〕。

【⿰赤丁】 䞓或字。見〔說文〕。

三畫

【⿰赤工】 胡公切音洪 東韻

皮肉赤腫。見〔集韻〕。

四畫

【赥】 馨激切音鬩 錫韻

❶ 赤也。見〔玉篇〕。

❷ 謚或字。〔集韻〕謚笑聲。或作—。

【⿰赤欠】 迄力切音赩 職韻

笑聲謂之—。見〔集韻〕。〔按元包經言侃侃笑——。傳曰。其聲悅也。〕

【赦】 式夜切音舍 禡韻

❶ 置也。見〔說文攴部〕〔注〕鍇曰。放置之也。〔按段注。—與捨音義同。〕非專謂—罪也。後捨行而—廢。—

專爲—罪也。」

(二)舍也。見〔爾雅釋詁〕。〔按字亦作舍。漢書朱博傳云常刑不舍。〕

(三)—謂放免。〔易解〕君子以—過宥罪。

(四)罪也。見〔詩小毖自求辛螫釋文引韓詩〕。〔按朱駿聲云叚借爲螫。然則當如釋文音釋。又云借事爲數。數數、刺也。〕

(五)姓也。趙簡子臣—厥。

【赦】 測革切音策陌韻

敇或字。〔集韻〕敇、說文擊馬也。或作—。

【𧹝】 章移切音支支韻

赬—。面飾。見〔集韻〕。

五畫

【赧】 乃版切音赧潸韻

(一)本作赧。〔說文〕赧、面慙赤也。周失天下于—王。〔按錯篆從𠬝段篆改從反云、𠬝或作反非也。尚書中候—爲然。鄭注云然讀曰—。〕

(二)愧也。齊晉之間凡愧而見上謂之—。見〔方言〕。

(三)慍也。〔國語楚語〕自進則敬。不則—。〔按此借爲赧。釋詁赧、慍也。〕

(四)——然面赤心不正之貌也。〔孟子滕文公〕觀其色——然。

【𧹟】 乃版切音赧潸韻

赧或字。〔集韻〕赧、說文面慙赤也。或从皮。

【𧹟】 尼展切音㞋銑韻

寘—。笛聲緩也。〔文選馬融賦〕蹤園寘—。

【赨】 徒冬切音彤冬韻

赨或字。〔集韻〕赨、說文赤色也。或从冬。

六畫

【赩】 迄力切音邐職韻

(一)大赤也。見〔說文新附〕。〔鈕氏新附攷〕—通作赫。其作—者蓋因赫訓赤色、後人因作爲—耳。〔按廣雅釋詁。—、色也。釋器云。—、赤也。蓋泝言之。〕

(二)赤色無草木貌也。或曰慍也。〔楚辭大招〕北有寒山逴龍—只。

(三)赤白。見〔玉篇〕。〔按一切經音義十九引字林作赤皃。疑白爲皃之殘。〕

(四)青黑曰—。見〔一切經音義引通俗文〕。

(五)怒皃。見〔玉篇〕。

(六)通奭。〔詩瞻彼洛矣〕韎韐有奭。〔白虎通引作—。〕

【赩】 郝格切音赫陌韻

赤色。見〔集韻〕。

【赨】 徒冬切音彤冬韻

赤色也。見〔說文〕。

【赨】 余中切音融、胡弓切音雄東韻

赤蟲。見〔集韻〕。

【赨】 古雄字。見〔字彙補〕。

【𧹘】 杜孔切音動董韻

赤色。見〔集韻〕。

【赧】 赧本字。見〔說文〕。

七畫

【赬】 癡貞切音檉庚韻

(一)赤色也。詩曰。魴魚—尾。見〔說文〕。〔桂注〕釋器再染謂之赬。郭云染赤。陳啟源曰。爾雅注以—爲淺赤。又諸侯赤芾而斯干傳謂諸侯黃朱。是黃朱乃赤也。據此二文則赤淺於朱。—又淺於赤。然細分則異。概舉則通。〔按今詩汝墳作赬。〕

(二)亦作䞓。〔左哀十七年傳〕如魚䞓尾。〔注〕䞓、赤色。

【𧹞】 武斐切音尾尾韻

(一)赤色。見〔集韻〕。

(二)人名。鄭大夫蔡—。

【赫】 郝格切音嚇陌韻

(一)火赤皃。見〔說文〕。〔桂注〕方言焃、烲、爀—也。注皆火盛熾之皃。〔按段本以作大赤皃。注云此謂赤、非謂火也。赤之盛、故从二赤。邶風—如渥赭。傳曰。—赤皃。此—之本義也。存參。〕

(二)明皃。〔漢書韋賢傳〕於—有漢。

(三)顯也。見〔廣雅釋言〕。

(四)炙也。〔詩桑柔〕反予來—。〔正字通云。火炙日曝皆曰—。〕

(五)發也。見〔方言〕。

(六)怒意。〔詩皇矣〕王—斯怒。

(七)覺也。〔詩生民〕以—厥靈。

(八)光也。見〔注疏本桑柔反予來—

釋詁〕。

❾皐也。見〔玉篇〕。〔按詩雲漢傳云。─、旱氣也〕。

❿容儀發揚也。〔詩洪澳〕─兮咺兮。〔疏〕─咺者、容儀發揚之言。

⓫恐也。見〔詩大明〕──在上釋文。

⓬虛也。〔太玄爭〕─河臚。〔按崇文書局刻司馬光集注本作嚇。音呼訝切。訓口拒人〕。

⓭─然。已支解之貌。〔公羊宣六年傳〕則─然死人也。

⓮──。顯盛皃。〔詩節南山〕──師尹。〔又〕燥熱之狀。〔詩雲漢〕──炎炎。〔又〕明也。見〔廣雅釋訓〕。

⓯─戲。盛貌。〔文選張衡賦〕羨上都之─戲兮。〔又〕炎盛也。〔文選張衡賦〕叛─戲以煇煌。〔又〕光明貌。〔離騷〕陟陞皇之─戲兮。

⓰─胥氏。上古之帝王也。見〔莊子馬蹄夫─胥氏之時。釋文引司馬。〕〔按釋文云。、─本或作萘〕。

⓱姓也。明推官─瀛。又─連。複姓。五胡有─連勃勃。

〔赫〕　施隻切音釋陌韻

─。迅也。見〔爾雅釋訓〕。〔注〕盛疾之貌。〔疏〕孫炎云。──、顯著之迅。〔釋文〕郭音釋。舍人本作奭。失石反。謝許格反。

〔赫〕　擊激切音闃錫韻

─蹏。薄小紙也。〔漢書孝成趙皇后傳〕武發篋中有裹藥二枚─蹏書。〔按此依注引應劭說。注又云。鄧展曰。─音兄弟鬩牆之鬩。晉灼曰。今謂薄小物爲閱蹏。師古曰。今書本─字或作繫。今攷字亦作幱。集韻陌錫韻幱注並云。幱帨赤紙。是也〕。

〔赫〕　虛訝切音罅禡韻

同嚇。〔詩桑柔〕反予來─。〔釋文〕、─本亦作嚇。鄭許嫁反。口距人也。莊子云。以梁國嚇我是也。

八畫

〔⿰赤含〕　呼含切音峆覃韻

赤色。見〔集韻〕。

〔⿰赤尾〕

⿰赤尾俗字。見〔龍龕手鑑〕。

九畫

〔赮〕　何加切音遐麻韻

❶赤色也。見〔說文新附〕。〔鈕氏新附攷〕─、通作瑕。史記司馬相如傳。赤瑕駁犖。索隱注引說文云。─、玉之小赤色。

❷古霞字。〔文選郭璞賦〕絕岸萬丈。壁立─駁。〔注〕─、古霞字。〔按玉篇云。─、東方赤色也。亦作霞。集韻霞注云。雲日氣相薄。通作─〕。

❸通蝦。〔漢書天文志〕雷電─蚕。〔史記作蝦虹〕。

〔赭〕　止野切音者馬韻

❶赤土也。見〔說文〕。〔按─產地不一。范子計然。石─出齊郡。蜀─出蜀郡。本艸、代─生齊國山谷。赤紅青色如雞冠。唐本注云。靈州鳴沙縣界河北。平地掘深四五尺得者。皮上赤滑。中紫如雞肝。大勝齊代所出者。西山經石脆之山。其陰灌水出焉。其中有流─。以塗牛馬無病。寰宇記以爲禹貢徐州貢、土五色。即徐州彭城縣─土山土。攷彭城今江蘇銅山縣也〕。

❷赤也。〔漢書王莽傳〕桃湯─鞭。

❸紫赤色。〔山海經西山經〕竹山有草焉。名曰黃雚。其狀如─。

❹丹也。見〔詩簡兮〕赫如渥─。

❺─黃。色之多赤者。見〔封氏聞見記〕。

❻─衣。罪人服也。〔漢書刑法志〕─衣塞路。〔按荀子正論注云。以赤土染衣。故曰─衣。封氏聞見記云。─或謂之柘木染〕。

❼─白。馬名。〔晉書慕容儁載記〕初廆有駿馬曰─白。

❽水名。〔水經淯水注〕─水出棘陽縣北。數源並發。南流逕小─鄉。謂之─水。東源方七八步。騰湧若沸。故世名之騰沸水。南流逕于─鄉。謂之─水。〔按戴震校正本─作堵〕。

❾─要。洲名。〔水經江水〕大江右逕石首山北。又東逕─要。

〔⿰赤垔〕　因蓮切音烟先韻

─赦。婦人面飾。見〔集韻〕。〔按正韻作胭脂〕。

〔⿰赤畐〕　忽域切音洫職韻

赭色。見〔集韻〕。〔按玉篇云。緋色似雀頭色〕。

〔⿰赤柬〕　同煉。見〔奚韻〕。

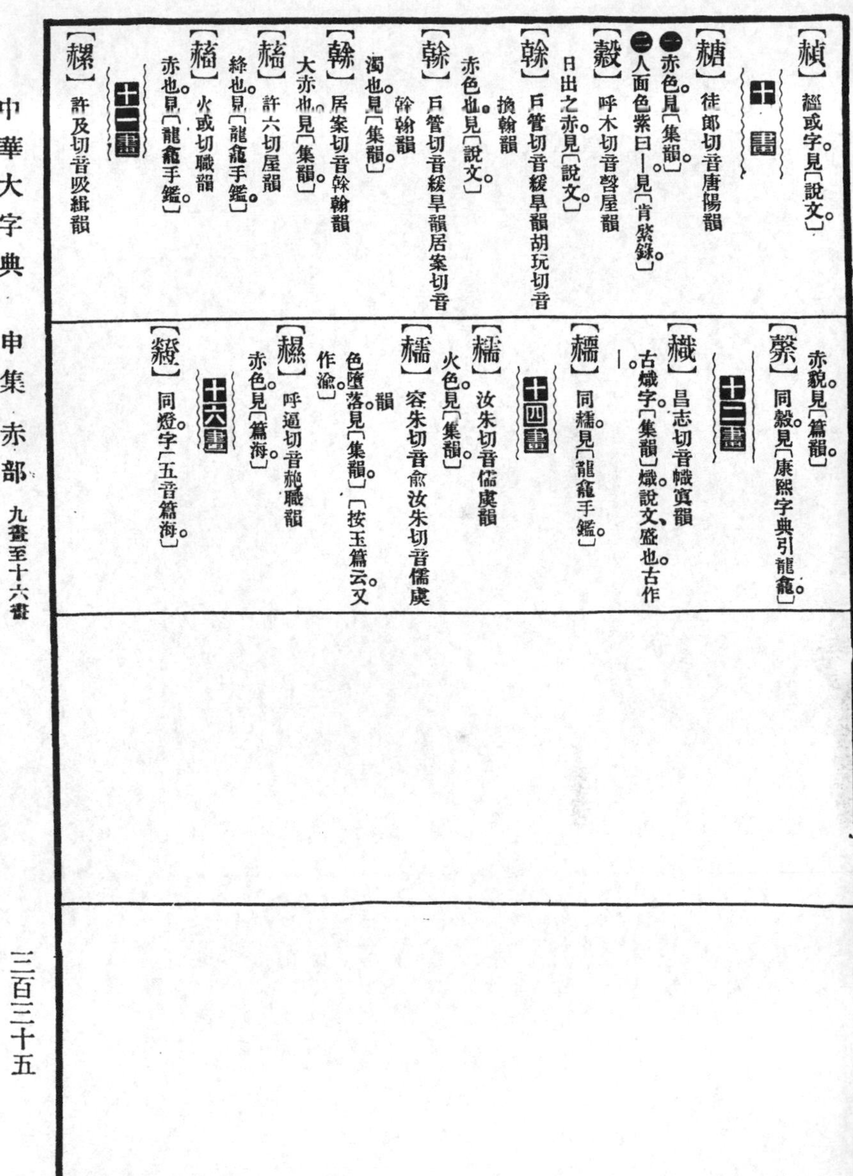

【赬】䞓或字。見〔說文〕。

十畫

【⿰赤唐】徒郎切音唐陽韻 ❶赤色。見〔集韻〕。❷人面色紫曰—。見〔肯綮錄〕。

【⿰⿱士⿱冖赤殳】呼木切音嗀屋韻 日出之赤。見〔說文〕。

【⿰赤完】戶管切音緩旱韻胡玩切音換翰韻 赤色也。見〔說文〕。

【⿰赤完】戶管切音緩旱韻居案切音幹翰韻 濁也。見〔集韻〕。

【⿰赤倝】居案切音幹翰韻 大赤也。見〔集韻〕。

【⿰赤畜】許六切屋韻 絳也。見〔龍龕手鑑〕。

【⿰赤畐】火或切職韻 赤也。見〔龍龕手鑑〕。

十一畫

【⿰赤累】許及切音吸緝韻 赤貌。見〔篇韻〕。

【⿱殸赤】同⿰⿱士⿱冖赤殳。見〔康熙字典引龍龕〕。

十二畫

【⿰赤戠】昌志切音幟寘韻 古熾字。〔集韻〕熾。說文、盛也。古作—。

【⿰赤需】同⿰赤需。見〔龍龕手鑑〕。

十四畫

【⿰赤需】汝朱切音儒虞韻 火色。見〔集韻〕。

【⿰赤需】容朱切音俞汝朱切音儒虞韻 色墮落。見〔集韻〕。〔按玉篇云。又作渝〕

【⿰赤縣】呼逼切音赩職韻 赤色。見〔篇海〕。

十六畫

【⿰赤登】同燈字〔五音篇海〕。

中華大字典 酉集

※金部※

【金】居吟切音今侵韻

(一)五色—也。黃爲之長。久薶不生衣。百鍊不輕。从革不違。西方之行。生於土。从土。左右注。象—在土中形。今聲。見〔說文〕〔按古者黃—、白銀、赤銅、青鉛、黑鐵。均謂之—。其後惟黃—獨稱—。今化學原質之稱—類者。凡五十餘種。而分爲四屬。一、—鹻—。二、—鹻土—。三、土—。四、重—。又名眞—。眞—又分二種。一與養氣無愛力。如—、銀等。一與養氣有愛力。如鐵、銅、鉛等。黃—爲地產而無礦。其自然—爲薄片。或顆粒。間有大塊。恆爲立方形。或立方變形。或八面形。或八面變形。淘汰其沙即得。比重一九、二五。熱至攝氏一零六四度而鎔〕

(二)禁也。氣剛毅能禁制物也。見〔釋名釋天〕

(三)剛也。〔易噬嗑〕得—矢。

(四)陰質也。〔大戴記曾子天圓〕—水內景。

(五)陽稱—。見〔易蒙虞注〕

(六)精和之至也。見〔白虎通攷黜〕

(七)八音之一也。〔周禮大師〕—石、土、革、絲、木、匏、竹。

(八)兵也。〔禮記中庸〕衽—革。

(九)鐘也。〔國語楚語〕而以—石匏竹之昌大嚚庶爲樂。〔按呂覽求人。故功績銘乎—石。注。—、鐘鼎也。周禮鐘師掌—奏。注。—謂鐘及鎛。義相近〕

(十)鉦也。〔漢書李陵傳〕聞—聲而止。

(十一)泉貨也。〔漢書食貨志〕及—刀龜貝。

(十二)謂和鸞也。〔荀子禮論〕—革轡靷而不入。

(十三)謂黃色也。〔漢書宣帝紀〕—芝九莖。產於函德殿銅池中。〔注〕—芝、色像—也。

(十四)印也。〔法言孝至〕帶我—犀。

(十五)喻堅固也。〔文選賈誼論〕—城千里。

(十六)俗稱銀一兩曰一—。〔說文通訓定聲〕公羊隱五年傳。百—之魚。公張之。注。百—、猶百萬也。古者以金重一斤。若今萬錢矣。孟子王餽兼—一百。注。古者以一鎰爲一—。按一百鎰。今四千兩也。齊策。乃使人操十—。注。二十兩爲一—。漢書張良傳。賜良—百。注。秦以鎰名—。若漢之論斤。今俗稱一兩爲一—。古無是也。

(十七)—目。深目所以望遠近射準也。〔淮南泰族〕教之以—目、則快射。

(十八)—法。言能決理是非也。〔論語摘輔象〕風后受—法。

(十九)職—。周官名。又漢有執—吾。唐有—部。

(二十)—布。漢法令名。〔漢書蕭望之傳〕故—布令甲曰。〔注〕—布者。令篇名。其上有府庫—錢布帛之事。因以名篇。

(二十一)—馬。漢闕門名。〔漢書公孫弘傳〕待詔—馬門。〔又〕神名。〔漢書郊祀志〕或言益州有—馬碧雞之神。

(二十二)—舃。赤舃也。〔詩車攻〕赤芾—舃。〔箋〕—舃、黃朱色也。〔疏〕即禮之赤舃也。

(二十三)—僕姑。矢名。〔左莊十一年傳〕公以—僕姑射南宮長萬。

(二十四)朝代名。其先爲女眞。姓完顏。當宋徽宗政和五年。即民國紀元前七百九十七年。太祖阿骨打、始稱帝。國號—。其後滅遼破宋。幷有東三省蒙古及中國北部之地。歷十主。凡一百二十年。爲元太宗所滅。〔又〕清初嘗號後—。見〔明季南北略〕

(二十五)行星。太陽系第二位之行星。其對徑與地球差不甚遠。日出、或日落。皆得見之。其光大於諸游星。有盈朒。如月狀。二百二十四日繞太陽一周。英文 Venus。

(二十六)州名。唐置。屬山南道。當今陝西安康縣。〔又〕元—州。屬陝西省。當今甘肅—縣。〔又〕明—州衞。屬山東省遼東司。清名—州。當今奉天—縣。

(二十七)山名。即阿爾泰山也。在俄領西伯利亞、及我國新疆蒙古之間。英文 Altaimts。〔又〕江蘇丹徒縣境有—山。〔又〕美國之桑佛蘭西斯哥。日本人呼爲桑港。華人稱曰舊—山。英文 San francisco。英領澳洲之雪梨南岸。有埠曰墨爾鉢恩。華人稱爲新—山。英文 Melbowne。

(二十八)—河。水名。亦曰黑河。蒙古名伊克土爾根。即古白渠荒千水也。其泥色似—。故名。源出察哈爾東北七十里。西南流爲沙陵湖、以入河。隋置—河縣。唐因之。地當今歸化城南二十里。

(十九)魚名。〔山堂肆考〕—魚、一名火魚。〔按—魚、體小尾大。或三歧四歧。目突出。或白、或黑、或紅。皆見—色。脊無鰭。〕

金魚圖

(二十)—橘。果名。〔歸田錄〕—橘產江西。都人都不識。溫成皇后好食之。由是價重京師。〔按羣芳譜云。—橘一名—柑。一名盧橘。一名夏橘。一名山橘。一名給客橙。一名小木奴。味酸甘而芳香可愛。糖造蜜煎皆佳。〕

金橘圖

【金】巨禁切音妗沁韻

噤也。〔荀子正論〕—舌弊口。猶將無益也。

一畫

【釓】同釚。見〔篇海類編〕。

【釔】讀若乙

化學原質之一。金屬。或譯鐿。原子量一七三、磬呇考得之期。一千八百七十八年。英文Ytterbium

二畫

【釗】之遙切音招堅堯切音澆蕭韻

㈠刓也。从刀金。周康王名。見〔說文刀部〕〔段注〕金有芒角。摩弄泯之。郭引逸書—我周王。

㈡通昭。書武成、昭我周王。爾雅釋詁注引逸書作—我周王。

㈢遠也。〔方言〕燕之北郊謂遠曰—。

㈣勉也。〔方言〕秦晉曰—。自關而東周鄭之間曰勔—。

㈤見也。見〔爾雅釋詁〕。

㈥姓也。明—翎佩。

【釘】當經切音丁青韻

㈠鍊鉼黃金也。見〔說文〕〔段注〕周禮職金旅於上帝。則共其金版。注曰。鉼金謂之版。按今爾雅鉼金謂之鈑。鈑係版之譌。則鉼當是餅之譌也。凡物區之曰餅。鍊餅、鍊而成之。

㈡鈴—。矛名。〔方言注〕鶴鄰矛。今江東呼爲鈴—。

㈢—靈。國名。〔山海經海內經〕有—靈之國。〔注〕吳任臣云。—靈今丁靈國。又名丁令。亦作丁零。

㈣通丁。鐇也。所以貫物使附箸也。其質用金、或竹、或木。〔晉書陶侃傳〕及桓溫伐蜀。以所貯竹頭作—裝船。

【釘】都挺切音頂迥韻

人名。漢有利侯劉—。見〔漢書王子侯者年表〕。

【釘】丁定切音矴徑韻

㈠黃金也。見〔集韻〕。

㈡以—物也。

㈢—鉸。詳鉸字。

【釘】郎丁切音靈青韻

擣釘也。見〔字類〕。

【釜】奉甫切音父麌韻

㈠鬴或字。見〔說文鬲部〕〔段注〕今經典多作—。惟周禮作鬴。〔按字本从父从金。俗省。鬴。鍑屬也。狀如甕而小口。詩采蘋毛傳曰。有足曰錡。無足曰—。〕

釜圖

㈡古量名。〔左昭三年傳〕豆區—鍾。〔按—。四區也。考工記注云。六斗四升也。管子輕重注云。五鏂爲—。斗二升八合爲鏂。〕

㈢山名。〔史記封禪書〕黃帝合符—山。〔在今直隸懷來縣治〕〔又〕—山。舊朝鮮海港名。與仁川、元山津稱爲朝鮮三港。—山近洛東江口。地當亞東航路要衝。與日本對馬、共抱朝鮮海峽之口。尤爲天險。今爲日本占領。

㈣水名。〔山海經北山經〕牛首之水。東流注於—水。〔按—水即滏水。〕

㈤負—。鳥名。〔詩東山疏〕鶅。一名負—。

㈥覆—。古九河之一也。〔爾雅釋水注〕覆—。九河名。在東光之北。〔當今直隸東光縣境。〕

㈦瓦—。喻庸下之人也。〔楚辭卜居〕

死—雷鳴。

【針】諸深切音斟侵韻
㊀本作鍼。〔說文〕鍼所㠯縫也。
㊁草刺謂之—。〔爾雅釋草〕蒹刺。〔注〕草刺—也。〔疏〕謂草—刺人也。一名蒹又名刺。
㊂姓也。明隆慶舉人—惠。

【針】職任切音枕沁韻
㊀縫也。見〔集韻〕。
㊁刺也。見〔集韻〕。

【釞】陟立切音縶緝韻
㊀鐵器。見〔五音集韻〕。
㊁銛也。見〔玉篇〕。

【釟】布拔切音八黠韻 治金也。見〔玉篇〕。

【釓】匹犁切音砒齊韻 箭也。見〔玉篇〕。

【釕】丁—切音鳥篠韻 —鈌。帶頭飾也。見〔廣韻〕。

【釕】讀若了 化學原質之一。金屬與鉑同見。或譯銠。色白如銀。質堅性脆。難鎔。原子量一零七、七零。考得期一千八百四十五年。英文 Ruthenium。

【釙】匹角切音璞覺韻 金釙也。見〔玉篇〕。

【釚】渠尤切音求尤韻 弩牙也。見〔玉篇〕。

【釛】胡刻切音劾職韻布拔切音八黠韻 金也。見〔玉篇〕。

【釒】古金字。見〔集韻〕。

【針】同釚。見〔集韻〕。

三畫

【釣】多嘯切音弔嘯韻
㊀鉤魚也。見〔說文〕。〔段注〕鉤者曲金也。以曲金取魚謂之—。〔按廣雅釋器訓鉤也。〕
㊁以此有求于彼也。〔詩何彼襛矣〕其—維何。
㊂取也。〔淮南主術〕虞君好寶。而晉獻以璧馬—之。〔按—璧、—奇。亦取義。〕
㊃姓也。宋紹興進士、—宏。

【釥】七小切音悄篠韻
㊀美金也。見〔玉篇〕。
㊁好也。淨也。〔方言〕—、嫽。好也。青徐海岱之間曰—。或謂之嫽。〔注〕今通呼小姣潔喜好者爲嫽—。
㊂徵也。見〔集韻〕。

【釥】子小切音剿篠韻 利也。見〔集韻〕。

【釦】去厚切音口有韻丘堠切音寇宥韻
㊀金飾器口也。見〔說文〕。〔段注〕謂以金涂器口。許所謂錯金。今俗所謂鍍金也。
㊁以玉飾砌也。〔文選班固賦〕於是玄墀—砌。
㊂讙動也。〔國語吳語〕三軍皆譁—以振旅。〔注〕韋昭曰。—、猶叩也。攷也。謂擊金聲譁讙呼也。
㊃俗謂衣紐曰—。見〔正字通〕。

【釧】樞絹切音諯霰韻
㊀臂環也。見〔說文新附〕。〔按正字通〕云。古男女同用。今惟女飾有之。〔墨莊漫錄〕云。古詩。輕衫穩條脫。即今臂—也。
㊁姓也。明萬歷中撫州照磨、—國賢。貴陽縣丞、—佩。

【釧】昌緣切音穿先韻 車—也。見〔類篇〕。

【釩】峯范切音䟀範韻
㊀拂也。見〔玉篇〕。
㊁器也。見〔集韻〕。

【釩】孚梵切音泛陷韻 杯也。見〔集韻〕。

【釩】讀若凡 化學原質之一。金屬。或譯錳。色白如銀。雜於鉛養—養礦內。入硝強水而消化。原子量二五、二零。考得期一千八百三十年。英文 Vanadium。

【釪】雲俱切音于虞韻
㊀鐏也。〔方言〕鐏、謂之—。或謂之鐓。
㊁錞—。樂器。形如鐘。以和鼓者也。見〔洪武正韻〕。
㊂鉢—。僧家飯器也。〔世說賞譽〕自是鉢—後王何人也。

【釬】侯旰切音翰翰韻
㊀臂鎧也。見〔說文〕。〔段注〕禮射時箸左臂者謂之遂。亦謂之拾。若戰陳所用臂鎧謂之—。兩臂皆箸之。又非無事時所箸臂衣謂之韝也。
㊁鐏也。〔方言〕鐏謂之—。
㊂所以扞弓弦者。〔管子戒〕弛弓脫

丨。

㈣固金鐵藥也。丨藥以硼砂合銅爲之。用胡桐汁合銀。堅如石。凡玉石刀柄之類丨藥。加銀一分其中。永不脫。見〔物理小識〕

【釬】居寒切音干寒韻

㈠急也。情貌相反也。〔莊子列禦寇〕有緩而丨。〔釋文〕林曰、丨急也。郭曰。言人情貌之反如此。

㈡器也。見〔集韻〕。

【釭】古雙切音江江韻 沽宗切音攻東韻

㈠車轂中鐵也。見〔說文〕〔段注〕謂轂空壺中也。按壺中、謂三十輻落所趨。非以鐵鍱裹之。懼其易傷也。其裹之之鐵鍱曰丨。因之壺中亦曰丨。〔釋名〕。丨空也。其中空也。

㈡燈也。見〔廣韻〕。

【釭】沽紅切音工東韻

㈠壁中之橫帶也。〔漢書孝成趙皇后傳〕壁帶往往爲黃金丨。

㈡箭鏃也。〔釋名釋兵〕矢關西曰丨。丨、鍭也。言有交刃也。

【釱】大計切音第霽韻 徒蓋切音大他蓋切音泰泰韻

㈠鐵鉗也。見〔說文〕〔段注〕鐵、御覽作脛。〔平準書〕。左趾丨。踏腳鉗也。狀如跟衣。箸足下。重六斤。以代刖。

㈡車軑也。〔漢書揚雄傳〕肆玉丨而下馳。

㈢化學原質之一。金屬。色白。其礦產瑞典國。原子量四八、一零。考得期一千七百八十九年。英文 Titanium。

【釲】象齒切音似紙韻

㈠同鉙。鉛鋌也。見〔廣雅釋器〕。

㈡金子也。見〔玉篇〕。

【釵】初佳切音叉佳韻

㈠笄屬。見〔說文新附〕。

㈡叉也。象叉之形。因名之也。見〔釋名釋首飾〕。

㈢金丨。股藥名。〔本草綱目〕石斛狀如金丨。故名。

【釪】吉列切音孑屑韻

㈠戟也。〔方言〕戟、秦晉之間謂之丨。

㈡矛也。〔方言〕矛或謂之丨。

【釤】所鑒切音剡陷韻

大鐮也。〔韓愈墓誌〕鏺、丨、鉏屬。

【釤】思廉切音銛鹽韻

刀名。見〔集韻〕。

【釤】師咸切音攕咸韻

姓也。晉沙樓國帥丨加。明直隸玉田人丨賚。

【釳】許訖切音迄魚訖切音疙物韻

本作釳〔說文〕釳。乘輿馬頭上防釳。插以翟尾鐵翮象角。所以防网羅丨去之。〔段注〕乘輿。天子之車。防、古多作方。方丨者其名。下言其制。司馬彪輿服志劉注引顏延之幼誥曰。丨、乘輿馬頭上防丨。角所以防網羅。丨以翟尾鐵翮象之也。

【釨】祖似切音子紙韻

通錊。剛也。見〔玉篇〕。

【釖】入質切音日質韻

鈍也。見〔集韻〕。

【釫】胡瓜切音華時遮切音闍麻韻

兩刃臿也。見〔廣韻〕。

【釫】洪孤切音胡汪胡切音烏虞韻

杇或字。〔集韻〕杇。泥鏝也。塗工之具。或作丨。

【釮】前西切音齊牋西切音躋齊韻

利也。見〔篇海〕。

【釴】逸職切音弋職韻

鼎耳在表也。〔爾雅釋器〕鼎附耳外謂之丨。

【釷】讀若土

化學原質之一。金屬。或譯鉎、釖。形似鋁。其礦產諾威國。灰色結晶狀粉末。原子量二三二、零零。考得期一千八百二十八年。英文 Thorium。

【釸】讀若夕

化學原質之一。金屬。或譯砂、硅。原子量二八、四零。考得期一千八百二十三年。英文 Silicium。

【釹】讀若女

化學原質之一。金屬。原子量一四四、零零。考得期未詳。英文 Neobymium。

【釡】古金字。見〔玉篇〕。

【鉇】同鍦。〔荀子議兵〕宛鉅鐵丨。

【鈃】同鋞。器系。見〔集韻〕。

【釴】鉽俗字。見〔正字通〕。

四畫

【鈲】匹歷切音霹錫韻匹麥切音擗陌韻

一 裂也。見〔說文新附〕。

二 裁也。〔文選左思賦〕｜擬衆星。〔注〕裁木爲器曰｜。裂帛爲衣曰擬。

三 斲也。〔方言〕斲。晉趙之間謂之｜。

四 鉚鉀也。〔越絕書外傳記寶劍〕觀其｜爛如列星之行。

五 破也。〔漢書藝文志〕則苟鉤｜析亂而已。

【釿】疑引切音齗軫韻舉欣切音斤魚斤切音沂文韻

一 剬斷也。見〔說文斤部〕。〔段注〕謂以斤斧之屬制斷金鐵物也。今俗間謂屈斷堅爲｜斷。當即此字。

二 同斤。斫木也。〔莊子在宥〕｜鋸制焉。〔釋文〕｜、本亦作斤。

三 平木具。〔釋名釋用器〕｜、謹也。板廣不可得削。又有節。則用此｜之。所以詳謹令平滅斧迹也。

【釿】疑巾切音銀眞韻 器之｜鍔也。器皿下處曰｜。凸起處曰鍔。見〔正韻〕。

【鈀】邦加切音巴麻韻

一 兵車也。司馬法曰。晨夜內｜車。一曰鐵也。見〔說文〕。〔段注〕今司馬法無此文。

二 鉏屬。五齒。平土除穢用之。俗呼爲耙。見〔正字通〕。

三 化學原質之一。金屬。極與獨成之銀或鉑同見。形與鉑相似。然有海綿狀粉末狀者。色亦白。而光亮過之。與養氣化合。較易於鉑。然在空氣內。不加熱亦不能化合。加熱則化合。而面生藍色。再加白熱養氣。又化散而仍復原色。性較鉑堅固。而質稍輕。其性質多含輕氣與煤氣。冶爐不能鎔。可打薄引長。並可作最精之器。原子量一零六、零零。考得期一千八百零四年。英文 palladium。

【鈀】披巴切音葩麻韻 鏑也。〔方言〕凡箭鏃胡合嬴者。廣長而薄鐮。謂之錍。或謂之｜。

【鈁】分房切音方陽韻

一 方鐘也。見〔說文〕。

二 鋻也。〔廣雅釋器〕鋻謂之｜。

三 鍑屬。見〔廣韻〕。

【鈂】持林切音沈時任切音諶才淫切音蕁侵韻

一 臿屬也。見〔說文〕。

二 鐵杵也。見〔六書故〕。

三 耕也。見〔廣雅釋地〕。〔按廣雅本作欽。欽、、｜同〕

【鈂】知鴆切音揕沁韻 重也。見〔集韻〕。

【釷】他口切音姓有韻

一 姓也。宋處州刺史、｜滔。

二 俗鏻字。見〔六書溯原〕。

【鈆】與專切音沿先韻

一 同鉛。錫之類也。〔漢書江都易王非傳〕以｜杵舂。

二 濮｜。古國名。〔爾雅釋地〕南至于濮｜。

三 同沿。〔荀子榮辱〕｜之重｜。〔注〕｜、與沿同。

【鈆】諸容切音鍾冬韻 鐵也。見〔集韻〕。

【鈇】風無切音膚虞韻匪父切音甫麌韻

一 斫莝刀也。見〔說文〕。〔段注〕各本作莝斫刀。今按尹翁歸傳注作斫莝刀。斫莝者斬芻也。斬芻之刀。今之鍘刀。

二 斧也。〔禮記王制〕諸侯賜弓矢然後征。賜鈇鉞然後殺。〔釋文〕｜、又音斧。

三 椹質也。〔文選潘勗册文〕是用錫君｜鉞各一。〔注〕倉頡篇曰。｜、椹質。

【鈉】諾荅切音納合韻

一 打鐵也。見〔玉篇〕。

二 化學原質之一。金屬。或譯鏀。色白如銀。與鉀、鋰、同。質柔如蠟。味鹹微苦。多產於地中。海水亦有之。熱之爲無色蒸气。而發熱於空气中。則現鮮黃色而燃。觸水則發生輕气而成水養化｜。與綠气化則成食鹽。動物中多含之。原子量二三、零五。考得期一千八百零七年。英文 Natrium。

【鈉】而銳切音芮霽韻

刻木端所以入鑿也。見〔類篇〕。

【鈋】吾禾切音吪歌韻

㊀吪閡也。見〔說文〕。〔段注〕吪、動也。謂本不閡變化而閡也。

㊁削也。見〔玉篇〕。

㊂刓也。去角也。見〔廣韻〕。

【鈌】一決切音抉 古穴切音玦屑韻 汨惠切音桂霽韻

㊀本作銊。〔說文〕銊、刺也。

㊁取也。見〔廣雅釋詁〕。

㊂通缺。〔史記司馬相如傳〕貫列—之倒景兮。〔漢書作列缺〕。

【鈍】徒困切音遯願韻

㊀錭也。見〔說文〕。〔段注〕古亦叚頓爲之。〔按漢書嚴助傳不頓一戰。注、頓讀曰—。此頓—相通之證。〕

㊁遲也。見〔廣雅釋詁〕。

㊂不利也。〔漢書賈誼傳〕莫邪爲—兮。

㊃質魯也。〔漢書鮑宣傳〕臣宣吶—于辭。

㊄—椎。愚也。〔史記絳侯周勃世家〕其椎少文如此。〔索隱〕大顏云。俗謂愚爲—椎。

㊅頑—。無恥之狀。〔史記陳丞相世家〕士之無恥頑—嗜利者。亦多歸漢。

㊆—悶。無情也。〔淮南覽冥〕—悶以終。

㊇通純。〔博物志〕寶劍名—鉤。歐冶子所作。〔越絕書作純鉤〕。

㊈—角。算家於角度大於直角者謂之—角。

【鈐】其淹切音箝鹽韻

㊀—鏞。大犁也。一曰類梠。見〔說文〕。〔段注〕梠、耒耑也。耒者手耕曲木也。耒梠與犁之別。一以人。一以牛。也若耜者臿也。則當云類臿而已。

㊁車轄也。見〔玉篇〕。

㊂鏁也。〔爾雅序〕六藝之—鍵。

㊃兵家韜略也。〔張說詩〕韜—用老臣。

㊄炙茶之具也。〔茶錄〕茶—、屈金鐵爲之。用以炙茶。

㊅山名。〔山海經西山經〕西次二經之首。曰—山。

㊆祭器名。〔山海經西山經〕其祠之毛一雄雞。—而不糈。

㊇書名。後漢律曆志、有尙書璇璣—。宋史藝文志有遁甲—太乙。

㊈鉤—。星名。〔漢書天文志〕鉤—。天子之御也。

㊉—記。印之屬也。〔清會典〕文職佐雜、及無兼管兵馬錢糧武職官。所用木—記。均由布政司發官匠刻給。各府州縣僧道陰陽醫官等。如佐雜例。

⑪用印亦謂之—印。

【鈐】巨巾切音勤眞韻

㊀矛柄也。〔方言〕矛其柄謂之—。

㊁—釘。〔方言注〕鶴厀矛今江東呼爲—釘。

【鈐】胡南切音含覃韻 千尋切音侵侵韻

欽也。見〔集韻〕。

【鈑】補綰切音版潸韻

㊀鉼金也。〔爾雅釋器〕鉼金謂之—。

㊁同版。〔周禮職金〕旅于上帝則共其金版。〔注〕鉼金、謂之版。〔段玉裁云版爲—之誤〕。

【鈒】悉合切音趿合韻

㊀鋋也。見〔說文〕。

㊁鏤也。〔六書故〕細鏃金銀爲文曰—鏤。

【鈒】色入切音澀 迄及切音吸緝韻

戟也。見〔廣韻〕。

【鈔】初交切音譟肴韻

㊀叉取也。見〔說文〕。〔段注〕叉者、手指相造也。手指突入其間而取之。是謂之—。字从金者。容以金鐵諸器刺取之矣。

㊁略也。〔後漢公孫瓚傳〕剋會期日攻—郡縣。

㊂謄寫也。〔抱朴子金丹〕余今略—金丹之都。

㊃强也。見〔廣雅釋詁〕。

㊄今謂竊取人文字曰—。俗作抄。

㊅查—。前代謂籍沒罪人產也。

【鈔】楚敎切音勦效韻

㊀掠也。〔周禮射鳥氏注〕烏鳶善—盜。便汙人。

㊁紙幣名。〔稗史類編〕—之名始見宋史。—之制外爲闌作花紋。貝。橫書貫。例外書禁條。闌下備書經由行換之法。〔按卽今之—票。商人納貲領—。卽以—抵其應納之稅銀。故稅關亦曰—關。又俗言費錢曰破—〕。

㊂英金貨名。具言—佛林。卽鎊也。英

文Sovereign或作Pound Sterling。

(四)借作剿。段玉裁云。曲禮曰。毋剿說。剿卽—字之叚借也。

【鈔】 齒紹切音勦篠韻

(一)取也。見〔集韻〕。

(二)同杪。〔管子幼官〕數行於—。〔注〕、—末也。〔按說文木部杪下云。木標末也。是—與杪同。〕

(三)同渺。〔管子幼官〕聽於—故能聞未極。〔注〕—、深遠也。〔按管子內業。—乎如窮無極。注。—、微遠貌。是—與渺同。〕

【鈕】 女九切音狃有韻

(一)印鼻也。見〔說文〕。

(二)—樞寶器也。〔楚辭怨上〕將喪分玉斗。道失分—樞。〔注〕—樞、玉斗、皆所寶者。〔今俗云樞要。多假用樞—。〕

(三)衣鈕也。〔正字通〕俗謂衣—曰鈕。

(四)姓也。明—活。淸—琇。

【鈕】 勑九切音丑有韻

杻或字。〔集韻〕杻、械也。或从金。

【鈚】 頻脂切音毗支韻

(一)鏃也。見〔玉篇〕。

(二)犂錧也。見〔廣韻〕。

(三)箭也。〔杜甫詩〕長—及狡兔。

【鈚】 篇迷切音批齊韻

箭名。〔方言〕箭鏃廣長而薄鎌謂之—。

【鈞】 規倫切音均眞韻

(一)三十斤也。見〔說文〕。

(二)均也。〔漢書律厤志〕—者均也。陽施其氣。

(三)銓也。〔呂覽仲春〕—衡石。

(四)調也。〔國語周語〕細—有鐘無鎛。

(五)陶人模下圓轉者也。〔漢書鄒陽傳〕獨化於陶—之上。

(六)所以—音之法也。〔國語周語〕大不出—。

(七)同均。輕重平也。〔詩行葦〕四鍭旣—。

(八)同也。等也。〔左成六年傳〕善—從衆。

(九)馬色純一也。〔史記平準書〕自天子不能具—駟。〔漢書作醇駟〕醇、與純同。一色也。

(十)洪—。天也。〔文選張華詩〕洪—陶萬類。〔按漢書賈誼傳、大—播物。亦同此義。〕

(十一)鎔—。裁鑄也。〔梁書武帝紀〕公鎔—所被。

(十二)—臺。地名。〔左昭四年傳〕夏啓有—臺之享。〔注〕河南陽翟縣南有—臺陂。〔當今河南禹縣境。〕

(十三)—耆。水名。〔漢書衞去病傳〕涉—耆。

(十四)—天。樂名。〔文選張衡賦〕饗以—天廣樂。〔又〕中央曰—天。見〔呂覽有始〕。

(十五)淳—。劒名。〔淮南覽冥〕淳—之器成。〔注〕淳—、古劒。

(十六)人名。〔竹書紀年〕舜二十九年。帝命子義—封于商。

(十七)時俗慣稱之辭。如書牘云—啓—座—安之處。多對於長官用之。

(十八)姓也。漢侍中—喜。

【鉱】 乎萌切音宏庚韻

(一)金聲也。見〔廣韻〕。

(二)鏗—。鐘鼓聲。見〔集韻〕。

【鈠】 營隻切音役陌韻

(一)器也。見〔玉篇〕。

(二)小矛也。見〔廣韻〕。

【鈏】 以忍切音引軫韻 時忍切音愼 羊晉切音胤震韻

(一)錫也。見〔說文〕。〔按爾雅釋器。錫謂之—。〕

(二)鐵—。見〔廣韻〕。

【釾】 于遮切音耶麻韻

鏌—也。見〔說文〕。〔按鏌—。吳神劒名。亦作莫邪。莊子作鏌鋣。〕

【鈕】 勑九切音丑有韻

同杻。械也。見〔集韻〕。

【鈅】 魚厥切音月月韻

兵器也。見〔玉篇〕。

【鉚】 去宮切音穹東韻

釧也。見〔字彙〕。

【鈊】 七鴆切音沁沁韻

利也。見〔類篇〕。

【鈊】 思林切音心侵韻

(一)金名。見〔玉篇〕。

(二)化學原質之一。金屬。原子量一五零、零零。考得期未詳。英文(Cadolinium)。

【鈗】 庾準切音尹軫韻 兪芮切音

睿霧韻杜外切音兌泰韻　侍臣所執兵也。周書曰。一人冕執一。見〔說文〕。〔按今書顧命作銳。銳、當作一。〕

【鈖】敟文切音分文韻　玉名。見〔篇海〕。

【鈙】渠金切音琴侵韻巨禁切音玲沁韻　持也。見〔說文攴部〕。〔段注〕此與捦義略同。

【鈘】語綺切音蟻巨倚切音技紙韻　同䤣。釜也。見〔玉篇〕。

【鈣】讀若勾　化學原質之一。為淡黃色之金類。或譯鈣、鍇。性可展為鉑。引為絲。較錫少硬。加熱至紅色即鎔。置於乾燥空氣中不變化。熱極則發鮮黃燄而燃。惟此原質多與炭酸綠酸硫酸化合。存於礦物界中。大理石貝珠珊瑚等。半皆此質構成。原子量四零。零零考得期一千八百零八年。英文 Calcium。

【鈤】讀若日　化學原質之一。或譯鉏。介金類非金類之間。狀似筆鉛。最難鎔。入鹽強水或淡硫強水。皆不消化。入硝強水煮之。仍變一養。原子量七二、零零。考得期一千七百一十一年。英文 Germanium。

【鈝】夷針切音淫侵韻　釋典呪中字。一曰鐵杵也。見〔篇海〕。

【鈗】鈗本字。見〔說文〕。

【鈕】鏦本字。見〔正字通〕。

【鈀】同釣。見〔字彙〕。

【[金囟]】同鎣。見〔集韻〕。

【鈂】同鈂。見〔集韻〕。

【鈄】同礦。見〔集韻〕。

【鈛】同鍋。見〔集韻〕。

【鉲】同鉟。見〔字彙〕。

【[金氏]】同鉹。見〔字彙〕。

【鈓】同鉦。見〔集韻〕。

【鋻】同釣。見〔集韻〕。

【釜】鬴或字。見〔說文鬲部〕。

【鈃】鈃俗字。見〔正字通〕。

【鈎】鉤俗字。見〔字彙〕。

【鈗】鈗譌字。見〔正字通〕。

【鈢】鉩譌字。周秦私印曰鉩。隸譌作一。

五畫

【鈴】郎丁切音零青韻

㊀令丁也。見〔說文〕。〔段注〕國語晉語、吳語、注。丁寧、令丁、謂鉦也。今國語皆奪令丁字。而存于舊音、補音。廣韻曰。一似鐘而小。然則鐲、一、一物也。古謂之丁寧。漢謂之令丁。〔按正字通云。以金為圜郭。半裂以出聲。錮銅丸于內。搖之聲令然。〕

㊁飛一。以緹油廣八尺。長拄地。畫左青龍。右白虎。繫軸頭。取兩邊飾。〔文選張衡賦〕疏轂飛一。〔按朱駿聲云。叚借為笭。〕

㊂一一。聲也。〔漢書天文志〕丙戌。地大動。一一然。

㊃書名。〔抱朴子對俗〕按玉一經中篇云。

㊄說一。謂小說不合大雅也。〔法言吾子〕好說而不要諸仲尼。說一也。

㊅淋一。雨聲也。〔封莊詩〕臥聽淋一不忍眠。

㊆菊黃鉛而圓者曰金一。見〔夢華錄〕。

㊇馬兜一。藥名。〔本草綱目〕馬兜一一名土青木香。蔓生。葉脫時。其實倘眾。如馬項。故名。

㊈一兒草。藥名。〔本草綱目〕沙蔆、一名一兒草。象花形也。

㊉通軨。〔周禮巾車〕大祭祀鳴鈴以應雞人。〔注〕故書。一或作軨。杜子春云。當為一。

(十一)通令。〔詩盧令〕盧令令。〔疏作一一。〕

【鈮】乃禮切音禰薺韻

㊀同檷。〔集韻〕檷絡絲檷。亦作一。〔按玉篇云。一、古文檷。〕

㊁化學原質之一。或譯鈮、鈳。金屬。為極堅之顆粒。其內為一養、鐵養、錳養。諸質相合。殊屬罕見。原子量九四、零零。考得期一千八百零一年。英文 Niobium。

【鈯】陀沒切音揬月韻

㊀鈍也。見〔廣雅釋詁〕。
㊁小刃也。見〔廣韻〕。
㊂同掘。〔荀子正論〕—人之墓。

【鈱】彌鄰切音民眞韻
鐵葉。見〔玉篇〕。

【鈱】眉貧切音珉眞韻
鍲或字。〔集韻〕鍲。說文、業也。賈人占鍲。博雅、稅也。或从民。〔按廣韻。鍲、筭稅也。—銳也。銳疑銳乃稅之譌。〕

【鈷】果五切音古麌韻
㊀—鏻也。見〔玉篇〕。〔按集韻云。—鏻。溫器。〕
㊁化學原質之一。或譯鎬、鈳。金屬。地產無獨成者。惟空中墜下之鐵中有之。性質酷似鎳。其光澤略帶紅灰色。在養化燄熱之則發藍色。其鏽類常為製造玻璃及瓷器之藍色顏料。原子量五九、零零。考得期一千七百三十三年。英文(Cobal-tum)。

【鈷】洪孤切音胡虞韻
鍸或字。〔集韻〕鍸。黍稷器。夏曰鍸。商曰璉。周曰簠簋。或作—。

【鈷】古慕切音顧遇韻
斷也。見〔集韻〕。

【鈹】攀糜切音帔支韻
㊀大鍼也。一曰。劍而刀裝者。見〔說文〕。〔段注〕玄應曰。醫家用以破癰。劍兩刃。刀一刃。而裝不同。實劍而用刀削裹之。是曰—。
㊁鈹也。〔方言〕鈹謂之—。〔注〕今江東呼大矛為—。
㊂且也。見〔廣雅釋器〕。
㊃鑱謂之—。見〔廣雅釋器〕。
㊄同鈚。〔史記高祖功臣年表〕長—都尉擊項羽有功。〔漢書作鈚。注云。—亦刀耳。〕
㊅同披。紛亂也。〔荀子正名〕疾、養、滄、熱、滑、—、輕、重以形異。〔注〕—與披同。或曰。—當為鈒。傳寫誤耳。

【鈺】五鋈切音玉沃韻
㊀寶也。見〔五音集韻〕。
㊁堅金也。見〔五音集韻〕。

【鈿】亭年切音田先韻　堂練切音電霰韻
㊀金華也。見〔說文新附〕。
㊁婦人首飾也。〔庾肩吾詩〕誰忍去金—。
㊂以金屬飾車也。〔杜牧詩〕綉轂瓏璁走—車。
㊃以介殼飾器具也。〔唐書王鉷傳〕以寶為—井幹。〔按此即今所謂螺—〕

【鉀】古狎切音甲洽韻
㊀同甲。鎧也。〔晉書載記〕姚弋仲貫—上馬。
㊁化學原質之一。或譯鉮。金屬。色白如銀。生鏽甚易。在常溫度柔輭如蠟。至零下三十二度。則凝為八面結晶形之脆粒。遇水則解離輕气而養化。時則發音發熱。放紫燄而燃。收存必浸於無養氣之石油中。或藏於取盡空氣之玻璃瓶內。其化合物多以為製造玻璃肥皂等原料。原子量三九、一五。考得期一千八百零一年。英文Kalium。

【鉀】轄臘切音盍合韻
—鑪。箭名。〔方言〕箭、其小而長中穿二孔者謂之—鑪。

【鉂】疎士切音史紙韻
㊀鐶也。見〔玉篇〕。
㊁刺也。見〔篇海〕。

【鉅】臼許切音巨語韻
㊀大剛也。見〔說文〕。〔段注〕孫卿議兵篇宛—鐵鉇。史記禮書本之曰。宛之—鐵。徐廣曰。大剛曰—。引申為—大字。
㊁白也。見〔墨子貴義〕。
㊂鉤也。〔文選潘岳賦〕於是弛青鯤於網—。
㊃呂—。嬌貌。〔莊子列禦寇〕一命而呂—。
㊄—公。天子也。〔漢書郊祀志〕吾欲見—公。〔又〕尊者之通稱也。〔李賀詩〕文章—公。〔今俗襲稱—公、—子。則猶云偉人也。〕
㊅—闕。劍名。〔荀子性惡〕干將、莫邪、—闕、辟閭。此皆古之良劍也。
㊆—橋。倉名。〔史記殷本紀〕盈—橋之粟。
㊇—卬。草名。〔爾雅釋草〕蒿、—卬。〔注〕今藥草大戟也。
㊈—勝。胡麻也。見〔廣雅釋草〕。
㊉人名。黃帝師封—。
⑪通巨。〔莊子天下〕以巨子為聖人。〔釋文〕巨、崔本作—。
⑫同詎。〔國策楚策〕臣以為王—速

忘矣。〔注〕—、距、通。

⑬同拒。〔荀子性惡〕繁弱—黍。古之良弓也。〔注〕—、與拒同。

⑭同遽。〔荀子正論〕是豈—知見侮之爲不辱哉。〔注〕—、與遽同。

【鉆】丑廉切音覘鹽韻

鐵鑷也。一曰。膏車鐵—。見〔說文〕。〔段注〕謂脂其車轂者。以器納輨濡膏而染膏巾也。其器曰—。鐵爲之。

【鉆】其淹切音箝知廉切音霑鹽韻知林切音碪渠金切音琴侵韻

①持也。見〔蒼頡〕。〔按正字通云。凡器兩頭交合。用鐵片鋼之。或轉角處、鐵片兩頭拘定之。皆曰—。〕

②刑具也。〔後漢章帝紀〕—鑽之屬。慘苦無極。

③通鍼。〔周禮射鳥氏注〕鍼箭。〔釋文〕鍼、或作—。

④同鉗、箝。〔周禮典同注〕飛—涅闇。〔疏引鬼谷子作飛鉗。今本又作飛箝。〕

【鉆】託協切音帖葉韻

—箸物也。見〔廣韻〕。

【鉉】胡犬切音泫銑韻居閑切音閒姑還切音關刪韻涓熒切音扃青韻

舉鼎具也。易謂之—。禮謂之鼏。見〔說文〕。〔按匡謬正俗云。—者。鼎之耳。易稱金—玉—是也。扃者。關也。禮器有鼎扃者。扃字亦或作鼏。謂橫關之物。以扛舉鼎耳。所以貫—。非即—也。而先儒說者。讀扃爲—。合作一物。失之遠矣。若謂—非鼎耳者。易辭不應云黃金—。桂馥是其說。云鼏當爲鼏。段玉裁非之。改鼏作鼏。改舉鼎具也。爲所㠯舉鼎也。且據王念孫說。改鼎部鼏爲鼏。增篆鼏。解鼎覆也。鈕樹玉非之。王筠曰。龔余作唐石經校文。據蝕部鼏或作鼏。疑當從一聲。因謂說文鼏字有篆而闕說解。鼏字有說解而闕篆。後通古音。始悔前說之謬。攷廣韻、集韻、類篇、所引。宋本徐鍇韻譜。皆無具字。而集韻刪韻後有所以二字。易鼎釋文引馬注云。—、扛鼎而舉之也。疏云。—、所以貫鼎而舉之也。虞注云。—謂三貫二耳。攷之三禮之鼏。皆覆巾之訓。與易之—不同物。許書禮謂之鼏之鼏。疑本爲扃。儀禮士冠禮設扃鼏。釋文。扃扛鼎也。注。今文扃爲—。士昏禮設扃鼏。注。扃所以扛鼎。今文扃作—。公食大夫禮設扃鼏。注。扃、鼎扛所以舉之者。今文扃作—。士喪禮抽扃予左手。注。今文扃爲—。士虞禮設扃鼏。注。今文扃爲—。左人抽扃鼏。注。今文扃爲—。有司徹乃設扃鼏。注。今文扃作—。據此鼏即扃字無疑。匡謬正俗之鼏。即扃之俗字。故玉篇廣韻無之。集韻先韻云。扃亦作鼏。而从门从一字。隸楷不分。後人傳寫說文。既易—下禮謂之扃之扃爲鼏。復增橫木貫鼎而舉之之訓於莫狄切之鼏。後又攷鼎覆之訓。段氏王氏遂增一篆。嚴可均知鼏从门聲。禮經古文借爲扃。鈕樹玉知鼏爲鼏、鼏、二物。而不能正鼎部鼏下訓之誤。皆誤讀顏氏書也。顏氏云字亦或作。則非許氏書所有明甚。〕

【鉉】圭玄切音涓先韻

舉鼎也。亦作鼏。見〔集韻〕。

【鉉】行前切音絃先韻

同弦。〔國策齊策〕予載折鐶弦絕。〔弦、鉋本作—。〕

【鉋】皮教切音皰效韻薄交切音庖肴韻

①平木器。見〔玉篇〕。〔按正字通云。鐵刃狀如鏟。銜木匡中。不令轉動。有孔。旁兩小柄。以手反復推之。則木片從孔出。用捷於鏟。〕

②搔馬具。見〔集韻〕。

【鉋】弼角切音雹覺韻

鑤省字。〔集韻〕鑤。扦頸謂之鑤。或省。

【鉍】簿必切音邲逼密切音筆質韻

①柲或字。〔集韻〕柲。戈柄也。一曰偶也。或从金。

②化學原質之一。亦名蒼鉛。金屬。色光白而微紅。質硬而脆。碎爲屑。較錫爲輕。熱則易爲气。鎔而冷之。則爲長方形結晶體。在常溫空气中不變化。其鑛不合雜他金類。其質鎔合他金類。則大有用。獨自一質則無用。原子量三零八、五零。考得期一千四百五十年。英文 Bismuth。

【鉍】蝙兵切音祕寘韻

秘或字。〔集韻〕秘。說文、攢也。或从金。

【鉍】壁吉切音必質韻

矛穫謂之—。見〔集韻〕。〔按廣韻作矛柄。〕

【鉏】牀魚切音鋤魚韻

㊀立薅斫也。見〔說文〕。〔段注〕薅者披去田艸也。斫者斤也。斤以斫木。此則斫田艸者也。云立薅者。古薅艸坐爲之。其器曰槈。其柄短。若立爲之。則其器曰—。其柄長。槈之用淺。鉏之用可深。故曰斫。

㊁助也。去穢助苗長也。見〔釋名釋器用〕。

㊂誅也。〔韓詩外傳〕衆之所誅—也。

㊃地名。〔左成四年傳〕鄭伯伐許。取—任冷敦之田。〔在今河南許昌縣境〕。

㊄城—。地名。〔左哀二十五年傳〕請適城—。〔杜注〕近宋邑。〔在今河南滑縣境。〕

㊅人名。左傳有强—。孔將—。

㊆舂鋤。鳥名。〔爾雅釋鳥〕鷺、舂鋤。〔釋文〕鋤、本作—。

㊇姓也。春秋時—麑。

【鉏】詳余切音徐魚韻

㊀人名。春秋傳有西—吾。見〔集韻〕。

㊁國名。〔左襄四年傳〕后羿自—遷于窮石。〔注〕—、羿本國名。〔按今河南滑縣十五里有—城。即其舊地。〕

【鉏】宗蘇切音租虞韻

祭所用茅藉也。〔周禮司巫〕及蒩館。〔注〕杜子春云。蒩讀爲—。—、藉也。館、神所館止也。書或爲蒩館。或爲租飽。

【鉏】鋤加切音槎麻韻

—牙。物旁出也。〔考工記玉人注〕二璋皆有—牙之飾。

【鉏】狀所切音齟語韻

—鋙。相距貌。〔楚辭九辯〕吾周知其—鋙而難入。

【鉏】牀據切音助御韻

耡或字。〔集韻〕耡。商人七十而耡。耡。助藉稅也。或作—。

【鉑】白各切音泊藥韻

㊀薄金也。見〔集韻〕。〔按正字通云。薄金者。藥紙隔金屑錘之。本借薄。〕

㊁化學原質之一。或譯鉑。亦名白金。金屬。色青白而爲明光澤。質鍒似金。能展爲鍱。引爲絲。性輕。吹火能鑠。至水能消。雖熱於空气中。亦不與養化合。功用等於金銀。値在金銀間。以制耐熱耐酸性之化學儀器最宜。原子量一九四、八零。考得期一千七百四十一年。英文 Platinum。

【鉒】朱戍切音注株遇切音駐遇韻

㊀器也。送死人具也。見〔玉篇〕。〔按集韻云。祭器。〕

㊁置也。見〔廣雅釋詁〕。

㊂提馬雅家謂之投鉒。〔淮南說林〕以瓦—者全。以金—者跋。以玉—者發。

㊃鑛物也。〔管子地數〕上有鉛者。其下有—銀。上有丹砂者。其下有—金。上有慈石者。其下有—銅。

【鉗】其淹切音箝鹽韻

㊀以鐵有所劫束也。見〔說文〕。〔段注〕劫者以力脅止也。束者縛也。

㊁以鐵束頸也。〔漢書高帝紀〕自髡—爲王家奴。〔按後漢光武紀。弛解—衣。注。倉頡篇曰。—、鈦也。鈦、足趾。〕

㊂鑷也。〔漢書江充傳〕輒收捕驗治燒鐵—灼强服之。〔注〕師古曰。以燒鐵或—之。或灼之。—、鑷也。灼、炙也。—音其炎反。

㊃惡也。南楚凡人殘罵謂之—。見〔方言〕。

㊄新也。〔呂覽審時〕小米—而不香。〔新校正〕米—、御覽作米令。注云。令、新也。

㊅—盧澤名也。〔文選張衡賦〕於其陂澤則有—盧玉池。〔注〕—盧、大陂。下有良田。

㊆——妄行不誠也。〔家語五儀〕無取——。

㊇—且。人名。〔淮南齊俗〕—且得道。以處昆侖。

㊈州名。唐置。羈縻劍南道。當在今四川宜賓等縣境。

㊉同箝。緘也。〔漢書異姓諸侯王表〕箝語燒書。〔注〕箝、緘也。箝與—同。

⑪通拑。〔後漢班超傳〕上下—口。〔注〕周書曰。賢智—口。謂不言也。拑與—、古字通用。

【鉗】五甘切音玵覃韻

刃也。見〔集韻〕。

【鉛】余專切音沿先韻

❶靑金也。見〔說文〕。〔按—爲化學原質之一。金屬色藍灰。質鍒輭。可作薄片。可抽長絲。熱至六百二十度而溶。冷而結成定質之時。縮小甚多。故不能模鑄爲器。原子量二零六、九零。考得期在上古。英文曰lumbum〕。
❷錫也。〔史記屈原賈生傳〕—刀爲銛。〔索隱〕—者錫也。
❸古姓古字所用也。〔西京雜記〕揚雄嘗懷—提槧。
❹—華粉也。〔文選曹植賦〕—華勿御。
❺—山。縣名。屬江西省。
❻筆—。鑛物之別一種。爲天然純粹之炭質。以製—筆。故名。
❼同沿。〔荀子榮辱〕—之重之。〔注〕—與沿同。
❽同延。〔漢書古今人表〕—陵卓子。〔韓非子外儲說作延陵卓子〕。

【鉜】房尤切音浮尤韻

❶—鏂。鍒飾也。見〔玉篇〕。
❷—鏂。大釘。見〔廣韻〕。

【鉞】呼會切音噦泰韻王伐切音越月韻

❶車鑾聲也。詩曰。鑾聲——。見〔說文〕〔段注〕徐鉉等曰。今俗作鐬。以—作斧戉之戉。非是。呼會切。十五部。玉篇廣韻皆有鐬字。注呼會切。鈴聲也。泮水鸞聲噦噦。呼會反。鑾聲。卽鈴聲。然則古本毛詩。非無作鐬鐬者。故篇韻猶存其說。—爲正字。疑古毛詩泮水本作鉞鉞。後乃變爲鐬字。許所據作鉞。戉聲。辛律切。變爲鐬。呼會切。當鼎臣兄弟時。說文鉞篆譌—。而乃仍以呼會切之。蓋昧其遷移原委矣。—字之存於今者。爲鋸聲爲鋸—。
❷通戉。大斧也。〔書顧命〕一人冕執—。〔圖入戉字〕。
❸星名。〔史記天官書〕東井爲水事。其西曲星曰—。
❹通越。〔文選王融詩序〕文—碧砮之琛。〔注〕—當爲越。

【鉢】北末切音撥曷韻

❶盋或字。〔說文新附〕盋器盂屬。或从金从本。
❷瓶—。僧家食器也。〔梁書儒林傳〕廢俎豆。列瓶—。
❸衣—。佛家世受之物。〔見聞錄〕登庸衣—亦相傳。〔按後世凡物相傳皆襲稱衣—〕。
❹優曇—。佛典所稱花名。〔法華經〕如優曇—花。時一現耳。〔注〕優曇—五百年開花。有花無實。
❺古—。山名。〔一統志〕古—山在橫州北。形如僧—。〔當在今廣西橫縣境〕。〔又〕—池。山名。在今江蘇淮安縣西。
❻放—。石名。〔一統志〕放—石在南雄府雲封山側。〔當在今廣東南雄縣境〕。
❼捺—。契丹語。謂四時所居處也。〔遼史營衛志〕春捺—。夏捺—。秋捺—。冬捺—。
❽阿—。遼人名。〔五代史四夷附錄〕蕭翰、契代之大族。其號阿—。本無姓氏。及將以爲節度使。李崧爲製姓名曰蕭翰。

【鉤】居侯切音溝尤韻

❶曲也。見〔說文句部〕。〔按玉篇云。鐵曲也。段氏依韻會補一字。作曲—也。云曲物曰—。因之—取物曰—〕。
❷懸物者也。〔方言〕宋楚陳魏之閒、謂之鹿觡。或謂之—格。自關而西謂之—。或謂之鑯。
❸兵器。〔漢書韓延壽傳〕鑄作刀、劍、—鐔。〔注〕—亦兵器。似劍而曲。所以—殺人也。〔按韻會云。古兵有—有鑲。皆劍屬。引來曰—。推去曰鑲〕。
❹劍頭環。〔國策趙策〕無—竿鐔蒙須之便。
❺矛之小枝刃也。〔方言〕矛有小枝刃。謂之—釨。
❻射具。〔詩車攻〕決拾旣佽。〔注〕決—弦也。
❼釣—也。〔莊子外物〕任公子爲大—巨緇。五十犗以爲餌。
❽帶—也。〔孟子告子〕豈謂一—金。
❾車心木也。〔考工記車人〕以擊其—。
❿—取也。〔易繫辭〕—深致遠。〔疏〕物在深處。能—取之。
⓫罟也。〔漢書鮑宣傳〕使吏—止丞相椽史。
⓬繞也。〔儀禮鄉射禮〕豫則—楹內。〔注〕—楹。繞楹而東也。

屈也。〔國策西周策〕弓撥矢—。〔注〕—、矢鋒屈也。或作拘。古通。

(十四)致也。〔漢書趙廣漢傳〕喜爲—距、以得事情。〔注〕—、致也。距、閉也。

(十五)規也。〔漢書揚雄傳〕帶—矩而佩衡兮。〔注〕—、規也。矩、方也。

(十六)反也。〔莊子徐无鬼〕上且—乎君。猶動也。〔後漢陳寵傳〕寵又—校律令條法。

(十七)謂相牽引也。〔後漢靈帝紀〕皆爲—黨下獄。

(十八)車名。〔禮記明堂位〕—車。夏后氏之路也。〔注〕—、有曲與者也。

(十九)病名。〔國策秦策〕繾病—。身大臂短。不能及地。〔注〕繾、李牧名。

(二十)服飾名。〔儀禮士虞禮〕—袒。〔注〕

(廿一)如今擐衣也。〔疏〕若漢時人擐衣以露臂。故云如今擐衣也。

(廿二)脈象也。〔素問陰陽別論〕鼓一陽曰—。〔注〕一陽鼓動脈見—也。

(廿三)繫於馬頷者也。〔詩采芑〕—膺鞗革。

(廿四)歌聲之曲者也。〔禮記樂記〕倨中矩。曲中—。

(廿五)雙—。書法之一種。〔陸游詩〕妙墨雙—帖。〔俗謂婦女小足亦別稱雙—。〕

(廿六)諸—。山名。〔山海經東山經〕諸—之山。無草木。多沙石。〔又〕—吾。山名。〔山海經北山經〕—吾之山。其上多玉。其下多銅。

(廿七)絜—。鳥名。〔山海經東山經〕硜山有鳥焉。其狀如鳧而鼠尾。善登木。其名曰絜—。

(廿八)—營。地名。〔漢書李陵傳〕遮—營之道。〔注〕單于要害道。

(廿九)水名。〔山海經東山經〕太山。—水出焉。而北流注于勞水。〔又〕—盤。水名。〔爾雅釋水〕九河。八—盤。〔注〕水曲如—、流盤桓也。〔疏〕在東光之南。

(三十)艸名。〔爾雅釋草〕—芺。〔疏〕薊類也。〔又〕—蔌姑。〔注〕一名王瓜。

(卅一)交—。語不止也。〔歐陽修詩〕異日說交—。

(卅二)純—。利劍名。〔淮南修務〕純—、魚腸。

(卅三)吳—。刀名。〔鮑昭樂府〕錦帶佩吳—。〔按沈括曰。吳—刀名也。刀彎。今南蠻用之。謂之葛黨—。〕

(卅四)—弦。所以挽弦之決也。〔管子問〕—弦之造。

(卅五)—邊。若今曲裾也。〔禮記深衣〕續衽—邊。

(卅六)—藤。吻藥名。並見〔本草綱目〕。

(卅七)—陳。星名。〔後漢班彪傳〕周以—陳之位。〔注〕—陳。紫宮外星。

(卅八)—芒。神名。同句。〔漢書揚雄傳〕麗—芒與驂蓐收兮。

(卅九)—弋。漢宮名。〔漢書車千秋傳〕—弋夫人。〔注〕—弋、宮名。

(四十)—盾。漢官署名。〔漢書昭帝紀〕上耕于—盾弄田。〔注〕—盾、官者近署。

(四一)—輈。鷓鴣鳴聲。〔唐本草〕鷓鴣生江南。形似母雞。鳴云—輈格磔。〔按今狀異言—輈格磔本此。〕

(四二)藏—。遊戲之一種。〔風土記〕藏—之戲。分二曹以較勝負。若人偶、則敵對。若奇、則使一人爲游附。或屬上曹。或屬下曹。爲飛鳥。

(四三)刈—。鐮也。〔方言〕刈—。自關而西或謂之—。或謂之鐮。〔按段玉裁云。刀部曰。劊鐮也。卽方言之刈—也。〕

(四四)同鬮。〔荀子君道〕不待探籌投—而公。〔按洪武正韻。—與鬮同。投—、今俗謂拈—。〕

(四五)姓也。宋—光祖。

【鉤】權俱切音劬虞韻

—町。古西南夷國名。〔漢書西南夷傳〕立亡波爲—町王。〔當今雲南建水縣等處〕。

【鉤】居候切音冓宥韻

梯也。攻城具。〔詩皇矣〕以爾—援。

【鉥】食律切音術質韻

(一)綦鍼也。見〔說文〕。〔段注〕綦、疑當作長。管子。一女必有一刀、一錐、一鍼、一—。注。—、長鍼也。玉篇亦曰長鍼。

(二)導也。〔國語晉語〕子盍入乎。吾請爲子—。〔注〕—、導也。借鍼義。猶言前導也。

【鉥】雪律切音卹質韻

誘也。見〔集韻〕。〔按此亦借鍼義。〕

【鉦】諸盈切音征庚韻

(一)鐃也。似鈴。柄中。上下通。見〔說文〕。〔段注〕鐲、鈴、—、鐃、四者。相似而有不同。—、似鈴而異于鈴者。鐲、鈴、似鐘有柄。爲之舌以有聲。—則無舌。柄中者、柄半在上。半在下。稍稍寬其孔爲之抵拒。執柄搖之。使與體相擊爲聲。

(三)鐘體之正處也。[考工記鳧氏]鳧氏以爲鐘鼓上謂之—。[注]鼓所擊處、鐘腹之上居鐘體之正處曰—。

(四)石鼓名。[郡國志]兩石鼓叩之聲清越。世謂之神—。

【鉩】諾叶切音捻葉韻

(一)正也。見[廣雅釋詁]。

(二)小箱也。見[五音集韻]。

【鈸】蒲撥切音跋曷韻

(一)鈴屬。見[集韻]。

(二)鐃—所以節樂者也。見[正字通]。

鈸圖

【鈭】將支切音貲支韻

—錍。斧也。見[說文]。[段注]斧之一種也。

【鈰】士止切音市紙韻

鍋名。見[集韻]。

【鈲】攻乎切音孤虞韻

鐵—。見[集韻]。

【鈳】於河切音阿歌韻倚可切音娿哿韻

(一)—䥶。小釜也。見[玉篇]。

(二)化學原質之一。金屬。或譯鈮、鈮。詳鈮字。

【鈵】彼病切音柄敬韻補永切音丙梗韻

鋼也。見[方言][注]謂堅固也。

【鈶】盈之切音飴支韻

枱或字。見[說文木部]。

【鈶】詳茲切音詞支韻

鎌柄也。見[五音集韻]。

【鈶】象齒切音似紙韻

矛屬。見[集韻]。

【鈶】讀若台

化學原質之一。或譯鍚。金屬。以鐵硫燒取硫強水。將引氣管內所結之質。用光色分原法試分而得之。其光帶現綠色線。在泉水亦可得此物。甚少。性似銀。亦似鋅。質似鉛。色亦如之。原子量二零六、一零。考得期一千八百九十二年。英文 Thallium

【鉼】前西切音齊齊韻牋西切音齎齊韻

本作鉼。[說文]鉼。利也。讀若齊。[段注]周易喪其資斧。子夏傳及眾家並作齊斧。應劭曰。齊利也。然則—爲正字。齊、資爲叚借字。

【鈼】疾各切音昨藥韻

釜也。見[玉篇]。[按廣韻曰。鉹也。吳人云也。集韻曰。甑也。梁人呼爲鉹。吳人呼爲—。]

【鉯】象齒切音似紙韻

鈴鋌也。見[廣雅釋器]。

【鈽】博孤切音逋虞韻

金版也。見[玉篇]。

【鉂】亡鍐切音范豏韻

錽或字。[集韻]錽。馬首飾也。或作—。

【鉂】孚梵切音泛陷韻

釩或字。[集韻]釩。杯也。或作—。

【鉃】善指切音視紙韻

箭頭也。見[玉篇]。

【鉇】時遮切音闍麻韻商支切音施支韻施智切音翅寘韻

短矛也。見[說文]。[段注]方言。矛。吳揚江淮南楚五湖之間謂之鍦。按鍦即—字。

【鉊】止搖切音招蕭韻

大鎌也。鎌或謂之—。張徹說。見[說文]。[按方言曰。刈鉤、江淮陳楚之間謂之—。或謂之鐹。自關而西或謂之鉤。或謂之鎌。或謂之鍥。]

【鉌】胡戈切音和歌韻

鈴也。見[玉篇]。[廣韻云亦作和。]

【鉎】師庚切音生庚韻桑經切音星青韻

鐵衣也。見[集韻]。

【鉐】常隻切音石陌韻

鍮—。以石藥治銅。見[集韻]。

【鉓】蓄力切音敕職韻

飾也。見[集韻]。

【鉔】作答切音匝合韻

香毬也。[司馬相如賦]金—熏香。[按西京雜記云。長安巧工丁緩者。作臥褥香爐。爲機環轉運四周。而爐體常平。當即此物。]

【鉕】滂禾切音頗歌韻

—鑼。銅器。見[集韻]。

【鉖】徒冬切音彤冬韻釣具也。見〔玉篇〕。

【鉮】而琰切音冉琰韻鐵也。見〔集韻〕。

【鉘】浮勿切音佛物韻飾也。見〔玉篇〕。

【鉙】知駭切音伿蟹韻金也。見〔玉篇〕。

【鉚】力九切音柳有韻美金。見〔集韻〕。

【鉝】力入切音立緝韻胡食器。林邑王獻流離蘇—。見〔集韻〕。

【鉟】敷悲切音丕支韻通鈹。刀戈也。〔韓愈聯句〕何當鑄鉅—。

【鉠】於良切音央陽韻於驚切音英庚韻—聲也。〔文選張衡賦〕和鈴—。〔參閱央字〕

【鉡】部滿切音伴旱韻鍌也。見〔類篇〕。

【鉣】訖業切音刧葉韻組帶鐵也。見〔說文〕〔段注〕組上疑當有馬字。

【[illegible]】百轄切音捌黠韻金類。見〔五音集韻〕。

【鈾】讀若由化學原質之一。或譯欽。金屬。色灰白。性與錳鐵畧同。與養氣化合。成淺綠色。又有二—養。—養色深黑。可爲玻瓈或磁器之黃色及黑色。而黃色者有花紋。原子量二三九、五零。考得期一千七百八十九年。英文 Vranium。

【鈾】古宙字。見〔篇海〕。

【鉬】讀若苜化學原質之一。或譯鋗。金屬。狀似筆鉛。色白如銀。質極堅硬。純者罕有。最難鎔。入鹽強水。或淡硫强水。皆不消化。入硝強水。養之仍變—養。其天產者或爲硫化—礦。或爲黃鉛礦。原子量九六零零。考得期一千七百八十二年。英文 Molybdenum。

【鉭】讀若旦化學原質之一。金屬。形性略同於鈮。而不多見。惟瑞典國產之。其質含—養。原子量一八三、零零。考得期一千八百零二年。英文 Tantalum。

【鉮】讀若申化學原質之一。金屬。亦作砷。詳砷字。

【鉪】音未詳殺也。言殺草也。見〔釋名釋用器〕。

【鈰】鈰本字。見〔說文〕。

【鈄】鈄本字。見〔五音集韻〕。

【鉾】古矛字。倚盾曳—。見〔王褒僮約〕。

【鉳】古鑣字。見〔廣韻〕。

【鉄】古紩字。見〔玉篇〕〔俗用爲鐵字。誤〕。

【鈲】古鈆字。見〔字彙補〕。

【鉧】同鉼。柳宗元有永州鈷—潭記。見〔正字通〕。〔按范成大驂鸞錄。鈷—熨斗也。潭之形似之〕。

【鉨】同柅。見〔字彙補〕。

【鉁】同珍。見〔集韻〕。

【鉇】鉈俗字。見〔正字通〕。

六畫

【鉵】徒冬切音彤冬韻

❶船屬。見〔說文〕。

❷鉏大貌。見〔玉篇〕。

【鉶】乎經切音刑青韻

❶本作鉶。〔說文〕鉶器也。〔按此禮器也。聶氏三禮圖云。—鼎受一斗。兩耳三足。高三寸。有蓋〕。

鉶圖

❷菜和羹之器。〔儀禮公食大夫禮〕宰夫設—。

❸菜羹也。〔儀禮士虞禮〕設一—于豆南。〔又〕肉味之有菜和者。〔儀禮特牲饋食禮〕祭—嘗之告旨。

〔疏〕此即公食大夫牛霍羊苦豕微之等是也。以其盛之—器因號爲—。〔按經典多作鈃。〕
(四)借作刑。〔漢書司馬遷傳〕歠土刑。

【鉸】古巧切音絞巧韻古肴切音交肴韻
(一)翦刀也。〔李賀歌〕細束龍髯—刀翦。〔注〕—、即婦功縫人所用者。俗呼翦刀。〔今北人謂翦之曰—〕。
(二)箭鏃。〔釋名釋兵〕釭。—也。言有交刃也。
(三)刀屬。〔釋名釋兵〕封刀、—刀、削刀。皆隨時名之也。

【鉸】居效切音敎效韻
(一)以金飾器也。〔文選顏延之賦〕寶—星纓。〔注〕—、裝飾也。
(二)釘—。〔唐詩紀事〕胡令能。少爲負局鍜釘之業。世謂胡釘—者。貞元元和間人。〔按釘—。今猶有此語。—、蓋物兩半爲、合中所貫樞軸也。〕

【鉹】敞尒切音侈賞是切音始紙韻延知切音移支韻
(一)曲—也。一曰鬵鼎。讀若擠。一曰。詩云侈兮哆兮。見〔說文〕。〔段注〕鬲部曰。鬵。—也。與此爲轉注。小徐作一曰若詩曰侈兮之侈同。
(二)小刀也。見〔集韻〕。

【鉺】而至切音二寘韻
(一)鉤也。〔韓愈聯句〕脩箭裊金—。
(二)化學原質之一。金屬。—與鈦同出一鑛。—養與鈦養性亦相同。而色則黃。原子量考得期未詳。英文 Erbium。

【鉻】歷各切音洛藥韻
鬀也。見〔說文〕。〔段注〕鬀者、鬄髮也。亦謂之—。

【鉻】各額切音格陌韻
(一)鉤也。〔抱朴君道〕武則鉤—、摧于指掌。
(二)化學原質之一。或譯鐄、鏴。金屬。色灰白。性脆堅。觸空氣不鏽。至濃之強水不能消化。與各質化合。色皆悅目。故可爲各種之顏料。有數種寶石之色。原子量五二、一零。考得期一千七百九十三年。英文 Chromium。

【鉷】胡公切音洪東韻
(一)弩牙也。見〔玉篇〕。
(二)人名。唐王—。淸金—。

【鉾】迷浮切音謀尤韻
(一)劒端也。見〔玉篇〕。
(二)古矛字。見〔字林〕。

【銀】魚巾切音誾眞韻
(一)白金也。見〔說文〕。〔按—爲化學原質之一。色白。故爾雅云。白金謂之—。其質鍒輭富延展性。最能傳熱及電。其堅在金銅之間。熱至攝氏一八七三度而溶。冷結時甚形張大。養氣不能侵蝕。遇硫化輕氣。則面生黑鏽。天生純—形狀彷彿自然銅礦。以其過輭。常雜銅質以增其硬度。故泉貨無純者。原子量一零七、九三。考得期上古。英文 Argentum。〕
(二)廉鍔也。〔大戴禮記衞將軍文子〕—手如斷。是卜商之行也。
(三)界限也。〔荀子成相〕守其—。
(四)黃—之別種也。〔唐書房玄齡傳〕賜玄齡黃—帶。
(五)赤—之精也。〔山海經北山經〕少陽之山其下多赤—。
(六)水—。即汞也。詳汞字。
(七)—茄。蔬菜名。〔本草〕白茄一名—茄。更勝靑者。
(八)—勝。婦人首飾名。〔宋史禮志〕諸王納妃聘禮用—勝等物。
(九)—魚袋名。〔遼史興宗紀〕賜馮立等四十九人進士第。賜緋衣—魚。〔又〕魚名。〔薩都刺越溪曲〕石鱗—魚搖短尾。
(十)—海。道家謂眼也。詳海字。
(十一)—漢。或曰—河。天河也。詳河字。
(十二)—杏。木名。古名平仲。俗呼爲白果樹。〔楊萬里詩〕不妨—杏伴金桃。
(十三)—花。藥名。即忍冬。俗呼爲金—花。又或簡稱爲—花。見〔本草綱目〕。
(十四)—婚。西俗謂結婚後五十年爲金婚。二十五年爲—婚。
(十五)古人稱印每曰—。如漢書揚雄傳懷—黃。後漢張奐傳十腰—艾之類。
(十六)凡物之白色有光澤者皆曰—。如—屏、—燭之類。
(十七)州名。漢圁陰縣地。後周置—州。當今陝西米脂縣西北。
(十八)鼠名。鼠之白色者曰—鼠。可作裘。產東三省及俄屬西伯利亞等處。
(十九)姓也。漢—木。明—鏡。

【銃】充仲切音⿰木充送韻昌六切音

俶屋韻

(一)斧穿也。謂受柄之處。見〔集韻〕。

(二)鳥—。火器名。舊皆以—射鳥。故名曰鳥—。日本謂手鎗亦曰拳—。

【⿰金危】古委切音詭紙韻

(一)臿金也。一曰—鎣鉄也。見〔說文〕。〔段注〕鎣、當作鋈。猶明也。

(二)鳥名。〔漢書揚雄傳注〕買—、鶻鵃別名。〔按卽布穀〕

【⿰金危】魚豈切音顗尾韻

以捩鋸齒也。見〔玉篇〕。

【銇】盧對切音耒隊韻

(一)鑽也。見〔廣韻〕。

(二)平版具。見〔集韻〕。

【銊】雪律切音卹質韻

(一)鋸聲。見〔玉篇〕。

(二)⿰金冏—鑽鉗也。見〔集韻〕。

【鈓】如林切音壬侵韻

(一)濡也。見〔集韻引字林〕。〔按廣雅釋詁〕—弱也。卽濡義。

(二)鑙也。見〔廣雅釋詁〕。

【銋】尼凜切音拰寑韻

鍖—。聲不進貌。〔文選王褒賦〕行鍖—而穌曜、

【銍】陟栗切音窒質韻

(一)穫禾短鎌也。見〔說文〕。

(二)禾穗也。〔書禹貢〕二百里納—。

(三)縣名。秦置。漢屬沛郡。當今安徽宿縣南。

(四)通⿰飠至。〔史記秦紀〕臣嘗游困于齊而乞食—人。〔注〕徐廣曰。—、一作⿰飠至。

【銎】丘恭切音蛩冬韻

(一)斤斧穿也。見〔說文〕。〔段注〕謂斤斧之孔所以受柄者。

(二)矛刃下口也。〔方言〕骹、謂之—。

(三)懼也。見〔廣韻〕。

(四)——。擊物貌。見〔玉篇〕。

【銅】徒東切音同東韻

(一)赤金也。見〔說文〕。〔按〕—爲化學原質之一。色赤而光。與他金類合。則爲青白諸色。遇溼空氣。則漸收水及炭酸氣而生綠色鏽。質堅緻而韌。可展爲鍱。引爲絲。而結力不及鐵之大。傳熱及電。次于黃金與銀。在常空氣以及純水內或溼氣內。均不甚生鏽。鎔界攝氏一九九零度。再加熱則化散於霧。鐵礦中所產自然—。爲等軸晶系。晶形如苔蘚柏葉。其質幾盡純。原子量六三、六。零考得期上古。英文Cuprum。

(二)印也。〔法言孝至〕半通之—。

(三)樂也。〔儀禮傳引賈誼新書〕太師吹—。曰聲中某律。

(四)錢也。〔後漢崔寔傳〕議者嫌其—臭。

(五)同也。〔漢書律曆志〕凡律度量衡用—者。所以同天下。齊風俗也。

(六)自然—。之別種也。入藥。亦名石髓鉛。見〔本草綱目〕。

(七)州名。遼置。屬東京道。當今奉天海城縣東南。

(八)山名。〔漢書吳王濞傳〕吳有豫章郡—山。〔按一統志云〕—城鎮在安徽天長縣西北四十五里。漢吳王濞卽大—山鑄錢。後因名鎮。

(九)漢官名。〔漢書百官公卿表〕水衡都尉屬官有辨—令丞。

(十)溪名。〔明一統志〕—溪在台州府天台縣西北五十里。其水黃狀如—汁。故名。

(十一)—鞮。古地名。〔左成九年傳〕執諸—鞮。〔注〕晉邑。當今山西沁縣西南。〔又〕春秋晉宮名。〔左襄三十一年傳〕今—鞮之宮數里。〔又〕晉大夫姓也。〔家語弟子行〕蓋—鞮伯華之行也。

(十二)—歷。釜鬵也。〔史記優孟傳〕—歷爲棺。〔注〕—歷、釜鬵。

(十三)—芸。防風也。〔本草〕防風一名—芸。一名茴芸。

(十四)—龜。符名。〔朝野僉載〕唐爲—魚符。武后以元武爲姓瑞。乃爲—龜符焉。

(十五)—馬。賊號。〔後漢光武紀〕光武擊—馬於鄡。

(十六)—匙。草名。〔酉陽雜俎〕—匙草生水中。葉如翦刀。

(十七)—鼓。縣名。屬江西。清時爲廳。

(十八)通洞。〔山海經中山經〕—庭之山。〔注〕洞、或作—。

【銑】穌典切音跣銑韻

(一)金之澤者。一曰小鑿也。一曰鐘下兩角謂之—。見〔說文〕。〔段注〕澤者、光潤也。釋器曰絕澤謂之—。鑿所以穿木也。考工記鳧氏曰。兩欒謂之—。鄭注。—、鐘口兩角。按古鐘羨而不固。故有兩角。

(二)以金飾弓也。〔爾雅釋器〕弓以金者謂之—。

(三)猶洒也洒洒然寒貌。〔國語晉語〕而玦之金—者寒甚矣。〔按段玉裁云許言其光澤韋言其寒貌皆謂金之精者耳。〕

【鈃】　乎經切音刑青韻

(一)似鍾而長頸。見〔說文〕。〔段注〕鍾者酒器用此知古酒鍾有腹有頸。蓋大其下、小其上也。

(二)盛和羹器形如小鼎者。〔禮記禮運〕—羹。

(三)山名。〔穆天子傳〕至于—山之下。〔注〕—山在常山石邑縣。〔當今直隸獲鹿縣東南〕

(四)通鉶。〔禮記禮運〕—羹。〔釋文〕—、本又作鉶。

【鈃】　經天切音堅先韻

人名。〔荀子非十二子〕是墨翟宋—也。

【銓】　逡緣切音詮先韻

(一)稱也。見〔說文〕。〔段注〕稱、各本作衡、今正。禾部。稱。—也。與此爲轉注。即今秤字。

(二)亦平也。〔爾雅釋言〕坎、律。—也。〔樊注〕—、亦平也。

(三)選官也。〔唐六典〕吏部有三—法。尚書典其一。爲尚書—。侍郎分其二。爲中—東—。〔後世言—選本此。〕

(四)同筌。〔文選左思賦〕闡鉤繩之筌緒。〔注〕與筌同。

(五)通輇。〔莊子外物〕輇才諷說之徒。〔注〕輇量人物也。

(六)姓也。漢捕羌校尉—徵。

【銖】　慵朱切音殊虞韻

(一)權十分黍之重也。見〔說文〕。〔按段注、改爲權十絫黍之重也。桂注又謂、當云權十二分黍之重也。漢書律曆志注應劭曰。十黍爲絫。十絫爲一—。此段說所本。淮南天文訓。十二粟爲一分。十二分爲一—。此桂說所本。然漢唐食貨志竝以—爲百黍之重。而說苑云。十六黍爲一豆。六豆爲一—。則—又爲九十六黍。茲存許書之舊。荀子富國、鎦—注。十黍之重爲—。與許義正合。〕

(二)物由忽微始至於成著。可殊異也。見〔漢書律曆志〕。

(三)鈍也。〔淮南齊俗〕其兵戈—而無刃。

(四)人名。〔漢書宣帝紀〕右賢王—婁渠堂入侍。〔注〕—音殊。

(五)姓也。明弘治舉人—炫。

【銗】　胡溝切音侯尤韻

(一)頸鉗也。見〔集韻〕。

(二)受投書之器也。〔漢書義縱傳〕投—購告言姦。

【銘】　忙經切音冥青韻

(一)記也。見〔說文新附〕。

(二)名也。述其功美使可稱名也。見〔釋名釋典藝〕。

(三)紀于山川者。如班固燕然山—、張載劍閣—之類。

(四)刻于器物者。如鼎—、盤—之類。

(五)喪禮之書於旗者。如—旌是也。

(六)葬禮之納于墓者。如誌—是也。

(七)自警之辭。如崔瑗座右—是也。

(八)識之於心之意。如世俗言—感、—佩、是也。

【銚】　餘招切音姚蕭韻

(一)温器也。一曰田器。見〔說文〕。〔段注〕今瓦器謂之—。古田器—。方言曰。臿、燕之東北朝鮮洌水之間謂之斛。趙魏之間謂之喿。—、斛、喿、三字同。即今鍫字也。

(二)—鋭。盌也。〔方言〕盌謂之盂。或謂之—鋭。

(三)分別節制貌。〔文選馬融賦〕搒櫟—㦇。

(四)國名。〔漢書禮樂志〕—四會、負十二人。齊四會、負十九人。

(五)姓也。後漢—期。

【銚】　千遙切音斛他彫切音桃蕭韻

削也。能有所穿削也。〔莊子外物〕—鎒于是乎始修。

【銚】　徒弔切音調嘯韻

燒器。見〔集韻〕。

【銚】　弋笑切音燿嘯韻

同⿱艹銚。—弋。草名。〔爾雅釋草〕長楚—弋。〔釋文〕—、或作⿱艹銚。

【銚】　田聊切音迢蕭韻

長矛也。〔呂覽簡選〕可以勝人之長—利兵。

【銛】　思廉切音纖鹽韻習琰切音餤琰韻

(一)臿屬。見〔說文〕。〔段注〕臿、大徐作鍤。則是郭衣鍼矣。臿者舂去麥皮也。叚借爲鍫臿。即田器之銚。其屬亦曰—。㊁鋭也。〔漢書賈誼傳〕莫邪爲鈍兮。鉛刀爲—。㊂施竹頭于鐵具距擲以捕魚者也。見〔廣韻〕。

【銛】他點切音忝琰韻

㊀鉼也。見〔廣雅釋器〕。
㊁斷也。見〔廣雅釋詁〕。
㊂取也。見〔方言〕。

【銜】乎監切音咸咸韻

㊀馬勒口中也。从金行。—者所目行馬者也。見〔說文〕〔段注〕也、當作者。革部曰勒、馬頭落—也。落、謂絡其頭。—謂關其口統謂之勒也。其在口中者謂之—。以鐵爲之、故其字从金。所以字今補此釋从行之意。
㊁含也。〔李商隱詩〕蜨—花蘂蜂—粉。
㊂奉也。〔禮記檀弓〕—君命而使。
㊃慽也。〔漢書栗姬傳〕景帝心—之。
㊄感也。〔管子法法〕令出而民—之。
㊅—轡喻法律以控御人也。〔後漢鮑永傳〕以吏人痍傷之後。乃緩其—轡。
㊆官—取官階新舊連續也。〔白居易詩〕十年不改舊官—。〔今言首尾—接。即連續義〕。
㊇人—藥名。〔本草綱目山草〕人蔘、一名人—。
㊈馬—海神名。〔文選木華賦〕馬—當蹊。

【鈲】來改切音唻賄韻

連絲釣曰—。見〔廣韻引字苑〕。〔按集韻或作鑗〕。

【⿰金朵】都果切音朵哿韻

缺也。見〔玉篇〕。

【⿰金朵】都睡切音椯箇韻

剉也。見〔集韻〕。

【鉽】設職切音識職韻

鼎—也。見〔廣韻〕。

【鉿】古洽切音夾洽韻

陷聲也。〔太玄干〕陽氣扶物鑽乎堅。—然有穿。

【鉿】葛合切音閤渴合切音匣合韻

二尺鋋也。見〔廣韻〕。

【銂】職流切音州尤韻

金刀也。見〔五音集韻〕。

【鉑】莫白切音陌陌韻

—刀。兵器。見〔集韻〕。

【銈】古奚切音雞齊韻

金圭也。見〔玉篇〕。

【銉】允律切音聿質韻

鍼也。見〔集韻〕。

【銌】徂悶切音鐏願韻

鑽也。見〔五音集韻〕。

【銏】所諫切音訕諫韻楚革切音策陌韻

鐵器。見〔玉篇〕。

【⿱制金】尺制切音掣徒例切音滯霽韻

除草器。見〔集韻〕。

【⿱制金】才詣切音嚌力制切音例霽韻

利也。見〔集韻〕。

【⿰金回】呼內切音慧隊韻

金—也。見〔玉篇〕。

【鏒】丘廉切音憸鹽韻丘凡切音頷咸韻

曲頭鑿也。見〔集韻〕。

【鉟】攀悲切音披貧悲切音邳支韻

靈姑—。旗名。〔左昭十年傳〕公卜、使王黑以靈姑—。率吉〔疏〕靈姑—者。齊侯旌旗之名。蓋是交龍之旗。

【銕】他結切音鐵屑韻

古文鐵。从夷。見〔說文〕〔段注〕按夷、蓋弟之譌也。

【銕】田黎切音題齊韻

鐵名。見〔字林〕。

【銕】延知切音夷支韻

同夷。〔史記夏紀〕宅嵎—。〔尙書作嵎夷〕。

【銙】苦瓦切音骻馬韻枯買切音胯蟹韻

帶具也。〔唐書柳渾傳〕玉工爲帝作帶。誤毁一—。

【⿰金休】虛尤切音休尤韻

長針。見〔字彙〕。

【鋃】宜斤切音垠文韻〔與銀不同。〕馬飾器。見〔篇海〕。

【銡】古乞切音吉質韻 擊也。〔桑海遺錄序〕機械軋—。

【録】音劈錫韻〔與録不同。〕器也。見〔龍龕手鑑〕。

【鈰】初加切音叉麻韻 魚器。見〔篇海類編〕。

【⿰金亥】苦哀切音開灰韻 器名。見〔五音集韻〕。

【銣】讀若如 化學原質之一。金屬。色白微黃。質輭易鎔。多為鹽類化合物。發見雖廣。而含量極微。性略同於鉀。與養氣之愛力更大於鉀。在空氣中能自燒。投諸水中亦自燒。原子量八五、四零。考得期一千八百九十年。英文 Rubidium。

【銤】讀若米 化學原質之一。或譯鐚、鏂。金屬。色蒼白。質堅難鎔。常與鈦混合成細粒。其質金中常含之。鎔金時常沈於底。原子量一九一、零零。考得期一千六百零三年。英文 Osmium。

【銥】讀若衣 化學原質之一。或譯鐿。金屬。色灰白。有自然獨成者。有與鉑同見者。鎔亦難於鉑。質亦更重。與水比重二十二倍三。或用作鐵筆之尖。若為純者。合强水亦不能消化。細粉在空氣加熱則成—養。色黑。可作磁器面之黑色。原子量一九三、零零。考得期一千八百零三年。英文 Iridium。

【銦】讀若因 化學原質之一。或譯鍰。金屬。色純白如銀。可展為鍱。質輭。氦入鹽强水能消化。熱至赤則燃。其質天然特生者尠。原子量一一四、零零。考得期一千八百六十三年。英文 Indium。

【銧】讀若光 化學原質之一。金屬。其所發之光。能透諸气體液體固體。力足勦絕衆傳染病黴菌。故人犯之輒成火創。純者難得。以溴化物綠化物可制。原子量考得期未詳。英文 Radium。

【銠】音未詳 王審知鑄大鐵錢。俗謂之—庛。見〔字彙補〕。

【銠】讀若老 化學原質之一。或譯釕。詳釕字。

【銨】讀若安 化學原質之一。或譯銻。詳銻字。

【鉈】音未詳 —尾。即今之帶下魚尾也。〔唐書車服志〕景龍中腰帶垂頭於下。名—尾。取順下之義。

【鋈】古鋈字。見〔說文〕。

【鉤】古鈎字。見〔集韻〕。

【⿰金𠂢】同鈲。見〔字彙〕。

【⿰金杀】同鎩。見〔集韻〕。

【鋗】同銷。見〔玉篇〕。

【鉼】鉼俗字。見〔正字通〕。

【⿰金向】餉譌字。見〔字彙〕。

【鋨】鉞譌字。見〔正字通〕。

七畫

【銳】俞芮切音叡霽韻

一 芒也。見〔說文〕。〔段注〕芒者艸耑也。艸耑必銳。故引申為芒角字。

二 精也。〔左哀十一年傳〕子羽—敏。

三 利也。〔國策秦策〕使輕車—騎衝雍門。

四 細小也。〔左昭十六年傳〕不亦—乎。〔服注〕—、折也。

五 猶疾也。〔文選陸機論〕夫進取之情—。

六 通兌。自言也。〔老子〕塞其兌。〔釋文〕河上本作—。—自言也。

七 進躁無崖為—。〔莊子天下〕—則挫矣。

八 上小下大曰—。〔漢書天文志〕有三星—曰罰。

九 算法謂角度小於直角者為—角。

十 姓也。升平中鮮卑有御史中丞—管。見〔廣韻引姓苑〕。

【銳】徒外切音兌泰韻 矛屬。〔書顧命〕一人冕執—。〔說文金部引作鈗〕。

【銳】弋雪切音悅屑韻

銚—盂也。〔方言〕盂、楚魏之閒。或謂之盌。盌謂之盂。或謂之銚—。〔箋疏〕人之美好者謂之姚娧。器之美好者亦謂之銚—。

【銴】時制切音誓　俞芮切音叡　蒲計音薜　以制切音曳　霽韻

車樘結也。一曰。銅生五色也。見〔說文〕〔按車樘結也者。段玉裁云。車樘、漢人語也。急就篇釋名作棠。劉熙曰。棠、蹤也。在車兩旁蹤幰使不得進卻也。今按其結曰—。其制未詳。蓋可以系車幰者。王筠曰。今有此制。結者樞紐之謂。所以張弛其樘也。銅生五色也者。段玉裁云。如古銅器朱翠之色。王筠曰。此所謂衣也〕

【銴】直例切音滯　霽韻

小車耳鉤也。見〔集韻〕

【⿰金身】丘耕切音鏗　庚韻

㊀撞也。見〔廣雅釋言〕〔疏證〕摼、鏗、—、竝通。〔按玉篇—同鏗〕

㊁聲也。見〔廣雅釋詁〕

【⿰金沙】桑何切音娑　歌韻　師加切音沙　麻韻

—鑼。銅器。見〔廣韻〕〔集韻〕云。或作⿰金沙。正字通云。或作沙、鐁、厮。宋志。或駕前皆捧厮鑼。元志作水礶鐁鑼。南宋市肆記亦言酒器沙鑼。蓋水盆以金銀爲之。如今之銅盆。沙、厮、鐁、皆—音相近。一說。—譌作厮鐁。今馬上急遞所擊者似鑼而小。俗呼鐃鑼。卽—鑼也〕

【銷】思邀切音消　蕭韻

㊀鑠金也。見〔說文〕〔按廣韻同焇。韻會引說文作鑠金也〕

㊁散也。〔文選江淹賦〕—落湮沈。

㊂滅也。〔文選鄒陽上書〕積毀—骨。〔注〕讒毀之言骨肉之親爲之—滅。

㊃小也。〔莊子則陽〕其聲—。

㊄衰也。〔禮記樂記〕禮減而不進則—。

㊅生鐵也。〔文選張協七命〕—踰羊頭。

㊆鍤、或曰—。—、削也。能有所穿削也。見〔釋名釋器用〕

㊇華—、律名。〔隨書律曆志〕林鐘三十四律。八曰華—。

㊈同綃。〔淮南氾論〕—車以鬭。〔注〕—、讀絙紨之紨。

㊉通消。〔考工記㮚氏〕㮚氏爲量。改煎金錫則不耗。〔注〕消湅之精不復減也。〔按从金之—與从水之消多通用。諸字書皆不言相通。素問皮部論。熱多則筋弛骨消。注。鑠也。朱駿聲云。叚借爲—。消說文、盡也。增韻。釋也。正字通以盡也釋也訓—。然亦未明言二字相通〕

⑪姓也。〔山海經大荒東經〕帝鴻生白民。白民—姓。

【銻】田黎切音題　齊韻

㊀鍗—也。見〔說文〕〔按說文鍗字解云。鍗—也。火齊也。廣韻十二霽齊下云。火齊似雲母。重沓而開。色黃赤似金。出日南。又說文鐵古文从夷作銕。段玉裁云。夷、爲弟之譌。据此。—爲鐵古文矣。存參〕

㊁化學原質之一。或譯銻、鋑。金屬。純者少見。多與他原質化合而爲各種礦物。色藍白。與鉍略同。質堅脆易碎。可搗爲細粉。其顆粒爲正立方形。熱至攝氏八百度而鎔。若加大熱則燒。發光幷白霧。鉛錫加—則變韌。鑄印字母最宜。原子量一二零、零零。考得期一千四百五十年。英文Stibium。

【銼】徂禾切音矬　歌韻　寸臥切音剉　箇韻　昨木切音族　屋韻

㊀鍑也。見〔說文〕〔按御覽引說文及玉篇竝作—鑹。鍑也。廣韻八戈云。—鑹、小釜。三十九過云。—鑹。蜀鈷鏻。集韻三十九過一屋竝云。—鑹。溫器。一切經音義引聲類云。—鑹。小釜也。亦土釜也。一名鎢錥。杜甫詩。土—冷疏煙。注。蜀人呼釜爲—〕

㊁同挫。〔史記楚世家〕兵—藍田。

【鋁】良據切音慮　御韻

㊀同鑢。見〔玉篇〕

㊁化學原質之一。或譯鈤。金屬。其色白。其堅竝同於銀。而重僅與玻璃等。不易生鏽。雖遇溼气或熱至紅色。皆不能與化合。其鎔界小於銀。可展爲箔。引爲絲。理化儀器。醫家用品。多以此質製之。原子量二七、一零。考得期一千八百二十八年。英文Hiaminu。

【鋃】盧當切音郎　陽韻

㊀—鐺。瑣也。見〔說文〕〔段注〕瑣、俗作鎖。非。瑣爲玉聲之小者。引申彫玉爲連環不絕謂之瑣。漢以後罪人不用縲紲。以鐵爲連環不絕係之。謂之—鐺。遂製鎖字。漢書西域傳。陰末赴瑣當德。謂以長鎖鎖趙德也。瑣、當。叚借字也。〔按六書故云。俗亦以困重不舉爲—鐺。〕

㊁鐺聲。見〔廣韻〕。

㊂化學原質之一。或譯鑭。金屬。色澤如鐵。觸空氣卽鏽。燃之發鮮明光彩。出於錯礦。其與水化合者爲白色。原子量一三八、零零。考得期一千三百八十九年。英文 Qanthanum。

【鉾】郎刀切音牢豪韻

㊀—鐪。鏻也。見〔廣雅釋器〕。

㊁鐪—。銅器。見〔集韻〕。

【鋇】博蓋切音貝泰韻

㊀鋌也。見〔廣雅釋器〕。〔參閱鋌字〕。

㊁化學原質之一。金屬。色白。可展爲箔。燒至紅色卽鎔。與別物化合。體常重。其雜質大半用地之—養炭養取出。入於水中。能消化者。皆甚毒。原子量一三七、四零。考得期一千八百零八年。英文 Bargum。

【鋈】烏酷切音沃沃韻屋郭切音臒遏鄂切音惡藥韻

㊀白金也。見〔說文〕。

㊁以金屬灌沃他物。卽俗所云鍍也。見〔韻會〕。

【鋊】俞玉切音欲沃韻

可以句鼎耳及鑪炭。一曰銅屑。見〔說文〕〔段注〕句、讀如鉤。鉤鼎耳、舉之。鉤鑪炭、出之之器也。食貨志。民盜摩錢以取—。

【鋊】餘封切音容冬韻

鉤—。取炭器。見〔集韻〕。

【鋊】讀若谷

化學原質之一。金屬。色白。其質極少。其雜質之味皆甚甜。合于矽養。與鋁養。卽成透明之綠寶石。質甚堅。置空氣中易鏽。英文 Glucinum。

【鋋】時連切善平聲夷然切音延先韻

㊀小矛也。見〔說文〕〔段注〕方言曰。矛或謂之—。師古注漢書曰。—鐵把短矛也。

㊁刺也。〔漢書司馬相如傳〕—猛氏。〔注〕猛氏、獸名。

㊂延也。言達也。去此至彼之言也。見〔釋名釋兵〕。

【鋌】待鼎切音挺迥韻

㊀銅鐵樸也。見〔說文〕〔段注〕樸、木素也。因以爲凡素之偁。石部曰。磺。銅鐵樸。—與磺義同音別。或謂之鋇。淮南書曰。苗山之—。

㊁金鋌也。〔南史梁廬陵王傳〕續子應不慧。見內庫金—。問左右此可食否。

㊂箭足入槀中者也。〔考工記冶氏〕爲殺矢。刃長寸。圍寸。—十之。

㊃物空盡曰—。見〔方言〕。

㊄銅鐵之總稱。〔文選張協七命〕耶谿之—。赤山之精。

【鋌】他頂切音脡迥韻

㊀鐵鏷也。見〔廣雅釋器〕。

㊁疾走貌。〔左文十七年傳〕—而走險。急何能擇。

【鋍】薄沒切音孛月韻

㊀鬻或字。〔集韻〕鬻。吹釜溢也。或从金。

㊁化學原質之一。金屬。色白如銀。其性可引可展。其質罕有。燃其細末。則放明火燄。英文 Beryllium。

【鋏】吉協切音頰葉韻

㊀可㠯持冶器鑄鎔者也。讀若漁人夾魚之夾。一曰若挾持。見〔說文〕〔段注〕冶器者、鑄於鎔中。則以此物夾而出之。此物金爲之。故从金。一謂讀若挾持之挾。

㊁劍也。〔國策齊策〕長—歸來乎。

㊂通夾。劍把也。〔莊子說劍〕韓魏爲夾。〔注〕把也。一本作—。

【鋒】敷容切音丰冬韻

㊀本作鏠。〔說文〕鏠。兵耑也。〔段注〕兵、械也。耑、物初生之題。引申爲凡物之顛與末。凡金器之尖曰鏠。俗作—。〔按釋名釋兵。刀其末曰—。言若蠭刺之毒利也。劍其末曰—。—末之言也。又今云筆—。鍼—。並爲尖末之義。〕

㊁軍隊之行列也。〔漢書黥布傳〕布營爲前—。

㊃天—。星名。〔史記天官傳〕斗杓端有兩星。一內爲矛招搖。一外爲盾天—。

㊄國名。〔史記五帝紀〕帝嚳取陳—氏女。生放勳。

㊅華—。劍名。〔典論〕寶劍有三。其二

曰華｜。

㊆兵之驍悍者曰｜。〔宋史職官志〕有摧｜軍。選｜軍。

㊇勢銳曰｜。〔漢書東方朔傳〕變詐｜起。〔按詞之快利者曰詞｜。談｜。並銳義之引申〕

㊈禪機曰｜。〔朱長文詩〕瀆累假禪｜。

【鋗】火懸切音駽先韻

㊀小盆也。見〔說文〕。

㊁銅銚也。見〔廣韻〕。〔按廣雅釋器云。鐫、鬲、甈、｜謂之銚。〕

㊂玉聲也。〔漢書郊祀志〕展詩應律｜玉鳴。〔注〕晉灼曰。｜、鳴玉聲。

㊃通涓。宮殿中掃除人也。〔史記楚世家〕王行遇其故｜人。〔注〕今之中｜也。〔按漢書萬石君傳作中涓〕

㊄人名。〔史記項羽紀〕番君將梅｜功多。

【鋗】胡畎切音泫銑韻　玉聲。見〔五音集韻〕。

【鋗】隨戀切音漩霰韻　車鋗也。見〔集韻〕。

【鋘】胡瓜切音華麻韻　〔應作鋘。入六畫從俗作｜。置此。餘吳、娛、誤、均從俗〕

㊀臿刃也。〔後漢戴就傳〕燒｜斧。

㊁同鏵。〔一切經音義〕｜、此古文奇字鏵。

【鋘】洪孤切音胡虞韻　杇或字。〔集韻〕杇泥鏝也。塗工之具。或作｜、釫、揬。

【鋘】訛胡切音吾虞韻　錕｜。山名。〔吳越春秋夫差內傳〕兩｜殖吾宮牆。〔注〕音吳。刀名。錕｜山出金作刀。可切玉。

【鋙】偶舉切音語語韻

㊀鉏或字。見〔說文〕。〔按鉏鋙、岨峿、齟齬、鉏｜。形異義同。〕

㊁樂器。見〔玉篇〕。

【鋙】牛居切音魚魚韻　鋤屬。見〔廣韻〕。

【鋙】訛胡切音吾虞韻　錕｜。山名。〔列子湯問〕西戎獻錕｜之劍。〔按錕｜、錕鋘、昆吾。形異義同。〕

【鋪】滂模切音榑虞韻

㊀箸門｜首也。見〔說文〕。〔按漢書哀帝紀注。門之｜首。所以銜環者。集韻亦云。門首銜環者。段玉裁改爲箸門抪首也。注云。手部曰。抪。捫持也。捫持者、古者箸門爲贏形。謂之椒圖。以金爲之。則曰金｜。以青畫瑣文鏤中。則曰青瑣。〕

㊁布也。〔禮記樂記〕｜筵席。

㊂徧也。〔詩雨無正〕淪胥以｜。

㊃陳也。〔詩常武〕｜敦淮濆。〔按此假爲敷。今云｜張、｜設本此義。〕

㊄病也。〔詩江漢〕淮夷來｜。〔按此假爲痡。〕

㊅盛黍稷之祭器。形如簠而外圓。〔博古圖〕簠簋豆｜同爲一類。

【鋪】芳無切音敷虞韻

㊀陳設也。見〔集韻〕。

㊁止也。見〔廣雅釋詁〕。

㊂｜頒。〔方言〕東齊曰｜頒。猶秦晉言抖擻也。〔按今云｜排。疑即｜頒之聲轉。〕

㊃揄｜。毛織物毹㲪之屬也。〔方言〕荆揚之間謂毳曰揄｜。

【鋪】奔謨切音逋虞韻　設也。見〔集韻〕。

【鋪】普故切音怖遇韻

㊀設也。見〔集韻〕。

㊁賈肆也。〔資暇集〕市肆中筐筥等鱗次其物以粥者、曰星貨｜。〔今猶云店｜。俗作舖。〕

㊂猶地段也。〔宋史劉凡傳〕儂智高犯嶺南。來戰於歸仁｜。〔按兩廣以四十里爲一｜。福建以十里爲一｜。〕

㊃遞｜。驛站也。〔元史兵志〕設急遞｜以達四方文書之往來。

㊄俗謂臥榻曰牀｜。臥具曰｜蓋。

【鋡】胡南切音含覃韻

㊀受也。〔方言〕｜、龕。受也。齊楚曰｜。揚越曰龕。

㊁｜鏴。鐊也。〔廣雅釋器〕｜鏴。謂之鑷。

【鋤】牀魚切音鉏魚韻

㊀助也。去穢助苗長也。見〔釋名釋用器〕。

㊁鉏或字。〔集韻〕鉏。立薅所用也。又姓。或作｜。亦省。〔按說文段注改作立薅斫也。〕

【鋤】牀所切音齟語韻

鉏或字〔集韻〕鉏。鉏鋙相距皃。或从助。

【銶】渠尤切音求尤韻 鑿屬。一曰獨頭斧〔詩破斧〕又缺我—。

【銸】陟涉切音輒葉韻 鉆也。見〔說文〕〔段注〕此與竹部䇲義同音近。

【銸】呢輒切音聶葉韻 拔髮也。見〔玉篇〕。

【銸】諾叶切音捻葉韻 正也。見〔廣雅釋器〕。

【銹】息救切音秀宥韻 鏥或字〔集韻〕鏥。鐵上衣也。或作—、鏽。

【[illegible]】在朗切音奘養韻 鈴聲。見〔類篇〕。

【銽】古刹切音刮黠韻 斷也。見〔說文〕。

【銾】胡孔切音澒董韻〔與錄不同。〕鏞也。見〔五音集韻〕。

【鋀】徒口切音斗有韻 鋀或字〔集韻〕鋀。酒器也。从金䀎。象器形。或从豆亦省。

【鋀】他侯切音偷尤韻 鍮或字〔集韻〕鍮。鍮石名。似金。或从豆。

【鋂】謨杯切音梅灰韻 大環也。一環毋二者。詩曰盧重—。見〔說文〕〔段注〕環、各本作瑣。毋原貫。今正。盧令三章曰。盧重—。傳曰。—、一環貫二也。上文重環傳云。子母環。謂以一環貫一環。此云一環毋二。以一毋二。則一環差大。故許知為大環也。玉篇廣韻皆云大環。用許之舊。非綿連者不得云瑣。犬飾以纓環。不以瑣。

【錽】亡范切音㚇豏韻 馬首飾。〔文選張衡賦〕金—鏤鍚。

【鋅】祖似切音子紙韻 剛也。見〔集韻〕。

【鋅】讀若辛 化學原質之一。或譯鉦。或稱倭鉛。金屬。無自然獨成者。與別質化合之礦。產處甚多。色藍白。性稍堅碎。視其紋顆粒攢簇。不冷不熱則脆。加熱攝氏二百至三百度可抽絲打箔。熱至四百度則又脆。可研為粉。熱至七百七十度而鎔。再熱至紅色而化氣。遇溼氣則生銹。適能保護內質。故多用為禦水盛水之器。原子量六五、四零。考得期一千五百二十年。英文 Zincum。

【[illegible]】賞職切音識職韻 粃也。見〔玉篇〕。

【鋆】羊倫切音勻眞韻 金也。見〔五音集韻〕。

【鋉】桑谷切音速屋韻 金也。見〔五音集韻〕。

【鋎】戶版切音睅潸韻 刀也。見〔韻會〕。

【鋐】戶萌切音宏庚韻 器也。見〔玉篇〕。

【[illegible]】實攝切音涉葉韻 鐵—也。見〔玉篇〕。

【[illegible]】居立切音急緝韻 鋤屬。見〔五音集韻〕。

【鋑】七九切寑韻 刀也。見〔玉篇〕。

【鋑】將廉切音尖鹽韻 錐也。見〔集韻〕。

【鋑】古鐫字。見〔廣韻〕。

【[illegible]】癡廉切音覘鹽韻 銳也。見〔集韻〕。

【[illegible]】乎經切音形青韻 鉶或字〔集韻〕鉶。器也。即禮盛和羹器。或从形。通作鈃。

【鋔】亡返切音挽阮韻 引也。見〔字彙〕。

【鈠】營隻切音役陌韻 小矛。見〔集韻〕。

【鋕】職吏切音志寘韻 銘也。見〔類篇〕。

【鋖】相咨切音私支韻 平木器。見〔玉篇〕。

【鋖】讀若妥 化學原質之一。金屬。色淺黃。其質罕有。原子量考得期未詳。英文 Neodymium。

【鋚】以周切音攸尤韻田聊切音條蕭韻 鐵也。一曰。轡首銅也。見〔說文〕。〔段注〕一即鋚字。詩本作攸。轉寫譌作鋚。轡首銅者。以銅飾轡首也。革部勒下云。馬頭絡銜也。即毛傳所謂轡首也。

【鋜】仕角切音浞覺韻 足鎖也。〔韓愈聯句〕黃鶴足仍一。

【鋜】測角切音娕覺韻 鋤也。見〔集韻〕。

【鋝】龍輟切音劣所劣切音㕞屑韻 十一銖二十五分銖之十三也。周禮曰。重三一。北方以二十兩爲三一。見〔說文〕。〔段注〕十一銖。計黍千一百。云二十五分銖之三者。此用命分之法。百黍以四除之。凡二十五而除盡。命爲二十五分。二十五分之十三得五十二黍。命爲二十五分銖之十三。合十一銖。共爲黍千一百五十二。攷尚書僞孔傳。馬融王肅皆云。鋝重六兩。鄭康成云。鍰重六兩大半兩。一即鍰。賈逵云。俗儒以一重六兩。脫去大半兩言之。說文多宗賈侍中。故曰北方二十兩爲三一。正謂六兩大半兩爲一一也。

【鋞】乎經切音形青韻下梗切音杏梗韻 溫器也。圜而直上。見〔說文〕。〔段注〕溫器者。謂可用煗物之器也。

【鋞】形定切音脛徑韻下頂切音婞迥韻 長鐘。見〔集韻〕。

【鋞】何耕切音莖庚韻 鏁幹。見〔集韻〕。

【鋟】千廉切音籤鹽韻七稔切音寑寢韻子鴆切音浸沁韻 刻也。〔公羊定八年傳〕睋而一其板。〔今猶謂刻板曰一板〕。

【鋟】子朕切音醋寢韻千林切音侵侵韻 錐也。見〔廣雅釋器〕。

【鋟】將廉切音尖鹽韻 銳也。見〔廣雅釋詁〕。

【鋠】時刃切音愼震韻 圓鐵也。見〔玉篇〕。

【錎】奴敢切音赧感韻 一鐵。打銀具。見〔篇海〕。

【鎣】平輕切音焭青韻 冶金也。見〔篇海〕。

【鋥】除更切音瞠庚韻 磨一出斂光。見〔洪武正韻〕。

【鋦】拘玉切音菊沃韻 以鐵縛物。見〔玉篇〕。〔按俗亦謂鐵釘之兩端屈曲者爲一〕。

【鋧】胡典切音現銑韻 銑。一小鑿。見〔集韻〕。〔又〕小稍也。〔南史蕭摩訶傳〕摩訶遙擲銑一。正中其額。

【鋩】武方切音亡謨郎切音忙陽韻 刃端也。〔文選左思賦〕雄戟耀一。

【鋫】良脂切音黎支韻 黑金。見〔集韻〕。

【鋬】普患切音襻諫韻 器系也。見〔五音集韻〕。〔按器物之提繫俗多謂之一〕。

【鋯】讀若告 化學原質之一。或譯鋯。金屬。似異形之矽。大熱不能鎔。置沸水中。能使輕養二氣化分。產有二鑛。而皆罕見。原子量九零、六零。考得期一千八百二十四年。英文Zirconinm。

【鋰】讀若里 化學原質之一。金屬。產於石中。或煙葉灰中亦微有之。質柔如鉛。色白如銀。堅於鈉。輕於水。燃之見鮮耀赤光。原子量七、零三。考得期一千八百一十七年。英文 Qithium。

【鉽】讀若忒 化學原質之一。或譯鏅。與鈦礦同產。一養與鈦養性亦相同。而其雜質皆玫瑰色。原子量四四、一零。考得期一千八百七十九年。英文 Scandium。

【鋻】鋻本字。見〔說文〕。

【鋴】古鎭字。見〔集韻〕。

【𨥕】古鍋字。見〔集韻〕。

【銴】古誓字。見〔六書統〕。〔正字通〕云。六書作一者不必從。

【鋑】鑱或字。見〔集韻〕。

【銲】同釺。見〔玉篇〕。〔俗又以爲固物相著之銲音近翰。夢溪筆談。譙亳得古夾鏡略無—迹。〕

【鏩】同鏨。見〔字彙〕。

【𨧖】同鉣。見〔字彙〕。

【鋣】同釾。〔後漢崔駰傳〕求鏌—於明智。〔按莫邪、鏌釾、鏌—竝同。〕

【銿】鍾或字。見〔說文〕。

【銿】鏞或字。見〔集韻〕。

【鉚】鏐或字。見〔集韻〕。

【鏓】鏦或字。見〔集韻〕。

【鉡】鉼譌字。見〔正字通〕。

【鋢】鋝譌字。見〔正字通〕。

【鋨】鐵譌字。見〔字彙〕。

八畫

【鋸】居御切音據御韻

●一 槍唐也。見〔說文〕。〔段注〕槍唐、蓋漢人語。廣韻引古史考曰。孟莊子作—。〔按—乃鐵葉爲左右齒。形或直或圜。以剗截木石者。引伸之獸牙如—者曰—牙。植物葉有齒者曰—齒葉。〕

鋸圖

●二 倨也。其體直所截倨句之半也。見〔釋名釋用器〕。

●三 古刑具也。〔漢書刑法志〕中刑用刀—。

●四 —項狀酷吏之猜禍剗治也。見〔通雅釋詁〕。

【鋹】丑兩切音昶養韻

●一 利也。見〔玉篇〕。

●二 人名。五代十國時南漢主劉—。

【鋻】經天切音堅先韻

●一 剛鐵。見〔集韻〕。

●二 淬刀劍使堅也。見〔六書故〕。

●三 直也。〔元包經〕叏—之詰。〔傳〕行之直也。

【鋻】經電切音見霰韻

剸也。見〔說文〕。〔段注〕刀部曰。剸、刀劍刃也。刃下曰刀—也。故剸與—爲轉注。堅者土之臤。緊者絲之臤。—者金之臤。

【錁】古火切音果哿韻

●一 輠或字。〔集韻〕輠膏車器。或从金。

●二 俗謂金銀鑄成小錠曰—。

【錁】苦瓦切音髁馬韻

銙或字。〔集韻〕銙帶具。或作䡭、—。

【錁】讀若果

化學原質之一。金屬。原子量七零、零零。考得期一千八百七十五年。英文Callium。

【錄】龍玉切音綠沃韻

●一 金色也。見〔說文〕。〔段注〕—與綠同音。金色在青黃之間也。叚借爲省—字。慮之叚借也。故—四卽慮四。云慮—者猶無慮也。言其緫猥。

●二 貝文。見〔玉篇〕。

●三 鈔寫也。〔王筠自序〕躬自鈔—。

●四 詳記也。〔公羊成八年傳〕—伯姬也。〔注〕伯姬守節逮火而死賢故詳—其禮所以殊於眾女。

●五 冊籍也。〔周禮職幣〕皆辨其物而奠其—。

●六 具也。見〔廣雅釋詁〕。〔疏證〕—者記之具也。隱十年公羊傳云、春秋—內而畧外。

●七 次第也。〔國語吳語〕今大國越—。

●八 總領也。〔漢書于定國傳〕萬方之事大—于君。

●九 存視也。〔漢書董仲舒傳〕—德而定位。

●十 檢束也。〔荀子修身〕程役而不—。

●十一 實—。專制時代皇帝之歷史也。〔白居易詩〕開成與貞觀實—事多同。

●十二 簿—。查抄財產也。〔北史慕容儼傳〕積絹至二萬匹、簿—並歸天府。

●十三 歷—。曲轅上束也。見〔詩小戎五楘梁輈釋文〕。

●十四 褒—。擢用也。〔宋史朱熹傳〕屢召不起。宜蒙褒—。

●十五 內—。尙書事也。〔晉書桓溫傳〕

固讓內—。

(十六)目—。書前總目也。〔詩干旄疏〕鄉射目—。

(十七)—事。官名。〔齊書百官志〕凡公督府置佐諸曹。有—事記室。〔按清末新官制。京師各部。及京內外各級司法衙門。均設有八品以下—事。今各部主事以下。各審檢廳書記官以下。亦設—事〕〔又〕妓名。〔老學菴筆記〕前輩謂妓曰酒糾。蓋謂—事也。〔又〕香名。〔清異錄〕安息別名命門—事。〔又〕魚名。〔水族加恩簿〕惟爾清臣。宜授橙齏—事招賢使者。

(十八)通麓。〔書舜典傳〕麓、—也。

(十九)同綠。劒名。〔荀子性惡〕文王之—。

(二十)姓也。顓頊師—圖。

【錄】　盧谷切音祿屋韻

—。隨從之貌。〔史記平原君傳〕公等——。〔又〕謂循常也。〔漢書蕭望之傳〕不肯——。〔又〕謂循衆也。〔漢書灌夫傳〕此特帝在即——。〔又〕謂在凡庶之中也。〔漢書蕭何曹參傳贊〕當時——。〔按通雅釋詁。或作娽娽、綠綠、碌碌、鹿鹿、陸陸、䟶䟶、琭琭、睩睩、龍龍、光光、坴坴、彔彔、逯逯。〕

【錄】　良據切音慮御韻

寬省也。〔漢書雋不疑傳〕—囚徒。〔注〕省—之知情狀有寃滯與否。

【鍱】　眉貧切音珉眞韻

(一)業也。賈人占—。見〔說文〕〔桂注〕玉篇。—業也。算稅也。史記貨殖傳曰。田農。拙業也。賣漿。小業也。馥案—本借字。說者以爲錢貫失之。〔按段注云。此字後人所增。必當刪者。緡錢字从糸。以業訓之。尤不可通。集韻云—或作鍲。存參。〕

(二)稅也。見〔廣雅釋詁〕。

【錍】　賓彌切音卑支韻

(一)鍪—也。見〔說文〕〔桂注〕鍪—、玉篇作—鍪。斧也。馥案鍪—短斧也。方言。鯠䌰、短也。廣雅。㼰䌰、短也。

(二)鍤也。〔廣雅釋器〕—謂之鍤。

【錍】　篇迷切音撛邊迷切音踯齊韻

箭鏃也。〔方言〕凡箭鏃胡合嬴者。廣長而薄鐮。謂之—。

【錍】　頻脂切音毗支韻

犁錧也。一曰箭名。見〔集韻〕。

【錎】　胡讒切音咸咸韻

(一)鑒也。見〔集韻〕。

(二)杯也。見〔集韻〕。

【錎】　胡南切音含覃韻

鐙也。見〔廣雅釋器〕。

【錐】　朱惟切音隹支韻

(一)銳也。見〔說文〕〔桂注〕史記平原君傳。譬若—之處囊中。其末立見。急就篇顏注。—所以刺入也。

(二)利也。見〔釋名釋用器〕。

(三)小矢也。〔淮南兵略〕疾如—矢。〔注〕—、小矢。喻徑疾也。

(四)毛—。筆也。〔五代史史弘肇傳〕毛—子安足用哉。

(五)—刀。喻小事也。〔左昭六年傳〕—刀之末。將盡爭之。

(六)三—。山名。在今山西垣曲縣北六十里。三峯如—。

【鍺】　託合切音榻合韻

(一)昌金有所冃也。見〔說文〕。〔段注〕冃、冃各本作冒。凡覆乎上者。頭衣之義之引伸耳。輨下曰轂耑—也。—取重沓之意。故多借沓爲之。

【錕】　公渾切音昆元韻

(一)筆—。銅筆套也。見〔諸皋記〕。

【錕】　古本切音袞戶袞切音混阮韻

(一)赤金。見〔集韻〕。

(二)—鋙。山名。產精鐵。可爲劒。〔列子湯問〕—鋙之劒。

【錕】　韻如延切音然先韻

車釭也。〔方言〕車釭、齊燕海岱之間或謂之—。

【鉼】　必郢切音餅梗韻卑正切音摒敬韻

(一)金鈑也。〔周禮職金注〕祭五帝則供—金。

(二)釜也。〔方言〕鍑。北燕朝鮮冽水之間或謂之鍈。或謂之—。

【鉼】　旁經切音缾青韻

漢侯國名。〔史記惠景間侯者年表〕—侯孫鄲。〔注〕—、縣名。屬琅邪。〔當今山東臨朐縣東北〕

【錘】　重垂切音鬌馳僞切音縋傳追切音椎支韻

(一)八銖也。見〔說文〕。〔按一切經音義引風俗通。銖六曰—。說與許異。又淮南詮言訓云。六兩曰錙。倍錙曰—。是—爲十二兩。而漢書律曆志云。二十四銖爲兩。以八銖爲—計之。是—祇兩之三分一矣。相差尤鉅。桂馥云。此猶億萬有大小兩數。錄以備攷。〕
(二)稱權也。〔廣雅釋器〕權謂之—。〔按古祇作垂。謂有物垂之而使平也。〕
(三)睡也。見〔一切經音義引風俗通〕。
(四)重也。〔方言〕東齊之間曰錪。宋魯曰—。
(五)謂以繩有所係也。〔太玄周〕—以玉環。
(六)人名。〔漢書郊祀志〕使黃—史寬舒受其方。二人皆方士。
(七)漢侯國名。〔史記惠景間侯者年表〕—侯呂通。〔索隱〕—、縣名。屬萊。東〔當今山東文登縣西七十里。〕

【錘】之瑞切音惴寘韻主蘂切音捶息委切音髓紙韻
(一)鍛器也。〔莊子大宗師〕在爐—之間耳。〔注〕爐、烹物之具。—、成物之具。

【錙】莊持切音菑支韻
(一)六銖也。見〔說文〕〔段注〕鄭注禮記儒行曰。八兩爲—。高注詮言訓曰。六兩曰—。風俗通曰。銖六則錘。二錘則—。廣韻曰。八銖爲—。其說皆乖異。不與許合。惟高注說山訓曰。六銖曰—。與許說合。疑說山之注。乃許注之僅存者也。
(二)熾也。見〔一切經音義引風俗通〕。
(三)—銖。極少之喻。〔杜牧賦〕奈何取之盡—銖。
(四)—壇。壇名。〔莊子徐无鬼〕無徒驥于—壇之宮。

【錚】菑莖切音爭初耕切音琤庚韻
(一)金聲也。見〔說文〕。
(二)鉦也。〔東觀漢記〕介士鼓吹—鐸。
(三)——。金也。因以喻人之堅卓者。〔後漢劉盆子傳〕卿所謂鐵中——。庸中佼佼者也。
(四)—鏦。聲也。〔文選馬融賦〕—鏦謍嗃。
(五)—鎗。玉聲也。〔文選潘岳賦〕銜牙—鎗。

【錜】諸叶切音捻葉韻
(一)小釵也。〔王粲七釋〕雜華—之蔵蕤。

(三)小頭釘。見〔集韻〕。

【錞】殊倫切音純眞韻都昆切音敦元韻
(一)樂器。鳴之以和鼓者。〔周禮封人〕以金—和鼓。〔注〕—、于也。圜如碓頭。大上小下。〔按淮南兵略。鼓—相望。注。—于爲大鐘。〕
(二)低也。見〔廣雅釋詁〕。

【錞】徒對切音隊隊韻杜罪切音倄賄韻
本作鐓。〔說文〕鐓。矛戟柲下銅鐏也。詩曰。厹矛沃—。〔段注〕沃、今詩作鋈。以白金固鐏。謂涂銀於銅也。〔按詩厹矛鋈—。疏。矛之下端。〕

【錞】徒臥切音惰箇韻
(一)同幬。覆殰也。〔禮記喪大記〕殰以幬。〔注〕幬、或作—。
(二)依附也。〔山海經西山經〕騩山是—于西海。

【錠】丁定切音矴堂練切音電霰韻
(一)鐙也。見〔說文〕〔段注〕廣韻、豆有足曰—。無足曰鐙。
(二)甗屬。薦熟物器也。〔博古圖〕漢虹燭—。高五寸五分。深四寸五分。口徑三寸。容四升八合。〔按正字通云。上環以通氣之管。中置以烝飪之具。下致以水火之齊。則與今之煖鍋燉盦相近。〕

【錠】徒徑切音定徑韻
(一)錫屬。見〔廣韻〕。
(二)計物數曰—。〔後山談叢〕秦少游有李廷珪墨半—。
(三)銀貨也。〔洞天清錄〕一幅梅價。不下百十—。〔按往昔或僅範金銀爲方圓形。重量參差不一。唐以前稱爲鋌。宋元而後稱爲—。〕

【錡】語綺切音蟢巨綺切音技紙韻魚羈切音巇渠宜切音奇支韻
(一)鉏鋤也。江淮之間謂釜曰—。見〔說文〕。〔注〕臣鍇曰。鉏鋤猶犬牙也。〔按王注。鏍也。通訓定聲云。如梳棱鉏刀。段注。詩左傳皆—釜並偁。然則本以有足別于釜。而江淮語同之耳。〕
(二)鑿屬。〔詩破斧〕又缺我—。〔傳〕鑿屬曰—。〔釋文〕韓詩云。木屬曰—。
(三)欹也。〔文選司馬相如賦〕嵯陁甗—。〔注〕—、欹也。上大下小。有似欹甑也。〔又〕甗—。隆屈弦折貌。見〔

漢書司馬相如傳注〕。

(四)欒－。澗名。今河南省鞏縣西。九曲瀆附近。

(五)人名。春秋時晉魏－。後僮汪－。按禮記檀弓作汪踦。

(六)姓也。殷民七族有－氏。見〔左定四年傳〕。

【錡】魚几切音擬紙韻

(一)弩架也。〔文選張衡賦〕武庫禁兵。設在蘭－。〔注〕受他兵曰蘭。受弩曰－。

(二)崎－不安貌。〔文選陸機賦〕固崎－而難便。

【鈯】曲勿切音屈物韻

(一)－鉞。鎖鈕也。〔正字通〕－鉞、一作屈膝、屈戍。鉸鍊上二乘者爲－。下三衡爲鉞。乃受鎖之搭連卷口也。

(二)－鉞。金未鍊也。見〔字彙〕。

(三)小鉞也。見〔字彙〕。

【錢】財仙切音前先韻 子淺切音翦銑韻

(一)銚也。古田器。詩曰。庤乃－鎛。一曰貨也。見〔說文〕〔段注〕古謂之－。今則但謂之銚。謂之臿。不謂之－。而－以爲貨泉之名。古者貨貝而寶龜。周而有泉。至秦始廢貝行－。〔按王注〕－、剗削之器。通訓定聲亦曰銚。又後世但謂有孔銅貨曰－。一說云重量一－。故曰－也。銀幣亦稱銀－。則與銅－爲對稱之辭。較後起也。

(二)酒肴也。〔漢書高后紀〕列侯幸得賜餐－奉邑。〔韋昭注〕孰食曰餐。酒肴曰－。

(三)山名。在浙江杭州府海寧縣治東六十里。高十二丈。週迴半里。見〔浙江通志〕。

(四)衡名。〔日知錄〕古算法二十四銖爲兩。近代乃十分其兩而有－之名。由唐武德時。鑄開通元寶。重二銖四絫。積十－重一兩。所謂二銖四絫者。今一－之重也。後世以其繁而難曉。故代以－字。

(五)凡狀物之形采曰－。如植物中金－花、金－菊。動物中金－豹。

(六)凡狀物之員小曰－。如楡葉曰楡－。荷葉之小者曰荷－。苔蘚曰地－。綠－。桑蘚曰桑－。

(七)－－。人名。〔書史會要〕－－、辛棄疾妾也。因其姓而名之。

(八)連－。馬屬。色有淺深。斑駁似魚鱗。青驪驎驒也。見〔爾雅釋畜注〕。〔又〕雀屬。一名－母。大如鷃雀。長脚。長尾。尖喙。背土青灰色。腹下白。頸下黑。如連－。鶺鴒雛渠也。見〔詩常棣脊令在原疏〕。〔又〕草名。積雪草、一名連－。見〔酉陽雜俎〕。〔又〕馬飾也。〔梁元帝詩〕金絡鐵連－。〔又〕荇名。〔郭憲洞冥記〕連－荇浮根蔓。倒枝藻。

(九)列－。金缸也。〔文選何晏賦〕離離列－。

(十)意－。攤－也。〔後漢梁冀傳〕能挽滿、彈棊、格五、六博、蹴鞠、意－之戲。〔注〕一曰詭億。一曰射意。一曰射數。一曰持掩。卽今攤－也。〔按資暇錄云〕戲有每以四文爲一列者。卽史傳云云意－是也。俗謂之攤－。亦書作攤蒱。

(十一)飛－。如今匯券鈔幣之屬也。〔唐書食貨志〕時商賈至京委－諸道進奏院及諸軍諸使。以輕裝趨四方。合券乃取之。號飛－。

(十二)積－。星名。又名天－。〔晉書天文志〕壘壁陣西北有十星曰天－。

(十三)壁－。壁繭也。〔本草綱目〕壁－蟲似蜘蛛。作白幕如－。貼牆壁間。北人呼爲壁繭。

(十四)－糧。賦稅之通稱也。〔宋史職官志〕度田屋－糧之數。

(十五)－清。－塘。江名。－塘江。卽浙江上源。爲徽州之新安江。金華之東陽江。衢州之信安江。合流經富陽至今杭縣。謂之－塘江。東流入于海。－清江。卽浦陽江之下流。自浦江縣流入諸暨縣。至今紹興縣境。謂之－清江。又西北由蕭山縣界。復折而東北經－清鎭。入于海。

(十六)廣東盜稱十人爲一－。〔廣東新語〕盜本徒卒。而曰馬。不欲言人。亦以馬有威武也。每十人爲一－。百人爲一兩。或問幾何馬。則曰幾－馬。幾兩馬也。

(十七)借爲戔。酒器也。〔字彙補〕續鐘鼎銘有雀－。

(十八)姓也。

【錌】於業切音腌葉韻 衣檢切音掩琰韻

(一)椎也。見〔廣雅釋器〕。

(二)治甲器。見〔集韻〕。

【錌】烏含切音諳覃韻

溫器也。見〔正字通〕。

【錣】株衞切音贅霽韻張刮切音鵽黠韻株劣切音輟屑韻

❶同[illegible]。策耑有鐵。以刺馬也。〔淮南道應〕倒杖策—上貫頤。

❷籌也。〔管子國蓄〕且君引—量用。耕田發草。

【錦】居飲切音磣寑韻

❶襄邑織文也。見〔說文帛部〕。〔段注〕漢陳留郡襄邑縣。今河南歸德府睢州治。許以漢法釋古。謂若今之襄邑織文。卽經典之—文也。〔按襄邑當今河南睢縣〕

❷金也。作之用功重。其價如金。故其制字从帛與金也。見〔釋名釋采帛〕。

❸聘享六幣之一。〔周禮小行人〕琮以—。

❹文采色也。〔詩終南〕—衣狐裘。

❺凡言鮮明美麗曰—。如云—霞、—雲、—蓮、—鯉。

❻江名。四川華陽縣汶江。一名—江。卽岷江別流。蜀人以此水濯—鮮明。名其地曰—里。〔又〕江西上饒縣上饒江。流至餘江縣會白塔河。名—江。流經餘干縣爲龍窟河。入鄱江。江有雲—石。故名。

❼川名。在今奉天省—縣城西。

❽貝—。蟲名。〔詩巷伯〕成是貝—。〔疏〕陸璣疏云。水中介蟲。

❾—衣衛。明代官名。〔明史職官志〕—衣衛掌侍衛緝捕刑獄之事。

❿—帶。花名。〔王禹偁詩序〕海仙花者。世謂之—帶。

⓫—西風。草名。〔羣芳譜〕老少年有一種紅紫黃綠相兼者名—西風。又名十樣—。

⓬—雞。鳥名。〔桂海虞衡志〕—雞、又名金雞。形如小雉。

⓭—瑟。人名。〔文獻通考〕洪容齋隨筆曰。李商隱詩。—瑟無端五十絃。說者以爲—瑟令狐楚家侍兒小名。〔按—瑟詩無定解此備一說〕

⓮獨—。蠻族也。〔唐書南蠻傳〕獨—蠻亦烏蠻種。在秦藏川南。

⓯姓也。漢郎中令—被。

【錫】先擊切音裼錫韻

❶銀鉛之間也。見〔說文〕。〔按—爲化學原質之一。色白如銀。質柔似鉛。可展爲箔。與養氣無甚愛力。在空氣或淡氣內。熱度不大。永能光亮。熱至攝氏四百四十二度而鎔。原子量一一八、五。考得期上古。英文Stannum〕

❷赤銅也。〔廣雅釋器〕赤銅謂之—。

❸與也。〔書堯典〕師—帝曰。〔按此爲錫之譌〕

❹賜也。〔公羊莊元年傳〕王使榮叔來—桓公命。—者何。賜也。

❺細布也。〔儀禮大射儀〕冪用—若絺。〔按此假借爲緆〕

❻易也。治其麻使滑易也。見〔釋名釋喪制〕。

❼山名。在今江蘇無—縣。周秦間山產鉛、—。漢因以無—名縣。〔又〕在今河南武安縣者。山海經北山經云。—山其上多玉。其下有砥者卽指此。

❽—蘭。島名。印度之南方海中。中國向稱爲迦陵。又稱爲獅子國。全島皆高峻山地。河流徹於四方。產肉桂咖啡茶煙甚多。人民皆奉佛教。地分九省。首府曰哥倫坡。英文Ceylon。

❾姓也。漢—光。

【錫】斯義切音儩寘韻

賜或字。〔集韻〕賜予也。或作—。

【錫】他歷切音逖錫韻大計切音弟霽韻

通鬄。髲也。〔儀禮少牢饋食禮〕主婦被—。〔注〕被—、讀爲髲鬄。

【錭】徒刀切音陶都勞切音刀豪韻

❶鈍也。見〔說文〕。〔段注〕俗謂挫抑人爲—鈍。

❷同雕。琢文也。〔荀子富國〕必將—琢刻鏤黼黻文章以塞其目。〔注〕—、與彫同。

【錮】古慕切音顧遇韻

❶鑄塞也。見〔說文〕。〔注〕臣鍇曰。鑄銅鐵以塞隙也。

❷謂堅固也。見〔方言注〕。

❸阻其仕進之路也。〔左成二年傳〕子反請以重幣—之。

❹專取之也。〔漢書宣曲任氏傳〕下—齊民之業。

❺禁—。重繫也。〔後漢黨錮傳序〕免官禁—。

❻通痼。堅久之疾也。〔漢書賈誼傳〕失今不治。必爲—疾。

(七)通固。〔文選曹植表〕禁固明時。

【錯】倉各切音厝藥韻

(一)金塗也。見〔說文〕。〔按通俗文云。金銀要塞謂之—。鍥朱駿聲云。即今所謂鍍金也。〕

(二)文畫也。〔史記趙世家〕翦髮文身。—臂左衽。〔注〕謂以丹青—畫其臂也。

(三)廁也。言相間廁也。〔楚辭天問〕九州安—。

(四)雜也。〔書禹貢〕厥賦惟上上—。

(五)猶乖也。〔後漢第五種傳〕管仲—行於召忽。

(六)交也。〔楚辭國殤〕車—轂兮短兵接。

(七)互也。〔穆天子傳〕士女—踊。

(八)次也。〔儀禮鄉射禮〕而—皆不拜。〔注〕—者、賓主人之觶。以之次賓。賓長之觶以之次大夫。

(九)餕餘也。〔儀禮士昏禮〕於是與始飯之—。〔注〕—者、媵餕舅餘。御餕姑餘也。

(十)逆上稱下。〔易繫辭〕—綜其數。

(十一)邪行爲—。〔詩楚茨〕獻酬交—。

(十二)反比爲—。見〔賈子道術〕。

(十三)雁行也。〔禮記祭義〕不—則隨。〔注〕—、雁行也。父黨隨行。兄黨雁行。

(十四)迭也。〔禮記中庸〕譬如四時之—行。

(十五)牴牾不合也。〔漢書五行志〕劉向治穀梁春秋。數其禍福。傳以洪範。與仲舒—。

(十六)舛誤也。〔五代史羅紹威傳〕聚六州四十二縣鐵。鑄一个—不成。〔今具言—誤〕

(十七)鑢也。〔書禹貢〕錫貢磬—。〔傳〕治玉石曰—。

(十八)厲石也。〔詩鶴鳴〕他山之石。可以爲—。

(十九)摩也。〔易說卦傳〕八卦相—。

(二十)治也。〔文選王延壽賦〕鉤—矩成。

(二十一)施也。〔淮南俶眞〕而—擇名利。

(二十二)亂也。〔書微子序〕殷既—天命。〔傳〕—、亂也。〔按馬注、—廢也。〕

(二十三)藏也。見〔廣雅釋詁〕。

(二十四)分也。〔書中侯攷河命〕圖出水壇畔。赤文綠—。

(二十五)耕也。見〔太玄玄掜〕。

(二十六)小鼎也。〔淮南說山〕鼎—日用而不足貴。

(二十七)牛角理麤不潤澤也。見〔考工記弓人牛之角紾而昔疏〕。

(二十八)隔—。失其性也。〔楚辭憫上〕心爲兮隔—。

(二十九)—刀。王莽錢也。〔漢書食貨志〕王莽居攝。變漢制。更造大錢。又造契刀—刀。—刀以黃金—其文。曰一刀直五千。與五銖錢凡四品竝行。莽即眞。以爲書劉字有金刀。廼罷—刀契刀及五銖錢。

(三十)—然。敬愼貌。〔易離〕履—然。

(三十一)—崔。高峻貌。〔馬融頌〕嶍峗—崔。

(三十二)參—。不齊也。〔史記秦楚之際月表注〕參—。變易不可以年記。

(三十三)璀—。衆盛貌。〔文選王延壽賦〕下茀蔚以璀—。

(三十四)—繆。聊亂貌。〔文選左思賦〕雜襲—繆。

(三十五)蒲—。蟲名。〔陸璣詩疏〕莎雞、幽州人謂之蒲—。

(三十六)神名也。〔後漢禮儀志〕—斷食巨。

(三十七)人名也。〔史記高祖功臣年表〕棗侯陳—。

(三十八)通厝。〔易小過〕无所—足。〔釋文〕—、本作厝。

(三十九)通鑿。〔史記六國年表〕晉出公—。〔索隱〕系本作鑿。

(四十)姓也。宋太宰之後。見〔廣韻〕。

【錯】倉故切音措遇韻　村五切音蔖麌韻

(一)鑢也。〔廣雅釋器〕鑢謂之—。

(二)安也。〔楚辭懷沙〕萬民之生。各有所—兮。

(三)處也。〔書大傳〕昔者三王懿然欲—刑逐罰。

(四)置也。〔易繫辭〕苟—諸地而可矣。

(五)施也。〔禮記仲尼燕居〕舉而—之而已。

(六)設也。〔史記司馬相如傳〕展采—事。

(七)投也。〔論語爲政〕舉直—諸枉。

(八)廢也。〔荀子天論〕故—人而思天。〔注〕廢人而妄思天。

(九)爭—也。〔史記燕昭公世家〕內—齊晉。

(十)停止也。〔史記張儀傳〕則秦魏之交可—矣。

(十一)謂懷安失於事機也。〔荀子天論〕—舉—不時。〔注〕舉、謂起兵動罪。—、謂懷安失於事機。

⑫滅也。周秦曰—。見〔方言〕。
⑬—惏。倉卒也。〔後漢寒朗傳〕而二人—惏不敢對。
⑭人名。戰國司馬—。漢鼂—。
⑮同醋。〔管子弟子職〕置醬—食。〔注〕—與醋同。
⑯同措。〔論語子路〕則民無所—手足。〔釋文〕—、本作措。

【錯】七約切音磧藥韻
物理麤也。見〔集韻〕。

【錯】讀若昔
化學原質之一。或譯鈰、鏭。金屬。—養草酸可以治病。原子量一四〇、零零。考得期一千八百零三年。英文Cerium

【鋽】徒弔切音調他弔切音糶嘯韻
❶燒器。見〔玉篇〕。
❷未鍊之鐵。見〔集韻〕。

【錭】辰羊切音常陽韻
磨也。一曰車輪繞鐵。見〔集韻〕。

【錣】祖誨切音㩧隊韻
錐屬。見〔玉篇〕。

【錗】於遠切音菀阮韻
秤—也。見〔玉篇〕。

【錕】謁言切音鶱元韻
鋤頭曲鐵。見〔五音集韻〕。

【鋾】徒刀切音陶豪韻
鐃鈍也。見〔五音集韻〕。

【錀】力迍切音淪眞韻
金也。見〔玉篇〕。

【錀】府文切音芬文韻
兔奄也。見〔廣韻〕。

【錂】力膺切音陵蒸韻
金名。見〔玉篇〕。

【鈹】䖍謝切音夜慈夜切音褯禡韻
鏡也。見〔集韻〕。

【鐾】攀糜切音鈹班糜切音陂支韻
鉏也。見〔玉篇〕。

【錼】竹角切音卓覺韻
擊也。見〔字彙〕。

【錛】儒稅切音芮霽韻
銳也。見〔玉篇〕。

【錛】株劣切音叕屑韻
箠端鐵。見〔集韻〕。

【錆】千羊切音瑲陽韻
精也。見〔五音集韻〕。

【錇】蒲侯切音掊房尤切音浮尤韻
—鏂。釘名。見〔集韻〕。

【錈】窶遠切音捲阮韻驅圓切音卷先韻
屈金也。〔呂覽別類〕柔則—。堅則折。劒折且—焉得爲利劒。

【錧】他浪切音儻漾韻
治木器。見〔集韻〕。

【錊】子對切音晬隊韻
鍊也。見〔玉篇〕。

【錊】租毒切音傶沃韻
姓也。見〔集韻〕。

【錋】蒲庚切音彭庚韻
兵器。見〔集韻〕。

【錞】五盰切音岸翰韻
柔鐵。見〔五音集韻〕。

【錦】先到切音喿號韻
碎鐵。見〔集韻〕。

【錎】乎籠切音陷陷韻苦感切音坎感韻
連鋃也。見〔集韻〕。

【錎】古暗切音紺勘韻
鑪屬。見〔五音集韻〕。

【錎】同陷。〔莊子外物〕—沒而下。

【錏】於加切音鴉麻韻
—鍜。頸鎧也。見〔說文〕。〔段注〕漢刑法志。三屬之甲。蘇林曰。三屬者。兜鍪也。盆領也。髀褌也。按盆疑當作盆。盆領即—鍜。許兆部曰。兜鍪。首鎧也。冃部曰。冑兜鍪也。此云—鍜。頸鎧也。則與蘇說三屬同矣。

【錏】衣𥈅切音亞禡韻
柔剛鐵也。見〔集韻〕。

【錑】盧對切音類隊韻
平板具。見〔玉篇〕。

【錑】盧回切音靁灰韻
鑽也。見〔集韻〕。

【錒】於河切音阿歌韻
鈳或字。〔集韻〕鈳。莽釜屬。或从阿。

【鍈】口𩥅切音硻庚韻

器名。見〔五音集韻〕。

【鍪】都毒切音篤沃韻 饇舌也。見〔玉篇〕。

【錗】女恚切音諉寘韻 側意也。見〔說文〕〔段注〕司部曰。詈者意內而言外也。側意猶側詈。—卽今之歪字。唐人曰天邪。

【錗】竹瑞切音轛寘韻 同錘。見〔五音集韻〕。

【錗】弋睡切音瓗寘韻 懸也。見〔集韻〕。

【錛】逋昆切音奔元韻 平木器。見〔集韻〕。

【錟】徒甘切音談他甘切音甜覃韻 韜疾染切音漸琰韻 長矛也。讀若老耼。見〔說文〕。

【錟】思廉切音銛鹽韻 利也。〔史記秦始皇紀〕非—於句戟長鎩也。〔按段玉裁云叚爲銛利字也〕

【錟】以冉切音琰琰韻 利刃也。〔史記蘇秦傳〕—戈在後。

【錘】將沃切音族沃韻 姓也。見〔字彙〕。

【錑】父尾切音尾尾韻 小丁。見〔集韻〕。

【錑】匹依切音鈹微韻 砭䤖。〔素問血氣形志篇注〕砭石今以—鍼代之。

【錤】渠之切音奇居之切音姬支韻 鎡—。鉏也。〔禮記月令具田器注〕鎡—之屬。〔按孟子作鎡基。集韻通作其〕

【錥】余六切音育屋韻 鍋—。溫器也。〔廣雅釋器〕鍋—謂之銼鑹。

【錧】古緩切音管旱韻古玩切音貫翰韻 通轄。車具也。〔儀禮既夕〕木—。〔疏〕車卜常用金。喪則用木。

【錧】古玩切音貫翰韻古緩切音管旱韻 田器也。〔爾雅釋樂疏〕自江而南、呼犂刀爲—。

【錨】武瀌切音苗蕭韻 止舟具也。〔焦竑俗書刊誤〕船上鐵貓曰—。

【錩】齒良切音昌陽韻 器也。見〔字彙〕。

【錪】他典切音腆多殄切音典銑韻 朝鮮謂釜曰—。見〔說文〕。

【錪】吐袞切音黗阮韻 重也。〔方言〕東齊之間曰—。宋魯曰錘。

【[illegible]】尺制切音掣霽韻 除草器。見〔集韻〕。

【[illegible]】昌制切音熾霽韻 除刈也。見〔龍龕手鑑〕。

【鐵】古猛切音礦梗韻 金銀銅鐵璞也。見〔篇海類編〕。

【銍】陟栗切音窒質韻 刈也。見〔字彙補〕。

【鉨】音彌支韻 青州人呼鐮也。見〔龍龕手鑑〕。

【錳】讀若孟 化學原質之一。或譯鎂。金屬。色灰白。形性皆如生鐵。脆而堅。鑽礪不易。纖粒可劃玻璃。微能藏吸鐵電氣。不甚熱之空氣不能侵。與養化合。可作玻璃及漂白粉。與他質化合。則如玫瑰色。原子量五五、零零。考得期一七百七十四年。英文 Manganium。

【銠】讀若祿 化學原質之一。或譯銠。金屬。恆與鉑鑛同見。色微灰。性堅脆易碎。碎者在空氣內加熱。卽與養氣化合。鎔界較鉑更大。合強水亦不消化。與鉑相合。合強水始能消化。消化之水。大半鮮紅色。原子量一零三、零零。考得期一千八百零四年。英文 Rhodium。

【鍪】古證字。見〔字彙〕。

【鍂】古珍字。見〔字彙補〕。

【鍳】同鑑。見〔集韻〕。

【鍪】同鏐。見〔玉篇〕。

【鏤】同銖。見〔集韻〕。

【鑿】同鑿。見〔集韻〕。

【鉣】鉣或字。見〔集韻〕。

【鍦】鉈俗字。見〔正字通〕。

【鏄】剸俗字。見〔正字通〕。

【錼】鍱俗字。見〔字彙〕。

【鈦】鉥譌字。見〔正字通〕。

【鍜】鍛譌字。見〔字彙補〕。

【錬】鍊譌字。方言、廣雅、均作鍊鐳。張自烈盧文弨方成珪均訂集韻都籠切音東從東之非。姑存備攷正。

九畫

【鍇】居諧切音皆雄皆切音諧佳韻口駭切音楷蟹韻

㈠九江謂鐵曰—。見〔說文〕〔桂注〕—者。字書、—鐵好也。廣韻同。廣雅、—鐵也。兩都賦、銅錫鉛—。吳都賦、銅—之垠。五臣注並云、—白鐵。

㈡鑒也。見〔廣雅釋器〕。

㈢人名。南唐徐—字楚金。會稽人。著說文解字繫傳四十卷。

【鍇】古駭切音解蟹韻

堅也。〔方言〕堅、自關而西秦晉之間曰—。

【鍉】都黎切音低田黎切音題齊韻

㈠鋒也。見〔玉篇〕。

㈡歃血器。見〔集韻〕。

【鍉】丁歷切音的錫韻

㈠箭鏃也。〔漢書項籍傳〕銷鋒—。〔注〕—、與鏑同。

㈡唾器也。見〔五音集韻〕。

【鍉】辰之切是平聲支韻

㈠飯匕也。〔後漢隗囂傳〕牽馬操刀。奉盤錯—。遂割牲而盟。〔注〕奉盤措匙而歃也。鍉、即匙字。

㈡化學原質之一。金屬。罕見。原子量考得期未詳。英文Thulium。

【鍉】徒啓切音弟薺韻

盆盎屬。〔方言〕宋楚之間。謂盎爲題。〔注〕—、即題字。

【鍉】常支切音匙支韻

鑰也。〔正字通〕—所以啓鑰。鎖腹有須。—入內鉤合其須則鑰開。俗作匙。讀時矢二音。

【鍊】郎甸切音練霰韻

㈠治金也。見〔說文〕〔段注〕治、大徐本譌作冶。今正。湅、治絲也。練、治繒也。—、治金也。皆謂灡湅欲其精。非第治之而已。冶者、銷也。引伸之凡精者曰—。〔按王筠云、—、煉同字。〕

㈡猶治也。〔淮南墜形〕土生木。—木生火。—火生雲。—雲生水。—水反土。

㈢鍛—。酷吏巧入人罪也。〔漢書路溫舒傳〕則鍛—而周內之。〔注〕精熟周悉。致之法中也。

㈣精—。金也。〔文選王褒論〕精—藏於礦璞。〔注〕金百—不耗。故曰精—也。

㈤—師。道士美偁也。〔唐六典〕道士修行其德高思精—者。偁—師。〔精—猶今云修—〕。

㈥鋃鐺也。〔說文通訓定聲〕今瑣拏犯人之具曰—。〔按以鐵環聯屬爲索使緊物也。字亦作鏈。〕

㈦文詞鎔裁者亦稱—。〔陸游詩〕喜動眉間—句成。

【鍊】居晏切音諫諫韻

—鏅。車軸鐵也。〔方言〕輨、軑、—鏅。關之東西曰輨。南楚曰軑。趙魏之間曰—鏅。

【鍋】古禾切音戈歌韻古臥切音過箇韻

㈠車釭也。〔方言〕車釭、齊燕海岱之間謂之—。

㈡盛膏器也。〔方言〕自關而西盛膏者乃謂之—。

㈢溫器也。〔廣雅釋器〕鬲、釜也。〔疏證〕鬲即今—字。〔正字通云、俗謂釜爲—。失考。〕

㈣吸煙具也。〔芝音閣雜記〕紀文達善吸煙。其煙—絕大。能裝煙三四兩。都人稱爲紀大—。

【鍋】古火切音果哿韻

同鐹。〔集韻〕鐹、刈鉤。方言、陳楚謂之鐹。或省。

【鍔】逆各切音咢藥韻

㈠刃璞也。〔漢書蕭望之傳〕底厲鋒—。〔注〕鋒、刃端也。—、刃旁也。

㈡——、高貌。〔文選張衡賦〕櫓桴重棼。——列列。

㈢端厓也。〔文選張衡賦〕前後無有根—。〔按本賦坻崿鱗眴注、崿、厓也。是—與崿通〕。

【鋑】踈鳩切音捜尤韻雙雛切音緅虞韻

一刻鏤也。〔爾雅釋器〕鏤、—也。〔注〕刻鏤物爲—。

二鍬也。見〔爾雅釋器釋文引字書〕。

【鍗】田黎切音題齊韻

一金名。見〔玉篇〕。

二器也。見〔集韻〕。

三釜屬。見〔集韻〕。

【鍚】與章切音陽陽韻

一本作鐊。〔說文〕鐊。馬頭飾也。詩曰。鉤膺鏤鐊。一曰。鍱車輪鐵也。〔段注〕韓奕傳曰。鏤—有金鏤其—也。箋云。眉上曰—。刻金飾之。今當盧也。按人眉目閒廣揚曰揚。故馬眉上飾曰—。鍱車輪、謂以鐵鍱附車輪著地周帀處也。其鍱謂之—。

二在馬額有鳴聲者也。〔左桓二年傳〕—鸞和鈴。

三兵名。〔禮記郊特牲〕朱干設—。〔注〕—、傅其背如龜也。〔疏〕用金琢傅其盾背。

四邑名。〔左哀十二年傳〕彌作、頃丘、玉暢、嵒、戈、—。〔注〕六邑名。〔按釋文一音星歷反。爲宋鄭之間隙地。當在今河南境〕。

五人名。楚熊—。見〔漢書古今人表〕。

【鍛】都玩切音碫翰韻

一小冶也。見〔說文〕。〔注〕臣鍇曰。錐之而已。不銷。故曰小冶。〔按朱駿聲云。鎔鑄金爲冶。以金入火焠而椎之爲小冶。段玉裁云。小冶謂小作鑪鞴以冶金。說歧存參〕。

二謂槌破之。〔莊子列禦寇〕取石來—之。

三濯也。〔儀禮喪服〕—而勿灰。〔注〕冠用六升布。加以水濯。勿用灰而已。

四腒也。〔穀梁莊二十四年傳〕婦人之贄。棗栗—脩。〔注〕—脩取其斷斷自脩整。〔按字又作腶〕。

五厲斧斤之石。〔詩公劉〕取厲取—。〔又作碫〕。

六矢名。〔漢書衡山王傳〕作輣車—矢。

七—鍊。猶成熟也。〔後漢韋彪傳〕—鍊之吏。持心近薄。〔注〕言深文之吏。入人之罪。猶工冶陶鑄鍛鍊。使之成熟也。

八通炳。〔淮南原道〕勁策利—。〔注〕—讀炳燭之炳。

【鍝】元俱切音虞虞韻

一鋘鋸也。見〔集韻〕。〔按玉篇作鋸也〕。

二鏤—。古蠻夷穿耳物。〔後漢杜篤傳〕椎結左衽、鐻—之君。〔按埤倉。鏤—穿耳以垂金寶也〕。

【鍠】乎光切音黃陽韻呼橫切音諻胡盲切音橫庚韻

一鐘聲也。詩曰。鐘鼓——。見〔說文〕。〔段注〕今詩作喤喤。毛傳曰。和也。按皇、大也。故聲之大字多从皇。詩曰。其泣喤喤。喤喤厥聲。玉部曰。瑝。玉聲也。執競以鼓統於鐘。總言——。

二兵器也。〔古今注〕秦改鐵鉞作—。始皇制也。〔按開元禮儀。—形如鉞而三刃。連柄共長三丈五寸。以虎豹皮爲袋。今乘之前。刻木爲斧。謂之儀—〕。

【鍤】楚洽切音臿洽韻

一郭衣鍼也。見〔說文〕。〔注〕製衣者平鋪其衣。以長鍼迾帀連綴之。然後可施功也。〔按段本改郭爲䩧。注云。恢廓張衣於版。以鍼密鈘其週。使伸直。今之治裘者正如此。是曰䩧衣。其鍼曰——。之言深入也〕。

二鍫也。〔漢書王莽傳〕負籠荷—。

三插也。插地起土也。見〔釋名釋用器〕。

四通鐎。〔爾雅釋器〕斛謂之鐎。〔注〕皆古鍬—字。

五通臿。〔史記秦始皇紀〕身自持築臿。

【鍤】丑輒切音輒葉韻

綴衣鍼。見〔集韻〕。

【鍥】詰結切音猰吉屑切音結屑韻結計切音契霽韻

一鎌也。見〔說文〕。〔注〕形曲如鉤。用以刈穀。〔按方言云。刈鉤、自關而西或謂之鎌。或謂之—〕。

二刻也。〔左定九年傳〕盡借邑人之車。—其軸。

三—薄。慘覈也。〔後漢劉陶傳〕寬—薄之禁。

四通契。〔爾雅釋詁〕契、滅、殄、絕也。〔注〕江東呼刻斷物爲契斷。〔疏〕郭云今江東呼刻斷爲契斷者。左定九年左傳曰。盡借邑人之車契其軸。

【鍪】莫浮切音謀尤韻
㊀鍑屬。見〔說文〕〔桂注〕—似釜而反脣。一曰小釜類。即今所謂鍋也。
㊁放髮也。〔淮南氾論〕古者有—而綣領。
㊂冒也。〔荀子禮論〕薦器則冠有—而毋縱。〔注〕—之言蒙也。冒也。所以冒首。
㊃兜—冑也。〔書說命惟甲冑起戎注〕冑兜—也。〔按古謂之冑。秦漢以來始名兜—。〕〔又〕突厥別種也。〔北史突厥傳〕突厥本阿史那氏。魏太武滅沮渠氏。阿史那以五百家奔蠕蠕。世居金山之陽。爲蠕蠕鐵工。金山形如兜—。俗號兜—突厥。突厥因以爲號。〔按金山今阿爾泰山。〕

【鍪】莫候切音茂宥韻
釜也。見〔廣雅釋器〕。

【⿰金斦】語謹切吻韻
㊀齊也。見〔集韻〕。
㊁斷也。見〔集韻〕。

【⿰金斦】居銀切音斤眞韻
斫木器。見〔字彙〕。

【鍦】商支切音施支韻詩車切音奢麻韻施智切音翅寘韻
㊀矛也。〔方言〕矛、吳揚江南楚五湖之閒謂之—。〔按集韻同䂾。廣雅釋器。䂾、矛也。廣韻同鉈。說文。鉈、短矛也。義少別。爲矛則一。〕
㊁同鉇。〔荀子議兵〕宛鉅鐵鉇。〔注〕鉇、與—同。

【鍭】胡溝切音侯尤韻胡遘切音候宥韻
㊀矢金鏃翦羽謂之—。見〔說文〕。〔按爾雅釋器注。今之錍箭是也。疏。—箭頭也。翦、齊也。以金爲鏃。齊羽者。孫炎云。金鏑斷羽使前重也。攷工記。矢人爲矢。—矢參分。一在前。二在後。鄭司農云。一在前謂箭稾中鐵莖居參分殺一以前。〕
㊁矢名。弩所用也。〔周禮司弓矢〕枉矢、絜矢、殺矢、—矢。
㊂猶候也。候物而射之也。見〔後漢南蠻西南夷傳注〕。
㊃通猴。〔儀禮旣夕〕猴矢一乘。〔注〕生時猴矢金鏃。〔疏〕生時猴矢金鏃者。此亦爾雅釋器文。案彼云金鏃翦羽謂之—是也。

【鍮】他侯切音偸尤韻
㊀—石。似金。自然銅之精也。〔本草綱目〕用銅一斤。爐甘石一斤。鍊之卽成—石。眞—石生波斯。如黃金。燒之赤而不黑。
㊁姓也。南涼臣—勿倫。

【鍰】胡關切音還删韻
㊀鋝也。書曰罰百—。見〔說文〕。〔段注〕鄭注攷工記曰。許叔重說文解字云。鋝、—也。今東萊謂大半兩爲鈞。十鈞爲環。環重六兩大半兩。—鋝似同矣。周禮職金正義曰。夏侯歐陽說。墨罰疑赦其罰百率。古以六兩爲率。—者率也。一率十一銖二十五分銖之十三也。百—爲三斤。鄭玄以爲古之率多作—。玉裁按古文尙書呂刑作—。今文尙書作率。亦作選。或作饌。今文謂率六兩。說古文者謂—六兩大半兩。許用古文說者也。百—爲三斤。正與十一銖二十五分銖之十三數相合。〔按古之贖罪者皆用銅。漢時始改用黃金。但少其斤兩。令與銅敵。後魏以金一兩收絹十匹。其後或以穀。或以縑。或以鈔。〕
㊁黃鐵也。見〔書呂刑傳〕。
㊂峻—山名。〔拾遺記〕炎帝採峻—之銅以爲器。
㊃通環。〔漢書五行志〕謂宮門銅—。〔注〕—讀與環同。

【鍱】虛涉切音偞達協切音牒葉韻
㊀鋌也。〔文選張景陽七命〕銷踰羊頭鍱越鍛成。〔注〕鍱、或謂爲—。鋌也。
㊁鐶也。見〔廣雅釋器〕。

【鍱】弋涉切音葉實欇切音涉葉韻
鍱也。齊謂之—。見〔說文〕〔段注〕此謂金銅鐵椎薄成葉者。

【鍵】紀偃切音湕阮韻渠建切音健願韻巨展切音件九件切音蹇渠焉切音乾先韻
㊀鉉也。一曰車舝。見〔說文〕〔段注〕謂鼎扃也。以木橫扛鼎耳而舉之。故謂之關—。舛部曰。舝、車軸端—也。謂貫鐵於軸端。如鼎鉉之貫於鼎耳。
㊁籥牡也。〔禮記月令〕修—閉。〔注〕

—、牡。閉牝也。〔疏〕凡鍱器入者謂之牡。受者謂之牝。〔按物以金爲之。似樂器之管籥。摺於鍱內。古云鍱鑰。今云鑰匙是也。〕

(三)閉也。〔太玄玄攡〕叩其—。

(四)折也。〔太玄干〕蓏—挈挈。

(五)鍺也。〔爾雅序〕六藝之鈐—。

(六)星名。〔漢書天文志〕—閉一星近鉤鈐。丰關鑰謂之天—。

(七)戶牡也。見〔廣雅釋室〕。

(八)通健、揵。〔漢書司馬遷傳〕至於大道之要。去健羨。〔注〕門戶健牡也。師古曰通揵。

【鍸】洪孤切音胡虞韻

黍稷器。夏曰—。商曰璉。周曰簠簋。

通作瑚。見〔集韻〕。

【鍼】職深切音斟侵韻

(一)所㠯縫也。見〔說文〕。〔段注〕縫者以—紩衣也。竹部箴下曰。綴衣箴也。以竹爲之。僅可聯綴衣。以金爲之。乃可縫衣。〔按徐鉉曰。今俗作針。非是。〕

(二)所以刺病也。〔素問寶命全形論〕制—石大小。

(三)刺也。〔漢書廣川王越傳〕以鐵—之。

(四)松葉也。〔格物論〕松有數品。或三—。或五—。三—者謂栝子松。五—者謂崧子松。

(五)—砭。喻規戒過失也。〔范成大詩〕時時苦語見—砭。

【鍼】巨鹽切音箝鹽韻

(一)鐵—。拑物也。見〔五音集韻〕。

(二)—巫。姓也。〔左莊三十二年傳〕命僖叔待于—巫氏。使—季酖之。

(三)地名。〔左成六年傳〕師于—。衞人不保。〔釋文〕—其廉反。〔按注疏不言何地。攷左僖二十八年傳。衞侯與元咺訟。—莊子爲坐。釋文亦其廉反。則—當是衞地。莊子蓋衞大夫而食邑於—者。〕

【鍼】古咸切音緘咸韻

—治病也。〔五音集韻〕病無所取丸散。不能消除。在經絡。以——之。

【鍾】諸容切音鐘冬韻

(一)酒器也。見〔說文〕。〔段注〕古者此器蓋用以宁酒。故大其下。小其頸。〔朱駿聲云。俗謂酒卮曰—。〕

(二)量器也。〔孟子告子〕萬—則不辨禮義而受之。〔按古者律度量衡不同。歷世又累更。淮南高注十斛爲—。小爾雅云缶二謂之—。注八斛爲—。左傳杜注六斛四斗爲—。後漢郎顗傳李賢注四釜爲—。諸說互異如此。〕

(三)聚也。〔左昭二十一年傳〕器以—之。

(四)叢也。見〔小爾雅廣詁〕。

(五)注意也。〔莊子天地〕以二缶—惑而所向不得矣。

(六)當也。〔文選劉琨表〕方今—百王之季。

(七)天所賦予也。〔文選曹植詩〕經危履險。阻未知命所—。

(八)舂也。〔公羊宣六年傳〕有人荷舂。〔注〕舂、草器。若今市所量穀者是也。齊人謂之—。

(九)重也。〔考工記鍾氏〕—氏染羽。〔注〕染色期其深重。

(十)翁也。〔漢書廣川惠王越傳〕背尊章嫖以忽。〔注〕今關中俗婦呼舅爲—。—者章聲之轉也。

(十一)鈴也。見〔廣雅釋器〕。

(十二)官名。〔漢書百官公卿表〕水衡都尉屬官有—官令丞。〔注〕—官、主鑄錢官也。

(十三)山名。〔淮南俶眞〕譬若—山之玉。〔注〕—山、昆侖也。〔又〕—山卽陰山。見〔水經河水注〕。〔又〕江蘇江寧縣東北有—山。一作鐘。

(十四)水名。卽嶠水也。見〔水經鍾水注〕。

(十五)吐蕃謂弟爲—。〔唐書南蠻傳〕閣羅鳳北臣吐蕃。吐蕃以爲弟。夷謂弟—。故稱贊普—。

(十六)—馗。神物也。見〔集韻〕。〔沈括補筆談載唐人題吳道子畫—馗記。畧云。明皇夢二鬼。一大一小。小者竊太眞紫香囊。及上玉笛。繞殿而奔。大者捉其小者。擘而啖之。上問爾何人。奏云。臣—馗。卽武舉不捷之士也。誓與陛下除天下之妖孽。通俗編曰。字與攷工記終葵通。其字反切爲椎。椎以擊邪。故借其意以爲圖象。明皇之說。未爲實也。說歧並存參。又古人多名—馗。後漢有李—馗。隋將有喬—馗。楊—馗。〕

(十七)—離。春秋時子國名。當今安徽鳳陽縣境。〔又〕—吾。春秋時子國名。當今江蘇宿遷縣西北。

(十八)夫—。春秋時魯地名。當今山東寧陽縣境。字亦作䣵。

⑲號—。琴名。〔楚辭愍命〕破伯牙之號—兮。〔按漢書王襃傳作遞—、晉灼曰遞音遞迭之遞。二十四—、各有節奏。擊之不常。故曰遞。字亦作鏑〕

⑳龍—。竹名。見〔廣韻〕。〔按戴凱之竹譜作鍾龍〕。〔又〕乖淚貌。〔琴操退怨歌〕空山欷歔涕龍—。

廿一裘—。筆筒名。〔致虛閣雜俎〕王羲之有巧石筆架名扈班。獻之有斑竹筆筒名裘—。

廿二姓也。春秋時楚大夫—建之後。〔又〕—離複姓。漢有—離意。

【鍾】朱用切音種宋韻

㊀酒器也。見〔集韻引字林〕。

㊁樂器也。見〔集韻引字林〕。

㊂通穜。〔荀子議兵〕案角鹿埵隴種東籠而退耳。〔注〕隴種、遺失貌。郎龍—也。〔又〕龍—披㾀潦倒也。字或作儱偅。躘踵。見〔正字通〕。

【鍜】何加切音遐麻韻〔與鍛不同〕。錏—也。見〔說文〕。〔按錏—。頸鎧也〕。

【鍈】於驚切音英庚韻 鈴聲。見〔玉篇〕。

【⿰金奏】千候切音湊宥韻 槍屬。見〔集韻〕。

【⿰金耎】人絹切輭去聲霰韻 柔銀也。見〔字彙〕。

【鍍】徒故切音度遇韻同都切音徒虞韻 以金飾物。見〔廣韻〕。〔按—謂凡金質物、以他金附其表而爲飾也。昔以金質物入鑪而附鉑。使合爲—。今則不以鉑而以電—矣。〕

【鍎】陀骨切音突月韻 𥝖—。槍也。見〔集韻〕。

【鍏】于飛切音韋微韻羽鬼切音韙尾韻 臿也。〔方言〕臿、宋魏之間謂之鍏。或謂之—。

【鍑】方副切音富宥韻方六切音福屋韻 本作鍑。〔說文〕鍑。如釜而大口者。〔段注〕釜者。鬴之或字。鬲部曰。鬴、—屬。〔方言〕釜、自關而西或謂之—。

【鍒】而由切音柔尤韻 鐵之耎也。見〔說文〕。〔注〕謂鐵中之柔耎者。

【鍕】居云切音君文韻 —鉼也。〔字彙〕梵語。—鉼、亦單作軍持。〔按軍持、釋氏淨瓶。〕

【鍖】丑甚切音墋寢韻 —銋。聲不進貌。〔文選王襃賦〕行—銋而龢囉。

【鍖】知林切音斟侵韻 斫木櫍也。〔漢書項籍傳〕身伏斧質。〔注〕質、謂—也。

【鍘】士戛切音札黠韻 —草也。見〔字彙〕。〔按莝草刀古謂之鈇。今謂之鍘。—、鍘之誤也。〕

【鍙】呼木切屋韻 銀也。見〔字彙〕。

【鍞】丘耕切音硜庚韻 —鏘。金石聲。見〔篇海〕。

【鍟】桑經切音星青韻 鐵衣。見〔集韻〕。

【鍣】丁聊切音貂田聊切音迢之遙切音昭蕭韻 錐也。見〔廣雅釋器〕。

【鍧】呼宏切音訇庚韻 鍠—。鐘鼓聲相雜也。〔文選班固賦〕鐘鼓鍠—。

【鍨】渠追切音夔支韻求位切音匱寘韻 戣或字。〔集韻〕戣。兵也。或从金。

【鍩】他點切音腆琰韻 取也。見〔玉篇〕。

【鍫】千遙切音鍬蕭韻 臿也。〔方言〕臿、燕之東北。朝鮮洌水之閒。謂之𣂁。宋魏之閒謂之鏵。或謂之鍏。江淮南楚之閒謂之臿。趙魏之閒謂之喿。〔注〕字亦作—也。

【⿰金寺】陳知切音持支韻 梵語、鉀—。此云、雙口澡灌。見〔字彙〕。

【鍴】多官切音端寒韻 鑽也。〔方言〕鑽謂之—。

【鍯】息恭切音蜙冬韻 鐵器。見〔五音集韻〕。

【鍶】讀若思

化學原質之一。或作鍇。詳鍇字。

【鎐】作木切音鏃屋韻　姓也。出彭城。見〔五音集韻〕。

【鍷】傾畦切音睽齊韻　鍷也。見〔集韻〕。

【鍹】荀緣切音宣先韻　銚也。見〔集韻〕。

【鍚】堅堯切音驍蕭韻　戟屬。見〔集韻〕。

【鍺】丁果切音埵哿韻　車鐧。見〔廣韻〕。〔按段玉裁云。鐵之在軸者曰鐧。〕

【鋙】偶許切音語語韻　樂器。似伏虎。見〔字彙〕。

【鍈】陁沒切音揬月韻　槍也。見〔集韻〕。

【鍻】居謁切音訐月韻　樂器。〔集韻〕大龢鼓吹有金一。

【鍓】德盍切音脝合韻　鉤也。見〔集韻〕。

【鍫】色角切音朔覺韻　鐶也。見〔集韻〕。

【鍽】卑連切音鞭先韻方緬切音褊銑韻　金一也。見〔五音集韻〕。

【鎀】宿由切音修尤韻　鋋也。見〔廣雅釋器〕。

【鍳】乎絅切音迥迥韻　治器也。見〔篇海類編〕。

【鍐】古黿切音錢霰韻　踢毛毬。見〔字彙補〕。〔按帝京景物略作毽。武林舊事作韃。拋足之戲具也。〕

【鍐】祖叢切音嵏東韻　馬冠也。〔獨斷〕金一者。馬冠也。高廣各四寸。如玉華形。在馬髦前。〔按字亦省作嵏。晉書輿服志云。以鐵爲之。以金爲文。施大三寸。中央兩頭高如山形。貫中以翟尾而結著之。〕

【鍡】烏賄切音猥賄韻　一鑸。不平也。見〔說文〕。〔段注〕莊子有畏壘之山。史記作畏累虛。玉篇云。一鑸。亦作磈磊。

【鎂】讀若美　化學原質之一。金屬。色如銀。經空氣酸化。漸失其光澤。熱之極則燃。而光如電。偏布地中。常化合於別質中。其質可爲鉑。原子量二四、三六。考得期一千八百二十九年。英文Magnesium。

【鍿】鐂本字。見〔正字通〕。

【鍪】古證字。見〔字彙補〕。

【鎵】同縱。見〔集韻〕。

【鍢】同鍑。見〔字彙〕。

【鍬】同鍫。見〔集韻〕。

【鍣】同銽。見〔玉篇〕。

【鍂】同鑪。見〔集韻〕。

【鍐】同鏺。見〔集韻〕。

【鍘】同鍘。見〔廣韻〕。

【鍛】同鍛。見〔類篇〕。

【鍁】同鈃。酒器。見〔字彙〕。〔正字通云。鈃字之譌。〕

【鍌】同證。〔焦竑略記字始〕證、武后改作一。

【鍓】鍱或字。見〔說文〕。

十畫

【鎌】離鹽切音廉鹽韻〔俗作鐮〕

（一）鍥也。見〔說文〕。〔按一爲田器。形如曲鉤。所以刈穫者也。方言云。刈鉤。自關而西或謂之一。〕

（二）稜也。〔方言〕凡箭鏃胡合嬴者四一。

（三）柧也。見〔廣雅釋言〕。

（四）危也。見〔廣雅釋詁〕。

（五）廉也。體廉薄也。其所刈稍稍取之。又似廉者也。見〔釋名釋用器〕。

（六）冉一。僞物也。〔方言〕東齊僞物謂之冉一。

【鎊】鋪郎切音滂陽韻

（一）削也。見〔玉篇〕。

（二）英金貨名。一一等於十二溫司。通稱二十先令爲一一。合中國銀十兩。英文Pound。

【鎏】力求切音留尤韻

（一）美金謂之一。見〔集韻〕。

（二）冕飾也。垂玉也。今典籍作旒。見〔五音集韻〕。

【鎔】餘封切音容冬韻
①冶器灋也。見〔說文〕。〔段注〕冶者消也。鑄也。師古曰。—鑄器之模範也。〔按—在器外。鑲在器內。兩物相需而成。一型。木曰模。水曰法。土曰型。竹曰范。金曰—。〕
②鈹也。見〔廣雅釋器〕。
③形容也。〔漢書食貨志〕冶—炊炭。〔注〕—形容也。作鑄模也。
④矛屬。〔急就篇〕鈒戟鈹—鎩鐔鍭。

【金挈】語結切音鍥吉屑切音結屑韻
①刻也。〔淮南本經〕鐫山石。—金玉。
②鍥或字。〔集韻〕鍥。鎌也。或作—。

【鎖】損果切音瑣哿韻
①鐵—。門鍵也。見〔說文新附〕。
②鋃鐺也。〔漢書王莽傳〕以鐵—琅當其頸。〔參閱鋃字〕
③幽閉也。〔劉克莊詩〕閒—行宮十九年。
④鑿虁也。〔曹伯啟詩〕眉—將詩解。
⑤猶繫也。〔東方朔書〕不可使塵網名繮拘—。
⑥—木名。〔輟耕錄〕回紇野馬川有木曰—⋯。燒之其火經年不滅。且不作灰。
⑦連—。不絕貌。〔左思詩〕嬌語玉連—。
⑧—陽。藥名。〔本草綱目〕—陽生韃靼田地。野馬或與蛟龍合。精入地久之。發起如筍。上豐下儉。鱗甲櫛比。筋脈連絡。絕類男陽。即肉蓯蓉之類。
⑨—子甲。鎧也。〔正字通〕—子甲五環相生。一環受鏃。諸環拱衛。故箭不能入。
⑩—吶。樂器名。〔在閣知新錄〕近樂器中有—吶。正德時詞曲作唆哪。〔—作嗩吶。圖入吶字。〕

【鎗】楚耕切音瑲鋤庚切音傖庚韻
①—鏓。鐘聲也。見〔說文〕。〔段注〕韓奕作將將。烈祖作鶬鶬。皆叚借字。或作鏘鏘。乃俗字。漢書禮樂志鏗—。藝文志作鏗鏘。廣雅作鎗—。
②三足鐺也。俗作鐺。見〔六書故〕。
③—車。鸞聲。〔詩采芑〕八鸞瑲瑲。〔釋文〕本亦作—。
④同鎗。酒器也。〔梁書竟陵王傳〕遺何點以徐景山酒—。

【鎗】千羊切音瑲陽韻
①金聲也。見〔一切經音義引埤蒼〕。
②鑲也。〔輟耕錄〕鍛工有—金—銀法。〔—讀去聲。〕
③鏗—。金石聲。〔史記樂書〕君子之聽音。非聽其鏗—而已。
④長—。米別名。〔李賀詩〕長—江米熟。
⑤火銃亦曰—。如來福—。毛瑟—是。〔又〕刑具之一種。今時對於犯罪者。或用—斃。
⑥通鶬。金飾貌。〔詩載見〕鞗革有鶬。〔釋文〕本亦作—。

【金虒】田黎切音題齊韻
①器也。見〔說文〕。
②釜屬。見〔集韻〕。

【鎚】傳追切音椎直追切音槌支韻
①鐵—也。見〔玉篇〕。
②擊也。〔古琴疏〕以鐵如意—琴而破之。
③金—。又權也。文字音義云。从垂。亦通。見〔廣韻〕。

【鎚】都回切音磓灰韻
①鍛也。見〔集韻〕。
②治玉也。見〔廣韻〕。

【鎚】馳僞切音縋寘韻
銅半熟。見〔集韻〕。

【金冓】居侯切音鉤尤韻
①溝也。既劃去壟上草。又辟土以壅苗根。使壟下為溝受水潦也。見〔釋名釋用器〕。
②鉤或字。〔集韻〕鉤。曲也。或作—。

【鎛】伯各切音博藥韻
①—鱗也。鐘上橫木上金華也。一曰。田器。詩曰。庤乃錢—。見〔說文〕。〔段注〕縣鐘者直曰虡。橫曰筍。攷工記云。鱗屬以為筍。明堂位云。夏后氏之龍簨虡。注云。飾簨以鱗屬。又於龍上刻畫之為重牙。然則橫木刻為龍。而以黃金涂之。光華爛然。是謂之—鱗。—訓迫。故田器曰—。周頌之—。毛曰。鎒也。鄭注攷工記曰。田器正謂—迫地披艸而有此偁。釋名以為—亦鉏類。
②鐘特縣者謂之—。〔白虎通禮樂〕—者時之氣聲也。節度之所生也。〔按鄭玄云。—如鐘而大。韋昭云。小鐘。朱駿聲云。以聲求之。訓大鐘。

爲長。攷鏄字。桂段王三家皆云。經傳借鏄爲鎛。是鏄乃鎛之假借字。則非小鐘也。

㊂迫也。君臣有節度則萬物昌。無節度則萬物亡。亡與昌正相迫。故謂之鏄。見〔白虎通禮樂〕。

㊃聲名。〔左襄十一年傳〕及其鏄磬。

㊄金聲也。〔淮南俶眞〕華藻鏄鮮。

㊅鏄師。官名。見〔周禮春官序官〕。

㊆人名。唐皇甫鏄。

【鎝】 悉合切音趿合韻

㊀鏤也。見〔集韻〕。

㊁鐵鎝。坡土具。頭廣一尺。功用勝於耜。見〔正字通〕。

【鎞】 邊迷切音錍齊韻

㊀釵也。見〔玉篇〕。

㊁掠器也。見〔增韻〕。

㊂櫛髮具也。〔杜甫詩〕短髮不勝鎞。〔或作鈚。史傳借用比。俗作篦〕

㊃刀似箭鏃者。〔涅槃經〕有盲人詣醫。醫卽以金鎞刮其眼膜。使復明。

【鎞】 頻脂切音毗支韻

鈚或字。〔集韻〕鈚犂錍也。一曰箭名。或作鎞、錍。

【鎞】 篇迷切音砒齊韻

㊀通錍。鏃也。〔方言〕箭鏃廣長而薄鎌者謂之錍。〔注〕本亦作鎞。

㊁花葉也。見〔一切經音義引通俗文〕。

【鎵】 謨蓬切音蒙東韻 蒙弄切蒙去聲送韻

㊀鉾鎵。鍪也。見〔廣雅釋器〕。

㊁鑿刃。見〔集韻〕。

【鎡】 津私切音兹支韻

㊀鼒俗字。見〔說文鼎部〕。

㊁鎡基。田器大鉏也。〔孟子公孫丑〕雖有鎡基。

【鎢】 汪胡切音烏虞韻

㊀鎢錥。小釜也。用以溫物者。〔廣雅釋器〕鎢錥謂之銼鑹。

㊁化學原質之一。或譯鉌。金屬。產於錫礦。粒大而長方。色灰而光亮。與炭屑和勻加熱至白。則得灰色鎢質。不生衣。不易鎔。原子量一一二、零零。考得期一千八百一十七年。英文(admium

【鎣】 縈定切音縈徑韻

㊀器也。讀若銑。見〔說文〕〔段注〕謂摩鎣之器也。以金爲之。〔按正字通云。厲金器令光澤也〕

㊁飾也。見〔廣韻〕。

【鎣】 玄扃切音熒青韻

㊀磨也。一曰器也。見〔集韻〕。

㊁人名。唐孫鎣。

【鎣】 於丁切音縈青韻

器名。見〔集韻〕。

【鎣】 畎迥切音炯迥韻

冶器。以金爲之。見〔集韻〕。

【鎣】 維傾切音營青韻

器也。一曰采鐵也。見〔集韻〕。

【鎦】 力救切音溜宥韻

㊀甑也。〔方言〕甑。自關而東或謂之酢鎦。

【鎦】 力求切音留尤韻

㊀鏀也。〔集韻〕梁州謂鏀曰鎦。

本作鐂。〔說文〕鐂。殺也。〔按徐鍇繫傳云。劉本字。說文有劉瀏等字。而無此字。疑漏脫。徐鉉據是說。謂从金从丣。刀字屈曲。傳寫誤作田。段玉裁是其說。直改鎦篆从金刀丣聲作劉。注云。鎦古書罕用。古未有姓鎦者。且與殺義不協。其義訓殺。則其文定當作劉。竹部有劉、劉聲。水部有瀏、劉聲。若無劉字。劉聲無本矣。据此。鎦、劉爲一字。而王筠云。鎦、殺也。漢姓劉。本訓鉞屬。鎦、劉乃二字。廣韻十八尤別劉、鎦爲二。玉篇謂鎦爲古劉字。集韻以劉爲或字。桂馥亦云。古有劉字。宋書竟陵王誕傳。貶姓留氏。誕以反亂貶姓。若鎦、劉同字。定不貶爲留矣。据此。鎦、劉又爲二字。竊謂後說爲是。段云若無劉字。則劉瀏二字之劉聲無本。不知劉字固有。第不見於說文。則徐鍇漏脫之說通也。段遽改鎦爲劉。未免專輒。徐鉉之說亦近牽強。〕

【鎧】 苦亥切音愷賄韻 口溉切音慨隊韻

㊀甲也。見〔說文〕〔段注〕古曰甲。漢人曰鎧。故漢人以鎧釋甲。〔按夏少康之子杼作甲冑。皆用犀兕。後世始用鐵。秦漢以來始名金作者爲鎧。鎧所以扞兵。似物孚甲以自禦也。或以爲蚩尤始作鎧甲兜鍪。時人不識。妄以爲銅頭鐵額云〕

㊁猶墱也。墱、堅重之言也。見〔釋名

釋兵〕。

（三）忍辱—。梵語謂袈裟也。〔徐防聯句〕長披忍辱—。去此織羅服。

（四）印度僧名。〔翻譯名義〕康僧—。印度人。廣學羣經。嘉平四年。於洛陽白馬寺。譯無量壽經。〔按—、蓋康居國人而居印度者。〕

（五）—曹。劉宋官名。見〔宋書百官志〕。

【鐠】倉故切音措遇韻

（一）金塗謂之—。見〔集韻〕。

（二）姓也。見〔康熙字典〕。

（三）同錯。見〔正字通〕。

【鎪】先侯切音涑踈鳩切音搜尤韻

（一）刻鏤也。〔文選左思賦〕木無彫—。

（二）馬耳金飾也。見〔韻會〕。

（三）同鏉。鐵蝕也。見〔增韻〕。

【鎬】下老切音晧晧韻

（一）盄器也。武王所都。在長安西上林苑中。字亦如此。見〔說文〕。〔武王都—。本無正字。偶用—字爲之。地當在今陝西長安咸寧兩縣間〕。

（二）北方地名。〔詩六月〕侵—及方。〔箋〕—、方皆北方地名。〔朱傳〕—、劉向以爲千里之—。則非—京之—矣。〔按漢書劉向疏云。詩曰。來歸自—。我行永久。千里之—。猶以爲遠。注。師古曰。—非豐—之—。正字通云。王肅以—爲—京王基。非。古靈夏等地亦稱—。〕

（三）——光顯昭也。〔文選何晏賦〕故其華表則——鑠鑠。

（四）通鄗。〔文選班固賦〕遂繞酆鄗。〔注〕—、與鄗同。〔按段玉裁云。—京或書鄗。乃淺人所爲。不知漢常山有鄗縣。据此。—、鄗乃兩地。鄗縣光武更名高邑。當今直隸高邑縣。〕

（五）通滈。〔荀子議兵〕武王以滈。〔注〕滈、與—同。

【鎮】陟刃切音震震韻

（一）博壓也。見〔說文〕。〔段注〕博、當作簙。局戲也。壓、當作厭。笮也。謂局戲以此—壓。如今賭錢者之有樁也。

（二）重也。〔國語晉語〕爲摯幣瑞節以—之。

（三）安也。〔國語晉語〕而—定大事。

（四）撫也。見〔廣雅釋言〕。

（五）按也。見〔一切經音義引蒼頡〕。

（六）止也。〔楚辭抽思〕覽民尤以自—。

（七）山之重大者也。〔周禮大司樂〕凡日月食。四—、五嶽崩。〔注〕四—、山之重大者。謂揚州之會稽。青州之沂山。幽州之醫無閭。冀州之霍山。

（八）周畿名。〔周禮大司馬〕方千里曰國畿。其外方五百里曰侯畿。又其外方五百里曰甸畿。又其外方五百里曰男畿。又其外方五百里曰采畿。又其外方五百里曰蠻畿。又其外方五百里曰夷畿。又其外方五百里曰衛畿。又其外方五百里曰—畿。〔又〕周服名。〔周禮職方氏〕方千里曰王畿。其外方五百里曰侯服。又其外方五百里曰甸服。又其外方五百里曰男服。又其外方五百里曰采服。又其外方五百里曰衛服。又其外方五百里曰蠻服。又其外方五百里曰夷服。又其外方五百里曰—服。

（九）唐節度使擁兵者也。〔唐書方鎮表序〕唐自中世以後。收功弭亂。雖常倚—兵。而其亡也。亦終以此。〔按唐世諸—之中。以涇原魏博邠寧等—爲尤強。〕

（十）明以後軍制也。明代以總兵官駐守地曰—。清因之。德宗時改軍制。常備軍步、騎、礮、工程、輜重、兵卒八千八百六十二人。合官佐夫役共萬五百六十二人。爲一—。以二—或三四—爲一軍。—今名爲師。

（十一）市也。凡商業繁盛之處多曰—。如景德—、朱仙—、佛山—、漢口—是也。清自治章程人口五萬以上曰—。

（十二）玉瑞玉器之通稱也。〔周禮天府〕凡國之玉—大寶器藏焉。

（十三）禁制之術也。〔庾信賦〕—宅神以蘊石。

（十四）州名。唐置。屬河北道。本漢眞定縣地。當今直隸正定縣治。

（十五）圭名。天子之圭也。〔周禮典瑞〕王執—圭。〔注〕—圭。尺有二寸。天子守之。

（十六）—江。府名。宋置。屬浙西路。本三國吳都。清仍爲府治。咸豐十一年。依一千八百五十八年天津條約。開放爲商埠。

（十七）—撫司。明官名。掌詔獄者也。〔明史職官志〕—撫司掌錦衣衛刑名。兼理軍匠。成祖時增北—撫司。專治詔獄。而以舊所設爲南—撫司。專理軍匠。

(六)—守使。民國官名。分置於各省要地。受直轄將軍節制。
(九)人名。宋范—。
(十)姓也。〔萬姓統譜〕湖廣松滋縣有—氏。

【鎭】知鄰切音珍眞韻
(一)戌也。見〔廣韻〕。
(二)星名。〔素問金匱眞言論〕土之精氣。上爲—星。二十八年一周天。
(三)笮也。〔國語周語〕是陽失其所而—陰也。〔注〕—音珍。爲陰所—笮也。

【鎭】亭年切音田先韻
(一)塞也。見〔集韻〕。
(二)同塡。〔漢書高帝紀〕塡國家。〔注〕塡、與鎭同。安也。

【鎰】弋質切音逸質韻
(一)二十兩也。〔孟子梁惠王〕雖萬—。必使玉人彫琢之。〔注〕二十兩爲—。〔按孟子公孫丑〕前日於齊。王餽兼金一百注。一—是爲二十四兩。一百、百—也。据此說屬兩歧。〕
(三)金貨名也。〔史記平準書〕一黃金一斤。〔注〕秦以一—爲一金。漢以一斤爲一金。〔按秦改周一斤之制。更以—爲金之名數。〕
(四)米一升二十四分升之一也。〔禮記喪大記〕朝一溢米。莫一溢米。〔注〕溢、與—同。
(五)人名。宋孫—。金、徒單—。

【鎳】讀若臬
(一)化學原質之一。或譯鎳。金屬。色光白若銀。比鐵易鎔。於通常溫度空氣間。不失其澤。少有磁性。不易生衣。可引爲絲。可鍍於銅鐵。可製諸合金。原子量五八、七零考得期一千七百五十一年。英文 Nickel。
(二)美錢貨名。具言鎳克爾。鐵銅合鑄。二十—當一圓。英文 Nickel。

【鎈】相可切音縒哿韻
金光。見〔玉篇〕。

【鎈】初加切音叉麻韻
錢異名。見〔洪武正韻〕。

【⿰金芮】除芮切音䓛霽韻
曲刀。見〔集韻〕。

【鎉】都合切音答合韻
—鉤也。見〔五音集韻〕。

【鎋】胡瞎切音舝黠韻
鍵也。車軸頭鐵。所以制車者也。見〔廣韻〕。

【鎍】昔各切音索藥韻
鐵繩。見〔集韻〕。

【鎍】色窄切音栜陌韻
鐵弗。見〔集韻〕。

【鎎】許旣切欷去聲未韻口溉切音慨隊韻
怒戰也。从金。愾省。春秋傳曰。諸侯敵王所愾。見〔說文〕。〔段注〕怒則有氣。戰則用兵。故其字从金氣。愾、各本作—。今正。春秋傳者。文公四年左傳文。杜曰。敵、猶當也。愾、恨怒也。心部曰。愾、大息。从心氣。是則王所愾。王所怒也。敵王所怒。故用兵革。

【鎐】作木切音鏃屋韻
姓也。出彭城。見〔廣韻〕。

【鎐】餘招切音遙蕭韻
酒器。見〔集韻〕。

【鎑】于劫切音葉葉韻
鐵器。見〔五音集韻〕。

【鎑】谷盍切音頡合韻
—鉢。溫器。見〔集韻〕。

【鎑】魚怯切音業業韻
鞍韉貌。見〔五音集韻〕。

【鎒】奴豆切羺去聲宥韻
槈或字。〔說文木部〕槈、薅器也。—。或从金。

【鎒】呼高切音蒿豪韻
除草也。〔淮南說山〕治國者若—田。去害苗者而已。

【鎓】烏公切音翁東韻
鍬也。見〔集韻〕。

【⿰金鬼】五罪切音頠賄韻
金—也。見〔玉篇〕。

【鎟】姑頑切音鰥刪韻
犁鈃。見〔集韻〕。

【⿰金舀】吐刀切音滔豪韻
函也。見〔玉篇〕。

【鎕】徒郎切音唐陽韻
—銻。火齊也。見〔說文〕。〔段注〕玉部云。玫瑰。火齊也。然則—銻卽玫瑰也。廣韻。火齊似雲母。重沓而可開。色黃赤似金。出日南。

【鎘】郎狄切音歷錫韻
鬲或字。〔集韻〕鬲鼎屬。或作—。

【鎘】讀若隔
化學原質之一。或譯鉌。金屬。色白而光澤。重於鉡。鑒於錫。不生衣。可爲鉑。原子量一一二、零零。考得期一千八百一十七年。英文 Cadmium。

【鍴】丑展切音蕆銑韻
長也。見〔玉篇〕。〔按抒物令長謂之—。〕

【鍴】抽延切音脡先韻
長引也。見〔集韻〕。

【鎙】所角切音朔覺韻
矛屬。長丈八。馬上所持。擱之以便殺也。見〔五音集韻〕。

【鐰】蘇遭切音騷豪韻
—鉡。銅器。見〔集韻〕。

【鍺】渠脂切音鬐支韻
銜鈾鐵。見〔集韻〕。

【鎟】寫朗切音顙養韻
鈴聲。見〔集韻〕。

【鎈】桑何切音娑歌韻
鎈或字。〔集韻〕鎈鎈鑼。銅器。或从娑。

【鋮】乙六切音郁屋韻
溫器。見〔集韻〕。

【鋘】戶廣切音晃虎晃切音慌養韻
鐘聲。見〔集韻〕。

【鏃】昨悉切音疾質韻
—鉡。鐵摑。見〔集韻〕。

【鋚】田聊切音條蕭韻
金石也。見〔字彙〕。〔正字通云。鋚字之譌。〕

【鎨】聳尹切音筍軫韻
金之萌生曰—。見〔集韻〕。

【鎨】逆角切音嶽覺韻
齊人謂大椎曰—。見〔集韻〕。

【鏲】丁貫切音煅翰韻〔與鏋異。〕
打鐵。又鍵也。又小冶。見〔字彙〕。

【鎯】朗可切音橊哿韻
釣也。見〔異字苑〕。

【鐒】下江切音缸江韻

【鎱】羽元切音袁元韻，
人名。〔郭正域墓誌銘〕壻朱蘊—。
酒器。見〔海篇〕。

【鉻】莫經切音冥青韻
錐也。〔方言〕錐謂之鉻。〔注〕廣雅作銘。〔按康熙字典云鉻字之譌。存考。〕

【鐙】徒口切音揄有韻
酒器也。從金豎。象器形。見〔說文〕。

【鍚】音未詳
刺也。〔吳志諸葛恪傳注〕恪別傳曰嘗獻權馬先—其耳。〔按權謂孫權。〕

【鎴】讀若息
化學原質之一。或譯鍊。金屬。易鏽。其雜質淡黃光澤。燃之放赤色光彩。故製燄火硝藥多用之。原子量八七、六零。考得期一千八百零八年。英文 Strontium。

【鎵】讀若家
化學原質之一。金屬。色淡青。質甚堅。置空气中易鏉。原子量考得期未詳。英文 Callium。

【鐂】鎦本字。見〔字彙〕。

【鎜】古盤字。見〔玉篇〕。

【𨪗】古琴字。見〔說文長箋〕。

【𨪗】古琴字。見〔玉篇〕。

【鬵】古琴字。見〔玉篇〕。

【鎠】同剛。見〔字彙〕。

【鏝】同鍐。見〔字彙〕。

【鍥】同鑄。見〔字彙〕。

【鑒】同鑑。見〔字彙〕。

【鐙】同證。唐武后所製證字。見〔後山叢談。〕

【鎭】鎮俗字。見〔字彙〕。

十二畫

【鎩】所戒切音鎩卦韻山戛切音殺黠韻式列切音設屑韻
㊀鈹有鐔也。見〔說文〕〔段注〕鐔、劍鼻也。鈹有不爲鼻者。如刀裝之—。不爲鼻者也。
㊁鋋似兩刃刀者也。〔文選張衡賦〕植—懸瞂。用戒不虞。
㊂長刃矛也。〔史記秦始皇紀〕非錟

於句戟長—也。〔集解〕矛刃、下有鐵橫方上曲句—。

㈣殘也。〔文選左思賦〕鳥—翮。〔注〕—翮不能飛。〔按—可殘羽。故凡見殘者曰—〕。

㈤縱也。〔淮南覽冥〕飛鳥—翼。〔注〕—翼縱翼也。〔按一切經音義引字林曰。—張翼也。張翼、即縱翼〕。

【鎩】所例切音㡜霽韻

戟屬。見〔廣韻〕。〔按文選張衡賦曰。虎戟交—〕。

【鎩】色入切音澀緝韻

鈒或字。〔集韻〕鈒。鋋也。或作鑭、—。

【鑥】籠五切音魯麌韻

㈠釜也。見〔玉篇〕。

㈡以木為刀柄。見〔廣韻〕。

【鏂】烏侯切音謳尤韻

㈠—銗。頸鎧也。〔廣雅釋器〕錏鍜謂之—銗。〔又〕門鋪謂之—銗。見〔集韻〕。

㈡銗—。鐓飾也。見〔玉篇〕。〔又〕大釘也。見〔集韻〕。

【鏂】墟侯切音彄尤韻

鏂或字。〔集韻〕鏂。剜也。或作—。

【鏂】丘于切音驅虞韻

同區。量二升八合也。〔管子輕重丁〕百泉則—二十也。

【鏃】作木切音蹴　千木切音蔟屋韻　側角切音捉覺韻　千候切音湊宥韻

㈠利也。見〔說文〕〔段注〕今用為矢鏃之—。與許不同。疑後所增字。

㈡矢鏑也。〔文選賈誼論〕秦無亡矢遺—之費。〔按矢鏑、古以砮石為之。故禹貢礪砥砮丹傳云。砮、石中矢—。後世以金為之。故爾雅注李巡曰。—以金為箭—也〕。

㈢族也。〔釋名釋兵〕矢、齊人謂之—。—、族也。言其所中者皆族滅也。

㈣矢名。〔呂覽貴卒〕所為貴—矢者。為其應聲而至。〔注〕小曰—矢。大曰篇矢。

㈤——。新貌。〔世說新語〕謝鎮西道敬仁文學——。無能不新。

【鏃】測角切音娕覺韻

鋤也。諺曰。欲得穀。馬耳—。見〔集韻〕。

【鏃】咋木切音族屋韻

鏃或字。〔集韻〕鏃。鏃鑪。溫器。或从族。

【鏆】古玩切音貫翰韻

㈠穿也。見〔玉篇〕。

㈡鏆手謂之—。見〔集韻〕。

【鏇】辭戀切音漩霰韻

㈠圜鑪也。見〔說文〕〔段注〕古文苑美人賦。金帀熏香。說者以為圜鑪。

㈡轉軸裁器也。〔一切經音義引周成難字〕以繩轉軸裁木為器曰—。

㈢溫器也。旋之湯中以溫酒。見〔六書故〕。

㈣銅錫盤也。〔六書故〕今之銅錫盤曰—。取旋轉為用也。

【鏇】旬宣切音旋先韻

轆轤。見〔集韻〕。

【鏈】陵延切音連先韻

㈠銅屬。見〔說文〕〔段注〕應劭曰。—似銅。與許說合。

㈡鉛之未鍊者也。〔廣雅釋器〕鉛礦謂之—。

㈢鋃鐺也。〔六書故〕今人以鋃鐺之類相連屬者為—。

㈣通連。錫之別名。〔漢書食貨志〕殽以連錫。〔注〕孟康曰。連錫之別名也。許慎曰。—銅屬也。

【鏈】抽延切音脠先韻

卝也。見〔集韻〕。

【鏉】所救切音瘦　先奏切音漱宥韻

㈠利也。見〔說文〕。

㈡鐵上衣。見〔集韻〕。

【鏉】先侯切音涑尤韻　蘇谷切音速屋韻

鎪或字。〔集韻〕鎪。彫也。或作—。

【鏊】魚到切音傲號韻　牛召切音獻嘯韻　牛刀切音敖豪韻

㈠餅—。燒器。金屬。〔正字通〕今烙餅平鍋曰餅—。亦曰烙鍋—。

㈡鏖—。鉅山名。〔山海經大荒西經〕大荒之中有山名曰鏖—鉅。〔注〕—音如敖。

【鏌】末各切音莫藥韻

—鋣。大戟也。見〔說文〕。〔按字亦省作莫。干將莫邪。古說皆謂戟。漢書揚雄後漢杜篤傳注。亦皆訓為大戟〕〔又〕劍名。〔呂覽察今〕不期乎—鋣。〔注〕—鋣、良劍也。〔按陽作龜文曰干將。陰作漫理曰—。釾字或作莫邪、莫鋣。〔又〕山名。〔清一統志引水經注〕濠水出—釾山。〔按—鋣山在今安徽鳳陽縣五十里。接定遠縣界。〕

【鏏】于歲切音衞 胡桂切音慧 旋芮切音彗 霽韻

㊀鼎也。見〔說文〕。〔段注〕淮南說林訓。水火相憎。—在其間。注曰。—、小鼎。又曰。鼎無耳爲—。

㊁銅器。三足有耳。見〔玉篇〕。

【鏐】力幽切音蟉 力求切音留 渠幽切音虯 尤韻 力救切音溜 宥韻

㊀弩眉也。一曰。黃金之美者。見〔說文〕〔段注〕鄭本尚書厥貢—鐵。注同。漢地理志亦作—。韋昭云。紫磨金。〔按林邑記上金爲紫磨金。又曰陽邁金〕。

㊁人名。五代時吳越王錢—。

㊂通璆。〔書禹貢〕厥貢璆鐵銀鏤砮磬。〔鄭本作—〕。

【鏐】憐蕭切音聊 蕭韻

白金。見〔集韻〕。〔按爾雅。黃金謂之璗。其美者謂之鐐。白金謂之銀。其美者謂之鐐。集韻以爲同鐐。訓白金疑誤。〕

【鏑】都歷切音的 錫韻

㊀矢鏠也。見〔說文〕。〔段注〕謂矢鏃之入物者。古亦作鍉。

㊁敵也。〔釋名釋兵〕矢又謂之—。—、敵也。言可以禦敵也。

㊂鳴—。髐箭也。〔史記匈奴傳〕冒頓乃作爲鳴—。〔集解〕如今鳴射也。韋昭曰。矢—飛則鳴。

㊃同鍉。〔史記秦楚之際月表〕銷鋒—。〔集解〕徐廣曰。—作鍉。

㊄金屬。鋖鐠合而成者也。與鋃類。色較黃。燃之光輝。於空氣中易鏽。與養合、有縹色絳色緋色。昔誤爲原質。英文Didymium。

【鏒】思感切音糝 感韻

㊀金—也。見〔玉篇〕。

㊁鐵器貌。見〔五音集韻〕。

【鏒】千遙切音瞧 蕭韻

以箴紩衣。見〔集韻〕。〔按段玉裁云。縫者以鍼紩衣也。〕

【鏒】七紺切音謲 勘韻

鋤也。見〔五音集韻〕。

【鏓】倉紅切音悤 東韻 損動切音敵 董韻

鎗—也。一曰。大鑿中木也。見〔說文〕。〔段注〕鎗—。善撞鐘聲。馬融長笛賦。—硐隤墜。李注云。說文曰。—、大鑿中木也。然則以木通其中。皆曰—也。今按中讀去聲。許正謂大鑿入木曰—。〔按王筠云。通其中者。鑿以金爲之。以木爲柄。其銎圓而深。故曰以通其中也〕

【鏹】巨兩切音強 養韻

㊀錢貫也。〔文選左思賦〕藏—巨萬。〔按貫錢之索曰繦。以索貫錢亦曰繦。貫就之錢亦曰繦。猶串引申之。謂千錢爲一串也。張玉書以爲韻會鏹通作繦。非。似未深攷〕。

㊁金銀曰—。〔南史郭祖深傳〕累金積—。〔今俗云黃白—〕。

㊂錢亦曰—。〔劉賓客佳話錄〕與萬錢欣然持—而去。

㊃紙錢曰冥—。〔劉筠詩〕紛敷薦楮—。浸漬灑楊枝。

【鏖】於刀切音爊 豪韻

㊀溫器。亦銅盆也。見〔字彙補〕。

㊁苦擊而多殺也。〔漢書霍去病傳〕合短兵—皋蘭下。〔注〕世俗謂盡死殺人爲—糟。師古曰。—字本从金麀聲。轉寫誤耳。〔今謂苦戰猶曰—兵〕。

㊂—鏊。鉅山名。詳鏊字。

【鏕】悲嬌切音鑣 蕭韻

津名。見〔集韻〕。

【鏗】丘耕切音硜 庚韻

㊀聲也。〔禮記樂記〕鐘聲—。

㊁投瑟聲也。〔論語先進〕鼓瑟希—爾。

㊂撞也。〔楚辭招魂〕—鐘搖簴。

㊃欬聲也。〔素問五常政大論〕其動—禁瞀厥。

㊄——。聲音也。〔後漢楊政傳〕說經——楊子行。

㊅—鎗。鐘聲也。〔文選司馬相如賦〕—鎗闛鞈。

㊆揩—。猶摩戛也。〔元稹詩〕揩—戈甲聲勞嘈。

【鏘】千羊切音瑲 陽韻 初耕切音琤 庚韻

㊀聲貌。〔禮記玉藻〕然後玉—鳴也。

㊁佩聲也。〔楚辭東皇太一〕璆—鳴兮琳琅。

㊂鳴聲也。〔文選謝莊誄〕—楚挽於槐風。
㊃樂聲見〔集韻〕。
㊄—玉聲。〔詩有女同車〕佩玉將將。〔正義作——〕〔又〕鳴聲。〔詩烝民〕八鸞——。〔又〕行步貌。〔文選左思賦〕被練——。〔又〕盛也。〔漢書禮樂志〕磬管——。〔又〕高貌。〔後漢張衡傳〕踰高閣之——。〔又〕容貌舒揚也。〔禮記曲禮〕士蹌蹌。〔釋文〕蹌或作—。〔又〕進貌。〔荀子賦〕纔口將將。〔注〕或曰將將讀爲——進貌。
㊅人名。陶了—。見〔南史孝義傳〕。

【鏱】辰羊切音常陽韻
㊀磨也。見〔集韻〕。
㊁車輪繞鐵。見〔集韻〕。

【鏜】他郎切音湯陽韻
㊀鏜鼓之辭也。詩曰。擊鼓其—。見〔說文〕〔按說文鼓部引詩又作鼞。〕
㊁以鐵貫物。見〔廣韻〕。
㊂——鼓聲。〔虞世基賦〕振鼕鼓之——。
㊃臂—釾也。〔董逌跋〕古文臂—爲釨。
㊄通闓。〔文選司馬相如賦〕金鼓迭起。鏗鎗闓鞈。〔注〕—與闓古字通。託郎切。
㊅通闐。〔詩擊鼓其鏜疏〕正義曰、司馬法云。鼓聲不過閶字雖異音實同。

【鏝】謨官切音瞞寒韻莫半切音縵翰韻
㊀鐵杇也。見〔說文〕。〔段注〕所以涂也。秦謂之杇。關東謂之—。木爲者曰杇。金爲者曰—。〔按王筠云。—之器用金。而以木爲柄。故从木。所涂者泥。泥用土及水。故从土亦从水。—之用手。故又从手。形聲字義。不能該備。故或體多。〕
㊁泥涂也。〔爾雅釋宮〕—謂之杇。〔疏〕—者泥—也。一名杇。涂工之作具也。〔按—本涂土之作具。因謂泥涂爲—。〕
㊂無刃戟也。〔方言〕戟、東齊秦晉之間謂其大者曰—胡。其曲者謂之鉤釨—胡。

【鏞】餘封切音容冬韻
㊀大鐘謂之—。見〔說文〕。
㊁西方之樂謂之—。〔書皋陶謨〕笙—以間。
㊂借作庸。〔詩那〕庸鼓有斁。〔傳〕大鐘曰庸。

【鏟】楚限切音剗潸韻初諫切音剗諫韻
㊀鏶也。一曰平鐵。見〔說文〕。〔按說文鏶下云。鏶也。徐鍇曰。今言鐵葉也。平鐵。段云以剛鐵削平柔鐵也。凡—削多用此字。俗多用剗字。〕
㊁除草器也。〔後漢杜篤傳〕鐇鑁株林。〔注〕埤蒼曰。鐇。—也。謂以—鑁去林木之株蘖也。
㊂削平也。〔文選鮑昭賦〕—利銅山。
㊃俗謂櫟釜之鐵器曰—。

【鏟】齒善切音闡銑韻
籤謂之—。見〔廣雅釋器〕〔疏證〕說文、籤銳也。貫也。—字或作弗。謂以籤貫肉炙之者也。

【鏡】居慶切音敬敬韻
㊀景也。見〔說文〕〔段注〕金有光可照物。謂之—。〔釋名釋首飾〕—景也。言有光景也。按古者以金。後世以玉石。今以玻瓈。
㊁猶光明也。〔後漢班彪傳〕榮—宇宙。
㊂照也。〔呂覽達鬱〕孰當可而—。
㊃察也。〔大戴記保傅〕明—者所以察形也。
㊄鑒也。〔漢書谷永傳〕以—其考巳行。
㊅馬目中央旋毛也。〔文選顏延之賦〕雙瞳夾—。
㊆金—喻明道也。〔文選顏延之詩〕萬流仰金—。〔注〕鄭玄曰。金—喻明道也。
㊇州名。唐置。羈縻劍南道。當今雲南雲南縣西南。
㊈湖名。〔李白詩〕—湖三百里。〔在今浙江紹興縣西南三十里。古稱南湖。亦名鑑湖〕
㊉—波水名。〔水經奢延水注〕奢延水又東北流與—波水合。
(十一)破—獸名。如貙而虎眼。〔漢書郊祀志〕祠黃帝用一梟破—。〔按字亦作獍。破—、今又以喻失耦。〕
(十二)海—介蟲名。〔嶺表錄異記〕海—如蚌。中有紅蟹子。小如豆。海—饑則蟹出拾食。蟹飽歸腹。海—亦飽。
(十三)沙—石名。似雲母。〔文選郭璞賦〕星離沙—。

(十四)地—。地之積水也。〔韓愈詩〕地—時昏曉。

(十五)水—月也。〔文選謝莊賦〕圓靈水—。

(十六)石—山名。〔溽陽記〕石—山之東一圓石。懸厓明淨。照人見形。〔山在廬山東〕〔又〕縣名。唐置。屬劒南道合州。當今四川合川縣治。

(十七)—兒人名。〔敘小志〕郭曖宴客有婢—兒善彈箏。

(十八)姓也。漢河內令—歛。

【鏢】紕招切音漂　卑遙切音猋　蕭韻

(一)本作鏢。〔說文〕鏢。刀削末銅也。〔段注〕削者、刀鞞也。俗作鞘。刀室之末以銅飾之曰—。鞞用革。故其末飾銅耳。

(二)刀鋒也。〔後漢輿服志〕以白珠鮫爲—口之飾。〔注〕通俗文。刀鋒曰—。〔按字亦作鑣〕

(三)通標。〔梁書侯景傳〕景所帶劍水精標。無故墮落。

【鋙】偶舉切音語　語韻

(一)鉏—也。見〔說文〕。〔段注〕齒部。齟齬、齒不相値也。鉏—蓋亦器之能相抵拒錯摩者。故廣韻以不相當釋鉏鋙。〔朱駿聲云此器如鉏刀之屬〕

(二)白鋙。見〔集韻〕。

(三)借作牙。〔考工記玉人〕牙璋中璋七寸。〔注〕二璋皆有鉏牙之飾。〔按王筠云。—字又借牙。古讀牙如吾。牙、吾、—、三音相近也。〕

(四)樂器也。見〔玉篇〕。

【鋙】牛居切音魚　魚韻

鉏—。機具。又釜屬。見〔集韻〕。

【鏤】郎豆切音屚　宥韻

(一)剛鐵也。可以刻—。一曰釜也。見〔說文〕。〔段注〕—本剛鐵之名。可受鐫刻。故鐫刻亦曰—。方言。鍑。江淮陳楚之間謂之錡。或謂之—。〔按王筠云。夏書曰。梁州貢—。乃生成之物。此謂本是靜字。引申爲刻—。以靜字爲動字也。今則引申之義行。而本義廢矣。〕

(二)治金之名也。〔爾雅釋器〕金謂之—。〔疏〕此謂治器加工而成之名。

(三)金飾也。〔詩小戎〕虎韔—膺。〔注〕膺、馬帶也。〔疏〕—膺、謂膺上有—。明是以金飾帶。

(四)通也。〔漢書司馬相如傳〕—靈山。〔注〕—、謂疏通之以開道也。

(五)錯也。〔廣雅釋器〕—謂之錯。

(六)鏤—。樹名。〔隋書流球傳〕流球國多鏤—樹。似橘而葉密。條纖如髮然下垂。婦人以羅紋白布爲帽。織鏤—皮幷雜色紵及雜毛以爲衣。

(七)姓也。見〔姓苑〕。

(八)通漏。〔宋書符瑞志〕帝禹生於石紐。兩耳參—。〔按淮南修務。禹耳參漏。參—卽參漏。言禹耳有三孔穴也。〕

【鏤】龍珠切音慺　虞韻

(一)屬—。劒名。〔史記吳太伯世家〕賜子胥屬—之劒。

(二)通婁。〔淮南俶眞〕雖—金石。書竹帛。何足以舉其數。〔注〕—讀婁數之婁。

【鏦】七恭切音樅　冬韻　初江切音囪　江韻

(一)矛也。見〔說文〕。〔按淮南兵略。修鍛短—。注。—、小矛。〕

(二)戟也。〔方言〕戟、吳揚淮南楚五湖之間謂之鉈。或謂之鋋。或謂之—。〔按矛與戟形不同。鉈、鋋、—、說文皆訓矛。僅別其大小長短。亦有改方言戟爲矛者。古物失形。不可肊決。〕

(三)撞也。〔史記吳王濞傳〕卽使人—殺吳王。〔蘇林曰〕—音從容之從。鄒氏又音舂。

(四)打鐘鼓也。見〔廣韻〕。

(五)——聲也。〔歐陽修賦〕——錚錚。

【鏨】昨濫切音暫　勘韻　財甘切音慙　覃韻　鋤咸切音讒　咸韻　在敢切音槧　感韻　疾染切音漸　琰韻

(一)小鑿也。从金斬。斬亦聲。見〔說文〕。〔桂注〕小鑿也者。通俗文。石鑿曰—。

(二)鐫也。〔廣雅釋器〕鐫謂之—。〔疏證〕—之言斬也。釋名云。鐫、鐏也。有所鐏入也。

(三)通嶄。〔文選木華賦〕盤陵巒而嶄鏨。〔注〕—與嶄、古字通。

【鏕】盧各切音祿　屋韻

(一)釜名。見〔集韻〕。

(二)鉅—。鄉名。見〔玉篇〕。〔字亦作鹿。今直隸有鉅鹿縣。〕

【鑣】於刀反　蕭韻

同鏖見〔龍龕手鑑〕。

【[illegible]】模朗切音莽養韻滿補切音姥麌韻
鈷—。溫器見〔正韻〕。

【[illegible]】於袁切音鴛元韻
鋤頭曲鐵。見〔玉篇〕。

【鏄】徒官切音團寒韻
塊鐵。見〔集韻〕。

【鏅】思留切音脩尤韻
—鉏。銋也。見〔廣雅釋器〕。

【鏅】息救切音秀宥韻
鍛也。見〔集韻〕。

【鏋】母伴切音鏋旱韻
金精也。〔鍊丹藥祕訣〕金礦有物形似蛇。黃紫色有刺。燒鍊成精。其名曰—。

【鏎】壁吉切音必質韻
簡也。見〔集韻〕。〔按字當作畢。爾雅釋器云。畢、謂之簡。郭弘農云。今簡札也。蓋古未有紙。載文於竹簡。簡形似畢。故名畢。以韋編之。似籓落。故亦假作篳。廣韻云。俗從金。是。集韻以—爲正。非。〕

【[illegible]】披庚切音磅庚韻
鍊金。見〔集韻〕。

【鍽】郎豆切音陋大透切音豆宥韻
鏉—。鐵生衣。見〔集韻〕。

【鏔】以脂切音夷支韻夷眞切音寅眞韻
戟之無刃者。〔方言〕戟秦晉間謂之釨。或謂之—。

【鏙】七回切音催灰韻七罪切音漼賄韻
—錯。間雜之貌。〔文選郭璞賦〕鱗甲—錯。〔又〕文采皃見〔集韻〕。

【鏠】敷容切音夆冬韻
兵耑也。見〔說文〕〔段注〕兵械也。耑、物之初生之題。引申爲凡物之顚與末。凡金器之纖曰—。古亦作夆。俗作鋒。〔按龍龕手鑑。以—爲鏠俗字。〕

【[illegible]】墟侯切音彄尤韻
鏂或字。〔集韻〕鏂。剜也。或作—。

【[illegible]】商署切音恕御韻
器名。見〔集韻〕。

【[illegible]】殊倫切音純眞韻
器名。見〔集韻〕。

【鏥】息救切音秀宥韻
鐵上衣也。或作銹、鏽。見〔集韻〕。〔正字通云。俗鏽字。〕

【鏧】盧冬切音隆冬韻
鼕或字。〔集韻〕鼕。鼓聲。或作—。

【鏩】鋤咸切音讒咸韻疾染切音漸琰韻
—。銳進貌。〔太玄錯〕銳—。〔注〕進無二也。〔又〕火性炎上曰—。〔太玄上〕挫厥—。

【鏪】財勞切音曹豪韻
穿也。見〔集韻〕。

【[illegible]】是聞切文韻
低也。見〔廣雅釋詁〕。

【[illegible]】巨兩切音勥養韻
鉛屬。見〔六書略〕。

【鏭】讀若悉
金屬。化學原質之一。或譯鐿、銫。金屬質類鋰。色如銀。易鐵。鎔之遇空氣則燃。其化合物類鉀化合物。礦物及植物灰中多有。而含量微。不可多得。原子量一三三、零零。考得期一千八百六十年。英文 Caesium

【[illegible]】鍑本字。見〔說文〕。

【鏵】古鋘字。見〔集韻〕。

【[illegible]】古證字。見〔字彙〕。

【鏁】同鎖。見〔集韻〕。

【鏍】同鑣。見〔集韻〕。

【[illegible]】同鍔。見〔字彙補〕。

【鏜】同鋞。見〔集韻〕。

【[illegible]】同錆。見〔五音集韻〕。

【鐡】鐵或字。見〔說文〕。

【鏆】鐶俗字。〔顏氏家訓書證〕吳人沿鄉俗訛謬。造作書字。金旁作患爲鐶字。火旁作庶爲炙字。

【[illegible]】鍪譌字。見〔康熙字典〕〔按舊字典引後漢袁紹傳。紹脫兜—抵地。攷紹傳是鍪非—。〕

【[illegible]】鏬譌字。見〔康熙字典〕〔按舊字典引文選左思賦。樼栗—發。攷蜀都賦是鏬非—。〕

【[illegible]】鍚譌字。見〔康熙字典〕〔按五音集韻謂爲治木器孜摩治木石器是鍚非—。」

【鏊】鏊譌字見〔正字通〕。

十二畫

【鏵】胡瓜切音華麻韻

㊀兩刃臿也。〔方言〕臿、燕之東北朝鮮洌水之間謂之斛。宋魏之間謂之—。或謂之鏵。江淮南楚之間謂之臿。沅湘之間謂之畚。趙魏之間謂之桑。東齊謂之梩。〔按說文木部苿下云。苿兩刃臿也。宋魏曰苿也。段注云。苿、—古今字。从艹者如羊兩角之狀。方言渾言之。許析言之。方言之字多爲後人以今易古。以俗易正。此其一端。〕

㊁刳也。刳地爲坎也。見〔釋名釋用器〕。

【鑖】杜果切音隋哿韻

㊀鈋—也。見〔說文〕。〔按鈋—、大犂之鐵。〕

㊁相屬。〔廣雅釋器〕鉻—謂之鑴。〔疏證〕說文。蝕、相屬也。蝕與鑴同。

【鑖】都果切音朵哿韻杜罪切音鐓賄韻

㊀錔也。見〔廣雅釋器〕。〔疏證〕錔之言合沓也。軸沓謂之鐗。

㊁鍊—。錧也。見〔廣雅釋器〕。〔疏證〕錧之言管也。轂端錔謂之釱。

【鏷】蒲沃切音僕沃韻

㊀生鐵也。〔文選張協七命〕—越鍛成。

㊁—鏠。矢名。見〔玉篇〕。

【鏸】胡桂切音慧霽韻

銳也。一曰矛三隅謂之—。見〔集韻〕。

【鏸】旋芮切音彗霽韻

鏏或字。〔集韻〕鏏大鼎。或从惠。

【鏸】兪芮切音叡霽韻

鈗或字。〔集韻〕鈗。侍臣所執兵。或从惠。〔按書顧命二人執惠。傳惠、三隅矛。是—與惠同。〕

【鏺】普活切音潑北末切音撥曷韻

㊀兩刃有木柄。可以刈草。見〔說文〕。〔段注〕兩刃。如劒然。兩邊有刃。乂、芟艸也。字或作刈。〔按廣雅以—爲鎌。龍龕手鑑以—爲鏺或字〕。

㊁刈也。〔六韜〕春—草棘。

㊂殺也。言殺草也。見〔釋釋名用器〕。

㊃叚借爲芟除禍亂之稱。〔韓愈碑〕—廣濟。

【鏽】息救切音秀宥韻息六切音肅屋韻

㊀鏉或字。〔集韻〕鏉。鐵上衣。或作銹—。

㊁鏡—。鏡上綠也。〔正字通〕鏡—俗名楊妃垢。

【鐀】具位切音匱寘韻

㊀立—。廚也。〔夢溪筆談〕大夫七十而有閣。閣者格板以庋膳羞。正是今之立—。今吳人謂立—爲廚者。原起于此。以其貯食物也。故謂之廚。

㊁同匱。〔漢書司馬遷傳〕紬史記石室金—之書。

【鐃】尼交切音呶肴韻

㊀小鉦也。軍法。卒長執—。見〔說文〕。〔段注〕鉦、—一物。而—較小。渾言不別。析言有辨也。〔按—如鈴而大。無舌有秉。執而鳴之。以止擊鼓。軍中所用〕。

鐃圖

㊁樂舞之所謂武也。〔禮記樂記〕始奏以文。復亂以武。〔疏〕文、謂鼓也。言始奏樂之時。先擊鼓以警戒。武、謂金—也。言舞畢。反復亂理欲退之時。擊金—而退。故云復亂以武也。〔按周禮地官封人以金—止鼓。—如鈴。無舌。有柄。執而鳴之。以止擊鼓。漢舞、—上圜下方。下作疏欞。中含銅丸。謂之舌。鼓動有聲。〕

㊂譊嘵也。〔周禮大司馬〕辨鼓鐸鐲鐃之用。〔司農注〕—讀如譊嘵之嘵。〔按釋名釋樂器。—聲——也〕。

㊃—歌。軍樂也。〔中華古今注〕短簫—歌。軍樂也。黃帝岐伯所作。以建武揚德。風勸戰士。漢樂有黃門鼓吹。天子所以宴樂羣臣。短簫—歌。鼓吹之一章耳。

㊄通譊。〔後漢五行志〕今年尙可後年—。〔風俗通作譊〕。

【鐃】女敎切音橈效韻

同撓。擾也。〔莊子天道〕萬物無足以—心者。

【鐄】胡盲切音橫庚韻

㊀鐘聲。見〔玉篇〕。

㊁大鐘。見〔廣韻〕。

㊂鎌也。見〔集韻〕。

㊃同鍠。錚—。聲也。〔文選馬融賦〕錚—警嘈。〔注〕鐄、與鍠同。音宏。

【鐇】符袁切音煩　孚袁切音翻　方煩切音潘　元韻

㊀鐩也。〔後漢杜篤傳〕—鑁株林。〔注〕謂以鐩鑁去林木之株櫱也。

㊁廣刃斧。見〔集韻〕。

㊂椎也。見〔廣雅釋詁〕。

㊃化學原質之一。詳釩字。

【鐈】渠嬌切音喬　蕭韻　舉橋切音蟜　篠韻　渠廟切音嶠　嘯韻

㊀似鼎而長足。見〔說文〕。〔桂注〕似鼎而長足者。廣雅。—、鍛也。〔按疏證作釜也。〕

㊁銚也。小釜有柄有流者。〔廣雅釋器〕—、高、鍛、鋗謂之銚。

【鐉】此緣切音詮　椿全切音猭　先韻

所以鉤門戶樞也。一曰。治門戶器也。見〔說文〕。〔注〕其形如鉤而長。介爪著平門匡樞。其中以利開閤。〔按段注門戶有不利轉者以此鉤轉之也。〕

【鐌】似兩切音象　養韻

㊀—鼻。器鈕。見〔玉篇〕。

㊁鍋名。見〔玉篇〕。

【鐍】古穴切音玦　屑韻

㊀觼或字。見〔說文角部〕。〔按說文。觼。環之有舌者。〕

㊁紐也。〔莊子胠篋〕扃—。〔按—為箱篋前鐶處也。〕

㊂缺環曰—。見〔續漢輿服志注引通俗文〕。

㊃樞要也。〔李嶠碑〕扣二儀之—鑰。

㊄有氣刺日為—。—、抉傷也。見〔漢書天文志注〕。

㊅穴多作—。其形如玉—也。見〔漢書天文志注〕。

㊆同玦。見〔通俗文〕。

【鐍】允律切音聿　質韻

錐也。見〔集韻〕。

【鐏】祖寸切音焌　徂悶切音鱒　願韻　祖管切音纂　旱韻　租昆切音尊　元韻

㊀柲下銅也。見〔說文〕。〔注〕鋭可插地者曰—。〔按一切經音義云。江南名—。關中謂之鐓。釋名云。矛下頭曰—。〕

㊁鈍也。〔禮記曲禮〕進戈者前其—。〔疏〕—在尾而鈍。鈍向人為敬。

㊂釪也。〔方言〕—謂之釪。

【鐐】洛蕭切音聊　蕭韻　力弔切音料　嘯韻　郎到切音勞　號韻

㊀白金也。見〔說文〕。〔段注〕爾雅。別之曰白金。謂之銀。其美者謂之—。許不別也。

㊁有孔鑪。見〔廣韻〕。

㊂刑具也。〔明史刑法志〕—。鐵連環之。以繫足。徒者帶以輪作。重三斤。

㊃—子。庖人別稱。〔宋稗類鈔〕宋仁宗遊後苑。還宮。索漿急。宮嬪曰。大家何不於外宣索而受渴。帝曰。吾屢顧。不見—子。恐問之則所司有得罪者。

㊄—盎。酒器。〔唐書回紇傳〕瓶轉受百斛。—盎回紇數千人飲畢。尚不能半。

【鐕】祖含切音簪　覃韻　緇岑切音兂　侵韻　徂感切音歜　感韻

㊀可以綴著物者。見〔說文〕。〔段注〕按今謂釘者皆是。〔按玉篇云。無蓋釘。〕

㊁棺釘也。〔禮記喪大記〕君裏棺、用朱綠。用雜金—。大夫裏棺、用玄綠。用牛骨—。

㊂綴衣也。見〔集韻〕。

㊃磨也。見〔廣雅釋詁〕。

【鐓】都回切音磓　灰韻　徒對切音隊　隊韻

本作鐓。〔說文〕鐓。下垂也。一曰千斤椎。〔段注〕—之言隤也。故為下垂。椎所以擊也。千斤椎。若今眾舉以築地者是也。〔按下垂、千斤椎二義。皆鐓之餘義。矛戟柲下銅鐏二義。下垂而重引申之。為此二義。皆後人分別增一篆。改鐓篆為鐓耳。〕

【鐔】徐心切音尋　夷針切音淫　侵韻　徒南切音覃　覃韻　徒感切音禫　感韻　尋浸切音蕈　沁韻　達各切音鐸　藥韻

㊀劍鼻也。見〔說文〕。〔段注〕通藝錄曰。劍鼻謂之—。—謂之珥。又謂之環。一謂之劍口。有孔曰口。視其旁如耳然曰珥。面之曰鼻。對末言之曰首。〔按集韻云刀本。〕

㊁劍口旁橫出者也。見〔漢書匈奴傳玉具劍注〕。〔按正字通云。口即劍刃。口旁無橫出者。〕

㊂尋也。帶所貫尋也。見〔釋名釋兵〕。

四 似劍而小陘者。〔漢書韓延壽傳〕鑄作刀劍鉤一。

五 喩地險也。〔文選張衡賦〕底柱輟流。一以大呸。〔按薛綜云言大呸之險。同乎劍口也。莊子說劍云周宋爲一。〕

六 姓也。後漢豫州刺史一顯。〔讀徐心徒南二切〕

【鏉】奴玩切音鍛翰韻　苦緩切音款旱韻

一 燒鐵灸。見〔玉篇〕。

二 灼鐵以識僃次。見〔集韻〕〔按卽今之火烙印〕

三 署記也。〔字林〕今于紙縫上署記。謂之一刻。

【鐘】諸容切音鍾冬韻〔經典多以鍾爲鐘〕

一 樂一也。秋分之音。萬物穜成。故謂之一。古者垂作一。見〔說文〕〔段注〕猶鼓者春分之音。萬物郭皮甲而出。故謂之鼓。笙者正月之音。物生故謂之笙。管者十二月之音。物開地牙。故謂之管也。

二 動也。〔白虎通禮樂〕一者動也。言陽气於黃泉之下。動養萬物也。

三 空也。內空受气多。故聲大也。見〔釋名釋樂器〕

四 一者。音之君也。〔淮南本經〕大一鼎美重器。

五 黃一。十二律之一。屬於律子之氣也。十一月建焉。而辰在星紀。〔禮記月令〕仲冬之月。其音羽。律中黃一。〔注〕黃一者。律之始也。九寸。仲冬氣至。則黃一之律應。周語曰。黃一所以宣養六氣、九德。

六 林一。十二律之一。屬于呂未之氣也。六月建焉。而辰在鶉火。〔禮記月令〕季夏之月。其音徵。律中林一。〔注〕林一者。黃一之所生。三分去一。律長六寸。季夏氣至。則林一之律應。周語曰。林一和展百物。俾莫不任肅純恪。

七 應一。十二律之一。屬于呂亥之氣也。十月建焉。而辰在析木。〔禮記月令〕孟冬之月。其音羽。律中應一。〔注〕孟冬氣至。則應一之律應。應一者。姑洗之所生。三分去一。律長四寸二十七分寸之二十。周語曰。應一、均利器用。俾應復。

八 夾一。十二律之一。屬于呂卯之氣也。二月建焉。而辰在降婁。〔禮記月令〕仲春之月。其音角。律中夾一。〔注〕夾一者。夷則之所生。三分益一。律長七寸二千一百八十七分寸之千七十五。仲春氣至。則夾一之律應。周語曰。夾一、出四隙之細。

九 報時器也。〔澠時可蓬窗續錄〕外國人利瑪竇出自鳴一。如小香盒。一日十二時。凡十二次鳴。〔按古者一之形圜而有銑。口侈頂小。頂有鑫。以懸於簴。扣之則鳴。齊武帝以宮內不聞鼓漏。置一于景陽樓。以應五鼓。後世爲機括應晷而鳴。契符於表以識時。故亦名爲一焉。〕

十 石一。山名。在江西湖口縣。又分大石一山。小石一山。故土人稱爲雙一。

十一 霜一。琴名。〔志雅堂雜抄〕張受益有一琴。名霜一。

【鐙】都騰切音登蒸韻　丁鄧切音隥徑韻

一 錠也。見〔說文〕〔段注〕生民傳曰。木曰豆。瓦曰登。箋云祀天用瓦豆。陶器質也。然則瓦登用於祭天。廟中之一。笵金爲之。故其字从金。

二 豆下跗也。〔禮記祭統〕執醴授之執一。〔按廣韻云豆有足曰錠。無足曰一。此別一說〕

三 一也。〔楚辭招魂〕蘭膏明燭。華一錯些。〔注〕徐鉉曰。錠中置燭。故謂之一。〔按朱駿聲云。其制似豆。故轉而名焉。今俗別作燈。非是。〕

四 鼓一。山名。〔山海經中山經〕鼓一之山多赤銅。〔在今山西垣曲縣。卽鼓鐙山。〕

【鐙】丁鄧切音隥徑韻

馬鞍具。〔東京夢華錄〕子弟所呈馬騎。或留左脚著一。右脚出一。

【鏊】脂利切音至寘韻　蒲計切音儢霽韻　私列切音薛屑韻　質入切音執緝韻

一 羊箠也。耑有鐵。見〔說文〕〔段注〕箠者所以擊馬也。因之擊羊者謂之羊箠。其耑有鐵。故字从金。

二 田器。以治苗殺艸。東夷謂鏊爲一。見〔集韻〕

三 椎也。見〔廣雅釋器〕。〔按羊箠田器。皆以椎擊爲用。故椎擊亦曰一。〕

【鐧】居莧切音襇諫韻

❶車軸鐵也。見〔說文〕。〔段注〕若車軸之在釭中者。以鐵鍱裹之。謂之—。按釭中亦以鐵鍱裹之。則鐵與鐵相摩。而轂軸之木皆不傷。乃名鐵之在軸者曰—。在轂者曰釭。
❷同輨。〔釋名釋車〕輨。閒也。閒釭軸之閒。使不相摩也。輨、一作—。
❸同簡。兵也。〔讀書紀數略〕武藝十八事。十一、鞭。十二、簡。〔按簡亦鞭類。無刃而有四稜。小說多作—〕

【鐖】居希切音機　渠希切音祈　微韻　魚開切音皚　灰韻
❶鉤逆鋩也。〔集韻引淮南子〕無—之鉤。不可以得魚。〔按今本淮南說林作無餌之釣〕
❷大鎌也。〔史記衡山王傳〕非直適戍之眾。—鑿棘矜也。〔注〕大鎌謂之劃。或是—乎。〔按集韻以爲劃或字〕
❸連—。發也。〔淮南齊俗〕若夫工匠之爲連—。

【鏳】鋤耕切音崝　庚韻　琤或字。〔集韻〕琤。玉聲。或从曾。

【鏳】初耕切音綪　庚韻　錚或字。〔集韻〕錚。金聲。或从曾。

【鏶】籍入切音集　緝韻　七接切音妾　質韻　鍱也。見〔說文〕。〔按凡金銀銅鐵鉛椎薄成葉者通謂之—。今譌作箔〕。

【鏻】離珍切音鄰　眞韻　郎丁切音靈　青韻　良刃切音吝　震韻　健皃。見〔集韻〕。

【鏼】所革切音栜　陌韻　鐵槍。見〔玉篇〕。

【鏾】顙旱切音散　旱韻　弩牙緩也。見〔集韻〕。

【鏾】光旰切音繖　翰韻　弩也。見〔集韻〕。

【鏾】私箭切音綫　霰韻　雄雞去勢謂之—。亦曰鐓雞。見〔正字通〕

【鏾】讀若薩　化學原質之一。金屬。色灰白。其質不多得。英文Samarium。

【鐣】楚耕切音鎗　庚韻　鎗或字。〔集韻〕鎗。鏜聲。或作—。

【鏿】須玉切音粟　沃韻　金也。見〔集韻〕。

【鐝】其月切音橛　月韻　磨也。見〔玉篇〕。

【鐁】相支切音斯　支韻　平木器。〔釋名釋用器〕—。彌也。釿有高下之跡。以此—彌其上而平之也。

【鐅】匹滅切音瞥　屑韻　河內謂臿頭金也。見〔說文〕。〔段注〕郭注方言曰。江東謂鍫刃爲—。〔按廣雅釋器。鏵、𨥸、—也。疏證亦引方言注〕

【𨭖】盧含切音婪　覃韻　—驂。馬口中鐵也。見〔字彙〕。

【鐩】徐醉切音隧　寘韻　陽—也。見〔說文〕。〔按經傳皆以陽遂、燧、爲之。淮南子注。陽—。金也。取金杯無緣者。熟摩令熱。日中時。以當日下。以艾承之。則然得火也。夢溪筆談。陽燧面窪。以一指迫而照之、則正。漸遠則無所見。過此遂倒。其無所見處。正如窗隙櫓臬腰鼓礙之。本末相格。遂成搖櫓之勢。故舉手則景愈下。下手則景愈上。此其可見。注云。陽燧面窪。向日照之。光皆聚向內。離鏡一二寸。光聚爲一點。大如麻菽。著物則火發。此則腰鼓最細處也。今世物理學所謂靈視即此也〕

【鐋】他浪切音儻　漾韻　平木石器。〔韻會〕以鐵爲斷。凡木石有斤斧痕迹者。摩之令平也。

【𨭉】人絹切音瞤　霰韻　銀也。見〔五音集韻〕。

【𨭆】古胡切音孤　虞韻　鏷—。矢名。詳鏷字。

【鐎】茲消切音焦　慈焦切音樵　蕭韻　—斗也。見〔說文〕。〔段注〕即刁斗也。孟康曰。以銅作—器受一斗。晝炊飯食。夜擊持行。名曰刁斗。荀曰。刁斗小鈴。如宮中傳夜鈴也。蘇林曰。形如鋗。以銅作之。無緣。受一斗。故云刁斗。即鈴也。廣韻。溫器。三足而有柄。

【鐓】都昆切音敦　元韻　去畜勢也。〔正字通〕今俗雄雞去勢謂之鏾。臞仙肘後經作—雞。

【鐓】錞本字。見〔說文〕。〔按錞、—、鏨三字同。—為正字。段玉裁鏨字注云。蓋後人分別增一篆。改—為錞耳。參閱錞鏨二字。〕

【⿰金孱】士山切音戔刪韻 鋤詵切音臻眞韻 鋤連切音潺先韻 小鑿名。〔類篇〕趙魏謂小鑿為—。

【鐑】吉屑切音結屑韻 鍥或字。〔集韻〕鍥鎌也。或作—。

【⿰金須】詢趨切音須虞韻 鑐或字。〔集韻〕鑐鎖牝也。或作—。

【⿰金黹】展几切音黹紙韻 黹也。見〔集韻〕。〔按正字通云。紩衣曰黹。—乃黹之俗字。〕

【鐡】徒結切音耋屑韻 鐵利也。見〔字彙補〕。

【鐟】讀若替 化學原質之一。或譯鈦。金屬。似錫。灰色而光澤。其質罕有。感受空氣則養化。存者愈微。原子量四八、一。考得期一千七百八十九年。英文 titanium

【鐠】讀若普 化學原質之一。金屬。色淺黃。其質世罕有。原子量考得期未詳。英文 praseodymium。

【鐂】鎦本字。見〔說文〕。

【鐊】鍚本字。見〔說文〕。

【⿱埶金】古校字。見〔字彙補〕。

【⿸厂金】古初字。見〔字彙補〕。

【鐕】古錯字。見〔五音集韻〕。

【⿰金奠】同鈿。〔晉書輿服志〕貴人太平髻七—。

【⿱隊金】同鐩。見〔集韻〕。〔按說文作鐩。〕

【⿰金敫】同鏊。見〔集韻〕。

【⿱厤金】同鎘。見〔集韻〕。

【鐒】同鉼。見〔集韻〕。

【⿰金啻】同鏑。見〔正字通〕。

【鐚】同錏。見〔集韻〕。

【鐷】鍱俗字。見〔正字通〕。

【⿰金越】鉞俗字。見〔正字通〕。

【鐰】鏁俗字。見〔正字通〕。

【鎬】鐍譌字。見〔康熙字典〕。

【鐕】鐕譌字。見〔正字通〕。

十三畫

【⿰金麀】於刀切音鏖豪韻 乙六切音稶屋韻

㊀溫器也。一曰金器。見〔說文〕〔注〕面圓而平。三足高二寸許。用以炊物者也。〔按此釋溫器義。即廣雅釋器所謂鏞廣韻所謂銅瓮。而一曰金器則非炊物器也。〕㊁或作爊。〔六書故〕以慢火爛炙肉物也。㊂或作鏖。〔集韻〕盡死殺人曰鏖糟。〔按漢書霍去病傳注。鏖字本从金麀聲。轉寫譌耳。〕

【鐪】籠古切音魯姥韻

㊀煎膠器也。見〔說文〕〔段注〕煎熬也。膠作之以皮。故熬之而後成。㊁刀柄。見〔廣韻〕。

【鐫】遵全切音朘先韻 將廉切音尖鹽韻 子兗切音臇銑韻〔俗作鎸。〕

㊀破木—也。一曰琢石也。見〔說文〕。〔段注〕謂破木之器曰—也。因而破木謂之—矣。〔按方言。—、椓也。秦趙謂之—。〕㊁鑿也。見〔廣雅釋言〕。㊂鏨刻也。〔庾信賦〕雕—始就。剞劂仍加。㊃鑱也。有所鑱入也。見〔釋名釋用器〕。㊄鑽也。見〔廣韻〕。㊅斲也。見〔廣韻〕。㊆錐也。見〔集韻〕。㊇謫也。〔正字通〕中外官降級曰—級。

【鐬】呼外切音⿰言歲泰韻

㊀鈴聲也。見〔玉篇〕。㊁——盛也。見〔廣雅釋訓〕。

【鐰】先到切音喿號韻

㊀金鐵大剛曰—。見〔集韻〕。㊁曝也。見〔廣雅釋詁〕。

【鐰】財勞切音曹豪韻 剛折謂之—。見〔集韻〕。

【鐰】七遙切音幧蕭韻 鍫或字。〔集韻〕鍫臿也。或作—。

【鐔】旨善切音戰銑韻式戰切音扇霰韻

(一)伐擊也。見〔說文〕〔桂注〕伐擊也者。集韻、齊謂相絫曰—字或作剸。

(二)剸也。見〔篇海〕。

【鐲】直角切音濁覺韻

(一)鉦也。軍法、司馬執—。見〔說文〕。〔段注〕形如小鐘。軍行鳴之。以爲鼓節。〔按廣雅釋器〕—鈴也。左宣四年傳疏。—即丁寧。皆與鉦義近。〕

(二)俗以爲臂釧之稱。〔事物紺珠〕釧、手—。槊以金玉爲之。

【鐲】殊玉切音蜀沃韻

(一)鋦鐲、溫器也。見〔韻會〕。

(二)藥名也。見〔正韻〕。〔按本草綱目。無此藥名。不知所據〕。

【鐲】陟玉切音瘃沃韻

剭或字。〔集韻〕斲斫也。或作—。

【鐳】魯回切音雷灰韻

(一)缾壺之屬。〔文選潘岳誄〕簞壺—瓶甊以偵之。

(二)—柚。大橘也。見〔字彙補引臨海志〕。

【鐵】職任切音枕沁韻

(一)縫也。見〔集韻〕。

(二)刺也。見〔集韻〕。

【鐵】他結切天入聲屑韻

(一)黑金也。見〔說文〕。〔按〕—爲化學原質之一。色藍灰。顆粒爲立方形。或方橄欖形。結力最大。亦能打薄引長。易收吸—電氣。而純者則又易散。純者爲熟—。其性柔。含炭者爲鋼。爲生—。其性堅。嘗之皆微澀。摩擦嗅之皆微臭。遇燥空氣不改變。遇溼空氣則生—鏽。凡自然純者。各處皆罕見。原子量五六、零零。考得期上古。英文Ferrum。

(二)喻色黑曰—。〔禮記月令〕乘玄路。駕—驪。〔注〕—驪、色如—。

(三)喻貞勁曰—。〔宋史趙抃傳〕趙抃爲殿中侍御史。彈劾不避權倖。聲偁凜然。京師目爲—面御史。

(四)喻剛銳曰—。〔晉書赫連勃勃載記〕下書曰。今改姓曰赫連氏。其非正統。皆以—伐爲氏。庶朕宗族子孫剛銳如—。皆堪伐人。

(五)喻堅定曰—。〔文心雕龍祝盟〕劉琨—誓。精貫霏霜。

(六)地名。〔春秋哀二年〕戰于—。〔注〕—、衞地在戚城南。〔當今直隸開縣南〕。

(七)山名。一在今直隸臨城縣西南。一在今四川井研縣東北。

(八)丘名。〔水經河水〕東逕—丘南。〔按在今直隸開縣北〕。

(九)水名。〔明一統志〕—赤河在澂江府路南州西四十里。〔當今雲南路南縣境〕。

(十)州名。遼置。屬東京道。當今奉天蓋平縣東北。〔又〕元置。屬陝西省。當今甘肅岷縣東。

(十一)—裹河名。〔明一統志〕—裹河在開封府杞縣西南三十五里。〔當今河南杞縣境〕。

(十二)—甕城名。〔明一統志〕—甕城在鎮江府。吳孫權所築。〔今江蘇丹徒縣城〕。

(十三)—勒國名。〔唐書太宗紀〕幸靈州。次涇陽。頓—勒回紇等十一姓。各遣朝貢。

(十四)—樹木名。〔楊萬里詩〕—樹還如九節蒲。〔注〕嶺南有—樹。葉如蒻而紫。〔又〕—力木名。〔明一統志〕潯州府土產—力木。

(十五)—葛藥名。〔本草綱目〕—葛生山南峽中。葉似枸杞。根如葛。黑色。〔又〕—線草亦藥名。〔本草綱目〕—線草生饒州。三月采根陰乾。

(十六)齧—獸名。貘也。〔神異經中荒經〕南方有獸。名曰齧—。

(十七)吐—蟲名。〔海物索隱〕吐—、一名泥螺。出南田者佳。

(十八)—擺。嵩高也。〔古今詩話〕宋余靖使契丹。爲胡語詩。聖壽—擺俱弗忒。

(十九)—馬。簷鈴也。〔芸窗私志〕唐玄宗作薄玉龍數十枚。以縷線懸於簷外。夜中因風相擊。聽之與竹無異。民間效之。以什駿代。今—馬是其遺制。〔又〕琴名。〔古琴疏〕沈玩琴曰霜霄—馬。

(二十)—布衫。練刀避兵之術也。〔閱微草堂筆記〕爾之避兵。—布衫也。〔按即拳勇符咒異術〕。

(廿一)姓也。宋—南仲。明—鉉。

【鐵】徒結切音經屑韻

利—也。見〔集韻〕。

【鐸】達各切音度藥韻

㈠大鈴也。軍法、五人爲伍。五伍爲兩。兩司馬執—。見〔說文〕〔按—匡銅爲之木舌、爲木—。金舌、爲金—。振之所以宣敎令者也古者將有新令必奮—。以警眾文事奮木—。武事奮金—。〕

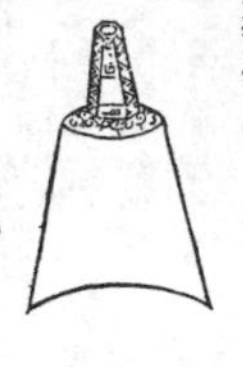
鐸圖

㈡度也。號令之限度也。見〔釋名釋兵〕

㈢懸碎玉以占風之具也。〔開天遺事〕岐王宮中竹林內懸碎玉片子。每夜聞玉片子相觸聲。卽知有風。號爲占風—。

㈣毒槊也。〔酉陽雜俎〕南蠻有毒槊。無刃狀如朽鐵。中人無血而死。蠻中呼爲—刀。

㈤受—。晉邑名。〔左僖十六年傳〕狄侵晉取狐厨受—。〔當今山西臨汾縣西北。〕

㈥—辰赤狄別種。〔左宣十六年傳〕晉士會帥師滅赤狄甲氏及留吁—辰。

㈦托—。非神非人之稱也。〔晉書乞伏國仁載記〕號之曰乞伏可汗托—莫何。

㈧司—。魯宮名。〔左哀三年傳〕夏五月辛卯司—火。〔又〕前代學官及今天主敎傳敎者皆稱司—。蓋本木—義。

㈨人名。〔國語晉語〕趙簡子使尹—爲晉陽。

㈩姓也。春秋時晉大夫—遏寇。

【鐶】胡關切音還刪韻

㈠凡圜郭有孔可貫繫者謂之—。見〔正字通〕

㈡周旋無缺之象。〔太玄周〕鍾以玉—。〔注〕—以象周旋無缺也。

㈢釧也。〔文選曹植樂府〕皓腕約金—。

㈣耳璫也。〔張籍詩〕玉—穿耳誰家女。

㈤戒指也。〔晉書西戎傳〕大宛俗娶婦。先以金同心指—爲聘。

【鐶】隨戀切音漩霰韻

鋗或字。〔集韻〕鋗。車鐶也。或作—。

【鐷】盧涉切音儠葉韻

㈠鋋也。見〔集韻〕。

㈡鐶也。見〔集韻〕。

【鐺】都郎切音當陽韻

鋃—也。見〔說文〕。〔按漢以後罪人不用縲紲以鐵爲連環不絕之形係之謂之鋃—。卽鎖也。〕〔又〕困重不舉也。〔六書故〕鋃—之爲物。連牽而重。故俗以困重不舉爲琅—。

【鐺】楚庚切音鎗庚韻

㈠釜屬也。〔通俗文〕鬴有足曰—。

㈡三足溫酒器也。見〔緯略〕。〔按卽酒鎗之鎗字俗用—爲之。〕

【鐺】他郎切音湯陽韻

同鏜。鼓聲也。〔史記司馬相如傳〕鏗鎗—鼕。

【⿰金剽】卑遙切音猋蕭韻

㈠刀鋒也。〔後漢輿服志〕皆以白珠鮫爲—口之飾。

㈡同剽。見〔正字通〕。

【鐭】乙六切音澳屋韻烏到切音奧號韻

鏂或字。〔集韻〕鏂。溫器也。或作—。〔按說文鏂下云讀若奧。〕

【鐯】張略切音灼直略切音著藥韻

同楷。鑊也。〔爾雅釋器〕斪謂之—。

【鐬】古獲切音馘陌韻

鐵器。見〔集韻〕。

【鐱】千廉切音籤鹽韻

臿也。見〔集韻〕。

【鐱】渠驗切音儉豔韻

金也。見〔玉篇〕。

【⿰金敫】吉了切音皎篠韻

—耳也。見〔字彙〕。

【鐹】於歇切音謁月韻

以鐵爲揭也。見〔集韻〕。

【鐴】必切益音辟陌韻必歷切音壁錫韻

犂耳也。見〔集韻〕。

【鐴】蒲計切音薜霽韻

治刀使利。見〔集韻〕。〔按今本集韻書作鐾。〕

【鐷】徒協切音牒葉韻

鐶也。見〔廣雅釋器〕。

【鼕】力冬切音隆冬韻魯宋切音弄宋韻七役切音測陌韻

鼕或字。〔集韻〕鼕鼓聲。或作—。〔

正字通云與鑿鑿字混。〕

【鍋】古火切音果哿韻 刈𠜾也。刈𠜾、江淮陳楚之間或謂之—。見〔方言〕

【鍋】古禾切音戈歌韻古臥切音過箇韻 車釭。齊楚海岱之間謂之—。見〔方言〕

【⿰金雹】弼角切音雹覺韻 枓頸謂之—。見〔集韻〕

【鐻】臼許切音巨語韻 虡或字。見〔說文虍部〕〔按說文。虡鐘鼓之柎也。史記秦始皇紀收天下兵聚之咸陽。銷以爲鐘—。蓋梓人爲虡本以木。始皇始易以金。〕

【鐻】居御切音據御韻 樂器。形似夾鐘。削木爲之。〔莊子達生〕梓慶削木爲—。—成。見者驚猶鬼神。

【鐻】求於切音渠魚韻 金銀器名。〔山海經中山經〕青要之山。魋武羅司之而穿耳以—。〔按—形、郭璞云未詳。李賢後漢書張奐傳注引山海經郭注作金食器。諸家字書遂分爲兩義。〕

【鐼】呼運切音訓問韻許云切音熏文韻 鐵屬。見〔說文〕

【鐼】逋昆切音奔元韻 平木器。見〔集韻〕

【鐾】音避寘韻 治刃使利也。見〔字彙補〕〔按即鐴字。〕

【鐿】讀若意 化學原質之一。金屬。其質罕有。原子量考得期未詳。英文 Ytterbium。

【鐩】同鐆。見〔玉篇〕

【鐮】同鎌。見〔集韻〕

【⿰金萬】同鑯。見〔集韻〕

【⿰金黽】同繩。見〔字彙〕

【⿰金敫】同鐓。見〔集韻〕

【鏧】同磬。見〔五音集韻〕

【⿰金贏】同鑷。見〔正字通〕

【鐙】鐙俗字。見〔正字通〕

【鐒】鏒俗字。見〔正字通〕

【鐽】鍵俗字。見〔正字通〕

【鐬】鐬譌字。見〔字彙補〕

十四畫

【鑄】之戍切音注遇韻 之六切音祝屋韻 照秀切音呪宥韻

㈠銷金也。見〔說文〕〔桂注〕凡金鐵銷冶而成者謂之—。

㈡化裁也。〔法言學行〕孔子—顏淵矣。

㈢國名。黃帝之後。封于—。漢屬濟北國。今山東肥城縣有—鄉。

㈣人名。宋賀—。

㈤通呪。〔淮南俶眞〕今夫冶工之—器。〔注〕—、讀如唾祝之祝。〔按祝音呪。〕

㈥姓也。〔姓苑〕堯後以國爲氏。〔按禮記樂記云封帝堯之後於祝。注、祝或爲—。〕

【鑊】黃郭切音穫藥韻

㈠鑴也。見〔說文〕〔按—類盆。所以煮肉及魚腊之器。〕

㈡鼎屬。〔漢書刑法志〕大辟有鑿顚抽脅—亨之刑。〔注〕鼎大而無足曰—。以鬻人也。

鑊圖

【⿱殸金】詰定切音罄徑韻 牽正切音罄敬韻 牽盈切音輕庚韻

㈠金聲也。見〔說文〕

㈡一足行也。〔左昭二十六年傳〕—而乘於他車以歸。〔按惠棟云。說文讀若春秋傳⿱殸足而乘它車之⿱殸足。則傳本作⿱殸足。故杜訓爲一足行。若從金輕聲。與斷足無涉。必傳寫之誤。〕

【⿱殸金】去盈切音輕庚韻 斷也。見〔集韻〕

【鑌】必鄰切音賓眞韻

㈠精鐵。爲刀甚利者也。〔正字通〕—鐵出南賓縣。一說出波斯國。

㈡遼之譯義也。〔正字通〕何孟春曰。契丹國號遼。實以—鐵爲號。

【鑏】女耕切音儜庚韻

㊀鐵—也。見〔廣韻〕。㊁刀柄。見〔集韻〕。

【鐏】乃挺切音顊迥韻

、吳俗謂刀柄入處爲—。見〔集韻〕。

【鑑】居懺切音監胡懺切音豏陷韻居銜切監平聲咸韻胡暫切音鎌勘韻

㊀大盆也。一曰—諸可目取朙於水月。見〔說文〕。〔段注〕盆者盎也。凌人春始治—。注云—如甀大口。盛冰置食物於中。以禦溫氣。春而始治之。按鄭云如甀。許云大盆。則與鄭說不符。疑許說爲是。且字从金。必以金爲之也。—諸。當作—、方諸也。淮南書方諸見月。則津而爲水。高注。方諸、謂陰燧大蛤也。熟摩令熱。月盛時以向月下則水生。〔按賈疏云—、漢時名爲甀。卽今之甕。是—物而古今異名。古以金。後世以瓦。故集韻本作甕。以—爲或字。〕㊁鏡也。〔左莊二十一年傳〕王以后之鞶—予之。㊂照也。〔左昭二十八年傳〕昔有仍氏生女黰黑而甚美。光可以—。〔注〕髮膚光色可以照人。㊃察也。〔呂覽適音〕谿極則不—。㊄見也。〔賈子道德說〕—者所以能見也。㊅澤也。〔賈子道德說〕澤者—也。㊆誡也。〔正字通〕考觀古今成敗爲法戒者皆曰—。〔按唐張九、齡作千秋金—。宋司馬光編資治通—。義皆取此。〕㊇式也。見〔玉篇〕。㊈泉名。〔明一統志〕—泉在懷慶府濟源縣東北貧家溪。南俗呼爲琵琶泉。〔按當今河南濟源縣境〕。㊉風—。相術也。〔青箱雜記〕予嘗謂風—一事。乃昔賢甄識人物。拔擢賢才之所急。乃市井卜相之流。用以賈鬻取資。⑪—寐。假寐也。〔齊武帝詔〕永思民瘼。弗忘—寐。〔按—、假一聲之轉。—寐當是齊梁間語。字亦書作鑒〕⑫通監。〔莊子盜跖〕不監于道。〔釋文〕監本亦作—。

【鑝】莫鳳切音夢送韻武亙切音懵徑韻

鋃也。一環二貫者。〔廣雅釋器〕鋂、—、鋃也。

【鑂】吁運切音訓問韻

金色渝也。見〔集韻〕。

【⿰金閭】良據切音慮御韻

同鑢。錯銅鐵摩使滑也。〔考工記總敍〕秦無廬。〔注〕廬、或曰摩—之器。

【⿰金閭】凌如切音臚魚韻

矛戟受柄處。見〔集韻〕。

【鑃】徒弔切音調嘯韻

銚或字。〔集韻〕銚。燒器。或从翟。

【鐭】羊茹切音豫御韻

釦謂之—。見〔集韻〕。

【鑆】直類切音墜寘韻

銅牛熟也。見〔五音集韻〕。

【鑇】牋西切音齎齊韻

切也。見〔集韻〕。

【鑈】諾叶切音捻葉韻

正也。見〔方言〕。〔郭璞注〕堅正也。

【鑈】昵輒切音聶葉韻

同籋。〔集韻〕籋。箝也。亦作鑷、—、鉺。

【鑈】乃禮切音禰薺韻

檷或字。〔集韻〕檷。絡絲檷。或从金。亦作鈮。通作柅。

【鑈】女履切音⿰言尼紙韻

同柅。止車木也。〔易姤〕繫于金柅。〔正字通云子夏傳作—〕。

【鑖】無非切音微微韻

懸物鉤也。〔方言〕鉤、自關而西或謂之—。

【⿰金㬎】呼典切音顯銑韻

削也。見〔集韻〕。

【鑉】託盍切音榻轄臘切音盍合韻

—鑪。箭也。見〔集韻〕。

【鑍】伊盈切音嬰庚韻

鈁也。〔廣雅釋器〕—謂之鈁。

【鑐】詢趨切音須虞韻

鎖牡也。見〔集韻〕。

【鑐】汝朱切音儒虞韻

金鐵銷而可流者。通作濡。見〔集韻〕。

【鑐】而由切音柔尤韻

鍒或字。〔集韻〕鍒。鐵耎之也。或作—。

【[illegible]】初角切音數覺韻　鉼—也。見〔篇海類編〕。

【鐵】鐵本字。見〔說文〕。

【鐵】古鐵字。見〔集韻〕。

【鐢】同證。〔六書略〕唐武后改證作—。

【鑒】同鑑。見〔廣韻〕。

【鎛】同鑮。見〔集韻〕。

【鎜】同鏌。見〔集韻〕。

【鐀】同匱。見〔集韻〕。

【鏷】同鏷。見〔類篇〕。

【鑥】同鑪。見〔字彙補〕。

【鐯】瑎俗字。見〔字彙〕。

【鐁】斵俗字。見〔正字通〕。

【鐟】鐕譌字。見〔字彙〕。

十五畫

【鑘】盧回切音雷灰韻　●一劍首飾。見〔玉篇〕。●二同櫑。〔集韻〕櫑。龜目酒尊。刻木作雲雷象。書作罍、—。

【鑸】落猥切音礧賄韻　鍡—。不平。見〔廣韻〕。〔按說文、作鍡鑸。〕

【鑍】武庚切音盲庚韻　●一錯也。見〔集韻〕。●二飛矛也。〔正字通〕東觀記。光武作飛蝱攻赤眉賊。蝱當作—。

【鑠】式灼切音爍弋灼切音藥藥韻　●一銷金也。見〔說文〕。〔按漢書天文志云。火與水合爲淬。與金合爲—。〕●二消也。〔國策秦策〕秦先得齊宋。則韓氏—。●三美也。〔詩酌〕於—王師。●四毀也。〔唐書魏元忠傳〕卿累負謗—何耶。●五摩也。見〔方言〕。●六光明也。〔方言〕𥈳瞳之子。宋衛韓鄭之間曰—。●七矍—。勇貌。〔後漢馬援傳〕矍—哉是翁也。●八㸌—。美麗也。〔文選班固賦〕皦鴻濛。信㸌—。●九——。光顯照明也。〔文選何晏賦〕故其華表則鎬鎬——。●十博—。鳥貌。〔元稹詩〕眾鳥齊博—。●十一人名。晉朱—。孫—。●十二通爍。削也。〔漢書藝文志〕爍金爲刃。〔注〕爍讀與鑠同。●十三通熔。熔也。〔莊子胠篋〕—絕竽瑟。〔注〕—、絕燒斷之也。●十四通鑠。〔文選馬融賦〕或—金礱石。〔注〕—與鑠同。

【鑗】猥狄切音曆錫韻　鬲或字。見〔集韻〕。

【鑡】獨角切音娖覺韻　●一鉼—也。見〔玉篇〕。●二人名。新莽時廉斯—。

【鑢】良據切音慮御韻　●一錯銅鐵也。見〔說文〕。〔段注〕錯者、厲石也。故以爲凡砥厲之偁。厲銅、鐵謂之—。故字从金。周禮作鑢。●二摩也。見〔廣雅釋詁〕。●三治也。〔太玄大〕躬自—。〔注〕自治其身。●四姓也。春秋時、—金。楚大夫。

【鑣】補嬌切音瀌蕭韻　●一馬銜也。見〔說文〕。〔段注〕馬銜橫貫口中。其兩耑外出者。系以鑾鈴。●二鐵也。〔爾雅釋器〕—謂之鐵。〔按一名扇汗。又名排沫。亦繞於兩耑。〕●三苞也。在旁苞斂其口也。見〔釋名釋車〕。〔按衛人物遠行者曰保—。亦包其人財安穩之意。義本於苞之故訓也。〕●四勒也。〔楚辭靈懷〕斷—銜以馳騖兮。●五——。盛貌。〔詩碩人〕朱幩——。

【鑖】莫結切音蔑屑韻　鍥也。〔廣雅釋器〕—、鑈。鍥也。

【鑖】彌計切音謎霽韻　小釜。見〔集韻〕。

【鏑】丁歷切音的錫韻　龍鏑也。見〔字彙〕。

【鑙】古奚切音雞齊韻　遣禮切音啓薺韻　堅也。〔方言〕鑙、—堅也。自關而西秦晉之間曰鑙。吳揚江淮之間曰—。

【鑛】古猛切音礦梗韻　銅鐵璞也。〔文選王褒論〕精練藏於—朴。〔按字本作礦。亦作磺。又

作研、卄、鉗。凡金玉未成器之通稱。其物產地中。非鎔鍊彫琢。則金石不分。故字或从金或从石。〕

【⿰金罷】班糜切音陂支韻

耜屬也。讀若嬀。見〔說文〕。〔按六書故云。—臥兩耒著齒其下。人立其上而牛挽之。以摩田也。集韻云。今耕者先以耜起土。次灓水用—平之。柄似耒。平底有齒。据此則與耜稍殊。故許訓耜屬。〕

【⿰金罷】步化切音杷禡韻

耕也。見〔集韻〕。

【⿰金罷】補買切音擺部買切音罷蟹韻

鐵杖。見〔集韻〕。

【⿰金廛】呈延切音廛先韻

—訓也。見〔字彙〕。

【⿰金蓬】蒲蒙切音蓬東韻

兜鍪也。〔莊子說劍〕吾王所見劍士。皆蓬頭突鬢垂冠。〔釋文〕本或作—。蓬頭、謂著兜鍪也。有毛如蓬。

【鑞】盧盍切音臘合韻

錫—也。見〔玉篇〕。〔按六書故。—質堅於錫。且較白燿。〕

【鑟】徒谷切音獨屋韻

印匱也。見〔類篇〕。

【⿰金寫】洗野切音寫馬韻

鈍金也。見〔集韻〕。

【鑤】皮教切音鮑效韻

俗謂鉋木之屑曰—花。音近鉋。

【⿰金劉】初角切音戳覺韻

鐵—。見〔釋典〕。

【⿰金⿰厤阝】音築屋韻

朴也。見〔五音篇海〕。

【鑥】同櫓。見〔集韻〕。

【⿰金賞】同鋿。見〔集韻〕。

【鑯】同鍼。見〔集韻〕。

【鑄】鑄俗字。見〔字彙〕。

【⿰金𢧵】鐵俗字。見〔字彙〕。

十六畫

【鑪】洛乎切音盧虞韻〔俗作爐〕。

㊀方—也。見〔說文〕。〔段注〕方鑪圜言之。凡爇炭之器曰—。

㊁冶具也。〔淮南齊俗〕—橐埵坊設。非巧冶不能以冶金。

㊂熏器也。〔文選江淹詩〕香—絕沈燎。〔按今俗言香—、手—。卽此義。〕

㊃酒肆也。〔史記司馬相如傳〕而令文君當—。〔按漢書司馬相如傳作盧。師古曰。賣酒之處。累土爲盧。以居酒瓮。四邊隆起。其一面高形如鍛盧。故名盧耳。〕

㊄瓮也。〔莊子大宗師〕皆在—捶之間耳。〔釋文〕捶、當作甀。—甀之間。言小也。〔按字當爲籀文罏之譌。正韻訓爲酒器。亦譌从缶爲从金。〕

㊅鉀—。錍也。〔方言〕箭、其小者而長穿二孔者謂之鉀—。亦謂鉀箭也。

㊆通壚。〔爾雅釋天注〕卽今夜獵載—照也。〔釋文〕—、本作壚。

㊇通鑢。〔左定四年傳〕—金初宦於子期氏。〔釋文〕本又作鑢。

【⿰金曉】呼鳥切音曉篠韻他弔切音糶嘯韻

鐵文也。見〔說文〕。〔段注〕謂鐵之文理也。

【鑨】盧東切音籠東韻

器也。見〔集韻〕。

【⿱彊金】巨兩切音強養韻

鉛屬。見〔集韻〕。

【鑩】五閣切音咢藥韻

以鐵作鉤物也。見〔廣韻〕。

【鑫】呼龍切音胷冬韻許金切音歆侵韻

人名也。〔正字通〕宋友五子。以—、森、淼、焱、垚立名。〔按南康郡志有黃—。〕

【鑈】諾叶切音攝葉韻

正也。見〔集韻〕。

【鑈】女履切尼上聲紙韻

止也。〔子夏易傳〕繫于金—。〔按易釋文、說文作檷。子夏作鑈。均不作—。當由舊字典誤引。惟—、鑈字義本通。姑存參。〕

【⿰金𦎫】鐓本字。見〔說文〕。

【⿰金隨】同⿰金隋。見〔字彙〕。

【⿰金禦】同鋙。見〔集韻〕。

【鐕】同鏒。〔廣雅釋器〕鋂、鏒、環也。〔正字通云。鏒、—、竝俗字。存參。〕

【⿰金剿】剿或字。見〔集韻〕。〔按廣韻

作鏩〕。

【鑺】鑁俗字。見〔正字通〕。

十七畫

【鑭】郎旰切音爛翰韻
㊀金光皃。見〔玉篇〕。
㊁金采也。見〔集韻〕。

【鑮】伯各切音博藥韻
㊀十二辰頭鉑鎛也。見〔集韻〕。
㊁田器也、〔釋名釋用器〕—亦鋤類也。—迫也。迫地去草也。

【鑮】匹各切音粕白各切音泊藥韻
大鐘。淳于之屬。所㠯應鐘磬也。堵㠯二金樂。則鼓—應之。見〔說文〕。〔段注〕大鐘下當有也字。淳于、國語周禮注作錞于。圜如碓頭。大上小下。樂作鳴之。與鼓相和。許云淳于之屬。蓋—正圜。—所以應鐘磬。淳于以和鼓。事正相類。當作堵無—。全樂則鼓—應之。周禮曰。凡縣鐘磬半爲堵。全爲肆。周禮國語字作鎛。乃是叚鑮鎛字。

【鑯】將廉切音尖鹽韻
㊀鐵器也。一曰鐫也。見〔說文〕。〔段注〕蓋銳利之器。郭注爾雅。用爲今之尖字。鐫者穿木琢石也。〔按鐫、徐鉉作鑴。朱駿聲云鑴疑借爲佩角之觿。存參〕。
㊁銳也。見〔廣雅釋詁〕。

【鑯】千廉切音籤鹽韻
通鋟。鋟。刻也。〔公羊定八年傳〕俄而鋟其板。〔釋文〕鋟本又作—。

【鑰】弋灼切音藥藥韻
㊀同鬮。關下牡也。〔孝經注〕開人闔鬮。〔釋文〕鬮本作—。〔按說文門部鬮下段注云古無鎖—字。蓋古祇用木爲之。不用金鐵。戶—之說。見于訓故之書者。自方言始〕。
㊁通籥。鎖匙也。〔史記魯仲連鄒陽傳〕魯人投其籥。〔注〕籥、—匙。
㊂入也。〔淮南原道〕排閶闔。—天門。
㊃喻鎮攝曰—。〔宋史寇準傳〕北門鎖—。非準不可。
㊄喻緘閉亦曰—。〔黃庭堅詩〕靈府扃—牢。
㊅喻開悟亦曰—。〔蘇軾詩〕參同得靈—。九鑰啓伯陽。

【鑱】鋤銜切音巉咸韻　士懺切音躐陷韻
㊀銳也。見〔說文〕。〔按字或作攙。廣雅。釋詁。攙。銳也〕。
㊁刺也。見〔玉篇〕。
㊂以錐刺物者也。見〔一切經音義〕。
㊃有刃斲鑿者也。見〔一切經音義〕。
㊄犁—。犁之一事也。〔耒耜經〕冶金而爲之者曰犁—。起墢者也。長一尺四寸。廣六寸。表上。利。負卜者曰底。—之次曰策額。
㊅石鍼也。〔史記扁鵲倉公傳〕—石撟引。
㊆通劖。鑿也。〔宋郊詩〕鑴—物象危。

【鑲】汝羊切音穰思將切音襄尼良切音孃陽韻
㊀作型中腸也。見〔說文〕。〔段注〕型者、鑄器之法也。其中腸謂之—。猶瓜中腸謂之瓤。〔按繫傳曰。鑄鐘鏞屬。使內空者。於型範中更作土模。所以後卻流銅也。正字通曰。凡作型先以繩爲胚胎。型固則從竅播繩緒耑。繩窮而型存。有類於腸也。二說並通〕。
㊁兵器之中央也。〔釋名釋兵〕兩頭曰鉤。中央曰—。或推—。或鉤引。用之之宜也。
㊂俗謂緣其邊曰—。如—白、—黃、—紅、—藍、等旗名。字又作廂。
㊃俗謂補其缺亦曰—。如云—牙。

【鑕】之日切音質質韻
椹也。〔後漢馮魴傳〕負鈇—。〔按文選冊魏公九錫文引倉頡篇。椹。質也。又范睢曰。胷當椹質。據此—即質。椹質爲一物。斬要之刑。段玉裁云。說倉頡者。以古詩斬芻之質。謂之稾砧。是質之又一解。參閱鈇字〕。

【鑗】憐題切音黎齊韻力脂切音棃支韻
金屬也。一曰剝也。見〔說文〕。〔段注〕剝者裂也。剝訓裂。知—與剺義同音別。方言。蠡。分也。注謂分割也。方言又曰。劙。解也。皆即此字。〔按桂注。—與鑗同。鑗、黑金也。又玉篇。劙。直破也。與剝義近似。—又與劙同〕。

【𨰻】民卑切音彌支韻
青州謂鐮爲—。見〔玉篇〕。

【鑳】同鍵。見〔玉篇〕。

【鐻】簴或字。見〔集韻〕。

【鑐】鑐譌字。見〔康熙字典〕。〔按廣雅釋器。鑐。釓也。〕

【鏁】鏁譌字。見〔正字通〕。

十八畫

【鑴】玄圭切音攜齊韻。翾規切音陸宣爲切音眭支韻

❶ 瓽也。見〔說文〕。〔段注〕瓦部曰。瓽。大盆也。然則—與鑑同物。

❷ 大鑊也。見〔玉篇〕。

❸ 大鐘也。見〔廣韻〕。

❹ 日旁氣四面反鄉如煇狀也。〔周禮眡祲〕掌十煇之灋。以觀妖祥。辨吉凶。三曰—。〔注〕玄謂—讀爲童子佩鑴之鑴。謂日旁氣刺日也。

【鑴】涓畦切音圭齊韻　錐也。見〔集韻〕。

【鑷】眤輒切音聶葉韻

❶ 攝也。攝取髮也。見〔釋名釋首飾〕。〔按通俗文云。拔減髮鬚謂之—。〕

❷ 首飾也。〔後漢輿服志〕簪以瑇瑁爲擿。長一尺。端爲華勝。上爲鳳凰爵。以翡翠爲毛羽。下有白珠垂黃金—。

❸ 同鑈。〔集韻〕鑈。鉗也。亦作—。〔按說文通訓定聲云。凡脅持物、以竹曰籋、曰箝。以鐵曰鉗、曰鉆、曰鋷。俗謂之—子。〕

【鐁】查鍇切音洲黠韻　切草器。互詳鍘字。

【鑵】古玩切音貫翰韻　汲水器。見〔集韻〕。

【鑶】慈郎切音藏陽韻　鈴聲。見〔集韻〕。

【鑸】洛猥切音磊賄韻　鍡—也。見〔說文〕。〔詳鍡字〕

【鑉】託合切音榻合韻　同塔。〔集韻〕塔物墮聲。亦作—。

【鑹】取亂切音竄翰韻　小矛也。見〔集韻〕。

【鑺】其俱切音劬虞韻　兵器也。見〔說文新附〕。〔按廣韻。—、戟屬。或作戵。〕

【鑳】古典切音簡銑韻　兵器也。見〔字彙補〕。〔按—本作簡。或作鐧。詳鐧字。〕

【鎖】鏁本字。見〔說文〕。

【鏨】古鏨字。〔漢隸釋張公碑〕刊—涿摩。

【鐲】同鉵。〔廣雅釋器〕鋡鏥謂之—。

【鑃】銚或字。見〔集韻〕。

【鑈】鈲或字。見〔集韻〕。

【鑿】鋦或字。見〔集韻〕。

【鑟】鈿或字。見〔集韻〕。

【鐉】鑼譌字。見〔正字通〕。

十九畫

【鑼】良何切音羅歌韻

❶ 鈔—。樂器也。〔宋史西南蠻傳〕溪峒夷獠。擊銅鼓鈔—。以祀神鬼。〔今亦爲樂器一種。但稱—。〕

❷ 鐁—。盥盆也。〔金史儀衛志〕凡從物鐁—唾水鐴等。並用銀金飾。〔按雲麓漫鈔。今人呼洗爲鐁—。〕

❸ 金—。喻日也。〔輟耕錄〕金—騰空。

【鑽】祖官切音劖寒韻

❶ 所以穿也。見〔說文〕。〔段注〕本是器名。因之謂穿亦曰—。

❷ 髕刑也。〔漢書刑法志〕其次用—鑿。〔注〕—、—其髕骨也。

❸ 兵器也。〔唐書兵志〕隊具火—一。

❹ 矛刃及矢鏃也。〔史記禮書〕施—如蠭蠆。

❺ 看其蟲孔也。〔爾雅釋木〕樝梨曰—之。

❻ 以火爇荊而灼龜也。〔荀子王制〕—龜陳卦。

❼ 喻研求曰—。〔論語子罕〕—之彌堅。〔按凡深入者以—爲喻。〕

❽ 喻夤緣曰—。〔文選班固答賓戲〕商鞅挾三術以—孝公。

❾ 金—。卽金剛石。珍石也。〔本草綱目〕金剛石出西番天竺諸國。大者長尺許。小者如稻黍。葛洪抱朴子云。扶南出金剛。生水底石上。如鐘乳狀。體似紫石英。可以刻玉。人沒水取之。雖鐵椎擊之。亦不能傷。惟羚羊角扣之。則灌然冰泮。〔按金剛石。爲有機礦物。爲等軸系無色透明純炭素結晶體。形成八面。或十六面。質堅易碎。投於酸素。更通電則燃。雜他質則見美麗諸色。折光力最强。曝之烈日十數分鐘。至暗所則發燐光。古稱夜光璧。卽此。色劣粒細者。名金剛沙。專用

以刻書品玉。故又名金剛—。英文Diamond。〕

⑩同攢。〔文選班固賦〕列刃—鏃。〔注〕攢、聚也。—與攢同。

【鑾】盧丸切音欒寒韻

㊀人君乘車四馬鑣八—。鈴象鸞鳥之聲。聲和則敬也。見〔說文〕〔段注〕鑣上當有四字。每鑣二—。四馬故四鑣。四鑣故八—也。鈴象鸞鳥之聲。此釋名—之義。〔按毛詩鄭箋云在鑣曰—。韓詩內傳云—在衡。殷周之異。許書宗毛云四鑣八—者。此破—在衡之說也。八—三見詩。字作鸞。〕

㊁謂人君也。如扈—、迎—、隨—、迴—之類。不敢直言君。言其與從也。

㊂金—。唐代殿名。〔唐書李白傳〕召見金—殿。論當世事。〔按唐德宗移學士院於金—坡。攷金—坡即在金—殿旁。非有兩義。〕〔又〕人名。〔馮贄雲仙雜記〕白樂天小女金—。十歲書北山移文。

㊃—儀衛。清官名。職掌乘輿供奉鹵簿之事。順治元年。因明制置錦衣衛。二年。改爲—儀衛。至宣統帝溥儀即位。以諱改名—輿衛。

【鑼】莫羅切音磨歌韻

金也。見〔玉篇〕

【鑹】盧戈切音蠃歌韻

銼—也。見〔說文〕〔按銼—、溫器。小釜也。一曰鍋鏞、亦名鈳鏻。〕

【⿰金羆】班糜切音陂支韻

䥯或字。〔集韻〕䥯。耜屬。或从熊。

【⿰金襷】襷俗字。見〔正字通〕

二十畫

【鑿】疾各切音昨藥韻

㊀穿木也。見〔說文〕〔段注〕穿木之器曰—。〔按古史攷云孟莊子作—。〕

㊁黥刑也。〔漢書刑法志〕其次用鑽—。

㊂穿也。〔淮南氾論〕喉中有病。無害於息。不可—也。

㊃開也。〔史記大宛傳〕張騫—空。〔注〕蘇林曰。—空、開通也。騫始開通西域也。

㊄竅也。〔荀子哀公〕五—爲正。〔注〕五—、謂耳目鼻口及心之竅。

㊅鑿也。〔詩七月〕二之日—冰沖沖。

㊆情也。〔莊子外物〕心無天游。則六—相攘。〔注〕六情也。

㊇造也。〔公羊成十三年傳〕公—行也。〔注〕—、猶更造之意。

㊈恣意不求義理謂之—。〔孟子離婁〕爲其—也。〔猶云穿—〕。

㊉族也。〔南史齊廢帝紀〕先是永明世市里小兒以鐵相擊于地。謂之鬭—。—之爲言族也。至是宗室族滅。

⑪卽灼也。〔周禮大卜〕則眡高作龜。〔注〕鄭司農云。作龜、謂—龜令可爇也。

⑫—齒。獸名。〔淮南本經〕猰貐—齒。〔又〕人名。晉書有習—齒傳。

【鑿】卽各切音作藥韻

㊀——。鮮明貌。〔詩揚之水〕白石——。〔今云——可據。亦取明確之意。〕

㊁通糳。〔左桓二年傳〕粢食不—。〔釋文〕—、子洛反。精米也。字林作糳。子沃反。云。糲米一斛舂爲八斗。〔按邢昺云粢食不—。謂以黍稷爲飯。不使細。九章算術粟率五十—二十四。言粟五斗。爲米二斗四升。是則謂米之精細者爲—。〕

【鑿】咋木切音族屋韻

鏤也。〔廣韻〕—鏤花葉。

【鑿】在到切音漕號韻

㊀竅也。〔考工記輪人〕凡輻量其—深。以爲輻廣。

㊁謂所穿冢藏者。〔漢書楚元王傳〕其牧兒亡羊。羊入其—。

【鑿】七到切音操號韻

穴也。見〔集韻〕

【钀】魚羈切音宜支韻語綺切音蟻紙韻

轙或字。見〔說文車部〕〔段注〕車軛上環。轡所貫也。軛上大環。以便總持。大環謂之轙。从金者、環以金爲之。獻聲與義聲古合音最近。卽義尊獻尊同音之理。

【钀】魚列切音孽屑韻

鑣也。〔爾雅釋器〕鑣謂之—。〔注〕馬勒旁鐵。

【钁】厥縛切音矍藥韻

大鉏也。見〔說文〕〔按—形與鉏

異。用與鉏同。刃廣六寸。柄長六寸以上。可以斫地。因亦名斫。〕

【鑮】讀若僻

兵器。形如半月。有柄。小說中有流金—混金—等名。

【鐵】鐵本字。見〔說文〕。

二十一畫

【钃】殊玉切音蜀 陟玉切音瘃沃韻

(一)鉏也。見〔玉篇〕。(二)誅也。主以誅物根株也。見〔釋名釋用器〕。(三)—鏤。劍名。見〔正韻〕。

【[illegible]】章奢切音遮麻韻

[illegible]—俗語也。見〔七脩類稿〕。

※門部※

【門】謨奔切音捫元韻

(一)聞也。从二戶。象形。見〔說文〕。〔段注〕聞者謂外可聞於內。內可聞於外也。〔按桂注。玉篇。、—人所出入也。在堂房曰戶。在區域曰—。又一切經音義引字書。一扇曰戶。兩扇曰—。〕(二)捫也。在外爲人所捫摸也。見〔釋名釋宮室〕。(三)守也。〔公羊宣六年傳〕勇士入其大門。則無人—焉者。(四)攻也。〔左襄十年傳〕—于桐門。(五)關鍵也。〔易繫辭〕道義之—。(六)禁要也。〔淮南原道〕萬物有所生。而獨知守其—。(七)私寶也。〔左昭十三年傳〕晉政多—。(八)家族也。〔史記孟嘗君傳〕文聞將—必有將相。—必有相。〔按後世稱—望。閥本此。又謂遠族曰—房。北魏有—房之誅。謂刑及一—一房也。〕(九)徒黨也。〔論語述而〕—人惑。〔按後世稱及—、—生本此義。〕(十)敎宗也。如儒敎曰儒—。道敎曰玄—。釋敎曰沙—、禪—、律—。回敎曰花—。或曰敎—。天主耶穌敎曰—徒。(十一)類別也。如分科傳習曰分—。專精一藝曰專—。(十二)五祀之一。〔禮記月令〕其祀—。(十三)口也。〔老子〕閉其—。(十四)耳目也。〔管子心術〕開其—。(十五)凡關塞多曰—。如玉—關、雁—關、或簡稱玉—雁—之類。(十六)凡海口多曰—。如奉天法庫—。浙江三—灣。福建廈—。廣東江—。皆通商海口。(十七)凡官名多曰—。如周司—。漢期—、黃—。唐—下省。(十八)轅—。以轅表—也。〔周禮掌舍〕設車宮轅—。〔注〕今幕府亦稱轅—牙—。(十九)天—。謂北極紫微宮也。〔老子〕天—開闔。〔又〕大道也。〔莊子天運〕天—弗開矣。〔又〕戌亥之間。乾所據者。〔後漢郎顗傳〕神在天—。〔又〕泰山峯名。〔泰山志〕經小天—大天—。〔又〕兩眉之間天庭也。〔黃庭經〕上合天—入明堂。(二十)—子。大夫之適子也。〔國語晉語〕育—子。(二十一)—冬。一名滿冬。草名。見〔爾雅釋草蘠蘼虋冬注〕。〔按卽今藥品之麥冬。〕(二十二)渠—。軍—也。〔國語齊語〕渠—赤旂。〔注〕渠—。旂名。兩旂所建以爲軍—。(二十三)姓也。後魏—文愛。〔又〕東—。西—。雍—。皆複姓。(二十四)人名。羨—。古仙人。見〔史記秦始皇紀〕。〔按荀子王霸。羨—卽逢蒙。〕(二十五)俗謂發礟之次數曰幾—。(二十六)—司。日本濱海地名。在下關之正南。長崎之東北。爲輪船通常往來之要埠。

一畫

【閂】莫轄切音味黠韻

邪視也。見〔篇海類編〕。

【閅】呼八切音瞎黠韻

邪視也。見〔字彙〕。

【閂】數還切音欆刪韻

門橫關也。見〔字彙補〕。

二畫

【閃】失冉切音潣儉韻子豔切音嚵豔韻

①闚頭門中也。見〔說文〕。〔段注〕王在門中則重王。故入王部。人在門中則重門。故入門部。

②出門皃。見〔廣韻〕。

③忽有忽無也。〔禮記禮運〕故魚鮪不淰。〔注〕淰之言—也。〔疏〕—、是忽有忽無。

④䦱避也。見〔增韻〕。〔按俗稱避人曰—躲。卽此義。〕

⑤—屍。暫見也。〔文選木華賦〕蜩像暫曉而—屍。

⑥—榆。傾佞貌。〔後漢趙壹傳〕榮納由於—榆。

⑦—動貌。〔杜甫詩〕——浪花翻。

⑧—霍。謂電光也。〔顧雲詩〕金蛇飛狀霍—過。〔按通俗編云。文選海賦。矆睒無度。注引說文。矆、大視也。睒、暫視也。俗狀電光之疾。本無定字。似不若矆睒古雅。〕

⑨姓也。明永州判—鑛。

【閅】居尤切音鳩尤韻
訟也。見〔字彙〕。

【閁】居里切音几紙韻
門也。見〔字彙〕。

【𨳌】直刃切音乘丑刃切音疢震韻
登也。二、古文下字。見〔說文〕。〔段注〕登上車也。臣鉉等曰。下言自下而登上也。按从門二、當作从門二。二篆當作𨳌。〔按六書故引唐本。从二、二古文上字。〕

【閄】和鹹切音或陌韻
隱身忽出驚人之聲也。見〔字彙補〕。

【𨳋】同門。見〔篇海〕。

三畫

【閈】侯旰切音翰翰韻

①閭也。汝南平輿里門曰—。見〔說文〕。〔段注〕當許時古語猶存於汝南平輿也。

②閉也。〔左襄三十一年傳〕高其—閎。〔釋文引沈注〕—、閉也。

③垣也。〔文選張衡賦〕—庭詭異。

④居也。見〔廣雅釋詁〕。

⑤扞也。言爲人藩屏以扞難也。見〔御覽引風俗通〕。

⑥人名。戰國時公孫—。謂鄒忌。

【閉】必計切音嬖霽韻必結切音鼈屑韻

①闔門也。从門才、所以歫門也。見〔說文〕。〔段注〕闔下云閉也。與此爲轉注。从門而又象撐歫門之形。非才字也。

②門牡也。〔禮記月令〕修鍵—。〔注〕鍵、牡。—、牝也。

③掩也。〔書大誥〕予不敢—於天降威用。

④塞也。〔易坤文言〕天地—。

⑤壅也。〔國語晉語〕—而不通。

⑥收也。〔春秋緯考異郵〕寒以—也。

⑦藏也。〔史記趙世家〕主父開之。〔索隱〕譙周及孔衍皆作—。—、謂藏也。

⑧絕也。〔素問至眞要大論〕瘕水—。

⑨守也。〔國語晉語〕釋其—修。

⑩紲也。〔詩小戎〕竹—緄縢。〔按正字通云。—爲弓檠。正解紲義。〕

⑪鍾格也。〔淮南道應〕劉氏奪之若轉—鍾。

⑫節氣也。〔左僖五年傳〕凡分至啟—。〔注〕—、立秋立冬也。

⑬結不解者也。〔呂覽君守〕魯鄙人遺宋元王—。

⑭密—也。〔素問舉痛論〕寒則腠理—。

⑮斗建十二值日之一。〔淮南天文〕丑爲—。〔詳建字〕。

⑯外欲不入謂之—。見〔呂覽君守〕。

⑰利邪以食茲謂—。公懼不言道茲謂—。衆不惡惡茲謂—。見〔漢書五行志引京房易傳〕。

⑱—塗。卽攢塗也。〔史記楚世家〕伏師—塗。〔又〕不通外使也。〔左哀六年傳〕潛師—塗。

⑲反—。服式也。〔釋名釋衣服〕反—。襦之小者也。卻向著之領含于項。反于背後—其襟也。

⑳——。盛也。見〔廣雅釋訓〕。

㉑幽—。婦人淫刑也。〔書呂刑宮辟之罰傳〕婦人幽—。

㉒今謂事之終結曰—。如云—會、—幕。

【𨳳】五忽切音兀胡骨切音搰月韻

①婞很也。見〔集韻〕。

(二)一括也。見〔廣韻〕。

【閏】丑住切音厓遇韻
直開也。見〔廣韻〕。

【閆】余廉切音鹽鹽韻
姓也。〔正字通〕說文有閻無一。今姓譜分爲二〔按疑卽閻字〕。

【閔】丑禁切音趂沁韻
從門出入貌。見〔字彙〕。

【閅】他頂切音挺迥韻
門上關也。見〔字彙補〕。

【閇】俗閉字。見〔玉篇〕。

四畫

【開】丘哀切音侅灰韻
(一)張也。見〔說文〕。〔段注〕張者、施弓弦也。門之一、如弓之張。門之閉、如弓之弛。
(二)解也。見〔廣韻〕。
(三)啟也。〔老子〕善閉者無關鍵而不可一。
(四)闢也。見〔爾雅釋言〕。
(五)通也。〔國語晉語〕夫樂以一山川之風。
(六)發頭角也。〔禮記學記〕故君子之教喩也。一而勿達。
(七)始也。〔後漢馮衍傳〕一歲發春兮。百卉含英。
(八)諫爭有所發起也。〔禮記檀弓〕曩者爾心或一予。
(九)門中也。〔莊子人間世〕則支離攘臂於其間。〔釋文〕崔本攘臂於其一、一門中也。
(十)陳說也。〔漢書鄒陽傳〕欲一忠於當世之君。
(十一)肆也。〔李白序〕一瓊筵以坐花。
(十二)寬縱也。〔書多方〕一釋無辜。
(十三)皮膚發泄也。〔素問生氣通天論〕一闔不得。
(十四)勸課也。〔荀子富國〕一其源。
(十五)喘息也。見〔老子注〕。
(十六)一卒居前曰一。見〔周書武順〕。
(十七)分離也。〔杜甫詩〕蛟龍闢不一。
(十八)銷滅也。〔朱熹詩〕幾度呼童掃不一。
(十九)豁達也。〔晉書胡奮傳〕奮性一朗。
(二十)首塗也。如云一船、一車。
(廿一)疏鑿也。如云一河、一礦。
(廿二)免除也。如官吏之一缺、一去差使。
(廿三)條列也。如事物之一單、一帳。
(廿四)分數也。如俗稱金銀小角爲八一、四一。
(廿五)沸也。如俗稱沸湯爲一水。
(廿六)斗建十二値日之一。〔淮南天文〕子爲一。〔詳建字〕。
(廿七)州名。唐置。屬山南道。本漢朐䏰縣地。當今四川一縣治。〔又〕金一州。屬大名府路。當今直隸濮陽縣治。〔又〕明一州。屬貴州貴陽府。今改紫江縣。
(廿八)一靜。動靜也。〔管子幼官〕凡物一靜。
(廿九)一闔。猶一闢也。〔漢書禮樂志〕參作一闔。〔按闔本作閉解。晉灼注獨異義〕〔又〕治亂之際也。〔老子〕天門一闔。
(三十)人名。〔左襄二十三年傳〕晉一御戎。〔注〕齊臣。
(卅一)一陽。星名。〔後漢張衡傳注〕北斗第六星爲一陽。
(卅二)一明。獸名。〔山海經海內西經〕一明獸身大類虎、而九首。〔注〕一明天獸也。〔又〕日之所出也。〔淮南地形〕東方曰東極之山。曰一明之門。
(卅三)一府。官名。〔杜甫詩〕淸新庾一府。〔按南北朝官制。有一府儀同三司。本京朝官。後世襲爲督撫之稱。〕
(卅四)一士。僧之悟圓通者。〔李白詩〕衡嶽有一士。
(卅五)通闓。〔漢書兒寬傳〕發祉闓門。〔注〕闓讀與一同。
(卅六)姓也。漢司馬一章。明尙書一濟。

【開】輕煙切音汧先韻
岍或字。〔集韻〕岍。山名。在雍州。或作一。通作汧。〔按山在今陝西隴縣〕。

【閌】口浪切音亢漾韻　丘岡切音穅陽韻
(一)一閬。高門也。見〔說文新附〕。〔按漢書揚雄傳一閬其寥廓兮。注。高門貌。文選注。高也。〕
(二)盛貌。見〔詩緜釋文引韓詩〕。
(三)同伉。〔文選左思賦〕高門有一。〔注〕毛詩曰臯門有伉。與一同。

【閍】晡橫切音繃庚韻　分房切音方陽韻　名延切音緜先韻
(一)宮中門也。亦巷門。見〔玉篇〕。
(二)廟門名。〔爾雅釋宮〕一謂之門。

【閎】乎萌切音宏　胡肱切音弘　呼宏切音訇庚韻

(一)巷門也。見〔說文〕。〔段注〕巷者里中道也。然則巷猶閭也。〔按桂注釋宮〕衖門謂之—。孫炎曰、衖舍間道也。〕

(二)曲門中也。〔左昭二十年傳〕使華齊御公孟宗魯驂乘及—中。

(三)門也。〔左襄十一年傳〕高其閈—。〔按文選左思賦瑋豐樓之閈—。劉注門中所從出入也。〕

(四)門辟旁長隙也。〔爾雅釋宮〕所以止扉謂之—。

(五)虛廓也。〔莊子知北游〕彷徨乎馮—。大知入焉而不知其所窮。

(六)大也。〔漢書司馬相如傳〕布濩—澤。

(七)中寬也。〔禮記月令〕其器圜以—。〔注〕—讀如紘。紘、謂中寬象土含物。

(八)——。敦美之意也。〔太玄交〕大圈——。〔又〕大聲也。〔石介詩〕雷霆——。

(九)九—、天門也。〔漢書揚雄傳〕騰九—。〔注〕九—、九天之門。

(十)人名。〔史記曆書〕落下—運算轉曆。

(十一)姓也。〔書君奭〕有若—夭。

【閏】如順切音潤震韻

(一)餘分之月。五歲再—也。告朔之禮。天子居宗廟。—月居門中。从王在門中。周禮—月王在門中終月也。見〔說文王部〕。〔段注〕此說字形也。〔按—月者、附月之餘日也。集餘以正節候也。陰曆以地繞日紀年。月繞地紀月。地球自轉紀日。地繞日一周。當月繞地十二周。又三分之一強。故每歲約多十日有奇。積以置—。十九年七—。五年再—。月無中气。陽曆以太陽紀年。地繞日一周。當地球自轉三百六十五周又四分之一。積四年而—一日。四年所積實不足一日。故百年二十四日。—日常加於二月內。通訓定聲云、或曰唐虞時尚無王字。此字从三、三年一—也。从—、猶一也。存參。〕

(二)不正之位也。〔漢書王莽傳贊〕紫色蠅聲。餘分—位。〔按史家以非正統者爲—。宋史載宋庠嘗輯紀年通譜。區別正—。爲十二卷。司馬光亦云。先儒謂秦爲—者。以其居二代之間而非正統。如—居兩月之間而非正月也。〕

(三)人名。前漢功曹吏戴—。後漢中常侍李—。

【閑】何間切音閑刪韻〔古與閒通。〕

(一)闌也。从門中有木。見〔說文〕。〔注〕以木歫門也。

(二)防也。〔易乾文言〕—邪存其誠。

(三)闌也。〔易大畜〕日—輿衛。

(四)限也。〔太玄覲〕中心—也。

(五)閉也。〔太玄閑〕—其藏。

(六)猶法也。〔論語子張〕大德不踰—。

(七)大也。〔詩殷武〕旅楹有—。〔疏〕陳列其楹有—然而大。

(八)習也。〔詩駟驖〕遊于北園。四馬既—。

(九)謂扞禦也。〔穀梁桓二年傳〕孔父—也。

(十)正也。見〔廣雅釋詁〕。

(十一)暇也。見〔廣韻〕。

(十二)多見曰—。見〔荀子修身〕。

(十三)廐也。〔周禮校人〕天子十有二—。〔注〕每廐爲一—。

(十四)梐枑也。〔周禮虎賁〕舍則守王—。〔疏〕—與梐枑、皆禁衛之物也。

(十五)——。男女無別往來之貌。〔詩十畝之閒〕桑者——兮。〔又〕無所容貌。〔莊子齊物論〕大知——。〔又〕動搖也。〔詩皇矣〕臨衝——。〔又〕盛也。見〔廣雅釋訓〕。

(十六)幽—也。〔文選曹植樂府〕美女妖且—。

(十七)—靜無欲也。〔淮南本經〕—靜而不躁。

(十八)—暇。不驚恐也。〔文選賈誼賦〕貌甚—暇。

(十九)通嫺。〔王嘉拾遺記〕周羣妙—算術讖說。

【閒】居閑切音閒刪韻〔俗作間。〕

(一)隙也。从門月。見〔說文〕。〔段注〕會意也。門開而月入。門有縫而月光可入。皆其意也。

(二)中也。〔史記郭解傳〕邑中賢豪居—。以十數。〔注〕居中和輯之。

(三)裏也。〔莊子人閒世〕攘臂于其—。

(四)際也。〔禮記樂記〕一動一靜者天地之—也。

(五)不及旁也。見〔墨子經上〕。

(六)容也。〔禮記文王世子〕遠近—三席。

(七)介一也。〔文選馬融賦〕是以—介無蹊。
(八)比日也。〔漢書敍傳〕—顏色瘦黑。
(九)頃也。〔莊子大宗師〕莫然有—。
(十)一室之—也。〔杜甫歌〕安得廣廈千萬—。〔按、—猶室也房也。中語寫字—。大餐—。江西有云—裏。日本語謂空房曰空—。〕
(十一)猶言中—之時也。〔漢書文帝紀〕—者、諸呂用事擅權。
(十二)—關車舝聲也。〔詩車舝〕—關車之舝兮。〔又〕猶崎嶇也。〔後漢鄧隲傳〕—關詣闕。〔又〕猶展轉也。〔後漢荀彧傳〕—關以從曹氏。
(十三)—有所—別也。〔莊子齊物論〕小知——。〔按莊子天運、食於苟—之田。釋文引司馬注云、—分別也。〕
(十四)黃—。弩名。〔文選潘岳賦〕捧黃—以審彀。
(十五)白—。青瑣之側、以白塗之也。〔文選何晏賦〕皎皎白—。離離列錢。
(十六)日本度名。長六尺爲一—。當我國五尺八寸九分强。

【閒】何間切音閑刪韻〔古與閑通〕

(一)簡也。事功簡省也。見〔釋名釋言語〕。
(二)息也。〔國語晉語〕可以少—。
(三)暇也。〔左昭五年傳〕—而以師討焉。
(四)靜也。〔楚辭招魂〕待君之—些。
(五)安也。見〔集韻〕。
(六)私也。〔後漢鄧禹傳〕因畱宿—語。
(七)微也。〔史記越世家〕請—行言之。
(八)宂職也。〔韓愈文〕投—置散。
(九)空隙也。〔禮記曲禮〕少—。願有復也。〔注〕言欲須少空—有所白也。
(十)大也。〔書大傳〕—尾倍其身。
(十一)近也。〔左成十六年傳〕—蒙甲冑。
(十二)空寬曰—。〔楚辭招魂〕像設君室。靜—安些。
(十三)退燕避人曰—居。見〔禮記孔子閒居釋文〕。
(十四)—民。無事業者。〔周禮大宰〕九曰—民。無常職。
(十五)—燕。猶淸淨也。〔國語齊語〕處士使就—燕。
(十六)等—。猶碌碌也。〔孟郊詩〕官情惟等—。

【閒】居莧切音襉諫韻

(一)代也。〔詩桓〕皇以—之。
(二)迭也。〔書益稷〕笙鏞以—。
(三)異也。〔論語先進〕人不—於其父母昆弟之言。
(四)廁也。〔左隱三年傳〕遠—親。新—舊。
(五)俔也。見〔爾雅釋言〕。〔注〕左傳謂之諜。卽今之細作。
(六)加也。見〔廣雅釋詁〕。
(七)擇也。見〔廣雅釋詁〕。
(八)⿰言昆也。見〔廣雅釋詁〕〔釋文〕⿰言昆卽⿰言昆謗之⿰言昆。
(九)謂夾者也。見〔墨子經〕。
(十)以中情出、小曰—。大曰講。見〔大戴記千乘〕。
(十一)別也。〔禮記內則〕夫婦之禮。唯及七十同藏無—。
(十二)私也。〔後漢譙玄傳〕—竄歸家。
(十三)隔也。〔漢書韋玄成傳〕—歲而祫。
(十四)遠也。〔淮南俶眞〕則醜美有—矣。
(十五)與也。〔左莊九年傳〕肉食者謀之。又何—焉。
(十六)隙也。〔左哀二十七年傳〕故君臣多—。
(十七)離也。〔國語晉語〕且夫—父之愛而嘉其貺。
(十八)多也。〔素問標本病論傳〕謹察—甚。〔注〕—、謂多也。甚謂少也。
(十九)私候也。〔管子制分〕日五—之。
(二十)病差也。〔論語子罕〕病—。
(廿一)少時也。〔孟子滕文公〕夷子憮然爲—曰。
(廿二)訾議也。〔左定四年傳〕—惎王室。
(廿三)非也。〔孟子離婁〕政不足—也。
(廿四)雜亂也。〔管子任法〕無—識博學辨說之士。〔注〕法行則博學辨說之人。不敢不亂識事也。
(廿五)不正也。〔禮記玉藻〕衣正色。裳—色。
(廿六)—執。猶云塞也。〔左僖二十八年傳〕願以—執讒慝之口。

【閒】賈限切音簡潸韻

覸也。見〔廣雅釋詁〕。

【閒】下瞎切音舝黠韻

代也。見〔爾雅釋詁〕〔施乾讀〕。

【閔】美隕切音敏軫韻

(一)弔者在門也。見〔說文〕。〔段注〕引伸爲凡痛惜之辭。俗作憫。
(二)病也。〔詩柏舟〕覯—既多。
(三)疾也。〔家語儒行〕不—有司。〔按禮記儒行注。言不爲羣吏所困迫。〕

則疾爲疾恨意〕。
④傷念也。〔詩汝墳序〕婦人能—其君子。
⑤憂也。〔左宣十二年傳〕少遭—凶。
⑥昏闇也。〔史記范睢蔡澤傳〕竊—然不敏。
⑦——憂貌。〔左昭三十二年傳〕——焉如農夫之望歲。〔又〕深遠也。〔素問靈蘭祕典論〕——之當。
⑧地名。〔穀梁僖二十三年傳〕齊侯伐宋圍—。
⑨人名。〔漢書高帝紀〕立魯頃王子郚鄉侯—爲王。
⑩通黽。〔漢書谷永傳〕—勉遁樂。〔注〕—勉猶黽勉也。
⑪通愍。〔詩載馳序〕—其宗國顛覆。〔釋文〕—本作愍。
⑫通湣。〔左傳〕魯—公。〔史記魯周公世家作湣公〕

【閔】眉貧切音珉眞韻　病也。〔詩鴟鴞〕恩斯勤斯。鬻子之—斯。

【閜】魚駕切音訝禡韻　①開裂。見〔集韻〕。②豁—空虛也。〔文選司馬相如賦〕谽呀豁—。

【閕】虛加切音煆麻韻　門閉。見〔集韻〕。

【⿵門完】古滿切音管旱韻　通管。所以出鍵也。見〔五音集韻〕。

【⿵門公】諸容切音鍾冬韻　門外開。見〔集韻〕。

【⿵門屯】徒渾切音屯元韻　闔門也。見〔集韻〕。

【⿵門內】而睡切音二寘韻　內入也。見〔玉篇〕。

【⿵門系】胡計切音系霽韻　胡介切音解卦韻　門扇。見〔字彙〕。

【⿵門必】同閟。見〔集韻〕。〔按正字通云。閟譌字。〕

【⿵門乃】許及切音吸緝韻　鬧也。見〔字彙〕。

【⿵門介】下介切音械卦韻　胡計切音系霽韻　門扉也。見〔說文〕。〔按大徐本作門扇〕

【⿵門弟】他頂切音珽迥韻　門上關也。見〔廣韻〕。

【⿵門丑】女九切音紐有韻　女洽切音囡洽韻　門關也。見〔集韻〕。

【⿵門毛】蘇紺切音俕勘韻　覆蓋也。〔路史三皇紀〕辰放氏作。時多陰風。教民絇髮—首去靈雨。而人從之。〔按正字通云。即今雨笠。所以覆冒其首也。〕

【関】呼決切音血屑韻　闃—。無門戶也。見〔集韻〕。

【⿵門皮】便亦切音擗陌韻　開也。啟也。見〔字彙補〕。〔疑即闢字之譌〕

【⿵門分】芳文切音芬文韻　火氣也。見〔字彙補〕。

【⿵門网】微防切音罔養韻　圍水也。見〔字彙補〕。

【⿵門卞】皮變切音卞霰韻　搏也。見〔篇海類編〕。

【⿵門寸】同閉。見〔字彙補〕。

【𨳌】闢古文。〔說文〕虞書曰。闢四門。从門从𠬞。〔按段玉裁云。虞書曰闢四門六字。當在上闢字从門辟聲之下。於从門从𠬞之上。當依匡謬正俗玉篇補古文闢三字。張揖古今字詁云。—闢古今字。自衞包徑改—爲闢。而古文之見於尙書者滅矣。〕

【𨳍】古開字。見〔說文〕。

【⿵門月】古閒字。見〔集韻〕。

【閇】同閉。見〔字彙〕。

【間】閒俗字。見〔正字通〕。

【⿵門玉】閏譌字。見〔正字通〕。

五畫

【⿵門旦】黨旱切音亶旱韻　①臬也。門旁橛。所以止扉。見〔玉篇〕。②關也。見〔集韻〕。

【閜】許下切音⿰口閜馬韻　①大開也。一曰大桮也。見〔說文〕。〔桂注〕廣韻。—、大裂。廣雅。—、開也。方言。—、桮也。其大者謂之—。②空虛也。〔史記司馬相如傳〕谽呀豁—。

【閜】倚可切音旖口我切音可哿韻

①閜省字。〔集韻〕閜門傾。或省。

②—砢。相扶持也。〔漢書司馬相如傳〕阬衡—砢。

【閟】兵媚切音祕賁韻彼義切音賁寘韻

①閉門也。春秋傳曰。—門而與之言。見〔說文〕〔段注〕引申爲凡閉之稱。

②愼也。〔書大誥〕天—毖我成功所。

③神也。〔詩閟宮〕—宮有侐。〔箋〕姜嫄神所在。故廟曰神宮。〔又〕淸淨也。〔孟子音義〕—宮。淸淨之宮。

④盡也。〔左閔二年傳〕命以時卒。—其事也。〔注〕冬十二月。—盡之時。

⑤大便乾澀不利也。〔素問五常政大論〕其病癃—。

⑥深也。幽也。見〔洪武正韻〕。

⑦通祕。〔詩閟宮〕—宮有侐。〔文選王延壽賦張注作祕宮有侐〕

【閉】呼計切音係霽韻 古閉字。見〔說文〕〔段注〕此篆各本體誤。汗簡等書皆誤。今攷正。〔按諸家說文多作閉。玉篇亦然。惟段本改作—。且云與古文恆同。中从古文月。義似較長。故从之。而仍存玉篇說于閉下。〕

【閠】丑注切樞去聲遇韻 直開也。見〔集韻〕。

【閪】大浪切音宕漾韻 門不開也。見〔集韻〕。

【閘】乙甲切音押洽韻 開閉門也。見〔說文〕〔段注〕謂樞轉軋軋有聲。

【閘】谷盍切音頷合韻 以時啟閉之水門也。〔正字通〕漕艘往來於運河。壘石左右如門。設版瀦水。時啟閉以通舟。門容一舟。銜尾貫行。門曰—門。河曰—河。設—官司之。〔按上海有新—路。讀若查。〕

【閃】側銜切音尖咸韻 立待也。見〔玉篇〕。

【閕】奴禮切音禰薺韻 智力劣也。見〔五音集韻〕。〔按集韻。閣、或作閕。从門。此从門。譌也。〕

【閛】披耕切音怦庚韻 闔扉聲也。〔法言問道〕閛之廓然見四海。閉之—然不覩其裏。〔按俗本作闓然。誤。〕

【閞】叵迸切音軒迥韻 開閉門也。見〔集韻〕。

【閛】普耕切音烹庚韻 門聲。見〔篇海〕。

【閪】余支切音移支韻 門曰。見〔集韻〕〔正字通云。義同扅。〕

【閚】癡廉切音覘鹽韻 小開門以候望也。見〔集韻〕。

【閊】尹占切音沾鹽韻 獲也。見〔玉篇〕。

【閐】堂練切音殿霰韻 同闐。于—。國名也。見〔篇海類篇〕。

【関】徒結切音耋屑韻 闗—。鄭城門也。見〔集韻〕。〔按左傳作桔柣。〕

【閲】古奚切音稽齊韻 門曰也。見〔篇海類篇〕。

【閑】戶感切音頷感韻 門也。見〔字彙〕。

【閆】祛玉切音曲沃韻 門—也。見〔篇海〕。

【閝】郎丁切音靈青韻 門上窗謂之—。見〔集韻〕。

【閞】皮變切音卞霰韻扶萬切音飯願韻 門欂櫨也。見〔說文〕。〔按爾雅釋宮。—謂之槉。疏。—者柱上木名。又謂之槉。又名欂。亦名枅。柱上方木是也。〕

【閜】古祜字。見〔玉篇〕。

【閞】古開字。見〔集韻〕。

【閘】同閘。見〔篇海〕。

【閌】同扃。見〔類篇〕。

【閺】同閺。見〔篇海〕。〔按正字通云。閺字之譌。〕

【閘】闊省文。見〔集韻〕。

【閙】鬧譌字。見〔正字通〕。

六畫

【閡】五溉切音礙隊韻

❶外閉也。見〔說文〕。〔段注〕有外閉則爲礙。

❷限也。見〔小爾雅廣言〕。

❸止也。〔易蒙注〕退則困險。進則—山。

❹蒙昧也。〔抱朴子仁明〕學而不思。則疑—實繁。

❺阻滯也。〔抱朴子廣譬〕凌風蹈雲。不蹊不—者。以其六翮之輕勁也。

❻抵害也。〔列子黃帝〕和者大同於物。物無得傷—者。

❼同礙。〔後漢虞詡傳〕不令有所拘—而已。〔注〕—與礙同。

【閡】下改切音亥賄韻

藏塞也。〔漢書律曆志〕該藏萬物。而雜陽—種。

【閡】紇則切音劾職韻

礙也。見〔集韻〕。

【閡】苦亥切音愷賄韻

開也。見〔五音集韻〕。

【閄】所進切音阠震韻

❶生澀不滑貌。見〔五音集韻〕。

❷守門也。見〔篇海〕。

【閣】古洛切音各藥韻

❶所以止扉者。見〔說文〕。〔段注〕釋宮曰。所以止扉謂之—。〔按郭注〕門辟旁長橛也。杙注。釋宮、樴謂之杙。大者謂之栱。長者謂之—。廣雅、—止也。〕

❷庋藏之所。見〔集韻〕。

❸樓也。見〔玉篇〕。

❹觀也。見〔廣韻〕。

❺藏也。見〔廣雅釋詁〕。

❻跂也。見〔廣雅釋詁〕。

❼便殿也。〔正字通〕唐制。宣政、前殿也。謂之衙。衙有仗。紫宸、便殿也。謂之—。朔望不御前殿而御紫宸。謂之入—。

❽庖廚也。〔禮記內則〕大夫七十而有—。木板爲之所以庋食物者。

❾帖名。〔陶宗儀輟耕錄〕—帖爲祖。絳帖次之。〔按謂宋時淳化—帖〕。

❿官署名。〔文選陸機詩〕升降祕—。〔注〕祕—、卽尙書省。〔按南唐近事云。一日講—老待漏朝堂。宋史職官志云。宣贊舍人與—門祗候。明史職官志云入內—爲輔臣。預機務。淸亦設內—。掌敷奏傳宣事。是—爲歷代最高官署之稱。〕

⓫停輟也。〔魏志王粲傳注〕至於朝廷奏議。皆—筆不能措手。〔俗作擱〕。

⓬——。端直貌。〔詩斯干〕約之——。〔又〕蛙鳴聲。〔韓愈詩〕蛙黽鳴無謂。——只亂人。

⓭邸—。商店也。〔唐書裴休傳〕時方鎭設邸—。居茶取直。

⓮—道。複道也。〔史記秦始皇紀〕周馳爲—道。〔又〕棧道也。〔史記高祖紀〕輒燒絕棧道注〕絕險之處。傍鑿山巖而施版梁爲—。〔又〕星名。〔史記天官書〕紫宮後六星極漢抵營室曰—道。

⓯姓也。唐御史—輔。

【閤】古沓切音合合韻

❶門旁戶也。見〔說文〕。〔段注〕釋宮曰。小閨謂之—。漢人所謂—者。皆門旁戶也。皆於正門之外爲之。〔按漢書公孫弘傳。開東—以延賢人。師古注。—者小門也。〕

❷—閭。船首也。〔方言〕—閭。今江東呼船頭屋謂之飛閭是也。

❸—門。水名。卽浩亹河也。見〔水經河水注〕。〔按浩亹與—門音近。實卽一水。源出馬寒山峽中。東流入黃河。在今甘肅金縣城南。〕

❹通閣。〔正字通〕貞觀制。自今中書門下及三品以下入—議事。諫官隨之。宋太宗藏經史子集天文圖書分六—。

❺今俗借作合義。如云—第、—府。

【⿵門易】苦穴切音闋屑韻

❶空也。見〔廣雅釋詁〕。

❷—閴。無門戶也。詳閴字注。

【閥】房越切音伐月韻

❶—閱。自序也。見〔說文新附〕。〔又〕功狀也。〔史記高祖功臣侯年表〕古者人臣功有五品。明其等曰—。積日曰閱。〔又〕門之在左者。〔洪武正韻〕門在左曰—。在右曰閱。〔按正字通云。元朝品制。有爵者、其門爲烏頭—閱。冊府元龜云。—閱二柱。相去一丈。柱端置瓦筒。號爲烏頭。〕

❷門限也。〔家語公西赤問〕側門而與之言。皆不踰—。

❸名—。謂門第與族也。〔唐書柳玭

傳〕子孫衆盛。寶爲名—。

四通伐所踐歷也。〔左成十六年傳〕郤至驟偁其伐閦。

【閦】初六切音琡屋韻

一衆也。見〔玉篇〕。

二衆在門中。見〔集韻〕。

三阿—佛名。〔法華經〕其二沙彌東方作佛。一名阿—。在歡喜國。一名須彌頂。〔按阿—此言無動也。具云阿—鞞。鞞亦作毘。〕

【閨】古攜切音邽齊韻

一特立之戶。上圜下方。有似圭。見〔說文〕。〔按左襄十年傳。蓽門—竇之人。與禮記儒行蓽門圭窬。音義同。〕

二宮中小門也。〔爾雅釋宮〕宮中之門謂之闈。其小者謂之—。

三閨也。〔楚辭逢尤〕念靈—兮奧重深。

四閨也。〔國策齊策〕至中—。

五守也。〔公羊宣六年傳〕入其閨則無人—焉者。

六大夫以降內殺亦稱—。〔文選枚乘七發〕今大夫貴人之子。必宮居而—處。

七刺—女官名。〔南史陳文帝紀〕每夜刺—取外事分判者前後相續。敕雞人司漏傳籤殿中。

八金—列名仕版也。〔謝朓詩〕既通金—籍。

九蘭—婦女所居也。〔劉珊詩〕妝罷出蘭—。〔今俗稱未字女曰—女〕

【閩】眉貧切音珉眞韻無分切音文文韻謨官切音瞞寒韻

一東南越蛇種也。見〔說文蟲部〕。〔段注〕職方氏七—。後鄭曰。—蠻之別也。〔按卽今福建地。故福建省或簡稱—省。〕

二縣名。隋置。屬揚州建安郡。當今福建—縣東北。〔又〕宋—縣屬福建路福州。當今福建—縣治。

三古養鳥官也。〔周禮閩隸〕—隸掌役畜養鳥而阜蕃敎擾之。

四通蟁。〔大戴記夏小正丹鳥羞白鳥傳〕白鳥也者。謂—蚋也。

五通澠。〔史記田完世家〕田穉生澠孟莊。〔索隱引世本作—孟克〕

【閛】披耕切音怦庚韻

閛扉聲。見〔集韻〕。

【閤】下八切音黠黠韻

門聲。見〔廣韻〕。

【閜】奚結切音纈屑韻

—閥。鄭門名。詳閥字。

【閅】莫侯切音謀尤韻

開也。見〔篇海類編〕。

【閪】許逼切音旭職韻

門阻也。見〔字彙〕。

【閘】先揔切音敵董韻

門臼也。見〔五音集韻〕。

【閾】祛王切音匡陽韻丘玉切音曲沃韻

門—。門周木也。見〔類篇〕。

【闈】魚爲切音危支韻古委切音詭紙韻

門危也。見〔字彙〕。

【闢】所晏切音訕諫韻

編竹木爲落也。見〔集韻〕。

【閬】下簡切音限潸韻

門閾也。見〔廣韻〕。

【閡】初六切音琡屋韻

衆也。見〔廣韻〕。

【閧】胡絳切音巷絳韻

鄉或字。〔集韻〕鄉。說文、重中道也。或作巷、衖、䢽—。

【閇】苦滑切音䯊黠韻呼括切音豁曷韻

門大開皃。見〔集韻〕。

【閨】丁結切音窒徒結切音蓋屑韻職日切音質質韻

閉門也。〔類篇〕門閨謂之—。

【閝】那含切音男覃韻

門人也。見〔篇海〕。

【閵】良忍切音嶙軫韻

火貌。見〔字彙補〕。

【閍】余支切支韻

門臼也。見〔五音篇海〕。

【閞】開本字。見〔說文〕。〔按大徐本改爲从門从幵。諸本皆作開。〕

【閒】古闕字。見〔玉篇〕。

【閔】同衂。靜也。見〔集韻〕。

【閿】闞俗字。見〔正字通〕。

【閐】寺俗字。見〔正字通〕。

七畫

【閫】苦本切音悃阮韻苦悶切音困願韻
㈠門限也。見〔廣韻〕。
㈡郭中門橛也。〔史記張釋之馮唐傳〕—以內者寡人制之。
㈢—閫門之內也。〔文選班固史述贊〕—閫恣趙。
㈣天—天門之—也。〔漢書揚雄傳〕天—決兮地垠開。
㈤通梱。〔禮記曲禮〕外言不入于梱。〔釋文〕本又作—。

【閬】郎宕切音浪漾韻盧當切音郎徒郎切音唐陽韻
㈠門高也。見〔說文〕。〔段注〕文選甘泉賦注引作門高大皃。𨸏部云、阬—也。此曰—門高皃。相合爲一義。
㈡空曠也。〔莊子外物〕胞有重—。
㈢—虛空也。〔漢書揚雄傳〕閌—其寥廓兮。〔又〕明大也。〔後漢張衡傳〕集大微之——。
㈣土—郭外也。〔管子度地〕城外爲之郭。郭外爲之土—。
㈤—風山名也。〔離騷〕登—風而緤馬。〔注〕—風山、在崑崙之上。
㈥州名。唐置。屬山南道。本漢—中縣地。當今四川—中縣西。

【閬】里黨切音朖養韻
㈠爣—。寬明貌。〔文選王延壽賦〕鴻爣炾以爣—。
㈡人名。〔史記周紀〕釐王子惠王—立。

【閬】里養切音兩養韻
同蜽。蛧蜽也。〔史記孔子世家〕木石之怪夔罔—。〔按左傳莊子孔叢子作罔兩國語說文作蛧蜽。皆魍魎之通借〕

【閭】凌如切音臚魚韻
㈠里門也。周禮、五家爲比。五比爲—。—侶也。二十五家相羣侶也。見〔說文〕〔段注〕侶當作旅。旅、眾也。此引周禮言—之古義。
㈡當道門也。〔公羊成二年傳〕相與踦—而語。
㈢居也。見〔廣雅釋詁〕。
㈣聚也。〔莊子秋水〕尾—泄之。〔按文選嵇康論引莊子司馬注。—者聚也。水聚族之處故稱—也。〕
㈤門名。〔左襄十八年傳〕州綽門於東—。〔注〕齊東門。
㈥陣名。〔周書武順〕左右一卒曰—。
㈦山名。〔水經沂水注〕沂水又南與—山水合。水出—山。東南流總歸於沂。〔按—山卽石—山。史記封禪書。石—在泰山下址南方。當今山東泰安縣南。又有醫無—山。在今奉天北鎭縣西。〕
㈧獸名。〔儀禮鄉射禮記〕於郊則—中。〔注〕—獸名。如驢一角。或曰如驢歧蹄。〔按山海經北山經。縣雍之山其獸多—。注、—卽羭也。一名山驢。〕
㈨—師。官名。見〔周禮地官序官〕。
㈩—辟。劍名。〔荀子性惡〕鉅闕辟—。古之良劍。〔按博物志繫—亦劍名。〕
⑪—奄。草名。〔漢書司馬相如傳〕奄—軒于。〔注〕奄—。蒿也。子可治疾。〔按本草綱目名覆—。〕
⑫并—。木名。〔史記司馬相如傳〕仁頻并—。〔按并—、卽栟櫚。〕
⑬爻—。帟帳也。見〔周書王會〕。〔參閱爻字〕。
⑭三鄰爲—。見〔華嚴經引書大傳〕。〔按此以十五家爲—與許異。〕

【閳】居六切音匊屋韻
㈠閑也。見〔集韻〕。
㈡閉也。見〔類篇〕。
㈢通曰兩手捧物也。見〔篇海類編〕。

【閱】弋雪切音悅屑韻
㈠具數於門中也。見〔說文〕〔段注〕具者、供置也。數者、計也。計者、會也。算也。云於門中者。以其字从門也。春禮大—。注曰。簡軍實也。左氏春秋大—。傳曰簡軍馬也。
㈡省視也。〔管子度地〕常以秋歲末之時—其民。〔猶云巡—〕
㈢察也。見〔韻會〕。
㈣觀也。見〔洪武正韻〕。〔今云—兵、—卷、卽此義〕
㈤更歷也。〔漢書文帝紀〕天下之義理多矣。〔今云—歷〕
㈥積功也。〔後漢章帝紀〕或起甽畝。不繫閥—。〔注〕史記曰。明其等曰閥。積其功曰—。言前代舉人務取賢才。不拘門地也。
㈦總也。〔淮南俶眞〕此皆生一父母而—一和也。
㈧容也。〔詩谷風〕我躬不—。
㈨解也。〔詩蜉蝣〕蜉蝣掘—。〔箋〕掘—、掘地解—。謂其始生也。〔按段玉裁云。此假爲穴。

❿悅懌之意也。見〔詩蜉蝣疏〕。

⓫窠也。〔老子〕自古及今。其名不去。以—衆甫。

⓬直遂也。〔爾雅釋宮〕桷直而遂謂之—。〔疏〕屋椽長直而遂達五架屋際者名—。

⓭賣也。〔荀子修身〕良賈不爲折—不市。〔按今謂買賣損價曰折—〕。

⓮展覽文籍也。〔唐書段成式傳〕祕閣書籍披—皆徧。

⓯人名。〔左僖三十年傳〕冬王使周公—來聘。

【閖】霍虢切音謋　呼麥切音剨陌韻

❶門聲也。見〔玉篇〕。

❷開也。見〔集韻〕。

【閑】勅六切音蓄屋韻

衆也。見〔字統〕。

【閷】同都切音徒虞韻

地名。見〔集韻〕。

【閤】訛胡切音吾虞韻

國名。見〔篇海類編〕。〔按正字通云。左傳本作郚〕。

【閪】胡沃切音鵠沃韻

門聲也。見〔廣韻〕。

【閘】余隴切音勇腫韻

門入也。見〔玉篇〕。

【閮】唐丁切音庭青韻

門中也。見〔集韻〕。

【閮】待鼎切音挺迥韻

門外啟謂之—。見〔集韻〕。

【閯】所稼切音嗄禡韻

開也。見〔集韻〕。

【閒】初六切音閦屋韻

佛之名。見〔字彙補〕。〔按當是阿閦閦字之譌〕。

【関】苦穴切音窟屑韻

無門戶也。見〔篇海〕。

【閡】詩止切音始紙韻

門也。見〔篇海類編〕。

【閜】烏可切音妸韻

門傾也。見〔龍龕手鑑〕。

【閝】丘帝切音契霽韻

門也。見〔字彙補〕。

【閞】博古切音補麌韻

門也。見〔五音集韻〕。〔按即鋪俗字〕。

【閟】古患字。見〔字彙〕。

八畫

【閵】良刃切音吝震韻　郎甸切音諫霰韻

❶今—。似雉鴿而黃。見〔說文隹部〕。〔段注〕今—鳥名。玉篇作佘—。

❷踐也。〔漢書司馬相如傳〕徒車之所—轢。

【閛】手微切音肥微韻

❶門火氣。見〔玉篇〕。

❷同扉。戶扇也。見〔篇海類編〕。

【閣】胡官切音桓寒韻

❶深閣也。見〔五音集韻〕。

❷闌也。見〔字彙〕。

【閶】尺量切音昌陽韻

❶—闔。天門也。楚人名門皆曰—闔。見〔說文〕。〔段注〕閶闔二字今補。離騷、大人賦、淮南子西京賦、靈光殿賦、大象賦、皆云—闔。王逸高誘薛琮韋昭李善注皆曰天門也。

❷—風。秋風也。〔文選張衡賦〕俟—風而西遐。

❹倡也。見〔史記律書注〕。

❺大也。見〔淮南墬形注〕。

❻門名。〔吳越春秋闔閭內傳〕闔閭欲西破楚。楚在西北。故立—門以通天氣。因復名之破楚門。

❼同闔。〔漢書揚雄傳〕西馳閶闔。〔注〕闔讀與—同。

【闛】他郎切音湯陽韻

鼓聲也。見〔集韻〕。〔按即詩邶風擊鼓其鏜之鏜。或作—〕。

【閹】衣廉切音淹豔韻　衣檢切音淹琰韻

❶門豎也。宮中奄昏閉門者。見〔說文〕。〔段注〕豎猶孺也。司門則曰門豎。周禮注曰。奄、精氣閉藏者。今謂之宦人。他豎不必奄人。此豎則奄人也。故从奄。一說當依小徐作—闔閉門者。一說當作宮中掩門者。

❷男無勢精閉者。〔漢書敘傳〕—尹之呰。〔注〕謂其精氣奄閉不洩也。

❸陽氣獨盛也。〔管子幼官〕舂行夏政—。

●四 歲名。〔爾雅釋天〕太歲在戊曰—茂。〔李注〕—、蔽也。〔按史記曆書作淹茂。漢書天文志作掩茂。〕
●五 通奄。〔詩召旻箋〕而近任刑奄之人。〔釋文〕奄、本又作—。

【閸】渠羈切音奇支韻
●一 克也。見〔五音集韻〕。
●二 信也。見〔五音集韻〕。
●三 劀截也。見〔五音集韻〕。

【閸】虛宜切音犧支韻
—䧍。隙也。見〔集韻〕。

【閻】余廉切音鹽鹽韻
●一 里中門也。見〔說文〕。〔段注〕別于閭閈爲里外門也。〔按桂注。里中門也者。顏注急就篇同。後漢書班固傳。閭—日千。注云。—里中門也。〕
●二 衖也。〔廣雅釋室〕—謂之衖。
●三 食—。勸也。南楚、凡己不欲喜而勞人說之。不欲怒而旁人怒之。謂之食—。見〔方言〕
●四 有—。地名。〔左定四年傳〕取于有—之土。以共王職。〔注〕有—、衞所受朝宿邑。蓋近京畿。〔按當今陝西朝邑縣境。〕
●五 —咨。開也。東齊開戶謂之—咨。見〔方言〕。
●六 —羅。史傳相傳主持地獄者也。〔隋書韓擒虎傳〕生爲上柱國。死作—羅王。〔按宋史包拯傳亦云。關節不到。有—羅包老。〕
●七 佛稱中國爲—浮提。見〔宛委餘編〕。
●八 姓也。春秋時、—職。—敖。

【閻】徐廉切音燅鹽韻以冉切音琰琰韻
●一 晉縣名。〔左昭九年傳〕周甘人與晉—嘉爭—田。〔注〕—嘉、晉—縣大夫。〔史記秦紀、括地志並作鹽氏。城當今山西安邑縣西。〕
●二 鬼—。地名。〔左昭二十年傳〕戰于鬼—。〔注〕長川常平縣西有北—亭。〔當今河南西華縣西〕

【閻】以贍切音燗豔韻
●一 —易。衣長貌。〔史記司馬相如傳〕眇—易以戌削。〔按文選郭注。衣長大貌。〕
●二 通豔。〔漢書班倢伃傳〕哀褒—之爲郵。〔注〕師古曰。小雅剌幽王之詩曰。—妻煽方處。故云爲郵。〔按毛詩作豔〕

【閼】烏割切音遏曷韻於歇切音謁月韻
●一 遮攔也。見〔說文〕。〔段注〕遮者遏也。攔者妄也。古書壅遏字多作攔—。如許所說則同義異字也。
●二 所以壅水之具也。〔漢書召信臣傳〕起水門提—。
●三 謂門戶壅—。風塵者。〔荀子禮論〕抗折其額以象槾茨番—也。
●四 塞也。〔列子楊朱〕謂之—聽。
●五 止也。〔漢書中山靖王勝傳〕今臣雍—不得聞。
●六 短折也。〔文選劉峻論〕天—紛綸。
●七 訖也。〔楚辭遭厄〕志—絕兮安如。
●八 淤—。水流不通也。〔唐書孟簡傳〕州有孟瀆久淤—。
●九 —伯。星名。〔漢書律曆志〕大火、—伯之星也。〔按左昭元年傳。遷—伯于商丘。主辰。注。辰。大火也。是—伯本人名。後因以爲星名。〕
●十 —逢。歲陽名。〔爾雅釋天〕太歲在甲曰—逢。〔李注〕萬物鋒芒欲出。擁遏未通。
●十一 單—。歲名。〔爾雅釋天〕太歲在卯曰單—。〔李注〕陽氣推萬物而起。
●十二 人名。春秋時公孫—。
●十三 通遏。〔左襄二十五年傳〕昔虞—父。〔史記陳世家索隱作遏父〕

【閼】依据切音飫御韻
—與。容暇之貌也。〔漢書揚雄傳〕窮允—與。〔又〕地名。〔史記秦紀〕攻趙—與。〔注〕儀州和順縣。卽古—與城。〔當今山西和順縣西北〕

【閼】因蓮切音烟先韻
—氏。匈奴王后號也。〔史記匈奴傳〕後有所愛—氏。〔又〕山名。〔通典山川〕甘州删丹縣有焉支山。匈奴失之。乃歌曰。失我焉支山。使我婦女無顏色。說者曰。焉支、—氏也。今之燕脂也。

【閽】呼昆切音昏元韻
●一 常以昏閉門隸也。从門昏。昏亦聲。見〔說文〕。〔桂注〕御覽、—昏也。門常昏閉。故曰—。卽守門隸人也。
●二 宮門也。〔文選左思賦〕重—洞出。
●三 寺人也。見〔穀梁襄二十九年傳〕。
●四 刖足者。見〔後漢宦者傳注〕。
●五 通薰。〔易艮〕厲薰心。〔虞翻本作—〕

【閧】胡降切音巷絳韻
㊀陌也。見〔字彙〕。
㊁備也。見〔字彙〕。

【闊】苦活切音闊曷韻
㊀遠也。見〔篇海類編〕。
㊁廣也。見〔篇海類編〕。

【閑】何閒切音閑刪韻
㊀習也。見〔篇海〕。
㊁法也。見〔篇海〕。

【𨵷】都木切音穀屋韻竹角切音斲覺韻
水名。〔山海經南山經〕成山四方而三壇。—水出焉而南流注于虖勺。〔畢沅注〕附書地理志云。會稽有重山成、重、音相轉。疑即此。

【𨳸】式旨切音始紙韻
門也。見〔五音集韻〕。

【𨶀】偶舉切音語語韻
小門也。見〔集韻〕。

【閫】苦本切音悃阮韻
宮中門也。見〔字彙〕。

【閘】士列切音轍屑韻查鎋切音鍘黠韻
城門版也。見〔集韻〕。〔按即左傳所謂縣門也。〕

【𨵦】於詭切音委紙韻
門高也。見〔五音集韻〕。

【閜】倚可切音婀哿韻
門傾也。見〔說文〕。〔段注〕上林賦說大木之狀。阬衡閜砢。索隱引郭璞云。阬衡閜砢者。揭孽傾敧皃也。按此閜字當作—。與谺呀豁閜義不同。

【闇】敷救切音富宥韻
開門也。見〔篇海〕。

【閚】蚩占切音襜鹽韻
獲也。見〔篇海類編〕。

【𨵫】楚快切音嘬卦韻
石抑—。殼名。見〔集韻〕。

【閡】五愛切音艾隊韻
以木欄門也。見〔字彙〕。

【閾】于逼切音域職韻忽域切音洫職韻
門榍也。論語曰。行不履—。見〔說文〕。〔段注〕木部曰。榍者門限也。相合為一義。釋宮曰。柣謂之—。柣即榍字也。

【閇】博毛切音包豪韻
褒讚也。見〔字彙補〕。

【𨶒】匣蟲切音鴻東韻
鬭也。〔呂覽慎行〕崔杼之子。相與私—。〔按今本呂氏春秋作閧。注云。舊本門內作卷字。字書無此字。廣韻一送鬨字下云兵鬭也。又下降切。俗作鬨。集韻類篇皆同。韻會鬨、依說文从門。謂廣韻今與門戶字同之說為非。然則門下从卷之字形益非已〕

【閞】披耕切音怦庚韻
闛扉聲。見〔集韻〕。

【𨵿】公戶切音古麌韻
獨扇門也。見〔篇海〕。

【𨳿】古開字。見〔字彙補〕。

【𨴂】古闢字。見〔字彙補〕。

【閖】同閟。見〔字彙補〕。

【閿】閿俗字。見〔廣韻〕。

【閿】閿譌字。見〔正字通〕。

九畫

【闇】所景切音省梗韻
㊀禁署也。見〔類篇〕。〔按集韻云。省或从門。通作省。〕
㊁—府也。見〔廣韻〕。

【闄】以紹切音溔伊鳥切音杳於兆切音夭篠韻
㊀隔也。見〔集韻〕。
㊁遮也。見〔廣雅釋詁〕。

【閷】色界切卦韻色例切霽韻
㊀接中也。〔考工記弓人〕為柎而發。必動於—。
㊁減也。〔考工記匠人〕凡為防。廣與崇方。其—參分去一。〔注〕崇高也。方猶等也。—者薄其上。〔疏〕假令堤高丈二尺。下基亦廣丈二尺。上廣八尺。
㊂殺字之異者。見〔考工記玉人注〕。〔按考工記矢人。參分其長而—其一。釋文亦云。—本作殺。其他字書多云同殺。正字通云。有上去入三聲。段氏說文解字注。阮氏十三經注疏校勘記。均謂籀文𣚣字之譌。疑為工藝嫥字。許

氏未列。後人因以疑焉。〕

【⿵門香】呼郞切音杭陽韻
❶開也。見〔篇海類編〕。
❷香也。見〔篇海類編〕。

【閿】無分切音文文韻府巾切音彬眞韻
氏目視也。弘農湖縣有一鄉。汝南西平有一亭。見〔說文旻部〕〔段注〕氏、各本作低。按人部無低。日部氏者下也。〔按一、俗作閺。後魏置一鄉郡。隋置一鄉縣。當今河南閿鄉縣治。漢置西平縣。屬汝南郡。當今河南西平縣西。〕

【⿵門俞】容朱切音俞虞韻
❶窺也。見〔玉篇〕。
❷闚一望也。〔文選左思賦〕距遠關以闚一。〔又〕私視也。見〔集韻〕。

【闇】烏紺切音暗勘韻
❶閉門也。見〔說文〕。〔桂注〕梁書樂藹傳。王凝遣覘之。方見藹一閤讀書。
❷幽也。見〔玉篇〕。
❸冥也。〔禮記曲禮〕孝子不服一。〔注〕不于一冥之中從事。
❹昏時也。〔禮記祭義〕夏后氏祭其一。
❺夜也。〔呂覽具備〕使民一行。
❻愚昧也。〔易蒙疏〕蒙者微昧一弱之名。一者求明。明者不諮于一。
❼日月食也。〔周禮眂祲〕五曰一。
❽一藹木陰水波。一藹然也。〔文選宋玉賦〕隋波一藹。〔又〕眾盛貌。〔文選揚雄賦〕登降一藹。
❾黯一不明貌。〔莊子齊物論〕我與若不能相知也。則人固受其黮一。
❿蟲名。〔廣雅釋蟲〕一蛁、蟧蟧也。〔按方言蟧謂之寒蜩。寒蜩、瘖蜩也。是則瘖一字通。〕

【闇】鄔感切音晻感韻
❶隱晦貌。〔禮記中庸〕一然而日章。
❷一跳。跳行疾貌。〔文選傅毅賦〕一跳獨絕。
❸人主無便嬖左右足信者謂之一。見〔荀子君道〕。
❹一上。掩上之月也。〔荀子不苟〕不下比以一上。
❺同奄。〔文選傅毅賦〕復輟已。〔注〕一、猶奄也。古人呼一殆與奄同。

【闇】乙減切音黯豏韻
隱暗也。見〔集韻〕。

【闇】於錦切音歆寑韻
大水至也。見〔五音集韻〕。

【闇】於金切音愔侵韻
默也。見〔韻會〕。〔按漢書元后傳。思慕諒一。注。師古曰。商書云。高宗諒一。諒、信也。一、默也。尙書作亮陰。論語作諒陰。〕

【闇】烏含切音諳覃韻
居喪之廬也。〔儀禮喪服旣虞翦屏柱楣疏〕一謂廬也。廬有梁者。所謂柱楣也。

【闈】于非切音韋吁韋切音暉微韻
❶宮中之門也。見〔說文〕。〔段注〕釋宮曰。宮中之門謂之一。〔按左閔二年傳。賊公于武一。注云。宮中小門謂之一。〕
❷旁側之門也。〔禮記雜記〕夫人至。入自一門。〔按儀禮士虞禮記注云。一門、如今東西掖門。〕
❸明堂之門也。〔明堂月令〕古大明堂之禮。日中出南一。日側出西一。日入出北一。
❹廟中之門也。〔考工記匠人〕一門容小扃參一。
❺西一、地名。〔左昭二十三年傳〕尹辛取西一。〔注〕西一、周地。
❻貢舉試院之稱。〔國史補〕凡進士籍而入選謂之春一。〔按左傳遇諸棘一以歸棘、本春秋時地名。後世科場牆垣嚴密關防。以棘圍之。亦曰棘一。〕

【闈】音暉微韻
❶門名。〔禮記雜記〕入自一門。〔劉昌宗讀若暉。〕
❷逦帷。〔禮記雜記一門注〕一門或爲帷門。

【闉】伊眞切音因眞韻因蓮切音煙先韻
❶一闍。城曲重門也。詩曰。出其一闍。見〔說文〕〔段注〕鄭風曰。出其一闍。傳曰。一、曲城也。闍、城臺也。按毛分言之。許倂言之者。許意說字从門之恉也。城曲、曲城、意同。
❷塞也。〔周禮掌蜃〕掌斂互物蜃物。以共一壙之蜃。
❸曲也。〔莊子德充符〕一跂支離無脤。

(四)姓也。春秋時—輿龍。

【闊】苦活切音适曷韻苦滑切音勖月韻

(一)疏也。見〔說文〕。〔段注〕云部曰。疏、通也。—之本義如是。〔按迂—、簡—皆疏義。〕

(二)遠也。〔太玄斷〕爾仇不—。

(三)廣也。〔史記司馬相如傳〕迴—泳沫。

(四)寬也。〔漢書王莽傳〕—其租賦。

(五)稀也。〔漢書溝洫志〕頃所以—無大害者。

(六)猶闊也。〔漢書孝成趙皇后傳〕朝請希—。

(七)勤苦也。〔詩擊鼓〕死生契—。

(八)久不相見也。〔後漢諸葛豐傳〕閒何—。

(九)—達。大度也。〔後漢馬武傳〕—達敢言。

(十)奓—。侈大也。〔成公綏賦〕偉二儀之奓—。〔俗以富貴奢侈者爲—本此〕。

【闋】傾雪切音缺古穴切音玦屑韻

(一)事已閉門也。見〔說文〕。

(二)止也。〔文選鮑昭詩〕肴乾酒未—。

(三)樂終也。〔禮記文王世子〕有司告以樂—。〔按樂歌一終謂之—。後世歌詞一首曰一—。戲曲傳奇一節目曰一—。義本此〕。

(四)喪制訖也。〔後漢劉平傳〕服—。拜全椒長。

(五)息也。〔詩節南山〕俾民心—。

(六)盡也。〔漢書王莽傳〕物物卬市日—亡儲。

(七)空也。〔莊子人間世〕瞻彼—者。虛室生白。

(八)門閉也。見〔洪武正韻〕。

(九)馬回毛在背—廣。見〔爾雅釋畜〕。

【闋】睽桂切音揆霽韻

止也。〔禮記郊特牲〕卒爵而樂—。

【⿵門建】巨展切音鍵銑韻其偃切音褰阮韻

(一)拒門木也。見〔集韻〕。

(二)關楗也。見〔五音集韻〕。

【闌】郎干切音蘭寒韻

(一)門遮也。見〔說文〕〔段注〕謂門之遮蔽也。

(二)閑也。見〔廣雅釋言〕。〔按漢書王嘉傳。坐戶殿門失—兔。亦失手防閑之義〕。

(三)褪也。見〔增韻〕。

(四)兵—也。〔左宣十二年傳〕楚人惎之脫扃。〔注〕扃車上兵—。

(五)猶晚也。〔文選謝莊誄〕白露凝兮歲將—。

(六)盡也。〔文選謝靈運詩〕逝職期—暑。

(七)衰也。〔李頎詩〕無令芳草—。

(八)希也。〔史記高祖紀〕酒—。〔注〕—、言希也。謂飲酒者、半能半在也。

(九)妄也。〔史記汲黯傳〕文吏繩以爲—出財物於邊關乎。

(十)無符籍還入也。〔漢書成帝紀〕—入倘方掖門。〔按此爲闌之假借〕。

(十一)養家畜之處也。〔晉書華廙傳〕與陳勰共造豬—于宅側。

(十二)腕—手鐲類也。〔元氏掖廷記〕元靜懿皇后旦日人獻翠腕—。

(十三)—干縱橫也。〔文選左思賦〕珠琳—干。〔又〕—板間也。〔李白詩〕沈香亭北倚—干。〔又〕眼眶也。〔白居易歌〕玉容寂寞淚—干。

(十四)烏絲—織紙成界也。〔太平廣記霍小玉傳〕出越州烏絲—授李生。生援筆成章。

(十五)縣名。漢置。屬越巂郡。當今四川越巂縣北。

(十六)通蘭。〔列子說符〕宋有蘭子者。〔注〕蘭、與—同。

【闌】郎旰切音爛翰韻

⿰柬彡或字。〔集韻〕⿰柬彡。文也。或从門。

【闍】東徒切音都虞韻時遮切音蛇之奢切音遮麻韻

(一)闉—也。見〔說文〕〔桂注〕玉篇。—、城門臺也。釋宮。—謂之臺。孫炎云。積土如水渚所以望气祥也。

(二)外城市里也。〔詩出其東門箋〕—謂國外曲城之中市里也。

(三)—黎。僧也。〔王播詩〕慙愧—黎飯後鐘。

(四)—維。僧死也。〔正字通〕梵言—維、即茶毗。僧死而焚之也。

【闍】社平聲麻韻

—黎。僧稱。見〔字義總略〕。

【⿵門弱】博計切音閉霽韻

(一)扃也。見〔字彙〕。

(二)門戶也。見〔字彙〕。

【闆】匹限切音盼潸韻

(一)門中視也。見〔五音集韻〕。

㊁俗稱商店主事者曰老｜。

【闆】乙轄切音鶡乙黠切音軋黠韻 門聲也。見〔說文〕。〔桂注〕韓愈征蜀聯句詩抉門呀拗｜。〔按段玉裁云。駱駝鳴聲。闆字當作｜。〕

【閔】於迎切音罌庚韻於卺切音迎軫韻 門中也。見〔五音集韻〕。

【闃】苦狊切音蹊求獲切音蘧陌韻 靜也。見〔說文新附〕。〔按易豐卦。闚其戶。｜其无人。疏。｜、寂無人也。說文大徐注。窺、小視也。狊、大張目也。言雖大張目亦不見人也。義當只用狊字。〕

【闃】苦穴切音闋屑韻 ｜闃。無門戶也。見〔集韻〕。

【閜】空媧切音咼麻韻苦乖切音匯佳韻 門不正開。見〔集韻〕。

【𨶒】敕尹切音楯軫韻 中門也。見〔五音集韻〕。

【䦤】匹亦切音僻陌韻 塞也。見〔字彙〕。

【䦧】奚結切音纈屑韻 門聲。見〔集韻〕。

【𨶚】女略切音逽藥韻 牽引。見〔集韻〕。

【𨶛】直利切音緻寘韻 窑也。〔太玄闞〕次二。｜無閒。

【闉】許勿切音颮物韻 小門。見〔玉篇〕。

【闔】胡答切音盍合韻 門扉也。見〔篇海〕。〔按舊字典云。闔譌字。〕

【𨶹】古闔字。見〔集韻〕。

【𨴹】限俗字。見〔正字通〕。

十畫

【闐】亭年切音田先韻 ㊀盛貌。見〔說文〕。〔段注〕謂盛滿於門中之皃也。㊁滿也。〔史記汲黯鄭當時傳〕賓客｜門。㊂｜｜。羣行聲。〔爾雅釋天〕振旅｜｜。〔又〕鼓聲也。見〔詩采芑〕振旅｜｜。朱傳〕〔又〕車馬聲。〔文選左思賦〕車馬雷駭。轟轟｜｜。〔又〕喧聲大也。〔皮日休詩〕其聲亦｜｜。㊃于｜。國名。〔漢書西域傳〕于｜在南山下。〔當今新疆省和｜縣境〕㊄卑｜。地名。〔漢書西域傳〕到卑｜城。〔按卑｜漢時康居國城。當在今俄領中亞西亞境。〕㊅同嗔。〔詩采芑〕振旅｜｜。〔說文口部作振旅嗔嗔〕㊆同輷。〔詩采芑〕振旅｜｜。〔文選左思賦作振旅輷輷〕㊇同寘。〔漢書原涉傳〕人無賢不肖｜門。〔注〕師古曰與寘字同。㊈同顛。〔禮記玉藻〕盛氣顛實揚休。〔注〕顛讀為｜。盛身中之氣使之｜滿其息。

【𨶳】九利切音冀寘韻 ｜池。地名。〔漢書陳湯傳〕涉康居至｜池西界。〔按｜池漢書未注。疑即今之于｜河。斷非雲南之滇池〕

【𨵦】陟嫁切音吒禡韻 ㊀懲也。見〔集韻〕。㊁同毨。見〔廣韻〕。〔按說文一部云。毨。冥爵也。〕

【闑】魚列切音孼倪結切音齧屑韻九芮切音劂霽韻 ㊀門梱也。見〔說文〕。〔段注〕木部云。梱、門橛也。相合為一義。釋宮橛謂之｜。〔按禮疏。｜、門之中央所豎短木也〕㊁通槷。〔儀禮士冠禮〕布席于門中｜西。〔注〕古文｜作槷。

【𨶱】敵盍切音蹋合韻 ㊀樓上戶也。見〔說文〕。〔段注〕許書無闥。｜即今闥字。㊁閭里也。見〔廣雅釋室〕。㊂｜非。國名。〔山海經海內北經〕｜非人面而獸身青色。

【闒】託盍切音榻力盍切音臘合韻 ｜茸。下也。〔漢書司馬遷傳〕在｜茸之中。〔又〕猥劣也。見〔文選司馬遷書注引張揖訓詁〕。〔又〕乘賤之稱。〔漢書李夫人傳〕嫉妒｜茸。〔又〕不肖之人也。〔史記屈原賈生傳〕｜茸尊顯。〔又〕駑頓也。

[楚辭憂苦]雜斑駁與—茸。

【闟】託合切音錔合韻

鎝—。鐘鼓聲。見[集韻]。[按說文闟下段注。—即鼓部之鼛。]

【闓】苦亥切音愷賄韻

(一)開也。見[說文]。[按方言。東齊、開戶謂之闓笘。楚謂之—。]
(二)欲也。見[廣雅釋詁]。
(三)解也。見[洪武正韻]。
(四)亦爲行之義也。見[詩載驅疏]。
(五)通凱。[漢書司馬相如傳]昆蟲—懌。[史記作凱澤。]

【闓】丘哀切音開灰韻口溉切音慨泰韻

(一)決拾也。[儀禮鄉射禮袒決遂注]決、猶—也。以象骨爲之。著右大擘指。以鉤弦—體也。
(二)明也。見[廣雅釋詁]。
(三)人名。[後漢劉表傳]博求儒術綦母—宋忠等。

【闔】轄臘切音合合韻

(一)門扉也。一曰閉也。見[說文]。[段注]月令。乃修—扇。釋宮。—謂之扉。[按桂注。月令注云。用木曰—。用竹葦曰扇。]
(二)苫也。[周禮圉師]茨牆則翦—。
(三)呼吸也。[老子]天門開—。
(四)天地晝夜之稱也。[太玄玄攡]是故—天謂之宇。
(五)所以操禁固之權也。[素問陰陽離合論]陽明爲—。
(六)結其誠也。見[鬼谷子捭闔]。
(七)藏也。見[史記律書]。
(八)總合也。[漢書武帝紀]今或至—郡而不薦一人。
(九)閶—。天門也。又風也。詳閶字。
(十)—蘇。國名。[漢書陳湯傳注]—蘇國在康居北一千里。
(十一)人名。[莊子人間世]顏—。魯之賢人隱者。
(十二)通盍。語助辭。[莊子天地]夫子—行耶。

【闕】丘月切音[illegible]月韻

(一)門觀也。見[說文]。[段注]凡觀與臺在於平地四方而高者曰臺。不必四方者曰觀。其在門上者。則中央—然。左右爲觀曰兩觀。周禮之象魏。春秋經之兩觀。左傳僖五年之觀臺也。若中央不—。則跨門爲臺。禮器謂之臺門是也。此云—門觀也者。門有兩觀者偁—。[按古今注云、—。觀也。古每門樹兩觀於其前。所以標表宮門也。其上皆丹堊。其下皆畫雲氣仙靈奇禽怪獸。以昭示四方焉。然則其上縣法象。其狀魏魏然高大謂之象魏。使人觀之謂之觀也。是觀、與象魏、—。一物而三名也。]
(二)門也。[淮南天文]天阿者。羣神之—也。
(三)有疑而勿據也。[論語子路]蓋—如也。[一說。蓋—疊韻連語。]
(四)法令所從出也。見[漢書五行志]。
(五)少也。[左成十三年傳]又欲—翦我公室。
(六)虧也。[禮記禮運]月三五而盈。三五而—。
(七)缺也。[國語晉語]叕必有—。
(八)空隙也。[左昭二十年傳]以當其—。
(九)失也。[左成二年傳]其晉實有—。
(十)短也。[呂覽任數]其所以知識甚—。
(十一)過也。[左宣二年傳]袞則有—。
(十二)毀也。[呂覽孝行]父母全之。子弗敢—。
(十三)減削之也。[漢書谷永傳]—更減賦。
(十四)猶除也。[周禮藁人]亡者—之。
(十五)不供也。[左襄四年傳]—而爲罪。
(十六)不合也。[漢書王莽傳]歸師勿遏。圍城爲之—。
(十七)不恭也。見[增韻]。
(十八)撤樂也。[左襄二十三年傳]平公不徹樂。非禮也。禮爲鄰國—。
(十九)官額也。[捫蝨新話]適有美—。二人競欲得之。[按晉以來有員缺之名。缺、—同。]
(二十)車名。[周禮車僕]—車之萃。
(廿一)塞名。[國策秦策]於是乃廢燕烏集—。
(廿二)里名。[後漢鮑永傳]孔子—里。無故荊棘自除。[按—里在今山東曲阜縣。]
(廿三)黨名。[論語憲問]—黨童子將命。
(廿四)天—。星名。[星經]斗宿、一名天斧。一名天—。
(廿五)—狄。后服也。[周禮內司服]—狄。[注]—狄、刻翟不畫也。
(廿六)—鞏。國名。[左昭十五年傳]—鞏之甲。[注]—鞏國所出鎧也。

㉗鉅―良劍也。〔荀子性惡〕鉅―辟閭。

㉘―洩獸名。〔爾雅釋獸〕―洩多狃。〔疏〕―洩獸名其腳多狃。狃、指也。

㉙妶也。漢荊州刺史―翊。

【闕】其月切音橜月韻

穿地至泉也。〔管子山權數〕北郭有掘―而得龜者。

【闖】丑禁切音覘沁韻　丑甚切音踸寢韻　癡林切音琛侵韻

①馬出門皃。从馬在門中。讀若郴。見〔說文〕〔段注〕許讀平聲。今去聲。俗語讀若𢶍。

②出頭貌。〔公羊哀六年傳〕開之則―然公子陽生也。

③窺覘也。〔韓愈聯句〕儒門雖大啟。姦首不敢―。

④明季賊會之建號也。〔明史流賊李自成傳〕高迎祥者自成舅也。自稱―王。迎祥磔死。賊黨共推自成爲―王。

⑤俗謂突然而入曰―。如―席、―座。又不服關卡稽查曰―關。無端肇釁曰―禍。並讀若𢶍。

【闋】苦穴切音屈屑韻

止也。終也。見〔篇海〕〔按疑閔字之譌。〕

【闒】託甲切音搭洽韻

闒―。鏜鼓聲。見〔字彙〕〔按或作鏜鞳、鏜闒、並同。〕

【闄】伊甸切音晏霰韻

晚也。見〔字彙〕。

【闔】烏懈切音隘卦韻

鬧也。見〔字彙〕。

【𨷲】馨幺切音曉蕭韻

門大開皃。見〔集韻〕。

【闛】千羊切音鏘陽韻

門聲和也。見〔廣韻〕〔按字彙云。門聲。〕

【𨶖】烏古切音隖麌韻

門也。見〔玉篇〕〔按字彙云。小門。〕

【闛】徒郎切音唐陽韻

高門也。見〔廣韻〕。

【𨷒】之兗切音展銑韻

開閉門利也。見〔篇海〕〔按說文、闟。開閉門利也。―疑闟之譌字。〕

【闝】平姚切音瓢蕭韻

溺倡也。見〔字彙補〕〔按俗謂溺倡曰嫖。字書嫖字無此義。因又造作―字。謂从敗門。會意。愈非。按方言。遙、窕、淫也。九嶷荊郊之鄙謂淫曰遙。注。言心遙蕩也。古遙搖字通。俗云溺倡字。或係遙字聲轉。〕

【𨷖】子閏切音浚震韻

英也。見〔篇海〕〔疑即儁字之譌。〕

【𨷛】古闔字。見〔玉篇〕。

十二畫

【闚】缺規切音恢支韻　窺睡切音觖寘韻

①閃也。見〔說文〕〔段注〕此與窺義別。窺、小視也。〔按說文閃下云。―頭門中也。可互訓。〕

②視也。見〔廣雅釋詁〕〔按左桓二年傳服注。―、謂舉足而視也。〕

③竊觀也。〔易觀〕―觀利女貞。〔按方言。凡相竊視。南楚謂之―。〕

④見也。〔呂覽君守〕莫得―乎。〔按易觀疏。謂所見者狹曰―。〕

⑤閱也。〔後漢李固傳〕秦人不敢―兵于西河。

⑥―闞。望尊位也。〔文選左思賦〕距遠闞以―闞。

⑦―諫。視人君顏色而諫也。見〔後漢李雲傳注〕。

⑧通窺。〔禮記禮運〕皆可俯而窺也。〔釋文〕窺本作―。

【關】姑還切音瘝刪韻

①以木橫持門戶也。見〔說文〕〔桂注〕玉篇。―、扃也。聲類。―、所以閉也。

②界上門也。〔周禮地官序官〕司―。

③塞門也。〔易復〕先王以至日閉―。〔按中國古世、北防匈奴。―塞最重。如玉門―、雁門―、居庸―等。尤爲要地。〕

④墓門也。〔周禮巾車〕及墓呼啟―陳車。

⑤通也。〔史記佞幸傳〕公卿皆因―說。

⑥驛也。見〔廣雅釋詁〕。

⑦隔也。〔史記梁孝王世家〕有所―說於景帝。

⑧聯絡也。見〔洪武正韻〕。

⑨譏察出入處也。〔禮記王制〕―譏而不征。

⑩衡也。〔國語周語〕―石龢鈞。

(十一)涉也。〔後漢張升傳〕升少好學多—覽。

(十二)穿也。〔禮記雜記〕見輪人以其杖—轂而輮輪者。

(十三)猶入也。〔書大傳〕雖禽獸之聲。猶盡—於律。

(十四)由也。〔漢書董仲舒傳〕大學者賢士之所—也。

(十五)交也。〔太玄玄測都序〕升降相—。

(十六)索也。〔史記封禪書〕因巫爲主人—飮食。

(十七)白也。〔漢書王襃傳〕進退得—其忠。

(十八)戾機也。〔後漢張衡傳〕施—設機。〔今云各團體樞紐之處曰機—〕。

(十九)斧名。〔後漢馬融傳〕揚—斧。

(廿)—子。紙幣名。〔續文獻通攷〕宋時會錢壅滯。賈似道請改造—子。

(廿一)—內。漢侯爵名。漢書百官表爵十九。—內侯。

(廿二)—撲。俳戲名。〔東京夢華錄〕正月一日年節。開封府放—撲。

(廿三)翹—。武藝名。〔唐書選舉志〕唐興。軍謀將略。翹—。拔山絕藝奇技無不兼舉。

(廿四)三—。耳目口也。〔淮南主術〕目妄視則淫。耳妄聽則惑。口妄言則亂。夫三—者不可不愼守也。〔按黃庭經以手、口、足、爲三—。元陽子以明堂、洞房、丹田、爲三—。〕

(廿五)八—。唐世黨人之號也。〔唐書李逢吉傳〕其黨有張又新、李續、張權輿、劉栖楚、李虞、程昔範、姜洽、及從子訓八人。而傳會者又八人。皆任要劇。故號八—十六子。〔又〕齋名。〔法苑珠林〕我及王昔本共受八—齋。

(廿六)天—。星名。〔文獻通考〕天—一星。在五車南畢西北。亦曰天門。日月五星所行之道也。〔按星經云。牽牛神、一名天—。太公金匱云。春三月斗爲天—。冬月奎爲天—。天官星占云。北辰、一名天—。〕

(廿七)玄—。喩法藏也。〔文選王巾碑文〕於是玄—幽鍵。〔按日本謂家屋外垣大門。亦曰玄—。〕

(廿八)當—。守門者也。〔文選嵇康書〕而當—呼之不置。

(廿九)閒—。車聲也。〔詩車舝〕閒—車之舝兮。〔又〕崎嶇展轉貌。〔後漢荀彧傳〕荀君乃越河冀。閒—以從曹氏。

(卅)——。鳥聲和鳴也。〔詩關雎〕——雎鳩。

(卅一)地理上古今之險阨也。如古之—中。指今陝西省言。謂在潼—武—蕭—散—之中也。今之—東三省。指奉天吉林黑龍江而言。謂在山海—之東也。又今之鎭南—在廣西。騰越—在雲南。與法領安南爲界。蒙自—在雲南。亞東—在西藏。與英領緬甸印度爲界。均地理上極險阨之地。

(卅二)中外商貨徵稅之處也。如天津之津海—。秦皇島之秦皇島—。煙臺之東海—。靑島之膠海—。濟南之濟南—。上海之江海—。吳淞之江海分—。鎭江之鎭江—。江寧之金陵—。蘇州之蘇州—。海州之海州—。杭州之杭州—。寧波之浙海—。溫州之甌海—。蕪湖之蕪湖—。漢口之江漢—。沙市之沙市—。宜昌之宜昌—。岳州之岳州—。長沙之長沙—。湘潭之湘潭—。常德之常德—。重慶之重慶—。福州之閩海—。廈門之廈門—。三都澳之福海—。廣州之粤海—。汕頭之潮海—。九龍之九龍—。拱北之拱北—。江門之江門—。甘竹之甘竹—。北海之北海—。瓊州之瓊海—。梧州之梧州—。南寧之南寧—。龍州之龍州—。蒙自之蒙自—。河口之河口—。思茅之思茅—。騰越之騰越—。雲南之雲南—。營口之山海—。亞東之亞東—等是也。其餘內地商貨徵稅之重要處所。亦名曰—。

(卅三)醫家之所謂—。如胃脘爲—。高臍下爲—元。太陽之陽名曰—樞。太陰之陰名曰—蟄。脈有寸—尺三部。病有—格等名是也。

(卅四)鄰封拘傳犯證之文曰—。〔唐書百官志〕凡符移—牒。必遣於都省以下。

(卅五)凡錢糧通完出給印信長單爲通—。

(卅六)軍中言放餉之期爲—。轉而謂放餉亦曰—餉。

(卅七)俗稱聘師之劵曰—書。

(卅八)科舉世代塲中通消息俗曰—節。

(卅九)俗稱親屬析產之劵爲分—。

(四十)銀色稍次者俗曰—紋。

(四一)—煞。星家稱小兒有百日—三歲—諸名目。

(四二)滬語謂多曰交—。緊要亦曰交—。

㊂姓也。夏—逄龍。

【關】烏關切音彎刪韻　彎弓也。〔孟子告子〕越人—弓而射之。

【闦】遺禮切音棨薺韻　開門也。見〔集韻〕。

【闘】當口切音斗有韻　姓也。見〔字彙〕。

【鬪】太透切音豆宥韻　呼也。見〔字彙〕。

【閗】門俗字。見〔廣韻〕。

【闛】徒郎切音唐陽韻　—䆳貌。見〔說文〕。〔段注〕謂盛滿于門中之皃。

【闛】他郎切音湯陽韻　—鞈。鼓聲也。〔漢書司馬相如傳〕鏗鎗—鞈。〔按集韻以爲鼞或字〕。

【閶】蚩良切音昌陽韻　同閶。天門也。〔漢書揚雄傳〕西馳—闔。

【闒】古了切音矯篠韻　降殺也。見〔字彙補〕。

【闑】魚列切音孽屑韻　門—也。見〔字彙補〕。

【閭】語居切音魚魚韻　門名。見〔篇海〕。

【闞】闞本字。見〔說文〕。

【闞】同𨷈。見〔集韻〕。

【闣】同閶。見〔字彙補〕。

十二畫

【闉】忽麥切音慉陌韻

㊀開也。見〔集韻〕。

㊁破物也。見〔字彙〕。

【闖】羽委切音蒍紙韻

㊀闢門也。國語曰。—門而語之言。見〔說文〕〔段注〕魯語韋注。—闢也。

㊁姓也。見〔集韻〕。

【闖】枯懷切音䦎空媧切音咼佳韻　門邪也。見〔五音集韻〕。

【闞】苦濫切音瞰勘韻

㊀本作闞。〔說文〕闞望也。〔段注〕望者出門在外。望其還也。望有倚門倚閭者。故从門。

㊁視也。〔文選嵇康賦〕俯—海湄。

㊂—然。虓豁貌。〔莊子天道〕而口—然。

㊃魯邑名。〔春秋桓十一年〕公會宋公于—。〔注〕—魯地。在東平須昌縣東南。〔按左昭二十五年傳。叔孫昭子如—。穀梁昭三十二年傳。公在乾侯取—。皆是一地。當今山東汶上縣西南。〕

㊄姓也。〔史記齊太公世家〕—止有寵焉。

【闞】虎檻切音獺豏韻　虎怒貌。〔詩常武〕—如虓虎。

【闞】許鑒切音儼陷韻虎覽切音喊㘎韻

㊀大聲。見〔廣韻〕。

㊁獸怒聲。見〔集韻〕。

【闟】迄及切音吸色入切音翕緝韻

㊀戟名。見〔玉篇〕。

㊁鋋也。〔文選張衡賦〕—戟轇輵。

㊂函也。〔續漢輿服志注〕—之言函也。取四戟函車邊。

㊃住立貌。〔管子小問〕—然止瞋然視。

㊄安定意也。〔史記匈奴傳〕—然更始。

㊅闔也。見〔韻會〕。

㊆車名也。〔後漢輿服志〕一曰—猪車。親校獵乘之。〔注〕漢曰—猪車。魏文帝改曰—虎車。

㊇同鈒。〔史記商君傳〕持矛而操—戟者。〔注〕—亦作鈒。

【闒】敵盍切音𨞻合韻

㊀土—。谷名。見〔韻會〕。〔按韻會云。地理志、犍爲郡漢陽山。漢水所出。攷漢陽山在今四川江安縣南四里。〕

㊁—茸。猥賤也。〔文選任昉彈文〕劉整闒閭—茸。〔按—茸、卽闒茸〕。

㊂—敦。地名。〔漢書匈奴傳〕屠耆單于卽引西南留—敦地。〔按後漢馮異傳。又降匈奴於材—頓王。—敦、—頓、同。〕

【闠】胡對切音潰隊韻求位切音匱寘韻

㊀市外門也。見〔說文〕〔段注〕西京賦、蜀都賦、古今注、皆有闠字。而許不錄。蓋以還環包之。市之營域曰

環。其外門曰—。

㊁ 闤—道也。見〔廣雅釋室〕

【闡】齒善切音幝 銑韻 稱延切音燀 先韻

㊀ 開也。易曰—幽。見〔說文〕〔桂注〕犖類、—大開也。

㊁ 著明也。見〔左氏春秋序微顯闡幽疏〕

㊂ 布也。〔呂覽決勝〕隱則勝—矣。

㊃ 緩也。見〔廣雅釋詁〕

㊄ 大也。〔書君陳〕爾惟弘周公丕訓。〔傳〕當—大周公之大訓。

㊅ 拓地土也。〔史記秦始皇紀〕—并天下。〔按秦始皇紀禪梁父注。禪、—廣地土也。義可互通。〕

㊆ 弘廣之言也。見〔易豐疏〕

㊇ 施祿及下也。〔太玄減〕次六。幽—積。

㊈ 參也。〔陸雲誄〕瑰光既耀。靈寶未—。

㊉ 地名也。〔左哀八年傳〕齊人取讙及—。〔注〕—在東平陽劉縣北。〔當今山東東阿縣北。〕〔又〕縣名。後漢置。屬越巂郡。治卭都城。當今四川西昌縣東南。〔又〕巂—府名。唐南詔蒙氏置。當今雲南昆明縣境。

【⿵門壹】一結切音噎 屑韻 闐也。見〔集韻〕

【⿵門黑】五克切音額 職韻 閉也。見〔篇海類編〕

【⿵門貴】枯光切音骯 陽韻 叱終切音忡 東韻 門闠也。見〔集韻〕

【⿵門華】呼瓜切音華 麻韻 開門也。見〔五音集韻〕

【⿵門焦】玆消切音焦 蕭韻 烏木也。〔周書王會〕夾用—木。〔注〕木生水中黑色而光堅若鐵。

【⿵門無】無分切音文 文韻 縣名。見〔篇海類編〕

【⿵門規】口圭切 齊韻 小視也。見〔篇海〕〔按康熙字典云。卽闚字之譌。〕

【⿵門垔】伊申切音因 眞韻 —闍。見〔字彙補〕〔按康熙字典云。卽闉字之譌。〕

【⿵門牛】語虯切音牛 尤韻 取也。見〔川篇〕

【⿵門欮】闕俗字。見〔字彙補〕

十三畫

【闢】毗亦切音擗 陌韻

㊀ 開也。見〔說文〕〔段注〕引申爲凡開拓之偁。古多叚借辟字。

㊁ 屏除也。〔荀子解蔽〕是以—耳目之欲。

㊂ 避也。〔周禮閽人〕凡外內命夫命婦出入則爲之—。〔注〕—行人使無干也。

㊃ —戶謂吐生萬物者也。〔易繫辭〕—戶謂之乾。

【⿵門辟】匹辟切音僻 陌韻 通流也。〔爾雅釋水〕淡—流川。

【闣】他郎切音湯 陽韻

㊀ 盛貌。見〔五音集韻〕

㊁ 鐺或字。見〔集韻〕

【⿵門黨】丁浪切音譡 漾韻 閃—人名。見〔字彙〕

【⿵門詹】余廉切音鹽 鹽韻

㊀ —謂之樀。樀、廟門也。見〔說文〕〔段注〕木部樀戶樀也。此樀義不同。故—从門。

㊁ 通檐。見〔集韻〕

【⿵門僉】丘檢切音頗 琰韻 門屋也。見〔集韻〕

【⿵門詹】昌豔切音襜 豔韻 闚—視皃。見〔集韻〕

【⿵門劍】去劍切音欠 豔韻 小開戶也。見〔集韻〕

【⿵門鄉】許亮切音向 漾韻 許兩切音響 養韻

㊀ 門響也。見〔說文〕〔段注〕響、疑當作鄉。鄉者今之向字。謂門所向。釋宮兩階間謂之鄉。集韻四十一漾引作謂之—。

㊁ 門頭也。見〔玉篇〕

㊂ 牖屬。〔集韻〕刮楹達—天子之廟飾。〔按今禮記明堂位作刮楹達鄉〕

【闤】戶關切音還 烏還切音彎 刪韻

㊀ 市垣也。見〔說文新附〕

㊁ 市營也。〔文選張衡賦〕通—帶闠。

㊂市巷也。〔文選左思賦〕一闠之裏。

【闥】他達切音撻曷韻

㊀門也。見〔說文新附〕〔按廣雅釋室一謂之門〕

㊁門內也。〔詩東方之日〕彼姝者子。在我一兮。

㊂宮中小門也。〔漢書樊噲傳〕噲乃排一直入。

㊃門之間曰一。見〔詩東方之日釋文引韓詩〕

㊄闥謂之一。〔後漢桓帝紀〕乙未。南宮承善一火。

㊅闥一闥閈也。〔魏文帝賦〕驚風厲于闥一。

㊆人名。唐劉黑一。

【⿵門遣】巨偃切音蹇阮韻

㊀拒門木。見〔集韻〕。

㊁飛一突出方木也。〔文選張衡賦〕上飛一而仰眺。

【⿵門遂】夕醉切音邃寘韻

門偏也。見〔五音集韻〕。

【闀】呼絳切音向絳韻

直視也。見〔篇海〕。

【⿵門廛】澄連切音纏先韻

市門也。見〔字彙〕。

【闟】悉盍切音倕合韻

閉也。見〔集韻〕。

【⿵門溫】烏昆切音溫元韻

門扇也。見〔字彙〕。

【⿵門睪】余益切音亦陌韻

闢門也。見〔字彙補〕。

【⿵門奮】芳文切文韻

闅一也。見〔龍龕手鑑〕。

十四畫

【⿵門爾】母婢切音弭紙韻乃禮切音禰薺韻

㊀弱也。見〔廣雅釋詁〕。

㊁褊狹也。一曰智少力劣而爭。見〔集韻〕。

【⿵門薦】才甸切音薦在蒨切音賤霰韻

門次也。見〔廣韻〕。

【⿵門黑】許勿切音颮物韻

小門也。見〔五音集韻〕。

【⿵門或】同闞。見〔集韻〕。

十六畫

【⿵門歷】狠狄切音歷錫韻

開也。見〔集韻〕。

十七畫

【⿵門龠】弋灼切音藥藥韻

㊀關下牡也。見〔說文〕〔段注〕關者橫物。卽今之門欟。關下牡者。謂以直木上貫關下插地。是與關有牝牡之別。

㊁投謂之一。見〔廣雅釋室〕。

㊂同籥。固關令不可開也。見〔玉篇〕。

【⿵門䌛】主兗切音膞馨兗切音蠉銑韻

開閉門利也。从門䌛聲。一曰。縷十紘也。見〔說文〕。〔段注〕今俗語云。自由自便。當作此字。各本作繇聲。許有䌛、䍃、無繇。今正。按此篆當音由。紘字疑當作總。總者謂布縷之數。八十縷爲一總。縷者麻綫也。

【⿵門霝】郎丁切音靈青韻

門上窗謂之閣。本从霝。見〔集韻〕。〔按五音集韻云。一門上小窗〕

十八畫

【⿵門歲】闐或字。見〔集韻〕。

十九畫

【䦨】郎干切音蘭寒韻

妄入宮亦也。見〔說文〕〔段注〕亦、舊本作掖。依許字例。當作亦也。漢書以闌爲一字之叚借。成帝紀闌入尚方掖門。應劭曰。無符籍妄入宮曰闌。

※雨部※

【雨】王矩切音羽麌韻　歐許切音挧語韻

（一）水從雲下也。一象天。冂象雲。水霝其間也。見〔說文〕〔段注〕丰者水字也。〔按今地文學家謂雲中細水點驟遇冷凝爲粗點而下墜者爲—。與舊說合。〕

（二）渠也。見〔廣雅釋天〕

（三）濡也。〔管子形勢〕—濡物者也。

（四）羽也。如鳥羽動則散也。見〔釋名釋天〕

（五）輔也。言輔時生養也。見〔釋名釋天〕

（六）陰也。〔論衡寒溫〕—者陰。

（七）陽爲之也。見〔禮記月令則雹凍傷穀注〕

（八）水氣也。見〔春秋繁露五行五事〕

（九）木氣也。見〔書洪範曰—鄭注〕

（十）和氣也。〔淮南天文〕地之含氣和者爲—。

（十一）澀氣也。〔素問五常政大論〕涼—時降。

（十二）狀多曰—。〔詩敝笱〕其從如—。

（十三）狀散曰—。〔梁昭明太子書〕風流雲散。一別如—。

（十四）穀—。節氣也。見〔後漢律曆志〕

（十五）—師。畢星也。見〔風俗通祀典〕

（十六）—師。妾地名。見〔山海經海外東經〕—師妾在其北。

（十七）—虎。蟲名。〔本草綱目〕霍山有—虎。狀如蠶。長七八寸。在石內。雲雨則出。可炙食。或曰石蠶之類。

（十八）—工。似羊。龍之被謫者。〔柳毅傳〕此非羊也。—工也。

【雨】王遇切音芋遇韻

（一）降雨也。〔詩大田〕—我公田。

（二）澤潤及物也。〔說苑貴德〕吾不能以夏雨—人。

（三）著於上見於下謂之—。〔穀梁莊七年傳〕夜中星隕如—。

（四）螽墜謂之—。見〔春秋繁露玉英〕〔按春秋文七年—螽於宋。〕

（五）—水。節氣也。見〔後漢律曆志〕〔按禮記月令仲春之月始—水。注。漢始以—水爲二月節。〕

二畫

【雫】敕庚切音瞠庚韻

雨也。見〔玉篇〕

三畫

【雩】雲俱切音于虞韻

（一）夏祭樂於赤帝、以祈甘雨也。見〔說文〕〔段注〕月令仲夏之月。大—帝。用盛樂。許獨云赤帝者。以爲夏祭而言之也。以祈甘雨。故从雨。以于嗟而求。故从亏。〔按—字經說不同。禮記禮器注。龍見而—。疏。—、祭天求雨也。左桓五年傳服注。—、祭山川而祈雨也。則所祭之神不同。禮記玉藻至於八月不雨。君不舉。注。至其秋秀實之時而無雨。則—。是祭之時亦不同。然攷公羊桓五年傳穀梁桓五年經注。皆謂—爲旱祭。則—爲祈雨之祭無疑。左襄五年傳秋大水傳注。—、夏祭。所以祈甘雨。則—爲夏時之祭亦無疑也。〕

（二）遠也。〔左桓五年傳〕龍見而—。〔疏〕—之言遠也。遠者豫爲秋收。言意深遠也。〔按服注。遠也。遠爲百穀求膏雨也。〕

（三）得雨曰—。〔穀梁僖十一年傳〕得雨曰—。不得雨曰旱。

（四）地名。〔春秋僖二十一年〕會于—。〔按左傳作盂。宋地。〕

【雩】匈于切音訏　汪胡切音烏虞韻　休居切音虛魚韻

—婁。地名。〔左襄二十六年傳〕楚子秦人侵吳及—婁。〔當今河南省商城縣東北。〕

【雩】王遇切音芋遇韻

虹也。〔爾雅釋天〕螮蝀謂之—。〔注〕俗名美人虹。江東呼—。

【雪】相絕切音屑屑韻

（一）本作䨮。〔說文〕䨮、冰雨說物者也。〔段注〕冰、各本作凝。今正。凝者冰之俗也。說、今之悅字。物無不喜—者。〔按今地文學家謂雨遇冷而凝者也。先成爲冰顆形。後彼此湊合。遂成爲六出之花。故又稱—花。〕

（二）綏也。水下遇寒氣而凝。綏綏然下也。見〔釋名釋天〕。

（三）拭也。〔家語子路初見〕黍者所以—桃。

（四）除也。〔呂覽不苟〕故—殺之恥。

（五）洗也。〔莊子知北游〕澡—而精神。

（六）白—。曲名。〔宋玉對楚王問〕其爲陽春白—。國中屬而和者數十人。

(七)小—。大—。並節氣也。見〔後漢律曆志〕

(八)—兒。人名。〔釵小志〕—兒者、李密愛姬。每賓朋文章有奇麗者。付—兒協律歌之。

(九)—足。赤足也。〔史記朱建傳〕沛公—足杖矛曰。延客入。

(十)—涕。灑涕也。〔晉書劉隗傳〕帝—涕與之別。

(十一)—藕。碎藕也。〔杜甫詩〕佳人—藕絲。

(十二)愉白曰—。如謂白髮曰—髮。白肌曰—膚。

(十三)宮名。〔孟子梁惠王〕齊宣王見孟子於—宮。〔按明一統志〕—宮在青州府城內城隍廟西〕

(十四)山名。〔後漢班超傳贊〕坦步葱—。〔注〕葱嶺、—山也。〔按今地學言。—山山脈在橫斷山脈之最西。自雲南省西邊迤而東。繞行雲南之南邊。與英領緬甸及法屬安南爲界。又東繞河廣西鎭安龍縣之南。廣東欽縣之西邊。爲句漏山脈。乃中國與安南之界綫也。一曰—山有二。分龍川江及怒江之谷者、伯舒剌嶺之脈。亦稱—山。分雅龍江及大渡河之谷者、噶察克剌嶺之脈。亦稱大—山。此等山脈以東爲中國內地。以西爲西番之地。亦恰如界綫。又凡山頂積—不消者。舊輿地家類指爲—山〕

(十五)—梨。埠名。位置在澳大利亞洲東南海岸。爲新南威爾士州首府。英海軍根據地也。英文 Cilli。

(十六)—茄。外國菸草之通稱。英文 Cigarette。

(十七)—裏蕻。蔬菜名。〔野菜牋〕四明有菜名—裏蕻。—深諸菜凍損。此菜獨青。

(十八)姓也。明洪武中巡簡—霦。

【⿱雨彡】 桑感切音糝感韻 師咸切音攕 師衘切音衫咸韻

小雨。見〔玉篇〕

【⿱雨女】 刀丁切音零青韻

女字。見〔篇海〕

四畫

【雰】 敷文切音芬文韻

(一)霧氣也。見〔玉篇〕

(二)—霜也。〔楚辭悲回風〕漱凝霜之——。〔又〕雰貌。〔詩信南山〕雨雪——。〔又〕雨也。見〔廣雅釋訓〕

(三)—埃。塵穢也。〔文選張衡賦〕消—埃于中宸。

(四)通紛。〔詩信南山〕雨雪——。〔白帖作紛紛〕

【雰】 符分切音汾文韻

氛或字。〔集韻〕氛祥氣。或从雨。

【雱】 鋪郎切音磅陽韻

(一)雪盛貌。〔詩北風〕雨雪其—。

(二)人名。宋王安石子王—。

【雱】 敷方切音芳陽韻

(一)雰—。雪皃。見〔類篇〕

(二)沛也。見〔集韻〕

【雲】 王分切音云文韻

(一)山川氣也。从雨云。象回轉之形。見〔說文雲部〕〔段注〕回上各本有—字。今刪。古文祇作云。小篆加雨於上。遂爲半體會意。半體象形之字矣。〔按今地文學家謂近地面空氣所含之水气。與水面所化之水气。遇熱上升爲水蒸气。至高處減其熱度。結爲無數細水點。是爲—。此與內經地氣上騰爲—之說〕

(二)猶云云。衆盛意也。又言運也。運行也。見〔釋名釋天〕〔按古微書引春秋說題辭。—之爲言運也。動陰路觸石而起謂之—。合陽而起以精運也〕

(三)官名。〔左昭十七年傳〕黃帝氏以—紀。故爲—師而—名。〔注〕百官師長皆以—爲號。縉—氏、蓋其一官也。〔按、淸世鑾儀衛有—麾使。世職有—騎尉等官〕

(四)孫名。〔爾雅釋親〕仍孫之子爲—孫。〔注〕言去已遠如浮—也。

(五)臺名。〔後漢朱祐等傳論〕乃圖畫二十八將於南宮—臺。

(六)嶺名。橫斷山脈中有一嶺。亦稱薩剌嶺。分瀾滄江及金沙江之谷。

(七)澤名。〔書禹貢〕—土夢作乂。〔按—夢澤跨江南北。亦得偏稱曰—曰夢。左傳云。楚子涉水入之—中。楚子與鄭伯田於江南之夢是也。湖北省舊荊州德安安陸等府皆其地〕

(八)州名。唐置。屬河東道。當今山西省大同縣治。〔又〕元—州屬遼陽省東寧路。當今朝鮮平安道平壤府。東北。〔又〕明—州。屬雲南省順寧府。當今—南省—縣治。

(九)喻多曰—。〔詩敝笱〕其從如—。
(十)喻高曰—。〔杜甫詩〕—泥相懸望。
(十一)—南省名。元置—南諸路行中書省。明爲—南等處布政使司。因之爲—南省。其領地東接黔桂。南控法越。西擦藏甸。北趾川南。今仍治昆明。領縣九十六。
(十二)—物。氣色災祥也。〔左僖五年傳〕凡分至啟閉。必書—物。
(十三)—師。雨師也。〔文選張衡賦〕—師䨴以交集兮。
(十四)—漢。天河也。〔詩雲漢〕倬彼—漢。
(十五)—門。黃帝之樂也。〔周禮大司樂〕舞—門大卷。
(十六)—車。卽樓車。升之以望敵。〔後漢光武紀〕—車十餘丈。
(十七)—和。山名。〔周禮大司樂〕—和之琴瑟。
(十八)—母。詳母字。
(十九)姓也。唐—洪嗣。明—衢。—岫。

【⿱雨勿】　呼骨切音忽月韻
雷也。見〔篇海〕。

【⿱雨夬】　所介切音鎩卦韻
雨疾也。見〔集韻〕。

【⿱雨及】　色入切音澀　息入切音靸緝韻同霫
——。雨聲也。見〔玉篇〕。〔又〕小雨聲。見〔廣韻〕。

【霕】　徒渾切音屯元韻
大雨也。見〔玉篇〕。

【⿱雨乏】　將廉切音尖鹽韻　師咸切音衫咸韻
小雨皃。見〔篇海〕。

【⿱雨毛】　莫卜切音木屋韻
鳥澤羽也。見〔集韻〕。

【⿱雨禾】　匹九切音剖有韻　房尤切音浮尤韻
霧也。見〔集韻〕。

【⿱雨不】　芳賦切音赴遇韻
雨不止。見〔玉篇〕。

【雯】　無分切音文文韻
雲成章也。〔古三墳〕日雲赤曇。月雲素—。

【⿱雨井】　烏迴切音濴迥韻
深池也。見〔篇海〕。〔按康熙字典以爲⿱雨并譌字〕

【⿱雨心】　七鴆切侵去聲沁韻
雲行也。見〔玉篇〕。

【⿱雨天】　古需字。見〔字彙補〕。

【⿱雨元】　同雹。見〔篇海〕。〔按正字通云雹譌字。〕

【⿱雨兮】　同霽。見〔集韻〕。

【⿱雨未】　雲譌字。見〔康熙字典〕。

五畫

【零】　郎丁切音靈青韻
(一)徐雨也。見〔說文〕。〔段注〕謂徐徐而下之雨。
(二)落也。〔詩定之方中〕靈雨既—。〔參閱霝字段注〕
(三)墜也。〔離騷〕惟草木之—落兮。
(四)降也。〔大戴記夏小正〕栗—。
(五)凋病也。〔文選班固答賓戲〕失時—落。
(六)水名。〔水經沔水注〕—水、即沶水也。〔按沶水在今湖北鄖陽。詳沶字〕
(七)奇—。餘數也。〔宋史食貨志〕數既奇—。〔或作畸—。或僅曰—。俗多作〇。〕
(八)涕—。墮淚也。〔詩大明〕涕—如雨。〔按飄—、凋—、皆墮落之義。〕
(九)鏗—。佩聲也。〔紫微夫人詩〕玉佩何鏗—。
(十)—星。辰神也。〔後漢高句驪傳〕好祠鬼神社稷—星。〔注〕風俗通曰。辰之神爲—星。〔俗謂散碎曰—星〕
(十一)擦—。賭博也。〔國史補〕强名爭勝。謂之擦—。
(十二)蟲名。〔本草〕土蜂、一名蜚—。
(十三)人名。朱—。見〔後漢范滂傳〕。
(十四)通苓。〔莊子徐无鬼〕豕—也。〔釋文〕司馬本作豕囊。一名豨苓。
(十五)通霝。〔詩東山〕—雨其濛。〔說文引作霝雨其濛〕。
(十六)通泠。〔冀州從事郭君碑〕同僚涕泠。
(十七)姓也。明成化舉人—混。

【⿱雨先】　靈年切音蓮先韻
先—。西羌也。〔漢書趙充國傳〕先—豪言願時渡湟水北。〔按在今青海境〕

【零】　郎定切音令徑韻
落也。見〔廣韻〕。

【雷】　盧回切音罍灰韻
(一)本作靁。〔說文〕靁。陰陽薄動生物者也。从雨畾。象回轉形。〔段注〕薄音博。迫也。陰陽迫動、卽謂靁也。迫動、下文所謂回轉也。回生萬物者也。二月陽盛。靁發聲。故以畾象其回轉之形。非三田也。〔按今地文學家謂天空電氣所發之聲也。正負二電相合時。暫成眞空。周圍空氣補之。遂生漲縮力。激成聲浪而爲—。與舊說合。參閱電字。〕
❷火也。見〔論衡雷虛〕。
❸土之氣也。其音宮也。見〔春秋繁露五行五事〕。
❹硠也。如轉物有所硠—之聲也。見〔釋名釋天〕。
❺諸侯之象也。見〔初學記天部洪範五行傳〕。
❻狀聲曰—。〔漢書中山靖王勝傳〕
❼狀威曰—。〔詩常武〕如—如霆。
❽山名。〔明一統志〕—山在台州府臨海縣西三十里。〔又〕—首山名。〔書禹貢〕壺口—首。〔在今山西蒲坂縣南。〕
❾澤名。〔史記五帝紀〕舜漁—澤。—澤之人皆讓居。〔按卽—夏澤也。在今山東荷澤縣東北。〕
❿塘名。卽漢—陂。〔隋書煬帝紀〕唐平江南之後。改葬—塘。〔按明一統志。—塘在袁州府城東北七里。〕
⓫城門名。〔漢書王尊傳〕毋持布鼓過—門。〔按明一統志。—門、卽今紹興府城五雲門。〕
⓬漢侯國名。見〔史記建元以來王子侯者年表〕。
⓭州名。唐置。屬嶺南道。當今廣東海康縣西。
⓮鼓名。〔周禮鼓人〕以—鼓鼓神祀。〔注〕—鼓、八面鼓也。
⓯琴名。〔西溪叢話〕洛中蕫氏蓄一—琴。〔又〕忽—。胡琴名。〔南部新書〕胡琴大曰大忽—。小曰小忽—。
⓰—同。出言每同也。〔禮記曲禮〕毋—同。〔注〕—之發聲。物無不同時應者。
⓱黔—。神名也。〔司馬相如賦〕左玄冥而右黔—。〔注〕黔—、天上造化神也。
⓲骨—。鰐魚別名。見〔洽聞記〕。
⓳地—。水—。竝軍器名。魚—。兵艦名。
⓴姓也。漢郎中—被。〔又〕方—。複姓。〔國語晉語〕靑陽。方—氏之甥也。〔注〕方—。西陵氏之姓。

【畾】 盧對切音纇隊韻
❶推石自高而下也。〔周禮職金注〕槍—椎椁之屬。〔按卽所謂礌石。左襄十年傳注。—、卽研也。兵法、守城用礌石以擊攻者。〕
❷擊鼓也。〔古樂府〕官家出遊—大鼓。〔俗作擂〕。

【靁】 魯水切音壘紙韻
推石下也。見〔集韻〕。

【雹】 弼角切音擈蒲沃切音僕覺韻
❶雨仌也。見〔說文〕。〔段注〕雨仌謂自上而下之仌也。〔按今地文學家謂雨點下墜。中途忽遇一層甚冷之空氣。則凝而成—。〕
❷跑也。其所中物皆摧折。如人所蹴跑也。見〔釋名釋天〕。
❸合也。〔白虎通災變〕—之爲言合也。陰氣專精積合爲—。
❹薄也。〔南齊書五行志引洪範五行傳〕—者陰薄陽之象也。〔按大戴記曾子天圓注云。陽氣在而溫煖如湯。陰氣薄之不相入。轉而爲—。〕

【電】 堂練切音殿霰韻
❶霹易激燿也。見〔說文〕。〔段注〕古義靁—不別。許意則統言之謂之靁。自其餘聲言之謂之霆。自其振物言之謂之震。自其光燿言之謂之—。分析較古爲愿心。靁—者、一而二者也。〔按今地文學家謂空中陰陽兩氣所發之光也。—分正負。同類相推。異類相引。凡物皆含—質。物理學家則分—爲三種。曰摩—。曰化—。曰磁—。天空之—。卽摩—也。—之爲用。於今甚廣。〕
❷殄也。言乍見卽殄滅也。見〔釋名釋天〕。
❸激揚也。〔南淮墬形〕激揚爲—。〔按淮南原道。—以爲鞭策。注。激氣爲—。古微書引春秋元命苞云。陰陽激爲—。惟古微書引易稽覽圖曰。陰陽和合爲—。〕
❹猶鑒也。今人書牘往來。其致尊敬之詞。每曰台—。鈞—。

【雴】 敕立切音湁力入切音立緝韻
大雨。見〔廣韻〕。〔按廣雅訓爲雨。〕

【雵】 倚朗切音坱養韻於良切音央陽韻
—。白雲皃。見〔玉篇〕。

【⿱雨乞】於罽切音翳霽韻 大露。見〔玉篇〕。

【⿱雨卮】烏懈切音隘卦韻 霧也。見〔集韻〕。

【⿱雨冬】都宗切音冬冬韻 雨皃。見〔廣韻〕。

【⿱雨甘】五甘切音玵覃韻 霜也。見〔集韻〕。

【雰】分物切音弗物韻 雨皃。見〔集韻〕。

【⿱雨弗】敷勿切音拂物韻 雲皃。見〔集韻〕。

【雺】亡遇切音敄遇韻 莫候切音戊宥韻 霚籀文。見〔說文〕。〔按說文、霚、地气發、天不應。五經文字、霚、霧同。莫候反。集韻云。霚、古文。—未詳所据。〕

【雺】謨蓬切音蒙東韻 迷浮切音謀尤韻 莫宋切宋韻 天氣下、地不應曰—。見〔爾雅釋天〕〔疏〕郭云。言蒙昧。洪範云。曰—。鄭注云。—聲近蒙。詩零雨其蒙。則是天氣下降地氣不應而蒙闇也。〔按說文、霚、地气發、天不應。籀文省作—。霿、天气下、地不應曰霿。段玉裁云。霚、讀如務。霿、讀如蒙。霚之或體作霧。霿之或體作蒙。据爾雅釋文。—、亡公亡侯二切。是爾雅之—。讀如蒙、矛。蒙音與說文霿同。義亦同。其下句天氣發地不應曰霧者。音義並與說文霚同。据此。爾雅乃以霚之籀文—。誤為同霿。復以霚之俗體霧。代霿正字。自陸氏不能諟正。譌舛不可讀矣。經典字書韻書於—、霚、霿、霧、蒙諸字。頗多捉淆。因之義訓亦每顚倒。當以說文為正。〕

【⿱雨乇】側格切音窄陌韻 雨皃。見〔集韻〕。

【⿱雨由】普沒切音誖月韻 雲皃。見〔集韻〕。

【⿱雨君】徒浪切音宕漾韻 洞屋也。見〔字彙補〕。

【⿱雨瓜】烏瓜切音蛙麻韻 —下也。見〔五音篇海〕。

【⿱雨多】音未詳 闕名。〔李尤賦〕其南則有蒼梧葧浦離水謝沐涯浦—中。〔注〕蒼梧以下六關在南。

【⿱雨甲】古陜字。見〔字彙補〕。

【⿱雨弘】同泓。見〔字彙〕。

六畫

【⿱雨次】才資切音茨支韻 ㊀大雨。見〔玉篇〕。㊁雨聲。見〔集韻〕。

【⿱雨夷】田黎切音啼齊韻 ㊀霽雲。見〔玉篇〕。㊁雨止。見〔集韻〕。

【需】詢趨切音須虞韻 ㊀䇓也。遇雨不進止䇓也。从雨而。見〔說文〕〔段注〕易象傳曰。—須也。須、卽䇓之叚借也。㊁卦名。乾下坎上。〔易需〕雲上於天。—。㊂待也。〔莊子大宗師〕聶許聞之—役。〔按凡相待而成曰—〕。㊃疑也。〔左哀六年傳〕—事之下也。㊄穨也。見〔廣雅釋言〕。㊅不進也。見〔易雜卦〕。㊆養也。〔易序卦〕物稚不可不養也。故受之以—。㊇用也。〔宋史高定子傳〕公家百—。㊈給也。〔元史成宗紀〕居上都大都隆興者與民均納供—。㊉索也。〔姚燧碑文〕中夜有—。⑪懦弱也。〔左哀六年傳疏〕—是懦弱之意。⑫當弓之隈也。〔考工記弓人〕凡居角長者以次—。⑬—次。候銓次也。〔宋史馬廷鸞傳〕—次六年。⑭來—。水名。〔山海經中山經〕半石之山。來—之水出于陽而西流注於伊水。〔當在今河南洛陽伊陽二縣界。〕⑮人名。戰國燕臣甘—。魏相田—。⑯姓也。

【需】汝朱切音儒虞韻 耎柔滑貌。〔國策秦策〕其—弱者來使。則王必聽之。

【需】奴亂切音糯翰韻 弱也。〔考工記弓人〕馬不契—。〔

司農注〕、—讀爲畏—之—。

【需】乳兗切音耎銑韻
一 不充滿也。〔考工記弓人〕薄其帤則—。
二 同輭。〔考工記鮑人〕欲其柔滑而腥脂之則—。〔注〕—讀爲柔—之—。

【雩】邕俱切音紆虞韻
一 雨皃。見〔廣韻〕。
二 ⿱雨麗—暴雨。見〔集韻〕。

【䨙】鉏簪切音岑侵韻宜皆切音娾佳韻魚音切音吟侵韻
霖雨也。南陽謂霖—。見〔說文〕。〔段注〕俗本作謂霖雨曰—。其字从㐺。㐺者眾立之象也。故雨多取之。是可以證䨙雨之爲霖而非小雨矣。淫雨、皆—雨之叚借。

【⿱雨豕】宜佳切音崖佳韻
雨聲。見〔廣韻〕。

【⿱雨舌】轄夾切音狹洽韻
澈溼也。見〔集韻〕〔玉篇同洽〕。

【䨈】歷各切音洛藥韻
雨—也。見〔說文〕〔段注〕此下雨

本字。今則落行而—廢矣。

【⿱雨寿】胡卦切音話卦韻
海船也。見〔玉篇〕。

【⿱雨因】伊刃切音印震韻
氣流行也。見〔集韻〕。

【䨛】王矩切音羽麌韻王遇切音芋遇韻
水音也。見〔說文〕。〔段注〕江氏聲曰。五音、羽屬水。許字作—。與各書不同。今按此當爲流水之音耳。

【⿱雨并】北諍切音迸梗韻
雷聲。見〔集韻〕。

【⿱雨冊】色責切音柵陌韻
霰也。見〔集韻〕。

【⿱雨兆】徒弔切音枊嘯韻
睄—。幽冥也。〔楚辭疾世〕閔睄—兮靡睹。

【⿱雨乇】直格切音宅陌韻
高峻貌。〔淮南原道〕上游於霄—之野。

【⿱雨屑】先結切音屑屑韻
雪也。見〔字義總略〕。

【⿱雨回】古雷字。見〔集韻〕。

【⿱雨吅】古雷字。見〔說文〕。

【⿱雨殳】同處。〔漢楚相孫君碑〕—幽暗而照明。

【⿱雨龟】同電。見〔字彙補引漢碑〕。

【雬】同霧。見〔廣韻〕。

【⿱雨兒】霓霧字。見〔字彙補〕。

七畫

【霂】莫卜切音沐屋韻
一 霢—也。見〔說文〕〔詳霢字〕。
二 沐也。如人沐頭。惟及其上支而根不濡也。見〔釋名釋天〕。

【霄】思邀切音宵蕭韻
一 雨霰爲—。齊語也。見〔說文〕。〔段注〕雨、猶霣也。釋天曰。雨霓爲—雪。此—字本義。〔按爾雅釋天注云。冰雪雜下者。謂之—雪。〕
二 消也。〔韻會〕—雪。今人所謂溼雪也、著物卽消。〔按詩先集維霰疏。—卽消也。〕
三 盡蕩也。見〔墨子經〕。
四 雲也。〔文選束晳詩〕奕奕元—。〔按文選張衡思玄賦。涉清—而升遐兮。舊注謂—爲微雲〕。
五 夜也。〔呂覽明理〕有—見。
六 冥也。〔文選王延壽賦〕—靄靄而晻曖。
七 日旁氣也。〔漢書揚雄傳〕騰清—而軼浮景。
八 天空也。〔朱熹詩〕一上煙—路。
九 —⿱雨乇。高峻貌。〔淮南原道〕上遊於—⿱雨乇之野。
十 因—。國名。〔王嘉拾遺記〕西方有因—之國。人耆善嘯。
十一 奔—。馬名。〔王嘉拾遺記〕奔—。周穆王八駿之一。
十二 陵—。花名。〔爾雅翼〕苕陵苕、今陵—。
十三 地名。〔左定十四年傳〕城莒父及—。
十四 人名。〔春秋襄十一年〕楚人執鄭行人良—。
十五 通宵。〔江淹遂古篇〕—明燭光向燒燎兮。〔按山海經本作宵明燭光〕。
十六 姓也。—略。見〔韓非子〕。

【⿱雨俏】仙妙切音笑嘯韻

同肙。〔集韻〕肙骨肉相似也。亦作—。

【霅】直甲切音喋洽韻

㊀——。雷電兒。从雨。嘉省聲。一曰。—、聲。眾言也。見〔說文〕〔段注〕—、聲。光襍沓之兒。嘉、疾言也。或訓—爲眾言。則是从言从雨會意矣。〔按說文譶。多言也。—、譶。聲近。〕

㊁雨也。〔馬融頌〕—爾雹落。〔按—爲霎之本字。—爾、猶言霎時間也。雨訓甚迂曲。〕

㊂水名。〔寰宇記〕—溪在烏程縣東南一里。〔在今浙江吳興縣境。〕

㊃鞁—。走捷貌。〔文選左思賦〕鞁—驚捷。

㊄—曄。急疾貌。〔文選潘岳賦〕—曄岌岌。

㊅姓也。〔博物志〕孟舒國名。人首馬身。其先主爲—氏。

【霅】轄甲切音狎洽韻

㊀眾言也。見〔玉篇〕。

㊁煜—。光貌。〔文選班固答賓戲〕煜—其閒。

【霅】域及切音煜緝韻

—霅。雨聲。見〔集韻〕。

【霅】悉合切音趿合韻

——。雨聲也。〔廣韻〕雨——。

【霅】質涉切音讋葉韻

——。震電兒。見〔廣韻〕。

【霅】色甲切音啑洽韻

散也。〔漢書揚雄傳〕—然陽開。

【霅】斬狎切洽韻

地名。—陽障在樂浪。見〔集韻〕〔按當在朝鮮境。〕

【霆】唐丁切音庭青韻

㊀雷餘聲鈴鈴。所以挺出萬物。見〔說文〕〔段注〕靁所以生物。而其用在餘聲鈴鈴然者。禮記曰。地載神氣。神氣風—。風—流形。庶物露生。

㊁霹靂也。〔爾雅釋天〕疾雷謂之—。

㊂艮也。〔易繫辭〕鼓之以雷—。

㊃震也。〔管子七臣七主〕地冬—。

㊄電也。〔莊子天運〕吾驚之以雷—。〔按—電義本通。參閱電字。〕

㊅不—。不畏雷—也。〔山海經中山經〕服之者不—。

㊆—激。言疾也。〔後漢班固傳〕車輪—激。

【霆】他頂切音珽　待鼎切音挺迥韻

迅雷也。〔文選左思賦〕聲若雷—。

【霆】徒徑切音定徑韻

雷也。見〔集韻〕。

【震】之刃切音振震韻

㊀劈歷振物者。春秋傳曰。—夷伯之廟。見〔說文〕〔段注〕劈歷、疾雷之名。釋天曰。疾靁爲霆。倉頡篇曰。霆、霹靂也。然則古謂之霆。許謂之—。

㊁卦名。—下—上。〔易震〕洊雷—。

㊂車也。見〔國語晉語〕。

㊃戰也。所擊輒破若攻戰也。見〔釋名釋天〕。

㊄動也。〔書舜典〕—驚朕師。

㊅懼也。見〔爾雅釋詁〕。

㊆起也。見〔易雜卦〕。

㊇娶也。見〔廣雅釋詁〕。

㊈救也。〔易繫辭〕—无咎者存乎悔。〔釋文〕周云、救也。

㊉管也。〔淮南天文〕明庶風至。〔注〕—爲管。

(十一)威也。〔左文六年傳〕其子何—之有。

(十二)怒也。〔太玄釋〕—于廷。

(十三)驚也。〔文選張衡賦〕旁—八鄙。

(十四)雉鼓翼也。〔大戴記夏小正〕雉—呴。

(十五)僭踰相傾犯也。〔詩閟宮〕不—不騰。

(十六)威駭怠懈肅陗慢者也。〔易震〕—來厲。

(十七)振振然也。〔公羊僖九年傳〕桓公—而驚之。

(十八)有娠也。〔詩生民〕載—載夙。

(十九)東方也。見〔易說卦〕。

(二十)長男也。見〔國語晉語〕。

(廿一)—者木也。見〔獨斷〕。

(廿二)土也。〔左閔元年傳〕—爲土。

(廿三)春也。見〔易節天地節而四時成注〕。

(廿四)喜也。見〔易解君子以赦過宥罪虞注〕。

(廿五)地—。地動也。〔國語周語〕陽伏而不能出。陰迫而不能烝。於是有地—。

(廿六)—澤。太湖名也。〔書禹貢〕—澤底定。〔注〕在今江南蘇州府—澤縣。〔按—澤縣、今併入吳江縣。〕

(廿七)—靈。藥名。〔十洲記〕聚窟洲神鳥山有反魂樹。扣其樹能自作聲。聞之者皆心—神駭。伐其木根心煮汁。煎如黑餳狀。令可丸。名爲—靈丸。

(廿)—。—盛貌。[文選潘岳賦]——塡塡。[又]奔走貌。[後漢班彪傳]—爚爚。[又]光明貌。[文選班固賦]——爚爚。

【震】升人切音申眞韻

娠或字。[集韻]娠。說文、女妊身動也。或作—。

【震】之人切音眞眞韻

(一)怒也。[漢書敘傳]電擊雷—。(二)—旦中國也。[梁書外國傳]盤盤國稱梁主爲—旦天子。[按—旦與支那本同一音。特譯有微異耳。舊說謂—旦卽秦字之合音。聲轉爲支那亦通。]

【霈】普蓋切音沛泰韻

(一)大雨。見[玉篇]。(二)水流貌。見[洪武正韻]。(三)澤下逮也。[李邕表]雨露深仁。霈—及于蕭艾。(四)雪霈足也。[孫狄表]既溥既—。足表西成之徵。

(五)人名。隋京兆韋—。

【⿱雨孚】房尤切音浮尤韻

——。雨雪皃。見[玉篇]。[按詩角弓作雨雪浮浮。]

【霃】持林切音沈侵韻

久陰也。見[說文]。[段注]月令季春行秋令。則天多沈陰。沈、卽—之叚借也。沈行而—廢矣。

【䨏】營隻切音役陌韻

大雨也。見[玉篇]。[按廣韻云。—䨻大雨也。]

【⿱雨朿】色責切音棟陌韻

小雨零皃。見[集韻]。

【⿱雨見】先見切先去聲霰韻

霰或字。見[說文]。[按說文。霰。稷雪也。埤雅曰。—从晛省。詩云。見晛曰消。]

【⿱雨耴】敕涉切音鍤葉韻

—霎。小雨也。見[玉篇]。

【⿱雨更】古杏切音梗梗韻

雲皃。見[集韻]。

【⿱雨弄】盧冬切音龍冬韻

雨聲。見[玉篇]。

【⿱雨甹】滂丁切音屏靑韻

——。雨皃。見[集韻]。

【⿱雨君】牛尹切音輑軫韻

雨也。見[玉篇]。

【⿱雨延】延面切音衍銑韻

——。雲皃。見[集韻]。

【霉】莫裴切音枚灰韻

梅雨也。[正字通]—雨善汙衣服。故又云—涴言爲—所壞也。義與黴通。[今俗語謂潮溼汙點、通曰—]。

【⿱雨沒】名勃切音沒月韻

雨下也。見[字彙補]。

【⿱雨妥】宜佳切音綏支韻

小雨皃。見[玉篇]。

【⿱雨辰】五佳切支韻

雨聲。見[奚韻]。

【⿱雨段】同霰。見[韻會小補]。

【⿱雨浣】⿱雨完俗字。見[正字通]。

【⿱雨𣴎】霪譌字。見[正字通]。[按字彙音淫。訓久雨。非。]

【⿱雨浣】⿱雨完譌字。見[正字通]。

八畫

【⿱雨咸】師咸切音攕咸韻

(一)溦雨也。見[說文]。[段注]水部曰。溦。小雨也。今人謂小雨曰廉纖。卽—也。(二)雨皃。見[廣韻]。

【⿱雨戔】師銜切音杉咸韻思廉切音銛鹽韻

雺或字。[集韻]細雨謂之雺。或作—。

【⿱雨戔】將廉切音尖鹽韻

漬也。見[玉篇]。

【霋】千西切音妻齊韻

(一)霽謂之—。見[說文]。[桂注]釋天文作濟謂之霽。(二)雲行皃。見[玉篇]。

【⿱雨忽】呼骨切音忽月韻

(一)雨下也。見[玉篇]。(二)雨皃。見[類篇]。

【⿱雨奄】衣檢切音奄琰韻

㊀雲狀。見〔廣韻〕。

㊁雲合貌。〔六書統〕—、奄大也。雲大申布于天也。

㊂通渰。〔詩大田〕有渰萋萋。〔注〕渰、雲興貌。渰、—通。

【䨠】烏感切音黤感韻

雲氣也。見〔集韻〕。〔按類篇云。雲氣靡也〕

【霍】虛郭切音霩藥韻

㊀本作靃。〔說文〕靃、飛聲也。雨而雔飛者。其聲靃然。見〔說文雔部〕〔段注〕此字之本義也。引伸爲揮—。爲靃靡。雨而雔飛者云云。說从雨之意。

㊁物皆長垂枝布葉。—然而大也。見〔白虎通山澤〕

㊂—之爲言護也。言太陽用事護養萬物也。見〔白虎通巡狩〕

㊃疾貌。〔文選枚乘七發〕—然病已。

㊄猶渙也。〔荀子議兵〕—焉離耳。

㊅—濩。盛貌。〔文選嵇康賦〕—濩紛葩。

㊆曶—。開合之貌。〔漢書揚雄傳〕翕赫曶—。

㊇㸌—。猶云㸌幻也。〔葉適題跋〕怪神㸌—。相與眩亂。

㊈—亂。暑疾也。〔漢書嚴助傳〕夏月暑時。歐泄—亂之疾。〔按—亂近世醫學家謂有二種。一爲類似虎列拉。二爲眞性虎列拉。前者先瀉後吐。自覺疼痛疲勞。眼球陷沒。口內乾渴。經二十四小時以上。腓腸筋遂痙不治。後者先起劇吐瀉。或混血液。既而皮膚厥冷。口脣指甲發白。聲啞肢攣。自八時至二十四小時不治〕

㊉——。光貌。〔劉子翬詩〕晚電明——。〔又〕聲也。〔木蘭詩〕磨刀——向豬羊。

⑪山名。有二。一在今安徽—山縣南。本名衡山。又名天柱山。一在今山西—縣東。

⑫山形也。〔爾雅釋山〕大山宮小山、—。〔疏〕小山在中。大山在外圍繞之。山形若此者名—。非謂大山名宮小山名—也。

⑬國名。〔書蔡仲之命傳〕武王克商。封弟叔處於—。〔按春秋時。—國後爲晉地。漢屬河東郡。唐置—州。當今山西—縣治〕

⑭邑名。〔公羊僖二十一年傳〕會於—。〔疏〕左氏作盂。穀梁作雩。〔又〕〔左哀四年傳〕襲梁及—。〔注〕梁、—。河南梁縣西南故城也。梁南有—陽山。皆蠻子之邑。〔按當在今河南臨汝縣南〕

⑮通藿。豆葉也。〔漢書鮑宣傳〕漿酒—肉。〔按詩小宛疏。菽葉謂之藿〕

⑯姓也。武王弟—叔之後。

【霍】歷各切音洛　曷各切音鶴藥韻

草名。〔爾雅釋草〕枹—首。

【霍】蘇果切音瑣哿韻　山寡切音灑馬韻

—人。地名。〔史記周勃世家〕降下—人。〔注〕—字當作葰。地理志云。葰人縣屬太原郡。〔當今山西繁峙縣南〕

【霎】山洽切音箑洽韻　子葉切音接葉韻

㊀小雨也。見〔說文新附〕。

㊁雨聲。見〔集韻〕。

㊂瞬—。目動之頃也。〔趙抃詩〕瞥然兩眼瞬—過。〔今云一—、一—時同。〕

㊃吹—。傷寒也。〔癸辛雜識〕吹—、二字。每見劉長卿用之。作傷寒感冷意。

【霎】悉合切音趿合韻

霅或字。〔集韻〕霅霅。雨也。或从妾。

【霏】芳微切音菲微韻

㊀雨雪皃。見〔說文新附〕。

㊁雲飛貌。〔文選謝靈運詩〕雲霞收夕—。

㊂煙起貌。〔晉書王羲之傳論〕煙—霧結。

㊃霧也。〔歐陽修賦〕若夫日出而林—開。

㊄飄也。〔蔣防賦〕霏歷而輕風乍—。

㊅——。雨也。見〔廣雅釋訓〕。〔又〕甚也。〔詩采薇〕雨雪——。〔又〕集貌。〔楚辭怨上〕雹霰兮——。〔又〕詳細也。〔晉書胡母輔之傳〕彥國吐佳言。如鋸木屑。——不絕。

【霯】北朋切音鵬蒸韻

㊀大雨。見〔玉篇〕。

㊁懜也。〔乾坤鑿度〕氣分萬—。

【霐】烏宏切音泓庚韻

㊀幽深貌。〔文選王延壽賦〕—寥窲以崢嶸。

(三)水名。見〔靈寶經〕。

【霑】知廉切音沾鹽韻

(一)雨霑也。見〔說文〕。〔段注〕小雅。既—既足。〔按雨霑、即今云雨—染也。〕

(二)濡也。〔國語齊語〕—體塗足。

(三)溼也。〔禮記曾子問〕雨—服。

(四)大也。〔漢書陳遵傳〕候遵—醉時。

(五)漬也。〔方言〕隴冡謂之—瀆。〔按瀆本作漬。〕

(六)澤溥也。〔文選揚雄賦〕仁—而恩洽。

【霓】研奚切音倪齊韻研計切音詣霽韻倪結切音齧屑韻

(一)屈虹青赤或白色。黔气也。見〔說文〕。〔段注〕或字、陸德明作也一曰三字。非也。韻會白下無色字。是也。屈、當作詘。許意詘曲之虹。多青赤。或有白色者。皆謂之—。釋天曰。螮蝀、虹也。—爲挈貳。郭云。雙出色鮮盛者爲雄。曰虹。闇者爲雌。曰—。據此。似青赤爲虹。白色爲—。然析言有分。渾言不別。—爲陰气將雨之兆。故从雨。〔按今地文學家謂日光射入雨點。折而返照所成。故日在東、則虹—在西。日在西、則虹—在東。遙遙相射。正者爲虹。負者爲—。太陽光線、由雨點之上半射入、下半射出、則成虹。反之則成—。虹之紅色在上。紫色在下。—之紫色在上。紅色在下。虹色濃。—色淡。〕

(二)際也。〔莊子齊物論〕何謂和之以天—。

(三)齧也。傷害於物。如有所食齧也。見〔釋名釋天〕。

(四)雲—。惡氣也。〔離騷〕率雲—而來御。

(五)霆—。霹靂也。〔爾雅釋天〕疾雷爲霆—。

(六)—旌。旍—。於旌也。〔杜甫詩〕憶昔—旌下南苑。

(七)—裳。樂曲名。〔李商隱詩〕眾仙同日詠—裳。〔攷唐書禮樂志。河西節度使楊敬獻—裳羽衣曲十二遍。又王維傳。客有以按樂圖示者。無題識。維徐曰。此—裳第三疊最初拍也。據此則—裳實爲當時通用之樂。非唐明皇私製。〕

(八)—墆。高貌。〔文選張衡賦〕直墆—以高居。

【霔】之戍切音注遇韻

(一)—霖。見〔玉篇〕。〔按廣韻作霖—。〕

(二)澍或字。〔集韻〕澍。時雨澍生萬物也。或作—。

【霖】犂針切音林侵韻

(一)凡雨三日已往爲—。見〔說文〕。〔段注〕已、當作以。自三日以往。謂雨三日又不止。不止不定其日數也。雨三日止。不得謂—矣。韋注國語亦曰。雨三日以上爲—。若宋人注尚書曰。三日雨爲—。失古義矣。

(二)淫雨也。〔爾雅釋天〕久雨謂之淫。淫謂之—。

(三)人怨之所致也。見〔後漢安帝紀〕。

(四)救旱雨也。〔書說命〕用汝作—雨。

(五)通淋。〔莊子大宗師〕—雨十日。〔釋文〕本又作淋。

【⿱雨析】色窄切音索陌韻先的切音錫錫韻

(一)雨也。見〔集韻〕。

(二)霰也。見〔廣韻〕。

(三)——。小雨也。見〔集韻〕。

【霌】職由切音周尤韻

雲雨皃。見〔篇海〕。

【⿱雨垂】都果切音朶哿韻

雲不族也。見〔集韻〕。

【⿱雨牀】仕莊切音牀陽韻

——。急雨也。見〔集韻〕。

【⿱雨疌】息葉切音倢葉韻

雨雪皃。見〔集韻〕。

【⿱雨重】徒官切音團寒韻

——。露多也。見〔集韻〕。

【⿱雨英】姑橫切音觥庚韻

人名。〔廣韻〕吳王孫休子名。

【⿱雨青】親盈切音清庚韻

女神名。見〔集韻〕。〔按淮南子天文云。至秋三月。青女乃出。以降霜雪。注。青女、天神。主霜雪也。疑集韻—訓—爲女神本此。〕

【⿱雨泫】瑚畎切音泫銑韻

露皃。見〔集韻〕。

【霠】於今切音陰侵韻

雲覆日也。見〔說文雲部〕。〔段注〕今人陰陽字。小篆作—昜。—者雲覆日。昜者旗開見日。引申爲兩儀字之用。今人作陰陽。乃其中之一耑而已。—字今僅見大戴禮記文王官人篇、素問五常政大論。

【電】十甲切音箑洽韻　雨大下也。見〔字彙補〕。〔按舊注云霅字之僞。致電从中申、說文作申。當同電。舊注非是。〕

【霕】徒昆切音屯元韻　雲大貌。見〔篇海〕。

【霴】徒奈切音代隊韻　雲狀也。見〔字彙補〕。

【⿱雨泣】落合切音拉合韻　雨聲。見〔集韻〕。

【⿱雨拜】色同切東韻　雨下也。見〔川篇〕。

【⿱雨肩】伯罵切禡韻　雨也。見〔川篇〕。

【⿱雨申】電本字。見〔說文〕。

【霒】同陰。見〔集韻〕。

【⿱雨殺】同霰。見〔集韻〕。

【⿱雨声】同零。見〔字彙補〕。

【⿱雨所】同霡。見〔字彙補〕。

九畫

【⿱雨禹】王遇切音芋遇韻　㊀舒也。見〔廣雅釋詁〕。㊁雨皃。見〔集韻〕。

【⿱雨禺】王矩切音羽火五切音虎吁句切音煦虞韻　雨皃。方語也。見〔說文〕〔段注〕方上蓋奪北字。集韻曰北方謂雨曰—。呂靜說。

【霙】於驚切音英庚韻　㊀霰也。見〔集韻〕。㊁雪華也。〔埤雅〕雪寒甚則爲粒。淺則成華。華謂之—。㊂雨雪雜下也。〔蘇軾詩〕晚雨纖纖變玉—。

【雵】於良切音央陽韻　—。白雲皃。見〔廣韻〕。

【霅】側洽切音眨竹洽切音箚洽韻　㊀大雨。見〔玉篇〕。㊁雨聲。見〔集韻〕。

【霮】徒感切音禫感韻　㊀—䨴。雲皃。見〔廣韻〕。㊁濕省字。〔集韻〕濕濕䨴。繁雲。或省。

【䨣】匹各切音粕藥韻各核切音隔陌韻　㊀雨濡革也。讀若膊。見〔說文〕〔段注〕雨濡革則虛起。今俗語若朴。㊁雨也。見〔玉篇〕。

【⿱雨务】芳文切音芬文韻　㊀務也。見〔字彙〕。㊁雪貌。見〔字彙〕。㊂同氛。不祥氣也。見〔字彙〕。

【霜】所莊切音驦陽韻色壯切音孀漾韻　㊀喪也。成物者。見〔說文〕〔段注〕秦風白露爲—。傳曰。白露凝戾爲—。然後歲事成。按雷雨露皆所以生物。雪亦所以生物。而非殺物者。故其用在—殺物之後。〔按釋名釋天〕—、喪也。其氣慘毒。物皆喪也。㊁露凝也。見〔玉篇〕。〔按今地文學家謂地面熱氣發散後。地面溼度驟降至冰點以下。遂結爲—。〕㊂亡也。〔白虎通災變〕—之爲言亡也。陽以散亡。㊃乾之命也。〔易坤〕履—堅冰。㊄殺伐之表也。見〔春秋感精符注〕。㊅歷年也。〔李白詩〕陛下之壽三千—。㊆喻白曰—。如—鬢、—毫、—蹄、皆是。㊇喻冷曰—。〔文選陸機賦〕心懍懍以懷—。㊈喻法之嚴曰—。〔唐無名氏判〕請置—典。㊉喻操之潔曰—。〔南齊書沈驎士傳〕—操日嚴。(十一)鳥名。〔禽經〕—蜚則—。〔注〕鸘鸘、鳥名。飛則隕—。(十二)藥物之煎鍊成屑者曰—。如砒—、百草—。(十三)—降。節氣也。見〔後漢律曆志〕。(十四)孟—。山名。〔闕子〕公張弓登臺東面而射。矢踰孟—之山。(十五)騰—。馬名。〔唐書回紇傳〕曰騰—白。曰皎雪驄。(十六)貫—。月氏國部落名。〔後漢大月氏傳〕分其國爲休密、雙靡、貴—、肸頓、都密、凡五部。(十七)青—。袍名。〔漢武內傳〕上元夫人服青—之袍。(十八)拒—。花名。〔本草綱目〕芙蓉、一名拒—。(十九)人名。〔國語楚語〕荊子熊嚴生子七人。伯—。中雪。

⑳姓也。見〔姓苑〕。

【霝】郎丁切音紷青韻

①雨零也。詩曰。—雨其濛。見〔說文〕。〔段注〕—與零義殊。許引東山—雨。今作零雨。譌字也。定之方中。靈雨既零。傳曰。零落也。零亦當作—。亦叚靈爲之。靈落卽—落。雨曰—。䨩艸木曰零落。

②墮也。見〔廣韻〕。

【霞】何加切音遐麻韻

①赤雲氣也。見〔說文新附〕。〔按文選蜀都賦。舒丹氣而爲—。劉注。—、赤雲也。〕

②雲日氣相薄也。〔御覽引釋名〕—、白雲映日光而成赤色。假日之赤光而成也。〔按今地文學家謂日光照於卷雲所生之赤采。其故因卷雲最高。其水點遇冷空氣。皆成冰粒。能分日光也。〕

③山名。〔明一統志〕—山在常德府城南一百里有淘金場。〔當今湖南武陵縣南。〕

④塘名。〔明一統志〕—塘在興化府東北。淸澈可愛。灌田百餘頃。〔當今福建莆田縣東北。〕

⑤服色之紅者曰—。如—氈、—帔、—緞。

⑥閨妝之媚者曰—。〔張來詩〕晚妝新暈臉邊—。

⑦流—。酒名。〔孟浩然詩〕何惜醉流—。

⑧落—。琴名。〔郭憲洞冥記〕撫落—之琴。

⑨飛—。馬名。〔唐書鐵勒傳〕其六曰飛—驃。

⑩仙—。嶺名。〔名勝志〕江山縣界之極南者曰仙—嶺。〔按在今浙江江山縣南。〕

⑪—人。仙人也。〔雲笈七籤〕深誠所詣。遠屬—人。

⑫—貝。黑文黃蓋之貝名也。見〔相貝經〕。

⑬通赮。〔漢書天文志〕雷電赮虹。〔按卽—虹也。〕

⑭通遐。〔楚辭遠遊〕載營魄而登—兮。〔朱注〕—、古與遐借用。

⑮通蝦。〔吳越春秋烏鳶歌〕啄—矯翮兮雲間。〔按史記天官書作蝦虹。〕

⑯通瑕。〔文選揚雄賦〕吸淸雲之流瑕兮。〔注〕—與瑕、古字通。

⑰複姓。漢有—露氏。

【霠】於金切音音侵韻

①雲覆日也。〔楚辭九辯〕然—曀而莫達。〔疑卽霒字之或體〕。

②姓也。見〔廣韻引纂文〕。

【⿱雨染】而琰切音冉琰韻而豔切音染豔韻

濡也。見〔說文〕。〔段注〕今人多用霑染濡染。染行而—廢矣。染者以繒染爲色。非霑義。

【⿱雨洼】烏瓜切音窊麻韻

蹄涔也。見〔集韻〕。

【⿱雨犮】蒲撥切音跋曷韻

雲皃。見〔集韻〕。

【⿱雨耐】徒耐切音代隊韻

雲皃。見〔篇海〕。

【⿱雨侯】胡溝切音侯尤韻

雨也。見〔篇海〕。

【⿱雨鬼】詡鬼切音虺尾韻

雷聲。見〔集韻〕。〔按廣韻云震雷。〕

【⿱雨遞】亭歷切音荻錫韻

——。雨也。見〔廣韻〕。

【⿱雨逼】徒沃切音毒沃韻

雨皃。見〔集韻〕。

【⿱雨豈】徒敢切感韻

—䨴。雲貌。見〔搜眞玉鏡〕。

【霚】霧本字。見〔說文〕。

【⿱雨厂】古電字。見〔說文〕。

【⿱雨品】古雷字。見〔說文〕。

【⿱雨黽】古靈字。見〔字彙補〕。

【⿱雨另】古靈字。見〔玉篇〕。

【⿱雨易】䨦籒文。〔字彙〕郭云。恐是籒文霾字。〔按正字通云。焦竑載石鼓作䨦音黎。〕

【⿱雨禹】同䨜。見〔集韻〕。〔按文選謝惠連賦。連氛累—。〕

【⿱雨函】同霝。見〔玉篇〕。

【靆】同䨴。見〔集韻〕。

【⿸广麀】譌字。見〔正字通〕。〔按康熙字典云。字彙音預。揚雄蜀都賦。—、麋獸名。似鹿而大。宜从鹿。古文苑作—。恐傳寫之譌。〕

十畫

【靃】黃郭切音矱藥韻之石切音隻陌韻
㊀䨥一。大雨見[玉篇]。
㊁同雙見[字彙補引復古編]。

【霣】羽敏切音殞軫韻王問切音運問韻公渾切音昆元韻
㊀齊人謂霣為一。一曰雲轉起也。讀若昆。見[說文]。[段注]各本齊上有雨也二字。今刪。韻會本亦無此二字。雲回轉而起名之一者。略與雲同音也。[按桂注。玉篇、一雷起出雨也。殆謂當爲雲起。]
㊁廢墜也。[左宣十五年傳]有死無一。
㊂借作隕。[文選司馬如賦]瀺灂一墜。[注]一、卽隕字。

【䨨】中癸切音追延知切音夷支韻徒回切音穨灰韻
㊀隱也。見[集韻]。
㊁雷也見[玉篇]。
㊂同頹。[禮記玉藻]端行頤霤如矢。[注]頤、或爲一。

【霤】力救切音溜宥韻
㊀本作䨨。[說文]霤屋水流也。[桂注]玉篇、一雨屋水流下也。釋名。一、流也。水從屋上流下也。
㊁凡水下流皆曰一。[文選東晳詩]濛濛甘一。
㊂屋簷也。[禮記玉藻]頤一垂拱。[按楚辭大招觀絕一只注。一、屋宇。[]。
㊃中一。土神也。[禮記月令]其祀中一。[注]中一、猶中室也。土主中央而神在室。古者複穴。是以名室爲一。[疏]土五行之主。故神在室之中央。中中一、所祭土神也。[又]社神也。[禮記郊特牲]家主中一而國主社。[按左昭二十九年傳杜注。在家則祀中一。在野則爲社。社神亦中一神也。]
㊄重一。屋承一也。以木或銅爲之。[禮記檀弓]池視重一。[注]承一、以木爲之用行水。亦宮之飾也。[疏]今宮中有承一。云以銅爲之。
㊅通霤。[爾雅釋水注]從上霤下。[釋文霤作一]。

【霢】莫獲切音麥陌韻莫逖切音覓錫韻
一霂。小雨也。見[說文]。[段注]按一霂者溟濛之轉語。水部溟下曰。小雨溟溟也。濛下曰。濛濛溦雨也。[又]汗落如雨也。[文選左思賦]流汗一霂而中逵泥淖。

【靀】鄔孔切音翁董韻
一一。雲皃見[集韻]。

【䨡】胡男切音含覃韻
久雨也。見[說文]。[桂注]久雨也者。廣雅、一霖也。

【𩅦】津私切音咨才私切音慈支韻
雨聲。从雨。眞聲。讀若資。見[說文]。[段注]眞聲而讀若資者。合音也。故廣韻作䨏。[按一、䨏、濱、三字。音義略同。玉篇、䨏。雨聲。一同。本書、濱。久雨涔濱也。]

【𩃰】直客切音陣震韻
雲也見[玉篇]。

【䨿】才何切音醝歌韻
雨聲見[集韻]。

【霖】狼狄切音歷錫韻
一一。雨不止也。見[篇海]。[按康熙字典云霢譌字。]

【𩆽】多年切音顚先韻
雨聲。一曰。雨甚也。見[集韻]。[按霣字說文訓雨聲。疑一、霣、卽一字。集韻別出而小變其音爾。正字通亦云。一、同霣。]

【䨫】離鹽切音廉鹽韻盧含切音婪覃韻
久雨也。見[說文]。[段注]一之言連也。

【𩅢】居候切音冓宥韻
大雨。見[玉篇]。

【𩅰】蒙弄切音幪送韻
雷聲。見[集韻]。

【𩆝】益逢切音邕東韻
雨聲。見[字彙補]。

【霥】莫紅切音蒙東韻
小雨也。見[字彙補]。

【𩂿】疋敎切音票效韻
雲伏也。見[字彙補]。

【𩃳】呼各切音樂韻
雲散也。見[五音篇海]。

【雽】乎加切麻韻
孔一也。見[龍龕手鑑]。

【霳】盧東切音隆東韻
雷聲。見[川篇]。

【⿱雨畾】古雷字。見【集韻】。

【⿱雨神】同靈。見【字彙補引道藏】。

【⿱雨勇】同⿱雨甬。見【五音集韻】。

【⿱雨辰】同⿱雨穊。見【玉篇】。

【⿱雨畺】同⿱雨畺。見【字彙補】。

【⿱雨運】同⿱雨種。見【集韻】。

【⿱雨男】同雱。見【廣韻】。

【⿱雨豆】同⿰日登。見【集韻】。

【⿱雨殺】同⿱雨殺。見【字彙補】。

十一畫

【霧】亡遇切音務遇韻　謨蓬切音蒙東韻　莫鳳切音夢送韻

●一本作霚。【說文】霚地气發天不應曰霚。【段注】霚今之—字。、—一本作霿。非也。開元占經引元命苞。陰陽亂爲—。亦雨之類也。故从雨。地气發而天應之則雨矣。【按爾雅釋天】天氣下地不應曰霿。訓與說文反。辨詳霿字。今地文學家謂—與雲同爲空氣中之水汽凝合而成。但雲爲熱度同等之暖空气。蒸發上升。至高處遇冷而結。—則有兩股空氣。體積相等。而熱度不同。在低處猝然相遇。其所含之水汽。互相調和。減其熱度。因積而成—。迷漫接地。

●二冒也。氣蒙亂覆冒物也。見【釋名釋天】。

●三晦也。【爾雅釋天】—謂之晦。

●四亂也。【大戴記曾子天圓】亂則—。

●五山名。【水經淇水注】湛水東南流至—山。注闞門河。

●六喻黑也。【劉近詩】—鬟雲鬢窈窕孃。

●七喻輕細也。【漢書禮樂志】廁—縠。

●八喻滋潤也。【李商隱詩】—唾香難盡。

●九—露。謂疾病也。【史記淮南王傳】臣恐卒逢—露病死。

●十—塞。言昏昧也。【後漢光武紀】三精—塞。

【霩】闊鑊切音廓　忽郭切音霍　藥韻

●一本作霩。【說文】雨止雲罷皃。【段注】今俗字作廓。廓行而—廢矣。

●二雪消謂之—。見【韻會】。

●三開朗皃。【淮南天文】道始於虛—。

【霫】息入切音靸　席入切音習　緝韻

●一雨皃。見【廣韻】。

●二—雨也。見【廣雅釋訓】。

●三雪—。大雨也。見【玉篇】。

●四奚—。東北夷名。【文獻通考】—、匈奴之別種。與靺鞨爲鄰。在黃水北。亦鮮卑故地。【—當今熱河地】。

●五白—。北狄國名。【唐書回鶻傳】白—居鮮卑故地。與同羅僕骨接。南契丹。北烏羅渾。東靺鞨。西拔野古地。其部有三。曰居延。曰無若沒。曰潢水。唐列其地爲寘顏州。【按當今蒙古吳喇忒境】。

【⿱雨埶】都念切音店　豔韻　的協切音聑　葉韻

寒也。或曰早霜也。讀若春秋傳墊阨。見【說文】。【段注】成六年襄九年二十五年皆云墊隘。阨者阸之隸變。阸、隘古通用。此謂—音同墊耳。非謂春秋傳有—隘也。

【⿱雨執】陟立切音縶　緝韻

小溼也。見【集韻】。

【⿱雨眔】之戎切音終　東韻　之仲切音眾　送韻

小雨也。明堂月令曰。—雨。見【說文】。【段注】月令無此文。惟淫雨蚤降注云。今月令曰眾雨。漢人眾讀平聲。即許所據之—雨也。但記文淫雨。鄭注曰霖雨。許不當以小雨釋—。似小必是誤字。

【⿱雨彬】府巾切音彬　眞韻

玉采色也。見【玉篇】。【按廣韻云。璘—。玉光色也。】

【⿱雨莫】末各切音莫　藥韻

雨皃。見【集韻】。

【霨】紆胃切音尉　未韻

雲起皃。見【集韻】。

【⿱雨菲】非尾切音菲　尾韻

雲皃。見【玉篇】。

【⿱雨婁】隴主切音縷　麌韻

雨皃。見【集韻】。

【⿱雨責】側革切音責　陌韻

雨皃。見【集韻】。

【⿱雨殼】薄沒切音孛　月韻

雲皃。見【集韻】。

【⿱雨莽】母朗切音莽　養韻

——。雲色也。見〔集韻〕。

【霪】夷鍼切音淫侵韻
雨過十日以往也。〔淮南修務〕禹沐浴—雨。

【[illegible]】徒官切音團寒韻豎兗切音腨銑韻
同漙。露皃。見〔廣韻〕。

【[illegible]】仕巷切音漴絳韻
雨皃。見〔集韻〕。

【[illegible]】盧谷切音祿屋韻
暴雨謂之—。見〔集韻〕。

【[illegible]】普郎切音滂陽韻
—霈大雨也。見〔字彙補〕。

【[illegible]】移益切音翼職韻
人名。〔魏志荀彧傳〕彧子惲。惲子—。官至中領軍。

【[illegible]】音未詳
古三墳云川雲流—。注。聖人以防備水患也。疑卽障字。

【[illegible]】霽本字。見〔說文〕。

【[illegible]】同鄯。見〔字彙補〕。

【[illegible]】霖或字。見〔集韻〕。

【[illegible]】霽或字。見〔集韻〕。

【霡】霢或字。見〔集韻〕。

【[illegible]】霄或字。見〔集韻〕。

十二畫

【[illegible]】尼賺切音諵陷韻
一 泥也。見〔玉篇〕。
二 雨淖也。見〔集韻〕。

【[illegible]】匹各切音粕藥韻
一 雨也。見〔玉篇〕。
二 濼或字。〔集韻〕濼陂澤。或作—。

【霰】先見切音[illegible]霰韻
一 本作䨘。〔說文〕䨘稷雪也。〔段注〕謂雪之如稷者。毛詩傳曰。—、暴雪也。暴、當是黍之字誤。俗謂米雪。或謂粒雪。皆是也。〔按近世地文學家。謂雨點成雪之時。熱氣全行外散。而雪顆粒外。又爲熱氣包裹。則融而成珠。〕
二 星也。冰雪相摶如星而散也。見〔釋名釋天〕。
三 消雪也。〔詩頍弁〕先集維—。
四 佛之外道曰—尼。見〔楞嚴經〕。

【露】魯故切音路遇韻
一 潤澤也。見〔說文〕。〔段注〕五經通義曰。和氣津凝爲—。蔡邕月令曰。—者陰之液也。按—之言臚也。故凡陳列表見於外曰—。亦段路爲之。〔按今地文學家。謂晴夜地面所得太陽熱氣。驟發升於空中。地面卽冷。冷則空氣緊束。不能噙受水氣。遂凝而爲—。〕
二 雨之類也。〔素問四氣調神大論〕則上應白—不下。
三 霜之始也。〔詩蒹葭〕白—爲霜。
四 濱也。見〔廣雅釋詁〕。
五 敗也。見〔方言〕。
六 彰也。見〔集韻〕。
七 見也。〔禮記孔子閒居〕庶物—生。〔疏〕—見而生。
八 謂使之霑恩膏也。〔漢書嚴助傳〕陛下垂德惠以覆—之。
九 謂顯著不深固也。〔漢書揚雄傳〕今樂遠出以—威靈。
十 謂無城郭牆垣也。〔荀子富國〕都邑—。
十一 廬也。覆廬物也。見〔釋名釋天〕。〔按釋言語。廬。旅也。旅。衆也。〕
十二 暴也。〔楚辭涉江〕—申辛夷死林薄兮。
十三 羸也。〔左昭元年傳〕勿使有所壅蔽湫底。以—其體。〔疏〕謂肌膚瘦則骸骨—。
十四 形袒裸也。〔管子五輔〕匡貧窶。振罷—。〔注〕疾憊裸—者賑救之。
十五 骨在野也。〔唐書王涯傳〕而—骴不藏。深可悼痛。
十六 軍中捷書曰—布。見〔正字通〕。〔按文心雕龍云。—布者。—版不封。布諸視聽。春秋緯云。武—布文。—沈。注云。甘—降其國。布散者。人尙武。沈重者、人尙文。捷書稱—布之義。蓋取諸此。〕
十七 孤—。謂幼失父母蔭庇也。〔文選嵇康書〕少加孤—。
十八 朝—。喻人壽易盡也。〔文選江淹賦〕朝—溘至。
十九 塵—。喻輕也。〔文選曹植表〕冀以塵—之微。
二十 —車。無蓋車也。〔後漢靈帝紀〕得民家—車共乘之。
廿一 篳—。柴車也。〔史記楚世家〕篳—藍縷。〔按左傳作路。〕

㉒中—。衞邑也。〔詩式微〕胡爲乎中—。
㉓縈—。草名。〔爾雅、釋草〕蒤葵、縈—。〔注〕承—也。大莖小葉花𤈻黃色。
㉔平—。瑞艸名。〔瑞應圖〕四方之政平。則平—生於庭。
㉕房—。延—。䔩—。竝曲名。如文選謝莊賦。徘徊房—。馬融賦。下采製於延—。巴人。宋玉對楚王問。其爲陽阿䔩—。
㉖蕃—。書名。〔漢書董仲舒傳〕玉杯蕃—。〔注〕皆其所著書名也。〔今作繁—。〕
㉗承—。𤸫結也。見〔廣雅釋器〕。〔按方言。𤸫結、或謂之承—。〕
㉘白—。寒—。竝節氣也。見〔後漢書律曆志〕。
㉙垂—。書法也。〔王愔文字志〕其阿那若濃—之垂。
㉚庫—。器名。〔皮日休詩〕襄陽作髹器。中有庫—。眞。〔注〕玲瓏空虛。故曰庫—。今諺呼書格曰庫—格。
㉛—臺。臺名。〔史記文帝紀〕常欲作—臺。
㉜—犬。犬名。〔周書王會〕㺃犬者、—犬也。能飛食虎豹。
㉝—帣。不冠也。〔南史倭國傳〕男女皆—帣。富貴者以錦繡雜綵爲帽。
㉞惡—。婦人新產積血也。見〔外臺祕要〕。
㉟日本稱俄羅斯曰—西亞。省稱曰—。
㊱蒸取藥料之精液亦曰—。如青蒿—。銀花—。
㊲俗謂酒之芬冽者曰—。如玫瑰—。
㊳俗謂香水曰香—。或曰花—。
㊴通路。〔詩式微〕胡爲乎中—。〔列女傳作中路。〕
㊵姓也。〔國語魯語〕以—堵父爲客。

【䨷】允律切音聿質韻
❶—雲。瑞雲也。見〔廣韻〕。
❷卿雲謂之—。見〔集韻〕。
❸雲三色爲—。見〔西京雜記〕。

【䨩】鋤簪切音岑侵韻
❶雨聲。見〔廣韻〕。
❷䨴—。霖也。見〔廣雅釋詁〕。
❸—雨也。見〔廣雅釋訓〕。

【霫】時鴆切音甚沁韻
雨皃。見〔集韻〕。

【䨹】陟隆切音中東韻
氣往來也。〔素問陰陽離合論〕陰陽—。

【霴】徒感切音禫感韻徒濫切音憺勘韻
—黕。繁雲也。見〔集韻〕。〔又〕露垂貌。〔文選左思賦〕宵露—黕。〔又〕雲皃也。靉謂之—黕。見〔集韻〕。

【霯】台隥切音蹬徑韻
大雨。見〔玉篇〕。

【䨼】吐臥切音唾箇韻
雨下皃。見〔集韻〕。

【䨺】杜外切音兌泰韻
雲皃。見〔篇海〕。

【䨲】烏關切音彎刪韻
人名。〔廣韻〕吳王孫休長子名—。

【霳】良中切音隆東韻
豐—。雲師也。見〔韻會〕。〔又〕雷師也。見〔玉篇〕。〔按淮南子、司馬相如上林賦、水經、皆作隆。〕

【䨣】芳福切音腹屋韻
覆水也。見〔集韻〕。

【䨘】
霰本字。見〔字彙〕。

【靁】古雷字。見〔說文〕。

【䨭】同䨴。見〔正字通〕。

【霕】同𩇕。見〔字彙補〕。

【霖】同霢。見〔集韻〕。

【霜】同灀。見〔字彙補〕。〔集韻云〕霜殺物。

【霰】霰或字。見〔集韻〕。

【霶】黕或字。見〔集韻〕。

十三畫

【霵】仕職切音𧄍緝韻
❶暴雨皃。見〔廣韻〕。
❷下雨。見〔玉篇〕。
❸雨聲。見〔廣韻〕。

【𩆵】助急切音戢緝韻
聲眾疾皃。〔文選王褒賦〕嗐—曄睫。

【䨾】將廉切音尖鹽韻力驗切音歛章豔切音佔豔韻子豔切音漸琰韻莊陷切音蘸陷韻
❶小雨也。見〔說文〕。
❷霑也。見〔集韻〕。

【⿱雨衍】子鑑切 音覽 陷韻
以物內水中也。見〔廣韻〕。

【⿱雨資】津私切 音咨 才資切 音茨 支韻〔本作資〕。
㊀雨聲。見〔玉篇〕。
㊁涔涔久雨也。見〔廣韻〕。

【霸】匹陌切 音拍 陌韻
㊀月始生魄然也。承大月二日。承小月三日。周書曰哉生｜。从月𩇨聲。見〔說文月部〕〔段注〕魄、｜疊韻。鄉飲酒義曰月者三日則成魄。正義云前月大、則月二日生魄。前月小、則三日始生魄。按以上皆謂月初生明爲｜。漢志所引武成顧命皆作｜。後代魄行而｜廢矣。俗用爲王｜字。實伯之假借字也。
㊁月體黑者謂之｜。見〔增韻〕。

【霸】必駕切 音灞 禡韻
㊀把也。〔左成十八年傳〕所以復｜。〔疏〕｜、把也。言把持王者之政教。
㊁駮也。見〔風俗通皇霸〕。
㊂長也。言爲諸侯之長。〔孟子離婁〕以力服人者｜。
㊃伯也。行方伯之職。見〔白虎通號〕。
㊄猶迫也。言迫脅諸侯。見〔白虎通號〕。
㊅無祿而王也。〔禮記祭法〕共工氏之｜九州也。
㊆爲而不貴者｜。見〔管子乘馬〕。
㊇謀得兵勝者｜。見〔管子兵法〕。
㊈豐國之謂｜。見〔管子霸言〕。
㊉以力假仁者｜。見〔孟子公孫丑〕。
(十一)自擇友者｜。見〔新序雜事〕。
(十二)都十爲｜國。見〔管子度地〕。
(十三)州名。唐置。屬劍南道。當今四川汶川縣西北。〔又〕宋｜州。屬河北東路。當今順天｜縣治。
(十四)水名。〔史記項羽紀〕沛公軍｜上。〔漢書地理志注〕｜水出藍田谷。北入渭。〔水經渭水注〕｜者、水上地名。古曰滋水。秦穆公更名爲｜、水。以章｜功。按在今陝西長安等縣境。字或作灞。
(十五)天子衰、諸侯興、曰｜。〔禮記祭義〕至弟近乎｜。
(十六)五｜。有二說。一謂昆吾、大彭、豕韋、齊桓、晉文。一謂齊桓、晉文、秦繆、宋襄、楚莊。
(十七)俗謂強佔曰｜佔。
(十八)姓也。益州耆舊傳有｜栩。

【霹】匹歷切 音避 錫韻 匹辟切 音闢 陌韻
㊀｜靂也。〔爾雅釋天注〕雷之急擊者爲｜靂。
㊁雷神名。見〔韻會補〕。
㊂同辟。〔埤雅〕霆、又曰辟歷。辟、折也。所歷皆破折也。

【⿱雨農】奴冬切 音農 尼容切 音醲 冬韻
露多也。〔廣雅釋訓〕｜｜、露也。〔按詩蓼蕭作濃濃〕。

【⿱雨溥】匹各切 音粕 拂縛切 音薄 藥韻
大雨。見〔玉篇〕。

【⿱雨會】黃外切 音會 泰韻
雨也。見〔玉篇〕。

【⿱雨薈】烏外切 音薈 泰韻
小雲。見〔集韻〕。

【⿱雨陽】余章切 音陽 陽韻
十月爲｜。見〔集韻〕。

【⿱雨維】委勇切 音擁 腫韻
雲氣。見〔集韻〕。

【⿱雨盍】悉盍切 音僁 合韻
雨下也。見〔玉篇〕。

【⿱雨微】無非切 音微 微韻
小雨。見〔集韻〕。

【⿱雨蔓】蔓本字。見〔篇海〕。

【⿱雨竜】古龗字。見〔集韻〕。

【⿱雨戔】古震字。見〔字彙補〕。

【⿱雨龜】古靇字。見〔集韻〕。

【⿱雨非】古寶字。見〔玉篇〕。

【⿱雨鼎】霆或字。見〔集韻〕。

【⿱雨甚】湛或字。見〔集韻〕。

【⿱雨登】醲或字。見〔集韻〕。

【霶】滂或字。見〔集韻〕。

十四畫

【霽】子計切 音擠 才詣切 音嚌 霽韻 在禮切 音薺 子禮切 音泲 薺韻
㊀雨止也。見〔說文〕。〔按爾雅釋天。雨濟謂之｜。濟、古多訓止。雨濟、猶雨止也。〕
㊁霜雪止亦曰｜。〔淮南本經〕霜雪

不一。
㊂威嚴止亦曰一。〔漢書魏相傳〕爲一威嚴。
㊃日溫氣和也。見〔正字通〕。
㊄明朗也。〔宋史周敦頤傳〕胸中灑落。如光風一月。
㊅通濟。〔書洪範〕曰雨曰濟。〔段義云〕是尙書用濟爲一也。

【⿱雨鬼】 無販切音萬願韻
㊀人名。〔集韻〕一杰梁四公子名。
㊁姓也。見〔廣韻〕。

【⿱雨嬬】 奴鉤切音糯尤韻
兔子也。〔韓愈文〕明眎八世孫一。〔注〕爾雅釋獸。兔子、嬔。郭注云。俗呼曰嬔。、一與嬔同。

【霾】 謨皆切音埋佳韻
㊀風而雨土爲一。見〔說文〕。
㊁晦也。言如物塵晦之色也。見〔釋名釋天〕。
㊂人名。〔洪武正韻引左傳〕叔豹季一。〔按今本左文十八年傳作季貍〕。

【霿】 莫候切音茂宥韻
㊀瞉一。鄙客也。〔漢書五行志〕一恆風若。〔注〕瞉一、鄙客。則風不順之也。〔按衛包尙書作蒙。尙書大傳作瞀。皆一之叚借〕。
㊁區一。無知貌。〔漢書五行志〕貌言視聽、以心爲主。四者皆失則區一無識。

【霿】 蒙弄切幪去聲 莫鳳切音夢送韻 莫宋切宋韻 謨蓬切音蒙東韻
天氣下地不應曰一。、晦也。見〔說文〕。〔段注〕釋天曰。天氣下地不應曰一。今本作曰雺。或作曰霧。皆非也。、釋名作蒙。開元占經作濛。大氏霚下一上。霚濛一乾。瞉讀如務。一讀如蒙。霧之或體作霚。一之或體作蒙。不可亂也。其他經史之、雺、一、霚三字。往往淆譌。要當以許書爲正。

【霚】 武賦切音附遇韻
地氣發天不應也。見〔玉篇〕。〔按玉篇云。霚。天气下地不應也。一地气發天不應也。蓋沿爾雅之譌。而與說文互易。參閱雺字〕。

【霥】 謨蓬切音蒙東韻〔亦作濛〕。
㊀微雨。見〔集韻〕。
㊁一一。雨也。見〔廣雅釋訓〕。

【霼】 虛豈切音豨尾韻 許既切音欷未韻
霼一。雲皃。見〔玉篇〕〔又〕不審貌。〔文選木華賦〕霼一其形。

【⿱雨酸】 蘇官切音酸寒韻
小雨也。見〔說文〕。

【⿱雨囟】 力丁切音靈青韻
天一。人頂骨也。見〔篇海〕。

【⿱雨覞】 虛器切音齂寘韻 丘閑切音堅刪韻
見雨而比息。見〔說文覞部〕。〔段注〕比、密也。密息者、謂鼻息數速也。道途遇雨急行。則息必頻喘矣。

【⿱雨覞】 香依切音希微韻
雨止皃。見〔集韻〕。

【⿱雨對】 徒對切音隊隊韻
⿰黑對一。雲黑皃。見〔說文新附〕。〔按廣韻云。⿰黑對一。雲狀〕。

【⿱雨漫】 謾官切音瞞寒韻
雨露濃皃。見〔集韻〕。

【⿱雨漫】 莫半切瞞去聲翰韻
雲皃。見〔類篇〕。

【⿱雨靃】 力丁切音靈青韻
玉名。見〔字彙補〕。

【⿱雨鹵】 普袍切音抛豪韻
雪皃。見〔集韻〕。

【⿱雨瓜瓜】 力協切音獵葉韻
小雨也。見〔五音集韻〕。

【⿱雨皿】 力丁切音零青韻
空也。見〔廣韻〕。

【⿱雨曹】 古雹字。見〔字彙補〕。

【⿱雨咢】 零或字。見〔集韻〕。

【⿱雨褻】 霚或字。見〔集韻〕。

十五畫

【靁】 盧回切音雷灰韻
㊀雷本字。見〔說文〕。〔按一从雨畾。畾、畾乃象其回轉之形。故籀文作䨻。古文作䨓。俱於一間有回。回、一聲也。又古器多以回爲一。據此。畾、非三田也。韻書有畾字。訓田間。誤矣。許書有畾無畾。凡字有畾聲者。皆當云一省聲也。互詳雷字〕。
㊁歎聲也。〔文選馬融賦〕一歎穨息。

(三)龜屬。〔周禮龜人〕西龜曰—屬。
(四)肱—。地名。〔史記匈奴傳〕北益廣田至肱—爲塞。〔注〕肱—地名。在烏孫北。

【靁】力救切音溜宥韻
龜名。見〔集韻〕。

【霮】徒紺切音醰勘韻
久雨。見〔玉篇〕。

【⿱雨潸】所板切音潸潸韻
雨皃。見〔集韻〕。

【⿱雨韱】始儉切音閃儉韻
電光也。見〔字彙補〕。

【⿱雨殺】同霰。見〔字彙補〕。

【⿰酉雲】靅譌字。見〔康熙字典〕。

十六畫

【靃】還委切音髓紙韻
(一)[illegible]也。見〔玉篇〕。
(二)——。細皃。見〔集韻〕。
(三)—靡。草弱隨風貌。〔楚辭招隱士〕薠草—靡。

【⿱雨雔】忽郭切音藿藥韻
霍本字。見〔說文雔部〕。〔詳霍字〕。

【靄】於蓋切音藹泰韻阿葛切音遏曷韻同靄
(一)雲皃。見〔說文新附〕。
(二)氛也。〔謝靈運賦〕連氛累—。
(三)氣也。〔沈宇詩〕春花香—洞房深。
(四)——。雲集貌。〔陶潛詩〕停雲——。〔又〕雪飛貌。〔謝惠連賦〕——浮浮。
(五)窅—。深邃貌。〔梁元帝碑〕窅—修櫳。
(六)人名。〔圖畫聞見錄〕王—。京師人。五代間以畫聞。

【靅】芳味切音費未韻滂佩切音配隊韻
(一)雲皃。見〔玉篇〕。
(二)⿱雨夋—。雲布狀。見〔廣韻〕。〔又〕雲盛也。見〔集韻〕。

【靈】郎丁切音鈴青韻
(一)⿱霝玉或字。見〔說文玉部〕。〔按說文、靈。巫也。以玉事神〕。
(二)神也。〔書泰誓〕惟人萬物之—。
(三)善也。〔詩定之方中〕—雨既零。
(四)命也。〔法言淵騫〕龜國—也。
(五)福也。見〔廣韻〕。
(六)寵也。見〔廣韻〕。
(七)祐也。見〔玉篇〕。
(八)禔也。見〔廣雅釋言〕。
(九)空也。見〔廣雅釋詁〕。
(十)明也。〔文選張衡賦〕祚—主以元吉。
(十一)陰也。〔晉書引洪範五行傳〕陰曰—。〔按大戴記曾子天圓云陰之精氣曰—〕。
(十二)仁也。〔說苑修文〕積仁爲—。
(十三)昭也。〔莊子天地〕大愚者終身不—。
(十四)光也。〔山海經海內北經〕二女之—能照此方百里。
(十五)威稜也。〔國語晉語〕若以君之—。
(十六)精誠也。〔楚辭湘君〕橫大江兮揚—。
(十七)神妙不可思議也。〔史記五帝紀〕生而神—。
(十八)性—。猶云性情也。〔南史文學傳敘〕小則申舒性—。
(十九)圓—。天也。〔文選謝莊賦〕圓—水鏡。
(二十)曜—。日也。〔楚辭天問〕曜—安藏。
(廿一)生—。人類也。〔南史齊高帝紀〕道庇生—。
(廿二)芻—。束茅爲人馬也。〔禮記檀弓〕塗車芻—。
(廿三)冥—。木名也。〔列子湯問〕荊之南有冥—者。以五百歲爲春。以五百歲爲秋。
(廿四)蔥—。輜車名。〔左定九年傳〕載蔥—。寢于其中而逃。〔疏〕蔥中豎木謂之—。今人猶名蔥木爲—子。
(廿五)昭—。漢宮館名。〔漢書霍光傳〕築神道北臨昭—。
(廿六)娛—。漢女官名。〔漢書外戚傳敘〕無涓、共和、娛—、保林、良使、夜者、皆視百石。〔注〕娛—可以娛樂情—也。
(廿七)鍼—。國名。〔山海經海內經〕有鍼—之國。〔按鍼—、一作丁令。當在今俄領西伯利亞境〕。
(廿八)三—。天地人也。〔文選班固典引〕答三—之蕃祉。〔又〕日月星也。〔文選揚雄賦〕方將上獵三—之旒。〔注〕三—日月星垂象之應也。〔又〕謂—臺—囿—沼也。〔詩靈臺疏〕則辟廱及三—皆同處在郊矣。
(廿九)四—。麟鳳龜龍也。〔禮記禮運〕四—以爲畜。

(三十)—根。道德也。〔太玄養〕美厥—根。

(卅一)—府。精神之宅也。〔莊子德充符〕不可入於—府。

(卅二)—臺。心也。〔莊子庚桑楚〕不可內於—臺。

(卅三)—篇。謂河洛之書也。〔後漢班固傳〕啟—篇兮披瑞圖。

(卅四)—室。謂—蘭室。黃帝之書府也。〔素問氣交變大論〕而藏之—室。

(卅五)—氛。古之善占者。〔離騷〕召—氛為余占之。

(卅六)—鼓。六面鼓也。〔周禮鼓人〕以—鼓鼓社祭。〔按周禮大司樂。—鼓。—鼗。司農注。四面。〕

(卅七)—星。火星也。一曰龍星。見〔獨斷〕。〔又〕祀后稷也。見〔風俗通祀典〕。

(卅八)—壽。木名。〔文選左思賦〕—壽桃枝。〔按山海經海內經—壽實華注。—壽木似竹有枝節。〕

(卅九)—草。芝屬。〔後漢班固傳〕若乃—草。〔又〕謂不死藥也。〔後漢班固傳〕於是—草冬榮。

(四十)亂而不損曰—。不勤成名曰—。好祭鬼神曰—。死見神能曰—。死而志成曰—。並見〔周書謚法〕。

(四一)尊稱死者曰—。如云—柩、—位。

(四二)凡醫卜星相諸術數家之有效驗者曰—。

(四三)凡迷信鬼神者祈禱有應曰—。

(四四)凡物之不笨拙者亦曰—。如云—動、—巧。

(四五)通霝。〔吳仲山碑〕神霝有知。

(四六)同苓。〔史記龜筴傳〕下有伏—。

(四七)縣名。漢置。屬清河郡。當今山東高唐縣西南。〔又〕州名。唐置。屬—武郡。當今甘肅武縣西南。

(四八)姓也。晉—輒。

【⿱雨器】郎丁切　音零　青韻

(一)器名。見〔廣韻〕。

(二)人名。見〔廣韻〕。

(三)古靈字。見〔集韻〕。

【霵】側立切　音戢　緝韻

雨聲。見〔集韻〕。〔按玉篇云雨下。〕

【靂】郎狄切　音歷　錫韻

霹—也。詳霹字。

【⿱雨潛】阻懺切　音僭　豔韻

水也。見〔玉篇〕。

【⿱雨瀸】將廉切　音尖　鹽韻

⿱雨戔或字。〔集韻〕⿱雨戔小雨也。或从水。

【靆】待戴切　音代　隊韻　蕩亥切　音駘　賄韻　或作䨴

靉—。雲狀。見〔廣韻〕。〔又〕雲盛皃。見〔集韻〕。〔又〕雲覆日為靉—。見〔通俗文〕。〔又〕不明皃。見〔玉篇〕。

【靇】盧東切　音籠　東韻

—。雷聲。見〔集韻〕。

【⿱雨𢿱】

霰本字。見〔說文〕。

【⿱雨彪】

同彪。見〔五音集韻〕。

【⿱雨⿰豸勿】

同霧。見〔正字通〕。〔石鼓文〕第九鼓霧字。焦竑載石鼓作—。

【⿱雨遂】

隊俗字。見〔正字通〕。

十七畫

【⿱雨韱】師咸切　音攕　咸韻　思廉切　音銛　鹽韻

(一)微雨。見〔玉篇〕。〔按說文、霰。微雨也。正字通云—同霰。〕

(二)雨皃。見〔廣韻〕。

【⿱雨鐵】將廉切　音尖　鹽韻

漬也。見〔集韻〕。

【靉】於代切　音愛　隊韻　於既切　音衣　未韻　倚亥切　音僾　賄韻

(一)—靆。雲皃。見〔玉篇〕。〔又〕眼鏡也。〔庶物異名疏〕—靆。今俗謂之眼鏡。〔攷洞天清錄云。—靆。老人不辨細書。以此掩目則明。方輿勝略云。滿剌加國出—靆。作僾逮。方洲雜言云。嘗見如錢大者二。形似雲母石。而質甚薄。以金相輪廓而衍之為柄。紐其末。合而為一。歧則為二。名曰僾逮。按卽今之凹光鏡。〕

(二)——。竹樹交映貌。〔顧瑛詩〕——排空青。

(三)河名。〔清一統志〕—河在鳳凰城北二十里。源出邊外分水嶺。西南流自—陽城西北五里入邊。至城東南二十里。又折東南流出邊入鴨綠江。〔按字彙補云。寬—地名。卽此地。蓋寬甸縣地。卽在—河流域中。〕

【靅】隱豈切　音扆　尾韻

(一)—䨴。昏闇貌。〔文選木華賦〕氣似天霼。—䨴雲布。

(二)—䨴。不明貌。〔正字通〕—䨴卽僾

偞。楊愼曰李登聲類、僾音倚。僾偞。彷彿也。僾偞不明莫如雲。

【𩆵】相支切音斯支韻蘇禾切音蓑歌韻
小雨財零也。見〔說文〕〔段注〕財、當作才。取初始之義。今字作纔。〔按零雨落也〕

【𩇔】先見切音詵霰韻
同霰。〔集韻〕霰說文、稷雪也。亦作—。

【𩆶】如陽切音穰奴當切音囊陽韻
䨦盛皃。見〔玉篇〕。

【𩆛】倚謹切音隱吻韻
—。—。雲皃。見〔集韻〕。

【𩆜】直角切音濁覺韻
——。大雨也。見〔廣韻〕。

【𩆝】莫鳳切音夢送韻
——雨也。見〔龍龕手鑑〕。

【𩆞】古霣字。見〔說文〕〔段注〕古當作籒。員下云。籒文作鼎。鼎下云。籒文以鼎爲貝是也。

【𩆟】俗霨字。見〔字彙補〕。

十八畫

【霢】明排切音埋佳韻
風而雨土也。見〔字彙補〕。〔按疑卽霾譌字〕

【𩇍】疎江切音雙江韻
雨皃。見〔玉篇〕。

【靊】敷馮切音灃東韻
—霳。雷師也。見〔集韻〕。

【𩇎】呼坎切音顄韻
忘也。見〔五音篇海〕。

【𩇏】古霣字。見〔集韻〕。〔按疑卽靐字之譌。〕

【𩇐】同霣。見〔字彙補〕。

十九畫

【𩇒】式竹切音叔屋韻
㊀—昱。疾貌。〔文選木華賦〕—昱絕電。㊁人名。晉庾—。

【𩇓】郎狄切音歷錫韻
霖—。雨不止皃。見〔集韻〕。

【𩇑】七入切音戢緝韻
雨下皃。見〔類篇〕。

二十一畫

【靈】音零青韻
善也。見〔五音篇海〕。

【𩇔】靇本字。見〔說文長箋〕。

【𩇕】古雹字。見〔字彙補〕。

二十二畫

【靐】雷籒文。〔說文〕籒文靁。間有回。回、靁聲也。〔段注〕當作畾間有回。回奪畾。

二十八畫

【𩇖】徒罪切音憝隊韻
雲皃。見〔玉篇〕。

三十畫

【𩇗】震籒文。見〔說文〕。

三十二畫

【𩇘】蒲應切音凭徵韻
——。雷聲也。見〔集韻〕。

四十畫

【𩇙】音濃冬韻
雲廣貌。見〔五音篇海〕。

四十四畫

【𩇚】蒲迸切音倗敬韻
雷聲。見〔廣韻〕。〔按字彙補引郎仁寶曰。山谷集中有銃—等字。蜀語也〕

※隶部※

【隶】徒戴切音代徒對切音隊隊韻
㊀及也。从又尾省。又持尾者。從後及之也。見〔說文〕〔段注〕此與辵部逮音義皆同。逮專行而—廢矣。
㊁與也。見〔集韻〕。

【隶】羊至切音肄寘韻
㊀本也。見〔廣韻〕。
㊁及也。見〔集韻〕。

【隶】神至切音示寘韻
伱也。秦晉之間曰—。見〔集韻引方言〕〔按今本方言秦晉之間曰隸〕

【隶】大計切音第霽韻
狐子也。見〔集韻〕。

【隶】蕩亥切音待賄韻
隸省字。〔集韻〕隸迨及也。或省。

五畫

【𨽻】古隷字。見〔玉篇〕。

七畫

【隸】息利切音四寘韻〔說文作—〕。經典作肆。詳聿部肆字。
㊀極陳也。見〔說文長部〕。
㊁遂也。見〔集韻〕。
㊂故也。見〔集韻〕。
㊃姓也。

【𨽸】神至切音謚寘韻
烈犻伱也。秦晉之間曰—。見〔方言〕。

【𨽽】同肄。見〔字彙〕。

八畫

【隷】同隸。見〔玉篇〕。〔詳隸字〕。

【𦃇】同肄。見〔正字通〕。

【𨽼】隷俗字。見〔五音集韻〕。〔按康熙字典或訓鼠名。或訓豕聲。並非。〕

九畫

【隸】郎計切音麗霽韻
㊀附著也。見〔說文〕〔桂注〕。急就篇。奴婢私—枕牀杠。顏注。—附著之義也。
㊁賤稱也。〔左隱五年傳〕皁—之事。
㊂罪人也。〔儀禮既夕〕—人涅廁。〔注〕—人罪人。今之徒役作者也。
㊃分屬也。〔晉書殷仲堪傳〕割此三郡。配—益州。
㊄服役也。〔左桓二年傳〕士有—子弟。〔注〕士卑自以其子弟爲僕—也。〔近云皂—、奴—〕。
㊅閱也。〔史記酷吏傳〕關東吏—郡國出入關者。
㊆習也。〔史記劉敬叔孫通傳〕迺令羣臣習—。〔注〕—、亦習也。〔按即肄之通借〕。
㊇猶羣輩也。〔列子仲尼〕—人之生。—人之死。
㊈小臣也。〔文選司馬相如賦〕以贍萌—。
㊉書體之一。〔晉書衞恆傳〕秦既用篆。奏事繁多。篆字難成。即令—人佐書。曰—字。漢因行之。—書者。篆之捷也。〔按—書諸說不一。或云秦後盱陽變小篆爲—書。或言程邈獄中所造。韻會辨之頗當。蓋古之—。即今之眞書楷書也。歐陽修集古錄。始誤以八分爲—書。書苑云。蔡琰言割程—八分取二分。割李篆二分取八分。於是爲八分書。任玠云。八分、酌乎篆—之間。則—之非八分可知。正字通云。東魏大覺寺碑題曰—書。今楷字也。益可證—非八分。蓋爲今之眞楷矣〕。
⑪奚—。男女奴也。〔周禮禁暴氏〕凡奚—聚而出入者。則司牧之。
⑫—首。善算者也。〔後漢律曆志〕—首作數。〔注〕博物記。—首黃帝之臣。善算。
⑬槥謂之蘉。其枈謂之—。見〔廣雅釋器〕。
⑭—僕。官名。見〔周禮夏官序官〕。〔又〕司—。官名。〔周禮司隸〕司—掌五—之灋。〔按漢書百官公卿表、有司—校尉〕。
⑮直—。省名。元置中書省。明爲北平布政使司治。清因保定等府地屬近畿。置直—等處承宣布政使司。直—京師。故名直—省。其領地東濱渤海。南控青齊。西擁太行。北接蒙滿。今仍治天津。領縣一百三十一。
⑯摩羅迦—。瑪瑙別名。〔本草〕瑪瑙、一名文石。一名摩羅迦—。
⑰洞庭奴—。枳殼別名。〔輟耕錄〕侯寧極藥譜云。洞庭奴—、枳殼也。

(六)姓也。漢—延之。

【隸】力智切音荔寘韻
附也。見〔集韻〕。

【隷】力結切音捩屑韻
俟也。見〔類篇〕。

【隸】蕩亥切音待賄韻徒耐切音代隊韻
及也。詩云。—天之未陰雨。見〔說文〕〔段注〕此與歺部殆音義皆同。殆、危也。危、猶及也。今詩作迨。俗字也。

十畫

【隸】隸篆文。〔說文〕隸附箸也。—。篆文隸、从古文之𧖴。〔段注〕先古後篆。必古從隶篆不從隶乃合。九經字樣云。隸字故從又持米。從柰聲。經典相承作隸已久。不可改正。玄應書曰。字從米。馭聲。二人所謂。玄應蓋皆謂說文而右旁皆作柔。玄應說似近是。蓋卽說文之篆文也。說文因小篆作隸。故不得先舉篆而系以古文。以其形與古文略—似也。故云從古文之體。

【隸】同隸。見〔字彙補〕。

十一畫

【𩔊】于貴切音胃未韻
獸似鼠。見〔廣韻〕。

十二畫

【隸】徒亥切音殆賄韻
及也。見〔篇海〕〔按字彙云。同隸。〕

長部

【長】直良切音場陽韻

(一)本作兂。〔說文〕兂久遠也。從兀從匕。兀者、高遠意也。久則變匕。亾聲。𠂆者到亾也。〔段注〕匕、各本作化。今正。說从匕之意。匕下曰變也。到、各本作倒。今正。𠂆卽亾字。亾而倒。變匕之意。〔按朱駿聲云。𠂆象長髮緐延之形。一以束之。从匕。久而色變也。與老同意。存參。〕

(二)短之對也。〔孟子滕文公〕布帛—短同。

(三)高也。〔後漢趙壹傳〕身—九尺。

(四)竟也。〔詩甫田〕禾易—畝。

(五)多也。〔呂覽觀世〕亂世之所以—也。

(六)大也。〔呂覽任數〕則亂愈—矣。

(七)善也。〔國策齊策〕誦足下之—。

(八)引也。〔禮記樂記〕—言之也。〔注〕—言之、引其聲也。

(九)常也。見〔廣雅釋詁〕。

(十)挾也。見〔廣雅釋詁〕。

(十一)深遠也。〔文選張衡賦〕赴—莽。

(十二)先也。〔國語吳語〕孤敢不順從君命—弟許諾。〔注〕—弟、弟猶云先後也。

(十三)盛也。〔呂覽知度〕此神農之所以—也。

(十四)遠風也。〔文選左思賦〕習御—風。

(十五)衣名。深衣之純以素者也。〔禮記雜記〕則筮史練冠—衣以筮。

(十六)州名。唐置。有二。一屬嶺南道。當在今安南交州境。一羈縻關內道。當在今甘肅慶陽等縣境。

(十七)星名。卽牽星。〔晉書孝武帝紀〕—星勸汝一杯酒。

(十八)冠名。〔獨斷〕齊冠或曰—冠。

(十九)風名。〔華嚴經引彙名苑〕暴疾而起者謂之—風。

(二十)過去為—。見〔考工記弓人注〕。

(二十一)歸此爲—。〔漢書張湯傳〕邊通學短—。〔注〕趣彼爲短。歸此謂—。

(二十二)—夜。謂埋葬也。見〔左襄十三年傳惟是春秋窀穸之事注〕。

(二十三)—夏。六月也。〔素問六節藏象論〕春勝—夏。

(二十四)—至。夏至節也。〔禮記月令〕仲夏之月。日—至。〔按冬至節後世亦謂爲—至。夏至謂—至者。言日—至極也。冬至古稱短至。而後人亦云—至者。言—日將至也。〕

（廿五）—府。魯藏名。〔論語先進〕魯人爲—府。

（廿六）—麗。鷩也。〔漢書禮樂志〕—麗前掞光耀明。〔按亦作—離。〕

（廿七）—庚。星名。〔廣雅釋天〕太白謂之—庚。

（廿八）—轂。戎車也。〔穀梁文十四年傳〕—轂五百乘。

（廿九）—子。縣名。〔漢書地理志〕上黨郡。縣、—子。〔注〕師古曰。讀曰—短之—。今俗爲—幼之—。非也。

（三十）—安。地名。禹貢、雍州境。周爲王畿。東遷屬秦。杜縣—安鄉。漢置縣。定都於此。三輔黃圖云。—安有九市八街九陌。按即今陝西—安縣。

（卅一）—右。獸名。〔山海經南山經〕—右之山有獸焉。其狀如禺、而四耳。其名—右。〔按本亦作—舌。〕

（卅二）—踦。蟲名。〔爾雅釋蟲〕蠨蛸、—踦。

（卅三）—春。花名。〔羣芳譜〕金盞菊、一名—春花。

（卅四）—樂。漢宮名。〔三輔黃圖〕—樂宮、本秦之興樂宮也。〔按—門、—定、—楊。均漢宮名〕〔又〕花名。唐蘇頲有—樂花賦。

（卅五）—乘。神名。〔山海經西山經〕嬴母之山。神—乘司之。是天之九德也。其神狀如人而豹尾。

（卅六）—白。山名。詳白字。

（卅七）—行。博戲也。〔國史補〕今之博戲。有—行最盛。其具有局有子。有黃黑各十五。擲采之骰有二。其法生於握槊。變於雙陸。後人新意—行出焉。

（卅八）—斜。彈棊法也。〔夢溪筆談〕—斜、謂抹角斜彈。一發過半局。今譜中具有此法。

（卅九）—楚。草名。〔爾雅釋草〕—楚銚弋。〔注〕今羊桃也。

（四十）—十八。塞上草花名。見〔金臺集〕。

（四一）人名。—沮。公冶—。

（四二）姓也。春秋時衛大夫—牂。〔又〕仲—。複姓。漢仲—統。

【長】展兩切音掌養韻

（一）萇也。言體萇也。見〔釋名釋長幼〕

（二）益也。〔國語齊語〕不月—。

（三）進也。〔易泰〕君子道—。

（四）積也。〔國語楚語〕昔瓦唯—舊怨。〔按瓦謂囊瓦。〕

（五）大也。〔呂覽諭大〕萬夫之—。

（六）上也。〔呂覽貴公〕用管子而爲五伯—。

（七）君也。〔國語周語〕古之—民者。

（八）滋生也。〔孟子告子〕苟得其道。無物不—。

（九）外茂也。〔素問四氣調神大論〕則太陽不—。

（十）率也。〔呂覽蕩兵〕勝者爲—。〔按凡領率者皆曰—。〕

（十一）諸侯也。〔周禮大宰〕二曰。—以貴得民。〔按周禮掌客云。諸侯—十有再獻。則謂諸侯九命作伯者。大司寇云。而其—弗達、則謂諸侯若鄉遂大夫。大宰云。乃施則於都鄙。而建其—。則謂公卿大夫王子弟食采邑者。〕

（十二）師也。〔國語晉語〕臨—晉國者。

（十三）雄也。〔國策齊策〕君—齊。奚以辥爲。

（十四）先也。〔左隱十一年傳〕滕侯薛侯來朝。爭—。

（十五）兄也。〔禮記祭義〕立敬自—始。敎民順也。

（十六）盡事兄之道也。〔禮記大學〕上—長而民興弟。

（十七）宗也。〔易乾文言〕元者善之—也。〔疏〕元爲施生之宗。故言元者善之—。

（十八）老也。〔國語晉語〕齊侯—矣。

（十九）已冠也。〔公羊隱元年傳〕隱—而卑。〔注〕長者已冠也。

（二十）冢也。〔孟子梁惠王〕—子死焉。

（廿一）崇貴之也。〔漢書杜欽傳〕廢奢—儉。

（廿二）謂畜養也。〔漢書賈山傳〕不可—也。

（廿三）忠也。見〔管子禁藏夏忠注〕。

（廿四）—謂縣—。見〔後漢章帝紀注〕。〔按光武紀注不滿萬戶爲—〕。

（廿五）敎誨不倦曰—。見〔周書諡法〕。

（廿六）—者。有名德之人也。〔漢書趙廣漢傳〕中貴人豪—者。〔又〕權要也。〔後漢馬援傳〕但畏—者家兒。〔又〕老者也。〔孟子公孫丑〕子爲—者慮。〔又〕重厚自尊謂之—者。見〔韓非子詭使〕。

（廿七）—老。高年之稱也。〔漢書文帝紀〕今歲首不時使人存問—老。〔又〕僧徒道高臘—之稱。〔法苑珠林〕能捨罪福果。精進行梵行。已離一切法。是名爲—老。

（廿八）—庶。秦爵也。〔左襄十一年傳〕秦庶—鮑。庶—武帥師伐晉以救鄭。

〔按後漢明帝紀注云。秦制。爵二十級。十、左庶—十一、右庶—十七。駟車庶—十八、大庶—。〕

(廿九)—年。術工也。見〔陸游記〕。〔按杜甫詩。—年三老長歌裏。元史世祖紀。詔徵日本船及—年三老篙手。然則—年謂篙工。而老於風波者。〕

(三十)—兒。—孫。均複姓。晉—兒魯。唐—孫無忌。

【長】、直亮切音仗漾韻

(一)餘也。〔論語鄉黨〕—一身有半。

(二)冗也。〔世說德行〕恭作人無—物。〔按恭謂王恭。〕

(三)多也、〔文選陸機賦〕故無取乎冗—。

(四)增也。〔莊子庚桑楚〕有—而無剽本者宙也。

(五)度長短曰—。見〔集韻〕。

【長】知亮切音障漾韻 盛也。〔韓愈詩〕得時方—王。

【𨱗】古長字。見〔說文〕。

【镸】古長字。見〔字彙〕。〔按章楷。凡从長之字皆作—。故正字通謂—爲長字在旁之文。髟髮諸字从此。〕

二畫

【𨱙】古長字。見〔集韻〕。

【𨱚】丘敦切音坤元韻 —屯。䩵牛貌。〔淮南說山〕—屯犁牛。既科以犧。〔按今本淮南子作髡。〕

三畫

【镹】已有切音久有韻 長也。見〔集韻〕。

四畫

【𨱜】杜翫切音段翰韻 投物也。見〔字彙〕。

【𨱝】詳容切音松冬韻 同鬆。長也。見〔字彙〕。

【𨱞】翹移切音支支韻 長。—國名。其人—長於身。見〔集韻〕。

【𨱟】以長切音養養韻 徒亂切音段翰韻 舉也。見〔字彙〕。

【镺】烏浩切音媼皓韻 烏到切音奧號韻 長也。〔文選左思賦〕爾乃地勢坱圠。卉木—蔓。

【𨱠】音坤元韻 去髮也。見〔龍龕手鑑〕。〔疑爲髡之變形。〕

【𨱡】烏解切音矮蟹韻 短也。見〔篇韻〕。

【𨱢】同髦。見〔漢隸分韻〕。

五畫

【𨱣】咨邪切音嗟麻韻 山名。在東海。見〔集韻〕。

【𨱤】子我切音左哿韻 丘名。見〔集韻〕。

【𨱥】都到切音倒號韻 長貌。見〔字彙〕。

【𨱦】伊鳥切音窈篠韻 —镺。長而不勁。見〔集韻〕。

【镻】徒結切音絰屑韻 蜸也。毒蛇長。見〔說文〕。〔按爾雅釋魚—蜸注。蝮屬。大眼。最有毒。今淮南人呼蜸子。〕

【𨱧】镽謠字。見〔正字通〕。

【𨱨】镺謠字。見〔正字通〕。

六畫

【𨱩】乃了切音褭篠韻

(一)沙行具也。〔字彙〕淮南子、水行用舟。沙行用—。〔按呂覽—作鳩。楊慎謂如今山東皮幫鞋。漏水不漏沙之義。〕

(二)𨱦—。詳𨱦字。

【𨱪】乃老切音惱皓韻 徒到切音導號韻 镺—。長皃。見〔集韻〕。

【𨱫】音松冬韻 細毛也。見〔字彙補〕。

【𨱬】同髮。〔郭忠恕書〕鶴—半生。

【𨱭】同路。見〔字彙〕。

【𨱮】同镻。見〔說文長箋〕。

【𨱯】䠷俗字。見〔正字通〕。

七畫

【⿰镸幷】魚列切音孽屑韻　長也見[字彙]。

【⿰镸桼】七四切音次寘韻　漆塗器見[字彙]。

【⿰镸肖】所交切肴韻　髮毛見[龍龕手鑑]。

【⿰镸求】鬏俗字見[正字通]。

八畫

【⿰镸宗】將容切音宗冬韻　亂髮也見[字彙]。[正字通云。俗鬉字]

【⿰镸隹】竹律切諄入聲質韻　鬌也見[字彙]。

【⿰镸垂】吐火切音妥　都火切音朶哿韻

【⿰镸岸】魚吁切音岸翰韻　好髮貌見[字彙]。

【⿰镸卑】必迷切音卑齊韻　長大也見[集韻]。

【⿰镸亭】除庚切音棖庚韻　髮亂貌見[字彙]。冠飾也見[字彙]。

【⿰镸屈】其物切音屈物韻　半臂也[後漢光武紀]服婦人衣諸于繡—。[注]字書無—字。續漢書作褔諸于上加繡褔。如今之半臂也。

九畫

【⿰镸者】所景切音眚梗韻　長皃見[集韻]。

【⿰镸青】都果切音朶哿韻　盡也見[廣雅釋詁]。

【⿰镸叟】同鬃見[字彙]。

十畫

【⿰镸鬲】他歷切音剔錫韻　❶憂也[太玄增]往益來—。❷除也[太玄夷]陽氣傷—。[按今本太玄作鬄]。

【⿰镸差】咨邪切音罝麻韻[古嗟字]。❶—脊。哀貌[太玄樂]則哭泣之—資。❷丘名[山海經海外東經]—丘爰有遺玉。

【⿰镸容】餘封切音容冬韻　飾也見[字彙]。

【⿰镸聖】武則天所製聖字見[大周泰山碑]。

【⿰镸并】同鬢見[字彙]。

【⿰镸卑】同髀見[龍龕手鑑]。

十一畫

【⿰镸敖】牛刀切音敖豪韻　❶長大皃見[玉篇]。❷⿰镸勞—長皃見[集韻]。

【⿰镸從】倉紅切音葱東韻　鬆亂貌見[字彙]。

【⿰镸曼】謨官切音蠻寒韻　花—。南方婦人首飾也見[字彙補]。

【⿰镸逢】同鏠見[字彙]。

十二畫

【⿰镸尞】郎鳥切音了篠韻

【⿰镸寮】憐蕭切音聊蕭韻　⿰镸喬也見[廣雅釋言]。[互詳⿰镸喬字]

【⿰镸喬】巨夭切喬上聲篠韻　細長也見[埤蒼]。⿰镸尞—。長也見[類篇]。

【⿰镸勞】郎刀切音勞蕭韻　—⿰镸敖。長皃見[集韻]。

【⿰镸曾】咨登切音增蒸韻　編髮繩也見[字彙]。

【⿰镸巤】力涉切音獵葉韻　須也見[字彙補]。

十三畫

【⿰镸農】女容切音醲冬韻　多也見[廣韻]。

十四畫

【⿰镸寧】女耕切音寧庚韻　⿰镸亭—也見[字彙]。[正字通云。俗鬡字]

【⿰镸爾】民卑切音彌支韻　久長也見[說文]。[段注]—、今作

彌。蓋用弓部之壐而又省王也。彌行而—廢矣。〔參閱彌字。〕

十五畫

【⿰镸歷】、同⿰镸歷見〔類篇〕。

十六畫

【⿰镸龠】同躍見〔篇海〕。

【⿰镸襄】奴弔切音尿嘯韻　柔長也。見〔類篇〕。

【⿰镸龍】丑容切音冲冬韻　直也。見〔字彙〕。

十七畫

【⿰镸毚】士懺切陷韻　髮貌。見〔五音篇海〕。

※阜部※

【阜】扶缶切音婦有韻

（一）本作𠂤。〔說文〕𠂤大陸也。山無石者。〔段注〕山下曰。—有石而高。此言無石以別於有石者也。詩曰。如山如—。山與—同而異也。〔按文選西京賦跨谷彌—。注。大陵曰—。與許義略同。〕

（二）大也。〔書周官〕—成兆民。

（三）茂也。〔風俗通山澤〕—者茂也。言平地隆踊不屬於山陵也。

（四）厚也。〔國語周語〕所以—財用衣食者也。

（五）肥也。〔詩駟鐵〕駟鐵孔—。〔疏〕馬甚肥大也。

（六）盛也。〔周禮大宰〕六曰、商賈—通貨賄。

（七）多也。〔詩頍弁〕爾殽既—。

（八）長也。〔國語魯語〕助生—也。

（九）眾也。〔國語晉語〕考訊其—。

（十）安也。〔國語晉語〕政平民—。

（十一）高也。〔素問五常政大論〕土曰敦—。

（十二）山亦謂之—。如〔庾肩吾啟〕卻瞻鍾—。

（十三）山名。〔左文十六年傳〕楚大饑。戎伐其西南至于—山。

（十四）—螽。蟲名。〔詩草蟲〕趯趯—螽。

（十五）香—。佛寺也。亦曰香界。見〔韻會〕。

（十六）人名。春秋時、魯曾—。

【阝】偏旁阜字。見〔正字通〕。

二畫

【⿰阝九】渠伊切音祁支韻

（一）⿰巾九或字。〔集韻〕⿰巾九。伊⿰巾九。古天子號也。或作—。

（二）地名。見〔集韻〕。

【阞】歷得切音勒職韻

（一）地理也。見〔說文〕〔段注〕攷工記曰。凡溝逆地—。謂之不行。注。—謂脈理。凡有理之字皆从力。—者、地理也。朸者、木理也。泐者、水理也。

（二）三分之一也。〔考工記輪人〕以其圍之—捎其藪。

【⿰阝乃】如烝切音仍蒸韻　地名。見〔玉篇〕。

【⿰阝十】賓入切音十緝韻　—邡。漢縣名。見〔集韻〕。〔按漢書作什方。當今四川什邡縣治。〕

【⿰阝丂】苦絞切音巧巧韻　地名。見〔玉篇〕。

【⿰阝丁】當經切音丁青韻　丘名。見〔說文〕〔桂注〕通作定。釋丘。左澤定丘。

【⿰阝刀】都聊切音凋蕭韻　山穴。見〔玉篇〕。

【⿰阝几】無非切音微微韻　崔也。見〔字辨〕。

【⿰阝几】同⿰阝几。國名。〔史記周紀〕耆國。注。徐廣曰。一作—。正義曰。即黎國也。〔今地詳耆字。〕

三畫

【阡】倉先切音千先韻　倉甸切音倩霰韻

（一）路南北為—。見〔說文新附〕。〔按風俗通曰。南北曰—。東西曰陌。河東以東西為—。南北為陌。二說不同。後說為正。〕

（二）—陌。田間道也。〔漢書成帝紀〕出入—陌。〔又〕謂驛塍也。見〔史記商君傳〕開—陌。〔正義〕。

㊂墓道也。〔杜甫詩〕幾處有新—。
㊃同芊。茂密貌、〔文選謝朓詩〕遠樹曖—。〔注〕—與芊同亦作仟仟。
㊄姓也。唐—能。

【阤】丈爾切音褫紙韻
㊀小崩也。見〔說文〕。〔段注〕大曰崩。小曰—。吳都賦曰。崩巒—岑。此其義也。
㊁阪也。〔考工記總敘〕輪已庳。則於馬終古登—也。
㊂毀也。見〔玉篇〕。
㊃落也。〔文選張衡賦〕吳嶽爲之—堵。
㊄下頹也。〔漢書劉向傳〕山陵崩—。
㊅岸際也。〔漢書司馬相如傳〕巖—甗錡。
㊆—靡。旁衺也。〔漢書司馬相如傳〕登降—靡。

【阤】賞是切音豕紙韻待可切音舵哿韻
壞也。〔後漢李膺傳〕綱紀頹—。

【阤】演爾切音迆紙韻
同陁。〔史記司馬相如傳〕登陂—之長阪。〔漢書〕—作陁。

【阤】唐何切音陀歌韻
同陀。見〔洪武正韻〕。

【阢】吾回切音桅灰韻
㊀高皃。見〔集韻〕。
㊁危—也。——不固之言也。見〔釋名釋言語〕。

【阢】五忽切音兀魚屈切音崛月韻語韋切音巍微韻
石山戴土也。見〔說文〕。〔段注〕戴、小徐作載。釋山曰。石戴土謂之崔嵬。然則崔嵬一名—也。

【阣】祖似切音子紙韻
地名。見〔玉篇〕。

【阠】思晉切音信試刃切音胂所陳切音抻震韻疏臻切音莘眞韻
陵名。見〔說文新附〕。〔按爾雅釋地。東陵、—〕。

【阝干】侯旰切音汗翰韻〔與阡異〕。
關名。見〔集韻〕。〔按正字通云。國策、扞關有二。趙扞關在陸道。楚扞關、在水道。字皆作扞。—爲譌字〕。

【阝乞】魚乙切音仡物韻
屹或字。〔集韻〕屹。屹崒。山皃。或从阜。

【阝乞】居代切音漑隊韻
陖也。見〔集韻〕。

【阝广】同阢見〔篇海〕。

【阝工】陜或字見〔集韻〕。

四畫

【阨】烏懈切音隘卦韻
㊀陋也。見〔集韻〕。
㊁狹也。〔文選左思賦〕邦有湫—而踡跼。
㊂隘道也。〔史記秦始皇紀〕閉關據—。
㊃地險不便車也。〔左昭元年傳〕彼徒我車所遇又—。
㊄冥—。地名。〔左定四年傳〕還塞大隧直轅冥—。〔按冥—、今爲平靖關。在河南信陽縣東南九十里〕。

【阨】乙革切音厄陌韻
㊀困也。〔孟子公孫丑〕—窮而不憫。
㊁阻也。〔史記商君傳〕魏居嶺—之西。
㊂危迫也。〔孟子萬章〕是時孔子當—。
㊃優賢不逮謂之寬反寬爲—。見〔賈子道術〕。

【阪】甫遠切音反阮韻
㊀坡者曰—。一曰澤障也。一曰山脅也。見〔說文〕。〔段注〕釋地、毛傳、皆云。陂者曰—。許云坡者曰—。然則坡陂異部同字也。陂爲澤障。故—亦同山脅、山胛也。
㊁衺也。見〔廣雅釋詁〕。
㊂崎嶇墝埆之處也。〔詩正月〕瞻彼—田。
㊃—險。傾危也。〔呂覽孟春〕—險原隰。
㊄地名。〔書立政〕夷微盧烝三亳—尹。〔疏〕其地長居險。故曰—尹。蓋東成皋陶轘轅西降谷也。〔當今河南汜水鞏縣間地〕。
㊅同反。〔荀子成相〕患難哉—爲先聖。〔注〕—、與反同。

【阪】部版切音鈑潸韻
陂也。見〔集韻〕。

【阪】蒲限切音版潸韻
—泉。地名。〔左僖二十五年傳〕遇

黃帝戰於｜泉之兆。〔當今順天涿縣境〕

【阬】丘庚切音硄庚韻

㊀閬也。見〔說文〕。〔段注〕閬者、門高之皃。詩曰皋門有伉。然則門亦得偁｜也。

㊁池也。見〔玉篇〕。

㊂壑也。〔後漢馬融傳〕彌綸｜澤。

㊃坎也。〔莊子天運〕在｜滿｜。〔按｜掘土爲之。小者爲坎。大者爲｜〕

㊄陷也。〔史記秦始皇紀〕秦王之邯鄲。諸嘗與王生趙時母家有仇怨者皆｜之。

㊅大阪也。〔文選揚雄賦〕跐巒｜。

㊆山谷也。產茶之山谷曰｜。〔試茶錄〕丘｜茶黃白而味短。東南曰曾｜。又東至於張｜。又東曰李｜。〔又〕產硯之山谷亦曰｜。〔硯譜〕端溪有新｜。舊｜出石作硯佳。

㊇｜衡徑直貌。〔漢書司馬相如傳〕｜衡閜砢。

㊈長｜。地名。〔漢書趙充國傳〕出鹽澤過長｜。〔當在今青海境〕

㊉呼｜。榰聲。〔杜甫詩〕呼｜瞥眼過。

(十一)｜｜。虛也。見〔爾雅釋詁〕〔注〕｜｜、謂｜塹也。

(十二)同坑。見〔廣韻〕。

(十三)姓也。〔左哀十四年傳〕司馬牛卒於魯郭門之外。｜氏葬諸丘輿。〔注〕｜氏、魯人。

【阬】居郎切音岡陽韻

㊀地名。見〔集韻〕。

㊁大阜也。一曰東｜、東海也。〔文選揚雄賦〕陳眾車於東｜兮。

【阬】口浪切音抗漾韻

㊀門也。見〔廣韻〕。

㊁坑也。見〔集韻〕。

㊂同抗。〔漢書司馬相如傳〕｜衡閜砢。〔注〕｜、字或作抗。言樹之枝幹相抗爭衡也。

【阮】五遠切音邧阮韻

㊀代郡五｜關也。見〔說文〕〔段注〕地理志、作郡有五原關。｜者正字。原者叚借字也。成帝紀作五｜關。〔當在今直隸蔚縣東北〕

㊁月琴也。〔宋史樂志〕今琴瑟塤箎笛簫笙｜箏筑。

㊂國名。〔詩皇矣〕侵｜徂共。〔按毛傳以｜爲周地。詩經羣解彙編以｜爲周與密接界之地〕

㊃山名。見〔玉篇〕。

㊄俗稱叔姪曰大小｜。〔紫薇詩話〕大｜平生予所愛。小｜相逢亦傾蓋。

㊅姓也。出陳留。見〔廣韻〕。

【阮】愚袁切音元元韻

古原字。見〔洪武正韻〕。

【阯】諸市切音止紙韻〔或作址、亦作趾〕

㊀基也。見〔說文〕。〔段注〕止下曰。下基也。｜與止、音義皆同。止者、艸木之基也。｜者、城阜之基也。

㊁山足也。〔漢書郊祀志〕禪泰山下｜。

㊂小渚也。〔文選張衡賦〕黑水元｜。

㊃丘名。〔爾雅釋丘〕水出其前、曰｜丘。

㊄交｜。漢郡名。〔漢書武帝紀〕合浦交｜。〔今安南境〕

【阱】疾郢切音靜梗韻　疾政切音淨敬韻〔同穽〕

㊀陷也。見〔集韻〕。

㊁坑也。〔周禮雍氏〕秋令塞｜杜擭。

【阭】粗兗切音雋以轉切音兗銑韻　俞罪切音賄賄韻

㊀高也。見〔玉篇〕。〔集韻作高危也〕。

㊁地名。見〔玉篇〕。

【阭】庾準切音尹軫韻

高也。一曰石也。見〔說文〕。

【防】扶方切音房分房切音方陽韻

㊀隄也。見〔說文〕。

㊁田之大限也。〔穀梁昭八年傳〕艾蘭以爲｜。

㊂｜使勿然也。見〔左文六年傳注｜惡興禮疏〕

㊃猶當也。〔詩黃鳥〕百夫之｜。〔按傳云比也〕

㊄止也。見〔漢書五行志集注〕。

㊅障也。〔國語周語〕不｜川。

㊆蔽也。〔楚辭初放〕上葳蕤而｜露兮。

㊇衞也。〔淮南修務〕陰以｜雨。

㊈備也。〔易既濟〕君子以思患而豫｜之。

㊉禁也。〔禮記檀弓〕又敢與知｜。

(十一)深淺所止也。〔考工記弓人〕維體｜之。

⑫厓岸也。〔爾雅釋丘〕墳大—。〔疏〕墳、謂厓岸狀如墳墓名大—也。⑬屏也。〔爾雅釋宮〕容謂之—。〔注〕形如今牀頭小曲屏風。唱射者所以自—隱也。⑭—風國名。〔國語魯語〕禹致羣神于會稽之山。—風氏後至。〔在今浙江武康縣。〕〔又〕藥名。見〔本草綱目。〕

防風圖

⑮—露。古曲名。見〔文選謝莊賦徘徊房露注。〕⑯清世分屯外省常駐之滿營曰駐—。⑰邑名。〔春秋隱九年〕冬公會齊侯于—。〔注〕—、魯地在琅琊縣東南。〔當今山東費縣附近。〕⑱山名。〔史記孔子世家〕—山在魯東。〔按—山在曲阜縣東二十五里。〕孔子父母合葬於—。今其墓在山北二十里。⑲通坊。〔禮記坊記〕大爲之坊。民猶踰之。〔注〕坊、同—。〔段玉裁云。俗作坊。〕⑳姓也。漢—廣明—盛。

【防】符況切坊去聲漾韻 守禦也。〔春秋序〕聖人包周身之—。

【阧】當口切音斗有韻 ㊀峻立也。見〔集韻。〕㊁崖壁峭絕也。見〔韻會。〕

【阪】訖立切音急緝韻 階等也。通作級。見〔集韻。〕

【阩】書蒸切音升蒸韻 登也。見〔集韻。〕

【阫】蒲枚切音陪 鋪枚切音胚灰韻 牆也。〔莊子庚桑楚〕日中穴—。

【阦】拍逼切音堛職韻 地裂。見〔玉篇。〕

【阦】古穴切音玦 呼決切音血屑韻 陵阜突也。見〔類篇。〕

【阰】頻脂切音琵 頻彌切音脾支韻 婢吏切音比寘韻 楚南山名。〔離騷〕朝搴—之木蘭兮。

【⿰阝殳】火哀切音咍灰韻 殺—。笑聲。見〔廣韻。〕〔又〕」卯也。見〔類篇。〕〔按說文殺改。大剛卯也。疑—爲改譌字。〕

【⿰阝玄】直尼切音墀支韻 陵阪也。見〔篇海。〕

【⿰阝氏】上紙切音是紙韻 巴蜀名山岸脅之旁箸欲落墯者曰—。—崩聞數百里。見〔洪武正韻。〕〔按說文氏下訓同。引揚雄賦響若氏隤。段注。小自之旁箸於山岸脅而狀欲落墯者曰氏。其字亦作—。集韻以—爲氏或字。因—、氏、音義竝同。康熙字典引揚雄解嘲。響若阺隤。字作阺。不作—。按說文、阺。秦謂陵阪曰阺。主謂土也。而氏、主謂石。故崩聲聞遠。氏亦作—。或譌作坻。不應作阺。不知康熙字典所據何本。參閱阺字。〕

【阳】同陽。見〔字彙補。〕

【阴】同陰。見〔字彙補。〕

【⿰阝予】序或字。見〔集韻。〕

【⿰阝永】陰俗字。見〔字彙。〕

【⿰阝火】陽俗字。見〔字彙。〕

五畫

【阷】癡貞切音檉庚韻 ㊀丘也。見〔玉篇。〕〔按爾雅作阯丘。〕㊁呑也。見〔篇海。〕

【⿰阝句】火羽切音詡麌韻 ㊀離也。見〔集韻。〕㊁鄉名。見〔玉篇。〕

【⿰阝句】權俱切音衢虞韻 地名。在河東。見〔廣韻。〕

【⿰阝句】匈于切音訏虞韻 鄉名。見〔集韻。〕

【阨】乙革切音戹陌韻 〔與阸、厄、字古多通。〕㊀塞也。見〔說文。〕〔段注〕塞、先代切。與窒塞字別。塞者隔也。—之言扼也。㊁限也。見〔廣韻。〕

㊂礙也。見〔廣韻〕。㊃險也。見〔荀子議兵注〕。㊄困難也。〔孟子盡心〕君子—於陳蔡之間。㊅追蹙也。〔荀子議兵〕除—其下。㊆艱危也。〔漢書元帝紀〕百姓仍遭凶—。

〔阸〕 烏懈切音隘卦韻

㊀阻塞也。見〔廣韻〕。㊁狹隘也。〔漢書諸侯王表〕至虖—隔河洛之間。㊂—僻陋小也。〔文選揚雄賦〕狹三王之—僻。

〔阹〕 丘於切音祛魚韻

㊀依山谷為牛馬圈也。見〔說文〕。㊁阹—。漢宮名。〔漢書揚雄傳〕儲胥阹—。

〔阺〕 典禮切音邸薺韻

秦謂陵阪曰—。見〔說文〕〔段注〕大阜曰陵。坡曰阪。秦人、方言、皆曰—也。漢書揚雄解嘲曰。響若坻隤。應劭云天水有大阪名曰隴坻。其山堆旁著崩落作聲聞數百里。故曰坻隤。按仲遠誤矣。依說文則巴蜀名山岸脅之旁著欲落墮者曰氏。氏堋聞數百里。秦謂陵阪曰—。其字則氏與—不同。其語言則秦與巴蜀不同。且氏主謂石。故堋聲聞遠。—主謂土。陵阪皆土阜也。氏或譌作坻。—字或作坻。

〔阺〕 陳尼切音池支韻

㊀陵也。阪也。見〔玉篇〕。㊁理也。見〔玉篇〕。㊂下也。見〔玉篇〕。

〔阺〕 丁計切音帝霽韻

阪也。見〔集韻〕。

〔阻〕 壯所切音俎語韻

㊀險也。見〔說文〕。㊁憂也。見〔廣韻〕。㊂㝗也。見〔廣雅釋詁〕。㊃小難也。〔易繫辭〕德行恆易以知—。㊄戹也。〔書舜典〕黎民—飢。㊅隔也。〔詩蒹葭〕道—且長。〔按山巘曰險。水隔曰—。〕㊆持也。〔後漢應劭傳〕—兵安忍。僵屍道路。㊇止也。〔呂覽知士〕故非之弗為—。㊈恃也。〔左隱四年傳〕夫州吁—兵而安忍。㊉疑也。〔左閔二年傳〕狂夫—之。(十一)要害也。〔詩殷武〕罙入其—。(十二)依也。〔呂覽誠廉〕—丘而保威。(十三)丘後有水也。〔釋名釋丘〕水出其後曰—丘。(十四)同岨。見〔集韻〕。(十五)同沮。〔禮記儒行〕沮之以兵。〔校勘記〕考文云古本沮作—。(十六)同塗。〔淮南主術〕入榛薄險—也。〔注〕—、或作塗。(十七)通詛。〔書舜典〕黎民—飢。〔漢書食貨志作詛飢〕。(十八)通俎。〔書舜典〕黎民—飢。〔鄭注〕—讀曰俎。(十九)古作且。〔儀禮大射儀〕且左還毋周。〔注〕古文且為—。

〔阻〕 莊助切音詛御韻

㊀行不正。見〔集韻〕。㊁馬—蹄也。見〔廣韻〕。㊂古詛字。〔國語晉語〕且是衣也。狂夫—之衣也。〔注〕、—古詛字。

〔阼〕 昨誤切音祚遇韻 疾各切音昨藥韻 叢租切音徂虞韻

㊀主階也。見〔說文〕〔段注〕階之在東者。㊁謂主人之北也。〔禮記冠義〕故冠以—。㊂猶酢也。所以答酢賓客也。〔儀禮士冠禮〕立於—階下。㊃天子即位所踐也。〔禮記文王世子〕成王幼不能涖—。㊄通胙。〔荀子哀公〕登自胙階。〔注〕胙、與—同。

〔阽〕 余廉切音鹽鹽韻

㊀壁危也。見〔說文〕。㊁臨也。〔文選張衡賦〕—焦原而跟趾。㊂屋檐也。〔文選謝朓詩〕—危賴宗衰。㊃疾甚謂之—。見〔小爾雅廣名〕。

〔阽〕 都念切音店豔韻

㊀近邊欲墮之意。〔漢書文帝紀〕或—於死亡。〔注〕服虔曰。—讀反坫之坫。㊁墊或字。〔集韻〕墊。說文、下也。或作埝—。

〔阾〕 里郢切音領梗韻

㊀阪也。見〔玉篇〕。

●古嶺字。見〔廣韻〕。

【阾】郎丁切音靈青韻

嶺—。坂名。見〔集韻〕。

【阿】於何切音娿歌韻

(一)大陵曰—。一曰。—、曲阜也。見〔說文〕。〔段注〕毛詩。菁菁者莪。在彼中—。傳云。大陵曰—。考槃在—。傳云。曲陵曰—。各隨其宜解之也。大雅有卷者—。傳曰。卷曲也。然則此—謂曲阜也。引申之凡曲處皆得偁—。
(二)私也。〔呂覽貴公〕不—一人。
(三)近也。見〔廣雅釋詁〕。
(四)隨也。〔國語周語〕弗諫而—之。
(五)從也。〔呂覽長見〕—鄭君之心。
(六)比也。〔孟子公孫丑〕汙、不至—其所好。
(七)褒也。見〔廣雅釋詁〕。
(八)倚也。〔書太甲〕惟嗣王不惠于—衡。〔注〕—、倚。衡、平。
(九)荷也。如人擔荷物一邊偏旁也。見〔釋名釋丘〕。
(十)邸也。見〔玉篇〕。
(十一)棟也。〔儀禮士昏禮〕賓升西階。當—東面致命。
(十二)山隅也。〔楚辭山鬼〕若有人兮山之—。
(十三)水崖也。〔穆天子傳〕天子飲河水之—。
(十四)丘名也。〔爾雅釋丘〕偏高曰—丘。〔按廣雅釋丘云。四京曰—。〕
(十五)屋曲簷也。〔莊子外物〕被髮闚門—。
(十六)宮廟四下也。〔周書作雒〕咸有四—。〔按考工記匠人四—重屋注。四—、若今之四柱屋。〕
(十七)慢應也。見〔集韻〕。
(十八)撓法從私也。〔管子重令〕不—黨。
(十九)細繒也。〔列子周穆王〕衣—錫。
(二十)乳母也。〔史記范睢傳〕不離—保之手。
(廿一)枝條長美貌。〔詩隰桑〕隰桑有—。
(廿二)天—。神闕也。〔淮南天文〕天—者、羣神之闕也。
(廿三)陽—。古名倡善歌者。〔宋玉對楚王問〕其爲陽—薤露。〔又〕漢平原縣名。〔漢書趙皇后傳〕父母屬陽—主家。
(廿四)太—。利劍名。〔楚辭謬諫〕遙棄太—。
(廿五)太—。少—。王莽時官名。〔漢書王莽傳〕太—右拂大司空甄豐。少—義和京兆尹劉歆。
(廿六)—澤。地名。〔左襄十四年傳〕敗公徒於—澤。〔注〕濟北東—縣有大澤。〔當今山東陽穀縣東北。〕
(廿七)—房。宮名。〔史記秦始皇本紀〕先作前殿—房。〔正義〕—房宮在雍州長安縣西北。〔卽今陝西長安縣。〕
(廿八)—膠。—魏。益藥名。見〔本草綱目〕。
(廿九)—堵。晉人方言。猶云那邊也。〔晉書王衍傳〕舉卻—堵物。〔互詳堵字。〕
(三十)—爾泰。山名。在今西蒙古。—爾泰部。譯言金山。
(卅一)—彌陀。佛名。譯言無量壽也。內典有佛說—彌陀經。
(卅二)—瓦。緬甸首府名。今爲英領地。英文 Ava。
(卅三)—富汗。國名。具名—富汗斯坦。舊名愛烏罕。爲中亞西亞之回敎國。東連印度。西接波斯。昔英俄爭此地頗久。今屬英領。英文 Afghanistan。

【阿】倚可切音婀哿韻

通猗。柔貌。〔詩萇楚〕猗儺其枝。

【阿】阿葛切音遏曷韻

—難。佛大弟子名。見〔釋典〕。

【阿】讀如壓

吳語呼人之發聲辭。〔世說賢媛〕一門叔父。則有—大中郎。〔按吳俗呼人多冠以—字。如云—姐、—妹、等是。亦有作問詞用者。如云—好、—去。卽好不好。去不去之意也。又—姨之—。亦讀平聲。〕

【陀】唐何切音駝歌韻

(一)褒也。見〔廣雅釋詁〕。
(二)落也。〔淮南繆稱〕岸崝者必—。
(三)陂—。險阻也。見〔玉篇〕。〔又〕不平貌。〔文選司馬相如賦〕登陂—之長坂兮。〔按沈炯賦作婆—。〕
(四)頭—。梵語。譯言斗擻。僧之高行者也。
(五)伽—。梵語。譯言諷頌。佛家之讚美也。〔范成大詩〕元無秘密可伽—。
(六)首—。梵語。譯言農夫也。〔法苑珠林〕四姓出家。同一釋種。四名首—。最爲卑下。
(七)提—。蠻語。譯言百姓也。〔桂海蠻志〕餘名皆稱提—。

(八)沙—。大磧也。〔五代史唐紀〕別自號曰沙—。沙—者、大磧也。在金莎山之陽。蒲類海之東。〔按沙—爲西突厥別部。五代唐李克用。晉石敬塘。漢劉知遠。號爲沙—三族。其地當在今新疆天山北路境。〕

(九)盤—。石貌。〔蘇軾詩〕中泠南畔石盤—。

(十)穆—。樹名。〔瑯嬛記〕此蓬萊山穆—樹葉。

(十一)普—。山名。一作補—。在今浙江定海縣東海中。

(十二)曇—羅。梵語。譯言適意也。又白華也。〔蘇軾詩〕天雨曇—照玉盤。

(十三)迦蘭—。鳥名。〔法苑珠林〕迦蘭—鳥。其形如鵲。

(十四)摩伽—。國名。〔唐書西域傳〕天竺國、漢身毒國也。或曰摩伽—。〔按卽今印度。〕

(十五)渴盤—。國名。〔南史渴盤陀傳〕渴盤—國。于闐西小國也。風俗與于闐相類。〔當今葱嶺回部拔達克山國境。〕

(十六)薛延—。國名。〔唐書薛延陀傳〕薛延—者、先與薛種雜居。後滅延—。部有之。號薛延—。〔當在今俄領西伯利亞境。〕

【陁】直尼切音遲支韻

崖際也。〔文選司馬相如賦〕巖—甗錡。

【陀】待可切音舵哿韻

陁或字。〔集韻〕博雅、陁。崩也。或从它。

【陱】居六切音菊屋韻

(一)古岸也。見〔玉篇〕。

(二)曲岸水外也。見〔廣韻〕。

【陒】烏回切音煨灰韻

隈或字。〔集韻〕隈。說文、水曲隩也。或作—。

【陂】班糜切音碑支韻

(一)阪也。一曰。池也。見〔說文〕。〔段注〕—與坡同義。—得訓池者。言其外之障也。池言其中所蓄之水。曰叔度汪汪若千頃之—。卽謂千頃池也。

(二)崖也。〔國語越語〕故濱於東海之—。

(三)壅也。〔國語吳語〕—漢以象帝舜。

(四)衺也。〔方言〕—衺也。陳楚荊揚曰—。

(五)傾也。〔文選左思賦〕比岡隒而無—。

(六)繁也。〔風俗通山澤〕—者繁也。言因下鍾水以繁利萬物也。

(七)路傍也。〔漢書禮樂志〕騰雨師。洒路—。

(八)—陁。長陛也。〔楚辭招魂〕侍—陁些。〔又〕險也。見〔廣雅釋丘〕。

(九)—池。江旁小水也。〔漢書司馬相如傳〕衍溢—池。〔又〕旁穨貌。〔文選司馬相如賦〕—池豍豸。

(十)黃—。縣名。屬淮南道黃州。當今湖北黃—縣治。

(十一)同詖。〔荀子成相〕險—傾側。〔注〕—、與詖同。

【陂】蒲糜切音皮支韻

—池。旁頹皃。見〔集韻〕。

【陂】滂禾切音坡歌韻

(一)阪也。〔爾雅釋地〕—者曰阪。

(二)水名。〔山海經中山經〕䔢涿之山。—水出於其陰。〔注〕—水世謂之百荅水。〔按水經注云。穀水又東。波水注之。世謂之百荅水。北流注於穀。是—、波、字通。〕

(三)山旁也。〔釋名釋山〕山旁曰—。言—陁也。〔按玉篇。—陀。靡迆也。集韻作陁陀。不平也。〕

(四)同坡。〔爾雅釋地〕—者曰阪。〔釋文〕—、本作坡。

(五)通頗。〔書洪範〕無偏無頗。〔釋文〕舊本作頗。

【陂】逋禾切音波歌韻

(一)山—。見〔集韻〕。

(二)—陁。衺也。見〔廣雅釋詁〕。

【陂】蒲波切音婆歌韻

—陀。不平皃。見〔集韻〕。

【陂】彼義切音賁寘韻

(一)傾也。見〔玉篇〕。

(二)邪也。見〔玉篇〕。

【附】符富切音覆宥韻蒲口切音瓿有韻

—婁。小土山也。春秋傳曰。—婁無松柏。見〔說文〕。〔段注〕土部、坿。益也。增益之義宜用之。相近之義亦宜用之。今則盡用—而—之本義廢矣。〔按左襄二十四年傳今作部婁。方言廣雅又作培塿。依說文

爲正。〕

【附】符遇切音駙遇韻

①依也。見〔廣雅釋詁〕。②近也。〔淮南說林〕—耳之言。聞於千里。③著也。〔詩角弓〕如塗塗—。④寄也。見〔廣韻〕。⑤因也。見〔小爾雅廣詁〕。⑥麗也。〔周禮大司徒〕其—於刑者歸於士。⑦合也。〔史記張儀傳〕是我一舉而名實—也。⑧益也。〔孟子盡心〕—之以韓魏之家。⑨從也。〔淮南主術〕百姓—。⑩隨也。〔國語周語〕而—之以令名。⑪親也。〔文選司馬相如難蜀父老〕今制齊民以—夷狄。⑫據也。〔韓愈文〕祠宇毀頓。焉—之質。丹青之飾。暗昧不圭。不稱靈明。⑬施刑也。〔禮記王制〕—從輕。⑭木皮也。〔太玄親〕肺—乾餱。〔注〕柿曰—。⑮朋—結黨也。〔唐書文宗紀〕掃清朋—之徒。

⑯攀—。攀援也。〔宋史柴禹錫傳〕以攀—致通顯。⑰藩—。藩屬也。〔隋書突厥傳〕永爲藩—。⑱和—。不論是非以應也。〔韓愈碑〕萬口和—。〔亦作—和〕。⑲招—。招撫也。〔宋史曹克明傳〕朝廷意在招—。⑳—決。果蓏之屬。〔易說卦〕兌爲—決。㉑—庸。小城也。〔禮記王制〕不合於天子。—於諸侯曰—庸。㉒—益。封諸侯過限也。〔漢書諸侯王表〕設—益之。㉓遊—。藏鉤戲目也。〔酉陽雜俎〕藏鉤之戲。分二曹以校勝負。若人耦則敵對。若奇則使一人爲遊—。㉔轉—。山名也。〔孟子梁惠王〕吾欲觀於轉—。朝儛。㉕—耳。星名。〔史記天官書〕畢曰罕車。其大星旁小星曰—耳。㉖高—。國名。〔後漢西域傳〕高—國在大月氏西南。亦大國也。〔當在今阿富汗西南〕。㉗—子。藥名。有大毒。夏時開紫花。根中大塊者名烏頭。—於四旁而小者曰—子。實一物也。見〔本草綱目〕。㉘香—。藥名。〔本草綱目〕莎草根。名香—子。一曰雀頭香。所在有之。莖葉都似三稜。合和香用之。㉙—支。蓬草也。見〔廣雅釋草〕。㉚同祔。〔禮記雜記〕大夫—於士。〔注〕—讀爲祔。㉛同付。〔周禮小司寇〕—刑罰。〔注〕故書、—作付。㉜前代學政考取入學者曰—生。蓋本宋宣和年增廣在學肄業之額。又於額外—益之謂之—學生。迄清則於考取入學者簡稱之曰—生。

【⿰阝玄】戶畎切音泫銑韻

坃也。見〔五音集韻〕。

【⿰阝叵】滂禾切音坡歌韻

—陀。不平。見〔玉篇〕。

【⿰阝田】亭年切音田先韻

地名。見〔玉篇〕。

【⿰阝瓜】攻乎切音姑虞韻

地名。見〔玉篇〕。

【陃】補永切音丙梗韻

人名。宋有鮑—。見〔集韻〕。

【⿰阝冉】他玷切音忝乃玷切音捻琰韻

亭名。在京兆。見〔玉篇〕。

【⿰阝台】余專切音沿先韻

地名。見〔字彙〕。

【⿰阝申】古陳字。見〔玉篇〕。

【陁】同陀。見〔集韻〕。〔按玉篇云。陁俗字。說文通訓定聲云。—字亦作迆、作陀〕

【⿰阝孛】同際。見〔篇海〕。

【⿰阝帀】同師。見〔字彙補〕。〔按康熙字典云。同帥。師爲帥譌字。存參〕

【陉】同陘。見〔集韻〕。

【⿰阝召】同堲。見〔集韻〕。

【⿰阝先】陸省文。見〔正字通〕。〔按石鼓文。我戎世⿰阝先。章云。⿰阝先、薛作⿰阝失。施云。凝⿰阝失字。潘云。⿰阝失、疑作陸。凡作⿰阝先、⿰阝失、陸、四字。無作—者。說歧。存參〕

六畫

【陊】待可切音紽杜果切音垜哿韻〔與郄不同〕。

①落也。見〔說文〕。〔段注〕木曰—。引申之凡自上而下皆曰落。按今段隤爲—而段—爲陁義。雖相近。而實本不同。

②壞也。見〔廣雅釋詁〕。

③小崩。見〔玉篇〕。

④下阪皃。見〔廣韻〕。

⑤脫也。見〔方言〕。

【陊】丈尒切音豸紙韻

山崩。見〔廣韻〕。

【陋】郎豆切音漏宥韻

①本作陋。〔說文〕陋。阸陜也。〔段注〕阸者塞也。陜者隘也。阸陜者如邊塞狹隘也。故从𨸏。

②隱也。見〔爾雅釋言〕。

③小也。〔楚辭自悲〕淩恆山其若—兮。

④醜猥也。〔唐書盧杞傳〕杞貌—心險。

⑤疏惡也。〔宋書孔顗傳〕衣裘器服皆擇其—者。

⑥吝嗇也。〔漢書地理志〕小人儉—。

⑦庸劣也。〔曹植表〕呂尙處屠釣。至—也。

⑧少見曰—。見〔荀子修身〕。〔猶今云孤—、淺—〕。

⑨反雅爲—。〔賈子道術〕辭令就得之雅。反雅爲—。〔猶今云鄙—〕。

⑩—淫猶輕穢也。〔史記宋微子世家〕今殷民乃—淫神祇之祀。

⑪百蓋無築千聚無社謂之—。見〔管子侈靡〕。

【陌】莫百切音貊陌韻

①道也。見〔廣雅釋室〕。

②市中街也。〔後漢袁紹傳〕塡接街—。

③阡—也。詳阡字。

④錢數也。〔五代史王章傳〕緡錢出入。皆以八十爲—。章減其出者—三。〔按此假爲百字〕。

⑤—塍分界也。〔楚辭憫上〕牽彼兮畛—。

⑥陜—。地名。〔後漢書郡國志〕弘農郡有焦城有陜—。〔當今河南陜縣〕。

⑦露—。刀名。〔典論〕作露—刀。一名龍鱗。

⑧姓也。見〔正字通〕。

⑨同帞。䋷頭也。〔釋名釋首飾〕䋷頭或曰—頭。言其從後橫—而前也。〔按此假爲帞字〕。

【降】胡江切音虹江韻〔按此韻—字說文作夅宜參閱〕。

①伏也。〔春秋莊八年〕郕—於齊師。猶今云投—。

②落也。〔禮記曲禮〕羽鳥曰—。

③下也。〔詩草蟲〕我心則—。

④大也。〔呂覽古樂〕—通漻水以導河。

⑤取之也。〔公羊莊三十年傳〕—之者何。取之也。

⑥水名。〔書禹貢〕北過—水。〔疏〕—水在信都縣。〔按信都當今直隸冀縣治〕。

【降】古巷切音絳絳韻

①下也。見〔說文〕。〔段注〕下爲自上而下。以地言曰—。故从𨸏。以人言曰夅。故从夂㐄相承。

②落也。見〔爾雅釋詁〕。

③歸也。見〔玉篇〕。

④貶也。〔北史魏義陽王子孝傳〕後例—爲公。

⑤竄也。〔山海經大荒西經〕乃—於巫山。

⑥詔也。〔宋史仁宗紀〕詔自今內—指揮百司執奏。

⑦嫁也。〔唐書王珪傳〕自近代公主出—。

⑧來也。〔禮記月令〕戴勝—于桑。〔注〕言—者若時自天來。

⑨後也。〔蕭統文選序〕自茲以—。

⑩至也。〔國語魯語〕饑饉薦—。

⑪損也。〔後漢竇憲傳〕章末衰以—。

⑫垂也。〔宋史禮志〕俟齋室簾—。

⑬臨幸也。〔文選潘岳賦〕於是我皇乃—靈壇。〔今俗云光—、—貺。本此意〕。

⑭罷退也。〔左昭元年傳〕中聲以—。

⑮心服也。〔左隱十年傳〕其能—以相從也。

⑯水不遵其道曰—。亦曰潰。見〔水經河水注〕。

⑰—服解冠也。〔左昭十三年傳〕—服而對。〔又〕喪服、爲人後者。—其本生三年之服爲期、曰—服。

⑱霜—。節氣也。見詳氣字。

⑲不—。人名。〔史記夏紀〕子帝不—

立。〔注〕釆本作帝—。

【降】乎攻切音碚東韻
下也。〔離騷〕惟庚寅吾以—。

【降】和同切音洪東韻
和同也。〔左哀二十六年傳〕六卿三族—聽政也。

【陝】延知切音姨支韻
(一)地名。見〔玉篇〕。
(二)陝—險阻也。見〔廣韻〕。

【陊】杜果切音隓哿韻
(一)射也。見〔廣韻〕。
(二)堂塾。見〔集韻〕。〔按說文作垜〕。

【限】下簡切音硍潸韻
(一)阻也。一曰門榍也。見〔說文〕。〔段注〕木部曰。—門—也。〔按國策秦策南有巫山黔中之—。足證前一義〕。
(二)界也。見〔小爾雅廣詁〕。〔今具云界—〕。
(三)度也。見〔廣韻〕。〔今具云—度、—量〕。
(四)齊也。見〔廣雅釋詁〕。
(五)程也。〔禮記文王世子注〕庶幾—式之。〔疏〕—、是程—也。
(六)極也。〔梁武帝詩〕連山去無—。〔今世公司分有—無—二種。卽負責有極無極之意〕。
(七)拘迫也。〔文選魏文帝書〕官守有—。〔今俗云制—不在此—。皆拘迫義〕。
(八)廣也。〔楚辭懷沙〕—之以大故。
(九)難也。〔國策秦策〕足以爲—。
(十)身之中也。〔易艮〕九三艮其—。〔注〕三當兩象之中故曰艮其—。
(十一)準則也。〔左文六年傳〕陳之藝極。〔疏〕藝、是準—。極、是中正。制貢賦多少之法。立其準—。中正使不多不少。陳之以示民。
(十二)世俗星命家分十二支、曰某宮某—。
(十三)同閬。門閾也。見〔廣韻〕。

【限】魚懇切音崀願韻
切急意也。見〔集韻〕。

【限】胡艮切音恨阮韻
止也。〔釋名釋天〕艮—也。時未可聽物生。—止之也。

【陒】古委切音詭紙韻
(一)垝或字。見〔說文土部〕。〔按說文、垝。毀垣也〕。
(二)山名。見〔玉篇〕。

【陒】虛宜切音羲支韻
(一)毀也。見〔類篇〕。
(二)險也。〔漢書杜周傳贊〕業因是而抵—。

【陔】古哀切音該灰韻
(一)階次也。見〔說文〕。〔段注〕近階之處也。〔桂注〕廣韻—、殿階次序。
(二)隴也。見〔文選東晳詩注引聲類〕。
(三)重也。〔漢書郊祀志〕泰一壇三—。〔注〕三—、三重壇也。
(四)樂名。〔儀禮鄉飲酒禮〕賓出奏—。〔注〕—之言戒也。終日燕飲。酒罷以—爲節。明無失禮也。
(五)南—。笙詩名。〔儀禮燕禮〕笙入立于縣中。奏南—白華華黍。
(六)通祴。〔周禮鍾師祴夏注〕祴讀爲—鼓之—。客醉而出奏—夏。
(七)通閡、垓。〔漢書郊祀志〕專精厲意逝九閡。〔注〕閡、猶—。淮南子。期乎九—之上。謂九天之上也。〔按御覽引廣韻又作九垓〕。
(八)武—。人名。晉書有武—傳。

【䧁】胡公切音洪東韻古送切音貢送韻〔或作矼〕。
從—。山名。〔漢書地理志注〕從—山出銅。〔在今雲南文山縣西〕。

【陎】慵朱切音殊虞韻
—婁。縣名。見〔廣韻〕。〔按春秋有郲婁無—婁〕。

【陊】都戈切音椯歌韻
小堆。見〔玉篇〕。

【陊】都果切音鬌哿韻
小崖。見〔廣韻〕。

【陷】徒罪切音陮賄韻
高也。見〔玉篇〕。

【𨸧】胡公切音洪東韻
坑也。見〔玉篇〕。

【陑】人之切音而支韻
地名。〔書序〕伊尹相湯伐桀。升自—。〔傳〕—在河曲之南。

【陃】而琰切音染琰韻
—伯。周文王之後也。〔路史國名紀〕今京兆有—亭。〔當在今陝西省境〕。

【𨸶】剛鶴切音各藥韻各額切音

格陌韻

人名。張─。見〔史記建元以來侯者年表〕。

【阭】姑黃切音光陽韻

陌也。見〔集韻〕。

【陏】徒火切惰上聲哿韻

搖也。〔史記貨殖傳〕果─蠃蛤。〔正義〕─今爲搖果搖猶搖壘包裹也。楚越水鄉足螺魚鼈。民多採捕積聚搖壘包裹煮而食之。

【隋】旬爲切音隨支韻

國名。見〔篇海〕。

【陓】邕俱切音紆汪湖切音烏虞韻

楊─。藪名。〔爾雅釋地〕秦有楊─。〔注〕在今扶風汧縣西。〔按當今陝西隴縣南〕。

【陈】於希切音衣微韻

酒泉天─阪也。見〔說文〕〔段注〕地理志酒泉郡天─縣。師古曰。此處有天─阪。故以名。〔當在今甘肅省境〕。

【陙】隱豈切音扆尾韻

陵名。見〔集韻〕。

【䧄】乎畎切音泫銑韻

坑也。見〔玉篇〕。

【陔】古盜字。見〔金石韻府〕。

【阦】同陽。見〔字彙補〕。

【除】同陰。見〔字彙補〕。

【陶】同陶。見〔篇海〕。

【陕】陝譌字。見〔康熙字典〕。〔按篇海云。音閃。弘農郡縣名。非〕。

七畫

【陖】須閏切音浚震韻

一 陗高也。見〔說文〕〔段注〕謂斗直而高也。卑者雖直不得云─矣。山部陖或作峻。高也。此─陗高也。是─峻之別也。專言高者或未必陗矣。

二 險也。見〔玉篇〕。

三 急也。見〔廣雅釋詁〕。

四 陡也。〔文選張衡賦〕修路─險。

五 亭名。在馮翊。見〔廣韻〕。〔當在今陝西省境〕。

六 ─翟。國名。隗姓。〔穆天子傳〕─翟致路。

七 通峻。〔文選司馬相如賦〕徑─赴險。〔漢書司馬相如傳─作峻〕。

【陗】七肖切音俏嘯韻

一 陖也。見〔說文〕〔段注〕謂斗直而高也。斗直者曰─。凡間出者曰厲。─〔按通俗文陵阪曰─〕。

二 險也。見〔玉篇〕。

三 隱也。見〔玉篇〕。

四 急也。見〔廣雅釋詁〕。

五 高也。見〔廣雅釋詁〕。

六 峻陖也。〔漢書鼂錯傳〕錯爲人─直刻深。

七 同峭。見〔漢書鼂錯傳注〕。

八 通削。〔漢書司馬相如傳〕刻削崢嶸。〔注〕蘇林曰。削音─峻之─。

【陘】戶經切音形青韻

一 山絕坎也。見〔說文〕〔段注〕─者一山在兩川之間。故曰山絕坎。絕猶如絕流而渡之絕。其莖理亙於陷中也。

二 太行山脈之所在也。〔元和郡縣志〕太行山首始於河內。北至幽州。凡有八─。〔按八─。一、軹關─。二、太行─。三、白─。四、滏口─。五、井─。六、飛狐─。七、蒲陰─。八、軍都─。此皆兩山中隔以成險道也〕。

三 阪也。見〔廣雅釋丘〕。

四 地名。〔春秋僖四年〕遂伐楚。次於─。〔注〕潁川召陵縣南有─亭。〔當今河南郾城縣東南〕。

五 山名。〔史記楚世家〕魏敗楚取─山。〔注〕正義曰。─山在新鄭縣西南。〔即今河南新鄭縣境〕。

六 竈─。謂竈邊承器之物也。〔廣雅釋室〕竈謂之竈。其脣謂之─。

七 姓也。晉大夫以邑爲氏。見〔字彙〕。

【陘】古定切音徑徑韻

魯險道也。〔左襄十六年傳〕孟孺子速遂塞海─而還。〔注〕海─。魯險道。

【陛】部禮切音髀薺韻　毘意切音避寘韻

一 升高階也。見〔說文〕。〔段注〕自卑而可以登高者謂之─。〔按玉篇─、天子階也。獨斷。─階也。所由升堂也〕。

二 卑也。有高卑也。天子殿謂之納─。言所以納人言之階─也。見〔釋名釋宮室〕。

㊂—下。臣民假稱天子也。〔獨斷〕羣臣與至尊言。不敢指斥。故評在—下者而告之。

㊃—者。謂執兵列於—側者。〔漢書五行志〕殿中郎吏—者皆聞焉。

㊄—猶比比也。〔韓愈碑文〕陛陛—實取實似。〔注〕言眾多層次也。

【陜】轄夾切音洽　訖洽切音夾　洽韻

㊀隘也。從𨸏夾聲。見〔說文〕〔段注〕〔按一切經音義〕—迫隘不廣大也。〔玉篇〕—不廣也。字俗作陿、挾、狹。〕

㊁—尋。地名。〔史記南越傳〕樓船將軍持精卒先陷—尋。破石門。〔注〕—尋。在始興西三百里。〔按始興、即今廣東始興縣。〕

【陝】西冉切音閃琰韻

㊀弘農—也。古虢國。王季之子所封也。从𨸏夾聲。見〔說文〕〔段注〕左傳曰。虢仲、虢叔。王季之穆也。馬融云。虢叔、同母弟。虢仲、異母弟。按同母異母不可知。據許、祇云王季之子可也。地理志曰。—故虢國。賈逵曰。虢仲封東虢。虢叔封西虢。按地理志及說文皆但云—故虢國。不目爲西虢者。蓋東周時、東虢已滅於鄭。不煩分別也。〔按廣韻云周爲二伯分—之地。即虢國之上陽也。秦屬三川郡。漢弘農之—縣。後魏改爲—州。當今河南—縣治。〕

㊁—西。省名。元置—西行省。明爲—西布政使司。清因之。爲—西省。其領地。東瀕黃河。南據漢水。西連秦隴。北屆朔漠。今仍治長安。領縣九十二。

㊂—輸。不定貌。〔後漢曹世叔妻傳〕視聽—輸。

【陞】書蒸切音升蒸韻

㊀上也。見〔廣雅釋詁〕。

㊁進也。見〔廣雅釋詁〕。

㊂登也。〔劉峻志〕魚貫而—。

㊃上向也。〔爾雅釋天〕素—龍于縿。

㊄通升。〔爾雅釋畜〕薵升甗。〔釋文〕升、本亦作—。

㊅姓也。見〔字彙〕。

【陟】竹力切音稙職韻

㊀登也。見〔說文〕〔段注〕釋詁曰。—、陞也。毛傳曰。—升也。陞者升之俗字。升者登之叚借。

㊁高也。見〔玉篇〕。

㊂進也。〔書舜典〕三考黜—幽明。

㊃重隴也。〔列子湯問〕周以喬—。

㊄—降上下也。〔詩閔予小子〕—降庭止。

㊅人名。〔書君奭〕時則有若伊—臣扈。〔鄭注〕伊—伊尹之子。

【陟】的則切音得職韻

得也。〔周禮大卜〕掌三夢之法。一曰致夢。二曰觭夢。三曰咸—。〔注〕—之言得也。讀如王德翟人之德。

【⿰阝見】胡典切音峴　呼典切音顯　銑韻

㊀限也。見〔集韻〕。

㊁地名。見〔字彙〕。

【陠】滂模切音鋪　博孤切音逋　虞韻　普故切音怖遇韻

㊀衺也。見〔集韻〕。

㊁同廡。屋上平。見〔廣韻〕。

【陠】蒲故切音步遇韻

舍下。見〔集韻〕。

【陡】當口切音斗有韻〔古作斗。〕

㊀陗也。〔杜甫詩〕—上捩孤影。

㊁頓也。見〔洪武正韻〕。

㊂地名。見〔玉篇〕。

【院】于眷切音瑗霰韻　胡官切音桓寒韻　委遠切音婉阮韻

㊀堅也。見〔說文〕〔桂注〕—、堅、聲相近。通作完。本書完下云。古文以爲寬字。完既爲寬。則—爲堅完之本字矣。

㊁垣也。見〔廣雅釋宮〕。

㊂宮牆也。〔大業雜記〕元年築西苑。其內造十六—。

㊃園林也。〔柳貫詩〕看花竹西—。

㊄官廨也。〔唐書百官志〕御史臺屬有三—。一曰臺—。御史隸焉。二曰殿—。中御史隸焉。三曰察—。監察御史隸焉。〔按宋明道元年復置諫—。爲諫官所居。清時有都察—、大理—、理藩—、翰林—。近世復有國務—、參議—等官廨。〕

㊅儒者所居曰書—。〔方隅勝略〕白鹿書—在廬山。鵝湖書—在鉛山縣。

㊆浮屠所居曰—。〔傳燈錄〕老僧分半—與汝同住。

㊇道流所居曰—。〔白居易詩〕看—

止酉雙白鶴。
(九)娼妓所居曰—。〔教坊記〕妓女入宜春—。謂之內人。〔按俗稱妓—。本此〕
(十)濼—。鎮名。〔淸一統志〕濼—鎭在秀水縣西南三十六里。〔舊爲濼氏所居故名紬出濼—者佳。按濼—鎭今隸浙江嘉興縣。〕

【陣】直刃切音雨震韻〔按戰—之、—本作敶。通作陳因陳列義得名。俗改從車。〕
(一)列也。見〔廣韻〕。
(二)旅也。見〔玉篇〕。
(三)喩文字相鏖戰曰—。如文—、筆—。
(四)喩禽鳥成羣飛曰—。如鴈—、鴉—。
(五)俗謂烈風雷雨曰—。〔皮日休詩〕倏忽雷—吼。
(六)鬼—。恭也。〔探蘭雜志〕吳耽不好碁。見人著輒曰汝非死將軍奈何以鬼—相攻。後人因名碁曰鬼—。
(七)一—。猶頃刻也。〔韓偓詩〕今朝一—寒。
(八)—往來頻也。〔李獻甫詩〕——涼從雨後生。

【除】陳如切音儲魚韻
(一)殿陛也。見〔說文〕。〔桂注〕御覽引作殿階也李善注懷舊賦、曹植贈丁儀詩、謝惠連詠牛女詩引竝作階。〔玉篇〕—殿階也。
(二)樓陛也。〔文選班固賦〕修—飛閣。
(三)門屛之間也。〔漢書蘇武傳〕扶輦下—。
(四)道也。見〔廣雅釋室〕。
(五)壇也。〔左昭十三年傳〕令諸侯日中造於—。〔注〕—地爲壇盟會處也。
(六)去也。〔書泰誓〕—惡務本。
(七)驅逐也。〔荀子議兵〕—阨其下。
(八)誅也。〔考工記玉人〕以—慝。〔注〕—慝、誅惡逆也。
(九)芟也。〔左隱元年傳〕蔓草猶不可—。
(十)愈也。〔方言〕病愈者或謂之—。
(十一)修治也。〔易萃〕君子以—戎器戒不虞。
(十二)冬毛微墮也。〔淮南天文〕是故春夏則羣獸—。
(十三)廓淸也。〔史記呂后紀〕請得—宮。
(十四)開通也。〔呂覽去宥〕姦人路—。
(十五)潔好也。〔老子〕朝甚—。
(十六)服闋也。〔禮記雜記〕親喪外—兄弟之喪內—。
(十七)祓禳也。〔周禮女巫〕掌歲時祓—釁浴。
(十八)灑埽也。〔周禮隷僕〕掌五寢之埽—糞灑之事。
(十九)免租稅也。〔漢書元帝紀〕有可蠲—減省以便萬姓者。
(二十)歲盡也。謂之歲—。俗云—夕。
(廿一)算法之一。乘之反。求甲數含乙數之幾倍也。
(廿二)斗建十二値日之一也。〔淮南天文〕卯爲—。〔詳建字〕
(廿三)拜官也。〔漢書田蚡傳〕君—吏盡未。吾亦欲—吏。〔注〕—去故官就新官。
(廿四)半—。衣名。〔正字通〕隋內官服半—。唐減爲半臂。言肩有袖至臂臑而止。今呼齊肩。

【除】羊居切音餘商居切音書魚韻
四月也。〔詩小明〕日月方—。〔箋〕四月爲—。〔疏〕爾雅、—作余。李巡曰四月萬物皆生枝葉。故曰余。余、舒也。—、余字異音同也。

【除】遲倨切音箸御韻
(一)去也。〔詩斯干〕風雨攸—。
(二)闕也。〔詩天保〕何福不—。

【⿰阝吞】他根切音呑元韻
阬也。見〔集韻〕。

【⿰阝成】時征切音成庚韻
山地名。見〔玉篇〕。

【陧】兩耳切音里紙韻
亭名。在西鄂。見〔集韻〕。〔當在今湖北境。〕

【陙】船倫切音脣殊倫切音純丞眞切音辰眞韻
水阜也。見〔說文〕。〔桂注〕徐鍇曰。若漘岸也。詩王風在河之漘。傳漘、水隒也。隒是山岸漘是水岸。故云水隒。

【陚】方過切音付遇韻
丘名。見〔說文〕。〔桂注〕通作梧。釋名。當途曰梧。邱梧、梧忤也。與人相當忤也。

【陚】罔甫切音武麌韻
平原也。見〔類篇〕。

【⿰阝告】枯沃切音酷沃韻空谷切音穀屋韻古到切音誥號韻

大阜也。一曰右扶風郿有—阜。見〔說文〕〔按當在今陝西郿縣境。〕

【⿰阝豆】丁候切音鬭宥韻
峻也。見〔集韻〕。

【陜】宣隹切音雖支韻
地名。見〔玉篇〕。

【⿰阝邑】乙及切音邑緝韻
—隯陝也。見〔集韻〕。

【⿰阝逆】叱涉切音謵葉韻
能行也。見〔篇海〕。

【⿰阝西】陑本字。見〔說文〕。

【⿰阝産】同𨻰。見〔篇海引藏經〕。

【陘】同陘。見〔篇海〕。

【⿰阝谷】同隙。見〔集韻〕。

【⿰阝序】同序。見〔正字通〕。

【⿰阝夆】同隆。見〔篇海〕。

【埅】防或字。〔說文〕防或从坊。〔段注〕俗字所由作坊也。

【⿰阝危】陒譌字。見〔康熙字典〕。〔按篇海音詭。陒也。垝毀也。〕

〜〜〜八畫〜〜〜

【陪】薄回切音裴灰韻
㊀重土也。一曰滿也。一曰—臣。—、備也。見〔說文〕。〔段注〕左傳曰。分之土田—敦。注曰。—、增也。諸侯之臣於天子曰—臣。取重土之義之引申也。〔按論語朱注。—臣家臣也。〕
㊁貳也。〔詩蕩〕爾德不明。以無—無卿。
㊂隨也。見〔玉篇〕。
㊃加也。〔左昭五年傳〕飧有—鼎。
㊄助也。見〔玉篇〕。
㊅廁也。見〔廣韻〕。
㊆伴也。見〔增韻〕。
㊇參也。〔周禮齊右〕行則—乘。〔注〕—乘、參乘。謂車右也。
㊈償也。〔蘇軾詩〕舊逋應許過時—。
㊉輔也。〔史記孝文紀〕秉德以—朕。
⑪朝也。〔爾雅釋言注〕—位爲朝。
⑫陳鼎也。〔儀禮聘禮〕羞鼎三。〔注〕羞鼎、則—鼎也。以其實言之則曰羞。以其陳言之則曰—。
⑬漢侯國名。見〔史記建元以來王子侯者年表〕〔索隱〕—在平原。〔當今山東平原縣境。〕
⑭—尾山名。〔書禹貢〕熊耳外方桐栢。至于—尾。〔按一作倍尾。在今山東泗水縣東五十里。〕
⑮—隸。卽—臺也。〔後漢袁紹傳〕拔於—隸之中。
⑯—鰓。奮怒貌。〔文選潘岳賦〕敷藻翰之—鰓。
⑰同培。〔詩蕩〕以無—無卿。〔釋文〕—、本作培。

【⿱⿰阝召土】之笑切音照嘯韻
㊀耕臼臿浚出下壚土也。一曰耕休田也。从𠂤从土召聲。見〔說文〕〔段注〕耕、謂耕者也。臿、當依十二篇由部作疀。古田器。浚者抒也。壚者黑剛土也。耕者用鍫抒取地下黑剛土謂之—。
㊁隉也。見〔集韻〕。
㊂界埸。見〔玉篇〕。

【陬】子侯切音緅尤韻
㊀阪隅也。見〔說文〕。〔段注〕謂阪之角也。引申爲凡隅之偁。
㊁隈也。見〔廣雅釋丘〕。
㊂山足也。〔文選東皙詩〕在陵之—。
㊃聚居也。〔文選左思賦〕蠻—夷落。
㊄月名。〔爾雅釋天〕正月爲—。〔按史記曆書注。正月爲孟—。〕
㊅—訾。星名。〔禮記月令注〕日月會於—訾。〔按爾雅釋天作娵訾。〕
㊆—黔。山名。〔漢書地理志〕琅邪郡—黔—縣。〔按後漢淳于恭傳。客隱琅邪黔—山。蓋漢因山置縣。當今山東膠縣西南。〕
㊇卑—。愧懼自失貌。〔莊子天地〕子貢卑—失色。
㊈人名。〔漢書西域傳〕昆莫欲使其孫—尙公主。

【⿰阝芻】甾尤切音鄒尤韻　子于切音諏虞韻
魯邑名。〔史記孔子世家〕孔子生魯昌平鄉—邑。〔注〕—、孔子父叔良紇治邑。〔按論語作鄹。當今山東泗水縣治。〕

【陬】遵須切音諏虞韻
區域也。〔文選張衡賦〕列仙之—。

【陭】於宜切音漪支韻　於希切音衣微韻　奇寄切音騎寘韻
㊀上黨—氏阪也。見〔說文〕〔段注〕地理志。上黨郡有—氏縣。蓋因有—氏阪以名也。〔按一作猗氏。今山西有猗氏縣。〕
㊁同崎。不平貌。〔史記司馬相如傳〕

—隔而不安。〔按崎嶇、—隔、𢻵隔、皆同〕。

【陭】隱綺切音倚紙韻

隑也。見〔集韻〕。

【陮】覩猥切音頠 杜罪切音蓷賄韻 都回切音磓灰韻

(一)—隗、高也。見〔說文〕〔段注〕—隗、猶崔嵬。

(二)不平也。見〔玉篇〕。

【⿰阝來】郎才切音來灰韻

(一)—階—也。見〔玉篇〕。

(二)—隑、長皃。見〔集韻〕。

【陰】於今切音音侵韻〔—陽字本作霒〕

(一)闇也。水之南、山之北也。見〔說文〕〔段注〕闇者、閉門也。閉門則為幽闇。故以為高明之反。穀梁傳曰。水北為陽。山南為陽。然則水之南山之北為—。可知矣。按山北為—。故—字从𨸏。自漢以後。通用此為霒字。

(二)陽之助也。見〔春秋繁露天辨在人〕。

(三)天之急也。見〔春秋繁露循天之道〕。

(四)刑氣也。見〔春秋繁露陽尊陰卑〕。

(五)地氣也。見〔春秋繁露人副天〕。

(六)默也。〔書無逸〕乃或亮—。

(七)深也。〔書洪範〕惟天—騭下民。

(八)靜也。〔管子心術〕—者靜。

(九)土積也。〔左襄九年傳注〕城積陰之氣〔疏〕土積則為—。

(十)私也。〔國策西周策〕—合於秦。

(十一)猶沈也。見〔春秋繁露陽尊陰卑〕。

(十二)影也。〔晉書陶侃傳〕大禹惜寸—。吾輩當惜分—。

(十三)覆也。見〔漢書五行志注引應劭〕。

(十四)蔭也。氣在內奧蔭也。見〔釋名釋天〕。

(十五)掩翳日光也。〔詩終風〕曀曀其—。〔凡稱牆—、花—、屬此義〕。

(十六)曖也。〔楚辭大司命〕壹—兮壹陽。

(十七)日夕昃也。〔呂覽察今〕故審堂下之—。

(十八)霒雲也。〔文選江淹詩〕曾—萬里生。

(十九)溼也。〔呂覽辨土〕下得—。

(二十)即雨也。〔周禮大司徒〕日西則景朝多—。

(廿一)夜也。〔太玄玄圖〕則—質北斗。

(廿二)冬也。〔家語本命〕孳生閉藏乎—。

(廿三)月也。〔鹽鐵論論菑〕月者—道冥。

(廿四)小也。〔國策秦策〕天下—燕陽魏。

(廿五)偶也。見〔白虎通嫁娶〕。

(廿六)柔也。〔漢書郊祀志〕迭用柔剛。〔注〕—為柔。

(廿七)質也。〔漢書周仁傳〕仁為人—重不泄。〔注〕服虔曰。質重不泄人之—謀也。

(廿八)竊也。〔大戴記文王官人〕—行以取名。

(廿九)猶潤澤也。〔呂覽任地〕子能藏其惡而揖之以—乎。

(三十)玄枵也。〔左襄二十八年傳〕—不堪陽。〔服注〕玄枵為—。

(卅一)水也。〔文選張衡賦〕—池幽流。〔辥注〕水稱—。

(卅二)小人也。〔太玄進〕日飛懸—。

(卅三)軀後弇也。〔周禮卜師〕辨軀之上下左右—陽。

(卅四)淺黑也。〔爾雅釋畜〕—白雜毛駰。

(卅五)謂足之三—脈也。〔素問厥論〕—氣衰於下。則為熱厥。

(卅六)寒也。見〔素問四時刺逆從論寒痺注〕。

(卅七)腦也。〔素問解精微論〕俛則冲—。

(卅八)謂藏也。〔素問著至教論〕並於—。

(卅九)至—者盛水也。見〔素問水熱穴論〕。

(四十)鬼神之府也。見〔太玄交冥爻于神齊注〕〔按今俗猶云冥司曰—司〕。

(四十一)男女之禮也。〔周禮大司徒〕以—禮教親。則民不怨。〔按司農注云。婦人之禮〕。

(四十二)慘刻也。〔漢書郭解傳〕少時—賊。

(四十三)背也。〔集古錄〕余家所錄漢碑—題名頗多。

(四十四)揜軌也。〔詩小戎〕—靷鋈續。〔按釋名釋車。—蔭也。橫側車前所以蔭笭也〕。

(四十五)男子勢也。〔史記呂不韋傳〕私求大—人嫪毐為舍人。

(四十六)女子私處也。〔漢書廣川惠王越傳〕幸姬陶望卿自投井死。昭信出之。椓杙其—中。

(四十七)隱也。〔漢書丙吉傳〕臣聞有—惪者。必饗其樂以及子孫。

(四十八)鶴也。〔周書王會〕堙上張赤奕—羽。

(四十九)地名。〔路史國名紀〕魯叔後采于

—。今襄之穀城東北有—城是。〔按左昭十九年傳、楚工尹赤遷—於下。—下—卽漢南陽郡—縣。當今湖北光化縣西〕。

(五十)—山。山名。〔史記秦始皇紀〕自楡中並河以東屬之—山。〔按今長城內外沿邊諸山。多屬—山山脈。〕〔又〕漢縣名。有二。一、西河郡—山縣。當今陝西宜川縣東南。一、桂陽郡—山縣。當今廣東陽山縣北。

(五一)——覆佩貌。〔漢書禮樂志〕靈之至慶——。〔又〕濃蔭也。〔王維詩〕——夏木囀黃鸝。

(五二)凌—。冰室也。〔詩七月〕三之日納于凌—。

(五三)—諸。鳩鳥之雌者。〔淮南繆稱〕—諸知雨。

(五四)姓也。商—兢。列國時。晉—飴甥。

【陰】烏含切音菴覃韻

本作闇。治喪廬也。〔論語憲問〕高宗諒—。

【陰】於禁切音陰沁韻

(一)薉也。〔禮記祭義〕骨肉斃於下。—爲野土。

(二)覆也。〔詩桑柔〕既之—女。反予來赫。

【陱】居六切音菊屋韻

(一)養也。見〔集韻〕。

(二)盈也。見〔集韻〕。

【陳】池鄰切音塵眞韻〔按陳列之陳、本作敶〕

(一)宛丘也。舜後嬀滿之所封。見〔說文〕〔段注〕許必言宛丘者。爲其字从𨸏也。毛傳曰。四方高、中央下、曰宛丘。—本太皞之虛。正字。俗叚爲敶列之敶。—行而敶廢矣。〔按廣韻云周武王封舜後胡公滿於—。楚滅—爲縣。漢爲淮陽國。隋爲—州。當今河南淮寧縣治〕。

(二)列也。〔禮記少儀〕則—酒執脩以將命。

(三)布也。〔國語周語〕—錫載周。

(四)故也。〔詩甫田〕我取其—。

(五)施也。〔漢書劉向傳〕—漆其閒。

(六)道也。〔漢書哀帝紀〕號曰—聖劉太平皇帝。

(七)張也。〔左隱五年傳〕—魚而觀之。

(八)列奏也。〔漢書食貨志〕大司農—臧錢。

(九)猶說也。〔文選古詩〕歎樂難具—。

(十)亦示也。〔國語齊語〕相—以功。

(十一)久也。〔書盤庚〕失于政—于茲。

(十二)衆也。見〔廣韻〕。

(十三)猶處也。〔周禮內宰〕—其貨賄。

(十四)省也。〔大戴記夏小正〕—筋革。〔傳〕—筋革者、省兵甲也。

(十五)堂塗也。〔爾雅釋宮〕堂塗謂之—。〔注〕堂下至門徑也。

(十六)寶刀也。見〔廣雅釋器〕。

(十七)采而視之也。〔禮記王制〕命大師—詩。

(十八)言過於外也。〔禮記表記〕事君欲諫不欲—。

(十九)—器。樂懸也。〔穀梁定四年傳〕徙—器。

(二十)—椽。猶經營馳逐也。〔史記貨殖傳〕—椽其閒得所欲。

(廿一)下—。後列也。〔史記李斯傳〕充下—。

(廿二)鉤—。星名。〔晉書天文志〕北極五星。鉤—六星皆在紫宮中。

(廿三)邑名。〔周書世俘〕侯來命伐靡集於—。〔注〕靡、—紂二邑也。

(廿四)朝代名。—霸先受梁禪國號—。距民國紀元前一千三百五十五年。歷五主傳三十三年。滅於隋。

(廿五)茵—。藥名。〔本草釋名〕此雖蒿類。經冬不死。更因舊苗而生。故名茵陳。〔按廣雅作因塵〕。

(廿六)通田。〔史記陳敬仲世家〕田完。〔左傳作—完。索隱。—、田音相近〕。

(廿七)姓也。

【陳】直刃切音陣震韻〔本作敶〕。

同陣。〔顏氏家訓書證〕行—之義取於—列耳。此六書爲假借也。蒼雅及近世字書皆無別字。唯王羲之小學章獨阜傍作車。

【陵】閭承切音凌蒸韻

(一)大自也。見〔說文〕。

(二)丘名。〔爾雅釋丘〕後高、—丘。

(三)隆也。體隆高也。見〔釋名釋山〕。

(四)棨也。見〔廣雅釋詁〕。

(五)犯也。〔禮記儒行〕不相侵—。

(六)冢也。〔國語齊語〕—爲之終。〔注〕以爲葬也。〔後專爲天子葬處之名稱〕。

(七)慄也。見〔玉篇〕。

(八)馳也。見〔玉篇〕。

(九)邀也。〔書畢命〕以蕩—德。

(十)躐也。〔禮記學記〕不—節而施之謂孫。

(十一)淬也。〔荀子君道〕兵刃不待—而

勤。
(十二)峻也。〔荀子致仕〕凡節奏欲—。而生民欲寬。
(十三)陟也。〔文選張衡賦〕—重巘。
(十四)越也。〔禮記樂記〕五者皆亂迭相—。
(十五)欺也。〔後漢朱浮傳〕帝以浮—轢同列。〔注〕—轢、猶欺蔑也。
(十六)侮也。〔易賁〕永貞之吉終莫之—也。
(十七)攻也。〔左成二年傳〕齊侯親鼓士—城。
(十八)加倚之也。〔左隱三年傳〕少—長。
(十九)突掩也。〔漢書天文志〕—歷鬬食。
(二十)不循法也。〔周禮大司馬〕犯令—政。
(廿一)猶促也。〔文選枚乘七發〕菀伏—奮。
(廿二)四平曰—。見〔文選揚雄賦注引韓詩章句〕。
(廿三)四隤曰—。見〔廣雅釋丘〕。
(廿四)—遲也。〔後漢儒林傳論〕朝綱日—。〔按家語始誅—遲故也注。—遲。猶陂池也。荀子宥坐—遲故也注。—遲言丘—之勢漸慢也。後漢馮衍傳濳德化之—遲注。—遲言頹替也。漢書王嘉傳法度—遲注。—遲。即—夷也。多屬衰替之義。〕
(廿五)侵—也。〔國語晉語〕襲侵之事—也。
(廿六)居室如—也。〔素問異法方宜論〕其民—居而多風。
(廿七)水名。〔史記范雎蔡澤傳〕至於—水。〔索隱引劉注〕—水、即栗水也。—、栗聲相近。〔按栗水在今江蘇溧陽縣。一作溧水。又作瀨水。〕
(廿八)—茜草名。〔爾雅釋草〕茜、—茜。〔注〕一名—時。
(廿九)—陽古仙人。〔史記司馬相如傳〕反太一而從—陽。〔注〕張揖曰。—陽、仙人。—陽子明也。
(三十)鞠—。山名。〔山海經大荒東經〕大荒之中有山名曰鞠—。
(卅一)迦—。鳥名。〔楞嚴經注〕迦—、仙禽。在卵殼中鳴音已壓衆鳥。佛法音亦如之。
(卅二)州名。唐置。屬劍南道。當今四川仁壽縣治。
(卅三)人名。漢王—。梁徐—。
(卅四)同鮻。〔楚辭天問〕—魚何所。〔按—魚即鯪鯉。俗名穿山甲。〕
(卅五)通陖。〔史記秦始皇紀〕—水經地。〔正義〕—作陖。
(卅六)姓也。明永樂中—茂。〔又〕延—。於—。安—。鉛—。高—。鄧—。均複姓。

【陶】徒刀切音桃豪韻
(一)再成丘也。在濟陰。夏書曰。東至於—丘。—丘有堯城。堯嘗所凥。故堯號—唐氏。見〔說文〕〔段注〕釋丘曰。一成為敦丘。再成為—丘。地理志曰。濟陰郡定陶縣。禹貢—丘在西南。堯始居於—丘。後為唐侯。故曰—唐氏也。〔按定—、即今山東定—縣。〕
(二)累土於地土也。〔詩緜〕—復—穴。
(三)作瓦器也。〔呂覽愼人〕—於河濱。
(四)凡器瓦曰—。〔禮記郊特牲〕器用—匏。
(五)除也。見〔廣雅釋詁〕。
(六)暢也。〔後漢杜篤傳〕粳稻—遂。
(七)正也。見〔廣韻〕。
(八)化也。〔太玄玄告〕歲歲相盪而天地彌—。
(九)養也。秦或曰—。見〔方言〕。
(十)冶也。〔史記魯仲連鄒陽傳〕獨化於—鈞之上。
(十一)喜也。〔文選謝靈運詩〕共—暮春。
(十二)憂也。見〔廣雅釋言〕。
(十三)猶炎熾也。〔後漢張衡傳〕懟炎天之所—。
(十四)頑嚚貌。〔荀子不苟〕—誕突盜。
(十五)鬱—。哀思也。〔書五子之歌〕鬱—乎予心。〔又〕心初悅而未暢之意也。見〔禮記檀弓注〕。
(十六)復—。羽衣也。〔左昭十二年傳〕王皮冠秦復—。
(十七)—遨。心無所繫也。〔楚辭守志〕遊—遨兮養神。
(十八)—山名。〔史記范蠡傳〕之—。〔正義〕括地志云。即—山。在齊州平陽縣東三十五里。—山之陽也。〔按平陽今山東鄒縣境。〕
(十九)—塗。國名。〔揚雄解嘲〕後—塗。〔注〕北方國。因出—塗馬。故名。〔按—塗、爾雅作騊駼。〕
(二十)—正。官名。〔左襄二十五年傳〕昔虞閼父為周—正。
(廿一)通鞠。〔考工記鞾人〕為皐—。〔注〕皐—、鼓木也。—、或从革。
(廿二)通裪。〔左襄三十年傳〕使為君復—。〔注〕復—、主衣服之官。—、或从衣。
(廿三)通鉤。〔莊子逍遙遊〕猶將—、鑄堯舜者也。〔釋文〕—、本亦作鉤。

㉔人名。舜七友有雄—唐詩人有雍—。

㉕姓也。〔左定二年傳〕殷民七族—氏。〔按廣韻云—唐之後今出丹陽。〕

【陶】餘招切音搖蕭韻

——和樂貌。〔詩君子陽陽〕君子——。〔又〕相隨行貌。〔禮記祭義〕——遂遂如將復入然。〔又〕長貌。〔楚辭哀歲〕冬夜兮——。〔又〕盛陽貌。〔楚辭懷沙〕——孟夏兮。

【陶】大到切音導號韻

——騶逐貌。〔詩淸人〕駟介——。

【陷】乎餡切音䐄陷韻

①高下也。一曰陊也。見〔說文〕〔段注〕高下者、高與下有懸絕之勢也。高下之形曰—。故自高入於下亦曰—。凡深沒其中曰—。〔按陊、一切經音義引作墮。〕

②墜也。見〔玉篇〕。

③潰也。見〔廣雅釋言〕。

④隤也。見〔玉篇〕。

⑤滯也。〔易需〕剛健而不—。

⑥坑也。〔禮記中庸〕驅而納諸罟擭—阱之中。

⑦破也。〔魏志臧洪傳〕城—。紹生執洪。

⑧攻也。〔史記灌夫傳〕戰常—堅。

⑨險也。〔易說卦傳〕坎、—也。〔疏〕坎象水。水處險—。故曰—。

⑩解也。〔宋史王昭遠傳〕少時嘗涉河冰—。

⑪沒于土也。〔禮記檀弓〕毋使其首—焉。

⑫害也。〔隋書刑法志〕大抵被—者甚衆。

⑬溺也。〔荀子天論〕表不明則—。

⑭壞也。〔呂覽論威〕雖有大山之塞。則—之也。

⑮中傷也。〔史記張湯傳〕然謀—湯罪者。三長吏也。〔今云—害。〕

⑯罹也。〔後漢袁敞傳〕自—重刑。

⑰失過也。〔國語魯語〕—而入於恭。

⑱少也。〔淮南繆稱〕滿如—。

⑲嵌鑲也。〔唐無名氏詩〕梳—鈿麒麟。

⑳—諫者義也。見〔白虎通諫諍〕。

㉑盾約脅而鄧者曰—虜。言可以—破虜敵也。見〔釋名釋兵〕。

【陸】力竹切音六屋韻

①高平地。見〔說文〕〔段注〕釋地、毛傳皆曰。高平曰—。土部坴下曰。土塊坴坴也。然則从坴者。謂其有土無石也。

②高之頂也。〔易漸〕鴻漸於—。

③土地豐正也。〔爾雅釋地李注〕土地豐正名爲—。

④廣平也。〔史記司馬相如傳〕散渙夷—。

⑤大阜也。〔楚辭憂苦〕巡—夷之曲衍兮。

⑥厚也。見〔玉篇〕。

⑦漉也。水流漉而出也。見〔釋名釋地〕。

⑧道也。〔左昭四年傳〕古者日在北—而藏冰。西—朝覿而出之。〔注〕—、道也。在北—、謂夏十二月。日在虛危。在西—、謂夏三月。日在昴畢。

⑨中也。見〔爾雅釋天〕北—虛也。

⑩跳也。〔莊子馬蹄〕翹足而—。

⑪別於水道曰—。〔晉書宣帝紀〕襄陽水—之衝。

⑫—地之所產亦曰—。〔晉書石崇傳〕庖膳窮水—之珍。

⑬漢侯國名。見〔史記建元以來王子侯者年表〕〔當今山東壽光縣東。〕

⑭州名。唐置。屬嶺南道。當今廣東欽縣治。

⑮—徑。亥徑也。〔淮南墬形〕—徑三千里。

⑯大—。藪名。〔爾雅釋地〕晉有大—。〔注〕今鉅鹿北廣阿澤。〔當今直隸鉅鹿縣境。〕〔又〕平地也。〔書禹貢〕大—既作。〔傳〕大—之地已可耕作。〔今指亞美利加洲、亦曰大—。〕

⑰—沈。人中隱者也。譬之無水而沈也。〔莊子則陽〕日之—沈者也。〔又〕知古而不知今謂之—沈。見〔論衡謝短〕。

⑱—離。參差也。見〔廣雅釋訓〕。〔又〕美好貌。〔淮南本經〕流漫—離。〔又〕紛散也。〔離騷〕斑—離其上下。〔又〕美玉也。〔楚辭逢紛〕薜荔飾而—離薦兮。

⑲—梁。跳也。〔文選揚雄賦〕飛蒙茸而走—梁。〔又〕東西倡佯也。〔文選張衡賦〕怪獸—梁。

⑳—吾。神名。〔山海經西山經〕崑崙之丘。神—吾司之。〔卽今肩吾也。〕

㉑——。猶碌碌也。〔後漢馬援傳〕今

更共——。

(卅二)蒐—草名。〔易夬〕莧—夬夬。〔卽商—也〕

(卅三)卑—漢西域國名。〔漢書西域傳〕卑—國王治天下東乾當國。〔當今新疆省迪化縣〕

(卅四)魁—蚶也。〔爾雅釋魚〕魁—。〔注〕卽今之蚶也。

(卅五)雙—博戲名。〔唐書狄仁傑傳〕朕數夢雙—不勝。

(卅六)馬—蟲名。多足類。一名錢衣蟲。與蜈蚣異。其體成一圓柱形。每一節上有足二對。無毒核。有短觸角。甚多。性喜食蔬。或卽以死蝸牛等物爲食。

(卅七)—揚。日本語。謂自水運貨登岸也。

(卅八)今假爲數目六字。

(卅九)姓也。〔又〕—費。複姓。

【𨸏𨸏】扶缶切音阜有韻 扶富切音複宥韻〔集韻作阝阜〕。

(一)兩阜之間也。从二阜。會意。見〔說文𨸏𨸏部〕〔通訓定聲〕或曰卽今隧字。

(二)塗也。見〔集韻〕。

【阝卷】窯遠切音圈阮韻 古轉切音卷銑韻 古倦切音眷霰韻 河東安邑陬也。見〔說文〕〔桂注〕玉篇、—河東安邑縣。廣韻、—河東安邑聚名。集韻、—聚名在河東。〔當今山西安邑縣境〕。

【陫】蒲枚切音裴灰韻 山名。見〔玉篇〕。

【陫】父尾切音膹尾韻 陋也。見〔廣韻〕。

【陫】父沸切音費未韻 隱也。〔楚辭雲中君〕隱思君兮—側。

【阝昇】書蒸切音升蒸韻 昇或字。〔集韻〕昇日之升也。又州名。或作—。見〔集韻〕。

【陯】盧昆切音崘元韻 龍春切音倫眞韻 山阜陷也。見〔說文〕。〔按此主言山。說文淪下。小波爲淪。則主言水。字各有義。今則淪行而—廢。—之義亦晦矣〕

【陯】盧困切音論願韻 坎陷也。見〔集韻〕。

【阝阜】扶缶切音阜有韻 盛也。見〔廣韻〕。

【阝阜】同𨸏𨸏。見〔集韻〕。

【阝周】職流切音周尤韻 大阜皃。見〔玉篇〕。

【阝念】奴店切音念豔韻 遇在岸上。見〔玉篇〕。

【阝典】他典切音腆銑韻 —華。藥草名。見〔集韻〕。

【阝朋】悲朋切音傰蒸韻 古朋字。〔集韻〕崩。山壞也。古从𨸏。亦書作崩。

【阝朋】步等切迥韻 山名。見〔玉篇〕。

【阝戔】在演切音踐銑韻 水阜也。見〔說文〕。

【陴】頻彌切音脾支韻 城上女牆、俾倪也。見〔說文〕。〔段注〕女牆、卽女垣、俾倪、疊韻字。或作陴睨。或作埤堄。皆俗字。城上爲小牆作孔穴。可以窺外。謂之俾倪。

【陴】賓彌切音卑支韻 蒲街切音排佳韻 裨或字。〔集韻〕裨。接益也。或从阜。

【陲】是爲切音倕支韻 危也。見〔說文〕〔段注〕許義垂、訓遠邊。—訓危。以垂从土、—从阜之故。今義訓垂爲懸。則訓—爲邊。邊—行而邊垂廢矣。

【阝家】色窄切音摵陌韻 碎石隕聲。見〔集韻〕。

【阝定】古隄字。見〔玉篇〕。〔按廣韻引纂文云。姓也。正字通云。—見姓苑。隄、古作—。兼用二義〕。

【阝或】古域字。見〔玉篇〕。

【阝采】古碎字。見〔字彙補〕。

【阝享】同崞。見〔正字通〕。〔按集韻云。本作嶂。隸作崞〕。

【阝桀】同陛。見〔海篇〕。

【阝夅】同隆。見〔海篇〕。

【阝果】同隈。見〔藏經高僧傳〕。

【阝函】同陷。見〔篇海〕。

【阝匋】同陶。見〔篇海〕。

【陉】同陘。見〔篇海〕。

【阝吳】同隝。見〔篇海〕。

【⿰阝妻】隮或字。見〔集韻〕。

【⿰阝巠】隮或字。見〔集韻〕。

【⿰阝岡】岡俗字。見〔正字通〕。

九畫

【陼】掌與切音煮語韻

(一)如渚者—。丘水中高者也。見〔說文〕。〔段注〕釋丘曰。如渚者—丘。謂在水中高而平。如水中小州然也。今爾雅作小洲曰—。如—者—丘。瀾渚通用。

(二)止也。見〔廣雅釋水〕。

(三)水邊也。〔國語越語〕而鼃黽之與—同—。

(四)同渚。〔漢書司馬相如傳〕且齊東—鉅海。〔注〕—字與渚同。

【⿰阝睹】董五切音睹姥韻

堵或字。〔集韻〕堵垣也。或作—。

【陼】同都切音徒虞韻

郚或字。〔集韻〕郚。鄢郯部陽亭。或作—。

【陽】余章切音羊陽韻〔按陰—之陽本作昜〕。

(一)高明也。見〔說文〕。〔段注〕闇之反也。

(二)氣也。〔玉篇〕陰—二氣也。

(三)瑩天功明萬物謂之—。見〔太玄玄攡〕。

(四)開謂之—。見〔後漢班彪傳順陰—以開闔注〕。

(五)風火爲—。見〔大戴記曾子天圓注〕。

(六)蕃而上者盡爲—。見〔春秋繁露人副天〕。

(七)揚也。氣在外發揚也。見〔釋名釋天〕。

(八)日也。〔詩湛露〕匪—不晞。

(九)日中時也。〔禮記祭義〕殷人祭其—。

(十)德也。〔春秋繁露王道通〕—爲德。

(十一)仁也。〔楚辭怨思〕服陰—之正道兮。〔注〕—爲仁。

(十二)養也。〔儀禮鄉飲酒禮記出自左房注〕—主養。

(十三)猶生也。〔莊子齊物論〕莫使復—也。

(十四)猶淸也。〔考工記弓人〕欲赤黑而—聲。

(十五)猶常也。〔漢書爰盎傳〕今公—從數騎。

(十六)天也。〔禮記郊特牲〕樂由—來者也。

(十七)謂晝也。〔禮記祭義〕陰—長短。

(十八)剛直之物也。〔易乾〕—在下也。

(十九)奇也。見〔白虎通嫁娶〕。

(二十)雙也。見〔玉篇〕。

(二十一)尊也。見〔禮記曲禮先食胾後食殽注〕。

(二十二)吉也。見〔禮記雜記小功以下左疏〕。

(二十三)旱也。〔漢書王莽傳〕典致時—。

(二十四)溫也。〔詩七月〕春日載—。

(二十五)大也。〔國策秦策〕天下陰燕—魏。

(二十六)傷也。見〔玉篇〕。

(二十七)詐也。見〔一切經音義〕。〔按—或言佯者。字相假借義亦通也〕。

(二十八)不知也。見〔左定十二年傳注〕。

(二十九)月令上所謂—。如爾雅釋天月令廣義云。春爲青—。十月爲—。太歲在癸曰昭—。五月五日曰端—。九月九日曰重—。

(三十)地理上所謂—。如穀梁僖二十八年傳云。山南爲—。水北爲—。釋名釋山云。山東曰朝—。山西曰夕—。

(三十一)倫理上所謂—。如春秋繁露基義云。君爲—。臣爲陰。父爲—。子爲—。夫爲—。妻爲陰。

(三十二)醫術上所謂—。如素問生氣通天論云。—者衛外而爲固也。素問六節藏象論注。太—。膀胱脈也。少—。膽脈也。—明。胃脈也。

(三十三)書家之展筆也。〔書苑〕展筆爲—。

(三十四)畫家之凸面也。〔畫苑〕凸面爲—。

(三十五)丘名。〔釋名釋丘〕丘高曰—丘。體高近—也。

(三十六)國名。〔春秋閔二年〕齊人遷—。

(三十七)邑名。〔春秋昭十二年〕齊高偃帥師納北燕伯於—。〔當今直隸唐縣東北〕。

(三十八)關名。〔漢書西域傳〕去—關七千八百二里。〔當今甘肅敦煌縣西〕。

(三十九)鳥名。鴻雁之屬。〔書禹貢〕—鳥攸居。

(四十)龜前弇也。〔周禮卜師〕辨龜之左右前後陰—。

(四十一)雲—。山中樹精也。〔法苑珠林〕山中樹能人語者非樹能語也。其精爲之名曰雲—。

(四十二)昌—。菖蒲別名。〔韓愈解〕而訾醫師以昌—引年。

(四三)一禮。謂鄉射飲酒之禮也。〔周禮大司徒〕二曰以一禮教讓。

(四四)一祀。祭天於南郊及宗廟也。〔周禮牧人〕凡一祀用騂牲毛之。

(四五)一春。曲名。〔宋玉對楚王問〕其爲一春白雪。

(四六)一秋。猶春秋。寓褒貶也。〔晉書孫盛傳〕著晉一秋。詞直理正。咸稱良史。

(四七)高一。古帝號。〔史記五帝紀〕帝顓頊高一氏。

(四八)一侯。波也。見〔廣雅釋水〕〔按淮南覽冥云。一侯。陵國侯也。其國近水。休水而死。其神能爲大波。因謂之一侯之波。〕

(四九)一阿。古之名倡也。〔淮南俶眞〕足蹀一阿之舞。

(五十)一門。蔽當也。見〔廣雅釋器〕〔疏證〕釋名釋車云。立人象人立也。或曰一門。在前曰一。兩旁似門也。

(五一)一一。言有文章也。〔詩載見〕龍旂一一。〔又〕無所用其心也。〔詩君子陽陽〕君子一一。〔又〕得志之貌。見〔詩君子陽陽疏〕〔又〕流也。見〔廣雅釋訓〕

(五二)同揚。〔禮記玉藻〕盛氣顛實揚休。〔注〕揚讀爲一。言盛身中之氣。使之闐滿其息若一氣之體物也。

(五三)通楊。〔論語〕陽貨。〔史記侯表作楊貨〕

(五四)通羊。〔漢書古今人表〕樂一。〔師古曰即樂羊〕

(五五)姓也。〔史記司馬相如傳〕一子驂乘。〔注〕古仙人一陵。〔又〕歐一。高一。青一。孫一。子一。周一。滔一。偪一。梗一。戲一。鮭一。葉一。陵一。鮮一。櫟一。濮一。太一。老一。安一。成一。朱一。索一。均複姓。見〔廣韻〕

【陽】直良切音腸陽韻

予也。見〔爾雅釋詁〕〔注〕魯詩曰。一如之何。今巴濮之人自稱阿一。

【陻】伊眞切音因眞韻

(一)塞也。〔書洪範〕鯀一洪水。〔按說文土部引作鯀垔洪水〕

(二)同堙。〔左襄二十五年傳〕井堙木刊。〔注〕堙、塞也。

【隁】於建切音堰願韻

(一)障水也。見〔集韻〕

(二)以畜水也。見〔玉篇〕

【隁】隱幰切音偃阮韻

(一)阪也。見〔集韻〕

(二)人名。〔漢書藝文志〕陽丘侯劉一賦十九篇。

【隃】春遇切音戍遇韻　春朱切音輸　詢趨切音須虞韻

(一)北陵西一。鴈門是也。見〔說文〕〔段注〕此八字用爾雅釋地郭注。曰雁門山是也。史記趙世家先俞。古西先同音。按句注山、一名西隃山。一名鴈門山。今在山西代州西北二十五里。有雁門關。〔代州今改爲代縣〕

(二)越也。見〔集韻〕

【隃】餘招切音姚蕭韻

(一)同遙。遠也。〔漢書英布傳〕一謂布何苦而反。〔注〕一讀曰遙。

(二)行也。〔漢書趙充國傳〕兵難一度。

【隃】容朱切音俞虞韻

(一)一麋。縣名。漢置。屬右扶風郡。當今陝西汧陽縣東。〔又〕墨名。〔漢官儀〕尚書令僕丞郎、月賜一麋大墨一枚。

(二)同踰。〔漢書匡衡傳〕卑不一尊。〔注〕一、與踰同。

【隄】都黎切音低　田黎切音題　齊韻

(一)唐也。見〔說文〕〔段注〕唐塘、正俗字。隄與唐得互爲訓者。猶陂與池得互爲訓也。其實窊者、爲池爲唐。障其外者、爲陂爲一。

(二)梁也。〔爾雅釋宮〕一謂之梁。

(三)謂高爲之也。見〔周書作領〕

(四)謂積土爲封限也。〔後漢班彪傳〕一封五萬。

(五)都凡也。見〔廣雅釋訓〕

(六)岸也。見〔洪武正韻〕

(七)一上。地名。〔左昭二十六年傳〕次於一上。〔注〕一上、周地。

(八)沙一。以沙塡路也。〔白居易詩〕占道上沙一。〔按唐宰相禮絕班行。載沙塡路。自私第至於城東街。謂之沙一。〕

(九)山水名。〔山海經北山經〕一山。一水出焉。而東流注於秦澤。其中多龍龜。

【隄】直兮切齊韻

通堤。〔左襄二十六年傳〕棄諸堤下。〔釋文〕堤、亦作一。

〔隊〕 杜兗切音篆銑韻徒玩切音段翰韻

(一)道邊庳垣也見〔說文〕〔通訓定聲〕謂垣庳才有塯埒如緣也廣雅釋室—垣也。

(二)院也見〔廣雅釋室〕。

〔隁〕 都玩切音斷翰韻

(一)險也見〔集韻〕。

(二)人名見〔玉篇〕。

〔隅〕 元俱切音虞虞韻

(一)陬也見〔說文〕〔段注〕—與陬爲轉注廣雅口陬角也考工記宮—謂角浮思也〔按李善注笙賦引作曲也〕。

(二)旁也〔楚辭逢尤〕豺狼鬥兮我之—。

(三)猶方也〔淮南原道〕經營四—。

(四)廉也〔詩抑〕維德之—〔按今人謂邊爲廉角爲—古不別〕。

(五)分也〔荀子榮辱〕安知廉恥—積。

(六)崖也〔呂覽有始〕齊之海—。

(七)隈也見〔廣雅釋丘〕。

(八)弦也〔周髀算經〕徑—五。

(九)席也〔禮記曲禮〕摳衣趨—〔注〕趨—升席也。

(十)數學謂開方次商以下兩廉之端加以小方曰—。

(十一)海—十藪之一也〔爾雅釋地〕齊有海—。

(十二)娵—蠻語謂魚也〔郝隆詩〕娵—躍清池。

(十三)—谷虞淵也〔列子湯問〕—谷之際。

(十四)—目角眼視也〔文選張衡賦〕—目高眶。

(十五)—中日至於衡陽也見〔淮南天文〕。

(十六)—強天神也見〔淮南墬形〕。

(十七)封—山名〔國語魯語〕汪芒氏之君也守封—之山者也〔注〕封—山在吳郡永安縣〔當今山西褚縣治〕

(十八)同堣〔左昭二十五年傳〕陷西北—以入〔釋文〕—本作堣。

(十九)同嵎〔爾雅釋水注〕河出崑崙西北—〔釋文〕—本作嵎。

〔隆〕 良中切音癃東韻

(一)本作隆〔說文生部〕隆豐大也。

(二)豐厚也〔荀子禮論〕以—殺爲要。

(三)高也〔史記高祖紀〕—準而龍顏。

(四)中央高也〔爾雅釋山〕宛中—〔疏〕山形中央蘊聚而高者名—〔按諸葛亮隱—中即此義〕。

(五)上也見〔易大過棟—虞注〕。

(六)猶盛也〔禮記樂記〕是故樂之—。

(七)猶多也〔禮記祭義〕頒禽—諸長者。

(八)猶尊也〔荀子致士〕君者國之—也。

(九)猶備也〔荀子賦〕皇天—物以示下民。

(十)長也〔漢書王莽傳〕臣莽夙夜—就孺子〔注〕—長也言成就之使其長大也。

(十一)屈也〔文選王延壽賦〕—崛岉乎青雲。

(十二)坐也〔後漢西南夷傳〕九子見龍驚走獨小子不去背龍而坐龍因舐之其母鳥語謂背爲九坐爲—因名九—。

(十三)—頹不平貌〔文選木華賦〕鬱沏迭而—頹。

(十四)—崇起也〔文選司馬相如賦〕—崇嵂崒。

(十五)穹—嶃起回谿也〔文選司馬相如賦〕穹—雲撓〔又〕瓜名〔王嘉拾遺記〕漢明帝時燉煌獻異瓜名穹—。

(十六)豐—雷師也〔文選張衡賦〕豐—軒其震霆兮〔又〕雲師也〔廣雅釋天〕雲師謂之豐—。

(十七)—屈傘也見〔廣雅釋器〕〔又〕車枸簍也〔方言〕車枸簍南楚之外謂之蓬或謂之—屈。

(十八)—窮舉醫也〔漢書司馬相如傳〕詘折—窮。

(十九)——雷聲也〔漢書五行志〕——如雷聲〔又〕盛也〔揚雄解嘲〕——者絕〔又〕佳氣也〔望氣經〕鬱鬱葱葱隱隱——佳氣也。

(二十)州名宋置當今廣西東蘭縣南。

(二十一)基—山名即雞籠山在臺灣彰化縣海中清光緒初中法戰處今屬日本。

(二十二)通窿〔洪武正韻〕穹窿天勢本作—。

(二十三)通臨〔詩皇矣〕臨衝閑閑〔韓詩作—衝〕。

(二十四)同龍〔史記晉世家〕齊伐魯取—〔注〕—即龍也。

(二十五)同南〔淮南俶眞〕孟門終—之山不能集〔注〕終—終南山也。

(二十六)同霳〔離騷〕吾令豐—乘雲兮〔

注〕豐—、通作豐隆。

【隈】烏回切音煨灰韻烏繢切音厎隊韻

(一)水曲隩也。見〔說文〕。〔通訓定聲〕按字从阜當訓山曲隈也。渨彖當訓水曲隩也。〔按段本依西都海賦二注訂作水曲也。〕

(二)厓也。〔文選潘岳賦〕憑高望之陽—。

(三)厓外也。〔爾雅釋丘〕隩—。厓內爲隩外爲—。

(四)魚所聚之深處也。〔淮南覽冥〕漁者不爭—。

(五)猶隅也。〔文選左思賦〕考之四—。

(六)隱蔽之處也。〔左傳二十五年傳〕—入。

(七)弓淵也。〔儀禮大射儀〕大射正執弓以袂順左右—。

(八)股間也。〔莊子徐无鬼〕奎蹏曲—。

【隊】直類切音懟寘韻

(一)从高—也。見〔說文〕。〔段注〕—、墜、古今字。古書多作—。今則墜行而—廢矣。大徐以墜坿土部。非許意。〔按集韻以—爲墜或字。傎矣〕

(二)落也。〔考工記輪人〕般畝而馳不—。

(三)失也。〔國語楚語〕自先王莫—其國。

【隊】徒對切音憝隊韻

(一)羣—也。見〔廣韻〕。

(二)陳也。見〔廣雅釋詁〕。

(三)部也。〔左文十六年傳〕楚子乘驛會師於臨品。分爲二—。

(四)百人也。〔左襄十年傳〕以成一—。〔注〕百人爲—。〔按淮南齊俗。襄子疏—而擊之注。軍二百人爲一—。說既歧矣。又近世軍—。清陸軍編制、步礮工輜重各—。均以目兵一百二十六人爲一—。馬—則以目兵五十六人爲一—。軍樂—則以目兵四十四人爲一—。〕

【隊】徐醉切音遂寘韻

(一)兵之部署也。〔漢書王莽傳〕分爲六尉六—。

(二)谷中險阻道也。〔穆天子傳〕於是得絕鈃山之—。

(三)隧省字。〔集韻〕隧。墓道也。或省。

【隊】杜罪切憝上聲賄韻

墜也。見〔集韻〕。

【隋】杜果切音惰哿韻吐火切音妥哿韻

(一)裂肉也。見〔說文肉部〕。〔注〕—、尸所祭肺脊黍稷之屬。單言肉者。爲其字从肉也。〔按段注。裂肉、謂尸所祭之餘也。〕

(二)謂狹而長也。〔詩破斧傳〕—銎曰斧。

(三)南北爲—。〔史記天官書〕廷藩西有—星五。

(四)易也。見〔方言〕。

(五)歸也。見〔廣雅釋詁〕。

(六)好也。見〔廣雅釋詁〕。

(七)同墮。〔詩氓〕其黃而隕。〔傳〕隕、—也。

(八)通嫷。〔爾雅釋鳥注〕一名嫷羿。〔釋文〕嫷本作—。

【隋】旬爲切音隨支韻

(一)國名。〔文選張衡賦〕—珠夜光。

(二)朝代名。楊堅始封於隨。後受北周禪。滅陳。有天下。以隨从辵。周齊奔走不寧。故改隨爲—。以爲國號。距民國紀元前一千三百二十二年。凡四帝。三十九年。滅於唐。

(三)姓也。漢五原太守—昱明。

【隋】宣隹切音綏劉規切音隨支韻

(一)祭食也。〔周禮小祝〕贊—。

(二)薦血也。〔周禮大祝〕—釁。

(三)墮也。〔國語晉語〕—其前言。

【隋】土禾切音詑歌韻

中高四下也。見〔集韻〕。

【隋】呼恚切音孈寘韻思累切音髓紙韻

神前沃灌器名。〔周禮守祧〕既祭。則藏其—與其服。

【隍】胡光切音黃陽韻爲命切音詠敬韻

(一)城池也。有水曰池。無水曰—。見〔說文〕。〔段注〕周易泰上六。城復于—。虞注曰。—、城下溝。無水稱—。有水稱池。

(二)壑也。見〔爾雅釋言〕。

(三)虛也。見〔爾雅釋詁〕。

(四)城—神號也。〔韓愈祭文〕謹以柔毛剛鬣清酌庶羞之奠。祭於城—之神。〔按困學紀聞云。北齊慕容儼鎮郢城。城中先有神祠。俗號城—。則城—祀典。當於南北朝時始〕

盛。〕

(五)通皇。〔西京雜記〕思賢苑中有堂—六所。〔案堂—、卽堂皇。〕

【陪】烏感切音黤感韻於今切音音侵韻於禁切音陰沁韻

(一)闇也。見〔爾雅釋言〕。

(二)同晻。見〔玉篇〕。

【階】居諧切音皆佳韻

(一)陛也。見〔說文〕。〔桂注〕玉篇—、登堂道也。尙書大傳大師奏雞鳴於—下。注云。—、陛也。

(二)上進也。〔禮記少儀〕不得—主。

(三)梯也。〔論語子張〕猶天之不可—而升也。

(四)導引也。〔韓愈釋言〕二公者、吾君朝夕訪焉以爲政於天下。而—太平之治。

(五)榮躋也。〔梁簡文帝書〕謝故巧不可—。

(六)猶道也。〔左襄二十四年傳〕懼而思降乃得其—。

(七)升次也。〔漢書匡衡傳〕但以無—朝廷。

(八)因也。〔漢書異姓諸侯王表〕漢無尺土之—。

(九)樞機也。〔易繫辭〕則言語以。

(十)官—、文武等級也。〔唐書百官志〕文—二十八—、武—二十一—。

(十一)泰—、三台星也。〔漢書東方朔傳〕願陳泰—六符。〔又〕三台謂之三—。三公之象也。見〔後漢崔駰傳注〕。

(十二)州名。古白馬氏之國。漢武都郡地。唐改—州。當今甘肅—縣治。

(十三)烏—、草名。〔爾雅釋草〕欔、烏—。〔注〕卽烏杷也。狀如杷齒。可以染皁。

【陿】轄夾切音洽洽韻

(一)褊陿也。〔漢書景帝紀〕郡國或磽—。

(二)陜或字。見〔集韻〕。

【隕】知盈切音貞庚韻

丘名。見〔說文〕。〔通訓定聲〕疑卽爾雅之水出其右。正丘也。

【陾】如蒸切音仍蒸韻人之切音而支韻

築牆聲也。从𨸏。耎聲。詩曰。捄之—。—。見〔說文〕。〔段注〕大雅緜文。毛傳。——、衆也。許謂築牆聲。似非是。又其篆从耎聲。則與如乘切相去甚遠。依玉篇手部作捄之陑陑。則支韻而聲可轉入蒸韻。

【陾】乃后切音穀宥韻

衆也。見〔集韻〕。

【⿰阝复】彌力切音愎職韻

𨻙山。見〔玉篇〕。〔按集韻云。山㟸。〕

【⿰阝重】傳容切音重冬韻

地名。見〔玉篇〕。

【⿰阝舌】食尹切音吮軫韻

階也。見〔集韻〕。

【⿰阝㚇】祖叢切音㚇東韻

國名。見〔玉篇〕。〔按正字通云。書遂伐三朡。或譌作䑘。史記省作㚇。未有从阝作—者。〕

【⿰阝風】方馮切音風房戎切音馮東韻

地名。見〔玉篇〕。

【院】以轉切音兗銑韻

高皃。見〔玉篇〕。

【⿰阝叟】蘇后切音叟有韻

阮也。見〔集韻〕。

【⿰阝咢】逆各切音咢藥韻

阜皃。見〔集韻〕。

【隇】於非切音威微韻

—陝。險阻也。見〔玉篇〕。

【隉】倪結切音齧屑韻

危也。从𨸏。从毀省。徐巡以爲—、凶也。賈侍中說。—、法度也。班固說。不安也。周書曰。邦之阢—。讀若虹蜺之蜺。見〔說文〕。〔段注〕危者在高而懼也。秦誓曰。邦之杌—。易作臲卼。許出部之槷䵝不安也。皆字異而音義同。—與臬雙聲。射埻的也。有法灋之意。上偁三家說而後稱經者。明此書爲說字之書。特偁經爲證也。

【⿰阝酋】徐由切音囚尤韻

厹—。縣名。在臨淮。見〔集韻〕。〔按漢地理志本作厹猶。當今江蘇宿遷縣東南。〕

【⿰阝臾】去衍切音遣銑韻

本作⿱臾𨸏。〔說文〕⿱臾𨸏商、小塊也。从𨸏。从臾。臾、古文蕢字。〔按段注云。⿱臾𨸏—、蓋古語。塊俗凷字。〕

【阶】居拜切音介卦韻

境也。見〔集韻〕。

【䧖】倉夾切音揷洽韻

䧖岫峽狹貌。〔張融賦〕幽崖陷—隁隩之窮。

【䧘】拍逼切音堛職韻

陝或字。〔集韻〕陝地裂謂之陝。或作—。

【隁】音所語韻

邑名。見〔龍龕手鑑〕。

【𨻼】古陵字。見〔字彙補〕。

【陵】同陵。見〔篇海〕。

【隠】同隱。見〔篇海〕。

【陰】同陰。見〔玉篇〕。

【𨼆】同乾。見〔五音集韻〕。

【𨻵】陲俗字。見〔正字通〕。

十畫

【隑】柯開切音該魚開切音獃灰韻

㊀陭也。見〔方言〕。〔注〕江南人呼梯為—。所以—物而登也。

㊁—企立也。東齊海岱北燕之郊。委痿謂之—。企見〔方言〕。〔謂腳躄不能行。〕

㊂長也。見〔廣雅釋詁〕。

【隑】渠希切音祁魚衣切音沂微韻

長也。〔史記司馬相如傳〕臨曲江之—州。

【隑】巨代切音䝟口溉切音慨隊韻戶代切音瀣卦韻五亥切音愷賄韻

㊀梯也。見〔玉篇〕。

㊁陭也。見〔廣雅釋言〕。

【隒】魚檢切音驗豏韻丘檢切音嶮力冉切音斂儉韻

㊀崖也。讀若儼。見〔說文〕。〔段注〕崖者、高邊也。按今俗語謂邊曰—。當作此字。

㊁岸也。〔詩葛藟〕在河之滸。〔傳〕滸、水—也。〔疏〕—是山岸。滸是水岸。故云水—。〔按平者曰涘、曰厓。高起者曰—。〕

㊂山形如累兩甗也。〔爾雅釋山〕重甗、—。

㊃方也。見〔廣雅釋詁〕。

㊄阪也。見〔爾雅釋山李注〕。

【隚】徒郎切音唐陽韻

㊀隄也。〔玉篇〕長沙謂隄曰—。

㊁通。唐廟中路也。〔集韻引爾雅〕廟中路謂之—。〔按今爾雅釋宮作唐。〕

【隓】許規切音麾支韻

㊀敗城阜曰—。从𨸏左聲。見〔說文〕。〔通訓定聲〕按此籀文也。籀文多彖字複體。故左作𡐦。小篆、从土隋聲。俗字亦作隳。

㊁廢也。見〔玉篇〕。

㊂毀也。見〔玉篇〕。

㊃損也。見〔玉篇〕。

㊄壞也。見〔方言〕。

【隓】杜果切音垜哿韻

陊或字。〔集韻〕陊。說文、落也。或作—、墮。

【隖】莫駕切音禡禡韻

㊀益也。見〔方言〕。

㊁巧也。見〔廣韻〕。

【隖】扶缶切音阜有韻

㊀騲或字。〔集韻〕騲、馬盛也。或作—。

㊁益也。見〔集韻〕。

【隔】各核切音膈陌韻

㊀塞也。見〔說文〕。〔段注〕各本作障。今依西京賦注所引作塞也。與土部塞—也為轉注。廣韻亦曰塞也。

㊁障也。〔國策趙策〕秦無韓魏之—。

㊂遠也。〔晉書范甯傳〕因被疎—。

㊃變也。〔後漢郡國志贊〕稱謂遷—。

㊄險也。〔南史宋張充傳〕情塗猖—。

㊅—在脾上也。〔管子水地〕脾生—。

㊆上下皆蔽茲謂—。見〔漢書五行志〕。

㊇—并。水旱不節也。〔後漢陳忠傳〕—并屢臻。

㊈—會水名。即深水之別名也。見〔水經河水注〕。

㊉同鬲。〔漢書薛宣傳〕西州鬲絕。〔注〕師古曰鬲、與—同。

【隕】羽敏切音殞軫韻王問切音運問韻于倫切音筠眞韻

㊀從高下也。見〔說文〕。〔段注〕釋詁曰。—、下落也。毛傳曰。—、隨也。〔按左文十八年傳。不—其名。注。隊也。〕

㊁落也。見〔爾雅釋詁〕。

㊂失也。〔詩緜〕亦不—厥問。

㊃壞也。〔淮南覽冥〕景公臺—。

㊄見禽獲也。〔左成二年傳〕—子辱

矣。

(六)著於下、不見於上、謂之—見〔穀梁莊七年傳〕

(七)—越、顚隊也。〔左僖九年傳〕恐—越於下。

(八)—穫、困迫失志貌。〔禮記儒行〕不—穫於貧賤。〔又〕憂悶不安貌。見〔家語儒行注〕

(九)同霣。〔左莊七年經〕夜中星—如雨。〔公羊作霣〕

【隕】王權切音圓先韻

均也。〔詩長發〕幅—既長。〔箋〕—、當爲圓、謂周也。

【隝】於五切音鄔麌韻

(一)小障也。一曰庳城也。見〔說文〕〔段注〕障、隔也。塢營曰小障曰—。庳、猶卑也。

(二)營居也。〔後漢董卓傳〕卓築—於郿、高厚七丈、號曰萬歲—。〔按通俗文營居曰—〕

(三)壁壘也。〔吳志孫權傳〕權改秣陵爲建業、聞曹公將來侵、作濡須—。

(四)村—、村落也。〔庾信詩〕依稀映村—。

(九)或作塢。〔後漢馬援傳注〕隝、字或作塢。

作—。

【隝】烏故切音惡遇韻

障也。見〔集韻〕

【隗】五賄切音頠賄韻吾回切音撓灰韻

(一)陮—也。見〔說文〕〔按說文、陮下云、陮—、高也。段注陮—、猶崔巍。〕

(二)山名。〔山海經大荒南經〕又有—山。

(三)國名。〔公羊僖二十六年傳〕楚人滅—、以—子歸。〔注〕夷狄微國。〔按左傳穀梁—作夔。今湖北歸縣東有夔子城。〕

(四)人名。〔國策燕策〕故往見郭—。

(五)姓也。〔左僖二十三年傳〕狄人伐廧咎如、獲其二女叔—季—。

【隘】烏懈切音隘卦韻

(一)𨽌篆文。从𨸏益。見〔說文𨸏部〕〔段注〕篆、各本作籀、今正。𨽌籀文也、小篆也、先籀而後篆者、爲其字之从兩𨸏也。

(二)狹也。〔禮記禮器〕君子以爲—矣。

(三)急也。見〔玉篇〕

(四)小也。〔左昭三年傳〕湫—囂塵。

(五)險也。〔文選張衡賦〕不恃—害。

(六)窮也。〔荀子禮論〕不致於—懾傷生。

(七)疾惡太甚、無所容也。見〔文選注〕引孟子伯夷—。〔綦母邃注〕

(八)關—、關塞之阻也。〔齊書州郡志〕有三關之—。

(九)狷—、量褊也。〔南史劉湛傳〕性甚狷—。

(十)困—、艱苦也。〔新序雜事〕此言常思困—之時、必不驕矣。

【隘】乙革切音阸陌韻

(一)止也。〔國策楚策〕太子辭於齊王而歸、齊王—之。

(二)隔絕之也。〔國策東周策〕三國—秦。

【[阝絫]】魯猥切音儡賄韻

(一)磊—也。見〔說文〕〔段注〕磊—、猶磊嵬也。無韻字。

(二)—磥。果實見〔廣韻〕

【[阝旁]】蒲浪切音傍漾韻

同傍。附—也。見〔玉篇〕〔按集韻以爲傍或字、訓近也。〕

【[阝旁]】蒲庚切音彭庚韻

車聲也。見〔集韻〕

【[阝息]】悉卽切音息職韻

地名。見〔集韻〕

【[阝高]】下老切音昊皓韻

邑名。見〔集韻〕

【[阝匽]】於建切音堰願韻

地名。見〔篇海〕

【[阝沓]】託合切音搨合韻

[illegible]也。見〔集韻〕

【[阝率]】劣律切音恤質韻

頹也。見〔集韻〕

【[阝咅]】薄回切音陪灰韻

同陪。見〔篇海〕〔按廣雅釋詁云、—、儓、臣也。集韻十六咍儓字下云、陪、—、儓、臣也。〕

【[阝蚩]】充之切音鴟支韻

地名。見〔集韻〕

【[阝雉]】直几切音雉紙韻

山名。見〔集韻〕

【[阝虎]】火爾切音豕紙韻

地名。見〔玉篇〕

【[阝敫]】丑申切音縝眞韻

地名。見[篇海]。

【陵】古陵字。見[集韻]。

【隣】古燐字。見[集韻]。

【墬】古地字。見[韻會]。

【隝】古島字。見[字彙補]。

【隫】同隤。見[篇海]。[按正字通云。隫譌字。]

【𨽍】同陵。見[篇海]。

【陸】同搩。見[類篇]。

【隂】同陰。見[篇海]。

【𨻰】同陛。見[篇海]。

【𨽎】同隮。見[篇海]。

【𨻧】陘或字。見[集韻]。

【䧲】阰或字。見[集韻]。

【陮】陴或字。見[集韻]。

【隟】隉或字。見[集韻]。

【隇】隇譌字。見[康熙字典]。[按篇海音威。西陵名。誤。]

【隰】隰譌字。見[康熙字典]。[按正字通同隰。引周禮大司徒五曰原—。今周禮本作隰。諸書皆無—字。]

【隙】隙譌字。攷說文、隙。从𨸏𡭴。𡭴亦聲。段注云、會意。𡭴者。際見之白。然則作—為譌字。而玉篇、廣韻、韻會、正韻、諸書作隙。亦少誤矣。

十一畫

【𨼆】虛訝切音嚇禡韻 通都切音涂虞韻 後五切音戶麌韻

(一) 墲或字。見[說文土部]。[按說文、墲。墲也。]

(二) 裂也。見[玉篇]。

【隙】綺戟切音綌陌韻 綺略切音郤藥韻

(一) 壁際也。从𨸏𡭴。𡭴亦聲。見[說文]。[段注]際、自分而合言之。—、自合而分言之。

(二) 裂也。見[廣雅釋詁]。

(三) 閒也。[左隱五年傳]皆於農—以講事也。

(四) 謂孔穴也。[周禮赤犮氏]凡—屋。

(五) 瑕釁也。[國語周語]則可以上下無—矣。[今言罅—。亦此意。]

(六) 釁也。見[一切經音義引國語賈注]。

(七) 際也。[漢書地理志]北—烏丸夫餘。

(八) 要路也。[史記貨殖傳]秦文孝繆居雍—。[注]地居隴蜀間要路。故曰—。

(九) 同𡭴。見[一切經音義]。

(十) 同隟。[宋庠補音]、古作隟。

(十一) 同郤。[周禮黨正法]至此農—。[釋文]—本作郤。

【隙】綺路切遇韻

孔穴也。[韓非子亡徵]木之折也必通蠹。牆之壞也必通—。

【際】子例切音祭霽韻

(一) 壁會也。見[說文]。[段注]兩牆相合之縫也。—取壁之兩合。猶閒取門之兩合也。

(二) 接也。[孟子萬章]敢問交—、何心也。

(三) 方也。見[廣雅釋詁]。

(四) 合也。[淮南精神]與道為—。

(五) 邊也。見[廣韻]。[今具云邊—。]

(六) 界也。見[小爾雅廣詁]。

(七) 畔也。見[廣韻]。[按何遜詩。薄雲巖—出。即此義。]

(八) 交也。[易泰]天地—也。

(九) 捷也。[爾雅釋詁]—、接、翜、捷也。[注]捷。謂相接續也。[疏]—者相會之捷也。

(十) 閒也。[論語泰伯]唐虞之—。

(十一) 至也。[淮南原道]高不可—。

(十二) 遇也。[孟子萬章]有—可之仕。[今云遭遇曰遭—。]

(十三) 機也。[淮南原道]一之解—天地。

(十四) 十—。君臣父子兄弟朋友夫妻也。見[小學紺珠]。

(十五) 五—。卯酉午戌亥也。見[漢書翼奉傳注引詩內傳]。

(十六) 同瘵。[易豐]天—翔也。[釋文引鄭注]—當為瘵。

【障】之亮切音嶂漾韻 諸良切音嶂陽韻

(一) 隔也。見[說文]。[桂注]通俗文滿隔曰—。

(二) 界也。見[廣韻]。

(三) 屏也。[唐書安祿山傳]左張金雞大—。

(四) 遮也。[南史褚淵傳]以腰扇—日。

(五) 畛也。見[爾雅釋言]。[注]謂塍—。

(六) 防也。[呂覽上德]不能—矣。

(七)衞也。〔左定十三年傳〕且成孟氏之保|也。
(八)阻也。〔淮南繆稱〕遏|之於邪。
(九)蔽也。〔法華經〕欺爲信|。怠爲進。|瞋爲命|恨爲定|怨爲慧|。
(十)要塞也。〔漢書張湯傳〕居一|間。〔注〕|、謂塞上要險之處。別築城。置吏士守之。
(十一)令不行也。〔管子法〕令而不行謂之|。
(十二)亭|也。〔文選翩衡賦〕踰嵲越|。
(十三)陂|也。〔左昭元年傳〕|大澤。〔服注〕|陂、|其水也。
(十四)步|也。〔晉書石崇傳〕王愷作紫絲布步|四十里。崇作錦步|五十里以敵之。
(十五)慾|也。〔晉書鳩摩羅什傳〕有二小人登吾肩。慾|須婦人。
(十六)業|惡行也。〔蘇軾詩〕猶當洗業|。〔按世俗語猶曰業|〕

【障】諸良切音章陽韻
(一)丘山頂上平。見〔廣韻〕。
(二)同障。紀|邑名。〔左昭十九年傳〕齊高發帥師伐莒。莒子奔紀|。〔校勘記〕石經、宋本、宋殘本、淳熙本、岳本、|作鄣。是也。〔當今江蘇贛榆縣境。〕
(三)同韓。韓泥。鞍飾也。〔李商隱詩〕半作|泥半作帆。〔按洪武正韻|泥之|亦作韓。〕

【⿰阝頃】窺營切音傾庚韻。犬穎切音頃梗韻
(一)仄也。見〔說文〕。〔段注〕仄下曰。側、傾也。頃者、頭不正也。故从頁。傾者、人之仄也。故从人。|者、山阜之仄也。故从𠂤。
(二)危也。見〔玉篇〕。
(三)伏也。見〔集韻〕。
(四)欹也。見〔集韻〕。

【⿰阝區】虧于切音區虞韻
(一)攲|也。見〔說文〕。〔段注〕攲|雙聲成文。謂傾側不安不能久立也。攲|、他書作崎嶇。
(二)|隅。不安皃。見〔廣韻〕。

【⿰阝區】烏侯切音謳尤韻
|谿。深下皃。見〔集韻〕。

【⿰阝⿱非土】邊迷切音篦齊韻。部比切音婢紙韻
牢也。所以拘非。从非。陛省聲。見〔說文非部〕。〔按集韻云。|牢謂之獄。朱駿聲云。字亦作狴。與犴獄同。〕

【⿰阝焉】於建切音漹願韻
同堰。〔後漢董卓傳〕於所度水中僞立|。以爲捕魚。而潛從|下過軍。〔注〕|、一作堰。

【⿰阝焉】於乾切音蔫先韻
|陵。縣名。〔後漢郡國志〕|陵屬潁川郡。春秋時曰|。〔按漢書地理志作傿陵。今爲河南鄢陵縣治。〕

【⿰阝啇】士陷切音儳陷韻
陷也。見〔篇海〕。

【⿰阝崔】倉回切音崔灰韻
崩隤也。見〔廣韻〕。

【⿰阝崔】遵綏切音檇支韻
高大皃。見〔集韻〕。

【⿰阝崔】杜罪切音隊賄韻
陮或字。〔集韻〕陮。陮隗高也。或作|。

【⿰阝康】丘岡切音康陽韻
虛也。見〔廣韻引爾雅〕。〔按爾雅釋詁本作漮。〕

【⿰阝專】豎兗切音膞銑韻
地名。見〔玉篇〕。〔按集韻本作鄟。〕

【隚】徒郎切音唐陽韻
殿基。見〔廣韻〕。

【⿰阝婁】郎侯切音樓尤韻。朗口切音塿有韻。隴主切音縷麌韻
羸|。縣名。見〔玉篇〕。〔在今安南境〕

【隝】覩老切音擣皓韻。丁了切音鳥篠韻
水中山也。〔文選司馬相如賦〕阜陵別|。〔按|同島。或作嶋。亦作隯、嶹。〕

【隝】斥之切音鴟支韻
同鴟。〔後漢循吏傳〕化我|梟哺所生。〔注〕|梟、即鴟梟也。

【⿰阝庸】餘封切音容冬韻
同墉。城牆也。見〔玉篇〕。

【⿰阝敖】牛刀切音敖豪韻
地名。〔史記殷紀〕仲丁遷于|。〔按尚書序仲丁居囂。囂有敖音。當在今河南陳留縣境。〕

【隑】五來切灰韻

甌｜。國名。百越之分土也。見〔字彙補〕。〔按路史國名紀作甌隥。疑卽隥之譌字。〕

【陳】陳本字。見〔洪武正韻〕。

【隟】同隙。詳隙字。

【⿰阝溢】同隘。見〔篇海〕。

【⿰阝渠】同隰。見〔集韻〕。

【⿰阝祭】同隉。見〔篇海〕。

【⿰阝睪】同隮。見〔集韻〕。

【⿰阝習】同隰。見〔集韻〕。

【⿰阝習】同隰。見〔玉篇〕。

【⿰阝崩】同⿰阝朋。見〔集韻〕。

【⿰阝㣔】隙俗字。見〔正字通〕。

十二畫

【⿰阝皋】胡刀切音濠豪韻

（一）壑也。見〔廣韻〕。

（二）城下道。見〔集韻〕。

【隭】如之切音而支韻

（一）同陑、陑、地名。見〔廣韻〕。

（二）變險也。見〔廣韻〕。

【隤】杜回切音魋灰韻

（一）下隊也。見〔說文〕。〔按漢書蘇武傳注。｜、墜也。隊、隊、乃正俗字。段玉裁云。｜與穨、音同義異。通訓定聲穨下云。假借爲｜。而經傳於｜、穨二字。均多以頹爲之。據此｜、穨非不可通也。〕

（二）謂下之也。〔漢書食貨志〕因｜其土以附苗根。

（三）柔貌。〔易繫辭〕夫坤｜然示人簡矣。〔按此依馬注。虞注云。安也。孟作退。陸、董、姚、作妥。〕

（四）壞也。見〔廣雅釋詁〕。

（五）降也。〔漢書揚雄傳〕發祥｜祉。

（六）失也。〔漢書蘇武傳〕士衆滅兮名已｜。

（七）猶安也。〔太玄玄告〕地｜而靜。

（八）順也。〔禮記檀弓〕｜乎其順也。

（九）蹞也。〔淮南原道〕先者｜陷。〔注〕｜者車承或言跋蹞之蹞也。

（十）㒸也。見〔廣雅釋詁〕。

（十一）猶遺也。〔文選陸機賦注引韓詩章句〕。

（十二）陰腫曰｜。氣下｜也。見〔釋名釋疾病〕。

（十三）扇車之道也。〔急就篇〕碓磑扇｜舂簸揚。〔顏注〕扇、扇車也。｜、扇車之道也。

（十四）虺｜、馬疲病也。〔詩卷耳〕我馬虺｜。

（十五）隆｜、水不平貌。〔文選木華賦〕鬱沏迭而隆｜。

（十六）崔｜、猶言蹉跎也。〔漢書廣川惠王越傳〕日崔｜。

（十七）壞｜、魯邑名。〔左成十六年傳〕公出於壞｜。

（十八）地名。〔左隱十年傳〕王與鄭人｜。〔注〕在修武縣北。〔當在今河南獲嘉縣境。〕

（十九）人名。〔大戴記帝繫〕女｜。〔按漢書古今人表作女潰。史記楚世家注引世本作女嬇。〕

【隤】湯過切音憜箇韻

通穨。〔考工記梓人〕則必穨爾如委矣。〔釋文〕穨、李讀湯過反。

【隥】丁鄧切音凳徑韻

（一）仰也。見〔說文〕。〔段注〕仰者舉也。登陟之道曰｜。〔按｜、卽梯階。桂馥云。仰當爲卬。本書卬、望欲有所庶及也。〕

（二）履下依之而上者也。見〔一切經音義引廣雅〕。

（三）險阪也。〔穆天子傳〕天子南還。升於長松之｜。

（四）亦作墱。〔文選張衡賦〕墱道邐迤以正東。〔薛云。閣道也。按閣道、謂淩空如棧道者。〕

【⿰阝無】微夫切音無虞韻

本作鄦。〔說文〕鄦。弘農陝東陬也。〔段注〕陬者隅也。〔按後漢志弘農郡有務鄉。｜、務音近。或卽是地。〕

【⿰阝爲】于嬀切音爲　吁爲切音麾支韻　羽委切音蔿紙韻　于僞切音爲寘韻

鄭地阪也。春秋傳曰。將會鄭伯於｜。見〔說文〕。〔段注〕｜、今經傳皆作鄬。左氏傳曰。及將會于鄬。本無鄭伯字。許以此序鄭事。故增此二字。

【⿰阝菐】博木切音卜屋韻

彭｜。蠻夷國名。見〔廣韻〕。〔按｜、濮通。卽書牧誓之彭濮。〕

【⿰阝惠】胡桂切音惠霽韻

【⿰阝虛】許魚切音虛魚韻
陲名。見〔玉篇〕

【⿰阝欿】丑申切音縝眞韻
地名。見〔五音集韻〕

【隢】爾紹切音遶篠韻
地名。見〔玉篇〕

【⿰阝絕】租悅切音蕝屑韻
隔一也。見〔廣韻〕

【⿰阝朁】士禁切音⿰禾朁沁韻
⿰阝幾一也。見〔玉篇〕〔疑卽讒譖二字〕

【⿰阝屠】直加切音荼麻韻陳知切音馳支韻
丘名。見〔廣韻〕〔疑爲陼丘之誤〕

【⿰阝單】齒善切音闡尼展切音碾銑韻
同僤。魯邑名。見〔玉篇〕〔按魯邑有單父無一。存攷〕

【⿰阝尋】徐林切音蕁侵韻
小阜。見〔玉篇〕〔按集韻云。小阜。在三輔。而正字通以爲潯譌字〕

【⿰阝習】同酈。縣名。見〔集韻〕〔按字彙云。在南陽〕

【⿰阝睛】同隨。見〔集韻〕

【⿰阝易】同陰。見〔篇海〕

【⿰阝品】同陽。見〔篇海〕

【⿰阝虎】同陽。見〔字彙補〕

【⿰阝桒】同⿰阝桒。見〔篇海〕

【隣】鄰俗字。見〔廣韻〕

十三畫

【隧】徐醉切音遂寘韻
㊀道也。〔詩桑柔〕大風有一。
㊁徑也。〔左襄二十五年傳〕當陳一者。井堙木刊。
㊂灊道也。〔素問調經論〕五藏之道。皆出於經一。
㊃向市路也。〔文選左思賦〕輕輿按轡以經一。
㊄郊外也。〔史記魯世家〕魯人三郊三一。〔集解引王肅郊外曰一〕
㊅掘地爲延道王之葬禮也。〔國語晉語〕公請一。
㊆衛也。〔漢書匈奴傳贊〕修障一備塞之具。
㊇轉也。見〔集韻〕
㊈回也。〔莊子天下〕若磨石之一。
㊉山徑也。〔莊子馬蹄〕山無蹊一。
⑪鼓中窐也。〔考工記鳧氏〕于上之攠謂之一。〔注〕一在鼓中窐而生光。有似夫一。
⑫車輿深也。〔考工記輿人〕參分車廣。去一以爲一。
⑬溝洫廣深各二尺也。〔考工記匠人〕廣二尺、深二尺謂之一。〔釋文〕一本又作遂。
⑭一正主役徒也。〔左襄七年傳〕叔仲昭伯爲一正。
⑮五縣爲一。〔左襄八年傳〕令一正納郊保。
⑯干一。地名。〔國策楚策〕吳見伐齊之便。而不知干一之敗。〔按史記春申君傳注。干一、吳地名。卽吳王夫差自剄處〕
⑰通遂。國名。〔水經汶水注〕汶水又西南逕遂城東。地理志曰。蛇丘一鄉。故一國也。春秋莊公十三年、齊滅一而戍之者也。〔按蛇丘縣、漢屬泰山郡。當今山東肥城縣南〕
⑱神一。大穴也。〔魏志高句麗傳〕其國東有大穴曰神一。
⑲出一。菌類也。〔爾雅釋草〕出一、蘧蔬。〔疏〕一名出一。一名蘧蔬。
⑳今鐵路鑿山通道、亦曰一道。

【隧】直類切音懟寘韻
同墜。〔漢書王莽傳〕不一如髮。〔注〕一、與墜同。

【隧】雖遂切音粹寘韻
同遂。〔考工記輿人〕去一以爲一。〔釋文〕康成不从先鄭。讀从遂字之遂。

【隧】杜罪切音隨賄韻
徑也。〔左襄二十五年傳〕當陳一者。井堙木刊。〔注〕徐邈讀上聲。

【隨】旬爲切音隋支韻
㊀從也。見〔說文辵部〕
㊁順也。見〔廣雅釋詁〕
㊂卦名。震下兌上。〔易隨〕澤中有雷一。
㊃无故也。見〔易雜卦〕
㊄逐也。見〔廣雅釋詁〕
㊅循也。〔淮南修務〕一山栞木。
㊆趾也。〔易咸〕咸其股。執其一。〔疏〕腓動則足一之。故謂足爲一。

⑧行也見〔廣雅釋詁〕時。
⑨任也〔大戴記武王踐阼〕ー天之
⑩猶聽也〔史記魏世家〕ー安陵氏而亡之。
⑪屬官也〔梁昭明太子詩〕卽事阻隋ー〔按今稱ー員卽此義〕
⑫從者也〔世說新語〕劉伶常乘鹿車攜酒令人荷鍤ー之。〔按今稱僕隸爲長ー卽此義〕
⑬委ー溫順也〔後漢竇憲傳〕憲以鄧彪仁厚委ー〔又〕迂遠也〔楚辭逢尤〕望舊邦兮路委ー〔又〕不能屈伸也〔文選枚乘七發〕四支委ー
⑭ー入不竝行也〔儀禮聘禮〕凡庭實ー入。
⑮ー逮應召也〔淮南兵略〕百姓之ー逮肆刑。
⑯ー旋相ー回旋也〔荀子天論〕列星ー旋。
⑰距ー物橫書也〔儀禮鄉射禮記〕距ー長武〔注〕始前足至東頭爲距後足來合而南面爲ー
⑱沙ー地名〔春秋成十六年〕會於沙ー〔注〕宋地梁國寧陵縣北有沙ー亭〔當今河南寧陵縣南〕
⑲天ー唐陸龜蒙別號〔唐書隱逸傳〕陸龜蒙自號天ー子。
⑳ー兕惡獸名〔呂覽至忠〕射ー兕。
㉑ー喜釋家言游賞也〔杜甫詩〕ー喜給孤園。
㉒詭ー小惡也見〔廣雅釋訓〕
㉓ー帶清世官員加級改官或遷調不許帶往他任其有特旨及軍功加級許帶往他任者謂之ー帶級。
㉔國名〔左桓六年傳〕楚武王侵ー〔按漢置ー縣屬南陽郡當今湖北ー縣治〕
㉕通追〔離騷〕背繩墨以追曲〔注〕追與ー通。
㉖通橢〔淮南齊俗〕闚面於盆水則員於杯則ー〔按呂大臨曰ー當作橢圜而長也〕
㉗通隋〔莊子讓王〕卞ー。〔荀子成相作卞隋〕
㉘亦作遺〔詩角弓〕莫肯下遺〔箋〕遺讀曰ー〔疏〕ー從於人先人後己以相卑下之義也。
㉙姓也漢博士ー何。

【隩】於到切音奧號韻

①水隈厓也見〔說文〕〔段注〕厓山邊也引申之爲水邊隈厓謂曲邊也。
②藏也見〔玉篇〕
③深也〔莊子天下〕弱於德强於物其塗ー矣。
④隱也〔國語鄭語〕其ー愛太子。
⑤室西南隅謂之ー〔家語問玉〕目巧之室則有ー阼。
⑥同奧〔譙敏碑〕深明典ー。

【隩】乙六切音郁屋韻

①厓內爲ー見〔爾雅釋丘〕〔按李注厓內近水爲ー〕
②濁也見〔廣雅釋詁〕
③煖也見〔書堯典厥民ー馬注〕
④四ー四方可居之土也〔書禹貢〕四ー旣宅。
⑤九ー九州之內也〔文選張衡賦〕掩觀九ー
⑥通澳〔禮記大學〕瞻彼淇澳〔釋文〕本又作ー

【險】虛檢切音獫琰韻

①阻難也見〔說文〕〔桂注〕本書阻ー也玉篇ー難也阻也。
②衺也見〔廣雅釋詁〕
③褊也見〔廣雅釋詁〕〔按褊卽古陿字〕
④高也〔易坎〕天ー不可升也。
⑤危也〔荀子儒效〕持ー應變曲當。
⑥猶遠也〔淮南主術〕雖幽野ー塗
⑦猶惡也〔左哀十六年傳〕以ー徼幸者其求無厭
⑧僞也〔書盤庚〕起信ー膚〔傳〕起信ー僞膚受之言
⑨傾側也〔荀子解蔽〕此言上幽而下ー也
⑩難測也〔荀子正論〕上幽ー則下漸詐矣
⑪反平爲ー見〔賈子道術〕
⑫大難曰ー〔易繫辭〕德行恆易以知ー。
⑬不擇善否兩容頰適偸拔其所欲、謂之ー見〔莊子漁父〕
⑭傷也〔考工記弓人〕疢疾ー中。
⑮偏弇也〔周禮典同〕ー聲斂〔注〕ー則聲斂不越也
⑯汙薄也〔爾雅釋魚〕蝈大而ー。
⑰山形似重甑也見〔集韻引字林〕
⑱ー阻出奇覆設之處也〔禮記少儀〕軍旅思ー。
⑲鼓ー要遮也〔穀梁僖二十二年〕

傳〕鼓—而擊之。〔注〕若要而擊之。

㉀憑—負固也。〔南史梁武帝紀〕憑—作守。兵食兼資。〔按周禮夏官序官掌固注國曰固野曰—則—有固義〕

廿一艱—困難也。〔杜甫詩〕終身歷艱—。

廿二探—窮極未通之境也。近世有探—至南北極者。

廿三保—其制度以生命或財產爲目的物。向保—者結保—期間與金額之契約。於此期間內依期納保—費而保—目的物或被損害則保—者有如額賠償之義務也。有人壽保—火災保—水災保—海上保—等類。

廿四司—官名。〔周禮司險〕司—掌九州之圖。以周知其山林川澤之阻。而達其道路。

廿五—詖不正也。〔詩卷耳序〕—詖私謁之心。〔又〕妄加人以罪也。見〔詩卷耳序釋文〕。

廿六—易猶理亂也。〔後漢班固傳〕蹈一聖之—易。

廿七地名。〔史記朝鮮傳注〕—城在樂浪郡浿水之東。〔當今奉天遼陽縣北〕

廿八同嶮。〔列子楊朱〕雖山川阻嶮。〔釋文〕嶮與—同。

廿九通檢。〔易坎〕—且枕。〔釋文〕—、向本作檢。

三十詞曲家之語助辭。〔元人曲〕—化做望夫石。

【險】所斬切音摻䃩韻

艱難也。見〔集韻〕。

【險】希埯切音琰韻

峻也。見〔集韻〕。

【險】巨險切音芡琰韻

儉或字。〔集韻〕儉、說文、約也。或作—。

【險】魚銜切音巖咸韻

同巖。〔史記殷紀〕得說於傅—中。〔注〕—亦作巖。

【䧘】尺涉切音謵葉韻

㊀女子態也。見〔廣韻〕。㊁前卻—媚也。見〔廣韻〕。

【⿰阝解】下買切音蟹蟹韻

水衡官谷也。一曰小谿。見〔說文〕。〔按前義、段王注均云未詳。水部澥、一說即澥谷、亦即漢書天文志之解谷。與此不同。小溪乃在兩阜間者。字亦作嶰。爾雅釋山。小山別大山、嶰。是也。〕

【⿰阝楚】荆所切音楚語韻

階也。見〔集韻〕。

【⿰阝豦】求於切音渠魚韻

阪也。見〔玉篇〕。

【⿰阝義】語綺切音螘紙韻

巇或字。〔集韻〕巇、岌巇、山高皃。或从自。

【⿰阝業】逆怯切音業葉韻

險也。危也。見〔玉篇〕。

【⿰阝業】北及切音皀緝韻

厓險危皃。見〔集韻〕。

【⿰阝辟】普米切音頩薺韻　避支切音脾支韻

—垷。女牆也。見〔篇海〕。〔按俾倪、埤垷、埤堄並通〕

【⿰阝卷】其偃切音巻阮韻

倨也。見〔五音集韻〕。

【⿰阝普】昌豔切音襜又鑑切音儳陷韻

陷也。見〔玉篇〕。

【⿰阝貇】口很切音墾阮韻

遲也。見〔玉篇〕。

【隫】符分切音汾文韻

同墳。〔管子地員〕若在陵在山在—在衍。

【⿰阝豦】强魚切音渠魚韻

將—帥也。見〔字彙補引廣雅〕。

【⿰阝閒】古陜字。見〔集韻〕。

【⿰阝㒸】同墜。見〔漢繁陽令碑〕。

【⿰阝坴】墜或字。見〔集韻〕。

十四畫

【隮】牋西切音擠齊韻　子計切音霽霽韻　津私切音貲支韻

㊀登也。〔書顧命〕由賓階—。㊁氣升也。〔詩蝃蝀〕朝—于西。㊂升雲也。〔詩候人〕南山朝—。㊃虹也。〔周禮眂祲〕十煇九曰—。㊄日之光氣也。見〔詩蝃蝀疏〕。㊅猶墜也。〔書微子〕今爾無指告予

頭｜。
(七)同蹐〔周禮春官序官注〕｜僖公。〔釋文〕｜、本又作蹐。

【隰】 席入切音習緝韻

(一)阪下溼也見〔說文〕〔段注〕釋丘曰。下溼曰｜。又曰陂者曰阪下者曰｜。蓋上｜、指平地言之下｜、指阪言之阪形固高而其四旁窊溼處、亦謂之｜也許用後說故以其字从𨸏也。
(二)水邊也〔左桓三年傳〕逐翼侯於汾｜。
(三)阜也〔淮南時則〕邱｜水潦。
(四)新發田也〔詩載芟〕徂｜徂畛。
(五)鹽也鹽、溼意也見〔釋名釋地〕。
(六)州名隋置漢爲河南郡當今山西｜縣治。
(七)地名〔左隱十一年傳〕王與鄭人｜郕。〔注〕在懷縣西南。〔當今河南武陟縣西南〕
(八)犂地別名〔左哀十年傳〕於是乎取犂及轅〔注〕犂、一名｜。濟南有｜陰縣。〔疏〕犂、即犂丘也二十三年傳、稱齊晉戰于犂丘。二十七年傳謂爲｜之役是犂一名｜。〔當今山東臨邑縣西〕。

【隱】 依謹切音隱吻韻

(一)蔽也見〔說文〕〔段注〕艸部曰。蔽、茀小皃也。小則不可見故｜之訓曰蔽。
(二)匿也〔國語齊語〕則事可以｜。
(三)｜居也〔易乾文言〕龍德而｜者也。
(四)私也〔呂覽圜道〕分定則下不相｜。
(五)微也見〔爾雅釋詁〕。
(六)諱也〔禮記檀弓〕事親有｜而無犯。
(七)猶惜也〔論語述而〕吾無｜乎爾。
(八)伏也〔楚辭悲回風〕｜岷山以清江。
(九)據也〔大戴記文王官人〕征利而依｜於物。
(十)陰也〔左文十八年傳注〕蒐｜也。〔疏〕、｜慝謂陰｜爲惡也。
(十一)不顯尸國曰｜。不拂成曰｜。見〔周書謚法〕。
(十二)幾微也〔易繫辭〕探賾索｜。
(十三)猶靜也〔後漢趙典傳〕典少、篤行｜約。
(十四)不稱揚也〔禮記學記〕｜其學而疾其師。
(十五)威重之貌〔後漢吳漢傳〕｜若一敵國矣。
(十六)度也〔爾雅釋言〕｜占也。〔注〕｜、度。〔疏〕占者視兆以知吉凶必先｜度。
(十七)痛也〔孟子梁惠王〕王若｜其無罪而就死地。
(十八)去也〔禮記禮運〕今大道既｜。
(十九)大也〔楚辭怨思〕帶｜虹之逶虵。
(二十)意也〔禮記少儀〕軍旅思險｜情以虞。
(二十一)憂也〔國語晉語〕｜悼播越。
(二十二)病患也〔莊子外物〕相結以｜。
(二十三)傷於熱也〔莊子人間世〕｜將芘其所藾。
(二十四)定也見〔方言〕。
(二十五)付也見〔晉書音義〕。
(二十六)安也見〔廣雅釋詁〕。
(二十七)幽也〔文選嵆康賦〕則盤紆｜深。
(二十八)審也〔書盤庚〕尚皆｜哉。
(二十九)廋詞也若今謎語。〔漢書東方朔傳〕迺與爲｜耳。
(三十)窮困也〔左昭二十五年傳〕｜民皆取食焉。
(三十一)藏也〔國語齊語〕｜五刃。
(三十二)短牆也〔左襄二十三年傳〕踰｜而待之。
(三十三)琴上飾也〔文選枚乘七發〕孤子之鉤以爲｜。〔按桓譚新論琴｜長四十五分以前長八分〕
(三十四)謂閣牖戶也〔儀禮士虞禮〕｜之如尸一食九飯之頃也。
(三十五)不知其由也〔易繫辭〕巽稱而｜。
(三十六)言及之而不言謂之｜見〔論語季氏〕。
(三十七)可與言而不言謂之｜。見〔荀子勸學〕。
(三十八)｜｜盛貌〔文選司馬相如賦〕沈沈｜｜。〔又〕眾多貌〔文選張衡賦〕｜｜轔轔。〔又〕憂戚貌〔荀子儒效〕｜｜兮其恐人之不當也。〔又〕雷聲〔易林蹇之臨〕雷君出裝｜｜西行。〔又〕重車聲〔文選張衡賦〕｜｜展展。〔又〕水流鼓怒聲〔史記司馬相如傳〕湛湛｜｜。
(三十九)｜疾衣中之疾也〔禮記曲禮〕不以｜疾。〔注〕｜疾若黑臀黑肱。
(四十)｜宮陰室也〔史記秦始皇紀〕｜宮徒刑者七十餘萬人。〔注〕宮刑

一百日。|於陰室養之故曰|宮。

(四一)|土。東北之地也。〔淮南墜形〕東北薄州曰|土。〔按後漢張衡傳注。作東北咸州曰|土。〕

(四二)|白。穴名。在足大指端。〔素問陰陽離合論〕太陰根起於|白。

(四三)|曲。謂使寫也。〔素問陰陽別論〕有不得|曲。〔注〕|曲、曲指女子不月。男子少精。是以不能使寫精血。〔又〕男女私處也。〔唐書安祿山傳〕|曲常瘡。

(四四)|辟。俛而逡巡也。〔儀禮士相見禮〕|辟而後屨。

(四五)|蔥。草名。〔爾雅釋草〕蔶、|蔥。〔注〕似蘇有毛。江東呼為|蔥。藏以為葅。

(四六)|花。植物之一科。謂不全具植物器官。無開花之特性。其蕃殖之方。別由他種機能者。如蘋藻苔蘚等類是。

(四七)坐|。圍棊之別名也。〔世說新語〕王中郎以圍棊為坐|。

(四八)人名。晉王|。唐羅|。

(四九)姓也。〔三國吳志〕有廷尉左監|蕃。

【隱】於刃切音應震韻

據也。〔禮記檀弓〕既葬而封。廣輪揜坎。其高可|也。〔注〕封、可手據。謂高四尺所。

【隱】於靳切音穩問韻

倚也。〔孟子公孫丑〕|几而臥。〔按段玉裁云。孟子|几字。當為㥯。㥯、有所據也。〕

【⿰阝斯】疏吏切音使寘韻

(一)自寞。見〔玉篇〕。

(二)阜也。見〔集韻〕。

【⿰阝蒙】謨蓬切音蒙東韻

阜名。見〔集韻〕。

【隬】乃禮切音你薺韻

地名。見〔玉篇〕。

【⿰阝獻】魚涉切音魘葉韻

險陰。見〔集韻〕。

【⿰阝豪】胡刀切音濠豪韻

城下道曰|。、翺也。都邑之內。翺翔祖翺之處也。見〔釋名釋道〕。

【隣】隣本字。見〔正字通〕。

【隯】同島。見〔玉篇〕。

【⿰阝需】陑或字。見〔集韻〕。

【⿰阝僕】⿰阝菐或字。見〔集韻〕。

【⿰阝豙】陙或字。見〔集韻〕。

十五畫

【隓】許規切音隳支韻

〔按說文、隓。篆文作⿰土隋。段玉裁謂隸變作墮。俗作|。然禮記月令毋有壞墮。釋文。墮本作|。後漢崔寔傳注。墮、讀曰|。則墮誤為|已久矣。姑分繫其義於此。〕

(一)危也。〔老子〕或挫或|。

(二)壞也。〔國語魯語〕|會稽。

(三)廢也。〔呂覽必己〕愛則|。

【⿰阝賣】徒谷切音獨屋韻　徒弄切音洞送韻

通溝㠯防水者也。讀若洞。見〔說文〕〔段注〕|與瀆不同。瀆从水、主謂水。故解曰溝也。|从𨸏、主謂地。故曰通溝以防水。防水、猶禦水也。通之言洞也。洞、疾流也。故讀若洞。四瀆字當作此。大徐、洞作瀆。非也。

【隢】陽古字。見〔集韻〕。

【⿰阝綮】同墜。見〔字彙〕。

【⿰阝賣】⿰土賣或字。見〔集韻〕。

【⿰阝⿰豖彡】同隰。見〔篇海〕。

十六畫

【隴】魯勇切音壟腫韻

(一)天水大阪也。見〔說文〕〔桂注〕漢書地理志注。應劭曰。天水有大阪。名曰|阪。顏注。|坻、謂|坂。即今之|山也。寰宇記。秦州|城縣大|山。亦曰|首山。又清水縣小|山。經邑界。〔按今稱甘肅曰|。以此。天水、在甘肅大水縣西南。|城、在甘肅秦安縣東北。清水、在甘肅清水縣西。〕

(二)水名。有二。一、即山海經所謂濫水也。出鳥鼠山西北高城嶺。當今甘肅渭源縣境。一、即古袁水也。在今山東鄒平縣境。

(三)縣名。漢置。屬天水郡。當今甘肅清水縣北。

(四)州名。唐置。屬關內道。當今陝西|州治。

(五)|種。遺失貌。〔荀子議兵〕案角鹿埵。|種東籠而退耳。

(六)|廉。醜婦也。〔楚辭哀時命〕|廉

與孟陬同宫。
(七)—頭古琴弄名見〔琴曲譜錄〕。
(八)垂—地名〔左文二年傳〕盟於垂—〔注〕垂—鄭地。〔當今河南滎澤縣東〕。
(九)通疊〔楚辭沈江〕封比干之丘—。〔注〕大曰—小曰丘。
(十)姓也見〔字彙〕。

【䦤】烏懈切音隘卦韻
陋也見〔說文𨸏部〕〔段注〕𨸏部曰陋者阸陝也阸者塞也陝者隘也然則四字相爲轉注。

【𨼗】乃了切音嫋篠韻
偃低皃見〔集韻〕。

【隱】許建切音憲願韻香偃切音顯阮韻
地名見〔字彙〕。

【隮】隮本字見〔篇海類編〕。

【隂】古陰字見〔字彙補〕。

【𨼪】古濱字見〔集韻〕。

【隮】同隮〔石鼓文〕日—于䨈。〔注〕升也。

十七畫

【隵】虛宜切音犧支韻
(一)險也見〔玉篇〕。
(二)同㦛毀也見〔廣韻〕。

【隴】鋤銜切音鑱咸韻
地名見〔玉篇〕。

【𨽂】仕懺切音儳陷韻
陷也見〔集韻〕。

【䧂】古隧字見〔玉篇〕〔按籒文䦤篆文作䧂〕

十八畫

【𨽌】戶衮切音混阮韻
(一)大阜也見〔說文〕
(二)土山見〔玉篇〕。

【䧄】呼官切音歡寒韻
酄或字〔集韻〕酄魯下邑。或作—。〔按左定十年傳齊人來歸鄆讙龜陰之田說文引傳作酄集韻別出—字〕

【隭】昵立切音𦍐緝韻
陒—陝皃見〔集韻〕。〔按風俗通過譽其妻孥—宅而居之亦劄宅而陝之之義〕

【䧅】陸籒文見〔說文〕〔段注〕从古文𡷨省从籒文先不从土者从𨸏而土見矣。

【𨽍】同隘見〔集韻〕。

【隮】𪗱或字見〔集韻〕。

二十一畫

【𨽐】徐醉切音遂寘韻
塞上亭守㸂火者也見〔說文𨸏部〕〔段注〕謂邊塞之上褩火之亭故其字从𨸏在阸隘之間也。〔按或作烽燧又作㷭㸂〕

二十四畫

【𨽗】郎丁切音靈青韻
𨻰𨻐也見〔類篇〕。

※隹部※

【隹】朱惟切音錐支韻〔與佳別〕。
(一)鳥之短尾總名也見〔說文〕〔段注〕短尾名—別於長尾名鳥云總名者取數多也。
(二)同離夫不也〔爾雅釋鳥〕—其鳺鴀〔疏〕雛一名鳺鴀詩曰翩翩者—。

【隹】遵綏切音摧支韻
崔或字〔集韻〕崔崔高大也。或作—。

【隹】祖誄切音澤紙韻諸鬼切音嘴尾韻祖猥切音檌賄韻
山貌〔莊子齊物論〕山林之畏—。〔李軌讀〕

二畫

【隼】蝅尹切音箏軫韻
(一)本作隼、鵻或字〔說文鳥部〕鵻、或从隹一。一曰鶉字〔段注〕从一者、謂壹宿之鳥也。壹宿者、壹意於其所宿之木也。按此鶉字卽鷻字。詩四月鶉、陸德明釋文云字或作鷻。可證。—與鷙、鷻是同物而異字異音。祝鳩與鵻異物而同字同音。

隼圖

㊁鷙鳥也。〔詩沔水〕鴥彼飛—。〔疏〕說文曰、—鷙鳥也。〔按兩京賦薛注云、—小鷹也。〕

㊂準也。〔埤雅〕鷹之搏噬。不能無失。獨—爲有準。故每發必中。古之制字者以此。

【隻】之石切音炙陌韻

㊀鳥一枚也。从又持隹。持一隹曰—。持二隹曰雙。〔段注〕—鳥、統言不別。—與雙皆謂在手者。

㊁踦也。物單曰—。〔公羊僖三十三年傳〕匹馬—輪無反者。

㊂所以計物數者。〔後漢王莽傳〕得一—鳥。〔按俗云一—、一兩—。義本此。〕

【隺】胡沃切音𨾔沃韻

高至也。易曰、夫乾—然。見〔說文冂部〕。〔按今本易作確。鄭氏易贊作—。〕

【寉】克角切音榷覺韻

—然。心志高也。見〔集韻〕。

【隺】曷各切音鶴忽郭切音霍藥韻

鳥飛高也。見〔集韻〕。

【隺】鶴俗字。見〔六書正譌〕。

【⿰九隹】同鳩。見〔集韻〕。

【⿰土隹】同⿰土鳥。見〔集韻〕。

【推】同⿰扌鳥。見〔集韻〕。

【惟】同⿰忄鳥。見〔集韻〕。

【隽】同雋。見〔字彙補〕。

三畫

【⿰干隹】居寒切音干寒韻

㊀—鵠。鵲也。見〔玉篇〕。〔按淮南氾論作乾鵠。〕

㊁—鴠。山鳥也。〔淮南時則〕—鴠不鳴。〔按禮記月令作鶡旦。〕

㊂同鴈。〔詩匏有苦葉〕雝雝鳴鴈。〔鹽鐵論引作鳴—。〕

【⿰工隹】胡公切音洪東韻戶孔切音澒董韻

㊀鳥肥大——然也。見〔說文〕、〔段注〕詩傳云、大曰鴻。小曰雁。當作此—字。謂雁之肥大者也。〔按桂注。⿰工隹⿰工隹、當作仜。仜本書、仜。大腹也。漢書司馬相如傳。—鵠鴇。張揖曰、鳿、大鳥也。通作鴻。而朱駿聲云與鴻別。並存參。〕

㊁傭也。見〔玉篇〕。

【雀】即約切音爵藥韻

㊀依人小鳥也。从小隹。讀與爵同。見〔說文〕。〔段注〕今俗云麻—者是也。其色褐。其鳴節節足足。禮器象之曰爵。爵與—同音。後人因書小鳥之字爲爵矣。〔按古今注、—一名嘉賓。言栖宿人家如賓客也。品物圖考作家賓。故許君云依人小鳥。〕

雀圖

㊁鳥之通稱。〔文選宋玉賦〕眾—嗷嗷。

㊂赤黑色曰—。〔書顧命〕二人—弁。

㊃黑多赤少之色韋也。〔周禮巾車〕豻䄢—飾。

㊄賞也。見〔春秋考異郵〕。〔按此假爲爵位之爵。〕

㊅—目蔽鷩也。見〔廣雅釋器〕。〔按朱駿聲云車茀也所以障蔽。〕

㊆龍—。飛廉也。〔文選張衡賦〕龍—蟠蜿。〔按朱駿聲云謂蒼龍朱鳥。〕

㊇赤—。鳳皇之雛。見〔詩文王序疏〕。

㊈孔—。詳孔字。

㊉鸐—。水鳥似鴻。〔元稹詩〕有鳥有鳥如鸐—。

(十一)楚—。倉庚也。〔爾雅釋鳥〕鵹黃楚—。

(十二)桃—。鷦鷯也。俗呼巧婦。見〔爾雅釋鳥注〕。〔按方言云巧婦、自關而東謂之工爵。自關而西或謂之韤—。〕

(十三)黃—。鳥名。〔周禮羅氏中春羅春鳥注〕春鳥蟄而始出者。若今南郡黃—之屬。〔又〕魚名。〔臨海異物志〕南海有黃—魚。六月化爲黃—。十月入海爲魚。

(十四)青—。桑扈也。〔爾雅釋鳥注〕桑扈、俗謂青—。〔又〕舟名。〔庾信詩〕時看青—舫。

(十五)負—。鴟也。〔爾雅釋鳥〕鷃、負—。〔注〕鷃鵽也。善捉—。因名。

(十六)魋—惡鳥也。〔山海經東山經圖讚〕魋—惡鳥。

(十七)大—今之駝鳥也。〔後漢和帝紀注〕條枝國臨西海出師子大—。郭義恭廣志曰大—頸及身膺蹏、都似橐駝舉頭高八九尺張翅丈餘卽今之駝鳥。〔圖入駝字〕

(十八)—麥卽燕麥。〔爾雅釋草〕蘥、—麥。〔注〕燕麥也。

雀麥圖

(十九)—李鬱也。〔詩七月六月食鬱及薁疏〕—一名—李。

(二十)—梅似梅而小者也。見〔爾雅釋木時英梅疏〕

(廿一)—瓢芄蘭別名。〔詩芄蘭疏〕芄蘭、幽州人謂之—瓢。

(廿二)—鼠。大鼠也。〔詩碩鼠疏〕陸璣云。今河東有大鼠或謂之—鼠。

(廿三)—舌。茶名。〔夢溪筆談〕茶芽、古人謂之—舌。

(廿四)朱—南方星名。〔三輔黃圖〕蒼龍、白虎、朱—、玄武天之四靈以正四方。〔又〕橋名。〔建康志〕朱—航對朱—門。亦名朱—橋。〔在今江蘇江寧縣南。〕

(廿五)銅—臺名。〔魏志武帝紀〕作銅—臺。〔按臺址在今河南臨漳縣西。〕

(廿六)—立踊也。〔國策楚策〕—立不轉。

(廿七)—兒五代周太祖郭威之別名。〔畫墁錄〕郭祖微時於項右刺作—。世號爲郭—兒。

(廿八)—目病名。〔外臺祕要〕人有晝而睛明。至瞑則不見物世謂之—目。言如鳥、瞑便無所見也。

(廿九)婦女謂面上瘢點曰—瘢。〔外臺祕要載肘後方〕以苦酒煮朮。療面多皯黯如—卵色者。

【雂】舉有切音久有韻　姓也。見〔廣韻引纂文〕

【隿】逸織切音弋職韻　繳射飛鳥也。見〔說文〕〔按經傳多假弋爲之繳射、縛取也。〕

【⿰山隹】古雌字。見〔集韻〕

【⿸尸隹】鳲或字。見〔集韻〕

【⿸厂隹】鳲或字。見〔集韻〕

四畫

【雁】魚澗切音鴈諫韻

(一)—鳥也。从隹从人。厂聲。見〔說文〕〔注〕—、知時鳥。大夫以爲摯。昏禮用之。故從人。〔按段注。此與鳥部鴈別。鴈從鳥、爲鵝。—從隹、爲鴻—。禮舒鴈、當作舒—。謂—之舒者。以別於眞—也。舒—謂之鴈。猶舒鳧謂之鶩也。經典鴻—字多作鴈。〕

雁圖

(二)山名。〔文選江淹賦〕—山參雲。〔按—山卽—門山。有關名—門關。在今山西省代縣北三十里。〕〔又〕—蕩山名在今浙江省樂清平陽兩縣境。

(三)水名。〔明一統志〕—水在成都府簡州治東。〔當今四川簡陽縣境。〕〔又〕湖名。〔明一統志〕—湖在廉州府城西北七十里。卽合浦江。〔當今廣東省合浦縣境。〕

(四)塔名。〔明一統志〕—塔在西安府慈恩寺中。唐時進士題名於上。〔當今陝西長安縣。〕

(五)喻兄弟曰—。〔杜陽雜編〕王涯再從弟王沐。至京師索米。涯潦倒無—序之情。

(六)喻流民曰—。〔詩鴻雁〕鴻—于飛。

(七)孔—鳥之知禮也。〔太玄禮〕孔—之儀。

(八)—行。參差節級也。見〔禮記玉藻注〕大夫介士介—行于後。〔疏〕

(九)—齒。橋也。〔白居易詩〕—齒小紅橋。

(十)—頭。芡實名。〔古今注〕芡、雞頭也。一名—頭。

(十一)—來紅。草名。〔羣芳譜〕老少年、一名—來紅。

【⿰支隹】章移切音支支韻　—鳥也。一曰—度。見〔說文〕〔通訓定聲〕字亦作鳷。漢武於甘泉宮造—鵲觀。叚借爲支。說文一曰—度。又疑雉之譌。公羊傳五堵而—、—是也。

【⿰夫隹】均窺切音規支韻

(一)子—。亦作子規鳥名。見〔玉篇〕〔按集韻亦作鳺䳏。〕

(二)䳲—鳥名。見〔廣韻〕

【⿰夫隹】風無切音膚虞韻　同鳺—。䲳鳥名。見〔廣韻〕

【雄】胡弓切音熊東韻

(一)鳥父也。見〔說文〕。〔爾雅釋鳥〕翼右揜左、—。左揜右、雌。陶注本草。燒毛作屑納水中沈者—。浮者雌。按引伸之、凡物之牡者皆稱—。

(二)武力過人之稱。〔左襄二十一年傳〕是寡人之—也。

(三)謂爲之長帥也。〔漢書東方朔傳〕其滑稽之—乎。

(四)先之屬也。〔老子〕知其—。

(五)猶勝也。〔史記項羽紀〕願與漢王挑戰決雌—。

(六)猶霸也。〔文選班固答賓戲〕七—虓闞。

(七)虹雙出色鮮盛者爲—。〔後漢馬援傳〕揭—虹之旌夏。

(八)戟名。〔廣雅釋器〕匽戟謂之—戟。

(九)州名。有三。一、唐置屬隴內道。當今甘肅靈武縣西南。一、五代南漢置。當今廣東南—縣治。一、五代周置。當今直隸—縣治。

(十)天—。藥名。〔本草綱目〕附子之大者名天—。〔又〕—黃。藥名。見〔本草綱目〕。

(十一)—六、唐世鄭陝汴絳懷衛六州也。〔唐書百官志〕開元中以近畿爲四輔。餘分六—、十望、十緊、及上中下之差。

(十二)皇—。伏羲氏之號也。〔易繫辭正義引帝王世紀〕伏羲曰皇—氏。

(十三)——。威勢盛也。〔楚辭大招〕——赫赫。

(十四)植物用以爲授精生殖之器官、曰—蕊。有離生—蕊。合生—蕊。單體—蕊。兩體—蕊。三體—蕊。多體—蕊。聚藥—蕊。

(十五)姓也。舜友—陶。

【雅】語下切音庌馬韻

(一)正聲也。〔荀子王制〕使夷俗邪音。不敢亂—。

(二)正而有美德者。〔荀子榮辱〕君子安—。

(三)閑麗也。見〔華嚴經音義〕。

(四)萬舞也。〔詩鐘鼓〕以—以南。

(五)常也。〔論語述而〕子所—言。

(六)義也。見〔釋名釋典藝〕。

(七)雅也。爲之難。人將爲之。雅雅然憚之也。見〔釋名釋言語〕。

(八)儀也。見〔玉篇〕。〔按史記司馬相如傳〕從車騎雍容閒—甚都。亦有威儀之意。

(九)道被四方名爲—。見〔詩關雎序〕王者之風疏。

(十)辭令就得謂之—。反—爲陋。見〔賈子道術〕。

(十一)素也。〔史記張耳陳餘傳〕張耳—遊。

(十二)故也。〔史記高帝紀〕—不欲屬沛公。

(十三)猶良也。〔後漢竇后紀〕及見—以爲美。

(十四)妖麗也。〔文選陸雲詩〕—步擢纖腰。

(十五)樂器名。〔禮記樂記〕訊疾以—。〔注〕狀如漆筩中有椎。

(十六)酒器名。〔東觀漢記〕今日歲首。請上—壽。〔注〕酒閒也。〔按典論所稱伯仲季三—仿此〕。

(十七)詩六義之一。〔詩關雎序〕—者正也。言王政之所由廢興也。政有小大。故有小—焉。有大—焉。〔按漢書景十三王傳贊夫惟大—則謂有大—之才者也〕。

(十八)豳—。卽豳風。〔周禮籥章〕龡豳—。〔注〕謂之—者。以其言男女之正。

(十九)——。狀其著名中朝也。〔晉書劉惔傳〕洛中——有三嘏。〔又〕飛行成隊皃。〔韓愈詩〕魚魚——。〔互詳魚字〕

(二十)—克薩。城名。在今西伯利亞。俄名阿勒巴金。爲清初中俄之戰域。

(廿一)—州名。唐置屬劍南道。當今四川—安縣西。

(廿二)姓也。元詩人—琥。

【雅】牛加切音牙麻韻

人名。〔禮記緇衣〕君—曰。〔注〕君—、周穆王司徒。尚書篇名也。書序作牙。

【雅】於加切音丫麻韻〔別作鴉、鵶〕

楚烏也。一名鸒。一名卑居。秦謂之—。見〔說文〕。〔段注〕楚烏、烏屬。其名楚烏。非荊楚之楚也。烏部曰。鸒、卑居也。卽此物也。酈善長曰。按小爾雅純黑返哺謂之慈烏。小而腹下白不返哺者謂之—烏。

【集】籍入切音輯緝韻

(一)雧省字。見〔說文雥部〕。〔按說文、雧羣鳥在木上也。雥、羣鳥也。人多雜爲—〕。

(二)聚也。〔文選張衡賦〕總—瑞命。

(三)矢有羽似鳥故亦稱—。〔左襄二年傳〕親—矢於其月。

(四)成也。〔左襄二十六年傳〕今日之事幸而—。

(五)安也。〔左昭十七年傳〕辰不—於房。

(六)止也。〔國語晉語〕人皆—於菀。

(七)會也。〔詩小毖〕予又—於蓼。

(八)就也。〔詩大明〕有命既—。

(九)合也。〔呂覽愼行〕其事已—矣。

(十)齊也。〔漢書鼂錯傳〕動靜不—。

(十一)輯也。〔左成十六年傳〕—睦以事君。

(十二)滯也。〔漢書禮樂志〕陰而不—。

(十三)至也。〔國語晉語〕不其—亡。

(十四)下也。〔淮南說山〕雨之—無能霑。

(十五)衆也。見〔廣雅釋訓〕。

(十六)取也。見〔廣雅釋詁〕。

(十七)同也。見〔廣韻〕。

(十八)正也。見〔廣雅釋詁〕。

(十九)和也。〔史記衞康叔世家〕爲武庚未—。

(二十)雜也。〔孟子公孫丑〕是—義所生者。

(廿一)燕也。〔晉書謝安傳〕每攜中外子姪往來游—。

(廿二)年也。〔正字通引文子〕以數—之壽。憂天下之亂。

(廿三)總彙也。〔孟子萬章〕孔子之謂—大成。

(廿四)邊境之壘壁也。〔左昭二十三年傳〕險其走—。

(廿五)文字之部居也。〔唐書藝文志〕以甲乙丙丁爲次。列經史子—四庫。〔按梁阮孝緒爲七錄。始有文—之稱。隋唐乃分經史子—爲四部。隋經籍志敍謂別—之名。創於東漢。然古所謂—乃聚前人譔作而名之。如總—之類。非若後世自稱爲—也〕

(廿六)市場之通稱也。〔續文獻通考〕遼聖宗統和中、詔以南北府市場人少。宜率當部車乘赴—。〔按鄉僻市場、南人名爲趁墟。以有人則滿。無人則虛也。北人名爲趕—。且有某市某日—期謂之—場。或因以爲鎮市之名。曰某某—〕。

(廿七)——衆也。〔廣雅釋訓疏證〕螽斯篇、揖揖兮義與——同。

(廿八)州名。有三。一、梁置。當今四川渠縣東北。一、唐置。屬山南道。當今四川南江縣治。一、遼置。屬東京道。當今奉天承德縣東南。

(廿九)人名。元虞—。

(三十)姓也。漢—壹。

【雇】　後五切音戶麌韻

九—、農桑候鳥。扈民不婬者也。春—鳻盾。夏—竊玄。秋—竊藍。冬—竊黃。棘—竊丹。行—唶唶。宵—嘖嘖。桑—竊脂。老—鷃也。見〔說文〕。〔按九—、經傳皆以扈爲之。扈民者、戶民也。戶、止也。戶民不淫。少昊之官督民農桑者、取其名。亦戶民不使淫逸也。鳻盾、賈侍中作分循。云。春扈分循。相五土之宜。趣民耕穜者也。夏扈竊玄。趣民耘苗者也。秋扈竊藍。趣民收斂者也。冬扈竊黃。趣民蓋藏者也。棘扈竊丹。爲果驅鳥者也。行扈唶唶。晝爲民驅鳥者也。宵扈嘖嘖。夜爲農驅獸者也。桑扈竊脂。爲蠶驅雀者也。老扈鷃鷃。趣民收麥。令不得晏起者也。故皆爲農桑候鳥。〕

【雇】　古慕切音顧遇韻

(一)傭也。〔後漢光武紀〕每月出錢—人於山伐木。名曰—山。〔按此假爲賈。今具言—傭。〕

(二)酬也。見〔後漢桓帝紀注〕。〔按張讓傳注。謂酬其價也。南匈奴傳注。償報也。此皆假爲顧。俗作僱。今具言—賃。〕

(三)通故。〔史記馮唐傳注〕令人故行不行。奪勞二歲。〔索隱〕故與—同。謂故命人行而身不自行。

【雓】　胡郎切音杭陽韻

飛高下也。見〔字彙〕。〔按集韻。鳥飛上曰頡。下曰—。疑卽頡頏字之異文。〕

【[方隹]】　分房切音方陽韻

—鳥也。見〔說文〕。〔段注〕此與鳥部鴋各物。〔按禽經鵁鶄異名云。方目。其名鴋。王筠云。其字雖作鴋。而鳥部鴋字不云鵁鶄。故知卽此—也。〕

【雂】　其淹切音箝鹽韻　渠金切音琴侵韻　枯南切音弇　枯含切音堪　五甘切音玵覃韻

—鳥也。春秋傳有公子若—。見〔說文〕。〔按廣韻云。句喙鳥。若—、鉉本及唐石經作苦—。〕

【雗】五甘切音玵覃韻其淹切音箝鹽韻
人名。〔左昭二十一年傳〕獲其二帥公子苦—偃州員。

【雈】胡官切音桓寒韻〔與草部之萑、萑、不同。〕
鴟屬。从隹从𦫳。有毛角。所鳴其民有旤。讀若和。見〔說文〕〔通訓定聲〕和、—一聲之轉。爾雅。—、老鵵。注。木兔也。似鴟鵂而小。兔頭有角。毛腳。夜飛。好食雞。按卽廣雅鷗鴟、老鵵也。蓋今貓頭鷹之小者耳。〔按亦假爲萑葦字。〕

雈圖

【雋】渠嬀切音逵支韻
眷—。顧也。見〔廣雅釋言〕。

【雖】翅移切音祇支韻
同鴟、鴟。雞也。〔方言〕雞。陳楚宋魏之間謂之鴟。

【睢】昌耳切音齒紙韻
雌也。見〔五音集韻〕。

【雋】渠追切音逵支韻
顧貌。見〔字彙補〕。

【雄】同鳺。見〔字彙〕。

【雄】同鳺。見〔集韻〕。

【踓】同䳇。見〔集韻〕。

【雄】同鳺。見〔集韻〕。

【推】同搗。見〔集韻〕。

【焳】同鳥。見〔集韻〕。

【雅】雅譌字。見〔正字通〕。

五畫

【雉】直几切音薙紙韻直利切音緻寘韻
①有十四種。盧諸—。喬—。卜—。鷩—。秩秩海—。翟山—。韓—。卓—。伊洛而南曰翬。江淮而南曰搖。南方曰𠙶。東方曰甾。北方曰稀。西方曰蹲。見〔說文〕〔桂注〕雉之正訓。玉篇、—野雞也。〔按爾雅—有十五種。多絕有力奮。說文不數。以與雞羊屬同爲通名。而翬素質五采。鷂青質五采。則許君引文不備也。〕

雉圖

②耿介之鳥也。見〔文選潘岳射雉賦注引韓詩章句〕。
③鳥耗也。〔素問五常政大論〕其主飛蠹蛆—。〔按—栖息田野食穀類嫩葉。爲害鳥之一種。〕
④亦人君之類也。見〔初學記天部引洪範五行傳〕。
⑤古度名。長三丈高一丈爲—。〔禮記坊記〕都城不過百—。〔按左隱元年傳注三堵曰—。禮記儒行注五堵爲—。其說各歧。〕
⑥牛系也。〔周禮封人注〕絼著牛鼻繩。所以牽牛者。今時謂之—。
⑦六摯之一也。〔周禮大宗伯〕士執—。
⑧擇蒲次於盧之貴采也。〔晉書劉毅傳〕毅次擲得—。大喜。
⑨理也。見〔廣雅釋詁〕。〔按朱駿聲云。平治之。〕
⑩陳也。見〔爾雅釋詁〕。〔按朱駿聲云。—、陳一聲之轉。與尸矢同。〕
⑪夷也。〔左昭二十七年傳〕五—爲五工正。利器用。正度量。夷民者也。〔服注〕—者夷也。
⑫弟也。〔古微書引春秋感精符〕—之爲言弟也。
⑬通薙。見〔周禮秋官序官釋文〕。
⑭—門。天子五門之一也。〔禮記明堂位〕—門。天子應門。
⑮寇—。鴳也。俗名突厥雀。〔爾雅釋鳥〕鴳鳩寇—。〔注〕鴳大如鴿。似雌—。
⑯鷩—。錦雞也。〔本艸釋名〕鷩—、一名山雞。又名錦雞。
⑰—經。頭搶而懸也。〔國語晉語〕—經於新廟之門。〔按釋名釋喪制。屈頸閉氣曰—經。〕
⑱—犇。言捷也。〔晏子問〕鄒滕—犇而出。其地猶稱公侯。
⑲新—。卽辛夷香草也。〔漢書揚雄傳〕列新—於林薄。
⑳—蕁。莖而未葉之蕁也。〔本草綱目菜類〕三月至八月名絲蕁。九月至十月名龜蕁。春夏名—蕁。
㉑——。多也。〔文心雕龍封禪〕棼棼

—」。

(廿一)獵—者亦可稱—。〔孟子梁惠王〕—免者往焉。

(廿二)山名。有二。一在浙江長興縣北五里。一在浙江淳安縣治西南。

(廿三)人名。漢呂后名—。

(廿四)姓也。〔韻會〕般後有—氏。

【雉】演爾切音酏紙韻

縣名。漢置。屬南陽郡。當今河南召縣南。

【雉】口駭切音鍇蟹韻

桂林謂人短爲矲—。見〔集韻〕。

【雉】序姊切音苵紙韻

嶲或字。〔集韻〕嶲獸名。或作—。

【鴝】古候切音遘宥韻俱遇切音句遇韻

雄雉鳴也。雷始動。雉乃鳴。而句其頸。从隹句。句亦聲。見〔說文〕。〔段注〕言雄雉鳴者。別於鳴之爲雊。雉鳴也。句音鉤。曲也。句其頸。故字从句。

【雋】徂兗切音吮銑韻

(一)肥肉也。从弓所以射隹。長沙有下—縣。見〔說文〕。〔按段本依廣韻改作鳥肥也。云、不言鳥。則字何以从隹。朱駿聲云。野鳥之味—永而美。桂馥云。从弓所以射隹者。司裘注。小鳥而難中。是以中爲—。下—縣、當今湖北通城縣西〕。

(二)所論甘美而深長也。〔漢書蒯通傳〕號曰—永。

(三)人材出眾也。〔漢書禮樂志〕進用英—。

(四)姓也。漢—不疑。

【雋】子兗切音臇銑韻

肥也。見〔集韻〕。

【雋】將遂切音醉寘韻

檇或字。〔集韻〕檇。地名。或作—。

【雌】七移切音柴支韻千西切音妻齊韻

(一)鳥母也。見〔說文〕。〔按引伸之、凡物之牝者皆可稱—。〕

(二)山亦可稱—。〔河圖括地象〕荆山爲地—。

(三)虹亦可稱—。〔爾雅釋天〕螮蝀爲挈貳。〔注〕蜺、—虹也。

(四)樹亦可稱—。〔雞跖集〕有遺裴晉公以槐癭。郎中庾威曰。此是—樹生者。

(五)竹亦可稱—。〔仇池墨記〕竹有—雄。—者多筍。

(六)人亦可稱—。〔李白詩〕婦—憶故雄。

(七)月爲—。〔太玄玄告〕日月雄—之序。

(八)外箭爲—。〔遼史儀衛志〕木箭、內箭爲雄。外箭爲—。

(九)柔弱也。〔淮南原道〕是故聖人守清道而抱—節。

(十)負也。〔史記項羽紀〕願與漢王挑戰決—雄。

(十一)陰之目也。〔素問陰陽類論〕二陰爲—。

(十二)後之屬也。〔老子〕知其雄。守其—。

(十三)聲不揚也。〔石林燕語〕韓魏公聲—。

(十四)素—。猨名。〔文選司馬相如賦〕於是乎玄猨素—。

【雍】於容切音廱冬韻

(一)和也。〔書堯典〕黎民於變時—。

(二)歡聲皃。〔家語正論〕言乃—。

(三)壅也。〔白虎通辟雍〕—之爲言壅也。壅之以水。象教化流行也。〔按辟—、爲古天子所建學。漢仍其名。或別稱爲左—上—。又或省稱爲—。〕

(四)巳食之樂也。〔淮南主術〕奏—而徹。

(五)河水溢出爲小流也。〔漢書鄒陽傳〕是以申徒狄蹈—之河。

(六)人名。又孰食也。〔史記吳太伯世家〕太伯弟仲—。〔索隱〕—是孰食。故曰—。字孰哉。

(七)—和也。見〔禮記樂記〕。〔又〕威儀也。〔文選張衡賦〕延鸞輅之—兮。

(八)三—。辟—、明堂、靈臺也。〔漢書武帝紀〕河間王來朝。獻禮樂。對三—宮。

(九)著—。歲陽名。〔爾雅釋天〕太歲在戊曰著—。〔按史記曆書作徒維〕。

(十)—和。獸名。〔山海經中山經〕豐山有獸焉。其狀如蝯。赤目赤喙黃身。名曰—和。見則國有大恐。

(十一)雞—。雞頭實也。〔本草釋名〕芡實、一名雞—。

(十二)齊城門名。亦人名。〔漢書中山靖王勝傳〕—門子壹微吟。〔注〕張晏曰。齊之賢者居—門。因以爲號。

(十三)人名。孔子弟子冉—。

(十四)通雝。〔史記孔子世家〕—渠。〔孟子萬章作雝疽。」

(十五)通雎。[詩何彼襛矣]曷不肅雝。[初學記作曷不肅—]。

(十六)通嚾。[爾雅釋訓]嚾嚾喈喈。[釋文]嚾本或作—。

(十七)姓也。春秋時、鄭—糾。齊—廩。

【雍】委勇切音壅腫韻

❶隄防止水官也。[周禮秋官序官]—氏。[釋文]—、於勇反。

❷𥙐也。[文選揚雄賦]—神休。[注]晉灼曰。—𥙐也。師古曰。—聚也。—讀曰擁。

❸阻塞也。[荀子致仕]隱忌—蔽之人。

【雍】於用切音壅宋韻

❶九州之一也。[書禹貢]黑水西河惟—州。[在今陝西甘肅境]。

❷國名。[左僖二十四年傳]郜—曹滕。[注]—國在河內山陽縣。[今河南修武縣西—城是]。

❸姓也。文王子—伯之後。

【雎】千餘切音疽魚韻[本作鴡]。

❶王雎也。[詩關雎]關關—鳩。[陸疏]—鳩、幽州人謂之鸑而揚雄許愼皆曰白鷢。

❷夾—行難也。見[玉篇]。[按易夬作次且。廣雅釋訓作趑—。俗又作趦—]。

❸—鳩官名。[左昭十七年傳]—鳩氏、司馬也。[注]—鳩、王—也。鷙而有別。故爲司馬主法制。

❹人名。戰國時、范—。

❺姓也。明洪武御史—稼。請立學宮臥碑。

【䧳】稀脂切音蚳支韻

❶雞也。見[說文]。[段注]今江東俗呼鷂鷹盤於空中攫雞子食之。[互詳鴟字]。

❷鳶也。見[集韻]。

【䧸】而融切音戎東韻

姓也。見[玉篇]。

【雓】而由切音柔尤韻

鳥名。見[集韻]。

【帷】胡廣切音沆養韻

田器。見[玉篇]。

【雟】宣佳切音綏支韻

古雖字。見[集韻]。[按正字通云。俗雖字存參]。

【雁】於陵切音膺蒸韻

本作雁。[說文]雁鳥也。从隹从人。瘖省聲。[注]雁隨人所指蹤。故从人。[互詳鷹字]。

【雈】同鳶。見[字彙]。

【碓】同雄。見[字彙補]。

【陮】同雕。見[漢楊耽碑]。

【焳】同鵻。見[五音集韻]。

【糀】鳺或字。見[集韻]。

【誰】鴃或字。見[集韻]。

【雊】鵃或字。見[集韻]。

【推】鵈或字。見[集韻]。

【催】𪁉或字。見[集韻]。

【踓】鵋或字。見[集韻]。

【秋隹】鶖俗字。見[正字通]。

【錐】錐譌字。見[正字通]。

六畫

【雒】歷各切音洛藥韻

❶鳥名。忌欺也。見[說文]。[段注]各本作鵋鵙。今考爾雅音義當作忌欺。釋鳥曰。鵅鵋鵙。玄應引作忌欺。釋鳥又曰怪鴟。舍人曰。謂鵂鶹也。南陽名鉤鵅。一名忌欺。然則忌欺與怪鴟一物。

❷馬名。[詩駉]有駵有—。[注]黑身白鬣曰—。

❸水名。[周禮職方氏]豫州其川滎—。

❹邑名。[書召誥]太保朝至於—。[按卽今河南省洛陽縣]。

❺縣名。漢置。屬廣漢郡。當今四川省廣漢縣治。

❻—戎國名。[春秋文八年]公子遂會—戎盟於暴。

❼合—紀名。[路史敍十紀]所謂三皇者。乃合—之三姓也。合—四。是謂三姓紀。

❽同洛。[漢書地理志注]師古曰。魚豢云。漢火行。忌水。故去洛水而加隹。[按正字通引楊愼曰。左傳、凡洛皆作—。非漢始改]。

❾通絡。[莊子馬蹄]剢之—之。[注]—、同絡。

❿通駱。[漢書古今人表]大—。[史記秦紀]作大駱。

⓫通額。[漢書韓嫣傳]子增封龍—

侯。〔注〕—、或作顡。

㊤姓也。〔後漢南蠻傳〕徼側者蹝泠縣—將之女。

【雃】輕煙切音牽先韻俄干切音靬寒韻丘耕切音鏗庚韻

石鳥。一名雝渠。一曰精列。春秋時秦有士—。見〔說文〕〔段注〕毛傳曰脊令雝渠也精列者脊令之轉語。〔按通訓定聲云雀屬卽脊令也與鳽別而集韻逆革切音𦳢同鳽。玉篇云省作—非竝誤〕

【䳒】荒胡切音呼虞韻

—鳥也。見〔說文〕〔桂注〕玉篇無—字有䳒鳥飛急疾皃也與本書次弟同。

【雟】朱惟切音騅支韻

小鳥。見〔集韻〕。

【䳾】涓畦切音圭齊韻

谷名。在西縣。見〔集韻〕。

【翟】人余切音如魚韻

同鴽。鴾母卽鴽也。見〔玉篇〕。

【䧲】他弔切音跳嘯韻

低頭聽也。見〔篇海〕。

【雓】余略切音岳樂韻

碁心中一子也。〔馬融賦〕橫行陣亂。敵心駭惶。迫彙碁—頗棄其裝。

【雂】如林切音任侵韻

戴勝鳥也。見〔字彙補〕。

【䧻】鴿或字。見〔集韻〕。

【䧿】鶇或字。見〔集韻〕。

【𨾊】鵃或字。見〔集韻〕。

【婎】鴆或字。見〔集韻〕。

【䧼】𪀘或字。見〔集韻〕。

【翟】䳘或字。見〔集韻〕。

【䧶】鳥或字。見〔集韻〕。

【雓】鴸或字。見〔集韻〕。

【䧸】鵅或字。見〔集韻〕。

【雗】䳕或字。見〔集韻〕。

【䧺】鵝或字。見〔集韻〕。

【䧷】鴰或字。見〔集韻〕。

【雜】雜俗字。見〔字彙〕。

七畫

【䧹】於陵切音英蒸韻

—鳥也。从隹从人。瘖省聲。見〔說文〕。〔按此為古文〕

【雃】千水切音趡紙韻

細頸。見〔廣韻〕。

【雓】羊諸切音余魚韻

雞子也。〔爾雅釋鳥〕雞大者蜀。蜀子—。

【䧿】名項切音惝講韻

雄鴟鳥也。見〔字彙補〕。

【䳤】古雉字。見〔說文〕。〔按雉弟聲相近故—从弟。集韻或作䳤。則因弟夷二篆易誤也〕

【䧷】鶡或字。見〔集韻〕。

【䧴】䳖或字。見〔集韻〕。

【䧺】鵚或字。見〔集韻〕。

【䧶】鵑或字。見〔集韻〕。

【雜】䳌或字。見〔集韻〕。

【䧽】䳙或字。見〔集韻〕。

【䧵】䳥或字。見〔集韻〕。

【䧳】鵛或字。見〔集韻〕。

【䧱】鵧或字。見〔集韻〕。

【䧲】鵓或字。見〔集韻〕。

【䧣】鵡或字。見〔集韻〕。

【雅】鵐或字。見〔集韻〕。

【雕】鴴或字。見〔集韻〕。

【雚】鸝俗字。見〔正字通〕。

【雅】鶄鷁字。見〔康熙字典〕〔按字彙補音青軌切。崔上聲。細鵻也。存參〕

八畫

【雖】樹偽切音睡寘韻

㊀鴟也。見〔說文〕。㊁鴉鳥。見〔集韻〕。㊂雉鳥別名。見〔廣韻〕。

【雃】是為切音垂支韻

子—巂也。見〔玉篇〕。

【䧸】殊倫切音純眞韻

㊀鸙鷵。見〔集韻〕。㊁同鶉。見〔玉篇〕。

【雒】七約切音碏藥韻

㊀鳥篆文。〔說文鳥部〕舄—也。—篆文。从隹昝。〔段注〕昔聲也。隸變从鳥。

㊁山名。〔山海經南山經〕南山之首

曰—山。〔注〕三才圖會有—山之神。

【䧳】思積切音昔陌韻
雉名。見〔集韻〕。

【雔】時流切音酬尤韻
㊀雙鳥也。从二隹。見〔說文雔部〕。〔段注〕〔按釋詁仇、讎、敵、妃、知、儀、匹也。此讎字作—。則義尤切近。度古書必有用—者。今則讎行而—廢矣〕。
㊁蟲名。〔爾雅釋蟲〕—由樗繭。〔注〕—食樗葉。

【雕】丁聊切音貂蕭韻
㊀鷻也。見〔說文〕。〔桂注〕急就篇顏注。—亦大鷙鳥也。一名鷻。其尾尤盛。〔按埤雅云。—似鷹而大。黑色。俗呼皁—。一名鷲。其飛上薄雲漢。今大—翺翔水上。扇魚令出。沸波攫而食之。一名沸河〕。
㊁周也。〔禽經〕—以周之。
㊂琢玉也。〔爾雅釋器〕玉謂之—。〔或具言—琢〕。
㊃—章明貌。〔荀子議兵〕—焉、縣貴爵重賞於其前。
㊄—人官名。見〔考工記敍官〕。
㊅—題謂刻肌以丹青涅之也。〔禮記王制〕—題交阯。
㊆蠱—獸名。〔山海經南山經〕鹿吳之山有獸焉名曰蠱—。其狀如—而有角。
㊇人名。〔漢書景武昭宣元成功臣表〕常樂侯稠—。
㊈姓也。〔漢書景武昭宣元成功臣表〕臧馬康侯—延年。〔又〕漆—。開復姓。〔論語公冶長〕子使漆—開仕。

【䨑】郎奚切音黎齊韻
㊀—黃。楚雀。見〔玉篇〕。
㊁鵹或字。〔集韻〕鵹鶖鸍或作—。

【䧦】余雖切音遺支韻
飛貌。見〔篇海〕。

【䧱】德紅切音東東韻
鳥名。見〔玉篇〕。

【雁】雁本字。見〔說文〕。

【䧶】鶳或字。見〔集韻〕。

【䧵】鵻或字。見〔集韻〕。

【䧺】鵰或字。見〔集韻〕。

【雗】鶾或字。見〔集韻〕。

【錐】鵭或字。見〔集韻〕。

【䧶】鵙或字。見〔集韻〕。

【碓】鷉或字。見〔集韻〕。

【維】鴂或字。見〔集韻〕。

【誰】鵲或字。見〔集韻〕。

【韓】鶾或字。見〔集韻〕。

【麮】麮鳥或字。見〔集韻〕。

【雜】鶵或字。見〔集韻〕。

【䨇】鶄或字。見〔集韻〕。

【雟】鶨或字。見〔集韻〕。

【魋】鵺或字。見〔集韻〕。

【䧼】鵃或字。見〔集韻〕。

【䨈】鵞或字。見〔集韻〕。

【雎】鵑俗字。見〔正字通〕。

【䧹】鷂鶬字。見〔康熙字典〕。〔按篇海、辰羊切音常。鶬鷂也。正字通又云。俗鷂字。存參〕。

九畫

【雖】蓯勇切音嚨腫韻　蚩工切音充東韻
㊀雀也。見〔玉篇〕。
㊁小鳥飛也。見〔廣韻〕。

【䨁】亡遇切音務遇韻
㊀雀子。見〔玉篇〕。
㊁雞雛。見〔廣韻〕。

【䨂】雌由切音秋　子幽切音穐　將由切音楢尤韻
㊀雞雛。〔方言〕雞雛。齊魯之間謂之—子。
㊁雅雛。見〔廣韻〕。

【雖】宣佳切音綏支韻　〔按語詞之—、本作唯〕。
㊀蟲名。似蜥易而大。見〔說文虫部〕。〔按說文易下云。蜥易、蝘蜓、蝘蜓、守宮也。蝘下云。在壁曰蝘蜓。在艸曰蜥易。凡人言窮極其欲曰恣睢、—即睢也〕。
㊁助語也。〔禮記檀弓〕—微晉而已。〔言非獨晉而已〕。
㊂詞兩設也。見〔玉篇〕。〔按論語學而。—曰未學。吾必謂之學矣。是其例〕。

四 不定也。見〔集韻〕。〔按孟子公孫丑—褐寬博吾不惴焉。—千萬人吾往矣。是其例〕

五 與奪之辭也。〔易咸〕—凶居吉。順不害也。

六 假令也。〔禮記少儀〕—請退可也。

七 推也。〔國語吳語〕吾—之不能去之不忍。

八 馬名。一角大者曰騅。〔周書王會〕俞人—馬。

九 通唯。〔史記汲黯傳〕唯天子亦不說也。〔漢書唯作—〕。

十 通惟。〔淮南精神〕且惟無我而物不備者乎。〔注〕惟、與—同。

十一 通離。〔荀子解蔽〕是以與治—走而是已不輟也。〔注〕—、或作離。

【雝】以醉切音雖寘韻

獸名。〔于逖聞奇錄〕天台縣有人獵得一獸。形如豕。仰鼻長尾有歧。謂之怪。弘業識之曰其名—。非怪也。雨則懸於樹以尾塞其鼻。驗之果然。〔按爾雅作蜼〕

【雗】儒轉切音輭銑韻濡純切音犉震韻而宣切音瑌先韻

鶾雞。見〔玉篇〕。〔按廣韻云鶾雞晚生。〕

【誰】古難字。見〔集韻〕。

【䧱】鳺或字。見〔集韻〕。

【雁】鴈或字。見〔集韻〕。

【䧹】鵹或字。見〔集韻〕。

【䳚】鸓或字。見〔集韻〕。

【雓】鶴或字。見〔集韻〕。

【䳝】鸐或字。見〔集韻〕。

【䨇】鷜或字。見〔集韻〕。

【雞】鷄或字。見〔集韻〕。

【䳼】鶏或字。見〔集韻〕。

【䨁】鸔或字。見〔集韻〕。

【䨋】鵴或字。見〔集韻〕。

【䧼】鶻或字。見〔集韻〕。

【䨆】鷈或字。見〔集韻〕。

【䨊】鷂或字。見〔集韻〕。

【離】離隱字。見〔字彙〕。

十畫

【雗】侯幹切音翰翰韻何干切音寒寒韻

一 —鸞也。見〔說文〕。〔段注〕此與鳥部鶾各物。鳥部曰鶾鸞山鵲。知來事鳥也。

二 雗別名。〔爾雅釋鳥〕—雗。〔注〕江東呼爲白—。亦名白雗。

【雘】屋郭切音蠖鬱縛切音嬳藥韻瑚故切音護遇韻

一 善丹也。見〔說文丹部〕。

二 赤石脂類。〔山海經南山經〕雞山、其下多丹—。

三 凡采色之善者皆稱—。〔山海經南山經〕侖者之山。其下多青—。

【雙】疎江切音雙江韻

一 隹二枚也。从雔又持之。見〔說文雔部〕。〔按方言飛鳥曰—。禮記少儀疏二隻曰—〕。

二 偶也。〔詩南山〕冠緌—止。〔箋〕五人爲奇而襄公往從而—之。〔按列女傳七年不—。淮南子、鷩鳥不—。則訓配偶意〕

三 往也。〔文子符言〕惡少愛衆天下—。

四 匹也。〔史記淮陰侯傳〕國士無—。

五 五畝也。〔溫庭筠詩〕招客先開四十—。〔注〕—五畝也。四十—、二百畝也。〔按輟耕錄以一—爲四畝。佛地以二畝爲一—各從方俗名之耳〕

六 滇俗耕作一日之課程也。〔雲南雜志〕雲南俗耕田三人使二牛。前牽中壓後驅犂一日爲一—。

七 舊曆二四六八十等日也。〔宋史禮志〕唐朝故事隻日視事。—日不坐。〔又〕清世官制。有單月選—月選等名目。—月亦謂二四六八十十二等月。

八 山名。有二。一在今河南泚源縣。一在今山西永和縣境。

九 河名。〔明一統志〕—河在眉州城西北十里。〔當今四川眉山縣〕〔又〕西北邊地名。〔唐書地理志〕—河都督府。〔注〕以攝舍提暾部置。〔當今新疆北路額魯特境〕

十 州名。遼置。屬東京道。當今奉天鐵嶺縣西。

十一 —陸。戲具。詳陸字。

十二 —鉤。藏鉤之戲也。〔李商隱詩〕昨夜—鉤敗。〔又〕書法之一體。〔陸游詩〕妙墨—鉤帖。

十三 ——。獸名。〔山海經大荒南經〕南海之外。有三青獸相幷名——。〔

又〕鳥名。〔公羊宣五年傳〕其諸爲其—而俱至者與。〔正義引舊說〕——之鳥。一身、二首尾。有雌雄。隨便而偶。常不離散。故名之。〔按俗謂鏈子曰——〕。

⑭今以十月十日爲國慶日。亦或謂之—十節。

⑮人名。三國時、王—。

⑯姓也。南北朝、孝子—泰貞。

【雙】朔降切音淙絳韻

偶也。見〔集韻〕。

【雚】古玩切音灌翰韻

—爵也。从萑。吅聲。詩曰。—鳴于垤。見〔說文萑部〕。〔段注〕—、今字作鸛。鸛雀乃大鳥。各本作小爵。誤。陸云。似鴻而大。

【雚】胡官切音桓寒韻

同芄。〔集韻〕芄。說文、蘭莞也。爾雅作—。〔按爾雅釋草—、芄蘭。注。—芄、蔓生。斷之有白汁可啖。〕

【雛】崇芻切音犓虞韻

❶雞子也。見〔說文〕。〔段注〕雞子、雞之小者也。淮南、天子以—嘗黍。高曰。—、新雞也。呂覽注云。—、春鷄也。引伸爲鳥子細小之偁。

②鳥子生而能自啄者。〔爾雅釋鳥〕生噣、—。〔注〕生能自食者。

③鳥子隨母食者。〔管子五行〕不癘—㲉。

④虎之小者亦稱—。〔洞仙傳〕鄭思遠每出行。虎—負經以從。

⑤鼈之小者亦稱—。〔禮記內則〕不食—鼈。

⑥人之幼者亦稱—。〔杜甫歌〕丈夫生兒有如此二—者。

⑦鵷—。鳳屬也。〔莊子秋水〕南方有鳥。其名鵷—。

⑧九—。釵名。〔飛燕外傳〕后持昭儀手。抽紫玉九—釵。爲昭儀簪髻。

⑨人名。〔唐書崔隱甫傳〕梨園弟子胡—。善笛有寵。

⑩日本謂物之模樣曰—形。

【雛】從遇切音聚遇韻

人名。〔漢書古今人表〕顏燭—。〔注〕師古曰。卽顏濁聚也。

【雜】昨合切音雜合韻〔應作襍〕。

❶五采相合也。从衣。集聲。見〔說文衣部〕。〔段注〕與辭字義略同。所謂以五采彰施於五色作服也。此篆蓋本从衣雥。故篆者以木移左衣下作雜。久之改雥爲隹。而仍作雜也。

②相閒也。〔易坤文言〕夫玄黃者、天地之—也。

③糅也。〔淮南本經〕故不得—焉。

④廁也。〔楚辭招魂〕來—陳些。

⑤陰陽錯居也。〔易繫辭〕六爻相—。

⑥俗不純也、〔方言〕荆淮海岱—齊之閒。

⑦斑駁也。〔淮南說山〕貂裘而—。

⑧猶飾也。〔禮記玉藻〕—帶君朱綠。

⑨猶帀也。〔呂覽論人〕圜周復—。

⑩聚也。〔易繫辭〕—物撰德。

⑪會也。〔國語楚語〕古者民神不—。

⑫俱也。〔國語越語〕—受其刑。

⑬細碎也。〔易繫辭〕其稱名也—而不越。

⑭集也。見〔方言〕。

⑮猝也。見〔方言〕。

⑯最也。見〔玉篇〕。

⑰穿也。見〔廣韻〕。

⑱從子至亥也。〔淮南論言〕以散—之疇。

⑲所治非一也。〔莊子天下〕而九—天下之川。

⑳—能。多異術也。〔荀子性惡〕—能旁魄而無用。

㉑—遝。衆貌。〔文選曹植賦〕爾乃衆靈—遝。〔又〕聚積貌。〔漢書劉向傳〕—遝衆賢。

㉒—襲。重疊也。〔文選左思賦〕—襲錯繆。〔又〕相因也。〔漢書司馬相如傳〕—襲絫輯。

㉓—裳。前玄後黃也。〔儀禮士冠禮〕—裳。

㉔—服。冕服皮弁之屬也。〔禮記學記〕不學—服。

㉕—布。蠶布也。〔荀子賦〕—布與錦。不知異也。

㉖—然。猶僉也。〔公羊成十五年傳〕諸大夫皆—然曰。仲氏也、其然乎。

㉗—焉。總萃貌。〔漢書谷永傳〕—焉同會。

㉘—縣。海鳥名。〔爾雅釋鳥〕爰居—縣。〔疏〕爰居、海鳥也。一名—縣。

㉙詩之一體也。〔正字通〕古—詩。王粲、曹植、韓愈、皆有之。李善謂遇物卽言。不拘流例也。

㉚士不由科目進身曰—流。〔宋史選舉志〕建炎兵興。—流補授者衆。

(卅一)佐貳以下冗官曰—職。如清世從九品未入流之類。或渾稱曰佐—。

(卅二)戲劇腳色中之供奔走役使者。

【雝】於容切音邕冬韻

(一)—渠也。見〔說文〕。〔桂注〕釋鳥。鶅、鴒—渠。郭云。雀屬。〔按正字通云。相如賦作庸渠。注。似鳧。灰色。雞足。一名章渠。俗呼章雞。顏師古曰。即今水雞。戴侗曰。—庸聲相近。實一物。爾雅以鶅鴒為—渠。非也。〕

(二)和也。〔詩何彼襛矣〕曷不肅—。

(三)澤也。〔詩振鷺〕於彼西—。

(四)—雝、聲和也。〔詩匏有苦葉〕—鳴雁。〔又〕喻臣民和協也。〔詩卷阿〕—喈喈。

(五)通雍。〔詩雝〕有來—。〔漢書韋元成傳作雍雍。〕

(六)姓也。〔國語晉語〕邾侯與—子爭田。〔按左傳作雍。〕

【雝】尹竦切音勇腫韻　於用切音雝宋韻

蔽也。〔詩無將〕維塵—兮。

【雞】堅奚切音稽齊韻

(一)知時畜也。見〔說文〕。〔按—屬鳥類。頭有紅色肉冠。足趾之底。微有網皮相連。後足趾小。而位置較高。是名曰距。常棲息地上。飛力不強。其求穀粒或蟲類等食料之際。有以嘴與距將地面撥開之習。〕

(二)竹—。草名。〔山海經中山經〕夫夫之山。其草多竹—。〔又〕涉鳥類。〔格物論〕竹—。比鷓鴣差小。毛羽褐色。多斑赤文。

(三)野—。雉也。〔漢書高后紀注〕呂后名雉。故臣下諱名為野—。

(四)山—。即錦—也。〔溫庭筠詩〕冉冉山—紅尾長。

(五)天—。鳥名。〔爾雅釋鳥〕鶾、天—。〔注〕鶾—赤羽。文彩若—也。〔又〕蟲名。〔爾雅釋蟲〕翰天—。〔注〕小蟲。黑身赤頭。一名莎—。又曰樗—。

(六)—彝。祭尊也。〔周禮司尊彝〕祼用—彝、鳥彝。

(七)—穀。草名。〔山海經中山經〕嫗山、其草多—穀。

(八)—廱。芡也。〔莊子徐无鬼〕—廱也。〔注〕—廱、即—頭。

(九)—毒。毒艸名。烏頭也。〔淮南主術〕天下之物。莫凶於—毒。

(十)—斯。髻也。見〔廣雅釋詁〕。〔又〕神鳥名。〔淮南道應〕得騶虞—斯之乘。〔又〕同笄纚。〔禮記問喪〕—斯徒跣。

(十一)—次。楚書名。〔國策楚策〕負—次之典。以浮於江。

(十二)—林。外國名。在今朝鮮境。〔唐書高宗紀〕劉仁軌為—林道行軍總管。以伐新羅。

(十三)—㙡。菌名。〔廣菌譜〕—㙡出雲南。

(十四)—鹿。塞名。〔漢書匈奴傳〕送單于出朔方—鹿塞。〔按—鹿塞、在漢朔方窳渾縣北。當今蒙古鄂爾多斯右翼後旗黃河西北岸地。〕

(十五)—舌。香名。〔漢官儀〕尚書郎含—舌香奏事。

(十六)—冠。花名。〔夢華錄〕—冠花、亦謂之洗手花。

(十七)—人。官名。〔周禮雞人〕掌共—牲。辨其物。大祭祀夜嘑旦以嘂百官。

(十八)山名。〔山海經中山經〕—山、其上多美梓美桑。

(十九)水名。〔水經鍾水注〕鍾水、北過鍾亭。與—水合。〔注〕—水、即桂水也。—、桂、聲相近。

(二十)—之為言佳也。見〔春秋說題辭〕。

(廿一)巽為—。見〔易說卦傳〕。〔按周禮庖人注。—屬宗伯。木也。賈子胎教。—者東方之牲也。皆此義之引伸。〕

(廿二)六摯之一也。〔周禮大宗伯〕工商執—。

(廿三)姓也。明正統時、陝西苑馬寺監正—鳴時。

【巂】懸圭切音攜齊韻　均窺切音規支韻

(一)—周、燕也。从隹山。象其冠也。㕯聲。一曰。蜀王望帝婬其相妻。慙亡去。為子—鳥。故蜀人聞子—鳴。皆起曰。是望帝也。見〔說文〕。〔段注〕釋鳥。—周、燕燕、鳦。孫炎舍人皆云。一物三名。子—、亦曰子規。即杜鵑也。人化為鳥。固或然之事。〔按通訓定聲云。—者、周曰燕。越曰—。集韻巂下云。子巂鳥名。或作鵗—。〕

(二)規也。〔禮記曲禮〕立視五—。〔釋文〕車輪轉一周為—。一周一丈九尺八寸也。

(三)地名。〔公羊僖二十六年傳〕公追齊師至—。〔左傳作酅。杜注。濟北穀城縣西有地名酅下。按當今山東東阿縣西境。〕

【雟】選委切音髓紙韻 越—。郡名。見〔漢書地理志〕。〔注〕元鼎六年開。應劭曰。故卬都國有—水。言越此水以章休盛也。〔當今四川西昌縣東南〕。

【⿰骨隹】丁潦切音雕蕭韻 鵰屬也。見〔篇海〕。

【雋】子泉切音箋先韻 鑽鏤也。見〔續高僧傳〕。

【錐】古雜字。見〔玉篇〕。

【⿰虒隹】同鷈。見〔集韻〕。

【⿰谷隹】鵒或字。見〔集韻〕。

【雞】鷄或字。見〔字彙〕。

【⿰鬲隹】鷊或字。見〔集韻〕。

【⿰倉隹】鶬或字。見〔集韻〕。

【⿱雔又】雙俗字。見〔篇海〕。

十一畫

【離】鄰知切音驪支韻

● —黃、倉庚也。鳴則蠶生。見〔說文〕。〔段注〕豳風毛傳曰。倉庚。—黃也。月令注曰。倉庚、驪黃也。釋鳥曰。倉庚、鵹黃也。又曰。鵹黃、楚雀。又曰。倉庚、商庚。然則—黃一物四名。今用鸝爲—黃。

(二) 散也。〔呂覽大樂〕—則復合。

(三) 去也。〔淮南俶眞〕皆欲—其童蒙之心。

(四) 判也。〔禮記學記〕一年視—經辨志。〔注〕—經、斷絕句也。

(五) 分也。〔方言〕參、蠡、分也。秦晉曰—。

(六) 別也。〔易乾文言〕非—羣也。〔按廣韻謂近曰—。遠曰別。〕

(七) 違也。〔呂覽論威〕形性相—。

(八) 兩也。〔禮記曲禮〕—坐—立。

(九) 麗也。〔易序卦傳〕—者麗也。

(十) 畔也。〔國語楚語〕邇者騷—。

(十一) 割也。〔儀禮士冠禮〕—肺。〔按廣雅釋言〕—、剮也。儀禮既夕—肺注。—、捶也。皆與割義近。

(十二) 避也。〔後漢劉盆子傳〕無所—死。

(十三) 著也。〔太玄玄攡〕—乎僞者。

(十四) 列也。〔楚辭招魂〕—榭修幕。

(十五) 陳也。〔左昭元年傳〕楚公子圍設服—衞。

(十六) 歷也。〔詩小弁〕不—於裏。

(十七) 次位之別也。〔管子侈靡〕昭穆之—。

(十八) 羅也。〔方言〕羅謂之—。

(十九) 絕也。〔周禮形方氏〕無有華—之地。

(二十) 次序其聲縣也。〔禮記明堂位〕叔之—磬。

(二十一) 猶過也。〔儀禮大射禮〕中—維綱。

(二十二) 被也。〔史記管蔡世家〕無—曹禍。

(二十三) 罹也。〔文選張衡賦〕循法度而—殃。

(二十四) 開也。〔文選張衡賦〕—朱脣而微笑兮。

(二十五) 失也。〔國語周語〕聽淫日—其名。

(二十六) 遭也。〔易小過〕飛鳥—之。

(二十七) 明也。〔大戴記公冠〕—顯先帝之光耀。

(二十八) 待也。見〔廣雅釋詁〕。

(二十九) 遠也。見〔廣雅釋詁〕。

(三十) 不和也。〔淮南本經〕是故上下—心。

(三十一) 應也。〔文選揚雄劇秦美新〕非新室其疇—之。

(三十二) 山梨也。〔漢書司馬相如傳〕樝—朱楊。

(三十三) 亦南也。〔周髀算經〕夏至從—。

(三十四) 絲聲爲—。見〔禮記樂記絲聲哀疏〕。

(三十五) 物生亦曰—。見〔周禮鞮鞻氏注〕西方曰侏—疏。

(三十六) 大琴謂之—。見〔爾雅釋樂〕。

(三十七) 四聚爲一—。見〔管子乘馬〕。

(三十八) 二國會曰—。〔穀梁定十年傳〕—會不致。

(三十九) 稻米隨而生者爲—。〔淮南泰族〕—先稻熟。

(四十) 憂也。〔詩四月〕亂—瘼矣。

(四十一) ——、垂也。〔詩湛露〕其實——。〔又〕長貌。見〔初學記引韓詩〕。〔又〕黍貌。見〔御覽引韓詩黍離彼黍〕。〔又〕不親事之貌。〔荀子非十二子〕——然。〔又〕剝裂貌。〔楚辭思古〕心——兮。

(四十二) 二—。日月也。〔文選傅咸詩〕二—揚清暉。

(四十三) 長—。朱鳥也。〔文選張衡賦〕前長—使拂羽兮。

(四十四) 林—。操攡也。〔文選司馬相如賦〕麗以林—。

(四十五) 陸—。眾貌。〔離騷〕長余佩之陸—。

(四十六) 可—。花名。〔古今注〕芍藥、一名可—。

(四十七) 江—。香草名。〔離騷〕扈江—與辟芷兮。

四八 落—。壁落也。〔國語楚語〕爲之關籥落—。

四九 茀—。謂草木之蒙茸翳薈也。〔爾雅釋詁〕覭髳茀—也。

五十 流—。鳥名。〔詩旄丘〕流—之子。〔又〕玉類也。〔漢書西域傳〕罽賓出壁流—。〔注〕大秦國出赤白黑黃青綠縹紺紅紫十種流—。〔又〕飄泊失所也。〔庾信賦〕菀是流—。至於暮齒。

五一 纖—。馬名。〔文選李斯諫書〕乘纖—之馬。

五二 —騷。文體之一。〔史記屈原賈生傳〕故憂愁幽思而作—騷。

五三 —析。不可會聚也。〔論語季氏〕邦分崩—析。

五四 —南。草名。〔爾雅釋草〕—南活莌。

五五 —孫。出之子也。〔爾雅釋親〕男子謂姊妹之子爲出謂出之子爲—孫。

五六 —婁。刻鏤貌。〔文選何晏賦〕丹綺—婁。〔又〕人姓名。〔孟子離婁〕—婁之明。

五七 —耳。國名。卽儋耳也。〔山海經海內南經〕—耳國。〔注〕鏤—其耳。分令下垂以爲飾。〔又〕東—。國名。〔漢書西域傳〕東—國。大國也。

五八 雒—。木名。〔史記孔子世家注〕皇覽曰。塋中樹柞枌雒—。

五九 卦名。—上—下。〔易離〕明兩作。—。

六十 水名。〔漢書武帝紀〕出零陵、下—水。〔按—水。卽漓水。亦稱桂水。與湘水同源。出廣西興安縣。歧而南流。與潯江合。〕

六一 日本謂養子解除其繼嗣關係曰—緣。

六二 日本謂家族違家主命。定其居籍。或未得家主同意而結婚。抑繼嗣他姓者。家主得請戶籍吏除籍。名曰—籍。

六三 通羅。〔詩兔爰〕雉—于罦。〔漢書注作雉羅于罦。〕

【離】抽知切音癡支韻

同螭。〔後漢竇憲傳〕螭虎之士。〔注〕史記曰。如貔如—。徐廣曰。—與螭同。

【離】輦尒切音邐紙韻

一 —跂。擴臂皃。見〔集韻〕。

二 —靡。相連也。〔文選司馬相如賦〕—靡廣衍。〔注〕—靡謂相連不絕也。

【離】力智切音荔寘韻

一 去也。〔書胤征〕畔官—次。

二 同荔。〔文選司馬相如賦〕答遝—支。

【離】郞計切音麗霽韻

同儷。〔禮記月令〕司天日月星辰之行。宿—不貸。

【難】那肝切寒韻

一 鷬或字。見〔說文鳥部〕。〔按說文、鷬。鷬鳥也。段玉裁云。今—易字。皆作此。而本義隱矣。〕

二 不易之稱也。〔書皋陶謨〕惟帝其—之。

三 艱—也。〔莊子說劍〕瞋目而語—。

四 憚也。人所忌憚也。見〔釋名釋言語〕

五 —爲也。〔國語晉語〕甚哉善之—也。

六 惡也。〔國策中山策〕陰簡—之。

七 戒懼之辭。〔詩桑扈箋〕不自—以亡國之戒。

八 水名。〔北史勿吉傳〕初發其國。乘船泝—河西上。〔按—河、卽今嫩江。古稱—水。亦名那河。源出墨爾根城北、伊勒呼里山。南流過齊齊哈爾城。東南至茂興站。南與松花江會。〕

九 鹽—。水名。〔漢書地理志注〕馬訾水、西北入鹽—水。〔按馬訾水、卽鴨綠江。鹽—水、卽今渾河。亦稱佟家河。源出臨江縣北之帽兒山。於輯安縣西南合鴨綠江。〕

十 斡—。水名。〔元史太祖紀〕發近兵自斡—河迎擊。〔按斡—河、卽黑龍江上游之支流。舊名鄂諾河。今名敖嫩河。源出外蒙古車臣汗部肯特山。東北流入俄領西伯利亞之薩拜克爾省。又東會額爾古納河。自此以東曰黑龍江。〕

十一 木—。珠名。〔文選曹植詩〕珊瑚閒木—。〔注〕木—金翅鳥沫所成碧色珠也。

十二 阿—。佛大弟子名。詳阿字。〔又〕秦言歡喜。見〔翻譯名義〕。

【難】囊何切音儺歌韻

一 盛貌。〔詩隰桑〕其葉有—。

二 不—。—也。〔詩桑扈〕不戢不—。

三 同儺。〔禮記月令〕季春命國—。

【難】乃旦切音攤翰韻

(一)患也。〔易否〕君子以儉德辟—。(二)險戹也。〔禮記曲禮〕臨—毋苟免。(三)畏憚也。〔易屯〕剛柔始交而—生。(四)歒也。〔國策秦策〕以與秦爲—。(五)相與爲仇讎也。〔周禮調人〕掌司萬民之—而諧和之。(六)拒也。〔書舜典〕惇德允元而—任人。(七)駁詰之辭。〔文選東方朔答客難〕客—東方朔曰。〔按司馬相如有—蜀父老文義與此同。〕(八)責也。〔孟子離婁〕於禽獸又何—焉。(九)兵—也。〔公羊隱四年傳〕請作—。(十)困苦也。〔左哀十二年傳〕而藩其君舍以—之。(十一)—辭也。〔公羊隱八年傳〕其言入何—也。〔釋文〕乃旦反。(十二)猶說也。〔史記五帝紀〕存亡之—。(十三)人名。〔左文元年傳〕—也收子。〔釋文〕乃旦反。

【難】 乃可切音娜哿韻 橠或字。〔集韻〕橠檳橠。木茂。或作—。

【⿰從隹】 牆容切音從冬韻 雞也。〔方言〕桂林之中謂雞曰—。

【⿸麻隹】 謨加切音麻麻韻 雞名。見〔集韻〕。

【⿰區隹】 於候切音漚宥韻 鳥聲。見〔集韻〕。

【⿰翏隹】 力救切音溜宥韻 鳥大雛也。一曰雉之莩子爲—。見〔說文〕。〔段注〕此與鷚別。鍇本作鷚。誤。釋鳥字作鷚。郭云晚生者、

【⿰酓隹】 烏含切音諳覃韻 鶉屬也。見〔說文〕。〔桂注〕屬者、非謂—即鶉也。今呼—鶉爲一物。誤矣。以實攷之。蝦蟇化者爲鶉。田鼠化者爲—。〔按御覽引有一曰牟母四字。爾雅釋鳥。鴽鴾母。郭注。鵪也。青州人呼鴾母。〕

【⿱從隹】 疾容切音從冬韻 南楚人謂雞。見〔廣韻引方言〕。

【⿰鬲隹】 鷊或字。見〔集韻〕。

【⿰莫隹】 鷏或字。見〔集韻〕。

【⿺麥隹】 ⿺麥鳥或字。見〔集韻〕。

【⿱敄隹】 鶩或字。見〔集韻〕。

【⿰曾隹】 ⿰曾鳥或字。見〔集韻〕。

【⿱斬隹】 ⿱斬鳥或字。見〔集韻〕。

【⿰金隹】 ⿰金鳥或字。見〔集韻〕。

【⿰傭隹】 鷛或字。見〔集韻〕。

【⿰淌隹】 ⿰淌鳥或字。見〔集韻〕。

【⿰蓳隹】 難俗字。見〔正字通〕。

十二畫

【⿰散隹】 先旰切音散翰韻顙旱切皁韻 繳—也。一曰。飛—也。見〔說文〕。〔段注〕謂縷繫矰矢放散之加於飛鳥也。𣏟部曰。𣏟、分離也。〔按玉篇。飛—不聚也。〕

【⿰朁隹】 咨林切音祲侵韻子鴆切音湛沁韻 雞之別名。見〔廣韻〕。

【⿰賁隹】 ⿰賁鳥或字。見〔集韻〕。

【⿰尞隹】 ⿰尞鳥或字。見〔集韻〕。

【⿰華隹】 ⿰華鳥或字。見〔集韻〕。

【⿱䀠隹】 ⿱䀠鳥或字。見〔集韻〕。

【⿰番隹】 鷭或字。見〔集韻〕。

【⿰堯隹】 ⿰堯鳥或字。見〔集韻〕。

【⿰鼻隹】 ⿰鼻鳥或字。見〔集韻〕。

【⿰買隹】 鷶或字。見〔集韻〕。

【⿱敖隹】 鷔或字。見〔集韻〕。

【⿰單隹】 ⿰單鳥或字。見〔集韻〕。

【⿸厥隹】 鷢或字。見〔集韻〕。

【⿰棥隹】 ⿰棥鳥或字。見〔篇海〕。

【⿱敝隹】 鷩或字。見〔集韻〕。

十三畫

【⿰隓隹】 山垂切音衰勻規切音蠵支韻 飛也。見〔說文〕。〔桂注〕篇海引作鳥飛也。

【⿰豩隹】 ⿰豩鳥或字。見〔集韻〕。

【⿰㒼隹】 ⿰㒼鳥或字。見〔集韻〕。

【⿸詹隹】 ⿸詹鳥或字。見〔集韻〕。

【⿱敫隹】 ⿱敫鳥或字。見〔韻會〕。

【⿰睪隹】 ⿰睪鳥或字。見〔集韻〕。

【⿰意隹】 ⿰意鳥或字。見〔集韻〕。

【⿰亶隹】 鸇或字。見〔集韻〕。

【⿰辟隹】 ⿰辟鳥或字。見〔集韻〕。

【𩁈】鸂或字見〔集韻〕。

【𩁹】鸑或字見〔說文鳥部〕。

十四畫

【𩀾】必鄰切音賓眞韻

小雀。見〔玉篇〕。

【𩁰】歷各切音洛藥韻

鳥名。見〔字彙補引朱育集字〕。〔按卽雒字〕

【𩁲】鷍或字見〔集韻〕。

【𩁱】鸝或字見〔集韻〕。

【𩁳】鷟或字見〔集韻〕。

【𩁴】鶾或字見〔集韻〕。

十五畫

【𩁷】憐題切音黎齊韻　良脂切音黎支韻

━黃也。一曰楚雀也。其色黎黑而黃。見〔說文〕〔段注〕━、字林省作鵹。又作鵹。鵹黃卽離黃。一曰謂一名也。黎、黑皃。

【𩁸】古難字見〔玉篇〕。

【𩁺】古難字見〔集韻〕。

【𩁻】古難字見〔字彙補〕。

【𩁼】鷊或字見〔集韻〕。

【𩁽】鸕或字見〔集韻〕。

【𩁾】鵻或字見〔集韻〕。

【𩁿】鶵或字見〔集韻〕。

【𩂀】鶟或字見〔集韻〕。

十六畫

【𩂁】昨合切音雜　走合切音帀合韻

羣鳥也。見〔說文雥部〕〔段注〕許書心神雀頌嘉貺━集。

【𩂂】鸕本字見〔集韻〕。

【𩂃】古集字見〔字彙補〕。

【𩂄】古難字見〔集韻〕。

【𩂅】同遀見〔正字通〕。

十七畫

【𩂆】古難字見〔玉篇〕。

【𩂇】鸚或字見〔集韻〕。

二十畫

【雧】秦入切音䭞緝韻

●集本字見〔說文雥部〕。●聚也。〔離騷〕━芙蓉以爲裳。

【𩂈】古難字見〔集韻〕。

二十六畫

【𩂉】縈懸切音淵先韻

鳥羣也。見〔說文雥部〕〔段注〕如淵爲水聚。

※青部※

【青】倉經切音鶄青韻

●本作靑。〔說文〕靑東方色也。木生火。从生丹。丹━之信言必然。〔段注〕攷工記云。東方謂之━。丹、赤石也。赤、南方之色也。俗言信若丹━。謂其相生之理。有必然也。援此以說从生丹之意。

●生也。象物生時色也。見〔釋名釋采帛〕。

●靜也。見〔文選射雉賦注引韓詩章句〕。

●蔥也。〔爾雅釋器〕━謂之蔥。〔疏〕淺━、一名蔥。

●卽蒼也。〔文選謝朓詩〕━精翼紫軑。

●━玉也。〔詩著〕充耳以━乎而。

●━雘也。〔漢書司馬相如傳〕其土則丹━赭堊。

●空━也。〔周禮職金〕掌凡金玉錫石丹━之戒令。〔又〕空━木名。〔庾信詩〕空━爲一林。〔注〕雲笈七籤。玉淸天中有樹似松名曰空━之林。〔又〕藥名。〔本草綱目〕空━腹中空。破之有漿。治眼疾。一名楊梅—。

（九）草色曰—。〔千金月令〕三月三日。上踏—鞋襪。

（十）竹皮曰—。〔後漢吳祐傳〕欲殺—簡以寫經書。〔注〕以火炙簡令汗。取其—易書。復不蠹。謂之殺—。

（十一）—雀。水鳥也。〔禮記曲禮〕前有水則載—旌。〔又〕—鳥也。古云。西王母使者。〔李商隱詩〕—雀西飛竟未回。〔又〕舟名。〔王勃序〕—雀黃龍之軸。

（十二）—山。山名。〔唐書李白傳〕白至姑孰。悅謝家—山。欲終焉。〔在今安徽當塗縣東南〕〔又〕陰山、一名大—山。

（十三）—谿。谿名。〔明一統志〕—谿有九曲。連綿數十里。以洩玄武湖水。接於秦淮。〔按—谿、發源鍾山。在今江蘇江寧縣境〕

（十四）—州。州名。有二。一爲禹貢之—州。包有山東舊濟南、登、萊、諸府。及遼東各地。一爲唐置之—州。屬河南道。宋屬京東東路。明淸爲—州府。當今山東益都縣治。

（十五）—縣。縣名。明置。屬北直隸河間府。淸改屬天津府。當今直隸—縣治。

（十六）—島。島名。在山東省卽墨縣南。勞山港外島之北。隔海峽有勞山澳。—濟鐵路、發軔於此。淸光緒二十三年。德國租借爲軍港。

（十七）—海。海名。〔唐書吐蕃傳〕吐谷渾不能抗。走—海之陰。〔按—海、蒙古稱庫庫淖爾。古名仙海。亦曰卑禾羌海。又名鮮水。在甘肅西寧縣西二百五十里。周圍五六百里〕

（十八）—陽。春也。〔爾雅釋天〕春爲—陽。〔又〕東向堂也。〔禮記月令〕天子居—陽太廟。

（十九）—帝。神名。〔史記封禪書〕秦宣公作密時于渭南。祭—帝。

（二十）—詞。道觀薦告詞文也。〔李肇翰林志〕凡大淸宮道觀薦告詞文。用—藤紙。朱字。謂之—詞。

（廿一）—宮。太子宮名。〔初學記〕—宮、一曰春宮。太子居之。

（廿二）—樓。妓女所居也。〔杜牧詩〕贏得—樓薄倖名。

（廿三）—童。仙人名。〔李白詩〕仙人識—童。

（廿四）—女。霜神也。〔淮南天文〕—女乃出。以降霜雪。

（廿五）—黃。四時之樂也。〔漢書禮樂志〕吟—黃。〔又〕俗稱已穫與未熟之穀爲—黃。如云—黃不接。

（廿六）—紫。喩仕宦也。〔漢書夏侯勝傳〕其取—紫如俛拾地芥耳。

（廿七）—琴。古神女也。〔漢書司馬相如傳〕—琴宓妃之徒。

（廿八）—烏。堪輿術也。〔王維碑〕擇吉祥之地。不待—烏。

（廿九）—寧。獸名。〔莊子至樂〕—寧生程。

（三十）—亭。卽蜻蜓。〔古今注〕蜻蜓、一名—亭。

（卅一）—棠。花名。〔本草釋名〕合歡、一名—棠。

（卅二）—子。果名。橄欖也。〔蘇軾詩〕紛紛—子落紅鹽。

（卅三）芫—。毒蟲名。一名蚖—。一名地膽。生芫花中。見〔本艸綱目〕

（卅四）銅—。銅之精華。〔本艸綱目〕生熟銅皆有—。〔按今物理學云。銅遇空氣而生鏽。是曰銅—。有毒〕

（卅五）—熒。光明貌。見〔文選揚雄賦注引李彤〕

（卅六）——。枯盧也。〔太玄差〕或蘖——。〔又〕黑髮也。〔宋書謝靈運傳〕——不解久。〔又〕暴盛之盛也。見〔續漢五行志〕

（卅七）冬—。樹名。一名凍—。女貞別種也。但以葉微圓而子赤者爲冬—。葉長而子黑者爲女貞。

冬青圖

（卅八）大—。草名。卽菘藍。夏初栽培於田野。花小。色紅。葉作深藍色。秋際采之。以製染料。

（卅九）—生。科舉時代生員之別稱。明季、淸初、生員名目、有—生、社生。見〔學政全書〕

（四十）俗稱遊民爲—皮。

（四一）姓也。見〔何氏姓苑〕

【靑】子丁切音菁靑韻

——。茂盛貌。〔詩淇奧〕綠竹——。〔釋文〕—本或作菁。

三畫

【彭】疾郢切音靜梗韻

（一）淸飾也。見〔說文彡部〕〔段注〕淸飾者、謂淸素之飾也。

(一)—毨。毛布也。見〔字彙〕。

【啨】於丁切音嫈青韻

—吟。小語也。見〔集韻〕。

【啨】慈盈切音情庚韻

同情。〔史記禮書〕—文俱盡。

五畫

【靖】疾郢切音穽梗韻疾正切音敬敬韻

(一)立竫也。一曰細皃。見〔說文立部〕。〔段注〕謂立容安竫也。古文尙書、截截善諞言。伏生今文作諓諓善竫言。王逸注楚辭引作諓諓—言。蓋竫、諓、戔、古通用。—言。謂小人巧言。

(二)謀也。〔詩召旻〕實—夷我邦。

(三)思也。東齊海岱之閒曰—。見〔方言〕。

(四)治也。〔詩菀柳〕俾予—之。

(五)善也。〔韓詩東門之墠〕有—家室。

(六)和也。〔詩昊天有成命〕肆其—之。

(七)法也。〔左昭十三年傳〕諸侯—兵。

(八)安也。〔國語周語〕自后稷之始基—民。

(九)靜也。〔文選張衡賦〕既防溢而—志兮。

(十)足也。見〔洪武正韻〕。

(十一)卑敬貌。〔管子大匡〕士處—。

(十二)柔德安衆曰—。恭己鮮言曰—。寬樂令終曰—。並見〔周書謚法〕。

(十三)壇—。猶云道場也。〔冥通記〕勿令小兒輩逼壇—。

(十四)—人。國名。〔山海經大荒東經〕有小人國。曰—人。

(十五)州名。宋置。屬荊湖北路。元明屬湖廣行省。當今湖南—縣治。

(十六)同靚。〔文選張衡賦〕潛服膺以永—兮。〔注〕—、與靚同。

(十七)人名。晉索—。唐李—。

(十八)姓也。〔廣韻〕齊—郭君之後。風俗通云。單—公之後。

【靕】之人切音眞眞韻

眞正不染邪曲也。〔篇海〕太上作亳州老君碑。張道忠添注。从一从止。从主从月。正者。眞也。一併止、爲正。主者、注也。注月爲青。青者、東方之色也。五方之首也。四正之初也。人能行眞正不染邪曲者。爲仙之基本也。〔按正字通云。六書無—。必俗增〕

六畫

【靗】丑鄭切音遉敬韻

(一)譯也。見〔玉篇〕。〔按廣雅釋詁作驛也。〕

(二)覘也。見〔玉篇〕。

【靗】抽庚切音瞠庚韻

䚋或字。〔集韻〕䚋、正視也。一曰。深意。或作—。

【靗】丑正切音遉敬韻

(一)覘也。見〔廣韻〕。

(二)䚋或字。〔集韻〕䚋、廉視也。或作—。

【靗】癡貞切音摚庚韻

䚋或字。〔集韻〕䚋、說文、正視也。或作—。

【靘】千定切音倩徑韻

(一)靘—。青黑色也。見〔玉篇〕。

(二)深—。陰翳處。〔李華詩〕玄猿啼深—。

七畫

【靚】疾正切音淨敬韻疾郢切音靜梗韻

(一)召也。見〔說文見部〕。〔段注〕釋言曰。廣雅。令、召、—也。

(二)謂粉白黛黑也。〔文選左思賦〕袨服—糚。

(三)呼也。見〔廣雅釋詁〕。

(四)拭—也。見〔禮記雜記注〕。

(五)女容徐—也。見〔集韻〕。

(六)豔麗貌。〔貢師泰詩〕意態閒且—。氣若蘭蕙芳。

(七)同靜。〔漢書揚雄傳〕稍暗暗而—深。〔注〕師古曰。—、即靜字。

(八)通請。〔廣韻〕古奉朝請、亦作此字。

八畫

【靜】疾郢切音穽梗韻疾正切音淨敬韻

(一)寀也。見〔說文〕。〔段注〕采色詳寀得其宜謂之—。人心寀度得宜。一言一事。必求理義之必然。則雖繁勞之極而無紛亂。亦曰—。

(二)動之對也。〔易坤文言〕至—而德方。

(三)安也。〔詩柏舟〕—言思之。

(四)寧也。〔淮南本經〕怒則手足不—。

(五)服也。〔周書周祝〕民乃—。

(六)容也。〔禮記玉藻〕聲容—。〔注〕不噦欬也。

(七)默也。〔國語晉語〕吾其—也。

(八)貞—也。〔詩靜女〕—女其姝。
(九)淸也。〔後漢楊秉傳〕—室而止。〔注〕—室謂先使淸宮也。
(十)靜也。〔禮記儒行〕—而正之。
(十一)澄也。見〔韻會〕。
(十二)謀也。〔書堯典〕—言庸違。
(十三)潔也。〔國語周語〕—其巾冪。
(十四)息也。〔禮記月令〕百官—事毋刑。
(十五)整也。見〔釋名釋言語〕。
(十六)謂怠也。〔太玄玄攡〕其—也。
(十七)道家修養之稱。〔雲笈七籤〕修鍊之士當須入—大—三百日。中—二百日。小—一百日。
(十八)歸根曰—。見〔老子〕。
(十九)不離位曰—。見〔韓非子喻老〕。
(二十)不以夢劇亂知謂之—。見〔荀子解蔽〕。
(廿一)柔德考衆曰—。恭己鮮言曰—。見〔周書諡法〕。
(廿二)州名。有二。一、唐置。屬劍南道。當今四川松潘縣西南。一、遼置。屬上京道。當在今奉天境。
(廿三)通竫。〔史記周紀〕周宣王—。〔漢書古今人表作竫〕。
(廿四)通靚。見〔韻會〕。

【⿰青炁】同天。見〔篇海〕。

十畫

【⿰青盍】乙盍切音鰪合韻
飾采也。見〔集韻〕。

【靝】同天。見〔篇海〕。

十三畫

【⿰青瑟】所櫛切音瑟質韻
色赤青也。見〔篇海〕。

十四畫

【⿰青蒦】胡故切音護遇韻
(一)青䨼。〔尙書大傳〕青丘出青—。今石靑白靑之屬。〔按山海經云青丘之山。其陽多玉。其陰多青—〕。
(二)善青也。〔六書索隱〕善丹曰雘。从丹。善青曰—。从青。

※非部※

【非】匪微切音飛微韻
(一)韋也。从飛下𢎨。取其相背也。見〔說文〕。〔段注〕韋、各本作違。今正。違者、離也。韋者、相背也。—以相背爲義。不以離爲義。从飛省、而下其𢎨。𢎨垂則有相背之象。故曰—、韋也。
(二)排也。人所惡排去也。見〔釋名釋言語〕。
(三)猶失也。〔禮記禮運〕—禮也。
(四)不是也。〔易繫辭〕辨是與—。
(五)不眞也。〔淮南說林〕其守節—也。
(六)不也。〔禮記檀弓〕—刀匕是共。〔按書盤庚—廢厥謀。各—敢違卜。—皆訓不也〕。
(七)惡也。〔淮南修務〕立是廢—。
(八)過也。〔莊子盜跖〕辨足以飾—。
(九)譏也。〔史記李斯傳〕—世而惡利。
(十)恨也。〔國語晉語〕今旣無事矣而—。
(十一)訾也。〔孝經〕—聖人者無法。—孝者無親。
(十二)責也。〔穀梁隱五年傳〕—隱也。
(十三)咎也。〔呂覽愼行〕動作者莫不—令尹。
(十四)猶罪也。〔呂覽長見〕將以—不穀。
(十五)不善之辭也。〔淮南修務〕世俗衰廢而—學者多。
(十六)下也。見〔玉篇〕。
(十七)隱也。見〔玉篇〕。
(十八)奸—也。〔史記孝文紀〕惘然念外人之有—。
(十九)似是而—也。〔孟子離婁〕—禮之禮。—義之義。〔注〕若禮而—禮。若義而—義。
(二十)猶舍也。〔孟子離婁〕—仁、無爲也。—禮、無行也。〔按此猶言舍仁不爲。舍禮不行〕。
(廿一)妄也。〔書冏命〕格其—心。
(廿二)法度也。〔孟子離婁〕惟大人爲能格君心之—。〔注〕—、法度也。
(廿三)猶云豈—也。〔書大禹謨〕可愛—君。可畏—民。
(廿四)猶云未嘗也。〔孟子公孫丑〕城—不高也。池—不深也。
(廿五)猶云否也。〔書呂刑〕何擇—人。〔墨子尙賢引作何擇否人〕。
(廿六)猶云無也。〔史記孝文紀〕乃朕德薄而敎不明與。
(廿七)山名。〔山海經南山經〕—山之首。其上多金玉。

㉖洲名。具言阿ㄧ利加。五大洲之一。面積三倍歐羅巴洲。全土十分之三在熱帶圈內。人口約有二億。久處黑暗之中。近時歐人探險其地。得漸達於文明。以英法德等國領地最多。英文 Africa

㉗御ㄧ冠名。〔獨斷〕御ㄧ冠、宮門僕射等服之。

㉘闆ㄧ國名。〔山海經海內北經〕闆ㄧ人面而獸身靑色。

㉙ㄧㄧ〔楞嚴經〕如存不存。若盡非盡。名爲ㄧ想。ㄧㄧ想。

㉚人名。韓ㄧ。〔漢書〕五十五篇。名韓ㄧ子。

㉛通匪。〔詩木瓜〕ㄧ報也。〔傳〕匪、ㄧ也。

㉜通微。〔禮記檀弓〕雖微晉而已。〔注〕微、ㄧ也。

㉝姓也。〔風俗通〕ㄧ子伯益之後。〔又〕車ㄧ胡ㄧ俱複姓。

㉞日本以官吏依官府命令。暫離其職。仍不失其官銜者。曰ㄧ職。ㄧ職以三年爲限。

【非】妃尾切音斐尾韻 方未切音沸未韻 同誹。謗也。〔史記鼂錯傳〕ㄧ謗不治。〔注〕ㄧ讀曰誹。

二畫

【兆】古卯字。見〔玉篇〕。

【非】同兆。見〔集韻〕。

三畫

【⿱非乙】妃尾切音斐尾韻 ㊀別也。見〔類篇〕。㊁鳥名。山梟也。見〔集韻〕。

【⿱非已】府尾切音匪尾韻 別也。从非已。見〔說文〕〔段注〕別者分解也。非已猶言不爲我用。會意。非亦聲。

【⿱非乜】平祕切音備寘韻 攀悲切音丕支韻 鳥如梟類。見〔廣韻〕。

【厞】符沸切音翡未韻 ㊀隱也。見〔玉篇〕〔按說文本作厞。〕音義並同。㊁陋也。見〔廣韻〕。

【⿱非巾】父沸切音翡未韻 隱也。亦作厞。見〔玉篇〕。

【⿱大非】蒲罪切音琲賄韻 大也。見〔玉篇〕。

【⿱非子】芳輝切音非微韻 輕也。見〔字彙〕。

四畫

【⿱非毛】匪微切音非微韻 ㊀細毛也。見〔集韻〕。㊁紛也。見〔玉篇〕〔按當爲蠹省字。〕

【⿱非示】疾盍切音捷悉盍切音靸合韻 ㊀惡也。見〔玉篇〕。㊁𠎝ㄧ。不謹皃。見〔集韻〕。㊂姓也。見〔集韻〕〔按正字通云。ㄧ八速。人姓。〕

【⿱非示】在臘切音塔合韻 俗云臘ㄧ。見〔正字通引楊愼說。〕

【⿱非巴】符非切音肥微韻 平祕切音備寘韻 橐ㄧ。鳥名。〔山海經西山經〕羭次之山有鳥焉。其狀如梟。人面而一足。曰橐ㄧ。冬見夏蟄。服之不畏雷。

【⿱非巴】匹寐切音屁寘韻 別也。見〔集韻〕。〔按康熙字典云。說文、玉篇、有⿱非已無ㄧ。廣韻集韻、類篇、⿱非已ㄧ分見。音義略同。疑即一字譌分爲二。〕

【⿱非火】父沸切音翡未韻 斐或字。〔集韻〕斐麀也。或从火。

【⿱非手】方未切音沸未韻 覆手也。見〔集韻〕。

【⿱非大】古瑟字。見〔字彙補〕。

【⿱非帀】古師字。見〔字彙補〕。

五畫

【⿱非古】同苦。〔山海經中山經〕大ㄧ之山。〔畢注〕山在今河南登封縣北。大苦、舊本譌作大ㄧ。

【⿱大非】同我。見〔字彙補〕。

七畫

【靠】口到切音犒號韻 酷沃韻 相韋也。見〔說文〕〔段注〕韋、各本作違。今正。相韋者、相背也。故从非。今俗謂相依曰ㄧ。古人謂相背曰ㄧ。

其義、一也。猶分之合之皆曰離。

【靠】姑沃切音牿沃韻

相連也見〔集韻〕。

【⿱非貝】平祕切音祕寘韻

壯—也見〔五音集韻〕。

【⿱非言】𧫒或字見〔集韻〕。〔按六書略𧫒、亦作—〕。

十一畫

【靡】毋被切音骳紙韻

(一)披—也見〔說文〕〔段注〕披、各本作披。今正。旇下曰旇旗披—也。披—、分散下垂之皃。

(二)傴也〔左莊十年傳〕望其旗—。

(三)順也〔荀子儒效〕積—使然也。

(四)涯也〔史記司馬相如傳〕的皪江—。

(五)隨也〔書說命說築傅巖之野傳〕使胥—刑人築護此道〔疏〕胥、相也。—隨也。古者相隨、坐輕刑之名。〔又〕周地名〔左定六年傳〕伐胥—也。

(六)緻也〔楚辭招魂〕—顏膩理。

(七)離也見〔廣雅釋言〕。

(八)侈也〔禮記檀弓〕若是其—也。

(九)猶偃也〔漢書杜欽傳〕天下莫不望風而—。

(十)草名。薺葶藶之屬也〔禮記月令〕—艸死。

(十一)爲也見〔廣雅釋詁〕。

(十二)傾也見〔華嚴經音義引漢書拾遺〕。

(十三)紂邑也〔周書世俘〕侯來命伐—。

(十四)美也〔文選左思賦〕其鄰則有任俠之—。

(十五)無也〔詩泉水〕—日不思。

(十六)盡也〔國策秦策〕而百姓—於外。

(十七)綏也〔荀子榮辱〕—之儇之〔注〕猶言綏之急之也。

(十八)累也〔詩烈文〕無封—于爾邦。〔注〕—累也〔疏〕奢侈淫—是罪累也。

(十九)愛也〔莊子馬蹄〕喜則交頸相—。

(二十)輕麗也〔漢書韓信傳〕—衣媮食。

(廿一)纖密也〔漢書揚雄傳〕—薜荔而爲席兮。

(廿二)蔓也〔文選左思賦〕孰愈尋—蓱於中逵。

(廿三)死也〔法言淵騫〕實蛛蝥之—也。〔注〕如蜘蛛之蝥毒人而—死。

(廿四)布帛之細者也〔方言〕東齊言布帛之細者曰綾秦晉曰—。

(廿五)費弗過適謂之節反節爲—見〔賈子道術〕〔今猶言—費〕。

(廿六)猗—相撫掩容養也。〔漢書司馬相如傳〕扶輿猗—。

(廿七)—止言小也〔詩小旻〕國雖—止。

(廿八)—敝賦稅亟也〔禮記少儀〕國家—敝。

(廿九)施—連延也〔文選司馬相如賦〕登降施—。

(三十)—徙失正也〔史記司馬相如傳〕做罔—徙。

(卅一)—曼好色也〔呂覽順民〕目不視—曼。

(卅二)弟—不窮之貌〔莊子應帝王〕因以爲弟—〔又〕猶遜伏也見〔莊子釋文引崔注〕〔按弟音頹〕。

(卅三)州—國名〔周書王會〕州—費費、其形人身跂踵自笑。

(卅四)離—不絕之貌〔史記司馬相如傳〕離—廣衍。

(卅五)蘼—艸弱隨風貌〔楚辭招隱士〕穳草蘼—。

(卅六)——猶遲遲也〔詩黍離〕行邁——〔又〕相隨順也〔書畢命〕商俗——。〔又〕行也見〔廣雅釋訓〕〔又〕盡貌〔文選陸機賦〕友——而愈索〔又〕依倚貌〔文選宋玉賦〕薄艸——〔又〕言樂容與閑麗也〔文選左思賦〕——愔愔。

(卅七)姓也見〔字彙〕。

【靡】忙皮切音縻支韻

(一)散也〔易中孚〕我有好爵吾與爾—之〔注〕—散也、分散而共之。

(二)縻也〔莊子胠篋〕伍員—。

(三)碎也〔漢書川惠王越傳〕今欲—爛望卿。

(四)損也〔國語越語〕—王躬身。

(五)滅也見〔方言〕。

(六)同靡〔揚雄反騷〕精瓊—與秋菊。〔離騷—作靡〕

(七)同縻〔荀子富國〕以相顛倒以—敝之〔注〕—讀爲縻。

【靡】眉波切音摩歌韻

(一)散也見〔集韻〕。

(二)—笄山名〔左成六年傳〕師至於—笄之下。

(三)摩也〔莊子齊物論〕與物相刃相—。

(四)磨切也〔荀子性惡〕身日進於仁

義而不自知也者。—使然也。

【[illegible]】 莫加切音麻麻韻

㊀收—。漢縣名。〔漢書地理志〕益州郡收—縣。〔注〕李奇曰。—音麻。卽升麻。殺毒藥所出也。〔按地理韻編以爲收麻係牧麻之譌。地在今雲南尋甸縣境。〕

㊁同麻。〔呂覽任數〕西服壽—。〔注〕—亦作麻。

【[illegible]】 糜詖切音媚寘韻

㊀偃也。〔文選揚雄賦〕乘風雲—。

㊁猗—也。〔漢書禮樂志〕顏如荼。兆逐—。

㊂曳也。見〔集韻〕。

十二畫

【[illegible]】 芳微切音霏微韻

㊀毛紛紛也。見〔說文毳部〕。〔段注〕紛紛者多也。非、分、雙聲。——猶紛紛也。

㊁細毛也。見〔廣韻〕。

【[illegible]】 同共。見〔字彙〕。

【[illegible]】 播譌字。見〔正字通〕。

中華大字典 戌集

※韭部※

【韭】舉有切音久有韻

●一 菜名。一種而久生者也。故謂之—。象形。在一之上。一、地也。見【說文】。【按—叢生。豐本。長葉青翠。形狹而厚。氣微臭。可以根分。可以子種。葉長三寸則翦。歲可三四翦。秋初開小白花。九月收子。鱗莖色白。花名—菁。美在根。生山者名藿】

韭圖

●二 蕘—。菖蒲也。【運斗樞】玉衡星散為菖蒲。一名蕘—。一名昌陽。

●三 禹—。麥門冬別名也。【本草綱目】麥門冬一名禹—。齊名愛—。秦名烏—。楚名馬—。越名羊—。

●四 鹿—。牡丹別名。【本草綱目】牡丹、一名百兩金。一名鼠姑。一名鹿—。

●九 水—。菝葀。【北戶錄】水—生於池塘中。葉似—。得非龍爪—乎。字林云。菝、水中野—也。

四畫

【䪞】才盍切音囃合韻

●一 惡也。見【廣韻】。

●二 姓也。出纂文。今北海有之。見【廣韻】

【𩐂】舉有切音九有韻 姓也。見【字彙】。

【韮】韭俗字。見【廣韻】。

六畫

【𩐄】韱或字。見【玉篇】。

七畫

【韰】下介切音械卦韻

●一 —惈。猶果敢也。見【廣韻】。

●二 偕省字。【集韻】偕。陋也。一曰速也。或省。

【𩐇】古季字。見【字彙補】。

八畫

【韱】思廉切音銛將廉切音尖鹽韻

●一 山韭也。見【說文】。【按山—、山中自生之—也。朱駿聲云。即爾雅藿百足之藿。藿即藿也。】

●二 通纖。【集韻】纖細也。通作—。

【𩐋】悉盍切音僷合韻 —鼓。起也。見【廣韻引新字林】。【按字从攴𢀩聲。舊入韭部。非。】

十畫

【䪤】下介切音械卦韻 送死歌也。見【集韻】。

【𩐎】牋西切音躋齊韻

●一 墜也。从韭。次朿皆聲。見【說文】。【段注】王念孫曰。—者細碎之名。莊子言—粉是也。按艸部曰。葅酢菜也。酢菜之細切者曰—。通俗文曰。淹韭曰—。淹䪢曰䪢。【按玉篇作韲。廣韻類篇作齏。廣雅作虀。集韻韻會作𩐑。字彙作𩐓。正字通作齏。以齏韲為譌字。今依篆文朿作朿形改正。】

●二 濟也。與諸味相濟成也。見【釋名釋飲食】。

●三 和也。【莊子知北游】故以是非相—也。

●四 碎也。【莊子大宗師】—萬物而不為義。

●五 亂也。【莊子列禦寇】而—其所患。

●六 變而相雜曰—。【莊子天運】—萬頭而不為戾。

●七 葅也。見【廣雅釋器】。

【𩐏】𩐎或字。見【說文】。

【𩐐】𩐎譌字。見【正字通】。

【𩐑】𩐎譌字。見【正字通】。

十一畫

【䪢】徒對切音隊隊韻 𩐎也。見【說文】。【按通俗文云。淹韭曰—。參閱𩐎字】。

【𩐒】𩐎本字。見【正字通】。

【𩐓】同𩐎。見【玉篇】。

十二畫

【䪣】附袁切音煩元韻 小蒜。見【說文】【段注】玉篇廣韻皆云。百合蒜也。【按即齊民要術所云百子蒜】。

【𩐕】同䪣。見【廣韻】。

十四畫

【𩐖】下介切音械卦韻

●芣也。葉似韭。見〔說文〕〔按爾雅釋草〕、鴻薈。朱駿聲云鴻薈之合音爲一。」

●狹也。〔漢書揚雄傳〕何文肆而質一。

●一露。挽歌也。〔搜神記〕挽歌辭有一露蒿里二章。漢田橫門人作。橫自殺。門人傷之。悲歌。言人如一上露。易稀滅。亦謂人死精魂歸於蒿里。故有二章。

【[illegible]】騷或字。見〔集韻〕。

【[illegible]】韱或字。見〔集韻〕。

十五畫

【[illegible]】古好字。見〔字彙補〕。

十六畫

【韲】古齏字。見〔字義總略〕

※面部※

【面】彌箭切音偭霰韻

❶本作𡇢〔說文〕𡇢。顏前也。〔段注〕顏前者。謂自此而前。則爲目爲鼻爲目下爲頰之間。乃正鄉人者。故與背爲反對之稱。

❷向也。〔書周官〕不學牆一。

❸前也。〔儀禮士冠禮〕覆之一葉。

❹見也。〔禮記曲禮〕夫爲人子者。出必告。反必一。

❺覿也。〔周禮司儀〕私一私覿。

❻以首向臨之也。〔漢書夏侯嬰傳〕一雍樹馳。

❼方面。當四分之一一也。見〔韻會舉要〕。

❽漫也。見〔釋名釋形體〕〔疏證〕說文無漫字。疑當作㴐。

❾偝之也。〔漢書張敞傳〕不可者。不得已爲涕泣一而封之。〔注〕如淳曰。不正視。若不見也。晉灼曰。一對因讀而封之。使其聞見。死而無恨也。師古曰。二說皆非也。一謂偝之也。言不忍視之。與呂馬童一之同義。〔按正字通云通偭〕

❿猶偝也。〔儀禮鄉射禮〕一鏃。

⓫猶迴向也。〔書召誥〕一稽天若。〔一作緬。〕

⓬以顏色慰悅之也。〔荀子大略〕君子之於子。愛之而勿一。使之而勿貌。

⓭一縛。反背而縛之也。〔史記宋微子世家〕肉袒一縛。

⓮便一。扇類。〔漢書張敞傳〕自以便一拊馬。〔注〕師古曰。便一所以障一。蓋扇之類也。不欲見人。以此自障一。則得其便。故曰便一。亦曰屏一。今之沙門、所持竹扇。上衺平而下圜。即古之便一也。

⓯一白。日本語。謂有趣味也。

⓰片一。日本語。謂一方一也。

⓱書一。日本語。謂一切函牘也。

⓲幾何學以有長廣而無厚者謂之一。

⓳俗謂物之外表曰一。或曰表一。

三畫

【[illegible]】同䩉。見〔篇海〕。

【[illegible]】皯或字。見〔集韻〕。

【[illegible]】耐靦字。見〔字彙〕。

四畫

【[illegible]】虛咸切音歁咸韻

黏一。出頭皃。見〔廣韻〕。〔又〕小頭也。見〔玉篇〕。

【[illegible]】披巴切音葩麻韻

面黃。見〔集韻〕。

【[illegible]】女六切音恧屋韻

慙也。見〔篇海〕。〔按正字通云。與忸通。康熙字典云當即忸字之譌。〕

【[illegible]】匹降切音胖絳韻

面腫。見〔集韻〕。

【[illegible]】丁紺切音馱勘韻

頑劣皃。見〔廣韻〕。

【[illegible]】是義切音豉寘韻

一䩉面皃。見〔廣韻引新字林〕。

五畫

【靤】皮教切音皰效韻

❶面瘡。見〔玉篇〕。

❷皰或字。〔集韻〕皰。面生气也。或从面。

【⿰面乍】阻板切音於湝韻
㊀色黰。見〔集韻〕。
㊁—⿰面余。老也。見〔玉篇〕。〔又〕面皺。見〔廣韻〕。

【⿰面占】知咸切音詀咸韻
—⿰面令。小頭。見〔玉篇〕。〔又〕出頭皃。見〔廣韻〕。

【⿰面占】丁兼切音敁鹽韻
—⿰面占。面陋。見〔集韻〕。

【⿰面幼】於絞切音窅巧韻
—⿰面丂。面曲。見〔集韻〕。

【⿰面幼】於九切音懮有韻
—⿰面鬼。面醜。見〔集韻〕。

【⿰面丂】楚絞切音炒巧韻
⿰面幼—。面曲。見〔集韻〕。

【⿰面皮】音幝銑韻
寬也。見〔篇海〕。

【⿰面未】莫佩切音妹隊韻
面貌。見〔字彙〕。

【⿰面旦】靦或字。見〔說文〕。

【⿰面殳】⿰面余或字。見〔集韻〕。

六畫

【⿰面舌】戶括切音活曷韻
㊀面小。見〔玉篇〕。
㊁頢或字。〔集韻〕⿰面頁。短面也。或作—。

【⿰面辰】乙六切音郁屋韻
血面也。見〔字彙〕。

【⿰面自】都回切音磓灰韻
⿰面占—。醜面。見〔廣韻〕。

【⿰面叚】同⿰面余。見〔類篇〕。

七畫

【⿰面合】呼含切音峆覃韻
㊀面紅皃。見〔玉篇〕。
㊁面赭色。見〔集韻〕。

【靦】他典切音腆銑韻
㊀面見也。詩曰。有—面目。見〔說文〕。〔按段氏依毛詩正義補云。面見人。謂但有面相對。自覺可憎也。〕
㊁姡也。見〔爾雅釋言〕。
㊂慙皃。見〔玉篇〕。
㊃面目之貌。〔國語越語〕余雖—然而人面哉。
㊄擅也。面目皃也。謂自專擅之皃。見〔爾雅釋言舍人注〕。

【⿰面甫】符遇切音附遇韻
頰也。見〔說文〕。〔段注〕頰者、面㫄也。面㫄者、顏前之兩㫄。自外言曰—、曰頰、曰䏔—。自裏言則上下持牙之骨謂之—車。亦謂牙車。亦謂之頷車。亦謂䶬車。亦謂之—。亦謂之頰。許言—頰也者。言其外也。

【⿰面甫】奉甫切音父麌韻
通輔。〔易咸〕咸其輔。〔釋文〕輔如字。馬云。上頷也。虞作—。云耳目之間。〔按說文䫏頰—與輔義相近。玉篇引左僖五年傳。諺所謂輔車相依作—。是古多相通假也。〕

【⿰面宛】謨官切音瞞寒韻母伴切音滿旱韻
塗面也。見〔集韻〕。

【⿰面每】呼內切音誨隊韻
靧或字。〔集韻〕靧。多肉謂之靧。或从每。

【⿰面巠】馨正切音欹敬韻
⿰面攵—。頑劣皃。見〔集韻〕。

【⿰面忽】乃歷切音溺錫韻
愁面。見〔玉篇〕。

【⿰面足】初六切音促沃韻
齊也。見〔篇海〕。

【⿰面夋】數瓦切音傻馬韻
面醜。見〔集韻〕。

八畫

【⿰面官】鄔版切音綰潸韻烏患切音綰諫韻
面曲皃。見〔廣韻〕。

【⿰面宛】委遠切音宛阮韻
㊀眉目之閒美皃。韓詩。青陽—兮。今作婉。見〔玉篇〕。
㊁面柔。見〔集韻〕。

【⿰面宛】烏括切音斡曷韻
目開之皃。見〔廣韻〕。

【⿰面宜】宜寄切音議寘韻
⿰面此—。面皃。見〔廣韻〕。

【⿰面周】徒弔切音調嘯韻
—習也。見〔玉篇〕。

【⿰面并】必郢切音併梗韻疋丁切音俜青韻

面色黃皃。見〔篇海〕。

【⿰面奄】烏咸擧咸韻　面黑子也。見〔篇海〕。

【⿰面祭】女盞切音⿰面祭濟韻　酢—。面破也。見〔篇海〕。〔按卽⿰面祭諂字〕

九畫

【⿰面音】烏感切音晻感韻乙減切音黯豏韻　—⿰面參。顑容見〔集韻〕。

【⿱監面】盧甘切音藍覃韻　—⿰面斬。面長皃。見〔玉篇〕。

【⿰面柰】乃板切音赧潸韻　酢—。又慙愧也。或爲赧。見〔玉篇〕。

【⿱𠀠面】蘇貫切音筭翰韻　面博也。見〔篇海〕。

【⿰面面】美辨切音湎銑韻　䤄—也。見〔篇海〕。

十畫

【⿰面臭】去久切音糗有韻　面醜。見〔集韻〕。

【⿰面冥】暗見切音麪霰韻　—炫。汗血也。見〔廣韻〕。

十一畫

【⿰面麻】母果切音麼哿韻　❶—⿰面懡。慙也。見〔集韻〕。❷面青皃。見〔玉篇〕。

【⿱斬面】昨三切音蠶覃韻鋤銜切音嶄咸韻子鑑切音蹔陷韻　⿰面長—。面長皃。見〔玉篇〕。

【⿰面參】七感切音慘感韻　⿰面音—。顑容。見〔集韻〕。

【⿱婁面】婁或字。見〔集韻〕。

十二畫

【⿰面焦】玆消切音焦慈焦切音樵蕭韻　❶面焦枯小也。从面焦。見〔說文〕。〔按卽憔悴字。漢書外戚傳又作嫶〕❷憂也。見〔廣雅釋詁〕。

【⿰面焦】子肖切音醮嘯韻　面不光澤。見〔廣韻〕。

【⿰面單】他典切音腆銑韻　面黃色。見〔篇海〕。

【⿰面尞】朗鳥切音繚篠韻　面白——也。見〔玉篇〕。

【⿰𧦝面】荀緣切音宣先韻徒玩切音段翰韻　圓面。見〔集韻〕。

【⿰面貴】呼內切音悔隊韻　洗面也。〔禮記玉藻〕沐稷而—粱。〔按玉篇云與頮同。〕

【⿰面然】乃殄切音撚銑韻　⿰面見—。少色也。見〔集韻〕。

【⿱殹面】⿱殹面或字。見〔集韻〕。

【⿰面獄】同⿱殹面。見〔字彙補〕。

【⿱雔面】同⿰面雔。見〔字彙補〕。

【⿱弇面】帢或字。見〔集韻〕。

十三畫

【⿰面亶】同⿰面見。見〔玉篇引字書〕。

十四畫

【⿸厭面】益涉切音魘葉韻於琰切音黶琰韻　❶姿也。見〔說文新坿〕。❷面上—子。見〔廣韻〕。❸—⿰面甫。著頰上窐也。〔淮南說林〕—⿰面甫在頰則好。〔又〕頰邊文也。〔淮南脩務〕—⿰面甫搖。〔注〕—⿰面甫、頰邊文。婦人之媚也。

【⿱漸面】子冉切音⿱斬面琰韻　色弱。見〔集韻〕。

【⿰面厤】同⿰面麻。見〔集韻〕。

十五畫

【⿰面蔑】莫結切音蔑屑韻　❶面小。見〔玉篇〕。❷—⿰面尢。小也。見〔廣韻〕。

【⿰面摩】同⿰面麻。見〔篇海〕。

十七畫

【⿰面韱】子豔切音⿰口韱豔韻　面包。見〔集韻〕。

十八畫

【⿱面⿰面面】同⿰面頁。見〔篇海〕。

十九畫

【⿰面羅】郎可切音砢哿韻

⿰面靡面見〔玉篇〕。〔按集韻本作儸。⿰亻靡儸。⿱斬瓦也。〕

【⿰面靡】⿰面靡或字。見〔集韻〕。

※首部※

【首】始九切音手有韻

(一)頭也。見〔廣韻〕。〔按說文百𩠐分二部。百下解云頭也。𩠐下解云古文百也。玉篇云。｜同𩠐。今文。蓋今文｜由古文𩠐省也。〕

(二)譽之初生謂之鼻人之初生謂之｜。見〔方言〕。

(三)陽也。〔禮記曲禮〕執禽者左｜。

(四)始也。〔公羊隱六年傳〕｜時過則書。

(五)先也。〔禮記月令〕｜種不入。〔注〕｜種謂稷。〔疏〕百穀、稷先種。故云。

(六)本也。〔禮記曾子問〕不｜其義。

(七)始定也。〔漢書律曆志〕張蒼｜律曆事。

(八)君也。見〔廣雅釋詁〕。

(九)魁帥也。見〔正字通〕。

(十)篇什也。詩賦皆稱篇。後皆稱｜。

(十一)要信也。〔書秦誓〕予誓告汝羣言之｜。〔傳〕衆言之本要。

(十二)標表也。〔禮記閒傳〕苴惡貌也。所以｜其內而見諸外也。〔集說〕｜者、標表之義。蓋顯示其內心之哀痛於外也。

(十三)拜也。〔周禮大祝〕辨九𢷬。一曰稽｜、二曰頓｜。三曰空｜。〔注〕稽｜、拜頭至地也。頓｜、拜頭叩地也。空｜、拜頭至手。所謂拜｜也。

(十四)直也。〔禮記郊特牲〕｜也者直也。

(十五)殳上鐏也。〔考工記廬人〕五分其晉圍。去一以爲｜圍。

(十六)劍環搚也。〔禮記曲禮〕進劍者左｜。

(十七)馬名。〔爾雅釋獸〕馬四蹢皆白、｜。

(十八)山名。〔左宣二年傳〕宣子田於｜山。

(十九)｜鼠。一前一卻也。〔漢書灌夫傳〕何爲｜鼠兩端。

(二十)姓也。明弘治汀州推官｜德仁。

(二十一)通手。〔儀禮士喪禮〕左｜進鬐。〔注〕古文｜爲｜。

【首】舒救切音狩宥韻

(一)有罪自陳也。〔漢書文三王傳〕驕嫚不｜。〔今法律稱自｜〕。

(二)服也。〔後漢西域傳〕雖有降｜曾莫懲革。

(三)向也。〔禮記玉藻〕君子之居恆當戶。寢恆東｜。

【𩠐】古首字。〔說文𩠐部〕｜古文百也。巛、象髮。謂之鬊。鬊卽巛也。

二畫

【馗】渠龜切音夔支韻

(一)九達道也。似龜背。故謂之｜。｜、高也。見〔說文九部〕〔詳逵字〕。

(二)隱也。見〔爾雅釋宮釋文引字林〕。

(三)鍾｜、神物也。見〔集韻〕。〔按通雅二十一云。鍾｜一作鍾葵。終葵正字通云。椎名鍾｜。周禮考工記玉人疏。齊人謂椎爲終葵。葵｜聲相近。卽鍾｜也。胡應麟筆叢曰。後人附會作傳。皆以謂鬼神名也。互詳鍾字。〕

【馗】渠龜切音夔支韻渠尤切音求尤韻

大菌也。〔爾雅釋草〕中｜、菌。〔注〕地蕈也。似蓋。今江東名爲土菌。亦曰｜廚。可啖之。〔疏〕大者名中｜。小者卽名菌。〔釋文〕中｜、求龜反。郭音仇。字則當作頄。舍人本作中鳩。云菟奚名顆東。顆東名中鳩。

【𩠑】同頂。見〔集韻〕。

五畫

【⿰首犮】古髮字。見〔玉篇〕。

【⿰首巤】古髮字。見〔玉篇〕。

【⿰首肖】同⿰首犮。見〔說文長箋〕。

【⿰首肖】同頰。見〔字彙補〕。

六畫

【⿰旨首】遣禮切音啟濟韻 本作𩠐〔說文𩠐部〕𩠐𩠐首也。〔段注〕頓首、—首、爲周禮九拜之二。周禮。—首本又作稽。許沖上書前作稽首。後作—首。鄭曰。—首、拜頭至地也。頓首、拜頭叩地也。蓋—首者供手至地。頭亦至於地。而顙不必觸地。與頓首之必以顙叩地異矣。—首者稽遲其首也。頓首。拜頭至地曰—顙。—顙者。稽遲其顙也。

【⿰首亥】戶該切音孩灰韻 首也。見〔字彙〕。〔按即頦字。〕

【⿰𦣝首】頤籀文。見〔說文𦣝部〕。

【⿰首旨】𩠐本字。見〔說文〕。

七畫

【⿰首脊】頰籀文。見〔說文頁部〕。

【⿰首甫】同⿰甫頁。見〔字彙補〕。

八畫

【⿰首或】古獲切音國陌韻 聝或字。見〔說文耳部〕。〔按說文。聝。軍戰斷耳也。春秋傳曰以爲俘聝。〕

【⿰首或】呼臭切音洫職韻 面也。〔莊子列禦寇〕槁項黃—。

九畫

【⿰首九】始九切音手有韻 ㈠人初生子。見〔玉篇〕。㈡產而不𧭼謂之—。見〔集韻〕。

【⿰首產】顏籀文。見〔說文頁部〕。

【⿰首昔】同頓。見〔六書統〕。

十畫

【⿱髟首】敷勿切音髴物韻 ㈠婦人首飾也。見〔玉篇〕。㈡額前飾也。見〔廣韻〕。

十一畫

【⿰首國】馘或字。見〔正字通〕。

十五畫

【⿱髟首】分物切音佛物韻 婦人首飾也。見〔字彙補〕。〔按即髴譌字。〕

十八畫

【⿰𣃔首】主兗切音膞銑韻 徒官切音團寒韻 止元切元韻 朱遄切音專先韻 ㈠截也。从斷。从首。見〔說文〕。〔按大徐本有或體剸字。小徐朱竹君本、汪啟淑本、無。顧千里校刊本有。玉篇云。或剸同。廣韻二十八獮剸訓細割。剸同。集韻二僊摶或作剸。—、斷首也。分爲二。〕㈡斷也。見〔廣雅釋詁〕。

※頁部※

【頁】胡結切音頡屑韻 ㈠頭也。从百。从儿。古文𩠐首如此。見〔說文〕。〔按六書故云。百之爲𩠐。猶孚之爲子。—之加儿。猶需之加雨。說文俱訓爲頭。不當分而爲三。說文、—訓頭。以爲古𩠐首之首。未嘗有他音。孫氏胡結之音。非也。李陽冰亦謂—音首。不當音頡。〕㈡直項也。見〔六書總要〕。㈢俗以書冊一翻爲—。讀與葉同。㈣庫—、島名。〔朔方備乘〕庫葉島。一名黑龍嶼。亦作庫—島。吉林寧古塔所屬大州。即庫葉島也。在寧古塔城東北三千餘里。混同江口之東大海中。南北二千餘里。東西數百里。〔互詳庫字〕。

二畫

【頂】都挺切音鼎迥韻 ㈠顛也。見〔說文〕。〔段注〕—、顛、異部疊韻字。故顛倒。樂府或作—倒。㈡首也。〔易大過〕過涉滅—。〔俗謂物之最好者—好。即首義之引伸。〕

㊂上也。見[方言]。
㊃俗謂以一戴物曰一。
㊄清制。王公職官冠上。依其等差綴珠玉寶石金銀錫爲一。其制定於雍正四年。實昉自遼代。故俗計冠數曰一。
㊅凡以物相擿。以言相詆。皆謂之一。本爲打。俗作一。
㊆俗謂代替爲一替。冐籍曰冐一。
㊇借作定。題也。[詩周南]麟之定。

[頃]犬顈切音檾梗韻

㊀田百畝爲一。見[玉篇]。[按公羊宣十五年傳云凡爲田一一十二畝半。]
㊁未久也。如云俄一、少一、一刻。
㊂一久。猶早晚也。[莊子秋水]不爲一久推移。
㊃一丘。邑名。[左哀十二年傳]宋鄭之間有隙地焉曰一丘。

[頃]窺營切音傾庚韻

㊀頭不正也。見[說文匕部]。[注]匕者有所比附不正也。
㊁敧也。[詩卷耳]不盈一筐。[釋文]一筐。敧筐也。
㊂婦人擅國。玆謂一。見[漢書五行志]。
㊃甄心動懼曰一。敏以敬愼曰一。見[周書謚法]。
㊄通傾。[漢書文帝紀]一王后。[注]師古曰。諸謚爲傾者。漢書例作一字。讀皆曰傾。

[頃]犬橤切音頍紙韻

同跬。半步也。[禮記祭義]君子一步而不敢忘孝也。[注]一當爲跬。聲之誤也。[按司馬法云。凡人一舉足曰跬。三尺也。兩舉足曰步。六尺也。]

[頄]居逵切音馗渠馗切音逵支韻　琴威切微韻　區倫切音囷眞韻　渠尤切音求尤韻

㊀面也。[易夬]壯于一、[翟注]一面也。首之前稱一。一頰間也。[按玉篇作面顴也。]
㊁頰也。見[廣雅釋親]。
㊂頯或字。[集韻]頯。權也。一曰厚也。或作一。
㊃通馗。[爾雅釋草]中馗、菌。[釋文]馗本作一。

[⿰尤頁]尤救切音宥宥韻

頄或字。[集韻]頄。頭顫也。亦从又。

[頉]牛召切音傲號韻

舉頭額一。見[字彙]。[正字通云。俗贅字。]

三畫

[項]戶講切音𦗟講韻

㊀頭後也。見[說文]。[六書故云。頸也。頷下曰一。正字通云。合頸之前後曰一。段玉裁云。頭後者在頸之後。後、一雙聲。一頸渾言則不別。]
㊁結纓也。[儀禮士冠禮]賓右手執一。
㊂确也。堅确受枕之處也。見[釋名釋形體]。
㊃大也。[詩四牡]四牡一領。[箋]但養大其領不肯爲用。
㊄代數謂加號及減號連結之各數曰一。
㊅一背。猶言前後也。[後漢左雄傳]一背相望。[注]謂前後相顧也。
㊆欵一。條目也。近人箸作中多襲此稱。
㊇党一。漢西羌別種。[舊唐書西戎傳]黨一羌在古析支之地。漢西羌之別種也。魏晉之後。西羌微弱。或臣中國。或竄山野。自周氏滅宕昌鄧至之後。党一始強。
㊈國名。[春秋僖十七年]夏。滅一。[當今河南項城縣東北。]
㊉姓也。[廣韻]本姬姓國。爲齊桓公所滅。子孫以國爲氏。

[⿰乞頁]苦骨切音窟　丘謁切音揭　苦紇切月韻　沽罪切音𡍮賄韻　戶滾切音混　苦本切音梱　古本切音袞　其懇切阮韻

㊀本作⿰气頁。[說文]⿰气頁。禿也。[按玉篇廣韻書作⿰乞頁。玉篇口木、口沒、二切。並訓禿。廣韻混韻、訓禿頭。汐韻、訓皃禿。集韻沒韻、訓頰高也。賄韻、訓頰高皃。考工記梓人、作其鱗之而。注。之而。頰⿰乞頁也。釋文。頰⿰乞頁。許愼口忽反。云禿也。劉古本反。李又其懇反。又音混。疏。舊讀⿰乞頁字以沾罪反。謂起其頰⿰乞頁。劉炫以爲於義無所取。當爲頰頷音壼讀之。於義爲允也。校勘記云。壼誤作壼。据是集韻分之爲泥。]
㊁頰起皃。見[集韻]。

[順]殊閏切音徇震韻

(一)理也。見〔說文〕〔段注〕—之所以理之川之流。—之至也。故字从頁川。會意而取川聲。
(二)自上而下曰—。見〔周禮疏宰夫之職〕。
(三)從也。〔詩泮水〕—彼長道。
(四)循也。循其理也。見〔釋名釋言語〕。
(五)敍也。見〔爾雅釋詁〕。
(六)莫敢違也。〔左襄三年傳〕臣聞師眾以—為武。
(七)緒也。見〔爾雅釋詁〕。
(八)和也。〔易豫〕豫—以動。〔疏〕聖人和—而動。
(九)不逆也。〔論語為政〕六十而耳—。〔今猶謂逆曰反不逆曰—〕。
(十)行也。〔太玄事〕到耳—止。
(十一)陳也。見〔爾雅釋詁〕。
(十二)愛也。〔孟子萬章〕為不—於父母。
(十三)服也。〔禮記月令〕—彼遠方。
(十四)承也。〔呂覽愼寵〕上不—天。
(十五)安樂之也。〔禮記中庸〕父母其—矣乎。〔朱傳〕則父母其安樂之矣。
(十六)退也。見〔小爾雅廣言〕。
(十七)放之也。〔儀禮大射儀〕大射正執弓。以袂—左右限。〔疏〕以袂向下。於弓限—放之。
(十八)慈和偏服曰—。見〔左昭二十八年傳〕。
(十九)以善和人者謂之—。見〔荀子脩身〕。
(二十)從命而利君謂之—。見〔荀子臣道〕。
(廿一)—否。猶臧否。謂善惡也。見〔詩蒸民箋〕。
(廿二)好目謂之—。見〔方言〕〔注〕言流澤也。
(廿三)通慎。〔荀子彊國〕故為人上者。不可不—也。〔注〕—當作慎。
(廿四)通遜。〔易坤〕履霜堅冰至蓋言—也。〔春秋繁露作遜〕。
(廿五)通循。〔莊子天下〕己之大—。〔釋文〕—、或作循。

〔𩑶〕胡官切音桓寒韻
(一)丸也。見〔字彙〕。
(二)頂顛也。見〔字彙〕。

〔頇〕丘寒切音看寒韻牙葛切音辥曷韻
頭無髮皃見〔集韻〕。

〔頇〕魚旰切音岸翰韻
(一)冠敧後謂之—。見〔集韻〕。
(二)頭無髮—頟也。見〔玉篇〕。

〔頇〕虛干切音鼾河干切音寒寒韻
顢—。大面皃見〔集韻〕。〔今謂不明事理曰顢—〕

〔須〕詢趨切音需虞韻
(一)面毛也。見〔說文須部〕〔注〕鉉曰。此本—鬚之—。—、頁首也。彡、毛。借為所—之—。俗書从水。非是。〔按今字作鬚。段氏正作頤下毛也。注云。—在頤下。鬚在口上。髯在頰。其名分別有定。釋名亦曰。口上曰髭。口下曰承漿。頤下曰鬚。耳旁曰髯。與許說合〕。
(二)需也。〔易歸妹〕歸妹以—。
(三)止也。〔書五子之歌序〕—於洛汭。
(四)當也。宜也。〔應璩文〕適有事務—自經營。
(五)求也。〔陸雲九愍〕居靜言其何—。
(六)有才智之稱。見〔詩桑扈疏〕。
(七)待也。〔儀禮士昏禮〕記某敢不敬—。
(八)資也。見〔正字通〕。
(九)用也。見〔正字通〕。
(十)遲緩也。〔左成二年傳〕子不少—。眾懼盡。
(十一)—臾。少時也。〔文選班彪賦〕聊—臾以婆娑。〔按禮記曰禮樂不可斯—去也注斯—猶—臾也〕
(十二)欠—。導氣也。〔爾雅釋獸〕魚曰—。〔疏〕魚之鼓動兩腮若人之欠—導其氣息者。
(十三)—捷。敗也。〔方言〕南楚、凡人貧衣被醜敝謂之—捷。
(十四)星名。〔史記天書婺女注〕—女四星。亦婺女天少府也。
(十五)密—。國名。〔史記周書〕伐密—。〔注〕姞姓之國。〔當今甘肅靈臺縣西。〕
(十六)夫—。草名。〔爾雅釋草〕藁、夫—。〔疏〕臺、一名夫—。莎草也。
(十七)—藨。鳥名。〔爾雅釋鳥〕鷉、—藨。
(十八)菜名。〔爾雅釋草〕—、薞蕪。
(十九)邑名。〔詩載馳〕思—與漕。〔朱傳衛邑。
(二十)通頟。〔詩匏有苦葉〕卬—我友。〔爾雅釋詁疏作卬頟〕。
(廿一)姓也。戰國—賈。魏大夫。

〔須〕逋還切音斑刪韻
班也。〔禮記玉藻〕笏大夫以魚—交竹。〔釋文〕用文竹及魚班也。

【頉】初佳切音釵佳韻初加切音叉麻韻

頠—。頣旁。見〔廣韻〕。

【頝】於宵切音腰蕭韻

頭小貌。見〔字彙〕。

【頣】巳亥切音改賄韻

頦下曰—。見〔集韻〕。

【頤】戶來切灰韻

俗孩字。見〔五音集韻〕。

【頊】徒谷切音牘屋韻逹各切音鐸闥各切音託藥韻陟格切音磔恥格切音斥陌韻

—顱。首骨也。見〔說文〕〔段注〕骨部曰。髑髏頂也。—顱卽髑髏語之轉也。〔按—顱或曰嚁蓋。或曰嚁脖。或曰頂骨。皆一物異釋也。急言則爲頭。仰面十五條。合面二條。各隨部位。分析言之。其實只嚁骸及牙牀骨二者。今生理學者云。頭骨、分頭蓋骨八。顏面骨十四。〕

【頏】五忽切音兀月韻

髡或字〔集韻〕髡。去髮刑。或作—。

【頎】渠公切音窮東韻

面上也。見〔五音集韻〕。〔正字通云。頍譌字。〕

【頍】呴于切音許虞韻

頛—。頭動皃。見〔集韻〕。

【頌】頌譌字。見〔字彙補〕。

四畫

【頣】與之切音移支韻

❶頷也。見〔字彙補〕。

❷養也。見〔字彙補〕。〔按卽頤字。〕

【頒】頒本字。見〔說文〕。

【頒】舉很切音謹阮韻

頣或字〔集韻〕頭頰後也。或作—。

【項】許玉切音旭沃韻

❶頭——。謹皃。見〔說文〕。

❷顓—。高陽氏號。〔禮記月令〕其帝顓—。〔按風俗通云。—、信也。愨也。五經通義云。—、猶愉也。白虎通云。—者正也。又云顓—寒縮也。〕〔又星名。〔爾雅釋天〕顓—之虛。〔注〕顓—水德。位在北方。〕

❸——。自失貌。〔莊子天地〕——然不自得。〔釋文〕—本作旭。

【項】虞欲切音玉許欲切音勖沃韻

人腦頰。見〔廣韻〕。

【頌】餘封切音容冬韻

❶皃也。見〔說文〕〔注〕鍇曰。此容儀字。歌—者美盛德之形容也。故通作—。後人因爾亂之。定巳此爲歌—字。然今世間詩本周—亦或作訟。〔按六書故云。借義奪正義。故—皃字反借容內之容。〕

❷寬容也。〔史記魯仲連傳〕世以鮑焦爲無從—而死者。皆非也。〔注〕皆以爲不能自寬容而取死。

❸公也。〔漢書吳王濞傳〕它郡國吏欲來捕亡人者。—共禁不與。

❹通庸。〔儀禮大射〕—磬東面。〔注〕古文—爲庸。

【頌】似用切音誦宋韻

❶詩六義之一。〔詩關睢序〕—者美盛德之形容以成其功告於神明者也。

❷稱述也。〔釋名釋典藝〕稱—成功謂之—。

❸將順其美也。〔禮記少儀〕—而無諂。

❹文體之一。〔文心雕龍〕敷寫似賦。而不入華侈之區。敬愼如銘。而異乎規戒之域。

❺繇也。〔周禮太卜〕其—皆千有二百。〔按繇、占兆之詞也。〕

❻歌也。〔公羊宣十五年傳〕什一而—聲作矣。〔注〕太平歌—之聲。

❼—琴。琴名。猶言雅琴。〔左襄三年傳〕使擇美檟以自爲櫬與—琴。

❽姓也。見〔正字通〕。

【頎】渠希切音祈微韻居焮切音靳問韻

❶頭佳皃。見〔說文〕。

❷長貌。〔詩碩人〕碩人其—。

❸人名。〔左定十二年傳〕仲尼命申句須樂—下伐之。〔注〕二子魯大夫。

【頎】口很切音懇阮韻

❶至也。又惻隱貌。〔禮記檀弓〕稽顙而後拜。—乎其至也。〔注〕—、至也。〔釋文〕—、惻隱貌。

❷—典。堅刃貌。〔考工記輈人〕輈欲—典。〔注〕堅刃貌。鄭司農云。—讀爲懇。典讀爲殄。

❸小也。〔考工記梓人〕大胷燿後。〔注〕燿讀爲哨。—小也。〔疏〕哨與—皆

為少小之義。

【頏】寒剛切音杭陽韻

(一)飛鳥貌。〔詩燕燕〕燕燕于飛。頡之—之。〔傳〕飛而上曰頡。飛而下曰—。〔按集韻翃下云。鳥飛上曰翃。下曰翃。或作盺、鴻。通作—。〕

(二)咽也。見〔集韻〕。

【頏】居郎切音岡陽韻口朗切音忼舉朗切音吭養韻下浪切音桁口浪切音亢漾韻

亢或字。見〔說文亢部〕。〔按說文。亢、亢人頸也。〕

【頨】余準切音尹羽敏切音殞軫韻於夷切音伊支韻

(一)面目不正皃。見〔說文〕。

(二)—顟。面不平正見〔集韻〕。

【預】羊茹切音豫御韻

(一)安也。見〔說文新附〕。

(二)宴也。樂也。見〔玉篇〕。

(三)及也。〔華嚴經音義〕凡事相及為—。

(四)先辦也。逆為之具故曰—。見〔一切經音義引蒼頡篇〕。

(五)參—也。干也。見〔洪武正韻〕。

(六)猶先制之也。〔說苑建本〕時禁於其未發之先曰—。

(七)日本語謂寄存款項曰—金。

(八)通豫。〔左莊二十二年傳〕聖人為之。豈猶豫也。〔釋文〕豫、本作—。

(九)通與。〔荀子正論〕以為有益于人。則與無益于人也。〔注〕與讀為—。

【頑】五鰥切音瘝刪韻

(一)梱頭也。見〔說文〕。〔段注〕梱、梡木未析也。梡、梱木薪也。凡物渾淪未破者。皆得曰梱。凡物之頭渾全者。皆曰梱頭。梱、—雙聲。析者銳。梱者鈍。故以為愚魯之稱。

(二)癡也。見〔韻會〕。

(三)愚也。見〔廣雅釋詁〕。

(四)鈍也。見〔廣雅釋詁〕。

(五)貪也。〔孟子萬章〕—夫廉。

(六)謂蠻夷戎狄也。〔國語鄭語〕非親則—。

(七)—頓。無恥貌。〔漢書陳平傳〕士之—頓嗜利無恥者。

(八)心不則德義之經為—。〔書堯典〕父—母嚚。

(九)—童。童昏固陋也。〔國語鄭語〕而近—童窮固。

(十)不可告詣故曰—。〔左僖二十八年傳〕喜賂怒—。

(十一)人名。〔左成十年傳〕鄭人立髡—。〔注〕鄭成公子。

【頄】尤救切音宥宥韻

(一)顫也。見〔說文〕。

(二)病也。見〔玉篇〕。

【頕】章任切音枕寢韻

(一)項枕也。見〔說文〕。

(二)垂頭之皃。見〔玉篇引蒼頡〕。

【頕】都感切音黕感韻

顲—。醜也。見〔集韻〕。

【頕】丁紺切音馾勘韻

—顲。癡皃。見〔集韻〕。

【頒】逋還切音班刪韻

(一)大頭也。一曰鬢也。詩曰。有—其首。見〔說文〕。〔按詩魚藻傳曰。大首皃。釋文云。眾皃。段玉裁云。引詩證前一義。洪武正韻云。頟兩旁曰—。蓋釋後一義。〕

(二)分也。〔禮記祭義〕—禽隆諸長者。〔注〕—之言分也。

(三)布也。見〔小爾雅廣詁〕。

(四)班也。〔孟子梁惠王〕—白者、不負戴於道路矣。〔注〕—者、班也。頭半白曰—。班班然者也。

(五)賜也。〔周禮太宰〕八曰匪—之式。〔注〕—、讀為班布之班。謂班賜也。

(六)—斌。相雜之貌。〔文選潘岳賦〕士女—斌而咸戾。

(七)鋪—。抖藪也。〔方言〕東齊曰鋪—。猶秦晉言抖藪也。

(八)戴—。鳥名。〔方言〕戴勝、自關而東或謂戴—。

(九)通班。賦也。〔文選潘岳誄文〕狄隸可—。〔注〕—與班古字通。

(十)通攽。〔書洛誥〕乃惟孺子—朕不暇。〔說文攴部引作攽〕。

【頒】符分切音汾文韻

大首皃。一曰眾皃。見〔集韻〕。

【頓】都困切音遯願韻

(一)下首也。見〔說文〕。〔段注〕按當作—首也三字為句。周禮大祝九操、一曰稽首。二曰—首。三曰空首。三者分別劃然。不當—稽二字皆訓之曰下首明矣。鄭曰。稽首、拜頭至地也。—首、拜頭叩地也。空手、拜頭至手。所謂拜手也。吉拜、拜而後稽顙。謂齊衰不杖以下者。凶拜、稽顙而後拜。謂三年服者。玉裁按九拜、三者爲體。後六者爲用。凡經傳言—首言稽顙、或單言顙。皆九拜之之—首。稽首、—首。則拱手皆下至地。頭亦皆至地。

(二)僵也。見〔廣雅釋詁〕。

(三)亂也。見〔廣雅釋詁〕。

(四)貯也。宿食所也。〔隋書煬帝紀〕每之一所。輒數道置—。

(五)次也。食一次也。〔世說新語〕欲乞一—食耳。

(六)遽也。〔列子天瑞〕一氣不—盡。一形不—虧。

(七)止也。〔漢書李廣傳〕就善水草—舍。

(八)壞也。〔左襄四年傳〕甲兵不—。〔疏〕—謂挫傷折壞。今俗語委—是也。

(九)捨也。〔文選曹植七啓〕—綱縱網。

(十)罷也。〔國策秦策〕吾甲兵—。

(十一)敗也。〔國語周語〕其無乃廢先王之訓。而王幾—乎。

(十二)困躓也。〔荀子仲尼〕—窮則從之。疾力以申重之。

(十三)挈也。〔荀子勸學〕詘五指而—之。〔注〕—、猶—挫。提舉高下之狀。

(十四)猶舍也。〔文選陸機詩〕—轡倚嵩巖。

(十五)猶斃也。〔文選吳質牋〕先取沈—。

(十六)猶整也。〔文選陸機演連珠〕臣聞—網探淵。

(十七)—愍。惛也。江湘之間謂之—愍。南楚飲毒藥懣、亦謂之—愍。猶中齊言眠眩也。見〔方言〕。

(十八)—卒。猶困苦。〔管子版法〕—卒怠倦以辱之。

(十九)安—。猶處置也。

(二十)整—。猶整理也。

(二十一)猗—。人名。見〔史記貨殖傳〕。

(二十二)地名。〔詩氓〕至于—丘。〔傳〕丘一成爲—丘。〔按爾雅釋丘作敦丘。漢有—丘縣。以丘名縣也。在今直隸淸豐縣西南。〕

(二十三)今稱容頭罪犯曰窩—。受寄贓物曰寄—。

(二十四)姓也。—子獻。見〔魏志華陀傳〕。

【頓】徒困切音鈍願韻

不利也。〔史記屈原賈生傳〕莫邪爲—。〔索隱〕—讀曰鈍。

【頓】當沒切音咄月韻

冒—。人名。〔史記匈奴傳〕單于有太子名冒—。〔按〕—廣韻集韻入聲皆不收。今依古今韻會舉要音。而韻會咄下云。音與篤同。考史記無音。漢書匈奴傳注。宋祁曰。—音毒。無別訓。資治通鑑無音。字彙正字通皆用當沒切。惟御批通鑑輯覽改冒—爲墨特。

【頍】五委切音頠紙韻

弁皃。見〔集韻〕。

【頍】犬蘂切音跬紙韻

舉頭也。詩曰。有—者弁。見〔說文〕。〔按—弁、釋文云。著弁貌。傳云。弁貌。〕

【頍】居悸切音季寘韻

弁小皃。見〔集韻〕。

【頍】窺絹切音缺霰韻

(一)舉首也。一曰弁小而銳。見〔集韻〕。

(二)通鈌。〔儀禮士冠禮〕緇布冠鈌項。〔注〕鈌讀如有—者弁之—。緇布冠無笄者。著—。圍髮際。結項中。隅爲四綴。以固冠也。項中有緄。亦由固—爲之耳。今未冠笄者著卷幘。—象之所生也。滕薛名蔮爲—。〔疏〕鈌讀如有—者弁之—者。讀從—弁詩義。取在首。—者、弁貌之意也。〔釋文〕鈌依注音—。去蘂反。又音跬。劉屈絹反。

【⿰丰頁】補孔切音琫董韻補講切音綁講韻

耳本。見〔集韻〕。

【⿰丰頁】盧對切音頛隊韻

頛省字。〔集韻〕頛頭不正也。或省。

【頋】五果切音妸哿韻

靜也。見〔五音集韻〕。

【頕】都感切音膽感韻都紺切音擔勘韻

顲—也。見〔字彙〕。〔按正字通云。煩字之譌。是也。如沈之作沉。疣之作疣之作疣。皆此類。〕

【⿰卬頁】五剛切音昂陽韻

—頭。見〔字彙〕。

【⿰今頁】呼含切音嵅枯含切音龕覃韻

醜也。見〔玉篇〕。

【⿰今頁】丘凡切音頷咸韻

顩或字。〔集韻〕顩頤醜皃。或作—。

【頙】楚革切音策陌韻初眞切音嗔眞韻

以前正也。見〔玉篇〕。〔按今本玉篇。从頁从正。正字通云。頭或字。〕

【䫌】蒲枚切音裴灰韻蒲皆切音排佳韻，曲頤也。見〔說文〕。〔段注〕曲頤者、頤曲而微向前也。

【䫌】蘖皆切佳韻 頦或字。〔集韻〕。頦大面皃。或作—。〔按廣韻十四皆、訓曲頤皃。參閱頦字。〕

【⿰卬頁】五老切音磽皓韻 顤—。大頭也。見〔廣韻〕。

【⿰𠬛頁】莫勃切音沒烏沒切音搵月韻 內頭水中也。見〔說文〕。〔段注〕內者、入也。入頭水中。故字从頁𠬛。與水部之沒、義同而別。今則𠬛—廢。而沒專行矣。

【頨】王矩切音羽麌韻 孔子頭也。〔字彙補〕釋典。、—孔子頭也。顧充曰。義今作頨。

【⿰犮頁】古髮字。見〔集韻〕。

【⿰之頁】同頫。見〔字彙補〕。

【⿰牛頁】同穎。見〔字彙補〕。

【⿰目頁】同頤。見〔字彙補〕。

【⿰片頁】同頟。見〔正字通〕。

【頣】頤或字。見〔集韻〕。

【⿰王頁】顓或字。見〔集韻〕。

五畫

【⿰句頁】許候切音詬宥韻 ❶勤也。見〔玉篇〕。〔按正字通云。義與力部劬通。改从頁誤也。〕 ❷—顬。老稱也。見〔集韻〕。

【⿰句頁】居候切音冓宥韻 —。勤力也。見〔集韻〕。

【頔】徒歷切音狄錫韻 ❶好也。見〔玉篇〕。〔按康熙字典云。廣韻古文頣字。今攷玉篇集韻作頔。廣韻作頔。〕 ❷人名。唐于—。

【⿰且頁】子余切音苴魚韻 頷也。見〔集韻〕。

【⿰旦頁】儃旱切音坦旱韻 面平也。見〔集韻〕。

【⿰民頁】眉貧切音珉眞韻 强也。見〔廣韻〕。〔按集韻作彊。頭也。或从昏。〕

【⿰占頁】都甘切音擔覃韻 頰緩也。見〔玉篇〕。

【⿰占頁】都念切音店豔韻 垂首也。見〔集韻〕。

【⿰丕頁】攀悲切音丕支韻 大面。見〔玉篇〕。〔按正字通云。俗䫌字。攷廣韻無—字。集韻六脂云。大面謂之—。十四皆云。大面皃。或作䫌。十五灰。䫌引說文。曲頤也。云或从丕。或从否。玉篇䫌列頁部第二十九字。在頤下。音薄諧、蒲回、二切。引說文、曲頤也。—列頁部百四十八字。在願下。音普眉切。据玉篇、則䫌—爲二字。据集韻、則爲一字。今按不、丕、否、雖爲異字。古通用。而从不之字或从丕否者。亦夥。如杯或作柸桮。肧或作胚。醅或作䤩。秠或作稃是也。集韻—、䫌、⿰否頁。三字。或分或合。類篇則分爲三字。—、䫌、訓同。䫌無脂韻音、⿰否頁音蒲枚切。引說文非是。說文無⿰否頁字。當以䫌爲正。〕

【⿰右頁】于救切音右宥韻 顫疾。見〔字彙〕。〔正字通云。俗頄字。〕

【⿰丘頁】丘檢切音臉琰韻 —顩。不平也。見〔玉篇〕。〔按集韻云。顩顩。面不平也。顩或作䫡—。〕

【⿰女頁】於敎切音靿效韻 頸不隨也。見〔集韻〕。

【⿰未頁】無沸切音未未韻 面前。見〔廣韻〕。

【頶】洪孤切音胡虞韻 牛頷垂也。與胡同。見〔玉篇〕。

【⿰夸頁】空胡切音枯虞韻 頷車。見〔集韻〕。

【⿰末頁】莫葛切音末曷韻 —顝。傀也。見〔廣韻〕。〔又〕鼻面平。見〔集韻〕。

【⿰可頁】許我切音歌待可切音柁哿韻虎何切音訶歌韻 傾頭視皃。見〔玉篇〕。

【⿰玄頁】胡涓切音懸先韻熒絹切音

縣霰韻

顋後也。見〔玉篇〕。

【⿰去頁】古盍切音閤合韻

車領骨也。見〔字彙〕。

【⿰白頁】符逼切音愎職韻

髮白皃。見〔字彙〕。

【⿰叵頁】滂禾切音坡歌韻普火切音頗哿韻

頭偏也。見〔類篇〕。

【頖】普半切音判翰韻

同泮。〔禮記王制〕諸侯曰—宮。〔注〕—之言班也。〔疏〕—是分別之義。

【⿰弁頁】皮變切音卞霰韻

●一 冠名。見〔玉篇〕。〔按舊字典引廣雅。—冠、誤作傾冠。〕

●二 冠傾皃。見〔集韻〕。

●三 面也。〔太玄視〕粉其題—。

【⿰反頁】扶晚切音飯阮韻

無髮。見〔集韻〕。

【頗】滂禾切音坡歌韻

●一 頭偏也。見〔說文〕。

●二 偏也。〔左昭十二年傳〕書辭無—。

●三 傾也。〔離騷〕修繩墨而不—。

●四 不平。〔左昭二年傳〕君刑已—。

●五 邪也。〔荀子臣道〕正義之臣設。則朝廷不—。

●六 玻璨一作—黎。見〔本草綱目〕。

【頗】蒲糜切音皮支韻普靡切音披紙韻

人名。〔公羊春秋襄三十年〕楚子使薳—來聘。〔釋文〕一本作䪖。

【頗】普火切音叵哿韻

●一 不正也。見〔集韻〕。

●二 少也。見〔廣雅釋詁〕。

●三 差多曰—多。良久曰—久。多有曰—有。見〔正字通〕。

【頗】普過切音破箇韻

偏也。一曰疑辭。見〔集韻〕。

【⿰出頁】職悅切音拙屑韻吉忽切音骨月韻

●一 面秀骨。見〔廣韻〕。〔按六書故云。素問曰。齒痛—腫。以素問考之。當在頰旁。〕

●二 通準。〔玉篇〕漢高祖隆—龍顏。〔按史記高祖紀、漢書高帝紀、並作龍準。漢書注。服虔曰。準音拙。應劭曰。準、頰權準也。師古曰。頰權—字。豈當借準為之。服音應說皆失之。〕

【⿰出頁】之出切音䪙質韻

頭頡—也。从頁出聲。讀又若骨。見〔說文〕〔段注〕頡、—疊韻古語。頭䪙䪙皃。〔按通訓定聲云。頡—、疊韻連語。猶詰詘也。低曲之皃。與顤頟之為高直者相反。廣雅、顤頟—也。當為此字本訓。說文讀又若骨者也。〕

【⿰氐頁】都黎切音氐齊韻

頭垂下皃。見〔集韻〕。

【⿰号頁】胡到切音號號韻

白首人也。見〔字彙〕。

【⿰㐱頁】止忍切音軫軫韻之刃切音震震韻

●一 顏色—䫶、慎事也。見〔說文〕〔注〕鍇曰。—䫶、猶隱淪難分皃。不見於色故曰—。〔按慎事、玉篇作順事。〕

●二 —䫶。頭少髮也。見〔廣韻〕。〔按段玉裁云。竊疑頭少髮。當承䫶字言。〕參閱䫶字。

●三 慙也。見〔廣雅釋詁〕。〔按釋詁又訓恥。〕

【領】里郢切音嶺梗韻

●一 項也。見〔說文〕。〔段注〕按項當作頸。—字以全頸言之。不當釋以頭後。若廣雅、—頸項也。衣之曲袷謂之—。亦不謂衣後也。

●二 頸也。以擁頸也。亦言總—衣服為端首也。見〔釋名釋形體〕。

●三 稱也。〔荀子正論〕衣衾三—。〔注〕三—、三稱也。

●四 理也。〔淮南本經〕神明弗能—也。〔猶今言—會、—略。〕

●五 猶治也。〔禮記仲尼燕居〕敢問禮也者。—惡而全好者與。

●六 猶理治也。〔禮記樂記〕—父子君臣之節。〔猶今言專—、—典。〕

●七 受也。見〔字彙〕。

●八 錄也。〔文選劉楨詩〕沈迷簿—書。〔注〕簿—、謂文簿而記錄之。

●九 令也。〔法言君子〕君子純終—聞。

●十 被頭也。〔禮記喪大記注〕綴之—側。

●十一 山嶺也。〔漢書嚴助傳〕輿轎而踰

—。

⑫要—。喻意趣也。[漢書張騫傳]竟不能得月支要—。

⑬—會。冥理相會也。[文選向秀賦]託運遇於—會兮。[注]言人運命如—之相交會。或合或開。[今言玩味、亦云—會。]

⑭右—。官名。[左昭二十七年傳]鄢將師爲右—。

⑮俗謂才能爲本—。[嘉話錄]本—何雜。

⑯承上令下謂之—。見[韻會]。

⑰地名。[左昭二十二傳]遂奉王以追單子及—。

【頙】 初貞切庚韻 初責切音拆陌韻

●一 正也。見[字彙補]。[按舊引玉篇作頙。正字通云頙譌爲頙。攷玉篇从正从頁。音初貞切。字彙頙、音初眞切。賁、貞、眞、疋、足、正、均形近。]

●二 人名。[博古圖]有周史—鼎。

【須】 之刃切音震震韻

無髮也。見[字彙補]。[按即須字之譌。]

【頤】 戶來切音孩灰韻

頤下也。見[字彙補]。[按即頤字之譌。]

【顑】 苦感切音坎感韻

顑疾。見[字彙補]。

【⿰冊頁】 川責切音冊陌韻

—涿。—涿不仁之人也。[呂覽知士]太子之不仁過—涿。視若者倍反。[注]—涿不仁之人也。太子不仁甚於—涿。[新校正]字書無—字。注—涿爲不仁之人。不知何據。國策作過頤豕視。劉辰翁曰。過頤、即俗所謂耳後見腮。豕視、即相法所謂下邪偸視。

【⿰犮頁】 古髮字。見[集韻]。

【⿰舟頁】 同[illegible]。見[五音集韻]。

【⿰止頁】 同頿。見[正字通]。

【頉】 同施。[字彙補]戚施、字書作頉—。

【頋】 顧俗字。見[玉篇]。

【⿰鼎頁】 頂或字。見[說文]。[按玉篇集韻作[illegible]。廣韻作[illegible]。說詳頂字。]

六畫

【⿰至頁】 昌紙切音齒紙韻

●一 面大也。見[玉篇]。

●二 面黑。見[字彙]。

【⿰自頁】 毗至切音鼻寘韻

●一 首也。見[廣韻]。

●二 鼻或字。[集韻]鼻。犬初生子。一曰首子。

【頞】 阿葛切音遏曷韻

●一 鼻莖也。見[說文]。[按廣雅釋親云。額頞—頞也。釋名釋形體云。—鞍也。偃折如鞍也。攷頞通準。是—即準也。或謂之鼻梁、鼻柱、鼻橋。其骨介於兩眥間。其上有如籃小方骨。段玉裁云。鼻謂之準。鼻直莖謂之—。]

●二 蹙—。愁貌。[孟子梁惠王]舉疾首蹙—而相告曰。

●三 通鴳。幽鴳。獸名。[山海經北山經]邊春之山有獸焉。其狀如禺而文身。善笑。見人則臥。名曰幽鴳。其鳴自呼。[山海經圖讚作幽—。云、幽—似猴。俾愚作智。觸物則笑。見人佯睡。好用小慧。終是嬰縶。]

【頞】 烏旰切音案翰韻

常—。人姓名。[史記西南夷傳]秦時常—略通五尺道。[集解]駰案。—音案。字遠曰。常—。疑人姓名。

【頟】 鄂格切音諤陌韻[今作額]

●一 顙也。見[說文]。[廣雅釋親云。顏題顙—。揚雄方言云。瀕、—、顏、顙也。江湘之間謂之瀕。中夏謂之—。東齊謂之顙。汝潁淮泗之間謂之顏。六書故云。髮下眉上爲—。按—左右兩旁棱處之骨曰—角。今生理學云。前頭骨形似介殼。以凸面作—。下部作眼窩上之大骨。]

●二 鄂也。有垠鄂也。故幽州人謂之鄂也。見[釋名釋形體]。

●三 推車聲。見[正韻]。

四 查名該詞爲—。見[封氏見聞記]。

五 ——不休息之意。[書益稷]罔晝夜——。

六 策—。犁之一事也。[耒耜經]犁鑱之次曰策—。斲木爲之。言其可以扞其壁也。皆貼然相戴。策減壓鑱四寸。廣狹與底同。

七 龍—。國名。[漢書地理志]平原郡龍—。[注]侯國。莽曰。清鄉。師古曰。今書本—字或作額。蓋注云。有龍

—村。作額者非。〔當今直隸景縣東。〕

【頠】魚毀切音硊紙韻五罪切音隗賄韻

❶頭閑習也。見〔說文〕。〔注〕錯曰。閑習、謂低仰便也。〔按段注。閑、當作嫺。字之誤也。〕

❷靜也。見〔廣雅釋詁〕。

❸頭也。見〔廣韻〕。

【頡】奚結切音纈屑韻

❶直項也。見〔說文〕。〔段注〕直項爲—項。故引伸之。直下直上者、曰—。

❷飛而上曰—。〔詩燕燕〕燕燕于飛。—之頏之。〔傳〕飛而上曰—。飛而下曰頏。〔集韻十六屑翓下云。通作—。〕

❸猶大也。〔呂覽明理〕長短—許百疾。

❹—亢。上下不定也。〔漢書揚雄傳〕以—亢而取世資。〔按文選作頡頏。注引蘇林云。—頏、奇怪之辭也。〕

❺—滑。謂錯亂也。〔莊子徐无鬼〕—滑有實。〔又〕不正之語也。〔莊子胠篋〕—滑堅白。〔釋文〕—滑、謂難料理也。崔云。—滑、纏曲也。李云。—滑、滑稽也。

❻人名。黃帝史臣倉—。始造書契。

❼獸名。〔山海經中山經〕葴山、視水出焉。多—。〔注〕如青狗。

❽姓也。古賢人—衞。見〔風俗通〕。

【頡】訖黠切音戛黠韻

❶羹—。漢爵號。〔史記楚元王世家〕於是乃封其子信爲羹—侯。〔集解〕徐廣曰。羹—侯以高祖七年封。封十三年。高后元年有罪。削爵一級。爲關內侯。〔索隱〕羹—。爵號。非縣名。以其櫟釜故也。〔正義〕括地志曰。羹—山、在嬀州懷戎縣東南十五里。按高祖取山名爲侯號者。怨故也。〔按漢書王子侯表羹—注。服虔曰。音戛擊之戛。楚元王傳羹—侯。師古曰。—音戛。宋祁曰。—當作—羹。廣韻十四黠—下云。漢書有—羹侯。集韻、韻會舉要、竝作羹—。漢侯名。〕

❷減克也。揁除也。〔唐書高仙芝傳〕盜—資糧。

【頢】古活切音括曷韻

❶本作頢。〔說文〕頢、短面也。

❷小頭皃。見〔廣韻〕。

【頤】盈之切音飴支韻

❶𦣝篆文。見〔說文𦣝部〕。〔按說文、𦣝、顄也。〕

❷養也。〔釋名釋形體〕—。養也。動於下。止於上。上下咀以養人也。或曰輔車。言其骨强。所以輔持口也。或曰牙車。牙所載也。或曰頷車。頷、含也。口含物之車也。或曰頰車。亦所以載物也。或曰䶡車。䶡鼠之食積於頰。人食似之。故取名也。凡繫於車。皆取在下載上物也。

❸百年曰期—。見〔禮記曲禮〕。〔注〕—、養也。不知衣服食味。孝子要盡養道而已。

❹助聲之辭。〔史記陳涉世家〕夥—。涉之爲王沈沈者。

❺—指。謂舉—指麾也。〔莊子天地〕手撓顧指。〔釋文〕顧作—。

❻—輅。蟲名。〔莊子至樂〕—輅生乎食醯。

❼解—。笑也。〔漢書匡衡傳〕匡說詩。解人—。〔注〕使人笑不能止也。

❽地名。〔史記灌嬰傳〕與漢王會—鄉。〔注〕苦縣有—鄉。〔當今河南鹿邑縣東。〕

【頪】魯外切音酹泰韻盧對切音類隊韻

❶難曉也。从頁米。一曰。鮮白皃。从粉省。見〔說文〕。〔段注〕謂相似難分別也。頪、類、古今字。類本專謂犬。後乃類行而頪廢矣。頁、猶種也。言種類緐多如米也。米多而不可別。會意。一曰黔首之多如米也。鮮、猶新也。粉者白之甚者也。

❷疾也。見〔廣雅釋詁〕。

【頫】匪父切音甫麌韻武遠切音晚阮韻靡卷切音緬銑韻

低頭也。从頁逃省。太史卜書—仰字如此。揚雄曰。人面—。見〔說文〕。〔注〕鍇曰。首者、逃亡之皃。故从逃省。今俗作俯。非是。〔按韻會舉要云。古音流變。字亦隨異。如俯仰之俯本作—。或作俛。今皆作俯。而—音兆。俛音免。不復音俯矣。〕

【頫】他弔切音糶嘯韻

❶俯首而聽謂之—。見〔集韻〕。〔按韻會去聲十八同、集韻廣韻三十四嘯云。薛琮云。低頭聽。本又音府。〕

攷文選西京賦。伏櫺而—聽。薛琮注云。—、低頭也。善曰。—、古字音府。据此。廣韻、集韻、韻會、誤矣。〕

●覜誤字。〔爾雅釋詁〕監、瞻、臨、涖、—、相視也。〔釋文〕—音跳。〔疏〕—者、考工記云。瑑圭璋八寸。璧琮八寸。以覜聘。鄭注。覜、視也。眾來曰—。〔按〕—、覜、錯出作—者。誤。說文見部、覜。諸侯三年大相聘曰覜。覜、視也。左昭五年傳。享覜有章。管子小匡。以極聘覜於諸侯。國語齊語。以驟聘覜於諸侯。攷異云。補作覜。案覜、眺、古字通。周禮典瑞。大行人。小行人、玉人。並作覜。惟大行人三歲徧覜之覜。閩監本誤—。攷爾雅唐石經單疏本、雪牕本、元本皆作覜。則作—爲誤無疑。韻會、字彙、正字通、引周禮作—。均非。今正。〕

【頪】他刀切音叨豪韻
盥也。見〔集韻〕

【頣】矢忍切音矧軫韻
舉目視人皃。見〔說文〕〔段注〕目、當依廣韻作眉。舉眉、揚眉也。

【頣】曲王切音匡陽韻
眶或字。〔集韻〕眶。目厓。或从頁。

【頝】丘交切音敲肴韻
—薄。不媚也。見〔玉篇〕〔按廣韻云。—顱。頭不媚也。集韻云。—贅。不媚也。〕

【頝】苦絞切音巧巧韻
薄媚。見〔集韻〕

【頨】虎孔切音嗊董韻
頨—。頭昏。見〔集韻〕

【須】典可切音嚲哿韻
醜貌。見〔玉篇〕

【頭】奴兜切音羺尤韻
顱—。面折。見〔玉篇〕〔正字通云。顱頭字。〕

【頪】五舌切音齧屑韻
面醜也。見〔玉篇〕

【頩】匹各切音粕藥韻
顊或字。〔集韻〕顊。面大醜皃。或从屰。

【頫】逆各切音咢藥韻
顎或字。〔集韻〕顎。恭嚴也。或作—。

【頮】呼內切音誨隊韻
大首也。見〔玉篇〕

【頛】魯猥切音磊賄韻
頭不正也。从頁耒。耒、頭傾。亦聲。又讀若春秋陳夏齧之齧。見〔說文〕〔按玉篇書作頪。〕

【頣】舉很切音詪阮韻　多殄切音典吉典切音繭銑韻
本作頣。〔說文〕頣。頰後也。〔段注〕頰後、謂近耳及耳下也。

【頣】古本切音袞阮韻

【頦】何開切音孩柯開音該灰韻
頜或字。〔集韻〕頜。頰高也。或从艮。

【頦】已亥切音改賄韻
醜也。見〔說文〕

【頦】下改切音亥賄韻
頜也。見〔集韻〕〔按玉篇云。胡來切。頤下。又記在切。廣韻十六咍云。頤下。十五海云。頦—。又戸孩切。〕

【頧】都回切音䭔灰韻
毌—。夏冠名。禮記作追。見〔廣韻〕

【頣】覩猥切音脂賄韻
頭不正皃。見〔集韻〕

【頜】戶感切音䫲感韻　曷閤切音合合韻
頷也。見〔說文〕〔按方言云。頜、頤、—也。南楚謂之頷。晉秦謂之—。頤、其通語也。廣雅釋親云。顄、頤、—也。方言。郭注云。謂頷車也。公羊宣六年傳。絕其頷。注。頷、口。玉篇引作—。云、口也。引方言作—。頤、頷也。頷、顄、字通。—與頤說文同訓顄。可知—卽頤也。〕

【頜】五感切音嬸感韻
鎮或字。〔集韻〕鎮。低頭也。或作—。

【頜】胡南切音含覃韻
頷或字。〔集韻〕頷。面黃也。或作—。

【頜】渴合切音匌葛合切音閤遏合切音姶合韻
姓也。〔左莊十七年傳〕夏遂因氏—氏、工婁氏、須遂氏、饗齊戍、醉而殺之。〔注〕四族、遂之彊宗。〔釋文〕—、烏納反。又苦答反。

【頜】葛合切音閤合韻
頤旁。一曰。耳下骨。見〔集韻〕

【頨】倪甸切音硯霰韻
頨—。狡也。見〔集韻〕

【頨】紕延切音篇。隳緣切音翾先韻。王矩切音羽㷀韻。頭妍也。从頁翩省聲。讀若翩。見〔說文〕

【頨】王矩切音羽㷀韻　孔子頭也。見〔廣韻〕〔按段玉裁云。附會以爲孔子圩頂之圩。〕

【頩】卑見切音遍霰韻　狡也。見〔集韻〕

【頋】吐孔切音侗董韻　敞或字。〔集韻〕敞。直項。或从頁。

【頪】尺勇切音𪕹腫韻　充也。見〔玉篇〕

【頲】他頂切音珽迥韻　頭—也。見〔字彙補〕〔按舊說即項字之譌。〕

【頞】烏葛切音遏曷韻　義闕。〔王粲羽獵賦〕濆頸破—。

【頣】古很切音艮阮韻　同頎。見〔𩓡韻〕

【頋】同頋。見〔正字通〕

【頗】同頗。見〔玉篇〕〔按玉篇囟下云。或作顖。是—即囟或字。集韻二十二稕囟下云。古作顖—。與玉篇異。〕

【頩】同頩。見〔正字通〕

【頴】同頴。見〔洪武正韻〕

【頍】同戚。見〔字彙補〕〔爾雅釋訓。戚施面柔也。釋文。字書作䫌頍。同。玫玉篇廣韻—、頍二字。並从見作䫌頍。釋文—从見頍从頁。以義求之。則从頁爲是。〕

【頪】頪譌字。〔揚雄賦〕如平陽—臣沼。〔注〕—、疑是頪字。與俯同。

七畫

【頯】渠尤切音求尤韻　㊀戴也。見〔廣韻引廣蒼〕〔爾雅釋言作俅。戴也。〕㊁俅或字。〔玉篇〕詩戴弁俅俅。鄭玄云。恭順皃。或作—

【頢】田刮切音瀕黠韻　㊀強皃。見〔玉篇〕㊁—頢。強可皃。見〔廣韻〕㊂—刮。小頭。一曰。面短皃。見〔集韻〕

【頟】牛何切音莪歌韻　㊀衺也。見〔廣雅釋詁〕㊁齊也。見〔廣韻〕

【頢】五可切音我哿韻　㊀側弁也。見〔廣韻〕㊁俄或字。〔集韻〕俄。行頃也。或从頁。

【頳】時征切音成。渠京切音檠庚韻

【頭】徒侯切音投尤韻　㊀首也。見〔說文〕〔廣雅釋親〕首謂之—。釋名釋形體云。—獨也。於體高而獨也。六書故云。首自髮以上爲頭。急就篇。—頟頞頫眉目耳。顏注云。—者首之總名也。㊁上也。〔湯垕畫論〕畫有十二科。山水打—界畫打底。㊂長也。〔國語吳語〕行—皆官帥。〔按通俗編武功云。行—、行列之長。亦稱行長。周禮肆長疏云。一肆立一長。若今之行—也。新唐書兵志云。諸都又領以都將。亦曰都—。元典章、軍人陣亡者。家屬仰各—目用心照管。此皆是長義。近世軍中猶稱什長伍長爲—目。〕㊃始也。〔唐書楊瑒傳〕年—月尾。㊄一也。〔老學庵筆記〕—錢。猶言一錢也。故都俗語云。千錢精神—錢買。㊅陽也。〔儀禮士相見禮〕贄、冬用雉。夏用腒。左—奉之。〔注〕左—、—陽也。〔疏〕執禽者左首。雖死猶尙左。以從陽也。㊆助辭也。〔通俗編〕世言裏—外—之屬。、—助辭也。卽人體言。眉曰眉—。鼻曰鼻—。舌曰舌—。指亦曰指—。器用之屬、則鉢—杷—。㊇猶夫役也。〔通俗編〕晉書石崇傳。水碓三十餘區。倉—八百餘人。按今謂掌倉廩者曰倉—也。南史何承天傳。東方曼倩發憤於侏儒。遂與虎—倉子稟賜不殊。按今謂掌炊爨者曰火—也。㊈—陀。抖擻也。〔翻譯名義〕—陀。新云杜多。此云抖擻。亦云修治。亦云洮汰。垂裕記云。抖擻煩惱故也。善住意天子經云。—陀者、抖擻貪欲、瞋恚、愚癡、三界。內外六入。若不取不捨。不修不著。我說彼人。名爲杜多。今訛稱—陀。

⑩ 率衆先事爲—。〔元典章〕監察各行事件有丞相爲—。尙書省官某大夫爲—。一同奏過。

⑪ 俗語不圓通轉變者曰方—。見〔輟耕錄〕。

⑫ 髻亦謂之—。〔晉書五行志〕太元中。公主婦女、必緩鬢傾髻。以爲盛飾。用髲既多。不可恆戴。乃先於木及籠上裝之。名曰假髻。或名假—。至於貧家不能自辦。自號無—。就人借—。

⑬ 博戲者立一人司勝負曰—家。見〔吹景錄〕。〔按今世有抽—。語古謂之乞—〕。

⑭ 上—。指其時之辭。〔元史泰定帝紀〕遵守正道。行來的上—數年之間。百姓安業。〔又〕世以女子始笄曰上—。〔通俗編〕世但以女子始笄曰上—。其實不專主女子也。南史孝義傳。華寶年八歲。父戍長安。臨別曰。須我還當爲汝上—。長安陷。寶年至七十不冠。鐵圍山叢談。國初祐主冠。止於宮中行世俗之禮。謂之上—。皆主男子說。

⑮ 地—。猶言處也。〔通俗編〕唐書食貨志。大歷元年有地—錢。每畝二十。按朱子語錄。每以此二字抵作一處字用。如云虛說此箇地—。永不到眞實地—。

⑯ 蒼—。卒也。〔國策魏策〕今竊聞大王之卒武力二十餘萬。蒼—二千萬。奮擊二十萬。厮徒十萬。車六百乘。騎五千匹。〔又〕奴也。〔漢書鮑宣傳〕蒼—廬兒。皆用致富。〔注〕孟康曰。黎民黔首。黎、黔、皆黑也。下民陰類。故以黑爲號。漢名奴爲蒼—。非純黑。以別於良人也。臣瓚曰。漢儀注。官奴給書計從侍中以下爲蒼—。青幘。

⑰ 小棃曰棃—。〔陸游詩〕門前喚擔買棃—。〔自注〕村人謂小棃爲棃—。

⑱ 牛馬之屬曰—口。〔元典章〕刑例有偸—口條。凡達達漢兒人偸—口一箇、陪九箇。

⑲ 饅—。餅也。〔晉書束皙賦〕饅—薄持。〔夢粱錄作饅餕〕。

⑳ 百—。藥名。貫衆也。〔本草綱目〕貫衆一名百—。一名草鴟—。

㉑ —會。隨民口數。人責其稅。〔淮南汜論〕—會箕賦。

㉒ —緒。猶言端倪也。〔蔡邕文〕適有—緒。

㉓ 計物之數曰—。如漢書西域烏孫傳。馬牛羊驢橐駝七十餘萬—。山中奴婢橘千—。

㉔ 通脰。〔公羊文十六年傳〕殺人者刎—。〔釋文〕—本又作脰。

【頯】 渠龜切音逵支韻　渠尤切音求尤韻　苦委切音跪苦軌切音巋紙韻　苦會切音塊隊韻

① 面權也。見〔說文〕〔王注〕依韻會引補。古無顴字。故借權。恐人認爲權衡字。故言面以定之。〔按六書故云。顴、又作—。又通作權。段玉裁云。肉部曰。肫者面—也。儀禮釋文引說文。肫、章允切。漢高祖隆準。準與肫音同。故應劭曰。隆、高也。準、頯權準也。入聲音拙。則字又作頔〕。

② 小頭。見〔廣韻〕。

③ 大朴之皃。〔莊子大宗師〕其顙—。〔注〕—、大朴之皃。〔釋文〕—。徐去軌反。郭苦對反。李音仇。一音逵。權也。王云。質朴無飾也。向本作顝。云、顝然大朴皃。廣雅云。顝、大也。五罪反。

④ 高露發美之皃。〔莊子天道〕而顙—然。〔注〕高露發美之皃。〔釋文〕—、去軌反。本又作顯。如字。司馬本作顝。

⑤ 厚也。見〔廣雅釋詁〕。

⑥ 通頄。〔易夬〕壯於頄。〔注〕面權也。〔釋文〕頄、求龜反。顴也。又音求。又丘倫反。翟云。面顴頰間骨也。鄭作—。—頰面也。王肅音龜。江氏音琴威反。蜀作仇。

⑦ 地名。〔左哀十六年傳〕王孫燕奔—黃氏。

【頍】 苦委切音跬矩蹞切音軌紙韻

蠃屬。中央廣。兩耑銳者。〔爾雅釋魚〕蚆博而—。〔注〕—者、中央廣。兩頭銳。

【頰】 吉協切音筴葉韻

① 面旁也。見〔說文〕。〔按急就篇。—頤頸項肩臂肘。顏注。面兩旁曰—。釋名釋形體。—、夾也。面旁偁也。亦取挾斂食物也。廣雅釋親。輔謂之—。說文面部。𩈚、—也。車部。輔、人—車也。玉篇面部。𩈚引左傳。𩈚車相依。左僖五年傳。輔車相依。注。輔、—

輔。車、牙車。疏。正義曰。易咸卦上九。咸其輔—舌。三者並言則爲一物。廣雅云。輔。—也。則輔—爲一。釋名曰。頤、或曰輔車。其骨彊。可以輔持其口。或謂牙車。牙所載也。或謂頷車也。衛風碩人云。巧笑倩兮。毛傳云。好口輔也。如此諸文。牙車、頷車。牙下骨之名也。—之與輔。口旁肌之名。蓋輔車一處。分爲二名耳。輔爲外表。車是內骨。段玉裁云。凡言—車者。今俗謂牙牀骨。牙所載也。與單言—不同。〕

(二) 綏—。徐言引譬喻也。〔漢書高帝紀〕漢王如滎陽。謂酈食其曰。綏—往說魏王豹。

(三) 赤—。鳥名。〔陸璣毛詩草木鳥獸魚蟲疏〕鵜、形狀大如鵝。長三尺。腳青黑。高三尺餘。赤頂赤目。喙長四寸餘。多純白。亦有蒼色。蒼色者人謂之赤—。常夜半鳴。

(四) 批—。鳥名。〔通雅動物〕批—戴勝。庶物異名疏引丹鉛錄云。唐盧延遜詩。樹上諮諏批—鳥。批—不詳何狀。或卽鶝—也。李時珍曰。鵖鴔、爾雅音批及。又曰。鴔鵖、音匹汲。一曰。鶝鴔、訛作批—鳥。羅願曰。卽祝鳩也。江東謂之烏臼。

(五) 馬—。九河之一。〔爾雅釋水〕徒駭、太史、馬—、覆鬴、胡蘇、簡、絜、鉤盤、鬲津。〔注〕河勢上廣下狹如馬—。〔參閱河字。〕

(六) —谷。地名。〔公羊定十年傳〕夏、公會齊侯於—谷。〔釋文〕—谷、古協反。左氏作夾谷。〔按左傳公會齊侯於祝其。實夾谷。注。夾谷卽祝其也。姚培謙注。顧炎武曰。在今萊蕪縣。服注。在東海祝其縣。今淮安府之贛榆。遠非也。〕

【頾】 如占切 音髯 鹽韻

(一) 頰須也。見〔說文須部〕。〔注〕鉉曰。今俗別作髯。非是。〔按正字通云。本作冄。釋名釋形體。在頰耳旁曰—。隨口動搖冄冄然也。漢書霍光傳。美須—。注。—、頰毛也。山海經西山經。上申之山。其鳥多當扈。以其—飛。注。—、咽下須毛。晉書東安王傳。美須—。音義。—、頷毛。〕

(二) 省作頾〔後漢輿服志〕後世聖人見鳥獸有冠角頾胡之制。遂制冠冕纓蕤。以爲首飾。

(三) 通蚦。〔淮南精神〕越人得—蛇以爲上肴。〔注〕—蛇、大蛇也。其長數丈。俗以爲上肴。〔按說文虫部蚦。大蛇可食。〕

【頲】 他頂切 音珽 迥韻

(一) 狹頭—也。見〔說文〕。〔按玉篇、韻會、並作狹頭也。桂馥云。狹、當爲陝。段玉裁云。疑當作——也。假借爲挺直之挺。〕

(二) 直也。見〔爾雅釋詁〕。

【頷】 戶感切 音菡 感韻 胡南切 音含 覃韻

(一) 面黃也。見〔說文〕。〔按六書故云。說文以顑爲食不飽面黃起行。又以頷爲面黃。非。六書正譌云。此非顑頷字。王筠說。此云面黃。蓋是生質頷之面黃。乃由餓病。離騷之顑頷則是同音假借。〕

(二) 頤也。〔方言〕—、頜也。南楚謂之—。秦晉謂之頜。頤其通語也。〔按廣雅釋親作顄、頤、頜也。而玉篇頷下引方言作頷、頤、—也。〕

(三) 含也。口含物之車也。見〔釋名釋形體〕。

【顉】 五感切 音媕 感韻

通頷。搖頭也。〔左襄二十六年傳〕逆於門者。—之而已。〔注〕—、搖其頭。〔釋文〕—、戶感反。本又作頷。

【頵】 紆倫切 音贇 眞韻

頭——大也。見〔說文〕。

【頵】 俱倫切 音麇 眞韻

(一) 大頭。見〔廣韻〕。

(二) 頭大皃。見〔集韻〕。

【頵】 巨隕切 音窘 軫韻

頭皃。見〔集韻〕。

【頸】 經郢切 音煚 九領切 梗韻 渠成切 音經 吉城切 音瑩 庚韻

(一) 頭莖也。見〔說文〕。〔按廣雅釋親云。—、項也。左襄十八年疏云。—之與項。亦一物也。廣韻云。—在前。項在後。素問腹中論。頸痛胸滿腹脹。注。—、項前也。〕

(二) 徑也。徑挺而長也。見〔釋名釋形體〕。

(三) 中央也。〔禮記玉藻〕繹其—五寸。

(四) —前持衡者。〔考工記輈人〕去—以爲—圍。〔疏〕衡在輈—之下。其—於前向下、持制衡鬲之輔。

(五) 朱—。怪鳥屬也。見〔廣雅釋鳥〕。

【頹】徒回切音魋灰韻

❶本作穨。〔說文禿部〕穨。禿皃。从禿。貴聲。〔六書故云〕—。首禿也。亦作穨。段玉裁云。今俗字作—。失其聲矣。

❷頽下。見〔玉篇〕。

❸懷也。〔文選司馬相如賦〕無面目之可顯兮。遂—思而就脉。〔注〕廣雅曰。—、懷也。言懷其思慮而就脉。

❹順也。〔禮記檀弓〕孔子曰。拜而后稽顙。—乎其順也。〔疏〕—然不逆之意。

❺落也。〔文選馬融賦〕感迴飇而將—。

❻暴風也。〔詩谷風〕習習谷風。維風及—。〔傳〕—、風之焚輪者也。〔疏〕正義曰。—者。風從上而下之名。〔按爾雅釋天焚輪謂之—。釋文。—、本或作穨。隤。同。攷唐石經作穨。阮元曰。—、俗字也。〕

❼下流曰—。〔史記河渠書〕水—以絕商顏。

❽下也。見〔爾雅釋天李注〕。

❾虺—。病也。〔爾雅釋詁〕痡瘏虺—。玄黃。〔注〕虺穨、玄黃、皆人病之通名。而說者便謂之馬疾。失其義矣。〔疏〕孫炎曰。虺穨。馬不能升高之病。〔按詩卷耳涉彼崔嵬。我馬虺隤。傳曰。病也。爾雅孫炎云。馬退不能升之病也。說文作—。郝懿行曰。—、詩作隤。叚音也。按說文作㿗云。禿皃。隸作—。通作隤。〕

❿—唐。隕墜皃。〔文選王襃賦〕—唐遂往。

⓫隤或字。〔集韻〕隤。下墜也。或作—。

【頺】吐臥切音惰箇韻

委靡皃。周禮、爾如委。李軌讀。見〔集韻〕。

【頻】毗賓切音嬪卑民切音賓眞韻

❶本作瀕。〔說文瀕部〕瀕。水厓。人所賓附。頻蹙不前而止。从頁从涉。〔注〕鍇曰。或借賓字。或作瀕。同。作瀕乃誤。〔類篇云〕—、古作瀕。光曰。—、隸變从省。韻會舉要云。今文水厓之字皆作濱。又音賓。而—但爲—數之—矣。〕

❷數也。〔周書文酌〕三—。

❸急也。〔詩桑柔〕國步斯—。

❹竝也。〔國語楚語〕羣神—行。

❺近也。見〔華嚴經音義〕。

❻比也。見〔廣雅釋詁〕。

❼連也。見〔韻會舉要〕。

❽蹙也。〔易復〕—復厲無咎。

❾頻也。〔易巽〕—巽客。

❿仁—。賓根也。〔漢書司馬相如傳〕仁—幷閭。〔注〕師古曰。仁—。卽賓根也。—字或作賓。

⓫—婆。柰也。〔本草綱目〕柰、梵言—婆。今北人亦呼之。猶云端好也。〔按翻譯名義云。—婆。此云相思果。色丹且潤。通俗編云。果中惟此以梵語著。〕

⓬通嚬。〔孟子滕文公〕己—顣曰。〔音義〕—、亦作嚬。同。

⓭通顰。〔玉篇〕顰。顰蹙。憂愁不樂之狀也。易本作—。

⓮姓也。漢酒泉太守—暢。

【顑】士痒切音岑丘甚切音埁寑韻丘凡切音庱咸韻口广切音欽感韻

—顑。醜皃。見〔廣韻〕。〔按玉篇。領、—、顑、頷、顆、各別。集韻則合爲一字。〕

【顩】丘檢切音黶感韻

顉或字。〔集韻〕顉。顉顩。面不平也。或作—。

【顧】船倫切音純眞韻

古脣字。見〔說文肉部〕。

【顧】之刃切音震震韻

頭動也。見〔集韻〕。

【顝】戶栝切音活五活切音枂牙葛切音辥曷韻張滑切音竅黠韻

短面也。見〔說文〕。〔按玉篇、廣韻、竝書作顄。廣韻、訓小頭皃。集韻、顄。古活切。小頭皃。一曰短面。分—、頢。攷从昏之字。隸變多爲舌。又按集韻十四黠。㝹。或作—。攷說文女部頁部。各爲一字。〕

【顐】苦昆切音坤元韻苦本切音閫阮韻苦悶切音困願韻

無髮也。一曰。耳門也。見〔說文〕。

【頮】蘇紺切音倸勘韻

領—。搖頭皃。見〔廣韻〕。

【頪】莫佩切音妹呼內切音誨隊韻

昧前也。見〔說文〕。

【⿰禾頁】戶孔切音澒董韻 頭直也。見〔集韻〕。

【頮】呼內切音誨隊韻 洒面也。〔書顧命〕王乃洮—水。〔釋文〕—音悔。說文作沬。云、古文作—。〔按漢書律厤志作王乃洮沬水。注。沬、郎—字也。攷說文水部沬下。古文作湏。玉篇、韻會、廣韻、竝云。—同靧。集韻云。沬、或作—。段玉裁云。文選報任少卿書。—血飲泣。李注曰。—、古沬字。陸語尤可證。說文作—。从兩手掬水而洒其面。會意也。內則作靧。从面貴聲。蓋漢人多用靧字。沬、—、本皆古文。小篆。用沬而—專爲古文。或奪其廾。因作湏矣。〕

【⿰車頁】昌遮切音車麻韻 牙車。通作車。見〔集韻〕。

【⿰岑頁】鋤簪切音涔侵韻 時鴆切音甚沁韻 椒—。俯首皃。見〔集韻〕。

【⿰岑頁】士痒切音岑寑韻 皃醜。見〔玉篇〕。〔按集韻云。醜皃。或作㥔。〕

【⿰甫頁】本甫切音父麌韻 頰骨也。見〔玉篇〕。〔按集韻云。輔。或作—、䩉、酺。說文面部。酺。頰也。車部。輔。人頰車也。廣韻。酺、頰骨。—同。〕

【⿰口頁】宜禁切音吟沁韻 顉—。首動。見〔集韻〕。〔正字通云。顉字之譌。舊注音印。——首動皃。一曰。顉—首動皃。竝非。〕

【⿰東頁】呼公切音烘東韻 —。—頭悶皃。見〔集韻〕。

【⿰夋頁】七稔切音寑寑韻 㾛或字。〔集韻〕㾛。體陋也。或从頁。

【頛】盧活切音捋曷韻 —頢。—面醜也。見〔集韻〕。

【頳】丑盈切音檉庚韻 赤也。本作赬、⿰赤巠。見〔玉篇〕。〔按廣韻十四清。赬。赤色。俗作—。攷說文赤部。⿰赤巠。赤色。从赤巠聲。或從貞作赬。⿰赤丁。或从丁作⿰赤丁。巠也。貞也。丁也。皆聲也。玉篇頁部作—。赤部亦从頁作—。均譌也。康熙字典云。說文作⿰赤巠。又作—。誤。〕

【⿰衤頁】香依切音希微韻 —頎。頭動皃。見〔集韻〕。

【⿰吾頁】訛胡切音吾虞韻 大頭也。見〔集韻〕。

【⿸厂頁】莫江切音厖江韻 頭皃。見〔集韻〕。

【⿰告頁】胡沃切音鵠沃韻 高鼻皃。見〔廣韻〕。

【⿰叒頁】數瓦切音䶇馬韻 面醜也。見〔集韻〕。

【⿰夷頁】天黎切音梯齊韻 頽—。頭不正也。見〔集韻〕。

【⿰采頁】普溝切音捊尤韻 須短白皃。見〔集韻〕。

【⿰衤頁】貧悲切音邳支韻 額省字。〔集韻〕額。短須髮皃。或省作—。

【⿰田頁】犬穎切音傾梗韻 同頃。〔集韻〕頃。田百畝也。亦从田。

【⿰𦣞頁】頤本字。見〔說文〕。

【⿰巨頁】古頤字。見〔集韻〕。

【⿰尋頁】同穎。見〔正字通〕。

【⿰舟頁】同䫜。見〔五音篇海〕。

【⿰舌頁】頢或字。見〔集韻〕〔詳頢字〕。

【⿰呂頁】穎俗字。見〔正字通〕。

【⿰辛頁】辮俗字。見〔正字通〕。

【⿰禾頁】頹俗字。見〔龍龕手鑑〕〔字彙云。頹譌字。〕

【⿰臣頁】頤俗字。見〔龍龕手鑑〕。

【⿰豸頁】貌譌字。見〔正字通〕。

八畫

【⿰隹頁】傳追切音椎支韻 ❶出額也。見〔說文〕〔注〕鍇曰。言額出如椎也。今江南言—頭。肰額。乃以—爲後枕、高肰之名也。〔按通訓定聲云。謂額肰出向前。蘇俗謂之尣額角。〕❷項—。見〔廣韻〕。❸垂脊骨。見〔字彙〕。

【⿰定頁】丁定切音錠徑韻 題也。見〔爾雅釋言〕〔注〕題、額也。詩曰。麟之定。〔按詩周南麟之趾。麟之定。傳。定、題也。釋文。定、都佞反。〕

題也。字書作－。音同。王念孫云。顚、－題、一聲之轉。〕

【顗】都挺切音鼎迥韻　同頂。〔集韻〕頂顚也。亦从定。

【顡】邕危切音逶支韻　女隨人也。見〔集韻〕。

【頺】徒回切音頹灰韻　隤或字。〔集韻〕隤下墜也。或作－。〔按龍龕手鑑云頺誤字。〕

【頓】普米切音䫌薺韻皆弜切音疕紙韻匹寐切音屁寘韻　❶傾首也。見〔說文〕。❷不正也。見〔玉篇〕。❸袤也。見〔廣雅釋詁〕。❹通俾。〔優婆塞戒經音義引淮南〕左－右俛。〔按爾雅釋魚王念孫說。俾俛可用－而－面不可用俾也。王念孫說俾俛、－俛皆袤之義也。〕

【頼】力戴切泰韻　－蒙也。見〔玉篇〕。〔正字通云。賴蒙也。－即賴之譌。〕

【頼】郎才切音來灰韻　－體。頭長皃。見〔集韻〕。

【頩】疾正切音淨敬韻　❶好皃。詩所謂－首。見〔說文〕。〔段注〕頭好也。－首、當作螓首。見衛風碩人傳曰。螓首顙廣而方。〔按說文無螓字。〕❷樂工倡優弄人一曰－。俗用淨。見〔正字通〕。

【頩】疾郢切音靜梗韻　頩－。好皃。見〔集韻〕。

【䫏】丘其切音欺支韻　❶醜也。今逐疫有－頭。見〔說文〕。〔段注〕方相氏、黃金四目衣赫。希世之－貌。－醜、言極醜也。風俗通曰。俗說亡人魂氣游揚。故作魌頭以存之。言頭魌魌然盛大也。或謂魌頭爲觸壙殊方語。〔按魌即－。〕❷通欺。〔列子仲尼〕見南郭子果若欺魄焉而不可與接。〔釋文〕欺魄、字書作－。䫏人面醜也。❸通倛。〔荀子非相〕仲尼之狀。面如蒙倛。〔注〕倛、方相也。其首蒙茸。故曰蒙倛。韓侍郎云。四目爲方相。兩目爲倛。

【頍】津壓切音壓均窺切音規支韻居企切音伎居悸切音季寘韻　❶小頭－－也。从頁枝聲。見〔說文〕。〔注〕鍇曰。－猶規小皃。〔按字亦作頯、頍。〕❷賫也。見〔廣雅釋詁〕。❸圖也。見〔廣雅釋詁〕。

【𥪰】詢趨切音需虞韻　❶待也。从立須聲。見〔說文立部〕。〔注〕鍇曰。立而待也。〔按玉篇立部作𥪰。須部作－。須部在末。疑是後增字。彙併須入頁部。而－亦從之。失其義矣。〕❷通須。〔詩匏有苦葉〕卬須我友。〔爾雅釋詁疏引作－。按今字須行而－廢矣。〕

【顆】苦果切音㪡哿韻　❶小頭也。見〔說文〕。〔注〕鍇曰。今言物一－。猶一頭也。❷凡圜物以－計。見〔六書故〕。〔顏氏家訓書證篇〕三輔決錄云。前隊大夫范仲公、鹽豉蒜果共一筩。果、當作魏－之－。北土通呼物一凷改爲一－。蒜－、是俗間常語耳。又道經云。合口誦經聲璅璅。眼中淚出珠子𥗉。其字雖異。其音與義頗同。〕❸土塊也。〔漢書賈山傳〕使其後世。曾不得蓬－蔽冢而託葬焉。〔注〕晉灼曰。東北人名土塊爲蓬－。師古曰。－、謂土塊。蓬－、言塊上生蓬者耳。－音口果反。〔按段玉裁云。此卽淮南書宋玉風賦之堁字。許注。堁、塵塺也。存參。〕

【顆】苦緩切音款旱韻　－涷。藥草也。〔爾雅釋草〕菟奚、－涷。〔疏〕釋曰。藥草也。一名菟奚。一名－涷。郭云。款涷也。紫赤華生水中。案本草。款涷一名橐吾。一名－東。一名虎須。一名菟奚。陶注云。形如宿蓴未舒者。其腹裏有絲。其花乃似大菊花。唐本注云。葉似葵而大。叢生花出根下是也。

【頟】逆角切音嶽覺韻　❶本作顎。〔說文〕顎、前面岳岳也。〔段注〕前、當作歬。歬面、猶俗云當面。岳岳、立皃。❷鼻高也。見〔龍龕手鑑引玉篇〕。

㊂顴—。面少肉、骨露也。見〔六書故〕。

【顇】秦醉切音萃寘韻

㊀顦—也。見〔說文〕。〔按顦—或作嫶妌、燋䔈、憔悴、焦瘁。其字不同。今人多用憔悴字。許書無憔篆。悴則訓憂也〕。

㊁純也。〔太玄劇〕貞—。

㊂瘦惡皃也。見〔龍龕手鑑〕。

㊃病也。見〔爾雅釋詁〕。

【顇】咋律切音崒質韻

㊀顝—。短皃。見〔集韻〕。

㊁關中謂纗頨爲顝—。見〔集韻〕。

【頭】當侯切音兜尤韻

頭—。面折。見〔康熙字典引集韻〕。〔按集韻十九侯从盟作頭。訓同。疑—即頭之譌〕。

【頶】於五切音隖麌韻

嵨或字。〔集韻〕嵨首巾謂之幠。或作—。

【䫒】謨奔切音門元韻

繫頭殟也。見〔說文〕〔段注〕歹部曰。殟者、暴無知也。今本譌作胎敗。則此以殟釋—。遂不可通。集韻、類篇、引此條。有謂頭被繫無知也七字。當是古注語。

【顐】呼昆切音昏元韻

不曉也。〔玉篇〕莊子云。問焉則—然。—、不曉也。亦作惛。

【顉】祛音切音欽侵韻

㊀曲頤也。〔列子湯問〕—其頤則歌合律。〔按—其頤者。開口則低其頤也〕。

㊁動也。〔文選郭璞詩〕洪崖—其頤。〔按亦作頷〕。

【顉】五感切音嬒感韻

低頭也。春秋傳曰。迎于門。—之而已。見〔說文〕〔注〕鍇曰。點頭以應也。今左傳作頷。假借。〔按杜注作搖頭〕。

【顉】丘甚切音坅寑韻

顩或字。〔集韻〕顩。頤曲上曰顩。或从金。〔按漢書揚雄傳。頷頤折頞。宋祁曰。頷、一作—。商敬順曰。—、驅音反。又曲廞反。—、猶搖頭也。攷文選解嘲。頷作顩。詳顩字〕。

【顡】犢乖切音儰佳韻

㊀頭朕也。見〔廣韻引聲類〕。

㊁頟朕皃。見〔集韻〕。

【頩】普迴切迴韻傍丁切音娉青韻普幸切音䡙梗韻

㊀色也。〔文選宋玉賦〕—薄怒以自持兮。〔注〕廣雅曰。—、色也。匹迴切。方言曰。—、怒色青貌。音匹零切。歛容也。〔按廣雅疏證䫎、—、艵、竝通〕。

㊁美貌。〔楚辭遠游〕玉色—以脕顏兮。〔按戴震楚辭注。氣上充於色曰—。正字通引此楚辭注云。盛氣貌〕。

【頉】余其切音頤支韻

同頤。〔韓非喻老〕白公勝慮亂。罷朝。倒杖而策銳貫—。〔按淮南道應。白公勝慮亂。罷朝而立。倒杖策錣上貫頤。是—即頤矣〕。

【頯】攀悲切音丕支韻步侯切音抔尤韻

短須髮皃。見〔玉篇〕。〔按說文廣韻。有䫋無—。集韻云。䫋或字。又省作䫋〕。

【頾】將支切音貲支韻

口上須也。見〔說文須部〕〔注〕鉉曰。今俗別作髭。非是。〔按六書故云。谷間須也。釋名釋形體云。口上曰—。—、姿也。爲姿容之美也〕。

【䫌】蒲結切音蹩屑韻

—頮。短皃。見〔玉篇〕。

【頮】徒甘切音談覃韻余廉切音鹽鹽韻

面長也。見〔玉篇〕。

【䫴】朱劣切音拙株劣切音掇屑韻

頭短。見〔廣韻〕。

【顩】苦咸切音械咸韻苦感切音坎感韻

面𥥻也。見〔龍龕手鑑〕。〔字彙云。顩—也。正字通云。顩字之譌。康熙字典云。玉篇與顩同。攷澤存堂本玉篇頁部無此字。而有鳥旁之顩。云、顩顩也。注、亦从鳥。鳥部復出。云、鳥啄食。唐韻、集韻、韻會、類篇、竝無—字。說文、顩。頭頰長也。則字彙以顩—連文。而龍龕云面𥥻。蓋是矣。舊據誤本玉篇以頁部不當有從鳥之字。遂几說爲同顩。不知—訓與顩異也〕。

【顅】丘閑切音馯刪韻經天切音堅輕煙切音牽先韻戶弔切嘯韻

頭鬢少髮也。周禮、數目—脰。見〔

說文。〔段注〕髟部曰。䯯者鬢禿也。此音義皆同。蓋實一字矣。而以｜从頁。故云頭鬢。謂頭上及鬢夾也。考工記數目｜脰。後鄭曰。｜、長脰皃。非許義。

【顆】古老切音杲皓韻

頭也。見〔字彙〕。〔正字通云。顆字之譌。〕

【槇】犂針切音林侵韻力鴆切音菻沁韻

｜頞。俯首見〔集韻〕。

【顓】魚旰切音岸翰韻

額也。見〔集韻〕。

【頠】於宜切音猗支韻

好也。見〔字彙〕。〔正字通云。俗頎字。〕

【顣】魚屈切音崛物韻

｜頉。面短。見〔集韻〕。

【頣】魚羈切音宜支韻

眉目也。見〔字彙〕。

【䪽】咨盈切音精庚韻

頔｜。頭也。見〔廣韻〕。〔按玉篇頁部｜下云。頔｜。頔下云。頔｜。頭不正也。集韻十四清｜下云。｜頔。頭不正。字彙、正字通亦皆作頔｜頭不正。則集韻誤倒。廣韻奪不正二字無疑。〕

【頮】盧谷切音祿屋韻奴鉤切音羺尤韻

項也。見〔玉篇〕。〔按集韻、類篇、並云。項也。正字通云。項無｜名。〕

【䫭】連員切音權先韻

鶱或字。〔集韻〕鶱曲角也。一曰。㺚羊角三帀爲鶱。或从頁。

【䫛】秦李切音薺紙韻

惡皃。見〔字彙補〕。

【𩕅】同䪻。見〔正字通〕。

【頤】同顊。見〔玉篇〕。

【顙】同䫀。見〔玉篇〕。

【頫】同𩔇。見〔玉篇〕。

【頻】同頻。見〔字彙補〕。

【頫】頫䫌字。見〔正字通〕。

【頡】頡䫌字。見〔字彙補〕。

九畫

【顏】牛姦切音㺃删韻

一 眉目之間也。見〔說文〕。〔按廣韻、顏、眉目間也。段本因改｜爲眉之間也。六書故云。自頞達於頞爲｜。錢繹云。卽臋所謂闕。道書所謂上丹田。相家所謂中正印堂。〕

二 額也。〔方言〕㰎、頟、顏也。江湘之間謂之㰎。中夏謂之頟。東齊謂之顙。汝潁淮泗之間謂之｜。〔箋疏〕蓋皆就方俗之偁言之。若依說文。則｜不得與頟顙混爲一也。

三 見也。〔太玄積〕魁而｜而。

四 ｜之言畔也。見〔春秋元命苞〕。

五 ｜行。猶雁行也。〔漢書嚴助傳〕以逆執事之｜行。〔注〕文穎曰。｜行、猶鴈行。在前行。故曰｜也。

六 孱｜。不齊貌。〔漢書司馬相如傳〕放散畔岸驤以孱｜。〔又〕山高貌。〔歐陽修詩〕空碧更孱｜。

七 商｜。山名。〔漢書溝洫志〕穿渠自徵引洛水至商｜下。〔注〕應劭曰。商｜、山名也。師古曰。商｜、商山之｜也。謂之｜者。譬人之顙也。

八 外國語。那｜。華言、大人。見〔正字通〕。

九 羞媿喜憂形於｜。謂之｜色。俗稱采色亦曰｜色。

十 姓也。〔廣韻〕姓出琅琊。本自魯伯禽支庶。有食采｜邑者。因而著焉。〔按說文通訓定聲云。左莊五疏。郳｜字夷父。按其後以名爲氏。〕

【顏】宜佳切音涯佳韻

厓或字。〔集韻〕厓。山邊也。或作｜。

【題】田黎切音啼齊韻

一 額也。見〔說文〕。〔按爾雅釋言。定、｜也。小爾雅廣服。｜、定也。義同。〕

二 頭也。〔淮南本經〕橑檐榱｜。〔按卯在上居前之稱。〕

三 署也。見〔集韻〕。〔今云｜簽、｜名、｜款。均此義。〕

四 識也。〔左襄十年傳〕舞師｜以旌夏。

五 𥁕也。〔後漢隗囂傳注引方言〕宋楚之間謂𥁕爲｜。〔按今本方言五、｜作㼷。〕

六 書稱｜｜、諦也。審諦其名號也。亦言第。因其次第也。見〔釋名釋書契〕。

七 椽頭玉飾曰琁｜。玉｜。亦名璧璫。見〔韻會〕。

（八）品—。品隲也。〔李白上韓荊州書〕一經品—。

（九）平—。鏑也。見〔廣雅釋器〕。〔按方言。凡箭苓者謂之平—。注云。今戲射箭頭—如羊頭也。〕

（十）—肩。鶴也。〔春秋考異郵〕陰陽氣貪。故—肩多。〔按廣雅作鶴。〕

（十一）縣名。〔漢書功臣表〕—侯張富昌。

（十二）凡文之標目曰—目。

（十三）疏也、舊例凡循例上疏用—本。要政用奏摺。小混言之曰—奏。

（十四）通踶。〔禮記王制〕雕—交趾。〔白虎通禮樂作雕踶。〕

【題】獨計切音第霽韻

視也。〔詩小苑〕—彼脊令。〔箋〕—之爲言視睇也。〔釋文〕—大計反。〔按此假爲踶。又與題同。〕

【顒】魚容切音鰅冬韻

（一）大頭也。詩口。其大有—。見〔說文〕。

（二）敬也。〔易觀〕有孚—若。〔馬注〕—、敬也。〔疏〕—是嚴正之貌。

（三）——。溫貌。〔詩卷阿〕——卬卬。〔箋〕體貌則——敬順。〔又〕波高貌。〔文選枚乘七發〕——卬卬。

（四）仰也。見〔廣韻〕。

【顓】朱遄切音專先韻

（一）頭—。謹皃。見〔說文〕。〔按此假爲𡴎也。說文。𡴎。小謹也。今字作專。〕

（二）善也。〔淮南覽冥〕猛獸食—民。

（三）專寵也。〔漢書五行志〕妃后有—。

（四）—蒙。頑愚也。〔法言學行序〕倥侗—蒙。

（五）—項者。寒縮也。見〔白虎通五行〕。〔又〕古帝名。〔史記五帝紀〕帝—項高陽者。黃帝之孫。而昌意之子也。〔按宋忠云。—項名。白虎通云。謂之—項者何。—者專也。項者正也。言能專正天之道也。〕〔又〕姓也。〔廣韻〕神仙傳有大玄女。姓—項名和。〔又〕星名。〔爾雅釋天〕—項之虛、虛也。

（六）—臾。國名。〔論語季氏〕季氏將伐—臾。〔按漢書地理志。蒙陰縣蒙山下有—臾城。今在山東費縣西北八十里。〕

（七）通專。〔漢書高后紀〕—兵秉政。〔注〕—讀與專同。

【顛】雛戀切音饌霰韻須兗切音選銑韻蘇困切音遜願韻

（一）選具也。从二頁。見〔說文〕。〔段注〕巽、具也。遜、擇而共置之也。丌部曰。巽、具也。頭、具也。人部曰。僎、具也。是巺、—、頭、僎。四字義同。玉篇曰。—、古文作選。从二頁、具之意也。

（二）見也。見〔廣韻〕。

【顑】虎感切音喊感韻苦紺切音勘呼紺切音歁勘韻

（一）飯不飽面黃起行也。讀若戇。見〔說文〕。〔按六書故云。飢而面黃虛浮之皃。段本上加—顲二字。王筠云。—顲亦如頡頏。雙單皆成義也。〕

（二）—頷。不飽貌。〔離騷〕長—頷亦何傷。

【顑】丘咸切音䫡咸韻

頭頰長。見〔集韻〕。

【顑】苦感切音坎感韻

（一）—顲。瘦也。見〔廣韻〕。

（二）顑省字。〔集韻〕顑首動也。或省。

【顑】五陷切音𩟼陷韻

（一）長面。見〔廣韻〕。

（二）䫲—。面長。見〔集韻〕。

【顲】於交切音坳肴韻

（一）頭凹。見〔玉篇〕。

（二）大首深目貌。〔文選王延壽賦〕—顤顟而睽睢。

【㥯】胡溝切音侯尤韻

（一）—顋。言不正。見〔玉篇〕。

（二）—顯。大言。見〔廣韻〕。〔按集韻云。揚言也〕〔又〕健皃。見〔集韻〕。

【䫙】何加切音蝦麻韻

（一）䫙—。言不正。見〔玉篇〕。〔又〕言語無度。見〔廣韻〕。

（二）䫜—。難語。見〔廣韻引陸善經字林。〕

【顥】何葛切音曷許葛切音嗽曷韻

（一）健皃。見〔玉篇〕。

（二）顩—。揚言也。見〔集韻〕。

（三）頛—。鼻面平也。見〔集韻〕。〔按廣韻云。健也。〕

【顯】丘葛切音渴曷韻

䯤或字。〔集韻〕䯤。鬢秃。或作—。

【顐】吾困切音鐙願韻胡昆切音䰟吾昆切音僤元韻

（一）秃也。見〔玉篇〕。〔集韻作䫅。〕—秃

也。〕

●二 頣—無髮皃。見〔集韻〕。

●三 通譁。弄言也。〔唐書元結傳〕諧臣—官。怡愉天顏。

【𩓣】 吉屑切音結屑韻

●一 頭小皃。見〔集韻〕。

●二 額—。小頭皃。見〔集韻〕。

【顎】 逆各切音咢藥韻〔與齶、噩、腭、鄂、別。〕

●一 靣高皃。見〔玉篇〕。

●二 嚴敬曰—。見〔廣韻〕。〔集韻云。恭嚴也。義同。〕

【䫣】 胡計切音系詣計切音契霽韻

伺人也。一曰恐也。讀若楔。見〔說文〕。

【𩓢】 乙轄切音𪘨黠韻

怒皃。見〔集韻〕。

【𩓦】 詰結切音絜屑韻

頡—。短皃。見〔玉篇〕。

【䫨】 眉貧切音珉眞韻

頣或字。〔集韻〕頣。彊頭也。或从昬。

【顐】 呼昆切音昏元韻

婚或字。〔集韻〕婚。昏也。或作—。

【䫅】 謨奔切音門元韻

繫頭殟也。謂頭被繫無知也。見〔集韻〕。〔說文作頣。〕

【䫖】 昌枕切音瀋寑韻

弱也。見〔集韻〕。

【𩕃】 丑甚切音踸寑韻

—顠。懦劣皃。見〔玉篇〕。

【𩕇】 時鴆切音甚沁韻

——。頭皃。一曰弱也。見〔集韻〕。

【䫮】 雨阮切音遠五遠切音阮阮韻于元切音袁元韻虞怨切音願願韻

面不正也。見〔說文〕。

【顖】 桑才切音鰓灰韻

頰—。見〔玉篇〕。〔按廣韻云。—頷。俗又作腮。六書故云。—頷旁也。古單作思。又按思从囟从心。隸變从田从心。玉篇、廣韻、集韻、韻會、並以从田从心从頁者。為頰—字。以从囟从心从頁者。為同頭會𡿺蓋之囟字。〕

【𩕄】 徒困切音鈍願韻

—顐。秃也。見〔集韻〕。

【𩕖】 五怪切音聵卦韻

頭蔽—也。見〔說文〕。〔按蔽、廣韻引說文作蒯。繫傳云。字書。蔽、卽蒯。—頭惡也。集韻云。蔽—也。謂頭癡。段玉裁云。蔽—、疊韻字。蓋古語也。錢大昕云。春秋戰國人名、有蒯聵者。疑卽此蔽—字。〕

【𩓡】 姑華切音瓜麻韻

短頭。見〔玉篇〕。

【䪽】 匹各切音粕藥韻

面大皃。見〔廣韻〕。

【𩕔】 丁結切音窒屑韻

—顛。詳顛字。

【𩔷】 其季切音悸寘韻

大口。見〔集韻〕。

【𩔱】 何䐶切音沆養韻

頭頏也。見〔字彙補〕。

【𩔾】 滂基切音批支韻

短髮披皃。見〔字彙補〕。

【𩕰】 盧浩切音老晧韻

廣大皃。見〔廣韻〕。〔按玉篇、類篇、集韻、字作顠。訓廣大皃。皐、皋、形近。—當為顠譌字。〕

【𩕋】 匹計切音媲霽韻

傾頭皃。見〔集韻〕。〔正字通云。頼字之譌。是。〕

【𩕏】 同額。見〔玉篇〕。

【𩕌】 同馥。見〔字彙補〕。

【𩕜】 類俗字。見〔正字通〕。

十畫

【顥】 丘袄切音蹺蕭韻

●一 大頭也。見〔說文〕。

●二 頟大皃。見〔廣韻〕。

●三 大也。見〔廣雅釋詁〕。

【𩕢】 馨叫切音橈嘯韻

大頭皃。見〔集韻〕。

【𩕄】 馨幺切音膮蕭韻

廣額謂之—。見〔集韻〕。

【䫿】 符分切音汾文韻

●一 同頒。〔集韻〕頒。大首皃。亦作—。

●二 通墳。〔詩苕之華〕牂羊墳首。〔說文繫傳引作—首。云今作墳、假借。〕

【顗】語豈切音螘尾韻
㊀謹莊皃。見〔說文〕。㊁靖也。見〔廣韻〕。㊂樂也。見〔廣韻〕。

【顗】語豈切音螘尾韻五亥切音騃賄韻
靜也。見〔爾雅釋詁〕。〔釋文〕—音擬。

【顩】魚咸切音嵒咸韻
㊀頭頰長也。見〔說文〕。〔段注〕當作頭陝面長皃。五字廣韻云面長皃。則少頭陝二字。
㊁—頗面少肉、骨露也。見〔六書故〕。

【顩】牛廉切音黵鹽韻
顩—醜皃。見〔集韻〕。

【顩】五減切音𪙞豏韻
面長皃見〔廣韻〕。

【顩】丘咸切音鵮咸韻
—醜皃見〔集韻〕。

【顲】口減切音槏豏韻
㊀醜皃見〔集韻〕。㊁長面皃〔廣韻〕。

【顲】口陷切音歉公陷切音緘陷韻
—顲。長面皃見〔廣韻〕。

【顲】公陷切音䌠陷韻
—胡。𩓻面也。見〔廣韻〕。

【顧】相支切音斯支韻
㊀—頟。頭不正也。見〔玉篇〕。㊁好皃。見〔集韻〕。

【顄】胡南切音含覃韻戶感切音頷感韻
㊀頤也。見〔說文〕。〔通訓定聲〕與頷略同。與頷別、字亦作㖤、作䫲。从口內言之曰—、曰頷。从口外言之曰頤。
㊁—淡。水搖蕩貌。〔文選馬融賦〕—淡滂流。〔按此假為澹〕。
㊂同㖤。〔文選王褒賦〕瞋㖤𣺤以紓鬱。〔注〕㖤與—同。

【願】虞怨切音愿願韻
㊀大頭也。見〔說文〕。〔段注〕本義如此。故从頁。今則本義廢矣。〔按今義皆假為愿字〕。
㊁念也。〔詩伯兮〕—言思伯。
㊂思也。見〔爾雅釋詁〕。
㊃每也。〔詩二子乘舟〕—言思子。
㊄羨也。〔禮記祭義〕國人稱—然曰。
㊅猶慕也。〔荀子榮辱〕宗人莫不延頸舉踵而—曰。
㊆覬望也。〔禮記少儀〕不—於大家。〔疏〕謂見彼後富大不可—斅之也。
㊇可—。為道德之美。〔書大禹謨〕敬修其可—。
㊈賽—。猶俗言還—也。〔搜采異聞錄〕在家許齋醮。及還家賽—。
㊉所有要求之人曰—人。例如出資租地購田者之類。
(十一)人民據理上書、或達議會官府、請求其所—者。曰請—。
(十二)人民不服行政官舉動而上訴。曰訴—。
(十三)申明其所—之文書。曰—書。

【顐】五遠切音阮阮韻
㊀面短皃。見〔集韻〕。㊁思也。〔詩野有蔓草〕適我—兮。

【顙】寫朗切音嗓養韻千羊切音瑲蘇郎切音桑陽韻
㊀頟也。見〔說文〕。〔按六書故云。頟上為—〕。
㊁頭也。〔太玄傒〕天撲之—。
㊂頰也。〔家語困誓〕河目龍—。
㊃叩頭也。〔公羊昭二十五年傳〕再拜—。〔注〕—者、猶今叩頭。〔按檀弓釋文云。稽—觸無容。周禮大祝辨九㩧疏云。稽—還是頓首。但觸地無容。則謂之稽—〕。

【䫥】忙經切音冥青韻
㊀眉目間也。見〔廣韻〕。
㊁通名。目上也。〔詩猗嗟〕猗嗟名兮。〔玉篇引作—〕。
㊂通眳。〔文選張衡賦〕眳藐流眄。〔注〕眳、眉睫之間也。

【顚】多年切音巔先韻
㊀頂也。見〔說文〕。〔按—、頂、定、題、古皆雙聲〕。
㊁首也。〔周髀算經〕以繩繫表—。
㊂上也。見〔方言〕。
㊃山頂謂之—。見〔玉篇〕。
㊄末也。見〔廣雅釋詁〕。
㊅下也。〔太玄疑〕—疑遇幹客。
㊆本末曰—末。見〔正字通〕。
㊇自上下曰—。〔離騷〕厥首用平—殞。〔按段玉裁云。—為㝡上倒之則為㝡下〕。
㊈踣也。〔易鼎〕鼎—趾。
㊉隕也。〔書盤庚〕—越不恭。

(十一)倒也。〔楚辭愍命〕—衣以爲裳。

(十二)顚也。〔楚辭逢紛〕椒桂羅以—覆兮。

(十三)仆也。〔詩蕩〕—沛之揭。

(十四)墜也。〔漢書五行志〕厥應泰山之石—而下。

(十五)—專一貌。〔莊子馬蹄〕其視——。

(十六)—倒。反覆也。〔荀子富國〕以相—倒。

(十七)—覆言反倒。〔書胤征〕—覆厥德。

(十八)—沛。僨仆也。〔論語里仁〕—沛必於是。〔又〕狼狽也。〔後漢臧宮傳論〕豈其—沛平城之圍。

(十九)白—的顙也。〔詩車鄰〕有馬白—。

(二十)—冥。猶迷惑也。〔莊子則陽〕因—冥乎富貴之地。

(廿一)—棘。女朮也。見〔廣雅釋草〕。

(廿二)地名。〔左僖二年傳〕入自—軨。〔注〕虞地。〔按後漢河郡大陽有—軨阪今在山西平陸縣東北七十里〕

(廿三)縣名。〔漢書司馬相如傳〕文成—歌。〔注〕—、益州—縣。其人能作西南夷歌。—即滇字。〔當在今四川敍永縣境〕

(廿四)同蹎。〔荀子正論〕蹎跌碎折。不得頃矣。〔注〕蹎與—同躓也。

(廿五)同傎。〔詩東方未明〕—倒衣裳。〔儀禮士喪禮注作傎倒〕

(廿六)通瘨。〔急就篇〕疝瘕—疾狂失響。〔注〕—疾、性理—倒失常也。〔按內經多作—、說文瘨訓病也。俗作癲〕

(廿七)姓也。—頡。見〔左傳〕。

【顚】亭年切音田先韻

(一)——。憂思貌。〔禮記玉藻〕色容——。〔釋文〕—音田。又丁年反。

(二)通闐。塞也。〔禮記玉藻〕盛氣—實揚休。〔注〕—讀爲闐。

(三)不列—。歐洲最大之島。屬英國。英文British。

【顚】典因切音眞眞韻

杪—。枝上端也。〔漢書司馬相如傳〕偃蹇杪—。

【顚】他句切音滇銑韻

同瑱。玉名。見〔廣韻〕。

【䫥】苦猥切音頠五賄切音頠賄韻

(一)頭不正也。見〔說文〕。

(二)大也。見〔廣雅釋詁〕。

【顜】古項切音講講韻訖岳切音覺覺韻

(一)直也。〔史記曹相國世家〕蕭何爲法。—若畫一。〔集解〕徐廣曰。—音古項反。一音較。〔索隱〕漢書、—作講。畫訓直。又訓明。言法明直若畫一也。

(二)明也。和也。見〔集韻〕。

【顝】苦骨切音搰月韻

(一)大也。見〔廣雅釋詁〕。

(二)獨也。〔後漢張衡傳〕—羈旅而無友兮。〔按徐鍇云。—猶塊。大而獨立皃〕

【顝】枯回切音恢灰韻枯昆切音昆元韻苦猥切音頠賄韻苦馬切音髁馬韻苦骨切音掘月韻

大頭也。讀若魁。見〔說文〕。

【顝】枯回切音恢灰韻苦瓦切音髁馬韻苦骨切音堀月韻

醜也。見〔廣雅釋詁〕。

【顝】枯回切音恢灰韻苦骨切音掘月韻

相抵觸也。見〔玉篇引蒼頡篇〕。

【顝】苦猥切音頠賄韻

首骨大。見〔廣韻〕。

【類】力遂切音戾寘韻

(一)種—。相似。唯犬爲甚。从犬。頪聲。見〔說文犬部〕。

(二)種也。〔荀子儒論〕先祖者—之本也。

(三)族類也。〔國語周語〕其—維何。

(四)肖也。〔國語周語〕—也者。不忝前哲之謂也。

(五)似也。〔國語吳語〕—有大憂。

(六)形象也。〔淮南俶眞〕又況未有—也。

(七)猶象也。〔禮記曲禮〕諸侯既葬見天子曰—見。〔注〕代父受國。—、猶象也。執幣帛象諸侯之禮見也。

(八)猶貌也。〔楚辭橘頌〕—可任兮。

(九)猶皆也。〔後漢郅壽傳〕—不檢節。

(十)猶率也。〔漢書尹翁傳〕—如翁歸言。

(十一)謂比式。〔禮記緇衣〕行無—也。

(十二)比也、〔禮記學記〕九年知—通達。〔注〕知—、知事義之比也。

(十三)例也。〔史記屈原賈生傳〕吾將以爲—兮。

⑭事也。〔孟子告子〕此之謂不知—也。
⑮同也。〔列子仲尼〕其負—反倫。
⑯法也。〔楚辭懷沙〕吾引以爲—兮。
⑰衆也。〔淮南要略〕浸想宵—。
⑱等夷也。〔詩桑柔〕貪人敗—。
⑲善也。〔詩旣醉〕永錫爾—。
⑳戾也。〔周書史記〕愎—無親。
㉑龜行時頭左邊庳行者名—。〔爾雅釋魚〕左倪不—。
㉒勤施無私曰—。〔詩皇矣〕克明克—。
㉓無—。無尾怪戾也。〔荀子性惡〕齊給使敏而無—。
㉔獸名。〔山海經南山經〕亶爰之山。有獸焉其狀如貍而有毛其名曰—自爲牝牡食之不妒。
㉕國名。後漢西域有蒲—國。
㉖姓也。〔史記梁孝王世家〕睢陽人—犴反者。
㉗通禷。〔詩皇矣〕是—是禡。〔爾雅釋天作禷〕

【纇】路罪切音纍賄韻盧對切音纇隊韻
偏頗也。〔左昭十五年傳〕刑之頗—。〔六書故云頗—之—今作纇。〕

【類】劣戌切音律質韻
似也。見〔集韻〕。

【⿺辶頁】以之切音頤支韻
①養也。見〔字彙補〕。
②輔車骨也。見〔字彙補〕。

【⿰員頁】羽敏切音磒軫韻
面色——兒。讀若隕。見〔說文〕。

【⿰員頁】胡昆切音魂元韻羽敏切音磒吻韻戶袞切音混烏本切音穩阮韻
——。面色急也。見〔集韻〕。

【⿰員頁】戶袞切音混阮韻
頭面形—也。見〔廣韻〕。〔集韻云。面首俱圓謂之—。〕

【⿰否頁】攀悲切音丕貧悲切音邳支韻
短須髮兒。从須。否聲。見〔說文須部〕。〔按說文韻譜、玉篇作頿。集韻又或作頿頿篇。—有攀悲、貧悲、芳無、普溝、蒲侯、六切。攷集韻芳無、普溝二切作頿。爲髻或字。蒲侯切作頿。今按音篆从、从否作否。與否音形竝近。玉篇髻下云。或作髻。可證也。而不、丕、否、三字古通。譌否爲否。故集韻髻又作髺髩二形。且从髟須字義亦相通。如頿頯之作髭髶、髩。以是頿髻二字混矣。當以髻、髺、髶、髩、髻爲髻或字。頿、頯、爲頿或字。〕

【⿰翁頁】烏公切音翁東韻
頸毛也。亦作翁。見〔玉篇〕。

【⿰翁頁】鄔孔切音蓊董韻
勜或字。〔集韻〕勜。勜劥屈強兒。或从頁。

【顉】丘禁切音搇沁韻
—⿰口頁。首動。見〔集韻〕。

【⿰奚頁】弦雞切音兮齊韻
頭不正。見〔集韻〕。

【⿸广頁】丘甚切音坅寑韻
頗或字。〔集韻〕頗頗顱醜兒。或从金。

【⿰目頁】莫結切音滅屑韻
—頡也。見〔五音集韻〕。

【⿰盍頁】丘蓋切音磕泰韻
頭骨兒。見〔集韻〕。

【⿰盍頁】谷盍切音閤合韻
頷車骨也。見〔玉篇〕。〔按說文、六書故、無此字。廣韻、集韻、類篇、龍龕手鑑、竝作—。訓車頷骨。〕

【⿺辶頁】緜批切音迷齊韻
—頤。垂頭兒。見〔集韻〕。

【⿸疒頁】諸延切音饘先韻
顫也。〔方言〕—、顫、顫也。江湘之間謂之—。

【⿰兜頁】當侯切音兜尤韻
顯—。面折。見〔集韻〕。〔按玉篇作顯頭。〕

【額】頌籀文。見〔說文〕〔段注〕疑从省。

【⿰火賁】頰籀文。見〔說文〕。〔按一本說文从眷作燴。玉篇類篇眷部、廣韻三十怗、集韻三十帖、韻會舉要十六葉、皆然。且說文有眷無賁。可知从賁者、蓋涉於頁寫者誤增二筆也。說文頁部重文从眷者有䫿、膭、燴、三字。均誤从賁。姑依體分列。而箸其非於此。〕

【顖】同囟。見〔廣韻〕。

【顚】同顛。見[字彙]。

【𩕢】同頻。見[玉篇]。

【頪】顪或字。見[說文]。

【顛】顚俗字。見[正字通]。

【𩔀】頪譌字。見[五音篇海]。

【𩔰】顯譌字。見[字彙補]。

【𩔁】頃譌字。見[康熙字典]。

【𩕊】頹譌字。見[康熙字典]。

十一畫

【𩕈】側革切音責陌韻

一 頭不正。見[玉篇]。

二 ―頗。頭不正皃。見[廣韻]。

【⿱敖頁】魚到切音傲號韻牛刀切音敖豪韻

一 ―頟。高也。見[說文]。[段注]當云頭高也。

二 頭長。見[廣韻]。

三 高頭也。見[廣韻]。

四 高大也。見[玉篇]。

五 高也。見[廣雅釋詁]。[疏證]衛風碩人篇。碩人敖敖。毛傳云。敖敖、長皃。與―同義。合言之則曰頟―。

六 顤高也。見[正字通]。

【𩕄】桑感切音糂感韻

一 顉―。搖頭皃。見[廣韻]。

二 動頭也。見[玉篇]。

【䫮】七感切音慘感韻

顉―。搖頭皃。見[集韻]。

【顟】憐蕭切音聊蕭韻

高鼻深目皃。見[集韻]。

【𩕋】力交切音僗肴韻

一 大首深目。見[集韻]。

二 顟―。胡人面狀皃。見[廣韻]。

【𩓫】力弔切音嫽嘯韻

同顟。―顤。頭長皃。見[玉篇]。

【𩕏】所兩切音爽楚兩切音𩓳養韻

一 醜也。見[廣雅釋詁]。

二 滿也。見[玉篇]。

三 醜皃。見[廣韻]。

【顠】紕招切音漂蕭韻

𩬊或字。見[集韻]。𩬊𩬊。髮亂皃。或作―。

【顠】匹招切音縹婢小切音摽篠韻匹妙切音剽嘯韻

一 髮白皃。見[玉篇]。[按廣韻同鬃。]集韻或作鬃。

二 髮亂皃。[楚辭憫上]含髮強老兮。愁不樂。須髮薴顠兮―鬢白。[注]―雜白也。補曰。―匹沼切。髮亂皃。

【顡】芳無切音敷風無切音膚虞韻蒲候切音捊尤韻斐父切音撫麌韻普后切音剖宥韻

一 短須也。見[五音篇海]。

二 髮白也。見[五音篇海]。

三 鬚或字。見[集韻]。鬚美髮謂之鬚。或作―。

【顊】賓彌切音卑支韻

一 須髮半白也。見[說文須部]。[段注]兼言髮者。類也。孟子頒白之正字也。趙注曰。頒者、斑也。頭半白斑斑者也。是以漢地理志卑水縣、孟康音斑。蓋古聲讀若斑。故亦假大頭之頒。

二 頩皃。見[玉篇引聲類]。

【顣】子六切音蹙屋韻

一 ―頞。鼻頗促皃。見[廣韻]。

二 ―頞。蹙鼻也。見[集韻]。

三 通蹙。[孟子滕文公]己頻―曰。[校勘記]文選注引孟子曰。嚬蹙而言。

【𩕔】倉歷切音戚錫韻

嚬也。見[集韻]。

【顲】盧含切音婪覃韻

―頷。俯首皃。見[集韻]。

【𩕗】謨加切音麻麻韻

―懸。難語。見[廣韻引陸善經字林]。[按玉篇心部懡下云。懡懸。懸下云。懡懸。難語。集韻云。―懸、或作懡。字林攷逸云。顯頋。言不正也。與此不同。―頋、懡懸並通。]

【顡】五怪切音聵怪韻呼怪切音豨卦韻五賄切音隗賄韻魚既切音毅未韻

本作顡。[說文]顡。癡不聰明也。[注]鍇曰。癡之狀見於頭面也。[按玉篇牛既、五懷二切。訓癡―、不聰明也。廣韻十四賄云。說文音聵。癡顡。不聰明也。八未云。說文。癡―、不聰明也。十六怪云。說文。五怪切。癡―。不聰明也。集韻顡篇並呼怪、五怪、二切。引說文。癡、不聰明也。孜孫愐顡音五怪切。朱翺顡音五隘

切。〕

【顡】五賄切音隗賄韻 聉—。悬皃。見〔集韻〕。

【顡】魚既切音毅未韻 頭不聽也。見〔集韻〕。

【𩔗】湍怪切卦韻 聲頭聲。一曰聉—。無志皃。見〔集韻〕。

【𩔗】他怪切卦韻 顏惡也。見〔廣韻〕。

【𩕂】郎侯切音婁尤韻 頞—。頭骨。見〔玉篇引埤蒼〕。〔按集韻云體或从頁攷說文有體無—〕。

【𩕢】吁玉切音旭沃韻 —顱。見〔廣韻引聲譜〕。〔按玉篇、—同項。項顱又骨部、髑亦作項。引聲類髑顱也。謂髑髏也。集韻、—顱也。或作髑。据此—、項、髑、爲一字。〕

【𩕐】曉谷切音𠧩屋韻 祿也。見〔字彙補〕。

【顱】同顱。見〔六書故〕。

【𩕄】顧或字。見〔集韻〕。

【𩕭】顧或字。見〔集韻〕。

十二畫

【顧】古慕切音故遇韻

❶還視也。見〔說文〕。〔段注〕還視者、返而視也。檜風箋云回首曰—。

❷視也。〔呂覽愼勢〕行者不—。

❸瞻也。見〔玉篇〕。

❹眷也。〔文選張衡賦〕神歆馨而—德。

❺嚮也。見〔廣雅釋詁〕。

❻念也。〔國策齊策〕而不—萬乘之利。

❼反也。〔國策秦策〕—爭於戎狄。

❽旋也。〔文選沈約詩〕—步佇三芝。

❾逗也。〔穆天子傳〕—吾見汝。

❿問也。〔國語晉語〕吾朝夕—焉。

⓫猶及也。〔後漢馮衍傳〕—嘗好俶儻之策。

⓬猶倒也。〔漢書周勃傳〕今居一小縣—欲反邪。

⓭讎也。〔漢書鼂錯傳〕如此斂民財以—其功。〔注〕師古曰、—讎也。若今言雇賃也。

⓮猶侍也。〔穀梁莊二十八年傳〕有—之辭也。

⓯故也。〔禮記祭統〕—上先下後耳。

⓰將去之意也。見〔書顧命鄭注〕。

⓱言能以德行引人也。〔後漢黨錮傳〕郭林宗、宗慈、巴肅、夏馥、范滂、尹勳、蔡衍、羊陟爲八—。

⓲發語辭。〔漢書食貨志〕—古爲之有數。

⓳臨死遺書曰—命。〔禮記緇衣〕葉公之—命。

⓴國名。〔詩長發〕韋—旣伐。

㉑地名。〔左哀二十六年傳〕公及齊侯邾子盟于—。

㉒俗謂親切照料曰照—。常相賣買、曰主—。保全曰—全。

㉓姓也。出吳郡。見〔廣韻〕。

【𩖊】果五切音鼓麌韻 視也。〔書微子〕我不—行遯。〔釋文〕顧音故徐音鼓。

【𩕶】七稔切音寑寑韻 儜劣也。見〔集韻〕。

【𩕮】子朕切音醋寑韻 ——。頭長。見〔集韻〕。

【𩕗】章荏切音枕寑韻 ❶頭銳長也。見〔廣韻〕。❷頭俯皃。見〔集韻〕。

【𩕸】側禁切音譖沁韻 頭俯也。見〔集韻〕。

【𩕹】側蹝切寑韻 低頭皃。見〔玉篇〕。

【𩕳】逋禾切音波 蒲波切音婆歌韻 ❶皤或字。見〔說文白部〕。〔按說文、皤老人白也。〕❷老皃。見〔集韻〕。❸——。勇舞皃。見〔廣韻〕。

【𩕲】符袁切音煩元韻 白喙。見〔集韻〕。

【顤】倪幺切音堯蕭韻 ❶頭高長皃。見〔廣韻〕。〔按集韻云。高長頭皃。〕❷高也。見〔廣雅釋詁〕。

【顟】丘交切音敲肴韻 膠或字。〔集韻〕膠窅膠。面不平。或作—。

【䫜】虛交切音嘵肴韻

大首深目貌。〔文選王延壽賦〕䫜—顟而睽睢。〔按廣韻云。䫜—。胡人面也。〕

【顤】倪弔切音獟嘯韻

高長頭。見〔說文〕。〔按說文䫜下云。䫜—。高也。〕

【𩕄】人要切音饒嘯韻

顟—。頭長。見〔集韻〕。

【顠】兵召切音驃嘯韻

舉首。見〔集韻〕。

【顥】下老切音皓晧韻

❶白皃。从頁从景。楚詞曰。天白——。南山四—。白首人也。見〔說文〕。〔按段玉裁云。白皃、當作白首皃。天白——、當廁白首人也之下。楚辭大招王逸注云。——、光貌。南山、廣韻集韻作商山。四—。高士傳作四皓。云、皆河內軹人。秦始皇時。退入藍田山作歌。乃共入商雒。隱地肺山。漢高徵之不至。深自匿終南山。段玉裁云。曰藍田山曰商雒地肺山。曰終南山。東西相接八百里。實一山也。說文作南山。不誤。〕

❷大也。〔漢書敍傳〕登孔—而上下兮。

❸天邊氣。見〔廣韻〕。

❹通皓。〔文選李陵詩〕晧首以爲期。〔注〕聲類曰。—、白首皃也。皓、與—通。

❺通昊。〔呂覽有始〕西方曰—天。〔淮南天文作昊天。〕

【𩕊】良刃切音吝震韻

本作䫰。〔說文〕䫰。䫰—也。一曰。頭少髮。〔按段玉裁云。竊疑頭少髮、單承—字言。然攷廣韻二十一震。䫰—作須䫰。亦訓頭少髮。但字作䫰少異耳。〕

【䫰】里刃切音嶙軫韻

❶少髮皃。見〔集韻〕。

❷通憐。〔集韻〕憐憖。恥也。通作—。

【顜】呼孔切烘上聲董韻

肥貌。見〔字彙〕。

【顡】五怪切音聵卦韻

人名。漢有北平康侯—。見〔集韻〕。〔按—、不見他書。史記張丞相傳云。蒼以代相從攻臧荼有功。以六年中封爲北平侯。又云。孝景前五年、蒼卒。諡爲文侯。子康代侯。八年、卒。子類代爲侯。集解、徐廣曰。類一作—。音聵。攷表及漢書傳表。竝言子康侯奉、孫類。是康侯者、蒼子之諡。—者、蒼孫之名也。集韻所稱誤矣。〕

【顃】常含切音覃覃韻

類—。俯首皃。見〔集韻〕。

【𩕩】視占切音蟾鹽韻

取也。見〔字彙〕。

【䫨】古老切音杲晧韻

廣大皃。見〔玉篇〕。

【顤】乎刀切音豪居勞切音高豪韻

額—。大面皃。見〔廣韻〕。〔按集韻居勞切。作—顡。面大。誤。廣韻集韻顡下竝云。顡—。大面皃。龍龕手鑑、顡—上音刀。下音毫。大面皃也。可證。〕

【顪】所錦切音痒寑韻

頣—。懦弱皃。見〔集韻〕。〔按玉篇、廣韻、集韻、類篇、龍龕手鑑、竝作頣。顪訓同。不作頣—。正字通云。—俗字。是。〕

【䫥】戶賄切音瘣賄韻

——。頭皃。見〔集韻〕。

【顪】胡對切音潰隊韻

無髮皃。見〔集韻〕。

【𩕟】旨善切音膳銑韻

本作顫。〔說文〕顫。倨視人也。〔段注〕倨者、不遜也。

【顨】蘇困切音巽願韻

巽也。从丌从頭。此易—卦爲長女爲風者。見〔說文丌部〕。〔注〕鉉曰。顨之義、亦選具也。〔按王筠云。舉此者、恐人不知顨非一字。故諄復言之。江聲云。—爲卦名。巽爲卦德。朱駿聲云。此字實卽巽之異體。古易卦如此作耳。〕

【顦】慈焦切音樵蕭韻

—顇也。見〔說文新修字義〕。〔按小徐無—字。廣韻、集韻、韻會、竝以爲憔或字。玉篇云。亦作憔。說文心部、有悴無憔。面部、醮面焦枯小也。故頁部云。顇、醮顇也。其作—者。蓋涉顇从頁而改。如近人書猻㯳之㯳爲猱是也。大徐不知面部醮爲正字。乃妄增一字。六書故云。一顇見於顏面。从頁爲正。說似是而實非。蓋有从面之醮。無煩更作一也。古或作顦作焦。今人多用憔悴字矣。」

【顟】力弔切音料嘯韻　一顤。長頭。見〔廣韻〕。〔按玉篇云。同顤。〕

【⿰睘頁】須緣切音宣從緣切音全先韻　先命切音夐敬韻　頭圓也。見〔廣韻〕。〔按玉篇云。圓面也。亦作圓。集韻云。圓面。或作䩙。〕

【顔】顏籀文。見〔說文〕。〔按玉篇、集韻、類篇、並从啚作䪻。一本說文亦从啚不从啚。〕

【⿸履頁】古履字。見〔說文履部〕。〔按此字、類篇附見履部。玉篇入足部。〕

【⿰萃頁】顇或字。見〔集韻〕。

【⿰廩頁】顲省字。見〔康熙字典引集韻〕。〔按卽顲之爛文。〕

【⿰懍頁】顲省字。見〔集韻〕。〔按說文有顲無一。〕

【⿰豫頁】預俗字。見〔龍龕手鑑〕。

【⿰豪頁】顡譌字。〔字彙〕王文考夢賦注。五怪切音外。義闕。按此字、字書俱無。恐是顡字或傳寫者譌。〔攷今本古文苑王文考夢賦、正作顡。〕

【⿰賴頁】顡譌字。見〔字彙補〕。

十三畫

【顩】魚檢切音儼琰韻　❶𪗼皃。見〔說文〕〔段注〕𪗼者、齒差也。齒差必形於外。故从頁。❷狹面銳頤之皃。見〔玉篇引蒼頡〕。

【顩】丘凡切音𧪆咸韻　❶一頗。醜皃。見〔集韻〕。❷通欽。〔後漢周燮傳〕燮生而欽頤折頞。〔注〕欽頤、曲頤也。欽音丘凡反。欽或作一。音同。

【顩】丘甚切音坅寑韻　頗曲上曰一。〔文選揚雄解嘲〕一頤折頞。〔注〕韋昭曰。曲上曰一。欺甚反。〔按漢書揚雄傳顩頤折頞。蕭該音義、頷作一。〕

【顩】丘檢切音𦽲琰韻　一顩。面不平也。見〔集韻〕。〔按廣韻一下云。顩一。顩下云。顩一、不平。〕

【顩】呼濫切音𪑤勘韻　頗一。癡皃。見〔集韻〕。

【顫】之膳切音戰霰韻　❶頭不正也。見〔說文〕〔注〕鍇曰。俗言一掉不正。〔按段本改作頭不定也。注云。一顩、皆不寧之皃。〕❷四支寒動。見〔廣韻〕。❸驚也。〔呂覽愼大〕天下一恐而患之。❹通軆。〔集韻〕軆襜搖也。通作一。

【顫】尸連切音羴先韻　❶審於氣臭也。〔莊子外物〕鼻徹爲一。〔釋文〕一、舒延反。❷通羶。〔列子楊朱〕鼻之所欲向者。椒蘭而不得嗅。謂之閼一。〔注〕鼻通曰一。〔釋文〕與羶字同。須延反。

【顫】旨善切音𣢄銑韻　首動皃。見〔集韻〕。

【顑】苦感切音坎感韻　❶動首。見〔玉篇〕。❷痠也。見〔五音集韻〕。

【顑】呼唵切感韻　食不飽。見〔廣韻〕。

【顑】胡紺切音琀勘韻　顩一。頭面不平。見〔集韻〕。

【顑】呼紺切音𪑤勘韻　❶面虛黃色。見〔廣韻〕。❷顑或字。〔集韻〕顑。顑不飽而面黃也。或作一。

【顪】許濊切音喙隊韻　❶頰也。見〔廣韻〕。❷頤下毛也。見〔集韻〕。❸通噦。〔莊子外物〕壓其一。〔釋文〕一、本亦作噦。

【⿰齒頁】丁紺切音𩈣勘韻　一髗。頭皃。見〔集韻〕。

【⿰禁頁】渠領切梗韻渠歆切音噤寑韻　怒也。見〔方言〕〔注〕一、恚皃也。

【⿰禁頁】渠歆切音噤寑韻　頣一。懦劣。見〔集韻〕。

【⿰禁頁】于禁切音𩈣沁韻　一齡。切齒怒皃。見〔廣韻〕。〔按玉

篇齒部齣下云。噤齣切齒怒也。錢繹云、—噤、同。〕

【⿰蜀頁】徒谷切音牘屋韻
—頞。頭骨。見〔玉篇引埤蒼〕。〔按廣韻云同髑。集韻云髑或作—。攷說文有髑無—。當從髑爲正。〕

【⿰嗇頁】殺測切音色職韻
頮也。見〔廣韻〕。

【⿰⿱咸火頁】胡紺切音琀呼紺切音顑勘韻
臨火气也。見〔集韻〕。

【⿰鼎頁】頂籀文。見〔說文〕。

【⿰敫頁】同⿱敫頁。見〔字彙補〕。

【⿰業頁】⿰骨業或字。見〔集韻〕。

十四畫

【⿰賓頁】毗賓切音頻卑民切音⿰賓頁眞韻
❶懣也。見〔方言〕。〔注〕謂憒懣也。〔按玉篇。憒懣也。廣韻。頭憒懣也。集韻、類篇頭憒也。錢繹云。憒、疑憒之譌。〕
❷頭骨。見〔龍龕手鑑〕。

【⿰嶷頁】於宜切音猗支韻
❶睇盼皃。見〔玉篇〕。
❷美容皃。見〔玉篇〕。
❸笑容皃。見〔廣韻〕。

【顯】呼典切音㬎銑韻
❶頭明飾也。見〔說文〕。〔段注〕故字从頁。飾者、妝也。頭明飾者、弁冕充耳之類。引申爲凡明之偁。按㬎、謂衆明。—本主謂頭明飾。乃—專行而㬎廢矣。〔按日部㬎下云。古文㬎爲—字。段氏云。㬎者本義。—者叚借。載籍既皆作—。乃謂古文作㬎爲叚借矣。〕
❷覞也。見〔玉篇〕。
❸光也。〔詩清廟〕肅雝—相。
❹明也。〔易繫辭〕—道神德行。
❺代也。見〔爾雅釋詁〕。
❻見也。〔詩敬之〕天維—思。
❼露也。〔素問五常政大論〕其令鳴—。
❽猶公露也。〔國語吳語〕不敢—然布幣行禮。
❾陽也。〔史記老莊申韓列傳〕—爲名高。
❿——明也。見〔爾雅釋訓〕。〔又〕著也。見〔爾雅釋訓〕。
⓫不——也。〔詩文王〕有周不—。
⓬隱—。即內外也。〔荀子天論〕隱—有常。
⓭通憲。〔詩假樂〕——令德。〔禮記中庸作憲憲令德。〕
⓮姓也。風俗通云。有—甫。爲周卿。見〔廣韻〕。

【⿰㬎頁】磬甸切音灦霰韻
人名。〔禮記檀弓〕子—以致命於穆公。〔注〕—、當作顯。

【⿰鄉頁】乃侹切音濘迥韻
頂—也。見〔玉篇〕。〔按韻會舉要云。頂顛也。〕

【⿰冡頁】母總切音蠓董韻
—頪。頭昏。見〔集韻〕。

【⿰夢頁】彌登切音瞢呼弘切音薨蒸韻
儚或字。〔集韻〕儚。惛也。或从頁。〔按玉篇、廣韻有頮無—。龍龕手鑑云。—、俗。顭、正。是正字通以—改从夢爲非。誤也。〕

【⿰壽頁】都勞切音刀徒刀切音匋豪韻
—顛。大面皃。見〔廣韻〕。

【⿰盍頁】兵蓋切音磕泰韻
⿰盍頁或字。〔集韻〕⿰盍頁。頭骨皃。或从盍。

【⿰需頁】汝朱切音儒虞韻
顳—。耳前動也。見〔玉篇〕。〔按集韻云。耳穴動謂之顳—。龍龕手鑑云。顳—。耳前穴動也。〕

【⿰警頁】皮名切音平庚韻
出言多也。見〔字彙補〕。

【⿰頁粦】⿰粦頁本字。見〔說文〕。

【⿰爵頁】同⿰爵頁。見〔字彙補〕。

【⿰𢇍頁】同⿰粦頁。見〔字彙補〕。

【⿰厭頁】願或字。見〔集韻〕。

【⿰鬲頁】⿰鬲頁譌字。見〔正字通〕。

十五畫

【⿰虞頁】虞怨切音願願韻
❶顛頂也。見〔說文〕。
❷欲也。見〔廣雅釋詁〕。〔按玉篇、廣韻、並云同願。龍龕手鑑云。古文願。〕

【顰】毗賓切音嬪眞韻頻彌切音陴支韻
❶本作顰〔說文頻部〕顰。涉水顰戚也。从頻卑聲。〔段注〕戚、古音同蹙。

迫也。各本作顰、謏。顉戚、謂—眉顰顉也。許必言涉水者。爲其字之从瀕也。

㊁眉顰也。見〔廣韻〕。

㊂—顰憂愁不樂之狀也。見〔玉篇〕。

㊃通頻。〔易巽〕頻巽吝。〔正義〕頻者、頻顰憂戚之容也。

㊄通矉。〔莊子天運〕故西施病心而矉其里。〔釋文〕通俗文云。顰頞曰矉。〔韻會舉要云。、—亦作矉。段玉裁云。莊子及通俗文。假矉爲—。而古音不可復知。〕

【䫡】民堅切　音眠　先韻

㊀變也。南楚江淮之間曰—。見〔方言〕。

㊁攣也。見〔廣雅釋詁〕。

㊂美也。見〔集韻〕。

【[illegible]】逆各切　音咢　藥韻

顎或字。〔集韻〕顎。恭嚴也。或作—。

【[illegible]】魚檢切　音儼　琰韻

[illegible]—。不平皃。見〔龍龕手鑑〕。〔按字或从㢴作[illegible]。或从㾾作[illegible]。皆爲顩之譌俗字。〕

【[illegible]】符分切　音汾　文韻　孚袁切　音翻。符袁切　音煩　元韻　[illegible]阮切　音[illegible]　阮韻

大醜皃。見〔說文〕。

[illegible]譌字。詳[illegible]字。

十六畫

【[illegible]】逆各切　音咢　藥韻

㊀面高皃。見〔玉篇〕。

㊁恭嚴也。見〔集韻〕。〔按玉篇云。同顎。集韻云。顎或作—。正字通云。俗顎字。〕

【顱】龍都切　音盧　虞韻

㊀頊顱也。見〔說文〕。〔按六書故云。頊—、又作髑髏。髑髏之急言爲頭。皆一聲之轉也。說文句讀云。羣書單用—字者甚多。然古書無單用頊字者。蓋單呼之則曰—。絫呼之則曰頊—。〕

㊁通盧。〔漢書武五子傳贊〕頭盧相屬於道。

【[illegible]】力錦切　音㐭　寑韻

㊀—然。作色皃。見〔廣韻〕。〔按集韻云。作色謂之—。〕

㊁顑—。不飽。見〔集韻〕。

㊂瘠也。見〔集韻〕。

【[illegible]】盧感切　音壈　感韻

㊀面顑—皃。見〔說文〕。〔按六書故云。—顑面虛浮皃。〕

㊁面黃醜皃。見〔廣韻〕。

㊂面瘠皃。見〔玉篇引聲類〕。

【[illegible]】郎紺切　音儖　勘韻

面色黃皃。見〔廣韻〕。

【[illegible]】牛錦切　音趛　欽錦切　音[illegible]　寑韻

[illegible]—。醜皃。見〔玉篇〕。

【[illegible]】丘凡切　音欽　咸韻

顩或字。〔集韻〕顩。頤頤醜皃。或作—。

【[illegible]】丘廉切　音㦰　鹽韻

—[illegible]。醜皃。見〔集韻〕。

【[illegible]】魚檢切　音儼　琰韻

顩—。面不平。見〔集韻〕。〔按廣韻作[illegible]顩。龍龕手鑑作[illegible]顩。〕

【[illegible]】口交切　音蹺　肴韻

面不平也。見〔康熙字典引集韻〕。〔按集韻五爻無口交切。是切譌。又蹺、集韻丘祆切。屬四宵。是音譌。集韻五爻膠、丘交切。訓㿱膠面不平。攷从肉之膠。乃从目之䁱字爛文。玉篇目部膠、口交切。㿱膠面不平也。類篇目部膠、丘交切。面不平。竝從目從翏可證。是正文誤矣。〕

十七畫

【[illegible]】呼弘切　音薨　蒸韻

惛也。見〔玉篇引字書〕。〔按廣韻云。惛迷也。集韻作[illegible]。龍龕手鑑云。[illegible]俗。—正。〕

【[illegible]】郎丁切　音靈　青韻

面瘦淺——也。見〔說文〕。〔按廣韻云。瘦也。〕

【[illegible]】初銜切　音攙　咸韻　仕懺切　音鑱　陷韻

[illegible]—。頭長皃。見〔集韻〕。

【[illegible]】於郢切　音癭　梗韻

癭或字。〔集韻〕癭。頸瘤也。或从頁。

【[illegible]】

[illegible]譌字。見〔正字通〕。

十八畫

【顳】日涉切　音讘　葉韻

㊀在耳前曰—。見〔玉篇〕。

㊁—顬。鬢骨。見〔廣韻〕。〔同文舉要

云。在耳前肉。按或謂之耳門骨。〕
〔又〕耳前動也。見〔集韻〕。

【顴】逵員切音拳先韻

頔也。見〔廣雅釋親〕。〔按廣韻。－、頰骨。集韻。輔骨曰－。急就篇師古注。頔、兩頰之權也。以權爲之。又六書故作[illegible]。說文作頯。易夬作頄。蜀才作仇。竝字異義同。〕

【[illegible]】同首。見〔字彙補〕。

【[illegible]】頔俗字。見〔龍龕手鑑〕。

※革部※

【革】各核切音隔陌韻

(一)獸皮治去其毛曰－。－、更也。象古文－之形。見〔說文〕。〔此從段本。徐注云。此从古文革眉之也。又曰。皮去其毛染而𤇾之曰－。六書故云。－、獸皮也。象形。具三足首尾完曰－。柔曰韋。通曰皮。對文言之異。散文則皮－。呂氏曰。－者去毛而未爲韋者也。〕

(二)人與獸皆曰－。見〔正字通〕。

(三)翼也。〔詩斯干〕如鳥斯－。〔箋〕如鳥夏暑希－張其翼時。〔釋文〕韓詩作勒。言翅也。

(四)更也。〔左襄十四年傳〕失則－之。

(五)改也。〔周禮司刑〕－輿服制度。

(六)變也。〔易雜卦〕－去故也。

(七)兵也。〔攷工記弓人〕利射－與質。〔按凡甲胄干盾之屬。以皮－爲之、皆曰－。〕

(八)八音之一。〔周禮大師〕金、石、土、－、絲、木、匏、竹。

(九)車軛也。〔荀子禮論〕金－轡靷而不入。

(十)轡首也。〔詩蓼蕭〕鞗－沖沖。〔疏〕正義曰。釋器云。轡首謂之革。郭璞曰。轡、靶也。然則馬轡所靶之外有餘而垂者謂之－。

(十一)戒也。見〔文選三國名臣序贊注引蒼頡〕。

(十二)老也。南楚江湘之間代語也。見〔方言〕。

(十三)－命。改－天之所命也。詳命字。

(十四)卦名。離上兌下。〔易革〕澤中有火。－。

(十五)姓也。漢功臣表有煑棗侯－朱。

【革】訖力切音亟職韻

(一)兵也。〔史記始皇紀〕黔首安寧。不用兵－。〔正義〕－音棘。

(二)急也。〔禮記檀弓〕夫子之病－矣。〔釋文〕－、紀力切。又音極。

(三)人名。〔列子湯問〕殷湯問於夏－。〔釋文〕－音棘。

(四)通棘。〔詩采薇〕玁狁孔棘。〔韻會〕云。－、通作棘。

(五)𩋩或字。〔集韻〕𩋩。急也。或作－。

【革】竭憶切音極職韻

急也。〔禮記檀弓〕若疾－。〔釋文〕－、本又作亟。居力反。

二畫

【靪】當經切音丁青韻都挺切音頂迥韻丁計切音帝霽韻丁定切音錠徑韻

補屨下也。見〔說文〕。〔注〕鍇曰。今履底下以綫爲結。謂之釘底是也。〔按段注。今俗謂補綴曰打補－。當作此字。〕

【靪】都挺切音頂待鼎切音挺迥韻

補也。見〔廣雅釋詁〕。〔疏證〕－之言相丁著也。今俗猶云補丁矣。

三畫

【靫】初佳切音差佳韻初加切音叉麻韻測劣切音㲉屑韻

(一)鞴－。矢藏也。見〔廣雅釋器〕。〔按玉篇云。、箭室也。不粂言鞴－。廣韻九麻。－－。鞴弓箭室也。又彙言弓。〕

(二)通叉。〔後漢輿服志注引通俗文〕箭𥳑謂之步叉。〔正法念經音義引作步－。〕

【靬】墟旰切音衎翰韻居言切音鞬元韻丘寒切音看寒韻渠焉切音虔先韻

乾革也。武威有驪—縣。見〔說文〕。〔按地理志郡國志、竝作驪—。屬張掖郡。廣韻亦作驪—。云在張掖。攷武帝紀。元鼎六年。分武威酒泉地。置張掖敦煌郡。嚴錸橋云。許或據未分時圖籍。否則校者依字林改也。地理志注李奇曰。—音虔。如淳曰。音弓—。師古曰。驪音力遲反。—音虔。是也。〕

【靬】居閑切音閒刪韻

犂—。國名。〔漢書張騫傳〕因益發。師抵安息奄蔡犂—條支身毒國。〔注〕李奇曰。—音軒。師古曰。自安息以下五國皆西域胡也。犂—。即大秦國也。張掖、驪—。蓋取此國爲名耳。—讀與軒同。〔按西域傳烏弋山離國西與犂—條支接。注。師古曰。犂讀與驪同。—音鉅連反。又鉅言反。後漢書西域傳云。大秦國一名犂鞬。廣韻作黎—。云國名。在西域。其人善眩幻。蓋本一名。譯語有異耳。其地當今意大利國。〕

【靬】丘寒切音看寒韻

弓衣也。〔賈子春秋〕大夫釋玦—。〔注〕—弓衣也。音刊。

【靬】侯旰切音翰翰韻

馬被。見〔集韻〕。

【靬】墟旰切音侃翰韻

盛矢器著弓衣。見〔玉篇〕。

【乾】呼骨切音忽月韻

㊀急擷。見〔玉篇〕。

㊁急繫縛也。見〔集韻引埤蒼〕。

【乾】紀彳切陌韻

䩯或字。〔集韻〕䩯繫牛脛也。或从乞。

【靮】丁歷切音的錫韻

㊀馬繮也。見〔說文新附〕。〔按玉篇云。—繮也。所以繫制馬。初學記引埤蒼云。—、馬繮。鞚也。控制之義也。〕

㊁通縶。〔禮記檀弓〕柳莊曰。皆守社稷。則執羈—以從。〔韓詩外傳引作執負羈縶。〕

【靯】動五切音杜統五切音土麌韻

㊀靯鞁別名。見〔廣韻〕。

㊁靯韉。見〔玉篇〕。〔按集韻云。車中薦。〕

【䩓】雲俱切音亏句亏切音訏邕俱切音紆虞韻

㊀鞱內環靼也。見〔說文〕〔注〕鍇曰。鐊上攀也。〔按大徐本玉篇。鞱、竝从革作韜。靼。集韻引說文。靼不从旦暮之旦。从且几之且。誤。說文無从且几之靼。〕

㊁—謂之鞶。見〔廣雅釋器〕〔疏證〕—之言紆也。

【䩊】居僞切音賜寘韻

革也。見〔篇海〕。

【䩐】同乾。見〔篇海類編〕。

【䩖】同靷。見〔玉篇〕。

【靭】舠或字。見〔集韻〕。

【靬】靬或字。見〔集韻〕。

四畫

【靲】渠金切音琴侵韻

㊀鞮也。見〔說文〕。〔按說文、鞮。革履也。〕

㊁—鞻。四夷樂也。見〔廣韻〕。

【靲】居吟切音今侵韻其淹切音箝鹽韻

鞮也。見〔集韻〕。

【靲】巨禁切音噤沁韻

鞮鞜也。束物韋也。見〔集韻〕。

【靲】其闇切勘韻

竹篾也。〔儀禮士喪禮〕冪用疏布久之。繫於—。〔注〕—、竹篾也。〔疏〕謂竹之青可以爲繫者。〔釋文〕劉、居琴反。說文、其闇反。〔按六書故云。—乃以革爲篾也。〕

【靳】居焮切音攈問韻

㊀當膺也。見〔說文〕〔段注〕—者。止馬不過之處。〔按左定九年傳。吾從子如驂之—。疏。—、是當胷之皮也。戴震毛鄭詩攷正云。詩謂之游環。春秋傳謂之—。漢時謂之當膺。〕

㊁弸—謂之—。見〔廣雅釋器〕。

㊂取也。見〔小爾雅廣言〕。

㊃固也。見〔玉篇〕。

㊄吝也。見〔集韻〕。

㊅戲而相愧曰—。〔左莊十一年傳〕宋公—之。

㊆恥而惡之曰—。見〔左莊十一年釋文引服注〕。

㊇通僑。〔後漢崔實傳〕悔不小—。〔

注〕—、惜之也。—、或作僞。

(九)姓也〔廣韻〕楚有大夫—尙。

【靶】必駕切音霸禡韻

(一)轡革也。見〔說文〕〔注〕鍇曰。御人所把處也。〔按廣雅釋器云。—謂之綏〕

(二)䩗也。〔爾雅釋器注〕以韋—車軾。〔疏〕靶謂䩗也〔釋文〕—、本亦作䩗。

(三)俗謂射的爲—〔演習鎗械曰打—〕。

【靷】羊進切音胤震韻以忍切音引丈忍切音紖軫韻

(一)引軸也。見〔說文〕〔注〕鍇曰。所以前引也。〔按左哀二年傳。我兩—將絕。吾能止之。正義曰。古之駕四馬者。服馬夾轅。其頸負軛。兩驂在旁。挽—助之。僖二十八年注云。在胷曰—。然則此皮約馬胷而引車軸也。詩秦風小戎正義曰。—者以皮爲之。繫於陰板之上。令驂馬引之。何則。此車衡之長。唯六尺六寸。止容二服而已。驂馬頸不當衡。別爲二—以引車。故云所以引也。六書故云。通作引〕。

(二)陰—。伏兔也。見〔廣雅釋器〕

(三)通靳。〔詩小戎〕陰—鋈續。〔傳〕所以引也。〔釋文〕沈云。—、舊本皆作靳。

【靭】芉進切音胤震韻

駕牛具在胷曰—。見〔集韻〕〔六書故云。—又作紖〕

【靸】悉合切音趿合韻

(一)小兒履也。見〔說文〕

(二)履也。見〔玉篇〕

(三)䩔也。見〔廣雅釋器〕

(四)韋履深頭者之名也。—、襲也。以其深襲覆足也。見〔釋名釋衣服〕〔按急就篇顏師古注。—謂韋履頭深而兌平底者也。今俗呼爲跣子。〕

(五)今江南謂靴無頭者爲—。見〔四分律音義引字苑〕

(六)艸屧。見〔增韻〕〔按輟耕錄云。西浙之人。以艸爲履而無跟名曰—鞋。婦女非纏足者通曳之。六書故云。今人以履無踵直曳之者爲—。〕

(七)—然。輕擧意也。〔漢書司馬相如傳〕汨淢—以永逝兮。

(八)—䜭。走貌。〔文選左思賦〕—䜭捷。

【靸】息入切音卅緝韻

嬰兒履謂之—。見〔集韻〕

【䩕】魚剛切音卬陽韻語兩切音仰養韻

(一)—角、鞮屬。見〔說文〕〔注〕鍇曰。鞮、亦履也。今胡人履連脛。謂之絡鞮。〔按字或省形存聲、作卬。亦作仰。方言云。屝屨粗屨也。東北朝鮮洌水之間。謂之—角。徐土邳圻之間。大麤謂之—角。急就篇作卬角。顏師古注云。卬角、屐上施也。形若今之木履。而下有齒焉。欲其下不蹶。當卬其角。擧足乃行。因爲名也。釋名釋衣服云。仰角、屐上施履之名也。行不得蹶。當仰履角擧足乃行也。〕

(二)絲履。見〔玉篇〕

(三)履頭。見〔廣韻〕

【䩚】翹移切音祁支韻

軝或字〔說文車部〕軝。長轂之軝。或从革。

【䩚】常支切音匙支韻

紂餘粗也。見〔集韻〕

【䩖】桑何切音娑麻韻

—鞄。樂器。見〔類篇〕〔按廣韻集韻竝作䩖鞄。字从水散石之沙〕

【䩖】師加切音沙麻韻

鞳䩖屧也。見〔廣雅釋器〕〔按玉篇鞳下注云。鞳—、屧屨。廣韻云。鞳䩖。索䩖屧也。字从水散石之沙。集韻引廣雅作韃也。屧、乃韃之或字〕

【䩑】簿必切音邲質韻

䩶或字〔集韻〕䩶。車束也。或从比。

【䩑】部比切音避寘韻

鞋也。見〔字彙〕

【䩜】徒果切音墮哿韻

同䩢。履跟緣也。見〔玉篇〕

【䩜】蒲官切音盤寒韻

皮繩也。見〔字彙〕

【䩜】師銜切音衫咸韻

𩍐或字。〔集韻〕𩍐。馬鞘垂皃。或作—。

【䩬】敷容切音丰冬韻

—鞲。鞶飾。見〔集韻〕

【䩴】巨支切音期支韻

穀飾也。見〔篇海〕。

【鞂】古八切音戛黠韻
皮鞨也。見〔篇海〕。

【䩓】區倫切屈平聲眞韻居逆切音急陌韻
鞍也。見〔字彙〕。

【𩊤】同𩊚見〔篇海類編〕。

【鞆】同䩫見〔玉篇〕。

【靴】同鞾見〔廣韻〕。

【𩊠】同𩋀見〔字彙〕。

【𩊔】同靷見〔廣韻〕。

【𩊺】同鞃見〔玉篇〕。

【䩗】同鼓〔玉篇〕、今作鼓。

【𩊵】同鞁見〔篇海〕。

【𩊓】同鞲見〔玉篇〕。

【靵】紐俗字。見〔龍龕手鑑〕。

【𩊱】鞁譌字。見〔康熙字典〕。

五畫

【𩊚】都黎切音隄田黎切音題齊韻
鞮或字〔集韻〕鞮革履也。或从氐。

【𩊚】丁計切音帝霽韻
●一 補履下也。見〔廣韻〕。〔按集韻云。靪、或从氐。〕
●二 一鞋也。見〔玉篇〕。

【𩊤】胡犬切音泫銑韻
●一 刀一也。見〔玉篇〕。
●二 鞙或字。〔集韻〕鞙大車縛軛靼也。或从玄。〔按玉篇鞙、一音同義異。分爲二。廣韻合爲一。集韻鞙四見。惟胡犬切或作玄。〕

【𩊜】其呂切音巨語韻
鞁也。見〔[illegible]〕

【𩊛】乃禮切音禰薺韻
●一 轡垂皃。見〔玉篇〕。〔按廣韻、集韻、龍龕手鑑、轡垂字竝作禰。集韻云。禰通作𩊛。字彙云同一。〕
●二 鞴也。見〔集韻〕。

【𩊐】唐何切音佗歌韻
馬尾一也。今之般緧。見〔說文〕。〔注〕鍇曰。謂今馬後鞦、連絡馬尾後者也。般者、槃。謂屈槃繞之也。緧、今鞦字。〔按段注。方言。車紂、自關東周雒汝潁而東謂楸。或謂之曲綯。一鞠語相似、一蓋鞠之轉語。〕

【𩊠】𩊐或字。見〔集韻〕。

【靺】莫葛切音末曷韻
●一 一鞨。蕃人。出北土。見〔廣韻〕。〔按北史勿吉傳云。勿吉國在高句麗北。一曰一鞨。魏書勿吉傳云。勿吉國在高句麗北。舊肅愼國也。金史世紀云。金之先出一鞨氏。〕
●二 通袜。〔隋書禮儀志〕皇太子赤舄絳一。〔晉書輿服志作袜。〕

【靼】儻旱切音坦旱韻當割切音怛曷韻之列切音浙屑韻陟革切音謫陌韻
●一 柔革也。見〔說文〕。〔桂注〕凡一多誤作靼字。
●二 鞿也。見〔玉篇〕。
●三 柔也。見〔龍龕手鑑〕。
●四 韋繩因謂之一。見〔六書故〕。
●五 韃一。契丹之西北族。出沙陀別種。見〔正字通〕。〔按馬端臨北狄考。無所謂韃一者。宋葉隆禮契丹國志載契丹地圖。固已有韃一。至明史所稱韃一。卽蒙古。故元之後。在洪武時尙未名韃一也。〕

【𩊝】簿必切音佖質韻
車束也。見〔說文〕。〔注〕鍇曰。車上、凡束之處。〔按王注。桂氏曰。𩊝、一。同。段氏曰。考工記、天子圭中必。注。讀如鹿車縪之縪。必、一、縪、同字。[illegible]按二說皆得之。〕

【𩊝】毗至切音鼻寘韻
車革曰一。見〔集韻〕。

【𩊝】兵媚切音毖寘韻
轡或字。〔集韻〕轡馬轡也。或作一。

【𩊝】薄密切音弼質韻
束也。見〔集韻〕。

【靾】許罽切音憩霽韻
被具所以送死。見〔集韻〕。

【靾】以制切音曳霽韻
●一 鞚也。見〔廣雅釋器〕。
●二 以馬鞚贈亡人。見〔廣韻〕。〔按玉篇以馬贈亡人。說歧存攷。〕

【靾】私列切音薛屑韻
●一 韁也。〔儀禮既夕〕薦乘車鹿淺幦干笮革一。〔注〕一韁也。古文一爲殺。〔釋文〕一息列反。韁、居良反。劉作紲。音獲。

㊁馬被具。見〔集韻〕。㊂紲俗字。〔廣韻〕紲、繫也。俗作｜。

【鞀】徒刀切音匋豪韻
㊀遼也。見〔說文〕。〔段注〕遼者、謂遼遼必聞其音也。〔按玉篇云。｜如鼓而小有柄。賓主搖之以節樂也。集韻云。鼓名。〕
㊁或作鼗。〔禮記月令〕命樂師脩｜鞞鼓。〔疏〕一字或从兆从下鼓。〔按說文、｜从兆鞀作鞉。或从鼓兆作鼗。此云从兆下鼓。乃鼗之變體。〕

【鞊】託協切音怗葉韻
鞌飾。見〔說文〕。

【鞊】的協切音聑葉韻
｜鞢。馬被具。見〔集韻〕。

【[革句]】欋俱切音衢虞韻
㊀兵器。見〔玉篇〕。
㊁鞌也。見〔廣雅釋詁〕。

【鞁】平義切音髲披義切音帔寘韻
㊀車駕具也。見〔說文〕。〔注〕錯曰。猶今人言｜馬也。
㊁靷也。〔國語晉語〕靷兩｜將絕。〔按韻會引晉語云、｜靷也。能上馬者。正字通云、｜俗云雙肚帶。非｜卽轡也。〕
㊂鞌上被。見〔玉篇〕。
㊃裝束｜馬。見〔廣韻〕。
㊄通犕。〔韻會〕｜、通作備。說文引易犕牛乘馬。

【鞅】倚兩切音怏養韻
㊀頸靼也。見〔說文〕。〔按卽馬頸革。爲駕之具也。〕
㊁嬰也。喉下稱嬰。言纓絡之也。其下飾樊纓。其形樊樊而上屬纓也。見〔釋名釋車〕。
㊂在腹曰｜。〔左僖二十八年傳〕韅靷｜靽。
㊃牛羈也。見〔廣韻〕。
㊄｜掌失容也。〔詩北山〕或王事｜掌。〔箋〕｜猶何也。掌謂捧之也。負何捧持以趨之言促遽也。〔疏〕傳以｜掌爲煩勞之狀。故云失容言事煩｜掌然。不暇爲容儀也。今俗語以職煩爲｜掌。其言出於此傳也。鄭以｜掌爲事煩之實。故言｜猶荷也。讀如馬｜之鞅。以負荷物。則須｜持之。故以｜表負荷。〔又〕自得也。〔莊子庚桑楚〕｜掌之爲使。〔又〕不仁意。見〔莊子庚桑楚釋文引崔注〕。
㊅馬駕具。見〔集韻〕。
㊆強也。見〔方言〕。
㊇懟也。見〔方言〕。
㊈｜｜。不滿足也。〔漢書高帝紀〕心常｜｜。
㊉通怏。〔韻會擧要〕怏、通作｜。〔漢周亞夫傳〕此｜｜非少主臣也。

【鞅】於良切音央陽韻
馬頸革。見〔集韻〕。

【鞅】於郞切音鴦陽韻
｜罔。無賴也。見〔廣雅釋訓〕。

【靻】總古切音祖麌韻
勒名。見〔廣韻〕。〔按集韻云。馬鞨也。正字通云。靻譌字。〕

【[革申]】升人切音申眞韻
革帶。見〔廣韻〕。〔按玉篇云。亦作紳。集韻。紳、大帶也。或从革。〕

【靽】博漫切音半翰韻
繫也。〔左僖二十八年傳〕晉車七百乘。韅靷鞅｜。〔注〕在後曰｜。〔按玉篇云。｜與絆同。釋名釋車云。｜、半也。拘使半行不得自縱也。〕

【[革弗]】分物切音弗物韻
輿革後謂之｜。見〔集韻〕。

【[由革]】直祐切音宙宥韻
同胄。〔說文冃部〕司馬法、胄从革。

【靿】於敎切音坳效韻
靴｜也。見〔玉篇〕。〔按集韻云。曲靴也。俗謂靴鞾曰｜。龍龕手鑑云。鞾鞿｜也。集韻鞿頸字、从衣作袎。〕

【[革甲]】胡甲切音狎洽韻
｜鞢。花相次第貌。〔文選何晏賦〕紅葩｜鞢。〔按集韻無｜有鞢。類篇華部、鞢華葉重多貌。廣韻有｜無鞢。〕

【[革白]】匹革切音劈陌韻
靜也。見〔玉篇〕。

【[革宛]】於阮切音宛阮韻
庳屨也。〔方言〕屝、屨、麤屨也。中有木者謂之複舃。自關而東謂之複屨。其庳者謂之｜。

【鞃】苦弘切音硡胡肱切音弘姑弘切音弘蒸韻丘弓切音穹東韻
車軾也。詩曰。鞹｜淺幭。讀若穹。見

〔說文〕〔按詩韓奕傳曰。—、軾中也。玉篇、廣韻、龍龕手鑑、並云。軾中靶也。通訓定聲云。中把束以革謂之—。〕

【鞈】郎丁切音靈青韻

羊子也。見〔篇海〕

【鞄】匹角切音朴𠌯角切音雹覺韻蒲交切音庖肴韻部巧切音鮑巧韻皮敎切音炮效韻蒲沃切音僕匹沃切音䑑沃韻

柔革工也。讀若朴。周禮曰。柔皮之工鮑氏。鮑卽—也。見〔說文〕〔按考工記總目云。攻皮之工函鮑韗韋裘。注。鮑讀爲鮑魚之鮑。書或爲—。蒼頡篇有鮑甕。校勘記。—、正字。鮑、假借字。是許君所據周禮、本亦作鮑。又鮑人之事注。鮑、故書或作—。疏釋曰。故書爲—字者。鮑乃从魚。此官治皮。宜从革。〕

【鞄】防敎切音鉋效韻

持皮。見〔廣韻〕

【靺】亡八切蠻入聲黠韻

皮鞨也。見〔篇海〕

【⿰革可】音未詳

脅—。盾屬。〔管子輕重〕稷渠當脅—。

【⿰革由】同𩌏。〔集韻〕𩌏亦書作—。

【⿱艹革】同鞢。見〔篇海類編〕

【靵】同𩋆。〔龍龕手鑑〕—今作𩋆。〔按𩋆今又作⿰革氐。〕

【⿰革瓜】鞄俗字。見字〔正字通〕

【⿰革色】靶俗字。見〔篇海類編〕

【⿰革永】鞭俗字。見〔龍龕手鑑〕

【鞊】鼓俗字。見〔龍龕手鑑〕

六畫

【鞇】伊眞切音因眞韻

一 同茵。〔說文艸部〕司馬相如說、茵从革。〔按說文、茵。車重席也。江永說、因、象茵褥之形。中、象縫線文理。朱駿聲本此說以爲茵—爲因之別體。亦作裀、絪。〕

二 因也。因與下輿相連箸也。見〔釋名釋車〕

三 靯韉謂之—。見〔廣雅釋器〕

【鞈】達合切音沓託合切音錔溻合切音居克盍切音榼合韻

一 鼙古文。見〔說文鼓部〕〔按大徐本—从古文革。玉篇、龍龕手鑑、鼓部鼙下無—。廣韻—不同鼙。韻會舉要入聲十五䪜下云。或作鼙。不云同—。惟集韻二十七合云。鼙古作—。類篇鼓部鼙重文作—。段玉裁說。革部有—字。別爲訓。後人誤移此增彼也。〕

二 通鞳。〔文選司馬相如賦〕鏗鎗闛—。洞心駭耳。〔注〕善曰。闛—、鼓音也。字書曰。鞳、鼓聲。鞳與—古字通。—音榻。

三 通鞳。〔漢書司馬相如傳〕鏗鎗闛—。〔韻會舉要引作鏗鏘闛鞳。史記作鏗鏘鐺—。〕

【鞈】訖洽切音夾洽韻葛合切音閤合韻

一 防汗也。見〔說文〕〔注〕鞈曰。猶今胡人扞䙝也。按廣雅釋器曰。防汗謂之—。疏證。太平御覽引東觀漢記云。和帝賜桓郁馬二匹。并鞌勒防汗。初學記。障汗、亦曰弇汗。王筠云。障泥。蓋亦卽此。似卽韉也。〕

二 槖也。以防捍也。見〔玉篇〕〔按集韻二十七合葛合切云。槖也。一曰捍防也。管子小匡篇。輕重入蘭盾—革二戟。注云。—革、重革。當心著之。可以禦矢。〕

三 兵器也。見〔龍龕手鑑引玉篇〕

四 堅貌。〔荀子議兵〕楚人鮫革犀兕。以爲甲。—如金石。

【鞈】悉合切音颯合韻

靸或字。〔集韻〕靸、小兒履。或作—。

【鞌】烏寒切音安寒韻

一 馬鞁具也。見〔說文〕〔段注〕此爲跨馬設也。

二 地名。〔春秋成十二年〕及齊侯戰於—。〔當今山東歷城縣境。〕

【⿰革危】古委切音詭紙韻

一 角不齊。見〔玉篇〕

二 韈也。見〔集韻〕

【鞏】古勇切音拱腫韻

一 以韋束也。易曰。—用黃牛之革。見〔說文〕

二 固也。〔詩瞻卬〕無不克—。

三 火乾也。〔方言〕凡有汁而乾謂之煎。東齊謂之—。〔按朱駿聲云。段借爲烘。

㊃——拘孿貌。〔楚辭離世〕心——而不夷。

㊄煎—光名。〔漢書趙充國傳〕煎—黃羝之屬。

㊅縣名。本周—伯邑。漢置—縣。屬河南郡。當今河南—縣西南。〔又〕州名。有二。一、唐置。屬羈縻劍南道。當今四川珙縣西南。一、宋置。屬陝西秦鳳路。當今甘肅隴西治。

㊆姓也。〔左成二年傳〕晉侯使—朔獻齊捷於周。

【鞋】戶佳切音膎佳韻

㊀履也。見〔廣韻〕。〔玉篇云同鞵。〕

㊁山名。在江西鄱陽湖中。與大孤山、小孤山鼎峙相望。

【鞋】玄圭切音攜齊韻

系也。見〔集韻〕。

【鞋】公蛙切音媧麻韻

車上系。見〔集韻〕。

【鞙】而容切音茸冬韻

毳飾也。見〔篇海〕。〔按卽鞲之譌。〕

【鞝】餘兩切音養養韻

治皮。見〔玉篇〕。

【鞨】枯買切音胯蟹韻苦瓦切音跨馬韻

鞨、或字。〔集韻〕鞨。帶具。或作—。〔按以金爲者字作鞨。以革爲者字作—。〕

【袴】苦故切音庫遇韻

絝或字。〔集韻〕絝。脛衣也。或从革。〔按絝、本以布帛爲之。故字从糸作絝。其字从革作—者。乃以革爲之。如今漁人所用之絝。〕

【鞞】布頂切音并迥韻

皮帶。見〔字彙〕。

【鞦】延知切音夷支韻

韋也。見〔集韻〕。

【鞢】他計切音替霽韻

馬鞁具。見〔集韻〕。

【鞜】脂利切音至寘韻軫覗切音旨紙韻

蓋杠絲也。見〔說文〕。〔注〕鍇曰。絲、其繫系也。〔按段注、圍而束之也。〕

【鞛】阡各切音洛藥韻

生革可以爲縷束也。見〔說文〕。〔段注〕生革縷束曰—者。謂束之歷錄也。

【鞈】激質切音詰質韻

鞅也。見〔集韻〕。

【鞊】杜果切音惰哿韻都果切音朶哿韻

履跟緣也。見〔廣韻〕。〔集韻云。履緣謂之—。玉篇同鞁。〕

【鞎】胡恩切音痕五根切音垠胡昆切音魂居言切音軒戶袞切音混下懇切音很阮韻古恨切音艮願韻

車革前曰—。見〔說文〕。〔按爾雅釋器。輿革前謂之—。李注。輿前以革爲車飾曰—。〕

【鞋】同鞋。見〔玉篇〕。

【鞍】同鞌。見〔韻會舉要〕。

【鞑】同皺。見〔龍龕手鑑〕。

【鞕】鞭或字。見〔集韻〕。

【鞙】𩍅或字。見〔集韻〕。

【鞦】紱或字。見〔說文系部〕。

【鞍】鞍俗字。見〔龍龕手鑑〕。

【鞘】狩俗字。見〔龍龕手鑑〕。

【鞙】鞙譌字。見〔正字通〕。

七畫

【鞓】湯丁切音汀靑韻

㊀皮帶—。見〔玉篇〕。

㊁綎或字。〔集韻〕綎。系綬也。或作—。

【鞔】莫官切音瞞寒韻武遠切音晚阮韻

㊀履空也。見〔說文〕。〔注〕鍇曰。履空、猶履殼也。〔按段注。空、腔、古今字。履腔、如今人言鞵幫也。〕

㊁履也。〔呂覽召類〕南家工人也。爲—者也、〔注〕—履也。作履之工也。一曰。—靷也。作車靷之工也。

㊂覆也。見〔蒼頡〕。

㊃補也。見〔廣雅釋詁〕。

【鞔】毋本切音㵎阮韻莫困切音悶願韻

煩也。〔呂覽重己〕味衆珍則胃充。胃充則中大—。〔注〕—讀曰懣。不勝食氣爲懣病也。

【靳】征例切音制霽韻

刀削也。見〔廣雅釋器〕。

【靳】之列切音浙屑韻

㊀刀削。見〔集韻〕。
㊁鐙一。皮飾也。見〔龍龕手鑑〕。
㊂靻俗字。柔皮。見〔廣韻〕。

【鞕】魚孟切敬韻
㊀⿱殸革也。見〔廣雅釋詁〕。
㊁物堅曰一。見〔一切經音義引字略〕。
㊂牢也。見〔一切經音義引字書〕。
㊃同硬。堅也。見〔玉篇〕。

【⿰革見】顯結切音擷屑韻紀彳切陌韻訖力切音殛職韻
㊀繫牛脛也。見〔說文〕〔王注〕脛、類篇作頸。非也。欲牛行則施繩於角而牽之。欲牛止則施繩於脛而絆之。未有繫頸者。
㊁急繫。見〔廣韻〕。
㊂急也。見〔集韻〕。

【⿰革兌】徒外切音兌泰韻
㊀補也。見〔廣雅釋詁〕〔疏證〕爾雅釋艸釋文引字苑云。一茸履底。
㊁補具飾。見〔玉篇〕。

【鞘】師交切音梢蕭韻
㊀韉謂之一。見〔廣雅釋器〕。
㊁馬鞭頭也。〔晉書苻堅傳〕長一馬鞭擊左股。
㊂馬鞭曰一。見〔通俗文〕。

【鞘】仙妙切音笑嘯韻
刀室也。見〔說文新附〕。〔按字本作削。玉篇、廣韻、集韻、竝以鞘爲正。〕

【鞙】胡犬切音泫銑韻
㊀大車縛軛靻也。見〔集韻〕。
㊁鞙一。刀鞘也。見〔廣韻〕。
㊂一一玉貌。〔詩大東〕一一佩璲。〔按爾雅釋訓疏引詩作琄。〕

【鞙】葵兗切音蜎銑韻
㊀大車縛軛靻也。見〔說文〕。
㊁縣也。所以縣縛軛也。見〔釋名釋車〕。
㊂一謂之⿰革奇。見〔一切經音義引廣雅〕。

【鞙】圭玄切音涓火玄切音鋗先韻
㊀馬尾。見〔廣韻〕。
㊁馬勒。見〔集韻〕。

【⿰革少】桑何切音傞歌韻
一鞄。樂器。亦謂馬尾。見〔廣韻〕。

【⿰革沙】師加切音沙麻韻
⿰革蓋一。索⿰革睪履也。見〔廣韻〕。〔按玉篇、廣雅、集韻、竝作⿰革少。說文⿰革夾下作沙字。〕

【⿰革夾】訖洽切音夾洽韻
鞮一沙也。見〔說文〕〔段注〕謂一鞮之名一沙者也。〔按朱駿聲云。鞾之缺前壅者。〕

【⿰革夾】葛合切音閤合韻
鞈或字。〔集韻〕鞈橐也。或从夾。

【⿰革豆】·大透切音豆宥韻
車鞁具也。見〔說文〕。

【⿰革余】通都切音瑹同都切音徒虞韻
韉一。韉一鞢。見〔廣韻〕〔按龍龕手鑑云。韉一履也。〕

【⿰革延】抽延切音梴先韻
鞮也。見〔集韻〕。

【⿰革延】蕩旱切音但旱韻
帶也。見〔廣雅釋器〕〔按玉篇云。馬帶也。〕

【鞞】步禮切音避莫禮切音米薺韻
一鞋。見〔字彙〕。

【⿰革束】色責切音棟陌韻
堅硬。見〔玉篇〕。

【⿰革忍】奴典切音撚銑韻
車一也。見〔玉篇〕。

【⿰革甫】伴姥切音簿麌韻
同韉。〔集韻〕韉靯韉。車茵。亦作一。

【⿰革甫】薄故切音步遇韻
⿰革少也。見〔玉篇〕。

【鞖】蘇回切音膗灰韻
⿰革齊或字。〔集韻〕⿰革齊鞪邊帶。或作一。

【鞗】田聊切音迢蕭韻
鞗也。〔詩蓼蕭〕一革沖沖。〔傳〕一、轡也。〔疏〕正義曰。一、皮爲之。〔按采芑鉤膺一革箋。一革、轡首垂也。韓奕一革金厄箋。一革、謂轡也。載見一、革有鶬箋。一革、轡首也。詩詁曰。一、轡也。革、皮革也。轡、御者所執也。以絲曰轡。以革曰一。玉篇云。亦作鋚。錢氏曉徵曰。古器銘多用鋚勒字。石鼓及寅簋文作鋚勒。宰辟父敦作攸革。蓋古文之鋚。即詩所

云—革也。〕

【鞊】呼決切音血屑韻
急繫也。見〔五音集韻〕。

【鞓】同⿰革廷。見〔玉篇〕。

【⿰革北】同鞉。見〔篇海類編〕。

【⿰革夆】鞋或字。見〔集韻〕。〔龍龕手鑑云。⿰革廷俗字。〕

八畫

【⿱臤革】丘閑切音掔刪韻
㊀堅也。見〔玉篇〕。〔按廣雅釋詁。固、確、—也。疏證—下增堅字。〕
㊁堅破聲。見〔廣韻〕。

【鞛】補孔切音⿰糸封董韻
㊀同琫。〔詩瞻彼洛矣〕鞸琫有珌。〔傳〕鞸、容刀鞸也。琫、上飾。珌、下飾。〔釋文〕琫字又作—。佩刀削上飾。〔按經傳注釋、說文、字書、韻書—通作琫。或訓佩刀削上飾。或訓佩刀之飾上曰琫。或訓佩刀下飾。聚訟紛如。古不可攷。存疑可也。〕
㊁軍器也。見〔玉篇〕。
㊂皮屨。見〔集韻〕。

【鞜】託合切音錔達合切音沓合韻
㊀革履也。〔漢書揚雄傳〕革—不穿。〔注〕師古曰。—、革履。音踏。〔文選長楊賦李善注。服虔曰。—、舄也。音沓。玉篇。—、鞮也。按說文。鞮、革履也。〕
㊁鼛或字。〔集韻〕鼛。鼓聲也。或作—。

【鞠】居六切音掬渠竹切音趜屋韻
㊀蹋—也。見〔說文〕。〔注〕錯曰。踏—。以革為圜囊。實以毛。蹴蹋為戲。亦曰蹋—。〔按劉向別錄曰。蹴—者、傳言黃帝所作。或曰。起戰國之時。蹋—、兵勢也。所以練武士。知有材也。皆因嬉戲而講練之。廣韻云。今通謂之毬子。風俗通云。毛丸謂之—。〕
㊁窮也。〔書盤庚〕爾惟自—自苦。〔按此假為鞫。〕
㊂盈也。〔詩南山〕降此—訩。〔按此假為匊。〕
㊃養也。陳楚韓鄭之間曰—。見〔方言〕。
㊄生也。見〔爾雅釋言〕。
㊅稚也。見〔爾雅釋言〕。
㊆告也。〔詩采芑〕陳師—旅。
㊇曲斂也。〔論語鄉黨〕—躬如也。〔按此假為匑。漢書馮奉世傳贊注。—躬者、謹敬皃。〕
㊈高皃。〔文選張衡賦〕—巍巍其隱天。〔按此假為穹。〕
㊉以囚辭決事為—。〔漢書刑法志〕—獄不實。〔按此假為鞫。〕
(十一)匍匐為—。〔楚辭初放〕塊—兮當道宿。
(十二)星晨。〔大戴禮夏小正〕—則見。—者何也。星名也。〔按說文通訓定聲云。危宿上天鉤九星。西人言六星。其色黃。正月晨見也。洪震謂虛宿。戴震以為噣柳宿。王引之以為北落師門。盛百二謂杵臼星。臼誤臼。臼借匊。非是。〕

【鞠】丘六切音麴居六切音掬屋韻
㊀黃色也。〔周禮內司服〕—衣。〔注〕—衣、黃桑服也。色如—塵。象桑葉始生。〔疏〕—塵不為麴字者。古通用。
㊁麴或字。〔集韻〕麴。酒母也。或作—。
㊂姓也。戰國時太傅—武。

【鞠】丘弓切音穹東韻
山—。窮所以禦溼者也。〔左宣十二年傳〕有山—窮乎。〔釋文〕—、起弓反。〔按集韻云。营或字。段玉裁云。山字注疏皆不釋。疑衍。或本作鞠而譌為二字。〕

【鞠】居六切音匊屋韻
㊀養也。〔詩蓼莪〕母兮—我。
㊁通菊。〔禮記月令〕—有黃華。〔釋文〕—、本作菊。〔校勘記〕依說文當作蘜。〔韻會舉要云。菊又作蘜。說文、日精也。以秋華。〕
㊂通蘜。〔爾雅釋草〕蘜、治蘠。〔釋文〕蘜。又作—。

【⿰革昔】思積切音昔陌韻
舄或字。〔集韻〕舄。履也。或作—。

【鞚】苦貢切音控送韻
馬勒也。見〔玉篇〕。

【⿰革宛】於袁切音鴛元韻委遠切音宛阮韻
⿰革惌或字。見〔說文〕。

【⿰革宛】於云切音熅文韻
⿰革宛或字。見〔集韻〕。

【鞴】薄賣切音敗卦韻
吹火具。見〔字彙〕。〔正字通云。本

作鞴。〕

【⿰革匋】餘招切音遙蕭韻 鼓也。見〔集韻〕

【⿰革匋】徒刀切音匋豪韻 鼓木也。〔考工記韗人〕韗人爲臯陶。〔注〕鄭司農云。韗書或爲—。臯陶、鼓木也。玄謂—者、以臯陶名官也。—即陶字。從革。〔釋文〕—音陶。徒刀反。

【⿰革叕】株劣切音輟屑韻 車具也。見〔說文〕

【⿰革官】古緩切音管旱韻 車鞁具也。見〔說文〕

【⿰革取】楚九切音謅有韻 束也。見〔玉篇〕

【鞸】必結切音彇屑韻 刀飾名。見〔廣韻〕〔按集韻云。刀削飾。或作珌。攷說文玉部珌、訓佩刀下飾。天子以玉。則—當爲珌之或體矣。〕

【⿰革或】乙六切音郁屋韻越逼切音蜮忽域切音洫職韻 羔裘之縫。亦作緎、黬。見〔玉篇〕〔按說文有黬無—。詩爾雅作緎。正字通云俗字是也。〕

【⿰革奄】遏合切音姶合韻又業切音腌葉韻 車具也。見〔說文〕〔注〕鍇曰。有所掩覆處也。〔按玉篇云車上具也。〕

【⿰革奄】遏合切音姶合韻 小兒履名。—皷。見〔廣韻〕〔按龍龕手鑑。—小兒履名。皷也。與廣韻訓略異。且二書正文。均無皷有皷。疑皷爲皷之譌。惟所訓不同。不能肊斷。本書未列皷字。坿此俟攷。〕

【⿰革𡿺】奴到切音腦號韻 優皮也。見〔字彙〕

【⿰革易】夷益切音繹陌韻 秦—。履也。見〔集韻〕

【鞉】思彫切音宵蕭韻 羽翣—蔽者也。見〔篇海〕

【⿰革向】諸兩切音掌養韻 扇安皮也。見〔玉篇〕

【⿰革咅】補孔切音琫董韻 佩刀削下飾也。〔左桓二年傳〕藻率鞞—。〔注〕鞞、佩刀削上飾。—、下飾。〔按、詩釋文作韠。說文作琫。集韻或作琣。訓刀下飾。並同。劉君以毛詩傳下曰鞞上曰琫。攻杜注。實則或上或下。俱無可攷。各依原文爲是。〕

【鞞】補頂切迥韻 刀室也。見〔說文〕〔按詩瞻彼洛矣。—琫有珌。傳。—、容刀—也。公劉。—琫容刀。傳。下曰—。疏引正義曰。—者、刀鞘之稱。蓋—之爲言禪也。刀室、所以保護刀者。漢人曰削。俗作鞘。一也。惟攷玉篇。珌、古文作琕。釋文。—、亦作琕。毛鄭詩攷正。遂謂珌、刀下飾。乃—也。并据釋名下末之飾曰琕以正說文。竊謂劉雖嬰毛下曰—之云。而大非毛意。杜預本之以注左傳云。—、佩刀削上飾。且互譌上下矣。諸說紛糾。當從說文詩傳疏爲正。〕

【鞞】補弭切音俾紙韻 劒削也。〔方言〕劒削。自河而西。燕趙之間、謂之室。自關而西、謂之—。〔注〕—、方婢切。〔按韻會舉要上聲四引說文。劒室也。上聲二十五引說文。刀室也。〕

【鞞】賓彌切音卑支韻 牛—、漢縣名。屬犍爲郡。東晉曰—縣。屬蜀郡。當今四川簡縣西有陽安城是。

【鞞】蒲糜切音皮頻彌切音脾支韻 郫或字。〔集韻〕郫。縣名。在蜀。或作—。

【鞞】駢迷切音粃齊韻 騎鼓也。〔禮記月令〕命樂師修鞀、—鼓。〔按文選藉田賦注云。—與鼙同。〕

【⿰革屈】渠勿切音掘物韻 倔或字。〔集韻〕倔。倔強。硬戾也。或从革。

【⿰革彔】盧谷切音祿屋韻 簶或字。〔集韻〕簶。胡簶。箭室。或作—。

【⿰革念】諾叶切音捻葉韻 鞍—。薄也。見〔廣韻引字林〕

【⿰革妾】師銜切音攕咸韻 同鞪。旌旗旒也。見〔玉篇〕

【⿰革朋】悲陵切音冰蒸韻
車靳。見〔集韻〕。

【䩭】同羈。〔後漢馬援傳〕臣謹依儀氏—。中帛氏口齒。謝氏脣鬐。丁氏身中。備此數家骨法以為相。〔注〕—音居奇反。〔按集韻云。羈、亦作—。玉篇云。—、荊猗切。鞿也。亦古文羈字。絡頭也。韻會舉要云。羈、通作羇。一切經音義七云。—、又作羈、羇同。〕

【⿰革兆】同鞀。見〔玉篇〕。

【⿰革長】同韔。見〔廣韻〕。

【⿰革兩】同緉。見〔字彙〕。

【⿰革戔】同韉。見〔玉篇〕。

【⿰革留】同鞦。見〔篇海類編〕。

【⿰革尊】⿰革遵省字。見〔集韻〕。

【⿰革系】⿰革疌俗字。見〔龍龕手鑑〕。

【⿰革隹】鞵俗字。見〔龍龕手鑑〕。

【⿰革旦】鞱俗字。見〔龍龕手鑑〕。

【⿰革桼】鞢俗字。見〔正字通〕。

九畫

【鞢】悉協切音燮葉韻
(一)鞊—。韉具也。見〔玉篇〕。
(二)鞢—。花相次比皃。〔文選何晏賦〕紅葩鞢—。

【⿰革亟】訖力切音亟職韻
急也。見〔說文〕。〔通訓定聲〕按如許訓。則與亟、極、略同。恐意此字即儀禮大射儀朱極三之極。所以韜指放弦、令不挈指者。以韋為之。故从革。

【⿰革亟】乞力切音㩿職韻
(一)皮鞕皃。見〔廣韻〕。
(二)韋堅也。見〔集韻〕。

【⿰革柔】耳由切音柔尤韻
(一)耎也。見〔說文〕。〔注〕鍇曰。皮革之柔耎者也。
(二)乾革也。見〔玉篇〕。
(三)熟皮。見〔廣韻〕。

【⿰革柔】忍九切音揉有韻如又切音蹂女救切音糅宥韻
柔革也。見〔集韻〕。

【⿰革宣】呼願切音楥願韻
(一)⿰革軍—也。見〔玉篇〕。
(二)⿰革軍俗字。攻皮治鼓工也。見〔廣韻〕。

【⿰革莬】乃禮切音禰薺韻
(一)—鞕。見〔廣韻〕。
(二)⿰革爾或字。〔集韻〕⿰革爾、⿰革爾垂也。或作—。

【⿰革俞】雙雛切音臾虞韻
⿰巾俞或字。〔集韻〕⿰巾俞、正耑裂也。或从革。

【⿰革俞】容朱切音俞虞韻
(一)餘也。見〔廣雅釋詁〕。
(二)擊也。見〔玉篇〕。

【⿰革俞】舂遇切音戍遇韻
(一)刀鞁。見〔廣韻〕。
(二)餘也。見〔集韻〕。
(三)和也。見〔集韻〕。〔按龍龕手鑑音俞。〕

【鞪】莫卜切音木屋韻
(一)車軸束也。見〔說文〕。
(二)曲轅束也。亦作楘。見〔玉篇〕。〔按段玉裁云。—、楘本一字。〕

【鞪】暴角切音瞀覺韻
鞘束也。見〔集韻〕。

【鞪】迷浮切音蓩尤韻
鞮—。首鎧也。〔漢書韓延壽傳〕被甲鞮—。〔注〕師古曰。鞮—即兜鍪也。〔說文本作鍪。集韻通作牟。〕

【鞫】居六切音菊屋韻
(一)同𥷚。〔集韻〕鞫、窮理罪人也。亦作—。〔按段玉裁云。—者、俗𥷚字。古言—、今言供。語之轉也。今法具犯人口供於前。具勘語擬罪於後。即周之讀書用法。漢之以辭決罪也。〕
(二)窮也。〔詩谷風〕昔育恐育—。及爾顛覆。〔釋文〕—、本亦作諊。
(三)問也。見〔漢書車千秋傳注〕。
(四)水外也。〔詩公劉〕芮—之即。〔箋〕水之內曰隩。水之外曰—。
(五)—居地名。〔左成二年傳〕次于—居。〔注〕衛國地。
(六)通坈。〔爾雅釋丘〕厓外為—。〔釋文〕—、字林作坈。

【鞖】先侯切音鎪尤韻
(一)鞕皮也。見〔玉篇〕。
(二)治革也。見〔集韻〕。

【鞬】居言切音犍元韻巨偃切音楗阮韻
(一)所以戢弓矢。从革。建聲。見〔說文〕。〔按方言所以藏弓謂之—。後漢

書西羌傳李賢注。箙服也。此各擧其偏。許合言之也。〕

(二)馬上曰—。—、建也。弓矢並建立其中也。見〔釋名釋兵〕

(三)藏也。—讀爲鍵。謂藏閉之也。見〔後漢書馬融傳注引禮記鄭注〕

(四)猶束也。見〔後漢崔寔傳注〕

(五)韜也。見〔韻會舉要〕

(六)通建。〔禮記樂記〕名之曰建櫜。〔韻會舉要云—、或作建。〕

【鞭】卑連切音編先韻

(一)毆也。見〔說文〕〔段注〕毆上仍當有所以二字。—所以毆人之物。以之毆人亦曰—。經典之—。皆施於人。不謂施於馬。自唐以下。毆變爲歐。與驅同音。謂—爲捶馬之物。因改此毆爲驅。不知絕非字義。毆、捶擊物也。驅、馬馳也。

(二)馬箠也。見〔玉篇〕〔按馬箠本曰策。〕

(三)官刑。〔國語魯語〕薄刑用—朴。

(四)竹—。竹根也。〔筍譜〕筍者、竹之翁也。竹根曰竹—。節之間乳贅而出者。

(五)俗呼爆竹。一曰火—。

【鞮】都黎切音低田黎切音題齊韻

(一)革履也。見〔說文〕〔按段本据韻會引補胡人履連脛謂之絡—九字。通訓定聲云如今韡也。〕

(二)單履也。〔方言〕自關而東、複履下禪者謂之—。

(三)—履無絇之菲也。〔禮記曲禮〕—履素簚。〔疏〕履以絇爲飾。凶故無絇也。

(四)—鞻。舞屝也。〔周禮春官序官〕—鞻氏掌四夷之樂與其聲歌。〔注〕—屨、四夷舞者所屝也。今時倡蹋鼓沓行者自有屝。

(五)知也。〔禮記王制〕西方曰狄—。〔注〕—之言知也。今冀部有言狄—者。〔疏〕—與知音相近。

(六)智也。見〔廣雅釋詁〕

(七)驛也。見〔廣雅釋詁〕

(八)州名。唐置。羈縻劒南道。當今四川茂縣地。

(九)銅—。晉離宮也。〔左昭二十八年傳〕今銅—之宮數里。而諸侯舍於隸人。〔又〕縣名。漢置。屬上黨郡。當今山西沁縣西南。

(十)狄—。地名。〔史記司馬相如傳〕俳優侏儒狄—之倡。〔集解〕徐廣曰。狄—地名。在河內。出善唱者。〔即今河南河內縣地〕

(十一)人名。勃—。春秋時晉寺人字伯楚。一名披勃—之合聲爲披。〔又〕國名。〔王嘉拾遺記〕勃—國人壽百歲。

(十二)若—。孝也。〔後漢南匈奴傳〕烏珠留若—。單于之子也。〔注〕匈奴謂孝曰若—。自呼韓邪單于降後。與漢親密。見漢帝謚常爲孝。慕之。至其子復珠累單于以下、皆稱若—。南單于比以下、直稱—也。

(十三)—鍪。即兜鍪也。〔漢書韓延壽傳〕被甲—鍪居馬上。

(十四)—攣。匈奴姓也。〔史記匈奴傳〕單于姓—攣氏。

(十五)通提。孔子弟子銅—伯華。〔按大戴禮作桐提。〕

(十六)通支。戱—。春秋時人名。左傳作戱—。公羊作悊—。晉語作宛支。

【⿰革致】直利切音緻寘韻

(一)履底。見〔玉篇〕

(二)緻或字。〔集韻〕緻。刺履底。或从革。

【鞦】雌由切音秋尤韻

(一)車—也。見〔玉篇〕〔按廣韻云同鞧。集韻云鞧或字。〕

(二)—韆。繩戲也。見〔玉篇〕〔按徐鉉云詞人高無際作—韆賦序云漢武帝後庭之戲也。本云千秋祝壽之詞也。語訛轉爲秋千。後人不本其意。乃造此字。非皮革所爲。非車馬所用。不合从革。〕

【鞨】何葛切音曷曷韻

(一)履也。見〔廣雅釋器〕

(二)靺—。蕃人名。〔隋書東夷傳〕靺—在高麗之北。邑落俱有酋長。不相總一。凡有七種。其一、號粟末部。其二、曰伯出部。其三、曰安車骨部。其四、曰拂涅部。其五、曰號室部。其六、曰黑水部。其七、曰白水部。即古之肅愼氏也。〔又〕寶石也。〔唐寶記〕靺—國產寶石。大如栗。中國謂之靺—。

【鞨】食列切音舌士列切音闑屑韻

治皮。亦作剔。見〔廣韻〕〔按集韻云亦作碟。〕

【鞨】莫轄切音袜黠韻

帞頭也。〔列子天問〕北國之人—

巾而衆。[釋文]—、帞頭也。幧頭、幧頭也。

【䩶】丑郢切音逞梗韻直几切音雉紙韻丑展切音蕆銑韻[按依篆及許讀當作—。玉篇廣韻正作—。蓋誤從蚩尤之蚩入十畫。非。塒正於此。]

●縢具也。从革。蚩聲。讀若騁蜃。見[說文。]

●騎具也。見[玉篇。]

【䩾】丑展切音蕆銑韻

收絲器。見[集韻。]

【䩄】彌沈切音沔銑韻彌箭切音面霰韻

勒靼也。見[說文。][段注]謂馬勒之靼也。勒在馬面。故從面。[按集韻云馬韁當面皮。]

【韗】王問切音運問韻王分切音雲文韻盧願切音楥願韻

●攻皮治鼓工也。讀若運。見[說文。]

●通煇。[詩簡兮傳]祭有畀煇胞翟閽者。[釋文]煇、煇字亦作—。

【鞴】房六切音伏屋韻

箙或字。[集韻]箙、弩矢箙或作—。

【韥】方六切音福屋韻

鞴或字。[集韻]鞴、革帶或作—。

【鞰】扶富切音復宥韻

鞴或字。[集韻]鞴、皮衣車軛也。或从革。

【鞊】卽入切音湒緝韻

—謂之䪎。見[廣雅釋器。][按疏證本作鞴。云—爲鞴之譌字也。曹憲音子入切。非是。玫—、䪎二字說文、玉篇、廣韻、並無。集韻、類篇、䪎下引博雅。鞴謂之䪎。而集韻二十六緝—引博雅。—謂之䪎。一曰車鞴。類篇同。則憲音子入反是。而作鞴者、非也。疏證据衆經音義卷十五引廣雅鞴謂之䩭。以證作—之譌。然衆經音義所引、僅同謂之二字。不足据也。]

【韃】式質切音失質韻

刀—。見[玉篇。][按集韻云。刀削謂之韃。通作室。]

【鞚】逋旁切音幫陽韻

鞋革皮。見[玉篇。][按樹、集韻或作鞻。鞻、正字通同—。是—卽樹字也。]

【韢】杜奚切音提齊韻

常也。見[玉篇。]

【鞘】右律切音聿質韻

皮器。見[字彙。]

【鞁】土緩切音疃杜管切音斷旱韻徒玩切音段翰韻

鍛或字。[集韻]鍛、履後帖。或从革。

【鞎】何加切音霞麻韻

鞎或字。[集韻]鞎、履也。或从革。[按玉篇革部鞎下云。履根。亦作—。革部—下云。履跟。亦作鞎。廣韻九麻。鞎、履跟後帖。—同。正字通云。車駕具。字本作鞎。俗誤作—。]

【鞜】戶皆切音諧佳韻

履也。見[玉篇。][龍龕手鑑云。俗鞵字。]

【韐】口戒切音械卦韻

鼓名。見[集韻。]

【鞴】方六切音福屋韻

革帶也。見[集韻。]

【鞥】遏合切音始合韻一憎切音譬蒸韻

鞥—。讀若瘖。一曰䪊頭繞者。見[說文。][段注]䪊、各本作龍。非也。䪊頭、卽羈也。

【鞥】遏合切音始合韻

皮裹角也。見[廣韻。]

【韇】東徒切音都虞韻

折皮具。牛牽船。見[廣韻引通俗文。][按集韻云。牛牽舟謂之—。]

【鞨】余章切音陽陽韻

馬頭上靼。見[玉篇。][按廣韻云。馬額上靼。]

【鞋】方奉切腫韻

軍人皮。見[玉篇。][字彙云。車邊皮。按正字通云。—卽鞶字分—、鞶爲二。非。]

【鞠】洪孤切音胡虞韻

—箶。劍室。通作䪗。見[集韻。]

【鞖】作弄切音糉送韻

鞚—。駕馬遽也。見[集韻。]

【鞭】同鞭。見[篇海類編。]

【鞧】鞧或字。見[集韻。][按玉篇云。—、今作鞧。]

【⿰革爰】鞭或字。見〔集韻〕。

【⿰革韋】韗或字。見〔集韻〕。

【⿰革削】鞘俗字。見〔龍龕手鑑〕。

【⿰革兜】鞔俗字。見〔龍龕手鑑〕。

【⿰革尌】紂俗字。見〔正字通〕。

【⿰革毣】鞄俗字。見〔龍龕手鑑〕。

【⿰革美】鞢俗字。見〔龍龕手鑑〕。

十畫

【⿰革茸】如容切音茸冬韻乳勇切音宂腫韻而用切音⿰金雍宋韻

㈠⿱茸毛毳飾也。見〔說文〕。

㈡通茸。〔初學記引鹽鐵論〕其後乃有鏤衢⿱茸毛紫茸題。〔說文義證云〕—、或借茸。〕

【⿰革茸】乳勇切音宂腫韻

毴或字。〔集韻〕毴。毛盛也。或作—。

【⿰革茸】而用切音⿰金雍宋韻

㈠革也。見〔玉篇〕。

㈡⿸厂毳也。見〔集韻〕。

【鞳】託合切音錔吐盍切音榻合韻

㈠兵器也。見〔玉篇〕。

㈡鼓鞈聲。〔淮南兵略〕若鞈之與—。

㈢鞈—。鐘聲。見〔廣韻〕。

㈣通鞈。〔漢書司馬相如傳〕鏗鎗鏜鞈。〔韻會舉要引作—〕。

【⿰革鬲】五陌切音額逆革切音虉陌韻

㈠履頭也。見〔玉篇〕〔集韻云。履首謂之—〕。

㈡補履。見〔廣韻〕。

【⿰革鬲】下革切音覈各核切音隔陌韻

補也。見〔廣雅釋詁〕。

【鞵】戶佳切音膎雄皆切音諧佳韻

㈠革生鞮也。見〔說文〕〔按段、桂、王、朱並云。革生、當作生革。玉篇云。革鞮也。革底麻枲。字鑑引作革履也。中華古今注云。—、自古即皆有。謂之履。絢繶皆畫五色。至漢、有伏虎頭。始以布鞔繶上。脫下加以錦爲飾。至東晉、以草木織成。釋名釋衣服云。—、解也。著時、縮其上如履然。解其上則舒解也〕。

㈡屩也。見〔廣韻〕。

【⿰革尃】伯各切音博藥韻

車下索也。見〔說文〕〔段注〕釋名。縛車下。與輿相連縛也。當作—在車下。

【⿰革尃】扶富切音附宥韻

⿰革复或字。〔集韻〕⿰革复。皮衣車軛也。或作—。

【⿰革尃】蒲候切音⿰金咅宥韻

韝省字。〔集韻〕韝。革裹車軛也。或省。

【⿰革尃】方縛切音⿰革尃藥韻

車上橐。見〔集韻〕。

【鞶】蒲官切音槃寒韻

㈠大帶也。易曰。或錫之—帶。男子帶—。婦人帶絲。見〔說文〕〔白虎通衣服云。男子所以有—帶者。示有金革之事也。六書故云。—乃佩帶。玉佩。襍佩非絲帛所能勝。故必以革爲—。女子不服革。故以絲組爲—〕。

㈡⿰革亏也。〔廣雅釋器〕⿰革亏謂之—。〔按朱駿聲云。車馬所施。非革不任。其以係紳帶者。散文亦通言耳〕。

㈢—囊也。所以盛帨巾之屬。〔儀禮士昏禮〕庶母及門內施—。〔按鄭玄內則。男—革。女—絲。注曰。小囊盛帨巾者。男用韋。女用繒。有飾緣之〕。

㈣通繁。〔文選張衡賦〕咸龍旂而繁纓。〔注〕繁與—、古字通。今之馬大帶也。

㈤通幋。〔後漢儒林傳論〕又從而縟其—帨。〔注〕、—帶也。字或作幋。說文曰。幋覆衣大巾也。

【⿰革鬼】胡隈切音回灰韻

鬼布。見〔玉篇〕。

【⿰革鬼】求位切音匱丘媿切音喟寘韻

【⿰革芻】楚九切音謅有韻

馬韁。見〔廣韻〕。

【⿰革芻】同⿰革瓜。束也。見〔玉篇〕。

【⿰革芻】甾尤切音鄒尤韻

革文蹙也。見〔集韻〕。

【⿰革叟】速侯切音搜尤韻

⿰革栗皮也。見〔篇海〕。

【⿰革員】損果切音鎖哿韻

革鎖也。見〔集韻〕。

【鞨】吐蓋切音榻合韻　兵器。見〔玉篇〕。〔按玉篇鼓部又云鼙、或作—。〕

【䩹】昔各切音索藥韻　—釋鞾也。〔釋名釋衣服〕—釋。釋鞾之缺前壅者胡中所名也。—釋猶速獨足直前之言也。

【轂】黑角切音鷇覺韻　急束也。〔舊唐書索元禮傳〕泥耳籠頭。枷研楔—。摺脅籤爪。縣髮薰耳。臥隣穢溺。會不聊生。號爲獄持。〔按新唐書索元禮傳作鞷。鞏、字書所無〕

【鞼】古孔切公上聲董韻　生皮也。見〔玉篇〕。

【韐】古狎切音甲洽韻克盍切音榼谷盍切音頡合韻　—靸。屧也。見〔廣雅釋詁〕。〔按廣韻云。—靸、胡履。集韻云革履。〕

【䩡】訖洽切音夾洽韻　鞅或字。〔集韻〕鞅。鞊鞅。沙也。或从盍。

【鞥】烏公切音翁東韻　吳人靴靿曰—。見〔廣韻〕。

【䩩】於袁切音鴛元韻委遠切音宛阮韻　量物之—。一曰抒井—。古以革。見〔說文〕〔注〕鍇曰。猶宛也。量物之圏也。揉井、今言淘井也。—、取泥者也。〔按方言。籃曰—。武林謂之水兜。〕

【䪍】古鞹字。見〔字彙補〕。

【鞲】同韝。見〔正字通〕。〔按說文、廣韻、集韻、韻會竝有韝無—。惟玉篇韋作—。正字通云同韝。是也。〕

【鞴】同韛。見〔正字通〕。

【䩫】鞳或字。見〔集韻〕。

【韂】鞿或字。見〔集韻〕。

【鞱】韜或字。見〔集韻〕。

【鞤】𩋙俗字。見〔正字通〕。〔按集韻有𩋙、鞤、綁、—、皺五形。廣韻𩋙、綁、同訓衣治鞋。鞤、鞋革皮。玉篇—、鞋。鞤、鞋革皮。〕

【䩧】撻俗字。見〔龍龕手鑑〕。

【韛】鞴俗字。見〔正字通〕。

【韉】鞴譌字。

十二畫

【韆】所綺切音躧紙韻所蟹切音灑蟹韻所寄切音屣寘韻　㊀本作韆。〔說文〕韆、鞮屬。〔注〕鍇曰。蹝、徙字也。此字俗作屣。㊁通蹝。〔文選張衡賦〕輕脫蹝於千乘。〔注〕聲類曰。躧或爲韆。說文曰。韆屬也。亦所解切。〔按說文足部、蹝或作韆。故玉篇同韆。集韻十二蟹本此云韆或字。〕㊂通縱。〔莊子讓王〕原憲華冠縱履。杖藜而應門。〔釋文〕縱、所倚反。或所買反。三蒼解詁作躧。云躡也。聲類或作屣。韋昭蘇寄反。〔集韻五寘本此云或作躧。〕

【韛】平祕切音葡寘韻房六切音伏屋韻　絥或字。見〔說文糸部〕。〔按說文絥。車絥也。〕

【鞴】蒲故切音捕遇韻　㊀—靫。矢藏也。見〔廣雅釋詁〕。㊁通步。〔釋名釋兵〕其受矢之器以皮曰服。織竹而笮。步叉人所帶。以箭叉於其中也。〔韻會舉要云。—、通作步。〕

【鞹】闊鑊切音擴藥韻　㊀本作鞟。〔說文〕鞟、去毛皮也。論語曰。虎豹之鞟。〔注〕皮去其毛、染而䩜之曰革。鞟。空廓之意也。〔按句讀云。顏淵篇文今作鞹者。以廓代鞟。變䩯爲享也。〕㊁凡革不去其毛張而完暴之、謂之—。見〔六書故〕。

【䩶】師銜切音衫咸韻　㊀馬鞘垂兒。見〔集韻〕。㊁旂旒也。亦作縿。見〔玉篇〕。

【䩶】所咸切音攕咸韻　毿—。垂兒。見〔廣韻〕。

【䩶】思廉切音纖鹽韻　韆或字。〔集韻〕韆。旆旗末也。或作—。

【鞴】蜀庸切音慵冬韻　㊀乾革也。見〔廣韻引通俗文〕。〔按一本作革乾也。一本作牽革也。一本作牽船也。〕㊁引船淺水中。見〔集韻〕。

【韸】符容切音逢冬韻 (一)鼓聲。見〔玉篇〕。(二)被縫也。見〔集韻引字林〕。(三)鞍—草名。見〔集韻〕。

【鞰】於候切音漚宥韻邕俱切音紆虞韻 (一)胡矛。見〔玉篇〕。〔按正字通云。矛、金屬。古今未有以革爲矛者。〕(二)韃也。胡人謂之—。見〔集韻引字林〕。

【韠】簿必切音佖質韻 鞸或字〔集韻〕鞸車束也。或从畢。

【鞸】壁吉切音畢質韻 韠或字〔集韻〕韠韍也。或从革。

【鞞】補鼎切迥韻 鞞或字〔韻會舉要〕鞞刀室也。或作—〔互詳鞞字〕。

【鞼】末各切音莫藥韻 鞊—履也。見〔集韻〕。〔按北齊書、恩幸傳著大帽吉莫靴。鞊—當即是吉莫字。〕

【䩦】素回切音催灰韻 鞍皮也。見〔玉篇〕。

【鞺】他郎切音湯陽韻 鼞或字〔集韻〕鼞鼓聲也。或作—。

【䩯】側革切音責陌韻 徵也。見〔篇海〕。

【鞝】諸良切音章陽韻 —泥也。見〔玉篇〕。〔按廣韻云。—泥。鞶飾。集韻云。馬鞹。正字通云。本作障泥。〕

【䩾】之夜切音柘禡韻 石—。藥草。一名石韋。見〔集韻〕。

【䩡】古田切音堅先韻 窯人所用。在道地經。見〔龍龕手鑑〕。

【韥】盧谷切音祿屋韻 簶或字。〔集韻〕簶。胡簶。箭室。或作—。

【鞙】松玉切音續沃韻仕角切音泥覺韻 履也。見〔廣雅釋詁〕。

【韣】神蜀切音贖松玉切音續沃韻 白—。鞮也。見〔廣韻〕。

【鞻】俱遇切音屨龍遇切音屢遇韻郎侯切音婁尤韻郎豆切音屚宥韻 鞮—氏。周官名。見〔周禮春官序官〕。〔注〕—讀如屨也。〔釋文〕—九具反。又力具反。〔按說文走部䟸下云。䟸婁、四夷之舞。段氏曰。䟸婁。今周禮作鞮—氏。注云、讀爲屨。按今本說文革部無—字。許時周禮所無。鄭注當本作婁。讀爲屨。〕

【韉】音未詳 邑名。〔呂覽介立〕鄭人之下—也。〔注〕—、邑名也。吳志伊字彙補云。—音未聞。一本作韈。梁仲子云。說文婚、籀文作㜇。略相似。古音附錄以革旁作者。云古昏字。盧云。此昏、疑即陳留郡之東昏縣。

【鞦】鞦本字。見〔說文〕。

【韝】同鞖。見〔玉篇〕。

【鞞】同鞞。見〔奚韻〕。

【韘】同鞄。見〔五音篇海〕。

【𩍐】鞻或字。見〔廣韻〕。

【韐】鞊或字。見〔龍龕手鑑〕。

【鞴】靗俗字。見〔龍龕手鑑〕。

【韤】鞢俗字。見〔龍龕手鑑〕。

【韑】鞢俗字。見〔龍龕手鑑〕。

【韃】靴俗字。見〔龍龕手鑑〕。

【鞽】鞽俗字。見〔龍龕手鑑〕。

十二畫

【韇】求位切音匱丘媿切音喟寘韻姑回切音傀灰韻胡對切音潰巨內切音䡋隊韻 (一)韋繡也。見〔說文〕。〔按小徐本作革繡也。國語齊語。韇以—盾一戟。注。—盾、綴革有文如繢也。〕(二)強也。見〔廣雅釋詁〕。(三)折也。〔淮南原道〕堅强不—。

【韇】巨內切音䡋隊韻 韇也。見〔集韻〕。

【韡】呼肥切音扡歌韻 (一)鞾屬。見〔說文新附〕。〔按集韻或作靴、鞾、屩、屧四形。御覽引釋名云。—本胡名也。趙武靈王始服之。隋書禮儀志云。唯褶服以靴。靴、胡履也。取便於事。施於戎服。龍龕手鑑云。有鞹履。〕

跨也。兩足各以一跨騎也。見〔釋名釋衣服。〕

【䪁】 博木切音卜屋韻逋玉切音𢐀沃韻
絡牛頭。見〔玉篇。〕〔按廣韻云。絡頭繩。集韻一屋。一牛絡頭。二沃。䪁、牛首絡。或省。龍龕手鑑云絡牛頭繩也。〕
絡髮謂之一。見〔集韻。〕

【鞿】 居希切音機微韻
韁在口。見〔玉篇。〕
繫馬。見〔廣韻。〕
馬絡頭。見〔集韻。〕
㊃檢也。見〔龍龕手鑑。〕
㊄古羈字。〔漢書刑法志〕是猶以一而御駻突。〔注〕晉灼曰。一、古羈字也。〔韻會舉要云音義與支韻羈字同。〕

【韃】 徒東切音同東韻
車具飾。見〔玉篇。〕
㊁車被具飾。見〔集韻。〕

【䩹】 莫佳切音買佳韻
鞋也。見〔玉篇。〕〔廣韻云。一、䩹屩也。〕

【鞽】 丘祆切音趫蕭韻
同橇。〔玉篇木部〕橇。史記曰。泥行乘橇。亦作一。〔按史記夏本紀泥行乘橇。集解徐曰。橇、他書或作蕝。不言有作一者。玉篇革部一字無訓。第言亦作橇。〕

【鞽】 訖約切音腳藥韻
同屩。〔集韻〕屩。屐也。亦从革。

【䩯】 各核切音隔陌韻訖力切音殛乞力切音極職韻
勒也。見〔廣雅釋器。〕〔疏證〕玉篇。䩯、古核切。靶也。勒也。亦作革一。廣韻。一、轡首也。

【䩷】 思積切音昔陌韻
履也。亦作舄。見〔玉篇。〕

【𩏄】 都昆切音敦元韻
䩞一。酒器。見〔篇海。〕

【䪓】 同𨏥。見〔龍龕手鑑。〕

【䩶】 靴或字。見〔集韻。〕

【䪗】 鞱俗字。見〔正字通。〕

【䪛】 𩋹俗字。見〔龍龕手鑑。〕

十三畫

【䪙】 乙力切音億職韻
㊀履頭也。見〔廣韻引韻略。〕〔集韻云。履首。〕
㊁五綵絲紮履下也。見〔玉篇。〕〔按玉篇糸部、繶。紮也。或作一。〕

【䪔】 殺測切音色職韻
䪔或字。〔原本玉篇車部〕䪔。車籍交革也。或爲一字。〔按䪔見說文。今本玉篇車部、䪔。有切無訓。革部、一。訓車籍支革也。亦作䪔。而韋部無䪔字。集韻䪔亦作一。不言又作䪔。足證今本玉篇之譌。廣韻、一訓車馬絡帶。集韻交革作交錯。互相發明。〕

【韃】 他達切音撻曷韻
㊀撻俗字。打也。見〔龍龕手鑑。〕
㊁一䩢。沙陀別種。詳䩢字。

【䪝】 於容切音邕冬韻於用切音壅宋韻
䩼鞠。見〔集韻。〕

【䪞】 將先切音箋先韻

馬被具。見〔集韻。〕〔按字彙、正字通、竝云同韉。說文新附、玉篇、廣韻、竝有韉無一。〕

【䪘】 布江切音帮江韻
鞋一也。見〔篇海。〕

【䪜】 昌蟾切音蹬𪖐韻
韋小障泥也。見〔廣韻。〕

【鼙】 大角切音覺韻
纇也。見〔川篇。〕

【䪚】 土禮切音體薺韻
一䩺。䩺兒見〔廣韻。〕

【䪟】 逹各切音鐸藥韻
䩞一。胡履也。見〔廣韻。〕

【䪠】 下買切音蟹蟹韻
䩞謂之一。見〔廣雅釋器。〕

【韇】 古䩢字。見〔說文。〕

【䪡】 同𩍯。見〔六書統。〕

【䪢】 同䩷。見〔字彙補。〕〔按玉篇作䩺。〕

【䪣】 同熿。〔莊子駢拇〕青黃黼黻之熿熿乎。〔釋文〕熿、向崔本作一。

〔按字彙補云。古煌字。見集韻。攷集韻十一唐煌或作熿。亦作[illegible]。〕

【韁】同繮。見〔集韻〕。〔按原本玉篇糸部繮下云。或爲一字在革部。是一繮或字也〕

【⿰革匋】同綯。見〔廣韻〕。

【⿰革賁】鼖或字。見〔說文鼓部〕。

【⿰革遂】繸或字。見〔集韻〕。

【韣】韣或字。見〔集韻〕。

【⿰革萬】⿰革禺俗字。見〔龍龕手鑑〕。

【韛】鞴譌字。〔康熙字典〕誤作此。

十四畫

【韅】呼典切音顯銑韻磬甸切音
顯輕甸切音俔霰韻

㊀韅具。〔左僖二十八年傳〕晉車七百乘。一靷鞅靽。〔注〕在背曰一。在胷曰靷、在腹曰鞅。在後曰靽。〔釋文〕一許見反。又去見反。說文作㬎。云著掖皮。〔按惠棟云。㬎、古文以爲顯。故傳作一。從古文省。〕

㊁經也。橫經其腹下也。見〔釋名釋車〕。

【⿰革需】而庾切音乳麌韻

鞋一也。見〔玉篇〕。

【⿰革爾】乃禮切音禰薺韻

⿰革爾垂。見〔廣韻〕。

【⿰革芻】側救切音縐宥韻

皺也。見〔集韻〕。

【⿰革遣】詰戰切音譴霰韻

胥帶。見〔玉篇〕〔按集韻云。韋帶謂之一。〕

【⿰革僕】逋玉切音撲沃韻

牛首絡也。見〔集韻〕。

【韄】胡陌切音獲乙格切音啞屋
號切音擭陌韻胡故切音護
遇韻乙角切音渥覺韻

佩刀絲也。見〔說文〕。〔按莊子庚桑楚。夫外一者不可繁而捉。內揵。釋文。外獲、向音擭。又如字。本亦作一。音獲。又乙號反。又烏遞反。又音鷊。李云。縛也。三蒼云。佩刀靶韋也。楚金戴侗竝引此以證許說。段玉裁改絲爲系。王筠云。絲當作飾。廣韻十一暮。佩刀飾也。二十陌作韄。兩見。一云佩刀飾。一云刀飾。把中皮也。集韻五見而訓兩同。說文兩同。三蒼十一暮訓佩刀謂之一。韻會十一陌訓同說文。七遇作韄。訓佩刀飾也。諸說雖異。其誼實同。李云縛也。其引伸耳。〕

【⿰革翟】力角切音犖覺韻

一屨。皮堅也。見〔集韻〕。

【⿰革尃】白各切音薄藥韻

鞴或字。〔集韻〕鞴靯鞴謂之鞇。或作一。

【⿰革夒】靷籀文。見〔說文〕。

【⿰革夒】靷籀文。見〔字彙補〕。

【⿰革匵】韇或字。見〔集韻〕。

十五畫

【韇】徒谷切音獨屋韻

㊀弓矢一也。見〔說文〕。〔按廣韻云。箭箙。集韻云。今謂之胡鹿。〕

㊁函也。〔儀禮士喪禮〕筮者東面抽上一。

㊂亦作皾。〔廣雅釋器〕皾⿰皮丸、矢藏也。

㊃亦作櫝。〔方言〕所以藏弓謂之鞬。或謂之櫝丸。

【韆】親然切音遷先韻

鞦一。繩戲。見〔廣韻〕。〔古今藝術圖云。鞦一、戲以習輕趫者。按鞦一、遊戲器械之名。製植二木於地上。端橫一木。垂二繩。繩末系一木。人乘其上。前後搖游。亦可爲器械體操。〕

【⿰革侖】章移切音支支韻

皮鞁也。見〔廣韻〕。

【⿰革巤】良涉切音獵葉韻

馬靻也。見〔廣韻〕。

【⿰革夔】同⿰革夔。見〔字彙補〕。

【⿰革贊】同⿰革贊。見〔康熙字典〕。

【⿰革義】⿰革義或字。見〔集韻〕。

十六畫

【⿰革龍】盧東切音籠東韻

一頭也。見〔玉篇〕〔按廣韻同龓。〕

【⿰革遺】以貴切音謂未韻

絲繩也。見〔字彙〕。

【⿰革蘜】鞠或字。見〔集韻〕。

十七畫

【⿰革褱】韠或字。見〔集韻〕。

【韉】則前切音箋先韻　馬鞁具也。見〔說文新附〕。〔按鞍下被爲—〕

【⿰革薄】伴姥切音簿甕韻白各切音泊藥韻　鞋—車茵。〔釋名釋車〕鞋—車中重薦也。輕鞋—小貂也。

【⿰革蒪】蒲候切音鎝宥韻　革裹車軛也。見〔集韻〕。

【⿰革溥】白各切音泊藥韻　—梌。鞢也。見〔廣韻〕。

【⿰革毚】仕懺切音鑱仕陷切音儳陷韻鋤咸切音讒咸韻　韂之短者。見〔廣韻〕。

【⿰革韱】思廉切音銛鹽韻　旌旗末也。見〔集韻〕。

【⿰革毚】師炎切音攕鹽韻　同幓。〔集韻〕幓旌正幅爲幓。亦作—。

【韥】韇本字。見〔說文〕。

【韆】同韃。見〔玉篇〕。

【韊】同襴。見〔廣韻〕。

【韀】同韉。見〔龍龕手鑑〕。

【⿰革氈】同氈。見〔龍龕手鑑〕。

十八畫

【⿰革巂】山垂切音⿰齒巂支韻

一 綏也。見〔說文〕。〔通訓定聲〕此當爲挽以上車之革。

二 垂皃。見〔廣韻〕。

三 —謂之鞘。見〔廣雅釋器〕。

【⿰革嶲】雙隹切音綏支韻　馬垂鞘。見〔集韻〕。

【⿰革藿】蘇回切音攉灰韻　縩邊帶。見〔集韻〕。

【⿰革藟】韉或字。見〔集韻〕。

十九畫

【⿰革賣】韇或字。見〔說文〕。

【⿰革麗】躧或字。見〔說文足部〕。

二十一畫

【⿰革蘭】同蘭。〔史記信陵君傳〕平原君負—矢爲公子先引。〔索隱〕—音蘭。謂以盛矢。如今之胡簏而短也。〔古今韻會舉要〕引作蘭。〔廣韻〕集韻類篇書作韊。正字通云俗作韊。

【⿰革夒】同韌。見〔字彙補〕。

二十三畫

【韅】呼典切音顯銑韻馨甸切音顯輕甸切音俔霰韻　著掖鞥也。見〔說文〕。〔段注〕著掖、鞥。謂著於馬兩掖之革也。著掖、謂直者。當膺、謂橫者。

【⿰革㬎】同韅。見〔玉篇〕。

二十四畫

【⿰革黴】同⿰革微。見〔玉篇〕。

二十九畫

【⿰革爨】祖官切音鑽徂丸切音攢寒韻　車衡三束也。曲轅—縛。直轅䡝縛。讀若論語鑽燧之鑽。見〔說文〕。

※韋部※

【韋】于非切音幃微韻

一 相背也。从舛。囗聲。獸皮之—。可以束枉戾相—背。故借以爲皮—。見〔說文〕〔段注〕生革爲縷。圍束物。可以矯枉戾而背其故也。其始用爲革縷束物之字。其後凡革皆偁—。〔按王筠說〕—相背也。於古未聞。似許君亦以字從舛。及違從—聲、得之。〕

二 柔皮也。見〔一切經音義引字林〕。

三 皮繩喻緩也。〔韓非子觀行〕西門豹性急。常佩—以自緩。董安于性緩。常佩弦以自急。〔按張遷碑晉陽佩瑋以瑋行之〕

四 依—。諧和不相乖離也。〔漢書禮樂志〕依—響昭。

五 豕—。國名。春秋時爲衛地。今河南滑縣。治詩及竹書紀年皆言—。

六 室—。朔漠契丹之類。在靺鞨北千里。去洛陽六千里。有五部。不相總一。所謂南室—、北室—、鉢室—、深末怛室—、大室—。後分二十五部。後魏始通。唐時朝貢於我者有九部。並在柳城郡東北。近者三千五百里。遠者六千二百里。亦作失｜。

(七)不｜。人名。秦莊襄王元年爲丞相。封文信侯。使其客著所聞號曰呂氏春秋。〔又〕縣名。漢置。屬益州郡。在今雲南保山縣北。華陽國志云。漢武帝通博南山。置縣。徙南越相呂家宗族以實之。名曰不｜。彰其先人惡行也。

(八)芇｜。草名。隱花羊齒類。生樹梢巖石間。葉與竹類。色深綠。歷冬不枯。培植之可供盆景。

(九)州名。西夏置。當今甘肅靈武縣東南。

(十)俄度名。具譯｜斯陀。或譯阜斯得。俄里三千五百俄尺爲一｜。當我一里十六引五丈一步一尺五寸。西文 Versta。

(十一)通圍。一把也。〔漢書成帝紀〕大風拔甘泉畤中大木十｜以上。

(十二)姓也。〔廣韻〕出自顓頊大彭之後。夏封於豕｜。苗裔以國爲氏。因家彭城。至楚太傅｜孟遷於魯。

【韋】胡隈切音洄灰韻

回或字。〔集韻〕回。轉也。或作｜。

三畫

【韌】而振切音刃震韻

(一)柔而固也。見〔說文新附〕〔玉篇〕、〔廣韻〕、並云同肕。

(二)通刃。〔禮記月令〕納材葦。〔注〕此時柔刃。〔韻會舉要〕云。｜通作刃。

(三)通忍。〔詩〕巧言荏染柔木。〔疏〕正義曰。言荏染柔忍之木。〔集韻〕、｜亦作忍。

(四)通紉。〔鈕氏新附攷〕玉臺新詠載古詩。蒲葦紉如絲。是｜又作紉。

(五)通仞。〔易〕革鞏用黃牛之革。〔王注〕牛之革、堅仞不可變也。〔瞿鏡濤〕云。舊本周易注皆作仞。今本作｜。

(六)通軔。〔管子制分〕攻堅則軔。〔注〕軔、牢固之名也。」

四畫

【⿰韋犬】平祕切音葡寘韻

(一)車軾也。見〔玉篇〕。

(二)絥或字。〔集韻〕絥。車絥也。或作｜。

【⿰韋內】諾荅切音納合韻

(一)弱也。見〔廣雅釋詁〕。

(二)耎也。見〔玉篇〕。

(三)腝皃。見〔廣韻〕。

【⿰韋攴】于非切音韋微韻

(一)戾也。从攴韋聲。見〔說文攴部〕。

(二)衺也。見〔廣雅釋詁〕。

【⿰韋攴】呼韋切音暉微韻

｜懤。非剌也。見〔廣雅釋訓〕。

【⿰韋爻】何交切音爻居肴切音交肴韻

韄也。見〔廣韻〕。〔按集韻云。效或字。〕

【⿰韋及】同⿰韋殳。見〔玉篇〕。

五畫

【韍】分物切音弗物韻方未切音沸未韻

(一)市。篆文。見〔說文市部〕。〔按說文、市。韠也。左傳桓二年疏曰。｜韠制同而名異。鄭玄詩箋云。芾、大古蔽膝之象也。冕服謂之芾。其他服謂之韠。以韋爲之。記傳更無｜制。皆是韠義。明其制與韠同。經傳作黻。或作｜。或作芾。亦作紱。音義同也。〕

(二)璽之組也。〔漢書諸侯王表〕奉上璽｜。

【⿰韋主】之戍切音注遇韻

(一)皮袴。見〔玉篇〕。

(二)戎服蔽膝也。見〔集韻〕。

【韎】莫佩切音妹隊韻居氣切音既未韻莫貝切音眛泰韻莫拜切音昒卦韻莫撥切音末曷韻莫轄切音帓黠韻

(一)茅蒐染韋也。一入曰｜。从韋末聲。見〔說文〕。〔王注〕說文韻譜篆從未。鄭注周禮｜師曰。鄭司農讀如味飲食之味。杜子春讀爲菋荎著之菋。玄謂讀韎韐之韎。案此諸讀皆從午未之未也。廣韻收之十三末。莫撥切。則從本末之末也。詩瞻彼洛矣釋文。｜音昧。又亡界反。左成十六年傳釋文。｜莫拜反。又音妹。徐莫蓋反。此二事者。則不分午未本末、淆而爲一者也。

(二)東夷樂名。〔周禮宗伯〕｜師掌教｜樂。〔按禮明堂位作昧。〕

【韎】勿發切音韈月韻

同韤。〔集韻〕韤。足衣也。亦作｜。

【⿰韋必】兵媚切音祕寘韻必結切音彆屑韻

弓紲也。〔考工記引詩〕竹｜緄縢。〔按詩小戎竹閉緄縢傳。閉、紲。疏。既夕記說明器之弓云有｜。注云、｜弓檠也。弛則縛之於弓裏。備損傷也。以竹爲之。引詩云竹閉緄縢。然則竹閉、一名｜也。言閉紲者。謂畫弓｜裏以繩紲之。因名｜爲紲。考工記弓人注云、紲。弓｜也。〕

【⿰韋弗】分物切音弗物韻 引棺繩。見〔玉篇〕〔字彙云。同韍。又與紼同。攷廣韻無此字。原本玉篇糸部集韻八勿紼下。竝不言或作｜。韻會舉要韍下云。本作市。集韻或作｜、又通作紱。紱下云。通作紼。是｜、卽市字也。通借爲紼耳。今本集韻作韍。與韻會舉要引異。〕

【韍】分物切音勿物韻 市或字。〔集韻〕市。韠也。或从韋犮。亦从弗。

【⿰韋戉】王伐切音越月韻 斧衣也。見〔集韻〕。

【⿰韋斥】恥格切音坼陌韻 刀把中韋。見〔集韻〕。

【⿰韋丕】鋪來切音㚰灰韻 山一成曰｜。見〔集韻引爾雅。〕〔按今本釋山作坯。釋文或作伾。集韻以坏伾爲或字。〕

【⿰韋占】的協切音䩞葉韻 ｜鞢。帶具。見〔集韻〕。

【⿰韋乞】同⿰革乞。見〔字彙〕。

【⿰韋兒】同⿰韋宛。見〔康熙字典引集韻〕。〔按今本集韻⿰韋宛爲⿰革宛或字。無作｜者。諸字書韻書亦不載。惟据集韻⿰舟宛或作舧。綩或作⿰糸兒之例求之。疑｜亦⿰韋宛或字也。〕

【⿰韋包】鞄或字。見〔集韻〕。〔玉篇有音無訓。康熙字典引釋名。胞、鞄也。按今本釋名作脬｜也。〕

六畫

【韏】俱願切音絭區願切音券願韻已袁切音拳元韻逵眷切音倦古倦切音眷霰韻古轉切音卷銑韻 ❶革中辨謂之｜。見〔說文〕。〔按段玉裁說。辨、當作辧。中、衍文。皮之緣文蹙蹙者曰｜。王引之說。辨、當作辟。朱駿聲說。辨、當作辧。攷爾雅釋器。革中絕謂之辨。郭注。中斷皮也。革中辨謂之｜。郭注。復分半也。〕❷詘也。見〔玉篇〕。❸曲也。見〔玉篇〕。❹車上所用皮也。見〔廣韻〕。

【韏】九遠切音餋窘遠切音⿱𢍏豆願韻 屈也。見〔集韻〕。

【韐】訖洽切音夾轄夾切音洽洽韻葛合切音閤合韻 韐或字。見〔說文市部〕。〔按儀禮士冠禮疏。言｜者。韋旁著合。謂合韋爲之。故名｜也。段玉裁云。凡言韎｜者。韎、謂其物。韎、謂其色。故士喪禮設｜帶。不連韎總言。〕

【⿰韋艮】口恩切墾平聲元韻 束也。見〔玉篇〕。

【⿰韋曳】許罽切音憩霽韻 緤也。見〔集韻〕。

【⿰韋交】居肴切音交肴韻 ⿴衣交也。見〔集韻〕。

【⿱交韋】于非切音韋微韻 ⿴衣交也。从交、韋聲。見〔說文交部〕。〔按康熙字典从亠、从圍、从夂。入九畫。譌。今依集韻正。〕

【⿰韋朿】于非切音韋微韻 束也。从朿、韋聲。見〔說文朿部〕。〔鍇曰。言束之象木華實之相累也。〕〔按康熙字典木部棗字注。既云說文从弓不从尸、从尸者誤。而韋部十畫復作棗。失檢。〕

【⿰韋朵】同⿰革朵。見〔五音篇海〕。

【⿰韋因】同茵。見〔龍龕手鑑〕。

【⿰韋伏】絥或字。見〔原本玉篇糸部〕。

【⿰韋各】韝俗字。見〔龍龕手鑑〕。

【⿰韋亘】⿰韋亶譌字。見〔正字通〕。

七畫

【⿰韋甫】奉甫切音父麌韻 ❶車下｜。見〔玉篇〕。❷𡱁衣。見〔廣韻〕。❸⿰巾松也。見〔集韻〕。

【⿰韋炙】音亦陌韻 皮也。見〔川篇〕。

【⿰韋束】于非切音韋微韻 束也。見〔玉篇〕。〔按說文作⿰韋朿。在朿部。玉篇韋部朿部竝作｜。音義

與韋部韈同。〕

【韒】同鞘。見〔廣韻〕〔按玉篇與鞘分。韒音宵。鞭韒。一、私妙切。刀一也。集韻三十五笑。一、刀室也。或作鞘、削。攷徐鉉附鞘於說文革部。云、刀室也。說文刀部。削。鞞也。革部。鞞。刀室也。据是一、鞘、削、爲一物。當以削爲正字矣〕

【韇】韇或字。見〔集韻〕

八畫

【韓】胡安切音寒寒韻

一本作韓〔說文〕韓、井垣也。从韋。取其帀也。倝聲。

二地名〔詩韓奕〕溥彼一城。燕師所完。〔今直隸固安縣南有一寨營。即其地〕

三國名。本姬姓之國。爲晉所滅。曲沃桓公之子萬。食采其地。後三家分晉。一虎以其先封於一原。遂爲一國。當今山西河津萬泉兩縣之間。〔又〕古之辰國也。有三種。一曰馬一。二曰辰一。三曰弁一。馬一在西。五十有四國。其北與樂浪接。南與倭接。辰一在東。十有二國。其北與濊貊接。弁一在辰一之南。亦十有二國。其南亦與倭接。凡七十八國。東西以海爲限。古之辰國也。其後併於高句麗。明洪武間李成桂請改國號。詔改朝鮮。清光緒二十年。離我獨立。改號曰一。宣統二年爲日本所併。其地北接我鴨綠江、長白山。東北接我圖們江。二次世界大戰後又離日本而獨立。

四州名。遼屬東京道。金屬咸平路。今東三省境。

五姓也。一國之後。國滅。以國爲氏。

【韔】丑亮切音暢持亮切音仗力讓切音亮漾韻

弓衣也。詩曰。交一二弓。見〔說文〕

【韏】去願切音券願韻

曲也。見〔篇海〕

【韏】逵眷切音倦霰韻

韢縫也。見〔篇海〕

【韃】唐何切音駝歌韻

皮帖履也。見〔集韻〕

【鞠】巨竹切音鞠屋韻

㚅也。見〔玉篇〕〔正字通云同鞠〕

【韜】託合切音鞜合韻

指衣。見〔集韻〕

【韐】逵合切音沓合韻

搘或字。見〔集韻〕搘、縫指搘也。或从韋。

【韛】蒲拜切音憊卦韻

韛俗字。韋囊吹火具也。見〔龍龕手鑑〕

【韏】蒲交切音庖肴韻

柔也。見〔字彙補〕

【䪖】音未詳

復貌。謂遇圜則爲圜也。〔管子白心〕一乎其圜也。䪖䪖乎莫得其門。

【韝】同韝。見〔龍龕手鑑〕

【韈】靴或字。見〔集韻〕

【韛】韛或字。見〔集韻〕

【韱】緘俗字。見〔正字通〕

【韍】韛俗字。見〔龍龕手鑑〕

九畫

【韗】王問切音運吁運切音訓問韻玉分切音雲文韻呼願切音楥願韻

一韗或字。見〔說文革部〕

二靴也。見〔玉篇〕

【韘】失涉切音攝葉韻

射決也。所以拘弦。以象骨韋系著右巨指。詩曰。童子佩一。見〔說文〕〔按詩毛傳曰。能射御則帶一。鄭箋曰。一之言沓。所以彄沓手指〕

【韘】悉協切音燮葉韻

一韘。射具。見〔廣韻〕

二粘一。帶具。見〔集韻〕

【韙】羽鬼切音偉尾韻

一是也。見〔說文是部〕

二善也。〔文選張衡賦〕罔有不一。

【韕】何加切音遐麻韻

一履也。見〔說文〕

二履跟後帖。見〔廣韻〕

【韍】徒玩切音段翰韻杜管切音斷土緩切音疃旱韻

履後帖也。見〔說文〕〔按韋、革、糸、三部。均有從叚從段二字。諸字書韻書。音雖有別。形義多相混。段玉裁以爲韗乃一之譌。遂刪說文韋部之韔桂韣以爲韔、說文訓履。卽說文蹝足所履也之或字。从足字、多與从韋革者通。今於三部各分列。從叚從段二體音義仍舊。不爲删併。參閱緞字。

【䪖】扶富切音復宥韻
皮衣車輗也。見〔集韻〕。

【䪐】忍九切音蹂有韻
韌也。見〔集韻〕。

【韍】韍或字。見〔集韻〕。

【䪘】韗或字。見〔集韻〕。

【䪜】韥或字。見〔集韻〕。

【䪗】䪗或字。見〔集韻〕。

【韙】趧或字。見〔字彙〕。

【韜】韜俗字。見〔龍龕手鑑〕。

【䙅】䙅譌字。見〔龍龕手鑑〕。

十畫

【䪉】德合切音搨合韻
●一 鞢—也。見〔玉篇〕。
●二 皮衣也。見〔集韻〕。

【韜】他刀切音叨豪韻
●一 劒衣也。見〔說文〕。
●二 緩也。見〔廣雅釋詁〕。
●三 寬也。見〔廣雅釋詁〕。
●四 義也。見〔玉篇〕。
●五 弓藏也。見〔廣雅釋器〕。
●六 藏也。見〔廣韻〕。
●七 六—。書名。太公著六—五卷。晁公武云。兵家權謀之書。司馬彪云。六—、乃周書篇名。今世因謂有機變者曰有—略。字又作弢。
●八 通謟。〔儀禮鄉射禮記〕杠長三仞。以鴻脰—上二尋。〔注〕今文—爲謟。

【韜】叨号切音套號韻
臂衣也。見〔集韻〕。

【韞】委隕切音惲吻韻烏昆切音溫文韻
●一 赤黃之間色也。見〔玉篇〕。
●二 赤色。見〔廣韻〕。
●三 褱也。見〔廣雅釋詁〕。〔按玉篇作裹也。譌。〕
●四 藏也。〔論語子罕〕—匵而藏諸。
●五 匣也。〔後漢崔駰傳〕今子—櫝六經。
●六 韣也。見〔集韻〕。
●七 同蘊。〔文選任昉牋〕近以朝命蘊策。〔注〕蘊、與—同。

【䪝】都合切音荅合韻
皮指也。見〔字彙〕。

【䪡】下瞎切音轄黠韻
同轄。車軸頭鐵也。見〔字彙〕。

【韛】匹各切音膊藥韻平碧切音檘陌韻
輗褭也。見〔說文〕。〔按廣韻云。車覆輗。集韻云。韋裹車輗。〕

【䪖】扶富切音復宥韻
䪖或字。〔集韻〕䪖。皮衣車輗也。或作—。

【韛】方縛切音䮻藥韻
轉或字。〔集韻〕轉。車上蘘。或从韋。

【韛】步拜切音備卦韻
韋囊也。可以吹火令熾。亦作鞴。見〔玉篇〕。〔按集韻訓吹火韋囊也。字或作韛、鞴。一切經音義云。韛、又作—排二形。同。謂鍛家用吹火者也。字體紛糾。訓均近。〕

【韛】房六切音伏屋韻
箙或字。〔集韻〕箙。弩矢箙也。或作—。

【韝】居侯切音鉤墟侯切音彄尤韻居候切音遘宥韻
射臂決也。見〔說文〕。〔按集韻會引說文並同。段玉裁依文選李陵答蘇武書注引、改爲臂衣也。王筠依御覽引、改爲射臂捍也。廣韻、龍龕手鑑云。射—、臂捍也。玉篇云。結也。臂沓也。通訓定聲云。詩謂之拾。儀禮謂之遂。內則謂之捍。非射亦用以斂衣便事。曰攘衣。箸兩臂。廣雅釋器。—、韝也。則誤以箸右手大指引弦之決當之。非是。〕

【韓】韓本字。見〔說文〕。

【䪊】同韢。見〔玉篇〕。

【䪎】同韡。見〔正字通〕。

【䪏】韊譌字。

十一畫

【韠】壁吉切音必質韻
韍也。所以蔽前。以韋。下廣二尺。上廣一尺。其頭五寸。一命縕—。再命赤—。見〔說文〕。〔按左桓二年傳疏云。韍之與—。祭服他服之異名耳。其體制則同。玉藻說玄端服之｜云。｜君朱。大夫素。士爵韋。發首言｜。句末言韋。明皆以韋爲之。凡｜皆象裳色。言君朱大夫素。則韠｜卑之｜。直色別而已。無他飾也。其黻則有文飾焉。明堂位曰。有虞氏服韍。夏后氏山。殷火。周龍章。鄭玄云。韍、冕服之｜也。舜始作之。以尊祭服。禹湯至周。增以畫文。後王彌飾也。山、取其仁可仰也。火、取其明也。龍、取其變化也。天子備焉。諸侯而下。卿大夫山。士韎韋而已。」

【韡】素回切音挼灰韻
｜鞍也。見〔字彙〕。

【韢】徐醉切音㒸雖遂切音粹寘韻
襚組名。見〔玉篇〕。〔按廣韻云。或作韢。正字通云。同繐。〕

【[illegible]】音域尾韻
霰也。見〔川篇〕。

【韛】同鞴。見〔類篇〕。

【[illegible]】韘或字。見〔集韻〕。

十二畫

【韡】羽鬼切音韙尾韻
●一本作韡。〔說文雩部〕韡。盛也。从雩韋。詩曰。萼不韡韡。〔按集韻。韡或作韡。玉篇。有韡無韡。廣韻。有韡無韡。今詩常棣作鄂不韡韡。傳。韡韡、光明也。韻會舉要云。韡本作韡。藝文類聚八十九、引作萼不煒煒。御覽四百十六、引作萼不韡韡。〕
●二｜曄。言明盛也。〔文選張衡賦〕流景曜之｜曄。

【韢】胡計切音系胡桂切音慧此芮切音毳霽韻徐醉切音㒸寘韻
●一韢紐也。一曰。盛虜頭絫也。見〔說文〕〔注〕鍇曰。紐所以關韢。盛虜頭謂戰伐以盛首級。〔按玉篇作韢紐也。廣韻作韢屬。以盛賊頭。集韻寘韻云。盛虎頭韢。虎乃虜之誤。類篇、徐醉切。作盛虜韢。可證。〕
●二今以衣紐之牡環爲｜。見〔六書故〕。

【[illegible]】豬孟切音倀梗韻
張皮也。見〔廣韻〕。

【[illegible]】巨費切未韻
緝也。見〔玉篇〕。

【[illegible]】求位切音匱寘韻胡對切音潰隊韻
鞼或字。〔集韻〕鞼。韋繡也。或从韋。

【[illegible]】孚袁切音翻元韻
韋也。韋平方也。見〔集韻〕。

【[illegible]】符袁切音煩元韻
韋褒曰｜。見〔集韻〕。

【[illegible]】吁爲切音撝支韻
柔革平均也。見〔集韻〕。

【[illegible]】同[illegible]。見〔字彙〕。

【[illegible]】㪙或字。見〔集韻〕。

十三畫

【韣】殊玉切音蜀朱欲切音燭樞玉切音觸沃韻徒谷切音嬻屋韻
●一弓衣也。見〔說文〕〔通訓定聲〕。即韔也。字又作韣。月令帶以弓｜。轉注。明堂位載弧｜。注。旌旂所以張幅也。其衣曰｜。考工記輈人、有衣謂之｜。疏。韜也。
●二束也。見〔廣雅釋詁〕。
●三通襡。〔禮記內則〕斂簟而襡之。〔注〕韜也。〔六書故云。｜所以韜斂之器也。又作襡。〕

【韂】處占切音襜鹽韻
●一屏也。見〔廣韻〕。
●二襜或字。〔集韻〕襜。衣蔽前。或从韋。

【韂】余廉切音鹽鹽韻
衣蔽也。見〔集韻〕。

【韂】昌豔切音蹽豔韻
●一韂也。通作襜、蟾。見〔集韻〕。
●二同韂。韂小障泥。見〔廣韻〕。

【[illegible]】直格切音宅陌韻
｜韉。｜刀飾。見〔廣韻〕。〔按集韻云。｜韉。刀靶中韋也。〕

【[illegible]】虛嚴切音杴咸韻虛檢切音險琰韻虛欠切音脅豔韻
被也。見〔廣雅釋器〕。〔按集韻云。胡被謂之｜。〕

【[illegible]】韠本字。見〔說文雩部〕。

【[illegible]】同韝。〔玉篇革部〕韝、亦作｜。

【[illegible]】韝或字。見〔集韻〕。

十四畫

【韄】屋虢切音擭陌韻
㊀佩刀飾見〔廣韻〕。
㊁—韠刀飾見〔玉篇〕。
㊂—䩃刀靶中韋見〔集韻〕。

【韄】胡故切音護遇韻
佩刀飾也見〔韻會舉要〕。

【韓】同韝見〔玉篇〕。

【韇】同韇見〔字彙〕。

【韞】同韞見〔字彙〕。

【韡】韡或字見〔集韻〕。

十五畫

【韤】勿發切音儱月韻
足衣也見〔說文〕〔按釋名釋衣服云末也在腳末也〕

【韥】徒谷切音獨屋韻
韣或字〔集韻〕韣弓衣或作—。

【韢】雖遂切音遂寘韻
囊組謂之—見〔玉篇〕〔按集韻作䍁〕

【韢】徐醉切音彖寘韻
繐或字〔集韻〕繐䋳紐也或从韢。

十六畫

【韡】鬱或字見〔集韻〕〔按管子地員篇下於—注—、即鬱也〕

十七畫

【韛】伴姥切音簿爨韻
韛或字〔集韻〕韛靯韛車茵或从韋。

【韛】布古切魔韻
同韛車下韛見〔玉篇〕。

十八畫

【韝】字由切音酋將由切音啾尤韻茲消切音焦蕭韻
㊀收束也从韋樵聲讀若酋見〔說文〕〔參閱揫字〕。
㊁堅縛也見〔玉篇〕。

【韝】子肖切音醮嘯韻
收束物也見〔集韻〕。

【韝】同韝見〔玉篇〕。

十九畫

【韡】居願切願韻
柔韋也見〔字彙〕。

二十畫

【韄】厥縛切音矍藥韻
韄—刀靶韋見〔集韻〕。

※音部※

【音】於今切音陰侵韻
㊀聲生於心有節於外謂之—宮商角徵羽、聲也金石絲竹匏土革木、—也从言含一見〔說文〕〔樂記云聲成文謂之—淮南天文云合氣而為—詩疏云聲、—、樂三者不同以聲變乃成—和乃成樂故別為三名對文則別散則可通〕。
㊁辭也〔文選陸機賦〕或寄辭於瘁—〔注〕瘁—、謂惡辭也。
㊂末也見〔風俗通聲音〕。
㊃—者飲也言其剛柔清濁和而相飲也見〔白虎通禮樂〕。
㊄雞曰翰—見〔禮記曲禮〕。
㊅—息—問消息也見〔文選陸機詩注〕。
㊆姓也見〔何氏姓苑〕。

【音】於禁切音蔭沁韻
通蔭見〔洪武正韻〕〔按左文十七年傳鹿死不擇—杜注音所茠蔭之處古字聲同皆相假借釋文出蔭云於鴆反正義云杜意言本當作蔭服虔云鹿死不擇蔭音劉炫從服說以為—聲非也據此則

正韻音釋俱確。康熙字典謂通薺字不讀去聲。引釋文於嗚反爲證。不知嗚乃鳴譌。較然可見。卽讀如字亦不平反於鳴也。今正。〕

三畫

【䪪】陳知切音馳支韻
咸—。黃帝樂名。見〔廣韻〕。〔原本玉篇引禮記作咸—。今本作池。〕

【䪫】胡公切音洪東韻
大聲。見〔廣韻〕。〔集韻或作叿、降、二形。正字通云韻書叿有平去二音。呼東切者叿叿市人聲也。呼貢切者大聲也。或作哄、嗊。俗作—。〕

四畫

【韴】昨合切音雜合韻
斷聲也。見〔原本玉篇引字書。〕

【䪭】五遠切音阮阮韻
樂名。見〔集韻〕。

【䪩】吟或字。見〔說文口部〕。

五畫

【韵】韻或字。見〔集韻〕。

【韶】時饒切音佋蕭韻
❶虞舜樂也。書曰。簫—九成。鳳皇來儀。見〔說文〕。
❷紹也。〔論語八佾〕子謂—。
❸古和樂之樂皆曰—。見〔韻會〕。
❹昭也。見〔春秋繁露楚莊王〕。
❺繼也。見〔禮記樂記〕。
❻美也。見〔集韻〕。〔韻會舉要云。凡言—華、—光取此。〕
❼州名。隋置。古百越地。今爲廣東曲江縣治。
❽通磬〔周禮大司樂〕大磬。〔注〕舜樂也。
❾通招〔左襄二十九年傳〕見舞—濩者。〔釋文〕—、本或作招。
❿姓也。〔正字通〕晉中牟令—石。

【䪯】敷勿切音拂物韻
樂聲乍息皃。見〔集韻〕。

【韷】力虢切音礐陌韻
音聲煩鬧也。見〔篇海〕。

【䪬】音蓬東韻
屋響也。見〔篇海〕。〔按龍龕手鑑云。韸俗字。正字通云瓿譌字。〕

【䪮】音匏肴韻
樂名。見〔龍龕手鑑〕。

六畫

【䪴】子六切音蹴屋韻
樂懸斷皃。見〔集韻〕。

【䪵】北角切音剝覺韻
指聲。見〔廣韻〕。〔按集韻、箹。手足指節鳴也。或作—。〕

【䪶】於禁切音蔭沁韻
—呃。不平聲。見〔集韻〕。

【䪷】呼公切音灴東韻
—訌。大聲。見〔廣韻〕。

【䪸】披江切音胮皮江切音龐江韻
鼓聲。見〔廣韻〕。〔按集韻—爲鼕或字。舊入七畫。誤。〕

【䪹】響或字。見〔龍龕手鑑〕。

七畫

【韸】蒲蒙切音蓬敷馮切音豐東韻
❶鼓聲。見〔廣韻〕。
❷和也。見〔玉篇〕。
❸通逢〔原本玉篇引詩〕鼉鼓—。〔今詩靈臺作鼉鼓逢逢。〕

【䪺】何耕切音莖庚韻
❶荊也。見〔廣雅釋詁〕。
❷六—。顓項樂名。見〔集韻〕。
❸通莖〔原本玉篇引白虎通〕顓項樂曰六—也。〔今本白虎通禮樂作六莖。〕

【䪻】烏含切音諳覃韻
聲小也。見〔類篇〕。〔按集韻書作韽。誤。正字通云同韽是也。〕

【䪼】普沒切音餑月韻
按物聲。見〔廣韻〕。〔按玉篇立部云。竨、按物聲。亦作—。〕

八畫

【䪽】諾叶切音敜葉韻
聲絕也。見〔廣韻〕。

九畫

【韹】胡光切音黃陽韻
❶鍠或字。〔原本玉篇〕—字書。或鍠

字也。樂聲也。亦鼓聲也。〔按今本玉篇金部、鍠。鐘聲也。亦作｜。音部、｜。樂聲也。廣韻十一唐。｜。樂鐘聲也。又音橫〕㊁同喤。〔爾雅釋訓釋文〕｜｜、詩作喤喤。華盲反。字書。鍠鍠、樂之聲也。又作鍠。一音胡光反。

【韹】於莖切音罃庚韻 銅器聲。見〔集韻〕。

【韺】於驚切音英庚韻 ㊀五｜。帝俈樂。見〔集韻〕〔按廣韻云。五｜。高陽氏樂。玉篇云。帝嚳樂名六｜。〕㊁通英。〔白虎通禮樂〕帝嚳曰五英者。言能調和五聲以養萬物。調其英華也。〔原本玉篇引作五｜〕

【諜】與涉切音葉葉韻 樂器。見〔五音集韻〕。

十畫

【䪯】乙榮切庚韻 ㊀聲也。見〔玉篇〕。㊁｜䪯。聲也。見〔集韻〕。

【䪯】於莖切音嚶初耕切音琤庚韻 呻也。見〔集韻〕。

【䪯】娟營切音縈庚韻 聲也。見〔廣韻〕。

【䪯】烏熒切音瀅靑韻 小聲。見〔集韻〕。〔正字通云。鎣譌字〕

【韻】王問切音運問韻 ㊀和也。从音員聲。裴光遠曰。與均同。未知其審。見〔說文新附〕。〔按原本玉篇引聲類云。音和曰｜。尚書古文疏證云。｜興於漢建安及齊梁間。｜之變凡二。前此止論五音。後方有四聲。聲｜攷云。古人用｜。未有平上去入之限。四聲通爲一音。｜書起於李登呂靜諸人。雖其所爲書不傳。無從知其部分若何。然是時猶未聞有四聲之說。攷｜書之最古者。爲魏左校令李登聲類。晉呂靜倣其法作｜集五卷。齊周顒著四聲切｜。梁沈約有四聲一卷。隋秦王俊有｜纂。陸法言有切｜。唐孫愐增訂切｜。改作唐｜五卷。今皆佚。邵長蘅曰。宋元｜之存者。略可指數。廣｜、宋祥符間所修也。禮部｜略、宋時列之學官者也。毛晃氏仍禮部｜而增益之者也。平水劉淵氏仍禮部｜而通併其部分者也。元黃公紹氏｜會、仍劉｜而廣其箋註者也。三家者遞有增字。然尚不足當集｜四之一。最後有陰氏兄弟著｜府。乃大加刊削。又不專主劉｜。至今用之。卽是書也。金時韓道昭爲五音集｜。元時熊子中作｜會舉要。祖司馬光字母之說。四庫提要云。｜會爲小學之一類。而一類之中。又自分三類。曰今｜。曰古｜。曰等｜也。本各自一家之學。至金而等｜合於今｜。至南宋而古｜亦合於今｜。至國朝而等｜又合於古｜。三類遂相牽而不分矣〕㊁風度也。見〔洪武正韻〕。

【韵】初口切有韻 樂音美也。見〔集韻〕。

【韵】楚九切音𪐶有韻 ｜。眾聲。見〔集韻〕。

【諿】之涉切音摺葉韻 多言也。見〔龍龕手鑑〕。

【䪦】徒弄切音洞送韻 鐘聲。見〔廣韻〕。

十一畫

【韽】烏含切音諳覃韻於金切音音侵韻衣廉切音淹鹽韻鄔感切音晻感韻烏紺切音暗勘韻於陷切音猪陷韻 ㊀下徹聲。見〔說文〕〔注〕鍇曰。謂聲不能越揚也。〔按廣韻訓下入聲。通訓定聲謂其聲下遂〕㊁聲小不成也。〔周禮典同〕微聲｜。〔注〕杜子春｜讀爲闇不明之闇。鄭大夫｜讀爲鵪鴿之鋡。玄謂｜讀爲飛鈷涅闇之闇。｜、聲小不成也。〔釋文〕｜、劉音闇。又於鴆反。鄭、於貪反。戚、於感反。李、烏南反。

【韾】伊淫切音愔侵韻烏含切音諳覃韻 聲和靖也。見〔廣韻〕。

【韸】韸或字。見〔集韻〕。

【𩐳】䪴或字。見〔集韻〕。

【䪴】韹或字。見〔龍龕手鑑〕。

十二畫

【⿰音景】同響。見〔字彙〕。

十三畫

【響】許兩切音享養韻

㊀聲也。見〔說文〕。〔注〕鍇曰。聲之外曰—。猶怳也。怳怳然浮也。訌訌然也。質而精者曰聲。朴而浮者曰—。猶香也。庬之謂也。—之附聲。如影之箸形。故於文、音鄉爲—。鄉、猶向也。仿也。鄉亦—之聲也。

㊁應聲也。見〔玉篇〕。

㊂方—。樂名。〔杜陽襍編〕太和九年。宮人沈阿翹進白玉方—。

㊃通鄉。〔漢書天文志〕猶景之象形。鄉之應聲。〔注〕鄉讀曰—。

㊄通饗。〔漢書禮樂志〕五音六律。依韋饗昭。〔注〕饗讀曰—。

㊅通嚮。〔易繫辭〕其受命也如嚮。〔釋文〕嚮本作—。

㊆通薌。〔漢書揚雄傳〕、薌呹肸以掍根兮。〔注〕薌讀與—同。

㊇通蠁。〔文選揚雄賦〕蠁曶如神。〔注〕蠁、與—同。

【⿰音業】逆怯切音業葉韻

樂也。見〔集韻〕。〔按廣韻書作⿰言業。〕

【⿰音蜀】直角切音濁覺韻

龍—。見〔廣韻〕。

【⿰音意】音依微韻

痛聲。見〔篇海〕。

【⿰音⿱夅貝】

贛譌字。見〔康熙字典〕。

十四畫

【⿰音蒦】戶故切音護遇韻

㊀護也。見〔廣雅釋詁〕。

㊁救也。見〔春秋繁露楚莊王〕。

㊂大—。湯樂名。見〔玉篇〕。〔按周禮作濩。白虎通作護。〕

【⿰音叕】許姜切音香陽韻

繫也。見〔字彙補〕。

十五畫

【⿰音廣】古曠切漾韻

聲也。見〔奚韻〕。

十七畫

【⿰音韱】

韱省字。見〔集韻〕。

二十四畫

【⿰音靈】郎丁切音靈青韻

音也。見〔集韻〕。

※香　部※

【香】許良切音鄉陽韻

㊀本作𪏽。〔說文〕𪏽。芳也。从黍。从甘。春秋傳曰。黍稷馨—。〔段注〕艸部曰。芳。艸香也。芳謂艸—。則汎言之。約舉左傳僖五年文。此非爲—證。說—必从黍之意也。〔按古者—氣穢氣。皆名爲臭。今則以臭同穢。—與之爲對待之稱矣。〕

㊁美也。〔呂覽仲冬〕水泉必—。

㊂善氣也。〔左僖四年傳〕一薰一蕕。〔疏〕既謂善氣爲—。故專以惡氣爲臭耳。

㊃凡物有聲色皆曰—。見〔正字通〕。〔按如元稹詩。雨—雲淡覺微和。庾信詩。春風滿路—。雨颸非有—。皆形容語也。〕

㊄凡—物皆謂之—。古人蘭麝薰衣。釋家爇檀禮佛。世屑物爲—粉。或搏之爲線—。焚以祀神去穢。皆是。

㊅山名。〔唐書白居易傳〕與—山僧如滿結—火社。自稱—山居士。〔又〕—山。縣名。宋置。屬廣南路廣州。即今廣東—山縣治。

㊆水名。〔述異記〕吳故宮有—水溪。

(八)—港。商埠名。地爲一小島。位於珠江之口。方三百餘里。本我國屬地。清道光二十一年、鴉片之役。被英軍占領。次年。依南京條約。割讓於英。英人闢爲自由貿易港。并駐艦隊於此。
(九)—洲。商埠名。地在澳門之北。清光緒三十年。我國自開爲商埠。
(十)人名。後漢黃—。仇—。
(十一)通𨞵。[儀禮士虞禮]—合。[釋文]、—本又作𨞵。
(十二)姓也。明四譯館通事—牛。

四畫

【⿰香今】胡南切音含覃韻　——。香也。見[集韻]。

【⿰香今】呼含切音蛿覃韻　馠或字。[集韻]馠。馠香也。或作—。

【⿰香今】迎列切音别屑韻　䭯香也。見[字彙]。

【馚】同馩。見[廣韻]。

【香】同[illegible]。見[字彙補]。[按卽由馫而䭫。]

五畫

【⿰香尼】乃倚切音柅紙韻　(一)香氣濃厚也。見[正字通]。(二)⿰香奇—。香也。見[集韻]。

【馝】簿必切音邲質韻　(一)香也。見[廣雅釋詁]。(二)通咇。[文選司馬相如賦]晻薆咇茀。[注]—、—。咇音義同。[按史記司馬相如傳作晻曖苾勃。](三)苾或字。[集韻]苾。馨香也。或从香。(四)—邦。複姓。見[魏書]。

【⿰香必】蒲結切音蹩屑韻　(一)大香也。見[玉篇]。(二)通飶。[詩載芟]有飶其香。[釋文]、—字又作苾。[按玉篇—、或作飶。](三)馝或字。[集韻]馝。香也。或作—。

【馛】匹蔑切音擎屑韻　——。香也。見[集韻]。[按廣雅釋訓。曹憲音步萬反。]

【馛】蒲撥切音犮曷韻　香也。見[廣雅釋器]。[曹憲音步曷反。按玉篇云。大香。廣韻云。香氣。]

【⿸疒香】呼郎切音香陽韻　氣病。見[字彙]。[按正字通云。與疒部痾同。]

【⿰香出】普沒切音誖月韻　馞或字。[集韻]馞。馞香盛也。或从出。

【⿰香兆】同𩡷。見[五音集韻]。[按玉篇从禾作䅛。乃从香之爛文。康熙字典𩡷下引集韻。又譌作从香从岑。今本集韻作馞。亦誤。類篇無馞字。故不錄䅛馞馞諸形。惟仍舊出—字。而著其譌誤於此。]

【⿰香朱】𩡷或字。見[集韻]。

六畫

【⿰香朱】同⿰香朱。見[龍龕手鑑]。

七畫

【馞】普沒切音誖月韻　(一)香盛也。見[集韻]。(二)香皃。見[廣韻]。

【馞】薄沒切音孛月韻　(一)大香。見[廣韻]。(二)馝—。香也。見[集韻引廣雅]。[按析言之則曰馝曰—。合言之、則曰馝—。王念孫云。香盛謂之馝—。猶水盛謂之滭浡。](三)——。香也。見[廣雅釋訓]。(四)通茀。[文選司馬相如賦]晻薆咇茀。[注]—、—。茀音義同。[按漢書司馬相如傳作晻薆苾勃。]

【馠】呼含切音蛿覃韻　(一)——。香也。見[集韻引廣雅]。[按今本廣雅釋訓作馚。曹無音釋器作—。曹憲音呼含反。](二)小香。見[廣韻]。(三)香味深也。見[字彙]。

【⿰香予】陀胡切音涂虞韻　香也。見[字彙]。

【⿰香肖】𩡸俗字。見[龍龕手鑑]。

八畫

【⿰香朋】匹蔑切音擎屑韻　小香也。見[廣韻]。

【⿰香朋】蒲結切音蹩屑韻　(一)小香。見[玉篇]。(二)香也。見[廣韻]。(三)——。香也。見[廣雅釋訓]。

㈣馝或字。〔集韻〕馝香也。或作—。

【馡】芳微切音霏微韻　——香也。見〔集韻引廣雅〕。

【馡】匹微切音非微韻　㊀香也。見〔廣韻〕。㊁通菲。〔楚辭東皇太一〕芳菲菲兮滿堂。

【⿰香奉】蒲蠓切音莑董韻　香氣盛也。見〔集韻〕。

【馢】將先切音箋先韻　欑或字。〔集韻〕欑。欑香。木名。或作—。〔桂海虞衡志作箋香。南方草木狀作棧香。廣韻有欑無—。康熙字典云。或作欑。誤。本艸綱目云。香之等凡三。曰沈、曰棧、曰黃熟、是也。棧香入水。半沈半浮。卽沈香之連木者。或作煎香。番名婆木香。亦曰弄水香。入藥次於沈香。〕

【⿰香奇】隱綺切音倚紙韻　—配香也。見〔集韻〕。

【馣】烏含切音諳覃韻鄔感切音晻感韻　——香也。見〔廣雅釋訓〕。〔疏證〕釋器云。—香也。重言之則曰——。

【馣】衣檢切音奄琰韻　通晻。〔文選司馬相如賦〕晻薆咇茀。〔注〕說文曰。—馤香氣奄藹。—與晻、音義同。晻音奄。

【⿰香舌】同馥。見〔五音篇海〕。

九畫

【馤】於蓋切音藹泰韻於代切音悉隊韻　㊀香也。見〔玉篇〕。㊁馧—。香氣也。見〔集韻引說文〕。㊂通薆。〔文選司馬相如賦〕晻薆咇茀。〔注〕—與薆、音義同。

【馥】房六切音伏屋韻拍逼切音逼職韻　本作馥。〔說文新附〕馥。香气芬—也。〔詩苾芬孝祀。韓詩作—芬孝祀。札樸云。—卽苾隸體變苾爲—也。廣雅疏證云。重言之則曰——。按詩苾苾芬芬。何晏景福殿賦作——芬芬。〕

【⿰香畐】弼力切音愎職韻　㊀香也。見〔廣韻〕。㊁中鍋聲也。〔文選潘岳賦〕彳亍中輟。—焉中鍋。

【馫】火良切音香陽韻　大香也。見〔字彙補〕。

【⿰香犬】步囚切音滮尤韻　香也。見〔字彙補引廣雅〕。〔按今本廣雅釋訓釋器、並有馛無—。疑卽馛之譌。〕

【⿰香幽】香幽切音休尤韻　香氣也。見〔字彙補〕。

【⿰香勃】同馞。見〔龍龕手鑑〕。

【⿰香昏】同馫。見〔字彙補〕。

【⿰香舌】同馥。見〔篇海類編〕。

十畫

【⿰香翁】鄔孔切音蓊董韻　香也。見〔集韻〕。

【馦】火占切音姭馨兼切音姈鹽韻　香也。見〔廣雅釋器〕。〔按玉篇云。香味。廣韻云。香氣。集韻引廣雅。——香也。〕

【⿰香害】許葛切音歇曷韻　香氣。見〔集韻引字林〕。

【⿰香害】虛艾切音餀泰韻　馤或字。〔集韻〕馤臭也。或作—。

【⿰香昷】烏沒切音頞月韻　—馞。大香。見〔廣韻〕。

【馧】於云切音熅文韻　香也。見〔廣韻〕。〔按玉篇云。蒕—。今作蒀。集韻云。蒕。馧。香也。或作—。〕

【⿰香彭】蒲庚切音彭庚韻　—馞。大香。見〔廣韻〕。〔按集韻云。—馞。芬芳也。康熙字典引廣韻——大香。未知所據。〕

【⿰香夏】同馥。見〔字彙補〕。〔按字當從复。從夏。譌。〕

十一畫

【馨】醢經切音㷫青韻　㊀本作馨。〔說文〕馨。香之遠聞也。从香。殸聲。〔注〕鍇曰。殸、籀文磬字。磬之遠聞。香殸爲馨。亦會意也。㊁語辭。〔晉書王衍傳〕何物老嫗生此寧—兒。

【䭱】同馤。見〔篇海類編〕。

十二畫

【䭳】徒南切音覃覃韻
䭳—。香氣。見〔集韻〕。

【馦】馦俗字。見〔龍龕手鑑〕。

十三畫

【馩】符分切音汾文韻
—馧。香也。見〔集韻引廣韻〕。

十四畫

【馪】紕民切音繽眞韻
（一）香氣衝也。見〔玉篇〕。
（二）香氣盛兒。見〔集韻〕。

【䭲】同馤。見〔玉篇〕。

十七畫

【馕】昆香切音爨蕭韻
—馢。香兒。見〔集韻〕。〔按字彙、正字通、康熙字典均譌作馕字。从囊。張大兒之囊。依篆作囊。則爲十八畫矣。〕

十八畫

【䭴】虞貴切音魏未韻
阿—。藥名。通作魏。見〔集韻〕。〔按正字通云。—、魏俗字。互詳魏字。〕

【馫】虛陵切音興蒸韻
香氣也。見〔字彙補〕。

※風部※

【風】方馮切音楓東韻
（一）八—也。東方曰明庶—。東南曰清明—。南方曰景—。西南曰涼—。西方曰閶闔—。西北曰不周—。北方曰廣莫—。東北曰融—。動蟲生。故蟲八日而化。从虫凡聲。見〔說文〕。〔按六書故曰。天地八方之氣。吹噓鼓動者。名之曰—。在有無之間。無所取象。立文者託象也。莊子齊物論曰。大塊噫氣。其名爲—。易文言疏曰。—是震動之氣。文選—賦注引博物志曰。—、陰陽聲發氣也。宋張載曰。陰氣凝聚。陽在外者不得入。則周旋不舍而爲—。今人謂—爲流動之空氣。所謂流動。乃與地面平行之運動也。若昇降運動之際。則爲氣流。然其運動非限於地球表面。卽在高層爲水平運動者。亦稱爲—。如云上層—、中層—是也。—之起因於氣壓之差異。—之向。定於地球之偏向力。而氣壓之差。多原於太氣中溫度不等所致。溫氣高之上部。則因膨脹而氣壓加增。空氣遂從四周流出。因而下部溫氣底之處。則氣壓加增。溫氣低之處。則空氣流入。是生對流。此下部及上部運動之空氣。吾人自之爲—也〕
（二）動也、見〔廣雅釋詁〕。
（三）吹也。見〔廣雅釋言〕。
（四）散也。見〔玉篇〕。
（五）落也。〔呂覽審時〕如此不—。
（六）果也。見〔廣雅釋詁〕。
（七）羽也。見〔廣雅釋器〕。
（八）告也。見〔玉篇〕。
（九）敎也。〔書說命〕時乃—。
（十）號令也。〔易小畜〕—行天上。
（十一）俗也。〔呂覽音初〕聞其聲而知其—。〔詩谷風疏云〕—與俗對則小別。散則義通。
（十二）聲也。見〔文選祭顏光祿文注引廣雅〕。
（十三）化也。〔國策秦策〕從—而服。
（十四）曲也。〔山海經大荒西經〕太子長琴始作樂—。
（十五）歌也。見〔論衡明雩〕。
（十六）詩六義之一。〔詩關雎序〕詩有六義焉。一曰—。上以—化下。下以—刺上。主文而譎諫。言之者無罪。聞之者足戒。故曰—。

⑰罘也。[國語晉語]—聽臚言於市。

⑱乾身也。見[論衡明雩]。

⑲涼也。[論語先進]—乎舞雩。

⑳走逸也。[書費誓]馬牛其—。

㉑牝牡相誘謂之—。[左僖四年傳]惟是—馬牛不相及也。

㉒疾名。[左昭元年傳]—淫末疾。[注]末、四肢也。—爲緩急。[疏]—氣入身則四肢有緩急。[按內經風論云。—之傷人也。或爲寒熱。或爲熱中。或爲癘。—或爲偏枯。又云。—爲百病之長。至其變化。乃爲他病也。]

㉓狂疾也。見[韻會舉要]。[正字通]云。別作瘋。]

㉔汎也。放也。[釋名釋天]—。兗豫司冀橫口合脣言之。—、汎也。其氣博汎而動物也。青齊言—。踧口開脣推氣言之。—、放也。氣放散也。

㉕萌也。以養物成功也。見[玉篇]。

㉖防—。國名。當今浙江武康縣。[又]藥名。見[本草]。

㉗晨—。鳥名。[詩晨風]鴥彼晨—。[疏]一名鸇。鷙鳥也。郭云鷂屬。

㉘東—。草名。[文選左思賦]東—扶西。

㉙右扶—。漢官名。太初元年。更名主爵都尉爲右扶—。

㉚—府。人身穴名。[素問熱論]其脈連於—府。[注]在項上入髮際。

㉛姓也。黃帝臣—后。

【風】甫凡切音芝咸韻

風也。見[集韻]。

【風】方鳳切音諷送韻

❶告也。見[廣雅釋詁]。

❷諫也。見[廣雅釋詁]。

❸背文曰—。見[周禮瞽矇疏]。

❹同諷。[漢書田蚡傳]蚡乃微言太后—上。[注]—讀曰諷。

二畫

【⿺風刀】丑交切音炒肴韻

❶炎風謂之—。見[集韻]。

❷—颮。吹皃。見[玉篇]。

【⿺風卩】尼交切音呶肴韻

熱風。見[集韻]。

【⿺風力】⿺風力俗字。見[龍龕手鑑]。

三畫

【⿺風凡】蒲蒙切音芃東韻皮虬切音瀌尤韻

【⿺風工】胡公切音洪東韻

❶風皃。見[廣韻]。

❷大風聲。見[字彙]。

【⿺風勺】卑遙切音猋蕭韻

❶風聲。見[玉篇]。

❷大風。見[廣韻]。

飆或字。[集韻]飆。扶搖風也。或从勺。

【⿺風勹】力交切音寮肴韻

風聲。見[篇海]。

【颩】巴收切音彪尤韻

義未詳。[西廂記寺警]—了僧帽。祖下了偏衫。[按紘棨西廂云。上至頂門紅。—又云。紅彪彪地。戴一頂紗巾。據此。—與彪音義並近。]

【⿸風心】同夏。見[六書略]。

【⿺風殳】同䬙。見[韻會小補]。

【⿺風凡】同颭。見[字彙]。[按即颭譌字。]

四畫

【颫】彌無切音符虞韻

❶大風也。見[集韻]。[按玉篇云。風自上下爲之—颮也。]

❷同扶。[爾雅釋天]扶搖謂之猋。[釋文]扶、如字。字林作—。同。

【颬】虛加切音呀麻韻

❶風皃。見[廣韻]。[按集韻云。颬吹謂之颬。]

❷吐氣。見[廣韻]。

❸—容也。[文選張衡賦]含利—。

【⿺風毛】普刀切音橐豪韻

❶輕皃。見[廣韻]。

❷輕風。見[集韻]。[字彙云。風貌。]

【⿰奉風】平萌切音宏庚韻呼弘切音薨蒸韻

大風也。見[玉篇]。

【⿺風厷】平萌切音宏庚韻

同颹。[集韻]颹。大風也。或書作—。

【⿺風厷】呼宏切音薨蒸韻

颵或字。[集韻]颵。大風也。或从厷。

【⿺風巴】越筆切音聿質韻[段本說

文改从曰作⿰風曰〕。
大風也見〔說文〕。

【颰】徐林切音⿰糸尋侵韻
姓也見〔玉篇〕。〔按廣韻作⿰女風。引姓苑云、汝南人〕。

【⿰風屯】徒渾切音屯元韻
風也見〔集韻〕。〔正字通云。爾雅釋天。風與火爲庉。郭注。庉、熾盛貌。—卽俗庉字〕。

【⿰風少】楚交切音抄肴韻
風起也見〔字彙〕。〔康熙字典誤引作玉篇訓〕。

【⿰風夬】呼決切音血屑韻
風也見〔集韻〕。〔字彙云。小風從孔來曰—〕。

【颫】翊劣切音叟屑韻
颫或字〔集韻〕颫。小風。或从夬。

【⿰風今】姑南切音弇覃韻
風也見〔集韻〕。

【⿰風勿】許勿切音欻物韻
⿰風忽省字。〔集韻〕⿰風忽。疾風也。或省。

【⿱丆風】乃協切音聶葉韻

聲絕也見〔篇海〕。

【⿰風罔】微防切音罔陽韻
經風也見〔字彙補〕。〔疑當作輕風也〕。

【颫】同⿰風夾。見〔龍龕手鑑〕。

【⿰女風】同颰見〔廣韻〕。

【⿰風火】颷俗字見〔龍龕手鑑〕。〔按康熙字典引玉篇、非凬切音颯。焚也。今本玉篇風部無—、火部、熛。有切無訓。字彙云。颷俗字。正字通云。颷譌字〕。

【⿰風犬】颷俗字見〔龍龕手鑑〕。

五畫

【⿰風必】壁吉切音必質韻
一 滭或字〔集韻〕滭寒風也。或作—。
二 閉也見〔龍龕手鑑〕。
三 風聲也見〔龍龕手鑑〕。
四 姓也見〔龍龕手鑑〕。

【⿰風必】匹蔑切音撆屑韻
小風皃見〔廣韻〕。〔按玉篇。小風也。集韻。小風謂之—〕。

【⿰風力】筆力切音逼弼力切音愎職韻蒲結切音蹩屑韻
風也見〔廣雅釋詁〕。

【⿰風卯】力九切音柳有韻
一 風聲也見〔龍龕手鑑〕。
二 颲—。風皃見〔廣韻〕。〔按集韻。緒風謂之颲—。或作颲。韻會舉要。緒風謂之—。或作飀。正字通。同飀省。分平上二音。舊與飀分爲二。非〕。

【⿰風召】癡宵切音超蕭韻
一 涼風。見〔廣韻〕。
二 清風曰—。見〔集韻〕。

【⿰風幼】於九切音懮有韻
一 風聲。見〔玉篇〕。
二 緒風謂之—飀。見〔集韻〕。

【⿰風幼】於糾切音幽有韻〔此切非平聲〕。
—飀。風聲。見〔集韻〕。

【⿰風它】余支切音移支韻
一 小旋風。咸陽有之。小—於地也。見〔廣韻〕。
二 回氣謂之—。見〔集韻〕。

【⿰風戉】許月切音泧月韻
一 風也。見〔廣雅釋詁〕。
二 小風皃。見〔玉篇〕。

【⿰風包】卑遙切音猋蕭韻
飆或字。見〔說文〕。〔按段本改作古文飆〕。

【颮】蒲交切音庖肴韻
一 風聲。見〔廣韻〕。
二 風之聚猥者也。〔文選班固答賓戲〕遊說之徒。風—電激。並起而救之。〔注〕音庖。

【颮】皮敎切音皰效韻
風皃。見〔集韻〕。

【颮】匹角切音璞覺韻
一 —。衆多貌。〔後漢班固傳〕——紛紛。矰繳相纏。
二 飛聲。見〔增韻〕。

【颮】弼角切音雹覺韻
—物自空墮皃。見〔集韻〕。

【⿰女風】落合切音颯合韻
一 翔風也。見〔說文〕。〔按段本改作風聲也〕。
二 狂風拉物也。見〔六書故〕。
三 風微過也。見〔六書統〕。
四 ——。風也。見〔廣雅釋訓〕。

㊄—然。風聲。〔文選宋玉賦〕有風—然而至。〔又〕吹木葉落貌。〔文選沈約碑文〕城府—然。
㊅—戾。清涼貌。〔楚辭怨思〕遊清霧之—戾兮。
㊆—擖。屈折貌。〔文選傅毅賦〕—擖合幷。
㊇—沓。羣飛貌。〔文選鮑照賦〕—沓矜顧。
㊈—纚。長袖貌。〔文選班固賦〕奮長袖之—纚。
㊉纖—。紛雜貌。見〔韻會舉要〕。

【颯】蘇谷切音速屋韻
——。風聲。見〔集韻〕。

【颯】力入切音力緝韻
—飊。大風。見〔集韻〕。

【颰】分物切音弗物韻
㊀風也。見〔玉篇〕。㊁風皃。見〔廣韻〕。㊂小風謂之—。見〔集韻〕。㊃疾風。見〔集韻〕。㊄通弗。〔韻會舉要〕—、通作弗。詩飄風弗弗。

【颰】方伐切音髮月韻
㊀疾風。見〔廣韻〕。㊁——。風疾皃。見〔集韻〕。

【颰】蒲撥切音犮曷韻
㊀風皃。見〔廣韻〕。㊁疾風。見〔集韻〕。

【颰】分物切音弗物韻
颰或字。〔集韻〕颰。小風謂之颰。或作—。

【颴】郎丁切音靈青韻
寒風。見〔玉篇〕。〔正字通云。又梗韻義同。通作冷。諸書無上聲。未知其審。〕

【颭】職琰切音𣢯琰韻
風吹浪動也。見〔說文新附〕。〔廣韻〕風吹落水。集韻風動物也。增韻。風蕩激也。六書故。風所軒擧也。正字通。凡風動物與物受—搖曳者。皆謂之—。說文專訓浪動。泥。鈕樹玉疑扇之俗字。而未有證。按重言之則曰——。古文苑劉歆遂初賦。迴——之泠泠。注。——。動搖貌。音占。陸游柳姑廟詩。——晝船來北港。攷字書韻書皆讀上聲。古文苑音占。占無上聲。未知其審。〕

【颮】翾劣切音旻屑韻 雪律切音卹質韻
小風也。見〔說文〕。〔按玉篇、廣韻、龍龕手鑑、竝作小風皃。集韻、類篇、竝作小風。諸書皆不引說文。段玉裁云。廣韻颮。卽此字也。說殊不然。廣韻颮在十月。—在十七辥。且說文旻下云。讀若—。蓋以韻會舉要六月颮引說文風也。一曰小風謂之颮。韻會無—字。說文無颮字。而爲繫說也。〕、

【颱】曲勿切音屈物韻
風也。見〔集韻〕。

【颮】乎刀切音豪豪韻
呺或字。〔集韻〕呺。風聲。或从風。

【颸】延知切音移支韻
大風。又風收。見〔字彙〕。

【颹】胡紺切音憾勘韻
風定貌。又風聲。見〔字彙〕。

【䫻】音未詳
䫻—。人名。〔穆天子傳〕天子觴重䫻之人䫻—。

【颮】同颮。見〔篇海〕。

【颯】同颯。見〔龍龕手鑑〕。

【颬】同颯。見〔字彙補〕。

【颳】颳俗字。〔正字通〕颳。从朮。俗改从术。非。

【颰】颰俗字。見〔龍龕手鑑〕。〔按正字通云。颰字之譌。〕

【䫹】䫹譌字。集韻一董戶孔切。文十二。从汞聲者七。从工聲者三。从項聲者一。从江聲者一。而汞、項、江、皆从工聲。則字宜从風汞作。从風永。誤矣。今從方成珪之說以䫹爲正。

六畫

【颶】戶公切音烘東韻
㊀風聲。見〔玉篇〕。㊁大風。見〔廣韻〕。

【颲】力蘖切音列屑韻
㊀本作颲。〔說文〕颲。烈風也。讀若剌。〔按段氏改爲颲—也不可從。〕㊁惡風也。見〔玉篇〕。㊂暴風也。見〔龍龕手鑑〕。㊃風雨暴至。見〔廣韻〕。〔按韻會舉

要引無雨字〕。
(五)猛風曰—。見〔御覽引風俗通〕。
(六)通烈。〔韻會舉要〕—、通作烈。書、烈風雷雨。
(七)通列。〔韻會舉要〕—、亦通作列。前王莽傳、列風、與烈同。

【⿰風劦】郎計切音戾霽韻
❶急風貌。〔文選郭璞賦〕廣莫—而氣整。
❷通劦。〔山海經北山經〕雞號之山。其風如—。〔說文劦部引作劦〕。

【⿰風劦】力協切音頰葉韻
風也。見〔集韻〕。

【⿰風劦】楸頰切音劦葉韻
風調也。通作劦。見〔集韻〕。

【⿰風戉】休必切音矞質韻
❶風也。見〔廣雅釋詁〕。
❷小風皃。見〔廣韻〕。

【⿰風后】下遘切音候宥韻
颵或字。〔集韻〕颵。風皃。或从后。

【⿰風吉】関吉切音欯質韻
風皃。見〔集韻〕。

【颳】古滑切音刮黠韻

惡風。見〔字彙〕。

【⿰風舟】古帆字。見〔玉篇〕。

【⿰舟風】帆或字。見〔集韻〕。

【⿰風來】颸俗字。見〔龍龕手鑑〕。

【颩】飆俗字。見〔龍龕手鑑〕。

【⿰風劦】⿰風劦譌字。舊以霧韻者、从三刀之劦。葉韻者、从三力之劦。今攷諸書。惟正字通从三刀。云从三力者非。而艸部荔下又云。从三刀非。然說文有劦無劦。颲从劦聲。山海經、文選江賦注引山海經、並作颲。說文劦部、玉篇劦部、並引作山海經劦。則从三刀爲譌、明矣。

七畫

【⿰風利】力質切音栗質韻
❶風雨暴疾也。从風。利聲。讀若栗。見〔說文〕。〔按段玉裁增—颲字〕。
❷—暴風。見〔廣韻〕。
❸通栗。〔詩七月〕二之日栗烈。〔釋文〕栗烈、竝如是。栗烈、寒氣也。說文作—颲。

【⿰風利】力至切音利寘韻

【颲】力制切音例霽韻
❶烈風。見〔廣韻〕。
❷暴風。見〔集韻〕。
風映也。見〔集韻〕。

【⿰風肙】愈絹切音掾霰韻
❶再揚穀。見〔廣韻〕。
❷小風也。見〔廣韻〕。

【⿰風兌】徒外切音兌泰韻
❶小風。見〔集韻〕。
❷風入也。見〔字彙〕。

【⿰風走】雀號切音捉陌韻
❶熱風。見〔玉篇〕〔按廣韻云熱—〕。
❷風熱皃。見〔集韻〕。

【颵】思邀切音宵蕭韻師交切音梢肴韻所敎切音稍效韻
❶風聲。見〔玉篇〕。
❷—風聲。見〔集韻〕。

【⿰風求】渠尤切音求尤韻
小風也。見〔玉篇〕。

【⿰風束】先侯切音涑尤韻
—。風聲。見〔集韻〕。

【⿰風夾】色洽切音歃洽韻

風急皃。見〔集韻〕。〔按廣韻云。風疾〕。

【⿰風良】呂張切音良陽韻
颵或字。〔集韻〕颵。北風謂之颵。或从良。

【⿰風孛】蒲沒切音孛月韻
風皃。見〔集韻〕。

【⿰奴風】弩罪切音餧賄韻
風動皃。見〔廣韻〕。

【⿰風尾】武斐切音尾尾韻
—。風偃物。見〔集韻〕。

【颴】旬宣切音旋先韻
風回也。見〔集韻〕。〔按玉篇訓風轉。字彙云。旬願切。旋去聲。正字通云。回風。本借用旋〕。

【⿰風折】敕列切音中屑韻
—颵。風皃。見〔集韻〕。〔按類篇作—颵。風皃。正字通云。颵字之譌〕。

【⿰風攸】夷周切音攸尤韻
—颵。風聲。見〔集韻〕。

【⿰風殺】桑葛切音𣚣屑韻
颵—。風也。見〔集韻〕。

【⿰風黍】戶孔切音汞董韻

風皃。見〔集韻〕。〔按康熙字典無此字而五畫有颫。蓋沿誤本集韻之譌。今据方成珪攷正。改从汞入七畫。以从永者爲譌字。〕

【⿰風甬】同颮。見〔字彙補〕。

【⿰風彖】同颸。見〔玉篇〕。

【⿰風矣】颸或字。見〔集韻〕。

【⿰風貝】颶譌字。〔字鑑〕颶。俗从貝讀若豹。皆誤。

八畫

【⿰風夌】盧登切音棱蒸韻

①大風也。見〔玉篇〕。②─颼。大風皃。見〔類篇〕。

【⿰虎風】披尤切音紑尤韻

①風吹物皃。見〔集韻〕。②─飍。風吹皃。見〔玉篇〕。

【⿰京風】呂張切音良陽韻力讓切音諒漾韻

①北風謂之─。从風。涼省聲。見〔說文〕。〔按段本改作京聲。云涼、輬、醇、皆京聲。〕②風也。見〔廣雅釋詁〕。③同涼。〔爾雅釋天〕北風謂之涼風。〔釋文〕涼本或作古─字。同力張反。〔按韻會舉要云。通作涼。詩北風其涼。〕

【⿰風忽】呼骨切音忽月韻許勿切音欻物韻

疾風也。从風从忽。忽亦聲。見〔說文〕。〔按廣韻、玉篇、龍龕手鑑、竝作疾風皃。〕

【⿰風周】職救切音祝宥韻

風皃。見〔玉篇〕。

【⿰風迷】駢迷切音鼙齊韻

風也。見〔玉篇〕。

【⿰風戾】郎計切音戾霽韻

颲─。風聲。見〔集韻〕。

【⿰風或】古獲切音馘陌韻

─颰。赤氣熱風之怪。見〔玉篇〕。

【⿰風或】忽域切音洫職韻

風皃。見〔集韻〕。

【⿰風甾】叉緇切音輜支韻

颸或字。〔集韻〕颸。風也。或从甾。

【⿰麦風】烏回切音隈灰韻

風低皃。見〔廣韻〕。〔按集韻書作⿰風委。云、低風謂之⿰風委。字彙補云。⿰風委同─。〕

【⿰風委】烏回切音隈灰韻

風遲也。〔文選郭璞賦〕徐而不─。〔注〕─、烏回切。埤蒼曰。─、風遲也。音隈。〔正字通引文選書作⿰麦風。〕

【⿰風逶】儒垂切音痿邕危切音逶支韻

風綏也。見〔集韻〕。〔按廣韻云。風綏之皃。〕

【⿰風垂】是爲切音垂支韻

風偃物皃。見〔集韻〕。

【⿰風析】先的切音析錫韻

颵─。風聲。見〔集韻〕。

【⿰風爭】甾耕切音爭庚韻

風─。見〔字彙〕。〔按正字通云。本作箏。〕

【⿰風疌】息葉切音㨗葉韻

風皃。見〔集韻〕。

【⿰風奉】蒲蠓切音菶董韻

風起皃。見〔集韻〕。

【⿰風尚】竹更切音爭庚韻

風聲。見〔字彙〕。

【⿰風卒】蘇對切音碎隊韻

破也。見〔龍龕手鑑〕。

【⿰風音】俯九切音缶有韻

風細皃。見〔字彙〕。

【⿰風咅】薄口切音部有韻

風也。見〔字彙〕。

【⿰風奄】翁軒切音奄元韻

同奄。〔通雅釋詁〕奄忽。一作─颰、罨颰。─颰李登聲類曰。僾俙之作鑁鑑。猶奄忽之作─颰也。僾俙不明莫如雲。奄忽迅速莫如風。

【颶】衢遇切音具遇韻

越人謂四方之風曰─。見〔集韻〕。〔御覽引南越志曰。熙安間多─風。─者具四方之風也。一曰懼風。言怖懼也。常以六七月興。未至時。三日、雞犬爲之不鳴。大者或至七日。小者一、二日。外國以爲黑風。韻會舉要云。─海中大風。嶺南錄異云。嶺嶠、夏秋雄風曰─。蘇文忠公

—風賦云。永嘉人謂之風癡。今地文學云。—風概起於熱帶地方。原因於大氣中之水分突被收縮。潛熱四放。致使氣流遽變。其時期雖無定。而多於秋分後見之。其進行方位。在北半球初起時。向北西至三十度附近。乃右折而向北東。在南半球初起時。向南西至三十度附近。乃左折而向南東。其回旋區域初起時。力猛而範圍小。漸進則力衰而範圍大。又六書故。字从目作颶。音補妹切。云俗書誤作—。正字通非之。而楊時偉、楊慎、李西涯、並云當从貝作颶。音貝。今以集韻、類篇、古今韻會舉要。並作—。故從字鑑正字通以颶爲譌〕

【䬚】颲本字。見〔說文〕。

【颮】同颸。見〔龍龕手鑑〕。

【䬃】同颯。〔玉篇〕颯亦作—。

【䬕】同颷。見〔篇海〕。

【䬘】同飆。見〔字彙補〕。

【䬗】颯俗字。見〔龍龕手鑑〕。

【䥫】飆俗字。見〔龍龕手鑑〕。

九畫

【䫹】居諧切音皆佳韻　㊀疾風也。見〔玉篇〕。㊁通喈。〔詩北風〕北風其喈。〔釋文〕喈、疾貌。

【颸】新兹切音思。又緇切音輜支韻　㊀涼風也。見〔說文新附〕。㊁風也。見〔廣雅釋詁〕。㊂疾也。〔文選張衡賦〕翼—風之颸。

【颵】王勿切音暍物韻。于貴切音胃未韻　㊀本作颵。〔說文〕颵。大風也。㊁風也。見〔廣雅釋詁〕。㊂風聲。見〔廣韻〕。

【颶】越筆切音汩質韻　颵或字。〔集韻〕颵。大風也。或作—。

【䬑】平攻切音碚冬韻　㊀風聲。見〔玉篇〕。㊁大風。見〔廣韻〕。

【䬔】疏鳩切音捘尤韻。所九切音洩有韻　㊀—颼也。見〔說文新附〕。〔按集韻四十九宥書作颼云、颼颼風聲。玉篇亦書作颼云、颼颼風聲〕。㊁—颼。風皃。見〔廣韻〕。㊂小風曰—。見〔初學記引風俗通〕。㊃西方曰—風。見〔御覽引呂覽〕。

【颼】先彫切音蕭蕭韻　颷或字。〔集韻〕涼風謂之颷。或作—。

【颺】余良切音易陽韻。弋亮切音漾漾韻　㊀風所飛揚也。見〔說文〕。㊁揚道之。〔書益稷〕時而—之。㊂大言而疾曰—。〔書益稷〕臯陶拜手稽首—言曰。㊃顏貌不揚顯。〔左昭二十八年傳〕今子稍不—。㊄舟徐行貌。見〔正字通〕。㊅鳥飛去曰—。〔魏志呂布傳〕飽則—去。㊆通揚。〔漢書敘傳〕雄朔野以—聲。〔注〕—讀與揚同。

【䬞】羽鬼切音韙尾韻。于歸切微韻　大風皃。〔文選郭璞賦〕長風—以增扇。

【䬌】胡溝切音矦尤韻。下遘切音候宥韻　風皃。見〔集韻〕。

【飆】以轉切音兗銑韻　小風皃。見〔玉篇〕。〔龍龕手鑑以爲颻正字〕。

【䬟】弋涉切音葉葉韻　風動皃。見〔集韻〕。

【䬠】筆力切音逼職韻　風也。見〔玉篇〕。〔集韻以爲颰或字〕。

【䬡】呼宏切音訇庚韻　風聲。見〔玉篇〕。

【䬣】於虯切音幽尤韻　風聲。見〔集韻〕。

【䬤】郎達切音剌曷韻　風皃。見〔集韻〕。

【颾】烏幹切音暗勘韻　—颾。颮風也。〔通雅天文〕沈佺期夜泊越州詩。—颾紫海若。—颾音暗。俞益指颮風也。韻書向無此二字。

【颺】羊劬切音余虞韻　颺一。颬風也。詳颺字。

【𩘻】於境切音影梗韻。於鷩切音英庚韻　高風。見〔廣韻〕。

【𩘷】呼江切江韻。可講切講韻。可降切絳韻　風聲也。見〔龍龕手鑑〕。

【𩙀】子泉切音鐫先韻　風動。見〔康熙字典引集韻〕。〔按今本集韻無此字。亦無子泉切。字見玉篇及龍龕手鑑。玉篇有思兗祖緣二切。龍龕有宣選二音。並無訓。康熙字典云出集韻。未知其審。〕

【颵】以周切音游尤韻　風也。見〔字彙補〕。

【𩘺】同颸。見〔篇海類編〕。

【𩘹】同颸。見〔篇海類編〕。

【𩘸】同颸。見〔篇海大成〕。

【𩘼】同颸。〔韓愈詩〕龍駕聞敲颸。〔注〕颸、或作𩙂。亦作一。

【𩙁】𩘶或字。見〔龍龕手鑑〕。

【颴】颴俗字。見〔龍龕手鑑〕。

【𩙃】颸俗字。見〔廣韻〕。

【𩙄】颸譌字。字彙補云。同颸。見集韻。今攷集韻颸或作颵。一、蓋颵之譌也。

十畫

【飄】餘招切音名宵韻
㊀上行風也。見〔集韻〕。
㊁風動物。見〔正字通〕。
㊂飄一。見〔廣韻〕。
㊃飆一也。見〔龍龕手鑑〕。
㊄同搖。〔爾雅釋天〕扶搖謂之猋。〔釋文〕搖、字林作一。同。

【颻】弋笑切音燿嘯韻　風高皃。見〔集韻〕。

【𩙅】可亥切音愷賄韻
㊀南風。見〔玉篇〕。
㊁同凱。〔爾雅釋天〕南風謂之凱。〔釋文〕凱、又作一。

【𩙆】虛交切音虓肴韻
㊀風一一也。見〔廣韻〕。
㊁颸一。吹皃。見〔玉篇〕。
㊂一颸。熱風。見〔集韻〕。

【颿】符咸切音凡咸韻。扶泛切音梵陷韻
㊀馬疾步也。見〔說文馬部〕。〔注〕鉉曰。舟船之一。本用此字。今別作帆。非是。
㊁風吹船進。見〔玉篇〕。
㊂一一。走也。見〔廣雅釋訓〕。

【颹】徒郎切音唐陽韻　風皃。見〔集韻〕。

【𩙇】昔各切音索藥韻。色窄切音索陌韻　風聲。見〔集韻〕。

【颼】疏鳩切音搜尤韻　同颸。颼颼。風聲。見〔玉篇〕。〔按集韻、颼。颼颼颷風也。或作一〕。

【颾】蘇遭切音騷豪韻。先到切音桑號韻　風聲。見〔集韻〕。

【𩙈】同𩙉。見〔海篇金鏡〕。

【𩙊】同颼。見〔龍龕手鑑〕。

【𩙋】同𩘹。見〔玉篇〕。

【𩙌】同颿。見〔五音篇海〕。

【𩙍】𩙎或字。見〔集韻〕。

【𩙏】颸或字。見〔集韻〕。

【𩙐】𩙑俗字。見〔龍龕手鑑〕。

【𩙒】颸俗字。見〔龍龕手鑑〕。

【𩙓】颸俗字。見〔五音篇海〕。

十一畫

【𩙔】席入切音習緝韻
㊀風也。見〔玉篇〕。
㊁颯一。大風。見〔廣韻〕。〔按集韻作一一大風。〕

【𩙕】息六切音宿屋韻
㊀風吼。見〔玉篇〕。〔按龍龕手鑑作風聲。〕
㊁飀或字。〔集韻〕飀。風也。或从宿。

【𩙖】璧吉切音畢質韻
㊀風吼。見〔玉篇〕。
㊁滭或字。〔集韻〕滭。風寒也。或作一。

【飂】力求切音留尤韻
㊀高風也。見〔說文〕。
㊁西方曰一風。見〔淮南墬形〕。

三空疏無質也。見〔老子宋兮寞兮釋文引鍾會注〕。

四通廖。〔左昭二十九年傳〕昔有|叔安。〔注〕|、古國名。〔漢書古今人表作廖叔安。〕

【飂】力求切音留尤韻力救切音溜宥韻力竹切音六屋韻

通翏。長風聲也。〔莊子齊物論〕而獨不聞之翏翏乎。〔釋文〕李本作|。

【飉】、憐蕭切音聊蕭韻

|戾。風聲。〔文選潘岳賦〕吐清風之|戾。

【飄】紕招切音漂毗霄切音瓢蕭韻

一本作飄。〔說文〕飄。回風也。〔段注〕回者般旋而起之風。莊子所謂羊角。按何人斯傳曰。|風、暴起之風。依文為義。故不云回風。

二疾風也。〔老子〕|風不終朝。

三疾也。〔呂覽觀表〕聖人則不可以|矣。

四落也。〔莊子達生〕雖有忮心者。不怨|瓦。

五||。雨雪貌。〔文選張衡賦〕雨雪||。〔又〕飛貌。〔文選潘岳賦〕雁||而南飛。〔又〕吹也。〔陶潛辭〕風||而吹衣。

六|眇。聲清長貌。〔文選成公綏賦〕洌|眇而清昶。

七通票。〔詩蓼莪〕|風發發。〔釋文〕|、本又作票。

八通漂。〔詩蘀兮〕風其漂女。〔釋文〕、漂本亦作|。〔按六書故云。在風為|。在水為漂。其義略同。故亦通用。通雅釋詁云。|搖一作|、飄、漂搖、|姚、彫鼬、嫖姚、票姚。票鷂。以漂搖近於剽落。故專作|、飄從風。其音去聲者。注者之方言也。〕

九通縹。〔史記司馬相如傳〕相如既奏大人之頌。天子大說。||有凌雲之氣。〔漢書揚雄傳云。相如上大人賦。欲以風。帝反縹縹有凌雲之志。〕

十通猋。〔禮記月令〕猋風暴雨。〔釋文〕猋、本又作|。

【飆】卑遙切音猋蕭韻

同飆。〔集韻〕飆。扶搖風也。亦作|。

【飃】匹妙切音勡嘯韻

風皃。見〔集韻〕。〔按龍龕手鑑。|同飄。五音集韻音漂。訓旋風。正字通云。|即飄。音義一也。誤分為二。〕

【𩙑】思留切音羞尤韻

風也。見〔集韻〕。

【䫸】牛刀切音敖豪韻

風聲。見〔集韻〕。

【䬘】徒官切音團寒韻

摶風。見〔集韻〕。

【𩘹】朔律切音率質韻

風聲。見〔集韻〕。

【䳖】夫中切音風東韻

夏禹作伺|。即相竿也。見〔談薈〕。〔按康熙字典云。此即風鳥二字之譌。〕

【䬐】呼交切肴韻

風也。見〔釋眞空貫珠集〕。〔按字彙補云。與颮同。〕

【𩙪】同飂。見〔篇海類編〕。

【𩙫】魑俗字。見〔龍龕手鑑〕。

【𩙣】𩙣俗字。見〔龍龕手鑑〕。

十二畫

【𩙻】徒回切音隤灰韻

一風皃。見〔玉篇〕。

二同穨。〔爾雅釋天〕焚輪謂之穨。〔六書泝原云。本作穨。俗作|。〕

【䬉】胡肯切音橫呼橫切音諻庚韻

一暴風。見〔玉篇〕。

二|颲。風皃。見〔集韻〕。〔按廣韻云。|颲。暴風。〕

三|飄也。見〔龍龕手鑑〕。

【飇】卑遙切音標蕭韻

一扶搖風也。見〔說文〕〔段注〕司馬注莊子云。上行風謂之扶搖。釋天云。扶搖謂之猋。郭云。暴風從下上。

二風也。見〔廣雅釋詁〕。

三暴風也。見〔玉篇〕。

四狂風也。見〔龍龕手鑑〕。

五風猋起狂卂也。見〔六書故〕。

六|回。謂亂也。〔後漢光武帝紀贊〕九縣|回。

七通飄。〔漢書蒯通傳〕飄至風起。〔按集韻韻會並云。|亦作飄。〕

八通熛。〔史記司馬相如傳〕靁動熛至。

【飉】憐蕭切音聊蕭韻

㊀風皃。見〔玉篇〕。㊁風也。見〔廣雅釋詁〕。㊂微風曰—。見〔初學記引風俗通〕。㊃——風也。見〔廣雅釋訓〕。㊄疾風聲。見〔正字通〕。

【⿰風肅】息六切音肅所六切音縮屋韻 風聲。見〔廣韻〕。〔按集韻所六切云。寒風。息六切云。廣雅、風也。或从宿。玉篇、—思六切。無訓。颸思六切。訓風吼。廣雅。背憲思六切。王念孫疏證云。瀟、歗、竝與—通。〕

【⿰風矞】允律切音矞質韻 急風。見〔玉篇〕。〔按廣韻書作⿺風矞。訓疾風。〕

【飀】力求切音留尤韻 ㊀飂—。風聲。見〔玉篇〕。㊁同飂。〔廣韻〕飂。高風也。—同。

【⿰風畱】力九切音柳有韻 飀或字。〔韻會舉要〕飀。緒風謂之飀。或作—。

【⿰風登】中莖切音打庚韻 —颼。風聲。見〔集韻〕。

【⿰棠風】中庚切音趟庚韻 ⿰風堂—。暴風。見〔集韻〕。〔按廣韻云。狂風。〕

【⿰風棠】除庚切音棖庚韻 —颸。風聲。見〔集韻〕。

【⿰風畢】古儺字。見〔字彙〕。〔按玉篇从單作⿰風單。云古文儺。此誤。〕

【⿰喬風】同飇。見〔龍龕手鑑〕。

【⿰堇風】同飇。見〔玉篇〕。

【⿰風癸】同飆。見〔正字通〕。

【⿰亲風】同飇。見〔龍龕手鑑〕。

【⿰登風】同飀。見〔龍龕手鑑〕。

【⿰風壽】颹或字。見〔集韻〕。

【⿰風幾】颻俗字。見〔龍龕手鑑〕。

【⿰㚇風】飂俗字。見〔龍龕手鑑〕。

【⿰風𢘑】颾俗字。見〔龍龕手鑑〕。

【⿰㬎風】颺譌字。見〔正字通〕。

十三畫

【飋】色櫛切音瑟質韻 ㊀秋風。見〔玉篇〕。㊁——風也。見〔廣雅釋詁〕。㊂—颮。風也。見〔廣韻〕。〔按集韻、韻會、竝云。風皃。正字通云。本借瑟。〕㊃颼—。風聲。見〔龍龕手鑑〕。㊄—蕭條淒涼之貌。〔文選王延壽賦〕—蕭條而清泠。

【⿰風喿】蘇遭切音騷豪韻 颾或字。〔集韻〕颾。風聲。或从喿。

【飁】颸本字。見〔說文〕。

十四畫

【⿰風疇】陳留切音儔尤韻 ㊀風也。見〔集韻〕。㊁風颸。見〔廣韻〕。

【⿰風壽】徒刀切音匋豪韻 ㊀風也。見〔集韻〕。㊁大風。見〔廣韻〕。㊂風聲也。見〔韻會舉要〕。

【⿰風羅】古儺字。見〔玉篇〕。

十五畫

【⿰麃風】紕招切音漂蕭韻 —䬙。風吹皃。見〔廣韻〕。

【⿰麃風】匹妙切音勡嘯韻 ㊀䬙—。見〔玉篇〕。〔按玉篇颮下云。颮—。風吹皃。〕㊁飆或字。〔集韻〕飆。風皃。或从麃。

【⿰風劉】力求切音劉尤韻 ㊀風行聲。見〔玉篇〕。〔按廣韻又音柳。而有韻無—字。〕㊁——風初貌。〔文選張衡賦〕翼颸風之——。㊂飂或字。〔集韻〕飂。高風也。或从劉。

【⿰風劉】力九切音柳有韻 飀或字。〔集韻〕飀。緒風謂之颵颵。或从劉。

【⿰風巤】力涉切音巤葉韻 風聲。見〔集韻〕。

【⿰劉風】同⿰風劉。見〔龍龕手鑑〕。

【⿰風薨】⿰風夢譌字。康熙字典引集韻同⿰風夢。攷十三耕、十七登、竝作⿰風瞢。無—字。

十六畫

【⿰風歷】狼狄切音秝錫韻 颸—。風聲。見〔集韻〕。

【⿰風盧】丑于切虞韻

舒也。見〔龍龕手鑑〕。

【⿰風監】⿰風盧謌字。見〔字彙補〕。

十七畫

【⿰風薨】呼弘切音薨蒸韻

❶風皃。見〔玉篇〕。❷—。大風。見〔廣韻〕。

【⿰風轟】呼宏切音轟庚韻

⿰風轟或字。〔集韻〕⿰風轟。風聲。或从薨。

【⿰風蕭】先彫切音蕭蕭韻

北風。見〔玉篇〕。〔按廣韻、集韻、韻會、竝訓涼風。爾雅釋天。北風謂之涼風。〕

【⿰燮風】悉協切音燮葉韻

風皃。見〔集韻〕。

十八畫

【飍】必幽切音彪　香幽切音烋　步幽切尤韻

❶風也。見〔集韻〕。❷驚走皃。見〔玉篇〕。❸驚風。見〔廣韻〕。❹衆馬走貌。〔文選左思賦〕驫駥—矞。

【⿰聶風】失涉切音攝葉韻

風皃。見〔集韻〕。

【⿰票風】飄本字。見〔說文〕。

【⿰雚風】同風。〔周禮大宗伯〕以槱燎祀司中、司命、—師、雨師。〔風俗通祀典引作風師。玉篇廣韻竝云。古文風。〕

二十七畫

【⿱⿰風風⿰風風】匹幽切音近嫎尤韻

風也。見〔字彙補〕。

三十九畫

【⿰龘風】古颮字。見〔玉篇〕。

※飛部※

【飛】匪微切音非微韻

❶鳥翥也。象張翼之形。見〔說文〕。〔注〕鍇曰。上旁飞者。象鳥頭頸長尾。❷翔也。見〔廣韻〕。❸絕迹而去也。〔漢書天文志〕慧孛—流。❹羽蟲也。〔素問五常政大論〕其主—蠹蛆雉。❺外礜而得其情曰—。〔鬼谷子飛箝〕—而箝之。❻—肉。禽鳥也。〔太玄唐〕明珠彈於—肉。❼—書。無根而至若—來也。卽今匿名書也。〔後漢梁松傳〕乃縣—書誹謗。❽—揚。不從軌度也。〔淮南精神〕使行—揚。❾—廉。人名。〔孟子滕文公〕驅—廉於海隅而戮之。〔注〕紂諛臣。〔按史記秦本紀作蜚廉。云、蜚廉善走。文選江賦注引史記作—〕。〔又〕風伯也。〔離騷〕後—廉使奔屬。〔又〕神禽也。〔漢書武帝紀〕元封二年。作長安—廉館。〔注〕應劭曰。—廉。神禽能致風氣者也。晉灼曰。身似鹿。頭如爵。有角而蛇尾。文如豹文。〔按史記司馬相如傳推蜚廉。集解引郭璞曰。—廉。龍雀也。鳥身鹿頭者。〕〔又〕蒿類。〔廣雅釋草〕—廉。扁蘆也。〔按夢溪筆談云。今方家所用漏蘆。乃—廉也。—廉一名漏蘆。苗似苦芺。根如牛蒡綿頭者是也。采時用根。今閩中所用漏蘆。莖如油麻。高六七寸。秋深枯黑如漆。采時用苗。本草綱目云。—廉亦蒿類也。—廉漏蘆二物。氣味功用。俱不相遠。似可通用。豈一類有數種。而古名稱各處不同與。〕❿通匪。〔考工記梓人〕且其匪色。必似鳴矣。〔注〕故書匪作—。⓫通蜚。〔史記周本紀〕蜚鴻滿野。〔索隱〕按高誘曰。蜚鴻。蠛蠓也。言—蟲蔽田滿野。故為災。非是鴻雁也。〔正義〕蜚音飛。古飛字也。⓬通騑。〔漢書袁盎傳〕今陛下騁六—。馳不測山。〔注〕如淳曰。六馬之疾若—也。〔說文馬部騑下繫傳引史記作飛。今本史記作騑。韻會舉要云。騑通作—。〕

【飛】古飛字。見〔集韻〕。

六畫

【⿸㫃飛】翰鷂字。見〔正字通〕。

八畫

【⿱乖飛】古霏字。〔漢書揚雄傳〕雲——而來迎兮。〔注〕師古曰、——古霏字。——、雲起貌。〔按玉篇類篇竝在雨部〕

九畫

【⿱者飛】同翥。見〔廣韻〕。

十畫

【⿱亯飛】魚救切牛去聲宥韻 飛也。見〔字彙補〕。

【⿰倝飛】翰籀文。〔石鼓文〕不——。〔古文苑〕云。郭云。籀文翰、從飛。鄭音同。」

十二畫

【⿱飛異】逸織切音弋職韻 翄也。从飛。異聲。籀文翼。見〔說文〕。〔按大徐本無籀文翼三字〕。

十三畫

【飜】孚袁切音旛元韻
一 飛也。見〔玉篇〕。〔按說文新附云。翻或从飛〕。
二 覆也。見〔廣韻〕。
三 水之溢洄曰—。見〔管子劉績注〕。

【⿰亶飛】虛延切音嘕先韻 翾或字。〔集韻〕翾翲飛也。或从飛。

【⿰睘飛】胡關切音還刪韻 —飛。遠皃。見〔廣韻〕。

【⿰瞏飛】隳緣切音儇先韻 翾或字。〔集韻〕翾小飛也。或作—。

十八畫

【飝】芳微切音非微韻 飛也。見〔龍龕手鑑〕。

※食部※

【食】實職切音飾職韻
一 本作𠊊〔說文〕𠊊、一米也。从皀。亼聲。或說亼皀也。〔按玉篇集韻類篇引同。古今韻會舉要引作米也、無一字。段玉裁改爲亼米也。不可从。桂馥曰。一米也者。謂不似飷之雜也。程瑤田曰。一米有二義。粹不雜之謂一。不析碎之謂一也〕。
二 殖也。所以自生殖也。見〔釋名釋飲食〕。
三 祿也。〔周禮醫師〕以制其—。〔疏〕—、卽月俸。故以祿解—。
四 糧也。〔國策西周策〕而籍兵乞—於西周。
五 —物也。〔禮記中庸〕薦其時—。
六 猶飧也。〔禮記禮器〕天子一—。
七 猶饗也。〔漢書敍傳〕廣河之虛—厥舊德。
八 乳也。〔莊子德充符〕適見㹠子—於其死母者。〔釋文〕—音飲。邑錦反。舊如字。簡文同。
九 凡可—之物曰—。見〔詩詁〕。
十 凡口所嚼咀者曰—。見〔原本玉篇〕。
十一 吐而復吞曰—。見〔韻會舉要〕。
十二 飲盡曰—。〔漢書于定國傳〕定國—酒至數石不亂。〔注〕師古曰。—酒者。謂能多飲。費盡其酒。今流俗本輒改—字作飲字。失其眞也。
十三 餟饌也。見〔增韻〕。
十四 茹也。見〔增韻〕。
十五 噉也。〔左莊六年傳〕不—吾餘。
十六 啗也。見〔增韻〕。
十七 用也。〔易井〕井泥不—。
十八 猶受納也。〔漢書谷永傳〕不食膚受之愬。
十九 消也。〔左僖十五年傳〕我—吾言。
二十 日月虧曰—。稍稍侵虧如蟲—草木葉也。見〔釋名釋天〕〔按廣韻二十四職引作蝕〕。
廿一 盡也。〔書湯誓〕朕不—言。
廿二 僞也。見〔爾雅釋詁〕。
廿三 吉兆也。〔書洛誥〕惟洛—。
廿四 —閻勸也。〔方言〕—閻、勸也。南楚凡己不欲喜而旁人說之。不欲怒而旁人怒之。謂—閻。
廿五 —醯蟲也。〔莊子至樂〕斯彌爲—醯。〔釋文〕—如字。司馬本作蝕。司馬云。蝕醯若酒上蠛蠓也。
廿六 不—。謂不墾耕。〔禮記檀弓〕我死。

則擇不｜之地而擇我焉。

㉗｜指第二指也。〔左宣四年傳〕子公之｜指動。〔疏〕｜指者、所偏用。服虔云俗所謂啑鹽指也。

㉘寒｜節名。〔荊楚歲時記〕去冬至節一百五日卽有疾風甚雨。謂之寒｜。

㉙戲名。博屬。見〔廣韻〕。

㉚姓也。〔廣韻〕風俗通云。漢有博士｜於公。河內人。

【食】疾二切音自寘韻

糦也。見〔集韻〕。

【食】祥吏切音寺寘韻

①養也。〔左文十八年傳〕功以｜民。

②飯也。〔周禮膳夫〕掌王之｜飲膳羞。〔按段玉裁云。凡今人｜分去入二聲。飯分上去二聲。古皆不如此分別。儀禮少牢饋｜禮尸又｜注。或言｜。或言飯。｜、大名。小數曰飯。〕

③以｜人也。見〔字彙〕。

④謂虞祭也。〔禮記檀弓〕既葬而｜之。

⑤同飤。〔集韻〕飤。糧也。亦作｜。

【食】羊吏切音異寘韻

人名。漢有酈｜其。審｜其。又音蝕。見〔廣韻〕。〔按韻會舉要云。荀悅漢紀作異基。〕

【⿱亼皀】食本字。見〔說文〕。

【⿱亼⿱日厶】食本字。見〔正字通〕。

【⿱亼旦】古食字。見〔集韻〕。

【⿱亼⿱日乚】同食。〔韻會舉要〕食、偏旁作｜。

一畫

【⿰飠乚】饐或字。見〔集韻〕。

二畫

【飢】居狋切音肌支韻

①餓也。見〔說文〕。〔六書故云。食不充也。詩衡門箋云。｜者不足於食也。正韻箋云。汪來虞方伯說。饑饉之饑、從幾。｜餓之｜、从几。凡諸韻書俱分列支微二韻。惟集韻｜或从幾。說文長箋云。近代喜茂密者通作饑。趨簡便者通作｜。遂成兩謬。按說文｜饑異訓。經傳傳寫多譌。爾雅釋天。穀不熟為饑。釋文云。本或作｜。說文、字林、皆云。饑、穀不熟。｜、餓也。是後人傳寫趨簡易作｜之證。故元朗[illegible]以申明之曰。｜、餓也。〕

②須食也。見〔原本玉篇〕。

③飼也。見〔廣雅釋詁〕。〔按高郵王氏疏證本作飴。〕

④通阢。〔史記殷本紀〕及西伯伐｜國滅之。〔集解〕徐廣曰。｜、一作阢。又作耆。

⑤姓也。〔廣韻〕左傳殷人七族有｜氏。〔按今本左傳定四年。殷民七族饑氏。字从幾。不从几。〕

【飣】丁定切音矴徑韻

①貯食。見〔玉篇〕。〔按廣韻云。同䭁。集韻云。置食也。六書故云。簇食於器也。〕

②五色小餅。盛盒累積、曰鬬｜。今日春盛是也。因作餖｜。見〔通雅飲食〕。

③文詞因襲累積為餖｜。見〔正字通〕。

④同釘。〔唐書崔珙傳〕遠有文而風致整峻。世慕其為目曰｜座梨。言座所珍也。〔舊唐書作釘座梨〕

【飤】祥吏切音寺寘韻

①糧也。从人食。見〔說文〕。〔段注〕按以食食人物。其字本作食。俗作｜。或作飼。經典無｜字。此篆淺人所增。釋為糧也又非。〔按一切經音義二云。從人仰食也。謂以食供設與人也。故字從食從人意也。小徐本作从食人。〕

②哺也。見〔一切經音義引聲類〕。

③飽也。見〔一切經音義引蒼頡篇訓詁〕。

④通食。〔爾雅釋木釋文〕｜、四志反。字林云。糧也。一曰餅也。經典竝止作食。借作飼音。今作飼。

⑤通飴。〔晉書王薈傳〕時年饑粟貴。人多餓死。薈以私米作饘粥。以飴餓者。所濟活甚衆。〔音義〕飴音飼。

【飫】牛據切音御御韻

〔韻會舉要云。飫又作飯。〕以酒食送客也。見〔玉篇〕。〔按集韻云。餞也。〕

【⿸厂食】古饋字。見〔類篇〕。

【⿰飠卜】同飤。見〔龍龕手鑑〕。

【⿱亼⿱日乚】同⿱亼⿱日乚。見〔川篇〕。

【飣】饕或字。見〔集韻〕。

【飡】飡俗字。見〔廣韻〕。〔按說文、餐。吞也。从食。𣦼聲。或从水作湌。孫愐音七安切。集韻韻會舉要並云俗作、─。非是。正字通云。後人譌省作─。〕

三畫

【飥】闥各切音託藥韻

一 餺─。見〔廣韻〕。〔按玉篇餺下云。餺─。餅屬。齊民要術大小麥篇云。青稞麥麪堪作麨及餅─。舊五代史李茂貞傳。茂貞曰。喫令公一椀不托。與爾和解。通雅飲食云。不托。當時語也。後加飠─。又作餺─。李文正刊誤曰。舊未就刀鉆時皆掌托烹之。刀鉆既具云。乃云不托。言不以掌托也。俗傳餺─字非。〕

二 餅謂之─。見〔方言〕。〔按御覽八百六十引作飩。〕

【飧】蘇昆切音孫元韻

一 本作⿱夕食。〔說文〕⿱夕食。餔也。從夕食。〔韻會舉要云。謂晡時食也。从夕食、言人旦則食飯。夕則食─。─爲飯別名。今文作飧。毛氏曰─當从夕。非从歹。〕

二 水和飯也。見〔玉篇〕。〔按詩伐檀釋文引字林云。水澆飯也。禮記玉藻疏、─謂用飲澆飯於器中也。〕

三 勸食也。〔禮記玉藻〕君未覆手不敢─。

四 熟食也。夕曰─。〔孟子滕文公〕饔─而治。

五 食也。小禮曰─。〔周禮司儀〕致─如致積之禮。

六 散也。投水於中解散也。見〔釋名釋飲食〕。

七 通餐。〔爾雅釋言〕粲、餐也。〔釋文〕─、謝素昆反。本又作餐。施七丹反。

【飢】音厄陌韻

飽聲。見〔龍龕手鑑〕。

【⿰飠勺】乙却切音約藥韻

食節也。見〔集韻〕。〔按正字通云。劉晝從化篇。楚靈王好細腰。臣妾爲之約食。本作約。作─非。〕

【⿸厂食】則旰切音贊翰韻

古饡字。〔玉篇〕饡。以澆飯也。─古文。

【⿸尸食】諸延切音旃先韻

饘或字。〔集韻〕饘。糜也。或作─。

【⿰飠乞】呼乞切物韻

飽也。見〔原本玉篇引埤蒼〕。〔按今本玉篇、─去毅切。食怒。餼、許氣切。同上訓。集韻八未、餼許既切。飽也。九迄、⿰飠乞許訖切。飽也。或从氣。龍龕手鑑餼、引玉篇許乞反。飽也。餼、許訖切。飽也。正字通云。古借氣爲餼─即餼之省。〕

【飦】居言切音犍元韻

鬻或字。見〔說文弜部〕。

【飦】諸延切音旃先韻

同饘。〔禮記檀弓〕饘粥之食。〔釋文〕饘本又作─。

【飦】居寒切音干寒韻

燥飯。見〔集韻〕。

【⿰飠也】陳知切音馳支韻

飴也。見〔集韻〕。

【⿱夂食】飧本字。見〔說文〕。

【⿱癶食】古飧字。見〔玉篇〕。

【飩】同飩。見〔五音篇海〕。

【⿰飠乙】同飥。見〔篇海類編〕。

【⿰飠刃】⿰飠且俗字。見〔龍龕手鑑〕。

【⿰飠巾】飾俗字。見〔龍龕手鑑〕。

【⿱癶食】饕俗字。見〔龍龕手鑑〕。

【⿰飠彡】飢俗字。見〔五音篇海〕。

【⿱食廾】⿱食几譌字。見〔正字通〕。

四畫

【飪】忍甚切音荏寢韻如鴆切音妊沁韻〔餁同〕。

一 大孰也。見〔說文〕。

二 熟也。徐揚之閒曰─。見〔方言〕。

三 過熟謂之失─。〔論語鄉黨〕失─不食。

四 通腍。〔儀禮聘禮記〕唯羹─筮一尸。〔注〕古文─作腍。

【飫】依據切音淤御韻

一 本作𩚉。〔說文〕𩚉。燕食也。詩曰。飲酒之飫。

二 食多也。見〔玉篇〕。

三 飽也。見〔廣韻〕。

四 厭也。見〔廣韻〕。

五 賜也。見〔廣韻〕。

六 私也。見〔爾雅釋言〕。

(七)半體。〔國語周語〕余一人敢設—禘。

(八)禮之立成者曰—。〔國語周語〕王公立—。

(九)同飫。〔後漢馬融傳〕飫賜犒功。〔注〕飫、飫與—同。

(十)同醧。〔詩常棣〕飲酒之—。〔文選魏都賦注引韓詩作醧。〕

【飳】丁候切音鬭宥韻

—飣。見〔廣韻。〕

【飳】大透切音豆宥韻

(一)飳或字。〔集韻〕飳、飣也。或从殳。

(二)餖—見〔夢華錄〕〔餖饅頭。〕

【飶】式列切音設屑韻

陳飲食也。見〔集韻。〕

【餝】蓄力切音敕職韻

(一)致堅也。从人。从力。食聲。讀若敕。見〔說文力部。〕〔段注〕致之於堅。是之謂—、〔按小徐本作从人力。段氏改爲致堅也。王氏云。當作从力飤聲。〕

(二)正也。見〔玉篇。〕

(三)牢密也。見〔廣韻。〕

(四)整備也。見〔廣韻。〕

(五)戒也。見〔集韻。〕

(六)修飭也。見〔韻會舉要。〕

(七)備也。見〔廣雅釋詁。〕

(八)敬也。見〔匡謬正俗。〕

(九)勸也。〔大宰〕—化八材。

(十)敕也。〔國語齊語〕以—其子弟。

(十一)治也。〔國語吳語〕周軍—壘。

(十二)謹也。〔漢書高惠高后孝文功臣表〕愛敬—盡。

(十三)通飾。〔禮記樂記〕復亂以—歸。〔史記樂書作飾。〕

(十四)通敕。〔呂覽季冬〕乃與公卿大夫—國典。

【飲】於錦切音瀾寑韻

(一)本作㱃。〔說文㱃部〕㱃。歠也。从欠。酓聲。〔按原本玉篇欠部云。凡斗物可歠者也。〕

(二)咽水也。見〔玉篇。〕

(三)奄也。以口奄而引咽之也。見〔釋名釋飲食。〕

(四)凡可—者亦謂之—。見〔韻會舉要。〕

(五)漱也。〔儀禮公食大夫禮〕賓坐祭遂—與於豐上。

(六)沒也。〔漢書朱家傳〕然終不伐其能—其德。〔注〕—、沒也。謂不稱顯。

(七)隱也。〔後漢蔡邕傳〕趣以—章辭情何緣復聞。〔注〕—猶隱。卻告人姓名。無可對問章者。今之表也。

(八)—器。溺器也。〔淮南道應〕破其首以爲—器。

(九)受箭曰—箭。〔郭璞賦〕漢武—箭。

(十)蒺也。〔本草綱目〕—有五。支、留、伏、溢、懸也。皆生於溼。〔又〕方劑之名。如甘露—香茹—之類。

(十一)含忍也。如—恨—泣之類。

【飲】於禁切音蔭沁韻

(一)歠也。見〔集韻。〕

(二)以飲飲之。見〔增韻。〕

(三)罰也。〔左哀二十五年傳〕請—鈚也。

(四)度聲曰—。見〔集韻。〕

【飯】符萬切音繁願韻

(一)食也。見〔說文。〕〔段注〕此飯之本義也。引申之所食爲—。今人於本義讀上聲。於引申之義讀去聲。古無是分別也。大徐不達許恉。故切符萬而不云扶晚也。

(二)飤也。見〔爾雅釋言釋文。〕

(三)炊穀熟曰—。見〔洪武正韻。〕

(四)攤—。午睡也。〔書堂詩話〕東坡謂晨飲爲澆書。黃門謂午睡爲攤—。

【飯】父遠切音笲阮韻

(一)食也。見〔集韻。〕〔韻會舉要云〕毛氏曰。凡餐食之—、與—之之—皆上聲。炊黍之飯、去聲。〔正字通云〕此說迂曲難通。飲人以酒曰酒之。猶食人以飯曰飯之。不必二音相別也。〕

(二)大擘指本也。〔儀禮士喪禮〕設決麗於擘。自—持之。〔注〕—、大擘指本也。

(三)含也。〔禮記檀弓〕—沒飾。

【飥】許訖切音迄物韻

飽也。見〔集韻。〕〔參閱飽字。〕

【䭇】女九切音紐有韻女救切音糅宥韻

糅飯也。見〔說文。〕〔段注〕按米部、粈雜飯也。此—亦篆蓋俗增。

【飩】徒渾切音屯元韻

餛—。餅也。見〔一切經音義引廣雅。〕〔按集韻類篇引廣雅作䬴飩。〕北戶錄注引齊民要術作渾屯字。苑作餫—字異義同。顏之推曰。今

之餛－。形如假月。天下通食者也。正字通云。今餛－、卽餃餌別名。俗屑米麪爲末中空裹餡類彈丸形。大小不一。籠蒸啖之。〕

【飩】屯閏切震韻
味厚也。見〔集韻〕。

【飢】而勇切腫韻
食也。見〔玉篇〕。

【䬧】恐袁切音元元韻吾官切音刓寒韻
餌也。見〔廣雅釋器〕。〔疏證〕䬧之言圜也。今人通呼餌之圜者爲䬧。

【䬲】居又切音詠宥韻
飽也。見〔玉篇〕、〔按集韻。飼、或作－。正字通。－餲省。〕

【䬸】諾盍切音䶣合韻
食兒。見〔玉篇〕。〔按集韻云。餲－。食兒。〕

【飭】他結切音鐵屑韻
貪食曰－。見〔篇韻〕。

【䬽】古飮字。見〔字彙〕。

【𩚋】古㱃字。見〔說文㱃部〕。

【䬻】同餛。見〔玉篇〕。

【𩚏】同養。見〔五音集韻〕。

【餉】同飼。見〔字彙〕。

【䬭】同麨。見〔字彙〕。

【䬺】同飪。見〔字彙補〕。

【𩚑】同齋。見〔桂海雜字〕。

【䬪】同餺。見〔字彙補〕。

【飰】飯俗字。見〔玉篇〕。〔按曲禮釋文云。依字書。食旁作卞、扶万反。食旁作反、符晚反。二字不同。今則混之。六書故云。非也。特一字而二音爾。說文句讀云。六朝諱言反。故改爲－。佔襲既久。雖以陸氏之淹通。亦分－爲靜字。飯爲動字。猶其以疎音疏也。今無用－字者。此習非勝是也。〕

【飱】飧俗字。見〔正字通〕。

【䭇】餂俗字。見〔龍龕手鑑〕。

五畫

【䬫】都黎切音氐田黎切音題齊韻
㊀寄食也。見〔廣韻引字林〕。〔按集韻云。－餬。寄食也。〕
㊁酪酥謂之－、餬。見〔一切經音義引通俗文〕。

【䬬】倚兩切音鞅養韻
㊀飽兒。見〔廣韻〕。
㊁飽也。見〔集韻〕。
㊂滿也。見〔韻會舉要引廣雅〕。〔按今本廣雅釋詁作饋。〕

【䬬】於亮切音怏漾韻
㊀飽也。見〔廣韻〕。
㊁飫也。見〔集韻〕。

【䬬】於慶切音映敬韻
饋或字。〔集韻〕饋。飽也。或作－。

【飴】盈之切音𦣞支韻
㊀米蘖煎也。見〔說文〕。〔段注〕米部曰。蘖、芽米也。火部曰。煎、熬也。以芽米熬之爲－。今俗用大麥。〔按本草綱目。時珍曰。劉熙釋名云、餹之清者曰－。稠者曰餳。如餳而濁者曰餔。方言謂之餦餭。嘉謨曰。因色紫類琥珀。方中謂之膠－。乾枯者名餳。弘景曰。方家用－。乃云膠－、是溼餹如厚蜜者。韓保昇曰。－卽輭餹也。北人謂之餳。〕
㊁甘也。〔周禮疾醫〕五味醯酒－蜜薑鹽之屬。
㊂美食也。〔太玄干〕干于邱－。
㊃－鹽。石鹽也。〔周禮鹽人〕王之膳羞共－鹽。〔注〕－鹽、鹽之恬者。今戎鹽有焉。〔疏〕卽石鹽是也。
㊄通貽。〔漢書劉向傳〕－我釐麰。〔注〕－讀與貽同。
㊅或作粭。〔晉書石崇傳〕愷以粭澳釜。

【飴】祥吏切音寺寘韻
同飤。〔集韻〕飤。糧也。亦作－。

【飵】存故切音祚遇韻
㊀食也。見〔廣雅釋詁〕。〔按廣韻、韻會舉要、並云相謁食也。曹憲又音咋。〕
㊁餥也。見〔廣雅釋器〕。

【飵】疾各切音昨藥韻
楚人相謁食麥曰飵。見〔說文〕。〔按方言。餥、－。食也。陳楚之內相謁而食麥饘謂之餥。楚曰－。凡陳楚之郊。南楚之外。相謁而餐、或曰－。或曰飴。秦晉之際、河陰之間、曰䭑餽。此秦語也。繫傳云。人相謁相見

後。設麥飯以爲常禮。如今人之相見飲茶也。〕

【飷】側各切音笮陌韻

餾也。見〔集韻〕。

【飽】博巧切音怉巧韻

㊀猒也。見〔說文〕。〔按小徐本、集韻、韻會竝作猒。玉篇、食滿也。廣韻、食多也。六書故、食充也。竝同。〕

㊁滿也。見〔廣雅釋詁〕。

㊂姓也。〔正字通〕宋添差通判臨江軍事—安盈。

【飽】許既切音欷未韻

飫也。見〔五音集韻〕。

【飾】設職切音識職韻

㊀㕞也。一曰。襐—。見〔說文巾部〕。〔段注〕又部曰。㕞、—也。二篆爲轉注。—、拭古今字。凡物去其塵垢。卽所以增其光采。故㕞者—之本義。而凡踵事增華。皆謂之—。則其引伸之義也。急就篇曰。襐—刻畫無等雙。襐—、盛—也。一曰。首—在兩耳後。刻鏤而爲之。

㊁拭也。物穢者、拭其上使明。由他物而後明。猶加文於質上也。見〔釋名釋言語〕。

㊂著也。見〔廣雅釋詁〕。

㊃治也。〔淮南本經〕—曲岸之際。

㊄好也。〔淮南玄術〕若欲—之乃是賊之。

㊅巧也。〔淮南本經〕其事素而不—。

㊆虛也。〔呂覽知度〕情者不—而事實見矣。

㊇衰也。見〔太玄玄衝〕。

㊈猶褻也。〔禮記玉藻〕豹—。〔按管子揆度卿大夫豹—。注。袖謂之—。論語鄉黨君子不以紺緅—。皇疏。—者、衣之領袖緣也。〕

㊉排銜也。謂加—于馬鑣也。〔莊子馬蹄〕前有橛—之患。

(十一)兵甲之屬也。〔周禮掌固〕設其—器。

(十二)修守備也。〔穀梁襄二十五年傳〕小邑必—城而請罪。

(十三)情之章表也。〔禮記三年問〕所以爲至痛—也。

(十四)覆也。〔禮記曲禮〕—羔鴈者以繢。

(十五)文外爲—。見〔六書故〕。

(十六)滿—。東夷九類之一。見〔正字通〕。

(十七)首—也。劉熙釋名有釋首—。世俗僅以婦女釵釧等物爲首—。

【[illegible]】時吏切音事寘韻

㊀籹也。見〔篇海類編〕。

㊁食名。見〔篇海類編〕。

【飳】朱戍切音注 株遇切音駐遇韻

餌也。見〔集韻〕。

【飳】他口切音妵有韻

[illegible]或字。〔集韻〕[illegible]、[illegible]、[illegible]、餅屬。或作—。〔按廣韻四十五厚云同[illegible]。〕

【[illegible]】仍吏切音餌寘韻

粉餅也。見〔玉篇〕。〔按集韻云。[illegible]或字。〕

【[illegible]】奴兼切音拈 如占切音䄅 尼占切音黏鹽韻 汝甘切音蚺覃韻

相謂食麥也。見〔說文〕。〔王注〕韻會十四鹽引作餂。說曰舌聲。又引孟子是以言餂之也。孫宣公孟子音義曰。丁曰。注云、餂取也。今案字書及諸書竝無此餂字。郭璞方言注云音忝。謂挑取物也。其字從金。今此字從食。與方言不同。蓋傳寫誤也。

【[illegible]】居狋切音肌支韻

古飢字。〔爾雅釋天〕穀不熟爲饑。〔釋文〕饑本亦作飢。又作古—字。

【[illegible]】乃歷切音惄錫韻

惄或字。〔集韻〕惄、飢餓也。或作—。

【飶】簿必切音佖質韻 蒲結切音蹩屑韻

食之香也。詩曰。有飶其香。見〔說文〕。〔按詩載芟傳。飶、香也。疏。香之氣。釋文。芬芳也。本又作苾。原本玉篇云。或爲咇字在口部。或爲馝字在香部。或爲[illegible]字在黍部。然則茲云食之香。爲其字从食也。〕

【飷】臻魚切音菹魚韻

饑—。食無味。見〔集韻〕。

【飷】子野切音姐 側下切音[illegible]馬韻

食無味。見〔集韻〕。〔按廣韻云。無食味也。〕

【[illegible]】乙革切音厄陌韻

飢也。讀若楚人言恚人。見〔說文〕。

【[illegible]】諸成切音征庚韻

—餅。見〔字彙〕。

【[illegible]】蒲侯切音裒尤韻

－傴。傴食也。見〔字彙〕。〔按廣韻云。－傴曰食也。集韻、類篇並云。－傴。食臼。〕

【⿰食召】時照切音邵嘯韻

小食也。見〔廣韻〕。

【⿰食本】部本切音獖阮韻

粗食。見〔集韻〕。

【⿰食尼】女夷切音尼支韻

餌－。見〔廣韻〕。

【⿱夗食】紆勿切音鬱物韻於月切音噦月韻

⿱夗豆。或字。〔集韻〕⿱夗豆。豆飴也。或作⿰食宛、－。〔按集韻九迄。⿰食宛或作－、⿱夗豆。廣韻十月。－飴和豆。又作⿰食宛。說文作⿱夗豆。〕

【⿰食兄】之六切音粥屋韻

祝或字。〔集韻〕祝。祭主贊詞者。或从食。

【⿰食半】補滿切音畈旱韻

屑米餅。見〔玉篇〕。〔按廣韻云。同叛、粄。正字通云。六朝人呼餅爲－。或麥麪、或屑米爲之。非專屬米餅。〕

【⿱此食】才貲切音茨支韻

飫也。見〔集韻〕。

【⿱此食】將支切音貲才支切音疵支韻將氏切音紫紙韻

嫌食貌。〔管子形勢解〕－者多所惡也。人－食則不肥。〔按集韻紙韻訓惡食也。引管子。玫管子音疾移切。訓嫌食貌。玉篇、廣韻、皆無上聲。惡識去聲、則與嫌義同。〕

【飻】他結切音鐵屑韻他典切音腆徒典切音殄銑韻

貪也。从食。㐱聲。春秋傳曰。謂之饕－。見〔說文〕。〔段注〕鉉本作殄省聲。不明於平入一理。今傳作饕餮。賈服及杜皆曰。貪財爲饕。貪食爲－。

【⿰食冋】畎迥切音炯迥韻

飽也。見〔玉篇〕。

【⿰食句】居侯切音鉤尤韻

牛飽也。見〔玉篇〕。

【⿰食甲】訖洽切音夾洽韻

餅也。見〔玉篇〕。〔按集韻。餄、或作－。〕

【⿰食甘】沽三切音甘覃韻

餌也。見〔集韻〕。

【⿰食卯】力九切音柳有韻

餌也。見〔集韻〕。

【⿰食末】莫葛切音末曷韻

食馬穀也。見〔說文〕。〔段注〕謂以穀飤馬也。小雅。摧之秣之。秣、同－。

【⿰食令】郎丁切音靈青韻

餌也。〔方言〕餌、謂之餻。或謂之－。

【⿱此食】子尉切音醉支韻

裝飾也。見〔字彙補〕。

【⿰食出】當沒切音咄月韻

餶－。麪果也。見〔字彙補〕。〔按正字通云。夢華錄有餶－。菜讀如鶻突。雜衆味爲之。猶名物考骨董羹之類。通雅飲食云。餫飩、本渾沌之轉。近時又名鶻突。釋稗曰。鶻者渾之入。突者暾之入。皆聲轉也。〕

【⿰食施】移爾切音倚紙韻

[illegible]餳。〔唐書禮樂志〕豆以－食糝食。

【⿰食白】音未詳

蒸餅屬。〔武林舊事〕饋－科斗。

【⿰立食】古粒字。見〔說文米部〕。

【⿰食以】古飴字。見〔玉篇〕。

【⿰食占】同餬。見〔玉篇〕。

【⿰号良】同饕。見〔正字通〕。

【餇】同飤。見〔玉篇〕。

【⿰食参】同飻。見〔說文長箋〕。

【⿱𠔉食】同飽。見〔篇海類編〕。

【⿰食反】飫或字。見〔龍龕手鑑〕。

【⿰食正】飪俗字。見〔龍龕手鑑〕。

【⿱号食】饕俗字。見〔龍龕手鑑〕。

【⿰食并】飯俗字。見〔玉篇〕。

【⿰食尔】飻俗字。見〔龍龕手鑑〕。

【⿰食勿】餒俗字。見〔龍龕手鑑〕。

六畫

【餀】虛艾切音揭丘蓋切音磕泰韻許罽切音憩霽韻

●食臭也。爾雅曰。－謂之喙。見〔說文〕。〔王注〕釋器文。喙作餯。李巡云。－、餯、皆穢臭也。案喙者、古文假借字。餯者、後作之專字也。

(二)食敗氣芮人也。見〔六書故〕。

【餩】柯開切音該灰韻
飴謂之—。見〔方言〕。

【餩】乙界切音噫卦韻
(一)同欬。通食氣也。見〔廣韻〕。
(二)餲或字。〔集韻〕餲食饐謂之餲。或从亥。

【餂】徒兼切音恬鹽韻
古甛字。見〔玉篇〕。

【餂】奴兼切音拈鹽韻
(一)相謁食麥也。見〔韻會舉要引說文〕。
(二)句取也。見〔韻會舉要〕。

【餂】他點切音忝琰韻他念切音㮇豔韻
取也。〔孟子盡心〕是以言—之也。

【餈】津私切音咨才資切音茨支韻
(一)稻餅也。見〔說文〕。〔按周禮天官籩人。羞籩之實糗餌粉—。注。故書、—作茨。鄭司農云。茨字或作—。謂乾餅之也。玄謂此二物。皆粉稻米黍米所爲也。合蒸曰餌。餅之曰—。糗者擣粉熬大豆爲餌。—之黏著以粉之耳。餌言糗。—言粉。段玉裁曰。許說與鄭不同。謂以稬米蒸熟餅之如麪餅曰—。粉稬米而餅之而蒸之、則曰餌。廣韻云。飯餅也。玉篇云。餻也。桂馥曰。俗以九月九日食糕。卽—餻。〕
(二)漬也。烝燥屑使相潤漬餅之也。見〔釋名釋飲食〕。

【餉】式亮切音向漾韻
(一)饟也。見〔說文〕。〔按說文饟下云。周人謂—曰饟。集韻云。周人謂饋曰—。段本改作饋也。〕
(二)饋也。見〔玉篇〕。
(三)自家之野曰—。見〔韻會舉要引廣韻〕。〔今本廣韻四十一漾饟字注如此。〕
(四)遺也。見〔廣雅釋詁〕。
(五)食也。見〔廣雅釋詁〕。
(六)古作餉。糧也。〔後漢章帝紀〕爲雇耕傭賃種餉。〔注〕餉、糧也。古—字。音式上反。〔正字通〕云。今俗、軍糧曰—。或讀享。或讀嚮。按此語至今猶然。
(七)通睍。〔魏志文帝紀注〕胡沖吳歷曰。帝以素書所著典論及詩賦—孫權。〔正字通云。—、與睍通。〕

【餉】尸羊切音商陽韻
饟或字。〔集韻〕饟餹也。或作—。

【餉】始兩切音賞養韻
饟或字。〔集韻〕饟周人謂饋曰饟。或从向。

【䬹】陟栗切音窒質韻
(一)刈禾人也。見〔集韻〕。
(二)—人。地名。〔史記秦紀〕臣常遊困於齊。乞食—人。〔索隱〕徐廣曰。—、一作銍。〔正義〕銍音珍栗反。銍人、地名。在沛縣地。〔當今江蘇沛縣東。正字通云。—、譌作銍。非—同銍也。〕

【養】以兩切音痒養韻〔段玉裁云。今人分別上、去。古無是也。〕
(一)供—也。从食羊聲。見〔說文〕。
(二)自封也。〔荀子君子〕論知所貴。則知所—矣。
(三)哺乳之也。〔荀子禮論〕父能生之。不能—之。
(四)育也。見〔廣韻〕。
(五)畜也。〔山海經中山經〕霍山有獸焉。名曰朏朏。—之可以已疾。
(六)猶敎也。〔禮記文王世子〕立太傅少傅以—之。
(七)猶治也。〔周禮疾醫〕以五味五穀五藥—其病。
(八)炊蒸者曰—。〔公羊宣十二年傳〕廝役扈—。
(九)使也。見〔廣雅釋詁〕。
(十)卒也。〔史記秦始皇紀〕監門之—。
(十一)守也。見〔玉篇〕。
(十二)取也。〔詩酌〕遵—時晦。
(十三)謂風雨也。〔荀子天論〕萬物各得其和以生。各得其—以成。
(十四)樂也。見〔廣雅釋詁〕。
(十五)長也。〔左氏昭二十年傳〕私欲—求。
(十六)飾也。見〔廣雅釋詁〕。
(十七)猶隱也。〔大戴禮曾子事父母〕兄之行若不中道。則—之。
(十八)——。憂不定貌。〔詩二子乘舟〕中心——。
(十九)—氣。化學原質之一。非金屬。無色臭味。地球全質、—氣居三分之一。地面之水、—氣居九分之八。空氣中、—氣居五分之一。在常氣壓中、冷至零下十八度。則凝爲淺藍色。有強化谷力動物之生活。火之發光發熱。皆賴此質。日本名酸素。英文oxygen。

㉒同癢〔荀子正名〕疾—滄熱滑鈹輕重以形體異。〔注〕—與癢同。

㉑姓也。—由基見〔左傳〕。

【養】餘亮切音羕漾韻

㊀供也。下奉上曰—。見〔韻會舉要〕。

㊁猶奉也。〔荀子禮論〕龍旗九斿所以—信也。

㊂不盡食也。〔禮記月令〕羣鳥—羞。

㊃利也。〔管子國蓄〕故塞民之—。

㊄通瀁〔漢書地理志〕隴西郡氐道。〔注〕禹貢—水所出。至武都爲漢。—音弋向反。字本作瀁。或作瀁。

【餌】忍止切音耳紙韻　仍吏切音⿰女耳寘韻

㊀䰻或字。見〔說文䰜部〕。〔按說文、䰻粉餅也。—鬻或从食耳注。夫粉米蒸屑皆—也。先屑米爲粉。然後溲之。—之言珥也。欲其堅潔而滑若玉珥然也。〕

㊁食也。案几所食之物、皆曰—也。見〔一切經音義引倉頡〕。

㊂餻也。見〔玉篇〕。

㊃筋腱也。〔禮記內則〕去其—。

㊄釣昭魚者。〔莊子外物〕以五十犗爲—。

㊅爲其吞食也。〔漢書賈誼傳〕足以—大國耳。

㊆而也。和黏而也。兗豫曰溏浹。就形名之也。見〔釋名釋飲食〕。

㊇猶餐也。〔文選盧諶詩〕亦忘厥—。

㊈猶喜也。〔國策秦策〕我以宜陽—王。

㊉美也。〔老子〕樂與—。

【⿰食𡿺】奴倒切音惱皓韻　熟食。見〔玉篇〕。

【餕】鋤吏切寘韻　嗜食。見〔玉篇〕。〔按—與篇海類編餕。集韻類篇餕。形聲均近、而義別。〕

【⿰食⿱士女】仕吏切音事寘韻　粃飾。見〔集韻〕。

【餃】居效切音教效韻　飴也。見〔集韻〕。〔按類篇作餄也。〕通雅飲食云。說文、鬻粉餅也。或作餌。後謂之粉角。北人讀角如矯。遂作—。餌正字通云。今俗—餌。屑米麪和飴爲之。乾溼大小不一。水—餌。即酉陽雜俎食品湯中牢丸。—非飴屬。

【餄】訖洽切音夾洽韻　餌也。見〔玉篇〕。〔按集韻云。餅也。〕

【餆】餘招切音姚蕭韻　餌也。見〔集韻〕。〔按廣韻云。—、餌食。〕

【餇】徒紅切音同東韻　食也。見〔玉篇〕。

【⿰食艮】五恨切音皚願韻　餕也。見〔玉篇〕。

【⿰食多】始野切音捨馬韻　餔飫。見〔廣韻〕。

【⿰食多】女下切音絮馬韻　饕也。見〔集韻〕。

【⿰食卉】方文切音分文韻　餴省字。〔集韻〕餴餾飯也。或省。

【⿰食⿱山口】謨敢切音嬸感韻　吳人呼哺兒也。見〔廣韻〕。

【飬】九遠切音眷阮韻　俱願切音絭願韻　古倦切音弮霰韻　祭也。見〔玉篇〕。〔按廣韻云。祭名。集韻云。常山謂祭爲—。〕

【⿰食戉】徒兮切音提齊韻　寄食也。見〔字彙補〕。

【⿱襄食】餉籀文。見〔說文〕。

【⿰食良】同餉。〔字彙補〕呂覽爲其唯厚而及—者。莊之書無音義。疑即餉字。

【⿰食匠】同餛。見〔字彙補〕。

【⿰食巨】同饎。見〔玉篇〕。

【⿰食⿷匚巠】饎或字。見〔集韻〕。

【餂】飽或字。見〔集韻〕。

【⿰食⿷匚壬】飪或字。見〔集韻〕。

【⿱癶食】餐俗字。見〔龍龕手鑑〕。

【餠】餅俗字。見〔正字通〕。

【⿰食羊】饍俗字。見〔龍龕手鑑〕。

【⿰食共】供俗字。見〔龍龕手鑑〕。

【⿰食巴】餽譌字。〔通雅飲食〕青餽飯、綱目作—飯。乃餽譌也。

七畫

【⿰飠肙】烏玄切音淵先韻於泫切音蜎銑韻縈絹切音肙霰韻

(一)猒也。見〔說文〕〔段注〕賈思勰齊民要術曰。食飽不—。按猒、飽也。—則有猒棄之意。呂覽曰。甘而不噮。噮、卽—字。

(二)飫也。見〔集韻〕。

【⿰飠寽】魯外切音棁泰韻

(一)門祭名。見〔玉篇〕。

(二)酹或字。〔集韻〕酹、饌祭也。或作—。

【餐】千安切音殘寒韻

(一)呑也。見〔說文〕〔段注〕鄭風曰。使我不能—兮。是則—猶食也。還予授子之粲兮。釋言、毛傳皆云。粲、—也。謂粲爲—之假借字也。—訓呑。引伸之爲人食之。又引伸之爲人所食。故曰授—。飧與—、其義異。其音異。其形則飧或作飱。—或作餐。鄭風釋言音義誤認—爲飱字耳。而集韻類篇竟謂飧、—、一字。

(二)飲饌曰—。見〔韻會舉要〕〔俗謂早—、午—、晚—、大—、並此義。〕

(三)小飯也。〔漢書韓信傳〕令其裨將傳—。

(四)廚膳也。〔漢書高后紀〕列侯幸得賜—錢。

(五)乾也。乾入口也。見〔釋名釋飲食〕。

(六)美也。〔文選王儉碑文〕—東野之祕寶。

(七)探也。〔文選王儉碑文〕—輿誦於丘里。

(八)俗謂加食曰加—。食一頓、曰一—。

【飧】蘇昆切音孫元韻

(一)飧或字。〔集韻〕飧。餔也。謂晡時食。或作—。

(二)水澆飯也。〔列子說符〕見而下壺—以餔之。

【餐】蒼案切音粲翰韻

餅也。見〔集韻〕。

【⿰飠兌】輸芮切音稅霽韻儒垂切音甤翾規切音隨支韻式瑞切寘韻

小餟也。見〔說文〕。

【⿰飠兌】魯外切音頹泰韻

(一)小啜也。見〔集韻〕。〔按啜當爲餟之譌。〕

(二)門祭。見〔廣韻〕。〔按集韻祱下云。門祭謂之祱。通作—。〕

(三)餅名。〔通雅飲食〕束晳言、春饅頭。夏薄托。秋起溲。多湯—。〔正字通云。湯—。薄餅。以湯沃之。宜冬食。音兌。〕

【餑】普沒切音孛月韻

(一)麪—。見〔廣韻〕。〔按通俗編飲食。波波、或云本爲—。—北音讀入爲平。謂之波波。升庵外集。餑饠、今北人呼爲波波。〕

(二)長也。見〔廣雅釋詁〕。

(三)茶上浮漚也。〔茶經〕凡酌。置諸盌令沫—均。沫—、湯之華也。華之薄者曰沫。厚者曰—。〔按字當爲鬻。原本玉篇云字書、亦鬻字也。〕

(四)同⿰麥孛。見〔正字通〕。

【⿰飠尾】武斐切音尾尾韻

(一)微也。見〔玉篇〕。

(二)食餘。見〔集韻〕。

(三)食也。見〔類篇〕。

(四)徹也。見〔龍龕手鑑〕。

【⿰飠未】明祕切音媚寘韻無沸切音未未韻

⿰米未或字。〔集韻〕⿰米未。饘也。或作—。

【⿰飠末】莫葛切音末曷韻

粖或字。〔集韻〕粖。饘也。或作—。〔五音集韻訓糜也。按說文鬻部。鬻、涼州謂糜爲鬻。粖、鬻或省从末。饘、糜也。周謂之饘。宋謂之餬。〕

【⿱折食】征例切音制霽韻之列切音浙屑韻

(一)臭敗之味。見〔玉篇〕。

(二)臭也。見〔廣雅釋器〕。

【餔】奔模切音逋虞韻

(一)日加申時食也。見〔說文〕。〔按廣韻集韻類篇韻會舉要引、並無日加二字。後漢書王符傳注引、—謂日加申時也。王筠說文句讀云。謂加申之時而食。謂之—也。日加某者。古語也。漢書翼奉傳。日加申。後漢郎顗傳。日加申。魏志管輅傳。日加午而風發。古無子時丑時語。〕

(二)食也。見〔廣雅釋詁〕。

(三)歠也。見〔集韻〕。

(四)哺也。如餳而濁可哺也。見〔釋名釋飲食〕。

(五)賜也。〔太玄大〕或益之—。

(六)通哺。〔大智論音義〕乳哺。哺、含食也。論文作—。

(七) 同晡。〔後漢王符傳〕非朝—不得通。〔注〕、—今爲晡字也。

【餔】博故切音布遇韻

與食也。見〔集韻〕。

【餔】蒲故切音步遇韻

(一) 餔—。餌也。見〔集韻〕。〔按廣韻作糒。〕

(二) 餳之濁者曰—。見〔正字通〕。

(三) 同鶘。〔爾雅釋鳥〕鵯—鼓。〔釋文〕、—字或作鶘。

【餕】祖峻切音俊震韻疾眷切音泉霰韻

(一) 食之餘也。見〔說文新附〕。

(二) 孰食謂之—。見〔廣雅釋器〕。

(三) —餡。酸餡也。〔歸田錄〕京師賣酸餡者。俚俗誤書爲—餡。

(四) 通饌。〔論語爲政〕有酒食先生饌。〔釋文〕饌、鄭本作—。

【⿰食邑】乙及切音邑緝韻

(一) 臭也。見〔廣雅釋器〕。

(二) 溼也。見〔玉篇〕。

(三) 食—。見〔廣韻〕。

【⿰食邑】億姞切音乙質韻又業切音腌葉韻

臭也。見〔集韻〕。

【⿰食丮】作代切音再隊韻

(一) 設食也。从丮从才。食聲。讀若載。見〔說文丮部〕。〔按小徐本作設餁也。〕

(二) 始也。見〔玉篇〕。

(三) 詞也。見〔廣雅釋詁〕。

(四) 設也。見〔廣雅釋詁〕。

(五) 通載。〔石鼓文〕晉車—衎。〔古文苑作載。注云。、—籀文載字。〕

【餘】羊諸切音余魚韻

(一) 饒也。見〔說文〕。

(二) 皆也。見〔廣雅釋詁〕。

(三) 久也。見〔廣雅釋詁〕。

(四) 多也。〔呂覽辯土〕亦無使有—。

(五) 眾也。〔周書糴匡〕—子務藝。

(六) 過度也。〔荀子富國〕不求其—。

(七) 殘也。見〔玉篇〕。

(八) 賸也。見〔廣韻〕。

(九) 末也。〔公羊春秋序〕此世之—事。

(十) 畸也。見〔正字通〕。

(十一) 非也。見〔廣雅釋詁〕。

(十二) 越人謂鹽曰—。見〔越絕書外傳記地傳〕。

(十三) —子。庶子也。〔漢書食貨志〕—子亦任於序室。〔按周禮地官、小司徒。大故致—子。注云。玄謂—子、卿大夫之子。當守於王宮者也。左宣二年傳。又宮其—子。注云。—子、嫡子之母弟也。庶子、妾子也。〕

(十四) —皇。舟名。〔左昭十七年傳〕獲其乘舟—皇。〔按字今別作艅艎。〕

(十五) 通余。〔周禮委人〕凡其余聚以待頒賜。〔注〕余、當爲—。聲之誤也。

(十六) 姓也。〔廣韻〕晉有—頎。〔又〕韓—氏。傳—氏。夫—氏。梁—氏。竝複姓。

【餘】余遮切音邪麻韻

緒—。殘也。〔莊子讓王〕道之眞以治身。其緒—以治國家。其土苴以治天下。〔釋文〕緒—、竝如字。徐上音奢。下以嗟反。

【餒】奴罪切音婑賄韻

餧或字。〔集韻〕餧。說文、飢也。或作—。〔廣韻云同餧。玉篇訓餓也。與餧別。華嚴經菩薩問明品音義云。—、奴罪反。說文。—、飢也。字从食。妥聲。本有從食邊委者。於僞反。乃餧飤之字。一切經音義七。—、奴罪反。三蒼作餧。餓也。論語衞靈公。耕也—在其中矣。原本玉篇引作餧。蓋从委得聲者。隸變多爲从妥也。今經典飢餒字多作—。參閱餧字。〕

【餹】田黎切音題齊韻

餹—。餌也。見〔玉篇〕。〔按廣韻餹下云。餹—。黍食。集韻云。—、餌也。兗豫謂之餹—。正字通云。委齊郎飴餳。〕

【⿰食宛】於袁切音鴛元韻

餵省字。〔集韻〕餵。食也。或省。

【⿰食兒】樠元切音樠元韻

貪食。見〔集韻〕。

【⿰食免】武遠切音晚阮韻

貪也。見〔集韻引博雅〕。

【餓】牛箇切音餓箇韻

飢也。見〔說文〕。〔廣韻云。不飽也。六書故云。無食久餒也。正字通云。—甚於飢也。故孟子告子。朝不食。夕不食。兼飢—。言按淮南說山。寧一月飢。毋一旬—。高注。飢、食不足。—、困乏也。〕

【⿰食良】魯堂切音郎陽韻

羹也。見〔字彙〕。〔按正字通云。羹本音庚。俗因左傳地名不羹音郎。

楚辭讀羹如郎。臆造｜字。羹實無｜名。〕

【䭀】思晉切音迅震韻
青｜飯。烏飯也。一曰。青精飯。見〔通雅飮食〕〔按本草綱目云。陶隱居登眞隱訣載、太極眞人青光乾石｜飯法。｜音信。｜之爲言｜也。謂以酒蜜藥草浸曝之也。亦作迅。凡內外諸書並無此字。惟施於此飯之名耳。時珍曰。此飯乃仙家服食之法。而今之釋家、多於四月八日造之以供佛。〕

【⿱攸食】思留切音脩尤韻　息有切音滫　所九切音溲有韻
饙也。〔廣雅釋詁〕饙謂之｜。〔疏證〕說文。餴、滫飯也。或作饙餴。爾雅。饙、餾、稔也。郭璞注云。今呼｜飯爲饙。｜與滫同。｜之言羞也。羞、熟也。

【⿰飠乞】許訖切音吸緝韻
飽也。見〔篇海類篇〕。

【餐】子耐切隊韻
裝飾也。見〔龍龕手鑑〕。

【餖】大透切音豆宥韻
飣｜。見〔玉篇〕〔詳飣字〕。

【餗】蘇谷切音速屋韻　測角切音娕覺韻
鬻或字。見〔說文鬻部〕。〔按說文、鬻鼎實惟葦及蒲。易鼎九四。覆公｜。釋文引馬注。鍵也。穀梁疏引馬注。糜也。周禮醢人疏引鄭注。糝謂之｜。易釋文又引鄭注。菜也。引虞注。八珍之具也。易集解云。｜者雉膏之屬。段玉裁云。鼎中有肉有菜有米。以米和羹曰糜。糜者饘之類。故古訓或舉菜爲言。或舉米爲言。〕

【⿰飠呈】丑正切音偵敬韻
饋也。見〔集韻〕。

【⿰飠兒】眉敎切音貌效韻
飽懣也。見〔集韻〕。

【⿰飠育】與叔切音育屋韻
餋也。見〔字彙〕。〔正字通云。俗育字。加食旁非。〕

【餱】
餱本字。見〔正字通〕。

【⿱𦍌食】
養本字。見〔正字通〕。

【⿱卯食】
古飽字。見〔說文〕。

【⿰飠孚】
古飽字。見〔字彙〕。〔按說文从采、非从孚。正字通云。賈公彥以｜餾爲泡起、卽韋巨源食單之婆羅門輕高麪。齊書之起膠餅。今俗籠蒸饅頭發酵浮起者、是也。〕

【⿰飠夾】
同⿰飠畀。見〔玉篇〕。

【⿰飠夃】
同飴。見〔字彙補〕。

【⿰飠冏】
同餇。見〔字彙補〕。

【⿰飠甬】
餳省字。見〔集韻〕。

【⿰飠志】
餌俗字。見〔龍龕手鑑〕。

【⿰飠旱】
飦俗字。見〔龍龕手鑑〕。

【⿰飠屁】
⿰飠尼諍字。見〔正字通〕。

八畫

【⿰飠匋】徒刀切音匋豪韻
(一)餌也。見〔玉篇〕〔集韻。麪、餌也。通作｜。〕
(二)｜陰。地名。在齊。見〔集韻〕。

【⿰飠念】忍甚切音稔寑韻
(一)飽也。見〔玉篇〕。
(二)同飪。熟食。見〔廣韻〕〔集韻。飪、大孰也。通作｜。〕

【⿰飠念】諾叶切在捻葉韻
餅也。見〔集韻〕〔本草綱目作捻頭。云。寒具、一名捻頭。一名饊。正字通云。｜頭、卽捻頭也。詳饊字。〕

【⿰飠固】洪孤切音胡虞韻
(一)餅也。見〔玉篇〕〔通雅飮食云。糊餅謂之糊。玉篇｜。諸聲別書耳。〕
(二)鬻或字。〔集韻〕鬻。饘也。或作｜。

【⿰飠固】古慕切音顧遇韻
饘也。見〔集韻〕。

【餞】才線切音賤　子賤切音箭霰韻　在演切音踐銑韻
(一)送去也。詩曰。顯父｜之。見〔說文〕。〔注〕錯曰。以酒食送也。｜、猶羨也。引」
(二)送也。〔書堯典〕寅｜納日。
(三)進也。見〔爾雅釋詁〕〔疏〕｜者、進飮食之名也。
(四)通踐。〔儀禮士虞禮記〕乃｜。〔注〕古文｜爲踐。

【餟】株衛切音綴霽韻　株劣切音輟屑韻
(一)祭酹也。見〔說文〕。
(二)餽也。見〔方言〕。

㊂通醱。〔史記封禪書〕其下四方地爲醱食羣神從者及北斗云。〔按漢書郊祀志字又作腏。師古曰。腏字與綴同。謂聯續而祭也。〕

【餅】必郢切音屏梗韻

㊀麪餈也。見〔說文〕〔注〕鍇曰。麥曰｜。〔按顏注急就篇云。溲麪而蒸熟之則爲｜。釋名釋飲食云。｜、并也。溲麪使合并也。六書故云以粉及麪爲薄餌也。引唐本說文作餈餈也。〕

㊁食也。見〔廣雅釋詁。〕

㊂物之圓片皆曰｜。〔歸田錄〕始造小片龍茶。南郊。中書、樞密院、各賜一｜。〔俗謂銀幣曰｜、金意同此。〕

㊃同䴵。〔晉書食貨志〕十䴵之麪屑而供帝。〔音義〕䴵、與｜同。

【⿱臥食】尼厄切音搦陌韻

㊀楚謂小兒嬾⿱臥食。從臥食。見〔說文臥部。〕〔注〕鍇曰。謂不樂於食也。今俗人謂嬾爲｜。此會意。〔按玉篇作楚人謂小嬾曰｜。〕

㊁灸餅餌。見〔玉篇。〕〔按玉篇臥部食部並出。廣韻作｜。灸餅餌名。無說文讀。集韻云。一曰餅厲。〕

【餇】一結切音噎屑韻

㊀結也。〔楚辭逢尤〕仰長歎兮氣｜結。

㊁古饐字。〔漢書賈山傳〕祝｜在前。〔注〕師古曰｜、古饐字。謂食不下也。〔按玉篇云。或噎字。攷說文、噎。飯窒也。饐、飯傷溼也。集韻云。噎或作饐。〕

【餤】徒甘切音談覃韻　余廉切音鹽　於鹽切音懕鹽韻

進也。〔詩巧言〕亂是用｜。

【餤】杜覽切音淡感韻

啖或字。〔集韻〕啖。噍啖也。或作｜。〔按六書云。今人以薄餅卷肉切而薦之曰｜。〕

【餤】徒濫切音澹勘韻

㊀啗或字。〔集韻〕啗。食也。或作｜。

㊁餅之也。〔史記趙世家〕故以齊｜天下。

㊂餅也。〔正字通〕唐賜進士有紅綾｜。南唐有玲瓏｜。皆餅也。〔通雅飲食云。顧遯園載南唐烈祖受禪。有燃鰲｜。駝蹄｜。瓏璁｜。非毛詩之｜。蓋與餡通。〕

【餦】陟良切音張陽韻

㊀｜餭也。〔楚辭招魂〕粔籹蜜餌。有｜餭些。〔通雅飲食云。｜餭則粉和餳者。古所謂餈餌也。〕

㊁｜餛。餅也。〔方言〕餅、謂之飥。或謂之｜餛。

【館】古玩切音貫翰韻　古緩切音管旱韻

㊀客舍也。周禮、五十里有市。市有｜。｜有積。以待朝聘之客。見〔說文。〕

㊁舍也。見〔廣雅釋言。〕

㊂以｜｜人也。見〔韻會舉要。〕

㊃神所｜止也。〔周禮司巫〕祭祀則共匰主及道布及蒩｜。〔注〕蒩之言藉也。祭祀有當藉者。｜所以承蒩。謂若今筐也。

㊄官署名。清翰林院有庶常｜。凡庶吉士考取授職、曰留｜。改用部曹及外官、曰散｜。

㊅通管。〔儀禮聘禮〕管人布幕於寢門外。〔注〕管、猶｜也。

㊆通觀。〔禮記雜記〕公｜。復。〔釋文〕｜、本作觀。

【餡】乎鑑切音陷陷韻

㊀餅中肉也。見〔字彙。〕〔正字通云。凡米麪食物。坎其中實以雜味、曰｜。〕

㊁同⿰食兼。〔六書故〕｜又作⿰食兼。歐公歸田錄言、京師賣酸⿰食兼者。俚俗誤書爲餕餡。滑稽子謂爲俊叨。蓋不知｜之从臽而誤从舀也。

【餩】乙得切音檍職韻

㊀噎也。見〔玉篇。〕

㊁噎聲。見〔廣韻。〕

【饢】乃網切養韻

㊀近也。見〔五音集韻。〕

㊁忽也。見〔五音集韻。〕

㊂咫尺見也。見〔五音集韻。〕

【⿸尸食】諸延切音旃先韻

饘或字。〔集韻〕饘。糜也。或作｜。

【⿸尸食】則旰切音贊翰韻

古饡字。〔集韻〕饡。以羹澆飯。古作｜。〔按兒笘錄云。饡飧二字並有澆飯之義。故或叚飧爲饡。飧字篆文作餈。其上夕字引而長之。則與尸相侶。因誤爲屢矣。周禮玉人注。餈｜。禮記內則注。膏｜。其字又作｜。从尸从氺。尸者夕之變也。氺者水之變也。蓋其字合飧湌二字爲一字也。」

【[illegible]】祖管切音纂旱韻 古纘字。〔集韻〕纘、繼也。古作—。

【[illegible]】居六切音菊屋韻 饘也。見〔玉篇〕。〔按正字通云。粥字之譌〕

【餚】何交切音爻肴韻 饌也。見〔玉篇〕。〔按廣韻云。同肴。集韻云。肴或字。正字通云。肴俗字。」

【[illegible]】平刀切音豪豪韻 臑羞也。見〔集韻〕。

【餛】胡昆切音魂元韻 —飩。見〔玉篇〕。〔按集韻、餛。博雅、餛飩。餅也。亦作—、餫、糂。通雅飲食云。—飩、乃混沌之轉。〕

【餛】公渾切音昆元韻 餦—。餅也。見〔集韻〕。〔按方言。餅謂之飥。或謂之餦—。郭璞、—音渾。」

【[illegible]】力谷切音祿屋韻 食也。見〔玉篇〕。

【餜】古火切音果哿韻 餅子。見〔玉篇〕。

【[illegible]】仕吏切音事寘韻 嗜食也。見〔集韻〕。〔按玉篇同餕。〕

【[illegible]】竹恚切音諈寘韻 飢也。見〔集韻〕。

【[illegible]】閭承切音夌盧登切音棱蒸韻子孕切音甑里孕切音掕徑韻 馬食穀多、气流四下也。見〔說文〕。〔段注〕謂汗液、前後左右四面流下也。—與淋、雙聲義近。由於食穀多也。〔按博物志云。馬食穀。則足重不能行。〕

【[illegible]】昌志切音熾寘韻 饎或字。〔集韻〕饎、酒食也。或作—。

【[illegible]】音泉先韻 爨也。見〔川篇〕。〔按當爲鑒譌字。〕

【[illegible]】衢遇切音具遇韻 寒—。餅屬。見〔集韻〕。〔正字通云。—本作具。加食旁者。俗增也。周禮籩人朝事之籩注。鄭司農云。朝事、謂清朝未食。先進寒具。寒具。本草綱目云。林洪清供云。寒具。捻頭也。以糯米和麪麻油煎成。以餳食之。可留月餘。宜禁煙用。觀此、則卽今饊子也。服虔通俗文謂之餲。張揖廣雅謂之粰䊰。楚辭謂之粔籹。雜字解詁謂之膏環。按庸閒齋隨筆云。寒具卽今麻團也。」

【餧】奴罪切音餧賄韻 飢也。一曰。魚敗曰—。見〔說文〕。〔按集韻、韻會舉要、引說文無一曰魚敗曰—六字。玉篇廣韻有此六字、而不引說文。原本玉篇云。孔安國曰。魚敗曰—也。字書或作餒字。在魚部。今本玉篇魚部。字从妥作鮾。廣韻字同。集韻、韻會舉要並云。鮾或作鯘。通作—。論語鄉黨音義。餧。奴罪反。說文云。魚敗曰餧。本又作餒。字書同。段玉裁改說文—爲餒。王筠云。史記孔子世家作魚—肉敗。必古本固然。」

【餧】於僞切音委寘韻 飤也。〔漢書陳餘傳〕如以肉—虎。〔廣韻云。飯也。廣雅釋詁云。飯也。五經文字云。今經典相承。以此爲—飼之—。別作餵爲飢餧字。集韻云。餧食牛也。或从食。韻會舉要云。委、今作—。原本玉篇云。以物散與鳥獸食之。」

【[illegible]】昨故切音祚遇韻 相謁食也。見〔字彙〕。

【[illegible]】古倦切音眷霰韻 饌也。見〔玉篇〕。

【[illegible]】莊持切音菑支韻 饘名。見〔集韻〕。

【餥】匪微切音非微韻府尾切音匪尾韻方未切音誹未韻 餱也。陳楚之閒。相謁而食麥飯曰—。見〔說文〕。〔爾雅釋言云。—、餱、食也。方言云。—、飵食也。陳楚之內。相謁而食麥饘。謂之—。廣韻七尾云。—、餱也。一曰相請食。」

【餢】薄口切音部有韻 䭖或字。〔集韻〕䭖、餢、䬳、餅也。或从食。〔通雅飲食云。齊民要術奇字、有酵—餘。糉糖粔䊰。元美亦鈔之。弇云無音。其別條乃云—餘、起麪也。陳懋仁曰。海篇作倍偸餅也。元美得毋誤見上文之酵起麪

也。而遂以下文之酳餘合之乎。以義論之。賈氏嘗以酵饇爲泡起。而轉其字爲—餘。—蓋亦發酵之類。是也。〕

【餣】又業切音腌葉韻
餅也。見〔廣雅釋器〕〔疏證〕餅謂之䭔。或謂之餈。或謂之餘。或謂之—。或謂之䬣。〔按集韻類篇引作飼也。飼蓋餅之譌。〕

【䭢】都籠切音東東韻
東郡館名。見〔廣韻引地理志。〕

【䭕】音未詳
飳也。見〔字彙補。〕〔按酉陽雜俎。酒食飳謂之餕。一曰—。〕

【䭘】諸盈切音征庚韻
煮魚煎肉也。見〔玉篇。〕〔按集韻以爲䏭或字。〕

【䬽】鋤弓切東韻
—饞。貪食也。見〔龍龕手鑑。〕〔按卽饞字之譌。〕

【䬶】飫本字。見〔說文。〕

【餸】古饑字。見〔集韻。〕

【餇】古餉字。〔後漢章帝紀〕賜給公田爲雇耕傭賃種—。〔注〕—、糧也、古餉字。

【餖】同飣。見〔玉篇。〕

【䬯】同䬴。見〔玉篇。〕

【䭈】同䬸。見〔玉篇。〕

【䬻】同飫。見〔玉篇。〕

【餯】餯或字。見〔集韻。〕

【䭊】飤或字。見〔集韻。〕

【餝】飾俗字。見〔玉篇。〕〔按國策秦策。文士並—。注—、巧也。一作飭。〕

【餈】飫俗字。見〔龍龕手鑑。〕

【䬫】餂俗字。見〔龍龕手鑑。〕

【餘】飾俗字。見〔龍龕手鑑。〕

【餡】糒俗字。見〔字彙補。〕

【餞】餞譌字。見〔字彙補。〕

【餳】餳譌字。見〔正字通。〕

九畫

【餫】王問切音運問韻
❶野饋曰—。見〔說文。〕
❷遠氣也。見〔六書故。〕
❸饋也。見〔廣雅釋言。〕
❹通運。〔詩黍苗箋〕營謝轉—之役。〔釋文〕—、本作運。

【餛】胡昆切音魂元韻
同䐣。〔集韻〕䐣䐣飩。餅也。亦作—。〔按廣韻云同餫。〕

【餬】洪孤切音胡虞韻
❶寄食也。見〔說文。〕〔方言〕—、寄也。寄食爲—。原本玉篇云。—口之—、說文爲鬻字。黏—之、爲黏字。〕
❷糜也。見〔廣韻。〕〔按爾雅釋言。餬、饘也。說文。饘、糜也。周謂之饘。宋謂之—。左隱十一年傳注。—、鬻也。疏。—是饘鬻之別名。〕
❸食也。〔莊子人間世〕足以—口。
❹薄食也。見〔六書故。〕

【䭙】皇廬切音孤虞韻
❶糜也。見〔篇海。〕
❷寄食也。見〔篇海。〕

【餪】乃管切音煖旱韻
饋女也。見〔原本玉篇引倉頡篇。〕〔按廣韻云女嫁三日送食曰—。〕

【䭓】奴亂切音偄翰韻
婚三日謂之—。見〔集韻。〕

【饇】羊句切音預遇韻
齊遇也。見〔龍龕手鑑。〕

【餭】雨方切音王　胡光切音黃陽韻
餦—。餳也。〔楚辭招魂〕粔籹蜜餌。有餦—些。〔注〕餦—、餳也。補曰。方言曰。餳、謂之餦—。注云。卽乾飴也。音張皇。一曰餅也。一曰餌也。〔按周頌有瞽釋文正義引方言。並作張皇。〕

【餿】疎鳩切音搜尤韻
飯壞。見〔玉篇。〕〔六書故引字林云。飯傷溼熱也。按今語凡食物味變。其質腐敗者皆曰—。〕

【鞬】居言切音鞬元韻
鬻或字。見〔說文鬻部。〕

【䭠】諸延切音旃先韻
饘或字。見〔集韻。〕

【餜】苦禾切音科歌韻
䴹或字。見〔集韻。〕

【䭑】拍逼切音塴職韻　飽也。見〔玉篇〕。

【⿰食甚】口敢切音⿸厂敢感韻　飢也。見〔玉篇〕。

【⿰食复】方六切音福屋韻　食也。見〔集韻〕。

【⿰食甬】尹竦切音甬腫韻　食也。見〔集韻〕。

【⿰食有】逕委切音髓尹捶切音隋紙韻　食也。見〔集韻〕。

【⿰食耑】音團寒韻　豆屑雜餳也。〔方言〕⿰食宛謂之—。米—。通作團。見〔字彙〕。

【⿰食衍】居言切音饘元韻　鬻或字。〔集韻〕鬻鬻也。或作—。〔按說文、玉篇、廣韻、並書作鬻。〕

【⿰食衍】諸延切音饘先韻旨善切音𦆴銑韻

【⿰食柔】如又切音輮宥韻　餾也。見〔玉篇〕。

【⿰食柔】女救切音䊴宥韻　䊴或字。〔集韻〕䊴𩜋飯也。或从柔。

【⿱夭食】於喬切音䬲蕭韻　餳也。見〔集韻〕。

【餱】胡溝切音侯尤韻　本作餱。〔說文〕餱乾食也。周書曰。峙乃—粻。

【⿰食俞】天口切偷上聲有韻　⿰食咅—餅也。見〔字彙〕。〔詳⿰食咅字〕。

【⿰食彖】許穢切音喙隊韻　飯臭。〔爾雅釋器〕餀謂之—。〔按說文餀下引作喙。〕

【餲】於利切音緆霽韻於邁切音噫卦韻何葛切音曷阿葛切音遏曷韻　飯—也。論語。食饐而—。見〔說文〕。

【餲】何葛切音曷曷韻　餅名。見〔廣韻〕。

【餳】徒郎切音唐陽韻慈盈切音情庚韻　飴和饊者也。从食。昜聲。見〔說文〕。〔按今本从易者。譌字。方言。凡飴謂之—。自關而東、陳楚宋魏之間、通語也。釋名釋飲食。—洋也。煮米消爛。洋洋然也。〕

【⿰食粟】甫文切音分文韻　餐—。飯也。見〔篇海〕。

【⿰食彥】五健切音彥願韻　飴也。〔酉陽雜俎〕飲食飴謂之—。

【⿰食者】音未詳　飽餕謂之—。見〔酉陽雜俎〕。

【⿰食巽】饌本字。見〔說文〕。

【⿰食保】古飽字。見〔說文〕。

【⿱習食】同⿰食胡。見〔集韻〕。

【⿰食咎】同⿱夭食。見〔玉篇〕。

【⿱奴食】同⿰食彥。見〔玉篇〕。

【⿰食吳】同⿰食梟。見〔玉篇〕。〔按—、𩛆、⿰食梟、饒、四字。字書韻書所載音訓略同。遞相譌混。並俗字也。〕

【⿰食保】同飽。見〔正字通〕。

【⿰食奔】同餴。見〔玉篇〕。〔按說文作餴。〕

【⿰食屏】同餅。見〔字彙補〕。

【⿰食弄】同餴。見〔字彙補〕。

【⿰食晃】餹或字。見〔說文〕。

【⿰食婁】餕俗字。見〔龍龕手鑑〕。

【⿰食畏】委俗字。今飤委字俗如此作。

【⿱蚕食】䭔俗字。見〔龍龕手鑑〕。

【⿰食芻】餔譌字。見〔正字通〕。

十畫

【餹】徒郎切音唐陽韻
❶餳謂之—。見〔方言〕。〔按集韻。—、亦作餳。或作糖、糃。〕
❷—餅。黍膏也。見〔廣韻〕。
❸軟—。飴也。〔本草綱目〕飴、即軟—也。糯米、粳米、秫粟米、蜀秫米、大麻子、枳椇子、黃精、白朮、並堪熬造。惟以糯米作者入藥。粟米者次之。

【⿰食息】悉即切音息職韻
❶息也。周鄭宋沛之閒曰—。自關而西秦晉之閒或曰喙或曰—。見〔方言〕。
❷食也。見〔廣韻〕。
❸長也。見〔廣雅釋詁〕。〔疏證〕孟子告子篇。是其日夜之所息。趙岐注云。息、長也。與—通。

【饘】去演切音遣銑韻

(一)黏也。見〔廣韻〕。

(二)饘省字。〔集韻〕饘。博雅、餰糉摶也。或省。

【餼】許既切音欷未韻

(一)氣或字。見〔說文米部〕。〔按說文、氣。饋客之芻米也。段注。从食、而氣爲聲。蓋晚出俗字。在假氣爲气之後。又考工記玉人以致稍—。司農注云。—或作氣。杜子春云。當爲—。〕

(二)饋也。見〔小爾雅廣言〕。

(三)食也。〔國語越語〕公與之—。

(四)常廩也。〔禮記王制〕皆有常—。

(五)生食也。〔管子問〕問死事之寡。其—廩何如。

(六)飽也。見〔方言〕。

(七)主也。〔儀禮聘禮〕—二牢。

(八)生物也。〔左哀十二年傳〕地主歸—。

(九)生牲也。〔儀禮聘禮〕—之以其禮。〔注〕凡賜人以牲生曰—。〔疏〕論語云。告朔之—羊。鄭注亦云。牲生曰—。春秋傳云。—臧石牛。服氏亦云生牲。是凡牲生曰—。春秋僖三十三年。鄭皇武子云。—牽竭矣。服氏以爲腥曰—。以其對牽。故以—爲腥。詩序云。雖有牲牢饔—。鄭云。腥曰—。以其對生是活。故以—爲腥。

(十)禾米也。〔國語周語〕廩人獻—。

(十一)秣也。〔國語魯語〕馬—不過稂莠。

(十二)通既。〔儀禮聘禮記〕曰如其饔既之數。〔注〕古文既爲—。〔按說文米部、氣或从既作槩。段注。既聲也。聘禮記文當爲槩之省。〕

【餽】基位切音媿求位切音匱寘韻歸謂切音貴未韻

(一)吳人謂祭曰—。从食鬼。見〔說文〕。〔段注〕祭鬼者、—之本義。不同饋也。以—爲饋者。古文假借也。〔按國策中山策。飲食餔—。注。吳謂食爲—。祭鬼亦爲—。古文通用。讀與饋同。〕

(二)餉也。見〔集韻〕。

(三)遺也。〔禮記檀弓〕君有—焉曰獻。

(四)餅也。見〔後漢樊曄傳注〕。

(五)四穀不收謂之—。見〔墨子七患〕。

(六)姓也。〔姓譜〕晉中行穆伯攻鼓—閒倫。欲因其裔夫而下之。

【餾】力救切音溜宥韻力求切音留尤韻

(一)本作餾。〔說文〕餾。飯氣蒸也。〔按詩泂酌正義引作飯氣流也。釋文引孫炎云。蒸之曰餾。均之曰—。〕

(二)稔也。〔爾雅釋言〕饙、—、稔也。〔注〕饙熟曰—。〔義疏〕稔者飪之叚音也。方言云。飪、熟也。

(三)飯也。見〔廣韻〕。

【餖】五困切音顐願韻

(一)饁—也。見〔說文〕。〔按方言。相謁而食麥饘謂之—。秦晉之際河陰之閒曰饁—。注。今關西人呼食欲飽爲饁—。〕

(二)飽也。見〔廣韻〕。

(三)餕也。見〔玉篇〕。

【饁】域輒切音曄葉韻又業切音腌洽韻

(一)本作饁。〔說文〕饁。餉田也。詩曰。—彼南畝。

(二)饋也。見〔爾雅釋詁〕〔注〕孫炎云。—、野之餉。

【䬵】口到切音犒號韻

(一)餉軍。見〔廣韻〕。

(二)勞也。見〔玉篇〕。

【䬵】同饈。見〔正韻〕。

【饈】思留切音修尤韻

(一)饋食也。見〔正字通〕。

(二)饈或字。見〔集韻〕。

【䭃】丑展切音蕆銑韻

長味也。見〔集韻〕。

【餢】下瞎切音轄黠韻

飲也。見〔集韻〕。

【䭐】弋亮切音漾漾韻

餌也。見〔玉篇〕。

【餺】伯各切音博藥韻

—飥。餅屬。見〔玉篇〕。

【䭑】力冉切音斂琰韻離鹽切音廉鹽韻

嗛也。讀若風溓溓。一曰。廉潔也。見〔說文〕。〔段注〕口部曰。嗛小食也。風溓溓未聞。一謂讀若廉潔之廉也。轉寫奪若字。〔按長箋云。正飯之後有小飯。如茶點之類。北方謂之小食。飯之餘也。今俗所謂喫小食。其來已古。〕

【䭑】乎韽切音陷陷韻

獫或字。〔集韻〕獫餅中肉。或从食。

【䭑】苦簟切音歉丘檢切音顩琰韻 歉或字。〔集韻〕歉不飽也。一曰。不足皃。或作—。

【䬴】於袁切音鴛元韻 貪也。見〔玉篇〕。

【餻】居勞切音高豪韻 餌屬。見〔說文新附〕。〔按方言。餌謂之—。說文作餻。字彙沿俗省作—。集韻或作糕、餻。〕

【䭚】千剛切音蒼陽韻 食也。見〔集韻〕。

【餂】測洽切音插洽韻 餌也。見〔集韻〕。

【䭋】去久切音糗有韻 食物爛也。見〔集韻〕。

【䭘】來可切音𥵇哿韻 餉也。見〔異字苑〕。

【餲】德盍切音搨合韻 —䭅。食也。見〔玉篇〕。

【𩞃】蘇故切音素遇韻 膳徹葷也。見〔集韻〕。〔按正字通。云。六書本作素。儀禮喪服傳。飯素食。注。猶故也。謂復平生時食也。史記霍光傳注。菜食無肉曰素。集韻加食作—。非。〕

【䭔】都回切音磓灰韻 蒸餅也。〔玉篇〕蜀人呼蒸餅爲—。

【饀】他刀切音饕豪韻 饕或字。〔集韻〕饕。說文、貪也。或作—。

【䭇】徒刀切音陶豪韻 餌也。見〔集韻〕。

【𩝵】苦紺切音勘勘韻 味過甘也。見〔集韻〕。

【䭓】果瞲切音瓜麻韻 消食也。見〔字彙補〕。

【䭋】博巧切音飽巧韻 同䬵。見〔正字通〕。〔按䬵、俗飽字也。宋劉原父載匽銘有—字。黃長睿曰。—與䬵、同音飽。譌省作䬵。〕

【餑】音未詳 餌也。〔酉陽雜俎酒食〕饆、餅、—、饘、飥。餌也。〔按今本作餑。〕

【䭆】古飽字。見〔說文〕。

【餿】同餿。見〔玉篇〕。

【饍】同饍。見〔六書故〕。

【餴】饙或字。見〔說文〕。

【䭙】䬩或字。見〔集韻〕。

【䭟】啫俗字。見〔正字通〕。

【䭬】齎俗字。見〔正字通〕。

十一畫

【𩞯】桑感切音修感韻 ㊀羹—也。見〔玉篇〕。㊁糂或字。〔集韻〕糂。說文、以米和羹也。或作—。㊂同糝。見〔五音集韻〕。

【𩞯】楚錦切音墋寢韻 食有沙也。見〔集韻〕。

【𩞯】七紺切音謲勘韻 參或字。〔集韻〕參鼓曲也。後漢禰衡爲漁陽參撾。或从食。

【䭩】眉波切音摩歌韻 ㊀哺小兒也。見〔集韻〕。㊁食也。見〔玉篇〕。

【饕】忙皮切音縻支韻 糜或字。〔集韻〕糜。說文、糝也。或作—。

【饅】謨官切音瞞寒韻 ㊀—頭。餅也。見〔集韻〕。〔按事物紀原云。諸葛武侯之征孟獲。人曰。蠻地多邪術。須禱於神。假陰兵。然蠻俗、必殺人以其首祭之。武侯不從。因雜用羊豕之肉而包之以麪。象人頭以祠。後人由此爲—頭云。〕㊁包子也。〔燕翼貽謀錄〕仁宗誕日。賜羣臣包子。卽—頭別名。今俗屑麪發酵。或有餡。或無餡。烝食者謂之—頭。〔按今或謂有餡者爲包子。無餡者爲—頭。此非普通之名偁也。〕

【餳】式亮切音向漾韻尸羊切音商陽韻 ㊀餉或字。〔集韻〕餉。說文、饟也。或作—。㊁饟或字。〔集韻〕饟饁也。或作—。

【䭒】始兩切音賞養韻 餘或字。見〔說文〕。〔按說文。餘、盡食也。〕

【饇】依據切音瘀御韻威遇切音嫗遇韻於口切音毆有韻

㊀飽也。〔詩角弓〕如食宜｜。〔箋〕王如食老者則宜令之飽。

㊁飫或字。〔集韻〕飫、說文、燕食也。或作｜。

【䭯】竹六切音逐屋韻

㊀餅也。見〔集韻〕。

㊁食皃。見〔字彙〕。

【䭵】章恕切音翥御韻

㊀豕食也。見〔玉篇〕。

㊁犬糜也。見〔廣韻〕。

【饈】思留切音修尤韻

㊀膳也。見〔字彙〕。

㊁薦也。見〔字彙〕。

㊂羞或字。〔集韻〕羞、說文、進獻也。或从食。

【饉】渠吝切音僅震韻

㊀蔬不熟爲｜。見〔說文〕。

㊁三穀不升也。〔穀梁襄二十四年傳〕三穀不升謂之｜。

㊂一穀不收謂之｜。見〔墨子七患〕。

㊃通殣。〔文選班固論〕餓｜流隸。〔注〕｜或爲殣。

【饙】府文切音饙文韻

㊀脩飯也。見〔說文〕。〔段注〕脩、各本作滫。誤。脩之言溲也。水部曰。溲、浂汏也。飯者人所飯也。

㊁同饙。半蒸飯也。見〔玉篇〕。

【𩟗】巨兩切強上聲養韻

硬食。見〔類篇〕。

【𩟢】陟革切音摘治革切音宅陌韻

日月｜蝕也。見〔集韻〕。

【饆】璧吉切音必質韻

｜饠。餅屬。見〔玉篇〕。〔按正字通云。｜饠、用麪爲之。中有餡。資暇集云。蕃中畢氏、羅氏、好食此味。因名畢羅。後人加食旁爲｜饠。潛確類書云。今北人呼爲波波。參閱饠字。〕

【䭨】咋糟切音曹豪韻

食餡也。見〔玉篇〕。

【䭸】蘇回切音雖灰韻

飯也。見〔集韻〕。

【䭬】鉏江切音淙江韻

欲食。見〔集韻〕。

【䭢】子敢切音斬感韻昨濫切音慚勘韻

澉｜。無味。見〔集韻〕。

【䭠】子冉切音僭琰韻

嘗食也。見〔集韻〕。

【䭹】鉏弓切音崇東韻

｜饛。貪食見〔集韻〕。

【𩞁】居氣切音既未韻

饋食生也。見〔集韻〕。

【𩟔】常容切音鱅冬韻

饞｜。不廉。見〔集韻〕。

【𩟧】饕籀文。从號省。見〔說文〕。

【𩠆】同漿。〔莊子列禦寇〕吾嘗食於十｜。而五｜先饋。〔注〕｜、亦作漿。

【饄】同餹。見〔正字通〕。

【𩞕】同饟。見〔字彙補〕。

【䭚】饎或字。見〔集韻〕。

【𩟳】𩟳或字。見〔集韻〕。

【𩟄】饒或字。見〔集韻〕。

【𩞄】餗或字。見〔集韻〕。

【𩟀】餗或字。見〔集韻〕。

【𩞜】䭢或字。見〔集韻〕。

【𩟘】䭬或字。見〔集韻〕。

十二畫

【饊】顙旱切音散旱韻

㊀本作饊。〔說文〕饊、熬稻粻餭也。〔段注〕餭、依韻會从食。各本作程。蓋因許書無餭改之耳。楚辭方言皆作餦餭。古字蓋當作張皇。熬、乾煎也。稻、稌也。稌者、今之稬米。米之黏者。煮稬米爲張皇。張皇者、肥美之意也。既又乾煎之。若今煎粢飯然。是曰｜。

㊁散也。〔急就篇〕｜之言散也。熬稻米飯、使發散也。古謂之張皇。亦目其開張而大也。

㊂飯也。見〔廣韻〕。

㊃｜子。寒具也。〔本草綱目〕林洪清供云。寒具、捻頭也。以糯粉和麪麻油煎成。以餹食之。可留月餘。宜禁烟用。觀此則寒具即今｜子也。以糯粉和麪入少鹽。牽索紐。捻成環釧之形。油煎食之。｜、易消散也。服虔通俗文謂之餲。張揖廣雅謂之

粰䊀。楚辭謂之粔籹。雜字解詁謂之餈環。〔按―子一作糫子。通雅飲食云。粔粧、膏環、安乾、餢飳、餦餭、環餅、粺䊀、饊、餢、饊皆寒具糫子也。糫即―字。〕

【𩞁】於境切音影梗韻於慶切音映敬韻

❶餌也。見〔集韻〕。
❷飽也。見〔方言〕。

【饋】求位切音匱寘韻

❶餉也。見〔說文〕。
❷食也。〔易家人〕在中―。
❸朝夕食也。〔儀禮既夕〕燕養―羞。湯沐之饌。
❹進食也。〔荀子正論〕曼而―。
❺進物於尊者曰―。〔周禮膳夫〕凡王之―。
❻遺也。〔禮記檀弓〕顏淵之喪―祥肉。
❼祭名也。〔文選王僧達祭文〕敬陳奠―。
❽―食。薦熟也。〔周禮籩人〕―食之籩〔按儀禮特牲饋食禮。特牲―食之禮。注云。祭祀自孰始曰―食。―食者食道也。〕
❾―人治膳者也。〔左成十年傳〕使甸人獻麥―人爲之。
❿通歸。〔論語陽貨〕歸孔子豚。〔鄭注〕魯讀―爲歸今從古。
⓫通餽。〔漢書賈誼傳〕執贄而親餽之。〔注〕餽、與―同。

【饋】徒回切音頹灰韻

餹―。餌名。屑米和蜜蒸之。見〔集韻〕

【䭙】子朕切音朁寑韻

❶溼通上也。見〔廣韻〕。
❷美也。見〔廣雅釋詁〕。
❸味小甘也。見〔集韻〕。

【𩞊】始兩切音賞養韻

❶晝食也。見〔說文〕。
❷日西食也。見〔廣韻〕。

【饌】雛綰切音撰潸韻扶萬切音飯願韻士戀切音籑霰韻

❶籑或字。見〔說文〕〔按說文、籑具食也。〕
❷具也。見〔廣雅釋詁〕。
❸陳也。〔儀禮士冠禮〕具―于西塾。
❹飲食也。〔論語爲政〕先生―。
❺通膳。〔文選盧子諒詩〕不忝―賓。〔注〕―、與膳同。

【饌】須兗切音選銑韻

六兩也。〔尚書大傳〕夏后氏不殺不刑。死罪、罰二千―。

【饎】昌志切音熾寘韻虛其切音僖支韻

❶酒食也。詩曰可吕饙―。見〔說文〕。〔段注〕酒食、可喜之物也。故其字从食喜。大雅文。謂行潦之水。可用於酒食之饙。
❷熟也。見〔廣雅釋詁〕〔疏證〕爾雅釋訓釋文引字林云。―、熟食也。〔按方言自河以北、氣熟曰―。〕
❸炊黍稷曰―。〔儀禮士虞禮〕―爨在東壁西面。
❹―人。官名。見〔周禮地官序官〕〔注〕鄭司農云。―人主炊官也。

【𩟢】傳江切音幢江韻

❶喫皃。見〔廣韻〕。
❷食無廉也。見〔集韻〕。

【饐】乙冀切音懿寘韻於例切音餲霽韻

❶飯傷溼也。見〔說文〕〔段注〕〈論曰。鮑、―魚也。是引伸之凡淹漬者曰―也。
❷飯傷熱溼也。見〔論語鄉黨〕食―而餲。釋文引字林。〔按段玉裁云。此混―于饖。〕
❸飯餲臭也。見〔字苑〕。〔按爾雅釋器云。食―謂之餲。釋文引葛洪云。―、餲臭也。〕

【饐】一結切音噎屑韻益悉切音壹質韻

噎或字。見〔集韻〕噎。說文、飯窒也。或作―。

【饒】如招切音蕘蕭韻人要切音邵嘯韻

❶飽也。見〔說文〕。
❷餘也。見〔玉篇〕。
❸厚也。見〔玉篇〕。
❹多也。〔禮記曲禮〕大饗不問卜。不―富。〔注〕富之言備也。備而已。勿多於禮也。
❺豐也。〔漢書陳平傳〕平娶張氏。賫用益―。
❻益也。〔唐書食貨志〕有加―法行。〔按今蘇俗買物請益謂之討―頭。〕
❼勝也。〔諸葛亮遺表〕子弟衣食自

有餘—。

⑧沃也。〔史記項羽紀〕關中阻山河四塞地肥—可都以霸。

⑨富有也。〔晉書食貨志〕因天地之利而總山海之—。

⑩惠也。〔漢書陳平傳〕大王能—人以爵邑。

⑪恕也。〔杜甫詩〕日月不相—。〔按俗謂寬恕曰—本此〕

⑫逸也。〔淮南脩務〕沃地之民多不才者、—也。

⑬優也。〔益州耆舊傳〕霸曰。我—爲之。

⑭漢侯國名。屬北海郡。當今山東青州府境。

⑮州名。隋置。漢豫章郡地。當今江西鄱陽縣治。〔又〕縣名。漢置。屬西河郡。當今山西汾州府境。

⑯姓也。漢漁陽太守—武。

【⿱敦食】　都昆切音敦元韻

貪食也。見〔集韻〕。

【⿰飠牚】　丑庚切音撐庚韻

⿰飠尚。飽也。見〔字彙〕。

【⿸厂⿱毄食】　令益切音劇陌韻

—饎。食相箸也。見〔集韻〕。

【⿰飠黃】　胡光切音黃陽韻

糜也。見〔集韻〕。

【⿱敢食】　杜覽切音澹感韻

無味。見〔玉篇〕。

【饑】　紀衣切音機微韻

穀不孰爲—。見〔說文〕。〔桂注〕釋天文。李巡曰。五穀不孰曰—。墨子七患篇。一穀不收謂之饉。二穀不收謂之旱。三穀不收謂之凶。四穀不收謂之餽。五穀不收謂之—。〔按論語年—、因之以—饉。鄭本皆作飢。殆爲轉寫錯亂者。〕

【⿰飠登】　都騰切音登蒸韻丁鄧切音嶝徑韻

祭食。見〔玉篇〕。

【⿰飠業】　丑庚切音撐庚韻

痾食。見〔字彙補〕。

【⿰飠甾】　同鯔。見〔字彙補〕。〔按康熙字典云。此二字韻書不載。唯字彙補引淳化帖薛稷書有之。攷三國志作鯔。蓋帖中筆畫小變耳。〕

【⿰飠異】　同飴。見〔玉篇〕。

【⿰飠戠】　饎或字。見〔集韻〕。

【⿰飠脩】　餚或字。見〔集韻〕。

【饍】　膳或字。見〔集韻〕。

【⿰飠羕】　饈或字。見〔集韻〕。

【⿰飠敢】　饟或字。見〔集韻〕。

【⿰飠需】　餪俗字。見〔正字通〕。

【⿱號食】　饕俗字。見〔正字通〕。

【[illegible]】　饕譌字。見〔正字通〕。

十三畫

【饔】　於容切音邕冬韻於用切雍去聲宋韻

①本作饔。〔說文〕饔。孰食也。

②熟肉也。〔公羊昭二十五年傳〕餕—未就。

③朝食也。〔孟子滕文公〕—飧而治。〔注〕朝曰—。夕曰飧。

④具食曰—。見〔漢書杜欽傳集注〕。

⑤牲殺曰—。〔儀禮聘禮〕君使卿韋弁歸—餼五牢。〔按—餼、大禮也。周禮司儀致飧如致積之禮。注云。大禮曰—餼。〕

⑥通雍。〔禮記聘義〕設雍餼。〔釋文〕雍、本作—。

【饕】　他刀切音滔豪韻

①貪也。見〔說文〕。

②貪財也。〔左文十八年傳〕天下之民以比三凶。謂之—餮。〔注〕貪財爲—。貪食爲餮。

③貪嗜飲食曰—。見〔韻會〕。

【饖】　烏廢切音穢隊韻乙冀切音懿寘韻

①飯傷熱也。見〔說文〕。

②飯臭也。見〔廣韻〕。

③饐或字。見〔集韻〕。

【⿰飠睪】　夷益切音繹陌韻

①祭之明日又祭也。見〔玉篇〕。

②飯壞也。見〔集韻〕。

【饗】　許兩切音享養韻

①鄉人飲酒也。見〔說文〕。〔段注〕豳風。朋酒斯—。曰殺羔羊。傳曰。鄉人飲酒也。其牲、鄉人以狗。大夫加以羔羊。此許君所本。—字之本義也。孔沖遠曰。鄉人飲酒而謂之—者。鄉飲酒禮尊事重。故以—言之。此不知亯燕之亯正作亯。亯、獻也。左

傳作亯爲正字。周禮禮記作—爲同音叚借字。〔按正字通云。六書故曰。經傳—爲—食之—。因之爲歆—。亯爲享獻之享。因之爲享祀。周官儀禮二字之用較然不紊。它書往往錯誤。蓋傳寫譌也。〕

(二)設盛禮以飲賓也。〔周禮大行人〕—禮九獻。〔按正字通曰。天子諸侯于國君皆曰—。于臣皆曰燕。所以見尊卑之禮異。然周禮掌客職曰。上公三—三燕。是天子于諸侯燕—俱有也。左傳曰。晉侯使士會平王室。定王—之。又曰。晉士文伯如周。王與文伯燕。是天子于聘問之賓—燕俱有也。國君與臣。並有—燕。不由—燕爲異此—燕之文互見耳。〕

(三)禮之也。〔禮記曾子問〕而后—冠者。

(四)飲也。〔國語周語〕王乃淳濯—醴。

(五)大飲賓也。〔詩彤弓〕一朝—之。

(六)以酒食勞人也。〔儀禮士昏禮〕舅姑共—婦以一獻之禮。

(七)食也。〔國語晉語〕將弗克—。

(八)加豢飯也。〔公羊莊四年傳〕夫人姜氏—齊侯于祝丘。〔注〕牛酒曰犒。加飯羹曰—。

(九)祭名。〔禮記禮器〕大—、其王事歟。〔注〕祫祭也。

(十)獻也。〔禮記月令〕以共皇天上帝社稷之—。

(十一)受享也。〔書顧命〕上宗曰—。〔注〕傳神命以—告也。

(十二)勸强之也。〔儀禮特牲饋食禮〕祝—。

(十三)受也。〔左哀十五年傳〕其使終—之。

(十四)通享。〔左成十二年傳〕享以訓恭儉。〔注〕享、同—。

(十五)同響。〔漢書禮樂志〕五音六律依—。

【饗】虛良切音香陽韻

祭而神歆之也。〔漢書郊祀志〕歆賓百寮山河—。

【饘】諸延切音旃先韻肯善切音膳銑韻

(一)糜也。周謂之—。宋謂之餬。見〔說文〕

(二)厚粥也。〔禮記內則〕—酏。〔按禮記檀弓—粥之食疏云。厚曰—。稀曰粥。〕

【饙】方文切音分文韻

(一)餴或孑。見〔說文〕。〔按說文、餴滫飯也。〕

(二)半蒸飯也。見〔玉篇〕。

(三)分也。象粒各自分也。見〔釋名釋飲食〕。

(四)—餾稔也。見〔爾雅釋言〕。

【⿰食會】古外切音儈泰韻

食也。見〔集韻〕。

【⿰食蜀】徒谷切音犢屋韻

粥也。見〔玉篇〕。

【⿰食咸】呼紺切音顑勘韻

食不飽也。見〔集韻〕。

【⿰食雍】委勇切音擁腫韻

食饐也。見〔集韻〕。

【⿰食睘】與縣切音院霰韻

⿱臤食飽也。見〔字彙〕。

【⿰食過】古臥切音過箇韻

食也。見〔玉篇〕。

【⿰食霝】郎丁切音靈青韻

食飽也。見〔集韻〕。

【⿰食歛】力驗切音殮豔韻良冉切音斂琰韻

食無味也。見〔字彙〕。

【⿰食奧】於到切音奥號韻

妬食。見〔玉篇〕。

【⿰食當】都郎切音當陽韻丁浪切音擋漾韻

與食也。見〔字彙〕。

【⿰食葉】與涉切音葉葉韻

餅屬也。見〔字彙〕。

【⿰食廉】兼忝切音嬚儉韻

祈也。見〔類篇引廣雅〕。

【⿰食蜀】於利切音懿寘韻

飽也。見〔玉篇〕。

【⿰食農】濃江切音醲江韻

餑—。强食也。見〔玉篇〕。

【⿰食族】子旦切音贊翰韻

羹和飯也。見〔字彙補〕。

【⿰食國】許讚切音誠翰韻

食未熟而饐也。見〔字彙補引藏經字義〕。

【⿰食熙】同饎。周禮地官—人。序官作

饍人。

【饍】膳或字。見〔集韻〕。

【饐】饐或字。見〔字彙〕。

十四畫

【饐】於恨切恩去聲烏困切音搵願韻

—饐。秦人相謂食麥也。見〔說文〕。〔按方言注。關西呼食欲飽爲—饐。〕

【饖】屋郭切音臒黃郭切音穫藥韻恥格切音斥陌韻

❶無味。見〔玉篇〕。

❷味薄。見〔廣韻〕。

【饏】尼耕切音儜庚韻

❶內充實也。見〔玉篇〕。

❷食也。見〔集韻〕。

❸—饞。強食也。見〔玉篇〕。

【饙】去演切音遣銑韻

❶噍也。見〔玉篇〕。

❷乾麪餅。見〔玉篇〕。

❸擣也。見〔廣雅釋詁〕。

【饜】於黯切音厭黯韻於鹽切音懕鹽韻

❶飽也。〔孟子離婁〕則必—酒食而後反。

❷止也。〔孟子梁惠王〕不奪不—。

❸知足也。〔左襄十六年傳〕以險徼幸者。其求無—。

【饓】初戛切音察黠韻

湌食也。見〔字彙〕。

【饎】蒲突切音勃月韻

—饇。飽也。見〔字彙〕。

【饛】謨蓬切音蒙東韻

盛器滿貌。詩曰。有—簋飧。見〔說文〕。

【饖】昨結切音截屑韻

食也。見〔玉篇〕。

【饞】雛綰切音撰潸韻

饌本字。見〔說文〕。

【饟】株戀切音囀霰韻

饋也。見〔集韻〕。

【饙】逵眷切音倦霰韻

食也。見〔集韻〕。

【䬻】音未詳

伯樂舞—哉。見〔尙書大傳〕。

【饠】音未詳

—鑢十篋。見〔穆天子傳〕。

【饡】同飧。見〔字彙〕。

【饚】飲或字。見〔集韻〕。

【饛】飱或字。見〔集韻〕。

【饗】饗或字。見〔集韻〕。

【餺】餺或字。見〔五音集韻〕。

【饒】饒俗字。見〔字彙〕。

十五畫

【饝】郞賄切音猥賄韻

食而吐也。見〔集韻〕。〔按字彙云。此字當作餾。〕

【饖】昨結切音節屑韻

食也。見〔字彙〕。

【饑】式灼切音爍藥韻

銷爍也。見〔字彙〕。

【饜】呼各切音吻藥韻

羮臛也。見〔篇海〕。

【饜】音未詳

餌也。見〔段成式食經〕。

【饙】同饎。見〔字彙〕。

【饋】膈俗字。見〔正字通〕。

十六畫

【饡】盧東切音籠東韻

餅也。見〔廣韻〕。

【饢】胡怪切音壞卦韻

食貪也。見〔類篇〕。

【饘】黑各切音郝藥韻

羮臛也。見〔字彙〕。

【饝】眉波切音摩歌韻

北人謂餅爲——。又呼波波。見〔畿輔通志〕。

【饙】饋本字。見〔說文〕。

【饖】饊本字。見〔說文〕。

【饛】飪或字。見〔字彙〕。

十七畫

【饞】鋤咸切音讒咸韻

❶饕也。〔易林〕舌—於腹。

❷食不廉也。見〔廣韻〕。

㊂貪利也。〔韓愈詩〕爲利而止眞貪|。

【饞】楚鑑切音讒陷韻
貪食。見〔集韻〕。

【䭲】母彼切音靡紙韻
哺小兒也。見〔字彙〕。

【䭦】同餺。見〔玉篇〕。

十八畫

【饟】式亮切音餉漾韻始兩切音賞養韻尸羊切音商陽韻
㊀周人謂餉曰|。見〔說文〕。
㊁以食食人也。〔詩載芟〕其|伊黍。
㊂饋也。見〔爾雅釋詁〕。

【䭨】輸芮切音稅霽韻山垂切音韉儒垂切音痿翾規切音墮支韻
小餟之皃。見〔廣韻〕。

【䭰】戶圭切音攜齊韻
餽也。見〔方言〕。

【䭪】呼各切音嚄藥韻
𦵏也。見〔字彙補〕。

【𩟗】醬本字。見〔說文〕。

十九畫

【饠】良何切音羅歌韻
㊀饆|。餅也。見〔集韻〕。
㊁食名。見〔洪武正韻〕。

【饡】則旰切音贊翰韻
㊀以羹澆飯也。見〔說文〕。
㊁以羹煎稻爲䭉也。見〔集韻〕。〔按釋名釋飲食肺膜、膜|也以米糝之如羹|也段玉裁云羹|、|漢人所爲。〕

【饝】眉波切音摩歌韻
㊀哺小兒也。見〔玉篇〕。
㊁吓兒。見〔廣韻〕。
㊂饝或字。〔集韻〕饝食也。或从靡。

※骨　部※

【骨】吉忽切音汩月韻
㊀肉之覈也。从冎有肉。見〔說文〕。〔段注〕肉中|曰覈。蔡邕注典引曰。肴覈食也。肉曰肴。|曰覈。梅李謂之覈者。亦肉中有|也。〔按素問脈要精微論。|者髓之府。主制舉徵曰。自首|至手足指|。二百有奇。或縱入如釘。或斜迎如鋸。或合筍如匭。或環抱如攢。朱駿聲云。人身三百六十五|。說本韓非解老。今生理學云。人體|數二百八或二百七。形狀分長短扁三種。原質由石灰質膠質合成。功能具固性彈性之用。兩端或有關節。外部包以|膜。內部分哈白氏管、|層板、細胞三部。互通以輸營養液。〕
㊁俎肉曰|。〔禮記祭統〕凡爲俎者。以|爲主。|有貴賤。殷人貴髀。周人貴肩。〔按儀禮鄉飲酒禮注。尊者俎尊|。卑者俎卑|。並同。〕
㊂牲體也。〔周禮內饔〕凡掌共羞脩、刑膴、胖、|、鱐。〔按後鄭注。|鱐謂|有肉者。與司農注異。依司農。|、鱐爲二物。依後鄭。|鱐爲一物。存攷。〕
㊃體也。〔儀禮有司徹注〕亦所謂|體也。〔疏〕特牲記文。案彼云|如牲|。|即體也。
㊄滑也。|堅而滑也。見〔釋名釋形體〕。
㊅幹也。〔太玄劇〕|其肉。〔按文心雕龍。故辭之待|。如體之樹骸。義同。〕
㊆濁也。〔呂覽本生〕土者扣之。〔注〕扣讀曰|。|、濁也。〔按畢沅云。注似衍一|字。意謂濁義乃扣字音訓。非|字本義。今攷列子天瑞篇。|骸者地之分。屬地濁而聚。是|亦有濁義。蓋扣即滑字。淮南原道訓混混滑滑。高注。滑讀曰|也。|、滑字亦通濁義。殆混滑之引申。〕
㊇敝屣屬也。見〔攷工記梓人以胷鳴者釋文引干注〕。
㊈木之類也。〔管子四時〕風生木與|。〔按周禮瘍醫以酸養|。注。酸、木味。木根立地中似|。同義。〕
㊉外|。軀屬。內|。骿屬。〔攷工記梓人〕外|內|。
⑪所以鍼刺人也。〔國語晉語〕挾以

衎—。
(十二)文之體格曰—。〔文心雕龍〕有移檄之—焉。
(十三)人之品格曰—。〔南史宋武帝紀〕風—奇偉。
(十四)書之瘦勁曰—。〔東坡題跋〕顏筋柳—。
(十五)紙之原料曰—。〔蜀牋譜〕惟紙—柔弱耳。
(十六)牲體之兼二—者曰牲—。〔儀禮特牲饋食禮〕腊如牲—。〔疏〕但言體。則不兼二—。言牲—則一—二—兼在其中。〔按古人謂牲體曰—。而牲體中有一體具二—者。則名牲—以別之。〕
(十七)次—喻深也。〔史記杜周傳〕內深次—。〔注〕其用罪深刻至—。
(十八)雞—喻瘦也。〔世說德行〕王雞—支牀。〔按謂王戎。〕
(十九)畱—國名。〔穆天子傳〕天子乃封長肱於黑水之西沙是曰留—之邦。
(二十)僕—。—利幹。均唐時鐵勒部落。見〔唐書北狄傳〕。
(廿一)地—。苦—。木—。並藥名。〔本草釋名〕枸杞、一名地—。苦參、一名苦—。五加、一名木—。
(廿二)—子。茶名。〔談苑〕江左李氏、別令取茶之乳作片。或號—子。〔又〕今人謂事物意旨之主幹。亦曰—子。
(廿三)—痹。病名。〔素問痹論〕以冬遇此者爲—痹。
(廿四)—董。古玩也。〔韓駒詩〕盛取江南—董歸。〔又〕—董羹。取飲食雜烹之也。〔范成大詩〕新法儂家—董羹。〔參閱董字。〕
(廿五)—肉。喻親也。〔淮南說林〕親莫親於—肉。〔按呂覽父之於子也。子之於父也。是之謂—肉之親。春秋釋例。諸侯之娶。各有娣姪。爲媵。皆同姓之國。—肉至親。晉書王豹傳。長沙王謂齊王冏曰。小子離間—肉。又晉書左貴嬪。爲離思賦曰。—肉至親。化爲他人。是父子兄弟夫婦姻亞。皆可謂之—肉。〕
(廿六)—直。謂強毅也。〔考工記弓人〕—直以立。
(廿七)—鯁。喻正直也。〔後漢來歙傳〕—鯁可任。
(廿八)—都。都。水聲也。〔元曲選〕—都都膐澥波。
(廿九)族名。〔唐書東夷傳〕新羅名其王族爲第一—。餘貴族爲第二—。
(三十)通滑。〔莊子達生〕其巧專而外—消。〔釋文〕—本亦作滑。
(卅一)通榾。〔埤蒼〕狗—木名也。字亦作榾。
(卅二)姓也。〔隋書官氏志〕紇—氏改爲—氏。隋有—儀。京兆長安人。唐有—秀英。虒鄉人。

一畫

【⿰骨乚】逸職切音弋職韻
小骨。見〔篇海〕。

二畫

【⿰骨力】苦骨切音窟月韻苦滑切音闕黠韻
(一)勤也。見〔廣雅釋詁〕。〔各本作仂也。蓋仂勤二字倒誤。今依疏證本。〕
(二)力作也。見〔集韻〕。〔按玉篇云。用力也。〕

【⿰骨丁】湯丁切音聽靑韻
腨骨。見〔集韻〕。〔按說文、胻。脛耑也。揣骨新編云。—骨。卽胻骨。則—爲脛下小骨。附脛而生者。〕

【骪】堅奚切音雞齊韻
同肌。〔列子黃帝〕—骨無䃺。〔注〕—與肌同。〔說文通定訓聲引列子黃帝篇。—作肌。所据本異。〕

三畫

【⿰骨凡】骫譌字。見〔正字通〕。

【骫】鄔毀切音委紙韻
(一)骫骨耑—奊也。見〔說文〕〔段注〕—奊者。謂屈曲之狀。〔按六書總要、毛氏增韻、並作骫。桂馥義證亦云。徐鍇本从骨九。無聲字。正字通形謂骫爲—譌字是也。—奊乃古人容曲狀之謎語。引申爲—靡、—骳。〕
(二)骨曲也。見〔玉篇〕。
(三)曲也。〔呂覽必己〕直則—。〔按漢書淮南厲王傳—天下正法。注。師古曰、古委字。謂曲也。〕
(四)鍾也。〔太玄積〕禍所—也。〔注〕禍所鍾也。
(五)—曲。卽委曲也。〔文選傅毅賦〕慢末事之—曲。〔注〕委曲順君之好無益。
(六)—䣛。謂委釋而迴旋也。〔文選揚雄賦〕—䣛而還。〔注〕張晏曰。從者仿佛委釋而迴旋。李善曰。謂委釋其事。連屬而迴旋也。

(七)—麗。左右相隨也。〔文選司馬相如賦〕容以—麗兮。

(八)—靡。面柔也。〔楚辭九思〕—靡兮成俗。

(九)—卒。猶委曲也。〔太玄掜〕或以事之—卒。

(十)橈—。曲也。〔唐書鄭注傳〕橈—朝法。〔按桂馥謂鄭注傳、橈—之—作骩。從八九之九。監本作—。誤。攷廣雅釋詁。橈—。曲也。正作—不作骩。〕

(十一)茷—。盤紆也。〔楚辭招隱士〕林木茷—。〔注〕枝條盤紆。〔按洪氏補注。茷、木枝葉盤紆皃。—、骫屈曲也。以茷、—二字各釋爲義。與王注異。〕

(十二)癹—。蟠戾也。〔文選司馬相如賦〕崔錯癹—。

(十三)通翳。木名。〔呂覽報更〕見—桑之下有餓人。〔注〕左傳作翳桑。

(十四)姓也。見〔廣韻引纂文〕。

【骭】居案切音幹侯旰切音翰翰韻下晏切音骭諫韻下箭切音限潸韻

(一)骹也。見〔說文〕〔桂注〕廣韻。—、脛骨。增韻。骹骨。即脛骨也。〔按玉篇、史記鄒陽傳索隱引埤蒼、云脛也。同。惟集韻翰韻—下引說文、骹也。今攷說文諸本無此。〕

(二)自膝以下、脛以上、謂之—。〔淮南俶眞〕易—之一毛。〔注〕—、自膝以下脛以上也。〔按說文、—骹也。骹、脛也。桂馥注骹字引鄭司農云。人脛近足者細於股。謂之骹。注脛字引漢書趙充國傳注。脛、膝以下骨也。是—訓骹。骹訓脛。通爲膝以下至足之骨之稱。高注淮南則謂自膝以下脛以上爲—。別—脛爲二。且謂在脛以上。似與說文別出一義。攷甯戚歌短布單衣適至—。又酉陽雜俎。申王腹垂至—。則—又爲膝下近處之稱。不必指脛言也。〕

(三)脛表謂之—。見〔說文骹字段注〕。〔按此與桂注引廣韻增韻訓爲脛骨異義。攷酉陽雜俎載張儼事。自膝下至—再三捋之。亦指外表而言。段說自成一義。〕

(四)脅也。見〔廣韻〕。〔按文心雕龍。顒項骿—。卽骿脅也。〕

(五)—瘍。病名。〔爾雅釋訓〕—瘍爲微。〔按詩巧言既微且尰疏。謂此人既腳—、有微之疾。微、卽—瘍也。〕

(六)通幹。脅也。〔公羊莊元年傳〕搚幹而殺之。〔按正字通引公羊傳作—。陳華云。玉篇引作骭。〕

【骮】逸織切音弋職韻

(一)脊或字。〔集韻〕脊。缺盆骨也。或从骨。〔按素問氣府論。缺盆各一。王冰注云。缺盆、穴名也。在肩上橫骨陷者中。〕

(二)小骨也。見〔玉篇〕。

【⿰骨豈】戶八切音滑黠韻

治骨聲也。見〔篇海〕。

【骬】雲俱切音于虞韻

髃—。缺盆。脊也。見〔集韻引廣雅〕。〔按玉篇字作骬。髃骬。缺盆骨。王念孫云。靈樞骨度篇。結喉以下至缺盆中。長四寸。缺盆以下至髃—。長九寸。據此。則缺盆在肩。髃—在句。〕

【⿰骨巳】牛加切音牙麻韻

骼也。見〔篇海〕。〔按正字通云。俗骱字。〕

【骫】骩本字。見〔說文〕。

【⿰骨亏】骬或字。見〔集韻〕。

【⿰骨乇】⿰骨毛譌字。見〔字彙補〕。

四畫

【⿰骨巴】必駕切音霸禡韻

(一)刀—也。見〔玉篇〕。

(二)杷也。見〔類篇〕。

【⿰骨元】五官切音岏寒韻

(一)⿰骨可也。見〔集韻〕。

(二)骼—也。見〔玉篇〕。〔按廣雅引作骼—。王念孫疏證引李善注。訓爲膂骨。〕

【⿰骨支】渠羈切音奇支韻

跂或字。〔集韻〕跂。緩走也。或从骨。

【⿰骨及】悉合切音馺合韻

—⿰骨枼。首動皃。見〔集韻〕。

【⿰骨牙】五加切音牙麻韻

骼也。見〔玉韻〕。

【骯】乎朗切音沆口朗切音慷養韻

—髒。體胖。見〔集韻〕。

【⿰骨欠】烏八切音乞黠韻
●一 咽中息不利也。見【說文欠部】。【段注】玄應本作气息不利。咽中息不利。若鯁而非鯁也。
●二 大咽曰—。見【一切經音義引通俗文】。

【⿰骨少】息淺切音尠銑韻
少也。見【篇海】。

【⿰骨彡】桑感切音糝感韻
骨輕—。見【篇海】。

【骰】徒侯切音頭尤韻
●一 博陸采具。見【廣韻】。【按】—、博具。玉篇集韻同訓爲博齒。事物紀原曰。魏曹植所造。本止有二。唐時始加至六。謂之—子。陔餘叢考曰。古燒骨爲之。至唐、始鑲骨涂采。取相思紅子納骨竅中。正字通云。博陸采具。古之投瓊。俗讀色。今致—子卽投子。—當如投。班固奕指曰。博縣於投。褉䮒注曰。投、瓊也。蓋—取投擲義。故謂之投。亦謂之明瓊。黃庭堅詩。何時睹一擲。燒燭呪明瓊。是也。
●二 —盤。酒令名。【白居易詩】—盤喝遣輪。【注】—、盤當時酒令。

【骰】、果五切音古麌韻
股或字。見【集韻】。

【骱】訖黠切音戛 下瞎切音舝黠韻
⿰骨幾—。小骨。見【集韻】。

【骱】何葛切音曷曷韻
⿰骨幾—。小骨。一曰堅也。見【集韻】。

【骱】下介切音械卦韻
堅骨。見【集韻】。

【⿰骨方】府良切音方陽韻
同肪。見【篇海】。

【⿰骨瓜】
骱本字。見【正字通】。

【⿰骨玄】
同骶。見【篇海】。

【骰】
同骰。見【集韻】。

【⿰骨兮】
同骱。見【龍龕手鑑】。

【⿰骨尹】
同闕。見【龍龕手鑑】。

五畫

【⿰骨去】古本切音衮阮韻
●一 細骨。見【類篇】。
●二 同髁。詳髁字。

【⿰骨它】丘靴切歌韻

●一 足病皃。見【集韻】。【按廣韻字作䯘。訓手足疾皃。】
●二 䯘—。手足曲病。見【廣韻䯘注】。

【⿰骨岸】牙葛切音嶭曷韻
⿰骨犮—。骨高皃。見【集韻】。

【⿰骨斥】巨狨切音窮東韻
脈也。見【篇海】。

【骲】强角切音雹覺韻 普木切音撲屋韻 部巧切音鮑 五巧切音齩巧韻 皮敎切庖去聲效韻 蒲交切音庖肴韻
●一 骨鏃也。見【集韻】。
●二 擊也。見【玉篇】。
●三 —箭。【通鑑】乃更以—箭射其膺。

【⿰骨可】丘何切音珂歌韻
膝骨。見【集韻】。

【⿰骨可】丘駕切髂去聲禡韻
●一 䯠骨。見【玉篇】。
●二 骼或字。見【集韻】。

【⿰骨犮】蒲撥切音跋 丘葛切音渴曷韻
●一 肩髆骨。見【集韻】。
●二 —⿰骨岸。骨高皃。見【類篇】。

【骳】平義切音被寘韻 母被切音靡紙韻
●一 骫—。曲也。見【集韻】。【按漢書枚皋傳。其文骫—。注。—、猶言屈曲也。】
●二 骫—。脛曲也。見【類篇】。

【⿰骨令】郎丁切音靈青韻
●一 ⿰骨令骨。見【廣韻】。
●二 髎或字。見【集韻】。髎髎髐骨皃。或作—。

【⿰骨号】以紹切音溔篠韻
●一 肩骨。見【廣韻】。
●二 脅骨。見【集韻】。

【骶】丁計切音帝霽韻 典禮切音邸薺韻
●一 臀也。見【玉篇】。
●二 背謂之—。見【廣雅釋親】。【按正字通。脊尾骨曰—。背謂之—者。王念孫云。—之言邸也。邸者後也。】

【骴】才支切音疵支韻 疾智切音漬寘韻 蔣氏切音紫紙韻 仕懈切音砦卦韻
鳥獸殘骨曰—。—、可惡也。明堂月令曰。掩骼薶—。見【說文】【段注】。

殘、同殈。餘也。鳥獸、廣韻作鳥鼠。鄭注月令。肉腐曰—。蔡氏高氏云有肉曰—。又皆指人言之。其字正作—。假借作漬、作胔、作瘠、作脊。皆同音假借也。漬又作殨。

【⿰骨几】丘刀切音尻豪韻

骨也。見〔玉篇〕。〔按篇海云尻骨。〕

【⿰骨𠂢】何葛切音曷曷韻

骨堅也。見〔篇海〕。〔按康熙字典謂卽骱字之譌。攷正字通⿰骨爪下謂卽骱本字。篆文介、爪、形近。蓋由介譌爲爪。復由爪譌爲𠂢也。〕

【⿰骨必】莫八切音傛黠韻

—⿰骨舌。—所以礙也。見〔集韻〕。

【⿰止骨】同⿱穴骨。〔漢書揚雄傳〕西壓月—。〔注〕服虔曰。月—月所生也。〔按正字通引李白詩天馬來出月氏⿱穴骨。謂月⿱穴骨卽月氏之國。備攷。〕

【⿰山骨】當沒切音咄月韻

鳥鳴豫知吉凶。見〔玉篇〕。

【骷】空胡切音枯虞韻

—髆。⿰骨可也。見〔類篇引廣雅〕。〔按今本廣雅—髆字作⿰骨舌⿰骨甫。髆、⿰骨甫、字通。—、⿰骨舌、字則音義均異。通雅謂枯骨爲—。乃俗說。正字通謂—係譌字。近是。〕

【骯】同⿰骨几。見〔龍龕手鑑〕。

【⿰骨山】同⿰山骨。見〔集韻〕。

【⿱此骨】同骴。見〔集韻〕。

【⿰骨只】同肢。見〔字彙補〕。

【⿰骨比】同⿰骨它。尻廣韻如此作。

【⿰骨⿱人干】居案切音幹翰韻

骭或字。〔集韻〕骭。說文、體也。或作—。

【⿰骨失】胅或字。見〔集韻〕。

【骵】體俗字。見〔正字通〕。

六畫

【⿰骨舌】古活切音括曷韻

㊀本作䯛。〔說文〕䯛、骨耑也。〔段注〕。骨空論云。膝解爲骸關。是也。關、—雙聲。—取機括之意。

㊁⿰骨可也。見〔廣雅釋親〕〔疏證〕玉篇⿰骨可或作骼。文選解嘲。折脅摺骼。李善注引埤倉云。骼、骻骨也。

【⿰骨舌】戶八切音滑黠韻

⿰骨必—。詳⿰骨必字。

【骸】雄皆切音諧佳韻

㊀脛骨也。見〔說文〕〔段注〕。骨空論曰。膝解爲骸關。俠膝之骨爲連—。然則正謂脛骨爲—矣。

㊁手足首身也。〔莊子德充符〕直寓六—。

【骸】柯開切音該灰韻

足大指毛也。見〔集韻〕。

【骹】丘交切音敲居肴切音交肴韻下巧切音佼巧韻後斆切音效口斆切音敲效韻

㊀脛也。見〔說文〕〔桂注〕脛也者、一切經音義一。—、脛骨也。〔按段玉裁云。—指脛表而言。蓋以說文—下言脛不言骨。骸下、始言脛骨。說殊不然。說文、脛。胻也。而顏注急就篇云。脛、胻骨也。帝王世紀。紂斬朝涉之脛、而觀其髓。是古言脛、兼指骨言。不僅目其外表也。〕

㊁骨也。見〔廣雅釋器〕。

㊂膝下也。〔爾雅釋畜〕馬四—皆白驓。〔合下一義觀之。是凡物之脛皆曰—。〕

㊃人脛近足者細於股、謂之—。羊脛細者亦謂—。見〔攷工記輪人司農注〕。

㊄輪輻近牙者也。〔攷工記輪人〕去一以爲—圍。〔司農注〕—、謂近牙者也。

㊅謂手足擊也。〔攷工記弓人〕今夫茭解中。〔注〕茭讀如齊人名手足擊爲—之—。

㊆—謂之鍪。見〔方言〕。〔注〕卽矛刃下口。

㊇通校。脛也。〔儀禮士喪禮〕几校在南。〔又〕直也。〔禮記祭統〕夫人薦豆執校。〔注〕校豆中央直者也。〔按王念孫云。—之爲言較也。爾雅、較。直也。〕

㊈通喬。〔詩淸人〕二矛重喬。〔箋〕喬。矛矜近上及室也。〔錢繹方言箋疏〕喬與—同。

㊉或作䟦。見〔爾雅釋畜四—皆白驓釋文引字書〕。

【骹】 虛交切音嘐肴韻
鳴鏑也。見〔集韻〕。〔按唐六典十六注引通俗文。鳴鏑曰—。〕

【骯】 枯光切音硄陽韻
(一)骯也。見〔廣雅釋親〕。
(二)—髊。股骨也。見〔玉篇〕。

【骱】 何庚切音行庚韻
(一)牛脊後骨。見〔類篇〕。
(二)通胻。〔素問脈要精微論〕病足—腫若水狀。〔注〕—、與胻同。

【骴】 傾畦切音睽齊韻
(一)肩骨。見〔廣韻〕。
(二)六畜頭中骨。見〔集韻〕。

【骺】 胡溝切音侯尤韻居侯切音構宥韻
(一)骺—也。見〔玉篇〕。
(二)骨耑謂之—。見〔類篇〕。
(三)骺—。骨耑。一曰骨鏃。見〔集韻〕。

【骸】 謨杯切音枚灰韻莫代切音邁隊韻
(一)背肉也。見〔類篇〕。
(二)脊側之肉也。見〔篇海〕。〔按—或作脄。集韻十九代脄、夾脊肉。〕

【骻】 枯化切音跨禡韻
(一)股間也。見〔集韻〕。
(二)胯—。見〔玉篇〕。
(三)同胯、袴。〔唐書車服志〕有從戎鈌—之服。

【骻】 苦瓦切音髁馬韻
髁或字。〔集韻〕髁。髀骨也。或从夸。

【骼】 各額切音格陌韻
(一)禽獸之骨曰—。見〔說文〕。〔段注〕經多言肩、臂、臑、膊、—。臑在臂上。—在肫上。—是本字。至坤倉乃作骼。廣雅字林變作骼。又作骼。〔按周禮蜡氏疏云。—骴者、凡人物皆是。今攷經傳諸言—亦不僅指禽獸之骨。〕
(二)股骨。見〔儀禮少牢饋食禮〕膊—注。
(三)骨枯曰—。〔禮記月令〕掩—埋胔。
(四)露骨曰—。見〔禮記月令〕掩—埋胔釋文引蔡注。
(五)白骨曰—。〔呂覽孟春〕揜—霾髊。
(六)骨有肉也。〔淮南時則〕掩—貍骴。
(七)大也。〔漢書陳湯傳〕月令春掩—埋胔之時。〔應劭注〕禽獸之骨曰—。—、大也。

【骼】 剛鶴切音各藥韻
牲後脛骨。〔儀禮特牲饋食禮〕舉—及獸魚如初。

【⿰骨内】 戶皆切音諧佳韻
—骨。見〔篇海〕。

【⿰骨𠂤】 都回切音堆灰韻
骨起。見〔類篇〕。〔按傳燈錄。浮山遠答僧問祖師西來意云。平地起骨堆。疑—同堆。〕

【⿰骨危】 吾瓜切音譁麻韻
—髃。骼上骨。見〔集韻〕。〔按廣韻作髃—骼骨。〕

【⿰骨乇】
⿰骨乇本字。見〔康熙字典〕。

【⿰骨𡿺】
同腦。見〔字彙補〕。

【⿰骨台】
同骼。見〔篇韻〕。

【⿰骨卒】
⿰骨卒譌字。康熙字典謂卽幹字之譌。攷骭字亦作⿰骨卒。—係骭字之譌。

【⿰骨尤】
骯譌字。見〔篇韻〕。

七畫

【⿰骨良】 盧當切音郎呂張切音良陽韻
(一)股骨。見〔玉篇〕。
(二)股肉。見〔廣韻〕。
(三)股內謂之—。見〔集韻〕。
(四)骯—。骫也。見〔廣雅釋親〕。

【⿰骨坒】 部禮切音陛薺韻
(一)同髀。股也。見〔類篇〕。
(二)通膍。〔韓愈詩〕剝其肉皮通膍臀。〔注〕膍、从月、从骨、一也。

【⿰骨完】 胡玩切音換翰韻
(一)膝骨。見〔廣韻〕。
(二)燒骨以泰問—。見〔正字通引通俗文〕。

【⿰骨肖】 以紹切音鷕胡了切音皛子小切音勦篠韻
(一)謂水膝也。見〔詩車攻傳右—釋文〕。
(二)脊骨。見〔集韻〕。
(三)肩骨。〔唐書禮樂志〕左髀達於下爲—射。

【骾】 古杏切音梗梗韻
(一)本作骾。〔說文〕骾。食骨留咽中也。
(二)遇事剌—不從、俗曰骨—。〔晉書崔洪傳〕骨—不動於物。
(三)或作鯁。〔儀禮公食大夫禮注〕乾魚近腴多骨鯁。〔段玉裁云漢書已下皆作骨鯁字從魚謂留咽者、魚骨校多也按一切經音義又作哽。」

【骽】吐猥切退上聲賄韻
股也。見〔玉篇〕。〔按集韻。—或作腿。今俗呼自膝至踝爲小腿。自髖下至膝爲大腿。桂馥曰。腿、—俗字。」

【⿰骨巠】呼經切音形青韻
骨也。見〔玉篇〕。

【⿰骨廷】湯丁切音廳青韻
⿰骨令—。長骨皃。見〔集韻〕。

【⿰骨甹】傍丁切音娉青韻
肋骨。見〔集韻〕。

【⿰骨甫】匪父切音甫麌韻
骬也。見〔廣雅釋親〕。

【⿰骨甫】匹各切音粕藥韻
骬也。見〔集韻〕。

【⿰骨舌】骺本字。見〔說文〕。

【⿰骨系】同鯀。〔禮記祭法〕夏后氏亦禘黃帝而郊鯀〔釋文〕鯀、本又作—。

【⿰骨孝】同⿰骨虒〔唐書地理志〕嬀州土貢—矢。〔釋音〕—、鳴鏑。

【⿰骨隹】同骲。見〔餘文〕。

【⿰骨含】同頷。見〔篇海〕。

【⿰骨矣】骸譌字。見〔康熙字典〕。

【⿰骨兌】骫譌字。見〔字彙補〕。

八畫

【髀】補弭切音俾部弭切音婢母婢切音弭補履切音比紙韻部禮切音陛薺韻

一 股外也。見〔說文〕〔段注〕肉部曰。股、—也。渾言之。此曰—股外也。析言之。其義相足。

二 股骨也。〔漢書賈誼傳〕至於髖—之所。

三 卑也。在下稱也。見〔釋名釋形體〕。

四 表也。見〔周髀算經〕。〔按晉書天文志〕周—。—、股也。股者表也。同。

五 歧也。〔春秋元命苞〕—之爲言歧也。陰二、故人兩—。

六 脛後爲—也。見〔太玄玄數九體二爲臂脛注〕。

七 拍—。短刀名。見〔釋名釋器〕。

【髁】苦臥切音課箇韻苦果切音顆哿韻苦禾切音科歌韻

一 髀骨也。見〔說文〕〔段注〕髀骨猶言股骨。按—者髀與髖相接之處。人之所以能立能行能有力者。皆在於是。

二 膂也。見〔廣雅釋親〕。

三 膝骨。見〔廣韻〕。

四 或作跨。〔漢書韓信傳〕出跨下。

【骻】苦瓦切音跨馬韻苦會切音稽泰韻
謑—。不正貌。〔莊子天下〕謑—無任。

【⿰骨奢】詩車切音奢麻韻
骨名。見〔集韻〕。

【⿰骨禹】歐許切音雨語韻
肩骨。見〔玉篇〕。

【骿】蒲眠切音蹁先韻
—脅。并幹也。晉文公—脅。見〔說文〕〔段注〕依左傳正義訂。肉部肋、脅骨也。廣雅幹謂之肋。是脅骨一名幹。杜注左傳云。駢脅。合幹也。其字左傳史記作駢。論衡作仳。駢、仳假借字。

【⿰骨奇】巨倚切音技紙韻
小骨。見〔玉篇〕。

【⿰骨宛】烏貫切音惋翰韻
郄—也。〔唐書孝友傳〕張進昭截左—廬於墓。

【⿰骨空】枯江切音腔江韻
髖—。尻骨。見〔集韻〕。

【⿰骨易】他歷切音逖錫韻丑格切音斥陌韻
骨間黃汁也。見〔說文〕。

【⿰骨昜】思積切音昔錫韻
胯骨間也。見〔集韻〕。

【⿰骨垂】樹僞切音瑞寘韻
桼器先以屑捖之也。見〔集韻〕。

【⿰骨叕】知劣切音輟屑韻
續骨。見〔玉篇〕。

【⿰骨卒】咋沒切音捽月韻
小骨。見〔玉篇〕。

【⿰骨夌】盧登切音蔆棱韻
骨高皃。見〔類篇〕。

【⿰骨兒】語支切音輗支韻
骨皃。見〔集韻〕。

【䯊】同髍。見〔集韻〕。

【髀】同髀。見〔集韻〕。

【骿】髀俗字。見〔正字通〕。

【䯧】髂譌字。見〔康熙字典〕。

九畫

【𩩍】枯瓜切音誇麻韻

●一 額上骨也。見〔廣韻〕。

●二 —髗。詳髗字。

【髃】元俱切音虞虞韻語口切音偶有韻吾回切音鬼灰韻五公切音岘東韻

●一 肩前也。見〔說文〕。〔段注〕凡肩後統於背前為—。—之言隅也。〔按肩前卽肩頭。六書故引字林。肩前兩乳間骨也。今生理學云鎖骨。第一肋前之長骨蓋卽—也。〕

●二 通髃。〔詩車攻傳〕自左膘而射之達於右髃為上殺。〔释文〕髃、本亦作—。

【䯬】所濕切音眚梗韻

瘠或字。〔集韻〕瘦謂之瘠。或从骨。

【骳】動五切音杜𩩲韻顱也。見〔類篇〕。

【𩨿】婢典切音辮銑韻

骨—生。見〔集韻〕。

【骼】丘訝切音嗣去聲禡韻

腰骨。〔漢書揚雄傳〕折骨拉—。〔參閱骼字。〕

【䯪】徒對切音隊隊韻

䫋—。恐皃。見〔玉篇〕。

【𩩲】何葛切音曷曷韻許竭切音歇月韻許代切音儗隊韻

—骻。肩骨。詳骻字。

【𩩱】豎勇切音腫腫韻

脛氣足腫。見〔集韻〕。

【䯨】魚咸切音喦咸韻

𩫕—。骨高皃。見〔集韻〕。

【䯧】同髍。見〔集韻〕。

【𩨷】同腊。見〔篇海〕。

【𩩻】同骸。見〔玉篇〕。

【𩩖】同骺。見〔集韻〕。

【𩩓】同鑿。見〔篇海〕。

【𩩓】同勒。見〔龍龕手鑑〕。

【䯿】同骸。見〔篇海類編〕。

十畫

【髆】伯各切音博藥韻

●一 肩甲也。見〔說文〕。〔段注〕單呼曰肩。絫呼曰肩甲。甲之言蓋也。肩蓋乎衆體也。〔按釋名。肩、堅也。甲、闔也。與胷脅背相會合也。今俗呼肩甲為肩—。肩胛骨亦呼琵琶骨。生理學以其骨裏面如飯匙。因名飯匙骨。〕

●二 比—。猶比肩也。〔顏氏家訓慕賢〕五百年一賢猶比—也。

●三 人名。〔漢書武帝紀〕皇子—為昌邑王。

●四 通拍。〔周禮醢人〕豚拍。〔注〕鄭大夫杜子春皆以拍為—。謂脅也。或曰豚拍肩也。

●五 俗謂不着上衣曰赤—。

【𩪔】烏皓切音媪皓韻

●一 藏骨。見〔集韻〕。

●二 醫骨。見〔玉篇〕。

【髗】北角切音剝訖岳切音覺覺韻

●一 骨耑。見〔玉篇〕。

●二 骨堅白。見〔類篇〕。

【髊】倉何切音蹉歌韻

治牙骨也。見〔集韻〕。

【髊】疾智切音漬寘韻

●一 腐骨也。見〔玉篇〕。

●二 同骴。〔呂覽孟春〕揜骼霾—。〔注〕白骨曰骼。有肉曰—。〔按集韻以為骴或字〕

【䯵】才支切音疵支韻

骴或字。〔集韻〕骴。鳥獸殘骨。或作—。

【髇】虛交切音虓肴韻

—箭。見〔玉篇〕。〔按集韻云。鳴鏑也。通作嗃、髐。〕

【䯭】傳追切音椎支韻

項後骨。見〔類篇〕。〔按集韻通作椎。項下第一節高骨名大—。〔俗呼後枕骨。今生理學稱項—者有七節。以骨形似椎。故字亦通假也。〕

【䯓】苦外切音快泰韻

—髎。恐皃。見〔類篇〕。

【⿰骨豈】魚開切音皚灰韻
類—。頭長皃。見〔類篇〕。

【髈】普朗切滂上聲養韻
股也。見〔玉篇〕。

【髈】蒲光切音旁陽韻
膀或字。見〔說文肉部〕。〔按集韻十一唐收—。蒲光切。引說文。脅也。三十七蕩復收—。普朗切。脅肉也。兩韻所收均訓爲脅。今攷訓脅之—。說文本步光切。類篇亦从說文。玉篇以訓股者爲蒲朗切。訓脅者音旁。是—字兩音兩義。集韻混而爲一。非是。〕

【⿰骨害】下蓋切音害泰韻
骨也。見〔玉篇〕。

【⿰骨兼】吉念切音膁豔韻
瘦皃。見〔集韻〕。

【⿰骨骨】古體字。見〔篇海〕。

【⿰骨鬼】同⿰骨卑。見〔集韻〕。

【⿰骨差】同⿰骨巠。見〔篇海〕。

【⿰骨扁】同⿰骨瓜。見〔字彙補〕。

十一畫

【⿰骨逢】房用切音俸宋韻
㊀灼龜坼。見〔集韻〕。
㊁胷前骨會合處。見〔正字通〕。

【髎】憐蕭切音聊。離昭切音燎蕭韻。力交切音寥肴韻。力弔切音嫽嘯韻
㊀髖骨名。見〔集韻〕。〔按方書云。章門下八寸。監骨上陷中、爲居—。缺盆中上戕骨、際陷中央、爲天—。攷天—亦名方骨。左右各四孔。形如瓦。上寬下陜。承膂脊如物有架。故又名架骨。生理學謂之五椎骨。連合而成謂之薦骨。〕
㊁馬胯上骨爲八—。見〔類篇〕。

【髍】眉波切音摩歌韻
㾞病也。見〔說文〕〔段注〕疒部曰。㾞、㾞半枯也。

【⿱麻骨】眉波切音摩歌韻
髍或字。見〔集韻〕。

【⿸麻骨】母果切音麼哿韻
同麼。〔漢書敘傳〕又況幺—尙不及數子。〔注〕鄭氏曰。—音麼。小也。〔按漢書幺—字。晉灼曰。此骨偏—之—也。錢大昕曰。謂幺言其小。—言其病。今攷一切經音義九引字書通俗文均訓—爲細小。則—義亦不僅指㾞病言也。〕

【⿰骨鹿】吁玉切音頊沃韻
顱也。謂髑髏也。見〔玉篇〕。

【⿰骨票】卑遙切音猋蕭韻
體壯也。見〔集韻〕。

【⿱敖骨】牛刀切音遨豪韻
蟹鈐也。見〔玉篇〕。

【⿰骨莽】毋朗切音莽養韻
骯—。體胖也。見〔類篇〕。〔按正字通云。髒字之譌。六書有骯髒無骯—。〕

【髏】郎侯切音樓尤韻
髑—也。見〔說文〕。〔按髑—二字疊韻。而一切經音義埤倉。—、頭骨也。〕

【⿰骨區】同軀。見〔正字通〕。

【⿰骨國】同膕。見〔廣韻〕。

【⿰骨离】同⿰骨離。見〔集韻〕。

【⿰骨巢】同鏁。見〔字彙補〕。

【⿰骨達】同⿰骨達。見〔字彙補〕。

【⿰骨敫】同⿱敖骨。見〔篇海類編〕。

十二畫

【⿰骨厥】居月切音厥月韻
㊀⿸尸厥骨也。見〔說文〕。〔按廣韻云。尾本。〕
㊁或作橛。〔素問骨空論〕灸橛骨。〔注〕尾窮謂之橛骨。

【⿰骨貴】丘媿切音喟未韻
㊀本作⿰骨發。〔說文〕。⿰骨發。厀脛間骨也。〔按桂注引荀子勸學篇。蟹八跪。謂借跪爲—。段注則引骨空論膕上爲關释之。今生理學謂厀蓋骨爲—。與骨空論義合。〕
㊁以厀至地也。見〔集韻〕。

【⿰骨貴】古對切音憒隊韻
頭骨皃。見〔類篇〕。

【髐】虛交切音哮肴韻。馨幺切音膮蕭韻
㊀—箭也。見〔玉篇〕。
㊁白骨皃。見〔莊子至樂〕莊子之楚。見空髑髏—然有形。

【⿰骨童】傳江切音幢江韻
—⿰骨空。尻骨。見〔類篇〕。

【⿰骨菐】匹角切音璞覺韻　骨箭。見〔集韻〕。

【⿰骨意】乙力切音億職韻　胷—。見〔玉篇〕。

【⿰骨尞】同髎。見〔篇海〕。

【⿱殹骨】同⿰骨殹。見〔集韻〕。

十三畫

【⿰骨會】古外切音儈泰韻

① 骨擿之可會髮者。詩曰。—弁如星。見〔說文〕〔王注〕骨擿、猶云象揥也。君子偕老傳。揥、所以摘髮。釋文。摘、本又作擿。會髮、猶云括髮也。

② 通會。〔周禮弁師〕會五采玉璂。〔注〕故書會作—。鄭司農云。謂以五采束髮也。

③ 通檜。〔儀禮士喪禮〕檜用組乃笄。〔司農注〕檜讀與—同。書之異耳。說曰。以組束髮乃著笄、謂之檜。

④ 同鬠。見〔廣韻〕。

【髓】選委切音瀡紙韻

① 本作髓。〔說文〕髓骨中脂也。

② 遺也。遺、遺也。見〔釋名釋形體〕。

【體】土禮切涕上聲薺韻

① 總十二屬也。見〔說文〕〔段注〕十二屬許未詳言。今以人—及許書覈之。首之屬三。曰頂。曰面。曰頤。身之屬三。曰肩。曰脊。曰𡱂。手之屬三。曰厷。曰臂。曰手。足之屬三。曰股。曰脛。曰足。

② 第也。骨肉毛血表裏大小相次第也。見〔釋名釋形體〕。

③ 身也。見〔廣雅釋親〕。

④ 支—也。〔詩相鼠〕人而無—。

⑤ 四支也。〔國語周語〕貳若—焉。

⑥ 手足也。〔禮記喪大記〕加新衣—一人。

⑦ 生也。〔禮記中庸〕—物而不可遺。

⑧ 性也。〔呂覽情欲〕其一—也。

⑨ 法也。〔淮南本經〕帝者—太一。

⑩ 行也。〔淮南氾論〕故聖人以身—之。

⑪ 解也。〔家語問禮〕—其犬豕牛羊。〔注〕—、解其牲—而薦之。

⑫ 猶分也。〔周禮天官〕—國經野。

⑬ 猶親也。〔禮記學記〕就賢—遠。

⑭ 猶依也。〔管子君臣〕則君—法而立矣。

⑮ 成形也。〔詩行葦〕方苞方—。

⑯ 理實也。〔書畢命〕辭尚—要。

⑰ 兆象也。〔周禮占人〕君占—。

⑱ 制裁也。〔文選宋書謝靈運傳論〕延年之—裁明密。

⑲ 委輿之也。〔國語周語〕則有—薦。

⑳ 猶接納也。〔禮記中庸〕—羣臣也。

㉑ 猶連接也。〔禮記文王世子〕—異姓也。

㉒ 嫡嫡相承也。〔儀禮喪服傳〕正—于上馬。

㉓ 謂不離道也。〔荀子解蔽〕—道者也。

㉔ 謂國家之大—也。見〔後漢孔融傳集注〕。

㉕ 脛後為—也。見〔太玄玄數九—注〕。

㉖ 統之於心名為—。見〔周禮春官注禮謂五禮疏〕。

㉗ 形質曰—。〔易繫辭〕故神无方而易无—。〔疏〕—、謂形質之稱。

㉘ 牲腊曰—。〔儀禮公食大夫禮〕載—進奏。〔注〕—、謂牲與腊也。

㉙ 文字詩辭之度曰—。〔後漢儒林傳序〕正定五經。刊於石碑。為古文、篆、隸、三—書法。

㉚ 凡事之有條理者亦曰—。〔後漢胡廣傳〕達練事—。

㉛ 禪家名性亦曰—。〔五燈會元〕非離真性。別有禪—。

㉜ 幾何學以長廣厚皆全者為—。如言立—。

㉝ —名。脊脅肩臂臑之屬。〔周禮內饔〕辨—名肉物。

㉞ —行。猶躬行也。〔後漢班彪傳〕—行德本正性也。〔按如言—察、—諒。—認。皆—行之引申。謂設身處地以求也〕

㉟ —解。謂碎其支—也。〔史記秦本紀〕—解軻以殉。

㊱ —貌。謂加禮容而敬之。〔漢書賈誼傳〕所以—貌大臣而厲其節也。

㊲ 一—。得一支也。〔孟子公孫丑〕皆有聖人之一—。〔又〕猶言一律也。〔史記黥布傳〕此三人者同功一—之人也。

㊳ 具—。謂四支皆具。〔孟子公孫丑〕則具—而微。

㊴ 四—。謂二手二足。〔儀禮喪服傳〕昆弟四—也。

㊵ 下—。根莖也。〔詩谷風〕無以下—。

㊶ 國—。謂為君股肱也。〔穀梁莊二十四年傳〕大夫國—也。〔又〕謂

國家根本典制也。如云君主國—、民主國—之類。
㊷政—謂國家政治組織也。如云專制政—、立憲政—之類。
㊸正—謂太子也。〔文選顏延年曲水詩序〕正—毓德於少陽。
㊹名—猶言事迹也。〔後漢獨行傳序〕以其名—雖殊。
㊺—己猶言私也。如俗言—己話、—己錢物之類。
㊻通禮。〔易繫辭〕知崇—卑。〔集解〕今本—爲禮。
㊼通履。〔詩氓〕—無咎言。〔釋文〕韓詩作履。

【髑】徒谷切音牘屋韻 —髏。頭也。見〔說文〕。〔按段本作頂也。注云、頂、顛也。廣雅、頂顱謂之—髏。按頁部、頊顱頭骨也。〕

【䯊】丘銜切音嵌咸韻 —䯗。骨高皃。見〔類篇〕。

【髒】子朗切音駔養韻 骯—。體胖。見〔類篇〕。

【髒】則浪切音葬漾韻 抗—。高亢婞直之皃。〔後漢趙壹傳〕抗—倚門邊。

【䯩】五盍切音嶫合韻 骱—。首動皃。見〔類篇〕。

【𩫛】郎丁切音零青韻 —髐。長骨皃。見〔集韻〕。

【𩪗】卑義切音臂寘韻 必益切音辟陌韻 弓弜。見〔玉篇〕。〔按正字通云、弜、詩箋作彆、改作—、非。攷廣雅釋器、彇弳—也。王念孫疏證引小雅采薇傳云、弜、弓反末也。弜與—聲近而義同。郊特牲注云、辟讀爲弜。是其例。正字通說泥。〕

【𩪐】髓本字。見〔說文〕。

【𩫑】髇本字。見〔篇海〕。

【𩪿】同臏。見〔玉篇〕。

【䯛】同軀。見〔字彙補〕。

【䯆】肐或字。見〔集韻〕。

【𩫶】肐或字。見〔集韻〕。

【𩪸】屍或字。見〔說文尸部〕。

十四畫

【𩫨】胡郭切音鑊藥韻 ㊀骨聲。見〔篇海〕。

㊁美肉。見〔篇海〕。

【髕】婢忍切音牝軫韻 ㊀厀耑也。見〔說文〕。〔王注〕六書故引作厀耑蓋骨也。蒼頡篇、—、厀蓋也。說苑、人生期年生—、而後能行。
㊁古五刑之一。〔漢書武帝紀注〕—、去厀蓋骨也。〔按—爲夏刑。周改—作刖。段玉裁曰、古者五刑、臏、宮、劓、墨、死。臏者、—之俗。去厀頭骨也。周改—作跀。其字借作刖。斷足也。—者廢不能行。跀者尚可著踊而行。是則跀輕於—也。〕

【䯸】五紺切音僋勘韻 首骨高皃。見〔集韻〕。

【𩫢】乞及切音泣緝韻 胸脯也。一曰乾也。見〔集韻〕。

【𩫟】母果切音瘰哿韻 漏病也。見〔集韻〕。

十五畫

【髖】枯官切音寬寒韻 ㊀髀上也。見〔說文〕。〔段注〕髀上、爲髀之兩旁。—者、其骨取寬大也。諸書所謂骻骨、骸、骼皆同也。〔按沈形釋骨云、骶之上俠脊十七節至二十節起骨曰腰髁骨。段玉裁謂髁當作骻。今俗呼—爲胯骨。蓋即骻骨之音轉。渾言之則—兼股言。析言之則—爲橫骨。股爲髀骨之直者。今生理學稱爲無骨。〕
㊁緩也。其腋皮厚而緩也。見〔釋名釋形體〕。
㊂同臗。〔廣雅釋親〕臗、臀也。〔疏證〕臗、說文作—。〔按一切經音義十四、—又作臗。引廣雅埤蒼爲訓。是—臗字本一字也。〕

【髖】枯昆切音坤元韻 體也。見〔廣韻〕。

【𩫿】莫葛切音末曷韻 莫八切音傄黠韻 ㊀骨堅也。見〔集韻〕。㊁—骱。小骨。見〔玉篇〕。

【𩩻】髏本字。見〔正字通〕。

十六畫

【𩫮】狼敵切音歷錫韻 骨病。見〔類篇〕。

【𩪓】髑本字。見〔說文〕。

【髗】同顱。見〔爾雅釋畜注釋文引字書〕。

【髓】同髓。見〔篇海〕。

十七畫

【髖】髖譌字。見〔字彙補〕。

十八畫

【髗】連員切音權先韻顴或字。〔集韻〕顴。顴輔骨曰顴。或从骨。

十九畫

【髒】閭員切音攣先韻病體拘曲也。見〔集韻〕。

※髟部※

【髟】卑遙切音猋蕭韻必幽切音彪尤韻匹妙切音剽嘯韻

㊀長髮猋猋也。从長彡。見〔說文〕。〔按彡猶毛也服虔通俗文曰。髮垂曰髟。〕

㊁白黑髮雜也。〔文選潘岳賦〕斑鬢髟以承弁兮。〔按此義段氏闌入許書正文。稍專輒。茲不從。〕

㊂髟䰐。羽旄飛揚貌。〔後漢馬融傳〕羽毛分其髟䰐。

【髟】師銜切音杉咸韻屋翼。見〔集韻〕。

二畫

【髮】息廉切音銛鹽韻好髮貌。見〔篇海〕。

【髳】囊來切音徠灰韻奴登切音能蒸韻髼髳。髮亂。見〔集韻〕。

【髡】髡或字。見〔集韻〕。

【髡】髡俗字。見〔韻會〕。

三畫

【髡】枯昆切音坤元韻去骨切音窟五忽切音兀月韻

㊀鬀髮也。見〔說文〕。〔段注〕楚辭涉江。接輿髡首。王注云。髡。剔也。剔者俗鬀字。〔按桂注急就篇鬼薪白粲鉗釱髡。顏注。鬀髮曰髡。同。〕

㊁截也。見〔一切經音義引廣雅〕。

㊂鬆頭也。〔列女傳辯通〕鬆頭者髡。

㊃髡。梱木名。見〔爾雅釋木〕。

㊄髡屯。醜牛貌。〔淮南說山〕髡屯犂牛。

㊅人名。春秋時鄭伯髡頑。戰國時齊淳于髡。

【髩】乃老切音惱皓韻髮輭也。見〔篇海〕。

【髢】他計切音替霽韻思積切音惜陌韻

【髣】髣或字。見〔說文〕。

【髴】同髴。見〔篇海〕。〔康熙字典以爲髻譌字。〕

四畫

【髤】虛尤切音休尤韻七四切音次寘韻

㊀赤黑漆也。〔儀禮鄉射禮記〕楅髤。〔按周禮巾車注。髤赤多黑少之色。〕

㊁以漆漆物亦謂之髤。〔漢書趙皇后傳〕殿上髤漆。

㊂同髹。見〔玉篇〕。

㊃同鬆。見〔廣韻〕。

【髤】貧悲切音邳支韻鋪杯切音胚灰韻

㊀被髮走也。見〔集韻〕。

㊁髤鬆。多鬚也。見〔增韻〕。

【髤】奉甫切音父麌韻髮謂之髤。見〔類篇〕。

【髯】如占切冉平聲鹽韻而豔切音染豔韻

㊀本作頿。〔說文須部〕頿。頰須也。〔段注〕頰面旁也。封禪書有龍垂胡髯。下迎黃帝。詳文意乃泛謂須。俗作頿、髯。

㊁隨口動搖髯髯然也。見〔釋名釋形體〕。

㊂蛇名。〔淮南精神〕越人得髯蛇以爲上肴。〔注〕髯蛇、大蛇也。其長數丈。

【髦】謨袍切音毛豪韻

㊀—髮也。見〔說文〕〔段注〕髮之秀
者曰—。
㊁幼時翦髮所爲也。〔儀禮旣夕〕主
人說—。〔注〕兒生三月。翦髮爲鬌。
男角女羈。否則男左女右。長大猶
爲飾存之謂之—。所以順父母幼
小之心。〔按詩柏舟、髧彼兩—傳。
—者髮至眉子事父母之飾。蓋如
今俗所云劉海。〕
㊂選也。見〔爾雅釋言〕〔疏〕毛中之
長豪曰—。士之俊選者也。
㊃冒也。冒覆頭頸也。見〔釋名釋形
體〕。
㊄馬鬣也。〔儀禮旣夕〕馬不齊—。〔
按禮記曲禮、乘—馬疏。馬不鬄落
鬃鬣也義略同。〕
㊅牛長毛者爲—牛。〔史記西南夷
傳〕取其筰馬僰僮—牛。
㊆丘名。〔釋名釋丘〕前高曰—丘。
㊇蟲名。〔方言〕螳螂謂之—。
㊈草名。〔爾雅釋草〕—、顚蕀。
㊉木名。〔爾雅釋木〕—、柔英。
⑪俗謂男女時裝者曰時—。

【髦】迷浮切音謀尤韻
西夷別名。〔詩角弓〕如蠻如—。〔
疏〕牧誓、庸蜀羌髳。髳、—、—音義同
也。

【髤】居拜切音介卦韻
㊀簪結也。見〔說文〕。
㊁覆髻巾。見〔類篇〕。
㊂假髻。見〔篇海〕。

【髩】助庚切音傖庚韻
—鬡亂髮貌。見〔五音集韻〕。

【髯】奴對切音內隊韻
鬇—。髮亂。見〔類篇〕。

【髧】徒感切音萏感韻
髮垂也。〔詩柏舟〕—彼兩髦。

【𩬜】披巴切音葩麻韻
鬅貌。見〔類篇〕。

【䯽】步化切音杷禡韻
—鬖。髮亂皃。見〔集韻〕。

【髲】直良切音長陽韻
鬐也。見〔字彙補〕。

【髾】心叫切音肖嘯韻
髮覆目也。見〔字義總略〕。

【𩬊】古拜切音介卦韻
簪結也。見〔字彙補〕〔疑卽髤字
之謌。〕

【髣】同仿。—髴也。見〔集韻〕。

【𩬈】同鬏。束髮少也。見〔集韻〕。

【𩬃】同鬖。見〔篇海〕。

【𩬆】同鬆。見〔廣韻〕。

【𩬅】同髮。見〔篇海〕。

【髠】同髡。見〔說文〕。

【髩】鬢俗字。

【髶】鬐謌字。見〔正字通〕。

五畫

【䯾】丁兼切玷平聲癡廉切音覘
鹽韻
㊀髻也。見〔廣雅釋詁〕。
㊁—鬑。鬖鬖疎薄貌。見〔玉篇〕。

【𩬤】牙割切音蘖曷韻
㊀鬌餘髮。見〔集韻〕。
㊁小兒皃。見〔玉篇〕。

【髭】蔣支切音貲支韻
㊀本作頾。〔說文須部〕頾。口上須也。
〔段注〕在口上在頰亦得名須。而
正名百物。則曰鬍曰㝵頤、或作—。
㊁姿也。爲姿容之美也。見〔釋名釋
形體〕。

【髮】方伐切音發月韻
㊀頭上毛也。見〔說文〕〔段注〕各本
作根也。毛部曰。毛者眉—之屬。故
眉下曰目上毛。須下曰頤下毛。則
—下必當有頭上毛也、四字。且下
文云鬢者頰—。不先言頭上。何以
別其在頰者乎。今依玉篇、廣韻訂
正。
㊁拔也。拔擢而出也。見〔釋名釋形
體〕。
㊂毛也。〔莊子逍遙遊〕窮—之北。〔
音義〕—猶毛也。北極之下無毛
之地。毛、草也。地理書云。山以草木
爲—。
㊃數名。〔賈子六術〕十豪爲—。〔按
說文又云。十—爲程。一程爲分。十
分爲寸。是寸之百分之一亦曰—。
〕
㊄束—。謂成童也。〔大戴記保傅〕束
—而就大學。〔按結—亦謂始成
人。文選蘇武詩。結—爲夫妻。
㊅——。喩輕寡也。〔韓愈文〕其危如
一—引千鈞。

⑦石—。—瀰別名。見［正字通］。

⑧—。桑蟲名。見［正字通］。

⑨約—。歧首蛇名。見［爾雅釋地注］。

⑩姓也。漢東海—福。［又］禿—。複姓。

⑪淸代謂太平軍曰—賊。

【髲】平義切音被寘韻

❶益髮也。見［說文］。［段注］各本作鬄也二字。庸風正義引說文云。—、益髮也。言人髮少。聚他人髮益之。

❷被也。髮少者得以被助其髮也。見［釋名釋首飾］。

【髳】謨袍切音毛豪韻

❶髳或字。漢令有—長。見［說文］。［段注］—卽髳字而光—字祇从矛。牧誓庸蜀光—。

❷同髦。［詩小雅角弓疏］—毛音義同。

【髼】謨蓬切音蒙東韻

䫉—。草木叢茸翳薈也。［爾雅釋詁］䫉—。茀離也。

【䯫】郎丁切音零青韻

髮疏也。見［集韻］。

【髫】田聊切音迢蕭韻

小兒垂結也。見［說文新附］。［按後漢伏湛傳。—髮厲志、注。—髮、謂童子垂髮也］。

【鬒】止忍切音軫軫韻

白髮長也。見［篇海］。

【䯠】伊鳥切音天篠韻

—紫長而不勁之髮。見［篇海］、［按廣韻作䯠䰆］。

【髬】攀悲切音丕支韻

—髵。猛獸奮鬣貌。［文選張衡賦］及其猛毅—髵。

【𩬙】風無切音膚虞韻

結也。見［說文］。［段注］廣韻云。露髻。［按說文無髻、結。卽今之髻字。故廣雅云髻也］。

【𩬤】其掩切音鉗鹽韻

剔也。剔刑人之髮爲之也。見［釋名釋形體］。

【䰇】古暗切音紺勘韻

髮青紺色。見［類篇］。

【𩭧】渠匈切音蛩冬韻

髮亂。見［玉篇］。

【𩬫】居六切音掬屋韻

亂髮也。見［集韻］。

【𩬕】陂病切音柄敬韻

毛粗也。見［篇海］。

【𩬕】同仿。見［集韻］。

【𩬌】側禡切音詐禡韻

多毛。見［玉篇］。

【髱】皮敎切音靤效韻

多須貌。見［類篇］。

【𩬰】湯來切音胎灰韻

—髻。婦人僞髻也。見［集韻］。

【髴】敷勿切音拂物韻

若佀也。見［說文］。［段注］佀者像也。若佀者彖言之。—與人部仿佛之義同。許無髣字。後人因—制髣。

【髴】分物切音弗物韻

婦人首飾也。［歐陽修詩］蓬首不加—。

【髴】芳味切音費未韻

髣—。髮亂貌。見［類篇］。

【𩬒】同鬘。見［篇海］。［正字通莫毫切音毛。引北齊書禮服志偏—髻。非是］。

【䰅】同䰍。見［玉篇］。

【𩬓】同鬄。見［集韻］。

【𩬑】同剃。見［字彙補］。

【髥】髯俗字。見［正字通］。

【𩬸】帗譌字。見［正字通］。［篇海云同髽］。

【𩬹】髶譌字。見［正字通］。

【𩬺】髮譌字。見［正字通］。

【𩬻】髭譌字。見［字彙補］。

【𩬼】髯譌字。見［字彙補］。

六畫

【𩭁】人之切音而支韻

❶本作而。［說文而部］而頰毛也。［段注］今俗別作—。

❷同髵。多毛兒。見［玉篇］。

❸鬐—。獸奮鬣貌。詳鬐字。

【𩬻】思融切音嵩東韻

❶細髮。見［玉篇］。

❷—㲣。氉布。見［類篇］。

【鬏】七四切音次寘韻

㊀用梳比也。見【說文】。【段注】比者今之篦字。古作比。用梳比謂之—者。次第施之也。先用梳。梳之言疏也。次用比。比之言密也。

㊁通次。謂編次髮長短為之。見【篇海】。

【髻】都爾切音敵紙韻　巨支切音岐支韻

㊀鬐也。見【五音集韻】。【按篇海云。馬項上—。疑即鬐字之譌。】

㊁美髮也。見【篇海】。

【髺】古活切音括　戶括切音活　曷韻

㊀本作髺。【說文】髺。絜髮也。【段注】絜髮、指束髮也。內則喪服之總。深衣之束髮。士喪禮之髺。同為一事。髺、即—字之異者。非喪服之專偁也。故士喪禮之用組。以組束髮也。深衣之用錦。以錦束髮也。始死括髮以麻。以麻束髮也。喪服之布總。以布束髮也。其他縞總。素總。以縞素束髮也。是皆得謂之—。

㊁讀為䯢器。欹邪不正者也。【攷工記旊人】凡陶旊之事。—墾薜暴不入市。

【鬌】都果切音朶哿韻

㊀髮垂。見【玉篇】。

㊁剃餘髮。見【類篇】。

【髻】吉詣切音計霽韻

㊀總髮也。見【說文新附】。【按一切經音義引字林—、絜髮也。】

㊁通結。【漢書陸賈傳】尉佗魋結箕踞。【注】結讀曰—。

㊂通紒。【文選李康論】椎紒。【注】紒、即—字。

㊃通𩬤。【一切經音義】—、古文作𩬤。

【髻】喫詰切音吉質韻

竈神。【莊子達生】竈有—。

【髶】而容切音茸冬韻

㊀亂髮也。見【說文】。【段注】此與艸部茸意略同。

㊁—毦。毦頭茸騎也。【文選張衡賦】—毦被繡。

【⿱髟耳】仍吏切音二寘韻

去髮飾。見【集韻】。

【⿱髟巩】渠容切音蛩冬韻

—鬆。髮亂也。見【集韻】。

【⿱髟兆】大到切音導號韻

長也。見【集韻】。

【⿱髟毛】杜皓切音道皓韻

髮長也。見【集韻】。

【⿱髟曲】區玉切音曲沃韻

—鬈。髮皃。見【集韻】。【按詩采綠。予髮曲局。後人加彡作—鬈。】

【⿱髟肉】陟賄切音腲賄韻

假髮髻也。見【集韻】。

【⿱髟共】居容切音恭冬韻

—鬆。髮亂皃。見【集韻】。

【⿱髟出】乃老切音惱皓韻

髮皃。見【集韻】。

【⿱髟并】北末切音剝曷韻

女大鬢。見【篇海】。

【⿱髟匡】曲王切音匡陽韻

—鬤。亂髮也。見【集韻】。

【⿱髟印】音印震韻

髮亂。見【篇海】。

【⿱髟呆】補抱切音寶皓韻

髻也。一曰。髮末長。見【集韻】。

【⿱髟聿】同肆。見【玉篇】。【按篇海曰毫毛。曰獸名。固屬無據。然正字通謂—為肆之譌字。亦非。集韻云。𩬔與肆同。𩬔、肆形聲並近。故皆同耳。】

【⿱髟囟】同鬉。見【正字通】。【按正字通云。舊注、鬉訓馬鬣。又謂—音聰。髮也。前後矛盾。】

【⿱髟辛】髹或字。見【集韻】。

【⿱髟虫】鬊或字。見【集韻】。

【⿱髟呆】髹或字。見【集韻】。

七畫

【⿱髟里】陵之切音釐支韻

㊀髮卷。見【玉篇】。

㊁髮—。髮起也。見【集韻】。

【⿱髟尨】莫江切音尨江韻

㊀毛蒼也。見【類篇】。

㊁髮亂也。見【類篇】。

【⿱髟肖】師交切音梢肴韻　所敎切音稍效韻

㊀髮尾也。【史記司馬相如傳】蜚纖垂—。

(二)旌旗所垂之羽毛也。〔後漢馬融傳〕曳長庚之飛ㄧ。

(三)燕尾也衣上假飾。〔文選傅毅賦〕華袿飛ㄧ而雜纖羅。

【髾】山巧切音稍巧韻　毛髮長皃。〔集韻〕。

【髼】蒲蒙切音蓬東韻　ㄧ鬆髮亂貌。見〔洪武正韻〕。

【髩】渠玉切音局沃韻　髺。ㄧ髮鬈貌。見〔類篇〕。〔詳髺字〕。

【髺】吾昆切音僤元韻　鬝髮也。見〔集韻〕。

【髮】力協切音甊葉韻　髮疏皃。見〔集韻〕。

【髬】子紅切音椶東韻　毛亂。見〔篇海〕。

【鬉】思廉切音銛鹽韻　髮也。見〔玉篇〕。

【鬖】斯兼切音縿咸韻　垂皃。見〔集韻〕。

【髽】莊華切音撾麻韻　本作髽。〔說文〕髽。喪結也。禮、女子ㄧ衰。弔則不ㄧ。魯臧武仲與齊戰于狐鮐。魯人迎喪者始ㄧ。〔按儀禮士喪禮。婦人ㄧ于室。注。ㄧ去纚而紒也。又鄭注喪服曰、ㄧ露紒也。猶男子之括髮。〕

【髮】烏果切窩上聲哿韻　好髮結也。見〔篇海〕。

【髮】詩止切音豕紙韻　髺髮。見〔篇海〕。

【髳】奴了切音裊篠韻　鬗ㄧ長也。見〔篇海〕。

【髿】師加切音沙麻韻蘇禾切音蓑歌韻　鬖ㄧ。髮美也。見〔集韻〕。〔又〕垂貌。見〔玉篇〕。〔按今本玉篇作髮ㄧ垂皃。髮ㄧ、疑鬖ㄧ之訛。〕〔又〕髮亂曰鬖ㄧ。見〔通俗文〕。〔又〕形容詞。〔文選郭璞賦〕綠苔鬖ㄧ乎研上。

【髯】他計切音替霽韻　鬀髮也。大人曰髡。小兒曰ㄧ。盡及身毛曰鬍。見〔說文〕。〔段注〕必次弟除之。故从弟。上文渾言之。下又析言三字之不同也。ㄧ、俗作剃。

【鬁】讀如利　鬎ㄧ。詳鬎字。

【髻】髻本字。見〔說文〕。

【髾】同鬉。見〔篇海〕。

【髻】同髯。見〔玉篇〕。

【鬑】同䰄。見〔字彙補〕。〔按李商隱詩。欄藥日高紅髲ㄧ。文選揚雄甘泉賦。注。駊䮫。高大皃。髲ㄧ當亦此義。〕

【髩】鬢俗字。

【髯】鬄譌字。見〔正字通〕。

【髥】鬅譌字。見〔康熙字典〕。〔按玉篇字由切音囚接髮也。〕

八畫

【鬃】徂宗切音悰冬韻鉏江切音淙江韻

(一)高鬐。見〔玉篇〕。

(二)同騣。馬ㄧ也。見〔韻會〕。

【鬄】他計切音替霽韻思積切音昔陌韻他歷切音逖錫韻

(一)髮也。見〔說文〕。〔按段注。ㄧ與鬀義別。音亦有異。桂注。詩不屑髢也。箋曲禮斂髮毋髢注。并云髢、髲也。据是。ㄧ與鬀別。而與髢同矣。參閱鬀字。〕

(二)剃也。〔漢書司馬遷傳〕其次ㄧ毛髮、嬰金鐵、受辱。

(三)剔髮以被首也。見〔詩采蘩被之僮僮疏〕。〔按詩泮水狄彼東南箋。謂狄當作剔。釋文。韓詩作ㄧ。是狄、剔、ㄧ三字互通。〕

(四)解也。〔儀禮士喪禮〕其實特豚四ㄧ去蹄。〔注〕四解之殊肩髀而已。

【鬆】思恭切音蜙蘇宗切音鬆七恭切音縱冬韻蘇叢切音葱東韻

(一)鬆ㄧ。髮亂。見〔集韻〕。

(二)髼ㄧ。髮亂。見〔韻會〕。

(三)惺ㄧ。明析也。〔楊萬里詩〕耆眼初醒未惺ㄧ。〔一作惺忪〕。

(四)甘ㄧ。不黏膩也。〔范成大詩〕豆沙甘ㄧ粉餌圓。

(五)玉瓏ㄧ。花名。〔元好問詩〕就中偏愛玉瓏ㄧ。

(六)縱也。縱物舒展之也。俗謂事不急迫者曰輕ㄧ。情所寬假者曰放ㄧ。

㊆食品有雞—、魚—、肉—。蓋亦狀其輕細散亂之意。

【鬆】蘇弄切音送送韻 [illegible]—。髮皃。見〔集韻〕。

【鬈】逵員切音權先韻 ㊀髮好也。詩曰。其人美且—。見〔說文〕。〔段注〕齊風盧令曰。其人美且—。傳曰。—、好皃。傳不言髮者。傳用其引申之義。許用其本義也。本義謂髮好。引申爲凡好之偁。㊁髮曲。見〔類篇〕。㊂分髮爲鬌紒也。〔禮記雜記〕燕則—首。

【鬅】蒲登切音朋蒸韻 —鬙。被髮。見〔集韻〕。

【[illegible]】田聊切音迢蕭韻 職救切音呪宥韻 陳留切音儔尤韻 髮多也。見〔說文〕。〔段注〕彡部曰。㐱者、稠髮也。稠髮、當作—。此則說—之義。小雅曰。綢直如髮。傳曰。密直如髮也。是則綢乃—之叚借字。

【髫】丁聊切音彫蕭韻 小兒留髮。見〔集韻〕。

【[illegible]】昨沒切音捽月韻 鬠—也。見〔玉篇〕。

【[illegible]】摧內切音晬隊韻 蘇對切音碎隊韻 —[illegible]。髮亂。見〔類篇〕。

【[illegible]】鄔果切音婐哿韻 —鬌。髮貌。見〔類篇〕。

【[illegible]】音卓覺韻 長也。見〔篇海〕。

【[illegible]】芳未切音費未韻 博木切音卜屋韻 髴也。忽見也。見〔說文〕。〔段注〕按髴也二字衍。集韻類篇增一曰二字於忽見之上。尤非是。

【鬝】丘顏切音慳刪韻 寡髮也。見〔集韻〕。

【[illegible]】此宰切音采賄韻 髮—。見〔集韻〕。

【[illegible]】倉代切音菜隊韻 絡頭或謂之—帶。見〔方言〕。〔注〕—、亦髻也。〔又〕幓頭。見〔玉篇〕。〔又〕覆巾。見〔類篇〕。

【[illegible]】思積切音昔陌韻 髮也。見〔篇海〕。

【[illegible]】魚幹切音岸翰韻 長也。見〔篇海〕。

【[illegible]】蒲侯切音裒尤韻 風無切音膚虞韻 斐父切音撫麌韻 本作[illegible]〔說文〕[illegible]、髮皃。〔桂注〕玉篇。—、髮好也。〔參閱[illegible]字〕

【[illegible]】普后切音剖有韻 髮短皃。見〔集韻〕。

【[illegible]】同[illegible]。見〔集韻〕。

【[illegible]】達合切音沓合韻 髮也。見〔玉篇〕。

【[illegible]】戶感切音頷感韻 髮短皃。見〔集韻〕。

【鬇】鋤庚切音傖 中莖切音玎 鋤耕切音崢庚韻 —鬡。髮亂。見〔玉篇〕。

【[illegible]】邊迷切音篦齊韻 冠飾也。見〔篇海〕。

【[illegible]】巨員切音權先韻 髮好也。見〔篇海〕。

【[illegible]】多貢切音凍送韻 —鬆。髮皃。見〔集韻〕。

【[illegible]】力掌切音兩養韻 髮也。見〔篇韻〕。

【[illegible]】眉吟切侵韻 掘土貌。見〔川篇〕。

【[illegible]】髻本字。見〔說文〕。

【[illegible]】同[illegible]。見〔字彙〕。

【[illegible]】同肆。見〔集韻〕。

【[illegible]】同騙。見〔正字通〕。〔按後漢五行志。婦人衣纑擁—。酉陽雜俎。纑—半臂羽衣。〕

【[illegible]】同[illegible]。見〔集韻〕。

九畫

【鬉】祖叢切音嵏東韻 ㊀髮亂。見〔類篇〕。㊁馬鬣之勁者。〔唐書五行志〕滑州獻馬肉—鱗臆。㊂豬毛亦稱—。〔本草圖經〕豪豬、—間有豪如箭能射人。

【[illegible]】敷救切音副宥韻 ㊀假髻也。〔廣雅釋器〕假結謂之—。

［按結、髻、古今字］。
㊁通副〔周禮追師〕掌王后之首服爲副。〔注〕副之言覆。所以覆首爲之飾。其遺象若今步繇。〔按步繇即步搖〕。

【⿱髟並】蒲庚切音彭庚韻　補朗切音榜甫兩切音昉養韻　蒲浪切音傍漾韻　蒲光切音旁陽韻

㊀本作鬅〔說文〕鬅鬇也。〔段注〕今俗謂卒然則相遇曰攩。如滂去聲。字當作—。
㊁—鬇。髮亂皃。見〔集韻〕。〔廣韻〕—鬇。亂毛。

【⿱髟思】桑才切音鰓灰韻　相咨切音私支韻

㊀小髮。見〔玉篇〕。
㊁鬆—。多須也。見〔增韻〕。〔按左傳云。于思。于思、思—同〕。

【鬉】祖叢切音嵏東韻

㊀馬鬣。見〔玉篇〕。
㊁繫髮繡曰頭—。見〔集韻〕。

【鬉】祖動切音總董韻

馬鬣。一曰。—角。通作總。見〔集韻〕。

【鬉】同鬆。見〔集韻〕。

【⿱髟柔】而由切音柔尤韻

㊀馬之繁鬣。見〔玉篇〕。
㊁黃髮。見〔類篇〕。

【鬊】輸閏切音舜震韻　尺尹切音蠢軫韻

㊀本作⿱髟舜。〔說文〕⿱髟舜。鬌髮也。
㊁亂髮也。〔禮記喪大記〕君大夫—爪實于綠中。
㊂髮也。〔廣雅釋器〕髮謂之—。〔按說文𡿺下曰。髮謂之—。巛、即—也。則髮之在頭者亦可云—〕。
㊃—帶。幧頭也。見〔廣雅釋器〕。

【鬌】都果切音朵哿韻　重垂切音鍾　𨉖規切音綏支韻

㊀髮隋也。見〔說文〕〔段注〕鉉本墮作隋。〔廣韻〕云、髮落是也。〔按六書故—、墮也。集韻。—、髮落也〕。
㊁子生三月翦髮也。〔禮記內則〕翦髮爲—。〔注〕—、所遺髮也。〔疏〕三月翦髮所留不翦者爲—。
㊂盡也。見〔方言〕。
㊃鬈—。髮美貌。〔劉禹錫詩〕鬈—梳頭宮樣妝。〔按此讀—爲上聲。若顧況詩頭髮鬌—手爪長。則又讀作平聲〕。

㊄斜—。偏墜也。〔岑安卿詩〕、寶釵斜—烏雲綰。

【鬍】讀如胡虞韻

㊀俗謂須曰—子。〔篇海類篇〕髶下云。俗—字。是此字世俗用之久矣。或以爲即漢書有龍垂胡髯之胡。然注云。胡、謂頸下垂肉也。則—不得作胡也。
㊁近日東三省之亂徒有所謂—匪。

【⿱髟客】乞格切音客陌韻

髮甚長也。見〔篇海〕。

【⿱髟敄】謨袍切音毛豪韻　迷浮切音謀尤韻

髮至眉也。詩曰。紞彼兩—。見〔說文〕〔段注〕鄘風、髧彼兩髦傳。髦者、髮至眉。子事父母之飾。許所本也。蓋以髮兩絡下垂至眉。像嬰兒夾囟之角。髮下垂。父母在、不失嬰兒之素也。許引毛詩作—。今則詩禮皆作髦。

【⿱髟耗】許尤切音休尤韻

龍車飾。見〔篇海〕。

【⿱髟奓】乃亞切音膠禡韻

髶—。髮亂貌。見〔五音集韻〕。

【鬋】子仙切音煎先韻　子淺切音翦銑韻

本作⿱髟歬〔說文〕⿱髟歬。女鬢垂皃。〔按楚辭招魂、盛—不同制。注。—、鬢也。音翦。又長髮曼—。注。髮亦作鬢—音翦〕。

【鬋】子淺切音翦銑韻　作甸切音薦霰韻

剔治須髮也。〔禮記曲禮〕不蚤—。〔按淮南齊俗、越人髫—。注。—、斷也。漢書韋賢傳。—茅作堂。韋玄成傳、勿—勿伐注、並云。—字與剪同。是凡翦斷皆可作—。不獨剔治須髮爲然〕。

【⿱髟酉】將由切音揫尤韻

髮接髮也。見〔集韻〕。

【⿱髟昔】而轄切黠韻

細毛。見〔玉篇〕。

【鬎】讀如刺

俗謂禿髮瘡爲—鬁。

【⿱髟益】鬣本字。見〔說文〕。

【⿱髟暨】同暨。〔佩觿辨證〕—、今家訓作暨。

【鬊】同鬐。見〔篇海〕。

【髹】同髼。見〔字彙〕。

【鬄】同鬌。見〔集韻〕。

【鬉】同鬷。見〔集韻〕。

【鬒】同鬒。見〔正字通〕。〔按—、本作須。今以須爲所須字。而面毛字別作—。近又通作鬚字。〕

【鬀】同鬄。見〔集韻〕〔按—、鬀、鬄、鬅互通。皆謂禿也。〕

【鬋】同鬋。見〔篇海〕。

【髿】髿字。見〔正字通〕。

【鬊】鬊字。見〔字彙補〕。

十畫

【鬆】而容切音茸冬韻

亂髮也。見〔玉篇〕。〔按說文作鬆。从茸省。〕

【鬄】他歷切音逖錫韻施隻切音釋陌韻

❶鬀髮也。見〔說文〕。〔段注〕少牢饋食禮、主婦被錫注。被錫讀爲髲—。俗人多識鬄少識—。且誤認爲一字。於是二禮及詩注。皆改—爲鬄、爲髢。夫鬄、髢同字。訓髲髮者、益髮也。—者、鬀髮也。儀經云髲鬄。直重字而已。於義安乎。陸氏釋文於鬄—未辨。亦溷爲一字。致後來之誤。〔按—字譌之則爲鬄。俗之則爲剔。〕司馬遷傳鬄毛髮、嬰金鐵、受辱。文選作剔。士喪禮特豚四鬄、今文作剔。❷剔也。剔刑人之髮爲之也。見〔釋名釋首飾〕。

【鬐】渠伊切音耆支韻

❶馬鬣也。見〔說文新附〕。❷毛物漸落去之名。〔方言〕—、尾稍盡也。❸魚脊也。〔儀禮士虞禮〕魚進—。❹虹蜺亦曰—。〔文選張衡賦〕瞰宛虹之長—。

【䰊】徐封切音容冬韻

❶髮長皃。見〔集韻〕。❷飾也。見〔集韻〕。

【鬑】勒兼切音濂鹽韻

❶鬋也。一曰長皃。見〔說文〕。〔桂注〕徐鍇韻譜。鬑、鬋垂皃。玉篇。—、髮長皃。❸髻—。鬊髮疏薄皃。見〔玉篇〕。❹——。鬒皃。〔古樂府〕——頗有鬚。

【䰒】伯各切音博藥韻

❶髮—。見〔玉篇〕。❷髮也。見〔類篇〕〔正字通以爲髮疏貌。〕

【鬒】止忍切音畛軫韻之忍切音震震韻

❶㐱或字。見〔說文彡部〕。〔按說文、㐱。稠髮也。詩—髮如雲。說文引作㐱髮。〕❷髮美也。見〔左昭二十八年傳〕生女黰黑注。〔按黰即—。〕❸黑也。〔左昭二十六年傳〕有君子白皙—須眉。❹強也。見〔廣雅釋詁〕。

【䰄】魚開切音皚灰韻

長貌。見〔篇海〕。

【䰖】呼高切音蒿豪韻

髮貌。見〔類篇〕。

【䰂】蘇遭切音騷豪韻

——。髮貌。見〔類篇〕。

【䰉】色窄切音棟陌韻

髮豎皃。見〔集韻〕。

【鬙】許轄切音瞎黠韻

—鬙。禿也。見〔玉篇〕。

【鬗】鄰知切音貍支韻

髮卷見〔篇海〕。

【䰐】筆命切音病敬韻

毛相也。見〔篇海〕。

【䰈】想可切音瑳哿韻楚委切音揣紙韻

本作鬌。〔說文〕鬌、髮好也。

【䰈】昨何切音鹺歌韻

髮多皃。見〔廣韻〕。

【䰈】同髊。〔爾雅釋詁〕髊、沓、髊也。〔按注、髊作—。讀與冝同。〕

【䰉】蒲官切音槃寒韻薄半切音畔翰韻補滿切音叛旱韻

臥結也。見〔說文〕〔注〕徐鍇曰。古今注所謂槃桓髻。〔按廣韻—頭曲髮爲之。蓋謂寢時盤髮爲之。令不可散。〕

【䰉】逋還切音班刪韻

髮半白也。〔柳宗元詩〕虞童髮未—。〔按此似與斑同。〕

【鬗】良涉切葉韻 鬣也。見〔龍龕手鑑〕。

【䰎】鬡本字。見〔說文〕。

【鬎】鬢本字。見〔說文〕。

【鬅】鬅本字。見〔說文〕。

【䰕】同鬢。見〔五經文字〕。

【鬄】同鬈。見〔篇海〕。

【鬘】同鬘。見〔篇韻〕。

十一畫

【鬆】祖動切音總董韻 鬉或字。〔集韻〕鬉馬鬣。一曰。—角。或作—。

【鬆】七恭切音樅冬韻 鬆—。髮亂皃。見〔集韻〕。

【鬘】莫禮切音禰禰韻 末各切音莫藥韻

㊀—帶。結頭飾也。見〔說文〕。〔段注〕—帶二字爲句。如方言之鬢帶。所以繞於髻上爲飾者。

㊁秣額也。〔文選張衡賦〕朱—鬣鬆。〔薛注〕以絳帕額。

【鬖】蘇含切音三覃韻 疏犙切音森侵韻 師咸切音攕咸韻 所斬切音槮豏韻 蘇暫切三去聲勘韻

㊀亂髮也。見〔玉篇〕。

㊁鬖—。毛垂也。〔貢師泰詩〕客懷多落鬢鬖—。

㊂——。亦毛垂也。〔東觀餘錄〕紅羽——然。

【鬗】無販切音萬願韻 母官切音瞞寒韻

㊀髮長皃。見〔說文〕。

㊁引申爲凡長之偁。〔漢書禮樂志〕掩回轅。—長馳。〔注〕如淳曰。—音構。長貌。〔按〕—猶云道里曼曼也。

【鬘】謨還切音蠻刪韻

㊀衣也。見〔集韻〕。

㊁瓔珞也。天女有瓔珞花—。〔白居易詩〕貫寶爲華—。

㊂通蠻。〔詩餘圖譜〕菩薩蠻、亦作菩薩—。

【鬘】謨官切音瞞寒韻 髮美貌。見〔類篇〕。

【鬞】牛刀切音遨豪韻 髮貌。見〔類篇〕。

【鬃】株江切音舂江韻 —鬆。亂髮。見〔集韻〕。

【鬂】紕招切音漂蕭韻 亂髮也。見〔玉篇〕。

【鬂】鋪結切音撆屑韻 髮皃。見〔集韻〕。

【鬂】同顆。見〔集韻〕。

【鬠】蘇回切音綏灰韻 髮亂垂皃。見〔類篇〕。

【鬠】取猥切音皠賄韻 毛髮皃。見〔集韻〕。

【鬌】煙奚切音鷖齊韻 黑髮。見〔類篇〕。

【鬏】先侯切音鎪尤韻 鬏—。白頭人也。見〔集韻〕。〔又〕髮亂也。見〔類篇〕。

【鬏】當侯切音兜尤韻 —鬏。詳鬏字。

【鬞】郎何切音騾歌韻 髮稠也。見〔篇海〕。

【鬍】同鬍。見〔篇海〕。

【鬇】同鬇。見〔集韻〕。

【鬆】同鬆。見〔篇海〕。

【鬃】同鬃、鬆。見〔集韻〕。

【鬗】同鬗。見〔篇海〕。

【鬆】鬆譌字。見〔正字通〕。

十二畫

【鬢】兵媚切音祕寘韻

㊀髮也。見〔玉篇〕。

㊁—鬖。多須貌。見〔類篇〕。

【鬢】丘媿切音喟卦韻 丘畏切音毀未韻

㊀屈髮也。見〔說文〕。〔段注〕屈者無尾也。引申爲凡短之偁。

㊁髻也。見〔廣雅釋器〕。

㊂紐也。〔急就篇〕冠幘簪簧結髮紐。〔注〕紐、謂結之—也。

㊃絡頭、其偏者謂之—帶。見〔方言〕。〔按〕—帶、謂帕頭。帶於髻上。帕頭之制。自項中前交於額。卻繞髻。

【鬠】思登切音僧蒸韻

㊀ 髾—。髮短見〔集韻〕。㊁ 髮亂。見〔類篇〕。

【鬚】 詢趨切音須虞韻

㊀ 本作須。〔說文須部〕須。頤下毛也。从頁彡。〔段注〕各本譌作面毛也。今正。彡者、毛飾畫之文。須與髭、每成三綹。形似之也。

㊁ 秀也。物成乃秀。人成而須生也。亦取須體幹長而後生也。見〔釋名釋形體〕

㊂ 動物之口毛亦稱—。〔廣韻〕大蝦出海中。其—長數尺。可爲簾。〔按莊子、編虎—。宋玉賦、館於蠅—。書法會錄、王羲之用鼠—筆。杜甫詩、花蘂上蜂—。皆是。〕

㊃ 植物之芒蘂亦曰—。〔陸璣詩疏廣要〕池州人稱荇爲莕公—。蓋細荇亂生。有如—然。〔按杜甫詩、隨意數花—。蘇軾詩、淸香細細嚼梅—。楊萬里詩、麥胎纔出便生—。范成大梅譜、又有苔—垂於枝間。皆是。〕

㊄ 龍—。草名。可製爲席。

㊅ 俗謂流蘇曰—。或曰滴—。

【鬜】 丘閑切音慳鉏山切音潺刪韻丘八切音劼黠韻丘葛切音渴曷韻

㊀ 鬜禿也。見〔說文〕。〔段注〕考工記顧脰注曰。顧、故書或作牼。鄭司農云。牼讀爲—。頭無髮之—。按大鄭改牼爲—。而今書作顧。頁部云。顧頭鬢少髮也。是—、顧、音義皆同。顧即—也。

㊁ 頭瘡也。〔韓愈詩〕或赤若禿—。〔釋名曰。頭生瘡、曰瘕髡。髡即—。〕

【⿱髟尊】 祖寸切音焌願韻 頂上無髮。見〔玉篇〕。

【⿱髟堯】 女敎切音鬧效韻 多須貌。見〔類篇〕。

【⿱髟登】 都騰切音登蒸韻當來切音⿱髟臺灰韻 —⿱髟多。毛亂貌。見〔類篇〕。

【⿱髟最】 纂括切音撮曷韻 鬠也。見〔類篇〕。

【⿱髟尞】 落蕭切音僚蕭韻 細長。見〔廣韻〕。

【⿱髟戟】 訖逆切音戟陌韻 髭貌。見〔類篇〕。

【⿱髟發】 北末切音撥曷韻 —⿱髟奔。⿱髟發多毛。見〔玉篇〕。

【⿱髟叢】 徂聰切音叢東韻 毛髮聚生。見〔類篇〕。

【⿱髟業】 博木切音卜屋韻 ⿱髟業⿱髟婁皃。見〔集韻〕。

【⿱髟戠】 質力切音職職韻 髮垢也。見〔類篇〕。

【⿱髟辱】 ⿱髟辱本字。見〔說文〕。

【⿱髟咸】 同鬑。見〔集韻〕。

【⿱髟桼】 同⿱髟桼。見〔篇海〕。

【⿱髟熒】 同⿱髟營。見〔集韻〕。

【⿱髟鼠】 鬣省文。見〔字彙〕。

十三畫

【⿱髟廣】 郎古切音魯麌韻

㊀ 鬤也。見〔篇海〕。㊁ 髮也。見〔篇海〕。

【鬞】 尼容切音醲冬韻濃江切音膿江韻奴凍切音齈送韻尼降切音饢絳韻

㊀ 毛多。見〔玉篇〕。

㊁ 髮長。見〔類篇〕。㊂ ——。亂髮也。見〔集韻引埤蒼〕。

【鬟】 胡關切音還刪韻

㊀ 總髮也。見〔說文新附〕。〔按—即髻之別名。如高—、謂高髻。低—、謂低髻。雲—、鴉—。猶云雲髻、鴉髻。〕

㊁ 喩山色也。〔虞集詩〕窗中遠黛曉千—。

㊂ 俗稱婢曰—。〔梅堯臣詩〕欲買小—試敎之。〔按俗又呼婢爲丫—。言其頭上雙髻如丫也。〕

【⿱髟敫】 魚敎切音獟效韻 ——。⿱髟堯高也。見〔集韻〕。

【⿱髟粲】 蒼案切音粲翰韻 髮光。見〔玉篇〕。

【鬠】 古活切音括戶括切音活曷韻古外切音儈黃外切音會泰韻 同⿱髟昏。見〔玉篇〕。〔按儀禮士喪禮。—笄用桑。疏。以⿱髟昏爲—。取以髮會聚之意。又—用組。注。古文—、皆爲括。〕

【⿱髟桌】 同⿱髟黍。見〔字彙補〕。

【⿱髟吾】 同⿱髟吾。見〔韻經〕。

【鬗】鬘或字。見〔集韻〕。

十四畫

【鬛】在禮切音薺 薺韻 子計切音霽 霽韻 子列切音尐 屑韻

㊀本作鬛〔說文〕鬛束髮少也。〔按段本作束髮尐小也。云、廣韻引作少小二字。少、乃尐之誤。尐與一疊韻。面小、亦謂之鬛尐。〕

㊁婦人束小笄也。見〔廣韻〕。

㊂髻小而高爲一。見〔類篇〕。

㊃露髻也。見〔通俗文〕。

【鬑】盧甘切音藍 覃韻 力銜切音㔋 咸韻 盧瞰切音濫 勘韻

㊀髮長也。見〔說文〕〔段注〕集韻曰。一鬖。髮長皃廣韻曰。一、鬖髮疏皃。

㊁髮多。見〔玉篇〕。

【鬢】必刃切音儐 震韻

㊀頰髮也。見〔說文〕〔段注〕謂髮之在面旁者也。釋名曰。在頰耳旁曰鬢。其上連髮曰一。一曲頭曰距。

㊁鬢穎也。〔國語晉語〕美一長大則賢。〔按明道本韋昭注。一、髮穎也。蓋一者髮之濱也。似禾穎之在末。他本穎作頰。非。〕

㊂峻也。所生高峻也。見〔釋名釋形體〕。

【鬤】陳留切音儔 尤韻

髮多也。見〔洪武正韻〕。〔按一與鬤、音義並近。〕

【鬞】謨蓬切音蒙 東韻

馬垂鬣也。見〔集韻〕。

【鬡】尼庚切音儜 庚韻

鬇一。髮亂貌。見〔韻會〕。

【䰍】乃禮切音禰 薺韻

髮皃。見〔說文〕〔段注〕此字亦取爾會意。如華盛之字作薾。皆取麗爾之意。

【鬞】同鬇。見〔正字通〕〔康熙字典〕云鬇譌字。

【鬛】鬢俗字。見〔正字通〕。

【鬱】鬱俗字。見〔正字通〕。

十五畫

【䰓】民堅切音眠 先韻

㊀鬘皃。見〔說文〕〔段注〕玄應曰。凡鬘字皆當作一。〔按復古編云。一、一別作鬘。非。〕

㊁燒烟蕢眉。見〔玉篇〕。

【鬣】力涉切音獵 葉韻

㊀髮一一也。見〔說文〕〔段注〕一、動而直上皃。所謂頭髮上指。髮上衝冠也。〔按桂注集韻引作髮一鬣也。按鬣、當爲髮。五音集韻。鬣與鬣同。鬣鬣亂髮皃。〕

㊁髦也。見〔廣雅釋器〕。

㊂須也。〔左昭七年傳〕使長一者相。〔按國語晉語而使長一之士相焉。注。長一、美須額。〕

㊃馬領毛也。〔禮記明堂位〕夏后氏駱馬黑一。〔按爾雅釋畜青驪繁一騥。舍人注。一、馬騣也。又檀弓馬一封之謂也。蓋謂封之若斧形者。〕

㊄謂帚也。〔禮記少儀〕拚席不以一。〔按儀禮既夕掃者執帚垂末內一。從注。一、帚端。〕

㊅凡魚龍領旁小鬐皆曰一。〔宋史五行志〕有巨魚高數丈。轉一而旁艦皆覆。

㊆松葉亦曰一。〔酉陽雜俎〕私第堂前有五一松。又有兩一七一者。

㊇鳥首毛亦曰一。〔文選枚乘七發〕鵷鶵鵁鶄。翠一紫纓。

㊈蛇鱗亦曰一。〔郭璞山海經圖贊〕長蛇百尋。厥一如彘。

㊉豕曰剛一。見〔禮記曲禮〕。

【鬣】弋涉切音葉 葉韻

帚端。見〔集韻〕。

【䰊】步木切音僕 屋韻

䰊或字。〔集韻〕䰊髭。䰊毛不理。或作一。

【鬖】陟降切音戇 絳韻

一鬞。髮亂貌。見〔類篇〕。

【鬢】子罕切音攢 翰韻

髮光澤。見〔玉篇〕。

【鬢】則旱切音瓚 旱韻

款皃。見〔廣韻〕。

【鬢】子末切音𨅝 曷韻

毛多。見〔集韻〕。

【鬛】鬛本字。見〔說文〕。

【鬡】鬡俗字。見〔正字通〕。

十六畫

【鬛】凌如切音臚 魚韻 籠都切音

盧虞韻

㊀鬣也。見〔說文〕〔段注〕亦謂髮鬣鬣也。

●毛也。見〔廣韻〕。〔按桂馥云。毛當爲髦。〕

●髻—。髮起貌。見〔類篇〕。

【𩯁】猥狄切音歷錫韻

髮疎貌。見〔類篇〕。

【𩯖】同鬣。見〔篇韻〕。〔康熙字典云。即鬣字之譌。字彙補復譌作𩯖。並非。〕

十七畫

【鬤】如陽切音穰陽韻汝兩切音壤養韻

●亂髮也。〔楚辭大招〕被髮鬤只。

●鬤—。亂毛皃。見〔集韻〕。

【鬡】鬡或字。見〔集韻〕。

【䰱】郎丁切音零青韻

●髮疏。見〔集韻〕。

●同鬇。見〔正字通〕。

【鬞】仕懺切音鑱陷韻

髮也。見〔玉篇〕。

【鬣】通鬣。見〔篇海〕。〔按張衡西京賦。朱鬘—髽。注。通俗文曰。露髻曰—。以雜麻爲髻。如今撮也。正字通云。鬘之譌字。似非是。〕

十八畫

【鬠】夫勿切音弗物韻

首飾。見〔字彙補〕。

十九畫

【鬣】同鬣。見〔玉篇〕。

【鬚】同鬚。見〔類篇〕。〔正字通云。俗鬚字。〕

鬯部

【鬯】丑亮切音悵漾韻

㊀以秬釀鬱艸。芬芳攸服。以降神也。从凵。凵、器也。中象米。匕、所以扱之。易曰不喪匕—。見〔說文〕〔段注〕攸服、當作條暢。鄭注序官鬱人云。鬱、鬱金香草。宜以和—。注—人云。—、釀秬爲酒。芬香條暢於上下也。是—與鬱之分較然矣。秬釀爲—。芳艸築煮爲鬱。二者攪和之爲鬱—。許說略同。又江漢傳云。秬、黑黍也。—、香艸也。築煮合而鬱之曰—。此鬱—不爲二物。又謂—爲香艸。皆與後來許鄭異。𠙴部云。𠙴盧飯器。𠙴即米字斜書之。〔按以鬱和—、謂之鬱—。不和鬱者、但謂之秬—。〕

㊁芬香之至也。見〔白虎通攷黜〕。

㊂百草之本也。見〔說苑修文〕。

㊃樽也。〔家語哀公問政〕加以鬱—。

㊄同韔。〔詩大叔于田〕抑—弓忌。〔傳〕—弓、弢弓。〔按詩閟宮釋文。—弓衣也。本作韔。是—或訓弓衣。或訓弢也。〕

㊅同暢。〔漢書郊祀志〕草木—茂。〔注〕師古曰。—與暢同。

五畫

【𩰪】爽士切音史紙韻

香之美者。見〔集韻〕。

【𩰫】糈或字。見〔集韻〕。〔正字通云。𩰫字之譌。〕

六畫

【𩰬】疏吏切音駛寘韻

列也。見〔說文〕〔段注〕列。當从玉篇作烈。烈烈、猛火也。引伸爲凡猛之偁。—謂酒氣酷烈。引伸爲迅疾之義。今俗用駛疾字。當作此。

八畫

【𩰭】古爵字。見〔字彙補引說文長箋〕。〔康熙字典云。長箋作爵字。字彙補誤。〕

十畫

【䰰】臼許切音巨語韻

黑黍也。一稃二米以釀。見〔說文〕〔段注〕生民曰。維秬維秠。毛曰。秬、黑黍也。秠、一稃二米也。是則黑黍名—。自其一稃二米言之。則謂之秠。以釀酒。是曰—釀。

十一畫

【𩰫】卽約切音雀藥韻、

㊀爵本字。〔說文〕禮器也。𠙹、象雀之形。中有鬯酒。又、持之也。所㠯飲器象雀者。取其鳴節節足足也。〔段注〕古說今說皆云、爵一升。各本作象爵之形四字。今正。又、手也。節節足足。雀音如是。韓詩說曰。爵、盡也。足也。白虎通說爵祿曰。爵者、盡也。所以盡人材。古爵音同。焦、醮、潐、字。皆取盡意。〔按段借爲雀字引伸爲爵秩字。今通作爵。爵行而—廢。故字書謂—爲爵本字。〕

㊁竹器所以酌酒。見〔玉篇〕。

十二畫

【𩰬】古爵字。見〔廣韻〕。

十三畫

【𩰭】同爵。見〔字彙補〕。

十八畫

【鬱】紆物切音鬱物韻〔通用鬱〕。

㊀芳艸也。十葉爲貫。百廿貫。築㠯煮之爲—。从臼、缶、冂、鬯。彡、其飾也。一曰。—鬯。百艸之華。遠方鬱人所貢芳艸。合釀之㠯降神。鬱、今鬱林郡也。見〔說文〕〔段注〕臼、叉手也。缶、瓦器。冂、覆也。鬯之言暢也。又手築之介麗。乃盛之於缶而覆之。封閉以幽之。則其香气暢達。此會意之指也。其物用於祭祀喪紀賓客者也。故必飾其器。凡言—鬯者。用中國百艸之華。及遠方鬱人所貢芳艸。二者合釀。芬芳條暢。可用降神。此別一義也。前說芳艸築煮爲—。合秬釀爲鬯。此說謂合釀艸華及遠國芳艸爲—。不必合鬯酒而後爲鬯也。許意鬱人所貢卽今鬱林郡地之人也。

㊁金綵也。見〔廣雅釋器〕。

【鬱】紆物切音鬱物韻〔俗作鬱〕。

㊀木叢生者。見〔說文林部〕〔段注〕秦風。—彼北林。鄭司農注攷工記曰。𡨋讀如宛彼北林之宛。苑柳傳曰。苑、茂林也。𡨋、苑、皆卽—字。

㊁盛貌。〔文選木華賦〕—沏迭而隆頹。

㊂棣屬。〔詩七月〕六月食—及薁。〔陸璣詩疏〕樹高五六尺。實大如李。色正赤。食之甘。〔按史記司馬相如傳。隱夫—棣。注。—、車下李也。〕

㊃聚也。〔漢書揚雄傳〕—栘楊。

㊄積也。〔漢書路溫舒傳〕忠良切言。皆—於胷。

㊅滯也。〔左昭二十九年傳〕—湮不育。〔累言之義亦同。〕

㊆塞也。〔管子君臣〕—令而不出者。幽其君者也。〔按中匡篇—濁困滯。亦訓穢塞。〕

㊇化也。〔太玄礥〕藏—於泉。

㊈氣也。見〔爾雅釋言〕。

㊉幽也。見〔廣雅釋器〕。

⑪長也。見〔方言〕。

⑫思也。見〔廣雅釋詁〕〔按方言。—悠。思也。晉宋衛魯之間。謂之—悠。〕

⑬愁也。〔楚辭憂苦〕志紆—其難釋。

⑭怨也。〔呂覽侈樂〕故樂愈侈而民愈—。

⑮暴怒也。〔文選潘岳賦〕—軒翥以餘怒。〔又〕怒氣遲留不發也。〔文選傅毅賦〕或有宛足—怒。

⑯奔迫也。〔素問至眞要大論〕諸氣膹—。

⑰腐臭也。〔禮記內則〕烏皫色而沙鳴—。

⑱炎熱也。〔漢書王襃傳〕不苦盛暑之—燠。

⑲不通也。〔漢書宣帝紀〕—于大道。

⑳聲不舒揚也。〔考工記鳧氏〕鐘弇則—。

㉑—壘。能執鬼之神也。〔文選張衡賦〕守以—壘。〔注〕風俗通曰。上古時。度朔山有神荼、—壘昆弟二人。鬼無道理者。執以飼虎。

㉒—燠。不舒暢也。〔素問五常正大論〕其氣—。

㉓—人。官名。見〔周禮春官敍官〕。

㉔—栖。蟲名。〔莊子至樂〕陵舄得—栖。〔又〕糞壤也。見〔莊子釋文引李注〕。

㉕—陶。憂思也。〔書五子之歌〕—陶乎予心。〔又〕喜也。見〔爾雅釋詁〕。

㉖—伊。不申之貌。〔後漢崔寔傳〕智士—伊於下。

㉗—邑。愁貌。〔楚辭惜誦〕心—邑余侘傺兮。〔按—邑亦作—悒。文選

司馬遷書。是以獨—悒而誰與語。注。—悒。不通也〕

(廿八) —律。煙上貌。〔文選郭璞賦〕時—律其如煙。〔又〕小聲也。〔文選揚雄賦〕雷—律於巖窔兮。

(廿九) —泱。雲起貌。〔後漢李固傳〕比無雨潤而沈陰—泱。

(三十) —岪。高貌。〔文選司馬相如賦〕其山則盤紆岪—。

(卅一) —沈。含蓄頓挫也。〔金史元德明傳〕五言高古沈—。

(卅二) —烏。菰心中黑點也。見〔廣雅釋草〕。〔按菰、即今之茭白〕

(卅三) ——茂盛貌。〔文選古詩〕——園中柳。〔又〕跳洒貌。〔莊子庚桑楚〕跳哉——乎。〔又〕佳氣貌。〔後漢光武紀〕氣佳哉、——蔥蔥然。〔又〕志不伸也。〔漢書韓信傳〕安能——久居此乎。

(卅四) 水名。〔山海經海內東經〕—水出象郡。在今廣西馬平縣境。

(卅五) 州名。漢—林郡地。唐置—州。當今廣西—林縣治。

※鬲部※

〔鬲〕 狼狄切音歷錫韻

(一) 鼎屬也。實五㲉。斗二升曰㲉。象腹交文。三足。見〔說文〕〔段注〕上象其口。乂象腹交文。下象三足也。〔按爾雅疏。鼎足相去疏闊者曰—。漢書注。足中空不實者曰—。〕

(二) 鍑也。〔方言〕鍑。吳揚之間謂之—。〔按廣雅釋器亦曰。—、鬴也。〕

〔鬲〕 古核切音隔陌韻

(一) 瓦瓶也。〔禮記喪大記〕陶人出重—。〔疏〕縣重之罌也。

(二) 搤也。〔儀禮士喪禮〕苴經大—。〔注〕中人之手。搤圍九寸。經之差、自此出焉。

(三) 謂隔絕于上也。〔荀子大略〕—如也。〔又作搹〕

(四) 國名。〔左襄十四年傳〕廱奔有—氏。〔按漢置—縣。屬平原郡。當今山東德平縣東。〕

(五) —津。水名。九河之一。見〔爾雅釋水〕。〔按孫李注皆云。水狹小。可隔以為津。〕

(六) —咽。謂食飲入而復出也。〔素問至眞要大論〕—咽不通。

(七) 人名。膠—。

(八) 同隔。〔漢書五行志〕—閉門戶。〔注〕—、與隔同。

(九) 姓也。咎繇後。見〔水經河水注引應劭〕

〔鬲〕 乙革切音戹陌韻

同軛。〔考工記車人〕凡為轅—長六尺。〔司農注〕—、謂轅端厭牛領者。

三畫

〔⿰鬲开〕 古禾切音戈 盧戈切音螺 歌韻

秦名土鬴曰—。讀若過。見〔說文〕。〔段注〕今俗作鍋。

〔⿰鬲干〕 ⿰鬲开或字。見〔集韻〕。

四畫

〔⿰鬲支〕 語綺切音螘 巨綺切音技 紙韻

三足鍑也。一曰。滫米器也。見〔說文〕。〔段注〕鍑如釜而大口。廣雅。—、鬴也。滫米、猶淅米。淅之以得其泔也。〔按桂注。有足曰錡。—、錡聲相近。三足所以支之。〕

〔⿰鬲文〕 無分切音文文韻

摩也。見〔玉篇〕。〔正字通云。⿰鬲支字之譌〕

〔⿰鬲戈〕 鍋或字。見〔集韻〕。

〔⿰鬲斗〕 ⿰鬲开譌字。見〔字彙補〕。

五畫

〔⿰鬲瓦〕 狼狄切音歷錫韻

鬲或字。見〔說文〕。〔段注〕楚世家。登三翮六翼以高世主。小司馬曰。翮亦作—。按翮者—之叚借字。翼者釴之叚借。九鼎、款足者三。附耳於外者六也。爾雅曰。鼎款足謂之鬲。附耳外謂之釴。

〔⿰鬲占〕 黏或字。見〔集韻〕。

六畫

〔鬳〕 俱願切音絭願韻

鬲屬。見〔說文〕。〔桂注〕鬲屬、疑作鬳屬。本書甗、甑也。〔正字通引同文備考云。从虍者。飾以虎文。〕

〔鬺〕 尸羊切音商陽韻

煮也。見〔說文〕〔段注〕—、亦作䰛。亦作䰜。封禪書皆嘗亨鬺上帝鬼神。謂煮而獻之上帝鬼神也。毛詩叚湘爲之。毛曰。湘、亨也。

【⿱䰜】狼狄切音歷錫韻　父沸切音屝未韻

本作䰞。〔說文䰜部〕䰞、歷也。古文亦鬲字。象孰飪五味气上出也。〔段注〕歷也二字。淺人妄增。鬲—、皆古文。本一字。鬲專象器形。故其屬多謂器。—兼象孰飪之气。故其屬皆謂孰飪。〔按五音集韻云。—、上烝氣也。〕

【⿰鬲亥】何開切音孩　魚開切音皚灰韻

麨也。一曰。煤中塊也。見〔類篇〕。

【⿲弓鬲弓】鬻本字。見〔說文䰜部〕。

【⿰鬲而】同腝。〔方言〕秦晉之郊謂熟曰—。〔按類篇—、爛也。〕

【⿰鬲圭】同窐。見〔玉篇〕。

【⿰鬲巨】䰥譌字。見〔正字通〕。

【⿰鬲兌】鬷譌字。見〔康熙字典〕。

七畫

【鬴】奉甫切音父麌韻

❶鍑屬也。見〔說文〕〔段注〕升四、曰豆。豆四曰區。區四曰—。〔按漢書五行志。衡其—六七枚。句奴傳多齎—、薪炭。注皆云。—、古釜字。〕

❷水名。九河之一。〔爾雅釋水〕覆—。〔注〕水中可居住。而其狀如覆釜。

❸姓也。見〔姓苑〕〔萬姓統譜譌作鬴。〕

【⿰鬲甫】狼狄切音歷錫韻

鬲或字。〔集韻〕鬲說文、鼎屬。或作—。

【⿰鬲巠】古定切音徑徑韻

隔也。見〔集韻〕。

八畫

【鬵】徐心切音尋　鐔岑切音簪侵韻　慈鹽切音潛鹽韻

❶大鬴也。一曰。鼎大上小下若甑、曰—。見〔說文〕〔段注〕檜風、溉之釜—。毛曰。—、釜屬。釋器。鼎絕大謂之鼐。圜弇上謂之鼒。附耳外謂之釴。款足者謂之鬲。鐕謂之—。—、鉹也。按此六句皆說鼎。故許以鼎大上小下若甑發明鐕謂之—。金部云。鉹—鼎、亦所以發明—鉹也。釋爾雅者尟通此矣。〔按劉向新序。齊攻魯。求岑鼎。韓非說林作讒鼎。岑、讒皆與—聲相近。〕

❷甑也。〔方言〕甑自關而東謂之甗。或謂之—。〔按詩匪風疏。—是甑非釜。〕

❸疾也。見〔廣雅釋詁〕。

【⿱沸鬲】芳未切音費未韻

涫也。見〔說文〕〔段注〕水部曰。涫、—也。今俗字涫作滾。—作沸、非也。

【⿱埶鬲】鬻俗字。見〔篇海〕。

【⿱羔鬲】鬻譌字。見〔字彙補〕。

九畫

【鬷】祖叢切音嵏東韻

❶鬴屬。見〔說文〕〔段注〕廣雅。鐕、鬲—也。

❷數也。〔詩東門之枌〕越以—邁。〔疏〕—、謂麻縷每數一升而用繩紀之。故—爲數也。

❸總也。〔詩烈祖〕—假無言。〔禮記中庸引詩作奏假無言。〕

❹地名。〔後漢郡國志〕濟陰郡定陶有三—亭。〔注〕湯伐三—。〔當今山東定陶縣北。〕

❺姓也。春秋時。—明。—蔑。〔又〕—夷氏。複姓。〔左昭二十九年傳〕昔有飂叔安有裔子、曰董父。寔甚好龍。以服事帝舜。帝舜賜之姓曰董氏。曰豢龍。封諸—川。—夷氏其後也。

【⿰鬲叜】祖動切音摠董韻

軌—。草名。〔爾雅釋草〕素華、軌—。

【⿰鬲㚇】作弄切音糉送韻

漢侯國名。見〔集韻〕。

【⿰鬲耎】人移切音而支韻　汝來切音荋灰韻

腝或字。〔集韻〕腝有骨醢也。或从鬲。〔按說文肉部腝、有骨醢。重文作䐪。無作—者。正字通云。腝譌字。〕

【⿰鬲扁】同鬷。見〔字彙補引漢書王子侯表。〕〔按康熙字典云。漢書作鬷。字彙補誤。〕

【⿰鬲隶】鬻或字。見〔集韻〕。

十畫

【⿰鬲鬲】狼狄切音歷錫韻

去滓也。見〔篇海〕。

【鬸】力救切 音溜宥韻
甑也。〔類篇〕關東謂甑爲—。

【䰛】鬻或字。見〔集韻〕。

【䰙】鬴或字。見〔集韻〕。

【䰜】鬻或字。見〔說文鬻部〕。〔又〕古烹字。見〔集韻〕。

【䰞】鬻誤字。見〔字彙補〕。

【甗】甗譌字。見〔康熙字典〕。〔按篇海云。同甗。〕

十一畫

【鬻】洪孤切 音胡虞韻
本作鬻。〔說文鬻部〕鬻。鍵也。〔按玉篇云。或作糊。集韻云。通作𩱬。然段桂兩家說皆引釋言𩱬、饘也。謂經典借𩱬爲—。當作此字。〕

【鬹】均窺切 音規 供爲切 音嬀 支韻
三足釜也。有柄喙。見〔說文〕。〔段注〕廣雅。—、鬴也。有柄可持。有喙可寫物。此其別于䰛者也。

【䰜】縣圭切 音攜 齊韻
鑊也。見〔集韻〕。

【鷘】牛刀切 音遨 豪韻
乾煎也。見〔類篇〕。〔正字通云。同熬。〕

【鬺】尸羊切 音商 陽韻
鬺或字。〔集韻〕鬺、說文、煮也。或作䰜、—。

【䰢】鬺或字。見〔集韻〕。

【鬻】鬻譌字。見〔正字通〕。

十二畫

【䰝】子孕切 音甑 徑韻
一 鬵屬。見〔說文〕。〔段注〕—者甑之或體耳。𤮊雅音義云。—本或作甑。篇韻皆云甑、—同字。可知古本說文不分入鬲瓦二部。至集韻乃據徐鉉之書截然爲二字矣。
二 山名。〔山海經大荒東經〕又有搖山有—山。〔注〕音如釜甑之甑。

【鬻】之六切 音祝 屋韻 忙皮切 音糜 支韻〔俗作粥〕。
鍵也。从鬻米。見〔說文鬻部〕。〔段注〕从鬻米會意。鉉本作米聲。武悲切。此因誤衍聲字而爲之切。非眞唐韻有武悲切也。廣韻集韻脂韻內皆無—。玉篇云。說文又音糜。廣韻云。說文本音糜者。乃陳彭年輩誤用鉉本也。玉篇糜字又糜之誤、類篇忙皮切之誤本此。—作粥者。俗字也。作鬻者。樂記假—爲育。而轉寫致譌也。〔按鍵也一切經音義引作糜也〕

【鬻】於六切 音育 屋韻
一 賣也。〔左昭三年傳〕有—踊者。
二 嫁也。〔禮記檀弓〕請—庶弟之母。
三 養也。〔莊子德充符〕四者天—也。天—也者天食也。
四 生也。〔禮記樂記〕毛者孕—。
五 以湯去毛曰—。見〔一切經音義引通俗文〕。
六 獯—。匈奴別名。〔孟子梁惠王〕故太王事獯—。〔按史記作葷粥〕。
七 淫—。水流溪谷之間也。〔漢書司馬相如傳〕沈溶淫—。
八 姓也。〔漢書藝文志〕—子名熊。爲周師。自文王以下問焉。周封爲楚祖。〔按春秋時、楚又有—拳〕

【鬻】居六切 音掬 屋韻
稚也。一曰養也。〔詩鴟鴞〕—子之閔斯。

【鬻】仍吏切 音餌 寘韻
粉餅也。見〔說文鬻部〕。〔段注〕周禮。糗、餌、粉、餈。食部曰。餈、稻餅也。此曰、—粉餅也。蓋謂餈者不粉之稻米爲餅。餌者、稻米粉之爲餅。文互相足。

【䥶】鬲或字。見〔集韻〕。〔按說文作歷。玉篇作歷、歷。或作鬲。史記滑稽傳作歷。索隱、歷卽釜鬲也。〕

十三畫

【䩹】克革切 音客 陌韻 吉歷切 音激 錫韻
裘裏也。見〔說文裘部〕。〔段注〕表其毛而爲之裏。附于革也。〔按正字通云。裘裏與皮相隔。故从鬲。〕

【鬻】薄沒切 音勃 月韻
炊釜鬻溢也。見〔說文鬻部〕。〔段注〕炊、各本作吹。今從類篇。釜鬻溢、各本作釜溢。宋本作聲沸。今參合定爲釜鬻溢。今江蘇俗謂火盛水鬻溢出爲鋪出。—之轉語也。正當作—宁。

【鬻】而蜀切音辱沃韻　大鼎。見〔玉篇〕。

【鬷】同鬷〔漢書王子侯年表〕參—侯則。〔按康熙字典云。此字說文及諸字書俱作鬷。〕

【鬻】同鬻。見〔廣韻〕。

【鬻】鬻或字。見〔說文鬲部〕。

【鬻】醯或字。見〔集韻〕。

十四畫

【鬻】居言切音犍元韻　諸延切音饘先韻　鬻也。見〔說文鬲部〕。〔段注〕—、或作餰。猶𩜪作饘也。淺人謂即饘字。不分。〔按廣韻。—、厚粥也。〕

【鬻】鬻籀文。見〔說文〕。

【鬻】鬻或宁。見〔集韻〕。〔正字通云。鬻、鬻并同。〕

十五畫

【鬻】章與切音煮語韻　享也。見〔說文鬲部〕。〔段注〕鬻—也。—下當云鬻也。經傳用享用烹。乃鬻之假借字耳。〔按周禮鬻人凡齊事—鹽以待戒令。漢書食貨志。冶鑄—鹽。注。師古曰。—、同煮。〕

【鬻】同鬻。見〔廣韻〕。

【鬻】同鬻。見〔字彙補〕。

十六畫

【鬻】楚絞切音炒巧韻　熬也。見〔說文鬲部〕。〔段注〕爾雅音義引三倉。熬也。說文。火乾物也。與今本異。玄應再引。與今本同。〔按—方言作𪉊。崔寔四民月令作炒。古文奇字作㷅。一切經音義作𤈦、𪎎、鬻。俗又作煼。〕

【鬻】古行切音庚庚韻　五味盉—也。見〔說文鬲部〕。〔段注〕皿部曰。盉、調味也。〔按許書鬲部出—字。最多羹爲小篆文。—、鬻爲古文籀文。〕

【鬻】同鬻。見〔篇海〕。

【鬻】鬻譌字。見〔字彙補〕。

十七畫

【鬻】蘇谷切音速屋韻　鼎實惟葦及蒲。陳留謂鍵爲—。見〔說文〕。〔段注〕當云鼎實也。詩云。其—維何。維筍及蒲。或曰。筍作葦者。三家詩也。周易馬注。餗、鍵也。許不以陳留語爲別一義。鬻至鬻共七文。皆謂鬻也。分別之則有米和肉菜之鬻。有不和肉菜之鬻。〕

【鬻】犂針切音淋侵韻　淋或字。〔集韻〕淋。以水沃也。或作—。

十八畫

【鬻】同鬵。炊器也。見〔玉篇〕。〔按正字通云。鬵籀文。集韻云同甑。〕

十九畫

【鬻】余六切音育　之六切音祝屋韻　鬻也。見〔說文鬲部〕。〔桂注〕龍龕手鑑。—、稀餐也。

【鬻】鬻或字。見〔說文鬲部〕。

【鬻】鬻譌字。見〔字彙補〕。

二十畫

【鬻】弋灼切音藥藥韻　內肉及菜湯中薄出之。見〔說文鬲部〕。〔段注〕內、今之納字。薄、迫也。今俗所謂煠也。〔按—通爚。玉篇。瀹、煮也。內菜湯中而出也。亦通汋。爾雅釋天。孫炎注曰。新菜可汋。〕

【鬻】莊皆切音佳韻　同齋。敬也。見〔玉篇〕。

二十一畫

【鬻】虛嬌切音囂蕭韻　炊氣皃。見〔說文〕。

【鬻】鬻譌字。見〔正字通〕。

二十二畫

【鬻】同鬻。見〔篇韻〕。〔康熙字典云。鬻譌字。〕

二十七畫

【鬻】莫結切音蔑屑韻　涼州謂鬻爲—。見〔說文鬲部〕。〔段注〕鍇本作糜爲長。糜—雙聲故也。〔按桂馥謂當爲鬻鬻、—皆稀餐。〕

※鬼部※

【鬼】矩偉切音魄尾韻
㊀人所歸爲鬼。从儿。由象—頭。从厶。—陰气賊害。故从厶。見〔說文〕。〔段注〕釋言曰。—之爲言歸也。〔禮運〕曰。魂氣歸於天。形魄歸於地。陰、當作侌。此說从厶之意也。神陽—陰。陽公陰私。
㊁慧也。〔方言〕虔、儇、慧也。自關而東趙魏之閒、謂之黠。或謂之—。
㊂星名。二十八宿之一。今大寒節子初初刻十二分之中星。

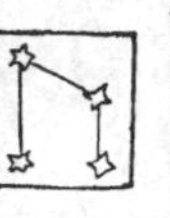
鬼宿圖

㊃—方。遠方也。〔易既濟〕高宗伐—方。〔又〕國名。見〔易既濟高宗伐鬼方虞注〕。
㊄—侯。殷之諸侯也。〔禮記明堂位〕昔殷紂亂天下。脯—侯以饗諸侯。〔按史記殷本紀作九侯。〕
㊅—薪。古刑名。〔漢書刑法志〕罪人、獄已決完爲城旦舂。滿三歲爲—薪白粲。
㊆烏—。豬也。〔漫叟詩話〕川人嗜豬肉。家家養豬。每呼豬作烏—聲。故謂之烏—。〔又〕峽中人以鸕鷀捕魚。謂之烏—。見〔夔州圖經〕。〔又〕南蠻俗尙巫。有靑—烏—之名。見〔元稹詩注〕。
㊇魄省字。〔說文釋例〕蝮蛇之蟲或作螝。省作—。詩曰。爲—爲虺。
㊈姓也。—臾區。黃帝臣。見〔漢書郊祀志注〕。

二畫

【魀】魑俗字。見〔龍龕手鑑〕。

三畫

【鬽】明祕切音媚寘韻
㊀老精物也。从鬼彡。彡、鬼毛。見〔說文〕。
㊁物神謂之—。見〔廣雅釋天〕。

【魛】鄔賄切音猥賄韻
—𦓤。境埆也。見〔集韻〕。

【⿺尢鬼】烏續切音瘣隊韻
—尵。癈風苦熱。見〔廣韻〕。〔按康熙字典引廣韻尵譌爲⿺尢鬼。〕

【魡】職略切音勺藥韻
斗星名。見〔字彙補〕。〔康熙字典云。杓字之譌。〕

【魠】詞惜切陌韻
鬼名。見〔五音集韻〕。

【瑰】徒各切音托藥韻
落—。貧家無業。本作落魄。見〔正字通〕。

【⿱冖鬼】同鬽。見〔篇海〕。

【[illegible]】同鬽。見〔龍龕手鑑〕。

【⿺鬼出】魅俗字。見〔正字通〕。

【⿺鬼寸】魁譌字。見〔字彙補〕。

【⿺几鬼】尵譌字。見〔正字通〕〔疑爲魄譌字。〕

四畫

【鬾】渠羈切音奇支韻 巨綺切音技紙韻 奇寄切音芰寘韻
㊀鬼服也。一曰。小兒鬼。韓詩傳曰。鄭交甫逢二女—服。見〔說文〕。〔按鬼服、衣瘢裘之屬。顓頊有三子。生而亾。一居人室隅。善驚人。爲小兒鬼。〕
㊁射—。大剛卯也。〔急就篇〕射—辟除華凶。〔注〕以桃木刻而爲之。一名毅改。其上有銘而旁穿孔。系以綵絲。用繫臂焉。亦所以逐精魅也。

【鬿】渠希切音祈微韻
㊀—雀。鳥名。〔山海經東山經〕北號之山有鳥焉。其狀如雞而白首。鼠足而虎爪。其名曰—雀。亦食人。〔按正字通引山海經作—萑。今本山海經作—雀。〕
㊁—堆。奇獸也。〔楚辭天問〕—堆焉處。
㊂九—。北斗九星也。〔楚辭九歎〕九—與六神。

【魁】枯回切音盔灰韻
㊀羹斗也。見〔說文斗部〕。〔段注〕斗、當作料。料、勺也。抒羹之勺也。—頭大而柄長。毛詩傳曰。大斗長三尺、是也。引申之、凡物大皆曰—。
㊁根本也。〔漢書游俠傳序注〕—者、斗之所用盛而杓之本也。故言根本者皆云—。
㊂星名。北斗第一星也。〔史記天官書〕—枕參首。
㊃猶首也。〔禮記檀弓〕不爲—。〔按北斗以—爲首。故凡爲首者皆稱

曰—。前代科舉分五經取士。每經首選一人。曰經—。又殿試首選曰。大—。

㈤帥也。〔書胤征〕殲厥渠—。

㈥安也。一曰主也。〔莊子庚桑楚〕人見其跂猶之—然。

㈦大也。〔史記孟嘗君傳〕始以薛公爲—然。也今視之乃眇小丈夫耳。

㈧藏也。〔太玄中〕酋酋火—。

㈨小阜也。〔國語周語〕—陵糞土。〔注〕—小阜曰—。

㈩芊—芊根也。〔漢書翟方進傳〕飯我豆食羹芋—。

⑪歷蛤也。〔儀禮士冠禮〕素積白屨。以—柎之。〔爾雅作—陸〕。

⑫—梧邱虛壯大之意。〔史記留侯世家〕計—梧奇偉。〔又〕壯大之貌。〔後漢臧洪傳〕洪體貌—梧。〔注〕—梧壯大之貌也。

⑬—堆高貌。〔楚辭怨世〕陵—堆以蔽視。

⑭—槃促迫也。〔楚辭憫上〕—槃擠摧兮常困厄。

⑮—壘壯貌。〔漢書鮑宣傳〕蒼艾—壘之士。

⑯—岸大度也。〔文選左思賦〕—岸豪傑。

⑰㚖—盾名。〔釋名釋兵〕盾大而平者曰㚖—。本出於㚖爲—帥所持也。

⑱帝—農神名。一曰黃帝子孫也。見〔文選東京賦注〕

⑲同科。〔後漢東夷傳〕大率皆—頭露紒。〔注〕—頭猶科頭也。謂以髮縈繞成科結也。

⑳同塊。〔漢書東方朔傳〕—然無徒。〔注〕—讀曰塊。

【魁】苦猥切音塊賄韻

—瘣。大枝節盤結也。見〔集韻〕

【䰟】胡昆切音渾元韻

㊀陽气也。从鬼云聲。見〔說文〕〔段注〕陽、當作昜。左傳子產曰。人生始化曰魄。既生魄陽曰—。用物精多則—魄強。各本篆體作魂。今正。李文仲字鑑曰。說文本下形上聲。

㊁猶伝伝也。行不休於外也。主于情。見〔白虎通情性〕

㊂人之陽神也。〔淮南說山〕魄問於—。〔注〕魄、人陰神。—人陽神。

㊃附形之靈爲—。見〔左昭七年傳疏〕

㊄—者芸也。見〔白虎通情性〕〔段玉裁云芸芸動也〕

㊅——多貌。〔太玄玄告〕——萬物。〔又〕光氣炎盛相焜燿貌。〔山海經西山經〕其光熊熊其氣——。

㊆凡物之精神曰—。如花—吟—。今謂立國之精神曰國—。日本謂太和—是。

【魀】居拜切音介卦韻

㊀同尬。尷尬、行不正也。見〔篇海〕

㊁人名。〔國策趙策〕魏—謂建信君曰。〔注〕鮑改—爲尬。

【傀】火跨切音化禡韻

鬼變也。見〔說文〕〔段注〕鬼之變匕也。

【䰢】扶方切音房陽韻

星名。見〔玉篇〕

【䰯】魚丘切音牛尤韻

鬼也。見〔玉篇〕

【鬽】于救切音右宥韻

鬼名。見〔篇海〕

【魧】火郎切音炕陽韻

鬼也。見〔玉篇〕

【魹】虛到切音耗號韻

虛厲。見〔集韻〕

【𩲡】古魁字。見〔字彙補〕

【魂】同䰟。〔集韻〕䰟說文陽氣也。亦作—。

【魀】同鬽。見〔篇海〕

【𩳐】同魅。見〔龍龕手鑑〕

【𩴴】同魍。見〔龍龕手鑑〕

【𩲅】同鬼。見〔五音篇海〕

【䰡】同毣。見〔龍龕手鑑〕

【𩲸】同魁。見〔五音篇海〕

【𩴀】同傀。見〔篇海類編〕

【魩】鬽俗字。見〔正字通〕

五畫

【𩲃】升人切音申眞韻

㊀本作䰠。〔說文〕䰠神也。〔段注〕當作神鬼也。神鬼者、鬼之神者也。故其字从鬼申。中山經、青要之山。—武羅司之。郭注—卽神字。許意非一字也。

㊁山神也。見〔玉篇〕

【魄】匹陌切音拍陌韻〔按月生—之、—本作霸。〕

❶陰神也。見〔說文〕〔段注〕陰、當作侌。侌陽言气、陰言神者。陰中有陽也。魂—皆生而有之而字皆从鬼者。魂—不離形質而非形質也。形質亡而魂—存是人所歸也。故从鬼。〔參閱魂字〕。

❷附氣之靈爲—。見〔左昭七年傳疏〕

❸耳目之聰明爲—。見〔禮記祭義注〕

❹開隙也。見〔爾雅釋詁疏〕。

❺月輪郭無光處也。〔書武成〕惟一月壬辰旁死—。〔疏〕—者形也。謂月之輪郭無光之處名魄也。朔後明生而—死。望後明死爲—生。死—、朔也。生—、望也。是以一日爲始死—。二日爲旁死—。

❻—者迫然著人。主於性也。見〔白虎通情性〕。

❼—者白也。見〔白虎通情性〕。〔段玉裁云〕白、明白也。

❽木名。〔爾雅釋木〕—、榽橀。〔注〕—大木細葉似檀。

❾同珀。虎—、即琥珀。〔後漢西南夷傳注〕廣雅曰。虎—生地中。其上及傍不生草。深者八九尺。大如斛。削去皮成虎—如斗。初時如桃膠。凝堅乃成。博物志曰。松脂淪入地千年、化爲茯苓。茯苓千年。化爲虎—。

【魄】白各切音泊藥韻

❶聲也。〔史記周本紀〕有火自上復于下。至于王屋。流爲烏。其色赤。其聲—云。〔注〕—然安定意也。

❷旁—。廣博也。〔荀子性惡〕雜能旁—而無用。〔又〕充滿之貌。〔史記司馬相如傳〕旁—四塞。〔按或作旁礴、滂薄。〕

❸同粕。〔莊子天道〕古人之糟—已夫。

【魄】闥各切音託藥韻

落—。家貧無業也。〔史記酈生傳〕家貧落—。無以爲衣食業。〔集解〕晉灼曰。落薄、落託。義同。鄭氏云。—音薄。〔亦作落拓、落魄。〕

【魅】明祕切音媚寘韻

❶鬽或字。見〔說文〕。

❷怪物也。〔左宣三年傳〕螭—罔兩。

【⿰鬼失】丑吏切音眙寘韻　抽知切音摛支韻　勅栗切音抶質韻

❶厲鬼也。見〔說文〕。〔段注〕厲之言烈也。厲鬼、謂虐厲之鬼。厲或作癘。非。西山經。剛山是多神⿰夫鬼。⿰夫鬼、即此—字。

❷魑鬽之類也。亦作殎。見〔玉篇〕。

【魆】許屈切訓入聲物韻

❶譎也。見〔字彙補〕。

❷猝然也。見〔字彙補〕。

【魃】蒲撥切音跋曷韻

旱鬼也。周禮有赤—氏。除牆屋之物也。詩曰。旱—爲虐。見〔說文〕。〔段注〕大雅雲漢傳曰。—、旱神也。此言旱鬼。以字从鬼也。神鬼統言之則一耳。周禮秋官赤犮氏。鄭云。赤犮、猶言捇拔也。許作赤—。蓋所據本不與鄭同。

【⿰甲鬼】古狎切音甲洽韻

竊鬼、見〔篇海〕。

【⿰鬼占】劣戌切音律質韻

殺也。見〔篇海〕。

【⿰鬼令】郎丁切音靈青韻

鬼也。見〔集韻〕。

【⿰鬼畜】知畜切音竹屋韻

鬼頭也。見〔字彙補〕。

【⿰鬼皮】皮彼切音被紙韻

鬼衣服。見〔玉篇〕。〔按正字通云。鬾字之譌。〕

【⿱巩鬼】去拱切音恐腫韻

地名。見〔玉篇〕。

【⿱此鬼】即委切音嘴紙韻

鬼名。見〔玉篇〕。

【魌】渠宜切音其支韻

星名。見〔篇海〕。

【⿰示鬼】古鬼字。見〔說文〕。

【⿰鬼占】同鬽。見〔集韻〕。

【⿰鬼里】同⿰甲鬼。見〔篇海類編〕。

【⿰鬼毛】同鬽。見〔說文長箋〕。

【⿰夫鬼】⿰夫鬼或字。見〔正字通〕。〔按山海經西山經。剛山是多神⿰夫鬼。注。⿰夫鬼、或作—。畢注。郭經作⿰夫鬼。非。段氏鬽字注引亦作—。云—即鬽字。山海經傳譌舛。据此。正字通說誤矣。〕

六畫

【魟】胡硬切敬韻

㈠鬼也見〔玉篇〕

㈡斗星名見〔篇海〕

【𩲡】俱位切音賜寘韻

大視貌見〔篇海〕〔正字通云一即𩲡之譌𩲡譌爲䰩又省爲一〕

【䰩】于目切音郁屋韻

皃也見〔玉篇〕

【𩲢】丑知切音癡支韻

一魅也見〔篇海〕〔龍龕手鑑云魑俗字〕

【䰳】枯灰切音魁灰韻

魈魅之類也〔山海經西山經〕剛山是多神一〔辨詳䰳字〕

【𩲅】五交切音堯蕭韻

鬼也見〔篇海〕

【𩲋】音察黠韻

羅一鬼也見〔五音篇海〕〔按羅、一一作羅𩴾亦作羅魁、羅刹〕

【𩲎】荒胡切音呼虞韻

魖省字〔集韻〕魖說文、鬼皃或省

【𩲭】同鬼見〔五音篇海〕

【𩲘】同彪見〔篇海〕

七畫

【魺】五姑切音吾虞韻

㈠神名見〔篇海〕

㈡鬼大見〔篇海〕

【魈】思邀切音宵蕭韻

同𩳁山一山鬼也〔荊楚歲時記〕正月一日雞鳴而起先於庭前爆竹以辟山𩳁惡鬼〔注〕𩳁按御覽引作山一〔按正字通引抱朴子登涉篇云山精形如小兒獨足向後夜喜犯人名曰一今本抱朴子作蚑不作一〕

【𩳀】杜衍切音篆銑韻

醜貌見〔篇海〕

【𩳅】良以切音里紙韻

惡鬼見〔篇海〕

【𩳌】於教切音䶌效韻

醜也見〔集韻〕

【𩲵】吐內切音退隊韻他潰切音剃寘韻

苦熱病也見〔篇海〕

【𩳂】煙頂切音𡢃迥韻

巫厭見〔集韻〕

【魓】縛尤切音浮尤韻

星名見〔玉篇〕

【𩳃】匪父切音甫麌韻

北斗星名見〔集韻〕

【𩳄】蘇谷切音速屋韻

鬼名見〔集韻〕

【𩳆】初八切音察黠韻

同𩳇〔廣韻〕𩳇羅魅鬼亦作一

【䰯】所介切音鎩卦韻

魖省字〔集韻〕魖鬼名或省

【𩳈】同魅見〔搜眞玉鏡〕

【𩳉】同魖見〔篇海〕

八畫

【魊】稷北切音或職韻

㈠鬼因風伺人也見〔集韻〕

㈡鬼一回風見〔集韻〕

【𩳐】越逼切音域職韻

鬼名見〔類篇〕

【魊】越逼切音域職韻

㈠小兒鬼也見〔廣韻〕

㈡鬼名見〔集韻〕

㈢短狐狀如𧋍含沙噀人見〔玉篇〕

㈣𩴵或字〔集韻〕𩴵鬼因風伺人也或作一

㈤通魊〔文選張衡賦〕況魃魊與畢方〔薛注〕一鬼也與蜮通

【𩳓】都籠切音東東韻

㈠醜皃見〔集韻〕

㈡鬼殺人見〔玉篇〕

㈢鬼名見〔類篇〕

【魋】徒回切音隤灰韻

㈠神獸也見〔說文〕〔按此篆大徐所補〕

㈡獸名〔爾雅釋獸〕一小如熊竊毛而黃〔注〕今建平山中有此獸狀如熊而小毛𪊽淺赤黃色俗呼爲赤熊

㈢人名宋司馬桓一

【魋】傳追切音推支韻

同椎頭髻也〔漢書陸賈傳〕尉佗一結箕踞見〔注〕服虔曰一音

椎。師古曰。結讀曰髻。椎髻者。一撮之髻。其形如椎。〔按—結猶科結〕

【魌】丘其切音欺支韻　本作頄。〔說文頁部〕頄。醜也。今逐疫有頄頭。〔段注〕周禮方相氏注云。冒熊皮以驚敺疫癘之鬼。如今魌頭也。淮南書。視毛嬙西施、猶頄醜也。頄醜、言極醜也。—與頄字同。〔按廣韻同倛。集韻通魌〕

【⿰鬼卑】匹米切音頩薺韻　㈠醜也。見〔正字通〕。㈡妖魅也。見〔正字通〕。

【䰧】荒胡切音呼虞韻　㈠鬼皃。見〔說文〕。〔按段本說文有魖篆。注云疑—篆卽魖篆之譌。存攷〕㈡虎假也。見〔正字通〕。

【魏】虞貴切音僞未韻　㈠本作巍。〔說文嵬部〕巍。高也。〔段注〕高者必大。故論語注巍巍、高大之稱也。後人省山作—。分別其義與音。不古之甚。㈡國名。〔左閔元年傳〕以滅耿滅霍滅—。〔注〕三國皆姬姓。〔按史記魏世家。晉獻公之十六年。趙夙爲御。畢萬爲右。以伐耿霍—。滅之。以耿封趙夙。以—封畢萬。戰國時爲秦所滅。故今山西芮城縣西北有河北故城。卽春秋—國故城〕㈢朝代名。曹操始封—公。其子丕篡漢。因建國號曰—。始民國紀元前一千六百九十二年。迄民國紀元前一千六百四十八年。歷五主。傳四十五年。禪於晉。又東晉時拓跋珪稱帝。國號—。據中國黃河流域全部。故稱爲北—。文帝改拓跋爲元。又稱元—。至末葉分爲東西—。東—禪於北齊。西—禪於北周。歷一十六主。傳一百七十二年。㈣郡名。—置。河南舊彰德府至直隸舊大名府境。是其地。㈤能也。見〔方言〕。㈥克捷威行曰—。克威惠禮曰—。見〔周書諡法〕。㈦象—。闕也。〔周禮天官大宰〕乃縣治象之法於象—。㈧—然。獨立貌。見〔類篇〕。㈨阿—。藥名。〔本草綱目〕阿—有草木二種。草者出西域。可晒可煎。木者出南番。取其脂汁。熬作膏。其樹底小如枸杞牡荊之類。西南風土不同。故或如草如木也。劉純詩云。阿—無眞卻有眞。臭而止臭乃爲珍。〔參閱犁字〕

【魏】語韋切音巍微韻　吾回切音鬼灰韻　㈠細而有容也。〔方言〕自關而西秦晉之間。凡細而有容謂之—。㈡大也。〔莊子知北遊〕—乎其終則復始也。〔又〕小成貌。見〔方言〕。

【魍】文仿切音罔養韻　—魎。水神也。如三歲小兒。赤黑色。見〔玉篇〕。〔按家語云。木石之怪。字又作蝄蜽、罔兩〕

【⿰鬼奄】於贍切音厭豔韻　汚觸也。見〔集韻〕。

【⿰鬼長】郎宕切音浪漾韻　江鬼。醜貌。見〔篇海〕。〔正字通云。俗倀字〕

【⿰豖鬼】丁木切音啄屋韻　醜頭。見〔玉篇〕。

【⿰鬼虍】烘孤切音呼虞韻　鬼名。見〔篇韻〕。

【魎】里養切音兩養韻　魍—。詳魍字。

【⿱雨鬼】古歷切音吉錫韻　雨鬼。見〔五音集韻〕。

【⿰鬼虫】魑本字。見〔說文〕。

【⿰鬼幽】魍古字。見〔奇字韻〕。

【⿰鬼奇】同魃。見〔集韻〕。

【⿸鬼兩】同魎。見〔篇海類編〕。

【⿰鬼虎】同䰧。見〔龍龕手鑑〕。

【⿰鬼覀】同魁。見〔搜眞玉鏡〕。

【⿰鬼丑】同魅。見〔字彙總略〕。

【⿰鬼知】魅譌字。見〔正字通〕。

九畫

【⿰鬼是】古役切陌韻　辟也。見〔篇海〕。

【⿰鬼隶】士甲切音箑洽韻　醜也。見〔玉篇〕。

【⿰鬼者】齒者切音哆馬韻　魏省字。〔集韻〕醜魏惡也。或省。

【⿰鬼眷】東徒切音都虞韻

山鬼見〔集韻〕。

【魑】眉鑣切音苗蕭韻　蠱鬼見〔集韻〕。

【魖】音急緝韻　鬼名。見〔字彙補〕。

【魓】同魄見〔篇海〕。

【魎】同鬼見〔字彙補〕。

【魍】同彪見〔玉篇〕。

【醜】醜戒字見〔龍龕手鑑〕。

十畫

【魕】渠希切音祈微韻　鬼俗也。見〔玉篇〕。〔按說文、鱶。鬼俗也。集韻亦有鱶無—。正字通以爲同魕俗省。當從說文爲正〕

【魁】于郡切音韻問韻　鬼名。見〔篇海〕。

【魑】同魖見〔篇海〕。

【魓】同鱶見〔篇海〕。

【魅】茶譌字。〔正字通〕卽神荼荼字之譌。

【魏】魅譌字見〔正字通〕。

【魄】魅譌字見〔正字通〕。

十一畫

【魑】抽知切音摛支韻
㊀本作魑。〔說文新附〕魑。鬼也。
㊁通螭山神也。〔左宣三年傳〕螭魅罔兩。〔漢書王莽傳作—魅〕

【魔】眉波切音摩歌韻
㊀鬼也。見〔說文新附〕。
㊁壹志事物迷惑其性曰—。〔白居易詩〕惟有詩—降不得。〔俗云書—棊—均此意〕
㊂天—。舞名。〔王建宮詞〕十六天—舞袖長。
㊃四—。〔翻譯名義〕大論云。—有四種。煩惱—。五衆—。死—。天子—。〔翻譯名義〕罵意經有五—。一、天—。二、罪—。三、行—。四、惱—。五、死—。
㊄—羅。大論云。秦言能命死—。實能奪—。俙者能奪命因緣。亦能奪智慧。是故名殺者。又翻爲障。能爲修道作障礙故。見〔翻譯名義〕。

【魖】遭何切音那歌韻。尼交切音鐃肴韻。乃旦切音難翰韻。乃個切音那箇韻
㊀本作鱶。〔說文〕鱶。見鬼驚詞。从鬼。難省聲。讀若詩受福不儺。〔段注〕見鬼而驚駭其詞曰—也。—爲奈何之合聲。凡驚詞曰那。卽—字。如左傳棄甲則那是。
㊁驚敺疫癘之鬼也。見〔玉篇〕。

【魖】于救切音右宥韻
㊀神在山中也。見〔篇海〕。
㊁鬼名。見〔海篇〕。

【魕】劣戌切音律質韻　鬼名。見〔集韻〕。

【魊】巨兩切音強養韻　鬼名。見〔集韻〕。

【魈】匹妙切音飄嘯韻　鬼名。見〔集韻〕。

【魌】壁吉切音必質韻　星名。見〔玉篇〕。

【魖】所介切音鎩卦韻　斗星名。見〔五音集韻〕。

【魃】同虛見〔說文長箋〕。

【魖】鬼名。見〔集韻〕。

【魖】魑譌字見〔字彙補〕。

【魙】甖譌字見〔字彙補〕。

十二畫

【魕】鋤交切音巢初交切音鈔肴韻
㊀捷也。見〔一切經音義引聲類〕。〔按段本說文有—。篆注云說文當云鬼捷皃附存備參〕
㊁疾皃。見〔集韻〕。
㊂健也。見〔廣雅釋詁〕。
㊃楚俗謂鬼剽輕爲害者。見〔集韻〕。

【魖】士絞切音僕巧韻　黠也。見〔集韻〕。

【魑】其律切音繘質韻
㊀無頭鬼。見〔玉篇〕。
㊁同獝。見〔正字通〕。
㊂僪或字。〔集韻〕僪。狂鬼。或从鬼。

【魖】于嬀切音帷支韻
㊁鬼也。見〔篇海〕。
㊁神名。見〔篇海〕。

【鱗】良刃切音吝震韻
㊀鬼也。見〔集韻〕。
㊁同燐。鬼火也。見〔正字通〕。

【魕】渠希切音祈居希切音機微韻 舉豈切音蟣尾韻
一 鬼俗也。淮南傳曰。吳人鬼越人—。見〔說文〕。〔段注〕謂好事鬼成俗也。淮南人間訓曰。荊人鬼越人禨。禨、禨祥也。伏虔曰。禨祥、求福也。史記正義引顧野王云。禨祥、吉凶之先見也。皆好事鬼之意耳。各書从示作禨。同。
二 南方之鬼曰—。見〔類篇〕。

【⿰鬼盧】休居切音虛魚韻
秏鬼也。見〔說文〕。〔段注〕秏者乏無之言。東京賦曰。殘夔—與罔象。夔、木石之怪也。罔象、水之怪也。與—為三物。

【⿰鬼登】徒登切音滕蒸韻
空巾鬼。見〔篇海〕。

【⿰奢鬼】齒者切音哆馬韻
醜—。恐也。見〔集韻〕。

【⿸厂鬼】古暮切音故遇韻
神也。見〔篇海〕。

【⿸厤鬼】狠狄切音歷錫韻
鬼名。見〔集韻〕。

【⿰鬼尞】來孝切音料效韻
驚也。見〔篇海〕。

【⿰鬼幾】渠希切音祈微韻 舉豈切音蟣尾韻
魕或字。〔集韻〕魕鬼俗也。或作—。

【⿰豸鬼】同魑。見〔正字通〕。

【⿰需鬼】同魗。見〔字彙補〕。

十三畫

【⿰鬼睪】羊益切音繹陌韻
鬼使也。見〔玉篇〕。

【⿰鬼豦】魚記切寘韻
恐也。見〔龍龕手鑑〕。

十四畫

【⿰鬼疑】魚記切音儗寘韻 魚既切音毅未韻
一 懼也。見〔廣雅釋詁〕。
二 恐也。見〔廣雅釋詁〕。
三 魕或字。〔集韻〕魕。恐也。或書作—。

【⿰鬼察】初戛切音察黠韻
羅—。鬼名。見〔集韻〕。〔又〕國名。見〔玉篇〕。

【⿸厭鬼】於琰切音黶琰韻 益涉切音壓葉韻
一 㝱驚也。見〔說文新附〕。
二 眠不祥也。見〔集韻〕。
三 沙—。夢中爭鬬也。〔輟耕錄〕湖南益陽州。夜中同寢之人。每每無故相打。名曰沙—。

【⿰?鬼】側減切音蔪豏韻
一 人死作鬼。鬼死作—。見〔五音集韻〕。〔按正字通云。—、聻字之譌。舊本聻音訓同—重出。〕
二 鬼名。見〔篇海〕。
三 辟邪也。山尸奉敕—者。卽此也。見〔篇海〕。

【⿰壽鬼】齒九切音醜有韻 時流切音讐尤韻
一 古醜字。〔詩遵大路〕無我—兮。不寁好也。〔疏〕—與醜、古今字。
二 𣪠或字。〔集韻〕𣪠。說文、棄也。或从壽。

【⿰賓鬼】紕民切音繽 毗賓切音頻 卑民切音賓眞韻
鬼皃。見〔說文〕。〔段注〕與覞覶之義相近。

【⿸?鬼】魚既切音毅未韻

恐也。見〔集韻〕。

【⿰需鬼】汝朱切音儒虞韻 奴侯切音羺尤韻 乃豆切音獳宥韻
鬼彪聲。——不止也。見〔說文〕。

【⿰婺鬼】武棱切音瞢蒸韻
鬼也。見〔玉篇〕。

【⿰鬼虗】魖本字。見〔說文〕。

【⿰鬼?】同魖。見〔篇海類編〕。

【⿰鬼盧】同魖。見〔篇海類編〕。

十五畫

【⿰賣鬼】徒歷切音覿錫韻
醜也。見〔玉篇〕。

【⿱畾鬼】盧回切音雷灰韻
雷鬼。見〔集韻〕。

十六畫

【⿰?鬼】同鬼。見〔搜眞玉鏡〕。

十七畫

【⿰霝鬼】郎丁切音靈青韻
一 神名。〔山海經大荒東經〕小人國。名靖人。有神。人面獸身。名曰犂—

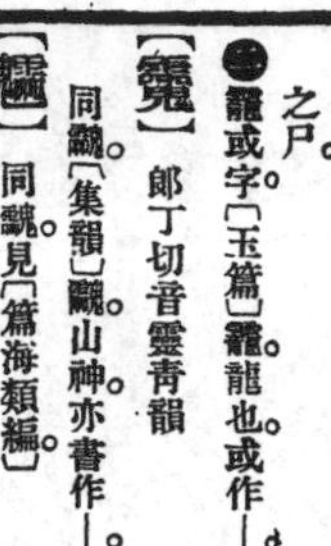

之戶。

●三 龗或字[玉篇]龗龍也。或作—。

【𩴵】 郎丁切音靈青韻

同䰱。[集韻]䰱山神。亦書作—。

【𩴺】 同䰱。見[篇海類編]。

十八畫

【𩴾】 呼官切音歡寒韻

星名。見[玉篇]。

【䰨】 其俱切音劬虞韻

亞也。見[篇海]。

二十畫

【𩵀】 音劬虞韻

亞也。見[五音篇海]。[按—與䰨音訓並同。]

二十一畫

【𩵁】 渠追切音逵支韻

怪石。[王廷相陰陽管見辨]罔兩罔象山魈水—之怪來遊人間者。皆非所謂神也。

二十四畫

【𩵄】 郎丁切音靈青韻

●一 古龍字。見[字彙補]。

●二 䰱或字。見[類編]。

※馬部※

【馬】 母下切麻上聲馬韻滿補切音姥麌韻

●一 怒也武也象—頭髦尾四足之形。見[說文][桂注]玉篇馬武獸也。怒也釋名馬武也。褻謂馬訓武怒言其健也。[按—能負重行遠之獸頭頸長有鬣蹄堅壯僅有一趾。其齒隨年齡而異種類甚多古人別其毛色定爲專名。產—之地中國以新疆蒙古爲最著外國以阿拉伯種爲最著。]

馬圖

●二 畺也見[廣雅釋詁]。

●三 陽物也見[白虎通封公侯]。

●四 兵象也見[漢書五行志引洪範五行傳]。

●五 乾爲—見[易繫辭服牛乘—虞注]。

●六 震爲—。見[易坤利牝—之貞虞注]。

●七 坎爲—。見[易屯乘—班如虞注]。

●八 月主—。見[大戴記易本命]。[按文選赭白馬賦注月精爲—]。

●九 辰爲—。見[周禮—質原蠶者注]。

●十 投壺之勝算也。[禮記投壺]爲勝者立—。一—從二—。三—既立。請慶多—。[近世籌—法、號—用以記數本此字或作碼]。

●十一 聘享六幣之一。[周禮小行人]圭以—。

●十二 司—。官名。[書周官]司—掌邦政。統六師平邦國。[又]唐代官名。[白居易詩]江州司—青衫溼。[又]複姓。漢司—遷司—相如。[又]天子諸侯宮門曰司—。見[賈子等齊]。

●十三 野—。似—而小。[爾雅釋畜]騊駼—野—。[又]塵也。[莊子逍遙游]野—也塵埃也生物之以息相吹也。

●十四 行—。梐枑也。[李商隱詩]郎君官重施行—。

●十五 陽—。屋四隅引出承短椽者。[文選何晏賦]承以陽—。

(十六)金｜。漢宮門石。〔史記滑稽傳〕避世金｜門。
(十七)鐵｜。懸鐵檐下以候風者也。〔孟昉詩〕風弄虛檐鐵｜鳴。
(十八)銅｜。後漢初羣盜名。〔後漢光武紀〕光武擊銅｜於鄡。〔今北方盜有響｜亦稱｜賊〕
(十九)打｜。彈棋之類。〔李清照賦〕打｜爰興。樗蒲遂廢。
(二十)羅｜。國名。詳羅字。
(廿一)駢｜。洗｜。竝官名。詳駢字、洗字。
(廿二)｜頮。河名。九河之一。〔書禹貢〕九河旣道疏｜頮河勢上廣下狹。狀如｜頮。〔參閱河字〕
(廿三)｜流。伏波之遺民也。〔酉陽雜俎〕｜伏波有餘兵十家不返。居壽洽縣。以其流寓號爲｜流。亦曰｜留。〔按卽琉球之先〕
(廿四)｜韓。國名。〔後漢東夷傳〕韓有三種。一曰｜韓。〔按卽高麗〕
(廿五)｜衙。怪獸名。〔文選木華賦〕｜衙當蹊。〔注〕｜衙其狀｜首一角而龍形。〔按山海經中山經有｜腹。亦怪獸名〕
(廿六)｜路。衙名。〔左昭二十年傳〕褚師子申遇公於｜路之衢。

(廿七)山名。〔明統一志〕｜山在廣州府新會縣治東。以形似名。
(廿八)湖名。〔明一統志〕｜湖在｜湖府城西一百七十里。
(廿九)植物中以｜名者。如爾雅釋草之蔵｜藍。菲｜帚。茉苜｜舄。廣雅釋草之｜先。｜尾。鼴｜管子地員之｜夫。楚辭怨世之｜蘭。本草之｜勃、卽｜兜鈴。｜莧、卽｜齒莧。皆是。
(三十)動物中以｜名者。如淮南修務之｜蛩。爾雅釋蟲之蛹、｜蟻。本草之｜蟥、陸。鄭樵爾雅注之｜蟻。酉陽雜俎之｜竈。正字通之海｜。皆是。
(卅一)礦物中以｜名者。如｜腦、｜蹄金之類。
(卅二)因｜。連帶者亦名｜。如本草云。猪名｜。唐｜飯。因｜食之如糖如飯也。俗呼短衣曰｜褂。因乘｜所服也。呼商地曰｜頭。因車｜所輻湊也。
(卅三)象｜。形狀者亦名｜。如後漢郭伋傳。有童兒數百各騎竹｜。俗呼田家所用之秧｜。皆是也。
(卅四)喩妓小妓曰養瘦｜。〔白居易詩〕莫養瘦｜駒。莫敎小妓女。

(卅五)俗以隱情漏泄爲露｜腳。見〔元曲選陳州糶米劇〕
(卅六)｜克。德幣名。亦略稱｜。一｜克約合中國規銀三錢二分一釐至四錢三分三釐。原名 Mark。
(卅七)星命家謂星象到命宮有驛｜祿之說。
(卅八)姓也。本伯益之後。趙奢封｜服君。遂氏焉。見〔姓苑〕〔又〕巫｜乘｜。白｜。竝複姓。

一畫

【馵】戶田切音弦。先韻。戶關切音瓀。刪韻。
馬一歲也。从馬一。絆其足。見〔說文〕〔段注〕絆其足三字蓋衍文。祗當曰从馬一而已。一說。馵下云、从馬二其足。此當作一其足。絆字。賸韻書、字書皆作馽。疑非是。不當从十也。〔按桂注。从馬一絆其足者。與豕同意。趙宧光曰。馬一歲。稍稽絆其足。未就銜勒也〕

【馬】米普切音姥。㜷韻
行皃。見〔玉篇〕

二畫

【馭】牛據切音御。御韻
(一)御古文。見〔說文彳部〕
(二)所以敺之內之於善也。〔周禮太宰〕以八柄詔王｜羣臣。以八統詔王｜萬民。
(三)大｜。夫周官名。見〔周禮夏官序官〕
(四)五｜。鳴和鸞、逐水曲、過君表、舞交衢、逐禽左也。見〔周禮保氏四曰五｜司農注〕

【馮】皮冰切音憑。蒸韻〔今通作憑〕
(一)馬行疾也。見〔說文〕〔段注〕馬行疾｜然此｜之本義也。｜者馬蹶著地堅實之皃。展轉他用。而｜之本義廢矣。
(二)登也。見〔廣雅釋言〕
(三)裝也。見〔廣雅釋言〕
(四)乘也。〔周禮春官序官〕｜相氏。〔注〕｜乘也、相視也。
(五)陵也。〔詩小旻〕不敢｜河。
(六)迫也。〔左襄八年傳〕｜陵我城郭。
(七)盛也。〔左昭五年傳〕震電｜怒。
(八)大也。〔楚辭天問〕何｜弓挾矢。
(九)依也。〔詩卷阿〕有｜有翼。
(十)貪也。〔史記屈原賈生傳〕品庶｜

生。
(十一)挾也。〔楚辭天問〕—珧利決。
(十二)輔也。〔漢書百官公卿表〕左內史更名左—翊。
(十三)怒也。楚曰—。見〔方言〕。
(十四)特也。〔史記伯夷傳〕衆庶—生。
(十五)憤畜不通也。〔莊子盜跖〕富人侅溺于—氣。
(十六)扶持服膺也。〔禮記喪大記〕君大夫—父母妻長子。
(十七)車中所—者也。〔漢書周陽由傳〕同車未嘗敢均茵—。
(十八)—河徒涉也。見〔爾雅釋訓〕。
(十九)—夷神名。河伯也。見〔廣雅釋天〕。
(二十)—隆。高貌。〔文選左思賦〕洲渚—隆。
(廿一)——。盛滿也。〔漢書禮樂志〕桂華——翼翼承天之則。〔又〕無形之貌。〔淮南天文〕——翼翼。〔又〕衆也。見〔廣雅釋訓〕。〔又〕元氣也。見〔廣雅釋訓〕。〔又〕牆堅聲。〔詩緜〕削屢——。
(廿二)通憑。〔左隱二年傳〕宋莊公—。〔釋文作憑〕。

【馮】皮耕切音怦庚韻
閎大也。一曰廬廓也。〔莊子知北游〕彷徨乎—閎。

【馮】皮命切音病敬韻
據也。見〔集韻〕。

【馮】父吻切音憤吻韻
憤懣也。〔離騷〕喟—心而歷茲。〔按集韻同憤懣也。〕

【馮】符風切音逢東韻
姓也。春秋鄭—簡子之後。

【⿰馬八】布拔切音八黠韻
馬八歲也。从馬八。八亦聲。見〔說文〕。〔按本書馹下云。馬八歲曰馹。疑有舛誤。〕

【⿱馬十】胡關切音還刪韻胡犬切音弦銑韻
馬一歲也。見〔玉篇〕。〔按正字通云。說文本作馬讀若弦。一曰讀若環。字彙馬譌作—。弦譌作眩。竝非。然則—者。馬之譌字耳。〕

【⿵几馬】奉晤切音梵陷韻
義闕。〔內典引古讖記〕鳳凰逆序。蒼蒼叔度。〔注〕鳳音梵。楊愼曰。字當作—。从馬。非鳳凰之鳳。

【⿰馬乂】古馬字。〔路史國名紀〕趙奢封—服君。〔按即馬服〕。

【⿰扌馬】同⿱馬十。見〔字彙〕。

三畫

【馯】丘顏切音慳刪韻
(一)馬青黑色。見〔集韻〕。
(二)—臂。複姓。春秋時—臂子弓。

【馯】侯旰切音翰翰韻
同駻。馬突也。見〔玉篇〕。

【馯】河干切音寒寒韻
東夷別種名。見〔集韻〕。

【馱】唐何切音駝歌韻唐佐切哿韻徒蓋切音大泰韻
(一)馬負皃。見〔說文新附〕。〔按北齊書彭城王浟傳。驢—鹿脯。是凡畜負物皆稱—。〕
(二)縣名。在江夏。見〔集韻〕。〔按一統志古蹟門皆無是說。疑集韻誤。〕
(三)馬—。地名。〔明一統志〕馬—沙在常州府江陰縣境。今屬靖江縣。
(四)韋—。神名。〔梁武帝文〕功德天神韋—天神。
(五)休密—。人名。〔晉書苻堅載記〕鄯善王休密—朝於堅。
(六)通他。〔方言〕凡以驢馬馲駝載物者、謂之負他。
(七)通佗。〔漢書趙充國傳〕以一馬自佗負。

【馳】陳知切音池支韻
(一)大驅也。見〔說文〕。〔段注〕—、亦驅也。較大而疾耳。〔按廣雅。—、犇也。廣韻。—、鶩也。意竝同。〕
(二)行也。〔淮南原道〕執元德于心。而化—若神。
(三)競也。〔文選張衡賦〕煌火—而星流。
(四)施也。〔文選宋玉賦序〕五色竝—。
(五)逝也。〔崔融詩〕時往惜年—。
(六)追逐也。〔左莊十年傳〕公將—之。
(七)躙轢也。〔禮記曲禮〕入國不—。
(八)傳播也。〔孟郊詩〕英名日四—。
(九)放不扣也。〔周禮田僕〕大夫—。
(十)自恣曰—。〔詩板〕無敢—驅。
(十一)車馬曰—。〔書胤征〕嗇夫—。
(十二)直騁曰—。〔後漢光武紀〕今此誰賊而—騖擊之乎。
(十三)神往曰—。〔隋書史祥傳〕情—魏闕。
(十四)—道。天子所行路。若今之中道。見

〔正字通〕。

⓯一騁田獵也。〔呂覽任數〕一騁而因耳矣。〔又〕猶宣布也。見〔文選孔稚珪文騁西山之逸議注〕。

⓰姓也。明一九垓。

【馳】唐何切音駝歌韻

走也。見〔集韻〕。

【馴】松倫切音旬愈倫切音勻眞韻

❶馬順也。見〔說文〕。〔段注〕古一、訓一、順三字互相叚借皆川聲也。〔按引伸之爲一服、一養。〕

❷善也。〔史記管蔡世家〕皆有一行。

❸從也。見〔易坤一致其道釋文引向注〕。

❹狎也。〔禮記曲禮注〕養則一。

❺擾也。〔漢書武帝紀〕南越獻一象。

❻訓也。〔史記五帝紀贊〕其文不雅一。

❼奉令也。見〔太玄玄錯〕。

❽臣保也。見〔太玄玄衡〕。

❾學不陵節而施之曰一。見〔說苑建本〕。

【馴】吁運切音訓問韻

通訓。〔史記孝文紀〕列侯亦無由敎一其民。〔注〕一、古訓字。〔正字通〕。

【馵】朱戍切音注遇韻朱欲切音燭沃韻

❶馬後左足白也。从馬二其足。見〔說文〕。〔段注〕釋嘼、毛傳、皆曰。後左足白曰一。从馬二其足。謂於足、以二爲記識。如馽于足、以一爲記識也。

❷馬縣足。見〔玉篇〕。

【馰】丁歷切音的錫韻

馬白頟也。一曰駿也。易曰。爲一顙。見〔說文〕。〔段注〕釋嘼曰。的顙、白顛。郭云。戴星馬也。按的顙之馬謂之一。易釋文云。的、說文作一。駿馬之良材者。〔按今說卦傳文作的。〕字林作駁。

【⿰馬乚】博考切音保皓韻

驄馬也。見〔字彙〕。〔正字通云。⿰馬禹俗字。〕

【⿰馬凡】符咸切音凡咸韻

馬行皃。見〔玉篇〕。

【馲】涉格切音磔陌韻

一⿰馬百。負物之畜名。〔玉篇〕一⿰馬百驢父牛母。

【馲】歷各切音洛闔各切音託屋郭切音臒藥韻

一駝。畜名。通作駱。見〔集韻〕。〔按爾雅釋畜釋文引字林云。一駝似鹿而大。肉牽出繞山。一、或作驝。又作橐。見一切經音義引字書。然則一駝、卽駱駝也。〕

四畫

【馶】翅移切音祇章移切音支支韻

❶馬彊也。見〔說文〕。〔桂注〕通俗文。彊健曰一。〔廣雅〕一、强也。

❷勁也。見〔玉篇〕。

【馶】施智切音試寘韻

馬病。見〔集韻〕。

【馺】悉合切音趿合韻

❶馬行相及也。讀若爾雅曰小山一。見〔說文〕。〔段注〕小山一、今爾雅作小山岌。〔按廣雅。一、及也。〕

❷疾馳也。〔漢書揚雄傳〕輕先疾雷而一遺風。

❸一遝。多貌。〔文選陸機賦〕紛葳蕤以一遝。

❹一娑。漢殿名。〔文選班固賦〕經駘盪而出一娑。〔又〕參差透遲貌。見〔正字通〕。

【⿰馬毛】謨袍切音毛豪韻

❶馬長毛。見〔集韻〕。

❷車翣以禦風塵。見〔集韻〕。

【⿰馬毛】力涉切音獵屑韻

同翣。〔周禮巾車〕輂車組輓有翣羽蓋。〔注〕故書翣爲一。〔釋文〕音獵。或音毛。

【馾】丁紺切音酖勘韻

❶馬步近前。見〔廣韻〕。

❷馬睡皃。見〔集韻〕。

【駀】都感切音眈感韻

馬名。見〔集韻〕。

【駁】北角切音博覺韻

❶馬色不純。見〔說文〕。〔段注〕釋嘼曰。駵、白一。邠風毛傳同。謂駵馬發白色也。許說不同者。許意異色成片段者皆得曰一。引申之、爲凡色不純之稱。〔按李善注赭白馬賦曰。彤白雜毛曰一。彤、赤也。然則一馬、卽赭白馬。〕

❷乖違也。〔唐明皇序〕近觀孝經舊

注。丱—尤甚。
㊂斑點也。〔蘇頲詩〕蘚—題詩館。
㊃推覆平論有異事進之、曰—。見〔文選表注〕〔按彈—、封—、議皆此義。〕
㊄牛名。〔晉書王濟傳〕有牛名八百里—。
㊅果名。〔爾雅釋木〕—、赤李。
㊆不周普曰—。〔漢書谷永傳〕解偏—之愛。
㊇龐雜曰—。〔范仲淹序〕唐書蕪—。
㊈雲開曰解—。〔韓愈碑文〕雲陰解—。
㊉俗謂載卸貨物曰—。如云—船、—岸。

【䭰】魚剛切音卬陽韻漁浪切音枊漾韻
㊀—。馬怒皃。見〔說文〕。〔按楚辭。昂昂若千里之駒。字作昂。〕
㊁千里駒也。見〔廣韻〕。

【䭰】語朗切音軮養韻
㊀馬搖頭也。見〔玉篇〕。
㊁駵或字。〔集韻〕駵馬驚謂之駵。或作—。

【駵】力由切音留尤韻

馬白腹也。見〔字彙補〕。〔按佩觽。字從卬。此文殆䭰之誤。〕

【䭹】語朗切音軮養韻
㊀馬頭高皃。見〔玉篇〕。
㊁䭰或字。〔集韻〕䭰馬驚謂之䭰。或作䭰、—。

【駂】補抱切音寶晧韻
㊀黑馬驪白雜毛。見〔爾雅釋畜釋文引說文。〕〔按爾雅釋畜。驪白雜毛、—。驪即黑也。馬上加黑字似誤。—即今之烏驄也。〕
㊁通鴇。〔詩大叔于田〕乘乘鴇。〔傳〕驪白毛雜曰鴇。〔釋文〕依字作—。

【䭻】甫賁切寘韻
馬走也。見〔玉篇〕。

【䭯】普蓋切音沛泰韻
馬壯皃。見〔集韻〕。

【馸】許覲切音釁震韻
馬重也。見〔五音集韻〕。

【馸】居焮切音靳問韻
車中馬。見〔集韻〕。

【馹】入質切音日質韻
傳也。見〔說文〕。〔段注〕釋言曰。—、傳也。—、傳遽也。舍人注。—、尊者之傳也。呂覽注曰。—、傳車也。按—為尊者之傳用車。則遽為卑者之傳用騎可知。舍人注與許合。〔按楊慎曰。後世不達—字義。以—為驛之省文。永樂中制春秋大全。盡改左傳—字為驛。〕

【䮢】居拜切音戒卦韻
系馬尾也。見〔說文〕。〔按玉篇作結馬尾。廣韻作馬尾結。結、即今之髻字。言遠行必髻其馬尾也。〕

【馻】庾準切音尹軫韻以轉切音兗銑韻松倫切音荀眞韻
馬毛逆也。〔爾雅釋畜〕逆毛居—。

【馼】無分切音文文韻
本作媽。〔說文〕媽。馬赤鬣縞身。目若黃金。名曰吉皇之乘。周成王時。犬戎獻之。春秋傳曰。媽馬百駟。文馬。畫馬也。西伯獻紂以全其身。〔段注〕海內北經作吉量之乘。周書作吉皇之乘。六韜作雞斯之乘。西伯以下八字。蓋或取尚書大傳語。箋記於此。誤入正文。當刪。要自春秋傳以下。恐皆非許語。

【䮝】食律切音術質韻德合切音答合韻
絆馬足也。从馬○其足。春秋傳曰。韓厥執馽前。見〔說文〕〔段注〕○象絆之形。隸書作—。失其意矣。今左成公二年傳作執縶馬前。〔按說解—、字應作馽。唐韻音執。〕

【䭸】奉甫切音父匪父切音甫麌韻
牡馬。見〔玉篇〕。

【駀】于求切音尤尤韻
馬名。見〔玉篇〕。

【馚】敷文切音分文韻
馬行疾皃。見〔集韻〕。

【駃】古穴切音玦屑韻
—騠。馬父驘子也。見〔說文〕。〔段注〕謂馬父之騾。言馬父者。以別於驢父之騾也。不言驢母者。疑奪。〔按諸書多徑指—騠為良馬。惟廣雅訓馬屬。是。廣韻字作決騠。〕

【駃】苦夬切音快卦韻
同快。〔元好問詩〕—雨東南來。〔

注〕—、與快同。

【⿰馬少】桑何切音娑歌韻

駞—。馬行皃。見〔集韻〕。

【媽】歐本字。見〔說文〕。

【⿰爿馬】古壯字。見〔玉篇〕。

【⿰馬斤】古騏字。見〔集韻〕。

【駡】同罵、傌。見〔字彙補〕。

【⿰馬師】獅或字。見〔集韻〕。

【⿰馬亢】駃或字。見〔集韻〕。

【⿰馬夭】驟或字。見〔玉篇〕。

【⿰馬井】駢俗字。見〔正字通〕。

【馿】驢俗字。見〔正字通〕。

五畫

【⿰馬失】弋質切音逸質韻徒結切音姪屑韻

●一馬有疾足也。見〔說文〕。〔段注〕奔軼絕塵字、當作—。今人用俊逸字。當作—。〔按玉篇〕、馬疾走也。廣韻、—馬行疾也。

●二徵也。見〔玉篇〕。

【駍】平萌切音宏庚韻

●一馬一歲也。見〔集韻〕。〔康熙字典〕云。即馵字之譌。

●二縣名。見〔集韻〕。

【駐】株遇切音注廚遇切音柱遇韻

●一馬立也。見〔說文〕。〔段注〕人立曰侸。馬立曰—。

●二株也。如株木不動也。見〔釋名釋姿容〕。

●三止也。見〔一切經音義引倉頡〕。

●四住也。〔文選班昭賦〕悵容與而久—兮。

●五留居其地曰—。如云—蹕、—防、—紮。無論暫時或稍久、皆得稱—。

【駑】農都切音奴虞韻

●一鈍馬。〔楚辭謬諫〕—駿雜而不分兮。

●二惡馬也。〔莊子馬蹄注〕—驥各適于身而足。

●三人鈍亦曰—。〔荀子修身〕庸眾—散。

【駒】恭于切音拘虞韻

●一馬二歲曰—。三歲曰駣。見〔說文〕。〔段注〕周禮庾人、教駣攻—。鄭司農云。馬三歲曰駣。二歲曰—。駣字既見周禮。何以連類言之。不錄此篆也。●

●二馬五尺以上曰—。〔詩漢廣〕言秣其—。〔按諸說各異。詩白—序釋文。馬五尺以上曰—。詩株林乘我乘—箋。馬六尺以下曰—。淮南時則、執騰—注。馬八尺以下曰—。淮南修務、夫馬之為草—之時注。馬五尺以下為—〕。

●三獸小者並稱—。〔唐書酷吏傳〕驢—拔橛。

●四人年齒幼亦稱—。〔漢書劉德傳〕武帝謂之千里—。

●五驪—。送客歌名。〔漢書儒林傳〕王式謂歌吹諸生曰。歌驪—。〔注〕服虔曰。逸詩篇名。見大戴禮。客欲去、歌之。

●六玄—。魚名。〔崔豹古今注〕兗州人呼赤鯉為元—。〔又〕蚍蜉子也。〔法言先知〕吾見玄—之步。〔又〕良馬名。〔爾雅釋獸〕玄—、褭驂。

●七編—。山名。〔淮南墬形〕西南方曰編—之山。

●八舂—。蝶也。〔采蘭雜志〕蛺蝶一名舂—。

●九株—。枯樹本也。〔列子天瑞〕若橛株—。

●十——。散而未聚貌。〔靈樞五色〕其色散——然未有聚。

●十一人名。綿—。萊—。景—。

●十二同驕。〔詩皇皇者華〕我馬維—。〔釋文〕—、本作驕。

●十三通羈。〔左昭三十二年傳〕魯大夫子家羈。〔史記魯世家作子家—〕。

●十四姓也。周—伯。漢—幾。見〔萬姓統譜〕。

【駒】俱遇切音句遇韻

●一小馬也。〔詩角弓〕老馬反為—。〔釋文〕—、下故反。

●二—驪。國名。見〔集韻〕。〔按即高句驪。今朝鮮〕。

【駓】攀悲切音丕支韻

●一黃白雜毛也。見〔說文〕。〔段注〕各本作黃馬白毛。今正。六書通引唐本作黃馬白䮾毛。此唐本衍馬字。淺人不刪馬字。而刪雜字耳。釋嘼、毛傳、皆曰黃白雜毛曰—。

●二——。走貌。〔楚辭招魂〕逐人——些。

【駔】子朗切音髒養韻

壯馬也。一曰。—會也。見〔說文〕〔段注〕壯各本作牡。今正。李善文選注引皆作壯。戴仲達引唐本說文作奘馬也。皆可證。釋言曰。奘、—也。郭云。江東呼大爲—。—猶麤也。按—本大馬之稱。引申爲凡大之稱。—會如今之牙行。會俗作儈。

【駔】坐五切音租麌韻

(一)外有捷盧也。〔周禮典瑞〕—圭璋璧琮琥璜之渠眉。

(二)同組。〔考工記弓人〕—琮五寸。〔疏〕—讀爲組。

【駔】聰徂切音粗虞韻

馬壯。見〔集韻〕。

【駔】牀魚切音鉏魚韻

人名。春秋時齊公子—。

【駕】居迓切音嫁禡韻居牙切音嘉麻韻

(一)馬在軛中也。見〔說文〕〔段注〕—之言以車加於馬也。

(二)馬也。見〔後漢馬融傳注〕〔按桂馥云。載曰乘。馬曰—〕。

(三)馭也。〔禮記曲禮〕君車將—。

(四)車乘總稱曰—。〔後漢輿服志〕天子出有大—。有法—。有小—。

(五)具車馬曰—。〔漢書高帝紀〕郡守身勸爲之—。

(六)椉也。見〔廣雅釋詁〕。

(七)行也。見〔廣雅釋詁〕。

(八)猶陵也。〔左昭元年傳〕猶詐晉而—焉。〔按小爾雅廣言作—淩也〕。

(九)傳也。〔法言學行〕仲尼—說者也。

(十)材木也。〔淮南本經〕大構—。興宮室。〔注〕—、材木相乘—也。

(十一)謂更其肆也。〔詩大東〕終日七襄。〔箋〕襄、—也。謂更其肆也。

(十二)興師也。〔左襄九年傳〕三—而楚不能與爭。〔注〕三—、謂三興師。

(十三)謂天子也。〔後漢郭憲傳〕從—南郊。〔亦云聖—、御—〕。

(十四)敬稱也。〔晉書王鑒傳〕愚謂尊—宜親幸江州。〔按尊—、謂元帝。時元帝尙爲瑯琊王。後沿爲普通之敬稱。如云台—、枉—〕。

(十五)鳥名。〔山海經中山經〕青要之山。北望河曲。是多—鳥。

(十六)官名。〔唐六典〕兵部尙書。其屬有四。三曰—部。〔又〕別—。官名。〔蜀志龐統傳〕使處治中別—之任。

(十七)秋—。善御之術也。〔淮南道應〕中夜夢受秋—於師。

(十八)—辯。曲名。〔楚辭大招〕伏戲—辯。楚勞商只。〔注〕—辯、勞商。皆曲名。

(十九)上—。馬之上者。見〔詩大叔于田箋上—者疏〕。

(二十)人名。春秋鄭有洩—。

(二十一)俗稱舟子曰—。長婦女操舟者曰—孃。

【⿰馬玄】胡涓切音懸先韻熒絹切音縣霰韻

(一)馬一歲。見〔玉篇〕。

(二)馬黑色。見〔集韻〕。

【駘】堂來切音臺湯來切音胎灰韻

(一)馬銜脫也。見〔說文〕〔段注〕銜者、馬勒口中者也。脫當作挩。挩解也。崔寔政論曰。馬—其銜。是也。

(二)遲鈍之馬也。〔蔡邕文〕騁騖—於修路。

(三)庸下之才也。〔王韶之詩〕伊余朽—。

(四)地名。〔左哀六年傳〕還孺子于—。〔注〕—、齊邑。

(五)狐—。地名。〔禮記檀弓〕自敗于狐—。始也。〔按左傳注狐—。邾地〕。

(六)臺—。汾神名。〔左昭元年傳〕則臺—。汾神也。

(七)人名。王—。見〔莊子〕。

【駘】蕩亥切音待賄韻

(一)疲也。見〔廣韻〕。

(二)鈍也。見〔廣韻〕。

(三)放也。見〔莊子天下釋文〕。

(四)—蕩。廣大意。見〔玉篇〕〔又〕猶施散也。見〔文選謝朓詩注引莊子司馬注〕〔又〕安翔貌。〔文選馬融賦〕安翔—蕩。〔又〕春色舒放曰—蕩。見〔正字通〕。

(五)—騃。馬不進也。見〔類篇〕。

(六)哀—。醜貌。〔莊子德充符〕衞有惡人曰哀—它。

【駘】堂來切音臺灰韻

登躡也。〔史記天官書〕兵相—籍。

【駙】符遇切音附遇韻

(一)副馬也。一曰近也。一曰疾也。見〔說文〕〔段注〕副者、貳也。非正駕車。皆爲副馬。附近字今人作附。或作傳。依此當作—。疾與赶音義皆相近。

㊁馬箱外之立木承重校者。〔史記司馬穰苴傳〕車之左—。—馬都尉。官名。見〔漢書百官公卿表〕〔按—馬都尉。漢武帝置。初非專爲尙公主而設。魏、晉尙公主必拜此官。故亦稱—馬。淸代又稱額—。有固倫額—。和碩額—。多羅額—〕。

【駃】倚兩切音鞅養韻

—騠。馬皃。見〔廣韻〕。

—牟。獸跳踏自撲也。見〔集韻〕。

【駛】爽士切音史紙韻　式至切音試寘韻

疾也。見〔詩晨風傳〕賢人往之—疾。〔釋文〕〔按增韻。馬行疾也〕。同使。〔一切經音義引三蒼〕古文使字或作—。同駛。〔正字通〕—、本作駛。省作駛。从史讀若史。並非。

【駜】薄必切音邲　薄宓切音弼質韻　毗至切音避寘韻

馬飽也。見〔說文〕。

馬肥彊貌。〔詩有駜〕有—有—。彼乘黃。〔按玉篇。馬肥壯貌〕。

【駝】唐何切音陀歌韻

㊀駱—。獸名。〔漢書西域傳〕鄯善國多駝—。〔按或作馲、橐。—爲反芻類之無角者。身高八九尺。能負重行遠。狀似馬。頭似羊。長項垂耳。脊上肉鞍隆高若封。故名—峯。其毛有蒼、褐、黃、紫數色。人多取以織氈。〕

駱駝圖

㊁鳥名。〔後漢和帝紀〕安息國遣使獻大爵。〔注〕大爵、頸及身膺蹄都似橐—。卽今之—鳥也。

駝鳥圖

㊂嶺名。〔道光泰州志〕州境有八景。其一曰、—嶺淸風。〔又〕—頭。—頂。並山名。〔明一統志〕莵頭山、在青州府臨淄縣南十一里。一名—頭山。—頂山在臨洮府金縣東南三十五里。

㊃—碁。島名。〔方輿記〕—碁島、一名羅磯島。在蓬萊海中。產硯石。

㊄牟—。岡名。〔宋史兵志〕牧於咸豐門外牟—岡。〔按東京夢華錄云。九日。都人多出郊外登高。如毛—岡等處宴聚。毛—、卽牟—〕。

㊅眞臘呼父母之敬稱曰—。〔眞臘風土記〕呼主人爲巴—。主母爲米—。巴者父也。米者母也。〔按眞臘今之柬埔寨〕。

㊆—負物亦曰—。〔漢書司馬相如傳〕騊駼橐—。〔注〕言其可負橐囊而—物。故以名云。

㊇背僂也。〔柳宗元種樹郭橐駝傳注〕人背—、不能仰也。

【駟】息利切音四寘韻　息七切音悉質韻

㊀一乘也。見〔說文〕〔桂注〕〔玉篇〕、四馬。一乘也。〔按王肅云。古者一轅之車。駕三馬則五轡。夏后氏駕兩。謂之麗。殷益一騑。謂之驂。周又益一騑。謂之—。—者一乘四馬。兩服兩驂〕。

㊁汎言馬亦曰—。〔禮記三年問〕若—之過隙。

㊂四人共車曰—。〔左文十一年傳〕富父終甥—乘。

㊃四龍亦曰—。〔漢書郊祀志〕秦祀四時。每時用木寓龍一—。〔注〕寓、寄也。寄生龍形於木也。一—、亦四龍也。

㊄逐也。見〔廣雅釋詁〕。

㊅星名。〔國語周語〕—見而隕霜。〔按一名天—。爾雅釋天。天—、房也。〕

㊆通四。〔禮記樂記〕夾振之而—伐。〔注〕—、當爲四。

㊇人名。春秋蔡公子—。西漢顏—。

㊈姓也。春秋邸工師—赤。西漢齊王舅—鈞。

【駉】涓熒切音扃青韻

㊀牧馬苑也。詩曰。在—之野。見〔說文〕〔段注〕苑所以養禽獸也。—之義蓋同閑。牧馬之處謂之閑。亦謂之—。〔按桂注。魯頌、—、牧馬在坰之野。傳曰。—良馬。坰、遠野

也。牧之坰野則——然。按——、當為駫駫。詩以—代駫。以坰代—。」

●馬壯肥盛皃。見〔玉篇〕。

【駊】補火切音跛。普火切音叵。哿韻

—騀也。見〔說文〕。〔按說文。騀馬搖頭也。廣韻—騀馬惡行也。文選揚雄賦汰。—騀高大皃。〕

【駏】臼許切音巨。語韻

—驉。獸名。見〔集韻〕。〔按玉篇。獸似騾。騾為牝馬為牡。生—。爾雅釋地作—虛。注云。狀如馬。前足鹿。後足兔。釋文、—本或作岠。又作狟。〕

【䮁】當沒切音咄。月韻

骨—。獸名。出北海。見〔廣韻〕。〔正字通云。貀字之譌。〕

【駋】之遙切音昭。蕭韻

馬名。見〔集韻〕。

【䮍】伊鳥切音咬。篠韻

馬驂也。見〔字彙〕。

【駌】於元切音冤。元韻

污面馬。見〔字彙〕。

【䮂】博慢切音半。普半切音判。翰韻

—驆。馬行。見〔玉篇〕。

【駓】平悲切音皮。支韻

馬名。見〔玉篇〕。

【駍】披耕切音怦。庚韻

同軯。〔文選揚雄賦〕聲—隱而歷鐘。

【駎】直祐切音胄。宥韻

馬競馳。見〔玉篇〕。〔卽騁之省。〕

【䮓】蒲故切音捕。遇韻

馬名。見〔玉篇〕。

【䮪】莫撥切音末。曷韻

馬走皃。見〔玉篇〕。

【䭻】芳問切音忿。問韻

走馬也。見〔字彙〕。〔正字通云。—、鳶並駋之譌。字彙訓鳶同駋。—音忿。訓走馬。分為二誤。〕

【䮀】蒲撥切音跋。曷韻

—鞨。蕃中馬。見〔玉篇〕。

【𩢍】居曷切音葛。曷韻。居謁切音訐。屑韻

馬疾走也。見〔說文〕。〔按玉篇作走疾。〕

【駖】郎丁切音靈。青韻

—蓋。車騎聲。見〔廣韻〕。〔正字通作—礚。〕

【䮚】力耕切音𨌱。庚韻

馬眾聲。見〔集韻〕。

【駗】知忍切音䡅。軫韻。知鄰切音珍。眞韻

—驙。馬載重難也。見〔說文〕。〔段注〕謂馬所負荷者重難也。

【𩢋】離珍切音鱗。眞韻

馬色。見〔廣韻〕。

【䮃】而琰切音冉。琰韻

武王封母弟季載於冉。季是為—那也。見〔學海〕。〔按左定四年傳作聃季。學海恐誤。〕

【䮐】其凶切音邛。冬韻

獸、如馬。見〔字彙〕。〔按六畫䮐下引廣韻云。音蛩。獸、似馬而青。音義並同。疑卽一字。〕

【駠】力由切尤韻

馬白腹。見〔佩觿集〕。〔按字彙補云。同騵。據形聲似是然。騵非馬白腹。豈因釋畜騵馬白腹騵之文而誤耶。存疑。〕

【駱】古駕字。〔石鼓文〕—言囱遣。

【䮯】同騧。宋明帝以騧旁似禍。改作—。見〔洪武正韻〕。

【駈】同驅。見〔玉篇〕。

【䭴】同騂。見〔廣韻〕。

【馸】同駢。見〔字彙補〕。

【媽】同駘。〔考古圖寅簋銘〕—軒朱黌。

【䮇】馲或字。見〔集韻〕。

【䮾】駝或字。見〔集韻〕。

【駢】駢俗字。見〔正字通〕。

【駆】駈俗字。見〔正字通〕、〔玉篇〕云。馬行皃。

【駼】駗俗字。見〔正字通〕。

【駐】驅俗字。見〔正字通〕。

【𩣟】騁譌字。見〔正字通〕。

六畫

【駣】徒刀切音陶豪韻杜皓切音道皓韻大到切音導號韻直紹切音趙篠韻

馬三歲。〔周禮庾人〕教|攻駒。〔按玉篇云馬四歲。〕|騂。馬屬。見〔集韻〕。〔按廣雅釋獸|騂䮹䮼。爾雅穆天子傳作盜驪。玉篇作桃騂。御覽引廣雅亦作桃。〕

【駤】陟利切音致寘韻

騻。|馬躊躇不前也。見〔玉篇〕。〔又〕止也。見〔廣雅釋詁〕。忿戾不通遂曰|。〔淮南修務〕胡人有知利者而人謂之|。

【駛】疎吏切音試寘韻師止切音使紙韻

疾也。一曰馬行疾。見〔說文新附〕。同駛。〔杜甫詩〕汨汨松上|。〔|、本一作駛。〕

【駂】喫吉切音詰質韻

馬色。見〔玉篇〕。

●同佶。見〔正字通〕。

【駥】而融切音戎東韻

●一本作䮏。〔說文新附〕䮏馬高八尺也。

●二雄也。〔爾雅釋畜〕絕有力|。

【駴】息弓切音嵩東韻

細毛。見〔廣韻〕。

【駧】徒弄切音洞送韻

●一馳馬洞去也。見〔說文〕。〔段注〕洞者、疾流也。以疊韻為訓。

●二動也。〔易乾鑿度〕駧|元化。

【駪】疏臻切音莘眞韻

●一馬衆多皃。見〔說文〕。〔段注〕皇皇者華云。|征夫。傳曰。衆多皃。按毛不曰馬者。以詩言人也。其引申之義也。許言馬者。以其字从馬。字之本義也。

●二通侁。〔楚辭招魂〕往來侁侁些。〔五臣注〕衆貌。

●三通莘。〔詩皇皇者華〕||征夫。〔韓詩外傳作莘莘〕。

【駭】下楷切音蟹蟹韻

●一驚也。見〔說文〕。〔按左傳。知伯視齊師馬|。遂驅之。漢書枚乘傳。馬方|。鼓而驚之。是|本訓馬驚。故字从馬〕。

●二亂也。〔國策宋策〕而國人大|。

●三動也。〔漢書揚雄傳〕迴猋肆其碭|。兮。

●四警也。〔文選陸機論〕吳釁深而六師|。

●五起也。見〔廣雅釋言〕。

●六擾也。〔呂覽審應〕去|從不|。

●七四蹄皆白曰|。見〔詩漸漸之石〕有豕白蹢箋。

●八|殫。言驚憚也。〔後漢班固傳〕百獸|殫。

●九|政。不安上之政也。〔荀子王制〕庶人|政。

●十徒|。水名。九河之一。〔書禹貢〕九河既道疏。禹疏九河以徒衆起。故曰徒|。〔參閱河字〕。

●十一無|。人名。〔春秋隱二年〕無|帥師入極。

●十二同䮏。〔周禮大司馬〕鼓皆䮏。〔釋文〕䮏、本亦作|。

【駮】北角切音剝覺韻

●一|獸如馬。倨牙食虎豹。見〔說文〕。〔段注〕云如馬則非眞馬也。如馬倨牙食虎豹。釋獸、毛傳、同。〔按山海經中曲山有獸。如馬而身黑。二尾一角。虎牙爪。音如鼓。名曰|。食虎豹。〕

●二樹名。〔詩晨風〕隰有六|。〔疏〕|馬。梓榆也。其樹皮青白。|犖遙視似|馬。故謂之|馬。

●三草名。通䶶。〔爾雅釋草〕䶶、九葉。〔釋文〕樊本作|。

●四|馬。國名。〔正字通〕|馬地近北海。唐永徽中遣使朝貢。

●五同駁。不純也。見〔太玄睟冥〕冒|。〔睟注〕〔按一切經音義引字林。斑|。色不純也。獨斷之|議。司馬相如傳之|犖。或訓改正。或訓采點。皆與駁通。〕

●六通白。〔詩有客〕亦白其馬。〔箋〕故言亦|以美之。

【駰】於巾切音因眞韻

●一馬陰白雜毛也。詩曰。有|有騢。見〔說文〕。〔按釋獸魯頌傳皆曰。陰白雜毛曰|。段本从集韻作馬陰白雜毛黑〕。

●二人名。後漢崔|。

【駱】歷各切音洛藥韻

①馬白色黑鬣尾也。見〔說文〕。〔段注〕釋獸曰。白馬黑鬣、—。詩音義曰。樊孫爾雅竝作白馬黑毛鬣尾也。然則許正同樊孫本矣。〔按廣雅作朱鬣。獨與眾異〕

②國名〔史記南越王佗傳〕佗以兵威邊。財物賂遺閩越西甌—。役屬焉。〔按漢書賈捐之傳。越之人。父子同川而浴。則—當係百越之一。廣州記曰。交阯有—田。仰潮水上下。人食其田。名為—侯。諸縣自名為—將。後蜀王將兵討—侯。自稱為安陽王。尉佗攻破之。有其地。交阯九眞二郡。卽甌—也〕

③縣名。漢置。屬定襄郡。今山西平魯縣西北。

④湖名〔清一統志〕—馬湖在宿遷縣西北十里。受山左諸山之水。由董家陳溝二港以入運河。

⑤谷名。〔地理通釋〕唐地理志洋州興道縣有—谷路。南口曰儻谷。〔在今陝西洋縣境〕。

⑥—丹。契丹部落名。〔唐書契丹傳〕室韋契丹別種。分部凡二十餘。曰—丹部。處柳城東北。

⑦—駝。獸名〔後漢南匈奴傳〕遣使上書獻—駝二頭。〔一作馲駝、槖駝〕

⑧山—。艸名〔酉陽雜俎〕山蕭、一名山—。

⑨—驛。連續不絕也。〔文選嵇康賦〕從橫—驛。〔又〕往來眾多貌。〔文選張衡賦〕—驛繽紛。

⑩—漠。奔馳之貌〔文選傅毅賦〕—漠而歸。

⑪大—。人名。〔史記秦始皇紀〕大—生非子。

⑫通落。〔史記天官書〕大荒—。歲陰在巳。〔按爾雅作大荒落〕。

⑬通犖。〔王嘉拾遺記〕員嶠山東。有雲石駁—如錦。〔按駁—卽駁犖〕。

⑭姓也。三國吳—統。唐—賓王。

【駱】同輅。見〔正字通引史記秦紀〕。

【駱】同貉。見〔字彙補引轉注古音〕。

【傌】虛尤切音休尤韻

①馬名。見〔說文〕。

②駿也。見〔玉篇〕。

【烈】力蘖切音列屑韻　力㓼切音例霽韻

①次第馳也。見〔說文〕。〔桂注〕馭列不亂也。

②馬名。見〔玉篇〕。

③馴也。見〔集韻〕。

【駡】莫駕切音禡禡韻　母下切音馬馬韻

詈也。見〔玉篇〕。〔按正字通云。六書本作傌。通作罵。俗作駡。此字卽罵譌字〕。

【䮹】呼光切音荒陽韻

馬奔也。見〔說文〕。〔段注〕奔者走也。

【獁】權俱切音衢虞韻

馬後足皆白。見〔玉篇〕、〔正字通云。爾雅、馬後足皆白、—。俗本爾雅作狗〕。

【駛】容朱切音俞虞韻

疾也。見〔集韻〕。〔正字通云。駛字之譌〕。

【駨】相倫切音荀眞韻

騂—。馬走皃。見〔玉篇〕。

【駨】翾縣切音絢霰韻

馬青驪謂之—。見〔集韻〕。〔正字通云。駽俗字〕。

【䮼】莫白切音陌陌韻

馲—。詳馲字。

【駩】逡緣切音詮　從緣切音全先韻

白馬黑脣。見〔玉篇〕。

【駲】張流切音輈尤韻

—駿。蕃中大馬。見〔集韻〕。

【䮣】巨九切音臼有韻〔通作𩢗〕

馬八歲謂之—。見〔集韻〕。

【駬】忍止切音耳紙韻

騄—。周穆王馬名。見〔廣韻〕。〔按亦作綠耳〕。

【駯】章俱切音誅虞韻

馬口黑。見〔五音集韻〕。〔正字通云。口黑、不宜从朱。誤〕。

【䮍】凌如切音閭魚韻　良倨切音慮遇韻

傳馬名〔唐會要〕驛傳曰使—。〔按集韻云。如今遽馬〕。

【䮱】時俱切音殊虞韻

朱色。見〔玉篇〕。〔正字通〕云。朱色不必从馬。誤。

【⿰馬匡】 去王切音匡陽韻 馬耳曲。見〔廣韻〕。

【⿱巩馬】 渠容切音蛩冬韻古勇切音拱腫韻 獸、似馬而青。一走千里。見〔廣韻〕。

【⿰此馬】 淺氏切音此紙韻 馬名。見〔說文〕。

【⿰馬此】 淺氏切音此紙韻 馬名。見〔篇海類編〕。

【⿰馬犬】 房六切音伏屋韻 馬名。見〔玉篇〕。

【⿰馬回】 胡隈切音回灰韻 馬名。見〔玉篇〕。

【⿰馬阜】 房九切音阜有韻 馬肥大也。見〔正字通〕。〔按石鼓文遬馬既—。謂若寶。又籀文騳亦省作—〕。

【駫】 涓熒切音扃青韻 馬肥盛也。詩曰。——牡馬。見〔說文〕。〔段注〕各本作盛肥。今依廣韻訂。各本作四牡——。陸氏德明所見作——牡馬。按卽魯頌之駉駉牡馬也。詩釋文曰。駉、古熒反。說文作—。玉篇亦云—。古熒切。駉同。蓋毛詩本作——。故許偁——。而後人譌亂作駉駉。陸所見說文不誤。今本說文則誤甚耳。

【⿰馬夷】 延知切音夷齊韻 馬名。見〔集韻〕。

【⿱列馬】 同⿰馬列。見〔廣韻〕。

【⿰馬聿】 同驈。見〔玉篇〕。

【⿰馬甾】 同⿰馬𡿺。見〔篇海〕。

【⿰馬尼】 同駁。見〔字彙補〕。

【馲】 同驝。見〔玉篇〕。〔正字通〕云。俗駝字。

【⿰馬内】 同⿰馬由。見〔路史國名紀〕。

【⿰馬旁】 同騁。見〔漢周憬碑〕。

【⿰馬匠】 同驅。見〔字彙補〕。〔疑駈譌字〕。

【⿰犭馬】 同駫。見〔博古圖周召公尊銘〕。

【⿰馬平】 駓或字。見〔集韻〕。

【⿰馬彡】 駞或字。見〔集韻〕。

【⿱白馬】 駘俗字。見〔五音集韻〕。

【⿰馬并】 駢俗字。見〔正字通〕。

【⿱龹馬】 騰俗字。見〔正字通〕。

【⿰馬肖】 騎俗字。見〔正字通〕。

七畫

【駴】 下楷切音駭賄韻 ㊀雷擊鼓也。〔周禮大司馬〕鼓皆—。㊁謂改百姓之視聽也。〔莊子外物〕聖人之所以—天下。㊂同駭。〔列子仲尼〕子列子之徒—之。〔釋文〕—、與駭同。

【駴】 居拜切音戒卦韻 上不問下也。見〔集韻〕。

【駵】 力求切音留尤韻 ㊀赤馬黑髦尾也。从馬丣聲。見〔說文〕。〔段注〕髦者、髮也。髮之長者稱髦。因之馬鬣曰髦。丣、各本作卯。篆體作駵、大誤。今依五經文字、玉篇、廣韻正。㊁通騮。〔漢書地理志〕華—綠耳之乘。〔史記秦本紀作驊—〕。

【駓】 普悲切音丕貧悲切音皮支韻 ㊀馬行。見〔集韻〕。㊁同駓。黃白色。見〔玉篇〕。

【⿰馬否】 補美切音彼部鄙切音被紙韻 —駃。獸行。見〔集韻〕。

【⿰馬束】 筍勇切音竦腫韻蘇后切音叟有韻 ㊀捶馬銜走也。〔公羊定八年傳〕陽越下取策臨南—馬而由乎孟氏。〔釋文〕—、本又作捒。字書無此字。相承用之。㊁同騁。〔正字通〕—、騁字異義同。

【駸】 千尋切音侵侵韻初簪切音參覃韻楚錦切音墋寑韻 ㊀本作駸。〔說文〕駸、馬行疾皃。詩曰。載驟——。〔段注〕馬行上當本有——字。小雅四牡傳曰。——、驟皃。驟者、馬捷步也。㊁凡行之疾者皆可曰——。〔梁簡文帝詩〕斜日晚——。

【駹】 莫江切音龎江韻 ㊀馬面顙皆白也。見〔說文〕。〔段注〕面者、顏前也。釋獸曰。面顙皆白惟—。〔按廣韻。黑馬白面〕。㊁青馬也。〔漢書匈奴傳〕東方盡—。㊂雜色牲也。〔周禮犬人〕用—可也。

(四)車邊側有漆飾也。〔周禮巾車〕—車雚蔽。
(五)震爲—。見〔易說卦傳〕。〔按虞注云—、震讀作龍。〕
(六)國名。〔史記西南夷傳〕冉—最大。〔當今四川茂縣境。〕
(七)水名。〔華陽國志〕汶江道濊水—水出焉。
(八)人名。〔漢書古今人表〕元安王—。

〔駻〕侯旰切音翰翰韻
(一)馬突也。見〔說文〕。〔段注〕—之言悍也。淮南書作馯。高曰。馯馬。突馬也。〔按漢書刑法志。是猶以鞿而御—突。韓非子五蠹篇。如欲以寬政治急世之民。猶無轡策御—馬。均訓—爲悍惡之馬。〕
(二)馬高六尺。見〔集韻〕。
(三)鞍也。見〔廣雅釋器〕。

〔駼〕同都切音徒虞韻
(一)騊—也。見〔說文〕。〔按騊下云。騊—。北野之良馬。名山海經海外北經畢注。騊—。疑卽橐駝。聲皆相近。史記集解徐廣曰。騊—。似馬而青。〕
(二)騊—監。官名。見〔漢書百官志〕。

(三)騉—。獸名。〔爾雅釋畜〕騉—枝蹄趼善陞甗。〔注〕似馬而牛蹄。
(四)同駼。見〔宋書符瑞志〕。

〔駿〕祖峻切音俊震韻
(一)馬之良材者。見〔說文〕。〔桂注〕一切經音義引作馬之才良者也。
(二)驪馬也。見〔讀詩記引齊詩〕。
(三)大也。〔書武成〕—奔走。
(四)迅速也。〔詩噫嘻〕—發爾私。
(五)長也。〔詩雨無正〕不—其德。
(六)俊也。〔詩長發〕爲下國—厖。〔箋〕—之言俊也。
(七)通峻。〔詩崧高〕—極于天。〔禮記孔子閒居注作峻極于天。〕
(八)—狼。山名。〔淮南天文〕日冬至—狼之山。

〔騀〕語可切音我哿韻牛河切音俄歌韻
(一)駊—。馬搖頭皃。見〔說文〕。
(二)—驝。馬屬。一曰野馬。見〔廣雅釋獸〕。

〔騁〕丑郢切音逞梗韻
(一)直馳也。見〔說文〕。
(二)走也。〔左成十六年傳〕—而左右。
(三)極也。〔詩節南山〕蹙蹙靡所—。

(四)平也。〔楚辭湘夫人〕登白蘋兮—望。
(五)恣任也。〔莊子天地〕時—而要其宿。
(六)奔放也。〔文選孔融表〕飛辯—辭。
(七)同馳。競驅也。〔淮南詮言〕馳者不貪最先。〔注〕馳、馳卽—字省文。

〔騂〕思營切音牸庚韻
(一)本作騂。〔說文新附〕騂馬赤色也。
(二)赤黃亦曰—。〔詩駉〕有—有騏。
(三)牲赤色亦曰—。〔書洛誥〕文王—牛一。武王—牛一。
(四)地色赤亦曰—。〔周禮草人〕凡糞種—剛用牛。
(五)弓調和皃。〔詩角弓〕—、角弓。〔按釋文、—說文作弲。段玉裁云。此陸氏之誤。當曰說文作觲也。弲自訓角弓。不訓弓調和。〕
(六)同牸。見〔廣韻〕。

〔騃〕牀史切音俟丈里切音豸紙韻
(一)馬行仡仡也。見〔說文〕。〔段注〕人部曰。仡。勇壯也。吉日、儦儦俟俟。人部作伾伾俟俟。韓詩作駓駓——。李善注文選引韓詩章句曰。超曰駓。行曰—。毛用叚借字。韓乃正字耳。—、與俟俟音義同。〔按康熙字典乃與癡—之—並入蟹韻。誤。〕
(二)駓—。獸行皃。〔文選張衡賦〕羣獸駓—。

〔騃〕語駭切音痎蟹韻
癡也。見〔廣雅釋詁〕。〔漢書息夫躬傳注〕—、愚也。一切經音義引蒼頡。—、無知皃。義略同。

〔駱〕良刃切音吝震韻
牝馬。見〔集韻〕。

〔駳〕徒亶切音但旱韻
—馬。卽散馬。亦曰但馬。或作襢馬。見〔正字通〕。

〔駶〕衢錄切音局沃韻
馬立不定。見〔廣韻〕。

〔⿰馬希〕許旣切音欷未韻
馬走皃。見〔廣韻〕。

〔⿰馬耴〕昵輒切音聶日涉切音讘葉韻如穎切梗韻
馬步疾也。見〔說文〕。〔段注〕今人專輒字作輒。似當作—爲近之。

【騞】訛湖切音許坡韻　騞—。馬名。見〔類篇〕。

【騇】郎外切音酹泰韻　馬毛斑白。見〔集韻〕。

【騔】盧臥切音採筒韻　盧活切音捋曷韻　—歲。殺名。買思鰓說。見〔集韻〕。

【䮒】滂模切音鋪虞韻　馬名。見〔集韻〕。

【駺】盧當切音郎陽韻　馬尾白。見〔玉篇〕。

【騡】呂張切音良陽韻　吉—。馬名。〔康熙字典引山海經海內北經〕犬封國有文馬。縞身朱鬣。名曰吉—。〔按山海經作吉量。注。量、一作良。不作—。當因良良加馬旁而譌〕

【䮖】蒲故切音捕遇韻　馬習步也。通作步。〔左襄二十六年傳〕左師見夫人之步馬者。

【𩤉】逆及切音岌緝韻　馬行皃。見〔集韻〕。〔按正字通云。俗駸字〕

【騂】蒲沒切音勃月韻　蒲角切音雹覺韻　馬、牛尾白身一角。音如虎。〔文選郭璞賦〕—馬騰波以嘯蹀。

【駽】火玄切音鋗先韻　熒絹切音縣翾縣切音絢霰韻　胡畎切音泫銑韻　青驪馬。詩曰。駜彼乘—。見〔說文〕。〔段注〕謂深黑色而帶青色也。〔按郭注爾雅謂之鐵驄。北方謂之鐵青〕

【駾】吐外切音娧泰韻　馬行疾來皃也。詩曰。昆夷—矣。見〔說文〕。〔段注〕大雅緜曰。混夷—矣。傳曰。—、突也。箋云。混夷惶怖驚走。奔突入柞棫之中。〔按混夷—矣。孟子梁惠王注作昆夷兌矣。左傳注作畎夷喙矣。文選魯靈光殿賦張載注作昆夷突矣。說文口部作犬夷呬矣。廣韻二十廢作昆夷瘵矣〕

【騀】五何切音俄歌韻　馬行也。見〔字彙補〕。

【𩣡】丁紺切音撢勘韻　冠幘近前也。見〔字彙補〕。

【騘】驄本字。見〔正字通〕。

【䮬】同騆。見〔五音集韻〕。

【騙】駗或字。見〔集韻〕。

【鴐】馺或字。見〔集韻〕。

【騂】騂俗字。見〔正字通〕。

【駣】駣俗字。見〔正字通〕。

【駐】騇譌字。見〔正字通〕。

【駒】駒譌字。見〔正字通〕。

八畫

【騅】朱惟切音錐支韻　❶馬蒼黑雜毛。見〔說文〕。〔段注〕黑、當作白。釋畜、毛傳皆曰。蒼白雜毛曰—。〔按桂注蒼黑之說近是。馥謂烏—是也。存參〕　❷萑葦之初生者也。〔爾雅釋言〕菼—也。　❸黃—。魚名。〔古今注〕兗州人呼黃鯉爲黃—。　❹人名。春秋時、晉大夫荀—。　❺姓也。春秋時晉大夫—歂。

【駢】蒲眠切音蹁先韻　旁經切音餅青韻　❶駕二馬也。見〔說文〕。〔段注〕併馬謂之儷駕。亦謂之—。　❷猶並也。〔文選張衡賦〕夾蓬萊而—羅。　❸朋也。〔管子四稱〕入則乘等。出則黨—。　❹比也。〔史記高祖功臣侯年表〕以—鄰從。〔注〕—鄰猶言比鄰。　❺列也。〔文選揚雄賦〕—交錯而曼衍兮。　❻增贅旁出曰—。〔莊子駢拇〕—拇枝指。　❼文體之一。〔柳宗元文〕—四儷六。〔按—體文世謂始於六朝。實則李兆洛—體文鈔。秦漢文入選者甚多〕　❽—田。聚也。〔文選潘岳賦〕—田獵攦。　❾—衍。廣大也。〔漢書揚雄傳〕—衍佖路。　❿—闐。繁盛也。〔王勃序〕龍鑣翠幰。—闐上路之遊。　⓫—上。神名。〔淮南說林〕上—生耳目。　⓬——。喧也。〔歐陽詹賦〕振振——。

〔又〕茂也。〔蘇洵記〕草木｜｜。

⑬齊邑名。〔論語憲問〕奪伯氏｜邑三百。〔按字亦作郱。今山東臨朐縣東南有郱城。〕

⑭人名。春秋時臾｜。戰國有田｜。

⑮通骿。〔左僖二十三年傳〕聞其｜脅。〔注〕｜、亦作骿。

⑯通胼。〔孟子滕文公章指〕故禹稷｜蹎。〔音義引丁音〕｜蹎、〔史記作〕胼胝。

【騉】公渾切音昆元韻

①｜蹄。馬名。〔爾雅釋畜〕｜蹄、趼善陞甗。〔注〕甗山形似甑。上大下小。｜蹄、蹄如趼而健。上山。秦時有｜蹄苑。

②｜駼。獸名。詳駼注。

【騹】津垂切音箠支韻 主蘂切音捶紙韻

①馬小皃。見〔說文〕。

②重騎。見〔玉篇〕。

【⿰馬叕】株劣切音輟、屑韻

①白額馬。見〔玉篇〕。

②馬名的顱。見〔集韻〕。

【⿰馬岸】魚旰切音岸翰韻

①馬頭有發赤色者。見〔說文〕〔注〕所謂馬發。言色有淺處若將起焉。〔按大徐本如是。小徐作馬頭有白發色。段本從之。〕

②馬額白至脣。一曰。馬流星貫脣、謂之｜。見〔玉篇〕。

③駢｜。馬行皃。見〔廣韻〕。

【⿰馬岸】魚澗切音鴈諫韻

馬首。見〔集韻〕。

【騎】渠羈切音奇支韻

①跨馬也。見〔說文〕〔段注〕兩髀跨馬謂之｜。因之人在馬上謂之｜。〔按引伸之爲凡跨乘之稱。如云｜虎、｜鶴。兼跨兩端者亦謂之｜。如云｜牆、｜縫。連月雨曰｜月雨。皆是。〕

②支也。兩腳支別也。見〔釋名釋姿容〕。

③倚也。〔漢書爰盎傳〕不｜衡。

【騎】奇寄切音芰寘韻

①馬軍曰｜。〔禮記曲禮〕前有車｜。〔按漢官儀云。施頭｜自秦始。蓋即今之｜兵。俗稱馬隊者。〕

②單乘曰｜。〔史記項羽紀〕乃上馬｜。〔按正字通。古者服車乘馬。馬以駕車。不言單｜。至六國時。始有單｜。蘇秦所謂車千乘。馬萬匹。是也。然左師展將以昭公乘馬而歸。是春秋時已有單｜。張說未碻。〕

③票｜。官名。〔漢書武帝紀〕以霍去病爲票｜將軍。〔注〕位三司。品秩同大將軍。〔按漢車｜將軍。越｜校尉。六朝時散｜常侍。皆是。淸｜都尉。雲｜尉。恩｜尉。則非實官。〕

④姓也。戰國時、燕將｜劫。

【騏】渠之切音奇支韻

①馬青驪文如棊也。見〔說文〕。〔段注〕如棊、各本作如博棊。不通。今依玄應書李善七發注正。青驪文如棊、謂白馬而有青黑文。分路相交如棊也。古多叚｜爲棊。

②無角驨也。〔爾雅釋獸〕驨如馬。一角。不角者｜。

③鯉也。〔古今注〕兗州人呼白鯉爲白｜。

④縣名。漢置。屬河東郡。當今山西夏縣西北。

⑤通麒。〔毛詩陸疏廣要〕｜驎善走。故良馬因之亦名｜驎也。

⑥姓也。漢下邽令｜般。周｜期。見〔韓愈諱辨〕。

【⿰馬或】越逼切音域 忽域切音洫職韻

①馬名。見〔玉篇〕。

②驅｜。馬走皃。見〔集韻〕。

【騑】芳微切音霏微韻

①｜｜。馬行不止貌。〔詩四牡〕四牡｜｜。〔又〕疲也。見〔廣雅釋訓〕。〔又〕驂馬容也。〔左桓三年傳注〕驂｜馬〔疏〕名｜者。以驂馬有｜之容。

②三歲之馬也。〔本草〕馬三歲曰｜。〔按此疑以｜訓驂因而誤會。〕

③人名。〔左襄八年傳〕｜也受其咎。〔注〕｜、子駟名。

④通匪。〔禮記少儀〕車馬之美。匪匪翼翼。〔釋文〕匪、讀爲｜。

【騑】匪微切音非微韻

驂也。旁馬也。見〔說文〕〔段注〕｜馬、經典謂之驂。故曰驂也。許意以驂爲駕三馬之名。後乃駕四駕六。是旁馬皆得名驂。故又申之曰旁馬。〔按桂注。後漢書章帝紀。｜馬

可輟。注云。夾轅者爲服馬。服馬外爲—馬。徐廣曰。馬在中曰服。在外曰—。—亦名驂。〕

【䮯】土故切音兔遇韻
騛—良馬也。本作飛兔。見〔篇海〕。

【騄】龍玉切音錄沃韻
—耳。駿馬也。周穆王八駿之一。見〔玉篇〕。

【騆】職收切音周尤韻
神馬。見〔玉篇〕。

【䮓】竹角切音卓覺韻
—䮑。馬行不前皃。見〔集韻〕。

【騇】式夜切音舍禡韻 始野切音捨馬韻
草馬名。〔爾雅釋畜〕牝曰—。〔義疏〕—亦俗字。當作牸。草馬、亦或作騲。廣韻牝馬曰騲。

【䮳】徒合切音沓合韻
駁—。馬行皃。見〔玉篇〕。

【䮔】七醉切音翠寘韻
馬卒。見〔集韻〕。〔正字通〕云。騂字之譌。

【䮣】力竹切音六屋韻

健馬。見〔廣韻〕。〔按駢雅釋獸。䮟—。良馬也。集韻同。〕

【䮗】烏前切音燕先韻
馬行貌。見〔五音集韻〕。

【䮃】苦劫切音怯葉韻
馬怕石不能行。見〔字彙〕。

【䮝】悲京切音朋庚韻 眉永切音皿梗韻
汗馬。見〔玉篇〕。

【䮎】株遇切音駐遇韻
本作䢮。〔說文辵部〕䢮。馬不行也。

【䮙】醉綏切音觜支韻
騅或字。〔集韻〕騅。馬小皃。或作—。

【䮥】扶缶切音婦有韻
馬盛也。一曰益也。見〔集韻〕。〔正字通〕云。與石鼓文騝同。

【䮊】曲物切音屈物韻
—產。良馬。本作屈。見〔玉篇〕。

【騊】徒刀切音陶豪韻
—駼。獸如良馬。見〔玉篇〕。

【騋】落哀切音來灰韻 洛代切音勑隊韻

馬高七尺爲—。八尺爲龍。詩曰。—牝驪牝。見〔說文〕〔段注〕釋嘼曰。—牝驪牡。今爾雅譌作驪牡。而音義不誤。可攷。音義曰。—牝、頻忍反。下同。下同者。即謂驪牝也。此以驪牝釋詩之—牝。驪—以雙聲爲訓。謂—馬驪色。亦兼牝馬也。

【䮋】枯江切音腔江韻
馬行皃。見〔集韻〕。

【騍】苦臥切音課箇韻
俗呼牝馬。即草馬。見〔正字通〕。〔爾雅義疏〕江東人呼牝爲—馬。

【䮘】五奚切音倪齊韻
小馬。見〔正字通〕。

【䮚】郎鄧切音倰徑韻
—驋。馬病傷穀也。見〔玉篇〕。

【䮛】閭承切音夌眞韻
餕或字。〔集韻〕餕。馬食粟曰餕。或从馬。

【䮯】區均切音囷眞韻
馬也。見〔字彙補〕。

【䮀】丑饑切音癡支韻

大貌。見〔篇海類編〕。

【䍶】都籠切音東東韻
馬名。見〔玉篇〕。

【騣】子貢切音糉送韻
馬—。見〔奚韻〕。

【䮫】烏浩切音媼皓韻
馬名。見〔集韻〕。

【䮖】齒良切音昌陽韻
馬名。見〔字彙〕。

【駒】同騊。見〔玉篇〕。

【䮗】同駝。見〔字彙補〕。

【䮭】同騳。見〔字彙補〕。

【騟】同涴。見〔字彙〕。

【駲】駲或字。見〔集韻〕。

【䮦】駈或字。見〔集韻〕。

【驄】驄俗字。見〔正字通〕。

【驔】驔俗字。見〔正字通〕。

【騌】騣俗字。見〔正字通〕。

【驗】驗俗字。見〔正字通〕。

九畫

【驜】實洽切音箑洽韻
㈠馬行。見〔玉篇〕。
㈡騷或字。〔集韻〕騷。馬驜皃。或作｜。〔按正字通云。俗⿰馬枼字〕。

【⿰馬枼】弋涉切音葉葉韻
馬輕行皃。見〔集韻〕。

【騖】亡遇切音務遇韻
㈠亂馳也。見〔說文〕。
㈡強也。見〔爾雅釋詁〕。
㈢犇也。見〔廣雅釋室〕。
㈣疾也。〔文選潘岳賦〕咸乘危以馳｜。
㈤東西交馳曰｜。〔文選班固答賓戲〕戰國橫｜。

【⿰馬春】尺尹切音蠢軫韻
㈠馬雜文。見〔海篇〕。
㈡鈍馬也。見〔海篇〕。

【騪】疏鳩切音搜尤韻蘇后切音叟有韻
㈠騊｜。蕃中大馬。見〔集韻〕。
㈡騥或字。〔說文〕騥搖馬銜走。或作｜。

【騞】霍虢切音謔莫白切音陌土益切音剔陌韻
㈠行不止。見〔玉篇〕。
㈡解牛聲。〔莊子養生主〕奏刀｜然。〔音義〕聲大於｜也。

【騟】容朱切音諛虞韻
㈠紫色馬。見〔玉篇〕。
㈡八駿有騧｜。見〔博物志〕。〔穆天子傳作踰輪。史記秦本紀索隱引穆王傳作｜⿰馬侖。疑博物志有誤〕。

【騢】何加切音遐麻韻
㈠馬赤白雜毛。謂色似鰕魚也。見〔說文〕。〔段注〕魯頌有｜。釋獸、毛傳皆曰。彤白襍毛曰｜。鰕魚謂今之蝦。赤魚屬也。蝦略有紅色。凡叚聲多有紅義。是以瑕爲玉小赤色。〔按桂注。卽今之赭白馬。玉篇。｜、馬赭白色似鰕魚也〕
㈡碧雲｜。小說名。〔文獻通考〕碧雲｜一卷。題梅堯臣撰。公卿多所毀訐。或云實魏泰所作。託之聖俞。

【騣】祖叢切音㚇東韻〔通作鬉〕。
㈠馬鬣也。見〔說文新附〕。
㈡全｜。馬冠。見〔玉篇〕。

【⿰馬复】蒲必切音邲質韻
㈠神馬名。〔後漢黃香傳〕騶｜騆而俠窮奇。
㈡同駜。馬肥壯皃。見〔玉篇〕。

【⿰馬复】北角切音剝覺韻
駁或字。見〔集韻〕。

【騧】姑華切音瓜公蛙切音媧麻韻
㈠黃馬黑喙。見〔說文〕。〔段注〕釋嘼曰。白馬黑脣、駩。黑喙、｜。如爾雅之文。則是白馬黑喙也。豈今爾雅奪黃馬二字與。
㈡季｜。人名。見〔論語微子〕。
㈢同蝸。〔文選何晏賦〕｜增徙錯。〔注〕｜、或作蝸。

【⿰馬咸】胡讒切音咸咸韻
㈠｜驩。古縣名。見〔廣韻〕。〔正字通〕云。漢地理志九眞郡有咸驩縣。非作｜。
㈡騙｜。俳戲人也。見〔正字通〕。

【⿰馬𡿺】乃老切音腦皓韻
褭｜。馬名。見〔集韻〕。

【⿰馬亭】除庚切音棖庚韻
馬住皃。見〔集韻〕。

【騕】伊鳥切音杳篠韻
｜褭。良馬也。〔文選司馬相如賦〕買｜褭。〔注〕｜褭神馬。日行萬里。

【騉】胡昆切音魂元韻
騱。野馬。見〔廣韻〕。〔正字通云。說文、驒騱野馬作｜、騱誤〕

【⿰馬軍】吁韋切音暉微韻
獸名。〔山海經北山經〕太行之山。其首曰歸山。有獸、狀如麢。四角。馬尾。有距。名曰｜。

【騗】匹羨切音徧霰韻
躍而乘馬也。見〔集韻〕。

【⿰馬罙】他紺切音探勘韻
馬行步向前。見〔字彙〕。

【⿰馬昜】余章切音陽陽韻
馬名。見〔集韻〕。

【騚】才先切音前先韻
馬四蹄皆白。見〔玉篇〕。〔按卽踏雪馬。〕

【⿰馬皆】雄皆切音諧佳韻
馬和也。見〔說文〕。〔按廣韻作馬性和。〕

【騑】匪微切音霏微韻

馬逸足者也司馬法曰。飛衛斯輿。見〔說文〕〔段注〕者字今補。逸、當作兔。廣韻曰。—兔馬而兔走。玉篇曰。—兔古之駿馬也。呂氏春秋高注曰。飛兔要褭皆馬名也。日行萬里。馳若兔之飛。因以爲名也。〔按飛衛斯輿。今司馬法佚。集韻類篇並引作——。、飛—通。〕

【[illegible]】須緣切音宣先韻 —[illegible]。馬名。見〔廣韻〕。

【騜】胡光切音黃陽韻 馬黃白色。〔爾雅釋畜〕黃白—。〔注〕黃白相間色。詩借用皇。

【騝】渠焉切音乾先韻居言切音犍元韻 驪馬黃脊。見〔玉篇〕。

【騠】田黎切音題都奚切音低齊韻 駃—也。見〔說文〕。〔按駃—。馬父驘子也〕

【騠】都奚切音低齊韻 —兹。漢侯國名。屬琅邪郡。在山東宿青州府境內。

【[illegible]】徒玩切音段翰韻

欵—。馬行緩也。見〔集韻〕。〔按後漢馬援傳作款段。俗加馬。〕

【騤】渠龜切音逵支韻 馬行威儀也。詩曰。四牡——。見〔說文〕〔段注〕馬行上當有——二字。詩三言四牡——。采薇傳曰。彊也。桑柔傳曰。不息也。烝民傳曰。猶彭彭也。各隨文解之。許檃括之曰馬行威儀皃。於曑韻取義。〔按廣雅釋訓——。盛也。〕

【[illegible]】古穴切音玦屑韻 —[illegible]。馬名。〔廣韻引爾雅〕回毛在背曰—[illegible]。〔按今本爾雅釋畜作闋廣〕

【[illegible]】質洽切音蝶洽韻 ——。騃也。見〔玉篇〕。

【[illegible]】穇歃切音臿洽韻 馬行皃。見〔集韻〕。

【騥】而由切音柔尤韻 青驪繁鬣—。見〔爾雅釋畜〕。〔注〕繁鬣兩被毛。或曰美髦鬣。〔按禮記明堂位周人黃馬蕃鬣注。赤鬣也。繁、蕃、通。然則繁鬣、當是赤鬣。〕

【[illegible]】所瓦切音耍馬韻 所言不當。見〔字彙〕。〔正字通云。—、六書不載。或方言俚說如此。按俗謂戲笑曰耍。與所言不當義近。〕

【[illegible]】諸閒切音閑刪韻〔今作閑。〕 馬步習也。見〔六書統〕。

【[illegible]】新茲切音思支韻 馬名。見〔玉篇〕。

【[illegible]】多官切音耑寒韻 馬名。見〔集韻〕。

【[illegible]】止野切音者馬韻 馬名。見〔集韻〕。

【[illegible]】筆力切音逼質韻 駝—。見〔玉篇〕。

【[illegible]】鄂格切音額陌韻 鴚—。馬名。見〔廣韻〕。〔康熙字典云。本作鴚額。廣韻譌作—。非。〕

【騗】匹面切音騗霰韻 躍上馬也。見〔字彙補〕。〔康熙字典云。騙字之譌。〕

【[illegible]】[illegible]本字。見〔說文新附〕。

【騔】同騧。見〔集韻〕。

【[illegible]】同顒。見〔集韻〕。〔正字通云。—、馬走貌。存參。〕

【騖】同鶩。見〔正字通〕。

【[illegible]】騐或字。見〔集韻〕。

【[illegible]】同[illegible]。見〔五音篇海〕。

【騙】騗或字。見〔集韻〕。〔正字通云。俗借爲誆—字。〕

【騘】驄或字。見〔集韻〕。〔正字通云。驄俗字。〕

【[illegible]】騣或字。見〔集韻〕。

【[illegible]】蹄或字。見〔集韻〕。

【[illegible]】騠俗字。見〔正字通〕。

【[illegible]】騂譌字。見〔正字通〕。

十畫

【騩】基位切音愧寘韻居逵切音龜支韻 馬淺黑色。見〔說文〕。〔段注〕漢舊儀。天地大變。丞相上病。或丞相有他過。皆使使者奉策書。駕騅—馬。步出府。按乘—者。取無色之意。

【騩】徒回切音頹灰韻

⊖白馬。見〔集韻〕。

⊜山名。〔山海經西山經〕一山、其上多玉而無石。〔畢注〕文選琴賦云。慕老童於一隅。五臣作隗。

【騩】居韋切音歸支韻

山名。有四。一、山海經西山經。一山。是錞于西海。注音巍。一、山海經中山經。一山、其上有美棗。注音巍。在今河南新安縣。一、水經注。一山、彊山東阜也。國語之主芣一。皆即此山。一、漢書郡國志。河南尹密縣有大一山。

【騪】踈鳩切音搜尤韻

⊖蒐中大馬。見〔廣韻〕。〔按即騣。騣、一、古今字。〕

⊜索也。〔漢書百官表〕一粟都尉。〔注〕如搜狩之搜。搜、索也。

【騫】丘虔切音愆先韻怯建切攐上聲銑韻

⊖馬腹墊也。見〔說文〕。〔段注〕墊、各本作縶。自篇韻已然。小徐作熱。則更誤。馬腹墊、正俗所謂肚腹低陷也。仲尼弟子列傳。閔損字子一。是其義。

⊜虧也。〔詩天保〕不一不崩。

⊜咎也。〔荀子正名〕永思一兮。

㊃違也。〔後漢李固杜喬傳〕專為生則一義。

㊄飛也。見〔廣雅釋詁〕。

㊅舉頭貌。〔楚辭大招〕王虺一只。

㊆驚懼之意也。〔文選顏延之詩〕人靈一都野。

㊇一一。飛也。見〔廣雅釋訓〕。〔又〕輕儇躁進貌。〔柳宗元文〕沓沓一一。

㊈毗一。國名。〔南史扶南國傳〕大海洲中有毗一國。去扶南八千里。

㊉通愆。過也。〔文選劉琨歌〕惟昔李一期。〔注〕一與愆通。

⑪同搴。拔取也。〔漢書楊僕傳〕非有斬將一旗之實也。〔注〕一、與搴同。

⑫人名。漢張一。

⑬姓也。漢金城一包。

【騫】九件切音蹇銑韻

鶱也。見〔集韻〕。

【𩦡】曷各切音鶴藥韻逆角切音獄訖岳切音覺覺韻忽郭切音霍藥韻

⊖苑名也。一曰。馬白領。見〔說文〕。〔段注〕一苑。蓋漢苑三十六所之一。一與馰、音義皆同。烏之白曰皠。白牛曰㸕。

⊜馬名。見〔集韻〕。

【𩤐】多年切音顛先韻

⊖白馬額。見〔玉篇〕。〔按集韻。馬顙戴星謂之一。〕

⊜通作顛。見〔集韻〕。

【騭】職日切音質質韻竹力切音陟職韻

⊖牡馬也。見〔說文〕。〔按爾雅釋獸。牡曰一、郭云。今江東呼駁馬為一。廣雅。一、雄也。〕

⊜陞也。見〔爾雅釋詁〕。〔注〕方言曰。魯衛之間曰一。

⊜定也。〔書洪範〕惟天陰一下民。〔正義〕傳以一即質也。質訓為成。成亦定義。故為定也。〔按史記宋微子世家作維天陰定下民。〕

㊃通陟。〔大戴記夏小正〕四月執陟攻駒。〔按陟、一、古今字。〕

㊄人名。後漢鄧一。三國步一。

【驏】陟扇切音戰霰韻〔通作輾〕

⊖馬轉臥土中。見〔玉篇〕。〔按藝文類聚引說文。一、馬臥土中也。桂氏據以采入說文遺文。然轉與展疊韻為訓。自以玉篇所說較詳。〕

⊜馬土浴也。見〔廣韻〕。

【騰】徒登切音滕蒸韻

⊖傳也。一曰。犗馬也。見〔說文〕。〔桂注〕謂傳遞郵驛也。去勢曰一。

⊜升也。〔禮記月令〕地氣上一。

⊜舉也。〔漢書揚雄傳〕猋一波流。

㊃乘也。〔楚辭愍命〕一驢贏以馳逐。

㊄越也。〔周書寶典〕倫不一上。

㊅超也。〔文選張衡賦〕乃奮翅而一驤。〔按東京賦。齊一驤而沛艾。辟注。一驤。趨走。〕

㊆馳也。〔楚辭招魂〕目一光些。

㊇傳播也。〔淮南繆稱〕子產一辭。

㊈過也。〔離騷〕一衆車使徑待。

㊉勝也。〔周書文酌〕四一屬威衆。

⑪上也。〔淮南原道〕蹈一崑崙。

⑫犇也。見〔廣雅釋室〕。

⑬跳躍也。〔漢書李廣傳〕暫一而上胡兒馬。

⑭為人臣者。變故易常而巧官以諂上。謂之一。見〔管子君臣〕。

⑮乘匹之名。〔禮記月令〕乃合累牛一馬。游牝于牧。〔注〕累、一、皆乘匹之名。〔又〕父馬也。〔呂覽季春〕乃

合槃牛一馬。〔又〕一駒䮼䮫善將犂者也。〔淮南時則〕乃合騾牛一馬。

⑯一躍猶言踴貴也。〔後漢光武紀〕穀價一躍。

⑰瞢一半醒醉貌。〔陸游詩〕年光已付瞢一醉。

⑱一一盛貌。〔白居易詩〕一一出九逵。〔又〕緩也。〔宋無名氏詩〕慢一一地煖烘烘。

⑲一越府名。明置。清改爲廳。即今雲南一越縣。清光緒十七年依一千九百八十七年滇緬修正條約。開爲商埠。

⑳一黃神馬名。一名吉光。〔文選張衡賦〕攄澤馬與一黃。

㉑一遠鳥名。一曰蛇也。〔史記司馬相如傳〕一遠射干。〔按漢書司馬相如傳注引服虔說。又以爲獸名。駢雅釋獸云。一遠、射干。皆猿屬。〕

㉒一格里山名。即天山。詳天字。

㉓通騠。〔儀禮公食大夫禮〕衆人一荼者。〔注〕一、當作騠。送也。〔按儀禮注今文騠皆作一。〕

㉔俗謂借物件曰一。〔王建詩〕鷰生一樂饈。

㉕姓也。

【騱】堅奚切音雞齊韻

①驒一也。見〔說文〕。〔按此依段本。各本作驒一馬也。〕

②馬前足皆白。見〔爾雅釋畜〕。

③通奚。〔漢書匈奴傳〕奇畜則橐駝驒一。〔注〕師古曰。驒奚、駏驉類。

【䮴】几利切音冀寘韻

①同驥。千里馬也。見〔玉篇〕。

②借爲冀。〔禮記文王世子注〕大夫勤于朔州里一于邑。〔疏〕一、謂仰冀之也。

【騶】菑尤切音鄒尤韻

①御廄也。見〔說文〕。〔段注〕按一之叚借作趣。周禮詩周書之趣馬。月令左傳謂之一。一用叚借。一用本字也。周禮趣馬統於馭夫。馭夫統於廄之僕夫。故約言之曰廄馭。

②騎士也。〔漢書惠帝紀〕武士一比外郎。〔注〕一本廄之馭者。後又令爲騎。因謂一騎耳。〔按一從、乃前導與後從之騎士〕。

③天子之㘝也。見〔賈子禮書〕。

④梁一。天子之田也。〔後漢班固傳〕制同乎梁一、〔注〕魯詩傳曰。古有梁一者。天子之田也。

⑤一虞。即白虎也。見〔詩騶虞疏引陸疏〕。〔又〕馬之屬。白虎黑文。義應之獸。見〔禮記樂記右射一虞注〕。〔又〕天子掌鳥獸官。見〔周禮疏引異義韓魯說〕。〔又〕漢縣名。屬西河郡。見〔漢書地理志〕。〔當在今山西境〕。

⑥絳一。蟲名。蜻蜓也。見〔駢雅釋蟲魚〕。

⑦同菆。矢之善者也。〔漢書鼂錯傳〕材官一發矢道同的。〔注〕師古曰。春秋左氏傳作菆。

⑧同趨。〔荀子正論〕步中武象。一中韶護。所以養耳。〔注〕一當爲趨。

⑨同郰。〔史記吳太伯世家〕九年爲一、伐魯。〔索隱〕一、郰、聲相近。

⑩姓也。戰國時、一衍、一忌。

【騶】才候切音驟宥韻

馳也。〔禮記曲禮〕車驅而一。〔注〕一音驟。

【騷】蘇遭切音搔豪韻　先彫切音消蕭韻

①摩馬也。見〔說文〕。〔段注〕各本摩馬上有擾也一曰四字。今刪正。人曰搔。馬曰一。其意一也。摩馬。如今人之刷馬。

②擾也。〔詩常武〕徐方繹一。〔注〕謂擾動。

③跛行也。〔方言〕吳楚偏蹇曰一。

④愁也。〔國語晉語〕逼者一離。

⑤臭也。〔山海經北山經〕晉水、其中多鮆魚。食之不驕。〔注〕驕、或作一。一臭也。

⑥文體之一種。屈原作離一。言離憂也。後人效其體曰一體。今謂詩人爲一人。

⑦一一。急疾貌。〔禮記檀弓〕故一一爾則野。〔又〕風勁貌。〔文選張衡賦〕拂雲岫之一一。〔又〕葉聲。〔徐凝詩〕徛外葉一一。

⑧一屑。風聲貌。〔楚辭思古〕風一屑以搖木兮。

⑨一殺。飄揚下垂貌。〔文選張衡賦〕飛流蘇之一殺。

⑩一蒲。地名。〔左桓十一年傳〕敗鄖師于蒲一。〔注〕即陽臺巫山。在今峽川。〔當今湖北東湖縣境〕。

⑪一疥。病名。〔管子地員〕其人堅勁。寡有疥一。

⑪侯—。草名。〔酉陽雜俎〕侯—蔓生子如雞卵。
⑫人名。齊北郭—。秦漢之間召—。

【騷】蘇老切音掃皓韻　先到切音燥號韻
通掃。〔史記黥布傳〕大王宜—淮南之兵。〔注〕言盡舉之如掃地也。與掃通。

【騷】忍留切音修尤韻
—。——風動貌。〔文選張衡賦〕寒風淒其永至兮拂雲岫之——。〔注〕、—音修。

【騸】式戰切音扇霰韻
●㓷去勢也。〔肘後經〕—馬、宦牛、羯羊、閹猪、鐓雞、善狗、淨貓。
●接樹曰—樹。〔月令廣義〕有—樹法。
●通扇。〔五代郭崇韜傳〕當盡去宦官。至於扇馬亦不可騎。

【⿰馬虒】土雞切音梯齊韻
駿馬名。見〔字彙〕。

【騡】蘇郎切音桑陽韻
馬色黃尾白。見〔集韻〕。

【騡】寫郎切音顙養韻
騯—。馬皃。見〔集韻〕。

【騬】慈陵切音繩蒸韻　石證切音剩徑韻
本作騬。〔說文〕騬犗馬也。〔段注〕牛部曰犗者、騬牛也。其事一。故其訓互通。

【⿰馬氣】許既切音餼未韻
馬走。見〔五音集韻〕。

【䮧】徒郎切音唐陽韻
馬色。見〔集韻〕。

【⿰馬耆】渠宜切音耆支韻〔通作鬐〕。
馬項上—。見〔正字通〕。

【⿰馬家】謨蒙切音蒙東韻　蒙弄切音幪送韻
驢子也。見〔說文〕。〔按急就篇補注、何承天纂文、皆云驢子曰—。蟲異賦注引總龜曰。牛父驢母所生謂之驪—。〕

【⿰馬鬲】狠狄切音歷錫韻
馬色。見〔廣韻〕。〔按字彙云同驎。〕

【⿰馬舀】他刀切音饕豪韻
馬行皃。見〔說文〕。〔段注〕當曰、—。—馬行皃。牛徐行曰⿰牛婁⿰牛婁。馬徐行曰—。〔按—、纂文作騊。云、馬行也。詩清人駟介陶陶。傳驅馳皃。疑陶陶、與——相通叚。〕

【⿰馬旅】良據切音慮御韻
同捘。傳馬名。〔正字通〕驛傳有步、馬、急遞三等。使—即急遞也。

【⿰馬昷】烏昆切音溫元韻
—驪。駿馬。見〔玉篇〕。

【騯】蒲光切音傍陽韻　補朗切音榜養韻　蒲庚切音彭庚韻
本作騯。〔說文〕騯馬盛也。詩曰四牡——。〔按段注。鄭風清人駟介旁旁。許偁此而駟介、轉寫譌爲四牡。桂注。四牡——者。小雅車攻文。彼作龐龐。阮元經籍纂詁。則以爲彭—古通。詩烝民四牡彭彭。說文馬部作四牡——。未詳孰是。〕

【⿰馬草】采早切音草皓韻
牝畜之通偁。見〔玉篇〕。

【⿰馬高】居喬切音交蕭韻
馬高六尺。見〔字彙〕。〔按說文。馬高六尺爲驕。非作—。〕

【⿱高馬】烏高切音鏖豪韻
馬行皃。見〔玉篇〕。

【騳】徒鹿切音獨屋韻
馬走也。見〔玉篇〕。〔六書故云。兩馬竝馳、—聲——也。〕

【騖】五豆切偶去聲宥韻
馳不齊也。見〔篇海〕。〔正字通云。同騶。〕

【⿰馬害】丘瞎切音鎋點韻
馬齩。見〔類篇〕。

【騴】於諫切音晏諫韻
馬尾本白。見〔玉篇〕。〔按爾雅釋畜云。尾本白—。〕

【騵】愚袁切音元元韻
騂馬白腹也。〔詩大明〕駟—彭彭。〔按騂、赤馬。檀弓云周人尚赤。戎事乘—。〕

【䮣】侯旰切音翰翰韻
馬毛長者也。見〔說文〕。〔段注〕謂馬毛長者名—也。多借翰字爲之。翰行而—廢矣。

【⿰倝馬】河干切音寒寒韻
駭—。番中大馬。見〔廣韻〕。

【⿰馬宰】子亥切音宰賄韻

馬雜毛驄色。見〔集韻〕。

【騖】亡遇切音務遇韻
驅馳奔驟也。見〔字彙〕。〔正字通云。俗鶩字。〕

【騺】他協切音帖葉韻
馬赤黑色。見〔字彙〕。

【䯀】古忽切音骨月韻
—䮝。獸名。出北海。見〔玉篇〕。

【䮳】霜夷切音師支韻
野馬也。見〔集韻〕。

【騔】託盍切音搭合韻
驣—。馬行不進。見〔玉篇〕。

【騋】食陵切音繩蒸韻
牸馬也。見〔廣雅釋獸〕。

【騭】音陌陌韻
馬父驢母曰騰—。見〔駢雅釋獸〕。〔按字彙補音闕。康熙字典因之。今依駢雅注補。駢雅注又云。御覽引崔豹今注曰。古驢爲牡。馬爲牝。即生騾。馬爲牡。驢爲牡。即生騰—。〕

【騂】騂本字。見〔說文新附〕。

【騣】駿本字。見〔說文〕。

【驂】騝犅文。見〔說文〕。

【䮽】同䭾。見〔字彙〕。

【騴】同馭。見〔字彙引石鼓文。鄭說。〕〔正字通云。石鼓文無—。六書統有—。注。—、一作騣。騣、即石鼓文駢字。从駢爲正。〕

【䮶】同駋。見〔五音集韻〕。

【騹】同騩。見〔字彙補〕。〔按荀子性惡篇。騹驪—驥。〕

【䮋】同騙。見〔字彙補〕。

【䮲】同猋。見〔字彙補〕。〔康熙字典引玄覽曰。——也。四角之獸也。〕

【騮】騗或字。見〔集韻〕。

【驍】駈或字。見〔集韻〕。

十一畫

【驀】陟利切音眞寘韻
㊀馬重皃。見〔說文〕〔段注〕晉世家。惠公馬—不行。今本史記作鷙。譌字也。而秦本紀作馬—不課。莊子馬蹄篇。闉扼—曼。今刻釋文亦譌从爲而集韻類篇不誤。車之前重曰摯。馬重曰—。其義一也。
㊁馬很。見〔玉篇〕。
㊂阜—。行不平皃。〔莊子在宥〕天下始喬詰卓—。

【䮾】丑二切音屎寘韻
—曼。馬距扼遲頓皃。一曰。馬旁出也。見〔集韻〕。

【騻】所兩切音爽養韻。師莊切音霜陽韻
㊀驦—。古之良馬。見〔玉篇〕。
㊁通爽。〔左定三年傳〕唐成公如楚。有兩肅爽馬。
㊂通驦。〔晉書郭璞傳〕驌驦軒髦。〔注〕驌、當爲—。

【騽】域及切音煜屋韻。席入切音習緝韻
㊀馬豪骭也。見〔說文〕〔段注〕高誘注淮南曰。骭自膝以下脛以上也。豪骭、謂骭上有脩豪也。
㊁驔馬黃脊。見〔玉篇〕。〔按桂馥說。馬豪骭本驔字訓。—當云驔馬黃脊。釋畜。驔馬黃脊、—。釋文云。—、說文作驔。是驔、—二訓。唐本已誤。玉篇。—、驔馬黃脊。又馬豪骭。馥謂又云者。乃宋人據後來說文本增入。〕

【騠】奚狄切音覓錫韻
㊀馬嘶謂之—。見〔集韻〕。
㊁馬驚視。見〔集韻〕。
㊂馬多惡也。見〔玉篇〕。

【驁】牛刀切音敖豪韻。魚到切音傲號韻
㊀本作驐。〔說文〕驐。駿馬。以壬申日死。乘馬忌之。〔段注〕凡奇士儁豪俊者。可作—。俊如尙書獒可爲酋豪字也。
㊁人性不馴曰—。〔漢書資嬰傳〕諸公稍自引而怠—。〔注〕與傲同。〔按本謂馬驕不馴。〕
㊂謂王者乘之遊—也。〔呂覽察令〕良馬不期乎驥—。〔按此假爲遨。〕
㊃輕也。〔呂覽下賢〕士—祿爵者固輕其主。
㊄—夏。古樂章名。見〔周禮鐘師〕。
㊅人名。漢成帝名—。

【驇】牛召切音鼇嘯韻
驍—。馬行皃。見〔集韻〕。

【驂】倉含切音參覃韻。七紺切音謬勘韻

㊀駕三馬也。見〔說文〕〔段注〕一、三、疊韻爲訓。鄭玄駁禮王度記曰。古無駕三之制。商頌。約軝錯衡。八鸞鏘鏘。是則殷亦駕四。不駕三。按詩箋曰。、一兩騑也。檀弓注。騑馬曰一。蓋古者駕四兩服馬夾輈在中。左右各一騑。馬左右皆可以三數之。故謂之一。以其整齊如參言之。則謂之騑。〔按桂注。驂。一乘也。兩服爲主。以漸參之。兩旁二馬。遂名爲一。故總舉一乘則謂之驂。指其騑馬言之則爲一。〕

㊁陪乘曰一。乘。古昔乘車之法。尊者居左。御者居中。更有一人居右。名曰一乘。〔左文十八年傳〕齊懿公納閻職之妻。而使職一乘。

㊂七達謂之劇一。〔爾雅釋宮注〕劇一、三道交。復有一歧出者。〔按釋名釋道云。七達曰劇一、馬有四耳。今此道有七。比於劇也。〕

㊃褭一。小馬也。〔爾雅釋畜〕玄駒、小馬別名褭一。

㊄汎言馬亦可曰一。〔全唐詩話〕徐彥伯爲文。多變易求新。如以竹馬爲篠一。

【驃】毗召切音票嘯韻

㊀本作驃。〔說文〕驃。黃馬發白色。一曰白髦尾也。〔段注〕發白色者。起白點斑駁也。白髦尾者。謂黃馬而白鬣尾也。

㊁馬行疾皃。見〔集韻〕。

㊂驍勇。見〔玉篇〕

㊃一騎。官名。〔漢書武帝紀〕一騎將軍霍去病出隴西。〔按霍去病傳作票。〕

㊄國名。在永昌南二千里。卽漢之撣國。永元九年。遣使重譯朝貢。唐稱爲一。宋謂之緬。元至元中。於蒲甘緬城置邦牙等處宣慰使司。明洪武二十七年。置緬甸軍民宣慰使司。按緬甸今屬英國。

【驃】卑妙切音標嘯韻

馬黃色。見〔集韻〕。

【驅】虧于切音區虞韻區遇切音姁遇韻袪尤切音丘尤韻

㊀一馬也。見〔說文〕〔段注〕一馬常言。盡人所知。故不必易字以注之也。一。馬自人策馬言之。革部曰。鞭一也。是其義也。

㊁馳也。〔文選張衡賦〕軼五帝之長一。

㊂奔也。見〔廣雅釋室〕。

㊃行也。〔儀禮士昏禮〕乃一。

㊄隨後曰一。〔文選嵇康賦〕騈馳翼一。

㊅遣逐也。〔荊楚歲時記〕被一在營室中。

㊆逼迫也。〔陶潛詩〕饑來一我去。

㊇先一。軍前鋒也。〔史記周本紀〕百夫荷罕旗以先一。

㊈執一。官名。〔史記大宛傳〕拜習馬者二人。爲執一校尉。

㊉通歐。〔漢書食貨志〕今歐民而歸之農。〔注〕歐、亦一字。

⑪同毆。〔漢書賈誼傳〕或毆之以法令。〔注〕毆、與一同。

⑫同駈。〔詩還〕並一從兩肩兮。〔釋文〕、一本又作駈。

【⿰馬逐】竹六切音逐屋韻

㊀羣馬相追逐也。見〔正字通〕。

㊁馬一。獸名。見〔集韻〕。

【⿰馬梨】力脂切音犁支韻

騑一。獸名。似馬。見〔篇海類編〕。

【⿰馬婁】郎侯切音婁尤韻

馬類。一曰大騾。見〔集韻〕。

【騪】凌如切音臚魚韻

驢或字。見〔集韻〕。

【⿰馬莫】亡各切音莫藥韻

同驀。見〔正字通〕。

【⿰馬舂】書容切音舂冬韻

騺馬。見〔集韻〕。

【⿰馬离】鄰知切音離支韻

驢子曰一。見〔集韻〕。

【⿰馬産】所簡切音產潸韻

馬名。見〔廣韻〕。

【騼】盧谷切音祿屋韻

⿰馬戠一。馬屬。一曰野馬。見〔廣雅釋獸〕。

騼圖

【⿱殹馬】煙奚切音翳齊韻

黑色馬。見〔集韻〕。

【⿰馬章】諸良切音章陽韻

馬名。見〔字彙〕。

【驀】莫白切音陌陌韻

上馬也。見〔說文〕〔段注〕吳都賦

曰。｜六駮。上馬必捷。故引伸爲猝作之稱。[今俗言｜地、｜忽。皆猝作之義。]

【驀】莫貉切音禡禡韻　登也。見[集韻]。

【⿰馬麥】莫獲切音麥陌韻　⿰馬麥｜。騾屬。見[集韻]。[按爾雅釋獸。⿰馬麥｜驢也。驢疑卽⿰馬麥字。]

【驄】倉叢切音聰東韻　馬青白襍毛也。从馬悤聲。見[說文]。[段注]白毛與青毛相間。則爲淺青。俗所謂蔥白色。[按桂注。六書故云。｜馬青色。本書、總。帛青色。然則此｜字當从蔥省聲。]

【⿰馬啇】陟革切音摘陌韻　｜騬。詳騬字。

【騃】敷尾切音斐尾韻　馬名。見[廣韻]。

【⿰馬垂】之累切追去聲寘韻　馬小貌。見[字彙補]。[按卽說文騅字。]

【⿰馬魚】牛居切音魚魚韻　同魚。見[洪武正韻]。[按爾雅釋畜。二目白魚。陸佃云。今之環眼馬。字林作｜。說文無｜字。祗作魚。騆下云。馬一目白曰騆。二目白曰魚。]

【騾】同驘。見[洪武正韻]。[按古作驘。或作騾。李善注文選上林賦駃騠驢驘注云。驘、騾同。自｜行而驘晦矣。]

【⿰馬敖】同驁。見[字彙]。

【⿰馬犀】同騬。詳騬字。

【⿰馬韱】同驖。見[洪武正韻]。

【騌】騣俗字。見[正字通]。

十二畫

【驋】北末切音撥普活切音潑曷韻

㊀馬走。見[玉篇]。

㊁馬怒。見[集韻]。

㊂馬搖首。見[集韻]。

【驍】堅堯切音澆蕭韻

㊀良馬也。詩曰。｜｜牡馬。見[說文]。[按今詩無此文。段氏以爲崧高之異文。大雅崧高、四牡蹻蹻。或轉寫譌作｜｜牡馬。]

㊁健也。見[廣雅釋詁]。

㊂勇也。[史記韓長孺傳]｜騎將軍。[按漢書借用梟與｜通。]

㊃投壺既中箭自壺躍出曰｜。[西京雜記]古之投壺。取中而不求還。郭舍人始激矢令還。一矢百餘返。謂之爲｜。

㊄官名。[隋史百官志]有十｜將軍。[又]清代京城設｜騎營。有｜騎營統領及｜騎校等官。

【驎】里刃切音吝震韻離珍切音鱗眞韻

㊀黑脣馬。見[玉篇]。

㊁毛色有深淺斑駁隱粼。今之連錢驄也。見[詩駉青驪｜曰驒釋文]。[按爾雅釋畜青驪｜驒注。｜色有深淺斑駁隱粼也。又孫注。｜色有深淺似魚鱗也。是｜、粼、鱗、驎字音皆可通而色駁與斑文實不分二義。乃康熙字典既引集韻隱｜馬色駮。復引集韻馬斑文析爲兩義。殊誤。]

【驓】唐亙切音鄧徑韻他登切音騰蒸韻

㊀行欲倒也。見[廣韻]。

㊁䮴｜。馬傷穀病。見[集韻]。

【驔】徒點切音簟琰韻徒南切音覃覃韻徒念切音磹豔韻

㊀驪馬黃脊。見[說文]。[按桂注云。與騽下訓互誤。段注云。說文別有騽篆。訓曰豪骭。此必非許原文。許原文或｜下有一曰豪骭之文。或｜篆後有重文作騽之篆。皆不可定。後人乃以兩義分配兩形耳。]

㊁豪骭曰｜。言豪在骭而白也。[詩駉]有｜有魚。[按增韻、五音集韻、洪武正韻、竝云。｜、馬豪骭。盡本詩音義引字林云、｜又音覃豪骭曰｜之說。]

【驕】居妖切音嬌蕭韻

㊀馬高六尺爲｜。詩曰。我馬惟｜。一曰野馬。見[說文]。[按｜、駒經多通叚。]

㊁壯貌。[詩碩人]四牡有｜。

㊂泰也。[呂覽貴生]多以富貴｜得道之人。

㊃寵也。[國策秦策]故｜張儀以六國。

㊄慢也。[呂覽期賢]吾安敢｜之。

㊅欺也。[老子]果而不｜。

㊆謂恃己凌物也。[左隱三年傳]｜

奢淫泆。❽謂不習也。〔周書皇門〕譬若畋犬。｜用逐禽。❾謂士卒不肅也。〔國語周語〕師輕而｜。❿至恩之辭。見〔詩谷風傳偣｜也疏〕。⓫無禮爲｜。〔孝經〕在上不｜。⓬倨簡曰｜。〔離騷〕保厥美以｜敖兮。⓭人臣輕上曰｜。見〔韓非子八說〕。⓮不恤其下曰｜。〔新序雜事〕居上位而不恤其下｜也。⓯｜兵。恃衆憑彊之軍也。〔漢書魏相傳〕恃國家之大。矜人民之衆。欲見威於敵者謂之｜兵。⓰｜蟲。神名。〔山海經中山經〕平逢之山、有神焉。其狀如人而二首。名曰｜蟲。⓱山名。〔山海經中山經〕｜山、其上多玉。其下多青雘。⓲通憍。〔公羊襄十九年傳〕爲其憍蹇。〔釋文〕憍、本又作｜。⓳通騷。臭也。〔山海經北山經〕晉水、其中多鮆魚。食之不｜。〔注〕｜、或作騷。⓴通喬。高也。〔詩甫田〕維莠｜｜。〔揚子修身作維莠喬喬〕

【驕】居表切音嬌篠韻

僨｜。不可禁之勢也。〔莊子在宥〕僨｜而不可係者。其惟人心乎。

【驕】嬌廟切音撟嘯韻

｜驁。馬行皃。又縱恣也。〔史記司馬相如傳〕低卬夭蟜据以｜驁兮。〔注〕据、直項也。｜驁、縱恣也。

【驕】虛嬌切音囂蕭韻

同獢。田犬也。長喙曰獫。短喙曰歇｜。〔詩駟鐵〕載獫歇｜。〔釋文〕｜、本又作獢。

【驈】以律切音聿　戶橘切音穴　食律切音述　質韻

驪馬白跨也。詩曰。有｜有騜。見〔說文〕。〔段注〕跨者、兩股之間也。釋嘼、毛傳、皆曰。驪馬白跨曰｜。騜。詩魯頌駉文作皇。許無騜字。字林乃有之。此騜後人所改耳。

【騆】何間切音刪閑韻

馬一目白曰｜。二目白曰魚。見〔說文〕。〔段注〕廣韻曰。瞯、人目多白也。是則人目白曰瞯。馬目白曰｜。

【驉】休居切音虛魚韻

駏｜。獸似騾也。詳駏字。

【驊】胡瓜切音華麻韻

｜騮。駿馬也。周穆王八駿之一。見〔玉篇〕。〔按｜騮字諸書所載各異。漢書作華騮。穆天子傳作[illegible]騮。玉海引穆天子傳作[illegible]騮。列子作[illegible]騮。[illegible]叢又作[illegible]騮〕

【驌】息六切音肅　所六切音縮　屋韻〔應作驌。入十三畫。爲便俗。仍之。〕

｜驦。馬也。〔文選左思賦〕招｜驦。〔按｜驦、左定三年傳作肅爽。淮南本經作鷫鷞。〕〔又〕雁也。〔文選張協七命〕驂唐公之｜驦。

【[illegible]】憐題切音黎齊韻

桃｜馬。見〔玉篇〕。〔按卽駣｜。〕御覽引廣雅亦作桃｜。

【[illegible]】良脂切音黎支韻

駣｜。嘼名。似馬。見〔集韻〕。〔康熙字典引集韻譌作騑｜。〕

【驏】鉏版切音棧潸韻

馬不施鞍轡爲｜。〔令狐楚詩〕｜騎蕃馬射黃羊。

【驐】都昆切音敦元韻

去畜勢。見〔集韻引字林〕。〔按肘後經作鐓。〕

【[illegible]】附袁切音煩元韻

生養蕃也。見〔五音集韻〕。

【[illegible]】迄力切音赩職韻

馬走。見〔玉篇〕。

【[illegible]】河干切音寒寒韻

馬多皃。見〔集韻〕。〔正字通云。騫字之誤〕

【[illegible]】徒東切音同東韻

馬名。一說。小馬。與[illegible]音別義同。見〔集韻〕。

【驒】唐何切音駝歌韻　他干切音灘寒韻　都黎切音低齊韻　多年切音顛先韻

｜騱。野馬屬。一曰。馬青驪白鱗。文如鼉魚也。見〔說文〕。〔段注〕爾雅。騊駼爲野馬。故許謂｜騱爲野馬屬。郭注子虛賦曰。野馬如馬而小。｜騱、駏驉類也。｜騱合二字爲一物。此單言｜爲一物。釋嘼曰。青驪驎｜。郭云。色有淺深。斑駮隱粼。

今之連鋑鰓也。謂之魚者。水蟲皆得名魚。似鰕魚則名鰕。似鼉魚則名—。音各相同也。

【驒】多年切音顛先韻
—騱。畜似馬而小。見〔廣韻〕。

【驓】慈陵切音繒蒸韻　咋亙切音贈徑韻
四骹皆白—。見〔爾雅釋畜〕。

【⿰馬幾】巨希切音祈微韻
馬也。見〔玉篇〕。

【⿰馬喪】蘇郎切音桑陽韻
馬尾白。見〔玉篇〕。〔按正字通云。爾雅、尾白曰駺。當是駺—雙形近而誤〕

【驦】師莊切音霜陽韻
騯—。馬淺黃色。見〔集韻〕。

【⿰馬鳥】良涉切音獵葉韻
踐也。見〔字彙補〕。

【⿱敝馬】并結切音別屑韻
馬名。見〔字彙〕。

【鰢】同驢。見〔字彙補〕。

【驑】同駵。見〔正字通〕。

【⿰馬閘】同⿰馬冏。見〔字彙〕。

【⿰馬黃】⿰馬宕或字。見〔集韻〕。

【⿰馬雍】騋本字。見〔說文〕。

【⿰馬集】驫或字。見〔集韻〕。

【⿰馬斐】騑或字。見〔集韻〕。

【⿰馬爲】騎或字。見〔集韻〕。

【⿰馬晏】騴譌字。見〔正字通〕。

【⿰馬善】騇譌字。康熙字典據字彙補引列子。—然而過。今攷列子湯問作騇。因訂正。

十三畫

【⿰馬蜀】徒谷切音獨屋韻　仕足切音躅沃韻
(一)同驤。馬行兒。見〔玉篇〕。
(二)驪—。野馬。見〔廣韻〕。〔又〕軍牙也。〔宋史儀衛志〕殿廷立仗。每隊旗二角觿赤熊兕太平馴犀貔麟騶—騶牙。

【驚】舉卿切音京庚韻
(一)馬駭也。見〔說文〕。
(二)凡駭皆可曰—。〔詩常武〕震—徐方。
(三)—之言警戒也。〔易震〕震—百里。
(四)動也。〔文選揚雄賦〕軍—師駭。
(五)起也。見〔廣雅釋言〕。
(六)謂耀武示威也。〔管子參患〕三—當一至。
(七)亂貌。〔呂覽愼大〕其生若—。
(八)疾名。小兒—風。證俗筲稱—有急、—慢—二種。

【驖】他結切音鐵屑韻　徒結切音姪質韻
(一)本作驖。〔說文〕驖。馬赤黑色。詩曰。駟—孔阜。〔段注〕此與青驪馬句注同。謂黑色而帶赤色也。秦風駟—傳曰。—驪也。驪者、深黑色。許說小異。漢人或叚鐵爲之。
(二)通戴。〔漢書地理志〕車轔四戴小戎之篇。

【驗】魚窆切音醶豔韻
(一)馬名。見〔說文〕。〔段注〕今用爲譣字。不知其何自始。—行而譣廢矣。
(二)信也。〔國策齊策〕亦—其辭于王前。
(三)證也。〔漢書楊惲傳〕左—明白。
(四)效也。〔淮南主術〕—在近而求之遠。
(五)考視也。〔楚辭惜往日〕弗參—以考實兮。
(六)察辨也。〔晉書束晳傳〕晳曰。此漢明帝顯節陵中策文也。檢—果然。
(七)占兆也。〔春秋莊七年星隕如雨疏〕夜之早晚以星爲—。
(八)嘗試也。〔史記秦二世紀〕趙高欲爲亂。恐羣臣不聽。乃先設—。
(九)精爽也。〔荊州記〕宮亭湖神有靈—。
(十)—封。官名。前代吏部有—封司。

【驛】夷益切音亦陌韻
(一)置騎也。見〔說文〕。〔段注〕言騎、以別於車也。馹爲傳車。—爲置騎。二字之別也。
(二)傳車也。〔左文十六年傳〕楚子乘—。
(三)行旅之傳舍曰某某—。俗稱—站。舊設—丞。掌之。主送往迎來。伺候夫馬事。凡傳達公文及以王事出入者。得由—往還。
(四)往來不絕曰駱—。見〔後漢郭伋傳〕。〔俗作絡繹〕。
(五)——。苗生貌。〔詩載芟〕——其達。〔按韓詩云〕——盛貌。

【驜】逆怯切音業葉韻
㊀壯皃。見〔玉篇〕。
㊁——馬高大。見〔廣韻〕。

【驙】張連切音邅先韻唐干切音壇寒韻
駗——也。易曰。乘馬——如。見〔說文〕。〔按說文駗下駗——馬載重難行也。駗、——雙聲連語。卽易之屯邅也。〕

【驒】他干切音灘寒韻
騏驎謂之——。見〔集韻〕。

【驙】涉扇切音展霰韻
驏或字。〔集韻〕驏。馬臥也。或作——。

【⿱與馬】羊諸切音余魚韻羊洳切音豫御韻
——馬行徐而疾也。詩曰。四牡——。見〔說文〕〔段注〕此篆各本作鸒。今正。玉篇——弋魚、弋庶、二切。馬行徐而疾。廣韻九魚。——以諸切。馬行皃。九御。——羊洳切。馬疾行皃。集韻類篇——下均曰。說文馬行徐而疾。引詩四牡——。——是可證宋初大徐本不誤。論語注。與與。威儀中適之皃。心部曰。懙。趣步懙懙也。蘇林漢書注曰。懙懙。行步安舒也。是可證——之解。詩曰四牡——。依集韻類篇補。今詩無此句。小雅車攻、大雅韓奕、皆云。四牡奕奕。古音奕之平聲。讀弋魚切。蓋卽其異文也。

【⿱𦥯馬】乙角切音渥訖岳切音覺覺韻烏酷切音沃沃韻
馬腹下聲也。見〔說文〕〔段注〕許書不必有此字。姑補于此。〔按玉篇廣韻作馬腹下鳴。均不出說文。乃集韻類篇——下引說文馬行徐而疾也。一曰馬腹下聲。段玉裁以爲當丁度司馬光編書時。說文已或譌舛。因誤以爲一字兩義。茲因別箸錄之。〕

【驘】盧戈切音螺歌韻
驢父馬母者也。見〔說文〕。〔按楚辭憂苦王注。馬母驢父生子、曰——。漢書霍去病傳顏注。——者。驢種馬子。爾雅翼。——者。馬牝驢牡所生。似驢而健於馬。馬力在前髀。驢力在後髀。——股有鎖骨。故不能生。〕

【⿰馬薉】於廢切音穢肺韻
——䮝。馬怒。見〔玉篇〕。

【⿰馬歲】姑衛切音橛霽韻
馬性惡也。見〔集韻〕。

【⿰馬戢】仕戢切音戢緝韻
——。馬行皃。見〔集韻〕。〔正字通云。——。馬行和適貌。〕

【[illegible]】吡往切音棒養韻
人姓。見〔玉篇〕。

【驋】同騃。見〔字彙〕。

【騙】同騙。見〔玉篇〕。

【⿰馬屝】同騑。見〔字集補〕。

【騯】同鬄。見〔字彙補〕。

【鷔】同驁。見〔字彙補〕。

【⿰馬賁】同奔。見〔玉篇〕。

【驕】駒或字。見〔集韻〕。

【⿰馬虞】虞俗字。見〔廣韻〕。

十四畫

【驝】闥各切音託歷各切音洛藥韻
㊀馲或字。〔集韻〕馲。馲驝。畜名。或作——。
㊁同橐。官名。〔漢書百官公卿表〕牧橐昆蹏令丞。〔注〕師古曰。牧橐。言牧養橐駝也。〔正字通引作牧——〕。

【驟】鉏救切音縐才候切音驟宥韻
㊀馬疾步也。見〔說文〕。
㊁凡疾速曰——。〔老子〕——雨不終日。
㊂數也。〔左襄十一年傳〕晉能——來。
㊃同騶。〔漢書鼂錯傳〕材官騶發。〔注〕蘇林曰。騶音馬——之——。

【⿰馬壽】覩老切音島皓韻刀號切音到號韻
禂或字。〔集韻〕禂。禱牲馬祭。或作——。

【驣】徒登切音騰蒸韻
虪省字。〔集韻〕虪。黑虎。或省。

【⿰馬監】戶監切音陷陷韻戶黤切音檻豏韻
馬走。見〔玉篇〕。

【驞】紕民切音繽眞韻
——駍。衆聲也。〔文選揚雄賦〕——駍駖磕。

【⿰馬齊】音齊齊韻
彼走——。見〔正字通引石鼓文〕。

【⿰馬戴】驖本字。見〔說文〕。

【驎】驎本字。見〔正字通〕。

【驫】驫本字。見〔正字通〕。

【⿰馬臺】同駘。見〔字彙補〕。

【⿰馬𨞗】同驃。見〔海篇〕。

【⿰馬巽】同驥。見〔韻會〕。

【⿰馬蒙】⿰馬彖或字。見〔集韻〕。

【⿰馬雔】駱或字。見〔集韻〕。

【⿰馬戠】驖譌字。見〔正字通〕。

十五畫

【⿰馬樂】郎笛切音歷錫韻
馬色。見〔字彙〕。

【⿰馬樊】符袁切音煩元韻
同樊。—騷。止也。見〔玉篇〕。

【⿰馬巤】力涉切音獵葉韻
同躐。馬行。見〔玉篇〕。

【⿰馬𨽍】力盍切音臘合韻
—驝。馬不進。見〔集韻〕。

【⿰馬廣】姑黃切音光陽韻
馬旋毛在背、曰閿—。見〔集韻〕。

【⿰馬敻】呼正切音敻敬韻
馬怒。或曰。敻、營求也。从敻言。馬求勿不得而怒也。見〔五音集韻〕。

【⿰馬麃】卑遙切音標蕭韻
同鑣。馬銜也。〔王融詩〕燭龍導輕—。

【⿰馬黎】憐題切音黎齊韻
駣—。馬屬。見〔廣韻〕。〔按卽駣騠之異文。又集韻云駣—。獸名。似馬。〕

【⿰馬質】職日切音質質韻
馬名。見〔集韻〕。

【⿰馬蔡】倉代切音蔡泰韻
馬名。見〔五音集韻〕。

【⿰馬賣】⿰馬蜀或字。見〔集韻〕。

【⿰馬屬】騖或字。見〔集韻〕。

十六畫

【驡】力鐘切音龍冬韻
❶野馬。見〔廣韻〕。
❷人名。〔晉書周紀傳〕斬趙—于蕪湖。

【⿰馬葬】子朗切音臧上聲養韻
—⿰馬葬。良馬。見〔廣韻〕。

【驢】凌如切音廬魚韻
❶似馬。長耳。見〔說文〕。〔按急就篇補注。—似馬。長耳。其毛旄褐。能旋磨。及馱負。自秦以上傳記無言—者。故史記謂匈奴奇畜。中國所不用。大抵—之爲物。至漢而名。至武帝而得充上林。至靈帝于宮中西園。躬駕白—。乃始貴重無比。今則成爲家畜之一。〕

驢圖

❷鼴鼠。秦人謂之小—。見〔合璧事類〕。
❸海—。爲魚形之海獸。身長丈許。屬於鰭腳類之動物。多產寒帶沿海地方。
❹城名。〔水經沮水注〕沮水又東南逕—城西。磨城東。又南逕麥城西。傳云。子胥造—磨二城。以攻麥邑。

【驠】伊甸切音宴霰韻因遂切音煙先韻
馬白州也。見〔說文〕。〔按爾雅釋畜注。州、竅也。廣雅。州、臀也。臀从殿得聲。殿燕聲相近。故加馬作—。〕

【⿰馬龍】良用切音隴宋韻
重騎也。見〔集韻〕。

【⿰馬𩇔】薄紅切音蓬盧東切音籠東韻閭江切音瀧江韻
——。充實皃。見〔玉篇〕。

【⿰馬翟】古岳切音角覺韻曷各切音鶴藥韻
馬白額也。見〔字彙〕。〔正字通云。同驩。存參。〕

【驣】徒登切音滕蒸韻
馬躍也。見〔海篇〕。

【⿰馬藜】同⿰馬黎。見〔集韻〕。

【⿰馬騰】騰俗字。見〔正字通〕。

十七畫

【驤】思將切音襄如陽切音穰陽韻
❶馬之低卬也。見〔說文〕〔段注〕馬之或俯或仰謂之—。古多借襄字。
❷馬後右足白—。見〔爾雅釋畜〕。
❸速也。見〔廣韻〕。

(四)舉也。〔後漢吳蓋陳臧傳贊〕實爲龍—。

(五)馳也。〔文選張衡賦〕乃奮翅而騰—。

(六)龍—。官名。〔晉書五行志〕加王濬龍—將軍。

【驥】几利切音冀寘韻

(一)千里馬。孫陽所相者。天水有—縣。見〔說文〕〔按千里馬、一日可致千里。小徐謂伯樂即王良。即郵無恤。非。孫陽字伯樂。秦繆公時人。漢—縣屬天水郡。當今甘肅伏羌縣東。〕

(二)白—。魚名。〔古今注〕兗州人呼白鯉爲白—。

(三)喻人才德多曰—。〔史記伯夷傳〕附—尾。

(四)同[illegible]。〔穆天子傳〕右驂赤[illegible]。〔按赤—、八駿之一。玉篇作[illegible]。筆叢作[illegible]肥。〕

【騰】徒登切音滕蒸韻

(一)奔馳。跳躍也。見〔海篇〕。

(二)虛也。見〔海篇〕。

(三)度也。見〔海篇〕。

【驧】居六切音菊屋韻

馬曲脊也。見〔說文〕。〔按說文勹部匑下云。匑曲脊也。〕

【驧】渠竹切音鞠屋韻〔或作[illegible]。〕

馬跳躍也。見〔廣韻〕。

【驦】同騻。詳騻字。

【[illegible]】同騊。見〔字彙補〕。

【[illegible]】同騰。見〔海篇〕。

【[illegible]】騫俗字。見〔正字通〕。

十八畫

【驨】戶圭切音攜齊韻

(一)—如馬。一角。不角者騏。見〔爾雅釋獸〕。〔釋文〕、—本作巂。

(二)騏驨。見〔玉篇〕。

【驩】呼官切音歡寒韻

(一)馬名。見〔說文〕。

(二)馬和樂貌。見〔同文備攷〕。

(三)地名。秦象郡地。隋改—州。當今安南交州府地。

(四)—頭。南荒國名。〔山海經大荒南經〕有—頭之國。〔按海外南經作讙頭。又作讙朱。是—、讙、頭、朱、並相通叚。〕

(五)—兜。人名。〔書舜典〕放—兜於崇山。〔按古文尚書作[illegible]吺。管子侈靡篇作[illegible]是。—、[illegible]、[illegible]同。〕

(六)同歡。〔荀子大略〕夫婦不得不—。〔注〕—與歡同。〔按如孟子之—虞。漢書之—然。歡皆作—。〕

【[illegible]】呢輒切音聶葉韻

馬步疾也。見〔洪武正韻〕。〔按晉書載記。—聰文馬鐵鍛陵。音義。—字或作[illegible]。易行疾也。〕

【[illegible]】權俱切音劬虞韻

馬行也。見〔集韻〕。

【[illegible]】騾本字。見〔說文〕。

【[illegible]】同[illegible]。見〔五音集韻〕。

十九畫

【驪】鄰知切音離支韻　隣題切音黎齊韻

(一)馬深黑色。見〔說文〕。〔按諸書釋—。或曰黑色。或曰純黑。或曰深黑。惟後漢書李忠傳注。云、馬色黑而青曰—。訓微黑。—引申爲凡黑之稱。亦叚黎、犁、梨、黧等字爲之。〕

(二)騈馬也。〔呂覽執一〕今御—馬者。

(三)猶羅列騈駕之也。〔文選張衡賦〕—駕四鹿。

(四)龍名。〔莊子列御寇〕珠在—龍頷下。

(五)羊名。〔史記龜策傳〕乃刑白雉及—羊。

(六)山名。〔後漢郡國志〕京兆尹新豐有—山。〔注〕古—戎國。〔當今陝西臨潼縣東北。〕

(七)江名。〔皇輿考〕高麗八道中爲京畿道。有—江。〔按古高句—國得名以此。〕

(八)—駒。歌曲名。〔漢書王式傳〕客歌—駒。主人歌客毋庸歸。

(九)—連。古皇氏。〔司馬貞三紀〕自人皇以後、有—連氏。赫胥氏。

(十)漢—。驢名。〔何承天纂文〕驢、一名漢—。

(十一)通離。〔文選李斯上書〕乘纖—之馬。〔荀子性惡作纖離。〕

(十二)通麗。〔左莊二十八年傳〕女以—姬。〔穀梁僖十年傳作麗姬。淮南說林又作孋姬。〕

【驪】陳尼切音馳支韻

—靬。縣名。漢屬張掖郡。當今甘肅

張掖縣治。〔又〕國名。〔漢書西域傳〕西與犂軒條支接。〔注〕犂、與|同。〔按兩|靬字形雖同地望各異。漢書地理志之靬。在今甘肅境內。即張掖縣。西域傳之犂靬。一名犂鞬。即大秦國。當今意大利境。〕

【[illegible]】同驟。見〔集韻〕。

二十畫

【驫】悲幽切音彪尤韻　卑搖切音標蕭韻　仕戢切音戢緝韻

㊀衆馬也。从三馬。見〔說文〕。〔按玉篇走貌。廣韻衆馬走皃。吳都賦|駥䮐矞。注、衆馬走皃。許不言走者。舉其體以該其用也。三人成众。三馬爲|。其義一耳。〕

㊁同飍。水名。〔水經沁水注〕沁水南歷猗氏關。與|水合。

【[illegible]】厥縛切音矍藥韻

獸名。鹿形。馬足人手。見〔集韻〕。

【[illegible]】古騎字。見〔玉篇〕。

【[illegible]】驫或字。見〔說文〕。

二十四畫

【[illegible]】疏臻切音莘眞韻

㊀衆盛也。逸周書曰。|疑沮事。見〔說文木部〕〔段注〕周書文酌。聚疑沮事。聚、古讀如驟。與|音近。|疑沮事。猶云疑蓄敗謀也。

㊁衆馬行皃。見〔玉篇〕。

【[illegible]】仕戢切音戢側立切音戢緝韻

木盛皃。見〔廣韻〕。

※高　部※

【高】居勞切音羔豪韻

㊀崇也。象臺觀|之形。从冂口。與倉舍同意。見〔說文〕〔段注〕倉舍皆从口。象築也。合與中皆象|。

㊁阜也。最在上。阜韜諸下也。見〔釋名釋親屬〕〔按此即爾雅爲|祖王父之義。〕

㊂窵|也。〔書大傳〕五分內以一爲|。

㊃貴也。〔呂覽離俗〕天下愈|之。

㊄尊也。〔唐書蕭嵩傳〕位|年艾。

㊅大也。〔國策齊策〕夫救趙|義也。

㊆老也。〔漢書武帝紀〕奉|年。

㊇安也。〔漢書高后紀〕足下|枕而王千里。

㊈遠也。〔左哀二十一年傳〕使我|蹈。〔注〕|蹈。猶遠行也。

㊉山陵也。〔國語周語〕而聚於|。

⑪敬也。見〔廣雅釋詁〕

⑫養也。見〔廣雅釋詁〕

⑬|遠。三辰也。〔禮記樂記〕窮|極遠而測深厚。

⑭|明。謂樓觀也。〔禮記月令〕可以居|明。〔又〕猶玄爽也。〔左文五年傳〕|明柔克。〔又〕顯寵者。〔書洪範〕無虐煢獨而畏|明。

⑮|下。猶屈伸也。〔左宣十五年傳〕|下在心。〔又〕原隰也。〔荀子王制〕相|下。

⑯||。起臺榭也。〔國語吳語〕||下下。〔又〕天也。〔詩敬之〕無曰|在上。

⑰價昂曰|。〔韓愈詩〕少室山人索價|。

⑱聲壯曰|。〔朱熹詩〕|歌夜半雪壓廬。

⑲優等曰|。〔後漢質帝紀〕以|第五人補郎中。〔按鄭玄傳〕|足弟子。亦此義。〕

⑳隱者稱|。〔南史何胤傳〕世謂之何氏三|。〔按此謂何胤、何求、何點也。〕笠澤之濱有三|祠。則祀范蠡、張翰、陸龜蒙者。〕

㉑山名。謂岐山也。〔詩天作〕天作|山。〔又〕四嶽也。〔詩般〕陟其|山。〔在今甘肅隆德縣東南二十里。〕俗名美|山。〔山海經西山經〕|山、其上多銀。則別爲一山也。〕

㉒水名。〔山海經北山經〕京山|水南流注于河。〔又〕|河。亦水名。〔

漢書地理志〕豕郡—陽縣〔注〕應劭曰在—河之陽。

(十三)州名有二唐置、—屬嶺南道。當今廣東茂名縣治。一、羈縻州南道。當今四川—縣。

(十四)—麗國名。漢世名—句驪。後爲朝鮮。今稱韓國。

(十五)—粱稷屬本名蜀黍。俗呼蘆粟。黏者可和糯釀酒故稱—粱酒。

(十六)通膏。〔素問生氣通天論〕—粱之變。〔注〕—、膏也。〔按通評虛實論肥貴人則—粱之疾也。腹中論今禁—粱膏粱皆作—粱。〕

(十七)姓也。齊太公之後食采於—因氏焉。出渤海漁陽遼東廣陵河南五望。孔子弟子有—柴。孟子弟子有—叟。〔又〕—堂複姓。漢—堂生。〔又〕—陽氏。辛氏並複姓。

【高】居號切音誥號韻

度高曰—。〔左隱元年傳都城過百雉注〕一雉之城、長三丈。—一丈。〔釋文〕—古報反。

二畫

【⿱亠⿵冂冋】犬穎切音頃梗韻棄挺切音聲迥韻傾敻切傾去聲徑韻

(一)小堂也。見〔說文〕。

(二)瓜屋也。見〔類篇〕。

三畫

【⿱高大】黑各切音壑藥韻

大也。見〔類篇〕。

【⿱高犬】古敲字。見〔玉篇〕。

【⿱高夂】苦蓋切音愾隊韻

擊也。見〔字彙補〕。〔康熙字典云。疑[illegible]字之譌。〕

【⿰高丸】同孰。見〔字彙〕。〔康熙字典云。孰、譌作𣪊。復譌作—。〕

四畫

【⿰高毛】莫告切音冒號韻

毷—也。見〔玉篇〕。

【⿰高九】苦弔切音竅嘯韻

高也。見〔篇海〕。〔正字通云。𣪊字之譌。〕

【⿰高乚】虛交切音虓肴韻

讙也。見〔類篇〕。

【⿱不高】倚蟹切音矮蟹韻

俗字。粵人以人物之短者爲—。

【⿱亯子】古墉字。見〔字彙補〕。

【[illegible]】鬻譌字。見〔五音篇海〕。

五畫

【⿰高兀】苦刀切音尻豪韻

明也。見〔五音集韻〕。

【⿱高土】同塙。見〔字彙〕。

六畫

【⿱亯寸】郭本字。見〔字彙補〕。

【⿱高豕】豪本字。見〔字彙補引說文長箋〕。〔按長箋本作𧰨〕。

【⿱高豕】同𧰨。見〔說文長箋〕。

七畫

【豪】乎刀切音濠豪韻

豪籒文。見〔說文希部〕。

【𩫏】光鑊切音郭藥韻

度也。民所度居也。从回。象城—之重、兩亭相對也。或但从口。[illegible]音見〔說文𩫏部〕。〔段注〕城—字今作郭。郭行而—廢矣。〔參閱郭字〕。

【[illegible]】古墉字。見〔說文土部〕。

八畫

【⿰高并】輕皎切音磽篠韻

高也。見〔集韻〕。

【𧰨】乎刀切音毫豪韻〔今從省作豪。俗別作毫。〕

—豕。鬣如筆管者。出南郡。見〔說文希部〕。〔段注〕—豕。豕名。西山經之豪彘。長楊賦之豪豬也。西山經曰。竹山有獸焉。其狀如豚而白毛。大如笄而黑端。郭云。貆豬也。能以脊上豪射物。按本是豕名。因其鬣如筆管。遂以名其鬣。

九畫

【⿰高頁】苦浩切音考皓韻口到切音鎬號韻

—領。大頭。見〔集韻〕。

十畫

【⿰亯夬】傾雪切音缺屑韻

缺也。古者、城闕其南方。謂之—。見〔說文𩫏部〕〔段注〕何氏公羊傳注曰。天子周城。諸侯軒城。軒城者、缺南面以受過也。按毛詩傳曰。闍、曲城也。闍、城臺也。城門上有臺。謂之閣。周官匠人、詩靜女、所謂城隅也。無臺謂之𩫖。詩子衿、所謂城闕也。三面有臺而南方無臺。故謂之𩫖。毛詩城闕、當作𩫖闕。其假借字。非象闕之闕也。本城𩫖之字。故从𩫏。引伸為凡缺之偁。

【𩫨】䯫譌字。正字通以為䯫之正體。攷說文希部。䯫从希。希乃从彑。下象毛足。豕篆則象毛足而後有尾。正字通但以希下篆形如豕。誤溷為一。遂謂應書從豕。疏甚。

十一畫

【鶮】勦交切音巢肴韻　高皃。見〔集韻〕。〔按玉篇云高足。〕

【𩫱】同𩬊。見〔篇海〕。

【𩬊】郎到切音勞號韻　—髞。急也。見〔集韻〕。

【𩬊】郎刀切音勞豪韻　—髞。高皃。一曰性𩬊急。見〔集韻〕。

十二畫

【𩫮】垣籀文。見〔說文土部〕。

【𩫯】𩫯或字。見〔集韻〕。

十三畫

【髞】財勞切音曹豪韻　𩬊—。高皃。見〔集韻〕。

【髞】先到切音噪號韻　𩬊—。急也。見〔集韻〕。

【𩫲】郭本字。見〔說文邑部〕。

【𩫳】城籀文。見〔說文土部〕。

【𩫴】陴籀文。見〔字彙補〕。〔按𩫴之譌。〕

十四畫

【𩫴】陴籀文。見〔說文𨸏部〕。

十五畫

【𩫵】堵籀文。見〔說文土部〕。

十六畫

【𩫶】傅或字。見〔集韻〕。

十七畫

【𩫷】古樓字。見〔玉篇〕。

【𩫸】古墉字。見〔玉篇〕。

十八畫

【𩫹】古韠字。見〔集韻〕。

二十一畫

【𩫺】𩫺俗字。見〔龍龕手鑑〕。

※門部※

【門】丁候切音鬭宥韻　克角切音推覺韻

㊀兩士相對。兵杖在後。象鬭之形。見說文。〔段注〕按此非許語也。當云爭也。兩丮相對。象形。謂兩人手持相對也。文从兩手。非兩士也。

㊁鬭也。見〔集韻〕。

【𨳲】同丮。〔字彙〕門右、音戟。—字从手。手有所執。今或作丮。

【𨳳】同厈。〔字彙〕門左、音翑。—字反丮。執物則一。〔按說文丮部有反丮字。訓亦持也。〕

四畫

【鬦】皮變切音便霰韻　搏也。見〔集韻〕。

【鬨】胡涓切音縣先韻　試力士錘也。讀若縣。見〔說文〕。〔段注〕錘、當作縋。以繩有所縣鎮也。下文云讀若縣。知正當作縋。錘非其義。蓋轉寫失之。

【鬩】同鬭。見〔玉篇〕。〔正字通云。俗鬭字。〕

【鬪】鬭俗字。見〔篇海〕。

五畫

【鬧】女敎切音淖效韻

●一 不靜也。見〔說文新附〕。〔按今俗謂喧嚷、曰吵—。攪擾、曰胡—。皆此義。〕

●二 穠盛也。〔宋祁詩〕紅杏枝頭春意—。〔今吳語謂盛曰—。忙卽此義。〕

●三 要—。繁密也。〔東京夢華錄〕夜市至三更盡。五更又復開張。如要—去處。通曉不絕。〔按張籍詩門巷不敎當要—。唐世已有此語。〕

●四 —裝。鞶名。合衆寶雜綴而成。〔白居易詩〕親王轡—裝。

●五 —掃。唐婦人妝髻名。〔髻鬟品〕貞元中有歸順髻。又有—掃妝髻。

●六 —羊花。毒藥名。卽羊躑躅也。〔本草綱目毒艸注〕弘景曰。羊食其葉。躑躅而死。故名。—、惱亂也。

【[illegible]】鬮或字。見〔集韻〕。

六畫

【鬨】胡貢切音嗊送韻　胡降切音巷絳韻

●一 鬭也。孟子曰。鄒與魯—。見〔說文〕。

●二 搆也。搆兵以鬭也。見〔孟子梁惠王音義引劉注〕。

【[illegible]】同鬭。見〔五音篇海〕。

七畫

【[illegible]】同鬭。見〔五音篇海〕。

八畫

【鬩】馨激切音歒錫韻　郝格切音赫陌韻

●一 恆訟也。見〔說文〕〔段注〕恆、常也。故以小兒善訟會意。〔按集韻引作煩訟。〕

●二 很也。〔詩常棣〕兄弟—於牆。〔按鄭注曲禮、韋注國語、皆曰。—、很也。爾雅釋言孫炎亦云。相很戾也。惟李巡本作恨非。〕

●三 猶鬭也。見〔禮記曲禮注釋文〕。

●四 侮也。〔國語周語〕兄弟讒—。

●五 鳴也。見〔廣雅釋詁〕。

●六 懼也。見〔廣雅釋詁〕〔按方言。宋衞之間、凡怒而噎噫謂之脅—。〕

●七 通鬨。〔易豐〕—其无人。〔釋文〕姚作—。孟作窒。竝通。

●八 通赫。〔漢書外戚傳〕有褭藥二枚赫蹏書。〔注〕晉灼曰。今謂薄小物爲—蹏。

【[illegible]】古琴字。見〔字彙補〕。

【[illegible]】同鬨。見〔廣韻〕。〔按呂覽愼行。相與私—。注。—、鬭也。〕

十畫

【鬪】鬭俗字。見〔玉篇〕。

【[illegible]】鬭俗字。見〔篇海〕。

【[illegible]】同鬩。見〔五音篇海〕。

十一畫

【鬮】力求切音劉尤韻

經繆殺也。見〔說文〕〔段注〕手部曰。摎、縛殺也。按縛殺、若今以一繩勒死。經繆殺、若今絞罪以二繩絞死。故从門。

【[illegible]】吉了切音皎篠韻　狼狄切音歷錫韻

喪之降殺。見〔集韻〕。

【[illegible]】匹賓切音繽眞韻

鬭也。見〔說文〕。

【[illegible]】鬭省文。見〔九經字樣〕。〔集韻正字通均以爲俗字〕

十二畫

【鬫】虎檻切音喊豏韻

虎聲。〔詩常武〕—如虓虎。

【[illegible]】許鑒切喊去聲陷韻

獸怒聲。見〔集韻〕。

【鬬】闘本字。見〔正字通〕。〔按正字通謂—、兵器。當从門。而康熙字典云。史記商君傳。持矛而操闟戟者。張衡東京賦。闟戟轇輵。闟皆从門。無从門者。一研究字義。一援據舊文。說者有據。姑竝存之。〕

十四畫

【鬭】都豆切兜去聲宥韻

●一 遇也。見〔說文〕。〔段注〕凡今人云—接者。是遇之理也。周語。穀雒—。謂二水本異道而忽相接合爲一。古凡—接用—字。鬥爭用鬥字。俗皆用—爲爭競而鬥廢矣。

●二 爭也。〔孟子離婁〕今有同室之人—者。

●三 星相擊爲—。〔史記天官書〕與太白—。

●四 以物角勝曰—。如—雞、—草、—枕、—酒、—牌、—蟋蟀、—鵪鶉。皆是。

⑤湊也。俗謂湊縫、曰一。樺。湊趣、曰一。笑。湊錢、曰一分子。皆是。
⑥粵諺謂鴦之竄曰一。
⑦姓也。春秋。楚多一氏。

【鬭】、當侯切音兜尤韻
交爭也。見〔集韻〕。

【闏】奴禮切音禰薺韻母婢切音弭紙韻
⊖智少力劣也。見〔說文〕。〔段注〕莊子。茶然疲役。而不知其所歸。茶者、一之變也。諸韻書皆於薺韻作一。。屑韻作茶。是不知爲一字矣。
⊜褊狹。見〔玉篇〕。

【闞】同闞。見〔玉篇〕、

【鬩】鬩譌字。見〔正字通〕。

十七畫

【鬮】居虬切音鳩尤韻吉酉切音糾有韻
⊖鬮取也。見〔說文〕。〔段注〕按力取。是此字本義。今人以爲拈一字。殆古藏彄之譌。
⊜手取也。見〔玉篇〕。

十八畫

【𩰚】撫文切音芬文韻
闅一、鬮連結。闅紛、相牽也。見〔說文〕。〔桂注〕一與闅紛聲相近。淮南高注。繽紛。雜糅也。揚雄傳顏注。繽紛。交雜也。王褒九懷。撫余佩兮繽紛。注云。持我玉帶相糾結也。

中華大字典 亥集

※魚部※

【魚】牛居切音漁魚韻

(一)水蟲也。象形。—尾與燕尾相似。見〔說文〕。〔段注〕其尾皆枝。故象枝形。非从火也。〔按動物學云。—類爲脊椎動物中之涼血動物。體骨骼具軟硬二種。下等者全係軟骨所成。多屬卵生。卵產於水中。後受雄精而發育。惟鮫與海鯽數種係胎生。別爲五。曰肺—類。硬骨類。硬鱗類。軟骨類。圓口類。〕

(二)蟲之隱者也。〔易中孚〕豚—吉。信及豚—也。

(三)—爲陰物。見〔易剝貫—何注〕。

(四)——行成陳也。〔韓愈詩〕飄龍十二。——雅雅。〔按通雅釋詁云。退之文、——雅雅。行成陳也。〕

(五)—石。頭中石也。見〔書大傳—石注〕。

(六)—虎。魚名。〔本草綱目〕集解。陳藏器曰。生南海。頭如虎。背皮如猬有刺。着人如蛇咬。亦有變爲虎者。

(七)—服。矢服也。〔詩采芑〕簟茀—服。

(八)—涑。柑名。〔廣輿記〕廣東廣州府土產—涑柑。

(九)—腸。良劍名。〔淮南修務〕夫純鈞—腸之始下型。〔注〕文理屈辟若—腸者。良劍也。

(十)—軒。夫人車。以—皮爲飾。〔左閔二年傳〕歸夫人—軒。

(十一)—袋。唐章服也。〔唐書車服志〕隨身—符者。左二右一。皆盛以—袋。景雲中。詔衣紫者、—袋以金飾之。衣緋者、以銀飾之。開元初。駙馬都尉從五品者、假紫金—袋。都督刺史品卑者、假緋—袋。〔按—袋、宋遼金皆有之。孏眞子曰。唐人用袋盛此—。今人乃以—爲袋之飾。非古制也。〕

(十二)—伯。青蚨也。見〔廣雅釋詁〕。〔疏證〕青蚨一名—伯。〔互詳蚨字〕。

(十三)—白。衣書中蟲。一名蛃—。〔爾雅釋蟲〕蟫、白—。

(十四)—木。僧寺以警衆者也。〔摭言〕有一白衣問天竺長老云。僧舍悉懸—木、何也。答曰。用以警衆。

(十五)—醉。草名。〔本草綱目〕醉—草。南方處處有之。多在塹岸邊。作小株生。高者三四尺。根狀枸芑。莖似黃荊。枝易繁衍。葉似水楊。七八月開花成穗。紅紫色。結細子。花及葉可毒—。

(十六)石—。山名。〔酉陽雜俎〕衡陽湘鄉縣有石—山。山石色黑。理若雌黃。開發一重。輒有—形。鱗鰭首尾有若畫。長數寸。燒之作—腥。〔在今湖南湘鄉縣西南〕〔又〕湖名。〔元結詩序〕瀼泉南上有獨石在水中。狀如遊—。乃命湖曰石—湖。

(十七)彤—。國名。〔國語晉語〕夷鼓、彤—氏之甥也。

(十八)多—。地名。〔左僖二年傳〕齊寺人貂漏師于多—。

(十九)獸名。〔詩采薇疏〕正義曰。陸機疏曰。—獸似豬。東海有之。其皮背上斑文。腹下純青。

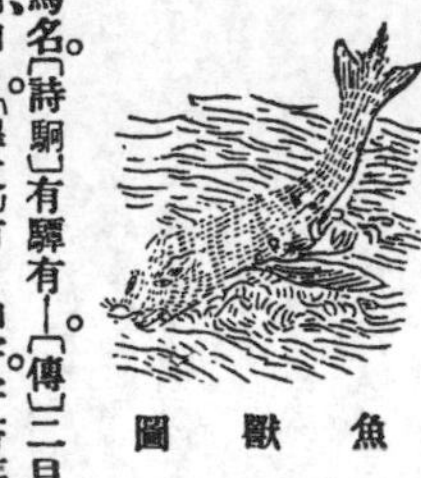

魚獸圖

(二十)馬名。〔詩駉〕有驔有—。〔傳〕二目白、曰—。〔釋文〕有—。如字。字書作䲄。字林作䁻。音竝同。

(廿一)地名。〔左文十六年傳〕唯裨、儵、—人實逐之。〔注〕裨、儵、—。庸三邑。—復縣。今巴東永安縣。〔按今四川奉節縣東北有—復故城〕。

(廿二)山名。〔水經濟水注〕馬頰水又東北流逕—山南。—山卽吾山也。〔在今山東歷城縣境〕。

(廿三)水名。〔山海經北山經〕虢山之尾。—水出焉。西流注於河。〔按虢山在今河南陝縣〕。

(廿四)同漁。〔易繫辭〕以佃以—。〔釋文〕本又作—。又言庶反。馬云。取—曰—。

(廿五)通𢿱。〔周禮天官序官〕𢿱人。〔釋文〕𢿱音—。本又作—。亦作魰。同。又音御。〔按段玉裁云。捕—字、古多作—。如周禮𢿱人本作—。作鱻、瀺其籀文乎。至小篆則始爲漁矣。周禮當从古作—。人作魰者次之。作𢿱者非也。〕

(廿六)同吾。〔列子黃帝〕姬。—語女。〔注〕—當作吾。

(廿七)或作黨。〔荀子禮論〕無帾絲黨。〔注〕或曰黨讀爲—。謂以銅—縣於池下。

(廿八)姓也。〔風俗通〕宋公子—賢而有

謀。以字爲族。〔又〕長—。修—。均複姓。

一畫

【𩵂】乙黠切音軋黠韻

鰊—。魚名。〔本草綱目〕黃顙魚又名黃鰊、黃—。無鱗魚也。身尾俱似小鮎。腹下黃。背上青黃。腮下有二橫骨。兩鬚。有胃。羣游作聲如軋軋。性最難死。〔按一作央軋。〕

𩵂圖

二畫

【魝】吉屑切音結屑韻

●一楚人謂治魚也。从刀魚。讀若鍥。見〔說文刀部〕。●二割也。見〔廣雅釋詁〕。

【魝】吉指切音計霽韻

解也。見〔集韻〕。

【𩵏】朗鳥切音了篠韻

魚名。見〔集韻〕。

【𩵋】尢了切音筱篠韻

鰷或字〔集韻〕鰷魚名。或从了。

【魛】都牢切音刀豪韻

魚名。飲而不食見〔集韻〕。〔按卽說文刀魚之鮤。段玉裁云。俗字作—。〕

【𩵌】音求尤韻

魚名。見〔玉篇〕。

【魰】偶舉切音語語韻

衡或字。見〔說文竹部〕。〔段注〕从又者。取捍衞之意。〔按六書故云。—、語居切。取魚也。別作漁、瀲、歔、魰。說文、瀲、捕魚也。衡、禁苑也。或作—。按以又從魚。捕取之義也。魚固在水。以水從魚。無捕取義。據是則—爲瀲之本字。〕

【魜】而眞切音人眞韻

魚名。〔南齊書張融傳〕漨魚則何鱺鱅鮨鯀—鰈鰨。〔按正字通云。鯸魚卽海中人魚。眉耳口鼻手爪頭皆具。人魚加人作—。猶牛魚加牛作魼。並俗書。又據今博物家言。人魚者、屬海牛類之海馬。體長約一丈。尾鰭三歧。皮色灰蒼。毛僅粗生。無脊鰭。游泳則頭出水面而直立。此則與舊說所謂人魚者大異。〕

【魤】火跨切音化禡韻

魚名。見〔說文〕〔王注〕廣韻、魤五禾切魚名。集韻、䰥與魤同。二字蓋皆—之異文。〔按今本集韻引說文作魤。〕

【𩵐】戚悉切音七質韻

鰊或字。〔集韻〕鰊魚名。或从七。

三畫

【𩵡】居乙切音訖質韻

●一魚游也。一曰魚名。見〔集韻〕。●二斷魚也。見〔玉篇〕。

【魟】胡公切音洪東韻

白—。魚名。一曰魚肥。見〔集韻〕。〔按酉陽雜俎有黃—魚。色黃無鱗。頭尖。身似槲葉。口在頷下。眼後有耳竅。通於腦。尾長一尺。末三刺甚毒。據此—有白黃二種。〕

【魟】古雙切音江江韻

—鰤。水蟲名。見〔集韻〕。

【魟】呼公切音烘戀公切東韻

魚名。似鼈。見〔集韻〕。〔按六書故云。—、海魚。無鱗。狀如蝙蝠。大者如車輪。〕

【魟】沽紅切音工東韻

𩵽或字。〔集韻〕𩵽鰤。魚名。或从工。

【魡】丁歷切音的錫韻

繫魚也。見〔集韻〕。

【魡】多嘯切音弔嘯韻

同釣。〔莊子刻意〕釣魚閒處。〔釋文〕—本亦作釣。同。

【魠】闥各切音託藥韻

哆口魚也。見〔說文〕〔段注〕哆口、張口也。上林賦鰅鰫鰬—。郭注。鱤也。一名黃頰。恐非許意。廣雅曰。魧、鮪—也。以—爲名。取開拓之意。

【魦】思兆切音小篠韻

魚名。見〔集韻〕〔字彙云。小魚名。〕

【𩵎】而震切音刃軫韻

魚名。見〔字彙補〕〔按正字通云。劊字之譌。康熙字典云。劒字之譌。疑後說是。〕

【𩵢】疾里切音似紙韻

魚也。見〔玉篇〕。

【魣】音未詳

魚名。〔何喬遠閩書〕—魚似烏魚而小。

【⿰魚也】同鮀。見〔篇海〕。

四畫

【⿰魚牛】魚求切音牛尤韻

魚名。見〔字彙〕。〔正字通〕謂即牛魚。引通雅云。牛魚、北方之鮪類也。王易燕北錄云。牛魚、觜長鱗硬。頭有脆骨。重百斤。即南方鱘魚。據今博物家言。海牛、屬哺乳類。爲魚形之水棲獸。皮面生粗毛。前肢爲鰭狀。後肢缺尾。擴張爲水平形。臼齒面無尖銳之突起。說者以是爲草食之證。一呼爲草食鯨。頸椎以六箇之椎骨而成。是與舊說所言牛魚者大異。〕

【⿰魚牛】於鬼切尾韻

同⿰魚鬼。見〔玉篇〕。

【魦】師加切音沙麻韻

一魚也。出樂浪潘國。從魚。沙省聲。見〔說文〕。〔王注〕六書故。—、海中所產。以其皮如沙而得名。哆口無鱗。胎生。其類尤多。大者伐之盈舟。〔按六書故字作鯊。玉篇訓鮫魚。本草綱目又名白沙。据今動物學云。—魚屬硬鰭類。背呈沙色。頭部稍稍扁平。兩眼列其上。面有脊鰭二。腹鰭變質爲吸盤。供吸著巖石之用。常住水中。肉可食。此與舊說所謂沙魚者又別。〕

二亦作鯊。〔詩魚麗〕鱨鯊。

【魦】蘇禾切音涉歌韻失照切音少嘯韻

魚名。見〔集韻〕。

【⿰魚欠】作答切音帀合韻

魚口動皃。見〔集韻〕。

【⿰魚欠】黑盍切音歙合韻

魶—。魚名。見〔集韻〕。

【⿰魚丰】部項切音棒講韻

一魚也。〔山海經西山經〕英山禺水出焉。北流注於招水。其中多—魚。其狀如鼈。其音如羊。

二蚌或字。〔集韻〕蚌。蜃屬。或作—。

【魧】居郎切音岡陽韻舉朗切音吭養韻

大貝也。一曰魚膏。讀若剛。見〔說文〕。〔王注〕書大傳曰。大貝如車渠。車渠謂車輞。釋文云。—、字林作蚢。云、大貝也。江賦。紫蚢如渠。淮南萬畢術。取蚢脂爲鐙。置水中。即見諸物。

【魧】寒剛切音航陽韻

一魠也。見〔廣雅釋魚〕。

二魚骨也。見〔集韻〕。

【魧】下朗切音沆養韻

蚢或字。〔集韻〕蚢。海貝。或从魚。

【魥】鄂合切音嚁合韻

魚名。見〔集韻〕。

【魥】乞業切音怯葉韻

枯魚。見〔集韻〕。〔字彙云。以竹貫魚爲乾。〕

【魰】牛據切音御御韻

捕魚也。見〔集韻〕。

【魰】牛居切音魚魚韻

漁或字。〔文選張衡賦〕逞欲畋—。〔注〕說文曰。—、捕魚也。〔按說文—作漁。〕

【魭】愚袁切音元元韻

黿或字。〔孟子盡心注〕鄭公子染指黿羹之類是也。〔釋文作—〕。

【魭】五管切音輐旱韻五換切音玩翰韻

—斷。無圭角也。〔莊子天下〕而不免於—斷。

【魮】頻脂切音毗支韻

文—。魚名。見〔說文新附〕。〔按山海經西山經。多鴽—之魚。李善注文選引作文—。說文。宋宏云。玭、珠之有聲。即此魚。—、俗字。玭、正字也。〕

【魮】補履切音匕紙韻

魚名。尾有毒。見〔集韻〕。

【魿】式荏切音審士痓切音頷牛錦切音噤寑韻

鮺也。見〔說文〕。〔詳鮺字〕。

【魿】才咸切咸韻式荏切音審食荏切音甚寑韻

魚名。見〔集韻〕。

【魿】渠巾切音菫眞韻

蟲連行紆行者。見〔集韻〕。〔按說文魿訓同集韻。庚蒸韻亦作魿。疑此爲異文。〕

【魿】魚音切音吟侵韻

魚名。似鼈。見〔集韻〕。

【魿】才淫切音鬵侵韻徂感切音歜感韻

鯵或字。〔集韻〕鯵。鮺也。或作—。〔按說文有魿無鯵〕

【魯】籠五切音虜覽韻

一 本作魯。〔說文白部〕魯鈍詈也。論語曰。參也—。〔段注〕孔注論語曰。—、鈍也。左傳。—人以為敏。謂鈍人也。釋名曰。—、—鈍也。國多山水。民性樸鈍。按椎—、鹵莽皆即此。

二 質勝文也。見〔論語先進參也—。皇疏引王弼〕

三 道也。見〔廣雅釋詁〕。〔按朱駿聲云。經傳無訓道者。豈詩—道有蕩之道耶。抑論語—一變至於道之道也〕

四 雞名。〔莊子庚桑楚〕—雞固能矣。〔釋文〕向云。大雞也。今蜀雞也。

五 國名。〔詩魯頌譜箋〕周公歸政。成王封其元子伯禽於—。其封域在禹貢徐州大野蒙羽之野。〔當今山東曲阜縣稱山東省曰—省。因此〕

六 山名。〔水經江水注〕—山、古翼際山也。

七 地名。〔周書般祝〕桀與其屬五百人徙於—。〔注〕—、亦地名。

八 法金貨名。具言—易。亦作路易。二十法蘭克當一路易。千三百年所行。英文 Louis。

九 古作㚾。〔左隱元年傳〕仲子生而有文在其手。曰為—夫人。〔疏〕正義曰。古文—作㚾。

十 亦作鹵。〔文選應德璉詩〕小臣信頑鹵。〔注〕—、與鹵同。

十一 姓也。〔廣韻〕伯禽之後。以國為姓。出扶風。〔又〕羌複姓有—步氏。

【魱】洪孤切音胡虞韻　護遇韻

—當。魚名。〔爾雅釋魚〕鮥、—當。〔注〕海魚也。似鯿而大。鱗肥美多鯁。今江東呼其最大長三尺者為當—。〔義疏〕郭以此為海魚。即今登萊人呼—鮥魚為河洛魚。—鮥、鮥魚、實一類。出於江海為異耳。〔參閱鮥字〕

【魱】胡故切音護遇韻

鱯或字。〔集韻〕鱯。魚名。似鮎。或作—。

【魴】符方切音房陽韻

一 赤尾魚也。見〔說文〕。〔桂注〕赤尾魚者。字林同。詩汝墳。—魚頳尾。正義、—魚尾本不赤。赤故為勞也。馥案此說也。曾在沅江得一魚。鱗白肉細而尾赤。眞—也。〔按爾雅—、魾。注。江東呼為鯿。是即說文之鯾。詩陸疏。—、廣而博。肥恬而少力。細鱗則不謂即鯿〕

二 姓也。漢有—山。見〔姓氏急就篇〕。

魴圖

【魵】符分切音汾文韻　撫吻切音忿吻韻

—魚也。出薉邪頭國。見〔說文〕。〔段注〕釋魚曰。—、鰕。謂—魚。陳氏魏志范氏後漢書東夷傳皆曰。濊國海出班魚皮。班魚、即—魚也。

魵圖

【魵】芳問切音忿問韻

鱝省字。〔集韻〕鱝。魚小曰鱝。或省。

【魶】諾盍切音蹹合韻

一 鯢也。見〔廣雅釋魚〕。〔疏證〕爾雅曰。鯢似鮎。四足。聲如小兒。今商州山溪內亦有此魚。謂之—魚。則鯢之名。—後世方言耳。〔按說文有鰨無—。王筠云。鰨、—是兩物。參閱鰨字〕

二 鯨也。見〔玉篇〕。

三 通鰨。〔史記司馬相如傳〕禺禺鱋—。〔集解〕徐廣曰。—音納。一作鰨。駰案漢書音義曰。—、鯢魚。

【鮠】五果切音婀哿韻

魚名。見〔集韻〕。

【鮠】吾禾切音吪歌韻

魤或字。〔集韻〕魤。魚名。或从厄。

【魳】作答切音帀合韻

魚名。見〔集韻〕。

【魳】霜夷切音師支韻

鰤省字。〔集韻〕鰤。老魚。或省。〔按本艸綱目曰。陳藏器諸魚注云。魚師大者有毒殺人。今無識者。但唐韻云。鰤、老魚也。山海經云。歷濊之水有師魚。食之殺人。其即此與〕

【魣】象呂切音敍語韻

鱮或字。〔集韻〕鱮。魚名。或作—。

【鮗】沽紅切音公東韻

—蜥。魚名。似鱟。見〔集韻〕。

【魨】音豚元韻

魚名。見〔玉篇〕。〔按字本作豚。—為俗增。一名河豚。詳豚字〕

【魾】鋪枚切音肧灰韻
魚名。一曰。魚緥未成鱁。見〔集韻〕。

【⿰魚亓】渠之切音其支韻
鯕或字。〔集韻〕鯕魚名。或从亓。

【魩】莫撥切音末曷韻
魚尾。見〔五音集韻〕。

【⿰魚木】莫卜切音木屋韻
魚名。見〔字彙〕。〔正字通云。魪、一名—。〕

【魪】居拜切音戒卦韻
魚名。〔文選左思賦〕罩兩—。〔注〕—、左右—。一曰所謂比目魚也。云須兩魚竝合乃能遊。故曰兩—。丹陽吳會有之。

【魬】部板切音阪潸韻
魚名。見〔集韻〕。〔正字通云。比目、魚名版魚。俗改作—。〕

【⿰魚夫】瘋無切音膚虞韻
鯕魚。出東萊。見〔說文〕〔段注〕依玉篇當作—鯕魚。

【⿰魚枕】章荏切音枕寑韻
魚首骨。見〔集韻〕。〔按正字通云。魚腦骨曰枕。爾雅魚枕謂之丁。俗作魫。—、魫、一字。攷集韻、類篇。—、魫、俱別。廣韻無—有魫。訓魚子。是魫自有音義。謂魫爲枕俗字或可。謂魫—爲一字。殊無據也。〕

【魫】持林切音沈侵韻 式荏切音審寑韻
魚子。見〔廣韻〕。

【魰】無分切音文文韻
魚名。見〔集韻〕。〔正字通云。埤雅。廣要、依鱧細鱗、有花文。一名文魚。據此。文魚之改爲—。猶人魚之改爲魜也。一說、即文鰩魚。〕

【⿰魚斗】胡谷切音斛屋韻
斗魚。見〔篇海〕。

【⿰魚王】雨方切音王陽韻
魚名。鮪也。見〔集韻〕。〔正字通云。王鮪本作王。王作—。誤與叔鮪作鮛同。据此。—、爲王鮪。謂鮪之大者也。〕

【⿰魚戶】音扈麌韻
魚名。見〔篇海〕。〔正字通云。俗鱸字。與馬部驢省作驴同。〕

【魳】博蓋切音貝泰韻
本作⿰魚朮。〔說文〕⿰魚朮。魚也。出樂浪潘國。〔按山海經北山經。其中多—之魚。注。音沛。或作鯆。沅曰。即鯆魚也。一名江豚。一曰溥浮。今郭云一作鯆。鯆古字爲溥。—、溥聲相轉也。廣雅又作鰏。云鱄鯚。鯆也。〕

【⿰魚午】我古切音午麌韻
魚名。〔閩中海錯疏〕—、魚鱸之別種。圓厚短鱗。味豐。漳泉有之。

【魤】吾禾切音吪歌韻
魚名。見〔集韻〕。〔王筠云。魮之異文。〕

【⿰魚殳】營隻切音役陌韻
⿰魚役省字。〔集韻〕⿰魚役魚名。有四足如鼈、而行疾。或省。

【⿰魚犬】符廢切音吠隊韻
魚名。見〔廣韻〕。

【⿰魚旡】互至切音臮寘韻
鱀或字。〔集韻〕鱀魚名。鱁也。或从旡。

【⿰魚火】音燋蕭韻
同燋。見〔字彙補〕。〔康熙字典云。鰍鷂字。〕

【⿰魚牙】音未詳
人名。〔字彙補〕萬曆時、宗人克—。疏救御史劉光復。

【⿰魚父】讀若父
吐—。魚名。一名杜父。詳魵字。

【⿱兹魚】同鰦。〔石鼓文〕鰦鰦又—。〔釋音〕—、今作鰦。

【⿰魚不】同魾。見〔字彙補〕。

【魧】同魫。見〔篇海〕。

【⿰魚戈】鱥省字。見〔篇海〕。

五畫

【魺】寒歌切音何歌韻
河豚也。〔廣雅釋魚〕鯸鮐、—也。〔疏證〕河豚善怒。故謂之鮭。又謂之—。鮭之言恚。—之言訶。

【魺】買我切音嗎哿韻
鮓也。南越曰—。見〔集韻〕。

【鮩】白猛切音餠梗韻
蚌名。見〔集韻〕。

【⿰魚丙】補永切音丙梗韻
蚌也。見〔說文〕〔段注〕蚌者蜃屬。一名—。〔按—、蚌、一聲之轉。〕

【⿰魚甲】轄甲切音狎洽韻
魚名。見〔集韻〕。

【魻】迄甲切音呷洽韻

—。鰈鱗次衆多皃。見〔集韻〕。〔按文選潘岳賦。—鰈參差。注。—鰈。裝飾重疊皃。—音狎。〕

【魼】丘於切音虛魚韻

—魚也。見〔說文〕。〔段注〕司馬相如傳。禺禺—鰨。注。比目魚也。按郭說未知其審。犬部狧字下有比目魚。鰈同爾雅。而魚部無鰈字。廣韻以合—鰈爲一字。非也。〔按集韻以鱋爲—或字。又以—爲鰈或字。〕

【魼】迄業切音脅葉韻

魚脅也。山海經、鯥魚羽在—下。見〔集韻〕。〔按出山海經南山經。注曰。亦作脅。沅曰。當爲胠。說文、—魚也。此假音字。〕

【魼】托盍切音榻合韻

鰈或字。〔集韻〕鰈。說文、比目魚也。或作—。〔按鰈見說文新附。桂馥疑說文—下有或體鰈字。是又以鰈當爲—之或字矣。〕

【魿】離貞切音跉庚韻郎丁切音靈青韻

蟲連行紆行者。見〔說文〕。〔桂注〕者、當爲皃。廣韻。—、魚連行皃。鄭注考工記云。連行、魚屬。紆行、蛇屬。〔按集韻譌作魿。〕

【魿】郎丁切音靈青韻

魚名。〔御覽引嶺表錄異〕—魚如白魚。而身稍短。尾不偃。淸遠江多此魚。蓋不產於海也。

【魿】離珍切音鄰眞韻

鱗或字。〔集韻〕鱗。魚甲也。或从令。

【鮂】將尤切音揫尤韻

●一 烏化爲魚者。頸有背毛。見〔集韻〕。

●二 白鯈也。〔爾雅釋魚〕—、黑鰦。〔注〕即白鯈。江東呼爲—。

【鮂】徐由切音囚尤韻

魚名。烏賊也。見〔集韻〕。〔互詳鯽字。〕

【魾】攀悲切音丕貧悲切音邳支韻

大鱯也。其小者名鮡。見〔說文〕。〔段注〕不訓大。此會意兼形聲也。

【魾】頻脂切音毗攀悲切音毗支韻

魴也。〔爾雅釋魚〕魴—。〔注〕江東呼魴魚爲鯿。一名—。〔按釋魚鰲鯠釋文引埤蒼。鰲鯠、—也。朱駿聲云。誤。爾雅。魴—、鰲鯠。魴—雙聲。鰲鯠雙聲。方音微異。非以鰲鯠釋—。〕

【鮀】唐何切音駝歌韻

●一 鮎也。見〔說文〕。〔桂注〕本草蜀本圖經云。有三種。口腹俱大者名鱯。背青而口小者名鮎。口小背黃腹白者爲鮠。一名河豚。三魚竝堪爲臛。美而且補。〔按段注。爾雅毛傳皆曰。鯊—也。許當無異說。不當訓—爲鮎。毛詩鯊本作沙。故說文無鯊字。—下云、沙也。淺人以爲怪。遂竄改錯亂爲此。据此。說文—下原訓沙。不訓鮎也。存參。〕

鮀圖

●二 鯊也。〔爾雅釋魚〕鯊—。

●三 人名。〔論語雍也〕不有祝—之佞。〔按左定四年傳作佗。〕

【鮁】北末切音撥曷韻

●一 鱣鮪—。見〔說文〕。〔段注〕按毛詩鱣鮪發發。傳曰。發發、盛皃。韓詩作鱍。是作—者、非毛非韓。不可信。又不言其義。篇韻皆無—字。其可疑如此。〔按通訓定聲訓爲尾掉皃。又曰。韓詩碩人、鱣鮪——。毛本作發發。馬注。魚箸網、尾發發然。呂覽季春注作潑潑。皆重言形況字。不必有正字也。字亦作鱍、作⿰魚本。又按陳瑑說文引經攷曰。从發从犮之字互通。据此。段注亦不足盡信矣。〕

●二 鯈—。魚名。〔荀子榮辱〕鯈⿰魚本者、浮陽之魚也。〔注〕鯈⿰魚本、魚名。今字書無⿰魚本字。蓋當爲—。鯈魚、一名鯈—。

【鮁】蒲撥切音跋曷韻

魚名。似鯉而赤。見〔集韻〕。

【鮁】房廢切音吠隊韻

魚名。見〔集韻〕。

【鮁】普活切音鱍曷韻

同鱍。〔集韻〕鱍游魚皃。亦作—。

【鮅】簿必切音邲質韻

●一 魚名。見〔說文〕。〔桂注〕魚名者。釋魚、—、鱒。郭注。似鯶子。赤眼。〔按段

注云。許時爾雅本無｜字。但作必。必則例不錄。〕
㊁石｜魚。名。〔本草拾遺〕石｜魚生南方溪澗中。長一寸。背裏腹下赤。南人以作鮓。云甚美。

【鮅】壁吉切音必質韻
魴也。見〔爾雅釋魚釋文引字林。〕

【鮆】津私切音咨支韻 自爾切紙韻 在禮切音薺薺韻 子智切音積 疾智切音漬 才豉切寘韻
刀魚也。飲而不食。九江有之。見〔說文。〕〔段注〕刀魚、今人語尚如此。以其形像刀也。俗字作魛。飲而不食。故其形纖削而味清雋。九江、謂岷江東至於醴以下也。〔按通訓定聲云。字亦作鱭。今蘇俗謂之江鱭。〕

【鮆】在禮切音薺薺韻
㊀鮆也。見〔廣雅釋器。〕
㊁江湘之會、凡物生而不長大。亦謂之｜。見〔方言。〕
㊂同䶦。〔方言〕䶦、矲、短也。〔廣雅釋詁作｜。〕

【鮆】將支切音貲 仕知切音蓍支韻 淺氏切音此紙韻
魚名。見〔集韻。〕

【魮】蔣氏切音紫紙韻
魚名。〔集韻〕山海經、汾水多｜魚。狀如鯈而赤鱗。〔按今本山海經作鮆。正字通云。｜、同鮆。〕

【鮊】薄陌切音白陌韻 步化切音杷禡韻
㊀海魚名。見〔說文。〕〔桂注〕海魚名者。廣韻作鱍。集韻音杷。廣雅。｜、鱎也。馥案此魚無鱗。燕尾。大者長七八尺。肉不美。〔按廣雅釋魚疏證曰。今白魚生江湖中。鱗細而白。首尾俱昂。大者長六七尺。與桂說稍歧。存攷。〕
㊁通鮊。〔廣雅釋魚疏證〕｜、一作鮊。石鼓文又鱮又鮊。

【鮋】夷周切音由尤韻
㊀小魚。見〔集韻。〕〔按玉篇以｜爲鮂或字。〕
㊁樹上魚也。〔通雅動物〕孟子譏緣木求魚者。以其無有也。而范蜀公言蜀中實有一種魚在樹上。聲如女兒啼。名曰｜魚。

【鮋】陳留切音儔 時流切音讎尤韻
魚名。〔文選郭璞賦〕鯆鰊鰶｜。〔注〕舊說曰。｜似蟬。

【鮍】攀糜切音披支韻
㊀魚名。見〔說文。〕〔桂注〕魚名者。玉篇、｜、鰟魚也。
㊁破魚。見〔集韻。〕

【鮐】盈之切音怡支韻 湯來切音胎 堂來切音臺灰韻
㊀海魚也。見〔說文。〕〔段注〕｜、亦名侯｜。即今之河豚也。貨殖傳。｜鮆千斤。狀如科斗。背上青黑有黃文。
㊁｜背。壽也。見〔爾雅釋詁。〕〔按詩行葦、黃耇台背。毛曰。大老也。箋云。台之言｜也。大老則背有｜文。是謂台爲｜之假借字。〕

【鮑】部巧切音抱巧韻
㊀饐魚也。見〔說文。〕〔段注〕饐、飯傷溼也。故鹽魚溼者爲｜魚。按玉篇作褭。皆當作浥耳。浥、溼也。釋名曰。｜魚、｜、腐也。埋藏淹使腐臭也。〔按六書故引作𩻥魚。嚴氏曰。𩻥魚、即今㽦魚。漢書貨殖傳師古注。｜、今之鰛魚也。字各歧。急就篇注曰。｜亦海魚。加之以鹽而不乾者也。史記貨殖傳正義曰。謂破開中頭尾不相離爲｜。謂之腩關者也。本草綱目謂有壓風乾離漬諸稱。今俗通呼曰乾魚。說均近。〕
㊁白也。〔史記貨殖傳〕鮿｜千鈞。
㊂｜諂。能治皮供甲者。見〔禮記曲禮疏。〕
㊃鯤｜。魚名。〔御覽引臨海水土記〕鯤｜。魚似海印魚。
㊄｜丘。水名。〔後漢公孫瓚傳〕破瓚於｜丘。〔注〕｜丘水名也。又名路水。在今幽州漁陽縣。
㊅或作鞄。〔考工記總目〕攻皮之功。函、｜、韗、韋、裘。〔注〕讀爲｜魚之｜。書或爲鞄。
㊆姓也。〔姓氏書辨證〕｜、出自姒姓。夏諸侯國。子孫氏焉。〔又〕｜俎。代北複姓。

【鮑】披交切音拋肴韻
魚名。見〔集韻。〕〔按此不詳何魚。本草綱目引蘇頌曰。或言海中自有一種｜魚。似小鱅。氣最臭。然無的據。不足信。若今俗所呼｜魚。讀如砲。即圝腹足類之石決明也。亦

非其類。〕

【鮑】班交切音包肴韻
人名。楚有申ー胥。通作包。見〔集韻〕。

【鮒】符遇切音附遇韻
㊀ー魚也。見〔說文〕。〔段注〕鄭注易曰。ー魚微小。虞翻曰。ー小鮮也。王逸注大招及廣雅皆云。鰿ー也。〔按本草綱目作鯽魚。互詳鯽字。〕
㊁蝦蟇也。〔易井〕射ー。〔釋文〕子夏傳謂蝦蟇。
㊂人名。秦時孔ー。字魚。復名甲。孔子九世孫。

【⿰魚央】於良切音央於郎切音鴦陽韻
魚名。善醒酒。見〔集韻〕。〔按ー卽⿰魚乚。互詳⿰魚乚字。〕

【鮃】蒲南切音平庚韻
魚名。見〔玉篇〕。

鮃魚圖

【鮄】符勿切音佛物韻
海魚。見〔玉篇〕。〔按此不詳何魚。今動物學云。魴ー者、扁硬鱅類。背部淡黑色。胸鰭紫黑色。由胸鰭出鰭棘三本。以步行海底。索取食物。〕

【⿰魚主】他口切音斢有韻
⿰魚豆或字。〔集韻〕⿰魚豆。魚名。或从主。

【⿰魚朮】直律切音朮質韻
魚名。見〔字彙〕。〔正字通云。雜俎、南海有水族。前左腳長。右腳短。口在脅旁。背上常以左腳捉物。寘於右腳。右腳中有齒。嚼之。內於口。大三尺餘。其聲朮朮。南人呼爲海朮。據此。ー卽海朮。亦魚怪也。〕

【⿰魚氏】稱脂切音鴟支韻
魚名。〔廣雅釋魚〕ー魠也。〔按集韻引作河ー魠也。〕

【鮌】古本切音袞阮韻
禹父名。〔國語吳語〕今王既變ー禹之貢。〔按集韻本作鯀。或作鯀、鮌。亦作鰥。通作鯀、鮌。〕

【⿰魚夲】祈姚切音喬蕭韻
魚名。一名陽喬。見〔字彙〕。〔按正字通云。轉注古音云。ー从本。本音叨。故ー音喬。又古音叢目⿰魚本載七曷韻。引荀子音鉢。二說彼此矛盾。轉注說是。俗僞作⿰魚本音鉢、非。〕

【⿰魚幼】伊堯切音幺蕭韻於虯切音幽尤韻於九切音㥑於糾切音黝有韻乙六切音彧屋韻
魚也。見〔說文〕。〔段注〕廣雅。ー、⿰魚奧也。謂ー亦名⿰魚奧。鰫之類也。〔按朱駿聲云。字亦作⿰魚奧。幼、奧一聲之轉也。正字通曰。ー、鮒屬。生溪澗中。狀似吹沙魚而短。闊口、大頭、歧尾。色黃黑有斑。脊背上鬣刺螫人。俗呼船矴魚。見人則以喙插入泥土中。如船矴也。〕

【⿰魚幼】伊堯切音幺蕭韻
鱮魚。見〔玉篇〕。

【⿰魚失】式任切音審寑韻
大魚。見〔集韻〕。

【⿰魚末】莫撥切音末曷韻
魚名。見〔廣韻〕。〔按玉篇。莫括、莫結二切。訓海中魚。似鮑也。鱴同。〕

【鮇】無沸切音未未韻
鰇或字。〔集韻〕鰇。魚名。或作ー。〔按今本山海經作鰇魚。郭注。卽ー魚。音味。是集韻所本。畢注謂爾雅有鱴刀魚。卽此。古字只用鰇。玉篇作ー。云海中魚。似鮑。又云、鱴同。然攷玉篇同鱴者。字从末。莫括莫結二切。則畢說似有出入。又通雅動物云。ー魚、嘉魚也。蜀人呼爲拙魚。河陽呼爲ー魚。是可證ー非鱴刀也。〕

【鮈】恭于切音拘虞韻
ー鯸。魚名。見〔集韻〕。〔按玉篇作鯸ー。〕

【鮈】權俱切音劬虞韻
人名。漢有鮒ー。見〔集韻〕。

【鮈】舉后切音耇有韻
鯷ー。魚名。見〔集韻〕。

【⿰魚布】奔模切音逋虞韻
魚名。江豚也。見〔集韻〕。〔字彙云。同鯆。〕

【⿰魚布】普故切音怖遇韻
魚名。見〔集韻〕。

【鮉】丁聊切音貂蕭韻
鯛或字。〔集韻〕鯛。骨耑脆也。或从召。

【鮎】尼占切音黏奴兼切音⿰食占鹽韻

鯷也。見〔說文〕。〔段注〕釋魚及魚麗傳曰。鰋、丨也。孫炎云。鰋、一名丨。郭別鰋、丨爲二。非也。〔按爾雅釋魚。鯉鱣鰋丨鱧鯇。義疏云。依郭注爲六魚。舊說不同。說文、鯉鱣互訓。詩傳、鱣同條。舍人、鯉一名鱣。鱣一名鯇。孫炎、鰋丨一魚。鱧鯇一魚。是皆以爲魚有兩名。郭氏不從。今魚種類形狀有殊。無緣強今之爲一物。据今動物學云。丨體側扁。普通長六七寸。大或尺餘。背部蒼黑。腹部黃白色。吻端淡紅。至生殖期則腹部變爲紅色。幼魚有齒肉食。長成後乃以食硅藻爲主。屬喉鰾類。〕

鮎圖

【鮏】桑經切音星青韻

魚臭也。見〔說文〕。〔按魚臭、謂魚氣也。與肉部胜義不同。俗作鯹。亦作腥。〕

【鮏】甾莖切音爭庚韻

魚名。見〔集韻〕。〔按日本百科辭典云。鮏、一名丨。〕

【䱉】上演切音善銑韻

同鱓。〔山海經北山經〕湖灌之山。湖灌之水出焉。而東流注於海。其中多丨。〔注〕丨、亦鱓魚字。沅曰。丨、鱣省文。

䱉圖

【鮓】側下切詐上聲馬韻

鮺或字。〔集韻〕鮺、藏魚也。或作丨。〔按釋名釋飲食。丨、菹也。以鹽米釀魚以爲菹。熟而食之也。疏證曰。說文無丨字。以音求之。疑當借用鮺。〕

【鮓】助駕切音乍禡韻

海魚名。見〔集韻〕。〔按博物志云。東海有物。名曰丨魚。無頭目處所。內無藏。衆蝦附之。隨其東西。騈雅釋蟲魚訓蚻曰。北戶錄。水母、一名蛇。談薈。蛇、蟦蟲名。水母也。今浙人通呼蝦蛇。又名海靼。靼音浙。蛇音蜡。据是丨亦作蛇。水母也。今俗呼爲海蜇。蓋靼聲之轉。圖入母字。〕

【⿰魚且】子魚切音蛆魚韻

鱓魚屬。〔山海經海外西經〕戚操丨魚。〔按本或作䱉。〕

【⿰魚冉】而琰切音冉琰韻

丨遺。魚名。〔元覽〕儵魚丨遺蛤蛤皆六足。〔按山海經西山經作冉遺。〕

【⿰魚甘】胡甘切音酣覃韻

蛤也。見〔集韻〕。

【⿰魚甘】呼甘切音憨覃韻

蚶或字。〔集韻〕蚶。蚌屬。魁陸也。或从魚。〔按玉篇云。丨似蛤。有文如瓦屋。〕

【⿰魚宁】直呂切音宁語韻

魚名。見〔玉篇〕。

【⿰魚失】直質切音秩質韻

魚名。見〔集韻〕。

【⿰魚乎】荒烏切音呼虞韻

魚名。見〔玉篇〕。

【⿰魚示】古鮨字。見〔玉篇〕。

【⿱罒魚】古鰥字。見〔集韻〕。

【⿰魚孚】鱦或字。見〔爾雅釋魚釋文〕。

【⿰魚毋】⿰魚每或字。見〔康熙字典引集韻〕。〔按今本集韻省文作毋。不作丨。〕

【⿰魚也】鮀俗字。見〔玉篇〕。

【⿰魚出】鯔譌字。康熙字典引廣雅作丨。攷廣雅及曹憲音俱作鯔。因正爲譌字。

【⿰魚瓜】魪譌字。見〔正字通〕。

【⿰魚芳】鰐譌字。見〔字彙補〕。

六畫

【⿰魚米】母禮切音米薺韻

●魚子也。〔古今注〕魚子曰鱦。亦曰鯤。亦曰丨。言如散稻米也。〔按正字通云。南海諸郡。八九月受魚子。着草中。褁縣竈煙上。二月雷發。取草浸池塘。旬日出如科斗。謂之丨鱦。〕

(二)魚名。見〔集韻〕。

【鮧】才資切音茨支韻
魚名。鮎也。江東語。見〔集韻〕。

【鮧】延知切音夷支韻
(一)鮧—。魚名。一曰鰾藏魚腸。宋明帝蜜漬鮧—一食數升。見〔集韻〕。
(二)同鮐〔本艸綱目〕鯸—、一作鯸鮐。

【鯷】田黎切音題齊韻
鮷或字。〔集韻〕鮷魚名。大鮎也。或作—。

【鮔】盈之切音飴支韻
(一)鯸—。魠也。見〔廣雅釋魚〕。〔按集韻引作魠也。王引之謂所據本誤。今依疏證本〕
(二)亦作鮐〔文選左思賦〕王鮪鯸鮐。

【鮫】居肴切音交肴韻
(一)海魚也。皮可飾刀。見〔說文〕。〔段注〕今所謂沙魚。所謂沙魚皮也。許有魦字。云、從沙省。蓋即此魚。蘇頌曰。其皮可飾刀靶。〔按動物學。—屬於板鰓類之橫口類。口在頭之下面而橫裂。缺鰓蓋。有鰓孔五對。眼之直後有噴水孔。全體呈紡錘形。性猛烈。能害人。我國以其鰭爲食品。所謂魚翅是也。與沙魚有別。存參〕
(二)舟—官名。〔左昭二十年傳〕澤之萑蒲。舟—守之。〔疏〕—是大魚之名。澤中有水有魚。故以舟—爲官名也。〔按—爲鮫之誤。朱駿聲云。疏訓大魚之名。失之。〕
(三)—人。〔述異記〕南海中有—人。水居如魚。不廢機織。其眼泣則能出珠。
(四)—石。惟產於石灰岩之礦石。地灰色。含有淡灰色之紡錘蟲化石。於其中。英文 Fusulina limeslone。
(五)亦作蛟。〔禮記中庸〕黿鼉蛟龍魚鼈生焉。〔釋文作—〕。

【鮭】涓畦切音圭齊韻
鯸鮐也。〔山海經北山經〕敦薨之山。敦薨之水出焉。其中多赤—。〔注〕今名鯸鮐爲—魚。沅曰。—非古字。本當爲鮐字。廣雅譌爲鮔。或又譌爲—。皆聲相近之誤。〔按廣雅疏證曰。河豚善怒。故謂之—。—之言恚。是與畢說異。日本百科辭典又云。—、一名鮏。是又異矣。並存攷。〕

鮭圖

【鮭】戶佳切音膎佳韻
吳人謂魚菜總稱。見〔集韻〕。

【鮭】烏蝸切音蛙佳韻
—蠪。神明。〔莊子達生〕倍阿—蠪。躍之。〔釋文〕—本亦作蛙。戶媧反。徐、胡佳反。司馬云。—蠪、狀如小兒。長一尺四寸。黑衣赤幘大冠。帶劍持戟。〔說誕不足据〕。

【鮭】戶瓦切音踝馬韻
楚冠名。見〔集韻〕。

【鮭】苦圭切音睽齊韻
漢複姓。漢有博士—陽鴻。見〔廣韻〕。

【鮮】相然切音僊先韻〔按新—之—、本作鱻。〕
(一)—魚也。出貉國。从魚。羴省聲。見〔說文〕。〔段注〕按此乃魚名。經傳乃叚爲新鱻字。又叚爲尟字。而本義廢矣。
(二)生魚也。〔禮記內則〕冬宜—羽。
(三)魚鱠也。〔文選蜀都賦〕—以紫鱗。
(四)野獸。〔左襄三十年傳〕唯君用—。
(五)生肉爲—。〔淮南秦族〕以奉宗廟—犞之具。
(六)鳥獸新殺曰—。〔書益稷〕暨益奏庶—食。〔按釋文引馬注。—、生也。〕
(七)殺也。〔洪範五行傳〕維—之功。
(八)明也。〔易說卦〕爲蕃—。
(九)好也。南楚之外通語也。見〔方言〕。
(十)明好也。〔淮南俶眞〕華藻鎛—。
(十一)潔也。〔文選西都賦〕—顥氣之清英。
(十二)善也。〔詩新臺〕籧篨不—。〔釋文〕—、斯踐反。少也。依鄭又音仙。
(十三)謂新華也。〔漢書廣川惠王越傳〕衣服常—於我。
(十四)訊也。見〔御覽引書大傳〕。
(十五)—規。明貌。一云。小蟲也。一云。小獸也。〔莊子天運〕—規之獸。
(十六)—榮。華也。〔文選宋玉賦〕豬春風分發—榮。
(十七)—扁。輕疾貌。又戰鬭車陳貌也。〔漢書揚雄傳〕—扁陸離。
(十八)—支。絹也。見〔廣雅釋器〕。〔疏證〕—支、一作—卮。說文、縛白—卮也。
(十九)—牟。東夷國。〔國語晉語〕與—牟守燥。
(二十)—卑。國名。〔後漢鮮卑傳〕—卑者、亦東胡之支也。別依—卑山。故因號焉。〔攷朔方備乘云東漢魏晉之—卑。其庭幕在喀爾喀。而封畛則遠及北海。今俄羅斯東偏之錫伯利部地。咸為所兼幷。又曰。—卑音轉為錫伯。今黑龍江南吉林西北境有錫伯部落。卽—卑遺民。按錫伯、今通譯作西伯利亞。〔又〕袞帶頭也。〔楚辭大招〕若—卑只。〔按漢書匈奴傳黃金犀毗一。注。孟康曰。要中大帶也。師古曰。犀毗。胡帶之鉤也。亦曰—卑。亦謂師比。總一物也。語有輕重耳。〕

㉑朝—。國名。古營州外域。周封箕子於此。後更衞滿高氏、王氏。明洪武時。李成桂廢其主王瑤自立。遂歷傳至今。自周秦以降。內屬於我。且時爽為郡縣。至清光緒甲午戰爭之結果。遂為日本之保護國。民國紀元前二年。日本遂倂而有之。其地北以鴨綠江圖們江與我分界。為突出日本海黃海間之一半島。

㉒山水名。〔山海經北山經〕北—之山。—水出焉。〔畢注〕括地志云。合黎水、一名—水。

㉓惠—。賚予賙給之。使之有生意也。〔書無逸〕惠—鰥寡。

㉔姓也。〔姓氏書辨證〕元和姓纂曰。—于氏之後。或單姓—。〔又〕—于。—陽。—虞。竝複姓。見〔姓氏書辨證。〕

【鮮】息淺切音獮銑韻

①少也。〔左昭元年傳〕—不五稔。

②寡也。〔詩揚之水〕終—兄弟。

③罕也。〔禮記中庸〕民—能久矣。

④盡也。〔易繫辭〕故君子之道—矣。

⑤不以壽終為—。〔左昭五年傳〕葬—者自西門。

⑥同尟。〔易乾注〕尟克有終。〔釋文〕尟、本亦作—。

⑦同尠。〔文選張衡賦〕慘則尠於驩。〔注〕尠、少也。與—通也。

【鮮】私箭切音綫霰韻

姓也。見〔集韻〕。〔按後蜀司空—思明。卽此讀。〕

【鮮】相然切音僊先韻息淺切音獮銑韻

①善也。〔詩北山〕—我方將。〔釋文〕—、息淺反。沈云。鄭云仙。

②山不相連屬也。〔爾雅釋山〕小山別大山、—。〔疏〕釋曰。謂小山與大山分別、不相連屬者、名—。李巡云。大山少。故曰—。〔釋文〕—、息淺反。或作嶰字。又音仙。〔按義疏云。張聰咸說、古本—當作解。後人加山。—、解、古得通借。—古音在紙部。解、古音在眞部。解讀若蠏。—讀若斯。孫炎注不相連。此正釋解字之義。今按皇矣詩傳。小山別大山曰—。公劉傳。巘、小山別於大山也。是毛意以—巘為一。據此。—通解。又同巘也。〕

【鯍】彌登切音瞢蒸韻母亙切音懵徑韻

⿰魚亘—也。見〔說文〕。〔通訓定聲〕字亦作⿰魚瞢。巟、瞢、一聲之轉。漢書司馬相如傳。⿰魚亘⿰魚瞢螹離。注。周洛曰鮪。蜀曰⿰魚亘⿰魚瞢。

【⿰魚舟】之由切音舟尤韻

魚名。〔集韻〕山海經、旲鞮之山。涴水出焉。是多—魚。〔按今本山海經作冉遺之魚。〕

【鮜】下遘切音候許候切音詬宥韻

魚名。⿰魚果也。見〔集韻〕。

【⿰魚虫】盱鬼切尾韻

魚名。見〔玉篇〕。〔按古今注。白魚赤尾者曰—。一曰魧。或云雌者曰白魚。雄者曰—。然廣雅疏證所引作魠不作—。〕

【鮞】人之切音而支韻

魚子也。一曰。魚之美者。東海之—。見〔說文〕。〔段注〕魚子、謂成細魚者。凡細者偁子。—之別一義。見呂覽本味篇伊尹語、高注曰。—、魚名。〔按國語魯語。魚禁鯤—。韋注。—、未成魚也。文選張衡賦。擭鯤—。薛注。—、細魚族類也。是皆以—為初出卵而尚未成魚者。與此不同。〕

【⿰魚肉】而六切音肉屋韻

魚子。見〔字彙〕。〔按廣韻一屋。鮞。如六切。魚子。一曰魚名。康熙字典曰。廣韻、集韻、鮞譌為鮞。篇海、復譌為—。據此。則字彙所據譌本也。〕

【鮠】吾回切音嵬灰韻

魚名。鯷之小者。見〔集韻〕。〔按本草綱目云。北人呼鱯。南人呼—。竝與鮰音相近。邇來通稱鮰魚。而鱯鮰之名不彰矣。—生江淮間。無鱗魚。亦鱘屬也。頭尾身鬐俱似鱘狀。惟鼻短爾。口亦在頷下。骨不柔脆。腹似鮎魚。背有肉鬐。〕

【鮡】田聊切音條　餘招切音遙蕭韻　直紹切音趙篠韻　杜皓切音道皓韻

魚名。見〔說文〕〔桂注〕魚名者、本書。鮡。大鰌也。其小者名—。爾雅同。廣韻、—魚名。似鮎而大。集韻、—魚名。似鮎白色。

【鮏】古勇切音拱腫韻

鯤也。見〔廣雅釋魚〕〔疏證〕子也。玉篇、鯤。大魚也。本艸拾遺云。—魚生南海。有肉翅。尾長二尺。刺在尾中。逢物以尾撥之。食其肉而去其刺。〔按爾雅、鯤。魚子也。卽魚卵未孚者。—訓鯤。似—亦爲魚子矣。與廣雅疏證引訓大異。存疑。〕

【鮏】呼工切音烘東韻

同魟。〔六書故〕魟又作—。與邵昜魚相類。不鱗。

【鮢】鍾輸切音朱　慵朱切音殊虞韻

魚名。山海經、—鱅似蝦。無足。見〔集韻〕。

【鮣】伊刃切音印震韻

魚名。〔文選左思賦〕—龜鱕鯌。〔注〕—魚長三尺許。無鱗。身中正。四方如印。南俗云。諸大魚欲死。—魚皆先封之。〔按西陽雜俎云。印魚長一尺三寸。額上四方如印有字。諸大魚應死者。先以印封之。此與選注不同。集韻云。—、鱗魚名。如篆。一曰首象印。說歧。存參。〕

【鮤】力蘖切音列屑韻

—鱴。魚名。〔爾雅釋魚〕—鱴、刀。〔注〕今之鮆魚也。亦呼爲魛魚。

鮤圖

【鮤】力制切音例霽韻

魚名。見〔集韻〕。

【[魚寺]】市之切音時支韻

鰣省字。〔集韻〕鰣。魚名。魚之美者。或省。

【鮥】歷各切音洛藥韻　戶賄切音瘣賄韻

叔鮪也。見〔說文〕〔段注〕叔鮪者、鮪之小者也。對王鮪爲鮮。郭注爾雅曰。「鮥、鮪屬也、今宜都郡自京門以上。江中通出鱏鱣之魚。有一魚狀似鱣。建平人呼—子。卽爾雅之—也。

【鮥】剛鶴切音各藥韻

魚名。如鱏。喙長三尺。利齒。虎鹿度河。齧之、斷。卵如鴨。見〔集韻〕。

【鮥】各額切音格陌韻

鮥省字。〔集韻〕鮥。魚名。或省。

【鮦】杜勇切音重腫韻　徒東切音同東韻

—魚。一曰鱶也。讀若絝襱。見〔說文〕〔段注〕此當直云鱶也。上四字淺人所加。—卽今頭有七星之魚。俗云烏鱧。其字正作鱶。〔按桂注以鱶也爲別義。依玉篇鱧—也之說。以—蠡爲此本義。存參。〕

鮦圖

【鮦】傳容切音重冬韻

魚名。見〔集韻〕。

【鮦】文九切音紂有韻

—陽。縣名。屬汝南。見〔集韻〕。〔按地理志。汝南郡—陽。孟康曰。—音紂紅反。而廣韻、集韻、皆與紂同音。段玉裁亦謂音轉讀若紂。〕

【鮨】蒸夷切音脂　市之切音時支韻

魚脂䱎也。出蜀中。一曰。鮪魚名。見〔說文〕〔段注〕醬字衍。脂者豕肉醬也。引伸爲魚肉醬則偁魚脂可矣。聶而切之爲膾。更細切之則成醬。爲—矣。—者。膾之最細者也。鮨魚名。當作—魚也三字一句。謂有魚名—也。〔按集韻引作魚名。鮪也。王注。鮪、一名—也。說歧。竝存。〕

【鮨】渠義切音祈支韻

鮓屬也。〔爾雅釋器〕魚謂之—。

【鮨】研計切音詣霽韻

魚名。〔山海經北山經〕北嶽之山。諸懷之水出焉。而西流注於囂水。其中多—魚。魚身而犬首。其音如嬰兒。食之已狂。〔畢注〕卽鯢魚也。亦曰人魚。亦曰鰟魚。鯢字亦作兒。說文云。—、鮪魚名。說文無鯢鰟字。鯢、兒、音同。—、正字。兒、借字也。

【鮩】部迥切音竝迥韻

白魚。見〔集韻〕。

【鮩】蒲必切音邲質韻 魚名。見〔集韻〕。

【鮩】蒲幸切音併梗韻 鮩或字。〔集韻〕鮩。魚名。或从并。

【鮪】羽軌切音洧紙韻云九切音有有韻 鮥也。周禮、春獻王｜。見〔說文〕〔段注〕陸璣疏曰。｜魚形似鱣而青黑。頭小而尖。似鐵兜鍪。口亦在頷下。益州人謂之鱣鮪。大者爲王｜。小者爲鮛｜。一名鮥。〔按今動物學云。｜屬硬鰭類。與鱏魚別。据此。山海經云。｜卽鱏。似誤〕

鮪圖

【鮪】羽軌切音洧紙韻 水名。鞏縣西北臨河有周武山。武王伐紂。使膠革禦之。｜水上。蓋其處也。相傳山下有穴通江。穴有黃魚。春則赴龍門。故曰｜岫。見〔集韻〕〔按山海經北山經云。白沙山、｜水出於其上。是別爲一水。〕

【鯃】元俱切音虞訛胡切音吾虞韻 鮈｜。魚名。見〔集韻〕。

【鯃】五矩切音麌麌韻 魚名。見〔集韻〕。

【鮬】貧悲切音邳支韻虧于切音區虞韻蒲故切音步遇韻 鱊｜。魚名。〔爾雅釋魚〕鱊｜、鱖鯞。〔注〕小魚也。似鮒子而黑。俗呼爲魚婢。江東呼爲妾魚。〔義疏〕今此魚似鯽而狹長。黑色細鱗。大者僅三寸也。

【鮬】苦故切音庫遇韻 藏魚子也。見〔集韻〕。

【鮬】匈于切音訏空胡切音枯虞韻枯瓜切音誇麻韻 魚名。見〔集韻〕。

【鮯】葛合切音閤合韻 ｜｜。魚名。〔山海經東山經〕深澤有魚焉。其狀如鯉而六足鳥尾。名曰｜｜之魚。其鳴自訆。

【䱈】音如魚韻 ｜鮆。魚名。〔山海經西山經〕濫水多｜鮆之魚。其狀如覆銚。鳥首而魚翼魚尾。音如磬石之聲。是生珠玉。〔互詳鮆字〕

【鮏】蘇典切音銑銑韻 魚也。見〔集韻〕。

【鮭】古壞切音怪卦韻 魚名。見〔篇海〕。〔按康熙字典云。字疑當作鮭〕

【鮊】巨九切音臼有韻 魚名。見〔集韻〕。

【魾】頻脂切音毗支韻 鮍或字。〔集韻〕鮍。魚名。魴也。或作｜。

【鮚】極乙切音姞質韻吉屑切音結屑韻 蚌也。漢律會稽郡獻｜醬二斗。見〔說文〕〔段注〕地理志會稽鄞縣有埼亭。師古曰。｜、蚌也。長一寸。廣二分。有一小蟹在其腹中。埼、曲岸也。其中多｜。故以名亭。按此名瑣｜。瑣者、小也。｜之小者。〔按文選郭璞江賦作瑣蛣〕

【鮚】其吉切音佶質韻 魶｜。大蛤。見〔集韻〕。

【鮚】丘八切音訖黠韻 鰨省字。〔集韻〕鰨。魚名。或省。

【魶】莫六切音木屋韻 魚名。見〔玉篇〕。

【鮟】於旰切音按翰韻 魚名。見〔集韻〕。〔按康熙字典云。卽鮟字之譌。据日本博物學辭典云。｜鱇者、尾硬鰭類。體似琵琶。無鱗。口頗大。生銳齒甚多。常住海底。用胸鰭腹鰭、徐徐匍行。頭上生一二本之絲狀物。以誘小魚而捕食之。體色淡黑。腹部帶白色。體長達三尺。不知是一是二〕

【鮏】稱脂切音鴟支韻 鮉或字。〔集韻〕鮉。魚名。博雅、河鮉。魠也。或从至。

【鮰】戶恢切音灰灰韻 ｜魚不鱗。狀似鯰。生大江中。見〔六書故〕〔按本草綱目云。北人呼鱯。南人呼鮠。並與｜音相近。邇來通稱｜魚。而鱯鮠之名不彰矣〕

【鮠】乃果切音娜哿韻 魚名。見〔字彙補〕。

【鱧】音禮霽韻

魚名。見〔康熙字典引龍龕手鑑〕。

【鯀】天六切沃韻

寂也。見〔搜眞玉鏡〕。

【鮮】莫侯切尤韻

魚名。見〔玉篇〕。

【鮀】助駕切禡韻

海物。水母也。見〔六書故〕。〔按亦作蛇。詳鮓字。〕

【鮔】音巨御韻

魚名。見〔篇海類編〕。

【魧】音航陽韻音罵禡韻

魚名。見〔川篇〕。

【鯵】音未詳

毒魚名。〔論衡言毒〕天下萬物含太陽氣而生者。皆有毒螫。毒螫渥者。在魚則為鮭與—鮛。故人食鮭旰而死。為—鮛螫有毒。

【鮝】同鰧。見〔字彙〕。〔正字通云。—俗鯗字。舊注同鰧。誤。〕

【魱】鮰省字。〔集韻〕鮰。魚名。或省。

【鯙】鰟俗字。見〔正字通〕。

【鰯】鰨俗字。見〔正字通〕。

七畫

【鮷】田黎切音題齊韻

(一)大鮎也。見〔說文〕。〔通訓定聲〕字亦作鮧、作題、作鰟。按即鯷也。爾雅。魾、大鱯。小者鮡。是鮎為通名。大者曰—。曰鱯。爾雅翼云。鮧魚偃額。兩目上陳。頭大尾小。身滑無鱗。知—為今之鱓魚。

(二)大鱧。見〔廣韻〕。

【鯑】大計切音弟霽韻

魚名。鮎也。見〔集韻〕。〔按廣雅釋魚。—、鯷、鮎也。曹憲—音啼。鯷音綈。疏證曰。—、鯷皆鮎之別名也。若以形聲言。則鮎之大者乃名為—。又謂曹憲音、各本啼譌作締。綈譌作啼。集韻、類篇—田黎切。又大計切。即因此而誤。存攷。〕

【鯀】古本切音袞阮韻

(一)—魚也。从魚系聲。見〔說文〕。〔按玉篇、—大魚也。桂馥云。當作弦省聲。朱駿聲云。孫省聲。或曰即鯤字。从魚系會意。猶言魚子也。〕

(二)人名。〔書堯典〕於—哉。〔傳〕—、崇伯之名。〔釋文〕馬云。禹父也。〔按韻會鯀下云。本作歟。从欠。鯀聲。徐曰。禹父名。義當用此字。今作鯀。亦省作鰥。又作鮌。又作骸。通作—。〕

【鯁】古杏切音梗梗韻　居孟切音更敬韻

(一)魚骨也。見〔說文〕。〔段注〕與骨部骾字別。而骨骾字亦多借—為之。

(二)害也。〔國語晉語〕除—而避強。

(三)鯤—。蛟龍所生也。〔淮南墬形〕介鱗生蛟龍。蛟龍生鯤—。鯤—生建邪。建邪生庶魚。凡鱗者生於庶魚。

(四)骨—。喻正直也。食骨留咽中為—。〔後漢來歙傳〕太中大夫段襄骨—可任。

(五)祝—。養老禮之祝者也。〔漢書賈山傳〕然而養王老於太學。祝䭡在前。祝—在後。〔注〕師古曰。以老人好饐—。故為備祝以祝之。

(六)汲—。硯石名。見〔方輿勝覽〕。

(七)同哽。〔禮記內則注〕食之—人。〔釋文〕—、本作哽。

(八)同梗。〔後漢段熲傳〕至今為—。〔注〕—、與梗同。梗病也。大雅云。至今為梗。

【鯈】陳留切音儔尤韻

(一)—魚也。見〔說文〕。〔段注〕爾雅。鮂、黑鰦。郭云。即白—魚。按白—即今白鰷條。山海經北山篇。彭水、—魚。其狀如雞而赤毛。三尾六足四首。其字亦作儵。亦作鮋。俗作鰷。〔按通訓定聲。亦作鯵。〕

(二)魚子。見〔集韻〕。

(三)地名。〔左文十七年傳〕將悉敝賦以待於—。〔注〕—、晉鄭之竟。

(四)人名。春秋時晉公子伯—。後漢劉—。

【鯈】夷周切音由尤韻

(一)白魚也。〔莊子秋水〕—魚出遊從容。

(二)亦作鰷。〔山海經北山經〕帶山、彭水出焉。其中多鰷魚。食之可以已疣。〔注〕音由。沅曰。依義當為—、鯈借音字。

【鯈】田聊切音迢蕭韻

(一)亦作鮋。〔爾雅釋魚釋文〕—音條。本亦作鮋。又音由。又直流反。又音酬。〔按義疏、—即鮋。釋文本亦作鮋。鮋鮂形近。疑相涉而誤也。〕

(二)鰷或字。〔集韻〕鰷。白鰷。魚名。或作—。〔按爾雅釋魚義疏。周頌潛箋。

鰷、白鰷也。蓋—字變爲鰷。因音變爲條矣。〕

【鯊】所嫁切音驪禡韻

魚名。見〔集韻〕。

【鯊】師加切音沙麻韻

㊀魚名。〔詩魚麗〕鱨—。〔釋文〕—、亦作魦。今吹沙小魚也。體圓而有黑點文。舍人云、—石鮀也。

鯊圖

㊁魦或字。〔集韻〕魦。說文、魚名。出樂浪潘國。或从沙。

【鯉】良以切音里紙韻

㊀鱣也。見〔說文〕。〔段注〕此見釋魚。舍人云、—一名鱣。毛云。鱣、—也。爾雅古說如此。而郭注乃分—、鱣爲二。周頌有鱣有鮪。鰷鱨、鰋—、鱣—、竝言。似非一物。而箋云。鱣、大—也。然則凡—曰—。大—曰鱣。猶小鮪曰鮥。大鮪曰鮪。謂鱣與—。鮥與鮪。不必同形。而要各爲類也。許意當亦如是。〔按今動物學云。—爲喉鰾類之淡水魚。〕

鯉圖

㊁—魚。水名。〔水經河水注〕河水又南得—魚。歷澗東入窮溪首。便其源也。

㊂鯡—之變稱也。體色美而肉味不美。但供愛玩之用。

㊃龍—。陵居。其狀如—。見〔文選郭賦若乃龍—一角注引山海經〕〔按今本海外西經作龍魚。〕

㊄—洪。溪名。在廣德州城東南一十里。其源有二。會流於此。灌田二萬畝。見〔明一統志〕。

㊅書扎曰雙—。〔李商隱詩〕雙—迢迢一紙書。〔注〕古人尺素。結爲—魚形。卽緘也。〔按古樂府客從遠方來。遺我雙—魚。呼童烹—魚。中有尺素書。疑雙—之義本此。〕

㊆人名。〔論語季氏疏〕伯魚、孔子之子—也。

【鮵】徒活切音奪曷韻

魚名。〔爾雅釋魚〕鰹、大鮦。小者—。〔注〕今青州呼小鱺爲—。〔疏〕釋曰。此卽鱧也。其大者名鰹。小者名—。鱺與鱧音義同。或與鱺、鱧通。〔按說文無—。鮦一名鱶。或卽—。鱶鱶、鱧、竝同鯫。〕

鮵圖

【鮶】拘云切音君文韻

水—。蟲名。似魚。見〔集韻〕。

【𩶑】他候切音偸尤韻他口切音妵有韻大透切音豆宥韻

—魚也。見〔說文〕〔段注〕亦作鮏。

【𩶅】營隻切音役陌韻

魚名。有四足。如蝘。而行疾。見〔集韻〕。〔按六書故云。如蝘之說未然。本草。鯢魚生山谿。似鮎。四腳長尾。一名人魚。卽此物也。〕

【𩶸】亭歷切音狄錫韻

馬—。魚名。出東海。見〔集韻〕。〔按六書故云。—、海魚。頰肉最美。〕

【𩷁】渠成切音頸庚韻下頂切音婞迥韻

—魚也。見〔說文〕。〔段注〕尙書大傳曰。大鄀—魚。鄭注。—魚、今河南以爲鮑。〔按正字通引埤雅廣要。魴一名—。音京。〕

【鮸】美辨切音免銑韻

—魚也。出薉邪頭國。見〔說文〕。〔段注〕今江浙人所食海中黃花魚。乾之爲白鯗。卽此魚也。一名石首魚。首中有二石。許云出薉邪頭國者。蓋許據所見載籍言之。江賦。鯼鮆順時而往還。注云。子林、田鯼魚。出南海。頭中有石。一名石首。然則此魚又名鯼。南海亦有之。〔互詳鯼字。〕

【鮸】武遠切音晚阮韻

魚名。見〔集韻〕。

【鮹】思邀切音宵蕭韻　魚名。見〔集韻〕。

【鮹】師交切音梢肴韻　海魚名。形如鞭旋。見〔集韻〕。〔按本草拾遺。—魚出江湖。形似馬鞭。尾有兩歧如鞭鞘。故名。〕

鮹圖

【鮺】側下切音庌馬韻　本作䰼。〔說文〕䰼。臧魚也。南方謂之魿。北方謂之—。一曰大魚爲—。小魚爲魿。从魚。差省聲。〔按卽內則之魚膾聶而切之者也。作—之法。令魚不朽壞。字或作𩶉、䱹、鮓。亦省作差。〕

【鮻】蘇禾切音蓑歌韻　魦或字。〔集韻〕魦。魚名。或作—。〔按通雅動物云。—魚、人面人手魚身。存攷。〕

【⿰魚岑】才淫切音鬵鋤鐕切音岑侵韻徂感切音歜感韻　蠶也。見〔廣雅釋器〕。〔按說文作魿。〕

【⿰魚岑】才淫切音岑侵韻　大魚曰鯊。小魚曰—。或作魿。見〔集韻〕。

【⿰魚岑】士痒切音顈寢韻　魿或字。〔集韻〕魿。小魚。蓋也。或从岑。〔按此韻與上侵韻義同。互以爲或字。不免令人迷罔。集韻此等處頗多。均依本書體例著錄。〕

【⿰魚孚】芳無切音敷虞韻　蘆—。魚名。似鰲而細文。見〔集韻〕。〔按御覽引南越志曰。蘆—魚生山曲水間。穴地爲窟。泉源湧則此魚出。今廬陵以南至於南州有焉。俗以爲[illegible]。〕

【⿰魚孚】普溝切音捊悲幽切音彪尤韻　鯆—。鯆也。見〔廣雅釋魚〕。〔疏證〕說文、鯆。魚也。有兩乳。一曰溥浮。溥浮、與鯆—同。玉篇。鯆—。魚。一名江豚。欲風則踊。酉陽雜俎云。奔—。有兩乳在腹下。案說文鯆有兩乳。此奔—有兩乳。則卽鯆魚也。奔—、鯆—。語之轉耳。〔按一名—鯆。互詳鯆字。〕

【⿰魚孚】房尤切音浮尤韻　魚名。見〔集韻〕。

【鮿】陟涉切音輒葉韻　鮑魚也。卽今不著鹽而乾者也。見〔漢書貨殖傳鮑千鈞師古注〕。

鮿圖

【⿰魚折】似絕切音蕝食列切音舌屑韻　⿰魚公—。魚名。似蚌蝤。生海中。見〔集韻〕。〔按集韻東韻⿰魚公下。⿰魚公—。似鰲。〕

【⿰魚邑】憶笈切音敆葉韻　魚名。見〔集韻〕。

【⿰魚邑】又業切音腌葉韻　腌或字。〔集韻〕腌。魚名。或从邑。〔互詳腌字。〕

【⿰魚良】盧當切音郎陽韻　—⿰魚豈。雄蟹也。〔廣雅釋魚〕蜅。蟹蛫也。其雄曰—⿰魚豈。〔疏證〕今人辨蟹以長臍者爲雄。團臍者爲雌。

【⿰魚廷】唐丁切音庭青韻　鯙或字。〔集韻〕鯙。魚名。⿰魚乚也。或从廷。

【⿰魚廷】他頂切音珽迥韻　全魚醬。見〔集韻〕。〔按御覽引嶺表錄異。跳—。乃海味之小魚—也。船衝魚陣。不施罟網。但魚兒自驚跳入船。以此爲—。故名跳—。〕

【⿰魚酉】孫朱切音蘇虞韻　—息也。死而更生。見〔篇海〕。〔正字通云。魚將死更生。別作甦。古與穌通。〕

【⿰魚延】尸連切音羶抽延切音脠先韻矢忍切音矧軫韻　魚醬。見〔集韻〕。

【鯆】匪父切音甫麌韻　大魚。見〔集韻〕。

【鯆】彼五切音補麌韻　魚名。見〔集韻〕。

【鯆】奔模切音逋虞韻　魚名。尾有毒。見〔集韻〕。

【鯆】滂模切音鋪虞韻　鱄或字。〔集韻〕鱄。魚名。博雅、鱄鮬。鮑也。或从甫。

【鯇】戶袞切音渾阮韻戶版切音睅潸韻 ─魚也。見〔說文〕。〔按爾雅釋魚─注。今鯶魚似鱒而大。義疏。說文、─魚。不言其狀。郭云今鯶魚者。鯶、─聲同。一讀聲轉。蓋古今字也。陳藏器云。─似鯉。生江湖。李時珍云。有青─白─。白者味勝。南人多鯤之。俗名草魚也。攷舍人及孫炎讀鯶─爲一。說詳鮎字。今動物學云。─屬喉鰾類〕

【鯇】胡玩切音換翰韻 魚名。見〔集韻〕。

【鯇】戶管切音緩旱韻 鰀或字。〔集韻〕鰀魚名。或作─。

【鰴】謨𡘅切音枚灰韻迷浮切音謀尤韻 魚名。見〔集韻〕。〔按六書故云。似鰻而小首亦有石。〕

【鯈】田聊切音迢蕭韻 鰷或字。〔集韻〕鰷白鰷魚名。或作─。〔按莊子至樂食之鰌─。釋文。─音條。又音攸。又徒由反。一音由。〕

【鯯】子例切霽韻子賤切霰韻

海魚。似鯿而小肥美。見〔六書故〕。

【鮈】居六切沃韻 魚名。見〔玉篇〕。

【𩸀】七尋切侵韻 魚名。見〔玉篇〕。

【鯌】之利切音志寘韻 魚名。見〔玉篇〕。

【鮽】與魚切魚韻 魚名。見〔玉篇〕。

【𩶛】疏臻切音莘眞韻 鱔省字。〔集韻〕鱔魚名。或省─。

【鯃】訛胡切音吾虞韻 鯸或字。〔集韻〕鯸。鮈魚。鯸名。或从。

【鯄】求尤韻 魚名。見〔玉篇〕。

【鯆】音步遇韻 魚名。見〔玉篇〕。

【鯙】蒲沒切音浡月韻 魚名。見〔字彙補〕。

【鯌】口到切音靠號韻 魚名。見〔字彙補〕。

【鯝】音呑元韻 魚名。見〔字彙補〕。

【鰋】隱𢡢切音匽阮韻 鮀也。見〔說文〕。〔段注〕謂之─者。以其偃額也。偃者仰也。玉裁按鮀也乃鮎也之誤。

【鰡】力求切音留尤韻 魚名。見〔集韻〕。

【𩹉】千安切音餐寒韻 鱌省字。〔集韻〕鱌魚名。或省。

【𩶜】渠王切音狂陽韻 大魚。見〔集韻〕。

【鮍】逆及切音岌緝韻 魚衆也。見〔集韻〕。

【鯬】同鯬。見〔字彙補〕。

【鯱】同䖘。〔成陽靈臺碑〕─魚復生。〔隸釋〕淮南子墬形訓。載海外三十六國。西北方有無繼民。䖘魚在其南。注云。䖘魚如鯉。所謂─魚。疑即此耳。〔按山海經海外西經。龍魚陵在其北。然則─即龍魚。〕

【魦】同鯊。見〔篇海〕。

【𤢺】同𩶜。見〔集韻〕。

八畫

【鯔】莊持切音菑支韻 ㊀魚名。見〔集韻〕。〔按本艸綱目云。─生東海。狀如青魚。長者尺餘。其子滿腹。有黃脂。味美。獺喜食之。吳越人醃爲鯗臘。今動物學謂是硬鰭類之一種。好棲淡鹹水交混處。體灰色。有淡黑之縱線。體長約達二尺。其小者以成長之度而別爲種種名稱。內供食用。〕

鯔圖

㊁─魚。形如鯇。〔文選左思賦〕鮫─琵琶。

【鯕】渠之切音其支韻 ㊀魚名。見〔說文〕。〔段注〕其訓當云鮇─也。㊁鯿魚。見〔廣韻〕。

【鯘】努罪切音餧賄韻 ㊀敗也。見〔廣雅釋詁〕。〔按玉篇魚敗也〕㊁臭也。見〔廣雅釋器〕。㊂通餒。〔爾雅釋器〕魚謂之餒。〔釋文〕說文云。魚敗曰餒。字書作—。同。

【鮛】或竹切音菽沃韻

㊀鯵—。毒魚。詳鯵字。

㊁鮇或字。〔集韻〕鮇。魚名。王鮪也。小者曰鮇。或不省。

【鯛】丁聊切音貂蕭韻

㊀骨耑脃也。見〔說文〕。〔正字通云。按長箋、它魚不肰。疑爲鱓魚。宜訓鱓鼻端脆骨。〕

㊁魚名。見〔玉篇〕。〔按集韻。小魚名。今攷日本博物學辭典云。—者屬硬鰭類之一種。色味俱美。齒強大。適於肉食。又有烏頰魚、名黑—。形亦相類。惟體色蒼黑。又有方頭魚、名甘—。體扁側。呈長楔形。背部淡紅色。腹部白。頭部稍方而眼大。〕

鯛圖

【鯝】古暮切音顧遇韻

㊀魚腸。一曰。杭越之間謂魚胃爲—。見〔集韻〕。

㊁黃—魚名。〔本艸綱目〕魚腸肥曰—。此魚腸腹多脂。南人譌爲黃姑。北人譌爲黃骨魚。生江湖中小魚也。狀似白魚而頭尾不昂。扁身細鱗白色。闊不踰寸。長不近尺。可作鮓葅。煎炙甚美。

【鯢】研奚切音倪齊韻

㊀刺魚也。見〔說文〕。〔段注〕或作刺者誤。刺魚者、乖刺之魚。謂其如小兒能緣木。史漢謂之人魚。釋魚曰。—大者謂之鰕。郭云。今—魚似鮎。四腳。前似獮猴。後似狗。聲如小兒啼。大者長八九尺。別名鰕。

鯢圖

㊁鯨之雌者也。〔左宣十二年傳〕取其鯨—而封之。〔疏〕正義曰。裴淵廣州記云。鯨—百尺。雄曰鯨。雌曰—。俗說出入穴卽爲潮水。

㊂小魚也。見〔莊子外物〕守—鮒。〔釋文引李注〕〔按此借爲鮞。〕

㊃山水名。〔山海經中山經〕倚帝之山。又東三十里曰—山。—水出於其上。潛於其下。〔畢注〕經云在倚帝山東三十里。則今騎立山上湫水三池。卽—山—水是也。

㊄通齯。〔文選張衡賦〕於是乎—齒眉壽鮐背之叟。〔爾雅釋詁作齯〕

【鯤】公渾切音昆。胡昆切音魂。元韻

大魚。〔莊子逍遙遊〕北冥有魚。其名爲—。—之大不知其幾千里也。〔釋文〕徐音昆。李侯溫反。大魚名也。崔譔云。—當爲鯨。簡文同。〔按六書故。—但訓魚子。云莊周之言無稽。不采。又廣雅釋魚曰。鯕、—也。說詳鯕字。〕

【鯤】公渾切音昆元韻

㊀魚子也。〔爾雅釋魚〕—、魚子。

㊁潭名。〔明一統志〕—潭在福州府永福縣西。

㊂或作卵。〔禮記內則〕濡魚卵醬實蓼。〔注〕卵讀爲—。—、魚子。或作攔也。

㊃或作鰥。〔詩敝笱箋〕鰥、魚子也。〔疏〕—鰥字異。蓋古字通用。或鄭本作—也。

【鯪】閭承切音菱蒸韻

㊀獸名。〔楚辭天問〕—魚何所。〔注〕—魚、鯉也。一云。—魚、—鯉也。有四足。出南方。一作陵。〔按本草綱目。李時珍云。—鯉、俗稱爲穿山甲。狀如鼉而小。背如鯉而闊。首如鼠而無牙。腹無鱗而有毛。長舌尖喙。尾與身等。鱗尖厚有三角。腹內臟腑俱全而胃獨大。常吐舌誘蟻食之。今動物學以屬諸貧齒類。〕

鯪圖

㊁石—。藥名。見〔集韻〕。〔按本草綱目。—鯉、又名石—魚。〕

【鯬】良脂切音黎支韻憐題切音黎齊韻

● 鯬也。〔正字通〕一、鯬別名。廣州謂之三一之魚。六書故作鮆。子例切。云、海魚。似鯿而小。肥美。

● 一鯠魚名。詳鯠字。

【鯙】都教切效韻

烝然一一。見〔說文〕〔段注〕詩南有嘉魚。烝然罩罩。傳曰罩、籗也。音義。罩、張教反。此偁詩作一一。不言其義。篇韻皆不載其字。大徐云都教切者。非唐韻有此字。此音乃傅合毛詩音義為此音耳。集韻類篇效韻。亦無此字。惟覺韻有此字。訓曰魚名。其可疑如此。

【鯙】竹角切音斲覺韻

魚名。見〔集韻〕。

【鯖】於丁切音嫈青韻

魚名。青色。有枕骨。見〔集韻〕。〔按動物學云。一為硬鰭類之海魚。體呈紡錘形而稍長。亦有較圓者。名為圓一。尾鰭小而岐分。背部青綠色。而顯蒼綠色之波紋。常逐水溫移行。然夏秋之候。乃羣泳於近海。肉美中食。亦名青魚。〕

【鯖】親盈切音清庚韻倉經切音青青韻

魚名。見〔集韻〕。

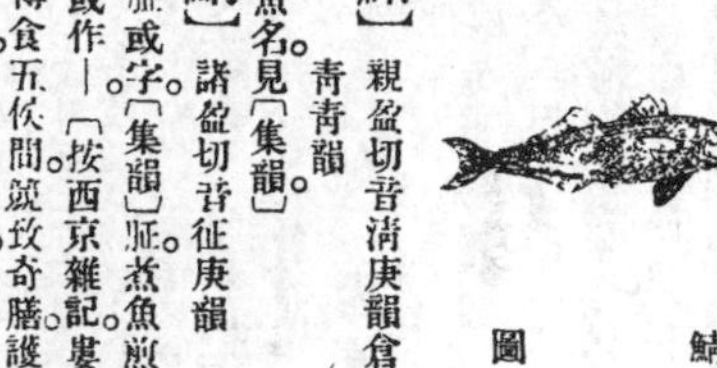
鯖圖

【鯖】諸盈切音征庚韻

胚或字。〔集韻〕胚。煮魚煎肉曰胚。或作一。〔按西京雜記。婁護豐辯。傳食五侯間。競致奇膳。護乃合以為一。世稱五侯一。〕

【鮒】符遇切音附遇韻

鮒或字。〔集韻〕鮒。說文、魚名。或从附。

【鯌】七約切音碏藥韻

魚名。見〔集韻〕。

【鯌】倉各切音錯藥韻

魚名。鼻前有骨如斧斤。一說、生子在腹。朝出食。暮還入。見〔集韻〕〔互詳鮫字。〕

【鯗】寫兩切音想養韻

魚腊。見〔集韻〕。〔按吳地記云。闔閭入海。見金色魚逼而來。吳軍取食。及歸。索食之。甚美。因書美下魚一字。〕

鯗圖

【鯙】蒲街切音牌佳韻匹寐切音敗寘韻

黑鯉謂之一。見〔廣雅釋魚〕〔疏證〕古今注云。兗州人呼黑鯉為玄駒。是鯉有黑色者也。〔按正字通云。一卽魚婢婢字。非黑鯉名。存攷。〕

【鯙】班糜切音陂支韻

魚也。見〔集韻〕。

【鯚】吉器切音季寘韻

魚名。見〔字彙〕。〔按正字通云。魚銳喙細鱗。〕

【𩸄】乃帶切音奈泰韻

鰶一。魚名。見〔集韻〕。

【鯜】七接切音妾卽涉切音接葉韻

一魚也。出樂浪潘國。見〔說文〕〔王注〕釋魚。鰟鮍鱖鯞。郭注。小魚也。似鮒子而黑。俗呼為婢魚。江南呼為妾魚。

【鯛】匹亙切烹去聲徑韻

大魚也。見〔字彙〕。〔正字通云。按食物本草。鯛魚形似河豚而小。亦善嗔。嗔則腹脹大。硬緊如鞠。仰浮水面。卽此。俗改作一。〕

【鯸】居御切音據御韻

魚名。見〔集韻〕。〔按函史物性志云。一形似石首魚。左右三牙如鐵鋸。或曰石首雄、一雌也。〕

鯸圖

【䱟】斤於切音居魚韻 蜛或字。〔集韻〕蜛。蜛蝫。蟲名。或从魚。

【鮅】必結切音鷩屑韻 魚行皃。見〔集韻〕。

【魵】芳問切音湓問韻 魚小曰－。一曰魚名。見〔集韻〕。

【𩷕】普悶切音噴願韻 小魚。見〔集韻〕。

【𩶱】父吻切音憤吻韻 鱝或字。〔集韻〕鱝。魚名。大鮋也。或从忿。

【鯞】止酉切音帚有韻 鯞－。魚名。〔爾雅釋魚〕鰝、鰫、鯞－。〔義疏〕今此魚似鯽而狹長。黑色細鱗。大者僅三寸也。爾雅翼云。今人謂之旁皮鯽。又謂之婢妾魚。其行以三爲率。一頭在前。兩頭從之。若媵妾之狀。故以爲名。〔互詳鯜字〕

【鰊】都籠切音東東韻 魚名。似鯉。見〔集韻〕。

【𩵼】戶瓦切音踝馬韻 鱧也。見〔說文〕。

【䱡】丘六切音鞠居六切音匊渠竹切音鞠屋韻區玉切音曲沃韻 －魚也。出樂浪潘國。一曰。－魚出九江。有兩乳。一曰溥浮。見〔說文〕。〔段注〕九江、鉉本作江東。爾雅音義引無東。皆非也。上一曰、別其義。－即今之江豬。亦曰江豚。樂浪潘國與九江同產此物。云一曰者。載異說。殊其地也。下一曰。猶今言一名也。

【鯠】郎才切音來灰韻 鯬－。魚名。〔爾雅釋魚〕鯬－。〔義疏〕釋文引廣雅云。鯠鯬。又引埤蒼云。鯬－、鯠也。並與上文鯠字相屬。此古讀也。廣韻。鰻－。魚名。鰻－、即鯬－。本草別錄作鰻鱺。陶注。能緣樹。食藤花。形似鱓。是也。

【𩹉】斐古切音甫麌韻 魚名。見〔字彙〕。〔正字通云。俗鮒字。〕

【鯡】方未切音沸未韻 魚子。一曰海魚名。見〔集韻〕。〔按日本博物學辭典云。鰊、亦名－。屬喉鰾類。背部靑藍色。腹部白色。鱗粗大易剝。無側線。肉及卵供食用。粕爲肥料。又取油供工業用。不知是一是二。〕

鯡圖

【鯡】匪微切音非微韻 䲒或字。〔集韻〕䲒。魚名。似鮒。出湧水。或从非。

【鯣】夷益切音易陌韻 鰑－。見〔篇海〕。〔按龍龕手鑑。－、羊亦反。云、－鰑也。然廣雅疏證本有鰑鯣。鯛也。曹憲、鯣音陽。玉篇廣韻、鯣與章切。云亦鰑也。是則－鯣或爲一字。以形岐而音異。存攷。〕

【鯣】讀若斯 日本謂烏賊類乾製者之總稱也。取烏賊魚類。自腹面縱剶。除去其臟腑肥球口器等。以鹹水淨洗。曝於日以爲脯。

【䲈】遏鄂切音惡藥韻 魚名。如蛇。見〔集韻〕。〔按或作鱷、纂〕

【鯥】力竹切音六屋韻 魚名。〔山海經南山經〕抵山有魚焉。其狀如牛。陵居。蛇尾有翼。其羽在魼下。其音如留牛。其名曰－。〔畢注〕此字說文所無。疑古作陸。以陵居名之。〔按今動物學云。－屬硬鰭類。體圓而長約尺餘。常羣棲於深海。肉供食用。是與山海經所言異物。存參。〕

【䱢】甾莖切音爭庚韻 魚名。〔廣雅釋魚〕竹頭－也。

【䲜】鋤耕切音崢庚韻 魚名。見〔集韻〕。

【䱣】即聿切音卒質韻 魚名。鰷也。一曰。鮪別名。見〔集韻〕。

【䱅】乎韽切音陷陷韻 －魚也。見〔說文〕。〔王注〕異苑。諸魚欲產。－魚、輒以頭衝其腹。－魚自生。亦更相撞觸。俗謂衆魚之生母。

【䱅】古念切音兼豔韻 魚名。見〔集韻〕。

【鯦】巨九切音臼有韻
當互也。見〔說文〕。〔通訓定聲〕爾雅釋魚。—、當魱。注。海魚也。似鯿而大鱗。肥美。多鯁。今江中呼其最長大三尺者爲當魱。按即今之鰣魚。然鰣魚出江中。—出海中。疑江海都有之。

鯦圖

【鯦】徐由切音囚字秋切音酋尤韻巨救切音舊宥韻
魚名。見〔集韻〕。

【鯦】戶賄切音瘣倚亥切音欸賄韻
叔鮪也。見〔類篇〕。〔按集韻戶賄切者。字作鮠。攷爾雅釋魚。鮥鮛鮪。釋文云。鮥字林作—。巨救反。—當魱。釋文云。—字林作鮥。音格。是則—、鮥字林已互易矣。〕

【鯧】蚩良切音昌陽韻
—鯸。魚名。見〔集韻〕。〔按亦稱—。嶺表錄云。—形似鯿魚。頭上突起。連背身圓。肉厚。止有一脊骨。〕

鯧圖

【鯨】渠良切音弶陽韻渠京切音擎庚韻
䲔或字。〔說文〕䲔、海大魚也。—、䲔或从京。〔按—外形似魚。內部構造及發生狀態。則全與哺乳類無異。其尾廣平。乃張皮襞于左右而成。頭上有鼻孔。爲噴水孔。正字通云。—穴處海底。出穴則水溢。溢謂之—潮。互詳䲔字。〕

鯨圖

【鯩】龍春切音倫眞韻
魚名。〔山海經中山經〕來需之水。其中多—魚。黑文。其狀如鮒。食者不睡。

【鯫】將侯切音緅尤韻仕垢切音棷有韻
白魚也。見〔說文〕。〔段注〕白而小之魚也。史記。—千石。徐廣曰。——、魚也。張守節曰。鯫小魚也。師古於漢書作鮿字。蓋未然。

【鯫】逡須切音趨虞韻
淺—。小人皃。見〔集韻〕。〔按漢書。—生敎我。服虔曰。—音淺—。小人皃也。淺—、漢人有此語。通作鄹。釋名、奏者鄹也。鄹狹小之言也。淺—、即淺鄹。〕

【鯫】此苟切音趣仕垢切音棷才垢切有韻
小也。〔史記高祖紀索隱〕楚漢春秋云。解先生云。遣守函谷。無內項王。鄗張良世家云。—生說我言—小也。

【鯫】祖侯切音劉尤韻
魚名。見〔集韻〕。

【鯫】才垢切有韻
姓也。見〔史記項羽紀〕—生說我。集解引臣瓚。

鯫圖

【鯫】陟涉切音輒葉韻
膊魚不鹽也。漢書、—鮑千鈞。顏師古讀。見〔類篇〕。〔按漢書本作鮿鮑千鈞。集韻二十九葉、亦作鮿。此作—異。〕

【鯯】征例切音制霽韻
魚名。可爲醬。見〔廣韻〕。〔按臨海異物志云。—魚至肥。炙食甘美。諺曰。寧去累世田宅。不去—魚額。〕

【鯯】子例切音祭霽韻
鰶或字。〔集韻〕鰶。魚名。或作—。

【鯲】於加切音鴉麻韻
犹人以小鹹魚爲—鮓。見〔嶺海異聞〕

【䱦】遏鄂切音惡藥韻　鱷或字。〔集韻〕鱷魚名。如蛇。或省作丨。

【鯭】毋梗切音猛梗韻　蜢或字。〔類篇〕蜢。胡蜢。蝦蟆屬。或从魚。

【⿰魚莎】蘇禾切音梭歌韻　魦或字。見〔龍龕手鑑〕。

【⿰魚定】徒徑切音定徑韻　魚名。〔圖書〕丨魚、廣人呼爲錦魚。

【⿰魚乳】乃侯切音羺尤韻　魚名。見〔字彙補〕。

【⿰魚彔】龍玉切音錄沃韻　魚名。見〔集韻〕。

【⿰魚戌】忽域切音洫職韻　魚名。見〔集韻〕。

【⿰魚域】營隻切音役陌韻　鰀或字。〔六書故〕鰀魚類。似鮎而四足。別作丨。

【⿰魚劫】丘八切音劼黠韻　魚名。見〔集韻〕。

【⿰魚勝】時正切音𩸞徑韻　魚名。見〔玉篇〕。

【鯙】殊倫切音純眞韻　魚名。見〔集韻〕。

【⿰魚祁】渠伊切音耆支韻　鮨或字。〔集韻〕鮨。鮓屬。或从祁。

【⿰魚戔】仕限切音棧潸韻　魚名。見〔集韻〕。

【⿰魚兔】湯故切音兔遇韻　魚名。見〔字彙〕。〔正字通〕云。鮸字之譌。

【⿰魚奄】又業切音腌葉韻　魚名。一曰河豚。一曰漬魚也。見〔集韻〕。

【⿰魚侌】侯幹切音汗翰韻　鯪丨。蚌屬。見〔字彙〕。〔康熙字典〕云。鯩字之譌。

【⿰魚沓】音塔合韻　鰨魚。見〔篇海〕。〔正字通〕云。鰨字之譌。舊註鰨魚卽鰨。鰨、譌从沓。改音塔。非。

【⿰魚祢】音你支韻　魚名。見〔篇海類編〕。

【⿰魚帛】音白陌韻　同鮊。〔廣雅釋魚疏證〕鮊、一作丨。石鼓文、又鮊又丨。

【⿰魚隹】音未詳　丨鯺。魚名。〔臨海記〕丨鯺、即河豚之大者。

【⿰魚披】攀糜切音鈹支韻　鮍或字。〔集韻〕鮍說文、魚名。一曰破魚。或从披。

【鯩】音未詳　魚名。〔閩中海錯疏〕丨魚形如石首而差大。鱗細口紅。

【⿰魚卷】音未詳　魚名。〔國策楚策〕俯噣丨鯉。

【鰟】魴籀文。見〔說文〕。

【[illegible]】[illegible]籀文。見〔說文〕。

【鯯】同⿱制魚。見〔字彙補〕。

【鯮】鯼或字。〔本草綱目〕鯼魚食獠作丨。古無此字。

【⿰魚施】鮀俗字。見〔龍龕手鑑〕。

【鰈】鰈譌字。見〔字彙補〕。

【鯰】日本字。讀若奈馬茲。云似鮎而有別。頭稍扁平。口大眼小無鱗。上下顎各生觸鬚一對。上者長而下者短。能舞動以誘致小魚食之。常住於湖沼河川中。晝潛伏。肉供食用。屬於喉鰾類。

【鯱】日本字。讀若亥斯。水棲獸之一種。性強暴。雖鯨鮫莫能當之。

九畫

【鯺】專於切音諸魚韻　●一 ⿰魚隹丨。卽河豚之大者。見〔臨海記〕。●二 蠩或字。〔集韻〕蠩。蝫蠩。蟲名。一曰蝦蟆。或作丨。

【鯽】節力切音卽職韻　●一 魚名。〔本草綱目〕保升曰。丨、所在池澤有之。形似小鯉。色黑而體促。肚大而脊隆。大者至三四斤。〔按動物學以之屬喉鰾類。云似鯉而口無鬚。且鱗縱列數三十九枚。〕

鯽圖

●二 海丨。魚名。屬硬鰭類。體高、幅狹、口小。脊鰭棘十而刺倍之。臀鰭棘三、而刺二十七。頰部有五刺之鰭。上下顎長同。唇薄。體色、背鋼青。腹銀白。身長達六七寸。初夏產子、胎生。日本之近海有之。英文Ditrema temmnkin。

海鯽圖

【鯽】資昔切音積陌韻
鰿或字。[集韻]鰿。說文、魚名。或从卽。

【鯽】疾則切音賊職韻
鰂或字。見[說文]。[段注]此乃俗鰂字。以卽聲古音在十二部也。今人用爲鰿魚字。[按說文。鰂、烏鰂魚也。]

【鰌】字秋切音酋尤韻
一 魚名。見[集韻]。
二 —蛑。巨蟹也。[嶺表錄異]—蛑、乃蟹之巨者。兩螯上有細毛如苔。身有八足。

【鰌】雌由切音秋尤韻
一 鰼也。見[說文]。[通訓定聲]字亦作鱃、作鰍、作鯼。爾雅釋魚鰼—注。今泥—。

鰌圖

二 藉也。[莊子秋水]—我亦勝我。[釋文]李云、藉也。藉則削也。本又作蹭。
三 蹴也。[荀子彊國]大燕—吾後。[注]如蹴踏於後。本亦作蹭吾後也。
四 人名。衞史—。字子魚。
五 海—。魚名。[水經注]海—小魚。長數千里。穴居海底。入穴則海水爲潮。出穴則潮退。[又]宋戰艦名。[宋史虞允文傳]官軍亦以海—船衝敵舟。[按兵志作海鰍。]

【鮷】田黎切音題齊韻
一 魚名。[山海經中山經]休水、其中多—魚。狀如盩蜼而長。距足白而對。食者不蠱疾。可以禦兵。[畢注]即兒魚。字亦作鯷。此作—、俗也。[互詳鯷字。]
二 魚名。黑色。見[集韻]。

【鯑】丁計切音帝霽韻
魚名。大鱧也。見[集韻]。[按類篇作大鯉。]

【鰐】逆各切音咢藥韻
一 本作𧍞。[說文虫部]𧍞。似蜥易。長一丈。水潛。吞人即浮。出日南也。[按劉逵注吳都賦引異物志曰。—魚長二丈餘。有四足。似鼉。喙長三尺。甚利齒。虎及大鹿渡水。—擊之皆中斷。廣州有之。據今動物學云。—類屬爬蟲類。體被數多之骨板。骨板者。自眞皮之一部分變化而成。前肢五趾。後肢四趾。爪則惟在內側之三趾有之。尾側扁。趾間有蹼。耳自有關閉自由之瓣膜。故適於潛泳。性猛烈。種類有亞美利加產、印度產、阿非利加產等。]

鰐圖

二 湖名。在廣東東莞縣。見[廣輿記]。

【鰓】桑才切音顋灰韻
一 魚頰中骨。見[集韻]。[按—爲魚類之呼吸器。分言之曰—蓋、以扁平之四骨片而成。曰—條、自舌弓之下緣列生之小骨也。曰—弓、存於舌骨之後側者。其數常爲五對。而內四對附有—葉。]
二 難也。[太玄密]小—大君在。
三 人名。[漢書高帝紀]高武侯—。[注]晉灼曰。功臣表戚—也。
四 陪—。奮怒之貌也。[文選潘岳賦]敷藻翰之陪—。
五 通毢。[集韻]毢。毸毢。鳥羽張皃。通作—。

【鰓】想止切音葸紙韻
懼貌也。[漢書刑法志]——常恐天下之一合而共軋己也。[注]蘇林曰。—音愼而無禮則葸之葸。—、懼貌也。[按荀子議兵篇作諰。]

【鰕】何加切音遐麻韻
一 —魚也。見[說文]。[段注]各本作魵也。今正。—者、今之蝦字。古謂之—魚。爾雅、—三見。鰝大—。則今之蝦也。魵—。則穢邪頭之魚也。鯢大者謂之—。則今有四蹹之魚也。而皆謂之—。豈可合而一之乎。

鰕圖

●天—。飛蟲。〔桂海虞衡志〕天—、狀如大飛蛾。秋社後有風雨則羣墮水中。有小翅。

●白—。浦名。〔清一統志〕白—浦、在福建閩縣南。

【鰕】畢下切音假馬韻何加切音遐麻韻 鰝也。〔爾雅釋魚〕鰝、大—。〔注〕—大者出海中。長二三丈。鬚長數尺。今靑州呼—魚爲鰝。〔按〕—通作蝦。楚辭通路從蝦兮遊陼是也。舊籍謂爲長鬚水蟲。今動物學屬諸節足動物甲殼類中長尾類。體由多數硬皮環節而成。前端有觸角二對。所謂長鬚也。頭胸部具三對顎脚。五對步脚。腹部有橈脚。適於游泳。鹹水淡水均產之。分其類、曰龍—科。班節—科。草—科。蝲蛄科。皆供食用。龍—爲—中最大者。圖入鰝字。〕

【鰕】虛加切音煆麻韻 魚名。見〔集韻〕。

【鯶】戶袞切音混古本切音袞阮韻戶管切音緩旱韻 同鯇。〔爾雅釋魚〕鯇。〔注〕今—魚。〔義疏〕郭云。今—魚者。—、鯇聲同。一語聲轉。蓋古今字也。〔按唐以國氏李。故諱言鯉、號赤—公。〕

【鯷】上紙切音是紙韻 魚名。重千斤。見〔集韻〕。

【鯷】是義切音豉寘韻 魚名。鮎也。見〔集韻〕。

【鯷】田黎切音題齊韻大計切音弟霽韻 鮷或字。〔集韻〕鮷。魚名。或从是。〔按廣雅釋魚。鮷、—鮎也。王引之校曹憲音鮷音啼。—音締。云、各本啼譌作締。締譌作啼。集韻、類篇、鮷。田黎切。又大計切。卽因此而誤。據是則—於齊霽二韻。未可竝爲鮷之或體矣。〕

【鯷】田黎切音題齊韻 人種名。〔漢書地理志〕會稽海外有東—人。分爲二十餘國。

【鯸】胡溝切音侯尤韻 魚名。見〔說文〕。〔通訓定聲〕吳都賦。王鮪—鮐。—當作侯。與王對文。皆言其大耳。此字後人所增。廣雅釋魚。—鮐、鮦也。—鮐、卽侯鮐也。〔互詳鮐字。〕

【鯹】桑經切音星青韻 鮏或字。〔集韻〕鮏。說文、魚臭也。或从星。

【[魚癹]】普活切音鏺曷韻 鱍省字。〔集韻〕鱍。鱍魚游皃。或省。

【[魚奏]】千候切音輳宥韻 —鯩。蚌屬。見〔類篇〕。

【[魚胃]】于貴切音胃未韻 魚名。〔山海經西山經〕桃水、其中多—魚。其狀如蛇而四足。是食魚。〔畢注〕舊本譌作鮹魚。誤。廣韻引此作—。

【䱴】居曾切音揯蒸韻 —鯍。鮪也。周雒謂之鮪。蜀謂之—鯍。見〔說文〕。〔段注〕劉逵注蜀都賦曰。鱣䱴鱣也。古人言鱣、鮪多有不別者。如山海經傳亦云。卽鮪鱣也。當是以爲一類而渾言之。蜀有之者。出於江也。周雒有之者。出鞏穴入河也。

【䱴】居鄧切音揯徑韻 魚名。見〔集韻〕。

【鯼】祖叢切音嵏東韻作弄切音糉送韻 石首魚。〔廣雅釋魚〕石首、—也。〔疏證〕今石首供食者有二種。小者名黃花魚。長尺許。大者名同羅魚。長二三尺。皆生海中。弱骨細鱗。首函二石。鱗黃如金。石白如玉也。〔按今動物學云。石首魚、屬硬鰭類。體扁側。鱗爲櫛狀。上顎長於下顎。脊鰭分裂爲前後二部。前者十棘。後者一棘。乃有刺二十七、或二十八。臀鰭棘二、刺七。體色灰綠。體長達一尺。爲定着魚。棲海泥底。五六月遊淡水中產卵。魚中鰾臟。鰾乾製食用。所謂魚肚者是也。〕

鯼圖

【鯾】吡連切音便先韻　本作鯿。〔說文〕鯿魚也。〔段注〕海內北經大鯾居海中。郭曰。鯾即魴也。〔或作鯿〕。

【鯾】卑連切音鞭先韻　魚名。似魴而大。見〔集韻〕。

【鯿】逋閑切音編刪韻　魚名。見〔集韻〕。

【鯿】卑眠切音邊先韻　魚名。似魴。見〔集韻〕。〔按爾雅釋魚注曰。江東呼魴魚爲｜。〕

鯿圖

【鯿】吡連切音便先韻　鯾或字。見〔說文〕。

【鰂】疾則切音賊職韻　烏｜魚也。見〔說文〕。〔段注〕烏、俗本作鰞。今正。〔按亦作烏賊。今動物學云。鰂頭足類中二鰓類。蝠幹卵圓。色呈蒼白。肉鰭亙體。吸盤四列。甲由石灰質凝成。中含空氣。故能減其體之重量。眼蒙明膜。是謂閉眼。有墨汁。取之可供繪料。故亦謂墨魚。〕

鰂圖

【⿰魚契】鄂格切音額陌韻　鰫｜。魚名。皮有文。見〔集韻〕。〔按廣雅疏證引作鰫｜。〕

【鰅】魚容切音顒冬韻元俱切音虞虞韻　｜魚也。皮有文。出樂浪東暆。神爵四年。初捕收輸考工。周成王時。楊州獻｜。見〔說文〕。〔按廣雅釋魚。鰅、｜也。疏證曰。續漢書百官志考工令一人。主作兵器弓弩刀鎧之屬。然則｜魚之輸考工。蓋用其皮飾兵器也。又謂之班魚。魏志東邊傳云。濊自單單大山領以西屬樂浪。其海出班魚皮。又集韻云。｜一曰鰫鱅。狀如犁牛。其說出自東山經。畢沅云。鱅鱅即禺禺。周書王會、揚州禺禺。王筠以爲｜省形存聲字。據此。｜即鱅鱅矣。然類篇、鱅鰫作｜鰫。楚辭大招、｜鱅短狐。是｜似又可爲｜鱅者。但據王逸說。則｜鱅爲短狐類。恐非魚。據段玉裁說。則禺禺與｜且爲二物。而鱅鱅、｜鱅更可知其非矣。〕

【鰆】樞倫切音春眞韻　海魚名。見〔集韻〕。〔按動物學云。｜爲屬硬鰭類之海魚。背部蒼青色。有黑斑。腹部蒼白。體長約四尺。常住外海。至產卵期。乃遊於近海。肉供食用。〕

【鰇】而由切音柔尤韻　魚名。見〔集韻〕。〔按正字通云。本作柔。致動物學。柔魚爲烏賊之一種。體圓錐形。頭部大。後端尖。肉鰭在胴部後端。成三角形。有吸盤二列。甲角質。透明而長。眼角膜開有小孔。海水自由入之。是謂開眼。肉煮食或爲脯。〕

【鯙】唐丁切音庭青韻　魟也。見〔廣雅釋魚〕。

【鰈】託盍切音榻合韻達協切音牒葉韻　比目魚也。見〔說文新附〕。〔鈕氏新坿攷〕｜通作鰨。臧在東云。釋地｜、釋文。本或作鰨。漢書司馬相如傳。禺禺魼鰨。郭景純訓魼爲比目。鰨爲鯢魚。誤分爲二。〔按爾雅釋地。東方有比目魚焉。不比不行。其名謂之｜。注。狀似牛脾。鱗細。紫黑色。一眼。兩片相合乃得行。〕

鰈圖

【⿰魚業】實洽切音[illegible]眞甲切音霅洽韻　⿰魚甲｜。鱗次眾多也。見〔集韻〕。

【⿰魚業】實洽切音[illegible]洽韻　裝飾眾皃。見〔集韻〕。

【⿰魚業】眞甲切音洽洽韻　魚名。見〔集韻〕。

【⿰魚業】七接切音妾葉韻　鯜或字。〔集韻〕鯜。說文、魚名。或作｜。

【鰉】胡光切音黃陽韻

鰿或字。〔集韻〕鰿魚名。或从皀。

【𩹉】匪微切音非微韻
魚名。似鮒。出滂水。見〔集韻〕。

【鰊】郎甸切音煉霰韻
魚名。〔文選郭璞賦〕鯆—鰶鮋。〔注〕似鱧。〔或謂即鯡魚。〕

【⿰魚斿】以周切尤韻
魚名。見〔玉篇〕。

【鰏】彼力切職韻
魚名。見〔玉篇〕。

【⿰魚彖】余專切音沿先韻
魚名。見〔集韻〕。

【⿰魚癸】音葵文韻
魚名。見〔玉篇〕。

【⿰魚音】於陷切音彥陷韻
魚名。見〔字彙〕。

【⿰魚並】蒲幸切音倂梗韻
魚名。見〔集韻〕。

【鯻】落蓋切音賴泰韻
魚名。見〔集韻引說文〕。〔按今本說文無鯻。下云。刺魚也。段注。刺魚者、乖刺之魚。集韻有𩸏字。刺之俗。〕

【𩸏】郎達切音剌曷韻
同𩸏。〔集韻〕𩸏魚名。或書作—。

【⿱剌魚】郎達切音辢曷韻
魚名。見〔集韻〕。〔亦詳鯻字。〕

【⿰魚胥】新於切音胥魚韻
魚也。見〔說文〕。〔按山海經北山經。滑水。其中多滑魚。其狀如鱓。赤背。注曰。作—魚。沅曰。說文—、魚名。則作—是也。〕

【鰀】戶管切音緩旱韻
魚名。見〔集韻〕。

【鰁】從緣切音全先韻
魚名。見〔集韻〕。

【⿰魚曷】盧艾切音𪁾泰韻
魚名。見〔集韻〕。

【鰃】烏回切音隈灰韻
魚名。見〔集韻〕。

【鰄】於非切音威微韻
魚名。見〔集韻〕。

【⿰魚英】於京切音英庚韻
魚名。見〔字彙〕。〔正字通云。⿰魚央字之譌。〕

【⿰魚孨】仕限切音棧潸韻
⿰魚戔或字。〔集韻〕⿰魚戔魚名。或从孨。

【⿰魚致】直利切音緻寘韻
魚名。見〔集韻〕。

【⿱敄魚】莫胡切音模虞韻
魚名。見〔字彙〕。〔正字通云。⿰魚敄字之譌。〕

【⿰魚重】杜勇切音重腫韻
同鮦。〔爾雅釋魚〕鱧。〔注〕鮦也。〔疏〕釋曰。今—魚也。鮦與—、音義同。

【鰍】雌由切音秋尤韻
鰌或字。〔集韻〕鰌。說文鰌也。或从秋。

【鰎】紀偃切音湕阮韻
魚名。見〔集韻〕。〔正字通云。鮠微用隨曰—。〕

【⿰魚昜】余章切音陽陽韻
魚名。〔廣雅釋魚〕鱧、—、鮦也。〔疏證〕玉篇、廣韻並云。—、赤鱧也。—之言陽。赤色箸明之貌。

【鰒】步木切音僕。房六切音伏屋韻
弼角切音雹覺韻
本作鰒。〔說文〕鰒海魚也。〔段注〕郭注三倉曰。—似蛤。一偏著石。廣志曰。—無鱗有殼。一面附石。細孔襍襍。或七或九。〔按本草綱目云。—與石決明、一種二類是也。今動物學云。—屬前鰓類。形態習性極類石決明。惟體較小。呼吸孔較多耳。〕

【⿰魚犮】蒲巴切音爬麻韻
魚名。見〔集韻〕。

【⿰魚犬】步化切音杷禡韻
鮊或字。〔集韻〕鮊魚名。或从犬。

【鯎】居咸切音緘咸韻　古斬切音減豏韻
魚名。見〔集韻〕。〔按今動物學云。—爲鰕喉鰾類之海魚。體長。全體青色。然腹部白。且體側之中央有銀白色線條。下顎長突。脊鰭小。與臀鰭相對。尾鰭成叉形。下葉稍長。常住近海。往往遊於河川。肉供食用。〕

鯎圖

【鰔】胡讒切音咸咸韻
鰜或字。〔集韻〕鰜。魚名。或从咸。

【鰔】古禫切音感感韻
鱤省字。〔集韻〕鱤。魚名。鮀也。或省。

【鰖】吐火切音妥哿韻
魚名。見〔字彙〕〔正字通云。同鰖。俗省。〕

【鯩】侯幹切音汗翰韻
鯸—。蚌屬。見〔篇海〕。

【[illegible]】音耶麻韻
魚名。似蛇。長一丈。見〔玉篇〕。

【鰗】音胡虞韻
河豚。一名—鮧。見〔本草綱目〕。

【[illegible]】鯁本字。見〔說文〕。

【鯸】同鯸。〔文選左思賦〕王鮪—鮐。〔按從侯字本從人從厂。矢在其下。故鯸爲正。〕

【鰲】同鰲。見〔篇海〕。

【鰴】同鯬。見〔字彙補〕。

【鮥】同鰥。見〔篇海〕。

【鰋】鰋或字。見〔說文〕〔段注〕今經典皆如此作。

【鮷】鮷俗字。見〔字彙〕。

【鰥】鰥譌字。〔集韻〕鰥。从眔。俗从水。誤。

【鯥】日本字。魚名。屬硬鰭類之一種。似鰺而體稍長。且菱形鱗較小。而僅存於體之後部。肉供食用。

十畫

【鰥】姑頑切音鰥刪韻
❶魚也。見〔說文〕〔王注〕詩敝笱篇。其魚魴—。傳云。—大魚。孔叢抗志篇。衞人釣於河。得—魚。其大盈車。

鰥圖

❷病也。見〔爾雅釋詁〕。
❸昆也。〔釋名釋親屬〕無妻曰—。—昆也。昆明也。愁悒不寐。目恆—然也。故其字从魚。魚目恆不閉者也。
❹老而無妻曰—。見〔孟子梁惠王〕。〔按孝經注云。丈夫六十無妻曰—。〕
❺昏娶過時亦謂之—。〔詩桃夭序〕國無—民也。〔疏〕正義曰。—寡之名。以老爲稱。其有不得及時爲室家者。亦同名焉。即此無—民。謂年不過時。過則謂之—。故舜年三十不娶。書曰。有—在下。曰虞舜。唐傳。孔子曰。舜父頑母嚚。不見室家之端。故謂之—。是三十不娶稱—也。
❻無妻無子謂之老—。見〔管子輕重〕。
❼從軍者久不得歸。見其妻。亦謂之—。〔詩何草不黃〕何人不矜。〔疏〕行役過時。久不得歸。與無妻者同。故謂之矜也。矜與—。古今字。〔段玉裁云。矜爲憐之叚借。〕
❽古作眾。見〔集韻〕。
❾亦作[illegible]。見〔曹全碑〕撫育[illegible]寡。
❿亦作[illegible]。見〔詩桃夭序釋文〕。
⓫別作瘝。見〔爾雅釋詁—病也義疏〕。

【鰥】公渾切音昆元韻
魚子也。見〔詩敝笱其魚魴—箋〕。〔疏〕正義曰。—魚子。釋魚文。李巡曰。凡魚之子。總名鯤也。鯤—字異。蓋古字通用。或鄭本作鯤也。〔按段玉裁云。鄭箋乃讀—爲爾雅鯤魚子之鯤。殆非是。〕

【鰥】古幻切諫韻
視皃。或从目。見〔集韻〕。

【鰥】古本切音袞阮韻
鯀或字。〔集韻〕鯀。人名。禹父也。或作—。〔互詳鯀字〕。

【[illegible]】踈鳩切音搜尤韻
❶人名。韓將有—申槎。見〔集韻〕〔按字彙云。姓也。〕
❷同緧。〔考工記輪人〕必緧其牛後。〔注〕故書作—。鄭司農云。—讀爲緧。關東謂紂爲緧。

【鰭】渠伊切音耆支韻
❶魚脊也。〔禮記少儀〕夏右—。〔疏〕—謂魚脊。〔按今動物學云。—由皮膚化生之—條及存在於各—條間之皮膜而成。有棘—刺—之別。棘—者。其—條堅而無節。且尖端不歧分。刺—反是。脊—、臀—、尾—。稱爲奇—。爲保持其體於正位之用。胸—、腹—。稱爲偶—。爲緩徐運動、及變換方向、或退後之用。尾—則爲舵捩之用。又如烏賊類之—。無棘刺。謂之肉—。〕
❷同鮨。魚名。又鮓屬。見〔玉篇〕。

【鰜】堅嫌切音兼鹽韻詰念切音傔豔韻
—魚也。見〔說文〕。〔段注〕三字今正。按當作魚鰈也。玉篇曰。鰈、大青魚。類篇曰。—魚大而且青。是爲一物也。

鰜圖

【鰜】堅嫌切音兼鹽韻
比目魚。見〔廣韻〕。〔按段玉裁云。因鳥有鶼、皮傅耳。〕

【鰜】賢堅切音嫌鹽韻胡讒切音咸咸韻吉念切音兼豔韻
魚名。見〔集韻〕。

【鰯】日本字
❶鰮魚。一名—魚。詳鰮字。
❷—鯨。屬於鯨類之無齒類。約長三四丈。腹部白。他部俱黑。頭上有疣狀之突起。脊鰭大。下齶與腹部之間具多數之縱皺。

【⿰魚尃】滂模切音稗虞韻
—鮃。鮒也。見〔廣雅釋魚〕。

【鰝】下老切音皓古老切音杲皓韻黑各切音臛藥韻
大鰕也。見〔說文〕。〔互詳鰕字。〕

【⿰魚翁】烏公切音翁東韻
魚也。見〔說文〕。〔王注〕本草、漳州海中有海—魚。取其鬚乾之。盛器可辟蠅。

【鰞】汪胡切音烏虞韻
—鰂。魚名。九月寒烏入水化爲之。見〔集韻〕。〔玉篇云。本作烏。互詳鰂字。〕

【⿰魚郎】力當切音郎陽韻
—⿰魚登。雄蟹。見〔字彙〕。〔廣雅釋魚作⿰魚艮⿰魚登。〕

【⿰魚唐】徒郎切音唐陽韻
魠也。見〔廣雅釋魚〕。

【⿰魚鬼】於鬼切尾韻
魚名。見〔玉篇〕。〔按正字通云。一說鬼頭魚。出廣東韶州府樂昌縣溪中。味美。狀獰惡。故名。俗加魚作—。〕

【鰟】符方切音房陽韻
魴或字。〔集韻〕魴、說文、赤尾魚。或从旁。〔按說文本從方。〕

【鰠】蘇遭切音騷豪韻
魚名。〔山海經西山經〕渭水。其中多—魚。其狀如鱣魚。動則其邑有大兵。

【⿰魚鬲】狼狄切音秝錫韻
鰅也。見〔廣雅釋魚〕。

【⿰魚鬲】各核切音隔陌韻
魚名。見〔集韻〕。

【鰢】母下切音馬馬韻
魚名。見〔集韻〕。〔正字通云。此卽海鰕名水馬者。俗作—。存參。〕

【鰣】市之切音時支韻
魚名。魚之美者。見〔集韻〕。〔按本草綱目云。—魚形秀而扁。微似魴而長。白色如銀。肉中多細刺如毛。大者不過三尺。腹下有三角硬鱗如甲。〕

鰣圖

【⿰⿸虍魚攴】牛居切音魚魚韻牛據切音御御韻
漁也。〔周禮⿰⿸虍魚攴人〕掌以時—爲梁。〔疏〕釋曰。一歲三時取魚。皆爲梁。以時取之。故云以時漁爲梁。〔按天官序官—人釋文云。—音魚。本又作魚。亦作魰。又音御。〕〔互詳魚字。〕

【⿰⿸虍魚攴】牛居音魚魚韻
⿰氵⿸虍魚或字。〔集韻〕⿰氵⿸虍魚、說文、捕魚也。或作—。

【鰤】霜夷切音師支韻
老魚。一說出歷水。食之殺人。見〔集韻〕。〔按今動物學以—屬硬鰭類。體形似鰹。背部蒼色。腹部白。肉供食用。〕

【鰦】津之切音茲支韻
白鯈魚也。〔爾雅釋魚〕鮂、黑—。〔注〕卽白鯈魚。江東呼爲鮂。〔按六書故云。今生鹹淡水中者。長不過尺。搏身隹首而肥。俗謂之—。海有之。〔圖入鮂字〕。〕

【鰧】徒登切音騰蒸韻
魚名。〔山海經中山經〕合水多—魚。狀如鱖。居逵。蒼文赤毛。〔注〕厥

魚、大口大目。細鱗有斑彩。〔按玉篇云。魚似鰤。文選郭璞賦、字作滕。〕

【䲢】直稔切音朕寑韻

魚名。似蝦。赤文。出廣雅。見〔廣韻〕。〔按今本廣雅無。集韻四十七寑云。魚名。似鱖。〕

【鰨】託盍切音榻合韻

虛也。見〔說文〕。〔通訓定聲〕按比目魚也。一名魼。魼、卽史記鱋—之—也。許君謂虛—一物。字作鰈。作鰨。

鰨圖

【鰑】諾盍切音魶合韻

魶或字。〔史記司馬相如傳〕禺禺鱋魶。〔集韻〕魶、一作—。案漢書作—。注引郭璞曰。鯢魚也。

【鰈】達協切音牒葉韻

鰈或字。〔爾雅釋地〕東方有比目魚焉。不比不行。其名謂之鰈。〔釋文〕鰈、本或作—。

【魶】諾答切音納合韻

—魚。似鼈。無甲有尾。無足。口腹在下。見〔說文〕。〔通訓定聲〕字亦作魶。〔按此篆廣韻作魶。王筠云。集韻二十七合—下引說文。二十八盍魶有重文鰨。云、魚名。鯢也。似鮎四足。然則—魶是兩物。廣韻合韻之魶。乃譌字也。存參。〕

【鰩】餘招切音遙蕭韻

文—。魚名。見〔說文新附〕。〔按山海經西山經。觀水多文—魚。狀如鯉魚。魚身而鳥翼。蒼文而白首赤喙。常行西海。遊於東海。以夜飛。其音如鸞鷄。其味酸甘。食之已狂。据今動物學云。文—爲屬喉鰾類之淅魚。脊鰭及臀鰭俱小。胸鰭頗長。遇敵難則飛行避之。尾歪形。下葉較上葉大。肉供食用。又別稱名海—者。扁平如盤。首類蛙形。尾細而銳且長。有噴水孔。與眼俱列背面。胸鰭廣闊。緣於周側。與舊說頗異。〕

鰩圖

【鱧】何開切音咳魚開切音皚灰韻

鰕—。雄蟹也。〔廣雅釋魚〕蜅。蟹蛫也。其雄曰蜋—。

【䱻】戶八切音滑黠韻

魚名。〔山海經東山經〕子桐之山。子桐之水出焉。而西流注於餘如之澤。其中多—魚。其狀如魚而鳥翼。出入有光。其音如鴛鴦。見則天下大旱。

【𩶱】古忽切音骨月韻

魚名。山海經、稷澤多—。其狀如蛆。四足。食魚。見〔集韻〕。〔按經訓堂本南山經云。樂遊之山。桃水出焉。西流注於稷澤。其中多䱻魚。注。音滑。畢注曰。舊本譌作—魚。誤。廣韻引此作鯛。據是。則此形音俱誤。姑存備考。〕

【鮥】各額切音格陌韻

魚名。見〔集韻〕。〔字彙云。海魚似鰊。肥美。〕

【鰪】各盍切音頡合韻

魚名。似鰿而小。見〔集韻〕。

【鰪】乙盍切音搕合韻

—鰨。魚名。見〔集韻〕。

【鰫】餘封切音容冬韻

—魚也。見〔說文〕。〔段注〕鄭注內則云。今東海—魚有骨名乙。在目旁。狀如篆乙。食之鯁人不可出。〔按集韻云。似鰱而黑。〕

【鰫】常容切音穠冬韻

同鱅。〔集韻〕鱅。說文、魚名。一作—。

【鯖】資昔切音積陌韻

本作鰿。〔說文〕鰿、魚名。—魚也。〔按俗作鯽魚。今動物學以屬諸喉鰾類。產於淡水。似鯉。然口邊無鬚。且鱗縱列爲三十九枚。二歲產卵。肉供食用。〕

【鰬】渠焉切音乾先韻

大鰈謂之—。見〔廣雅釋魚〕。〔按漢書司馬相如傳郭璞注云。—似鱓。〕

【⿰魚展】知演切音展銑韻音戰霰韻　魚名。〔正字通引臨海異物志〕—魚如指長七八寸。但有脊骨。宜作羹。大者如竹。縣作燭有光。

【鯗】側下切音鮺馬韻　同鮺。〔廣雅釋器〕鮺、鮺、鮨、—也。〔互詳鮺字。〕

【⿱罰魚】音征庚韻　以醋煮魚爲—見〔篇海〕。

【⿰魚畜】勑六切音蓄屋韻　魚名。出梁州。見〔集韻〕。

【⿰魚貨】損果切音貨哿韻　魚名。見〔集韻〕。

【⿰魚舀】他刀切音饕豪韻　魚名。見〔集韻〕。

【⿰魚貢】古切音禫感感韻　魚名。見〔集韻〕。

【⿰魚隻】胡麥切音獲陌韻　魚名。見〔字彙〕。〔正字通云鱯字之譌。〕

【鰡】力求切音留尤韻　鰡或字。〔集韻〕鰡。魚名。或从留。

【⿰魚毗】頻指切音吡支韻　吡或字。〔集韻〕吡。魚名。或从—。

【⿰龺魚】侯旰切音翰翰韻　魚名。見〔集韻〕。

【鰛】音未詳　魚名。〔圖書〕—似馬鮫而小。〔按日本動物學云、—一名鰮。屬喉鰾類。背蒼腹白而有光澤。口大。腮孔廣。除頭部外。通體俱被以圓鱗。其類不一。總稱—科。肉供食用。英文(Clupeidae)〕

鰛圖

【鯗】鯗本字。見〔正字通〕。

【⿰魚差】同鮺。〔周禮庖人注〕若荊州之—魚。

【⿰魚禹】同鰋。〔石鼓文〕黃白其—。〔釋文〕鄭氏云、—即鰋字。

【⿰魚叟】同鰡。見〔玉篇〕。

【⿰魚畄】同鰡。見〔字彙補〕。

【⿰魚老】鮓俗字。見〔干祿字書〕。

十一畫

【鰲】牛刀切音敖豪韻　●一魚名。見〔玉篇〕。●二江名。在福建連江縣。環抱縣治如帶。東流入海。即連江也。見〔廣輿記〕。●三鯈俗字。見〔正字通〕。

【鰷】田聊切音條蕭韻先了切音小篠韻　●一魚名。〔詩潛〕—鱨鰋鯉。〔箋〕—、白—也。〔按即鯈魚。釋魚義疏引埤雅云—魚形狹而長。江湖之間謂之鰲魚。今俗呼白漂蓋語聲之譌耳。〕

鰷圖

●二海魚名。屬喉鰾類。體長僅七八寸。背部蒼青。腹部白。脊鰭之後端有一長刺。延長成絲狀。肉供食用。

【鰹】經天切音堅先韻　●一大鮦也。〔爾雅釋魚〕—、大鮦。小者鮵。〔義疏〕此申釋鱧大小之異名也。今鱧大者形似蝮蛇。腹背有擬連尾。尾末無歧。頭尾相等。〔圖入鮦字。〕●二海魚名。屬硬鰭類。體爲紡錘狀。脊鰭及臀鰭之後有七八個之副鰭。尾近叉分。鱗僅胸鰭之上部及脊鰭之近旁有之。背面蒼黑色。腹部銀白色。肉中食。多以爲脯。太平洋、大西洋、印度洋等暖熱兩帶之地。及日本之西南海中。多產之。英文(Gymnosarda affinis)

【鰻】謨官切音瞞寒韻無販切音萬願韻　●一—魚也。見〔說文〕。〔通訓定聲〕即爾雅之鯬鯠。廣雅之大鯠謂之鰻。今俗曰—鱺是也。〔按今動物學云、—鱺爲屬喉鰾類之蛇形魚。雌常棲息於淡水。雄則棲息於半鹹水。皮膚寄於粘液。鱗埋沒於皮膚內。脊鰭、臀鰭、尾鰭皆連續而長。腹

鰆缺。其切魚則爲柳葉形。體畧透明。幾經變態。乃同形也。〕

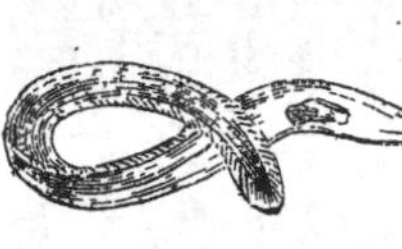

鰻圖

㊀海—鰻。—鰻之一種。與—鱺極相似。惟脊鰭較長。口亦較大。體黑褐色。兩側有白斑點。腹部白。鱗缺。常住於近海泥沙中。肉供食用。

㊁電—鰻。亦—鱺之一種。產於南美大河中。體爲—狀。無鱗。體長達五六尺。皮膚色黃綠而多斑文。臀鰭長。腹部之皮下。具有發電器。能發劇烈之電氣。土人利用焉以捕之。肉供食用。

【鰼】席入切音習緝韻

●鰌也。見〔說文〕。〔通訓定聲〕爾雅釋魚—鰌注。今泥鰌。按似鱓而小。〔按今動物學云。泥鰌爲屬喉鰾類之淡水魚。常住泥水中。時浮於水面。吸取空氣。爲腸呼吸。皮膚富於粘液。鱗埋沒於皮膚之內。肉供食用。圖入鰌字。〕

㊁——魚名。〔山海經北山經〕嚻水。其中多——之魚。其狀如鵲而十翼。鱗皆在羽端。其音如鵲。可以禦火。食之不癉。

【鱄】主兗切音膞銑韻朱遄切音專先韻

—魚也。見〔說文〕。〔段注〕士喪禮。魚鱄鮒九。—鮒皆常用之魚也。呂覽曰。魚之美者洞庭之—。今本作鱄。非也。

【鱄】徒官切音團寒韻

魚名。〔山海經南山經〕黑水。其中有—魚。如鮒而彘尾。其音如豚。見則天下大旱。

【鱄】豎兗切音腨銑韻

魚名。見〔集韻〕。

【鱄】龍眷切音戀霰韻朱遄切音專先韻

人名。〔春秋襄二十七年〕衛侯之弟—出奔晉。〔按公羊作縛。穀梁以專爲之。〕

【鱄】朱遄切音專先韻

㊀大魚也。〔家語屈節〕魚之大者名爲—。〔按今本作鱒。朱駿聲云。疑借爲鱣。〕

㊁—設諸。吳刺客也。〔左昭二十年傳〕乃見—設諸焉。〔案史記刺客傳作專諸。索隱曰。專字亦作鱄。音同。〕

【鱁】竹六切音逐屋韻

㊀鮧也。〔爾雅釋魚〕鱁是—。

㊁—鮧。魚白也。見〔本草拾遺〕。〔又〕蹙藏。魚腸也。見〔廣韻〕。

【鱃】雌由切音秋尤韻

㊀魚名。〔山海經東山經〕蒼體之水。其中多—魚。其狀如鯉而大首。食者不疣。〔按本草綱目云。卽鰌魚。〕

㊁鰌也。見〔廣雅釋魚〕。

【鱅】常容切音慵余封切音容冬韻

—魚也。見〔說文〕。〔通訓定聲〕史記司馬相如傳。鰅—鰬魠。集解。似鰱而黑。漢書以鰫爲之。故詩敝笱疏。鰱或謂之—。

【鱅】余封切音容冬韻

㊀海魚。肉如鯩。謂之—。見〔六書故〕。

㊁——。卽禺禺也。〔山海經東山經〕食水。其中多——之魚。其狀如犂牛。其音如彘鳴。〔畢注〕漢書注郭璞云。禺禺。面皮有毛。黃地黑文。師古曰。禺音隅。又音顒。則——卽禺禺。字異音同也。〔辨詳鰅字。〕

【鰱】陵延切音連先韻

—魚也。見〔說文〕。〔按廣雅釋魚云。鱮也。〕

鰱圖

【⿰魚婁】郎侯切音婁尤韻

—魚也。一名鯉。一名鰊。見〔說文〕。〔段注〕一名舊當作一曰。此一名鯉耳。非卽三十六鱗之鯉也。〔按朱駿聲以一名鯉爲別義。云鯉—雙聲。疑古亦借—爲鯉也。存參。〕

【⿰魚婁】龍珠切音慺虞韻

魚名。見〔集韻〕。

【鰧】徒登切音滕蒸韻

魚名。〔文選郭璞賦〕鰖鰊—䱊。〔按山海經中山經作鰧。〕

【鰴】吁韋切音暉微韻

多力魚也。〔爾雅釋魚〕魚有力者—。〔疏〕凡魚之強大多力異於羣輩者名—。

【䲑】昵力切音匿職韻

魚名。似鯇而小。見〔集韻〕。

【鰵】美隕切音愍軫韻

海魚名。見〔集韻〕。〔按今動物學云。—爲屬硬鰭類之海魚。體似雞魚。背部褐色。腹部銀白色。脊鰭分前後二部。前爲硬鰭。後爲輭鰭。鰓蓋有棘。常棲息深海之崖礁間。肉供食用。〕

【鰶】子例切音祭霽韻

魚名。見〔集韻〕。

【䲀】脂利切音至寘韻

魚名。〔山海經中山經〕崌山、江水出焉。其中多—魚。

【䲣】謨官切音瞞寒韻

鰻或字。〔集韻〕鰻。說文、魚名。或从滿。

【鰸】虧于切音區虞韻烏侯切音謳尤韻

—魚也。狀似鰕。無足。長寸。大如叉股。出遼東。見〔說文〕。

【鰸】豈俱切音紆虞韻委羽切音傴麌韻

魚名。見〔集韻〕。

【䲞】疏臻切音莘眞韻

魚名。長尾皃。見〔集韻〕。

【䲁】紆胃切音尉未韻

魚名。見〔集韻〕。〔按正字通云。鮪別名。東萊遼東人呼鮪爲尉魚。方音讀若欝。義同。本作尉。俗加魚。〕

【鰽】徐由切音四字秋切音酋尤韻

鰌或字。〔集韻〕鰌。魚名。或作—。

【鰳】歷得切音勒職韻

魚名。〔正字通〕—魚以四月至海上。漁人聽水取之。狀如鯡魚。小首細鱗。腹下有硬鱗。乾曰—鯗。頭上有骨。合之如鶴喙形。蓋鰻魚之一種也。〔按本艸綱目作勒。〕

【鰾】婢小切音摽篠韻

魚膠也。見〔集韻〕。〔按今動物學云。—爲魚脊柱與腸管間之膜囊。有爲單一者。有中央縊細者。其周壁以柔輭光澤之內層與富於彈力之筋纖維之外層而成。其作用在漲縮其內。由分布於其周壁之血管中所分出之氣體。以增減魚體之比重。魚死則—周壁之筋纖維弛緩。故膨脹而體以上浮。〕

【鰿】側革切音責士革切音賾陌韻

小魚。見〔集韻〕。

【鰿】資昔切音積陌韻

鯽也。〔楚辭大招〕煎—臛雀。

【鰿】士革切音賾資昔切音積陌韻

細貝名。〔爾雅釋魚〕小者—。〔注〕今細貝亦有紫色者。〔按釋文云。鰿字又作—。〕

【鰿】側革切音賾資昔切音積陌韻

蟦或字。〔爾雅釋魚〕蟦小而橢。〔釋文〕本或作—。

【鱂】資良切音將陽韻

鱸—。魚名。見〔集韻〕。

【鱳】子皓切音早皓韻

魚名。〔山海經北山經〕濩澤、其中多—魚。其狀如鯉而雞足。食之已疣。

【鱳】鋤交切音巢肴韻

魚子。見〔集韻〕。

【鱳】損果切音瑣哿韻

鰿或字。〔集韻〕鰿。魚名。或作—。

【鱀】巨至切音暨其既切音禨寘韻

魚名。〔爾雅釋魚〕—是鱁。〔注〕—、鯌屬也。體似鱏。尾如鮂魚。大腹。喙小銳而長。齒羅生上下相銜。鼻在額上。能作聲。少肉多膏。胎生。健啖細魚。大者長丈餘。江中多有之。〔義疏〕陳藏器、李時珍、並以—爲江豚。但江豚名膊脬。即鯆魚。見廣雅。—尾似之而體則異。非江豚矣。

【䲩】居氣切音既未韻

同鱀。〔爾雅釋魚釋文〕鱀。其冀反。字林作—。音既。云、胎生魚。

【䲅】均規切支韻

鯸鮐亦謂之—。見〔六書故〕。〔按本草注音規。〕

【鱆】照昌切音章陽韻

魚名。〔閩書〕一魚、一名望潮魚。〔按望潮魚爲章魚之小形者。閩書蓋渾言之。又沿俗加魚旁。〕

【⿰魚鹿】盧谷切音祿屋韻

鱳或字。〔集韻〕鱳、說文、魚名。出樂浪潘國。或从鹿。

【⿱族魚】昨木切音族屋韻

魚名。見〔集韻〕。

【䲆】牛居切音魚魚韻

二魚也。見〔說文・魚部〕。〔段注〕二魚重而不竝。易所謂貫魚也。从二魚。與从三魚不同。三魚謂不變其新。二魚謂逆行可觀。〔按說文長箋以爲魚之重文。存參。〕

【⿱吾魚】訛胡切音吾虞韻

魚之大者。見〔集韻〕。

【⿰魚桼】成悉切音七質韻

魚名。見〔集韻〕。

【⿰魚斬】初陷切陷韻

魚名。見〔玉篇〕。

【⿰魚旋】旬宣切音旋先韻

魚名。出梁州。見〔集韻〕。

【⿱夌魚】陵之切音鵹支韻

魚名。見〔集韻〕。

【⿰魚逋】奔模切音逋虞韻

鯆或字。〔集韻〕鯆。魚名。尾有毒。或从逋。

【⿰魚偃】音偃銑韻

魚名。見〔搜眞玉鏡〕。〔疑同鰋。〕

【⿰魚夏】

鰒本字。見〔說文〕。

【鰟】

同鮒。〔石鼓文〕又一又鯿。〔釋音〕鄭氏云。今作鮒。〔按郭云、鱒呼反。今文从鱒。〕

【⿰魚敫】

同鰲。見〔字彙補〕。

【⿰魚畢】壁吉切音必質韻

鮅或字。〔集韻〕鮅。魚名。或从畢。

【⿰魚莎】

魦或字。見〔龍龕手鑑〕。

【⿰魚歛】

⿰魚欶俗字。見〔字彙〕。

【⿰魚盖】

鰪俗字。見〔正字通〕。

【鰺】

鱢譌字。見〔字彙〕。

【⿱敖魚】

鰲譌字。見〔字彙補〕。

【鱈】

日本字。一爲屬軟鰭類之大口魚。日本北海道及奧羽等處多產之。喜羣棲於深處。至一定之期間而結隊游泳者。謂之沖一。其常住磯部者。謂之磯一。肉中爲膾。肝臟取油供藥用。我國譌以爲鱉魚肝油者也。

十二畫

【鱊】允律切音聿食聿切音術質韻　古穴切音玦屑韻

●一 魚名。〔通雅動物〕一魚、一名春魚。春時有之。

●二 一鮬。小魚也。〔爾雅釋魚〕一鮬鱖鯞。〔注〕小魚也。似鮒子而黑。俗呼爲婢魚。江東呼爲妾魚。

鱊鮬圖

【⿰魚斯】相支切音斯支韻

●一 魚名。一曰鮹。見〔集韻〕。

●二 鮨別名。見〔字彙〕。

【鱍】北末切音撥曷韻

●一 尾長皃。見〔玉篇〕。

●二 同鮁。〔集韻〕鱍。說文、鱣鮪一一。亦从魚。

【⿰魚潑】普活切音潑曷韻

魚游皃。見〔集韻〕。

【鱓】上演切音善銑韻

●一 一魚也。見〔說文〕。〔段注〕今人所食之黃鱔也。黃質黑文似蛇。其字亦作䱇。俗作鱔。或叚鮮字爲之。或叚鱣爲之。〔按一有產於海者。體形如鰻。全體無鱗。齒極銳利。全身茶褐色。有橫斑。大者長四五尺。皮可鞣製爲器。動物學以之別爲一科。屬喉鰾類。附錄存參。〕

鱓圖

●二 電一。一之一種。體爲團扇形。其周緣與尾皆呈暗黑色。腹部則呈灰色。有發電之奇性。其發電器由六角柱之筋質集合而成。他動物觸之。卽被其電擊而麻痺。故亦曰麻魚。英文 Astrape japonica。

【鱓】唐何切音駝歌韻
鼉或字。〔集韻〕鼉說文、水蟲。似蜥易長大。或作—。

【鱗】離珍切音鄰眞韻
(一)本作鱗。〔說文〕鱗。魚甲也。〔按—爲魚類之保護器。由眞皮變化而成者。其外面被以富於粘液之表皮。爲狀不一。略分四種。曰圓滑—。櫛齒—。齒質—。楯狀—〕。
(二)謂魚蛇之族類。〔素問五運行大論〕其蟲—。
(三)—淪。相次貌。〔文選長笛賦〕波瀾—淪。
(四)—眴。無涯也。〔文選張衡賦〕坻崿—眴。
(五)—施。玉紐也。〔淮南齊俗〕含珠—施。
(六)—獸。東方靑龍也。〔管子幼官〕以—獸之火爨。
(七)雙—魚名。〔正字通〕雙—魚、產湖廣石門縣東陽山水中。—有兩重。與諸魚別。味肥美。
(八)姓也。〔左文十六年傳〕—鱹爲司徒。

【⿱粦魚】離珍切音鄰眞韻
(一)—魚也。見〔說文〕。
(二)通鱗。見〔集韻〕。〔按周禮大司徒。其動物宜鱗物。盧文弨曰。釋文。劉本作—。是集韻所本。今本釋文作⿰麥粦。譌字也。〕

【鱉】必列切音鷩屑韻
鼈或字。〔集韻〕鼈說文、甲介蟲也。或从魚。

【⿰魚虛】丘於切音虛魚韻
鱋或字。〔集韻〕鱋說文、魚也。或作—。

【鰖】愈水切音唯紙韻翾規切音隓支韻吐火切音妥杜果切音惰哿韻徒臥切音惰箇韻
魚子已生者也。見〔說文〕〔段注〕謂魚卵生於水艸間初孚有魚形者。〔按魚卵未生者曰鯤。初生者曰—。生而成細魚者曰⿰魚面〕

【鰖】愈水切音唯紙韻杜果切音惰哿韻
蟹子。見〔廣韻〕。

【鰖】吐臥切音唾箇韻
魚去鱗曰—。見〔集韻〕。

【⿰魚朁】鋤簪切音岑才淫切音鬵時任切音諶咨林切音祲侵韻
魚名。見〔說文〕。

【⿰魚朁】咨林切音祲侵韻
南方謂鮝曰—。見〔集韻〕。〔按此借爲魿〕

【⿰魚巽】雛免切音撰銑韻
魚名。無骨。見〔集韻〕。

【鱌】似兩切音象養韻
魚名。白魟也。見〔集韻〕。〔按廣韻云。似魟。白鼻長也。〕

【鱎】居妖切音驕蕭韻祛矯切音槁舉夭切音矯篠韻
魚名。〔廣雅釋魚〕鮊—也。〔疏證〕玉篇。—、白魚也。—、一作橋。說苑政理篇。夫投綸錯弭迎而吸之者陽橋也。其爲魚薄而不美。—之言皜也。趙岐孟子滕文公篇注云。皜皜、甚白也。

【鱏】徐心切音尋侵韻
本作鱏。〔說文〕鱏。鱏魚也。傳曰。伯牙鼓琴。—魚出聽。〔段注〕郭景純說。鮪卽—也。許意不爾。劉注蜀都賦曰。—魚出江中。頭與身正半。口在腹下。今字作鱘。〔按今動物學云。—鶡鯁骨魚類。甚似鮫。其與鮫差異之點。則此體爲扁平。胸鰭擴大。鰓孔在於腹側。缺臀鰭。且性好潛伏水底也。〕

【⿱齊魚】前西切音齊齊韻
魚名。〔字彙〕—魚出漢水。似鯉而小。

【鱐】思留切音脩尤韻
乾魚。〔周禮庖人〕夏行腒—。

【鱐】息六切音肅屋韻
魚名。鮀母也。一曰魚脂。見〔集韻〕。

【鱐】疏鳩切音搜尤韻
⿰月肅或字。〔集韻〕⿰月肅。說文、乾魚尾。⿰月肅⿰月肅也。或从魚。

【鱑】胡光切音黃陽韻
魚名。見〔集韻〕。

【⿰魚爲】于嬀切音爲支韻
魚大者曰—。見〔集韻〕。

【⿰魚爲】吁爲切音麾支韻
魚名。見〔集韻〕。〔按正字通云。俗名蒲魚。潮州有之。韓愈文曰。蒲魚尾如蛇。口眼不相營〕。

【鱒】粗本切音僔阮韻雛免切音撰銑韻

赤目魚也。見〔說文〕。〔通訓定聲〕爾雅翼云。目中一道赤橫貫瞳。魚之美者。食螺蚌也。按今草魚之類。蘇俗謂之鯛魚。〔按今動物學云。|屬喉鰾類。狀極類鮭。惟口端稍鈍。鱗較細小。肉供食用〕

鱒圖

【鱒】徂悶切音鐏願韻粗戀切音纂霰韻

魚名。見〔集韻〕。

【鱒】徂悶切音鐏願韻

魚入泥。見〔廣韻〕。

【⿰魚童】徒東切音同東韻

鮦或字。〔集韻〕鮦。魚名。或从童。

【⿰魚款】苦緩切音款旱韻

魚名。見〔集韻〕。

【⿰魚欵】奴玩切音⿰魚欵翰韻

魚觸罔也。見〔集韻〕。

【鱔】上演切音善銑韻

魚名。見〔集韻〕。〔按六書正譌云。鱓俗作|。段玉裁云鱓字亦作|。〕

【鱕】方煩切音蕃。孚袁切音翻。符袁切音煩元韻

魚名。〔文選左思賦〕鯽鰅|鯌。〔注〕|鯌有橫骨在鼻前如斤斧。東人謂斧斤之斤爲鐇。故謂之|。此魚所擊。無不中斷也。

【鱖】姑衞切音劌霽韻

|魚也。見〔說文〕。〔王注〕爾雅翼。|魚巨口而細鱗。鬐鬣皆圓。黃質黑章。皮厚而肉緊。特異常魚。有肚能嚼。

鱖圖

【鱖】居月切音厥。於月切音噦月韻

小魚也。〔爾雅釋魚〕鱊鮬|鯞。

【鱖】居逵切音龜支韻

魚名。見〔集韻〕。

【⿰魚閒】居晏切音澗諫韻

魚名。見〔篇海〕。

【⿰魚無】武夫切音無虞韻

魚名。見〔字彙〕。

【⿰魚黑】迄得切音黑職韻

魚名。鰜也。見〔集韻〕。

【鰎】音蹇銑韻

藏魚。〔本草〕鮑、|、二魚。鮑似屍臭。以無鹽也。|臭差微。有鹽故也。出沔州。〔按綱目本作鯗同〕

【⿰魚勞】音勞豪韻

魚名。見〔篇海類編〕。

【鰈】古火切音果哿韻

魚名。〔南齊張融傳〕鯀魜|鮹。

【鱘】徐心切音尋侵韻

魚名。〔本草綱目〕|魚出江淮黃河遼海深水處。狀如鱣。而背上無甲。其色青碧。腹下色白。其鼻長與身等。口在頷下。食而不飲。頰下有青斑紋。如梅花狀。尾歧如丙。其骨不脆。其鰾亦可作膠。

鱘圖

【⿱蕭魚】⿱蕭灬本字。見〔說文〕。

【⿰魚蕭】⿰月蕭本字。見〔正字通〕。

【鱬】同鱬。見〔字彙〕。

【⿰魚⿱日万】同鰻。見〔字彙〕。

【⿰魚屖】同鯑。見〔六書故〕。

【鱙】同苗。〔楊慎外集〕三苗路史作三|。

【鰏】同鯔。見〔字彙補〕。

【⿰魚替】⿰魚贊俗字。見〔字彙〕。

【⿰魚罗】鱦俗字。見〔正字通〕。

【鱢】 鱢譌字。見〔篇海〕。

【鰴】 鯘譌字。康熙字典引博雅云。諾每切。敗也。今攷疏證本。鯘訓敗。諾每切。因据正。

十三畫

【蠏】 下買切音蠏蠏韻
㊀蠏或字。見〔說文虫部〕。
㊁魚名。鮦也。見〔集韻〕。

【鰀】、 姑顏切音鰥𩷙韻
㊀魚名。〔廣輿記〕廣東惠州府土產|魚。大如指。長八寸。介骨美滑宜羮。
㊁同鰥。〔楚辭天問〕舜閔在家。父何以|。〔補注〕|經傳多作鰥。書曰。有鰥在下曰虞舜。

【鱣】 張連切音遭先韻
㊀鯉也。見〔說文〕〔通訓定聲〕|大魚。似鱏而短鼻。口在頷下。體有邪行。甲無鱗。肉黃。大者長二三丈。江東呼為黃魚。今所謂鱘鰉魚也。詩碩人、|鮪發發。四月、匪|匪鮪。潛、有|有鮪。傳箋皆訓鯉。此古說。不可從。

鱣

圖

㊁漢侯國名。〔漢書王子侯年表〕|侯應襄賁。〔按襄賁在今山東蘭山縣西南一百二十里。〕

【鱓】 上演切音善銑韻
通䱇。〔後漢楊震傳〕有冠雀銜三|魚。飛集講堂前。都講取魚進曰。蛇|者。卿大夫服之象也。〔注〕臣賢案。續漢及謝承書。|皆作䱇。然則|䱇古字通也。〔按顏氏家訓書證篇。後漢書云。鸛雀銜三䱇魚。多假借為|鮪之|。俗之學士。因謂之為|魚。孫卿云。魚鱉鰌|。及韓非說苑皆曰。|似蛇。蠶似蠋。並非|字。假|為䱇。其來久矣。〕

【鱣】 唐干切音壇寒韻
魚名。見〔集韻〕。

【鱤】 古禫切音感感韻
㊀魚名。〔山海經東山經〕姑兒之水。其中有|魚。〔按本草綱目云。|生江湖中。體似鯮而腹平。頭似鯇而口大。頰似鮎而色黃。鱗似鱒而稍細。大者三四十斤。〕
㊁魠也。見〔集韻〕。

【鱠】、 古外切音膾泰韻
㊀|殘。魚名。〔本草綱目〕|殘出蘇松浙江。大者長四五寸。身圓如筯。潔白如銀。無鱗。若已|之魚。但目有兩黑點耳。〔按即銀魚。江西餘干地方亦以特產著。小者纔寸許。尤貴。土人名繡花鍼。〕
㊁膾或字。〔集韻〕膾。說文、細切肉也。或从魚。

【鱶】 逆怯切音業葉韻
㊀魚名。見〔集韻〕。
㊁同鱲。〔玉篇〕|與四魚同呼。

【鰫】 龍五切音虜麌韻
|魚也。出樂浪潘國。見〔說文〕。

【鱶】 魚羈切音宜支韻
魚子。見〔集韻〕。

【鱟】 下遘切音候許候切音詬奧候切音戊宥韻烏酷切音沃沃韻乙角切音渥覺韻
介蟲也。〔本草綱目〕|狀如惠文冠及熨斗之形。廣尺餘。其甲瑩滑。青黑色。鏃背骨眼。眼在背上。口在腹下。頭如蜣螂。十二足。似蟹。在腹兩旁。長五六尺。尾長一二尺。有三稜。如棕莖。背上有骨如角。高七八寸。如石珊瑚狀。每過海。相負於背。乘風而游。俗呼|帆。亦曰|簰。其血碧色。腹有子如黍粟米。可為醯醬。南人以其肉作酢醬。小者名鬼|。食之害人。〔按|雌常負雄而行。雖危難不解。爾雅翼謂為|媚。信也。今動物學以屬諸劍尾類。〕

鱟

圖

【鱷】 而用切音醲宋韻
鮯魚也。見〔集韻〕。

【鰂】 疾則切音賊職韻
鯽或字。〔集韻〕鯽。說文、烏鯽。魚名。或从賊。

【鱢】 蘇遭切音騷豪韻
鮏臭也。周禮曰。膳膏|。見〔說文〕。〔按今周禮天官庖人作臊。〕

【鱮】於到切音奧號韻　鰽也。見〔廣雅釋魚〕。〔按康熙字典引博雅云鯉也。誤〕

【鱫】於九切音懮有韻　魚也。見〔集韻〕。

【鰜】魚檢切音儼琰韻　一鰜。魚名。出樂浪。見〔廣韻〕。

【鱠】牛廉切音䲓鹽韻　噞或字。〔集韻〕噞。噞喁。魚口動皃。或从魚。

【鱦】神陵切音繩蒸韻實證切音乘以證切音孕徑韻　小魚也。〔爾雅釋魚〕一小魚。〔注〕家語曰。其小者一魚也。今江東亦呼魚子未成者爲一。

【鱦】母梗切音黽梗韻　魚名。見〔集韻〕。〔按廣韻三十八梗云鮭屬〕

【鱷】渠良切音彊陽韻渠京音擎庚韻　海大魚也。春秋傳曰。取其一鯢。見〔說文〕。〔按今動物學云。一爲水棲之哺乳類。體爲魚形。前肢成鰭。後肢則全退化。頸項不甚判明。皮面幼時有毛。長成則否。然皮下有厚脂肪層。用以保持溫度。且減小體重。能久潛水中。鼻孔生於頭上。一名噴潮孔。目小。耳無耳殼。種別爲有齒類無齒類。〕

【鱝】父吻切音憤吻韻　魚名。大鮋也。形圓。有毒。見〔集韻〕。〔按正字通云。魚形如大荷葉。口在腹下。目在額上。無足無鱗。尾長有節。螫人。〕

【鱩】以水切音唯紙韻　魚名。見〔字彙〕。〔正字通云。俗鮪字。〕

【鰲】巨京切音京庚韻　魚王。見〔字彙〕。〔正字通云。俗鯨字。〕

【鱀】音劚霿韻　魚名。見〔玉篇〕。

【鱌】兩耳切音里紙韻　鯉或字。〔集韻〕鯉。魚名。說文、鱣也。或从裹。

【鱥】姑衛切音劌霿韻　鱖或字。〔集韻〕鱖。說文、魚名。或作一。

【鱕】都郎切陽韻都浪切漾韻　魚名。見〔玉篇〕。

【鰴】無非切微韻　魚名。見〔玉篇〕。

【鯯】直例切音滯霽韻　魚名。見〔集韻〕。

【鱁】愈水切音唯紙韻　鮪或字。〔集韻〕鮪。魚始生者。或作一。

【鱧】里弟切音禮薺韻　鱯也。見〔說文〕。〔通訓定聲〕按此字當訓鮦也。爾雅、鱧也。又鱯、大鮦。小者鮵。字林訓鰥。與說文訓鱯。皆以一爲鱯。誤。爾雅翼、一圓長而斑有七點。作北斗象。今蘇俗謂之黑魚是也。〔按亦謂之七星魚〕

【嬴】盧戈切音贏歌韻倫爲切音羸支韻　魚名。有翼。見則大水。見〔集韻〕。

【鱨】辰羊切音常陽韻　魚名。見〔集韻〕。〔按卽鱨字〕

【鱛】普姑切虞韻　江豚也。又吳東門名。〔史記伍子胥傳注〕東門、一門。謂鯆門也。今名葑門。顧野王云。一魚、一名江豚。欲風則涌之也。〔按今玉篇作鱄鯆。葑門江蘇吳縣門也。〕

【鱎】音豬陽韻　魚名。〔閩中海錯疏〕黃一。鬣黃也。

【鱖】音未詳　魚名。〔閩書〕一魚背有肉二片。乾之名金絲鯗。

【鱐】鰭籀文。見〔說文〕。

【鰦】鰦譌字。見〔字彙補〕。

十四畫

【䲡】徐垢切有韻　白魚也。見〔玉篇〕。

【鱬】汝朱切音儒虞韻　魚名。〔山海經南山經〕英水南流注於卽翼之澤。其中多赤一。其狀如魚而人面。其音如鴛鴦。食之不疥。〔畢注〕一當爲鰤。

【鱵】早眠切音邊先韻　鯿或字。〔集韻〕鯿。魚名。似魴。或从賓。

【鰵】卑民切音賓眞韻　魚名。見〔集韻〕。

【鰷】陳留切音儔尤韻
魚之大者名爲—。見[家語屈節]。[注]—宜爲鱺。新序作鰌。

【鱭】在禮切音薺薺韻
鮆或字。[集韻]鮆。說文、飲而不食刀魚也。或从齊。

【鱮】象呂切音敘語韻
—魚也。見[說文]。[段注]陸疏曰。—似魴。厚而頭大。其頭尤大而肥者。徐州人謂之鰱。廣雅曰。—、鰱也。

【鱮】羊諸切音余魚韻
鱮—。魚名。見[集韻]。

【鱯】胡故切音護遇韻胡化切音
𩵋禡韻胡陌切音獲陌韻
—魚也。見[說文]。[通訓定聲]爾雅。鯤、大—。小者鮡。注。—似鮎而大。白色。按大口亦曰鰈曰鮔曰鱯。今揚州人呼爲鮠魚。江中多有。

【𩿇】語居切音魚魚韻
捕魚也。見[說文𩿇部]。

【鞫】丘六切音鞠屋韻
鞫或字。[集韻]鞫。魚名。鱒也。或作—。

【鱍】音疑支韻
魚名。見[篇海]。

【鱨】辰羊切音常陽韻
揚也。見[說文]。[段注]揚、各本從木者誤。陸疏曰。今黃頰魚也。似燕頭。魚身。形厚而長。大頰骨。正黃。魚之大而有力解飛者。徐州人謂之揚。[按本草綱目以爲卽鱖𩶅]。

【䱜】側下切音炙馬韻
鮺或字。[集韻]鮺。說文、藏魚也。或作—。

【鱒】白各切音泊藥韻
鱒省字。[集韻]鱒。魚名。如鯉。或省。

【𩿚】力協切音𩃰葉韻
魚名。見[集韻]。

【鱤】戶嚴切音咸咸韻
魚名。見[玉篇]。

【鱗】鱗本字。見[說文]。

【𩿝】鮓籀文。見[篇海]。

十五畫

【鰿】子結切音節屑韻
魚名。見[廣韻]。

【鱳】盧谷切音祿屋韻歷各切音洛樂韻
魚名。出樂浪潘國。見[說文]。

【鱣】張連切音邅先韻
同鱣。見[玉篇]。

【鱱】力制切音例霽韻
魚名。見[集韻]。

【鱲】力涉切音獵葉韻
魚名。見[集韻]。

【鱹】音讎尤韻
魚名。見[玉篇]。

【鱴】莫結切音蔑屑韻
鮤—。魚名。[爾雅釋魚]鮤—刀。[注]今之鮆魚也。亦呼爲魛魚。[義疏]鄭注鼈人、貍物謂—刀。含漿之屬。似指蚌蛤而言。但爾雅方說魚類。鄭蓋失之。賈疏引孫氏注爾雅。刀魚與—別。則讀鮤—相屬。刀別爲句。郭亦當然。與鄭—刀屬讀異也。

【鱴】莫括切音曷韻莫結切屑韻
同鮇。海中魚似鮑也。見[玉篇]。

【鱵】諸深切音箴侵韻
魚名。[本草綱目]俗名姜公魚。生江湖中。大小形狀并同鱠殘。但喙尖有一細黑骨如鍼爲異耳。[按亦產海中。長尺餘。其喙端鍼乃由下顎突出而延長者。]

鱵圖

【鰾】音標蕭韻
魚秧也。稍長魚苗曰䲗—。見[黃省曾魚經]。

【鱳】狠狄切音歷錫韻
鰯或字。[集韻]鰯。魚名。博雅、𩶅也。或从樂。

【鱮】鰾本字。見[正字通]。

【鱠】鮹本字。見[說文]。

【鱸】鱸籀文。見[玉篇]。

【鱶】鮝或字。見[集韻]。

【鱶】鯬俗字。見[正字通]。

十六畫

【鱷】逆各切音咢藥韻 ⿰虫咢或字〔集韻〕⿰虫咢。魚名。或作|。說文。似蜥蜴長一丈水潛吞人卽浮。出日南〔圖入鰐字〕。

【鱸】龍都切音盧虞韻 魚名。〔本草綱目〕|出吳中。浙江尤盛。四五月方出。長僅四寸。狀微似鱖。而色白有黑點。巨口細鱗。有四腮。

鱸圖

【⿰魚鞫】居六切屋韻 同鮂。魚怖。見〔玉篇〕。

【⿰魚巂】戶圭切齊韻 大鮭。見〔篇海類編〕。

【⿰魚賴】他達切音闥曷韻 |魚也。見〔說文〕。

【⿰魚邂】下介切音械卦韻 魚名。見〔集韻〕。

【⿰魚遺】以追切音唯支韻 魚名。見〔篇海〕。

【⿰魚餐】千安切音餐寒韻 魚名。見〔集韻〕。〔按卽白鰺字亦作餐〕

【⿰魚歷】狼狄切音歷錫韻 鬲或字〔集韻〕鬲。魚名。博雅、魤也。或从歷。

【⿰魚瞢】彌登切音瞢蒸韻 母亙切音懵徑韻 同鱦。〔文選司馬相如賦〕鮔|漸離。〔說文作鮔鱦〕

【⿰魚篗】鱯譌字。康熙字典引龍龕胡誤切。魚名。攷無此字。因正爲譌。

十七畫

【⿰魚薄】白各切音泊藥韻 魚如鯉。一目。見〔集韻〕。

【⿰魚徽】呼韋切音暉微韻 徽或字〔集韻〕徽。爾雅、魚有力者。或作|。

【⿰魚毚】鋤咸切音讒咸韻 戶韽切音陷陷韻 魚名。見〔字彙〕。

【⿰魚蹇】九件切音蹇銑韻 魚名。見〔廣韻〕。

【⿰魚睘】公渾切音昆元韻 鯤或字〔集韻〕鯤。爾雅、鯤魚子。或作|。

【⿰魚戠】音賊職韻 烏|。黑魚大者。見〔篇韻〕。〔康熙字典云卽鰂字之譌〕

【⿰魚擎】音擎庚韻 魚名。見〔篇海類編〕。

【⿰魚藷】同鮓。見〔篇海〕。〔康熙字典云卽蓶字之譌〕

【⿰魚饑】同鐖。見〔篇海類編〕。

十八畫

【⿰魚雙】疏江切音雙江韻 海魚名。見〔集韻〕。

【⿰魚雟】勻規切音隋支韻 戶圭切音攜齊韻 鑴或字〔集韻〕鑴。說文。大鮎也。或作|。

【鱹】古玩切音貫翰韻 人名。〔左文十六年傳〕鱹|爲司徒。

【⿰魚瞿】權俱切音劬虞韻 巢羽切音矩麌韻 俱遇切音屨遇韻 魚名。見〔說文〕。

【⿰魚㬥】音蘆虞韻 魚名。見〔篇海〕。〔按龍龕手鑑云。鱸俗字〕。

【⿰魚彝】音未詳 江東呼靑衣魚爲婢|。見〔古今注〕。

【⿰魚籍】同䱜。見〔字彙補〕。

十九畫

【⿰魚羅】良何切音羅歌韻 魚名。一身十首。見〔集韻〕。〔按北山經作何羅魚〕。

【鱺】憐題切音黎齊韻 |魚也。見〔說文〕〔段注〕此卽今人謂鰻爲鰻|之字也。

【⿰魚蠡】里弟切音禮薺韻 鱧或字〔集韻〕鱧。魚名。說文、鱯也。或从蠡。〔參見鱧注〕

【⿰魚離】里弟切音禮薺韻 鄰知切音離支韻 鮦也。〔爾雅釋魚〕鰹、大鮦。小者鮵。〔注〕今靑州呼小|爲鮵。〔疏〕此

即上文鱧也。故注云。今青州呼小|為鯇。|與鱧音義同。〔按上文鱧注云鮦也〕

【[illegible]】鱣籀文。見〔說文〕

二十畫

【⿰魚黨】音黨養韻　魚名。〔南越志〕|魚似鮇鯉。尾上有刺。如檪樹刺也。

二十一畫

【⿰魚蠡】聖弟切音禮薺韻　鮦也。見〔說文〕〔通訓定聲〕〔按此當為鱧之或體。爾雅釋魚釋文。|又作蠡。知鱧|同字。許君誤以鱧為鱺。故兩訓耳〕

【⿰魚屬】音觸燭韻　鯸|。魚名。〔潘岳賦〕鯦魚鯸|。

【[illegible]】鱓本字。見〔說文〕

二十二畫

【鱻】相然切音仙先韻　新魚精也。从三魚。不變魚也。見〔說文〕〔段注〕云。精者。即今之鯖字。廣韻云。煮魚煎食曰五侯鯖。謂以新魚為肴也。凡鮮明鮮新字皆當作|。自漢人始以鮮代|。如周禮經作|。注作鮮。是其證。今則鮮行而|廢矣。

【[illegible]】息淺切音獮銑韻　尟或字。〔集韻〕尟。說文、是少。尟俱存也。从是从少。賈侍中說。或作|。

三十三畫

【[illegible]】逆怯切音業葉韻　魚盛。見〔玉篇〕

※鳥部※

【鳥】丁了切音蔦篠韻

❶長尾禽總名也。象形。|之足似匕。从匕。見〔說文〕〔段注〕釋鳥音義引、長尾羽。眾禽總名也。按𠂤部云。禽走獸總名。此不同者。此依釋鳥二足而羽謂之禽也。短尾名隹。長尾名|。析言則然。渾言則不別也。|足以一該二。鹿足以二該四。〔按隸應作易。王注本文|之足似匕。故從匕。說解云。漢碑之存於今者。凡|字皆四足。閒有三足者。故許君辨正之。據此則今如此作。因漢碑而譌。然沿謬久矣。今動物學云。|類脊椎動物之次於哺乳類者也。血熱。體上被羽。前肢為翅。髁形光滑、口具角質之喙。心有四竅。以肺呼吸。無隔膜。卵生。其善飛者。胸骨皆作龍骨形。大別為八。曰猛禽類。攀禽類。鳴禽類。鳩類。雞類。涉禽類。游禽類。走禽類〕

❷星名。〔書堯典〕日中星|。〔傳〕|、南方朱|七宿。〔按朱駿聲云。星、七星。象|昂首形。向東。若傳何鶉首鶉尾之說。合七宿言之。則非鬼柳為味。為項。星張為胃腸。翼軫為尾。象|棲之形向西〕

❸玄|。燕也。一名鳦。見〔詩玄鳥序釋文〕〔按法言問明注。燕亦別名朱|〕〔又〕官名。〔左昭十七年傳〕玄|。氏司分者也。

❹青|。名。亦官名。〔左昭十七年傳〕青|。氏司啓者也。〔注〕鶬鴳也。

❺丹|。名。亦官名。〔左昭十七年傳〕丹|。氏司閉者也。〔注〕鷩雉也。〔又〕謂丹良也。見〔大戴記夏小正傳〕〔按古今注。螢火一名丹良。食蚊蚋〕

❻黑|。烏也。〔大戴記夏小正〕黑|浴。傳曰。黑|者何也。烏也。

❼白|。謂閩蚋也。見〔大戴記夏小正傳〕

❽黃|。黃雀也。〔爾雅釋鳥〕皇、黃|。〔注〕俗呼黃離留。亦名摶黍。〔義疏〕詩葛覃疏引舍人曰。皇名黃|。按此即今黃雀。其形如雀而黃。故名黃|。又名摶黍。非黃離留也。詩凡言倉庚、必舂時。其言黃|、即不拘時候。馬屬云。黃白曰皇。此|名皇。知非鶖黃之|矣。

(九)陽｜。鴻雁之屬。〔書禹貢〕陽｜攸居。

(十)孔｜。孔雀也。〔山海經海內經〕有孔｜。〔按孔｜屬雞類。產於印度。雌雄俱頭上有紅青色之冠。翮距完具。眞尾甚短。雄則自背部生甚長之美羽。時擴爲扇狀。圖入孔字。〕

(十一)鳴｜。謂鳳也。〔書君奭〕我則鳴｜不聞。

(十二)丁｜。門上鐵鏁也。〔李商隱詩〕鎖門金了｜。〔按此｜字當爲乚字之假借。廣韻。乚、釋皃。从倒了。是也。〕

(十三)咸｜。巴人之先也。〔山海經海內經〕西南有巴國。大皞生咸｜。咸｜生乘釐。乘釐生後照。後照是始爲巴人。〔注〕爲之始祖。

(十四)零｜。水名。〔水經洧水注〕零｜鴖側有水。懸流赴壑。一匹有餘。直注澗下。淪積成淵。俗人覩此水掛於鴖側。遂目之爲零｜水。〔按此｜字當亦取乚義。翟灝謂酈所言。似涉鄙褻。則以其謂名自俗人。意如俗以｜爲男子之私云。〕

(十五)｜獸。筍虡也。見〔書益稷｜獸蹌蹌釋文引司馬注〕。

(十六)｜策。書於策也。〔文選左思賦〕｜策篆素。

(十七)｜丁。流求國官名。〔隋書流求國傳〕國有四部。帥統諸洞。洞有小王。往往有村。村有｜丁。並以善戰者爲之。

(十八)｜吾。西羌名。〔後漢西羌傳〕｜吾種復寇漢陽。隴西城諸郡兵擊破之。

(十九)｜彝。彝之刻鳳凰形者也。〔周禮司尊彝〕春祠夏禴。祼用雞彝、｜彝。〔注〕雞彝、｜彝。謂刻而畫之爲雞、鳳凰之形。

(二十)｜危。山名。又水名。〔山海經西山經〕西南二百里曰｜危之山。｜危之水出焉。西流注於赤水。

(廿一)｜囉。方言來也。〔雞林類事〕方言。來、曰｜囉。去、曰匿家入囉。客至、曰孫｜囉。

(廿二)｜氏。夷也。〔山海經海內經〕南海之內。有鸁長之國。有人焉。首名曰｜氏。〔注〕今佛書中有此人。即｜夸也。

(廿三)｜鼠。山名。〔書禹貢〕西傾朱圉｜鼠同穴。〔疏〕正義曰。地理志曰。｜鼠同穴山。在隴西首陽縣西南。渭水所出。〔按山在今甘肅渭源縣西〕。

(廿四)妙音｜。梵言迦陵頻伽也。〔法華經偈頌〕聖主天中王迦陵頻伽聲。〔注〕迦陵頻伽、妙音｜也。｜未出聲時。即發音微妙。一切天人聲皆不及。惟佛音類之。故以自況。

(廿五)｜俗氏。秦之先也。〔史記秦紀〕大費生子二人。一曰大廉。實｜俗氏。〔索隱〕以仲衍｜身人言。故爲｜俗氏。俗、一作浴。

(廿六)山名。〔山海經西山經〕｜山。辱水出焉。〔畢注〕疑即陝西安定縣西南泰重嶺。辱水經、其北也。又縣南四十里有鴉鴿山。方志云。山產鴉鴿二鳥。並居。亦｜鼠同穴之類。或即古之｜山與。

(廿七)官名。〔左昭十七年傳〕我高祖少皥氏之立也。鳳｜適至。故紀於｜。爲｜師而｜名。〔又〕射｜。官名。〔周禮射鳥氏〕掌射｜。

【鳥】子削切音爵藥韻

鸑｜。縣名。〔後漢段熲傳〕熲後追擊於鸑｜。〔注〕｜音爵。縣名。屬武威郡。故城在今涼州昌松縣北也。〔按故城在今甘肅武威縣南〕。

【鳥】同島。〔書禹貢〕島夷皮服。〔疏〕正義曰。孔讀｜爲島。島。是海中之山。鄭玄云。｜夷、東方之民。搏食｜獸者也。王肅云。｜夷、東北夷國名也。與孔不同。

一畫

【鳦】乙黠切音軋黠韻　億姞切音乙質韻

乙或字。見〔說文乙部〕。

【鳥】同焉。見〔類篇〕。〔按爲注云然。今本類篇無此字。且說文焉篆亦不似。存疑俟攷。〕

二畫

【鳬】馮無切音扶虞韻

(一)舒｜。鶩也。从几鳥。几亦聲。見〔說文几部〕。〔段注〕舒者、謂其行舒遲。不畏人也。鶩之羽短。不能飛。故其字從几。各本作從鳥。几聲。今補正。

(二)水鳥也。〔詩鳧鷖〕｜鷖在涇。〔按曲禮疏云。野鴨曰｜。今動物學以｜爲游禽類。雄之頭與頸部。羽毛濃紫而微綠。且頸後部有白色之輪。雌不如雄美觀。尾短。飛上下。時作螺旋狀。

鳧圖

㊂—徯。鳥名。〔山海經西山經〕鹿臺之山有鳥焉。其狀如雄雞而人面。名曰—徯。其名自叫也。見則有兵。

㊃寇—。鸍屬也。〔爾雅釋鳥義疏〕郭注方言。今江東有小—。其多無數。俗謂之寇—。即鸍屬矣。〔按吳錄地理記。石首魚至秋化爲寇—。頭中有石存攷。〕

㊄海—。海鳥也。〔晉書張華傳〕惠帝中人有得鳥毛三丈。以示華。華見慘然曰。此謂海—毛也。出則天下亂矣。

㊅松—。南越鳥名。〔南越志〕化蒙縣祠山上有池。池中有松。—如今野—。棲息松間。故俗謂之松—。

㊆—茈。芍也。〔爾雅釋草〕芍、—茈。〔義疏〕後漢書注引續漢書作符訾。本艸衍義作葧臍。今呼蒲薺。亦呼必薺。本艸別錄有烏芋。陶注誤爲—茨。唐本注因謂烏芋、今—茨。蘇頌圖經謂即芍斯。皆非也。烏芋今之茨菰。—茈苗似龍鬚。一莖直上。有苗無葉。以莖爲葉。其根圓黑。剝取肉白甜脃。中啖。非茨菰比也。

㊇—葵。水葵也。〔後漢馬融傳〕桂荏—葵。〔注〕葉似蓴。生水中。俗名水葵。

㊈—花。酒名。〔皮日休詩〕—花波蕩漾。

㊉—麗。山名。〔山海經東山經〕—麗之山。其山多金玉。其下多箴石。

⑪魚—。人名。蜀山氏之君。見〔成都記〕。

⑫山名。〔詩閟宮〕保有—繹。

⑬官名。〔考工記鳧氏〕—氏爲鐘。〔按正字通云。—入水不溺。以名鐘工。取虛浮之意。〕

【鳨】　六直切音力職韻

㊀鳥似鳧而小。見〔玉篇〕。

㊁鳩之別名。見〔集韻〕。〔按類篇作鳩別名。〕

【鳩】　居尤切音樛尤韻　〔按—聚之—、本作勼。〕

㊀鶻—也。見〔說文〕。〔通訓定聲〕按詩氓、吁嗟—兮。傳訓鶻—。小宛、宛彼鳴—。傳訓鶻鳩。此許所本。其實—有五。祝—、鵻也。即詩篇牡傳之夫不。亦名勃姑。鳲—、鶻也。即詩鵲巢傳之秸鞠。亦名布穀。爽—、鷞也。即廣雅之車轄。亦名鶡鳴。此三—、即—之小者。雎—、鷲也。即淮南說林之沸波。亦名鷲。鶻—、鶌也。即廣雅之鶌—。亦名班雀。此二—、—之大者。〔按—類爲鳥類八目之一。動物家言屬此類者。嘴前部爲角質。翼長。龍骨發達。故善飛。腳短。後趾與前三趾成水平。故適於攀握。〕

㊁安也。〔國語晉語〕可以鑑而—趙宗乎。

鳩圖

㊂集也。〔左隱八年傳〕君釋三國之圖以—其民。

㊃九夫爲—。〔左襄二十五年傳〕—藪澤。〔賈注〕藪澤之地。九夫爲—。八—而當一井也。

㊄九鳥曰—。見〔埤雅引禽經〕。

㊅小腹下曰—口。〔巢氏病源〕旋踵至—口內。

㊆五—。五官名。〔左昭十七年傳〕祝—氏、司徒也。雎—氏、司馬也。鳲—氏、司空也。爽—氏、司寇也。鶻—氏、司事也。五—、—民者也。〔注〕—、聚也。治民上聚。故如以爲名。

㊇蒙—。鷦鷯也。〔荀子勸學〕南方有鳥焉。名曰蒙—。以羽爲巢。而編之以髮。繫之葦苕。〔按蒙—、大戴記作蝱—。方言作蔑雀。〕

㊈始—。國名。或曰鳥名。〔山海經海內東經〕始—在海中轅厲南。

㊉舒—。楚屬國。〔左襄二十四年傳〕舒—人叛楚。

⑪—茲。地名。〔左襄三十年傳〕楚師重伐吳。爲簡之師克—茲。〔注〕吳邑在丹陽蕪湖縣東。今皋夷也。

⑫發—。山名。〔山海經北山經〕發—之山。漳水出焉。〔畢注〕山亦曰發包山。在今山西長子縣西。

⑬汝—。人名。〔書序〕入自北門。乃遇汝—、汝方。〔傳〕—、方二人湯之賢臣。

【鳩】　丈尒切音豸紙韻

通豸。〔左宣十七年傳〕庶有豸乎。〔注〕解也。〔釋文〕豸、本又作—。直是反。或音居牛反。非也。

【鳩】渠尤切音裘尤韻
馗或字。〔爾雅釋草〕中馗、菌。〔釋文〕中馗、舍人本作中｜。云、菟奚名顆東。顆東名中｜

【⿰土鳥】七四切音次寘韻
鳥名。見〔集韻〕。

【⿰匕鳥】尺栗切音叱質韻
鳥聲。見〔康熙字典引集韻〕。〔按字彙。｜與鳪、別爲二字。舊注沿引集韻。今攷集韻｜亦作鳪。惟音義異耳。類篇同。〕

【鳭】丁聊切音貂蕭韻
鳥名。〔集韻〕爾雅、鴂剖葦。謂好剖葦皮。食其中蟲。〔按爾雅釋鳥本作鳭鷯。說文鴂下作刀鷯。段玉裁云。能剖葦。故名刀鷯。刀與剖義相應。改刀爲鳭。讀丁堯切。非也。据此。作｜誤。又按玉篇。鷦鷯亦作｜鷯。段玉裁云。鷦鷯爲小鳥。刀鷯則不甚小。是以｜同鷦亦誤。〕

【⿰犭鳥】涉交切音嘲肴韻
｜鷯。黃鳥。見〔廣韻〕。〔按舊注無此字。以音義併鷄鳭下云出廣韻集韻。實竝不从刀。〕

【鳪】博木切音卜屋韻北角切音剝覺韻
㊀雉也。〔爾雅釋鳥〕｜雉。〔注〕黃色。鳴自呼。
㊁雉｜。鼠名。見〔龍龕手鑑〕。

【⿱九鳥】居求切音鳩尤韻
㊀鴿也。見〔字彙補〕。
㊁鳩俗字。見〔龍龕手鑑〕。

【⿰鳥匕】音未詳
七鳥曰｜。見〔禽經〕。

【⿱男鳥】同勳。見〔玉篇〕。

【鳫】同雁。見〔玉篇〕。

【⿰冫鳥】同鳩。見〔五音篇海〕。

【⿰鳥阝】梟俗字。見〔龍龕手鑑〕。

【⿰鳥丁】梟俗字。見〔龍龕手鑑〕。

三畫

【鳱】居寒切音干寒韻魚旰切音岸翰韻魚澗切音鴈諫韻
㊀｜鵠。鵲也。〔廣雅釋詁〕雗鵠、䳬也。〔疏證〕鄭注大射儀引淮南子曰。｜鵠知來。｜與雗同。雗鵠爲山鵲。與鵲相似。非即是鵲。但一種而小異。稱名可以互通耳。
㊁同鴈。〔字彙〕鹽鐵論引詩。雍雍鳴｜。以鴈爲｜。注云鴈當音岸。師曠禽經、｜以水言。自北而南。張華注。｜音鴈。隨陽鳥也。冬適南方。集於江干之上。故字从干。開元文字、鴈又音岸。則｜即鴈字無疑矣。

【鳱】侯旰切音翰翰韻
｜鴠。鳥名。〔文選枚乘七發〕朝則鸝黃｜鴠鳴焉。〔按即鶡鴠也。廣雅釋鳥疏證云鶡或作｜。〕

【鳲】升脂切音尸支韻
㊀｜鳩。鳥名。〔爾雅釋鳥〕｜鳩鴶鵴。〔注〕今之布穀也。江東呼名穫穀。〔義疏〕今揚州人謂之卜姑。東齊及德滄之間謂之姑保。其身灰色。翅末尾俱雜黑色。農人候此鳥鳴布種其穀矣。左傳引孫炎據方言以｜鳩爲戴勝。後漢書注、亦以布穀爲戴勝。今驗戴勝鳴聲亦曰搏穀。又曰樓樓穀。而非鴶鵴布穀。郭注方言辨其失也。

鳲鳩圖

㊁或作尸。〔詩鳲鳩序釋文〕｜本亦作尸。

【鳳】鴻貢切音奉送韻
㊀鳥名。〔說文〕神鳥也。天老曰。｜之象也。鴻前麐後。蛇頸魚尾。鸛顙鴛思。龍文龜背。燕頷雞喙。五色備舉。出於東方君子之國。翺翔四海之外。過崑崙。飲砥柱。濯羽弱水。莫宿風穴。見則天下大安寧。從鳥。凡聲。〔王注〕五方神鳥惟｜五色平均也。一色獨多、即非｜矣。禽經曰。紫｜謂之鷟。白｜謂之鷫是也。

鳳圖

㊁么｜。小鳥也。出蜀中。〔蘇軾詩〕桐花集么｜。
㊂鳥｜。鳥名。〔范成大虞衡志〕鳥｜出桂海。其形畧似｜。音聲清越如笙簫。能度小曲合宮商。又能爲百鳥音。
㊃九｜。神名。〔山海經大荒北經〕大荒之中有山。名曰北極天櫃。有神。

九首人面鳥身名曰九─。

(五)─餅。茶名。〔大觀茶論〕本朝之興。歲修建溪之貢龍團─餅。名冠天下。

(六)─仙。花名。〔本草綱目〕─仙、苗高二三尺。莖有紅白二色其大如指。中空而脆。葉長而尖。似桃柳葉而有鋸齒。椏間開花。狀如飛禽。自夏初至秋。開謝相續。結實纍然。

鳳仙花圖

(七)─闕。闕名。〔漢書東方朔傳〕左─闕。右神明。

(八)─翔。府名。唐置。屬關內道。今爲陝西─翔縣。〔又〕─陽府名。明置。直隸南京。今爲安徽─陽縣。

(九)─林。山名。亦川名。〔水經河水注〕河水又東歷─林北。─林山名也。五巒俱峙。耆彥云。有─鳥飛遊五峯。故山有斯目矣。秦州記曰。枹罕有─林川。川中則黃河東流也。

(十)─凰。廳名。清置。有二。一屬奉天。今改爲─城縣。清光緒三十一年、依一千九百零四年中日協約。開爲商埠。一屬湖南。今改爲縣。

(十一)─鳥氏。官名。〔左昭十七年傳〕─鳥氏。歷正也。

(十二)州名。有二。一、唐置。屬山南道。明改爲縣。屬漢中府。今爲陝西─縣治。一、遼置。屬上京道。今爲科爾沁左翼後旗治。

(十三)姓也。─綱。見〔神仙傳〕。

【鳴】眉兵切音明庚韻

(一)鳥聲也。从鳥口。見〔說文〕。〔按引伸之。凡出聲者曰─。人有所宣洩亦曰─。如云以詩─。〕

(二)嘷也。見〔玉篇〕。

(三)聲名聞之謂也。〔易謙〕─謙。

(四)石名。〔山海經中山經〕共谷、其中多─石。〔注〕晉永康元年。襄陽郡上─石。似玉色。撞之聲聞七八里。今零陵泉陵縣永正鄉有─石二所。其一狀如鼓。俗因名爲石鼓。即此類也。

(五)─鳩。班鳩也。〔詩小旻〕宛彼─鳩。〔按朱駿聲云。班鳩、鳩中善鳴者。故獨曰─鳩。〕

(六)─鳥。鳥名。〔山海經大荒西經〕有弇州之山。五彩之鳥。仰天。名曰─鳥。〔按書君奭鄭注。以─鳥爲鳳。疑此同。〕

(七)─玉者。佩玉也。見〔賈子容注〕。

(八)─鏑。今之髐箭也。見〔後漢書杜篤傳注〕。〔按南匈奴傳注云。即匈奴之箭。〕

(九)澤名。〔漢書武帝紀〕歷獨鹿─澤。〔注〕服虔曰。在涿郡遒縣北界也。

(十)通明。〔文選李廣論〕里社─而聖人出。〔注〕明與─、古字通。

(十一)姓也。見〔廣韻〕。

【鳴】眉兵切音明庚韻　眉病切音命敬韻

相呼也。〔大戴記夏小正〕─鳩、言始相命也。〔解詁〕廣雅云。命、呼也。

【鳶】余專切音沿先韻

(一)鴟也。〔詩四月〕匪鶉匪─。〔按說文隹部。雉、繳䠶飛鳥也。朱駿聲云。此誼、弋字之轉注。傳無作雉者。雉、即─字。鵰也。鴟也。从鳥从隹同。顧野王以─爲鳶。大徐從之。非也。字亦作鳶。从鳥戈聲。夏小正鳴弋。以弋爲之。据是則─與雉同。亦作弋。而讀當從弋聲矣。互詳鳶字。〕

(二)鳥─。鵰也。見〔穆天子傳鳥─注〕。〔按漢舒路溫舒傳注。訓爲鴟。朱駿聲云。失之。〕

鳶圖

(三)鳴─。旌也。〔禮記曲禮〕前有塵埃。則載鳴─。

(四)風─。紙─也。〔唐書田悅傳〕張伾以紙爲風─。高百餘丈。過悅營上。

(五)木─。古飛行機也。〔韓非子外儲〕墨子爲木─。三年成。飛一日而敗。

(六)─尾。射干也。見〔廣雅釋草〕。〔按集韻作鳶尾。夜干也。今植物學云。─尾科屬單子葉類。葉概直立。且成劍狀。花整齊或不整齊。花蓋六片。雄蕊三。雌蕊一。子房三室。柱實三裂。多成花瓣狀。〕

(七)─肩。肩升出也。〔國語晉語〕─肩而牛腹。

(八)人名。〔史記穰侯傳〕走魏將暴─。

【鳶】逸職切音弋職韻

鳥名。見〔集韻〕。〔正字通云。同鳶。或云與雉同。按朱駿聲云。鳶同雉。是同鳶。即同雉矣。〕

【⿰大鳥】大計切音第霽韻　徒蓋切音太泰韻
鳥名。〔山海經中山經〕首山机谷多—鳥。其狀如梟而三目。有耳。其音如錄。食之已墊。〔按錄、注云未詳。墊、沉口。當讀爲齊侯疥遂痁之痁。〕

【鳺】呼利切寘韻
鳥也。見〔玉篇〕。〔按玉篇⿰大鳥、徒賴切。—、呼利切。攷山海經中山經⿰大鳥鳥注云。音鉗鈦之鈦。又漢書揚雄傳注。鈦音大。又音第。據是。—、⿰大鳥當爲一字。〕

【⿱小鳥】即約切音爵藥韻
雀或字。〔集韻〕雀依人小鳥也。或从鳥。

【⿰土鳥】動五切音杜麌韻
—鵑。鳥名。見〔集韻〕。〔正字通云。—鵑本作杜。〕

【⿰丸鳥】胡官切音桓寒韻
—鸏。鳥名。鳥喙蛇尾。見〔集韻〕。

【⿰勺鳥】布教切音豹效韻
鳥名。見〔篇海〕。〔正字通云。鴇一名獨豹。後人妄立—字。非是。存參。〕

【鳮】居里切音紀紙韻
鳥名。見〔玉篇〕。

【鳵】布老切音鴇皓韻
鳥名。〔玉篇〕—性不止樹。〔按龍龕手鑑。—同鴇。〕

【⿰川鳥】音訓問韻
鳥名。見〔字彙補〕。

【⿰工鳥】胡公切音紅東韻　戶孔切音澒董韻
难或字。見〔說文隹部〕。

【鳿】胡公切音紅東韻
鴻古字。〔漢書司馬相如傳〕—鷛鵠鴇。〔注〕師古曰。—、古鴻字。

【鳫】古雁字。見〔字彙補〕。

【⿰乙鳥】同鷁、鳦。見〔篇韻〕。

【⿰乞鳥】同鶂。見〔篇韻〕。

【⿸尸鳥】同鳲。〔方言〕—鳩。〔箋疏作鳲。〕

【⿱𢆶鳥】梟俗字。見〔龍龕手鑑〕。

四畫

【⿰氏鳥】翅移切音祇支韻
㊀雉別名。見〔玉篇〕。
㊁鴈也。見〔廣韻〕。
㊂鸊—。雞也。〔方言〕雞。陳楚宋魏之間謂之鸊—。〔箋疏〕釋鳥鷉、須鸁。郭注。鷉、鸊鷉、似鳧而小。鸊鷉、鸊—、疊韻字。皆形容鸊鷉之詞。爲鳧之小者。則鸊—、當謂雞之小而矮者矣。

【鳷】章移切音支支韻
㊀—鵲。觀名。〔三輔黃圖〕甘泉苑。武帝置。苑中起宮殿樓閣百餘所。有—鵲觀。
㊁雉或字。見〔集韻〕。

【鳻】敷文切音芬文韻　符分切音汾文韻
—鶞。鳥名。〔爾雅釋鳥〕春鳸、—鶞。〔義疏〕左昭十七疏引賈逵云。春扈、分循相五土之宜。趨民耕種者也。又引樊光云。—鶞、言分循也。〔釋文〕—亦作分。

【鳻】逋還切音班删韻
㊀—鳩。大鳩也。〔方言〕鳩自關而西秦漢之間。其大者謂之—鳩。〔箋疏〕字又作班。衞風氓篇毛傳鳩義疏云。班鳩也。似鵓鳩而大。
㊁戴—。戴勝也。〔方言箋疏〕爾雅翼。戴勝似山鵲而尾短。青色。毛冠俱有文。—與班通。詩正義云。班鳩項有繡文。有繡文班然。故曰班鳩。項有繡文。謂之班鳩。毛冠有文。謂之戴—。其義一也。

【鳻】步奔切音盆元韻
鵓省字。〔集韻〕鵓。鳥名。博雅、鵓鴿。鵓鳩也。或省。

【⿱分鳥】方文切音分符分切音汾文韻
㊀鳥聚皃也。一曰。飛皃也。見〔說文〕。〔段注〕莊子。翂翂翐翐。司馬云。舒遲皃。一曰。飛不高皃。
㊁同鳻。見〔玉篇〕。

【⿱分鳥】敷文切音芬文韻
翂或字。〔集韻〕翂、翂飛也。或从鳥。

【鳼】無分切音文文韻　眉貧切音珉眞韻
㊀鶉子也。〔爾雅釋鳥〕鶉子、—。〔疏〕釋曰。鶉之子雛名—。
㊁鴍—。越鳥。見〔玉篇〕。

【⿰王鳥】王問切音運問韻
㊀鳥名。似鳥。一名同力。見〔廣韻〕。

㊀鳩也。[集韻]交廣人謂鳩曰—一。曰鳩鳩。

【鴂】古穴切　音玦　屑韻

㊀寧—也。見[說文]。[通訓定聲]爾雅。鵙鶪鷍—詩鵙鶪傳釋文。鷍—、似黃雀而小。俗呼巧婦。即詩之桃蟲。莊子之鷦鷯也。蓋小鳥。蔡邕弔屈原文。鷍—軒翥。鸞鳳挫翮。則誤讀爾雅以鵙鶪為鵙梟矣。

㊁百鷯也。[大戴記夏小正]—則鳴。傳曰。—者百鷯也。[解詁]邵氏爾雅正義云。李巡云伯勞一名鶪。通作—。[按亦作鴃。]

㊂鶗—子規也。[離騷]恐鶗—之先鳴兮。[注]顏師古曰。鶗鴂、一名買鵤。一名子規。一名杜鵑。常以立夏鳴。鳴則衆芳皆歇。

【鳺】消惠切　音桂　霽韻

鳺或字。[集韻]鳺。鸐鳺。鳥名。或从夬。

【鴄】僻吉切　音匹　質韻

㊀鸔也。見[廣雅釋鳥]。

㊁亦作匹。[禮記曲禮]庶人之摯、匹。[注]說者以匹為鶩。[按王引之云、—通作匹。鄭注。說者以匹為鶩。此鄭訓匹為鶩。非讀匹為鶩也。]

【鴆】徒南切　音覃　覃韻　直禁切　音沈　沁韻

㊀毒鳥也。一名運日。見[說文]。[通訓定聲]鴆本作運日。廣雅釋鳥。其雄謂之運日。其雌謂之陰諧。中山經。女几之山。其鳥多—。注。次如鵰。紫綠色。長頸赤喙。食蝮。蛇頭。晉語。使醫—之不死。注。其羽有毒。漬之酒而飲之立死。

㊁食蜚鳥也。[山海經中山經]瑤碧之山有鳥焉。其狀如雉。恒食蜚。名曰—。[注]蜚、負盤也。此更一種鳥。非食蛇之—也。

【鸩】直禁切　音沈　沁韻

同鴆。[春秋莊三十二年經注]飲鴆而死。[釋文]鴆、本亦作—。

【䲴】丁紺切　音駄　勘韻

鳥名。見[集韻]。

【鴇】補抱切　音寶　皓韻

㊀—鳥也。肉出尺胾。見[說文]。[桂注]詩唐風釋文。—似鴈而大。無後趾。性不樹止。急就篇顏注。今俗呼為獨豹。豹者—聲之譌耳。[按段注。此云出尺胾者。蓋謂去此尺胾不食。其餘可食。]

㊁俗謂老妓曰—。[通俗編]臧晉叔元曲選引丹邱先生言曰。妓女之老者曰—。—似雁而大。喜淫無厭。諸鳥求之即就。

㊂同鴇。[詩大叔于田]叔于田。乘乘—。[釋文]驪白雜毛曰—。依字作鴇。

【鴈】魚澗切　音贗　諫韻

㊀鵝也。从鳥人。厂聲。見[說文]。[段注]—與雁、各字。鵝駉與鵝、各物。許意隹部雁為鴻雁。鳥部—為鵝。駉鵝為野鵝。單言鵝為人家所畜之鵝。今字—雁不分久矣。禮經單言—者。皆鴻雁也。言舒—者。則鵝也。爾雅、舒—鵝是也。李巡云。野曰—。家曰鵝。鵝謂之舒—者。家養馴不畏人。飛行舒遲也。是則當作舒雁。謂雁之舒者也。雁在野。鵝為家雁也。許當云。—舒雁也。舒雁、鵝也。文乃備。[按—即家鵝。亦即舒雁。而舒雁乃為舒—也。閩人鵝字。]

㊁天—。地—。竝星名。[爾雅翼海洞酌]流星色青赤小者名地—。墜則兵起。長二三丈者名天—。

㊂—戶。流轉之戶也。[劉禹錫詩]才薄只愁安—戶。[按正字通云。流庸謂之雁戶。漢書。流亡他土。庸作、曰流庸。唐書。編民有雁戶。謂如雁去來無恆也。]

㊃落—木名。[唐書地理志]雅州廬山郡土貢麩金、茶、石菖蒲、落—木。

㊄—膳。草名。[管子地員篇]其種—膳。

㊅韓—。亦曰韓鴈。[山海經海內西經]韓—在海中都州南。始鳩在海中韓鴈南。[注]國名。或曰鳥名。沅曰。韓鴈、即韓—也。韓、韓音相近。—、鴈字相似。

㊆—門。郡名。戰國趙置。秦漢均因之。至金廢。今山西代縣西十五里。有廣武故城。即古—門郡治。[又]山名。[爾雅釋地]北陵西隃—門是也。[注]即—門山也。[在今山西代縣西北三十五里。北與應州龍首山相望。][又]關名。[代州志]關舊在—門山上。東西山巖峭拔。中路盤旋崎嶇。唐於絕頂置關。元時關廢。

㊇回—。峯名。[廣輿紀]在衡州府城南。—至衡陽則不過。過春而回。或曰峯勢如—之回。故名。

⑨同雁。〔詩鴻雁傳〕大曰鴻。小曰—。〔按說文隹部雁、鳥也。讀若鴈。王筠曰。此區別之詞也。經典多通用。許則謂鴻雁—鵝有別也。据此。則作鴻—者。爲雁之叚借。〕

⑩同贗。〔韓非子說林〕齊伐魯索讒鼎。魯以其—往。齊人曰。—也。魯人曰眞也。

⑪姓也。見〔姓苑〕。

【鴉】於加切音椏麻韻語下切音庌馬韻

㊀—烏。鵶也。〔書古太誓〕流之爲鵶。〔鄭注〕—烏也。〔按穆天子傳烏鳶注。鴉也。此所云—烏殆卽彼烏鳶。〕

㊁—鶻。寶石也。〔詢芻錄〕古之戶牖。飾寶石—鶻。凡權貴人以靑寶作帽頂、曰—瑚。

㊂—片。藥名。〔本草綱目〕阿芙蓉、俗作—片。云是罌粟花之津液也。〔按—片、質似嗎啡。有劇毒。中其毒者。急性症則爲頭暈脈弱。呼吸窒息。慢性症、則成癮而致衰羸。起精神異狀。腦髓麻痺。知覺受害。以至於死。原出自印度。後中國各省亦多產製。英文Opium〕。

④嘔—。嬰兒也。〔陳造詩〕寧堪歲攪減。又抱兩嘔—。〔自注〕淮人以歲饑爲年歲攪減。越人以嬰兒爲嘔—。

⑤紙—。風鳶也。〔南史侯景傳〕有羊車兒獻斗作紙—。繫以長繩。藏於中。簡文出太極殿前。因西北風而放。

⑥同雅。〔說文通訓定聲〕雅雅卽烏之轉聲。字亦作—。

⑦同鵶。〔莊子齊物論〕鴟—耆鼠。〔釋文〕—本亦作鵶。崔云。烏也。〔按朱駿聲云。莊子之鴟—卽漢書梅福傳之鳶鵲。其聲亦雅。然與此楚烏不同也。〕

【䴌】諸盈切音征庚韻

㊀齊魯間謂題肩爲—。見〔集韻引方言〕。〔按儀禮大射作正。〕

㊁通征。〔禮記月令〕征鳥厲疾。〔注〕征鳥、題肩也。齊人謂之編征。或名曰鷹。仲春化爲鳩。

【䴌】之盛切音正敬韻

㊀雞也。見〔廣韻〕。

㊁鳥名。鷚鷎也。見〔集韻〕。〔按鷚鷎、卽題肩。〕

【鴅】呼官切音歡寒韻

㊀—然。和順貌。〔管子侈靡〕—然若謞之靜。

㊁同驩。〔字彙補〕—兜、與驩頭同。

【鴧】居拜切音介卦韻

—雀也。似鷃而靑。出羌中。見〔說文〕。

【鴧】居拜切音介卦韻

鳥也。見〔玉篇〕。〔按字彙引說文鳹義訓之是—、鳹一字也。〕

【鴟】常支切音匙支韻

同鷉。〔集韻〕鷉鷉鶅鴘也。亦从氏。

【鴒】其淹切音鍼鹽韻

鳥啄食也。見〔玉篇〕。

【鴒】渠金切音琴侵韻姑南切音弇覃韻其淹切音鍼鹽韻

雂或字。〔集韻〕雂。鳥名。或作—。

【䳜】風無切音膚虞韻馮無切音扶虞韻

—䳜。今鶉鳩也。〔爾雅釋鳥〕隹其、—䳜。〔釋文〕—、本亦作夫。〔互詳雛字〕

【䳕】均窺切音規支韻

子—也。〔廣雅釋鳥〕鴨鴀、鵙鴝、子—也。〔疏證〕—、或作規。〔按類篇集韻、竝作均窺切而繫鳺下。存攷。〕

【鴍】無分切音文文韻

鳥名。〔山海經大荒西經〕玄丹之山。爰有青—黃鷔青鳥黃鳥。〔畢注〕玉篇鳼鷔子也。〔按畢說則—卽鳼也。然集韻類篇皆別見不云同〕

【鴔】極入切音及緝韻

鵖或字。〔集韻〕鵖。鵖鴔小黑鳥。或从及。

【鴙】極曄切音結屑韻

鳥名。見〔集韻〕。

【鴭】虛尤切音休尤韻

怪鳥。見〔篇海〕。

【䳞】丁紺切音馱勘韻

䳒或字。〔集韻〕䳒。鳥名。或从井。

【䳤】胡骨切音搰月韻

鶻或字。〔集韻〕鶻。鳥名。或从气。

【䳛】思積切音昔陌韻

水鳥也。見〔廣韻〕。

【鳰】胥林切侵韻。鳥黑色。見〔玉篇〕。

【鴋】撫兩切音仿甫兩切音昉養韻。澤虞也。見〔說文〕。〔段注〕釋鳥。鴋、澤虞。釋文。鴋本或作鶭。說文作｜。郭云。今婟澤鳥。常在澤中。有象主守之官。按此釋澤虞之意。謂若周禮之澤虞也。揚雄云。屬鳩或謂之鷄鸀。蓋尸鳩之一名耳。孫氏乃援以注爾雅之鴋澤。不知其斷句本異。

【鶭】分房切音方陽韻。鸊｜。人面鳥身。見〔集韻引字林〕。

【鴋】分房切音方符方切音房陽韻。鳥名。澤虞也。見〔集韻〕。〔按即說文鴋。〕

【鵁】虛交切音嫐肴韻。鵁｜。似鳧。腳近後。不能行。見〔廣韻〕。〔按即爾雅釋鳥之鷯頭鵁。〕

【𪀉】居肴切音交肴韻。鵁或字。〔集韻〕鵁。鳥名。鵁鶄也。或从交。

【䲲】沽紅切音公東韻。鳥名。見〔集韻〕。〔按字彙云。｜、似鷹而小。能捕雀。〕

【𩿨】思融切音嵩東韻。䳢或字。〔集韻〕䳢。鶻䳢。隼屬。或从公。

【鳿】踧欲切音玉沃韻。鵴｜。鳥名。〔史記司馬相如傳〕鵴鶵｜。〔集解〕郭璞曰。鷫｜、似鴨而大。長頸赤目。紫紺色也。

【鴀】方鳩切音紑尤韻俯久切音缶有韻。鴀｜。鳥名。〔爾雅釋鳥〕隹其、鳺｜。〔注〕今鵓鴀。〔釋文〕｜本亦作不。同。方浮、方九、二反。夫不、楚鳩也。〔互詳鵻字〕

【鴁】於喬切音妖蕭韻。｜鶬。鳥名。三首六目六翼六足。見〔集韻〕。

【鴢】烏浩切音媪皓韻。鴁省字。〔集韻〕鴁。鳥也。或省。

【鴓】奉甫切音父麌韻。鳥名。越父也。見〔集韻〕。〔按玉篇曰。｜、鴟越鳥。〕

【鴃】古穴切音決屑韻扃闃切音臭錫韻。借作鵙。〔孟子滕文公〕今也南蠻｜舌之人。〔注〕｜、博勞鳥也。詩云七月鳴｜。應陰而後動者也。〔按詩七月本作鵙。阮元云。唐石經、鵙作鶪。是也。據此則｜爲鵙之假借。又爾雅正義引李巡云。伯勞一名鵙。通作鴂。是鴂、｜一也。〕

【鴤】直衆切音仲送韻。鸐｜。飛鸐也。見〔廣雅釋鳥〕。〔互詳鸐字〕

【鴧】寒剛切音杭陽韻。頏或字。〔集韻〕鳥飛上曰頡。飛下曰頏。或作｜。

【𪀆】莫報切音帽號韻。鳥輕毛也。見〔廣韻〕。

【𩾜】呼隣切音勻真韻。｜鷋。小鳥。見〔集韻〕。

【𪀘】千羊切音鏘陽韻。牄或字。〔集韻〕牄、鳥獸來食聲也。或从鳥。

【𪀁】胡弓切音熊東韻。雄或字。〔集韻〕雄。鳥父也。或从鳥。

【𩿤】胡江切音条江韻。魟或字。〔集韻〕魟。鳥名。或作｜。

【𩿋】愚袁切音元元韻。鳥名。見〔集韻〕。

【䲨】古禾切音戈歌韻。鳥名。見〔集韻〕。

【鳫】札色切音側職韻。鳥名。見〔集韻〕。〔按段注云。說文鴈字从人厂聲。唐本从仄从鳥。或云｜即鴈字。〕

【鳾】霜夷切音師支韻。鶳省字。〔集韻〕鶳、鳥名。或省。

【鴅】呼官切音歡寒韻。鳥名。人面鳥喙。見〔玉篇〕。

【鴂】音系霽韻。鳥名。見〔字彙補〕。〔按正字通云。鴂、鴃字之譌。然鴃亦作鴂。是此又鴂之譌也。玉篇鴂、呼利切。鳥名。是矣。〕

【鳻】兵攀切音班元韻扶云切音汾文韻。大鳩也。見〔篇韻〕。〔按即鳻字。〕

【鳭】古堯切音驍蕭韻　同梟。見〔龍龕手鑑〕。

【鳯】古鳳字。見〔五音集韻〕。

【鴈】雁籀文。見〔說文隹部〕。

【鳺】同鴅。見〔五音類聚〕。

【鴉】同鵶。見〔字彙〕。

【鴶】同鴶。見〔字彙補〕。

【鴆】同鵃。見〔海篇〕。

【䲸】同雀。〔類篇〕說文、—依人小鳥也。〔按說文本作雀。从小隹。玉篇、及集韻、𪀗竝同雀。从小鳥。此从少鳥。是又爲𪀗譌字。〕

【鴄】鵖鵑字。〔廣韻〕—鵖。戴勝別名。亦作鵖。〔按說文。鵖、鵖鴔也。从鳥皀聲。廣韻讀居立切、皮及切、丑輒切。是亦皀聲也。从丙、蓋形譌。〕

【鴃】鴃鵑字。見〔正字通〕。

【鴠】鴠鵑字。見〔廣雅釋鳥疏證〕。

五畫

【鴊】師庚切音生庚韻

㊀鳥也。見〔玉篇〕。

㊁鼪或字。〔集韻〕江東呼鼠鼬爲鼪。或从鳥。

【鴒】郎丁切音靈青韻

㊀鶺—。鳥名。〔爾雅釋鳥〕鶺—、鶺渠。〔注〕雀屬也。飛則鳴。行則搖。〔義疏〕說文云。雝、石鳥。一名雝渠。一曰精列。按精列、鶺—、聲相轉。詩常棣疏引陸璣云。大如鷃雀。長腳長尾。尖喙。背上青灰色。腹下白。頸下黑如連錢。埤雅引物類相感志云。俗呼雪姑。其蒼白似雪。鳴則天當大雪。按今驗之良然。〔互詳鶺字〕。

鶺鴒圖

㊁通令。〔詩常棣〕脊令在原。〔釋文〕令、本亦作—。同。

【鳮】側八切音札黠韻

㊀鳥雜蒼色。見〔廣韻〕。

㊁鳥名。似百舌。喙長。見〔集韻〕。

【鴜】將支切音貲支韻

㊀鷀—也。見〔說文〕。〔通訓定聲〕似鶂。咮如箴銳。或曰。即鸕鷀也。

㊁通疵。〔文選司馬相如賦〕箴疵鵁盧。

【鴜】牆之切音慈支韻　鷀或字。〔集韻〕鷀、鳥名。說文、鸕鷀也。或作—。

【鴝】權俱切音劬虞韻

㊀—鵒也。从鳥句聲。見〔說文〕。〔段注〕今之八哥也。〔按本草綱目引王氏字說曰。其行欲也。尾而足勾。故曰—鵒。从勾从欲省。是與許異。〕

鴝鵒圖

㊁—掇。蟲名。〔莊子至樂〕胡蝶胥也。化而爲蟲。生於竈下。其狀若脫。其名爲—掇。—掇千日爲鳥。其名爲乾餘骨。

㊂亦作鸜。〔春秋昭二十五年〕有鸜鵒來巢。〔釋文〕鸜本又作—。

【鴝】居侯切音鉤尤韻　—鵒。鳥名。〔爾雅釋鳥〕鵒、鵋鵙。〔注〕今江東呼鵂鶹爲鵋鵙。亦謂之—鵒。〔義疏〕—與鉤同。

【鴝】居候切音冓宥韻　雊或字。〔集韻〕雊。雉鳴。或作—。

【鴞】于嬌切音號蕭韻

㊀鴟—、寧鴂也。見〔說文〕。〔段注〕鴟、當作雖。雖—則爲寧鴂。雖舊則爲舊留。不得舉一雖字。謂爲同物。又不得因—與梟音近。謂爲一物。又不得因雖—與鴟鴞音近。謂爲一物也。雖—不可單言。—凡物以兩字爲名者。不可因一字與他物同。謂爲一物。〔按詩鴟—、集傳鴟—、鵂鶹。惡鳥。攫鳥子而食者也。品物圖攷謂衆說紛紜。此說可從。惟攷楚辭注。鴟、—二物。又云。鴟似—。品物圖攷云。—一名梟。又名鵩。鴟是怪鴟。一名鴟—。共惡聲之鳥。瞻卬云爲—爲鴟。分明是二物。但鴟又稱鴟—。故致紛紜耳。釋鳥鴟—寧鴂注。亦云鴟屬。據此。鴟—非—之別稱。乃鴟之別稱。則說文之訓。宜屬於鴟矣。存疑。〕

㊁—鱮也。〔詩敝笱〕其魚魴鱮。〔疏〕正義曰。陸璣疏云。鱮、似魴厚

而頭大魚之不美者。其頭尤大而肥者。幽州人謂之—鷂。

(三)狍—。獸名。〔山海經北山經〕鉤吾之山有獸焉。其狀如羊身人面。其目在腋下。虎齒人爪。其音如嬰兒。名曰狍—。是食人。〔注〕爲物貪惏。食人未盡。還害其身。象在夏鼎。左傳所謂饕餮是也。

【鴟】稱脂切音摛支韻

(一)雖籀文。見〔說文隹部〕。

(二)怪鳥也。〔山海經西山經〕王危之山有鳥焉。一首而三身。其狀如鸈。其名曰—。〔注〕鸈、似鵰。黑文赤頸。

(三)輕也。見〔書呂刑〕—義姦宄釋文引馬注。

(四)—夷革囊。〔國語吳語〕盛以—夷而投之於江。〔按史記越世家。自謂—夷子皮。索隱。生牛皮也。漢書鄒陽傳。子胥—夷。注。應劭曰。吳王取馬革爲—夷。受子胥。沈之江。—夷、榼形。師古曰。—夷即今之盛酒—夷榼。〕

(五)蹲—。芋也。〔史記貨殖傳〕吾聞汶山之下沃野。下有蹲—。

(六)—肩。肩上竦也。〔後漢梁冀傳〕爲人鳶肩豺目。〔注〕鳶、—也。—肩上竦也。

(七)—祀。祠祀也。〔顏氏家訓書證〕吳人呼祠祀爲—祀。故以祠代—。

(八)茅—。今鵂—也。〔爾雅釋鳥〕狂、茅—。〔義疏〕鵂、茅、聲轉也。茅—、即今貓兒頭。其貌似貓。人目有毛角。其鳴曰穀轆貓。故蜀人謂之穀轆鷹。楊州謂之夜貓。善笑。俗人聞其笑聲。云有凶歒也。

茅鴟圖

(九)怪—。即—鵂也。〔爾雅釋鳥〕怪—。〔按一切經音義引舍人曰。怪—、一名狂鳥。一名鵂鶹。南陽名鉤鵅。一名忌欺。晝伏夜行。鳴爲怪也。據此。怪—、即鵂鶹矣。〕

(十)梟—。土梟也。〔爾雅釋鳥〕梟—。〔按朱駿聲云。漢書司馬相如傳。射游梟。武五子傳。昌邑多梟。此食母之鳥。即爾雅之梟—也。或曰怪—梟—連文。以其怪惡。故以梟名。郭注分之誤也。亦通。據此。怪—、梟—有二義矣。存疑。〕

【鴡】千余切音疽魚韻〔雎同〕。

(一)王—也。見〔說文〕。〔通訓定聲〕字亦作雎。爾雅郭注。江東呼之爲鶚。鶚、即說文鳶字。淮南說林謂之沸波。蓋此鳥能扇波令魚出食之。陸璣詩疏。—鳩、幽州人謂之鷲。按鷲者、—鳩之合音。

(二)—鳩氏。官名。〔左昭十七年傳〕—鳩氏司馬也。〔注〕鷙而有別。故爲司馬主法制。

【䳇】罔甫切音武麌韻莫後切音母有韻〔鵡同〕。

(一)鸚—也。見〔說文〕。

(二)鸚—。花名。〔彭綱詩〕露出幾枝紅鸚—。〔注〕刺桐花、雲南名鸚哥花。花形似之。

(三)亦作母。〔江表傳〕恪亦以鳥名鸚母、未有鸚父、相難。

【鴣】攻乎切音孤虞韻

(一)鷓—也。見〔說文新附〕。〔鈕氏新附攷〕按北戶錄引廣志言遮姑鳴云。但南不北。又引古今注云。其鳴自呼。據此則當從廣志作遮姑。〔按本草綱目蘇頌曰。今江西、閩、廣蜀、夔州郡、皆有之。形似母雞。頭如鶉。臆前有白圓點。如眞珠。背毛有赤紫浪文。〕

(二)—鵝。鳥也。見〔玉篇〕。

(三)鵓—。鳩也。〔爾雅釋鳥義疏〕鵓鳩聲轉爲鵓鴣。以其棲有定所。故南方有鵓—定之語。一種形小而善鳴。俗謂之水——。

鵓鴣圖

【鴥】于六切音囿屋韻允律切音聿質韻王勿切音颶物韻

(一)鴥飛皃。詩曰。—彼晨風。見〔說文〕、〔按集韻字作鴪。又六書故。〕—鳥飛迅疾也。詩云。—彼飛隼。又曰。—彼晨風。言風之迅疾也。說詩者誤以晨風爲鴥。說文遂以爲鴥飛皃。誤矣。〔仟參〕

(二)亦作矞。〔六書故〕—亦通作矞。記曰。鳳以爲畜。故鳥不矞。鄭氏曰。飛走之皃。

(三)通鴪。〔詩晨風〕—彼晨風。〔韓詩作鴪。〕

【鴦】於良切音央陽韻於郎切音鉠陽韻

(一)鴛—也。見〔說文〕。〔通訓定聲〕詩。鴛—于飛。傳。匹鳥。箋言其止則相

耦。飛則爲雙。性馴耦也。〔互詳鴛字〕

鴛鴦圖

●瓦名。〔蘇軾詩〕瓦弄寒蜡—臥月。

【鴨】乙甲切音押洽韻

●鶩也。俗謂之—。見〔說文新附〕。〔鈕氏新附攷〕—、疑鶩之俗字。玉篇、廣韻、—並訓水鳥。据春秋僖十六年。六鷁退飛過宋都。杜注云。鷁、水鳥。釋文。五歷反。本或作鶂。說文鶂亦引此。則鶂義同—。故疑爲鶂之俗字。蓋鶂當爲水鳥之揔名。故〔孟子亦呼鶃爲鶃鶃。〔按—屬游禽類。足短。前三趾。後一趾。羽密而澤。不畏水沾。喙形如匙。上具感覺膜。故能於泥淖中覓食。本艸綱目曰。—皆雌鳴。雄瘖。伏卵、聞礱磨之聲。則毈而不成。無雌抱伏。則以牛屎嫗而出之。〕

鴨圖

㊁—趷草名。〔本艸綱目〕處處平地有之。三四月生苗。紫莖。四五月開花如蛾形。兩葉如翅。碧色可愛。結角尖曲如鳥喙。實在角中。大如小豆。巧匠採其花取汁作畫色及彩羊皮燈。青碧如黛也。

【䲹】攀悲切音丕　貧悲切音邳支韻

欽—。神名。〔山海經西山經〕欽—、化爲大鶚。其狀如鵰而黑文。白首、赤喙而虎爪。其音如晨鵠。〔按廣韻。—鶚也。〕

【䳺】古暗切音紺勘韻

鳥聲。見〔集韻〕。

【玄鳥】胡涓切音懸　悅全切音員先韻

玄俗字。〔正字通〕玄鳥本作玄。俗加鳥。

【鳺】何微切微韻

鳥名。〔字彙補引張超誚青衣賦〕陷珠彈雀。堂溪刈㚘。鴛雛啄鼠。何異乎—。〔按康熙字典云。張賦本作鵃。誤作鵾。鵾轉譌—。字彙補以—字爲何微切。大誤。〕

【鴏】敗德切音特職韻

鴨屬。見〔集韻〕。

【鴐】居牙切音嘉麻韻

同鴚。〔廣雅釋鳥〕鴚鵝倉鴚鴈也。〔疏證〕鴚、或作—。楚辭七諫云。畜鳧—鵝是也。

【鴩】他口切音妵　徒口切音鋀有韻

鳥也。見〔說文〕。〔王注〕玉篇、水鳥。黑色。集韻、似鳧。

【鴓】莫結切音蔑屑韻

鳥名。繼英也。或从宓。見〔集韻〕。

【䳸】莫筆切音密質韻

同鴓。鳥如鵲。見〔玉篇〕。〔按爾雅釋鳥。密肌、繫英。義疏引此。又引釋文云。鴓本今作密。是—、鴓、密、鷸、竝同。〕

【鴔】薄宓切音弼質韻

鵖—。鳥名。見〔集韻〕。

【鴔】房六切音伏屋韻　訖力切音急　訇急切緝韻　極曄切葉韻

—鵖也。見〔說文〕。〔通訓定聲〕字亦作鵖。爾雅釋鳥。鵖鴔、戴鵀。注。鵖—猶鵖鴔語聲轉耳。〔互詳鵀字〕

【鴕】唐何切音駝歌韻

鳥名。似雉。見〔集韻〕。〔按正字通云。大鳥。駝蹄。故名。駝鳥因鳥族作—、諧它聲。義通。其說近是。康熙字典云。晉書張華傳。武庫封閉甚密。其中忽有雉鴝。華曰。此必蛇化爲雉也。張華傳所云蛇化雉者。本作蛇。因其化雉。亦改從鳥耳。其說牽強。〕

【鴍】無分切音文文韻

—母。鳥名。見〔集韻〕。〔按爾雅釋鳥。顛、蟁母。釋文。蟁本或作—。郭云。皆古蚊字。音文。是—母卽蚊母也。今動物學以屬攀禽類。翅長而尖。喙短而闊。口角有剛毛如鬚。故善於捕食飛蟲也。〕

【鴖】眉貧切音珉眞韻

鳥名。〔山海經西山經〕符禺之山。其鳥多—。其狀如翠而赤喙。可以禦火。〔畢注〕說文有鴖鳥。〔按說文作鷐。〕

【𪀘】常隻切音石陌韻

鳥名。〔廣雅釋鳥〕—鳥、精列、鵝鵰、鳾也。〔疏證〕說文、鳾、石鳥。石鳥與—同。

【𪀘】覩老切音倒皓韻

䃀—。縣石兒見〔集韻〕。

【鴌】苦絞切音巧巧韻　鴌鷦鳥名。巧婦也。見〔集韻〕。〔玉篇〕云—婦本作巧。〕

鴌　圖

【䳮】莫葛切音末曷韻　—鷗。鷗也。見〔廣雅釋鳥〕。

【鴗】力入切音立緝韻　天狗也。見〔說文〕。〔通訓定聲〕字亦作鴗。〔爾雅釋鳥〕—天狗。注。小鳥也。青似翠。食魚。江東呼爲水狗。今驗此鳥。喙極長而尾短。喙足皆赤色。其翠可以爲飾。或謂之翠奴。亦稱魚虎。與鷸鴗之爲鴉鴟者迥別。

【鴘】邦免切音辯銑韻　披免切音翻阮韻　父遠切音叁阮韻　鷹二歲色。〔禽經〕—曰鴘。〔注〕鷹色蒼黃謂之—。〔廣雅〕曰—、鷹二歲色也。〔按酉陽雜俎云。凡鷙擊等一變爲鴘。二變爲—。轉鶻。自此已後至累變皆爲正鶻。又其言—色不一。皆隨其本來之色而變異。如白唐、一變爲青白—。而微帶灰色。鵝爛堆黃、一變之—。色如蒼鷺青斑一變爲青父—。赤斑唐、一變爲—。其色多黑青斑唐、一變爲—。其色帶青。是—不僅蒼黃已也。〕

【鶣】邦免切音辯銑韻　姓也。見〔集韻〕。

【䳊】北末切音撥　蒲撥切音跋曷韻　鳥也。見〔說文〕。〔桂注〕鳥也者。玉篇、—大鳥也。廣韻、鳥名。似梟。〔按集韻云似雉。〕

【鴭】凝肖切音超蕭韻　鳥聲。見〔集韻〕。

【䳂】田聊切音迢蕭韻　砥或字。〔集韻〕砥。砥鴟。鳥尾翹毛。或从鳥。

【鳭】丁聊切音雕蕭韻　鵰或字。〔集韻〕鳭。鳥名。或从召。

【䳃】驛幺切音膮蕭韻　翢或字。〔集韻〕翢。翢㶴。羽兒。或从鳥。

【鴚】居何切音歌歌韻　居牙切音加麻韻　—鵞也。見〔說文〕。〔段注〕方言。鴈。自關而東謂之—鵞。南楚外謂之鵞。或謂之倉—。廣雅、鴚鵞、倉鴚、鴈也。本此。按楊張所云鴈者鴻雁也。此不云—鵞雁也。知許意不爲鴻雁。」字亦作鴐。張揖注上林賦曰。鴐鵞、野鵞也。然則非家鵞。亦非鴻雁。鴻雁屬也。許意當同。〔按此—與雁別。而通訓定聲則云雁也。〕

【鵷】委遠切音宛阮韻　人名。〔集韻〕山海經艾和月母之國有人名曰—。〔按山海經今本作鳧。畢注曰。鳧字、說文、玉篇所無。莊子天地篇、有苑風。陸德明音義云。一云人姓名。當即此。〕

【鴛】於袁切音眢　烏昆切音溫元韻　—鴦也。見〔說文〕。〔通訓定聲〕詩白華、—鴦在梁。—鴦、—鴦于飛。傳。匹鳥。崔豹古今注。鳧類。雌雄不相離。人得其一。則一必思而死。其屬有鸂鶒。別名紫—鴦。〔按本草綱目云。南方湖溪中有之。棲于土穴中。大如小鴨。其質杏黃色。有文采。紅頭、翠鬣、黑翅、黑尾、紅掌。頭有白長毛。垂之至尾。交頸而臥。其交不再。今動物學言有毛冠飾羽者雄也。雌否。〕〔又〕草名。〔益部方物略記〕—鴦草、春葉晚生。其稚蘤在葉中。兩兩相向。如飛鳥對翔。

【鴜】七支切音貲支韻　雌或字。〔集韻〕雌。說文、鳥母也。或从鳥。〔正字通云同鷀。〕

【鴲】掌氏切音紙紙韻　頸介切音枳紙韻　—鵌。鳥名。〔山海經中山經〕丑陽之山有鳥焉。其狀如烏而赤足。名—鵌。可以禦火。

【䳅】支義切音寘寘韻　鳥聲也。見〔類篇〕。〔按集韻作鴲。〕

【鵖】薄陌切音白陌韻　—郁。鳥名。〔集韻〕字林。—郁似鸐。出縣雍山。〔按字亦作白。山海經北山經。縣雍之山。其鳥多白郁。注。即白鵖也。〕

【鴀】芳無切音敷　風無切音膚虞韻　鵸—。鳥名。〔山海經南山經〕基山有鳥焉。其狀如雞而三首六目六足三翼。其名曰鵸—。食之無臥。〔

畢注〕緇文鷊。舊本作鷊。傳譌字。二音。舊本作敵字二音。俱字之誤。

【鳷】章移切音支支韻

辟—雞也。〔集韻〕方言雞、陳宋謂之辟—。〔按今本方言作鷉—〕

【鴠】黨旱切音亶旱韻得案切音旦翰韻

渴—也見〔說文〕。〔通訓定聲〕廣雅。城旦、倒縣、定甲、獨舂、鶡—也。禮記月令作鶡旦。坊記作盍旦。疑此字後出。只宜作旦也。廣志作侃旦。云冬毛希。夏毛峻。後世則謂之寒號蟲。嘉祐本草云。寒號蟲。四足有肉翅不能遠飛。郭注方言謂似雞五色。冬無毛。

【鴢】伊鳥切音杳篠韻於交切音坳肴韻於絞切音拗巧韻伊謬切音幼宥韻

—頭。鳥名。〔爾雅釋鳥〕—頭、鵁。〔注〕似鳧。腳近尾。略不能行。江東謂之魚鵁。〔義疏〕本草拾遺說鷁鶂云。一種頭細身長頸上白者。名魚鵁。李時珍云。似鶂鷀。而蛇頭長項。冬月羽毛落盡。棲息溪岸。見人不能行。即沒入水者。爾雅所謂—頭鵁鴂也。

【鴤】之戎切音終東韻

鳥名。見〔集韻〕。〔按冬韻別見鴤字。都宗切。云似鳧。正字通以爲一字〕

【鴁】都宗切音冬冬韻

—鳥。好入水食。似鳧。形小。見〔廣韻〕。

【䲽】昌石切音尺陌韻

小雀也。〔正字通〕—小雀。小雀。或省作斥。莊子逍遙遊斥鷃笑之。

【鴑】農都切音奴魚韻

鳥名。見〔玉篇〕。〔按說文作鄐。䳱、牟毋也。从隹。奴聲。或从鳥作—。各本皆然。惟王本字从如。謂以奴則當乃都切。今攷玉篇。—鴽別見。鴽同䳱。汝居切。訓同說文。而—音奴。汎云鳥名。是王本爲是。丘詳鴽字。

〕

【鴡】臼許切音巨語韻

鳥名。見〔集韻〕。

【鴍】丘據切音去御韻

鳥名。見〔集韻〕。

【鴥】王伐切音越月韻

鳥名。見〔集韻〕。

【鴭】常來切音苔灰韻

鳥名。見〔玉篇〕。

【鴃】弋質切音逸質韻從結切音垤

鋪豉也。見〔說文〕。〔通訓定聲〕爾雅鴃鋪枝注。未詳。按與鋪豰即布穀不同。鋪豉亦狀其聲也。

【鴁】丁紺切音默勘韻

鳭或字。〔集韻〕鳭鳥名。或从冬。〔按類篇同。康熙字典鳭下引此作鵽。又鵽下引五音集韻亦如此作。所据或異。〕

【鴧】夷周切音由尤韻

鼬鼠也。見〔玉篇〕。〔按爾雅釋鳥。鼬鼠、夷由。〕

【鳭】丁聊切音貂蕭韻

【䳂】目蹴視也。見〔說文目部〕。

【鴅】當侯切音兜尤韻

鴅—鳥名。人面鳥喙。有翼不能飛。見〔集韻〕。

【鴝】古鴝字。見〔玉篇〕。

【鴟】同鵄。見〔五音類聚〕。

【鴙】同雉。〔廣雅釋鳥〕野鷄、—也。〔疏證〕—與雉同。

【鴯】同鸍。見〔五音類聚〕。

【鳲】同䲷。見〔正字通〕。

【鴥】同歍。〔詩晨風〕歍彼晨風。〔釋文〕—、說文作歍。

【鴣】同鴣。〔山海經海外南經〕—久。〔爾雅釋鳥義疏作鴣久〕。

【鮑】同鴇。見〔說文〕。〔段注〕管子、周禮、皆作鴇。

【鴞】同鴞。見〔字彙補〕。

【䳄】同鴂。見〔字彙補〕。

【鴖】同鴖、〔山海經西山經〕欽䲹化爲大鶚。〔陶潛詩作—〕。

【鴛】同鴛。見〔字彙補〕。

【鴨】同鴨。見〔說文長箋〕。

【鴨】同鴨。見〔說文長箋〕。

【駒】同鴝。〔列子天瑞〕胡蝶胥也。化爲蟲。生竈下。其名曰—掇。〔莊子至樂作鴝〕。

【䳅】同鴈。〔正字通〕鴈、鴈、同。鴈即

｜之省。與鴈別。〔按禽經云。鳱以水言。自北而南。鴈以山言。自南而北。注曰。鳱音鴈。隨陽鳥也。多適南方。集於江干之上。故字從干。鴈亦音鴈。仲春寒盡。鴈始北嚮。燕代爲寒。猶集於山陸岸谷之間。故字从斥。据此語意。則字固應從斥。然正字通云。鳱即｜省。似誤。蓋從干言水。從厈言山。判然也。〕

【鳶】　鳶俗字。見〔正字通〕。

【䳊】　鷗鷂字。〔廣雅釋鳥〕鵅、鷗、鸓也。〔疏證〕鷗、曹憲音匹。各本鷗鷂作鷗。音內。匹字又鷂作迮。集韻二十陌。｜、側格切。引博雅鵅｜鸓也。則宋時廣雅本已有與今本同誤者。案說文、玉篇、廣韻俱無｜字。藥經音辨、集韻五質、十三末、埤雅、引廣雅鵅｜鸓也。皆本曹憲之音。今據以訂正。

六畫

【䳗】　弋支切音移支韻

❶鳥名。見〔字彙〕。

❷衆鳥總名。見〔五音集韻〕。

【鴯】　人之切音而支韻

❶鷾｜。燕也。〔莊子山木〕鳥莫知於鷾｜。

❷或作意。〔韻會〕、或作意。東海有鳥。其名曰意怠。

【鴲】　蒸夷切音脂支韻　脂利切音至寘韻

❶瞑｜也。見〔說文〕〔段注〕廣韻曰。小青雀也。按廣韻蓋謂即竊脂。

❷小鳥未翰者。見〔集韻〕〔玉篇曰。至几切。鳥鷇未生毛也。〕

【鴭】　脂利切音至寘韻　雀聲也。見〔類篇〕。

【鵜】　田黎切音啼齊韻

❶｜胡。污澤也。見〔說文〕〔王注〕毛詩、及傳、爾雅、皆名爲鵜。莊子鄭注、表記郭注、五行志、皆名爲鵜胡。〔按陸璣詩疏云。鵜、水鳥。形如鶚而極大。喙長尺餘。直而廣。口中正赤。頷下胡大如數斗囊。若小澤中有魚。便羣共抒水。滿其胡而棄之。令水竭盡。魚在陸地。乃共食之。故曰淘河。今動物學以屬諸涉禽類〕

❷鷩｜。山雞也。見〔玉篇〕〔按文選左思賦蟰蛦山棲注。蟰蛦。鳥名也。如今之所謂山雞。其雄色斑。雌色黑。出巴東。據是。鷩｜、蟰蛦、一也。〕

❸亦作夷。〔國語吳語〕盛以鴟｜而投之於江。〔注〕鴟｜、革囊。〔攷異〕舊音｜作夷。〔按段玉裁云。凡作夷者。皆｜之省。云鴟｜者。謂其如鴟之貪。如｜之善受也。〕

【鴺】　延知切音夷支韻　｜鷉。鳥名。飛生也。見〔集韻〕。

【鴻】　胡公切音洪東韻

❶｜鵠也。見〔說文〕〔王注〕｜鵠二字爲名。與黃鵠別。此鳥色白。異於黃鵠之蒼黃也。陸璣詩疏。｜鵠、羽毛光澤純白。似鶴而大。長頸。肉美。如鴈。又有小｜。大小如鳧。色亦白。今人直謂｜也。案直謂｜者。言不連言｜鵠。且亦單稱爲鵠。莊子、鵠不日浴而白。〔按通訓定聲云。凡｜鵠連文者。即鵠也。〕

鴻圖

❷大雁也。〔詩鴻雁〕｜雁于飛。〔傳〕大曰｜。小曰鴈。〔按朱駿聲云。｜本訓是大雁。〕

❸代也。見〔爾雅釋詁〕〔注〕｜鴈知運代。

❹強也。〔考工記矢人〕橈之以眡其｜殺之稱也。〔疏〕釋曰。此言｜、即上文強是也。此言殺、即上文弱是也。

❺儦也。〔考工記梓人〕搏身而｜。

❻大也。〔楚辭逢紛〕｜永路有嘉名。

❼大水也。〔楚辭天問〕不任汩｜。

❽盛也。〔呂覽執一〕神農以｜。

❾能精思著文連結篇章者爲｜儒。見〔論衡超奇〕。

❿｜濛。東方之野。日所出。〔淮南俶眞〕以｜濛爲景柱。

⓫｜蒙。自然元氣也。一云海上氣也。〔莊子在宥〕過扶搖之枝而適遭｜蒙。

⓬飛｜。旗名。〔禮記曲禮〕前有車騎。則載飛｜。〔注〕、取飛有行別也。

⓭蜚｜。蠛蠓也。〔史記周本紀〕蜚｜滿野。〔按淮南本經作飛蛩〕

⓮｜溝。水名。〔史記項羽本紀〕項王乃與漢約。中分天下。割｜溝以西者爲漢。｜溝而東者爲楚。〔正義〕應劭云。在滎陽東二十里。張華云。

大梁城在浚儀縣北。縣西北渠水、東經此城南。又北屈分爲二渠。其一渠東南流。始皇鑿引河水。以灌大梁。謂之—溝。楚漢會此處也。

⑮—關。水名。〔水經河水注〕門水又東北歷峽。謂之—關。水。水東有城。即關亭也。水西有堡。謂之—關堡。世亦謂之劉項裂地處。非也。余按上洛有一臚園池。是水沚渠沿注。故謂斯川爲—臚澗。—關之名。乃起是矣。

⑯—上。水名。〔水經滍水注〕滍水又東流。歷—山。世謂是處爲—頭。疑即晉書地道記所謂—上關者也。滍水于是左納—上水。水出西北近溪。東南流注于滍水也。

⑰—口。地名。〔左昭二十一年傳〕齊師宋師敗吳師于—口。〔注〕梁國睢陽縣東有—口亭。〔按水經渠水注。梁國睢陽縣東有—口亭。先後談者、亦指此以爲楚漢之分王。非也。蓋春秋之所謂紅澤者矣〕

⑱—門。地名。〔史記項羽本紀〕項羽兵四十萬。在新豐—門。〔集解〕孟康曰。在新豐東十七里。舊大道北下阪口名。

⑲池名。〔水經穀水注〕穀水又東注—池陂。百官志曰。—池。池名也。在洛陽東二十里。東西千步。南北千一百步。

⑳大—臚。官名。〔漢書百官公卿表〕典客。秦官。掌諸歸義蠻夷。有丞。武帝太初元年。更名大—臚。〔注〕應劭曰。郊廟行禮。讚九賓。—聲臚傳之也。〔按是官歷代有之。惟金元未設。清制。—臚寺兼管事務大臣一人。以禮部滿洲尚書兼之。卿、滿漢各一人。少卿亦如之。掌襄朝會燕饗之禮。率其屬而贊導。陪祀則引其儀。〕

㉑通洪。〔文選王褒論〕夫—均之世。何物不樂。〔注〕孔安國尚書傳曰。洪、大也。—與洪、古字通。

㉒同鳿。〔漢書司馬相如傳〕鳿鷫鵠鴇。〔注〕師古曰。鳿、古—字。

㉓姓也。〔姓氏書辨證〕漢郊祀志曰。黃帝相鬼臾區、號曰大—。其卒而葬。謂之—冢。然則大—之後。當爲—氏。

【鴻】虎孔切音嗊　戶孔切音汞　董韻

濛—。大水。見〔集韻〕。

【鴻】戶孔切音汞董韻

㊀—溶。竦踊也。〔漢書司馬相如傳〕紛—溶而上厲。

㊁—濛。廣大貌。〔漢書揚雄傳〕—濛沆茫。

㊂—絧。直馳貌。〔漢書揚雄傳〕—絧緁獵。

【鴻】胡貢切音嗊送韻

—洞。未成形之氣也。〔淮南精神〕澒濛—洞。〔又〕相連貌。〔文選王褒賦〕風—洞而不絕兮。〔又〕深遠貌。見〔類篇〕。

【鴿】葛合切音閤合韻

㊀鳩屬也。見〔說文〕。〔通訓定聲〕形同勃姑。勃姑、雛也。蘇俗謂之水勃姑。—馴狎可畜於家。兩兩相匹。不裸交。每孕而卵。伏十八日而化。〔按動物學別爲鳩—類。本草綱目曰。—性淫而易合。故名。張九齡以—傳書。目爲飛奴。又曰。名品雖多。大要毛羽不過青、白、皁、綠、鵲斑、數色。眼目有大小黃赤綠色而已。亦與鳩爲匹偶。〕

鴿圖

㊁蒲—。瓜名。〔杜甫詩〕傾筐蒲—青。

【鳶】余專切音沿先韻

㊀朱—。漢縣名。〔漢書地理志〕交趾郡縣朱—。

㊁同鳶。〔左昭十五年傳〕以鼓子—鞮歸。〔釋文〕—、本又作鳶。〔按集韻僊韻。鳶、—竝與鳶同。朱駿聲云。雉、即鳶字。从鳥佳同。顧野王以鳶爲鳶。大徐從之。非也。字亦作—。从鳥戈聲。據是則—亦同雉矣。或書作鳶。〕

【鴲】徒結切音姪屑韻

鴩或字。〔集韻〕鴩。鳥名。說文、鋪豉也。或作—。〔按類篇作鴩。〕

【螐】徒冬切音彤冬韻

—渠。鳥名。〔山海經西山經〕松果之山有鳥焉。其名曰—渠。其狀如山雞。黑身赤足。可以已䐙。〔注〕—、音形弓之形。沅曰。爾雅作雝渠。漢書司馬相如賦作庸渠。說文作雝渠。皆即此鳥。—非古字。當爲雝。〔按爾雅釋鳥鶺鴒雝渠注。雀屬也。義疏。郭注上林賦云。庸渠似鳧。灰色而雞足。蓋別一物。非此也。據是則—渠不得兼爲雝渠庸渠矣。存

參。〕

【鴤】他多切音炵冬韻直眾切音仲送韻 鳥名。見〔集韻〕。

【[illegible]】堅堯切音驍蕭韻 蟂或字。〔集韻〕蟂。獺屬。害魚。或作—。

【[illegible]】以制切音曳霽韻 鳥名。飛生也。見〔集韻〕。

【鴭】都回切音堆灰韻 雀屬。見〔集韻〕。

【鵚】雌山切音秋尤韻 禿—也。見〔說文〕。〔按字或作鶖。詳鶖字〕

【[illegible]】五委切音頠紙韻 鳥名。鴟鵂也。即今布穀。見〔類篇〕。

【[illegible]】古委切音詭紙韻 䳏—子鴂也。見〔廣雅釋鳥〕。〔按顏師古注漢書作買鵍〕、

【[illegible]】疾亮切音匠漾韻 女—。工雀也。見〔廣雅釋鳥〕。〔按釋鳥鴟鴞鸋鴂疏作女匠。關東謂之工爵。或謂之過贏。關西謂之桑飛。或曰巧女、巧婦。〕

【鴮】汪胡切音烏虞韻荒故切音謼遇韻 —鸅。鳥名。〔爾雅釋鳥〕鵜、—鸅。〔注〕今之鵜鶘也。好羣飛。沈水食魚。故名洿澤。俗呼之為淘河。〔按說文。鵜胡。污澤也。王注。毛傳作洿澤。釋鳥作—鸅。俗改也。〕

【鴰】古活切音括曷韻古刹切音刮黠韻 本作鴰。〔說文〕鴰。麋—也。从鳥昏聲。〔通訓定聲〕似雁而黑。爾雅。鶬、麋—。按當為麋—。與釋草荅麋舌同名。麋鴰、雙聲連語。釋草作舌。隸書昏字之誤。注葉有似於舌。失之。漢書司馬相如傳雙鶬下注。鶬、俗名錯落。又謂—捋、—鹿。皆象其鳴聲也。

【鴰】古活切音括曷韻 —第。鳳皇屬也。見〔廣雅釋鳥〕。

【鴱】牛蓋切音艾泰韻魚刈切音乂隊韻 鳥名。〔爾雅釋鳥〕桃蟲、鷦。其雌—。

【鴧】忍融切音㲨東韻 似鷹而小。能捕雀。見〔廣韻〕。

【[illegible]】渠容切音蛩冬韻 水鳥名。見〔集韻〕。

【鴳】於諫切音晏諫韻 雇也。見〔說文〕。〔段注〕釋鳥。雇—。李巡、孫炎皆云。雇、一名—。—、雀也。玄應曰。—又作鷃。一名屬。一名鶬。—。纂文云。關中有—。濫堆是也。〔互詳鷃字。〕

【鴳】音遏曷韻 幽—。獸名。〔山海經北山經〕邊春之山有獸焉。其狀如禺而文身。善笑。見人則臥。名曰幽—。其鳴自呼。

【鴳】於寒切音安寒韻 鳥聲也。見〔集韻〕。

【[illegible]】逆各切音咢藥韻 鷙鳥也。見〔說文〕。〔段注〕此今之鶚字也。咢說文作㖾。鶚、廣雅作鶚。古音屰聲、㖾聲皆在五部。五各切。作鶚者。隸變耳。詩既敫匪鳶。正義。鳶作鶚。引孟康曰。鶚、大雕也。又引說文—。鷙鳥也。是孔沖遠固知—即鶚字。陸德明本乃作鳶。云以專反。今毛詩本因之。又以與專反改說文—字之音。誤之甚矣。〔按集韻僊韻—、余專切。引說文鷙鳥也訓之。是亦如陸氏之誤。今依段說。但從逆各切。互詳鶚字。〕

【鴶】激質切音吉質韻訖黠切音戛黠韻 —鵴。鳲鳩也。〔爾雅釋鳥〕鳲鳩、—鵴。〔義疏〕說文。秸鞠、尸鳩。詩作鳲鳩。召南及曹風毛傳並作秸鞠。聲借字也。御覽引陸璣疏云。今梁宋之間。謂布穀為—鵴。一名擊穀。一名桑鳩。然則—鵴、擊穀、聲相轉。桑鳩、鳲鳩、亦聲相轉矣。

【鴷】力櫱切音列屑韻 斲木鳥也。〔爾雅釋鳥〕—、斲木。〔注〕口如錐。長數寸。常斲樹食蟲。因名云。〔按動物學屬攀禽類。足具四趾。二前二後。故便於攀援。舌骨甚長而端有鉤。故能引木中蟲出食之。圖入啄字。〕

【鴸】鐘輸切音朱追輸切音株虞韻 鳥名。〔山海經南山經〕柜山有鳥焉。其狀如鴟而人手。其音如痺。其名曰—。其鳴自號也。見則其縣多放士。〔畢注〕—見玉篇。云鳥似雉。陶潛讀山海經詩云。鴸鵝見城邑。

其國有放士。則—當爲鴅。

【鴂】居容切音恭冬韻　鳥名。似雉。啼自呼。見〔集韻〕。

【䳼】其九切音舅有韻　鳥名。似鴆。有冠。見〔廣韻〕。

【鳽】經天切音堅倪堅切音妍先韻逆革切音蘬陌韻　鵁鶄也。見〔說文〕。〔段注〕—者古名。鵁鶄者今名。此與隹部雃各物。

【鳽】輕煙切音牽先韻　雃或字。〔集韻〕雃。說文、石鳥。或从鳥。

【䳯】諸延切音饘先韻　古鸇字。〔集韻〕鸇。鳥名。說文、䳯風也。古作—。

【鳽】丘耕切音鏗庚韻　或作雃。〔集韻〕—。鳥名。或从隹。

【䳐】須倫切音荀眞韻　—鶽。鳥名。鶽鶉也。見〔集韻〕。

【䳐】呼鄰切音䪥眞韻　同鶽。〔集韻〕鶽。鶽鷗。小鳥。亦从旬。

【駨】松倫切音旬眞韻　—鴝。小鳥名。見〔集韻〕。〔按—即鴝。類篇鴝下。并繫此音。〕

【鴹】余章切音羊陽韻　鷞—。鳥名。舞則將雨。見〔集韻〕。〔按臨海志云。獨足。文身赤口。晝伏夜飛。或時晝出。羣鳥譟之。惟食蟲豸。不食稻粱。聲如人嘯。將雨轉鳴。即孔子所謂一足之鳥商羊者也。〕

【鴹】徐羊切音詳陽韻　古翔字。〔漢書禮樂志〕聲氣遠條鳳鳥—。〔注〕師古曰。—、古翔字。

【䳷】權俱切音衢虞韻　鳥左足白。見〔集韻〕。

【䳹】胡溝切音侯尤韻　猴或字。〔集韻〕猴。說文、夒本也。或从鳥。

【䳶】涓會切音貴霽韻吉典切音繭銑韻居悸切音季寘韻　鵑—。鳥名。子嶲也。見〔集韻〕。〔互詳鵑字。〕

【䳸】古穴切音玦屑韻　鴃或字。〔集韻〕鴃。鳥名。伯勞也。或作—。

【鴜】津私切音咨支韻七四切音次資四切音恣寘韻　鴜鷀也。〔山海經海外西經〕—鳥、鷀鳥。其色青黃。所經國亡。〔畢注〕—鷀二字。說文所無。見玉篇。云鳥青黃色。即鴜鷀也。

【鴾】直格切音宅陌韻　—鴹。鳥名。錦文也。見〔集韻〕。

【鵡】畜力切音敕職韻　鷘—。水鳥。見〔說文新附〕。〔鈕氏新附攷〕玉篇、鵡。溪鵡也。重文作鷘。按陸佃埤雅、引陳昭裕建州圖經曰。溪—。於水渚宿。群伍皆有式度。據此則義當作式。〔按本草綱目作鸂鶒。云此鳥專食短狐。乃溪中勅逐害物者。其形大於鴛鴦。而色多紫。亦好並遊。故謂之紫鴛鴦也。〕

【鶂】乙六切音彧屋韻　白—。鳥名。〔山海經北山經〕縣雍之山。其鳥多白—。〔注〕即白鶂也。沅曰。即說文之卓鵫。

【鴲】云九切音有有韻　鳥名。似鴆。見〔集韻〕。

【鵅】盧各切音洛藥韻　鳥鸔也。見〔說文〕。〔段注〕此與隹部雒、音同義別。〔互詳雒字。〕

【鵅】各領切音格陌韻　鶡鵖也。〔爾雅釋鳥〕—、鶡鵖。〔注〕今江東呼鵂鶹爲鶡鵖。亦謂之鴝—。〔按說文隹部雒忌欺也同。〕

【鴽】人余切音如魚韻　鴽或字。見〔說文隹部〕。〔王注〕此二篆各本皆從奴。惟說文韻譜從如。集韻引同。經典字書、韻書、皆作如。—且唐韻人諸切。亦是如音。從奴則當乃都切。

【鴾】迷浮切音謀尤韻　—母。鳥名。〔爾雅釋鳥〕鴽、—母。〔注〕鵪也。青州呼—母。〔義疏〕今驗鵪鶉、以背插地。如牛鳴竇中。故曰—母。今棲霞人即呼爲—子矣。〔按說文隹部作牟母。〕

【鵀】如林切音壬尼心切音誑侵韻如鴆切音挺沁韻　戴—。鳥名。〔爾雅釋鳥〕鵖鴔、戴—。〔注〕—即頭上勝。今亦呼爲戴勝。〔義疏〕方言云。鳲鳩自關而東謂之戴—。東齊海岱之間謂之戴南。南猶—也。或謂之戴鵀。或謂之戴勝。東齊吳揚之間謂之—。然則—

即勝也。聲近字通。然鳴鳩巢居。戴勝乃生樹穴中。本非同物。方言失之。戴—即今之䳭䳭。殺小於鵧鳩。黃白斑文。頭上毛冠。如戴華勝。戴勝之名以此。常以三月中鳴。鳴自呼也。

【鵁】居肴切音交肴韻
—鶄也。一曰。—鸕也。見〔說文〕。〔通訓定聲〕爾雅鵁鶄注。似鳧。脚高。毛冠。江東人家養之以厭火災。按此鳥以交目得名。睛交而孕。上林賦。交精旋目。字作交精。是也。別義。爾雅鳽頭鵁注。似鳧。脚近尾。略不能行。江東謂之魚鵁。音髐。按此鳥。蛇頭長項。冬月羽毛落。見人不能行。即沒入水。蓋鷿鷉之屬也。

【鴢】居肴切音交虛交切音虓肴韻
烏名。〔爾雅釋鳥〕鳽頭、卜。〔釋文〕本或作鴢。〔按說文鵁。一曰鵁鸕也。朱駿聲以爲卽此。〕

【鵂】虛尤切音休尤韻 巨救切音舊宥韻
舊或字。〔說文雈部〕舊。䧿舊。舊留也。—舊。或从鳥。休聲。

【鵃】丁聊切音貂之遙切音昭蕭韻 陟交切音嘲肴韻 張流切音輈尤韻
鶻—也。見〔說文〕。〔通訓定聲〕爾雅釋鳥鶌鳩鶻—注。似山鵲而小。短尾。青黑色。多聲。按左昭十七傳鶻鳩氏注。春來冬去。東京賦。鶻鳩春鳴。以其多聲。故名鳴鳩。詩小宛、宛彼鳴鳩。禮記月令、鳴鳩拂其羽。夏小正、三月鳴鳩。是也。以其項有斑文。亦名斑鳩。以其聲鉤輈格磔。亦曰雕嘲。亦曰鶻雕。嘲、雕、猶—也。以其背青黑。今亦謂之青肩。按高注呂覽、鳴鳩拂擊其羽。直刺上飛數十丈。乃復。此鳩之大者也。郭注爾雅、鳴—似山鵲而小。謂卽鷽鳩。莊子逍遙游、蜩與鷽鳩。崔譔讀鷽爲滑。謂卽鶻—。皆失之。

【⿰舟鳥】丁了切音鳥篠韻
—舠。船長皃。見〔集韻〕。

【⿰老鳥】力倒切音老皓韻
頹鶖也。見〔字彙補〕。〔按亦書作鷔。康熙字典鷔注云。正韻牋十三巧逸字。音老。本草。禿鶖、一名鷔鷔。是也。〕

【⿰鳥寺】書之切音詩支韻
鳥名。見〔字彙〕。

【鵣】落蓋切音賴泰韻
鳥名。見〔廣韻〕。〔疑爲鶆譌字。〕

【⿱略鳥】力灼切音略藥韻
烏名。見〔集韻〕。

【⿰伏鳥】房六切音伏屋韻
鳥名。見〔玉篇〕。〔按說文萑部、舊。鴟舊。舊留也。鵂舊或從鳥休聲。桂注。白帖引文選鵩賦。其字作—。漢舊儀、賈誼在湘南六月上庚日。有鵂鳥來。顏疑鵂鳥爲—鳥。舊伏聲、相近。故從伏聲。伏服聲相近。故或作鵩。伏休形相近。譌作鵂也。存攷。〕

【⿰鳥江】胡江切音夅江韻
烏名。見〔集韻〕。

【⿰多鳥】丁紺切音馱勘韻
烏名。本作鴆。或作⿰舟鳥。見〔五音集韻〕。〔按今本集韻、及類篇、竝作⿰多鳥。〕

【⿰女鳥】呼回切音灰灰韻
鳥名。見〔篇海〕。

【⿰同鳥】徒紅切音童東韻
鳥名。見〔字彙補〕。

【鴴】戶庚切庚韻 戶孟切敬韻
荒鳥也。見〔玉篇〕。

【⿰礻鳥】呼光切陽韻
雀也。見〔玉篇〕。

【⿰回鳥】音回灰韻
鳥長一尺。五色文。見〔玉篇〕。

【鵅】音路遇韻
鳥也。〔穆天子傳〕有皎者—。〔注〕—、鳥名。皎、白貌。音路。〔按朱駿聲謂卽說文鵅。〕

【⿰禾鳥】同鵴。〔廣韻〕。鵴。鴶鵴。鳲鳩。—。

上同。

【⿰舟鳥】同梟。見〔字彙〕。

【⿰女鳥】同鴉。見〔字彙補〕。

【⿱竹鳥】同鶬。見〔說文長箋〕。

【⿰言鳥】同雛。見〔篇海〕。

【鷔】同鵝。詳鵝字。

【⿰王鳥】雖或字。〔集韻〕雖。雖也。或作—。〔按康熙字典以此解併注雖下。引玉篇、廣韻、集韻、及淮南子萬畢術之作—者證之。疏矣。攷廣韻、集韻俱別見雖字。音釋竝異。一切經音義曰。—梟。古文鴟—二形。今作—同。不云鵄亦同也。又所引晉書涼武昭王傳。惟蒙遜鵄跱一城。語。亦誤。今其傳如—跱、—鳶鴞—。字無作鵄者。故仍別之。〕

〔鶃〕鷁或字。見〔集韻〕。

〔鵤〕鶻俗字。見〔正字通〕。

〔[illegible]〕鸛俗字。見〔字彙補〕。

七畫

〔鵈〕昵輒切音聶葉韻
●一鳥飛皃。見〔玉篇〕。
●二鳥名。見〔集韻〕。

〔鵝〕牛何切音峨歌韻〔鵞同。〕
●一本作鵝。〔說文〕鵝。鴚鵝也。〔通訓定聲〕爾雅。舒鴈、—。李注。野曰鴈。家曰鵞。按飛行舒遲。故曰舒鴈。〔按本草綱目云。—有蒼白二色。及大而垂胡者。並綠眼、黃喙、紅掌。善鬭。其夜鳴應更。今動物學以屬諸游禽類。〕

鵝圖

●二陣名。〔左昭二十一年傳〕鄭翩願爲鸛。其御願爲—。〔注〕鸛、鵝、皆陳名。
●三—雛。酒名。〔陸游詩〕釀成西蜀—雛酒。
●四—鴻。鳥名。〔拾遺名山記〕蓬萊山有鳥名—鴻。色似鴻。形如禿鶖。腹內無腸。羽翮附骨而生。無皮肉也。雄雌相眄則生產。
●五—腸。草名。〔野蔌品〕—腸草。采可焯熟。拌料食之。
●六—抱。蔓艸名。〔本草綱目〕蘇頌曰。生宜州山林下。附石而生。作蔓。似大豆。其根形似萊菔。大者如三升器。小者如拳。
●七—桑。菌屬。桑耳也。〔黃庭堅詩〕張子羌我助貧餐。桑—楮雞不足云。〔按本草作桑蛾。〕
●八—闕。食品。〔唐書南詔傳〕膾魚寸。以胡瓜椒藙和之。號—闕。
●九—眼。錢名。〔唐書食貨志〕兩京錢有—眼、古文、綫環之別。每貫重不過三四斤。至翦鐵而緡之。
●十—口。瘡名。〔巢氏病源〕小兒初生。口裏白屑起。乃至舌上生瘡。如—口裏。世謂之—口。此由在胎時受穀氣盛。心脾熱氣熏發於口故也。
●十一—湖。山名。在江西鉛山縣。上有湖。昔龔氏養—於此。故名。宋儒朱晦翁、陸象山、講學其地。後人因之建爲—湖書院。
●十二—黑。草名。〔管子地員〕其種陵稻、黑—、馬夫。

〔鵠〕胡沃切音睢沃韻
●一黃—也。形如鶴。色蒼黃也。見〔說文〕〔王注〕依玄應引改補。玉篇。—、黃—。仙人所乘。引楚詞黃—之一舉。知山川之紆曲。再舉知天地之圜方。—亦有白者。抱朴子、千歲之—。純白。〔按今動物學言。—爲游禽類之大者。羽毛純白。頸長。上嘴之基部。有赤黃色之瘤。瘤黑。常棲息寒地。捕食魚類。說與舊籍出入。存參。〕

鵠圖

●二治樸之名。〔爾雅釋器〕象謂之—。〔按釋文云。白也。本亦作皓。同。廣雅作皓。〕
●三—面。勞瘁色也。〔王惲詩〕扶羸載瘠總南遣。—面鳥形猶努力。
●四—髮。白髮也。〔後漢吳良傳贊〕大儀—髮。
●五晨—。鶚屬。〔山海經西山經〕欽䲹化爲大鶚。其音如晨—。
●六—蒼。犬名。〔博物志〕獨孤母有犬。名—蒼。
●七地名。〔詩揚之水〕從子于—。〔傳〕曲沃邑也。〔朱駿聲云。—者、曲沃二字之合音。按曲沃卽今山西曲沃縣。〕
●八黃—。山名。〔水經江水注〕船官浦東、卽黃—山。山下謂之黃—岸。岸有灣。目之爲黃—灣。〔按山在今湖北江夏縣治西隅。一名黃鶴山。山西北二里、有黃—磯。〕

〔鵠〕姑沃切音告沃韻
●一稚—。雛也。見〔廣雅釋鳥〕〔疏證〕說文云。鵫、鷽山鵲。鵫鷽與稚—聲相近。廣韻亦云。稚—、鳥名。似鵲。據此。則稚—爲山鵲。與鵲相似。非卽是鵲。
●二所射之主也。〔儀禮大射〕大侯之

崇。見｜於參。〔注〕｜、所射之主。考工記曰。梓人爲侯。廣與崇方。參分其廣。而｜居一焉。則大侯之｜。方六尺。糝侯之｜。方四尺六寸大半寸。豻侯之｜。方三尺三寸少半寸。

㊂覺也。直也。見〔詩賓之初筵釋文〕。

㊃｜之言較。〔周禮司裘〕設其｜。

㊄｜澤。縣名。〔漢書地理志〕西河郡縣｜澤。〔當在今山西省境〕。

㊅姓也。見〔萬姓統譜〕。

【鶮】胡沃切音嚯沃韻　曷各切音鶴藥韻

同鶴。〔莊子庚桑楚〕越雞不能伏｜卵。〔釋文〕本亦作鶴。同。〔按黃｜樓、一作黃鶴樓。蓋爲聲近通假。〕

【鵠】戶老切音浩皓韻

同浩。〔呂覽下賢〕｜乎其羞用智慮也。〔注〕｜讀如浩浩昊天之浩。大也。

【鵊】訖洽切音夾洽韻

㊀鳥名。杜鵑也。一曰書篇名。陰陽家有｜治子篇。見〔集韻〕。

㊁鵊｜。催明鳥也。〔歐陽修詞〕綠樹鵊｜催天明。〔注〕催明鳥、京師謂之夏雞。〔按卽鵊鴂。詳鵊字。〕

【鵗】香依切音希微韻　展几切音黹紙韻

㊀雉北方曰｜。見〔爾雅釋鳥〕。〔又〕官名。〔左昭十七年傳〕五雉爲五工正。〔疏〕賈逵曰。北方曰｜雉。攻皮之工也。

㊁亦作希。〔周禮染人注〕其類有六。曰翬、曰搖、曰鷂、曰甾、曰希、曰蹲。

【鵑】圭玄切音涓先韻

杜｜。鳥名。〔本草綱目〕杜｜出蜀中。今南方亦有之。狀如雀鷂。而色慘黑。赤口。有小冠。春暮卽鳴。夜啼達旦。鳴必向北。至夏尤甚。晝夜不止。其聲哀切。田家候之以興農事。惟食蟲蠹。不能爲巢。居他巢生子。冬月則藏蟄。〔按本名巂。亦稱子巂。又稱子規、子鵑、子鳺、子｜、田｜、杜宇、怨鳥、思歸、催歸、蜀魂、郭公。而子規又作秭鳺、姊歸。廣雅訓鷤鴂、鷤鴂。皆爲子嶲。玉篇之鷤。廣韻之鶗鴂。亦皆杜｜也。李時珍云。其鳴若曰不如歸去。今動物學以屬諸鳥之攀木類。〕〔又〕花名。一名紅躑躅。一名山石榴。一名映山紅。一名山躑躅。〔本草綱目〕處處山谷有之。高者四五尺。低者一二尺。春生苗葉。淺綠色。枝少而花繁。一枝數萼。二月始開花。如羊躑躅。而蒂如石榴。花有紅者、紫者、五出者、千葉者。其花味酸無毒。〔按湧幢小品云。花以二三月杜｜鳴開。有二種。其一先敷葉後著花者。色丹如血。其一先著花後敷葉者。色差淡。學圃餘疏云。花之紅者、紫者、曰杜｜。葉細花小色鮮瓣密者、曰石巖。近世植物學家以爲石南科常綠灌木之一種。又或以爲卉屬百合科者。日本名五月躑躅。云以皐月開花。故名。別有黃杜｜。卽鬧羊花。毒草也。〕

杜鵑鳥圖

杜鵑花圖

【鵙】工役切陌韻　扃闃切音郥錫韻

伯勞也。〔詩七月〕七月鳴｜。〔按阮元校勘記云。唐石經｜、作鵙。是也。五經文字云。鵙、伯勞也。與說文合。可證也。據是則从貝者誤。〕

【鵖】盧當切音郎陽韻

｜鷎。鳩也。〔方言〕鳩自關而東、周鄭之郊、韓魏之都、謂之｜鳩。〔箋疏〕廣雅、｜鶵。鳩也。是｜鶵、爲鳩之總名。玉篇、｜鷎。鷎鳩也。鷎卽鶵之譌字。

【鵟】渠王切音狂陽韻

鳥有冠。見〔玉篇〕。〔按爾雅釋鳥狂。寢鳥。注。狂鳥。五色有冠。釋文出｜字。云本今作狂。義疏。狂、俗作｜。然則作狂爲正。集韻十陽。｜、鳥名。鴟屬。五色有冠。此則併釋鳥狂、茅鴟、狂寢鳥、爲一解。殆因狂茅鴟狂釋文狂本或作｜而誤。〕

【⿰旱鳥】可旱切音侃旱韻丘蓋切音磕泰韻墟旰切音看翰韻丘葛切音渴曷韻。—鴠。鳥名。〔方言〕—鴠。自關而西秦隴之內、謂之鶡鴠。〔按玉篇。—鴠。似雞。冬無毛。晝夜常鳴。名倒懸。說文鴠。王注。坊記作盍旦。月令釋文作曷旦。周書時訓解作鶡旦。鶡字巳涉假借。此名合兩字成義。鄭君曰。盍旦。夜鳴求旦之鳥也。是知盍者、何不也。盍旦者、何不旦也。據是。則此爲俗字。互詳鴠字。〕

【⿰旱鳥】侯旰切音翰翰韻。鳱或字。〔集韻〕鳱。鳱鴠。鳥名。或从旱。

【⿰旱鳥】何葛切音曷曷韻。鶡或字。〔集韻〕鶡。鳥名。說文、似雉。或从旱。

【鵛】堅靈切音經靑韻。—雀。怪鳥屬也。見〔廣雅釋鳥〕。〔按爾雅釋鳥與鵛—注。未詳。〕

【⿰豆鳥】徒候切音頭尤韻。鳥名。似鳬。見〔集韻〕。〔按玉篇、訓⿰蜀鳥頭⿰爲鳥。然則—頭、通也。〕

【⿰足鳥】千木切音族屋韻。鳥名。〔天祿閣外史〕觚竹之荒。有鳥曰—。翼生於股。熒惑見則孕。

【⿰役鳥】營隻切音役陌韻。小鳩也。〔方言〕鳩自關而西秦漢之間、謂之鷂鳩。其小者謂之—鳩。〔互詳鵻字。〕

【鵚】他谷切音禿屋韻。—鶖。鳥名。通作禿。見〔集韻〕。〔按說文鶖下、本作禿鶖。言其頭項皆無毛也。此加鳥。贅。〕

鵚鶖圖

【⿱而鳥】鳥而切支韻。鳥鳴也。見〔玉篇〕。

【⿰丑鳥】巨隕切音窘軫韻具運切音郡問韻。雞無尾。見〔集韻〕。

【鷈】天黎切音梯田黎切音題齊韻。鵜或字。見〔說文〕。〔按說文鵜胡。污澤也。經傳皆作—。許鄭皆云—胡。爾雅毛詩不言胡者。此鳥本單呼—。以其胡能抒水。故又名—胡也。互詳鵜字。〕

鷈圖

【⿰冋鳥】火迥切音詗呼頂切迥韻。鐫—。水鳥。似鷺色蒼。見〔集韻〕。

【鵡】罔甫切音武麌韻。䳇或字。〔集韻〕䳇。鳥名。說文、鸚䳇也。或从武。〔按鸚—字。三國時作母。作䳇。不作—。至唐武后時。狄仁傑對云。—者陛下之姓。其字其音。與三國時不同。鸚—鳥。圖列入鸚字。〕

【⿰決鳥】古穴切音決屑韻。鴂或字。〔集韻〕鴂。鳥名。說文、鸋鴂也。亦作—。

【⿰牙鳥】五諫切音鴈諫韻。鴻也。見〔字彙補〕。

【⿰虎鳥】是征切音成庚韻。鳥名。見〔字彙〕。

【鴐】居盍切音砝合韻。鳥名。見〔集韻〕。

【鵎】吐火切音妥哿韻。鳥名。見〔集韻〕。

【鵤】先彫切音消蕭韻。鳥名。見〔字彙〕。

【⿰志鳥】之餌切寘韻。鳥名。見〔玉篇〕。

【⿰拘鳥】權俱切音劬虞韻。鴝古字。〔集韻〕鴝。鳥名。說文、鴝鵒也。古作—。

【⿰豕鳥】其語切音鉅語韻。鳥名。見〔字彙補〕。

【⿰身鳥】申人切音身眞韻。鳥名。見〔海篇〕。

【⿱易鳥】烏諫切音鷃諫韻。今鷃雀。見〔字彙補〕。

【鵌】羊諸切音余魚韻。鵸—。鳥名。〔山海經西山經〕翼望之山有鳥焉。其狀如烏。三首六尾而善笑。名曰鵸—。服之使人不厭。又可以禦凶。〔畢注〕周書王會云。奇榦善芳。善芳者。頭若雄雞。佩之令人不昧。案此鳥與此略同。疑奇榦即鵸—鳥字。或當爲奇榦。又案說文又有雓鳥。或當是鵸—正文。〔按山海經北山經帶山有鳥

焉。其狀如烏五采而赤文名曰鵌。—是自爲牝牡。食之不疽。不知是一是二。〕

【鵌】同部切音徒虞韻 鳥名。〔爾雅釋鳥〕鳥鼠同穴。其鳥爲—其鼠爲鼵。〔注〕—、似鵽而小。黃黑色穴入地三四尺鼠在內。鳥在外。孔氏尙書傳云共爲雄雌。張氏地理記云不爲牝牡。〔按義疏云。張說是。類篇作鵨。〕

【鶪】居六切音匊屋韻拘玉切音臼沃韻 鳥也。見〔說文〕。

【鴭】巨九切音臼有韻 鳥名。百舌也。一曰。烏—鳥也。見〔集韻〕

【鵍】胡官切音桓古丸切音官寒韻 鶾—。鳥名。見〔集韻〕。

【鴅】呼官切音歡寒韻 鷬或字。見〔集韻〕

【鵏】滂模切音鋪奔模切音逋虞韻 鳥名。鵏也。見〔集韻〕。

【鵏】蓬逋切音蒲虞韻 鳥膺前。見〔集韻〕。

【鵏】蒲故切音步過韻 —鵖。鳥名。見〔集韻〕。

【鵽】欲雪切音悅屑韻 鳥也。從鳥說省聲。見〔說文〕。〔桂注〕玉篇、—。水鳥也。說省聲者。當爲兌聲。

【鵒】兪玉切音欲沃韻 鴝—也。古者鴝—不踰泲。見〔說文〕〔圖入鴝字〕。

【鵓】薄沒切音孛月韻 —鴿。鳥名。見〔集韻〕。〔按康熙字典云、—鴿、今之—鴿也。〕

【鸏】莫江切音尨江韻母總切音蠓董韻母湩切音朦腫韻母項切音俛講韻母朗切音莽養韻 鳥名。〔爾雅釋鳥〕狂、茅鴟。〔注〕今—鴟也。似鷹而白。〔義疏〕按—與駹、聲義同。馬融云面頰皆白惟駹。此鳥似鷹而白。故謂之—。—、茅、聲轉也。〔集韻或書作鸗〕。

【鵔】須閏切音峻震韻 —鸃。鷩也。見〔說文〕。〔段注〕師古注上林賦曰。—鸃、鷩也。似山雞而小冠。背毛黃。腹赤。項綠。尾紅。按許云赤雉者、不必全赤。謂赤多也。

【鵔】同鵕。〔史記佞幸傳〕故孝惠時郎侍中皆冠—鸃。〔說文作鵕〕。

【鵖】北及切音皀緝韻戟葉切音勑貶耴切葉韻 鴔—也。見〔說文〕。

【鴀】芳無切音敷虞韻房尤切音浮尤韻 —鳩。鳺鴀也。〔爾雅釋鳥〕佳其、鳺鴀。〔注〕今—鳩。〔按朱駿聲云。詩四牡傳。離、夫不也。夫不之合音爲孚。故又謂之—〕

【鴼】郎刀切音勞豪韻 䳾—。鳥名。錦文。見〔集韻〕。

【䲰】烏酷切音沃沃韻屋郭切音臒樂韻 水鳥。見〔集韻〕。

【䳀】烏光切音汪陽韻 雉名。其鳴自呼。見〔集韻〕。

【䳏】之列切音浙屑韻 鳥聲也。或作鷲。見〔集韻〕。〔玉篇云。同鷲。〕

【鵋】渠記切音忌寘韻 —鵙。鳥名。〔爾雅釋鳥〕鵅、—鵙。〔釋文〕本亦作忌。〔參閱鵙字〕

【𪀚】鋤簪切音岑侵韻 小鳥也。見〔篇海〕。

【鵹】良脂切音棃支韻 —黃。鳥名。見〔集韻〕。

【鴇】博稿切音保皓韻 大鳥也。見〔字彙補〕。

【鷈】他兮切音梯齊韻 鷉—也。見〔字彙補〕。〔疑爲鷈譌字〕。

【𩿳】章忍切音震震韻 鷐省字。〔集韻〕鷐、鷐羣飛也。或省。

【鷐】時眞切眞韻 鷐風鳥。見〔玉篇〕。

【䳟】䳟本字。見〔說文〕。

【䳒】鵚本字。見〔說文〕。

【𪇰】古鵚字。見〔字彙補〕。

【鶗】古雉字。見〔字彙補〕。

【鶃】同鶂。〔說文〕司馬相如。鶃从

赤。[段注]蓋凡將篇如此作。今上林賦濯鷁牛首。祇作鷁。

【鶂】同鴨。見[正字通]。

【鶖】同鵝。[玉篇]鶖亦作鵝。

【䳍】同鵛。見[集韻]。

【鵬】同鵖。見[字彙補]。

【鷪】同鴨。見[玉篇]。

【鶶】同鶁。[爾雅釋鳥]鶁茅鴟。[釋文]鶁字又作―。

【鵷】同雉。見[海篇]。[按說文雉下注。錯以爲雉豸。豸然介直皃也。此字恐原斯愷。]

【鵨】俗鶬字。見[正字通]。

【鵮】鶪或字。見[爾雅釋鳥釋文]。

【鵐】鶝或字。見[集韻]。

【鵩】鶴謠字。見[字彙補]。

八畫

【鵰】丁聊切音貂蕭韻

(一)雕鶹文。見[說文隹部]。[按今以―行。本草綱目云。―似鷹而大。尾長翅短。土黃色。鷙悍多力。盤旋空中。無細不覩。今動物學以屬諸猛禽類。]

鵰圖

(二)―鷚。保名。明置。在今直隸龍關縣東四十五里。

(三)―烏鶴瘦病名。[巢氏病源]―烏鶴瘦者。初腫如覆手。疼痛。一年生孔道數十處。黃水出。二年化生鶴。水鳥首而生口觜者也。

【鵲】七約切音碏藥韻

(一)同舄、誰。[說文烏部]篆文舄。从隹昔。[段注]誰、隸變從鳥。[按本草綱目云。鳥屬也。大如鴉而長尾。尖觜黑爪。綠背白腹。尾翮黑白駁雜。上下飛鳴。以音感而孕。以視而抱。季冬始巢。開戶背太歲。向太乙。知來歲多風。巢必卑下。故曰乾―知來。今動物學以屬諸鳴禽類。]

鵲圖

(二)―玉。―腦中所結物也。[天玄主物簿]―啄槐實。結玉於腦。謂之―玉。

(三)垂―山名。[後漢竇宮傳]宮與岑彭等破荊門。別至垂―山。通出秭歸至江州。

(四)―岸地名。[左昭五年傳]楚伐吳。吳人敗諸―岸。[注]廬江舒縣有―尾渚。[按清一統志云。―岸與銅陵縣―頭山對面。當在無爲州界。州屬安徽。今無爲縣也。]

(五)鵝―。觀名。[文選司馬相如賦]過鳷―。

(六)山名。[山海經南山經]南山經之首。山曰―山。[按清一統志。―山在山東歷城縣北二十里濼口鎮。李白詩注云。扁鵲煉丹於此。故名。]

(七)通猆。[禮記少儀注]謂若韓盧宋―之屬。[疏]桓譚新論云。大道韓盧宋猆。又魏文帝說諸方物亦云。狗於古則韓盧宋―。則猆―音同。字異耳。故鄭亦爲―字。

【鵵】土故切音兔遇韻

(一)老―。木兔也。[爾雅釋鳥]萑、老―。[注]木兔也。似鴟鵂而小。兔頭有角。毛腳。夜飛。好食雞。[義疏]―與兔同。按此即狂茅鴟一種。大者俗亦呼貓兒頭。其頭似兔。以耳上毛爲角也。

(二)鶌―。軌見[爾雅釋鳥]。[注]未詳。

【鵙】丘其切音欺支韻

(一)鶀―。鵂鶹也。[爾雅釋鳥]鵅、鶀―。[注]今江東呼鵂鶹爲鶀―。[按釋文出鶀字。云本今作―。]

(二)―老。俗呼爲癡鳥。[爾雅釋鳥]鵋、―老。[疏]字林云。句喙鳥。[按說文作欺老。]

【鵛】渠之切音其支韻

鶌―。鳥名。一曰小鷹。見[集韻]。

【鵶】於加切音鵶麻韻

(一)三―。地名。[北史韋闐傳]但三―嶮要。非卿無以守也。[按清一統志云。故向城有石川路。卽百重山。

爲三一路第一一。又北十里有分水嶺。爲第二一由故向城而北有魯陽關入汝州魯山縣界爲第三一。皆道峽路深〔按故向城在今河南南召縣〕

㊁同雅。〔集韻〕雅。說文、楚鳥也。或作一。

【鵹】憐題切音黎齊韻

㊀一鶄。鶄胡也。〔山海經東山經〕沙水其中多一鶄。〔注〕音黎。元曰。黎、鶄、聲相近。鶄、當爲胡。玉篇云。又名陶河。皆聲之轉。

㊁鵹或字。〔集韻〕鵹。鳥名。說文、鵹黃也。或作一。

【鵹】鄰知切音离支韻

離或字。〔集韻〕離。說文、離黃。倉庚也。或作一。〔按字本作離。說文隹部。離黃、鵹黃、竝見段注。鵹、離、部異而雙聲。故鵹黃、離黃、異名。据是則一、離、各別矣。存攷〕

【鵻】職追切音錐支韻

㊀祝鳩也。見〔說文〕。〔通訓定聲〕爾雅。隹其、鳺鴀。以隹爲之。詩四牡。翩翩者一。箋。鳥之慤謹者。按孝鳥、今之勃姑也。亦曰楚鳩、荊鳩、鵓鳩、鵴鳩、鷵鶵。所謂犬將兩鳩逐婦者也。又有善鳴而形小者。蘇俗謂之水勃姑。亦其屬也。

㊁鶉也。見〔廣雅釋鳥〕。〔疏證〕說文、鶉作雜。云一或作隼。從隹一。一曰雜字。是一爲鶉。

㊂一祇。鶙鳩也。〔淮南說林〕鳥力勝日而服於一祇。〔注〕爾雅謂之裨笠。秦人謂之祝祝。鸐時晨鳴人舍者。鴻鳥皆畏之。〔按朱駿聲云。爾雅。鶙鳩、鵧鷑。亦名一札。札誤爲祇。因爲祇耳〕

【鶅】莊持切音菑支韻　側吏切音胾寘韻

㊀東方雉名。〔爾雅釋鳥〕雉東方曰一。〔按鄭注周禮染人作甾〕

㊁一鶀軌。見〔爾雅釋鳥〕。〔注〕未詳。

【鴓】必列切音鼈屑韻

㊀鴓鷩別名。見〔集韻〕。

㊁一鳺。鳥名。〔山海經南山經〕基山有鳥焉。其狀如雞而三首六目六足三翼。其名曰一鳺。食之無臥。

【鶇】都籠切音東東韻

㊀鶇名。見〔玉篇〕。

㊁一鶇。鳥名。美形皃。見〔集韻〕。

【鶉】殊倫切音純　船倫切音脣真韻

㊀本作雜。〔說文隹部〕雜。䳜屬也。〔桂注〕屬者、非謂鴽卽一也。今呼歛一爲一物。誤矣。以實攷之。蝦蟇化者爲一。田鼠化者爲鴽。今人用以鬪者一也。〔本草綱目云。一大如雞雛。頭細而無尾。毛有斑點。雄者足高。雌者足卑。無斑者爲鴽。有斑者爲一。按一曰鵪一〕

鶉圖

㊁猶美也。〔法言寡見〕捘我手之一兮。〔按此借爲醇〕

㊂一火。星名。〔考工記輈人〕以象一火也。〔注〕一火、朱鳥宿之柳。其屬有星。星七星。〔段玉裁云。一火字當爲鶉。王筠云。朱鳥七宿分一首、一火、一尾。三次〕

㊃懸一。喩衣敝也。〔杜甫詩〕衣故有懸一。〔按正字通云。一尾特禿。若衣之短結。故凡敝衣、曰衣若縣一。〕

㊄一陰。縣名。有二。一、漢置。屬安定郡。當今甘肅靖遠縣西北。一、北魏置。屬平涼郡。當今甘肅平涼縣西南。

【鶉】朱倫切音純真韻　都昆切音敦元韻

一居。謂無常處也。又云猶言野處。〔莊子天地〕夫聖人一居而鷇處。

【鶉】徒官切音團寒韻

鷻省字。〔集韻〕鷻。說文、雕也。或省。

【鶋】斤於切音居魚韻

㊀鵯一。鳥名。〔爾雅釋鳥〕鷽斯、鵯一。〔互詳鵯字〕

㊁鶢一。鳥名。通作居。見〔集韻〕。〔按爾雅釋鳥。爰居、雜縣〕

【鴡】七余切音疽魚韻

㊀一鳩。不淫鳥。見〔字彙補〕。〔疑鵙之譌〕

㊁同岨。石山戴土也。見〔篇海〕。

【𪃧】敞兩切音敞養韻

一鳺。鳥名。〔山海經南山經〕基山有鳥焉。其狀如雞而三首、六目、六足、三翼。其名曰一鳺。食之無臥。〔按畢校本作鵃鳺〕

【鵧】頻脂切音毗　貧悲切音邳支韻　蒲街切音牌佳韻　蒲巴切音爬麻韻　卑盈切音并庚韻　旁經切音缾青韻　補買切音擺蟹韻

—鷑。鳩屬。[爾雅釋鳥]鷑鳩、—鷑。[義疏]按—鷑聲轉爲批鵊。卽批頰鳥也。荊楚歲時記云。春分有鳥如烏。先雞而鳴。聲如加格加格。民候此鳥鳴則入田。以爲催人犂格也。今驗此鳥黑身長尾。其夜鳴之聲。正如歲時記所說。

【鵬】馮貢切音送韻

古鳳字。見[說文]。[段注]既象其形矣。又加鳥旁。蓋朋者。取初古文。—者。踵爲之也。[按莊子逍遙遊釋文引字林云。—朋黨也。古以爲鳳字。說與許似同而異]

【鵬】悲朋切音崩　蒲登切音朋蒸韻

鳳鳥也。[莊子逍遙遊]鯤之大不知其幾千里也。化而爲鳥。其名爲—。—之背不知其幾千里也。怒而飛。其翼若垂天之雲。[按段注說文鳳下云。莊生寓言。故鯤、魚子也。—、羣鳥之一也。而皆云大不知其幾千里。據是則—實鳳耳。莊生特借其字而爲之。端非別有一鳥名—也。釋文引崔注云。—音鳳。卽古鳳字是。]

【鵩】房六切音伏屋韻

鳥名。[文選賈誼賦序]—似鴞。不祥鳥也。[注]晉灼曰。巴蜀異物志曰。有鳥小如雞。體有文色。土俗因形名之曰—。不能遠飛。行不出域。[按周禮硩蔟氏注。天鳥、惡鳴之鳥。若鴞鵩。字作鸔。史記賈誼傳作服。正字通云。行不出域。若有疆服然。故名。]

【鶕】烏含切音諳覃韻

同鵪。[大戴記夏小正]田鼠化爲鴽。[傳]鴽、—也。[按郭注爾雅釋鳥作鵪。]

【䳾】烏甲切洽韻

古鴨字。見[玉篇]。

【鵫】陟敎切音罩效韻　竹角切音斲　敕角切音逴覺韻

—雉。白雉也。[爾雅釋鳥]鵫雉、—雉。[注]今白—也。江東呼白鵫。亦名白雉。[義疏]鵫雉、卓雉、說文分爲二。郭氏則謂一物二名。

【鵫】直角切音濁覺韻

鸐或字。[集韻]鸐、鳥名。爾雅。鸐、山雉。或作—。

【䳟】眉兵切音明庚韻

鸑—。鳳也。見[集韻引廣雅]。[按今本廣雅作鷫明。鳳皇屬也。玉篇曰。—鳥似鳳。]

【鵯】賓彌切音卑支韻　僻吉切音匹質韻

—鶋。鳥名。[爾雅釋鳥]鸒斯、—鶋。[注]雅烏也。小而多羣。腹下白。江東亦呼爲—烏。[義疏]今此烏大如鴿。百千爲羣。其形如烏。其聲雅雅。故名雅烏。

【鵱】力竹切音六屋韻

蔞鵝也。見[說文]。[按爾雅釋鳥作鵱鷜。注云。今之野鵝。]

【鳽】經天切音肩先韻

鷂—。鷂也。見[廣雅釋鳥]。[疏證]毛詩義疏云。隼、鷂屬也。齊人謂之擊征。或謂之題肩。或謂之雀鷹。春化爲布穀者是也。題肩與鳽—同。[按本草綱目云。卽鴠。]

【鴖】眉貧切音珉眞韻

—鳥也。見[說文]。[段注]廣韻。鳥似翠而赤喙。玉篇作鴖作䳤。[按集韻引說文作鴖。]

【鶂】研奚切音倪齊韻　逆革切音鷁陌韻　倪歷切音鷁錫韻

—鳥也。春秋傳曰。六—退飛。見[說文]。[段注]字見春秋經僖十六年。水鳥也。博物志曰。鶂雄雌相視則孕。或曰雄鳴上風。雌鳴下風。今字多作鷁。[按穀梁傳注、及三傳釋文。字俱作鶃。玉篇、廣韻、集韻、韻會諸書、亦然。]

【鶂】倪歷切音鷁錫韻

——。鵝鳴聲。[孟子滕文公]惡用是——者爲哉。

【鸆】以呂切音雨語韻

鳥名。[字彙補引禽經]—飛則雨。[按袁有陶校本禽經。—但作雨。注引字統曰。商羊、一名雨。然則—、俗字也。]

【䳢】渠之切音其支韻

小雁也。[史記楚世家]小臣之好射—雁羅鸗。[按集韻作鶀。]

【鵷】於袁切音鴛元韻

—鵷。鸑鳳之屬也。〔莊子秋水〕南方有鳥。其名—雛。

【䳺】余廉切音鹽。于廉切音炎鹽韻

—離。怪鳥屬也。見〔廣雅釋鳥〕。〔按玉篇云。—離鳥、自爲牝牡。〕

【鵸】渠羈切音奇。於宜切音漪支韻

—鵌。鳥名。〔山海經西山經〕翼望之山有鳥焉。其狀如烏。三首六尾而善笑。名曰—鵌。服之使人不厭。〔畢注〕說文有雃度鳥。或當是—鵌正文。

【鵺】夤謝切音夜禡韻

白—。鳥名。〔山海經北山經〕單張之山有鳥焉。其狀如雉。而文首白翼黃足。名曰白—。食之已嗌痛。可以已痸。〔畢注〕此卽爾雅鶾雉。北次二經謂之白鶾。鶾、—音同。古無此字。皆後人以聲合之。

【鵽】都括切音掇。徒活切音奪曷韻。張滑切音䵵。張利切音䵵黠韻

—鳩也。見〔說文〕。〔按爾雅釋鳥。—鳩寇雉。義疏曰。一切經音義引爾雅注云。今—大如鴿。亦言如鶉。似雌雉。鼠腳無後指。歧尾。爲鳥憨急。羣飛。出北方沙漠地也。肉美。俗名突厥雀。生蒿萊之間。今此鳥淺黃色。文如雌雉。形似鶉鴿。故兼鳩雉之名。〕

【鵾】公渾切音昆元韻

雞名。〔楚辭九辨〕—雞啁哳而悲鳴。〔補注〕—雞似鶴。黃白色。〔按本作鶤。釋畜。雞三尺爲鶤。釋文。鶤字或作—。同。〕

【鵿】音婦有韻

鳥名。見〔玉篇〕。〔按字彙云。—、巧婦。然則卽巧婦。—本作婦。猶鷦本作巧也。〕

【鶁】居卿切音京庚韻

鳥名。〔文選左思賦〕彈鸑—。〔劉注〕師曠曰。南方有鳥曰羌—。黃頭赤目。五色備也。〔按說文鷲下引師曠作羌鷲。王注曰。就、屬京部。會意字。—從就省耳。李氏音京。誤。據此則—卽鷲省。〕

【䴖】咨盈切音精庚韻

鵁—也。見〔說文〕。〔義詳鵁字。爾雅字作鶄。〕

【鶄】倉經切音青青韻

—鶄。鳥名。畜之以厭火。見〔集韻〕。〔按文選左思賦。—鶴鵁鶄。注云。—鶴、出南海桂陽諸郡。是—鶴一名也。說文有鶄無—。段注。鵁鶄、鶄辟章家亦有單呼—者。吳都賦、—鶴鵁鶄。謂四鳥也。據此。—與鶄同。惟說異耳。〕

【鶆】郎才切音來灰韻

—鳩。鶆鳩也。〔爾雅釋鳥〕鷹、—鳩。〔注〕—、當爲鶆字誤耳。左傳作鶆鳩是也。〔按釋文出來鳩云。來字或作—。郭讀作爽。所丈反。衆家竝依字。樊云。來鳩、鶆鳩也。字林作—。音來。云—鳩、鷹也。據是則爾雅本作來。字林乃加鳥作—耳。存參。〕

【䳘】都籠切音東東韻

同鶇。〔集韻〕鶇鶇鶲。鳥名。美形皃。或書作—。

【鶊】居行切音庚。何庚切音行庚韻

鶬—。鳥名。鵹黃也。見〔集韻〕。〔按釋鳥作倉庚。陸璣詩疏云。黃鸝、一名倉庚。互詳鸝字。〕

【鶌】九勿切音倔物韻

—鳩也。見〔說文〕。〔通訓定聲〕項有繡文。爾雅。—鳩、鶻鵃。舍人注。今之斑鳩也。郭注。似山鵲而小。短尾。青黑色。多聲。按骨舟、卽鳩聲。後人所云鉤輈格磔也。以其善鳴。故又謂之鳴鳩。

【鶌】曲勿切音屈物韻

—鶌。鳥名。〔山海經北山經〕馬成之山有鳥焉。其狀如烏。首白而身青。足黃。是名曰—鶌。其名自詨。食之不飢。〔畢注〕卽—鳩也。亦曰秸鵴。

【鵦】盧谷切音屋韻

鳥名。見〔玉篇〕。

【鷙】之利切音鷙寘韻

猛鳥也。見〔篇海〕。

【䳑】莫堅切音綿先韻

鷶語。見〔篇海〕。

【䳪】蘇骨切音窣月韻

鵝—。鳥名。見〔集韻〕。

【鶍】思融切音嵩東韻

䳨或字。〔集韻〕䳨。鸒䳨。隼屬。或从松。

【鵨】傷魚切音書魚韻 鳥似鳧也。見〔廣韻〕。

【䳝】補孔切音琫蒲蠓切音菶董韻 鳥亂飛皃。見〔集韻〕。

【鵭】渠金切音琴侵韻 鳹或字〔集韻〕鳹。句喙鳥。或从金。

【鵮】丘咸切音歉知咸切音詀咸韻 鳥啄物也。見〔集韻〕。

【[illegible]】弋睡切音瓗寘韻 鳥名。小鳩也。見〔集韻〕。

【鵴】居六切音匊屋韻 鵠─。鳩名。〔爾雅釋鳥〕鳲鳩、鵠─。〔互詳鳲字〕。

【[illegible]】章移切音支支韻 土精。如雁。一足。黃色。毀之殺人。見〔廣韻〕。

【[illegible]】莫畢切音密質韻 同[illegible]。〔集韻〕[illegible]肌。鳥名。亦作─。〔按爾雅釋鳥作密〕。

【[illegible]】去羊切音陽韻 鳥名。見〔玉篇〕。

【[illegible]】音非微韻 鳥名。見〔玉篇〕。

【鴋】方未切音沸未韻 鳥名。見〔集韻〕〔疑卽玉篇[illegible]字〕。

【[illegible]】烏浩切音媼皓韻 ─鳥也。見〔說文〕〔段注〕疑卽釋鳥之[illegible]頭。

【[illegible]】斐父切音撫麌韻 鳥名。見〔集韻〕。

【[illegible]】普后切音剖有韻 雀名。見〔集韻〕。

【[illegible]】滿口切音牳有韻蒲候切音䏎宥韻 ─[illegible]。鳥名。見〔集韻〕。

【[illegible]】音斧麌韻 鳥也。見〔玉篇〕。

【[illegible]】莫筆切音密質韻 [illegible]省字〔集韻〕[illegible]肌。鳥名。或省。〔按爾雅釋鳥作密〕。

【[illegible]】託合切音錔合韻 鳥名。見〔集韻〕。

【[illegible]】蚩良切音昌陽韻 廣─。鳳皇屬。見〔集韻〕。〔按廣雅釋鳥作昌〕。

【[illegible]】越逼切音域忽域切音洫穫北切音或職韻 ─[illegible]。戴勝也。見〔廣雅釋鳥〕。

【[illegible]】株遇切音注遇韻 鳥不飛也。見〔集韻〕。

【[illegible]】是爲切音垂支韻樹僞切音瑞寘韻 雖或字〔集韻〕雖。鳥名。說文、鴟也。或从─。

【[illegible]】枯公切音空東韻 鳥名。出則爲怪。見〔集韻〕。

【[illegible]】唐何切音駝歌韻 鴕或字〔集韻〕鴕。鳥名。似雉。或从陀。

【[illegible]】翅移切音祇支韻 鳥似翠。赤喙。見〔集韻〕。〔按集韻十七眞[illegible]下重文[illegible]。引山海經訓同。疑爲一字〕。

【[illegible]】音升蒸韻 騰也。見〔篇海〕。

【[illegible]】千西切音妻齊韻 ─[illegible]。怪鳥屬也。見〔廣雅釋鳥〕。〔按玉篇云。東夷鳥名〕。

【[illegible]】音域職韻 [illegible]名。見〔川篇〕。〔按卽[illegible]字〕。

【[illegible]】昌脂切音鴟支韻 [illegible]鳥。見〔字彙補〕〔疑卽鴟[illegible]字〕。

【[illegible]】古礼切音啓薺韻 鳥名。鳧也。見〔集韻〕。

【[illegible]】同[illegible]。見〔正字通〕。〔按亦同[illegible]〕。

【[illegible]】同[illegible]。見〔正字通〕。

【[illegible]】同離。見〔字彙〕。

【[illegible]】同[illegible]。〔集韻〕[illegible]。鳥名。或書作─。

【[illegible]】同[illegible]〔漢外黃令高君碑〕龍在困敦。月次─火。

【[illegible]】同[illegible]。見〔龍龕手鑑〕。

【[illegible]】同[illegible]。見〔五音集韻〕。

【[illegible]】同[illegible]。詳[illegible]字。

【[illegible]】[illegible]俗字。見〔龍龕手鑑〕。

九畫

【鶩】莫卜切音木屋韻 (一)舒鳧也。見〔說文〕〔通訓定聲〕飛行舒遲。馴擾不畏人。今之家鴨也。

鶩圖

●｜。純一也。〔說苑脩文〕庶人以爲贄。｜者。｜也。｜無他心。故庶人以爲贄。

【鶩】亡遇切音務遇韻

●疾也。〔淮南主術〕魚得水而｜。〔按此借爲騖說文馬部騖亂馳也。〕

●鶩或字。〔韻會〕｜本作鶩。鷖鴟也。或作｜。

【鸇】諸延切音饘稽延切音甄先韻

●｜鳥。｜山名。〔穆天子傳〕爰有｜鳥之山。

●｜韓。國名。〔穆天子傳〕丙午至于｜韓氏。

【鷒】之然切先韻

同鸇。鸇鷹屬。見〔玉篇〕。

【鶡】何葛切音曷曷韻

●似雉。出上黨。見〔說文〕。〔按師古曰。｜色黑。今時俗人所謂｜雞。〕

●｜冠。漢虎賁冠也。〔後漢輿服志〕虎賁羽林皆｜冠。〔按段玉裁云。｜者勇雉也。其鬭對一死乃止。故趙靈王以表武士。加雙｜尾。豎左右爲｜冠。〔又〕｜冠子書名。〔陸佃鶡冠子序〕｜冠楚人也。居於深山。以｜爲冠。號曰｜冠子。其道踳駮。著書初本黃老而末流迪於刑名。〔按自博選篇至武靈王問。凡十九篇〕

【鶡】居拜切音介卦韻

通鴶。〔漢書黃霸傳〕京兆尹張敞舍｜雀、飛集丞相府。〔宋祁注〕注文｜音芥。字本作鴶。今本誤作芬。竝鴶字。

【鶮】曷各切音鶴藥韻

鶴或字。〔集韻〕鶴鳥名。或作｜。

【⿰侯鳥】胡溝切音侯呼侯切音齁尤韻下遘切音候宥韻

鳥名。出崑崙。見〔集韻〕。〔按亦書作鯸、鯸。〕

【⿰咸鳥】胡讒切音咸咸韻

鳥也。見〔字彙〕。

【鶞】齒旬切音春眞韻

鳥名。見〔玉篇〕。

【鶥】眉鑣切音苗蕭韻

鳥名。見〔玉篇〕。

【⿰急鳥】居立切音急緝韻

鳥名。見〔玉篇〕。

【鶔】而由切音柔尤韻

鶝｜。鳥名。〔爾雅釋鳥〕鶝鶔、鶝｜。如鵲短尾。射之、銜矢射人。〔注〕或說曰。一名䳢鶔。〔義疏〕俗說雅鳥。一名大鶔鳥。善避繒繳。人以物擲之。從空銜取。還以擲人。此卽鸒斯鵯鶋。鸒｜鵯鶋、俱聲相轉。順天人呼寒鴉。寒、卽鵯鶔之合聲也。段玉裁引鄭注周禮設其鵠。以爲鳹鵠。小鳥而難中。鵠、鳹音近。故亦謂之鳹鵠。

【鶕】烏含切音諳覃韻

同鵪。〔集韻〕鵪鳥名。亦作｜。

【⿱相鳥】息良切音相陽韻

鳥名。見〔玉篇〕。〔按亦書作鸘。謝靈運山居賦。其鳥則鵾鸘鶄鵠。〕

【⿰負鳥】扶雨切音父麌韻

鶝屬。見〔五音集韻〕。〔按康熙字典云。集韻鵖、音父。鶝屬。五音集韻譌作｜。篇海字彙因之。皆傳習之譌。其實六書竝無｜字。存攷。〕

【鶗】音啼齊韻

同鶗。鶗鴂鳥名。見〔龍龕手鑑〕。

【⿰耑鳥】職緣切音專先韻他官切音湍寒韻

鳥名。見〔字彙〕。

【鶙】田黎切音題齊韻他計切音涕霽韻

一｜鷉。鶙也。見〔廣雅釋鳥〕。〔互詳鷉字〕

【⿰咼鳥】古禾切音戈歌韻

䲹省字。〔集韻〕䲹鳥名。或省。

【⿺是鳥】常支切音匙支韻

｜鶙也。見〔集韻〕。〔按廣雅釋鳥作鶙鶘。大射儀鄭注作題肩〕

【⿺是鳥】田黎切音題齊韻

鵜或字。〔集韻〕鵜鳥名。或作｜。

【⿰思鳥】桑才切音鰓灰韻

鳥名。見〔集韻〕。

【[illegible]】息約切音削藥韻

鳥名。見〔集韻〕。

【⿰保鳥】補抱切音寶皓韻

鴇或字。〔集韻〕鴇、說文鳥也。或作

—。〔按亦作⿰奏鳥〕

【⿰奏鳥】俱倏切音奏宥韻　鳥名。見〔篇海〕。

【⿰革鳥】五狄切音搤陌韻　—鳥。見〔篇海〕。

【⿰禹鳥】音臾虞韻　鳥名。見〔玉篇〕。

【鶧】於驚切音罌庚韻　鷖—。鳥名。〔爾雅釋鳥〕密肌、繫英。〔義疏〕玉篇鷖肌鸒—。鳥名。爾雅釋文—本作英。鄭樵注以爲英雞。因啄噉石英而得名。今所未聞。

【⿸度鳥】達各切音鐸藥韻　鸌—。鳥名。見〔篇海〕。

【鶥】眉貧切音珉眞韻　鶥或字。〔集韻〕鶥鳥也。或作—。

【⿰氵鵅】古客切音格陌韻　同鵅。見〔字彙補〕。

【鵨】音未詳　—鵒。鴝鵒也。〔禽經〕鴝鵒剔舌而語。〔注〕山海經謂之—鵒。〔按今山海經本作鸜。疑禽經本誤。〕

【⿰桀鳥】心律切音戌質韻

鳥名。見〔海篇金鏡〕。

【⿸厥鳥】音諫諫韻　鳥名。見〔字彙補〕。

【⿰咅鳥】胡瞎切音黠黠韻　鳥名。見〔搜眞玉鏡〕〔疑卽鶷字〕。

【⿲彳冓鳥】音詩支韻　鳥名。見〔搜眞玉鏡〕。

【⿰盆鳥】步奔切音盆元韻　鳩名。〔廣雅釋鳥〕鶻鵃、—鳩也。〔按卽斑鳩。詳鶻字。〕

【⿰赤鳥】昌石切音尺陌韻　鸂—。水鳥也。〔謝靈運賦〕覽水禽之萬族。信莫麗于鸂—。

【鷉】同鷈。見〔字彙〕。

【⿰宣鳥】許元切音暄元韻　荀緣切音宣先韻　鶱—。小鳥名。見〔集韻〕。

【鶖】雌由切音秋尤韻　⿰秋鳥或字。見〔說文〕。〔按今以—行。〕本草綱目。禿—。水鳥之大者也。出南方有大湖泊處。其狀如鶴而大。青蒼色。張翼廣五六尺。舉頭高六七尺。長頸赤目。頭項皆無毛。其頂皮方二寸許。紅色如鶴頂。其喙深

黃色而扁直。長尺餘。其嗛下亦有胡袋。如鵜鶘狀。其足爪如雞。黑色。性極貪惡。詩云。有—在梁。卽此。圖入鶖字。

【⿱要鳥】伊消切音要蕭韻　鴢—。鳥名。〔山海經中山經〕廆山有鳥焉。狀如山雞而長尾。赤如丹火而青喙。名曰鴢—。其鳴自呼。服之不眯。〔畢注〕卽脊令也。詩傳云。飛則鳴。行則搖。—聲相近。俗寫爲此字。

【鶘】洪孤切音胡虞韻　鵜—。水鳥。詳鵜字。

【⿱翏鳥】力求切音留尤韻　水鳥。見〔集韻〕。

【⿺复鳥】弼角切音雹覺韻　弼力切音愎職韻　鳥名。見〔集韻〕〔疑卽—鶝〕。

【⿺复鳥】房六切音伏屋韻　鶝或字。〔集韻〕鵖鶝。鳥名。戴勝也。或作—。

【⿰癸鳥】渠惟切音葵支韻　小鳩也。〔方言〕鳩自關而西秦漢之閒。其小者謂之鵴鳩。或謂之—鳩。〔按集韻引方言作鶪。云或作—。〕

【⿰癸鳥】渠追切音馗支韻　小鳥。見〔集韻〕。

【鶛】居諧切音皆佳韻　鶛之雄者。〔爾雅釋鳥〕鶛鶛。其雄、—。牝、痺。

【鶛】居諧切音皆佳韻　居拜切音戒卦韻　鳥名。〔爾雅釋鳥〕—、劉疾。

【⿰茅鳥】謨交切音茅肴韻　鳥名。鴾鴓也。見〔集韻〕。〔按爾雅釋鳥作茅。釋文云。本或作䳌。義詳鴓字。〕

【⿰卽鳥】資昔切音積陌韻　節力切音即職韻　—鴒。雀屬也。〔爾雅釋鳥〕—鴒、⿰雝鳥渠。〔按動物學。—鴒屬鳴禽類。飛行如波狀。棲止則喜低昂其尾。以體之重心不在兩腳間故也。常棲息水邊。捕食小蟲。有黃、白、及黑脊、白頰、長爪、諸種別。互詳鴒字。〕

【鴶】古屑切音結屑韻　鴂屬。見〔篇海〕。〔疑爲鶪鴂字〕。

【⿰臭鳥】古屑切屑韻

同鶈。鶈鷀。鳬屬。見〔玉篇〕。

【鶈】古禮切音啓薺韻　鶈或字。〔集韻〕鶈鳥名。鳬也。或从奊。

【鶝】方六切音福屋韻　—鶝、鵖—、戴勝也。見〔廣雅釋鳥〕。〔疏證〕方言之服—。猶鵖—也。轉之則爲—鶝。其襚轉則爲鵖—。〔叅閱鵖字〕

【鶝】方六切音福屋韻筆力切音逼職韻　—鶝。鳥名。〔爾雅釋鳥〕鸍鶔、—鶝。如鵲短尾。射之、銜矢射人。〔互詳鸍字〕

【鷞】詰黠切音揩黠韻吉屑切音結屑韻　—鸊。鳬屬。見〔說文〕。〔通訓定聲〕契、辟、疊韻連語。南都賦。—鶃鸊鷉。契、兒、雙聲連語。同物也。

【鶉】濡純切音犉眞韻儒轉切音嘜霰韻　難或字。〔集韻〕難鳥名。鸋雞也。或从鳥。

【鶞】敕倫切音杶眞韻　鳻—。鳸也。〔爾雅釋鳥〕春鳸、鳻—。〔按說文隹部雇下作鳻盾。左昭十七年疏引賈逵作分循。又引樊光云。鳻、—、音分循也。〕

【鶐】祖叢切音騣東韻　㚇或字。〔集韻〕㚇。說文、斂足也。或从鳥。

【鶟】陁沒切音揬月韻　鳥名。〔爾雅釋鳥〕—、鶦鳥。〔注〕似雉。青身白頭。〔義疏〕釋文、—本亦作突。是古本作突。俗加鳥也。御覽引孫炎曰。—鶦、水鳥。按即白頭鳥也。

【鶠】隱幰切音匽阮韻　鳥也。其雌皇。一曰。鳳皇也。見〔說文〕。〔桂注〕釋鳥。—鳳、其雌皇。瑞應圖。鳳皇者、仁鳥也。雄曰鳳。雌曰皇。一名—。〔按段本鳥也作—鳥也。三字爲句。注云。釋鳥、—鳳。其雌皇。說者便以鳳皇釋之。據許則有鳥名—。鳳非可以鳳釋—也。鳥字蓋鳳之誤。說異存參。〕

【鸉】余章切音陽陽韻　鴹或字。〔集韻〕鴹鳥名。或作—。

【鶢】于元切音袁元韻　—鶋。鳥名。通作爰。見〔集韻〕。〔經傳多作爰居〕

【鶣】紕延切音篇先韻　—䴘。輕貌。〔文選傳毅賦〕—䴘燕居。

【鶣】婢忍切音牝軫韻婢典切音辮銑韻　扁或字。〔集韻〕扁姓也。或作—。〔扁鵲、今仍作扁。〕

【鸆】元俱切音虞虞韻　鳥名。〔玉篇〕鳥似梟。人面四目有耳。見則大旱。〔按山海經南山經字作顒。〕

【鶤】吁韋切音暉微韻公渾切音昆元韻王問切音運問韻　—雞也。見〔說文〕。〔通訓定聲〕字亦作鵾。爾雅釋畜。雞三尺爲—。注。陽溝、巨—。古之名雞。楚辭九辯。鵾雞啁哳而悲鳴。

【鶤】公渾切音昆元韻　鳳皇別名。〔淮南覽冥〕軼—雞於姑餘。〔按太玄裝。—雞朝飛。注。水鳥。文選西京賦。翔—仰而不逮。注。—、大鳥。李善注引穆天子傳。—雞飛八百里。未審名實異同。姑存俟攷。〕

【鶥】旻悲切音眉支韻　—鶓。鳥名。見〔集韻〕。

【鶦】洪孤切音胡虞韻　鶟—。鳥。見〔爾雅釋鳥〕。〔按釋文本作胡。單疏本作鶘。阮元校勘記云。作鶘、非。然則—亦非也。詳鶟字。〕

【䳄】謨杯切音枚灰韻　誘取禽者。見〔集韻〕。〔按正字通云。鳥媒曰囮。本借媒。改作—非。〕

【䳮】彌遙切音蜱蕭韻弭沼切音眇篠韻　鷦—也。見〔說文〕。〔通訓定聲〕即桃蟲。亦曰鷦鷯。皆疊韻連語。鷦鷯之合音爲焦。單評曰焦。絫評又曰焦眇。曰焦瞭。今揚州謂之柳串。〔按廣雅疏證云。毛色青黃。目間有白色如銀。數編麻爲巢於竹樹枝間。條理緻密。莫能尋其端緒。時則雌雄交鳴。聲小而清徹。〕

【鷍】同䳮。〔爾雅釋鳥注〕鷦—、桃雀也。〔說文作䳮〕

【鶋】莫報切音帽號韻
䳒—。鳥名。〔山海經北山經〕北嚻之山有鳥焉其狀如鳥人面名曰䳒—。宵飛而晝伏食之已暍。〔注〕鵂鶹之屬。

【鶨】徒困切音鈍願韻吐玩切音彖翰韻寵戀切音猭霰韻
欺老也。見〔說文〕。〔按爾雅釋鳥作鶨老注云。鶨—也。俗呼爲癡鳥。釋文引字林云。句喙鳥。〕

【鴙】直几切音雉紙韻
雉或字。〔集韻〕雉。鳥名。或作—。

【鷢】鷢鷊字。〔文選潘岳賦〕無見自—。〔注〕字亦從脈。〔按段玉裁云。文選脈、皆系脈之譌。則從脈爲正字。從脈脈者均非也。集韻二十三錫有鷊訓鳥鷩視。與二十一麥之—同義。故据以正之。〕

【鶝】奉甫切音父麌韻扶缶切音婦有韻
鳥名。鶝鶔見〔集韻〕。

【鶐】食律切音術質韻
翠羽鳥。見〔餘文〕。

【鶇】傳容切音重冬韻
—鶇鳥見〔玉篇〕。

【鶔】㚄勇切音湩腫韻
雛或字。〔集韻〕雛。雛飛兒。或从鳥。

【鶪】工役切音䴗陌韻扃関切音臭錫韻
伯勞也。見〔說文〕。〔通訓定聲〕或从隹。字亦作鴂。或誤作鶪。夏小正。五月、鴂則鳴。以鴃爲之。易通卦驗。博勞好單棲。其聲鶪鶪。爾雅郭注。似鵲鶡而大。鶡鶪、即反舌。今伯勞純黑。似鵲鶡而大。

【鶚】逆各切音咢藥韻〔同鶚。〕
大鶚也。〔漢書鄒陽傳〕鷙鳥累百。不如一—。〔按本草綱目云。—、鵰類也。似鷹而上黃色。深目好峙。雄雌相得。鷙而有別。交則雙翔。別則異處。能翱翔水上捕魚食。亦啖蛇。埤雅云。—性好峙立。每立更不移處。所謂—立。今動物學以屬諸猛禽類。〕

鶚圖

【鶥】眉貧切音珉眞韻
鳥也。見〔集韻引說文〕。〔今本說文作鶥。〕

【鶰】音員先韻
鳥名。見〔玉篇〕。

【鷗】音未詳
鶍—。魚名。詳鶍字。

【鵔】同鷫。〔說文〕鷫司馬相如說。从夌聲。

【鶩】同鳶。見〔字彙補〕。

【鶠】同鳳。〔晉書劉聰載記〕聽將爲劉氏起—儀樓於後庭。〔按正字通云。—儀義取鳳凰來儀。〕

【騡】同鷈。見〔篇海類篇〕。

【鷏】同鸇。見〔字彙補〕。

【鷽】鶏俗字。見〔正字通〕。

【鶮】鶴俗字。見〔正字通〕。

十畫

【鶬】千剛切音倉陽韻
一 九頭鳥也。〔文選郭璞賦〕奇—九頭。
二 鴰也。見〔莊子天運釋文引三蒼〕。
三 —鴰。鴈也。〔方言〕鴈南楚之外謂之鶬。或謂之—鴰。〔箋疏〕蒼與—通。本草拾遺。蒼鷺食蟲。白鷺不食蟲。是或謂之—鴰者。又兼以色而得名也。
四 同倉。〔爾雅釋鳥〕倉庚、商庚。〔釋文〕本或作加鳥。

【鶬】千羊切音鏘陽韻
一 金飾貌。〔詩載見〕鞗革有—。〔釋文〕本亦作鎗。
二 ——。言文德之有聲也。〔詩烈祖〕八鸞——。〔釋文〕本又作鏘。

【鶬】千羊切音鏘千剛切音倉陽韻
麋鴰也。見〔說文〕。〔按釋鳥義疏云。今萊陽人謂之老—。南方人謂之—雞。互詳鴰字。〕

鶬圖

【鶯】於莖切音罌庚韻
一 鳥有文章兒。从鳥。熒省聲。詩曰。有—其羽。見〔說文〕。〔段注〕各本作鳥也。今正。—、猶熒熒也。皃其光采不定。故从熒省。會意兼形聲。

㊁鳥名。〔禽經〕倉鶊、黧黃、黃鳥也。〔注〕今謂之黃—。黃鸝是也。〔按朱駿聲云。今人誤爲倉庚鳥謂之黃—。按三國後始別作鸎爲黃鸎字。据是則鳥名自作鸎也。〕

鶯圖

㊂—砂。砂之一種。自火山岩中之輝石離解而成者。

【⿱振鳥】之刃切音震　震韻

㊀鷺羣飛也。見〔集韻〕。

㊁—鷺鳥名也。〔文選左思賦〕—鷺鵜鶘。〔按詩振鷺傳云。振振、鷺羣飛貌。正義云。此鳥名鷺而已。振與鷺連。卽言于飛。据是則集韻訓鷺羣飛之—。本爲俗作。後人因左賦連綴。與鵜鶘爲儷。遂轉誤此鳥名。—鷺而玉篇更以鷺鳥訓—。則尤遠於本義矣。〕

【鶱】虛言切音軒　元韻〔俗音愆。〕

㊀飛皃也。見〔說文〕。

㊁通騫。見〔六書故〕。

【鶴】曷各切音涸　藥韻

㊀—鳴九皋。聲聞于天。見〔說文〕。〔段注〕—字今補。此見詩小雅。毛曰。皋澤也。言身隱而名著也。爾雅無—。故偁詩。後人—與鵠相亂。〔按本草綱目曰。—大於鵠。長三尺。高三尺餘。喙長四寸。丹頂赤目。赤頰青腳。修頸凋尾。白羽黑翅。亦有灰色蒼色者。常以夜半鳴。聲唳雲、今動物學以屬諸涉禽類。云鳴聲高者。以氣管長而回折故也。〕

鶴圖

㊁鋤頭也。〔釋名釋用器〕鋤。齊人謂其柄曰橿。頭曰—。似—頭也。〔疏證〕今世亦謂鋤頭曰—嘴。

㊂綾之一種。〔王隱晉書〕惠帝自鄴還洛陽。賜中書監盧志—綾袍一領。

㊃矛骹細如雁脛者謂之—厀。見〔方言〕。

㊄—列。陳兵也。〔莊子徐无鬼〕君亦必無盛—列於麗譙之間。〔按釋文引司馬云。—列、鑟鼓也。存參〕

㊅—節。病名。〔巢氏病源〕小兒稟生血氣不足。卽肌肉不充。肢體瘦。骨節背露。如—之膝節也。

㊆—髮。白髮也。〔庾信賦〕—髮雞皮。

㊇—民。國名。〔窮神祕苑〕—民國人長三寸。日行千里。

㊈城名。〔史記衞世家注〕故—城在滑州匡城縣西南十五里。懿公養—於此。因名城也。〔按在今直隸長垣縣西南。〕〔又〕州名。宋置。羈縻。屬夔州路紹慶府。今闕。當在貴州省境。

㊉通翯。〔詩靈臺〕白鳥翯翯。〔孟子梁惠王作—〕

⑪姓也。金—壽。

【鶵】崇芻切音芻　虞韻

㊀鵷—。鸞鳳之屬也。〔莊子秋水〕南方有鳥。其名鵷—。

㊁雛或字。〔集韻〕雛。說文、雞子也。或作—。

【⿰眔鳥】逵合切音蹋　合韻

㊀鳥名。見〔玉篇〕。

㊁⿰犭眔或字。〔集韻〕⿰犭眔。博雅、⿰犭竝⿰犭眔、飛也。或从鳥。

【鶹】力求切音劉　尤韻

㊀本作⿰畱鳥。〔說文〕⿰畱鳥。鳥少美長醜、爲⿰畱鳥離。〔通訓定聲〕爾雅釋鳥。鳥少美長醜爲—鷅。注猶畱離。按詩旄邱之子作流離。此字後出。

㊁鵂—也。〔山海經北山經〕饒山其鳥多—。〔互詳鵂字〕

【鶻】古忽切音骨　月韻　戶八切音滑　黠韻

㊀—鵃也。見〔說文〕。〔通訓定聲〕經傳凡單言鳩、或鳴鳩、皆此也。〔按郝氏釋鳥義疏曰。又名滑鳩。莊子逍遙遊篇云鷽鳩。釋文引崔譔云。鷽讀爲滑。滑鳩、一名滑雕。卽毛傳所謂—雕也。又名—嘲。今驗其聲。正作—嘲。—嘲聲轉。又爲鉤輈格磔也。〕

㊁—鳩。官名。〔左昭十七年傳〕—鳩氏。司事也。

㊂—蹏野鳧也。〔方言〕野鳧南楚之外。大者謂之—蹏。
㊃海—古戰艦名。〔海物異名記〕越人水戰有舟名海—急流浴浪不溺。
㊄竹雞蜀人呼為雞頭—。見〔本草綱目〕。

〔鶻〕胡骨切音搰月韻
㊀鳥名。隼也。見〔增韻〕。〔按增韻亦作鶻。漢書五行志注師古曰。隼、卽今之鶻。〕
㊁回—卽回紇。唐蕃部名。〔韻會〕回—北夷種。其先匈奴、元魏時號高車部。至隋曰韋紇。亦曰回紇。德宗朝請改為回—。言其便捷如—之飛也。〔按何秋濤朔方備乘曰。回紇自薛延陀滅後。徙牙帳於烏德鞬山。居昆河之間。南距西受降城千七百里。去長安僅三千三百餘里。〕

〔鵻〕思尹切音軫韻
㊀祝鳩也。或作隼。見〔玉篇〕。〔按說文、離。祝鳩也。或从隹一。隸變作隼。〕
㊁鶽也。〔山海經海內西經注〕開明南有—。

〔鷊〕倪歷切音逆錫韻
㊀鶂或字。見〔說文〕。
㊁綬草也。〔詩防有鵲巢〕卭有旨—。〔陸璣疏〕—五色作綬文。故曰綬草。〔按說文引作鷊。爾雅作虉。〕
㊂鳥名。〔埤雅〕—綬鳥大如鸜鵒。頭似雉。有時吐物長數寸。食必蓄嗉。臆前大如斗。〔按韻會舉要云。古今注。吐綬一名功曹。今俗謂之錦囊。一名辟株。行必遠草木。慮觸其嗉。亦曰真珠雞。體有真珠文。食之甚美。李時珍曰。項內有嗉囊。內藏肉綬。常時不見。春夏清明則向日擺之。頂上先出兩翠角二寸許。乃徐舒項下綬。長闊近尺。采色煥爛。踰時悉斂。或剖視之。一無所睹。今動物學以為卽日本所稱之七面鳥。屬鶉雞類之一種。原產於北亞美利加。現諸國飼為家畜。頭部及頸部裸出。具有肉冠。以能變其面色。故有七面之名。〕

〔⿰旁鳥〕憮兩切音仿　甫兩切音昉養韻
鳥名。〔爾雅釋鳥〕—、澤虞。〔注〕今婟澤鳥。似水鴞。蒼黑色。常在澤中。見人輒鳴喚不去。俗呼為護田鳥。〔按御覽引作紡。說文作鶭。〕

〔鶮〕胡沃切音鵠沃韻
地名。〔史記秦始皇紀〕卒屯留蒲—反。〔集韻〕徐廣曰。—一作鶡。屯留、蒲—皆地名也。〔按正義音高。〕

〔鶮〕曷各切音鶴藥韻
古鶴字。〔史記秦始皇紀〕卒屯留蒲—反。〔索隱〕—古鶴字。

〔⿰息鳥〕思稽切音息職韻
鳥食。又鳥名。見〔字彙〕。〔按廣韻、集韻、並作⿺鳥心。〕

〔⿺鳥心〕悉卽切音息職韻
鳥食。見〔廣韻〕。

〔鷛〕餘封切音容冬韻
—鸔。鳥名。見〔集韻〕。

〔鴚〕居何切音歌歌韻　居牙切音嘉麻韻
同鴚。〔太玄裝〕—鵝慘于冰。〔注〕—字或作鴚。王曰。—鵝、鴈也。

〔鵥〕蒲官切音槃寒韻
—鶝。鳥名。詳鶝字。

〔鶳〕霜夷切音師支韻
—鳥名。見〔集韻〕。〔正字通云。博物志有獅子大雀。本作師。俗作鶳。存攷。〕

〔鶶〕徒郎切音唐陽韻
—鷵。鳥名。〔爾雅釋鳥〕鶨、—鷵。〔詳鶨字。〕

鶶鷵圖

〔鶷〕何葛切音遏曷韻　下瞎切音轄黠韻
—鶡。鳥名。〔爾雅釋鳥釋文引字林〕—鶡、似伯勞而小。〔按義疏云。—鶡、卽反舌鳥。本草綱目云。狀如鴝鵒而小。身略長。灰黑色。微有斑點。喙亦尖黑。行則頭俯。立春後則鳴囀不已。夏至後則無聲。十月後則藏蟄。月令仲夏反舌無聲。卽此。通俗文以—鶡為白脰烏者非矣。〕

〔鶸〕而灼切音弱藥韻
昆鳥。見〔篇海〕。〔按今動物學言。—屬鳴禽類。有三種。一真—。體小

而翼有黑點。一向原—。體較大而翼有黃與黑之橫紋。一紅—。頭頂有紅色之羽。未知當於古義否。存參。〕

【鵧】篇迷切音批齊韻
—鷉。鳥名。見〔集韻〕。〔按即鵯鶋。詳鵯字。〕

【鴀】奉甫切音父麌韻
鳺或字。〔集韻〕鳺鳥名。越父也。或作—。〔按正字通云。鶝一名負釜。俗因作—。舊注—鳺越鳥。誤。存攷。〕

【䳭】則歷切音績錫韻
—鴒。鳥名。鶺鴒也。見〔集韻〕。〔詳鶺鴒二字。〕

【鶺】子席切音積陌韻
䳭或字。〔集韻〕䳭鳥名。爾雅、䳭鴒。雝渠。或从脊。

【鶼】堅嫌切音兼鹽韻
——。比翼鳥也。〔爾雅釋地〕南方有比翼鳥焉。不比不飛。其名謂之——。〔注〕似鳧。鳥赤色。一目一翼。相得乃飛。〔按釋鳥釋文云。——。眾家作鶼鶼。李云。相得乃飛。故曰鶼鶼也。〕

【鵮】丘咸切咸韻
鳥啄物。見〔類篇〕。〔按集韻二十七咸鵮重文。訓鳥啄物也。本或異。〕

【鶾】何干切音寒寒韻侯旰切音翰翰韻
雞肥翰音者也。从鳥。倝聲。魯郊以丹雞祝曰。以斯翰音赤羽。去魯侯之咎。見〔說文〕〔段注〕各本作雉肥翰音者也。今正。曲禮注。翰。猶長也。正義曰。雞肥。則其鳴聲長也。翰音之雞謂之—。此許以疊韻為訓也。與隹部雗義別。

【鶾】侯旰切音翰翰韻
天雞也。〔爾雅釋鳥〕—、天雞。〔注〕—雞赤羽。逸周書曰。文—若采雞。成王時。蜀人獻之。〔義疏〕—、當作翰。說文。翰。天雞赤羽也。說文翰與—別。—是丹雞。不名天雞。此叚借耳。故釋文—本又作翰。今所謂天雞出蜀中者。背文揚赤。膺文五采。爛如舒錦。一名錦雞。未知即爾雅所釋不也。

【鶿】津之切音茲牆之切音慈支韻
鸕—也。見〔說文〕〔通訓定聲〕爾雅釋鳥鷧鶿注。觜頭曲如鉤。食魚。倉頡篇。鸕—。似鶂而黑。按蘇俗謂之水老鴉。漁人畜以捕魚。或曰即鷧鶿也。—、鶿雙聲。上林賦以疵為之。

鸕鶿圖

【鶂】倪歷切音逆錫韻
鷁或字。〔集韻〕鶂。說文、鳥也。引春秋傳六鶂退飛。或从益。

【鷂】弋笑切音燿嘯韻
鷙鳥也。見〔說文〕。〔按釋鳥。鷣、負雀。郭曰。鷣、—也。江東呼之為鷣。義疏。廣雅云。鷣、鷂、鷂子、籠脫、—也。—與鷣鷂俱聲相轉。鷂子、即—子也。類聚引詩義疏云。隼、—也。齊人謂之題肩。或曰雀鷹。按隼是總名。鷂是雀鷹。今雀鷹小於青肩。大者名—子。皆善捉雀。据此—又名鷣。又名鷣子。又名雀鷹。〕

【鷂】餘招切音遙蕭韻
雉名。〔爾雅釋鳥〕雉。江淮而南、青質五采皆備成章曰—。〔按說文隹部雉說作搖。〕

【鷃】於諫切音晏諫韻伊甸切音宴霰韻
〔按康熙字典引集韻有伊甸切。今攷集韻切伊甸者作鷃。惟類篇云然。或所本異。姑存之。〕
老雇也。〔爾雅釋鳥〕鳸、鴳。〔義疏〕—、說文、鴳。雇也。又云。老雇、—也。是—、鴳同。一切經音義十二引纂文云。關中有鴳濫堆。顏師古注急就篇。亦有—爛堆。今—爛堆如雀而大。東齊謂之阿鷃子。色如鶉鵪。善鳴多聲。一種有毛角者。今俗呼老兒角。然則老雇之名。豈以此歟。

【鷇】墟侯切音彄尤韻丘候切音寇居候切音冓宥韻
鳥子生哺者。从鳥。㱿聲。見〔說文〕。〔按釋鳥疏云。鳥子須母哺而食者名—。謂燕雀之屬也。〕

【鷇】古慕切音顧遇韻
北燕朝鮮洌水之間、爵子及雞雛皆謂之—。見〔方言〕〔注〕關西曰—。〔箋疏〕眾經音義卷十。凡物皮皆曰殼。尚在卵中謂之鷇。出殼以

後名之口—。是—本雛生哺自食之名。〔按音義云、—恪遘反。注文又音狗竇。附存。〕

【鷇】克角切音殼覺韻　鳥子欲山者也。〔莊子齊物論〕其以爲異於—音。〔按釋文又苦豆反。附存。〕

【鷛】於容切音邕冬韻　雝或字。〔集韻〕雝。說文、雝鸔也。或从鳥。

【鷅】力質切音栗質韻　鳥少美長醜爲鶹—。見〔爾雅釋鳥〕〔詳鶹字。〕

【鷏】之人切音眞眞韻亭年切音田多年切音顚先韻　鳥名。〔爾雅釋鳥〕—、蟁母。〔注〕似烏鸔而大。黃白雜文。鳴如鴿聲。今江東呼爲蚊母。俗說此鳥常吐蚊。因以名云。〔互詳鷆字。〕

【鷈】相支切音斯支韻天黎切音梯田黎切音題齊韻　鸊—也。見〔說文〕〔通訓定聲〕爾雅釋鳥—、須贏。注似鳧而小。膏中鎣刀。方言八。野鳧其小而好沒水中者。謂之鸊鷉。按鸊—亦疊韻連語。其大者曰鸊鷉。〔按—、鷈、同。張衡南都賦又作鸊鷉。〕

【䲨】古送切音貢送韻　鳥讓食。見〔集韻〕。

【鶚】五各切音咢藥韻　鳥名。見〔字彙補〕。

【鷋】移渠切音餘魚韻　鳥名。與鼠同穴。見〔字彙補〕。〔按爾雅釋鳥作鵌。〕

【鵅】古客切音格陌韻　鳥名。見〔字彙補〕。

【䳲】薛延切音先先韻　鳥也。見〔字彙補〕。

【鷎】居勞切音高豪韻古老切音杲皓韻　鵖—。鸊—。俱鳩名。〔方言〕鳩自關而東、周鄭之郊。韓魏之都。謂之鵖—。其鴿鳩謂之鸊—。〔按集韻六豪引方言鵖鷎、韓魏謂之鵖—。恐所据本誤。又—多沿从皐。今依錢繹箋疏本字列此。〕

【鷬】居候切音冓宥韻　—鵒。鳥名。見〔集韻〕。〔疑卽雊鵒之聲轉。〕

【䳂】于權切音員先韻　鳥名。見〔字彙〕。〔按玉篇作鶰。〕

【䳕】房尤切音浮尤韻　鴀或字。〔集韻〕鴀。博雅、鴀鳩也。或从浮。

【鶐】雪律切音卹質韻　鳥也。見〔說文〕。〔按廣韻云。小鳥名。正字通云。一說从崇。卽怪鳥。〕

【䲭】諸延切音饘先韻　古鸇字。〔集韻〕鸇。鳥名。說文、鸇風也。古作—。

【鸜】權俱切音劬虞韻　鴝或字。〔集韻〕鴝。鳥左足白。或从䀠。

【鶽】私潤切音峻震韻　飛也。見〔篇海類編〕。

【鵻】思尹切音筍軫韻　鵻也。見〔篇海類編〕。

【鶲】烏紅切東韻　鳥也。見〔玉篇〕。〔按今動物學云。—屬鳴禽類。雄者喉部呈黑色。且翼中央有白色之大斑。棲止時。輒抑昂其尾而發音。琉璃—則背爲琉璃色。腹灰白色。黃—則背爲黃色。雄者喉部呈橙黃色。〕

【鷍】古幺切蕭韻　不孝鳥也。見〔字彙補〕。

【䳸】乎馬切馬韻　鳥。見〔玉篇〕。

【䳒】音元元韻　鳥。見〔玉篇〕。〔正字通云。山海經、昆侖之丘有鳥。狀如蜂。大如鴛鴦。名曰欽原。—卽欽原之原。俗加鳥。〕

【䲢】音馬馬韻　烏名。見〔玉篇〕。

【鷄】雞籀文。見〔說文隹部〕。

【鶿】同鷀。〔爾雅釋鳥〕—、鷧。〔說文作鷀。〕

【騱】同鸂。見〔字彙補〕。

【鶒】同鶇。見〔字彙補〕。

【𪇆】同鸃。見〔字彙補〕。

【䳈】同鳶。見〔韻會小補〕。

【鷩】同鷩。見〔字彙補〕。

【𪆽】同鶪。詳鶪字。

【鷉】同鷈。〔爾雅釋鳥〕—、須贏。〔

釋文〕一、字或作鷃。

【鶩】 鶩俗字。見〔正字通〕。

【鵬】 鳯俗字。見〔正字通〕。

【鷖】 鷖譌字。詳鷖字。

十二畫

【鷖】 煙奚切音鷖齊韻

鳧屬也。詩曰。鳧—在梁。見〔說文〕。〔通訓定聲〕詩鳧—在涇。釋文引蒼頡篇、—鷗也。—名水鴞。周處風土記。—鷗以名自呼。大如鷄。生卵荷葉上。疑卽爾雅之鶂沈鳧也。

鷖圖

【鷖】 煙奚切音鷖齊韻　壹計切音医霽韻

(一)鳳屬。〔離騷〕駟玉虬以乘—兮。〔注〕山海經云。—身有五采而文。如鳳凰類也。〔按海內經作翳。注云。鳳屬。〕

(三)—總者。青黑色以繒爲之。見〔周禮巾車安車彫面—總司農注〕〔疏〕取鳥之—色青黑爲義。

【鷗】 虧于切音區虞韻　於求切音優　鳥侯切音謳尤韻

(一)水鴞也。見〔說文〕。〔通訓定聲〕今作鷗。字林。水鶚也。大如鳩。出沛。後漢馬融傳注。白鷗也。〔按今動物學云。—屬游禽類。體灰白。喙長而有鉤曲。翼亦長。足三趾。有蹼。常飛翔江海上。魚浮則攫食之。〕

鷗圖

(二)亦作漚。〔列子黃帝〕有好—鳥者。〔按本草綱目云。—者浮水上。輕漾如漚也。故得通叚。〕

【鷬】 那干切音難寒韻

(一)本作鷬。〔說文〕鷬鳥也。〔段注〕今爲難易字。而本義廢矣。

(二)艱也。見〔集韻〕。〔按此借義。經典俱作難。互詳難字。〕

(三)姓也。見〔集韻〕。

【鷬】 乃旦切音攤翰韻

難古字。〔集韻〕難。阻也。古作—。

【鷙】 脂利切音至寘韻

(一)擊殺鳥也。从鳥从執。見〔說文〕。〔段注〕擊殺鳥者。謂能擊殺之鳥。各本作从鳥執聲。非也。許說會意。

(二)執也。〔離騷〕—鳥之不羣兮。

(三)擊也。〔後漢杜詩傳〕湯武善御眾。故無忿—之師。

(四)很也。〔漢書匈奴傳〕天性忿—。

(五)欣懾可安謂之熅。反熅爲—。見〔賈子道術〕。〔注〕熅當謂溫藉也。

(六)疑也。〔管子五輔〕下愈覆—而不聽從。

(七)—蟲。猛鳥猛獸也。〔禮記儒行〕—蟲攫搏。不程勇者。

(八)亦作摯。〔爾雅釋鳥注〕—而有別。〔釋文〕—、本又作摯。

【鷙】 陟栗切音窒　勑栗切音抶質韻　陟立切音縶緝韻

卓—。行不平也。〔莊子在宥〕於是乎天下始喬詰卓—。

【鷙】 陟利切音致寘韻

(一)抵也。〔莊子馬蹄〕闉扼—曼。〔按釋文引司馬注。一云。—曼。旁出也。〕

(二)驇或字。〔集韻〕驇。說文、馬重皃。或作—。

【鷙】 之列切音哲屑韻

鷙或字。〔集韻〕鷙鳥擊也。或作—。

【鷋】 同都切音徒虞韻

(一)—鳩也。見〔玉篇〕。

(二)輿鵌—。見〔爾雅釋鳥〕。

(三)鵌或字。〔集韻〕鵌。爾雅、鳥鼠同穴。其鳥爲鵌。或作—。

【鷊】 尸羊切音商陽韻

(一)—鴹鳥。舞則天大雨。出字統。見〔玉篇〕。〔按家語辯政作商羊。〕

(二)—鶊鳥名。〔爾雅釋鳥〕倉庚商庚。〔釋文〕本或作皆加鳥。

【鵹】 鄰知切音離支韻

(一)同鸝。〔廣韻〕鸝。鸝黃。鸝、—同。

(二)離或字。〔集韻〕鸝。鶆鶔鳥名。自爲牝牡。或作—。

【鷞】 師莊切音霜陽韻

鷫—也。見〔說文〕。〔通訓定聲〕五方神鳥。西鷫—字亦作鸘。按其色白。故屬西方。別有似雁而高首脩頸。羽如練白之鳥。亦曰鷫—。或謂肅爽馬似之故名。〔互詳鸘字〕。

〔鷞〕　所兩切音爽養韻
鳩名。〔爾雅釋鳥〕鷹、鶆鳩。〔注〕鶆、當爲—字之誤耳。左傳作—鳩。是也。

〔鷅〕　戚悉切音七質韻
—鳥也。見〔說文〕。

〔鷐〕　丞真切音晨眞韻
—風也。見〔說文〕。〔段注〕一名鸇。毛詩作晨。古文叚借。〔按釋鳥云。晨風、鸇。又通訓定聲云。詩鴥彼晨風。只作晨。—字後出。疑與鷻同字。詩沔水。鴥彼飛隼。隼卽鷻字。晨風、其別名也。晨風猶伺風。與晨門同意。存參。〕

〔䳷〕　騰容切音從冬韻
雓或字。〔集韻〕方言、桂林之中謂雞曰雓。或从鳥。

〔𪆷〕　在容切音從冬韻
鳥名。見〔玉篇〕。〔按康熙字典引集韻云。方言雓或作从烏。今攷集韻及類篇雓或字實左鳥右從。故別之。〕

〔𪈝〕　莫佳切音埋佳韻
雁—名—。見〔禽經〕。〔按正字通音麻。云鶆雀俗呼麻雀。〕

〔鷊〕　陟革切音摘陌韻。丁歷切音的錫韻
雉屬。戇鳥也。从鳥。啻聲。見〔說文〕。〔段注〕戇、愚也。

〔鷶〕　莫獲切音麥陌韻
鳥名。見〔集韻〕。

〔鷑〕　力入切音立。極入切音及緝韻
小黑鳥。〔爾雅釋鳥〕—鳩、鵧—。〔詳鵧字。〕

〔鷒〕　徒官切音團寒韻。朱遄切音專先韻
鷒—。鷐鶏。如鵲。短尾。射之。銜矢射人。見〔爾雅釋鳥〕。〔義詳鶏字。說文字作鷒。廣韻二十六桓作鷻。〕

〔鷓〕　之夜切音柘禡韻
—鴣。鳥名。見〔說文新附〕。〔詳鴣字。〕

〔鷩〕　美隕切音愍軫韻
鳥名。鴋也。見〔集韻〕。〔按字彙云。鴋別名。存參。〕

〔鷃〕　席入切音習緝韻
鴣—。鳥名。〔山海經北山經〕小侯之山有鳥焉。其狀如烏而白文。名曰鴣—。食之不瀣。

〔鷨〕　相然切音僊先韻
鳥名。似鶴。碧色。見〔集韻〕。

〔鸉〕　辰羊切音常陽韻
鷐—。鳥名。見〔集韻〕。

〔鷇〕　丘堠切音寇宥韻
鳥名。鶚屬。見〔集韻〕。〔按正字通云。爾雅。寇雉、本作寇。俗作—。存攷。〕

〔鶞〕　書容切音舂冬韻
鵴—。鳥名。布穀也。通作舂。見〔集韻〕。〔按方言鴶鵴、周魏齊宋楚之閒謂之獨舂。郭注云。好自低昂。據郭意則獨舂爲正。〕

〔鷔〕　牛刀切音敖蕭韻
鳥名。〔山海經海內經〕玄丹之山。爰有黃—。其所集者其國亡。〔按集韻云。白身、赤口、似鷹。〕

〔鷔〕　倪虬切音聱尤韻
魚鳥之狀。見〔集韻〕。

〔鷔〕　魚到切音傲號韻
鷔或字。〔集韻〕鷔夏樂章名。或从鳥。

〔鶕〕　烏含切音諳覃韻
䧽或字。〔集韻〕䧽。說文、雜屬。或从鳥。

〔鷕〕　愈水切音唯紙韻。以紹切音渀伊鳥切音杳篠韻
雌雉鳴也。詩曰。有—雉鳴。見〔說文〕。〔按本亦書作鷕。〕

〔鷍〕　胡鳥切音皛篠韻
雉也。見〔集韻〕。

〔鷘〕　蓄力切音勑職韻
鸂—。水鳥。毛有五色。見〔集韻〕。

鸂鷘圖

〔鷾〕　諸良切音章陽韻
奚人呼水雞爲—渠。見〔廣韻〕。

〔鶔〕　匹沼切音縹篠韻

鳥變。見〔玉篇〕。

【⿰票鳥】紕招切音漂蕭韻 鸝—。飛輕皃。見〔集韻〕。

【⿰率鳥】蘇骨切音猝月韻 ⿰率鳥或字。〔集韻〕⿰率鳥鶟⿰率鳥。鳥名。或从卒。

【鷚】憐蕭切音聊蕭韻力求切音畱迷浮切音謀羌幽切音區渠幽切音渠亡幽切音繆尤韻力救切音溜宥韻 天鷚也。見〔說文〕。〔按—亦作雡。〕釋鳥注云。大如鷃雀。色似鶉。好高飛作聲。今江東名之天—。今動物學以屬諸鳴禽類。云爪甚長。步行極速。常營巢於麥隴。以頭部有無起立之羽毛及體色之差異、而分數類。別有木—。形酷似天—而小。多住地上。以恆飛集於木。捕食蟲類。故名。〕

【鷚】力求切音畱尤韻力救切音溜宥韻 雉之暮子爲—。見〔爾雅釋鳥〕。〔注〕晚生者。今呼少雞爲—。〔按說文作雡。〕

【鷜】龍珠切音慺虞韻郎侯切音樓尤韻 —鵱。野鵝也。〔爾雅釋鳥〕鵱、—鵝。〔注〕今之野鵝。〔按說文作蔞。〕

【鷜】隴主切音縷麌韻 ⿰足鳥—。鳥名。郭公也。見〔集韻〕。〔按郭公、即鴶鵴之聲轉。參閱鴶字。〕

【⿰雩鳥】後五切音戶麌韻 雇或字。見〔說文隹部〕。

【⿰雩鳥】古慕切音故遇韻 古顧字。〔集韻〕顧、說文還視也。古作—。

【⿰蚤鳥】兌畢切音蜜質韻 鳥名。見〔集韻〕。〔字彙云。同鷸。存攷。〕

【⿱臮鳥】巨至切音臮寘韻 鳥名。見〔集韻〕。

【⿰責鳥】則歷切音績錫韻 鳥名。見〔集韻〕。

【⿱瞢鳥】亡亙切音瞢徑韻 鳩鳥。見〔字彙〕。〔按正字通云。爾雅狂夢鳥注。狂鳥、五色有冠。改—訓鳩。誤。存攷。〕

【⿰陵鳥】力盈切音陵蒸韻 鳥名。見〔字彙補〕。

【⿰臼鳥】苦咸切音嵁咸韻 鳥啄物曰—也。見〔海篇〕。〔按舊注云。—即鵮字之譌。〕

【鷛】餘封切音容冬韻 鳥也。見〔說文〕。〔注〕—渠似鳧。一名水雞。〔按段注。上林賦說水鳥有庸渠。史記作鷛鸈。郭曰。鷛鸈似鶩。灰色而雞足。一名章渠。按此鳥本單呼—也。〕

【⿱密鳥】莫筆切音密質韻莫結切音蔑屑韻〔按舊多從寍。入十畫。今依釋文玉篇補見。〕—肌。鳥名。見〔集韻〕。〔按釋鳥密肌繼英。郭注云。釋蟲已有此名。疑誤重。義疏云。玉篇—肌、繼鶧。鳥名。又云。䳮、鳥名。似雀。廣韻云。䳮、繼英。鳥名。釋文—本今作密。鶧、本今作英。郭氏疑爲重出。今釋蟲釋鳥俱有翰天雞。非誤重也。鄭樵注以爲英雞。因啖石英而得名。按依義疏。則此訓鳥名、當矣。〕

【鷝】壁吉切音必質韻 —鴆。鳥名。青色白面。一曰。水澤神。見〔集韻〕。〔按西山經作畢方。云狀如鶴。一足、赤文、青質、而白喙。見則其邑有譌火。〕

【⿱斬鳥】財甘切音慙覃韻 鶡也。見〔廣雅釋鳥〕。

【⿱斬鳥】仕懺切音鑱陷韻 似雕而斑白。出音譜。見〔廣韻〕。

【⿱臤鳥】莫獲切音麥陌韻莫狄切音覓錫韻〔按集韻二十一麥。字作鷢。同。因併其音讀於此。〕鳥驚視。見〔集韻〕。〔參閱鷩字。〕

【鷟】仕角切音浞覺韻 鸑—也。見〔說文〕〔王注〕。張說握乾符頌。鳴鸑改號。單呼爲鸑。禽經。紫鳳曰—。又單呼爲—。二字變韻故也。〔互詳鸑字。〕

【⿰亞鳥】丑凶切音忡東韻 鳥不行也。見〔字彙補〕。

【⿰䀠鳥】通堅切音天先韻 鴫也。見〔字彙補〕。

【⿰黎鳥】力其切音梨支韻 同鸝。見〔字彙補〕。

【⿱殺鳥】山戛切音殺黠韻

鳥飛迅疾。見〔集韻〕。

【鳺】　古隨切支韻
鳥。見〔玉篇〕。〔正字通云。子規、俗作—。〕

【鶞】　式容切冬韻
鳥名。見〔玉篇〕。〔按廣韻三鍾。鶞䳢鳥名。疑同。〕

【鷘】　力灼切藥韻
鳥。見〔玉篇〕。〔按五音集韻云。本作鸄。存攷。〕

【鷠】　音魚魚韻
鳥名。見〔字彙補〕。

【鷚】　同鷚。〔爾雅釋鳥〕鷚、天鸙。〔釋文〕鷚、字又作—。

【鷫】　同驌。〔文選左思賦〕鸂鶒、—鷞。〔說文作驌〕。

【鷗】　同驅。〔說文通訓定聲〕驅、今作—。〔圖入驅字〕。

【鷦】　同鷦。見〔字彙〕。

【鷄】　同雉。見〔字彙補〕。

【鸂】　鷩或字。見〔韻會〕。

【鸋】　鷇譌字。字彙、正字通、康熙字典、皆如此作。列十三畫。訓鳥卵。類篇字乃从卵。依鳥卵義。類篇爲正。卯本寅卯字。或爲从丣从卩之卵字。與鸋義無涉。因訂爲譌。

【鶔】　鷇譌字。見〔字彙〕。

十二畫

【鷤】　田黎切音題齊韻　大計切音弟霽韻
—鴂鳥。一名子規。一名杜鵑。〔漢書揚雄傳〕徒恐—鴂之將鳴兮。〔按韋昭曰。—鴂。趣農鳥也。故玉篇以—爲布穀。說異存攷。〕

【鷤】　唐干切音壇寒韻
㊀雉子。見〔集韻〕。
㊁鸛—。鳥名。〔廣韻〕鸛—如鵲。短尾。射之銜矢射人。說文爾雅竝作鸛鶾。

【鷦】　玆消切音焦蕭韻
㊀—鷯。桃蟲也。見〔說文〕〔注〕爾雅。桃蟲、鷦。其雌、鴱。注云。鷦䳜、雀。俗呼爲巧婦。詩云。肇允彼桃蟲。拚飛維鳥。注云。始小終大之鳥也。〔按段注。單呼曰鷦。絫呼曰—鷯。謂其小也。取義於焦眇也。爾雅義疏曰。今鷦鷯青黃色。間有白如粉。編麻爲巢。至爲緻密。故有女匠巧婦諸名矣。今東齊人謂之䳢事稽留。揚州人謂之柳串。〕
㊁禽也。見〔廣雅釋鳥〕。
㊂—明。鳳皇屬也。見〔廣雅釋鳥〕。
㊃—杔。祝鳩也。〔廣雅釋鳥〕車橋、—杔也。〔疏證〕此字本作札。今本廣雅譌而爲杔。—、鵻二字。往往相亂。說文云。鵻。祝鳩也。左傳注則云。祝鳩。—鳩也。然則廣雅之—札。即淮南之雕札矣。

【鷩】　必至切音畀寘韻　必袂切音蔽霽韻　必列切音鼈屑韻
㊀赤雉也。周禮曰。孤服—冕。見〔說文〕〔段注〕司服曰。侯伯之服自—冕而下。如公之服。此云孤服—冕者。蓋以天子之孤當侯伯。〔按釋鳥—雉注云。似山雞而小冠。背毛黃。腹下赤。項綠色鮮明。義疏云。—有華采。虞書作繪。謂之華蟲。又謂之丹鳥。左昭十七年疏引樊光曰。丹雉也。少皞氏以鳥名官。丹鳥氏司閉。以立秋來。立春去。入水爲蜃是也。〕
㊁憋也。見〔釋名釋首飾〕。
㊂裨衣也。見〔周禮司服司農注〕。
㊃—鵸。鳥名。〔廣雅釋地〕南方有鳥焉。三首、六目、六足、三翼。其名曰—鵸。

【鷮】　居妖切音驕　渠嬌切音喬蕭韻
㊀走鳴長尾雉也。乘輿以爲防釳。著馬頭上。見〔說文〕〔注〕蔡邕獨斷。釳方數寸。以插羽也。〔按釋鳥—雉注。卽—雞也。陸璣詩疏、微小於雀也。走而且鳴曰——。其尾長。肉甚美。薛綜西京賦注。雉之健者爲—。尾長六尺。〕

鷮圖

㊁亦作喬。〔詩清人〕二矛重喬。〔釋文〕喬、雉名。韓詩作—。

【鷯】　憐蕭切音聊蕭韻　力照切音

燎嘯韻

●一 刀ㄧ。剖葦食其中蟲。見〔說文。〕〔注〕爾雅一名剖葦。食其中蟲。江東呼蘆虎。虎、綺蟲衣也。

●二 鶾也。〔爾雅釋鳥〕ㄧ鶾其雄。鶅。牝、庳。〔義疏〕本草衍義云。其卵初生謂之羅鶾。至初秋謂之早秋。中秋已後謂之白唐。然則羅鶾、卽ㄧ鶾。聲相轉也。

●三 鷦ㄧ。巧婦也。〔方言注〕桑飛、卽鷦ㄧ也。今亦名爲巧婦。〔按玉篇鷦ㄧ、亦作鷮。集韻三十五笑作鳪ㄧ。據段玉裁云。鷦ㄧ爲小鳥。刀ㄧ則不甚小。是二書俱誤。〕

【鷰】伊甸切音宴霰韻

●一 ㄧ濯。戲之一種。〔文選張衡賦〕衞狹ㄧ濯。〔注〕ㄧ濯以盤水置前。坐其後。踊身張手跳前。以足偶節踰水。復卻坐。如ㄧ之浴也。

●二 燕或字。〔集韻〕燕。說文玄鳥也。或从鳥。亦書作鷰。

【鷲】疾僦切音就宥韻

●一 鳥黑色。多子。師曠曰。南方有鳥名曰羌。黃頭赤目。五色皆備。見〔說文。〕〔按本亦書作鵵。王本依御覽引、增一曰雕句。錢朱亦卽據廣雅注之爲雕。段氏則於鳥黑色上增ㄧ字。云廣雅、ㄧ雕也。統言之。許雕鷲爲一。ㄧ爲一。析言之。又注羌ㄧ云。別一鳥名。其說略異。攷本草綱目云。皁鵰、卽ㄧ也。出北地色皁。羌ㄧ出西南夷。據此段說爲細。又今動物學云。ㄧ屬猛禽類之鷹類。種類甚多。而羌ㄧ乃爲其中之最大者。翼廣至五六尺。斯又以ㄧ爲總名。羌ㄧ爲專名矣。〕

鷲圖

●二 靈ㄧ。山名。〔西域記〕耆闍崛山有兩峯雙立。ㄧ鳥常居其嶺。山遠望如ㄧ形。故名。

●三 美金貨名。當十圓。以文爲ㄧ鳥得名。英文 Eagle。

●四 亦作就。〔山海經中山經〕槃山、其獸多麋鹿麢就。〔注〕就、雕也。

【鷳】何閒切音閑刪韻

●一 雗也。見〔說文。〕〔通訓定聲〕廣雅釋鳥。ㄧ鵅、老鵵也。按卽爾雅之萑。說文之舊。與雞莊子之鴟鵂。今之貓頭鷹也。晝伏夜鳴。頭有毛如角。字亦作鷴。

●二 白鷳也。見〔玉篇。〕〔按本草綱目蘇頌曰。白鷳出江南。雉類也。白色而背有細黑文。可畜。〕

【鷸】食律切音術 允律切音聿 質韻

●一 知天將雨鳥也。禮記曰。知天文者冠ㄧ。見〔說文。〕〔桂注〕知天將雨鳥也者。燕策蚌方出曝。而ㄧ啄其肉。蚌合而箝其喙。ㄧ曰。今日不雨。明日不雨。卽有死蚌。禮記曰。知天文者冠ㄧ者。今無此文。或出逸禮。漢書五行志引左傳鄭子臧好聚ㄧ冠。顏注。ㄧ、大鳥。卽戰國策所云啄蚌者也。左傳正義云。釋鳥云。翠ㄧ。李巡曰。ㄧ、一名爲翠。其羽可以爲飾。案漢書尉佗獻文帝翠鳥毛。然則ㄧ羽可以飾器物。聚此ㄧ羽以爲冠也。玉篇。鷸ㄧ、似燕。紺色。生鬱林。知天將雨鳥也。故知天文者冠ㄧ。馥案諸說以知天文之冠。卽子臧之冠。以啄蚌之ㄧ。卽翠ㄧ。皆誤也。增韻曰。ㄧ有三種。一曰大鳥。戰國策謂之啄蚌。天將雨ㄧ則知之。一曰翠鳥。曰ㄧ。一曰赤足黃文。曰ㄧ。左傳鄭子臧好聚ㄧ冠是也。馥從此說。

鷸圖

●二 狖貌。〔文選木華賦〕ㄧ如驚鳧之失侶。

●三 同鴥。〔詩晨風〕鴥彼晨風。〔韓詩作ㄧ。〕

【鷺】龍都切音盧虞韻 良據切音慮御韻 魯故切音路遇韻

●一 白ㄧ也。見〔說文。〕〔按爾雅、ㄧ、舂鉏。注。白ㄧ也。頭翅背上皆有長翰毛。今江東人取以爲睫攡。名曰白ㄧ縗。陸璣詩疏。ㄧ、水鳥也。好而潔白。故謂之白鳥。齊魯之間謂之舂鉏。遼東樂浪吳揚人皆謂之白ㄧ。大小如鴟。青腳。高尺七八寸。尾如鷹尾。喙長三寸許。頭上有毛十數枚。長尺餘。毿毿然與衆毛異。今動物學以屬涉禽類。〕〔又〕白—。官名。〔魏書官氏志〕以伺察者爲候官。謂之白—。取其延頸遠望。〔又〕白—洲名。有二。一在江西廬陵縣贛江中。長六里。白—洲書院。〔宋史江萬里傳〕知吉州。創—。一在江蘇江寧縣西南江中。〔李白詩〕二水中分白—洲。

白鷺圖

㊁朱—。鳥名。因以爲曲名。〔陸璣詩疏〕楚威王時有朱—。合沓飛翔而來。舞則復有赤者。舊鼓吹朱—曲是也。〔按今動物學。朱—屬涉禽類。體形似—。然嘴與腳呈桃紅色。且嘴長而下曲。〕

【鷫】息六切音肅屋韻

㊀—鷞也。五方神鳥也。東方發明。南方焦明。西方—鷞。北方幽昌。中央鳳皇。〔說文〕〔通訓定聲〕緯漢五行志引樂叶圖徵。—鷞鳩喙圓目。身義戴信。嬰禮膺仁。負智。按據宋均樂緯注。焦明赤色。例之是—鷞白色。

鷫鷞圖

㊁—鷞。雁也。〔淮南本經〕鴻鵠—鷞。〔按原道注又云長頸綠身其形似雁〕

㊂通鷫。〔左定三年傳〕有兩肅爽馬。〔疏〕馬融說。肅爽。鴈也。馬似之。天下稀有。〔按朱駿聲云卽—鷞字。馬以鳥名也〕

【鷡】微夫切音無虞韻

鴞—。鳥名。鵍也。見〔集韻〕。

【⿰登鳥】都騰切音登蒸韻

鳥名。鵤鸍也。見〔集韻〕。

【⿰登鳥】音鄧徑韻

秧雞類。〔本草綱目〕—亦秧雞之類也。大如雞而長腳紅冠。雄者大而色褐。雌者稍小而色斑。秋月卽無。其聲甚大。

【鷢】居月切音厥。其月切音鱖月韻

㊀白—。王睢也。見〔說文〕。〔段注〕釋鳥曰。鷙、白—。郭云。似鷹。尾上白。按釋鳥云。睢鳩王鳩與鷙白—。劃分爲二鳥。許乃一之。恐係轉寫譌誤。當爲正之曰。—者白—、楊也。乃合。〔按釋鳥義疏。白—、卽今白鷂子。似雀鷹而大。尾上一點白。因名焉。一名印尾鷹。望淺草閒掠地而肥。善捕鳥雀。亦觸風搖翅。故又名風鷂子。〕

鷢圖

【鷣】夷鍼切音淫侵韻。弋笑切音燿嘯韻

負雀也。〔爾雅釋鳥〕—、負雀。〔注〕—鷂也。江東呼之爲—。善捉雀。因名云。〔義疏〕—是雀鷹。今雀鷹小於青肩。大者名鷂子。

【鷥】新茲切音思支韻

鷺—。鳥名。見〔集韻〕。〔正字通云。鷺頭有白毛似絲。故曰鷺絲。贅作—。非。按一作鷥鷥鷀鶿。圖入鷀字。〕

【⿰舒鳥】商居切音書魚韻

鳥名。似鳧。見〔集韻〕。〔正字通云。俗字。爾雅作舒鳧。存攷。〕

【鷨】胡瓜切音華麻韻。胡化切音華禡韻

山雉名。見〔集韻〕。〔按康熙字典此下引廣雅。鵫鷇、鷨—、布穀。今攷疏證本作鵴鷇、鵠鵴、布穀也。云各本鵴譌作—。是所本誤。〕

【⿰童鳥】徒東切音同東韻

鶟—。水鳥。黃喙。長尺餘。南人以爲酒器。見〔集韻〕。〔參閱鶟、鷍字。〕

【⿰惡鳥】遏各切音惡藥韻

水—。鳥。見〔篇海〕。

【⿰寓鳥】元具切音遇遇韻

鳥名。狀如鼠。見〔集韻〕。〔按山海經北山經作寓。〕

【鸆】遇俱切音虞虞韻

鳥。似禿鵚。見〔廣韻〕。

【⿰象鳥】似兩切音象養韻

鳥名。見〔集韻〕。〔按竺眞羅浮山疏云。鶲鶘、一名象鵰。言大也。俗因作一字。〕

【⿱敞鳥】齒兩切音敞養韻

氅或字。〔集韻〕氅。鶖羽。或从鳥。

【鷬】胡光切音黃陽韻

鸋—。鳥名。見〔集韻〕。

【⿰喉鳥】呼侯切音齁尤韻

—鳥。青色似鵓鳩也。見〔廣韻〕。

【鷭】符袁切音煩元韻

—鶝。鳥名。似鸍。見〔集韻〕。

【⿰勝鳥】式正切音勝徑韻

鳥名。其頭有冠。見〔字彙〕。〔按即戴勝。本作勝。〕

【⿸厤鳥】郎狄切音秝錫韻

鳥。似鷹而大。見〔玉篇〕。

【⿰侵鳥】咨林切音祲侵韻

⿰侵隹或字。〔集韻〕漢中呼雞爲⿰侵隹。或从鳥。

【⿰欺鳥】丘其切音欺支韻

同鶀。〔爾雅釋鳥〕鵋、鶀鶀。〔釋文〕—本今作鶀。

【鷍】尼交切音鐃肴韻

鴉。—黃鳥。見〔玉篇〕。〔按集韻、類篇、竝云。鵰—黃鳥聲。存參。〕

【⿰舜鳥】輸閏切音舜震韻

鵔。—鳥名。見〔集韻〕。

【⿱隓鳥】匀規切音隋支韻

隓或字。〔集韻〕隓。飛也。或作—。〔按篇海作鳥飛也。〕

【鷵】同都切音屠虞韻

鵌。—鳥名。〔爾雅釋鳥〕鵌、鷵—。〔玉篇作唐屠。互詳鵌字。〕

【⿰渠鳥】求於切音渠魚韻

雝—也。見〔說文〕。〔按釋鳥作雝渠。廣雅作鶺鴒。一名⿰石鳥。一名精列。史記司馬相如傳作鷛—。注云水鳥。〕

【⿱祝鳥】之六切音祝屋韻

鳩。—鳥名。見〔集韻〕。

【⿰斯鳥】相支切音斯支韻

鸒—。雅鳥。見〔廣韻〕。〔按集韻、類篇、同。玉篇書作鸒。爾雅釋鳥作鸒斯。義疏云。斯字語詞。故釋文云本多無此字。是也。劉孝標類苑鳥部遂立鸒斯之目。蓋失檢耳。據此則六書統、洪武正韻、竝注—爲鳥名。尤誤。〕

【鷶】母蟹切音買蟹韻

—⿰危鳥。子巂也。一作鷶⿰危隹。見〔集韻〕。〔參閱鶬字。〕

【鷷】蹤倫切音遵從倫切眞韻徂昆切音尊徂尊切音存元韻

西方雉名。〔爾雅釋鳥〕雉、西方曰—。〔按鄭注染人作蹲。〕

【鷻】徒回切音穨灰韻徒官切音團寒韻

鵰也。詩曰。匪—匪鳶。見〔說文〕。〔王注〕小雅四月文。彼作匪鶉匪鳶。釋文。—字或作鷻。案陸氏此說。所以別於鶉鶉也。

【⿰賁鳥】符分切音汾文韻逋昆切音奔元韻

鳥名。〔山海經北山經〕太行之山。有鳥焉。其狀如鵲。白身、赤尾、六足。其名曰—。是善驚。其鳴自詨。〔按郭璞讚曰。——。廣韻云有三目。〕

【⿰菐鳥】普木切音撲屋韻

鳥名。善占。見〔集韻〕。

【⿰業鳥】蒲沃切音僕沃韻

—鵏。鳥名。見〔集韻〕。

【⿰菟鳥】通路切音兎遇韻

木—。鳥有毛角也。見〔字彙補〕。〔按即釋鳥鵵字。〕

【⿰寇鳥】苦候切音寇宥韻

—雛也。見〔廣雅釋鳥〕。〔按集韻、類篇。鷇或作—。詳鷇字。〕

【⿱舂鳥】書容切音舂冬韻

鸀—。鳥。見〔字彙補〕。〔按集韻作鸀。〕

【鷧】乙冀切音懿寘韻壹計切音医於例切音瘞霽韻

鷀也。見〔說文〕〔注〕鸕鷀也。即鸕鷀。〔詳鸕字。〕

【⿰翕鳥】迄及切音吸緝韻

鳥名。見〔玉篇〕。

【⿰然鳥】如延切音然先韻

鳥名。見〔玉篇〕。

【⿱茨鳥】津私切音咨支韻

鳥名。雞身鼠尾。見〔集韻〕。

【⿰幾鳥】居希切微韻

鳥。見〔玉篇〕。

【鶒】音木詳

●同擨。〔江暉亶叟集〕—甘葉於髦丘。

●—羅。幣名。〔金陵志〕宋淳初二年。賜杜杲香茶—羅等。

【鸐】鷚本字。見〔說文〕。

【鷱】古翁字。見〔玉篇〕。

【鷵】古鳳字。見〔字彙補〕。〔按依篆應作䳇。〕

【鵧】同鵻。〔爾雅釋鳥〕桃蟲、—。〔說文作鷦。〕

【鷉】同鷈。見〔字彙〕。

【鶇】同鷘。見〔篇海類編〕。

【鸕】同鸕。〔玉篇〕—、鶿—。〔說文作鷀。〕

【鶆】同鶆。詳鶆字。

【鷲】同鷲。詳鷲字。

【鴻】同鴻。見〔字彙〕。

【鷽】同鷽。〔爾雅釋鳥〕鷽—。〔說文作鷽。〕

【鷃】同鴳、鷃、鷃明廣雅並作—。

【鷄】同鷄。見〔字彙補〕。

【鷥】同鷥。見〔字彙補〕。

【鷗】鷗或字。見〔集韻〕。

【鵝】鵝俗字。見〔正字通〕。

【鷳】鷳俗字。見〔正字通〕。

【鷫】鷫鷞字。舊注引玉篇同鷞。集韻同鷞。二書實俱作鷞。故訂爲鷞字。

【鷽】鷽鶪字。見〔篇海〕。〔疑由鷽而譌。〕

【鶿】鶿鷀字。見〔正字通〕。

十三畫

【鷹】於陵切音膺蒸韻

●本作鷹。雁籀文。見〔說文隹部〕。〔段注〕雁蓋古文也。籀文則從鳥而應省聲。非兼用隹鳥也。〔按爾雅—鶆鳩義疏、—鷂同類。大爲—。小爲鷂。今動物學以—屬猛禽類。有數種。曰黃—、崖—、鴿—等。〕

●通膺。〔爾雅釋鳥〕—隼、醜。〔釋文〕字或作應。

鷹圖

【鴒】郎丁切音靈青韻

●鳥名。鴒小者。見〔集韻〕。〔按廣韻云。—鳥鶺別名也。〕

●鴒俗字。見〔正字通〕。

【鸅】直格切音宅陌韻

●鴮鸅也。〔爾雅釋鳥〕鵜、鴮—。〔詳鵜字。〕

●—鸆。鳥名。〔爾雅釋鳥〕鶅澤虞。〔釋文〕字林作—鸆。〔詳鸆字。〕

●鶩—。屬鳩也。〔方言〕屬鳩東齊海岱之間或謂之鶩—。〔箋疏〕是釋屬鳩之別名。非卽爾雅之鶩一名澤虞者。

【鸆】元俱切音虞虞韻

●鸅—。鳥名。見〔集韻〕。〔互詳鵜、鸅字。〕

●蒼—。妖鳥也。〔正字通〕蒼—、一名鬼車鳥。一名九頭鳥。狀如鵂鶹。大者翼廣丈許。晝盲夜瞭。見火光輒墮。

【鸇】諸延切音饘稽延切音甄巳仙切音羴先韻

●鶚鳳也。見〔說文〕。〔按爾雅釋鳥晨風—。注。鷂屬。義疏。—、隼。聲相轉。—皆巢樹。亦能穴土。故孟子趙注云。—、土—也。今動物學以屬猛禽類。云足有四趾。每趾具銳利之大爪。一善攫。喙堅巨如鈎。底面光澤。爲食肉鳥之一種。〕

鸇鳥圖

●—陰。縣名。東漢置。屬武威郡。當今甘肅平涼縣西南。

【鷽】鳥酷切音沃沃韻轄覺切音斅覺韻

雗—。山鵲。知來事鳥也。見〔說文〕。〔注〕爾雅注曰。似鵲有文采。尾長喙短。西京雜記陸賈曰。干鵲噪。行人至。卽此也。鵲以爲亦猶猩猩知人往事也。禮射鷽鵲。卽此也。〔按釋鳥義疏。鄭注大射儀引淮南子。鷽鵲知來。賈疏亦云山鵲。然則鷽鵲卽雗—。聲相近。今淮南汎論作乾鵲知來。高誘注。乾鵲。鵲也。人將有來事憂喜之徵。則鳴。此知來也。〕

今按高注卽今乾鵲。非山鵲也。舊說山鵲。今赤觜鳥。山中人諺云。朝一叫晴。暮一叫雨。此亦知來事之證也。據此則此知來事之雗一與高誘注知來事之乾鵲。同類而有別。」

翰鶯圖

【鷽】烏酷切音沃沃韻乙角切音渥覺韻
同學。學鳩。小鳩也。〔莊子逍遙遊〕蜩與學鳩笑之。〔釋文〕學、本或作一。

【[illegible]】戶八切音滑黠韻
鶻或字。〔集韻〕鶻鶻鳩。鳥名。似鵲。或作一。

【[illegible]】奴冬切音農冬韻濃江切音噥江韻
鴻也。見〔集韻〕。

【[illegible]】居太切音蓋泰韻居曷切音葛曷韻居轄切音鶷乙轄切音閘牛轄切音晧黠韻
鶷一似伯勞而小。見〔爾雅釋鳥釋文引字林。〕

【[illegible]】力求切音留尤韻
一鶹。飛鸓也。見〔廣雅釋鳥〕。〔詳鸓字。〕

【鷾】於起切音意寘韻
一鴯。燕也。〔莊子山木〕鳥莫知於一鴯。

【鸊】博厄切音蘗陌韻匹歷切音霹蒲歷切音甓錫韻
一鷉也。見〔說文〕。〔按方言作鷿。張衡南都賦作鸊鷉。詳鸊字。〕

【䴙】必益切音辟陌韻
一鵖。鴔鳩也。〔方言〕鳩自關而東周鄭之郊、韓魏之都、其鴔鳩謂之一鵖。

【鸊】博厄切音蘗陌韻匹歷切音霹蒲歷切音甓錫韻
同鸊。〔廣雅釋鳥〕一鷈鷉也。〔說文作鸊。〕

【䴙】音避寘韻
一䳁。雞也。〔方言〕雞、陳楚宋魏之閒。謂之一䳁。〔音義〕一䳁、避祇兩音。

【鷿】博厄切音蘗陌韻匹歷切音霹蒲歷切音甓錫韻
同鸊。〔方言〕野鳧其小而好沒水者。南楚之外謂之一鷉。〔說文作鸊。〕

【鸀】殊玉切音蜀沃韻直角切音濁覺韻
鳥名。〔爾雅釋鳥〕一、山烏。〔注〕似烏而小。赤觜穴乳。出西方。〔義疏〕徐松云。巴里坤有此鳥。小於常烏。觜足色如珊瑚。彼人謂之紅觜雅。余按今薊州亦有之。此州之人名謂賜喜兒者也。

【鸀】朱欲切音燭沃韻
一瑪。鳥名。〔本草拾遺〕一瑪、狀如鴨而大。長項。赤目。斑觜。毛紫紺色。如鵁鶄色也。〔按本草綱目云。一瑪乃鸑鷟聲轉。蓋此鳥有文彩如鳳毛。故得同名耳。又云按三輔黃圖及事類合璧並以今人所呼白鶴子者爲一瑪。謂其鳥潔白如玉也。與陳氏似鴨紫紺之說不同。白鶴子狀白如鷺。長喙高腳。但頭無絲耳。姿標如鶴、故得鶴名。說異。存攷。〕

【鸀】徒谷切音獨屋韻
一鸐。鳥名。見〔廣韻〕。〔互詳鸐字。〕

【鸀】樞玉切音觸沃韻
鳥名。〔山海經大荒西經〕互人之國有青鳥。身黃。赤足。六首。名曰一鳥。〔按集韻引此作鸀。〕

【[illegible]】渠惟切音葵支韻
一鳩。小鳩也。〔方言〕鳩自關而西秦漢之閒。其小者謂之鵴鳩。或謂之一鳩。

【鸁】盧戈切音鸁歌韻
須一。鷢鸁也。〔爾雅釋鳥〕鸁、須一。〔注〕鸝、鷢鸁。

【鸁】盧戈切音鸁歌韻魯果切音裸哿韻
過一。鳥名。〔方言〕桑飛自關而東謂之工爵。或謂之過一。〔注〕卽鷦鷯也。

【鸂】牽奚切音谿齊韻
一鶒。水鳥。見〔廣韻〕。〔按說文新附作谿鶒。〕

【[illegible]】音賈馬韻
鳥名。見〔玉篇〕。〔按山海經大荒南經。赤水之東有蒼梧之野。爰有鷹賈。注。賈亦鷹屬。疑一、賈同。〕

【鸃】魚羈切 音宜 支韻
鵕—也。秦漢之初。侍中冠鵕—。見〔說文〕。〔按佞幸傳曰。孝惠時侍郎中皆冠鵕—。貝帶。互詳鵕字。〕

【⿰鉏鳥】牀魚切 音鉏 魚韻
⿱舂鳥—鳥。白鷺也。見〔廣韻〕。〔按爾雅釋鳥作舂鉏。說文鷺下段注。舂鉏者、謂其狀俯仰如舂如鋤。然則字加鳥、贅。〕

【䴉】隳緣切 音儇 先韻
飛貌。〔法言問明〕朱鳥——。〔依韻會引本今作翾。〕

【⿱睘鳥】胡關切 音環 刪韻 旬宜切 音旋 先韻
同䴉。詳䴉字。

【⿰馬睘】胡關切 音還 刪韻 旬宜切 音旋 先韻
—目。鳥名。〔史記司馬相如傳〕鵁鶄—目。〔索隱〕郭璞云。—目未詳。小顏云。荆郢間有水鳥。大如鷺而短尾。色紅白。深目。旁毛皆長而旋。此其是乎。漢書亦作旋目。〔集韻〕云。亦書作䴉。

【⿱敫鳥】堅堯切 音驍 蕭韻 吉了切 音皎 篠韻 吉弔切 音叫 嘯韻 刑狄切 音檄 吉歷切 音激 錫韻
鳥名。〔爾雅釋鳥〕、—鷵。〔注〕似鳥。蒼白色。〔義疏〕酉陽雜俎云。—色黃。一變爲青—。帶灰色。又曰白唐。唐者黑色也。謂斑上有黑色。一變爲白鵫。如雜俎說、是鷹屬也。或云即阿濫堆。未知其審。

【⿺過鳥】古禾切 音過 歌韻
—鸁。工雀也。見〔廣雅釋鳥〕。〔此依集韻引本今作果。〕

【⿰詹鳥】之廉切 音詹 鹽韻 視敢切 音睒 感韻
鳥名。〔山海經海外西經〕䳋鳥、—鳥。其色青黃。所經國亡。

【⿰業鳥】逆怯切 音業 洽韻
鳥名。知吉凶。見〔廣韻〕。

【鸉】余章切 音陽 陽韻 怡成切 音盈 庚韻
鳥名。〔爾雅釋鳥〕、—白鷢。〔詳鷢字。〕

【⿱當鳥】都郎切 音當 陽韻
鳥名。見〔字彙補〕。

【⿱發鳥】許后切 音犼 有韻 許候切 音吼 宥韻
—鷚。野鴨、見〔篇海〕。

【⿰奧鳥】烏老切 音襖 皓韻
鳥名。見〔篇海〕。

【⿰絭鳥】蒼案切 音粲 翰韻
鳥名。見〔玉篇〕。

【⿸鬳鳥】古鴈切 音諫 諫韻
毛相—也。見〔字彙補〕。

【⿰穀鳥】丘候切 音寇 宥韻
鷇或字。〔集韻〕鷇鳥子生哺者。或作—。

【⿰㱿鳥】空谷切 音哭 屋韻
鷇或字。〔集韻〕鷇卵已孚。或作—。

【⿱𣪊鳥】音未詳
塞—。鳥名。〔枚乘賦〕附巢塞—之傳於列樹也。〔注〕附巢、塞—、皆水鳥。

【⿰嶲鳥】同巂。〔揚雄賦〕鉅鰲蟕蠵子—呼焉。〔說文隹部作巂。〕

【⿰路鳥】同鷺。〔樊宗師絳守居園池記〕提鷖挈—。

【⿰氵鶒】同鶒。〔杜甫詩〕一雙鸂—對沈浮。〔說文新附作谿鶒。〕

【⿰羲鳥】同鸃。見〔篇海類編〕。

【⿰氵鷊】同鷊。見〔篇海〕。

【⿰倝鳥】同鶾。見〔字彙補〕。

【⿰豦鳥】鸏或字。見〔集韻〕。

【⿰䍃鳥】俗鷂字。見〔正字通〕。

【⿰監鳥】鶵訛字。見〔正字通〕。

十四畫

【⿸穴鳥】紕民切 音繽 眞韻
●鳥名。見〔集韻〕。●飛皃。見〔玉篇〕。

【鸎】於莖切 音罌 庚韻
●黃—。黃鳥也。〔陸璣詩疏〕黃鳥。鸝鶹也。幽州人謂之黃—。〔按動物學云。—爲鳴禽類之小鳥。字亦作鶯。參閱鶯字。〕
●桑飛、又名鷦—。見〔方言注〕。〔箋疏〕疑即鷦鷯之譌。

【⿰鳥蒙】謨蓬切 音蒙 東韻〔一作鸏。〕
●水鳥也。見〔說文〕。〔通訓定聲〕上林賦。煩鶩、鷛渠。徐廣曰。一作番—。矛、冢、一聲之轉。〔按玉篇云。水鳥鷇未生毛也。〕
●—鳩。見〔玉篇〕。
●—䲦。亦水鳥。〔劉欣期交州志〕—䲦出九眞交趾。大如孔雀。喙長尺餘。南人以爲飲器。〔按竺眞羅浮山疏〕—䲦、不食鳥。止啖木葉。糞似

蘽陸香入藥治雞瘴。一名雞鴟。一名鶴頂。〕

【鸐】亭歷切音狄錫韻

●雉名。〔爾雅釋鳥〕—、山雉。〔注〕長尾者。〔按說文羽部作翟〕

●青—、異鳥。〔拾遺記〕帝堯在位。羽北山有善鳴之鳥。人面鳥喙。八翼一足。毛色如雉。行不踐地。名曰青—。聲似鐘磬笙竽。世語曰青—鳴。時太平。

【鸋】囊丁切音寧青韻乃定切音甯徑韻

—鴂。鳥名。〔爾雅釋鳥〕鴟鴞、—鴂。〔詳鴂字〕

【鸋】囊丁切音寧青韻

鳥名。〔爾雅釋鳥〕鴽子、—。

【鶄】咨盈切音精庚韻

—鷚。鳥名。鷿鷈也。見〔集韻〕〔按廣雅釋鳥作精列〕

【鸍】商支切音施民卑切音彌支韻

鳥名。〔爾雅釋鳥〕—、沈鳧。〔注〕似鴨而小。長尾。背上有文。今江東亦呼爲—。〔義疏〕按此卽今水鴨。

【鸏】莫鳳切音夢送韻

鳥名。見〔集韻〕。〔正字通云。卽爾雅釋鳥之䴇鳥〕

【鷀】牆之切音慈支韻

鶿或字。〔集韻〕鶿鸕、鶿也。或作—。

【鸕】盧甘切音藍覃韻

—鵝。鳥名。今俗呼郭公也。見〔廣韻〕。

【鷇】古祿切音穀屋韻

布—。鳥。爾雅只作穀。見〔廣韻〕。

【鸐】徒刀切音匋豪韻

—河。鳥名。見〔集韻〕。

【鸕】陳留切音儔尤韻

南方雉名。見〔集韻〕。〔按爾雅釋鳥作鷂。釋文本或作鷂〕

【鸌】屋郭切音臒藥韻

水鳥。見〔廣韻〕。

【鸌】胡故切音護遇韻

鳥名。見〔集韻〕。

【鸕】吁運切音訓問韻

—梶。妖鳥。見〔集韻〕。

【鸎】於鎣切音罃庚韻

鸚—。鳥名。東夷有之。見〔集韻〕。

【鸖】古滑切音鶻黠韻

鴂—。鳥名。見〔集韻〕。

【鸆】以渠切音余魚韻

鳥名。見〔字彙補〕。〔疑卽鵌字之譌〕

【鸑】逆角切音嶽覺韻

—鷟。鳳屬。神鳥也。春秋國語曰。周之興也。—鷟鳴於岐山。江中有—鷟。似鳧而大。赤目。見〔說文〕。〔桂注〕—鷟。鳳屬者。韋注國語。—鷟、鳳之別名也。江中云云者。陳藏器曰。鷫鷞、一名—鷟。按—鷫聲相近也。〔又〕山名。元和郡縣志鳳州兩當縣—鷟山在縣西二十里。〔在今甘肅兩當縣東〕

【鸒】羊諸切音余魚韻羊茹切音豫御韻

卑居也。見〔說文〕。〔注〕爾雅曰。—斯也。〔詳鵯字〕

【鸓】鼺本字。見〔說文〕。

【鸞】同鸑。見〔五音集韻〕。

【鸛】同鸛。見〔五音集韻〕。

【鸘】同鷂。見〔字彙補〕。

【鸐】同鸐。見〔集韻〕。

十五畫

【鸏】七蓋切音蔡泰韻

鳩鳥。見〔廣韻〕。

【鸒】力求切音留尤韻

鵹卵。見〔集韻〕。

【鸔】歷各切音洛鐸韻

鳥名。〔山海經西山經〕其狀如—。〔注〕—似鵰。黑文赤頸。〔按玉篇作赤首〕

【鸛】子列切音蠽屑韻

—鳥也。見〔說文〕。〔段注〕—之言屮也。小鳥名也。篇韻皆云小雞。

【鸕】莫結切音蔑屑韻

鳥名。工雀也。一曰巧婦。見〔集韻〕。〔按方言作爵。注云言懱截也〕

【鸘】諸深切音斟侵韻

—鸑也。見〔說文〕。〔通訓定聲〕按似鴉。蒼黑色。其咮銳似針。或曰卽爾雅之鸑鶘。蘇俗云水老雅。文選上林賦以箴疵爲之。

【鸕】古晃切音廣養韻

—鸓。鳳類。見〔集韻〕。〔廣雅釋鳥只作廣〕

【鸕】魯故切音路遇韻　鷺或字。[集韻]鷺白鷺也。或从盧。

【⿰巤鳥】力盍切音臘合韻　—鶲。飛起皃見[玉篇]。[集韻]以為獵或字。

【鸓】倫追切音纍支韻　徒回切音雷灰韻　魯水切音壘紙韻　鼠形。飛走且乳之鳥也見[說文]。[段注]釋鳥鼯鼠夷由郭云。狀如小狐。似蝙蝠。肉翅。飛且乳。劉淵林陶隱居說略同。亦名飛生。飛而生子故也。亦名飛鸓。亦名鼺。其字惟史記作鳥。本草經作鼺。賦家或作蝠或作獵。以其似鳥似獸似蟲似鼠。張揖云。狀如兔而鼠首以其髯飛。不若劉郭說可信也。

【鸔】伯角切音鑮樂韻　逋沃切音襮沃韻　本作鸔。[說文]鸔。鳥—也。[按爾雅釋鳥。鵠鳥—。注水鳥也。似鶂而短頸。腹翅紫白。背上綠色。江東呼為烏—。]

【鸝】鵹籀文見[說文]。

【鶨】同鶨。見[篇海類編]。

【鸕】同鸂。詳鸂字。

【𪈼】鵻或字見[集韻]。

【鷉】鷈謠字見[正字通]。

十六畫

【鸕】淩如切音臚魚韻　雉名。[爾雅釋鳥]—諸雉。[注]或云即今雉。[按張揖上林賦注云。—、白雉。]

【鸕】龍都切音盧虞韻　—鷀。水鳥。見[玉篇]。[說文作盧鳥]。

【鸃】光鑊切音郭藥韻　—公。鳥名。見[集韻]。

【鸜】居六切音匊　渠竹切音鞠屋韻　桔—。尸鳩也。見[說文]。[詳鳩字]。

【鸐】居轄切音揭　牛轄切音齧黠韻　魚列切音孽屑韻　鷞—也。見[說文]。[詳鷞字]。

【鸄】音錢先韻　鳥名。見[玉篇]。

【鸄】音賴泰韻　鳥名。見[玉篇]。

【鸐】悅全切音緣先韻　鳥名。見[篇海]。

【鷻】定端切音團寒韻　鳥名。見[字彙補]。

【鸀】徒谷切音獨屋韻　鳥名。見[篇海]。

【鸕】龍都切音盧虞韻　—鷀也。見[說文]。[段注]今江蘇人謂之水老鴉。畜以捕魚。—者、謂其色黑也。鷀者、謂其不卵而吐生。多者生八九。少生五六。相連而出。若絲緒也。[按釋鳥義疏。今—鷀乃卵生。是吐生說誤。]

【鸏】亡亙切音瞢徑韻　鴟—也。見[玉篇]。[按康熙字典云。爾雅狂鸏鳥。又曰狂茅鴟。後合鴟鸏為一。非。]

【鸗】盧東切音籠東韻　力鐘切音龍冬韻　盧動切音董韻　鶅也。見[廣雅釋鳥]。[疏證]史記楚世家、小臣之好射鶀雁羅—。集解引呂靜云。—、野鳥也。索隱引劉伯莊云。—、小鳥也。殆于廣雅之文失檢耳。

【鸗】力恭切冬韻　梟也。見[玉篇]。

【鸁】下革切音覈陌韻　鵠—。鳥名。見[集韻]。

【鸐】烏含切覃韻　鶉也。見[字彙補]。

【鸛】同鶴。[史記衛世家]懿公即位好—。[左閔二年傳作鶴。]

【鷰】同燕。[晉書慕容儁載記]—巢于儁正陽殿之西椒。

十七畫

【鸚】於莖切音罌庚韻　—鴞。能言鳥也。見[說文]。[按—鴞、即鸚鵡。本草綱目云。—鵡有數種。綠—鵡、出隴蜀。而滇南交廣近海諸地尤多。大如烏鵲。數百羣飛。南人以為鮓食。紅—鵡、紫赤色。大亦如之。白—鵡、出西洋南番。大如母雞。五色—鵡、出海外諸國。大於白而小於綠者。性尤慧利。俱丹味鉤喙。長尾赤足。金睛深目。上下目瞼皆能眨動。舌如嬰兒。其趾前後各二。今動物學以爲攀禽類。]

鸚鵡圖

㊁螺名。〔文選郭璞賦〕—螺蜁蝸。〔注〕南州異物志曰。—鵡螺、伏如覆杯。頭如鳥頭。向其腹視似—鵡。故以爲名也。

㊂—哥。—鴝之小者。〔本草綱目〕熊太古云。大者爲—鴝。小者爲—哥。

【⿰薨鳥】呼昆切音薨蒸韻

蒲—水名。〔山海經中山經〕鬲山。蒲—之水出焉。東流注於江。

【鸘】師莊切音霜陽韻

鷞或字。〔集韻〕鷞。鷫鷞也。或从霜。

【鸙】弋灼切音藥藥韻

天—。告天鳥也。〔爾雅釋鳥〕鷚天—。〔詳鷚字〕

【⿰縷鳥】力主切音縷麌韻

鷗—鳥。今云郭公也。見〔廣韻〕。〔集韻〕但從婁。

【⿰從鳥】同⿰幽鳥。見〔字彙〕。

【⿰雨鳥】同鶴。見〔字彙補〕。

【⿰鳥嬰】同鸚。〔海防類篇〕倭國有—鵡里。

【⿱殸鳥】鷇俗字。見〔龍龕手鑑〕。

【⿰鳥薛】鸊鷉字。見〔正字通〕。

十八畫

【⿰巂鳥】懸圭切音攜齊韻

巂或字。〔集韻〕巂。周燕也。或作—。

【⿰鳥雚】胡官切音桓　呼官切音歡寒韻

—專畐蹂。如誰。短尾。射之銜矢射入。見〔說文〕。〔詳鸛字〕

【鸛】胡官切音桓　呼官切音歡寒韻

同⿰鳥雚。〔爾雅釋鳥〕鸛鷒、鶝鶔—。〔說文書作⿰鳥雚〕

【鸛】古丸切音官寒韻　古玩切音貫翰韻

雚或字。〔集韻〕雚。小爵也。或从鳥。

【⿰雚鳥】逵員切音權先韻

⿰權鳥或字。〔集韻〕⿰權鳥鸛鴝鳥名。或作—。

【⿰瞿鳥】權俱切音劬虞韻

同鴝。〔春秋昭二十五年〕有—鵒來巢。〔說文作鴝〕

【⿰鳥瞿】逵員切音權先韻

鸛或字。〔集韻〕⿰權鳥鸛鴝鳥名。或作—。

【⿰熏鳥】許運切問韻

—⿰鬼鳥。怪鳥也。見〔龍龕手鑑〕。〔集韻作⿰熏鳥⿰鬼鳥〕

【⿰猗鳥】於宜切音鷖支韻

鳧也。見〔字彙補〕。

【⿰鳥㬥】鸔本字。見〔說文〕。

【⿰纍鳥】同鸔。〔爾雅釋鳥〕鴮—。〔說文書作⿰鳥㬥〕

【⿱壘鳥】同鸓。見〔字彙補〕。

【⿱?鳥】鴉鵐字。字彙補云。—、鳥名。引廣雅、鸇—。攷廣雅但有鸇鵝。是所據本誤。

十九畫

【鸞】盧丸切音鑾寒韻

㊀亦神靈之精也。赤色五彩。雞形。鳴中五音。頌聲作則至。周成王時。氏羌獻—鳥。見〔說文〕。〔注〕—似鳳多青。〔按初學記引毛詩草蟲經曰。雄曰鳳。雌曰凰。其鶵爲—。說異存攷〕

鸞圖

㊁—卽鈴。見〔詩信南山傳〕—刀刀有—者疏。

㊂—在衡。〔禮記玉藻〕在車則聞—和之聲。

㊃—雞。鳥名。〔山海經西山經〕其音如—雞。〔注〕鳥名未詳。或作鵉。

㊄—車。有虞氏之輅也。見〔禮記明堂位〕。

㊅通鑾。〔集韻〕鑾。人君乘車四馬鑣八鑾。通作—。

【鸝】憐知切音離支韻

離或字。〔集韻〕離黃。倉庚也。或作—。

—。

【鸝】憐題切音黎齊韻
鵹或字〔集韻〕鵹鵹黃也。或作—。

【羅鳥】力何切音羅歌韻
鳥名。見〔字彙補〕。

【䴉】丘縛切音钁藥韻
—鳥有三角。見〔字彙補〕。

【絲鳥】同鷥。見〔集韻〕。

【鸖】同鶴。見〔篇海〕。

二十畫

【寶鳥】布老切皓韻
鳥。見〔玉篇〕。

【矍鳥】厥縛切音矍藥韻
鳥名。如雞白身、三首三足。見〔集韻〕〔按玉篇云—鳥似白鵄。〕

【綳鳥】鵬本字。見〔說文〕。

二十一畫

【鸛】古玩切音貫翰韻
鳥名。見〔字彙補〕。

【鸀】同屬鳿、水鳥也。〔楊雄賦〕獨竹孤鵠。〔注〕竹、屬、通屬玉鵠皆水鳥。本作屬玉。俗加鳥。

二十二畫

【權鳥】逵員切音權先韻
—鴝。亦鴝鵒也。見〔玉篇〕。

【鳥鳥鳥】奴了切篠韻
鳥名。見〔玉篇〕。

二十三畫

【疊鳥】達協切音牒葉韻
鳥名。〔山海經西山經〕翠山、其鳥多—。其狀如鵲。赤黑而兩首四足。可以禦火。

二十四畫

【贛鳥】傾或字。見〔集韻〕。

二十五畫

【蠻鳥】謨奔切音門元韻　謨還切音蠻刪韻
——。——鳥名。〔集韻引山海經〕崇丘山有鳥。狀如鳧。一翼一目。相得乃飛。名曰——。〔按今本只作蠻。郭注云。比翼鳥也。畢注云。爾雅作鶼鶼。玉篇作——。皆俗字〕

【鸓】鸓籀文。見〔說文〕。

※鹿部※

【鹿】盧谷切音祿屋韻
㊀獸也。象頭角四足之形。見〔說文〕。〔按今動物學云。—屬偶蹄類之反芻類。性溫和易馴。四肢長。有懸蹄二。牡者有角。由眞皮骨化而成。初挺出柔如瘤狀。外生細短之柔毛。取而製之曰茸。為藥中貴品。漸長則毛皮漸脫。遂成堅角。二年後乃每年岐出一枝。我國處處產之、且遍產於世界。尤以歐洲之赤—。北美利加之大—為著。〕

鹿圖

㊁倉箱之屬。〔國語吳語〕市無赤米。而囷—空虛。〔注〕圓曰囷。方曰—。〔按此假為簏。正字通云。俗作簏。非是。〕
㊂酒器。〔魯相韓敕修孔廟禮器碑〕有雷洗觴觚爵—柤梪。
㊃—中。射於榭盛算器。〔儀禮鄉射禮〕釋獲者執—中。

(五)—車。繀車也。〔廣雅釋器〕繀車謂之麻—。道軌謂之—車。〔按方言箋疏引此釋云絫言之爲轣轆車。單言之則爲—車非謂僅容一—也。〕

(六)—蜀。獸名。〔山海經南山經〕杻陽之山有獸焉。其狀如馬而白首。其文如虎而赤尾。其音如謠。其名曰—蜀。佩之宜子孫。

(七)—天。純靈之獸也。見〔宋史符瑞志〕。

(八)—衡。官名。〔左昭二十年傳〕山林之木。衡—守之。

(九)—縷。婦人冠名。見〔獨斷〕。

(十)—蹄。草名。〔本草綱目〕軒轅述寶藏論云。—蹄多生江廣平陸及寺院荒處。苗似薑。茎而葉頗大。背紫色。春生紫花。結青實如天茄子。

鹿蹄艸圖

(十一)—腸。—首。並苦菜別名。見〔本草綱目〕。〔又〕—腸。玄蔘也。見〔廣雅釋草〕。

(十二)—活。草天名精別名。見〔本草綱目〕。

(十三)—葱。宜男草也。見〔風土紀〕。〔又〕藜蘆別名。見〔本草綱目〕。

(十四)—蘿。草名。〔爾雅釋草〕蔨、—蘿。〔互詳蔨字〕

(十五)—何。草名。〔廣雅釋草〕—何、澤鞠也。

(十六)—木。名。〔酉陽雜俎〕武陵郡北有—木二株。馬伏波所種。木多節。

(十七)—涿。縣名。漢置。上谷郡屬。故城在今直隸涿—縣南四十里。〔又〕山名。在今涿—縣東南。黃帝與蚩尤戰於涿鹿之野。即其地。〔又〕竿人頭也。見〔古微書引尚書刑德放〕。

(十八)—獲。縣名。唐置。屬河北道。即今直隸獲—縣。

(十九)—束。縣名。唐置。屬河北道。故城在今直隸束—縣北二十五里。

(二十)—雞。州名。唐置。羈縻。屬關內道。當在今甘肅境。

(廿一)—嗢。府名。唐置。羈縻。屬隴右道。當在今吐魯番境。

(廿二)—鉅。郡名。秦置。屬冀州。當今直隸平鄉縣治。

(廿三)—五。地名。〔左僖二十四年傳〕出於五—。〔又〕複姓。漢五—充宗。

(廿四)—白。山名。在湖北荊州。〔又〕洞名。在江西星子縣北廬山五老峯下。唐貞元中洛陽人李渤與兄涉讀書於此。嘗以一白—自隨。故名。南唐昇元中即其地建學。命國子監九經李善道爲洞主。號曰廬山國學。宋始置書院。給國子監印本九經驛送至洞。號曰白—國學。

(廿五)—門。山名。舊名蘇嶺山。在湖北襄陽縣。〔又〕魯城東門也。〔左襄二十四年傳〕臧紇斬—門之關以出。

(廿六)—沙。山名。〔春秋僖十四年〕沙—崩。

(廿七)—臺。名。〔書武成〕散—臺之財。〔薛瓚云〕在朝歌城。按今河南淇縣東北有朝歌故城。

(廿八)同鏤。〔荀子成相〕進諫不聽剄而獨—。棄之江。〔注〕獨—、與屬鏤同。吳王夫差賜子胥之劒名。

(廿九)通轆。〔方言〕繀車趙魏之間謂之轣轆車。〔一切經音義引作歷—〕。

(三十)通錄。〔漢書蕭何曹參傳〕當時錄錄未有奇節。〔注〕錄錄、猶——。言在凡庶之中也。〔參閱錄字〕

(卅一)通麓。〔書舜典〕納於大麓。〔按魏受禪表作大—。又漢書地理志鉅—郡注、引臣瓚云。山足曰—。引應劭云。林之大者也。是皆以—爲麓。〕

(卅二)姓也。戰國燕—毛壽。漢巴郡太守—旗。

二畫

【[illegible]】同鹿。見〔字彙補〕。

【麂】舉履切音几紙韻

(一)麐或字。見〔說文〕。

(二)—目。果名。〔本草拾遺〕—目出嶺南。狀如—目。故名。

【麀】於虯切音幽尤韻

牝鹿也。从鹿。牝省。見〔說文〕。〔段注〕按引伸爲凡牝之偁。左傳、思其—牡。曲禮、父子聚—。皆謂即牝字也。詩一言麌—。三言—鹿。皆取生息蕃多之意。

麀圖

〔麁〕同麤。見〔玉篇〕。〔正字通〕云。俗麤字。

〔䴟〕同麂。見〔篇海〕。

三畫

〔䴡〕象齒切音似。舉履切音几紙韻
鹿二歲曰—。見〔廣韻〕。

〔䴢〕胡官切音桓寒韻
鹿一歲。見〔玉篇〕。〔按集韻云。鹿三歲也。〕

四畫

〔麃〕蒲交切音庖肴韻匹沼切音縹篠韻
麠屬。從鹿。㷖省聲。見〔說文〕。〔按鍇本作麋屬。段本依韻會所引作麞屬。攷爾雅釋獸云。麠大—。一切經音義引郭注云。—、卽麞。黑色耳。漢書郊祀志注云。—、鹿屬也。形似麞。牛尾一角。史記孝武紀索隱引韋昭云。楚人謂麋爲—。然則麠屬、麞屬、麋屬、竝通歟。〕

〔麃〕悲嬌切音鑣蕭韻
●一草名。〔爾雅釋草〕藨—。〔注〕—卽莓也。今江東呼爲藨莓。子似覆葢而大。赤。酢甜可啖。
●二耘也。〔詩載芟〕緜緜其—。〔按此假爲穮〕。
●三——武貌。〔詩淸人〕駟介——。〔又〕盛也。見〔漢書劉向傳集注〕。〔又〕和擾也。〔周書太子晉〕志氣——。

〔麃〕滂表切音藨篠韻
同䴉。毛變色也。〔禮記內則〕鳥—色而沙鳴。〔釋文〕本作𪊨。

〔䴠〕於兆切音夭篠韻烏浩切音媼皓韻
麇子曰—。見〔國語魯語〕獸長麑—注。

〔䴠〕烏兆切音夭篠韻烏老切音襖皓韻
鹿子也。見〔篇海〕。〔疑卽麌譌字〕。

〔麌〕音夫虞韻
鹿屬。見〔玉篇〕。

〔䴣〕房脂切音皮支韻
似鹿。見〔康熙字典引玉篇〕。

〔䴤〕蒼葛切音擦曷韻
鹿貌。見〔字彙補〕。

〔䴥〕古虎字。見〔字彙補〕。〔按玉篇作䖇。疑此爲譌字〕。

〔䴦〕同麗。見〔玉篇〕。

〔䴧〕同麞。見〔正字通〕。

〔䴨〕同表。見〔韻會〕。

〔䴩〕同麒。見〔正字通〕。

〔䴪〕麤俗字。見〔集韻〕。

五畫

〔麇〕俱倫切音著眞韻拘云切音君文韻
●一麞也。从鹿。囷省聲。見〔說文〕。
●二通麕。〔公羊哀十四年傳〕有麕而角者。〔釋文〕本又作—。

〔麇〕俱倫切音著眞韻
●一國名。〔春秋文十一年〕楚子伐—。
●二地名。〔左定五年傳〕吳師居—。

〔麇〕衢云切音羣文韻丘粉切音趣吻韻
羣也。〔左昭五年傳〕求諸侯而—至。〔按此假爲䊵〕。

〔麇〕丘粉切音趣吻韻
束縛也。〔左哀二年傳〕羅無勇—之。〔按此假爲稛〕。

〔麈〕師庚切音生庚韻
●一獸似鹿。見〔玉篇〕。〔按集韻云。似鹿而小〕。
●二獸名。大如兔也。見〔廣韻〕。〔按集韻云。大兔〕。
●三鹿二歲也。見〔字彙〕。

〔䴫〕蒲交切音庖肴韻
麃或字。〔集韻〕麃。麠屬。或作—。

〔䴬〕牀據切音助御韻
麔子。〔爾雅釋獸〕麔、其子—。

〔䴭〕千余切音狙魚韻
鹿子曰—。見〔集韻〕。

〔䴮〕牀魚切音鋤魚韻
麋子也。一曰。關中謂小兒爲—子。取此義。見〔集韻〕。

〔䴯〕聰徂切音粗虞韻
麤或字。〔集韻〕麤。行超遠也。或作—。

〔䴰〕坐五切音䖤䴧韻
粗或字。〔集韻〕粗。粗疏也。或作—。〔按粗疏字本應作麤〕。

〔䴱〕部本切音獱阮韻

牝麋。見〔集韻〕。

【䴞】荒胡切音呼虞韻　獸名。見〔字彙〕。

【麈】腫庾切音主麌韻　麋屬。見〔說文〕。〔段注〕乾隆三十一年。純皇帝目驗御園｜角。於冬至皆解。而麋角不解。敕改時憲書麋角解之麋爲｜。〔按御覽引作鹿屬也。大而一角。六書故引唐本作大力一角。名苑云。鹿之大者曰｜。羣鹿隨之。皆視｜所往。｜尾所轉爲準。於文主鹿爲｜。古之談者揮焉。〕

【⿸鹿另】同麀。見〔字彙〕。

【⿸鹿吕】[illegible]或字。見〔集韻〕。

六畫

【䴢】舉履切音几紙韻　●大麋也。狗足。見〔說文〕。〔桂注〕麋。當作麐。釋獸。｜、大麋。旄毛狗足。〔按字今惟或體麂行矣。本草綱目云。｜居大山中。似麞而小。牡者有短角。黧色豹腳。腳矮而力勁。善跳越。其行草莽。但循一徑。皮極細膩、鞋韈珍之。符瑞志有銀｜。白色。今施州山中出一種紅｜。紅色。〕●二 麗｜。水名。〔山海經南山經〕雞山、麗｜之水出焉。而西流注於海。

【麋】旻悲切音眉支韻　●一 鹿屬。冬至解其角。見〔說文〕。〔按本草綱目云。｜牡者有角。喜澤而屬陰。故冬至解角。似鹿而色青黑。大如小牛。肉蹄。目下有二竅。爲夜目。故淮南子云。孕女見｜而子、四目也。參閱麈字。〕

麋圖

●二 ｜之爲言迷也。見〔漢書五行志〕。●三 碎也。〔楚辭招魂〕｜散而不可止些。〔按此借爲靡。〕●四 謂爛也。〔內經氣厥論〕上爲口｜。〔按此借爲糜。〕●五 ｜老也。見〔方言〕。〔注〕｜猶眉也。●六 水草交謂之｜。〔詩巧言〕居河之｜。〔按此借爲湄。〕●七 ｜鴰。鳥名。〔爾雅釋鳥〕鶬、｜鴰。〔釋文本作鶥鴰。詳鴰字。〕●八 犨｜。古之醜人也。〔文選左思賦〕亦猶犨｜之與子都。●九 同眉。〔荀子非相〕伊尹之狀而無須｜。●十 通蘪。〔爾雅釋草〕蘄茝蘪蕪。〔釋文〕本作｜。●十一 姓也。三國蜀｜竺。

【⿸鹿旦】胡官切音桓寒韻　獸似鹿。見〔字彙〕。

【⿸鹿因】於眞切音因眞韻　牝鹿也。見〔篇海〕。

【⿸鹿圭】涓畦切音圭齊韻　鹿屬。見〔說文〕。

【⿸鹿包】音袍豪韻　鹿也。見〔五音篇海〕。

【⿸鹿幷】經天切音堅　輕煙切音牽　倪堅切音妍　先韻　詰戰切音譴　霰韻　詰定切音罄　徑韻　本作麉。〔說文〕麉。鹿之絕有力者。〔按爾雅釋獸作｜。〕

【⿸鹿吾】於口切音歐有韻　獸名。見〔字彙〕。

【麊】民卑切音彌　忙皮切音縻　支韻　忙經切音冥　青韻　｜泠。縣名。〔漢書地理志〕交阯郡｜泠縣。〔按水經葉榆河注作卷泠。當今安南太原府西。〕

【麍】音流尤韻　鹿屬。見〔玉篇〕。

【麌】元俱切音虞　訛胡切音胡　虞韻　五矩切音噳　麌韻　牡麕也。〔爾雅釋獸〕麕牡｜、牝麜。〔注〕詩曰麀鹿｜｜。鄭康成解即謂此也。但重言耳。〔按詩吉日、麀鹿｜｜。鄭箋云。麕牝曰｜。孔疏据郭注爾雅云云、正箋爲牡字。云、本或作麌牝者。誤也。然則玉篇訓牝鹿。廣韻十一模訓牝麕。並誤矣。〕

【⿸鹿昊】五矩切音噳麌韻　麋鹿羣口相聚也。見〔詩吉日幽鹿、｜｜釋文〕。〔按毛傳。｜｜、衆多也。〕

【⿸鹿厸】離珍切音鄰眞韻　麐或字。〔集韻〕麐。牝麒也。或作｜。

【⿸鹿生】⿸鹿辛本字。見〔說文〕。

【⿸鹿乇】同牝。見〔字彙補〕。

【麁】同麃。見〔搜眞玉鏡〕。

【䴤】同麌。見〔字彙補〕。

【䴦】同表。見〔康熙字典引集韻〕。

〔按康熙字典衣部又書作䴦。攷今本集韻小部表重文但有褾。與說文同。惟韻會云。表亦作䴦。差與所引形近。未知所據何本。〕

七畫

【𪊶】蘇官切音酸寒韻

狻或字〔集韻〕狻。狻麑。或从鹿。

【麎】常支切音匙支韻　丞眞切音辰　船倫切音脣眞韻　是忍切音腎軫韻

牝麋也。見〔說文〕。〔段注〕。詩吉日、其祁孔有。箋云、祁當作——。麎牝也。周禮大司馬注鄭司農曰。五歲爲愼。後鄭云。愼讀爲——。麎牝曰——。按——在漢時。必讀與祁音同。俗改爲上刃反。

【䴴】五到切迎上聲迥韻

鹿也。見〔篇海〕。

【麏】俱倫切音著　拘云切音君文韻

同麇。〔文選鮑昭賦〕階闕——麔。〔注〕——與麋音義同。

【𪋋】他頂切音挺迥韻

鹿走皃。見〔集韻〕。

【𪋞】下巧切巧韻

瑞獸也。見〔篇海〕。

【𪋉】牀㨿切音助御韻

同麆。鹿子也。見〔五音集韻〕。

【𪋌】離珍切音鄰眞韻

同麐。〔廣雅釋獸〕——、狼題肉角。含仁懷義。〔說文作麐又作麟〕。

【𪋔】以於切音余魚韻

山驢也。見〔字彙補〕。

【𪋑】魚巾切音銀眞韻　魚斤切音虓文韻

獸名。〔山海經中山經〕扶豬之山。有獸焉。其狀如貉而人面。其名曰——。

【麐】離珍切音鄰眞韻

牝麒也。見〔說文〕。〔段注〕經典麒麟無作——者。惟爾雅从吝。而亦云本又作麟。許書別麟、——爲二。又別麒麟之牝牡。未知許書古本固如此不。玉篇、廣韻、皆麟——爲一字。單呼麟者、大牝鹿也。呼麒麟者。仁獸也。——者麟之或字。

【𪋚】良忍切音吝震韻

牡鹿。見〔集韻〕。〔按說文作麟〕。

【𪋗】音迷齊韻

鹿貌。見〔龍龕手鑑〕。

【𪋦】同駼。見〔字彙補〕。

八畫

【麓】盧谷切音祿屋韻

(一)守山林吏也。一曰林屬於山爲——。春秋傳曰。沙——崩。見〔說文林部〕。〔按字亦作鹿。左昭二十年傳。山林之木。衡鹿守之。杜注。衡鹿、官名。左僖十四年傳。沙——崩。服注。林屬於山爲——、是也〕。

(二)主君苑囿之官。〔國語晉語〕主將適螻而——不聞。

(三)林之大者也。見〔水經濁漳水注〕。

(四)山足也。〔詩旱麓〕瞻彼旱——。

(五)陸也。言水流順陸燥也。見〔釋名釋山〕。

(六)錄也。〔書舜典〕納於大——。〔傳〕——。錄也。納舜使大錄萬機之政。

【𪋬】邕危切音逶支韻

(一)䴸——也。見〔玉篇〕。〔按集韻引鄭康成曰。今益州有鹿——〕。

(二)鹿肉也。見〔廣韻〕。

(三)鹿之美者。見〔集韻〕。

【麗】郎計切音儷霽韻

(一)旅行也。鹿之性、見食急則必旅行。从鹿丽。禮——皮納聘。蓋鹿皮也。見〔說文〕。〔段注〕此——之本義。其字本作丽。旅行之象也。見食急而猶必旅行者、義也。聘禮曰。上介奉幣儷皮。儷即——之俗。鄭注。儷皮、兩鹿皮也。鄭意——爲兩。許意——爲鹿。其意實相通。

(二)兩也。見〔小爾雅廣言〕。

(三)並駕也。〔漢書揚雄傳〕——鉤芒與驂蓐受兮。

(四)數也。〔詩文王〕商之孫子。其——不億。〔按說文作𪉊〕。

(五)施也。〔儀禮士喪禮〕設決——於掔。

(六)美好也。〔楚辭招魂〕——而不奇些。

(七)思也。見〔小爾雅廣言〕。〔按此假爲慮〕。

(八)過也。〔淮南俶眞〕猶條風之時——也。

(九)光華也。〔文選揚雄賦〕于胥德兮、—萬世。
(十)連也。〔易兌〕—澤兌。
(十一)華靡也。〔漢書地理志〕織作冰紈綺繡純—之物。
(十二)猶繫也。〔禮記祭義〕既入廟門—於碑。
(十三)謂附著也。見〔易離〕離—也疏。
(十四)西北曰—風。見〔淮南墬形〕〔注〕—風、乾氣所生也。一曰閶闔風。
(十五)華—。縣名。漢置。屬樂浪郡。當在今朝鮮境。
(十六)姓也。見〔姓苑〕。〔又〕匠—。複姓。〔左成十七年傳〕晉厲公遊於匠—氏。

【麗】鄰知切音離支韻
(一)施也。〔尚多方〕不克開於民之—。
(二)—視。目病。〔釋名釋疾病〕眸子明而不正曰通視。又謂之—視。—、離也。言一目視天。一目視地。目明分離。所視不同也。
(三)魚—。陣名。〔左桓五年傳〕爲魚—之陳。〔按朱駿聲云。相次比也。集韻作魚䲡〕。
(四)—黃。鳥名。〔文選張衡賦〕鵾鶬—黃。關關嚶嚶。〔按說文作離。離黃〕。

倉庚也〕。
(五)侯—。地名。〔左成十三年傳〕師遂濟涇及侯—而還。

【麗】鄰知切音離支韻憐題切音黎齊韻
(一)高句—。國名。亦作高句驪。又稱高—。本出扶餘。其先祖朱蒙被難。棄扶餘東南走。渡普述水。至紇升骨城。遂居焉。號曰句—。以高爲氏。其後拓國在遼東之東千里。南與朝鮮、濊貊、東與沃沮、北與扶餘接。至魯世。其王高璉倂有朝鮮諸地。遂都平壤。分國內爲八道。朝鮮亦被高句—名矣。中更王氏。至明世、李成桂代王氏自立。乃請於明。復古號曰朝鮮。
(二)山名。〔史記黥布傳〕布已論輸—山。〔按漢書英布傳作驪山〕。

【麗】郎計切音儷霽韻里弟切音禮薺韻
(一)屋欐也。〔莊子人間世〕求高名之—者。釋文引司馬。〔按同欐。列子力命。居則連欐。釋文。屋棟也〕。
(二)梁—。小船也。見〔莊子秋水〕梁—可以衡城。釋文引司馬。〔按字彙云。車名〕。

【麗】里弟切音禮薺韻
委—。行步進止之貌也。〔漢書司馬相如傳〕𩦎應龍象輿之蠖略委—兮。〔按亦作逶邐〕。

【麗】鄰知切音離支韻力智切音詈寘韻郎計切音儷霽韻
譙—。高樓也。〔莊子徐无鬼〕君亦必無盛鶴列於—譙之間。〔案釋文云。—如字。又力智反。力知反。譙—、樓觀名也。案謂華—而譙嶢。攷集韻寘部引此云。美也。亦即華—義〕。

【麗】里第切音禮薺韻
彭—。澤名。通作蠡。見〔集韻〕。

【麗】山宜切音釃支韻
斯或字。〔集韻〕斯。析也。亦作—。

【麗】郎狄切音歷錫韻
酈省字。〔集韻〕酈。南陽縣。或省。

【䴦】此主切音取麌韻
小鹿也。見〔篇海〕。

【麏】公渾切音昆元韻
鹿屬。見〔集韻〕。

【䴢】朱惟切音錐支韻
鹿一歲曰—。見〔集韻〕。〔按玉篇。麛、鹿一歲。—、鹿二歲〕。

【麑】研奚切音倪齊韻
狻—。獸也。見〔說文〕。〔按字亦作猊。詳狻猊字〕。

【麛】緜批切音迷齊韻
麛或字。〔集韻〕麛。鹿子也。或从兒。〔按論語鄉黨。素衣—裘。即弭之叚借。釋文讀米倠反。是也。今集注本則亦讀研奚反矣〕。

【麒】渠之切音其支韻
—麟。仁獸也。麇身。牛尾。一角。見〔說文〕。〔段注〕各本無—麟二字。今依初學記補。公羊傳曰。麟者仁獸也。何注。狀如麕。一角而戴肉。設武備而不爲害。所以爲仁也。毛詩傳曰。—信而應禮。左傳服虔注。—中央土獸。土爲信。此云仁獸。用公羊說。以其角端戴肉。不履生蟲。不折生艸也。〔按史記索隱引郭璞云。—似麟而無角。桂馥云。傳記言一角皆曰麟。不曰—。或有—麟並舉。而無單舉—者。存參〕。〔又〕近北極之小星座名也。在赤經三度乃至五度。赤緯北五十二度乃至八十五度之間。肉眼得見之星。凡九十箇。其最大者不過四等星也。英文 Camedo-pardalis［又］閣名。［三輔黃圖］漢宮殿疏云。—麟閣。蕭何造以藏祕書、處賢才也。［按漢宣帝思股肱之美。乃圖霍光等十一人於其上。］

【麔】巨九切音舅有韻居勞切音高豪韻巨夭切音驕被表切音莩篠韻

麒麟圖

麔牝者。見［說文］。［桂注］牝、當爲牡。釋獸。麌牡。—。［按釋獸又云。—麚短脰。謂其項短也。又集韻有麔引說文同此。小韻切巨夭者。訓亦同。切被表者、乃訓牡鹿。而豪韻又訓牡麔。攷釋獸牡鹿爲麚。牡麔爲麌。故知集韻鹿麔字。麌之形譌耳。類篇類此諸切。僅舉牝麔一義。麔亦當爲形譌。然因可證—有四切而祇一義。］

【麗】於阮切音苑阮韻

鹿也。見［篇海］。

【䴢】音預御韻—麢。獸名。［楊雄賦］—麢鹿射。［按章樵注］音預。似鹿而大。［按說文麌下桂注。—卽麢之省文。存攷。］

【麕】麕籀文。見［說文］。

【麟】同瓶。見［龍龕手鑑］。

【麖】同麡。見［字彙］。

【麞】麞或字。見［說文］。

九畫

【麛】緜批切音迷齊韻

❶鹿子也。見［說文］。

❷凡獸子亦通稱—。［禮記曲禮］士不取—卵。［疏］—乃鹿子之稱。而凡獸子亦得通名也。

❸亦作麑。［國語魯語］獸長麑麌。［注］鹿子曰麑。

【麘】虛良切音香陽韻

麝—。獸名。見［集韻］。［按字彙云。麝—、獸臍。俗字。据說文云麝臍有香。則字彙當矣。］

【麌】奴亂切音偄翰韻

鹿麛也。从鹿。耎聲。讀若偄弱之偄。見［說文］。［桂注］鹿字衍。吳都賦。麢𪊢無麢鷄。李善引說文。麢、麛也。隸體需變作需。需與耎通。［參閱𪋋字。］

【麙】胡讒切音咸咸韻

山羊而大者。細角。見［說文］。［桂注］釋畜。羊六尺爲羬。郭注引尸子。大羊爲羬。六尺。釋文。本亦作—。西山經。錢來之山有獸焉。其狀如羊而馬尾。郭注。今有大月氏國。有大羊如驢而馬尾。爾雅六尺爲羬。謂此羊也。［按本艸綱目以爲卽羚羊。存攷。］

【麙】虛咸切音獻咸韻

羊絕有力。見［集韻］。

【麙】其淹切音箝鹽韻魚咸切音喦咸韻

羬或字。［集韻］羊六尺爲羬。或从鹿。

【麙】魚咸切音喦咸韻

熊虎醜絕有力、—。見［爾雅釋獸］。［釋文］—本或作羬。［按說文王注。釋畜。羊絕有力、奮。奮、蓋本作—。錯簡入於釋獸。因改彼文爲奮耳。据此。則爾雅有誤。］

【麚】居牙切音嘉麻韻

牡鹿。以夏至解角。見［說文］。［桂注］俗作麚。通鑑、魏改元神麚。注云。麚、牡鹿也。

【麔】專於切音諸魚韻

鹿類。見［字彙］。

【䴥】匪䴔切音篠韻

風名。見［字彙補］。［當卽飆字。］

【麔】同麔。見［字彙］。

【䴦】同麠。見［字彙補］。

【麔】同虎。見［說文長箋］。

【麤】麆或字。見［說文］。

十畫

【麙】緜批切音迷齊韻

鹿跡。一曰鹿媒。見［集韻］。

【麖】力質切音栗質韻

牝麔也。［爾雅釋獸］麔牝、—。

【麝】神夜切音射禡韻食亦切音

本作麝。［說文］麝。如小麋。臍有香。［桂注］麋、當作麞。御覽引云黑色麞。如小麞。臍有香。［按爾雅釋獸。

—父麢足。注云。腳似麢有香。陶注本草云。—形似麞。常食柏葉。又噉蛇。五月得香。往往有蛇皮骨。入春。自剔出其香覆之。人有遇得。乃至一斗五升也。今動物學云。—屬有蹄類之反芻類。似鹿而牝牡俱無角。牡上顎之犬齒彎曲而長。突出口外。牝腹部有分泌腺。腺曰—囊。—香其分泌物也。」

麝圖

【⿸鹿令】力丁切音零青韻
鹿也。見〔字彙補〕。

【⿸鹿丽】古麗字。見〔篇海〕。

【[illegible]】怚[illegible]文。見〔五音集韻〕。

十一畫

【⿸鹿速】蘇谷切音速屋韻
❶鹿跡也。从鹿。速聲。見〔說文〕。〔桂注〕速聲者。速當爲速。釋獸。鹿、其迹速。速。亦當作速。釋文作邀。音素卜反。似誤。此如楝字、郭璞音糟狄反。廣韻作楝。音桑谷切。其誤正同。
❷鹿子也。見〔說文義證引字林〕。

【麞】諸良切音章陽韻
❶麇屬。見〔說文〕〔桂注〕麇、當作麞。圖經云。—類甚多。麢其總名也。有二牙者。有無牙者。然其牙不能噬囓。俗作獐。考工記注。齊人謂麢爲獐。〔按本草綱目注。—喜文章。故字從章。陸氏曰。—性驚慞。故謂之—。—似鹿而小。無角。黃黑色。大者不過二三十斤。雄者有牙出外。俗稱牙—。爾雅義疏云。古人言獐頭鼠目。其性多疑善顧。本艸陶注。白是—。言白膽易驚怖也。〕
❷香—。麝也。〔本草綱目〕麝、其形似—。故俗呼香—。

麞圖

【⿸鹿畢】壁吉切音必質韻
鹿子也。見〔篇海〕。

【⿸鹿票】音瓢蕭韻
鹿屬。見〔玉篇〕。

十二畫

【麟】力珍切音鄰眞韻
❶大牝鹿也。見〔說文〕。〔桂注〕牝、當爲牡。玉篇。—、大牡也。東京賦。解罘放—。薛注。大鹿曰—。陸璣詩疏。今幷州界有—。大小如鹿。非瑞應—也。故司馬相如賦射麋腳—。謂此—也。
❷州名。漢五原河西二處。唐置—州。
❸——光明也。〔文選揚雄劇秦美新〕炳炳——。〔注〕——與燐、古字同用。
❹通麐。〔說文繫傳〕—書傳多㠯爲麒麐字。譌變古或假借也。

【⿸鹿菐】步木切音僕屋韻
鹿相隨也。見〔篇海〕。

【⿸鹿眉】門皮切音迷支韻
鹿也。見〔字彙補〕。

【⿸鹿矣】麝本字。見〔說文〕。

【⿸鹿爲】同⿸鹿爲。見〔龍龕手鑑〕。

【⿸鹿壘】⿸鹿纍俗字。見〔龍龕手鑑〕。

【⿸鹿器】⿸鹿器譌字。見〔字彙補〕。

十三畫

【麌】五矩切音俁麌韻
噳或字。〔集韻〕噳、麌鹿羣口相聚皃。或作—。

【麠】居卿切音京庚韻
大麃也。牛尾一角。見〔說文〕。〔段注〕麃、各本作鹿。誤。史武帝紀、漢郊祀志、皆曰。郊雍獲一角獸。若麃然。武帝所獲正是—。蓋麃似麞、無角。大麃有一角。則謂之—。當時有司因一角附會爲—也。

【⿸鹿業】魚怯切音業洽韻
鹿相隨也。見〔篇海〕。〔按康熙字典云。與⿸鹿菐字音別義同。形亦近。疑有譌。〕

【⿸鹿祿】力谷切音祿屋韻
獸名。見〔字彙補〕。〔按顧氏說略。獸有天祿辟邪。天祿亦作天鹿。又作天—。漢書西域傳注孟康曰。桃拔一名符拔。似鹿長尾。一角者或爲天祿。兩角者或爲辟邪。宋史符端志云。天鹿者、純靈之獸也。五色光曜洞明。王者道備則至。〕

【⿸鹿雩】同⿸鹿霝。見〔搜眞玉鏡〕。

【麢】麢或字。見〔集韻〕。

十四畫

【麡】前西切音齊。牋西切音齌。齊韻。牀皆切音豺。佳韻。

｜。狼似鹿而角向前。入林則掛其角。故常在淺草中。逐入林則搏之。見〔異物志〕。〔按集韻云。似鹿而小角長五尺。〕

【麌】羊諸切音余。魚韻。象呂切音敘。語韻。羊茹切音豫。御韻。

似鹿而大也。見〔說文〕。〔桂注〕似鹿而大也者。集韻、郊羊大者曰𪋬｜。

【麢】詢趨切音須。汝朱切音儒。虞韻。奴侯切音羺。尤韻。奴亂切音偄。翰韻。

麢也。見〔集韻〕。〔按此字、說文本從耎。云、讀若偄弱之偄。是廣韻麢入二十九換。是矣。然文選吳都賦李善注引說文。乃從需。音集韻虞部。｜又音儒。而換部引說文亦從需。廣雅釋獸、｜。曹憲音奴侯切。依段玉裁說从需者。乃轉寫譌俗也。古音需聲在五部。耎聲在十四部。則字從需者實誤。從需而讀同耎聲者尤誤矣。但桂注說文云。隸體需變作𠕻。與耎通。廣雅釋獸疏證云。凡字之從而聲耎聲需聲者。聲皆相近。是從需從耎又正從同矣。存參。〕

【麡】腫雨切音渚。語韻。

獸似鹿。見〔字彙補〕。

十七畫

【麢】郎丁切音靈。青韻。

❶大羊而細角。見〔說文〕〔桂注〕釋獸。｜大羊。郭注。｜羊似羊而大。角細、俗作羚。本草。羚羊角。生石城山川谷及華陰山。圖經云。其形似羊。色青而大。其角長一二尺。有節。如人手指握痕。陳藏器云。羚羊夜宿。以角掛木。不著地。又借靈字。後漢書西南夷傳。有靈羊可療毒。〔按本草綱目云。羚羊、似羊而色青。毛粗。兩角短小。陶氏言羚羊有一角。陳氏非之。而寰宇志云。安南高石山出羚羊。一角。極堅。能碎金剛石。則羚固有一角者。〕

【麣】同麟。見〔字彙補〕。

十八畫

【麤】同麡。見〔字彙〕。

二十畫

【麙】五咸切音岩。咸韻。

山羊也。見〔篇海〕。

【麙】五感切。感韻。

山羊也。見〔搜眞玉鏡〕。

二十二畫

【麤】聰徂切音粗。虞韻。

❶行超遠也。从三鹿。見〔說文麤部〕。〔段注〕三鹿齊跳。有超遠之意。字統云。警防也。鹿之性相背而食。慮人獸之害也。故从三鹿。楊氏與許乖異如此。

❷大也。見〔廣雅釋詁〕。〔按公羊隱元年釋文引說文有此義。〕

❸不精也。見〔玉篇〕。

❹猶疏也。微也。〔禮記儒行〕｜而翹之。

❺錯也。相遠之言也。見〔釋名釋言語〕

❻三升布。〔左襄十七年傳〕晏嬰｜縗斬。

❼履也。南楚江沔之間總謂之｜。見〔方言〕。〔箋疏〕｜、說文作䴎。云、草履也。釋名。履、荊州人曰｜。絲麻韋布皆同名也。｜措也。言所以安措足也。師古急就篇注。｜者、麻枲雜履之名也。〔按經訓堂本釋名今亦作䴎〕。

❽｜糲。猶言粗糙。〔史記聶政傳〕故進百金者。將用為大人｜糲之費。

❾｜厲。抗厲也。〔漢書禮樂志〕｜厲猛奮之音作。

❿大｜。漆履有齒者。〔方言〕大｜謂之𨌁角。

⓫｜功。猶大功也。見〔儀禮喪服冠者沽功也注〕

⓬同麁。〔列子說符〕得其精而忘其｜。〔注〕｜與麁同。

麥部

【麥】莫獲切音脈陌韻訖力切音極職韻

一 芒穀。秋種厚薶。故謂之｜。、金也。金王而生。火王而死。从來。有穗者也。从夊。〔段注〕有芒朿之穀也。薶、｜、疊韻。有穗、猶有芒也。有芒故从來。來、象芒朿也。从夊者、象其行來之狀。〔按｜有小｜大｜之別。小｜、冬日下種。即抽嫩苗。莖高三四尺。質柔。苗穗皆小。花多白。夏結實。種子富於小粉。爲食料大宗。大｜、狀與小｜相似。惟苗穗較大。每苞祇一花。悉具多數之稃。種子可炊爲飯。外有穬｜。殼厚而粗。亦分二種。一類大｜。一類小｜。又有蕎｜、亦名莜｜。說詳蕎字。又有燕｜、亦名雀｜。說詳雀字。〕

二 蘧｜。草名。〔爾雅釋草〕大菊蘧｜。〔詳蘧字。〕

三 ｜櫻。山嬰桃別名。見〔本草綱目〕。

四 姓也。隋｜鐵杖。

【麦】麥俗字。見〔玉篇〕。

二畫

【⿺麥力】力仍切音淩蒸韻

欺｜也。見〔字彙補〕。〔康熙字典〕云。即⿺麥力字之譌。

【⿺麥匕】同麴。〔龍龕手鑑〕｜、舊藏作麴。

【⿺麥丂】麪譌字。見〔正字通〕。

三畫

【⿺麥弋】逸職切音弋職韻

一 麥｜。見〔玉篇〕。〔按類篇云。麥麵也。正字通云。麥殼破碎者。涅槃經譌作⿺麥戈。〕

二 人名。晉姚｜。見〔十六國春秋〕。

【⿺麥才】將來切音哉牆來切音裁灰韻

餅⿺麥翁也。見〔說文〕。〔按方言。｜、麴也。晉之舊都曰｜。郭注曰。今江東人呼麴爲｜。又廣雅釋器疏證。｜之言哉也。爾雅。哉、始也。麴爲酒母。故謂之｜。〕

【⿺麥乇】闥各切音託藥韻

飥或字。〔集韻〕飥。餺飥。餅屬。或作｜。

【⿺麥山】所晏切音訕諫韻

麴謂之｜。見〔集韻〕。〔按字彙云。⿺麥各｜、餅麴。〕

【⿺麥亡】謨郎切音芒陽韻

麥｜。見〔字彙〕。〔按正字通云。說文、麥、芒穀。凡草木有芒朿者。通作芒。麥亦肰。俗改从｜、非。〕

【麧】恨竭切音紇下扢切音齕月韻

本作麧。〔說文〕麧。堅麥也。〔桂注〕程君瑤田曰。麧、與覈通。漢書、食糠覈耳。注、孟康曰。覈、麥糠中不破者也。晉灼曰。覈音紇。京師人謂麤屑爲紇頭。廣韻引漢書作食糠｜。玉篇亦曰。｜、堅麥也。引孟康說以證之。說文釋⿺麥音爲麥覈屑。釋⿺麥肖爲小麥屑之覈。益是物也。

【麧】胡骨切音搰月韻

⿰禾乞或字。〔集韻〕⿰禾乞。粗屑也。或从麥。

四畫

【麩】芳無切音敷虞韻

一 小麥屑皮也。見〔說文〕〔段注〕｜之言膚也。屑小麥則其皮可飤獸。大麥之皮。不可食用。故無名。

二 鹽｜子。果名。〔本草綱目〕鹽｜子、狀如椿。其葉兩兩對生。五六月開花。青黃色。成穗。一枝纍纍。七月結子。大如細豆而扁。生青。熟微紫色。其核淡綠。核外薄皮上有薄鹽。蜀人采爲木鹽。

【麪】眠見切音眄霰韻

一 麥屑末也。見〔說文〕。〔段注〕末者、屑之尤細者也。齊民要術謂之勃。取蓬勃之意。廣雅、⿺麥蔑謂之｜。⿺麥蔑與｜爲疊韻。〔按此俗稱｜粉。而｜粉所作食物。亦徑稱｜。如韋巨源食單有婆羅門輕高｜。即饅頭也。嬾眞子云。湯餅者。則世所謂長命｜者也。今俗以｜粉製成條縷者、名｜。以腽肭名包｜。〕

二 ｜木。桄榔子別名。〔本草綱目〕其木似檳榔而光。故名桄榔。｜、言其粉也。〔按此言｜者。以其粉屮爲餅餌。蓋引伸之義。蜀記、莎木皮中有白｜。擣篩作餅、或磨屑作飯、食之。彼人呼爲莎皮。其取義亦同。〕

【麨】齒紹切音弨篠韻

糗也。〔本草綱目〕｜以炒成。其臭香。故糗從臭。｜從炒省也。〔按本草拾遺。河東人以麥爲之。北人以粟爲之。東人以粳米爲之。炒乾飯磨成也。互詳⿰麥昔字。

【⿰麥內】奴答切音納合韻　—⿰麥刂。見〔篇海〕。

【⿰麥反】求於切音渠魚韻　麥不成。見〔篇海〕。

【⿰麥勿】呼骨切音忽月韻　餅屬。見〔集韻〕。

【⿰麥比】頻彌切音陴頻脂切音毗支韻　—⿰麥參⿰麥昔也。〔廣雅釋器〕—⿰麥參謂之⿰麥昔。〔按廣韻云。—⿰麥參、⿰麥參麥麪。〕

【⿰麥斗】當口切音斗有韻　麥—。見〔集韻〕。

【⿰麥丰】芳無切虞韻　麥皮也。見〔龍龕手鑑〕。〔按康熙字典云。即麩字之譌。〕

【⿰麥戊】神蜀切音贖沃韻　姓也。梁四公—⿰麥耑之後。見〔廣韻〕。〔按梁四公傳作⿰麥戊⿰麥耑。轉注古音、⿰麥戊音頤。而奇姓通又作⿰麥戊⿰麥耑。〕

【⿰麥夬】去穢切音㤜隊韻倪結切音齧屑韻

蘖也。〔周禮媒氏注〕今齊人名麴—曰媒。〔疏〕麴—和合得成酒醴。

【⿰麥屯】徒渾切音屯元韻　肫或字。〔集韻〕肫、⿰月昆肫。餌也。或从麥。

【⿰麥斤】堅溪切音稽齊韻　麥掉⿰麥冀。見〔字彙補〕。

【⿰麥气】麧本字。見〔說文〕。

【⿰麥攵】同⿱⿰麥敖灬。見〔龍龕手鑑〕。

【⿰麥欠】同麦。見〔龍龕手鑑〕。

【⿰麥火】同⿱⿰麥敖灬。〔龍龕手鑑〕—、舊藏作⿱⿰麥敖灬。⿱⿰麥敖灬字在僧護經。郭氏又俗音五刀反。

五畫

【⿰麥木】⿰麥付譌字。見〔字彙補〕。

【⿰麥占】托協切音帖葉韻　㊀餅屬。見〔集韻〕。㊁—動。西南夷名。〔後漢明帝紀〕西南夷白狼動—。諸種慕義貢獻。

【⿰麥占】尼占切音黏鹽韻　青—。藥名。〔後漢華佗傳〕佗授以漆葉青—。〔注〕青—者、一名地節。一名黃芝。

【⿰麥它】湯河切音佗歌韻　餌也。見〔集韻〕。

【⿰麥敖】五高切豪韻　煎也。見〔五音集韻〕。〔按龍龕手鑑云。熬俗字。〕

【⿰麥末】莫葛切音末曷韻　麪也。今呼米屑爲—。見〔玉篇〕。〔按集韻以爲⿰米蔑或字。段玉裁云。—、即末也。末與麪爲雙聲。⿰米蔑與麪爲疊韻。〕

【麭】披敎切音奅效韻　餌也。見〔集韻〕。

【⿰麥巨】臼許切音巨語韻　粔或字。〔集韻〕粔、蜜餌也。或从麥。

【⿰麥主】他口切音妵有韻　⿰麥咅—。餅屬。見〔集韻〕。

【⿰麥穴】戶八切音滑呼八切音傄黠韻　餅⿰麥爾也。見〔說文〕。〔按方言。—、麴也。齊右河濟曰—。〕

【麮】口舉切音弆語韻丘據切音去御韻　麥甘鬻也。見〔說文〕。〔段注〕釋名曰。煮麥曰—。按麥甘鬻者。以麥爲粥。其味甘也。其法當以大麥爲之。

【麮】口舉切音弆語韻　烏—。蘧也。見〔廣雅釋草〕。

【⿰麥弁】音牟尤韻　麥也。見〔字彙補〕。〔按康熙字典云。即麰字之譌。〕

【⿰麥戌】音麥陌韻　梁四公—⿰麥耑。見〔奇姓通〕。〔按梁四公傳作⿰麥犬⿰麥耑。廣韻則作⿰麥戔⿰麥耑。未審孰是。〕

【⿰麥禾】同麴。見〔字彙〕。

【⿰麥召】同⿰麥昔。見〔篇海〕。

【麬】麩俗字。見〔正字通〕。

【⿰麥且】⿰麥肙譌字。見〔正字通〕。

六畫

【⿰麥并】必郢切音餅梗韻　㊀索—。出食苑。見〔廣韻〕。㊁餅或字。〔集韻〕餅、麪餈也。或从麥。

【⿰麥出】丘竹切音麯屋韻　㊀麴或字。〔集韻〕麴、酒母也。或作—。

②姓也。—崇裕。晉人。著郊祀志十卷。

【麰】迷浮切音謀尤韻

①來—。麥也。見〔說文〕〔桂注〕〔玉篇〕。—、春麥也。廣韻。—、大麥。又短粒麥。陶注本草云。今稞麥一名—麥。似穬麥。惟皮薄耳。〔按通訓定聲云。此字後出。詩思文、貽我來牟。只作牟。來牟者、雙聲連語。後人乃云大麥—。小麥麳。望文生訓。〕

②麴也。見〔方言〕。

③煮麥也。〔釋名釋飲食〕煮麥曰—。—、亦齲也。煮熟亦齲爛也。〔按畢沅疏證本、段注引、並作麩。〕

【⿰麥同】吐孔切音侗董韻　餅屬。見〔集韻〕。

【⿰麥各】各領切音格陌韻　麥碎曰—。見〔集韻〕。

【⿰麥自】都回切音堆灰韻　䭔或字。〔集韻〕䭔。丸餅也。或作—。

【⿰麥夌】音陵蒸韻　—嶒。山皃。見〔龍龕手鑑〕。〔按康熙字典云疑即崚字之譌。〕

【⿰麥米】同麴。見〔龍龕手鑑〕。

【⿰麥公】麩譌字。〔廣雅釋草〕烏麩。舊也。〔疏證〕烏麩、影宋本譌作烏⿰麥公。皇甫以下諸本⿰麥公、字又譌作—。

七畫

【⿰麥夆】蒲蒙切音蓬東韻　煮麴也。見〔集韻〕。〔按正字通云。—、麷同。俗省作逢。河間以北。煮穜麥賣之、名曰逢。卽麷也。煮煎之麥曰—。舊注分二字。誤。〕

【麨】師加切音沙麻韻　碎麥。見〔集韻〕。

【⿰麥孛】薄殁切音孛月韻　屑麥。見〔集韻〕。

【⿰麥見】余諫切音莧諫韻　麥屑。見〔玉篇〕。

【⿰麥利】良脂切音棃支韻　麥酒。見〔集韻〕。

【⿱髟麥】丘六切音鞠屋韻　麴或字。〔集韻〕麴。酒母也。或作—。〔正字通云同麴。〕

【⿰麥完】胡昆切音魂元韻　⿰麥果或字。〔集韻〕⿰麥果。麴也。或从完。

【⿰麥完】胡官切音桓寒韻戶衮切音混阮韻戶管切音緩旱韻　女麴也。小麥爲之。一名—子。見〔集韻〕。〔按集韻阮部旱部云。—、全麥麴。攷本草綱目云。女麴、乃女人以完麥罨成黃子。是卽全麥麴矣。〕

【⿰麥完】戶版切音睆潸韻　⿰麥果或字。〔集韻〕⿰麥果。黃蒸⿰麥果子。或从完。

【⿰麥肙】圭懸切音涓先韻　稍或字。〔集韻〕稍。麥莖也。或作—。

【⿰麥寽】盧臥切音贏箇韻　—⿰麥咼。粟粥。見〔集韻〕。

【⿰麥呈】同⿰麥圭。見〔搜眞玉鏡〕。

【⿰麥肖】同⿰麥豕。見〔玉篇〕。

【⿰麥孚】同麩。見〔玉篇〕。〔按晉京口謠。昔年食白飯。今年食麥—。謂麥殼也。〕

【⿰麥甫】麩或字。見〔說文〕。

【⿰麥甬】⿰麥甫譌字。見〔字彙補〕。

八畫

【⿰麥果】胡昆切音魂元韻

①麴也。〔方言注〕有衣麴—。〔按注又云。小麥麴爲—。—卽⿰麥完也。〕

②麥不破也。見〔集韻〕。

【⿰麥果】魯果切音裸哿韻　⿰麥丙也。見〔集韻〕。

【⿰麥果】古火切音果哿韻　餅—。食。見〔廣韻〕。

【⿰麥果】戶瓦切音踝馬韻　⿰麥丙名。見〔廣韻〕。〔按玉篇、集韻、並云。麴也。〕

【麴】丘六切音鞠屋韻

①酒母也。〔書說命〕若作酒醴。爾惟—蘖。〔按字本作𥻆。又作鞠。本草綱目、—外別有女—。乃女人以完麥罨成黃子者。又有紅—。法出近世。以白粳米和—母爲之。入酒及食物中。鮮紅可愛。〕

②朽也。鬱之使生衣朽敗也。見〔釋名釋飲食〕。

③薄也。〔方言〕薄。宋魏陳楚江淮之間、謂之苗。或謂之—。

④神—。藥—也。〔本草綱目〕昔人用—。多是造酒之—。後醫乃造神—。

以供樂。刀更勝。蓋取諸神聚會之日造之。故得神名。〔按左宣十二年傳注。麥—所以禦溼是古以酒—供樂矣〕

㊄鼠—草名〔本草綱目〕鼠—草。原野間甚多。二月生苗。莖葉柔軟。葉長寸許。開小黃花成穗。結細子。楚人呼爲米—

㊅—黃彩也。見〔爾雅釋器〕〔疏證〕—塵亦染黃也。周官內司服鞠衣鄭注。鞠衣黃桑服也。色如鞠塵。鞠與—通。〔按—塵。華名。黃色〕

【⿰麥匋】徒刀切音匋豪韻

餌也。見〔集韻〕

【⿰麥昆】胡昆切音魂元韻

⿰麥果或字。〔集韻〕⿰麥果。麴也。或从昆。

【⿰麥𤰇】平祕切音備寘韻

同糒。乾糒也。見〔篇海〕

【⿰麥念】諾叶切音捻葉韻

⿰食念或字。〔集韻〕⿰食念。餅也。或从麥。

【⿰麥其】渠之切音其支韻

粸或字。〔集韻〕粸。餅屬。或从麥。

【⿰麥囷】巨隕切音窘軫韻　窘遠切音巻阮韻

餅屬。見〔集韻〕

【麳】郎才切音來灰韻

小麥也。見〔廣雅釋草〕〔參閱麰字〕

【⿰麥來】六直切音力職韻

來或字。〔集韻〕來。來牟。麥也。或作—。

【⿰麥來】陵之切音釐支韻　郎才切音來灰韻

⿰禾來或字。〔集韻〕⿰禾來。齊謂麥曰⿰禾來。或从麥。

【⿰麥空】呼木切音嗀屋韻

麥。見〔玉篇〕

【⿰麥音】薄口切音部有韻　薄沒切音孛月韻

【⿰麥㐱】良脂切音棃支韻

—⿰麥圭。餅也。見〔玉篇〕

【⿰麥录】盧各切音漉屋韻

⿰麥尤—⿰麥者也。見〔集韻〕

【⿰麥夜】夤謝切音夜禡韻

⿰麥蜀—煮餅。見〔字彙〕

【⿰麥戔】楚限切音剗潸韻　初諫切音鏟諫韻

⿰麥莫—⿰麥毛皮也。見〔集韻〕—麥也。見〔集韻〕〔按廣韻三十諫云。㲉麥—也〕

【⿰麥卑】頻彌切音陴　賓彌切音卑　班糜切音陂支韻

麴也。北燕曰—。見〔方言〕〔注〕細餅麴。〔箋疏〕—之言卑也。以細小爲義也。〔按廣韻云麵餅。未審是一是二〕

【⿰麥隹】尺少切音麨篠韻

糗也。粮也。見〔字彙補〕

【⿰麥沙】同麨。見〔字彙補〕

【⿰麥勿】同⿱𥝢麥。見〔字彙補〕

【⿰麥尤】同⿰麥勿。見〔字彙〕

【⿰麥莎】麩俗字。見〔龍龕手鑑〕

九畫

【⿰麥咼】蘇臥切音⿰月差箇韻

⿰麥予—粟粥。見〔類篇〕

【⿰麥科】苦禾切音科歌韻

—斗餌也。象蟲形。見〔集韻〕

【⿰麥頁】房故切音負遇韻

麥冉生。見〔篇海〕

【⿰麥酋】齒紹切音弨篠韻

麨⿱參麥謂之—。見〔廣雅釋器〕〔疏證〕或作麨。一名糗。〔按集韻—、麨、糗。同。互詳麨字〕

【⿰麥參】莫後切音母有韻

麥也。見〔集韻〕

【⿱參麥】迷浮切音謀尤韻

麰或字。〔集韻〕麰。來麰。麥也。或作—。

【⿰麥貨】心作切音索藥韻

乾餅也。見〔字彙補〕

【⿰麥敄】同⿱參麥。見〔篇海類編〕

【⿰麥俞】同⿰麥圭。見〔玉篇〕

【⿰麥枼】同⿰麥蜀。見〔字彙〕

【麵】⿰麥句或字。見〔集韻〕

【⿰麥胡】黏俗字。見〔玉篇〕

【⿰麥柔】麴俗字。見〔龍龕手鑑〕

十畫

【⿰麥家】謨逢切音蒙東韻

㊀麴也。見〔廣雅釋器〕〔疏證〕—之

言蒙也。說文。䴭、麴生衣也。方言注。䴭、有衣麴也。䴭、䴭、—並同。〔按玉篇。—、有衣麴也。女麴也。〕

②糏也。見〔廣雅釋器〕〔疏證〕—之言溕溕也。

【䴯】蘇骨切音窣月韻

磨麥也。見〔集韻〕。

【䴸】先結切音屑屑韻

糏或字。〔集韻〕糏、舂餘也。或从麥。

【䵊】紆問切音醞問韻

麴也。見〔集韻〕。

【䴽】昔各切音索藥韻

䴷—也。見〔篇海〕。

【䵄】損果切音鎖哿韻蘇臥切音脧箇韻

小麥屑之覈。見〔說文〕〔段注〕此晉灼所云。京師人謂麤屑爲䵄頭也。覈同果中核之核。今所謂粗麪也。—與麩、皆謂堅者。〔按廣雅釋器云。—、糏也。疏證云。—之言瑣瑣也。引說文云云。是渾言之則爲糏耳。〕

【𪍿】宊谷切音哭屋韻

餅麴也。見〔說文〕〔段注〕餅麴者、堅築之成餅也。方言。—、麴、麳、䴭、麴也。自關而西秦豳之間、曰—。

【䴾】才何切音醝歌韻　阻氏切音批紙韻

礁麥也。一曰擣也。見〔說文〕。〔王注〕廣韻。—、䴿麥滓也。然則—者。搓之謂也。若然、則礁當作𪌰。下文一曰擣也。是舂之也。廣韻。䴾、擣也。廣雅。䴾、舂也。蓋—之異文。

【䵇】白各切音博藥韻

同餺。〔集韻〕餺飥、餅也。亦作—。

【䴻】頻脂切音毗支韻

—麥、䵆也。見〔集韻〕〔參閱麴字〕。

【䵃】俗糯字。見〔正字通〕。

十一畫

【䴹】朗口切音塿有韻

𪌹—。䴷餅也。司徒儀、吏死祭用𪌹—三十。干寶說。見〔集韻〕。

【䵋】末各切音莫藥韻

—麩。麩皮也。見〔集韻〕。

【𪍽】力展切音輦銑韻

大麥䴬—。見〔廣韻〕〔互詳𪌹字〕。

【𪎈】隨戀切音漩霰韻

麥也。見〔集韻〕。

【𪎉】七亮切音蹡漾韻

麨敗曰—。見〔集韻〕。

【䵘】謨官切音瞞寒韻

饅或字。〔集韻〕饅、饅頭、餅也。或从麥。

【𪎊】五高切音敖豪韻

煎也。見〔篇海類編〕。〔疑即敖字之譌。〕

【䵂】陟革切音摘治革切音蹢直炙切音擿陌韻亭歷切音狄錫韻

本作䵂。〔說文〕䵂、麥覈屑也。十斤爲三斗。〔段注〕此云帶覈之屑、謂其糠碎礦之尙未成末。麩與麪未分是爲—。廣韻云。麩、—。又云。—、麩。皆謂麩未離析。九章算術曰。小—之率十三半。大—之率五十四。李籍音義曰。細曰小—。粗曰大—。然則九章之小—、許所謂麪也。九章之大—、許所謂麩及䴹也。〔按一切經音義云。今關中謂麥屑堅者爲紇頭。江南呼爲—子。〕

【𪎋】牛刀切音敖豪韻

敖或字。見〔說文火部〕。〔按康熙字典引廣雅云。曝也。攷疏證本作乾也。云各本乾下脫也字。遂與下文曝也合爲一條。然則廣雅本依說文爲訓。無曝義矣。〕

【𪎌】損果切音貨哿韻

䴯或字。〔集韻〕䴯、小麥屑之覈也。或作—。〔按說文作䵄。〕

【𪎍】莫紅切音蒙東韻

—糏也。麴也。見〔字彙補引廣雅〕。〔按今疏證本作䴭。未審孰是。〕

【𪎎】同䴾。見〔龍龕手鑑〕。

【𪎏】同䵄。見〔篇海〕。

【𪎐】同莎。見〔篇海類編〕。

【𪎑】同䴵。見〔康熙字典引韻會〕。〔按今韻會舉要作麰。集韻、類篇並同。康熙字典所據或誤。〕

【𪎒】饆或字。見〔集韻〕。

【𪎓】𪍠譌字。見〔字彙補〕。

十二畫

【䵌】古猛切音礦梗韻

❶麥麩也。〔晉書皇甫謐傳〕沉臣糠—糅之離胡。

❷⿺麥廣或字。〔集韻〕穬。麥也。或从黃。

【⿺麥黃】胡光切音黃陽韻

麵⿺麥塵。見〔集韻〕。

【⿺麥替】他計切音替霽韻

滌麫也。見〔類篇〕。

【⿺麥隋】選委切音髓紙韻

⿰食隋或字。〔集韻〕⿰食隋。豆屑和飴也。或作—。

【⿺麥粦】靈年切音蓮先韻

—⿺麥婁。寒具。干寶曰。司徒儀、吏死祭用—⿺麥婁。見〔集韻〕。

【⿺麥覃】徒含切音談覃韻

味長。見〔字彙〕。〔與醰同〕。

【⿺麥善】上演切音善銑韻

—⿺麥虒。屑新麥爲餌。見〔集韻〕。〔按廣韻云。大麥新熟作—⿺麥垂也。〕

十三畫

【⿺麥啇】麴本字。見〔說文〕。

【⿺麥豦】求於切音渠魚韻

麥小者—。見〔集韻〕。〔按正字通云。俗字。本借。瞿爾雅作籧。〕

【⿺麥蜀】徒谷切音牘屋韻

—⿺麥彔。煮餅。見〔集韻〕。

【⿺麥罥】戶版切音睆潸韻

黃蒸—子。一曰。全麥爲麴。見〔集韻〕。

【⿺麥睘】胡關切音還刪韻

糫或字。〔集韻〕糫。餌也。或从麥。

【⿺麥喿】蘇到切音噪號韻

乾麫也。見〔字彙補〕。

【⿺麥嬰】同⿺麥嬰。見〔字彙補〕。

【⿺麥喿】同⿺麥喿。見〔篇海類編〕。

十四畫

【⿺麥豊】同⿺麥豐。見〔字彙〕。

十五畫

【⿺麥蒙】⿺麥逢俗字。見〔正字通〕。

【⿺麥廣】古猛切音礦梗韻

麥也。見〔集韻〕。〔按玉篇云。大麥也。本草綱目作穬。蘇頌云。穬麥、即大麥一種。皮厚者。李時珍云。穬麥有二種。一類小麥而大。一類大麥而大。〕

十六畫

【⿺麥⿰來來】郎才切音來灰韻

秾或字。〔集韻〕齊謂麥曰秾。或作麳。亦从二來。

【⿺麥棘】六直切音力職韻

來或字。〔集韻〕來。來牟、麥也。或作—。

【⿺麥龍】盧東切音籠東韻

⿰食龍或字。〔集韻〕⿰食龍。餅屬。或从麥。

十七畫

【⿺麥辥】魚列切音孼屑韻

牙麥也。見〔集韻〕。

【⿺麥薄】白各切音泊藥韻

餺或字。〔集韻〕餺。餅也。或从麥。

十八畫

【麷】敷馮切音豐東韻撫勇切音捧董韻撫鳳切音賵送韻

鬻麥也。見〔說文〕。〔段注〕周禮。籩實有—。大鄭云。熬麥曰—。後鄭云。今河閒以北。煮穜麥賣之、名曰逢。後鄭謂逢、即—之遺語也。穜、是穜稑之穜。程氏瑤田曰。熬煮蓋通偁。荀卿子午其軍、取其將、若撥—。蓋麥乾煎則質輕。撥去之甚易。故以爲易之況。今南方蒸稉米爲飯。曝乾爝之。呼爲米蓬。與鄭云逢者合。籩食皆乾物。餌餈亦必以粉坌之。然則煮麥、非麥粥也。〔按諸本鬻麥作煮麥。又楊倞注荀子富國篇引後鄭、穜作種。故云據鄭之說。—麥之牙蘖也。至肥弱。故以喻之。說異存攷。〕

十九畫

【⿺麥羅】良何切音羅歌韻

餅也。見〔集韻〕。〔按即饠—。亦作饆饠。酉陽雜俎則作畢羅。〕

二十畫

【⿺麥鑿】卽各切音作藥韻

屑麥蒸之也。見〔集韻〕。

※麻部※

【麻】謨加切音痲麻韻

(一)枲也。从𣏟、从广。𣏟、人所治也。在屋下。見〔說文〕。〔段注〕—與枲互訓。皆兼苴—牡—言之。未治謂之枲。治之謂之—。以巳治之偁加諸未治。則統謂之—。〔按本草綱目。大—別有火—、黃—、漢—、雄者枲—、牡—雌者苴—、苧—諸稱。然則—亦渾稱大—矣。据植物學云—屬桑科、或蕁—科之一年生草。始惟我國及印度植之。後乃遍及於溫帶熱帶諸地。〕

(二)—之爲言微矣。見〔春秋說題辭〕。

(三)經帶也。〔禮記奔喪〕免—于序東。

(四)大㲃謂之—。見〔爾雅釋樂〕。〔注〕—者、音槩而長也。

(五)胡—。脂—也。〔本草演義〕胡—、諸說參差不一。止是今人脂—。以其種來自大宛。故名。〔按本草綱目。胡—有遲早二種。黑、白、赤三色。其莖皆方。秋開白花。亦有帶紫豔者。節節結角。長者寸許。有四稜、六稜者。房小而子少。七稜八稜者。房大而子多。其莖高者三四尺。有一莖獨上者。有開枝四散者。其葉有本團而末銳者。有本團而末分三丫如鴨掌形者。正字通云。脂—以油膏得名。俗譌呼芝—。又野脂—、玄參別名。〕

(六)亞—。胡—之一種。〔本草綱目〕亞—、即壁虱胡—也。其實亦可榨油。其莖穗頗似茺蔚子。

(七)周—。升—也。見〔廣雅釋草〕。〔疏證〕蘇頌圖經云。春生苗。高三尺。以來。葉似—。葉並青肥。四月五月、箸花似粟穗。白色。六月以後、結實。黑色。根紫如蒿根。多鬚。

(八)黃—。藥名。〔酉陽雜俎〕—黃、黃莖頭開花。花小而黃。簇生。子如覆盆子。可食。

(九)天—。藥名。〔本草綱目〕天—、即赤箭之根。

(十)疏—。神—也。〔楚辭大司命〕折疏—兮瑤華。

(十一)白—。黃—。綸命也。〔翰林志〕唐中書用黃白二—爲綸命。其後翰林專掌白—。中書獨用黃—。〔按所用紙。—爲之故因以名。〕

(十二)—衣。當是布深衣也。見〔左昭三十一年傳〕季孫練冠—衣。〔疏〕〔按鄭注閒傳云。—衣十五升布。亦深衣也。謂之—者。純用布無采飾也。又通訓定聲云。無木綿凡言布皆以—爲之。則是—之爲布類又不一矣。存參。〕

(十三)—冕。緇布冠也。見〔論語子罕〕—冕禮也。集解引孔注。

(十四)緦—。五服之一。〔儀禮喪服〕緦—三月者。〔正義〕賈公彥曰。以緦如絲者爲衰裳。又以澡治莩垢之—爲經帶。故曰緦—。

(十五)—胡。人名。今人呼以怖小兒。〔遯齋閒覽〕大業拾遺云。煬帝將幸江都。令將軍—胡濬汳湖。虐用其民。百姓惴慄。常呼其名以恐小兒。小兒夜啼不止。呼—胡來。應時止。〔又〕貌醜額多也。〔徐慥漫笑錄〕毗陵有成都中。貌不揚而多額。再娶之夕。岳母陋之曰。我女如生菩薩。乃嫁一—胡。

(十六)俗以面有瘢痕爲—。〔閒中古今錄〕奉化應履平知縣孜滿吏部。不得列。題詩部門。有爲官不用好文章。只要鬍—黑胖長之句。〔按今俗猶呼—子。〕

(十七)鶬雀。俗呼—雀。見〔正字通鷹字注〕。

(十八)—固。百濟語。稱所都城也。〔南史百濟傳〕號所都城曰固—。謂邑曰檐魯。如中國之言郡縣也。

(十九)—壽。國名。〔山海經大荒西經〕有壽—之國。南嶽娶州山女、名曰女虔。女虔生季格。季格生壽—。壽—正立無景。疾呼無響。

(二十)—隧。地名。〔左成十三年傳〕晉師以諸侯之師及秦師、戰於—隧。

(廿一)—鄉。縣名。〔後漢蓋延傳〕南伐劉永。進取—鄉。

(廿二)—姑。山名。〔顏眞卿麻姑山記〕南城縣有—姑山。頂有古壇。相傳云—姑於此得道。〔按縣屬江西。〕

(廿三)—木。病名。〔正字通引方書〕—是氣虛。木是溼痰死血。脈濇而芤屬死血。爲木。不知痛癢。十指—。胃有溼痰死血。感風溼。遍體—木。

(廿四)—喇甲。亞洲南端小土股。與蘇們答臘相對而成海峽。英文 molacca。

(廿五)姓也。齊大夫—嬰之後。漢有—達。注論語。見〔廣韻〕。

二畫

【⿸麻刀】忙皮切音糜支韻

⿸麻分或字。[集韻]⿸麻分分也。或从刀。

二畫

【麼】忙皮切音糜支韻　眉波切音摩歌韻　母果切音嚜哿韻　[俗從麽。非。]

❶細也。見[說文幺部新附。][按廣雅釋詁、微也。疏證云、—之言靡也。]

❷亦作麽。[漢書敘傳]又況幺麽不及數子。[鄭注]麽、小也。[文選作—。李善注引通俗文云。不長曰幺。細小曰—。]

【麽】母果切音嚜哿韻

❶什—。不知而問之辭。[摭言]韓愈問牛僧孺且道拍板爲什—。[按本作拾沒。亦作甚—。又單言—亦疑問意。如云是—、可以—。]

❷—事。猶言何事也。見[正字通。][按傳燈錄。天柱崇慧禪師僧問達摩未來時還有佛法也無。師曰。未來且置。即今事作—生。亦猶言—事也。]

❸語助詞。如言這—、那—。

【⿸麻兀】尸灼切音爍藥韻

治病。見[字彙。]

【麿】迷彼切音美紙韻

旋—。古女子名。見[字彙補。]

【⿰彳麻】母被切音靡紙韻

⿰足靡或字。[集韻]⿰足靡。行皃。或作—。[按玉篇彳部云、——。猶遲遲也。今作靡。]

四畫

【麾】吁爲切音撝支韻

❶本作摩。[說文手部]摩、旌旗所以指摩也。[段注]巾車曰。木路建大—。鄭云。大—不在九旗中。以正色言之則黑。夏后氏所建。按凡旌旗皆得曰摩。故許以旌旗釋摩。叚借之字作戲。俗作—。[按文選思玄賦注。尚書曰。右秉白旄以—。案執旄以指撝也。秦漢以來。即以所執之旄名曰—。謂—幟曲蓋者也。]

❷舉手曰—。或言以手敎曰—。[離騷]—蛟龍使梁津兮。

❸—之言快也。齊人所善曰—。[禮記禮器]祭祀不—蚤。

❹通撝。[詩宛丘箋]舞者所持以指—。[釋文]—、字又作撝。

【⿸麻毛】呼恚切音嫿寘韻

以旌旗示之曰—。見[集韻。]

【⿸麻乇】吁爲切音撝支韻　況僞切音毀寘韻

招也。[左隱十一年傳]瑕叔盈又以蝥弧登周—而呼曰。君登矣。

【⿸麻八】忙皮切音糜支韻

⿸麻分或字。[集韻]⿸麻分分也。或从分。[按廣韻云、—、散也。]

【⿸麻分】父吻切音憤吻韻

分也。見[集韻。]

【⿰麻攴】蘇含切音毿覃韻

散省字。[集韻]散、㪚也。或省。

【⿸麻日】忙皮切音糜支韻　狼狄切音歷錫韻

日光也。見[字彙。][康熙字典誤爲曆字。故連引曆字音義。按曆乃從厤。非從麻。今正。]

【⿰麻攵】蘇佃切音線霰韻

舍也。見[字彙。][正字通云。散字之譌。]

【⿰麻寸】摩古字。見[字彙補。][按康熙字典云。古文奇字、摩。古作撫。字彙補誤存攷。]

【⿸麻夾】同麋。見[字彙。]

五畫

【⿸麻夗】於阮切音宛阮韻

麻叢。見[篇海。]

【⿸麻本】部本切音獖阮韻

麻蒸也。見[集韻。][按楚辭謬諫補注。蒸、折麻中幹也。]

【⿸麻夫】驅羊切音羌陽韻　丘九切丘上聲有韻

麻也。見[字彙。]

【⿸麻电】麾俗字。見[正字通。][按字彙云。出釋典。]

六畫

【⿸麻多】忙果切音懡哿韻

去也。見[篇海。]

【⿰麻朱】追輸切音株虞韻

穀名。[廣雅釋草]⿰麻賣、—也。[按舊本如是。今疏證本⿰麻賣下加麻也。爲一條。—也爲一條。謂—也句譌脫無攷。]

七畫

【麍】力求切音留尤韻
枲也。見〔集韻〕。〔按廣韻云麻也。玉篇云麻—也。〕

【䵈】烏酷切音沃沃韻
纑未練。見〔集韻〕〔按說文作𦃃。〕

八畫

【𪎲】甾尤切音鄒尤韻
●麻藍也。見〔說文〕。〔段注〕藍、卽稭字之俗。—麻藍、卽草部之麻莖蒸。
㊁聚麻。見〔廣韻〕。
㊂亦作掫。〔漢書五行志〕民驚走持稾或掫枚。〔注〕如淳曰。掫、麻幹也。

【𪎳】先的切音錫錫韻
本作緆。〔說文糸部〕緆、細布也。—或从麻。

【䵉】眉儿切音美紙韻
深—貌。見〔字彙補〕。

【鷵】同鷵。見〔篇海類編〕。

九畫

【𪎴】奴昆切音濆元韻
●香也。見〔集韻〕。
㊁人名。晉郛—以蓺術著。

【䵊】徒侯切音頭尤韻
●䵊𪎹。見〔說文〕〔段注〕䵊爲枲類。—文䵊類也。〔按正字通云卽今白麻。多生卑溼處。俗名商麻。〕
㊁麻一絜也。見〔玉篇〕。

【𪎾】空谷切音哭屋韻
●未練治纑也。見〔說文〕。〔桂注〕練、當作湅。纑、布縷也。廣韻—、枲未績者。〔按玉篇云結枲也。〕
㊁綃也。見〔廣雅釋器〕〔疏證〕綃、生絲也。論衡量知篇云無染練之治。名曰穀𪎾。無染練之治卽所謂生絲也。穀、與—通。

十畫

【麜】莫補切音姥麌韻
麻—也。見〔字彙〕。〔按—與麽別。〕

【𪏀】麤古字。見〔玉篇〕。康熙字典多譌。

十一畫

【䵛】黂譌字。〔列子楊朱〕宋國有田夫常衣縕黂。〔列子口義作—譌。〕

十二畫

【𪏂】忙皮切音縻支韻
穄也。見〔說文〕。〔按呂覽陽山之穄注。關西謂之𪏃。冀州謂之—。〕

【䵜】黂譌字。〔列子楊朱〕宋國有田夫常衣縕黂。〔一本作—。康熙字典云卽黂字之譌。〕

十三畫

【黂】符分切音汾文韻父沸切音屝未韻
●枲實也。〔爾雅釋草〕—枲實。〔說文萉重文作黂。〕
㊁麻之有實者。〔淮南說林〕—不類布而可以爲布。
㊂亂麻也。〔列子楊朱〕宋國有田夫常衣縕—。
㊃縕—。異色之衣也。見〔列子楊朱釋文引韓詩外傳〕。
㊄通蕡。〔儀禮喪服傳〕苴者、麻之有—者也。〔齊民要術引蕡作—〕。

【𪏄】符分切音汾文韻父沸切音屝未韻
萉或字。〔說文艸部〕萉、枲實也。或从麻賁。

二十畫

【𪏆】倉各切音錯卽各切音作藥韻
油麻一榨曰—。見〔集韻〕。

※鹵部※

【鹵】籠五切音魯虞韻

(一)本作鹵。〔說文〕鹵西方鹹地也。从卤省。囗象鹽形。安定有—縣。東方謂之㡿。西方謂之—。〔段注〕省字衍。从卤之籀文也。謂卤也。大徐本無囗。小徐譌作囟。禹貢、青州、海濱廣斥。謂東方也。安定有—縣。謂西方也。太史公曰。山西食鹽—。〔按一切經音義、引、有天生曰—。人生曰鹽二句。安定、漢郡名。治今甘肅省固原縣。—縣、舊址未詳。〕

(二)地不生物曰—。—、爐也。如爐火處也。見〔釋名釋地〕。

(三)奪也。見〔方言〕。〔按此借爲擄〕。

(四)大漂也。〔國策中山策〕流血漂—。

(五)盾也。〔漢書陳勝項籍傳贊〕流血漂—。〔按借爲櫓〕。

(六)淳—。埆薄之地。〔左襄二十五年傳〕表淳—。

(七)天子出車駕次第謂之—簿。見〔獨斷〕。〔按—簿云者。封氏聞見記謂甲盾有先後部伍。皆著之簿籍也。〕

(八)—莽。猶麤粗也。見〔莊子則陽君爲政焉勿—莽釋文引司馬注〕。

(九)土—。香草名。〔爾雅釋草〕杜。土—。〔注〕杜衡也。似葵而香。〔按義疏云。杜、土、古字通也。衡、古作奧。與—字形近。疑土—缺脫其下。因誤爲土—耳。存參。〕

(十)大—。地名。〔春秋昭元年〕晉荀吳帥師敗狄于大—。〔注〕大—、大原晉陽縣。〔按穀梁傳云。中國曰大原。夷狄曰大—。舊治即今山西太原縣〕〔又〕廣延曰大—。見〔古徵書春秋說題辭〕。

(十一)—城。縣名。漢置。屬代郡。當今山西繁峙縣東一百里。

(十二)同滷。〔爾雅釋言〕滷、苦也。〔漢書溝洫志注蘇林引作—。〕

(十三)姓也。漢—公孺。太原人。

【鹵】龍都切音爐虞韻　同鑪。〔字彙〕、—與鑪同。道樞玄和子曰。鼎—天地之象也。

【卤】同鹵。見〔奚韻〕。〔疑—爲鹵譌字。〕

三畫

【⿱鹵土】音魯虞韻〔與塷別。〕

【⿱鹵大】川隻切音尺陌韻　沙也、見〔玉篇〕。狩也。見〔字彙補〕。〔按康熙字典云。即奧字之譌。〕

四畫

【⿰鹵亢】舉朗切音吭養韻

(一)鹽澤。見〔玉篇〕。

(二)豆子—。地名。〔北史楊義臣傳〕義臣率遼東還兵入豆子—討賊。

【⿰鹵今】居陵切音兢蒸韻　渠金切音琴侵韻　同矜。苦也。〔爾雅釋言〕滷、矜、鹹、苦也。〔義疏〕釋文矜作—。蓋俗作耳。〔按廣雅釋詁—、哀也。亦即方言之矜哀也。依郝說方言爲正。〕

【⿰鹵殳】徒侯切音頭尤韻　鹵地。見〔集韻〕。

【⿱鹵旦】覃古字。見〔說文𣆪部〕。

五畫

【⿰鹵占】知咸切音詀咸韻　竹減切賺韻　陟陷切音站陷韻　鹹也。見〔集韻〕。〔按廣韻陷部云。鹹多。〕

【⿰矛鹵】居陵切音兢蒸韻　大也。見〔廣雅釋詁〕。〔按疏證本作齡。云、各本齡字並譌作—。據此。則實爲矜大字之譌矣。參閱齡字。〕

【⿰鹵令】郎丁切音靈青韻　鹽也。見〔集韻〕。〔按廣韻云。壚—。〕

【⿱鹵早】覃本字。見〔說文𣆪部〕。

【⿱鹵皿】同鹽。見〔五音集韻〕。

【⿰鹵尢】同⿰鹵亢。見〔川篇〕。

七畫

【⿰鹵肖】思邀切音宵蕭韻　仙妙切音笑嘯韻　鹽也。見〔廣雅釋器〕。〔按玉篇云。煎鹽也。〕

八畫

【⿱鹵豆】籠五切音魯虞韻　豆名。見〔集韻〕。

【⿰鹵𠂤】居咸切音緘咸韻　鹹也。見〔集韻〕。

【⿰鹵臽】古覽切音鹼勘韻

(一)—鹽。無味。見〔集韻〕。

(三)通鹼。〔集韻〕鹼味過鹹。通作—。

【⿰鹵臽】古斬切音減鹻韻　鹼或字。〔集韻〕鹼鹹也。亦作—。

【⿰鹵炎】吐濫切音賧勘韻　⿰鹵監或字。〔集韻〕⿰鹵監。⿰鹵臽⿰鹵監。無味。或从炎。

【⿰鹵昌】音昌陽韻　鹵漬。見〔玉篇〕。

【⿰土⿱鹵皿】余廉切音檐鹽韻　同鹽。〔集韻〕鹽。鹹也。亦从土。

九畫

【鹹】胡纔切音咸咸韻

(一)銜也。北方味也。見〔說文〕〔王注〕以疊韻說之。—味長故銜而咀味之。

(二)苦也。見〔爾雅釋言〕〔義疏〕—極必苦。故淮南墬形篇云鍊苦生—。

(三)地名。〔春秋僖十三年〕公會齊侯宋公陳侯衛侯鄭伯許男曹伯于—。〔注〕—、衛地。東郡濮陽縣東南有—城。〔當在今山東濮縣境〕。

(四)通作醎。〔白虎通五行〕水味所以醎何。是其性也。

【鹼】音減豏韻　鹵—。鹽土之名。〔本草綱目〕—有二音。音咸者、潤下之味。音減者、鹽土之名。後人作鹼作鹻是矣。〔按鹵—生河東鹽池。說詳鹼字。又有作灰—。亦名石—。据本草綱目說。—出山東濟南等處。彼人采蒿蓼之屬。開窨浸水。漉起晒乾。燒灰。以原水淋汁。每百引入粉麵二三斤。久則凝淀如石。連汁貨之四方。澣衣發麵。又今浣濯用之肥皂法。以動物油及輕養化鈉或輕養化鉀并養化合而成。實含—性。故亦名—。又凡—性之原質。化學家以鋰、鈉、鉀、鉫、⿰金悉五種爲—金族。英文 Alpa li metals〕。鋍、鎂、鈣、鍶、鋇、銧六種爲—土金族。英文 Alkalie (arthm ctals。

【⿰鹵畏】烏乖切音崴佳韻　⿰鹵賣或字。〔集韻〕⿰鹵賣。⿰鹵昷⿰鹵賣。戎鹽也。或作—。

【⿰鹵奏】千候切音輳宥韻　鹽也。見〔廣雅釋器〕。〔按廣韻云。—、—南夷名鹽。〕

【⿰鹵甚】苦紺切音勘勘韻　鹹味厚。見〔廣韻〕。

【⿰鹵扁】婢典切音辮銑韻　鹽也。見〔廣雅釋器〕。〔按廣韻云。—、蜀人呼鹽。〕

【⿱覃鹵】覃古字。見〔集韻〕。

【⿰鹵殳】同⿰鹵殳。見〔玉篇〕。

【⿸戚鹵】同鹹。見〔篇海類編〕。

十畫

【⿱差鹵】仕知切音⿰鹵釐支韻　才何切音醝歌韻　本作鹺。〔說文〕鹺、鹹也。河內謂之鹺。沛人言若虘。〔王注〕曲禮、鹽曰鹹鹺。注云。大鹹曰鹺。

【⿰土⿱鹵皿】余廉切音檐鹽韻　同鹽。〔類篇〕鹽。鹹也。亦从土。

【盬】公土切音古麌韻　東人呼鹽。見〔字彙〕。〔按正字通云。今文从臣作盬。詳皿部盬字。〕

【鹻】古斬切音減豏韻　鹵之凝著者也。幷州末鹽。刮—煎煉。其味最下。見〔六書故〕。〔按說文鹽部作鹼。依本草綱目亦作鹹。詳鹹字。〕

【⿰鹵昷】烏渾切音溫元韻　—⿰鹵賣。鹽也。見〔廣雅釋器〕〔疏證〕—、⿰鹵賣戎鹽也。各本俱脫⿰鹵賣字。今據酉陽雜俎補。

【⿱覃鹵】覃古字。見〔說文㫗部〕。

【⿰鹵差】同鹺。見〔玉篇〕。

【⿰鹵鬼】⿰鹵賣或字。見〔集韻〕。

十一畫

【⿰鹵產】同⿰雚鹵。見〔篇海〕。

【⿰鹵敢】⿰鹵監諂字。見〔字彙補〕。

十二畫

【⿰鹵最】楚快切音嘬卦韻

(一)鹽也。見〔廣雅釋器〕。

(二)南方呼鹹。見〔玉篇〕。〔按集韻類篇引廣雅作⿰鹵最。〕

【⿰鹵敢】口感切音顑豏韻　—⿰鹵念。苦味。見〔集韻〕。

【⿰鹵敢】苦濫切音闞古覽切音⿰鹵敢勘韻

味過鹹。見〔集韻〕。〔按亦訓味苦也。過鹹即苦耳。〕

【⿰鹵朁】禾荏切音㶣韻

鹹也。見〔川篇〕。

【⿰鹵喬】其迅切音屈質韻

⿰酉喬或字。〔集韻〕⿰酉喬。蘗也。或从鹵。

【⿱番鹵】

蕃本字。見〔說文〕。

十三畫

【⿰鹵感】古禫切音感感韻

鹹味。見〔集韻〕。

【⿰鹵感】古覽切音⿰鹵臽勘韻

(一)無味。見〔字彙〕。〔按集韻。⿰鹵臽⿰鹵監。無味。〕

(二)鹹或字。〔集韻〕鹹。味過鹹。或从感。

【鹽】余廉切音閻鹽韻

(一)鹹也。古者夙沙初作煮海丨。見〔說文鹽部〕。〔通訓定聲〕夙沙、大庭世之末世。天生曰鹵。人作曰丨。自管子以丨筴富齊。漢唐以來。皆置丨官。〔按本草綱目丨品甚多。海丨、取海鹵煎煉而成。今遼冀山東兩淮閩浙廣南所出、是也。井丨、取井鹵煎煉而成。今四川雲南所出、是也。池丨、出河東安邑西夏靈州。今惟解州種之。并州河北所出。皆鹻丨也。刮取鹻土煎煉而成。階州鳳州所出。皆崖丨也。生於土崖之間。狀如白礬。此五種、皆食丨也。周禮、苦丨。卽顆丨也。出於池。散丨。卽末丨。出於海及井。并煮鹻而成者。形丨、卽印丨。積鹵所結。其形如虎也。飴丨、生於戎地。味甜而美也。此外又有木丨。生於樹。蓬丨。生於草。据今化學家云。化分食丨。則得綠與鈉二種之原質。故食丨名爲綠化鈉。日本乃稱綠爲丨素也。〕

(二)樂曲中之一體。〔容齋續筆〕薛道衡以空梁落雁泥之句。爲隋煬帝所嫉。攷其詩名昔昔丨。凡十韻。樂苑以爲羽調曲。玄怪錄載籧篨三娘工唱阿鵲丨。又有突厥丨、黃帝丨、白鴿丨、神雀丨、疏勒丨、滿座丨、歸國丨。唐詩。媚賴吳娘唱是丨。更奏新聲刮骨丨。然則歌詩謂之丨者。如吟行曲引之類云。〔按通雅樂曲篇云。丹鉛餘錄曰。丨、曲之別名也。智按禮曰。丨諸利。與豔同。謂如吟行曲字之類。正是曲前之豔。但歌此曲。不定爲曲前曲中。直如九宮譜之所謂慢詞也。唐宋以來直作丨。或以炎呼之。蓋丨既與豔通。則豔亦有平聲矣。〕

(三)澤名。〔史記大宛傳〕于闐之東水。〔注〕丨澤。潛行地下。則河源出焉。

(四)牛兩䏶上曰陽丨。〔相牛經〕陽丨欲得廣。

(五)米丨。細碎也。〔史記天官書〕故其占驗。淩雜米丨。

(六)金丨。五加皮別名。見〔煮石經〕。

(七)白丨。山名。在四川奉節縣東十七里。

(八)海丨。丨官。竝縣名。漢置。屬會稽郡。

(九)無丨。縣名。漢置。屬東平郡。故城在山東東平縣東二十里。〔按卽齊無丨邑。世以無丨爲醜婦名。亦以邑稱耳。列女傳鍾離春者、齊無丨邑女。其爲人極醜無雙、是也。〕〔又〕姓也。〔史記貨殖傳〕唯無丨氏出捐千金貸其息什之。

(十)丨氏。地名。〔史記秦紀〕昭襄五十一年。齊韓魏趙宋中山五國共攻秦。至丨氏而還。

(十一)丨長。國名。〔山海經海內經〕南海之內。有丨長之國。

(十二)姓也。〔魯國先賢傳〕有北海相丨津。見〔廣韻〕。

【鹽】以贍切音豔豔韻

(一)以丨醃物也。〔禮記內則〕屑桂與薑以洒諸上而丨之。〔按釋文又讀如字。〕

(二)同豔。〔禮記郊特牲〕而流示之禽。而丨諸利。以觀其不犯命也。〔注〕丨讀爲豔。行田視之以禽。使歆豔之。觀其用命不也。

【鹼】古斬切音減豏韻魚窆切音驗豔韻

鹵也。从鹽省僉聲。見〔說文鹽部〕。〔桂注〕鹹地之人、於日未出。看地上有白若霜者。掃而煎之。便成丨矣。字或作鹻。戴侗曰。鹻、鹵之凝著者。通作鹹。本草。鹵鹹生河東鹽池。唐本草注云。此是鹹土。名鹵鹹。今人熟皮用之。〔互詳鹹字。〕

【⿰鹵僉】千簾切音籤鹽韻

鹽在水曰丨。見〔集韻〕。〔按廣韻云。水和鹽也。〕

【⿰鹵嵬】乙懷切佳韻

鹽也。見〔龍龕手鑑〕。〔按字彙云。同鹺。正字通云。俗鹺字。〕

十四畫

【⿰鹵齊】才詣切音嚌霽韻
鹹也。見〔玉篇〕。

【⿰鹵翟】亭歷切音狄錫韻
鹹也。見〔集韻〕。

【⿰鹵監】工暫切音紺勘韻
鹹也。見〔玉篇〕。

【⿰鹵監】吐濫切音賧勘韻
⿰鹵臽—。無味。見〔集韻〕。

十五畫

【⿰鹵差】鹺本字。見〔六書故〕。

十六畫

【⿰鹵褱】烏乖切音崴平乖切音懷佳韻
⿰鹵盧—。戎鹽。見〔集韻〕。

十七畫

【⿰鹵襄】音未詳
鹽也。見〔酉陽雜俎〕。

※黃部※

【黃】胡光切音皇陽韻

(一)地之色也。從田從炗。炗亦聲。炗、古文光。見〔說文〕〔桂注〕易坤卦文言。天玄而地—。詩綠衣正義云。—。中央之正色。抱朴子。地行爲—。〔按段本作从田炗聲。注云。土色—。故从田〕

(二)晃也。猶晃晃象日光色也。見〔釋名釋采帛〕。

(三)光也。厚也。中和之色。見〔風俗通皇霸引書大傳〕

(四)美也。〔呂覽功名〕衙醜—。嫷。

(五)脾色也。〔素問風論〕其色—。

(六)病也。見〔爾雅釋詁〕〔正義〕毛傳云。玄馬病則—。郭氏以爲人病之通名也。

(七)嘉穀也。〔詩生民〕種之—茂。

(八)埋中之稱也。〔易解〕得—矢。

(九)彌民則法曰—。見〔論衡道虛引謚法〕〔按周書謚法解作皇〕。

(十)—昏。—暮也。〔淮南天文〕日至於虞淵。是爲—昏。

(十一)倉—。急遽失措貌。〔風土記〕大雪被南越。犬皆倉—吠噬。

(十二)—口。—口幼也。〔淮南氾論〕不殺—口。〔按唐開元志。凡男女始生爲—。四歲爲小。十六爲丁。六十爲老。每歲一造計帳。三年一造戶籍。卽今之—冊也〕

(十三)—耇。老人之稱。〔釋名釋長幼〕九十曰鮐背。或曰—耇。鬢髮盡變—也。〔按亦稱—髮。禮記曲禮。君子敬—髮是也〕

(十四)—目。—彝也。〔禮記明堂位〕鬱尊用—目。

(十五)—流。秬鬯也。〔詩旱麓〕—流在中。

(十六)—鍾。陽律也。陽氣聚於下。陰氣盛於上。萬物—萌於—泉之下。故曰—鍾也。〔呂覽仲冬〕律中—鍾。〔按周禮大師注。—鍾長九寸。其實一籥〕

(十七)中—。藏府名。堂中幣帛金銀諸貨物也。〔後漢桓帝紀〕芝生於中—藏府。

(十八)—冠。草服也。見〔禮記郊特牲〕。

(十九)—堂。太守之廳事。〔後漢郭丹傳〕敕以丹事編署—堂。以爲後法。

(二十)唐制。降敕有所更改。以紙貼之。謂之貼—。見〔石林燕語〕〔又〕後世奏疏。撮由別緝。亦曰貼—。〔日知錄〕崇禎帝命內閣爲貼—之式。卽令本官自撮疏中大要。不過百字。黏附牘尾。以便省覽。此貼—之所由起也。〔按石林燕語云。其表章略舉事目與日月道里、見於前。及封皮者。又謂之引—〕

(廿一)—帝。五帝之首。〔史記五帝紀〕—帝者、少典之子。姓公孫。名曰軒轅。天下有不順者。—帝從而征之。

(廿二)—輗。蟲名。〔莊子至樂〕—輗生乎九猷。

(廿三)飛—。馬名。〔應瑒賦〕魏公乃乘彫輅。駟飛—。

(廿四)鵹—。鳥名。〔方言〕鵹—、自關而西或謂之—鳥。〔按離—、鶩—、竝是。〕

(廿五)牛—。牛肝膽中所結物也。〔本草〕牛有—者。必多吼喚。有三種。散—、粒如麻豆。漫—、如雞卵。中—圓—、爲塊形。並在肝膽中。

(廿六)蛇—。蛇蟄時所含土也。〔爾雅翼〕蛇遇冬入蟄。含土爲圜。至春出蟄。所含土堅如鐵石。謂之蛇—。

(廿七)馬—。弩名。〔玉海〕楊存中增損舊制。造馬—弩。制度精密。彼一矢未覺。而此三發矣。

(廿八)翠—。馬名。乘—也。〔史記司馬相如傳〕招翠—乘龍於沼。〔按亦曰訾—。漢書禮樂志訾—其何不來下、是也。〕

(廿九)竊—。鳸名。〔爾雅釋鳥〕冬鳸、竊—。

(卅)閩—。茶名。〔唐國史補〕茶之名品。蘄州有蘄門團—。〔按品茶要錄云。茶已蒸者爲—。〕

(卅一)地—。草名。〔爾雅釋草〕苄、地—。〔注〕一名地髓。江東呼苄。

(卅二)大—。草名。〔廣雅釋草〕—良、大—也。〔疏證〕御覽引吳普本草云。大—或生蜀郡北部。或隴西。二月、生—赤葉。四四相當。—莖三尺許。三月、華—。五月、實黑。〔又〕弩名。〔史記李廣傳〕而廣身自以大—射其裨將。〔集解〕韋昭曰。角弩色—而體大也。

(卅三)雌—、雄—。俱藥名。〔本草綱目〕雌—、雄—。同產。但以山陰山陽受氣不同分別。故服食家重雄—。取其得純陽之精也。雌—則兼有陰氣故爾。〔按雌—以塗書一漫即滅。故語有變易亦曰雌—。晉陽秋云。王衍能言。於意有不安者、輒更易之。時號口中雌—、是也。〕

(卅四)流—。國名。芊姓。在三巴之東。見〔路史國名紀〕〔又〕山名。〔山海經南山經〕栢山西臨流—。〔又〕玉也。〔淮南本經〕流—出而朱草生。〔又〕土之精也。〔淮南天文〕日夏至而流—澤。〔又〕簟名。〔西京雜記〕會稽、歲時獻竹簟供御。世號爲流—簟。〔又〕綵也。〔羊勝賦〕飾以文錦。映以流—。〔按廣雅釋器作留—。〕〔又〕荔枝名。出福州。見〔荔枝錄〕。

(卅五)乘—。官名。〔廣韻〕乘—、介。晉官主乘與金根車也。

(卅六)—門。署名。〔後漢祭遵傳〕作—門武樂。良伎乃罷。〔按通典。門下侍郎。秦官有—門侍郎。漢因之。凡禁門、—闥。故號—門。其官給事于—闥之內。故曰—門侍郎。〕

(卅七)—河。西北部之鉅流也。〔清一統志〕—河源實始於阿爾坦河。入貴德堡邊。始名—河。其自鄂靈海流至貴德堡。蒙古名喀屯河。至貴德堡東流四百餘里。經積石關入河州界。爲中國—河。〔互詳河字。〕

(卅八)—海。中國東北面之海。南至揚子江口。接東海。東接朝鮮半島。係淺海水。深鮮逹五十尋者。因—河之流出而水色—。故名。

(卅九)—浦。江名。發源於浙江省。入江蘇省而注於揚子江。上海在其右岸。吳淞江在其河口。爲—歇舊治。故名。

(四十)—棘。棘刺也。〔楚辭悲回風〕施—棘之枉策。

(四一)—龍。府名。遼置。即渤海之扶餘府。當今奉天開原縣。

(四二)—池。地名。〔國語吳語〕以會晉公午於—池。

(四三)—支。南極國也。〔楚辭傷時〕屯余車兮—支。

(四四)—道。日之中道也。〔漢書天文志〕日有中道。月有九行。中道者、—道。一曰光道。光道北至東井。去北極近。南至牽牛。去北極遠。東至角。西至婁。去極中。夏至至於東井。北近極、故晷短。冬至至於牽牛。遠極、故晷長。春秋分日至婁角。去極中、而晷中。〔按今天文家云。—道、乃地球繞太陽所行軌道平面之界。亦卽吾人視太陽於恆星間所行之大圈也。其全周均作十二分。每分爲一宮。宮各三十度。始宮各以所居之宿爲名。迄分點既以歲差而異。名實不符矣。又—道帶者。謂天空—道左右八九度內之一帶也。因有數宿及日月與大行星、悉在此帶內運行。故向之天文家以爲至要。今則以—道、宮宿差池之故。亦多變易矣。〕〔又〕建除家以除、危、執、定、成、開六日。爲—道日。

(四五)馬名。〔詩駉〕有驪有—。〔傳〕—騂曰—。

(四六)楚良犬名。〔廣雅釋嚳〕楚—。

(四七)山名。〔漢書東方朔傳〕西至—山。

(四八)國名。〔左桓八年傳〕楚子合諸侯于沈鹿。—隨不會。

(四九)州名。古邾國地。秦屬南郡。漢西陵縣也。隋爲—州。取古城爲名。見〔廣韻〕

(五十)縣名。漢置。屬東萊郡。〔又〕內—。縣名。漢置。屬魏郡。〔又〕外—。縣名。漢置。屬陳留郡。

(五一)人種名。一曰蒙古利亞種。如中國、印度、安南、日本、朝鮮、土耳其、亭嘎利、拉伯蘭、芬蘭等。均爲—種人。

(五二)姓也。出江夏陸終之後。受封於—。後爲楚所滅。因以爲氏。見〔廣韻〕

三畫

【黗】徒昆切元韻

黃色也。見〔龍龕手鑑〕。〔按卽黗字。〕

四畫

【黔】居吟切音金侵韻

黃也。〔素問六元正紀大論〕其穀玄—。

【黆】姑黃切音光陽韻

—。武勇貌。〔班固舞陽侯樊噲銘〕——將軍。威蓋不當。〔按正字通云。漢書郭憲傳。觥觥。剛直貌。觥本作觵。—卽觵之譌。旣訓武勇。从黃从尢無義。班氏銘——本作桓桓將軍。今攷班氏於韓信銘。正用桓桓十八侯銘首。各冠重言形況字。無同者。則此亦不應複出。似不如徑以—爲觵譌字爲近理也。〕

【䵍】寒剛切音航陽韻　口浪切音亢　苦謗切音曠漾韻

黃色也。見〔集韻〕。〔按廣雅釋器。䵍、黃也。曹憲云。䵍、亦有本作—。〕

【𦡊】他官切音湍寒韻

䵎或字。〔集韻〕䵎。黃色。或作—。

【䵊】徒渾切音屯元韻

黃也。見〔廣雅釋器〕。〔疏證〕說文、黗。黃濁黑也。黗與—同。

【䵊】他昆切音暾元韻

䵊或字。〔集韻〕䵊。黃色。或从屯。

【䵋】口浪切漾韻

黃色也。見〔康熙字典引龍龕手鑑〕。〔按今所見影抄遼刻本字從亢。是也。從元者譌本耳。〕

五畫

【黈】他口切音姓有韻

一 黃色。〔穀梁莊二十三年傳〕禮、天子諸侯黝堊。大夫倉。士—。

二 冕前纊也。見〔廣韻〕。〔按漢書東方朔傳。—纊充耳。所以塞聰。師古注。以黃綿爲丸。用組縣之於冕。垂兩耳旁。示不外聽。是—仍訓黃。至鈇本說文以此列於俗書之類。云充耳也。从纊省主聲。則似與廣韻合矣。存攷。〕

三 猶塡也。〔文選馬融賦〕猶以二皇聖哲—益。

【䵓】他兼切音添鹽韻

白黃色也。見〔說文〕。〔段注〕白色之敝而黃也。〔按廣雅疏證。謂黃色之薄者也。—之言沾也。沾、薄也。存參。〕

【䵖】恥格切音拆陌韻

黃色也。見〔篇海〕。

六畫

【䵋】虎猥切音賄賄韻

青黃色也。見〔說文〕。〔段注〕青色敝而黃也。〔按廣雅疏證。—色在青黃之間。故青黑亦謂之—。存參。〕

【䵋】、羽軌切音洧紙韻　戶賄切音瘣賄韻　胡對切音潰　古對切音憒隊韻

黃也。見〔集韻〕。

【䵒】諸應切音證徑韻

黃色。見〔玉篇〕。

【黊】懸圭切音攜齊韻　戶瓦切音踝馬韻　胡卦切音畫卦韻

鱻明黃色也。見〔說文〕。〔段注〕依篇韻補色字。惟此爲鮮明正黃耳。

【䵯】昌嵩切音充東韻　他綜切音統宋韻

黃色。見〔廣雅釋器〕。

【䵸】他年切音天先韻

黃白色。見〔集韻〕。

【黋】苦晃切音廣養韻

熿或字。〔集韻〕熿。明皃。或作—。

【䵔】直廉切鹽韻

赤黃色也。見〔龍龕手鑑〕。

七畫

【䵘】馨兼切音馦鹽韻

赤黃色也。一曰。輕傷人—姁也。見〔說文〕。〔段注〕赤黃者、赤色敝而黃也。色字依類篇補。傷各本作易。今正。侮者傷也。傷者輕也。此謂輕侮人者。其狀—姁也。後漢書曹大家女誡。視聽陝輸。注云。陝輸、不定皃。蓋卽—姁也。語同字異耳。〔按朱駿聲云。當從炎。夾、夫、形近而誤。存攷。〕

【䵚】火占切鹽韻

黃色。見〔類篇〕。

【䵛】持廉切音燅鹽韻

黃色。見〔集韻〕。〔按廣韻引埤倉云。赤黃色。朱駿聲謂卽䵘字。實從

䵳。參閱䵳字。〕

八畫

【⿰享黃】他昆切音暾他根切音吞元韻他官切音湍寒韻

㊀黃色。見〔類篇〕。㊁人名。⿰享黃子—魯哀公少子。

【⿰黃或】養里切音矣紙韻　黃病也。見〔篇海〕。

【⿰黃昔】七略切音鵲藥韻　皮淡黃也。見〔篇海〕。

【⿰黃定】知廉切音霑鹽韻　黃色。見〔集韻〕。

【⿰黃戔】將先切音箋先韻　黇或字。〔集韻〕黇。黃色。或从戔。

【⿰黃免】美辨切音免銑韻　黃也。見〔集韻引廣雅〕。

【⿰黃享】他根切音吞元韻　黃色。見〔集韻〕。〔按卽⿰享黃字〕。

【⿰月黃】胡光切音黃陽韻　⿰尣黃或字。〔集韻〕⿰尣黃。病尰。或从尣。

【⿰糸黃】同⿰足黃。見〔五音篇海〕。

【⿰黃隹】同⿰阜黃。見〔字彙補〕。

【䵳】⿰黃炎或字。見〔集韻〕。

九畫

【⿰黃耑】他官切音湍寒韻

㊀黑黃色也。見〔說文〕。〔段注〕黑黃、各本作黃黑。疑當作黑黃。黑色之微而黃也。詩我馬玄黃傳曰。玄、馬病則黃。正此意。〔按廣雅釋器。—、䵵黃也。疏證。說文、䵵黃濁黚也。䵵、與䵵同。䵵亦—也。方俗語有輕重耳。據此則作黃黑亦通。〕㊁䵳—梁四公子之一。見〔梁四公子傳〕

【⿰耑黃】他官切音湍寒韻　黃色。見〔字彙補〕。〔康熙字典云。卽⿰黃耑字之譌。是。〕

【⿰黃黃】戶盲切音橫庚韻　藤屬。可以織。見〔玉篇〕。

【⿰黃頁】云粉切吻韻　面急——也。見〔玉篇引說文〕。〔按說文無—。惟頁部有顚。訓面色顚顚皃。王注。玉篇頁部䪾引說文。面色顚顚也。而黃部又收—。云粉切。說文曰。面急——也。䪾同—。廣韻。顚、與—同。案繫傳引詩芸其黃矣。古詩黃華葉衰。芸、亦或音運。與此義近也。楚金兩引詩皆有黃字。然則—從黃謂面色黃也。而其說則曰面急。集韻十九隱二十一混皆收顚。皆曰顚顚面急。意者說文篆本作—。說本云面色——也。從頁從黃。讀若隕。玉篇譌作面急。而集韻承之邪。據此則—顚一字矣。〕

【⿰黃軍】輝或字。〔字彙補〕此字見釋典中。隨函云。合作輝字。

十畫

【⿰黃員】云粉切音抎吻韻

㊀同䪾。說文、面色顚顚皃。見〔廣韻〕。〔按玉篇作同䪾。一也。說詳䪾字。〕㊁黃皃。見〔玉篇〕。

【⿰殼黃】胡光切音黃陽韻　卵中黃。見〔集韻〕。

【⿰黃彧】胡對切音潰隊韻　⿰黃或或字。〔集韻〕⿰黃或。黃色。或从彧。〔按字彙以从彧之字爲同⿰黃或。康熙字典從之。今依集韻類篇訂正。〕

【⿰黃能】于弓切東韻　古熊字。見〔玉篇〕。〔按康熙字典、引山海經。甘棗山獸名—。或曰熊。今攷山海經字乃作𪊫。郭音那。玉篇能部亦有𪊫字。音義與山海經同。是山海經固不作—。〕

【⿰黃鳥】鷬俗字。見〔龍龕手鑑〕。

【⿰黃疌】黈譌字。〔廣雅釋器〕天子諸侯廟黝堊。卿大夫蒼士—。〔按疏證本作黈。云各本譌作—。〕

十一畫

【⿰黃翏】魯皓切音老皓韻郎到切音勞號韻

㊀黃色。見〔廣雅釋器〕。㊁草色也。一曰黃色人。見〔龍龕手鑑〕。

十二畫

【⿰黃單】齒善切音闡銑韻　黃也。見〔廣雅釋器〕。

【⿰黃惑】古對切音憒隊韻　病皃。見〔玉篇〕。

【⿰革黃】胡光切音黃陽韻　煌或字。〔集韻〕煌。說文、煌煇也。亦作—。

【⿰黃詹】直占切鹽韻
黃也。見〔字彙補〕。

十三畫

【黌】胡肓切音橫庚韻
㊀學也。見〔後漢書儒林傳注引說文〕〔按說文無此字。惟鉉本以斑於俗書之類。云、學堂也。从學省。黃聲。說文無學部。桂本則補列本部後。云、從黃從學省。黃亦聲。並箸存攷。〕
㊁大—小—。並地名。〔水經巨馬河注〕淶水又北逕小—東。又東逕大—南。蓋省原隱居教授處也。
㊂通橫。〔後漢鮑昱傳〕德乃修起橫舍。〔注〕橫、學也。字又作—。

【⿰黃豊】七略切音鸙藥韻
皮淡黃也。見〔字彙補〕。

【⿰黃鄒】同鄒。見〔字彙補〕。

※黑部※

【黑】迄得切音潶職韻
㊀本作⿱囪炎〔說文〕⿱囪炎、火所熏之色也。从炎上出囪。〔注〕囪、古窗字。〔按段本首補北方色也四字。〕
㊁晦也。如晦暝時色也。見〔釋名釋采帛〕
㊂腎色也。〔素問風論〕其色—。
㊃羊豕也。〔詩大田〕以其騂—。
㊄卦象。〔易說卦〕坤其于地也爲—。
㊅熬黍也。〔左僖三十年傳〕饗有昌歜白—形鹽。
㊆—道。月行軌也。〔漢書天文志〕月有九行。九行者。—道二。出黃道北。赤道二。出黃道南。白道二。出黃道西。青道二。出黃道東。然用之一決房中道。〔又〕建除家以建滿平收破閉六字爲—道日。
㊇—子。黛子也。〔漢書賈誼傳〕壓如—子之著面。〔俗謂之誌。參閱黶字。〕
㊈—氣。水氣也。〔內經氣交變大論〕—氣迺辱。
㊉—首。謂民也。見〔禮記祭義以爲黔首則釋文〕。
⑪佛及弟子所說惡法名爲—說。又四果人及獨覺菩薩等說名爲—說。見〔一切經音義〕。
⑫水名。〔書禹貢〕導—水至于三危。入于南海。〔傳〕—水自北而南。經三危。過梁州。入南海。〔按王鳴盛尚書後案云。—水漢已無攷。至酈道元始云。—水出張掖雞山。而謂南流至敦煌。過三危。入南海。亦不過順經爲義。與他水歷敘所過郡縣者、相去遠矣。當從杜佑闕疑爲是。〕〔又〕昆明池水、亦云—水。〔文選張衡賦〕—水玄阯。〔注〕謂昆明靈沼之水沚也。
⑬—壤。地名。〔左宣六年傳〕公會晉侯宋公于—壤。〔按在今山西沁水縣西北四十里。〕
⑭—齒。國名。〔山海經大荒東經〕有—齒之國。〔注〕—齒、齒如漆也。〔又〕複姓。〔姓氏書辨證〕出自南詔。聲變有—齒、金齒、銀齒三種。因爲氏。
⑮—龍江。江名。一名完水。室建河。斡難河。今名—龍江。因其水綠而帶—。故又有—水、—龍江、烏江、烏龍江之稱。故滿洲稱㨂水難水那河。亦謂其水色帶—也。其源出自蒙古喀爾喀北界。中流以下。經西北利亞與滿洲之中間。下流。通西北利亞沿海洲而至樺太。注於韃靼海峽。〔又〕省名。清置。本古肅慎氏地。漢挹婁國地。其領地東界俄屬、阿穆爾省。南按吉林奉天之北境。西連蒙古及俄屬薩拜喀勒省。北抵俄屬外興安嶺。領縣二十三。地方七。首治龍江縣。
⑯—海。在俄羅斯之南。亞細亞土耳其之北。面積十六萬三千七百一十一方哩。長七百哩。幅四百哩。
⑰—肱。複姓。〔姓氏書辨證〕楚王子—肱。其後以爲氏。

【⿱囪炎】黑本字。見〔說文〕。

【黒】黑或字。見〔類篇〕。

一畫

【⿰黑乚】英皆切音挨佳韻　乙冀切音懿寘韻　乙黠切音軋黠韻
深黑色。見〔集韻〕。〔按集韻寘韻注引廣雅。今攷廣雅無。惟王念孫疏證本於釋器黑也條補出。〕

【⿰黑乚】於閑切音般删韻

黰或字。〔集韻〕黰。黑也。或作丨。

二畫

【⿰黑丂】烏奚切音鷖齊韻

同黳。見〔字彙補〕。

【⿰黑卜】同黰。見〔玉篇〕。

【⿰黑刂】黥或字。見〔說文〕。

三畫

【⿰黑干】古旱切音幹旱韻

●黑也。見〔玉篇〕。

●皯或字。〔集韻〕皯。說文、面黑气也。或作丨。

【⿰黑勺】丁歷切音的錫韻

●龍須謂之丨。見〔廣雅釋器〕。

●黑子箸面。見〔集韻〕。

【⿰黑勺】職畧切音灼藥韻丁歷切音的錫韻

婦人以點飾。見〔集韻〕。〔按亦作的。釋名釋首飾以丹注面曰的。的、灼也。此本天子諸侯羣妾。當以次進御。其有月事者、止而不御。重以口說。故注此丹於面。灼然爲識。女史見之。則不書其名於第錄也。是卽此矣。〕

【黓】逸職切音弋職韻

●黑也。見〔廣雅釋器〕。

●亦作弋。〔漢書文帝紀〕身衣弋綈。〔注〕如淳曰。弋、皁也。

●玄丨。歲陽也。〔爾雅釋天〕太歲在壬曰玄丨。〔義疏〕玄丨、言物終而幽翳也。歷書作橫艾。

【⿰黑大】徒蓋切音大泰韻

黑也。見〔集韻〕。〔按廣韻云黑跡。〕

【⿰黑大】他蓋切音泰泰韻

黑甚。見〔集韻〕。

【⿰黑乇】督故切音妒遇韻

色深黑。見〔集韻〕。〔按六書故云。濁黑也。〕

【⿰黑丸】胡玩切音換翰韻

炮肒也。見〔篇海〕。

【⿰黑乞】同黳。見〔字彙〕。

【⿰黑毛】同黗。見〔字彙補〕。

【⿱𥝢黑】黧譌字。見〔字彙補〕。

四畫

【黔】其淹切音鉗其嚴切音鉗居嚴切黔韻

黧也。秦謂民爲丨首。謂黑色。周謂之黎民。易曰。爲丨喙。見〔說文〕。〔按祭義正義云。凡人以黑巾覆頭。故謂之丨首。易丨喙釋文云。鄭作黚。謂虎豹之屬。貪冒之類。又冷氏云。烏善以喙止物者。則以此爲鈐字之叚借矣。〕

【黔】渠金切音琴侵韻

●黑色。〔左襄十七年傳〕邑中之丨。〔注〕子罕黑色而居邑中。〔釋文〕一音其嚴反。

●丨雷。神名。〔漢書司馬相如傳〕左玄冥而右丨雷兮。〔注〕張揖曰。丨雷、黔嬴也。天上造化神名也。楚辭曰。召丨嬴而見之。或曰水神也。

●丨中。郡名。秦置。湖南舊辰州常德永順等府及澧州等屬地。皆秦丨中郡治境。

●丨陬。縣名。漢置。屬瑯琊郡。今山東膠縣西南有丨陬故城。

●姓也。齊有丨敖。見〔廣韻〕。〔按亦讀其廉反。渠嚴反。見檀弓釋文。又漢書古今人表作禽敖。〕

【黕】都感切音紞感韻

●滓垢也。見〔說文〕。〔段注〕滓者澱也。垢者濁也。荀卿曰。湛濁在下。按湛卽丨之叚借字。

●黑貌。〔文選潘岳賦〕翠幕丨以雲布。

【黕】陟甚切音䟫寑韻

污也。見〔集韻〕。〔按六書故云。污黑透滲也。又作黮。〕

【黖】許既切音欷未韻

●不明皃。見〔集韻〕。

●丨丨。絕遠皃。〔文選左思賦〕萬物蠢生。芒芒丨丨。

●丨菲。黑也。見〔廣韻〕。

【默】密北切音墨職韻

●犬暫逐人也。讀若墨。見〔說文犬部〕〔注〕犬丨無聲逐人。〔按六書故引唐本暫作潛。於義爲適。〕

●靜也。見〔廣韻〕。

●寂也。〔楚辭惜賢〕丨順風以偃仰兮。

●無也。〔列子力命〕丨之成之。

●幽也。見〔字彙〕。

●不語也。〔易繫辭〕君子之道。或丨或語。

●諒闇也。〔國語楚語〕於是乎三年

—以思道。

(八)黑也。見〔廣雅釋器〕。〔疏證〕—、亦黑字也。韓詩外傳。—然而黑。

(九)貪以敗官爲—。見〔家語正論〕。〔注〕—猶冒。苟貪不畏罪。〔按左昭十四年傳。貪以敗官爲墨。以墨爲之。〕

(十)—了無也。〔莊子在宥〕至道之極。昏昏——。〔又〕不得意也。見〔漢書賈誼傳吁嗟——注引應劭。〕

(十一)通墨。〔史記屈原賈生傳〕孔靜幽墨。〔正義〕墨無聲也。

(十二)通穆。〔漢書東方朔傳〕於是吳王穆然。〔注〕張晏曰。穆音—。〔讀書通引此云通。〕

(十三)姓也。明—思道。

【黗】他昆切音暾。元韻。吐袞切音曈。阮韻
黃濁黑也。見〔說文〕。〔段注〕謂黃濁之黑也。廣雅云。—、黑也。黗、黃也。蓋二字音義同。偏旁異耳。櫝弓有䵬字。廣韻曰。亦黃色也。然則䵬字亦同。

【默】他蓋切音泰。泰韻
黑甚。見〔類篇〕。〔按集韻十四夳兩見默字。皆从大。一、他蓋切。黑甚。一、徒蓋切。黑也。而類篇乃有—無默。不知孰是。〕

【黋】虛郎切音炕。陽韻
黑皃。見〔集韻〕。

【野】上與切音墅。語韻
黑也。見〔集韻〕。

【默】莫歒切音覓。錫韻
義闕。〔魏書刑罰志〕詔曰。律文。刑限三年。便入極—。坐無太半之校。罪有死生之殊。可詳案律條。諸有此類。更一刊定。

【黕】丁感切感韻
同黕。黑色也。見〔字彙補〕。

【䵲】肬籀文。見〔說文肉部〕。

【黝】同黑。見〔字彙補〕。

【黖】同䵢。見〔字彙補〕。

【黰】黰䵳字。見〔廣雅釋器疏證〕。

五畫

【䵵】渠今切音琴。侵韻。其淹切音箝。鹽韻。古暗切音紺。勘韻
淺黃黑也。見〔說文〕。〔按廣雅釋器云。黑也。蓋渾言之。〕

【黚】紀炎切音𪐳。鹽韻
水名。犍爲郡符縣有—水。南至鷩入江。見〔漢書地理志注〕。

【黛】待戴切音代。隊韻。〔按說文、䲢。从黑。朕聲。注云。今俗作—字。然劉熙釋名固作—。是漢人已用之矣。戴侗六書故云。唐本說文曰。或从代。豈今所見本皆佚挩歟。〕

(一)青黑色也。用爲畫眉墨。見〔六書故〕。〔按引伸之爲凡物色青黝之稱。如鮑昭與妹書。半山以下。純爲—色。岑參詩。石潭積—色。盧照鄰詩。露葉凝秋—。元稹詩。聚—一聲愁。碧霄是也。〕

(二)代也。滅眉毛去之。以此畫代其處也。見〔釋名釋首飾〕。

(三)青—。藥名。從波斯國來。見〔開寶本草〕。〔按似空青而色深。可爲染料。〕

【黜】敕律切音怵。質韻

(一)貶下也。見〔說文〕。〔段注〕玉篇云。貶也。下也。按當作貶也。下也。色也。五字。貶也者。—陟之義也。下色也者。爲从黑。張本也。〔按六書故云。擯斥汚闇也。書曰。三考—陟幽明。據此則从黑者。殆有取於幽闇之義。戴說尤足發說文之微。〕

(二)退也。〔書序〕湯既—夏命。

(三)猶出逐。〔公羊襄二十七年傳〕—公者、非吾意也。

(四)去也。〔左昭二十六年傳〕咸—不端。

(五)猶放也。〔左襄二十八年傳〕使無—讒。

(六)廢也。〔國語晉語〕公將—太子申生。

(七)減損也。〔左襄十年傳〕而—其事。

(八)絕也。〔書序〕周公相成王。將—殷。

(九)—色易服色也。見〔後漢班彪傳注〕。

(十)通絀。〔荀子不苟〕不能則恭敬繜絀以畏事人。〔注〕絀與—同。

(十一)通出、咄。〔莊子徐无鬼〕君將—嗜欲。〔釋文〕—退也。本又作出。司馬本作咄。

【黕】當割切音怛。曷韻

(一)白而有黑也。五原有莫—縣。見〔說文〕。〔注〕雖白而色滋多。

(二)黑而有豔曰—。見〔字統〕。

●人名。〔史記楚世家〕熊丨。〔漢書古今人表作亶。〕

【黝】於糾切音怮有韻

㊀黴青黑色也。爾雅曰。地謂之丨。見〔說文〕〔段注〕謂黴青之黑也。黴輕於淺赤。〔按地謂之丨。釋宮文。郭注云。黑飾地也。又釋器云。黑謂之丨。郭注。丨黑貌。郝氏義疏云。青謂之蔥。黑謂之丨。是從青入黑法。據此。則丨爲自青而深染成黑之謂。六書故訓爲黑色深丨。與許意相發明。〕

㊁平治其地令黑也。〔禮記喪服大記〕既祥丨堊。

㊂黑柱也。見〔穀梁莊二十三年傳禮天子諸侯丨堊疏引徐邈。〕

㊃丨糾特出之。〔文選王延壽賦〕互丨糾而搏負。

㊄丨儵茂盛貌。〔文選左思賦〕林麓丨儵。

㊅通幽。〔禮記玉藻〕一命、縕韍幽衡。〔鄭注〕幽讀爲丨。黑謂之丨。

【黝】於夷切音伊支韻

黟或字。〔集韻〕黟。縣名。在丹陽。或作丨。

【黝】云九切音有於九切音懮有韻一笑切音要嘯韻

塗也。見〔廣雅釋宮〕。〔按以黑塗飾之也。曹憲又音於糾切。集韻笑部云。一曰、用黑塗地。〕

【黝】於虯切音幽尤韻云九切音有於九切音懮有韻一笑切音要嘯韻

黑色。見〔集韻〕。

【點】多忝切音玷琰韻

㊀小黑也。見〔說文〕。〔按六書故云。班班小黑也。段玉裁云。今俗所謂丨涴是也。〕

㊁汙也。〔楚辭怨世〕唐虞丨灼而毀議。

㊂面痕也。〔談苑〕婦人面飾用花子。起自上官昭容。以掩丨跡。

㊃數也。〔劉克莊詩〕書生行李堪抽丨。

㊄微觸之也。〔杜甫詩〕丨水蜻蜓款款飛。

㊅猶畫也。〔南史到溉傳〕溉長八尺。眉目如丨。

㊆猶向也。〔劉表元詩〕初晴鶴丨青邊障。

㊇滴注也。〔岑參歌〕金瑠亂丨野酥酡。

㊈檢丨也。見〔玉篇〕。

㊉字體結構之一。〔王羲之題筆陣圖後〕每作字須有丨處。且作餘字總竟。然後安其丨。須空中遙擲筆作之。

⑪讀書、而識之曰丨。〔宋史何基傳〕凡所讀無不加標丨。〔按凡、而識之曰丨。故世言丨名丨兵。又清制進士朝考後。按次引見。以待欽丨。亦此意也。〕

⑫物量之微者曰丨。〔五燈會元〕趙州觀音院從諗禪師僧問曰。既是清淨伽藍。爲甚麽有丨。師曰。又一丨也。

⑬俗謂燃燒曰丨。〔蘇軾詩〕憐蛾不丨燈。

⑭紀辰刻以更五分一爲丨。〔元史曆志〕求更丨。率置晨分倍之五約爲更率。又五約更率爲一率。〔按今以自鳴鐘一鳴爲一丨。本此。〕

⑮丨頭。頷以示意也。〔侯鯖錄〕歐陽公知貢擧。每遇考試卷。坐後嘗覺一朱衣人時復丨頭。然後其文入格。

⑯指丨。猶指示也。〔李白詩〕指丨虛無是歸路。〔又〕猶指摘也。〔白居易詩〕時遭人指丨。

⑰丨檢。官名。〔舊五代史〕以今上爲宋州節度使。依前檢校太尉殿前都丨檢。〔今上、謂宋藝祖也。〕

⑱丨黼。草書勢。〔衛恆書勢〕黝黈丨黼。

⑲俗以小食爲丨心。〔改齊漫錄〕唐鄭傪爲江淮留後。家人備夫人晨饌。夫人顧其弟曰。治妝未畢。我未及餐。爾且可丨心。〔按世因謂籠炊之屬爲丨心。癸辛雜識、記南宋趙叔和丞相善啖。阜陵聞之。曰。朕欲作小丨心相請是也。〕

⑳幾何學有位置而無長廣厚者曰丨。

㉑所在曰丨。如云起丨、終丨、要丨。

㉒度限曰丨。如寒暑表之冰丨、沸丨。

㉓考試衡程之分數、日本謂之丨。

㉔人名。孔子弟子曾丨。史記字作蒧。

㉕通玷。〔文選東晳詩〕莫之丨辱。〔[illegible]注〕丨與玷、古字通。

【點】之廉切音詹鹽韻

人名。魯有豐丨。齊有鮑丨。見〔類

篇〕。

【點】丁賀切音哆哿韻 草葉壞也。〔齊民要術〕故墟種麻。有—葉夭折之患。

【點】都念切音店㮇韻 滅謂之—。見〔爾雅釋器〕。〔注〕以筆滅字爲—。〔釋文〕一音丁簟反。

【⿰黑未】莫佩切音妹隊韻 淺黑也。見〔集韻〕。

【⿰黑末】莫貝切音昧泰韻 深黑色。見〔集韻〕。

【⿰黑㐱】之刃切音震震韻 黑也。見〔集韻〕。

【黈】知柱切麌韻 點—也。見〔玉篇〕。〔按廣韻云。說文曰。有所絕止。、而識之也。、—義同。〕

【⿰黑劬】同⿰黑余。見〔字彙補〕。

【⿰黑余】黟俗字。見〔字彙〕。

六畫

【黠】下八切音[illegible]黠韻 ❶堅黑也。見〔說文〕。〔段注〕黑之堅者也。〔按說文句讀。堅字爲句。注云。集韻引作堅固也。非也。玉篇。—、堅也。黑也。即爲許書離句也。釋詁。硈、堅。固也。石部。硈。堅也。此從吉聲之字。有堅義也。字在黑部。故謂之黑。以見分別部居之旨。實則古籍用—字。祇有堅義也。存參。〕❷慧也。〔方言〕虔、儇。慧也。自關而東趙魏之閒。謂之—。❸惡也。〔漢書趙充國傳〕以尤桀—皆斬之。❹人名。曹爽、小字—。

【黦】於勿切音鬱物韻 ❶黑也。見〔海篇〕。❷深也。見〔海篇〕。

【⿱髟黑】吉典切音繭胡典切音峴銑韻 黑皴也。見〔說文〕。〔桂注〕徐鍇本作皴。本書無皴皴字。當爲皯。皯、面黑气也。〔按通訓定聲云。—。墨子、百舍重繭。淮南書、申包胥累繭重胝。以繭爲之。莊子、百舍重趼。以趼爲之。據此則—爲皯皴。存參。〕

【⿱髟黑】吉典切音繭多殄切音典銑韻 黑也。見〔廣雅釋器〕。〔按廣韻音峴。訓黑皃。〕

【⿰黑夅】披江切音胮江韻 黑皃。見〔集韻〕。

【⿰黑灰】呼回切音灰灰韻 淡黑淺色。見〔字彙〕。

【黟】於脂切音伊支韻煙奚切音鷖齊韻 黑木也。丹楊有—縣。見〔說文〕。〔段注〕古今注。烏文木出波斯國。南方草木狀。文木樹高七八丈。色正黑如水牛角。

【黟】於脂切音伊支韻 黑也。見〔廣雅釋器〕。

【⿰黑伊】於脂切音伊支韻 黟或字。〔集韻〕黟。縣名。在丹陽。或作—。

【⿰黑杀】初轄切音刹黠韻 黑也。見〔集韻〕。

【⿰黑汙】・徐野切音灺馬韻 —浸汙也。出文字辨疑。見〔廣韻〕。

【⿰黑刪】相干切音⿰月𠕁寒韻 ⿱敝黑—色下。見〔集韻〕。〔今多書作⿰黑刪。〕

【⿹𢦏黑】作代切音再隊韻 染也。見〔集韻〕。

【⿰黑豖】力姑切音盧虞韻 黑弓也。見〔字彙補〕。〔按即黸字。〕

七畫

【⿰黑殳】亡范切音錽豏韻 ❶闇行也。見〔類篇〕。❷暗也。見〔正韻〕。

【黢】促律切音焌質韻 黑也。見〔集韻〕。

【⿰黑見】倪甸切音硯霰韻 濡墨也。見〔集韻〕。

【⿰黑尨】莫江切音尨江韻 私也。見〔方言〕。〔注〕冥闇、故爲陰私也。〔按廣韻云。—陰私事也。〕

【⿰黑肖】七肖切音峭嘯韻 —[illegible]面點。見〔集韻〕。

【⿰黑必】木必切音覓錫韻 黑暗色也。見〔字彙補〕。〔按康熙字典云。即黕字之誤。〕

【⿰黑夸】盧活切音捋曷韻

黑也。見〔集韻〕。

【䵋】俞玉切音欲沃韻 黑皃。見〔集韻〕。

【黣】米水切音每賄韻 面黑氣也。〔列子黃帝〕肌色皯丨。〔按六經索隱云同黴。〕

【黧】力奚切音黎齊韻 斑也。見〔字彙補〕。

【䵒】䵒譌字。康熙字典引韻會云。與黳同。攷韻會舉要。黳或作䵒。从㞒。㞒九畫。然說文自有䵒字。依篆从㞒。㞒八畫。段注以為與黳一字。是知尸下垂几及垂六者。均譌寫也。

八畫

【黤】衣檢切音奄琰韻 乙減切音黯 偣檻切音黯豏韻 青黑也。見〔說文〕〔段注〕謂青色之黑也。

【黤】鄔感切音晻感韻 ❶陰黑也。亦作黭。見〔六書故〕。❷忽也。見〔一切經音義〕。❸丨黮。不明也。見〔一切經音義〕。〔又〕深黑也。見〔一切經音義引纂文〕。

【䵪】古困切音睔願韻 純黑色。見〔集韻〕。

【䵪】昏困切願韻 ❶忘失也。見〔字彙〕。❷黗丨。不幹事。見〔集韻〕〔按字彙云昏迷不幹事。〕

【黥】渠京切音擎庚韻 ❶墨刑、在面也。見〔說文〕〔段注〕此刑亦謂之墨。周禮司刑注曰。墨、丨也。先刻其面。以墨窒之。❷姓也。〔姓氏考辨證〕淮南王英布少時。人相之。當丨而王。已而坐法丨。以刑徒輸驪山。後王九江及淮南。因謂之丨布。

【黎】良脂切音梨支韻 憐題切音黎齊韻 ❶黑也。〔楚辭逢紛〕顏黴丨以沮敗兮。〔按丨黑義。說文耇下作黎。廣雅亦然。國策秦策作犂。逢紛釋文作藜。皆屬音借。从說文廣雅為正。〕❷黃黑也。見〔一切經音義引字林〕。〔按集韻云黑而黃。〕❸班異曰丨。見〔一切經音義引通俗文〕。

【黧】鄰知切音離支韻 丨黃。鳥名。〔爾雅釋鳥〕倉庚。丨黃也。〔按邢本音力知反。釋文作鵹。力兮反。〕

【黧】力皆切佳韻 黧丨。淺黑。見〔集韻〕。

【䵬】託合切音鞜合韻 ❶晉書有丨伯。見〔玉篇〕。〔按顏氏家訓書證篇。晉中興書。泰山羊曼、常頹縱任俠。飲酒誕節。兗州號為䵬伯。此字更無音訓。梁孝元帝嘗謂吾曰。張簡憲見教。呼為嚃羹之嚃。案法盛世代殊近。當是耆老相傳。俗間又有黯䵬語。蓋無所不施。無所不容之意也。顧野王玉篇誤為黑傍沓。吾所見數本。並無作黑者。重沓是多饒積厚之意。從黑更無義旨。據此則玉篇所本非矣。〕❷猥茸貌。見〔字彙〕。

【䵬】託合切音鞜 達合切音沓合韻 黑也。見〔集韻〕。

【黨】底朗切音讜養韻 〔按朋丨之丨、本作攩。〕❶不鮮也。見〔說文〕〔王注〕楚辭遠游。時曖曃其曭莽兮。注云。日月晻黮而無光也。曭、曭古今字。緣借丨為鄉既久。故加日以別之。❷五百家為丨。丨、長也。一聚所尊長也。見〔釋名釋州國〕。〔按管子山至數注云。周制。二千五百家為丨。為州。六書故云。五千二百五十家為丨。又云鄉丨之丨。當從里。譌為黑。存參。〕❸眾也。見〔莊子繕性物之儻來寄也釋文引崔注〕。❹類也。〔禮記仲尼燕居〕辯說得其丨。❺朋也。〔離騷〕惟丨人之偷樂兮。❻比也。見〔廣雅釋詁〕。❼接也。見〔玉篇〕。❽崔也。見〔廣韻〕。❾累也。見〔廣韻〕。❿猶親也。〔禮記雜記〕其丨也食之。⓫謂族親。見〔詩譜序各於其丨疏〕。〔按禮記奔喪哭父之丨於廟注云。丨、謂族類無服者也。〕⓬頻也。〔荀子天論〕怪星之丨見。〔注〕丨見、頻見也。言如朋丨之多見。⓭所也。所、猶是齊人語也。〔公羊文十三年傳〕往｜衞侯。

⑭助也。見〔論語衞靈公羣而不｜集解引孔注〕〔按述而吾聞君子不｜集解引孔注云、相助匿非曰｜。〕

⑮旁也。見〔儀禮鄉射禮居侯｜之一疏。〕

⑯善也。見〔廣雅釋詁。〕

⑰美也。見〔廣雅釋詁〕

⑱知也。楚謂之｜。見〔方言。〕〔注〕｜朗也。解寤貌。

⑲阿私曰｜。〔國語晉語〕比而不｜。

⑳上｜。郡名。有三。一、漢置。故治在今山西長子縣西。一、晉置。故治在今山西潞城縣東北。一、北魏置。故治當今山西長治縣治。

㉑梁｜。神名。〔黃香賦〕樀肩屏而卻梁｜。

㉒有統系之團體曰｜。如漢之｜錮。唐之清流。宋之洛閩蜀｜。明之東林｜。是也。專制之世病之。故有｜禁。今立憲國則皆有政｜。政｜者。即由對於政治上之主義意見從同之人。結合而立於一定紀律之下。以謀實現其共同之政見者也。

㉓同鄰。〔六書故〕｜、借爲朋｜之｜。鄉｜之名生焉。別作鄰。

㉔同讜。〔荀子非相〕實博而｜正。

㉕亦作鄰。〔婁壽碑〕鄉鄰州鄰。

【黨】坦朗切音曭養韻

同儻。儻也。〔漢書伍被傳〕｜可以徼幸。〔注〕師古曰。｜讀曰儻。〔按六書故云、｜說文曰不鮮也。因之爲｜來｜或之義。漢書曰｜可以徼倖。亦謂出於攸闇不可知也。因又爲儻｜之｜。據此則｜之爲儻。蓋引伸之義云爾。〕

【黨】止兩切音掌養韻

姓也。〔左莊三十二年傳〕公築臺臨｜氏。〔注〕｜氏、魯大夫。〔又〕｜氏溝、晉朝中地名。〔左哀十一年傳〕季孫使從於朝、俟於｜氏之溝。

【⿰黑宛】於月切音噦月韻

黦或字。〔集韻〕黦、說文、黑有文也。或从宛。

【⿰黑宛】紆勿切音鬱物韻

①玄黃也。見〔集韻〕〔按廣韻。紆物、於月二切。並云黃黑色。〕

②黑也。見〔廣雅釋詁。〕

【⿰黑宛】於歇切音謁月韻

黦或字。〔集韻〕黦色變也。或作｜。

【⿱窯黑】許云切音熏文韻

同纁。〔周禮染人〕夏纁〔注〕故書纁作｜。

【⿱窯黑】紆勿切音鬱物韻

同黦。〔集韻〕黦玄黃也。亦書作｜。

【⿰黑享】噉頓切願韻

｜黖。不幹事。見〔集韻。〕

【⿰黑炎】徒感切音淡感韻

雲黑也。見〔篇海。〕

【⿰黑昏】虎本切音惛阮韻

黑也。見〔集韻。〕

【⿰黑奔】逋昆切音奔元韻

黑也。見〔集韻。〕

【⿰黑妾】七接切音妾葉韻

絲壞色。見〔集韻。〕

【⿰黑金】居吟切音金侵韻古咸切音緘咸韻

淺黃色。見〔廣韻。〕

【⿰黑金】居咸切音緘咸韻

黃黑也。見〔說文。〕〔段注〕謂黃色之黑。〔按玉篇云。記林切。黃黑如金也。〕

【⿰黑來】落哀切音來灰韻洛代切音徠隊韻

｜⿰黑坴。大黑。見〔集韻。〕

【⿰黑夾】鄰知切音離支韻

黐或字。〔集韻〕黐、亦黑色。或从來。

【⿰黑知】展豸切音擨展几切音黹紙韻

｜黈。艸書勢。見〔集韻。〕〔按梁武帝書評。｜黈點黝。言狀如連珠。絕而不離。〕

【⿰黑或】越逼切音域職韻

羔裘之縫。見〔說文。〕〔注〕詩曰。羔羊之｜。以黑爲縫也。〔按召南作緎。釋文孫炎云。緎、縫之界域。〕

【⿰黑或】忽域切音洫職韻

縫也。見〔集韻。〕〔按召南傳。緎、縫也。釋文。爾雅云。緎、羔裘之縫也。音符用反。一本作緎。猶縫也。則當音符龍反。此訓當準而觀之。〕

【⿰黑或】乙六切音彧屋韻

黬或字。〔集韻〕黬、羔裘縫也。或作｜。

【⿱執黑】音未詳

探也。〔管子侈靡〕深—之毋涸。〔注〕—謂探其深情。〔按通訓定聲以爲卽剌探字〕

【䵫】䵫本字。見〔說文〕。

【䵭】同䵫。見〔字彙〕。

【䵮】同䵭。見〔字彙〕。

【𪑙】同䵮。見〔字彙補〕。

【𪑛】同黴。見〔字彙〕。

九畫

【黭】於錦切音飲寑韻鄔感切音晻感韻衣檢切音奄琰韻乙減切音黯豏韻

果實—黯黑也。見〔說文〕。〔按集韻云。果實黑壞。又云。—黯。果實壞皃。蓋謂果實壞而黑耳。荀子彊國篇楊倞注引說文作—黑色。六書故引唐本說文、作果實黭黯也。〕

【黭】鄔感切音晻感韻

①不明也。〔文選王褒論〕鄙人—淺。

②—黮。深黑也。見〔一切經音義引纂文〕。

③—然。卒至之貌〔荀子彊國〕—然而雷擊之。

④同黮。〔一切經音義〕黮黭又作—。同。謂不明也。〔按六書故云。黤、黭於敢切。会黑也。亦作—。〕

【黮】他感切音禫感韻

①桑葚之黑也。見〔說文〕。

②深黑色也。見〔文選左思賦注引聲類〕。

③晻—不明也。亦黑也。見〔一切經音義〕。

【黮】丈減切音湛豏韻

黭—果實黑皃。見〔集韻〕。

【黕】直稔切音朕寑韻

①汚也。見〔集韻〕。

②黭—果實壞皃。見〔集韻〕。

【黮】時染切音剡琰韻

黑甚。見〔集韻〕。

【䵵】徒感切音禫感韻

①私也。見〔方言〕。

②——。雲色不明貌。〔文選束皙詩〕——重雲。

③—黭。黑貌。〔文選何晏賦〕綿蠻—黭。

【黕】他紺切音僋勘韻

—闇。不明貌。〔莊子齊物論〕則人固受其—闇。

【黮】同甚。〔詩泮水〕食我桑—。〔釋文〕說文、字林皆作葚。時審反。

【黯】乙減切音闇豏韻

①深黑也。見〔說文〕〔桂注〕韻會引徐鍇本作深慘慘。當爲黲。廣雅、—黑也。史記孔子世家—然而黑。

②失色將敗之貌。〔文選江淹賦〕—然銷魂者。惟別而已矣。

③人名。〔左哀二十年傳〕史—何以得爲君子。〔按卽蔡墨〕

④同黶、黭、𪑮。〔六書故〕一說。—、黶、特一字。別作黭、黮。

【黯】鄔感切音晻感韻

①—黮。不明貌也。〔楚辭遠遊〕望舊邦之—黮兮。

②黤或字。〔集韻〕黤深黑色。或从音。

【黯】鄔甘切音喑覃韻

深隱也。見〔集韻〕。

【黯】於咸切音猪咸韻

深黑色。見〔集韻〕。

【黰】常練切音電霰韻

①本作黖。〔說文〕黖謂之垽。垽、滓也。〔王注〕釋器。澱謂之垽。水部。澱、滓垽也則澱、—同字。

②藍—染者也。見〔廣韻〕。

【黬】居咸切音緘咸韻

鹹或字。〔集韻〕黬。說文、雖皙而黑。或作—。

【黬】乙減切音黯豏韻

①直聚氣也。〔莊子庚桑楚〕有生—也。

②痕也。見〔正韻〕。

【黬】魚咸切音嵒咸韻

黑色。見〔集韻〕。

【黬】鄔感切音晻感韻

釜底黑也。見〔莊子庚桑楚釋文引字林〕。

【黬】同黚。見〔六書溯源〕。

【黬】於琰切音黶琰韻

黶或字。見〔集韻〕。

【黐】力遂切音類寘韻

①黑色。見〔集韻〕。

②黐—神名。詳黐字。

【䵘】弋亮切音漾漾韻〔廣韻式

羊切。音商。
❶赤黑也。見〔說文〕。
❷淺青見〔集韻〕。
【䵵】之夜切音柘禡韻 黑色。見〔集韻〕。
【䵶】於歇切音謁月韻 色變也。見〔集韻〕。
【黰】力協切音顳達協切音牒的協切音聑葉韻 竹裏黑。見〔集韻〕。
【䵸】達協切音牒葉韻 —黔首。出音譜。見〔廣韻〕。
【黫】於閑切音殷刪韻 黑也。〔史記天官書〕赤奮若歲、歲陰在丑。星居寅。以十二月與尾箕晨出。曰天皓。—然黑色甚明。
【黭】謨還切音蠻刪韻 畫車輪也。見〔集韻〕。
【䵹】澄應切音瞪徑韻 雲色。見〔集韻〕。
【䵺】淵畦切音烓齊韻 汙也。見〔集韻〕。
【黸】乃玷切音淰琰韻 點—。草書勢見〔集韻〕。
【黰】吐袞切音黗阮韻 暉或字。〔集韻〕暉。怨暉。暉行無廉隅。或从黑。
【䵻】補明切音兵庚韻蒲朋切音憑蒸韻 黑飾也。見〔字彙〕。〔按玉篇、博名切。音屏。無訓〕
【䵼】烏谷切音屋屋韻 墨刑。見〔集韻〕。
【䵽】乙角切音渥覺韻 剭或字。〔集韻〕剭。博雅、刑也。或作—。
【䵾】初八切音黠黠韻 黑也。見〔玉篇〕。
【䵿】音外泰韻 虎也。見〔字彙補〕。
【黰】音黲黲韻 同黰。〔正字通〕黰亦作—。陰澤之色曰黴—。溼氣著衣物、生斑沫也。
【黮】音未詳 商世國名。見〔路史國名記〕。
【黱】同黱。見〔字彙〕。〔按字彙又引玉篇云。黑雲行貌。攷今玉篇但有黱徒對切。訓黑雲行黱黱也。疑此正其省字〕
【黯】黯䵳字。見〔字彙〕。
【䵳】䵳䵳字。見〔字彙補〕。

十畫

【黰】津之切音茲支韻 ❶染黑。見〔廣韻〕。〔按玉篇汎訓黑也〕
❷深黑色。見〔集韻〕。
【黰】莫狄切音覓錫韻 ❶闇也。見〔集韻〕。
❷草木叢也。亦作䵆。見〔玉篇〕。〔按爾雅釋詁。䵆𧀮茀離也。注云。謂草木之叢茸翳薈也〕
❸䵑—色敗黑。見〔集韻〕。〔按廣韻云。—䵑黑青〕
【黱】待戴切音代隊韻 ❶畫眉墨也。从黑。朕聲。見〔說文〕。〔段注〕玉篇作黛。—者。婦人畫眉之黑物也。服虔、劉熙、皆作黛。黛者—之俗字。
❷深青也。見〔玉篇〕。
【黱】直稔切音朕寢韻 黑色。見〔集韻〕。
【黷】儒欲切音辱沃韻 黑垢。見〔集韻〕。〔按玉篇云。垢黑也〕
【黰】蒲官切音盤寒韻 —黫。下色。見〔說文〕〔桂注〕玉篇。—黫。下色貌。䪴謂俯下其顏色。
【黰】於閑切音殷刪韻止忍切音黲黲韻 黑也。見〔集韻〕。〔按廣韻二十八山云。染色黑也〕
【黰】止忍切音黲黲韻 美髮曰—。〔左昭二十八年傳〕昔有仍氏生女—黑。〔釋文〕說文作㐱。又作鬒。云、稠髮也。
【黯】莫北切音䵝職韻 黑也。見〔玉篇〕。
【䵘】黥本字。見〔說文〕。
【䵟】同黲。見〔篇海類編〕。
【䵠】同黔。見〔龍龕手鑑〕。
【䵡】同黬。見〔字彙〕。
【䵢】黳俗字。見〔正字通〕。

【黰】黰譌字。見[字彙補]。

【黨】黨譌字。見[字彙補]。

十二畫

【黲】七感切音慘感韻 ●淺青黑色也。見[說文]。●黑色曰一。見[文選王粲賦注引通俗文]。●敗也。見[廣雅釋詁]。[按玉篇云。今謂物將敗時顏色一也]。㊃通慘。[文選王粲賦]天慘慘而無色。[注]慘與一古字通。

【黪】倉敢切感韻 日暗色。見[廣韻]。

【黳】煙奚切音鷖齊韻 ●小黑子。見[說文]。[段注]師古漢書注曰。黑子今中國通呼爲黶子。吳楚謂之誌。按黶、誌一雙聲。●黑也。見[廣雅釋器]。

【黳】於佳切音娃佳韻 一黳。淺黑見[集韻]。

【黴】旻悲切音眉支韻 莫佩切音妹隊韻 ●物中久雨青黑也。从黑。微省聲。見[說文]。[按淮南說山訓。文公棄荏席後一。黑高注。一音梅。今亦謂一蔺。詳蔺字]。●黑也。見[廣雅釋器]。●敗也。見[廣雅釋詁]。㊃面垢也。見[玉篇]。

【黴】莫貝切音昧泰韻 莫佩切音妹隊韻 濡筆也。見[集韻]。

【䵚】盧谷切音祿屋韻 䵚一。垢黑也。見[集韻]。

【䵶】七迹切音皵陌韻 倉歷切音戚錫韻 一䵚。色敗黑。見[集韻]。

【䵪】癡凶切音蹱冬韻 深穴中黑。見[集韻]。

【䵢】龍都切音盧虞韻 旅或字。[集韻]旅。黑弓或作一。

【䵩】鄰知切音離支韻 赤黑色。見[集韻]。

【䵮】尸羊切音商陽韻 黑也。見[集韻]。[按字彙補云。赤黑色。則義與黥同矣。攷廣韻引說文。黥有式羊、餘亮二切。而集韻陽韻。乃有一無黥。殆卽黥之異體歟。]

【䵦】羊利切音異寘韻 黃白也。見[字彙補]。

【䵖】同黰。見[玉篇]。

【䵻】同黊。見[字彙補]。

十三畫

【黱】徒對切隊韻 ●黑雲行一一也。見[玉篇]。●䨺或字。[集韻]䨺黱䨺。黑也。或从隊。

【䵗】普木切音撲屋韻 ●色暗。見[玉篇]。●淺黑。見[集韻]。

【䵬】澄應切音瞪徑韻 米壞。見[集韻]。[按廣韻云。米黑壞]。

【䵵】䵵括切音撮曷韻 黑也。見[集韻]。

【䵷】許遹切音鱥 苦拜切音胐卦韻 黑兒。見[集韻]。[按玉篇亡八切。黑也]。

【䵳】乙減切音黯豏韻 雲暗也。見[篇海]。

【䵱】迄力切音赩職韻 青黑色曰一。見[集韻]。

【䵱】虛其切音僖支韻 黑色。見[集韻]。

【䵱】施隻切音釋陌韻 色也。見[方言]。[注]一然、赤黑貌也。[箋疏]通作奭。小雅采芑毛傳。奭、赤也。又白虎通引詩。韎韐有奭。作赩。赩、一古字通。[按玉篇許極切。赤黑色也]。

【䵸】作亘切音贈徑韻 奸一。面黑氣。見[集韻]。

【䵛】倚檻切音黤豏韻 乙鑒切陷韻 ●一者忘而息也。見[說文]。[段注]忘而息。宋人所謂黑甜也。故字从黑。今人所用憨字。卽此字之變也。[按通訓定聲云。字从黑。當自有本訓。或曰臥息之義。卽宋人所謂黑甜。亦屬傅會。或曰卽譀之異體。故譀俗从忘。所謂忘而息也]。●人名。黃一。

【黬】烏敢切感韻於琰切音黶琰韻乙減切音黯豏韻
忘也。見〔方言〕〔按玉篇云。—然忘也〕

【黭】乙鑒切陷韻
叫呼仿佛。—然自得。見〔廣韻〕。

【黤】烏敢切感韻
同黤。〔六書故〕黤。会黑也。別作—。

【黯】乙減切音黯豏韻
同黯。〔六書故〕黯。深黑也。別作—。

【𪑾】徒對切音隊隊韻
黓—。黑也。見〔集韻〕。

【黱】待戴切音代隊韻
同曃。〔集韻〕曃。曖曃。暗也。亦从黑。

【黦】於物切音鬱物韻
黃黑色也。見〔字彙補〕。

【黧】同黧。見〔字彙〕。

【黵】同黯。見〔篇海類編〕。

【黶】同黶。見〔正字通〕〔字彙云。同黯。〕

十三畫

【黵】覩敢切音膽止染切音斂琰韻
●一大汚也。見〔說文〕〔桂注〕廣韻。—、大汚垢黑。集韻。—、黑汚也。
●二黥也。〔通典〕梁制。劫身皆斬。遇赦降死者。—面爲劫字。
●三黑黲也。見〔玉篇〕。

【黵】吐敢切音㶏感韻
黑也。見〔集韻〕。

【⿰黑禽】渠金切音琴侵韻
●一黃色也。見〔玉篇〕。
●二黚或字。〔集韻〕黚。黃黑色。或从禽。

【䵴】以證切音孕徑韻
●一黑也。見〔廣雅釋器〕。
●二面黑子謂之—。見〔集韻〕。

【䵳】作亘切音贈徑韻
黵或字。〔集韻〕黵。皯黵。面黑氣。或从黽。〔按字彙云。佛書說、天女顏色端妙。無諸皯—。即皯黵二字。存參。〕

【黯】烏外切音薈卦韻
沃黑色。見〔說文〕〔桂注〕沃黑色者、鄭瑗井觀瑣言。閩南人謂雨淋曰沃。廣雅。—、黑也。〔按段注。渼引申之義爲肥美。沃黑者、光潤之黑也。玉篇、廣韻、皆作淺黑。疑沃字誤。淺字長。說歧。存參。〕

【黵】火夬切音咶烏快切音䭝卦韻
黑皃。見〔集韻〕。

【黵】呼括切音豁曷韻
黑色。見〔集韻〕。

【黲】莫敗切音邁卦韻
—黲。黑皃。見〔集韻〕。

【黬】居奄切音檢琰韻
黑也。見〔集韻〕。

【黷】尼容切音醲冬韻
黷—。黑甚。見〔集韻〕。

【黳】千遙切音鍬蕭韻
黰或字。〔集韻〕黰。黧苦雨生壞也。或作—。

【黴】渠金切音琴侵韻
黚或字。〔集韻〕黚。黃黑色。或从藏。

【黵】同澱。〔韻會〕澱。說文、滓垽也。增韻。又藍澱。或作䵢。亦作—。又作靛。以藍染也。

【黵】同黟。見〔字彙〕。

十四畫

【黵】鄒刮切音䵵黠韻
●一黃黑而白。一曰短黑。讀若昌芥爲虀名曰芥荃也。見〔說文〕〔按玉篇云。一曰短皃。〕
●二黑也。見〔廣韻〕。

【黵】側劣切音𩏵屑韻
●一短黑皃也。見〔廣韻〕。
●二黑皃。體痺謂之—。見〔集韻〕。

【黶】於琰切音魘琰韻
●一中黑也。見〔說文〕〔段注〕謂黑在中也。〔按依朱翺、歐減反。〕
●二黑子也。〔漢書高帝紀〕左股有七十二黑子。〔注〕今中國通呼爲—子。〔參閱黶字〕
●三黑也。見〔廣雅釋器〕。

【黶】乙減切音黯豏韻
●一黑痕。見〔韻會〕。
●二人名。晉欒—。
●三通厭。〔禮記大學〕見君子而后厭然。〔注〕厭讀爲—。—、閉藏貌也。〔釋文〕烏斬反又烏簟反

【黵】當來切音鮐堂來切音臺灰韻丁代切音戴隊韻

䵝⼁大黑皃。見〔類篇〕。〔按玉篇䵝下訓同。⼁下但云黑也。〕

【䵒】父沸切音屝未韻

同鼺。〔古文苑王延壽賦〕批⼁毅。〔注〕⼁一作狒。狒字本作鼺。父沸反。狒狒。怪獸。狀似人。〔按朱謀㙔所據本又作𪒠。攷說文内部作䍾。集韻云。或作狒、萬、鬻、𩳐、鼺。無⼁字。亦無𪒠、鼺字。豈並形譌歟。〕

【黫】徒對切隊韻

䨴⼁。叆气屯濃也。見〔六書故〕。

【黱】徒戴切隊韻

同䨴。見〔六書故〕。

十五畫

【黷】徒谷切音獨屋韻〔經典多以瀆爲之。參閱瀆字。〕

❶握持垢也。易曰再三⼁。見〔說文〕。〔段注〕握、非可握持之物。而入於握持。是辱也。古凡言辱者皆卽⼁。故鄭注昏禮曰。以白造緇曰辱。今易作瀆。崔憬曰。瀆古⼁字也。

❷蒙也。見〔一切經音義引廣雅〕。

❸汙也。〔漢書谷永傳〕無復與犂小媟⼁燕飲。

❹垢濁也。〔漢書枚乘傳〕以故得媟⼁貴幸。

❺慁也。見〔韻會〕。

❻易也。見〔左昭二十六年傳〕不可瀆也服注。

❼狎也。見〔廣雅釋言〕。

❽媟也。〔後漢陳蕃傳〕以其易⼁故也。

❾猶慢也。數也。〔後漢劉虞傳〕患其⼁武。

❿黑也。見〔一切經音義引聲類〕。

⓫黑茂皃。〔文選左思賦〕林木爲之潤⼁。〔按韻會舉要云黝貌。〕

【黧】憐題切音黎齊韻

❶黧或字。〔集韻〕黧黑黃也。或作⼁。

❷蒼白雜色。見〔字彙〕。

【黬】諸深切音斟侵韻居咸切音緘咸韻

雖晳而黑也。古人名⼁字晳。見〔說文〕。〔段注〕晳者、人色白也。則⼁專謂人面。仲尼弟子列傳。曾蒧、字晳。奚容箴、字子晳。又狄黑、字晳。蒧、箴、皆⼁之省。論語曾晳名點。則同音叚借字也。

【黵】居咸切音緘咸韻

釜底黑。見〔集韻〕。

【黤】於檻切音晻豏韻

青黑色也。見〔字彙補〕。

【黲】徒感切他感切感韻

雲黑也。見〔搜眞玉鏡〕。

十六畫

【黸】龍都切音盧虞韻

❶齊謂黑爲⼁。見〔說文〕〔段注〕經傳或借盧爲之。或借旅爲之。皆同音叚借也。旅弓旅矢、見尚書左傳。俗字改爲𪏁。

❷黑甚。見〔廣韻〕。

【䵨】徒東切音同東韻徒冬切音彤冬韻徒登切音騰蒸韻

黑皃。見〔集韻〕。

【䵩】狼狄切音秝錫韻

黑皃。見〔集韻〕。

【黶】同黷。〔正字通〕⼁、黭、黷、並同。六書故作黷。

十七畫

【𪓸】女兩切娘上聲養韻

黑也。見〔篇海〕。

【黬】鋤咸切音讒咸韻

刊書謬也。見〔集韻〕。〔按正字通云。刊謬當作劖。从黑作⼁、誤。存攷。〕

二十六畫

【䵪】紆弗切音鬱物韻〔卽黦字。〕

❶黑貌。見〔字彙補〕。

❷同鬱。⼁黜神名。〔郭太乙正誤〕鬱黜、沈休文作⼁黜。

二十九畫

【𪓿】紆勿切音鬱物韻

黑皃。見〔集韻〕。

※黍部※

【黍】舒呂切音暑語韻

㊀禾屬而黏者也。以大暑而種。故謂之—。孔子曰。—可爲酒。故从禾入水也。見〔說文〕。〔段注〕禾屬而黏者—。禾屬而不黏者穄。大、衍字。以暑種。故謂之—。許書經轉寫妄增一字耳。〔按〕—性黏。故黏字从—。氾勝之書曰。—者暑也。種者必待暑。大抵—苗似蘆。高丈餘。穗黑色。實圓重。土宜高燥。別有一種名玉蜀—。葉長而莖中實。夏初、莖頭出穗苞。頂垂長紅絲。實熟則苞開。種子形橢圓。多數叢集。分爲行列。密嵌於肥大花軸之上。色黃者粳類。味甘。質柔。可生食。其色赤者糯類也。質黏而硬。火食始佳。〕

黍圖

㊁緒也。見〔古微書引春秋說題辭〕。

㊂古衡法以百—爲銖。量法以六十四—爲圭。〔唐書食貨志〕權衡以鉅—中者。

㊃酒器也。受三斗。曰—。〔呂覽權勳〕操—酒而進之。

㊄谷名。〔明一統志〕—谷山在順天府懷柔縣東四十里。跨密雲縣界。

㊅角—。糉之別名。以菰葉裹黏米爲之。楚俗投汨羅水。祠屈原。見〔續齊諧記〕〔按風土記亦云。端午進筒糉。一名角—。〕

㊆搏—。黃鳥別名。〔爾雅釋鳥〕皇黃鳥注〕俗呼黃離留、亦名搏—。

㊇委—。蟲名。〔爾雅釋蟲〕蛜威、委—。〔注〕鼠婦別名。

㊈春—。蟲名。〔方言〕春—謂之蚤蝑。

㊉華—。詩篇名。〔詩序〕華—廢則畜積缺矣。

⑪鉅—。弓名。〔荀子性惡〕繁弱、鉅—、古之良弓也。

⑫—蓬。草名。〔爾雅釋草〕蔨、—蓬。

⑬—民。蚊蚋也。〔中華古今注〕故呼蚊蚋曰—民。

⑭—穰。帚也。〔左襄二十九年傳〕使巫以桃茢先祓殯。〔注〕茢—穰。〔疏〕杜云。茢—穰者。今世所謂苕帚。

⑮人名。〔呂覽先識〕太史屠—。〔說苑作屠餘〕

三畫

【黎】郎奚切音犂齊韻

㊀本作黎。〔說文〕黎履黏也。从黍。𥝩省聲。𥝩古文利。作履黏以黍米也。〔按爾雅翼古人作履黏以黍米謂之—。〕

㊁衆也。〔書堯典〕—民於變時雍。

㊂齊也。〔詩桑柔〕民靡有—。〔按此依傳義。箋云不齊也。〕

㊃土青也。〔釋名釋地〕土青曰—。似—草色也。

㊄小疏也。〔書禹貢〕厥土青—。

㊅老也。見〔方言〕。

㊆比也。〔史記酷吏傳〕之旁郡國—求。

㊇遲也。見〔史記衛將軍驃騎傳遲明索隱〕。

㊈凍黎。壽徵也。〔國語吳語〕今王播棄—老。

㊉高辛氏之火正。謂祝融也。〔文選張衡賦〕覩有—之圮墳。〔按書呂刑乃命重—。傳。即和。漢書郊祀志。命火正—司地以屬民。注引應劭曰。—陰官也。說異。實爲一人。〕

⑪國名。〔書西伯既戡黎疏〕—國漢之上黨郡壺關所治—亭是也。〔按詩式微序釋文。—國名。杜預云在上黨壺關縣。然則詩書所稱殷周之國。殆同一地。在今山西長治縣東南。〕

⑫山名。〔漢書地理志〕—山在—陽之南。〔按—陽今河南濬縣東北。〕〔又〕戎州宜賓縣有大—山小—山。見〔太平寰宇記〕〔當今四川宜賓縣境〕

⑬水名。〔書洛誥〕我卜河朔—水。〔疏〕河北—水近于紂都。〔又〕合—。亦水名。〔書禹貢〕至于合—。〔按合—水在今甘肅張掖縣境。〕

⑭種族名。〔宋史黎洞傳〕有—母山。—人居焉。其服屬州縣者爲熟—。其居山洞無徭征者爲生—。〔廣東舊瓊州府境多—種。〕

⑮懸—。玉名。〔文選班固賦〕懸—垂棘。

⑯昌—。地名。韓愈封昌—伯。世遂稱韓昌—。〔虞淳熙詩〕險欲逼昌—。

⑰頗—。即玻瓈。詳瓈字。

⑱黑也。—民黑髮之人。見〔書堯典傳〕

⑲通黎。〔易困〕據于蒺藜。〔左襄二十五年傳作蒺—〕
⑳通犂。〔左莊五年傳〕郳犂來來朝。〔公羊穀梁作—〕
㉑通棃。〔桐柏廟碑〕棃庶賴祉。
㉒姓也。—侯之後。

【䵖】忍與切音汝碾與切音女語韻
黏也。齊魯青徐、自關而東或曰䵖。或曰—。見〔方言〕

【䵒】尼質切音暱質韻而振切音刃眞韻
䵒或字。見〔說文〕〔按說文䵒。黏也。爾雅釋言膠也。郭注。膠、黏—。又杜子春說考工記弓人昵或爲—。〕

四畫

【䵋】黎本字。見〔說文〕

【䵓】郎奚切音棃齊韻
衆也。見〔篇海〕〔正字通云。䵋字之譌〕

【䵑】尼質切音暱入質切音日質韻
黏也。春秋傳曰。不義不—。見〔說文。〕〔按今左隱元年傳文作暱。—與暱、音義皆近。且皆从日。日、近也。作—爲長。〕

【䵜】女九切音紐有韻
黏也。見〔集韻〕〔正字通云。䵒字之譌〕

【䵗】胡故切音護遇韻
黏也。見〔集韻〕

【䵚】几隱切音謹吻韻渠巾切音菫眞韻舉欣切音斤文韻居掀切音靳問韻
黏也。見〔玉篇〕

【䵊】音未詳
—鼠。蚡鼠也。見〔方言蚡鼠之場謂之坻注〕

五畫

【𪏰】香本字。見〔說文香部〕

【黏】尼占切音鮎鹽韻
❶相箸也。見〔說文〕〔按一切經音義。糊物相箸曰—〕
❷合也。見〔一切經音義引蒼頡〕
❸—蟬。地名。〔漢書地理志〕樂浪郡—蟬縣。〔按淸一統志云。—蟬城在朝鮮平壤西南〕
❹通粘。〔漢書高惠高后文功臣表〕戴侯眞粘。〔注〕粘、亦—字。
❺通濂。〔考工記輪人〕雖有深泥。亦弗之濂也。〔注〕鄭司農云。濂讀爲—。
❻通黐。〔後漢華佗傳〕佗授以漆葉靑黏散。〔注〕字書無黏字。相傳音女廉反。〔按廣韻、—女廉切〕

【黏】尼欠切黏上聲豏韻
❶䵒也。見〔集韻〕
❷膠—。稠也。見〔洪武正韻〕

【黏】洪都切音胡虞韻
❶黏也。見〔說文〕〔按—俗作糊。唐武后時、時人語云。糊心存撫使。又作糊。列女傳說。造弓云。糊以河魚之膠。文選鮑昭蕪城賦曰。糊赬壤以飛文。字皆與—通。〕
❷煮米及麪爲粥。見〔集韻〕

【䵽】披敎切音砲效韻
黍豉皮也。見〔篇海〕

【䵙】女下切音絮馬韻
同䵖。䵖䵖。黏著也。見〔集韻〕〔正字通云。俗䵙字〕

【䵒】乃禮切音禰薺韻
黏也。見〔玉篇〕

【䵑】蒲結切音蹩屑韻薄必切音邲質韻
香也。見〔玉篇〕〔正字通云。俗秘字〕

【䵫】力其切音犂支韻
恍也。見〔字彙補〕

【𪏷】同黏。見〔五音集韻〕〔正字通云。俗黏字〕

六畫

【䵙】女下切音絮馬韻女加切音拏麻韻乃嫁切音䐒禡韻
—䵙。黏著也。見〔集韻〕

【䵕】追輸切音株虞韻
黏也。見〔玉篇〕

八畫

【䵯】多動切音董董韻
❶黏也。見〔字彙〕
❷櫳—。不上。見〔廣韻〕〔按埤蒼。蹝踵。行不進貌。蘇鶚演義。龍鍾。謂不

昌熾不翅舉之貌。皆與儱｜音義相近。又作隴穜、籠束、儱倲、儱偅。皆隨音以變字形。義均合。〕

【⿰黍卷】苦遠切音綣阮韻
㊀摶也。見〔玉篇〕。
㊁黏｜。見〔廣韻〕。
㊂粉也。見〔集韻〕。

【⿰黍居】居御切音句御韻
㊀黍也。見〔篇海〕。
㊁黏也。見〔篇海〕。

【⿱臤黍】輕甸切音見霰韻乞憐切音牽先韻牽典切音蜸銑韻
㊀䵒也。見〔玉篇〕。
㊁穄也。見〔廣韻〕。〔正字通云。穄別名。〕

【⿰黍卑】補弭切音俾支韻旁卦切音粺卦韻
黍屬也。見〔說文〕。〔段注〕禾之別爲稗。黍之屬爲｜。言別而屬見。言屬而別亦見。｜之於黍。猶稗之於禾也。〔按農人謂之野稗。亦曰水稗。桂未谷云。梁太淸三年。鄱陽王範屯濡須。糧乏。采菰稗菱稗以自給。其所謂稗、卽野稗也。竊意稗與菰菱并稱。則謂之水稗也亦宜。〕

【⿰黍奉】方奉切音覂腫韻
颰麥。見〔玉篇〕。

九畫

【⿱黏心】尼占切音粘鹽韻
心有所著也。見〔集韻〕。〔正字通云。心部有惉。不必借｜、｜。黏譌字。〕

【⿰黍畐】鼻墨切音⿰舟复弼力切音愎拍逼切音堛職韻
治黍禾豆下潰葉也。見〔說文〕。〔段注〕潰葉菸痿。恐其傷穀。故必治之。〔按玉篇作稫。云、治黍豆也。集韻作稫云、治禾下葉。互相足。〕

【⿰黍畐】筆力切音逼職韻
黏也。見〔集韻〕。

【⿰黍易】所賣切音曬卦韻
不黏皃。見〔廣韻〕。

【⿰黍易】所嫁切沙去聲禡韻
同曬。日乾物也。見〔字彙〕。

【⿰黍奓】陟加切音奓麻韻
｜⿰黍多。相黏也。見〔集韻〕。

【⿰黍多】竹下切音⿰糸奓馬韻陟稼切音圫禡韻
黏皃。見〔集韻〕。

【⿰黍重】同穜。黏貌。見〔字彙〕。

【⿰黍胡】同黏。見〔集韻〕。〔正字通云。俗黏字。〕

十畫

【黐】抽知切音摛支韻
㊀｜膠。所以黏鳥。見〔廣韻〕。〔按｜、似樹脂而有黏力者。一切經音義訓爲木膠。今江淮間以麥屑和水擣之。謂之麪筋｜。〕
㊁黏也。見〔廣雅釋詁〕。

【⿰黍兼】勒兼切音鬑鹽韻
禾黍疏皃。見〔集韻〕。

【⿰黍舀】土皓切音討皓韻
關西呼蜀黍曰｜黍。見〔集韻〕。

【⿰黍厤】暱力切音匿職韻
黏也。見〔集韻〕。〔正字通云。俗䵑字。〕

十一畫

【⿰黍啇】陟革切音摘竹益切音嫡陌韻知亦切音執緝韻
㊀黏飯也。見〔玉篇〕。
㊁黏也。見〔廣雅釋詁〕。〔按今江淮間俗語猶謂以有黏力之物黏物曰｜。〕

【⿰黍連】力展切音輦銑韻陵延切音連先韻
⿰黍樊禾也。見〔玉篇〕。〔今俗謂之連枷。〕

【⿰黍麻】謨加切音麻麻韻
穄也。見〔廣雅釋草〕。

【⿰黍堅】⿱臤黍俗字。見〔正字通〕。

十三畫

【⿰黍農】乃董切音繷董韻
㊀果子總名。見〔字彙〕。
㊁耕種也。見〔字彙〕。

十四畫

【⿰黍離】同黐。見〔字彙補〕。

【⿰黍秦】居牙切音嘉士牙切音茶麻韻
｜支。穀名。見〔集韻〕。

十六畫

【⿰黍遺】延知切音遺支韻
黏貌。見〔篇海〕。

十七畫

【⿰黍龍】力董切音朧董韻

黏貌。見〔字彙〕。〔正字通〕謂禾病曰⿰黍龍。—卽俗所謂黍病。

※黹部※

【黹】展几切音撳紙韻

㊀箴縷所紩衣也。从㡀丵省。象刺文也。見〔說文〕。〔注〕丵衆多也。言箴縷之工不一也。〔按段注。箴、當作鍼。箴、所以綴衣。鍼、所以縫也。紩、縫也。縷、綫也。絲亦可爲綫矣。以鍼貫縷紩衣曰—〕。

㊁刺繡也。〔爾雅釋言疏〕黼黻絺繡爲—。〔今謂之鍼—〕。

㊂通希。〔周禮司服〕祭社稷五祀則希冕。〔注〕希或作—。字之誤也。〔按希、—古字通。不誤。皋陶謨曰絺繡。鄭本作希。注曰希讀爲—。又說文衣部⿰衤希紩衣也。是—⿰衤希同。而隋書十二引三禮舊圖云。⿰衤希冕天子五旒。古但有絺冕無⿰衤希冕。知絺、⿰衤希、希、—古字并通也〕。

四畫

【黺】府吻切音粉吻韻

袞衣山龍華蟲—畫粉也。衞宏說。見〔說文〕〔段注〕皋陶謨曰日月星辰。山龍華蟲。作繪。宗彝藻火粉米。黼黻絺繡。許書藻作璪。粉作—。鄭粉米爲一事。許—⿰糸米爲二事。鄭說粉米爲繡。許說—爲畫粉。⿰糸米爲繡文如聚米。蓋許時鄭說未出。許以說—系諸衞宏。但今缺有間矣。且尙書山龍華蟲不與粉相屬。許書恐轉寫有奪誤。衞宏、治古文尙書者。

五畫

【黻】分物切音弗物韻

㊀黑與青相次文。見〔說文〕〔段注〕攷工記文。

㊁青與赤爲—。〔淮南說林〕黼—之美。

㊂紩也。畫—紩文采於衣也。見〔釋名釋首飾〕。

㊃繡於祭服之裳也。〔荀子哀公〕黼衣—裳。〔注〕—裳、祭服也。

㊄背也。〔書益稷〕黼—。〔傳〕—爲兩已相背。〔按—文爲亞形。卽古文弗字。用青黑綫刺繡爲之。取臣民背惡向善之義〕。

㊅戾也。〔爾雅釋言〕黼、—彰也。〔按左桓二年傳。火龍黼—。昭二十五年傳爲九文。注皆云—若兩已相戾〕。

㊆綬也。〔漢書班固傳〕—冕所輿。〔注引蒼頡〕綬也。

㊇韋韠以蔽膝也。〔左桓二年傳〕袞冕—珽。

㊈通紱。〔文選江淹詩〕雲裝信解—。〔注〕—、與紱通。

㊉通芾。〔文選范曄詩〕探已謝丹—。〔注〕—與芾古字通。

⑪通韍。〔禮記明堂位〕有虞氏服韍。〔注〕韍、或作—。

⑫人名。宋劉—字聲伯。宋史有傳。

六畫

【⿰黹米】毋禮切音米薺韻

⿰糸米古字。〔集韻〕⿰糸米說文繡文如聚細米也。古作—。〔按尙書釋文云。粉米、說文作黺—。徐本作⿰糸米〕。

七畫

【黼】匪父切音甫麌韻

㊀白與黑相次文。見〔說文〕〔段注〕攷工記文。〔按爾雅釋器斧謂之—。疏云、蓋半白半黑。似斧刃白而身黑。取能斷意。一說白、西方色。黑、北方色。西北黑白之交。乾陽位焉。剛健能斷。故畫—以黑白爲文〕。

」
(二)冕服也。〔書顧命〕王麻冕—裳。
(三)絺衣也。〔詩采菽〕玄袞及—。
(四)諸侯之衣也。〔禮記禮器〕諸侯—。
(五)大夫所服也。〔說苑修文〕大夫—。
(六)繡也。〔文選潘岳賦〕身拕—繪。
(七)聘享六幣之一。〔周禮小行人〕璜以—。
(八)—黻。猶云光贊也。〔韓愈文〕—黻帝躬。
(九)通黼。〔爾雅釋言〕—黻、彰也。〔釋文〕字或作黼。
(十)人名。宋倖臣王—。

八畫

【黹卒】 祖對切音睟隊韻
(一)會五采繒也。見〔說文〕〔段注〕也。本作色。今依廣韻訂。五采繒者、五采帛也。
(二)通綷。〔漢書司馬相如傳〕綷雲蓋。〔注〕如淳云蓋有五色也。〔按綷者—或字〕

九畫

【黹幷】 民堅切音眠先韻
黹緶也。見〔玉篇〕。

【黹幷】 方千切音邊先韻
紩也。見〔類篇〕。

【黹扁】 婢典切音辮銑韻
履底也。見〔字彙〕。〔按廣雅。緉謂之—。即履底〕

十一畫

【黹虘】 創祖切音楚語韻
會五采鮮皃。見〔說文〕。〔段注〕本作合五采鮮色。今依廣韻韻會訂。曹風蜉蝣曰。衣裳楚楚。傳。楚楚、鮮明皃。許所本也。—其正字。楚、其叚借字也。蓋三家詩有作——者。

※黽部※

【黽】 母耿切音黽梗韻
(一)本作黽。〔說文〕黽。黿—也。从它。象形。—頭與它頭同。〔按—、蝦蟇屬。一名土鴨。爾雅釋魚云。鼁鱦蟾諸。在水者—。疏云。蟾諸似蝦蟇。居陸地。其居水者曰—。段玉裁云。周禮蟈氏、掌去鼃—。玄謂鼃爲蟈。—耿—也。許意鼃—爲一物。鼃爲一物。鼁—非鼃也。許之鼁—。即鄭之耿—。鼃古音圭。與耿雙聲。紊評曰。鼃—、耿—。單評曰—。寇宗奭曰。其色青。腹細。後腳長。善躍。大其聲曰蛙。小其聲曰蛤。參閱鼃字〕

黽圖

(二)鱦—。〔山海經北山經〕洧水其中多鱦—。〔注〕鱦似鮎—。鼁—、似蝦蟇。小而青。一曰鱦—。一物名耳。
(三)求—。竹名。〔管子地員〕在丘在山、皆宜竹箭求—檜檀。〔注〕求—、亦竹類也。
(四)水—。—水蟲名。〔本草綱目〕水—、[illegible]遊水上。水涸即飛。長寸許。四腳。
(五)姓也。漢有—初。見〔印藪〕。

【黽】 弭盡切音泯軫韻
勉也。〔詩谷風〕—勉求之。〔孫季昭示兒編云。—、蛙屬。蛙—之行。勉強自力。故曰—勉。按—勉之—當作僶。說文。僶。勉也。段玉裁云。毛詩—勉。亦作僶俛。說文之僶爲正字。—作—、作僶。皆其別字也。今則不知有僶字矣〕

【黽】 眉耕切音盲庚韻
地名。〔史記春申君傳〕秦踰—隘之塞而攻楚。〔當在今河南信陽縣之東南〕

【黽】 彌兗切音緬銑韻
—池。縣名。在河南府。俗作澠。見〔廣韻〕。〔按—池縣漢屬弘農郡。當今河南澠池縣西南。清一統志作澠池。而漢書地理志弘農郡—池縣。實作—不作澠〕

二畫

【黾】 黽俗字。見〔正字通〕。

三畫

【黿】 黿俗字。見〔龍龕手鑑〕。

四畫

【黿】愚袁切音元元韻五官切音蚖寒韻

㊀大鼈也。見〔說文〕。〔段注〕—與鼈同形。而但分大小之別。〔按正字通云。—鼈屬。青黃色。腸屬於首。卵大如鴨子。一產一二百枚。爾雅翼。—、鼈之大者。闊至一二丈。介蟲之元也。以鼈爲雌。—鳴則鼈應。淮南子云。燒—指以致鼈。以其類求之也。〕

㊁天—。星次名。〔國語周語〕星在天—。〔注〕星辰星也。天—次名。從須女八度至危十六度、爲天—。

㊂通蚖。蜥蜴也。〔國語鄭語〕化爲玄—以入王府。〔注〕—或作蚖。蚖、蜥蜴。象龍。

㊃通魭。〔漢書司馬相如傳〕毒冒鼈—。〔注〕—或作魭。

【䵶】渠幽切音捄尤韻

虯或字。〔集韻〕虯。說文、龍子有角者。或作—。〔按廣雅云。龍有角曰—。疏—與虯同。而字彙引鄭樵通志略云。龍子有角曰—。無角曰虯。分—虯爲二字。非是。又云西域黿茲國。漢隸有侏—碑。皆此字。正字通駮之云。朱黿碑全文無作—者。且朱黿字伯靈。伯靈與黿義合。不當作—也。至黿茲二字。本是譯音。古黿有丘音。說文黿、舊也。則黿茲亦不當作—也。〕

【𪓰】汝甘切音蚺覃韻

䶃或字。〔集韻〕䶃黿甲邊。或从黽。〔按說文、䶃黿甲邊也。正字通云。—即䶃字之譌。〕

【𪓕】黽籀文。見〔說文〕。〔按字彙補作黽形。非。〕

【𪓟】同黽。見〔龍龕手鑑〕。

五畫

【𪓷】於良切音央陽韻

㊀黿屬也。〔文選郭璞賦〕蝓蟳蟞蝞。鱝—鼊。〔注〕—黿形薄頭。喙似鵝指爪。

㊁䵶或字。見〔集韻〕。

【鼂】馳遙切音潮蕭韻

㊀匽—也。讀若朝。揚雄說。匽—。蟲名。杜林以爲朝旦。非是。从黽。从旦。見〔說文〕。〔桂注〕臨海水土異物志。—似龜鼈。一名匽—。一枚有三斛膏。〔按正字通云。杜林以—爲朝旦之朝。林罕非之。同文備考亦云。—借爲朝、非。然漢書嚴助傳注、相如子虛賦注、皆曰—古朝字。段玉裁云。古叚—爲朝。本無不合。許云非是。蓋叚借之學。明其爲借字。非眞字。而眞字存。不明其爲借字。直指爲眞字。而眞字借字之義皆廢矣。伯山蓋謂—夕爲眞字。故辯以防之也。〕

㊁—采。玉名。〔文選司馬相如賦〕—采琬琰。

㊂人名。〔史記秦紀〕庶長—與大臣圍懷公。

㊃姓也。漢—錯。俗作晁。

【鼌】陟遙切音昭蕭韻

旦也。〔楚辭哀郢〕甲之—吾以行。

【鼀】雌由切音秋尤韻七六切音蹴屋韻

圥—。詹諸也。其鳴詹諸。其皮——。其行圥圥。从黽圥。圥亦聲。見〔說文〕。〔段注〕虫部曰。蝴—、詹諸也。一物四名。曰蝴—。曰圥—。曰圥諸。曰䵷鼀。

【䵗】補火切音跛哿韻

蟲名。蝦蜍也。見〔集韻〕。〔按正字通云。同蚾。蚾蝦蜍別名。〕

【鼁】丘據切音去御韻口舉切音弆語韻

—鼀、似蝦蟆。〔爾雅釋魚〕—鼀、蟾諸。〔注〕—鼀似蝦蟆。居陸地。淮南謂之去蚥。

【𪔃】權俱切音劬虞韻

鼊屬。頭有兩角。出遼東。見〔說文〕。〔段注〕按吳都賦有䵹鼊。劉注。䵹屬。此與單名鼊者各物。

【𪔂】居侯切音鉤尤韻

—鼊。黿屬。見〔正字通〕。〔按—鼊。集韻、廣韻、及文選左思賦、均作䵹鼊。詳䵹字。〕

【䵹】居侯切音鉤尤韻

—鼊。黿屬。〔文選左思賦〕—鼊、鯖鰐。〔注〕—鼊、鼊屬。形如笠。四足。縵胡無指。其甲文采如瑇瑁。肉如黿。肥美可食。〔按字亦作𪔂。正字通云。𪔂鼊、與瑇瑁各別。即今蠵蠵之小者。瑇瑁有四鬣無足。〕〔又〕地名。〔隋書流求國傳〕東行二日至—鼊嶼。

【䵷】同黽。見〔篇海類編〕。〔按玉篇、集韻、廣韻、均有—無黽而—下皆引說文、訓黽屬。是可知—即說文黽譌作—也。〕

六畫

【鼃】烏蝸切音洼佳韻烏瓜切音蛙胡瓜切音譁麻韻〔或作蛙〕。

㊀蝦蟆屬。見〔說文〕。〔段注〕屬、各本作也。今依韻會所據小徐本正。—與蝦蟆大別。而其形相似。故言屬而別見。漢書武帝紀。—蝦蟆鬬。是可知其別矣。—者、周禮所謂蟈。今南人所謂水雞。亦曰田雞。〔按動物學。—與蝦蟆、皆屬兩棲類。—可食、而蝦蟆不可食。—、蘇俗謂之田雞。揚州謂之水雞。亦曰吠蛤。言其聲閣閣也。爾雅釋魚疏云。—即青蛙。似蝦蟆。背青綠色。喙尖腹細。其鳴哇哇者是也。按青蛙之皮。澤而滑潤。有四足。前兩足短。各有四趾。無網皮。無爪。後兩腿甚長。各有五趾。且連以網皮。故善跳躍與游泳。〕

㊁始也。見〔方言〕。

㊂—聲。淫聲也。〔漢書王莽傳贊〕紫色—聲。〔注〕—聲者、樂之淫聲。

㊃蛙本字。見〔集韻〕。〔按段玉裁云。—亦作䵷、蛙。〕

【䵷】烏蝸切音洼佳韻 同鼃。〔集韻〕鼃。說文、蝦蟇也。亦書作—。

【䵷】於佳切音娃佳韻 哇或字。〔集韻〕哇。說文、諂也。或作—。

【鼀】七宿切音蹙屋韻 蝤諸也。見〔篇海〕。〔按正字通云。鼀字之譌。〕

【鼄】追輸切音株虞韻〔或作蛛〕。鼅—也。見〔說文〕。〔詳鼅字〕。

【鼁】同鼁。見〔字彙〕。

【䵽】䵽或字。見〔龍龕手鑑〕。

七畫

【䵾】時刃切音愼震韻是忍切音腎軫韻 蜃或字。〔集韻〕蜃。蛤也。或从黽。

【鼂】古鼂字。見〔說文〕。

【䵿】䵿或字。見〔集韻〕。

八畫

【鼅】珍離切音知支韻知義切音智寘韻 鼅或字。〔集韻〕鼅。鼅鼄。鼄蟊也。或作—。

【䵣】緜批切音迷齊韻 —鼊。䵶屬。如䵶而多膏。見〔集韻〕。〔按文選郭景純江賦。鱝䱻—鼊。注。—鼊與鼅鼊相似。形大如麓。生乳海邊白沙中。異魚圖贊云。—鼊、海邊名曰蹇鼊。一枚剖之有三斛膏。〕

【䵶】同蚰。見〔本草綱目〕。

九畫

【䵹】雌由切音秋尤韻七六切音蹴屋韻 ㊀鼀或字。見〔說文〕。㊁鼀—。蟾諸也。〔爾雅釋魚〕鼀—、蟾諸。〔疏〕鼀—、一名蟾諸。似蝦蟆。居陸地。

【䵺】倉歷切音慼錫韻 通戚。〔詩新臺〕得此戚施。〔說文䵺下引詩作得此—䵺。〕

【䵻】丘葛切音渴曷韻 蛙類。見〔集韻〕。〔按正字通云。—、蛙聲也。因蛙聲閣閣。俗遂立—字。—即閣之轉音。非蛙屬別有—也。〕

【䵼】雌由切音秋尤韻 鼀或字。〔集韻〕鼀。鼀蟾諸也。或作䵹、—。

【鼂】古鼂字。見〔字彙補〕。

【䵹】同䵹。見〔字彙〕。

【鼃】同䵹。見〔字彙補〕。

【鼂】鼂或字。見〔集韻〕。

【䵻】䵻俗字。見〔龍龕手鑑〕。

【䵽】䵽俗字。見〔龍龕手鑑〕。

【鼅】鼅譌字。〔龍龕手鑑〕—鼄、今作蜘蛛。

十畫

【鼇】牛刀切音敖豪韻〔俗作鰲〕。

●一 海中大鼈也。見〔說文新附〕。●二 大龜也。〔淮南覽冥〕於是女媧斷—足以立四極。〔注〕—、大龜。天廢頓。以—足柱之也。〔一切經音義十九引字林〕—、海中大龜也。力負蓬瀛壺三山在海中。按此爲誕說。〕●三 古之大獸也。見〔論衡談天〕。

【⿰奚黽】 弦雞切音奚齊韻

水蟲也。薉貉之民食之。見〔說文〕。〔桂注〕集韻。⿰奚黽—鼅類。似蜘蛛。出遼東。土人食之。覆案寰宇記所稱蝦蟆脂是也。

【鼆】 母耿切音黽梗韻

句—。魯邑。〔左文十五年傳〕一人門於句—。

【鼆】 眉耕切音盲庚韻

冥也。讀若黽蛙之黽。見〔說文冥部〕

【鼊】 同鼅。見〔搜眞玉鏡〕。

十一畫

【鼅】 珍離切音知支韻知義切音智寘韻

●一 —鼄。蟊也。見〔說文〕〔桂注〕方言。—鼄。鼄蝥也。自關而東、趙魏之郊謂之—鼄。或謂之蠾蝓。北燕朝鮮洌水之間謂之蝳蟝。注云。齊人又呼社公。亦言罔工。〔按動物學—鼄爲節足動物。頭胸部短縮。腹部膨大。兩節相連以細梗。頭部有單眼八。腳部有八足。腹部之末端有小疣六。是爲紡績器。疣上有管形之毛。由此流出一種黏液。液觸空氣。即堅韌而成絲。爾雅釋蟲云。—鼄、鼄蝥。郭注。今江東呼爲蝃蝥。在地中布網者、曰土—鼄。絡幕草上者、曰草—鼄。按—鼄之種類甚多。外如喜蛛、棚蛛、蠅虎。皆—鼄屬也。本草綱目引王安石字說云。設一面之網。物觸而後誅之。此知乎誅義者也。故曰—鼄。从黽者、大腹也。〕●二 —鼄。香草根名。見〔本草綱目〕。

【鼈】 必列切音鷩屑韻〔俗作鱉、⿱敝灬。〕

●一 甲蟲也。見〔說文〕〔段注〕考工記注。外骨、龜屬。內骨、鼈屬。按—肖較龜稍內耳。實介屬也。故周易—龜爲一屬。〔按動物學—屬爬蟲類。俗名腳魚。又名團魚。有甲殼。上殼爲背甲。下殼爲革胴。甲之邊有肉緣。曰肉裙。其革胴由膜變成。質非骨質。蓋—無胸骨也。其首尾與四足。能縮入甲內。前兩足各五趾。後兩足各四趾。趾有爪。尾短而尖。血紅而冷。肉味甚美。可供食用。釋名云。—一名神守。一名河伯從事。按—類甚多。本草云。無裙而頭足不縮者、曰納—。大如錢。腹赤如血者、曰朱—。又有美洲所產木—、輭殼—、皮殼—等。〕

鼈圖

●二 三足—。〔爾雅釋魚〕三足—能。〔郭注〕今吳興郡陽羨縣君山上有池。池中出三足—。●三 縣名。〔水經江水注〕南通寧州平夷郡—縣。〔按鼈縣、漢屬牂牁郡。晉改屬平夷郡。漢書晉書均从邑作鄨。獨水經注作—。康熙字典引漢書地理志作—。誤。〕●四 蕨別名。〔詩草蟲〕言采其蕨。〔傳〕蕨、—也。〔疏〕周秦曰蕨。齊魯曰—。又作虌。俗云其初生時似—腳。●五 石—。藥名。〔本草綱目〕石—生海邊。●六 土—。地—。並䗪蟲別名。〔本草綱目〕䗪蟲形扁如—。故名。〔按正字通云。土—、畜象處象尿所生。斬斷復自合。能續骨。〕●七 木—子。番木—。並草名。見〔本草綱目〕。●八 —甲。輿棺之車蓋也。〔釋名釋喪制〕輿棺之人曰輀。其蓋曰柳。亦曰—甲。似—甲然也。●九 —人。官名。〔周禮鼈人〕—人掌取互物。以時簎魚—龜蜃凡貍物。●十 —蜉。螘也。見〔廣雅釋蟲〕。〔按—蜉、即蚍蜉。蚍、—一聲之轉。〕●十一 —靈。人名。〔禽經注〕李膺蜀志曰。望帝稱王於蜀時。荊州有一人化。從井中出。名曰—靈。於楚身死。尸反泝流上。至汝山之陽。忽復生。乃見望帝。立以爲相。〔按水經注作—令。〕●十二 伏—。星象。〔漢書天文志〕旬始出於北斗旁。狀如雄雞。其怒黑色。象伏—。

(七)天—星名。〔星經〕天—十五星。在斗南。

【䵸】謨加切音麻麻韻

鼈—。似鼅。生海邊沙中。見〔集韻〕。〔互詳鼈字〕。

十二畫

【鼉】唐何切音駝歌韻　唐干切音擅寒韻　時戰切音繕霰韻

(一)水蟲。佀蜥易長大。見〔說文〕。〔段玉裁改長大爲長丈所。且移魚部鱓下皮可爲鼓四字於此。云、丈所。猶丈許也。詩—鼓逢逢。史記樹靈—之鼓。按詩靈臺陸璣疏云。—形似水蜥蜴。四足。長丈餘。生卵大如鵝卵。其皮堅厚。可以冒鼓。此說與段同。而本草綱目則云。—形似守宮。背尾有鱗甲。其聲如鼓。夜鳴應更。謂之—鼓。亦曰—更。俚人聽之以占雨。晉安海物記亦云。—宵鳴如桴鼓。江淮之間謂—鳴爲—鼓。兩說不同。並存備考〕。

鼉圖

(二)蟺或字。〔集韻〕蟺。水蟲名。似蜥蜴。或作—。

(三)亦作鱓。〔史記太史公自序〕文身斷髮。鼉鱓與處。〔索隱〕鱓音—。〔按李斯上秦始皇書樹靈鱓之鼓。注云。鱓、徒何切。其皮可以冒鼓〕。

【⿺黽詹】音尸支韻

蟾蠩也。見〔川篇〕。

十三畫

【⿰頁黽】多年切音顛先韻

—鼀。鼀類。似鼉黿。出遼東。土人食之。見〔集韻〕。

【鼊】必歷切音壁錫韻

蠅—。鼈屬。見〔集韻〕。〔互詳蠅字〕。

【⿰革黽】同鼉。〔周書王會〕會稽以—。〔注〕—皮可以冠鼓。

【⿱敝黽】同鼈。見〔字彙補〕。〔按龍龕手鑑鼈作—〕。

十四畫

【䵷】商支切音施支韻

鼀—。詹諸也。詩曰得此鼀—。言其行——。見〔說文〕〔桂注〕邶風新臺文作戚施。薛君韓詩章句。戚施、蟾蜍。喻醜惡也。

【⿱敝黽】鼈俗字。見〔龍龕手鑑〕。

十五畫

【⿰秋黽】古秋字。見〔字彙補〕。

※鼠部※

【鼠】賞呂切音暑語韻

(一)穴蟲之總名也。象形。見〔說文〕。〔王注〕此謂凡穴居者皆通名—。猶今俗言貂—。貛—也。不但指本部而言。繫傳上象齒。下象腹爪尾。—好齧傷物。故象齒。

鼠圖

(二)水也。屬子。爲十二肖之首。見〔論衡物勢〕。

(三)憂也。〔詩雨無正〕—思泣血。〔按集韻癙、訓憂病。通作—。爾雅釋詁癙、病也。孫注。畏之病也。按—晝伏夜動。多畏者也〕。

(四)土赤曰—肝。似—肝色也。見〔釋名釋地〕。

(五)輸—。直肉下也。〔齊民要術〕相馬法。輸—欲方。

(六)鳥—。山名。〔書禹貢〕西傾朱圉鳥—。〔詳鳥字〕。

七—鬚。筆也。〔蘇軾詩〕欲寄—鬚拌繭紙。

八—尾。草名。〔本草綱目〕—尾草、一名勤。葉如蒿蒸端。夏生四五穗。穗若車前。花有赤白二種。

九—麴。草名。〔本草綱目〕—麴、一名—耳。二月生苗。莖葉柔軟。葉長寸許。白茸如—耳之毛。開小黃花成穗。結細子。楚人呼為米麴。北人呼為茸母。

十—莞。草名。〔爾雅釋草〕薜、—莞。〔詳薜字〕

十一—黏。惡實之異名。〔本草綱目〕蘇頌曰。實殼多刺。—過之則綴惹不可脫。故謂之—黏。〔又〕—婦之異名。〔毛詩陸疏廣要〕—婦一名—姑。亦或謂之—黏。

十二假蘇一名—蓂。見〔本草綱目〕。

十三莽草一名—莽。見〔本草綱目〕。

十四—姑。牡丹也。見〔本草綱目〕。

十五—梓。木名。〔爾雅釋木〕楰、—梓。〔詳楰字〕

十六—樧。一名—黎。見〔陸璣詩疏〕。

十七—蜚。鳥名。〔山海經東山經〕栒狀之山有鳥狀如雞而—毛。名曰蜚—。〔按卽說文之蜚鼠〕。

十八—負。蟲名。〔爾雅釋蟲〕蟠、—負。〔注〕瓮器底蟲。〔義疏〕說文、蟠、—婦也。又䗪蟥若樊。或曰—婦。是䗪蟠同。婦負古字通。詩疏引陸璣疏云。伊威、一名委黍。一名—婦。在壁根下甕底土中、生。似白魚者、是也。今按—婦長半寸許。色如蚯蚓。背有橫紋。腹下多足。生水瓨底。或牆根溼處。此蟲名蟠。不名負蟠。本草。—婦、一名負蟠。非也。陶注。一名—姑。又因—婦而為名耳。

二畫

【⿰鼠刀】貂或字。見〔集韻〕。

三畫

【⿰鼠勺】職略切音酌。卽約切音雀。藥韻。丁歷切音的。職韻。巴校切音豹。效韻

胡地風鼠。見〔說文〕〔王注〕廣韻。—鼠屬。能飛食虎豹。書王會。渠叟以—犬。—犬者、露犬也。能飛食虎豹。桂氏曰。—犬卽—鼠。馥聞極北有大鼠如象。穴行地中。見風卽死。其骨可以為器。此云風鼠。或是其類。

【⿰鼠勺】卽約切音雀。疾雀切音嚼。職略切音酌。藥韻

—鼠。鼩鼠也。〔爾雅釋獸〕鼩鼠。〔注〕形大如鼠。頭如兔。尾有毛。青黃色。好在田中食粟豆。關中呼為—鼠。〔參閱鼩字〕

【⿰鼠刃】而振切音刃。震韻

鼠也。見〔字彙〕。

【⿰鼠夊】子峻切音畯。震韻

石鼠也。毛可為筆。見〔字彙補〕。〔舊注云。卽鼫字之譌。〕

【⿰鼠夂】鼨。籀文。見〔說文〕。

四畫

【⿰鼠今】胡南切音含。姑南切音弇。覃韻

鼸屬。見〔說文〕〔王注〕口部。含嗛也。仍是頰裏藏食之義。廣雅作⿰鼠含鼠。玉篇亦—⿰鼠含同字。然曰蜥蜴也。則與許異。

【鼢】父吻切音憤。吻韻。符分切音汾。文韻。符問切音幩。問韻

地中行鼠。伯勞所化也。亦曰偃鼠。見〔說文〕〔通訓定聲〕字亦作鼢。廣雅。鼹鼠、—鼠。本草陶注。一名隱鼠。形如鼠。大而無尾。黑色。長鼻甚強。常穿地行。按今謂之地鼠。尾僅寸許。方言謂之犁鼠。言起土如耕也。月令。田鼠化為鴽。卽此。周禮草人故書蚡壤用麋。司農注。多蚡鼠。〔按本草綱目曰。月令季春田鼠化為鴽。夏小正八月。鴽為鼠。是二物交化。如鷹鳩然也。鴽乃鶉類。隆慶辛未夏秋大水。蘄黃瀕江之地。—鼠遍野。皆櫛魚所化。蘆稼之根。嚙食殆盡。則—鼠之化不獨一種也。〕

【鼤】無分切音文。文韻。文運切音問。問韻

斑鼠也。〔爾雅釋獸〕—鼠、鼨鼠。〔詳鼨字〕。

【⿰鼠攴】普木切音攴。屋韻〔字從攴、不從支〕。

鼷—。鼠屬。見〔廣雅釋獸〕。

【鼣】符廢切音吠。隊韻

鼠屬。〔爾雅釋獸〕—鼠。〔釋文〕—、字或作⿰鼠發。舍人云。其鳴如犬也。〔義疏〕中山經云。倚帝之山有獸焉。其狀如—鼠。郭注云。爾雅說鼠

有十三種。中有此鼠。形所未詳也。翟氏補引北山經。丹熏之山有獸。狀如鼠而兔首麋身。其音如獋犬。與舍人合。但未知即—鼠否也。

【䶈】愚袁切音元元韻　鼠名。見〔集韻〕。

【鼢】分房切音方陽韻　地鼠。見〔集韻〕。

【鼣】馨激切音鬩錫韻　去涕也。見〔集韻〕。

【䶃】淫沁切沁韻　鼠名。見〔集韻〕。

【鼲】直林切音沉侵韻　水鼠名。見〔篇海〕。

【鼤】普木切音撲屋韻　鼤—。鼠名。見〔字彙〕。〔疑即鼤字之譌。〕

【鼮】步丁切音瓶青韻　鼠也。見〔篇海〕。

【鼦】名移切支韻　鼠屬。見〔字彙補〕。〔按川篇云。鼠屬。〕

【鼶】同鼶。見〔正字通〕。〔按即籀文鼶字之譌。〕

五畫

【鼮】旁經切音瓶青韻　一 —令鼠。見〔說文〕。二 鼠子。見〔廣韻〕。

【鼫】常隻切音石陌韻　一 五技鼠也。能飛不能過屋。能緣不能窮木。能游不能渡谷。能穴不能掩身。能走不能先人。見〔說文〕〔通訓定聲〕荀子勸學謂之梧鼠。廣雅、鼩鼠—鼠。易晉如—鼠。子夏傳以碩爲之。與詩之碩鼠別。二 螻蛄、一名—鼠。見〔康熙字典引本草〕〔按本草綱目作石鼠。—與石古字通。通訓定聲曰。古今注。螻蛄、一名—鼠。今目驗螻蛄。實似此五技。故即以—鼠之名名之。〕三 通碩。〔爾雅釋獸〕—鼠。〔義疏〕—與碩、古字通。碩者大也。詩疏引陸璣疏云。今河東有大鼠。能人立。交前兩腳於頸上。跳舞善鳴。食人禾苗。亦有五技。或謂之雀鼠。其形大。故序云大鼠也。〔參閱鼩字〕

【鼬】余救切音狖宥韻　一 —如鼠。赤黃而大。食鼠者。見〔說文〕〔通訓定聲〕今俗呼黃鼠狼。〔按爾雅釋獸—鼠注云。今—似貂。黃赤色。大尾。啖鼠。江東呼爲鼪。義疏云。順天人呼黃—。善捕鼠。夜中竊食人雞。人掩取之。以其尾毛爲筆。所謂狼豪者也。今動物學謂—爲食肉之小動物。頸尾皆長。其行以趾。性猛且敏。善嗅。尾盡處有核無數。核中分泌惡臭之流質。遇窮迫時則放出。〕

鼬圖

二 髟—。羽旄飛揚貌。〔後漢馬融傳〕羽毛紛其髟—。三 臯—。地名。〔左定四年傳〕公及諸侯盟於臯—。〔注〕繁昌縣東南有城臯亭。〔按繁昌縣故城在河南臨潁縣西北。〕四 姓也。〔山海經大荒南經〕有—姓之國。

【鼪】師庚切音生庚韻息正切音性敬韻　一 鼠狼也。〔莊子徐无鬼〕藜藋柱乎—鼬之徑。〔釋文〕—音生。又音性。〔詳鼬字〕二 或作狌。〔莊子秋水〕騏驥驊騮。一日而馳千里。捕鼠不如狸狌。〔釋文〕狌音性。向同。又音生。崔本作鼬。

【鼭】將支切音貲津私切音咨支韻　鼠似雞。鼠尾。見〔說文〕〔王注〕玉篇云。見即大旱字。或作鼭。東山經。栒狀之山有鳥焉。其狀如雞而鼠尾。其名曰鼭鼠。

【䶉】力求切音留尤韻力九切音柳有韻　本作䶉。〔說文〕䶉。竹鼠也。如犬。〔桂注〕劉欣期交州記。竹鼠如小狗子。食竹根。出封溪縣。閩中呼之爲䶉。又或作𤠣。莊子天地篇。執留之狗。釋文。留、本又作𤠣。司馬云。竹鼠也。肥美。人多珍之。本草。—鼠食竹根。居土穴中。大如兔。人多食之。

味如鴨。

【鼨】之戎切音終東韻徒冬切音彤冬韻

豹文鼠也。見〔說文〕〔通訓定聲〕。爾雅釋獸。鼨鼠—鼠。豹文鼮鼠。郭讀。鼨鼠—鼠注。未詳。豹文鼮鼠注。鼠文采如豹者。漢武帝時得此鼠。說文無鼮字。亦無鼨字。按唐書盧藏用傳。有異鼠豹文虎臆。大如拳。職方辛怡諫謂之鼮鼠而賦之。藏用弟若虛曰。此許慎所謂—鼠豹文而形小者。是唐人從許不從郭也。恐按爾雅當以鼨鼠—鼠豹文爲句。蓋豹文者有鼨鼠—鼠二名也。鼮鼠、疑卽說文之鼤鼠。

【鼤】乳勇切音宂腫韻

鼠屬。見〔說文〕。〔王注〕廣雅。—鼠、鼮鼠也。鼮鼠連文。蓋兩物。玉篇。—、鼮鼠也。似誤讀廣雅。〔按龍龕手鑑。—小鼠也。通訓定聲則以集韻鼵字從穴音柚。又鼤字從允音欣。篇海、鼤字音沉。皆此字之誤〕

【鼩】權俱切音劬虞韻

精—鼠也。見〔說文〕〔通訓定聲〕。爾雅釋獸—鼠。注。小鼱—也。亦名鼷—。按鼱、鼷、一聲之轉。李巡謂一名鼷鼠。非是。

【鼥】蒲撥切音跋曷韻

鼧—。鼠名。〔本草綱目〕土撥鼠、一名鼧—。陳藏器曰。生西番山澤間。穴土爲窠。形如獺。夷人掘取食之。李時珍曰。唐書有鼧—鼠、卽此也。鼧—、言其肥也。唐韻作鼧鼥。音僕朴。俗訛爲土撥耳。蒙古人名答刺不花。皮可爲裘。甚暖。溼不能透。

【䶀】鼥或字。見〔集韻〕。

【鼧】唐何切音駝湯何切音佗歌韻

鼠名。見〔集韻〕〔詳鼥字〕。

【鼰】涓熒切音扃青韻

—䶓。斑鼠也。〔廣雅釋獸〕—䶓、鼠屬。〔按爾雅釋獸鼰鼠義疏云廣雅—䶓、卽此〕

【䶓】郎丁切音靈青韻

鼰—。斑鼠。見〔廣韻〕。

【鼵】音未詳

—鼮。鼠名。〔字彙補〕禹貢合註。鳥鼠同穴山。鼠名—鼮。

【鼦】古貂字。見〔玉篇〕。

【鼶】同鼷。見〔字彙〕。

【鼭】同鼭。見〔篇海類編〕。

【鼵】鼬或字。見〔集韻〕。

六畫

【䶃】曷各切音涸歷各切音洛藥韻

—鼠。出胡地。皮可作裘。見〔說文〕。〔桂注〕鹽鐵論中者厮衣金縷。燕—代黃。

【䶊】忍止切音耳紙韻

—䶊。鼠屬。一說、鼠形如獸。見〔集韻〕。〔按字本作耳。山海經北山經。丹熏之山。熏水出焉。有獸焉。其狀如鼠。而兔身膜耳。其音如獋犬。以其尾飛。名曰耳鼠〕。

【鼭】市之切音時支韻

鼠名。〔爾雅釋獸〕—鼠。

【鼱】步靈切青韻

鼠也。見〔玉篇〕。

【䶃】古黃切音光陽韻

鼠也。見〔篇海〕。

【鼰】古螢切音坰青韻

【鼣】同鼣。見〔字彙補〕。

—䶓。鼠名。見〔字彙補〕。〔按卽鼸譌字〕

【鼣】同鼣。見〔字彙補〕。

【鼢】同鼢。見〔搜眞玉鏡〕。

【鼩】同鼩。見〔搜眞玉鏡〕。

七畫

【鼮】唐丁切音庭青韻徒徑切音定徑韻

鼠名。〔爾雅釋獸〕豹文、—鼠。〔注〕鼠文彩如豹者。漢武帝時得此鼠。〔參閱鼨字〕

【鼯】訛胡切音吾虞韻

—鼠。鳥屬。〔爾雅釋鳥〕—鼠、夷由。〔注〕狀如小狐。似蝙蝠。肉翅。翅尾項脅毛紫赤色。背上蒼艾色。腹下黃。喙頷雜白。腳短。爪長。尾三尺許。飛且乳。〔義疏〕類聚引郭氏讚云。—之爲鼠。食煙棲林。載飛載乳。乍獸乍禽。皮藉孕婦。人爲大任。〔按—卽山海經北山經之耳鼠。漢書司馬相如傳之飛蠝。禽經之鸓。本草綱目之鸓鼠。一名䴎鼠。亦名飛生鳥。李時珍曰。鼯能飛而且產。故寢其皮。懷其爪。皆能催生。其性相感也。」

【鼰】南見切音殺韻 —鼠。鼠屬。見〔爾雅釋獸〕。〔注〕今江東山中有—鼠。狀如鼠而大。蒼色。在樹木上。〔按宋本單注本、從臭從鼠。與爾雅獸屬之䶅名同物異。郭音覞。釋文古閑反。集韻有䶅無—。玉篇廣韻同。惟邢本作—。注疏本從之。今形聲並從邢本。〕

【鼨】祖峻切音俊須閏切音峻震韻 鼨鼠也。見〔玉篇〕。〔按廣韻云。—、石鼠。出蜀。毛可作筆。〕

【鼴】隱幰切音偃阮韻 鼠屬。〔廣雅釋獸〕—鼠、鼢鼠。〔疏證〕偃與—通。莊子逍遙遊。偃鼠飲河。不過滿腹。是也。偃之轉聲則爲隱。名醫別錄。—鼠在土中行。陶注云。俗中一名隱鼠。一名鼢鼠。〔按字亦作鼹。動物學曰。鼴爲食蟲類獸、一名土龍。體大於鼠。頭尖、股短。眼小。柔毛密蔽其體。潛行地中。捕昆蟲食之。〕

【𪕹】趨玉切音促沃韻

—鼩。小鼠。見〔集韻〕。

【䶊】音未詳 貼—。鼠名。見〔字彙補〕。〔詳貼字。〕

【𪕊】鼶本字。見〔說文〕。

【䶌】同鼢。見〔玉篇〕。

【鼸】同鼶。〔淮南時則〕季春之月。田鼠化爲駕。〔注〕田鼠、鼢—鼠也。〔詳鼶字。〕

八畫

【𪕬】鼶或字。見〔集韻〕。

【䶆】朱惟切音錐支韻 南陽呼鼠爲—。見〔玉篇〕。〔按本草綱目曰。以其尖喙善穴。故南陽人謂之—鼠。〕

【鼱】咨盈切音精庚韻 —鼩。小鼠。見〔集韻〕。〔按爾雅鼷鼠疏。李巡曰。—鼩鼠。〕

【䶊】如支切音兒支韻 鼠也。見〔玉篇〕。

【𪖅】他歷切音惕錫韻 鼠也。見〔篇海〕。

【𪕭】鼶或字。見〔類篇〕。

九畫

【鼲】胡昆切音魂公渾切音昆元韻 —鼠。出丁零胡。皮可作裘。見〔說文〕。〔王注〕魏略。丁零國出名鼠皮。白昆子、青昆子。王伯申曰。昆子、即—子。後漢書鮮卑傳。鮮卑有貂、豽、—子。皮毛柔蠕。天下以爲名裘。〔按本草綱目。黃鼠、一名—鼠。晴暖則出坐穴口。見人則交其前足。即詩所謂相鼠有體。韓文所謂禮鼠拱而立者也。遼人呼爲貔貍。胡人亦名令邦。〕

鼲圖

【鼬】洪孤切音胡虞韻 斬—鼠。黑身白腰若帶。手有長毛。似握版之狀。類蝯蜼之屬。見〔說文〕。〔王注〕廣雅作鼲鼬。漢書司馬相如傳作蟖胡。史記作蟖胡。西京賦作蟖猢。徐廣曰。似猿。黑身。張揖曰。蟖胡、似獮猴。頭上有髮。要以後黑。薛綜曰。蟖猢、猿類而白。腰以前黑。廣韻。手有長白毛。善超坂絕巖也。寰宇記引郡國志。僰道有獸、名蟖猢。似猿而足短。一騰一百五十步。如迅鳥之飛。取此皮爲狐白之用。盈百方成。

【鼳】扃闃切音狊錫韻 鼠屬。〔爾雅釋獸〕—、鼠身長須而賊。秦人謂之小驢。〔注〕—似鼠而馬蹄。一歲千斤。爲物殘賊。〔義疏〕此—乃獸類也。陶注本草鼹下云。諸山林中有獸。大如水牛。形如豬。灰赤色。下腳似象。胸前尾上皆白。有力而鈍。亦名鼹鼠。人取食之。肉亦似牛肉。多以作脯。乃云此是鼠王。其精溺一滴落地。輒成一鼠。災年乃多出也。按晉書郭璞傳所說形狀。與陶注同。乃名之爲驢鼠。蓋本爾雅爲說也。初學記引郭氏洞林曰。宣城郡有隱鼠。大如牛。形似鼠。鼠腳。腳有三甲。皆如驢蹄。身赤色。胸前尾上白。異物志曰。鼠母頭腳似鼠。毛蒼口銳。廣韻云。鼹鼠似鼠。形大如牛。好偃河而飲水也。本草圖經。鼴鼠似牛而鼠首黑足。大者千斤。多伏於水。又能堰水。出滄州。蓋此物有水陸二種。廣韻圖經及異物志所說。皆是水產。郭陶所說。悉陸產也。

【鼵】陁沒切音突月韻
鼠名。〔爾雅釋鳥〕鳥鼠同穴。其鳥爲鵌。其鼠爲—。〔注〕—如人家鼠而短尾。鵌似鵽而小。黃黑色。穴入地三四尺。鼠在內。鳥在外。今在隴西首陽縣鳥鼠同穴山中。孔氏尚書傳云。共爲雌雄。張氏地理記云。不爲牝牡。〔義疏〕按山在今甘肅蘭州府渭源縣西也。甘肅志云。涼州地有兀兒鼠者、似鼠。有鳥名木兒周兒者、似雀。常與兀兒鼠同穴而處。此卽鵌—。但古今異名耳。

【䶎】於蓋切音藹泰韻　於例切音瘞霽韻
—。小鼠。相銜而行。見〔玉篇〕。〔按本草綱目曰。秦紀、及草木子。皆載羣鼠數萬相啣而行。以爲鼠妖者。卽此也。〕

【鼳】胡的切䫌韻　胡姪切屑韻
似鼠而白也。見〔玉篇〕。

【䶖】除久切有韻
鼠也。見〔康熙字典〕。

【䶑】移章切音陽陽韻
鼠也。見〔篇海〕。

【鼰】音未詳
南方有人、名曰—。所之國大旱。見〔字彙補〕。

【鼬】同鼬。見〔五音篇海〕。

【鼶】鼶或字。見〔集韻〕。

【鼴】鼴或字。見〔集韻〕。

十畫

【鼶】相支切音斯支韻　田黎切音題　先齊切音西齊韻
鼠也。見〔說文〕〔王注〕。釋獸文。郭注引夏小正、鼬則穴。今大戴禮作鼬鼶則穴。淮南時則訓。田鼠化爲鴽。高注。田鼠、鼢鼶鼠也。桂氏曰。鼶、卽—字。又作鼶。集韻。鼶、—鼬鼠名。

【䶐】於革切音尼　伊昔切音益陌韻
鼠之屬也。見〔說文〕。

【鼷】胡雞切音奚齊韻
小鼠也。見〔說文〕〔通訓定聲〕。春秋成七年。—鼠食郊牛角。注。有螫毒者。博物志謂之耳鼠。按玉篇。螫毒食人及鳥獸皆不痛。今之甘口鼠也。〔按動物學曰。—爲食蟲動物。卽田鼠也。體肥碩。頸短不顯。鼻長而尖。目不全。亦無外耳。全體毛皆緊貼。肢甚短。前肢壯健。宜於掘土。齒全而銳。據此訓爲田鼠。與說文異。存參。〕

鼷圖

【鼸】丘檢切音頰　下忝切音嗛琰韻
鼢也。見〔說文〕〔通訓定聲〕。爾雅釋鼠—鼠注。以頰裏藏食也。李注。卽鼩鼠。字林。卽鼢鼠。皆非是。夏小正田鼠出傳。田鼠者、嗛鼠也。墨子非儒。—鼠藏而羝羊視。按今謂之香鼠。以頰裏食如母猴。灰色短尾而香。可畜。段借爲嗛。釋名釋形體。頤或曰—車。—鼠之食積於頰。人食似之。故取名也。又埤蒼。—、鼠屬。按卽爾雅之寓鼠曰嗛也。

【𪖐】伯各切音博藥韻
—䶂。鼠屬。見〔廣雅釋獸〕〔疏證〕。廣韻。—䶂鼠、一月三易腸。䶂或作唐。藝文類聚引梁州記云。壻水北塔鄉山有仙人唐公房祠。山有易腸鼠。一月三吐易其腸。東廣微所謂唐鼠者也。又引博物志云。唐房升仙。雞狗並去。唯以鼠惡不將去。鼠悔。一月三出腸。按唐鼠自是山中異產。不以唐公房也。

【䶂】徒郎切音唐陽韻
𪖐—。鼠屬。一曰易腸鼠。見〔集韻〕。〔詳𪖐字〕

【䶓】古祿切音穀屋韻
鼬鼠。見〔玉篇〕。

【鼩】同鼩。見〔正字通〕。

【䶉】同鼸。見〔正字通〕。

【𪖃】同䶓。〔本草綱目〕鼬鼠、一名—鼠。

【鼴】同鼴。見〔字彙補〕。

【鼦】鼬或字。見〔集韻〕。

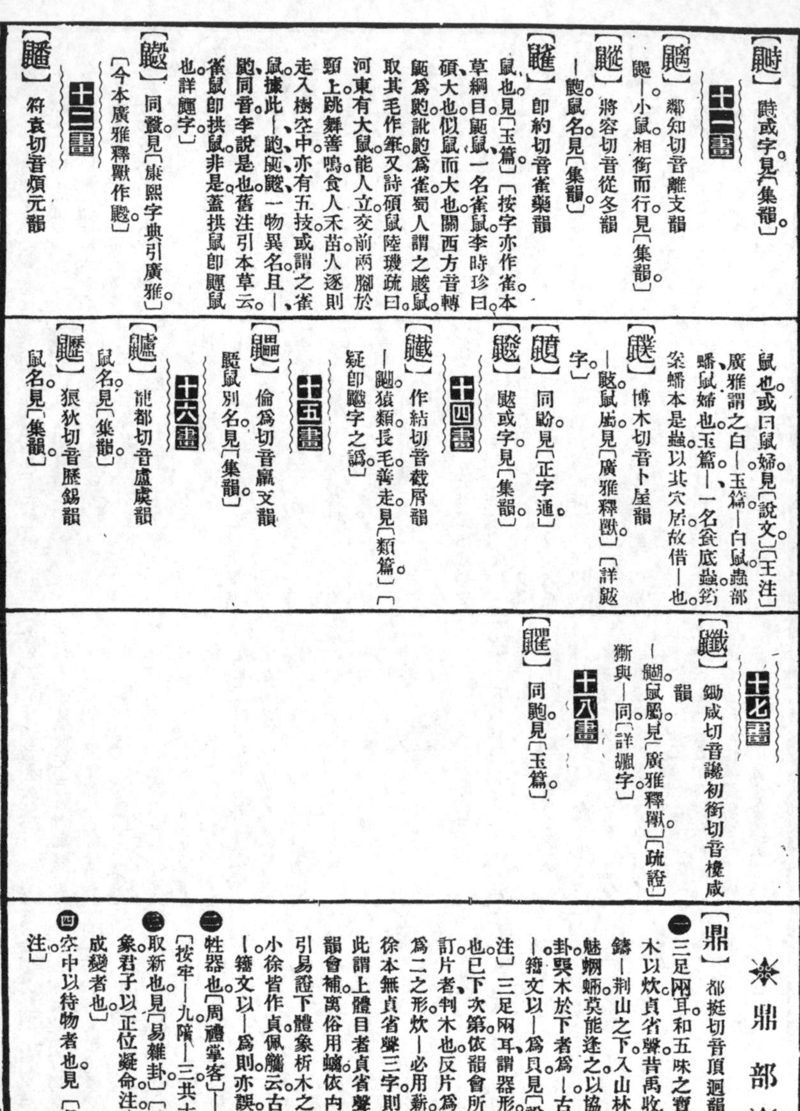

【⿰鼠時】時或字。見〔集韻〕。

十一畫

【⿰鼠离】鄰知切音離支韻 ⿰鼠离—小鼠相銜而行。見〔集韻〕。

【⿰鼠從】將容切音從冬韻 —鼩鼠名。見〔集韻〕。

【⿰鼠雀】卽約切音雀藥韻 鼠也。見〔玉篇〕。〔按字亦作雀。本草綱目。鼱鼠、一名雀鼠。李時珍曰。碩、大也。似鼠而大也。關西方音轉鼱爲鼩。訛鼩爲雀。蜀人謂之䶈鼠。取其毛作筆。又詩碩鼠陸璣疏曰。河東有大鼠。能人立。交前兩腳於頸上。跳舞善鳴。食人禾苗。人逐則走入樹空中。亦有五技。或謂之雀鼠。據此—、鼩、鼱、䶈、一物異名。且—、鼩同音。李說是也。舊注引本草云。雀鼠卽拱鼠。非是。蓋拱鼠卽鼸鼠也。詳鼸字。〕

【䶈】同䶈。見〔康熙字典引廣雅。〕〔今本廣雅釋獸作䶈。〕

十二畫

【⿰鼠番】符袁切音煩元韻 鼠也。或曰鼠婦。見〔說文。〕〔王注〕廣雅謂之白—。玉篇。—白鼠。蟲部蟠、鼠婦也。玉篇。—、一名負底蟲。蛜䖹本是蟲。以其穴居。故借—也。

【⿰鼠菐】博木切音卜屋韻 —䶅鼠。䶅見〔廣雅釋獸。〕〔詳䶅字。〕

【⿰鼠賣】同鼢。見〔正字通。〕

【鼸】䶅或字。見〔集韻。〕

十四畫

【⿰鼠截】作結切音截屑韻 —鼩。猿類。長毛善走。見〔類篇。〕〔疑卽䶈字之譌。〕

十五畫

【鼺】倫爲切音羸支韻 鼺鼠別名。見〔集韻。〕

十六畫

【⿰鼠盧】龍都切音盧虞韻 鼠名。見〔集韻。〕

【⿰鼠歷】狠狄切音歷錫韻 鼠名。見〔集韻。〕

十七畫

【⿰鼠韱】鋤咸切音讒初銜切音欃咸韻 —鼩。鼠屬。見〔廣雅釋獸。〕〔疏證〕獑與—同。〔詳獑字。〕

十八畫

【⿰鼠瞿】同鼩。見〔玉篇。〕

※鼎部※

【鼎】都挺切音頂迥韻

❶三足兩耳。和五味之寶器也。象析木以炊。貞省聲。昔禹收九牧之金。鑄—荆山之下。入山林川澤者。离魑魅蝄蜽。莫能逢之。以協承天休。易卦巽木於下者爲—。古文以貝爲—。籀文以—爲貝。見〔說文。〕〔段注〕三足兩耳、謂器形。非謂字形也。已下次第。依韻會所據小徐本訂。片者、判木也。反片爲爿。一木析爲二之形。炊—必用薪。故像之。大徐本無貞省聲三字。則上體未說。此謂上體目者貞省聲也。者字依韻會補。离俗用螭。依內部當作离。引易證下體象析木之意。二貝字小徐皆作貞。佩觿云。古文以貞爲—。籀文以—爲則。亦誤。今正。

❷牲器也。〔周禮掌客〕—簋十有二。〔按牢—九隋—三共十二〕

❸取新也。見〔易雜卦。〕〔按易—大象。君子以正位凝命注。—者取新成變者也。〕

❹空中以待物者也。見〔易鼎耳革注。〕

(五)方也。〔漢書賈誼傳〕天子春秋—盛。
(六)始也。〔文選左思賦〕高門—貴。
(七)猶言當也。〔漢書匡衡傳〕無說詩。匡—來。
(八)三公象也。〔書高宗肜日序〕有飛雉升—耳而雊。〔按—者三足一體。猶三公承天子也。〕
(九)維船具也。〔方言〕所以刺船謂之檣。維之謂之—。
(十)旌功器也。〔禮記祭統〕勤大命施於烝彝—。
(十一)杌也。〔錢氏私誌〕賢穆有荊雍大長公主金幰角紅籐下馬杌子。今大家用三腳木牀。以坐歌伎曰—蓋杌也。
(十二)傳國曰—。〔齊書高帝紀論〕咸皆一世推雄。卒開—祚。
(十三)貴族曰—。〔庾信碑〕公六郡良家。西河—族。
(十四)法家烹殺罪人之酷刑曰—。〔史記欒布傳述贊〕赴—非冤。
(十五)道家煎鍊金丹之法物曰—。〔金丹大要〕—器之名。非但一說。
(十六)金石家之字體曰鐘—。〔文選劉峻論〕書玉牒而刻鐘—。
(十七)凡煮茶焚香之具類曰—。〔范成大詩〕茶熟香濃石—煨。
(十八)——大舒也謂形體寬慢也。〔禮記檀弓〕——爾則小人。〔又〕盛大之意如今言聲名——。
(十九)—立三方並峙也。〔吳志陸凱傳〕近者漢之衰末三家—立。
(二十)—沸潰亂也。〔蜀志譙周傳〕既非秦末—沸之時。
(二十一)山名。〔明一統志〕—山在新喻縣西南五十里。〔在今江西新喻縣〕
(二十二)湖名。〔史記封禪書〕黃帝鑄—荊山。後世因名其處爲—湖。
(二十三)州名。有二。一、唐置。本雲陽、涇陽、醴泉、三原地。當今陝西涇陽縣西北三十里。一、宋置。本朗州地。當今湖南武陵縣境。
(二十四)官名。〔漢書東方朔傳〕夏育爲—官。〔注〕—官今殿前舉—者也。
(二十五)門名。〔後漢郡國志〕雒陽東城曰—門。〔注〕九—所從入也。
(二十六)姓也。宋—澧。

【鼑】　鼎俗字見〔正字通〕

【鼏】　莫狄切音覓錫韻

二畫

(一)鼎覆也。从鼎冖。冖亦聲。見〔說文〕〔段注〕此九字各本無。今補正。—見禮經。所以覆鼎。用茅爲之。今本作—。正字也。禮古文作密。叚借字也。从鼎冖者。冖覆也。冖亦聲者。據冥字之解知之。古者覆巾謂之幎。鼎蓋謂之—。而禮經時亦通用。是知—古音同冥。亦同密。〔辨詳鉉字〕
(二)覆樽用之疏巾。〔禮記禮器〕犧—疏布—。
(三)鼎蓋用之編茅。〔儀禮士冠禮〕設扃—。
(四)—幔。閣也。見〔廣雅釋詁〕

【鼏】　古熒切青韻

以木橫貫鼎耳舉之。从鼎。冂聲。周禮。廟門容大—七個。卽易玉鉉大吉也。見〔說文〕〔段注〕禮經十七篇多言扃—。注多言今文扃爲鉉。古文—爲密。按扃者。叚借字。—者。正字。鉉者。音近義同字也。五篇有冂部。此从之爲聲。古熒切。廣韻、集韻、禮部韻略、玉篇、類篇、皆佚此字。然廣韻玉篇皆云亡狄切。鼎蓋也。則—字尙未亡。集韻類篇引橫貫鼎耳云云。於錫韻冥狄切。而—字亡矣。金部鉉下曰。易謂之鉉。禮謂之—。據此則許所據禮古文作—。鄭則據禮今文作鉉。—鉉異字同義。或讀鉉古冥反。則非矣。〔按集韻先部圭玄切之鉉注云。舉鼎也。亦作鼏。鼏卽—之形譌。參閱鉉字。〕

【鼐】　乃代切音耐隊韻釁亥切音乃賄韻寧鄧切能去聲徑韻

鼎之絕大者。魯詩說。—、小鼎。見〔說文〕〔段注〕絕大、謂函牛之鼎也。九家易曰。牛鼎受一斛。羊鼎五斗。豕鼎三斗。乃者、詞之難也。故从乃爲大。魯詩說、謂傳魯申公之學者也。說苑曰。詩自堂徂基。自羊徂牛。言自內及外、以小及大也。魯詩者、劉向家學。故說—小。

【鼑】　古鼎字見〔集韻〕〔正字通〕云。籀文貞字。

三畫

【鼒】　津之切音茲支韻牆來切音哉灰韻作代切音再隊韻

鼎之圜掩上者。詩曰。鼐鼎及—。見〔說文〕。〔按爾雅釋器郭注。鼎歛上而小口。鼐鼎及—者。詩周頌絲

衣文。傳曰。大鼎謂之鼐。小鼎謂之
—。蠶以才者艸木之初也。—从才。
故爲小。玉篇訓—从之。箋則仍宗
爾雅。鼎圜弇上謂之—。〕

【鼾】古刊切音干寒韻
鼎也。考古圖有王子吳飤—銘。見
〔字彙補〕。

【鼑】都挺切音頂迥韻
—曈。蟻封也。見〔集韻〕。

【鼑】古玎字。見〔玉篇〕。

【鼎】員籀文。見〔說文員部〕。

【鼐】同鼐。見〔字彙〕。〔正字通云。
鼐字之譌。〕

六畫

【鼎】妘籀文。見〔正字通〕。

十一畫

【鬺】尸羊切音商陽韻
(一)煮也。見〔玉篇〕。
(二)同薦。見〔正字通〕〔溯原字作鬺。〕

【鏏】祥歲切音篲霽韻

小鼎也。〔淮南說林〕水火相憎—。
在其間。五味以和。

十五畫

【鼎】音未詳
辟雍橫陳雜鼾—。見〔焦竑石鼓
歌〕。〔按字彙補云。疑與鏏同。則—
亦鼎屬。〕

※鼓部※

【鼓】果五切音古麌韻
(一)本作鼓。〔說文〕鼓。郭也。春分之音。
萬物郭皮甲而出。故曰—。从壴。从
中又。中象𠂹飾。又象其手擊之也。
周禮、六—。靁—、八面。靈—、六面。路
—、四面。鼖—、鼛—、晉—、皆兩面。
(二)樂之節也。〔儀禮大射〕不—不釋。
(三)雷之類也。〔周禮大司馬〕辨—鐸
鐲鐃之用。
(四)震音也。〔白虎通禮樂〕—、震音煩
氣也。萬物憤懣震動而出。
(五)坎聲也。〔禮記樂記〕—鼙之聲讙。
〔疏〕—鼙聲爲坎。
(六)所以任也。所以起也。所以進也。見
〔管子兵法〕。
(七)量名。〔廣雅釋器〕斛謂之—。
(八)古衡名。〔家語正論〕趙簡子賦晉
國一—鐵。〔注〕鈞四謂之石。石四
謂之—。
(九)山名。有二。一、在今直隸武安縣境。
一名滏山。一、在今福建閩侯縣東
三十里。山之南麓。屹立江濱。爲戍
守重地。頂有巨石如—。因名。
(十)國名。白狄別種。〔左昭二十三年
傳〕晉襲—。滅之。〔按漢鉅鹿郡
下曲陽有—聚。即故翟—子國。當
今直隸晉縣西〕。
(十一)官名。〔周禮地官序官〕—人。中士
六人。
(十二)病名。〔素問腹中論〕黃帝問曰。有
病心腹滿。旦食則不能暮食。此爲
何病。岐伯對曰。名爲—脹。〔別稱
氣—、水—。字俗作臌。〕
(十三)脈名。〔素問至眞要大論〕脈至而
從按之—甚而盛也。〔按經脈別
論之太陰藏搏言伏—。陰陽別論
之三陽俱搏且—。三日死。大奇論
之胃—沈—濇胃外—大。皆謂—
爲脈候。〕
(十四)—子。花名。〔本草釋名〕旋花、一名
—子花。〔注〕時珍曰。其花不作瓣
狀。如軍中所吹—子。故名。
(十五)—譟。喧叫聲。〔左哀二十七年傳〕
—譟而進。
(十六)—妖。聽之應也。〔漢書五行志〕聽
之不聰。時則有—妖。
(十七)般—。謂聲急而將終曲者。〔文選
傳毅賦〕盼般—則騰淸眸。
(十八)土—。築土爲—。〔禮記禮運〕蕢桴
而土—。

⑲河—。星名。〔後漢張衡傳注〕牽牛北爲河—。〔一稱黃姑。聲轉也。〕

⑳迎—。東夷會名。〔後漢東夷傳〕扶餘國正月國中連日大會飲樂。名曰迎—。

㉑共—。黃帝臣。〔一切經音義引世本〕共—貨狄作舟船。

㉒俗謂夜幾更爲幾—。如云三—、五—。官吏需次曰聽—。

【鼓】果五切音古麌韻朱欲切音燭沃韻〔與鼓別〕。

①擊鼓也。見〔說文攴部〕。〔段注〕壴者鼓之省。攴者擊。〔按春秋—用牲于社。孟子塡然—之。皆作擊鼓解。〕

②凡擊物皆曰—。〔淮南原道〕—腹而熙。〔如—鐘、—瑟、盆是。〕

③凡物受擊處亦曰—。〔考工記鳧氏〕鳧氏爲鐘。于上謂之—。—上謂之鉦。〔注〕—所擊處。〔按磬人爲磬。股爲二。—爲三。注。鄭司農云。股、磬之上大者。—其下小者。所當擊者也。同。〕

④猶彈也。〔論語先進〕—瑟希。

⑤亦動也。〔漢書揚雄傳〕立政—眾。〔今言—動、—勵。義本此。〕

⑥撫也。見〔洪武正韻〕。

⑦欲也。見〔洪武正韻〕。

⑧攻也。〔論衡順鼓〕—者攻之也。

⑨簸也。〔莊子人閒世〕—筴播精。

⑩拍也。〔陳文燭記〕人—掌則蟇蛙鳴。

⑪鳴也。〔離騷〕呂望之—刀兮。

⑫扇也。扇火動橐謂之—。〔左昭二十九年傳〕遂賦晉國一—鐵。

⑬出音也。〔周禮小師〕掌教—鼗柷敔塤簫管絃歌。〔注〕出音曰—。

⑭奏堂下之樂也。〔詩那〕奏—簡簡。

⑮振戰也。〔素問瘧論〕乃作寒慄—頷。

⑯掉弄也。〔後漢袁紹傳注〕小人—舌。

⑰—舞。猶變化也。〔易略例〕—舞而天下從。

⑱—造。謂梟也。一曰蝦蟇。〔淮南說林〕—造辟兵。壽盡五月之望。

一畫

【鼓】鼓本字。見〔說文〕。

三畫

【䵽】吉逆切音戟陌韻 鼓聲也。見〔篇海〕。

四畫

【⿰壴丰】蒲蒙切音蓬東韻 鼓聲。見〔集韻〕。

【⿰壴⿱十夂】同鼓。見〔字彙補引阿閦佛經〕。

【⿰壴皮】同⿱艹⿰壴皮。見〔龍龕手鑑〕。

五畫

【⿱鼓去】七盍切音囃合韻 ①鼓聲。見〔玉篇〕。②打邊鼓曰—。見〔焦竑俗用雜字〕。

【鼕】徒冬切音彤冬韻 徒東切同東韻 ①——。鼓聲。〔唐書馬周傳〕請置六街鼓。號爲——鼓。〔又〕炭火聲。〔李賀曲〕玉爐炭火香——。②同鼖。見〔集韻〕。

【⿰付鼓】馮無切音扶虞韻 斐父切音撫麌韻 ①軍聲喧也。見〔集韻〕。②喜也。〔周禮大司馬車徒皆譟注〕書曰。前師乃鼓—譟。亦謂喜也。〔釋文〕書傳文。彼說武王伐紂時事。

【⿱鼓占】他協切音帖葉韻 ①鼓無聲也。見〔集韻引說文〕。〔按說文有鼛無—。移鼛訓入—字。非。〕②寬也。見〔玉篇〕。

【⿱鼓石】蒲孟切音膨梗韻 磞—。石聲。見〔集韻〕。〔正字通云。磬字之譌。〕

【⿱鼓廾】丁林切侵韻 鼓聲。見〔川篇〕。

【⿱鼓吉】鼓籀文。見〔玉篇〕。

【⿰壴兆】鼗譌字。見〔正字通〕。

六畫

【鼖】符分切音汾文韻 ①大鼓謂之——。八尺而兩面。以鼓軍事。見〔說文〕。〔按周禮韗人鼓長八尺。鼓四尺。中圍加三之一。謂之—鼓。又鼓人以—鼓鼓軍事。此許書所本。〕

鼖圖

(二)通賁。〔詩靈臺〕賁鼓維鏞。〔釋文〕字亦作—。〔按凡賁聲字多訓大。如詩桃夭、有蕡其實。苕之華、牂羊墳首。皆是。鼖聲與賁聲一也。〕

【鼗】徒刀切音淘豪韻

(一)鞀或字。見〔說文革部〕。〔按論語播—武注、—小鼓。兩旁有耳。持其柄而搖之。則旁耳還自擊。爾雅釋樂云。大—謂之麻。小者謂之料。周禮大司樂云。靁鼓靁—。地上之圜丘奏之。靈鼓靈—。澤中之方丘奏之。路鼓路—。宗廟之中奏之。据是。則爲—有耳之小鼓。而種類又各不同。〕

鼗圖

(二)所以節樂也。〔禮記王制〕賜伯子男樂。則以—將之。

(三)同鞉。〔詩那〕置我鞉鼓。〔禮記明堂位作植我—鼓。〕

【鼜】披江切音胮江韻

鼓聲。見〔廣韻〕。

【鼛】托合切音錔合韻

鼓鼛聲。見〔說文〕。〔按玉篇、廣韻、竝云。鼛、鼓聲也。段玉裁云。皆卽—字。俗作者去之爲。正字通云。鼛、俗作—。〕

【鼛】逢合切音沓合韻

鼓聲也。見〔說文〕。〔按段本改作鼛鼛聲。引司馬法、鼛聲不過闒。謂闒卽—字。〕

【鼛】苦盍切音榼合韻

鼓聲—也。見〔廣韻〕。

【鼛】託合切音錔。渴合切音佮。合韻

同鞳。〔集韻〕鞳、鏜鞳。鏜鞳、鼓聲。亦作—。〔按鏜鞳或作闛鞈。或作鏜—。段氏謂鏜、鼓聲。鞈、鼓聲。據擊鼓其鏜言之也。集韻云。鏜、鎗、聲。鞈、鼓聲。以鏜从金。鞈从革也。作參。〕

【鼕】徒冬切音彤冬韻。持中切音蟲東韻

鼓聲。見〔玉篇〕。〔正字通云。鼕字之譌。〕

【鼘】於巾切音駰眞韻。縈懸切音淵先韻

鼓聲。見〔廣韻〕。〔正字通云。俗鼘字。〕

【鼛】古刀切音羔豪韻

鼓也。見〔字彙補〕。

【鼗】同鼗。詳鼗字。

七畫

【鼕】徒東切音同東韻

鼓聲。見〔廣韻〕。

【鼕】同鼕。見〔字彙補〕。〔康熙字典云。卽鼕字之譌。〕

八畫

【鼛】托合切音錔合韻

(一)鼓寬也。見〔玉篇〕。

(二)鼓聲雜沓也。見〔正字通〕。

【鼙】駢迷切音啤齊韻

(一)騎鼓也。見〔說文〕。〔段注〕大司馬云。師帥執提。旅帥執—。大鄭曰。提、謂馬上鼓。有曲木提持鼓立馬髦上者。然則騎鼓謂提。非謂—也。許與大鄭異。

鼙圖

(二)小鼓也。〔儀禮大射儀〕應—在其東。〔按詩縣箋云。凡大鼓之側有小鼓。謂之應—、朔—。〕

(三)裨也。裨助鼓節也。見〔釋名釋樂器〕。

(四)鞞名。〔齊書樂志〕漢章帝造—舞。〔按曹植—舞詩序云。漢靈帝西園鼓吹有李堅能—舞。〕

(五)同鞞。〔文選潘岳賦〕鼓鞞硡隱以砰磕。〔注〕鞞、與—同。

(六)通琵。〔搜神記〕琵琶、一名—婆。〔按楊維楨—婆引。梅卿上彈—婆。蓋琵琶、—婆、竝聲轉。本作批把。〕

【鼕】良中切音隆東韻

(一)鼓音。見〔集韻〕。

(二)鼓無聲也。見〔字彙〕。〔正字通云。鼕字之譌。〕

【⿸鼓空】枯公切音空東韻
㊀鼓聲震也。見〔集韻〕。
㊁｜｜。不堅貌。〔靈樞水脹〕｜｜然不堅。

【鼛】居勞切音高豪韻
㊀大鼓也。詩曰。｜鼓不勝。見〔說文〕。
㊁役事之車鼓也。〔周禮鼓人〕以｜鼓鼓役事。
㊂王者之食樂也。〔淮南主術〕｜鼓而食。
㊃通皋。〔詩鼓鐘〕鼓鐘伐｜。〔疏〕卽皋也。古今字異耳。〔按周禮韗人爲皋鼓。長尋有四尺。亦卽｜鼓。〕

【鼘】縈圓切音淵先韻於巾切音駰眞韻
｜｜。鼓聲也。詩曰。鼗鼓｜｜。見〔說文〕〔段注〕各本無｜｜二字。今依韻會。今商頌作淵淵。〔按商頌作鞉鼓淵淵。魯頌作咽咽。皆叚借字。魯頌音義曰。本又作鼝。則譌字也。〕

【鼚】抽良切音暀陽韻
鼓聲也。〔玉篇引帝歌〕｜乎鼓之。

九畫

【⿸鼓耳】他協切音帖葉韻七入切音緝緝韻
㊀鼓無聲也。見〔說文〕。〔按書舜典、輯五瑞。禮檀弓、蒙袂輯屨。注、皆訓爲斂。左宣十二年傳。載戢干戈。襄二十四年傳。兵不戢。注、皆訓爲藏。亦从咠得聲。故許書訓爲鼓無聲。〕
㊁鼓聲止而餘音在也。見〔正字通〕。

【⿸鼓同】徒弄切音洞送韻
鼓聲。見〔篇海〕。

【⿸鼓沓】他協切音帖葉韻
鼓無聲。見〔玉篇〕。〔正字通云。鼙字之譌。〕

【⿸鼓咸】胡讒切音咸咸韻
鼓聲。見〔集韻〕。

【⿸鼓桑】蘇郎切音桑陽韻
鼓匡也。見〔字彙補〕。

【⿸鼓皇】同鼓。見〔正字通〕。

【⿰鼓戈】鼓本字。見〔說文〕。

十畫

【鼜】倉歷切音戚錫韻七到切音慥號韻
本作𪔂。〔說文壴部〕𪔂。夜戒守鼓也。禮、昏鼓四通爲大鼓。夜半三通爲戒晨。旦五通爲發明。

十一畫

【⿸鼓盍】蘗俗字。見〔正字通〕。

【鼞】他郎切音湯陽韻
鼓聲也。詩曰。擊鼓其｜。見〔說文〕。〔按今詩作鏜。〕

【⿸鼓殳】于禁切音類沁韻
鼓聲。見〔廣韻〕。

【⿱渊鼓】同鼘。〔文選張衡賦〕雷鼓｜｜。

【⿸鼓歲】蘗俗字。見〔正字通〕。

十二畫

【鼟】他登切音磴都縢切音登徒登切音騰蒸韻
鼓聲。見〔玉篇〕。

【⿸鼓逢】徒冬切音彤盧冬切音嚨冬韻良巾切音隆東韻皮江切音龐江韻
鼓聲也。見〔說文〕〔段注〕當云｜｜、鼓聲也。

十三畫

【⿸鼓賁】同鼖。見〔集韻〕。

十四畫

【⿸鼓登】他登切音磴蒸韻他等切迥韻
僜｜。長也。見〔集韻〕。

十六畫

【⿸鼓龍】盧容切音龍冬韻鋪郎切音滂陽韻
鼓寬貌。見〔字彙〕。

※鼻　部※

【鼻】毗至切音紕寘韻

(一)所目引气自界也。从自畀。見〔說文〕〔段注〕老子注曰。天生人、以五氣從—入。白虎通引元命苞曰。—者肺之使。按—一呼一吸相乘除。而引氣於無窮。自、讀如今人言自家之自。自、本訓—。引伸爲自家。〔按生理學云—居面部之中。外爲三稜形。近皆爲額。其盡處曰準。準下有孔曰—竅。內部棚形皺起。更分上中下三道。曰—腔。前通—孔。後交咽頭。下道最寬。密生硬毛。以保護其粘膜。粘膜徧覆—腔之周壁。密布嗅神經。主宰嗅覺。〕

(二)嚊也。出氣嚊嚊也。見〔釋名釋形體〕

(三)始也。〔方言〕—、始也。獸之初生謂之—。人之初生謂之首。梁益之間、謂—爲初。或謂之祖。

(四)鈕也。〔廣雅釋器〕印謂之璽。鈕謂之—。〔疏證〕鈕、印—也。獨斷云。天子璽以白玉螭虎鈕。淮南子說林訓。鼲紐之璽。高誘注云。紐、係也。紐與鈕通。鈕之言樞紐也。凡器之—謂之紐。昭十三年左傳云。楚平王再拜皆厭璧紐。注云。紐、小—也。

(五)孔也。〔庾信賦〕鍼—細而穿空。

(六)獵人穿獸—亦曰—。〔文選張衡賦〕—赤象。圈巨狿。

(七)炊—。魯地名。〔左昭二十六年傳〕師及齊師戰于炊—。

(八)胡—。山名。〔水經漢水注〕漢水又東爲龍淵。淵上有胡—山。

(九)豨—、一名類—。見〔本草綱目〕

(十)白花蛇、一名褰—蛇。蝮蛇、一名反—蛇。竝見〔本草綱目〕

(十一)契丹謂人爲奴、曰十里—。〔燕北雜記〕北界漢人多爲契丹罵詈作十里—。

(十二)阿—。梵語。華言、無間也。〔等益經〕阿—。地獄。與非非想天劫數苦樂等。無有二。〔按翻譯名義又譯作無救〕

(十三)—鼓迦。梵語。華言、種也。見〔翻譯名義〕

(十四)日本稱殿上紐曰—緒。

(十五)通庳。〔孟子萬章〕封之有庳。〔漢書昌邑王傳、魏志諸王傳、水經注引王隱說、竝作有—〕地當今湖南零陵縣北。

一　畫

【鼿】五弔切音顤嘯韻牛救切音𪖙宥韻

鼿—。仰鼻也。〔王沈文〕鼻鼿—而刺天。

【鼽】乙黠切音軋黠韻〔與從乙之鼽別。〕

鼻貌。見〔集韻〕

二　畫

【鼽】渠尤切音求尤韻

(一)病寒鼻窒也。見〔說文〕〔通訓定聲〕呂覽盡數處鼻則爲—爲窒。注。鼽、鼻季秋、民多—窒。注讀仇怨之仇。

(二)久也。〔釋名釋疾病〕鼻塞爲—。—、久也。涕久不通遂至窒塞也。

(三)鼻中水出也。〔素問金匱真言〕春論不—衄。

(四)通頄。〔素問氣府論〕—骨下各一。〔注〕—、頄也。頄、面顴也。

【鼾】魚小切音鱎篠韻古幼切音赳宥韻

鼻折。見〔玉篇〕

【鼾】苦弔切音竅嘯韻

仰鼻。見〔字彙〕

【鼿】詰弔切音竅丘召切音趬嘯韻

仰鼻。見〔集韻〕〔按字彙曰。鼽、鼾、—三字。義同音異者。方言之別也。〕

【𪖚】鼽或字。見〔集韻〕

三　畫

【齀】五忽切音兀月韻

(一)仰鼻。見〔玉篇〕

(二)獸以鼻搖物。見〔集韻〕

【鼿】呼回切音灰灰韻

豕掘土也。見〔集韻〕

【鼾】侯旰切音翰翰韻虛干切音預寒韻

臥息也。見〔說文〕〔段注〕息、鼻息也。廣韻曰。臥氣激聲。

【𪖙】鼿或字。見〔集韻〕

【𪖛】鼾譌字。見〔字彙〕

四　畫

【䶊】尼六切音忸屋韻鼻出血也見〔篇海〕〔說文作衄〕

【𪖙】許及切音吸緝韻鼻息聲〔王延壽賦〕鼻䶑齁以—䶎〔注〕皆鼻息也

【𪖗】呼迴切音灰灰韻豬食見〔篇海〕

【𪖐】迄洽切音欱洽韻䶑或字見〔集韻〕

【𪖌】䶎或字見〔玉篇〕

【𪖥】剔蠲字見〔正字通〕

五畫

【䶌】皮教切音泡效韻面瘡見〔玉篇〕〔集韻云〕皰、或作—

【䶍】五忽切音兀月韻以鼻搖動也〔文選張協七命〕—林蹶不扣跋幽叢〔按舊注云〕音義同𪖚疑即䶎字之誤篇海又入馬韻作五寡切尤誤

【𪖛】丘救切音糗宥韻—齅仰鼻也見〔玉篇〕

【齁】呼侯切音响尤韻—𪖣鼻息也見〔廣韻〕〔詳齁字〕

【𪖘】苦故切音庫遇韻折鼻見〔集韻〕

【𪖜】丁兼切音詀鹽韻𪖦—鼻垂見〔集韻〕

六畫

【𪖝】丁計切音帝霽韻鼻噴氣本作嚏、齂同見〔玉篇〕

【䶑】枯回切音刲灰韻鼻吸聲見〔字彙〕〔詳鼽字〕

【𪖟】同𪖝〔太玄斷〕決其𪖝—利以治穢

【𪖣】同𪖐見〔玉篇〕

【𪖠】同䶎見〔玉篇〕

【𪖡】同𪖤見〔篇海類編〕

七畫

【𪖞】他計切音涕霽韻 ㊀鼻—本作涕見〔玉篇〕 ㊁洟或字見〔集韻〕

【𪖢】許几切音唏紙韻涕也見〔集韻〕

【𪖤】士禮切音體薺韻挮或字〔集韻〕挮去涕也或作—

【𪖧】迄洽切音夾洽韻呼合切音欱合韻—齁鼻息見〔集韻〕

【𪖨】許几切音唏許倚切音𢸜許己切音喜紙韻許豈切音豨尾韻臥息聲見〔集韻〕

【𪖩】許倚切音𢸜紙韻去涕見〔集韻〕

【𪖫】士兮切音梯齊韻薄貌見〔字彙〕

【𪖬】許六切音旭屋韻頗鼻見〔字彙〕〔按舊注又引集韻女六切音朒鼻出血也與衄同攷集韻女六切衄說文鼻出血也或从鼻字形作䶊不作—故不錄〕

【𪖭】同𪖨〔字彙〕—、臥聲一曰去涕又息也

【𪖮】䶒或字見〔集韻〕

八畫

【齂】許介切音譮卦韻疑器切音屭寘韻莫八切音傄黠韻詡鬼切音虫尾韻許貴切音諱未韻臥息也見〔說文〕〔段注〕此與尸部屆音義並同篇韻皆祇云鼻息釋詁云息也

九畫

【𪖷】同嚏見〔龍龕手鑑〕

【𪖸】許葛切音喝曷韻臥息見〔集韻〕

【齃】阿葛切音遏曷韻鼻莖也與頞同見〔玉篇〕〔按史記蔡澤傳魋顏、蹙—、膝攣注蹙—謂鼻蹙眉〕

【𪖹】補典切音匾銑韻薄貌正作匾見〔字彙〕

十畫

【𪖺】同𪖝見〔字彙補〕

【齅】許救切音臭宥韻 以鼻就臭也。見〔說文〕。〔通訓定聲〕字亦作嗅。論語、三嗅而作。皇疏謂鼻歆翕其氣也。按此字後出。就臭之訓。當爲臭字之轉注。從自、猶從鼻也。

【齆】烏貢切音甕送韻、 鼻病也。見〔玉篇〕。〔字彙云。鼻塞曰—。義同〕

【⿰鼻兼】勒兼切音鬑鹽韻 —䶑。鼻垂皃。見〔集韻〕。

十一畫

【⿰鼻虘】同齇。見〔篇海類編〕。

【齇】莊加切音樝麻韻 鼻上皰也。見〔玉篇〕。

【⿰鼻卒】蘇骨切音窣月韻 鼻聲。見〔集韻〕。

【⿰鼻翏】力弔切音嫽嘯韻 —糾。鼻仰皃。見〔集韻〕。

十二畫

【⿰鼻朁】咨林切音祲侵韻 高鼻。見〔玉篇〕。

【⿰鼻虒】同⿰鼻臬。見〔字彙〕。

【⿰鼻替】⿰鼻替俗字。見〔字彙〕。

十三畫

【⿰鼻會】烏快切音⿰黑會火夬切音咶卦韻 ❶喘息。見〔玉篇〕。❷臥息。見〔集韻〕。

【⿰鼻薈】呼外切音噦烏外切音薈泰韻 鼻息。見〔集韻〕。

【齈】奴冬切音農冬韻 鼻病。見〔集韻〕。〔玉篇云。鼻—也。義同〕

【齉】奴凍切音齉送韻 鼻病多涕。見〔集韻〕。

【⿰鼻鬼】同⿰歹鬼。見〔篇海〕。

十五畫

【⿰鼻遠】同⿰歹遠。見〔玉篇〕。

十六畫

【⿰鼻歷】狼狄切音歷錫韻 ❶鼻別臭。見〔集韻〕。❷鼻高貌。見〔字彙〕。

十七畫

【⿰鼻毚】鋤咸切音讒側銜切音攙咸韻 鼻高皃。見〔集韻〕。

※齊部※

【齊】前西切音臍齊韻 ❶本作亝。〔說文〕亝。禾麥吐穗上平也。象形。〔段注〕從二者。象地有高下也。禾麥隨地之高下爲高下。似不—而實—。參差其上者。蓋明其不—而—也。引伸爲凡—等之偁。❷整也。〔荀子富國〕必將修法以—朝。正法以—官。平政以—民。❸一也。〔國語周語〕其君—明衷正。精潔惠和。❹等也。〔淮南精神〕—死生。❺皆也。〔史記平準書〕民不—出于南畝。❻同也。〔左襄二十二年傳〕以受—盟。❼同力也。〔荀子議兵〕民—者強。❽猶正也。見〔易繫辭王肅注〕。❾中也。〔左文十八年傳〕—聖廣淵。❿肅也。〔左文二年傳〕子雖—聖。不先父食。⓫無偏無頗曰—。〔荀子修身〕—明而不竭。聖人也。⓬執心克莊曰—。資輔供就曰—。見〔周書謚法〕。

（十三）雜禁之謂—。見［韓非詭說］。
（十四）辨也。［易繫辭］—大小者存乎卦。
（十五）列也。［淮南原道］—靡曼之色。
（十六）兆也。見［爾雅釋言］。
（十七）疾也。［荀子修身］—給便利。則節之以動止。
（十八）無偽也。［淮南修務］一言而萬民—。
（十九）無所闕也。［荀子王霸］四者—也。
（二十）得其適也。［淮南詮言］平心定意。捉得其—。
（廿一）減取也。［詩楚茨］既—既稷。［釋文］—、王申毛如字。鄭音資。一音才細反。
（廿二）度也。圓也。見［水經濟水注引春秋說題辭］。
（廿三）莊也。好也。見［廣雅釋言］。
（廿四）翦也。［儀禮既夕］馬不—鬈。［注］今文鬈爲毛。［釋文］—、如字。又子淺反。
（廿五）—民。平民也。［漢書食貨志］亂—民。［注］無有貴賤。謂之—民。若今平民矣。
（廿六）—落。終也。［書大傳］冬伯之樂—落。
（廿七）—斧。黃鉞斧也。見［易旅釋文引張軌說］。
（廿八）—河。縣名。金置。屬山東東路濟南府。今裁府。縣仍舊名。
（廿九）——哈爾。亦名卜奎。今黑龍江省會。居嫩江左岸。東清鐵道通過其西南。其地五方輻輳。形勢極爲便利。清光緒三十一年。依一千九百年中日協約。開爲商埠。
（三十）乾—。縣名。漢置。屬酒泉郡。當今甘肅玉門縣北少西一百十里之西南。
（卅一）烏魯木—。亦名迪化。今新疆省會也。其地富庶。甲於關外。城西有沙岡。產煤甚旺。清光緒六年。依一千八百八十一年中俄伊犂條約。開爲商埠。
（卅二）國名。姜姓。周太公望分封之地。春秋時。桓公稱五霸之首。入戰國。其臣田氏篡國。是爲田—。後爲秦併。舊日山東省濟南府青州府是其故地。
（卅三）朝代名。蘭陵人蕭道成篡宋稱帝。是爲高祖。傳七主。凡二十二年。禪於梁。史稱南—。起民國紀元前一千四百三十三年。訖民國紀元前一千四百一十一年。［又］渤海人高洋篡東魏稱帝。傳五主。凡二十七年。爲周所滅。史稱北—。起民國紀元前一千三百六十二年。訖民國紀元前一千三百三十五年。
（卅四）郡名。漢置。當今山東臨淄縣治。
（卅五）州名。唐置。屬河北道。當今山東歷城縣治。
（卅六）同臍。［左莊六年傳］後君噬—。［注］若嚙腹—。喻不可及。
（卅七）通蠐。［爾雅釋蟲］蠐螬。［釋文］蠐、本作—。
（卅八）姓也。見［風俗通姓氏］。

【齊】莊皆切音齋佳韻［按即齋字之或字］
（一）戒潔也。［論語鄉黨］—必變食。
（二）齊也。［禮記祭統］及時將祭。君子乃—。—之爲言齊也。齊不齊以致齊者也。
（三）莊也。［詩思齊］思—大任。
（四）嚴敬貌也。［論語鄉黨］必—如也。

【齊】津私切音咨支韻
（一）器實曰—。［詩甫田］以我—明。［釋文］—、本又作齋。又作齍。［按說文作齍。］
（二）裳下緝也。［禮記曲禮］兩手摳衣。去—尺。［按說文作齎。集韻。齎、緶也。一曰裳下緝。通作—。又論語鄉黨攝—升堂。朱注。—、衣下縫也。義同。］
（三）—衰。喪服也。［儀禮喪服記］—衰四升。
（四）亦作粢。［禮記祭統］故天子親耕於南郊。以共—盛。［注］—、或爲粢。
（五）粢或字。［集韻］粢稷也。或作—。

【齊】才資切音茨支韻
（一）等也。見［集韻］。
（二）——。恭慤貌。［禮記玉藻］廟中——。［釋文］—、才兮反。賀在啓反。
（三）同薺。［禮記玉藻］趨以采—。［注］—當爲楚薺之薺。［釋文］—、依注作薺。采薺、詩篇名。

【齊】牋西切音躋齊韻
（一）同躋。［禮記孔子閒居］其在詩曰。帝命不違。至於湯—。［注］詩讀湯—爲湯躋。躋、升也。［釋文］湯—、依註音躋。亦作躋。
（二）通齍。［周禮醢人］以五—七醢七菹三臡實之。［注］—、當爲齍。五齍、昌本、脾析、蜃、豚拍、深蒲也。

【齊】才詣切音嚌霽韻

㊀和也。〔禮記少儀〕凡｜。執之以右。居之以左。〔注〕｜謂食羹醬飲有｜和者也。〔疏〕凡｜者、謂以鹽梅｜和之法。

㊁益也。〔左昭二十年傳〕宰夫和之。｜之以味。

㊂多少之量也。〔周禮亨人〕掌共鼎鑊以給水火之｜。

㊃酒以度量節作者謂之｜。〔周禮酒正〕辨五｜之名。

㊄猶劑也。〔周禮瘍醫〕劀殺之｜。〔按史記孝武紀事化丹沙諸藥｜爲黃金。索注、｜音分劑之劑。通訓定聲曰今俗書以劑爲之。〕

㊅限也。〔列子楊朱〕百年壽之大｜。

㊆火｜。玉屬。〔文選班固賦〕翡翠火｜。流耀含英。〔按篋字記曰天竺有火｜。如雲母而色紫。裂之則薄如蟬翼。積之則紗縠之重。〕

㊇同嚌。〔禮記祭統〕君執鸞刀羞｜。〔釋文〕｜、本亦作嚌。

㊈同齋。〔周禮司尊彝〕鬱｜獻酌。〔注〕故書｜爲齋。

㊉通粢。〔集韻〕粢酒也。禮粢醍在堂。通作｜。

【齊】才諧切佳韻　和也。見〔類篇〕

【齊】在禮切音薺薺韻　｜｜。恭愨貌。見〔集韻〕

【齊】子淺切音翦銑韻　前或字。〔集韻〕前。說文、｜斷也。或作｜。俗作剪非是。

【齊】子計切音霽霽韻　和也。周禮、八珍之｜。徐邈讀。見〔集韻〕

二畫

【⿱齊又】前西切音齊齊韻　病也。見〔玉篇〕

三畫

【齋】莊皆切音齋佳韻　㊀戒絜也。從示。齊省聲。見〔說文示部〕〔通訓定聲〕周禮膳夫。王齊日三舉。蓋王日一舉太牢。日中及夕則餕餘。｜則每食一太牢也。論語。齊必變食。至不多食皆言｜時。古人祭祀行禮。委曲煩重。非强有力者弗能勝。三日之先。殺牲盛饌者。所以增益其精神。致齊內寢。散齊外寢者。所以專壹其意志。且凡敬其事則盛其禮。故｜之儀。必加於常時也。莊子人間世曰。不飲酒。不茹葷。荀子哀公曰。端衣元裳。冕而乘輅者。志不在於食葷。後人因之誤會。不知葷者、辛臭之菜。葱薤之屬。女能損精。酒可亂性。葷介氣穢。將交於神明。是皆戒之。後世不求其端。不訊其末。惟恠之欲聞。亦惑矣。竊西方聖人。卽今西域。其地食飲皆資牛羊。無貴米麥之奉。卽以釋氏論。亦欺世之言。適足爲明理者所哂也。

㊁懠也。見〔廣雅釋言〕

㊂莊也。敬也。見〔廣韻〕

㊃恭也。見〔字彙〕

㊄後世稱燕居之室曰｜。〔南史徐陵傳〕陵爲中書監。以年老求致仕。宣帝詔將作爲造大｜。令陵就第攝事。

㊅學舍亦曰｜。〔宋史選舉志〕外學爲四講堂。百｜。｜列五楹。一｜可容三十人。

㊆禱祀求福曰修｜。〔冊府元龜〕永泰元年九月。詔宰臣及兩省五品以上官。尚書省四品以上官。御史大夫中丞諸司長官。並於西明寺行香修｜。奏樂竟日而罷。〔按元稹悼亡詩。今日俸錢過十萬。與君營奠復營｜。｜、謂作佛事以祈冥福也。後世亦稱之曰｜醮。〕

㊇爲僧衆具食曰｜僧。〔五代會要〕晉天福五年。令每遇國忌行香之後。｜僧一百人。永爲定制。

㊈通禱。〔桐柏廟碑〕禱絜沈祭。

【齋】津私切音咨支韻　同齊。〔孟子滕文公〕｜疏之服。〔注〕｜疏、齊衰也。〔校勘記〕閩監毛三本、孔本、｜作齊。

【⿱齊女】牋西切音齏前西切音齊齊韻　材也。見〔說文女部〕

【⿱齊貝】莊皆切音齋佳韻　齊牋西切音齊齊韻　好也。見〔廣雅釋詁〕

【⿱齊攵】莊皆切音齋佳韻　同齊。〔詩采蘋〕有齊季女。〔傳〕齊、敬也。〔玉篇引詩作｜。釋文云齊、本作齋。〕

【櫅】子計切音霽霽韻　緝麻苧名。出異字苑。見〔廣韻〕〔

字彙〕、一或作緣。〕

【⿰山齊】子計切音霽霽韻 山名。見〔集韻〕。

四畫

【⿱齊火】才詣切音嚌霽韻 千西切音妻 牋西切音齎 前西切音齊 齊韻
❶炊餔疾也。見〔說文火部〕。〔段注〕餔、日加申時食也。晚飯恐遲。炊之疾速。故字從火。引伸為凡疾之用。
❷炊釜。見〔玉篇〕。
❸疾也。〔離騷〕反信讒而一怒。

【⿱齊月】前西切音齊齊韻 〔俗作臍。互詳肉部臍字。〕
本作齎〔說文肉部〕齎妣一也。〔段注〕囟部曰妣。臍、人臍也。〔按通訓定聲云。字亦作左形右聲。經傳多以齊為之。中州曰齊州。見爾雅。中國曰齊國。見列子黃帝。是也。或曰爾雅釋言。齊、中也。書。天齊於民。左文十八年傳。齊聖廣淵。管子內節、適之齊。皆訓中。亦皆臍字。釋名。齊、劑也。腸端之所限劑也。按以齊為訓。〕

五畫

【齍】津私切音咨支韻 牋西切音齎齊韻
黍稷在器以祀者也。見〔說文皿部〕。〔通訓定聲〕經傳多以粢為之。周禮舂人祭祀共其一盛之米。甸師以共一盛。注。一盛、祭祀所用穀也。粢、稷也。穀者稷為長。是以名云。按稷曰粢。既實簠簋曰一。實之曰盛。鄭以粢為說者。此聲訓之法。小宗伯辨六一之名物。黍稷稻粱麥苽也。禹廟殘碑。資盛三牲以資為之。

【⿱齊而】才詣切音嚌霽韻
齊或字。〔集韻〕齊和也。或作一。

【⿱齊禾】同齍。見〔正字通〕。〔與左形右聲之穧音義俱別。〕

【⿰目齊】同蠐。見〔字彙補〕。

六畫

【⿱齊木】齌木字。見〔說文肉部〕。

七畫

【齎】牋西切音齎齊韻
❶持遺也。見〔說文〕。〔通訓定聲〕俗字作賫。廣雅釋詁三。一、持也。四。送也。周禮外府共其財用之幣一。注。行道之財用也。儀禮聘禮記。又一皮馬。注。猶付也。西周策。王何不以地一周最。注。進也。史記貨殖傳。一貸子錢。索隱。與人物曰一。漢書食貨志。行者一。注。謂將衣食之具以自隨也。
❶裝也。見〔廣雅釋言〕。
❷水迴入貌。〔列子黃帝〕與一俱入、與汩俱出。

【齎】將支切音貲津私切音咨支韻
一咨。嗟歎之辭。〔易萃〕一咨涕洟。

【齎】將支切音貲支韻
同資。〔周禮典婦功〕掌婦式之灋。以授嬪婦及內人女功之事一。〔注〕一、謂女功之事。來取絲枲。故書。一為資。鄭司農云。資謂女功絲枲之事。〔釋文〕一音資。本亦作資。

【齎】前西切音齊齊韻津私切音咨支韻
瓢一。禮器名。〔周禮鬯人〕禜門用瓢一。〔注〕故書讀劑為瓢。杜子春讀一為粢。瓢、謂瓠蠡也。粢、盛也。玄謂一讀為齊。取其瓠割去柢。以齊為尊。

八畫

【⿱齊⿴囗衣】前西切音齊千西切音妻齊韻
等也。見〔說文〕。〔段注〕齊等字當作此。齊行而一廢矣。妻者齊也。此舉形聲包會意。

【⿱齊女】同齌。見〔篇海類編〕。

九畫

【齏】韲或字。見〔說文韭部〕。

十一畫

【⿱齊魚】前西切音齊齊韻
魚名。出漢水。似鯉而小。見〔集韻〕。

【⿱齊皿】即移切音咨支韻
黍稷器也。見〔字彙補〕。

【⿰齊复】同資。見〔古音叢目〕。

十四畫

【[illegible]】 齎籀文。見〔說文〕。

※齒部※

【齒】 醜止切音紕紙韻

❶口齗骨也。象口｜之形。止聲。見〔說文〕。〔通訓定聲〕古文象形。大戴易本命男以八月而生｜。八歲而齔。女七月生｜。七歲而齔。素問上古天眞論。｜爲骨餘。〔按近生理學云。｜外被琺瑯質。中爲｜質。｜質內有小孔。血管神經充實孔中。幼兒生乳｜。七八歲脫乳｜而生永久｜。有臼｜、大｜、門｜之分。〕

❷始也。少長之別。始乎此也。以｜食多者長也。食少者幼也。見〔釋名釋形體〕。

❸象牙也。〔書禹貢〕｜革羽毛。

❹年也。〔左文元年傳〕君之｜未也。

❺人壽之數也。〔禮記文王世子〕古者謂年齡。｜、亦齡也。

❻數馬之年曰｜。〔禮記曲禮〕｜路馬有誅。〔注〕數年也。〔朱駿聲曰〕數馬之年視其｜。

❼猶錄也。〔禮記王制〕終身不｜。

❽列也。〔左隱十一年傳〕不敢與諸任｜。

❾類也。〔管子弟子職〕同嗛以｜。〔注〕｜、類也。謂食盡則以其所盡之類而進。

❿謂當之也。〔漢書枚乘傳〕腐肉之｜利劍。〔按文選注猶觸也。〕

⓫度也。見〔易鼎釋文〕。

⓬｜｜。石棱排列貌。〔韓愈詩〕白石｜｜。

⓭魚｜。山名。〔後漢郡國志〕潁川郡有魚｜山。〔在今河南寶豐縣東南四十里〕。

⓮金｜。地名。〔元史世祖紀〕金｜遣使貢方物。〔今雲南舊永昌府地〕。

⓯黑｜。蠻族之一種。〔唐書驃國傳〕羣蠻種類有黑｜、金｜、銀｜、三種。〔又〕夷姓也。〔唐書黑齒常之傳〕常之百濟西部人。長七尺餘。驍毅有謀略。

⓰鑿｜。人名。〔山海經海外南經〕羿與鑿｜戰於壽華之野。羿射殺之。在昆侖虛東。〔注〕鑿｜、亦人也。如鑿長五六尺。因以名云。〔畢沅注〕淮南子齊俗篇云堯之時。鑿｜爲民害。堯乃使羿誅鑿｜于疇華之野。〔又〕習鑿｜。晉人名。〔晉書習鑿齒傳〕鑿｜少有志氣。博學洽聞。以文筆著稱。

⓱馬｜。菜名。〔杜甫詩〕馬｜葉亦繁。〔按集韻作馬[illegible]。亦名馬｜莧。本草綱目曰。馬｜莧、柔莖布地。細細對生。六七月開細花。結小尖實。實中細子如葶藶子狀。人多采苗煮晒爲蔬。一種水馬｜。生水中。形狀相類。亦可汋食。〕

⓲羊｜。草名。〔爾雅釋草〕縣馬、羊｜。〔注〕草細葉。葉羅生而毛。有似羊｜。今江東呼爲鴈｜。繅者以取繭緒。

【𠚕】 稱拯切迥韻

｜也。河東云。見〔集韻〕。

一畫

【齓】 齔俗字。見〔玉篇〕。

二畫

【齔】 初堇切吻韻初覲切音櫬震韻

毀齒也。男八月生齒。八歲而｜。女七月生齒。七歲而｜。見〔說文〕。〔通訓定聲〕管子小問。未｜不入軍門。後漢邊讓傳。廣雅釋親皆作齓。釋名釋長幼。毀齒曰｜。｜、洗也。

毀洗故齒。更生新也。

【齓】普八切音汃黠韻 齒聲。見〔集韻〕。

【𪗆】齔譌字。見〔字彙補〕。

三畫

【齕】恨竭切音紇胡骨切音搰月韻 奚結切音纈屑韻 ㊀本作齘。〔說文〕齘。齧也。〔段注〕如淳注漢書—、齕也。曲禮。庶人—之。㊁人名。〔孟子梁惠王〕臣聞之胡—曰。

【齕】痕之切支韻 —肬。螗蜋也。見〔廣雅釋蟲〕。〔疏證〕高誘注呂氏春秋仲夏紀云。螳蜋、一曰天馬。一曰—疣。兗州謂之拒斧。疣、與肬同。

【𪗄】雅版切音嵼潸韻語假切音巘阮韻 齒見皃。見〔說文〕。〔王注〕類篇引作—齒見皃。字又作齗。

【𪗄】戶板切潸韻 𪘂—。齒不正貌。見〔字彙〕。

【𪗊】陳知切音馳支韻 齒齗兒。見〔玉篇〕。

【𪗆】同齕。見〔龍龕手鑑〕。

【齔】齔俗字。見〔字彙〕。

四畫

【齗】魚斤切音炘文韻 ㊀齒本也。見〔說文〕〔王注〕字又作矧及哂。曲禮笑不至矧注。齒本曰矧。大笑則見。論語夫子哂之。皇侃疏如曲禮注。〔按一切經音義引作齒本肉也。凡三見。〕㊁——。鬥爭之貌。〔史記魯世家〕孔子曰。甚矣魯道之衰也。洙泗之間。——如也。〔又〕分辨之意也。見〔漢書地理志注〕。〔又〕忿嫉之意也。〔漢書劉向傳〕朝臣——。

【齗】牛閑切音訮刪韻 ——。爭訟也。見〔集韻〕。

【齗】擬引切音釿軫韻 犬爭謂之—。見〔集韻〕。

【齗】口謹切音赾語近切音听吻韻 口上肉。見〔集韻〕。

【齗】忍善切音燃語蹇切音巘銑韻 齴或字。〔集韻〕齴。笑也。或作—。

【齘】下介切音械卦韻 ㊀齒相切也。見〔說文〕。〔王注〕玉篇。噤—。切齒怒也。方言。小怒曰—。注。言噤—也。㊁甲齒相切亦曰—。〔考工記函人〕凡察革之道。衣之欲其無—也。〔注〕鄭司農云。—、謂如齒—。〔疏〕人之齒—。前卻不齊。札葉參差。與齒—相似。故以—爲喻。〔按六書故曰。無—、謂甲齒不相切。〕㊂鳴齒也。見〔一切經音義引三蒼〕。

【齖】牛加切音牙麻韻 ㊀齬—。齒不平。見〔玉篇〕。㊁—齵。齒不正。見〔集韻〕。㊂與世乖忤曰聱—。〔唐書元結傳〕帶笭箵而盡船。獨聱—而揮車。

【齖】魚駕切音訝禡韻 齰—。齒不相値。見〔集韻〕。

【䶧】諾盍切音納合韻 ㊀齧也。見〔集韻〕。㊁茹啊不嚼。見〔六書故〕。

【䶧】昵洽切音躡洽韻 齰—。齒動皃。見〔集韻〕。

【𪗙】邦加切音巴麻韻步化切音杷禡韻 ㊀—齖。齒出兒。見〔集韻〕。㊁齒不正也。見〔字彙〕。

【𪗋】語假切音巘阮韻 露齒。說文作𪗄。見〔廣韻〕。

【𪗋】語蹇切音𪘏銑韻 齞或字。〔集韻〕齞。齒路也。或从开。

【䶪】胡郎切音杭陽韻 齧也。見〔篇海〕。

【𪗌】五板切潸韻 齒不齊也。見〔川篇〕。

【齗】古齦字。見〔集韻〕。

【𪗅】齕本字。見〔說文〕。

【齘】同齘。〔六書故〕—、齒相切也。

【𪗍】同齜。見〔五音篇海〕。

【𪗔】同齡。見〔川篇〕。

【𪗏】同齭。見〔龍龕手鑑〕。

【齡】矜或字。見〔集韻〕。〔按舊注引廣雅。—、憐、急、哀也。而齡下注

又引廣雅。齡、哀也。攷廣雅釋詁作齡。而⿱衰心又誤作急。並非。〕

五畫

【⿰齒可】丘加切音愘麻韻
大齧。見〔集韻〕。

【⿰齒可】口下切音跒馬韻丘駕切音髂禡韻
㊀齧也。見〔廣雅釋詁〕。㊁骨著間不去也。見〔六書故〕。

【⿰齒可】口箇切音坷箇韻
—⿰齒我。齒皃。見〔集韻〕。

【⿰齒立】力入切音立緝韻落合切音拉合韻
㊀噍燥物聲。見〔玉篇〕。㊁—⿰齒歷。咬堅物聲。見〔集韻〕。

【⿱奢齒】莊加切音查麻韻
㊀噍聲。見〔篇海〕。㊁嚙—大齒。見〔字彙〕。〔按齒當作⿰齒可。〕

【⿰齒出】食𥡴切測乙切音刹質韻
齚齒也。見〔說文〕。〔王注〕齒字疑衍。又疑是齧字之譌。

【⿰齒出】測瑟切質韻

齧聲。見〔集韻〕。

【齜】鉏皆切音柴莊皆切音齋佳韻鋤佳切音查麻韻阻宜切支韻仕懈切音瘵卦韻
齒相齘也。一曰。開口見齒之皃。見〔說文〕。〔段注〕齘、各本誤斷。李本不誤。廣韻。齹䶨。齒不正。上士佳切。下五佳切。玉篇曰。齜、亦作⿰齒圭。管子曰。東郭有狗嘊嘊。旦莫欲齧我猳。嘊嘊、露齒之皃。

【齜】莊宜切支韻
齲病。見〔集韻〕。

【齝】超之切音癡申之切音詩充之切音蚩支韻
吐而噍也。爾雅曰。牛曰—。見〔說文〕。〔通訓定聲〕爾雅釋獸。嗑屬。牛曰—。羊曰齥。麋鹿曰齸。按食久復吐而回嚼。今蘇俗謂之轉草。字亦作⿰齒司、作呞、作⿰齒寺。詩無羊箋。呞而動其耳。

【齛】私列切音薛屑韻以制切音曳始制切音世霽韻
羊粻也。見〔說文〕。〔王注〕天官書。張、素。張、即此粻。素、俗作嗉。釋獸。羊曰齥。釋文作—。此唐人避諱改之。張揖曰。羊食已吐而復嚼之。

【齞】研峴切語蹇切音巘銑韻倪甸切音硯霰韻
口張齒見也。見〔說文〕。〔王注〕與齴下說異者。彼謂故使之然。此則生而脣不掩齒也。登徒子好色賦。—脣歷齒。

【⿰齒巨】顆羽切音踽麌韻苟許切音舉語韻
齗腫也。見〔說文〕。

【⿰齒巨】臼許切音巨語韻
齗不固曰—。見〔集韻〕。

【齡】郎丁切音靈青韻
年也。見〔說文新附〕。〔鈕氏新附攷〕玉篇。—、古謂年—也。按漢魯峻碑已有—。据禮記文王世子。夢帝與我九—。釋文。本作九聆。注云。本或作—。是古通作聆。又按漢隸字源。軨、引樊顯修華嶽碑。垂曜萬軨。云、漢碑—皆作軨。〔六書故曰〕以齒察年之長少。故謂之年—。〕

【齠】丁聊切音貂田聊切音迢蕭韻
始毀齒也。〔韓詩外傳〕男子八月而生齒。八歲而—齒。

【⿰齒占】陟陷切音⿰齒占陷韻
剔齒。見〔玉篇〕。

【齙】蒲交切音庖肴韻
露齒。見〔玉篇〕。

【齟】在呂切音咀語韻
嚼也。見〔集韻〕。

【齟】牀所切音岨壯所切音阻語韻
—齬。齒不相值。見〔集韻〕。〔又〕鋸齒出入亦名—齬。別作鉏鋙。非。見〔六書故〕。〔又〕相惡也。〔太玄親〕其志—齬。

【⿰齒且】莊加切音樝鋤加切音查麻韻
齇或字。見〔集韻〕。

【⿰齒失】徒結切音迭屑韻
齧堅皃。見〔集韻〕。

【⿰齒失】竹一切音質質韻
同⿰齒至。見〔字彙〕。

【⿱余齒】陟加切音查麻韻
齧也。見〔廣雅釋器〕。

【⿰齒奴】陟加切音查麻韻

大齒兒。〔篇海類編〕〔按齭、齭、一、音義竝同。當是一字。齒當作嚙。〕

【⿰齒史】師止切音史紙韻

齒好。見〔字彙〕。

【齣】讀若尺

傳奇中一迴爲一一。俗讀作尺。或云本是齝字。譌作一也。蓋齝、乃食之已久。復出嚼之。今傳奇進而復出。故有取于齝云。見〔字彙補〕。

【⿰齒戉】同齜。見〔字彙〕。

【⿰齒㐬】同斷。見〔字彙補〕。

【⿰齒凶】同齜、見〔篇海類編〕。

【⿰齒它】齕或字。見〔集韻〕。

【⿰齒同】齝或字。見〔集韻〕。

【⿰齒玄】齻譌字。見〔字彙補〕。

【⿰齒禾】齘譌字。〔字彙〕方言。齘、一、苛、怒也。音無考。〔按方言二。齘、齘、苛、怒也。楚曰齘。小怒曰齘。陳謂之苛。致齘字、六書故依篆文作齡。與一形近。當以是致譌。今湖北崇文書局本作一。沿舊本之失也。字彙从禾。譌。非是。而舊注云、當作虎何切。尤非。〕

【齧】倪結切音臬。諧結切音猰屑韻

六畫

❶噬也。見〔說文〕。〔王注〕曲禮。毋一骨。釋名。鳥曰啄。獸曰一。一、齧也。所臨、則禿齧也。〔按六書故。曰齒食爲一。爲齕。齕重於一。身食爲齩。〕

❷缺也。〔淮南人閒〕劒之折必有一。

❸安柔不苛謂之良。反良爲一。見〔賈子道術〕。

❹草名。〔爾雅釋草〕一、彫蓬。

❺菜名。〔爾雅釋草〕一、苦堇。〔注〕今堇葵也。葉似柳。子如米。汋食之、滑。〔義疏〕今下溼者。葉厚而光。細於柳葉。高尺許。莖紫色。味苦。瀹之則甘。按堇類有三。烏頭一也。蒴藋、二也。堇菜、三也。

❻一桑。地名。〔史記河渠書〕一桑浮兮淮泗滿。〔又〕蟲名。〔爾雅釋蟲〕蠰、一桑。〔注〕似天牛。長角。體有白點。喜一樹作孔入其中。江東呼爲一髮。

❼一鐵。獸名。〔神異經中荒經〕南方有獸焉。角足大小形狀如水牛。皮毛黑如漆。食鐵飲水。其糞可爲兵器。名曰一鐵。

❽一齒。鳥名。〔爾雅釋鳥〕一齒、艾。〔通訓定聲曰鄭樵注即鳹也。是鶻鵃之鵃者名。〕

❾姓也。〔莊子天地〕許由之師曰一缺。

【齦】口很切音懇阮韻

❶齧也。見〔說文〕。〔王注〕與狠音同。義近。特彼專屬豕耳。

❷齧食骨間肉也。與𪖙通。見〔六書故〕。

【齦】起限切潸韻

齧聲。見〔廣韻〕。

【齦】魚巾切音䶄文韻

❶齒本肉也。〔太玄密〕琢齒依一。〔注〕一、語斤切。〔按集韻。齗、或作一。〕

❷同誾。〔太玄爭〕爭射一一。〔司馬光注〕范本一作誾。今從宋陸王本。王曰。一一、勸至之皃。其意讀一爲懇也。光謂一與誾同。誾誾恭讓皃。

【齦】若本切音梱阮韻

齫或字。〔集韻〕齫。齒起皃。一曰齧也。或作一。

【⿰齒至】陟栗切音窒質韻

❶齒堅也。見〔說文〕。〔王注〕齒當作齧。玉篇。齧堅皃。

❷齧聲。見〔廣韻〕。

【⿰齒至】勑栗切音抶質韻

齧聲。見〔集韻〕。

【⿰齒廷】徒結切音姪屑韻

咥或字。見〔集韻〕。

【齤】逵員切音權先韻

本作齤。〔說文〕齤、缺齒也。一曰。曲齒。从齒。𢍏聲。〔段注〕曲齒者。今俗云齒齤也。按淮南道應訓。若士一然而笑。謂露其齒病而笑也。

【⿰齒吉】許轄切音瞎。下八切音鎋黠韻

齒堅聲。見〔說文〕。〔王注〕齒、當依玉篇作齧。

【⿰齒舌】古活切音括曷韻

本作䶣。〔說文〕䶣。噍聲。〔段注〕廣韻曰。骨端。

【⿰齒乇】乎刮切音頢黠韻

齧聲。見〔集韻〕。

【齩】五巧切音咬下巧切音澩巧韻
齧骨也。見〔說文〕〔通訓定聲〕字亦作咬。

【齨】巨九切音臼有韻
老人齒如臼也。一曰。馬八歲齒臼也。見〔說文〕〔王注〕齒臼、玉篇作曰｜。是也。集韻。馬八歲謂之駒。通作｜。齊民要術。馬七歲、齒兩邊黃。各缺區平。受米八歲、上下盡區如一。受麥九歲、中央兩齒臼。受米十歲、下中央四齒臼。十一歲、下小央六齒盡臼。至十五歲、上中央兩齒臼。十六歲、上中央四齒臼。十七歲、上中央六齒臼。

【𪘂】郎達切音剌曷韻力蘗切音列屑韻
本作𪗲。〔說文〕𪗲。齒分骨聲。〔段注〕篇韻皆作𪘂。

【𪘁】必郢切音餅梗韻蒲眠切音蹁先韻
竝齒也。〔古微書春秋元命苞〕武王｜齒。

【𪘆】莫丁切音名靑韻
齒也。見〔玉篇〕。

【𪘐】五各切藥韻
齒斷有廉堮也。見〔六書故〕。

【𪘈】研計切音詣霽韻
齘｜。齧也。見〔集韻〕。

【𪘊】托合切音錔曷閤切音合葛合切音閤合韻
食也。見〔玉篇〕。

【𪘉】轄夾切音洽洽韻
齒內口中也。見〔集韻〕。

【𪘎】陟陷切陷韻
剔齒也。見〔五音篇海〕。

【𪘂】同𪘂。〔玉篇〕｜、齒分骨聲。

【𧍱】同齧。見〔龍龕手鑑〕。

【𪘋】同齨。見〔餘文〕。

【𪘌】同齦。見〔字彙〕。

【𪘏】齟或字。見〔集韻〕。

【𪘍】齝或字。見〔集韻〕。

【𪘃】齸或字。見〔集韻〕。

【𪘄】齲俗字。見〔正字通〕。

【𪘅】齙譌字。見〔正字通〕。〔按字彙音色訓齧齒貌。與齙義同音異。存參。〕

七畫

【齪】測角切音娖覺韻
●一 開孔。見〔廣韻〕。
●二 齷｜。齒細密也。見〔六書故〕〔又〕小節也。〔文選張衡賦〕獨儉嗇以齷｜。〔又〕好苛局小之貌。〔文選左思賦〕齷｜而算。〔又〕迫也。見〔集韻〕。〔按史記司馬相如傳握｜。委瑣。注握｜。局促也。漢書作𨇆。又酈食其傳作握齱。〕

【𨇆】測角切音娖覺韻
●一 齒相近聲。又齪｜也。亦作齪。見〔玉篇〕。
●二 ｜｜。持整之貌。〔漢書申屠嘉傳〕｜｜廉謹。

【𨇆】初六切音珿屋韻
齊謹也。見〔集韻〕。

【𨇆】叉足切音娖沃韻
齒齊也。見〔集韻〕。

【齫】若本切音閫阮韻〔集韻从困作齫。音義同｜。〕
●一 齧也。見〔韻會〕。
●二 ｜齦。齒起皃。見〔廣韻〕。

【𪘗】牛吻切音㤢吻韻
同齳。〔荀子君道〕以爲好麗邪。則夫人行年七十有二、｜然而齒墮矣。〔謝注〕｜當作齳。與齳同。韓詩外傳作齳。

【齬】偶舉切音語語韻牛居切音魚魚韻訛胡切音吾虞韻
齒不相值也。見〔說文〕〔通訓定聲〕按齟｜、亦疊韻、連語。文賦、或岨峿而不安。字亦作岨峿。

【齹】倉何切音蹉才何切音醝歌切韻才可音瑳哿韻
齒差跌皃。春秋傳鄭有子｜。見〔說文〕〔段注〕齒差跌、謂參差蹉跌。不平正也。鉉曰、佐當是傞傳寫之誤。說文無佐字。子｜見左傳昭十六年。今傳作齹。實一字也。釋文曰、齹字林才可、士知二反。說文作｜。在河、千多二反。

【𪘒】唐何切音駝歌韻
馬齒長也。見〔集韻〕。〔按說文句讀齹下注篇海作｜則以齹｜爲一字。與集韻異存疑。〕

【𪘓】徒河切音陀歌韻
齒不正也。見〔篇海〕。

【⿰齒告】姑沃切音梏沃韻胡谷切音縠屋韻　齒聲。見〔玉篇〕。

【⿰齒告】克角切音搉覺韻胡沃切音鵠姑沃切音梏沃韻　浛象齒也。見〔集韻〕。

【⿰齒我】牛箇切音餓箇韻　齖—。齒皃。見〔集韻〕。

【⿰齒夋】蘇官切音酸寒韻　齒酸也。見〔集韻〕。

【⿱癶齒】轄夾切音洽洽韻　齒曲生皃。一曰、缺齒。一曰、噍皃。見〔集韻〕。

【⿱癶齒】迄洽切音歈洽韻　噍皃。見〔集韻〕。

【⿰齒合】吾含切音啽覃韻　齒齶。見〔集韻〕。

【⿰齒予】七羊切陽韻　齒也。見〔龍龕手鑑〕。

【⿰齒昏】齗本字。見〔說文〕。

【⿰齒迷】同⿱癶齒。見〔川篇〕。

【⿰齒柬】同⿰齒來。見〔龍龕手鑑〕。

【⿱制齒】同掣。見〔字彙〕。

【⿰齒劫】同齧。見〔字彙補〕。

【⿰齒夾】同⿱癶齒。見〔集韻〕。

【⿰齒言】齗或字。見〔集韻〕。

八畫

【齮】語綺切音螘紙韻　●一側齧也。見〔說文〕。〔王注〕側字依元應引補田儋傳索隱、—側齒齧也。〔按索隱作側齒齩〕。●二人名。〔史記秦紀〕桓—爲將軍。●三姓也。見〔集韻〕。

【齮】去倚切音綺紙韻　齧也。見〔集韻〕。

【齮】丘其切音欺支韻　⿰齒其或字。見〔集韻〕。

【⿰齒罽】居例切音罽霽韻　●一狂也。〔後漢馬融傳〕獄—熊抾封狶。●二狂犬。見〔集韻〕。

【齰】側格切音迮實窄切音咋陌韻助駕切音咋禡韻　齧也。見〔說文〕。〔通訓定聲〕漢書鄧通傳。使太子—癰。通俗文。齰啖曰齚。字亦作咋。淮南修務。齕咋足以噆腐碎骨。

【齰】測革切音策陌韻　⿰齒責或字。見〔集韻〕。

【齱】蒼尤切音鄒尤韻仕垢切音鯫有韻仕六切音㩆屋韻　齵也。見〔說文〕。〔玉注〕玉篇。—齵也。齒聚皃也。廣韻—齵。齒偏。

【齱】測角切音娕覺韻　齪或字。見〔集韻〕。

【齯】研奚切音倪齊韻如支切音兒支韻　老人齒。見〔說文〕。〔通訓定聲〕此字後出。只當作兒。詩閟宮。黃髮兒齒。釋詁。—齒。壽也。釋名。九十曰鮐背。或曰兒齒。大齒落盡。更生細者。如小兒齒也。

【齭】創所切音楚爽阻切音所語韻　齒傷酢也。見〔說文〕。〔王注〕凡酸謂之酢。非呼醯爲酢也。齒傷酸則不敢齧物。故俗於畏其事而不敢爲者謂之—。〔按字亦作齼。今酸楚字以楚爲之〕。

【⿰齒卒】昨沒切音捽月韻士列切音閼屑韻測乙切音剎質韻　齚也。見〔說文〕。

【⿰齒卒】士滑切黠韻　齧也。見〔廣雅釋詁〕。

【⿰齒其】渠之切音其丘其切音欺支韻　齧也。見〔集韻〕。

【⿰齒來】楷皆切音榸佳韻當來切音駘灰韻　齧也。見〔集韻〕。

【⿰齒臽】乎韽切音陷陷韻　齧也。見〔廣雅釋詁〕。

【⿰齒臽】怒齒也。見〔集韻〕。

【⿱殹齒】牽典切音豎銑韻　—齞。齒露兒。見〔集韻〕。

【⿰齒戔】仕版切音棧楚綰切音虥潸韻　—齗。齒不正皃。見〔集韻〕。

【⿰齒戔】仕限切音棧潸韻　齒跌皃。見〔集韻〕。

【⿰齒宜】宜佳切音崖佳韻　齵—。齒不齊。見〔集韻〕。

【⿰齒宜】魚羈切音宜支韻

齹或字。見〔集韻〕。

【𪘏】叉宜切音差支韻

䶩或字。見〔集韻〕。

【齸】魚羈切音宜支韻

𪘒—齒露皃。見〔集韻〕。

【齨】牛懈切音睚卦韻

𪙁—切齒。見〔類篇〕。

【𪘂】五街反佳韻

通崖。〔王延壽賦〕齒崖崖以齴齴。〔注〕崖本作—。

【齫】若本切音梱阮韻

齒起皃。一曰、齧也。見〔集韻〕。

【齫】牛吻切音忿吻韻

齳或字。見〔集韻〕。

【齕】胡骨切音鶻月韻

齧也。見〔篇海〕。

【𪗲】𪗲本字。見〔說文〕。

【齗】同齗。見〔說文長箋〕。

【齱】同齱。見〔說文長箋〕。

【𪘉】同鶻。見〔篇海類編〕。

【齵】同齾。見〔龍龕手鑑〕。

【齯】同齯。見〔韻會小補〕。

【𪘲】𪘲諤字。〔字彙補〕齧也。焦氏易林。——齧齧貪鬼相責。〔按易林震之第五十一作鬪鬪嚙嚙字彙補誤也詳鬪字。〕

九畫

【齵】魚侯切音髃尤韻

㊀齒不正也。謂高下不齊平也。見〔說文〕〔王注〕荀子君道篇天下之變。境內之事。有弛易—差者矣。案許君意。齵—二字。以左右言之。齵、齺、二字。以上下言之。齹字以內外言之。齹即荀子之差。而—差連文者。忽左忽右。則上下齒亦必不相當也。謂高下不齊平也。句依元應引補。

㊁齵—齒擠壓不妥皃。見〔六書故〕。

【齵】元俱切音虞虞韻

㊀齒不齊。見〔玉篇〕。㊁齒重生。見〔集韻〕。㊂齒偏。見〔洪武正韻〕。

【齴】語蹇切音巘銑韻

㊀笑也。見〔廣雅釋詁〕。

㊁露齒皃。見〔玉篇〕。〔按王延壽王孫賦齒齴齴以——義同。〕

【齴】語限切音眼潸韻

棧—。高峻貌。〔文選張衡賦〕棧—巉嶮。

【齲】顆羽切音踽麌韻

㊀𤘍或字。見〔說文牙部〕。〔按說文、𤘍齒蠹也。〕

㊁病也。見〔廣雅釋詁〕〔疏證〕史記倉公傳云齊大夫病—齒。釋名、—朽也。蟲齧之齒缺朽也。〔按後漢梁冀傳孫壽色美而善爲妖態。作—齒笑。注—齒笑者。若齒痛不忻。〕

㊂齒重生也。見〔一切經音義引蒼頡篇〕。

【𪙏】郎達切音辣曷韻

㊀—齵。齧物聲。見〔玉篇〕。〔按史記蔡澤傳吾持梁刺齒肥。注、集解、刺齒二字。當作齧。索隱同。舊注云。此刺齒二字。當合爲—字。按刺爲刺諤字。〕

㊁𪗲或字。〔集韻〕𪗲說文、齒分骨聲。或作—。

【齳】牛吻切音忿吻韻

無齒也。見〔說文〕〔通訓定聲〕韓詩外傳太公年七十二—然而齒墮矣。〔按荀子君道篇作齫。謝注。齫當作齳。與—同。舊注又引集韻若本切音捆。齒見貌。一曰齧也。或作齫。攷集韻吻韻牛吻切—或作齫。阮韻若本切之齫不通—。類篇同。舊注誤合爲一。非是。今刪正。〕

【䶠】居咸切音緘咸韻

齧也。見〔說文〕〔通訓定聲〕字亦作喊。法言問神狄牙能喊。

【䶠】胡讒切音咸咸韻

口持不齧。見〔集韻〕。

【𪙑】乞洽切音恰訖洽切音夾洽韻

噍聲。見〔集韻〕。

【𪙑】轄夾切音洽洽韻

齧或字。見〔集韻〕。

【𪙒】魚咸切音嵒咸韻

齒高皃。見〔集韻〕。〔按集韻—、䶠音義各別。舊注合爲一字。非是。〕

【齷】乙角切音渥覺韻

—齪。迫也。一曰、小皃。見〔集韻〕〔

詳齺字。〕

【齶】逆各切音咢藥韻　齗也。見〔玉篇〕。〔按廣韻本作咢。訓口中斷—咢同。集韻—、或作咢。字彙云齒內上下肉也。又作齶。〕

【齃】何葛切音曷曷韻　齧—。齧物聲。見〔集韻〕。

【𪘲】丘駕切音髂禡韻　—猶齒出皃。見〔集韻〕。

【䶗】測洽切音臿洽韻　—齚。齒動皃。見〔集韻〕。

【𪙊】寫與切音稰語韻　齒酸。見〔集韻〕。

【𪙋】爽阻切音所語韻　齭或字。見〔集韻〕。

【𪚊】宜謹切音听吻韻　齒齊。見〔篇海〕。

【𪙧】士乙切音實質韻　齕聲。見〔篇海〕。

【𪚎】胡骨切音鶻月韻　齧也。見〔篇海類編〕。

【𪙿】腦本字。見〔說文〕。

【𪙏】同齶。見〔字彙〕。

【𪙓】同齧。見〔字彙〕。

【𪙔】同齵。見〔五音篇海〕。

【𪙕】同切。見〔字彙補〕。〔詳𪙕字。〕

【𪙘】俗齇字。見〔正字通〕。

十畫

【齹】叉宜切音差仕知切音茈支韻才何切音醝倉何切、音蹉歌韻才可切音䂳哿韻

一 本作齹。〔說文〕齹齒參差也。〔王注〕。玉篇齒—跌者〔參閱齹字〕。

二 子—。人名〔左昭十六年傳〕子—賦野有蔓草。〔注〕子—子皮之子嬰齊也。〔說文引左傳作齹〕。

【齺】甾尤切音鄒尤韻士角切音浞覺韻

一 齒搚也。一曰馬口中嚜也。一曰。齵也。見〔說文〕。〔段注〕搚今本作摺。手部曰。搚、一曰拉也。齒拉者、謂齒折也。

二 無牙名也。見〔玉篇〕。

三 𪘾—。有齒無牙狀。詳𪘾字。

【𪙞】士角切音浞覺韻

一 齧也。見〔廣雅釋詁〕。

二 齒相近皃。見〔廣韻〕。

三 —然。上下相向之貌。〔荀子王霸〕上下—然相信而天下莫之敢當。

四 或作齺。〔管子輕重〕車轂齺騎連伍而行。〔注〕齺、齧也。言其車轂往來而齧而行。

【𪙾】千羊切音鏘陽韻

一 齒旁小齒。見〔字彙〕。

二 齧聲。見〔正字通〕。

【齸】伊昔切音益陌韻弋質切音逸質韻壹計切音翳霽韻　鹿麋粻。見〔說文〕。〔王注〕釋獸。麋鹿曰—。郭注。江東名咽曰—。—者、飼食之所在。依名云。案口部嗌咽也。是郭謂—嗌同字。且是人禽通稱也。郭注飼字。當是齝字之訛。玉篇。飼同齝。至于廣韻、飼大齧也。苦加切。與—義不合。

【𪙫】魚銜切音嚴魚咸切音岳咸韻牛廉切音噞鹽韻魚窆切音驗豔韻　齒差也。見〔說文〕。〔王注〕差、即齹。

【𪙻】伯各切音博藥韻　噍堅也。見〔說文〕。〔王注〕與口部嚩同字。廣韻云。噍物聲。見〔集韻〕。

【𪙼】方縛切音縛藥韻

【𪙽】千結切音切屑韻　本作齘。〔說文〕齘齒差也。〔王注〕段氏曰。謂齒相摩切也。差即磋字。似是。玉篇、治骨也。釋器。骨謂之切。釋文。切、本或作齘。廣韻。齘齒也。似即以為切齒。皆與許說不合。或此當云齒齘也。

【𪙟】魚開切音皚灰韻　齘牙也。見〔說文〕。〔通訓定聲〕謂齒相摩切。

【𪙠】柯開切音訓灰韻　牙謂之—。見〔集韻〕。

【𪙡】戶八切音滑下八切音黠黠韻　齧骨聲。見〔說文〕。

【齻】多年切音顛先韻　牙兩畔長者。〔儀禮既夕〕卒洗貝反于笄。實貝柱左—右—。〔注〕象齒堅。〔疏〕謂牙兩畔最長者。象生時齒堅也。〔按六書故曰。—、眞牙

也。男子二十四歲、女子二十一歲、眞牙生。喪禮含實貝柱左右—。禮言杜左右—。蓋貝著左右—而止。非堅也。又字彙云、—牙末。

【齥】許介切音械卦韻
睡中切齒聲。見〔集韻〕。

【⿰齒悤】叉緇切音輜支韻
齝也。見〔集韻〕。

【⿰齒桼】音精庚韻
米也。見〔五音篇海〕。

【⿱番齒】齹本字。見〔說文〕。

【齹】古齹字。見〔字彙補〕。

【⿰骨齒】同齰〔廣韻〕—、齧聲。〔按齰字說文入齒部。類篇同。康熙字典入齒部備考。而—字又入骨部。一字分屬兩部。有誤。〕

【⿰齒差】同齹。〔集韻〕—。說文。齒參差。

【⿰齒乖】同⿰齒乖。見〔字彙補〕。

【⿱芻齒】同齺。見〔字彙補〕。

【⿰齒韋】同⿰齒齊。見〔五音篇海〕。

【⿱㚘齒】同齧。見〔龍龕手鑑〕。

〜十一畫〜

【⿰齒責】士革切音賾　測革切音策陌韻
齒相値也。一曰齧也。春秋傳曰。晳—。見〔說文〕。〔通訓定聲〕按。整齊之意。與嫧同誼。左定九年傳。晳—而衣貍製。注、謂齒上下相値也。今本以幘爲之。

【⿰齒虘】莊加切音樝　鋤加切音查麻韻
鉏狀所切音岨語韻
—齬齒也。見〔說文〕〔通訓定聲〕按齒不正。字亦作齟。漢書東方朔傳。齟者齒不正也。〔參閱齟字〕。

【⿰齒虚】臻魚切音蒩魚韻
齒不齊皃。見〔集韻〕。

【⿰齒將】千羊切音鏘陽韻
小齒。見〔玉篇〕。

【⿰齒產】初產切滻韻
小兒齒。見〔玉篇〕。

【⿰齒匿】昵力切音匿職韻
齒病。見〔集韻〕。

【⿰齒堇】口謹切音齗吻韻
—齗。齒皃。見〔集韻〕。

【⿰齒巠】齷或字。見〔集韻〕。

〜十二畫〜

【⿱斦齒】擬引切音齗軫韻
㊀笑也。見〔集韻引博雅〕。〔今本廣雅釋詁作听〕。
㊁齒齊也。見〔玉篇〕。

【⿱斦齒】語近切音听吻韻
笑也。見〔類篇〕。

【⿱斦齒】魚巾切音銀眞韻
笑露齒。見〔集韻〕。

【⿱斦齒】魚斤切音齗文韻
齒出皃。見〔集韻〕。

【⿰齒最】楚快切音嘬卦韻
剔齒。見〔玉篇〕。

【⿰齒幾】渠希切音祈微韻
齒危。見〔玉篇〕。

【⿰齒單】魚吻切音抎吻韻
無齒貌。見〔篇海〕。

【⿰齒間】居晏切音澗諫韻音奸刪韻
義闕。〔易林震〕——嚙嚙。貧鬼相責。〔按字彙補引易林作齫。誤。攷集韻山韻。齗、牛閑切音訮。齗齗爭訟也。或作嚚。疑—與齗、嚚同。〕

【⿰齒咎】同齰。見〔字彙補〕。

【⿱詹齒】同舐。見〔篇海類編〕。

【⿰齒离】齛或字。見〔集韻〕。

【⿰齒堯】齩或字。見〔集韻〕。

〜十三畫〜

【⿰齒葛】居轄切音擖黠韻
齒聲。見〔集韻〕。

【⿰齒葛】力盍切音臘合韻
⿰齒巤或字。見〔集韻〕。

【⿰齒禁】居蔭切音禁沁韻
鉤齒內曲謂之—。見〔集韻〕。

【⿰齒禁】巨禁切音衿沁韻
噤或字。見〔集韻〕。

【⿰齒義】語綺切音蟻紙韻
齧也。見〔玉篇〕。

【⿰齒僉】側咸切咸韻
—齺。有齒無牙狀。〔王延壽賦〕口嗛呥以—齺。

【⿰齒罝】側魚切音葅魚韻　齒不齊皃見〔字彙〕。

【⿰齒亶】同⿰齒盧。見〔五音篇海〕。

【齼】齭或字。見〔集韻〕。

【⿸厤齒】⿰齒歷或字。見〔集韻〕。

【⿱狠齒】狠或字。見〔集韻〕。

十四畫

【⿰齒齊】才詣切音嚌霽韻　—⿰齒皆。⿰齒留也。見〔玉篇〕。

【⿰齒歲】初戛切音察黠韻　齒利。一曰、移也。見〔集韻〕。

【⿱舐齒】同舐。見〔康熙字典引集韻〕。〔按集韻舐、本作舓。無—字。〕

十五畫

【⿰齒盡】力盍切音臘合韻　齧聲。見〔玉篇〕。

【⿰齒聶】丁立切緝韻　—齒也。見〔玉篇〕。

【⿱㓞齒】齧本字。見〔說文〕。

【⿰齒識】同⿰齒織。見〔玉篇〕。

十六畫

【⿰齒歷】狠狄切音歷錫韻　齒病。見〔集韻〕。

【⿱聯齒】同⿱䜌齒。〔玉篇〕—、齒見皃。

【⿸虍齒】⿱䍃齒謠字。見〔康熙字典〕。

十七畫

【⿱聯齒】陵延切音聯先韻　齒見皃。見〔說文〕。

【⿰齒讒】鋤咸切音讒咸韻仕懺切音鑱陷韻　—⿰齒嚴。齒高見〔集韻〕。

【⿰齒聯】同⿱聯齒。見〔篇海類編〕。

十九畫

【⿰齒顛】丁年切音顚先韻　齒牙也。見〔篇海類編〕。〔按卽齻字之異文。〕

【⿰齒薄】⿰齒尃或字。見〔集韻〕。〔按舊注从齒从薄。入十七畫。今據集韻類篇訂正。〕

【⿱毄齒】⿱毄齒謌字。見〔字彙補〕。

二十畫

【齾】牛轄切音聐黠韻　㊀缺齒也。見〔說文〕。〔通訓定聲〕左傳兩軍之士皆未慭也。以慭爲之。㊁器缺也。見〔廣韻〕。

【⿰齒獻】牙葛切音嶭曷韻　㊀獸食之餘曰—。見〔廣韻〕。〔按釋名釋飲食獸曰齧齧—也所臨則禿—也。廣韻義本此。〕㊁齒缺。見〔集韻〕。

【⿰齒嚴】魚欠切音釅豔韻　好皃。見〔玉篇〕。

【⿰齒嚴】魚銜切音巖咸韻五陷切音䫡陷韻　⿰齒讒。—齒高見〔集韻〕。

【⿰齒嚴】魚窆切音驗豔韻　齴或字。見〔集韻〕。

【⿰齒獻】同齾。見〔篇海類編〕。

二十一畫

【⿰齒屬】齲謌字。見〔字彙補〕。

二十五畫

【⿱𤕦齒】此尸切音雌支韻　齒不齊也。見〔字彙補〕。

【⿱??齒】知皆切音摣佳韻　齒生也。見〔五音篇海〕。

※龍部※

【龍】力鍾切音隆冬韻

(一) 鱗蟲之長。能幽能明。能細能巨。能短能長。春分而登天。秋分而潛淵。从肉、亯象飛之形。童省聲。見〔說文〕。〔通訓定聲〕禮記禮運。鱗鳳龜—。謂之四靈。家語執轡。甲蟲三百六十。而—爲之長。廣雅釋魚。有鱗曰蛟—。有翼曰應—。有角曰龜—。無角曰螭—。按龜卽蚪字。螭卽蟻字也。有角者雄。無角者雌。〔按本草綱目曰。王符言其形有九似。頭似駝。角似鹿。眼似兎。耳似牛。項似蛇。腹似蜃。鱗似鯉。爪似鷹。掌似虎。是也。其背有八十一鱗。具九九陽類。其聲如戛銅盤。口旁有鬚髯。頷下有明珠。頭上有博山。〕

(二) 萌也。〔古微書春秋元命苞〕—之爲言萌也。陰中之陽也。故言—舉而雲興。

(三) 君也。見〔廣雅釋詁〕。

(四) 通也。見〔廣韻〕。

(五) 彰也。見〔廣雅釋言〕。

(六) 和也。〔詩酌〕我—受之。

(七) 寵也。〔詩蓼蕭〕爲—爲光。

(八) 龓也。〔周禮巾車〕革路—勒。

(九) 星也。〔左桓五年傳〕—見而雩。〔注〕角亢也。〔按左僖五年傳〕—尾伏辰。注。尾星也。獨斷。靈星火星也。一曰—星。通訓定聲曰。按東方七星爲蒼—。以尾九星屈折似—。故角亢房心亦因之得名。或曰角爲—角。尾爲—尾。合六宿視之。象升—也。〕

(十) 官名。〔左昭十七年傳〕太皞氏以—紀。故爲—師而—名。

(十一) 相地者稱山脈曰—。形家言。有疑—經。撼—經。

(十二) 山名。〔淸一統志〕—山在湖北江陵縣西北十五里。晉書孟嘉傳。九月九日桓溫宴—山。僚佐畢集。

(十三) 邑名。〔左成二年傳〕齊侯伐我北鄙。三日。取—。〔注〕—、魯邑在泰山博縣西南。〔按博縣當今山東泰安縣。縣西南有—鄉。是其地。〕

(十四) 州名。有四。一、唐置。屬劒南道。五代因之。當今四川平武縣治。一、唐置。羈縻。嶺南道。宋屬廣南西路邕州。明屬廣西省太平府。淸因之。當今下—土司東北。一、遼置。屬東京道。當今奉天開原縣治。一、元置。屬四川省廣元路。當今四川江油縣西北。

(十五) 上古書體之一種。〔韋續字源〕庖犧氏獲景—之瑞。始作—書。

(十六) 茶名。〔宋史地理志〕建寧府貢—茶。〔按—茶、一名—團。大觀茶論。本朝之興。歲修建溪之貢。—團鳳餅。名冠天下。是也。〕

(十七) 草名。〔詩山有扶蘇〕隰有游—。〔傳〕—、紅草也。〔按字本作蘢。爾雅釋草。紅、—古。注云。俗呼紅草爲蘢古。語轉耳。釋文云。—本作蘢。義疏云。卽水葒也。〕

(十八) 舟名。〔隋書食貨志〕煬帝造—舟。鳳艒。黃—。赤艦。

(十九) 人名。〔管子五行〕奢—辨乎東方。故使爲士師。

(二十) 馬八尺以上爲—。見〔周禮廋人〕。〔按通訓定聲曰。馬以高爲貴。故神異之。爾雅釋畜。馬八尺爲駥。又注引周禮作駥。〕

(二十一) —門。山名。〔左昭二十六年傳〕王使女寬守闕塞。〔注〕洛陽西南伊闕口也。俗名—門。〔按淸一統志曰。在河南洛陽縣南。〕〔又〕水名。〔水經洛水注〕洛谷水入西南與—門水合。水出西北—門谷。又南逕—門戍東。

(二十二) —侯。山名。〔山海經北山經〕—侯之山。無草木。多金玉。決決之水出焉。

(二十三) —餘。水名。〔山海經中山經〕蠱尾之山。—餘之水出焉。而東南流注于洛。

(二十四) —州。廳名。淸置。屬廣西省。後升爲府。今改爲縣。其地密爾安南。控扼要道。淸光緒十一年。依一千八百八十七年中法通商追加條約。開爲商埠。法國駐有領事。

(二十五) —井村。地名。屬吉林省。淸光緒三十四年。依一千九百零八年中日圖們江界約。開爲商埠。日本駐有領事。

(二十六) —鍾。潦倒笨累之貌。〔通雅釋詁〕—鍾、埤蒼作蠬踵。或作儱偅。然古多通用。杜窮爲侯景檄梁曰。—鍾稚子。王裒與周弘正書。—鍾横集。裴度曰。見我—鍾。元載別妻詩。誰不厭—鍾。逖之曰。白首誇—鍾。或言老。或言淚。或訓小人行。總皆狀其潦倒笨累耳。指南作儱偅。姚文燮曰。竹曰—鍾。生羅浮地。亦謂其大而笨累也。〔按廣韻。籠鐘。竹名。廣志云可爲笛字又从竹。竹譜又作篭—〕。

㉗—淵。古劍名。〔越絕書〕楚王令風胡子之吳見歐冶子干將使作劍三枚。一曰—淵。二曰太阿。三曰工市。〔按晉張華傳作—太泉阿。〕

㉘—輔。玉名。〔左昭二十九年傳〕使獻—輔于齊侯。

㉙—孫。竹名。〔東齋記事〕辰州有一種小竹。曰—孫。竹生山谷間。高不盈尺。細如鍼。〔又〕俗呼筍爲—孫。見〔筍譜〕。

㉚—荔。果屬。〔桂海志〕—荔出嶺南。狀如小荔而肉味如—眼。

㉛—葵。菜名。〔顏氏家訓〕江南有苦菜。葉似酸漿。其花或紫或白。子大如珠。熟時或赤或黑。此菜可以釋勞。今河北謂之—葵。

㉜—沙。麻黃也。見〔廣雅釋草〕。

㉝—雀。飛廉也。〔文選張衡賦〕—雀蟠蜿。

㉞—羊。羊屬。〔益都方物志〕—羊出吐蕃及威茂州。形似畜羊而大。其角繚繚。重八九兩。黑質而白文。可以爲帶胯。

㉟—鯉。鱗屬。〔文選郭璞賦〕—鯉一角。〔按本草綱目。鮻鯉、一名—鯉。一名穿山甲。又山海經海外西經。—魚陵居。即—鯉也。〕

㊱—黿。黿屬。〔名山藏〕滿刺加海有—黿。高四尺。四足有鱗。甲露長牙。

㊲—九。商埠名。舊隸廣東新安縣。與香港對峙。清光緒十年。租借於英。英人經營爲東方海軍重鎮。而我國廣州分關。亦設於其地。

㊳—燭。神名。〔山海經大荒北經〕赤水之北。有章尾山。有神人面蛇身而赤。其瞑乃晦。其視乃明。是燭九陰。名曰燭—。

㊴—石。芻一名。—修。見〔本草綱目〕。〔按即—鬚草、又名—木。見廣雅釋草〕。

㊵—飛。鳥名也。〔文選張衡賦〕聯飛—。

㊶—澤蘭一名。—棗。見〔本草綱目〕。

㊷—俗稱豪於飲者曰酒—。〔陸龜蒙詩〕思量北海徐劉輩。枉向人間號酒—。

㊸—黃河堤工成曰合—。

㊹—同龔。〔漢書南粵王傳〕摎樂其姊爲王太后。首願屬漢。封其子廣德爲龔侯。〔注〕晉灼曰。龔、古—字。

㊺—姓也。〔廣韻〕舜納言—之後。〔又〕關—。複姓。〔元和姓纂〕夏桀時。關—逢之後。〔按古今姓氏書辯證曰。卜逢姓。關莊子言—逢。剖。即其名也。未詳孰是。〕〔又〕擾—。複姓。〔正字通〕劉累之後。漢御史擾—羣。

【龍】莫江切音龙江韻

①通龙。〔考工記玉人〕上公用—。〔注〕鄭司農云。—當爲龙。龙、謂雜色。

②通駹。〔周禮犬人〕凡幾珥沈辜用駹可也。〔注〕故書。駹作—。鄭司農云。—讀爲駹。不純色也。

【龍】魯勇切音壠腫韻

通壠。〔孟子公孫丑〕必求—斷而登之。〔通訓定聲曰。丁音。—與隆相近。隆、高也。陸善經謂壟斷而高者。則謂借爲壠。按列子湯問篇。冀之南。漢之北。無壠斷焉。正當作壠破字。〕

三畫

【龏】居容切音恭冬韻　居用切音供宋韻　乙角切音渥覺韻

慤也。見〔說文廾部〕。〔通訓定聲〕與恭略同。周頌敦銘。皇考—朮。皇母—姑。姑、誤作始。

【龏】居容切音恭冬韻

升也。見〔字彙〕。

【龏】乙角切音渥覺韻

燭蔽。見〔廣韻〕。

【⿰犭龍】盧東切音籠東韻

獸名。見〔集韻〕。

【⿱龍巾】盧容切音龍冬韻

蒙—也。見〔字彙〕。

【攏】

龏俗字。見〔正字通〕。

四畫

【龑】魚檢切音儼琰韻

南漢高祖名。〔新五代史南漢世家〕—初名巖。九年。白龍見南宮三清殿。改元白龍。又更名龔。以應龍見之祥。有胡僧言讖書滅劉氏者龔也。乃採周易飛龍在天之義爲—字。音儼以名焉。

【⿰月龍】盧東切音籠東韻

赤色。見〔字彙補〕。

【𥛄】同襱見〔廣韻〕。

【朧】同竉見〔正字通〕。

【龕】龕俗字〔六書正譌〕龕从龍合聲。俗作—。非。〔按九經字樣曰。—從龍從今聲作龕訛。增韻曰。—上从今。俗从合。誤。六書故曰。徐本合聲。唐本今聲。鼂氏曰从今乃得聲。又段玉裁本朱駿聲本並改作—。與正譌異。存疑。〕

五畫

【𪚌】古鼇字見〔集韻〕。

【𪚔】古龍字見〔字彙補〕。

六畫

【龕】枯含切音堪覃韻

一 龍皃也。見〔說文〕〔王注〕各本同。戴侗引唐本從今聲。玉篇作—從合。九經字樣、增韻皆曰從今聲。俗從合誤。釋言。洵—也。釋文云字或作含。唐韻正曰合平聲則音含。釋名。含合也。合口停之也。後漢輿服志。闟之言函也。

二 受也。齊楚曰鉿。揚越曰—。見〔方言〕。

三 盛〔平聲〕也。見〔廣雅釋詁〕。

四 塔也。又云塔下室。見〔廣韻〕。〔按今人言佛—、禪—。義本此。〕

五 聲也。見〔方言〕。

六 取也。〔法言重黎〕劉—南陽。

七 同戡。〔文選謝朓詩〕西—收組練。〔注〕—與戡音義同。

【龔】居容切音恭冬韻

一 給也。見〔說文共部〕〔段注〕此與人部供音義同。

二 奉也。見〔玉篇〕。

三 州名。有二。一、唐置。屬嶺南道。當今廣西平南縣治。一、宋置。屬京東西路襲慶府。當今山東寧陽縣治。

四 同共。〔禮記祭法〕共工氏。〔家語五帝德作—〕。

五 同恭。〔書堯典〕象—滔天。〔漢書王尊傳作—〕。

六 姓也。〔古今姓氏書辯證〕其先共氏。避難加龍爲—。漢有—遂。

【龏】佘頌切宋韻

同用。〔墨子非命〕—喪厥師。〔注〕孔書作用爽厥師。—、用、喪、爽音同。

【𪚐】經天切音堅先韻。魚列切音孽。倪結切音齧屑韻。的協切音聑葉韻

龍耆、脊上—也。見〔說文〕〔王注〕耆一本作鬐。古文鬐爲耆。

【𪚑】隱緣切音翾先韻

龍背堅骨見〔集韻〕。

【龓】廬東切音籠東韻。魯孔切音攏董韻。云九切音有有韻

兼有也。見〔說文〕。〔通訓定聲〕廣雅釋詁一。—、有也。字亦作攏。江賦。攏萬川乎巴梁。注。猶擁東也。史記平準書。盡籠天下之貨物。以籠爲之。叚借爲櫳。吳都賦。沈虎潛鹿。罼—竇東。又爲籠。玉篇。馬—頭。按卽籠絡字。

【𪚗】魯孔切音攏董韻

乘馬也。一曰牽也。見〔集韻〕。

【𪚙】力鍾切音龍冬韻

巫也。見〔廣雅釋詁〕。〔按舊注引江瞕宦叜集召—咸而聘之。則又巫之通叚字矣。存疑。〕

【𪚝】同龓見〔說文長箋〕。

【𪚞】同龏見〔玉篇〕。

【𢸗】同龏見〔篇海類編〕。

【𢷄】攏或字見〔集韻〕。

八畫

【靇】盧東切音籠東韻

—。雷聲見〔集韻〕。

【𩄰】郎丁切音靈青韻

同龗見〔玉篇〕。

十六畫

【龖】達合切音沓。悉合切音颯合韻

一 飛龍也。見〔說文〕。

二 震怖也。二龍並飛。威靈盛赫。見者氣懾。故讋从此省。見〔六書正譌〕。

三 怒也。〔元包經震〕—之赫。靇之耆。傳曰。二龍怒也。

十七畫

【龗】郎丁切音靈青韻

龍也。見〔說文〕。〔按玉篇云。—、又作䨩。神也。善也。或作𩆚、靇同。〕

三十二畫

【龘】達合切音沓合韻

龍行——也。見〔玉篇〕。

※龜部※

〔龜〕居逵切音跬支韻〔按依篆作龜。玉篇作龜。字鑑云。—、俗作龜。是玉篇字亦因俗也。廣韻六脂出龜字。繁義而次以—。云上同。似傎。集韻作龜。類篇作龜。形滋變矣。龍龕手鑑云。龜俗、龜正。則尤遠於正體。字彙止字通康熙字典相沿、部首作龜。俗。今依說文正。又按韻會舉要云。—字見母嬀韻。音與歸同。歐陽氏謂—不音歸。非是。据此。則—又當居韋切矣。康熙字典據張衡西京賦。—與牛韻。謂木義字亦如—。茲有丘嬀二音。然依韻補。張賦字、祇居尤切音鳩耳。〕

龜圖

㊀舊也。外骨內肉者也。從它。—頭與它頭同。天地之性。廣肩無雄。—鼈之類。以它爲雄。象足甲尾之形。見〔說文〕〔桂注〕舊也者。—、舊、聲相近。詩抑箋。—、久也。劉向易繫辭義云。—之言久。—千歲而靈。以其長久。故能辨吉凶也。論衡卜筮篇。孔子曰。夫蓍之爲言耆也。—之爲言舊也。明狐疑之事。當問耆舊也。〔按爾雅釋魚一曰神—。二曰靈—。三曰攝—。四曰寶—。五曰文—。六曰筮—。七曰山—。八曰澤—。九曰水—。十曰火—。李時珍說之云。山澤水火四種。乃因常—所生之地而名也。其大在一尺已上者。在水曰寶—。在山曰靈—。皆國之守寶。而未能變化者也。年至百千。則具五色。而或大或小。變化無常。在水曰神—。在山曰筮—。皆—之聖者也。火—、則生炎地。如火鼠也。攝—、則呷蛇—也。文—、則蟕蠵瑇瑁也。今動物學云。—屬爬蟲類。常所見有綠蠵—、赤蠵—、玳瑁三種。頭圓錐形。似蛇頭而有鱗。口無齒。兩顎邊緣被以角鞘。與鳥嘴無異。祇供銜取。不能咀嚼。頸爲圓筒形。而有鱗狀。軟皮函於其外。伸縮自由。背甲有六角形之紋片。三行並列。中左右各四枚。周圍又有二十餘枚之小紋片。在其外緣。腹甲紋片二行並列。左右各四。中央近上端處則有一枚。適跨二列之縫。凡紋片俱由表皮角變而爲鱗質。非眞骨也。其眞骨則在紋片之下。互相接合。成一堅固之軀幹。卽其中列爲脊骨。而在左右列者爲肋骨也。惟胸骨缺。其眞皮則在表皮之下層。亦變硬質。四肢甚短。肢各五趾。前肢具鉤爪五。後肢四。或云前後俱鉤爪三。尾短小而尖。有多數之鱗片。節節相續。有雌雄。雌背甲甚隆。雄則否。易識也。生存亦不過至百餘年。云千歲者。未信。產卵如雞卵而小。覆土中。受日熱而化。不須自鮑。是與古籍迥異矣。〕

㊁謂印文也。〔後漢西域傳〕先馴則賞鑴金而賜—綬。〔按太玄格—緺厲范注云。—爲印。緺爲綬。〕

㊂謂靈射之屬。〔禮記玉藻〕卜人定—。〔按凡卜所用—皆已治者也。龜人云。凡取—用秋時。攻—用春時。是也。卜則以火灼之以作兆。大卜注云。春灼後左。夏灼前左。秋灼前右。冬灼後右。與今伎士以錢入—甲中。擲而視其文異矣。〕

㊃背之隆高當心。〔左宣十二年傳〕射麋麗—。

㊄貨也。見〔廣雅釋詁〕〔按漢書食貨志云。元—、岠冉長尺二寸。直二千一百六十。爲大貝十朋。公—、九寸。直五百。爲壯貝十朋。侯—、七寸以上。直三百。爲幺貝十朋。子—、五寸以上。直百。爲小貝十朋。是爲—寶四品。此—之爲貨也。〕

㊅—袋。唐職官所佩。〔唐書車服志〕天授二年。改佩魚皆佩—。其後三品以—袋飾以金。四品以銀。五品以銅。中宗初。罷—袋。復給以魚。

㊆天—。星名。〔石氏星經〕天—六星。在尾南漢中。

㊇—人。官名。〔周禮龜人〕—人掌六—之屬。

㊈地名。〔春秋桓十二年〕公會宋公于—。

㊉山名。〔詩閟宮〕奄有—蒙。〔按水經漸江水注。漸江又北逕山陽山陰縣西西門外百餘步。有怪山。本琅琊郡之東武縣山也。飛來徙此。遠望此山。其形似—。故亦有—山之稱也。又湖北大別山、亦名—山。〕

⑪—林。蕃地。〔唐書同羅傳〕同羅在薛延陀之北。多覽葛之東。距京師七千里而贏。貞觀二年。遣使者入

龜久之、請內屬置—林都督府。

⑪金—子。蟲名。〔本草附錄〕金—子、亦吉丁蟲之類。大如刀豆。頭面似鬼。其甲黑硬。如—狀。四足二角。身皆如泥金裝成。

⑫俗以縱妻淫行者爲—。〔陔餘叢攷〕輟耕錄記、秀才多故家大姓。其子孫不肖廢敗蕩盡。有金方所作詩嘲之曰。宅眷多爲撑目兎。舍人總作縮頭—。撑目兎謂兎望月而孕。以見其不夫而姙也。縮頭—、則以喻其夫也。想其時已有此諺語。而入之詩也。

【⿱十龜】祛尤切音丘尤韻〔按此本漢書地理志應劭讀。康熙字典據廣韻謂有鳩丘二音。攷今廣韻十八尤居求切字下。但云又居危切。無訓。不知果指—茲而言否。通鑑音注云。今—音勾丘翻。茲音沮惟翻。蓋急言耳。是譯名容有輕重緩急之辨。〕

—茲。國名。〔漢書—茲傳〕—茲國王治延城。去長安七千四百八十里。南與精絕。東南與且末。西南與杅彌。北與烏孫。西與姑墨接。

【⿱卜龜】俱倫切音麇眞韻

手凍拆也。見〔集韻〕〔按莊子逍遙遊。宋人有善爲不—手之藥者。釋文云。—、愧悲反。徐舉倫反。李居危反。向云。拘拆也。司馬云。文拆如—文也。又云。如—攣縮也。是此解音訓不一。據鈕樹玉說文皮部新附攷。皸、竹拆也。此—音義與同。則徐向似長。〕

【⿱穴龜】同龜。見〔字彙補〕

【⿰龜龜】同龜。見〔康熙字典引龍龕手鑑〕〔按影抄遼刻本作龜。〕

三畫

【⿰女龜】去爲切音窺支韻

❶女字。見〔五音集韻〕

❷知異也。見〔康熙字典引玉篇〕〔按今澤存堂本玉篇女部—下。祇云。苦危切。無訓。〕

四畫

【⿰扌龜】如占切音髯鹽韻

龜甲邊也。天子巨—尺有二寸。諸侯尺。大夫八寸。士六寸。見〔說文〕〔段注〕公羊傳曰。龜青純。何注。純、緣也。謂緣甲䫃也。千歲之龜青䫃。明乎吉凶者也。䫃者䫇之省。—之段借字。巨、當作岠。漢志元龜岠冉長尺二寸。冄、段借字也。孟康曰。冄、龜甲緣也。岠、至也。度背兩邊緣尺二寸也。按兩邊相岠尺二寸。故知元龜尺二寸。謂其廣、不謂其脩也。〔按廣韻覃韻音那含切。又如詹切。訓龜有距也。說異存參。〕

【⿱龜灬】茲消切音焦蕭韻

灼龜不兆也。从龜火。春秋傳曰。—、戰龜—不兆。讀若焦。見〔說文火部〕〔段注〕左傳哀二年。—戰龜焦。焦者、火所傷也。龜焦曰—。

【⿰龜毛】茲消切音焦蕭韻

毛飾物。見〔字彙〕

【⿰龜今】古暗切音淦勘韻

龜也。見〔字彙〕

【⿰龜幼】居侯切音勾尤韻

龜類。見〔篇海〕

【⿱⺈龜】千玉切音促沃韻

—蝴。海中大蝦。見〔篇海〕〔按此疑鼀譌字。說文虫部蝴下曰。蝴鼀、蟾諸也。集韻。鼀、七六切。郭注釋魚云。蟾諸似蝦蟆。居陸地。是音訓俱似。惟此云海中者。書大傳云。濟中詹諸。則亦謂在水中矣。依郝氏義疏云。大傳所說是鼀鼁古多通名。据是。知篇海形體與義訓竝誤。〕

【⿰龜冊】同⿰龜毛。見〔字彙補〕

【⿱糸龜】同⿰龜幼。見〔字彙補〕

【⿰火龜】同⿱龜灬。見〔集韻〕

五畫

【⿰冬龜】之戎切音終東韻　徒冬切音彤冬韻

龜名。見〔說文〕〔桂注〕趙宧光曰。龜無聲。—有聲。山龜也。—入水即溺。其鳴自嘷。亦似悲角。可遠聞。鳴則多旱。其腹甲中折。與背相闔闢。力能掩蛇。偁夾蛇龜。

【⿰龜句】巨俱切音衢虞韻

水蟲。見〔篇海〕〔按正字通云。俗鼉字。即⿰龜奚屬。當从鼉。〕

【⿸广龜】補火切音跛哿韻

龜屬。見〔集韻〕

【⿰去龜】丘據切音去御韻

蝫也。見〔字彙〕〔按此即鼁譌字。爾雅釋魚云。鼁鼀、蟾諸。是也。正字通以爲鼀謁字。今攷說文黽部鼀下云。圥鼀、蟾諸也。鼀或从酓而釋魚則鼀[illegible]黽屬。是鼀[illegible]義同而字別。以此爲鼀謁字於理爲近。〕

【[illegible]】重土切音柱麌韻　烏—。龜名。見〔集韻〕。

【[illegible]】於良切音央陽韻　龜屬。見〔集韻〕。〔按玉篇云。臨海水吐氣。背似鵝指爪。〕

【[illegible]】驅尤切音丘尤韻　—茲。國名。俗字。見〔字彙〕。〔按龍龕手鑑。龜音邱。國名。疑此所本。〕

【龝】古秋字。見〔字彙〕。

【[illegible]】古秋字。見〔集韻〕。

【[illegible]】同龜。見〔搜真玉鏡〕。

【[illegible]】同[illegible]。見〔篇海類編〕。

七畫

【[illegible]】同龜。見〔搜真玉鏡〕。

【[illegible]】同貝。見〔搜真玉鏡〕。〔按影抄遼刻本龍龕手鑑部首、龜如此作。〕

八畫

【[illegible]】何孝切音効效韻　龜縮頭也。見〔字彙補〕。

九畫

【[illegible]】秋籀文。見〔說文禾部〕。

十一畫

【[illegible]】戶圭切音近回〔按廣韻。戶圭切音攜。應入齊韻。字彙獨舉灰韻字爲音近。姑仍之。〕大龜形如山。見〔字彙〕。〔按說文虫部。蠵、大龜也。唐韻戶圭切。未知是一是二。〕

【[illegible]】音區虞韻　龜行也。見〔字彙補〕。

十三畫

【[illegible]】與鼈同。又姓。見〔字彙〕。

十七畫

【[illegible]】郎丁切音靈青韻　黃—。龜名。見〔集韻〕。

※龠部※

【龠】弋灼切音藥藥韻〔按經傳樂器之—多作籥。〕

一 樂之竹管三孔。以和衆聲也。从品侖。侖、理也。見〔說文〕〔注〕。鍇按詩左手執—。傳云。三孔笛也。詩曰。於論鼓鐘。是樂有倫理也。〔按詩簡兮傳云。六孔。廣雅釋樂云。七孔。又玉篇作樂之所管。王筠是之。謂管爲管轄之管。—乃樂之管攝者。說歧。存攷。〕

二 量名。〔漢書律歷志〕量者。—合升斗斛也。本起於黃鐘之—。用度數以審其容。以子穀秬黍中者、千有二百實其—。以井水準其槩。合—爲合。十合爲升。十升爲斗。十斗爲斛。而五量嘉矣。

三 天—。鳥名。〔說文鳥部〕鷚、天—也。〔按此依鉉本。他本作鸙。或作蘥。〕

四畫

【[illegible]】弋灼切音藥藥韻　仰也。見〔集韻〕。

【龡】姝爲切音吹支韻　同吹。〔集韻〕吹。說文、嘘也。周禮作—。〔按籥師掌敎國子舞羽—籥。則似亦爲籥之別體。通作吹耳。〕

【[illegible]】尺僞切音吹寘韻　籥省字。〔集韻〕籥、音律管壎之樂也。或省。

五畫

【龢】胡戈切音和歌韻〔按經典—和字互用。文選張衡賦注。—與和、音義通。漢書敍傳集注。—古和字。〕

一 樂和調也。讀與和同。見〔說文〕。〔王注〕玄應引云。和、音樂和調也。即此文。周語、王將鑄無射而爲之大林。篇所用—字。多本義。其要言曰。聲應相保曰—。

二 諧也。合也。見〔廣韻〕。

三 以可去不曰—。〔國語周語〕—同可觀。

四 小笙十三管也。見〔集韻〕。〔按釋樂作和。〕

五 徒吹。見〔集韻〕。〔按釋樂作和。〕

六 鈴也。〔文選班固賦〕—鸞玲瓏。

七 —躍。聲迭蕩相雜貌。〔文選王褒

賦〕行鍇鉟以—曜。

㈧晉邑名。〔國語晉語〕范宣子與—大夫爭田。〔按此依公序本明道本作和。〕

㈨寶—鐘也。見〔六一題跋古器銘。〕

㈩—驩殿名。〔文選張衡賦〕於南則前殿靈臺。—驩安福。

⑪人名。晉庾—。

【⿰龠斤】魚斤切音虤文韻佗靳切徑韻

大⿰龠斤也。見〔集韻〕〔按廣韻、又語巾切。音銀。爾雅釋樂作沂。釋文云。李孫云、⿰龠斤聲悲。沂、悲也。或作—。又作㴑。〕

八畫

【龡】姝爲切音吹支韻尺僞切音秵寘韻

本作龡。〔說文〕龡。—音律管壎之樂也。〔段注〕以人氣作音曰吹。〔按玉篇云樂ハ以吹管中氣。今作吹。〕

【⿰龠彔】盧谷切音祿屋韻訖岳切音覺覺韻

東方音也。見〔集韻〕。〔按玉篇云。樂器之聲。今作角。蓋五音之一。〕

【龣】訖岳切音覺覺韻

樂器。見〔集韻〕。

【⿰龠昌】尺亮切音唱漾韻

唱或字。〔集韻〕唱。導也。或从龠。〔按玉篇云。—導也。先也。今作唱。〕

【⿰龠斤】同⿰龠虎。見〔字彙補〕。

九畫

【龤】雄皆切音諧佳韻

樂和。虞書曰。八音克—。見〔說文〕〔注〕鍇曰。今尙書作諧。假借。

【⿰龠虒】匹寐切音屁匹備切音濞寘韻

—法敗兒。見〔集韻〕。

【⿰龠音】於限切音猪陷韻

韽或字。〔集韻〕韽。下聲也。或从龠。

【龥】弋灼切音藥藥韻

呼也。見〔集韻〕。〔按說文頁部云。籲、呼也。从頁籥聲。讀與籥同。疑此爲彼省。六書正譌云。俗作籲。非。不可從。〕

【龢】龢本字。見〔說文〕。

【[illegible]】同龢。見〔篇韻〕。

十畫

【⿰龠虒】陳知切音馳支韻〔竹部互見。〕

管樂也。七孔。見〔說文〕〔注〕鍇按爾雅、竹爲之。大者長尺四寸。圍三寸。一孔上出寸三分。名翹。橫吹之。〔按釋樂注引廣雅云。八孔。郝氏義疏云。鄭司農注笙師云。篪七孔。賈据廣雅。疑爲寫者之誤。然通典引蔡邕月令章句。亦作七孔。蓋不數其上出者則爲七孔。與廣雅義相通也。史記索隱作六空。禮圖以爲九孔。風俗通義又云十孔。長尺一寸。則別有所見者。〕

【⿰龠殳】力鹽切音廉鹽韻

今之杖鼓。見〔字彙〕。

十一畫

【⿰龠鹿】盧谷切音祿屋韻

龣或字。〔集韻〕龣。東方音也。或从鹿。

十四畫

【⿰龠虎】龥俗字。見〔正字通〕。

十七畫

【⿰龠韶】思條切音蕭蕭韻

—韶。今作簫韶。見〔玉篇〕。〔疑卽簫字。〕

二十一畫

【⿰龠肅】先彫切音簫蕭韻

簫或字。〔集韻〕簫。說文、參差管樂。象鳳之翼。或作—。〔按玉篇云。—韶。今作簫。〕

一百六十八

補遺

中華大字典補遺

※子集※

一部

【丄】上篆文見〔說文二部〕。

【丅】下篆文見〔說文二部〕〔已上二字依段氏說。〕

【㞢】之本字見〔說文㞢部〕。

【両】俗兩字。

【亥】同孑。見〔廣韻〕。

【畾】同畾。見〔字彙補〕。

丿部

【夕】居謁切音孑月韻屮—。勤貌見〔字彙補〕。

【乃】內典萬字。見〔字彙補〕。

【夭】夭本字。見〔說文夭部〕。

【㕩】同愈。見〔字彙補〕。

乙部

【乢】同蓋。見〔海篇〕。

【乣】同亂。見〔篇海類編〕。

【乪】于記切音意寘韻音乙質韻貪也。見〔篇海類編〕。〔康熙字典云亂譌字。〕

丨部

【争】爭譌字。

【𠄐】同歺。見〔字彙補〕。

【東】同中。見〔漢戚伯著碑〕。

二部

【二】古上字見〔說文二部〕。

【三】古下字。見〔說文二部〕〔已上二字。依段本補。〕

【亜】亞俗字。

【亘】思緣切音宣先韻求—也。見〔篇海類編〕。〔康熙字典云亘譌字。〕

【亙】亙本字見〔說文木部〕。

亠部

【亱】夜俗字。

【竒】奇俗字。

【亵】同奥。見〔字彙補〕。

【亯】余頌切音用宋韻鼻知香也。見〔字彙補〕。〔康熙字典云亯譌字。〕

【亹】余從切音容冬韻常也。功也。見〔字彙補〕。〔康熙字典云𩠹譌字。〕

【亶】音園微韻褻也。見〔五音篇海。〕

人部

【仃】子譌字。見〔海篇。〕

【仦】乃巧切音嫋巧韻小兒也。見〔說略。〕〔康熙字典云仯譌字。〕

【仧】同長。見〔字彙補。〕

【佽】去劒切音欠豔韻欠或字。見〔集韻。〕

【佽】七四切音刺寘韻人名也。見〔洪武正韻。〕〔按荀子注。荊有—飛。得寶劒於干越。呂覽知分作次非。漢書注作茲非。後漢注作佽飛。然則姓也。〕

【伙】俗字。讀如火。今謂器具爲傢—。

【今】透刀切音叨豪韻進趨也。見〔字彙補。〕〔康熙字典云本譌字。〕

【弁】東敢切音膽感韻石擊水之音。見〔字彙補。〕

【来】俗來字。

【㚇】同𡖋。見〔五音集韻。〕

【㑹】音似紙韻頭會也。見〔海篇。〕

【侏】式竹切音叔屋韻人名。見〔篇海彙編。〕

【俙】相咨切音斯支韻直離切音池齊韻—祈。地名。見〔篇海類編。〕〔康熙字典云俔譌字。〕

【侠】俗俠字。

【侔】同伴。見〔海篇。〕

【侹】同庭。見〔洪武正韻。〕

【侶】古侈字。見〔集韻。〕

【俻】普日切音匹質韻咸備也。見〔字彙補。〕〔康熙字典云佖譌字。按說文、佖威儀也。然則咸備字爲威儀之譌。〕

【倢】古戰切音建願韻健行也。見〔字彙補。〕〔康熙字典云倢譌字。〕

【倄】鬻俗字。見〔正字通。〕

【俠】同譑。見〔海篇。〕

【俸】其季切音悸寘韻心動也。見〔字彙補。〕〔康熙字典云悸譌字。〕

【倸】同䫏。見〔字彙補。〕

【倹】音寺寘韻食也。見〔海篇。〕

【侖】同命。見〔字彙補。〕

【倒】同御。見〔字彙補。〕

【㑹】音散翰韻蓋也。見〔海篇。〕〔康熙字典云傘譌字。〕

【俁】古閴切音旲錫韻—黠。見〔廣韻。〕

【傀】同凭。見〔篇海類編。〕

【⿰亻夏】同夏見〔字彙補〕。

【傢】字出海篇。舊藏作像。今俗讀如家。謂器具爲—伙。

【⿰亻⿺辶定】健譌字。康熙字典引方言、困、胎、—、逃也。音無考。按方言作困、胎、健、逃也。是—爲譌字。

【⿰亻遙】于潮切音遙蕭韻 喜也。見〔字彙補〕〔康熙字典云。傜譌字。按傜無喜義。存參。〕

【⿰亻帶】丁計切音帝霽韻 ●一 偙也。見〔廣韻〕。 ●二 偙或字。見〔集韻〕。

【⿰亻弍】同蛓見〔楚相孫君碑〕。

【倡】同傒見〔海篇〕。

【⿰亻送】心共切音送送韻 遣也。見〔字彙補〕〔疑即送字〕。

【⿰亻德】同興見〔老君碑〕。

【⿰亻固】同偭見〔海篇〕。

【⿰亻朝】同倛見〔字彙補〕。〔康熙字典云。傾譌字〕。

【⿰亻萬】同藕見〔字彙補〕。

【⿱人金】僉俗字。

【傘】傘俗字。

【⿰亻謠】音遙蕭韻 使也。又喜也。見〔海篇〕。

【⿰亻獻】音獻屋韻 賃也。見〔海篇〕〔康熙字典云。獻譌字〕。

【⿰亻咸】同蠻見〔海篇〕。

【⿰亻患】音未詳 環繞四拘之貌。〔荀子儒效〕—然若終身之虜而不敢有他志。

【⿰亻旉】音未詳 秦晉言非其事謂之皮—。見〔方言〕。

【儞】同你見〔字彙補〕。

【⿰亻觀】同觀見〔篇海類編〕。

【⿰亻嶲】同儁見〔字彙〕。

【儢】音呂語韻 心不平也。見〔海篇〕〔康熙字典云。儖譌字〕。

【⿰亻盬】音未詳 榜葛刺市用銀錢曰—伽。見〔瀛州勝覽〕。

【⿰亻頻】及賓切音頻眞韻 —伽。梵語〔饒德操詩〕大似—伽餉遠空。

【⿰亻蹇】九件切音蹇銑韻 偃—傲也。見〔廣韻〕。

【⿰亻颻】音韋微韻 大風也。見〔字彙補〕。

【⿰亻蘽】泥堆切灰韻 偎也。見〔字彙補〕〔康熙字典云。音義與儽字同。疑有誤〕。

八部

【⿱岳八】音未詳 中岳神名。〔五岳眞形圖〕中岳姓惲名—。

【⿱兼八】俗兼字。

儿部

【⿱癸儿】音未詳 元始上皐丈人法字—。見〔三尊譜錄〕。

【⿱⺌⿱土儿】同先見〔漢碑〕。

【⿰兆儿】兜俗字。

几部

【凢】凡俗字。

【⿵几肅】息逐切音肅屋韻 ●一 朽玉。見〔廣韻〕。 ●二 姓也。見〔廣韻〕。

刀部

【⿰卩刀】同刅見〔康熙字典引韻會〕。

【⿰才刀】音揀銑韻 —吃。語也。見〔字彙補〕〔康熙字典云。扨譌字〕。

【⿰女刂】刻或字。〔吳越春秋〕王謹上—青天。〔王霸文紀作刻〕。

【⿰丰刂】韧或字。見〔集韻〕。

【⿰衣刂】同初見〔字彙補〕。

【⿰豖刂】古丘切音鳩尤韻 出罪也。見〔康熙字典引龍龕手鑑〕〔按今本無此字〕。

【⿰伊刀】古伊字。見〔玉篇〕。

【殂】音未詳 人名。〔路史國名紀〕魯共王淖—。

【⿱矛刀】同務見〔玉篇〕。

【⿰車刀】同軔見〔篇海類編〕。

【⿱耆刀】同嗜見〔康熙字典引龍龕手鑑〕〔按今本無此字〕。

【⿰杀刂】穿則切音冊陌韻 割物也。見〔字彙補〕〔康熙字典云。剎譌字〕。

【⿰产刂】楚限切音剗潸韻 ●一 同剗。平也。見〔韻會〕。 ●二 通剷鏟。見〔正字通〕。

【⿸广⿰林刂】音摩歌韻 削也。見〔篇海〕〔正字通云。俗劘字〕。

【⿰茦刂】同策〔史記龜策傳〕諸靈數—。莫知汝信。

【剿】初交切音勦爻韻 鈔或字。見〔集韻〕〔按當爲勦之或體〕。

【⿰⿱巛果刂】同剿見〔康熙字典引集韻〕〔按集韻篠韻。剿

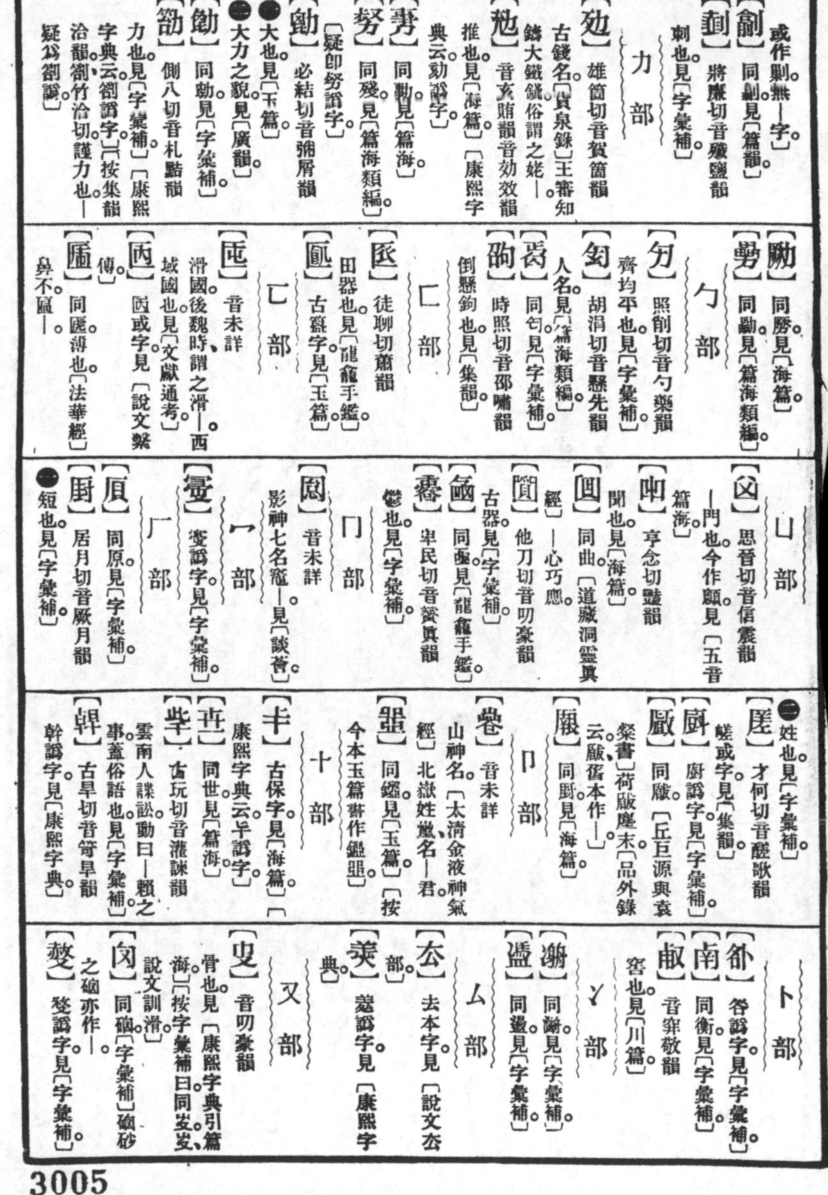

或作剿。無—字。

【劖】同劖見〔篇韻〕。將廉切音殲鹽韻

【剄】刺也。見〔字彙補〕。

力部

【劜】雄箇切音賀箇韻　古錢名。〔貨泉錄〕王莽知鑄大鐵錢。俗謂之姥—。

【劺】音亥賄韻音劾效韻　推也。見〔海篇〕。〔康熙字典云。劾譌字。〕

【勆】同勦。見〔篇海〕。

【努】同殘。見〔篇海類編〕。

〔疑卽努譌字。〕

【勈】必結切音猕屑韻

●大也。見〔玉篇〕。

●大力之貌。見〔廣韻〕。

【勮】同勮。見〔字彙補〕。

【勫】側八切音札黠韻　力也。見〔字彙補〕。〔康熙字典云。劄譌字。〕〔按集韻。劄、竹洽切。謹力也。—洽韻。劄。疑爲劄譌。〕

【勱】同勝。見〔海篇〕。

【勥】同勥。見〔篇海類編〕。

勹部

【匀】照削切音勺藥韻　齊均平也。見〔字彙補〕。

【匀】胡涓切音懸先韻　人名。見〔篇海類編〕。

【訇】同勹。見〔字彙補〕。

【匔】時照切音邵嘯韻　倒懸鉤也。見〔集韻〕。

匚部

【匧】徒聊切音蓨蕭韻　田器也。見〔龍龕手鑑〕。

【匰】古竄字。見〔玉篇〕。

匸部

【匨】音未詳　滑國。後魏時、謂之滑—。西域國也。見〔文獻通考〕。

【匬】㔷或字。見〔說文繫傳〕。

【匾】同匯。滙也。〔法華經〕鼻不。匾—。

凵部

【凶】思晉切音信震韻　—門也。今作顖。見〔五音篇海〕。

【凹】亨念切音𪊱韻　聞也。見〔海篇〕。

【凷】同曲。〔道藏洞靈眞經〕—心巧應。

【凹】他刀切音叨豪韻　古器。見〔字彙補〕。

【凾】同函。見〔龍龕手鑑〕。

【凿】卑民切音賓眞韻　鬱也。見〔字彙補〕。

冂部

【冏】音未詳　影神七名窼—。見〔談薈〕。

宀部

【𡨄】變譌字。見〔字彙補〕。

厂部

【厡】同原。見〔字彙補〕。

【厥】居月切音厥月韻

●短也。見〔字彙補〕。

●姓也。見〔字彙補〕。

【厓】才何切音醝歌韻　嗟或字。見〔集韻〕。

【厨】廚譌字。見〔字彙補〕。

【厫】同廠。〔丘巨源與袁粲書〕荷廠塵末。〔品外錄云。廠、舊本作—。〕

【厤】同厨。見〔海篇〕。

卩部

【卷】音未詳　山神名。〔太清金液神氣經〕北嶽姓巖、名—君。

【卲】同鎧。見〔玉篇〕。〔按今本玉篇書作鎧卲。〕

十部

【丰】古保字。見〔海篇〕。〔康熙字典云。丰譌字。〕

【卋】同世。見〔篇海〕。

【芈】𧦝玩切音灌諫韻　雲南人謀訟動曰—。頼之事。蓋俗語也。見〔字彙補〕。

【𠦜】古旱切音笥旱韻　幹譌字。見〔康熙字典〕。

卜部

【卻】谷譌字。見〔字彙補〕。

【南】同衛。見〔字彙補〕。

【𣃔】音穽敬韻　窖也。見〔川篇〕。

冫部

【瀰】同瀰。見〔字彙補〕。

【盪】同盪。見〔字彙補〕。

厶部

【厺】去本字。見〔說文厺部〕。

【㕟】䜺譌字。見〔康熙字典〕。

又部

【叏】音叨豪韻　骨也。見〔康熙字典引篇海〕。〔按字彙補曰。同岁、岁、說文訓滑。〕

【㕣】同碯。〔字彙補〕碯砂之碯亦作—。

【𠬢】𤼵譌字。見〔字彙補〕。

〔敱〕音蓋泰韻 深堅意見〔字彙補〕。

〔叡〕徒昆切音豚文韻 —耳馬莧見〔廣雅釋草〕。

〔⿱癶双〕音未詳 人名。〔穆天子傳〕巨蒐之—曰觴天子于焚留之山。

〔⿱癶叉〕音廢隊韻 賦斂也見〔字彙補〕。〔康熙字典云發譌字。〕

※丑集※

口部

〔叿〕同吘見〔川篇〕。

〔叹〕同又見〔川篇〕。

〔吃〕同吃見〔五音篇海〕。

〔哅〕哅或字見〔類篇〕。

〔叮〕音未詳 飛嚼—。倭國地名見〔字彙補〕

〔呟〕呹譌字見〔字彙補〕。

〔咔〕音弄送韻 鳥鳴也見〔篇海類編〕。〔康熙字典云咔譌字。〕

〔⿰口术〕同述見〔字彙補〕。

〔君〕同王見〔字彙補〕。

〔咏〕爲命切敬韻 歌也。見〔篇海〕〔康熙字典云咏譌字。〕

〔呇〕古眔字見〔正字通〕。〔康熙字典云呇譌字。〕

〔哌〕音孤虞韻 啼聲。見〔篇海〕〔康熙字典云呱譌字。〕

〔哌〕音孤虞韻 啼聲。見〔篇海〕〔康熙字典云呱譌字。〕

〔唛〕音解蟹韻 怒大聲。見〔篇海〕。

〔⿱吅王〕鍾鼎文靈字見〔古音獵要〕〔康熙字典按曰。集韻。靈、古作𠽦不云作—。篇海類編有㗋字。丑栗切。義闕。今無攷。〕

〔咅〕啐本字見〔說文〕。

〔咲〕俗哭字見〔龍龕手鑑。〕〔康熙字典誤作咲。〕

〔喓〕落侯切音婁尤韻 喚鳥也。見〔康熙字典引龍龕。〕〔按龍龕無此字。嘍注云。落侯反又上聲、笑烏聲也。今作嘍。俗作嘍嘍然。則—爲譌字無疑。〕

〔咯〕吝或字見〔集韻〕。

〔咚〕同吝見〔字彙補〕。

〔唟〕同呿見〔龍龕手鑑〕。

〔⿰另另〕同号見〔康熙字典引龍龕手鑑〕

〔咪〕同嘷。見〔五音篇海〕。

〔哅〕同訩。見〔韻會〕。

〔喝〕同呴。見〔字彙補引廣韻。〕〔廣韻此字。〕

〔嘍〕同嘍。見〔五音篇海〕。

〔嗏〕同赫。見〔篇海類編〕。

〔哮〕同餘。見〔字彙補〕。

〔㕩〕同唵。見〔海篇〕。

〔哵〕同哵。見〔海篇〕。

〔咣〕同嘵。見〔五音篇海〕。

〔哃〕同罟。見〔字彙補〕。

〔哲〕哲俗字。見〔龍龕手鑑。〕

〔喊〕同惡。見〔字彙補〕。

〔噎〕吡俗字。見〔龍龕手鑑。〕〔康熙字典引作同嘪。大謬。〕

〔嘝〕同漂。見〔篇海〕。

〔嗹〕同嘍。見〔五音篇海〕。

〔㗇〕同策。見〔龍龕手鑑〕。

〔⿰口香〕餘俗字。見〔龍龕手鑑。〕

〔⿰口冬〕同咬。見〔搜眞玉鏡〕。

〔⿰口到〕同唯。見〔龍龕手鑑〕。

〔嗡〕同嗇。見〔五音篇海〕。

〔⿰馬口〕同罵。見〔五音篇海〕。

〔噉〕唄俗字。見〔龍龕手鑑。〕

〔啡〕唄俗字。〔龍龕手鑑。〕

〔嗝〕同谿。見〔五音篇海〕。

〔嚼〕同啜。見〔篇海類編〕。

〔唔〕五故切音互遇韻 心了也。見〔五音篇海〕〔康熙字典云悟譌字。〕

〔嗜〕同嗎。見〔海篇〕。

〔唥〕力丁切音零青韻 耳聲也。見〔海篇〕。

〔喋〕同囂。見〔五音篇海〕。

〔嗦〕同嗽。見〔字彙補〕。

〔嗱〕同嚔。見〔海篇〕。

〔喙〕同嘷。見〔五音篇海〕。

〔⿰口悲〕同悲。見〔龍龕手鑑〕。

〔塑〕同靈。見〔五音篇海〕。

〔⿰口慈〕牆之切音慈支韻 溜—。愧兒。見〔集韻〕。

〔嘐〕同吟。見〔字學指南〕。

〔嗏〕佇俗字。見〔龍龕手鑑。〕

〔⿺辶否〕同嚮。見〔康熙字典引集韻。〕〔按集韻。嚮、通作道。無—字。〕

〔戩〕同戕。見〔川篇〕。

〔䝼〕同韻。見〔字彙補〕。

〔唘〕同嗎。見〔龍龕手鑑〕。

〔對〕同對。見〔五音篇海〕。

〔嘥〕同嘣。見〔搜眞玉鏡〕。

〔⿰口艱〕同隱。見〔字彙補〕。

〔⿰口質〕之日切音質質韻

野人之言。見〔說文〕。

【嗟】古嘆字。見〔六書本義〕。

【嚚】古商字。見〔集韻〕。〔玉篇作商。〕

【嚾】同讙。見〔五音篇海〕。

【嚂】同吃。見〔龍龕手鑑〕。

【嚳】同譽。見〔字彙補〕。

【囄】名離切音迷齊韻 呪語。見〔字彙補〕。

【嚸】同喘。見〔五音篇海〕。

【囍】同囍。見〔字彙補〕。

【囔】同嚢。見〔龍龕手鑑〕。

【囂】同喧。見〔搜眞玉鏡〕。

口部

【西】同四。見〔字彙補〕。

【囘】回本字。見〔說文〕。

【囚】尼鄰切音紉眞韻 賢也。見〔篇海類編〕。

【囬】音忽物韻 出气詞也。見〔六書略〕。

【囙】同冃。見〔搜眞玉鏡〕。

【囲】同囮。見〔奚韻〕。

【因】同日。見〔五音篇海〕。

【囘】籀文㫚字。見〔字彙補〕。〔按與囟別〕。

【囲】他紅切音通東韻 窠也。見〔篇海類編〕。

【囧】囧俗字。見〔龍龕手鑑〕。〔龍龕囧書作冏非〕。

【囘】同邑。見〔古音略〕。

【囟】同囪。見〔龍龕手鑑〕。

【民】同囫。見〔龍龕手鑑〕。

【囚】同冈。見〔搜眞玉鏡〕。

【囲】同淵。見〔康熙字典引龍龕手鑑〕。

【囯】音眞眞韻 光也。見〔川篇〕。

【困】同囦。見〔篇海類編〕。

【囬】同回。見〔篇海〕。

【囦】國俗字。見〔龍龕手鑑〕。〔按康熙字典作誤國〕。

【函】同囦。見〔字彙補〕。

【囼】同胎。見〔搜眞玉鏡〕。

【圂】同直。見〔風雅逸編〕。

【圄】同窖。見〔篇海〕。

【圐】道書月字。見〔字彙補〕。

【圎】去員切音圈先韻 水－。見〔龍龕手鑑〕。〔按康熙字典引作禾－〕。

【圗】烏還切音潸刪韻 水曲貌。見〔字彙補〕。

【圛】同圝。見〔字彙補〕。

【圖】圖俗字。見〔龍龕手鑑〕。

【國】國或字。見〔龍龕手鑑〕。〔康熙字典書作國〕。

【圞】同看。矐仙作。見〔字彙補〕。

【薗】同園。見〔五音篇海〕。

【圝】圝俗字。見〔龍龕手鑑〕。

【圞】同圖。見〔篇海類編〕。

尸部

【屍】同尻。見〔奚韻〕。

【屔】同泥。見〔五音篇海〕。

【屎】同尿。見〔篇海類編〕。

【屗】同尾。見〔字彙補〕。

【屔】同尼。見〔字彙補〕。

【屘】同屎。見〔篇海類編〕。

【屖】同庳。見〔字彙補〕。

【屎】同尿。見〔海篇〕。

【屁】同屁。見〔字彙補〕。

【屛】同降。見〔五音篇海〕。

【屛】同犇。見〔龍龕手鑑〕。

【屢】同屢。見〔字彙〕。

【屩】同絢。見〔字彙補〕。

【屈】渠切音倔物韻 短貌。曲也。見〔篇海類編〕。

【屨】同樓。見〔高僧傳〕。

巳部

【巽】巽本字。見〔說文丌部〕。

弓部

【弐】音未詳 眞陽之孫曰－龍。見〔道書〕。

【弙】弙譌字。見〔字彙補〕。

【弔】同弔。見〔說文長箋〕。

【弦】同弦。見〔篇海類編〕。

【弞】哂俗字。見〔龍龕手鑑〕。

【弡】同髯。見〔字彙補〕。

【弭】同弼。見〔五音篇海〕。

【弮】同彆。見〔字彙補〕。

【弲】胖譌字。見〔字彙補〕。

【弴】同弽。見〔篇海類編〕。

【弶】同為。見〔字彙補〕。

【弸】同弽。見〔篇海類編〕。

【彁】音家紙韻 釋也。張也。見〔龍龕手鑑〕。

【彀】古候切音寇宥韻 張弓也。見〔康熙字典引龍龕〕。〔按龍龕手鑑有音無義。未知所據。又曰卽彀字之譌〕。

【弼】同弻。見〔篇海類編〕。〔按說文本作弜〕。

【彇】音崩庚韻 弓也。見〔海篇〕。

【𢐦】巨魚切音渠魚韻 弓弰也。見〔五音集韻〕。
【𢑍】同彠。見〔字彙補〕。
【𢐽】同死。見〔字彙補〕。
【𢑓】同炒。見〔五音篇海〕。
【𢑡】同彌。見〔篇海類編〕。
【𢑒】同𢑱。見〔字彙補〕。

弋部

【𢍺】同弋。見〔字彙補〕。
【𢎀】同灾。見〔字彙補〕。
【𢎆】同鉽。見〔字彙補〕。
【𢎗】同二。見〔字彙補〕。
【𢎘】同戴。見〔字彙補〕。
【𢎝】同弑。見〔字彙補〕。

广部

【庂】魚檢切音儼琰韻 俺—。癡也。見〔集韻〕。
【𢇛】同庑。見〔奚韻〕。
【㡰】音覃罈韻 陰也。見〔篇海類編〕。〔疑爲庑譌字〕。
【㡱】同府。見〔字彙補〕。
【庛】音挑蕭韻 廟也。見〔篇海類編〕。
【㡯】魚檢切音儼琰韻 陵阜。見〔篇海類編〕。〔亦曰陵—〕。
【㡰】同瘀。見〔字彙補〕。
【庮】于求切音由尤韻 屋久木也。見〔字彙補〕。〔疑爲庮譌字〕。
【㢇】同䫲。見〔篇海類編〕。
【㢅】古浹切音頰葉韻 瘵也。見〔玉篇〕。
【𢈘】音未詳 石之次玉。〔山海經山中經〕蔥聾之山多—石。〔畢注〕—、當爲珠。說文云石之次玉。
【㢐】同傴。見〔篇海類編〕。
【𢈟】同腐。見〔奚韻〕。
【𢉂】博抱切音保晧韻 藏也。見〔字彙〕。
【𢉊】同鹿。見〔篇海類編〕。
【𢉏】同瑟。見〔字義總略〕。
【𢉦】音爲㱿韻 庵舍也。見〔海篇〕。
【𢊁】許規切音麾支韻 婆娑也。見〔篇海類編〕。
【𢊂】古砮字。見〔字彙補〕。
【𢊃】庾譌字。見〔字彙補〕。
【𢊊】同遼。見〔川篇〕。
【𢊍】音慷養韻 大也。見〔餘文〕。
【𢊙】音麻麻韻 骨也。見〔川篇〕。
【𢊝】若海切音賄韻 隱也。見〔搜眞玉鏡〕。
【𢊦】同嗇。見〔餘文〕。
【𢊪】落猥切音賄韻 歷病也。見〔餘文〕。〔康熙字典云癗譌字〕。
【𢋈】何兼切音嫌鹽韻 光也。見〔字彙補〕。
【𢋐】同廋。見〔搜眞玉鏡〕。
【𢋒】同褻。見〔龍龕手鑑〕。
【𢋥】同麗。見〔篇海類編〕。

宀部

【𡧄】同宇。見〔篇海類編〕。〔疑爲宇譌字〕。
【𡧅】莫見切音面霰韻 冥合也。見〔篇海類編〕。〔按音義均同宙〕。
【𡧈】古賓字。見〔五音集韻〕。
【𡧉】同寂。見〔漢張納碑〕。〔按卽家字〕。
【𡧌】同著。見〔康熙字典引龍龕手鑑〕。〔按影鈔遼刻本無此字〕。
【𡧑】同栗。見〔康熙字典引龍龕手鑑〕。〔按影鈔遼刻本無此字〕。
【𡧓】変籀文。見〔五音篇海〕。
【𡧗】同宰。見〔餘文〕。
【𡧙】同冥。見〔康熙字典引龍龕手鑑〕。〔按影鈔遼刻本無此字〕。
【𡧛】同家。見〔五音篇海〕。
【𡧡】寣譌字。見〔字彙補〕。
【𡧧】窫譌字。見〔六書正譌〕。
【𡨄】同密。見〔篇海類編〕。
【𡨅】同寥。見〔字彙補〕。
【𡨆】同實。見〔字彙補〕。
【𡨇】同宿。見〔搜眞玉鏡〕。
【𡨈】同寶。見〔篇海類編〕。
【𡨊】音未詳 病也。見〔字彙補〕。
【𡨋】同寥。見〔字彙補〕。
【𡨍】同𡨄。見〔康熙字典引龍龕手鑑〕。〔按影鈔遼刻本有𡨄無𡨍、—〕。
【𡨎】擠俗字。見〔字彙補〕。
【𡨏】同寧。見〔華嚴字母〕。

山部

【𡴭】同𡵂。見〔五音篇海〕。
【𡴯】古峻字。見〔龍龕手鑑〕。
【𡴱】同㞤。見〔篇海類編〕。
【𡴳】同屹。見〔篇海類編〕。
【𡴴】同屹。見〔篇海類編〕。
【𡴷】同岻。見〔篇海類編〕。
【𡴸】同谷。見〔字彙補〕。

【岸】同岍。見〔篇海類編〕。

【𡶉】同㞷。〔康熙字典引龍龕手鑑〕。

【𡵓】同光。見〔五音篇海〕。

【峋】同岫。見〔篇海類編〕。

【𡵆】同凹。見〔搜眞玉鏡〕。

【𡶴】同流。見〔康熙字典引龍龕手鑑〕。

【𡶇】嵥或字。見〔集韻〕。

【峀】古邦字。見〔韻會小補〕。〔按字彙補作峀〕。

【岘】同峴。見〔篇海類編〕。

【𡶗】同峯。見〔五音篇海〕。

【𡶱】古崩字。見〔龍龕手鑑〕。

【𡶄】同峘。見〔海篇〕。

【嶤】俗嶢字。見〔龍龕手鑑〕。

【島】島俗字。

【㟵】同岡。見〔五音篇海〕。

【𡼏】同峪。見〔篇海類編〕。

【峪】嶠譌字。見〔字彙補〕。

【𡶃】同垠。見〔篇海〕。

【崮】古崗字。見〔龍龕手鑑〕。

【崵】他厤切音逖錫韻 山名。見〔集韻〕。

【𡷒】於袁切音鴛元韻委遠切音宛阮韻 山名。見〔玉篇〕。

【嵊】同嵊。見〔海篇〕。

【崖】同憂。見〔字彙補〕。

【𡼖】同盈。見〔字彙補〕。

【隋】同隮。見〔五音篇海〕。

【㟧】逆各切音咢藥韻 ㊀山名。見〔玉篇〕。㊁崖也。見〔集韻〕。

【峩】同峨。見〔篇海類編〕。

【𡸕】同民。見〔五音篇海〕。

【嵤】古睦字。見〔集韻〕。

【𡾋】同峻。見〔海篇〕。

【𡾟】龍珠切音樓虞韻 山巔也。見〔集韻引埤蒼〕。

【𡹞】同崿。見〔搜眞玉鏡〕。

【嵾】同嵾。見〔篇海類編〕。

【㠑】同嵯。見〔篇海類編〕。

【嵩】抽知切音摛支韻 古嵩字。見〔集韻〕。〔互詳嵩字〕。

【𡻰】同嵲。見〔篇海類編〕。

【嶹】同齒。見〔康熙字典引龍龕手鑑〕。

【嶽】同嶽。見〔篇海類編〕。

【𡾲】同巀。見〔篇海類編〕。

【嵺】嵺譌字。詳嵺字。

【嶲】嶲俗字。見〔龍龕手鑑〕。

【巃】同巃。見〔篇海類編〕。

【巖】同磊。見〔字彙補〕。

【巆】同巆。見〔龍龕手鑑〕。

【巉】同巉。見〔海篇〕。

【巍】同巍。見〔篇海類編〕。

【巙】奴刀切音猱豪韻 山名。在齊。見〔篇海類編〕。

屮部

【屮】同市。見〔字彙補〕。

【𡳿】音未詳 神名。〔五嶽眞形圖〕五嶽姓崇名—。

巾部

【帀】同印。見〔龍龕手鑑〕。

【帋】鐘鼎文彝字。見〔韻寶〕。

【帄】同㠭。見〔康熙字典引廣韻〕。〔按廣韻無此字〕。

【希】同希。見〔康熙字典引龍龕手鑑〕。

【帗】帔俗字。見〔龍龕手鑑〕。

【帋】同系。見〔字彙補〕。

【帝】同亥。見〔篇韻〕。

【帝】同亦。見〔康熙字典引手鑑〕。

【帝】古帝字。見〔玉篇〕。

【帝】帝或字。見〔集韻〕。〔按康熙字典譌作帝〕。

【㡀】同㓹。見〔篇海類編〕。

【帬】同尹。見〔字彙補〕。

【帑】同尹。見〔餘文〕。

【帶】同帶。見〔正字通〕。〔按六書正譌曰。—象佩形。下从市。俗作帶。从重巾。非。舊字典駁之曰。說文佩必有巾。从巾。無从市之說〕。

【帯】同幗。見〔篇海類編〕。

【幒】同幒。見〔篇海類編〕。

【幍】幍譌字。見〔字彙補〕。

【幕】同幙。見〔玉篇〕。

【幏】同幏。見〔五音篇海〕。

【幞】音業洽韻 大版也。所以飾縣鐘鼓。見〔字彙補〕。

【幂】音義寘韻 狸子也。見〔海篇〕。

【幅】同幨。見〔餘文〕。

【幬】音託覺韻 橐也。見〔玉篇〕。

【幰】密北切音墨職韻 万或字。見〔集韻〕。

【幭】子敢切音斄感韻 縉未緶也。見〔集韻〕。

【幡】苦瓦切音跨馬韻 帛衣。見〔廣韻〕。

【幱】同皤。見〔字彙補〕。

【幭】同韈。見〔康熙字典引龍龕手鑑〕〔按影鈔遼刻本無此字〕

【𢅧】同韤。見〔字彙補〕。

廾部

【𢍸】弈俗字。見〔龍龕手鑑〕。

【𢌳】同弈。見〔風雅廣逸〕。

【巺】巽譌字。康熙字典廾部云—、說文巽本字。按說文从丌不从廾。

【𢍃】契譌字。見〔龍龕手鑑〕〔音義皆同契。按契从大从廾誤〕

【𢍁】同𢍃。見〔五音篇海〕。

【𢍳】籀文弁字。見〔五音篇海〕。

【𢍷】同契。見〔字彙補〕。

【𢍶】彝譌字。見〔正字通〕。

【𢎂】同奎。見〔集韻引集韻〕〔按今本無此字〕。

【𢐁】同弊。見〔龍龕手鑑〕。

尢部

【𡯷】同又。見〔五音篇海〕。

【𡯲】同𡯷。見〔字彙補〕。

【𡰽】同就。見〔五音篇海〕。

【𡱁】同𡰿。見〔篇海類編〕。

【𡱀】同𡯺。見〔字彙補〕。

【尷】尲俗字。見〔正字通〕。

※寅集※

子部

【𡥊】古使字。見〔玉篇〕。

【𡦂】音未詳

謂割鍬草也。見〔字彙補〕。

【𡦽】同擊。見〔篇海類編〕。

【𡦾】同擸。見〔字彙補〕。

【𡧀】同鶉。見〔字彙補〕。

【𡦹】同孽。見〔對韻音訓〕。

【𡦿】同擘。見〔篇海類編〕。

【𡧃】音未詳

姓也〔談薈〕東岳姓—。

寸部

【𡬫】等俗字。見〔篇海類編〕。

【尌】耐俗字。見〔龍龕手鑑〕。

【𡬿】同刪。見〔龍龕手鑑〕。

【將】同將〔韓勑碑陰〕孔宙季—。

【尃】同尊。見〔川篇〕。

【對】同劉。見〔周憬碑〕。

小部

【尒】同尒。見〔篇海類編〕。

【𡭆】同妙。見〔字彙補〕。

【𡮉】同小。見〔搜真玉鏡〕。

【𡮐】同麼。見〔字彙補〕。

【𡮣】同有。見〔字彙補〕。

大部

【乔】古惠切音桂霽韻 姓也。見〔字彙補〕。

【奀】同套。見〔篇海類編〕。

【𡗝】力改切賄韻 小船梢木。見〔字彙〕。

【夲】本譌字。廣雅釋木。本、榦也。疏證。本、各本譌作—。

【𡗷】同夸。見〔日月燈〕。

【𡘋】音低齊韻 大也。見〔篇海類編〕〔按卽套之或體〕。

【奋】古朗切養韻音本阮韻

【𡘞】同𡘋。見〔篇海類編〕。

鹽澤也。見〔篇海類編〕。

【臭】同澤。見〔字彙補引集韻〕〔按集韻。澤臭。說文、光潤也。古作臭。與引異〕。

【奊】同套。見〔字彙補〕。

【𡙃】同坤。見〔焦氏筆乘〕。

【𡙈】音未詳

姓也〔三尊譜錄〕金明七眞法姓—。

【𡙏】求玩切翰韻

大也。見〔搜眞玉鏡〕。

【𡙝】孤入切音急緝韻

戲也。見〔字彙補〕。

【𡙧】許慧切霽韻

肥貌。見〔五音篇海〕。

【𡙬】其元切昔拳元韻

人—。見〔字彙補〕。

【𡚁】同皎。見〔字彙補〕。

【𡙱】古月切月韻

同奠。見〔字彙補〕。

【𡙖】音連先韻

盛香器也。見〔海篇〕。

【𡙟】音傘旱韻

蓋也。見〔龍龕手鑑〕。

【𡙕】音未詳

姓也〔三尊譜錄〕太上眞皇法姓—。

【𡚇】武則天所置載字。

【𡙵】同傘。見〔韻會〕。

【𡚄】奪本字。見〔說文奞部〕。

【𡙹】古章字。見〔韻會〕。

【𡚃】賞職切音識職韻

竊盜挾藏謂之—。見〔五音集韻〕。

【𡚐】奮譌字。見〔字彙補〕。

【𡚎】橐譌字。見〔字彙補〕。

【𡚙】同彌。見〔字彙補〕。

【𡚘】音咼佳韻

不正也。見〔篇海〕。

【奯】呼括切音豁末韻 ❶空大也。見〔說文〕。〔段注〕此謂空中之大。與豁義略同。篇韻云。大目也。❷目動也。〔元包經〕豐睛之—。

【⿰⿱夭夭⿱夭夭】同結。見〔篇海〕。

【⿰大無】同模。見〔韻會〕。

【⿱山夔】音未詳 神名。〔金液神氣經〕中嶽姓惲名—君。

女部

【妏】同忞。見〔廣韻〕。

【妠】同炏。見〔說文長箋〕。

【㚪】毷或字。見〔集韻〕。

【妚】同胚。見〔正字通〕。

【安】同妘。見〔篇海類編〕。

【妧】同妩。見〔五音篇海〕。

【要】妥俗字。見〔龍龕手鑑〕。

【⿱癶女】婺俗字。見〔龍龕手鑑〕。

【妢】同妎。見〔五音篇海〕。

【姌】姸俗字。見〔正字通〕。

【㚰】同嫋。見〔字彙〕〔正字通〕云。嫋譌字。

【姉】同姊。廣韻如此作。

【㚴】戶吳切音胡虞韻 女字。見〔字彙〕。〔正字通〕云。俗字。或曰同嫭譌省。康熙字典作同嫭。

【⿰女孕】孕俗字。見〔正字通〕。

【⿱壬女】同妊。見〔篇海類編〕。

【娙】嫈俗字。見〔龍龕手鑑〕。

【⿱爻女】同娞。見〔篇海類編〕。

【娰】同姒。見〔篇海類編〕。

【娄】婁俗字。

【㛍】音怯洽韻 心不平也。見〔字彙補〕。

【娎】同妡。見〔篇海類編〕。

【⿱日女】古奸字。見〔龍龕手鑑〕。

【娼】倡俗字。見〔正字通〕。

【⿱尚女】娄譌字。見〔正字通〕。

【⿰女婁】同聘。見〔字彙補〕。

【㛝】同娸。見〔篇海類編〕。

【⿰女兹】同婜。見〔字彙補〕。

【媤】媸或字。見〔龍龕手鑑〕。

【婓】同斐。見〔字彙補〕。

【嫏】同娜。見〔篇海類編〕。

【婆】同娑。見〔字彙補〕。

【㛦】同欲。見〔龍龕手鑑〕。

【⿰女益】伊昔切音益陌韻 女字。見〔集韻〕。

【⿱西婁】同孋。見〔字彙補〕。

【㜜】同嫏。見〔五音篇海〕。

【嫰】嫩俗字。

【嬋】同婿。見〔奚韻〕。

【嬮】同嫟。見〔龍龕手鑑〕。

【嬈】同㜃。見〔篇海類編〕。

【嬄】同媙。見〔龍龕手鑑〕。

【嬓】同嫳。見〔篇海類編〕。

【嬭】同嫪。見〔篇海類編〕。

【嬆】同嬆。見〔篇海類編〕。

【嫺】同嬥。見〔篇海類編〕。

【嬀】嫋俗字。見〔龍龕手鑑〕。

【嬂】同媄。見〔五音篇海〕。

【嬻】同嬻。見〔篇海類編〕。

【㜎】同孌。見〔篇海類編〕。

【嬡】今俗稱人女曰令—。讀如愛。

【嫐】同惱。見〔篇海類編〕。

【⿱侖女】嬐或字。見〔龍龕手鑑〕。

【㜻】孌本字。見〔說文〕。

【嬺】同婷。見〔篇海類編〕。

【嫽】同嫺。見〔字彙補〕。

【嬔】同嬇。見〔餘文〕。

【𡠟】妘籀文。見〔說文〕。

【𡡾】同嬰。見〔篇海類編〕。

【𡢿】同嬺。見〔篇海類編〕。

【𡣍】同濫。見〔篇海類編〕。

【𡣖】同婏。見〔篇海類編〕。

土部

【𡈽】同圣。見〔龍龕手鑑〕。

【圠】同地。見〔川篇〕。

【𡊄】同均。見〔篇海類編〕。

【坍】同坍。見〔字彙補〕。

【坘】同坻。見〔篇海類編〕。

【𡋇】坵俗字。見〔龍龕手鑑〕。

【坓】才性切音淨敬韻 坑—。見〔龍龕手鑑〕。〔康熙字典云。阱譌字〕。

【坸】坻俗字。見〔龍龕手鑑〕。

【⿱冈土】同冈。見〔五音篇海〕。

【垗】同兆。見〔五音篇海〕。

【⿱吕土】音節屑韻 高山貌。見〔篇海類編〕。〔康熙字典云。岊譌字〕。

【坙】古靈切音經青韻 直波曰—。見〔篇海類編〕。〔康熙字典云。巠譌字〕。

【𡊅】同丘。見〔篇海類編〕。

【垷】坑俗字。見〔龍龕手鑑〕。

【坣】同垐。見〔篇海類編〕。

【堋】同堋。見〔篇海類編〕。【垩】同坪。見〔篇海類編〕。【坮】古臺字。見〔字彙〕。【垗】兆俗字。【坐】坐俗字。【垒】同臺。見〔字彙補〕。【垦】同垠。見〔篇海類編〕。【坺】同垈。見〔海類類編〕。【垔】同堌。見〔篇海類編〕。【尭】藏經胡字。見〔五音篇海〕。【埫】垧俗字。見〔龍龕手鑑〕。【坸】垓或字。見〔龍龕手鑑〕。【垨】同守。見〔五音篇海〕。【垛】同垛。見〔篇海〕。【垔】烏欣切音亜眞韻 塞也。見〔字彙補〕。〔康熙字典云亜譌字〕。【塬】坑俗字。見〔龍龕手鑑〕。【坓】音刑庚韻 鑄錢模也。見〔五音篇海〕。〔康熙字典云型譌字〕。

【塥】坵俗字。見〔龍龕手鑑〕。【垷】垸或字。見〔龍龕手鑑〕。【堀】堙俗字。見〔龍龕手鑑〕。【塠】同堆。見〔龍龕手鑑〕。【墟】同坻。見〔篇海類編〕。【垪】同坼。見〔五音篇海〕。【坌】音分文韻 掃—也。見〔五音篇海〕。【埕】同呈。見〔廣韻〕。【埜】同野。見〔篇海〕。【堚】同韋。見〔正字通〕。【堾】同踳。見〔五音篇海〕。【埍】同塊。見〔篇海類編〕。【堿】音咸咸韻音勘勘韻 —圻。見〔篇海類編〕。【埒】同坰。見〔篇海類編〕。【塖】塍或字。見〔集韻〕。【墬】同地。見〔字彙補〕。

【垑】同多。見〔五音篇海〕。【塧】烏戒切音隘卦韻 險隘。見〔篇海類編〕。〔康熙字典云隘譌字〕。【塏】同塏。見〔字彙補〕。【墩】薄賣切音敗卦韻 堤也。見〔集韻〕。【墒】丁歷切音的錫韻 階謂之—。見〔集韻〕。【墬】同墒。見〔篇海類編〕。【壋】壐俗字。見〔龍龕手鑑〕。【墠】同壇。見〔五音篇海〕。【墹】堋俗字。見〔龍龕手鑑〕。【壛】同塊。見〔篇海〕。【壒】同塔。見〔字彙補〕。【壖】同壖。見〔篇海〕。【壜】同塌。見〔篇海類編〕。【壝】同墼。見〔篇海類編〕。【壔】同壔。見〔篇海〕。【壞】同壞。見〔篇海類篇〕。【壜】同壜。見〔篇海類編〕。

【堤】同堤。見〔五音篇海〕。【壂】下買切音蟹蟹韻 地名。見〔集韻〕。【壞】毀俗字。見〔字彙補〕。【墳】塡俗字。見〔龍龕手鑑〕。【墄】同壂。見〔字彙補〕。【壙】同殯。見〔篇海類編〕。【墼】墼或字。見〔龍龕手鑑〕。【壝】同壝。見〔字彙補〕。【壘】同凷。見〔篇海類編〕。【壇】同壘。見〔篇海類編〕。【壧】圤或字。見〔龍龕手鑑〕。【墢】同墼。見〔奚韻〕。

士部

【壬】同妄。見〔字彙補〕。【壳】殼俗字。【壵】同壯。見〔藏經字義〕。【壹】同壺。見〔五音篇海〕。【壻】同婿。見〔篇海類編〕。

【壷】同壷。見〔篇海類編〕。【壵】同壹。見〔字彙補〕。【譸】同儔。見〔字學指南〕。【訐】音未詳 迎也。見〔字彙補〕。

工部

【差】同差。見〔字彙補〕。【𢀩】同驟。見〔字彙補〕。【翌】同多。見〔字彙補〕。【塗】同無。見〔字彙補〕。

彐部

【彐】同多。見〔字學指南〕。【当】當俗字。【彔】同嚼。見〔字彙補〕。【彚】同彙。見〔字彙補〕。【豹】同狗。見〔字彙補〕。【䨶】同皺。見〔字彙補〕。【彖】同魅。見〔字彙補〕。【彝】同蝟。見〔字彙補〕。【彞】同彝。見〔字彙補〕。【翻】同翻。見〔字彙補〕。

【𢑴】同猪。見〔字彙補〕。
【𢑹】同鐓。見〔字彙補〕。
【𢑻】同壼。見〔字彙補〕。
【𢑼】同那。見〔字彙補〕。

幺部

【𢆯】丁了切音鳥篠韻 縣貌。見〔字彙補〕。〔按右旁本作倒了字〕。
【𢆶】音幽尤韻音直職韻 小也。見〔五音篇海〕。
【𢇍】同㡭。見〔字彙補〕。
【𢇎】同絕。見〔餘文〕。
【𢇏】同孳。見〔餘文〕。

夕部

【𡖖】同夎。見〔字彙補〕。
【𡖠】丁夜切〔按字彙補曰此梵音切〕
【𡖢】古舟切音勾尤韻 身也。見〔藏經〕。
【𡖧】多也。見〔字彙補〕。〔按即夠字。〕
【𡖮】同多。見〔海篇〕。
【𡖺】同移。見〔字彙補〕。
【夥】余怪切音外卦韻 —㚢。姊妹之子也。見〔字彙補〕。
【𡗁】同夢。見〔字彙補〕。
【𡗂】於果切音婐哿韻 多也。見〔字彙補〕。
【𡗄】奐譌字。見〔正字通〕。
【𡗅】同掖。見〔字彙補〕。
【𡗈】同太。見〔字彙補〕。

夂部

【夆】同夆。見〔篇海類編〕。
【夅】同牢。見〔字彙補〕。
【条】同齋。見〔字彙補〕。

夊部

【夌】音僕屋韻 ——行皃。見〔字彙〕。
【𡕦】古長字。見〔字彙補〕。
【𡕨】㚇本字。見〔說文亢部〕。
【𡕩】同復。見〔字彙補〕。
【𡕪】同要。見〔奇字韻〕。
【𩎟】同鞠。見〔字彙補〕。
【夓】古夏字。見〔字彙補〕。

廴部

【廵】巡譌字。見〔字彙補〕。

彳部

【𢓊】同𢓊。見〔篇海類編〕。
【𢓅】同徒。見〔字彙補〕。
【𢓆】同衲。見〔五音篇海〕。
【彸】𢓊譌字。見〔字彙補〕。
【𢓈】佟譌字。見〔字彙補〕。
【𢓉】同佟。見〔川篇〕。
【征】同任。見〔字彙補〕。
【侵】同侵。見〔篇海類編〕。
【𢓋】同俗。見〔龍龕手鑑〕。
【𢓌】傒俗字。見〔龍龕手鑑〕。
【修】同修。見〔川篇〕。
【御】同御。見〔篇海類編〕。
【借】同借。見〔篇海類編〕。
【徲】同徲。見〔篇海類編〕。
【俾】同俾。見〔王篇〕。
【徍】古往字。見〔玉篇〕。
【得】同得。見〔字彙補〕。
【傲】同傲。見〔篇海類編〕。
【從】同從。見〔篇海類編〕。
【僕】同僕。見〔篇海類編〕。
【徾】音蟲東韻 行也。見〔川篇〕。
【衡】同衡。見〔篇海類編〕。
【𢕦】同農。見〔奚韻〕。

彡部

【形】同𠄎。見〔字彙補〕。
【杉】彬譌字。見〔字彙補〕。
【彪】同彪。見〔字彙補〕。
【𢒠】同變。見〔字彙補〕。
【彰】同彰。見〔字彙補〕。
【𢒯】同㐱。見〔康熙字典引龍龕〕。〔按龍龕手鑑。㐱、俗。㐱、正。音目。㐱細文也。無㐱字。然㐱見說文。从彡㐱省。疑二書各有譌〕。
【𢒱】同鬙。見〔五音篇海〕。

巛部

【巛】同坤。見〔海篇〕。
【𢀕】音荒陽韻 人名。見〔龍龕手鑑〕。
【𢀙】同衆。見〔字彙補〕。
【𢀞】音未詳 重—。氏。地名。見〔穆天子傳〕。
【𢀠】許迷切齊韻 忌懼也。見〔字彙補〕。
【𡿬】同河。見〔字彙補〕。

※卯集※

手部

【扐】音木屋韻 自乘。見〔龍龕手鑑〕。〔康熙字典引作桑也。誤〕。
【扖】扠譌字。見〔字彙補〕。
【抗】音月音兀月韻 搖動也。見〔龍龕手鑑〕。〔按即抗字。〕
【抛】抛俗字。說文新附。抛、棄也。从手从尤从力。或从手尥聲。俗變尤从九。非。
【拗】拗俗字。說文新附。拗、

手拉也。从手幼聲。俗从幻。非。

【抹】抺本字。見〔說文。〕

【抜】拔俗字。見〔佩觿集。〕

【抵】抵俗字。見〔龍龕手鑑。〕

【扫】同搊。見〔篇海類編。〕

【抨】捽或字。見〔龍龕手鑑。〕

【扶】挾俗字。見〔龍龕手鑑。〕

【挃】握或字。見〔集韻。〕

【挑】同挑。見〔龍龕手鑑。〕

【招】旅俗字。見〔龍龕手鑑。〕

【掮】讀若肩

●一俗謂以肩舉物也。字應从建。後漢輿服志驛夫建弓韣九鞬是也。

●二吳俗謂代人買賣爲—客。

【捆】稛或字。見〔集韻。〕

【掭】他念切。音磹。豔韻

挑剔燈火之杖曰—。見〔容齋五筆。〕〔按廣韻五十五豔。掭火杖。則从木爲正。〕

【捿】棲俗字。見〔龍龕手鑑。〕

【揓】施智切。音翅。寘韻

把也。見〔集韻。〕

【揝】撍或字。見〔集韻。〕

【㨛】羽鬼切。音尾。韙韻

逆追也。見〔集韻。〕

【撣】同揮。見〔同文舉要。〕

【㪺】口科切。音科。歌韻

無角也。見〔字彙補。〕〔康熙字典云。斛譌字。〕

【揸】讀若查

謂以指取物也。本作摣。〔釋名釋姿容〕摣、叉也。五指俱往叉取也。

【捽】同捽。見〔字彙補。〕〔按龍龕手鑑云。捽、、—皆俗。正從木作栟。〕

【摭】同撻。見〔篇海。〕

【搒】塝或字。見〔集韻。〕

【搽】榛或字。見〔集韻。〕

【搯】拉俗字。見〔龍龕手鑑。〕

【擛】弋涉切。音葉。葉韻

箕舌也。〔管子弟子職〕執箕膺—。〔禮記少儀作擖。按卽揲字。〕

【掤】巴升切。音冰。蒸韻

以手覆矢。又弓弦也。見〔字彙補〕〔按卽棚譌字。〕

【揀】揀省字。見〔正字通。〕

【拼】舁俗字。見〔正字通臼部舁注。〕

【據】據俗字。據、碑變从處。處又處之變。

【擰】擰俗字。

【擟】楚兩切。音甐。養韻

磨滌也。見〔集韻。〕

【挾】捨或字。見〔集韻。〕

【擴】擴俗字。見〔正字通擴注。〕

【擧】居悚切。音拱。董韻

姓也。見〔廣韻。〕

【攢】攢俗字。見〔正字通。〕

【擕】携俗字。

【㨫】檬譌字。見〔正字通。〕

【擾】擾本字。見〔說文。〕

【攠】挸或字。見〔集韻。〕

【㩗】必駕切。音霸。禡韻

把也。見〔篇海。〕〔按集韻四十禡。把、重文作欛。欛。柄也。俗从手。非。〕

毛部

【毠】氈俗字。見〔龍龕手鑑。〕

【毰】毦俗字。見〔龍龕手鑑。〕

【𣭜】同毸。見〔篇海類編。〕

【毷】氍俗字。見〔龍龕手鑑。〕〔康熙字典云。鵝譌字。〕攷龍龕別有鵝字。音義俱異。〕

【毯】氈俗字。見〔龍龕手鑑。〕

【毦】毦俗字。見〔龍龕手鑑。〕

【㲜】氅譌字。

【毦】同毦。見〔篇海類編。〕

【毲】同氈。見〔海篇。〕

【毬】同裘。見〔康熙字典。〕〔按此俗字。說文篆作裘。象形字。加毛、贅。古作求。依六書故。求即從毛。而彡象領及督。是古文作求。於義已足。〕

【氈】同氈。六書故篆作氈。隸作—。

【毿】睽俗字。見〔龍龕手鑑。〕

【氌】力涉切。音躐。葉韻

●一毲或字。見〔說文彡部。〕

●二毛長貌也。見〔龍龕手鑑。〕

【毲】同氉。見〔字彙補引集韻。〕〔按今集韻作氉。〕

【毲】同毹。見〔字彙補引集韻。〕〔按今集韻有毹無—。〕

心部

【心】丁兼切。音䀡。鹽韻

姓也。見〔五音篇海。〕

【念】同念。見〔耳目資。〕

【帆】帆譌字。見〔字彙補〕。

【怢】音夫虞韻 怡也。見〔川篇〕。

【恶】同忤。見〔字彙補〕。

【恚】同志。見〔川篇〕。

【怰】戶絹切霰韻 賣也。見〔玉篇〕。

【忬】音未詳 逆也。見〔字彙補〕。

【悲】同恐。出藏經。見〔康熙字典引龍龕手鑑〕。〔按影鈔遼刻本作从比注云。舊藏作恐。悲頗在道地經。〕

【怌】同恨。見〔五音篇海〕。

【㤗】古巷切音絳絳韻 恨也。見〔集韻〕。

【悥】音未詳 人名。宋宗室趙不—。字仁仲。

【悳】同德。見〔搜真玉鏡〕。

【𢖶】恐或字。見〔說文〕。

【怨】恩譌字〔正字通〕—从卵省作—。非。

【悴】魯刀切豪韻勞去聲號韻 俗字。見〔龍龕手鑑〕。〔康熙字典云牢譌字〕。

【㤀】悟古字。見〔說文〕。

【您】伱俗字。見〔篇海類編〕。

【㥅】是酉切音受有韻 人名。漢有武安侯—。見〔集韻〕〔按正字通云人名無稽。詩陳風舒懮受兮。朱傳。懮受憂思也。—即懮受之義。詩借用受義。難適。〕

【惈】古火切音果哿韻 —敢。勇也。通作果。見〔集韻〕。

【炂】音未詳 —谷。地名。〔博古圖周敔敦銘〕王命敔追迎于上洛—谷。

【惦】讀若店 俗以思念爲—記。或云—念。

【惤】怰俗字。見〔龍龕手鑑〕。

【惧】懼俗字。見〔字學舉隅〕。

【悆】悆譌字。見〔正字通〕。

【㤟】恐本字。見〔說文〕。

【悹】悁籀文。見〔說文〕。

【𢛶】同憲。出江西隨函。見〔康熙字典引龍龕手鑑〕。〔按影抄遼刻本—惡下。云出江西隨函。音休建反。次出憲憲字。云。許建反。是舊字典所据誤〕。

【㤁】音未詳 阿—。元人名。〔經世大典〕至元十七年。羅殿國主遺阿—阿麻至四川。

【憲】同憲。見〔玉篇〕。

【𢤐】同像。見〔龍龕手鑑〕。

【𢡈】㥺俗字。見〔龍龕手鑑〕。

【㥦】愜俗字。見〔龍龕手鑑〕。

【憋】方查切音巴麻韻 義未詳。〔乾坤鑿度〕諳念虞思慊—。

【𢤬】慰本字。見〔說文〕。

【懆】同操。見〔川篇〕。

【𢡺】同惠。見〔字彙補〕〔按說文叀部惠古文作𢡌。从芔。俗或書作慧。—直成慧字矣。譌〕。

【憇】憩俗字。見〔正字通憩注〕。

【憿】許鑒切音儆陷韻 怒也。見〔集韻〕。

【惇】攻乎切音孤虞韻 怯也。見〔集韻〕。

【慺】懮古字。見〔集韻〕。

【懐】奴可切哿韻 宸也。見〔龍龕手鑑〕。

【𢣥】古脂切音基支韻 憂也。見〔搜真玉鏡〕。

【憤】憒俗字。見〔正字通〕。

【𢤭】慬或字。見〔集韻〕。

【憻】同坦。安平也。寬也。明也。出阿毳末經第三卷。見〔龍龕手鑑〕。

【𣢸】同憯。見〔字彙補〕。

【𢥋】慒或字。見〔集韻〕。

【𢥎】英耕切庚韻 人也。見〔川篇〕。

【𢥞】同慟。見〔正字通〕李斯碑動字小篆作勳。故—與慟通。

【㦩】譾俗字。見〔龍龕手鑑〕。

【𢡌】惠古字。見〔說文叀部〕。

【𢤞】同懿。見〔字彙補〕。

【懴】懺俗字。見〔字鑑鐵注〕。

【𥳑】音未詳 人名。宋理宗時宗尹趙與—。見〔三朝政要〕。

【𢡪】同悠。〔正字通𢡪注〕石鼓文。旂旆——。楊愼引——爲悠悠。或曰當是優優。按詩小雅悠悠旆旌。楊氏說是。不必改从優。舊本譌作𢤩。以𢤩爲𢡪。並非。

【𢤩】𢤩譌字。見〔正字通〕。

爪部

【⿰爪乚】同紥。見〔搜眞玉鏡〕。
【⿰爪也】女加切音拏麻韻 爬—。搔也。一曰、斂也。見〔集韻〕。
【⿱爫⿻彐亅】秦碑事字。見〔字彙補〕。
【⿰爪畐】同⿰爪畐。見〔康熙字典引龍龕手鑑〕。
【⿰爪蒦】同擭。見〔字彙補〕。
【⿱巛果】同巢。見〔五音篇海〕。
【⿰爪隻】擭俗字。見〔龍龕手鑑〕。
【⿰爪亂】同亂。見〔字彙補〕。
【⿰爪爨】爨譌字。見〔字彙補〕。

牙部

【𤘗】古牙字。見〔韻會舉要牙注〕。〔按依說文作𤘗〕

爿部

【⿰爿晉】徂古切音徂虞韻 子兩切音槳養韻 大也。見〔六書略〕。
【⿺辶⿰爿兔】同逸。見〔五音篇海〕。

【⿰片備】同備。見〔六書統〕。

片部

【⿰片凡】同帆。見〔字彙補〕。
【⿰片同】同胴。見〔龍龕手鑑〕。
【⿰片胤】同胤。見〔川篇〕。
【⿰片囪】同牕。見〔搜眞玉鏡〕。
【⿰片柬】同楝。見〔五音篇海〕。
【⿰片盍】土洽切洽韻 下—。閉城門也。見〔龍龕手鑑〕。〔按即牐字〕。
【牒】牒本字。見〔說文〕。
【⿰片鬲】同隔。見〔篇海類編〕。
【⿰片業】業或字。見〔集韻〕。〔按依類篇此與牒札字一形〕。

斤部

【⿰亞斤】同斲。見〔川篇〕。
【⿰咢斤】同鼎。見〔搜眞玉鏡〕。
【⿰⿱立未斤】同新。見〔字彙補〕。
【⿱目⿰爿斤】音頂迥韻 三足兩耳亦鎗屬也。見〔龍龕手鑑〕。〔按龍龕以此爲正。說文實作鼎〕。
【⿰亞斤】⿰亞斤俗字。見〔龍龕手鑑〕。
【⿰亞斤】同斲。見〔川篇〕。
【⿰鼎斤】同鼎。見〔搜眞玉鏡〕。
【⿰亲斤】同斲。見〔篇海〕。
【⿰㡭斤】斷本字。見〔說文〕。
【⿰亞斤】同斲。見〔川篇〕。

戶部

【戹】同厄。見〔川篇〕。
【⿸戶巳】同⿸厂彡。見〔篇海類編〕。
【⿸戶句】同局。見〔川篇〕。
【⿸戶大】戾俗字。見〔龍龕手鑑〕。
【⿰戶犬】同戾。見〔篇海〕。
【⿸戶⿱口口】同⿸戶⿱口口。見〔康熙字典引龍龕手鑑〕。〔按影鈔遼刻本戶部無⿸戶⿱口口字。—下但云、古文音靈〕。

歹部

【⿰歹力】舊藏作宏。見〔龍龕手鑑〕。

【⿰歹夭】夭本字。見〔字彙補〕。〔按即殀字〕。
【⿰歹州】古州字。見〔康熙字典引玉篇〕。〔按此字今惟見龍龕手鑑。音州。州篆作巛。或變作弼。疑—即弼譌。〕
【⿰歹処】同殀。〔玉篇〕—、夭—也。〔集韻作殀〕。
【⿰歹占】同殆。見〔篇海類編〕。
【⿰歹申】同胂。見〔五音篇海〕。
【⿰歹乖】同⿰歹乖。見〔康熙字典龍龕手鑑〕。
【⿰歹莫】同募。見〔正字通〕。
【⿰歹褱】壞俗字。見〔正字通〕。

方部

【於】同旌。見〔字彙補〕。
【⿰方市】旆俗字。見〔正字通〕。
【⿰方旗】同旃。見〔字彙補〕。
【⿰方膺】旛俗字。見〔字學舉隅〕。
【⿰方奇】旖省字。見〔日月燈〕。
【⿰方詹】同旝。見〔字彙補〕。

【⿰方顯】同旟。見〔康熙字典引龍龕手鑑〕。〔按影鈔遼刻本—、旟並無。集韻、類篇、旟重文則作旟〕。
【⿰㫃⿱亠其】旗本字。見〔說文㫃部〕。

氏部

【⿰氏旡】同⿰氏失。見〔字彙補〕。
【⿱大氏】奃譌字。見〔康熙字典〕。

比部

【⿰比方】同⿰比劣。見〔康熙字典引龍龕手鑑〕。〔按抄遼刻本作⿰比力〕。
【⿱比亏】毙俗字。見〔龍龕手鑑〕。

气部

【⿹气侖】相倫切音荀眞韻 氣逆也。見〔字彙補〕。

※辰集※

日部

【晄】同光見〔字彙補〕。
【昗】朋或字見〔類篇〕。
【昰】舊藏作阜見〔龍龕手鑑〕。
【昭】同昭見〔字彙補〕。〔按朝鮮國王有李—者〕。
【昞】同昞集韻如此作。
【昝】同時見〔字彙補〕。〔按昝之譌〕。
【𣅁】同訪見〔海篇〕。
【㫒】同昃見〔海篇〕。
【𣅑】冊俗字。
【昂】同昂〔衡方碑〕頤顒—。〔按詩卷阿以卬為之〕。
【㫩】眵俗字見〔龍龕手鑑〕。
【𣌾】同春見〔六書統〕。
【冒】同昌見〔字彙補〕。
【昦】同昊見〔字彙補〕。
【睃】子閏切私閏切震韻　早也。明也。敬也。見〔龍龕手鑑〕。〔按卽晙字〕。

【曡】同曡見〔龍龕手鑑〕。
【𣆺】同昏見〔搜眞玉鏡〕。
【瞓】舊藏作則字見〔龍龕手鑑〕。
【睯】同晉見〔字彙補〕。
【壆】同壆見〔龍龕手鑑〕。
【曾】同蒙見〔海篇〕。
【㬟】舊藏作彙見〔龍龕手鑑〕。
【暷】音傳先韻　日動也。見〔字彙補〕。
【晵】務古字見〔集韻〕。
【㬥】終古字見〔集韻〕。〔按康熙字典引作㬥譌〕。
【暍】渴古字見〔五音篇海〕。
【㬇】同照見〔川篇〕。
【暴】同㬥見〔韻會舉要〕。
【農】古農字見〔字彙補〕。
【曌】唐天后以代照字見〔佩觿集〕。〔按辨證曰別本一作曌〕。
【㬱】來甘切音藍覃韻　日不到也。見〔五音篇海〕。
【𣊬】同夏見〔五音篇海〕。
【𣉝】同昆見〔五音篇海〕。

曰部

【𣄅】同厚見〔字彙補〕。〔按卽說文㫗字〕。
【㫗】很口切音厚有韻　厚也。从反亯。見〔說文㫗部〕。〔段注〕今字厚行而—廢矣。凡經典—薄字皆作厚。
【曺】同曹〔武榮碑〕郡—史主簿。
【㬪】古葦字見〔說文葦部〕。
【㬯】古優字見〔五音集韻〕。

月部

【肜】余中切音融東韻〔舊歸肉部〕。
㊀祭名。〔書高宗肜日注〕祭之日又祭。周曰繹。殷曰—。
㊁——。和貌。見〔文選思玄賦注〕。
【𦙶】同肝見〔篇海類編〕。
【𦡊】疑卽朡字見〔字彙補〕。
【胼】同朕見〔說文長箋〕。〔按卽朕本字。从舟。隸變如此〕。
【䏰】音未詳　人名。—黛。見〔穆天子傳〕。〔按鄭濂校本作䐶〕。

毋部

【𣫭】瑇或字見〔集韻〕。

父部

【斧】斧譌字。康熙字典引龍龕如此作。

爻部

【𤕝】敎古字見〔說文敎部〕。
【爼】俎譌字見〔正字通〕。
【𤕟】同爽見〔耳目資〕。
【𤕦】同㲉見〔字彙補〕。
【爾】同爾見〔同文鐸〕。

文部

【斈】學俗字見〔字彙舉隅〕。
【斉】齊俗字。齊隸或作斉。故俗譌如此。
【敋】春思切音詩支韻　姓也。見〔字彙補〕。〔按卽古文施字之譌〕。
【敘】音序語韻　次也。見〔龍龕手鑑〕。〔卽敍字〕。
【斐】同錦見〔字彙補〕。
【斖】蠹俗字見〔龍龕手鑑〕。

欠部

【阦】弞俗字見〔龍龕手鑑〕。
【欶】古款字見〔龍龕手鑑〕。
【歒】歗俗字見〔龍龕手鑑〕。
【歆】同歆見〔正字通〕。
【㱆】同歜見〔說文長箋〕。

【歈】歈俗字。見〔龍龕手鑑〕。

【欽】欽古字。見〔集韻〕。

【歛】歛譌字。見〔字彙補〕。

【歎】作答切音咂合韻鳴也。見〔字彙補〕。

【歡】同歡。見〔五音篇海〕。

支部

【攱】攀靡切音皺支韻南楚之間器破而未離謂之—。見〔集韻引方言〕。〔按今箋疏本从文。集韻五旨引方言亦从文。六脂、訓器破。字同。六至、則从攴文、支。隸同。支亦互溷。疑从支誤。〕

【敼】同敼。見〔康熙字典〕引龍龕手鑑。〔按影鈔遼刻本。但云古文音敼。〕

【㪉】同魯。見〔康熙字典〕引龍龕手•鑑。〔按影鈔遼刻本作㪉。注但云音魯。〕

【變】同變。見〔康熙字典〕引龍龕手鑑。〔按影鈔遼刻本但音變。〕

【鼓】同鼓。見〔康熙字典〕引龍龕手鑑。〔按影鈔遼刻本支部有鼓。云音散。〕

【㱿】音未詳歐也。見〔字彙補〕。

【𣀩】音燭沃韻陰州也。見〔龍龕手鑑〕。

【𣀦】音卓覺韻刑也。見〔龍龕手鑑〕。

【𢿫】同散。見〔篇海類編〕。

攴部

【敋】古敎字。見〔龍龕手鑑〕。

【攸】攸譌字。見〔正字通〕。

【攷】古施字。見〔集韻〕。

【㪅】㪅或字。見〔集韻〕。

【敓】敓或字。見〔集韻〕。

【敕】敕俗字。見〔龍龕手鑑〕。

【𢻱】昭子切音止紙韻𢻱也。見〔字彙補〕。〔按即敳譌字。〕

【敚】同殺。見〔奚韻〕。〔按即數之譌變。〕

【致】致譌字。見〔字鑑〕。

【散】同殺。見〔五音篇海〕。〔按即殺之古文㪙。〕

【𢿣】古徵字。見〔集韻〕。

【𣀌】同殺。見〔字彙補〕。〔疑此爲殺古文㪙之譌變。〕

【敬】敬本字。見〔字彙補〕。〔依篆應作敬。〕

【𣀐】敓籀文。見〔正字通〕。

【敲】許昭切音梟蕭韻〔按許曉母梟見母不合疑誤〕—陽。地名。〔字彙補引漢書王子侯表〕—陽侯延年。〔按今本漢書作𢿳。師古曰。歊、許昭反。玫廣韻歊、許嬌切。是從欠字與音合。从文似譌。〕

【數】同數。見〔五音篇海〕。

【歐】同歐。見〔字彙補〕。

【㩴】同散。見〔五音篇海〕。

【敹】操或字。見〔集韻〕。

【𣀔】同塵。見〔康照字典〕引龍龕手鑑。〔按影鈔遼刻本文、部有𣀔。云、古文音塵。〕

【𢿂】同殺。見〔字彙補〕。

【𣁀】同變。見〔復古編〕。

【𢿱】同歆。見〔五音篇海〕。

【𢿨】同拂。見〔康熙字典〕引龍龕手鑑。〔按影鈔遼刻本作𢿨。云、古文拂。〕

殳部

【殺】同殺。見〔五音篇海〕。

【般】般俗字。見〔字學舉隅〕。

【毀】毀俗字。見〔正字通毀注〕。

【㪟】㪟譌字。見〔康熙字典〕。

【𣪠】同鑿。見〔康熙字典〕引龍龕手鑑。〔按影鈔遼刻本作𣪠𣪠二文。〕

戈部

【𢦓】同我。見〔餘文〕。〔按此爲我古文𢦓之變。〕

【𢦒】同矣。見〔川篇〕。

【或】同或。〔白石神君碑〕—祈—報。

【𢦕】哉俗字。見〔正字通哉注〕。

【战】戰俗字。

【㦰】乳勇切音宂董韻戟屬。見〔集韻〕。

【賊】同賊。見〔篇海類編〕。

【戟】戟俗字。見〔字鑑〕。

【𢧐】戕譌字。見〔正字通〕。

【𢧢】同𢧢。見〔字彙補〕〔按即戳譌字。〕

【戧】昌赤切陌韻赤工貌。見〔龍龕手鑑〕。

【𢨀】同藏。見〔字彙補〕。

【𢨂】同𢨂。見〔字彙補引集韻〕。〔按今集韻作歞。〕

【𢦝】同蠢。見〔餘文〕。

※巳集※

水部

【汚】同污。見〔五音篇海〕。

【汞】同永。〔巴官鐵平碑〕—平七年。

【汥】同攸。〔集韻〕攸說文、行水也。秦刻石嶧山文作—。

【汅】同汅。龍龕手鑑如此作。

【泄】同泄。見〔奚韻〕。

【没】沒俗字。見〔字鑑〕。

【汛】汛譌字。見〔字彙補〕。〔按帝京景物略。—活活。〕

【浍】古外切音儈泰韻 ❶水名。見〔玉篇〕。❷巜古字。見〔集韻〕。

【汫】同泮。見〔五音篇海〕。

【泳】舊藏作流。見〔龍龕手鑑〕。〔疑爲泝之變。〕

【派】派俗字。見〔字通派字注〕。

【沖】敕中切又音蟲東韻 —融。水平遠皃。見〔餘文〕。

【浀】通曲。〔正字通〕—與曲通。—池。水名。左傳桓十二年、盟于曲池。穀梁作—池。

【浃】同浹。〔衡方碑〕受任—旬。

【沰】渡或字。見〔集韻〕。

【汱】洑或字。見〔龍龕手鑑〕。

【流】流俗字。見〔字學舉隅〕。

【浴】溶譌字。〔字彙補〕唐穆宗子安王溶。一本作—。蓋傳寫之誤也。

【浠】香依切音希微韻 水名。見〔集韻〕。

【茫】謨郎切陽韻 淼—。無際也。引之爲惝网—昧冥—混—之義。與亾同意。亦作汒。亦通作芒。見〔六字故〕〔按字彙以附艸部非。今別之。〕

【浯】同𧨏。見〔龍龕手鑑〕。

【㳙】浴或字。見〔集韻浴注〕。

【涓】防無切音扶虞韻 水名。見〔字彙〕。〔按依廣韻作湏。今澤存堂本玉篇乃作湏。與訓水涯字無別。疑譌。〕

【泩】羽兩切音往養韻古況切音誑漾韻 往也。見〔漢書揚雄傳注〕引鄧展。〔按集韻云。揚雄弔屈原作此。以其去水中。故從水。〕

【渌】求於切音渠魚韻 宋魏之間、謂把爲—。挐見〔集韻〕。〔按今箋疏本作渠。錢繹云。—即渠之譌。〕

【消】同消。見〔奚韻〕。

【涤】同漆。見〔字彙補〕。

【滑】同潸。見〔龍龕手鑑〕。

【湐】帕或字。見〔集韻〕。

【沵】瀰俗字。見〔正字通〕。

【渊】淵俗字。見〔字鑑〕。

【渕】淵俗字。見〔龍龕手鑑〕。

【冡】魅譌字。見〔字彙補〕。

【涯】直連切音纏先韻 水名。見〔篇海類編〕。〔康熙字典云纏譌字。〕

【澎】徒紅切東韻 水名。亦水貌也。見〔龍龕手鑑〕〔康熙字典云。同澎。〕

【渆】同淵。龍龕手鑑如此作。

【湻】同淳。清穆宗諱載淳。避乃書此。

【溋】同盥。見〔五音篇海〕。

【滓】滓省字。見〔集韻滓注〕。

【滅】俗字。見〔正字通〕。〔康熙字典云。同滅。〕

【湮】湮俗字。見〔字鑑湮注〕。

【滛】淫譌字。見〔字鑑〕。

【泞】同濘。見〔五音篇海〕。

【㵦】同濬。六書故如此作。

【瀁】同漾。龍龕手鑑如此作。

【滙】匯或字。見〔正字通匯注〕。

【漱】潄俗字。見〔龍龕手鑑〕。

【渷】音充銑韻 水名。見〔川篇〕。〔按沇字隸作兖。韓勑夏承等碑又變作兗。此則合綴而譌。〕

【滾】滚本字。見〔正字通滚注〕。

【漉】同漉。見〔川篇〕。

【游】游或字。見〔集韻〕。

【漨】漨或字。見〔集韻〕。

【滲】滲或字。見〔龍龕手鑑〕。

【潄】漱俗字。見〔字學舉隅〕。

【漏】漏俗字。見〔字學舉隅〕。

【滿】滿譌字。見〔正字通滿注〕。

【潴】瀦或字。見〔集韻〕。

【潡】潡或字。見〔集韻〕。
【澅】清譌字〔字彙補〕天文大成—囫圇。或曰清字之譌。
【澾】同澾。見〔龍龕手鑑〕。
【滋】同滋。見〔川篇〕。
【潤】涮俗字。見〔龍龕手鑑〕。
【潜】潛譌字。見〔字鑑〕。
【潜】潛譌字。見〔字鑑〕。
【遏】何葛切音曷葛韻 水皃。見〔集韻〕。
【濐】常恕切音署遇韻 滯也。見〔集韻〕。
【濬】同滄。見〔川篇〕。
【濩】同渙。見〔五音篇海〕。
【澀】澀俗字。見〔龍龕手鑑〕。
【濶】闊俗字。見〔正字通闊注〕。
【灑】部買切音能蟹韻 水名。見〔集韻〕。
【瀕】瀕或字。見〔集韻〕。

【瀇】音宏庚韻 瀆也。見〔川篇〕。
【瀖】瀖譌字。詳瀖注。
【濤】同濤。見〔字彙補〕。
【㵽】淵或字。見〔集韻〕。
【灥】音未詳 山名。〔穆天子傳〕玉于—山之上。
【濾】音盧遇韻 濾濾也。見〔龍龕手鑑〕〔按即濾字〕。
【瀘】同瀘。見〔字彙補〕。

火部

【灾】同灾。見〔川篇〕。
【灰】灰俗字。見〔字鑑〕。
【扖】古烖字。見〔說文〕〔按字本從才。徐鍇注才聲、是也。集韻類篇乃皆云從手。或譌。〕
【炛】同炖。見〔字彙補〕。
【灼】炒俗字。見〔龍龕手鑑〕。
【炗】音荒陽韻 火也。見〔川篇〕。

【炛】同光。見〔龍龕手鑑〕。
【灻】同煮。見〔搜眞玉鏡〕。
【㶰】同煖。見〔五音篇海〕。
【炏】灾俗字。見〔字彙補〕。
【炁】音呼虞韻 得也。見〔字彙補〕。
【炸】同坼。見〔龍龕手鑑〕。
【𤆒】同玄。見〔五音篇海〕。
【㶷】同炕。見〔龍龕手鑑〕。
【𤆿】同炥。見〔字彙補〕。
【炲】炱或字。見〔集韻炱注〕。
【𤇠】炱譌字。見〔字彙補〕。
【𤇹】同飪。見〔五音篇海〕。
【魚】同烏。見〔龍龕手鑑〕。
【𢘌】同恢。見〔龍龕手鑑〕。
【𤇨】同炵。見〔字彙補〕。
【烛】燭或字。見〔集韻〕〔按今俗以—作燭非。〕
【秋】裦或字。見〔集韻裦注〕。
【㷉】尉本字。見〔說文〕。

【烝】同烝。龍龕手鑑如此作。
【煋】炟俗字。見〔龍龕手鑑〕。
【焝】呼困切音惛問韻 火皃。見〔集韻〕〔按玉篇云火也〕。
【焻】川向切音暢漾韻 氣也。見〔字彙補〕。
【焗】音瓜麻韻 舊藏作煱。見〔龍龕手鑑〕。
【煼】古炒字。見〔龍龕手鑑〕。
【煗】同煗。見〔搜眞玉鏡〕。
【熖】爓或字。見〔集韻〕。
【𤎼】同炲。見〔字彙補〕。
【燤】熜俗字。見〔龍龕手鑑〕。
【㷊】焚俗字。見〔字彙補〕。
【𤏐】同𤏐。見〔康熙字典〕〔按字出玉篇。武遇切。無訓。〕
【㷍】同助。見〔五音篇海〕。
【㷲】同熵。見〔五音篇海〕。

【燕】同無。見〔字彙補〕。
【煑】同煮。見〔康熙字典引龍龕手鑑〕〔按影鈔遼刻本。火部去聲有煑。爲煑祭字。疑康熙字典所据誤。〕
【燓】同熱。見〔字彙補〕。
【燮】同燮。見〔五音篇海〕。
【𤈿】同煮。玉篇如此作。
【𤋱】同煲。
【熽】爆俗字。見〔龍龕手鑑〕。
【𤇃】庚頃切音穎梗韻 烏迥切音濙迥韻 突池也。見〔說文井部〕〔段注。玉篇作澤地。雖不言所出。然恐說文古本如是。廣韻。濙、小水也。濙蓋即—。〕
【熪】燬或字。見〔集韻〕〔按玉篇云。燬、火也。烈火也。—、燬并同。〕
【焦】同炒。見〔龍龕手鑑〕〔按此即廣韻𤎅之異體。〕

康熙字典引作𤏛。疑譌。今依影鈔遼刻本正〕

【𤐧】同熺。見〔字彙補〕。

【𤎼】同燒。見〔奚韻〕。

【𤓓】同卦。見〔搜眞玉鏡〕。

【𤑔】同烈。見〔奚韻〕。〔按依篆應作㓪此譌〕。

【𤓺】同爨。見〔字彙補〕。

【𤒻】同㷑。衞文公名。〔賈子審微〕衞侯更其名曰—。〔注〕字書不載—字。案韓非子作燬。衞文公名也。

【𤒘】同𤓈。見〔字彙補〕。

【𤒹】同𤒟。見〔字學指南〕。

【𤓒】同無。見〔搜眞玉鏡〕。

【𤒺】煖俗字。見〔龍龕手鑑〕。

【𤒷】燥俗字。見〔字彙補〕。

【𤒡】同照。見〔字彙補〕。

【𤓁】同盞。見〔字彙補〕。

【𤓃】同㸁。見〔五音篇海〕。

【𤓄】同煇。見〔字彙補〕。

【𤓉】同㑚。見〔五音篇海〕。

【𤓊】同盜。出古老子。見〔字彙補〕。

【𤓋】燽俗字。見〔字彙〕。

【𤓎】同爆。見〔龍龕手鑑〕。

【𤓏】同炱。見〔玉篇〕。

【𤓐】同爆。見〔龍龕手鑑〕。

【𤓔】同熟。見〔字彙補〕。

【𤓕】同爦。見〔搜眞玉鏡〕。

【𤓖】同耿。見〔字彙補〕。

【𤓗】同爨。見〔字彙補〕。

木部

【朵】朵俗字。見〔龍龕手鑑〕。

【杲】朵俗字。見〔龍龕手鑑〕。

【杰】巨烈切音傑屑韻 鐃—。梁四公子名。見〔集韻〕〔按俗以爲豪傑字〕。

【朿】七賜切寘韻 木芒也。今作朿。見〔龍龕手鑑〕。

【杬】于問切音運問韻 有所失。見〔篇海類編〕。

【杘】丑梨切音痴支韻 女几切音伱紙韻 籆柄。見〔篇海類編〕。

【来】音菜葉韻 薄貌。見〔龍龕手鑑〕。

【杢】音七質韻 木也。見〔川篇〕。〔疑即桼字〕。

【杣】同樅。六書故隸如此。

【柸】同柾。見〔篇海類編〕。

【東】同乘。〔帝堯碑〕—圖書。

【枅】同料。見〔康熙字典引龍龕手鑑〕〔按影鈔遼刻有料。誤字作枓。無—〕。

【朶】同朵。見〔康熙字典引龍龕手鑑〕〔按影鈔遼刻本。朵俗字作朶。無—〕。

【柄】棉或字。見〔集韻〕。

【枙】枕俗字。見〔正字通〕。

【柍】於驚切音英庚韻 —梅也。一曰。江南橦材。其實謂之—。見〔說文〕。〔段注〕—梅、合二字成木名。

【柍】倚兩切音鞅養韻 架屋皃。見〔集韻〕。

【柍】倚兩切音鞅養韻於浪切音盎漾韻於良切音央陽韻 屋中央也。〔文選揚雄賦〕日月纔經于—桭。

【柍】於浪切音盎漾韻於朗切音盎養韻 硠—。衆聲鬱積競出之貌。〔文選馬融賦〕𩑶菌硠—。

【柍】於亮切音怏漾韻 打穀具。〔方言〕齊楚江淮謂之—。〔按廣雅釋器。柍也〕。

【枮】思廉切音孅詩廉切音苫鹽韻 木也。見〔說文〕。〔通訓定聲〕疑即大徐所補之𣞁字。今之杉木也。

【枮】知林切音碪侵韻 斫木櫍也。見〔集韻〕。

【枱】盈之切音移支韻象齒切音似紙韻 耒耑也。見〔說文〕。〔通訓定聲〕字亦作鈶。按臿上句者曰耒。下耑曰—。

【柺】古買切音𦫳直駭切音徥蟹韻古瓦切音寡馬韻 杖也。〔五代史四夷傳〕王峻奉表契丹耶律賜一木—。峻持歸。㽞望見避道。

【柹】無沸切音未未韻 木名。見〔集韻〕。

【枼】弋涉切音葉葉韻蘇合切音趿合韻 楄也。—薄也。見〔說文〕。〔桂注〕楄當爲牖。類篇。牖、𧝢䉮。玉篇。—牖也。牖即牖之誤。薄讀如蠶薄。〔按段注。凡木片之薄者謂之—。故葉牒牒鍱㯼偞等字皆用以會意〕。

【枽】同𣕁。見〔玉篇〕。

【柿】鉏里切音士紙韻時吏切音侍寘韻 赤實果。見〔說文〕。〔俗作削木柹之柿。非〕。

【柁】待可切馱上聲哿韻 正船木。見〔玉篇〕。

【柂】他可切音拕哿韻 木堅皃。見〔集韻〕。

【柁】唐何切音駝歌韻 木葉落。見〔集韻〕。

【椸】余知切音移支韻 木名。〔爾雅釋木〕椵—。〔注〕白椵也。樹似白楊。

【𣖽】鄰知切音離支韻 柯—。酒名。見〔類篇〕。

【梔】柁或字。見〔集韻〕。

【柃】郎丁切音零青韻 里郢切音領梗韻 木也。見〔說文〕〔按司馬相如上林賦張揖注曰。樠似—。玉篇—。木名。可染。玫—木有二種。一可染物。即松漠紀聞有楝—。瘦盂椀之有文理可愛者。一似楊桐。葉小而有鋸齒。三四月頃開小花作綠白色。秋結豬實。〕

【梮】苦浩切音考皓韻 丘刀切音尻豪韻 山樗也。見〔說文〕〔段注〕樗、栲、—。栲古今字。〕

【梮】拘玉切音曰沃韻 檋或字。見〔集韻〕。

【梮】居六切音匊屋韻 茱萸也。見〔廣雅釋木〕。

【柆】落合切音拉合韻 折木也。見〔說文〕〔王注〕—與拉同。猶煉與鍊同。

【柈】普半切音判翰韻 木名。見〔集韻〕。

【柈】蒲官切音盤寒韻 同槃。見〔玉篇〕。

【杴】符咸切音凡咸韻 蒲噡切鹽韻 木皮可為索。見〔玉篇〕。

【柭】魚厥切音鉞月韻 木名。見〔廣韻〕。

【柋】待戴切音代隊韻 吳俗謂蠶槌曰—。見〔集韻〕。

【柌】詳茲切音詞支韻 鎡柄也。見〔玉篇〕。

【柛】升人切音申眞韻 木斃踣也。〔爾雅釋木〕木自斃—。〔按容齋隨筆曰。木絕於申。故申字之訓為自斃。〕

【栟】毗面切音卞霰韻 門柱上欂櫨也。亦作開。見〔玉篇〕。

【枰】龍都切音盧通都切 音姥荒胡切音呼虞韻 籠五切音魯麌韻 —木出橐山。見〔說文〕〔按廣韻十一模黃—。木可染。十姥—。木名。可染繒。〕

【栐】於憬切音永梗韻 —木、可為笏。見〔廣韻〕〔按字彙音菊。櫟實也。正字通以栐譌字。〕

【枽】同柝。見〔篇海類編〕。

【桒】同業。見〔正字通〕。

【杘】同屎。見〔正字通〕。

【柾】同梳。見〔類篇〕。

【柗】同松。沓—縣名。漢置。屬武威郡。當今甘肅古浪縣西。

【柠】同楮。見〔廣韻〕。

【柹】柿俗字。見〔字彙〕。

【柟】枏俗字。見〔字彙〕。

【栁】柳俗字。見〔字學舉隅卯注。〕〔按柳實從丣。古酉字。譌從卯。俗因從夘。〕

【梻】許嚴切嚴韻 —梓也。見〔川篇〕。

【栲】音考皓韻 木名也。見〔龍龕手鑑〕〔按即栲字。〕

【橆】同無。見〔字彙補〕。

【梳】榴俗字。見〔龍龕手鑑〕。

【梁】梁俗字。見〔字鑑〕。

【栽】同栽。見〔龍龕手鑑〕。

【楚】楚俗字。見〔字學舉隅〕。

【棼】渠尤切音求尤韻 ㊀亭名。在新市。見〔類篇〕。㊁荆也。見〔類篇〕。

【棼】烏侯切音謳尤韻 地名。見〔集韻〕〔類篇云。在竟陵。〕

【𣑐】音雨麌韻 松也。見〔川篇〕。

【棔】呼昆切音昏元韻 合—。木名。俗轉為合歡。見〔集韻〕。

【枘】奴對切音內隊韻 —艸木垂說實皃。見〔集韻〕。

【桯】夷針切音淫侵韻 通水具。見〔集韻〕。

【棛】余六切音育屋韻 覆欄也。見〔集韻〕〔廣韻〕云車覆欄也。〕

【棝】古慕切音顧遇韻 果五切音古麌韻 —斗可射鼠。見〔說文〕。

【梱】巨隕切音郡問韻 木也。見〔字彙〕〔說文作梱〕。

【棞】胡昆切音魂元韻

梱或字。見〔集韻〕。〔類篇作梱。〕

【㭼】里養切音兩養韻 松脂。見〔玉篇〕。

【𣖾】色甲切音霎洽韻 木理起皃。見〔集韻〕。

【𣖾】疾葉切音捷葉韻 接也。見〔字彙〕。

【㮛】胡田切音賢先韻 地名。見〔字彙〕。

【㭺】衣檢切音掩琰韻 ━蘊。棕也。見〔集韻引博雅〕。

【㭺】於瞻切音瞻鹽韻烏含切音庵覃韻 ━欕。木名。見〔類篇〕。

【㭺】烏含切音諳覃韻 欓省字。見〔集韻〕。

【棡】居郎切音岡陽韻 橫牊木。見〔集韻〕。

【棢】文紡切音罔養韻 輞或字。見〔集韻〕。

【棤】思積切音昔陌韻 ━皵。木皮甲錯也。見〔類篇引爾雅〕。

【棤】七約切音碏藥韻 欌省字。見〔集韻〕。

【棦】初耕切音琤庚韻 木束也。見〔集韻〕。

【𣕾】側吏切音胾寘韻 木名。見〔集韻〕。

【枇】頻脂切音皮支韻 木名。可爲車轂。見〔集韻〕。

【梏】古老切音杲下老切音晧晧韻巨九切音臼有韻 ━木也。讀若晧。見〔說文〕。〔桂注〕戴侗曰。━齊物也。葉如鳧蹼。遇霜則丹。其實外膏可爲燭。其覈中油可然鐙。亦名烏臼。

【㮆】居勞切音高豪韻 槔或字。見〔集韻〕。

【椈】居六切音掬屋韻 掬或字。見〔集韻〕。

【棩】縈玄切音淵先韻 木曲也。見〔集韻〕。

【棪】以冉切音剡感韻余廉切音鹽鹽韻 遫其也。讀若三年導服之導。見〔說文〕〔段注〕釋木。━、棪其郭曰。━實如柰。可食。南山經傳曰。━、別名速。遫、籀文速字也。今爾雅作棪。爲俗字。

【棪】習琰切音燅感韻 木名。膠可和香爲蘇合，見〔集韻〕。

【棬】驅圓切音桊先韻 屈木盂。見〔集韻〕。

【棬】九元切元韻 西━。縣名。見〔集韻〕。

【棬】古倦切音眷霰韻 捲或字。見〔集韻〕。

【棭】夷益切音亦陌韻 木名。見〔集韻〕。

【榙】達合切音沓託合切音搨合韻 柱斗謂之━。見〔集韻〕。

【禁】居蔭切音禁沁韻 承檐桉。見〔集韻〕。

【棯】忍甚切音荏寑韻奴店切音念豔韻 棗屬。見〔集韻〕。

【棯】式見切音櫁寑韻 櫁或字。見〔集韻〕。

【棰】都果切音朵哿韻 木叢生皃。見〔類篇〕。

【棰】主累切音捶紙韻 捶或字。見〔集韻〕。

【棵】苦果切音顆哿韻 俎名。見〔集韻〕。

【棵】戶管切音緩苦緩切音欵旱韻 梡或字。見〔集韻〕。

【椮】所鑒切音鬖陷韻 今以屋東西榮柱外之字爲━。見〔六書故〕。〔集韻〕云。接檐也。

【棶】郎才切音來灰韻 木名。材中車輞。通作來。見〔集韻〕。

【柢】典禮切音邸薺韻 樀也。見〔類篇〕。

【檷】彌計切音謎霽韻 樒━。木名。見〔集韻〕。〔按即本草之蜜迷。〕

【棽】癡林切音琛疏簪切音森侵韻 木枝條━儷也。見〔說文〕林部。〔段注〕━儷者、枝條茂密之皃。借爲上覆之皃。

【梵】渠營切音瓊庚韻 木名。見〔字彙〕。

【棳】朱劣切音拙屑韻 ━木也。益州有━縣。見〔說文〕。〔段注〕━上當有母字。地理郡國二志益州皆有母━縣。

【棴】房六切音伏蘇谷切音速屋韻 ━常。━名。出崑崙山。見〔集韻〕。

【棿】倪結切音闑屑韻 危也。見〔集韻〕。

【棿】研奚切音倪齊韻

覰或字。見〔集韻〕。

【櫃】渠勿切音倔物韻 斷木。見〔集韻〕。

【椂】盧谷切音祿屋韻 木名。見〔玉篇〕。

【椃】乎刀切音豪豪韻 𣘻省字。見〔類篇〕。

【榴】呼骨切音忽月韻 留高皃。見〔說文〕。〔段注〕倏忽字許作留高者忽然而高。

【㭿】魚剛切音昂陽韻 屋斜角謂之飛—。見〔集韻〕。

【栟】卑盈切音并庚韻 —櫚。椶也。見〔說文〕。〔按正字通云—櫚高一二丈。葉如蒲扇。葉下有毛如髮。故謂之椶櫚。亦作椶櫚。〕

【椈】居六切音匊屋韻 柏—也。見〔類篇〕。

【𣗥】何交切音殽肴韻 —桃。梔子也。見〔廣韻〕。

【椉】乘本字。見〔說文〕。

【棕】椶或字。見〔集韻〕。

【梳】枇或字。見〔集韻〕。

【椅】棠或字。見〔集韻〕。

【栚】同杖。見〔正字通〕。

【棻】樧省字。見〔集韻〕。

【梋】枅或字。見〔集韻〕。

【椷】同楹。見〔正字通〕。

【楍】構俗字。見〔正字通〕。

【椙】楣俗字。見〔正字通〕。

【柚】粵俗字。見〔正字通〕。

【樗】樳俗字。見〔正字通〕。

【梨】栔譌字。見〔字彙〕。

【荷】同棽。見〔集韻〕。

【槩】檃省字。見〔集韻〕。

【蕖】同橁。見〔篇海類編〕。

【楙】同栵。見〔篇海類編〕。

【㯳】同㮚。見〔字彙補〕。

【槅】呃格切音搹陌韻 木名。見〔集韻〕。

【槊】色角切音朔覺韻 木名。見〔集韻〕。

【㮶】色角切音朔 測角切音娕覺韻 柵謂之—。見〔廣雅釋宮〕。

【櫅】堅奚切音雞齊韻 木名。如楓。見〔集韻〕。〔疑即稽字。〕

【砘】同悶切音鈍願韻 田器。見〔字彙補〕。

【㙇】直類切音墜寘韻 吳俗斷木為軸以申物。見〔集韻〕。〔按類篇作槌。〕

【㭘】口駭切蟹韻 木也。孔子冢蓋樹之者。見〔集韻〕。〔按說文作楷。集韻以此為古文。然形從歩。〕

【梻】栰或字。見〔集韻〕。

【𣖢】扶來切音陪灰韻 姓。出姓苑。見〔廣韻〕。〔按正字通云棓俗字。〕

【橍】乃困切音嫩願韻 ——。恐痴也。見〔字彙補〕。

【枸】舉后切音苟有韻 —乳。苦杞也。見〔字彙補引廣雅。〕〔按今疏證作枸。〕

【槃】同磬。見〔字彙補〕。

【𣘳】音未詳 木名。〔古文苑揚雄賦〕於木則楩櫟豫章。樹榜—樬。

【楞】同栲。見〔餘文〕。

【樸】樗或字。見〔集韻〕。

【㰅】同檄。見〔字彙補〕。

【蘂】同檤。見〔篇海類編〕。

【𣝖】同鵃。見〔五音篇海〕。

【櫭】同𣗳。見〔字彙補〕。

【櫳】盧東切音籠東韻 ●一 房室之疏也。見〔說文〕。〔段注〕疏當作䟽。二者門戶疏窗也。房室之窗牖曰—。謂刻畫玲瓏也。〔按通訓定聲云與左形右聲之櫳別。漢書外戚傳房櫳虛兮風泠泠以櫳為之。〕●二 牢也。見〔廣雅釋宮〕。〔疏證〕—之言牢籠也。字本作櫳。

【龒】力鍾切音龍冬韻 古龍字。見〔集韻〕。

【欟】同權。見〔譙敏碑〕。廬中聖—。

【櫻】音未詳 地名。〔穆天子傳〕有—璃河。

【槼】音未詳 —穀。鬼名也。見〔駢雅釋文〕。〔按章注古文苑本作黮。說詳黑部黮字。〕

【橖】同短。見〔奚韻〕。

【檽】櫺譌字。見〔字彙補〕。

【欝】乙六切音彧屋韻 育盌器。見〔集韻〕。

【㝮】音未詳 辰星。一名—星。見〔字彙補引史記天官書注。〕〔按今本史記索隱引皇甫謐注—作㝮。〕

【櫃】同柩。〔唐書于頔傳〕州地庫薄葬者不掩—。

【䜴】同豆。—也。見〔字

彙補〕。

【櫑】力推切音雷灰韻 食樽也。見〔帝京景物略〕。

【橐】同囊。見〔字彙補〕。〔按依篆作橐此譌省〕。

斗部

【⿰爿斗】同斛。見〔五音篇海〕。

【⿰歹斗】同⿰豸斗。〔康熙字典引龍龕手鑑〕〔按影鈔遼刻本作從分〕。

【⿰其斗】斟俗字。見〔龍龕手鑑〕。

牛部

【⿰牛丁】同廳。見〔川篇〕。

【⿰牛弋】同狀。〔篇海類編〕狀狪。郡名。亦作—。

【⿰牛乇】同⿰牛屯。見〔篇海類編〕。

【⿰牛犬】音壯漾韻 正也。見〔川篇〕。

【⿰牛玄】同牴。見〔篇海類編〕。

【⿰牛比】同牝。見〔篇海〕。

【⿰牛宋】同⿰牛市。見〔字彙補〕。

【⿰牛尼】同⿰牛你。見〔篇海類編〕。

【⿰牛亙】牴俗字。見〔龍龕手鑑〕。

【⿰牛冊】⿰牛冉譌字。見〔搜眞玉鏡〕。

【⿰牛家】同麃。見〔字彙補〕。

【⿱尾牛】同犀。見〔五音篇海〕。

【⿰牛束】束俗字。見〔篇海類編〕。

【⿰牛亘】⿰牛直譌字。見〔康熙字典引龍龕手鑑〕〔按影鈔遼刻本作⿰牛直〕。

【⿰牛芻】同犓。見〔康熙字典引龍龕手鑑〕〔按影鈔遼刻本作犓〕。

【⿰牛底】同牴。見〔搜眞玉鏡〕。

【⿰牛昷】⿰牛易俗字。見〔龍龕手鑑〕。

【⿰牛出】⿰牛屈或字。見〔龍龕手鑑〕。

【⿰牛悤】總俗字。見〔廣韻〕。〔按文選吳都賦—有流而為長作此〕。

【⿰牛唐】徒郎切音唐陽韻 牛名。見〔集韻〕。

【⿱殸牛】同殻。見〔篇海類編〕。

【⿰牛辱】同振。見〔字彙補〕。

【⿰牛射】辟或字。見〔集韻〕。

【⿰牛鬼】槐譌字。見〔字彙補〕。

【⿰牛尋】徐心切音尋侵韻 牛名。見〔集韻〕。

【⿰牛菐】同騂。見〔字彙補〕。

【犢】同⿰犭賣。見〔字彙補〕。

犬部

【犮】邦潑切音撥曷韻 犬走也。見〔字彙補〕。

【⿰犭乇】同⿰犭屯。見〔奚韻〕。

【狑】居卿切音京庚韻 獸名。見〔字彙〕。

【⿰犭凡】几劇切音戟陌韻 —獸。見〔廣韻〕〔按集韻書作猦犺云窮獲也〕。

【⿰犭开】音柴佳韻 獸名。見〔字彙補〕。

【⿰犭氷】音未詳 廣西苗種也。見〔字彙補〕。

【⿰犭朮】勒沒切音捋曷韻 箭射也。見〔篇海類編〕。

【⿰犭才】同豺。龍龕手鑑如此作。

【犺】同⿰豸亢。見〔五音篇海〕。

【⿰犭林】⿰豸林或字。見〔集韻〕。

【独】獨俗字。

【狭】狹俗字。

【⿰犭充】犺譌字。見〔正字通〕。

【⿰犭兆】同⿰豸兆。見〔搜眞玉鏡〕。

【⿰犭呆】同保。見〔康熙字典引龍龕手鑑〕。

【⿰犭孚】将或字。見〔龍龕手鑑〕。

【⿰犭呈】狚俗字。見〔龍龕手鑑〕。

【⿰系犬】同然。〔石鼓文〕眞—會同。

【⿰犭胥】同猾。見〔五音篇海〕。

【⿰犭挈】音挈屑韻

獸名。見〔字彙補〕。

【⿰犭屏】音未詳 西南苗人名。明季都司傅元勳、攻白蕩毛臺。斬獲大頭目阿獨—苗級二十一。見〔字彙補〕。

【⿰犭禺】同獢。見〔搜眞玉鏡〕。

【⿰犭坒】邊兮切音鼙齊韻 牢獄也。見〔字彙補〕。〔按即狴字。法言狴犴使人多禮乎。注。狴當作—。然說文非部—乃作陛〕。

【⿰犭蓮】所甲切洽韻 豕母也。見〔川篇〕。

【⿰犭患】音患諫韻 獸名。見〔字彙補〕。

【⿰犭長】女江切江韻女交切肴韻乃刀切豪韻 多毛犬也。見〔康熙字典引龍龕手鑑〕〔按影鈔遼刻本無。但㺜注云。莫江反。多毛獶。獶注云。奴刀、女交、二反。長毛犬也。或所据異〕。

姑存之〕。

【𤢡】獥本字見〔說文〕。

【獻】同獄見〔字彙補〕。

【㹻】同獀見〔篇海類編〕。

【𤠔】同獫見〔川篇〕。

【𤡪】音戾霽韻法也見〔篇韻〕。

【𤞫】同燃見〔篇海類編〕。

【𤢫】同獢見〔字彙補〕。

【𤢭】同獡見〔龍龕手鑑〕。

【𤜶】同獨見〔字彙補〕。

【𤞃】同獶見〔康熙字典引龍龕手鑑〕〔按影鈔遼刻本作𤞃〕

【𤢴】同獽見〔川篇〕。

【𤜸】同獒見〔篇海類編〕。

止部

【步】步俗字見〔字鑑〕。

【𣥿】死古字見〔集韻〕。

【𣦏】同曆見〔五音篇海〕。

【歸】歸籀文見〔說文〕。

【𡻝】隙俗字見〔龍龕手鑑〕。

【𡍤】同剪見〔川篇〕。

内部

【禽】同禽見〔字彙補〕〔按校官碑—姦爰猾〕。

【𥝁】萬本字見〔字彙補〕。

【𥜿】同魚〔荀子禮論〕無幬絲—縷翣其須以象菲幬尉也。〔注〕或曰—謂為魚。謂以銅魚縣於池下。禮記曰魚躍拂池。

【𥝋】同𥝓見〔字學指南〕。

【禼】同萬見〔說文長箋〕。

【𥜸】同𥝂見〔篇海類編〕。

【𥝌】扶味切音胃未韻歐名。見〔龍龕手鑑〕。

※午集※

瓜部

【𤫸】瓞或字見〔集韻〕。

皮部

【𥀔】同皴見〔海篇〕。

【𤿧】同皺見〔篇海類編〕。

【皻】皻俗字見〔正字通〕。

【𤿯】同皾見〔奚韻〕。

【𤿰】楚貴切未韻粟體也。見〔龍龕手鑑〕。

【𤿱】皺或字見〔集韻〕。

【䐞】古皺字見〔玉篇〕。

【𤿡】古皸字見〔字彙補〕。

疋部

【𤴳】疌本字見〔說文止部〕。

癶部

【𤼵】九六切屋韻兩手—見〔龍龕手鑑〕。

【𤼶】同癸見〔字彙補〕。

穴部

【𥧲】莫見切音面霰韻冥合。見〔篇海〕。

【𥥆】汪胡切音烏虞韻—洿。卑曲不平也。〔文選馬融賦〕運𡜂—洿。

【𥦃】同窂見〔康熙字典〕。

【𥦗】音移支韻室東南隅也。見〔海篇〕。

【𥥳】𥧍譌字見〔海篇〕。

【𥧭】同𥧐見〔海篇〕。

【𥨋】同窟見〔龍龕手鑑〕。

【𥨌】鋤交切音巢肴韻窲—。屋深空貌。見〔篇海類編〕〔康熙字典云𥨌譌字〕。

【𥨨】張滑切音窡乎刮切音頟張刮切音鵽黠韻面短。見〔集韻〕。

【竈】竈本字見〔說文〕。

【𥩟】狠狄切音麻錫韻穿也。見〔集韻〕。

【𥫱】竈或字見〔說文〕〔按—今譌省作竈〕。

疒部

【𤵸】居幽切尤韻腹急痛也。見〔龍龕手鑑〕。

【𤴼】仄俗字見〔龍龕手鑑〕。

【𤵜】疒籀文見〔字彙補引集韻〕〔按集韻作疗。字彙補誤〕。

【𤵡】瘂俗字見〔龍龕手鑑〕。

【𤵢】同疷見〔字彙補〕。

【𤵣】庠俗字見〔龍龕手鑑〕。

【𤵤】同疥見〔龍龕手鑑〕。

【𤷆】同疷見〔篇海類編〕。

【𤶭】從陶切音曹豪韻病也。見〔廣雅釋詁〕〔按疏證本作疛云、各本疛譌作—〕。

【𤷍】烏甲切音押洽韻屋壞也。見〔篇海類編〕〔康熙字典云㾜譌字〕。

【𤸃】瘐俗字見〔龍龕手鑑〕。

【𤸄】瘵俗字見〔龍龕手鑑〕。

【𤸅】音旨紙韻小疾。見〔篇海類編〕。

【瘌】同瘷見〔五音篇海〕。
【瘦】同瘦見〔搜真玉鏡〕。
【瘩】瘩俗字見〔龍龕手鑑〕。
【𤵸】瘶俗字見〔龍龕手鑑〕。
【疰】同痓見〔搜真玉鏡〕。
【瘵】疚俗字見〔龍龕手鑑〕〔康熙字典作瘵非。〕
【瘖】瘡俗字。見〔龍龕手鑑〕。
【瘠】同瘦見〔篇海類編〕。
【瘀】瘀譌字見〔字彙補〕。
【痔】同痔見〔篇海類編〕。
【瘤】廟俗字。見〔龍龕手鑑〕。
【瘟】同惱見〔康熙字典引龍龕〕。
【瘗】瘞譌字見〔字彙補〕。
【痝】同㾱見〔五音篇海〕。
【瘦】廈俗字見〔龍龕手鑑〕。
【懸】懸俗字。見〔龍龕手鑑〕。

【瘦】他短切旱韻　瘓—也。見〔龍龕手鑑〕。
【癧】同癧。見〔篇海類編〕。
【癰】同癰見〔龍龕手鑑〕。
【瘐】同瘦見〔五音篇海〕。
【瘕】瘕俗字。見〔龍龕手鑑〕。
【瘖】同痻見〔搜真玉鏡〕。
【痶】同瘡。見〔篇海類編〕。
【瘩】瘵俗字。見〔龍龕手鑑〕。
【瘕】瘦俗字。見〔龍龕手鑑〕。
【瘍】瘍譌字。見〔字彙補〕。
【瘴】同癠。見〔篇海類編〕。
【癒】搶俗字。見〔字彙補〕。
【瘖】同疾。見〔字彙補〕。
【癟】瘻或字。見〔龍龕手鑑〕。
【癐】痯或字。見〔龍龕手鑑〕。
【癜】烏懈切音隘卦韻　病聲也。見〔字彙補引集韻〕。〔按集韻依說文作癜。劇聲也不作—。〕
【瘷】同瘦。見〔篇海類編〕。
【㾊】瘯本字。見〔說文〕。
【癪】資昔切音積陌韻　飲食滯積而病也。故日本謂胃痛爲—痛。
【癄】癄俗字。

立部

【竧】音亥賄韻　神名。見〔篇海〕。
【竮】傳或字。見〔集韻〕。
【竩】同誼。見〔廣韻〕。
【竬】同額。見〔集韻〕。

玉部

【玍】考譌字。考、即說文斗字。
【玓】同玔。見〔奚韻〕。
【玹】同玖。見〔篇海類編〕。〔按字彙補音私。玉名。〕
【玹】同瑚。見〔篇海類編〕。

【玫】同玫。見〔篇海類編〕。
【玿】蘇故切音素遇韻　玉名。見〔集韻〕。
【珐】讀若法　—瑯。礦物之一種。如景泰藍、霽藍、霽紅之類皆是。火燒可成流質。
【珏】玨俗字。
【珊】珊俗字。
【珊】珊俗字。見〔龍龕手鑑〕。
【珂】瓌俗字。見〔龍龕手鑑〕〔字彙補云。珂譌字。〕
【璏】同珮。見〔篇海類編〕。
【琔】同琁。見〔字彙補〕。
【瑔】音全先韻　石似玉也。見〔康熙字典〕引龍龕手鑑。
【瑯】同璘。見〔篇海類編〕。
【瑳】同寶。見〔川篇〕。
【璧】同璽。見〔字彙補〕〔按龍龕手鑑作壂。〕
【𤪄】音未詳　人名。〔唐書南蠻傳〕乾符四年。南詔遣陀西段—寶、詣邕州節度使辛讜請修好。

【瑩】瑩或字。見〔集韻〕。
【琜】同瑬。見〔龍龕手鑑〕。
【璁】同璁。見〔字彙〕。
【朢】同望。姓也。宋有—儼。明有—本、—增。見〔正字通〕。
【琗】同玠。見〔字彙補〕。
【琡】同珐。珐瑯、亦書作—瑯。
【琹】璩或字。見〔集韻〕。
【璿】旬爲切音隨支韻　—璀。玉名。見〔集韻〕。
【琛】琛本字。見〔正字通〕。
【瑯】璘俗字。見〔龍龕手鑑〕。
【環】環俗字。見〔龍龕手鑑〕。
【瑪】碼或字。見〔集韻〕。
【瑫】他刀切音饕豪韻　美玉。一曰、玉飾劒。見〔集

韻。〕

【瑺】蒲光切音旁陽韻。｜璩。玉名。見〔集韻〕。

【璗】同瑫。見〔川篇〕。

【璕】同璕。見〔篇海類編〕。

【琛】同琛。見〔字彙補〕。

【璄】於境切音景梗韻。玉光也。見〔集韻〕。

【琴】同琴。見〔搜真玉鏡〕。

【璨】蒼案切音粲翰韻。玉光也。見〔說文新附〕。

【瓘】同瓘。見〔餘文〕。

【璶】同璶。見〔川篇〕。

【瑠】瑠俗字。見〔龍龕手鑑〕。

【璽】同璽。見〔搜真玉鏡〕。

石部

【硫】音坑腫韻。破石。見〔川篇〕。

【硐】同硇。見〔奚韻〕。

【砿】同砥。見〔篇海類編〕。

【戓】同鍚。見〔篇海類編〕。

【砚】同砚。見〔餘文〕。

【砎】同砎。見〔川篇〕。

【研】研俗字。見〔龍龕手鑑〕。

【砙】古札切音戛黠韻。小石。見〔字彙補〕。

【砠】同碑。見〔字彙補〕。

【砶】同珀。見〔奚韻〕。

【砵】讀如缽。｜崙。美國俄勒岡省之巴爾崙商埠。地在舊金山北。英文 Portlond。

【磁】同磁。見〔篇海類編〕。

【硚】砿或字。見〔龍龕手鑑〕。

【磁】同磁。見〔龍龕手鑑〕。

【碁】棊或字。見〔集韻〕。

【磔】音類養韻。鼓磔石。見〔篇海類編〕。

【碻】克角切音殼覺韻。㊀地名。〔魏書孝文紀〕行幸｜磝。㊁同礭。鞭也。見〔龍龕手鑑〕。

㊂確或字。見〔集韻〕。

【磙】古磣字。見〔龍龕手鑑〕。

【碰】同磓。見〔餘文〕。

【磅】普耕切音砰庚韻。㊀同硼、磞。見〔正字通〕。㊁砰俗字。見〔龍龕手鑑〕。

【磅】磬或字。見〔集韻〕。

【磲】求於切音渠魚韻。硨｜、石之次玉。見〔廣雅釋地〕〔按字亦作渠〕。

【磟】磱或字。見〔集韻〕。

【磬】同㵚。見〔集韻〕。

【磌】矴或字。見〔集韻〕。

【礄】礄俗字。見〔正字通〕。

【礊】礊或字。見〔龍龕手鑑〕。

【礤】同摩。見〔字學指南〕。

【礐】同礐。見〔五音篇海〕。

【礞】同硇。見〔篇海類編〕。

【礬】同礶。見〔篇海類編〕。

【礕】同礕。見〔五音篇海〕。

白部

【皏】音支支韻。白也。見〔海篇〕。

【皉】音支支韻。白也。見〔五音篇海〕。

【皍】音全先韻。水泉。見〔篇海類編〕。

【皛】亡幽切音繆尤韻。細也。見〔集韻〕。

【皝】古皇字。見〔字彙補〕。

【皞】同兜。見〔字彙補〕。

【皟】古終字。見〔集韻〕。

【皠】同杋。見〔字彙補〕。

【皡】兜或字。見〔龍龕手鑑〕。

【皢】同艙。見〔字彙補〕。

【皣】音雠尤韻。詞也。見〔海篇〕。

【皥】同星。見〔篇海〕。

【皦】音廉鹽韻。白光。見〔五音篇海〕。

【皧】皧俗字。見〔餘文〕。

【皭】羽委切音蘤紙韻。

㊀華也。見〔玉篇〕。㊁榮也。見〔廣韻〕。

瓦部

【瓬】同甆。見〔篇海類編〕。

【瓰】同瓴。見〔篇海類編〕。

【瓱】同甈。見〔玉篇〕。

【甚】同甄。見〔篇海類編〕。

【甌】甌俗字。見〔字彙補〕。

【甌】同甌。見〔篇海類編〕。

【甕】同甕。見〔字彙補〕。

【甎】同甎。見〔餘文〕。

【甗】同甗。見〔字彙補〕。

【甗】同甗。見〔搜真玉鏡〕。

矛部

【矝】同敄。見〔字彙補〕。

矢部

【矧】矧或字。見〔龍龕手鑑〕。

【矬】牋西切音賫齊韻。矬｜。短小也。見〔篇海類編〕〔康熙字典云。矬譌字。〕

【炫】去法切洽韻 矢也。見〔川篇〕。〔疑爲炷譌字。〕
【矪】同短。見〔海篇〕。
【矨】同知。見〔字彙補〕。
【𥎿】同𥏋。見〔奚韻〕。
【𥏤】同𥏋。見〔奚韻〕。
【𥐑】同矬。見〔康熙字典引龍龕手鑑〕。〔按影抄遼刻本作矬。〕
【矬】智宅切音摘陌韻 得水也。見〔川篇〕。
【𥏠】音滯霽韻 姓也。見〔字彙補〕。
【𥑁】同雉。見〔五音篇海〕。
【𥑂】同韋。見〔五音篇海〕。

生部

【𤯓】同穩。見〔字彙補〕。
【牲】同笙。見〔龍龕手鑑〕。
【甤】儒隹切音蕤支韻 乳捶切音絫紙韻 艸木實——也。讀若綏。見〔說文〕〔段注〕——與蕤音義皆同。——之言垂也。綏當作緌。禮家緌與蕤通用。
【𥙊】同嫏。見〔龍龕手鑑〕。

示部

【䄆】河末切音活曷韻 祠也。見〔字彙補〕。
【祫】同稔。見〔篇海類編〕。
【禃】神本字。見〔說文〕。
【𥛝】音因眞韻 敬也。褰也。見〔五音篇海〕。
【禎】同禍。見〔川篇〕。
【禱】同禱。見〔字彙補〕。

禾部

【秖】同秕。見〔餘文〕。
【秎】同利。見〔說文長箋〕。
【秙】同穖。見〔川篇〕。
【殺】同穀。見〔餘文〕。
【秾】杓俗字。見〔龍龕手鑑〕。
【秺】陀譌字。見〔字彙補〕。
【秼】宅加切麻韻 開張也。又縣名。見〔龍龕手鑑〕。〔疑爲秺或字。〕
【稗】音未詳 游—。複姓也。見〔奇姓通〕。〔按英賢傳游—子著書言法家之事。〕
【𥟖】同粢。見〔字彙補〕。
【秤】通稡。見〔龍龕手鑑〕。
【𥟦】同例。見〔五音篇海〕。
【稯】同稯。見〔龍龕手鑑〕。
【稱】同麇。見〔篇海類編〕。
【穤】同稺。見〔篇海類編〕。

田部

【卧】同畖。見〔五音篇海〕。
【畍】畋俗字。見〔龍龕手鑑〕。
【畦】玄圭切音攜齊韻 ❶田五十晦曰—。見〔說文〕。〔桂注〕劉熙注孟子。今俗以五十畝爲大—。二十五畝爲小—。❷猶區也。〔楚辭招魂〕倚沼—瀛。❸壠也。〔史記貨殖列傳〕千—薑韭。❹町—。詳町字。
【畦】涓畦切音圭齊韻 勻規切音隋支韻 田起堳埒也。〔莊子天地〕方將爲圃—。
【𢦏】同載。見〔字彙補〕。
【畏】同魅。見〔字彙補〕。
【畟】畯俗字。見〔龍龕手鑑〕。
【畘】同暭。見〔字彙補〕。
【畱】留本字。見〔龍龕手鑑〕。〔康熙字典引作畱。〕
【畞】同畝。見〔川篇〕。
【䵎】同𪔁。見〔字彙補〕。
【𤳉】蹊或字。見〔集韻〕。
【𤳊】同糞。見〔搜眞玉鏡〕。
【𤳋】音紬尤韻 田也。見〔川篇〕。

用部

【甭】同用。見〔字彙補〕。
【𤰈】同備。見〔字彙補〕。

目部

【䀿】同𥄫。見〔篇韻〕。
【盯】而振切音刃震韻 視皃。一曰眩也。見〔集韻〕。
【眏】於郎切音鴦陽韻 倚朗切音坱養韻 目不明。見〔玉篇〕。
【眏】倚兩切音鞅養韻 恨視。見〔集韻〕。
【眏】於郎切音鴦陽韻 —睐。目皃。見〔廣韻〕。
【映】暎或字。見〔集韻〕。
【眚】省本字。見〔說文〕。
【䀡】音沒月韻 視也。見〔川篇〕。
【眳】睸或字。見〔集韻〕。
【睜】疾郢切音靜梗韻 略—。不悅視也。見〔廣韻〕。
【睏】渠殞切音窘阮韻 大目也。見〔五音集韻〕。
【瞍】呼玩切音喚翰韻 瞞—。國名。〔玉篇〕〔山海經〕有瞞—國。在崑崙墟之東南流沙中也。
【䁩】牛居切音魚魚韻 馬二目白、曰一。見〔集韻〕。
【瞘】嘔或字。見〔集韻〕。
【眗】昫或字。見〔集韻〕。
【瞀】睿或字。見〔集韻〕。

皿部

【盡】盡俗字。見〔龍龕手鑑〕。
【盇】丑洽切洽韻 五味調和也。見〔龍龕手鑑〕。
【監】同監。見〔篇海類篇〕。

※未集※

肉部

【肟】同盱。見〔字彙補〕。
【肙】古肝字。見〔古鼓文〕。
【肬】同肱。見〔篇海類編〕。
【胊】同朐。見〔篇海類編〕。
【胑】同胝。見〔字彙補〕。
【胘】同胝。見〔篇海類編〕。
【胵】同胝。見〔字彙〕。
【肯】同肯。見〔五音篇海〕。
【肫】同肫。見〔搜眞玉鏡〕。
【剮】同剮。見〔字彙補〕。
【胔】胔俗字。見〔龍龕手鑑〕。
【脊】脊譌字。見〔字彙補〕。
【脊】脊譌字。脊亦俗字。
【胈】蒲撥切音跋曷韻 蒲蓋切音旆泰韻 ❶腫也。〔史記司馬相如傳〕躬胝無一。❷戚中小毛也。見〔史記司馬相如傳索隱引韋昭〕。❸白肉也。〔莊子在宥〕於是乎股無一。❹膚皺皮也。〔漢書司馬相如傳〕躬胝胼胝無一。❺髀也。見〔莊子在宥釋文引崔注〕。
【胇】蒲結切音蹩必結切音鷩屑韻 肥肉也。見〔說文〕。
【胇】薄宓切音弼質韻 胇或字〔集韻〕胇胏。大皃。或从必。
【胾】壯仕切音滓紙韻 食所遺也。易曰。噬乾一。揚雄說一从𠂔。見〔說文〕。
【脫】虛放切音貺漾韻 水名。見〔字彙補〕。
【脈】同脈。見〔說文長箋〕。
【肩】同肩。見〔篇海類編〕。
【胡】同胋。見〔字彙補〕。
【望】同胱。見〔字彙補〕。
【胝】同胝。見〔篇海類編〕。
【胠】同胠。見〔川篇〕。
【背】同背。見〔五音篇海〕。
【胼】同胼。見〔奚韻〕。
【胸】胸俗字。見〔字彙補〕。
【胵】口骨切音窟月韻 髀也。見〔字彙補〕。
【脃】奴下切馬韻 脟一。肥皃。見〔篇海類編〕。
【腑】同腑。見〔篇海類編〕。
【腦】同腦。見〔篇海類編〕。
【胸】同胸。見〔五音篇海〕。
【腋】同胺。見〔奚韻〕。
【胳】同胳。見〔奚韻〕。
【胃】同胃。見〔五音篇海〕。
【胞】胞譌字。見〔字彙補〕。
【膖】芳容切音封冬韻 肥一也。見〔貫珠集〕。
【覞】胡典切音峴銑韻 腹一也。見〔篇海類編〕。
【脉】許役切音閴陌韻 肥貌。見〔川篇〕。
【腊】同臆。見〔篇海類編〕。
【腳】同腳。見〔奚韻〕。
【脟】同將。見〔字彙補〕。
【胸】同腦。見〔字彙補〕。
【胸】膌省字。見〔字彙補〕。
【豚】竹角切音斲覺韻 都木切音縠屋韻 ❶臀也。見〔廣雅釋親〕。❷肥也。見〔集韻〕。❸同豝。龍尾也。見〔廣韻〕。
【脈】吐涉切音貼葉韻 肉動也。見〔康熙字典引龍龕手鑑〕。
【腑】同胕。見〔篇海類編〕。
【腤】同豚。見〔五音篇海〕。
【膠】同膠。見〔五音篇海〕。
【腌】同腌。見〔奚韻〕。
【胖】同胖。見〔奚韻〕。
【脾】同脾。見〔字彙補〕。
【膘】同膘。見〔篇海類編〕。
【肭】同肭。見〔篇海類編〕。
【見】同見。見〔集韻〕。
【腈】育俗字。見〔龍龕手鑑〕。
【臓】將來切音哉 倉來切音猜灰韻 目際也。見〔龍龕手鑑〕。〔疑卽睫字〕。
【腪】丘寒切音看寒韻 腤一。圻也。見〔集韻〕。
【腣】皺或字。見〔集韻〕。
【腨】子入切音輯緝韻 肉肥而奮出也。見〔奚韻〕。〔按音義同腨。當卽腨之或體〕。
【𣪊】同𣪊。見〔字彙補〕。

【䏚】同昭。見〔奚韻〕。
【𦟌】同腊。見〔奚韻〕。
【𦡊】同膸。見〔奚韻〕。
【𦡗】同膦。見〔搜眞玉鏡〕。
【脊】𦟛俗字。見〔龍龕手鑑〕。
【𦢊】同𦢈。見〔字彙補〕。
【𦢋】音怡支韻　豕肉也。見〔篇海〕。
【𦢌】肋俗字。見〔龍龕手鑑〕。
【𦢍】膿俗字。見〔龍龕手鑑〕。
【膋】膋譌字。見〔字彙補〕。
【𦢎】私呂切音醑虞韻　肉也。見〔字彙補〕。
【𦢏】同膂。見〔字彙補〕。
【𦢐】同膶。見〔五音篇海〕。
【𦢑】同𦢈。見〔篇海類編〕。
【𦢒】同䐢。見〔奚韻〕。
【𦢓】同膞。見〔字彙補〕。
【𦢔】嫩俗字。見〔五音篇海〕。
【膝】膝俗字。見〔龍龕手鑑〕。
【𦢕】腦俗字。見〔龍龕手鑑〕。
【𦢖】側立切音戢緝韻　肥膏出也。見〔集韻〕。
【𦢗】音未詳　鼠—。足踝之下也。見〔集氏病源〕。
【𦢘】他登切音鼟蒸韻　飽也。見〔五音集韻〕。
【𦢙】同𦢚。見〔篇海類編〕。
【𦢛】同臂。見〔龍龕手鑑〕。
【𦢜】同𦢝。見〔川篇〕。
【𦢞】同臁。見〔金石韻府〕。
【𦢟】同膂。見〔川篇〕。
【𦢠】同臍。見〔字彙補〕。
【𦢡】同瘦。見〔字彙補〕。
【𦢢】𦢣俗字。見〔龍龕手鑑〕。
【臍】臍本字。見〔說文〕。
【𦢤】同臕。見〔五音篇海〕。
【𦢥】同臓。見〔篇海類編〕。
【𦢦】同脨。見〔康熙字典引龍龕手鑑〕。
【𦢧】同膂。見〔篇海類編〕。
【𦢨】同膸。見〔篇海類編〕。
【𦢩】同臃。見〔五音篇海〕。
【𦢪】同𦢫。見〔字彙補〕。

耳部

【𦕃】同聊。見〔篇海類編〕。
【𦕄】同聄。見〔篇海類編〕。
【聘】同聘。見〔龍龕手鑑〕。
【𦕅】仍吏切音餌寘韻　以牲告神欲神聽之、曰—。見〔玉篇〕〔按山海經東山經。祈—用魚。注。以血塗祭爲—也。〕
【𦕆】丁果切音朶哿韻　耳垂也。見〔篇海類編〕。
【聮】同聯。見〔五音篇海〕。
【𦕇】同𦕈。見〔篇海類編〕。
【𦕉】同𦕊。見〔字彙補〕。
【聫】同聯。見〔五音篇海〕。
【𦕋】𦕌俗字。見〔龍龕手鑑〕。
【𦕍】睡俗字。見〔龍龕手鑑〕。
【𦕎】同聯。見〔五音篇海〕。

目部

【𦣞】同𦣟。見〔字彙補〕。

舌部

【𦧇】同甜。見〔篇海類編〕。
【𦧈】𦧉本字。見〔說文〕。
【𦧊】同𦧋。見〔搜眞玉鏡〕。
【𦧌】同𦧍。見〔字彙補〕。
【𦧎】同𦧏。見〔奚韻〕。

色部

【𩐙】𩐚譌字。見〔字彙補〕。
【艶】𧮰譌字。見〔川篇〕。

虍部

【𧇯】同𩴤。見〔字彙補〕。

羊部

【羊】羊譌字。見〔字彙補〕。
【𦍌】同羚。見〔篇韻〕。
【𦍍】音祥陽韻
【羝】女鬼。見〔龍龕手鑑〕。
【𦏀】音未詳　羊名。見〔字彙補〕。
【𦏁】同善。見〔篇海類編〕。
【𦏂】同善。見〔搜眞玉鏡〕。

虫部

【虼】音未詳　—魯。國名。見〔贏蟲錄〕。
【蚮】同䖝。見〔奚韻〕。
【蚿】丁計切音霽韻　—蚣。蝀也。見〔奚韻〕。
【蚤】同蚔。見〔篇海類編〕。
【𧉻】同蚍。見〔餘文〕。
【蚕】同蚖。見〔篇海類編〕。
【蟒】蟒俗字。見〔龍龕手鑑〕。
【蠊】離鹽切音廉鹽韻　胡讒切音函鹹咸切音酸咸韻　海蟲也。長寸而白。可食。見〔說文〕〔段注〕—、介蟲也。其外有殼。長寸而白、謂其殼。可食、謂其中肉也。玉篇

曰、—小蚌可食。〔按廣韻作蠊。〕

【蟷】同蟷見〔龍龕手鑑〕。

【蚢】同蚢見〔字彙補〕。

【螝】同螝見〔餘文〕。

【蝡】同蝡見〔炙韻〕。

【蠑】音略藥韻

渠—。朝生暮死蟲也。見〔龍龕手鑑〕〔按說文及他字書皆作蝨蠑。〕

【蠯】同蠯見〔篇韻〕。

【蠑】同蠑見〔龍龕手鑑〕。

【蠮】音庾麌韻

六斛四斗曰—。〔莊子田子方〕—斛不敢入於四境。

【蟗】同蟗見〔海篇〕。

羽部

【翻】音未詳

飛也。見〔康熙字典引廣雅〕〔按即翻字。廣雅釋訓文。〕

【翎】同翎見〔字彙補〕。

【獮】同獮見〔川篇〕。

【翢】翢或字見〔集韻〕。

【翸】同飛見〔五音篇海〕。

竹部

【笁】同竺見〔龍龕手鑑〕。

【笑】同笑見〔字彙補〕。

【篷】箸或字見〔集韻〕。

【簡】賈限切音簡。潸韻

——。在也。見〔說文〕〔段注〕釋訓曰、在、存、在、存也。許本之今爾雅作存存、萌萌、在也。廣韻引爾雅存存、蔄蔄、在也。玉裁按蔄與—相似、而竹、艸不同。蓋蔄者—之譌。竹誤而爲艸也。蔄者、蔄之譌、門誤爲而、明也。又誤而去心作萌。

【篙】音未詳

人名。〔宋史宗室表〕趙與—。—字德鼎。嘉定進士。

艸部

【芯】思林切音心侵韻

艸名。見〔集韻〕。

【芔】菩提二字見〔直音〕。

【茀】同茀。類篇如此作。

【茈】同莅見〔篇海〕。

【莪】將來切音哉灰韻

❶艸。見〔玉篇〕。

❷栽或字見〔集韻〕。

【菡】盧含切音婪覃韻

符風切音馮東韻

艸得風兒見〔說文〕。

【葤】音奸寒韻

蔬菜也。〔鹽鐵論〕飯—糲者。不可以言孝。

【萩】師銜切音衫咸韻

禾肥曰—。見〔集韻〕。

【蒟】力主切音縷麌韻

小蒿草見〔廣韻〕。

【蓄】亭歷切音狄錫韻

荻也。〔淮南說林〕—苗類絮而不可爲絮。〔注〕—苗荻秀。楚人謂之—。幽冀謂之荻苕也。

【蔓】同蔑見〔韻會〕。

【蕳】同蕑見〔字彙〕。

【蓋】古蕇字見〔康熙字典引集韻〕〔按今集韻、蕇、古作𦼮、蒸依說文作𦻓蕇。〕

【蓽】古萆字見〔康熙字典引唐韻〕

【蕣】蕣籀文見〔說文蕣部〕。

【蕀】吉屑切音結屑韻

艸名。見〔集韻〕。

【蕼】諸或字見〔集韻〕。

【薅】同蓐見〔篇海〕。

【蔦】思積切音昔陌韻

車前艸。見〔廣韻〕。

【蕟】同蕣見〔篇韻〕。

【蔽】蔽俗字。龍龕手鑑如此作。

【蘧】同蘧。

【藤】蓀或字見〔集韻〕。

【藍】古藥字見〔集韻〕。

【蘸】蘸或字見〔集韻〕。

【藷】音樹遇韻

—蕷。見〔直音〕〔按即藷譌字。〕

舟部

【冊】同窗見〔字彙補〕。

【舡】古服字見〔字彙補〕。

【舠】同服見〔川篇〕。

【舠】同舠見〔五音篇海〕。

【舥】舥俗字見〔龍龕手鑑〕。

【舦】同艉見〔字彙補〕。

【舷】舷譌字見〔篇海類編〕。

【舩】同舩見〔篇海類編〕。

【舡】同舐見〔龍龕手鑑〕。

【艇】同筏見〔五音篇海〕。

【艕】同艕見〔搜眞玉鏡〕。

【艞】同艞見〔篇海類編〕。

【艐】艘俗字見〔龍龕手鑑〕。

【艓】同艓見〔篇海類編〕。

【艖】乃何切音那歌韻

船名。見〔字彙補〕。

【艠】音繩蒸韻

稻田畦也。又畔也。隰也。見〔龍龕手鑑〕。

【艃】同艑。見〔龍龕手鑑〕。

【艏】音酉有韻 舟名。見〔搜眞玉鏡〕。

【䑶】同艕。廣雅釋器如此作。

【艎】同艎。見〔字彙補〕。

【𦨶】同𦨴。見〔徐文〕。

【艇】艇或字。見〔龍龕手鑑〕。

【𦪙】同膝。見〔篇海類編〕。

【艂】艂俗字。見〔龍龕手鑑〕。

【𦪿】古覽切音敢豏韻 舟之兩旁曰—。見〔字彙補〕。

【䑛】同艢。見〔川篇〕。

【𦪥】同𦩎。見〔篇海類編〕。

【𦫀】艢或字。見〔龍龕手鑑〕。

【艧】艧譌字。

【𦫂】同艦。龍龕手鑑如此作。

【𦪇】同艫。見〔五音篇海〕。

【𦫊】同艬。龍龕手鑑如此作。

衣部

【衩】襟或字。見〔韻會〕。

【衼】章移切音支支韻 ❶毛衣也。見〔韻會〕。❷衹—。尼法衣也。見〔廣韻〕。

【衦】同袝。見〔五音篇海〕。

【𧘸】尺夜切禡韻 袥衫也。見〔川篇〕。

【袳】袳或字。見〔龍龕手鑑〕。

【𧛓】蒲結切音別屑韻 襒衣。見〔篇海類編〕。

【𧚓】髮或字。見〔龍龕手鑑〕。

【𧞣】同褌。見〔字彙補〕。

糸部

【糼】功或字。見〔集韻〕。

【絣】同緐。見〔玉篇〕。

【綀】縋或字。見〔集韻〕。

【𦁎】都果切音朵哿韻 𥃩前垂也。見〔集韻〕。

【綒】同緑。見〔篇海〕。

【𦁁】同緑。見〔篇海類編〕。

【絷】縶俗字。

【𢇁】同絲。見〔字鑑〕。

【絶】絕譌字。見〔字鑑〕。

【𦁷】緇譌字。見〔字彙補〕。

【紉】紖譌字。見〔康熙字典〕。

【緁】即涉切音接葉韻 緝緁也。見〔集韻〕。

【𥿮】絣本字。見〔說文〕。

【𥿣】同紫。見〔字彙補〕。

【綗】同線。見〔字彙補〕。

【䌊】繇譌字。見〔字彙補〕。

【𦄛】辮譌字。詳辮字。

【𦈎】同素。見〔字彙補〕。〔疑爲紫譌字〕

【𦆆】同䌈。見〔龍龕手鑑〕。

【𦅖】繻或字。見〔集韻〕。

【𦇎】下革切音覈陌韻 衣領內謂之—。見〔集韻〕。

【纙】郎佐切音邏箇韻 錢縎也。見〔集韻〕。

米部

【籽】讀若子 俗稱植物之種子爲—秄。

【糌】讀若喈 —粑食物也。四川邊外不產米之地。以青稞磨粉炒熟拌水爲之。

【粎】須上聲[illegible]韻 粮米也。見〔海篇〕。〔疑糈之俗〕。

耒部

【耛】同耗。見〔篇海類編〕。

【𦓽】同耦。龍龕手鑑如此作。

【𦔈】同種。見〔川篇〕。

臼部

【𦥸】臿譌字。見〔字鑑〕。

【𦦙】齒譌字。見〔字彙補〕。〔按唐許敬宗賀慶雲表云。雕題鏤—之類。〕

网部

【𦊆】彌演切銑韻 —池。縣名。在河南府。見〔奚韻〕。〔按即黽池字譌〕。

【𦋺】同罥。見〔五音篇海〕。

【𦌾】同羉。見〔篇海類編〕。

襾部

【𧟠】音未詳 —麻。山名。〔五嶽眞形圖〕鷲廬、—麻、玉笥、洞陽、小溈、九疑、羅浮等山。爲衡州之佐命。

【𧟝】同䙿。見〔海篇〕。

行部

【𧗦】力盍切音臘合韻 不能舉足也。見〔字彙補〕。

【𧗳】音未詳 小兒戲物。又衚衕名。見〔字彙補〕。

【術】同術。見〔字彙補〕。〔按漢孟郁碑史士歌—功稱萬世是以術爲述〕

【衡】衡譌字。見〔五經文字〕。

臣部

【臥】臥俗字。見〔字鑑〕。

【𦣞】同亟。龍龕手鑑如此作。

【𡒄】臧譌字。見〔說文段注〕。

申集

豖部

【𧰳】徒昆切元韻。豖子也。見〔龍龕手鑑〕。〔按卽豘或字〕。

【𧱄】豥俗字。見〔龍龕手鑑〕。

【𧲒】同豶。見〔五音集韻〕。

【𧲣】同豩。詳豩字。

【蟸】與昆蟲之昆同。見〔搜眞玉鏡〕。

豸部

【𧳜】同貐。見〔篇海類編〕。〔康熙字典云貐譌字〕。

【独】持中切音蟲東韻。豸也。見〔字彙〕。〔按集韻、豸亦作蟲。篇海誤書作—。改音蟲訓爲豸非〕。

【𧳓】丁林切侵韻。能也。見〔川篇〕。

【貞】同貌。見〔篇海類編〕。

【𧳰】音禿屋韻。獸名。見〔玉篇〕。

【貗】音眉支韻。義闕。〔李白大獵賦〕別有白—飛駿。

貝部

【貸】音鎖哿韻。㊀只也。見〔篇海類編〕。㊁貨俗字。見〔字彙〕。

【购】音遘宥韻。治也。見〔篇海類編〕。

【貾】同賑。見〔篇海類編〕。

【貴】音怪切音派卦韻。出也。見〔奚韻〕。

【頂】同頂。見〔字彙補〕。

【賊】賊俗字。見〔龍龕手鑑〕。

【寶】古兀字。舊藏作𡩧。見〔龍龕手鑑〕。

【敗】同資。見〔字彙補〕。

【賁】同贊。見〔佩觿〕。

【賁】蒲昧切音佩隊韻。

【買】㊀姓也。見〔字彙補〕。㊁同背。見〔字彙補〕。

【買】買本字。見〔說文〕。

【賈】同貰。見〔川篇〕。

【賗】購俗字。見〔龍龕手鑑〕。

【賚】齎俗字。見〔字彙補〕。

【賧】賧本字。見〔字彙補〕。

【賥】同賵。見〔字彙補〕。

【賨】伊姚切音邀蕭韻。青—。小獸名。〔宛委餘編〕青—食虎。

【𧶄】才千切音殘寒韻。害物貪財也。見〔餘文〕。

【賦】賦俗字。見〔龍龕手鑑〕。

【𧸘】同贍。見〔篇韻〕。

【贓】同贇。見〔字彙補〕。

【嚇】音徵紙韻。質也。見〔川篇〕。

【贖】購俗字。見〔龍龕手鑑〕。

【贊】同贊。見〔字彙補〕。

【贍】贍譌字。見〔餘文〕。

【賻】音峻震韻。益也。見〔川篇〕。

【遺】同遺。見〔字彙補〕。

【贍】贍俗字。見〔龍龕手鑑〕。

【酆】同贜。見〔字彙補〕。

【鷪】同鸚。見〔字彙補〕。

【贇】音未詳。獸名。〔管窺輯要〕拂菻國有獸名—。大如狗。獷惡而力。

【贓】贓俗字。見〔字彙補〕。

角部

【角】角本字。見〔說文〕。

【舡】同觥。見〔篇海類編〕。

【觓】同觸。見〔篇海類編〕。

【觵】同觵。見〔字彙補〕。

【觥】觥譌字。見〔篇海類編〕。

【觨】觨俗字。見〔龍龕手鑑〕。

【觼】同觼。見〔篇海類編〕。

【觻】觻俗字。見〔龍龕手鑑〕。

【觽】同觽。見〔龍龕手鑑〕。

【觿】同觿。見〔篇海類編〕。

【觹】同觹。見〔川篇〕。

【觺】同觺。見〔字彙補〕。

【觻】觻譌字。見〔字彙補〕。

【觼】同觼。見〔篇海類編〕。

【觺】同觺。見〔海篇〕。

【觶】同觸。見〔搜眞玉鏡〕。

【觿】同觿。見〔篇海類編〕。

釆部

【𤔣】同播。見〔字彙補〕。

身部

【身】同牙。見〔搜眞玉鏡〕。
【躯】同軈。見〔字彙補〕。
【躲】同躱。見〔字彙〕。
【𨉖】同跛。見〔篇海類編〕。
【𨉥】同船。見〔搜眞玉鏡〕。
【𨉢】同騁。見〔龍龕手鑑〕。
【躬】同娉。見〔川篇〕。
【𨉦】同姙。見〔篇海類編〕。
【躶】同射。見〔五音篇海〕。
【躷】同騩。見〔搜眞玉鏡〕。
【軃】失冉切音閃琰韻　躲閃也。見〔字彙補〕。
【軄】同躿。見〔搜眞玉鏡〕。
【軆】與喜樂之樂同。見〔五音篇海〕。

足部

【𧾷】同企。見〔五音篇海〕。
【跅】同趶。見〔篇海類編〕。
【跨】同跨。見〔篇海類編〕。
【跻】同奔。見〔搜眞玉鏡〕。
【跣】同跣。見〔龍龕手鑑〕。
【跗】同踝。見〔龍龕手鑑〕。
【跰】同陛。見〔集韻〕。
【跡】同跡。見〔篇海〕。
【跦】同跸。見〔字彙補〕。
【跚】東器切音帝霽韻　足也。見〔字彙補〕〔康熙字典云。蹏、譌爲蹄。復譌爲—〕。
【跫】同无。見〔搜眞玉鏡〕。
【趺】同趺。見〔搜眞玉鏡〕。
【踋】同腳。見〔篇海類編〕。
【跲】同跨。見〔字彙補〕。
【跿】同蹋。見〔五音篇海〕。
【蹀】同蹀。見〔五音篇海〕。
【跌】古跌字。見〔龍龕手鑑〕。
【跕】的則切音德職韻　—行皃。見〔集韻〕。
【跫】跫譌字。見〔正字通〕。
【蹀】同蹀。見〔五音篇海〕。
【蹀】同蹀。見〔龍龕手鑑〕。
【蹏】通蹄。見〔龍龕手鑑〕。
【蹩】同蹩。見〔篇海類編〕。
【蹴】同蹩。見〔篇海類編〕。
【蹴】同踘。見〔五音篇海〕。
【躔】蹥俗字。見〔篇海類編〕。
【躄】同躄。見〔五音篇海〕。
【蹸】躁俗字。見〔龍龕手鑑〕。
【躤】躋本字。見〔說文〕。
【踏】同蹯。見〔篇海類編〕。
【踢】同踏。見〔字彙補〕。
【躍】亦跳字。見〔玉篇引字書〕。
【蹬】同蹬。見〔篇海〕。
【蹬】同蹶。見〔字彙補〕。
【蹔】同鈍。見〔字彙補〕。
【蹊】同踏。見〔龍龕手鑑〕。
【躃】躄俗字。見〔正字通〕。
【躓】躓俗字。見〔龍龕手鑑〕。
【躄】同頒。見〔字彙補〕。　音腳覺韻
【蹯】超走也。見〔川篇〕。
【躄】同躄。見〔康熙字典引龍龕手鑑〕〔按影鈔遼刻本作躄〕。
【蹞】同顛。見〔五音篇海〕。

走部

【赶】蹈或字。見〔集韻〕。
【甘】音燼眞韻　超也。見〔篇韻〕。
【趃】同越。見〔篇海〕。
【赾】同趁。趁、篆本作趨。隸變爲趁。
【趆】趆譌字。見〔五音篇海〕。
【趚】同趚。見〔篇海類編〕。
【趍】轄夾切音洽洽韻
【趚】㊀走皃。見〔集韻〕。㊁跛也。見〔玉篇〕。
【趏】芳過切音赴遇韻　㊀到也。見〔玉篇〕。㊁仆或字。見〔集韻〕。
【趚】通都切音徐同都切　音徒虞韻　趚—。伏地也。見〔玉篇〕。
【趫】同趫。見〔篇海類編〕。
【趞】趞俗字。見〔龍龕手鑑〕。
【趚】丈甲切治韻　—洽。路貌。見〔奚韻〕。
【趬】同遘。見〔五音篇海〕。
【趚】越俗字。見〔龍龕手鑑〕。
【趣】同塹。見〔篇海類編〕。
【趚】趧或字。見〔龍龕手鑑〕。
【趨】通趨。見〔龍龕手鑑〕。
【趠】同趠。見〔龍龕手鑑〕。
【趡】同趡。見〔篇海類編〕。
【趢】子禮切音濟薺韻　走也。見〔玉篇〕。
【趙】同越。見〔篇海類編〕。

辵部

【辵】同之。見〔漢伯戚碑〕。
【迅】同䢕。見〔字彙補〕。
【迖】同迆。見〔龍龕手鑑〕。
【迖】丑亦切音尺錫韻

跛也。見〔篇海類編〕。

【迯】巡䢮字。見〔字彙補〕。

【迶】音走篠韻行貌。見〔康熙字典引龍龕手部〕。

【迭】火決切音血屑韻走也。見〔玉篇〕。

【迏】去智切音企寘韻避也。見〔集韻〕。

【迦】丈弗切音物物韻呼骨切音忽月韻遠也。見〔廣雅釋詁〕〔疏證〕方言。偽、離也。、—與偽同。玉篇—音勿又音忽。楚辭九歌云。平原忽兮路超遠。、—、忽古亦通用。

【迒】防罔切音紡養韻急行也。見〔玉篇〕。

【迌】陟栗切音蛭質韻近也。見〔玉篇〕。

【迥】他沒切音突月韻誑誘貌。見〔玉篇〕。

【迍】株倫切音屯真韻徒渾切音豚元韻遛也。見〔集韻〕。〔按玉篇廣韻並訓—邅廣韻云本亦作屯易曰屯如邅如又集韻邅下云屯邅難行不進貌說文屯難也班固幽通賦紛屯邅與蹇連兮曹注難也〕

【运】羽粉切音抎吻韻走皃。見〔集韻〕。

【𨑒】七恭切音樅冬韻遷也。見〔廣韻〕。

【𨑹】同迅。見〔龍龕手鑑〕。

【迄】迄俗字。見〔龍龕手鑑〕。

【递】遞俗字。見〔龍龕手鑑〕。

【迡】同遟。見〔字彙補〕。

【迫】退䢮字。見〔龍龕手鑑〕。

【迷】舊藏作迸。見〔龍龕手鑑〕。

【迹】同迣。見〔康熙字典引廣韻〕。〔按今本廣韻無—字〕。

【退】古恨切音艮㮂韻走止也。見〔篇海類編〕。

【通】古逋字。見〔龍龕手鑑〕。

【迪】同逌。見〔篇海類編〕。

【逋】同通。見〔字彙補〕。

【𨓈】同逃。見〔奚韻〕。

【逞】同逭。見〔搜眞玉鏡〕。

【逌】遊俗字。見〔龍龕手鑑〕。

【迴】同侶。見〔五音篇海〕。〔按即遜字〕。

【逹】同迣。見〔五音篇海〕。

【迯】俗逃字。見〔正字通〕。

【𨓰】同隮。見〔字彙補〕。

【𨒼】舊藏作清。見〔龍龕手鑑〕。

【遨】遊俗字。見〔龍龕手鑑〕。

【遆】同廼。見〔篇海類編〕。

【遝】還俗字。見〔龍龕手鑑〕。

【遖】同奩。見〔五音篇海〕。

【遽】遞俗字。見〔龍龕手鑑〕。

【𨓵】同赴。見〔五音篇海〕。

【邀】遨俗字。見〔龍龕手鑑〕。

【𨔹】同趦。見〔龍龕手鑑〕。

【遯】同遁。見〔川篇〕。

【遻】還俗字。見〔龍龕手鑑〕。

【遍】同徧。見〔奚韻〕。

【遮】舊藏作遮。見〔龍龕手鑑〕。

【遾】彀俗字。見〔龍龕手鑑〕。

【遖】同逋。見〔篇海類編〕。

【遣】同遺。見〔餘文〕。

【遂】同迻。見〔篇海類編〕。

【𨗎】同霆。見〔五音篇海〕。

【𨖹】同遊。見〔字彙補〕。

【遭】同遭。見〔字彙補〕。

【遝】霝䢮字。見〔字彙補〕。

【𨖍】古遷字。見〔龍龕手鑑〕。

【遷】遷俗字。見〔龍龕手鑑〕。

【遳】同逮。見〔五音篇海〕。

【遰】同帶。見〔篇海類編〕。

【縺】同連。見〔五音篇海〕。

【𨗨】同攝。見〔字彙補〕。

【遛】遙俗字。見〔龍龕手鑑〕。

【𨘢】同邀。見〔篇海類編〕。

【遼】奩俗字。見〔龍龕手鑑〕。

【𩆜】同退。見〔五音篇海〕。

【避】同遯。見〔五音篇海〕。

【𨙃】遴俗字。見〔龍龕手鑑〕。

【𨘾】遠俗字。見〔龍龕手鑑〕。

【𨙍】同葦。見〔五音篇海〕。

【𨙎】隫俗字。見〔龍龕手鑑〕。

【𨙔】賈俗字。見〔龍龕手鑑〕。

【𨙛】同還。見〔五音篇海〕。

【邁】同邁。見〔字彙補〕。

【遷】䥞俗字。見〔龍龕手鑑〕。

言部

【諠】同愃。見〔說文長箋〕。
【詍】同⿰言匪。見〔搜眞玉鏡〕。
【⿰言沛】同訰。見〔海篇〕。
【⿰言开】訮俗字。見〔龍龕手鑑〕。
【⿱殸言】同訛。見〔說文長箋〕。
【詠】同詅。見〔字彙補〕。
【訴】訴本字。見〔康熙字典〕引說文。〔按訴依說文當作𧦝。通訓定聲作—乃俗字。〕
【誠】訹俗字。見〔正字通〕。
【詗】同詷。見〔篇海類編〕。
【譼】古監字。見〔說文臥部〕。
【⿰亻論】同論。見〔字彙補〕。
【⿰言黍】⿰言漆譌字。見〔字彙補〕。
【⿰言夌】同謖。見〔奚韻〕。
【譐】取本切。音付。祖本切。音劖。阮韻。聚語也。見〔集韻〕。
【⿰言嚚】同嚚。見〔說文長箋〕。
【⿰言喿】譟本字。見〔集韻〕。

見部

【⿰艮見】覞譌字。
【⿰見見】音未詳。人名。必—。見〔宋史宗室表〕。
【⿰皃見】覞譌字。見〔五音篇海〕。〔當爲覞譌字〕。

車部

【⿰車弗】同拂。〔北海相景君碑〕宜參鼎—。〔隸釋〕字書無—字。當是借作拂。取轉拂之義。
【⿰車頁】輕俗字。見〔龍龕手鑑〕。
【⿱執車】同輕。見〔龍龕手鑑〕。〔當爲摯譌字〕。
【⿰車巠】音令。青韻。軨舭名也。見〔川篇〕。
【⿱?車】音蛪。屑韻。俗謂𨏔—也。見〔篇海類編〕。

辛部

【辛】辛本字。見〔康熙字典〕。〔按說文辛篆從辛一。則此形不類。〕
【⿰辛斤】同新。漢孔耽碑如此作。
【辭】辭俗字。
【⿰𥝌辛】皋籀文。見〔說文夲部〕。
【⿲辛刂辛】同辨。見〔篇海類編〕。
【⿰辛興】同興。見〔搜眞玉鏡〕。
【⿱辛嚞】同嚞。見〔字彙補〕。

酉部

【⿰酉阝】同邮。見〔字彙補〕。
【⿰酉殳】同酘。見〔川篇〕。
【酙】斟俗字。見〔龍龕手鑑〕。
【⿰酉斤】同酙字。見〔字彙補〕。
【⿱乍酉】同酢。見〔五音篇海〕。
【⿰酉㐬】醢或字。見〔龍龕手鑑〕。
【醚】醚譌字。見〔字彙補〕。
【⿰酉見】硯譌字。見〔字彙補〕。
【⿰酉監】醢譌字。見〔康熙字典〕。
【⿱僉酉】同醶。見〔篇海類編〕。
【⿰酉肙】醑本字。見〔龍龕手鑑〕。
【⿰酉定】醃俗字。見〔字彙輔〕。
【⿱欽酉】同飲。見〔字學指南〕。
【⿰酉夆】酵本字。見〔篇海類編〕。
【⿱奞酉】同醉。見〔篇海類編〕。
【⿱差酉】同醝。見〔篇海類編〕。
【⿰酉難】同醮。見〔字彙補〕。
【⿰酉孰】醇俗字。見〔龍龕手鑑〕。
【⿰酉祭】音祭。霽韻。俗字。—祀也。見〔龍龕手鑑〕。
【⿰酉烹】同烹。見〔五音篇海〕。
【⿱毆酉】同醫。見〔五音集韻〕。
【⿰酉靖】醋俗字。見〔龍龕手鑑〕。
【⿱監酉】同醢。見〔五音篇海〕。
【⿰酉𠦃】同醉。見〔五音篇海〕。
【⿰酉宿】同茜。見〔字彙補〕。
【⿰酉睪】醳本字。見〔龍龕手鑑〕。
【⿰酉坐】同醝。見〔搜眞玉鏡〕。
【⿰酉簡】同醎。見〔五音篇海〕。
【醿】同醾。見〔康熙字典〕引集韻。
【⿱⿰㲋彡酉】同醯。見〔正字通〕。

邑部

【⿰丰邑】邦本字。見〔說文〕。
【⿰交邑】郊本字。見〔說文〕。
【⿰火邑】邩本字。見〔說文〕。
【邴】補水切。音丙。梗韻。陵病切。音柄。敬韻。宋下邑。見〔說文〕。
【⿰甘邑】邯本字。見〔說文〕。
【⿰圭邑】邽本字。見〔說文〕。
【⿰牛邑】同郤。見〔奚韻〕。
【⿰君邑】郡本字。見〔說文〕。
【⿰邑邑】同巷。見〔五音篇海〕。

【郶】古部字見〔龍龕手鑑〕。

【𤆍】同都見〔字義總略〕。

【𨛍】鄉本字見〔說文〕。

【𦀌】鄉本字見〔說文〕。

【𨚑】鄉本字見〔說文〕。

【𨛦】鄉俗字見〔字鑑〕。

【𨜏】鄉俗字見〔字鑑〕。

【𨟅】徒浪切音蕩漾韻

邑名。見〔五音篇海〕。〔按集韻有鄭字音浪地名。未知是一是二。〕

【𩨋】同鄖。見〔字彙補〕。

【𧮫】同鄉。見〔說文長箋〕。

【䣈】鄉本字見〔說文〕。

【𩹉】鄉本字見〔說文〕。

【𦀔】同鄉。見〔搜眞玉鏡〕。

【𪉶】强魚切音渠魚韻

鄉名。見〔字彙補〕。〔按卽鄺字。〕

【𧯩】同鄉。見〔五音篇海〕。

豆部

【䜴】同蹭。見〔篇海類編〕。

【𧯰】同懿。見〔篇海〕。

【𧯽】登籒文見〔集韻〕。

※酉集※

金部

【釒】金古文見〔六書故引說文〕〔按今本說文作金。玉篇同。〕

【釖】刀或字見〔集韻〕。

【釓】亂俗字見〔康熙字典引龍龕手鑑〕〔影鈔遼刻本作釓。注云、俗音亂。〕

【鈍】同鈍。龍龕手鑑如此作。

【鈨】同鈗。見〔篇海類編〕。

【鈥】同鏦。六書故如此作。

【𨥉】同鍬。見〔康熙字典引龍龕手鑑〕〔按影鈔遼刻本鍪或體有鍬、鑿。無—。〕

【鋄】音凶冬韻

—欔。戰慄也。又斧斤柄孔也。見〔龍龕手鑑〕。〔按應從巩。〕

【銾】古鎮字見〔字彙補引集韻〕〔按今集韻作鋴。〕

【鉋】同鉋。見〔川篇〕。

【銂】同裂。見〔搜眞玉鏡〕。

【鋲】同鋲。見〔篇海類編〕。

【銹】同鉾。見〔龍龕手鑑〕。

【錔】同鍋。見〔篇海類編〕。

【鋼】居郎切音岡陽韻

堅鐵。見〔集韻〕〔按玉篇云。鍊鐵也。筆談云。凡鐵有—者。如麪中有筋。煆百鍊火。一煆一輕。至累煆、斤兩不減。則純—也。〕

【鋼】居浪切音擱漾韻

堅也。見〔集韻〕。

【錝】菹龍切東韻

金毛也。見〔玉篇〕。

【鍌】穌典切音銑銑韻

人名。唐有竇維—。見〔集韻〕。

【錇】古活切音括曷韻

無知貌。見〔字彙〕。〔按龍龕手鑑銛或作—。義同。〕

【錆】大罪切賄韻大果切哿韻

犂鐫。見〔玉篇〕。

【錆】徒果切音墮哿韻〔按卽大果切〕

車轄。見〔廣韻〕。

【鍍】立范切豏韻

馬首飾也。見〔龍龕手鑑〕。〔按同鋄。〕

【鍪】同鋈。見〔康熙字典引龍龕手鑑〕〔按影鈔遼刻本作鋈。〕

【鎮】同鎮。見〔康熙字典引龍龕手鑑〕〔按影鈔遼刻本。—、鎮、𨭌無。〕

【鍯】鍯俗字見〔正字通〕。

【鎚】逆角切音獄覺韻

齊人謂大椎曰—。見〔類篇〕。

【鏤】鏤譌字見〔字彙補〕。

【鍼】音戚錫韻

斧也。〔左昭十二年傳〕君王命剝圭以爲—秘。〔按說文作戚。〕

【鏊】同鏊。从丮、隸變从丸。

【鏁】同鏁。見〔字彙補〕。

【鏓】同鏓。見〔五音篇海〕。

【鏵】同鏵。見〔康熙字典引龍龕手鑑〕〔按影鈔遼刻本作鏵。不云同鏵。惟音義如玉篇鏵字。疑實作鏵。〕

【鏦】鍍俗字見〔龍龕手鑑〕〔疑爲鍍譌字。〕

【鏶】舊藏作鏶。見〔龍龕手鑑〕。

【鏴】力故切遇韻

金—。周輅也。見〔篇海〕〔按玉篇無訓。正字通云譌字。金—、古借用路。〕

【鏝】音未詳

人名。辛攀父—。尚書郎。見〔十六國春秋〕。

【鐉】同飴。見〔字彙補〕。

【鐞】鐞俗字見〔龍龕手鑑〕。

【鐲】鐲譌字〔方言〕鐲、飽也。〔箋疏〕鐲、通行本譌作一。

【鏈】音未詳 俗以爲鎗一字。〔佩觿〕鎗一之一。其漏率有如此者。

【鐥】鐥古文。見〔龍龕手鑑〕。

【鍓】同鐿。見〔龍龕手鑑〕。

【鑃】同鏗。見〔字彙補〕。

【鐮】鐮譌字。見〔龍龕手鑑〕。

【鐷】胡盲切音橫庚韻 鐄聲。見〔集韻〕。

【鐵】音兪虞韻 祭名。見〔龍龕手鑑〕。

【鑯】同鐵。見〔龍龕手鑑〕。

【鑋】同鑈。見〔篇海類編〕。

【鑽】鑽俗字。見〔字鑑贊注〕。

【鑩】狠狄切音秝錫韻 鬲或字。見〔集韻〕。

【鑤】鄊或字。見〔集韻〕。

【鑣】同鑣。見〔五音篇海〕。

【鑠】同鑠。見〔篇海類編〕。

【鑯】音兪虞韻 鐵俗字。祭也。見〔龍龕手鑑〕。

【鑽】舊藏作鑑。見〔龍龕手鑑〕。〔按康熙字典引作鑽〕。

長部

【镹】同镸。見〔康熙字典引龍龕手鑑〕〔按影鈔遼刻本作从分〕。

【镺】同髦。見〔字彙補〕。

【镻】音拼 長也。見〔川篇〕。

【镼】同髼。見〔五音篇海〕。

【镽】同髽。見〔字彙補〕。

【镾】同髭。見〔五音篇海〕。

【长】同髽。見〔龍龕手鑑〕。

【䦈】鬅或字。見〔龍龕手鑑〕。

【䦉】鬆俗字。見〔龍龕手鑑〕。

【䦊】同鬣。見〔篇海類編〕。

【䦋】同髮。見〔五音篇海〕。

【䦌】同鬘。見〔復古編〕。〔疑同鬚〕。

【䦍】同鬍。龍龕手鑑如此作。

【䦎】鬟俗字。見〔龍龕手鑑〕。

【䦏】鬢俗字。見〔龍龕手鑑〕。

【䦐】同䯼。見〔篇海類編〕。

阜部

【𠂤】阜本字。見〔說文〕。

【阢】居大切音蓋泰韻 陒也。見〔字彙〕〔按即屺字〕。

【阬】同屹。山貌。見〔字彙〕。

【阪】同阪。見〔字彙補〕。

【阱】同阱。見〔字學指南〕。

【陜】陝古字。見〔龍龕手鑑〕。

【陝】陝俗字。〔張遷碑〕邵伯分一。〔按說文陝縣之陝从夾。碑既書夾爲从二人之夾。又以夾爲从二入之夾混矣〕。

【陁】陀俗字。見〔龍龕手鑑〕。

【降】降俗字。見〔字彙補〕。

【陵】同陵。〔韓勑碑〕禮樂一遲。

【隮】陝本字。見〔說文〕。

【隊】隊本字。見〔說文〕。

【隐】隱俗字。見〔字學舉隅〕。

【隆】同隆。見〔龍龕手鑑〕。

【隨】隨譌字。見〔字鑑〕。

【陷】陷譌字。見〔字鑑〕。

【隠】隱俗字。見〔字鑑〕。

【隲】騭省字。見〔正字通馬部騭注〕。

【隮】同瀨。見〔字彙補〕。

【隨】隮俗字。見〔龍龕手鑑〕。

【䧢】同隘。見〔字彙補〕。

【隳】火嫁切禡韻地爾切紙韻 裂也。今作罅。見〔龍龕手鑑〕。

【黰】黰本字。見〔說文詛部〕。〔按康熙字典作黰。與篆異非〕。

青部

【靝】同天。見〔字彙補〕。

【靘】千定切音靘徑韻 靘或字。見〔集韻〕。

【靛】堂練切音電霰韻 以藍染也。見〔集韻〕〔按韻會舉要謂澱、一字〕。

【靚】靚俗字。見〔正字通〕。

隹部

【隺】同雉。見〔篇海類編〕。

【隹】同鵝。見〔篇海類編〕。

【雃】同鴻。見〔篇海類編〕。

【雋】同雋。見〔龍龕手鑑〕。

【隺】同隺。見〔篇韻〕。

【雄】同雚。見〔字彙補〕。

【雒】雜俗字。見〔字學舉隅〕。

【雗】同鶉。見〔篇海類編〕。

【雋】同雋。龍龕手鑑如此作。

【誰】雄俗字。見〔龍龕手鑑〕。

【售】售古字。見〔龍龕手鑑〕。

【雖】雖俗字。見〔字鑑〕。

【讎】讎或字。見〔龍龕手鑑〕。

【雝】雝俗字。見〔龍龕手鑑〕〔按說文鳥部鶵、有古文雛。是此為俗變〕。

【雙】雙俗字。見〔字鑑〕。

【欆】欆俗字。見〔字彙補〕。

【雜】雜本字。龍龕手鑑如此作。依說文應作雜。

【雛】鶵籀文。見〔龍龕手鑑〕〔按說文鶵、有古文雛。是此為俗變〕。

【舊】同舊。見〔字彙補〕。〔依說文作舊〕。

【雥】同雥。龍龕手鑑如此作。

非部

【非】古卯字。見〔集韻〕。

【靟】音雜。合韻。惡也。見〔龍龕手鑑〕。

【蕃】音煩。元音。百合蒜也。見〔康熙字典〕引龍龕手鑑。〔按影鈔遼刻本有蕃無—〕。

門部

【閔】同閔。見〔龍龕手鑑〕。

【閍】分房切。音方。陽韻。巷門。見〔集韻〕。

【閍】晡橫切。音祊。庚韻。●一廟門名。〔爾雅釋器〕宮—謂之門。〔按釋文云。說文作鬃、云或作祊。門內祭先祖所彷徨也〕。●二宮中門。見〔集韻〕。

【閔】同閔。見〔龍龕手鑑〕。

【閔】同閔。見〔龍龕手鑑〕。

【闌】闌俗字。見〔龍龕手鑑〕。

【閔】同閔。見〔龍龕手鑑〕。

【閪】同閪。見〔龍龕手鑑〕。

【閛】閛俗字。見〔龍龕手鑑〕。

【闂】闂俗字。見〔龍龕手鑑〕。

【闌】闌俗字。見〔龍龕手鑑〕。

【閏】閏俗字。見〔龍龕手鑑〕。

【閲】閲俗字。見〔正字通閲注〕。

【閸】同琴。見〔川篇〕。

【闘】同闘。見〔五音篇海〕。

【閲】閲俗字。龍龕手鑑如此作。

【闇】闇俗字。

【闓】新藏作闓。見〔龍龕手鑑〕。

【閞】同開。見〔字彙補〕。

【開】同開。〔五音篇海〕。

【闘】闘俗字。見〔字鑑〕。

【闔】闔俗字。龍龕手鑑如此作。

【闍】社平聲。麻韻。—黎。僧稱。今作闍。非。見〔字義總略〕。

【鐫】子泉切。先韻。鑽鑿也。見〔龍龕手鑑〕〔按為鐫俗字〕。

【鬭】同鬭。見〔篇海類編〕。

【鬮】同鬮。見〔篇海類編〕。

雨部

【雨】古雨字。見〔龍龕手鑑〕。

【雩】同雩。見〔龍龕手鑑〕。

【雹】同虐。見〔康熙字典〕引龍龕手鑑。〔按影抄遼刻本。但云音虐〕。

【雷】同雷。見〔川篇〕。

【霄】霄俗字。見〔龍龕手鑑〕。

【霒】同黕。龍龕手鑑如此作。

【霤】霤古字。見〔龍龕手鑑〕。

【䨮】同霽。見〔字彙補〕。

【霽】霽俗字。見〔龍龕手鑑〕。

【霆】同霆。見〔康熙字典〕引龍龕手鑑。〔按影抄遼刻本作霆〕。

【霑】同霑。見〔龍龕手鑑〕。

【霸】同屯。見〔海篇〕。

【霓】同霓。見〔康熙字典〕引龍龕手鑑。〔按影抄遼刻本霓誤字有霓、霓無—〕。

【霢】同霢。〔爾雅釋文〕小雨謂之—霂。〔釋文〕—字林作霢。〔按从脈為正〕。

【霓】同屯。見〔海篇〕。

【霫】同雹。見〔字彙補〕。

【雹】同雷。見〔康熙字典〕引龍龕手鑑。〔按影鈔遼刻本。但音力救反〕。

【霰】霰俗字。見〔龍龕手鑑〕。

【霳】霳譌字。見〔龍龕手鑑〕。

【靆】同靆。見〔字彙補〕。

【⿱雨豖】⿱雨豕俗字。見〔龍龕手鑑〕。

【霊】靈俗字。見〔字學舉隅〕。

【⿱雨寶】同寶。見〔康熙字典〕引龍龕手鑑。〔按影鈔遼刻本但音寶。〕

【⿱雨夔】夔或字。見〔龍龕手鑑〕〔按應爲夔或字。〕

※戌集※

韭部

【⿱𢾺韭】⿱𢾺韭譌字。見〔五音篇海〕。

【⿱敝韭】同⿰韭監。見〔篇海類編〕。

【⿱蒦韭】同自。見〔海編金鏡〕。

面部

【面】面本字。見〔說文長箋〕。

【靣】面俗字。見〔字鑑〕。

【⿰面几】同⿰面犬。見〔龍龕手鑑〕。

【⿰面犬】同⿰面犬。見〔搜眞玉鏡〕。

【⿰面今】許咸切咸韻火甘切覃韻。⿰面占—。出頭貌。見〔龍龕手鑑〕。

【⿰面尋】同皺。見〔五音篇海〕。

【⿰面柬】同⿰面焦。見〔字彙補〕。

【⿰面霝】⿰面霝俗字。見〔龍龕手鑑〕。

【⿰面荅】⿰面荅俗字。見〔龍龕手鑑〕。

【⿰面菴】⿰面菴俗字。見〔龍龕手鑑〕。

【⿰面聽】音未詳。赧恥也。見〔字彙補〕。

【⿰面瞿】同⿰面瞿。見〔龍龕手鑑〕。

首部

【⿰首匝】⿰首匝本字。見〔說文匠部〕。

【⿰足首】同⿰首匝。見〔字彙補〕。

【⿰首肖】⿰首肖俗字。見〔龍龕手鑑〕。

【⿰首肖】⿰首肖俗字。見〔龍龕手鑑〕。

【⿰首肖】⿰首肖俗字。見〔龍龕手鑑〕。

頁部

【頁】頁本字。見〔說文〕。

【傾】傾譌字。見〔龍龕手鑑〕。

【頫】匹各切陌韻 頼俗字。見〔龍龕手鑑〕〔當爲頫譌字。〕

【須】同⿰彡頁。見〔篇海類編〕。

【⿰耳頁】同⿰彡頁。見〔龍龕手鑑〕。

【⿰冬頁】音須虞韻 女—也。見〔川篇〕。

【⿰臣頁】同欣。見〔康熙字典〕引龍龕手鑑。

【頭】同頭。見〔康熙字典〕引龍龕手鑑。

【⿰臣頁】同頤。見〔康熙字典〕引龍龕手鑑。

【⿰叒頁】同⿰叒頁。見〔川篇〕。

【⿰米頁】頪俗字。見〔龍龕手鑑〕。

【⿰豸頁】古貌字。見〔荀子禮論〕—而不功。

【⿰豸頁】頼俗字。見〔龍龕手鑑〕。

【⿸厂頁】同⿸厂頁。見〔海篇〕。

【頷】同頷。見〔字彙補〕。

【⿰面頁】呼內切音誨隊韻 ●一 面多肉謂之—。見〔集韻〕。●二 同頪。洗面也。見〔聲類〕。

【⿰咸頁】胡耽切音咸咸韻 頣也。見〔康熙字典〕引龍龕手鑑。

【⿰臣頁】同⿰臣頁。見〔海篇〕。

【⿱頁夊】同夔。見〔搜眞玉鏡〕。

【顢】謨官切音瞞寒韻 —頇。大面。見〔集韻〕。

【⿰區頁】烏侯切音謳尤韻 —𩒱。面折。見〔集韻〕。

【⿰⿱雨斤頁】同⿰⿱雨斤頁。見〔川篇〕。

【⿰⿱彡米頁】同⿰⿱彡米頁。見〔川篇〕。

【⿰⿱米犬頁】隣或字。見〔集韻〕。

【⿰縣頁】同⿰縣頁。見〔篇海類編〕。

【⿰𦘒頁】同⿰𦘒頁。見〔字彙補〕。

【⿰瞢頁】同儚。見〔五音集韻〕。

【⿰⿱艹頁頁】⿰⿱艹頁頁本字。見〔說文〕。

【⿰齒頁】五戛切雁入聲黠韻 義未詳。〔道藏三元經〕—讚齟齬。

【⿱頁韋】⿱頁韋本字。見〔說文〕。

革部

【靰】同靰。見〔龍龕手鑑〕。

【⿰革卯】音報號韻 俗云—起也。〔巢氏病源〕腳下有物。牢—如石。痛如錐刀所刺。此由—腎經虛。風毒之氣傷之與血氣相擊。故痛而結—不散。〔按楊升菴以爲匹角、博敎二切。〕

【⿰革𠂇】於兩切音鞅養韻 強也。荷也。頸鞅也。見〔字彙補〕〔按即鞅俗。〕

【鞉】鞀或字。見〔說文〕。

【⿰革百】鞧俗字。見〔龍龕手鑑〕。

【⿰革𡿺】奴到切號韻 憂也。見〔川篇〕。〔按即惱譌字。〕

【⿱敄革】同鞶。見〔正字通〕。

【靰】鞠俗字。見〔龍龕手鑑〕。

【鞢】音涉葉韻 指揩也。見〔篇海類編〕。

【鞖】同鞿。見〔五音篇海〕。

【鞹】靹譌字。見〔字彙補〕。

【𩏋】音決屑韻 缺也。見〔字彙補〕。〔按即䩞譌字〕。

【䩭】同鞿。見〔五音篇海〕。

【韉】鞹本字。見〔說文〕。

韋部

【𩏮】于鬼切音偉尾韻 光也。見〔字彙補〕。

【𩎟】祫或字。見〔集韻〕。

【𩎣】韍譌字。見〔搜眞玉鏡〕。

【韖】同鞢。見〔龍龕手鑑〕。

音部

【𩐨】音坎感韻 反也。見〔川篇〕。〔康熙字典云韽譌字〕。

【䪭】音阮阮韻 樂器。見〔康熙字典引龍龕手鑑〕。

【𩐳】音勒職韻 打也。見〔川篇〕。

【𩐴】䪞本字。廣韻如此作。

風部

【凬】古風字。見〔玉篇〕。〔按依說文作凮。譌作凬。〕

【䬑】抽知切音鵗支韻 同颸。見〔字彙〕。

食部

【𩜅】子戈切音侳歌韻 骨—。見〔五音集韻〕。

【䭈】諸延切音氈先韻旨善切音𡡾銑韻 通酏。〔禮記內則〕以稻米爲酏。〔釋文〕酏讀爲—。〔按說文書作餰。段玉裁謂內則本作—字〕。

【𩞤】諸延切音饘先韻 同饘。見〔玉篇〕。

【餶】古忽切音骨月韻 —䬾兒。麪果也。見〔武林舊事〕。

【𩟄】同𩞤。見〔搜眞玉鏡〕。

【饒】呼泰切音餀泰韻 臭氣。見〔字彙補〕。

【䭊】同𩞤。龍龕手鑑如此作。

【𩟗】同𩞤。見〔搜眞玉鏡〕。

【䭕】同𩞉。見〔篇海類編〕。

【𩟘】同𩟗。見〔篇海類編〕。

【𩞀】同饎。見〔篇海類編〕。

【𩟔】同餺。見〔字彙補〕。

【饐】餬俗字。見〔龍龕手鑑〕。

【𩞄】噉俗字。見〔龍龕手鑑〕。

【饡】同饡。見〔篇海類編〕。

骨部

【骪】骫譌字。見〔正字通〕。

【䯝】髓或字。見〔集韻〕。

【𩪓】胡八切音黠黠韻 𩪓聲。見〔廣韻〕。〔按集韻作𩪓。云𩪓骨聲〕。

髟部

【𩬅】髦俗字。見〔龍龕手鑑〕。

【𩬤】同𩭐。見〔康熙字典引龍龕手鑑〕。〔按影抄遼刻本。—在長部。不云同𩭐。〕

【𩮎】鬙譌字。見〔字彙補〕。

【𩬶】鬉俗字。見〔龍龕手鑑〕。

【𩮭】同鬃。見〔篇海類編〕。

【𩭺】音卜屋韻 鬢髮也。見〔龍龕手鑑〕。〔疑即鬏字〕。

【䰄】同𩭿。見〔五音篇海〕。

【鬢】同鬢。見〔餘文〕。

【𩯭】䰉譌字。見〔字彙補〕。

鬲部

【𩰲】鬷俗字。見〔龍龕手鑑〕。

【鬵】𩱧或之。〔龍龕手鑑〕。

【𩱴】𩱲古字。見〔龍龕手鑑〕。

【𩱧】同鬻。見〔餘文〕。

鬼部

【䰠】古鬼字。見〔說文〕。

【𩲅】丑良切陽韻 鬼也。見〔五音篇海〕。

【𩲸】同苕。鬼名。〔王延壽賦〕撲苕蕘。〔注〕一作—𩴾。

【䰣】魍俗字。見〔龍龕手鑑〕。

【𩵋】同𩴂。見〔龍龕手鑑〕。

【𩴐】同魌。見〔篇海〕。

【𩴎】魅俗字。見〔龍龕手鑑〕。

【𩴵】音右宥韻 鬼名。見〔搜眞玉鏡〕。

馬部

【馸】古騏字。見〔正字通〕。

【䭾】同馭。見〔篇海類編〕。

【奮】同駒。見〔字彙〕。
【䭾】同駋。見〔玉篇〕。〔正字通〕云。從刃無義。當是駋譌。
【昬】罵俗字。見〔正字通〕。
【駢】同犖。見〔篇海類編〕。
【馮】同馿。見〔篇海類編〕。
【曇】同駄。見〔龍龕手鑑〕。
【駈】驅俗字。見〔龍龕手鑑〕。
【騶】舊藏作騷。見〔龍龕手鑑〕。
【駣】同𩣺。見〔篇海類編〕。
【䮝】同驍。見〔篇海類編〕。
【騁】騁俗字。見〔龍龕手鑑〕。
【鷌】鴇譌字。見〔字彙補〕。
【駹】同驊。見〔字彙補〕。
【驪】同驪。見〔篇海類編〕。
【騤】騤俗字。見〔龍龕手鑑〕。
【䳾】同驢。見〔篇海類編〕。
【騅】騅譌字。見〔字彙補〕。
【驊】同驪。見〔字彙補〕。
【騖】騖俗字。見〔龍龕手鑑〕。
【驢】同驢。見〔搜眞玉鏡〕。

※亥集※

魚部

【魚】魚本字。見〔說文〕。
【僟】音未詳 人名。弘農王倪｜。見〔字彙補〕。
【魧】胡郎切陽韻 魚名。見〔康熙字典引龍龕手鑑〕。〔按影鈔遼刻本有魧無｜〕。
【魰】同魠。見〔五音篇海〕。
【䰿】同魧。見〔篇海類編〕。
【䱇】音目屋韻 魚名。見〔篇海類編〕。
【鮰】同回。
【鮇】式竹切音菽屋韻 ｜鮪。鮪之小者。〔爾雅釋器〕鮥、｜鮪。〔注〕鮪、鱣屬也。大者名王鮪。小者名｜鮪。〔按說文作叔鮪。〕
【鮂】同魛。見〔篇海類編〕。
【鰠】同騷。〔龍龕手鑑〕｜、隨函云。合作騷。魚名。
【鯍】同鱐。見〔篇海類編〕。
【鯨】鯨譌字。見〔康熙字典〕。〔康熙字典云鯨譌字。〕
【鮾】鮾或字。見〔集韻〕。
【鼉】遏各切音惡藥韻 水蛇。別名。見〔字彙補〕、〔正字通云一作鱷。〕
【鯏】力脂切音梨支韻 鰻｜。又、｜鯠。並魚名。見〔篇海類編〕。〔按卽鯬字〕。
【鯖】同鯖。龍龕手鑑如此作。
【䱗】同鮡。見〔康熙字典引龍龕手鑑〕。〔按影鈔遼刻本鮡、或字、从地。〕
【鰶】鮀俗字。見〔龍龕手鑑〕。
【鰶】同鰶。見〔字彙補〕。
【鰝】同鰝。見〔篇海類編〕。
【䲏】同鰡。見〔字彙補〕。
【鮺】同鮺。見〔篇海類編〕。
【鰏】同鯤。見〔康熙字典引集韻〕。〔按今集韻鯤或字有鰏、無｜。〕
【鰽】鰽本字。見〔篇海類編〕。
【鯡】鯡俗字。見〔龍龕手鑑〕。
【鰁】鰁俗字。見〔字學舉隅〕。
【鱥】同鱥。見〔篇海類編〕。
【鱷】同鯉。見〔篇海類編〕。
【鱉】同鱉。見〔說文長箋〕。
【鰲】同鰲。見〔篇海類編〕。
【鰭】同鰭。集韻如此作。
【鰻】鰻譌字。見〔字彙補〕。
【鱀】同鱀。見〔字彙補〕。
【鱻】同鱻。見〔篇海類編〕。

鳥部

【鳥】同鳥。見〔字彙補〕。
【鳧】同鳧。〔歐陽通多寶寺碑〕魚貫｜集。〔按乃者几之譌。〕
【鳩】同鳩。〔唐扶頌〕白菟。
【鳮】鷄俗字。
【鳳】鳳俗字。見〔字鑑〕。
【鳧】鳧譌字。見〔字鑑〕。
【鳱】同鴈。鴈見〔正字通〕。
【鳨】鳩譌字。見〔康熙字典〕。
【鳩】音休尤韻 〔按字彙補音豹〕。怪鳥。見〔五音篇海〕。
【鴉】舊藏作僑字。在別譯阿含中。見〔龍龕手鑑〕。
【鳨】舊藏作鶴字。見〔龍龕手鑑〕。
【鴖】同雌。見〔字彙補引集韻〕。〔按今集韻雌重文作雌、鴜。〕
【鴒】同鴒。見〔篇海類編〕。
【鴉】同鴉。見〔篇海類編〕。
【鳩】同鷲。見〔玉篇〕。

【鶔】同師。康熙字典引集韻如此作。
【鳫】雁或字見【集韻雁注】【按雁爲字籀文作鴈。經傳遂多作─】。
【鴩】訟字譌作鴇。見【龍龕手鑑】
【鴸】同鵃。見【手海類編】。
【鴝】同鮑。見【篇海類編】。
【鴐】同鵁。見【篇海類編】。
【鴡】同䳍。見【篇海類編】。
【鳷】同鼓。見【篇海類編】。
【䳌】鳩俗字見【龍龕手鑑】
【鵊】同鷰。見【集韻引川篇】【按今集韻鷰、重文作鵊】
【鵡】同鳩。玉篇如此作。
【鷖】同鴨。見【字彙補】。
【鵏】同鵏。見【篇海類編】
【鴐】同鵂。見【篇海類編】。
【鴨】同鵬。見【篇海類編】。
【鵜】同䳜。見【篇海類編】

【鵗】同鵗。見【篇海類編】。
【鷹】鷹譌字見【字彙補】。
【鴩】同鴧見【篇海類編】。
【鶊】同鷂【揚雄賦】鴤─鴝鷝。【詳鴝字】。
【鶂】同鷀。見【字彙補】。
【鶡】鵨俗字。見【龍龕手鑑】。
【鶴】鶴俗字見【龍龕手鑑】。
【鸍】眉庚切音萌庚韻鳥名。見【篇海類編】。
【鷌】同顯。見【耳目資】【字彙補云。疑卽鷌譌字】。
【鸄】同鵬。見【字彙補】。
【鸕】同鸙。見【篇海類編】。
【鶖】同鸉。龍龕手鑑如此作。
【鶐】同鸃。見【篇海類編】。
【鸋】同難。見【篇海類編】【按卽難篆鸛之譌】。
【鸜】鸏俗字。見【龍龕手鑑】。

【䲵】同䲵。見【篇海類編】。
【鵴】同鵴。見【字彙補】【按此鷁之譌】。
【鸝】同鸝。見【奚韻】。

麥部

【麨】麪俗字。見【字鑑】。
【麩】平八切黠韻
麴麥名。見【五音篇海】【按卽麩之異體】。

麻部

【麻】麻俗字。見【字鑑】。
【麼】麼俗字。見【字鑑】。
【縻】同縻。見【玉篇】。

鹵部

【鹹】鹹譌字。見【字彙補】。

黃部

【黃】黃俗字見【字鑑】。
【黈】音未詳
人名。【國策趙策】上儻之守靳─。
【黇】同黇。見【字彙補】。

黑部

【黛】音未詳
金明七眞法諱─。見【三尊譜錄】
【黰】徒感切他感切感韻
雲黑也。見【搜眞玉鏡】【按字彙補作黰】。
【黮】同黰。字彙補如此作。

鼓部

【鼕】同鼕。見【五音篇海】。
【鼛】同鼛。龍龕手鑑如此作。
【鼘】同鼘。見【川篇】。
【鼜】同鼜。見【龍龕手鑑】。
【鼟】同鼟。見【五音篇海】。

鼻部

【鼻】鼻俗字。見【字鑑】。
【鼽】許救切宥韻
以鼻取氣也。見【康熙字典引龍龕手鑑】【按影抄遼刻本作鼽】

齒部

【齚】齰或字。見【說文】。
【齗】同齗。見【字彙補】。
【齵】同齵。見【康熙字典引集韻】【按卽齵字】。

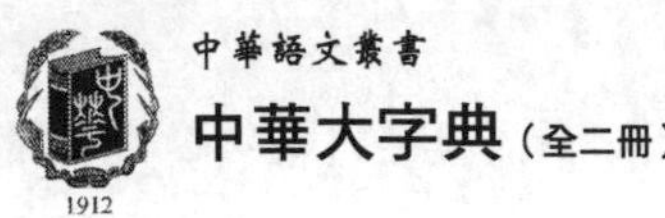

中華語文叢書
中華大字典（全二冊）

作　　者／本局編輯部　編
主　　編／劉郁君
美術編輯／中華書局編輯部

出 版 者／中華書局
發 行 人／張敏君
行銷經理／王新君
地　　址／11494 台北市內湖區舊宗路二段181巷8號5樓
客服專線／02-8797-8396　　　傳　　真／02-8797-8909
網　　址／www.chunghwabook.com.tw
匯款帳號／兆豐國際商業銀行　東內湖分行
067-09-036932　中華書局股份有限公司

法律顧問／安侯法律事務所
印刷公司／維中科技有限公司
出版日期／2015年11月台七版
版本備註／據1915年初版復刻重製
定　　價／NTD 4,900（精裝：一套）

國家圖書館出版品預行編目（CIP）資料

中華大字典 / 中華書局編輯部編著.—臺七版.
—臺北市 : 中華書局, 2015.11
冊 ; 公分. —（中華語文叢書）
ISBN 978-957-43-2915-1(全套 : 精裝)

1.漢語詞典

802.3　　　104021034

NO.H0003Q
ISBN 978-957-2915-1（精裝：一套）